~1984~

大新明解日華辭典

推薦 **蔡 茂 豐** 博士

主編 **千田勝已** 博士

大新書局編輯部

U0123677

大新書局印行

〈五 十 音 索 引〉

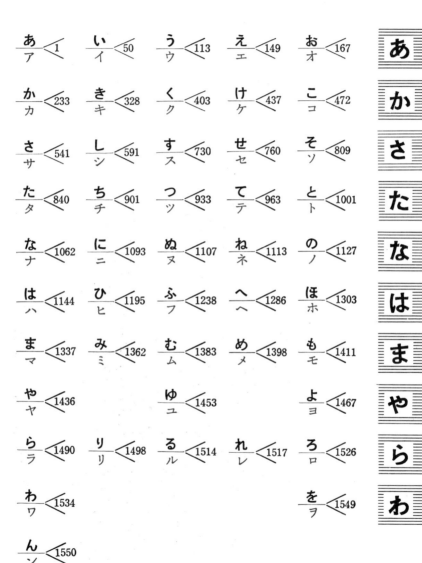

あ ア 1	い イ 50	う ウ 113	え エ 149	お オ 167
か カ 233	き キ 328	く ク 403	け ケ 437	こ コ 472
さ サ 541	し シ 591	す ス 730	せ セ 760	そ ソ 809
た タ 840	ち チ 901	つ ツ 933	て テ 963	と ト 1001
な ナ 1062	に ニ 1093	ぬ ヌ 1107	ね ネ 1113	の ノ 1127
は ハ 1144	ひ ヒ 1195	ふ フ 1238	へ へ 1286	ほ ホ 1303
ま マ 1337	み ミ 1362	む ム 1383	め メ 1398	も モ 1411
や ヤ 1436		ゆ ユ 1453		よ ヨ 1467
ら ラ 1490	り リ 1498	る ル 1514	れ レ 1517	ろ ロ 1526
わ ワ 1534				を ヲ 1549
ん ン 1550				

あ
か
さ
た
な
は
ま
や
ら
わ

推薦的話

民國五十二年九月，中國文化學院（現文化大學）東方語文學系日文組招了新生。這是我國大學設立專攻日本語文學系之嚆矢。民國五十四年三月，本人應張其昀先生的邀請，回國傳授日語文。歲月匆匆，已經十八、九年。

回想當時，國內別說沒有一本像樣的日華辭典，甚至日語文的教材都闕如。有的教師拿日本小學讀本來當教材，還可以宣傳一番的時代哩！

當時，在日本有一本很好的日華大辭典，我就介紹給大新書局錢福泉先生(已故)，他就依着我的話，在徐滌生先生(已故)主持下，改編成符合國內的需要，而以「綜合日華大辭典」名稱於民國五十四年正式推出。十多年來，在臺灣學習日本語文稍有程度的人莫不人各一冊，靠這一本辭典進修日語。換一句話說，這一本辭典帶給臺灣日語界莫大恩惠。大新書局也由它打出名氣，只要「大新」推出的日語文書籍，都被認為夠水準。筆者也靠「大新」得以在日語界發揮了專長，施展了抱負。

臺灣的日語界，十多年來依賴不少有心人灌溉、培植，無論在學術上、實用上都有長足的進步。在出版方面，教材的編纂、錄音帶的製作以及各級程度的書籍相繼推出，與十八年前相比之下，頗有宵壤之別。鑑於此，大新書局編輯部為了迎合時代之需要，毅然投入巨資重新編纂這本辭典，花了六年時間，以新的姿態與各位見面。

本辭典的好處，筆者不準備在此列舉。因為辭典的利用因對象之需要而不同，所以我所舉出的優點不見得是每人所認同的。

不過，例文的實用化、重音的標示、活用之改稱；在在表示了這本辭典的新穎。不過，我得聲明的是，這一本辭典並不籠括所有日本語彙；所列舉的意義並不含蓋所有內容，各位千萬別因找不到你所需要的語彙及意義而加以否定本辭典的功能。

再者，在編纂過程中，錯誤在所難免，也請各位別因此罵我「寫什麼推薦的話」；筆者只是藉此表示臺灣的日語界十八、九年來的演變及大新書局所推出的「大新明解日華辭典」帶給日語界的貢獻，謹此慶賀它的新生之外，懷念錢、徐兩位故人為日華大辭典瀝盡的心血。

一九八三年九月十日

蔡茂豐　敬識

編者のことば

　大新書局、総合「日華大辞典」は昭和40年1月初版を発行し、今まで多くのかたがたに利用されてきた。しかし最近、文化、学術の発展にともないこの辞典に対する内外からの批判と要望はかなり多く、このたび大新書局編集部の要望に応じ、昭和52年「日華大辞典」の増補大改訂を開始し今日に至った。

　この辞典は現代人の話し、聞き、読み、書く等の上で必要な語を収め、それらの意味、用法を明解にした。さらに社会人あるいは学生達が携帯できる大辞典にする為、採録の語については厳密な検討を加えたので、現代人の生活に必要なものはほとんど収めた。特に最新の流行語はもちろん新語には特別留意し、又外来語は国語化あるいは大衆化もしくは通俗化した語だけを採録した。しかし固有名詞、一般大衆に関係の少ない専門語、現在使用されていない語及び十分安定したとはいいがたい新語（外来語を含めて）は省いた。このように採録語をあくまでも現代生活に必要なものという観点から厳選したところに本辞典の第一の特色がある。

　語義解説では、日本語の生活言葉で重要な役割を占める基本語、文体についてはもちろん、成句及びことわざについて面目を一新し、学問的立場から体系的かつ精確に試みた。又関連することばの解説に一貫性をもたせ、意味の完全なる理解が達せられるように努めた点に第二の特色がある。

　このたび、6年の歳月を費やし、浅学ながらもどうにか全く内容を一新した新版中型の携帯用「大新明解日華辞典」を世に送り出すことができた。長年中華民国―台湾に滞在し、中国の文化並びに語学を研究してきた私はどうにかその責任を果したつもりである。

　ここに御協力してくださったかたがたに厚くお礼申し上げるとともに、この辞典が日本人、中国人はもちろん世界の多くのかたがたの言葉の理解に役立たせて下さることを心から願う次第である。

昭和58年9月台北にて

編者序言

　大新書局於民國五十四年元月初版：綜合「日華大辭典」發行以後承蒙海內外各界人士廣為愛用；爾來，由於文化、學術之進展，愛用者難免有所批評，隨之有所企圖。大新書局編輯部鑒於此，遂卽於民國六十六年元月，敬請編者大事修訂增補，至於今日足六載，始告付梓。

　本辭典之編輯，乃配合現代人士於說、聽、讀、寫之所需，廣集語彙，並就其意義及用法，加以明釋而編成；並考慮各界社會人士及學生們，便以攜帶之大辭典。對於語彙之探錄尤其特別加以嚴密之探討精選，是故，現代人士生活所需之語彙幾乎蒐羅殆盡；當然，最新流行語不用贅逃；尤其是新詞亦予留意；然而外來語則僅採錄「日本化」與「大衆化」，甚至於「通俗化」之詞彙。至於專有名詞，與一般大衆少有關連之專門用語，以及目前不用之語詞或尚未固定之新語（含外來語）則盡省之。以致徹底達到現代生活所需之觀點而精選之。此為本辭典之一大特色。

　關於詞義之解說：對於日語之生活用語佔有重要地位之語詞。以及成語、諺語等，則以簡明例句說明，使之面目煥然一新；並力求學術體系之精確，以及相關語詞解說之一貫性，乃至意義更能精確理解，亦是另一特色。

　由於編者等才疏學淺，竟費六載之時光，始得內容煥然一新之新版中型：攜帶用「大新明解日華辭典」幸能問世，乃作為編者長期居留友邦中華民國──臺灣，埋首研究中華文化，語文之一員，盡一份職責之意。

　編輯之際，承蒙諸友鼎力協助，謹此一併深致由衷謝意，尚祈博雅先進，不吝指正是幸。並願本辭典能帶給中國人、日本人以及全世界人類對於語文之理解有所助益。

中華民國七十二年九月於臺北

千田　勝己　敬識

本辭典用法說明

一、詞頭

1.詞頭的標示

本辭典的詞頭是按照日本字母表（「五十音圖」）的順序排列的。日語中的「和語」詞彙和「漢語」詞彙，用黑體「平假名」排印，「外來語」詞彙用黑體「片假名」排印。 例如：

はたら・く【働く】 かくめい【革命】 ママレード【marmalade】
てっきんコンクリート【鉄筋混凝土】 ペンが【pen 画】

2.詞頭的標音

本辭典基本上採用「現代假名用法」（即 「現代假名遣」）。有極少數詞頭，爲了便於檢索，採用了「表音假名用法」（即「表音假名遣」）。 例如：「**さては**」標「**さてわ**」，「**ものを**」標「**ものお**」等。

外來語的各段長音一律用長音符號「－」標示。例如：

アーチ【arch】 ケーキ【cake】
スープ【soup】

關於長音的排列，以舉例說明如下：

カール 排在 **カアル** 的位置
チーズ 排在 **チイズ** 的位置
ケース 排在 **ケエス** 的位置
ポーク 排在 **ポオク** 的位置

爲了便於檢索，詞頭中一律不用「**ぢ**」、「**づ**」，而用「**じ**」、「**ず**」標示。

3.爲了區分動詞、形容詞的詞幹和詞尾，在兩者之間加一黑點「・」。例如：

か・く【書く】 わら・う【笑う】 お・きる【起きる】
ちいさ・い【小さい】 うつくし・い【美しい】

動詞、形容詞等一般以其口語基本形爲詞頭，將其文語形附註在詞條末尾；只有文語形的動詞、形容詞，即以文語形爲詞頭。

例如：

あま・える【甘える】……；図あまゆ（下二）
あか・い【赤い】……；図あかし（形ク）
しわぶ・く【咳く】（自四）〔文〕 **いみ・じ**（形シク）〔文〕

5.有些詞義完全相同，發音非常接近的單詞，合併作爲一個詞頭。例如：

つけおち，つけおとし【付落（し）】

6.一個詞頭，有簡繁兩種說法的，按以下方式處理：

かみまき（タバコ）【紙巻（煙草）】

二、詞頭和釋義之間的各項説明

1.凡是使用漢字的詞彙，均在詞頭後面標註出來，括以黑體方括弧。例如：

　　しんぽ【進步】　　かくめい【革命】　　やくしん【躍進】
　　うちか・つ【打勝つ】　　おもしろ・い【面白い】

2.一個詞頭使用兩種以上的漢字時，盡可能並舉。例如；

　　あ・く【明く・開く】　　すぐ・れる【勝（優）れる】
　　きりつ【規律・紀律】　　じょうきょう【情況・状況】

3.「送假名」（おくりがな）中可有可無者，用（）號表示。例如：

　　あかり【明（か）り】　　きどり【気取（り）】　　しはらい【支払（い）】

4.「外來語」詞彙，在詞頭後的【　】號內，用漢字註明某種語言，然後標出原文。對英語原文，除形容詞、動詞外，不加註明。例如：

　　ガス【荷 gas】　　サボタージュ【法 sabotage】
　　センチメンタル【英・形 sentimental】　　コールタール【coal-tar】

5.每一詞頭均在詞義之前註明詞類。在（　）內以略語表示之（請參看略語表）。本辭典將詞彙分爲：名詞、代名詞、數詞、動詞、形容詞、形容動詞、副詞、連體詞、接續詞、感嘆詞、助詞、助動詞等十二類；同時，對於不成爲單詞的接辭、造語成分、連語等，也作爲單一詞條處理。這裏須要略加説明的，有以下幾項：

1.形容動詞

口語形容動詞一般分爲「ダ型活用」和「タルト型活用」兩種，文語形容動詞則分爲「ナリ活用」和「タリ活用」兩種。在本辭典中，形容動詞是用其詞幹標示詞頭，用「形動ダ」、「形動タルト」註明其類型；至於純粹的文語形容動詞，只收了極少數。

2.補助動詞

日本語中有些動詞除單獨使用外，還可以接在其他動詞之後，起一種輔助性作用，因此叫作「補助動詞」。

3.造語成分

凡是不成爲獨立的單詞而又不屬於「接詞」，只能同其他單詞合起來共同組成一個詞彙的，叫作造語成分。

4.名詞兼自、他動詞

日語中有些名詞可以用「する」爲詞尾構成動詞。在本辭典裏用（名・自サ）、（名・他サ）、（名・自他サ）表示之。例如：

　　あてこすり【当擦り】（名・自サ）　　せいこう【成功】（名・自サ）

　　かいほう【解放】（名・他サ）　　　キャッチ【英・動 catch】（名・他サ）
　　べんきょう【勉強】（名・自他サ）

　　5.凡由兩個以上單詞結合而成的詞組或成語，在本辭典裏都歸爲一類，叫作「連語」。這類「連語」也盡可能根據其詞法性質像一般單詞那樣註明詞類。例如：

　　ゆにゅうちょうか【輸入超過】（連語・名）

　　れんせんれんしょう【連戰連勝】（連語・名自サ）

　　6.助詞分類

　　在本辭典裏將助詞分爲四種——格助詞、修飾助詞、接續助詞、感嘆助詞。其中修飾助詞包括一般所謂副助詞、提示助詞及一部分並列助詞；感嘆助詞包括一般所謂終助詞。

　　格助詞：が，の，を，へ，と，より，から，で……

　　修飾助詞：は、も、こそ、か、だけ、さえ、まで、ばかり、ぐらい、など、でも、なり、やら……

　　接續助詞：ば、ても（でも）、けれど（も）、から、ので、のに、て（で）、ながら、し、たり（だり）、なり、や、か、とも……

　　感嘆助詞：な（あ）、ね、よ、ぞ、ぜ、わ、さ、とも、か、もの（を）……

三、釋　義

　　1.每一詞頭及其釋義、例句、成語、諺語以及派生詞等，作爲一個詞條，中間只用逗號、分號，只在詞條末尾使用句號。

　　2.一個詞兼屬兩種以上的詞類，或一個動詞兼屬於自動詞和他動詞時，按其含義的繁簡，或分別解釋，或分別解釋，或合併解釋；在分別解釋時用：Ⅰ、Ⅱ、Ⅲ加以區別。

　　3.一個詞有兩種以上意義時，分①、②、③加以說明。

　　4.某一詞與另一詞意義完全相同時用「＝」表示。例如：

　　あいな・る【相成る】（自五）＝なる

　　いしけん【石拳】（名）＝じゃんけん

　　某一詞頭爲另一詞頭的不同說法，在另一詞條內已有解釋時，即用「→」表示請參看該條。例如：

　　ふっこむ【吹込む】（他五）→ふきこむ。

　　5.爲了幫助理解起見，在解釋時盡量註出該一詞義的同義詞，必要時註出反義詞。同義詞加「＝」號括以圓括弧，反義詞加「↔」號，均排在相應的釋義之後。例如：

　　さっこん【昨今】（名・副）近來（＝ちかごろ）

　　あまり【余り】（名）剩餘，浮餘（＝のこり）

　　かわたれどき【彼誰時】（名）〔文〕晨光熹微；↔たそがれどき

　　6.釋義及例句的漢譯以口語爲主，但日語的文章或諺語，有時譯成文言。

　　7.例句之前加「☆」號，例句與漢譯之間用「／」號隔開。例如：

☆あらゆる道は三民主義に通ずる／條條道路通向三民主義。

8.有的詞頭只有和特定的詞結合起來，才能表達一定意義者，一般不附釋義，只舉這種短句加以說明。例如：

もったい【勿体】（名）：☆勿体をつける／①看得太重要；……②裝模作樣……

9.成語、諺語用黑體字排在〔◇〕符號後以示區別。例如：

◇三人寄れば文殊の智恵／三個臭皮匠湊成一個諸葛亮。

10.每個詞頭的派生詞盡可能收羅在該詞條內，用「～」號代表詞頭。例如：

あぶら【油】（名）……；～あげ【油揚】（名）……；～いろ【油色】（名）……

11.爲了避免解釋重複，使用「←─」號表示前面所指的詞頭是後面單詞的略語。例如：

アナ（名）①←─アナーキスト；②←─アナーキズム　③←─アナウサー

つうさん【通産】（名）←─通商産業（省）。

四、日語標準重音簡易法則

本辭典單字詞條後均列有以阿拉伯數字重音標示法①、②、③、④……⓪來表示標準而正確的重音唸法，今簡略說明如下：

標記⓪的單字表示只有第一拍唸低音，第二拍以下均唸高音。

例如：さくら【櫻花】「さ」唸低音，「く」及「ら」均唸高音。

標記①的單字表示只有第一拍唸高音、第二拍以下均唸低音。

例如：にもつ【行李】「に」唸高音，「も」及「つ」均唸低音。

標記②的單字表示第一拍唸低音，第二拍唸高音，第三拍以下均唸低音。

例如：おかし【糕點】「お」唸低音，「か」唸高音，「し」唸低音。

標記③的單字表示第一拍唸低音，第二拍及第三拍唸高音，第四拍以下均唸低音。

例如：ろうそく【蠟燭】「ろ」唸低音，「う」及「そ」唸高音，「く」唸低音。

標記④的單字表示第一拍唸低音，第二拍至第四拍唸高音，第五拍以下均唸低音。

例如：しょくぶつえん【植物園】「しょ」唸低音，「く」「ぶ」「つ」均唸高音，「え」「ん」唸低音。

由以上例子類推，可得知⑤、⑥、⑦、⑧、⑨的重音唸法；並可求得一簡單公式：標記n的單字，第二拍到第n拍唸高音，第一拍及第n＋1拍以下唸低音，但n要大於等於2。

每個單字的拍數是以它所含的假名數目爲準，除了拗音整個算一拍外如：きゃ、しょ、にゅ……。其它促音及長音均算一拍。とうきょう【東京】有四拍。がっこう【學校】也是四拍。

以上說明僅作簡略提示，有關重音方面的詳細規則請參照本辭典附錄部份。

略 語 表

一 品 詞

（名）…………………名詞　　（代）…………………代名詞　　（數）…………………數詞

（動）…………………動詞　　（自）…………………自動詞　　（他）…………………他動詞

（補動）………………補助動詞　　（形）…………………形容詞　　（形・動）……………形容動詞

（副）…………………副詞　　（連體）………………連體詞　　（接）…………………接續詞

（感）…………………感嘆詞　　（助動）………………助動詞　　（格助）………………格助詞

（修助）………………修飾助詞　　（接助）………………接續助詞　　（感助）………………感嘆助詞

（接頭）………………接頭詞　　（接尾）………………接尾詞　　（造語）………………造語成分

（連語）………………連語

二 活 用

（五）…………………五段活用　　（上一）………………上一段活用　　（下一）………………下一段活用

（上二）………………上二段活用　　（下二）………………下二段活用　　（カ）…………………カ行變格活用

（サ）…………………サ行變格活用　　（ナ）…………………ナ行變格活用　　（ラ）…………………ラ行變格活用

（ク）…………（形容詞）ク活用　　（シク）………（形容詞）シク活用　　（ダ）（形容動詞）ダ型活用

（タルト）………（形容動詞）タルト型活用　　（タリ）………（文語形容動詞）タリ活用

（ナリ）………（文語形容動詞）ナリ型活用　　（特殊）………………助動詞中的特殊活用型

　（註）助動詞、接尾詞具有活用的均用「……型」表示。

三 外 來 語

英…………英語　　俄…………俄語　　德…………德語　　法…………法語

意………意大利語　　西…………西班牙語　　美…………美語　　荷………荷蘭語

葡………葡萄牙語　　拉…………拉丁語　　梵…………梵語　　等等

四 類 別

〔政〕………政治　　〔哲〕………哲學　　〔方〕………方言　　〔俗〕………俗語

〔史〕………歷史　　〔經〕………經濟　　〔軍〕……軍事、軍隊　　〔法〕………法律

〔理〕………物理　　〔樂〕………音樂　　〔地〕……地理、地質　　〔文〕………文章語

〔動〕…動物（名）　　〔化〕………化學　　〔電〕……電氣、電力　　〔農〕………農業

〔生〕………生理學　　〔植〕……植物（名）　　〔礦〕……礦物（名）　　〔藥〕……藥學、藥類

〔生物〕………生物學　　〔解〕………解剖學　　〔醫〕………醫學　　〔古〕…古語、古典

〔數〕………數學　　〔宗〕………宗教　　〔佛〕………佛教　　〔印〕………印刷

〔學〕……學生用語　　〔女〕……女人用語　　〔兒〕……幼兒用語　　〔修辭〕……修辭學

あ①五十音圖「あ行」第一音，母音之一；②〔字源〕平假名是「安」字的草體，片假名是「阿」的左旁。

あー【亜】（接頭）亞、次的意思，例：亜硫酸（ありゅうさん），亜熱帶（あねったい）。

あ（感）①喂！☆あ，君，ちょっと／喂！你來一下／☆あ，分りました／是，明白了；②呀！唉呀！（表示吃驚或想起什麼事情）；☆あ，しまった／唉呀、壞了（糟了）☆あいたっ！／唉呀！好痛。①

*ああ（感）①啊！呀！唉！咳！嘿！（表示驚、喜、悲、歎等感情）☆ああ，おもしろい／啊！眞有趣！☆ああ嬉しい！／呀！真高興！☆ああ大変／唉呀！不得了！②是！（答應回話時用之）；☆ああ，承知しました／是！（我）知道了（曉得了）①

*ああ（副）①那麼，那樣（＝あのように）☆彼は昔は確(たし)かにああではなかった／他從前的確不是那樣，☆彼があああまで有名とは知らなかった／沒想到他竟那麼有名氣；☆〔本下接「いう」或「した」時構成修飾語〕☆あああいう場合には十分用心(ようじん)しなければならない／那種場合必須十分注意☆ああのこうのと不平ばかり言っている／老是這也不對那也不好地發牢騷。①

アーク【arc】（名）①弧，弓形，拱（洞）；②弧光；～とう【arc灯】（名）〔理〕弧光燈；～ライト【arc light】（名）〔理〕弧光（燈）。

アーケード【arcade】（名）①拱廊、連環拱廊；②(兩側有商店的)拱街，拱路③

アース【earth】（名）①地球，大地；②〔理〕接地；〔無電〕地線。

アーチ【arch】（名）①拱門，綠門，松枝門，彩牌坊；②拱橋；③（建築物的）穹隆。

アーティスト【artist】（名）藝術家。①

アーティフィシャル【英・形 artificial】（形動ダ）①人工的，人造的，人為的；②不自然的，矯揉造作的③

アート【art】（名）藝術，美術，技術；

～ペーパー【art-paper】（名）照片印刷紙。①

アーベント【德 Abend】（名）①晚，晚上；②晚會。①

アームチェア【armchair】（名）有扶手的椅子，安樂椅 ④

アーメン【希伯來 amen】（感・名）〔宗〕亞門，阿門。⓪

アーモンド【almond】〔植〕杏仁。①③

ああら（感）〔女〕喲！唉呀！（表示非常感動或驚訝）；☆ああら，しばらく／唉呀！少見哪。

アーリヤンじんしゅ【Aryan 人種】（名）亞里安人種，白種。

アール【法 are】公畝（＝100平方公尺）①

ああん（名・副）①啊啊（小孩把嘴張大時發出的聲音）☆口を、あけてごらん，ああん／把嘴張開，啊啊；②把嘴張大；☆ああん(を)して喉(のど)をお見せ／把嘴張大了（讓我）看一看嗓子；③唵唵，嗚嗚（小孩大聲哭狀）；☆ああん，ああんと泣く／唵唵地哭。

あいー【相】（接頭）①相，互相，☆相助ける／相助，相争う／相爭；②在書信中加於動詞之上用以調整語調；☆相成る＝成る。

あい【間】（名）①間，中間，工夫（＝あいだ，すき，ま）；☆まだ幕が開くに間がある／離開幕還有一會兒；②←あいきょうげん（間狂言）。①

あい【藍】（名）①〔植〕木藍；②藍靛；☆藍で染める／用靛染；③藍色（＝あいいろ）；☆藍に染める／染成藍色；◇藍より出でて藍より青し／青出於藍，而勝於藍。①

*あい【愛】（名）愛；戀愛；☆愛のない家庭／沒有愛的家庭。①

あいあい【藹藹】（形動タルト）藹藹，和睦，☆和気藹藹たる家庭／和睦睦的家庭。②

あいあいがさ【相合傘】（名）（常指男女二人）同打一把傘；☆相合傘で行く／同打一把傘走。⑤

あいいれない【相容れない】（連語・形）不

相容的；不合的；☆時勢と相容れない／
不合時勢；☆水と油は相容れない／水和
油不相容；図あいいれず。①-0

あいいろ【藍色】（名）藍色。0

あいいん【合印】（名）（為對證文件，眼
簿所蓋的）對口印、騎縫（印）。0

アイ・エム・エフ【IMF】（名）國際通貨
基金。5

あいえんか【愛煙家】（名）（好）吸煙的
人。0

あいえんきえん【合縁奇縁・合縁機縁】（
名）有緣；奇緣；☆これは合縁奇縁だ／
這真是奇緣、天作之合。5

あいおい【相生】（名）①連理；☆相生の
松／連理松；②同年（生）。0

アイ・オー・シー【I. O. C.】（Inter-
national Olympic Committee）（名）
奧林匹克世界運動大會委員會（＝国際オ
リンピック委員会）。5

あいか【哀歌】（名）〔文〕哀歌、悲歌 1

あいかぎ【合鍵】（名）（同様的）另一把
鑰匙、副鑰匙；配的鑰匙；☆合鍵をこし
らえる／配鑰匙；☆合鍵で錠をあける／
用配的鑰匙開鎖。0 1 2

あいかた【相方】（名）①對方、對手（＝あ
いて）；②嫖客招呼的妓女。4 3 0

***あいかわらず**【相変らず】（連語・副）仍
舊；照舊（＝いつものとおり）；☆彼は相
変らず党の活動に勤（いそ）しんでいる
／他照舊忙於黨的工作。0

あいがん【哀願】（名・自サ）哀懇、哀求；
☆援助を哀願する／哀求援助。0

あいがん【愛玩】（名・他サ）愛玩、玩賞、
欣賞。0

あいぎ【間着】（名）①穿在貼身衣和外衣
之間的衣服；②春秋穿的衣服、夾衣（＝
あいふく）。3

あいきゃく【相客】（名）①同座的客人；
②住在旅館同一房間內的客人。0

あいきょう【愛敬・愛嬌】（名）①可愛、
動人；魅力；誘惑力；☆目もとに愛嬌が
ある／眼睛生得可愛；②和藹、好感；☆
彼は誰にでも愛嬌をふりまく／他對誰都
表示好感；☆愛嬌のない返事／不和氣的
回答；③演員在「花道」上向觀衆討好的
亮相；④（隨貨贈送的）贈品；〜あばた【
愛嬌痘痕】（名）俏皮麻子；〜ぼくろ【
愛嬌黒子】（名）俏皮烏痣；〜わらい【
愛嬌笑】（名）陪笑（＝おせじわらい）3

あいきょうげん【間狂言】（名）〔能劇〕
兩幕中間挿演的短劇（＝あい）。3

あいくち【合口・相口】（名）（有時也寫
作「匕首」）①短劍、匕首；☆匕首で刺
す／用短劍刺；②〔文〕「方」説得來（
投緣）的人；☆君たちは合口ではないか
／你們不是説得來麼；③縫合；接縫 4 0

あいくるし・い【愛くるしい】（形）極可
愛的；☆あの子はいかにも愛くるしい顔
をしている／那孩子長得實在太可愛了；
図あいくるし（形シク）。5

あいこ【相子】（名）不相上下；不分勝負；
☆勝負は、これで相子になった／這一來
比賽就平局了。0 3

あいこ【愛顧】（名・他サ）〔文〕眷顧、
惠顧；栽培、拾愛；☆相変らず御愛顧を
願います／請照舊賜顧（商業用語）。1

あいご【愛護】（名・他サ）愛護。1

***あいこう**【愛好】（名・他サ）愛好、嗜好；
☆音楽を愛好する／愛好音樂。0

あいこく【愛国】（名）愛國；〜しゅぎ【
愛国主義】（名）愛國主義；〜しん【愛
国心】（名）愛國心。0

あいことば【合言葉】（名）切口、黑話；☆
合言葉で話す；合言葉を使う／説黑話 3

あいさい【愛妻】（名）①愛妻、嬌妻；②
疼愛妻子；〜か【愛妻家】（名）愛妻者、
忠實的丈夫。0

あいさく【相作・間作】（名）〔農〕間作、
間作物。0

あいさつ【挨拶】（名・自サ）①致敬、問
候、寒喧；☆帽子を取って挨拶する／脱
帽致敬；☆挨拶を交わす／互道寒喧；②
回禮、答禮；☆篤（とく）と考えて御挨
拶いたしましょう／好好想想再回答您；
③致詞；☆新任の挨拶／就職的致詞；☆
一寸御挨拶申上げます／我略談幾句話；
④知會、通知；☆まだ何の挨拶もない／
還沒有什麼挨拶通知。1

あいし【哀史】（名）〔文〕哀史、慘史 1 0

あいじ【愛児】（名）愛兒。1

あいじゃく【相酌・合酌】（名・自サ）對
酌、對飲。0

アイシャドー【eye-shadow】（名）臉黛 3

あいしゅう【哀愁】（名）悲哀、哀愁；☆
哀愁を感じる／感到悲哀。0

あいしょう【合性・相性】（名）緣分；八
字；☆あの夫婦は合性が悪い／那兩口兒
不投緣（八字不合）。3

あいしょう【愛称】（名）愛稱，暱稱。◎

あいしょう【愛誦】（名・他サ）愛誦，好朗讀。◎

*あいじょう【愛情】（名）愛情；☆愛情のこもった言葉／充滿愛情的話。◎

あいじるし【合印・合符】（名）①（爲與敵軍區別而用的）符號，暗號；②（在衣料或帳簿上蓋的）騎縫印。③

あいじん【愛人】（名）愛人，情人。◎

あい・す【愛す】Ⅰ（他五）愛；Ⅱ（他サ）〔文〕→あいする。①

アイス【ice】（名）①冰；②冰淇淋；③〔俗〕高利貸；～キャンデー【ice-candy】（名）棒冰，冰棍；～クリーム【ice-cream】（名）冰淇淋；～スケート【ice skate】溜冰；～ボックス【ice-box】（名）冰箱；→れいぞうこ（冷藏庫）；～ホッケー【ice-hockey】（名）冰球；～リンク【ice-rink】（名）滑冰場。

*あいず【合図】（名・自サ）信號；☆銃聲を合図に敵の陣地を包圍する／以槍聲爲信號包圍敵軍陣地；☆眼で合図する／遞眼神。①

あいず（づ）ち【相槌】（名）①打鐵槌，輪流打槌；②隨聲附和，幫腔；☆彼等はぐるになっていて、一人が何か言うと、一人がこれに相槌を打つ／他們串通一氣，一個人一開口另一個人就幫起腔來；◇相槌を打つ／隨聲附和，打幫腔。④◎

*あいする【愛する】（他サ）愛，好；愛慕，珍愛；☆学問を愛する／好學；☆互に愛する／互愛；☆愛してその醜い所を忘れる／愛而忘其醜；因あいす（サ）。③

あいせき【哀惜】（名・他サ）愛惜。◎

アイゼンハワードクトリン【Eisenhower doctrine】（亦作：アイク・ドクトリン）（名）〔政〕艾森豪威爾主義。

あいそ【哀訴】（名・自サ）〔文〕哀告，哀訴。①

あいそ【愛想】（名）→あいそう。③

あいそう【愛想】（名）①會應酬，會交際，會說話；和藹可親；☆愛想がよい／和藹可親，會應酬，會說話；☆愛想がない／冷酷，不會應酬，不會說話；☆愛想をいう／說恭維話，說客套話；②款待，招待（＝もてなし）；☆何の御愛想もありませんでした／太簡慢了；③〔おー〕（在飲食店）算賬（＝おかんじょう）；～づかし【愛想尽（かし）】（名）厭煩，嫌

棄；☆愛想尽を言う／說冷淡的話；◇愛想が尽きる，愛想を尽かす／討厭，嫌惡，唾棄；☆あの男には愛想が尽きた／我眞討厭那個傢伙；☆彼は友達にまで愛想を尽かされた／連朋友都不搭理他了。③

あいぞう【愛憎】（名）〔文〕愛和憎；☆彼は愛憎の念が強い／他愛憎的情感很強。◎

あいそく【愛息】（名）①愛兒；②（稱呼第三者的兒子）公子；☆高島さんの愛息は、留学したそうだ／聽說高島先生的公子出國留學去了。◎

アイソトープ【isotope】（名）〔化〕放射性同位素。④

*あいだ【間】Ⅰ（名）①間隔，距離（＝へだたり）；☆一定の間を置いて樹を植える／留出一定的間隔來栽樹；☆上海までは、まだまだ間がある／離上海還很遠；②間，中間（＝なか）；☆紙を本の間に挟む／把紙夾在書的中間；☆彼等の間に多くの類似点がある／他們之間有許多類似點；☆間に立つ／居間；③期間，時候，工夫（＝おり，とき）；☆何でも最初の間はむずかしい／什麼事都是開頭難；☆食事の間に相談しよう／在吃飯的時候商量商量吧；☆この間／前幾天；☆長い間／好久，許久；長時期；☆生きている間／活着的期間；④關係；☆彼等は親も許した間だ／他們的關係是父母所默許了的；☆二人の間が旨く行かぬ／兩人的關係不好；Ⅱ（接助）〔文〕故，所以；～がら【間柄】（名）①（人與人的）關係；☆親子の間柄でもそうはゆかない／卽使是父子之間也不可那樣做；②交情，交誼（的程度）；☆彼とは会って会釈（えしゃく）する程度の間柄だ／同他不過是點頭之交；～ぐい【間食】（名）零食（＝かんしょく）。◎

あいたい・する【相対する】（自サ）相對，當面（＝むかいあう）；☆相対して坐る／對面坐；因あひたいす（サ）。①-③

あいちゃく【愛着】（名・自サ）摯愛，依依不捨，戀戀不能忘懷；☆郷土に対して愛着をもっている／戀戀不忘故鄉。◎

あいちょう【哀調】（名）悲調；☆哀調を帯びた歌／帶有悲調的歌聲。◎

あいつ【彼奴】（代）〔俗〕〔表卑〕他，那個東西，那個傢伙，那小子。◎

あいつぐ【相次ぐ】（自五）〔文〕相繼，

一個接着一個；☆両親は相次いでこの世を去った／父母相繼去世了。①

*あいて【相手】（名）①伙伴，共事者；☆酒の相手をする／陪…喝酒；☆相手にしてくれない／不與共事；他不理我；②對方，敵手；☆あんなやつ相手にならぬ／他不配作我的敵手；☆相手に取って不足はない／還稱得上一個對手；③對象；☆これは学生相手の雑誌だ／這是以學生爲對象的雑誌；～かた【相手方】（名）①對手，對方；☆相手方を困らせる／使對方爲難；②〔法〕對造；☆相手方の要求は不当だ／對造的要求是不合理的；～ど・る【相手取る】（他五）作爲爭執的對手；☆彼を相手取って訴える／同他打官司。③

*アイディア【idea】（名）①〔哲〕觀念；②理想；③念頭；☆何かいいアイディアが浮かばないかな？／有什麼好主意沒有？③

アイディアル【英・形ideal】（形動ダ）理想的。③①

あいでし【相弟子】（名）師兄弟，同學。0

あいとう【哀悼】（名・他サ）哀悼，吊唁（＝おくやみ）；☆哀悼の意を表する／表示哀悼之意。0

あいどく【愛読】（名・他サ）愛讀；☆この本は学生に非常に愛読されている／這本書很受學生歡迎。0

アイドル【idol】（名）偶像，被崇拜的人①

あいなかば・する【相半する】（自サ）兼半，各半；☆功罪相半する／功罪兼半，図あひなかばす（サ）。

*あいにく【生憎】Ⅰ（副）不湊巧（＝おりわるく）；對不起（＝きのどく）；☆生憎雨が降り出して来た／不湊巧下起雨來了；☆お生憎様、只今（ただいま）品切（しなぎれ）でございます／對不起，現在缺貨；Ⅱ（形動ダ）不湊巧；☆生憎な雨／不湊巧的雨；☆それはお生憎様だ／那眞不湊巧，那太對不起了。0

アイヌ【Ainu】（名）（住在北海道、庫頁島一帶的）蝦夷人。①

あいのこ【合の子・間の子】（名）①混血兒；雜種生物；②介於兩者之間的東西。0

あいのて【合の手】（名）（日本歌曲各段間的）過門；☆合の手を入れる／加過門。0

あいのり【相乗】（名・自サ）①同乘（的車或人）；☆車に相乗する／同坐一車；②並騎；同騎；☆馬に相乗する／同騎，並騎。0

あいばん【相判】（名）中號尺寸（的紙，橫約15公分，豎約23公分）。0

あいびき【合挽】（名）牛肉和猪肉的合絞肉。0

あいばん【相番】（名）共同值班（的人）0

あいびき【逢引・媾曳】（名・自サ）（男女）密會，幽會。0

あいふ【合符】（名）〔鐵〕行李環（＝チッキ）。0

あいぶ【愛撫】（名・他サ）愛撫（＝かわいがる）；☆子供を愛撫する／愛撫小孩①

あいふく【合服・間服】（名）春秋穿的西服（＝あいぎ）。0

あいふだ【合札】（名）①存物牌；②對號牌。0④

あいぼ【愛慕】（名・他サ）愛慕；☆互に愛慕し合っている／互相愛慕。①

あいぼう【相棒】（名）①伙伴，同事（＝なかま）；☆相棒になる／作伙伴，伙同；☆相棒にする／（把某人）作爲伙伴②同抬一頂轎的轎夫；轎夫相互間的稱呼0③

アイボリー【ivory】（名）象牙；象牙色①

あいま【合間・相間】（名）空閒兒；餘暇（＝あいだ、ひま）；☆仕事の合間に辞書を編纂する／在業餘時間編辞典。③0

*あいまい【曖昧】（形動ダ）①不明確，含糊，模稜；☆曖昧な態度／不明確的態度；☆曖昧なことを言う／說模稜的話；含糊其辭；②曖昧，可疑；不正經；☆曖昧な女が出入（ではい）りする／有曖昧的女人出入。0

あいま・つ【相俟つ】（自五）〔文〕相依，相輔；相結合；☆理論は実際と相俟たねばならぬ／理論必須與實際相結合；☆両者相俟って始めて成功する見込がある／兩者互相結合才能有成功的希望。①

あいよう【愛用】（名・他サ）愛用，喜用，常用；☆国産品を愛用する／愛用國貨0

あいよく【愛欲・愛慾】（名）愛慾。0①

あいらく【哀楽】（名）〔文〕哀樂；☆喜怒哀楽（きどあいらく）／喜怒哀樂。①0

*あいらし・い【愛らしい】（形）可愛的（＝かわいらしい）；☆彼女にはちっとも愛らしいところがない／她一點兒可愛的地方也沒有；図あいらし（形シク）。④

あいろ【隘路】（名）①隘路，狹路；☆山

上の隘路／山上的隘路；②難關，障礙；
☆貿易上の隘路を打開する／打通貿易上
的難關（障礙）。①

アイロニー【irony】（名）①反語；②諷
刺；☆アイロニーを言う／說反語；說諷
刺話。◎

アイロン【iron】（名）①熨斗（＝ひの
し）；②燙髮火剪；☆アイロンをかける
／熨衣服；燙髮。◎

*あ・う【合う】Ⅰ（自五）①合適，適合；
☆この着物は私によく合う／這件衣服
對我很合適；②適合，對勁兒，☆あの
夫婦は性（しょう）が合わぬ／他們夫
婦性情不合；③一致，符合，☆この訳文
は原書の意に合わない／這個譯文和原文
的意思不合；④合宜，適應，☆東京の気
候は私の体質に合わない／東京氣候不
適於我的體質；⑤對，準，☆君の時計（
とけい）は合っているか／你的錶（時間）
對麼？⑥合算，不虧本，（＝ひきあう）；
☆あわない仕事／不合算的工作；⑦（磨了
的刀）快；剃刀（かみそり）が合う／剃
刀快；Ⅱ（補動・五）接在其他動詞連用形
下表示：①一塊兒…，一同…；☆落ちあ
う／相會，碰頭；②互相…；話しあう／
會談，協商；☆ほめあう／互相誇獎。①

*あ・う【会う・遇う・逢う・遭う】（自
五）①遇見；☆途中であの人にあった／
在半路上遇見了他；☆近頃あの人に滅多
（めった）にあわない／這些日子很少看見
他；②遭遇，碰上；☆雨にあった／遇上
雨了；☆僕は昨日とんだ災難にあった／
我昨天碰到了意外之災；◇逢うは別れの
始め／有聚必有散，人生聚散無常；逢う
た時に笠を脱げ／①遇上熟人要寒喧；②
遇到機會要抓住。①

アウト【out】（名）①外面，外邊；②〔
網球、乒乓球等〕（球）出線外；③〔棒
球〕（打者、跑者）出局，死；～カーブ
【out-curve】（名）〔棒球〕外曲球；
～ライン【out-line】（名）輪廓，梗
概。①

アウトバーン【德Autobahn】（名）高速
公路。④

あえ・ぐ【喘ぐ】（自五）①喘，喘氣，☆
喘ぎながら物を言う／喘着說；②掙扎，
☆パンのために喘ぐ／爲麵包掙扎。②

*あえて【敢えて】（副）①敢，斗膽（＝し
いて、すすんで）；☆敢えて問う／敢問

；☆敢えて言う／敢說；☆敢えて足下の
一考（いっこう）を煩わす／（斗膽）請
你考慮一下；②（下接否定語）毫不；☆
そんな事は敢えて驚くには足らぬ／那是
毫不值得驚奇的；③（下接否定語）未必
；不見得；☆彼はその道の第一人者なり
と言っても敢えて過言（かごん）ではな
い／就說他是那一方面的最高權威者也不
見得過分。①

あえな・い【敢えない】（形）①朝露一般
的，易逝的；可憐的，悲慘的；☆彼はと
うとう敢えない最期（さいご）を遂げた
／他終於可憐地死去；②脆弱的；☆敢え
なく敗れた／很脆弱地敗了；因あえな
し（形ク）。③

あえもの【和物・韲物】（名）〔烹飪〕以
醋、醬拌的青菜、魚類。②

あ・える【和える・韲える】（他下一）（
用魚類、青菜、醋、芝蔴等）拌（菜
）；調製；☆ほうれん草をあえる／拌菠
菜；因あふ（下二）。②

*あえん【亜鉛】（名）〔化〕鋅；～か【亜
鉛華】（名）〔化〕一氧化鋅，氧化鋅；
～ばん【亜鉛版】（名）鋅版；～めっき
【亜鉛鍍金】（名）〔化〕鍍鋅。①◎

*あお【青】Ⅰ（名）①青，藍；②草色，綠
色；③綠燈（前進的信號）；Ⅱ（造語）
嫩的，未成熟的；☆あおニ才／黃口孺
子；◇青は藍より出でて藍より青し／青
出於藍而勝於藍。

あおあお【青青】（副・自サ）青靑地，綠森
森地；☆草木は靑々と茂（しげ）ってい
る／草木靑靑地繁茂着。③

あおあずき【青小豆】（名）〔植〕綠豆。

あおい【葵】（名）〔植〕葵（類的總稱）◎

*あお・い【青（蒼）い】（形）①青的；綠的
；☆木の葉は青くなってきた／樹葉發綠
了；②（臉色）蒼白的，發青的；☆彼はこ
の話を聞いて蒼くなった／他聽了這話臉
就白了；③未成熟的，幼稚的；☆この林
檎（りんご）は、まだ青い／這個蘋果還
生；因あをし（形ク）。②

あおいき【青息】（名）嘆氣，嘆息，☆彼
は借金（しゃっきん）で青息を吐（は）
いている／他叫債間得唉聲嘆氣；～とい
き【青息吐息】（名・自サ）長吁
短嘆；☆こう不景氣では青息吐息です／
這樣蕭索真是一籌莫展。②

あおいろ【青色】（名）青色；蔚藍色。◎

あおうなばら【青海原】（名）蒼海・海洋[4][3]

あおうめ【青梅】（名）青梅，沒熟的梅子[2]

あおがえる【青蛙】（名）〔動〕青蛙。[3]

あおかび【青黴】（名）〔植〕綠霉；☆青黴が生える／長綠霉。[0][2]

あおぎり【青桐・梧桐】（名）〔植〕梧桐[0][2]

*あお・ぐ【仰ぐ】Ⅰ（自五）仰，仰視；☆天を仰いで歎息する／仰天嘆息，仰天嘆息；Ⅱ（他五）①尊，敬；☆我々は彼を首領と仰ぐ／我們尊他爲領袖；②請，求；仰仗；☆外国の供給を仰がねばならぬ／不能不仰仗外國的供給；③飲，服；☆毒を仰ぐ／服毒，仰藥自殺。[2]

あお・ぐ【扇ぐ】（他五）煽；☆暑いから扇いでくれ／太熱了，給我煽一煽。[2]

あおくさ【青草】青草，綠草。

あおくさ・い【青臭い】（形）①木腥的，有青氣味的；☆まだ梅は青臭い／梅子還有青氣味；②幼稚的，不老辣的；☆あいつの言うことは青臭い／他說話幼稚；図あをくさし（形ク）。[4]

あおぐも【青雲】〔文〕青空（＝あおぞら）。[0]

あおぐろ・い【青黒い】（形）青黑色的，黝色的；図あをぐろし（形ク）。[0][4]

*あおざ・める【青ざめる】（自下一）①變成青色（＝あおばむ）；②（臉色）變成蒼白；☆彼の顔は急に青ざめた／他臉色忽然蒼白了；図あをざむ（下二）。[4]

あおじゃしん【青写真】（名）藍圖。[3]

あおじろ・い【青白い・蒼白い】（形）①青白色的；②（臉色）蒼白的；☆彼は青白い顔をしている／他臉色蒼白；◇青白きインテリ／〔蔑〕面色蒼白的知識分子，只會空談的知識分子；図あをじろし（形ク）。[0][4]

あおしんごう【青信号】（名）①綠燈，綠旗（交通工具的進行信號）；②一帆風順。[3]

あおすじ【青筋】（名）①青色綠紋（＝皮膚上顯出的）靜脈，青筋；◇青筋を立てる／（氣得）青筋暴露。[0]

あおぞら【青空】（名）蒼空，藍色的天[3]

あおた【青田】（名）青田，青苗地；～ばい【青田売買】（連語・名）買賣青苗。

あおだいしょう【青大将】（名）〔動〕黃頷蛇。[0][3]

あおだけ【青竹】（名）①青竹，綠竹；②竹青（顏料名）。[2][0]

あおづけ【青漬】（名）泡菜（醃後仍保持其綠色的鹹菜）。[0]

あおっぱな【青っ洟】（名）青鼻涕；☆あの子供は青っ洟を垂（た）らしている／那孩子流着青鼻涕。[0][2]

あおてんじょう【青天井】（名）露天（＝ろてん）；☆青天井の下に寝る／睡在露天地裏。[3]

あおな【青菜】（名）①青菜；②油菜，蔓菁的總稱；◇青菜に塩／沮喪，垂頭喪氣，無精打采；☆あいつは青菜に塩の様（ざま）さ／那傢伙垂頭喪氣了。[2][0]

あおにさい【青二才】小毛孩子，黃口孺子；☆青二才の癖（くせ）に生意気を言うな／一個小孩子別說狂妄話。[3]

あおのけ【仰】仰，仰向倒れる／仰面朝天地倒下；～ざま【仰様】（名）仰着，仰面朝天；☆仰様に倒れた／仰面朝天地倒了下去。[0]

あおのり【青海苔】（名）〔植〕綠紫菜。[2]

あおば【青葉】（名）①綠葉，嫩葉（＝わかば）；③新綠。[1][2]

あおば・む【青ばむ】（自五）變成青色，發青，發綠；☆柳が青ばんできた／柳樹發青了。[3]

あおびょうたん【青瓢箪】（名）①（未成熟的）青葫蘆；②面色蒼白（枯瘦）的人。[3]

あおまめ【青豆】（名）〔植〕綠豆。[0]

あおみ【青味】（名）①青色，綠色；☆この紙は幾分青味を帯びている／這種紙多少帶些綠味；②配在湯菜、生魚片中的青菜，菜碼；～ばし・る【青み走る】（自五）發青，發綠（＝あおばむ）；～わた・る【青み渡る】（自五）呈現一片綠色，滿目青青。[3]

あおみどり【青緑】（名）深綠色。[3]

あおみどろ【青緑・水綿】（名）〔植〕水綿（漂於淡水中細如髮絲的水藻）。[3]

あお・む【青む】（自五）發青，發綠。[2]

あおむ・き【仰むき】（名）仰，仰面朝天[0]

あおむ・く【仰むく】Ⅰ（自五）仰；☆あの人の鼻は仰むいている／他的鼻子向上仰着；Ⅱ（他下二）〔文〕→あおむける[0]

あおむけ【仰むけ】（名）仰，仰着：☆仰むけに眠る／仰着睡；☆仰むけに泳ぐ／仰面游泳，背泳。[0]

あおむ・ける【仰むける】（他一下）仰，仰起；☆体（からだ）を仰むける／仰着身子；図あふむく（下二）。[0]

あおむし【青虫】（名）〔動〕蜈蛤（＝いもむし）。②

あおもの【青物】（名）①青菜，蔬菜；☆青物を栽培する／種菜；②鯖魚，鰮魚；～いちば【青物市場】（名）蔬菜市場②

あおやか【青やか】（形動ダ）綠森森的②

あおやぎ【青柳】（名）青柳，綠柳。⓪

あおり【煽】（名）①吹動，煽動；☆暴風の煽を喰う／遭受烈風的襲擊；②餘勢，餘波；☆不況の煽を喰う／遭受蕭條的影響；～がい【煽買】（名）〔經〕哄抬行市；～どめ【煽止】（名）（為防止門窗開後被風吹動而設於壁柱等上的）鈎環。③

あお・る【煽る】（自・他五）①煽（＝あおぐ）；☆炭火（すみび）を煽る／煽炭火；②吹動，☆風がカーテンを煽る／風吹動窗帘；③搧動；☆風で戸が煽る／門因颳風搖動；④催動；☆馬を煽って行く／催馬前進；☆相場を煽る／哄抬行市；⑤煽動，鼓動（＝そそのかす，おだてる）；☆民衆を煽って暴動を起させる／鼓動羣衆暴動。②

あお・る【呷る】（他五）大口地喝；☆酒をぐいぐいと呷る／咕嘟咕嘟地大口喝酒。②

****あか**【赤】Ⅰ（名）①紅，紅色；②共產主義（者）；☆彼は赤だ／他是共產主義者；③危險信號，停止信號；Ⅱ（造語）冠於他語之上表示分明、完全等義；☆赤はだか／赤條精光；☆赤の他人／毫無關係的人，陌生人。①

****あか**【垢】（名）①污垢，油垢；☆風呂にはいって垢を落す／洗個澡去一去污垢；②水銹，水鹼（＝みずあか）；☆鉄瓶に垢がついた／水壺長了水銹。②

あか【淦】（名）船底的積水。②

あか【銅】（名）（＝どう，あかがね）①

あかあかと【明明と】（副）明晃晃，亮堂堂；☆明明と灯（ひ）を点（とも）す／亮堂堂地點着燈。③

あかあかと【赤赤と】（副）紅煌煌，熊熊；☆火は赤赤と燃えている／火熊熊地燃着③

あかあり【赤蟻】（名）〔動〕黃蟻。⓪

****あかい**【赤い】（形）①紅的；☆夕焼（ゆうやけ）が赤い／晚霞紅；☆赤く塗る／塗成紅色；②〔轉〕紅的，紅色的（指極權的，共產主義的）；☆あの男は赤い／他有共產思想；☆赤い組合／紅色工會；◇赤くなる／①（形容羞慚）面紅耳赤；

②（思想）變紅；因あかし。（形ク）。⓪

あかいろ【赤色】（名）紅色。⓪

あかがい【赤貝】（名）〔動〕魁蛤，蚶子②

あかがね【赤金・銅】（名）〔文〕銅；～いろ【銅色】（名）紅黑發亮的顏色。⓪

あかがみ【赤紙】（名）①紅紙；②（徵兵）入伍的通知單。⓪

あがき【足搔】（名）①（馬）刨地；②掙扎；☆最後の足搔／最後的掙扎；◇足搔がつかぬ，足搔が取れぬ／一籌莫展，進退維谷；☆泥深い道に踏み込んで足搔が取れなかった／陷進了深泥坑中弄得拔不出腿來；☆借金で足搔がつかぬ／被債務弄得一籌莫展。①③

あかぎれ【皹】（名）凍傷，皸裂；☆足に皸が切れた／腳上凍出皸裂來了。⓪

あが・く【足搔く】（自五）①（馬用前腳）刨地；☆馬は走りたくて頻りに足搔いている／馬想跑，直掙地；②焦躁（＝じたばたする，あくせくする）；掙扎（＝もがく）☆いくら足搔いても追付かない／無論怎樣着急也來不及了。②

あかぐろ・い【赤黒い】（形）紅黑色的；☆赤黒い顔／紅黑的臉；因あかぐろし（形ク）。⓪④

あかげ【赤毛】（名）紅髮；對歐美人的卑稱。⓪

あかゲット【赤毛布】（名）①紅毯子；②〔蔑〕（進城遊逛的）鄉下佬，土包子③

あかご【赤子】（名）①嬰兒（＝あかんぼう）；②〔動〕游絲蚵（金魚飼料）。⓪

あかさ【赤さ】（名）紅（的程度）。⓪

あかざとう【赤砂糖】（名）紅糖。③

あかし【証】（名）①證據，證明；☆証を立てる／作證，見證；②清白的證據（＝あかり）；☆身の証を立てる／證明自己的清白。⓪

あかじ【赤字】（名）赤字，虧空，入不敷出；☆どうやりくりしても、毎月五千円は赤字になる／無論怎麼打算每月總要虧五千塊錢；☆赤字を出す／虧空，入不敷出；～こうさい【赤字公債】（名）〔經〕（為彌補財政赤字而發行的）赤字公債。⓪

あかじ【赤地】（名）紅地子，紅地兒（的織物）；☆赤地に菊を染抜（そめぬ）く／紅地兒上染出（白色）菊花。⓪

あかしお【赤潮】（名）紅潮；黑潮（因硅藻類及微生物的繁殖使海水呈紅褐色：有

時對魚類有害）。⓪

あかしくら・す【明かし暮らす】（自五）
度日。⑤

あかじ・みる【垢染みる】（自上一）汚，
骯髒；☆シャツが垢染みて来た／襯衫髒
了；因あかじむ（四・上二）。④

アカシア【acacia】（名）〔植〕洋槐⓪⓪

あかしんごう【赤信号】（名）①〔交通〕
停止信號；②危險信號，恐慌之兆；☆渇
水（かっすい）のため、この多の電力事
情はすでに赤信号だ／因爲水力不足，今
年的電力供應已有恐慌之兆。③

***あか・す**【明かす】（他五）①說出（＝う
ちあける）；☆身分を明かす／說出（自
己的）身分；揭露；☆秘密を明かす／
揭露秘密；③過夜；☆夜を（寝ずに）明か
す／徹夜不眠；☆ダンスで夜を明かす／
通宵跳舞。⓪②

あか・す【證す】（他五）證明；☆自分の
無実（むじつ）を証す／證明自己的清白⓪

あか・す【飽かす】（他五）①叫人吃飽；
☆ごちそう攻めで客を飽かす／用盛饌饗
客；②討人嫌，使人厭煩；☆彼の演説は
聴衆を飽かさない／他的演講令人聽之不
倦；③盡量用，不惜；☆金に飽かして家
を建てる／不惜重資蓋房子。②

あかず【飽かず・厭かず】（連接）〔文〕
不厭，不倦；☆厭かずに医者通いをする
／耐心地就醫。①

あかすり【垢磨】（名）澡布，擦澡巾，絲
瓜瓤。④③

あかだい【赤鯛】（名）〔動〕紅大頭魚⓪

あかちゃ・ける【赤茶ける】（自下一）（
因掉色或變色而）發紅，☆赤茶けた畳（
たたみ）／變了色（發紅）的草墊席；☆
洋服が赤茶ける／西裝變色發紅。④⓪

あかちゃん【赤ちゃん】（名）〔俗〕嬰兒①

あかチン【赤チン】（名）〔俗〕紅汞溶液
，紅藥水（＝マーキュロクローム）

あかつき【暁】（名）①拂曉，天亮（＝よ
あけ、あけがた）；☆暁を告げる鶏鳴（
けいめい）／報曉的鶏聲；②…之際，…
之時（＝そのとき）；☆凱旋の暁には勲
章を授（さず）けられるであろう／凱旋
時一定要榮獲勲章。⓪

あがったり【上がったり】（連語）垮臺，
完蛋，糟糕（表示買賣事業等一蹶不振時
的用語）；☆こう不景気では商売は上が
ったりだ／市面這樣蕭條，買賣算完了；

☆あの男はもう上がったりだ／他算完蛋
了。④⑤

あかつち【赤土】（名）黄土，赭土。⓪

アカデミー【academy】（名）①學會；
藝術院②科學院③大學，最高學府②③

アカデミック【英・形 academic】（形動
ダ）①學院的；學會的；②〔轉〕學究式
的；空談理論的。④

あかとり【垢取】（名）①刷木梳用的刷子；
②（刷馬的）馬刷子③貼身衣，汗裕④③

あかとんぼ【赤蜻蛉】①動〕紅色的蜻蜓③①

あがない【贖い】（名）贖（罪，過）；☆
罪の贖いをする／贖罪。③⓪

あがな・う【贖う・贖う】（他五）①贖；
☆金で罪を贖う／用錢贖罪；②＝かう（
買う）。③

あかぬけ【垢抜】（名・自サ）①去掉塵垢，
清爽；②〔轉〕俏皮，優美，文雅，不土
氣；☆まだ垢抜がしていない／還不免有
些土氣；☆彼の言う言葉は、すっかり垢
抜した東京語だ／他說的是一口俏皮的東
京話。④

あかぬ・ける【垢抜・ける】（自下一）①
去掉塵垢，清爽；②變成不土氣，俏皮起
來；變高雅；☆あの人は近頃垢抜けてき
た／他近來俏皮（風雅）起來了。④

あかね【茜】（名）〔植〕茜，茜草。⓪

あかのたにん【赤の他人】（連語・名）毫
無關係的人，陌生人，路人；☆俺（おれ）
とお前とはもう赤の他人だ／現在我和你
就算斷絕關係了？①－⓪

あかはじ【赤恥】（名）（當衆）出醜，丟
臉；☆赤恥をかく／當衆出醜；☆赤恥を
かいた／受了大羞辱。⓪

あかはだ【赤肌】（名）①裸體，赤條精光
（＝すはだか）；②禿，光（的山）；☆
赤肌の山／（沒有樹木的）禿山。⓪

あかはだか【赤裸】（名）赤裸裸，赤條精
光（＝まっぱだか）；☆赤裸の男／脫得
精光的漢子。③

あかばな【赤鼻】（名）紅鼻子，酒糟鼻
子。⓪

あかば・む【赤ばむ】（自五）發紅，變成
紅色；☆木の葉が赤ばんで来た／樹葉兒
紅起來（枯萎）了。③

あかはら【赤腹】（名）①〔俗〕〔醫〕赤
痢；②〔動〕赤腹鶇（鳥名）。⓪

あかびかり【垢光】（名・自サ）油汚得發
亮；☆あの男はぴかぴか垢光する上衣を

着ていた／那人穿的是油污得發亮的上衣。③

あかひげ【赤髭】（名）①紅鬍鬚（的人）；②洋鬼子（對歐美人的卑稱）。⓪

あかふだ【赤札】（名）①（表示已經賣出或減價出售的）紅簽子；②已售品，減價品。⓪

あかぼう【赤帽】（名）①紅帽子；②車站搬運工人。⓪

あかまつ【赤松】（名）〔植〕紅松，黄松⓪②

あかみ【赤身】（名）①（動物的）瘦肉；↔しろみ（白身）；②（木材中心帶紅色部分）木心；↔しらた（白太）。⓪

あかみ【赤味】（名）紅色，紅的程度；☆赤味がさす／有點發紅。⓪

あかみそ【赤味噌】（名）黄醬，鹹醬（＝からみそ）；↔しろみそ（白味噌）。⓪

あかみばし・る【赤味走る】（自五）發紅，現出紅色；☆彼の顔が赤味走った／他的臉紅起來了。⓪

あかむけ【赤剝】（名・自サ）（皮膚）磨破露出紅肉；☆皮が赤剝けして大変痛い／皮磨破了很疼；☆ころんで肘（ひじ）が赤剝けになる／病倒跌了一跤胳胳肘剝破了。⓪

あかむらさき【赤紫】（名）紫紅（色）④

あかめ【赤目】（名）①（因疲勞疾病而）眼球充血，紅眼睛；②用手指翻開下眼皮以嚇唬小孩或表示輕侮、拒絕之意；→あかんべい。⓪

あが・める【崇める】（他下一）崇拜，崇敬，恭維（＝うやまう、そんけいする）；☆孔子孟子を師と崇める／崇孔孟爲師；図あがむ（下二）。③

あかもん【赤門】（名）①朱門，紅漆門；②東京大學（的別名）；**～で【赤門出】**（名）東京大學出身者。⓪

あからがお【赤ら顔・赭ら顔】（名）紅臉。⓪③

あからさま（形動ダ）①〔文〕忽然，突然（＝にわか、たちまち）；②顯然，明白，率直（＝あきらか、はっきり、あらわ）；☆あからさまに言う／明說，直截了當地說；☆あからさまな違法行爲／顯然的違法行爲。③⓪

あから・む【赤らむ】（自五）變紅，紅起來；☆東の空が赤らんで来た／東方的天空紅起來了。③

あから・める【赤らめる】（他下一）使紅（＝あかめる、あかくする）；☆照（て）れて顔を赤らめる／羞得紅起臉來；図あからむ（下二）。④

***あかり【明（か）り】**（名）①光，亮兒（＝ひかり、あかるさ）；☆蠟燭の明りで本を読む／借燭光看書；②燈（＝ともしび、あかし）；☆明りをつける／點燈；☆明りを消す／熄燈；③清白，（解疑的）證據（＝あかし）；☆身の明りを立てる／證明身地清白；☆明りが立つ／雪冤，證明清白；**～とり【明り取り】**（名）亮窗，天窗；**～まど【明り窓】**（名）亮窗。⓪

あがり【上がり】（造語）①表示出身或當過…的意思；☆小僧上がり／學徒出身；☆軍人上がり／當過軍人；②表示剛…過…之後，不久等意；☆病気上がり／病好未久；☆湯（ゆ）上がり／剛洗完澡。

あがり【上がり】（名）①上，往上；☆ここから道が上がりになっている／從這兒起是上坡路；②陞，升進；☆引がよいから上がりが早い／有人提拔所以升得快；③進步，長進；☆手の上がりが早い／技術的進步很快；④上漲，漲價；☆物価の上がり方がひどい／物價漲得太猛；⑤收入，收穫，賣頭；☆年々五千円の上がりがある／每年有五千元的收入；⑥完成，告竣；☆この仕事の上がりは、かなりよい／這件活兒(工作)做得很好；⑦〔麻將牌〕滿，和；**～がまち【上がり框】**（名）（日本住宅）入口處的門框；**～ぐち【上がり口】**（名）房門口走廊，樓梯口兒；**～さがり【上がり下がり】**（名）高低，升降，漲落；☆この頃株の上がり下がりはひどい／這幾天股票的漲落很厲害；**～だか【上がり高】**（名）①收穫；②賣頭，營業額；**～だん【上がり段】**（名）台階，樓梯；**～ば【上がり揚】**（名）①下船處，碼頭；②澡堂脫衣處；**～ばな【上がり花】**（名）剛泡的茶；**～め【上がり目】**（名）①吊角眼；②物價剛見漲；↔さがりめ（下がり目）；**～もの【上がり物】**（名）①上供的東西；②收成，收穫；③〔敬稱〕飲食品；④沒收品；**～ゆ【上がり湯】**（名）浴後澆身用的清水⓪

あか・る【明かる・開かる】（自五）〔俗〕（自然）開着；☆戸があかっている／門開着。☆

***あが・る【上がる・揚がる・騰がる】**Ⅰ（自五）①上，登，登陸；☆二階に上がる／上樓；☆横浜に上がる／在橫濱登陸；②

升，騰；飛揚；☆日が上がる／太陽升；
☆凧(たこ)が空高く上がっている／風箏
高飛在天空；☆花火(はなび)が上がった
／煙火放起來了；⑦抬起,揚起,昂起；☆名
が揚がる／名揚；☆あの人の前では頭が
上がらぬ／在他的面前抬不起頭來，敵不
過他；④去，到(いく、まいる的敬語)；
進入(はいる的敬語)；☆明日お宅の方
へ上がって宜しいでしょうか／明天到府
上去可以麼？☆まあ、お上りなさい／請
進來吧；⑤進步，長進；☆彼は腕がめっ
きり上がってきた／他的本事顯著長進
了；⑥上漲,漲價；☆値段があがる／漲
價；☆家賃があがる／房租上漲；⑦成熟
；☆柿があがる／柿子成熟；⑧完成；(
玩牌、擲骰子等)滿，和；☆この仕事は
今日中に上がる／這件工作今天做完；☆
誰が先にあがったか／誰先和的？⑨住，
停(=やむ)；☆雨があがった／雨停了；
⑩(魚、蟲等)死，(草木)枯；☆魚が
みなあがった／魚都死了；☆瓜の蔓があ
がる／瓜蔓枯死；⑪怯(場)，喪失鎮靜
(=のぼせる)；☆人前に出るとあがっ
てしまう／站在人前(大庭廣衆之間)就
怯場；⑫上升；☆気温が三十度にあがっ
た／氣溫上升到了三十度；⑬晉(級)，
加(薪)；☆俸給があがる／加薪；⑭入
學,上學；☆大学にあがる／上大學；⑮
出(=でる)；☆湯からあがる／出浴，
洗完澡；⑯够用,够開支；☆諸掛りは百
円ではあがらない／各項費用一百塊錢怕
不够(下不來)；⑰生，收；☆毎月家作
(かさく)から五万円あがる／每月有房產
收入五萬日幣；⑱被發現，被抓住；⑲証
拠があがる／被抓住證據；☆犯人はまだ
あがらない／犯人還沒抓住；⑲有(效果)
，取得(成績)；⑳(炸)好；☆天麩羅(
てんぷら)があがった／炸麵魚(蝦)炸
好了；㉑(給神佛)供上(=そなえられ
る)；☆灯明があがる／供上神燈；㉒發
出；☆歓声があがる／歡聲四起；◇風釆
があがらない／其貌不揚，男があがる／
露臉；提高身價；Ⅱ(他五)吃、喝(的
敬語)；☆どうぞ、おあがりください／
請您吃(喝)吧；Ⅲ(補動・五)①(接
在其他動詞連用形下表示尊敬的意思)；
☆何を召しあがりますか／您吃(喝)點
什麼呢？②(接在其他動詞連用形下表示
該動作完了)☆今刷りあがったばかり

だ／是剛印完了的；⑧(接在其他動詞連
用形下表示輕蔑)＝やがる；☆何を言っ
ていあがる／(胡)說什麼。⓪

*あかる・い【明(か)るい】(形)①明亮
的；☆電灯はランプより明るい／電燈比
油燈亮；☆明るいうちに／乘亮，在天未
黑以前；②明朗的,快活的；☆明るい顔
つき／面容開朗；③熟悉的,精通的；☆
彼はこの辺の様子に明るい／他熟悉這一
帶的情形；図あかるし(形ク)。⓪

あかるみ【明るみ】・(名)①光亮處；②公
開的地方(=せけん、おおやけ)；☆事
件を明るみに出す／把事件公開(揭露)
出來；☆明るみに出る／顯露出來,表面
化。⓪

あかる・む【明るむ】(自五)發亮,晴起
；☆空が明るんできた／天亮起來了。③

あかん(連語)(關西方言)不行,不成
；☆それはあかん／那不行。②

アカンサス【acanthus】(名)①[植]
爵牀屬,莨苕；②[建](柱頭上的)爵
牀葉形裝飾。②

あかんたい【亜寒帯】(名)[地]亞寒帶⓪②

あかんべ(い)(名・自サ)(用手指翻開
下眼皮)作鬼臉(表示輕蔑或拒絕)；◇
そんなことはあかんべいだ／那不行；(
北方方言)老了也辦不到！①④

*あかんぼう【赤ん坊】(名)嬰兒；☆赤ん
坊が生れた／嬰兒出生了。⓪

*あき【秋】(名)①秋,秋天；☆秋の夕暮
／秋天的傍晚；②秋收(=とりいれ)；◇
秋の鹿は笛に寄る／雪後的麻雀容易上
套。①

あき【明・空】(名)①空隙,空白(=す
き、すきま)；☆あきを埋める／填空
隙；☆行間のあきが、すこし長い／
行間的距離有點兒小；②空閒兒,工夫
(=ひま、いとま)；☆忙しくてあきがな
い／忙得沒有閒工夫；③空缺,空位置,
空額(=けついん)；☆君の会社にあき
があるかね／你們公司裏有沒有空額？④
閒着的,沒使着的(東西)；☆傘のあき
があったら貸してくれ／有閒着的雨傘借
我用一用。⓪

あき【飽・厭】(名)厭,賦,够；☆こん
な生活には飽が来た／對於這樣的生活已
經厭煩。②

あきあき【飽き飽き】(名・自サ)賦煩,
厭煩；☆汽車の旅に飽き飽きする／對乘

火車旅行已經膩了。③

あきいえ【明家・空家】（名）空房（＝あきや）。

あきかぜ【秋風】（名）秋風；☆秋風が立つ（吹く）／起秋風；〔轉〕愛情冷淡下去（「秋」和「飽」（あき）的雙關語）③

あきがら【空殼】（名）空殼；☆これは貝の空殼だ／這是空貝殼。⓪

あきかん【明罐・空罐】（名）（罐頭等的）空罐，空盒；☆缶入りジュースの空罐／空果汁罐。⓪

あきぎみ【厭気味】（名）（有點）厭煩，厭膩（的心情）。⓪

あきくさ【秋草】（名）秋（天開花的）草，秋天的野花。②

あきぐち【秋口】（名）秋初；☆秋口になると、よく風が吹く／一入秋就常颳風②

あきごえ【秋肥】（名）〔農〕秋天施的肥料。⓪②

あきさく【秋作】（名）秋播作物；秋收作物。⓪

あきさめ【秋雨】（名）秋雨。⓪

あきしょう【飽性・厭性】（名）沒恒心，好厭煩；☆あれは厭性な人だからこんどの仕事も続（つづ）くまい／他是一個沒恒心的人，所以這回這個工作也不會繼續多久的。③

あきす【空巣・明巣】（名）①（沒有鳥的）空窠；②（人不在家的）空宅；～ねらい【空巣狙】（名）伺人外出行竊的賊。⓪

あきたりない、あきたらぬ【飽足りない、飽足らぬ】（連語）①不飽；☆二杯の飯では飽足らぬ／兩碗飯吃不飽；②不滿意，不稱心；☆自分で自分に飽足らぬ／自己不滿意自己；☆多少飽足らぬところがある／還有點不稱心（不滿足）；☆殺しても飽足らないやつだ／殺了他也不解恨⓪

あきだる【明樽・空樽】（名）空桶。⓪

あきち【明地・空地】（名）空地，空閒地。⓪

あきっぽ・い【飽きっぽい】（形）〔俗〕好厭煩的，沒恒心的，動不動就厭膩的（＝あきやすい）；☆君のように飽きっぽくては何も出来ない／像你這樣沒恒心什麼也搞不成；☆物に飽きっぽいと大きな仕事は出来ない／沒恒心就不能成大事④

あきな・う【商う】（名・他サ）①買賣，生意（＝しょうばい）；☆彼は商が上手だ／他很會作買賣；②販賣；☆あの店では洋品の商をする／那家舖子賣洋貨；◇商は

牛の涎（よだれ）／作買賣要有好耐性；～ぐち【商口】（名）①（吹噓貨色的）生意話；生意經；②銷路，主顧；☆いい商口はないか／有沒有好銷路呀；～もの【商物】（名）商品，貨。⓪②③

あきな・う【商う】（他五）營商，作買賣；☆この店では何を商っての儲（もう）か／這家舖子買賣什麼都賺錢。③

あきのそら【秋の空】（連語・名）①秋天的天氣；②〔喻〕易變的心；☆男心と秋の空／男人易變心。①-①

あきのななくさ【秋の七草】（連語・名）秋天開花的七種草（はぎ、おばな、くずばな、なでしこ、おみなえし、ふじばかま、ききょう）。-②

あきは・てる【厭果てる】（自下一）厭煩到極點；☆この仕事には厭果てた／這個工作我算膩透了；図あきはつ（下二）⓪

あきばれ【秋晴】（名）秋天的晴天。⓪

あきびより【秋日和】（名）秋季晴朗的天氣。③

あきびん【空瓶・明瓶】（名）空瓶子；☆ビールの空瓶／空啤酒瓶。⓪

あきべや【明部屋・空部屋】（名）（沒住人或沒佔用的）空房間。⓪

あきめ・く【秋めく】（自五）漸有秋意（＝あきらしくなる）；☆だんだん秋めいてきた／漸有秋意了。③

あきめくら【明盲】（名）①睜眼瞎；☆彼は明盲でちっとも見えない／他是個睜眼瞎一點兒也看不見；②〔轉〕文盲（＝もんもう）；☆彼は明盲で手紙も読めない／他是個文盲，連封信都看不懂。③

あきや【明家・空家】（名）空房，閒房⓪

あぎょう【ア行】（名）あ行，五十音圖的第一行。①

あきらか【明らか】（形動ダ）①明亮；☆月の明らかな夜／月明之夜；②明顯，顯然，明白清楚；☆明らかに間違っている／顯然錯誤了；☆火を見るよりも明らかだ／明明白白，洞若觀火；③明確；☆自分の立場を明らかにする／明確自己的立場；☆理非曲直（りひきょくちょく）を明らかにする／弄清是非曲直。②

あきらめ【諦め】（名）〔あきらめる〕的名詞形〕斷念，死心，達觀；☆諦めの悪い人／想不開的人；☆どうしても諦めがつかない／怎樣也想不開（不死心）④③

あきら・める【諦める】（他一下）斷念，

死心，抱達觀；☆運命と諦める／認命；
☆健康の関係であの仕事は諦めた／因爲
健康的關係那個工作我不想做了；図あき
らむ（下二）。④

*あ・きる【飽きる】（自上一）飽，够，満
足；☆飽きるほど食う／吃個够；☆飽き
ることを知らぬ／不知道満足，沒有够；
図あく（四）。④

あ・きる【厭きる】（自上一）賦，厭煩（
＝いやになる）；☆この絵（え）は何度
見ても厭きない／這幅畫兒看多少遍也看
不厭，図あく（四）。②

あきれかえ・る【呆れ返る】（自五）驚訝
到極點；十分驚訝，嚇得目瞪口呆；☆こ
の光景を見て，皆呆れ返った／看到這種
情況大家都十分驚訝；→あきれる。④

アキレスけん【Achilles腱】（名）〔解〕
阿溪里腱。④

あきれは・てる【呆れ果てる】（自下一）
＝あきれかえる。⑤

*あき・れる【呆れる・憫れる】（自下一）
（因意想意外而）嚇呆，愕然，吃驚，發
楞；☆呆れて物も言えない／嚇得啞口無
言；☆君の記憶の悪いのには呆れた／眞
想不到你的記性這麼壞；☆呆れた要求／
豈有此理的要求；☆呆れた奴だ／這種人
眞少有；図あきる（下二）。⓪

あきんど【商人】（名）商人，買賣人；◇
商人の空誓文／商人嘴裏沒良話。②

あく【灰汁】（名）灰水，鹼水；②〔植
物中的〕澀液；☆灰汁の抜けた人／不俗
氣的人，風雅的人；☆灰汁のない水／軟
水。⓪

*あ・く【明く・開く】Ⅰ（自五）①開；☆
戸が開いている／門開着；☆錠前（じょ
うまえ）が開かぬ／鎖頭開不開；②空，
閒；☆この家は来月開く／這所房子下月
騰出來；☆新聞が明いたら貸して下さ
い／報紙若没有人看請借給我看看；③開
始（＝はじまる）；☆デパートは午前九
時に開く／百貨公司上午九時開始營業；
④（時間等）空閒，騰出（＝ひまにな
る）；☆明日になれば多少時間があくで
しょう／明天可能多少有些時間；☆直（
す）ぐ手があきます／馬上就騰出工夫來
；◇あいた口が塞（ふさ）がらぬ／①嚇
得目瞪口呆；②精神恍惚，出神。⓪

あ・く【飽く】（自五）〔文・方〕満足；
☆貪慾（どんよく）で飽くことを知らな

い／貪心不足。①

あく【悪】（名）①悪，歹，壞；☆悪に染
まる／染上惡習；☆悪を懲（こ）らす／
懲悪；↔ぜん（善）；②〔劇〕反派角色
（壞人物）。①②

*あくい【悪意】（名）悪意；☆悪意を抱（
いだ）く／懷惡意。①②

あくうん【悪運】（名）①厄運，倒霉；☆
あの人の一生は悪運続きだ／他一生倒霉
到底；②賊運，傚壞事而不遭悪報的運氣
；☆悪運が強い／賊運亨通；☆彼は悪運
尽きて遂に捕われた／他的賊運已盡，終
於落網了。②⓪

あくえき【悪疫】（名）〔文〕瘟疫，悪性
流行病；☆悪疫が流行する／流行瘟疫⓪

あくえん【悪縁】（名）悪因緣，孽緣；☆
前世の悪縁／前世的惡因緣；☆離れよう
と思っても離れられない悪縁／想離也離
不開的孽緣。⓪②

あくぎ【悪戯】（名）＝いたずら，わる
さ。①

あくぎょう【悪行】（名）惡行，壞事；☆
悪行の限りを尽す／傚盡壞事。②⓪

あくげん【悪言】（名）悪言，壞話，罵人
語。⓪②

あくさい【悪妻】（名）①悪妻，悍婦；☆
悪妻は六十年の不作（ふさく）／娶了壞
老婆倒霉一輩子；②醜妻，醜婦。⓪

あくじ【悪事】（名）壞事，悪行；☆悪事
を働く／傚壞事；☆悪事千里を走る（行
く）／（好事不出門）悪事傳千里。①

あくしつ【悪質】（名・形動ダ）悪性，悪
意，悪劣；☆悪質な宣伝／惡意的宣傳；
☆悪質の貧血／悪性的貧血；☆悪質な犯
罪／悪劣的犯罪。⓪

アクシデント【accident】（名）（偶發
）事件，事故，事變。①

*あくしゅ【握手】（名・自サ）①握手；☆
握手して仲直（なかなお）りする／握手
恢復舊好；②連合，合作；☆在野党と握
手しようとする／想同在野黨合作。①

あくしゅう【悪臭】（名）悪臭，難聞的氣
味；☆悪臭鼻を突く／悪臭衝鼻。⓪

あくしゅう【悪習】（名）悪習，壞毛病；
☆悪習が付く／沾染惡習；☆悪習に染ま
る／染上惡習。⓪

アクション【action】（名）①行動，活動，
動作；②〔劇〕演技。①

あくせい【悪声】（名）①不好聽的聲音；

②不妙的風聲；誹謗（＝わるくち）；☆
悪声を放（はな）つ／散布謠語；說壞
話。⓪

あくせい【悪性】（形動ダ）悪性；〜イン
フレ【悪性インフレ】（名）〔輕〕悪性
通貨膨脹；〜ひんけつ【悪性貧血】（名）
〔醫〕悪性貧血。⑦

あくせい【悪政】（名）悪政，苛政；☆悪
政を施す／行苛政。⓪

あくせく【齷促・齷齪】（名・副・自サ）
①辛辛苦苦；忙忙碌碌；☆これは齷促と
働いて溜（た）めた金だ／這是辛辛苦苦
賺下的錢；②處心積慮；擔心，煩惱；☆
金儲（かねもう）けに齷促する／處心積
慮地要發財；☆小事に齷促する／為小事
煩惱。①

アクセサリー【accessary】（名）①附屬
品；②服飾用品（別針、手套、帽子、手
提包類）；☆タバコは動くアクセサリー／
香煙是會活動的裝飾品。①③

**アクセル、アクセレレーター【accelera-
tor】**（名）（汽車的）加速器。①

あくせん【悪銭】（名）〔文〕不義之財；
◇悪銭身（み）につかず／不義之財理無
久享；財悖入則悖出。⓪③

あくせん【悪戦】（名・自サ）悪戦，苦戦；
〜くとう【悪戦苦闘】（名・自サ）苦戦
悪闘；☆共産主義と悪戦苦闘せねばなら
ぬ／必須與共産主義作殊死的闘争。⓪

アクセント【accent】（名）①重言；②語
調；③強調點。①

あくたい【悪態】（名）罵（＝わるくち）；
◇悪態をつく／罵街。③

あくだま【悪玉】（名）壞人，壞蛋；↔ぜ
んだま【善玉】。⓪

あくたれ【悪たれ】（名）①淘氣，胡閙，
悪作劇；②＝あくたれもの；☆あれは悪
たれ小憎だ／那是一個淘氣鬼；〜ぐち
【悪たれ口】（名）罵人話，粗話；◇悪た
れ口をきく（たたく）／罵街；說壞話；
〜もの【悪たれ者】（名）胡閙的人，無
賴。⓪④

あくた・れる【悪たれる】（自下一）①胡
閙，悪作劇；☆悪たれるのもいい加減に
しろ／不要胡閙了；②罵街，說壞話。④

あくたろう【悪太郎】（名）頑童，淘氣的
孩子（＝いたずらっこ）。③

アクティブ【英・形active】（形動ダ）①
主動的，積極的；☆もっとアクティブな

態度をとれ／要探取更積極的態度；②活
潑的，敏捷的；⑧（名）積極分子。①

あくど・い（形）（顔色）過於濃艷的；
（味道）太膩的；（行爲等）因爲過火而令
人生厭的（＝しつこい、くどい）；☆あ
くどい色／刺眼的顏色；☆あくどい味／
太膩的味道；☆あくどい小言（こごと）／
過火的責備；☆あくどいお世辞（せじ）／
過分的奉承；☆あくどい悪戯／悪劣的悪
作劇；図あくどし（形ク）。③

あくどう【悪童】（名）壞孩子；淘氣的孩
子；☆悪童が窓のガラスを毀した／壞孩
子把窗戶玻璃打壞。⓪

あくどう【悪道】（名）①壞道路（＝わる
いみち）；②邪途，壞道兒；〜もの【悪
道者】（名）無賴，壞蛋（＝わるもの）⓪②

あくとく【悪徳】（名）悪德，不道德，墮
落。⓪

あくにん【悪人】（名）悪人，壞人。②⓪

あぐ・ねる（自下一）厭，煩（＝あぐむ、
いやになる）。

＊あくび【欠・欠伸】（名・自サ）呵欠，哈
息；〜欠伸をする／打哈欠；☆欠伸を噛
み殺す／忍住哈欠；☆欠伸の出るような
講演／令人厭膩的講演。⓪

あくひつ【悪筆】（名）拙筆，字跡拙劣；
☆悪筆で人に見せられない／字寫得難看
拿不出來。⓪

あくひょう【悪評】（名・他サ）①悪評，
壞批評；☆新聞で悪評を受ける／在報紙
上受到悪評；②壞名聲；☆あの人には悪
評が絶えない／他經常被人說壞話；↔こ
うひょう【好評】。⓪

あくびょう【悪病】（名）①悪症；①難症，
不好治的病。②

あくびょうどう【悪平等】（名）不正確的
平等，平均主義；☆醵金させるのはいい
が、頭割りでは悪平等／捐款是可以的，
如果一律均攤就是平均主義了。②

あくふう【悪風】（名）悪習，壞風氣；☆
悪風に染（そ）まる／沾染悪習。⓪

あくへい【悪弊】（名）悪習，弊端；☆悪
弊を一掃する／消滅弊端。⓪

あくへき【悪癖】（名）壞毛病，壞習慣；
☆悪癖を矯（た）める／矯正壞毛病⓪

あくま【悪魔】（名）悪魔，魔鬼。⓪

あくまで（も）【飽迄（も）】（連語・副）
徹底；到底（＝どこまでも）；☆あくま
で反対する／徹底反對；☆飽迄言いやる

／頑強主張，一口咬定。①②

あくみょう【悪名】（名）〔文〕壊名聲；☆悪名を着せられる／被人加上悪名（＝あくめい）。⓪

あくむ【悪夢】（名）悪夢；☆悪夢を見る／作悪夢；☆悪夢に襲われる（うなされる）／爲悪夢所魘。⓪

あぐ・む【倦む】（自五）（一般不獨立使用）①厭倦，膩；☆聞き倦む／聽膩，☆待ち倦んでいる／等膩了；②難對付，辣手（＝もてあます）。

あくやく【悪役】（名）反派角色。⓪

あくゆう【悪友】（名）壊朋友；〔諧〕老朋友。⓪

あくよう【悪用】（名，他サ）濫用；☆職権を悪用する／濫用職権。⓪

あぐら【胡坐・趺坐】（名）盤腿坐；～ばな【趺坐鼻】（名）哈巴狗兒鼻子（鼻孔向上的扁平鼻子）。⓪

あくりょく【握力】（名）握力；～けい【握力計】（名）握力計。②

アクリル【acryl】（名）壓克力。②

あくる【明くる】（連體）明，翌，下，次（＝つぎの）；～あさ【明くる朝】（連語・名）第二天早晨，翌晨；～つき【明くる月】（連語・名）下月，第二月；～とし【明くる年】（連語・名）明年，第二年；～ひ【明くる日】（連語・名）翌日，次日，第二天。⓪

あくれい【悪例】（名）壊例子；☆悪例を作る／造成壊例子；☆悪例を残す／留下壊例子。⓪

アクロバット【acrobat】（名）雜技演員④

あけ【朱】（名）紅，紅色；☆朱に染まる／満身是血。⓪②

あけ【明】（名）①黎明，天亮（＝よあけ）；☆明の明星（みょうじょう）／晨星；②満，終；☆休暇明（きゅうかあけ）／假期終了；☆休会明の議会／休会後的議會。⓪

あげ【上げ】（名）①〔（あげる）的名詞〕↔さげ（下げ）；②（小孩衣服肩、腰上折縫起来的）褶子；☆肩の上げを下ろす／放開肩上的褶子。⓪

あげ【揚げ】（名）①油炸食品；炸麵魚（＝てんぷら）；②炸豆腐（＝あぶらあげ）。⓪

あげあし【揚げ足】（名）①抬腿；抬起的腿；②〔轉〕過失，短處，（吹毛求疵的）口實；☆揚げ足を取る／抓住短處，吹毛求疵。⓪

あげあぶら【揚油】（名）炸東西的油（香油，荣籽油之類）。③

あげいた【上板・揚板】（名）①（地窖等的）蓋板；②浴室地上放的木板。⓪

あげおろし【上下・揚卸】（名・他サ）①拿放，拿起放下；☆箸の上下／筷子的拿放；②裝卸；☆荷物の揚卸／貨物的装卸。⓪

あげかす【揚滓】（名）（炸完東西後剩在鍋裏的）油渣子。⓪

*あけがた**【明方】（名）黎明，拂曉；☆明方に雨が降った／黎明時下雨了。⓪

あげく【挙句・揚句】（名）①〔文〕連歌（＝れんが）・俳句（＝はいく）的末句 ↔ ほっく（発句）；②〔轉〕結果，最後（＝おわり，しまい，とどのつまり）；☆口論の挙句摑合（つかみあ）いになった／争吵一陣最後揪打起来了；◇挙句の果（は）て／到了最後；☆挙句の果てに金まで取られた／到了最後還被錢損失了。⓪

あげくだし【上げ下し】（名）吐瀉，上吐下瀉。

あけくれ【明け暮れ】Ⅰ（名）朝夕，早晚；Ⅱ（副）黑天白日；經常（＝いつも）；☆明け暮れそのことばかり心配している／黑天白日在擔心那一件事。②

あけく・れる【明け暮れる】（自下一）一天一天地過去，日往夜來；☆彼は数年間辞書の編纂に明け暮れた／他一連好幾年從事於辞典的編輯；図あけくれる（下二）④

あげさげ【上げ下げ】（名・他サ）①上下，起落，②一褒一貶，說好說壊；③一張一落；☆潮漲潮落；◇上げ下げを取る／一褒一貶；忽而說好忽而說壊。②

あげしお【上潮】（名）漲潮；↔ひきしお（引潮）・おちしお（落潮）。⓪

あけすけ【明け透け】（副・形動ダ）露骨，不客氣，沒有含蓄；☆あけすけに言えば私は賛成しない／不客氣説，我不贊成，☆明け透けな態度／露骨（沒有含蓄）的態度☆話が明け透けだ／說得太露骨⓪②

あけたて【開閉】（名・他サ）開閉，開關；☆戸を開閉する／開門關門；☆戸の開閉は静かにせよ／開關門要輕一點兒。②

あけちらす【開け散らす】（他五）濫開（門窗等）。④

あけっぱなし【明（開）けっぱなし】（名）①敞開，大敞大開；☆昨晩は暑いので開け

っ放しのまま寝た／昨晩因為熱就敵着門
窗睡了，②直爽，心直口快；☆余り開け
っ放しだと人に嫌われるよ／若是太心直
口快就會討人嫌的，③坦率，不客氣；☆
彼はだれとでも開けっ放しにつきあう／
他跟誰都坦率交往。

あけっぴろげ【開けっ広げ】（形動ダ）＝
あけすけ。◯

あげつら・う【論う】（他五）〔文〕議論，
辯論（是非曲直）。④

あけて【明けて】（連語）過了年，轉過年
來；☆明けて二十一才／過了年就二十
一歳。◯

あげて【挙げて】（副）擧，皆，全，都（＝
のこらず，こぞって）；☆一家をあげて
台東に移住した／全家遷居臺東；☆国を
挙げて祝う／擧國慶祝。◯

あげなべ【揚鍋】（名）（炸東西用的）平
口鍋。◯

あけのかね【明の鐘】（名）曉鐘，晨鐘◯

あけのみょうじょう【明の明星】（名）曉
星，晨星，金星，太白星。◯⑥

あけはちょう【揚羽蝶】（名）〔動〕鳳蝶③

あけはなし【明放・開放】（名）＝あけっ
ばなし。④

あけはな・す【明け放す・開け放す】（他
五）大敞大開，全打開；☆門は八文字（
はちもんじ）に開け放されていた／門大
敞大開來着；☆窓を開け放しておくと快
いそよ風が吹き入る／把窗戶全打開就吹
進來清爽的微風。④

あけはな・つ【開け放つ】（他五）＝あけ
はなす。④

あけはな・れる【明け離れる】（自下一）
天亮，天大亮；☆夜（よ）が明け離れた
／天已大亮了；図あけはなる（下二）⑤

あけはら・う【明け払う】（他五）①敞開
，全打開；☆障子を明け払って風を入れ
る／打開隔扇透透風，②騰出（＝あけわ
たす）；☆家を明け払う／騰房子。④

あけばん【明番】（名）①歇班；☆明日は
明番になる／明天是歇班，②（分前後夜
值班時的）後半夜的值班。◯

あけひろげる【開け広げる】（他下一）打開
，解開；☆風呂敷（ふろしき）を開け広げ
る／解開包袱；図あけひろぐ（下二）⑤

あけぼの【曙】曙，黎明（＝あけがた）◯

あげもの【揚げ物】〔名〕①油炸食品（青
菜、魚類等）；②贓品。◯

あけゆく【明け行く】（自五）〔文〕天漸亮◯③

あ・ける【明ける・開ける】（他下一）①
開，打開（＝ひらく）；☆戸を明ける／
開門↔しめる；☆本を明ける／打開書；
↔とじる；②穿，挖，鑽（＝うがつ）；
☆鼠が壁に穴を明けている／老鼠在牆上挖了
洞；③空開，☆一行（いちぎょう）明け
て書く／空開一行寫；④空出，騰出，倒
出（＝からにする）；☆席を明ける／空
出座位，離位；☆バケツの水を明ける／
把桶裏的水倒出去；☆財布（さいふ）の
中味をテーブルの上にあける／把錢袋裏
的東西倒在桌子上；⑤留；☆大きな部屋
（へや）をあけておいてもらいたい／希望
你給我留出一間大屋子來；☆その日は君
のためにあけてある／為了（招待）你，我
留出來了那一天的時間；図あく（下二）◯

あ・ける【明ける】（自下一）①天明，天
亮；☆もう夜が明けた／已經天亮了；☆
明くれば五月一日／第二天是五月一日，
②過（年），經過；☆あけましておめでと
う／新年恭喜；☆年が明けて三十になる
／過了年就三十歳了，③滿，滿期；☆僕
の年期はこの月で明ける／我本月就期滿
了；図あく（下二）。◯

あ・げる【上（揚・挙）げる】Ⅰ（他下一）
①擧起，抬起，懸起，揚起；☆手をあげ
る／擧手；☆顔をあげる／揚起臉，☆旗
をあげる／懸起旗，☆凧をあげる／放風
箏；☆錨をあげる／起（拔）錨；↔さげ
る（下げる），②（宣）揚；☆名をあげ
る／揚名，③誇獎，稱頌；☆人をあげた
り下げたりする／又褒又貶；④發（高
聲），放（聲）；☆大声をあげる／大聲
叫；⑤抬高，提高，增加；☆値段をあげ
る／加價；☆家賃（やちん）をあげる／
漲房租；☆俸給をあげる／加薪；②提
拔，陞敍☆課長の地位にあげる／提升為
科長；⑦擧薦，推薦；☆委員にあげる
／推擧為委員；⑧進步，提高；☆男を
あげる／露臉；☆腕をあげる／長本事；
⑨嘔吐；☆私は何だかあげそうだ／我感
覺要吐，我有點噁心；⑩讓到；☆客を二
階へあげる／把客人請到二樓上去；⑪送
進；☆子供を学校にあげる／叫孩子入學
；⑫給，送給；☆この本は君にあげるの
だ／這本書是給你的；☆客にお茶を上げ
なさい／給客人倒茶；⑬（給神佛）供上；
☆お供物（そなえもの）をあげる／上供；

⑭招（妓）；☆芸者をあげる／招藝妓；
⑮舉行；☆結婚式をあげる／舉行婚禮；
⑯舉，提示；☆例をあげる／舉例；☆証
拠をあげる／舉出證據；⑰生，得；☆老
年になって男の子をあげた／到老年得了
個男孩子；⑱捕，捉；☆犯人をあげる／
捉犯人；⑲炸；☆油であげる／用油炸；
⑳起，卸（貨）；☆船荷（ふなに）をあ
げる／起卸貨；㉑發動，開始；☆事をあ
げる／起事；☆兵をあげる／舉兵；㉒用
盡，使出；☆全力をあげる／盡全力；Ⅱ
（補動下一）①接在其他動詞連用形下，
表示完成該動詞的動作；☆書きあげる／
寫完／仕あげる／做完；②接在特殊動
詞連用形下，以表達對於對方謙遜自己的
動作；☆御返事を申上げます／向（給）
您答覆；☆御指導を願いあげます／請予
指教；③用「てあげる」的語形來謙述所
加於對方的動作，是「てやる」的客氣的
說法；☆皮を剥（む）いてあげましょう
か／我給您削（水果）皮吧；☆新聞を読ん
であげる／我給您唸報；⯁あぐ（下二）

あけわし【明渡し】（名）〔（あけわたす）
的名詞形〕讓出；騰出；☆家の明渡しを
迫（せま）る／催逼騰出房子。⓪

あけわた・す【明け渡す】（他五）讓給；
騰出；☆借家人はなかなか家を明け渡さ
ない／房客怎麼也不肯騰出房子；☆城を
明け渡す／開城投降。④

あけわた・る【明け渡る】（自五）天亮，
天大亮（＝あけはなれる）；☆夜はほの
ぼのと明け渡る／天朦朧亮起來。④

あご【腭・顎】（名）顎，下巴；☆あごが
長い／下巴長；◇あごを出す／疲勢不堪
；あごが落ちる／格外好吃；あごが乾上
（ひあ）がる／無法餬口；あごで使う／
頤使；あごを撫（な）でる／心滿意足；
洋洋得意；あごを外（はず）して笑う／
解頤；大笑。②

アコーディオン【accordion】（名）〔樂〕
手風琴（＝てふうきん）。④②

＊**あこがれ【憧れ】**（名）〔（あこがれる）
的名詞形〕憧憬，嚮往；☆憧れのロンド
ンを訪（おとず）れる／訪問嚮往已久的
倫敦。⓪

＊**あこが・れる【憧れる・憬れる】**（自下一）
憧憬，渴望，嚮往；☆都会の生活に憧れ
る／憧憬都市生活；⯁あこがる（下二）⓪

あこぎ【阿漕】（形動ダ）〔俗〕①再三，屢

次；死求百賴；☆阿漕に無心（むしん）
を言われると好い顔も出来ない／那樣死
求百賴地常來要錢也沒法子以好臉相迎；
②貪多無厭；厚臉皮；☆そんな阿漕なこ
とをするな／別那麼貪多無厭；別那麼厚
臉皮。①

あごひげ【顎髭】（名）顎鬚，（下巴上的）
鬍子。②⓪

あこやがい【阿古屋貝】（名）〔動〕珠母③

あさ【麻・大麻】（名）①〔植〕麻；大麻；
②麻布，夏布；◇麻の中の蓬（よもぎ）／
蓬生麻中不扶而直。②

＊**あさ【朝】**（名）朝，早晨；↔ゆう
（夕）；☆あの人は朝が早い／那個人早
晨起得早；☆朝早くから／從大清早晨
起。①

あざ【痣】（名）痣，烏子；☆顔に痣があ
る／臉上有痣。②

あざ【字】（名）閭（比町、村範圍小的區
域名）。①

あさあけ【朝明け】（名）＝あけがた④⓪

＊**あさ・い【浅い】**（形）①（水等）浅的；
☆水が浅い／水淺↔ふかい（深い）；②
（顔色等）淡的，浅的；☆色が浅い／顔
色淺↔こい（濃い）；③（程度）浅的，浅
薄的；☆知恵が浅い／知識淺薄；☆彼と
の交際はまだ浅い／同他的交情還淺；④
（時日）短促的；☆彼女を知ってからま
だ日が浅い／認識她日子還不久；⯁あさ
し（形ク）。⓪

あさいと【麻糸】（名）麻線。⓪

あさおき【朝起き】（名・自サ）早起；☆老
人は朝起きだ／老人起得早；↔あさね
（朝寝）；◇朝起は三文の徳／早起三文當
一工（早起有好處的比喻）。②

あさがえり【朝帰り】（名）（夜晚外宿後）
早晨回家。③

あさがお【朝顔】（名）①〔植〕牽牛花；
②〔轉〕（漏斗形的）小便池。②

あさがけ【朝駆・朝駆】（名・自サ）①清
晨進攻，朝攻，朝襲；↔ようち（夜討）；
②早晨出去；☆朝駆に買物に行く／早晨
出去買東西；☆早起乘馬馳騎。⓪

あさかぜ【朝風】（名）晨風。③

あさがた【朝方】（名）早晨，清晨；☆朝
方来客があった／清早就有客來。②

あさくさのリ【浅黑海苔】（名）紫菜。④

あさぐろ・い【浅黑い】（形）浅黑的（＝
うすぐろい）☆顔が浅黑い／面色淺黑；

図あさぐろし（形ク）。⓪④

あさげ【朝食・朝餉】（名）〔文〕早飯；
↔ゆうげ（夕餉）。⓪

あざけり【嘲（り）】（名）〔（あざける）
的名詞形〕嘲笑；☆人の嘲を受ける／受
人嘲笑。④⓪

あざけ・る【嘲る】（他五）嘲笑，譏諷；
人を嘲る／嘲笑人。③

あさじえ【浅知恵】（名）浅見，浅識；☆浅
知恵の輩（やから）／浅見之輩。⓪

あさせ【浅瀬】（名）浅灘，暗灘；☆（船
が）浅瀬に乗り上げる／（船）擱浅。⓪

*あさって【明後日】（名・副）後天（＝み
ょうごにち）；☆あさって出発する／後
天動身；◇紺屋（こんや）のあさって／
再三拖延約期，一天渥一天。②

あさっぱら【朝っ腹】（名・副）〔俗〕大
清早晨，一清早；☆朝っ腹から何処へ行
くんだ／大清早晨，你上哪兒去呀？⑤

あさつゆ【朝露】（名）朝露。⓪

あざな【字】（名）①別名，別號；②綽號
（＝あだな）；③↔あざ（字）。⓪

あさなあさな【朝な朝な】（連語・副）朝
朝，毎天早晨。①④

あさなぎ【朝凪】（名）早晨風息。⓪

あさなゆうな【朝な夕な】（名・副）〔
文〕朝朝暮暮（＝あさゆう）；經常（＝つ
ねに）。①

あさね【朝寝】（名・自サ）睡早覺，起得
晩；☆朝寝をする／睡早覺；～ぼう【朝
寝坊】（名・自サ）睡早覺（的人）；☆
宵張（よいっぱ）りの朝寝坊／晩上熬夜
早上不起；屬夜猫子的。②

あさはか【浅はか】（形動ダ）淺薄的，膚
淺的，浅見的；☆浅はかな考え／浅薄的
想法；☆浅はかな人間／浅見的人；～さ
（名）浅見，膚浅。②

あさはん【朝飯】（名）早飯（＝あさめ
し）。⓪

*あさばん【朝晩】（名・副）早晩；經常①

あさひ【朝日・旭】（名）①朝陽，旭日；
②「朝日新聞」之略；～しんぶん【朝日
新聞】（名）朝日新聞（日本有名報紙之
一）。①②

あさまし・い【浅ましい】（形）①卑鄙的，
無恥的，下流的；☆なんでそんな浅まし
い料簡（りょうけん）を起したのだ／為
什麼起了這樣卑鄙的念頭；②可憫的，可

憐的；☆何という浅ましい姿になったの
だろう／怎麼變成這樣一副可憐相；③無
聊的，無味的；☆それは浅ましいことだ／
那太無聊了；☆そんなことをしたわが身
を浅ましく思う／做出那件事情來，自己
也覺無恥（可恥，難堪）；④（壞得）驚人
的；出乎意外的；☆浅ましい世の中だ／
世態炎涼；図あさまし（形シク）；～が
・る（自五）；～げ（形動ダ）；～さ（
名）。④

あざむ・く【欺く】（他五）①欺，騙（＝
だます）；☆甘言（かんげん）を以て人
を欺く／拿甜言蜜語騙人；②賽過，勝
似；☆花を欺くような器皿（きりょう）
である／是閉月羞花之貌；☆昼を（も）
欺く電灯／勝似白晝的電燈光。③

あさめし【朝飯】（名）①早飯；～まえ【
早飯前】（名）早飯前；②（在吃早飯前
便可做完）極其容易；☆そんなことは朝
飯前だ／那種事易如反掌。⓪②

あさもや【朝靄】（名）朝霧。⓪③

*あざやか【鮮やか】（形動ダ）①鮮明，清
楚（＝はっきり）；☆鮮やかな色／鮮明
的色彩；②漂亮（＝みごと，きれい）；
☆鮮やかな手並／漂亮的手法（技藝）；
☆彼は鮮やかにその翻訳をやってのけた
／他很漂亮的把他翻譯下來。②

あさやけ【朝焼（け）】（名・自サ）朝霞；
↔ゆうやけ（夕焼）。⓪

あさゆ【朝湯】（名）晨浴；☆朝湯を使う
／早晨洗澡。②

あさゆう【朝夕】（名・副）朝夕，早晩；
經常。①

あざらし【海豹】（名）〔動〕海豹。②

あさり【浅蜊】（名）〔動〕蛤仔。⓪

あさ・る【漁る】（他五）①漁，打魚；☆
海に出て漁る／到海上去打魚；②找食
兒；☆猛獣が餌を漁る／猛獣獵食；③（
轉）尋求，漁獵；☆古本屋で本を漁る／
在舊書舖找書；☆官職を漁る／獵官；☆
色を漁る／漁色。⓪②

アザレア【azalea】（名）〔植〕荷蘭改良
種的躑躅，杜鵑花。②

あざわら・う【嘲笑う】（他五）嘲笑；☆
人の失敗を嘲笑う／嘲笑別人的失敗。④

あし【足・脚】（名）①脚；☆足の甲／脚
背；☆足の裏／脚心；☆足で蹴る／拿脚
踢；②腿；☆足が長い／腿長；③歩行，
脚步；☆足を速めて歩く／加緊脚步走；

☆足が早い／走得快　④（器物的）腿兒；☆机の脚が折れた／桌子腿兒斷了；⑤（船）吃水；☆足の深い船／吃水深的船；⑥錢；利息；☆お足がある／有錢；☆年二割では足が高い／年二分利太大了；⑦速力；進度；☆今日の足が早い／時光過得快；天短；⑧黏力；黏性；☆この漆は足が弱い／這個漆黏力弱；足が付く／判明（逃跑者的）踪跡；☆犯人の残した手拭から足が付いた／從犯人丟下的手巾得到線索；足が出る／①錢花漏，出虧空；賠錢；②露出馬脚；足が早い／①走得快；②（食品）容易壞；③賣得快，暢銷；足が棒（ぼう）になる／（走多了路）腿脚累得彎不過來；足が向く／不知不覺地走去，信步所之；☆足の向くままに歩く／信步而行；足に任せる／信步所之；足を洗う／洗手不幹；改邪歸正；足を入れる／走入，插足；足を擂粉木（すりこぎ）にする／把腿都跑細了；疲於奔命；足を出す／①把錢花漏，拉了虧空；②露出馬脚；③搭上關係，掛上鈎；足を抜く／斷絕關係。②

あし【蘆・葦】（名）〔植〕蘆；葦。①

*あじ【味】（名）①味道，滋味；☆味が好い／味道好；☆味をみる（きく）／嘗嘗味道；☆味をつける／調味；②趣味，妙處（＝おもむき）；☆あの男には詩の味が分らぬ／他不懂得詩的妙處；③〔轉〕滋味，便宜，好處；☆味を覚えると中々やめられない／得過一次便宜就很難罷手；④巧妙，別緻；☆彼はよく味なことを言う／他常常發妙語◇味を占める／得到甜頭兒；味（な事）をやる／幹得漂亮①

あじ【鯵】（名）〔動〕竹筴魚。①

アジ【agitation之略】（名）煽動，鼓動①

*アジア【Asia】（名）亞洲。②

*あしあと【足跡】（名）①足跡，脚印兒；☆足跡を残す／留下足跡；②逃走的踪跡；☆足跡をたどって行く／追踪。③

あしうら【足裏・蹠】（名）脚掌，脚心①

*あしおと【足音】（名）脚步聲；☆足音がする／有脚步聲。④③

あしか【葦鹿・海驢】（名）〔動〕海驢①①

あしかがじだい【足利時代】（名）〔史〕足利時代〔足利將軍執掌政權時代，亦稱「室町」（＝むろまち）時代〕。⑤

あしかがばくふ【足利幕府】（名）〔史〕足利幕府，室町幕府。

あしがかり【足掛かり】（名）①（登高用的）架子，脚手（＝あしば）；☆電柱に打ちつけた足掛かり／釘在電桿上的脚掛兒；②線索，門路（＝いとぐち、てづる）；☆足掛りを得る／得到線索。③

あしかけ【足掛け】（名）①脚手，架子；②〔柔道〕下絆；③（計算年月日把零數也算作整數的說法）大約，前後足有…；☆この仕事を始めてから足掛け三年になる／自從着手這個工作已經三年了⓪④③

あじかげん【味加減】（名）味道（的好壞）；鹹淡（的程度）；☆味加減を見る／嘗一嘗味道（鹹淡）。③

あしがため【足固め】（名・自サ）①練腿脚；②做好準備，打好基礎；☆十分足固めをしてから事業に取りかかる／充分做好準備後再着手搞事業。③

あしからず【悪しからず】（連語・副）原諒，不見怪；☆どうか悪しからず／請原諒；請不要見怪；☆会には出席できませんが悪しからず／我不能出席，請原諒③

あしがらみ【足搦み】（名）〔角力〕下絆子；☆足搦みをかける／下絆子③

あしがる【足軽】（名）〔文〕〔史〕①步卒，走卒；②最下級的武士。⓪

あしきな・い【味気無い】（形）沒有樂趣的，乏味的，無聊的（＝つまらない、おもしろくない）因あぢきなし（形ク）〜がる（自五）〜げ（形動ダ）〜さ（名）☆人生の味気無さを説く仏教を信じない／不信宣講人生乏味的佛教。④

あしくび【足頸・足首】（名）脚脖子；☆足首を捻挫した／把脚脖子扭了。②③

あじけな・い【味気ない】（形）＝あじきない。④

あじさい【陽紫花】（名）〔植〕八仙花，繡球花。

あしざまに【悪様に】（副）〔文〕壞，不好；☆蔭で悪様に言う／背地裏說壞話⓪

アシスタント【assistant】（名）助手，助理。②

あしずり【足摺（り）】（名）頓足；跺脚，以脚擦地；☆足摺りをして悔（くや）しがる／頓足懊悔。④

*あした【朝】（名）〔文〕朝，早晨；◇朝には紅顔ありて夕べは白骨となる／（佛經裏的話）人生如朝露；朝に道を聞かば夕に死すとも可なり／朝聞道夕死可矣③

*あした【明日】（名）明天（＝あす、みょ

うにち）。③

あしだい【足代】（名）車馬費，交通費⓪

あしついで【足序】（名）順便，順路；☆足序にちょっと行って来ましょう／我順便去一下吧。③

あしつき【足付】（名）帶腿兒的器物。②

あじつけ【味付】（名・他サ）調味，加佐料；～のり【味付海苔】（名）五香紫菜。⓪④

あしてまとい【足手纏】（名・形動ダ）累贅，羈累；☆子供が足手纏になる／孩子成了羈累，被孩子累贅住。④

アジト【agit】（名）〔←アジテーチングポイント（agiating-point ＝鼓動據點）①（各種主義運動的）宣傳站，鼓動處；②〔轉〕地下工作者的隱避處。①

あしどめ【足留め】（名・他サ）禁閉，禁止外出；☆一週間の足留めを食った／遭受一星期的禁閉。④

あしどり【足取り】（名）①走的樣子，步伐，脚步（＝あしつき）；☆青年たちは軽い足どりで駆けて行った／青年們用輕快的步伐跑去了；②踪跡；☆犯人の足取りはまだ分らない／還沒有找到犯人的踪跡；③〔經〕行情的漲落；☆株価の足取りを調べる／研究股票價格的漲落。④⓪

あしなみ【足並】（名）脚步，步伐，步調☆足並を揃（そろ）える／使步調整齊⓪④

あしならし【足慣（剷）らし】（名）①練腿脚，練習走路或跑；☆マラソン大会に備（えな）え毎日十キロ走って足慣らしをする／爲了參加馬拉松大會，每天跑十公里練腿②準備，準備行動，準備運動；☆足慣らしに短篇を翻訳してみる／爲了準備（進行翻譯），譯一篇短篇試試。③

*あしば【足場】（名）①建築架，脚手（架）；☆足場をかける／搭脚手（架）；②立足地，立脚點，基礎；☆足場を失う／失去立脚點。③

あしばや【足早】（形動ダ）走得快，脚步快，☆足早に歩く／快走。⓪

あしびょうし【足拍子】（名）脚打拍子；足拍子を取る／拿脚打拍子。③

あしぶみ【足踏】（名・自サ）①〔軍〕〔運動〕踏步；☆足踏みをする／踏步走；②涉足，挿足；☆二度と再びこの家に足踏みするな／以後不要再進這個門啦；③〔轉〕停滯不前；☆禁輸（きんゆ）に影響されて、中小産業の生産は、今足踏の

状態にある／因受禁運的影響，中小工業的生産現在陷於停頓狀態。④③

あしへん【足偏】（名）（漢字的）足字旁⓪

あしまかせ【足任せ】（名）信步（走），信着步兒。③

あしまめ【足まめ・足忠実】（形動ダ）不辭辛苦奔走（的），☆足まめに活躍する／不辭辛苦地奔走。⓪

あじみ【味見】（名・他サ）嘗鹹淡；嘗口味。⓪③

*あしもと【足下（元・許）】（名）①脚（底）下；☆足元に用心せよ／留神脚底下；☆足下の明るい中に／趁着還看得見路（天還没黑）；〔轉〕趁着時機還不晩，趁早；②脚步，步伐（＝あるきかた）；☆足元の危げな老人／脚步蹣跚的老人；③身旁，左右；☆足元をよく見てから物を言え／看清了眼前情況再發言；◇足元から鳥が立つ／事出突然，手忙脚亂，倉卒；足下につけこむ／抓住（旁人）短處，抓住弱點；足下に火がつく／危險（大禍）臨頭；足下にも寄り付けぬ／望塵莫及；足下を見られる／被人抓住短處。④③

あしよわ【足弱】（名）①腿脚軟弱；②老弱婦孺。⓪

あしらい（名）①對待，待遇；☆客あしらいが良い／待客好；☆子供あしらいにする／當作孩子對待；②〔劇〕（「能樂」）的場面。③⓪

*あしら・う（他五）①待遇，招待；☆客をあしらう／待客；☆冷淡に人をあしらう／待人冷淡；☆彼はうまく相手をあしらった／他巧妙地應付了對方；②裝飾，配合（＝とりあわせる）；☆肉に青物（あおもの）をあしらう／拿青菜配肉；◇（人を）鼻先であしらう／冷淡對待，愛理不理。⓪

アジ・る（他五）煽動，鼓動（＝そそのかす）☆ストライキをアジる／鼓動罷工②

あじわい【味わい】（名）①味，味道（＝あじ）；②趣味，妙趣；☆彼女の演技には何とも言えぬ味わいがある／她的表演有難以形容的妙趣。⓪

*あじわ・う【味わう】（他五）①嘗，品滋味；☆一つ味わってごらんなさい／請嘗一嘗；②玩味，尋味；☆よく味わうとその意味が分る／細一玩味就會明白它的意思；③體驗，經驗；☆人生の意義を味わった／體驗了人生的意義。⓪

*あす【明日】（名・副）明天（＝あした）；
◇明日の百より今日の五十／明天得一百
不如今天得五十，天上仙鶴不如手中麻雀②

あすかじだい【飛鳥時代】（名）〔史〕（
因六七世紀間約百年左右建都於奈良縣高
市郡飛鳥地方故名）①推占（＝すいこ）天
皇至天武（＝てんむ）天皇間的時代（593
─686），②（美術史上）佛教傳入日本
後至大化革新時期；日本美術開始時代（
552─645）。④

あずかり【預り】（名）〔（あずかる）的
名詞形〕①收存，保管；☆千円だけ預り
にしておく／給您存上一千元正②存條，
存單（＝あずかりしょうもん）；③保管
人（＝あずかりにん）；④保留；☆その
問題は預りにしておこう／那個問題作為
懸案吧；☆勝負預りになる／勝負未定；
～きん【預り金】（名）（代人保管的）
存款寄存的錢；～しょうもん【預り証
文】（名）存條，存單；～にん【預り人】
（名）收存者，代人保管者；～ぬし【預
り主】（名）＝預り人；～もの【預り物】
（名）寄存品，保管品④③

*あずか・る【預かる】（預かる）①收存，（
代為）保管；☆書類を預かる／收存（保
管）文件；②擔任，監督；☆私は二年生
を預かっている／我在擔任二年級學生；
☆留守（るす）を預かる／看家；③保
留，暫不發表，懸而不決；☆勝負は預か
りになった／輸贏未定；☆批判は暫く預
かる／暫時不作批評。③

*あずか・る【与る】（自五）①參與，干
與；☆相談に与る／參與協商；☆私はそ
のことに与っていない／我與該事無干；
②受，蒙；☆御招待に与り誠に有難う存
じます／承您招待多謝多謝；☆利益の配
当に与る／分沾到利益；☆それは私の与
り知る所ではない／那與我無干；☆与っ
て力がある／對⋯很有貢獻；☆署名運動
は平和保持に与って力がある／簽名運動
對保衛和平很有貢獻。③

あずき【小豆】（名）〔植〕紅豆；～いろ
【小豆色】（名）紅黑色，豆沙色；～め
し【小豆飯】（名）紅豆飯。

あずけ【預け】（名）〔（あずける）的名
詞形〕①寄存，委託保管；②管束，管制
（德川時代把罪人委託其親屬戶主或他人
代為監視看管的刑罰）；～きん【預金】
（名）（托人保管的）存款；～ぬし【預

主】（名）寄存者，委托保管者；～もの
【預物】（名）寄存品，委托保管品。③

あずけい・れる【預け入れる】（下一）存
入，存進；☆売上げを銀行に預け入れる
／把賣貨錢存入銀行。⓪⑤

*あず・ける【預ける】（他下一）存，寄存
，寄放，委託保管；☆銀行に金を預け
る／把錢存在銀行裏；☆荷物を駅に預
ける／把行李存在車站；囡あづく（下
二）。③

あずちももやまじだい【安土桃山時代】（
名）〔史〕日本美術史上的一個時代（15
73─1600）；織田信長、豊臣秀吉掌握政
權期間。⑧

アストリンゼント【astringent】（名）〔
藥〕收斂劑。④

アスパラガス【asparagus】（名）〔植〕
①石刁柏；天門冬；②（食品）龍鬚菜；
蘆筍。④③

アスピリン【德Aspirin】（名）〔藥〕阿
斯匹林（解熱止痛的藥品）。③

アスファルト【asphalt】（名）瀝青，柏
油。③

あずま【東・吾嬬・吾妻】（名）〔文〕關東
地方；～あそび【東遊】（名）〔古〕（
平安朝時代的）六人舞；～うた【東歌】
（名）（万葉集卷十四，古今和歌集卷二
十中所輯的）關東地方的民族俗歌；～え
びす【東夷】（名）①〔古〕關東的蝦夷
人；②〔卑〕關東武士；～おとこ【東男
】（名）關東人；江戸人；～げた【東下
駄】（名）婦女用的木屐（低齒蓆面）；～
コート【東coat】（名）婦女（出門穿的）
大衣（和服上穿的大衣）。①

アスレチックス【athletics】（名）運動
，競技，體育④

*あせ【汗】（名）〔解〕汗；☆汗が出る／
出汗；☆汗が流れる／流汗◇汗をかく／
①出汗；②反潮；③出冷汗；汗を握る／
捏一把汗緊張；☆我々は手に汗を握って
勝負を眺めた／我們緊張地觀看着比賽。

あぜ【畔・畦】（名）畔，埂，田界。②

あせいそうけん【亜成層圏】（名）〔地〕
亞等溫層。

あせかき【汗搔】（名）好出汗的人；☆私
は汗搔だ／我好出汗。②

あせジ（ュ）バン【汗襦袢】（名）汗衫（
＝あせとり）。③

あせじ・む【汗染む】（自五）汗浸，汗濕

☆汗染んだ下着を着ている／穿着汗濕了的汗衫。③

あせしらず【汗知らず】（名）撲粉，痱子粉，爽身粉。③

あせ・する【汗する】（自・他サ）出汗；冒汗；☆額（ひたい）に汗して食う／自食其力；図あせす（サ）。①

あせだく【汗だく】（名）〔俗〕汗水淋漓；渾身是汗；☆汗だくになった／渾身是汗⓪

アセチレン【acetylene】（名）〔化〕乙炔，電石。⓪③

アセトン【acetone】（名）〔化〕丙酮②

あせば・む【汗ばむ】(自五)出汗，汗濕；☆ジバンが汗ばんだ／汗衫被汗濕了；汗ばむような陽気だ／令人微微生汗的暖天氣。③

あせみず【汗水】（名）汗水；◇汗水を流す／流汗；②辛苦地勞動。①②

あぜみち【畦道】（名）田間小道。②

あせみどろ【汗みどろ】(名)渾身是汗①③

あせも【汗疹】（名）痱子；☆汗疹ができる／長痱子。③

あせり【焦り】（名）〔あせる〕的名詞形；☆彼は焦り気味だ／他有點心心情焦躁③

*****あせ・る【焦る・急る】**（自五）着急，急躁，發焦（＝いそぐ、せく）；☆成功を焦るな／不要急於求成；☆そう焦るに及ばぬ／用不着那樣着急。②

あ・せる【褪せる・浅せる】（自下一）①褪色，掉色（＝さめる）；☆布の色は全く褪せた／布的顏色全褪了；☆色褪せた花／褪了色的花兒；②（水）變淺，☆日照りが続いて田の水が浅せた／連日天旱水田裏的水浅了。図あす（下二）。②①

あぜん【啞然】（形動タルト）目瞪口呆；☆意外な出来事に啞然とする／事出意外不禁啞然。⓪

*****あそこ【彼処】**（代）那裏，那邊。⓪

あそば・す【遊ばす】Ⅰ(他五)①使…玩耍（＝あそばせる）；☆子供を遊ばす／使小孩子玩耍；②「する」的敬語；☆何を遊ばす気ですか／您打算做什麼？②閒著不用，擱着；☆機械を遊ばしておく／把機器閒著不用；☆金を金庫に遊ばしておく／把錢放在鐵櫃裏閒着；Ⅱ(補動・五)接在冠有接頭語「お」「ご」的動詞連用形及漢語動詞詞根之下表示恭敬、鄭重的意思；☆この絵を御覧遊ばせ／請您看這張畫兒。⓪

あそばせ【遊ばせ】〔遊ばす〕的命令形；～ことば【遊ばせ言葉】（名）婦女好用的最恭敬、客氣的話（由來於濫用「遊ばせ」）；☆遊ばせ言葉を使う／說最敬語。

あそば・せる【遊ばせる】（他下一）①使…玩耍；☆子供を遊ばせる／叫小孩子玩耍；☆あの家は客を安く遊ばせる／那一家（酒館之類）叫客人花錢少而感到舒服；②閒着，閒起，☆金を遊ばせておく／把錢閒起來（不使）；☆少しも体を遊ばせておかない／一點兒也不叫身子閒着。⓪

*****あそび【遊び】**（名）①遊戲，玩耍；☆子供は遊びに余念がない／小孩子正在一心貪玩；②遊玩，閒遊；☆友人のところへ遊びに行く／到朋友家去玩，☆江の島（えのしま）は一日の遊びにはたいへんいいところだ／江之島是作一日之遊（早去晚歸）的最好地方；③放蕩，嫖，賭；☆彼氏は遊びが好きだ／他喜歡嫖（賭）；④賦閒，沒事做；（生意）蕭條；☆商売はまるで遊びです／生意蕭條；～あいて【遊び相手】（名）陪玩的朋友，遊伴；☆子供の遊び相手になる／陪着孩子玩；～がね【遊び金】（名）閒錢，放置不用的錢；～しごと【遊び仕事】（名）邊玩邊做的工作，消遣一般的工作；～ずき【遊び好】（名）好玩，好逛；～どうぐ【遊び道具】（名）玩具；～ともだち【遊び友達】（名）＝あそびあいて；～にん【遊び人】（名）①游手好閒的人，②賭徒。⓪

*****あそぶ【遊ぶ】**(自五)①玩，玩耍，遊戲；☆もう君と遊ばないよ／再也不和你玩了；☆碁を打って遊ぶ／下棋玩；②閒着，賦閒，☆土地が遊んでいる／土地閒着沒有耕種；③遊蕩，嫖，賭；☆若い時は随分遊んだものだ／年輕的時候很荒唐了一陣；④遊玩，閒遊，消遣；☆江の島に遊ぶ／遊江之島；☆休暇中何をして遊んだか／假期中做什麼消遣來呀？⑤〔文〕遊歸；遊、學；☆私は七年程日本に遊んだ／我在日本遊歷（學）了約有七年。⓪

あだ【仇】（名）①仇人，敵人（＝かたき、てき）；②宽仇，恨（＝うらみ）；③報仇（＝しかえし）；☆彼女の愛が身の仇となった／她的愛情反而毀滅了他，☆父の仇を討つ／報父仇，為父報仇；◇恩を

仇で返えす／恩將仇報；**仇を恩で報いる**／以德報怨。②

あだ【徒・空】（名・形動ダ）徒，白，空，妄，☆徒に時を過す／虛度時光，☆多年の希望が空となった／多年的指望落了一場空。②

あだ【婀娜】（形動ダ）婀娜，妖豔，嬌豔；☆婀娜な姿／嬌姿；嬌態；**～っぽい【婀娜っぽい】**（形）賣弄風情的；嬌媚的；☆婀娜っぽく笑う／嬌媚地一笑。①

*　**あたい【価・値】**（名）①價錢（＝ねだん）；☆価を二つにしない／不二價；②價值（＝ねうち）；☆一顧（いっこ）の価もない／不值一顧；☆〔數〕値；☆Xの価を求める／求X的值；**～・する【価する】**（自サ）値，値得；☆同情に価する／值得同情；☆これは充分研究に価する／這很值得研究；図あたひす（サ）⓪

あた・う【与う】（他下二）〔文〕（あたえる）的新的文語形。

あたう【能う】（自五）〔文〕①能，可能（＝できる，なしうる）；☆もう能う限りを尽した／已經盡了一切的可能；☆能わざるにはあらず為さざるなり／非不能也是不爲也；②在動詞的終止形下或動詞連體形加「こと」之下接「能わず」，表示不能；☆進む能わず／不能進；☆読むこと能わず／不能讀。⓪②

あたえ【与え】（名）〔文〕與，賜（＝たまもの）；☆これこそ天の与えだ／這才是天賜哪。⓪

*　**あた・える【与える】**（他下一）①與，給（＝くれてやる）；☆機会を与える／給以機會；☆便宜を与える／予以便利；☆援助を与える／予以援助；☆与えられた一点／〔數〕設定的一點；②使蒙受（＝こうむらせる）／損害を与える／使受損失，苦痛を与える／使受痛苦；図あたふ（下二）。⓪

あだおろそか【徒疎か】（形動ダ）輕視，忽視，疏忽（＝なおざり，いいかげん）☆御恩は決して徒疎かにしない／大恩絕不忘懷☆人の好意を徒疎かに思うな／別把人家的好心不當一回事兒。④

あたかも【恰も・宛も】（副）①恰，恰似，宛如（＝まるで，ちょうど）；☆日ざしが暖かで恰も春のようだ／陽光溫暖好像春天一般；②正好，正是；☆時恰も民国三十四年十月十日／時間正是民國卅四年

十月十日。①②

あたくし【私】（代）〔女〕我（比「わたくし」語調略輕）。⓪

アダジオ【意・副adagio】（名）〔樂〕柔板。⓪

あたたか【暖か・温か】（形動ダ）①溫暖，暖和，☆段々暖かになる／漸漸暖和起來；②有錢，富足；☆懐（ふところ）が温かだ／手裏有幾個，手頭兒富裕；③和睦，親密；☆二人の仲が暖かだ／兩個人很親密；**～げ**（形動ダ）；**～さ**（名）③②

*　**あたたか・い【暖かい・温かい】**（形）①暖的，暖和的；☆この部屋は暖かい／這間房子暖和；②富足的，富裕的；☆懐が暖かい／手頭兒富裕；③和睦的，親密的，溫暖的；☆温かい家庭／和睦（溫暖）的家庭；☆温かい手を差しのべる／伸出溫暖的手（給以熱情的援助）；図あたたかし（形ク）。④

あたたかみ【暖かみ・温かみ】（名）①溫暖（的程度）☆身体にまだ暖かみがある／身上還有點兒熱氣兒；②溫情；☆あの人は温かみがない／那個人很冷酷（沒有溫情）。④⓪

あたたまり【暖まり】（名）〔（あたたまる）的名詞形〕①暖，暖和；☆暖まりが早い／暖（熱）得快；②暖氣兒，熱氣兒（＝ぬくもり）；☆蒲団の暖まりがさめる／被子的熱氣兒涼了；☆暖まりが残っている／剩着熱氣兒。⑤⓪

あたたま・る【暖まる・温まる】（自五）①暖和；取暖；☆火に当って温まる／烤火取暖；☆彼は，多忙（たぼう）で，席の暖まる暇もない／他很忙，席不暇暖；②（手中）寛綽；☆懐（ふところ）が暖まると，じっとしていられない／手頭兒一寛綽就坐不穩兒不安了。④

*　**あたた・める【暖める・温める】**（他下一）溫，熱，愛；☆御飯を暖める／熱飯；☆酒を温める／燙酒；☆旧交（きゅうこう）を温める／溫舊交；図あたたむ（下二）④

アタック【英・動・名attack】（名・他サ）攻擊，進攻。②

あだな【仇名・渾名】（名）外號，綽號；☆あだなをつける／給（人）起外號。⓪

あだなさけ【仇情】（名）浮蕩的愛情，易變的愛情。③

あだばな【徒花】（名）（不結果的）謊花。⓪

あたふた（副・自サ）慌忙，恍恍張張；☆時間が来たのであたふたと出て行った／因爲時間到了，慌慌張張就出去了。①

＊あたま【頭】（名）①頭，腦袋；☆頭が痛い／頭疼；☆頭を下げる／低頭，點頭；②頭髮；☆頭を刈（か）る／剪髮；☆頭を結（ゆ）う／梳頭；③頭腦，腦筋；☆頭がいい（悪い）／腦筋好（壞）；☆頭が古い／頭腦舊；☆頭の要る仕事だ／費腦筋的事；④念頭，主意，想法（＝かんがえ）；☆人を欺（あざむ）こうなどという頭で仕事をするな／不要抱着騙人的念頭做工作；☆あんなやつは頭に置いていない／他那樣人我根本没有放在心裏；◇頭が上がらない／①（在權威、勢力的面前）擡不起頭來／②因爲病重起不來，頭隠して尻（しり）隠さず／藏頭露尾，欲蓋彌彰，頭が下（さが）る／欽佩，佩服，頭から水を浴びたよう／如冷水澆頭一般，頭が低い／謙遜，頭の上の蠅も追われぬ／自顧不暇，☆先ず我が頭の蠅を追え／要先自掃門前雪，頭を上げる／擡頭，露頭角；勢力增長，頭を搔（か）く／撓頭（表示不好意思、難以肯定）；頭を下げる／①鞠躬行禮；②屈服，認輸；③欽佩，佩服，頭を悩（なや）ます／苦惱，焦慮，頭をはねる／揩油，抽頭；～うち【頭打】（名）〔經〕達到頂點；☆生産が頭打の状態だ／生産已達到了最大限度；～かず【頭数】（名）人數（＝にんず）；☆頭数を揃（そろ）える／湊齊人數；～かぶ【頭株】（名）首領，頭目；☆会社の頭株の人々／公司的首腦者們；～から【頭から】（副）①開頭，一開始（＝はじめから）；☆それは頭からきまったことだ／都是一開始就規定好了的；②根本，完全（まるで，まったく）；☆頭から問題にしない／根本沒當作一回事；～きん【頭金】（名）①定金，押金；☆頭金を打つ／付定金；②（擔保物的）時價和擔保價額的差額；☆頭金を打つ／補付差價；～ごなしに【頭ごなしに】（副）不問情由，不分青紅皂白；☆頭ごなしに叱りつける／不問情由地加以責備；～でっかち【頭でっかち】（形動ダ）大頭，腦袋大；◇頭でっかちの尻すぼまり／虎頭蛇尾；～わり【頭割】（名）按人數平均分配；☆会費は頭割にしよう／會費按人數均攤吧；☆全收穫を頭割にす

る／整個收穫量按人平分。③

アダム【希伯来 adam】（名）〔宗〕亞當①

あだ（や）おろそか【徒（や）愚疎か】（連語）＝あだおろそか。④

あたら【可惜】（副）可惜；☆可惜好漢（こうかん）を死なした／可惜死了一條好漢。⓪

＊あたらし・い【新しい】（形）①新的；☆新しい思想／新思想；☆まだ記憶に新しい／記憶猶新；☆新しく建てた工場／新建的工廠；②新鮮的；☆新しい魚／鮮魚；③新式的，時髦的；☆新しい女／新式（時髦）婦女；☆新しい酒を古い革袋（かわぶくろ）に入れる／舊皮囊盛新酒；舊形式新内容；⊠あたらし（形シク）；～さ（名）；～み（名）。④

あたらしが・る【新しがる】（自五）追逐時尚，喜好時髦；☆君はいやに新しがるね／你也太喜好時髦了。⑤

あたらない【当らない】（連語）①常用「…には当らない」的語形）不必，用不着，☆怒るには当らない／用不着生氣；☆こわがるには当らない／不必怕；②不恰當，不中肯；その言葉は当らない／那句話不恰當。⓪

－あたり（造語）接於他詞之下表示（時日、地點、程度等的）「大約」「上下」「左右」等義；☆会議は来週あたりから開かれるだろう／會議大約從下週起舉行吧；☆千円あたりと見ておけば大丈夫だ／照一千圓左右來估計就不會錯的。

－あたり【当り】（造語）接於他詞之下表示「平均」、「每」等義；☆生産高は一日当り五百トンだ／産量每天平均是五百噸；☆一キロ当りの生産費は百円だ／每一公斤的生産費是一百日圓。

＊あたり【辺り】（名）①附近，一帶（＝ちかく，ふきん）；☆この辺りに貸家（かしや）はありませんか／這一帶沒有出租的房子嗎？☆彼はあたり構わずどなった／他不管旁邊有人没人，大聲喊叫；②之類，之流；☆それはダレス辺りの言いそうなことだ／那很像是杜勒斯之流説的話／～きんじょ【辺近所】（名）附近；☆辺近所に人家がない／附近沒有人家①

＊あたり【当り】（名）①射中，命中；☆たまの当りが悪い／子彈打得不準；②中彩，中籤；☆一等の当りは五名／頭等彩（奬）五人；③得心應手，遂心如意；☆

あ

彼は昨日凄（すご）い当りを見せた／他昨天眞是得心應手；④頭緒，着落（＝めあて，けんとう）；☆当りがついた／有了頭緒（着落）；⑤待人，接觸人（＝あつかい，ひとざわり）；☆彼は妻君に当りが悪い／他待老婆不好；☆当りの柔（やわら）かな人／待人柔和的人；⑥中毒，受病（一般接在他詞之下，並不單用）☆母は暑気当りで寝ています／家母因中暑正在臥病；⑦味道（＝あじわい）；☆この酒の当りが柔らかだ／這個酒味道柔和；⑧「釣魚」上鈎；☆今天一點兒也不上鈎りがない／今天一點兒也不上鈎；⑨（水果等）腐壞，傷；☆安い果物には当り（もの）が多い／便宜的水果壞的多；⑩「圍棋」叫吃；～きょうげん【当り狂言】（名）成功的戲，博得好評的戲；～さわリ【当り障り】（名）妨礙；得罪；☆これなら誰にも当り障りはあるまい／若是這樣就不會得罪任何人，～どし【当り年】（名）豐年，好年頭；☆今年は米の当り年だ／今年是稻穀豐收的年頭；～もの【当り物】（名）①成功，博得好評的戲劇（電影等）；②吃後引起中毒的東西；～や【当り屋】（名）①走運的人，無往不利的人；②生意興隆的舖子；～やく【当り役】（名）（某演員扮演的）拿手角色，叫座兒的角色。◯

あたりちら・す【当り散らす】（自五）亂發脾氣；☆彼は機嫌が悪いと妻君に当り散らす／他一不高興就對老婆發脾氣。⑤

*あたりまえ【当り前】（形動ダ）①當然，自然，應該；☆それは当り前さ／那是當然（應該應分）的；☆借りた物は返すのが当り前だ／借的東西當然要還給人家；☆当り前なら／照理說…，本應該…；②平常，普通；☆当り前の手段では駄目だ／用平常的手段是不成的；☆これは当り前の陽気ではない／這天氣有點不正常。◯

*あた・る【当る・中る】（自五）①碰上，撞上（＝ぶつかる）；☆電車に当った／碰在電車上了；☆雨が窓に当る／雨打在窗戶上；②沾染；接觸（＝ふれる）；☆自由の風に当る／接觸自由的空氣；☆洗濯物が雨に当った／洗的衣服被雨淋了；③中，命中；☆石が彼の頭に当った／石頭打中了他的頭；☆籤（くじ）が中る／中籤；☆敵の砲弾は中らなかった／敵軍

的砲弾沒有命中；④說對，猜中；☆天気予報が当る／天氣預報說對；☆彼のいうことがよく当っている／他的話恰恰說對；⑤抵擋，抵抗；☆我軍は百万の兵を以て敵に当った／我軍以百萬之師抵擋了敵人；☆勢（いきおい）当るべからず／勢不可當；⑥正當，當（…的時候）；☆この時に当り決意を新たにする／當此時重新下決心；⑦在，位於；☆朝鮮は日本の西に当る／朝鮮位於日本的西邊；⑧試探，刺探，問；☆値段を当ってみる／問問價錢；☆先方の意向を当ってみる／探探對方的意圖；⑨苛待；☆つらく当る／苛酷對待；☆女中に当る／對佣人發脾氣；⑩（太陽）曬，照；☆この家はよく日が当る／這所房子陽光很好；☆日の当るところで遊べ／在有陽光的地方玩吧；⑪算是（…的關係）；☆この人は私の従兄（いとこ）に当る／他是我的表兄；⑫合，相當於；☆一ドルは約三百六十円に当る／一美元約合三百六十日圓；☆一メートルは三尺三寸に当る／一公尺相當於三尺三寸（日尺）；⑬是（…的日子）；☆今度の日曜日は元旦に当る／下星期日正是元旦；⑭適用；合式；☆この規則はどんな場合にも当る／這項規則可以適用於任何場合；☆この言葉はここには当らない／這句話在這裏不合適；⑮承擔，擔任；☆彼は国家を救（すく）う重任に当っている／他擔任着救國的責任；☆局に当るものは迷（まよ）う／當局者迷；⑯輪，值；☆明日は僕の番に当る／明天輪到我的班了；⑰成功，走運；☆昨晩の音楽会は当った／昨晚的音樂會很成功；☆今年の養蚕（ようさん）は当らなかった／今年的養蠶失敗了；☆株が当った／（買的）股票賺着了；⑱中毒；☆暑気に当る／中暑；☆魚に当る／吃魚中毒；⑲（果實）腐壞；☆蜜柑が当る／橘子腐爛；⑳遭，挨，☆そんなことをいうと罰（ばち）が当るぞ／說那樣話是要遭報應的；㉑烤火，取暖；火に当りなさい／烤一烤火吧；㉒刮，剔（＝そる）；一寸顔を当って下さい／請給我刮一刮臉；◇当って砕（くだ）けよ／（不管成敗姑且）實行（進行）一下，試一試看；**当らずといえども遠からず**／雖不中不遠矣；**当るも八卦（はっけ）当らぬも八卦**／問卜占卦也靈也不靈；**当るを幸**（さいわ

い）／隨手，順手。⓪

あだん【あ段】（名）あ段；五十音圖第一段。①

あち【彼方】（代）〔文〕那兒，那裏，那邊兒（＝あっち）；～こち【彼方此方】（代・副）這兒那兒，到處（＝あちらこち）。②

*__**あちら**__【彼方】Ⅰ（代）那兒，那裏，那邊兒（＝あっち）；Ⅱ（名）外國（日人對歐美的稱謂）；～がえり【彼方帰り】（名）出洋（從外國）回來（的人）；～こちら【彼方此方】（代）①這兒那兒（＝あちこち）◇あちら立てればこちら立たぬ／不能使雙方都滿意。⓪

あっ（感）①啊！噯呀！（非常危急、吃驚、感嘆時所發的聲音）；☆あっ、万年筆がなくなった／噯呀！自來水筆丟了；☆あっ、痛（いた）い／啊！好疼！◇あっという間に／說時遲那時快，一眨眼的工夫；☆あっという間に舟が沈んでいった／轉瞬間船就沉下去了；あっ といわせる／令人驚嘆，令人吃驚；☆彼の業績は世間をあっといわせた／他的功績使人們大爲驚嘆；あっ とばかりに／啊地一聲（因吃驚而發出驚聲並表現於行動）；☆あっとばかりに飛び上った／嚇得啊地一聲跳起來了。①

あつあつ【熱熱】（形動ダ）①非常熱（的東西）；②熱中，（男女）熱戀；☆二人はまさに大熱熱だ／兩個人好得如膠似漆⓪

*__**あつ・い**__【厚い】（形）①厚的；☆この紙は厚い／這張（種）紙厚；②深厚的；☆厚く御礼を申上げます／深致謝忱；☆厚い同情をよせる／寄以深厚的同情；↔うすい（薄い）；図あつし（形ク）。⓪

*__**あつ・い**__【暑い】（形）（天氣）熱的，暑熱的；☆今日は暑い／今天熱；☆息が詰（つま）るように暑い／熱得喘不上氣兒來；図あつし（形ク）。②

あつ・い【熱い】（形）①熱的，燙人的；☆熱いうちに食べる／趁熱吃；☆酒を熱くして飲む／把酒燙熱了喝；②熱衷，熱心，熱愛；☆彼は彼女に熱くなってる／他在熱烈地戀慕她；図あつし（形ク）②

あつ・い【篤い】（形）①〔文〕（病）篤，

重；☆病（やまい）篤し／病篤；②篤厚，篤實；☆彼は友誼に篤い／他篤於友情；図あつし（形ク）。⓪

*__**あっか**__【悪化】（名・自サ）惡化，變壞；☆情勢が悪化する／形勢惡化；☆昨夕急に病状が悪化した／昨晚病情突然惡化⓪

あっか【悪貨】（名）惡幣（質量壞的貨幣）。①

*__**あつかい**__【扱い】（名）〔（あつかう）的名詞形〕①待，待遇；☆客扱いがうまい／善於待客；☆伯父は私を他人扱いにした／伯父把我當作外人看待了；②操縱；使用；☆この機械の扱いは簡単だ／這個機器易於操縱；③辦，處理；☆事務の扱いが上手だ／辦事高明；④調停，仲裁；☆親戚の扱いで納まった／經親戚調停而圓滿解決了；～にん【扱い人】（名）＝あつかいて。⓪

*__**あつか・う**__【扱う】（他五）①待，對待；應酬；☆人を扱うのが上手だ／會應酬；☆人を区別して扱う／差別待遇；②使用；操縱；☆この機械は扱い難い／這個機器難於操縱；③辦，處理；☆扱い難い問題／難處理的問題；☆この駅では電報を扱わない／這個車站不代客打電報；④說和，調停（現在已不大使用）；☆紛糾を扱う／調停糾紛。⓪

*__**あつかまし・い**__【厚かましい】（形）無恥的，不害羞的，臉皮厚的；（＝ずうずうしい）；☆厚かましいにも程がある／竟無恥到這般地步；☆厚かましくもまた金を借りに来た／居然還腆著臉來借錢；図あつかまし（形シク）。⑤

あつがみ【厚紙】（名）厚紙，馬葉紙（＝ボールがみ）。⓪

あつがり【暑がり・熱がり】（名）怕熱（的人）；☆君は随分暑がりだね／你太怕熱了。④③

あつが・る【暑・熱がる】（自五）怕熱③

あっかん【悪漢】（名）惡棍，無賴（＝わるもの）。⓪

あっかん【圧巻】（名）壓卷，壓軸（書中的）精華部份；☆ここが篇中の圧巻だ／這是一篇中精華的地方。⓪

あつかん【熱燗】（名）〔有時也說「あつがん」〕燙熱了的酒；☆熱燗で飲む／愛熱了喝（酒）。⓪③

あつぎ【厚着】（名・自サ）多穿，穿得厚；☆寒いから厚着をしないと風邪（かぜ）

を引くよ／天冷，不多穿些是要傷風的。[0]

あつぎり【厚切り】（名・自サ）切得厚（的東西）；厚片；☆沢庵（たくあん）を厚切りにする／把醃蘿蔔切成厚片。[0]

あつくるし・い【熱苦し・暑苦しい】（形）悶熱；☆暑苦しくてよく眠れない／悶熱，睡不好；図あつくるし（形シク）。[5]

あつけ【暑気】（名）①熱，暑氣；②中暑；☆暑気あたりする／中暑。[3]

あっけ【呆気】（名）發呆，發楞；◇呆気にとられる／嚇得目瞪口呆（發呆）；☆みんな呆気にとられて物が言えなかった／都嚇得目瞪口呆什麼也說不出來了；～な・い【呆気ない】（形）不盡興的；短促的，簡單的；☆ビール一本では呆気ない／只一瓶啤酒那太不盡興了；☆呆気ない死に方だった／很快就歿了；☆呆気ない勝負だった／很簡單就見了勝負；図あっけなし（形ク）。[3]

あっけらかん（副）〔俗〕（張口發呆的樣子）呆然地；無所事事地；☆あっけらかんとして待っている／呆然地等着；☆あっけらかんと月日を送る／無所事事，虛度光陰。[4] [0]

あっこう【悪口】（名・自サ）罵，毀謗 [3]

あつさ【厚さ】（名）厚（的程度）。[0]

あつさ【暑さ】（名）①暑熱（的程度）；②暑氣；☆暑さに中（あた）る／中暑；◇暑さ寒さも彼岸（ひがん）まで／熱到秋分冷到春分；～あたり【暑さ中】（名・自サ）中暑；～よけ【暑避】（名）避暑。[1] [0]

あっさく【圧搾】（名・他サ）①壓榨；②壓縮；～き【圧搾機】（名）壓榨機；～くうき【圧搾空気】（名）壓縮空氣。[0]

*****あっさり**（副・自サ）①清淡；☆このおかずは、あっさりしている／這個菜非常清淡；②不花俏，素淡；☆あっさりした模樣（もよう）／素氣的花紋；③爽快，淡漠；☆あっさりした人／爽快人；☆金にあっさりしている／對金錢淡漠；☆あっさりと断（ことわ）る／乾脆拒絕；④簡單，輕輕；☆あっさり叱（しか）る／輕輕申斥。[3]

あっし【圧死】（名・自サ）壓死。[0]

あつじ【厚地】（名）厚衣料，厚料子。[0]

あっしゅく【圧縮】（名・他サ）壓縮，壓緊；☆空気を圧縮して水にする／把空氣壓縮成水；☆長い文章を短く圧縮する／

把長篇文章縮短；～くうき【圧縮空気】（名）壓縮空氣（＝あっさくくうき）；～ポンプ【圧縮ポンプ】（名）壓氣啣筒 [0]

あっ・する【圧する】（他サ）壓，壓制；抑制；☆威厳に圧せられる／為威嚴所懾；☆会場を圧する熱弁／壓倒會場的雄弁；図あっす（サ）。[0] [3]

あっせい【圧制】（名・他サ）壓制，壓迫；☆軍閥の圧制／軍閥的壓制；☆それは君、圧制だよ／你太壓迫人了。[0]

*****あっせん【斡旋】**（名・他サ）斡旋、關照，從中協助（＝とりもち、せわ）；☆友人の斡旋で就職した／經朋友的斡旋就業了。[0]

あったか【暖か・温か】（形動ダ）〔俗〕＝あたたか。[3]

あったか・い【暖かい・温かい】（形）〔俗〕＝あたたかい。[4]

あったま・る【暖まる・温まる】（自五）〔俗〕＝あたたまる。[4]

あった・める【暖める・温める】（他下一）〔俗〕＝あたためる。[4]

あっち【彼方】（代）（「あち」的促音化）＝あち；☆あっちへ行け／躲開！滾！[3]

あつで【厚手】（名）厚，較厚（的東西，如較厚的布、紙、陶器等）；☆冬のオーバーは厚手の羅紗で拵えなくてはならない／冬天的大衣必須用厚呢子做 [0]

*****あっとう【圧倒】**（他サ）壓倒；凌駕；舶来品は国産品に圧倒された／洋貨被國貨壓倒了；☆人口において他市を圧倒している／在人口方面凌駕其他城市之上；～てき【圧倒的】（形動ダ）壓倒的，絕對（優勢）的；☆彼は圧倒的多数で当選した／他以壓倒的多數當選了。[0]

アットホーム【at-home】（名・形動ダ）①（家庭的）招待會（由主人指定日期請客人按時來家歡敘）；②舒適（如同在家裏一樣）。[4]

*****あっぱく【圧迫】**（名・他サ）壓迫；☆言論を圧迫する／壓迫言論；☆圧迫を受ける／受壓迫。[0]

あっぱっぱ（名）〔俗〕簡單的婦女連衣裙，布拉吉。[5]

あっぱれ【天晴（れ）・遖】Ⅰ（形動ダ）極端漂亮；值得佩服，驚人；☆天晴な功績を立てた／立下了卓越的功績；☆天晴なはたらきをした／起了極好的作用；Ⅱ

（感）漂亮！眞好！有本事！☆天晴！でかした／太漂亮了！眞有本事！☆天晴天晴と叫ぶ／高呼眞好眞好。①③

あっぷあっぷ（副・自サ）溺水時的掙扎狀（＝あぶあぶ）。

アップ・する【upする】（他サ）舉起，拿起／髮をアップする／梳包頭。①

アップリケ【法applique】（名・自サ）嵌花，補花。④

アップル【apple】（名）蘋果（＝りんご）；～パイ【apple-pie】（名）蘋果餅，蘋果酥。①

あつまり【集まり】（名）〔（あつまる）的名詞形〕①集會，會合（＝あいあい）；☆人の集まりが悪い／到會的不踴躍；☆今日の集まりは午後二時からです／今天的會午後二點開始；②群，衆（＝むれ）；☆悪者（わるもの）の集まり／一羣壞蛋；③徵集（的情形）；☆税金の集まりが非常によろしい／税款徵收得很好。④③

あつま・る【集まる】（自五）①集，聚，☆人が大勢集まる／集聚許多人；☆テーブルの回りに集まる／聚在桌子的周圍；②滙合；薈萃；☆漢口は四方の貨物の集まるところだ／漢口是四方貨物滙集之處；☆情報が方々から集まって来る／情報由四面八方滙合來；③集中；☆衆目が彼に集まった／衆目集中在他的身上。③

あつみ【厚み】（名）厚（度）。⓪

あつ・める【集める】（他下一）①把……集在一起，集中；招集；☆人望を一身に集める／集衆望於一身；☆生徒を広場に集める／招集學生到廣場；☆知恵を集める／集思廣益，☆文化事業に全力を集めている／集中全力於文化事業；②徵收，蒐集；☆切手を集める／集郵，蒐集郵票；☆掛金を集める／催收外欠；③搜羅，吸引；☆あの学校は優良な教師を集めている／那所學校招聘的都是優秀的教師；☆どこの劇場でも客を集めるのに苦心している／每個劇院都爲了吸引觀衆而煞費苦心；⎯あつむ（下二）。③

あつらえ【誂】（名）〔（あつらえる）的名詞形〕定做（的東西）；☆お誂ならすぐこしらえます／若是定做，立刻就給您做；☆君の靴は誂か，できあいか／你的皮鞋是定做的還是現成的？；～むき【誂向】（形動ダ）正好，恰好，正合理想；☆教師には誂向だ／（他）正好當一名教師

；☆誂向の天気／理想的（好）天氣；～もの【誂物】（名）定做的東西。③

あつら・える【誂える】（他下一）定，定做（＝ちゅうもんする）；☆洋服を誂える／定做西裝；☆料理を誂える／點菜，⎯あつらふ（下二）。④

あつりょく【圧力】（名）壓力；☆圧力を加える／加（施）壓力；～がま【圧力釜】（名）〔理〕壓力鍋；～けい【圧力計】（名）〔理〕壓力錶。②

あて【宛・充】（接尾）①（寄，送，滙……）給；☆この手紙は私宛のものではない／這封信不是寄給我的；☆荷物は会社宛に送って下さい／請把貨發（送）到公司；☆為替（かわせ）は輸入部宛に振出して下さい／請把款滙給進口處；②每（＝ずつ）；☆一人につき三十斤宛の配給／每人配給三十斤；☆月に千円宛の予算だ／每月一千圓的預算。

あて【当】（名）①目的，目標（＝めあて）；☆当もなく家を出た／沒有目的地從家裏走了出來；☆当がちがう／目標不同；②期待，指望（＝きたい，たより）（常用「あてにする」的語形）；☆人の援助を当にする／指望別人的援助；☆親の財産を当にする／指望老人的財産；☆当が外（はず）れる／失望；③依靠，信頼（常用「あてになる」、「…をあてにする」、「…をあてにして」等語形）；☆当にできる（なる）人物／可靠的人；☆天気が当にならない／天氣靠不住；☆君の話を当にしてこの品を買ったのだ／因爲信你的話才買了這個東西；④墊敷物，墊布；座子；☆ズボンの膝当／褲子裏面的墊膝布。⓪

あてがい【宛行】（名）〔（あてがう）的名詞形〕①供給（的東西）；☆宛行が十分でないと不平が出る／如果供給的不充分就會有人抱怨；②分配；☆部屋の宛行をする／分配房間；～ぶち【宛行扶持】（名）①酌量給的錢；②俸米，口糧。⓪

あてが・う【宛行う】（他五）①給；☆小遣錢（こづかいせん）をあてがう／給零用錢；☆子供におもちゃをあてがう／給小孩子玩具；②分配；☆仕事をあてがう／分派工作；☆二階は僕の部屋にあてがわれている／二樓是分給我的房間；③使緊靠（貼）在…上；☆継（つぎ）を宛行う／補布丁；☆受話器に耳をあてがう／把耳

朶貼在耳機子上。◎

あてこすり【当擦り】（名・自サ）〔（あてこする）的名詞形〕諷譏，諷刺（的話）；☆当擦りを言う／說諷刺話。◎

あてこす・る【当て擦る】（自五）諷刺，指桑罵槐（＝あてつける）；☆あれは俺に当て擦ったのだ／那是諷刺我的（話）；☆人の失敗をあてこする／諷刺別人的失敗。4

あてこ・む【当て込む】（他五）指望，期待；☆当て込んだことが外（はず）れた／指望的事落空了；☆当て込む程のことでもない／不是什麼值得期待的。3

あてさき【宛先】（名）收信（件）人的住址；☆郵便物には宛先をはっきりと記（しる）すこと／郵件上要寫清收件人的住址。◎

あてじ【当字・宛字】（名）假借字，借用字。◎

あてずいりょう【当推量】（名・他サ）推測，猜想，揣度；☆とんでもない当推量／胡亂推測。35

あてずっぽう（名・形動ダ）〔俗〕瞎猜，胡猜（＝でたらめ）；あてずっぽうを言う／胡說；瞎猜；☆質問に対してあてずっぽうに答える／對質問不加思索的亂答◎5

あてつけ【当付け】（名）〔（あてつける）的名詞形〕諷刺；☆当付けを言う／說諷刺話，諷刺。◎

あてつけがまし・い【当て付けがましい】（形）帶諷刺樣子的；☆当て付けがましい態度をする／帶諷刺的態度。7

あてつ・ける【当て付ける】（他一下）譏諷，諷刺（＝あてこする）；☆そう当て付けなくてもいいじゃないか／何必說那樣的諷刺話呢；図あてつく（下二）。4

あてっこ【当てっこ】（名）比賽猜（謎）；☆当てっこをする／看誰猜得對。

あてど【当所】（名）目的，目標；☆当所もなく歩き廻る／毫無目標地亂跑，彷徨◎

あてな【宛名】（名）收件人姓名；☆表（おもて）に宛名を書く／在外面寫上收件人姓名；☆その手紙は宛名不明で戻って来た／那封信因為收件人姓名不清楚退回來了。◎

あてなし【当無し】（名）沒有目的。◎4

アデノイド【adenoids】（名）〔醫〕腺樣腫。3

あてはずれ【当外れ】（名）落空，白指望；☆今度は何もかもみな当外れだ／這一回一切都落空了。3

*あてはま・る【当て嵌る】（自五）①適用，合用；☆本規則はこの場合にも当嵌る／本規則對於這種情形也適用；②合適，恰當；☆それは当て嵌らない／那樣對他來說並不恰當。4

*あては・める【当て嵌める】（他下一）①適用，應用；☆刑法に当て嵌めて論罪する／適用刑法論罪；☆無理に当て嵌める／勉強適用；②充當；☆この金を借金の返済に当て嵌めておく／拿這筆錢還債；図あてはむ（下二）。4

あてもの【当物】（名・自サ）猜謎；☆当物をして遊ぶ／猜謎兒玩；②（塾的）塾兒；⑧靶子。◎

あでやか【艶やか】（形動ダ）艶麗，婀娜；☆花のように艶やかだ／艶麗如花；☆艶やかに装う／服飾華貴。2

アデュー【法・副adieu】（感・自サ）再見，再會（＝さようなら）。2

あてられる【当てられる】（連語）〔（あてる）的被役形〕①中毒；☆海老（えび）に当てられる／吃蝦中毒；☆暑さに当てられる／中暑；②膩煩，受不了；☆あの人の駄洒落（だじゃれ）にはすっかり当てられた／他那無所謂的詼諧真令人膩煩死了；☆夫婦の仲のいいのには当てられた／看到他們夫婦愛情的濃厚使我艷羨得很。6

あ・てる【当てる】I（他下一）①碰，撞，觸（＝ぶつける、ふれさせる）；☆頭を柱に当てる／向柱上撞頭；☆窓に球を当てる／把球碰在窗戶上；②安，放；☆胸へ手を当てる／把手放在胸上；☆口に手を当てる／把手捂在嘴上；☆壁に耳を当てる／把耳朵貼在牆上（聽）；☆継（つぎ）を当てる／補布丁；⑧烤，曬，淋，吹，☆火に当てる／（在火上）烤；☆日に当てる／（在太陽下）曬；☆洗濯物を雨に当てぬようになさい／別把洗的衣服叫雨淋着；☆風に当てると早く乾く／讓風吹吹乾得快；④猜，推測（＝いいあてる）；☆人に当てさせる／叫人猜；☆当て損（そこ）ねた／猜錯了；⑤充，安排（＝わりあてる）；☆夜間を編纂の時間に当てる／把夜晚安排為編輯的時間；☆收入の一割を本代に当てる／把收入的百分之十充作購買書費；⑥派、委派（＝さ

しむける）；☆彼を会計係に当てる／派他擔任會計：⑦發，給（有時作「宛てる」）；☆人に手紙を当てる／給人寄信；☆これは僕に当てて来た荷物だ／這是發（送）給我的東西；☆一人に二個ずつ当てる／每人分給兩偏；Ⅱ（自下一）成功；得利；☆彼は山で当てて一挙に財産を作った／他投機得手一下子就發了財；☆この書店は文学全集で非常に当てた／這家書店因為出版文學全集獲得很大成功；図あつ（下二）。◎

アテンポ【意atempo】（副）〔樂〕按原來速度演奏。②

*　**あと**【後】（名）①（方向）後方，後邊兒，（後面＝うしろ）；☆後から車を押す／從後面推車；☆後に残る／留在後面；留下；☆故郷を後にする／離開家郷；②以前；☆それは極（ごく）後のことだ／那是很久以前的事：③以後（＝のち）；☆後から電話しよう／隨後打電話吧；☆後四五日は雨は大丈夫だろう／今後四五天大概不會下雨吧；④（次序）之後，其次；☆彼が一番後から来た／他是最後來的；☆後は何を食べるか／其次還吃什麼？☆食事の後で余興があった／飯後還演了餘興；⑤後來；將來（的事）；☆後のところはよろしく／（出外的人說）我走後的事情拜託了；☆後はどうなるか分ったものじゃない／將來（的事）怎樣誰也不曉得的；⑥結果；☆あとはどうなるだろう／結果該怎樣呢；☆その後でけんかになった／結果就吵起來了；⑦其餘；此外；☆あとは知らない／別的我不知道；☆話のあとを聞きたい／我想 聽一 聽下文；☆あとは拝眉の上／餘容面磬（尺牘用語）；⑧後人，子孫；☆彼は名家の後だ／他是名門之後／彼が絶える／絕後；⑨後任；後繼者；☆君の後は誰ですか／你的後任は誰？？☆王君が私の 後へすわる／王君接我的工作；☆後をもらう／續絃；娶後妻；⑩身後，死後；☆妻子を後に残して死ぬ／遺下妻子死去；☆死んだ後に残ったのは借金ばかり／死後留下的只有欠債；☆後は野となれ山となれ／後事如何全然不管；後へも先行かぬ／進退兩難，進退維谷；後を引く／無盡無休；沒完完了；☆あの男の酒は後を引く／那傢伙喝起酒來沒完沒了。①

*　**あと**【跡・迹】（名）①印，跡，痕跡；☆足の跡／脚印兒；☆車の跡／車印兒；☆血の跡／血跡；☆傷の跡／傷痕；②行踪，下落（＝ゆくえ）；☆人の跡をつける／跟跡；③跡象；☆人の入った跡がない／沒有進去的跡象；☆一向悔い改めた跡が見えない／一點也看不出悔改的跡象來；④遺跡；☆そのお寺の跡は少しも残っていない／那座廟的遺跡一點兒 也 不 存 在了；⑤家業；☆跡を継ぐ／繼承家業；跡を追う／①追趕，追逐；②追隨，效仿；◇跡を隱す／藏起，躲起；跡をくらます／匿跡，潛逃；跡を絶つ／絕跡，絕跡；跡をつける／①追踪，跟踪；②留下了痕跡；跡を濁す／留下劣跡；跡を踏む／承襲前人（的事業等）。①

あとあし【後足・後脚】（名）後腿；☆後足で立つ／（馬等）用後腿站起來。②

あとあじ【後味】（名）①（飲食後的）口中餘味；☆この薬は後味が悪い／這藥吃過後嘴裏不好受；②〔轉〕後味，餘味；☆その映画は観客にいやな後味を残した／那部電影給觀衆留下不愉快的印象◎②

あとあと【後後】（名）以後，後來（＝のちのち）；☆後々のところは宜しく願います／以後請多幫忙；☆いい加減なことをすると後々までたたる／作事馬虎，日後要出麻煩。◎

あとおし【後押し】（名・他サ）①推（的人）②後援者／彼を後押しする／支援他②

あとがき【後書】（名）①（書信的）附筆；（書籍的）跋語；後記，結尾語。②

あとかた【跡形】（名）①痕跡；形跡；☆今ではその跡形もなくなった／現在連痕跡也沒有了；②根據；☆それは跡形もない嘘（うそ）だ／那是沒影兒的瞎話；～な・い【形跡ない】（形）①沒有痕跡；沒影兒；②莫名其妙的；図あとかたなし（形ク）。◎②

*　**あとかたづけ**【後片付】（名・自サ）整理，拾掇，善後（＝あとしまつ）；☆後片付をする／拾掇；善後；☆食事の後片付をする／（飯後）收拾桌子。③

あとがま【後釜】（名）後任，繼任人；☆彼は首相の後釜になるべき人物だ／他是下次首相的候選人物；☆女房（にょうぼう）の後釜を探している／物色繼室。◎④

あとくされ【後腐れ】（名）事後的糾紛，拖泥帶水；☆後腐れがないようにしなければならぬ／不要弄得拖泥帶水。③

あ

あとくち【後口】（名）①＝あとあじ；②其餘；下剩；☆これは後口の品です／這是其餘（後一斗）的貨物；③＝あとがま②

*あどけな・い（形）孩子氣，天真爛漫；☆あどけない顔／天真爛漫的面孔，☆あどけない考え／幼稚的想法；図あどけなさ（形ク）。④

あとさき【後先】（名・自サ）①前後；☆話の後先が合わない／說的前後不符；②首尾；☆鉛筆の後先を削る／削鉛筆的兩頭兒；③顛倒；☆後先顛倒している／先後顛倒；④結果，情況；☆後先を考えて物を言うものだ／應該經過考慮再說；◇後先になる／前後（本末）顛倒；後先見ずに／不顧前後；冒冒失失。①

あとじさり【後退り】（名・自サ）①後退，倒退；☆馬がびっくりして後退りした／馬嚇驚了往後退；②退縮，畏縮（＝しりごみ）；☆そう後退りするなよ／別那麼畏縮呀。③

*あとしまつ【後始末】（名・他サ）善後，清理，收拾（＝あとかたづけ）；☆後始末がまだついていない／還沒有清理完；還沒有做好善後；☆兄が借金の後始末をしてくれた／哥哥把債務給我還清了。③

あとずさり【後退り】（名・自サ）＝あとじさり。

あとだのみ【後頼み】（名）①托付後事；②將來的依靠。③

あとつぎ【跡継・後継】（名）①後嗣，嗣子；②後任。②③

あとづけ【後付】（名）（附在本文後的）編後記、索引附錄等。⓪

あととり【跡取り】（名）後嗣，嗣子。②

あとのまつり【後の祭】（連語・名）已經來不及，錯過時機；☆今となっては後の祭だ／事到如今已經來不及了。①⓪

アドバイス【advice】（名・自サ）勸告，忠告，提意見；建議。③

あとばら【後腹】（名）①產後腹痛；②後妻所生子女；③（轉）（因賠錢等而感到的）事後的痛苦；☆後腹が病（や）める／花錢過多而事後苦惱。⓪②

あとばらい【後払い】（名・他サ）後付款，賒購；☆後払いでよければ買う／可以賒購的話就買。③

アドバルーン【ad-balloon】（名）廣告氣球。④

アドベンチャー【adventure】（名）（戀

愛）冒險。③

あとまわし【後回し・後廻し】（名）推遲，往後推，緩辦；☆これは後回しにしよう／這個以後再辦吧。⓪

アトム【atom】（名）原子。①

あとめ【跡目】（名）①家業；☆跡目を継ぐ／繼承家業；②後嗣；☆跡目がない／沒有後嗣。②③

*あともどり【後戻り】（名・自サ）①往回走，返回；☆今来た道を後戻りする／從剛才的路上往回走；②開倒車，退步；反覆；☆文明が後戻りする／文明退步；☆病気が後戻りする／病情反覆；☆技術が後戻りする／技術後退。③

アトラクション【attraction】（名）①誘人的力量，魅力；②叫座的節目（＝よびもの）；③加演的節目；☆映画のアトラクションに舞踊をやる／在演電影時加演舞踊。③

アトラクチブ【英・形attractive】（形動ダ）誘人的，有魅力的，有吸引力的。③

アトリエ【法 atelier】（名）①畫室，彫刻室；②攝影室。⓪③

アドレナリン【德Adrenalin】（名）〔藥〕腎上腺素。④

*あな【穴・孔】（名）①穴，孔，洞，眼，坑；☆孔をあける／穿孔，挖洞☆孔を塞ぐ／堵上窟窿☆道は穴だらけだ／路上滿是坑；②缺點；☆人の穴を探す／找人的錯兒；③虧空；☆一万円の穴をあけた／拉下了一萬元的虧空；☆穴を埋める／填補虧空；④（賽馬等）出人意外的勝負；意外之財；☆大穴を狙（ねら）う／想大發意外之財；☆穴があれば入りたい／（羞得）有個地縫兒都想鑽進去，穴のあくほど見る／釘着看，凝視，穴をあける①挖窟窿，穿孔；②拉虧空。②

アナ（名）①←アナーキスト；②←アナーキズム；③←アナウンサー。①

アナーキスト【anarchist】（名）無政府主義者。④

あなうめ【穴埋め】（名・自サ）①埋坑，埋在坑裏；②填補虧空，還債；☆損失の穴埋めをする／彌補損失；☆穴埋めがつかない／沒法填補。⓪③

アナウンサー【announcer】（名）廣播員；報告員。③

アナウンス【英・名・動 announce】（名・他サ）廣播，報告；通知；☆ニュー

スをアナウンスする／報告新聞。②③

あながち【強ち】（副）（下接否定語）未必，不見得，不一定（＝かならずしも）；☆強ちそうでもない／倒不一定是那様；☆君のいうことも強ち無理ではない／你的話也不見得没有道理。⓪

あなかんむり【穴冠】（名）（漢字的）穴字頭。⓪

あなぐま【穴熊・貛】（名）〔動〕貛。⓪

あなぐら【穴蔵・窖】（名）窖，地窖。⓪

アナクロ（ニズム）【anachronism】（名）①時代錯誤；②落後，舊時的残餘⑤

あなた【彼方】（代）①那兒，那裏，那邊兒（＝あちら）；②以前。①②

*__あなた__【貴方・貴下】（代）您；～がた【貴方】（代）您們。②

あなどり【侮り】（名）〔（あなどる）的名詞形〕侮，侮辱☆侮りを受ける／受辱④⓪

*__あなどる__【侮る】（他五）侮，侮辱；輕視；☆人を侮るな／別侮辱人；別小看人；☆彼の文学上の知識は侮り難い／他在文學上的知識是不容輕視的。③

あなぼこ【穴ぼこ】（名）〔方〕（地上的）坑；☆穴ぼこに落ちないように気をつけろ／注意別掉坑裏。⓪

あなほり【穴掘】（名）①挖坑；②挖墓穴（的人）；③「あなぐま」的別名。④③

*__*__あに__【兄】（名）①兄，哥哥（日俗内兄、夫兄、姉夫等亦均稱「あに」）；②仁兄，兄台。①

あに【豈】（副）〔文〕（下接反語）豈；☆豈それ然らんや／豈其然乎；☆豈この理あらんや／豈有此理；◇豈図らんや／歟料；豈知，☆捕えて見れば豈図（はか）らんや我が子であった／那知道捉來一看，原來是自己的兒子。①

あにき【兄貴】（名）〔俗〕①兄；家兄；②老哥，仁兄。①

あにご【兄御】（名）〔敬稱〕兄。⓪②

あにでし【兄弟子】（名）師兄，師兄⓪②

あにぶん【兄分】（名）盟兄，把兄。②

アニミズム【animism】（名）〔哲〕萬物有靈論。③

アニメーション【animation】（名）漫畫影片；卡通（＝アニメ）。③

あによめ【兄嫁・嫂】（名）嫂。②

アニリン【德Aniln】（名）〔化〕生色精，苯胺；～えん【Anilin塩】（名）〔化〕苯胺鹽；～せんりょう【Anilin染料】（

名）〔化〕苯胺染料。②⓪

あね【姉】（名）①姉，姐姐；②家姉；③嫂（日俗夫姉、妻姉等亦均稱「あね」）⓪

あねき【姉貴】（名）①〔敬稱〕大姐，姐姐；②〔愛稱〕姐。⓪

あねご【姉御】（名）①〔敬稱〕姐姐；②大姐，大嫂（江湖話）。⓪

あねさんかぶり【姉様被り】（名）（婦女）用手巾包頭（的一種方法）。⑤

あねむこ【姉婿】（名）姉丈，姐夫。③

あねむすめ【姉娘】（名）大女兒；大姑娘（姉妹中年齡大的）。③

アネモネ【anemone】（名）〔植〕白頭翁；秋牡丹。②⓪

アネモメーター【anemometer】（名）風速計，風力錶。

アネロイドきあつけい【aneroid気圧計】（名）無液氣壓錶。⑧

*__あの__【彼の】（連體）那個。⓪

あの（感）喂！嗯！（招呼人時、説話躊躇時、談話中不能立即説出下文時所用的語詞）。⓪

あのかた【彼の方】（代）他；那一位（他、她、那個人等第三者的敬稱）。④③

あのひと【彼の人】（代）他。②③

あのよ【彼の世】（連語・名）來世，黄泉；☆あの世へ旅立つ／命染黄泉。⓪

あのよう【彼の様】（連語・形動ダ）那様，那般。③

*__アパート__（名）【アパートメントハウス（apartment house）之略】公寓，公共住宅；☆アパートに住む／住公寓。②

あばきた・てる【発立てる】（他下一）（「あばく」的加強的説法）揭發；☆悪いことを発立てる／揭發壞事。⓪⑤

あば・く【発く】（他五）①發掘，挖（＝ほりかえす）；☆墓を発く／掘墳；②揭發；☆秘密を発く／揭發秘密。⓪

あばた【痘痕】（名）麻子，麻臉；◇惚（ほ）れた目には痘痕も靨（えくぼ）／情人眼裏出西施。⓪

あはは（感）哈哈（大笑聲）。③

あばよ（感）〔俗〕再見，再會（＝さようなら）。①

あばら（ほね）【肋（骨）】（名）肋骨⓪

あばらや【荒屋】（名）破房子。⓪

あばれうま【暴馬】（名）驚了的馬，悍馬③

あばれもの【暴者】（名）好吵架的人，粗暴的人，刁棍。⓪

*あば・れる【暴れる】（自下一）①鬧，亂鬧；☆酒に酔って暴れる／喝醉了亂鬧；②放蕩，荒唐；☆昔はずいぶん暴れたものだがこの頃はすっかり堅気（かたぎ）になった／從前很荒唐過，可是現在完全規矩起來了；図あばる（下二）。⓪

アバンギャルド【法avant-garde】（名）前衛，前鋒，先鋒隊。④

アピール【英・動・名 appeal】（名・自サ）①呼籲，控訴；☆大衆にアピールする／向羣衆呼籲；②〔俗〕引起共鳴，受歡迎。②

*あび・せる【浴びせる】（他下一）①澆，☆体とも水を浴びせる／往身上澆水；②〔轉〕加，給；☆悪罵を浴びせる／（加以）痛罵；☆敵に砲弾の雨を浴びせる／向敵人發出猛烈砲火；③轉嫁；☆人に罪を浴びせる／誣罪於人；図あぶす（下二）。⓪

あひる【家鴨】（名）〔動〕鴨，鴨子。⓪

*あ・びる【浴びる】（他上一）①澆，淋，浴；☆冷水を浴びる／澆冷水；☆一風呂浴びる／洗個澡；②照，曝；☆日光を浴びる／曬在陽光下；③受，蒙，遭（＝うける、こうむる）；☆嵐の如き喝采（かっさい）を浴びた／受到了暴風雨般的歡呼☆砲火を浴びる／遭到砲火☆悪罵を浴びる／挨痛罵；図あぶ（上二）。⓪

あぶ【虻】（名）〔動〕虻，牛虻；◇虻蜂取らず／逐兩兎者一兎不得，務廣而荒①

あぶあぶ（副・自サ）〔俗〕①咕嚕咕嚕地（溺水時的掙扎狀）；☆水に溺（おぼ）れて、あぶあぶしている／掉在水裏拼命掙扎着；②戰戰兢兢（＝はらはら、ひやひや）。

あぶく【泡】（名）泡，氣泡（＝あわ）；～ぜに【泡銭】（名）＝あくせん（悪銭）。③

アブストラクト【英・形・名abstract】（形動ダ・名）①抽象（的）②抽象藝術；③摘要，拔萃。⑤

アフターサービス【after service】（名）售後服務。⑤

アフタヌーン【afternoon】（名）①下午；②女子下午服裝。④

アプトしき【Abt式】（名）愛伯特式（鐵道）；〔瑞士人愛伯特發明，為防止火車上下急坡時的滑動，在軌道間另裝一帶齒輪的裝置）。⓪

*あぶな・い【危ない】（形）①險的，危險的

；☆命が危ない／性命危險☆危ないから近寄るな／危險，別靠近②令人擔心的，靠不住的；☆危ない空模樣（そらもよう）だ／天氣靠不住；☆彼に金を預けては危ない／把錢交給他可靠不住；◇危ない綱渡りをする／冒險；図あぶなし（形ク）；～げ【危なげ】（形動ダ）不牢靠，沒把握，看似危險狀☆何だか危なげだな／總像不牢靠似的；☆危なげな足取りで外に出た／腳步蹣跚地走出去了。⓪

あぶなが・る【危な気がる】（自五）覺得危險，擔心；☆皆危ながって手を出すものもない／大家都認爲危險而不肯伸手；☆君はちっとも危ながるには及ばない／你一點兒也用不着擔心。④

*あぶなく【危なく】（副）差一點兒，險些兒（＝あやうく、ほとんど）；☆彼は危なく溺死するところだった／他險些兒淹死了；☆危なく汽車に乗り遅れるところだった／差一點兒誤了火車。⓪

あぶなっかし・い【危なっかしい】（形）〔俗〕＝あぶない。⑥⓪

アブノーマル【abnormal】（形動ダ）異常；變態，不規則。③

あぶみ【鐙】（名）鐙；☆鐙をはずす／甩鐙。⓪

*あぶら【油】（名）①油；☆油で揚げる／用油炸；②〔轉〕活動力，勁兒；☆油が切れる／沒勁兒☆油が乗る／起勁兒☆油に水／氷炭不相容；☆油を売る／①磨蹭，偷懶 ②閒聊浪費時間；☆油を差す／鼓勵，打氣；☆油を絞（しぼ）る／譴責，教訓；懲治；☆一つ油を絞ってやろう／教訓他一頓吧，整他一下子吧☆油をそそぐ／①唆使，煽動②加（添）油；～あげ【油揚】（名）油炸豆腐；～いため【油煤】（名）炒；～いろ【油色】（名）紅黃色，琥珀色；～うり【油売】（名）①賣油者；②磨磨蹭蹭，偷懶；懶漢；～え【油絵】（名）油畫；～えのぐ【油絵の具】（名）油畫顔料；～かす【油粕】（名）油滓，豆餅；～がみ【油紙】（名）油紙；◇油紙に火の付いたよう／口若懸河；～け【油気】（名）油氣，油味，油膩；～げ【油揚】（名）＝あぶらあげ；～さし【油差】（名）①注油器，添油器；②（給機器）注油的人；～ぜみ【油蟬】（名）〔動〕秋蟬；～だま【油球・油玉】（名）（漂在水上的）油珠兒；～で【油手】

（名）（沾了油的）油手；～でり【油照り】（名）酷熱的日曜；～な【油菜】（名）〔植〕油菜；～ひき【油引】（名）①刷油，②油刷子；～むし【油虫】（名）①蟑螂；竈馬子；②蚜蟲。⓪

**あぶら【脂・膏】（名）①脂肪，膏，油膩☆顔に脂が浮く／臉上冒油；◇脂が乗る／肥胖；☆彼は今が脂の乗った年頃だ／他現在正是發福（長胖）的歲數兒；②上腰；☆脂が乗った鳥は旨い／肥的鷄好吃；③起勁兒，傲事有興緻☆彼の仕事は今脂が乗った最中（さいちゅう）だ／他的工作現在正是起勁兒的時候；～あし【脂足】（名）汗脚；～あせ【脂汗】（名）急汗，躁汗，黏汗；☆苦しくて脂汗が出た／難受得出了脂汗；～け【脂気】（名）油性；光滑滑☆ばさばさして脂気がない／乾巴巴的沒有油性；～しょう【脂性】（名）皮膚多油；～で【脂手】（名）汗手；～ぶとり【脂肥】（名）肥滿（的人）；～み【脂身】（名）肥肉；☆牛肉の脂身／肥牛肉。⓪

あぶらぎ・る【脂ぎる】（自五）①肥，胖；☆脂ぎった手／胖手；②油光，滑膩；顔が脂ぎっている／臉油光光的。④

あぶらじ・みる【油染みる】（自上一）油汚，油軆；☆着物が油染みている／衣服油軆了；因あぶらじむ（四）。⑤

あぶらっこ・い【脂っ濃い】（形）油膩，味厚；☆あんまり脂っ濃くては食べられない／太油膩了就不能吃。⑤

アフリカじんしゅ【Africa人種】（名）非洲人種。⑤

アフリカぞう【Africa象】（名）〔動〕非洲象。④

あぶりこ【炙子・焙籠】（名）①（架在炭火上烤衣服的）烤籠；②（烤年糕等用的）鐵絲網。⓪

あぶりだし【炙出し】（名）烤墨紙（用明礬水寫字或繪畫，一烤即顯的玩意兒）⓪

*あぶ・る【炙る】（他五）①烤；燒；☆餅を炙る／烘年糕☆炙って食べる／烤着吃②烘（＝かわかす）；☆着物を火に炙る／在火上烘衣服；☆ハンカチを火で炙る／用火烘手帕；☆火鉢で手を炙る／火盆上煖手。②

アプレ（ゲール）【法après—guerre】（名）①戰後派（第一次大戰後，以法國）為中心所發生的文學、藝術上的新傾向；在日

本指一部分想要在第二次大戰後的（會混亂中創新文學的青年作家而言）；☆彼ら二人は皆アプレだ／他們兩個人全是戰後派；②二次大戰後的人，戰後型的人（指戰後的虛無的、頹廢的人們而言）；☆あの娘は典型的なアプレ（ゲール）だ／那個始娘是個典型的戰後女郎。⓪

アフレコ【after-recording之略】（名）〔電影〕後期錄音，攝影後錄音。⓪

*あふ・れる【溢れる】（自下一）滿，溢；漾出；充滿，☆河水が溢れた／河水氾濫了；☆目には涙が溢れている／眼淚盈眶；☆ビールがコップに溢れる／啤酒漾出盃子來；☆彼の心は喜びに溢れた／他心裏充滿了歡喜；因あふる（下二）。③

あぶ・れる（自下一）①失業，沒事情傚；☆今日も仕事にあぶれた／今天也沒找着活兒（傚）；②（狩獵・釣魚）一無所獲；☆釣りに行ったが時化（しけ）ですっかりあぶれた／去釣魚時，因爲天氣變了白跑一趟。③

あべかわもち【安倍川餅】（名）烤後外黏一層豆麵粉的年糕。④

*あべこべ（形動ダ）反對，相反，顛倒（＝さかさま）；☆あべこべに着る／反着穿；☆あべこべに持つ／倒着拿；☆あべこべの方へ行く／往相反的方向走；☆事実は正にあべこべだ／事實恰恰相反。⓪

アベック【法・前置 avec】（名）成雙的男女；☆日曜日の郊外はアベックの群れでにぎやかだ／星期日的郊外情侶如雲②

アベニュー【avenue】（名）林蔭路；大街。②

アベマリア【拉Ave Maria】（名）〔宗〕稱讚聖母，福哉馬利亞。③

あへん【阿片・鴉片】（名）鴉片，大烟；～くつ【阿片窟】（名）大烟舘；～せんそう【阿片戰争】（名）〔史〕鴉片戰爭；～ちゅうどく【阿片中毒】（名）鴉片中毒，大烟癮。①⓪

あほう【阿房・阿呆】（名・形動ダ）愚，蠢，渾，渾人，傻子；☆あれは阿呆だ／那是個傻瓜；☆阿呆なことをする／傲蠢事；◇阿房につける薬はない／糊塗蟲沒法治；～ぐち【阿房口】（名）蠢話，糊塗話；～ぢから【阿房力】（名）笨力氣，蠻勁兒；～づら【阿房面】（名）呆臉，蠢相；～らし・い【阿房らしい】（形）糊塗，荒唐，胡說，豈有此理；☆阿房ら

しい、そんなことがあるものですか／胡説，哪兒會有那樣的事；図あほうらしく（形シク）；[1][2]

あほうどり【信天翁】（名）〔動〕信天翁[2]

アポストロフィ【apostrophe】（名）①省字符號（如「can't」之「，」；②所有格符號（如「boy's」之「，」）。[2]

あほたれ【阿呆垂】（有時也說「あほったれ」）（名）糊塗蟲，儍瓜。[0]

アポロ【拉 Apollo】（名）（希臘神話中的）阿波羅（神），太陽神。[1]

あま【尼】（名）①〔佛〕尼，尼姑；②〔俗〕〔表卑〕女子，娘們；☆この尼め！／這個娘們！[1]

あま【海人・蜑】（名）〔文〕漁夫。[1]

あま【海女】（名）（潛水採貝的）漁女[1]

アマ（名）←アマチュア[1]

あまあい【雨間】（名）雨停的工夫；☆この雨間に出掛けようか／趁着這回雨停走吧。[0][3]

あまあがり【雨上がり】（名）＝あめあがり。[3]

あまあし【雨脚・雨足】（名）雨勢；☆雨脚が激しい／雨下得猛；☆夏の夕立（ゆうだち）は雨脚が早い／夏天的陣雨瞬息即過。[2][0]

あま・い【甘い】（形）①甜的；☆あまいものが好きだ／喜歡吃甜的；☆彼は甘いも辛いも知っている／酸甜苦辣他都經驗過；②（口味）淡的☆東京の料理は甘い／東京的菜口味淡；☆甘くしてくれ／給弄淡一點兒；③寛，姑息，好說話；☆あの先生は点（てん）が甘い／那個老師分數給的寛；☆君は俺を甘く見るのか／你看我好說話麼？你瞧不起我麼？☆甘いから言うことを聞かない／對小孩子太姑息了，所以不聽話；④弱，緩，鈍；☆この煙草は甘い／這個烟軟；☆相場（そうば）が甘い／行情弱；☆この刀は甘い／這把刀鈍；⑤鬆，不緊；☆ねじが少し甘い／螺絲有點兒鬆；⑥蠢，儍；☆あの男はちと甘い／他有點兒蠢；⑦樂觀的，天真的；☆甘い考えを持っている／想得天真；図あまし（形ク）。[0]

あま・える【甘える】（自下一）①撒嬌；☆お母さんに甘える／跟媽媽撒嬌；☆この子は甘えて仕様がない／這孩子一味撒嬌；②乘，趁（＝つけこむ）；☆御親切に甘えてお願いいたします／承您盛情就

拝託您了；図あまゆ（下二）。[0]

あまがえる【雨蛙】（名）〔動〕雨蛙。[3]

あまが・ける【天翔る】（自五）〔文〕飛天。[4]

あまがさ【雨傘】（名）雨傘；～へび【雨傘蛇】（名）〔動〕雨傘蛇（臺灣毒蛇的一種）。[3]

あまかす【甘糟・甘粕】（名）甜酒糟。[0]

あまガッパ【雨合羽】（名）（披着的）雨衣，雨斗篷。[3]

あまかわ【甘皮】（名）①（樹木、果實表皮内的）嫩皮（↔あらかわ（粗皮）；②（指甲根上的）軟皮。[0]

あまかんむり【雨冠】（名）（漢字的）雨字頭。[3]

あまぎ【雨着】（名）雨衣。[3][2]

あまぐ【雨具】（名）雨具（雨衣，雨傘，雨靴之類）。[2]

あまくだり【天降り】（名）①由天而降，降臨，下凡；②〔轉〕由掌權的上層指派；☆今度の局長は天降りだ／新局長（不是由底下提陸）而是由上級指派的；③〔轉〕（脫離羣衆性的）强迫命令；☆これは天降りの案だ／這是一個脫離羣衆的强迫式的方案；～じんじ【天降り人事】（名）由上級決定的人事；由領導機關指派的人事。[0]

あまくだ・る【天降る】（自五）①下凡；☆神が天降る／神仙下凡；②（上級對下級）强迫命令；☆これは天降った案だ／這是一個脫離羣衆的方案。[4]

あまくち【甘口】（名・形動ダ）①甜頭兒的，帶甜味的；☆この酒は甘口だ／這酒是甜頭兒的；②好吃甜東西的人（＝あまとう）；☆僕は甘口の方だ／我喜歡吃甜的；③甜言蜜語，花言巧語；☆人の甘口に乗って騙された／被人家的花言巧語騙丁；④呆子，儍了（＝うすのろ）；☆あの男は甘口だ／他是個呆子。[0]

あまぐも【雨雲】（名）雨雲，陰雲。[3]

あまぐもり【雨曇り】（名・自サ）天陰欲雨。[3]

あまぐり【甘栗】（名）糖炒栗子。[0]

あまけ【甘気】（名）甜味兒，甜勁兒（＝あまみ、あまさ）。[0]

あまげしき【雨景色】（名）①雨景；②要下雨的樣子。[3]

あまごい【雨乞】（名・自サ）祈雨，求雨。[2]

あまさ【甘さ】（名）甜，甜味，甜的程度◎

あまざけ【甘酒・醴】（名）甜酒，江米酒◎

あまざらし【雨曝】（名）曝露在雨中，抛在雨裏（不管）；☆洗濯物を雨曝しにする／把洗好的衣服淋在雨裏（不管）。③

あまじお【甘塩】（名）稍帶鹹味，稍微醃鹹；☆甘塩にする／稍稍加鹽；稍微醃鹹。◎

あましずく【雨雫】（名）雨滴，雨點（＝あまだれ）。③

あまじたく【雨支度】（名・自サ）準備雨裝、雨具；☆雨支度して出かける／帶着雨裝出去。③

あましもの【余し物】（名）①無用之物；不好處理的東西；②剩下的東西；③無用的人；無處安排的人。◎⑤④

*あま・す【余す】（他五）餘，剩，留（＝のこす）；☆千円ばかり余した／剩下了一千來元；☆余す所幾何（いくばく）もない／所餘無幾；◇余すところなく／絲毫不留，無遺，徹底，完全。②

あまず【甘酢】（名）甜醋。◎

あまずっぱい【甘酸っぱい】（形）酸甜；☆甘酸っぱい蜜柑／酸甜的桔子。◎

あまぞら【雨空】（名）欲雨的天空。③

あまた【数多・許多】（名・副）〔文〕多數，衆多，許多；☆数多の人に取り囲まれる／被許多人包圍起來；☆数多工場のある中で／在許多工廠之中。①

あまたる・い【甘たるい】（形）＝あまったるい；図あまたるし（形ク）。◎

あまだれ【雨垂】（名）①雨滴，雨點；②從屋簷流下的雨水，簷溜；～おち【雨垂落】（名）簷溜下落的地方；◇雨垂石を穿（うが）つ／滴水可以穿石。◎

あまちゃ【甘茶】（名）①〔植〕土常山；②用土常山葉泡的茶。◎

アマチュア【amateur】（名）愛好者；業餘藝術家；票友；業餘運動員；↔プロフェショナル。②

あまちょろ・い【甘ちょろい】（形）〔方〕①想得過於天眞的，把事看得太容易的；②慇厚的，慢的（＝うすのろい）。◎④

あまつ【天津・天つ】（造語）〔古〕（つ＝の）天之，天的；～おとめ【天つ少女】（名）天女，天人。◎

あまっこ【尼っ子】（名）〔俗〕〔表卑〕女子。②

あまつさえ【剰え】（副）（「あまりさえ」的音便）（不僅如此）而且，並且（＝そのうえ，おまけに）；☆失業し，剰え病気までした／失了業而且還鬧了一場病（＝あまっさえ）。①②

あまっ・たる・い【甘ったるい】（形）①太甜的，過於甜的；☆甘ったるい菓子はもう沢山だ／太甜的點心已經吃膩了；②甜言蜜語的，嬌媚的；靡靡之音的；☆甘ったるい調子で話す／用嬌媚的語氣說；～さ（名）。◎⑤

あまっ・たれる【甘ったれる】（自下一）＝あまえる。

あまっ・ちょ【尼っちょ】（名）〔俗〕＝あまっこ。

あまっ・ちょ・ろ・い【甘っちょろい】（形）＝あまちょろい。◎⑤

あまつぶ【雨粒】（名）雨點兒。③

あまでら【尼寺】（名）〔宗〕①尼姑庵；②女修道院。②◎

あまてらすおおみかみ【天照大神】（名）〔神話〕天照大神（意爲太陽之神，被信爲日皇的祖先）。①

あまど【雨戸】（名）木板套窗；☆雨戸を締（しめ）る／關上木板套窗；☆雨戸を繰（く）る／拉開木板套窗。②

あまとう【甘党】（名）好吃甜東西的人，不喝酒的人；↔からとう（辛党）。◎

あまな・っとう【甘納豆】（名）甜豆兒，糖豆兒。③

あまねく【遍く・普く】（副）〔文〕遍，普遍；☆遍く日本を巡った／走遍了日本☆遍く天下に知られる／爲天下所周知②③

あまね・し【遍し・普し】（形ク）〔文〕遍；☆足跡天下に遍し／足跡遍天下②③

あまのいわと【天の岩戸】（名）〔神話〕天上巖石洞穴的門。

*あまのがわ【天の川・天の河】（名）〔天〕天河，銀河。③

あまのじゃく【天の邪鬼】（名）脾氣彆扭的人。③

あまのはら【天の原】（名）①天空；②＝たかまのはら（高天原）。③

あまま【雨間】（名）＝あまあい。③

あまみ【甘味】（名）甜，甜味；☆この文旦は甘味がない／這個文旦不甜。◎

あまみず【雨水】（名）雨水。②

あまもよい【雨催】（名）＝あまもよう③

あまもよう【雨模様】（名）要下雨的樣子；☆空が雨模様になってきた／天要下雨的

様子。③

あまもり【雨漏】（名・自サ）漏雨；☆この部屋は雨漏がひどい／這間屋子漏得厲害。②

あまやか・す【甘やかす】（他五）嬌養，嬌寵；☆子供は余り甘やかしてはならない／小孩子不可過於嬌寵。⓪

あまやどり【雨宿り】（名・自サ）避雨；☆軒下に雨宿りする／在簷下避雨。③

あまよけ【雨避】（名・自サ）①防雨的東西（雨布、雨衣之類）；☆雨避の外套を着ていらっしゃい／把雨衣穿去吧；②避雨（＝あまやどり）；☆軒下に雨避する／在簷下避雨。④⓪

*__あまり__【余り】（造語）（接續數詞之下表示「還多一些」的意思）多；多些；☆まだ三日余りの時間がある／還有三天多的工夫；☆千円余りの金を持っている／有一千多元錢。①

*__あまり__【余り】I（名）①剩餘，餘浮（＝のこり、よじょう）；☆余りが出る／有餘浮；☆生活費の余りを貯金する／把生活費的餘額存起來；②（除法除不開）剩下的數，餘數；☆十六を五で割ると余りは一／十六除五餘數是一；③過度（用「あまりの…」的語形）；☆余りの嬉（うれ）しさに涙が出る／喜極而泣；☆余りの暑さに卒倒する／因爲太熱暈倒，④因過於…而（用「…のあまり」的語形）；☆嬉しさの余り小踊（こおど）りする／因過於高興而歡欣雀躍；☆悲しみの余り病気になる／過於悲哀結果病了；II（副）①（不）怎樣（＝たいして、それほど）；☆余り立派ではない／不怎樣漂亮；☆余り嬉しくない／不怎樣高興；②太，很（＝ひじょうに）；☆お前の道楽（どうらく）は余りにもひどい／你的不務正業，太過分了；III（接尾）餘，有餘；☆二週間余り旅行した／旅行了兩個多星期；☆出席者百名余り／出席者百餘人；~ある【余りある】（連語）有餘；☆余りある金を皆使う／把餘下的錢全花掉；☆彼の長所は短所を補（おぎな）って余りある／他的優點可以彌補他的缺點還有餘；~に【余りに】（副）太，過；☆余りに寒いので凍死者が出た／因爲太冷出現凍死的人；☆余りに（も）ひどい仕打（しうち）／太過分（凶狠）的幹法；~の【余り物】（名）剩下的（東西）；用

不着的；◇余り物に福がある／剩的東西有福底兒。③⓪

アマリリス【amaryllis】（名）〔植〕孤人草，賽番紅花，（俗名）柱頂紅。③

*__あま・る__【余る】（自五）①餘，剩（＝のこる）；☆金が余っている／錢（多）剩下了；☆余った金／剩下的錢；②過分；☆この仕事は私の力に余る／這件事情我不能勝任；☆身に余る光榮／過分的光榮；◇目に余る／令人看不下去，令人不能容忍。②

アマルガム【amalgam】（名）〔化〕汞合金，汞齊。③

あまん・じる【甘んじる】（自上一）甘・甘心，情願，滿足；☆自分の境遇に甘んじる／滿足於自己的境遇；☆甘んじて罰を受ける／情願受罰，困あまんず（サ）④

あまん・ずる【甘んずる】（自サ）＝あまんじる。④

*__あみ__【網】（名）①網；☆網を打つ／撒（下）網；☆網にかかる／落網；☆法律の網をくぐる／鑽法律的漏洞；②鐵絲網；☆網を張った窓／罩上鐵絲網的窗；◇網を張る／安排搜捕（犯人等）。②

アミーバ【Amöbe】（名）〔動〕→アメーバ。②

あみだ【阿弥陀】（名）①〔佛〕阿彌陀佛；②←あみだくじ；③←あみだかぶり；◇阿弥陀の光も金次第／有錢能使鬼推磨；~かぶり【阿弥陀被】（名・他サ）（把帽子）靠後戴；☆帽子があみだ（かぶり）になっているよ／（你）的帽子戴得靠後了；~くじ【阿弥陀籤】（名）撒蘭，圖；☆阿弥陀籤を引く／抓鬮。⓪

あみだ・す【編み出す】（他五）編出，製出，擬出（＝つくりだす）；☆新しい戦術を編み出す／擬出新戰術。⓪③

あみだな【網棚】（名）（火車、電車等爲旅客放東西所備的）網架子。⓪

あみど【網戸】（名）紗門，紗窗。②

アミノさん【amino酸】（名）〔化〕氨基酸，胺酸。⓪③

あみのめ【網の目】（名）網眼兒（＝あみめ）。④③

あみぼう【編棒】（名）織針；（＝あみばり）。②

あみめ【網目】（名）網眼（＝あみのめ）；~ばん【網目版】（名）網線版。③

あみめ【編目】（名）（毛線活的）針眼③②

あみもの【編物】（名）編織（的）東西；織（的）毛線活兒；☆編物をする／編東西；織毛線活兒。②

*****あ・む**【編む】（他五）①編，織；☆毛糸を編む／織毛線活兒；☆竹籠（かご）を編む／編竹筐；②編纂，編輯（文語的用法）；☆辞書を編む／編辭典。①

あめ【天】（名）〔古〕天。①

*****あめ**【雨】（名）雨；☆雨が降る／下雨；☆雨が止む（あがる）／雨停；☆雨にあう（降られる）／遇雨；☆ひと雨ほしい／盼望下一場雨；◇雨霰（あられ）と／雨點點兒一般；☆弾丸が雨霰と飛んで来る／子彈像雨點兒似地飛來；雨降って地固（かた）まる〔諺〕雨後土地變堅固（喻破壞之後始有建設，戰爭之後必有和平，不打不成相交等意）。①

あめ【飴】（名）軟粘糖，麥芽糖；◇飴を食わせる；飴を嘗（な）めさせる／給他一個甜頭吃；☆今の負けは飴を嘗めさせたんだ／剛才輸給他是故意給他的甜頭兒。①

あめあがり【雨上がり】（名）雨後（＝あまあがり）。③

あめあし【雨脚】（名）＝あまあし。②①

あめあと【雨跡】（名）雨點的痕跡。①

あめあられ【雨霰】（名）雨和霰；☆弾丸が雨霰と降る／彈如雨下。①

あめいろ【飴色】（名）米黃色。①

アメーバ【Amöbe ，ambea】（名）〔動〕阿米巴，變形蟲。

あめがち【雨勝ち】（形動ダ）多雨；☆この頃は雨勝ちだね／這些天雨下得太多啦。①

あめかんむり【雨冠】（名）→あまかんむり。③

あめざいく【飴細工】（名）捏的糖人兒③

あめつち【天地】（名）〔文〕天地。①

あめふり【雨降り】（名）下雨；☆雨降りに出かける／冒着雨出去。②

あめもよう【雨模様】（名）→あまもよう③

アメリカナイズ【英動Americanize】（名自他サ）美國化。⑤

*****アメリカン**【英・形・名American】（造語）美國人，美國語；美國式；～スタイル【American style】（名）美國樣式（的服裝等）。

あめんぼ【水黽】（名）〔動〕水黽。①

あや【文】（名）①花樣，花紋（＝もよ

う）；☆雨が水面に文を描く／雨下在水上濺出花紋兒；②（文章的）修辭；（言語的）委婉（＝いいまわし）；☆文章の文／文章的修辭；☆彼の言葉には文がない／他的話不够委婉；③（事情的）條理，路數兒（＝すじみち）；☆この事件には色々文がある／這件事很複雜。②

あや【紋】（名）斜紋；☆紋に織る／織成斜紋。②

あやう・い【危い】（形）〔文〕危險（＝あぶない）；☆命が危い／生命危險；☆あしたの天気は危い／明天天氣靠不住；図あやふし（形ク）；〜が・る【危がる】（自五）；〜げ【危げ】（形動ダ）；〜さ【危さ】（名）③

あやうく【危く】（副）〔あやうい〕的連用形①好不容易（＝やっと、かろうじて）；☆危く間に合った／好不容易趕上了②幾乎，差一點兒（＝もうすこしで）；☆危く死ぬところだった／幾乎死了。①

あやおり【綾織】（名）①＝あやおりもの；②織斜紋；③綾織匠。①④

あやかし（名）①不可思議（的東西）；②（出現於海上的）妖怪。①

あやかりもの【肖者】（名）走運的人，幸福的人（＝しあわせもの）☆お前はほんとに肖者だよ／你真是個有福氣的人①⑥

あやか・る【肖る】（自五）（願意）像；效仿；☆君に肖りたいものだね／我真羨慕你，我真想像你；☆あの人に肖って字がうまくなりたい／我願意像他一樣寫一筆好字。①

*****あやし・い**【怪しい】（形）①奇怪的，可疑的；☆あの男が怪しい／那個人可疑；②不確實的，靠不住的；☆あの人が来るかどうか怪しいものだ／他是否來是靠不住的；③令人難以置信的；☆彼の禁酒も怪しいものだ／他是否戒酒令人難以相信；④特別，（與衆）不同；☆あの人の咳（せき）は何だか怪しい／他的咳嗽有點兒特別；⑤糟，拙劣；☆僕の英語は怪しいものです／我的英語很糟的；図あやし（形シク）；〜げ【怪しげ】（形動ダ）可疑；☆怪しげな風（ふう）をした人が通った／過去了個形跡可疑的人。①

あやしみ【怪しみ】（名）懷疑；☆人の怪しみを招く／惹人懷疑。

*****あやし・む**【怪しむ】（他五）①懷疑；☆こいつスパイではないかと怪しんだ／我

懐疑這個傢伙是個特務；②覺得奇怪；☆
彼が成功したのは怪しむに足りない／他
的成功是不足爲怪的。③

あや・す【他五】　映（小孩子）；☆色々あ
やしてみたがどうしても泣きやまぬ／左
映右映還是哭個不停；☆赤ん坊をあやして
笑わせる／逗弄嬰兒叫它笑。②

あやつり【操（り）】（名）①〔（あやつ
る）的名詞形〕操縱，耍；②（木偶戲
的）木偶；～きょうげん【操狂言】（
名）＝あやつりしばい；～しばい【操芝
居】（名）木偶戲；～にんぎょう【操人
形】（名）木偶。④③

*あや・る【操る】（他五）①耍；☆人形
を操る／耍木偶；②操縱；☆誰か後から
彼を操っているに相違（そうい）ない／
一定有人在背後操縱着他；③操，掌握（
語言）；☆外国語を自由に操る／精通外
國話。③

あやとり【綾取（り）】（名・自サ）翻罟，
翻花鼓（女孩們用手翻線的遊戲）；☆
子供と綾取りをする／和小孩子翻花鼓
玩。③④

*あやぶ・む【危ぶむ】（他五）①担念，擔
心（＝きにかける）；☆健康を危ぶむ／
擔心健康；☆彼の安否が非常に危ぶまれ
ている／他是否平安無恙很令人擔心；②
懷疑，不信（＝あぶながる）；☆若い医
者は、えてして危ぶまれるものだ／年輕
的醫師常常令人不相信。③

あやふや（形動ダ）含糊，模稜，靠不住（＝
ふたしか）；☆あやふやな返事をする／
含糊其詞地回答；☆君の議論はあやふや
だ／你的說法站不住脚。⓪

*あやまち【過ち】（名）〔（あやまつ）的
名詞形〕①錯兒，錯處（＝やりそこな
い、まちがい）；☆計算に過ちがある／
計算上有錯誤；②過，過失；☆それは私
の過ちです／那是我的過失；☆過ちを改
める／改過。④③

あやま・つ【過つ】（他五）①做錯，弄錯
（＝やりそこなう）；☆君は過っている／
你錯了；②錯・誤，不留神；☆過って刀
で怪我（けが）をした／不留神小刀兒
傷了；☆過って汽車を乗り遅えた／錯上
了火車；◇過っては則ち改むるに憚（は
ばか）ること勿れ／過則勿憚改。③

*あやまり【誤り】（名）〔（あやまる）的名
詞形〕錯誤；☆この本には誤りがない／

這本書裏沒有錯誤；☆私の記憶に誤りが
なければ…／假使我沒記錯的話；☆誤り
を犯（おか）す／犯錯誤。④③

あやまり【謝り】（名）〔（あやまる）的
名詞形〕道歉，謝罪（＝わび、しゃざ
い）。④⓪

*あやま・る【誤る・謬る】（自・他五）①
錯，弄錯，犯錯誤；☆答を誤る／答錯；
☆それは明かに誤っている／那顯然是錯
了；☆私の選択は誤らなかった／我選擇
的沒有錯；②貽誤，耽誤（＝あやまらせ
る）；☆彼の見解は人を誤るものだ／他
的見解是誤人的。③

*あやま・る【謝る】（自五）①道歉，賠禮，
謝罪，認錯兒（＝わびる）；☆手をつい
て謝る／低頭認錯兒；☆僕が悪かった、
謝るよ／我不對，向你道歉；②敬謝不敏
（＝ごめんこうむる）；☆むずかしい仕
事は謝る／難辦的事敬謝不敏。③

あやめ【菖蒲】（名）〔植〕菖蒲；～のせ
っく【菖蒲の節句】（名）端午節（＝た
んご）。②

あや・める【危める・傷害める】（他下一）
〔文〕危害，殺死；☆人をあやめる／殺
人，図あやむ（下二）。③

あゆ【鮎】（名）〔動〕鮎，香魚。①

あゆ【阿諛】（名・自サ）〔文〕阿諛，逢
迎（＝へつらう、おべっか）。①

あゆみ【歩み】（名）①步，走；☆歩みが
早い／走得快；②脚步輕；③進行情況，
進展；☆仕事の歩みがのろい／工作進展
得慢；～あう【歩み合う】（自五）＝あ
ゆみよる；～より【歩み寄り】（名）〔
（あゆみよる）的名詞形〕；☆歩み寄
りがむずかしい／難以妥協；～よ・る【
歩み寄る】（自五）接近；妥協，互相讓
步；☆歩み寄って争いを解決する／互
相讓步解決糾紛。③

あゆ・む【歩む】（自五）①步行，走；☆
我々が歩んで米た道／我們所經歷的道路
；②前進，進展；☆事件の解決に向って
一歩歩む／向事件的解決前進一步。②

*あら（感）（女人驚訝時發的聲）唉呀！唉
喲！☆あら、美しいこと／唉喲眞好看！
☆あら、どうしたの／喲！怎麼啦？；☆
あら、大変／唉呀了不得了！①

あら【粗】（名）①（做菜用剩下的）魚雜
碎；②碎屑，渣滓；③缺點，毛病；☆人
のあらを探（さが）す／找人的錯兒。②

アラー【阿拉伯Allah】(名)〔宗〕阿拉（伊斯蘭教眞主）。[1]

あらあら【粗粗】(副)大致，大概（＝ざっと、およそ）；～かしこ（連語）欽祗再拜（女人書信末尾署名下的客套語）[0]

*あらあらし・い【荒荒しい】(形)粗野的、粗暴的（＝あらっぽい）；☆荒荒しい男／野蠻的人；☆荒荒しい取扱い／粗暴的對待（處理）；図あらあらし（形シク）。[5]

あらい【洗】(名)〔(あらう)的名詞形〕洗；☆洗いにやる(出す)／拿去叫人洗；～かた【洗方】(名)①洗法；洗的程度；②（莱館等）洗碗的人；～がみ【洗髪】(名)洗後披散着的頭髮；～こ【洗粉】(名)①洗臉粉；②洗頭粉；～ざらい【洗い浚い】(副)全，一點兒也不留，乾乾淨淨（＝あるかぎり、のこらず）；☆着物を洗い浚い質に入れる／把衣服全都送進當舖；☆あるものは何でも洗い浚い持って行かれた／所有的東西全部被拿走了；～ざらし【洗晒】(名)洗褪色了的(東西)；☆洗晒の着物／洗褪了色的衣服；～たて【洗立】(名)剛洗過(的東西)；☆洗立のワイシャツ／剛洗過的襯衫；～だて【洗立】(名)揭短，揭發隱私；～はり【洗張】(名・自サ)拆，漿洗；～もの【洗物】(名)①要洗的東西；洗過的東西；②洗東西；洗衣服；☆台所で洗物をする／在厨房洗衣服(洗碗)。[0]

*あら・い【荒い】(形)①粗暴的；☆あの人は気が荒い／他性子暴；②兇猛的；劇烈的；☆金使いが荒い／揮金如土，花錢兇；☆日本海は波が荒い／日本海波濤洶湧；☆荒い風にも当てずに育てる／嬌生慣養；図あらし（形ク）。[0]

*あら・い【粗い】(形)①粗的；大的；☆網の目が粗い／網眼兒大；☆肌が粗い／皮膚粗；③粗枝大葉的；☆やりかたが粗い／作法粗枝大葉；図あらし（形ク）。[0]

あらいあ・げる【洗い上げる】(他下一)①洗完；②好好洗；③査清來歷；図あらひあぐ（下二）。[5]

あらいそ【荒磯】(名)波濤洶湧的海濱；巖石散在的海濱。

あらいた・てる【洗い立てる】(他下一)（經過徹底清查而）揭發，揭穿；☆旧悪（きゅうあく）を洗い立てる／揭穿舊惡

☆欠点を洗い立てる／揭發缺點；図あらひたつ（下二）。[5]

*あら・う【洗う】(他五)①洗；☆顔を洗う／洗臉；②查，調査（＝しらべる）；☆彼の素性（すじょう）を洗って見る／査一査他的來歷；◇足を洗う／洗手不幹（壞事），改邪歸正。[0]

あらうま【荒馬】(名)烈馬，悍馬。[0]

あらうみ【荒海】(名)波濤洶湧的海。[3]

*あらかじめ【予め】(副)預先，先（＝まえもって、かねて）；☆予め知らせておく／預先通知一下；☆予め用意する／先預備。[0]

あらかせぎ【荒稼】(名・自サ)①力氣活兒,粗活兒（＝あらしごと）；②發(不當的)財，（指刼搶、投機等）；☆株で荒稼をした／買賣股票發了財。[3]

あらかた【粗方】(副)大概，大致，大體上（＝おおかた、たいてい）；☆検査は粗方済んだ／檢查大致完了；☆あらかた彼の話したとおりだ／大體上和他說的一樣。[0]

アラカルト【法à la carte】(名)照菜單點的(菜)；↔タブルドオト。[3]

あらぎょう【荒行】(名)苦修，苦修行[2]

あらくれ【荒くれ】(名)〔(あらくれる)的名詞形〕粗暴,胡鬧；～もの【荒くれ者】(名)強悍的人；粗漢子，膽大胡爲的人。[0]

あらけずり【粗削(り)】(名・他サ)①粗用鉋過(的木板)；☆板を粗削りのままにしておく／把板子用粗地鉋一鉋；②草率，粗糙，沒有加工；☆この文章は粗削りのところがある／這篇文章有的地方推敲得不夠。[3][0]

あらさがし【粗探し】(名・自サ)找毛病,找錯兒；☆彼はよく（人の）粗探しをする／他好找（別人的）毛病。[0]

*あらし【嵐】(名)暴風雨；風暴；☆嵐のような拍手／暴風雨般的掌聲；◇嵐の前の静けさ／暴風雨前的平靜。[1]

あらしごと【荒仕事】(名)①粗活兒,力氣活兒；☆からだが弱くて荒仕事には不向きだ／身體軟弱不適於做力氣活兒；②〔俗〕強搶；☆強盗が荒仕事をする／強盜行搶。[4]

*あら・す【荒す】(他五)①破壞，糟蹋，毀壞（＝こわす、そこなう）☆嵐が作物を荒した／暴風毀壞了莊稼；②騷擾，蹂

齧，横行（＝おびやかす、さわがせる）；☆台所を荒す鼠／在厨房裏亂竄鬧的老鼠；⑧使荒廢，使變得粗糙；☆この庭は大分荒してある／這個庭園失修很久了；☆悪い白粉（おしろい）は顔を荒す／不好的脂粉使臉變粗糙；☆掠奪，偸盗，☆被遭受損害；☆銀行を荒すギャング／搶劫銀行的幫匪；☆ごろつきが銀座の料理屋を荒しまわる／無賴漢在銀座街各處飯館白吃白喝。◎

あらず【非ず】（連語）〔文〕非，不；☆さに非ず／不然；☆これ偽善に非ずして何ぞや／此非偽善爲何；**～もがな**【非ずもがな】（連語）沒有也可以，不如沒有（＝なくもがな）；☆その説明はあらずもがなだ／那種解釋簡直是多此一擧。◎

あらすじ【粗筋】（名）概略，梗概；☆前回までのあらすじ／（章回小說）截至上回的梗概。◎

*__あらそい__【争い】（名）〔（あらそう）的名詞形〕争，糾紛；争論；☆争いを好む／好争；☆争いの種をまく／惹起争端。◎

*__あらそ・う__【争う】（他五）①争，争鬪，奮鬪；☆正義のために争う／爲正義而鬪争；②争論；争辯，論争；☆彼等は常につまらぬことで争っている／他們常爲無謂的事情争論；☆それは争う余地がない／那是沒有争辯的餘地的；③争奪；☆彼等は互にこの遺産を争った／他們彼此争奪這分遺産；④競争；☆先を争って志願する／争先報業。③

あらそわれない【争われない】（連語）不容争辯的，不可否定的，員員確確的；☆それは争われない事実だ／那是不容争辯的事實；☆素性は争われないものだ／出身是瞞不了人的。⑤

*__あらた__【新た】（形動ダ）新，重新；☆また新たな事件が起った／又發生了新事件；☆これは新たに発見された元素だ／這是新發現的元素。①

あらたか【灼】（形動ダ）（神仏）靈驗顯著；（薬）有特效。②

あらだ・つ【荒立つ】Ⅰ（自五）①猛烈起來，激烈起來；☆波が荒立つ／波濤洶湧起來；②暴躁起來，激動起來；☆彼は少しの事で荒立つ／他爲了一點小事就暴躁起來；☆事が荒立つと困る／事情一鬧大了就不好辦了；Ⅱ（他下二）図→あらだてる。③

あらだ・てる【荒立てる】（他下一）①使劇烈起來，把（事情）鬧大；☆事を荒立てるより和解した方がためだ／與其把事情鬧大了不如和解了爲妙；②激怒，惹惱；使興奮；☆病人の気持を荒立てぬ様にして下さい／請不要使病人心情興奮；図あらだつ（下二）。②

*__あらたま・る__【改まる】（自五）①改，變；改良，革新；☆年が改まった／歲月更新了；☆学制が改まった／學制改了；②正容，鄭重其事，一本正經；☆そう改まらなくともよい／不必那麼一本正經的；☆改まった訪問／鄭重其事的訪問。④

あらためて【改めて】（副）①重新（＝あらたに）；☆改めて代表を選挙する／重新選擧代表；②再（＝さらにまた）；☆後日改めてお伺いいたします／改日再來拜訪；☆それは分り切ったことで、改めて言うまでもない／那是再清楚不過的事情不需要再說了。③

*__あらた・める__【改める・革める】（他下一）①改，改變，改正，修改；☆名前を改める／改名；☆態度を改める／改變態度；②査，點，驗；☆受取った金を改める／點收下的錢；☆帳面を改める／査賬；☆切符を改める／驗票；☆贋札（にせさつ）かどうか改める／細看一看是不是假票子；図あらたむ（下二）。④

あらっぽ・い【荒っぽい】（形）①粗，粗野的，粗暴的；☆荒っぽい男／粗漢，冒失鬼；☆行動が荒っぽい／行動粗野；☆荒っぽく取扱う／粗暴地對待；②粗糙的，☆荒っぽい縞柄（しまがら）／粗的條紋；☆荒っぽい翻訳／粗糙的翻譯。◎

あらて【新手】（名）①新手兒，生手兒；☆新手を入れて事業を広げる／增加新手來擴充事業；②生力軍；☆新手で敵を破る／用生力軍破敵；③新法子；新手段；☆新手の詐欺をやる／用新招見行騙。◎

あらなみ【荒波】（名）激浪，怒濤；☆船は荒波にもてあそばれる／船動蕩於怒濤之中；☆浮世（うきよ）の荒波にもまれる／歷經艱苦。◎

あらぬり【粗塗り】（名・他サ）抹頭一遍（油）（＝したぬり）；☆壁を粗塗する／抹頭一遍牆；把牆粗粗地抹一遍；↔うわぬり（上塗）。◎

あらの【荒野・曠野】（名）〔文〕荒野，曠野。◯

あらばこそ（連語）〔文〕根本沒有，完全沒有；＝遠慮会釈（えしゃく）もあらばこそ／毫不客氣，毫不容情。①

アラビヤゴム【Arabia ゴム】（名）阿拉伯樹膠。⑤

アラビヤすうじ【Arabia 数字】（名）阿拉伯數字。⑤

アラブ【Arab】（名）①阿拉伯人；②阿拉伯馬；～れんめい【Arab 連盟】（名）阿拉伯聯盟。

アラベスク【arabesque】（名）①阿拉伯式花紋或圖案；②〔樂〕阿拉伯風的樂曲。③

あらぼり【粗彫】（名・他サ）粗彫，粗刻（的東西）；☆粗彫だけしておく／先粗粗地刻了。

あらまき【荒巻】（名）①用稻草包裹的魚；②用稻草包裹的醃鹹的鮭魚（＝新巻，新巻鮭）。◯②

あらまし（名・副）梗概，概略，大致（＝だいたい、おおよそ、おおかた）；☆事件のあらましを報告する／報告事件的大概；☆借金もあらまし片付いた／債務大致都清了；☆仕事は、あらまし完成した／工作大致完成了。

あらまほ・し（連語）〔文〕但願，深望④

アラモード【法・連語 à la mode】（形動ダ）最新式的，最時髦的。③

あらもの【荒物】（名）（粗）雜貨，山貨，廚房用具；↔こまもの（小間物）；～や【荒物屋】（名）山貨店。②

＊あらゆる（連體）所有，一凡（＝すべての）；☆健康にまさるものに勝る／健康勝過一切；☆あらゆる路は三民主義に通ずる／條條道路通向三民主義。③

あららげる【荒らげる】（他下一）使（聲音）變成粗暴（＝あらくする）；☆僕はかつて荒らげた言葉を君にかけたことがあったか／我對你說過粗暴語麼？⦿あららぐ（下二）。④

あらりょうじ【荒療治】（名・他サ）①猛烈治療，惡治；☆荒療治をする／惡治；②〔轉〕用積極行動（改革）；☆荒療治をやらなければ事業の失敗は免れない／如果不採用積極行動事業就免不了失敗；③〔流氓匪棍間用語〕凶殺，殺掉；☆言う事を聞かなければ荒療治してしまえ

／如果不聽話（不答應）就幹掉他。③⑤

あられ【霰】（名）①霰，粒雪，雪珠；〔俗〕冷子；☆霰が降る／下冷子；②〔烹飪〕細粒的食品，切成骰子塊兒；③加醬油、糖等佐料烤焦了的小方塊年糕；◇雨霰と降る／像雨點兒似地落下來。

あらわ【顕・露】（形動ダ）①公然，公開；☆あらわに反対する／公然反對；②顕然，露骨；☆あらわに反感を示す／露骨地表示反感；③顕露，暴露；☆肌をあらわにする／露出肌膚；☆秘密をあらわにする／暴露秘密。◯①

＊あらわ・す【表・現わす】（他五）表示，表現，顕，露；☆意志をあらわす／表示意志；☆思想を言語であらわす／用言語表達思想；☆腕前（うでまえ）をあらわす／顕才能（手段）；☆馬脚（ばきゃく）をあらわす／露出馬腳。③

＊あらわ・す【著わす】（他五）著，著作；☆本を著わす／著書。③

あらわれ【現われ・表われ】（名）〔（あらわれる）的名詞形〕表現；結果；☆努力の現われ／努力的表現（結果）。④◯

＊あらわ・れる【現われる・顕われる】（自下一）①出，出現（＝でる）；☆月が現われた／月亮出來了；☆舞台に現われる／出現於舞臺；②表現，顕現；☆彼は酒を飲むと本性が現われる／他一吃酒就露出本性來；☆彼の天才は幼小の頃から現われていた／他的天才從幼年時起就表現出來了；③被發現，暴露（＝わかる）；☆秘密が顕われる／秘密暴露；☆詐欺が顕われた／騙局被發覺了；④顕現，揚名；☆彼は世に顕われずに死んだ／他沒有出名就去世了；⦿あらわる（下二）。

あらんかぎり【有らん限り】（連語・名）①盡其所有，全部（＝あるかぎり）；☆あらん限りの知恵（ちえ）を（し）ぼる／絞盡腦汁；☆あらん限りの財産を使い果（はた）した／耗盡全部財產；②盡量（＝できるかぎり）；☆あらん限りの努力をする／盡一切努力。②④

＊あり【蟻】（名）蟻，螞蟻；◇蟻の穴から堤も崩れる／千丈之堤以螻蟻之穴潰，蟻の這い出る隙もない／連螞蟻爬出的空隙都沒有；戒備得水洩不通。◯

アリア【意 aria】（名）〔樂〕永嘆調。①

ありあけ【有明】（名）①（天亮後的）殘月；②天亮（＝よあけ）。◯

あ

*ありあま・る【有余る】(自五) 有餘，過多；☆財産が有余るほどある／有用之不盡的財産，☆有余る才能／豐富的才能④

ありあり(副) 分明，顯然，明明白白(=はっきり，まざまざ)；☆その顔にありありと書いてある／顯然表現在他臉上；☆ありありと目に見えるように説明する／說明得宛如歷歷在目。③

*ありあわせ【有合わせ】(名)〔(ありあわせる)的名詞形〕現成，現有；☆有合わせの金／現有的錢；手裏的錢；☆有合わせの品／現成的東西。⓪

**ありあわ・せる【有合わせる】(自下一) ①現成，現有；☆有合わせた物で食事をする／以家裏現有東西吃一頓飯；②正在；☆その場にありあわせたので，そのことを聞いた／因為當時正在場所以聽見了；図ありあはす(下二)。⓪

**ありうべからざる【有得べからざる】(連語)〔文〕不可能有的；☆そんなことは有得べからざる話だ／那是不可能有的事情。⑦

**ありうべき【有得べき】(連語)〔文〕應有，該有，可能有；☆そんなことは有得べきことではない／那是不該有的事；那是不可能有的事。④

**あり・うる【有得る】(自下二)〔文〕能有，可能有，可能；☆そんなことはあり得ることだ／那是可能有的事；☆そんなことはあり得(え)ない／那是不可能有的事。③

**ありか【在処】(名)(藏匿的)所在，下落；☆金のありかが分らない／找不着錢在哪裏；☆彼のありかが知れない／他的下落不明。①③

**ありかた【在り方】(名) 應有的狀態，理想的狀態；☆偏見を抱(いだ)かぬことが研究者の在り方である／不抱偏見才是研究者應有的態度。③④

*ありがた・い【有難い】(形) ①難得的，稀有的；☆本当に有難い機会だ／眞是難得的機會；②值得感謝的，值得慶幸的；☆ご親切有難うございます／謝謝您的好意；☆有難いことに私は達者だ／值得慶幸的是很健康；図ありがたし(形ク)；~が・る【有難がる】(他五) ①感激，感謝；☆人の思遣りを有難がる／感激人家的關懷；②尊敬，珍視；☆肩書(かたがき)を有難がる／重視官銜；~さ(名)=ありがたみ；~み【有難味】(名)

恩惠；價值；值得寶貴；☆親の有難味／父母之恩，☆友人の有難味が分った／懂得了朋友是多麼寶貴。④

**ありがたなみだ【有難涙】(名)感激之淚⑤

**ありがためいわく【有難迷惑】(形動ダ) 添麻煩的好意，不受歡迎的好意；☆こんなものもらっても有難迷惑だ／(別人給的)這樣東西反倒使我為難；☆病中見舞に来て長っちりをされるのは有難迷惑だ／來探望病人長時間不走，情誼雖美却是不受歡迎的。⑤

**ありがち【有勝ち】(形動ダ) 常有；☆それは有勝なことだ／那是常有的事；☆この病気は子供に有りがちだ／這種病是兒童常患的。⓪

*ありがとう【有難う】(感) 謝謝；☆贈り物ありがとう／謝謝您的禮物；☆お手紙ありがとう／謝謝您的來信。②

**ありがね【有金】(名) 現有的錢，現款；☆有金を残らず使った／把手裏有的錢都花了。②⓪

**ありきたり【在り来たり】(名・形動ダ) ①慣例，習慣；☆ありきたりのお世辞／照例的客套；②通常；☆ありきたりの物とは違う／與一般的東西不同。⓪

**ありくい【蟻喰獣】(名)〔動〕食蟻獸⓪③

**ありげ【有り気】(形動ダ) 彷彿有，似乎有；☆彼女は意味ありげに笑った／她意味深長地一笑。⓪

**ありさま【有様】(名) 樣子，情況，光景(=ようす，もよう)。②⓪

**ありじごく【蟻地獄】(名)〔動〕砂接子，蟻獅(蛟蜻蛉的幼蟲)。③

**ありしひ【在りし日】(連語・名)〔文〕①過去；☆青年時代の在りし日を思い起す／想起青年時代的過去；②在世的日子，生前；☆在りし日の彼を偲(しの)ぶ／追懷他的生前。①

**ありだか【有高】(名) 現數，現額；☆在庫品の有高を調べる／查點庫存貨物的現數。②⓪

**ありたけ【有丈】(副)=ありったけ。⓪

**ありづか【蟻塚】(名) 蟻垤，螞蟻窩。⓪

**ありつく【在付く】(自五) ①找到，得到；就☆やっと仕事にありついた／好不容易找到了工作；☆彼はその地位にありついた／他取得了那個地位；②(俗)吃到；☆御馳走にありつく／吃得好菜飯。⓪

**ありったけ【有っ丈】(副)所存，一切(=

あるかぎり、すべて）；☆ありったけ持って来い／全都来！☆ありったけの力を出して三民主義の建設をおし進める／拿出所有的力量来推進三民主義建設。[0]

ありとあらゆる（連語・連體）＝あらゆる[1]-[3]

ありとある（連語・連體）＝あらゆる[1]-[1]

ありなし【有無し】（名）①有無，有和沒有；②若有若無。[1][2]

＊**ありのまま**【有の儘】（副・形動ダ）據實（＝ありていに）；眞實，實事求是地（＝あったとおり，そのまま）；☆ありのままを言う／照實說／☆ありのままの感情を表わす／表現眞實的感情。

アリバイ【alibi】（名）被告當時不在場的證明／不在現場；☆アリバイを立てる／證明當時不在場。[2][0]

ありふ・れる【有触れる】（自下一）（一般多用過去形「ありふれた」）常有，常見；不稀奇；☆そんなことはありふれたことだ／那是常有的事；☆これは世間にありふれた品とは違う／這和一般常見的東西不同。[0]

ありゃ（感）①嗳呀（＝あら，あれ；驚駭時發的聲）；☆ありゃ雨が降ってきたぞ／嗳呀！下起雨來啦；☆ありゃ大変／嗳呀！不得了啦②嘿呀（用力時的吆喝聲）；～**ありゃ**（感）ありゃの叠詞。[1][2]

ありゃ（連語）（「あれは」的變形）那個，那／☆ありゃ、何だ／那是什麽？

ありゅう【亜流】（名）〔文〕追隨者／彼は朱子の亜流だ／他是朱子的追隨者[0]

ありゅうさん【亜硫酸】（名）〔化〕亞硫酸；～**えん**【亜硫酸塩】（名）〔化〕亞硫酸鹽；～**ガス**【亜硫酸ガス】（名）〔化〕二氧化硫，亞硫酐；～**ソーダ**【亜硫酸曹達】（名）〔化〕亞硫酸鈉。[2]

ありよう【有様】（名）＝ありさま；②實情，實在（＝ありのまま，まこと）；☆ありようはこうだ／事實是這樣的；⑧可能有的，該有的（＝あるべきはず）；☆そんなことありようがない／那是不可能有的事情。[3]

ある【或る】（連體）或，某，有；☆或る人／某人；有人；☆或る日／某日，有一天；☆或る程度までは信じられる／有幾分可以相信。[1]

＊＊**あ・る**【有る・在る】（不能接否定詞「ない」）Ⅰ（自五）①有；☆本もあれば鉛筆もある／既有書也有鉛筆；☆まだ教科

書を買っていない人がありますか／還有沒買教科書的人麼？②在；☆銀行はどこにあるか／銀行在哪兒？⑧表示有無經驗；☆飛行機に乗ったことがあるか／坐過飛機麼？；☆会ったことがある／見過面；④表示辦理、舉行等意思；☆午後に会議がある／午後有會議；☆今日は学校がある／今天上課；⑤表示發生（變化）的意思；☆何か事件があったか／發生了什麽事情了麼？☆昨日、火事があった／昨天失火了；Ⅱ（補動・五）以動詞連用形「てある」的語形表達過去的結果現在仍然存在著的意思；☆木が植えてある／樹栽著哪；☆壁に絵が掛けてある／牆上掛著畫兒；☆そのことは書物にも書いてある／那件事在書上也寫著哪；反あり（ラ變）。[1]

＊**あるいは**【或は】Ⅰ（接）或，或是（＝または）；☆英語か或はフランス語が学びたい／想學英語或法語；☆王君か或は李君に手伝ってもらいたい／希望王君或李君能幇幇忙；Ⅱ（副）或者，也許（＝どうかすると，ひょっとすると）；☆或は来ないかも知れない／也許不來；☆或は嘘（うそ）かも知れない／或者是說謊；☆明日は、或は雨が降るかも知れない／明天也許下雨。[0]

あるかぎり【有る限り】（連語・副）全，都，盡其所有，一切（＝ありったけ，あらんかぎり）☆有る限りの力を出した／拿出了所有的力量。[3]

あるかなきか【有るか無きか】（連語）〔文〕似有似無的；有若無的，有等於無的。[1]-[1]

あるなし【有るか無し】（連語）很少，微乎其微；☆あるか無しの金を取られる／被拿走僅有的錢。[1]

アルカリ【alkali】（名）〔化〕鹼，强鹼；～**せい**【alkali性】（名）〔化〕鹼性；～**せいどじょう**【alikali性土壤】（名）〔地質〕鹼性土；～**せいはんのう**【alikali性反応】（名）〔化〕鹼性反應；↔酸性反応。[0]

アルカロイド【alkaloid】（名）〔化〕生物鹼。[4]

あるき【歩き】（名）〔（あるく）的名詞形〕走，步行；～**かた**【歩き方】（名）脚步，走像；☆妙な歩き方をする／走像很怪；～**つき**【歩き付】（名）＝あるきかた；

~ぶり【歩き振】（名）＝あるきかた；☆疲れたような歩振／彷彿已經疲倦了的步伐。③

**ある・く【歩く】（自五）走,步行（＝あゆむ）；☆歩いて行く／走着去；☆急いで歩く／急忙地走；☆駅まで歩いて五分／到車站走路五分鐘；☆田舎道を歩く／走鄉下的小路；在鄉下的小路上走；☆千鳥足（ちどりあし）で歩く／醉步蹣跚地走；☆大手（おおで）を振（ふ）って歩く／昂然濶步；☆肩で風を切って歩く／大搖大擺地走。②

*アルコール【荷alcohol】①酒精,醇,乙醇；②酒；~ちゅうどく【alcohol中毒】（名）酒（精）中毒。⓪

アルゴン【argon, A】（名）〔化〕氬。①

あるじ【主】（名）主,主人。①

あるたけ【有る丈】（副）所有,全部（＝ありったけ）；☆有る丈の力を出す／盡一切力量；☆有る丈話して聞かせる／把全部都說給聽。

アルちゅう【アル中】（名）←アルコール中毒。⓪

アルト【意alto】（名）〔樂〕①女低音（歌手）；②中音,中音部。①

あるときばらい【有る時払い】（連語）有錢就給；◇有る時払いの催促なし／有錢就給不用催。

あるなし【有無し】（名）＝ありなし。①

アルバイト【德Arbeit】（名・自サ）〔學〕（課餘的）副業；工讀；☆アルバイトに家庭教師をする／業餘作家庭教師；☆学生がアルバイトをして学費を稼（か）せ）ぐ／學生用工讀的辦法來掙學費。③

アルパカ【alpaca】（名）①〔動〕羊駝；②羊駝呢；☆アルパカの上衣／羊駝呢的外衣。

アルハベット【alphabet】（名）＝アルファベット。④

アルバム【album】（名）①像片簿；郵票黏貼簿；②紀念冊。①⓪

アルファ【alpha, A】（名）①布臘字母首字；〔轉〕最初；②某未知數；↔オメガ；~せん【α線】（名）〔化〕阿爾法射線。①

アルピニスト【Alpinist】（名）①阿爾卑斯山爬山者；②爬山家,爬山運動員。④

アルファベット【alphabet】（名）①羅馬字母；字母表；②初步,基本知識；

☆製図のアルファベットも知らない／連製圖的基本知識也沒有呢；~じゅん【alphabet順】（名）ABCD次序。④

あるべき（連語）〔丈〕應有的；必須有的；☆戦後日本のあるべきすがた／戰後日本應有的情況（面貌）；☆あるべき物が備えつけられていない／應有的東西却沒有配備。③

アルマイト【alumite】（名）〔化〕酐酸鋼精（商品的）。③

あるまじき（連語・連體）不應有的；不會有的；☆そんなことはあるまじきことだ／那是不會有的事情；☆学生にあるまじき行為だ／是學生不應有的行為。③

アルミ（名）〔化〕①→アルミニューム；②→アルミ銅；~きん【アルミ金】（名）＝アルミニューム青銅；~どう【アルミ銅】（名）＝アルミニューム青銅；~サッシ（名）鋁門窗；~フォイル【aluminium foil】（名）鋁箔。⓪

アルミナ【alumina】（名）〔化〕①礬土（＝はんど）；②氧化鋁。⓪

アルミニューム【aluminium】（名）〔化〕鋁；~せいどう【aluminium青銅】（名）鋁青銅。④

*あれ【荒】（名）①暴風驟雨；風暴；☆荒模様の天気／要變天氣的樣子；☆海はひどい荒だ／海上風浪很大；②（皮膚,手足）皸裂；☆手の荒にきく薬／治手皸裂有效的藥。

*あれ（代）①那個（＝あのもの）；那件事（＝あのこと）；☆これよりあれの方が上等だ／那個比這個強（好）；☆今でもあれを覚えているかね／現在還記得那件事麼？②他（＝かれ）；☆あれは誰だ／他是誰？③那裏,那兒（＝あそこ）；☆あれは倉庫だ／那裏是倉庫；④那時（＝あのとき）；☆あれからずっと会わない／從那以後一直沒見面。⓪

あれ（感）（表示驚訝、出乎意外等）嗳呀！啊呀！☆あれ、危い／嗳呀、危險！☆あれ、またしくじった／呀！又弄糟了；☆あれと言う間もなく／倏然, 間不容髮。⓪

あれえ（感）〔女〕（非常吃驚或求救時的呼聲）嗳呀！☆あれえ、助けて／嗳呀, 救人哪！⓪

アレグレット【意allegretto】（名）〔樂〕小快板。④

あ

アレグロ【意allegro】（名）〔樂〕快板②

あれこれ（名・副）這個那個，種種（＝あれやこれや、いろいろ）；☆あれこれを集めて準備する／蒐集種種東西作準備；☆あれこれと心配する／擔心這個惦念那個。②

あれしき（名）那麼一點點；那麼微不足道；☆あれしきの資金では何もできぬ／那麼一點點不好幹什麼；☆あれしきのことで悲観するのはちと早すぎる／為那麼一點點事就悲觀未免太早了。◎

あれしょう【荒性】（名・形動ダ）皮膚好輝裂（的性質）。③②

あれち【荒地】（名）（未耕或不能耕的）荒地，瘠地。◎

あれで（も）（連語）別看那個樣子；還算是；☆あれで利巧なところもある／別看他，也有聰明的地方；☆あれでも小説家だ／他也算是個小説家；☆あれでも、よっぽどよくなった方だ／那還算是好得（進步）多了哪；☆あれでも大学の教授なんだよ／別看那個樣子（外表），他還是大學的教授哪。③

あれどめ【荒止】（名）潤膚油。

あれの【荒野】（名）荒野；☆荒野を開墾する／開墾荒野。◎

あれはだ【荒肌】（名）輝裂（粗糙）的皮膚◎

あれ・てる【荒果てる】（自下一）（完全）荒廢；荒涼；☆荒果てた土地／荒廢了的土地；☆庭は荒果てて見る影もない／院子荒涼的不得了；図あれはつ（下二）。④

***あれほど【彼程】**（副）那樣，那般（＝あのように、あのぐらい）；☆あれほどの人才は少ないだろう／那樣的人才很少吧；☆あれほど忠告しても聞き入れなかった／那樣勸告（他）也不肯聽。◎

あれもよう【荒れ模様】（名）①要變天氣的樣子；②〔轉〕生氣（要發脾氣）的樣子③

あれやこれや（副）＝あれこれ；☆人は来る、子供は泣く、あれやこれやで新聞を読めなかった／客人來，孩子哭，這個那個的連報都沒有工夫看。

***あ・れる【荒れる】**（自下一）①荒蕪，荒廢；☆田畑がひどく荒れている／田地荒廢得很厲害；②變（天氣）；（海濤）洶湧；☆天候が荒れそうだ／要變天氣☆海が荒れそうだ／海要起風浪；③輝，皴；☆寒いので手がすっかり荒れた／因為天

冷手全輝了；図ある（下二）。◎

アレルギー【德Allergie】（名）〔醫〕變態反應；過敏。③

アレンジ【英・動arrange】（名・他サ）①排列，佈置；②整理，整頓；③〔樂〕編曲。②

あわ【栗】（名）〔植〕穀米；小米。①

***あわ【泡・沫】**（名）泡，沫，水花兒；☆泡が立つ／起泡（沫）兒；☆水の泡となる／歸於泡影；前功盡棄；☆泡を立てる／使起泡兒，使起沫兒；◇泡を食う／驚慌，着慌；☆泡を食って逃げ出す／驚慌逃走；**泡を吹かす**／使大吃一驚。②

あわ・い【淡い】（形）①淡的，淺的；些微的；☆淡い色／淺顏色；☆淡い望みをかける／抱一線希望；☆淡い悦びを覚えた／感到了些微的歡喜；↔こい（濃い）；②清淡的，淡泊的；☆君子の交は淡い／君子之交淡如水；図あはし（形ク）。②

あわさ・る【合わさる】（自五）①（兩物）合，閉；☆蛤（はまぐり）の殼がびったりと合わさる／蛤蜊殼兒緊閉着；②（兩種東西）調和；☆楽器の音色が合わさる／樂器的音色調和。③

あわ・す【合わす】（他五）＝あわせる②

あわせ【合わせ】（名）（あわせる）的名詞形；～め【合（わ）せ目】（名）縫兒；合口，銲口；☆シャツは合わせ目から裂ける／汗衫先從縫兒上破；～もり【合（わ）せ盛り】（名）拼盤（菜）。③

あわせ【袷】（名）夾衣服。

あわせて【合わせて・併せて】（副）①加在一起，共合（＝みんなで）；☆合わせて一万円／共合一萬日圓；②並，同時（＝それとともに）；☆併せて御健康を祈ります／並祝健康。②

***あわ・せる【合わせる】**（他下一）①把…合而為一，加在一起，合併；☆力を合わせる／協力；☆三と五を合わせる／把三和五加在一起；☆各派を合わせて一党とする／把各派會併為一個黨；②調合，混合，使一致；☆意見を合わせる／調合意見；☆眼鏡の度を合わせる／配合眼鏡的度數；☆時計を合わせる／對錶；☆薬を合わせる／配藥；③對照，比較；☆訳文を原文と合わせて見た／把譯文和原文對照着看了；◇**顔を合わせる**／會面；**合わせる顔がない**／無顏以對；**手を合わせる**／合掌；図あはす（下二）。③

*あわただし・い【慌しい】（形）①慌忙的，匆忙的（＝せわしい）；☆慌しい一日を送る／度過匆忙的一天；☆乗客は慌しく汽車に乗込んだ／乘客們匆忙地上了火車；②不安定的，不穩定的（＝おちつかない）；☆あわただしい情勢／不穩定的局勢；図あわただし（形シク）；〜げ（形動ダ）；☆あわただしげに往來する／匆忙地往來；〜さ（名）5

あわだち【泡立ち】（名）〔（あわだつ）的名詞形〕起泡，起沫子；☆泡立ちのよい石鹼／沫子多的肥皂☆泡立ちが悪い／不大起沫兒。4

あわだ・つ【泡立つ】Ⅰ（自五）起泡，起沫子；☆この石鹼はよく泡立つ／這種肥皂好起沫兒；Ⅱ（他下二）〔文〕→あわだてる。3

あわだ・つ【粟立つ】（自五）起鷄皮疙瘩；☆寒さで皮膚が粟立つ／因爲冷皮膚上起鷄皮疙瘩；☆それを見ると肌が粟立つ／這種光景令人不寒而慄。3

あわだ・てる【泡立てる】（他下一）使起沫，使冒泡；☆玉子をかきまぜて泡立てる／攪和鷄蛋叫它起沫兒；図あわだつ（下二）。4

あわつぶ【粟粒】（名）小米粒兒；☆粟粒のように小さい／像小米粒兒那樣小。3

あわてふため・く（自五）驚慌失措，手忙脚亂；☆敵があわてふためいて山の中を右往左往（うおうさおう）していた／敵人驚慌失措在山裏亂竄；☆隣りの家が火事になってあわてふためく／鄰家失火鬧得手忙脚亂。6

あわてもの【慌者】（名）慌張鬼，輕率的人，冒失鬼；☆あの男は有名なあわて者だ／他是出名的慌張鬼。0

*あわ・てる【慌てる】（自下一）①着慌，驚慌，張惶（＝うろたえる）；☆近所が火事であわてる／附近失火，慌了手脚；☆何も，そう慌てることはない／何必那麼發慌；②慌慌張張，很着急；☆あわてて駆けつける／慌慌張張地跑來；図あわつ（下二）。0

あわび【鮑・鰒】（名）〔動〕鮑魚；◇（磯の）鮑の片思い（かたおもい）／剃頭的挑子一頭兒熱；單戀。1

あわもり【泡盛】（名）燒酒（琉球，九州等地用大米，小米造的酒名）。2

あわや Ⅰ（副）①眼看，眼睜睜（＝いまにも）；☆あわや河に飛び込もうとするところを抱き止めた／眼看要跳進河裏去的當兒就抱住了；②險些兒（＝あぶなく）；☆あわや血の雨を降らすところだった／險些兒造成流血慘劇；Ⅱ（感）〔文〕（危急時發出的聲音）唉呀（＝ああ）；☆あわやと思う間もなく衝突した／倏忽之間就撞在一起了。1

あわゆき【淡雪】（名）（下得很薄的）微雪。2

あわゆき【泡雪・沫雪】（名）①雪花兒，雪片兒；②（把蛋白攪成泡做的）點心；〜どうふ【泡雪豆腐】（名）南豆腐。2

あわよくば（副）碰巧，得機會的話，倘若順手（＝うまくゆけば，まがよければ）；☆あわよくば大金もちになれるかもしれない／得機會的話，也許會變成大富翁哪。3 1

*あわれ【哀れ】Ⅰ（名・形動ダ）①悲哀（＝かなしみ）；☆哀れな歌／哀歌；②情趣，風韻，哀愁；☆物の哀れを知る／多愁善感；☆雨は旅の哀れを増す／雨增添人愁；③可憐；☆哀れな境遇／可憐的遭遇；Ⅱ（感）〔文〕噯！可憐！☆あわれこの子は頼る親もない身です／可憐！這是一個沒有父母的無依無靠的孩子。1

あわれが・る【哀れがる】（他五）覺着（表示）可憐，憐憫。4

あわれっぽ・い【哀れっぽい】（形）可憐的；☆哀れっぽい様子をする／做出可憐相5

あわれ・み【哀（憐）れみ】（名）〔（あわれむ）的名詞形〕憐，憫；☆人に憐れみを乞う／乞憐於人；☆人に憐れみをかける／憐憫人。4 0

*あわれ・む【哀（憐）れむ】（他五）憐，憐憫；憐惜，憐愛；☆同病相憐れむ／同病相憐；☆その無知は憐れむべきである／那種無知（愚昧）是可憐的。3

*あん【案】（名）①案，桌子；☆案をたたく／拍案；②意見，主意；☆自分の案を述べる／陳述自己的意見（提議）；☆案を出す／出主意・提出辦法；③計劃，草案（＝けいかく，もくろみ）；☆案を立てる／草擬計劃；☆案を練る／計劃，想辦法；④意料，期待；☆案に相違して彼は出席しなかった／出乎意外，他竟沒有出席；案に違（たが）う／出乎意料。1

あん【庵】（名）→いおり（庵）。1

あん【餡】（名）①〔豆〕餡兒，餡子；☆

餡を入れる／放上餡兒；②（以團粉合調味料放入湯茱中使呈糊狀的）調味汁，縴。①

***あんい**【安易】（形動ダ）①容易（＝たやすいこと）；☆安易にものを考える／把事情看得容易；②安逸，閒散，苟且偷安（＝のんき）；☆安易な生活／苟且偷安的生活。①

あんえい【暗影】（名）〔文〕暗影，黑影；◇暗影を投ずる／罩上黑影，使…的前途暗淡。①

あんか【安価】（形動ダ）①廉價；☆安価な商品／廉價的商品；☆安価に提供する／廉價供應；②膚淺，低級，沒有價值，不負責，靠不住；☆安価な哲学（人生観）／膚淺的哲學（人生觀）；☆安価な同情は受けたくない／不願意接受淺薄的同情。①

アンカー【anchor】（名）①錨；②〔運動〕（接力賽跑）最後的跑者；（拔河的）最末尾的一個人；（棒球）最強的打者①

***あんがい**【案外】（副・形動ダ）意外，出乎意料（＝おもいのほか）；案外な結果だ／想不到的結果；☆父の病気は案外重い／父親的病想不到很重；☆工事は案外早くでき上がった／工程出乎意外很早落成。①①

あんかけ【餡掛】（名）〔烹飪〕澆（調味）汁，掛縴（的菜、食品等）。①

あんかん【安閑】（形動タルト）安閒，優游；☆安閑としている／優游自在；☆安閑としてはいられない／不能安閒無事（要行動起來）。①③

***あんき**【暗記・諳記】（名・他サ）記住；☆無闇（むやみ）に諳記する／死記。①

あんぎゃ【行脚】（名・自サ）〔「あん」是唐音〕①〔佛〕雲游，游方；②徒步旅行；③巡遊，周遊；～そう【行脚僧】（名）遊方僧。①①

あんきょ【暗渠】（名）暗溝；☆暗渠で排水する／用暗溝排水。①

あんぐう【行宮】（名）〔「あん」是唐音〕的行宮。①①

あんぐり（副・自サ）大大地張開（嘴）；☆口をあんぐりあける／把嘴大大地張開；☆驚いて口あんぐり／嚇得目瞪口呆。①

アンクル【uncle】（名）＝おじ（伯父、叔父）；～サム【Uncle Sam】（名）①美國政府；②山姆大叔，美國人。

アングル【angle】（名）①角，隅；②角度。①

アングロサクソン【Anglo-Saxon】（名）安格魯撒克遜人。①

アンケート【法enquête】（名）徵詢意見，測驗。①

あんけん【案件】（名）案件，議案。①①

あんこ【餡子】（名）＝あん（餡）。①

あんごう【暗号】（名）密碼；☆暗号で電報を打つ／打密碼電報。①

アンコール【法・副encore】（名・他サ）要求重演，再來一個；☆彼の演奏は幾度もアンコールを求められた／他的演奏被再三地要求重演。①

あんこく【暗黒】（名・形動ダ）黑暗，昏暗；～めん【暗黒面】（名）黑暗的一面①

アンゴラうさぎ【Angora兎】（名）〔動〕安哥拉兔。①

アンゴラやぎ【Angora山羊】（名）〔動〕安哥拉山羊。①

あんころ【餡ころ】（名）①餡；→あんころもち；～もち【餡ころ餅】（名）外面裹一層豆餡的年糕。①

あんさつ【暗殺】（名・他サ）暗殺，行刺①

あんざん【安産】（名・他サ）（孕婦）安産，平安分娩；☆無痛安産法／無痛分娩①

あんざん【暗算】（名・他サ）心算；☆暗算で計算する／用心算。①

アンサンブル【法ensemble】（名）①全體，整體；②上下一套的婦裝；③各部分的調和；④合唱團，整體演出，演員的配合。①

あんじ【案じ】（名）掛念，擔心；（＝しんぱい）；～だす【案じ出す】（他五）想出；～がお【案じ顔】（名）擔心的神色。①

***あんじ**【暗示】（名・他サ）暗示；☆暗示を得る／得（受）到暗示。①

あんしつ【暗室】（名）暗室，暗房。①

あんじゅう【安住】（名・自サ）安居；☆安住の地を求める／尋求安居的地方。①

あんしょう【暗誦・諳誦】（名・他サ）背誦，背念，記住；☆外国語は十分暗誦しないとものにならない／外語不好好記住是學不好的。①

あんしょう【暗礁】（名）暗礁；◇暗礁に乗り上げる／①觸礁，坐礁；②碰到意外的障礙。①

あんじょう【味善う】（副）〔方〕＝うま

く、ぐあいよく。③

あんしょく【暗色】（名）暗色，深色。⓪

*あん・じる【案じる】（他上一）①想，思考（＝かんがえる）；☆碁盤に向って案じている／對着棋盤考慮，②擔心，掛念（＝きづかう）；☆この先（さき）が案じられる／前途叫人擔心；☆母の病氣を案じる／掛念母親的病；◇案じるより產むが易い／擔心的事並不見得難辦，事情不都像豫想那麼難；図あんず（サ）⓪③

**あんしん【安心・安神】（名・自サ）安心，放心；☆仕事がこう進行すればもう安心だ／工作這樣進展就可以放心了；☆あれは少しも安心のできない男だ／他是一個很不可靠的人，他簡直靠不住。⓪

あんず【杏】（名）〔植〕杏。⓪

あんせい【安静】（名・形動ダ）安靜；☆熱が高いので安静を保つ／因爲發高燒，所以保持安靜。⓪

**あんぜん【安全】（名・形動ダ）安全，保險；～かみそり【安全剃刀】（名）保險刮臉刀；～き【安全器】（名）〔理〕（電路上的）保險盒；～とう【安全灯】（名）（礦井裏用的）保險燈；～ピン【安全pin】（名）別針；～べん【安全弁】（名）（汽鍋的）保險閥；～ほしょう【安全保障】（名）安全保障。⓪

あんぜん【黯然】（形動タルト）黯然，傷感的；☆黯然たる面持（おももち）／無精打彩的面孔；☆万事運命と諦（あきら）めますと彼は黯然として言った／他黯然說道：一切都認爲是命運吧。⓪

あんぜん【暗然】（形動タルト）暗然，暗澹；☆暗然たる未来／暗澹的前途。⓪

あんそく【安息】（名・自サ）安息；～こう【安息香】（名）安息香；～び、～にち【安息日】（宗）安息日，禮拜日；☆安息日を守る（守らない）／守（不守）安息日。⓪

アンソロジー【anthology】（名）文集，文選，名詩選集。③

あんた【あなた】（代）「あなた」的音便。①

アンダーシャツ【under-shirt】（名）汗衫。⓪

アンダーライン【underline】（名・自サ）①字下線，劃字下線；☆重要な所にアンダーラインをつける（ひく）／在重要地方劃字下線，②〔轉〕加上着重點，強調指出。⑤

あんたい【安泰】（形動ダ）安泰；☆国家が安泰になる／國家安泰。⓪

あんたん【暗澹】（形動タルト）暗澹；☆前途は暗澹たるものだ／前途暗澹；☆将来は暗澹として希望が持てない／前途暗澹沒有希望。⓪③

アンダンテ【意・副andante】（名）〔樂〕行板。③

アンチ【anti-】（接頭）表示反、反對的意思；例：アンチ・ミリタリズム／反軍國主義。

あんち【安置】（名・他サ）安置，安放①⓪

アンチテーゼ【德Antithese】（名）①〔哲〕反題；②對照。④

アンチック【法・形・名antique】（名）①古代的，古式的；②古代美術，古董③

あんちゃく【安着】（名・自サ）安抵，平安到達；☆東京に安着した／安抵東京⓪

あんちゅう【暗中】（名・造語）暗中，背地裏；～ひやく【暗中飛躍】（名・自サ）暗中活躍；～もさく【暗中摸索】（名・自サ）暗中摸索。⓪

あんちょく【安直】（形動ダ）廉價，便宜，省錢；☆安直に買う／賤買；☆安直に遊ぶ／玩得省錢。⓪

あんちょこ（名）〔學〕〔（あんちょく）之轉〕學習秘本，學習參考書，（學習的）法寶。⓪

**あんてい【安定】（名・自サ）安定，穩定；☆物価の安定を保つ／保持物價穩定⓪

アンテナ【antenna】（名）〔理〕天線；☆アンテナを引く／安裝天線。⓪

あんど【安堵】（名・自サ）安堵，放心；☆これでやっと安堵した／這才放了心①

あんどん【行灯】（名）（唐音字）方形紙罩座燈。

*あんな（連體）那樣的（＝あのような）；☆あんな人はめったにない／那樣人很少有；☆あんな芝居は詰らない／那樣的戲沒意思；～に【あんなに】（副）那樣地，那麼；☆あんなに痩せた人も少ない／那麼痩的人也少有。⓪

**あんない【案内】（名・他サ）①嚮導，引導；☆道を案内する／引路，帶路；☆客席へ案内する／領到客席；②陪同遊覽；☆校内を案内する／陪同參觀校内；③熟悉，知曉；☆御案内のように…／正如您所知…，④内情，情節；☆土地の案内を説明する／說明當地情形；⑤邀請；☆今

日は御案内を蒙り有難うございます／今
天承蒙邀請不勝感謝．；⑥指南；☆旅行
案内／旅行指南；〜じょう【案内状】（
名）①通知；②請帖。③

*あんに【暗に】（副）暗中，背地裏（＝ひ
そかに、ないないに、それとなく）；☆
暗に教唆する／暗中調唆；☆暗に仄（ほ
のめ）かす／暗示，暗中表示。①

あんねい【安寧】（名）安寧。⓪

あんのじょう【案の定】（連語・副）果然，
果如所料；☆案の定そうだった／果然那
様；☆案の定、彼はそこにいなかった／
果然他没有在那裏。③

あんのん【安穏】（名・形動ダ）平安，平
穏；☆安穏に暮す／平安度日。⓪

あんばい【按排・按配】（形・他サ）安
排，調理；☆プロクラムをうまく按配す
る／好好地安排程序表。③

あんばい【塩梅】（名）①（菜的）鹹淡，口
味；☆塩梅を見る／嘗嘗鹹淡；☆このお
汁の塩梅はよくできた／這個湯的味道很
好；②程度，情况；☆万事いい塩梅に行
っている／一切都很順利；☆この塩梅で
は今年も豊作でしょう／看光景今年也是
豊收吧；⑧（身體的）状況；☆（身体の）
塩梅がよくない／身體不舒服；④方法；
☆こんな塩梅にやるです／要這樣子做③

アンパイヤ【umpire】（名）〔運動〕裁
判員，評判員。③⓪

アンバランス【unbalance】（名）不平衡；
☆収支のアンバランスを調整する／調整
收支不平衡；↔バランス。④

あんパン【餡パン】（名）帶甜紅豆餡麵包③

*あんぴ【安否】（名）安否，起居；☆安否
を伺（うかが）う／問安，請安。①

アンビシャス【英・形ambitious】（形動
ダ）野心勃勃。③

アンペヤ【ampere】（名）〔電〕安培；
〜けい【ampere計】（安）安培錶。③

あんぽ【安保】（名）安全保障條約。①

あんぽんたん【安本丹】（名・形動ダ）〔俗〕渾蛋，
糊塗蟲（＝あほう、ばか）。③

あんま【按摩】（名・他サ）①按摩；☆按
摩を取らせる／叫人按摩，②按摩的（
人）；⑧盲人。⓪

あんまり（形動ダ・副）＝あまり；☆そり
ゃあんまりだ／那太過火了。⓪

*あんみん【安眠】（名・自サ）安眠；☆風
の音で安眠ができなかった／因爲風聲没
有睡好；☆安眠を妨害する／擾亂安眠⓪

あんもく【暗黙】（名）沉默，不作聲；☆
暗黙の中に諒解する／暗默中予以諒解⓪

アンモニア【ammonia】（名）〔化〕氨；
（俗稱）阿摩尼亞；〜すい【ammonia
水】（名）〔化〕氨水。⓪

アンモニューム【ammonium】（名）〔
化〕銨。④

あんよ（名・自サ）〔兒〕①邁步；☆あん
よはお上手！／走得好！②脚；☆あんよ
をお出し！／把脚伸出來！①

あんらく【安楽】（名・形動ダ）安樂，舒
適；〜いす【安楽椅子】（名）（有彈簧
的）安樂椅。①⓪

あんるい【暗涙】（名）背地裏流的涙；☆
暗涙にむせぶ／暗中流涙，忍泣呑聲。⓪

い・イ

い

い①五十音圖「あ行」第二音，又「や行」第二音；母音之一，發音爲 i ；②〔字源〕平假名是「以」字的草體，片假名（イ）是「伊」字的左旁。

い（ゐ）①五十音圖「わ行」第二音；舊時發音爲 wi ；②〔字源〕平假名爲「爲」字的草體，片假名(ヰ)是「井」的略體。

い【五】（數）〔古〕五（＝ご）；五個（＝いつつ）。

い【井】（名）〔文〕井(＝いど)；◊**井の中のかわず**／井底之蛙。1

い【亥】（名）①亥(十二支之一)；②亥時（午後十時）。0

い（感助）〔多接在語末「だ」或「か」的後邊〕①表示親暱的語氣；☆何だい／什麼呀；☆そうかい／是麼；②〔俗〕表示粗魯的語氣；☆そんなことがあるかい／會有那様事情麼；☆かってにしろい／你愛怎麼的，就怎麼的!

い【衣】（名）〔不單獨用〕衣，衣服（＝きもの）；☆白衣の人／護士。1

い【医】（名）〔文〕①〔不單獨用〕醫治，醫生；☆外科医（げかい）／外科醫生；②醫學；③醫術；◊**医は仁術なり**／醫仁術也。1

い【易】（名）〔文〕易，容易；☆易より難へ／由易而難；☆難を避けて易に就く／避難而就易。1

*い【胃】（名）〔解〕胃（＝いぶくろ）；☆胃にもたれる／胃囊不消化，存食；☆胃をこわす／傷胃。0

い【異】Ⅰ(形動ダ)①異，不同；②奇怪，奇異（＝ふしぎな）；☆異な事を言うようだが／我說這話也許很突然；Ⅱ（名）〔文〕異議，異論；☆異をたてる／標新立異。0

*い【意】（名）〔文〕①意，心意（＝こころ、き）；☆意に介する／介意；☆意を決する／決意，決心；②意向，念頭（＝かんがえ）；☆結婚する意はない／無意結婚；☆意の如く行かぬ／不如意；③意味，意義；☆その意を解するに苦しむ／難以理解其意義；◊**意に介しない**／不介意；**意のまま**／如意，合意。1

いあい【居合い】（名）劍道的一派（坐着迅速拔刀殺敵的一種刀法）。0

いあい【遺愛】（名）①生前心愛之物，遺物；☆遺愛の軸／生前心愛的畫；②遺腹，遺子；③〔古〕遺愛。0

いあつ【威圧】（名・他サ）威壓。0

いあわ・す【居合わす】（自五）→いあわせる。3

いあわ・せる【居合わせる】（自下一）在座，在場；☆ちょうどその席に居合わせた／當時正在座；図いあはす（下二）4

*いあん【慰安】（名・他サ）安慰，解悶，娛樂；☆慰安を与（あた）える／給與安慰。0

**い・い【善い・好い】（形）（由「よい」轉變的，只有終止形和連體形）①好，善良；いい人／好人，情人；☆いい子／好孩子；②貴重，高貴；☆いい資料／寶貴的資料；☆いい家柄（いえがら）の出（で）だ／出自名門；③美，漂亮（＝うつくしい）；☆いい男(女)／美男子(女)；④爽快，明朗；☆いい天気／好天氣；☆いい気持／舒服，暢快；⑤吉祥；幸運；☆いい日を選（えら）ぶ／選擇吉日；⑥有效；☆身体のためにいい／對身體好☆喘息にいい／（此藥）對喘病有效；⑦恰好，適當；☆丁度いい時に着いた／到的正是時候兒；☆どうしたらいいかわからない／不知怎樣才好；⑧正確，對（＝ただしい）；☆それでいいと思うか／你以爲那就對麼？⑨成，可以（＝よろしい）；☆それでいい／那就成；☆まあいいさ／啊，好吧；⑩（用以提醒對方注意）；☆いいですか／好了嗎?；☆いいかね、よく聞きなさい／注意，要仔細聽；⑪(用於…だと、…ば之後，表示願望)但願，…才好；☆お天気だといいな／若是晴天可好啦；☆早く直ればいい／但願早日康復；⑫(比…)較好；☆もっといい／更好；☆ないよりいい／比沒有強；☆私は梨より桃の方がいい／比起梨來，我喜歡桃；⑬（用…てもいい、…ていい等形）也好，也成，也沒關係，也無妨；☆いつ行ってもいい／什麼時候去都成；☆来な

くてもいい／不來也可以，不必來；☆彼
がいなくてもいい／沒有他也沒關係；☆
窓をあけてよろしいか──いいとも／開
開窗戶行嗎？──可以（有何不可）；☆
笑ったっていいじゃないか／笑又有什麼
關係呢？◇いい気味（きみ）だ／活該！い
い子になる／假裝與自己無關，裝好人；
いい年（とし）をして／那樣歲數的人
居然還…）；☆あの人はいい年をして相
変らず道楽をやっている／他那麼大的歲
數還是照舊荒唐；図よし（形ク）。[1]

**いい【唯唯】（副・形動タルト）唯唯（稱
是）；◇唯唯諾諾（だくだく）（として）
／唯唯諾諾；☆唯唯諾諾とし
ての言に從（したが）う／唯唯諾諾地
聽別人的話。[1]

**いいあい【言い合い】（名・自サ）①互相
談話；②口角，吵架（＝いさかい，こう
ろん）；☆言い合いから殴り（なぐ）合
いになった／由口角而扭打起來。[0]

**いいあ・う【言い合う】（自五）①互相説；
そうだそうだと口々に言い合う／大傢伙
兒都説對，對；②口角，爭吵（＝いいあ
らそう）；☆見解の相違で二人が言い合
う／二人因意見不合吵架。[3]

**いいあ・てる【言い中てる】（他下一）説
對；猜中，猜着；☆うまく言い中てた／
恰好猜着，説得正對。[4]

**いいあやま・る【言い誤る】（自・他五）
説錯（＝いいまちがう）；☆人の名を言
い誤る／説錯別人的名字。[5]

**いいあらそい【言い争い】（名）〔（いい
あらそう）的名詞形〕；☆言い争いをす
る／爭論。[0]

**いいあらそ・う【言い争う】（自他五）口角
，爭論（＝こうろんする，いいあらう）；
☆互に言い争う／互相爭論。[5]

*いいあらわ・す【言い顕わす】（他五）
表達，説明；☆言葉で言い表わす／用話
來表達；☆自分の意見を言い表わす／陳
述自己的意見。[5]

**いいあわ・せる【言い合わせる】（他下一）
①協商＝（はなしあう）；☆あらかじめ言
い合わせて反対する／事前協商好了共同
反對；②約定，商量好（＝もうしあわせ
る）；☆言い合わせたように皆が賛成す
る／彷彿商量好了似的都表示賛成；図い
いあはす（下二）。[5]

*いいえ（感）（用於回答）不；不是；沒有

（＝いや，いな）；☆いいえ、どう致し
まして／不，沒關係；豈敢豈敢；☆いい
え、それには及びません／不，謝謝；用
不着；☆いいえ、もう沢山です／不，夠
了；☆肉はおきらいですか──いいえ、
好きです／您不喜歡吃肉嗎？──不，喜
歡。[3]

**いいおき【言置】（名・自サ）留言；留下
的話；☆父の言置を忘れる／忘了父親留
下的話。[0]

**いいお・く【言い置く】（他五）留言，留
話（＝いいのこす）；☆不在だったので
用件を言い置いて帰る／因爲他不在留下
話就回來了；☆また来ると言い置いて行っ
た／留下話説還來就走了。[3]

**いいおく・る【言い送る】（他五）①（一個傳
一個地）轉告，轉達；☆集（あつ）まる
時間を仲間（なかま）に言い送る／把集合
的時間傳達給同仁。[4]

**いいおと・す【言い落す】（自・他五）（
該説的）忘了説☆言い落したが彼には兄
弟はない／忘了説，他沒有兄弟；☆大事
なことを言い落した／把要緊的話忘了説
；②〔古〕貶，往壞了説。[4]

**いいがい【言い甲斐】（名）説的效果，説
的價值；☆御承知下さればい言い甲斐があっ
たわけです／（您）如果肯答應的話，
也算（我）沒白説；～な・い【言い甲斐
ない】（形）①不值一説的，説也白説的；
☆あんな奴に物を言っても言い甲斐がな
いよ／那樣的傢伙對他説也是白費；②沒
出息的，不長進的，不爭氣的（＝いくじ
がない）☆言い甲斐ない奴だ／沒出息的
東西；図いひがひなし（形ク）。[0]

**いいかえし【言い返し】（名・自サ）〔（
いいかえす）的名詞形〕頂嘴，還嘴；☆
目上の人に言い返しするものではない／
不應該對長上還嘴。[0]

**いいかえ・す【言い返す】（他五）①反覆
説，☆同じ事を何度も言い返す／一回事
總反覆地説；②反口，還嘴；☆癪（しゃ
く）にさわるから言い返してやった／太
可氣了，就向他還了嘴；⑧回答，回説；
☆おはようと言い返す／回答説「你早」[3]

**いいか・える【言い換える】（他下一）換言
，改用別的話説；☆日本語を英語に（で）
言い換える／把日語改説成英語；◇言い
換えると，言い換えれば／言言之；☆こ
れは言い換えると次のようになる／換言

之就成爲下邊這樣；囚ひかふ（下二）④

いいがかり【言い掛かり】（名）藉口，找碴兒；詭賴；☆言い掛かりをして喧嘩を売る（吹掛ける）／找碴兒打架；◇**言い掛かりを付ける**／找碴兒；☆何とか言い掛かりをつけては、ゆすりをする／想法子找碴兒敲詐。⓪

いいかけ【言い掛け】（名）①開始說；②雙關語（＝かけことば）；③＝いいがかり⓪

いいか・ける【言い掛ける】（他下一）①向…說，打招呼（＝はなしかける）；②開始說，說起（＝いいはじめる、いいだす）；☆言い掛けたがすぐよしてしまった／剛說起來馬上又不說了；☆君は今何を言い掛けたの／你方才要說什麼來着？③誣賴（＝しいる）；☆盗んだと言い掛けられた／被誣賴行竊；囚ひかく（下二）④

***いいかげん**【好い加減】（連語・形動ダ）①適當，恰當；☆ちょうど好い加減の大きさだ／大小正合適；☆大根を好い加減な大きさに切る／把蘿蔔切成適當的塊兒；☆もう冗談も好い加減にしなさい／玩笑不要開得太過火了（應該適可而止）；②不徹底，不疼不癢的；☆好い加減な叱（しか）り方では言うことうきかない／不疼不癢的叱責是不能使他聽話的；③馬馬虎虎，含糊；☆彼の英語は好い加減なものだ／他的英語馬馬虎虎；☆好い加減な返事／含糊其詞的回答；☆仕事を好い加減にやる／工作馬虎；④不合理，靠不住（でたらめ）；☆好い加減なことを言う／隨便說說；⑤相當（＝かなり）；☆もう好い加減酔（よ）った／已經醉得够勁了；☆あの人は好い加減年を取っている／他相當老了；◇**好い加減にしろ**／算了吧！別…了！少…吧！☆自慢話（じまんばなし）は好い加減にしろ／別吹了。⓪

いいかた【言い方】（名）說法；☆言い方が下手（へた）／說得笨；☆丁寧（ていねい）な言い方／說得懇切。⓪

いいか・ねる【言い兼ねる】（他下一）難說，難以開口（＝いいにくい）；☆ちょっと言い兼ねる／有點兒難以開口（不好意思）；☆どんなことも言い兼ねない奴だ／什麼話都說得出來的傢伙；囚ひかぬ（下二）。④

いいかわ・す【言い交す】（他五）①交談；對談（＝はなしあい）；☆朝の挨拶（あいさつ）を言い交す／互道早安；②口頭約定，設定；☆言い交した言葉を反古（ほご）にする／推翻了設定的口約；③男女親口訂婚，山盟海誓；☆二人は固く言い交した仲だ／兩個人已經山盟海誓。④

いいき【好い気】（形動ダ）①得意揚揚；沾沾自喜；☆好い気になる／得意揚揚，沾沾自喜；☆好い気になって喋り続ける／揚揚得意地說個不停；☆褒めると好い気になるからよし給え／不要誇他，一誇他就得意起來；②無憂無慮，逍遙自在（＝のんき）；☆好い気なもんだ／（他）眞舒服呀。①

いいきか・せる【言い聞かせる】（他下一）說給…聽，勸說，勸告；訓誨；☆いくら言い聞かせてもうんと言わなかった／（我）怎麼對他說他也不應允；☆将来を愼むように言い聞かせる／（我）勸告他以後要加小心；囚いきかす（下二）⑤

いいきたり【言来】（名）傳說（＝いいつたえ）；☆昔からの言来り／自古以來的傳說。⓪

いいきび【好い気味】（名）（いいきみ）的音便。①

いいきみ【好い気味】（名）舒服，痛快（＝いいきもち）；◇**いい気味だ！**／（旁人遭到不幸等時所說的洩憤話）活該！大快人心！①

いいきり【言切り】（名）〔（いいきる）的名詞形〕說完；☆語の言切りの形（かたち）を文法で終止形と言う／在語法上詞的說完形式叫作終止形。①

いいき・る【言い切る】（他五）①說完（＝いいおわる）；☆説明を言い切らぬうちに時間になった／還沒解釋完就到時間了；②斷言，斷定，肯定，一口說定；☆承諾出来ないと言い切った／斷然說不能答應；☆絶望とも言い切れない／也不能斷定是絶望了。③

いいぐさ【言種】（名）①說法，說詞；☆古い言種／舊說詞兒；☆言種が癪にさわる／（他的）說法氣人；②藉口；☆病気を言種に学校を休む／藉口鬧病不上課；③不滿，牢騷；☆あんなに優遇されて言種もないもんだ／那樣受優待就不該發牢騷了；④話柄；☆人の言種になる／成爲人家的話柄。⓪

いいくさ・す【言い腐す】（他五）貶，往壞處說（＝けなす）；☆何と言い腐されても

構わない／無論旁人怎樣褒貶也不在乎④

いいくら・す【言い暮らす】(他五)一天到晚地說,經常掛在嘴上；☆息子(むすこ)のことを言い暮らす／一天到晚叨唸兒子④

いいくる・める【言い包める】(他下一)(用花言巧語)蒙騙；☆うまく言いくるめて金を出させる／用花言巧語哄人拿錢；囲いひくるむ(下二)。⑤

いいけ・す【言い消す】(他五)否定,否認；☆そんなことはないと言い消す／否認說沒有那麼回事。③

いいこしら・える【言い拵える】(下一)①編謊話,托詞☆病気といい言拵えて休んだ／托詞有病不上班；②美言玉成；好言相勸(＝なだめる)；囲いいこしらふ(下二)。

いいこ・める【言い籠める】(他下一)駁倒、把…說得啞口無言(＝いいふせる、やりこめる)；☆相手をすっかりいいこめた／把對方說得啞口無言；囲いいこむ(下二)。

いいさ・す【言いさす】(他五)說話沒完,說到中途；☆言いさして中座(ちゅうざ)する／沒說完就離坐。③

いいさと・す【言い論す】(他五)訓誨(＝いいきかせる)；勸說。④

イージー【英・形easy】(形動ダ)容易的,安樂的,輕便的；〜ゴーイング【英・形easy going】(形動ダ)悠閒的,懶散的(＝のんき)。①

いいしぶ・る【言渋る】(他五)結結巴巴地說,不肯說出口,不好意思明說……☆先を言渋る／不好意思再說下去。④

いいすぎ【言い過ぎ】(名・自サ)說得過火☆それは言い過ぎだ／那說得太過火了⓪

いいす・ぎる【言い過ぎる】(他上一)說得過分,表現過火；☆ちょっと言い過ぎたかな／會不會說得有些過火了呢？；囲いひすぐ(下二)。④

イースター【Easter】(名)〔宗〕復活節①

いいす・てる【言い捨てる】(他下一)臨走時說；說一聲……就走開；☆失敬(しっけい)と言い捨てたまま奥へはいってしまった／說一聲對不起就進裏屋去了；囲いひすつ(下二)。④

イースト【yeast】(名)①酵母,麴：②發酵粉。①

いいそこない【言い損い】(名・自サ)說錯(＝いいあやまり)；☆言い損い仕損いは誰にもある／誰都免不了有個說錯做錯⓪

いいそこな・う【言い損う】(他五)①說錯(＝いいあやまる)；☆言い損って赤くなる／因為說錯了臉紅起來；②忘記,沒能說出來(＝いいそびれる)；☆恥かしくて言い損った／因為害羞沒說得出口⑤

いいそび・れる【言いそびれる】(他下一)(想要說而)未得說出；☆遠慮して用件を言いそびれる／因為客氣沒有把要說的事情講出來；囲いいそびる(下二)。⑤

いいだ・す【言い出す】(他五)說,說出；☆彼が怒っていたから私は言い出さなかった／他正在生氣,所以我沒開口；☆言い出す機会を失った／錯過說出的機會③

いいたて【言立】(名)①主張；☆彼の言立をもう一度聞いてみよう／再聽一聽他的主張吧；②口實,藉口(＝いいぐさ)⓪

いいた・てる【言い立てる】(他下一)①說,提出(＝のべる)；☆どんなことを言い立てて来るか知れない／說出什麼來都保不定；②堅決主張(＝いいはる)；☆不賛成だと言い立てる／堅決表示不同意；③(向長上)稟報(＝もうしあげる)；☆ありのままに言い立てる／照實稟報；囲いひたつ(下二)。④

いいちがい【言い違い】(名・自サ)說錯(＝(いいそこない)；☆時々言い違いをする／有時候會說錯。⓪

いいちら・す【言い散らす】(他五)①宣揚,傳播(＝いいふらす)；☆勝手なことを言い散らす／到處隨便說說；②瞎說,亂說(＝やたらにいう)；☆悪口を言い散らす／亂說(別人的)壞話。④

いいつか・る【言付かる】(他五)被(長上)吩咐,受命；☆大事な用を言付かる／被吩咐一項要緊的事。④

いいつ・ぐ【言い継ぐ】(他五)(世世代代)傳說下來；☆代々言い継がれた物語／世世代代傳說下來的故事。③

いいつく・す【言い尽くす】(他五)說盡,說完(＝いいおえる)；☆言いうだけの事は言尽くした／該說的都說完了。④

いいつくろ・う【言い繕う】(他五)粉飾,掩飾；☆巧(たく)みに欠点を言い繕う／巧妙地掩飾(自己的)缺點。⑤

いいつけ【言い付け】(名,他サ)①(長上的)命令；吩咐；☆親の言い付け通りにする／照父母吩咐的那樣做；②傳舌(＝つけぐち)。⓪

＊いいつ・ける【言い付ける】(他下一)①命

令，吩咐；☆買物を言い付ける／吩咐買東西；②傳舌，告密，告發；☆子供の悪戯（いたずら）をその親に言付ける／把孩子的惡作劇告訴他的父母；③說慣，常說；図ひつく（下二）。4

いいつた・え【言伝え】（名）〔いいつたえる〕的名詞形〕①傳說；☆昔からの言伝え／自古以來的傳說；②傳說，轉告（＝ことづけ）。0

いいつた・える【言い伝える】（他下一）①傳說；☆今なお言い伝えられている／現在仍然傳說着；②傳達，轉告；☆皆に言い伝えておく／轉告大家；図いひつたふ（下二）。0

いいつづ・ける【言い続ける】（他下一）①接着說②傳說（＝いいつたえる）。5

いいつの・る【言い募る】（他五）越說越激昻，越說越起火，越說越倔；☆互に言い募ってとうとう喧嘩になった／雙方越說越起火，結果就吵起來了。4

いいつ・める【言い詰める】（他下一）駁倒，說得啞口無言（＝いいこめる）☆兄が妹に言い詰められる／哥哥被妹妹駁倒了4

いいとお・す【言い通す】（他五）頑强主張，主張到底，一口咬定（＝いいはる）；☆知らぬ存ぜぬの一点張りで言い通そうとする／（他）想一口咬定硬說不知道不曉得3

いいなお・す【言い直す】（他五）重說（＝いいかえる），改口說（＝いいあらためる）；☆もう一遍言い直してごらん／請重說一次；☆一旦口から出したことを言い直してもあとの祭（まつり）だ／一旦說出口的話再改口也來不及了。4

いいなか【好い仲】（連語・名）①關係好，有交情；☆好い仲になる／親密起來，成爲好友；②男女相愛；☆二人は好い仲だ／他們倆在戀愛。①

いいなずけ【許嫁】（名）①（從小訂的）婚約；☆……と許嫁の仲である／和……訂了婚；②未婚夫（妻）（＝フィアンセ）；☆許嫁がある／有未婚夫（未婚妻）；☆彼女は私の許嫁です／她是我的未婚妻0

いいならわし【言い習わし】（名）傳說；（多年）傳下來的習慣；☆昔からの言習わしでお盆には漁に出ない／多年傳下來的習慣（漁戶們）中元節那天不出去打魚0

いいならわ・す【言い習わす】（他五）說慣；一般都說。5

いいなり【言成り】（名）唯命是從，沒

有主見；☆何でも人の言なりになる／絲毫沒有主見；～しだい【言成り次第】（名）順從，唯命是從；☆細君の言なり次第だ／專聽老婆的話；～ほうだい【言成り放題】（名）＝いいなりしだい。0

いいにく・い【言い悪い】（形）難說，不好說（＝いいづらい）；難於啓齒，不好意思說；☆一寸言い悪いことだ／有點不好說出口；図いいにくし（形ク）。4

いいぬけ【言抜け】（名・自サ）〔いいぬける〕的名詞形〕遁辭，支吾搪塞。0

いいぬ・ける【言い抜ける】（他下一）托辭，支吾（＝いいのがれる）；☆こんどは言い抜けられない／這回可不能支吾了

いいね【言値】（名）（賣主）要的價錢，開價，喊價；☆言値が高すぎる／要價太貴，☆言値で買う／不還價而買。0

いいのがれ【言い遁（逃）れ】（名）〔（いいのがれる）的名詞形〕托辭，支吾（＝いいぬける）；☆証拠があがっているから言い遁れることはできない／已經找到了證據不能再支吾了；図いいのがる（下二）0

いいのこ・す【言い残す】（他五）①沒說，沒說完☆うっかりして用件を言い残した／一大意把事情忘了說②留話☆何も言い残して行かなかった／什麼話都沒留下。4

いいはな・つ【言い放つ】（他五）①斷言，不客氣地說；☆絶対やましい所はないと言い放つ／斷言絕對沒有虧心處；②不負責任說，隨便云云，信口說；☆根も葉もない事を言い放つ／不負責任說些毫無根據的話。4

いいはや・す【言い囃す】（他五）①稱讚，讚揚（＝ほめそやす）；☆わいわい言い囃されるほどの偉い人でもない／並不是值得大捧而特捧的那樣了不起的人物；②傳說，宣揚；☆世間で酷（ひど）い言い囃されている／外間傳說得很厲害4

*いいは・る【言張る】（他五）固執己見；堅持；硬說；☆確答を得たいと言張った／堅持要得到一個明確的答覆。3

いいひと【好い人】（名）①好人；☆あれは好い人だ／他是個好人；②情人；心上人；☆好い人が出來た／有了情人。①

いいひらき【言開】（名・自サ）辯解；辯白；分辯（＝いいわけ）；☆その言開きは通（とお）らぬ／你這種辯白不能令人滿意（行不通）。0

いいひろ・める【言い広める】（他下一）宣

傳，宣揚，傳播（＝いいふらす、せんで
んする）；☆サービスのよい店は黙って
いても客がい言広める／服務態度好的商
店儘管自己不宣傳，顧客也會給它作廣告
；囚いひろむ（下二）。⑤

いいふ・める【言い含める】（他下一）
①詳細說服聽；☆あらかじめ言い含めて
置いた／事先詳細說給他聽了；②囑附；
☆心得違いのない樣によく言い含めてや
るがよい／要好好地囑附他不要胡鬧；囚
いひふくむ（下二）。⑤

いいふ・せる【言い伏せる】說服，把……
說得啞口無言（＝いいこめる）；☆相手
を言い伏せる／說服對方；囚いひふす（
下二）。④

いいふら・す【言い触らす】（他五）宣揚
，揚言（＝いいひろめる）；傳說（＝う
わさする）；☆根も葉もないことを言い
触らして歩く／到處傳說捕風捉影的事④

いいふる・す【言い旧す・言古す】（他五）
說得變成陳腐話；☆それは言い古された
ことばだ／那是說陳了的話；☆言い古し
たしゃれ／陳腐的俏皮話。

いいぶん【言分】（名）①主張；☆君の言分
を言い給え／說說你的主張；☆もっとも
な言分だ／（你的）主張很有道理；②意
見；不滿；☆君には大いに言分がある／
對你大有意見；☆言分があっても我慢（
がまん）したまえ／即使有話要說也忍耐
吧；③口實。①

いいまか・す【言い負かす】（他五）說敗
，駁倒（＝いいふせる；いいこめる）；
☆誰でもあの人に言い負かされる／誰都
說不過他。④

いいまぎら・す【言い紛らす】（他五）①
支吾，敷衍；☆やっとのことで言い紛ら
した／好不容易支吾過去了；②打岔；從
旁擾亂別人談話；☆話題を転じて言い（
じょうず）に言い紛らした／把話題轉到
別的事情上，委婉地岔開。⑤

いいまく・る【言いまくる】（他五）①大
談特談；☆卓を叩（たた）いて言いまく
る／拍案高談闊論；②論駁，說倒；☆相
手に散散（さんざん）言いまくられた／
被對方駁得無言以對。④

いいまわし【言い回し】（名）說法，措詞（
いいあらわしかた）；☆言い回しがまず
い（へただ）／措詞欠妥；☆言い回しの
上手な人／會說話的人。⓪

いいまわ・す【言い回す】（他五）①巧說
，委婉地說；☆巧みに言い回す／花言巧
語；②宣揚，傳播（＝いいふらす）。④

いいもら・す【言い洩らす】（他五）①洩漏
；☆一言（ひとこと）も他人に言い洩ら
すな／一個字也不要洩漏給別人；②說漏
（＝いいおとす）；☆急いだのでつい言
い洩らした／因為忙着忘了說。④

いいや（感）〔俗〕不，不是（＝いいえ）；
☆いいやわしは知らん／不，我不知道③

いいよう【言様】（名）說法，表達方式，
措詞（＝いいかた）☆言い様が悪い／表達
方式不好；☆なんとも言様のない美しさ
だ／美麗得無法形容；◊物も言様で角（
かど）が立つ／一樣話不一樣說法。⓪

いいよど・む【言い淀む】（他五）吞吞吐
吐；不肯痛痛快快地說。④

いいよ・る【言い寄る】（自五）（向女人）
求愛，追逐女人；☆男にしつこく言い寄
られる／被一個男人糾纏不休地求愛。③

＊いいわけ【言分け・言訳け】（名・自）①
辯解（＝べんかい）；②道歉，賠不是（
＝あやまり）；☆言分けにも来ない／也
不來道個歉。⓪

いいわたし【言い渡し】（名・自サ）〔（
いいわたす）的名詞形〕①吩附，命令；
☆言い渡しの通りにする／照吩附行事；
②〔法〕宣告，宣判；☆今日判決の言い
渡しがある／今天宣判。⓪

いいわた・す【言い渡す】（他五）①命令，
吩附；☆父から言い渡されたことを忘れ
た／把父親吩附的話忘了；②宣告，宣判；
☆無罪（むざい）を言い渡す／宣告無罪④

＊いいん【委員】（名）委員；**～かい【委員
会】**（名）委員會。①

いいん【医院】（名）醫院。①

＊い・う【言う】（自・他五）①說（＝かた
る）；☆小声で言う／小聲說；☆寝言
（ねごと）を言う／說睡話；〔轉〕胡
說；☆ばか（を）いえ／胡說！②講，
告訴（＝のべる）；☆人に言うな／別
告訴別人；☆言うことを聞く／聽話；
③稱，叫（＝なづける、よぶ）；☆青年
という雑誌を買った／買了叫作）青年
（的）雑誌；☆米川（よねかわ）という
人に会った／遇見了（叫）米川(的人)；
☆万有引力という学説／萬有引力學說；
☆これは英語で何といいますか／英文這
叫什麼？④（いわれる）一般認為，被稱

爲；☆天下第一といわれている／被稱爲天下第一；⑤傳說（＝うわさする）；☆彼はドイツ語が出来るという話だ／據說他會德語；⑥響（＝なる，おとがする）；☆窓が，がたがたいう／窗戶咯咯咯嗒地響；◇…といい…といい／無論…，…也好，…也好，…也好；☆人物といい，學識といい，申分（もうしぶん）がない／論人品論學問，都不錯；言うまでもない／不用說當然；いうにいわれぬ／說也說不出的，無法形容；言うまでもないことだ／當然的事情；言うに及ばず（ない）／不必說；☆日本語は言うに及ばず，英語もできる／日語固不必論，英語也會；言うに足りない／不足道，不値得說；言いようがない／沒法說，無法形容；言って見れば…／老實說，說穿了；☆言って見ればそんな物さ／說穿了就是那麼回事；言わぬが花／不講倒好，不說爲妙；…と言わぬばかりに／簡直就像要說；簡直就像；☆出て行けと言わぬばかりに…／簡直就像要下逐客令似地。[0]

イヴ【Eve】（名）→イブ[1]

いえ（感）不，不是（＝いいえ，いや）[2]

＊いえ【家】（名）①房，屋；☆家を建てる／蓋房子；☆住む家がない／沒房子住；☆家をあける／騰房子；住在外面；②家（＝うち）；☆家に帰る／回家；☆家を出る（＝出家具）出去；☆家をたたむ／解散家庭；（搬家）收拾什物；☆家に燻（くすぶ）る／悶居家中；③家世，門第；☆貧乏な家に生れる／生在貧寒之家；④〔法〕家（戶主與家族的共同體）；☆家を継ぐ／承嗣；◇家を外（そと）にする／抛家在外。[2]

イエールだいがく【Yale 大学】（名）（又作「エール大学」）；（美國）耶魯大學[5]

いえがまえ【家構え】（名）①房屋的構造（＝やづくり）；②房子的外觀，外表；☆家構えから見ると学校らしい／從房子的外觀來看像是學校。[3]

いえがら【家柄】（名）①門第，家世；☆家柄がよくない／門第不好；②名門；☆家柄の出／名門出身。[4][0]

いえき【胃液】（名）〔解〕胃液。[1]

いえごと【家毎】（名・副）每家，家家；☆家毎に国旗をたてる／家家掛國旗[2][3]

いえじ【家路】（名）〔文〕歸路；☆家路に就（つ）く／往回走，回家。[2]

イエス【英・副 yes】（感・名）是，對（＝はい，そうだ）。[2]

イエス（キリスト）【（Jesus（Christ）】（名）〔宗〕耶穌（基督）。[2]

いえすじ【家筋】（名）血統；家世，家系；☆家筋が良い（悪い）／家世好（壞）；☆六代目（ろくだいめ）で家筋が絶えている／到第六代家系就斷了。[3][2]

いえだに【家だに】（名）〔動〕扁蝨。[0]

いえつき【家付】（名）①祖傳，世襲，世代相傳；☆家付の財産／祖傳的財產；②帯房子；☆家付の土地を買う／買帶房子的土地；～のむすめ【家付の娘】招婚入贅的女兒，繼承家產的女兒，女繼承人；☆家付の娘だから嫁（よめ）にやれない／因爲是女繼承人所以不出嫁[2][4]

いえつぎ【家継】（名）承繼家業（的人）；繼承人。[0][4]

いえで【家出】（名・自サ）①由家中逃跑，出奔；☆娘が家出した／女兒出奔了；②出家爲僧（＝しゅっけ）。[2]

いえども【雖も】（接助）（接在助詞「と」的下邊）雖然，即便…也；☆当らずと雖も遠からず／雖不中不遠矣；☆子供と雖も知っている／即便是小孩也知道。[2]

いえなし【家無し】（名）無家（的人）[0]

いえなみ【家並】（名）①房屋的排列（＝やなみ）；☆この町は家並が揃っている／這條街道房屋排列整齊；②每家，家家戶戶（＝いえごと）；☆家並に国旗を出す／家家戶戶掛國旗。[0]

いえぬし【家主】（名）①房東，承主（＝やぬし）②戶主（＝あるじ）。[2]

いえばえ【家蠅】（名）〔動〕蠅，蒼蠅。[2]

いえもち【家持】（名）①房主，有房子的人；②戶主，家長；③當家，料理家務；☆家持がよい／會過日子；④（分出）立戶。[2]

いえもと【家元】（名）（某種技藝的）師家（＝そうけ）；☆花の家元／插花的師家。[4][0]

いえやしき【家屋敷】（名）房屋和宅地[3]

いえる【言える】（自下一）能說；可以說（＝いいうる）；☆そうも言える／也能那麼說。[2]

い・える【癒える】（自下一）痊癒（＝ぜんかいする）；☆傷はすっかり癒えた／傷完全好了；因いゆ（下一）。[2]

イエロー【英・形・名 yellow】（名）黄色；～ペーパー【yellow-paper】（名）黄色報紙，下流報紙。[2]

いえん【胃炎】（名）〔醫〕胃炎。[0]

いおう【硫黄】（名）〔化〕硫，硫黄；～か【硫黄華】（名）〔化〕硫粉，硫黄華；～なんこう【硫黄軟膏】（名）〔醫〕硫磺軟膏；～マッチ【硫黄燐寸】（名）硫黄火柴。[0]

いおり【庵】（名）庵，廬。[0][3]

イオン【ion】（名）〔理〕離子。[1]

いおんびん【い音便】（名）〔語法〕い音便；（語法活用形「き・ぎ・し・り」在發音上變成「い」的發音，如「吹きて」變爲「吹いて」，「漕ぎて」變爲「漕いで」之類）。[2]

いか【烏賊】（名）〔動〕烏賊，墨魚。[0]

*__いか__【以下】（名）①以下；☆六歳以下の小児／六歳以下的兒童；②後面；☆以下省略／以下從略；③「江戸時代」（無謁見將軍資格的）將軍直轄的家臣（＝おめみえいか）；↔いじょう（以上）。[1]

いか【医科】（名）醫科；～だいがく【医科大学】（名）醫科大學，醫學院。[1]

いが【毬】（名）栗子等帶刺的外殼，毬果；☆栗の毬／栗子的帶刺的外殼。[2]

いかい【位階】（名）位階，位的等級（分正一位至正八位，從一位至從八位的十六個等級，是日皇授與的一種榮譽稱號）[1][0]

*__いがい__【以外】（名）以外，之外；☆彼以外には友人はない／除他以外沒有朋友；☆そうする以外に手段はない／此外沒有別的辦法。[1]

*__いがい__【意外】（形動ダ）意外，想不到；☆君にここで出会うとは全く意外だ／眞沒想到會在這兒碰見你；☆意外に思う／感到驚訝。[1][0]

いがい【遺骸】（名）遺骸（＝なきがら，しがい）。[0]

いかいよう【胃潰瘍】（名）〔醫〕胃潰瘍，胃瘍。[2]

*__いかが__【如何】（副）〔文〕如何，怎麼樣；☆今日は御気分は如何ですか／（探病時）您今天覺得怎麼樣？；☆お茶は如何でございます／（喝杯茶吧）；☆花はいかがですか／（賣花的說）您買點花嗎？～さま【如何様】（副）（いかが）的謙敬說法）☆御気嫌如何様でいらっしゃいますか／您好嗎？；～な【如何な】（連體）

如何，怎麼樣（＝どんな）；☆如何なものでしょう，私にお任（まか）せなさっては／您完全交給我辦吧，您以爲如何。[2]

いかがわし・い【如何わしい】（形）①可疑的（＝うたがわしい）；☆如何わしい行動／可疑的行動；②不可靠的；☆如何わしい銀行／不可靠的銀行；③不正派的；來歷不明的；☆いかがわしい女／來歷不明的女人；因いかがわし（形シク）[5]

いかく【威嚇】（名・他サ）威嚇，恫嚇（＝おどかし）；☆ピストルで威嚇する／拿手槍威嚇。[0]

いかくちょう【胃拡張】（名）〔醫〕胃擴張。[2]

いがぐり【毬栗】（名）①帶刺殼的栗子；②＝いがぐりあたま；～あたま【毬栗頭】（名）理光的頭。[0]

いかけ【鋳掛け】（名・他サ）銲，銲補；☆穴のあいた鍋を鋳掛けにやる／把漏鍋拿去銲；～し【鋳掛師】（名）銲鍋匠，錫拉匠；～や【鋳掛屋】（名）銲鍋匠。[0]

いかさま【如何様】Ⅰ（名）假的（＝にせ）；欺騙（＝ごまかし，いんちき），假招；☆この骨董は如何様だ／這個古董是假的；Ⅱ（副）不錯，不可是麼（＝いかにも，なるほど）；☆いかさま御尤もでございます／誠然誠然；～し【如何様師】（名）騙子；～もの【如何様物】（名）假東西，假貨。[2][0]

いか・す【生・活かす】（他五）①弄活，使之甦生；☆医者が仮死者を活かした／大夫把人事不省的人弄活了；②留活命；☆その鯉を生かしておけ／養活那條鯉魚吧；☆生かすも殺すも私の了簡次第だ／讓（他）活讓（他）死完全由我作主；③有效地利用；活用；☆時間を活かして使う／好好利用時間；☆廃物を生かす／利用廢物；④恢復；☆校正で抹殺した個所を生かす／把校對時勾掉處復原狀。[2]

いかすい【胃下垂】（名）〔醫〕胃下垂症[2]

いかずち【雷】（名）〔文〕雷（＝かみなり）。[0]

いか・せる【生（活）かせる】（他下一）〔方〕＝いかす。[3]

いかだ【筏】（名）筏子，木排；～し【筏師】（名）筏夫，放木排工人；～のり【筏乗】（名）＝いかだし。[0]

いがた【鋳型】（名）①（鑄造金屬器物的）模子，翻沙模型②（鉛字的）鑄字模[3][0]

いカタル【胃加答児】（名）〔醫〕胃加答兒。②

いかつ【威喝】（名・他サ）〔文〕威嚇（＝おどかし）。⓪

いかつ・い【厳つい】（形）①嚴厲的,嚴肅的（＝いかめしい）；☆嚴つい物の言いぶりをする／說話故作嚴肅的樣子。不光滑的,不柔軟的,粗線條的（＝ごつごつしている）；☆丈夫な品だが少しいかつい／東西是很結實只是有點粗。⓪

いかで【争で】（副）〔文〕如何,怎麼（＝どうしで,いかにして）；☆爭でこのまま引込んで居られよう／怎麼能就這樣退縮不前呢／～か【爭でか】（副）〔文〕如何,怎麼,怎樣（＝どうして）。①

いかな【如何な】（連體）①如何的,怎樣的（＝どんな,どのような）；如何な人でも參ってしまうだろう／不論什麼樣的人也會吃不消的；②儘管（＝さすがの）；☆如何な痩せ我慢の彼も參っただろう／儘管他怎樣逞強也受不了吧／～こと【如何の事】（連語・名）〔文〕料想不到,豈有此理。②

いかなる【如何なる】（連體）〔文〕如何的,怎樣的（＝どんな）；☆如何なる犠牲を払っても…／不管付出任何犧牲…；☆如何なる事が起っても驚かない／發生任何事情也不驚慌。②

＊いかに【如何に】（副）〔文〕①如何,怎樣（＝どのように,どうして）；☆如何にすべきかわからない／不知如何是好；②怎麼（＝どんなに,どれほど）；〔下邊多接「…ても」〕；☆如何に努力しても追いつかない／無論怎樣努力也趕不上,怎樣（＝どのようにして）；～せん【如何にせん】（連語・副）＝いかんせん（如何せん）；～ぞ【如何にぞ】（連語・副）爲什麼（＝どうして,なんで）。②

いかにも【如何にも】Ⅰ（副）①的的確確,完全；☆如何にもありそうなことだ／完全有可能；的確有可能；②眞,實在；☆如何にもあきあきした／我實在膩（够）了；☆如何にもきれいだ／眞好看；☆如何にも哀（あわ）れなありさまだ／實在是一幅可憐的情景；Ⅱ（感）果然,誠然,的確（＝なるほど）；☆如何にもおっしゃる通りです／您說的一點兒也不錯②

いかばかり【如何計り】（副）〔文〕多麼,如何,怎樣（＝どれほど,どんなに）；

☆子供を失って如何ばかりの悲しみでしょう／孩子死了該是多麼傷心呀。③

いかほど【如何程】（副）①多少,若干（＝どれほど,どれくらい）；☆値段は如何程ですか／價格多少？②怎麼,怎樣（＝どれほど）；☆いかほど励（はげ）んでも追い着けない／怎樣努力也趕不上。⓪

いがみあい【啀合い】（名）〔（いがみあう）的名詞形〕互相仇視,爭吵,不和；☆啀合いが絶（た）えない／經常爭吵⓪

いがみあ・う【啀合う】（自五）①互相咆哮；☆犬が啀合っている／狗要咬架；②互相仇視,互相反目,不和,爭吵；☆啀合って暮す／〔夫婦〕吵着過。⓪④

いが・む【啀む】（自五）①咬牙切齒；②（互相）敵視（＝いがみあう）。②

いかめ・しい【厳めしい】（形）①嚴肅的,莊嚴的（＝おごそかだ）☆厳めしい軍服姿（ぐんぷくすがた）でやって来た／穿着威風凜凜的軍裝來了；②嚴厲的,厲害的；☆厳めしいお達し／嚴厲的指示；堂皇的（＝すばらしい）；☆厳めしい建物／堂皇的建築；困いかめし（形シク）；～げ（形動ダ）；～さ（名）。④

いかもの【如何物】（名）假東西,假貨（＝にせもの,いかさまもの）；☆如何物を並べて田舎者（いなかもの）につかませる／擺假貨矇鄉下人；～ぐい【如何物食い】（名）好吃一般人不吃的東西,吃怪東西（如烏鴉,老鼠等）；～し【如何物師】（名）僞造者,騙子（＝べてん,いかさまし）。⓪

いかよう【如何様】（形動ダ）〔文〕如何,怎麼樣,怎麼（＝どのよう）☆如何様にもするがいい／你隨便怎麼辦好了；☆如何様に取りはからいましょうか／怎麼辦才好呢？⓪

いから・す【怒らす】Ⅰ（他五）①惹怒（＝いからせる）；☆あまりからかって妹を怒らしてしまった／玩笑開得過火把妹妹惹惱了②作出莊嚴的樣子（＝いかめしくする）；☆肩を怒らす／聳起肩膀；☆目を怒らす／怒目而視；Ⅱ（他下二）〔文〕＝いからせる。③

いから・せる【怒らせる】（他下一）①惹怒,使怒（＝おこらせる）；②聳,端起（＝そびやかす）；☆肩を怒らせて歩く／聳起肩膀兒走。④

いがらっぽ・い（形）辣的，嗆嗓子的（＝えがらっぽい）；☆煙がいがらっぽい／煙嗆嗓子。⑤

*いかり【怒り】（名）〔（いかる）的名詞形〕怒，憤怒，氣；☆怒りを招く（買う）／惹人生氣；☆いかりを爆発させた／惹起了（鬱積的）憤怒；◇怒りを遷す／遷怒（於人）；～がた【怒肩】（名）聳起的肩膀；～げ【怒毛】（名）（猛獣怒時）豎起的毛。③⓪

いかり【碇・錨】（名）碇，錨；☆錨を揚（あ）げる／起錨；☆錨を下（おろ）す／抛錨；☆錨をぬく／拔錨。⓪

いか・る【生かる・活かる】（自五）挿（花）；☆この花はよく活かった／這花挿得很好。②

いか・る【怒る】（自五）〔文〕①怒，生氣（＝おこる）；②聳（そびえる）；☆肩が怒っている／肩膀聳着。②⓪

いか・る【埋かる】（自五）埋在；☆この壺（つぼ）は土の中に埋かっていたものだ／這個罐子埋在土裏來着。②

いか・れる（自下一）（俗）被打敗（＝してやられる）；☆今度の勝負ではすっかりいかれてしまった／這回比賽完全被打敗了⓪

いかん（副）〔文〕〔（いかに）的音便〕如何，怎麼様（＝どうか）；☆これに対する政府の所見如何／政府對這事意見如何？；☆変化の如何によって対策を決める／根據變化的情況來決定對策；【～せん】（連語）如何，無奈；☆如何せん暇がない／無奈沒有工夫；☆如何せん、もはや救う手段がない／無奈，已經無法挽救；～となれば【如何となれば】（連語）何則，爲什麼呢，原因在於；〔一般下接…からである〕☆如何となれば計画が杜撰（ずさん）だからだ／原因在於計劃不周；～とも【如何とも】（連語）〔文〕怎麼也，怎様也（＝どうにも）；☆こうなっては如何ともしがたい／事已至此，怎麼也不好辦了。②

いかん【行かん】〔（いかぬ）之轉〕（連語）①不行，不要（＝いけない）；☆嘘をいってはいかん／別撒謊；②不能够；☆思うようにいかん／不能隨心所願；☆そういうはいかん／那辦不到；③（俗）壞（＝よくない）；☆太郎（たろう）はいかん子だね／太郎你這孩子眞壞。②

いかん【衣冠】（名）衣冠。①

いかん【移管】（名・他サ）移管；☆事務を地方公共団体に移管する／把事務移交地方公共團體管理。⓪

いかん【偉観】（名）〔文〕偉観，壯観；偉大場面；☆世界の物理学者が一堂に会したありさまは、誠に偉観であった／世界（知名）的物理學家會集一堂眞是一個偉大的場面。⓪

いかん【遺憾】（形動ダ）①遺憾＝ざんねん；☆かかる事件が頻頻（ひんびん）として起るのは誠に遺憾に堪えない／這様事件一再發生不勝遺憾②可惜（＝くちおしい）；☆出来ないのが遺憾だ／可惜做不到；～ながら【遺憾ながら】（連語・副）遺憾的是…；☆遺憾ながら御助力（ごじょりょく）できない／遺憾得很，我不能幫助您；～なく【遺憾無く】（連語・副）充分，完全；☆遺憾なく才能を発揮する／充分發揮才能。⓪

いき【生】（名）①生活；☆生き死にを共にする／生死與共；②新鮮（指魚、肉和青菜類）；☆生きのいい魚／新鮮魚；③〔印〕復活（校正時把已經勾掉的字再恢復過來）☆この字は生き／這個字留下；④〔囲棋〕活；☆この石は活（いき）がない／這片（棋）子活不了。②

いき【行き】（名）去（＝ゆき）；去的時候；☆行きは電車で返りはバスでした／去時坐的是電車，回来坐的是公共汽車⓪

いき（名）①氣息，呼吸；呼吸作用；☆息をする／呼吸，喘氣兒；☆息する暇（ひま）もない／連喘氣兒的工夫都沒有；②水蒸汽（＝ゆげ）；◇息が合う／步調一致；合得來；息がかかる／受（有勢力者的）的影響，在…的庇護下；☆朱子学派の息がかかっている／受朱子學派的影響；息が通う／一息尚存；息が切れる／①斷氣，氣絕；②接不上氣；☆心臓が悪いので、すぐ息が切れる／因爲心臓弱，一來就喘不上氣；息が弾（はず）む／氣促，上氣不接下氣；☆余り走って息がはずむ／跑得太急了喘不上氣來；息が絶える／停止呼吸，斷氣；息が詰る／呼吸困難，出氣鷙得慌；☆今日は息が詰るほど暑い／今天熱得喘不過氣來；息のある間／有生之日；息を殺す／屏息；☆じっと息を殺して聞いている／屏息傾聽；息をつく／喘（一口）氣；息を継ぐ／休息一會兒，歇一歇；息を凝（こ）らす、息を詰める／

屏息・閉住氣；**息を抜く**／休息一下，換口氣兒；**息を引取る**／嚥氣，死；**息を吹返す**／甦醒；緩過氣來。①

いき【粋】（形動ダ）漂亮，俊俏；瀟灑；風流；☆粋な男／瀟灑的男子；風流人；☆粋な服装をする／穿（顔色様式）漂亮的服装。⓪

いき【域】（名）〔文〕①區域；②境地；程度；☆名人の域に達する／達到名人的境地。①

いき【委棄】（名・他サ）〔文〕①抛棄；②〔法〕委棄。①

*いき【意気】（名）意氣；氣慨；氣勢；☆人生意気に感ずる／為人生感意氣；☆意気投合する／意氣相投；☆意気衝天の勢／氣勢衝天；～ようよう【意気揚揚】（連語・形動タルト）得意揚揚；☆意気揚揚と馬に乗って行く／揚揚得意地騎馬而去。①

いき【遺棄】（名・他サ）遺棄；☆死体を遺棄する／遺棄屍體；～ざい【遺棄罪】（名）〔法〕遺棄罪。①

いぎ【威儀】（名）威儀；◇威儀を正（ただ）す／（態度）嚴肅起來，正襟危坐；☆威儀を正して言う／鄭重其事地説。①

*いぎ【異議】（名）異議；☆異議を申立（もうした）てる／提出異議；☆異議なし／賛成。①

いぎ【異義】（名）異議，意義不同；☆同音異義の語／同音異義的詞。①

*いぎ【意義】（名）①意義，意思（＝わけ，いみ）；☆単語の意義を調べる／査單詞的意思；②價値；☆意義ある生活をする／過有意義的生活；☆意義のある事業／有意義的事業。①

いきあたり【行当】（名）〔（ゆきあたり）之轉〕到頭；行不通；（路等的）盡頭；☆その店はこの道のいきあたりにある／那個舖子在這條路的盡頭；～ばったり（連語）漫無計劃，只顧眼前不顧將來；聽天由命；☆何事もいきあたりにやる／做什麼都漫無計劃；☆いきあたりばったりのその日暮（ぐら）し／過着漫無計劃的生活。⓪

いきいき【生生】（副・自サ）活潑，生氣勃勃；☆春は万物（ばんぶつ）が生々としている／春天萬物欣欣向榮；いきいきとした顔／很有青春氣息的表情。③

いきうつし【生き写し】（名・他サ）①寫生；②酷似；十分像；一模一様；☆死んだ父親に生き写しだ／和他死去的父親一模一様。⓪

いきうま【生馬】（名）：生馬の目を抜く／雁過拔毛（指狡猾的人敏於詆騙）；東京は生馬の目を抜く所だから気をつけなさい／東京是一個精明人都免不了受騙的地方你要加小心。②

いきうめ【生埋め】（名・他サ）活埋；☆…を生埋めにする／把…活埋；☆土が崩れて生埋めになる／土崩顔下來被活埋④⓪

いきえ【生餌】（名）（餵動物的）活餌食；☆小鳥は生餌で飼う／小鳥要用活餌食餵②

*いきおい【勢】Ⅰ（名）①勢，勢力；☆勢当るべからず／勢不可當；②氣勢，氣燄；☆酒を飲んで勢をつける／喝酒鼓鼓勁兒；⑧形勢，趨勢（＝なりゆき）；☆それは自然の勢だ／那是自然的趨勢；④勢頭，機會（＝はずみ）；☆互に駆（か）ける勢で衝突した／因為都正在跑着，撞上了；Ⅱ（副）勢必；自然而然地，勢そうせざるを得なかった／勢必不得不那様作了；～こ・む【勢込む】（自五）振奮，興奮；鼓足勇氣，満懷信心；☆勢込んで駆け込む／鼓起勁來跑進去；☆皆負（ま）かしてやろうと勢込んでいる／満懷信心地説非要把他們全都打敗不可③

いきがい【生甲斐】（名）生存的意義；☆大いに生甲斐のある仕事／極有意義的工作。⓪②

いきがい【域外】（名）區域外，境外；↔いきない（域内）。②

いきかえり【行返り】（名・自サ）往返，來回（＝ゆきかえり）；学校の行返りに電車を利用する／上下學利用電車。③⓪

いきかえ・る【生返る】（自五）復活，甦生，醒過來（＝よみがえる）；☆一度生返って、又すぐ目を閉じた／一度甦醒過來，立刻又閉上了眼；☆萎（しな）びた草が雨で生返った／枯萎的草見了雨又緩過來了。⓪

いきがかり【行掛かり】（名）→ゆきがかり。⓪

いきかか・る【行掛かる】（自五）→ゆきかかる。

いきがけ【行掛け】（名）臨走就便；臨去順便（＝ゆきがけ）；☆学校への行掛けに君の処へ寄ろう／上學時候順便到你那兒吧。⓪

いきかた【生き方】（名）生活方式；生活方法。☆有意義な生き方をする／過有意義的生活。④

いきかた【行き方】（名）①去的方法；②做法；方式（＝ゆきかた）；☆行き方を換える／換一個方式。⓪

いきがみ【生神】（名）①活神仙；②靈驗的神仙；③德高望重的人。③

いきき【往き来】（名・自サ）〔（ゆきき）的轉變〕①往來；②交通；☆この道は人の往き来が多い／這條道路來往行人多；②交往，交際☆昔のように彼と往き来している／同從前一樣地和他有來往②③⓪

いきぎも【生肝・生膽】（名）活人（或動物）的膽／◇生肝を抜く／挖取活人（或動物）的膽；②〔轉〕嚇破膽。②⓪

いきぎれ【息切れ】（名・自サ）呼吸困難，氣喘；☆急な坂を登ると息切れがする／上陡坡時喘。④③

いきぐるし・い【息苦しい】（形）①喘不上氣來的，呼吸困難的；☆部屋が狭（せま）い上暑いので息苦しい／屋子窄小天氣又熱所以喘不過氣來；②〔轉〕苦悶的，令人窒息的；☆会議の成行（なりゆき）が険悪（けんあく）で息苦しい／會議的空氣很緊張令人感到窒息。⑤

いきごみ【意気込】（名）〔（いきごむ）的名詞〕振奮的心情，朝氣，熱情；☆大変ないきごみだ／非常熱心，勁頭十足；☆意気込が足りない／熱情不够，勁頭不足。④

いきご・む【意気込む】（自五）振奮；鼓起精神，興致勃勃；☆意気込んで仕事に取りかかる／鼓起精神開始工作，☆是非（ぜひ）とも洋行すると意気込む／一心想要出國。③

いきさき【行き先】（名）←ゆきさき。⓪

いきさつ【経緯】（名）（事情的）經過，原委，始末（＝なりゆき）；☆事件のいきさつを調べる／調查事件的原委。⓪

いきじ【意気地】（名）意氣，自尊心，自負（＝いじ）；☆男の意気地を通す／（爲了維持男子的自尊心而）堅持到底，意氣用事；☆男の意気地としてそんなことは出来ない／憑着男子的自尊心也不能做出那樣事來。①

いきじごく【生地獄】（名）人間地獄。③

いきしな【行きしな】（名）＝いきがけ。⓪

いきじびき【生き字引】（名）活字典；萬事通；☆彼は生き字引だ／他是一本活字典③

いきすぎ【行過ぎ】（名）〔（いきすぎる）的名詞形〕①走過②過分；過火（＝ゆきすぎ）。⓪

いきす・ぎる【行過ぎる】（自下一）→ゆきすぎる。④

いきせき・る【息急き切る】（自五）喘不上氣來，喘嘘嘘；☆息急き切って走る／喘嘘嘘地跑，呼哧呼哧地跑。①

いきだおれ【行倒れ】（名）死在路旁的人，路倒（＝ゆきだおれ）。⓪

いきたそら【生きた空】（連語・名）活下去的心情，放心的感覺；☆恐怖のあまり生きた空もない／恐怖得不想活下去了，害怕得要死。

いきち【生血】（名）鮮血（＝なまち）；◇生血をしぼる／剝削血汗；生血をすする（吸う）／吮人膏血。③

いきちがい【行違い】（名）→ゆきちがい。⓪

いきちが・う【行違う】（自五）→ゆきちがう。④

いきづかい【息遣い】（名）呼吸，氣息；☆息遣いが苦しい／呼吸困難。③

いきつぎ【息継】（名・自サ）休息，喘口氣（＝いきやすめ）；☆息継ぎをする暇もない／連喘口氣兒的工夫都沒有。④

いきつ・く【行着く】（自五）→ゆきつく③

いきづ・く【息衝く】（自五）①呼吸，喘氣（＝あえぐ）；☆いきずく暇もない／連喘氣的工夫都沒有；②嘆息，欷氣（＝なげく）。

いきづまり【行詰り】（名）→ゆきづまり⓪

いきづま・る【行詰る】（自五）①呼吸滯塞，出不來氣；②感覺緊張；☆息詰るような試合／緊張的比賽。④

いきづま・る【行詰る】（自五）→ゆきづまる。④

いきどおり【憤り】（名）〔（いきどおる）的名詞形〕憤，怒（＝いかり）；☆憤りを覚える／感覺氣憤。⑤⓪

いきどお・る【憤る】（自五）〔文〕憤，怒，生氣，氣憤，憤恨，憤慨；☆敵の侵略を憤る／憤恨敵人的侵略。③

いきとど・く【行届く】（自五）→ゆきとどく。④

いきどまり【行止まり】（名）→ゆきどまり。

いきない【域内】（名）區域裏，境內；↔いきがい（域外）。②

いきながら・える【生長らえる】（自下一）
長生，繼續活下去；☆九十まで生長らえ
る／長壽活到九十歲。[0][6]

いきなり【行成】（副）突然，冷不防，抽
冷子，馬上就…（＝きゅうに，だしぬけ
に）；☆後からいきなり肩をたたく／冷
不防從後邊拍肩膀。[0]

いきぬき【息抜き】（名・自サ）①風斗兒，
通氣孔；☆窓に息抜きを作る／窗戸上安
個風斗兒；②休息；☆息抜きに一服（い
っぷく）飲もう／抽支煙歇歇吧。[4][3]

いきぬ・く【生抜く】（自五）（掙扎）活
下去，度過艱苦生活，活到底；☆ジャン
グルのなかで生抜いて来た体力／在熱帶
叢林中生活過來的體力；☆多難時代に生
抜く／度過艱苦時代。[0]

いきのこり【生残り】（名）〔（いきのこ
る）的名詞形〕保全性命，沒死（的人）；
☆生残りの兵士／保全了性命的戰士。[0]

いきのこ・る【生残る】（自五）（夥伴們
都死了，自己）還沒死，保全性命；☆戦
場で生残る／在戰場上保全性命。[0]

いきのね【息の根】（名）性命，生命（＝
いのち）；◇息の根を止める／殺死，結
束性命。[1]

いきの・びる【生延びる】（自上一）①生
存，保全性命（＝いきのこる）；☆戦死
せずに生延びた／沒陣亡活下來了；②長
生，多活；☆あれから五年ばかり生延び
た／以後又多活了五年；図いきのぶ（上
二）。[0]

いきはじ【生恥】（名）（活着）受辱，丟
人；☆生恥をかくよりは死んだ方が増
（まし）だ／與其活着受辱不如死去；◇生
き恥を晒（さら）す／活得不光彩；↔し
にはじ（死に恥）。[0][2]

いきば・る【息張る】（自五）（憋足氣）
使勁，用力（＝いきむ）。[3]

いぎぶか・い【意義深い】（形）意義深遠
的；很有意義的。[4]

いきぼとけ【生仏】（名）①活佛；②高僧；
③德高望重的人。[3]

いきま・く【息巻く】（自五）①憤慨，激
昂；☆息巻いてはいってきた／氣昂昂地
進來了；②揚言；☆彼は私と法廷で争う
といきまいた／他揚言要和我在法庭上見
面。[3]

いきみ【生身】（名）活肉，肉體；☆生身を
切られるようなつらさ／如割肉般痛苦；

☆生身に病は免（まぬが）れない／人免
不了生病；生身は死身／生者必滅；↔し
にみ（死身）。[2][3]

いき・む【息む】（自五）①（憋足氣）用
勁，使勁（＝いきばる）；☆血圧の高い
人は，いきんではいけない／血壓高的
人不要使勁；☆いきむと治療した傷口（き
ずぐち）がまた切れる／一使勁兒，縫的
傷口又要裂開；②鼓起勁來，振奮起來（＝
りきむ）；☆負けるものかと大いにい
きむ／幹勁十足地說絕對不會輸。[2]

いきもどり【行戻り】（名・自サ）→ゆき
もどり。[0]

いきもの【生き物】（名）①生物，動物；
☆生き物をいじめるな／不要虐待動物；
②有生命力的東西，活物；☆言葉は生き
物だ／語言是有生命力的東西。[2][3]

いきやすめ【息休め】（名・自サ）休息，
歇息（＝いきつぎ）。[3]

いきょう【異境・異郷】（名）異郷，他郷，
外國。[0][1]

いきょう【異教】（名）〔宗〕（基督教以
外的）異教；～と【異教徒】（名）信奉
異教的人。[0]

いぎょう【偉業】（名）偉業，豊功偉績[0][1]

いぎょう【遺業】（名）（故人留下的）事
業；☆遺業を継承する／繼承遺業。[0][1]

いきょく【委曲】（名）原委，詳情；☆委
曲を尽して説明する／詳細說明。[1]

いきょく【医局】（名）①醫學院附屬醫院
醫師護士等用的研究室；②（學校的）診
療室；醫務室。[1]

イギリスきょうかい【英吉利教会】（名）
〔宗〕英國聖公會。

いきりた・つ【熱り立つ】（自五）①憤
怒，激昂；☆いきり立った兵士が押し寄
せる／激昂的兵士羣集而來；②氣勢洶洶
地說，揚言（＝いきまく）；☆どなり込
んで行くといきり立っている／揚言說要
去大吵一場。[2][4]

い・きる【生きる・活きる】（自上一）①
活，生存；☆百まで生きる／活到百歲；
☆生きて還る／生還；☆希望に生きる／
生活在希望中；②有生氣，栩栩如生；☆
描写が生きている／描寫得栩栩如生；☆
增加價值，提高效果；☆これで細君の苦
労も生きる／這樣一來，妻子的辛苦就有
了代價；④〔圍棋〕活；☆この隅の石は
生きている／這個角兒上的（棋）子兒活

了；⑤〔校對〕（把剩餘的字）復活，不刪；☆この一行（いちぎょう）は生きる／這一行不刪去；囡いく（上二）。②

いきれ【名】熱氣；☆窓を開けて部屋のいきれを抜く／開開窗戸透透空氣，放放室内的熱氣。◎③

いき・れる（自下一）悶熱；有熱氣；☆たくさんの人が集って部屋の中がいきれる／屋子裏人多悶熱。③◎

いきわかれ【生別れ】（名・自サ）生離，生別；☆それが生別れになろうとは夢にも思わなかった／作夢也未想到那就是最後握別了；↔しにわかれ（死別）。③◎

いきわた・る【行亘る・行渡る】（自五）→ゆきわたる。④

いく─【幾】（接頭）①幾，多少（＝どれほど）☆いくにち／多少天☆いくたび／多少次；②許多，☆幾千代（いくちよ）／千萬代，☆幾千万（いくせんまん）／千千萬萬。①

い・く【行く】（自五）→ゆく。◎

い・く【逝く】（自五）→ゆく（逝く）。

いくえ【幾重】（名）幾層，重重；☆紐（ひも）は幾重に巻きますか／繩子要纏幾道呢？；～にも【幾重にも】（副）①深深地，懇切地（＝ひたすら）；☆幾重にも御礼申上げます／深深致謝，多謝；②許多層，好多層；☆城（しろ）を幾重にも（かこ）む／把城包圍好多層。①

いくえい【育英】（名）育英，教育（英才）◎

いくさ【軍】（名）〔文〕①軍隊；②戰闘（＝たたかい）；戰爭，☆いくさの準備をする／準備戰爭；～ごっこ【軍ごっこ】（名）（兒童）作戰遊戲。③

いくさき【行先】（名）→ゆくさき。◎

いくじ【幾時】（數）幾點鐘（＝なんじ）；☆もう幾時ですか／幾點鐘了？①

*__いくじ__【育児】（名・自サ）育兒；～いん【育児院】（名）育幼院，孤兒院。①◎

いくじ【意気地】（名）魄力，志氣，要強心（＝いきじ）；☆意気地がない／沒有志氣，懦弱；☆年を取ると意気地がなくなる／一上歲數就沒有要強心了；～なし【意気地無し】（名）不志氣，不爭氣，不要強（的人）；☆あいつは全く意気地無しだ／他簡直是個窩囊廢。①

いくしゅ【育種】（名・他サ）〔農〕育種，培育動植物的改良種。◎

いくせい【育成】（名・他サ）培養，養成；扶植；☆人物を育成する／培養人才；☆事業の育成に努（つと）める／努力扶植事業。◎

いくた【幾多】（副）〔文〕①許多（＝たすう）；☆幾多の困難を乗り切る／克服許多的困難；②多少（＝なにほど）。①

いくたび【幾度】（數）多少次（＝なんかい、いくど）；☆幾度か尋ねたが、いつも不在だった／去訪問了多少回，總是不在家；好多次，許多回（＝たびたび）；☆この本は幾度も読んだのでぼろぼろになってしまった／這本書因爲看了許多遍已經爛了。①

いくたり【幾人】（數・副）①幾個人（＝いくにん）；☆傍聴者は幾人もなかった／旁聽的沒有幾個人；②若干人，數人☆すでに幾人か来ている／已經有幾個人來了。①

*__いくつ__【幾箇】（數・副）①幾個，多少；☆いくつあるか／有幾個？☆いくつもある（ない）／有好些個（沒有幾個）；☆いくつでもあげる／要多少就給你多少？☆リンゴをいくつか買ってこい／買幾個蘋果來吧；②幾歲；☆今年いくつですか／今年幾歲啦？☆いくつになつても若若しい／無論到多大年紀總是朝氣蓬勃，☆いくつにみえますか／看着像多大（年紀）呢？①

いくど【幾度】（數・副）①好幾次，好多次（＝たびたび）☆幾度戸を叩いても返事がなかった／敲了好幾次門也沒有答聲；②〔文〕多少次（＝いくたび、なんべん）；～も【幾度も】（副）好幾次☆幾度も幾度も書き直す／改寫好多次；☆そこへは幾度も行ったことがある／曾經去過那裏好幾次。①

いくどうおん【異口同音】（連語）異口同聲；～に【異口同音に】（副）異口同聲地；☆異口同音にほめる／異口同聲地誇獎。①─◎

いくとせ【幾年】（數・副）〔文〕幾年，多少年，若干年（＝いくねん、なんねん）；☆あれからもう幾年になるだろう／從那時起已經有多少年啦／①

いくにち【幾日】（數・副）①多少次（＝なんにち）；☆横浜（よこはま）まで幾日かかるか／到横濱要多少天？②許多天；☆幾日経（た）っても彼から返事が

なかった／過了許多天他也沒回信；⑧哪一天（＝いつ）；☆幾日に御出発ですか／（您）哪一天動身？①

いくにん【幾人】（副・數）多少人（＝なんにん）。

いくねん【幾年】（數・副）①多少年；②幾年（＝なんねん）。①

いくばく【幾許】（副）〔文〕多少，幾許（＝どれくらい）；☆幾許の金があれば足りるか／有多少錢才夠呢？；**～もない**【幾許も無い】（連語）不多（＝いくらもない）；☆幾許もない財産／不多的財產；**～もなく**【幾許も無く】（副）不多時，不久（＝ほどなく、やがて）；☆幾許もなく目的地に着いた／不久就到了目的地。⓪

いくひさしく【幾久しく】（副）永遠，永久（＝いつまでも）；☆幾久しくと御祝い申し上げます／祝千秋萬福；☆幾久しく御晶屓（ごひいき）をお願い致します／請長期惠顧。④

いくぶん【幾分】（名・副）①一部分；☆収入の幾分を貯蓄する／把收入的一部分儲蓄起來；②有點兒，多少（＝すこし、やや、いくらか）；☆今日は幾分気持がいい／（病人）今天覺得好一些了；☆日本語も幾分かわかる／日語也懂一點兒。⓪

いくへん【幾遍】（數・副）幾遍，幾次（＝いくど、なんべん）。①

いくほど【幾程】（名・副）多少，若干（＝どれほど）；多久，☆幾程もなく亡くなられた／不久就去世了。①

いくよ【幾夜】（數・副）〔文〕①多少夜；☆幾夜を重（かさ）ねただろう／經過了多少夜呀！②許多夜（＝いくばん）；☆幾夜も一緒に過（すご）した／一同過了許多夜。①

＊＊いくら【幾ら】（名・副）①多少；☆時間はいくらあるか／有多少時間？②多少錢（＝どれほど）；☆これはいくらしますか／這要多少錢？☆幾らに売れるか／能賣多少錢？☆いくらで買ったか／花多少錢買的？☆いくらと（に）ふむか／估計值多少錢？③無論怎樣（＝どんなに）；☆いくら金を出しても買えない／無論用多少錢也買不到；**～か**【幾らか】（副）多少，稍微，有點兒（＝いくぶん）；☆金をいくらか持っている／多少有幾個錢；☆いくらかわかる／懂得點兒；**～でも**【幾ら

でも】（副）不論多少；☆いくらでも結構です／不論多少都可以；**～も**【幾らも】（副）多少；いくらもある／要多少有多少，很多；☆いくらもない／沒有多少，很少；沒有多久；☆いくら…でも／縱令（即便）…也；☆いくら子供でもそんな悪戯（いたずら）はあんまりだ／縱令說是個小孩子，那麼淘氣也太不像話了；いくら…ても／怎麼…也…；☆いくら待っても来ない／怎麼等也不來；☆いくら使ってもこわれない／怎麼使用也不壞。①

いくん【偉勲】（名）大功勞（＝おおきいてがら）；☆偉勲を樹（た）てる／立大功。⓪①

いくん【遺訓】（名・自サ）〔文〕遺訓；孫中山先生の遺訓を守る／遵守國父遺訓⓪

＊いけ【池】（名）池，池子；☆水を池に引く／把水引到池子裏。②

いけ一（接頭）加強語氣表示卑視的意思；例：いけすかない／いけずうずうしい。

いけい【畏敬】（名・自他サ）〔文〕畏敬；☆畏敬の念に打たれる／不禁肅然起敬；☆私の畏敬する人物／我所畏敬的人物⓪

いけいれん【胃痙攣】（名）〔醫〕胃痙攣，胃痛，疳氣。②

いけうお【活魚】（名）養着的魚。②

いけがき【生垣】（名）樹栽的籬笆，樹籬；☆生垣をめぐらした庭（にわ）／周圍栽着樹籬的院子。②

いけしゃあしゃあ（副・自サ）〔俗〕厚着臉皮，毫不在乎，若無其事；☆いけしゃあしゃあとしている／毫不在乎的樣子（令人生氣）。③

いけす【生州（簀）】（名）養魚槽，養魚池⓪③

いけずうずうし・い【いけ図図しい】（形）〔俗〕厚臉皮的，沒皮沒臉的，死不要臉的；☆いけずうずうしい奴だ／沒皮沒臉的傢伙。⑦

いけすかな・い【いけ好かない】（形）〔俗〕非常討厭的；☆いけすかない奴だ／真是個討厭的東西。④

いげた【井桁】（名）①井口木框；②井字形。①

いけづくり【生け作り】（名）〔烹飪〕①把鮮鯉、鰤做成生魚片（＝さしみ）後，照舊放成整魚的樣子的菜；②〔轉〕用鮮魚做的生魚片。③

いけどり【生捕り】（名・他サ）①生擒，活捉；☆生捕り（に）する／生擒；②俘虜；

☆生捕り二人を連れて来る／帶來兩個俘虜。④ ⓪

いけど・る【生捕る】(他五)生擒，活捉☆敵の大将を生捕る／活捉敵人的大將③ ⓪

*****いけな・い**（連語・形ク型）〔（いけない）的否定形〕①不行，不能（＝だめ）☆もういけない／已經不行了☆酒はまるでいけないのです／簡直不能喝酒；②不好（＝わるい、よくない）；（表示遺憾同情之意）太糟糕，☆いけない子／壞孩子☆過労はいけないよ／過於疲勞可不好呀☆御病気ですか、そりゃいけないね／病了嗎？那太糟了；③有毛病，不舒服☆胃がいけないのです／胃不舒服；④（用「…てはいけない」的語形）不要，不可以…☆そばへ寄（よ）ってはいけない／不要靠近☆外へ出てはいけないか／不可以出去嗎？⓪

いけにえ【生贄】(名)犧牲，犧牲品☆生贄を捧（ささ）げる／獻犧牲，上供☆悪性競争の生贄となる／成了惡性競爭的犧牲品。③ ⓪

いけばな【生花】(名)生花，插花（把帶枝的花藝術地插在瓶或盤裏的一種插花藝術）。②

い・ける【生（活）ける】(他下一)①使生存，養活（＝いかす）☆池に魚を生ける／在池裏養魚；②插（花）☆花を花瓶にいける／把花插在瓶子裏，図いく（下二）。②

いけ・る【行ける】(自下一)①能去，能走☆歩いて五分で行ける／走著去五分鐘可到；②行，能做，能辦☆行けるかどうかやってごらん／行不行你試一試☆英語も行ける／還能操英語；③能吃，能喝☆酒はなかなかいける／酒量很好；好吃，好喝（＝おいしい、うまい）☆これはいける／這真好吃呀。④

い・ける【埋ける】(他下一)①用灰埋火，☆火鉢の火を埋ける／把火盆裏的火埋上；②把東西埋在土裏☆土管を埋ける／埋缸埋管☆葱を買って来て埋けておく／買葱栽上，図いく（下二）。②

い・ける【生ける】(連體)〔文〕活着的☆生けるが如き…／活着一般的…☆生ける屍（しかばね）／行屍走肉。②

いけん【異見】(名)不同的意見，異議（＝いそん）☆異見を立てる／表示不同的見解，申述異議。⓪

*****いけん**【意見】Ⅰ(名)意見，見解☆意見を述べる／陳述意見☆人と意見がちがう／與別人見解不同；Ⅱ(名・自サ)勧告，規勸☆度々意見したがどうしても改（あらた）めない／屢次勸戒總也不改。①

いけん【違憲】(名)〔文〕違反憲法☆違憲の疑（うたが）いがある／有違反憲法性的嫌疑。⓪

いげん【威厳】(名)威嚴☆威厳のある人物／有威嚴的人物☆威厳にかかわる／有損威嚴。⓪

*****いご**【以後】(名)①以後，之後☆四時以後は在宅／四點以後在家；②今後，往後☆以後十分（じゅうぶん）気をつけなさい／往後要好好注意。①

いご【囲碁】(名)圍棋。①

いこい【憩い】(名)〔（いこう）的名詞〕休息，歇息（＝やすみ、やすらい）☆憩いの場所がほしい／希望有個休息地方②

いこ・う【憩う】(自五)〔文〕歇，休息（＝やすむ）☆仕事が忙しくてゆっくり憩う間もない／工作忙得連充分休息的時間都沒有。②

いこう【以降】(名)以後（＝いご）☆江戸時代以降／江戸時代以後☆八月一日以降／八月一日以後。①

いこう【衣桁】(名)日本和服用的衣架⓪

いこう【威光】(名)威勢，威望☆親の威光を笠に着る／倚仗老人的威望。⓪

いこう【移行】(名・自サ)過渡，移轉（＝うつりゆき）☆新制度へ移行する／過渡到新的制度☆管轄が区から市に移行する／管轄權由區移轉到市。⓪

*****いこう**【意向】(名)意向，打算（＝かんがえ）☆意向を確かめる／問清（對方的）意向☆この制度は廃止する意向である／這項制度打算撤銷的⓪

いこう【遺稿】(名)遺稿。⓪

イコール【英・形 equal】Ⅰ(形動ダ)等於（＝ひとしい）；Ⅱ(名)〔數〕等號②

いこく【異国】(名)異國，外國☆～じょうちょ【異国情調】(名)外國氣氛，外國情趣☆～じん【異国人】(名)外國人。①⓪

いごこち【居心地】(名)心情☆いごこちがいい（わるい）／舒服（不舒服）；☆総裁としての居心地はどうですか／作總裁的心情（味道）怎樣？⓪②

いこじ【依怙地】(名・形動ダ)〔（えこ

じ）之訛）頑固，彆扭（＝かたくな，かたいじ）；☆依怙地な(の)人／頑固人，彆扭的人；☆どうしてああ依怙地になるのかな／爲什麼要那樣彆扭呢。◎

いこつ【遺骨】（名）遺骨。

いこ・む【鋳込む】（他五）鑄，鎔鑄；☆溶鉄を鋳型（いがた）に鋳込む／把溶化的鐵倒在模子裏。②

いこん【遺恨】（名）遺恨，宿怨；☆遺恨を晴（は）らす／報舊仇。①◎

いざ【感】〔文〕喂，唉（促人行動或將要做什麼的時候說的）；☆いざ行こう／喂，走吧◇いざ鎌倉（かまくら）／一旦有事的時候，一旦緊急的時候；☆いざさらば／①既然那樣；②再見，再會；☆いざさらば我が祖国よ／再會吧，我的祖國；いざ知らず／那還可以，那還有可說的，那姑且不談；☆君ならばいざ知らず，おれにはできんよ／若是你，或者可以，我可不成；いざという時／緊急的時候，發生問題的時候。①

いさい【委細】（名）詳細，詳細情形；☆委細は後から報告する／詳細情形隨後報告；☆いさいふみ／（電報用語）詳函；◇委細構わず／不管三七二十一，其他情形一概不管。①

いさい【異彩】（名）異彩，特色；☆異彩ある／有特色的◇異彩を放つ／放異彩，出類拔萃。◎

いさかい【諍い】（名・自サ）爭論，爭吵，辯嘴（＝あらそい，こうろん）；☆いさかいが絶えない／不斷爭吵。◎③

いざかや【居酒屋】（名）小酒館（北平式的）酒缸；☆居酒屋で一杯ひっかける／在小酒館裏喝上一杯。③◎

いさぎよ・い【潔い】（形）①清高的，純潔的，純潔的（＝いさぎよい）；②勇敢的（＝いさぎよい）；☆潔く出陣する／奮勇臨敵；③不卑鄙的，果斷的，乾脆的；毫不留戀的；☆潔く辞職する／毫不留戀地辭職；反いさぎよし（形ク）。④

いさぎよしとしない【潔しとしない】（連語）不肯；不屑；以爲恥；☆人を欺（あざむ）くのを潔しとしない／不肯欺人，以欺人爲可恥；☆降服するのを潔しとせず／不肯投降，以投降爲恥。

いさご【砂・沙】（名）〔文〕砂子（＝すな，まきご）。◎

いさこざ（名）糾紛（＝かっとう）；☆い

ざこざが起る／發生糾紛。◎

いささか【聊か・些か】（副・形動ダ）略，稍微一點（＝すこし，わずか）；☆聊か賀意を表す／略表賀意；☆些かの疑いもない／毫無疑問。②

いさつ【縊殺】（名・他サ）〔文〕縊死，勒死。

いざと・い【寝聡い】（形）〔舊時的說法〕容易醒的，醒得快的（＝めざとい）；☆老人は寝聡いから少しの物音にも目を覚ます／老年人容易醒，有一點響動就醒；反いざとし（形ク）。③

いざない【誘い】（名）邀請；引誘（＝さそい）；☆友の誘いに応ずる／應友人之邀。③◎

いざな・う【誘う】（他五）①邀，邀請（＝さそう，すすめる）；☆友を宴に誘う／邀友赴宴；②引誘；☆悪の道に誘う／誘入邪途。③

***いさまし・い【勇ましい】**①（形）勇敢的，勇猛的；☆勇しい兵士／勇敢的士兵；☆勇しいラッパの音（ね）／振奮人心的喊聲；②生氣勃勃的；活潑的；☆近頃の女性はなかなか勇ましい／近來的女性非常活潑；反いさまし（形ク）；～げ（形動ダ）；～さ（名）。④

いさみ【勇み】（名）〔（いさむ）的名詞形〕勇，勇氣；②←いさみはだ；～はだ【勇肌】（名）豪邁，豪俠氣概，俠義氣質。

いさみだ・つ【勇立つ】（自五）振奮起來，得到鼓舞；☆その報告に一行は勇立った／聽了這個報告，大家的精神爲之一振。④

いさ・む【勇む】（自五）奮勇，振作，踴躍；☆勇んでことに当る／踴躍從事；☆勇んで出発する／踴躍出發。◎②

いさめ【諫め】（名）諫勸，諫言（＝ちゅうこく）；☆諫めを聞かぬ／不納諫言。◎

いさ・める【諫める】（他一下）諫，勸告，忠告（＝ちゅうこくする）；☆色を正して諫める／正言厲色的勸告；☆酒を節するように父を諫める／勸告父親少喝酒；反いさむ（下二）。◎③

イザヤ【拉Isaiah】（名）〔宗〕以賽亞（舊約聖經中的人名），希伯來的大預言家；～しょ【Isaiah書】（舊約聖經中的）以賽亞書。①

いざよい【十六夜】（名）〔文〕陰曆十六日夜晚（的月）。◎

いさり【漁】（名・自サ）〔古〕漁，打魚；
　～び【漁火】（名）漁火。⓪

いざり【躄】躄子；～ばい【這】（名）
　（幼児坐着）往前蹭行。⓪

いざ・る【躄る】（自五）①（兩腿癱瘓坐
　着）往前蹭行；☆躄って行く／蹭行；②
　膝行，爬行；☆赤ん坊が躄り始めた／嬰
　兒開始爬了。②

いさん【遺産】（名）遺産；☆遺産を残（の
　こ）す／留下遺産；☆遺産を継（つ）
　ぐ／繼承遺産。⓪

*いし【石】（名）①石頭，石子；☆道に石
　を敷（し）く／路上舖石子；②嶺石，礦
　石（的穗稱）；☆壁は石か木か／牆是石
　頭的還是木頭的？③（鑲在鐘錶裏的）寶
　石；☆十五石いりの時計／十五鑽的錶；
　④〔圍棋〕棋子；☆石を置く／擺子；⑤
　〔划拳〕（石頭、剪刀、布的）石頭；☆
　石を出す／出石頭；⑥〔喩〕鐵石；☆石
　のような冷（つめ）たい心／鐵石般的冷
　酷心；◇石にかじりついても／無論怎
　樣艱苦（也要…）／石の上にも三年／
　（在石頭上坐三年石頭也會暖起來）只要
　有耐性一定會成功。②

*いし【意志】（名・自サ）意志（＝こころ
　ざし）；意向（＝かんがえ）；☆確乎た
　る意志／堅決的意志；☆計画実行の意志
　がある／有實行計劃的打算；～はくじゃ
　く【意志薄弱】（名）意志薄弱。①

いし【意思】（名）意思（＝かんがえ、お
　もい）；～ひょうじ【意思表示】（名・
　自サ）表示意思，表示意見。①

いし【遺子】（名）〔文〕遺兒；☆恩師の
　遺子の世話をする／照顧恩師的遺兒。①

いし【遺志】（名）遺志；☆父の遺志を継
　（つ）ぐ／繼承先父遺志。①

いし【遺址】（名）遺址，舊跡。①

いし【医師】（名）醫師，大夫。①

*いじ【意地】（名）①心術；用心；☆意地
　が悪い／用心不良、心術不好；☆意地
　の悪い質問／故意與人爲難的質問；②固
　執，倔強，意氣用事；☆意地を立て通す
　／（意氣用事而）固執到底；③志氣，要
　強的心；抵抗的情緒；☆男の意地／大丈
　夫的志氣；☆この子は少しも意地がない
　／這孩子一點兒也沒志氣（不要強）；☆意
　地一つで持っている／全靠着堅強的意志
　（氣魄）支撐着；◇意地が穢（きたな）
　い／嘴饞；貪；意地にかかる，意地にな

　る／固執己見，意氣用事；☆意地になっ
　て反対する／故意反對；意地にも／爲了
　爭口氣（不服氣，逞強）；☆あんな奴に
　は意地にも負けられない／爲了不服氣（
　賭一口氣）也不能給給他；意地を張る／
　（意氣用事而）堅持（固執）己見。②

いじ【維持】（名・他サ）維持；☆現状を
　維持する／維持現狀。①

いじ【遺児】（名）①遺子（＝わすれがた
　み）；②棄兒（＝すてご）①

いしあたま【石頭】（名）頑固腦袋；理解
　力差（的人）；☆あの石頭ではとてもわ
　かるまい／那個死腦筋未必能懂。③

いじいじ（副・自サ）畏縮，打怵；☆いじ
　いじした児／縮頭縮腦的孩子。①

いしうす【石臼】（名）石臼；石磨。⓪③

いしがき【石垣】（名）石垣，石牆。⓪

いしがっせん【石合戦】（名・自サ）〔遊
　戲〕扔石頭打仗玩兒。③

*いしき【意識】（名・他サ）意識；自覺；
　知覺；☆意識ある／有意識的；自覺的；
　☆意識のない／無意識的；不自覺的；☆
　意識を回復する／恢復知覺，醒過來；☆
　意識を失う／失去知覺；昏迷；☆過失を
　意識する／意識到過失；～てき【意識
　的】（名・形動ダ）有意識的，故意的；
　☆意識的にやったのだ／是故意幹的。①

いじぎたな・い【意地穢い】（形）①下作
　；嘴饞；☆意地穢く食べる／吃得下作；
　②貪；☆金に意地穢い男／貪財的人；図
　いぢきたなし（形ク）。⑤

いしきり【石切】（名）①鑿石，採石；②
　石工，石匠；～のみ【石切鑿】（名）石
　鑿，石鑿子；～ば【石切場】（名）採石
　場。④③

いじくさり【意地腐】（名）①精神腐朽，
　品行墮落（的人）；②＝いじぎたな。③④

いじく・る【弄くる】（他五）〔俗〕①擺
　弄，摸弄（＝もてあそぶ）；☆子供はス
　イッチなど弄くるものではない／小孩子
　不要摸弄電燈開關；②玩弄，以鼓搗…爲
　戲，☆植木（うえき）を弄くる／玩弄花
　草，☆ラジオを弄くるのが好きだ／好鼓
　搗收音機；③亂改動；☆機構ばかり弄く
　っても事態はよくならない／只是亂改變
　機構，局勢也不會好轉的。③

いしくれ【石塊】（名）石塊，石頭子（＝
　いしころ）。⓪④

いしけり【石蹴】（名・自サ）〔遊戲〕跳

間（兒童們在地上劃出若干區劃，一隻脚踢一石塊由此及彼的遊戲。）③

いじ・ける（自下一）①（因寒冷，恐懼等）畏縮，氣餒；☆寒さにいじけて部屋から出ない／因爲怕冷而畏縮得不出屋子；②（性格等）不開展，乖僻；☆いじけた少女／性格不開展的少女；☆孤兒のいじけた性格を暖かい愛情で矯（た）めなおす／用溫暖的愛情來矯正孤兒的乖僻性格；⑧發育不全，發育不足；☆いじけた木／矮小的樹，發育不良的樹。

いしころ【石塊】（名）石塊，小石子兒（＝いしくれ）。③

いしじき【石敷】（名）舖石的地；→いしだたみ。⓪

いしずえ【礎】（名）①礎，柱脚石；②〔轉〕基礎（＝もとい）；☆国の礎／國家的基礎。⓪

いしずき【石突】（名）①手杖，傘桿等着地部分包鑲的銅帽兒；②蘑菇根兒。⓪

いじずく【意地尽く】（名）意氣用事，賭氣（＝いじばり）；☆意地尽くでする／賭氣做；☆意地尽くでも取って見せる／爲賭一口氣也得拿過來。④

いしだたみ【石畳】（名）①舖石的地，☆石だたみの道／石板道；②石臺階（＝いしだん）。⓪

いしだん【石段】（名）石臺階；☆石段を上がる／登上石臺階。⓪

いしつ【異質】（形動ダ）異質，本質不同；☆異質の分子／異質分子。⓪

いしつ【遺失】（名・他サ）遺失，失落；～ぶつ【遺失物】（名）遺失品。⓪

いしづくり【石造り】（名）①石料加工，石活兒；②石築，石砌（＝せきぞう）；石造りの家／石築的房子。③

いじっぱり【意地張り】（名）→いじばり⑤

いしどうろう【石燈籠】（名）（廟宇或庭院中的）石燈。③

いしばし【石橋】（名）石橋；◇**石橋を叩いて渡る**／謹慎又謹慎，小心又小心；萬分小心。⓪

いしばし【石階】（名）＝いしだん。⓪

いじばり【意地張り】（名）固執，倔強，頑硬，彆扭（的人）；☆いじばりもいい加減にしろ／不要太彆扭了。⓪

いじば・る【意地張る】（自五）固執，堅持己見，彆扭；☆どこまでも意地張る人／彆扭到底的人。③

いしひょうじ【意思表示】（名・自サ）〔法〕意思表示。③

いしべい【石塀】（名）石牆。⓪②

いしへん【石偏】（名）〔漢字部首〕石字旁。

いしみち【石道】（名）石頭（多的）路②

いじ・める（他一下）欺負，虐待；☆人にいじめられる／被人欺負（虐待）；☆そんなにいじめないで下さい／別這樣刁難我吧。⓪

いしもち【石首魚】（名）〔動〕石首魚，（俗稱）黄花魚（＝ぐち）。④③

いしや【石屋】（名）①石匠；②石料舖⓪

いしゃ【慰藉】（自・他サ）慰藉，安慰；～りょう【慰藉料】（名）贍養費，賠償費。①

＊**いしゃ**【医者】（名）醫師，大夫；◇**医者の玄関構**（げんかんがまえ）／（醫生的大門）粉飾外表；**医者の不養生**（ふようじょう）／醫生不衛生；言行不一致。⓪

いじゃく【胃弱】（名）〔醫〕胃弱，消化不良☆胃弱にかかっている／鬧消化不良⓪

いしゅう【異臭】（名）怪味，異臭；☆異臭を放（はな）つ／發出異臭。⓪

いじゅう【移住】（名・自サ）移住，移居；☆海外へ移住する／移居海外；～みん【移住民】（名）移民。⓪

いしゅく【畏縮】（名・自サ）畏縮；發怵。⓪

いしゅく【萎縮】（名・自サ）萎縮；～びょう【萎縮病】（名）〔植〕萎縮病⓪①

いしゅつ【移出】（名・自サ）運出，移出（由國內某一區域向另一區域運出物資，與出口不同）；☆産地から米を移出する／由產地運出大米。⓪

いじゅつ【医術】（名）醫術，醫道。①

いしょ【遺書】（名）遺書，遺著。①

いしょう【衣裳】（名）①衣服（＝きもの）；☆衣裳をつける／穿衣服；②劇戲裝；◇**馬子**（まご）**にも衣裳**／人是衣裳馬是鞍；～かた【衣裳方】（名）〔劇〕戲裝管理員；～ごのみ【衣裳好】（名）好穿好衣服（的人）；～づくし【衣裳尽】（名）①極盡服裝之美；②在服裝上用工夫；～だな【衣裳棚】（名）衣櫥；～だんす【衣裳簞笥】（名）衣櫃；～もち【衣裳持】（名）有很多衣服的人。①

いしょう【意匠】（名）①意匠，匠心，構思（＝かんがえ，くふう）；☆意匠を凝

（こ）らす／苦心構思；②圖案，圖樣（＝テザイン）；☆斬新な意匠／新奇的樣式（圖案）；～が【意匠画】（名）意匠畫，圖案畫；～し【意匠紙】（名）意匠紙，方眼紙。①

いじょう【以上】Ⅰ（名）①以上；上面；☆予想以上に多い／比預想的多；☆以上はほんの計画の一端に過ぎない／以上只不過是計劃的一部分；②完，終（＝これでおわり）；（記在信件、目錄或條文的後邊，表示完結意）；③再，更；☆これ以上好いものはあるまい／沒有比這再好的了；Ⅱ（接助）既，既然；☆こうなった以上はもう取返しはつかない／已到這般地步就無法挽回了；☆やる以上はしっかやりたまえ／既然幹就好好幹吧。①

いじょう【委譲】（名・他サ）〔文〕（把權限等）移讓，讓與；☆地租を地方に委譲する／（中央）把土地稅讓與地方。

*いじょう【異状】（名）異狀，變化；☆脈に異状はありません／脈搏沒有變化。

*いじょう【異常】（形動ダ）異常，非常；☆異常な人物／非常人物。①

いしょく【衣食】（名）①衣食，吃穿；②生活；◇衣食足りて栄辱を知る／衣食足則知榮辱，衣食に奔走する／奔走生活；～じゅう【衣食住】（名）衣食住，生活之道。①

いしょく【委嘱】（名・他サ）委託；☆事件の調査を委嘱される／被委託調查案件。

いしょく【移植】（名・他サ）移植，移種；☆苗（なえ）を移植する／移苗。

いしょく【異色】（名）〔文〕①不同的顏色（色彩）；②特色；☆異色ある人物／有特色的人物。

いしょく【遺嘱】（名）遺嘱。

いじらし・い（形）可憐的，令人同情的，令人感動的（＝いたわしい、かわいそうだ）；可愛的；☆病気の夫を寝ずに看護する若い細君が、傍で見る目もいじらしい／不眠不休地照顧丈夫疾病的年輕妻子真令人不勝同情；☆戦災孤児のいじらしい姿／戰災孤兒的可憐樣子；～いじらしい顔／可愛的面孔；囲いぢらし（形ク）；～さ（名）。④

いじ・る【弄る】（他五）弄，擺弄（＝もてあそぶ、いじくる）；☆火を弄る／玩弄火。②

いしわた【石綿】（名）〔礦〕石綿（＝せきめん、アスベスト）。⓪

いじわる【意地悪】（名・自サ）心術不良，心眼兒壞（的人）；☆意地悪をする／故意羼爲人，使壞；☆太郎の意地わる／太郎這個壞蛋。③

いじわる・い【意地悪い】（形）①心眼兒不良的，心眼兒壞的；☆そんなに意地悪くするな／別那麼使壞，別那麼爲難人；②不湊巧的；故意爲難的；☆いじわるい雨／討厭的雨；囲いぢわるし（形ク）。④

いしん【威信】（名）威信，威嚴；☆威信にかかわる（かかわる）／有損威信；☆威信地（ち）に墜（お）つ／威信掃地。①①

いしん【維新】（名）①維新；②明治維新。①

いじん【異人】（名）①外國人，西洋人；②奇人；異人。⓪

いじん【偉人】（名）偉人。⓪

いしんでんしん【以心伝心】（連語・名）〔佛〕以心傳心，心領神會；☆口に出さなくても以心伝心でわかる／雖然沒有說出口來但也可以心領神會。①一⓪

いす【椅子】（名）①椅子；☆椅子にこしかける／坐在椅子上；☆椅子をすすめる／讓座；②〔轉〕地位，交椅（＝ポスト）；☆椅子をねらう／覬覦…地位；☆大臣の椅子に坐る／坐上大臣的交椅，當上大臣。⓪

いずかた【何方】〔文〕哪兒，哪裏（＝どちら、どっち）；～さまにも【何方様にも】（副）反正，橫豎（＝どのみち）②

いずく【何処】（代）〔文〕何處，哪裏（＝どこ、いずこ）。①⓪

いずくま・る【居竦まる】（自五）（身子）踡縮；☆部屋の隅に居竦まっている／踡縮在房間的角落兒上；☆居竦まった様にして隠れている／踡縮身子藏着。④

いすく・む【居竦む】（自五）＝いすくまる。③

いずくんぞ【何（焉）んぞ】（副）〔文〕（「いずくにぞ」の音便）（用在表示反語或疑問時，下和推量語相呼應）焉，安（＝どうして）；☆焉んぞ知らん今日の失敗は他日の成功となるを／焉知今日的失敗不是他日的成功呢。③

いずこ【何処】（代）〔文〕何處，哪裏（＝どこ、いずく）；☆いずこともなく消え失（う）せる／不知躲到哪裏去了⓪①

いず（づ）つ【井筒】（名）井口，井欄①⓪

いずまい【居住】（名）坐着的姿勢，坐樣兒；☆居ずまいが悪い／坐相不好☆居ずまいを正(ただ)す／端坐，筆直地坐②③

いずみ【泉】（名）①泉，泉水；☆泉がわき出る／泉水湧出；②〔轉〕源泉；談話資料；☆知識の泉／知識的源泉。⓪①

イズム【英・接尾・名 ism】Ⅰ（名）思想，主義，想法；☆あの人とはイズムが違うから一緒に行動できない／同他想法不一致，不能共同行動；Ⅱ（接尾）主義，說；例：ヒロイズム。①

いずものかみ【出雲の神】（名）①〔宗〕大己貴命(＝おおなむちのみこと)(出雲大社所祭的神)；②〔轉〕男女婚姻之神。①

イスラム【Islam】（名）〔宗〕伊斯蘭（教）；～きょう【Islam教】（名）〔宗〕伊斯蘭教。⓪

*いずれ【何れ・孰れ】Ⅰ（代）哪個（＝どれ，どちら）；☆いずれが勝つか予測はできない／不能預測哪一方面優勝；Ⅱ（副）①反正，早晚，歸根到底（＝どちらにしても，どのみち）；☆いくら隠したっていずれわかることだ／無論怎樣隱瞞，早晚會發覺的；②不久，最近，改日（＝ちかいうちに）；☆何れ又(また)／再見，再談吧；☆何れそのうちに／過幾天再談吧；☆何れ相談の上お答えします／等改日商量好了再答覆(您)；◇何れにしても／反正，總之，不拘怎樣；～か【何れ（孰れ）か】（連語）（其中的）一個；☆甲乙の何かれを選ぶ／選擇甲乙二者之中的一個；～に（も）せよ【何れ（孰れ）に（も）せよ】（連語）無論如何，反正；～も【何(孰れ)も】（副）都（＝どれも，みな）。⓪

いすわり【居坐】（名）①坐着不動；②（地位、行市）不動；☆外務大臣は居坐りと決定した／外交部長決定留職不動；☆相場は上りも下りもせず居坐の形(かたち)だ／行市不漲也不落，穩住了；～せんじゅつ【居坐戦術】（名）泡蘑菇的戰術，坐在（別人）家裏催逼（不達到目的不走）。⓪

いすわ・る【居坐る】（自五）①久坐不去，坐在（別人）家裏不走；☆押売りが玄関に居坐って動かない／賣東西的坐在門前非賣掉不走；②（地位、行市）不變動；

☆内閣は更迭したが外務大臣は居坐ることとなった／內閣雖經變動但外長決定蟬聯。③

いせい【以西】（名）①以西；②〔漁業〕東經130度以西。①

いせい【威勢】（名）①威勢，威力；☆威勢を振(ふる)う／逞威；☆威勢を示す／示威；②朝氣，精神，勇氣；☆威勢がいい／有朝氣，有勇氣；☆威勢のいいことをいう／說有勇氣的話，說大話。⓪

いせい【異姓】（名）〔文〕異姓，他姓⓪

いせい【異性】（名）①異性；②虫の鳴き声は異性を呼ぶ声だという／據說蟲子的鳴聲是爲了招呼異性的；◇異性を知る／經驗男女關係；～たい【異性体】（名）〔化〕異性體。⓪

いせい【遺精】（名・自サ）〔醫〕遺精；夢遺。⓪

いせい【為政】（名）〔文〕爲政，當政；～しゃ【為政者】（名）爲政者。⓪

いせえび【伊勢蝦】（名）〔動〕龍蝦。②

いせき【遺跡・遺蹟】（名）故址，遺跡；☆古代文明の遺跡／古代文明遺跡；☆…の遺跡を訪(と)う／訪…遺跡。⓪

いせき【移籍】（名・自サ）移轉戶口；☆居住地に移籍する／向居住地方遷移戶口。⓪

いせき【堰・井堰】（名）堰，攔河壩；☆堰を築く／築堰，修壩。⓪

いせじんぐう【伊勢神宮】（名）伊勢神宮（在三重縣宇治山田市，分內宮外宮，是日本最大的神社）。⑤③

いせつ【異説】（名）異說，異論；☆異説をたてる／提出不同的說法；↔つうせつ（通説）・ていせつ（定説）。⓪

いせまいり【伊勢参り】（名）＝いせさんぐう。⓪

いせん【緯線】（名）〔地〕緯線；↔けいせん（経線）。①

*いぜん【以前】（名）①(現在)以前，過去（＝いまよりまえ，もと）；☆以前の出来事／以前發生的事；☆以前はそうでなかった／過去不是那樣；②（一定時期）以前；☆五十歳以前の著作／五十歳以前的著作；☆十日以前の出来事(できごと)であった／是十天前發生的事。①

いぜん【依然】（形動タルト）依然，仍舊，照舊；☆依然として前の態度を改めない／仍然不改從前的態度；☆依然たる不景

気（ふけいき）／依然蕭條。◯

いぜん【怡然】（形動タリ）〔文〕怡然，
欣然，☆怡然として自（みずか）ら楽（
たの）しむ／怡然自得。

いぜんけい【已然形】（名）〔文法〕已然
形（文語文法中動詞、形容詞、助動詞的
活用形之一，表示確定條件；即口語語法
中的假定形；如「咲けば」的「咲け」、
「寒ければ」的「寒けれ」之類）。◯

いそ【磯】海岸；湖濱；海湖邊上多石的地
方；☆磯伝（づた）いにゆく／沿海濱前
進。◯

いそ【五十】（數）〔文〕五十。①

いそいそ（副・自サ）高高興興地，雀躍地；急
急忙忙地；☆水泳に行くことを許されて
いそいそ（と）支度（したく）をする／一
聽到允許去游泳，高高興興地忙着預備①

いそう【位相】（名）①〔理〕相；週相；
☆位相速度／週相速度；②（變化、發達
的）階段，形勢。◯

いそう【移送】（名・他 サ）移送，輸送◯

いそう【意想】（名）〔文〕意想，意料；
～がい【意想外】（名・形動タ）出乎意
料；意想以外；☆意想外の好成績を収め
た／獲得意想不到的好成績。◯

いそうお【磯魚】（名）能在海岸釣的魚；
↔おきうお（沖魚）。②

いそうろう【居候】（名・自サ）食客，吃
閒飯的；寄食；☆友人の家に居候してい
る／在朋友家寄食。④

＊＊いそがし・い【忙しい・急がしい】（形）忙
的，忙碌的（＝せわしい）；☆目が廻るほ
ど忙しい／忙得不可開交；☆こう忙しく
ては、やり切れない／這樣忙可受不了；
◲いそがし（形シク）；～がる（自五）
；～げ（形動ダ）；～さ（名）。④

いそが・す【急がす】Ⅰ（他五）催，催促
（＝いそがせる）；☆早く買って来いと
弟を急がす／催促弟弟快點買來；Ⅱ（他
下二）〔文〕→いそがせる。③

いそが・せる【急がせる】（他下一）催，
催促（＝せきたてる）；☆自動車を急が
せる／催汽車快走；☆急がせられるのは
御免だ／我不願意挨催；◲いそがす（
四）。④

いそぎ【急ぎ】（名）急，忙；☆急ぎの用
事／急事；～あし【急ぎ足】（名）急步
，快走；☆急ぎ足で行く／趕緊去。③

いそぎんちゃ・く【磯巾着】（名）〔動〕海

葵；刺水母。③

いそ・ぐ【急ぐ】（自五）①急，着急；快
（＝せく）；☆急いで出掛けた／急急忙
忙地出去了；☆急がないと汽車に間に合
わないよ／不快點兒就趕不上火車啦；②
快走，☆道を急ぐ／趕快走，趕路；◇急
がば回（まわ）れ／欲速則不達。◯

いぞく【遺族】（名）遺族；～ふじょりょ
う【遺族扶助料】（名）（公務人員死亡
時對其遺族所支付的）遺族撫邮費。①

いそくさ・い【磯臭い】（形）（魚介、海
草等的）腥臭的，有腥味的；☆磯臭い浜
辺（はまべ）／有腥味的海濱；◲いそくそ
さし（形ク）。④

いそじ【五十路】（名）〔文〕①五十；②
五十歲；☆五十路を越えた人／過五十歲
的人。②①

いそし・む【勤しむ】（自五）〔文〕勤勉
，勤奮，盡力（＝つとめはげむ）；☆仕
事にいそしむ／勤勉工作。③

イソップものがたリ【Esop物語】（名）
〔文學〕伊索寓言。⑦

イソプレン【isoprene】（名）〔化〕異戊
二烯。

いそべ【磯辺】（名）海邊。◯

いぞん【依存】〔又讀（いそん）〕（名・
自サ）依存，依靠；賴以爲生；☆外国に
依存しない／不依靠外國。◯

いぞん【異存】（名）異議，不同意見；☆
異存がない／没有異議，没有反對意見。◯

いそんひん【易損品】（名）容易損壞的物
品（磁器、玻璃製品等）。②

＊いた【板】（名）①板，木板；石板；金屬
板；☆板に挽（ひ）く／鋸成板子；②切
菜板（＝まないた）；②〔轉〕〔劇〕舞
臺；☆脚本を板にのせる／上演劇本；◇
板に付く／服貼，恰如其分，適合；熟
練；☆あの人の芸は板についている／他
的表演很純熟；☆課長ぶりが板につく／
科長作得恰如其分；像個科長的樣子；☆
洋服が板につく／西裝穿得很服貼。①

いた【痛】（感）（疼時發出的喊聲）好疼！
☆あ、いた／呀，好疼！◯

＊いた・い【痛い】（形）①痛的，疼的；☆
腹が痛い／肚子疼；②〔轉〕非常的，痛
切的，厲害的（＝ひどい、はなはだしい
）；☆痛く心配する／非常擔心；☆痛い
目にあわせるぞ／給你個厲害看看；③難
受的，痛苦的（＝くるしい、つらい）☆

い

千円の損は一寸痛い／賠了一千塊錢可有點兒受不了；◇痛くも痒（かゆ）くもない／不痛不癢；痛くもない腹を探（さぐ）られる／無緣無故地遭到懷疑；痛い所を突（つ）く／攻擊弱點；囹いたし（形ク）。2

いたい【遺体】（名）〔文〕①（自己的）身體；②遺體，屍體。0

***いだい**【偉大】（形動ダ）①偉大，☆偉大な人物（作品）／偉大的人物（作品）；②魁梧，☆偉大な体軀／魁梧的身軀。0

いたいけ【幼気】（形動ダ）（年幼）可憐，可愛，☆孤児のいたいけな姿に涙をそそられる／孤児的可憐樣子引人落淚；☆当時はまだいたいけな子供であった／那時還是個可愛的孩子。3

いたいたし・い【痛痛しい】（形）很可憐的（＝いたましい、かわいそうだ）；痛痛しいほどやせている／瘦得可憐；囹いたいたしし（形シク）；〜げ（形動ダ）；☆痛痛しげに見える／看著可憐；☆痛痛しげなありさま／可憐的樣子；〜さ（名）。0

いたえん【板緑】（名）〔建〕（日本房屋的）木板走廊。2

いたがき【板垣】（名）板牆。0

いたがこい【板囲い】（名）（工地外圍的）板牆，臨時的板牆。3

いたがね【板金】（名）金屬板（鐵板銅板之類）。0

いたガラス【板硝子】（名）平板玻璃，玻璃磚。3

いたが・る【痛がる】（自五）覺得痛；怕痛，☆痛がってもがく／疼得掙扎。3

いたく【痛く・甚く】（副）〔文〕〔形容詞（いたい）的運用形〕很，甚，非常（＝はなはだ、たいそう）；☆甚く気にしている（心配する）／很擔心。0

いたく【依託】（名・他サ）①委託；②依靠；☆台に依託して狙（ねら）いをつける／靠在架子上瞄準；〜しゃげき【依託射撃】（名）把槍架在樹枝或牆壁上進行的射擊。0

***いたく**【委託】（名・他サ）委託，託付；☆任務を代理人に委託する／把任務委託給代理人；〜はんばい【委託販売】（名）寄售。0

いだ・く【抱く・懷く】（他五）①〔文〕抱，摟（＝だく）；☆子をいだく／抱小

孩；②懷有，懷抱；☆不安の念を懷く／懷着不安的念頭。2

いたけだか【居丈高】（名・形動ダ）盛氣，逞威，☆居丈高になって、どなる／盛氣凌人地叫嚷。03

いたご【板子】（名）①薄木板；②船底舖的木板；◇板子一枚下は地獄／一塊木板底下是地獄（喻水手生活很危險）。0

いたさ【痛さ】（名）痛，疼痛（的程度）；☆堪え難い痛さを耐える／忍住難受的疼痛。1

いたしかた【致し方】（名）（一般多接用否定語）方法，辦法（＝しかた、しよう）；☆致し方がない／沒有辦法；〜なく【致し方なく】（副）沒法子，不得已；☆致し方なく同意した／不得已同意了。0

いたしかゆし【痛し癢し】（連語）左右爲難；☆恰好（かっこう）な家は見つかったが家賃が高いので痛し癢だ／找到一所合適的房子，但租金太貴，眞是左右爲難。4

いたじき【板敷】（名）舖地板的房間或走廊；☆板敷の部屋／舖地板的房間。3

いたしよう【致し様】（名）辦法（＝いたしかた）。04

***いた・す**【致す】Ⅰ（他五）①做，辦（＝する、おこなう）；☆どう致しましょうか／怎麼辦好呢？②寄（＝おくる）；☆返書を致す／寫（寄）回信；③招致（＝まねく）；☆今日の隆盛を致した原因は何であるか／今天能以這麼繁榮的原因是什麼呢？④致（力）（＝つくす）；☆祖国のために力を致す／爲祖國效勞；Ⅱ（補動五）「する」的謙遜詞，接到漢語動詞詞根及其他動詞連用形之下；☆明日おうかがい致します／明天拜訪您去；☆ちょっと拝見致します／請讓我看看。02

いたずら【徒】（名・形動ダ）①空；白白（＝むなしい）；☆徒に金を使う／白花錢；☆徒らに一生を送る／虛度一生；②無用，無益（＝むだ）☆徒になる／落空，前功盡棄。0

***いたずら**【悪戯】（名・形動ダ・自サ）①淘氣，惡作劇（＝わるさ）；☆あの子はいたずらばかりする／那孩子一味淘氣；②擺弄；☆鉄砲にいたずらしてはいけない／不要擺弄槍；③（男女）胡鬧，亂搞；〜っこ【悪戯っ子】（名）＝いたずらこぞう；〜こぞう【悪戯小僧】（名）淘氣鬼；〜ざかり【悪戯盛り】（名・形動

ダ）正淘氣（調皮）的年齡；☆五つ六つ
はいたずら盛りだ／七歳八歳狗也嫌；～
ほうず【悪戯坊主】（名）＝いたずらこ
ぞう；～もの【悪戯者】（名）①不中用的
人；②悪作劇的人；③（與男人）亂搞的
女人；④老鼠。◯

いただき【頂】（名）①（物的）頂，上部
；②（山）嶺；（樹）尖。◯

いただきもの【頂物・戴物】（名）〔敬
語〕別人給的東西（＝もらいもの）；☆
このお菓子は戴物です／這點心是別人送
給的。◯

*いただ・く【頂・戴く】Ⅰ（他五）①頂在
頭上；戴；☆千古の雪を戴いている山／
嶺上萬年積雪的山；②推戴；；☆その協
会は山田様を会長に戴いている／那個協
會推戴山田先生作會長；③（「もらう」
的敬語）領受，蒙賜與；☆結構なものを
戴きました／蒙（您）賞給好東西；④（
「くう、のむ」的敬語）；☆十分戴きま
した／吃飽了；☆酒もタバコも戴きます
／煙酒都吃；Ⅱ（補動・五）（もらう）
的敬語；☆もう一度説明して戴きとう存
じます／想請您再説明一次。◯

いただ・ける【戴ける】（自下一）①能領
得到（＝もらえる）；☆お父さんから御
褒美（ごほうび）が戴ける／能够從父親
那裏頭領得到奬賞；②足可以欣賞；相當
不錯；☆この酒（芝居）はなかなか戴け
る／這個酒（戲）相當不錯。◯

いたたまらな・い【居たたまらない】（連
語・形ク型）呆不下去，無以自容；☆熱
くて居たたまらない／熱得呆不住；☆恥
かしくてその場に居たたまらなかった／
當時羞得無以自容了。⑤

いたち【鼬】①（動）鼬鼠，黄鼠狼；
～ごっこ【鼬ごっこ】（名・自サ）①小
孩互相捏手背玩兒的遊戲；②（雙方）重
重複複做同樣的事，做無謂的重複。◯③

いたチョコ【板チョコ】（名）板狀巧克力
糖。◯

いたって【至って】Ⅰ（副）〔文〕很，甚
，極，最（＝きわめて）；☆この冬は至っ
て寒い／今年冬天很冷；☆字は至って下
手です／字寫得很壞；Ⅱ（連語）（用「
に至って」的語形）至，至於（＝なっ
て）；☆事ここに至っては策の施（ほど
こ）しようがない／事已至此，無計可施
了。◯②

いたで【痛手】（名）〔文〕①重傷，重創
（＝おもいきず）；☆痛手を負う／負重
傷；②（嚴重的）損害，損失；打擊；☆
株の暴落で痛手を受ける／因爲股票猛跌
而受損大損失。◯

いだてん【韋駄天】（名）①〔佛〕韋陀（
以善跑著名）；②〔轉〕跑得快的人；☆
あの男は韋駄天だ／他是個飛毛腿；～ば
しり【韋駄天走り】（名・自サ）飛跑☆
韋駄天走りをする／飛快地跑。◯

いたど【板戸】（名）板門，板窗。②

いたどこ【板床】（名）①舗有木板的〔床
の間（とこのま）〕；②蓆子（＝たたみ）的
木板心。◯

いたのま【板の間】（名）舗地板的房間；
～かせぎ【板の間稼ぎ】（名・自サ）在
澡堂子或溫泉等處偷客人衣物（的人）◯

いたば【板場】（名）①飯館放菜板、點心
舖放麵板的地方，厨房，麵案；②〔轉〕
厨師，炊事兵，點心工人（＝いたまえ）◯

いたばさみ【板挾み】（名）①夾在木板之間；
②〔轉〕左右爲難；☆板挾みになって苦し
い立場にある／處在左右爲難的立場。③

いたばり【板張】（名）①舗鑲木板（的地
方）；②把漿洗的布貼在木板上（去掉皺
摺）。◯

いたびさし【板庇】（名）板簷。◯

いたぶき【板葺】（名）①木板葺的屋頂；☆
屋根を板葺にする／用木板葺屋頂。◯

いたふね【板船】（名）（在魚市）魚舖前
陳列魚的木板。③

いたべい【板塀】（名）板壁（＝いたが
き）。②

いたまえ【板前】（名）厨師；☆板前で働
く／當厨師；☆板前さん／板前師。◯

いたまし・い【痛ましい】（形）可憐的，
目不忍睹的，悽慘的（＝いたわしい）☆
痛ましい負傷者／可憐的負傷者；☆痛ま
しい物語（ものがたり）／悽慘的故事；
因いたまし（形シク）；～げ（形動ダ）；
～さ（名）。④

いたみ【痛（傷）み】（名）①痛，疼；☆
痛みを感ずる／覺得疼；②悲痛，苦處，
難過（＝かなしみ、なやみ）；☆言い知
れぬ心の痛み／説不出的苦處；③損傷，
腐敗（＝こわれ、くさること）；☆風で
果物の傷みがひどい／因爲颱風果實的損
傷很重；～い・る【痛み入る】（自五）
〔文〕惶恐，不敢當，於心不安（＝おそ

れいる）；☆いろいろ御手数をかけまし
て誠に痛み入ります／給您添許多麻煩，
太過意不去了。③

いた・む【悼む】（他五）悼，悲傷，悲恨；
☆友人の死を悼む／悼友人之死。②

***いた・む**【傷む】（自五）①受傷，損壞（
＝こわれる）；☆扱いが乱暴で家具が傷
む／家具因挪動不經心而損壞，②（果
菜、食品等）壞，腐敗（＝くさる）；☆
この果物は傷んでいる／這個水果壞了；
③傷；☆心が傷む／傷心。②

***いた・む**【痛む】（自五）①疼，痛；☆歯
がひどく痛む／牙疼極了；②痛苦，悲
痛，苦惱（＝くるしむ）；☆独（ひと）
りで痛みなげく／獨自悲嘆。②

いため【板目】（名）①木板縫兒；②（木
板等）不勻整的紋理。↔まさめ。③

いためつ・ける【痛め付ける】（他下一）
給以嚴重的打擊，痛加攻撃；☆弱点を突
いて相手を痛め付ける／抓住弱點大肆攻
撃對方；図いためつく（下二）。③

いた・める【炒（煠）める】（他下一）〔
烹飪〕（用油）炒，煎；☆野菜を油で炒
める／用油炒青菜；☆炒めた御飯／炒
飯。③

いた・める【傷める】（他下一）①傷；☆
目を傷める／傷眼睛；②損壞，損傷；☆
椅子を傷める／把椅子弄壞；③使（果菜
等）腐壞；☆果物を傷める／使水果腐
壞；④使（精神上）受痛苦；☆心を傷め
る／傷心。③

いた・める【痛める】（他下一）①使痛，使
疼痛☆ころんで足を痛める／跌倒了把脚
跌痛；②使（精神上）受痛苦；☆金策に
頭を痛める／爲了籌措款子傷腦筋。③

いたらな・い【至らない、いたらない】（連體）缺點很多；不周到（＝ゆき
とどかない）；☆至らぬ者ですが宜しく
お願いします／（我的缺點很多）請多關
照；☆至らない所がありましたら御注意
下さい／有不周到地方請提醒我。⓪

いたり【至り】（名）至，極（＝きわみ）；
☆彼の行為は笑止の至りだ／他的行爲可
笑已極。⓪

イタリック【italic】（名）〔印〕歐文斜
體字。③

***いた・る**【至る・到る】（自五）〔文〕①
至，到（某地方）；☆パリに至る／至巴
黎；☆十一時目的地に至る／十一點鐘到

目的地；②到來，來臨；☆悲喜こもごも
至る／悲喜交集；③至於，到達（某種場
所、時間、範圍、狀態）；☆足跡の至ら
ない所はない／沒有沒走過的地方（足跡
無所不至）；☆受付時間は九時より正午
に至る／受理時間九點起至十二點；☆五
時に至ってもまだやって来ない／到五點
鐘還沒有來；☆まだ完成には至らな
い／還沒達到完成；～ところ【到る
処】（名・副）到處（＝どこでも、どこ
もかしこも）；☆到る処大変な人出（ひ
とで）だ／到處人山人海。⓪②

いたれりつくせり【至れり尽せり】（連語）
盡善盡美；無微不至；☆至れり尽せりの
もてなし／盡善盡美的款待。③-③

いたわし・い【労しい】（形）①可憐的（
＝かわいそうだ）；②悲惨的，悲痛的（
＝いたましい）；図いたはし（形シク）④

いたわり【労】（名）〔（いたわる）的名
詞形〕①照拂；憐恤（＝あわれみ）；☆弱
い者に対する労がない／對於弱者沒有照
拂；②安慰，慰勞（＝ねぎらい）；③〔
文〕病，患病。④

***いたわ・る**【労る】Ⅰ（他五）①憐恤（＝あ
われむ）；☆老人を労る／憐恤老人；②
安慰，照拂；慰勞（＝ねぎらう）；☆病
人を労る／安慰（照拂）病人；☆店員を
労る／慰勞店員；Ⅱ（自五）病，得病（＝
いたむ、わずらう）。③

いたん【異端】（名）異端，邪說；☆異端
の説を唱える／提倡邪說；～しゃ【異端
者】（名）異端者，異己分子。⓪

いだん【い段】（名）〔語法〕イ段，五十
音圖第二段。①

***いち**【一・壹】（名）Ⅰ（名）①最初，第一，
首先（＝さいしょ、はじめ）；☆一に看病
二に薬／護理第一藥劑其次；②最好，
第一；☆クラス一の成績／班裏最好的成
績；Ⅱ（數）一，一個（＝ひとつ）；☆
一に二を足すと三／一加二等於三；☆
一列に並ぶ／排成一行；◇一か八（ばち）か
／碰運氣，聽天由命；☆一か八かやって
みよう／碰碰運氣；冒冒險；一から十ま
で／一切，全都；☆自分で一から十まで
やる／全由自己做；一の裏（うら）は六
／禍後有福；否極泰來（因骰子點兒一的
背面是六）；一も二もなく／立刻，馬
上；☆一も二もなく承諾した／立刻就答
應了；一を聞いて十を知る／聞一而知

十。②

いち【市】（名）①市，市街；②集市，市場；☆市で買った品物／在市場買的東西。①

いち【位置】（名・自サ）①位置；立場；☆位置を指定する／指定位置；☆君が僕の位置に立てばどうするか／你若處在我的立場你將如何？②（人的）地位；☆その位置を希望している人がたくさんある／希望那個地位的人很多；**〜づ・ける**【位置付ける】（他下一）定位置，定地位，評價。①

いちい【一位】（名）①一等，第一；☆世界の一位を占めている／占世界第一；②（位階的名稱）正一位；從一位。②

いちい【一意】Ⅰ（名）①一意；②一個意義；Ⅱ（副）一意，一味（＝ひたすら；もっぱら）；☆一意勉強する／專心用功；☆一意或ることに熱中（ねっちゅう）する／一味熱心於某一件事。②①

いちいたいすい【一衣帯水】（名）一衣帯水；☆日本と韓国とは一衣帯水を隔（へだ）てているのみだ／日本和韓國僅是一衣帯水之隔。④

いちいち【一一】（名・副）①一一，一個個（人）；一件件（＝ひとつびとつ）；☆一々例を挙げる遑（いとま）がない／無暇一一舉例；☆一々訪問した／一個個都訪問過了；②詳細，都（＝くわしく，みな）；☆私はその事を一々話した／那事我都說了。②

いちいん【一因】（名）一因，一個原因；☆それも家出（いえで）の一因だ／那也是由家中出奔的一個原因。①②

いちいん【一員】（名）一員，一份子（＝ひとり，なかま）；☆僕も編集人の一員だった／我也曾經是編者之一。②①

いちいん【一院】（名）〔文〕①〔史〕（最上位的）太上皇；②一所寺院（議院）；**〜せい**【一院制】（名）一院制。②①

いちう【一宇】（名）〔文〕（廟宇等）一座；☆一宇の寺／一座寺院。②

いちエネルギー【位置Energie】（potential energy）（名）〔理〕位能，勢能 ④

いちえん【一円】（名）①（地區的）一帯（＝すべて）；☆屏東一円は豊作だった／屏東一帯豊收；②（日幣）一元。①

＊いちおう【一応・一往】（副）①一次，一下；☆念のため一応書類を調べて見てくださ

い／爲了愼重起見請查一下文件看看吧；②首先（＝まず）姑且（＝かりに）；☆一応当人（とうにん）の意向も探（さぐ）って見なくてはならぬ／首先也得探聽一下本人的意向；☆一応承諾した／姑且答應了；③大致，大體（＝ひととおり）；☆御説（おせつ）は一応御尤（もっとも）です／您的說法大體是有道理的 ⓪

いちがいに【一概に】（副）（下接否定語）籠統地，一概；☆一概にそうとは言われぬ／不能一概那樣說；☆一概に悪いとも言えない／也不能籠統地說不好。②

いちがつ【一月】（名）一月，正月。④

いちがん【一丸】（名）①一粒子弾；②一個整體（＝ひとまとめ，ひとかたまり）；☆打って一丸とする／打成一片，使成爲一個整體。⓪②

いちがん【一眼】（名）一隻眼；☆一眼を失（うしな）う／一目失明；☆一眼レフ／單鏡頭。⓪②

いちぎょう【一行】（名）一行；一列；☆一行置きに書く／隔一行寫。②⓪

いちぐ【一具】（名）一副，一套。②

いちぐう【一隅】（名）一角，一隅（＝かたすみ）；☆庭の一隅に梅の古木が植（う）わっている／在院子的一角上栽著棵老梅。⓪②

いちぐん【一群】（名）一羣（＝ひとむれ）；☆一群の鴨（かも）が飛んで来る／飛來一羣野鴨。⓪②

いちげい【一芸】（名）一藝，一技；☆一芸の長がある／有一技之長。②

いちげき【一撃】（名・他サ）一撃（＝ひとうち）；☆一撃の下に打ち倒す／一下子打倒。⓪

いちげん【一言】（名・自サ）一言，一句話（＝いちごん）；☆会議で一言も発しなかった／在會議上一言未發；**〜こじ**【一言居士】（名）遇事必要發言的人，事事都要提自己意見的人。⓪②

いちげん【一元】（名）一元；**〜か**【一元化】（名）一元化，單一化；**〜にじほうていしき**【一元二次方程式】（名）〔數〕一元二次方程式；**〜ろん**【一元論】（名）〔哲〕（monism）一元論。⓪

いちご【苺】（名）〔植〕草莓，楊莓 ⓪①

いちご【一期】（名）〔文〕一生，一輩子；☆一期の大事／一生的大事；☆一期の思出（おもいで）に学校を創立する／爲了

一生の心願創立學校；☆十六を一期とし
て夭折（ようせつ）した／十六歲就夭折
了；◇**一期の不覚**／一生的大錯。②

いちご【一語】（名）〔文〕一語，一
句話（＝ひとこと）；☆一語も漏らさじと耳を
傾ける／一字不漏地注意傾聽；☆奮闘の
一語に尽きる／一句話，只有奮闘。②

いちごう【一合】（數・副）①→合；②一
回合。⓪

いちごん【一言】（名・自サ）一言，一句
話（＝ひとこと、いちげん）；☆一言の
挨拶もなく立ち去る／連一句話都不講就
走了；☆一言の下（もと）に拒絶する／言
下拒絶；～**はん【一言半句】**（連語・名）
一言半句；☆一言半句も洩らすな／一言半
語（一個字）也不要洩漏出去；◇**一言も
無い**①一言不發，默不做聲；②無話可
說；無可分辯；☆そう言われると一言も
ない／叫你這樣一說，眞是無可分辯⓪②

いちざ【一座】（名・自サ）①上座，首座
（＝かみざ）；②同席；☆我々は時々一
座することがある／我們有時會到一
座的人，全體；☆一座の者はみな吃驚（
びっくり）した／在座的人都吃了一驚；
④（一個）劇團；☆張正芬の一座／張正
芬劇團。②

いちじ【一次】（名）①一次，一回；②最
初；⑨〔數〕一次；～**ほうていしき【一
次方程式】**（名）〔數〕一次方程式。②

いちじ【一字】（名）一字，一個字；～
んきん【一字千金】（連語・名）一字（
値）千金。⓪

いちじ【一事】（名）〔文〕一（件）事；
☆この一事によって明かだ／從這一件事
來看就很明顯了；◇**一事が万事**／從一件
事可以推測一切。②

*いちじ【一時】**（名）①某時，有一個時期
（＝あるとき、かつて）；☆一時は、え
らい役者だった／曾經是個了不起的演
員；②暫時，一時（＝とうぶん、しばら
く）；☆それはただ一時の事です／那只
不過是一時的事情；⑨同時，一下子；☆
申込が一時に殺到する／申請的一下子來
了很多；②一點鐘；☆一時の汽車で立つ
／乘一點鐘的火車走；～**（し）きん【一
時（賜）金】**（名）（國家對有功者或退
職者一次所給的）一次獎金，一次退職金；
～**てき【一時的】**（形動ダ）一時的；暫
時的；～**に【一時に】**（副）同時，一下

子；☆そう一時に、入って来てはいけ
ません／別那麼一下子都進來；～**のがれ
【一時逃れ】**（名）逃避一時；☆一時逃
れの策／逃避一時之策；～**ばらい【一時
払い】**（名）一次付款；↔ぶんかつばら
い（分割払い）。②

いちじかん【一時間】（數・副）一點鐘，
一小時。③

いちじく【無花果】（名）〔植〕無花果（
＝いちじゅく。②

いちじつ【一日】（名）〔文〕①一日，一
天（＝いちにち）；②終日；◇**一日の計
は晨（あした）にあり**／一日之計在於晨；
一日の長／一日之長；☆あの人は学問に
於いては私より一日の長がある／他在學
問方面比我有一日之長；～**さんしゅう【
一日三秋】**（名・連語）〔文〕一日三秋；
～**せんしゅう【一日千秋】**（名・連語）
一日千秋；☆一日千秋の思（おも）いで
待つ／度日如年似地等待。④⓪

いちじゅう【一汁】（名）一湯；～**いっさ
い【一汁一菜】**（連語・名）一湯一菜；
〔轉〕簡單樸素的飯菜。⓪②

いちじゅん【一旬】（名）一旬，旬日。⓪

いちじゅん【一巡】（名・自サ）〔轉〕一
圈（＝ひとまわり）；☆会場を一巡する
／在會場裏轉一圈。⓪

いちじょ【一助】（名）一點幫助；☆日本
語研究者の一助となる／對日語研究者有
一點幫助。⓪

いちじょう【一丈】（數・副）一丈。②

いちじょう【一条】（名）①一條，一道（＝
ひとすじ）；☆一条の細道／一條窄道；
②（若干條款中的）一條；⑨一件事；☆
あの一条はどうなったか／那件事怎様
了？②

いちじょう【一帖】（數・副）→じょう（
帖）。⓪

いちじょう【一場】（名）〔文〕①一場，
一刹那；☆喜びが一場の夢となった／歡
喜成了一場夢；②一回；☆一場の講演を
する／作一次演說。⓪②

*いちじるし・い【著しい】**（形）顯著的，
顯然的；明顯的（＝めだつ、あきらか
だ）；☆我が国の重工業は著しい発達を
遂（と）げた／我國的重工業有了顯著的
發展；図いちじるし（形シク）；～**さ（
名）。⑤

いちじん【一陣】（名）①頭陣，先鋒；☆

一陣二陣と段々繰り出す／頭陣二陣一批批地派出；②一陣（＝ひとしきり）；☆一陣の風がさっと吹いて来た／忽然颳來了一陣風。[0][2]

いちず【一途】（形動ダ）専ら，一心一意（＝ひとすじに）；☆一途に思い込む／認定，確信不疑；☆一途に真理を探求する／專心一致地探求眞理。[2]

いっせいめん【一生面】（名）新的方面；☆演出に一生面を開（ひら）く／在演出上別開生面。[3]

いちぜん【一膳】（名）一碗；**～めし【一膳飯】**（名）論碗賣的飯；**～めしや【一膳飯屋】**（名）便飯舖，小飯舖。[2]

いちぞく【一族】（名）一族，一個家族，同族；**～ろうとう【一族郎党】**（連語・名）一家老小，滿門家眷（包括僕從）；☆一族郎党を引連（ひきつ）れて／携帶一家大大小小。[2]

いちぞん【一存】（名）（自己的）個人意見；☆私の一存ではきめかねる／我一個人的意見不能決定。[2][0]

いちだい【一代】（名）①（一個君主的在位期間）一代；☆戴冠式は一代一度の盛儀である／加冕禮是一代一度的盛典；②某個時代；☆一代の英雄／一代的英雄；③一生；☆それは一代の不覚であった／那是一生的失敗；**～き【一代記】**（名）一生事蹟的記録（言行録）。[2]

いちだいじ【一大事】（名）大事，一件要緊的事；☆国家の一大事／國家的重大事件；☆一大事が出来（しゅったい）した／發生了重大的事件；☆あの人が死んだら一大事だ／他若死了可不得了。[3]

いちだん【一段】Ⅰ（名）①一段；一節（＝ひとくぎり）；☆（文章の）一段の大意／（文章的）一段的大意；②〔劇〕（劇的）一幕；（說唱故事的）一段；☆一段物をやる／演一齣獨幕劇；說唱一段單段故事；③一級，一層；☆一段ずつ上る／一層一層地上；Ⅱ（副）〔下接と〕更加，越發（＝ひときわ）；☆一段と熱心さを加える／更加熱心；☆そうしたら一段とおもしろかろう／若是那樣就會越發有意思了；**～かつよう【一段活用】**（名）〔語法〕上一段活用和下一段活用的總稱[2][0]

いちだん【一団】（名）一團，一羣（＝ひとかたまり）；☆あちらに一団、こちらに一団、人が集まっている／人聚在那邊兒一堆，這邊兒一堆；☆子供たちは一団となって押寄せて来た／孩子們結成一隊蜂擁而至。[2][0]

いちだんらく【一段落】（名・自サ）一段落（＝ひとくぎり）；☆これで一段落ついた／這就告一段落了。[3]

いちど【一度】（名）一回，一次，一旦（＝ひとたび、いっぺん）；☆一度見れば沢山だ／看一回就够了；☆一度始めたらやめられない／一旦開始就停不下；**～に【一度に】**（副）同時，一下子（＝どうじに）；☆一度に二つの事は出来ない／同時不能幹兩件事；☆一度に来ないで一人ずつ来たまえ／不要一塊兒來，一個人一個人地來吧。[3]

いちどう【一同】（名・副）大家，全體（＝みな、いずれも）；☆一同（の者）が立ち上がる／全體起立；☆一同打揃（うちそろ）って出かけた／大家一起出門了。[3]

いちどう【一堂】（名）一堂，一處；☆一堂に会する／會於一堂。[2][0]

いちどきに【一時に】（副）一下子，一次，同時（＝いちどに、どうじに）；☆そんなにたくさんの仕事は一時には出来ない／那麼一大堆活兒一下子幹不了。[3]

いちどく【一読】（名・他サ）讀一回，念一次；☆一読の価値がある／有一讀的價値；☆一読したくらいじゃ分らない／不是略讀一遍就能明白的。[3]

いちなん【一男】（名）①一個男孩子；②長子，長男。[2]

いちに【一二】（名）①一個兩個；少數，若干（＝ひとつふたつ、すこし、わずか）；☆一二聞込んだこともある／我也略有所聞；②第一第二，數一數二；☆一二を争う／數一數二的，最優秀的；☆一二を争う秀才だ／數一數二的高材生。[2]

いちにち【一日】①一天，整天，終日；☆一日を費（ついや）す／費一天（工夫）；②初一；③某日，有一天（＝あるひ）；☆春の一日／春天的某一日；**～おき【一日置】**（名・副）隔日，隔一天；**～まし【一日増し】に**（副）逐日（＝ひましに）。[0]

いちにん【一人】（名）一人，一個人（＝ひとり）；**～いちやく【一人一役】**（名）一人一職（不兼職），一人一事；**～しょう【一人称】**（名）〔語法〕第一人稱；**～**

い

とうせん【一人当千】(名) 一以當千；～
まえ【一人前】(名)①一個人的份兒，
一份兒；☆一人前の費用を出す/出一個
人的費用；②成人，☆息子もやっと一人
前になった/兒子已經成人了。2

いちにん【一任】(名・他サ) 完全委託，
一任；☆そのことは君に一任しよう/那
件事完全交給你吧；☆会費の徴収を幹事
に一任する/責成幹事收集會費。0

*いちねん【一年】(名)①一年；②元年；
③某年，有一年；～ぎり【一年切り】(
名) 只限一年、以一年為限。～せい【一
年生】(名) 一年級學生；初學，☆僕は
この仕事ではまだ一年生です/對這工作
我還是小學生。～せいそうほん【一年生
草本】(名)〔植〕一年生草本；～じゅ
う【一年中】(名) 一年到頭，整年。2

いちねん【一念】(名) 一念；至誠，☆一
念凝って岩をも徹(とお)す/至誠可以
穿石；◇一念天に通ず/至誠感天。2

いちば【市場】(名)①市場，集市；②商
場；菜市(＝マーケット)；☆市場へ買
い物に行く/到菜市場去買東西。3|1

いちばい【一倍】(名・自サ)一倍；加倍
(＝ばい)；☆人一倍の苦労をする/比
別人加倍勞累。0

いちはやく【逸速く】(副)〔文〕迅速地，
很快地，馬上(＝すばやく)；☆逸速く
駆けつける/很快地跑到。3

*いちばん【一番】Ⅰ(名)①最初，第一；
☆一番列車/第一班火車；☆一番になる
/得第一，考第一；②最好，最妙；☆黙
っているのが一番だ/最好是不作聲；③
(歌舞，棋或等的)一場，一曲，一局；
☆序(ついで)に一番聞いて行こう/就
便聽一齣再去吧；☆将棋を一番差(さ)
しましょう/下一盤象棋吧；Ⅱ(副)①
試試，先(＝こころみに)；☆兎
も角一番やって見ようじゃないか/總之
先做一下看看不好嗎？②最，頂(＝もっ
とも)；☆一番美しい/頂好看(的)；☆
これが一番好きです/最喜歡這個；～ど
り【一番鶏】(名)(拂曉時) 頭一聲鷄
鳴；～のり【一番乗り】(名)①先到(
場)；②首先乘馬 闖入敵陣或敵城(的
人)；～め【一番目】(名)①第一個；
②頭一齣戲；～やり【一番槍】(名)①
(舊時)在戰場上最先突入敵陣(的人)；
②〔轉〕首先立功(的人)。2|0

いちび【茼麻】(名)〔植〕茼麻，白麻0

いちびょう【一秒】(數・副)一秒(鐘)2

*いちぶ【一部】(名)①一部(書)，一册
(書)；☆その辞典を一部下さい/那本辭
典請給我一本；②一部分(人)；☆一部に
異論もあるようだ/一部分人似乎還有不
同的論調；☆工事が一部完成する/工程
完成一部分；～しじゅう【一部始終】
(連語・名) 從頭到尾，一五一十，源源本
本；☆彼が一部始終を知っている/一切
他都知道。2

いちぶ【一分】(名)①一分(一寸的十分
之一)；②(舊時貨幣單位，金銀的)四
分之一兩；③一分(十分之一或百分之
一)；～いちりん【一分一厘】(名・副)
一分一釐，絲毫(＝わずか)；☆一分一
厘もちがわない/絲毫不錯；☆一分一厘
の隙(すき)もない/一點兒漏洞(空子)
也沒有。2

いちぶぶん【一部分】(名・副)一部分；
☆それはほんの一部分だけ/那只不過是
一部分。2

いちべつ【一瞥】(名・他サ) 一瞥，看
一眼；☆一瞥を与える価値もない/連看
一眼的價值都沒有。0

いちぼう【一望】(名・他サ)〔文〕一
望；☆一望のもとに眺められる/可以一
眼望到；☆一望千里の平原/一望無際的
平原。0

いちぼう【一眸】(名)〔文〕一眸，一望；☆
一眸の中(うち)に収める/在一望之中0

いちぼく【一木】(名)〔文〕一木；☆一
木一草もない沙漠/連一草一木都沒有的
沙漠。0

*いちまい【一枚】(名)①(紙等)一張，
(木板等)一塊，(碟盤等)一個；☆一
枚の紙/一張紙；☆蒲団一枚/一條被
子；②一個人(＝ひとり)；☆彼が一枚
加わったので面白くなった/加上了他一
個人就更有趣了；◇役者が一枚上(うえ)
/智謀、手段高出一籌；☆彼は君より役
者が一枚上だ/他比你更高一着兒；～か
んばん【一枚看板】(名)①寫着著名演
員的名字或其畫像的廣告牌；②〔轉〕劇
團的主要演員；☆彼女がこの一座の一枚
看板だ/她是這個劇團的主要演員；③團
體裏的骨幹分子；④(給人看的)招牌，幌
子；☆その政党は軍閥打破を一枚看板に
している/這個政黨以打倒軍閥作它的旗

號⑤〔俗〕壯門面的唯一好衣服（＝いっちょうら）；☆一枚看板の洋服を台なしにした／把唯一的好西裝給弄髒了。②

いちまつ【一抹】（名）一股，一片，一點☆一抹の煙／一股煙；☆計画に一抹の不安がある／計劃有一點靠不住。0

いちまつもよう【市松模様】（名）（不同顏色相間的）方格花紋。5

いちみ【一味】（名）①黨，一夥；同類，同夥；☆一味徒党を集める／招集同夥；☆一味の者残らず逮捕された／一夥人全被逮捕；②一味（藥）；☆この丸薬は大黄一味で出来ている／這丸藥是由大黃一味藥配的；②一股；☆この文章には一味の清新さがある／這篇文章裏有一股清新氣；～どうしん【一味同心】（名）同黨，同類，同夥（＝いちみ）。2

いちみゃく【一脈】（名）一脈（＝ひとすじ）；☆一脈相通じるものがある／有脈相通之點。0

いちめい【一名】（名）①別名；②一個人，一名（＝ひとり）；☆一名欠席です／一名欠席了。2

いちめい【一命】（名）一條命；☆彼は祖国のために一命を捨てた／他為祖國而犧牲了性命；☆一命を取止（とりと）める／保住性命。2

*****いちめん**【一面】Ⅰ（名）①一方面（＝いっぽう）；☆一面は海に臨んでいる／一面臨海；☆一面の真理がある／有一面真理；②全體，滿；☆空一面赤くなった／滿天都紅了；☆部屋一面が水に浸（ひた）っていた／屋子全都浸了水；③（報紙的）第一版；☆新聞の一面に出る／登在報上第一版；Ⅱ（數）（琴）一張；（鏡子）一面；～かん【一面観】（名）片面的看法；～てき【一面的】（形動ダ）片面的；☆一面的な判断は公平でない／片面的判断是不公平的。0 2

いちめんしき【一面識】（名）見過一次面，一面之識；☆彼とは一面識もない／和他沒有一面之識。3

いちもう【一毛】（名・數）①一毫；②一根毛，極小；☆九牛の一毛／九牛一毛；～さく【一毛作】（農）單種，一年一收；☆寒冷地の稲作（いなさく）は一毛作だ／寒冷地方種稻子是單季作。2

いちもうだじん【一網打尽】（連語・名）一網打盡；一齊逮捕；☆密輸団を一網打尽にする／把走私組織一網打盡。0

いちもく【一目】（名・自サ）①一眼，一看；☆一目してそれと分かる／一看就看得出來；②〔圍棋〕一子；☆一目を取る／吃一個子；☆一目の勝／贏一個子；③一個項目；◇一目置く【一目置く】①〔圍棋〕先擺一個子；②（轉）輸一籌，差一等；☆あの人には一目も二目も置いている／遠不如他；～さん【一目散】（名）一溜煙（逃跑）；☆一目散に逃げ出す／一溜煙似地逃跑；～りょうぜん【一目瞭然】（副・形動タルト）一目了然；☆結果がどうなるかは一目瞭然だ／結果如何是一目了然的。0

いちもつ【逸物】（名）①逸品，尤物，出類拔萃的東西；②駿馬，良犬（＝いちぶつ）。0

いちもん【一文】（名）①一文錢；②分文，很少的錢；☆一文も残らず費（つか）い果した／分文不剩都花光了；☆一文の価値もない／一文不值；③一個字；～おしみ【一文惜しみ】（名）吝嗇鬼，一文也捨不得；～なし【一文無し】（名）一個錢也沒有，一文不名（＝もんなし）；☆すっかり一文無しになった／真地一文不名了。2

いちもん【一門】（名）①一家，一族；☆それは一門の誉（ほまれ）です／那是一族的光榮；②同一宗門；③（砲）一門2

いちもんいっとう【一問一答】（名・自サ）一問一答；☆新聞記者と一問一答する／和新聞記者一問一答。0

いちもんじ【一文字】（名）①一個字；☆目に一文字もない／一個字也不識，目不識丁；（像一字一般的）筆直；☆口を一文字に結（むす）んでいる／緊閉着嘴。3

いちや【一夜】（名）①一夜，一個晚上（＝ひとばん）；☆一夜の中にできることでない／不是一個晚上可以做得到的；②某夜（＝あるよる）；～ざけ【一夜酒】（名）＝あまざけ；～づくり【一夜作（ずく）り】（名・他サ）①一夜做成；②趕製；～づけ【一夜漬】（名・他サ）①醃一晚就吃的鹹菜，暴醃的鹹菜；②〔轉〕趕寫的文章或劇本，臨陣磨槍的學習，急趕的背誦；開夜車；☆一夜漬の知識／膚淺的知識。2

いちやく【一躍】（名・副・自サ）一躍；☆彼は一躍して部長になった／他一躍而

當了部長；☆無名作家が一躍有名になる／無名作家一躍成名。[0]

いちゃ・つ・く（自五）（男女）調情，調戲；☆若い男女が人前でいちゃつくのはみっともない／年輕的男女在人前苟且且地不成樣子。[0]

いちゅう【意中】（名）意中，心中（人或事）；☆互に意中を語る／互談心中話；～**のひと**【意中の人】（連語・名）①意中人；②情人。[0][1]

いちよう【一葉】（名）①一片樹葉；②一葉，一頁；☆一葉の写真／一張照片；☆一葉の扁舟／一葉扁舟；◇**一葉落ちて天下の秋を知る**／一葉落知天下秋。[0][2]

いちよう【一様】（名・形動ダ）一樣，同樣；☆一様に取扱（とりあつか）う／同樣的處理；☆一様の服装をしている／穿一樣的服裝。[0]

いちょう【銀杏・公孫樹】（名）〔植〕銀杏，公孫樹；～**がえし**【銀杏返し】（名）日本女子髮髻的一種。[0]

いちょう【胃腸】（名）胃腸；☆胃腸をこわす／傷腸胃。[0]

いちょう【異朝】（名）〔文〕①外國的朝廷；②外國。[0][1]

いちょう【移牒】（名・自サ）〔文〕移文，轉諮。[0]

イちょう【イ調】（名）（樂）A調；☆イ長（短）調／A大（小）調。[1]

いちょうカタル【胃腸カタル】（名）〔醫〕胃腸加答兒。[4]

いちようらいふく【一陽来復】（連語・名・自サ）一陽來復，一元復始，否極泰來；☆一陽来復の兆（きざし）がある／有否極泰來的徵兆。[0]

いちよく【一翼】（名）〔文〕①一翼；②一部分任務；☆国家建設の一翼をになう／擔任國家建設的一部分任務；②一個部署。[0]

***いちらん**【一覧】（名・他サ）①一看；☆御一覧下さい／請看一看；②一覽表；～**ひょう**【一覧表】（名）一覽表。[0]

いちり【一里】（名）一里（一日里約3.93公里）；～**づか**【一里塚】（名）里程碑。[2]

いちり【一理】（名）一番道理，一理；☆彼の言う事にも一理がある／他所說的也有一番道理。[2]

いちりいちがい【一利一害】（連語・名）

一利一弊；☆君の案も一利一害で万全（ばんぜん）とは言えない／你的方案不能說是完善的。[2]

いちりつ【一律】（形動ダ）一律，一樣；☆一律に取扱うわけにはゆかぬ／不能一律看待，不能同樣處理。[0]

いちりゅう【一流】（名）①一個流派；②獨特；☆彼一流の文体です／是他獨特的文體；③第一流，頭等；☆一流の劇場／頭等的戲院；☆彼は一流の大家（たいか）と見られている／他被公認是一流專家。[0]

***いちりょう**【一両】（造語）一個或兩個；☆一両年内に完成する／在一兩年内完成；一両日中（じつちゅう）／一兩天之内。

いちりょう【一両】（名）①一兩（舊日幣單位）；②一兩（一斤的十六分之一）；③〔俗〕一日元。[0][2][3]

いちりょう【一両（輛）】（名）一輛（車）。[2]

いちりん【一厘】（數・副）一釐；☆一厘一毛も掛値（かけね）はありません／沒有一分一釐的謊價。[2]

いちりん【一輪】（名）①一個車輪；②（花）一朵；☆梅の花が一輪二輪と咲き始めた／梅花一朵兩朵地開起來了；③一個，一輪；☆一輪の名月／一輪明月；～**ざし**【一輪挿】（名）（可以插一兩朵花）的小花瓶；～**しゃ**【一輪車】（名）單輪車。[2]

いちる【一縷】（名）〔文〕一縷，一線，一點兒（＝わずか，かすか）；☆一縷の望（のぞみ）がある／有一線希望。[2]

いちるい【一塁】（名）〔棒球〕第一壘。[2]

いちるい【一類】（名）①同類；②一夥（＝なかま）；☆強盗の一類を捕える／逮捕一夥強盗；③同族。[2]

いちれい【一礼】（名・自サ）一禮，行一個禮；☆一礼して奥へ引っ込む／行一個禮就退到裏間屋子去。[0]

いちれい【一例】（名）一個例子；☆これはほんの一例にすぎない／這不過僅是一個例子。[0]

いちれつ【一列】（名）①一列，一行，一排；☆一列になって行進する／魚貫而行；☆家が一列に並（なら）んでいる／房子排成一排；②第一排，第一列。[4][0]

いちれん【一連】（名）①一連，一系列（＝ひとつながり）；☆一連の措置（そち）

／一系列的措施；②（紙）一令。◯

いちれんたくしょう【一蓮託生】（連語・名）①〔佛〕一蓮託生，同生同死；②同甘共苦，休戚與共；☆一蓮託生の臍（へそ）を固（かた）める／打定休戚與共的主意。◯

いちろ【一路】Ⅰ（名）一路；☆一路平安を祈（いの）る／祝（您）一路平安；Ⅱ（副）一直，逕（＝まっすぐに）；一路目的に邁進する／一直向目的邁進；☆一路パリに向う／逕往巴黎。②

いちろく【一六】（名）①骰子的么六點兒；②每月一和六的日子（初一、初六、十一、十六、二十一、二十六）；☆一六の日が縁日（えんにち）です／每逢一、六的日子有廟會；～ぎんこう【一六銀行】（名）〔俗〕當舖（＝しちや）；～しょうぶ【一六勝負】（名）①賭錢；☆一六勝負をやる／賭輸贏；②冒險，碰運氣◯

いちわ【一羽】（數・副）〔禽〕一隻。②

いちわり【一割】（名）一成，十分之一；☆人員（じんいん）を一割減らす／裁員十分之一；☆一割引（びき）／九扣；☆一割増（まし）／加一成。②

いつ【五】（數）五，五個〔限計數ひい、ふう、みい…時用之〕。①

いつ【何時】（代）何時，幾時，什麼時候（何年、何月、何日、幾點鐘等通用）；☆いつ卒業ですか／什麼時候畢業？☆毎朝、何時ごろ目がさめるか／每天早晨大約幾點鐘睡醒？；☆この前会ったのは何時か忘れてしまった／上次什麼時候見的記不得了；◇**何時とはなしに**／不知什麼時候，不知不覺；**何時にない**／與平常不同；☆何時になくしょげている／與平常不同地頹靡不振；～か【何時か】（副）①不知不覺（＝しらぬまに）；☆何時かその事も忘れてしまった／不知不覺地把那件事也忘掉了；②早晚，總有一天；☆何時か後悔する時がくる／總有一天會後悔的；③（在過去）記不清什麼時候，曾經；☆何時かお目にかかった事がある／過去曾經跟您見過一次面；～かしら【何時かしら】Ⅰ（副）不知幾時（＝いつのまにか）；Ⅱ（連語）什麼時候呢，幾時呢（＝いつだろうか）；～しか【何時しか】（副）不知不覺（＝いつのまにか）；☆何時しか秋が来た／不知不覺秋天已來到；～ぞや【何時ぞや】（副）有一天，曾經

（＝いつか、かつて）；☆何時ぞやどこかで会いましたね／曾經在哪兒見過面；～も【何時も】（副）經常，總是（つねに、いつでも）；☆何時も部屋に閉（と）じこもっている／總是待在屋子裏頭。①

いつ【一、壹】Ⅰ（名）一，一個，一方面（＝ひとつ、いっぽう）☆今度の洋行は、一つは公用のため、一つは見学のためである／這次出國一方面是為了公事，另一方面是為了參觀；☆一つは良く、他は悪い／一個好，另一個不好；Ⅱ（數）一，一個（＝いち、ひとつ）。①②

いつう【胃痛】（名）〔醫〕胃痛。◯

いつか【五日】Ⅰ（數・副）五天；Ⅱ（名）（某月的）五日、五號。③◯

いっか【一価】（數）〔化〕一價。①

いっか【一家】（名・數）①一所房子（＝いっけん），一個門戶；☆新（あらた）に一家を建てる／新蓋一所房子，另立門戶；②一家子，一家族；☆一家総出（そうで）で花見（はなみ）に行く／全家出去看花；③（學術、技藝的）一家，一派；☆彼は文法学者としてすでに一家をなしている／作為語法學家他已成為一家；～げん【一家言】（名）獨樹一幟的主張；～しんじゅう【一家心中】（名）全家自殺；～だんらん【一家団欒】（名）一家團圓。①

いっか【一荷】（數・副）①一件（貨物）；②一擔，一挑兒。①

いっか【一箇・一個】（數・副）一個，一件（＝いっこ）。①

いっか【一過】（名・自サ）一過；☆台風一過数百戸の罹災者を出した／颱風一過造成了數百戶的受災者。①

いっかい【一介】（名）〔文〕一介，一個（＝ひとり）；☆一介の書生に過ぎない／不過是一介書生。◯

いっかい【一回】（數・副）①一回，一次（＝ひとたび）；☆一週に一回／一星期一次；☆一回で懲々（＝こりごり）した／一次就吃夠了苦頭；②一周，一圈兒；～き【一回忌】（名）一週忌辰；～てん【一回転】（名・自サ）一轉，轉一圈兒（＝ひとまわり）。③

いっかい【一階】（名）①一層（樓）；☆一階に住む／住在一樓；②一級；☆位一階を進む／位昇一級。◯

いっかい【一塊】（名）〔文〕一塊（＝ひ

とかたまり）。◎

いっかく【一角】（名）①一角，一隅，一個角落（＝ひとつのかど）；☆病院は都市の一角にある／醫院位於都市的一個角落裏；②〔動〕獨角魚。◎④

いっかく【一画】（名）（漢字的）一畫；☆一点一画を念入りに書く／一點一畫地仔細寫。④

いっかく【一郭（廓）】（名）一個地區；城外の一郭／城外的地區。◎

いっかくせんきん【一攫千金】（連語・名）一攫千金，一下子發大財；☆一攫千金を夢見る／夢想一下子發大財。◎

いっかげつ【一箇月】（數・副）一個月（＝ひとつき）。◎

いっかしょ【一箇所】（名）一個地方，一處（＝ひとつどころ）。③

いっかつ【一括】（名・他サ）一包在內，總括起來（＝ひとまとめ）；☆一括に言う／總括起來說；☆一括して売りたい希望だ／希望一批（成總）出售。◎

いっかつ【一喝】（名・他サ）大喝一聲；☆主人の一喝に驚いて泥棒が逃げ出した／因為主人大喝了一聲小偷就逃跑了。◎

いっかねん【一箇年】（數・副）一年。③

いっかん【一貫】Ⅰ（數）一貫；→かん（貫）；Ⅱ（副・自サ）一貫，貫徹到底，一以貫之；☆彼は終始一貫労働者の味方（みかた）だった／他始終一貫站在工人這方面；☆能率本位で一貫させる／貫徹效率第一的方針。◎③

いっかん【一環】（名）①（鏈子的）一個環節；②〔轉〕一環，一部分；☆民生主義政策の一環として電力国営を行う／實行電氣國營作為民生主義政策的一環。◎

いっかんばり【一閑張り】（名）（江戸時代飛來一閑所創的）一種紙胎的漆器。◎

*いっき【一気】（名）一口氣（＝ひといき）；☆一気にやってのける／一口氣兒幹完；～かせい【一気呵成】（連語・名）一氣呵成。①

いっき【一季】（名）①一季（三個月）；②〔江戸時代〕一年；☆一季半季の奉公人／一年半載的雇工。①

いっき【一基】（數）一座；☆灯台一基／燈塔一座。①

いっき【一揆】（名）（土匪、暴民、暴徒）作亂；☆一揆が起る／發生（暴民的，土匪的）作亂。①

いっき【一簣】（數）〔文〕一簣；☆九仞の功を一簣に欠（か）く／〔為山〕九仞功虧一簣。①

いっき【一騎】（數・副）一騎，一個騎兵；～うち【一騎打ち】（名・自サ）（敵我雙方）一個對一個地打；☆一騎打ちなら彼には負けない／一個打一個的話，不會輸給他；～とうせん【一騎当千】（連語・名）一騎當千。①

いっきいちゆう【一喜一憂】（連語・名・自サ）一喜一憂；☆病人の容態は、今一喜一憂の状態です／現在病人的病情是忽好忽壞。①

いっきゃく【一脚】（數・副）①一隻脚；②（桌）一張，（椅）一把。◎④

いっきゅう【一級】（數）①一級；☆一級を進められる／提升一級；②頭等；☆一級酒／一等酒；～ひん【一級品】（名）頭等貨。◎

いっきょ【一挙】（名・自サ）一舉；☆敵を一挙に粉砕する／一舉擊潰敵人；☆勝負の決はこの一挙に在り／勝負在此一舉；～いちどう【一挙一動】（連語・名）一舉一動；☆一挙一動も苟（いやしく）しない／一舉一動也不苟；～りょうとく【一挙両得】（連語・名）一舉兩得；☆そうすれば一挙両得だ／那麼一來就一舉兩得了。①

いっきょう【一興】（名）一種趣事；☆そうするのもまた一興だ／那樣做也很有趣。◎

いっきょう【一驚】（名・自サ）〔文〕一驚（＝びっくり）；☆一驚をきっする／吃一驚。◎

いっきょく【一曲】（名）一曲，一個曲子；☆一曲吹いて聞かせる／吹一個曲子給你聽聽。④

いっきょく【一局】（名）一局，一盤（棋）；☆一局やる（さす、うつ）／下一盤棋。④

いっきょしゅいっとうそく【一挙手一投足】（連語・名・副）①一舉手一投足（形容不費力氣）；一挙手一投足の労をも惜しむ／不肯盡舉手投足之勞；②一舉一動；☆一挙手一投足が注意の的（まと）になる／一舉一動都成為注意的目標③-③

いっきん【一斤】（數・副）一斤。①

いつ・く【居着く】（自五）①安居，落戶（＝すみつく）；☆この町に居着いてか

ら四年になる／在這個鎮市落戸已有四年；②住慣(＝すみなれる)；☆野良(のら)猫が家に居着く／野猫在家裏住慣②

いっく【一区】(名)①(土地的)一區、一段；②第一區；⑨(電車、汽車的)一段；☆一区五元／(票價)每段五元。①

いっく【一句】(名)一句、一首(詩)；☆その絶景を見て一句浮(うか)んだ／看了那個佳景腦海裏浮現了一首詩。①

いつくしみ【慈しみ】(名)〔(いつくしむ)的名詞形〕慈愛；☆母の慈しみは忘れられない／母愛難忘。⓪

いつくし・む【慈しむ】(他五)〔文〕疼愛、慈愛、憐愛；☆子を慈しむ親／疼愛孩子的父母。④

いっけい【一計】(名)一條計；☆一計を案じ出す／想出一條計策。⓪

いっけつ【溢血】(名・自サ)〔醫〕溢血⓪

いっけん【一件】(名)①一件事、某事；②那件事；☆一件はどうなっているかね／那件事怎麼樣了？⓪③

*いっけん【一見】(名・他サ)①一見、一看；☆百聞一見に如(し)かず／百聞不如一見；②乍一看；☆彼は一見するところ篤実な人らしい／乍一看他好像是個很誠篤的人；◇一見旧の如(ごと)し／一見如故。⓪

いっけん【一軒】(名)一所(房子)、一戸；☆一軒一軒訪問する／一家一家地拜訪；～や【一軒屋】(名)①没有四鄰的房子，獨門獨院；☆今度(こんど)建つ高級住宅は皆一軒屋だ／這次蓋的高級住宅都是獨門獨院。①

いっけん【一間】(數・副)①一間房；②→けん(間)。⓪①

いっけんしき【一見識】(名)一定的見識；☆一見識ある人／有一定見識的人。③

いっこ【一己】(名)一己、個人；☆私一己の考え／我個人的想法。①

いっこ【一戸】(名)一家、一戸(＝いっけん)；☆一戸当り一千円／每家一千元；☆一戸建て／獨門獨院的房屋。①

*いっこ【一個・一箇】(名)一個。①

*いっこう【一行】(名)①一行、同行者；☆観光団の一行／觀光團的人們；☆一行は三名であった／同行是三個人；②一個行動；☆一言一行を慎(つつし)む／一言一行都謹慎。⓪③

*いっこう【一向】(副)(下接否定語)總、

全然、一向(＝まったく)；一點也…(＝すこしも)；☆一向便(たよ)りがない／總没有來信☆一向存じません／一點兒也不知道；～に【一向に】(副)＝いっこう；☆一向に驚かない／一點也不吃驚⓪

いっこう【一考】(名・他サ)想一想；考慮一下；☆一考の余地がある／有考慮一下的餘地；☆これは一考を要する／這要想一想。⓪

いっこう【一項】(名)一項；☆この一項は取り消す／這一項取消。

いっこういってい【一高一低】(連語)一高一低，忽高忽低；☆相場(そうば)は一高一低の有様だ／行情忽高忽低。⓪

いっこく【一石】(名)一石；☆米一石は十斗だ／稲米一石是十斗。④

いっこく【一刻】Ⅰ(名)①〔古〕一刻鐘；②短時間；☆一刻を争う問題だ／是要争取時間的問題，緊迫的問題；⑨一時一刻(＝ひととき)；☆一刻も忘れない／一刻也不忘；Ⅱ(名・形動ダ)①頑固；☆そんな一刻なことを言うものではない／別説那様頑固話；②好生氣；☆あの男は一刻ですぐ怒る／他是個好怒的人動就生氣；～せんきん【一刻千金】(名)一刻(値)千金；～もの【一刻者】(名)①頑固的人；②好生氣的人，急性人。④

いっこじん【一個人】(名)個人，私人；☆一個人の資格で参加する／以個人資格参加。③

いっこん【一梱】(數)一捆；☆生糸(きいと)一梱／生絲一捆。

いっこん【一献】(名)一盃酒；☆一献差し上げよう／敬你一盃酒。⓪

いっさい【一才・一歳】(名)①一歳；②(木料)一立方尺；⑧(織物)一平方尺。①

*いっさい【一切】(名・副)①一切，全部(＝すべて)；☆費用は一切で五十円だ／費用總共是五十塊錢；☆一切君に任せる／一切委託給你了；②全，都(下接否定語)；☆一切存じません(知らない)／完全不知道；～がっさい【一切合切】(名・副)全部(＝すっかり)；☆一切合切で一万円になる／一共一萬塊錢；～しゅじょう【一切衆生】(連語・名)〔佛〕一切衆生。①③

いっさい【一再】(名)一再，多次；☆注意したのも一再(のこと)ではない／勧

告了不是一次兩次（好多次）了；～なら
ず【一再ならず】（連語・副）不止一次
地，再三地；☆一再ならず我が領空を犯
した／（敵機）不止一次地侵犯了我國領
空。0

*いっ・さく【一昨】（連語）①前（年、月），
大上（月），②前天（＝おととい）；～
さくねん【一昨年】（名）大前年（＝
さきおととし）；～じつ【一昨日】（名）
前天（＝おととい、おとつい）；～ねん
【一昨年】（名）前年（＝おととし）；
～ばん【一昨晩】（名）前天晩上；～や
【一昨夜】（名）前天夜裏（＝いっさく
ばん）。0

いっ・さく【一策】（名）一策，一計，一個
辦法；☆それも一策だ／那也是個辦法；
☆一策を案じ出す／想出一個主意。40

いっ・さつ【一札】（名）①（一張）字據；
☆一札差入れる／提出一張字據（如悔過
書、検討書之類）。②一札，一封信40

いっ・さつ【一冊】（數・副）（書）一冊，
一本。40

いっ・さんかたんそ【一酸化炭素】（名）〔
化〕一氧化碳。6

いっ・さんに【一（逸）散に】（副）＝いち
もくさんに。3

いっ・し【一子】（名）一子，一個兒子；☆
一子をもうける／生一子；～そうでん【
一子相伝】（連語）〔文〕（把秘訣）只
傳授給自己的一子。1

いっ・し【一矢】（名）①一矢，一枝箭；②
反駁一句；◇一矢を報（むく）いる／①
（對人類）予以反撃；②（向辯論的對方）
給以反駁。1

いっ・し【一死】（名）①一死；☆一死以て
国に報（ほう）ずる／以死報國；②〔棒
球〕一死。1

いっ・し【一指】（名）一指，一根指頭；☆
一指も触（ふ）れさせない／連一根指頭
也不讓碰，一點兒也不許干渉。1

いっ・し【一糸】（名）①一根絲；②（重量
的）一絲；③一點點；◇一糸まとわず／
一絲不掛，赤身露體；一糸乱れず／一絲
不亂。1

いっ・しき【一式】（名・副）一套（＝ひ
とそろい）；整套，全套；☆家財道具
一式取り揃える／備好整套家用的器物。
4

いっ・しき【一色】（名・副）一色，一種，

一類（＝ひといろ、ひとしな）。40

いっ・しつ【一室】（名）①一室，一間房子
（＝ひとま）；②同室，同房間（＝おな
じへや）；③某間房子，某室（＝あるへ
や）。4

いっ・しどうじん【一視同仁】（連語・名）
一視同仁；☆上に立つ者は一視同仁でな
ければならぬ／身爲領導者必須一視同
仁。1－0

いっ・しゃく【一尺】（數・副）一尺。40

いっ・しゃせんり【一瀉千里】（連語・名・
副）一瀉千里；☆一瀉千里の勢いで仕事
を片付ける／以一瀉千里之勢（大刀濶斧
地）清理工作。1－1

いっ・しゅ【一首】（數・副）（詩）一首1

いっ・しゅ【一種】（名・數・副）①一種；
☆鯨は哺乳類の一種である／鯨魚是哺乳
類的一種；☆この菓子には一種の風味が
ある／這個點心別有一種風味；②在某種
意義上；☆彼は一種の天才だ／在某種意
義上説他是個天才。1

*いっ・しゅう【一周】（名・自サ）①一週，
一圏（＝ひとまわり）；☆地球は一年で
太陽を一周する／地球一年続太陽一週；
②滿一年；～き【一周忌】（名）〔佛〕
一週年，小祥忌；～ねん【一周年】（名）
一個年頭，一週年。0

いっ・しゅう【一週】（數・副）一週，一星
期；～かん【一週間】（名）一星期，七
天。0

いっ・しゅう【一蹴】（名・他サ）①踢開；
②拒絶；☆相手（あいて）の要求を一蹴
する／拒絶對方的要求；③（比賽）打敗
，勝過（敵人）；☆相手を軽く一蹴する
／輕鬆（毫不費力）地撃敗對方。0

いっ・しゅく【一宿】（名・自サ）住一宿；～
いっぱん【一宿一飯】（連語・名）一宿一
飯；☆一宿一飯の恩義／一宿一飯之恩 0

いっ・しゅつ【逸出】（名・自サ）〔文〕①
逸出；②傑出。0

いっ・しゅん【一瞬】（名）一瞬，一刹那（
＝たちまち）；☆一瞬の猶予もない／刻
不容緩；～かん【一瞬間】（名）一瞬間，
刹那間；☆それは一瞬間の出来事であっ
た／那是一刹那間所發生的事。0

いっ・しょ【一所】（名）①一處（＝ひとところ）；②同處（＝おなじところ）③一塊兒
；～けんめい【一所懸命】（副）〔文〕
拼命地；☆一所懸命に勉強する／拼命用

功；☆彼は何をやっても一所懸命になる
／他做什麼都拼命地幹。①

*いっしょ【一緒】（名・副）①一同，一起，
一塊兒；☆一緒に行く／一塊兒去；☆一
緒に持ってきて下さい／請一起拿來吧；
☆一緒に着（つ）く／一同（同時）到達☆
そう一緒に口を出しては困る／別那麼一
齊發言呀；②同樣，一樣；☆これは、あれ
と一緒です／這和那是一樣的；③（男女）
到一塊兒；結婚；☆好いた同土を一緒に
する／使相愛的兩個人結婚；～くた【一
緒くた】（名）〔俗〕一塊兒；混在一起；
☆何もかも一緒くたにする／不管什麼都
混在一塊兒；☆あんな連中と一緒くたに
されては困る／（把我）和他們那些人混為
一談可不行呀；◇一緒になる／①一同，
一齊；☆一緒になって笑う／一齊笑；☆
弟も一緒になって泣いた／弟弟也一塊兒
哭了；②遇見，會面；☆私たち二人はよ
く一緒になる／我們倆常見面；☆三時に
動物園で一緒になろう／三點鐘在動物園
會吧；③結婚，同居；☆二人は一緒にな
れないのを悲観している／兩個人正在懊
喪不能結婚（到不了一塊兒）。①

*いっしょう【一生】（名・副）一生，終身，
一輩子（＝しょうがい）；☆一生を楽に
送る／舒服地過一輩子；☆私は一生その
日を忘れない／我一輩子忘不了那天；～
がい【一生涯】（名）一生，一輩子；☆
そんなことは今に二度とあるまい／
那樣事一輩子不會有兩次；～けんめい【
一生懸命】（連語・名・副）〔（一所懸
命）之訛〕拼命。①

いっしょう【一升】（數・副）一升；日本
尺貫法之容積單位，約1.8公升。①

いっしょう【一笑】（名・自サ）一笑；◇
一笑に付する／付之一笑。

いっしょく【一食】（名）一頓飯；☆一食
五十元する／一頓飯要花五十元。④

いっしょくそくはつ【一触即発】（連語・
名・自サ）一觸即發；☆一触即発の危機
／一觸即發的危機。①

いっしん【一心】（名）①一條心；②同
心；③一心一意；☆一心になって文法を
研究している／一心一意地在研究語法；
～ふらん【一心不乱】（連語・名）專心
致志，一心一意；☆一心不乱に読む／專
心致志地閱讀書。③

いっしん【一身】（名）①一己，自身；☆

一身の利益を計る／謀自己的利益；②全
身；☆一身を国家に捧げる／將此身獻給
祖國；～じょう【一身上】（名）有關個
人的事；與個人命運有關的事；☆私にと
っては一身上の一大事です／對我個人說
來是一件大事；☆一身上の都合（つごう）
で辞職する／因私事辭職。③

いっしん【一新】（名・自他サ）一新；革
新；☆面目を一新する／(使)面目一新；
☆住居（すまい）が変ると気分が一新す
る／住處一改變精神也為之一新。⓪

いっしん【一審】（名）〔法〕一審；☆一
審で無罪となる／第一審被判無罪。⓪

いっしんいったい【一進一退】（連語・
名・自サ）一進一退；忽好忽壞；☆父の
病気は一進一退です／父親的病情時好時
壞。⓪

いっすい【一睡】（名・自サ）一睡（＝ひ
とねむり）；☆昨夜は殆んど一睡もしな
かった／昨晚幾乎沒闔眼。⓪

いつづ（づ）け【居続け】（名・自サ）①連日
外宿不回；②（在妓館）流連忘返；☆
幾日も遊廓に居続けする／多日流連北
里。⓪

いっ・する【逸する】（他サ）①失去（＝
うしなう，にがす）；☆機会を逸する／
失去機會；②脫離，逸出（＝それる，は
なれる）；☆常軌を逸する／逸出常軌；
図いっす（サ）。⓪③

いっすん【一寸】（名）①一寸；②近處，
短距離；◇一寸の虫にも五分の魂／弱者
也有志氣不可輕侮，匹夫不可奪其志；～
さき【一寸先】（名）眼前，近處；☆霧
が深くて一寸先も見えない／霧很大伸手
不見掌；◇一寸先は闇（やみ）／前途莫
測；前途沒有光明；～のがれ【一寸逃
れ】（名）敷衍一時；☆一寸逃れをして
いては今に行きずまる／只顧敷衍一時馬
上就會行不通的；～ぼうし【一寸法師】
（名）矮子（＝こびと）。③

いっせ【一世】（名）〔佛〕①一世（過去
、現在、未來三世之一）；②一生，一輩
子；～いちだい【一世一代】（連語・名）
①一生一世，畢生；☆一世一代の傑作／
畢生的傑作；②（演員退休前的）最後一
次（演出）；☆一世一代の名演技／退休
前最後一次的精彩表演。⓪

いっせ【一畝】（數・副）〔農〕一畝；→
せ（畝）。①

いっ**せい**【一世】（名）①一生，一代；②當時，當代；☆一世の豪傑／一世的豪傑；③（國王的）一世；☆ジョージ一世／喬治一世；④（移民的）第一代；☆日系米人の一世と二世／美籍日本人的一代和第二代。⓵

*いっ**せい**【一斉】（名）一齊，同時（＝いちどき）；☆一斉に万歳を叫んだ／一齊高呼萬歲；～**しゃげき**【一斉射撃】（名・自サ）〔軍〕一齊射擊；☆敵に対して一斉射撃した／一齊對敵開槍。⓪

いっ**せき**【一夕】（名・副）一夕，一夜；某夜；☆一夕どこかで飲もう／（我們）在哪兒喝一晚上吧。

いっ**せき**【一石】（名）一石；◇一石を投ず／引起風波；～**にちょう**【一石二鳥】（連語・名）一箭雙鵰，一舉兩得；☆それは一石二鳥だ／那真是一舉兩得。④

いっ**せき**【一席】（名）（講演、宴會、圍棋等的）一場，一回；☆一席弁ずる／來一次演說；☆一席設（もう）ける／設宴請客；☆一席（碁を）打つ／下一盤棋。⓪④

いっ**せき**【一隻】（名）一隻，（船）一艘；～**がん**【一隻眼】（名）（一定的）眼力；（一定的）鑑別力；☆骨董にかけて一隻眼を持っている／對古董有一定的鑑別力。④

いっ**せつ**【一節】（名）（文章、樂曲的）一節。⓪④

いっ**せつ**【一説】（名）①一說，一種說法；☆それも一説だ／那也是一種說法；②某一種說法，另一種說法；☆一説によると、こういう人物は存在しなかったと言う／據另一種說法這種人物並不存在。⓪

いっ**せつな**【一刹那】（名）一刹那（＝いっしゅんかん）；☆ほんの一刹那の出来事であった／那僅是一刹那間所發生的事情③

いっ**せん**【一閃】（名・自サ）一閃；☆電光一閃の間に／電光一閃之間。⓪

いっ**せん**【一銭】（名）①一分錢，一個銅幣；②一文錢；◇一銭を笑うものは一銭に泣く／一文錢也不可以輕視，一文錢也能困倒英雄漢。③

いっ**せん**【一戦】（名・自サ）一戰（＝ひといくさ）；☆一戦を交（まじ）える／交一次鋒。⓪

いっ**せん**【一線】（名）①一條線；一道界線；☆一線を画（かく）す／劃一道界線；②第一線。③⓪

いっ**そ**（副）寧可（＝むしろ）；索性，莫若，倒不如（＝かえって）；☆いっそ買わない方がよかった／倒不如不買好了；☆残してしまうよりいっそ飲んでしまえ／與其剩下，莫若把它喝了；～**のこと**【いっそのこと】（副）＝いっそ。

いっ**そう**【一層】（副）更，越發（＝ひときわ）；☆一層努力する／更加努力；☆一層ひどく泣き出した／越發痛哭起來了⓪

いっ**そう**【一双】（數・副）①一對；一雙；（手套等）一副；②（屏風等）一架；☆六曲一双の屏風／六扇一架的屏風。⓪

いっ**そう**【一掃】（名・他サ）①掃一下；②一掃；☆滞貨を一掃する／銷清滯貨；☆腐敗分子を一掃する／肅清腐敗分子⓪

いっ**そう**【一艘】（數・副）（船）一艘①

いっ**そく**【一束】（數・副）一束，一把（＝ひとたば）。④⓪

いっ**そく**【一足】（數・副）（鞋、襪）一雙；～**とび**【一足飛び】（名・副・自サ）①並著雙腳跳；②越級，一躍☆一足飛びに局長になった／一躍而昇了局長④⓪

いっ**そく**【逸足】（名）①駿足，跑得快（的馬等）；②（某人門下的）高足，高才、俊才；☆彼は当代の逸足だ／他是當代的高才。⓪

いっ**たい**【一帯】（名）一帶；☆日本海に面する一帯の地域が暴風雨に襲（おそ）われた／面向日本海的一帶地區遭受了暴風雨的侵襲。⓪

*いっ**たい**【一体】（名）Ⅰ（名・數・副）①一體；同心合力；☆夫婦は一体だ／夫妻一體；☆一体となって働く／同心合力地工作；②（佛像等）一尊；Ⅱ（副）①大體上，整個兒來說，全部（＝すべて）；☆米作（べいさく）は一体に良い方だ／整個兒來說水稻的收成很好；☆この頃は一体不景気だ／近來生意大體上都不好；②原來，到底，究竟（＝そもそも，もともと）；☆一体君はどうするつもりです？／你究竟打什麼主意？；☆一体どうしたのだ／（你）究竟怎麼了？；～**ぜんたい**【一体全体】（副）究竟（語氣比「いったい」強）；☆一体全体このざまは何だ／到底是怎麼搞的？。⓪

いつ**だつ**【逸脱】（名・自サ）逸出，脫離；☆常軌を逸脱している／逸出常軌。⓪

い

いったん【一反】（數・副）→たん(反)①

いったん【一旦】（副）①一旦，既然（＝ひとたび）；☆一旦約束した以上は履行しなければならぬ／既然約定了就得履行；②一次，一度，☆一旦借りたが、又返した／借過一次可是又歸還了；◇**一旦緩急あれば**／一旦情勢緊急。⓪

いったん【一段】（數・副）→たん(段)①

いったん【一端】（名）①一端（＝かたはし）；☆机の一端を持ち上げる／擡起桌子的一端兒；②（全體的）一部分；☆一端をもって全般を推測する／以一部來推測全體；☆問題の一端に触れる／觸及（涉及）問題的一部分。③⓪

*いっち【一致】（名・自サ）一致，相符；☆一致の行動を取る／採取一致行動；☆言行が一致しない／言行不一致。⓪

いっちはんかい【一知半解】（連語・名）一知半解；☆一知半解の徒／一知半解之輩。④

いっちゃく【一着】（名）①第一名(到達)；☆百メートルで一着になる／一百公尺(競賽)跑第一；②（衣服）一件，☆夏着（なつぎ）一着／單衣一件。④

いっちょう【一丁】（數・副）①（豆腐）一塊；（剃刀）一把；（轎子）一頂；（犂、鋤）一把；②（在飲食店中指所叫的食品）一盤；一碟；③一個（＝ひとつ）；④＝いっちょう（一町）。①

いっちょう【一挺】（數・副）（墨）一塊；（槍）一支。①

いっちょう【一町】（數・副）→ちょう(町)。①

いっちょう【一朝】（名・副）〔文〕①一旦，一朝；☆一朝にして名を成す／一朝而成名；②萬一，☆一朝事ある時は／一旦有事之秋；～**いっせき**【一朝一夕】（連語・名）一朝一夕，一時半刻；☆一朝一夕には出来ない／非一朝一夕所能做到的。⓪

いっちょういったん【一長一短】（連語・名）一長一短，有長有短。⓪

いっちょうめ【一町目】（名・數）→ちょうめ。⓪⑤

いっちょうら【一張(帳)羅】（名）①（所有衣服裏的）最好一件，唯一的好衣服☆一張羅の着物を着る／穿上唯一的好衣服；②唯一的衣服。③

いっちょくせん【一直線】（名）一條直線；筆直（＝まっすぐ）；☆一直線を引く／劃一條直線；☆道は一直線になっている／路是筆直的。③

いつつ【五つ】Ⅰ（名）（時刻的舊稱）午前八時和午後八時；Ⅱ（數・副）①五，五個；☆蜜柑（みかん）が五つ／桔子五個；②五歲，☆今年五つになる娘／今年五歲的女兒。②

いっつい【一対】（數・副）一對；☆一対の花瓶／一對花瓶。⓪

いっつう【一通】（數・副）（信）一封；（文件）一份。③⓪

いって【一手】（名）①一手，獨自一人；☆一手に引受ける／一手承擔；②一着（棋）☆この一手で勝敗が決する／勝敗就在這一着兒了；～**はんばい**【一手販売】（名）〔經〕獨家經營，包銷。①

いってい【一定】（名・自・他サ）①一定；☆一定の方針を立てる／樹立一定的方針；②規定；☆学生の服装を一定する／規定學生的服裝。⓪

いってき【一滴】（名・副）一滴，☆近頃は酒は一滴もやらない／近來一滴酒也不喝；☆一滴の涙もない無情な男／連一滴淚都沒有的冷酷的人。④⓪

いってき【一擲】（名・他サ）一擲，一投；☆千金を一擲するも惜（お）しくない／一擲千金也在所不惜；◇**乾坤一擲**／破釜沉舟；～**せんきん**【一擲千金】（名）一擲千金。

いってつ【一徹】（形動ダ）固執，頑固（＝いっこく）；☆老（おい）の一徹でどうしても聴かない／由於老年人的頑固脾氣怎麼也不應允；～**もの**【一徹者】（名）頑固人（＝いっこくもの）。④⓪

いってん【一天】（名）〔文〕天空，滿天；☆雲一天を覆（おお）う／滿天密雲。③

いってん【一点】（名・數・副）①一點，☆一点の雲もない／一點兒雲彩也沒有；②少，微；☆一点の疑いもない／毫無疑問；～**ばり**【一点張り】（名）專做一件事，專搞一門；堅持一個意見到底；一邊倒，☆努力一点張りで成功した／專靠努力而成功；☆彼は文法一点張りだ／他專搞語法；☆知らぬ存ぜぬの一点ばりで押し通した／一口咬定說不知道不曉得。③

いってん【一転】（名・自サ）一轉；一變；☆情勢が一転する／情勢一變。⓪

いっと【一兎】（名）〔文〕一兔，☆二兎

を追う者は一兎をも得ず／逐二兎者不得其一，務廣而荒。①

いっと【一斗】（數・副）→と（斗）。①

いっと【一途】（名）一條道；☆今は、ただ戦争の一途あるのみ／現在只有戦争這一條路。①

いっとう【一刀】（名）①一把刀；②一刀（＝ひとたち）；☆一刀の下に切り捨てる／一刀殺死 ；～りょうだん【一刀両断】（連語・名）一刀両断；☆一刀両断の処置をとる／採取斷然的處置。⓪③

*いっとう【一等】（名）一等，頭等，最好，☆競走で一等になる／賽跑得第一；☆一等で旅行する／坐頭等車（船）旅行；☆そうするのが一等だ／那樣做最好；～しん【一等親】（名）〔法〕一等親（父母與子女，養父母、繼父母與其子女的關係）；～せい【一等星】（名）〔天〕一等星。⓪③

いっとう【一統】（名・他サ）①一統☆天下を一統する／統一天下②全體（＝いちどう）；☆御一統様にはお変りありませんか／（書信用語）府上諸位都好嗎？⓪

いっとう【一頭】（名・數）①一頭；②（家畜等）一頭，一匹，☆一頭牽きの馬車／單套兒的馬車。①

いっとう【一灯】（名・數・副）一盞燈，◇貧者の一灯／（富者的萬燈不如）貧者的一燈，（喻貧人所捐的錢雖少 其 意 義 重大）。⓪

いっとき【一時】（名）①〔文〕一個時辰（等於現在的兩小時）；②一時，短時間（＝しばらく）；☆一時も油断はならぬ／一會兒也不可大意；☆一時の間も待てない／一刻也等不了；～のがれ【一時逃れ】（名）敷衍一時（＝いっすんのがれ）。④

いっとく【一得】（名）一得，☆一得あれば一失ある／有一得必有一失；～いっしつ【一得一失】（連語・名）一得一失；有利有弊。⓪

いつなんどき【何時なんどき】（連語・副）何時，不知何時；☆何時なんどき来るか も知れない／説不定什麼時候會來的。①

いつに【一に】（副）〔文〕①另外，或者（＝べつに、または）；☆一にこうも言う／另外也這樣説；②完全（＝ひとえに）；☆今日の成功は一に（かかって）あなたのお蔭です／今天的成功完全是由

於你的幫助。①②

いつのまに（か）【何時の間に（か）】（連語・副）不知不覺（地）；☆何時の間にか春が来た／不知不覺地春天來到了①

いっぱ【一派】（名）①一派一流；☆朱子学の一派／朱子學的一派；②一黨（＝なかま）；☆鳩山とその一派／鳩山及其一黨。①

いっぱ【一羽】（數・副）（鳥）一隻（＝いちわ）。①

いっぱ【一波】（名）①一個波浪；②一個風潮，一樁事件；◇一波縡かに動いて万波随う／一波才動萬波隨；一種風波要影響到各方面。①

*いっぱい【一杯】Ⅰ（名）①一盃；一碗☆酒を一杯飲む／喝一盃酒；☆御飯を一杯食う／吃一碗飯；②滿；☆この電車は一杯で乗れない／這輛電車人滿了，上不去；☆腹が一杯になった／吃飽了；☆悲しくて胸が 杯になった／滿腹悲痛很難過；☆収支相抵；剛好夠本錢；☆これで一杯だからもうまかりません／這剛好夠本錢，不能再讓了；☆収支がやっと一杯だ／收支剛好相抵；Ⅱ（副）①充分☆商売を手一杯拡げる／盡量擴充買賣；②全，都；☆今年一杯辛抱すればよい／今年忍上一年就好了；☆書棚には本が一杯積んであった／書架子上堆滿着書；一杯食う／上一個大當，受騙；一杯やる／喝酒；～きげん【一杯機嫌】（名）微醉的情緒，陶然，怡然；吃上幾盅酒高興起來；☆一杯機嫌で冗談を言う／微醉之下（高興了）開玩笑。①⓪

いっぱい【一敗】（名・自サ）一敗；☆一敗を喫する／吃了一個敗仗；◇一敗に塗（まみ）れる／一敗塗地。⓪

いっぱく【一泊】（名・自サ）住一宿；☆一泊の客／住一晚的旅客。⓪

いっぱく【一拍】（名・自サ）①〔樂〕一拍子；②一拍手；③〔語言〕一音節。④

いっぱし【一端】（名・副）①也算得上一個，也不遜於別人（＝ひとなみに）；☆自分では一端の学者のつもりでいる／他自己以為也算得上一個學者了；②也滿好，也還够；☆子供がもう一端役に立つ／小孩也滿中用了。⓪

いっぱつ【一発】（名・數・副）①一槍；☆一発で打ち止める／一槍打住；②一粒子彈；☆一発だけ残った／只剩一粒子彈

了。4

いっぱつ【一髪】（名）〔文〕一髪；☆危機が一髪に迫っている／危機迫近；**〜せんきん**【一髪千鈞】（名）一髪（引）千鈞。0

いっぱん【一半】（名）（＝なかば）；☆一半の責任を負（お）う／負一半責任30

****いっぱん**【一般】（名）①全體；一般；☆それは一般の説だ／那是一般的說法；②同様，相同；☆それでは、やらないと一般だ／那和不做是一樣的；**〜てき**【一般的】（形動ダ）一般的；☆一般的に論ずれば／一般說來，概括地說來。0

いっぴ【一臂】（名）〔文〕（微少的）援助；☆一臂の力を貸す／假一臂之力；給一些幫助。1

いっぴき【一匹（疋）】（數・副）①一隻（狗、貓、鼠、蟲等）；②一疋（絲綢）；◇猫の子一匹もいない／連一個人影也沒有；男一匹／一個男子漢。40

いっぴつ【一筆】（名）簡單的語句；一封信；☆一筆書いて下さい／請寫幾個字吧；請寫一封信吧；**〜けいじょう**【一筆啓上】（名）敬啓者（尺牘用語）。4

いっぴん【一品】（名）①一種，一樣（＝ひとしな）；☆料理一品／一樣菜；②第一，無雙；☆天下一品／天下第一；**〜りょうり**【一品料理】（名）零點的菜。0

いっぴん【逸品】（名）逸品，絕品；傑作。0

いっぷ【一夫】（名）①一個男子；一夫の勇（ゆう）／一夫之勇；一夫；**〜いっぷ**【一夫一婦】（名）一夫一婦；**〜たさい**【一夫多妻】（名）一夫多妻。1

いっぷう【一風】（名）☆一風変った／別開生面的，與眾不同的，奇怪的；☆一風変った男／古怪的人；☆一風変ったデザイン／別開生面的設計（圖案）。03

いっぷく【一服】（名・自他サ）①一杯（茶）；一袋（烟）；☆一服召上っていらっしゃい／請吃一袋烟（喝一杯茶）吧；②一服（藥）；☆一日三回一服ずつお飲みなさい／一天三次每次吃一服；③〔轉〕休息；歇；☆疲（つか）れたから一服しよう／累了，歇一會兒吧；④毒藥一服；☆一服盛る／下一劑毒藥。4

いっぷく【一幅】（名）一幅；一幅的絵巻物（えまきもの）／一幅手卷。0

いっぷん【一分】（數・副）一分（鐘）；☆一分一秒の狂（くる）いもなく…／連一分一秒也不錯。1

いっぺん【一片】（名）一（小）片（＝ひとひら、ひときれ、わずか）；☆一片の土地／一小片土地☆一片の肉／一片肉；☆一片の同情／一點同情。3

いっぺん【一辺】（名）一方；一邊；☆山の一辺から月が出る／月亮從山的一邊兒出來。0

いっぺん【一変】（名・自他サ）一變，改變；☆今までの生活を一変した／一改過去的生活；☆原子兵器の発明は戦術を一変させた／原子武器的發明使戰術爲之一變。0

いっぺん【一遍】（名・副）①一回，一遍（＝いちど）；☆一遍読む／念一遍；②普通，一般（＝ひととおり）；☆通り一遍のことを言う／說些不痛癢癢的話；③專一（＝ひたむき）；☆正直一遍の人／一本正經的人。30

いっぺん【一編・一篇】（數・副）一篇；☆一篇の詩／一篇詩。30

いっぺんとう【一辺倒】（名）一邊倒；☆一辺倒の方針を堅持する／堅持一邊倒的方針。3

いっぽ【一歩】（名・自サ）一步（＝ひとあし）；☆終日（しゅうじつ）一歩も外に出なかった／終日一步也沒出門；☆一歩も譲らない／一步也不讓。1

いっぽう【一方】（名）①一方，一方面；☆一方では賛成し他方では反対する／一方面贊成另一方面反對；②（兩個中的）一個（＝かたほう）；☆靴下の一方だけ穴がある／襪子只有一隻出窟窿；③〔……する一方だ〕專專；一直，越來越…，☆彼は食う一方だ／他專能吃，他只會吃；☆労働者の収入はふえる一方だ／工人的收入一直在增加（越來越增加）；**〜てき**【一方的】（形動ダ）一方面的；片面的；☆条約を一方的に破棄する／片面地廢棄條約。3

いっぽう【一報】（名・自サ）通知一下；☆御上京の節は御一報願います／來京時請通知（我）一下。0

いっぽん【一本】（名）①（許多不同版本書中的）一本；☆本にこの一段なし（別）一本缺這一段；②（計算細長的東西）一棵（樹）；一把（折扇）；一條（槍）；一根（頭髪）；一支（蠟燭）；一柱（香）；一瓶（酒）；③（練劍術時用竹刀砍的）一

刀；〔轉〕（比賽的）一分；一個打擊（＝ひとうち）；☆一本突っ込まれて返答に窮した／挨了一下子（質問）弄得無法回答；④可以自立的藝妓／芸者が一本になる／藝妓可以自立，成人；◇一本参る／（劍術用語）打擊他一下子，一刀；〔轉〕打擊他一下子；☆あいつに一本参ってやった／整了他一下子；②〔轉〕挨了他一下子；輸他一着；☆そう言われて一本参った／叫他一說弄得難乎為情；～ぎ【一本気】（名・形動ダ）單純，純眞；直率；☆一本気の人／單純的人；～じょうし【一本調子】（名）①單調，乏味；不婉轉；☆彼の芸は一本調子だ／他的玩藝兒單調；②生硬，不圓通；☆何事も一本調子で通そうとする／什麼事都想要硬幹下去；～だち【一本立ち】（名・自サ）①自立，獨立；☆一本立ちになる／自立，獨立；☆一本立ちでやって行く／獨立維持下去；②獨自一人沒有伙伴，孤立；☆一本立ちで相談するものもない／孤孤單單一個商量的人都沒有；③獨樹樹；～ばし【一本橋】（名）獨木橋；☆一本橋を渡るようなものだ／像走獨木橋似的（危險）；～やり【一本槍】（名）①一槍決勝負；②唯一的特長，唯一的招數，唯一的手段；☆あれはあの人の一本槍だ／那是他的拿手；③一條道跑到黑，堅持到底；☆この主義一本槍で一生（いっしょう）を押し通すことは出来ない／不能一輩子始終堅持這個原則；☆知らぬ存ぜぬの一本槍で押し通す／一口咬定說不知道①0

＊いつまで【何時まで】（副）到什麼時候；☆何時まで待っても返事が来なかった／（無論）怎麼等也沒有回信；☆何時まで東京に御滞在ですか／（您）在東京逗留到什麼時候呢？；～も【何時までも】（副）到什麼時候也，永遠，始終，老；☆何時までも独身ではいられまい／我想(他)不可能永遠獨身下去吧；☆そう何時までも待ってはいられない／不能老那麼等着。①

いつらく【逸楽】（名）〔文〕逸樂；☆逸楽にふける／耽於逸樂。0

いつわ【逸話】（名）逸話，奇聞。0

いつわり【偽り】（名）〔文〕①假，虛偽，不眞實；☆偽りの証言をする／作虛偽的證言；☆彼の言うことに偽りはない／他的話沒有虛假；②謊言；☆偽りを言

う／說謊；～ごと【偽言】（名）謊言，假話。4 0

＊いつわ・る【偽る】Ⅰ（自五）〔文〕撒謊，假冒；☆大学生と偽る／冒充大學生；☆病と偽って欠勤する／假裝有病不上班；Ⅱ（他五）①哄騙，欺騙（＝あざむく）；☆人を偽って金を取る／騙人弄錢；②歪曲；☆事実を偽る／顛倒是非，歪曲事實。3

いて【射手】（名）射手，弓手。2 1

イデア【希idea】（名）〔哲〕①觀念…②理想（＝アイデア、イデア）。1

イデオロギー【Ideologie】（名）〔哲〕思想體系，觀念形態；意識形態。3

いでたち【出で立ち】（名・自サ）〔文〕①起程，動身；☆旅の出で立ち／動身旅行；②打扮（＝よそおい）；☆妙ないでたちをする／打扮得古怪。0 2

いてつ・く【凍付く】（自五）凍；上凍（＝こおりつく）；☆凍付いた道／上了凍的道路。0

－い・でる【出でる】（造語・下一型）〔文〕出，出來；☆流れ出でる／流出來。

いてん【移転】（名・自サ）①轉移，挪動；☆権利の移転／權利的轉讓；②遷移，搬家（＝ひっこし）；☆他の家へ移転する／搬到別的房子去。0

＊いでん【遺伝】（名・自サ）〔生〕遺傳；～せい【遺伝性】（名）〔生〕遺傳性0

＊いと【糸】（名）①線；☆針に糸を通す／把線穿到針上；☆糸を抜く／（手術後）拆線；②（樂器的）絃；☆糸を掻き鳴らす／彈（樂器的）絃；③絲（線）；☆繭から糸を取る／從繭抽絲；④釣絲；☆竿と糸／釣竿和釣絲⑤（風箏的）繩，線；☆糸をのばす／放（風箏）線；⑥〔擬態〕線狀；☆糸よりも細い声で病人は話す／病人細聲細氣地說；◇糸を引く／暗中操縱；☆誰か糸を引いているに相違ない／一定有人在暗中操縱。1

いと【最】（副）〔文〕極，最（＝きわめて、もっとも）；☆いと面白く日を送る／極愉快地過日子；☆いとたやすいことだ／極容易的事情。1

いと【意図】（名・自他サ）意圖，主意，打算（＝かんがえ）；☆どんな意図があったかは分らない／不知道懷着什麼意圖。1

＊いど【井戸】（名）井；☆井戸を掘（ほ）

ゥ／鑿井；◇井戸の中の蛙（かわず）／井底蛙；～ばた【井戸端】(名)井邊；～ばたかいぎ【井戸端会議】(名)〔俗〕婦女們湊在井邊閒聊。①

いど【異土】(名)〔文〕異鄉；異國，外國。①

いど【緯度】(名)〔地〕緯度；↔（経度）。①

いと・う【厭う】(他五)〔文〕①厭嫌（＝いやがる）；☆世を厭うて山に入る／厭世入山；☆暑さを厭わず勉強する／(他)不嫌炎熱地用功；☆苦労を厭わぬ／不辭勞苦；②〔用「假名」寫〕珍攝；保重；愛護，厮注（＝いたわる，かばう）；☆十分からだをおいといください／務請保重貴體。②

いとう【以東】(名)①以東；☆スエズ以東／蘇伊士以東；②〔漁業〕東經130度以東。①

*いどう【移動】(名・自サ)移動；轉移；☆人口の移動／人口的移動；～えんげき【移動演劇】(名)巡廻（劇團的）演劇；～ぶたい【移動舞台】(名)活動舞臺；～ぶんこ【移動文庫】(名)巡廻圖書館。⓪

いどう【異同】(名)異同，差別（＝ちがい）；☆異同を弁ずる／辨別（兩者的）異同⓪

いどう【異動】(名・他サ)調動；☆人事の大異動／人事大異動。⓪

いとおし・い【(形)〔文〕①可憐的；☆寒空に着る物もないとはいとおしいことだ／冷天裏連穿件的都沒有太可憐了；②可愛的（＝いとしい，かわいらしい）；☆ひとりっ子だからいとおしい／因為是獨生子格外可愛；図いとほし（形シク）；～がる（他五）；～げ（形動ダ）；～さ（名）。④

いとおし・む【(他五)〔文〕①可憐；☆家を失（うしな）った人々をいとおしむ／可憐無家可歸的人們；②覺着可愛，疼愛；☆一人子（ひとりご）をいとおしむ／疼愛獨生子；③愛惜；☆青春をいとおしむ／愛惜青春。④

いときり【糸切り】(名)＝いとぞこ；～ば【糸切歯】(名)(人的)犬齒。②④

いとくず【糸屑】(名)線頭兒，廢線；亂絲。③

いとぐち【糸口・緒】(名)①線頭兒；☆糸口が見つからない／找不見線頭兒；②

緒，頭緒（＝てがかり）；☆例の疑獄事件も糸口がついたらしい／那件大貪汚案好像也有了頭緒了；③開始，開端（＝はじまり）；☆出世（しゅっせ）の糸口となる／成了發跡的開端。②

いとくり【糸繰り】(名・自サ)①紡線；繰絲；②紡線或繰絲的婦女；③～いとわく；～ぐるま【糸繰車】(名)紡車②③

いとぐるま【糸車】(名)紡車（＝いとくりぐるま）。③

いとけな・い【稚（幼）い】(形)〔文〕年幼的（＝おさない）；☆幼い時に親に分れた／幼時失去雙親；図いとけなし（形ク）。④

*いとこ【従兄弟・従姉妹】(名)堂兄弟；堂姉妹，表兄弟，表姉妹；～どうし【従兄弟同士】(名)堂（表）兄弟姉妹的關係；～に【従兄弟煮】(名)醬煮素雜燴（用牛蒡、蘿蔔、豆腐、蒟蒻等合煮的菜）；～よめ【従兄弟嫁】(名)堂（表）兄弟的妻子。②①

いどこ【居所】(名)←いどころ。⓪②

いどころ【居所】(名)(人的)住處（＝いばしょ，すまい）；☆居所が分らない／不知道住處；◇虫の居所がわるい／情緒不佳。②⓪

いとし・い【愛しい】(形)可愛的；可憐的（＝かわいらしい、いとおしい）☆いとしく思う／覺着可愛；覺着可憐；◇いとしい子には旅をさせよ／可愛的子には旅をさせよ；図いとし（形シク）；～がる（他五）；～げ（形動ダ）；～さ（名）。③

いとしご【愛し子】(名)愛兒，疼愛的孩子；☆いとし子を人に預ける／把疼愛的孩子寄放到人家裏。③

いとじり【糸尻】(名)＝いとぞこ。⓪

いとぞこ【糸底】(名)①碗、盤的底托；②陶器的底兒。⓪

いととり【糸取り】(名)①→いとくり；②→あやとり。②③

いとなみ【営み】(名)〔文〕〔（いとなむ）的名詞形〕①營生；☆日日（ひび）の営み／日常生活；②工作，事情；③辦理，準備；從事；☆多の営みをする／準備過冬。④

*いとな・む【営む】(他五)〔文〕做，爲，經營；☆事業を営む／經營事業；☆法事を営む／做佛事；☆弁護士の業（ぎょう）

を営む／當律師。③

いとへん【糸偏】（名）①〔漢字部首〕糸部；②〔俗〕纖維（製品）；紡織業；☆糸偏の景気は大したものだ／紡織業繁榮得不得了。⓪

いとま【暇】（名）〔文〕①工夫，閑暇（＝ひま）；☆数える（に）暇がない／不勝枚舉；☆席の暖まる暇もない／(忙得)席不暇暖；②休假；☆五日間の暇をいただいて国へ帰る／請五天假回鄉；③長假，解雇；☆主人からお暇をとる／向主人請長假，辭工；☆暇を告げる／告辭；お暇致します（我）告辭了；～ごい【暇乞い】告辭，辭別；☆暇乞いをする／辭行。③⓪

いとまき【糸巻】（名）①纏線板兒；②（三絃等樂器上的）絃軸。⓪②

いどむ【挑む】（他五）①挑戰；找碴兒；☆戦争を挑む／挑撥戰爭；☆喧嘩を挑む／找碴兒打架；②勾搭，調情；☆娘に挑む／向姑娘調情。②

いとめ【厭目】（名）擔心（＝いとい，しんぱい）；◇金に厭目をつけない／不惜花錢。③

いと・める【射止める】（他下一）①射死；☆一発で雉（きじ）を射止めた／一槍就把鷄打死了；②〔轉〕弄到手裏；☆みごと一等の金（きんてん）を射止める／榮獲頭獎；因いとむ（下二）。③

いとも【最も】（副）〔文〕最，很（＝ひじょうに）；☆いともお易い御用だ／(回答別人的請求時)那簡單得很，那算不了什麼。①

いとわし・い【厭わしい】（形）〔文〕討厭，厭煩；☆どこを見ても厭わしいことばかりだ／看什麼都覺着討厭；因いとはし（形シク）；～がる（自五）；～げ（形動ダ）；～さ（名）。④

いな【否】〔文〕Ⅰ（名）〔文〕否；☆賛成か否かを表明する／表明贊成與否；Ⅱ（感）（表示否定，不同意）不然；否（＝いえ，いや）；☆孫中山は中華民国、否、世界の偉人である／國父是中國的，不，他是世界的偉人。①

いな【異な】（連體）怪；離奇（＝へんな，かわった）；☆異なことを伺いますが…／請問您一件事，也許您聽起來很奇怪；◇緣は異なもの／緣由天定（是不能用道理來說明的）。①

いない【以内】（名）以内；☆一週間以内に帰る／在一星期以内回來；☆五百円以内の収入／日幣五百塊錢以内的收入。①

いなおり【居直り】（名）①〔（いなおる）〕的名詞形；②〔經〕行情（由跌）轉漲；～ごうとう【居直り強盗】（名）（小偸進人家偸東西，被人發現後）由竊賊一變而爲強盗。⓪

いなお・る【居直る】（自五）①正坐；端容正坐；☆居直ってまじめに話を聞く／端容正坐傾聽講話；②改變態度；☆泥棒は急に居直って強迫し始めた／小偸忽然改變態度威脅起來了。③

いなか【田舎】（名）①鄉間；農村；☆都会から田舎に行く／從都市到鄉村去；②老家，故鄉；☆田舎へ（に）帰る／回老家；☆田舎にひっこむ／退居鄉間；～くさ・い【田舎臭い】（形）土氣，鄉下派頭；☆田舎臭い女／鄉下派頭的婦女；～ことば【田舎言葉】（名）鄉下話；鄉下方言；～しばい【田舎芝居】（名）農村（演出的）戲劇；～じ・みる【田舎染みる】（自上一）有鄉下味道；帶鄉下樣兒；☆田舎じみた風をしている／有點兒鄉下人的樣子；図ゐなかじむ（四）；～ずまい【田舎住い】（名）住在鄉間；～そだち【田舎育ち】（名）在鄉村長大；☆田舎育ちで素直（すなお）だ／生長在鄉村，爲人樸實；～っぺい【田舎っ兵衛】（名）〔俗〕鄉下佬；～で【田舎出】（名）農村出身；～なまり【田舎訛り】（名）鄉下的腔調，土音；☆田舎訛りで話す／用土音講話；～まわり【田舎回り】（名・自サ）①下鄉（的人）；②下鄉演戲（或做買賣）；～むすめ【田舎娘】（名）鄉下姑娘；～もの【田舎者】（名）①鄉下佬；②粗人；不懂禮貌的人；～やくしゃ【田舎役者】（名）唱野臺子戲的演員。⓪

いながらに（して）【居乍らに（して）】（副）坐着，在家裏；☆居乍らにして天下の情勢を知ることができる／坐在家裏就能知道天下的大勢。⓪

いなご【稲子・蝗】（名）〔動〕蝗虫。⓪

いなさく【稲作】（名）種稲子；稲子生長的情況；☆稲作に転換する／改種稲子；☆今年の稲作は良い／今年的稲子長得好⓪

いなずま【稲妻】（名）閃電（＝いなびかり）；☆稲妻が光る／打閃。②⓪

いなせ（名・形動ダ）（指穿日本衣服短衣襟小打扮的青年人）英俊，俏皮（＝いさみはだ）；☆いなせな風（ふう）をしている／打扮得英俊俏皮；☆いなせな兄（あに）い／打扮得俏皮的小夥子。⓪

いなだ【稲田】稲田。⓪

いななき（名）〔（いななく）的名詞形〕馬嘶聲；☆原っぱで馬のいななきが聞える／原野上傳來馬嘶聲。④⓪

いなな・く【嘶く】（自五）嘶，馬鳴；☆馬は一声高くいないた／馬高聲嘶叫了一聲③

いなびかり【稲光】（名）電光，閃（＝いなずま）；☆稲光がして雷がとどろき渡った／電光一閃雷聲轟然。③

いなほ【稲穂】（名）稲穂。⓪②

いな・む【否（辞）む】（他五）〔文〕①拒絶；☆否むに言葉がない／沒有話可以拒絶；②否定；☆誰しも否めない事実だ／任何人也不能否認的事實。②

いなむら【稲叢】（名）稲堆，稲垛。⓪

いなや【否や】〔文〕Ⅰ（連語）是否（＝そうでないか）；☆実施すべきや否や／是否可以實施；Ⅱ（名）不答應，異議；☆私には否やはない／我沒有異議；Ⅲ（副）（剛一……）馬上，立刻（＝ただちに）；☆彼は私の姿を見るや否や出て行った／他一看見我馬上就出去了。①

いなら・ぶ【居並ぶ】（自五）列坐；坐成一排；☆傍聴者たちがずらりと居並んだ／旁聽者們列坐了一大排。③

いなリ【稲荷】（名）①五穀神；②狐仙；③油炸豆腐；④←いなりずし；⑤←いなりじんじゃ；⑥＝あずきめし；～ずし【稲荷鮨】（名）炸豆腐包的飯糰（食品名）；～じんじゃ【稲荷神社】（名）〔宗〕供奉「倉稲魂神」等神的神社（這些神被視爲各種産業的守護神，受到一般羣衆的信仰，日本全國到處建有分社）。①

いなん【以南】（名）以南；☆多摩川以南は神奈川県である／多摩川以南是神奈川縣。①

イニシアチブ【initiative】（名）①創始，發起；首唱；②主動精神，主動權；☆イニシアチブを取る／發起，倡導，採取主動。⓪

いにしえ【古】（名）〔文〕古時，古昔；往昔（＝むかし）；☆古はこの辺は海だった／古時這一帶是海洋。⓪

イニシャル【initial】（名）（姓名或語句開始的）大寫字母，首字母。②

いにゅう【移入】（名・他サ）①（從殖民地往國內或從國內甲地往乙地）運入；②移入，轉入；☆次期の勘定（かんじょう）に移入する／轉入下期帳内。⓪

いにょう【遺尿】（名・自サ）遺尿，尿床；～しょう【遺尿症】（名）〔醫〕遺尿症（＝やにょうしょう）。⓪

いにん【委任】（名・他サ）①委託；委任；☆委任を受ける／受委任；☆全権を委任する／委任全権；～じょう【委任状】（名）委任狀；～とうち【委任統治】（名）託管。⓪

イニング【inning】（名）〔棒球〕局。

いぬ─【犬】（接頭）表示輕視或卑視的意思；例：犬死（いぬじに）；犬侍（いぬざむらい）。

いぬ【犬】（名）①〔動〕狗，犬；☆犬を飼う／養狗；☆犬をけしかける／嗾狗；☆犬が吠える／狗叫；②〔表卑〕特務，奸細，間諜（＝まわしもの，スパイ）；☆彼は敵国の犬だ／他是敵國的特務；◇犬と猿／水火不相容，犬も歩けば棒に当る／①常在外邊走會碰到好運氣；②多嘴惹禍，犬も食わぬ／連狗都不理；☆夫婦喧嘩は犬も食わぬ／夫婦吵嘴誰都不要管。②

いぬ【戌】（名）①戌；②戌時（現在的午後八時至九時）；☆西偏北方。⓪

いぬい【乾】〔文〕乾，西北方。②

いぬおよぎ【犬泳ぎ】（名）（初學游泳者）用手脚拍打水的「狗爬」式的游泳法（＝いぬかき）。③

いぬかき【犬掻】（名）＝いぬおよぎ；☆犬掻きで泳ぐ／用狗爬式的方法游泳③④

いぬ・く【射貫く】（他五）（槍彈・箭等）射穿；☆心臓を射貫かれた／被（槍彈）打穿了心臟。⓪②

いぬくぎ【犬釘】（名）道釘（把鐵軌釘在枕木上的釘子）。②

いぬころ【犬ころ】（名）小狗，狗崽子③

いぬざむらい【犬侍】（名）〔罵〕窩囊武士；武士的敗類。③

いぬじに【犬死】（名・自サ）死無代價，白死（＝ただじに）；☆そんな事で死んでは犬死になる／若爲那樣事而死眞是死無代價。④⓪

いね【稲】（名）〔植〕稲，稲子。①

いねかけ【稲掛け】（名）→いなかけ。⓪

いねかり【稲刈】（名）割稲子。②

いねこき【稲扱】（名・自サ）勒稲機（＝いなこき）。②③

*いねむり【居眠り】（名・自サ）〔（いねむる）的名詞形〕打瞌睡兒，打盹兒（＝いねぶり）；☆本を読みながら居眠りする／看著書打盹兒。④③

いねむ・る【居眠る】（自五）瞌睡，打盹兒（＝いねぶる）。③

いのいちばん【いの一番】（名）天字第一號，首先；第一（＝まっさき）；☆いの一番に来た／最先來到。①─②

いのこ【豕】（名）〔文〕豕。②

いのこずち【牛膝】（名）〔植〕牛膝，牛莖，山莧菜。③

いのこり【居残り】（名）〔（いのこる）的名詞形〕下班不走（的人），留下來（的人）；加班（的人）；☆居残りをする／加班。⓪

いのこ・る【居残る】（自五）（下班，放學等後）不走，留下，留下；加班；☆寄宿舎に居残っている者はたった五人／留在宿舍的只有五個人了；☆六時まで居残る／加班到六點鐘。③

いのしし【猪】（名）①〔動〕野猪；②魯莽人；～むしゃ【猪武者】（名）蠻勇的武人。③

*いのち【命】（名）命，生命，性命；☆命が長い（短い）／壽長（短）；☆命にかかわる／性命相關；☆命の遣り取りをする／拼個你死我活；◇命あっての物種（ものだね）〔諺〕生命至貴，留得青山在，不怕沒柴燒；命から二番目／僅次於生命的最寶貴的（東西）；命長ければ恥（はじ）多し／壽長辱多；命を捧（ささ）げる／（為國家、事業等）獻出生命；命を拾（ひろ）う／倖免於難，揀了條命；鬼のいない間（ま）に命の洗濯／趁監視人不在（媳婦趁婆婆不在家）喘口氣兒；～かぎり【命限】（名）只要活著，活著的期間；～がけ【命懸】（形動ダ）拼命，冒死；☆いのちがけでやる／拼命幹；☆いのちがけの努力をする／奮不顧身地努力；～からがら【命辛辛】（連語・副）僅以身免，險些兒喪命；☆命からがら逃げた／勉勉強強逃出命；～ごい【命乞い】（名・自サ）①祈禱長命百歲；②求饒命；～とり【命取り】（名）要命的東西（指重病、毒藥、酒、色等）；☆この腫物（はれもの）は命取りだ／這個腫皰是致命的東西；☆外交政策が內閣の命取りになった／外交政策斷送了內閣的命運；～のおや【命の親】（名）救命恩人，救星；～のきわ【命の際】（名）①臨終；②生死關頭；～のせとぎわ【命の瀬戸際】（名）＝命の際；～のせんたく【命の洗濯】（名）休養，消遣；～びろい【命拾い】（名・自サ）九死一生，僅以身免。①

いのなか【井の中】（名）〔文〕井中；◇井の中の蛙大海を知らず／井中蛙不識大海。①

いのり【祈（禱）り】（名）祈禱，禱告；☆祈りをする／祈禱；☆朝夕の祈り／早晚的祈禱。③

*いの・る【祈（禱）る】（他五）①祈，禱；☆神に祈る／求神；②願，祝，希望；☆御健康を祈る／祝（您）健康。②

いはい【位牌】（名）（死者的）靈牌，牌位；☆先祖の位牌／祖先的牌位；◇位牌を汚す／玷辱祖先。⓪

いはい【違背】（名・自サ）違背，違犯；☆親の遺言（ゆいごん）に違背する／違背老人的遺言；☆特許法に違背した物品（ぶっぴん）／違犯專利法的東西。⓪

いばしょ【居場所】（名）①住處（＝いどころ）；居場所が分らない／不知道住處，②座位（＝せき）；☆席がふさがって私の居場所がない／人都坐滿了，沒有我的座位。⓪

いはつ【衣鉢】（名）①〔佛〕衣鉢；②〔轉〕衣鉢，（宗教、藝術等方面由師長傳授的）奧妙，訣竅（＝おくぎ）；☆故人の衣鉢を継ぐ／繼承故人的衣鉢。⓪

いはつ【遺髪】（名）（死者留下的）遺髪。⓪

いばら【茨】（名）①〔植〕有刺灌木；②刺；◇茨の道／艱苦的道路，困難；～がき【茨垣】（名）用茨薔薇等有刺植物栽的牆。⓪

いばら【薔薇】（名）〔植〕薔薇，月季；～か【薔薇科】（名）薔薇科（＝ばらか）。⓪

いば・る【威張る】（自五）①自豪，說大話，自吹自擂；☆彼は英語が上手だと威張っている／他自吹英語說得好，②逞威風，擺大架子；大搖大擺；☆部下達（ぶかたち）に威張り散らす／對屬下大擺官架子；☆あんな勉強家なら威張って及第

できる／那樣用功的學生可以**穩穩當當**地考中；⑧驕傲自滿；☆彼は自分だけえらいと威張っている／他自以爲老子天下第一，他目空一切；④〔威張ったものだ〕了不起；☆あの人は翻譯にかけては威張ったものだ／要講翻譯他可了不起；☆その品なら威張ったものです／那個貨品可是眞地道。②

*いはん【違反】（名・自サ）①違反；☆それは規則違反だ／那是違反規則的；②〔法〕違犯（法令）；☆この法律に違反する者は罰金に処せられる／違犯本法律者處以罰款。⓪

いはん【違犯】（名・自サ）違犯。⓪

いびき【鼾】（名）鼾聲；☆いびきをかく／打鼾，打呼嚕。③

イヒチオール【德 Ichthyol】（名）〔藥〕魚石脂。④

いびつ【歪】（形動ダ）①橢圓形；②（圓形）壓扁，扁圓；③歪；☆つぶれて歪になる／壓扁。⓪

いひょう【意表】（名）意表，意外；☆人の意表に出る／出人意料之外。⓪

いびょう【胃病】（名）〔醫〕胃病；☆胃病に悩む／爲胃病所苦。⓪

いびりだ・す（他五）〔用虐待〕攆走，逼走；☆嫁（よめ）をいびりだす／（用虐待）把兒媳逼走。⓪④

いび・る（他五）虐待（＝くるしめる、いじめる）；☆嫁をいびる／虐待兒媳。②

いひん【遺品】（名）①（死者的）遺物；②遺失物（＝わすれもの）。⓪

いふ【異父】（名）〔文〕異父（不單獨用）；～きょうだい【異父兄弟】（名）異父兄弟；↔どうふ（同父）。①

いふ【畏怖】（名・自サ）畏怖；☆畏怖の念を起させる／使生畏懼之念。①

いぶ【慰撫】（名・他サ）慰撫，撫慰。①

イブ【Eve】（名）〔宗〕（舊約聖經裏所說的人類最初的女子）夏娃。①

いふう【威風】（名）威風；☆威風堂々たる人物（じんぶつ）／威風凛凛的人物；☆威風凛凛としてあたりを払う／威風凛凛使四座起敬。①⓪

いふう【遺風】（名）遺風；☆封建時代の遺風がある／有封建時代的遺風；☆彼の遺風を慕（お）う者が多い／很多人欽慕他的遺風。①

いぶかし・い【訝しい】（形）〔文〕奇怪的，令人詫異的，可疑的（＝うたがわしい、ふしん）；彼の言動に訝しいところがある／他的言行有可疑的地方；図いぶかし（形シク）；～が・る（他五）覺得可疑，納悶；～げ（形動ダ）；☆いぶかしげな態度／令人懷疑的態度；～さ（名）；～む（他五）。④

いぶか・る【訝る】（他五）懷疑，納悶，詫異（＝あやしむ）；☆私の言うことを素直（すなお）に受取らないでしきりに訝る／他不老老實實地聽信我的話而不斷地猜疑③

いぶき【息吹】（名）①呼吸，氣息（＝いき）；☆春の息吹を感じる／感到春天的氣氛；②〔文〕風。①

*いふく【衣服】（名）衣服（＝きもの）①

いふく【異腹】（名）〔文〕同父異母（＝はらちがい）。⓪

いふく【畏服】（名・自サ）畏服；☆人を畏服させるだけの威嚴がある／有使人畏服的威嚴。①⓪

いふく【威福】（名）威福；◇威福を擅（ほしいまま）にする／擅作威福。①

いぶくろ【胃袋】（名）〔俗〕胃（＝い）②

いぶし【燻】（名）①〔いぶす〕的名詞形；②以硫黃把銀器等燻黑；☆金屬にいぶしをかける／用硫黃燻金屬；③←かいぶし（蚊燻）；～ぎん【燻銀】（名）（用硫黃燻成）黑色的銀器；～ぐすり【燻藥】（名）〔藥〕（燻害蟲、傷腫用的）燻藥③

いぶ・す【燻す】（他五）①使…冒煙（＝くすべる）；②（用硫黃）燻（銀器等）；☆いぶした銀器／燻銀器皿；③燻烤（食用）（＝あぶりやく）；④燻（蚊子）；☆蚊を燻し出す／燻蚊子。②

いぶせ・し（形ク）〔文〕①思慕的；②憂鬱的，鬱悶的（＝うっとうしい）。②

いぶつ【異物】（名）①異物，怪物；②〔醫〕（人體內所發生的或由體外進入的）異物（如指上扎的刺、誤吞的針等）；～てきしゅつき【異物摘出器】（名）〔醫〕（外科用）異物摘出器。

いぶつ【遺物】（名）〔文〕①（死者遺留的）遺物，遺品；②（出土的）古物；☆石器時代の遺物／石器時代的遺物。⓪

イブニング【evening】（名）①黄昏；②燕尾服；③婦女穿的夜宴服（＝イブニングドレス）。①

いぶり【燻り】（名）〔（いぶる）的名詞形〕燻，冒煙；☆燻りが強くて目もあけ

られない／煙燻，連眼睛都睜不開。③

いぶりだ・す【いぶり出す】（他五）＝い
びりだす。④ ⓪

いぶ・る【燻る】（自五）燻，冒煙（＝け
ぶる，くすぶる）；☆薪が燻ってよく燃
えない／劈材淨冒煙不好燃；☆そんなに
燻らせては，そばに居られない／弄得那
麼嗆人在旁邊待不住。②

いぶん【異聞】（名）〔文〕珍聞，奇聞 ⓪

いぶん【遺文】（文）（故人留下的）遺
文。⓪

いぶんし【異分子】（名）異己分子；☆異
分子を除名する／開除異己分子。②

いへき【胃壁】（名）〔解〕胃壁。⓪

いへん【異変】（名）異變，變化；☆天候
の異変／天氣的異變；☆病状の異変／病
狀的變化。⓪

いぼ【疣】（名）①〔醫〕疣，瘊子；☆疣
ができる／長瘊子；②凸起，疙瘩；☆表
面に疣がある／表面有疙瘩；～あみ【疣
編】（名）毛衣上有許多凸起的編法；～

いぼ【疣】（名・副）①疙瘩（＝いぼ）
；②渾身發疹。①

いぼ【異母】（名）〔文〕異母（＝はらち
がい）；～きょうだい【異母兄弟】（名）
異母兄弟。①

いほう【異邦】（名）〔文〕外國，異國；
～じん【異邦人】（名）①外國人；②〔
宗〕猶太人卑稱其他民族爲異邦人。①

いほう【違法】（名）〔法〕違法，違反法
律；☆…は違法となっている／…是違法
的。⓪

いほく【以北】（名）以北；☆三十八度線
以北だ／三八線以北。①

いぼく【遺墨】（名）生前的筆跡，遺
墨。⓪ ①

いぼじ【疣痔】（名）〔醫〕＝じかく（持
核）。②

いま－【今】（造語）（冠於古代人名上）
現代的；☆今太閤（たいこう）／現代的
豐臣秀吉。

＊いま【今】（名・副）①現在，此時，此刻，
目前；☆今は原子力の時代だ／現在是原
子能時代；☆今は春だ／目前是春天；☆
今は何時ですか／現在幾點鐘？②（表示
最近的將來）馬上，立刻（＝もうすぐ，
やがて）；☆今行くからちょっと待って
くれ／馬上就去請等一等；③（表示最近
的過去）剛才，方才（＝さっき）；☆今

の人は誰だ／剛才那個人是誰？☆今来た
ばかり／剛才來到；④別外一個，再，更
（＝さら，もう）；☆ふたりは学生で，い
ま一人は先生です／兩個人是學生，另外
一個人是老師；☆今しばらくお待ち下さ
い／請再等一等；☆もう一つ召し上れ／
請再吃一個；☆いま一度試して見る／再試
一次；☆いま少し右に寄りなさい／請再
往右邊靠一靠；◇今か今かと／（表示迫
不及待）時時刻刻，望眼欲穿地；☆彼を
今か今かと待っている／時時刻刻在等待
着他的到來；今が今／正是現在，就是此
刻；☆その金は今が今必要なんだ／那筆
錢正是此刻需要；☆今が今まで知らなか
った／直到此刻我是一點都不知道；今と
いう今／剛才，方才；☆今という今帰っ
て来たのだ／剛剛回來的；今に始まらぬ
／不自今日始，一向如此；今にして思う
／（事實判明以後）現在想來。①

いま【居間】（名）（家族日常共同生活的）
居室，内客廳；☆居間へ通（とお）され
る／被請到内客廳。② ①

いまいまし・い【忌忌しい】（形）可恨，
可厭，可惡（＝はらだたしい）；☆忌忌
しいやつだ／可惡的傢伙；☆忌忌しい雨
／討厭的雨；囡いまいまし【形シク】；
～が・る（自五）；～げ（形動ダ）；～
さ（名）。⑤

いまがた【今方】（副）方才，剛才（＝い
ましがた）。②

いまごろ【今頃】（名・副）現在這時候，
☆今頃は台北に着いているだろう／現在
到臺北了吧；☆毎年今頃は非常に雨が多
い／每年這時候雨很多。⓪

いまさら【今更】（副）到了現在，事到如
今☆今更しかたがない／事到如今沒有辦
法了；☆今更そんなことを言っても始ま
らない／事到如今你說那個也沒用了；～
し・い【今更らしい】（形）似乎以往不
知道似的；☆今更らしく自分の無学（む
がく）に驚いている／彷彿現在才知道自
己不學無術而吃驚。① ⓪

いまし【今し】（副）〔文〕現在，剛才（＝
ちょうどいま，たったいま）；～がた【
今し方】（副）方才，剛才（＝すこしま
え，いましがた）；☆今しがたそこに居た
が／剛才還在這兒來着。①

イマジネーション【imagination】（名）
想像，空想，想像力，創造力。④

いまじぶん【今時分】（名）現在，這時候（＝いまごろ）；☆今時分何しに来た／這般時光，來幹什麼？☆今時分は家に帰っているだろう／這時候已經回到家裏了吧。回

いましめ【戒・警・誡】（名）〔（いましめる）的名詞形〕①戒，勸戒（＝いさめ，さとし）；教訓；☆よい戒めである／是很好的教訓；②禁止；③戒備；④懲戒（＝こらしめ）；☆戒のために家から外へ出さない／為懲戒見不許外出；⑤縛，綁，綑（＝しばること）；☆いましめを解（と）く／鬆綁。回

いまし・める【戒（警・誡）める】（他下一）①勸戒，警戒（＝さとす）；☆人を戒める／勸戒人；②禁，阻止；（＝とめる）；☆酒を戒める／戒酒；③戒，謹慎；☆自（みずか）ら戒める／自戒；④戒備，☆兵をやって辺境を戒める／派兵戒備邊境；囚いましむ（下二）。回④

いますこし【今少し】（連語・副）再…一點兒（＝もうすこし）；☆いま少しおあがり下さい／請再吃一點兒吧。④

いまだ【未だ】（副）〔文〕（下接否定語）未，還未（＝まだ）；☆未だ聞いたこともない／未曾聽說過；☆未だ三つにならない／還不到三歲；～し【未だし】（形シク）〔文〕（一般當體言用）不utf到候，不充分，不成熟；☆彼の実力は未だしだ／他的力量還不够；☆未だしの感がある／有為時尚早之感；～に【未だに】（副）（常接否定語）仍然，還（＝まだ）；☆あの家は未だに空（あ）いている／那所房子還空着呢；☆未だに帰って来（こ）ない／到現在還沒回來。①

いまどき【今時】（名）①現今，現時，現代，如今；☆今時珍（めずら）しい人だ／是如今少有的人；②這時候（＝いまじぶん）；☆今時何の用で来たか／這時候你來幹什麼呀？☆今あわてても手後（ておく）れだ／事到如今慌神也晚了。回

いまに【今に】（副）①至今，直到現在（＝いまになっても，いまだに）；☆今に行方（ゆくえ）がわからない／直到現在還不知道下落；②早晚，不久（＝もうすこしで，まもなく）；☆今に日本語が話せるようになる／不久就能說日本語了；☆今に分るよ／早晚會明白的；～して【今にして】（連語）〔文〕到現在；☆今にし

て想えば／現在一想…。①

いまにも【今にも】（副）馬上，不久，眼看；☆今にも殺されるかと思った／我以為馬上就被殺死；☆今にも雨が降りそうだ／眼看就要下雨。①

いまふう【今風】（名・形動ダ）時樣，時興；現在的風俗。回

いままで【今迄】（副）①到現在；☆今迄学校に居たのか／你在學校待到現在嗎？②從前；☆こういう例は今迄にない／從前沒有過這樣的例子。③

いまめか・す【今めかす】（他五）照時興樣兒打扮。④

いまもって【今以て】（連語・副）直到如今（＝いまだに）；☆今以て返事がない／直到如今還沒有回信。③

いまや【今や】（副）①現在是〔比（今は）的語氣較強〕；☆今や原子力の時代だ／現在是原子能的時代；②馬上，這就（＝いまにも）；～おそしと【今や遅しと】（連語・副）迫不及待地，望眼欲穿地；☆彼女が来るのを今や遅しと待つ／迫不及待地等着她來。①

いまよう【今様】（名）①時樣，時髦，時興；☆髪を今様に結（ゆ）う／梳時興樣兒的頭；②→今様歌；～うた【今様歌】（名）〔文〕平安朝的流行歌（普通由四個七五調句組成）／流行歌。回

いまりやき【伊万里焼】（名）佐賀縣伊萬里町產的陶器。回

いまわ【今際】（名）臨終；☆今際の願（ねが）い／臨終的要求；～のきわ【今際の際】（連語・名）臨終；☆今際の際に彼はこう言った／臨終時他這樣說了。回

いまわし・い【忌わしい】（形）①討厭的，可厭的，可憎的，令人作嘔的；☆そんな事は聞くも忌わしい／那樣事一聽就令人作嘔；☆彼女に就いては何等（なんら）忌わしい話を聞かぬ／沒聽見過有人說她行為不正；②不祥的，不吉利的；☆忌わしい夢を見る／做不祥的夢，做惡夢；～がる（自五）；～げ（形動ダ）；～さ（名）。④

いみ【忌】（名）〔（いむ）的名詞形〕①忌，嫌忌；②齋戒；③居喪，服中（＝もちゅう）；☆忌が明（あ）ける／服滿；④忌諱；～あけ【忌明け】（名）服滿。②

いみ【意味】（名・自サ）①意思，意義（＝

わけ、いぎ）；☆この文句（もんく）の意味が分らない／這個句子的意思不明白☆意味ありげにちょっと私を見た／像有什麼用意似的瞟了我一眼；☆広い意味での文法／廣義的語法；ある意味に於ては進歩的である／在某種意義上說是進步的；☆意味を取り違（ちが）える／誤解，誤會，了解錯；☆好い（悪い）意味に取る／往好處（壞處）解釋（或想）；☆意味を成さない／沒有意義；②具有…意義，意味着；☆黙（だま）っているのは賛成を意味する／不作聲就意味着贊成；☆成功を意味する／意味着成功；③價值，意義；☆意味のある事業／有意義（價值）的事業；～あい【意味合】（名）意義；～しんちょう【意味深長】（形動ダ）意味深長，耐人尋味；☆そこがいわゆる意味深長なところだ／那正是耐人尋味的地方；☆あの女の目付（めつき）は意味深長だ／她的眼神含有深意。[1]

いみきら・う【忌み嫌う】（他五）嫌惡，討厭，忌諱；☆けちなのでみんなに忌み嫌われている／因爲吝嗇大家都討厭他；☆最も忌み嫌う言葉／最忌諱的詞句。[1]

いみことば【忌詞】（名）忌諱（不能說）的話；（如把「四」說成よ、よん，把血說成あかゃあせ，把「梨」說成ありのみ等）。[3]

いみ・じ（形シク）［文］①很，甚（＝はなはだしい）；②美妙；☆いみじき楽の音／美妙的樂聲；～さ（名）［文］。[2]

いみじく（も）（副）［文］巧，妙，好（＝たくみに，うまく）；☆いみじくも言ったものだ／說得太巧妙啦；（諷）虧他有臉說那樣的話。[2]

いみづ・ける【意味付ける】（他下一）使之具有意義（價值），給予（某種）意義；☆誠実な努力が彼の仕事を意味付ける／誠懇的努力使他的工作具有了意義。[4]

イミテーション【imitation】（名・他サ）①模仿，倣造（＝まね，もほう）；②倣造品；模造寶石；☆イミテーションの真珠／倣造珍珠，假珍珠；☆ピカソの絵のイミテーション／畢加索的畫的倣製品。[3]

いみび【忌日・斎日】（名）①吃齋日；②忌日，逝世記念日；③（陰陽家所說的）凶日。[2]

いみょう【異名】（名）①別名（＝いめい）；②綽號，外號（＝あだな）。[0]

いみん【移民】（名・自サ）①移民；☆ブラジルへ移民する／往巴西移民；②（移住外國的）僑民。

い・む【忌む】（他五）①忌，忌避，禁忌，忌諱（＝さける，はばかる）；☆不吉（ふきつ）の日として忌む／作爲不吉之日而忌諱；②討厭，憎惡，厭惡；☆いむべき風習／討厭的風俗；☆人に忌まれる／討人嫌惡。[1]

いめい【異名】（名）＝いみょう。[0]

いめい【依命】（名）［文］（官廳）根據命令；～つうたつ【依命通達】（名）遵令（向下級機關）傳達。[0]

いめい【遺命】（名・自サ）遺命；☆父の遺命により／遵先父遺命…。[0]

*イメージ【image】（名）①像，肖像；偶像；形象；☆イメージが浮ぶ／形象浮現於腦海；②［心理］心像。[0]

*いも【芋・薯】（名）［植］①青芋、甘薯、馬鈴薯（的總稱）（＝さといも、さつまいも、じゃがいも）；②球根；☆ダリヤの芋／西番蓮的球根；◇芋の煮えたも御存じない／連白薯煮的生熟都不懂（喻人的馬虎）；☆芋を洗うよう／擁擠不堪；☆芋を洗うような混雑だ／擁擠得摩肩接踵。[2]

いも【妹】（名）［古］①（男子對女子的愛稱）親愛的；②妻；③妹。[1]

*いもうと【妹】（名）①妹；②（對年紀小的女子表示親近的稱呼）小妹；②小姑，小姨；～ご【妹御】（名）令妹；～ぶん【妹分】（名）義妹；～むこ【妹婿】（名）妹夫。[4]

いもがしら【芋頭】（名）青芋、甘薯、馬鈴薯等的最大球根。[3]

いもがゆ【芋粥】（名）大米和甘薯、山藥等煮成的粥。[2]［0]

いもず（づ）る【芋蔓】（名）甘薯或山藥的蔓；～しき【芋蔓式】（名）一個連着一個，一個接着一個，☆一味徒党は芋蔓式に検挙された／匪徒們（罪犯們）一個接着一個地被逮捕了。[0]

いもせ【妹背（脊）】（名）［文］①男女；②夫婦；☆妹背の契（ちぎ）りを結ぶ／結夫妻之緣；③兄妹，姐弟。[1]

いもちびょう【稲熱病】（名）［農］（稻類莖葉上發生褐斑的）稻瘟病。[0]

いもの【鋳物】（名）鑄器；〜し【鋳物師】（名）鑄工，爐匠。③[0]

いもばん【芋版】（名）以甘薯刻的戳子或印的圖案。[0]

いもほり【芋掘・薯掘】（名）①挖青藷，甘薯等（的人）；②〔表卑〕鄉下佬，土包子。③[4]

いもむし【芋虫】（名）①〔動〕蠋；（俗稱）青蟲（蝶、蛾等的幼蟲）；②〔轉〕討厭的人；☆芋虫のような奴（やつ）／令人討厭的傢伙。[2]

いもり【井守・蠑螈】（名）〔動〕蠑螈[1]

いもん【慰問】（名・他サ）慰問，慰藉；☆傷病兵を慰問する／慰問傷患士兵；〜じょう【慰問状】（名）慰問信；〜ぶくろ【慰問袋】（名）慰問袋。[0]

＊いや【嫌・厭】（名・形動ダ）討厭，厭惡，不願意，不喜歡☆いやな気持／厭煩的心情；☆いやな顔をする／露出不高興的神氣；☆ただでも嫌です／白給也不要要；☆いやならよし給え／不願意〔就不要做好了〕；◇いやと言う程／夠受，很厲害（的程度）；☆いとや言う程なぐる／痛打一頓；〜さ【嫌さ】（名）＝いや；☆叱られるのが嫌さに嘘をつく／因爲怕受申斥而撒謊。[2]

＊いや【否】（名・形動ダ）不，不行；☆あの人に対しては否を言えない／對他說不出不（行）來，不能拒絕他；☆僕から頼めば彼は否とは言えない／由我來懇求他，他就不能拒絕了。[1]

＊いや（感）①（表示否定）不（＝いいえ）；☆いや、そうではない／不，不是這樣；☆いや、それはいかん／不，那不行；②（插在句子中間加強語氣）不；☆それは三人でも出来ない、いや五人でも出来ない／那件事三個人也辦不到，不，五個人也辦不到；③（表示感動）呀，唉呀；☆いや、大変（たいへん）だ／唉呀，了不得！いや、しまった／唉呀，糟了[1]

いやいや【否否】Ⅰ（名）不願意，不喜歡（小兒搖頭表示不願意的表情）；☆赤ん坊がいやいやをする／小孩搖頭表示不願意；Ⅱ（副）勉強，不願意；☆いやいや（ながら）承知した／勉強地答應了；Ⅲ（感）不不，不是；☆いやいや、それは違う／不不，那不對。[0][4]

いやおう【否応】（名）願意不願意，答應不答應；☆是非（ぜひ）否応の確答を聞こうぜ／一定要聽一聽答應不答應明確答覆；☆否応を言っている暇はない／沒有商量的餘地；〜なしに【否応無しに】（連語・副）不管願意不願意，不容分辯，硬（＝むりに，しゃにむに）；☆否応無しに人を引っ張って行く／硬把人給拉走。[0][2]

いやがうえに【弥が上に】（連語・副）愈；益，越發（＝いっそう）；☆いやが上にも混乱した／更加混亂；☆いやが上にも念を入れる／越發注意。[2][5]

いやがらせ【嫌がらせ】（名）使人不痛快或討厭（的話或事情）；☆嫌がらせを言う／說令人不痛快的話，說譏誚話；☆嫌がらせをする／故意使人不痛快，做令人討厭的事情。[0]

＊いやが・る【嫌がる】（他五）嫌，討厭（＝きらう）；不願意；☆勉強を嫌がる／不願用功；☆あれでは嫌がられるのも無理はない／既然是那樣也就怪不得大家都討厭了；☆いやがって働く／不願意地工作；☆いやがるのを無理に持って行った／人家不願意硬拿走了。[3]

いやき【嫌気】（名）（名・他サ）①不高興，討厭（＝いやけ）；☆嫌気を出すな／別不耐煩；②〔經〕行情不順；◇嫌気が差す／感覺厭煩。[0]

いやく【意訳】（名・他サ）意譯；☆直訳よりも意訳の方が原作をよりよく表現する／意譯比直譯能夠更好地表達原作；↔ちょくやく。[0]

いやく【違約】（名・自サ）違約，爽約，失信；〜きん【違約金】（名）〔法〕違約罰款。[0]

いやけ【嫌気】（名）＝いやき。[0]

いやし・い【卑（賤）しい】（形）①卑賤的，下賤的；☆身分が卑しい／出身微賤；②貧窮的（＝まずしい）；☆卑しい暮らしをする／過窮日子；③卑鄙的，下流的（＝げひんな）；☆卑しい言葉づかい／說下流話；④下作的，嘴饞的；☆卑しいからお腹をこわすのだ／因爲嘴饞才吃壞了肚子；固いやし（形シク）；〜げ（形動ダ）；〜さ（名）。[0]

いやしくも【苟も】（副）〔文〕苟，假如；☆苟も良心ある者のなし得べき事ではない／假如是個有良心的人就不能做出這樣事來；☆苟も、やるなら、しっかりやるべきだ／假如要做就該好好地做；◇苟も

しない／不苟；一字一句を苟もしない／
一字一句也不苟。②

いやしみ【賤（卑）しみ】（名）〔（いや
しむ）的名詞形〕輕視，卑視，藐視（＝
けいべつ，あなどり）；☆人のいやしみ
を受ける／受人輕視。◎④

いやし・む【賤（卑）しむ】（他五）輕視
，卑視（＝みさげる）；☆それは卑しむ
べきことだ／那是卑鄙的事情（値得輕視
的事情）。③

いやし・める【賤（卑）しめる】（他下一）
輕視，卑視（＝みさげる、あなどる）；
☆今日（こんにち）では労働を卑しめる
ものは無い／今天沒有輕視勞動的人；☆
貧しい人を卑しめるな／別小看窮人；囚
いやしむ（下二）。④◎

いやしんぼう【卑しん坊】（形動ダ）貪多
無厭的人，饞鬼（＝くいしんぼう）；含
嗇鬼（＝けちんぼう）；☆いやしん坊で
始終（しじゅう）食物（たべもの）のこ
とばかり言っている／是個嘴饞的傢伙竟
講究吃喝。◎

いや・す【癒す】（他五）〔文〕醫治，治
療；☆病（やまい）を癒す／治病；☆渇
（かつ）を癒す／解渴。②

いやでも【否でも（応でも）】
（副）不管願意不願意，不管怎樣（＝ど
うしても、ぜひとも）；☆否でも応でも
行かねばならない／不管怎樣也得去。⑤

いやに（副）〔俗〕（表示事物達到非常的
程度或令人生厭的程度）過於，太，非常
（＝ひどく、ばかに）；☆いやに早起き
だね／(你)起得真早啊！你怎麼這麼早
就起來了！☆いやに降るね／(雨)怎麼
下得這麼大，這麼多；真討厭又下起來
了；☆今日はいやに熱い／今天太熱了；
☆いやに気取った男だ／那傢伙自命不
凡，他神氣也太足了；☆いやに頭痛（ず
つう）がする／頭痛得很厲害；☆電灯が
いやに暗い／電燈暗得很。②

いやはや（感）唉呀，啊呀（＝おやおや）；
☆いやはや、大失策でした／唉呀，太糟
了；☆いやはや、また雨降りだ／唉呀，
又下起雨來了。①

イヤホーン【ear-phone】（名）①意譯
風，聽筒；②〔無電〕耳機。③

いやましに【弥増しに】（副）越來越多地；
☆失業者が弥増しに増（ふ）えるばかり
だ／失業者日益增多。

いやま・す【弥増す】（自五）〔文〕增加
不已；☆困難は弥増すばかりである／困
難越來越多；☆弥増す借金（しゃっきん
）／有增無減的債務。◎②

いやみ【嫌味・厭味】（名・形動ダ）①令
人不高興的話，譏誚話，挖苦話；☆嫌味
を言う／說譏誚話；②討厭，令人生厭（
的地方）；☆あの男はどこかいやみがあ
る／那個人有些地方（令人）討厭。③

いやらし・い（形）①討厭的（＝いとわし
い）；☆いやらしい人／討厭鬼；②下流
的（＝みだりがましい）；☆女に向ってい
やらしいことを言う／對婦女說下流話；
囚いやらし（形シク）；～がる（自五）；
～げ（形動ダ）；～さ（名）。④

いよいよ【愈愈】（副）①愈益，越發，更
（＝ますます）；☆こうなれば愈々やり
にくくなった／這樣一來越發不好辦了；
②果真，真確（＝たしかに）；☆あの男は
愈々狂人だ／他真地成了瘋子了；☆愈々
それに相違なければ打ち棄てて置けない
／果真是那樣的話就不能置之不理；③到
底，終於（＝ついに、とうとう）；☆大
事に使ったが、いよいよ壊れた／向來使
用得很小心可是終於壞了；④到最後，到
緊要關頭；☆いよいよ出発の段になって
急に病気になった／到了要出發的時候忽
然生病了；☆いよいよの時には援助する
／到緊要關頭給予援助。②

いよう【威容】（名）威容；☆軍隊の威容
を示す／顯示軍隊的威容。◎

いよう【異様】（形動ダ）奇怪，奇異；☆
異様な風（ふう）をしている／打扮得奇
怪；☆異様に感ずる／覺得奇怪。◎

いよう【偉容】（名）偉容，堂堂儀表。◎

いよう（感）①喝（稱讚或嘲笑時的語氣）；☆
いよう、今日は、しゃれているね／喝！
今天好漂亮啊！②唉呀（表示驚、喜的語
氣）☆いよう、しばらく／唉呀少見啊②

いよく【意欲】（名）意志，熱情；☆工作
意欲を高める／提高工作熱情。①

いらい【以来】（名）①以來；☆あれ以來
とんとお目にかかりません／那次以來，
好久沒見了；②今後，將來；☆以來は酒
を慎（つつし）め／今後你要戒酒才好①

いらい【依頼】（名・他サ）①委託（＝た
のみ）☆依頼に応じる／接受委託；☆依
頼を断（ことわ）る／謝絕委託；☆依頼
の手紙／委託的信件②靠，依靠（＝たよ

る）；☆外に依頼すべき友人もない／另
外没有可以依靠的朋友；☆あまり他人に
依頼し過ぎる／過須依靠別人；～しん【依
頼心】（名）依賴心。⓪

いらいら【苛苛】（副・自サ）①刺扎的疼，
刺痛（＝ちくちく）；☆皮膚がいらいら
する／皮膚（感覺）刺痛；②着急，焦躁；
☆気がいらいらする／心黒焦燥；☆待つ
人が来なくていらいらする／（我）等待
的人来不到心裏着急；～し・い【苛苛し
い】（形）着急的，焦燥的（＝じれった
い）；因いらいらし（シク）。①

いらか【甍】（名）〔文〕①甍，屋棟；②
瓦房蓋；③脊瓦；☆大厦高楼が甍を並（
なら）べている／高楼大厦鱗次櫛比。⓪

いらくさ【刺草・蕁麻】（名）〔植〕蕁麻②

いらせら・れる（自下一）（比「いらっし
ゃる」更謙敬的説法）①〔入る〕的敬
語；②「居る」「来る」「行く」的敬語
；☆お父上（ちちうえ）は御健康でいら
せられる由（よし）／謹悉父親身體健康
（書信用語）；因いらせらる（下二）⓪⑤

いらだ・つ【苛立つ】Ⅰ（自五）着急，焦
躁（＝いらいらする）；☆気が苛立ってい
る／心裏焦躁；☆神経を苛立たせる／使
神經興奮；刺激神經；Ⅱ（他下二）〔文〕
＝いらだてる。③

いらだ・てる【苛立てる】（他下一）使焦
躁，使焦急；刺激神經（＝いらだたせ
る）；☆病人をあんまり苛立てないよう
にするがいい／不要刺激病人的神經；因
いらだつ（他下二）。④

*いらっしゃ・い①（自五）「来る」「行く」
「居る」等語的命令形的敬語；☆あちら
へいらっしゃい／請到那邊去；☆ここに
坐っていらっしゃい／請坐在這裏吧；②
（感）當（客）人來的時候用以表示歡迎
的寒暄語；☆やあ、いらっしゃい、しば
らくだね／唉呀，你來（得太好）了，少
見少見；☆いらっしゃい（まし）何を差
し上げますか／（店員向客人）您來啦，
想用點什麼？④

*いらっしゃ・るⅠ（自五）〔（いらせらる）
之轉〕；①〔「いる」、「ある」的敬
語〕在；☆先生はいらっしゃいますか／
老師在家嗎；②〔「行く」的敬語〕去；
☆あなたもいらっしゃるのですか／您也
去嗎？③〔「来る」的敬語〕來；☆馬さ
んはこのごろ少しもいらっしゃいませ

ん／馬先生近來很少來；Ⅱ（補動・五）
〔「いる」、「ある」的敬語〕；☆見て
いらっしゃる／在看；☆お元気でいらっ
しゃる／身體很好；☆王さんのお姉さんで
はいらっしゃいませんか／不是王先生的
姉姉嗎？④

いり【入】（名）①（いる）的名詞形；②
入，進，没；☆日の入／日没；③観衆（
的人數）；☆その芝居は大分入があった
／那場戲觀衆甚多；④摻有，雜有；☆牛
乳入のコーヒー／加牛乳的咖啡；⑤容
量，装；☆この箱は一ポンド入だ／這個
盒子装一磅；⑥収入，進項；☆入は少な
い／進項少；⑦費用，開支（＝にゅう
ひ）；⑧開始，開頭（＝はじめ）；☆梅雨
（つゆ）の入／黄梅雨的初期。⓪

いりあい【入相】（名）〔文〕日落，黄昏
（＝ゆうぐれ）；～のかね【入相の鐘】
（連語・名）晩鐘。⓪

いりあい【入会】（名）〔法〕（特定地區
的居民對公共的或他人的山林、草原等
的）共同使用；～けん【入会権】（名）
〔法〕（山林、草原的）共同使用權；～
ば【入会場】（名）〔法〕共同使用的山
林、草原。⓪

いりあ・げる【入り揚げる】（他下一）（
在某人身上）花很多錢（＝いれあげる）；
☆女に入り揚げる／在女人身上花很多
錢。④

いりうみ【入海】（名）海岔，海灣。③

いりえ【入江】（名）海灣，湖岔（＝いり
うみ）。⓪

いりかわり【入り代り】（名）〔いりかわる〕
的名詞形；～たちかわり【入り代り立代
り】（副・自サ）川流不息，接連不斷，陸陸
續續；☆昨日は入り代り立ち代り来客が
絶えなかった／昨日陸續有客人來。⓪

いりかわ・る【入り代る】（自五）替换，
輪换（＝いれかわる）；☆コックが入り
代った／厨師换了。④

*いりぐち【入口】（名）①門口，進口；☆
入口が分らない／找不着門，不知從哪裏
進去；☆港の入口／港口；②頭緒，端
緒；起頭（＝はじめ）；☆春の入口／初
春。⓪

いりく・む【入り組む】（自五）錯綜，紛
繁，複雜；☆入り組んだ事件／複雜事
件。③

いりこ【炒粉】（名）炒的大米麵。②

いりごみ【入込】（名）①擁擠的人羣；②（劇院票價最便宜的）後排座；③男女混座；男女同浴；④出嫁（＝よめいり）0

いりこ・む【入り込む】（自五）①進入，鑽入；☆群衆の中に入り込む／進入羣衆中；②混進，潛入；☆犯人が市内に入り込んだ形跡がある／犯人有潛入市内的跡象；③深入；☆海岸が入り込んで美しい湾をつくっている／海岸深入形成了一個美麗的海灣；④複雑（＝いりくむ）；☆事情が入り込んでいる／情況複雑。3

いりたまご【煎玉子】（名）炒鷄蛋。4 3

いりちがい【入り違い】（名）（兩者）一出一入，交叉，交錯（＝いれちがい）；☆出かけるのと入り違いに客が訪ねてきた／剛一出門就有客人來訪；☆手紙と入り違いに小包（こづつみ）がついた／剛把信送出去包裹就寄來了。0

いりちが・う【入り違う】（自五）一個去一個來，一出一入，（兩者互相）交叉，交錯。0

いりつ・ける【煎り付ける】（他下一）炒乾；☆玉子（たまご）を煎付ける／煎鷄蛋；☆煎付けられるような暑さ／烘烤一般的炎熱；⦿いりつく（下二）。0 4

いりどうふ【煎豆腐】（名）（日式）乾炒豆腐。3

いりなべ【煎鍋】（名）炒鍋。3

いりに【入荷】（名）①存貨；②運到的貨（＝にゅうか）。0

いりひ【入日】（名）落日，夕陽；～かげ【入日影】（名）夕陽光。0

いりびたり【入り浸り】（形動ダ）〔（いりびたる）的名詞形〕；☆図書館に入り浸りだ／整天坐在圖書館裏。0

いりびた・る【入り浸る】（自五）①浸泡在水裏，泡在；☆海中に入り浸る／泡在海裏；②（在別人家）不走，久留，長期逗留；☆酒場（さかば）に入り浸る／在酒館裏流連不歸。4

いりふね【入船】（名）進港船；↔でぶね（出船）。0

いりまじ・る【入り雑（交）る】（自五）混雑，攙和；糾纏在一起；☆善いのと悪いのと入り雑っている／好的壊的攙在一起；☆自分も学生の中に入り雑る／自己也攙雑在學生裏；☆いろいろな利害問題が入り雑る／各種利害問題糾纏在一起。4

いりまめ【炒豆】（名）炒豆；◇炒豆に花

が咲く／枯樹開花，太陽從西邊出來。2

いりみだ・れる【入り乱れる】（自下一）攙雑，混亂，糾纏不清（＝いりまじる）；☆敵味方入り乱れての混戦となった／雙方陷於混戦；☆利害が入り乱れてなかなか解決しない／利害問題糾纏不清難於解決；⦿いりみだる（下二）。0

いりむぎ【炒麦】（名）炒大麥粉（＝むぎこがし）。3

いりむこ【入婿】（名，自サ）入贅之婿，養老女婿，☆入婿と（に）なる／入贅；☆入婿をとる／招養老女婿。3

いりめし【炒飯】（名）炒飯（＝やきめし）0

いりもの【煎物・熬物】（名）炒菜，煎菜2

いりゅう【慰留】（名・他サ）慰留，挽留；☆慰留に努（つと）める／盡力慰留。0

いりゅう【遺留】（名・他サ）①（死後）遺留；②遺忘（＝おきわすれ）；～ひん【遺留品】（名）遺留品，忘下的東西；～ぶん【遺留分】（名）〔法〕法律上保證歸繼承人所有的最低限度的遺産。0

いりょう【衣料】（名）①衣服；②衣服的材料。1

いりょう【医療】（名）醫療，治療；～きかい【医療器械】（名）醫療器械。0 1

いりよう【入用】（名）①費用，開支（＝いりめ）；☆入用がとても多い／開支太大；②需要（＝ひつよう）；☆入用ならなんでもお持ちなさい／（您）用什麽只管拿；☆金が少し入用だ／要用一點兒錢；☆入用の（な）品／需用的東西。0

*いりょく【威力】（名）威力；☆威力のある大砲／有威力的大砲。1

いりょく【偉力】（名）強力，大力。1

いりわけ【入り訳】（名）詳情，複雑的情況0

*い・る【入る・要る】（自五）〔文〕Ⅰ①入，進（＝はいる）；☆無用の者入るべからず／閑人免進；☆金が手に入った／錢到手了；②（日）沒（＝かくれる）；☆東より出（い）で西に入る／東出西沒；③要，需要（＝ひつようだ，かかる）；☆金がいる／要（用）錢；☆いらなくなった／不需要了；☆いるだけあげる／要多少就給多少；Ⅱ（他下二）〔文〕→いれる（補動・五型）Ⅲ（接在動詞連用形下加該動詞的語氣）例：恐れいる，痛みいる；◇入るを量りて出づるを制す／量入為出；悦（えつ）に入る／滿意，喜歡，気に入る／喜歡，喜愛。0

い・る【炒る・煎る・熬る】（他五）炒，煎；☆炒りたての豆／剛炒的豆子；☆豆はまだよく炒られていない／豆子還沒完全熟。①

**いる【居る】（自上一）Ⅰ①（人、動物）；有，在（＝ある、おる）；☆十幾人居る／有十幾個人；☆虎は韓国にもいる／韓國也有虎；☆お兄（にい）さん居ますか／令兄在家嗎？②坐（＝すわる）；☆居ても立っても居られない／坐着也不是，站着也不是；坐立不安；③在，居住；☆ずっと東京にいる／一直住在東京；④（継続處在某種狀態）；☆食わずにいる／還沒吃；☆独身でいる／仍然獨身；☆裸足（はだし）で／光着脚；Ⅱ（補動・上一）〔用「ている」的語氣〕①（表示一個動作或行爲正在進行）着；正在；☆講義を聞いている／正在聽講；☆庭で遊んでいる／正在院子裏玩；②（表示現在的狀態）；☆花がさいている／花開了；☆食事ができている／飯預備好了；☆摒がこわれている／牆壞了；◇…をせずに（は）……をせずにいられない／不得不……，不能不…；☆笑わず（泣かず）にいられない／不得不笑（哭），不能不笑（哭）。⓪

*い・る【射る】（他五）①射；☆的（まと）を射る／射的；打靶；②照射；☆眼光烱烱（けいけい）として人を射る／眼光烱烱射人；③想據爲己有；☆一等賞を射当（あ）てる／取得每一等獎。①

いる【鋳る】（他上一）鑄，鑄造；☆鐘（かね）を鋳る／鑄鐘。①

*いるい【衣類】（名）衣服，衣裳。①

いるか【海豚】（名）〔動〕海豚。⓪

いるす【居留守】（名）在家而假裝不在家；☆居留守を使（つか）う／佯稱不在家②⓪

イルミネーション【illumination】（名）電飾，燈飾，照明。④

いれあ・げる【入れ揚げる】（他下一）＝いりあげる；図いれあぐ（下二）。④

いれい【威令】（名）威令；☆部下に威令が行われない／威令不能行於部下。⓪

いれい【異例】（名）破例，沒有前例；☆彼の昇進は異例だ／他的進級是破例的。⓪

いれい【違例】（名）〔文〕①違例，不合常例。②〔敬語〕違和。⓪

いれいさい【慰霊祭】（名）追悼會。②

いれかえ【入替・入換】（名・他サ）〔（いれかえる）的名詞形〕①（戲、電影的）

換場；☆四時に入換をやる／四點換場；②換裝；☆中味（なかみ）の入替えをする／換裝內容；③（火車）開到岔路上去，轉軌；～もよう【入替模様】（名）（名）黑白相間的花紋。⓪

いれか・える【入れ替える】（他下一）①換，改換（＝とりかえる）；☆時計（とけい）のガラスを入れ替えてもらいたい／請給換一換錶的玻璃；②把（火車）轉軌；☆貨車を入れ替える／把貨車轉軌；③〔轉〕革面洗心；☆魂（たましい）を入れ替えて働くと言っている／他說要革面洗心地去工作（重新作人）；図いれかふ（下二）。④

いれかわり【入れ代り】（名）〔（いれかわる）的名詞形〕①換，替換（＝いりかわり）；☆入れ代りに外出する／替換着出去；②〔江戸時代〕（每年十一月）演員掉換劇場演出；③使用人期滿和新雇的用人交替。⓪

いれかわ・る【入れ代わる】（自五）替換，交替（＝いりかわる）；☆彼と入れ代って仕事をする／接他的班（職位）④

イレギュラー【英・形 irregular】（形動ダ）不規則，破格，不整齊。②

いれげ【入毛】（名・自サ）（梳頭時加在眞髮中的）假髮（＝いれがみ）。⓪

いれじえ【入知恵・入智慧】（名・自サ）從旁指點，授策，教唆，出主意（＝つけぢえ）；☆それはきっと誰かの入知恵に違いない／那一定是有人（替他）出主意。⓪

いれずみ【入墨・文身・刺青】（名・自サ）①刺青，紋身；②（昔日刑法之一）墨黥；～もの【入墨者】（名）受過黥刑的人。⓪

いれちがい【入れ違い】（名）〔（いれちがう）的名詞形〕→いりちがい。⓪

いれちが・う【入れ違う】（自五）①裝錯（＝いりちがう）；☆大事な品ですから入れ違わないようにしなさい／這是要緊的東西請別裝錯了；②→いりちがう。④

いれちがえ【入れ違え】（名）＝いれちがい。

いれちが・える【入れ違える】（他下一）①放錯，排錯；☆活字を入れ違えた／把鉛字排錯了；②交錯著放，錯開；図いれちがふ（下二）。④⑤

いれば【入歯】（名・自サ）①鑲（的）牙，

假牙；☆入歯をする／鑲牙；☆金(きん)の入歯／金牙；☆総(そう)入歯／全口假牙；②換木展歯。[0]

いれめ【入れ目】（名・自サ）鑲的眼，假眼；☆入れ目をする／鑲假眼。[0]

＊いれもの【入れ物】（名）（裝東西的）容器，器皿；☆油の入れ物／油罐(瓶)[0]

＊い・れる【入（容）れる】（他下一）①裝入，放入；☆ポケットに金を入れる／把錢放入衣袋裏；☆お茶を入れる／泡茶；②收容，納（＝おさめる）☆千人を入れる講堂／容納一千人的禮堂；⑧包括，連…在内（＝ふくめる）；☆私を入れて十人だった／連我在内一共十人；☆利息を入れて一万円／連利一萬塊錢；④聽從，採納(＝ききいれる、うけいれる)；☆人の諫(いさめ)をいれる／聽別人的勸告；⑤加，還（＝くわえる）；☆くちばしを入れる／插嘴，多嘴；☆ミルクに砂糖を入れる／牛奶裏加上糖；⑥加工，補充；☆手を入れる／加工；⑦鑲，嵌（＝はめこみ）；☆宝石を入れる／鑲寶石；☆入歯を入れる／鑲牙；⑧引進，讓入；☆客間に入れる／讓進客廳；⑨夾，插；☆本のあいだに、しおりを入れる／把書籤夾在書裏；⑩繳，交（＝しはらう）／☆家賃（やちん）を入れる／交房租；⑪用（＝もちいる）、費（＝ついやす）／☆心を入れる／用心，留神；☆念を入れる／注意，小心；☆力を入れる／用力，使勁☆年季を入れる／用多年工天，修煉⑫投(票)☆票を入れる／投票；囥いる(下二)[0]

＊いろ【色】（名）①色，顏色；☆濃い色／深顏色；☆色がはげる(おちる)／褪色，掉顏色；②色澤，色彩（＝いろどり）；☆色が悪い／色澤不好；③臉色，氣色，神氣（＝かおいろ）／疲労の色が顔に現われた／面帶疲容；☆色に出る／形於色，種類（＝しな、たぐい）〔不單獨用〕；☆十人十色（といろ）／十個人十樣；☆三色（みいろ）／三種，☆大きさが幾色（いくいろ）もある／尺寸（大小）有好多種；⑤情景，趨勢，兆頭（＝おもむき）／☆秋の色が濃くなった／秋色已深；☆負けそうな色／要敗（輪）的形勢；⑥女色，美女；☆色におぼれる／迷於女色；☆色を好む／好色；⑦〔俗〕情夫（婦）；☆色を持つ／有情人；⑧醬油；◊色の白いは七難隠す／

（婦女的皮膚）一白遮百醜；**色を失う**／（驚惶）失色；**色を替え品を替える**／用種種的花招兒(手段)；**色を損ずる**／面現不悅；**色を正す**／正顏厲色；**色をつくる**／化粧；**色をつける**／潤色，點綴；讓步[0]

いろあい【色合】（名）顏色的配合，色調（＝いろあわい）；☆色合といい柄（がら）といい申し分がない／顏色花樣無一不好；☆どんな色合に染（そ）まりましたか／染成了什麼顏色？[0][3]

いろいろ【色色】（名・副・形動ダ）①〔文〕各種顏色；☆いろいろの花が咲いている／開着各種顏色的花；②各種各樣，各式各樣，形形色色（＝しゅじゅ、さまざま）；☆いろいろなことを知っている／知道各種事；☆それはいろいろに解釈できる／那可以作種種解釋；☆いろいろと考えてみたが名案が浮かばない／左思右想也想不出好辦法來。[0]

いろう【慰労】（名・他サ）慰労（＝ねぎらう）；☆店員慰労のため休業する／為慰労店員休業；**～きん**【慰労金】（名）慰労金。[0]

いろう【遺漏】（名・自サ）遺漏（＝ておち、てぬかり）；☆計画に遺漏がある／計劃中有漏洞；☆資料を遺漏なく調べる／普遍檢查資料。[0]

いろえんぴつ【色鉛筆】（名）五色鉛筆[3]

いろおとこ【色男】（名）①美男子，漂亮的小伙子；②情郎，情夫；⑧好色的男人。[3]

いろおんな【色女】（名）①美女；②情人，情婦。[3]

いろか【色香】（名）①色興香；☆バラの花の色香／薔薇的顏色和香味；②（女人的）美色；☆まだ昔の色香が残っている／風韻猶存；☆女の色香に迷う／迷於女色。

いろがたき【色敵】（名）情敵。[3]

いろがみ【色紙】（名）五色紙，彩紙；☆色紙で鶴を折る／用彩色紙疊一個仙鶴[2]

いろガラス【色硝子】（名）色玻璃。[3]

いろがわり【色変り】（名・自サ）①變色，褪色；☆日に焼けて色変りする／曬褪色；②奇特，罕見（之物）；☆色変りの物／罕見之物；⑧→いろなおし①。[3]

いろきちがい【色狂い】(名)①色鬼，色迷；②色情狂。[4]

いろけ【色気】（名）①色調（＝いろあ

い）；☆着物の色気がよい／衣服的色調好；②色情，春心／☆色気がつく／知春；☆彼女はまだ色気がない／她情實還未開；③風流，風韻，風趣／☆全く色気のない話／毫無風趣的話，過於單調的話；☆色気のある女／風流女人，風騷的女人；④慾望，野心／☆彼は彼女に色気がある／他對她有野心；☆大臣の椅子に色気を見せる／表示有心當大臣；⑤女人（＝おんなっけ）；色気抜きの宴会／沒有藝妓陪伴的宴會；～づ・く【色気付く】（自五）①（果實等）顯出成熟顏色，漸熟；②（男女）達到發情期，情竇初開，知春；☆彼女はだいぶ色気付いて来た／她情竇已開。③

いろけし【色消し】（名・形動ダ・他サ）①〔理〕消色差；②有傷大雅，煞風景，掃興（＝ぶすい，やぼ）；☆色消しなことをする人／使人掃興的人；☆そんなことをすると色消しだ／那樣做會大煞風景的；☆いくら美人でも大酒（おおざけ）を飲んでは色消しだ／不論多麼漂亮的女人喝大酒就有傷大雅了；～レンズ【色消lens】（名）〔理〕消色差透鏡。④

いろこい【色恋】（名）愛情，色情，戀愛（＝いろごと）；☆あの女に親切にするのは色恋からではない／對她親切並不是因為愛情。②

いろごと【色事】（名）①男女關係，色情事，戀愛；☆色事に耽（ふけ）る／貪色；②〔劇〕戀愛的場面（＝ぬれごと）；～し【色事師】（名）①〔劇〕（擅長戀愛場面的）小生；②善於勾搭女人的人，色魔（＝おんなたらし，ゆうやろう）。②

いろごのみ【色好み】（名）好色（的人）；☆色好みの人／好色的人。③

いろざかり【色盛り】（名）（女子）容貌最美的年紀，性慾最盛的年紀。③

いろざと【色里】（名）花街柳巷，北里（＝いろまち）。②

いろざめ【色褪め】（名）褪色，掉色；☆色褪めがしないようにする／使不褪色。

いろさ・める【色褪める】（自下一）褪色；（臉色）發青。④

いろじかけ【色仕掛】（名）利用姿色誘惑，美人計；☆色仕掛で男から金をまきあげる／（女人）利用色相騙取男人的錢。③

いろしな【色品】（名）①各種東西（＝しなじな）；②各種方法（手段）。②

いろじゃしん【色写真】（名）①彩色照相；②彩色照片（＝カラー写真）。③

いろじろ【色白】（名・形動ダ）皮膚白（的人）。⓪

いろずり【色摺・色刷】（名・他サ）彩印，彩色印刷；☆色刷にする／彩印；☆色刷の木板画／彩印木板畫。⓪④

いろチョーク【色chalk】（名）五色粉筆。③

いろづ・く【色付く】Ⅰ（自五）①帶色，（着色）；（樹葉等）現出某種顏色，（楓葉）呈紅色，（果實）漸熟；☆楓（かえで）が色付く頃／楓葉發紅的時候；☆柿の実（み）が色付いてきた／柿子要熟了；②情竇初開，知春；☆娘の色付く年頃（としごろ）／女孩子情竇初開的年紀；Ⅱ（他下二）〔文〕→いろづける。③

いろづけ【色付け】（名）①着色，染色；（所施的）彩色；☆燒物の色付けが美しい／瓷器彩色很美麗；②（議價時的）略微增減（表示讓步）。④⓪

いろづ・ける【色付ける】（他下一）着色，施彩色；図いろづく（下二）。④

いろっぽ・い【色っぽい】（形）脈脈含情的，妖嬈的，妖艷的；☆身のこなしが色っぽい／舉止妖嬈。④

いろつや【色艶】（名）①色澤，光澤；☆真珠の色艶がいい／珍珠的色澤好；☆色艶つける／調色；②氣色，面色；☆色艶のよい顔／豐潤的面色。②

いろどめ【色止め】（名）定色（使彩色固定不變）。④③

いろどり【色取り・彩り】（名）①彩色，上色；着色，配色；☆ポスターの色取りがよい／招貼畫（廣告畫）的彩色漂亮；☆この絵は色取りが面白くない／這幅畫顏色配得不好；②裝飾，點綴；☆余興が会に彩りを添（そ）える／餘興給集會增加點綴；③配合；☆料理の色取りが上手だ／荼配合得好。④⓪

いろど・る【色取る・彩る】（他五）①塗上顏色，施彩色，着色；☆壁を薄い黄に彩る／把牆塗上淺黃色；②（用各種色彩）裝飾；☆野原はいろいろな花で色取られている／野地開滿了各種顏色的鮮花；③化粧；☆役者が顔を色取る／演員化粧；④裝飾，點綴；☆花で食卓を色取る／用鮮花點綴餐桌。③

いろなおし【色直し】（名・自サ）①結婚

當晚新婦脫下禮服改換便服；②重染（＝そめなおし）；～のさかずき【色直しの盃】（名）（新婚夫婦入洞房時的）交歡酒。③

イロニー【德Ironie】（名）諷刺，譏諷（＝ひにく，ふうし）；②反語；③〔修辭〕反語法。①

いろぬき【色抜】（名）①脫色，漂白；②（宴會上）沒有妓女侍酒。⓪

いろは【伊呂波】（名）①平假名（四十七字的總稱）；☆いろはの「い」も知らない／目不識丁；②初步，入門，ＡＢＣ；☆会計のいろはから習う／從基礎開始學會計；～うた【伊呂波歌】（名）伊呂波歌〔用四十七個假名所譯涅槃經第十三聖行品之偈的歌，即：色（いろ）は匂（にほ）へど散（ち）りぬるを，我（わ）が世（よ）誰（たれ）ぞ常（つね）ならむ，有為（うゐ）の奥山（おくやま）今日（けふ）越（こ）えて浅（あさ）き夢（ゆめ）見（み）じ酔（え）ひもせず〕；～ガルタ【伊呂波ガルタ】（名）印有いろは等四十七個假名為首字的短歌或諺語的一副紙牌；～じゅん【伊呂波順】（名）按「伊呂波歌」排列的順序；☆いろは順にする／按伊呂波歌順序排列。②

いろばなし【色話】（名）色情故事，情話，床第語。③

いろまきえ【色蒔絵】（名）彩漆泥金畫③④

いろまち【色町】（名）花街柳巷，北里（＝いろざと）；☆色町に遊ぶ／冶遊。②

いろめ【色目】（名）①秋波，流盼；☆色目を使（つか）う／送秋波，眼角傳情；②色調（＝いろあい）；☆着物の色目がよい／衣服的顏色合適。③②

いろめかし・い【色めかしい】（形）有點好色的，有點妖嬈的；図いろめかし（形シク）。

いろめがね【色眼鏡】（名）①有色眼鏡；☆紫外線よけに色眼鏡をかける／為防紫外線戴有色眼鏡；②〔轉〕偏見，成見；☆色眼鏡で人を見る／以成見看人。③

いろめ・く【色めく】（自五）①現出美麗顏色；☆秋になって山々が色めく／到了秋季各山都現出美麗的顏色；②活躍起來；欣欣向榮；☆春になると草木が色めいて来る／一到春天草木都欣欣向榮；☆総選挙気構えで政界は色めいてきた／政界鑑於大選在即而活躍起來；③興奮起

來，緊張起來；☆彼の演説に聴衆が色めいた／聽衆一聽他的演講興奮起來了；☆見物人が色めいた／觀眾緊張起來了；④（軍隊等）現出敗退之勢，動搖起來；☆敵が色めいてきた／敵軍動搖了（要敗退了）；③動情，春心動。③

いろもの【色物】（名）①帶色的衣裳（紙張、衣料等）；②（曲藝雜技場的）節目。②

いろやけ【色焼け】（名・自サ）（皮膚）曬黑。④

いろよい【色好い】（連體）毫無難色的，令人滿意的（＝このましい，つごうのよい）；☆いろよい返事／欣欣承諾的答覆，令人滿意的答覆。③

いろり【囲炉裏】（名）（日本農家為取暖和燒飯用在炕中央所設的）地爐，炕爐；☆囲炉裏を切る／（切開地板）修築地爐⓪

いろわけ【色分け】（名・他サ）①用色彩區別開；☆地図を国別に色分けする／把地圖上的各個國家用不同彩色加以分別；②區別，分類☆仕入品（しいれひん）を色分けする／把買進的商品加以分類④⓪

いろん【異論】（名）不同意見，異議；☆この問題についていろいろ異論がある／關於這一問題有許多不同意見；☆異論がない／無異議；☆異論を唱える／提出不同意見。⓪

いろんな【色んな】（連體）〔俗〕各種各樣的（＝いろいろな）；☆いろんな物を買う／買各種東西；☆いろんなことを知っている／知道很多事情。⓪

いわ【岩・磐】（名）巌，巌石（＝いわお）◇岩に花／枯樹開花。②

いわ【違和】（名・自サ）〔醫〕（身體）違和；失調。①

いわあな【岩穴】（名）巌洞，巌窟。⓪

いわい【祝】（名）①祝賀；☆建物落成の祝／房屋落成的祝賀；②賀禮，祝賀的贈品；～ごと【祝事】（名）喜慶事；～ざけ【祝酒】（名）喜酒；～じょう【祝状】（名）賀信。②

いわ・う【祝う】（他五）祝賀，慶賀；☆勝利を祝う／慶祝勝利；☆お祝い申し上げます／向您致賀。

いわお【巌】（名）大石，巌石；☆巌のような堅い決心／堅定不移的決心。⓪

いわおこし【岩粔籹】（名）炒米糖，米泡糖。③④

いわく【曰く】Ⅰ（名）縁由，縁故，道理（＝わけ、いわれ）；☆これには何か曰くがあるに違いない／這裏一定有什麼道理；Ⅱ（副）曰，云（＝いうには）；☆孔子曰…／孔子曰…；〜つき【曰く付】（名）①有道理，有複雑情形；②（過去行為）不端，不正經；（歴史）有問題；☆曰くつきの女／過去行爲不正經的女人；③有前科，犯過罪。1

いわけな・い【形】幼稚的，孩氣的（＝こどもらしい）；囚いけわなし（形シク）4

いわし【鰯・鰮】（名）〔動〕鰮，沙丁魚；鰯の頭も信心から／精誠所至金石爲開；〜かす【鰯粕】（名）（去掉油和水分的）鰮魚粉（作肥料用）；〜くじら【鰯鯨】（名）〔動〕鰮鯨。0

いわしみず【岩清水】（名）從巖石縫裏流出的清水。3

いわ・す【言わす】Ⅰ（他五）〔方〕讓說，叫說（＝いわせる）；☆私に言わせれば／如果讓我來說，依我說來；Ⅱ（他下二）〔文〕→いわせる。0

いわずかたらず【言わず語らず】（連語）不言不語；默默無言；☆言わず語らずのうちに了解し合う／在默默之中互相了解。0

いわずもがな【言わずもがな】（連語）〔文〕（「がな」表示願望）①不說爲妙，不必說；不說也罷；☆それはいわずもがなのことだ／那是不必說的；②不待說；☆青年は言わずもがな、年寄りまでが集まった／不但青年，連老年人也都來了3

いわ・せる【言わせる】（他下一）讓說；☆生徒に答えを言わせる／讓（叫）學生回答；☆僕に言わせればこうだ／依我來說是這樣；囚いはす（下二）。0

いわたおび【岩田帯】（名）孕婦從受孕第五個月起纏的腰帶。4

いわつばめ【岩燕】（名）〔動〕巖燕（燕的一種，多在山地絕崖處做壺形窠）。3

いわでも【言わでも】（連語）〔文〕不說爲妙，不該說，不必說（＝いわずもがな）；☆言わでものことを言って叱られる／說了不該說的話而遭受申斥。3

いわな【岩魚】（名）〔動〕嘉魚（分布在日本、臺灣的淡水魚）。0

いわぬがはな【言わぬが花】（連語）〔諺〕不說爲妙，說出來反而不美。3 6

いわば【言わば】（副）從某種意義上說來，說起來，可以說；☆言わば一種の宣伝だ／從某種意義上說來是一種宣傳；☆彼は言わば成人した赤ん坊だ／他可以說是一個大小孩兒；☆言わば詐欺だ／可以說是欺騙；☆言わばまずそんなものさ／說起來也不過是這樣。2

いわみず【岩水】（名）溪流。2

いわみち【岩道】（名）岩石路；多石的道路。2

いわやま【岩山】（名）（不長草木或草木很少的）石山。0

いわゆる【所謂】（連體）所謂；☆これが所謂アメリカ式の生活だ／這就是所謂美國式的生活。3 2

いわれ【謂】（名）①緣由，理由，緣故（＝わけ）；☆謂もなく人を打つ／無緣無故地打人；☆謂のない言いがかり／無端的藉口；☆種々の謂がある／有種種緣由；②來由，來歷（＝ゆいしょ）；☆それには何か謂がありそうだ／那大概有什麼來由；☆その謂はこうだ／它的來由是這樣。0

いわれぬ【言われぬ】（連語・連體）用言語不能表達，說不出來，無法形容；☆言うに言われぬ妙味（みょうみ）がある／有無法形容（用言語不能表達）的妙處0

いわんや【況や】（副）〔句末用助詞「をや」爲應詞，形成反語句〕何況（＝いうまでもなく，まして）；☆大人（おとな）でさえむずかしい、況や子供においてをや／連大人都感覺困難，何況小孩子。2

いん【印】（名）①印，圖章；☆印をおす／蓋章；②痕跡（＝あと、しるし）；⑧〔佛〕印；☆印を結ぶ／掐訣；④〔地〕印度的略稱。1

いん【陰】（名）①（陰陽的）陰；②〔文〕背陰處（＝ものかげ）；③陰影（＝かげ）；◇陰に陽に／明中暗中，公開地和背地裏；陰に籠る／悶在裏面（不傳於外）；☆鐘の音は陰に籠ってごーんと響（ひび）いた／陰沉的鐘聲嗡然入耳；↔よう（陽）。1

いん【韻】（名）韻，音韻；韻律；◇韻を押す，韻を踏む／押韻。0

いんイオン【陰ion】（名）〔電〕陰離子。3

いんいん【陰陰】（形動タリ）〔文〕①（天氣）陰暗；②陰鬱。0 3

いんうつ【陰鬱】（形動ダ）憂鬱，鬱悶；
陰暗（＝うっとうしい）；☆それを考え
ると陰鬱になる／一想那件事就不痛快；
☆あの人はいつも陰鬱だ／他總是悶悶不
樂。⓪

いんうん【陰雲】（名）陰雲。⓪

いんえい【陰影・陰翳】（名）〔文〕陰暗；
陰影（＝くもり、かげ）；☆地上に陰影
を落す／往地上投影。⓪

いんえん【因縁】（名）↔いんねん。

いんか【允可】（名・他サ）〔文〕許可，
允許（＝ゆるし）。①

いんか【引火】（名・自サ）引起火來，着
火；☆たばこの火がガソリンに引火する
／烟頭兒的火把汽油引着了；～てん【引
火点】（名）〔理〕燃點。⓪

いんか【印可】（名・他サ）〔文〕①〔佛〕
印可（傳道給弟子或證明弟子通達佛道）；
②某種技藝授師秘傳。①

いんか【陰火】（名）〔文〕鬼火（＝おに
び、きつねび）。①

いんか【印花】（名）（磁器上的）印花（
法）。⓪

いんが【印画】（名・他サ）〔照相〕（
用底版直接印出的）照片；印相；～し
【印画紙】（名）印相紙（有別於放相
紙）。⓪

いんが【因果】（名）①原因和結果，因果；
☆因果関係を明らかにする／明確因果關
係；②〔佛〕因果，因果報應；☆前世の
因果／前世的報應；☆因果は回る小車／
因果循環，報應不爽；③命運，命中註
定；厄運，不幸；☆因果とあきらめる／
認爲是命中註定而斷念；☆何の因果でこ
んな目に逢うのだろう／做了什麼孽才遭
受這樣的報應呢！Ⅱ（形動ダ）命中註定；
不幸，厄運；☆因果な子／不幸（厄運）的
孩子；☆因果なことには／糟糕的是…，
◇因果覿面（てきめん）／報應不爽，現
世現報；因果の胤（たね）を宿す／私通
而懷孕，珠胎暗結；～おうほう【因果報
応】（名）因果報應；☆不幸な目に逢う
のも因果報応だという／據說遭受不幸也
是因果報應；～りつ【因果律】（名）〔
哲〕因果律。①

いんが【陰画】（名）〔照相〕底片（＝ネ
ガ）。⓪

インカーブ【美 incurve】（名・自サ）〔
棒球〕内曲球；↔アウトカーブ。③

いんがい【院外】（名）衆議院（參議院）
的外部；↔いんない（院内）；～だん【
院外団】（名）（非議員的黨員在議會以
外進行政治活動的）院外團體。①

いんかしょくぶつ【隠花植物】（名）〔植
〕隱花植物；↔けんかしょくぶつ（顯花植
物）。⑤

インカぶんめい【Inca 文明】（名）〔史〕
印加文明（印加爲西班牙人征服前的秘魯
王國的印第安人）。④

いんかん【印鑑】（名）①印鑑；☆印鑑を捺
す／蓋上印鑑；②〔古〕（通過關卡或城
門時所用的護照）；～しょうめい【印鑑
証明】（名）〔法〕印鑑證明。⓪③

＊いんき【陰気】（名・形動ダ）①陰鬱，憂
鬱，鬱悶（＝うっとうしい）；☆陰気な
顔つき／愁眉苦臉；☆子供が死んだので
家中（うちじゅう）が陰気になった／因
爲孩子死了家裏變得淒涼了；②陰暗；☆
陰気な天気／陰暗的天氣；～くさい【陰
気臭い】（形）鬱悶的；陰暗的；☆陰気
臭い部屋／陰暗的屋子。⓪

＊インキ【ink】（名）墨水（＝インク）；～
けし【ink 消し】（名）（消除墨水字跡
的）褪色靈；～スタンド【inkstand】
（名）＝インキつぼ；～つぼ【ink 壺】
（名）墨水壺。①⓪

いんきゃく【韻脚】（名）韻脚。⓪

いんきゅう【飲泣】（名・自サ）飲泣（＝
すすりなき）。⓪

いんきょ【允許】（名・他サ）〔文〕允許
（＝ゆるし）；☆允許を与（あた）える
／許可，答應。①

いんきょ【隠居】（名・自サ）①隱居，遁
世，隱遁；☆郊外に隱居する／隱居郊
外；②（辭官而）退休；③〔法〕（把戶
主權讓給繼承人而）隱退（自1947年廢除
舊民法中關於家族及戶主制度以後，已成
爲舊名詞）；☆家督を長男に譲って隱居
する／把家業讓給長子而隱退；④退休者
；隱退者，戶主的父親，老人；☆隣りの
ご隱居さん／隔壁的老人。⓪

いんきょく【陰極】（名）〔理〕陰極；↔
ようきょく（陽極）；～かん【陰極管】
（名）〔無電〕陰極管；～せん【陰極線】
（名）〔無電〕陰極線；～せんオシログ
ラフ【陰極線 oscillograph】〔電〕陰
極線示波器。⓪

いんきん（たむし）【陰金（田虫）】（名）

〔醫〕腹股溝癬（＝がんせん）。③

いんぎん【慇懃】（形動ダ）①有禮貌，恭恭敬敬；懇切（＝ねんごろ、ていねい）；☆慇懃に礼を述べる／恭恭敬敬地致謝；☆慇懃な挨拶／很懇切的寒暄；②友誼，交情（＝よしみ）；☆慇懃な間柄／親密的關係，很有交情；③男女之情；☆人目を忍んで慇懃を通ずる／暗自私通；～ぶれい【慇懃無礼】（連語）①過分恭維反而失禮；②表面恭敬而内心不然。③⓪

＊**インク**【ink】（名）→インキ；～ホルダ【ink-holder】（名）自來水筆的貯墨管。①

イングリッシュ【英・形・名English】（名・造語）英語；英國人。①

いんけい【陰茎】（名）〔解〕陰莖（＝いんきょう）。⓪

いんけん【引見】（名・他サ）接見；☆外相は、本日インド大使を引見する筈だ／外相今天預定接見印度大使。⓪

いんけん【陰険】（形動ダ）陰險；☆陰険な手段を弄する／耍弄陰險手段。⓪

いんけん【隠見】（名・自サ）若隱若現，隱約可見；☆海中遙に二、三の小島が隠見するのを見る／在海裏遠處隱約看見有二三個小島。⓪

いんげん【隠元】（名）〔植〕←いんげんささげ、いんげんまめ；～ささげ【隠元豇豆・菜豆】、～まめ【隠元豆】（名）〔植〕菜豆，扁豆。③

いんこ【鸚哥】（名）〔動〕鸚哥。①

いんご【隠語】（名）隱語，黑話，行話；☆隠語を使って話す／說黑話。⓪

いんご【韻語】（名）韻語，韻文。⓪

いんこう【印行】（名・他サ）印行，印刷發行。⓪

いんこう【咽喉】（名）①咽喉，嗓子（＝のど）；②〔轉〕要害；☆敵の咽喉を扼（やく）する／扼敵人的要害；～カタル【咽喉カタル】（名）〔醫〕卡他性喉頭炎。⓪

いんごう【因業】Ⅰ（名）〔佛〕孽，因業（造因起源之業）；Ⅱ（行動ダ）殘酷，無情，作孽；☆因業な家主（やぬし）／殘酷無情的房東；☆あまり因業なことをするな／不要太作孽了；～もの【因業者】（名）刻薄漢；殘酷無情的人。①③

いんごう【院号】（名）①〔古〕太上皇、皇太后等的尊稱；②（戒名上加「院」字的）法名。③

イン・コーナー【in-corner】（名）〔棒球〕内角。③

いんこく【印刻】（名）刻字；～し【印刻師】（名）刻字匠。⓪

インゴット【ingot】（名）（金銀銅鐵等的）鑄塊，錠。③

インサート【insert】（名）〔電影〕挿入（新聞片等）。③

インサイダーくみあい【insider 組合】（名）法内工會（合乎最新修正的工會法各種規定的工會）；↔アウトサイダー組合。⑦

インサイド【inside】（名）①内部，内面；②〔排球、網球〕線内。③①

いんさつ【印刷】（名・他サ）印刷；☆広告を印刷する／印刷廣告；☆急いで印刷する／趕緊印；～きかい【印刷機械】（名）印刷機；～きょく【印刷局】（名）印製廠（印紙幣、郵票、法令等的國家機構）；～じゅつ【印刷術】（名）印刷技術；～ぶつ【印刷物】（名）印刷品。⓪

いんさん【陰惨】（形動ダ）陰慘，悽慘；☆陰惨な光景／悽慘的光景。⓪

いんし【印紙】（名）〔法〕印花；☆印紙を張る／貼印花；～ぜい【印紙税】（名）印花稅。⓪

いんし【因子】（名）①因子，因素；②〔數〕因數。①

いんし【陰子】（名）〔理〕陰子；↔ようし（陽子）。①

いんし【隠士】（名）〔文〕隱士，隱居者①

いんじ【印字】（名・他サ）①印字；打字；②印的字；打的字；～き【印字機】（名）①（利用福爾摩斯電碼的）電報受信機；②打字機（＝タイプライター）。⓪

いんじ【韻字】（名）（詩或韻文句末的）押韻字。①

インジケーター【indicator】（名）①〔機〕指示器；示壓計；指壓器；示功器；②〔化〕指示劑③〔棒球〕（裁判員用的）計分器。④

いんしつ【陰湿】（形動ダ）〔文〕陰濕，潮濕。⓪

いんじゃ【隠者】（名）隱士，遁世之人；～じょうご【隠者上戸】（名）越喝（酒）越不高興的人。①

いんしゅ【飲酒】（名・自サ）飲酒；☆飲酒にふける／耽溺於飲酒。⓪

いんしゅう【因習（襲）】（名）因習，因襲，舊習；慣例；☆因襲を打破する／打破舊習（慣例）；☆因襲に捕（とら）われる／墨守成規。⓪

インシュート【in-shoot】（名・自サ）〔棒球〕內射球。③

インシュリン【insulin】（名）〔醫〕胰島素（糖尿病特效藥）。⓪

いんしょ【淫書】（名）〔文〕淫書。①

いんしょう【引証】（名・他サ）〔文〕引證；☆古書から引証する／從古書引證⓪

いんしょう【印章】（名）圖章（＝いんぎょう）；☆印章を捺（お）す／蓋章（印）。⓪

*いんしょう【印象】（名・自他サ）印象；☆忘れ難い印象／難忘的印象；☆少しも印象に残っていない／印象裏一點也沒有；～しゅぎ【印象主義】（名）印象主義，藝術至上主義；～づ・ける【印象づける】（自下一）給人以深刻印象；～てき【印象的】（形動ダ）給人深刻印象的；～は【印象派】（名）〔美〕印象派。⓪

いんしょく【飲食】（名・自サ）飲食；飲食に気をつける／注意飲食；～てん【飲食店】（名）飯舖，餐廳；～ぶつ【飲食物】（名）飲食品。①

いんすう【因数】（名）〔數〕因數；～ぶんかい【因数分解】（名）〔數〕因數分解。③

いんずう【員数】（名）個數，額數（＝かず、たか）；☆員数が足りない／不够人數；☆員数を揃（そろ）える／湊足額數。③

インスタント【instant】（名）即刻的；～しょくひん【インスタント食品】（名）現成的食品、速食麵等。①④

インスピレーション【inspiration】（名）靈感；天啓；☆インスピレーションを受ける／受到靈感。⑤

いん・する【印する】（他サ）印，留下痕跡；☆全国各地に足跡を印する／足跡走）遍全國；囚いんす（サ）。③

いんせい【陰性】（名）①陰性；消極；②〔化〕〔醫〕陰性；↔ようせい（陽性）；～はんのう【陰性反応】（名）〔醫〕陰性反應。⓪

いんぜい【印税】（名）①印花稅；②（著者的）版稅；☆著者（ちょしゃ）に印税を払（はら）う／付給著者版稅。⓪

いんせき【引責】（名・自サ）引咎；☆引責辞職する／引咎辭職。⓪

いんせき【姻戚】（名）〔俗〕姻戚，親戚⓪

いんせき【隕石】（名）隕石，流星（＝いんせい）。⓪

いんせつ【引接】（名・他サ）引見；接見⓪

いんせん【陰線】（名）（製圖時畫的）陰線。⓪

いんぞく【姻族】（名）〔法〕姻戚，親戚①⓪

いんそつ【引率】（名・他サ）率，領；☆先生に引率されて遠足に行く／由老師領着去郊遊。⓪

インター【inter】（接頭・名）①中間，相互；②→インターナショナル。①

インターカレッジ（エート）【英・形intercollegiate】（名）大學（學院）間的比賽。⑤

インターセプト【intercept】（名）〔橄欖球〕截奪（對方的遮球）。⑤

インターナショナリズム【internationalism】（名）國際主義。⑦

インターナショナル【英・形・名international】Ⅰ（造語）國際間的；Ⅱ（名）國際；～オリンピックゲーム【International Olympic Games】（名）國際奧林匹克運動大會。⑤

インターハイ【日製英語 inter-high】（名）全國高等學校間的運動比賽。③⑤

インターフェヤ【interfere】（名）〔運動〕（故意）妨礙（對方的行動）。⑤

インターフォーン【intephone】（名）內線自動電話機，互通電話機。③

インターン【intern】（名）住院實習的醫科學生，住院醫師。③

いんたい【引退】（名・自サ）引退，退職；☆会長が引退する／會長要退職。⓪

インダクション【induction】（名）①〔邏輯〕歸納法；②〔電〕感應；～コイル【induction coil】（名）感應（線）圈；～モーター【induction motor】（名）感應電動機。⓪

インダクタンス【inductance】（名）〔電〕電感；感應係數。③

インタッチ【in-touch】（名）〔橄欖球〕出界。

インタビュー【interview】（名・自サ）①會見；晤談，會談；②（新聞記者的）訪問（記）；☆総理大臣にインタビューする／（記者）訪問總理大臣。③①

インタロゲーションマーク【interrogati-on mark】（名）問號〔？〕。⑨

インチ【inch】（名）英寸，吋；☆１インチは、約2.54センチです／１英吋大約等於2.54公分。①

いんちき（名・形動ダ）〔俗〕①瞞混；②嵌騙，假招兒（＝ごまかし）；☆いんちきをやる／騙人；☆いんちきに引っかかる／受騙，上當；⑧假東西，騙人的東西；☆この万年筆はいんちきだ／這個自來水筆是騙人的貨。⓪①

いんちょう【院長】（名）院長；醫院院長。①

いんてつ【隕鐵】（名）〔天〕隕鐵。⓪

インデックス【index】（名）①索引（＝みだし）；②〔數〕指數；～カード【index card】（名）索引卡片。③

インテリ（ゲンチャ）（俄）（名）知識分子。⓪

インテリジェンス【intelligence】（名）知識，智力，才智。③

いんてん【院展】（名）日本美術展覽會⓪

いんでんき【陰電氣】（名）〔理〕陰電③

いんでんし【陰電子】（名）〔理〕陰電子③

インドアーリヤじんしゅ【Indo-Aryan人種】（名）印度亞利安人種。

インドアスポーツ【indoor sports】（名）室內運動。⑥

いんとう【咽頭】（名）〔解〕喉頭，咽喉（＝のど）；～えん【咽頭炎】（名）〔醫〕喉頭炎；～カタル【咽頭カタル】（名）〔醫〕卡他性喉頭炎。⓪

いんどう【引導】（名）①引導（＝みちびき）；②〔佛〕引導；◇引導を渡す／①（對死者）指以西方大路；②（撤職、解雇、離婚等時向對方）下最後的通知。③

いんとく【隠匿】（名・他サ）隱匿，隱藏；～ぶっし【隠匿物資】（名）隱匿物資⓪

インドゲルマンご【印度 German 語】（名）〔語言〕印度日耳曼語，印歐語⓪

イントロダクション【introduction】（名）①序諸，緒言；②〔樂〕序樂，序曲⑤

インドロップ【in-drop】（名・自サ）〔棒球〕下曲球。⓪

いんとん【隠遁】（名・自サ）隱遁，遁世⓪

インナーキャビネット【inner-cabinet】（名）少數內閣（內閣中的少數人決定重要政策）。⑤

いんない【院內】（名）①「院」的內部；②衆議院（參議院）的內部。①

いんに【陰に】（副）背地，暗中（＝かげで、こっそり）；◇陰に陽に／公然和暗中，明中暗中；☆陰に陽に彼を庇（かば）っていた／明中暗中祖護他。①

いんにく【印肉】（名）印泥，印色。⓪

いんにょう【𢳂繞】（名）〔漢字部首〕𢳂部。

いんにん【隠忍】（名・自サ）隱忍；☆隱忍して機運の熟するのを待った／隱忍持重靜待時機成熟。⓪

いんねん【因縁】（名）①〔佛〕因緣；定數；☆これも因縁だ／這也是命中註定；②由來，來歷；☆そのいわれ因縁はこうだ／它的原本由來是這樣的；⑧（因機會而結合的）關係；因緣；☆因縁が浅くない／關係（因緣）非淺；◇因縁をつける／（為訛詐等）藉口，找碴兒；☆与太者（よたもの）が人に因縁をつける／流氓向人找碴兒訛詐。⓪③

いんのう【陰囊】（名）〔解〕腎囊（＝きんたま）。⓪

いんばい【淫売】（名・自サ）①賣淫；②賣淫婦，野妓；～ふ【淫売婦】（名）賣淫婦，野妓；～や【淫売屋】（名）；～やど【淫売宿】（名）土窯子，娼窩。⓪

いんばん【印判】（名）印，圖案（＝いんぎょう）；☆印判を捺（お）す／蓋章；～じ【印判師】（名）刻字匠。⓪

いんぶ【陰部】（名）〔解〕陰部。①

いんぷ【淫婦】（名）淫婦。①

インフォーメーション【information】（名）①消息，報導；②知識，見聞。⑤

インフルエンザ【influenza】（名）〔醫〕流行性感冒；☆インフルエンザに罹（かか）った／患了流行性感冒。⑤

インフレ（ーション）【inflation】（名）〔經〕通貨膨脹；物價暴漲；☆インフレを防止する／防止通貨膨脹；↔デフレーション。⓪

インプレッション【impression】（名）印象，感動。④

いんぶん【韻文】（名）韻文；↔さんぶん（散文）。⓪

いんぺい【隠蔽】（名・他サ）隱蔽，隱瞞，隱藏；☆罪跡を隠蔽する／隱蔽罪跡；☆事實の隠蔽／隱瞞事實。⓪

インボイス【invoice】（名）〔輕〕發貨單，發票。③

い

いんぼう【陰謀・隠謀】（名）陰謀，密謀；☆陰謀を企てる／計劃陰謀。⓪

インポテ（ンツ）【德Impotenz】（名）〔醫〕陽萎（＝いんい）。④

いんめつ【湮（堙）滅】（名・自他）湮滅，滑滅；☆証拠を湮滅する／滑滅證據。⓪

いんもう【陰毛】（名）〔解〕陰毛（＝しものけ）。⓪

いんもん【陰門】（名）〔解〕女陰。⓪

いんゆ【陰（隠）喩】（名）〔修辞〕隱喩，暗喩。①

いんゆ【引喩（法）】（名）引喩（法）。①

いんよう【引用】（名・他サ）引用；☆ナポレオンの言葉を引用する／引用拿破崙的話。⓪

いんよう【陰陽】（名）①陰陽；②〔理〕陰極和陽極；～か【陰陽家】（名）陰陽家。①

いんよう【飲用】（名・他サ）飲用，喝；☆飲用に適する／適於飲用；～すい【飲用水】（名）飲用水。⓪③

いんよく【淫慾】（名）・淫慾；☆淫慾にふける／貪淫。①

いんりつ【韻律】（名）韻律。⓪

いんりょう【飲量】（名）飲量。③

いんりょう【飲料】（名）飲料；喝的東西；☆アルコール分のない飲料／沒有酒精成分的飲料；～すい【飲料水】（名）飲用水。③

いんりょく【引力】（名）①〔理〕引力；萬有引力；☆引力の法則／引力的法則；②魅力；☆引力がある／有魅力。①

いんれい【引例】（名）引例；☆引例の豊富な辞書／例句豊富的辞典。⓪

いんれき【陰暦】（名）陰暦；舊暦；☆陰暦の正月／春節。⓪

いんろう【印籠】（名）①〔古〕印盒；②〔江戸時代〕（佩在腰間的）小藥盒；☆印籠を下げる／佩帶小藥盒。③

う①五十音圖「あ行」第三音；「わ行」第三音；母音之一；發音爲u；②〔字源〕平假名是「宇」字的草體；片假名是「宇」字上部；③現代假名用法的長音符號之一。

ーう【宇】（接尾）（計算廟宇等建築物的單位）座，幢；☆一宇の仏堂／一座佛堂。

う【卯】（名）①卯（十二支之一）；②卯時；③東方。◎

う【兎】（名）〔動〕〔文〕兎（＝うさぎ）；☆兎の毛（け）／兎毛。

う【鵜】（名）〔動〕鸕鷀，（俗稱）水老鴉；◇鵜の真似（まね）する烏（からす）／東施效顰；鵜の目鷹の目→うのめたかのめ。

う【有】（名）〔文〕有；☆無（む）から有は生じない／無中不能生有。①

う【得】（他下二）〔文〕→える。①

う（助動）（接五段活用詞，形容動詞かり活用及助動詞「ます」、「た」、「だ」的未然形之下）①表示意志，決心（以第一人稱爲主語）；☆私がやろう／我來做吧；☆我々はあくまで平和を守ろうとする／我們堅決要保衛和平；②表示勸誘、呼籲（以第二人稱並包括第一人稱爲主語，但主語有時被省略）；☆さあ、速く行こう／咱們快去（走）吧；☆戦争をなくそう／（讓我們）消滅戦争吧；③表示推測（以第三人稱爲主語）☆その小説はおもしろかろう／那部小説有趣吧；☆やがて雨が降りましょう／過一會兒要下雨吧；④表示當然、理應的意思；☆今日は月曜日だから明後日は水曜日でしょう／今天是星期一那末後天就該是星期三囉；⑤連體形只連接少數特別名詞「筈、道理」等之上，表示還未實現（確定）的事實；☆そんなことがあろう道理がない／絶不會有那樣事。

ヴ①不是五十音圖中原有的假名，而是專爲標寫英語等的"V"音，在假名「ウ」上加以濁音符號造成的；如 Violin 一詞則標爲ヴァイオリン；②但因日語中本無"V"音，故有時把"V"音也念成由「バ行」假名拼成的音，並用「バ行」假名標寫；如 Violin 一詞也常標爲バイオリン而依據最新寫法，這②式最爲標準；③因「ウ」只用於標寫國外來語，故只有「片假名」而無「平假名」。

ヴァージン→バージン①

ヴァイオリン→バイオリン◎

ヴァチカン→バチカン①

ヴァニラ→バニラ①

ヴァラエティー→バラエティー②

ヴァリエーション→バリエーション③

ヴァリュー→バリュー①

ウイーク【week】（名）週，一星期；～エンド【week-end】（名）週末；週末休假；☆ウイークエンドは、いつも家族と別荘で過ごします／每逢週末我和家裡的人一起到別荘 去住；～デー【week-day】（名）（星期日以外的）工作日。①

ウイークリー【Weekly】（名）週刊的報紙，雑誌等。①

ヴィーナス【Venus】（名）→ビーナス。①

ヴィールス→ビールス①

ウィーン【Wien】（地名）維也納，奥大利的首都。①

ういういし・い【初初しい】（形）未經世故的；天眞浪漫的；☆初初しい花嫁姿（はなよめすがた）／羞羞答答 的新婦姿態；図うひうひし（形シク）；～げ（形動ダ）；～さ（名）。⑤

ヴィオラ【意viola】（名）〔樂〕中提琴→ビオラ。①◎

ヴィオロン【意・法violon】（名）小提琴→バイオリン

ヴィオロンチェロ【意 violoncello】（名）〔樂〕（簡稱チェロ）大提琴。

ういきょう【茴香】（名）〔植〕茴香；～ゆ【茴香油】（名）茴香油。◎

ウイグル【Uigur, Uihur ・回紇】（名）維吾爾族。

ういご【初子】（名）頭生兒（＝はつご）。◎

ういざん【初産】（名）初生，頭胎（＝し

う

ょさん）；☆産の子／頭生兒。①◯

ういじん【初陣】（名・自サ）①初上戦場／初次臨陣，☆初陣の功名／初次臨陣立的功勞；②初次参加比賽，☆初陣に勝利を得る／初次参加比賽時得勝。◯

ウィスキー【whisky】（名）威士忌酒①

ういた【浮いた】（連語）輕佻的；風流的；☆あの人には浮いた話（噂）がない／沒聽說他有什麼艷聞。

ウィット【wit】（名）機智（＝きち、きてん）；俏皮話，趣話（＝しゃれ）；☆ウィットのある人／有機智的人，☆ウィットを飛（と）ばす／說俏皮話。①

ういてんぺん【有為転変】（連語・名）〔佛〕世事變幻無常；☆誠に有為転変の世だ／眞是變幻無常的世界。①

ウイニング【英・形winning】（連語）得勝的，勝利的；～ショット【winning shot】（名）〔網球〕致勝的一球。①

ういまご【初孫】（名）頭生孫子（或孫女）。◯①

ウインク【wink】（名・自サ）①使眼色（＝めくばせ）；☆早く始（はじ）めろとウィンクで知らせる／用眼色告訴趕快開始；②秋波，流盼（＝いろめ）；☆窓からウィンクを送（おく）る／從窗戶裏送秋波。②

ウイング【wing】（名）①翼，翅膀；②〔足球〕（前鋒的）兩翼。①

ウインター【winter】（名）冬；～スポーツ【winter sports】（名）冬季運動。①

ウインチ【winch】（名）（起重用）絞盤；絞車。①

ウインドー【window】（名）①窗；②櫥窗，陳列窗。◯

ウーステッド【worsted】（名）（以長羊毛撚線織成的）一種男衣料。④

ウーマン・リブ（名）女權運動（者）。◯

ウール【wool】（名）①羊毛；②毛線；③毛織品。①

ウーロンちゃ【烏竜茶】（名）烏龍茶。③

─うえ【上】（連語）稱呼長輩時附加的敬稱；例：父上（ちちうえ）；母上（ははうえ）。

＊うえ【上】（名）①上，上面（邊）；☆上から下を見る／從上往下看；↔した（下）；②外面，表面（＝おもて）；☆上に上着（うわぎ）を着る／外面穿上上衣；↔うら（裏）；③，好強，高明；☆彼のドイ

ツ語は私よりずっと上です／他的德語比我好得多；④〔古〕天皇；（幕府的）將軍；⑤長輩，上司；☆上を敬う／尊長；⑥貴人之妻，夫人（＝おくがた）；⑦〔…の上で（は）〕有關，關於；在…上；☆財産の上では／關於財産方面；◇文法の上で／在語法上；☆〔…た上で〕…之後；☆見た上で買うかも知れない／看了之後也許買；☆熟考の上で返事する／仔細考慮之後再回答；⑨〔上に〕而且，並且；☆あの店は品物が悪い上に値段が高い／那家舖子東西不好而且貴；☆彼は丈夫な上に頭が好い／他身體既健康而且腦子又好；⑩大，年長；☆彼は私より二つ年上です／他比我大兩歳；☆には上がある／人上有人，天外有天；上よ下よ、上を下へ／底翻上，天翻地覆；☆上を下への騒ぎとなる／鬧得天翻地覆。◯②

＊うえ【飢・餓】（名）飢餓；☆飢を凌（しの）ぐ／忍飢。②①

うえあな【植え穴】（名）（為栽種或下種而）刨的坑。

ウエーター【waiter】（名）（餐廳等的）男服務生，茶房。②

ウェート【weight】（名）①重量；體重；②〔統計〕加重值；③重點。②

ウエートレス【waitress】（名）ウェーター的女性；侍女；女侍者。②

ウェーブ【wave】（名・自サ）①波浪；②電波；③（波狀的）燙髮，電燙頭髮；☆ウェーブをかける／（把髮）燙成波狀。①

ヴェール【veil】（名）面紗，臉帕（＝ベール）。①

うえき【植木】（名）①栽種的樹；②盆裏栽成的花木（＝ぼんさい）；～いち【植木市】（名）（在廟會等處賣花木的）花市；～ばち【植木鉢】（名）花盆；～や【植木屋】（名）花匠，花把式。◯

うえこみ【植込み】（名）①（庭園中的）樹叢，灌木叢，花草叢；②鑲嵌物。◯

うえこ・む【植込む】（他五）①（在院子裏）栽種花木；②嵌入，鑲進。③

うえさま【上様】（名）①貴人的尊稱；②室町、江戸時代將軍的尊稱；③臺端（商家寫收據時用以代替顧客姓名的抬頭）①②

うえじ【植字】（名・自サ）①鉛字（＝かつじ）；②排字（＝しょくじ）；～ばん【

植字版】（名）排成的版。⓪

うえした【上下】（名）①上下；☆洋服の
上下をちがった生地でつくる／用不同的
材料做西服的上下身 ②倒、顛倒（＝さか
さま）；☆箱を上下にする／把箱（盒）
子倒過來；◇上下になる／顛倒，底翻
上。②

うえじに【餓死】（名・自サ）餓死；☆飢
饉で餓死する者が出た／因為飢饉發生了
餓死者。④ ⓪

ウエスト【waist】（名）①〔縫紉〕腰；
（衣服的）腰身；②〔船〕中部甲板；⑧
←ウエストライン；～ライン【waist
line】（名）（婦女服裝的）掐腰，腰部
曲線。①

うえつけ【植付】（名）〔（うえつける）
的名詞形〕①栽、種；☆植付から刈入れ
まで／從種植到收割；②挿秧（＝たうえ
）；☆田の植付が済んだ／（水田的）挿
秧已經完了。⓪

うえつ・ける【植え付ける】（他下一）①種
，栽；☆畑（はたけ）には小麦が植え付
けてある／地裏種着小麥；②培植，灌輸
（思想、知識等）；☆三民主義思想を青
年の心に植え付ける／培植三民主義思想於
青年的心目中；図うゑつく（下二）。④

うえつせん【羽越線】（名）羽越線鐵路（
沿日本海通過秋田、山形、新潟三縣的鐵
路）。⓪

ウエディング【wedding】（名）婚禮；
～ドレス【wedding dress】（名）結
婚禮服；～マーチ【wedding march】
（名）〔樂〕婚禮進行曲；～リング【
wedding ring】（名）結婚紀念戒指②

ヴェテラン→ベテラン。①

うえなし【上無し】（形ク）〔文〕（口語
中多用連用形、連體形）無上，最好；☆
この上無く嬉しいことです／是再高興不
過的事情。③

ウェファース【wafers】（名）一種薄而酥
的餅乾，威法餅（＝ウェーファー）。①

*う・える【植える】（他下一）①種，植，
栽；☆木を植える／植樹☆花を植える／
栽花；②嵌入；☆活字を植える／排（鉛）
字；③培植，培育；☆細菌を植える／培
育細菌；④灌輸（思想等）；☆科学的な
思考を少年の頭のなかに植える／往少年
腦子裏灌輸科學的思考；図うう（下二）。⓪

*う・える【飢える・餓える】（自下一）①

飢，餓；☆飢えたる者は食を択ばず／飢
（者）不擇食；②苦於缺乏，渴望；☆知
識に飢えている／求知心切；☆愛に飢え
ている／渴望愛情，図うう（下二）。②

ウエルカム【welcome】（名・他サ）歡
迎。①

ウエルターきゅう【welter級】（名）〔拳
撃〕（＝welter weight）次中量級（選
手）。⓪

ヴェロメール→ベロナール

うえん【迂遠】（形動ダ）迂遠，繞彎兒（
＝まわりとおい）☆迂遠な事を言う／說
繞彎兒的話；☆それは迂遠なやり方だ／
那樣做太麻煩了，那是個走彎路的辦法⓪

うお【魚】（名）〔動〕〔文〕魚（＝さか
な）；☆魚をとる（釣る）／打（釣）魚；
◇魚心（うおごころ）あれば水心（みず
ごころ）／你要有心我也有意；你要幫我
，我也幫你；魚と水／如魚得水，非常親
密；魚の目に水見えず／魚在水中看不見
水（喻人往往不注意到切身之事）。⓪

うおいち（ば）【魚市（場）】（名）魚
市。③

うおうさおう【右往左往】（連語・名・自
サ）（多數人）東跑西竄，亂跑；☆群衆
が右往左往する／羣衆們（無秩序地）亂
跑；☆右往左往に逃げ惑（まど）う／東
跑西竄地奔逃。④

ウォーター【water】（名）水；～クレーン
【water crane】（名）水壓起重機；
～シュート【water chute】（名）滑橇
板（在高斜面上裝設軌道，從上邊乘橇狀
小艇滑落水中的一種遊戲）；～ポロ【
water polo】（名）水球。①

ウォーミングアップ【warming-up】（
名・自サ）〔運動〕（比賽前的）準備活
動。⑥

ウォールがい【Wall 街】（W・Street）
①華爾街；②美國金融界。④

うおがし【魚河岸】（名）設有魚市的河
岸。⓪

ウォッカ【俄vodka】（名）伏特加（酒）①

ウォトカ→ウォッカ。①

うおのめ【魚の目】（名）（手脚上長的）
鷄眼。⓪③

うおへん【魚偏】（名）〔漢字部首〕魚字
旁。⓪

うおや【魚屋】（名）魚舖（＝さかな
や）

うおやきあみ【魚焼網】（名）烤魚用的鐵網。４

うおんびん【う音便】（名）〔語法〕う音便〔「ひ」（發音爲ゐ）、「く」等字（主要在文語、方言中）變爲う的音便，例：「誘いて」變爲「誘うて」；「よく来た」變爲「よう来た」；「お暑くございます」變爲「お暑うございます」〕。２

うか【羽化】（名・自サ）①〔農〕（蠶蛹）羽化，成蛾；☆蚕が羽化する／蠶蛹成蛾；②（人）生翼騰空；～とうせん【羽化登仙】（名・自サ）羽化登仙。１

うか【雨下】（名・自サ）雨下，像雨點一般落下；☆弾丸雨下の中を驀進（ばくしん）して行く／在彈雨之中驀進。１

うかい【鵜飼】（名）利用鸕鷀捕魚（的漁夫）。０１

＊うかい【迂回】（名・自он сサ）迂迴，繞遠，走彎路（＝とおまわり）；☆山を迂回して行く／繞過山去；☆道路が工事中なのでバスが迂回する／正在修馬路所以公共汽車要繞行。０

うがい【嗽】（名・自サ）漱（口），含漱；～ぐすり【嗽薬】（名）含漱薬。０

うかうか（副・自サ）①神不守舍，悠悠忽忽，吊兒郎當；☆うかうかと歳月を送る／悠悠度日；☆うかうかすると人に追越される／吊兒郎當的會被人趕過去；②漫不經心，不留神（＝うっかり）；☆うかうかして足を滑らして川へ落ちた／沒留神一失足掉在河裏了；☆うかうかと喋（しゃべ）ってしまった／漫不經心地説出了；☆人の話にうかうかと乗る／不加思索地聽信人言。１

＊うかがい【伺い】（名・自サ）（うかがう的名詞形）①問候，拜訪；☆御機嫌伺いをする／問安，請安；☆いつ御伺いしましょうか／什麼時候我可以来拜訪呢；②請示；☆伺いを出す／上呈文請示；☆部長に伺いを立てる／請示部長；～あし【伺足】（名）躡足（＝しのびあし、ぬきあし）；～しょ【伺書】（名）呈文，簽呈；～ずみ【伺済】（名）呈准，批准０

＊うかが・う【伺う】（他五）〔謙遜語〕①拜訪（＝おとずれる）；☆きっとお伺い致します／一定拜訪您去；②請教，打聽（＝とう、たずねる）；☆もう一つ伺いたいことがあります／還要向您打聽（請教）一件事；☆御意見を伺いたい／我願

聽聽您的意見；③聽説；☆御病気のように伺っていましたが如何（いかが）ですか／聽説您不舒服了，現在怎樣了？０

うかが・う【窺う】（他五）①窺視，偸看；☆隣（となり）の様子を窺う／偸看鄰家的情況；②窺伺，覬覦（＝ねらう）；☆時機（じき）を窺う／伺機，相機；☆敵の隙を窺う／伺敵人的破綻；抓敵人的弱點；③仔細觀察（研究）；☆天下の大勢を窺う／觀察天下大勢；④大體看出，略知；☆彼の談話（だんわ）で学識（がくしき）の深いことが窺われる／從他的談話中大致看出了他的學識很淵博；☆顔色を窺う／窺伺顏色；☆人の鼻息（はないき）を窺う／仰人鼻息。０

うかさ・れる【浮かされる】（自下一）①着迷，一心想要…；☆洋行熱に浮かされる／一心想要出國；②神志不清，精神恍惚；☆熱に浮かされて譫言（うわごと）を言う／燒得説胡話；③（喝了茶等）興奮得睡不着；☆茶に浮かされて眠れない／喝茶興奮得睡不着覺；⑤うかさる（下二）。０

うか・す【浮かす】（他五）①使浮起，使漂起（＝うかばせる）；☆おもちゃのボートを池に浮かす／把玩具的小船放到水池裏；☆沈没船を浮かす／打撈沉船；②騰出，省出；☆時間を浮かす／騰出時間來；☆金を浮かして茶話会（さわかい）を開く／籌出錢來，辦茶話會。０

うか・せる【浮かせる】（他下一）①＝うかす；②鼓舞，使興奮，使快活；⑤うかす（下二）。０

うかつ【迂闊】（形動ダ）①疏忽，大意，粗心，不謹慎；☆迂闊にも秘密（ひみつ）を漏らしてしまった／不小心把秘密洩漏了；☆迂闊に物は言えないぞ／不可隨便説話；☆随分迂闊に見える／有點太粗心；②迂闊，迂遠，愚昧；☆彼は世間（せけん）の事には全く迂闊な男だ／他是個絲毫也不懂社會情況的人。０

うが・つ【穿つ】（他五）①穿，鑿，挖，鑽，（＝ほる、あける）；☆壁（かべ）に穴（あな）を穿つ／在腦上鑿窟窿；☆トンネルを穿つ／鑿隧道；②透徹説出，道破，説出微妙處，（巧妙地）諷喩出來，穿鑿；☆あの小説はよく人情を穿っている／那篇小説把人情世故描寫得很透徹；☆それは穿った話だ／那是一針見血

的話；☆それは些（いささ）か穿ち過ぎた言葉だ／那話有點過於露骨了；⑧穿，戴（＝はく）；☆靴（くつ）を穿つ／穿鞋。②

うかつ・く【浮かつく】（自五）心神不定，神不守舍，糊里糊塗（＝うかうかする）。◎

うかと（副）不留神，不小心（＝うっかりと）；☆うかと口を滑らした／沒留神走了嘴；☆うかと秘密を洩（も）らした／不小心洩漏了秘密。①

うかぬかお【浮かぬ顔】（連語・名）憂悶的面孔，不高興的面孔，無精打彩的面孔；☆何が気になるのか浮かぬ顔をしている／也不知道有什麼心事臉上顯得很不高興（悶悶不樂）。◎

うかば・せる【浮かばせる】（他下一）使浮，使漂起（＝うかす）；☆おもちゃのボートを池に浮かばせる／把玩具的小船兒放在池水上。◎

うかびあが・る【浮かび上がる】（自五）①浮出（＝うきあがる）；②出息；轉運，發跡；☆下積みだった人が浮かび上る／被厄運久困的人轉運（發跡）了。⑤

*うか・ぶ【浮かぶ】Ⅰ（自五）①浮，漂；☆舟が水に浮ぶ／船舶在水上；☆綿のような雲が空に浮かんでいる／棉花似的白雲浮在空中；②想出，想起，浮現腦海，湧上心頭；☆昔のことが頭（心）に浮かぶ／從前的事情湧上心頭；☆これ以上いい考えも浮かばない／再也想不出更好的主意來；⑧轉運，出頭，發跡（＝しゅっせする）；☆彼はもう一生浮かばれない／他一輩子也發跡不了；④〔佛〕超度，上天堂；☆死んでも浮かばれない／死了也不能瞑目；～せ【浮かぶ瀬】（連語・名）出頭露面的日子，發跡的機會；☆浮かぶ瀬がない／沒有出頭的日子；Ⅱ（他下二）→うかべる。◎

*うか・べる【浮かべる】Ⅰ（自下一）能漂起；☆非常に軽いから浮かべる／因為很輕所以能漂起來；Ⅱ（他下一）①浮，泛：（＝うかす）；☆船を浮かべて遊ぶ／泛舟遊玩；②含，含著；☆涙（なみだ）を浮かべる／含着眼淚；露，浮現，泛出；☆口元（くちもと）に微笑を浮かべた／嘴角露出了微笑；⑧想起（＝おもいだす）；☆師の教えを心に浮かべた／想起了老師的教誨；因うかぶ（下二）。◎

うかりと（副）不留神，不小心（＝うっか

と）。②③

うか・る【受かる】（自五）考中，考上；☆弟は台湾大学が（に）受かった／弟弟考上了臺灣大學。②

うかれちょうし【浮かれ調子】（名）高興，興高彩烈。④

うかれ・でる【浮かれ出る】（自下一）①（沒有甚麼目的由家裏）走出來；②（因心情高興在家待不住而）走出來；☆沢山（たくさん）の花見客（はなみきゃく）が浮かれ出た／出來了很多看花的人；因うかれいづ（下二）。④

うか・れる【浮かれる】（自下一）陶醉，高興；☆酒に浮かれる／喝酒喝得高興起來；☆浮かれて歌う／高興得唱起來；☆月に浮かれて外へ出る／因月色溶溶而出來賞月；因うかる（下二）。◎

うがん【右岸】（名）右岸。①

うかんむり【ウ冠】（名）〔漢字部首〕宀部。

うき【浮き・浮子】（名）①（釣鈎或魚網上的）浮子，漂兒；☆釣糸（つりいと）に浮きをつける／在釣線上拴上漂兒；②←うきぶくろ。◎

うき【雨季・雨期】（名）雨季；☆雨季に入る／進入雨季。①

うきあが・る【浮き上がる】（自五）①（由水中）浮出，漂上；☆沈んだ船が浮き上がった／沉了的船漂上來了；②（從地面）凸出，凸起；☆家の土台（どだい）が浮き上がる／房基凸起來；⑧脫離苦難，轉運；出息，發跡（＝うかびあがる）；④脫離大衆，離開根本；☆領袖を担任ならば群衆から浮き上がってはならぬ／擔任領袖不可脫離民衆。④

うきあし【浮足】（名）①墊着脚；☆浮足で歩く／墊着脚走；②想要逃脫（＝にげごし）；☆浮足になる／沉不下心，情緒波動；想要逃脫；☆みんな浮足になって仕事が手につかない／全都情緒波動沉不下心來工作；⑧〔經〕行情波動；～だ・つ【浮足立つ】（自五）（因不滿現狀或不安而）要逃開，要逃跑；（士氣）動搖；☆形勢が悪くなると皆浮足立って来た／形勢一不好都想要逃跑。◎

うきうき【浮き浮き】（副・自サ）樂得坐不穩站不安，喜氣洋洋，喜不自禁，高興，快活；☆心が浮き浮きしている／心裏喜不自禁。③①

う

うきくさ【浮草・浮萍】（名）〔植〕浮萍；☆浮草のような生活／不穩定的生活；〜かぎょう【浮草稼業】（名）遷移不定的職業（生活）。◯

うきぐも【浮雲】（名）①浮雲；②飄泊不定；☆浮雲のように流れ漂う生活／到處飄泊的生活。◯③

うきごし【浮腰】（名）①欠身，抬起屁股（要走，要跑的姿勢）；②〔轉〕沉不下心，搖擺不定；☆浮腰になって仕事が手につかぬ／沉不下心來工作。◯

うきしずみ【浮き沈み】（名・自サ）①浮沉（＝ふちん）；☆浮き沈みしながら流れて行く／一浮一沈的順水流去；②盛衰，榮枯；☆浮き沈みは世の習（なら）い／盛衰（榮枯）乃世之常情。◯③

うきしま【浮島】（名）①湖沼中水草密生（遙望如島）的地方；②彷彿漂在水上的島子。◯

うきす【浮巣】（名）①葦鳥在葦葉上造的巢，②遷移不定的住處；〜どり【浮巣鳥】（名）①棲在浮巢裏的鳥；②〔轉〕沒有一定住處的人。◯

うきだし【浮出し】（名）（在紙面、織品上使文字、花樣等）凸出，浮出；〜いんさつ【浮出し印刷】（名）浮出印刷；〜おり【浮出し織】（名）織出凸花（的織品）（＝ピケ）。◯

うきだ・す【浮き出す】（自五）①浮出，漂出（水面）；☆油が浮き出す／油漂上漂；②漂起來，開始上漂；③凸出；浮現出來；☆花模様が鮮やかに浮き出す／花樣鮮艷地凸出來；☆富士山（ふじさん）が秋空にくっきりと浮き出す／富士山清楚地浮現在秋季的天空裏。③

うきだ・す【浮き出す】（他五）使…凸出，使…浮出；☆模様を浮き出す／使花樣凸出來。③

うきた・つ【浮き立つ】（自五）高興，快活；☆音楽を聞いていると心が浮き立ってくる／一聽音樂，心裏就高興起來；☆春景色（はるげしき）は人の心を浮き立たせる／春天的風景令人陶醉。③

うき・でる【浮き出る】（自下一）（在水面）浮出；（在表面）露出；浮現；☆霧の中に大きく浮き出る／在霧中隱然浮現出來；図うきいづ（下二）。③

うきな【浮名】（名）①壞名譽，醜聞；②艷聞；☆浮名を流す／傳出醜聞，傳出艷聞；（因男女關係）弄得滿城風雨；☆映画女優と浮名を立てる／和電影女演員搞得滿城風雨。◯②

うきね【浮寝】（名・自サ）①睡在船中；②睡得不穩。◯

うきぶくろ【浮袋】（名）①魚鰾；②（游泳用的）浮水圈；③浮囊，（輪船上的）救生袋。③

うきぼり【浮彫】（名・他サ）浮彫；☆浮彫にする／刻成浮彫。◯

うきみ【憂身】（名）多愁之身，愁苦的人；◇…に憂身をやつす／（拼命地）熱衷於…；專心致力於…；☆恋に憂身をやつす／熱衷於戀愛，搞戀愛搞得形容憔悴①◯

うきめ【憂目】（名）痛苦境遇，痛苦經驗，憂愁，煩惱；☆憂目を見る／遭受痛苦；☆落選の憂目を見る／遭落選的痛苦①◯

うきよ【浮世】（名）①〔佛〕塵世，浮生；☆浮世は夢／浮生如夢；②人世，現世；☆浮世の常／人世之常；〜え【浮世絵】（名）風俗畫；〜ぞうし【浮世草紙】（名）江戶時代流行的風俗小說；〜びと【浮世人】（名）老江湖；〜ぶろ【浮世風呂】（名）〔俗〕江戶時代的公共澡堂②◯

うきょく【迂曲】（名・自サ）迂曲，曲折；繞遠，☆道が迂曲する／道路曲折；☆ずいぶん迂曲した話し方だ／說法過於繞彎子。◯

う・く【浮く】Ⅰ（自五）①浮，漂（＝うかぶ）；☆水に浮く／漂在水上；②浮起，漂起；☆潜水艦（せんすいかん）が浮いてきた／潛水艇浮上來了；③浮動，動蕩；☆雲が浮いている／雲在飄動；☆気が浮く／高興；☆心の浮いた人／沉不下心的人，心情浮燥的人；④剩餘，剩（＝あまる）；☆そう勘定すると百円だけ浮いて来る／這麼一算就只餘出來一百元；◇歯が浮く／①牙根動搖；②（因吃酸物等而）倒牙，齒齦；☆歯が浮くような事を言う／說令人肉麻的話；Ⅱ（他下二）〔文〕→うかばせる。◯

うぐい【鯎】（名）〔動〕石斑魚。◯

うぐいす【鶯】（名）①〔動〕黃鶯，黃鸝；②→うぐいすいろ；③〔俗〕歌喉好的人；◇鶯鳴かせたこともある／他（或她）也曾風騷一時；〜いろ【鶯色】（名）鶯哥綠，茶綠。②

ウクレレ【ukulele】（名）〔樂〕烏克咧利（夏威夷的四絃琴）。◯

うけ【受・請】（名）①「うける」的名詞
形；②容器；☆油受（あぶらうけ）／燈
盤子；☆郵便受（ゆうびんうけ）／收信
箱；③支承物☆軸受（じくうけ）／軸承；
④答應（＝ひきうけ）；☆どうもお受け
はできません／礙難答應，不便接受；⑤
聲譽，人緣兒；☆受がいい／受歡迎，有人緣兒；☆受がわるい／不
受歡迎，沒有人緣兒；⑥保人，證人，
⑦贖；☆質受（しちうけ）／贖當；☆身
受（みうけ）／贖身；⑧〔棋、劍術〕招
架，擋；☆受の構（かま）え／招架的姿
勢；◇請に立つ／做保，擔保。②

うけ【有卦】（名）好運氣；◇有卦に入る
／走運，走鴻運；☆彼は有卦に入ったと
見える／他似乎已經交了鴻運了。②②

うけあい【受合・請合】（名）保證，一定；
☆明日は晴天請合だ／明天一定是晴天；
☆あなたが後援して下されば成功は請合
です／如能得到您的支援,保證能夠成功◎

うけあ・う【受け合う・請け合う】（他五）
①保證；☆彼が間に合うかどうか請け合
えない／他能否趕得上（來得及），不能
保證；②作保，擔保，負責，承擔；☆よ
し，私が請け合った／好了，由我來負責
辦；☆その仕事は請け合って完成させま
す／那項工作我保證完成。③

うけい【右傾】（名・自サ）右傾；↔さけ
い（左傾）。◎

うけいれ【受入】（名）①收受，收入；②
接受，接納；③承認，答應。◎

うけいれたいせい【受入体制】（名）迎接
（新人員，移民等的）準備；☆受入体制
を整える／做好迎接準備；☆受入体制が
整わない／沒有敞好迎接準備。

*うけい・れる【受け入れる】（他下一）①收
，收入；☆不良品を合格品として受け入
れた／把壞貨當作好貨收了；②接受，容
納；☆組合の要求を受け入れる／接受工
會的要求；☆彼はよく新思想を受け入れ
る／他能接受新思想；③承認，同意；☆
この説はまだ多数の学者には受け入れら
れていない／這個學說還沒得到多數學者
的承認；図うけいる（下二）。◎

うけうり【受け売り】（名・他サ）①販賣
，轉賣；☆タバコの受け売りをする／販
賣紙煙；②〔轉〕現買現賣，聽話學話，
學乖賣乖；☆受け売りの知識／現買現賣
的知識；☆彼の話は皆受け売りだ／他完全

是聽話學話；☆彼は先生の言葉をそのま
ま受け売りする／他把老師的話一字不變地
重複一遍。◎

うけおい【請負】（名・他サ）包，包工，
包辦，承攬；☆請負に出す／包出去；☆
請負で払う／論件付酬；～ぎょう【請負
業】（名）包工業，營造廠；～し【請負
師】（名）包工人，包辦人；～ちんぎん
【請負賃金】（名）計件工資；～にん【請
負人】（名）承包人。③◎

*うけお・う【請け負う】（他五）①承包；
承辦；☆家の建築を請け負う／包建房屋
；②保證☆彼の正直（しょうじき）なこ
とは私が請け負う／我保證他的正直◎③◎

うけかた【受方】（名）①接受的方法（狀
況）；②接受人，接收人；③〔經〕（交
割買賣時的）收貨人；買方。④③◎

うけぐち【受口】（名）①收品處；②下唇
（比上唇）突出的嘴；③（電燈的）挿口
（＝ソケット）。②

うけこたえ【受答え】（名・自サ）對答，
應答，應對；☆受答えがない／沒有回
答；☆十分受答えができない／不能夠很
好應對；☆受答えがうまい／善於應對◎

うけざら【受皿】（名）茶托，茶碟，托盤②

うけしょ【受書】（名）承諾書，承認的字據②

うけじょう【請状】（名）①承諾書，承認
的字據；②保證書。◎②

うけだ・す【請け出す】（他五）贖，贖出
；☆質物を請け出す／贖當。◎

うけたまわ・る【承る】（他五）〔謙遜
語〕①聽；☆その計画の内容を承りたい
／希望聽一聽那個計劃的内容；②聽從，
接受；☆御意見は喜んで承ります／我十
分願意接受您的意見；③傳聞，聽說；☆
そのことを承ってびっくりした／聽到那
件事我大吃了一驚；☆承ればほどなく御
洋行なさるそうですが，本當ですか／聽
說您不久就要出國,是真的麼？◎⑤

うけつぎ【受継】（名）「うけつぐ」的名
詞形。◎

*うけつ・ぐ【受け継ぐ】（他五）繼承，承繼
；☆遺産を受け継ぐ／繼承遺産；☆父の
天才を受け継ぐ／承繼父親的天才。◎

*うけつけ【受付】（名・他サ）①接收，接
受；☆願書の受付は十五日まで／受理申
請書截至十五日止；②號房，傳達室；傳
達員；～がかり【受付係】（名）傳達員，
號房。◎

う

うけつ・ける【受け付ける】（他下一）①收，接受，受理；理睬；☆願書（がんしょ）を一日（ついたち）から受け付ける／申請書自一日起開始受理；☆いくら頼んでも受け付けない／怎樣央求也不理睬；②容納，採納（＝うけいれる）；☆胃が弱っているので食物を受け付けない／因爲胃弱，吃東西就吐；☆人の言うことを受け付けない／不聽別人的話，不採納別人的意見；図うけつく（下二）。◎

うけと・める【受け止める】（他下一）①接住，擋住，格開；☆打って来る手を受け止める／擋住打來的手；☆球を受け止める／把球接住；②阻止，阻擋；☆野党の攻撃を受け止める／阻擋在野黨的攻撃；図うけとむ（下二）。◎

うけとり【受取・請取】（名）①收，領；☆金を受取に行く／去領款；②收據，收條；☆受取を書く／寫收據；～しょ【受取書】，～しょう【受取証】（名）收據，收條；～にん【受取人】（名）受領人；領款人。◎

うけと・る【受け取る】（他五）①收，領；☆手紙を受け取る／收信；☆給料を受け取る／領薪；②理解，憑信；☆そうとしか受け取れない／只能那樣理解；☆本当だと受け取る／信以爲眞。◎

うけと・れる【受け取れる】（自下一）①能够接受；☆そんな高い贈物は受け取れない／不能接受那麼高貴的禮品②能够理解（解釋）；能够令人相信；☆それは受け取れない話だ／那話靠不住；☆そうは受け取れなかった／沒有聽出那樣的意思來◎

うけなが・す【受け流す】（他五）①架開，搪開；☆打ち込んで来る刀を受け流す／架開砍下來的刀；②躲閃，閃開；☆質問を巧みに受け流す／巧妙地躲閃質問；☆柳に風と受け流す／婉轉（不加抗拒）地避開。◎

うけはらい【受払】（名・他サ）收支，收付；☆日日（ひび）の受払／毎日的收支◎

うけみ【受身】（名）①被動，受攻撃（＝うけだち）；☆受身になる／被動，陥入招架之勢；②〔柔道用語〕不受傷跌倒的方法；②〔語法〕被動（在動詞下接助動詞れる、られる以表示之）。③②

うけもち【受持】（名）擔任；☆自分の受持だけはどんなことがあっても必（かなら）ずいたします／自己擔任的工作無論怎樣

也一定要做；☆一年生の受持教師は山田先生です／一年級的級任教員是山田先生◎

うけも・つ【受け持つ】（他五）擔任，擔當☆歴史の授業を受け持つ／擔任歴史課。◎

うけもど・す【請け戻す】（他五）贖回，贖出（＝うけだす）；☆質物を請け戻す／贖回當品。◎

う・ける【受ける・承ける・享ける】Ⅰ（他下一）①受，蒙；☆教えを受ける／受教；☆治療を受ける／受治療；☆援助を受ける／受幫助；②收，接；☆手紙を受ける／接信；☆球を受ける／接球；③支撐，招架；☆落ちないように下から棒で承ける／用桿子從下面支上免得掉下來；☆敵の剣先を承ける／招架敵人的鋒刃；④朝，向；☆東を受ける／朝東；⑤繼，接任；☆彼の後を承けて校長となる／接他的後任當校長；⑥承受，繼承；⑦奉；☆命令を受ける／奉命；⑧理解，認爲；☆冗談を真（ま）に受ける／把笑談當作實事；⑨接受，答應（＝ききいれる）；☆人の依頼を受けた／答應了人家的托付；図うく（下二）；Ⅱ（自下一）受歡迎；☆一般に受ける／受一般的歡迎；☆その映画は学生に非常に受けるだろう／那部電影可能很受學生的歡迎。②

うけわたし【受渡し】（名・他サ）交接，收付，交割；☆品物の受渡しは全部済んだ／物品的交割（交接）全辦清了。◎

うご【雨後】（名）〔文〕雨後；◇雨後の筍（たけのこ）／雨後春筍；☆雨後の筍のように出る／像雨後的春筍一般出現①

うごか・す【動かす】（他五）①動，開動；搖動，撼動，；☆機械を動かす／開動機器；☆人心を動かす／搖動人心；☆動かし得ない事実／不可動搖的事實；☆動かし難い証拠／難以推翻的證據，鐵證；②打動，感動；☆彼の熱弁は聴衆を動かした／他的熱烈的演説感動了聴衆。③

うごかぬ【動かぬ】（連語）確實，確鑿，可靠；☆動かぬ証拠（しょうこ）がある／有確實的證據，有鐵證。

うごき【動き】（名）①動，活動，移動；☆ピストンの動き／活塞的活動；②動向，動態；☆世論の動き／輿論的動向；☆世界の動き／世界的動態）；⑧調動；☆役人の動きが多い／官吏的調動頻繁；◇動きが取れぬ／寸步難移，進退維谷，進退兩難；☆物資欠乏で動きが取れない／因

爲缺乏物資寸步難移；②不可動搖，絕對確實；☆動きの取れない拠証／絕對可靠的證據。[3]

＊うご・く【動く】（自五）①動；☆虫が動いている／蟲子在動；☆そこ動くな／（在那裏）不許動；☆歯が動く／牙搖動；☆振子（ふりこ）が動いている／鐘擺在擺動；⑧轉動，開動；☆時計が動かない／錶停了；☆大雪（おおゆき）のため電車が動かなくなった／因爲下大雪電車停開了；④行動；工作；☆人の思いのままに動く／聽人擺佈，唯小馬首是瞻；☆部下が思うように動いてくれない／部屬不聽指揮；⑤動搖；☆信念が動く／信念（發生）動搖；俺は金じゃ動かない／我不爲金錢所動；⑥變動；☆動かない結論／不可動搖的結論；☆その方針は動かない／那項方針絕不變更；⑦（地位）調動；☆当分今の位置を動かないつもりだ／暫時不打算離開現在的地位[2]

うご・ける【動ける】（自下一）能夠動；☆場所が狭くて動けない／地方狭窄得轉不開身；☆しっかり押えて動けないようにする／使勁按住使之不能動。[3]

うこさべん【右顧左眄】（名・自サ）〔文〕→さこうべん。[1]

うごめ・かす【蠢かす】（他五）使蠢動；☆得意の鼻を蠢かす／洋洋得意。[4]

うごめ・く【蠢く】（自五）蠢動；蝡動；☆蚯蚓（みみず）が蠢いている／蚯蚓在蝡動；☆社会のどん底に蠢く人々／生活在社會底層的人們。[3]

うさ【憂さ】（名）憂，愁，悶；☆憂さを晴（はら）す／悶；消愁；☆酒に憂さを紛（まぎ）らす／以酒澆愁；～ばらし【憂さ晴らし】（名・自サ）解悶，開心，消愁（＝きばらし）。[1]

＊うさぎ【兔】〔動〕兔；～うま【兔馬】（名）〔動〕驢；～みみ【兔耳】（名）①長耳朵；②〔轉〕耳朵長的人，包打聽[0]

うさん【胡散】（形動ダ）可疑，可怪；☆胡散な奴／可疑的人；☆胡散臭い男／形跡可疑的人；☆胡散臭そうに人を見る／用懷疑的眼神看人；因うさんさし（形ク）。[2]

＊うし【牛】（名）〔動〕牛；☆牛を追う／趕牛；◇牛の歩み／行動遲緩；牛の涎（よだれ）／又細又長；漫長而單調；牛に経文／對牛彈琴；牛は牛連れ馬は馬連れ

／物以類聚。[0]

うし【丑】（名）①丑；☆丑の年／丑年；②丑時。[0]

う・し【憂し】（形ク）〔文〕憂，愁，悶（＝つらい）。

うじ【氏】（名）①姓，氏；②家世，門第（＝いえがら）；☆彼は氏も素性（すじょう）もない人だ／他是個貧寒出身的人；◇氏より育ち／教育比門第更爲重要[1]

うじ【蛆】（名）〔動〕蛆；☆蛆がわく／生蛆。[2]

うじうじ（副・自サ）〔俗〕猶豫不決，躊躇不定，磨磨蹭蹭（＝もじもじ，ぐずぐず）；☆男のくせにうじうじする／一個男子漢還猶猶豫豫的。[1]

うしお【潮】（名）潮，潮水；☆潮の如く押し寄せる／像潮水一般湧來。[0]

うしおい【牛追い】（名）趕牛（驢子）的人；◇牛追い牛に追わる／本末倒置。[0]

うしかい【牛飼い】（名）飼牛的；放牛的[0]

うじがみ【氏神】（名）①氏族神（某一氏族的祖先）；②＝うぶすながみ。[2]

うしぐるま【牛車】（名）牛車。[3]

うじこ【氏子】（名）①祖神的子孫；後代；②屬於某一氏族神社管區的居民。[2]

うしごや【牛小屋】（名）牛棚，牛欄。[0]

うしごろし【牛殺し】（名）殺牛的，屠牛的人。[3]

うじちゃ【宇治茶】（名）京都府宇治地方產的茶。[2]

うしとら【丑寅・艮】（名）艮，東北方[0]

＊うしな・う【失う】（他五）①丟失，失落（＝おとす）；☆物を失う／丟東西；②喪，亡（＝なくする）；☆父を失う／喪父；☆妻を失う／喪妻；③失掉，失去；☆信用を失う／喪失信用；好い機会を失う／失掉良機；☆色を失う／失色。

うしへん【牛偏】（名）〔漢字部首〕牛字旁。[0]

うしみつ【丑三つ・丑満】（名）①午前二點到二點半；②半夜；～どき【丑三つ時】（名）午前二點到二點半。[0]

うじむし【蛆虫】（名）①〔動〕蛆（＝うじ）；②〔罵〕蛆蟲，鼠輩。[1]

うじゃうじゃ（副・自サ）亂哄哄地，亂嚷嚷地；☆蛆虫がうじゃうじゃとうごめいている／蛆蟲亂動；☆子供がうじゃうじゃしている／小孩子亂哄哄地鬧。[1]

うしょう【鵜匠】（名）個養鸕鶿捕魚的漁

夫。①

うじょうふくよう【羽状複葉】（名）〔植〕羽状複葉。⑤

うじょうみゃく【羽状脈】（名）〔植〕羽状脈。②

＊**うしろ**【後】（名）①後，後面，後方；☆後からついて行く／從後面跟着（走）去；☆後へ回る／繞到後方；☆ずっと後の方に坐る／坐在大後邊；↔まえ（前）；②背後，脊背；☆後から押す／從背後推；☆人の後に隠れる／藏在人的背後；②背地，暗中；☆後で聞いている人がある／有人在背後裏聽；☆心配するな，後にはおれが付いている／不要擔心，我給你作後盾；④後影，背影；（＝うしろすがた）；◊後を見せる／敗走；示弱；**〜あし**【後足】（名）①後腿（＝あとあし）；②轉過身去要跑；**〜あわせ**【後合せ】（名）①背靠背；②相背，相反；**〜おし**【後押】（名）後援（＝あとおし）；**〜かげ**【後影】（名）後影；**〜がみ**【後髪】（名）腦後的頭髪；◊後髪を引かれる心地で／覺得難捨難離；**〜ぐら・い**【後暗い】（形）擔心後果；◊負疚，虧心；☆彼には何か後暗いことがありそうだ／他像有什麼虧心事似的；図うしろぐらし（形ク）；**〜すがた**【後姿】（名）後影，背影；☆君の後姿はお父さんとそっくりだ／你的背影完全像你父親；☆走って行く彼の後姿が見えた／我看到了他跑去的後影；**〜ぜめ**【後攻】（名）從敵後進攻；**〜だて**【後楯】（名・自サ）後盾，後援（者）；☆よい後楯がある／有好後盾（後援）；**〜で**【後手】（名）背着手，倒背着手；☆後手に縛る／倒背着手綁上；**〜まえ**【後前】（名）前後顚倒；☆後前にする／把前後顚倒過來；**〜み**【後見】（名）＝こうけん（後見）；**〜むき**【後向】（名）向後，背着臉；☆後向に坐る／背着臉坐，☆後向になっている／面向背後；**〜めた・い**【後めたい】（形）＝うしろぐらい；図うしろめたし（形ク）；**〜ゆび**【後指】（名）；☆後指を指されないようにせよ／別叫人在背地裏責罵。⓪

うす－【薄】（接頭）①浅，淡；☆薄紫（うすむらさき）／淡紫色；②薄，例：薄紙（うすがみ）；③少，稍，有點兒；☆薄馬鹿（うすばか）／有點兒愚蠢；☆薄

気味悪い（うすきみわるい）／有點兒令人害怕。

－うす【薄】（造語）接於他語之下表示少、小等義；☆気乗り薄（きのりうす）／不大起勁兒；☆手持薄（てもちうす）／存貨少；☆望み薄（のぞみうす）／希望（可能性）不大。

うす【臼】（名）①臼；☆臼で米をつく／用臼搗米；②磨；☆臼で引く／用磨磨。①

＊**うず**【渦】（名）①漩渦；☆渦を巻（ま）く／（水）打漩渦；（髪）卷曲；②渦形花樣；☆旋轉；波動；☆興奮（こうふん）の渦を巻き起す／掀起激昂的浪潮①

うすあかり【薄明り】（名）微明，薄暮，微光；☆夜開けの薄明り／黎明，☆遠くに薄明りが見える／遠處有閃閃的燈光。③

＊**うす・い**【薄い】（形）①薄的；☆薄い紙／薄紙；☆薄い底の靴／薄底兒鞋；↔あつい；②淡的，淺的；☆色が薄い／顔色淺；↔こい；③稀的，少的；☆髪が薄い／頭髪稀；☆もうけが薄い／利薄；④輕的；☆薄い傷（きず）／輕傷；図うすし（形ク）。⓪

うすいろ【薄色】（名）浅色。⓪

うすうす【薄薄】（副）稍稍，略微；模模糊糊（＝かすかに、ほのかに）；☆うすうす感づいている／模模糊糊感到；☆うすうす覚えている／模模糊糊記得；☆私にはそれが誰だかうすうすわかっていた／（當時）我模模糊糊知道那是誰。⓪

うずうず（副・自サ）①微動；②發急，急躁；心裏發癢；☆嬉（うれ）しくてうずうずしている／樂得心花怒放；☆早く行きたくて，うずうずしている／急得恨不得馬上就去。①

うすがみ【薄紙】（名）薄紙；◊薄紙を剝ぐ（剝がす）よう／（病勢）日見起色；☆病気が薄紙を剝がすように良くなる／病一天比一天見好。⓪

うすかわ【薄皮】（名）①薄皮，膜；☆栗の薄皮をむく／剝栗子的薄皮兒；②白嫩的皮膚；☆薄皮のむけた女／皮膚白嫩的女子。⓪

うすぎ【薄着】（名・自サ）穿得薄，穿得少；☆私はいつも薄着だ／我總是穿得單薄；◊伊達（だて）の薄着／俏皮人不穿綿。⓪

うずき【疼】（名）〔劇〕疼；☆疼が止（や）んだ／疼止住了；☆歯の疼を止める

／止住牙疼。③

うすぎたな・い【薄汚ない】（形）有點骯
髒的；☆薄汚ない小屋（こや）／稍微骯
髒的小房；☆薄汚ないなりをしている／
一副骯髒相；囚うすぎたなし（形ク）⑤⓪

うすぎぬ【薄絹】（名）薄紗，薄綢。⓪③

うすきみわる・い【薄気味悪い】（形）有
些可怕的，令人有些生懼的；☆薄気味悪
い道／（因黑暗等）稍微可怕的道路；☆
何となく薄気味悪くなって来た／不知為
什麼有點發懼。⑥

うず・く【疼く】（自五）　（劇）疼；☆歯
が疼いて堪らない／牙疼得要命；☆冬に
なると古傷が疼く／一到冬季舊傷就疼②

うすくち【薄口】（名）顏色淡的（醬油等
物）。⓪

うずくま・る【蹲る・踞る】（自五）蹲；
☆木蔭（こかげ）に蹲る／蹲在樹蔭下④

うすぐも【薄雲】（名）薄雲。③⓪

うすぐもり【薄曇り】（名・自サ）微陰的
天氣；☆今日は薄曇りだ／今天微陰④

うすぐら・い【薄暗い】（形）發暗的，微暗
的；☆この室は薄暗い／這間屋子發暗；☆
朝まだ薄暗いうちに出かける／早晨天剛
發亮的時候出去；囚うすぐらし（形ク）⓪

うすぐろ・い【薄黒い】（形）有點兒黑的，
發黑的；囚うすぐろし（形）③

うすげしょう【薄化粧】（名・自五）輕施
脂粉，淡粧；☆薄化粧の女／淡粧的婦
女；↔あつげしょう（厚化粧）③

うすごおり【薄氷】（名）薄冰。③⓪

うすさ【薄さ】（名）薄（的程）度。⓪

うすじ【薄地】（名）（紡織品、金屬製品）
質地薄（者）。⓪

うすじお【薄塩】（名・自サ）少加鹽；☆
薄塩で煮る／（口味）淡一些煮（燉）⓪

うすじろ・い【薄白い】（形）發白的，有
點白的；☆弱そうな薄白い顔／不健康的
發白的臉色；囚うすじろし（形ク）⓪④

うすずみ【薄墨】（名）淡墨（色）；☆空
一面（そらいちめん）に薄墨を流したよ
うであった／滿天陰得黑洞洞的。⓪

うすだか・い【堆い】（形）堆積很高的；
☆机上には書類（しょるい）が堆く積ん
であった／桌子上擺着一大堆文件；囚う
づたかし（形ク）。④

うすちゃ【薄茶】（名）①淡茶；②←薄茶
色；～いろ【薄茶色】（名）淡茶色。⓪

うすっぺら（形動ダ）①很薄；☆うすっぺ

らな紙のようなものだ／好像一張薄紙；
②〔轉〕淺薄，膚淺；☆あの人はうすっ
ぺらな男だ／他是一個膚淺的人。⓪

うすで【薄手】（名・形動ダ）①輕傷（＝
あさで）；☆薄手を負う／負輕傷；↔ふ
かで；②薄，較薄（的紙張、織品等）；
☆薄手の茶碗／薄碗；↔あつで。⓪

うすにごり【薄濁り】（名・自サ）①微濁；
②淡味的濁酒。③

うすねずみ【薄鼠】（名）淡灰（色）③⓪

うすのろ【薄鈍】（名・形動ダ）低能（的
人）；呆癡；呆子；☆薄鈍な奴／呆子⓪

うすばか【薄馬鹿】（名・形動ダ）＝うす
のろ。

うすばかげろう【蚊蜻蛉】（名）蚊蜻蛉，
蚊蛉。⑤

うすび【薄日】（名）微弱的陽光（太陽）；
☆雲の間から薄日が漏（も）れる／從雲
隙透出微弱的陽光。⓪

うすべに【薄紅】（名）①淡紅色；②薄薄
擦上的胭脂。⓪

うずまき【渦巻】（名）①漩渦；☆渦巻の
中に巻込まれる／被捲入漩渦中；②渦形
花樣。②

うずま・く【渦巻く】（自五）捲成漩渦；
☆川の水が渦巻いて流れる／河水渦漩而
流。⓪

うすま・る【薄まる】（自五）（程度）變
輕；變稀（薄）；☆水を差して液が薄ま
る／攙上水汁液變稀。⓪

＊うずま・る【埋る】（自五）（被）埋上，
埋沒（＝うずもれる）；☆歓迎の花束（
はなたば）に埋まる／接到一大堆歡迎的
花束；②（場所）被占滿；☆広場が人で
埋まる／廣場上滿是人。⓪

うすみどり【薄緑】（名）淺綠（色）。③

うすむらさき【薄紫】（名）淺紫（色）④

うすめ【薄目】（名）①薄些；淡些；淺
些；☆肉を薄目に切る／把肉切薄些；☆
色を薄目にする／把顔色弄淺些；②半睜
的眼睛；☆薄目をあけてそっと見る／瞇
縫着眼睛偷偷地看。⓪

うす・める【薄める】（他下一）沖淡，弄
淡，稀釋，攙水，兌水；☆酒を薄めて飲
む／把酒兌上水喝；☆味を薄める／把味
道弄淡；囚うすむ（下二）。⓪

うず・める【埋める】（他下一）①埋；☆
水仙の球根を土に埋める／把水仙的球根
埋在土裏；②填；蓋；☆余白を埋める／

埋上空白；☆ハンカチに顔を埋めて泣く／用手帕蒙上臉哭；⑧占滿（場所）；☆花で部屋を埋める／屋子裏擺滿花兒；因うづむ（下二）。⓪

うすもとで【薄元手】（名）微少的資本 ③

うすもの【薄物】（名）綾、羅、絹（等質料薄的紡織品）。⓪

うずも・れる【埋れる】（自下一）①（被）埋上；（被）蓋上；☆土の中に埋れる／（被）埋在土裏；☆雪に埋れる／蓋在雪中；②占滿，裝滿；☆部屋じゅう花で埋める／整個屋子擺滿花兒；⑧埋没；☆世に埋れる／埋没無聞；因うづもる（下二）⓪

うすゆき【薄雪】（名）微雪，小雪。⓪

うすよご・れる【薄汚れる】（自下一）稍微沾汚，變得有點骯髒。⑤

うすら一【薄ら】（接頭）①微，薄；☆うすらあかり／微明；②有點兒（＝すこし）；☆うすらさむい／有點兒冷，微寒，涼。

うずら【鶉】（名）〔動〕鶉鶉
━まめ【鶉豆】（名）花扁豆，花菜豆。⓪

うすら・ぐ【薄らぐ】（自五）①變薄（淡）；漸稀；☆色が薄らぐ／褪色；☆頭の毛が薄らぎかかった／頭髮漸漸稀起來了；②漸輕（＝かるくなる）；漸衰（＝おとろえる）；☆痛みが薄らいだ／疼減輕了；☆戦争の危機が薄らいできた／戰爭的危機減少了。③

うすらさむ・い【薄ら寒い】（形）有點兒冷的，微寒的；☆薄ら寒い天気／微寒的天氣；因うすらさむし（形ク）⓪⑤

うす・れる【薄れる】（自下一）＝うすらぐ；☆記憶が薄れる／記憶力減弱；因うする（下二）。⓪③

うすわらい【薄笑い】（名・自サ）微笑；☆皮肉な薄笑い／諷刺的微笑。③

うせつ【右折】（名・自サ）〔文〕向右轉彎；☆十字路（じゅうじろ）で右折する／在十字路口向右轉彎。⓪

うせもの【失せ物】（名）失落（丢失）的東西，遺失物。⓪

う・せる【失せる】（自下一）①丢失；☆何時の間にか失せていた／不知道什麼時候丢了；②消失；☆彼は学生気質（がくせいかたぎ）がまだ失せない／他還沒有失掉學生氣質；⑧〔表卑〕來，去，走開；☆何の用でうしゃあがった／幹什麼來啦？さっさと失せろ／趕快滾開！因うす（下二）。⓪②

うそ一（接頭）〔うす（薄）之訛〕有點兒，有些（＝なんとなく）；☆うそ寒い／微寒。

＊うそ【嘘】（名）①謊言，假話；☆嘘をつく／說謊；☆嘘をつけ（言え）／別瞎（胡）說啦！②不對頭，不應該；☆中途でよすのはうそだ／半途而廢是不應該的；◇嘘から出たまこと／弄假成真；嘘も方便（ほうべん）／說謊有時也是一種權宜之計；嘘の皮／完全是撒謊。①

うそ【獺】（名）〔動〕←かわうそ。①

うそ【鷽】（名）〔動〕鷽。①

うそあま・い【うそ甘い】（形）微甜的，有點兒甜的。④⓪

うそうそ（副・自サ）（穩不住神）東張西望（地）；☆うそうそとあたりを見まわす／東張西望地四下瞧。①

うぞうむぞう【有象無象】（名）①〔佛〕森羅萬象，萬物；②閙亂雜人，一羣不三不四的人；許多沒價值的東西；☆有象無象ばかりで何の役にも立たない／儘是些亂七八糟的人（東西）毫無用處。④

うそさむ・い【うそ寒い】（形）有點兒冷的，微寒的。④

うそじ【嘘字】（名）錯字，別字；☆嘘字を書く／寫別字。②

うそつき【嘘吐き】（名）說謊（的人）②

うそっぱち【嘘っぱち】（名）〔俗〕（完全）說謊（＝うそばかり）；☆専門家だなんてとんでもない嘘っぱちさ／哪裏是專家完全是一片謊言。⑤④

うそのかわ【嘘の皮】（名）〔俗〕完全是假話，一派謊言。①

うそはっぴゃく【嘘八百】（名）一套謊話，都是假話；☆嘘八百をならべる／胡說八道；信口開河。①・①━④

うそぶ・く【嘯く】（自五）①嘯；②（虎、狼等）吼叫（＝ほえる）；☆虎が嘯く／虎嘯；⑧吟咏（詩歌）；④佯裝不知地說；若無其事地說（＝そらとぼける）；☆そんなことを知るものかと彼は嘯いていた／他若無其事地說哪裏知道那件事；→そらうそぶく

＊うた【歌・唱】（名）①歌，歌曲；☆歌を歌う／唱歌；②和歌（日本詩的一種形式）；☆歌を詠（よ）む／做（寫）和歌；◇歌にばかり歌う／光說不練，光唱高調而不實行。②

うたい【謡】（名）謠曲，「能樂」的歌

詞；☆謠を歌う／唱謠曲；～もの【謠物・歌物・唱物】（名）歌曲（「謠曲」、「長うた」等均屬之）。⓪

うたいて【歌手】（名）歌手，歌唱家。⓪

うた・う【歌う・謳う】（他五）①唱；☆歌を歌う／唱歌；②高唱，主張，強調；☆自己の立場をうたう／主張自己的立場；☆世界の平和をうたう／強調世界和平；③稱讚；☆天才とうたわれる／被稱爲天才；④毀貶；☆悪玉とうたわれる／被罵爲壞蛋；⑤記載，表明；☆そのことを条文の中に謳っておく必要がある／有必要把那一點列入條文裏；☆それは憲法（けんぽう）にもうたってある／那一點在憲法中也有明文規定。⓪

***うたがい【疑い】**（名）〔（うたがう）的名詞形〕疑，嫌疑，疑惑，疑問；☆疑いを抱く／懷疑；☆一点の疑いもない／一點兒疑問也沒有；☆疑いの目で見る／用疑惑的眼光看；☆共産主義の敗北は疑いのないことだ／共產主義的失敗是毫無疑問的。⓪

うたかいはじめ【歌会始】（名）每年正月在宮中舉行的第一次歌（日本詩）會。⑤

うたがいぶか・い【疑い深い】（形）多疑的，疑心大的；☆疑い深い人／多疑的人⑥

***うたが・う【疑う】**（他五）①疑，懷疑（=あやしむ）；☆彼は私の言葉を疑った／他懷疑我的話；☆それは疑う余地がない／那沒有疑問的餘地；☆七度（ななたび）尋（たず）ねて人を疑え／未經徹底調查，不要馬上懷疑別人，②不相信（=あやぶむ）；☆私は自分の目を疑った／我不相信自己的眼睛了。⓪

うたかた【泡沫】（名）〔文〕泡沫；☆泡沫の消えて果てなき人生／朝露一般的人生

***うたがわし・い【疑わしい】**（形）可疑的，值得懷疑的；有疑問的；靠不住的；☆成功するかどうか疑わしい／能否成功頗是疑問；☆日曜日の天気は疑わしい／星期日的天氣怕靠不住；凶うたがはし（形ク）；～げ（形動ダ）；～さ（名）⓪⑤

うたぐりぶか・い【疑り深い】（形）→うたがいぶかい（疑い深い）⑥

うたぐ・る【疑る】（他五）懷疑（=うたがう）；〔主要用於懷疑別人是否對自己懷有惡意的時候〕；☆自分を陥（おとしい）れようとしているのではないかと疑る／

懷疑（別人）是不是正在想要陷害自己⓪

うたげ【宴・讌】（名）〔文〕宴；宴會；☆婚礼の宴／喜宴。⓪

うたごえ【歌声】（名）歌聲；☆陽気な歌声／快活的歌聲。⓪③

うたごころ【歌心】（名）①和歌的意義；②對和歌的素養。③

うたた【転】（副）〔文〕更加，越發，不勝……（=いよいよ，ますます）；多少（=そぞろに）；完全，十分（=まったく）；☆うたた今昔の感に堪えない／不勝有今昔之感；☆当時を追想して，うたた追懐の念に堪えない／追憶當時令人不堪回首；～ね【転寝】（名・自サ）假寐；睡眠；☆机に靠（もた）れて転寝する／靠著桌子打瞌睡。⓪①

うだつ【梲】（名）梲，梁上短柱；◇梲が上らぬ／擡不起頭來，沒有出息；☆あんな男は一生（いっしょう）梲が上らない／那樣人一輩也沒有出息。⓪①

うたまくら【歌枕】（名）古來和歌中所詠的名勝。③

うたものがたり【歌物語】（名）〔古〕以和歌爲中心的一種故事集。⑤

うたよみ【歌詠】（名）詠和歌；和歌作家④

うだ・る【茹る】（自五）①煮熟（=ゆだる）；☆まだよく茹らない／還沒有煮好；②熱得發昏，熱得四肢無力；☆彼は台東（たいとう）で（暑）さに茹って／他在台東正熱得發昏。②

うだん【う段】（名）五十音圖第三段。①

うち-【打】（接頭）冠於動詞之上，以加強語義、調整語調或構成其他意義；例：打見る；打萎れる；打解ける；打明ける。

☆うち【内・中・裏】Ⅰ（名）①内，裏面（=なか）；☆内へはいる／進裏面去；☆内から錠（じょう）をかける／從裏邊上鎖；↔そと（外）；②家（=いえ）；☆内へ帰る／回家；☆内ほどいいところはない／沒有比家裏更好的地方；③時候，時期（=あいだ）；☆若（わか）い内に勉強しなければならない／必須趁着年輕用功；☆暗くならない内に早く帰ろう／趁着天還沒黑快回去吧；④以内，之内；☆二、三日の中に出發する／兩三天以内出發；⑤家裏人（對第三者說話時指夫或妻）；☆一応、内に相談してみます／這要和家裏人商量一下；☆内の人／我的先生（丈夫）；☆内の奴／我的妻子（老婆）；⑥

う

中，間，裏☆十人のうち九人までが賛成する／十人之中有九個人賛成；☆多数のうちから選び出す／從多數（人）裏選出；☆拍手の裏に壇上に上る／在鼓掌聲中登上講壇；⑦夥伴，自家人（＝なかま）；☆彼はうちのものだ／他是自家人；☆内の社長／我們社長（經理）；⑧〔文〕心，内心（＝こころ）；☆内に省みてやましくない／内省不疚，問心無愧；◇内を外にする／老不在家，在外時多在家時少；Ⅱ〔代〕〔方〕我（＝わたし）①①②

うちあい【打ち合い】（名）①對打；②對開槍（砲）。◎

うちあか・す【打ち明す】（他五）説實話，坦白地説出（＝うちあける）。◎④

うちあけばなし【打ち明け話】（名）心腹話，開誠布公的話，明講；☆打ち明け話をする／説出心腹話，明講。⑤

うちあげはなび【打上花火】（名）（打到空中去的）焰火；→はなび（花火）。⑤

*うちあ・ける【打ち明ける】（他下一）説實話，坦白説出；☆心を打ち明ける／説出心裏話；☆彼は一部始終（いちぶしじゅう）を打ち明けた／他從頭到尾都招認了；☆秘密を打ち明ける／説出秘密；図うちあく（下二）。◎

*うちあ・げる【打ち上げる】（他下一）①打起，放起；☆花火（はなび）を打ち上げる／放焰火；☆人工衛星（じんこうえいせい）を打ち上げる／發射人造衛星；②（被浪）衝上，拍上；☆船が無人島に打ち上げられる／船被浪衝到荒島上；☆岸（きし）に波（なみ）が打ち上げている／波浪拍到岸上；③演完；☆芝居（しばい）は三日で打ち上げた／戲演completed了三天就完了；④結束；☆早く宴会（えんかい）を打ち上げる／宴會早點兒結束吧；⑤加強「上げる」的意思；☆声を打ち上げる／揚聲；図うちあぐ（下二）。◎

うちあみ【打網】（名）撒的網。◎

うちあわ・す【打ち合わす】Ⅰ（他五）＝うちあわせる；Ⅱ（他下二）〔文〕＝うちあわせる。◎

うちあわせ【打ち合わせ】（名・他サ）商量（好）；☆打合わせ会／碰頭會；☆打ち合わせをする／碰頭，商洽；☆あらかじめ彼らと打ち合わせをしておかねばならない／必須預先同他們商量好。◎

*うちあわせる【打ち合わせる】（他下一）①

使…相碰；互擊；對打；☆鉄と石を打ち合わせる／使鐵和石頭相碰；☆互（たがい）に刃先（はさき）を打ち合わせる／交鋒；②商量，商洽；☆出発の時刻を打ち合わせる／商量動身的時間図うちあはす（下二）。◎

うちいり【内入り】（名）①付一部分款；還一部分債；②收入，賺項。

うちいり【討ち入り】（名・自サ）殺入，攻入，襲擊。◎

うちい・る【討ち入る】（自五）殺入，攻入，襲擊；☆夜中に敵の砦に討ち入る／夜間襲擊敵營。◎

うちいわい【内祝】（名）①家裏（内部）的慶祝，自家人的慶祝；☆まず仲間（なかま）だけで内祝をする／先由自家人慶祝；②内部慶祝時的贈品；☆この品は母の病気（びょうき）の全快（ぜんかい）の内祝です／這是爲了慶祝母親病癒的一點禮物③

うちうち【内内】（名）家裏；内部；☆内々のことですから他へは別（べつ）に知らせませんでした／因爲是家裏（内部）的事所以沒有通知別人；～に【内内に】（副）秘密地，暗中（＝ないないに）；☆内内に相談（そうだん）する／背地裏商量◎

うちうみ【内海】（名）①内海；海灣；②湖③

うちおと・す【打ち落す】（他五）①打掉，擊落；☆柿（かき）を打ち落す／打掉柿子；☆敵機を打ち落す／打落敵機；②砍下（＝きりおとす）；☆首を打ち落す／砍下頭顱。◎

うちかえ・す【打ち返す】（他五）①反擊；打回；☆球（まり）を打ち返す／把球打回去；☆ひどく打ち返してやる／狠狠地還擊；②（浪等）反覆地衝擊；③重彈（＝うちなおす）；☆古綿を打ち返す／重彈舊棉花；④翻（地）（＝すきかえす）；☆田畑（たはた）を打ち返す／翻地◎

うちかくし【内隠し】（名）西服的裏兜兒③

うちかけ【打掛・裲襠】（名）古時武士家中婦女禮服；現代結婚時新婦的禮服。◎

うちかけ【打掛】（名）〔圍棋〕中途停止；☆打掛にする／未終局而暫停。◎

うちか・つ【打ち勝つ】（他五）勝，戰勝；克服，克服；☆敵（てき）に打ち勝つ／戰勝敵人；☆あらゆる困難（こんなん）に打ち勝つ／克服一切困難。◎

うちがね【打金】（名）（槍的）扳機，槍機☆銃の打金を起す／扳起槍機子。◎

うちがり【内借り】（名・他サ）預借一部分，借支一部分（工資等）；☆内借り内借りでもらうものはなくなった／再三借支已經沒有可領的了；↔うちがし（内貸）⓪

*うちがわ【内側】（名）内側，裏面；☆内側から鍵（かぎ）をかける／從裏面鎖上；☆内側のポケット／裏兜兒。⓪

*うちき【内気】（名・形動ダ）腼腆，羞怯；☆内気な娘／羞怯的姑娘；☆内気で人に物も言えない／腼腆得很對人連話都不能講。⓪

うちきず【打傷】（名）打傷，碰傷；☆死体の傷は打傷だ／屍體的傷痕是打傷②③

うちきょう・じる【打ち興じる】（自サ上一）消遣；作樂（＝きょうじる）；☆テニスに打ち興じる／打網球消遣；因うちきょうず（自サ）。⑤⓪

うちきり【打切】（名）〔（うちきる）的名詞形〕截止，結束，停止；☆打切にする／截止，結束；☆ここで打切だ／到此為止。⓪

*うちき・る【打ち切る】（他五）①停止，截止，結束；☆交渉（こうしょう）を打ち切る／停止談判；☆討議を打ち切る／結束討議；☆一局（いっきょく）を一日で打ち切る／一天下完一盤（棋）；☆申込受付（もうしこみうけつけ）は十日で打ち切る／受理申請（報名）十日截止；②切り，砍；☆刀（かたな）で打ち切る／拿刀砍；☆枝を打ち切る／砍枝子。⓪

うちきん【内金】（名）定金，定錢（＝てつけ）；預付的一部分款項；☆内金を入れる／交定錢；先交一部分款☆内金として千円を渡（わた）す／交一千元作定錢③⓪

うちくだ・く【打ち砕く】（他五）打碎，打破；☆相手（あいて）にわかりよいように打ち砕いて話す／開門見山地說，好叫對方理解。⓪④

うちくつろ・ぐ【打ち寛ぐ】（自五）免去拘泥，隨便起來（＝くつろぐ）；☆打ち寛いで坐る／隨隨便便地坐下。⑤

うちくび【打首】（名）（古時的）斬刑，斬首；☆打首にする／問斬。②③

うちけし【打消】（名）〔（うちけす）的名詞形〕①打消；否認；②〔語法〕否定；☆打消の助動詞／否定助動詞。⓪

*うちけ・す【打ち消す】（他五）①消，滅；☆水を掛けて火を打ち消す／潑水滅火；②否定，否認；☆事実を打ち消す／否認

事實。⓪

うちげんかん【内玄関】（名）（本家人専用的）旁門，便門（＝ないげんかん）③

うちこみ【打込み】（名）①〔うちこむ〕的名詞形；②熱中，精神貫注；☆仕事の打込みが足らぬ／工作的幹勁兒不足。

うちこ・む【打ち込む】（他五）①打進，砸入，釘進；☆杭（くい）を打ち込む／把椿子砸進去；☆釘を打ち込む／把釘子釘進去；☆弾丸（だんがん）を二発打ち込む／打進去兩顆子彈；②〔圍棋〕殺入對方陣地；③狂戀，迷住；☆大変な打ち込みようだ／（他）深深墜入情網；☆ダンサーに打ち込む／迷上舞女；④熱衷，専心致志；☆科学研究に魂を打ち込む／埋頭於科學研究。⓪

うちころ・す【打ち殺す】（他五）①打死；☆犬を打ち殺す／把狗打死；②槍斃；☆小銃で打ち殺す／用步槍擊斃。⓪④

うちこわし【打毀し】（名）〔（うちこわす）的名詞形〕①毀壞；②搗毀行動（江戸時代）人民反抗幕府的行動。

うちこわ・す【打ち毀す】（他五）毀壞⓪④

うちしず・む【打ち沈む】（自五）〔「うち」是接頭語〕消沉，無精打彩；☆彼は非常に打ち沈んでいる／他非常消沉。⓪

うちじに【討死】（名・自サ）（古時在戦争中）戰死，陣亡；☆勇ましく戦って討死した／力戰而死。⓪

うちす・える【打ち据える】（他下一）①安置（＝すえる）；②重打，痛擊；打倒；☆ステッキで打ち据える／用手杖痛擊；☆番頭が丁稚（でっち）を打ち据える／掌櫃的打學徒的；因うちすう（下二）⓪

うちす・ぎる【打ち過ぎる】（自上一）〔「うち」是接頭語〕（日子）過去；☆御無音に打ち過ぎ申し訳ありません／久疏音問不勝歉憾（書信用語）；因うちすぐ（上二）。⓪④

うちす・てる【打ち捨てる】（他下一）①棄，扔（＝すてる）；☆塵芥（ごみ）を道に打ち捨てる／把垃圾丟在路上；②不管，置諸不理；☆打ち捨てておけば自然に直る／（小毛病）不理它，自然會好的；☆あの男の我儘（わがまま）は打ち捨てておくわけには行かない／他那種任性是不能置諸不理的；③〔昔日武士用語〕斬殺；砍死因うちすつ（下二）。⓪

うちず（づ）ら【内面】（名）對家（内部）人的

う

面孔；☆内面のいい人／對自家人和顏悅色的人／↔そとづら。◎

うちたお・す【打ち倒す】(他五)打倒；擊敗☆相手を打ち倒す／擊敗對方◎④

うちだし【打出し】(名・サ)①散戲，散場；☆首都劇場の打出しは十一時二十分だ／首都劇場的散場是十一點二十分；②(把金屬片等)由背面敲出凸花；☆打出し細工品／砸花細工；③(賽球的)發球；④〔撲克〕先出牌；～だいこ【打出太鼓】(名)〔劇〕散場時打的鼓。

うちだ・す【打ち出す】(他五)①開始打，打起來；☆太鼓を打ち出す／打起鼓來；②放出☆大砲を打ち出す／開砲；③散戲，散場(=はねる)；④(把鐵片等)敲出凸花☆花の模様を打ち出す／敲出凸出的花紋；⑤丈量地畝找出餘地；⑥出牌；☆君が打ち出す番だ／該你出牌了◎

うちた・てる【打ち建てる】(他下一)確立，奠定☆根本方針を打ち建てる／確定根本方針。◎④

うちちがい【打ち違い】(名)交叉，十字形；☆旗を打ち違いにたてる／把旗子交叉地立起。◎

うちちが・える【打ち違える】(他下一)①交叉；②弄錯☆手筈を打ち違える／把計劃搞錯，図うちちがふ(下二)。◎

うちちら・す【打ち散らす】(他五)①(ちらす的加強詞語)弄開散；②打散，追散☆敵を打ち散らす／把敵人打散◎④

うちつけ【打ち付け】(名)①突然，冒然(=にわか、だしぬき)；②露骨，直率(=むきだし)；～がき【打付書】(名)(略去客套話的)草函；～ごころ【打ち付け心】(名)突然發生的念頭；～ごと【打ち付け言】(名)露骨的話，直言；～に【打ち付けに】(副)①突然(=だしぬけに)；②直率，露骨(=ろこつに)；☆うちつけに話す／率直(露骨)地說◎

うちつ・ける【打ち付ける】(他下一)①(往…上)扔、擲、投(=なげつける)；☆石を窓ガラスへ打ち付ける／向窗玻璃上扔石頭，②釘(上)；☆底(そこ)に釘(くぎ)を打ち付けた靴／底子上釘了釘子的鞋；③往…(上)撞、碰(=ぶつける)；撞到…上；☆倒れて頭を床に打ち付ける／跌倒時頭撞到地板上；図うちつく(下二)。④

うちつづ・く【打ち続く】(自五)①繼續

，接連(=ひきつづく)；☆不幸が打ち続いた／連遭到不幸；接連發生喪事；②繼續發射；☆砲撃が終日打ち続いた／砲擊連續了一整天。◎

うちつづ・ける【打ち続ける】(他下一)①接連射撃；繼續射擊；☆敵の大砲は終日(しゅうじつ)打ち続けられた／敵人的大砲連續不斷地放了一整天；②接連開演；☆興行(こうぎょう)を一か月間打ち続ける／繼續演出一個月；図うちつづく(下二)。◎

うちつど・う【打ち集う】(自五)集會(=よりあう、あつまる)；☆同窓生がうち集って楽(たの)しい一夜を過(すご)す／同學們聚在一起歡度一晚上。◎

うちつ・れる【打ち連れる】(自下一)偕同，搭伴(=つれだつ)；☆打ち連れて上海へ行く／一同到上海去図うちつる(下二)◎

うちでし【内弟子】(名)(住在師家的)弟子，學徒。◎

うちでのこづち【打出の小槌】(連語・名)(童話中可以敲出心中所想的一切東西的)萬寶槌，幸運的小槌。⑤

うちとけ【打解】(名)〔(うちとける)的名詞形〕①解開；②融治；～がお【打解顔】(名)融治的面孔，沒有隔閡的面孔；～すがた【打解姿】(名)便裝，緩帶輕衫的姿態；～ばなし【打解話】(名)融治之談，推心置腹的話；☆打解話をする／融治地談話，談心，說心腹話◎

うちと・ける【打ち解ける】(自下一)①解，解開；☆敵の囲(かこい)が打ち解けた／敵圍已解；②融治沒隔閡，☆あの人はどこか打ち解けないところがある／他好像有什麼隔閡的樣子；☆酒を飲むと打ち解けてくる／一喝起酒來就沒有隔閡了；図うちとく(下二)。◎

うちどめ【打止め・打留め】(名)(演出、比賽等的)末場(=おわり)；☆この一番が今日の打止め／這一場是今天的末場。◎

うちと・める【討ち止める・撃ち止める】(他下一)①殺死，砍；☆敵を討ち止める／殺死敵人；②打中，打死；☆ただ一発で虎を撃ち止めた／只一槍就把老虎打死了；図うちとむ(下二)。◎

うちと・る【打ち取る・撃ち取る・討ち取る】(他五)①攻取，奪取；②擊斃，殺死；☆敵の大将(たいしょう)を撃ち取

る/撃斃敵軍主將；⑧撃敗；☆強敵を打
ち取る/打敗強敵。◎

うちなら・す【打ち鳴らす】(他五) 鳴，
敲(響)，打；☆鐘(かね)を打ち鳴ら
す/鳴(敲)鐘。◎④

うちに【打荷】(名)(船)(船遇險時為
減輕載重而向海中)投棄的貨物；☆投荷
をする/(向海中)抛棄貨物。③

うちにわ【内庭】(名)中庭，裏院。◎

うちぬき【打抜】(名)①打眼，鑽孔(的
東西)；②機井，深井；～き【打抜機】
(名)打眼器。

うちぬ・く【打ち抜く・打ち貫く】(他五)
①穿通，鑿通；☆鉄板を打ち抜く/把鐵
板穿透；☆山を打ち抜いてトンネルをつ
くる/鑿通山腹開隧洞；②打穿，射穿；
☆ピストルのたまが壁を打ち貫く/手槍
子彈射穿牆壁；☆舷側は砲丸で打ち貫か
れて大穴(おおあな)があいた/船舷被
砲彈打出了一個大窟窿。◎

うちのば・す【打ち延ばす】(他五) 打延
，鎚薄；☆金を打ち延ばして箔(はく)
にする/把金子鎚成金箔。◎

うちのひと【内の人】(名)(妻對第三者
稱自己的丈夫)我丈夫。⑤

うちのめ・す【打ちのめす】(他五)①打
倒，打躺下，打得起不來；☆仕返しに相
手を打ちのめす/為報復把對方打躺下；
②予に徹底打撃(致使不能再起)，搞垮
；☆不況に打ちのめされて会社が倒産し
た/因為遭上蕭條的嚴重打撃公司倒閉
了；☆相つぐ失敗で精神的に打ちのめさ
れた/由於再三遭受失敗，精神上受到嚴
重打撃。④

うちのもの【内の者】(名)①家裏人；②
家裏的佣人。⑤

うちのり【内法】(名)内側的尺寸；☆内
法が二尺ある/内側是二尺。◎

うちばらい【内払】(名・他サ)一部分付
款(=うちわたし)；☆内払として五千
円手渡す/交五千元作為一部分付款；～
きん【内払金】(名)部分付款。☆書籍
代金二千円也一内払金五百円也右正に領
収致しました/書籍費共二千元整，茲收
到其中五百元整。

うちはら・う【打ち払う】(他五)①=はら
う；②撣(掉)；☆着物の塵を払う/撣衣
服上的灰塵；②趕走，驅逐；☆四方の敵
を打ち払う/驅逐四面的敵人；⑧(用槍

炮)撃退；☆敵機を打ち払う/撃退敵機◎

うちばり【内張り】(名)鑲在裏面的木板
等；～いた【内張り板】(名)〔船〕内
側鑲板。◎

うちひし・ぐ【打ちひしぐ】(他五)打垮，
摧殘；☆その時彼は生活難に打ちひしが
れていれ/當時他被生活壓得一籌莫展◎

うちぶところ【内懐】(名)①懷裏；☆内
懐に短刀を忍ばせる/懷裏藏着短刀；②
〔轉〕企圖，内心；☆内懐を見透かされ
る/被人看透内心。③

うちふ・る【打ち振る】(他五)(用力)搖
，揮動；☆赤旗を打ち振って汽車を止め
る/搖擺紅旗叫火車停住。◎③

うちべんけい【内弁慶】(名)(弁慶是古
勇士名)在家稱雄在外懦弱(的人)；☆
内の子供は内弁慶で困ります/我們的孩
子在家裏稱雄在外邊懦弱，眞沒法子。③

うちぼり【内濠・内堀】(名)(城内的)
護城河。◎

うちほろぼ・す【討ち滅ぼす・打ち亡ぼ
す】(他五)滅亡(=ほろぼす)。◎

うちまか・せる【打ち任せる】(他下一)
①委托，託付；☆何もかもを君に打ち任せ
る/什麼都托付給你；②放任，聽其自然
；☆勝手に打ち任せておく/聽其自然；
図うちまかす(下二)。◎

うちまく【内幕】(名)内幕，内情；☆内
幕を探(さぐ)る/刺探底細；☆内幕を
あばく/揭露内幕。◎

うちまた【内股】(名)大腿的内側(=う
ちもも)；☆内股に歩く/脚尖朝裏邁步
走；～ごうやく【内股膏薬】(名)兩面派
手腕；☆内股膏薬をやる/耍兩面派手腕◎

うちまめ【打豆】(名)砸碎了的水泡大豆
(做湯茶時用)。

うちみ【打身】(名・自サ)硬傷，打傷，
撞傷，瘀傷；☆打身が出る/受硬傷③②

うちみず【打水】(名・自サ)撒水，潑水；
☆庭に打水(を)する/往院子裏撒水②

うちもの【打物】(名)①(鎚製出來的武
器)刀，鎗；②打製的器物；☆鋳物(い
もの)とちがって打物になっているから
丈夫だ/因為不是鑄的而是打的，所以
結實；↔いもの(鋳物)；⑧(敲打的樂
器)響器；④用模子烤的點心。②

うちもも【内股】(名)=うちまた。◎

うちやぶ・る【打ち破ち・撃ち破る】(他
五)①打破，打壞(=やぶる，うちこわ

ちす）；②打敗；☆強敵を打ち破る／打敗強敵。⓪

*うちゅう【宇宙】（名）宇宙；～ぐも【宇宙雲】（名）星雲；～じん【宇宙塵】（名）宇宙塵；～せん【宇宙線】（名）宇宙（射）線；～ひこうし【宇宙飛行士】（名）太空人。①

うちゅう【雨中】（名）雨中；☆試合は雨中に行われた／比賽是在雨中舉行的。①

うちょうてん【有頂天】（名・形動ダ）①〔佛〕有頂天（九天中最高之天）；②歡天喜地；興高彩烈，得意洋洋；☆それを聞いたら彼は有頂天になって喜ぶだろう／聽了這話他會歡天喜地地高興起來。②

うちよ・せる【打ち寄せる】（自下一）靠攏來，滾來；☆波が磯（いそ）へ打ち寄せる／波浪衝擊海岸；②（敵人）迫近，攻來；☆打ち寄せる敵の大軍／大舉攻來的敵軍；⇒うちよす（下二）。⓪

*うちわ【内輪】（名・形動ダ）①家裏，内部；☆内輪のことだから内輪で解決しよう／因為是内部的問題由内部來解決吧；☆内輪の秘密をさらけ出す／洩露内部機密；②保守，謹慎，穩健，溫和；☆これは内輪に見積っても百万円はする／這個即使低估也值一百萬元；☆何事も内輪にやるがいい／凡事都穩健些好；☆一番内輪な意見だ／是最保守（謹慎）的意見；～げんか【内輪喧嘩】（名・自サ）自家（内部）爭吵，内訌；☆内輪喧嘩（うちわげんか）（を）する／起内訌，自家人吵起來；～もめ【内輪もめ】（名・自サ）内部糾紛，内訌；☆共和党員の間に絶えず内輪もめがある／共和黨員之間不斷發生内訌；～われ【内輪割】（名）内部分裂。⓪

うちわ【団扇】（名）①團扇；☆団扇（あお）ぐ／用團扇搧；☆団扇を使う／（自己）拿團扇搧；②〔角力〕裁判扇（＝ぐんばいうちわ）；◇団扇を揚げる／角力時「行司」（裁判員）把裁判扇舉向勝者；〔轉〕宣布（某人）得勝；☆中国チームの方に団扇を揚げた（団扇が揚がった）／勝利屬於中国隊了，中国隊獲勝了；～だいこ【団扇太鼓】（名）太平鼓，單皮柄鼓。②

うちわけ【内訳】（名・他サ）細帳，細目，計開（＝めいさい）；☆内訳をする／細分；成分細目；☆合計二万五千円，その

内訳次の通り／總計兩萬五千元，其細目如下（計開）；～しょ【内訳書】（名）清單⓪

うちわたし【内渡し】（名・他サ）先交一部分（款或貨）；☆内渡しとして半額（はんがく）を支払う／價款先付一半⓪③

うちわ・る【打ち割る】（他五）①（「割る」的加強語）打破，打碎（＝たたきわる）；☆うっかり茶碗（ちゃわん）を打ち割った／不留神把碗砸碎了；②＝うちあける⓪

*う・つ【打つ・討つ・撃つ】（他五）①打，敲（＝たたく，ぶつ）；☆棒（ぼう）で犬を打つ／拿棍子打狗；☆ぴしゃりと人の耳を打つ／啪地 打了一記 耳光；②打進，釘；☆釘を打つ／釘釘子；☆杙（くい）を打つ／釘橛（椿）子；③掛（＝かける）；貼（＝はりつける）；☆額（がく）を打つ／掛圖額；☆裏（うら）を打つ／貼上衣裏；④耕（＝たがやす）；☆田を打つ／耕田；⑤斬，砍（＝きる）；☆首を打つ／砍頭；☆殺（＝ころす）；討，攻；☆かたきを打つ／殺敵，復仇；☆賊を討つ／討賊；⑦放，射；☆三発撃つ／放（打）三槍；☆彼は誤って鉄砲で撃たれた／他誤中槍傷；⑧鍛造，製造；☆刀を打つ／打刀；☆蕎麦（そば）を打つ／壓蕎麵條兒；⑨撒，潑（＝まく）；☆庭（にわ）に水を打つ／往院子裏撒水；⑩下棋，賭；☆碁を打つ／下圍棋；☆ばくちを打つ／賭博；⑪交，付（＝わたす）；☆手付金（てつけきん）を打つ／付定錢；⑫拍，發（＝だす）；☆電報を打つ／打電報；⑬舉行，演；☆相撲（すもう）を打つ／舉行角力；☆芝居を打つ／演戲；⑭注射；☆ペニシリンを一本打った／打了一針 盤尼西林；⑮感動，打動；☆大変（たいへん）心を打たれた／大受感動；⑯指責，責備（＝ひなんする，なじる）；☆非（ひ）の打ちどころがない／無可厚非；⑰使，用；☆新しい手を打つ／使新招兒（辦法）；⑱彈；☆綿を打つ／彈棉花；⑲編，搓；☆紐（ひも）を打つ／打繩子；⑳（鐘）響，鳴；☆今打ったのは何時だ／剛才打的是幾點鐘？☆今二時を打ったところだ／剛打兩點◇打てば響（ひび）く／一打就響，立刻有反應；☆あの男だって打てば響くさ／（別看他那樣）他也是有感必應的人（並非腦筋遲鈍或麻木不仁）；芝居を打つ／設騙局；手を打つ／①受感動；②採取

措施；⑨（糾紛）解決；（契約）成立 ①

うつうつ【鬱鬱】（副）昏昏欲睡地，牛睡牛醒地（＝うとうと）。③

うつうつ【鬱鬱】（名・副）〔文〕①（心情）鬱鬱，悶悶；☆心が鬱鬱として楽しまない／心中鬱鬱不樂；②（草木）繁茂，蒼蒼；☆山は鬱鬱たる森林に蔽（おお）われている／滿山都是蒼蒼的森林。⓪③

うっかり（副・自サ）發呆，不注意，不留神，漫不經心，馬虎；☆うっかりして通（とお）り越した／沒留神走過了（目的地）；☆うっかりしゃべった／無意中說出去了；☆うっかりするな／別發呆（馬虎）呀；〜もの【うっかり者】（名）呆子，漫不經心的人。③

うつく・し【愛し】（形シク）〔文〕可愛（＝かわいらしい、あいらしい）。③

うつくし・い【美しい】（形）美麗的，好看的，漂亮的；☆美しい女／美女；☆声が美しい／聲音好聽；☆美しく見える／顯得漂亮；☆美しく着飾（きかざ）る／打扮得漂亮；图うつくし（形シク）；〜げ（形動グ）；〜さ（名）。④

うっけつ【鬱血】（名・自サ）〔醫〕充血，淤血。⓪

うつし【写し】（名）①「うつす」的名詞形；②抄寫的東西，摹寫的畫；抄本，抄件，副本，副件；☆写を取る／抄副本；☆写を添える／附上抄件；④模製品。②

うつしよ【現世】（名）〔文〕塵世。③

うつしだ・す【映し出す】（他五）①放映出；☆幻燈で名画（めいが）を映し出す／用幻燈把名畫放映出來，②（向人們）突出地顯示出來；☆原子爆禁止問題（げんばくきんしもんだい）が大きく映し出されてくる／禁止原子彈氫彈問題大爲突出起來④

うつしと・る【写し取る】（他五）抄寫，摹寫。④

うつ・す【映す】（他五）映，照；☆彼は鏡（かがみ）に自分の姿（すがた）を映して見た／他用鏡子照了照自己；☆絵をスクリーンに映す／把畫放映在銀幕上；☆月が地上に影（かげ）を映す／月影映在地上②

うつ・す【移す】（他五）①移，挪，遷，搬動；☆家を移す／搬家；☆事務所を市内に移す／把辦事處遷到市內；②倒入，挪進；☆樽（たる）から徳利（とっくり）へ移す／從桶裏倒到酒壺裏；☆御飯（ごはん）をお櫃（ひつ）に移す／把飯盛到飯桶

裏；③傳染；☆風邪を移す／把感冒傳染給別人；☆なまけ癖を仲間に移す／把偷懶的毛病傳染給伙伴；④拖延（時間）；☆時を移さず取りかかる／立即着手做 ②

うつ・す【写す】（他五）①抄，謄；☆ノートを写す／抄筆記；☆本を写す／抄書；②拍照；☆写真（しゃしん）を写す／照像；③摹寫；☆名画家の画を写す／摹寫名畫家的畫。②

うっすら【薄ら】（副）＝うっすり。③

うっすり【薄り】（副）①薄薄地（＝かすかに、ほんのり）；☆雪がうっすり積（つも）る／薄薄地積下一層雪；☆うっすりと化粧（けしょう）した顔／略施脂粉的臉；②稍稍，多多少少，略微（＝うすうす）；☆うっすりと噂（うわさ）を聞いた／多少聽見一點風傳。②③

うっせき【鬱積】（名・自サ）鬱結，鬱積；☆憎惡（ぞうお）は、彼の心に鬱積していた／憎惡之念鬱結在他心中；☆鬱積している不平／鬱積起來的不平。⓪

うっそう【鬱蒼】（形動タルト）鬱鬱蒼蒼，繁茂，☆森が鬱蒼と茂（しげ）っている／林木繁茂。⓪

うったえ【訴え】（名）〔うったえる〕的名詞形①訴訟，控告；☆損害賠償の訴え／（要求）賠償損失的訴訟；☆…に対して訴えを起す／對…提起訴訟；☆訴えを取り下（さ）げる／撤銷控告；②申訴，訴苦；☆火事被害者（かじひがいしゃ）の訴え／火災被害者的控訴。⓪③

うった・える【訴える】（他下一）①訴，控告；☆裁判所（さいばんしょ）に訴える／向法院控告；☆…を相手取って訴える／以…爲對手提起控訴；☆人に訴えられる／被人控告；②申訴；訴苦，發牢騷；☆不平を訴える／發牢騷；☆苦痛（くつう）を訴える／喊疼；③使用（某種手段）；☆武力（ぶりょく）に訴える／訴諸武力；☆腕力に訴える／動武；④打動，感動；☆人に訴える力が弱い／感動人的力量微弱；☆この絵（え）は少しも私に訴えない／這幅畫對我一點兒感動力也沒有；图うったふ（下二）。⓪④

うっちゃらか・す【打遣らかす】（他五）〔俗〕扔開，不管（＝ほったらかす）；☆仕事をうっちゃらかして遊ぶ／扔開工作玩耍。⑤③

うっちゃ・る【打遣る】（他五）①扔掉，

抛棄（＝なげすてる）；☆ごみをごみために人をへうっちゃる／把垃圾倒在垃圾堆裏；②置之不理，拋開不管，聽其自然；☆危（あぶな）いから打遣っておくわけにゆかぬ／因爲危險不能置之不理；☆仕事を打遣りっ放しにする／扔開工作不管 [0] [3]

うつつ【現】（名）〔文〕①（對夢來說）現實；☆夢か現か／是作夢呢還是現實呢；☆夢にも現にも彼女を忘れかねた／白天黑夜（一時一刻）都忘不掉她；☆心神恍惚，似睡非睡；◇現をぬかす／神魂顚倒，迷住☆彼は彼女にうつつをぬかしている／他爲她神魂顚倒,他被她迷住了 [3] [0]

うつて【打つ手】（連語・名）採取的手段、辦法、對策；☆今となっては殆んど打つ手がない／事到如今幾乎無計可施。[1]

うって【討手】（名）追兵②追捕者 [3] [0]

うってかわ・る【打って変る】（連語・自五）變得截然不同，完全改變；☆打って変って良い人間となる／完全變成好人、☆打って変った態度をとる／採取截然不同的態度，態度一變判若兩人。[1]

うってつけ【打って付け】（名）理想（的）最恰當，正合適（＝あつらえむき）；☆君には打って付けの仕事だ／對你是最恰當的工作；☆その役には打って付けの人だ／對那個工作來說他是最合適（適任）的人 [0]

うってで・る【打って出る】（自下一）出馬，登臺；☆選挙に打って出る／參加競選☆政界に打って出る／登上政治舞臺 [1]

うっとうし・い【鬱陶しい】（形）①鬱悶的，沉悶的；☆気分が鬱陶しい／心裏鬱悶；②陰鬱的，陰暗的；☆うっとうしい天気／陰暗的天氣；☆うっとうしい雨／陰鬱的雨；因うっとうし（形シク）；～が・る（他サ）；～さ（名）。[5]

うっとり（副・自サ）出神；☆うっとりと眺（なが）める／看得出了神；☆その絶妙な調（しら）べにうっとりとした／爲那種絕妙的曲調心蕩神馳。[3]

うつぶし【俯し】（名）〔（うつぶす）的名詞形〕低頭，俯首；☆俯しになる／低下頭；☆俯しになって働く／低着頭做活兒；☆俯しになって寝る／臉朝下躺着 [0]

うつぶ・す【俯す】Ⅰ（自五）俯伏，臉朝下，低頭（＝うつむく）；Ⅱ（他下二）〔文〕＝うつぶせる。[3]

うつぶせ【俯せ】（名・自サ）〔（うつぶせる）的名詞形〕俯伏，臉朝下（＝うつ

むけ）；☆背中（せなか）を下にすると痛いので俯せに寝る／因爲脊背一朝下就疼，所以臉朝下躺着。[0]

うつぶ・せる【俯せる】（他下一）①俯伏，臉朝下（＝うつむける）；☆弾丸を避（さ）けて地に俯せる／爲躲子彈俯伏在地上；②扣置，倒放；☆壺（つぼ）を棚に俯せる／把罐兒扣着放在樹架上；因うつぶす（下二）。[4]

うっぷん【鬱憤】（名）積憤；☆鬱憤を晴らす／發洩積憤。

うつぼつ【鬱勃】（形動タルト）勃勃，飽滿，旺盛，；☆鬱勃たる野心／勃勃的野心；☆鬱勃たる元気／飽滿的精神。[0]

うつむき【俯き】（名）〔（うつむく）的名詞形〕①俯伏，臉朝下；☆俯きに寝る／臉朝下躺着；②倒，底朝上；☆瓶を俯きに立てる／倒着放瓶子；↔あおむき；～かげん【俯き加減】（形動ダ）稍微低着頭，略彎着腰。

うつむ・く【俯く】Ⅰ（自五）俯伏，低頭，臉朝下；☆恥かしくて俯く／羞得低下頭；☆俯いて歩く／低着頭走；Ⅱ（他下二）〔文〕→うつむける。[0] [3]

うつむけ【俯け】（名）〔（うつむける）的名詞形〕俯伏，低頭，臉朝下；☆俯けに倒れる／臉朝下栽倒；☆俯けに置く／（把東西）底朝上放置，扣置。[0]

うつむ・ける【俯ける】（他下一）俯，臉向下；扣置；☆顔を俯ける／低下頭（把臉朝下）；☆コップを俯ける／把玻璃杯扣起來；因うつむく（下二）。[0]

うつらうつら（副・自サ）①似睡非睡地（＝うとうと）；☆うつらうつらしている間に／在似睡非睡之間；②糊裏糊塗地，恍恍忽忽地；☆うつらうつら三年ばかり過（すご）した／恍恍忽忽地過了三年 [4]

うつり【映り】（名）〔（うつる）的名詞形〕①映現，照像；☆このフィルムは映りが悪い／這個膠片不好拍照；☆この写真は映りがよい／這張照片照得好；②（彩色的）配合；☆この二つの色は映りがよい／這兩種顏色配合起來好看。[3]

うつり【移り】（名）①〔うつる〕的名詞形；②對贈品的回禮（日俗裝入一些火柴、白紙等物於禮品容器中以表謝意）；が【移り香】（名）遺香；☆移り香がする／有遺香；～かわり【移り変り】（名）〔（うつりかわる）的名詞形〕變遷，變

化；☆季節の移り変り／季節的變化；☆世の移り変り／世事的變遷；☆流行（りゅうこう）の移り変りが激（はげ）しい／流行不斷變化；～かわ・る【移り変る】（自五）變遷，變化；☆時代（じだい）とともに風俗（ふうぞく）が移り変る／風俗隨時代變化；～ぎ【移り気】（形動ダ）性情不定，心情易變，見異思遷；☆彼は移り気な男だ／他是個見異思遷的人；☆移り気の人は成功しない／不專心的人是不會成功的。③

うつりゆ・く【移り行く】（自五）推移，變遷，移り行く世の有様（ありさま）／不斷變遷的社會情況；☆月日の移り行くのは早いものだ／時間過得真快。◎

＊うつ・る【映る】（自五）①映，照，☆月の光が水に映る／月光映照在水中；☆テレビに映っている／照在電視裏；②配合，相稱，☆あの着物は彼女にはさっぱり映らない／那件衣服她穿着一點兒也不適稱；③映現,照像，☆この写真は大層（たいそう）よく映っている／這張照片照得很好②

＊うつ・る【移る・遷る】（自五）①遷，移；☆家を移る／搬家；☆市内から市外に移る／從市內搬到市外；②變，變遷；☆世が移る／社會變化,世事變遷；③經過，推移；☆時の移ると共に三民主義の優越性が益々明らかになった／隨着時間的前進,三民主義優越性越來越明顯了；④轉向，轉到；☆人手（ひとで）に移る／轉歸他人；☆話は実業計画に移った／話題轉到了實業計劃上面；⑤沾染上；☆赤い色が紙に移った／紅色沾染到紙上了；☆香水のにおいが茶に移った／香水味兒薰（過）到茶葉上了；⑥傳染，感染；☆子供にジフテリアが移った／小孩子感染上白喉了；☆主人の趣味が私にも移った／我也染上了先生的愛好（嗜好）；⑦蔓延，延燒；☆隣家に火が移った／火延燒到鄰家了。②

うつろ【空・洞・虚】（形動ダ）空，虛；☆空ろな目付（めつき）／發呆（沒有精神）的眼神；☆空ろな感じ／空虛的感覺；☆幹（みき）の内部が腐（くさ）ってうつろになる／樹幹內部腐爛變成空洞；～ぎ【空木】（名）空心樹（木）；～ぶね【空舟】（名）獨木舟。◎

うつろ・う【移ろう】（自五）〔文〕＝移（うつ）る。③

うつわ【器】（名）①器；器具；☆菓子を器に入れる／把點心裝在盒子裏；②才幹，度量；人物；☆器が大きい（小）さい／才幹大（小）；☆私はその器ではない／我不是那樣的人才,我對那事不勝任；☆彼は人に将（しょう）たる器だ／他是個將才；☆宰相の器にあらず／非宰相之器。◎

＊うで【腕】（名）①腕，手腕，胳膊；☆腕に腕章を巻く／胳膊上纏上臂章；☆腕が痺（しび）れた／胳子麻了；☆腕に下（さ）げる／跨在胳膊上；☆腕を巻く／捲起袖子來；☆腕を捲（まく）る／持（出）胳膊（來）；②能耐，本事，技能（＝うでまえ，ぎりょう）；☆腕がある（ない）／有（沒）本事；☆腕を試（ため）す／試試本領；☆あの女は腕がすごい／那個女人手腕兒厲害（本事強）；☆腕が上がる／技術（能力）提高；③膂力，力氣，勁頭兒（＝ちから、わんりょく）；☆人と腕を比べる／和人較量力氣（本事）；◇腕一本脛（すね）一本／單憑自己的本事,赤手空拳，光棍一條；☆腕一本脛一本で世を渡（わた）る／單憑自己的本事吃飯；◇腕が鳴る／摩拳擦掌；躍躍欲試；技癢；腕に覚（おぼ）えがある／有自信，有信心；腕に縒（より）をかける／拿出全副精力；更加一把力氣；加油；☆生徒たちはみな腕に縒をかけて運動会の競争に参加している／學生們都拿出全副精神來參加運動會；腕を組む／①抱着胳膊，☆腕を組んで考え込んでいる／抱着胳膊在沉思；②挽着胳膊；☆腕を組んで歩く／（二人）挽着胳膊走；腕を拱（こまね）く／袖手（什麼也不做）旁觀；腕をさする／磨拳擦掌；腕を鳴らす／顯示本領，大顯身手；腕を振（ふる）う／施展才能。②

うでおし【腕押】（名・自サ）比腕力,扳腕子（＝うでずもう）。④

うでぎ【腕木】〔建〕桁架，托架；☆電柱の腕木が折れた／電幹上的橫木斷了◎②

うできき【腕利】（名）有本領的人,幹員,能手；☆腕利の職人／有本領的工匠④◎

うでくび【腕首】（名）手脖子,手腕子（＝てくび）。②

うでぐみ【腕組】（名・自サ）抱着胳膊☆腕組して考える／抱着胳膊沉思。④③

うでくらべ【腕競（比）べ】（名・自サ）①比賽力氣；②比賽本領；☆彼と腕比べ

をする／同他比力氣（本領）。③

うでこき【腕こき】（名）→うできき⓪④③

うでずもう【腕相撲】（名・自サ）扳腕子③

うでぞろい【腕揃い】（名）盡是能手，全是本事的人；☆中々腕揃いだ／眞是人才濟濟。③

うでだて【腕立て】（名・自サ）逞強，爭勝④

うでたまご【茹で卵】（名）＝ゆでたまご④③

うでだめし【腕試】（名・自サ）試試力量，試試才幹。③

うでぢから【腕力】（名）→わんりょく③

うでづく【腕尽く】（名）憑力量（本事）／☆取るなら腕尽くで取ってみろ，你就憑本事拿一拿看看；②憑武力，動武／☆腕尽くでも渡（わた）せない／動武也不能交給你。④⓪

うでっこき【腕っ扱き】（名）（うできき的促音化）→うできき。⑤

うでっぷし【腕っ節】（名）（うでぶし的促音化）→うでぶし。⑤⓪

うでどけい【腕時計】（名）手錶。⓪

うでぶし【腕節】（名）①腕關節；②力氣；☆腕節が強い／有力氣，力氣大。④⓪

*うでまえ【腕前】（名）能力，本事，才幹；☆大した腕前だ／了不起的本事；☆彼はその難関を切り抜けるだけの腕前がなかった／他沒有能突破那個難關的本領③⓪

う・でる【茹でる】（他下一）＝ゆでる。②

うでわ【腕輪】（名）手鐲（＝うでぬき）

*うてん【雨天】（名）雨天；☆雨天が続く／連日下雨；～じゅんえん【雨天順延】（連語・名・自サ）雨天順延。①

*うと・い【疎い】（形）①疏遠的；☆二人の仲は段々疎くなって来た／兩個人的關係逐漸疏遠起來了；☆この頃音信も疎くなった／近來音信漸疏；②生疏的，不太了解的；☆世事に疎い／不懂世故人情；反うとし（形ク）；～さ（名）。②

うとう【右党】（名）右派，保守黨；↔さとう【左党】。⓪

うとうと（副・自サ）迷迷糊糊，昏昏沉沉（＝うつらうつら）；☆ついうとうとと寝入（ねい）った／迷迷糊糊地睡着了①

うとうとし・い【疎疎しい】（形）疏遠的，冷淡的；☆先方で疎疎しくするから，こちらでも…／對方既然表示冷淡，我也…；反うとうとし（形シク）；～げ（形動ダ）；～さ（名）。⑤

うとまし・い【疎まし】（形）討厭的，不

愉快的（＝いとわしい、いやらしい）；☆見るのも疎ましい／看着都討厭；☆疎ましく思う／覺得討厭，感覺不愉快；反うとまし（形シク）；～げ（形動ダ）；☆疎ましげなありさま／令人討厭的情景；～さ（名）。

うと・む【疎む】（他五）疏遠，輕視；☆旧友を疎む／疏遠故友；☆人に疎まれる／被人疏遠。②

うどん【饂飩】（名）切麵，麵條；☆うどんを打つ／壓切麵條；～こ【饂飩粉】；（名）麵粉，白麵；～や【饂飩屋】（名）①麵館兒；②切麵舖。⓪

うどんげ【優曇華】（名）〔佛〕優曇華（一種想像的花）；☆優曇華の花が咲く／遇到千載難逢的機會；②〔植〕產於印度的一種無花果；③〔動〕草蜻蛉的卵。⓪

うとん・じる【疎んじる】（他上一）疏遠（＝うとむ）；☆友人に疎んじられる／被朋友疏遠；反うとんず（サ）。④

ウナ（名）急電（「ウナ電」的略號）。①

*うなが・す【促す】（他五）促使，催促；☆注意を促す／促使注意；☆計画の実行を促す／催促實行計劃。③

うなぎ【鰻】（名）〔動〕鰻鱺，鱔魚；～どんぶり【鰻丼】（名）（大碗）鱔魚飯；～のぼり【鰻登り】（名・自サ）①鱔魚在水裏垂直向上游；②〔喻〕（物價）直線上漲；（溫度、職位）一直上升；☆最近の物価は鰻登りだ／最近的物價一個勁兒地上漲；☆鰻登りに出世する／扶搖直上，平步青雲；～めし【鰻飯】（名）（木盒裝的）鱔魚飯。⓪

うなさ・れる【魘される】（自下一）（作可怕的夢）魘住；☆悪夢に魘される／被可怕的夢魘住；☆魘される癖（くせ）がある／常好魘住；反うなさる（下二）②

うなじ【項】（名）〔文〕項，脖頸。⓪③

*うなず・く【頷く・首肯く】（自五）點頭，首肯；☆頷いて同意する／點頭答應；☆軽く頷く／微微點一點頭。③

うなず・ける【肯（頷）ける】（自下一）能够同意；可以理解；☆彼の説明には頷けないところがある／他的説明中有（令人）礙難同意的地方；☆彼が怒るのも一応（いちおう）頷ける／他發怒倒是可以理解的，也難怪他生氣。④

うなだ・れる【項垂れる】（自下一）（因羞恥、悲觀、敗興等）垂頭，低下頭（＝うつ

むく）；☆項垂れて考え込む／低頭思索⓪

ウナでん【ウナ電】（名）急電，加急電報⓪

うなどん【鰻丼】（名）←うなぎどんぶり⓪

うなばら【海原】（名）〔文〕海洋，大海，大洋。⓪②

うなり【唸り】（名）①呻吟聲；吼聲；☆弾丸が唸りを生じて飛んだ／子彈颼颼的一聲飛過去了；②〔電〕週率差；③〔風箏上的〕響笛；☆空中遙かに凧（たこ）の唸りが聞える／遠遠聽見空中風箏的響聲；～ごえ【唸り声】（名）呻吟聲；吼聲；☆苦しそうな唸り声／很痛苦的呻吟聲；☆犬が唸り声をあげて向（むか）ってきた／狗一邊吠着撲上前來。③

*うな・る【唸る】（自五）①呻吟，哼哼（＝うめく）；☆一晩中唸っていた／哼哼了一夜；②〔獸類〕吼，嚎，嗥（＝ほえる）；☆虎が唸る／虎嘯；③響，發嗚嗚聲；☆凧が風に唸る／風箏迎風響叫；☆風が唸る／風吼；④吟，唱（＝うたう）；☆浪花節（なにわぶし）を一曲唸る／唱一段「浪花曲」；⑤〔観衆〕大聲喝彩；☆大向（おおむこ）うを唸らせる名演技／博得滿堂喝彩的精彩演技；◇唸るほど持っている／多得很（指金錢）；腕が唸る／技癢，躍躍欲試。②

うに【雲丹】（名）海膽醬〔用海膽卵巢醃製的食品〕。①

うぬぼれ【自惚れ】（名）〔（うぬぼれる）的名詞形〕自滿，自負，自大；☆自惚れの強い人／過於自負的人，自大的人；☆彼の態度にはどことなく自惚れが見えている／他的態度總是有些自滿的樣子。⓪

うぬぼ・れる【自惚れる】（自下一）自滿，自負，驕傲；☆彼は自分では偉いと自惚れている／他自以為了不起而驕傲；↔うぬぼる（下二）

うね【畝・畦】（名）①壠；☆畑に畝を立てる／在地裏培起壠來；☆鋤（す）いて畝にする／把地犁出壠來；②〔布上的〕稜紋；③一排浪，滾浪。②

うねうね（副・自サ）蜿蜒，彎彎曲曲；☆うねうねした山道（やまみち）／蜿蜒的山路；☆うねうねした流れ／彎彎曲曲的河流。①

うねり（名）〔（うねる）的名詞形〕①彎曲，起伏；②〔波浪的〕滾動；☆波のうねりがひどい／波濤洶湧。③

うね・る（自五）①彎曲；蜿蜒（＝まがりくねる）；☆小川（おがわ）がうねって流

れる／小河彎彎曲曲地流；☆髪がうねっている／頭髪彎曲着；②〔波浪〕起伏，滾動，翻騰；☆大洋の波がうねる／大洋的波浪翻騰。②

うのはな【卯の花】（名）①〔植〕溲流，水晶花；②豆腐渣（＝おから）；～いか【卯の花烏賊】、～いり【卯の花煎】（名）紅燒魷魚。①②

うのみ【鵜呑み】（名・他サ）整個吞，囫圇個兒吞，生吞活剝（＝まるのみ）；☆飴玉を鵜呑みにする／把糖球兒整個兒吞下去☆人の話を鵜呑みにする／盲信旁人的話／学問は鵜呑みにしてはならい／求學問不能囫圇吞棗。①

うのめたかのめ【鵜の目鷹の目】（連語・名）（像鸕鷀找魚，鷂鷹奪鳥那樣）睜着眼睛，直盯盯地奪視；☆鵜の目鷹の目で搜（さが）す／睜眼睛四下尋找①①-⓪

うは【右派】（名）右派；↔さは（左派）①

うば【姥】（名）①老太太（＝ばば）；②→うば（乳母）。①

うば【乳母】（名）乳母，奶娘，媬姆。①

うばいあい【奪い合い】（名）〔（うばいあう）的名詞形〕爭奪，奪取，搶奪；☆予算の奪い合い／爭奪預算；☆それらの品は今奪い合いの有様（ありさま）だ／那些貨品目前大有供不應求之勢。⓪

うばいあ・う【奪い合う】（他五）爭奪；☆座席を奪い合う／搶座位。④

うばいと・る【奪い取る】（他五）奪取，搶奪（＝ひったくる）；☆人の物を奪い取る／奪取別人的東西。④

*うば・う【奪う】（他五）①奪，搶奪；☆物を奪う／搶東西；☆権利を奪う／爭奪權利；②剝奪（＝とりあげる）；☆官職を奪う／免（革）職；③驚人，迷人；☆人の膽（きも）を奪う／使人喪膽；☆彼女の美貌（びぼう）は人の魂を奪う／她的美貌令人銷魂；☆絢爛（けんらん）たる裝飾が人の目を奪う／裝飾得絢爛奪目②

うばぐるま【乳母車】（名）嬰兒車。③

うぶ【初】Ⅰ（形動ダ）①天真；☆うぶな少女／天真的少女；②幼稚，沒經驗，世故淺；☆君は全くうぶだね／你也太幼稚了；Ⅱ（名）處女。①

うぶぎ【産着・産衣】（名）初生兒的衣服⓪③

うぶげ【産毛】（名）①胎毛，胎髪；②汗毛；稀疏的毛髮。⓪

うぶごえ【産声】（名）（生時的）呱呱聲☆彼は

う

上海で産声をあげた／他生於上海。◎③

うぶすな【産土】（名）①出生地；②→うぶすながみ；〜がみ【産土神】（名）出生地守護神（＝うじがみ）；〜まいり【産土参り】（名）（小児生後百日）參拜出生地守護神社。◎

うぶゆ【産湯】（名）洗兒水；☆産湯を使わせる／給剛生的嬰兒洗澡。◎②

うま【午】（名）①午（十二支之一）；☆午の年／午年；②南（方）；③午時（正午十二點）。②

*うま【馬】（名）①〔動〕馬；☆馬に乗る／騎馬；☆馬を急がす／催馬（前進）；②脚発子（＝ふみだい）；③〔將棋〕馬（＝けいま）；④木馬（＝もくば）；⑤緊跟着嫖客索嬺眼的人；◇馬が合う／對勁兒，投機，☆二人は馬が合うらしい／兩個人像很投緣，☆あの男とは馬が合わない／和他不投緣兒；馬には乗って見よ人には添（そ）って見よ／馬要騎騎看，人要處處，事物須先體驗，然後再下判斷；馬の耳に風，馬の耳に念仏／馬耳東風，當作耳邊風，馬は馬づれ／物以類聚人以羣分；馬を牛に乗り換える／拿好的換壞的；換得不得當。②

*うま・い【旨（甘）い】（形）①香的，好吃的（＝おいしい）；☆この菓子（かし）は旨い／這個點心好吃，☆この料理（りょうり）はとても旨い／這個菜香得很；②巧妙的，高明的（＝じょうずな）；☆翻訳（ほんやく）が旨い／譯得好，☆字が旨い／字寫得好，☆君は中々旨いことを言うね／你說得好漂亮啊，☆彼女の演技（えんぎ）は非常に旨い／她演得非常好；③好的，美妙的，幸運的，便宜的；☆旨いことはないか／有什麼好事兒沒有？☆そいつは旨い話だ／這個（消息）太好了；☆余（あま）り話が旨過ぎる／未免說得太便宜（樂觀）了；☆そう旨く行くものではない／不會那麼好辦（順利）的；☆明日は遠足か，旨いぞ／明日郊遊去慶？太好了；◇旨い汁を吸（す）う／不勞而獲，佔便宜；措油；図うまし（形ク）；〜さ（名）

うまいち【馬市】（名）馬市。③②

うまうま【甘甘】Ⅰ（名）〔兒〕好吃的（東西）；飾飾；Ⅱ（副）巧妙地，狡猾地（＝まんまと，たくみに）☆うまうまと一杯（いっぱい）食わされた／一下子上了個大當③①

うまおい【馬追い】（名）①趕脚，趕馱子（的人）；②（在牧場）追捕野馬（的人）；③〔動〕→うまおいむし；〜ごえ【馬追い声】（名）趕馱子的吆喝聲；〜むし【馬追い虫】（名）〔動〕蟋螽。③◎

うまかた【馬方】（名）趕馱子的，趕脚的人（＝まご）；◇馬方船頭御乳（おち）の人／車船店胳牙（從前時候一些慣於勒索金錢的人）。④③

うまが・る【旨がる】（自五）覺得有味道；☆旨がって食べる／吃得津津有味。③

うまざけ【旨酒】（名）美酒。◎②

うまずめ【不生女・石女】（名）不能生育的女人，石女。◎

うまづら【馬面】（名）〔俗〕長臉，馬臉（＝うまがお）。◎

うまに【甘煮】（名）（用肉、青菜、醬油、料酒、糖、木魚粉等做的）一種燉菜。③

うまのほね【馬の骨】（名）〔俗〕〔罵〕來歷不明的人，不知底細的人；☆どこの馬の骨だ／那塊來的這塊料？⑤

うまのり【馬乗り】（名）①騎馬（的人）；②跨在（別人）身上，騎在背上；☆倒れた相手の上に馬乗りになる／騎在倒下了的對手的身上。④◎

うまへん【馬偏】（名）〔漢字部首〕馬字旁◎

うまみ【旨味】（名）①美味（的程度）；味道；☆旨味のある（ない）酒／味道好（不好）的酒；②巧妙（的程度）；妙處；☆旨味のない文章／枯燥無味的文章②

うまや【馬屋・厩】（名）廄，馬棚；〜ごえ【厩肥】（名）〔農〕廄肥。◎③

うま・る【埋まる】（自五）①埋上；埋滿（＝うずもれる）☆河が埋まる／河水漲滿；☆さしもの広い運動場（うんどうじょう）も見物人（けんぶつにん）で埋まった／那樣大的體育場都被觀衆擠滿了；②補償，彌補；☆そんな金ではとても損失は埋まらない／這一點兒錢是難以彌補損失的。◎

うまれ【生れ】（名）①出生，誕生；☆彼女は一九一五年の生れだ／她是1915年生的；②出生地；☆お生れはどちらですか／您的籍貫是那兒？☆アメリカ生れの青年／生在美國的青年；③門第，出身；☆貧家の生れ／貧寒出身，☆名門の生れ／名門出身；〜こきょう【生れ故郷】（名）出生地，故郷；〜しょう【生れ性】（名）裏性，天性；〜すじょう【生れ素性】（

名)門第，家世；～ぞこない【生れ損い】
（名）〔表卑〕壞蛋，雜種；☆この生れ
損いめ／你這壞蛋！～たて【生れ立て】
（名）剛生下；☆生れ立ての小貓／剛生下
的小貓；～どし【生れ年】（名）出生年；
～び【生れ日】（名）生日，誕辰；
生れもつかぬ／並非天生的；☆生れもつ
かぬ片輪（かたわ）／後天的殘廢。0

うまれあわ・せる【生れ合わせる】（自下
一）恰恰生在(…的時代)；☆これらの子
供は幸(しあわせ)にも三民主義の時代に
生れ合わせた／這些孩子們都很幸運地生
在三民主義時代；困うまれあわす(四)6

うまれお・ちる【生れ落ちる】（自上一）生
下，下生；☆生れ落ちるとすぐ人に貰(
もら)われて行った／一生下就被別人要
去了；困うまれおつ（下二）。5

うまれかわり【生れ変り】（名）〔（うま
れかわる）的名詞形〕再生，轉世；☆彼
は悪魔の生れ変りだ／他是魔鬼轉世。0

うまれかわ・る【生れ変る】（自五）①再
生，轉世；☆生れ変ったような心持にな
る／大有重生(脫胎換骨)之感；②重新
作人，悔過自新；☆彼は全く生れ変った
／他完全改變了，他脫胎換骨了，他變個
新人了。5

*うまれつき【生れつき】（名）天生，天性
，本性；☆生れつき体が丈夫だった／生
來身體就結實(健康)；☆生れつきの近眼
（きんがん）／天生的近視眼；☆生れつき
は中々改(あらた)まらない／本性難移0

うまれつ・く【生れ付く】（自五）生來，生
就，天生；☆聾（つんぼ）に生れつく／
生來就是聾子；☆幸運に生れつく／生來
就幸運。4

うまれながら【生れながら】（副）生來，天
生(＝うまれつき)；☆生れながらの片輪
（かたわ）／天生的殘廢；☆生れながら
にして頭がよい／生來就聰明。0

*うま・れる【生（產）れる】（自下一）
生，產，出生，新生；☆子供が生れる／
生孩子；☆貧乏に生れる／生來貧窮；☆
また新し国いが生れた／又出現了一個新
國家；困うまる（下二）。0

うみ【生み・產み】（名）①（親）生，生
身；☆生みの母／親生母；②新生，新
創；☆会の創立がはかどらず產みの悩（
なや）みの状態だ／會的創立遲遲不進
有難產之勢；◇生みの恩より育ての恩／

養育之恩大於生育之恩。0

*うみ【海】（名）①海，海洋；☆海を渡る
／渡海；☆海に出る／（船）下海，出海；
☆海の魚／海魚；②湖；⑧硯池；◇海と
も山ともつかず／（結果等）還說不定，
還摸不清／☆結果はまだ海のものとも山
のものともつかない／結果如何還摸不清
；海に千年山に千年／老江湖，老奸巨猾
（＝うみせんやません）；海を山にする
／〔喻〕（做事）不量力。1

うみ【膿】（名）膿；☆膿を持つ／有膿，
化膿。0

うみおと・す【生み落す】（他五）生下，
分娩（＝うむ）；☆鶏が卵を生み落す／
鶏產卵；☆玉のような男の子を生み落す
／生下個胖小子。4

うみじ【海路】〔文〕（名）海路，海道2

うみせんやません【海千山千】（連語・名）
〔←海に千年山に千年〕〔俗〕老江湖，
老奸巨猾；☆あの男は海千山千のしたた
かものだ／他是個極奸狡的老江湖。01

うみだ・す【生み出す】（他五）①生，產
；☆毎朝卵を生み出す／每天早晨下蛋；
②賺；☆働いて身代（しんだい）を生み
出す／勤勞起家；⑧出；☆その地方は多
くの文学者を生み出した／那地方出了許
多文學家。3

うみたて【生み立て】（名）剛生下來；☆
生み立ての卵／剛下的蛋。0

うみづき【產月】（名）臨月，分娩的月
分。02

うみつ・ける【產み付ける】（他下一）①
（把卵）生（產）在…上；☆虫が卵を木
に産み付ける／蟲子把卵產在樹上；②（
把稟性）遺傳給子女；困うみつく（下
二）。4

うみなり【海鳴り】（名・自サ）海嘯40

うみねこ【海猫】（名）〔動〕海貓（鳴聲
似貓的一種海鷗）。0

うみのおや【生みの親・產みの親】（名）
①生身父母；②創始人；☆彼はその術語
の生みの親だ／他是那個術語的創始人；
◇生みの親より育ての親／養育之恩大於
生育之恩。5

うみのくるしみ【生みの苦しみ】（名）①
產兒時的痛苦；②〔轉〕創始，創業的艱
難。0─2

うみのこ【生みの子・產みの子】（名）親
生的兒女。0

う

うみべ【海辺】（名）海邊，海濱；☆海辺
を散歩する／在海濱散步。③

うみへび【海蛇】（名）〔動〕海蛇。◎①

うみぼうず【海坊主】（名）①〔動〕儒艮；
②（傳説的）海中妖怪。③①

うみほたる【海螢】（名）〔動〕海螢（甲
殻類之貝）。③

う・む【生む・産む】（他五）①生，産；☆
子を生む／生孩子；☆卵を産む／産卵；
②産生，産生；☆傑作（けっさく）を
生む／産出傑作；☆彼は我が国が生んだ
最大の歴史家である／他是我國最卓越的
歴史家。◎

う・む【倦む】（自四）〔文〕①厭膩，厭
倦，厭煩（＝あきる）；☆仕事に倦む／
懶得工作☆いくら勉強しても倦まない／
怎様用功也不厭倦（好學不倦）；☆倦ま
ず撓（たゆ）まず／不屈不撓；②疲倦（＝
つかれる）。①

う・む【熟む】（自五）熟，成熟；☆真赤
（まっか）に熟れた桜桃（さくらんぼう）
／熟得通紅的櫻桃。①

うむ【膿む】（自五）化膿；☆腫物（はれ
もの）が膿んだ／腫疱直化膿了。①

うむ【有無】（名）①有無，有沒有；☆有
無を論ぜず／不論有無；☆異状の有無を
報告せよ／要報告有沒有變化；☆有無相
通ずる／互通有無；②願不願，肯不肯；
☆有無を言わせず／不容分説，不管三七
二十一硬，☆有無を言わせず連行（れ
んこう）した／不容分説就帶走了。①

うめ【梅】（名）〔植〕梅；梅子；☆梅の
花／梅花；☆梅の実／梅子；◇梅に鶯／
配合得適稱。◎

うめあわ・す【埋め合わす】Ⅰ（他五）＝う
めあわせる；Ⅱ（他下二）〔文〕→うめ
あわせる。④

うめあわせ【埋め合わせ】（名・自サ）〔
（うめあわせる）的名詞形〕賠償，彌補
，抵補，挽回；☆むだにした時間の埋め
合わせをする／彌補浪費掉的時間；☆損
（そん）の埋め合わせをする／抵補損失
；☆この時間は来週埋め合わせる／
這堂課下星期再補。◎

うめあわ・せる【埋め合わせる】（他下一）
①補償，彌補（＝つぐなう，おぎなう）；
☆病気で休（やす）んだから日曜日には
埋め合わせる／因為患病曠了工，在星期
天補上；②弄平均，拉平；☆損得（そん

とく）を埋め合わせる／把賠賺拉平，使
損益相抵；図うめあわす（下二）。⑤

うめがえ【梅が枝】（連語・名）梅枝。③

うめがか【梅が香】（連語・名）梅花的香
味兒。③

うめき【埋木】（名）塡塞（木材的縫隙）；
☆木の隙（すき）に埋木をする／把木縫
兒塞上；〜ざいく【埋木細工】（名）鑲
木細工。◎

うめき【呻き】（名）〔（うめく）的名詞
形〕呻吟，哼哼；〜ごえ【呻き声】（名）
呻吟聲，哼哼聲；☆痛くて呻き声を立て
る／疼得直哼哼。◎

う・め・く【呻く】（自五）呻吟，哼哼；☆
病人は一晩中（ひとばんじゅう）呻いて
いた／病人呻吟了一夜。②

うめしゅ【梅酒】（名）青梅酒。◎

うめず【梅酢】（名）梅汁，鹽醃梅子的汁
液（醃菜，金屬細工用）。◎

うめたて【埋立】（名・他サ）①〔うめた
てる〕的名詞形〕塡平河海的一部；〜
ち【埋立地】（名）塡築地，人造陸地。◎

うめた・てる【埋め立てる】（他下一）塡
平（抗凹河海的一部）；☆海浜（沼地）
を埋め立てる／把海濱（沼澤）塡平；☆
池を埋め立てて家を建てる／塡平水池蓋
房子；図うめたつ（下二）。④

うめづけ【梅漬】（名）①用鹽或酒等醃的
梅子；②用紅梅汁醃的黄瓜，蘿蔔等。◎

うめぼし【梅干】（名）鹹梅，醃的梅子；〜
ばば【梅干婆】（名）滿臉皺紋的老太太◎

うめみ【梅見】（名）觀梅，賞梅。③

う・める【埋める】（他下一）①埋（＝う
ずめる）；☆遺骸（いがい）を埋める／
埋（葬）屍體；☆地下に鉄管（てっかん）
を埋める／把鐵管埋在地下；②彌補，補
足；☆損失を埋める／彌補損失；☆歯を
埋める／補牙；☆短文（たんぶん）で余
白（よはく）を埋める／用短文補空白；
③添（水），兌；☆酒に水を埋める／往酒
裏兌水；☆熱いから水をうめて下さい／
太熱（愛）請兌點兒涼水；図うむ（下二）◎

うもう【羽毛】（名）羽毛。①

うもれぎ【埋れ木】（名）①埋沒在地下（
或水中）的木頭；陰沉木；②埋沒（的境
遇）；☆一生を埋れ木に終る／埋沒一
生；◇埋れ木に花が咲く／枯樹開花，時
來運轉。◎

うも・れる【埋れる】（自下一）埋（＝う

ずもれる）；図うもる（下二）。◯

うやうやし・い【恭しい】（形）恭（恭）
敬（敬）的，很有禮貌的；☆恭しい態度
／恭敬的態度；☆恭しく一礼する／恭恭
敬敬的行禮；図うやうやし（形シク）；
〜げ（形動ダ）；☆恭しげに見える／看
起來很有禮貌〜さ（名）。5

*うやまい【敬い】（名）〔うやまう〕的名詞
形。◯3

*うやま・う【敬う】（他五）敬，尊敬；☆
師を敬う／尊師；☆彼は学生に非常に敬
われている／他很受學生尊敬。3

うやむや【有耶無耶】（形動ダ）曖昧，含
糊，糊裏糊塗（＝あいまい、はっきりし
ない）；☆有耶無耶な返事（へんじ）を
する／回答得含糊不清；☆事を有耶無耶
の裏に葬（ほうむ）る／把事情隱蔽過去
（想要不了了之）。◯

うようよ（副・自サ）（許多的蟲、人等）
蠢動；☆蠅（はえ）がうようよとたかる
／蒼蠅嗡嗡地聚來；☆虫（むし）がうよ
うよしている／好多蟲子亂爬；☆広場
（ひろば）に人がうようよしている／廣場
上人山人海。1

うよきょくせつ【紆余曲折】（名・自サ）
①彎彎曲曲；☆紆余曲折した道／彎彎曲
曲的道路；②曲折，波瀾；☆紆余曲折を
経てようやく交渉がまとまった／經過了
不少曲折，談判終於達成協議。1

うよく【右翼】（名）①右翼；☆飛行機の
右翼／飛機的右翼；②右翼部隊；☆敵の
右翼を衝（つ）く／攻撃敵軍右翼；③右
派，保守派；☆極端な右翼／極右派；④
〔棒球〕右翼。1

うよく【羽翼】（名）〔文〕羽翼。1

うら─（造語）冠於他語之上表示，内心…，
心裏…；例：うらがなしい；うらはずか
しい。

うら【浦】（名）①海灣；②海濱（＝はま
べ）。2

*うら【裏】（名）①裏（面），内部（＝う
ち、なか）；☆心の裏を見透（みすか）
す／看穿内心深處；☆彼の言葉（ことば）
の裏には黙諾（もくだく）の意が読まれ
た／我看出他的話裏面有默認的意思；↔
おもて（表）；②裏（面），後邊（＝うし
ろ）；☆家の裏／房子後面；☆裏の通り／
裏胡同兒、後街；③衣裏，裏子；☆裏を
つける／掛上裏子；☆毛皮（けがわ）の裏

／皮裏子；④反面；☆裏を返せば／反過
來說；☆裏を言う／說反話話；⑤内幕，
内情；☆物事には、たいてい裏があるも
のだ／凡事大概都有隱蔽的内幕；⑥（不
見陽光的）樹的陰面；◇裏には裏がある
／内幕裏還有内幕，内情複雜；裏をかく
（行く）／將計就計；裏を返す／①重來一次
，重複；②（衣服）翻裏的作面；◇脚の
裏／脚板；紙の裏／紙的反面兒，紙背2

うらあわせ【裏合わせ】①投縁，情投意
合；☆裏合わせの夫婦／情投意合的（恩
愛）夫妻；②（兩家房子）背靠背。

うらうち【裏打】（名・他サ）①用布，
紙等在裏面）裱，貼裏子；☆紙で裏打す
る／把裏面用紙裱糊上；②掛上衣裏；③
證實，保證（＝うらづける）。4

うらうら（副）晴朗（＝うららか）；☆春
の日さしがうらうらと照（て）る／春天
的陽光晴朗地照射。1

うらおもて【裏表】（名）①表面和裏面，表
裏；☆紙の裏表／紙的表裏；☆あれとこ
れとは丁度（ちょうど）裏表の関係だ／邪
個和這個恰恰是表裏的關係；②相反；☆
シャツを裏表に着る／反穿襯衣；③（言
行）不一致；☆裏表のある人／言行不一
致；☆裏表のある人／言行不一致的人0

うらがえし【裏返し】（名・他サ）〔（うら
がえす）的名詞形〕翻裏作面；翻過來；
☆着物を裏返しして干（ほ）す／把衣裳
翻過來曬；☆写真を裏返しにして桌上
（たくじょう）におく／把像片扣着放在桌
子上；☆オーバーは二度裏返しをした／
大衣已經翻過兩次了；☆お前の着物は裏
返しになっている／你的衣服穿反了。3

うらがえ・す【裏返す】（他五）翻裏作面，
翻過來（＝ひっくりかえす）；☆裏を表
に裏返す／翻裏作面；◇手の平（ひら）
を裏返すよう／翻臉不認人，喻採取與以
前截然不同的態度）。3

うらがえ・る【裏返る】（自五）①翻過來
（＝ひっくりかえる）；☆木の葉が風に裏
返る／樹葉被風吹翻過來；②通敵，叛變，
倒戈（＝うらぎる）。

うらがき【裏書】（名・自サ）①背書，背
簽，簽證；☆手形（てがた）に裏書する
／背書票據；☆旅券（りょけん）の裏書
をする／簽證護照；②證實，證明；☆こ
の事実は彼の無能（むのう）を裏書した
ものだ／這件事實證明了他的無能；☆

報道（ほうどう）の偽（いつわり）でないことが裏書された／證實了報導不是假的；〜にん【裏書人】（名）背書人，背簽人，簽證人。◪４

うらか・く【裏かく】（自五）將計就計。

うらかた【裏方】（名）①貴夫人；②〔劇〕後臺服務員，道具人；↔おもてかた（表方）。④◪

うらがなし・い【うら悲しい】（形）（不由地感到）悲哀的，悲傷的；☆うら悲しい多枯れの景色／令人傷感的蕭瑟的多季景色；図うらがなし（形シク）；〜げ（形動ダ）；〜さ（名）。◪５

うらがれ【末枯れ】（名）〔うらがれる〕的名詞形。◪

うらが・れる【うら枯れる・末枯れる】（自下一）枝葉尖梢枯凋；図うらがる（下二）。◪

うらがわ【裏側】裏面，内側。◪

うらぎり【裏切り】（名・自サ）〔うらぎる〕的名詞形）叛變，通敵，倒戈；〜もの【裏切り者】（名）叛變者，通敵者，叛徒，倒戈者；☆味方から裏切り者が出た／從自己人裏面出了叛徒。◪４

うらぎ・る【裏切る】（自五）①通敵，叛變，倒戈；☆彼は我々を裏切った／他背叛了我們；②違背，辜負；☆彼は私の期待（きたい）を裏切った／他辜負了我的期待；☆信頼を裏切らなかった／他沒有辜負信任；☆予想は裏切られた／預想落空了◪

うらぐ・ち【裏口】（名）①後門，便門；☆裏口から出る／從後門出去；↔おもてぐち（表口）；②〔轉〕偷偷摸摸；〜えいぎょう【裏口営業】（名）〔商〕（表面休息）偷偷摸摸營業，秘密營業。◪

うらごえ【裏声】（名）①（故意做出的）假聲；②低於三弦的歌聲。◪３

うらさく【裏作】（名）〔農〕（主要作物收割後的）複種作物↔おもてさく（表作）。◪

うらさびし・い【うら寂しい・心淋しい】（形）（不由地）心寞寂寞的；☆うら寂しい気持になる／感覺寂寞，図うらさびし（形シク）。◪◪

うらじ【裏地】（名）作衣裏的料子；☆ナイロンの裏地／尼龍的衣裏。◪

うらづけ【裏付け】（名）證據，根據，保證；☆起訴（きそ）の裏付けとなる証拠／作為起訴根據的證據；☆事實の裏付け

のない議論／沒有事實根據的議論；☆理論の裏付けがない／沒有理論的根據◪４

うらづ・ける【裏付（附）ける】（他下一）①掛上衣裏；②證實；（從旁）支援，保證；☆事實が彼の言葉を裏付ける／事實證實了他的話；図うらづく（下二）。◪

うらて【裏手】（名）後面；☆家の裏手の山／房後的山；☆裏手から出て行く／從後門出去。◪◪

うらどおり【裏通り】（名）後面的小巷，背胡同。◪

うらない【占い】（名）〔（うらなう）的名詞形〕占卦，算命；卜者。◪

うらな・う【占う】（他五）占，占卦，算命；☆吉凶（きっきょう）を占う／卜吉凶◪

うらながや【裏長屋】（名）陋巷的房屋，背胡同裏的大雜院。◪

うらなり【末成り・末生り】（名）①在蔓梢兒上結的瓜果）；☆末成りのかぼちゃは味が悪い／梢兒上結的南瓜不好吃；↔もとなり（本性）；②臉色蒼白沒有精神的人；◇末成りの瓢箪／面色蒼白而瘦弱的人。◪

ウラニューム【uranium】→ウラン。◪

うらはずかし・い【うら恥かしい】（形）内心覺着害羞的；図うらはづかし（形シク）。◪

うらはら【裏腹】（形動ダ）①背和腹；表和裏；②相反（＝あべこべ）；☆彼は口と心が裏腹だ／他心口不一致；☆事實は予想とすっかり裏腹になった／事實和預想完全相反了。

うらぶ・れる（自下一）落魄，沒落；☆うらぶれた姿／落魄的樣子；☆財産（ざいさん）をなくしてうらぶれる／把財産弄光而落魄。◪４

うらぼん（え）【盂蘭盆（会）】（名）〔佛〕盂蘭盆（會）（＝ぼん）。◪◪

うらまち【裏町】（名）小巷，背胡同，陋巷◪◪

うらみ【恨・怨】（名）〔（うらむ）的名詞形〕恨，怨；☆怨を持つ／懷恨；☆怨を言う／抱怨；☆恨を晴らす／雪恨；☆怨を買う／招怨，得罪；☆恨を飲む／飲恨；◇怨骨髄に徹する／恨之入骨；怨に報（むく）ゆるに徳を以てする／以德報怨；〜がお【怨顔】（名）怨色；〜ごと【恨言，怨言】（名）怨言；〜じに【恨死，怨死】（名・自サ）抱恨而死；〜っこ【恨・（怨）っこ】（名）互相埋

怨；☆お互に怨っこなしにしよう／咱們不要互相埋怨吧；～つらみ【恨（怨）みつらみ】（名）深恨。[3]

うらみ【憾み】（名）〔文〕①缺點，缺陷；☆その措置は片手落（かたておち）の憾みがある／這種處置有不夠全面(不公允)的缺點；②遺憾，憾事；☆今度の事件は我々の深く憾みとするとろである／對於這次事件，我們深感遺憾。[3]

うらみち【裏道】（名）①通後門的道；②間道，抄道（＝ぬけみち）；☆裏道伝いに行く／順着抄道足走。[2][0]

うらみぶか・い【恨み深い】（形）痛恨的[5]

*うら・む【怨む・恨む】（他五）怨，恨，埋怨，抱怨，懷恨；☆敵を恨む／恨敵人；☆彼は君に誠意がないと言って怨んでいる／他埋怨你沒有誠意；☆怨まないで下さい／請不要恨（抱怨）我。[2]

うらめし・い【恨・怨しい】（形）可恨的；抱怨的；☆それを思うと怨しくなる／一想起來就覺得可恨；☆自分のふがいなさが恨めしい／痛恨自己無能（不爭氣）；因うらめし（形シク）；～げ（形動ダ）；☆うらめしげに人の顔を見る／用抱怨的神情看旁人的臉；～さ（名）[4]

うらもん【裏門】（名）後門；↔おもてもん（表門）。[0]

うらや【裏屋】（名）＝うらだな。[0]

うらやま【裏山】（名）（房後或村後的）山，後山。[0]

*うらやまし・い【羨ましい】（形）（令人）羨慕的；嫉妬的；☆実に羨ましいね／太令人羨慕了！☆羨ましいと思わない／並不羨慕；～が・る（他五）羨慕；嫉妬；☆人を羨しがらせる／（故意）使人羨慕，賣弄；～げ（形動ダ）；☆うらやむ【羨む】（他五）羨慕；忌妬；☆人の幸福を羨む／羨慕（忌妬）別人幸福；☆人から羨まれる／被人羨慕。[3]

うらやみ【羨み】（名）〔うらやむ〕的名詞形；～がお【羨み顔】（名）羨慕的神色。[4][0]

*うらや・む【羨む】（他五）羨慕；忌妬；☆人の幸福を羨む／羨慕（忌妬）別人幸福；☆人から羨まれる／被人羨慕。[3]

*うらら【麗】（形動ナリ）〔文〕＝うららか；～か【麗か】（形動ダ）晴朗；☆麗かな春の日／晴朗的春天；☆麗かな日和（ひより）／晴朗的天氣；～さ（名）[2][0]

ウラルアルタイごぞく【Ural-Altai語族】（名）烏拉爾阿爾泰語族（包括芬蘭語、土耳其語、蒙古語等）。[0]

うらわか・い【うら若い】（形）①（草木）嫩的，嫩綠的；②年輕的；☆うら若い女性／年輕的女性；因うらわかし（形ク）[4]

ウラン【德Uran，U】（名）〔理〕鈾（＝ウラニウム）；～こう【Uran鉱】（名）〔鑛〕鈾鑛。[1]

うり【瓜】（名）〔植〕瓜；◇瓜の蔓（つる）に茄子（なすび）はならぬ／瓜蔓上結不出茄子，烏鴉生不出鳳凰來；瓜二つ／長得一模一樣；☆あの姉妹は瓜二つだ／那姉妹倆長得一模一樣。[1]

うり【売り】（名）〔（うる）的名詞形〕賣，銷售☆売りに出す／出賣；☆売りに出ている／正在（市場）上賣着。[0]

うりあげ【売上げ】（名）〔（うりあげる）的名詞形〕①賣完；②賣項，賣貨款；☆一日の売上げ／一天的賣款；～ちょう【売上げ帳】（名）銷貨帳。[0]

うりあ・げる【売り上げる】（他下一）①賣完（＝うりつくす）；☆夕方にはすっかり売り上げてしまう／到傍晚全部賣完；②賣得；☆今日は五千円売り上げた／今天賣了五千元；因うりあぐ（下二）[4]

うりあまし【売剰し】（名）賣剩（的貨）[0]

うりある・く【売り歩く】（他五）走着賣，串街叫賣；☆鼠取りを売り歩く／串街賣捕鼠器。[4]

うりいえ【売家】（名）出售的房子。[0]

うりいそ・ぐ【売急ぐ】（自五）着急賣，急售；☆売り急ぐ必要はない／不必着急賣。[4]

うりおしみ【売惜しみ】（名・他サ）〔經〕〔（うりおしむ）的名詞形〕（因爲看漲）捨不得賣，惜賣，不肯賣；☆売惜しみをして売る時期を失う／因不肯賣而失掉出售的機會。[0]

うりおし・む【売り惜しむ】（他五）捨不得賣，惜賣；☆終戦後の食糧難時代に缶詰（かんづめ）を売り惜しむ／在戰後糧食困難時期惜售罐頭。[4]

うりオペレーション【売operation】（名）（爲縮緊銀根，國家銀行）向市場拋售公債等；↔買オペレーション。[5]

うりかい【売買】（名・他サ）買賣，買賣；☆株を売り買いする／買賣股票，作股票生意[2]

うりかけ【売り掛】（名・他サ）賒賣；欠帳；☆売り掛を催促する／催索欠帳；～かんじょう【売り掛勘定】（名）（按主顧的）賒賣帳戶；～きん【売り掛金】（名）

賒賣貨款。[0]

うりかた【売り方】（名）①賣法，賣的手段；②賣方，賣者。[0]

うりき【売り気】（名）〔商〕賣風（出售的趨勢）↔かいき（買気）。[0]

うりき・る【売り切る】Ⅰ（自下二）〔文〕→うりきれる；Ⅱ（他五）賣完，售罄[3]

うりきれ【売り切れ】（名）賣完，☆本日売り切れ／今天已經售完；☆もう売り切れになった／已經賣完了。[0]

うりき・れる【売り切れる】（自下一）賣完；☆新年号は十二月末に売り切れた／新年號已在十二月底售完；☆売り切れない内に増刷（ぞうさつ）しよう／趁着還沒有賣完增加印數吧；因うりきる（下二）[4]

うりぐい【売食い】（名・自サ）（因貧困等）賣着吃；☆失業のために売食いする者はない／沒有因爲失業而賣着吃的[0]

うりくち【売口】（名）銷路（＝はんろ）[0]

うりこ【売子】（名）①店員，售貨員；②女售貨員。[0]

うりごえ【売声】（名）叫賣聲。[3][0]

うりことば【売り言葉】（名）挑釁性的話，找碴兒的話；↔かいことば（買言葉）；◇売言葉に買言葉／你有來言我有去語；☆売言葉に買言葉で喧嘩になった／（兩人）你一言我一語地打起架來了。[3]

うりこみ【売込み】（名）〔（うりこむ）的名詞形〕銷銷，推銷；☆売込みをやる／推銷。[0]

うりこ・む【売り込む】（他五）①銷銷，推銷；☆この頃は大分売り込んだ／近來推銷了不少；②出賣（他人的秘密或消息）；☆新聞種（だね）を売り込む／出賣消息（給報館）；⑧出名，著名；☆親切で売り込んだ店／以服務好而著名的商店[0]

うりさき【売り先】（名）主顧；銷路（＝うりくち）。[0]

うりさげ【売下げ】（名）政府向民間出售。[0]

うりざねがお【瓜実顔】（名）瓜子兒臉[4][0]

うりさばき【売り捌き】（名）〔（うりさばく）的名詞形〕出售，推銷；☆売り捌きを急ぐ／急於出售；～にん【売り捌人】（名）銷售人；☆一手（いって）売り捌人／包銷人。[0]

うりさば・く【売り捌く】（他五）出售，推銷；☆廉価で売り捌く／廉價推銷。[4]

うりしぶ・る【売り渋る】（他五）惜售，捨不得賣。[4]

うりだか【売高】（名）賣項，賣錢額[0][3]

うりだし【売出し】（名・他サ）〔（うりだす）的名詞形〕①開始賣；☆建設公債の売出し／發行建設公債；②大減價，大賤賣；☆歳暮売出し／年終大減價；⑧剛剛出名；☆売出しの作家／剛剛出名的作家，紅起來的作家。[0]

うりだ・す【売り出す】（他五）①開始賣；☆この辞書は来月一日までに売り出すことになろう／這本辭典在下月一號以前開始出售；②出名，剛剛出名；☆彼はこの作（さく）で売り出した／他由於這部作品出了名；☆売り出したばかりの作家／剛剛出名的作家。[3]

うりたた・く【売り叩く】（他五）廉價出售，拋售，甩賣。[4]

うりつく・す【売り尽くす】（他サ）賣光，售完。[4]

うりつ・ける【売り付ける】（他下一）硬賣，強賣；☆彼はそれを私に高く売り付けた／他把它以高價賣給我了；因うりつく（下二）。[4]

うりて【売手】（名）賣主，賣方；☆売手が多いと品物が安くなる／賣主多，東西就落價；↔かいて（買手）。[0]

うりとば・す【売り飛ばす】（他五）（一狠心）賣掉；☆大急ぎで家財一切を売り飛ばす／趕緊把全部家當賣掉；☆二束三文（にそくさんもん）に売り飛ばす／一文不值半文地賣掉。[4]

うりぬし【売主】（名）賣主，賣方（＝うりて）。[0]

うりね【売値】（名）賣價；↔かいね（買値）。[0]

うりば【売場】（名）①出售處；售品處；☆切符の売場／售票處；②應該賣的好機會。[0]

うりはら・う【売払う】（他五）賣掉；☆一切を売り払う／全部賣掉。[4]

うりもの【売物】（名）①售品，賣的東西；☆売物に出す／出賣；☆この家は売物だ／這所房子是賣的；②幌子，招牌；☆彼は親切を物にする男だ／他是個拿親切作幌子的人；～ちょう【売物帳】（名）售品帳，賣貨流水眼。[0]

うりや【売家】（名）出賣的房子。[0]

うりょう【雨量】（名）〔天〕雨量；～けい【雨量計】（名）雨量計。[1]

*うる【得る】I（他下二）（え・え・うる・うる・うれ・えよ）〔える〕的文語形；☆大いに得る所がある／收穫很大；☆少しも得る所がない／毫無所得（收穫）；II（補動下二型）〔接動詞連用形下〕能…；☆行き得る／能去；☆学び得る／能學；☆有り得る／可能有；☆実行し得る計画／能够實行的計劃。①

*う・る【売る】I（自下二）〔文〕→うれる；II（他五）①賣，售；☆物を売る／賣東西；☆高く売る／貴賣；②出（名）；☆名を売る／出名；☆男を売る／露臉；③出賣；☆友を売る／出賣朋友；☆国を売る／賣國；④挑釁，找碴兒；☆それは売られた喧嘩だった／那是由於對方挑釁而打起來的架。⓪

うるう【閏】（名）閏；～づき【閏月】（名）閏月；～どし【閏年】（名）閏年 ②

うるおい【潤い】（名）〔（うるおう）的名詞形〕①潤澤，濕潤；☆潤いを帯（お）びた空気／濕潤的空氣；☆潤いのある目／水汪汪的眼睛；②補益；☆内職の収入が大分家庭の潤いになる／副業收入於家庭不無小補；③風趣，風韻；☆潤いのある生活／有風趣的生活；☆彼の文には潤いがある／他的文章有風趣；☆潤いがない／枯燥無味。③ ⓪

*うるお・う【潤う】（自四）①濕，潤；☆雨で草木（くさき）が潤う／草木因下雨濕潤；②（因…而有）補益；獲利；☆臨時の収入でふところが潤う／因為有臨時收入手頭兒寬綽；☆商売が潤う／買賣獲利；③受惠，沾光；☆恩沢に潤う／受恩惠。③

うるお・す【潤す】（他五）①潤，弄濕（＝しめらす，ぬらす）；☆喉（のど）を潤す／潤嗓子；☆涙に袖を潤す／袖子被淚沾濕；②使受惠，使沾光；☆工業で国を潤す／靠工業來富國。③

**うるさ・い【五月蠅い・煩い】（形）①麻煩的，討厭的，囉嗦的（＝わずらわしい，めんどうだ）；☆蠅がうるさい／蠅子討厭；☆うるさく質問する／問得令人討厭；☆吵（喧嘩）得慌（＝やかましい）；☆電車の音がうるさくて眠れない／電車聲討厭睡不着；☆あの子のうるさいったらない／沒有像那個孩子那麼鬧人（討厭的）；因うるさし（形ク）；～がる（自五）討厭，厭煩；☆彼は非常にそれをう

るさがった／他很討厭那件事；☆くどいのでみんなにうるさがられている／因爲太累叨所以大家都厭煩；～げ（形動ダ）☆うるさげに手を振（ふ）って拒絶する／很不耐煩地擺手拒絶；～さ（名）③

うるさがた【うるさ型】（名）好挑毛病的人，吹毛求疵的人。⓪

うるし【漆】（名）①〔植〕漆樹；②漆；☆漆を塗る／塗漆；～かぶれ【漆瘡】（名）漆瘡（因受漆毒而生皮膚病）；～ざいく【漆細工】（名）塗漆細工；～ぬり【塗漆り】（名）①塗漆；②漆器；③漆工；～まけ【漆負】（名）＝うるしかぶれ。⓪

うるち【粳】（名）〔植〕粳（沒有黏性的稻穀）；↔もちごめ。⓪

ウルトラ【英・接頭ultra】（造語）超，極端的；～モダン【ultra modern】（名）超摩登；～モンタニズム【ultramontanism】（名）教皇至上主義；↔ガリカニズム。

うるみ【潤み】（名）①不透明；溫潤，濕潤；☆潤みのある玉（ぎょく）／色澤溫潤的玉；②渾濁的酒；～しゅ【潤朱】（名）帶黑色的紅漆器；～わん【潤碗】（名）黑紅色的漆碗。③

うる・む【潤む】（自五）①發暗，不透明；濕潤；☆潤んだ色／發暗的色；☆潤んだ眼／淚汪汪的眼睛；②發嗚咽聲；☆声を潤ませて悲しい話をする／嗚嗚咽咽地訴苦；③（碰・打後）瘀血；☆打傷（うちきず）が潤んで痣（あざ）になった／打（撞）傷瘀血，形成紫瘀。②

うるわし・い【麗しい】（形）①美麗的；漂亮的；☆麗しい声／美妙的聲音；☆麗しい友情／令人羨慕的友情，崇高的友情；②晴朗的；爽朗的；☆麗しい天気／晴朗的天氣；③可愛的（＝あいらしい）；☆子供たちが無心に遊ぶ麗しい情景／孩子們天真地玩玩着的可愛的光景；因うるはし（形シク）；～げ（形動ダ）；～さ（名）。④

うれ【売れ】（名）賣；銷路（＝うれゆき）；☆売れがよい（わるい）／銷路好（壞）；☆売れのよい（わるい）品／（不）好賣的貨。⓪

うれい【憂（愁）い】（名）＝うれえ；☆憂いを帯（お）びた顔／面帶愁容；～ごと【憂事・愁事】（名）憂愁。②

う

うれ・う【憂う】（自・他下二）〔文〕＝うれえる；☆…は憂うべきことである／…是值得憂慮的。②

うれえ【憂（愁）え】（名）①憂，愁，憂慮，掛慮；☆憂えなく／無憂無慮；☆…の憂えがある／有…之虞；②悲哀，悲歡，苦惱；⑨沮喪；☆～がお【憂顔】（名）愁臉，愁容。③◎

うれ・える【憂える】（自・他下一）〔文〕①悲歡；憂愁；憂慮，擔心；☆心に憂える／心中憂慮；☆戦争（せんそう）の爆発を憂える／擔心戰爭爆發；☆憂えるに足らないことだ／不足掛慮的事情；②病患；☆ながく胃病を憂えていた／長期患著胃病；因うれふ（下二）。③

うれくち【売れ口】（名）①銷路（＝うれゆき）；☆売れ口がある（ない、おそい）／有銷路（沒有銷路，銷得慢）；☆売れ口を搜（さが）す／找銷路；②出路，找到工作的機會；☆あの学校の卒業生は売れ口がいい／那個學校的畢業生很容易找到工作；⑧〔轉〕（女人的）結婚機會；☆あの顔では売れ口はあるまい／那樣長相（容貌）怕不容易找到對象。◎

うれさき【売先】（名）＝うれくち。◎

うれし・い【嬉しい】（形）高興的，歡喜的（＝よろこばしい、たのしい、こころよい）；☆嬉しい日／高興的日子；☆嬉しくてたまらない／高興得不得了；因うれし（形シク）；～が・る（自五）；～げ（形動ダ）；☆嬉しげに見える／看著很高興似的；～さ（名）；☆あまりの嬉しさに言葉も出なかった／由於太高興連話都說不出來了。③

うれしがらせ【嬉しがらせ】（名）〔（うれしがらせる）的名詞形〕使人歡喜（高興）奉承，逢迎；☆嬉しがらせはよせ／別唸喜歡兒啦，別奉承啦。◎

うれしがら・せる【嬉しがらせる】（他下一）使人歡喜（高興）；奉承；☆あんまり嬉しがらせるなよ／別盡說好聽的啦。⑥

うれしなき【嬉し泣き】（名）喜極而泣；☆嬉し泣きに泣く／高興得哭起來。◎⑤

うれしなみだ【嬉し涙】（名）高興得落淚，感極而泣；☆嬉し涙を流す／高興得落淚。④

うれだか【売れ高】（名）銷數；賣項。◎

うれだ・す【売れ出す】（自五）①暢銷起來，銷路漸廣；☆やっとこの頃（ごろ）売れ出して来た／近來剛剛打開了銷路；②〔轉〕名聲漸高，出名；☆近頃彼も売れ出して来た／近來他也出名了。③

うれっこ【売れっ子】（名）紅人，紅角；有名氣的人（＝はやりっこ）；☆一流の売れっ子になる／成爲頭等的紅人兒；☆彼は文壇の売れっ子だ／他是文藝界的紅人兒。◎

うれのこり【売れ残り】（名）〔（うれのこる）的名詞形〕①賣剩下的（東西）；剩貨；☆売れ残りの品を安く売る／賤賣剩貨；②〔俗〕嫁不出去（的女人）；☆あの娘は売れ残りだ／那個姑娘是個老也找不著對象的。◎

うれのこ・る【売れ残る】（自五）①賣剩下；☆きず物が売れ残った／有瑕疵的貨賣剩下了②〔俗〕嫁不出去／不美人なので売れ残っている／因爲不漂亮找不著對象④

うれゆき【売れ行き】（名）行銷，銷售；☆売れ行きがよい（早い）／銷路好（銷得快）；☆売れ行きのよい（わるい）本／暢銷（滯銷）的書；☆売れ行きが思わしくない／銷得不大好。◎

う・れる【売れる】（自下一）①好賣；暢銷；☆一番売れる本／最暢銷的書；☆あの店はよく売れる／那家舖子買賣好；②出名，知名；☆彼は昔は役者として名が売れたものだった／他從前是個出名的演員；☆彼は作家（さっか）として名が売れている／他以作家聞名；因うる（下二）◎

う・れる【熟れる】（自下一）熟，成熟（＝みのる、じゅくす）；☆熟れると甘（あま）くなる／成熟了就甜；☆桃もおいおい熟れる／桃子快熟了；☆よく熟れた杏（あんず）／熟透了的杏子。②

うろ【迂路】〔文〕迂迴之路；繞道（＝まわりみち）；☆迂路を行く／走彎路。①

うろうろ（副・自サ）彷徨，徘徊，打轉轉；☆門前にうろうろしているのは誰だ／在門口走來走去的是誰呀？☆あちらへうろうろ、こちらへうろうろする／到那裏轉一轉，到這裏轉一轉。①

うろおぼえ【うろ覚え】（名・自サ）模糊的記憶，記不清；☆うろ覚えに覚えている／模模糊糊地記得。③◎

うろこ【鱗】（名）①〔動〕鱗；☆鱗のある（ない）／有（沒）鱗的；☆魚の鱗を落す／刮下魚鱗；②鱗形，三角形；⑧頭皮，浮皮（＝ふけ）。◎①

うろた・える【狼狽える】（自下一）慌張，驚惶；☆少しもうろたえない／毫不驚慌；☆うろたえて逃げる／倉皇逃走 ◎ ④

うろつ・く【彷徨く】（自五）彷徨，徘徊，打轉轉；☆この夜中にどこをうろついていたんだ／這樣深更半夜，你在那兒打轉轉來着☆怪しい男が家の前をうろつく／形跡可疑的人在門前走來走去。◎

うろん【胡乱】（形動ダ）可疑（＝うたがわしい、いぶかしい）；☆あいつは胡乱な奴だ／他是個可疑的傢伙；☆胡乱に思う／猜疑，懷疑；〜もの【胡乱者】（名）形跡可疑的人。◎

うわあご【上顎】（名）上顎。◎

うわえ【上絵】（名）①（在染布時留下的白地上）添繪的花樣；②磁器表面上的畫；〜かき【上絵書】（名）添繪花樣（的人）。◎

うわがき【上書】（名・他サ）寫在（信件、書籍、盒子等）上面（的字、住址姓名、題字）；☆手紙（てがみ）の上書をする／在信封上寫上收信人名和住址。◎

うわがみ【上紙】（名）①包裝紙；②封面紙。◎

うわかわ【上皮】（名）①表皮；②外罩；包紙外皮。◎

うわき【浮気】（名・自サ・形動ダ）輕浮，輕佻，沒定性；見異思遷，愛情不專一，水性楊花；☆浮気で何にでも手を出す／心情浮躁，什麼都搞；☆彼は浮気な男だ／他是個愛情不專一（亂搞男女關係）的人；☆彼女は決して浮気（を）しない／她絕不亂搞男女關係；〜もの【浮気者】（名）愛情不專一的人，亂搞男女關係的人，水性楊花的人。◎

*うわぎ【上着・上衣】（名）外衣；上衣，褂子。◎

うわぐすり【上薬・釉薬】（名）釉子；☆釉薬をかける（ぬる）／上釉子。③◎

うわくちびる【上唇】（名）上唇。④

うわごと【譫言・囈語】（名）①夢話，夢囈；胡話；☆熱に浮かされて譫言を言う／燒得說胡話；②胡說八道（＝でたらめ）；☆譫言を言うな／別胡說八道。◎

*うわさ【噂】（名・他サ）傳說，風聲；☆噂が立っている／有風聲；正傳說着；☆根も葉もない噂／毫無根據的謠傳；☆噂を立てる／散布傳言；☆噂に聞けば（よれば）…／風聞…；傳聞…；☆…の噂

を耳にする／聽人傳說（談論）…；②談論，唸叨；☆何時も君の噂ばかりしている／（我們）常常唸叨你；◇噂をすれば影がさす／說曹操曹操就到；〜ばなし【噂話】（名）傳言，市井傳說，街談巷議。◎

うわすべり【上滑り】（名・自サ）①表面光滑；②只知皮毛（而不徹底了解）（＝うわずんべり）；☆うわすべりの知識（解釈）／膚淺的知識（解釋）；③輕薄，輕浮。③

うわずみ【上澄】（名）液體上面澄清的部分（＝うわしる）；☆上澄を取る／抄取澄清部分。◎

うわず・る【上擦る】（自五）①表面光滑；②顯得輕薄；③（聲音）尖銳；☆上擦った声／尖銳的聲音。③

うわぜい【上背】（名）身長，個子；☆上背のある力士／個子高的力士。◎

うわちょうし【上調子】（名・形動ダ）①＝うわじょうし；②（言語，動作）輕浮，不穩重；☆上調子な（の）青年／不穩重的青年；③〔經〕行市看漲。③

うわつ・く（自五）輕浮，不沉着；☆うわついた気持を捨（す）てる／去掉不沉着的心情。◎

うわっちょうし【上っ調子】→うわちょうし。④

うわ（っ）つら【上（っ）面】（名）表面，外面；☆事の上面だけを見る／只看事情的表面；☆上面の理解では役に立たない／膚淺的理解是不中用的。◎

うわっぱり【上っ張】（名）（為防止衣服沾汚而穿在外面的）罩衣，套褂；☆上っ張を着る／穿上罩衫。◎

うわづみ【上積】（名）裝在上面（的東西）；☆上積にしないと壊（こわ）れやすい／不裝在上面容易損壞；↔したづみ。◎

うわて【上手】（名）①上頭，上邊；☆上手の方へ登って行く／登上上邊兒去；②上風（方面）；☆上手の方へ火をつける／在上風那兒點起火來；③上游；☆上手の方から物が流れて来た／從上游沖下來東西了；④高明，優越；☆彼の方が君（きみ）より一枚（いちまい）上手だ／他比你高一籌；⑤高壓的態度，威脅的態度；☆相手（あいて）が弱いと見ると急に上手に出る／一看對對方軟弱立場就拿出

來高壓的態度。◎

うわぬり【上塗り】（名・他サ）①（把牆）鏝光，抹平，抹最後一層灰泥，☆壁に上塗りをする／把牆抹上最後一遍灰泥；②〔轉〕更加一層（壞的方面）／損の上塗りをする／更加一層損失；☆それこそ恥（はじ）の上塗りだ／那恰是又一番可恥出醜。◎

うわのそら【上の空】（名）①上空；②心不在焉，心神不定；☆上の空で聞いているから分らないのだ／因為不注意聽，所以不懂；☆上の空の顔つきでいる／心不在焉的様子。④

うわばき【上履】（名）室内鞋，拖鞋（＝うわぐつ）；↔したばき。◎

うわばみ【蟒】（名）①〔動〕蚺蛇；②酒豪 ◎

うわばリ【上張り・上貼り】（名・他サ）①罩衣（＝うわっぱり）；②（在牆頭、頂棚、隔扇上）糊最後一層；↔したばり。◎

うわべ【上辺】（名）表面，外表，外觀；☆上辺を飾る／修飾外表；☆あれは上辺ばかりの親切（しんせつ）だ／那只是表面的親切；☆人は上辺だけでは分らない／人不能光看外表。◎

うわまえ【上前】（名）①（衣服的）大襟，外襟；☆上前を合わせる／合上大襟；②別人應得的一部分；◇上前をはねる／（藉經手、買賣等機會）抽頭，揩油；☆彼は工員（こういん）の上前をはねることによって生きている／他靠揩工人的油過日子。◎

*うわまわ・る【上回る・上廻る】（自五）超過，超出；☆産額は一千万トンを遙（はる）かに上回っている／産量遠遠超過了一千萬噸；↔したまわる。④

うわむき【上向き】（名）①向上，朝上，仰；☆上向きの鼻／（鼻孔）朝上的鼻子；上向きになる／朝上，仰着；②〔經〕（行市）看漲；☆物価は上向きだ／物價看漲。◎

うわめ【上目】①（臉稍低下）向上翻弄眼珠；☆上目に人を見る／向上翻弄眼珠看人；☆上目を使う／向上翻弄眼珠（瞧）；↔しため（下目）；②超過；③（帶皮稱的）毛重；〜づかい【上目遣い】（名）（臉稍低下）向上翻弄眼珠（的神色）。◎

うわやく【上役】（名）上級，上司；☆彼は私の上役だ／他是我的上級。◎

うわ・る【植わる】（自五）栽（＝うえられる）；栽活；☆庭に桃が植わっている／庭裏栽着桃樹；☆これでは植わらない／這様是栽不活的。

*うん【運】（名）運，運命，運氣，時運，幸運；☆運がよい（わるい）／運氣好（壞）；☆運が向く（向かない）／走運（背運）；☆運を試（ため）す／碰碰運氣；☆彼の運が尽きた／他運走盡了，他要倒霉了；◇運のつき／運氣已盡，（活該）倒霉了。①

*うん（感）①（用於回答）是；☆うんと返事をする／回答一聲是；☆うんとうなずく／點頭稱是；②（表示同意）；☆うん、承知した／好，曉得了；☆うん、わかった／好，明白了；③（表示想起某事）；☆うん確かに買ってやると言った／是的（不錯）曾經說過給你買的；④呻吟聲；☆うんと唸（うな）る／呻吟，哼哼；☆うんと言って倒れた／哼了一聲就倒下去了；⑤（用力聲）唉；☆うんと力（りき）んで持ち上げる／唉地一聲用力舉起；◇うんともすんとも言わない／一聲不響，不加可否。①

うんうん（感）「うん」的重疊語；☆痛くてうんうん言っている／疼得直哼哼；☆うんうんと返事する／答應說是是。①

うんえい【運営】（名・他サ）運用，經營；☆事業を運営する／經營事業。◎

うんか【浮塵子】（名）〔動〕浮塵子（稻的害蟲）。①

うんが【運河】（名）運河；☆運河を開鑿（かいさく）する／開鑿運河；☆パナマ運河／巴拿馬運河。①

うんかい【雲海】（名）雲海；☆雲海を見おろす／（登上高山）往下看如海的雲彩。①◎

うんきゅう【運休】（名）〔「運転休止」之略〕（交通工具）停開。◎

うんこ（名）（「うん」為用力的聲音，「こ」為接尾語）〔兒〕大便；☆うんこがしたい／要拉屎。①

うんこう【運行】（名・自サ）①開動；☆列車の運行が止まった／列車停開了；②（天體）運行；☆遊星はその軌道を運行する／行星沿它的軌道運行。◎

うんこう【運航】（名・自サ）（船）航行；☆太平洋を運航する／在太平洋航行。◎

うんざり（副・自サ）膩，厭膩，厭煩（興味）索然；☆考えただけでうんざりする／一想起就膩（够）了；☆この雨の中を帰るのかと思うとうんざりする／一想要冒着這樣（大）雨回去就煩了；☆長ったらしい話で人をうんざりさせる／廢話連篇使人厭膩。③

うんしだい【運次第】（名・連語）憑運氣；☆成功するか否かは運次第だとは言えない／不能説成功與否是憑運氣的。③

うんしゅうみかん【温州蜜柑】（名）〔植〕温州密柑（日本橘子的代表種）。⑤

うんじょう【雲上】（名）①雲上，②禁中，宮中；〜びと【雲上人】（名）殿上人⓪

うんじょう【醞醸】（名・他サ）醞醸。⓪

うんしん【運針】（名）〔縫紉〕用針法；〜ぬい【運針縫】（名）學習縫紉。⓪

うんすい【雲水】（名）①雲和水；②雲遊僧（＝あんぎゃそう）。①

うんせい【運勢】（名）運，運命，運氣；☆運勢がよい（わるい）／運氣好（壊）；☆彼の運勢は下り抜だ／他運氣衰落了①

*うんそう【運送】（名・他サ）運輸，運搬；☆トラックで運送する／用卡車運；〜ぎょう【運送業】（名）運輸業；〜じょう【運送状】（名）發貨單；〜ちん【運送賃】（名）運費；〜や【運送屋】（名）運輸商，轉運棧。

うんだめし【運試し】（名・自サ）試試運氣，碰碰運氣；☆運試しにやってみる／碰碰運氣試試看。③

うんちく【蘊蓄】（名）〔文〕蘊蓄，造詣，學識；☆蘊蓄のある人／學識淵博的人；☆動物学における蘊蓄／關於動物學的淵博知識（造詣）；◇蘊蓄を傾ける／拿出全部學識。⓪

*うんちん【運賃】（名）運費；〜ひょう【運賃表】（名）運費表，票價表；〜まえばらい【運賃前払】（名）予付運費。①

うんでい【雲泥】（名）〔文〕雲泥，霄壤；◇雲泥の差／霄壤之別；雲泥万里（ばんり）（俗読うんでんばんでん）／天淵之別⓪

*うんてん【運転】（名・他サ）①運轉，開動；☆機械（きかい）の運転を始める／開動機器；☆自動車（じどうしゃ）を運転する／開汽車；②運用，利用，週轉；☆資金を巧（たく）みに運転する／靈活運用（週轉）資金；〜し【運転士】（名）（輪船的）駕駛員，大副；〜しきん【運転資金】（名）運轉資金；↔せつびしきん（設備資金）；〜しほん【運転資本】（名）流動資本；↔せつびしほん（設備資本）；〜しゅ【運転手】（名）（電車、汽車等的）司機。⓪

うんと（副）①多（＝おおく、たくさんに）；☆鋼がうんとある／有的是鋼，鋼多得很；☆うんと食べる／多多地吃，②用力，使勁兒；☆うんと働く／努力幹；☆うんと引っ張る／使勁拉（曳）；☆うんと殴る／狠狠地揍；③大大地，遠遠地（＝おおいに、はるかに）；☆こっちの方がうんといい／這個（比那個）好得多。⓪①

*うんどう【運動】（名・自サ）①（物體的）運動；☆運動の法則／運動的規律；②（身體的）運動；☆運動不足（うんどうぶそく）のために痩せる／由於運動不足而消痩；☆運動に出かける／出去運動；☆適当（てきとう）に運動（を）する／適当地運動；☆水泳（すいえい）はよい運動だ／游泳是很好的運動；③（政治、社會性的）運動；☆自省自覚の運動を起す／展開自覺運動；☆いくら運動しても駄目だ／怎樣奔走（活動）也不成；〜かい【運動会】（名）運動會；〜きょうぎ【運動競技】（名）體育比賽；〜ぐつ【運動靴】（名）運動鞋；〜じょう【運動場】（名）運動場，體育場；〜ひ【運動費】（名）運動費，活動費。⓪

うんともすんとも（連話）〔下接否定語〕；☆うんともすんとも言わない／一聲不響，不加可否。①─①

うんぬん【云云】（名・他サ）〔文〕云云，等等；☆近頃月世界への旅行は可能云云の説がある／近來傳説月球旅行很有可能等等；☆それについて云云する必要はない／關於那件事不必提了。⓪

*うんぱん【運搬】（名・他サ）運輸，搬運；☆トラックで運搬する／用卡車搬運；〜ぎょう【運搬業】（名）運搬業。⓪

うんぴつ【運筆】（名）運筆，筆法。⓪

うんまかせ【運任せ】（名）憑運氣；☆運任せにぶつかってみる／憑運氣碰一碰看③

*うんめい【運命】（名）運命，命運；〜ろん【運命論】（名）〔哲〕宿命論。①

うんも【雲母】（名）〔礦〕雲母；〜へんがん【雲母片岩】（名）〔礦〕雲母片岩。①

う

うんゆ【運輸】（名）運輸，輸送；〜きかん【運輸機関】（名）運輸機關；〜しょう【運輸省】（名）交通部。①

うんよう【運用】（名・他サ）運用，活用；〜じゅつ【運用術】（名）①運用法；②船舶駕駛術。0

え①五十音圖「あ」行第四音，母音之一；
發音爲 e；②五十音圖「や」行第四音，
舊時發音爲 ye；⑧〔字源〕平假名是「
衣」字的草體，片假名是「江」字的右旁。

え（ゑ・エ）①五十音圖「わ」行第四音，
舊時發音爲 we；現在發音爲 e；②〔字
源〕平假名「ゑ」是「惠」字的草體，片
假名「エ」是「慧」字的簡體。

－え【会】（造語）（主要表示佛教上的）
聚會；☆追悼会（ついとうえ）/追悼會。

－え【重】（造語）重，層；☆ひとえ（一
重）/單層；☆やえ（八重）/雙層，多
層；☆いくえ（幾重）/好幾層。

え【江】（名）①灣（＝いりえ）；☆そこは
江になっている/那兒是海灣；②〔古〕
川，海。①

え【枝】（名）〔文〕樹枝（＝えだ）；☆
松が枝/松枝。

*え【柄】（名）柄，欛；☆傘の柄/傘柄；
☆柄をすげる/安欛；◇柄の無い所に柄
をすげる/分明無理硬說有理。⓪

え【餌】（名）①餌，餌食（＝えさ）；☆
鶏に餌をやる/餵鶏；☆餌を漁（あさ）
る/找食吃；☆釣針に餌をつける/把魚
餌放在釣鈎上；②〔轉〕誘餌，誘惑物，
香餌；☆金を餌にして騙す/以金錢作爲
誘餌來欺騙。①

*え【絵】（名）圖畫；☆絵を書く/畫圖畫；
◇絵に書いたよう/如畫。①

えⅠ（感）①（表示，答應，應允）唉，嗯，
是；☆え、かしこまりました/唉，知道
了（遵命）；②（表示多疑，反問）啊？
怎麼？☆え、お金を落したって/怎麼，
把錢弄丟了？Ⅱ（感助）〔女〕表示親密
而輕微的疑問；☆なんだえ/什麼？①

え（へ）（格助）向，往，上；①指示動作
的方向；☆南京へ行く/上南京去；☆北
へ走る/向北跑；②指示某種動作的歸着
點；☆紙へ書く/往紙上寫，寫在紙上；
☆箱へ詰（つ）める/往盒（箱）子裏裝；
⑧表示事情發生的情況；☆起きたところ
へ客が来た/剛一起來就來了客人；④表
示動作，作用的對方；☆財産を国へ献げ
る/把財產獻給國家；☆友人へ頼（たの）

む/託朋友。

エア【air】（名）空氣，空中；～コンプ
レッサー【air compressor】（名）空
氣壓縮機；～ポート【air port】（英）空
港，飛機場；～ポケット【air pocket】
（名）〔航〕空中陷阱；～メール【air
mail】（名）航空信件。①

エアコン【air conditioner】（名）室內
空氣調節器。⓪

エアログラム【aerogram(me)】（名）郵
簡。④

えい【曳】（感）①（用力時所發的聲）唉；
☆えいと斬りつける/唉的一聲砍上去；
②（表示強的感動）嘿呀；☆えいしくじ
った/嗳呀，壞了（糟了）。

えい【英】（名）①〔地〕←イギリス；②
花，花房；～べい【英米】（名）英美①

えい【営】（名）兵營。

えいい【栄位】（名）榮譽地位；☆栄位に
上る/登顯位。①

えいい【鋭意】（名）〔文〕銳意，專心；
☆鋭意平和を図る/銳意爭取和平。①

えいい【営為】（名）〔文〕經營。

えいえい【曳曳】（感）（「曳」是假借字）
（用力時所發的聲）①唉呀唉！；☆曳曳
と力を入れて引く/唉呀唉地用力拉；②
（多數人的）喊聲；⑧笑聲。

えいえい【営営】（副・形動タルト）孜孜
不倦，忙忙碌碌；☆営々と働く/孜孜不
倦地工作。⓪③

*えいえん【永遠】（名・形動ダ）永遠，永
久（＝とこしえ）；☆永遠の平和/永久
和平。⓪

えいか【英貨】（名）英國貨幣；☆英貨十
ポンド/英幣十磅。①

えいか【詠歌】（名）〔文〕①（詠）歌，
（吟）詩；②〔佛〕進香歌（＝ごえい
か）。①

えいが【栄華】（名）榮華；☆栄華の夢/
榮華富貴的夢。①

*えいが【映画】（名）電影；☆映画を見に行
く/看電影去；☆ワイドスクリーンの映
画/寬銀幕電影；～かん【映画館】（名）
電影院；～はいゆう【映画俳優】（名）

電影演員。①⓪

えいかく【鋭角】（名）〔數〕鋭角；↔ど
んかく（鈍角）；☆…と鋭角をなす／與
…構成鋭角；～さんかっけい【鋭角三角
形】（名）〔數〕鋭角三角形。⓪

えいがものがたり【榮華物語】（名）〔文〕
榮華物語（以藤原道長的榮華爲主體的編
年體歴史故事）。⑥

えいかん【栄冠】（名）榮冠，榮譽；☆勝
利の栄冠を戴く（得る）／戴勝利的榮冠
，獲得勝利的榮譽。⓪

えいき【英気】（名）〔文〕英氣，才氣；
☆英気のもち主（ぬし）／有才氣的人①

えいき【鋭気】（名）〔文〕鋭氣，朝氣；
☆鋭気あふれる若者（わかもの）たち／
朝氣蓬勃的青年們。①

*えいきゅう【永久】（名）永久，遠遠；～
こうさい【永久公債】（名）〔經〕永久
公債（只付利息永不還本的公債）；～し
【永久歯】（名）〔解〕恒歯（乳歯脱落
後所生之歯）；～ちゅうりつこく【永久
中立国】（名）永久中立國；～に【永久
に】（副）永久；☆永久に持つ／永久耐
用（的）。⓪

*えいきょう【影響】（名・自サ）影響；☆
悪い影響を及ぼす（あたえる）／給予不
良影響；☆影響するところが大きい／影
響很大。⓪

*えいぎょう【営業】（名・自サ）營業，經
商；☆九時まで営業する／營業到九點
鐘；☆営業が振わない／生意蕭條；～く
みあい【営業組合】（名）同業公會；～
しょとく【営業所得】（名）〔經〕營業
収入；～ぜい【営業税】（名）營業税；
～ねんど【営業年度】（名）〔經〕營業年
度；ほうこく【営業報告】（名）〔經〕營
業報告。⓪

えいけつ【英傑】（名）〔文〕英傑；☆一
代の英傑／一世之雄。⓪

えいけつ【永訣】（名・自サ）〔文〕永訣
，永別；死別。⓪

えいこ【栄枯】（名）〔文〕榮枯，盛衰；
☆栄枯盛衰の跡をとどめている／留存着
榮枯盛衰的遺跡。⓪

*えいご【英語】（名）英語；☆英語で話す
／用英語說；☆英語を話す／說英語。⓪

えいこう【栄光】（名）〔文〕光榮，☆勝
利の栄光／勝利的光榮。⓪

えいごう【永劫】（名）〔文〕永劫；永久，

永遠；☆未来永劫の別れ／永久的離別⓪

えいさ（感）（推物重物時所發的聲）咳嗨；
☆そら，推すぞ，えいさ，こらさ／喂！
推呀，咳嗨唷，唿嗨唷。

えいさい【英才・穎才】（名）〔文〕英才；
☆英才を教育する／教育英才。⓪

えいさっさ（感）（抬轎子急走或多數人推
東西時所發的聲）咳嗨唷。

えいし【英姿】（名）〔文〕英姿；☆さっ
そうたる英姿／瀟灑的英姿。①

えいじ【英字】（名）英國文字；英文；～
しんぶん【英字新聞】（名）英文報。⓪

えいじ【嬰児】（名）嬰兒，嬰孩（＝ちの
みご，あかんぼう）。⓪

えいしき【英式】（名）英式，英國方式⓪

えいしゃ【映写】（名）放映（影片）；～
き【映写機】（名）〔機〕電影放映機；
～まく【映写幕】（名）銀幕。⓪

えいしゃ【営舎】（名）〔軍〕營舍，兵營；
☆営舎に帰る／歸營。①

えいじゅ【永寿】（名）〔文〕長壽。

えいじゅう【永住】（名・自サ）久居，長
住；落戶；☆永住の地として東京を選（
えら）ぶ／選擇東京爲久居之地；☆南米
に永住する／在南美落戶。⓪

えいしゅつ【映出】（名・他サ）放演（電
影）。

えいしゅつ【詠出】（名・他サ）〔文〕吟
詠（詩歌）。

えいしゅん【英俊】（名）〔文〕英俊。⓪

えいしょ【英書】（名）英文書；☆彼は英
書を沢山（たくさん）読んでいる／他讀
了很多英文書。⓪

えいしょ【営所】（名）〔軍〕兵營，營房⓪

えいしょう【詠唱】Ⅰ（名）〔樂〕咏嘆調
（＝アリア）；Ⅱ（他サ）詠唱；☆讃美
歌を詠唱する／唱讃美歌。⓪

えいしょう【詠誦】（名）〔文〕吟詠詩歌
；唱詩，詠詩。⓪

えいじょく【栄辱】（名）〔文〕榮辱；☆
一身の栄辱など念頭に置かぬ／一身榮辱
置諸度外。⓪

えい・じる【映じる】（自上一）→えいず
る；因えいず（サ）。⓪

えい・じる【詠じる】（他上一）←えいず
る；因えいず（サ）。⓪③

えいしん【栄進】（名・自サ）榮昇，☆少
佐（しょうさ）に栄進した／榮昇為少校
えいじん【鋭双】（名）〔文〕利刃。

え

えい・ずる【映ずる】（自サ）①映，映照；☆月が水に映ずる／月映在水中；②留下印象；☆東京は君の目にはどう映じたか／你對東京的印象如何?図えいず（サ）[0][3]

えい・ずる【詠ずる】（他サ）詠，吟詠；☆感想を歌に詠ずる／把感想詠成詩歌；図えいず（サ）。[0]

えいせい【永世】（名）永久；～ちゅうりつこく【永世中立国】（名）〔法〕永久中立國。[0]

えいせい【衛星】（名）〔天〕衛星；～こく【衛星国】（名）衛星國；～とし【衛星都市】（名）衛星都市。[0]

*えいせい【衛生】（名）衛生；☆衛生に害がある／有礙衛生；☆衛生を守る／講衛生；～か【衛生家】（名）衛生家，講衛生的人；～がく【衛生学】（名）衛生學；～ぎょうせい【衛生行政】（名）〔政〕衛生行政；～けんきゅうじょ【衛生研究所】（名）衛生研究所；～しけんじょ【衛生試験所】（名）衛生試験所。[0]

えいぜん【営繕】（名）修繕，修理；～ひ【営繕費】（名）修繕費。[0]

えいぞう【映像】（名）①〔理〕映像，影像；②印象；☆記憶に残っている映像／留在記憶裏的印象。[0]

えいぞう【影像】（名）〔文〕畫像；肖像[0]

えいぞう【営造】（名・他サ）營造，建築；☆倉庫を営造する／建築倉庫；～ぶつ【営造物】（名）〔法〕①建築物；②公共建築物。[0]

えいぞく【永続】（名・自サ）永存，持久；☆インフレによる繁栄は永続しない／靠通貨膨脹的繁榮不能持久。[0]

えいたい【永代】（名）永世，永久；～しゃくちけん【永代借地権】（名）〔法〕永久租地權。[0]

えいたつ【栄達】（名・自サ）發跡，顕達；☆一身の栄達を犠牲にする／犠牲個人的前途。[0]

えいたん【詠嘆】（名・自サ）〔文〕詠嘆，讚嘆；～ほう【詠嘆法】（名）〔修辭〕詠嘆法。[0]

えいだん【英断】（名）英断，果断；☆断を欠く／不够果断；☆君の英断に俟（ま）つ／有待於你的當機立断。[0]

えいだん【営団】（名）←けいえいざいだん（経営財団）。[0]

えいち【英知・叡智】（名）叡智；☆叡智に満ちた表現／充滿叡智的表現。[1]

えいちゅう【営中】（名）兵營中，營内[1][0]

えいてつ【英哲】〔文〕（名）→えいしゅん（英俊）。[0]

えいてん【栄転】（名・自サ）榮陞，榮遷；☆彼は文部大臣に栄転した／他榮陞爲教育部長了。

エイト【eight】（名）①八；②八人划的賽艇。[1]

えいトン【英トン・英噸】（名）英噸，大噸，長噸（＝1,016公斤）[0]

えいにん【栄任】（名）〔文〕光榮任務。

えいねん【永年】（名）長年；☆永年の交誼／老交情。[0]

えいのう【営農】（名・自サ）經營農業，務農。[0]

えいはつ【映発】（名・自サ）〔文〕映現；☆紅葉が湖水に映発する／紅葉映現在湖水裏。[0]

*えいびん【鋭敏】（名）敏鋭；靈敏；☆感覚の鋭敏な人／感覺敏鋭的人；☆耳（みみ）が鋭敏である／耳朶敏鋭。[0]

えいぶん【英文】（名）英文；☆英文を和訳する／英譯日；～がく【英文学】（名）英國文學；～てん【英文典】（名）英文法。[0]

えいへい【衛兵】（名）衛兵，警衛兵，警備兵；☆衛兵を置く／佈置衛兵。[0]

えいへい【鋭兵】（名）〔文〕①銳利的兵器；②精兵，勁旅。

えいべつ【永別】（名・自サ）〔文〕永別；☆永別を告げる／宣告永別。[0]

えいみん【永眠】（名・自サ）永眠，長眠[0]

えいめい【英名】（名）〔文〕英名；☆その英名天下に轟（とどろ）く／其英名震天下。[0]

えいめい【英明】（名・形動ダ）英明；☆英明な措置（そち）／英明的措施。[0]

えいや（感）唉（用力聲）；☆えいやと投げつける／唉地一聲扔上去；～おう（感）唉喲（用力時的吆喝聲）；～ごえ【えいや声】（名）「唉喲」的吆喝聲。[1]

えいやっとⅠ（感）唉嘿（用力聲）；Ⅱ（副）①多多地（＝どっさり，たくさん）；②用盡力量；好容易（＝かろうじて）[1]

えいやく【英訳】（名）譯成英文；☆和文英訳／日文英譯，日譯英；☆トルストイの物を英訳で読む／看託爾斯泰作品的英譯本。[0]

えいやらや（感）唉呀嘿呀（用力聲）。

えいゆう【英雄】（名）英雄；～すうはい【英雄崇拜】（名）崇拜英雄。◎

えいよ【栄誉】（名）榮譽，名譽（＝ほまれ）；☆彼は栄誉を一身に集めた／他光榮極了。①

えいよう【営養・栄養】（名）〔生〕營養，滋養；☆営養に富む／富於營養；～か【栄養価】（名）營養價值；～しっちょう【栄養失調】（名）〔醫〕營養失調；～しょく【栄養食】（名）營養品；有營養的食物；～しょうがい【栄養障碍】〔醫〕消化不良；～そ【栄養素】（名）〔生〕營養素；～ぶつ【栄養物】（名）營養品；～ふりょう【栄養不良】（名）營養不足。◎

えいらく【栄落】（名）〔文〕榮華與零落，榮枯。

えいらくやき【永楽焼】（名）（江戸時代的）仿永樂磁。◎

えいリ【絵入り】（名）有插畫，帶圖；☆絵入り新聞／有插畫的報紙。◎③

えいリ【栄利】（名）〔文〕名利；☆栄利（の念）に淡い／淡於名利。①

えいリ【鋭利】（形動ダ）鋭利；尖鋭（＝するどい）；☆彼の筆鋒はすこぶる鋭利である／他的筆鋒很尖鋭；☆鋭利な武器／鋭利的武器。①

えいリ【営利】（名）營利，謀利；☆営利を度外視して／拋棄營利觀點；～がいしゃ【営利会社】（名）營利公司；～こうい【営利行為】（名）〔法〕營利行為①

えいリ【贏利】（名）賺錢，獲利（＝もうけ）。

えいりょう【英領】（名）英國領土，英屬。◎

えいりん【営林】（名）森林管理。◎

えいわ【英和】（名）①英國與日本；②英語與日語；☆英和対訳／英日對譯；英日互譯；～じてん【英和辞典】（名）英日辭典。①

えいん【会陰】（名）〔解〕會陰（＝ありのとわたり）；～はれつ【会陰破裂】（名）〔醫〕會陰破裂（產婦分娩時的裂傷）。①

ええ（感）①（表示驚訝或悲傷）；☆ええ、そうかい／啊！是麼？②（表示答應）好吧；☆ええ、間違（まちが）いなく行きます／好吧，我一定去；③（表示不耐煩）

好啦；☆ええ、どうとも勝手（かって）にしろ／好啦！隨你便(你愛怎樣就怎樣)吧！④（想不起下句話時所發的聲）嗯；☆柿と栗を、ええ、それから梨／柿子和栗子，嗯，還有梨。①◎

エー【A,a】（名）①英語第一字母；②最好的；☆A級品／頭等貨。①

エー・エフ・ピー【A. F. P】（Agence France Presse之略）法國新聞社（簡稱「法新社」）。⑤

エー・エム【a.m】（拉ante meridiem之略）（名）午前。◎

エーカー【acre】（名）英畝（英國的地積單位＝4,047平方公尺）。①

エークラス【A class】（名）第一級；頭等；☆エークラスの品／頭等貨。③

エージェンシー【agency】（名）代理店①

エージェント【agent】（名）代理人。①

エース【ace】（名）①（撲克牌、骰子的）一，么；②最上，最高，第一流（＝ぴかいち）；③第一次世界大戰時擊落三架以上敵機的飛機駕駛員。①

ええっ（感）①（表示驚愕，多用於反問）啊；☆ええっ、なんだって／啊！說什麼？☆ええっ、それは大変だ／啊！那可不得了；②（表示激烈感動）唉呀；☆ええっ、この馬鹿者め／唉呀，這個渾東西！

エー・ディー【A.D.】（Anno Domini之略）（名）公元；☆A.D.1957／公元1957年；↔ビー・シー（B.C.）。③

エーテル【ether】（名）①〔理〕以太；②〔化〕醚，乙醚。①◎

ええと（感）（思考時所發的聲）啊；嗯；☆ええと、どこへ行こうかね／嗯，上那兒去（好）呢？

エーばん【A判】（名）〔印〕A 開版（日本印刷用紙的標準規格，以 59.4×84.1cm 的全紙爲 A1，其對開爲 A2，四開爲 A3，八開爲A4…以下類推）。◎

エー・ピー【A.P.】（Associated Press of America之略）（名）美國聯合通信社（簡稱美聯社）。③

エービーシー【ABC】（名）（英語的頭三個字母）初步，入門（＝いろは）；☆野球のABC／棒球入門。⑤

エープリル【April】（名）四月；～フール【April fool】（名）萬愚節（四月一日）；萬愚節被揶揄的人。

エールだいがく【Yale 大学】（名）（美國）耶魯大學。

えおうぎ【絵扇】（名）帶畫的扇子。[2]

えがお【笑顔】（名）笑臉；笑容；☆笑顔で迎える／笑臉相迎；☆（無理に）笑顔を作る／故作笑容。[1][0]

えかき【絵描】（名）畫家，畫匠；☆あの人は絵描だ／他是個畫家。[3]

*えが・く【画く・描く】（他五）①畫；描繪；☆山水を画く／畫山水；②描寫；☆田園風景（でんえんふうけい）を描く／描寫田園風景。[2]

えがた・い【得難い】（形）難得的，貴重的；☆そういう人は中中得難い／那樣人實在難得；囡えがたし（形ク）。[3]

エカフェ【ECAFE】（Economic Commission for Asia and Far East 之略）（名）（聯合國經濟社會理事會內的）遠東經濟委員會。[2]

えがら【絵柄】（名）圖樣，構圖；☆絵柄がよい／圖樣新穎。[0][1]

えがらっぽい【蘞辛っぽい】（形）＝えがらい。[5]

えき【役】（名）〔文〕①徭役；②戰役；☆西南の役／〔史〕西南戰役。[1]

えき【易】（名）①易經；②易，算卦；☆易を見る／算卦。[1]

えき【疫】（名）疫，瘟疫（＝えきびょう）。

*えき【益】（名・他サ）①有益，有用（＝ためになる）；☆世の益にならぬ人物／對社會沒有好處的人；②利益，好處（＝もうけ）；☆益の多い仕事／利益多的工作；③効驗（＝ききめ）；☆何の益もない治療／一點也不見效的治療。[0][1]

*えき【液】（名）液，汁液；液體；☆液（汁）を榨（しぼ）る／榨汁。[1]

*えき【駅】（名）①驛，站；☆次の駅はどこですか／下站是那兒？②火車站；☆東京駅／東京站。[1]

えきいん【駅員】（名）站務員。[2]

えきうり【駅売】（名・自他サ）在車站內售貨（的人員）；〜べんとう【駅売弁当】（名）車站上賣給旅客的盒飯（＝えきべん）。[2][0]

えきか【液化】（名・自他サ）〔理〕液化；☆液化し易い／容易液化的；☆空気を液化する／液化空氣。[0]

えきが【腋芽】（名）〔植〕腋芽；↔ちょうが（頂芽）。[2][0]

えきがく【易学】（名）周易之學，占卜之學。[0]

えきぎゅう【役牛】（名）役牛，耕牛。[0]

えききょう【易経】（名）易經，周易[0][2]

エキジビション【exhibition】（名）展覽會；〜ゲーム【exhibition game】（名）公開競賽，模範比賽。[4]

えきしゃ【易者】（名）算卦者，卜者◇易者身の上知らず／算卦的不知自己的禍福[0]

えきしゅう【腋臭】（名）腋臭，狐臭（＝わきが）。[0]

えきじゅう【液汁】（名）〔文〕汁，液（＝しる，つゆ）；☆果実の液汁／果汁[0]

エキス（名）（extract 之略）①（藥或食物的）提取物，浸出物，精；☆人参のエキス／人參精；②精華；☆学問のエキスを集めた百科辞典／滙集了學術精華的百科辭典。[1]

エキスクラメーションマーク→エクスクラメーションマーク。

エキストラ【extra】（名）①額外的人（物）；②臨時演員；③臨時增刊，號外[2]

エキスパート【expert】（名）專家，內行，行家。[4]

えき・する【益する】（他サ）有益，裨益；☆世を益する／對社會有益；☆何の益する所もない／毫無裨益。[3]

エキゾースト【exhaust】（名）排氣；〜パイプ【exhaust pipe】（名）排氣管[3]

エキゾチ（シ）ズム【exoticism】（名）異國情調，異國趣味，外國樣式。[5]

エキゾチック【exotic】（形動ダ）異國情調的，異國趣味的，國外樣式的；☆横浜（よこはま）のエキゾチックな風景／橫濱的外國風味的樣子。[4]

*えきたい【液体】（名）〔理〕液體，流體；〜くうき【液体空気】（名）〔理〕液體空氣。[0]

えきたい【液態】（名）液體狀態。[0]

えきちく【役畜】（名）〔農〕役畜，耕畜；☆驢馬（ろば）も役畜の一種だ／驢也是役畜的一種。[0]

えきちゅう【益虫】（名）〔農〕益蟲；↔がいちゅう（害虫）。[0]

えきちょう【駅長】（名）〔鐵〕站長；〜しつ【駅長室】（名）站長室。[0]

えきちょう【益鳥】（名）〔農〕益鳥；☆燕（つばめ）は益鳥だ／燕子是益鳥；↔がいちょう（害鳥）。[0]

えきでん【駅伝】(名)①(古時的)驛馬；驛站馬車；②長距離接力賽跑；～きょうそう【駅伝競走】(名)長距離接力賽跑。⓪

えきとう【駅頭】(名)車站；☆駅頭に出迎える/到車站去迎接。⓪

えきびょう【疫病】(名)疫病,傳染病②

えきべん【液便】(名)〔醫〕(腹瀉時的)液狀大便。⓪

えきべん【駅弁】(名)車站上賣的飯盒⓪

えきゆう【益友】(名)〔文〕益友；☆益友を選(えら)ぶ/選擇益友。⓪

えきり【疫痢】(名)〔醫〕痢疾,疫痢。①⓪

エクサイティング【exciting】(形動ダ)使興奮的,刺激性的,動人的。③

エクサイト【英・動excite】(名・自他サ)令人興奮,刺激。③

エクザンプル【example】(名)舉例,模範,例題。③

エクジビジョン【exhibition】(名)＝エキジビジョン。④

エクスクラメーションマーク【exclamation mark】(名)感嘆號「！」①⓪

エクスタシー【ecstasy、extasy】(名)心醉神迷,狂喜,極端興奮。④

エクスチェンジ【exchange】(名)交換；兌換,滙兌,兌換率；交換所(＝エキスチェンジ)。④

エクストラ→エキストラ②

エクスパート→エキスパート④

エクセプション【exception】(名)例外,餘外。

えくぼ【靨】(名)笑窩,酒窩；☆靨のある顔/有酒窩的臉；◇惚(ほ)れた目には痘痕(あばた)も靨/情人眼裏出西施。①

えグラフ【絵graph】(名)(用圖畫表明數字的)圖表。②

*えぐ・る【抉る・剔る】(他五)①挖,剜；☆刀で剔る/用刀子剜；②(喩)(用諷刺話)挖苦；☆人の肺腑を抉る様なことを言う/說刺人肺腑的話。②

エクレール【法èclair】(名)表面帶巧克力的一種奶油點心。③

えげつな・い(形)①下流的,討厭的；☆えげつない事を言うな/別說下流話；②寡情的,薄情的；☆えげつない男/薄情的男人。④

えこ【依怙】(名)偏向,偏袒,偏愛；☆

依怙の沙汰(さた)/＝えこひいき；～ひいき【依怙晶屓】(名・他サ)偏向,偏袒；☆依怙晶屓のない/公平的；☆片一方に依怙晶屓する/偏袒一方。①

エゴ【拉ego】(名)自我,自己。①

エゴイスト【egoist】(名)利己主義者,自私自利的人。③

エゴイズム【egoism】(名)利己主義,利己心。③

えこう【回向】(名・他サ)〔佛〕①回向；②(爲死者)祈冥福。①

エコー【echo】(名)①回聲,反響(＝こだま)；②〔希臘神話〕山林女神。①

エコール【法ècole】(名)流派,宗派②

えごころ【絵心】(名)繪畫才幹,繪畫欣賞力；☆絵心がある/有繪畫才幹。②

えこじ【依怙地】(形動ダ)(不聽勸而)固執,剛愎,彆扭,意氣用事(＝かたいじ)；☆僕が止せと言ったら彼は依怙地になってやる/我不讓他幹他就偏意氣用事地幹起來。⓪

えことば【絵詞】(名)故事畫,手卷上的解說。②

エコノミー【economy】(名)經濟,節約。②

エコノミスト【economist】(名)①經濟學家；②理財家,節約的人。④

*えさ【餌】(名)①餌食；☆鶏に餌をやる/給鷄食吃,餵鷄；②(轉)誘餌；☆…を餌にする/以…爲餌；☆景品(けいひん)を餌に客を釣る/以贈品爲誘餌引誘顧客。②⓪

えし【絵師】(名)畫師,畫工,畫匠(＝えかき)。①

えじき【餌食】(名)①餌食；☆狼(おおかみ)の餌食となる/成了狼的餌食,被狼吃掉；②〔轉〕犧牲品；☆共産主義の餌食となる/成爲共産主義的犧牲品①③

えじく【絵軸】(名)(成軸的)畫。①

えしゃく【会釈】(名・自サ)點頭,行禮,打招呼；☆軽く会釈する/輕輕點頭；☆一応会釈があって然るべきだ/應該略微打個招呼才是；◇遠慮会釈もなく/毫不客氣；～がお【会釈顔】(名)笑容,和顏悅色。

えしゃじょうり【会者定離】(連語・名)〔佛〕會者定離。①-①

エス【S】(名)〔學生隱語〕①漂亮女人(取德語Schōn的第一字母)；②逃學(

取英語 escape 頭兩個字母的音）；⑨姊
妹（女學生對其女朋友的代稱，取英語
sister 的第一字母）；④吸烟（取英語
smoke 的第一字母）。①

エス→イエス。

えず【絵図】（名）①圖畫；②（房屋、庭
園等的）平面圖；☆絵図を引く／繪圖；
～ひき【絵図引】（名）繪圖（員）；
～めん【絵図面】（名）平面圖，設計
圖。①

エス・オー・エス【S.O.S.】（名）失事
信號，危險信號；☆ S.O.S.を発する／
發出失事信號。⑤

*エスカレーター【escalator】（名）電動
扶梯，升降梯。④

エスキモー【Eskimo】（名）愛斯基摩人③

えず(づ)・く【餌付く】（自五）（飼養的鳥獸）
開始吃食。②

エスケープ【escape】（名・自サ）①逃
走，逃避；②〔學生〕逃學。③

えすごろく【絵双六】（名）有圖的雙陸，
升官圖。②

エステル【德ester】（名）〔化〕酯。①

エスノロジー【Ethnology】（名）民族
學，人種學。③

エスプリ【法esprit】（名）①精神；②機
智；③精髓。④⓪

エスペランティスト【Esperantist】（名）
世界語使用者，世界語主義者。⑤

エスペラント【esperanto】（名）世界語
（＝エスご）。④

えせー【似非】（接頭）①似是而非，假冒；
☆似非笑（わらい）／假笑；☆似非学者
／似是而非的學者；假牌學者；②可笑，
下流；☆似非者／騙子，小人，廢物。

えそ【壊疽】（名）〔醫〕壞疽。

えぞ【蝦夷】（名）①蝦夷（原居北海道、
庫頁島及本島東北地方的一個民族，亦稱
「あいぬ」）；②〔地〕北海道的古稱；
～ぎく【蝦夷菊・翠菊】（名）〔植〕翠
菊（俗名江西臘）；**～し【蝦夷誌】**（名）
蝦夷志（書名，享保五年新井白石著，記
述北海道山川文物的文獻）；**～ち【蝦夷
地】**（名）〔地〕（明治維新以前）指北
海道、千島、庫頁島；**～まつ【蝦夷松】**
（名）〔植〕針樅。①

えぞうし【絵草紙】（名）①〔江戸時代〕帶
插圖的讀物；②＝くさぞうし（草双紙）；
③→にしきえ（錦絵）。②

えそらごと【絵空事】（名）荒唐無稽（之
談），脫離現實（的事），虛僞，杜撰，玄
虛。③

****えだ【枝】**（名）①〔植〕枝；②枝狀物；
③〔文〕手足。⓪

えたい【得体・為体】（名）☆得体の知
れない／離奇的；來路不明的；莫名其妙
的，不倫不類的；☆得体の知れない病気
／莫名其妙的病；☆魚だか何だか得体が
知れない／似魚非魚莫名其妙。⓪

えだうち【枝打】（名）剪掉樹枝，剪枝⓪④

えだうつり【枝移り】（名）（鳥）遷枝，
移枝。③

えだがき【枝柿】（名）①帶枝兒的柿子；
②（成串的）柿餅（＝くしがき）。②

えだきりばさみ【枝切鋏】（名）剪樹枝的
剪刀。⑤

えだこ【絵凧】（名）彩畫風箏。②

えだずみ【枝炭】（名）（茶道升火用的）
一種細炭（以杜鵑樹枝燒成）。⓪

えだにく【枝肉】（名）（猪牛等）腿上的肉⓪

えだは【枝葉】（名）①枝與葉；②〔轉〕
枝節，末節；☆議論（ぎろん）が枝葉に
わたる／議論涉及枝節問題。⓪

えだぶり【枝振】（名）樹型，枝勢；☆枝
振の良い松／樹型好看的松樹。⓪

えだまめ【枝豆】（名）毛豆，青豆。⓪

えだみち【枝道】（名）①岔道；②歧路。⓪

えたり【得たり】（連語）〔文〕好極（＝
しめた）；**～がお【得たり顔】**（名）〔
文〕得意的神色，得意洋洋（＝したりが
お）；**～がしこし【得たり賢し】**（連
語）〔文〕正合己意，正中下懷；（因正
合己意而）毫不遲疑，馬上；☆得たり賢
しと承諾する／馬上同意，欣然應允。①

エタン【德Äthan】（名）〔化〕乙烷。①

*エチケット【etiquette】（名）禮儀，禮
節，禮貌；☆エチケットを心得ている人
／懂得禮貌的人。①

えちごじし【越後獅子】（名）①獅子舞（
起源於越後地方，後流爲年節乞討者的雜
技）；②箏曲名。④

エチュード【法étude】（名）①研究；②
（繪畫等的）習作，試作；③〔樂〕練習
曲。②

エチル【德Äthyl】（名）〔化〕乙基；**～
アルコール〔德 Äthylalkohol〕**（名）〔
化〕乙醇，酒精；**～エーテル〔德 Äthyl-
alkohol〕**（名）〔化〕乙醚。①

エチレン【德 Äthylen】（名）乙烯。①

えっ（感）（表示驚異）啊？怎麼？☆えっ、時計をおとしたって？／怎麼，把錶弄手了？☆えっ、そんなことがあったのか／啊！有過那麼回事嗎？

えつ【悦】（名）喜悦；☆ひとり悦に入（い）る／心中暗喜，暗自得意。①⓪

えつ【閲】（名）〔文〕審閲（＝しらべ）；☆閲を乞う／請審閲；☆C博士閲／C博士審閲。①

えつ【謁】（名）〔文〕拜謁，謁見（＝おめみえ）；☆謁を賜（たま）う／賜謁。①

えっか【液化】（名・自他サ）液化（＝えきか）。

えっか【腋下】（名）〔解〕腋下（＝えきか）。

えつき【柄付】（名）有柄（的東西）。⓪

えっきょう【越境】（名・自サ）越（過國）境；～へい【越境兵】（名）越境兵。⓪

エックス【X】（名）①X（英文字母第二十四字）；②〔數〕未知數；③未知物；～こうせん【X 光線】（名）〔理〕X 射線（＝レントゲンせん）。①

えつけ【絵付】（名）（在陶瓷器上）畫彩畫（在上釉前畫的叫「下絵付」；在上釉後畫的叫「上絵付」）。⓪③

えっけん【越権】（名）越權；☆越権の振舞（ふるまい）／越權行爲。⓪

えっけん【謁見】（名・自サ）謁見，☆…に謁見を賜わる／承…接見，蒙…賜見⓪

えつごく【越獄】（名・自サ）越獄。

えっさ（感）嘿！（用力推重物等時所發的聲）；～さ（感）嘿呀！（擔物疾走時所發的聲）。

えっ・する【閲する】（他サ）①閱，過目；②查閱；審閱；③經過；〔文〕えっす（サ）。⓪

エッセイスト【essayist】（名）論文家，隨筆家。④

エッセー【essay】（名）①短論文；漫筆；（文藝上的）隨筆；②（有關特殊主題的）論說，論文。①

エッセンス【essence】（名）①本質；精華，精髓；②精，香精，☆レモンのエッセンス／檸檬精；☆バニラ・エッセンス／香草精。①

エッチ【H.h】（名）①英文字第八字；②（hard 之略）鉛筆硬度符號。①

えっちゅうふんどし【越中褌】（名）一種

丁字形兜襠布。⑤

えっちらおっちら（副）很吃力地，很費勁地（背運重物或走山路）☆えっちらおっちら物を運ぶ／很費勁地背運東西①-①

エッチング【etching】（名）蝕刻法，銅版術，蝕鏤術。①

えっとう【越多】（名・自サ）過多；～しきん【越多資金】（名）過多費（多季時多發的工資）。⓪

えつどく【閲読】（名・他五）閱讀；☆このくらいの書物（しょもつ）なら閲読できる／這種程度的書還能夠閱讀。⓪

えつねん【越年】（名・自サ）過年（＝としこし）；☆台北で越年する／在臺北過年；⓪

エッフェルとう【Eiffel塔】（名）巴黎鐵塔。⓪

えっぷく【悦服】（名・自サ）悦服；☆心から悦服する／心悦誠服。⓪

えっぺい【閲兵】（名・自サ）閱兵，檢閱；～しき【閲兵式】（名）〔軍〕檢閱式，閱兵典禮；☆閲兵式を行う／舉行檢閱式（閱兵典禮）。

えつぼ【餌壺】（名）（餵鳥用的）鳥食盒；☆餌壺に餌（えさ）を入れる／把鳥食放在鳥食壺裏。①

えつらく【悦楽】（名・自サ）歡樂，喜悦；☆悦楽に浸る／沉緬於歡樂之中。①

えつらん【閲覧】（名・他サ）閱覽；☆公衆の閲覧に供する／供羣衆閱覽；～しつ【閲覧室】（名）閱覽室。⓪

えつれき【閲歴】（名）閱歷，經歷，履歷（＝けいれき）；☆自分の閲歴を語（かた）る／敍述自己的經歷。⓪

えて【得手】（名・形動ダ）①得意，擅長（＝とくい）；☆文学は私の得手ではない／我不擅長文學；②〔動〕猴；◇得手に帆を揚げる／如龍飛雲，如虎添翼；～かって【得手勝手】（形動ダ）（不顧整體）任性（＝わがまま）；☆得手勝手な人／任性的人；☆得手勝手なことを言う／說專爲自己方便的話；說任性的話②①

えて【得て】（副）①很容易，任性（＝やもすれば）；☆…は得て有りがちの事だ／那是很容易發生的事；②〔文〕得☆えて近づくべからず／不得接近①⓪

エディター【editor】（名）編輯，主筆①

エデュケーション【education】（名）教育。

エデン【希伯來Eden】（名）〔歡樂之意〕〔宗〕（亞當和夏娃最初住的）伊甸園，樂園。①

えと【干支】（名）干支〔十干：甲（きのえ）、乙（きのと）、丙（ひのえ）、丁（ひのと）、戊（つちのえ）、己（つちのと）、庚（かのえ）、辛（かのと）、壬（みずのえ）、癸（みずのと）；十二支：子（ね）、丑（うし）、寅（とら）、卯（う）、辰（たつ）、巳（み）、午（うま）、未（ひつじ）、申（さる）、酉（とり）、戌（いぬ）、亥（い）〕；☆今年は彼の干支が良い／今年他的八字好，今年他走運。①

えど【江戸】（名）（東京的舊稱）；◇江戸の仇（かたき）を長崎で打つ／江戸的仇在長崎報（喻在意外的地方或不相關的問題上施行復仇）；～がろう【江戸家老】（名）〔江戸時代〕（「大名」，即諸候每隔一年到江戸參勤或在幕府值勤期間江戸藩邸的）家臣之長；↔くにがろう（國家老）；～ぎく【江戸菊】（名）〔植〕＝えぞぎく；～じだい【江戸時代】（名）〔史〕江戸時代（由德川幕府在江戸建都起直到幕府滅亡爲止的時間（1603—1867）亦稱德川時代）；～じだいぶんがく【江戸時代文學】（名）〔文〕江戸時代文學，江戸文學；～じょう【江戸城】（名）江戸城（明治以前爲德川將軍的居城，維新後改爲皇城）；～っこ【江戸児】（名）江戸人，東京人；☆生っ粹（きっすい）の江戸児／道地的東京人；～ばくふ【江戸幕府】（名）〔史〕江戸幕府，德川幕府；ふう【江戸風】（名）江戸樣式，江戸派，奢侈風習；～まえ【江戸前】（名）江戸式，江戸派；江戸前料理／江戸式的日本菜；～むらさき【江戸紫】（名）藍紫色；～ぶんがく【江戸文学】（名）江戸（時代）文學。⓪

えど【穢土】（名）〔佛〕穢土，紅塵；↔じょうど（淨土）。①

えとき【絵解き】（名・他サ）①畫意說明；②用畫圖說明；☆絵解きをして聞かせる／（對小孩）用畫圖加以解釋，圖解說明。①

えとく【会得】（名・他サ）理解，領會；☆会得しやすい／容易理解。①⓪

エナメル【enamel】（名）釉，琺瑯，搪瓷；～がわ【enamel革】（名）漆皮；～しつ【enamel質】（名）（牙齒的）琺瑯質；～ペイント【enamel paint】（名）亮漆。⓪

えならぬ（連語・連體）〔文〕說不出的，難以形容的（＝いうにいわれぬ）；☆えならぬ香気／難以形容的香氣。

えにし【縁】（名）縁（＝ゆかり、えん）；☆不思議な縁で結（むす）ばれた二人／被奇縁結合在一起的兩個人。①

エニシダ【金雀児・金雀枝】（名）〔植〕金雀兒（傳係出自荷蘭語的genista或西班牙語hiniesta）。②⓪

エヌエッチケー【N. H. K.】（Nippon Hōsō Kyōkai）（名）日本廣播協會。⑥

エネルギー【德Energie】（名）①〔理〕能，能量；②精力，氣力；◇エネルギー恒存（不滅）の法則（conservation of energy）能量守恒（不滅）定律。③

エネルギッシュ【德・形energisch】（形動ダ）有精力的，精力充沛的；☆エネルギッシュな人／精力充沛的人。②

えのぐ【絵具】（名）（繪畫用）顔料，顔色；☆絵具を塗る／塗顔料，上顔色。⓪

えのころぐさ【狗尾草】（名）〔植〕狗尾草，光明草，阿羅汗草。④

エバ【Eva】（名）→イブ。①

えば【絵羽】（名）＝えばはおり；～はおり【絵羽羽織】（名）（一種女子盛裝用的）彩花外衣；→はおり。①

エバーホワイト【ever-white】（名）高級漂白布。⑤

えばおり【絵羽織】（名）→えばはおり②③

えはがき【絵葉書】（名）一面帶圖畫或照片的明信片。②

えばけ【絵刷毛】（名）繪畫用刷子，大畫筆。①

えば・る【威張る】（自五）→いばる。②

えび【海老・蝦】（名・動）①蝦☆むきえび／蝦仁，蝦米。②えびじょうの略語☆蝦で鯛（たい）を釣る／小鉤蝦米釣鯉魚；一本萬利；～ごし【海老腰】（名）彎腰，羅鍋腰⓪

えび【葡萄】（名）→えびいろ；～いろ【葡萄色】（名）紅褐色。⓪

エピクロス【Epicurus】（名）〔哲〕伊壁鳩魯（公元前341—270，希臘時代傑出的唯物主義和無神論者）。③

エピゴーネン【德Epigonen】（名）模倣者，（思想上的）追隨者，亞流；☆彼の思想は何某（なにがし）のエピゴーネン

で独創性が全くない／他在思想上是某人的追隨者絲毫沒有獨創性。③

えびす【夷】（名）〔文〕①夷狄；②未開化人；野蠻人；②魯莽的武士；◇**夷を以て夷を制す**／以夷制夷。

えびす【恵比寿】（名）〔神〕七福財神之一；～**がお**【恵比寿顔】（名）笑容，福相；☆あの人は何時も恵比寿顔をしている／他總是笑容滿面；～**こう**【恵比寿講】＝えびすまつり；～**まつり**【恵比寿祭】（名）（十月二十日商店等的）祭財神。◎

エピソード【episode】（名）①〔樂〕插入曲，對照曲；②小故事，插曲；☆彼等の結婚にまつわる一つのエピソード／關於他們結婚的一個故事。③

えびちゃ【海老茶】（名）醬紫色；棗紅色。◎

エピック【epic】（名）敍事詩，史詩，英雄詩。②

えびね【海老根・蝦根】（名）〔植〕蝦脊蘭。①

えびら【箙】（名）箭囊，箭壺。◎

エピローグ【epilogue】（名）①〔劇〕尾聲；②結尾，收尾；↔プロローグ。③

エフ【F・f】（名）①英文字母第六字；②〔樂〕強音（＝フォルテ）；③華氏溫度記號；④照相機鏡頭的光圈數；⑤鉛筆鉛心的硬度（HB和H的中間）。

エフ・オー・ビー【F.O.B】（free on board）（名）〔商〕離岸價格；船上交貨價格；→シー・アイ・エフ（C.I.F.）⑤

えふで【絵筆】（名）畫筆（＝がひつ）；☆絵筆に親（した）しむ／常畫兒童書。①

えぶみ【絵踏】（名）腳踩基督像（江戶時代嚴禁耶穌教、因此令嫌疑犯踟踏聖母像及基督像以測驗其是否教徒）（＝ふみえ）。◎③

エプロン【apron】（名）圍裙；圍嘴；～**ステージ**【apron stage】（名）〔劇〕前舞臺（突入觀眾席的一部分舞臺）①

エベレストざん【Everest山】（名）〔地〕挨佛勒斯山（世界最高峯）

えへん（感）咳嗽聲；☆えへんと咳払（せきばら）いする／嗯哼地咳嗽一聲，清清嗓子。②

えぼし【烏帽子】（名）日本古時的一種禮帽。①

エポック【epoch】（名）新紀元，新時代；☆彼の発明は一つのエポックを画（かく）した／他的發明劃了一個新時代；～**メーキング**【epoch-making】（形動ダ）開新紀元的，劃時代的。②

エボナイト【ebonite】（名）〔化〕硬化橡皮，硬橡膠。③

エホバ【Jehovah】（名）〔宗〕耶和華①

えほん【絵本】（名）①畫本；②畫冊，畫帖；③（兒童看的）小人畫。②

えま【絵馬】（名）（獻給神社、廟宇的）繪馬扁額；☆願解（がんほど）きの絵馬／還願的繪馬扁額。①

えまき（もの）【絵巻（物）】（名）畫卷，手卷；☆絵巻を繰り広げる／打開畫卷。①

えみ【笑】（名）〔文〕笑（＝わらい）；☆笑を含む，笑を浮べる／含笑。②①

えみわ・れる【笑割れる】（自下一）（栗毬等成熟時）裂開；☆栗の毬（いが）が笑み破れる／栗毬裂開；囡えみわる（下二）。④◎

え・む【笑む】（自五）①笑，微笑（＝わらう）；☆にっこり笑む／嫣然一笑；②（花）開；☆花の笑むころおいとなる／到含苞放的時候；③（**毬果等成熟**）裂開；☆栗（くり）のいがが笑む／栗子的毬裂開。①

エム【M，m】（名）①英文字母第十三字；②（羅馬數字的）千；③〔隱語〕（money）錢；④〔隱語〕（拉membrum）陰莖；⑤〔隱語〕（menses）月經；⑥metre的略號，公尺（m）；⑦中號。①

エメラルド【emerald】（名）〔礦〕純綠寶石，祖母綠；②翠綠色；～**グリーン**〔emerald green〕（名）翠綠色（船底塗料）。③

えもいわれぬ【えも言われぬ】（連語・連體）難以形容，妙不可言；☆えも言われぬ香気（こうき）／妙不可言的香味兒；☆えもいわれぬ景色（けしき）／難以形容的景緻。①

えもじ【絵文字】（名）繪畫文字（比象形文字更幼稚的文字）。

えもの【獲物】（名）①獵獲物；掠奪物；捕獲的人犯；☆獲物は鴨（かも）十羽に雉（きじ）五羽だった／獵獲了十隻野鴨和五隻山鶏。③◎

えものがたり【絵物語】（名）繪圖的故事。④

えもん【衣紋】（名）①穿衣方法（＝きこ

なし）；②（日本衣服的）領子（特指胸前部分）；☆衣紋を繕（つくろ）う／把身上的衣服整理整齊，整襟（常指女子）；～かがみ【衣紋鏡】（名）穿衣鏡；～がき【衣紋描】（名）（畫細道兒的）畫筆；～かけ【衣紋掛】（名）衣服架；吊衣架；～ざお【衣紋竿】（名）掛衣竿；～だけ【衣紋竹】（名）掛衣竹竿；～つき【衣紋着】（名）穿衣方法。⓪

えら【鰓・腮・顋】（名）〔動〕鰓；～あな【鰓孔】（名）〔動〕鰓孔。⓪

エラー【error】（名）錯誤，過失；失誤；☆右翼手のエラー／〔棒球〕右翼球員的失誤。①

*えら・い【偉い・豪い】（形）①偉大的，卓越的，了不起的；☆偉い事業を成（な）し遂（と）げた／完成了偉大的事業；☆あの男は自分は偉い人だと思っている／他認爲自己是一個了不起的人；②属害的，凶的，很大的，激烈的；☆えらい損／很大的損失；☆えらい降りだね／（雨）下得好厲害呀；③吃力的，勞累的；☆えらい仕事／吃力的工作；☆今日は全くえらかった／今天累得不得了；④後果可慮的，後果嚴重的；☆そんな事をするとえらい目に会（あ）うぞ／做那樣事（將來）你會吃不消的；☆えらい事になった／了不得了，糟糕了！因えらし（形ク）；～さ【偉さ】（名）偉大（的程度）；☆業績によって人の偉さをはかる／根據事業判斷人的偉大；～そう【偉そう】（形動ダ）了不起的樣子；☆偉そうに構（かま）える／裝出一副了不起的樣子；☆偉そうなことを言う／誇口，說大話。②

えらが・る【豪がる】（自五）自豪，自大，覺得了不起；☆ひとりで偉がっている／妄自尊大。③

えらび【選・択】（名）選擇；～て【選び手】（名）選擇者。③

*えら・ぶ【選（択）ぶ】（他五）①選擇，挑選（＝よる）；☆好いのを選ぶ／選好的；②選拔；選（派）；☆候補者の内から選んで任命する／從候選人裏選派；③不同，差別（＝ことなる，ちがう）；…と選ぶ所がない／同…沒有區別；☆そういう言い方は無作法（ぶさほう）と選ぶところがない／這種說法等於不禮貌。②

えらぶうなぎ【永良部鰻】（名）〔動〕蛇婆（熱帶海内所產毒蛇的一種，體大而呈暗綠色，入藥）。④

えらぶつ【豪物・偉物】（名）〔俗〕偉大人物，了不起的人（＝えらもの）；☆あの男はなかなかの偉物だ／那傢伙是個很了不起的人物。⓪

*えり【襟・衿】（名）①（日本衣服的）領子；②脖頸（＝うなじ）；☆襟の毛を剃（そ）る／剃脖頸上的毛；③（西裝的）領子（＝カラー）；◇襟に付く／趨炎附勢；襟を正（ただ）す／正襟；☆襟を正して聞く／注意傾聽。②

えりあか【襟垢】（名）衣領上的油漬④⓪

えりあし【襟足】（足）（名）（脖頸的）髮際；☆襟足の美しい女／（脖頸的）髮際美麗的女子。⓪②

エリート【法 élite】（名）精英，一流人才，挑選出來的人。②

えりかざり【襟飾り】（名）①（西裝的）領帶（＝ネクタイ）；②領上的別針（＝ブローチ）；③（嵌寶石的）項鏈。③

えりがみ【襟髪】（名）項後的髮；☆襟髪を抓（つか）んで引き倒す／抓住項後的頭髮（把人）扯倒。②

えりぎらい【選り嫌い】（名・他サ）；挑剔；☆食物の選り嫌いはいけない／吃東西不應挑別。③⓪

えりくび【襟首】（名）脖頸（＝くびすじ）；☆襟首におしろいを塗る／往脖頸上搽白粉。②

えりごのみ【選り好み】（名・自サ）挑剔，挑剔揀瘦（＝えりぎらい，よりごのみ）；☆食物の選り好（ごの）みをする／吃東西挑肥揀瘦。⓪

えりしょう【襟章】（名）（軍人或學生的）領章。⓪

えりす・てる【選り捨てる】（他下一）（把壞的）挑出扔掉，淘汰；☆悪いものを選り捨てる／把壞的挑出扔掉；因えりすつ（下二）。

えりどめ【襟止】（名）領別針（＝ブローチ）。④③⓪

えりどり【選り取り】（名・他サ）〔（えりとる）的名詞形〕選，挑；☆そう選り取りされると後が困る／你那麼挑選剩下的就不好辦了。

えりと・る【選り取る】（他五）挑選。

えりぬき【選り抜き】（名）〔（えりぬく）的名詞形〕精選；選拔（＝よりぬき）；☆選り抜きの人物／選拔出來的人才。⓪

えりぬ・く【選り抜く】（他五）選拔，精選（＝よりぬく）；☆大勢（おおぜい）の中から選り抜く／從多數人裏選拔。[0]

えりまき【襟巻】（名）圍巾。[2]

エリミネーター【eliminator】（名）〔無電〕消除器，阻塞濾波器。[4]

えりもと【襟元】（名）脖子，頸（＝えりくび）；☆襟元が寒い／脖子冷；◇襟元につく／趨炎附勢。[4][0]

えりもの【彫物】（名）＝ほりもの。

えりわけ【選り分け】（名）「（えりわける）的名詞形」區別，區分，分辨；☆僕等（ぼくら）の目では、選り分けはつかない／我們的眼光可分辨不出（好歹）來[0]

えりわ・ける【選り分ける】（他下一）分辨；區別；區分；☆好い品と悪い品とを選り分ける／把好東西和壞東西區分開；囡えりわく（下二）。[0]

エル【L. l】（名）①英文字母第十二字；②羅馬數字的五十；③（literature）文學；④（lover）愛人，情人；⑤litre の略號（ℓ），公升；⑥大號，（L）。[1]

え・る（他五）彫，彫刻（＝ほる）。[1]

え・る【選る】（他五）選，擇（＝えらぶ，よる）。[1]

*え・る【得る】（他下一）①得，得到；☆利益を得る／得利；☆何の得る所もなかった／毫無所得；☆それは経験によって得た教訓だ／那是從經驗中取得的教訓；②（接於其他動詞活用形下起助動詞作用）能；可以（＝れる，られる）；☆日本語を話し得る／能說日本語；⑧（常用「…ことを得る」的語形）能，可以；☆彼に面会することを得なかった／未能和他會面；◇…せざるを得ない／不得不；☆賛成せざるを得なかった／不得不贊成；囡う（下二）。[1]

エレガント【英・形 elegant】（形動ダ）優雅的，雅致的，優美的。[1]

エレキ（名）①→エレキテル；②磁石。[1]

エレキテル【荷←electriciteit】（名）電[2]

エレクトーン【日製英語 electon】（商品名）電子琴。[0]

エレクトロ【英・接頭 elecro】（造語）電氣；～グラフ【electro-graph】（名）電位記錄器；電刻器；～ニクス（名）＝electronics（名）電子工學。

エレクトロン【electron】（名）〔理〕電子，[2][4]

エレジー【elegy】（名）哀歌，悲歌，輓歌。[1]

*エレベーター【美 elevator】（名）昇降機，電梯。[3]

エレメンタリー【英・形 elementary】（形動ダ）①初步的；②基礎的，基本的。

エレメント【element】（名）①要素；成分；②〔化〕元素。[1]

エロ（形動ダ）（←エロチック，エロチシズム）色情的、戀愛的、性慾的，情慾上的；～グロ（名）色情而醜怪的事物（＝エロとグロ）；～ぶんがく【エロ文学】（名）色情文學。

エロキューション【elocution】（名）雄辯術，演說法；說話態度，發聲法。[3]

エロス【希 Eros】（名）〔希臘神話〕愛神（相當於羅馬神話中的 cupid）②性愛；性本能；③〔哲〕（對於理想的）愛；↔アガペー。[1]

エロチシズム【eroticism】（名）情慾；極端的肉感，性愛的情緒或傾向。[4]

エロチック【英・形 erotic】（形動ダ）①戀愛的，色情的，性慾的；②刺激情慾的，肉感的；☆エロチックな動作／肉感的動作。[3]

*えん【円】（名）①圓（形）；②〔數〕圓、圓周；☆円を描（えが）く／畫圓；③（日本貨幣單位）圓（略號¥）。[1]

えん【塩】（名）①鹽（＝しお）；②〔化〕鹽類。[1]

えん【宴・讌・醼】（名）〔文〕宴，酒宴（＝さかもり）；☆宴を張（は）る／設宴。[1]

*えん【縁】（名）①關係，關聯（＝ゆかり，ちなみ）；☆私は彼とは縁がない／我和他沒有關係；☆縁が深い／關係深；☆縁もゆかりもない人／毫無關係的人，陌生人；②血緣，因緣；☆夫婦の縁を結ぶ／結成夫妻；☆兄弟の縁を切る／斷絕兄弟關係；⑧機緣；緣分；☆御縁があったらまたお目にかかりましょう／假如有緣，還能相見；☆どうぞこれを御縁に…／希望（今後）多多關照（初次會面的客套語）；縁に繋（つなが）る／（和…）有關係，有親戚；縁は異（い）なもの（味なもの）／緣分是不可思議的。[1]

えん【艶】（形動ナク）〔文〕艶，艶麗；☆百花艶を競（きそ）う／百花爭艶。[1]

えん【焔】（名）火焔〔＝ほのお、ほむ

ら）。

えんいた【縁板】（名）走廊地板。◯③

えんいん【遠因】（名）遠因、間接的原因；☆それが戦争の遠因をなしている／那是導致戦争的遠因；↔きんいん（近因）◯

えんう【煙雨】（名）〔文〕烟雨（＝きりさめ）。

えんうり【円売り】（名）〔經〕以日元換外滙。◯④

えんうん【煙雲】（名）〔文〕烟雲。◯

えんえい【遠泳】（名・自サ）遠距離游泳（賽）。◯

えんえき【演繹】（名・他サ）①演繹、推論，推定；②〔哲〕演繹；↔きのう（帰納）；～ほう【演繹法】（名）〔邏輯〕演繹法。◯

えんえん【奄奄】（形動ダルト）（氣息）奄奄；☆気息奄奄としていた／已經奄奄一息。◯③

えんえん【炎炎・燄燄】（形動タルト）熊熊；☆炎炎たる猛火／熊熊烈火。◯

えんえん【蜿蜿・蜿蜒】（形動タルト）蜿蜒；☆蜿蜒として流れる／蜿蜒而流；☆蜿蜒たる山脈／蜿蜒山脈。◯③

えんお【厭悪】（名・他サ）〔文〕厭悪①

えんおう【閻王】（名）閻王（＝えんまおう）。③

えんおう【鴛鴦】（名）〔動〕〔文〕鴛鴦（＝おしどり）。～のちぎり【鴛鴦の契り】（名）夫妻之約，比翼之盟；☆鴛鴦の契りを結ぶ／訂偕老之盟、結婚。◯

えんか【円価】（名）〔經〕日元對外幣的牌價。①

えんか【円貨】（名）〔經〕日元，日幣；☆円貨の下落／日元下跌。①

えんか【塩化】（名）〔化〕氯化；～カリ【塩化カリ】（名）〔化〕氯化鉀；～カルシューム【塩化 Calcium】（名）〔化〕氯化鈣；～ナトリューム【塩化 natrium】（名）〔化〕鹽；氯化鈉；～ぶつ【塩化物】（名）〔化〕氯化物；～マグネシューム【塩化 magnesium】（名）〔化〕氯化鎂。◯

えんか【煙霞】（名）〔文〕①烟霞；②山水的風景；☆煙霞の痼疾（こしつ）／煙霞の癖（へき）／喜遊名山大川。①

えんか【煙火】（名）①炊烟；②烽火，狼烟（＝のろし）；③燄火，火花（＝はなび）。①

えんか【燕窩】（名）燕窩（＝えんそう）。

えんか【嚥下】（名・他サ）〔文〕嚥下◯

えんかい【沿海】（名）沿海；☆沿海の都市／沿海的都市。◯

えんかい【延会】（名・自サ）延期開會，會議展期。

えんかい【宴会】（名）宴會，☆宴会を催（もよお）す／舉行宴會。◯

えんかい【遠海】（名）遠海，遠洋；↔きんかい（近海）；～ぎょぎょう【遠海漁業】（名）遠洋漁業。◯

えんがい【掩蓋】（名）覆蓋（物），遮蔽（物）。◯

えんがい【塩害】（名）（海岸耕地）受海水浸漬之害。◯

えんがい【煙害】（名）〔文〕烟害（受礦山工廠的烟或火山噴烟的災害）；☆煙害で山林が枯れる／因受烟害山林枯槁◯

えんかく【沿革】（名）沿革，變遷（＝うつりかわり）。◯

えんかく【遠隔】（名・形動ダ）〔文〕遠隔；☆遠隔の地／遙遠地方。◯

えんかし【艶歌師・演歌師】（名）（由明治中期到昭和初期盛行的）在街賣奏小提琴唱流行歌的賣歌集者；街頭賣唱者。③

えんかつ【円滑】（形動ダ）圓滑，圓滿；☆事を円滑に運（はこ）ばせる／使事情圓滑地進行；☆二人の仲は円滑にいかない／兩個人的關係不太圓滿。◯

えんがわ【縁側】（名）（簷下的）廊子；走廊；☆縁側に出て夕涼（ゆうすず）みをする／到廊子下乘晚涼。◯

えんかわせ【円為替】（名）〔經〕日元外滙（日元與外國貨幣的比價）。③

えんがん【沿岸】（名）沿岸；～ぎょぎょう【沿岸漁業】（名）沿岸漁業。◯

えんがん【遠眼】（名）～えんしがん（遠視眼）；↔きんがん（近眼）

えんかんぎょ【塩乾魚】（名）鹽醃乾魚③

えんき【延期】（名・他サ）延期，展期；☆会議を延期する／延期開會。◯

えんぎ【演技】（名・自サ）（演員的）演技，表演；☆すぐれた演技を示す／表示出優秀的演技。◯

えんぎ【縁起】（名）①〔佛〕緣起；起源，由來；☆このお宮の縁起は誰も知るまい／這個廟的由來誰都不會知道；②吉凶之兆；☆縁起が良い（悪い）吉利（不吉利）；～なおし【縁起直し】（名）冤災，

え

驅除不吉；☆緣起直しに一杯飲もう／爲了驅除不吉喝一盅吧；〜でもない【緣起でもない】（連語）不吉之兆，不吉利；☆朝っぱらから緣起でもない／大淸早起來就不吉利；〜もの【緣起物】（名）①吉祥物；②賣給拜廟者的東西。⓪

えんきゅう【円球】（名）圓球。⓪

えんきょく【婉曲】（形動ダ）婉轉，委婉；☆婉曲な言葉／委婉的話；☆婉曲に斷る／委婉地拒絕。⓪

えんきょり【遠距離】（名）遠距離（＝ちょうきょり）。③

えんきり【緣切り】（名・自サ）斷絕關係（主要指夫妻關係）；☆緣切りして独（ひとり）で暮す／離婚後獨居。④

えんきん【遠近】（名）遠近；☆路の遠近を問わず／不問道路的遠近。⓪

えんぐみ【緣組】（名・自サ）①結親，作親（結夫婦、養子、養女的關係）；②結婚，婚姻；③過繼（養子）。④③

えんぐん【援軍】（名）①援軍，救兵；☆援軍を乞う／請救兵；②〔轉〕幫忙的人，支援；☆仕事が多くてひとりでは手に負（お）えないので援軍を求める／工作太多一個人幹不過來求人幫忙。⓪

えんけい【円形】（名）圓形；☆円形にする／使成圓形。⓪

えんけい【遠景】（名）遠景；☆遠景に木立（こだち）が見える／在遠處有幾棵樹。⓪

*えんげい【園芸】（名）園藝；〜さくもつ【園芸作物】（名）〔農〕園藝作物。⓪

*えんげい【演芸】（名）表演藝術；曲藝；☆余興に演芸がある／有曲藝的餘興。⓪

エンゲージ【英・動 engage】（名・自サ）婚約，訂婚；〜リング【engagement ring】（名）訂婚戒指。③

*えんげき【演劇】（名）演劇，戲劇（＝しばい）；☆演劇をやる（催す）／演劇⓪

エンゲルのほうそく【Engel の法則】（連語）〔經〕恩格爾法則〔德國統計學家「恩格爾」（1821─96）對於家計調查的規律；人越窮糧食費的支出比率越大〕①

えんけん【遠見】（名）遠見，遠大，遠見⓪

えんげん【怨言】〔文〕怨言；☆怨言を放つ／吐怨言。⓪③

えんげん【淵源】（名・他サ）〔文〕淵源；☆…の淵源を尋ねる／尋…的淵源。③⓪

えんこ【緣故】（名）①親戚（＝えんつづき）；☆あれは私の緣故の者です／他是我的親戚；☆緣故をたどる／投靠親戚；②（人與人的）關係（＝ゆかり）；☆同じ仕事をした緣故で親しくなる／因爲作同樣工作的關係而親近起來。①

えんこ【円弧】（名）①〔數〕弧；②弧形；☆投げたボールが円弧を描いて飛ぶ／抛出的球在空中形成一個弧形而飛走。①

えんこ（名・自サ）①〔兒〕坐；②〔俗〕（車）拋錨，不能動轉；☆自動車が泥の中にえんこした／汽車陷在泥裏抛錨了①

えんご【掩護】（名・他サ）掩護；☆海軍の上陸を掩護する／掩護海軍登陸。①

えんご【援護】（名・他サ）支援；救援；☆罹災者に援護の手を伸ばす／對遭受災害的人伸出救援之手。①

えんざ【円座】（名）①圓座，圍坐；☆円座を作る／團團圍坐；②蒲團；③草墊兒。⓪

えんざい【冤罪】（名）冤罪；☆冤罪を蒙（こうむ）る／蒙冤。⓪

エンサイクロペディヤ【encyclopedia】（名）百科全書，百科字典。⑦

えんさき【緣先】（名）（房簷下的）廊子；☆緣先に腰をかける／坐在廊子下邊。④

えんさだめ【緣定】（名）定親。③

えんさん【塩酸】（名）〔化〕鹽酸；〜あえん【塩酸亜鉛】（名）〔化〕氯化鋅；〜アニリン【塩酸アニリン】（aniline salt）（名）〔化〕鹽酸苯胺。⓪

えんし【遠視】（名）①看遠處；②遠視眼；↔きんしがん（近視眼）。⓪

えんじ【園児】（名）幼兒園的兒童。①

えんじ【臙脂】（名）①臙脂（＝べに）；②深紅色；〜いろ【臙脂色】（名）深紅色，臙脂色。⓪

エンジニア【engineer】（名）工程師，技師；☆大学の工科を出てエンジニアになる／從大學的工科畢業後當工程師。③

えんじゃ【緣者】（名）親戚（＝しんせき）；☆緣者がある／有親戚。①

えんしゅう【円周】（名）〔數〕圓周；〜リツ【円周率】（名）〔數〕圓周率。⓪

えんしゅう【演習】（名・自サ）①實地練習；②課堂活動；實習（＝ゼミナール）；③〔軍〕演習☆演習を行う／舉行演習⓪

えんじゅく【円熟】（名・自サ）成熟，圓通，老練；☆彼の人物も筆と共に次第に円熟して来た／他的爲人和手筆都逐漸老練起

來了；☆円熟の域に達する／達到成熟境地。◎

えんしゅつ【演出】（名・他サ）〔劇〕①演出；②導演；☆原作者の演出によって上演する／在原作者導演之下上演。◎

えんしょ【炎暑】（名）炎暑，酷暑；☆炎暑を冒（おか）して赤道下の旅行を続ける／冒着炎暑繼續在赤道下旅行。①◎

えんしょ【艶書】（名）〔文〕情書（＝こいぶみ）；☆艶書を送る／寄情書。①◎

✱**えんじょ**【援助】（名・他サ）援助；☆援助を与える（求める）／給以援助（求援）；☆援助の手を差し延（の）べる／給予援助。①

エンジョイ【英・動enjoy】（名・他サ）享受，享樂；☆人生をエンジョイする／享受人生。③

えんしょう【炎症】（名）〔醫〕炎症，發炎；☆炎症を起こす／發炎。◎

えんしょう【延焼】（名・自サ）（火災）蔓延，延燒；☆忽ち隣家に延焼した／（火）立即延燒到鄰居。◎

えんしょう【煙硝】（名）①硝石；②火藥。◎

えんしょう【遠称】（名）〔語法〕遠稱（如「あれ」、「あそこ」、「あっち」等指示遠處事物、地點、方向的代詞）；↔きんしょう（近称），ちゅうしょう（中称），ふていしょう（不定称）。◎

えんじょう【炎上】（名・自サ）（大建築等）燒毀，燒掉，失火；☆漏電で劇場が炎上した／劇場因爲漏電燒毀了。◎

✱**えん・じる**【演じる】（他上一）①演；扮演；☆劇を演じる／演劇；☆―の役を演じる／扮演…的角色；②〔轉〕做出；☆醜態を演じる／出醜；因えんず（サ）。◎

えんしん【円心】（名）〔數〕圓心。◎

えんしん【遠心】（名）遠心；↔きゅうしん（求心）；～りょく【遠心力】（名）〔理〕離心力；↔きゅうしんりょく（求心力）。◎

えんじん【円陣】（名）（多數人）站成一個圓圈，團團圍住；☆選手（せんしゅ）が円陣を作って作戦を練（ね）る／選手們站成一個圓圈討論作戰計畫。◎

えんじん【厭人】（名）〔文〕討厭人，嫌惡人。◎

✱**エンジン**【engine】（名）發動機，引擎；☆エンジンのかかりがはやい／引擎發動

得快。①

えんすい【円錐】（名）〔數〕圓錐；～けい【円錐形】（名）〔數〕圓錐形；～たい【円錐体】（名）〔數〕圓錐體。◎

えんすい【塩水】（名）鹽水。①

えんすい【遠水】（名）遠（處的）水；◇遠水近火を救（すく）わず／遠水不救近火；遠水不解近渴。

えんずい【延髄】（名）〔解〕延髓。①

えんず（づ）・く【縁付く】（自五）出嫁，結婚☆娘は隣り村の農家に縁付いた／女兒嫁到鄰村的一個農家。

えんず（づ）・ける【縁付ける】（他下一）使出嫁，打發出嫁☆妹を百姓の家に縁付ける／把妹妹嫁給一個農家。④

えんせい【遠征】（名・自サ）①遠征；②〔運動〕到遠處去比賽；③爲了研究，調查，或探險而組成隊伍到遠處去探險；☆遠征に出かける／出去遠征。◎

えんせい【厭世】（名）厭世；～かん【厭世観】（名）厭世觀，厭世的人生觀，厭世主義；↔らくてんかん（楽天観）。◎

えんせい【塩井】（名）鹽井。

えんせき【宴席】（名）宴會，宴席；☆宴席に列する／參加宴會。◎

えんせき【遠戚】（名）遠親。◎

✱**えんぜつ**【演説】（名）演說，講演；☆演說を聞く／聽講演；☆演說がうまい／善於演說；～かい【演説会】（名）演說會。◎

エンゼル【angel】（名）①天使，安琪兒；②天使一般的人（特指女人）。①

えんせん【沿線】（名）沿線；☆鉄道の沿線にある／在鐵路沿線上。◎

えんせん【厭戦】（名）厭戰；～きぶん【厭戦気分】（名）厭戰情緒。◎

えんぜん【宛然】（名・副）〔文〕宛然，恰如（＝あたかも，まるで，さながら）◎③

えんそ【塩素】（名）〔化〕氣；～さん【塩素酸】（名）〔化〕氣酸；～さんえん【塩素酸塩】（名）〔化〕氣酸鹽；～さんカリウム【塩素酸kalium】（名）〔化〕氣酸鉀。◎

えんそ【遠祖】（名）〔文〕遠祖。①

✱**えんそう**【演奏】（名・他サ）演奏（音樂）；☆ショパンの練習曲を演奏する／演奏蕭邦的練習曲；～かい【演奏会】（名）音樂會。◎

えんそう【燕巣】（名）燕窩（＝えんず、

えんか）。

*えんそく【遠足】（名・自サ）郊遊，（徒步）旅行；☆陽明山に遠足に行く／到陽明山郊遊。[0]

えんたい【延滞】（名・自サ）遲誤，拖延，耽擱；☆支払いが延滞している／付款拖延；～りそく【延滞利息】（名）過期利息；～りょう【延滞料】（名）誤期費；（稅的）過期罰款。[0]

えんだい【演台】（名）（演說、講演時所用的）桌子，講桌。[0]

えんだい【演題】（名）①演說題目，講題；②（曲藝等的）節目。[0]

えんだい【遠大】（形動ダ）遠大；☆遠大な計画／遠大計劃。[0]

えんだい【緣台】（名）（擺在庭園中休息、納涼等使用的）長凳，大凳子。[0]

えんだか【円高】（名）〔經〕（外滙行市）日元上漲；↔えんやす。[0]

えんたく【円卓】（名）圓桌；☆円卓を囲む／圍着圓桌；～かいぎ【円卓会議】（名）圓桌會議。[0]

えんタク【円タク】（名）（街頭）出租汽車，攬坐汽車；☆円タクを拾（ひろ）って行く／在街上僱一輛攬坐汽車前往。[0]

エンタシス【entasis】（名）〔建〕柱體隆起，☆エンタシスの柱／凸肚柱。[1]

えんだん【演壇】（名）講臺，講壇；☆演壇に立つ／登臺講演。[0]

えんだん【緣談】（名）親事，提親，說媒；☆その緣談はうまく纏（まと）った／那件親事順利地談妥了。[0]

えんちゃく【延着】（名・自サ）（交通工具等）誤點，遲到；☆延着の郵便物／遲到的郵件；☆この列車は、二時間延着した／這班列車誤了兩小時。[0]

えんちゅう【円柱】（名）圓柱。[0]

えんちゅうどく【鉛中毒】（名）中鉛毒[3]

*えんちょう【延長】（名・自サ）延長；☆直線を二倍に延長する／把直線延長為二倍；☆会議を二時間延長する／把會議延長兩小時；☆我国の鉄道の延長は五万キロだ／我國鐵道的延長是五萬公里。[0]

えんちょう【園長】（名）（幼稚園、動物園等的）園長。[1]

えんちょく【鉛直】（名・形動ダ）〔理〕鉛垂，垂直；～せん【鉛直線】（名）〔理〕鉛垂線，垂直線。[0]

えんつづき【緣続き】（名）（有）親戚關係，沾親；☆緣続きの人／有親戚關係的人；☆…と緣続きです／與…沾親。[3]

えんてい【園丁】（名）園丁；庭園師。[0]

えんてい【堰堤】（名）堰堤，攔河壩（＝ダム）；☆堰堤を築く／築攔河壩。[0]

えんてん【炎天】（名）炎天，暑天；☆炎天に道路工事（どうろこうじ）をする／在暑天修馬路。[3][0]

えんてん【円転】（名）圓滑；～かつだつ【円転滑脱】（連語・形動ダ）圓滑周到；☆彼は円転滑脱で才気溢れるばかりだ／他是個處事圓滑才氣煥發的人。[0]

えんでん【塩田】（名）鹽田，鹽灘。[0]

エンド【end】（名）終點，完了，末尾[1]

えんとう【円筒】（名）①圓筒；②〔數〕圓塔。[0]

えんとう【煙筒】（名）①烟筒，烟囱（＝えんとつ）；②烟袋。[0]

えんどう【沿道】（名）沿途，沿道；☆群衆が沿道に並ぶ／羣衆沿途排列。[0]

えんどう【豌豆】（名）〔植〕豌豆；～まめ【豌豆豆】（名）豌豆（粒）。[1]

えんどお・い【緣遠い】（形）①（常指女子）婚姻遲的，找不着對象的；☆顔も気立（きだて）もよいのに、どういうものか緣遠い／（她）相貌好性情也好可是不知道爲什麼找不着對象；②關係疏遠的；☆私は法律学には緣遠い／我對法律缺少研究；図えんどほし（形ク）。[4][3]

えんどく【鉛毒】（名）①鉛毒；②中鉛毒；☆鉛毒にかかる／中鉛毒。[1][0]

えんどく【煙毒】（名）（煉銅廠等噴出的）烟毒。[1]

*えんとつ【煙突】（名）烟囱，烟筒；☆煙突を掃除する／打掃烟囱；☆煙突が煙（けむ）る／烟囱冒烟。[0]

エントリー【entry】（名）（運動比賽）報名。[1]

えんにち【緣日】（名）有廟會的日子；廟會；～あきんど【緣日商人】（名）趕廟會的商販。[1]

えんねつ【炎熱】（名）炎熱；☆炎熱焼くがごとくである／炎熱如蒸。[0][1]

えんのう【延納】（名・他サ）遲繳，過期繳納。[0]

えんのした【緣の下】（連語・名）（廊子的）地板下；◊緣の下の力持（ちからもち）をする／在背地裏賣力氣（而無人知曉），做無名的英雄。[3][1]

エンパイア【empire】（名）帝國；帝權，絕對統治權；～クロース【empire cloth】（名）〔電〕絕緣用油。③

えんぱく【鉛白】（名）〔化〕鉛白；鹼式碳酸鉛。⓪

えんばく【燕麦】（名）〔植〕燕麥（＝オートむぎ、からすむぎ）。⓪

えんばしら【緣柱】（名）簷廊外側的柱子③

えんぱつ【延発】（名・自サ）（火車等的）開車誤點。⓪

えんばん【鉛版】（名）〔印〕鉛版；☆鉛版で印刷する／用鉛版印刷。⓪

えんばん【円盤】（名）〔運動〕鐵餅；～なげ【円盤投げ】（名）擲鐵餅。⓪

*えんぴつ【鉛筆】（名）鉛筆；☆鉛筆を削る／削鉛筆。⓪

えんびふく【燕尾服】（名）燕尾服。③

えんぶ【円舞】（名）圓舞；～きょく【円舞曲】（名）〔樂〕圓舞曲（＝ワルツ）。⓪

えんぶ【演武】（名・自サ）演武，練武①

えんぶ【演舞】（名・自サ）①演舞，練習舞蹈；②公演舞蹈。①

エンプレス【empress】（名）皇后，女皇①

えんぶん【衍文】（名）〔文〕衍文（誤用的無用辭句）。⓪

えんぶん【鉛分】（名）鉛（的成）分。①

えんぶん【塩分】（名）鹽分；☆塩分を多量に含む／含有多量鹽分。①

えんぶん【艶聞】（名）〔文〕情書（＝えんしょ）。⓪

えんぶん【艶文】（名）艷聞，男女關係的流言；☆彼には艶聞が絶（た）えたことがない／關於他不斷有男女關係的流言⓪

えんぺい【掩蔽】（名・他サ）掩蔽，遮掩；☆煙幕で陣地を掩蔽する／用烟幕掩蔽陣地。⓪

えんぺい【援兵】（名）援兵，援軍；☆援兵を送る／派送援兵。⓪

エンペラー【emperor】（名）皇帝。①

えんぺん【緣辺】（名）〔文〕①邊緣，周圍（＝ふち、まわり）；②親戚（＝しんせき）；朋友；☆緣辺を便（たよ）っていろいろ運動する／求親靠友多方運動③

えんぼう【遠望】（名・他サ）〔文〕遠望，遠眺；☆二階に上ると遠望がきく／上樓看得遠。⓪

*えんぽう【遠方】（名）遠方，遠處；☆遠方から来る／由遠方來；☆遠方からも陽明山公園の滝が見えます／從遠處也看得見陽明公園的瀑布。⓪

えんま【閻魔】（名）〔佛〕閻王；～おう【閻魔王】（名）閻王；～がお【閻魔顔】（名）可怕的臉，沒笑容的臉；◊借りる時の地蔵顔，返す時の閻魔顔／借錢時滿臉堆笑還錢時毫無笑容；～こうろぎ【閻魔蟋蟀】（名）〔動〕油胡盧（蟋蟀之一種）；～ちょう【閻魔帳】（名）①〔佛〕生死簿；②〔學〕記分冊；③（警察機關的）黑名單；☆閻魔帳にのせる／寫在黑名單上。⓪

えんまく【煙幕】（名）烟幕；☆煙幕を張る／放烟幕。①

*えんまん【円満】（形動ダ）圓滿，沒有缺點；☆家庭が非常に円満である／家庭非常美滿；☆交渉は円満に解決された／交涉圓滿地解決了；☆円満な人格／沒有缺點的人格。⓪

えんむ【煙霧】（名）烟霧，烟塵。①

えんむすび【緣結（び）】（名）結親；結婚；☆娘（むすめ）の緣結び／女兒的婚姻。③

えんめい【延命】（名）延長壽命；☆延命策を講じる／設法拖延（不垮臺、不辭職等）。⓪①

えんやす【円安】（名）〔經〕（外滙行市）日元下跌；↔えんだか。①

えんやら（感）唉嘿呀（拉、抬重物時的喊聲）；～やっと（副）好不容易（＝かろうじて）；☆えんやらやっと持上げた／好容易才舉起來了。①

えんゆうかい【園遊会】（名）遊園會；☆園遊会を催す／舉行遊園會。③

えんよう【遠洋】（名）遠洋；～ぎょぎょう【遠洋漁業】（名）遠洋漁業；～ぎょせん【遠洋漁船】（名）遠洋漁船。⓪

えんらい【遠来】（名）遠來；☆遠来の客／遠客。⓪

えんらい【遠雷】（名）遠雷；☆砲声が遠雷のようにとどろく／砲聲像遠雷一般隆隆作響。⓪

えんりゃく【遠略】（名）遠略，深遠的謀略。⓪

*えんりょ【遠慮】（名・他サ）①遠慮；☆遠慮を欠（か）く／缺乏遠慮；☆遠慮なければ近憂あり／沒有遠慮必有近憂；②客氣；☆遠慮のない批判／不客氣的批評☆ちっとは遠慮するがよい／要稍微客氣點兒才好；☆遠慮なく言う／不客氣地

え

講；⑨廻避，謙辭，謝絕；☆御遠慮していただけませんか／可否請您廻避（離開）一下；☆招待を遠慮した／辭退了邀請；☆車內での喫煙は御遠慮下さい／（公告）車內請勿吸煙；◇**遠慮会釈**（えしゃく）**もなく**…／毫不客氣地…；**〜がち**【遠慮勝ち】（形動ダ）好客氣，謙虛；**〜ぶか・い**【遠慮深い】（形）非常客氣地；拘謹的。①⓪

えんるい【塩類】（名）〔化〕鹽類；**〜せん**【塩類泉】（名）〔地〕鹽泉。①

えんれい【艶麗】（形動ダ）艶麗；☆艶麗な姿／美麗的姿容。⓪

えんろ【沿路】（名）→えんどう（沿道）①

えんろ【遠路】（名）（副）遠路，遠道；☆遠路の所をお見送り下さってありとがございます／承您遠路來送行感謝之至。①

お①五十音圖「あ行」第五音，母音之一；發音爲o②〔字源〕平假名是「於」字草體，片假名是「於」字的左旁。

お（を）①「を」本爲五十音圖「わ」行第五音，過去發音爲 wo，現在讀作 o 與「お」相同；②〔字源〕平假名「を」是「遠」的草體，片假名「ヲ」是「乎」的簡體，根據新假名用法除助詞「を」外，所有「お」字都已改用「お」；例如「をとこ」「をんな」、「をしへる」等改寫成「おとこ」、「おんな」、「おしえる」。

お－【小】（接頭）①細小，小（＝こまかい、ちいさい）；☆小川（おがわ）／小河；②稍，少（＝すこしの）；☆お止（や）みなく雪が降る／雪下個不停；③〔文〕只是調整語氣，並無小的意思；☆小田（おだ）／水田。

お－【阿】（接頭）（冠於女性的名字上，表示親密）阿；☆お清（きよ）／阿清；☆お梅（うめ）／阿梅。

お【御】（接頭）（冠於體言・用言・副詞等，表示尊敬、鄭重、謙虛、親愛等義）①（冠於名詞，表示尊敬、親愛）；☆お國／貴國；您的家鄉；☆お宅（たく）／貴府，府上 ②（冠於數詞，表示尊敬）☆お幾つですか／你多大歲數？貴庚？☆お二人ですか／兩位嗎？③（冠於名詞，表示鄭重，但有時幾乎沒有什麼意義，只是出自習慣；第一人稱（自己）也可以用）；☆お茶／茶；☆お薬（くすり）をもらって来ました／取來藥了 ④（冠於形容詞和形容動詞，表示尊敬、鄭重）；☆おめでたいことだ／可喜可慶；☆お早う（ございます）／您早，早安；☆お奇麗（きれい）ですね／您真漂亮！⑤（冠於副詞，表示尊敬、鄭重）；☆お大事（だいじ）に／請您保重；⑥（冠於訓讀動詞連用形下接「なさい」或「下さい」等，表示委婉的命令或請求）；☆お立ちなさい／請站起來；☆お入り下さい／請進來；⑦（冠於動詞連用形下接「になる」表示尊敬）；お聞きになりましたか／您聽（過）了嗎；☆何時（なんじ）にお休みになりますか／您幾點鐘休息（就寢）？⑧（冠於

動詞連用形下接動詞「致（いた）す」或「申（もう）す」、「申し上げる」等，表示謙遜）；☆お頼（たの）み申します、お願（ねが）い申し上げます／拜託拜託；☆お邪魔（じゃま）致しました／打擾打擾

お【尾】（名）①〔文〕〔動〕尾巴（＝しりお、しっぽ）；☆狐の尾／狐狸尾巴；☆犬が尾を振る／狗搖尾巴；☆尾狀物；☆星が尾を曳いて飛んだ／流星拖着尾巴飛落了；③山尾；◊尾に尾をつけて話す／添枝加葉地說，渲染誇張；☆風說は尾に尾がつく／謠言越傳越甚；尾を見せる／露出破綻（馬脚）。①

お【峰・丘】（名）〔文〕①山峰；②山岡（＝おか）。

お【苧・麻】（名）〔文〕①〔植〕麻；苧麻（＝あさ、からむし）；②麻線。①

お【雄・牡】（名）（動植物通用）雄，公（＝おす、おん）；☆牡牛（おうし）；☆雄花（おばな）／雄花。

お【男】（名）〔古〕男，男子（＝おとこ）①

お【緒】（名）①線繩，細帶；穗子；☆刀の下げ緒／刀穗；②絃・琴（こと）の緒／琴絃；③木屐帶；☆下駄（げた）の緒が切れた／木屐的帶斷了；☆堪忍袋（かんにんぶくろ）の緒が切れる／忍無可忍；勝って兜（かぶと）の緒を締めよ／戰勝還要戒驕戒躁（提高警惕）。①

お（感）（表示驚訝）哦！☆お、忘れていた／哦！忘了；☆お、お久し振りでした／哦！久違久違。

お（を）（格助）（助詞「を」按新假名用法仍用「を」，但因發音與「お」相同，故列「お」部）①表示動作或作用的對象或目的；☆本を読む／讀書；☆警戒心を高める／提高警惕；☆勉強をする／用功；☆恥（はじ）をかかせる／使丟臉；☆子供を眠（ねむ）らせる／讓小孩睡覺；②表示動作進行或經過的場所；☆空を飛（と）ぶ／飛翔空中；☆世界を巡る／周遊世界；☆道を歩く／走路；☆橋（はし）を渡る／過橋③表示離開的場所；☆家を離れる／離家；☆港（みなと）を出る／出港；④表示動作或作用進行的期間；☆

十年を過す／經過十年；☆一日を暮らす／度過一天。

おあい【汚穢】（名）〔文〕①髒東西；②糞便；～や【汚穢屋】（名）淘厠所的人。

おあいそう【御愛想】（名・自サ）①〔あいそう〕的鄭重語；②（款待客人的）客套話，應酬話，奉承話；☆御愛想を言う／說客套話，說奉承話；③招待（＝もてなし）；☆折角（せっかく）お出で下さったのに何の御愛想もなく失禮しました／您好不容易來，可是招待得太簡慢了，對不起；④（飯館的）賬單（＝かんじょう）。〇

おあいにくさま【御生憎様】（名）（「あいにく」的謙遜語；當無法滿足對方要求等時，用以表示歉意；也用以表示抱苦）；☆御生憎様、売り切れです／對不起，賣光了；☆御生憎様、まだ君なんかに負けやしないよ／對不起，對你還不示弱。〇

おあし【御足】（名）〔女〕的鄭重語；②〔あし〕錢（＝おかね）；☆お足は一文もない／一文錢也沒有。〇

オアシス【oasis】（名）①（沙漠中的）綠洲；②〔轉〕安樂窩。〇１

おあずけ【御預け】（名・自サ）①＝おあずけにん；②（以食物戲弄貓狗的話）暫不准吃；③延期，暫時緩辦；☆増俸（ぞうほう）は当分お預けだ／增薪暫時從緩了；～にん【御頂け人】（名）〔史〕（江戶時因犯罪而羈押在其他「大名」處的）被管制的「大名」，「旗本」。〇

おい【老】（名）〔文〕①老，老衰；☆老を忘れる／忘却衰老；②老人；☆老も若きも／老老少少都…◇**老の一徹**（いってつ）／老人的頑固脾氣（**老の坂**（さか）／老境。〇１

おい【笈】（名）（遊方僧等所背的）帶腳方箱，笈。１

*おい【甥】（名）姪；外甥↔めい（姪）〇

おい（感）①（用於呼喚平輩、晚輩時）喂！☆おい、何処（どこ）へ行くの／喂！你往兒去？☆おい、君、ちょっと おいで／喂！你來一下；②（用於略感驚訝時）嗳呀！☆おい、どうした／嗳呀！怎麼啦１

おいうち【追撃・追討】（名・他サ）追撃；☆追撃をかける／追撃。〇

おいう・つ【追い撃つ・追い討つ】（他四）追撃；☆逃（に）げる敵を追い撃つ／追撃逃竄的敵人。３

おいう・つ【追い棄つ】（他五）逐出，放逐。

おいえ【御家】（名）①（「いえ」的敬稱）貴府；②〔封建時代〕諸侯、武士之家；③〔俗〕尊夫人（＝おくさま）；～げい【御家芸】（名）家傳絕技，獨家絕技；～さま【御家様】（名）〔古〕〔文〕尊夫人；～そうどう【御家騒動】（名）諸侯家庭內部的糾紛；～りゅう【御家流】（名）日本書法之一派（尊圓法親王的書法；江戶時代的公文均用此體）。〇

おいおい【追い追い】（副）①漸漸，逐漸，逐步（＝だんだん、しだいに）；☆おいおいよくなる／漸漸好起來；☆設備の改善は、おいおいのこととしよう／改善設備一步一步地來吧。３

おいおい（感）①喂！喂！☆おいおい、お前何をしてるか／喂喂！你幹什麼呢？②嗚嗚；☆おいおい泣く／嗚嗚地哭。１

おいおとし【追い落し】（名）①（驅散守軍而）攻陷（城池）；②刼路賊（＝おいはぎ）。〇

おいおと・す【追い落す】（他五）①驅逐；②（驅散守軍而）攻陷，奪取；☆城を追い落す／攻陷城池；③刼路，剪徑。４

おいかえ・す【追い返す】（他五）①逐回，擊退（＝おいもどす）；☆敵を追い返す／擊退敵人；②謝絕（客人等）；☆来訪の客を追い返す／把來訪的客人阻擋回去３

おいかが・む【老い屈る】（自五）年老腰彎，衰老。５〇

おいか・ける【追い掛ける】（他下一）追趕；☆後から追いかける／從後面追趕；～て【追い掛けて】（副）緊跟着；☆追い掛けて電報を打った／緊跟着發了一封電報（図おひかく（他下二）。４

おいかぜ【追風】（名）順風（＝おいて）〇２

おいかんむり【老冠・耂】（名）〔漢字部首〕老字頭。３

おいき【老木】（名）老樹；◇**老木に花**／老樹開花（喻衰朽而又復榮）。〇

おいごえ【追肥】（名）〔農〕追肥；↔もとごえ（本肥）。〇

おいごころ【老心】（名）①老人的心情；②老人的頑固性。３

おいこ・す【追い越す】（他五）趕過去（＝おいぬく）；☆バスが電車を追い越した／公共汽車趕過了電車。３

おいこみ【追い込み】（名）①〔おいこむ〕的名詞形；②（把多數客人）塞進一個房

間；⑨〔印〕(不改行・不留行距或不改頁) 緊排；④(決定勝負的) 最後緊張階段；⑤～おいこみば；～ば【追込場】(名)(劇場等爲盡量容納觀衆不設座位的) 池子；～れん【追込連】(名) 劇院沒有座位的觀衆；◇ **追い込みをかける**／(在決定勝負的緊張階段) 做最後努力。⓪

おいこ・む【老い込む】(自五) 衰老起來⓪

おいこむ【追い込む】(他五)①趕進；☆鶏を鳥小屋(とりごや)に追い込む／把鶏趕進鶏窩裏；②〔印〕(擠進前行而)緊排；☆この一行は前のページに追い込もう／把這一行字擠進前頁去吧；③使病毒内攻③

おいさき【先い生・老い先】(名)①前程，前途；☆先い生が永い／前程遠大；②餘生，殘年；☆老い先が短い／行將就木，風燭殘年。⓪

*　**おいし・い【美味しい】**(形) 好吃的，味美的；☆中國の料理は洋食よりおいしい／中餐比西餐好吃；☆おいしく戴いた／吃得很香；反おいし(形シク)。⓪

おいしげ・る【生い茂る・生い繁る】(自五) 叢生；繁茂；☆樹が生い茂っている／樹木繁茂。④

おいしりぞ・ける【追い退ける】(他下一)①擊退，打退☆敵を追い退ける／打退敵人；②叱退，趕走；☆子供を追い退ける／把孩子趕走；反おいしりぞく(下二)⑥

おいすが・る【追い縋る】(自五) ①緊跟着追，脚跟脚地追；☆競走の相手が追い縋ってきた／賽跑的時候敵手緊追上來了；②(苦苦央求)，哀求；☆とにかく追い縋って頼んでごらんなさい／不管怎樣，你先央求央求(他) 看看。④

オイスター【oyster】(名)〔動〕牡蠣，海蠣(＝かき)。①

おいずり【追刷】(名)〔印〕①追加印刷；增印(＝ましずり、ぞうさつ)；☆既定の部数では足りないから早く追刷をしなければならぬ／原定的册數不夠必須趕快追加數；②加印的刊物；☆追刷はまだ出来ないか／追刷的還沒印好嗎？

おいせん【追銭】(名)(付清後) 另外付給的錢；◇**盗人に追銭**／賠了夫人又折兵②

おいそれと(副) 輕易；簡簡單單；☆おいそれと承諾はできぬ／不能輕易地就答應；☆その仕事はおいそれと出来るものじゃない／那件工作不是輕易就能完成的。①

おいた(名)〔女・兒〕淘氣，頑皮(＝いたずら)；☆また、おいたをしたのね／你又淘氣了吧。②

おいだし【追い出し】(名)①「おいだす」的名詞形；②「戲」散戲鼓；～ぐすり【追出薬】(名) 發散藥，表藥。⓪

*　**おいだ・す【追い出す】**(他五)①逐出，驅逐；☆侵略者を追い出す／趕走侵略者；②解雇；☆女中を追い出す／解雇女僕；③用藥表(發散)。③

おいたち【生い立ち】(名)①成長，長大(＝そだち)；②(由童年到成人)的歷史，經歷(＝けいれき)；☆彼の生い立ちはわからない／不知道他的歷史；☆生い立ちの記／童年時代的回憶錄。⓪

おいたて【追い立て】(名)①〔おいたてる〕的名詞形；②驅逐，趕走；☆家主から追い立てを食う／(被) 房東攆搬家⓪

おいた・てる【追い立てる】(他下一)逐出，驅逐，趕走，(＝おいはらう)；☆犬を追い立てる／趕跑狗；☆家主が借家人を追いたてる／房東攆房客；☆追いたてる様で済みませんが…／請原諒，並不是要攆您走，不過…。④

おいちら・す【追い散らす】(他五) 驅散，攆散；☆敵を追い散らす／使敵人潰散，驅散敵人。③

おいつか・う【追い使う】(他五) 驅使；酷使(＝こきつかう)；☆あんな奴に追い使われるのはいやだ／不願意受那個傢伙驅使。④

おいつ・く【追い付く】(自五) ①追上；☆敵艦が段々追いついて来た／敵艦漸漸追上來了；②(下接否定助動詞) 趕上來，來得及；☆日本語では彼に追いつくものはない／若論日本語，沒有人能趕上他；☆今更後悔(こうかい) しても追いつかない／現在後悔也來不及了；◇ **稼(かせ)ぐに追い付く貧乏なし**／勤勞無窮漢。③

おいつ・める【追い詰める】(他下一)追到走頭無路的地步，窮追(＝おいこむ)☆敵は追い詰められて降参した／敵人被追得走頭無路就投降了；反おいつむ(下二)④

おいて【追手】(名) 追趕者，追兵(＝おって)。⓪

おいて【追風】(名)順風(＝おいかぜ)；☆追風に帆をかけたよう／一帆風順地⓪

おいて【於て】(連語)〔文〕①〔…に於て〕於，在；☆ここに於て／於是；☆台

北に於て／在臺北；②〔に於ては〕在
…的方面，至於（＝にかんして、につい
て）；☆文體に於ては申し分（ぶん）が
ない／在體裁方面是沒有缺點的；☆大き
さに於いてはこれが一番だ／論大小說來
這個數第一。◯◯

おいて【措いて】（連語）〔文〕〔…を措
いて（は），下接否定語〕除…之外（
無…，不…）（＝…をのぞいて）；☆これ
を措いて他に途はない／除此別無他策；
☆彼を措いては適任者がない／除他以外
沒有合適的人。◯

おいで【御出で】（名）①〔出る、行く、
来る，居る〕等的敬語；☆どうぞこちら
へおいでください／請到這兒來；☆どち
らへおいでになりますか／您往哪兒去？
☆お父さんはお出ででですか／您父親在家
嗎？②來到；出席；☆何時台北においで
になったのですか／您幾時來到臺北的？
☆今度の会議においでになりますか／您
出席這次會議嗎？～おいで【御出で御出
で】（名・自サ）（為讓…來）用手招
呼；☆戸の蔭で、おいでおいでをする／
在門後用手打招呼。◯③

おいてきぼり（名）撇棄，撇下，丟下（＝
おきざり、おいてけぼり）；☆皆行って
しまって僕一人おいてきぼりにされた／
全都走了，把我一人撇下了；☆おいてき
ぼりを喰う／被人丟下。◯

おいとま【御暇】（名・自サ）告辭；☆お
暇する，お暇を告げる／告辭，失陪。◯

おいとまごい【お暇乞】（名）辭別，告辭；
☆お暇乞いに上りました／我來向您告辭
來了。◯

おいぬ・く【追い抜く】（他五）→おいこ
す。③

おいはぎ【追剝】（名）路刼，刼路的強盜
（＝おいおとし）；☆追剝に逢（あ）っ
た／遇到路刼了。◯

おいは・てる【老果てる】（自下一）衰老，
老朽；図おいはつ（下二）。

おいばね【追羽根】（名）（二人以上）對
打一個羽毛毽兒·新年的女孩的遊戲之一

おいばら（名・自サ）〔古〕（封建時代臣
僕為君主死後）切腹殉死；☆追腹を切る
／切腹殉主。◯

*****おいはら・う【追い払う】**（他五）①撑走
，趕走，驅散（＝おいだす）；☆ハエを
追い払う／撑蠅子；☆敵を追払う／驅散

敵人；②解雇，辭退；☆会社から追い払
われた／被公司解雇了。④

おいぼれ【老耄れ】（名）老糊塗（的人）；
☆あれは老耄れだ／他老糊塗了；☆私み
たいな老耄れはもう駄目だ／像我這樣老
朽的人算不中用了。◯

おいぼ・れる【老耄れる】（自下一）衰老，
老糊塗，老昏慣；☆老耄れた親爺（おや
じ）／老得昏慣的人；衰老的父親；図お
いぼる（下二）。◯

おいまく・る【追い捲る】（他五）急追，
猛追；追趕得四散奔逃。④

おいまわ・す【追い回す】（他五）①到處
追趕，尾追，糾纏（＝つきまとう）；☆
子供はいつも母の尻を追い廻す／孩子老
跟著母親 轉；②（殘酷）驅使（＝おい
つかう）；☆休む間もないほど追い廻す
／片刻不停的驅使。

おいめ【負目】（名）欠償，負債；☆私は
彼に負目がある／我欠他一筆債。◯

おいや・る【追い遣る】（他五）打發走，
派走，撑走；☆ひどいところに追い遣ら
れた／被派到極壞的地方。③

おいら【己等】（代）〔俗〕俺，俺們（＝
おれ、おれら）；☆おいら、そんなこと
知らねえよ／俺們可不知道那椿事。

おいらく【老いらく】（名）〔文〕老年，
年邁；☆老いらくの恋／老年的戀愛。◯

おいらん【花魁】（名）①（在花柳界）年
長的妓女；②〔轉〕妓女，娼妓；③高級
妓女，花魁。

お・いる【老いる】（自上一）①老，年老，
上年紀；衰老；②（季節）將盡，垂暮；
◇老いては益益（ますます）旺（さかん）
なるべし／老當益壯；老いて二度（ふた
たび）児（ちご）になる／人若老了就
愚頑；②人老返童；図おゆ（上二）。②

オイル【oil】（名）①油；②油畫顏料；～
クロース【oil-cloth】（名）油布；～シ
ェール【oil-shale】〔礦〕油母頁巖；～
シルク【oil-silk】（名）（做雨衣用的）
油綢；～タンカー【oil tanker】（名）
油輪；～バーナー【oil-burner】（名）
〔機〕燒油爐，燃油器；～ヒーター【oil
-heater】（名）熱油器。①

おいわけ【追分】（名）①岔道，岔路；②←
追分節；～ぶし【追分節】（名）一種哀
調的民謠。◯

*****おう【王】**（名）①君王；王侯；☆王を廢

する／廢王；②王（從前日本天皇五代以内的子孫稱王，自1947年改爲三代以内稱王）③【轉】王，大王；☆獅子は百獸の王／獅爲百獸之王；④〔將棋〕王將（相當於我們象棋的將帥）。①

おう【翁】（名）①老翁；②老先生（對老人的尊稱）（＝おきな）；☆山田翁／山田老先生。①

おう【媼】（名）〔文〕老嫗，老太婆（＝おうな）。①

おう【応】（名）〔化〕顧意，行，是；☆否（いや）か応か返事をしろ／顧意不顧意趕快回答；☆否でも応でもそうしなければならぬ／不管顧意與否也得那樣做；☆否応なしに引張（ひっぱ）っていった／不容分說就拉走了。①

*お・う【負う】（他五）①揹，負（＝せおう）；☆赤ん坊を負う／揹小孩；②擔負，負擔（＝ひきうける，ふたんする）；☆責任を負う／負責；③負，蒙受（＝うける）；☆罪を負わされる／被加上罪名；☆先輩（せんぱい）に負う所が多い／有賴於前輩之處甚多。⓪①

おお（感）①（表示回答）噢；☆おお，行くよ／噢，我去；②（表示驚訝、感動）哎呀；☆おお，恐しい／哎呀可怕！☆おお，火事だ火事だ／哎呀！失火了！失火了；☆おお，痛い／哎呀好疼！☆おお，そうか／啊！原來如此；③（表示想起某事）噢；☆おお，そうだ，そうだ／噢，對！對！①

おうあ【欧亜】（名）歐亞；☆ウラル山脈は欧亜の両大陸に跨（またが）っている／烏拉爾山脈位於歐亞兩大洲之間。①

おうい【王位】（名）王位；☆王位より落す／使遜位。①

おういん【押印】（名・他サ）〔文〕蓋印，蓋章（＝なついん）。⓪

おういん【押韻】（名・自サ）押韻。⓪

おううちほう【奥羽地方】（名）日本東北地方（指福島、宮城、青森、秋田、岩手、山形六縣）⑤④

*おうえん【応援】（名・他サ）①援助，救援；☆応援に行く／前往援助；☆応援を求める／求援；②聲援，助威（多用於運動比賽等等）；☆こんどの蹴球試合（しゅうきゅうじあい）には全校が応援に行った／這次的足球賽全校都去助威；～えんぜつ【応援演說】（名）聲援演說；～だ

ん【応援団】（名）啦啦隊；～はた【応援旗】（名）拉拉隊的旗幟（＝おうえんき）。⓪

おうおう【往往】（副）往往，每每，時常（＝おり，ときどき）；☆そんな事は往々ある／那樣事常有。⓪

おうか【謳歌】（名・他サ）謳歌，歌頌；☆自由中国を謳歌する／歌頌自由中國①

おうか【応化】（名・自サ）①〔生〕適應環境；☆気候（きこう）に応化する／適應氣候；②〔化〕←応用化学。

おうか【欧化】（名・自サ）歐化，西洋化⓪

おうか【桜花】（名）〔文〕櫻花（＝さくらばな）。①

おうが【横臥】（名・自サ）横臥；☆床（とこ）に横臥する／横臥床上。①

おうかくまく【横隔膜】（名）〔解〕隔膜，隔肌。④

おうかん【王冠】（名）①王冠；☆王冠を戴（いただ）く／戴上王冠；②（王冠形的）瓶塞；☆王冠を抜く／拔去瓶塞。⓪

おうぎ【扇】（名）扇子；☆扇で扇ぐ／用扇子扇；☆扇の骨／扇骨子；☆扇の地紙／扇面；～おり【扇折】（名）做扇子（的人）；～がた【扇形】（名）扇形。③

おうぎ【奥義】（名）→おくぎ。

おうきゅう【王宮】（名）王宮。⓪

おうきゅう【応急】（名）應急；☆応急の策を取る／採取應急對策；～しょち【応急処置】（名）應急措施；～てあて【応急手当】（名）急救。⓪

おうけ【王家】（名）王族。①

おうけい【凹形】（名）凹形。

おうこう【王侯】（名）〔文〕王侯；～しょうしょう【王侯将相】（連語・名）王侯將相；☆王侯将相寧（いずくん）ぞ種（しゅ）あらんや／王侯將相寧有種乎⓪

おうこう【往航】（名）（船、飛機的）往航，往目的地航行；☆船は往航中であった／船是在開往目的地的途中；↔きこう（帰航）。⓪

おうこう【横行】（名・自サ）①横行，肆行無忌；☆天下を横行する／横行天下；☆自動車は市中を横行する／汽車在街上横衝直撞；②横走，蟹行；～のかいし【横行の介子】蟹的別名；～かっぽ【横行闊歩】（連語・名・自サ）昂首闊步，大搖大擺地走。⓪

おうこく【王国】（名）王國。⓪①

おうごん【黄金】（名）①黄金；②金錢；☆黄金を崇拝（すうはい）する／崇拝金錢；☆アメリカは黄金万能の国だ／美國是金錢萬能的國家；～じだい【黄金時代】（名）黄金時代；☆その頃は彼の黄金時代であった／那時正是他的黄金時代；～せかい【黄金世界】（名）黄金世界；～ぶんかつ【黄金分割】（名）〔數〕黄金分割。◯

おうざ【王座】（名）①王位；②〔轉〕首席，首位；☆王座を占める／居首位。①

おうさま【王様】（名）國王。◯

おうし【横死】（名・自サ）横死，慘死，死於非命；☆横死を遂げる／死於非命◯

おうじ【王子】（名）王子。①

おうじ【往時】（名）〔文〕往時，往昔（＝むかし）；☆往時を追懷する／回憶當年。①

おうじ【往事】（名）〔文〕往事；☆往事を想い出す／想起往事。①

おうじ【皇子】（名）皇子。①

おうしつ【王室】（名）王室。◯

おうじゃ【王者】（名）①帝王；②王者（＝おうじゃ）。①

おうじゃく【往昔】（名）〔文〕往昔，古昔。

おうしゅ【応手】（名）〔文〕〔圍棋〕還着，還步。◯

おうじゅ【桜樹】（名）〔文〕櫻樹。①

おうしゅう【押収】（名・他サ）〔法〕扣押，沒收；☆帳簿（ちょうぼ）を押収する／扣押帳簿；☆すべての武器（ぶき）を皆押収した／所有的武器全都沒收了；～ぶつ【押収物】（名）扣押物，沒收物。◯

おうしゅう【応酬】（名・自サ）應對，應答；回敬，報復；☆巧みな応酬振りだ／應對得很漂亮；☆負けずに応酬する／不示弱地應酬口（反擊）。◯

おうしゅうたいせん【欧洲大戦】（名）第一次世界大戦。⑤

おうじゅく【黄熟】（名・自サ）（稻、麥）成熟。◯

おうじょ【王女】（名）國王的女兒，公主。①

おうじょ【皇女】（名）皇女，公主。①

おうしょう【王将】（名）〔將棋〕王將（等於我國象棋的將、帥）。◯

おうしょう【殴傷】（名・他サ）打傷。

おうしょう【応召】（名・自サ）（軍人）應徵（入伍）。◯

おうじょう【凹状】（名）凹形。

おうじょう【往生】（名・自サ）①〔佛〕往生（極樂）；②死，喪命；③困惑，為難，無法應付（＝へいこうする、こまる）；☆今度の試験には往生した／這次考試(測驗)可把我難壊了！④屈從，屈服；☆かれを説（と）きつけてやっと往生させた／我好容易才把他說服了；～ぎわ【往生際】（名）①臨終；②〔轉〕死心，斷念；☆往生際の悪い男／不輕易死心的人，不乾脆斷念的人。①

おうしょく【黄色】（名）黄色（＝きいろ）；～しんぶん【黄色新聞】（名）黄色報紙；～けつろえん【黄色血滷塩】（名）〔化〕黄血鹽（＝おうけつえん）◯

*__おう・じる__【応じる】（自上一）→おうずる。◯③

おうしん【往信】（名）去信；↔へんしん（返信）。◯

おうしん【往診】（名・自サ）出診；☆午後往診に出掛ける／下午出診；～りょう【往診料】（名）出診費。◯

おうしん【応診】（名・自サ）應診；☆忙しいので応診しかねます／因為忙碌難應診。◯

おうす【御薄】（名）〔女〕〔うすちゃ〕的敬語。②

おうすい【王水】（名）〔化〕王水。①

おうすい【黄水】（名）〔醫〕（由胃吐出的）黄水（＝きみず）。◯

*__おう・ずる__【応ずる】（自サ）①問答（＝こたえる）；☆敵の砲火に応ずる／對敵人砲火加以還擊；②應，接受，答應，應許（＝したがう、しょうだくする）☆いくら言っても応じない／怎麼說也不答應；☆挑戦に応ずる／應戰；③應，響應；☆召集に応ずる／應徵，☆政府の呼びかけに応ずる／響應政府的號召；④〔…に応じて〕按照，☆必要に応じて／按照需要；☆収入に応じて支出する／量入為出；図おうず（自サ）。◯

おうせ【逢瀬】（名・連語）〔文〕相會，相逢；（男女的）幽會；☆又の逢瀬を楽しむ／盼望重逢；☆人目（ひとめ）を忍ぶ逢瀬／幽會。①

おうせい【王政】（名）王政。◯

おうせい【旺盛】（形動ダ）旺盛，充沛；

☆精力が旺盛である／精力充沛。◎

おうせつ【応接】（名・自サ）①接待，招待；☆客に応接する／接待客人；☆応接にいとまがない／應接不暇；～しつ【応接室】（名）會客室，客廳；～しゃ【応接者】（名）接待員；～ま【応接間】（名）客廳，會客室；～び【応接日】（名）會客日。◎

おうせん【横線】（名）橫線；☆横線を引く／（在支票上）劃橫線；～こぎって【横線小切手】（名）〔經〕轉帳支票。◎

おうせん【応戦】（名・自サ）應戰；☆敵の攻撃に応戦する／還擊敵人。◎

おうそう【押送】（名・他サ）〔法〕押解（犯人）；☆犯人を押送する／押解犯人。◎

おうぞく【王族】（名）王族。◎

おうだ【殴打】（名・他サ）毆打；☆殴打されて死んだ／毆打死了；～ざい【殴打罪】（名）毆打罪；☆殴打罪で起訴される／被控告犯毆打罪。①

おうたい【応対】（名・自サ）應對，接待；☆応対が上手だ／善於應對；☆終日（しゅうじつ）客の応対に忙しい／終日忙於接待客人。◎

おうたい【横隊】（名）橫隊；☆横隊で行進する／橫隊行進。◎

おうだく【応諾】（名・自サ）應允，答應；☆とても応諾できない／萬難答應。◎

おうだつ【横奪】（名・他サ）強奪，霸佔（＝よこどり）；☆人の物を横奪する／搶奪旁人東西。

おうだん【黄疸】（名）〔醫〕黃疸病。◎

＊**おうだん【横断】**（名・他サ）橫斷，橫渡，橫穿，橫過；☆太平洋（たいへいよう）を横断する／橫渡太平洋；～ほどう【横断歩道】（名）人行道；☆横断は横断歩道で／過馬路要走人行道。◎

おうちゃく【横着】（名・形動ダ）①狡猾（＝ずるい）；☆あいつは横着だから油断（ゆだん）も隙（すき）もならない／那個傢伙狡猾可不能疏忽大意；②蠻橫，不講理，厚臉皮（＝ずうずうしい）；☆妹の分まで横取るなんて横着だね／你連小妹妹的分都霸占了，太不講理啦；③偷懶，懶惰（＝なまける）☆横着をしてまだ御挨拶にもあがりません／由於偷懶還沒來問候您；☆横着をきめこむ／（存心）偷懶。④③

おうちょう【王朝】（名）王朝；～じだい【王朝時代】（名）〔史〕王朝時代（天皇執政時代，指奈良朝和平安朝時代）◎

おうて【王手】（名）〔將棋〕將軍，將老將；☆王手をかける／將軍；☆王手飛車（ひしゃ）取り／將軍抽車；〔轉〕逼入絕境；☆王手の詰／將死。①

おうてっこう【黄鉄鉱】（名）〔礦〕黃鐵鑛。③

おうてん【横転】（名・自サ）橫轉，左右回轉。◎

おうと【嘔吐】（名・他サ）嘔吐；☆嘔吐を催（もよお）す／（引起）噁心，令人作嘔。①

おうど【黄土】（名）黃土（顏料）。①

おうとう【桜桃】（名）〔植〕櫻桃。◎

おうとう【応答】（名・自サ）〔文〕應對，應答；☆応答流るるが如し／應答如流；☆応答に窮（きゅう）する／無言對答。◎

おうどう【王道】（名）王道；↔はどう（覇道）。◎

おうどう【黄銅】（名）黃銅（＝しんちゅう）。◎

おうどう【横道】（形動ダ）〔文〕①邪道（＝よこしま）；②蠻橫，不講理（＝おうちゃく）。◎

おうとつ【凹凸】（名）凹凸，高低不平（＝でこぼこ）；☆凹凸ある土地／高低不平的地；～レンズ【凹凸lens】（名）凹凸鏡。◎

おうな【媼】（名）老太婆，老媼。②

おうなつ【押捺】（名・他サ）〔文〕蓋印，蓋章。◎

おうねつびょう【黄熱病】（名）〔醫〕黃熱病（流行於熱帶地區的急性傳染病，能引起黃疸病）。◎

おうねん【往年】（名）〔文〕往年，當年；☆往年の古強者（ふるつわもの）／當年的勇將。◎

おうのう【懊悩】（名・自サ）苦惱，懊惱（＝なやみ，もだえ）。

おうばい【黄梅】（名）〔植〕迎春花。◎

おうばく（しゅう）【黄檗（宗）】（名）〔佛〕黃檗宗（禪宗臨濟派）。④

おうばち【王蜂】（名）〔動〕蜂王。

おうはん【凹版】（名）〔印〕凹版；～いんさつ【凹版印刷】（名）凹版印刷；↔とっぱん（凸版）。◎

おうばんぶるまい【椀飯振舞】（名・自サ）①〔江戸時代〕新正宴會；②〔轉〕盛宴；把自己的東西慷慨的送給很多人 ⑤

おうひ【王妃】（名）王妃。①

おうひ【奧秘】（名）〔文〕①深奧意義；②秘訣。①

*おうふく【往復】（名・自サ）①往返，來回（＝ゆきかえり）；☆動物園まで往復いくらだ／到動物園來回多少錢？；往復とも自動車に乗る／往返都坐汽車；②互通（信息）；☆二人の間に手紙の往復はなかった／他們二人彼此沒通過信；③來往，交際；～きっぷ【往復切符】（名）往返車票；～はがき【往復葉書】（名）往復明信片。⓪

おうぶん【欧文】（名）歐美文（字），西方文（字）；～タイプライター【欧文typewriter】（名）歐美文字打字機。⓪

おうぶん【応分】（名）量力；合乎身分；☆応分の寄付／量力的捐助。⓪

おうへい【横柄】（形動ダ）傲慢，尊大；☆横柄な態度／傲慢無禮的態度。①

*おうべい【欧米】（名）歐美；～しょこく【欧米諸国】（名）歐美各國。⓪

おうへん【応変】（名）〔文〕（臨機）應變。⓪

*おうぼ【応募】（名・自サ）①應募；☆志願兵に応募する／應募（參加）志願軍；②認購（公債、股票等）；☆国債募集に応募する／認購公債；③志願（入學），投考；～しゃ【応募者】（名）應募者，認購者，（入學）報名者；☆大学入学応募者は年々増加する／報名投考大學者逐年增加；～もうしこみ【応募申込み】（名）聲請應募（認購）；報名（投考某校）。⓪

おうほう【応報】（名）（因果）報應。⓪

おうぼう【横暴】（名・形動ダ）横暴，蠻横；☆横暴を極める／横暴已極。⓪

おうみ【近江】（名）〔史〕近畿地方的一國（今屬滋賀縣）；～のうみ【近江の海】（名）琵琶湖的別稱。①

おうむ【鸚鵡】（名）〔動〕鸚鵡；☆鸚鵡の真似（まね）をする／學舌；～がえし【鸚鵡返し】（名）（像鸚鵡一樣）學話；☆鸚鵡返しに言う／照話學話，機械式地重複別人的話。⓪

おうめんきょう【凹面鏡】（名）〔理〕凹鏡；↔とつめんきょう（凸面鏡）。⓪

おうもんきん【横紋筋】（名）〔解〕横紋肌。③

*おうよう【応用】（名・自他サ）應用，適用；☆科学を実地（じっち）に応用する／把科學應用到實際上；～かがく【応用科学】（名）應用科學；～かがく【応用化学】（名）應用化學；～すうがく【応用数学】（名）應用數學；～もんだい【応用問題】（名）應用問題。⓪

おうよう【鷹揚】（形動ダ）→おおよう（大様）。⓪

*おうらい【往来】（名・自サ）①（人馬等的）往來，通行；☆人の往来が絶えない／行人來往不絶；☆車馬往来止め／禁止車馬通行；②通衢，大街；☆賑（にぎ）やかな往来／熱鬧的大街；☆往来で遊ぶと危い／在大街玩危險；③交往，往來，通信；☆あんな人と往来しては、いけない／不要和那種人來往；④（溫度、市價等的）漲落，升降；☆相場（そうば）は二円台を往来する／行市上下兩元之間；～てがた【往来手形】（名）〔江戸時代〕（平民、商人的）身分證兼旅行證；～もの【往来物】（名）（鎌倉、室町時代至明治初年）私塾用的教科書。⓪

おうりょう【横領】（名・他サ）侵占，覇占；☆人の所有物（しょゆうぶつ）を横領する／侵（覇）占人家的東西。⓪

おうりょく【応力】（名）〔理〕應力。①

おうりん【黄燐】（名）〔化〕黄燐；～マッチ【黄燐マッチ】（名）黄燐火柴。⓪

おうレンズ【凹lens】（名）〔理〕凹鏡③

おえつ【嗚咽】（名・自サ）〔文〕嗚咽（＝むせびなく）。⓪①

*おえる【終える】（他下一）做完，完畢，完結；☆一日の仕事を終える／做完一天的工作；☆学校を終える／畢業，結業；☆食事を終えてから散歩に出かける／吃完飯出去散步。⓪

おお【大】（造語）①大（＝おおきい）；☆大嵐（おおあらし）／大暴風（雨）；☆大火事／大火災；☆大叔母（おおおば）／大嬸②多（＝おおい）；☆大入（おおいり）／客滿；③第一，首要，代表性的；☆大本（おおもと）／根本；大本☆大晦日（おおみそか）／除夕；④約略，大概；☆大摑（おおづかみ）／大約；⑤特，非常；☆大威張り（おおいばり）／非常傲慢。

おおあざ【大字】（名）闇（日本「町」「村」內較大的區劃）；↔こあざ（小字）[1]

おおあし【大足】（名）①大脚；☆大足的男／脚大的人；②大步；☆大足に歩く／邁大步走。[1]

おおあじ【大味】（形動ダ）味道平常；☆大味な魚／味道平常的魚。[0]

おおあせ【大汗】（名）大汗；☆大汗が出る、大汗をかく／出大汗。[3]

おおあたり【大当り】（名・自サ）①（抽籤等）抽中頭獎，（演劇等）的大成功，（連日）客滿；☆芝居は大当りだった／演劇取得了大成功；⑧大豐收；☆今年の米作（べいさく）は大当りだった／今年的稻穀大豐收。[3]

おおあな【大穴】（名）①大洞，大窟窿；②〔辭〕大虧空；☆大穴をあける／弄出大虧空；⑧〔賽馬〕大空門；☆大穴をねらう／猪大空門。[0]

おおあに【大兄】（名）長兄，大哥。

おおあね【大姉】（名）長姊，大姐。

おおあめ【大雨】（名）大雨，豪雨；☆大雨が降って来た／下起雨來了。[3]

おおあらし【大嵐】（名）大暴風（雨）；☆大嵐が来そうだ／好像大暴風（雨）[3]

おおあり【大有り】（名）〔俗〕當然有，有得是；☆そんな事があるか――大有りだ／有那樣事嗎？一當然有（有得是）[0]

おおあれ【大荒れ】（名・自サ）①大鬧，鬧得厲害，（＝ひどくあばれる）；☆大荒れにあばれる／大鬧特鬧；②暴風雨；☆大荒れの海／狂風巨浪的海洋。[0] [4]

**おお・い【多い】（形）（數量、次數等）多的；☆人数（にんずう）が多い／人多；☆多ければ多いほどよい／越多越好，多多益善；☆日本には地震（じしん）が多い／日本常發生地震；図おほし（形ク）。[2] [1]

おおい【被い・覆い】（名）①蒙上，蓋上，遮掩，罩上；☆覆いをする／蒙（蓋）上，遮掩上，罩上；②蒙蓋物，被覆物，罩子（＝カバー）；☆敷蒲団（しきぶとん）の被い／褥單子；☆椅子の被い／椅罩。[0] [3]

おおい（感）（從遠處招呼）喂；☆おおい一寸待ってくれ／喂，稍等一等。

オー・イー・イー・シー【O.E.E.C.】（Organization for European Economic Cooperation）（名）歐洲經濟合作機構（根據馬歇爾計劃於1948年成立，又稱「歐洲經濟協力機構」）。[7]

おおいかく・す【被い隠す】（他五）遮掩，隱藏；☆自分の欠点を被い隠す／掩飾自己的缺點。[5]

おおいき【大息】（名）嘆息（＝ためいき）；☆大息をつく／嘆一口氣。[3]

おおいそぎ【大急ぎ】（名）緊急，火急；☆大急ぎの用事が出来た／發生了緊急的事情；☆大急ぎで仕事をする／趕緊做工作。[3]

おおいなる【大いなる】（連體）〔文〕大，偉大；☆大いなる勝利をおさめた／獲得偉大勝利；☆君がそう思うのは大いなる間違（まちが）いだ／你那樣想是大錯特錯。[1]

おおいに【大いに】（副）大大地，非常，很，甚（＝はなはだ、おおく）☆大いに必要を感ずる／甚感必要；☆大いに自信がある／頗有自信。[1]

おおいり【大入り】（名）（劇院等）觀衆很多；☆芝居（しばい）がよいと大入りを取る／戲好就叫座；☆割（わ）れるような大入りであった／觀衆擠得水洩不通；～いわい【大入祝い】（名）（演劇等）慶賀售票的成績好；～まんいん【大入満員】（名）客滿；☆ラッシュアワーにはどの電車も大入り満員だ／上下班時間每班電車都擠得滿滿的。[4] [0]

**おお・う【被（覆・蔽・掩）う】（他五）①蓋上，蒙上，遮蔽；☆雲が空を蔽う／雲遮蔽天空；☆ハンカチーフで顔を掩う／用手帕蒙上臉；②掩蓋，掩飾，掩護；☆犯罪を蔽う／掩飾罪行；☆掩うべからざる事実（じじつ）／是掩蓋不了的事實；⑧籠罩，被覆；☆山は紅葉（もみじ）に覆われている／滿山紅葉；☆雪に覆われた大地／被雪蓋上的大地；◇耳を覆うて鈴を盗む／掩耳盗鈴；一言を以て之を蔽えば／一言以蔽之。[2] [0]

おおうそ【大嘘】（名）大謊言；☆大嘘をつく／撒大謊。[3]

おおうつし【大写し】（名・他サ）〔電影〕特寫（＝クローズアップ）。[3]

おおうみ【大海】（名）大海。[3]

おおうりだし【大売出し】（名）大賤賣，大甩賣；☆歳暮（せいぼ）の大売出し／年末大減價。[3]

おおおく【大奥】（名）①〔史〕江戸城中

將軍夫人的住處；②皇宮內院。③

おおおとこ【大男】（名）身材高大的男人，大個子；☆見上げるような大男だ／塔似的大個子。◇**大男総身**（そうみ）**に知恵がまわりかね**／四肢發達頭腦簡單。③

おおおんな【大女】（名）身材肥大的女人。②

おおがい【頁】（名）〔漢字部首〕頁部。

おおがかり【大掛かり】（形動ダ）大規模；☆今度（こんど）の工業展覧会（こうぎょうてんらんかい）は中々大掛かりでした／這次工業展覽會規模非常宏大。③

おおかじ【大火事】（名）大火警，大火災；☆地震で大火事が起った／由於地震起了大火。③

おおかぜ【大風】（名）大風；☆大風が吹く／颳大風。④③

***おおかた**【大方】Ⅰ（副）①大約，大概（＝たぶん）；（下接謂語常用推量形）☆大方来るだろう／我想大概是不成，②大致，多半，大部分；☆もう大方出来上がった／已經大部分完成了；☆結果（けっか）は大方分っている／結果大致了然了；Ⅱ（名）〔俗〕一般、大家；☆大方の読者／一般的讀者；☆大方の御賛同を得たい／希望取得大家的同意。◎

おおがた【大形】（名・形動ダ）（花樣等）大的，大花樣的。

おおがた【大型】（名・形動ダ）大型（的東西）；☆大型の機械／大型機器。◎

おおがね【大金】（名）巨款；☆大金を落した／遺失一筆巨款。◎④

おおがね【大鐘】（名）大鐘。◎

おおがねもち【大金持ち】（名）大財主，大富翁。④③

おおかぶぬし【大株主】（名）大股東③④

おおがま【大釜】（名）大鍋。◎

おおかみ【大神】（名）①神的敬稱；②天照大神。①◎

おおかみ【狼】（名）狼；◇**狼に衣**（ころも）／人面獸心，衣冠禽獸。①

おおかみざ【狼座】（名）〔天〕豺狼座。

おおがら【大柄】（形動ダ）①（身量等）大，大個子；☆大柄な男／大個子；②（衣料等）大花紋；☆大柄な方が好きだ／我喜歡大花的。◎

おおかれすくなかれ【多かれ少なかれ】（連語・副）或多或少，多多少少…（＝い

くらかは）；☆多かれ少なかれ皆被害を蒙（こうむ）った／或多或少都受害了。①─③⑦

おおかわ【大川】（名）大河。①

オーガンジー【organdy】（名）細薄絲綢（女夏服料）。

おおき【多き】（名）〔文〕多；☆兵は多きを貴ばず／兵不貴多。①

***おおき・い**【大きい】（形）①（尺寸、容積等）大的，巨大的，高大的；☆この帽子はあまり大きい／這個帽子太大；☆あの子は年にしては大きい方だ／那個孩子照歲數說來個子大；②責任が大きい／責任重大；②（數量）多的；☆今度の損失は大きい／此番損失甚大；③誇大（＝おおげさ）；☆彼は大きいことばかり言っている／他盡說大話；④（聲音）大，高（＝たかい）；☆もう少し大きい声で言って下さい／請再大點聲兒說；⑤偉大，宏大（＝いだいな）；☆大きい人物／偉大的人物⑥年長的；☆大きい姉（ねえ）さん／大姐；⑦重大；☆大きい問題／重大問題◇**腹**（はら）**が大きい**①肚量大；②吃得多；⑧懷孕。③

***おおきさ**【大きさ】（名）大小，尺寸；☆この帽子の大きさは丁度（ちょうど）いい／這個帽子大小（尺寸）正合適。◎

オーキシン【auxin】（名）〔植〕植物激長素。◎

おおきな【大きな】（連體）＝大きい；◇**大きな顔**／傲慢的面孔，自大的神氣；**大きなお世話**（せわ）**だ**／少管閑事，不勞駕。①

おおきに【大きに】（副）①很、甚（＝おおいに）；☆大きにご尤（もっとも）です／誠然、很對；☆大きに御苦労でした／受累受累；②（在關西）謝謝（＝ありがとう）；☆大きに（ありがとう）／謝謝。①

おおきみ【大君】（名）①當代天皇的敬稱；②親王、王子、王女的敬稱。③◎

おおぎょう【大形・大仰】（形動ダ）①誇大（＝おおげさ）；☆大仰に言う／誇大其詞，言過其實；②舖張，盛大舉行；☆あまり大形にやる必要はない／不必過於舖張。◎

おおぎり【大切り】（名）①切大塊；☆この肉は大切りにした方がいい／這塊肉最好切大塊；②壓軸戲（＝おおづめ）；☆今

夜（こんや）の大切りは何だ／今晩的壓軸戲是什麼？⑧末尾（＝おわり）；☆今日はこれで大切りとしよう／今天就此結束。◎

*おおく【多く】（名・副）①多半，大半，大多數（＝おおかた，たいてい）；☆彼の言うことは多くあたっている／他所說的話多半是對的；②許多，多數；☆多くの国と友好関係をもっている／與許多國家建立友好關係；☆物を多く持っている／有很多物資；☆多くを言う必要はない／無需多說；～（と）も【多く（と）も】（連語）至多，最多；☆多くとも三十元位でしょう／至多也不過三十來元吧；☆多くも百里はあるまい／最多不過一百里。①

オーク【oak】（名）〔植〕櫟橡。①

おおぐい【大食い】（名）①飯量大，吃得多；貪食；☆大食いをするのは胃に悪い／多食傷胃；②貪食者；飯量大的人。①

オークション【auction】（名）拍賣（＝せりうり）。①

おおぐち【大口】（名）①大口，大嘴；☆大口を開いて笑う／張開大嘴笑；②大話；☆大口を利く，大口を叩く／說大話；⑧大宗，大批，巨額；☆大口の注文（ちゅうもん）／大批定貨；☆大口取引（おおぐちとりひき）／大宗交易。①◎

おおぐみ【大組】（名・他サ）〔印〕拼版，排成整版；☆一ページに大組する／拼成一版。◎

おおくら【大蔵】（名）國庫；～しょう【大蔵省】（名）財政部；～だいじん【大蔵大臣】（名）財政大臣，財政部長。◎

オークル【法ocre】（名）①〔礦〕赭土；②赭色。①

オー・ケー【美O.K.】（感・自サ）（all correct之略）好，不錯，可以，同意。③

おおげさ【大袈裟】Ⅰ（形動ダ）①誇大；☆大袈裟にものを言う／說大話；☆そう大袈裟に吹聴（ふいちょう）しなくともよい／不必那樣大吹大擂；②大肆鋪張，大規模（＝おおじかけ）；☆そんなに大袈裟にしなくてもいい／無須那麼大肆鋪張（小題大做）；Ⅱ（名）①大袈裟；②從肩斜砍（下去）；☆大袈裟に斬付（きり）ける／從肩斜着砍去。◎

オーケストラ【orchestra】（名）〔樂〕①管絃樂（隊）；②（舞臺前面的）演奏席。③

おおごえ【大声】（名）大聲；☆大声で叫ぶ／大聲喊叫。◎

おおごしょ【大御所】（名）①〔古〕親王、將軍等隱居之所；對隱居的親王、將軍的尊稱；②〔轉〕權威者；泰斗；☆文壇の大御所／文壇泰斗。③

おおごと【大事】（名）①大事，大事件；☆大事になった／事態嚴重了，不得了了；☆大事をしでかした／弄出大亂子來了；②困難事，麻煩事；☆全部書きかえるのは大事だ／全部重寫可夠麻煩了。①④

おおざけ【大酒】（名・自サ）喝大酒；☆大酒は身の為にならない／多飲傷身；～のみ【大酒飲み】（名）酒鬼，喝大酒的人。④◎

おおざっぱ【大雑把】（形動ダ）①大略，約略（＝おおよそ）；☆大ざっぱに見積（みつも）る／大略估計；②粗糙，粗漏；草率；☆大ざっぱに造ったものは壊（こわ）れやすい／粗製濫造的東西容易壞；☆大ざっぱな事を言う／隨便地說；☆大雑把にやる／草率從事。③

おおざと【邑・阝】（名）〔漢字部首〕邑部。◎

おおさわぎ【大騒ぎ】（名・自サ）①大吵鬧，大騒亂；☆会場（かいじょう）は大騒ぎになった／會場大亂起來了；☆家の中は上を下への大騒ぎだ／家裏鬧得天翻地覆；②大驚小怪，驚慌失措；☆何もそう大騒ぎすることはない／不必那麼大驚小怪的；☆子供が居なくなって大騒ぎをした／因為孩子不見了就著慌起來了；⑧狂歡；☆飲めや歌えの大騒ぎ／且飲且歌的狂歡；④轟動一時；☆彼は世界記録（せかいきろく）をやぶって一時大騒ぎされた／他因打破世界記錄而轟動一時；☆大騒ぎされたニュース／轟動一時的消息。③

おおじ【大路】（名）大街，大路（＝おおどおり）；↔こうじ（小路）。①

おおじ【祖父】（名）①祖父，外祖父（＝じじ，おじ）；②老翁。①

おおしい【雄雄しい】（形）（形シク）英勇的，有丈夫氣概，勇敢的（＝いさましい）；☆敢然と反対する雄雄しい態度／毅然表示反對的勇敢態度；図ををし（形シク）。③

おおしお【大潮】（名）大潮，朔望潮（陰曆初一、十五日的潮水）。①

おおじかけ【大仕掛（け）】（形動ダ）大規模（＝おおがかり）；☆大仕掛な建設計画（けんせつけいかく）／規模宏大的建設計劃；☆大仕掛な工業建設を始める／大規模地展開工業建設。③

おおじぬし【大地主】（名）大地主。③

おおしばい【大芝居】（名）①大規模的戲劇；名角配演的好戲；②（江戸時代的）大劇院；◇大芝居を打つ／耍大花招；（破釜沉舟地）大幹一場。

おおしま【大島】（名）←大島つむぎ；～つむぎ【大島紬】（名）大島綢（鹿兒島縣大島産的綢）。①

おおしも【大霜】（名）大霜，嚴霜；☆菊は大霜におかされた／菊花被嚴霜打了。

オーシャン【ocean】（名）大洋，大海①

おおず（づ）かみ【大摑（み）】（名・他サ）①大把抓☆南京豆を大づかみにつかんだ／抓了一大把花生；②提綱挈領，扼要；約略，大概（＝おおざっぱ）；☆大づかみに言えばこうだ／扼要地說來是這樣；☆解説が大づかみに過ぎる／解說過於簡略。③

おおす・ぎる【多過ぎる】（自上一）太多，過多；☆雪が多過ぎる／雪下得太多；☆人が多過ぎる役所／人浮於事的機關。

おおすじ【大筋】（名）大綱，梗概；☆大筋だけ話す／只說梗概。◎③

おおず（づ）め【大詰（め）】（名）①〔劇〕最後一幕☆大詰めまで見た／一直看到最後一幕；②〔轉〕結局，末尾；☆国会の審議も大詰めに近づいた／國會的審核也接近尾聲了。◎④

おおせ【仰せ】（名）①吩咐，囑咐（＝いいつけ）；☆あなたの仰せなら何事（なにごと）でも致します／如何吩咐無不照辦；②（您的）話；☆仰せの通りです／您說得是，誠然；☆仰せ御尤です／您說得對；～いで【仰出で】（名）吩咐，指示；～ごと【仰言】（名）說的話；吩咐的話。

*おおぜい【大勢】①（名）許多人，多數人；衆人，大家；☆大勢の友達／許多朋友；☆大勢の前で恥を掻（か）く／當衆出醜；②（副）（人數）很多，衆多；☆子供が大勢居ます／有很多小孩子；◇大勢の眼

鏡は違わぬ／羣衆的眼睛是雪亮的。③

おおぜき【大関】（名）①〔角力〕大關（次於「横綱」的高級角力家的稱號）；②〔轉〕鶴立鷄羣。①

おおせつ・ける【仰せ付ける】（他下一）〔「言いつける」的敬語〕①任命；②吩咐，命令；☆私で役に立つなら御遠慮なく仰せつけて下さい／如果我能辦得了就請您不客氣地吩咐吧。⑤

おおせら・れる【仰せられる】（連語・下一）說（＝おっしゃる）；図おほせらる（下二）。

おお・せる【果せる・遂せる】（他下一）（接動詞連用形，起助動詞作用）…到底，…完；☆隠（かく）し果せないでついに白状した／隱瞞不住終於招認了；☆君に、辛抱が、しおおせるかどうか問題だ／問題是你能否堅持到底；図おほす（下二）。③

おおそうじ【大掃除】（名）①大掃除，大清潔；②大清洗；☆議院内部の大掃除をやる／進行議院内部的大清洗。③

オーソドックス【英・形 orthodox】（名・形動ダ）①正統派；②正統的，舊式的。④

おおぞら【大空】（名）太空，天空；☆晴れ渡る大空／萬里無雲的天空。③

オーソリティー【authority】（名）①大家，權威；☆彼は物理学のオーソリティーだ／他是物理學的權威；②當局。③

おおぞん【大損】（名）巨大損失，吃大虧；☆大損をする（蒙る）／遭受巨大損失，吃大虧。③

オーダー【order】（名）①等級；②順序，秩序；③命令；④訂貨；～メード【order-made】（名）定做的西服；定做的貨；↔レディメード。①

おおだい【大台】〔經〕行市等的大關；☆五百元の大台を割る／打破五百元大關。◎

おおだいこ【大太鼓】（名）大鼓。③

おおだち【大太刀】（名）大刀；☆大太刀を巧みに使う／善使大刀。①◎

おおだてもの【大立者】（名）①（劇團等的）頭牌演員，臺柱☆彼は一座の大立物だ／他是劇團裏的頭牌演員；②大人物，重要人物，首領，巨匠；☆政界の大立者／政界的要人。◎④

おおたば【大束】Ⅰ（名）大捆，大束；☆

大束の薪（まき）／大捆薪柴；☆髪（か
み）を大束に結（ゆ）う／梳個大髻兒；
Ⅱ（形動ダ）①大方,大手大脚,手不緊（
＝おおまか,おおざっぱ）；②誇大,誇
張（＝おおげさ）；☆大束をきめる／擺
架子。◎ ③

おおちがい【大違い】（名・自サ）①相差
甚遠,大不相同；☆見ると聞くとは大違
いだ／眼見和耳聞大不相同；②大錯特
錯；☆よく調べて見たら大違いしていた
／詳細一檢査才知道大錯特錯了。③

おおつごもり【大晦】（名）〔文〕除夕（＝
おおみそか）

おおっぴら（名・形動ダ）公然,公開；毫
無顧忌,肆無忌憚（＝おおびら）；☆お
おっぴらに手を取り合って散歩する／（
二人）公開手拉手散歩；☆白昼おおっぴ
らと泥棒をはたらく／公然在白晝偷盗；
☆おおっぴらにする／公開。◎

おおて【大手】（名）①（城的）前門；☆
大手を攻める／攻前門；②〔經〕（在交
易所）做大宗交易的人；～すじ【大手
筋】（名）〔經〕做大批交易的人；～も
ん【大手門】（名）城的正門。①◎

おおで【大手】（名）張開兩臂；☆大手を
広げて歓迎する／伸開兩手歡迎,衷心歡
迎；②搖動兩手；◊**大手を振る**／大搖大
擺,大模大樣,肆無忌憚；☆大手を振っ
て歩く／大搖大擺地走；☆大手を振って
試験をパスした／毫不費力地考中了；☆
侵略者が大手を振って横行する／侵略者
肆無忌憚地橫行。◎①

おおでき【大出来】（名）特別成功,好極；
特別出色；☆弁論会は大出来だった／辯
論會開得特別成功；☆この作文は大出来
だ／這篇作文特別出色。◎

オーデコロン【法eau de Cologne**】**（名）
香水,花露水,化粧水。④

オート【oat**】**（名）〔植〕燕麥（＝からす
むぎ）；～ミール【oatmeal】（名）燕
麥粥。①

オート【auto**】**（名）①表示「自己」、「
自力」、「自動」之義；②←オートモビ
ル；～さんりんしゃ【auto三輪車】（名）
三輪載貨汽車；～バイ【autobicycle】
（名）機器脚踏車；～バイオグラフィー【
autobiography】（名）〔文〕自傳；～バ
イク【autobike】（名）＝オートバイ；
～マティック【automatic】Ⅰ（形動ダ）

自動的；Ⅱ（名）自動手槍；～レース【
auto-race】（名）汽車（機器脚踏車）
競賽。①

オード【ode**】**（名）①（古布臘的）頌詩；
②（近代西洋的）抒情詩。

おおどうぐ【大道具】（名）〔劇〕大道
具；～かた【大道具方】（名）大道具佈
置員↔こどうぐ（小道具）。③

*おおどおり【大通り】（名）大街,通衢；
☆賑かな大通り／熱鬧大街。③

おおどころ【大所】（名）①大公館；大宅
第；②大家；☆画壇の大所／繪畫界的大
家。③

オードブル【法hors-d'oeuvre**】**（名）（
西餐的）小吃,前菜。③

オーナー【owner**】**（名）物主,所有人；
（職業棒球團的）經營主。①

おおなみ【大波】（名）大浪。◎

オーナメント【ornament**】**（名）裝飾,
裝飾品（首飾、勳章等）。

おおのみこみ【大呑み込み】（名）完全理
解。

オーバー【over**】**（名・自サ）①超過,越
過（＝こえる,こす）；☆一万円をオーバ
ーする／超過一萬元；②←オーバーコー
ト；～オール【overall】（名）工人作業
服；～コート【overcoat】（名）大衣,
外衣（＝がいとう）；～（ハンド）スロ
ー【over (hand) throw】（名）〔棒
球〕（由上向下掄胸的）投球法；～タイ
ム【over time】（名）〔經〕規定時間
外的勞動；～ラップ【over lap】（名
・他サ）〔電影〕重疊攝影；～ワーク【
over work】（名・自サ）過勞,過度的
勞動,加班加點,定時以外的工作。①

おおばか【大馬鹿】（名）大混蛋；糊塗蟲～
もの【大馬鹿者】（名）大渾蛋①◎③

おおばこ【車前・車前草**】**（名）〔植〕車
前草（又稱おばこ、かえるば、おんば
こ）。◎

おおはし【大橋】（名）大橋。①

おおばしょ【大場所】（名）①大廣場；②
正式的場所；③〔角力〕（每年１、３、
５、10月擧行的）大比賽。◎

おおはずれ【大外れ】（名）（估計、預算、
猜測）大錯特錯；☆それがたやすい仕事
と思ったら大外れだ／（你）如果認爲那
是輕而易擧的工作可就大錯了。③

おおはだぬぎ【大肌脱ぎ】（名）光着大膀

お

子（「はだぬぎ」的誇張説法）。④

おおはば【大幅】（名・形動ダ）①寬幅布；②（變動等的程度）頗大，（範圍）廣泛；☆バス料金が大幅に上がる／公車票價大幅度地上漲，☆大幅な人事移動／廣泛的人事調動。⓪④

おおばやり【大流行】（名）盛行，大流行，大時興；☆流線型の自動車が大ばやりだ／流線型的汽車大時興。③

おおはらい【大祓】（名）〔「おおはらえ」之訛〕驅邪，祓除不祥（6月、12月的末日舉行）。③

おおばり【大針】（名）大針。

おおばん【大判】（名）①（江戸時代的）橢圓形金幣；②開數大的紙，大張紙。⓪

おおばん【大番】（名）〔古〕①爲守衛皇宮而駐在京師的各地武士；②←大番組；～ぐみ【大番組】〔江戸時代〕駐守東京（江戸）、大阪和京都各城堡的守衛隊。⓪

オー・ビー【O.B】（名）〔←オールドボーイ（old-boy）〕校友（的運動比賽隊）。③

おおびけ【大引け】（名）（交易所）收盤；←おおびけねだん；～ねだん【大引値段】（名）收盤（的行市）。⓪

おおひょうばん【大評判】（名）轟動一時；☆あの事件は東京で大談判になった／那個事件在東京轟動一時。

おおびら【大びら】（名）→おおっぴら⓪

おおひろま【大広間】（名）大客廳；大廳。③

おおふう【大風】（形動ダ）驕傲，尊大（＝おおへい）；☆大風な口の利き方をする／說話狂妄自大。

おおぶね【大船】（名）大船；◇大船に乗ったよう／穩如泰山。⓪

おおふぶき【大吹雪】（名）大風雪；☆歩けない程の大吹雪だった／狂風大雪簡直寸步難行。

おおぶり【大降り】（名）（雨、雪）大降，大下；☆昨日の大降りで河の水が出た／由於昨日這場大雨淹水氾濫了／☆雨が大降りになってきた／雨下大起來了。⓪

おおぶり【大風・大振】（形動ダ）大型，大號，尺寸較大（的東西）；☆もっと大振りな品を見せて下さい／請拿再大一些的給我看。⓪

おおぶろしき【大風呂敷】（名）①大包袱；②吹牛，說大話，說空話；◇大風呂敷を広げる／①說大話，吹牛；②制定脫離實際的庞大計劃；☆大風呂敷を広げて、人を烟にまく／大吹大擂把人弄得雪山霧罩。

オーブン【oven】（名）烤爐。①

オープン【open】Ⅰ〔英・形〕（形動ダ）①開，開放，敞開（＝あけっぱなし）；②公開的；Ⅱ〔英・名〕（名）①敞蓬汽車；②公開比賽（＝オープンゲーム）；～アカウント【open accunt】（名）〔商〕定期清結帳戶（日本同美國、加拿大以外的國家進行貿易時所訂的記帳制度，每年結算兩次，其差額以現金清結）；～カー【open-car】（名）敞蓬汽車；～ゲーム【open game】（名）公開比賽；～コース【open-course】（名）自由賽跑道；～ショップ【open-shop】（名）自由僱用制（不論是否工會會員一律雇用）；～セット【open set】（名）〔電影〕外景佈景；～ドア【open-door】（名）門戶開放；～マーケットオペレーション【open-market-operation】（名）公開市場買賣。①

おおへい【大柄・横柄】（形動ダ）驕傲，傲慢，狂妄；☆横柄な顔をしている／面帶驕氣；☆大柄に振る舞う／舉止狂妄；～づら【横柄面】（名）驕傲面孔；☆あの人はいつも横柄面をしている／他老擺出一副傲氣凌人的面孔。①

おおべや【大部屋】（名）①大房間，大屋子；②〔劇〕下級演員（的休息室）。⓪

おおま【大間】（名）①大房間；間隔大；②＝きょうま（京間）；⑨←大間書；～がき【大間書】（名）稀開行間寫字。

おおまか【大まか】（形動ダ）①大手筆，大方，慷慨，不吝嗇；☆金使(かねづか)いが大まかだ／花錢大方（慷慨）；大筆大筆的花錢；☆大まかな人間／花錢大方的人；②潦草，籠統（＝ざっと、おおざっぱ）；☆大まかに言えば／籠統說來，大致說來，☆大まかに見積る／潦草估計。⓪

おおまがり【大曲り】（名）（道路等的）大彎，大拐彎。③

おおまけ【大負け】（名）①大敗；☆侵略軍は大負けを食った／侵略軍吃了個大敗仗；②大減價；☆大負けに負（ま）ける／大大減價。⓪④

おおまじめ【大真面目】（名・形動ダ）非常認眞，一本正經（＝きまじめ）。③

おおまた【大股】（名）大步，濶步；大股に歩く／邁大步走，濶步而行。①

おおまちがい【大間違い】（名）大錯（特錯）；☆ビルマを侵略したのが大間違いだ／侵略緬甸是大錯特錯。③⓪

おおまわり【大回り・大廻り】（名・自サ）繞遠，繞大彎路；☆そこを行くと大廻りになる／從那兒走就繞大彎了。③

おおみ―【大御】（接頭）〔古〕接於有關神或天皇事物之上，表示尊敬；☆大御世（おおみよ）／聖世。

おおみず【大水】（名）大水，洪水（＝こうずい）；☆大水が出た／漲大水了；☆大水で土手（どて）が切れた／大水沖壞了堤壩。④①

おおみそか【大晦日】（名）除夕。③

おおみだし【大見出し】（名）①〔報紙、雜誌上的〕重要標題，大字標題；☆その事件は大見出しで新聞に報道された／那個事件在報紙上用大字標題登載出來了。②誇大的標題。③

おおみち【大道】（名）①大道；②遠路。

オーム【ohm】（名）〔電〕歐姆。①

おおむかし【大昔】（名）太古，上古。③

おおむぎ【大麦】（名）〔植〕大麥。⓪③

おおむこう【大向う】（名）①〔劇〕站票席（的觀衆），一般觀衆；②〔轉〕人羣，大羣的人；☆大向うをうならす／大向の人氣をとる／①博得全場的喝采，②博得衆人的喝采。③

おおむね【大旨】（名）大意，宗旨；☆大旨は分った／大意明白了。⓪

おおむね【概ね】（副）大約，大概，大致（＝あらまし、だいたい）；☆成績は概ね良好だ／成績大致良好；☆概ね意味を会得（えとく）した／意思大致領會了。⓪

おおめ【大目】（名）①大眼睛；☆大目をむいて見る／瞪着大眼睛看；②大斤（以20兩爲一斤的重量單位）；③多些；☆飯を大目によそう／盛多些飯；④饒恕，寬容；◊大目に見る／寬恕，寬容；不深究；☆子供だから大目に見ておく／因爲是孩子就不深究了。⓪

おおめだま【大目玉】（名）①大眼珠；☆大目玉をむき出す／瞪大眼睛；②責備，申斥；◊大目玉を食う／挨一頓申斥。③

おおもじ【大文字】（名）①大字；②〔英文等的〕大寫字母；☆固有名詞は大文字で書く／固有名詞要大寫；↔こもじ（小文字）。⓪

おおもて【大持て】（名）大受優待，大受歡迎；☆大もてにもてる／大受歡迎。⓪④

おおもと【大本】（名）根本，根基，基礎；☆教育（きょういく）の大本を忘れる／忘掉教育的根本。⓪④

おおもの【大物】（名）①大東西；②大作品；☆こんどの展覧会には、かなり大物が出ている／這次展覽會展出了一些大作品；③大人物，了不起的人物；☆今度の内閣（ないかく）は大物ぞろいだ／這次的內閣全是些了不起的人物；④〔獵〕大獸，〔漁〕大魚；☆大物がだいぶ捕（と）れた／捕捉了好些大獸（大魚）；⑤大部頭的書籍，巨著；☆今年は大物が続続（ぞくぞく）出ている／今年有些巨作陸續出版；⑥大事業；☆大物に手を出すようになった／搞起大事業來了。⓪

おおものいり【大物入り】（名）開支很大，花費太大；☆子供達の教育費だけでも大物入りでした／只是子女們的教育費就是一筆很大的開支。

おおものぐい【大物食い】（名）〔角力〕〔圍棋〕戰勝強敵（的人）。④

おおもん【大門】（名）正門，大門（＝おもてもん）。①

おおや【大家・大屋】（名）①房東（＝やぬし）；②本家（＝ほんけ）；↔ぶんけ（分家）；③主房；～さん【大家様・大屋様】（名）房東～たなこ（店子）。①

おおやいし【大谷石】（名）大谷石（栃木縣大谷附近產的一種凝灰岩，富於耐久性，用以建築下水道、石牆、倉庫等）。③

おおやくどし【大厄年】（名）大厄運年，大關口；☆西洋では六十三歳が大厄年だと言う／在西洋說六十三歲是大厄年（大關口）。

*おおやけ【公】（名）①〔公の〕公的，公家的；☆公の事と私（わたくし）の事を区別する／把公事同私事分開；②〔公に〕公開地，正式地；☆まだ公には発表されない／還沒有正式發表；☆彼は公に言いたくない／他不願意公開地說出來；③〔公にする、公になる〕發表；公開；出版；☆私は自分の名前を公にしたくない／我不願意發表自己的名字；☆彼の著書

お

は生前公にされなかった／他的著作在生前未曾出版；☆事件が公になった／事件成了公開的了；～ごと【公事】（名）公事，公務；～どころ【公所】（名）①政府；官廳；朝廷；②公共場所；～もの【公物】（名）公物＝わたくしもの。◎

おおやけざた【公沙汰】（名）①打官司；☆公沙汰にでもしなければ決着（けっちゃく）はつくまい／如果不經法院恐怕解決不了；②公開出來、訴諸公論；☆隱（か）さないで公沙汰にした方がよい／最好不加隱飾而公開出來（訴諸輿論）。◎

おおやすうり【大安売り】（名・他サ）大賤賣，大減價（＝おおうりだし）。③④

おおゆき【大雪】（名）大雪。④◎

おおゆび【大指】（名）姆指（＝おやゆび）。

おおよう【大様】Ⅰ（名・副）〔文〕大致，大概；☆大様違わず／大致不差；Ⅱ（形動ダ）①大方，濶綽，慷慨；☆彼は金使（かねづか）いが大様だ／他花錢大方；☆大様に育（そだ）つ／自幼就（生活）濶綽；②從容不迫，沉着；☆大様な態度／沉着な態度；③高傲，尊大；☆大様に構える／擺架子。◎

おおよそ【大凡】Ⅰ（名）一般，普通，大概，大體（＝ふつう，おおかた）；☆大凡の人には分るはずだ／普通的人會懂得的；☆大凡の見積（みつも）り／大概的估計；☆あなたの所はどての位かかりますか／大致需要多少錢？Ⅱ（副）大致，大約，差不多（＝おおかた，だいたい，およそ）；☆おおよそ三百人位出席した／大概有三百人出席了。◎

おおよろこび【大喜び・大悦び】（名）非常歡喜，極其高興；☆大喜びで出発した／高高興興地出發了。③

オーライ【美 all right】（感）對，是，好了，不錯（＝オールライト、オーケー）。①

おおらか（形動ダ）①大量（＝たくさん）②大方（＝おおよう）；☆気持のおおらかな人／（胸襟）大方的人。②

オール【all】（名）全，全部，所有一切；☆オール日本／全日本；～ウェーブ【all wave】（名）（長，中，短波具備的）全波收音機；～オアナッシソグ【all or nothing】（連語・名）不幹則已幹就徹底；～スターキャスト【all star

cast】（名）〔影〕明星總演出；著名演員聯合演出；～バック【all back】（名）（髮型之一種）背頭；～ライト【all right】（感）＝オーライ；～ラウンド【all round】（名）萬能，多才多藝。①

オール【oar】（名）（划艇的）槳（＝かい）。

オールド【英・形 old】（名）上年紀的，老的；舊的；～ボーイ【old boy】（名）①校友；②畢業生隊（＝オービー）；③有朝氣的老人；～ミス【old miss】（名）老處女。①

オールマイティー【Almighty】（名）①萬能；②（撲克）王牌。①

オーレオマイシン【aureomycin】（名）〔藥〕金黴素（抗菌劑之一種 肺炎特效藥）。⑤

オーロラ【aurora】（名）①〔地〕極光；②〔希臘神話〕黎明女神。◎③

おおわらい【大笑い】（名・自サ）①大笑；☆腹（はら）をかかえて大笑いする／捧腹大笑；②大笑柄，大笑話；☆こいつは大笑いになるよ／這要成大笑話。③

おおわらわ【大童】（形動ダ）①拼命努力，緊張從事；☆大童になる／拼命努力；☆大童になって勉強する／拼命用功；②披頭散髮。③

*お**か**【丘・岡】（名）丘陵，山岡，小山◎

おか【陸】（名）①陸地；岸上；☆舟（ふね）から陸が見える／從船上看見陸地；②（硯的）研墨處；③（澡堂的）沖洗處；◇陸に上がった河童（かっぱ）／虎落平陽。◎

おが【大鋸】（名）大鋸（＝おおが）；☆大鋸を挽（ひ）く／拉大鋸；～くず【大鋸屑】（名）鋸末子；～ひき【大鋸挽き】（名）拉大鋸的工人。

*おか**あさん**【御母様】（名）〔（はは）的敬稱，亦作（おかあさま）①媽媽，母親；②您母親，令堂。②

おかいこ【御蚕】（名）①〔動〕蠶；②〔俗〕絲綢。②

おかいこぐるみ【御蚕ぐるみ】（名）（由「滿身綢緞」轉義爲）豪華，豪奢；☆お蚕ぐるみで育った／生在富貴之家，從小嬌生慣養。⑤

おかか（名）〔女〕（調味用的）乾木魚，乾松魚（＝かつおぶし）。◎

おかがみ【御鏡】（名）〔女〕供神用的

形年糕；〜もち【御鏡餅】（名）＝おか
がみ。⓪

おかき【御搔】（名）〔女〕年糕片（＝か
きもち）。②

*__おかげ__【御陰・御蔭】（名）①托福，托庇，
幸虧，多虧；☆お陰で命（いのち）が助
（たす）かった／幸虧您（的救護）保住
了性命；☆お陰で病気も全快（ぜんかい）
した／托福病已痊癒；②由於，因爲…的
緣故（＝…のため）；☆科学のお陰で肺
病が治（なお）るようになった／由於科
學的進步肺病也能治好了；☆妹のお陰で
お父さんに叱（しか）られた／因爲妹妹
的緣故我被爸爸罵了一頓；☆お陰
様；（名）〔おかげ〕的敬語；☆お陰
まで皆達者（たっしゃ）です／托福全家
都好。⓪

おかざり【御飾り】（名）①（神、佛前的）
供物等；②新年門前所掛的稻草繩（＝し
めかざり）。⓪

おがさわらりゅう【小笠原流】（名）小笠
原流（禮法的流派之一，起源很古，現仍
盛行）。⓪

おかし【お菓子】（名）點心，糕點；〜や
【お菓子屋】（名）點心舖。②

おか・し（形シク）①〔古〕有趣；②〔文〕
→おかしい。

*__おかし・い__【可笑しい】（形）①可笑的，滑
稽的；☆おかしくて笑わずにはいられな
かった／滑稽得使人不能不笑；☆何がお
笑しいの？／有什麼可笑嗎？②奇怪的，
出乎意料的；非比尋常的；☆彼が落第（ら
くだい）したのはおかしい／他沒考上真
奇怪；☆機械の調子（ちょうし）がおか
しい／機器的轉動和平常不一樣；☆おか
しいことには／奇怪的是…；③可疑（＝
あやしい）；☆あいつの行動はどうもお
かしい／他的行跡實在可疑；④不妥當，
不合適；☆私の口からいうのはおかしい
ようだが、あの子は天才だ／好像不應該
由我來說，其實那個孩子確是有天分；☆
君は、おかしいことを言うね／（吵架爭
時）你這話豈有此理；〜が・る（自五）
覺得可笑（可疑、奇怪）；☆あまり威張
（いば）るから、人が可笑しがっている
／（你）太擺架子了，所以人家都覺得可笑
；〜げ【形動ダ】可笑，滑稽；☆可笑し
げに笑う／引爲可笑而笑；〜さ（名）；
☆そのおかしさといったらない／那種可
笑簡直無法形容；〜な（連體）（＝おかし
い）；☆可笑しな話をするようだが…／
說起來倒很可笑…。③

おかじょうき【陸蒸気】（名）火車的舊稱③

おかしら【尾頭】（名）（魚的）頭尾；〜
つき【尾頭付】（名）帶頭尾（的魚）；
☆お祝いに用いる魚は尾頭付でなければ
ならない／祝賀用的魚必須是帶頭尾的⓪

*__おか・す__【犯す】（他五）①犯；☆罪（つ
み）を犯す／犯罪；②冒犯，干犯；☆ど
こか犯し難（がた）いところがある／有些
（凛然）不可侵犯的地方；③姦汚；☆婦
女（ふじょ）を犯す／姦汚婦女。⓪

*__おか・す__【侵す】（他五）侵犯、侵害，侵占；
☆敵軍はしばしば辺境を侵した／敵軍屢
次侵害邊境；☆権利を侵す／侵害權利⓪

*__おか・す__【冒す】（他五）①冒，不避，不
顧；☆危険を冒す／冒（着危）險；☆烈
（はげ）しい砲火を冒して突進する／冒
着猛烈砲火向前突進；☆万難（ばんなん）
を冒して／不顧一切困難；②侵襲，患（
病）（常用被動語形）；☆肋膜炎におか
される／患胸膜炎；☆菊は霜に冒された
／菊花被霜打了；☆寒気（かんき）に冒
されないように…／小心着凉，當心感
冒；③冒充，冒稱；☆人の名を冒す／冒
名；④冒瀆；☆神聖を冒す／冒瀆神聖⓪

*__おかず__【御数】（名）菜；☆漬物をおかず
にして飯を食べる／拿鹹菜當菜吃飯；〜
くい【御数食い】（名）光吃菜；〜ごの
み【御数好み】（名）①好吃菜；②好挑
剔菜。⓪

おかず（づ）り【陸釣り】（名）在岸上釣魚⓪

おかた【御方】（名）①（人的敬稱）位；☆
この御方はどなたかね／這位是誰？②貴
人眷屬的敬稱；③旁人妻子的敬稱；☆権
兵衛（ごんべえ）さんのお方は働き手だ
／權兵衛先生的太太能幹；④主婦。⓪

おかっぱ【御河童】（名）短髮，瀏海兒髮
（少女髮型之一）。⓪

おかっぴき【岡っ引】（名）（江戶時代的）
偵探。⓪

おかどちがい【御門違い】（名）①認錯門
兒；②認錯對象，認錯人；☆お門違いで
すよ／你認錯人了；☆僕をせめるのはお
門違いだ／你怪罪我是認錯對象的④

おかね【御金】（名）錢，貨幣。⓪

おかぶ【御株】（名）①地位，權威；專長，
拿手（的技藝）；☆お株を奪う／奪取旁

人的地位（權威等而代之）；②老毛病，老脾氣；☆愚痴（ぐち）はあの人のお株だ／發牢騷是他的老毛病。⓪

おかぼ【陸稲】（名）旱稲；☆陸稲は粘りけが無い／粳米沒有黏性。⓪

おかぼれ【傍惚・岡惚】（名・自サ）①不知對方心情如何而戀慕，單戀；②戀慕（旁人的愛人）。⓪

おかま【御釜】（名）①燒飯的鍋；②女傭人的別稱；③〔俗〕屁股（＝しり）；④〔俗〕鷄姦；⑤妻；◇**お釜を起す**／發財，起家。⓪

おかまい【御構い】（名）①（江戶時代刑罰之一種）放逐；☆彼はお構いになった／他被放逐（離開江戶）了；②招待；☆御構いもできませんで／（主人對客人說）過於簡慢，恕招待不周；☆御構い下さいますな／（客人對主人說）不要招待（張羅）。⓪

おかまいなし【御構い無し】（連語）不管，不顧，毫不在乎，沒放在心上；☆あの人は人の迷惑など一向（いっこう）いお構いなしだ／攪擾旁人他是蠻不在乎；☆費用はいくらかかってもお構いなしだ／費用多少都沒關係。⑤③

おかみ【女将】（名）（商店、飯館、旅館等的）女主人，女東家，內掌櫃的。②

おかみ【御上】（名）①政府，官廳（＝やくしょ）；☆お上の御用で出張した／因公出差了；②天皇；朝廷。⓪

おがみ【男神】（名）男神。①

おがみ【拝み】（名）叩頭，叩拜。③

おがみたお・す【拝み倒す】（他五）再三央求，苦苦哀求；☆私はとうとう彼に拝み倒された／我終於被他央求得不得不答應了，他再三央求使我無法拒絕了。⓪⑤

****おが・む**【拝む】（他五）①拜，叩拜；☆仏を拝む／拜佛；☆拝んで頼む／拜託，懇求；②懇求；☆母に拝（おが）んで小遣をもらう／央求母親要零用錢；③（「見る」的謙遜語）瞻仰；☆このような品は滅多（めった）に拝まれたものじゃない／這不是尋常能看得到的東西；☆一寸拝めた顔だ／長得還不難看。②

おかめ【御亀】（名）①臉胖鼻凹的醜女假面具；②臉胖而鼻窪的醜女（＝おたふく）；〜**そば**【お亀蕎麦】（名）加豆腐皮、蘑菇等的蕎麵條。②

おかめ【傍目・岡目】（名）旁觀（＝よそめ）；☆岡目に見えない苦労／別人看不到的辛勞；〜**はちもく**【傍目八目】（連語・名）旁觀者清。⓪

おかもち【岡持】（名）（飯館送菜飯用的）食盒。⓪

おから（名）豆腐渣（＝きらず、うのはな）。⓪

おがら【麻幹】（名）麻稈。⓪

オカリナ【意 ocarina】（名）〔樂〕歐卡利那笛（陶製卵形的吹奏樂器）。②

おかわ【御厠】（名）〔文〕（小孩用）橢圓型便器，馬桶（＝おまる）。②

****おがわ**【小川】（名）小河。⓪

おかわり【御代り】（名・自サ）①再來一份；☆ごはんのおかわり／再來一碗飯；☆酒のお代り／再來一瓶（壺）酒。②

おかん【悪寒】（名）惡寒；☆悪寒がする／（因發燒而感）惡寒。⓪

おかん【御燗】（名）燙酒，酒愛的溫度⓪

****おき**【置】（接尾）（常接於數量詞下，作副詞用）每隔，每空，每；☆一日おきに風呂（ふろ）にはいる／隔一天一洗澡；☆この薬は四時間おきに飲むのです／這藥每（隔）四小時吃一回；☆三メートルおきに樹を一本植える／每隔三公尺種一棵樹。

****おき**【沖】（名）（離岸較遠的）海上，洋面；☆船が沖にでる／船開往洋面；☆沖の島／海上的島嶼；☆船は旅順口外錨をおろした／船在旅順口外拋了錨。⓪

おき【燠】（名）①炭火；☆真赤な燠／通紅的炭火；②（木柴等的）餘燼；☆燠をかき立てる／撥起餘燼。⓪

おぎ【荻】（名）〔植〕（蘆荻）；〜**はら**【荻原】（名）蘆灘。①

おきあい【沖合】（名）海上，洋上，洋面（＝おき）；☆約六十海里の沖合に／在離陸地約60海里的洋面上；〜**ぎょぎょう**【沖合漁業】（名）海洋漁業（比沿岸漁業稍遠）。⓪

おきあか・す【起き明かす】（他五）整夜不睡，通宵達旦；☆仕事が忙しくて二晩も起き明かした／因工作太忙一連兩夜通宵沒睡

おきあがりこぼ（う）し【起き上がり小法師】（名）〔玩具〕不倒翁，扳不倒。⑥

****おきあが・る**【起き上る】（自五）起來，站起來；☆病床から起き上る／從病床上起來；☆転（ころ）んで起き上れない／

拌倒了爬不起來。◯

おきうお【沖魚】（名）在海洋裏捕的魚；↔いそうお（磯魚）。②

おきかえ【置換】（名・自サ）①換位置，調換；替換；②〔化〕易位，置換（作用）；②〔數〕代用。◯

おきか・える【起き返る】（自五）翻身起來（＝おきあがる，おきなおす）。③◯

おきか・える【置き換える】（他下一）換位置，調換，替換，代用；☆右と左を置き換える／左右互換，左右對調；☆机を置き換える／調換桌子；図おきかふ（下二）。④

おきがけ【起き掛け】（名）剛起來，剛起床，臨起床時。◯

おきごたつ【置炬燵】（名）能移動的席上覆被暖爐；→こたつ（炬燵）。③

おきざり【置き去り】（名・自サ）棄置不顧，遺棄；☆妻子（さいし）を置き去りにする／抛棄妻子；☆約束の時間に遅れたので皆から置き去りにされた／因為誤了約定時間大家都沒有等候就都走了；☆置き去りを食（く）う／被丟棄，被撇下。◯

おきしな【起きしな】（名）〔俗〕（剛）起來時。◯

オキシフル【oxyful】（名）〔藥〕雙氧水，過氧化氫液（殺菌消毒劑及含嗽藥，又能漂白牙齒及絲綢毛線等）。③

おきず（づ）り【沖釣】（名）坐船到海洋裏垂釣。◯

おきちが・える【置き違える】（他下一）擺錯，放錯；☆巻の三と巻の五とを置き違えた／把第三卷和第五卷放錯了。④⑤

おきつ【沖つ】（連體）〔古〕海上的；～かぜ【沖つ風】（名・連語）海風；～しらなみ【沖つ白波】（名・連語）海上的浪花。◯

おきつけ【置付】（名）常備，固定不動；☆置付の机／固定不動的桌子。◯

おきて【掟】（名）①法律，條例，章程；☆お上（かみ）の掟／官署的法令；☆掟に従う／守法；☆掟を犯す／犯法；②教訓。◯③

おきてがみ【置手紙】（名・自サ）留信，留字，留條；☆彼は留守（るす）だったので（私は）置手紙をして帰った／因為他沒有在家（我）留個紙條就回來了。③

おきどけい【置時計】（名）坐鐘，坐錶；

↔かけどけい。③

おきどころ【置き所】（名）放置處（＝おきば）；☆身の置き所／置身之處。◯③

おきな【翁】（名）①翁，老翁；②老人的假面；③老人假面的「能樂」曲。◯②

おきない【補い】（名）①補，補償；☆不足の補い／補償不足；☆前に損をした補いがつく／以前的損失得到補償；②補助，補足；☆内職（ないしょく）をして暮しの補いをする／兼搞副業補助生活；③補養，補充，增補；☆身体の補いをつける／補養身體；☆何の補いにもならぬ／毫無補益，無濟於事。③①

*おきな・う【補う】（他五）補，補償；☆損失を補う／補償損失；☆過失を補う／補過；②補足，補充；☆不足を補う／補不足；☆欠員を補う／補充定額；◇長短相補う／取長補短。③

おきなお・る【起き直る】（自五）①坐起來；☆床（とこ）の上に起き直る／從被窩裏坐起來；②（歪倒的東西）恢復原位，立起來，正過來；☆傾（かたむ）いた船が起き直る／傾斜的船恢復原位。◯

おきなみ【沖波・沖浪】（名）海上的波濤。

おきなり【沖鳴】（名）海浪聲。◯

おきにいり【御気に入り】（名）心愛的人，寵兒，親信；☆弟は母の大（だい）のお気に入りだ／弟弟是母親最喜愛的人◯

おきぬけ【起き抜け】（名）剛起來；☆朝起きぬけに，客がやってきた／早晨剛一起來就有客人來了。◯

おきのどく【御気の毒】（形動ダ）「気の毒」的敬語；→きのどく。◯

おきのどくさま【御気の毒様】（連語・感）①（麻煩別人或委婉拒絕要求時用之）對不起，過意不去（＝おせわさま，ごくろうさま）；☆どうもお気の毒さま／真對不起；②（弔喪、對他人不幸表示同情時用之）不勝同情；☆ほんとうにお気の毒さまでございます／衷心表示同情。◯

おきば【置場】（名）放置（東西）的地方；☆材木の置場／堆放木料的場地；☆足の置場も無いほど散らかっている／東西放得亂七八糟連個下腳地方都沒有。

おきび【熾火】（名）紅炭火（＝おき）◯

おきふし【起伏・起臥】（名・自サ）①起臥☆起伏も，ひとりでできない／連起臥自己都辦不到；②朝夕，日常（＝つねづ

ね）；☆起伏，母のことばかり案じている／經常惦念着母親。①②

おきまり【御極り・御決り】（名）常例，常習，慣例；☆おきまりの時間に／在照例的時刻；☆あれは先生のおきまりだ／那是先生的老習慣；☆おきまり文句／老一套，老調；☆御決文句を並べる／重複那老一套的話。②

おきみやげ【置土産】（名・他サ）①臨別的贈品，留下的禮物，遺物；②〔諷〕留下的麻煩，累贅；☆借金（しゃっきん）を置土産にして行ってしまった／留下欠債就走了。

おきもの【置物】（名）①陳設品，裝飾品（花瓶、雕像之類）；②〔轉〕牌位，擺設，傀儡；☆課長は置物同然（どうぜん）だ／科長簡直是個傀儡。⓪

おきや【置屋】（名）（藝妓等）的下處⓪

おきゃん【御侠】（名・形動ダ）（像男子似的）野姑娘，瘋丫頭（＝おてんば）；☆あの娘は、おきゃんだ／那女孩是個瘋丫頭。②

おきょう【御経】（名）〔宗〕〔敬語〕經（＝きょう）；☆お経を読む／唸經。⓪

おきりょう【沖猟】（名）海洋捕魚；☆沖猟に出る／出海捕魚。

****お・きる**【起きる】（自上一）①起，起來；☆倒れてまた起きる／拌倒又爬起來；②起床；☆朝五時に起きる／早晨五點鐘起床；③不睡；☆仕事が忙しくて遅くまで起きていた／因工作太忙很晚沒睡；☆タバコ屋はまだ起きている／香烟舖還沒關門；④（火）燃起；☆火が起きる／火燃起來；⑤（事件等）發生，起；☆どんな事件が起きないとも限らぬ／發生什麼事情都保不定的；☆反応が起きる／起反應；◊転んでもただでは起きぬ／雁過拔毛，什麼時候都想撈一把；因おく（上二）。②

おきわす・れる【置き忘れる】（他下一）①忘却放置的地方，擱忘地方；遺失；☆財布をどこかに置き忘れた／忘了把錢包放（丟）在那裏；因おきわすする（下二）⑤

おきわたし【沖渡し】（名・自サ）〔商〕海上交貨（由買主派小船到停泊在港外的大船上去提貨的交易方式）；～ねだん【沖渡し値段】（名）〔商〕抵港價格。③

****おく**【奥】（名）①裏頭，內部，後面；☆奥の間（ま）／裏間屋子；②深處；☆山

の奥／深山裏；☆胸の奥に秘（ひ）めておく／藏在内心裏；☆心の奥まで見抜く／識破内心底蘊；③盡頭，末尾，最後；☆奥の手／最後的手段，秘訣；④後院，深宅，上房，閨房，内宅；正廳；☆お客を奥に通す／把客人讓到上房；⑤夫人，太太（＝おくさん）；⑥秘密，奧秘；⑦晚稲（＝おくて）。①

おく【億】（數）億，萬萬；☆一億を突破した人口／突破了一億的人口。①

お・く【措く】（他五）①〔…を措いて（は）〕（下接否定語）除…之外；除非…（不）；☆これを措いて他に途（みち）はない／除此之外別無他策（途）；☆彼をおいてはこれを為しうるものがない／除他以外沒人能做此事；②止，已（＝やめる）；☆感歎措くあたわず／感歎不已。⓪

****お・く**【置く】Ⅰ（他五）①放，置，擱；☆どこに置くか／放在那裏？身を置く所がない／無安身之處；②放下，留下，丟下；☆名刺（めいし）を置いて来る／遞個名片就回來；☆電車に置いて来た／忘在電車上了；③放置，設立；☆図書室を置く／設圖書室；④保存，存放；☆貴重品はどこにおくか／珍貴物品存放在那裏？⑤雇，用（＝やとう）；☆召使（めしつかい）をおく／雇用人；⑥留住；☆下宿人をおく／留房客；⑦置，任命；☆各県には県長を置く／各縣置縣長；⑧〔圍棋〕（棋子），着（棋）；☆相手に二目（にもく）置かす／讓對方先擺上兩個子；◊重きをおく／注重，着重；Ⅱ（補動五）（接動詞連用形「…て」下）①表示預先做好某種準備動作；☆少し早目（はやめ）に買っておきなさい／請早一點兒買下吧；☆よく考えておいてから質問しなさい／先好好想一想再發問；②表示對某一事物做了某種動作之後不再動它（不管）；☆窓をあけておく／把窗戶開着（暫不關上）。⓪

お・く【置く】（自五）（霜霧等）下，降；霜がおく／下霜。⓪

お・く【擱く】（他五）擱（筆），停（筆）（＝とめる）；☆筆を擱く／擱筆。⓪

おくい【奥意】（名）①内心，真心；☆あの人の奥意が分らない／他的内心如何不得而知；②深奧的意義，深義（＝おくぎ）；☆哲学（てつがく）の奥意を極（

きわ）める／鑽研哲學的深奧意義。①

おくいん【奥印】（名）①（公文證件最後所蓋的）官防；圖章；☆公文書の奥印／蓋在公文（最後）的官防；☆証明書に奥印を押す／在證明書上蓋章；②（圖書等最後一頁所蓋的）印鑑。①

おくがい【屋外】（名）室外，露天；☆屋外で授業する／在外邊上課。②

おくがき【奥書】（名）①跋，書後；②書籍最末一頁，底頁（＝おくづけ）；③（官署在文件最後所寫的）證明文字；（師博授給徒弟的）傳授證明書。④①

おくがた【奥方】（名）太太，夫人。②①

おくぎ【奥義】（名）①深義，深奧的意義；奥妙；☆大自然の奥義を究める／鑽研大自然的奥秘；②秘訣；傳授秘訣。①③

おくざしき【奥座敷】（名）内（客）廳，内宅正廳。③

＊おくさま【奥様】（名・代）①〔敬語〕令正，尊夫人，您的太太；☆奥様の御病気はいかがですか／尊夫人的病好些了嗎？②（傭人稱女主人）太太☆奥様、お客様が、みえました／太太，來客人了；③（一般對年紀稍長的女子的敬稱）太太；☆奥様、何を差し上げましょうか／（店員對女顧客説）太太，您買什麼？①

おくさん【奥様】（名・代）＝おくさま（敬意稍差）。①

おぐし【御髪】（名）〔文〕〔敬語〕頭髪；☆あなたはよい御髪ですこと／你的頭髪太好了；～あげ【御髪上げ】（名）〔敬語〕梳頭。⓪

おくじょう【屋上】（名）屋頂，房頂；☆屋上に物干をつくる／在屋頂上做一個曬物架。⓪

おくず（づ）け【奥付】（名）（書籍印有著者、發行者姓名、出版年月等的）底頁。④⓪

おく・する【臆する】（自サ）畏縮，畏懼，膽怯，腼腆，害臊；☆人の前に出ると臆して口もきけない／一到人前就腼腆得説不出話來；☆少しも臆する色なく／毫不畏縮地；図おくす（サ）。③

おくせつ【臆説】（名）臆説，空論，推測，揣測之談；☆それは臆説に過ぎない／這不過是揣度之談。⓪

おくそく【臆測】（名・他サ）臆測，猜測，揣度；☆これは単に臆測に過ぎない／這不過是猜測而已；☆臆測を逞（たくま）しくする／任意揣測，胡猜亂想。⓪

おくそこ【奥底】（名）①深處；☆心の奥底／内心深處；②内心；☆奥底のない／直爽的，坦率的；☆奥底の知れない人／内心無法猜測的人，令人莫測高深的人⓪

オクターブ【法 octave】（名）〔樂〕音組；八度。③

おくだん【臆断】（名・他サ）臆斷，憑主觀下判斷；☆調査もしないで臆断を下（くだ）す／不加調查就主觀地推斷。⓪

オクタンか【徳oktan価】（名）〔化〕辛烷值。③

おくち【奥地】（名）（距海岸、都市遠的）内地，腹地，背後地；☆奥地まで輸送する／輸送到内地。①

おくて【奥手】（名）〔植〕晩稲，晩熟的水菓、蔬菜。⓪

おくでん【奥伝】（名）秘傳，秘訣（＝おくゆるし）；☆奥伝を授（さず）ける／傳授秘訣。⓪

おくない【屋内】（名）室内；～プール【屋内プール】（名）室内游泳池；↔おくがい（屋外）。②

おくに【御国】①貴國；②（您的）故鄉，家鄉；☆お国はどこですか／您的家鄉是那兒？③郷下；④〔古〕諸侯領地；～なまり【御国訛】（名）鄉音，故鄉的方言。⓪

おくのて【奥の手】（名）①秘訣；②最後手段；☆奥の手を出す／拿出最後的手段。③

おくば【奥歯】（名）大牙，槽牙，臼齒（＝きゅうし）；◇奥歯に物が挟（はさ）まったような言い方をする／説話呑呑吐吐，不乾脆。①

おくび【噯気】（名）噯氣，打嗝兒；☆噯をする／打嗝；◇噯気にも出さない／隻字不提。⓪

おくびょう【臆病】（名・形動ダ）膽怯，膽小，怯懦；☆彼は非常に臆病だ／他非常膽小；☆臆病な事を言うな／不要説懦弱的話；小疑心生暗鬼；～かぜ【臆病風】；～がみ【臆病神】（名）心虚，膽怯；☆臆病風に吹かれる，臆病神がつく／膽怯起來；～もの【臆病者】（名）膽小鬼，懦弱鬼。③②

おくぶか・い【奥深い】（形）①深的；☆この家は奥深い／這家院子很深；②深奧的，深遠的；☆奥深い意味／深奧的意義；図おくぶかし（形ク）。④

おくま・る【奥まる】（自五）在深處的，在僻靜的所在；☆奥まった座敷／裏院的房間；☆奥まった所／僻靜處。③

おくまん【億万】（数）億萬，萬萬（＝おく）；～ちょうじゃ【億万長者】（名）億萬富翁，大富豪。③

おくみ【袵】（名）〔縫紉〕袵。③

おくむき【奥向き】（名）①裏院，内宅；②家庭用，内宅用；☆奥向の用事／家政，家務。◎

おくめん【臆面】（名）怯懦神色，腼腆，害臊；～（も）なく【臆面（も）なく】（副）恬不知恥，厚着臉皮；☆臆面もなく嘘をつく／厚着臉皮撒謊。②◎

おくやま【奥山】（名）深山，後山。◎①

おくゆかし・い【奥床しい】（形）典雅的，優美的，品格高尚的；☆奥床しいすまい／幽雅的住宅；☆奥床しい婦人／優美的女子；☆彼は奥床しい人物だ／他是個品格高尚的人；図おくゆかし（形シク）。⑤

*おくゆき【奥行】（名）（房屋的）進深，深度；☆家の奥行は十尺だ／房子的進深是十尺；☆間口（まぐち）ばかりで奥行がない／光寬不深；↔まぐち。④◎

おくゆるし【奥許し】（名）傳授妙訣（＝おくでん）。③

オクラ【okra】（名）〔植〕（美國南部及西印度羣島的）秋葵。①

おくら【御蔵】（名）①〔劇〕散臺戲，封箱戲；②收藏起來。◎

おぐら【小倉】（名）←おぐらあん；～あん【小倉餡】（名）一種小豆餡（在餡中攙有蜜餞的整粒豆粒）；～じるこ【小倉汁粉】（名）以「小倉餡」作的小豆湯；～ひゃくにんいっしゅ【小倉百人一首】（名）歌集名（據說是藤原定家在小倉山莊所選 663─1200年間一百個歌人的每人一首的歌集）。

おぐら・い【小暗い】（形）發暗的，微暗的（＝うすぐらい）；図をぐらし（形ク）。◎③

おくら・す【後らす・遅らす】（他五）①使慢，推遲，拖延（＝おくらせる）；☆返事をおくらす／推遲回答；②使後退；☆時計を遅らす／把錶針往慢撥。

おくら・せる【後らせる・遅らせる】（他下一）＝おくらす；図おくらす（他四）。◎

おくり【送り】（名）①「送る」的名詞形；②←おくりじょう（送り状）；③送殯；

～おおかみ【送り狼】（名）①尾隨人後伺機傷人的狼；②假托護送企圖在途中調戲女人的男人；～がな【送り仮名】（名）送假名（為便於訓讀漢文在漢字右邊或下面標註其語尾或助動詞、助動詞等用的假名）；～こみ【送り込み】（名）送去，送到；～こ・む【送り込む】（他五）送進，送到；☆家へ送り込む／送到家中；～けん【送り券】（名）〔商〕（詳列貨名、價格等的）發票；～さき【送り先】（名）發送目的地；☆荷物を送り先に届（とど）ける／把東西送到（目的地）；～じょう【送り状】（名）發單，發貨單（＝インボイス）；～ぜん【送り膳】（名）送給不能出席宴會的客人的菜餚。◎

おくりだ・す【送り出す】（他五）送出；☆客（きゃく）を送り出す／送出客人；☆荷を送り出させる／叫人發貨。④

おくりつ・ける【送り付ける】（他下一）送到；図おくりつく（下二）。⑤

おくりとど・ける【送り届ける】（他下一）送到；☆子供達を家まで送り届ける／把孩子們送到家；☆註文した書物を送り届けてきた／訂購的書籍送來了；図おくりとどく（下二）。⑥

おくりな【贈名・謚】（名）謚號。◎

おくりにん【送り人】（名）送行的人②送殯的人。

おくりぬし【贈主】（名）贈送者，送禮的人。

おくりむかえ【送迎】（名・他サ）迎送，接送；☆自家用車で送り迎えする／用自用轎車接送。④

おくりもの【贈物】（名）禮物，贈品；☆新年の贈物／新年禮物；☆本を贈物にする／以書作贈品；贈書；☆贈物をする／送禮。◎

おく・る【送る】①送；☆客を玄関（げんかん）まで送る／把客人送到門口；②寄，滙；☆手紙をおくる／寄信；☆金をおくる／寄錢，滙錢；③度（日），過（生活）；☆楽しい生活を送る／過快樂生活；☆月日（つきひ）を送る／過日子，度日，遣；☆兵（へい）を送る／派兵；☆誰か適当なものを送ろう／派一個合適的人吧；⑤〔印〕依次移動，挪，竄；☆一字を前(後)に送る／往前(後)挪一個字；⑥推遲，拖延（工作等）；☆仕事を後におくる／把工作往後拖一拖；

⑦標上，綴上（假名）；☆仮名（かな）を送る／標上假名。⓪

おく・る【贈る】（他五）①贈送；☆書物を贈る／贈送書籍；②授與，贈給；☆博士号をおくる／授與博士學位；③（對死者）諡…稱號。⓪

おくるみ【御包】（名）（裹嬰兒用的）棉斗蓬，棉外套。②

おくれ【後れ】（名）①〔おれる〕的名詞形；②（直接接名詞後，表示時代、季節、流行等）落後；不時興；☆時節（じせつ）後れの麦藁（むぎわら）帽子／過了季的草帽；☆流行後れの自動車／不時興的汽車；◇人に後れを取る／落後於人，後れを取り返す／把落後彌補上；～げ【後れ毛】（名）兩鬢攏不上的短髮；～ざき【後れ咲き（名）】後過，晚開；☆後れ咲きの花／晚開的花；～ばせ【後れ馳せ】（名）①事後跑到；事後才到；☆後れ馳せに駆けつけた／事後才跑到，過後才趕到；②來點過晚，快要錯過時機；☆後れ馳せながら御報知致（いた）します／雖已較晚特此通知。⓪

***おく・れる【後れる】**（自下一）①遲，誤；貽誤；☆飛行機が二時間後れた／飛機誤了兩小時；☆汽車に後れた／沒趕上火車；☆後れて来る人／來晚了的人；②落後，落伍；☆僕は英語が一番（いちばん）後れている／我的英語最差（趕不上別人）；☆科学が非常に後れている／科學很落後；③落後於（時代）、（流行等）過時；過景；☆流行に後れる／（樣式）過時；☆時代に後れる／落後於時代；④（收成）晚，（時令）遲；☆今年は作物が後れている／今年作物熟得晚；☆季節が後れている／季節遲；⑤（鐘錶）慢；☆時計が後れている／鐘（錶）慢了；〔図〕おくる（下二）。⓪

***おけ【桶】**（名）木桶；☆桶に水を汲む／往木桶裏汲水；～や【桶屋】（名）桶匠，桶舗；～ぶろ【桶風呂】（名）木桶式的澡盆。①

おける【於ける】（連語・連體）〔文〕（常用「に於ける」的語形）於，在；①（表示地點）☆軍国主義国家に於ける軍人の境遇／軍人在軍國主義國家的處境；②（表示關係）☆空気の人に於ける猶（なお）水の魚におけるが如し／空氣之於人猶水之於魚。②⓪

おこえがかり【御声掛り】（名）①（有勢力者的）推薦，薦舉；介紹（＝くちぞえ）；☆大臣（だいじん）のお声掛りで来た／大臣推薦來的人；②（有勢力者的）提倡，關說；☆市長のお声がかりで製作（せいさく）する／根據市長的提倡製作④

おこがましい【烏滸がましい】（形）愚蠢透頂的，狂妄無知的，冒昧的；☆おこがましくも，彼は一人でできると言った／他狂妄地說他一個人就能做得了；☆自分から言うのも烏滸がましいが…／我自己這樣說也許是太冒昧了…。⑤

おこさま【御子様】（名）令郎；令媛；您的孩子；☆お子様用の歯ブラシ／小孩用的牙刷。

おこし【粔籹】（名）類似米泡糖的點心；～だね【粔籹種】（名）炒米泡。②

おこし【御越】（名）「行く・来る」的敬語；☆どうかお暇（ひま）の折（おり）お越しください／希望您得暇來一次。⓪

おこし【御腰】（名）〔女〕貼身襯裙（＝こしまき）。②

***おこ・す【起す・興す】**（他五）①使…立起，使…站起來；扶起；☆転（ころ）んだ子供を起す／把摔倒的孩子扶起來；☆倒れた家を起す／把倒塌的房子修復起來；②振興，使…興盛；☆衰（おとろ）えた国を興す／把衰敗的國家振興起來；③興辦，開創，創建，建立；☆学校を興す／興學，創辦學校；☆工場を興す／建立工廠；④發動，開行，舉行，興起，掀起；☆革命（かくめい）を起す／進行革命；☆騒動（そうどう）を起す／掀起騷亂；☆戦争を起す／發動戰爭；⑤提起（訴訟等）；⑥發生，患（病）；☆肺炎を起す／患肺炎；☆余病（よびょう）を起さなければ安心だ／只要不發生併發症就不要緊；⑦喚起，喚醒，弄醒；☆明朝八時に起して下さい／明天早晨八點鐘請喚醒我；☆子供が寝ているから起さないように／孩子正在睡覺不要吵醒（他）；⑧惹起，引起，發生；☆好奇心（こうきしん）を起す／引起好奇心；☆疑いを起す／起疑心；☆火災を起す／引起火災；☆変化を起す／發生變化；⑨開墾，翻耕（土地等）；☆荒地（あれち）を起す／墾荒；☆畑（はたけ）を起す／翻耕田地；⑩發（電），升（火）；☆電気を起す／發電；☆火を起す／升火；◇肝癪（かんしゃ

お

く）を起す／暴躁起來；やけを起す／自暴自棄；身を起す／發跡。②

おごそか【厳か】（形動ダ）莊嚴，嚴肅，莊重；☆厳かな様子／莊嚴（嚴肅）的樣子；☆厳かな口調で／以嚴肅的語調；☆儀式は厳かに行われている／儀式嚴肅地進行着。②

おこた（名）〔女〕→こたつ。②

おこたリ【怠り】（名）「怠り」的名詞形；～なく【怠りなく】（副）不怠慢，及時地。④④

*__おこた・る__【怠る】（自五）怠慢；怠忽，不履行（義務等）；☆返事を怠った／沒有及時回信；☆職務を怠る／怠忽職責；☆勉強を怠るな／要及時用功。③⓪

*__おこない__【行ない】（名）①行爲；行動；擧止（＝こうい，こうどう）；☆不正な行ない／不正的行爲；☆口先（くちさき）ばかりで行ないが伴（ともな）わない／言行不一致，光說不做②品行（＝ひんこう）；☆行ないが良い（悪い）／品行好（壞）；☆彼の行ないには感心できないところもある／他的品行也有不太好的地方；③〔佛〕修行。⓪

*__おこな・う__【行なう】（他五）①行，做，幹（＝なす）；☆よいことを行なう／做好事；☆言うは易く行なうは難し／說着容易做起難；②實行，進行；☆計画通り行なう／照計劃實行；③施行；☆手術を行なう／施手術；④擧行；☆式を行なう／擧行儀式（典禮）；☆入学試験を行なう／擧行入學考試；⑤履行，實踐；☆契約（けいやく）を行なう／履行契約；☆約束（やくそく）を行なう／履行諾言。⓪

おこなわ・れる【行なわれる】（自下一）①實施，實行；☆新しい憲法は来年一月から行なわれる／新憲法自明年一月起施行；☆それは理論だけで実際には行なわれない／那只是理論實際上不能實行；②流行，風行，盛行（＝はやる）；☆この習慣はまだある地方に行なわれている／這一習慣有的地方還在盛行。⓪

おこリ【起り】（名）①起源，來源；☆万物の起り／萬物的起源；☆それがその地名の起こりだ／那就是那個地名的由來；②原因，起因；☆事（こと）の起こりは誤解であった／事情的起因是由於誤會③

おこリ【怒り】（名）怒，生氣（＝いかり）；～じょうご【怒り上戸】（名）喝醉就

亂發脾氣的人。

おごリ【奢り】（名）①奢侈，奢華；☆奢りを極（きわ）める／極其奢侈；②請客；☆今晩の御馳走（ごちそう）は先輩の奢りだ／今晚的酒席是學長請客。⓪

おごリ【驕り】（名）驕傲。⓪

おこりっぽ・い【怒りっぽい】（形）好氣的，好發脾氣的；☆かれは怒りっぽい男だ／他是個好發脾氣的人。⑤

*__おこ・る__【起こ（興）る】（自五）①發生，起；☆事件が起こる／發生事變；☆物体（ぶったい）を摩擦（まさつ）すると熱と電気が起こる／物體一摩擦就發生熱和電；☆戦争が起る／發生戰爭；②〔…から起る〕原因在於…，…的因是…；☆その紛争（ふんそう）は誤解から起こった／那場爭執的起因是由於誤會；③（火等）燃起，着起來；☆火が起こったら鉄瓶をかけなさい／火若着起來就把水壺給放上；④（病等）發作；⑤興，興起；☆新しい産業（さんぎょう）が起こった／新的工業興建起來了。②

おこ・る【怒る】（自五）怒，生氣；☆かっと怒る／暴怒；動火；☆つまらない事で怒る／因一點小事而生氣；文いかる（四）。②

おこ・る【熾る】（自五）燃燒起來，（火）燻旺；☆火が熾った／火燻旺了。②

おご・る【奢る】（自五）①奢，奢侈，奢華；☆奢った生活／奢侈的生活；☆口が奢る／口味高，挑剔飲食；②請客（＝ふるまう）；☆今日は僕（ぼく）が奢るから一杯やろう／今天由我來請客咱們喝一杯吧；☆私に奢らせて下さい／讓我作東吧。⓪

おご・る【驕る】（自五）驕傲；傲慢；◊驕るもの（驕る平家）は久（ひさ）しからず／驕者必敗。⓪

おこわ【御強】（名）〔女〕小豆糯米飯（＝こわいい）；☆全快祝いにおこわをふかした／爲了慶祝痊癒，蒸了紅豆糯米飯了。⓪

おさえ【押（抑）え】（名）①「おさえる」的名詞形；②壓東西的重物，鎮紙；③〔軍〕殿後的部隊，殿軍；④鎮壓，威嚴；☆押えがきかない／鎮壓不住，沒有威嚴。③②

おさえつ・ける【押え付ける】（他下一）壓制，壓住，鎮服，彈壓；☆軍人を押え

つける／壓制軍人；☆暴徒を抑えつける／鎮壓暴徒；☆抑えつけられた馬／被勒住的馬；図おさへつく（下二）。[2][5]

*おさ・える【押（抑）える】（他下一）①按，摁；☆風に吹き飛ばされないように紙を押える／摁住紙張以免被風颳跑；②壓制。壓住，鎮壓（＝おさえつける）；☆叛乱を押える／鎮壓叛乱，③抑制，☆馬を押える／勒馬；☆感情（かんじょう）を抑える／抑制感情，☆涙を押える／忍住眼涙；④遏止，阻攔，防止；☆侵入の敵軍を抑える／阻攔侵入的敵軍；⑤捕獲，☆犯人（はんにん）は現場で抑えられた／犯人當場被捕了，⑥扣押；扣留；☆給料を抑える／扣留工資，停發工資；☆闇（やみ）の商品を抑える／扣押走私的商品；⑦掩，摀；☆手で目（耳、口）を抑える／用手掩目（耳、口）；⑧壓制，超羣，出衆；☆彼は日本語にかけてはクラスを抑えている／在日語方面他壓倒了全班；図おさふ（下二）。[3]

おさおさ(副)〔文〕（下接否定語）大致，大概；（＝おおかた、たいてい、あまり）；☆用意おさおさ怠りない／準備得幾乎無懈可擊；☆音楽では、おさおさ専門家に劣らない／在音樂方面（他）並不次於音樂專家。[1]

おさがり【御下がり】（名）①供神後撤下的供品，享餘；②客人吃剩的東西；③主人、長輩所賜的舊衣物；☆兄のお下がりの服／哥哥所給我的舊衣服。[2]

おさき【御先】（名）①〔（さき）的敬語〕先，佔先（＝さきだつ）；☆どうぞお先に／請先走一步；☆お先に失礼します／先告辭了，先失陪了；②未來，前途；☆お先真暗（まっくら）／沒有先見之明，沒有遠見。[0]

おさげ【御下げ】（名）①垂髮（結紮髮根散垂於背後）；②(少女垂在肩上的)髮辮，梳髮辮的少女；③兩端垂露的一種婦女繫帶樣式。[2]

おざしき【御座敷】（名）（特指藝妓被招去）陪酒的地點，宴席；☆御座敷がかかる（によばれる）／出條子（藝妓被招去陪酒）。[0]

おさだまり【御定り】（名）照例，老一套（＝きまり）；☆お定りの文句（もんく）／口頭禪。[0]

おさつ【お薩】（名）〔女〕→さつまいも。[2]

おさつ【御札】（名）〔さつ〕的鄭重語；鈔票。[2]

おさと【御里】（名）①娘家；②出身，來歷；◊御里が知れる／露出本來面目，現原形。

おさな-【幼な】（造語）〔（おさない）的詞幹〕①表示幼小、幼時的意思；☆幼な姿（すがた）／幼時的面貌；②表示幼童的意思；☆幼な遊び／幼童的遊戯。

*おさな・い【幼い】（形）①年幼的，幼小的（＝ちいさい）；☆幼い時から／自幼；☆幼い時の事を思出す／想起童年的事情；②幼稚的（＝みじゅくだ）；☆彼は言う事が幼い／他說話幼稚；図をさなし（形ク）。[3]

おさながお【幼顔】（名）幼時的面貌，童顏；☆幼顔に見覚え（みおぼえ）がある／還記得（他）小時候的面孔；☆彼は、どこか幼顔が残っている／他的面孔還有些像童年的樣子。

おさなご【幼児】（名）幼兒，嬰兒；☆幼児の時から人と変っていた／自幼就和常人不同。[3]

おさなごころ【幼心】（名）孩心，童心；☆幼心にも物の道理が分ったらしい／雖是童心好像也明白了事情的道理。[4]

おさなともだち【幼友達】（名）童年的朋友。[4]

おさななじみ【幼馴染】（名）童年的朋友；☆あの人とは幼馴染だ／我和他是竹馬之交。[4]

おざなり【御座成】（名・形動ダ）敷衍了事，虛應故事；☆おざなりの挨拶でその場を濁らす／說些虛應故事的話敷衍一下場面。[0]

おさまり【収り・納り】（名）①〔おさまる〕的名詞形；②了結，解決；☆収りがつく／完畢，解決；有下場；☆収りをつける／解決，結束，使有歸結☆身の収りがつき次第…／一俟安下身以後…[4][0]

おさまりかえ・る【収（納）り返る】（自五）①鎮静，不動聲色；②心滿意足；☆納り返った顔／心滿意足的神色。

*おさま・る【治まる】（自五）平定，安定下來；☆国内が治まった／國內平定了[3]

*おさま・る【収まる・納まる】（自五）①平静，平息；☆風が収まった／風息了；②解決，結束，告終（＝すむ、かたづく）；☆ケンカが収まった／吵架吵完了；☆

お

円（まる）くおさまればいい／如能圓滿解決才好；⑨復元，復舊；☆元（もと）に納まる／復元，☆元の地位に納まった／恢復了原來的地位；④安定，不動；安居；☆今度は台北で納まって行く様（よう）です／這次似乎要在臺北住下了；⑤心滿意足，泰然自得；☆彼は今では校長で納まっている／他現在心滿意足地當着校長；☆今では立派な翻訳家（ほんやくか）で納まっている／今天就算是有名的翻譯家了；☆どんなことがあっても平気で納り返っている／無論有什麼事都泰然自若；⑥繳納上；☆税金がまだ納まらない／税還未繳納上；⑦被納入，存；☆食べたものが胃に納まらない／胃裏存不住食（反胃）；☆剣が鞘に納まっている／劍在鞘内。③

*おさま・る【修まる】（自五）（品行）改好，改邪歸正。③

おさむ・い【御寒い】（形）①冷的（＝さむい）；☆お寒い正月（しょうがつ）だ／好冷的正月；②〔俗〕窮的，困難的；☆彼は懐（ふところ）がいつもお寒いようだ／他手頭兒老像拮据似的；☆お寒い老人福祉／還不夠水準的（落伍的）老人福利措施。⓪

*おさ・める【収める・納める】（他下一）①收，得到，獲得，取得；☆利益（りえき）を収める／獲利，收益；☆勝利を収める／取得勝利；②獻納；☆屑鉄（くずてつ）を国へ納める／把碎鐵獻給國家；③繳納（＝はらう）；☆税金を納める／納税；☆会費を納める／繳納會費；④收藏，貯藏；☆倉庫に納める／收入倉庫；☆物を箱に納める／把東西裝進箱裏；☆遺骨を納める／把遺骨寄存（收藏）起來；⑤售（賣）給（＝うりこむ）；☆野菜を公共食堂へ納める／把青菜賣給公共食堂；⑥收容，收納；☆敗兵を納める／收容敗兵；⑦歸回原處，放在原處；☆元の所へ納める／歸回原處；☆ピストルを袋に納める／把手槍放在套裏；☆抜身（ぬきみ）を鞘に納める／把拔出的刀納入鞘内；⑧接受，收下（＝うけとる）；☆贈物を納める／收下禮品；⑨完畢，結束；☆もう一回で納めましょう／再來一次就結束吧；☆舞（ま）い納める／舞畢；図をさむ（下二）。③

おさ・める【治める】（他下一）①治理，統治；☆国を治める／治國；☆家を治める／治家，管家；②平定；☆内乱を治める／平定内亂；図をさむ（下二）。③

おさ・める【修める】（他下一）①修，治；☆身を修める／修身；②學習；☆外国語を修める／學外文；図をさむ（下二）。③

おさ・める【戢める】（他下一）收回，收；☆翼（つばさ）を戢める／收翅膀；（一時雌伏）退縮；図をさむ（下二）。

おさらい【御浚い】（名）①温習，復習；☆日本語のお浚いをする／復習日語；②（歌曲、戲劇等的）演習會，預演會，練習會；☆今晩、ピアノのお浚いの会がある／今晩有鋼琴練習會。⓪

おさらば（感・名・自サ）告別，告辭，再見（＝さようなら）；☆おさらばを告（つ）げる／告別；☆明日になったらおさらばです／明天就告辭了；☆パリにおさらばする／與巴黎告別，離開巴黎；☆おさらばにする／斷絶關係，絶交。②

おさんじ【御三時】（名）〔兒〕下午吃的點心（＝おやつ）。②

おさんどん【御爨殿】（名）〔俗〕①女傭人；②〔轉〕做業煮飯；☆妻（つま）が病気なので毎日おさんどんをする／因為妻病每日（自己）燒飯做菜。②

おし─【押し】（接頭）接於動詞上加強語氣；例：押し立（た）てる；おし黙（だま）る。

おし【圧し】（名）①壓；②壓東西用的重物（＝おもし，おさえ）；③（壓服人的）壓力，威嚴；☆圧しがきく／有威嚴，能服人；☆あの人は圧しが利かない／他没有威嚴服不住人。⓪

おし【押し】（名）①推；②敢幹，自信力，魄力；厚臉皮；☆押しが強い／有魄力，敢幹，自信力強；☆押しが弱い／没有魄力；☆こうなれば押しの一手（いって）だ／既然這様就只有堅持到底了。⓪

おし【啞】（名）啞吧；☆彼は生れつき啞だ／他生來就是啞吧。⓪

*おじ【伯父・叔父】（名）伯父；叔父；舅父；姑父；姨父（凡與父同輩的均稱「おじ」）。⓪

おしあい【押し合い】（名・自サ）互相推搡，擁擠；☆皆（みな）入（はい）るには入ったがひどい押し合いだった／進倒是全都進去了就是擠得要命；☆入口（いりぐち）で押し合い（を）している／在門

口互相推擠。◎

おしあいへしあい【押し合い圧し合い】（連語・名・自サ）擁擠，亂擠；摩肩接踵；☆人々は押しあいへしあいして進んだ／人們擁擠擠地前進。③─③

おしあ・う【押し合う】（自五）互相推擠，擁擠，推擠；☆押し合って部屋（へや）に入る／擠着進屋。③

おしあげポンプ【押し上げポンプ】（名）〔理〕壓力抽機，壓強抽機。⑤

おしあ・ける【押し開（明）ける】（他下一）推開☆ドアを押し開ける／推開門；図おしあく（下二）。④

おしあ・げる【押し上げる】（他下一）①推上去，壓上去，抽上來；☆ポンプで水（みず）を押し上げる／用抽水機壓（抽）水；②提拔，推舉；図おしあぐ（下二）④

おしあ・てる【押し当てる】（他下一）把…推到…上，把…放到…上；☆頭に手を押し当てる／把手摁在頭上；☆壁に押し当てられた／被推到牆角上了；☆袖（そで）を顔に押し当てる／以袖掩面；②猜，推測；☆この中に何があるか押し当ててごらん／這裡頭有什麼猜一猜看；図おしあつ（下二）。④

*__おし・い__【惜しい】（形）①可惜的，☆時間を浪費するのは惜しいことだ／浪費時間是可惜的；②值得珍惜的，重要的（＝たいせつな）；☆誰でも命は惜しい／誰都珍惜生命，☆お国の為なら命も惜しくない／為祖國不惜生命；☆惜しい所で話を切ってしまった／正當要緊的地方把話打斷了；図をし（形シク）。②

おじいさん【御祖父さん】（名）〔敬稱〕祖父，爺爺；外祖父。②

おじいさん【御爺さん】（名）老翁，老先生，老頭，老爺爺 ②

おしいり【押入り】（名）強盜。

おしい・る【押し入る】（自五）擠進，闖入；☆強盜（ごうとう）が家に押し入った／強盜闖進了家宅；☆人ごみの中に押し入る／擠進人羣中。③

おしいれ【押入（れ）】（名）壁櫃，壁櫥

おしい・れる【押し入れる】（他下一）塞入，擠入；図おしいる（下二）。④

おしうり【押売り】（名・他サ）強賣，硬賣（的人）；☆あまり押売りされると、かえって買う気にならない／越是硬要賣反倒令人不想買了／☆思想ばかりは押売り

ができるものではない／惟有思想並不是能够硬性推銷的；↔おしがい（押買）◎

おしえ【押絵】（名）貼花，包花（用厚紙製成花鳥人物等形；墊上棉花包以絲綢而後貼起來）

✓**おしえ**【教え】（名）①〔宗〕教義；☆キリストの教え／基督的教義；②教訓，教誨；☆両親の教えに従（したが）う／聽從父母的訓誨；☆それは彼にとってはよい教えになる／那對他是很好的教訓；⑧教育，學問；☆教えを受ける／受教；～ご【教え子】（名）門生，弟子，學生；～のにわ【教えの庭】（連語・名）〔文〕學校。◎

おしえかた【教え方】（名）教法，教學法；☆あの先生は教え方が上手（じょうず）だ／那位老師教得好。◎

✓**おし・える**【教える】（他下一）①教，教授；☆日本語を教える／教日文；②方法を教えて上げよう／我教給你方法吧；②告訴，指點；☆道を教える／指點道路；図をしふ（下二）。◎

おじおじ【怖怖】（副・自サ）膽怯，畏懼，提心吊膽（＝おずおず）；☆怖怖して返事（へんじ）もできない／提心吊膽地答不出話來。①

おじか【牡鹿】（名）公鹿。①◎

おしかえ・す【押し返す】（他五）①推回去，頂回去；☆進み来るものを押し返す／把走過來的人推回去；②還擊回去。③

おしかく・す【押し隠す】（他五）＝かくす。④

おしかけきゃく【押し掛け客】（名）不請自來的客人，不速之客。④

おしかけにょうぼう【押し掛け女房】（名）跑到夫家硬嫁的妻；☆あれは押し掛け女房だ／她是硬嫁給他的。⑤

おしか・ける【押し掛ける】（自下一）①闖進，蜂擁而至；☆記者が議員（ぎいん）のところに押しかけた／記者們都跑到議員那裡去了；②不請自來（去）；☆彼の家の夕食に押しかけよう／到他家去趕吃晚飯吧。④

おしかた・める【押し固める】（他下一）壓固，壓縮成硬塊。

おしが・る【惜しがる】（他五）＝おしむ ③

*__おじぎ__【御辭儀】（名・自サ）①敬禮，鞠躬（＝れい）；☆丁寧（ていねい）にお辭儀する／恭恭敬敬地鞠躬；☆ちょっとお

辞儀をして立ち去った／點了頭就走了；②客氣，辭謝；☆せっかくですからお辞儀なしにいただきます／您既然有這番好意就不客氣地收下了。◻

おじぎそう【含羞草】（名）〔植〕含羞草◻

おしきリ【押切り】（名）①「押切る」的名詞形；②鍘刀；③騎縫印（＝わりいん）；④〔角力〕推出圈外。◻

おしき・る【押し切る】（他五）①切斷，割開；鍘；②排除，不顧（困難、反對等而硬幹）；☆反対を押し切って断行する／不顧反對而硬幹下去；③不斷地搖櫓；☆岸まで舟を押し切った／把船一氣搖到岸邊◻

おしくら【押競】（名・自サ）〔遊戲〕互推（以推倒對方爲勝）。◻

おしくらべ【押し競べ】（名・自サ）＝おしくら。◻

おしげ【惜気】（名・形動ダ）可惜的様子；～もなく【惜し気もなく】（連語・副）毫不可惜地，毫不吝嗇地；☆惜し気もなく捨てる／毫不吝嗇地扔掉◻

おじけ【怖気】（名）害怕，膽怯；☆怖気がつく／膽怯，發抖。◻

おじけず（づ）・く【怖気付く】（自五）膽怯，害怕。◻

おじけだ・つ【怖気立つ】（自五）膽怯，發抖◻

おじ・ける【怖気る】（自下一）膽怯，害怕；☆怖けて物が言えなかった／嚇得說不出話來了；☆大きな物音（ものおと）に怖気る／因爲聽到很大的聲音而害怕；⊠おぢく（下二）。◻

おしこみ【押し込み】（名）①「おしこむ」的名詞形；②強盜；～ごうとう【押し込み強盗】（名）強盜◻

おしこ・む【押し込む】（他五）①塞入，勉強裝入（＝つめこむ）；☆口へ押し込む／往嘴裏塞；☆ポケットへ新聞紙を押し込んだ／把報紙塞進口袋裏了；②〔轉〕勉強灌輸；☆色々な学科を生徒の頭に押し込むのはよくない／不要把種種的課程硬往學生腦袋裏裝。◻

おしこ・む【押し込む】（自五）①強進，闖進；☆多くの人が押し込んできた／很多人闖進來了；②入盜；☆隣は強盗に押し込まれた／鄰家被強盜盜切了。◻

おしこ・める【押し込める】（他下一）①塞入，勉強擠入（＝おしこむ）；☆私達（わたくしたち）二十人は一室へ押し込め

られた／我們二十個人被塞在一間房子裏了；②監禁，禁閉；☆罪人を牢屋に押込める／把罪人關在監獄裏；⊠おしこむ（下二）。◻

おしころ・す【押（圧）殺す】（他五）壓死，擠死；☆危なく圧殺されるところであった／差一點兒沒擠死。◻

おしこわ・す【押毀（壊）す】（他五）擠壞，壓壞；☆入口の戸が押毀された／大門被擠壞了。

*__**おじさん**__【小父さん】（名）①伯父，叔父，舅父，姑父，姨父；②（對一般長輩的稱呼）老伯，老大爺，叔叔，伯伯；年伯◻

おしすす・む【押し（推）進む】（自五）猛進；推進。◻

おしすす・める【押し進める】（他下一）推進；☆計画を押し進める／推進計劃◻

おしず（づ）よ・い【押し強い】（形）①頑強的，有魄力的，敢作敢爲的；☆押し強く談判（だんぱん）する／頑強地談判，不退讓地談判；☆押し強い人／有魄力的人；②厚臉皮的，執拗的；☆あんな押し強い人に逢ったことがない／那様厚臉皮的人眞少見；⊠おしつよし（形ク）。◻

おしたお・す【押し倒す】（他五）推倒；☆前の人を押し倒す／把前邊的人推倒◻

おしたし【御浸】（名）〔女〕之糀◻

おひたし【御干地】（名）〔女〕醬油。◻

おしだし【押し出し】（名）①「押し出す」的名詞形；②（出席某種場面的）儀表，風采；☆あの人は押し出しが立派だ／那個人儀表堂堂；☆押し出しの悪い（利かない）男だ／是個其貌不揚的傢伙。◻

おしだ・す【押し出す】（他五）①推出；☆室から外へ押し出す／從屋裏推出去；②擠出（汁液等）；☆膿（うみ）を押し出す／擠膿；☆レモンの汁を押し出す／擠檸檬汁。◻

おした・てる【押し立てる】（他下一）竪起，揭揚（旗幟等）；☆旗を先頭に押し立てて／前面打着旗子。◻

おした・てる【推し立てる】（他下一）推舉；推戴；☆みんなに推し立てられて会長となる／被大家擁戴當上會長；⊠おしたつ（下二）。◻

おしだま・る【押し黙る】（自五）沉默，一言不發。◻

おしつけがまし・い【押し付けがましい】（形）強迫命令式的，帶強迫態度的；☆押

付がましくもタクシー代まで私に支払わせた/強迫命令式地連車錢都叫我付了[7]

おしつけ・る【押し付ける】（他下一）①按，壓，捆，頂；☆上から手で押し付ける/從上面用手按（壓）；☆子供が頭を母親の胸（むね）に押し付けて泣（な）いた/小孩把頭頂到母親懷裏哭了；②強迫，強制；☆仕事を押し付ける/強迫工作；③強賣，硬賣；☆悪い品物を私に押し付けた/硬把壞東西賣給我了；④嫁（禍）；推諉；☆罪を人に押し付ける/嫁禍於人；☆互（たがい）に押し付けようとした/彼此互相推諉企圖逃避責任；⑤強嫁；☆娘を私に押し付けようとした/硬要把女兒嫁給我；図おしつく（下二）。[4]

おしつけわざ【押付業】（名）強迫人做；☆この事だけは押しつけ業ではゆかない/惟有這件事情是不能強人去做的。

おしっこ（名）〔兒〕撒尿，小便；☆おしっこを漏（も）らす（たらす）/（嬰兒）遺尿，隨便撒尿。[2]

おしつぶ・す【押（圧）し潰す】（他五）擠碎，壓破，壓碎；☆果物（くだもの）が押し潰された/水菓擠破了；☆人込（ひとご）みの中で殆んど圧し潰されそうだった/在人羣裏差一點沒擠死。[4]

おしつま・る【押し詰まる】（自五）①擠滿，裝滿；☆車内は一杯押し詰まっている/車廂裏裝得滿滿的；②迫近，臨近；☆期日が押し詰まる/期限迫近；③接近年末；☆愈愈（いよいよ）押し詰まってさぞお忙しいでしょう/眼看來到年關，想必很忙吧。[4]

おしつ・める【押し詰める】（他下一）①塞，擠着裝，填；☆棉（わた）を押し詰める/塡塞棉花；☆鞄（カバン）の中に衣類を押し詰める/往皮包裏塞衣服；②逼到底，逼到盡頭；☆土俵際（どひょうぎわ）まで押し詰める/〔角力〕（把對方）逼到角力場的邊緣；〔轉〕逼到走投無路；③推論到底，歸根結底；☆押し詰めると両方の意見は同じことになる/歸根結底雙方的意見是一樣的；☆徹底撙節；☆生活を押し詰める/在生活上徹底撙節；図おしつむ（下二）。[4]

おして【押して】（副）強，硬，勉強（＝しいて、むりに）☆押して頼む/強求，硬託；☆病気だったけれども押して出席（し

ゅっせき）した/雖然有病却勉強出席了[0]

おして【推して】（副）推想；☆推して知るべし/可想而知。[0]

おしとお・す【押し通す】（他五）①貫徹，☆己が信ずる処を押し通す/貫徹個人的信念；☆この方針で押し通す積（つも）りだ/打算本着這個方針貫徹到底；②硬要堅持，毫不講理地幹到底，硬要貫徹；☆知らぬ存ぜぬで押し通してなかなか白状（はくじょう）しない/一口咬定硬說不知道，怎麼也不承認；☆わがままを押し通そうとする/想要蠻幹下去。[3]

おしと・める【押し止める】（他下一）攔住，強留；☆無理に押し留められて一晩（ひとばん）とまった/被強留下住了一夜；☆自動車が巡査（じゅんさ）に押しとめられた/汽車被警察攔住了；図おしとむ（下二）。[3]

おしどり【鴛鴦】（名）①〔動〕鴛鴦；②〔轉〕〔形影不離的〕夫妻。[2]

おしなが・す【押し流す】（他五）衝走，☆橋（はし）が洪水（こうずい）で押し流された/橋被大水衝走了。[4]

おしなべて【押し並べて】（副）①概括說來，總括說來，一般說來，平均看來；☆押し並べて言えば/一般說來，總括說來；②完全，一律；☆春ともなればおしなべて緑（みどり）の世界となる/一到春天就完全變成綠色的世界。[3]

おしなら・す【押し均す】Ⅰ（他五）弄平，平均；Ⅱ（常用「おしならして」，作副詞用）平均說來，一般說來（＝おしなべて）；☆押し均して見ると/平均看來；☆押し均して割宛てる/均攤。[4]

おしの・ける【押し退ける】（他下一）推開；☆人を押し退けて通る/推開旁人走過去；図おしのく（下二）。[4]

おしのび【御忍び】（名）〔文〕微（服出）行。[0]

おしば【押葉】（名）夾在書裏的乾葉；標本葉。[0]

おしはか・る【推し量る】（他五）猜測，推想；☆相手の心を推し量る/推測對方的心理。

おしひら・く【押し開く】（他五）推開；☆戸を押し開く/推開門。[4]

おしひろ・げる【推し広げる】（他下一）①推廣，擴充；☆勢力を押し広げる/擴充勢力；②支開；☆テントを押し広げる

お

／支開帳蓬；⑧散布，傳播；☆流言を押し広げる／散布流言；④攤開，舖開；☆蓆を押し広げる／舖開蓆子；図おしひろぐ（下二）。⑤

おしひろ・める【推し広（弘）める】（他下一）①推廣；☆販路を推し広める／推廣銷路；②傳播，擴充，宣揚；☆三民主義を推し広める／宣揚三民主義；図おしひろむ（下二）。⑤

おしべ【雄蕊】（名）雄蕊；↔めしべ（雌蕊）。①

おしボタン【押釦】（名）電紐；☆押釦を押す／按電紐。③

おしぼり【御絞】（名）（爲了擦手而準備的）小濕毛巾。②

おしまい【御仕舞い】（名）①（「仕舞」的鄭重語）完了；☆これでおしまい／這就完了，再沒有了；☆もう一ページ読めばおしまいだ／再念一頁就念完了；②最後，末末尾；☆おしまいの一幕／最後一幕；⑧（商店等）歇業；關門，收市；（貨品）賣光☆あの店は、おもうしまいになった／那個舖子已經歇業了；☆リンゴは、もうおしまいです／蘋果已經賣完了；☆没有前途·完蛋；☆こうなったら、おしまいだ／這樣一來就完蛋了了；☆化粧

*****おし・む【惜しむ】**（他五）①愛惜，覺得可惜；珍惜，吝惜；☆光陰を惜しむ／珍惜光陰；☆金を惜しまぬ／不吝惜金錢；☆名誉を惜しむ／珍惜名譽；②婉惜，引爲遺憾；☆別れを惜む／惜別；☆彼の逝去（せいきょ）は惜しまれた／他的逝世令人婉惜。②

おしむぎ【押麦】（名）（稞麥等的）麥片。⓪

おしむらくは【惜しむらくは】（連語・副）〔文〕可惜（的是），遺憾（的是）（＝おしいことには）；☆豪華（ごうか）ではあるが惜しむらくは気品（きひん）がない／雖然豪華但可惜的是不高雅。③

おしめ【襁褓】（名）〔女〕尿布；☆おしめを当てる（付ける）／墊上尿布。⓪

おしもんどう【押し問答】（名・自サ）頂嘴，口角，爭吵，爭論；☆押し問答のあげく、こちらの主張が容（い）れられた／爭了一番，結果我們的主張被接受了③⑤

おじや（名）〔女〕→ぞうすい（雑炊）②

おしゃか【御釈迦】（名）①釋迦牟尼的敬稱；②（生産過程中的）廢品；☆なるべくお釈迦を出さないようにする／盡量爭取

不出廢品；◇お釈迦にする／弄壞，毀⓪

おしゃかさま【御釈迦様】（名）對釋迦牟尼的愛稱；◇お釈迦様でも気がつくまい／出人意料，萬想不到。⑤④

おしゃく【御酌】（名）①斟酒；②陪酒的侍女；⑧舞妓，雛妓（＝はんぎょく）⓪

おしゃぶり（名）嬰兒舔弄的（木、膠皮製）玩具。②

おしやぶ・る【押し破る】（他五）推破，衝破；☆戸を押し破って家に入る／破門而入。⓪

おしゃべり【お喋り・お饒り】（名・自サ・形動ダ）①饒舌，多嘴多舌，愛說話；☆あまりお喋りするな／不要太多嘴多舌；☆また、おしゃべりを始めた／又打開話匣子了；②饒舌的人，喋喋不休的人；☆あの人はおしゃべりだ／他是個喋喋不休的人。②

おしゃま（名・形動ダ）早熟（的少女），在人前大模大樣（的少女）。②

おしや・る【押し遣る】（他五）①推開，推在一旁；☆盃を押しやって飲まない／把酒杯推開不飲；②置之不理；☆せっかくの計画を押しやって、採用しない／把很好的計劃放在一旁不採用。③

おしゃれ【御洒落】（名・自サ）愛漂亮（的人），好打扮（的人），好修飾（的人）；☆あの人はおしゃれだ／那個人是（個）好修飾（的人）。②

おじゃん（名）〔俗〕失敗，完蛋，垮臺，計劃落空（＝おしまい、しっぱい）；☆計画がおじゃんになった／計畫垮了；☆もう何もかもおじゃんだ／一切都算吹了。②

おしょう【和尚】（名）〔佛〕①法師（弟子對師傅的稱呼）；②和尚，僧人。①

おじょうさん【御嬢さん】（名）①令嬡；☆お嬢さんはもう学校ですか／令嬡已經上學了嗎？②小姐，姑娘；☆隣（となり）のお嬢さん／鄰居的小姐；☆鈴木さんのお嬢さん、一寸おいで／鈴木小姐，請您來一下。②

おしょうばん【お相伴】（名・自サ）〔敬語〕＝しょうばん（相伴）。⓪

おしょく【汚職】（名）〔文〕瀆職，貪污；☆役人の汚職を摘発（てきはつ）する／檢舉官吏的貪污事件。⓪

おじょく【汚辱】（名）〔文〕污辱；☆汚辱を蒙る／受辱。⓪

おしよ・せる【押し寄せる】Ⅰ（自下一）
湧上來，蜂擁而來；☆敵軍が押し寄せて
来た／敵軍湧上來了；☆潮の如く押し寄
せる敵軍／蜂擁而來的敵軍；Ⅱ（他下一）
挪到近處，☆片側（かたがわ）に押し寄
せて置く／挪到旁邊兒去；図おしよす（
下二）。④

お・じる【怖じる】（自下一）怕，害怕（
＝こわがる，おそれる）。②

おしろい【白粉】（名）（化粧用的）白粉，
香粉；☆おしろいをつける／擦粉；～く
さ・い【白粉臭い】（形）有脂粉氣的，
～した【白粉下】（名）（擦粉前所擦的）
雪花膏、化粧水之類；～ばな【白粉花】
（名）〔植〕紫茉莉。⓪

オシログラフ【oscillograph】（名）〔
理〕示波器。④

おしわ・ける【押し分ける】（他下一）（
向左右）擠開，推開（＝おしひらく）；
☆群衆を押し分けて通る／從人羣中擠過
去；図おしわく（下二）。②

おしん【悪心】（名）〔醫〕噁心，作嘔（
＝むかつき）。

*おす【雄・牡】（名）①雄，牡，公；☆お
すの獅子／雄獅；☆おすの猫／公貓；②
有雄蕊的植物；↔めす。②

*お・す【押す】（他五）①壓，按，摁（＝
おさえつける）；☆ベルを押す／按鈴；
☆指で押すと膿が出る／用指頭一摁就出
膿；②〔亦作（推す）〕推，☆車を押す
／推車；③蓋（印章）；☆印を押す／蓋
印；④冒着，不顧（＝むりにする，おし
きる）；☆病気を押して出席した／冒著
病出席了；☆風雨を押して行く／冒着風
雨前往；⑤搖(船)；☆船を押す／搖船，
盪舟；⑥押（韻）；⑦壓倒，☆大勢（た
いせい）に押される／被大勢壓倒，順應
大勢所趨；◊押しも押されもせぬ／一般
公認的，無可否認的；☆彼は押しも押さ
れもせぬ立派な学者だ／他是一般公認的
偉大學者；押すに押されぬ／彰明較著的
；無可爭辯的；☆押すに押されぬ事実／
無可爭辯的事實；念を押す／①〔圍棋
〕補空眼；②再三囑咐，叮囑，叮問；念
を押す／叮囑，叮嚀，叮問。⓪

お・す【推す】（他五）①推，☆車を推す
／推車；②推測，推想，推斷，推論；☆
彼の口振りから推すと見込がない／從他
的口氣上推測大概沒有希望；③推薦，推

擧，推選，推戴；☆彼を候補者に推す／
推擧他爲候選人；☆推されて議長となっ
た／被推選爲議長。⓪

おすい【汚水】（名）〔文〕汚水，髒水⓪

おずおず【怖怖】（副・自サ）擔心害怕，
戰戰兢兢，提心吊膽（＝おそるおそる）；
☆怖々出て行った／提心吊膽地出去了；
☆自信がないのでおずおずする／因爲沒
有自信所以提心吊膽。①

オスカー【Oscar】（名）〔電影〕金像（
美國好萊塢每年三月舉行對優秀導演和演
技所授的獎品）；～しょう【Oscar賞】
（名）〔電影〕金像獎。①

おすそわけ【御裾分】（名）〔（すそわけ）
的鄭重語〕（收到贈品的）分賜，（利益
等的）分享；☆僅かばかりですがお裾分
します／雖然不多分賜給你一點吧。⓪

おすなおすな【押すな押すな】（連語・名）
擁擠，人山人海。⓪─②

おすまし【御澄まし】（名）①〔すます〕
的名詞形；②〔女〕高湯，清湯（＝すま
しじる）。②

おすわり【お坐り】（「お坐りなさい」的
略語形）請坐；☆まあ、お坐り／請坐吧
。②

おせいぼ【御歳暮】（名）①年終，年底；
☆御歳暮大売出し／年終大減價；②年禮
；☆つまらないものですが、お歳暮の印
まで／不成敬意送您這點年禮。⓪

おせじ【御世辞】（名・自サ）〔（せじ）
的鄭重語〕恭維（話），奉承（話）；☆
彼は、お世辞がうまい／他會說話；他會
恭維人；☆君はお世辞にそういうのだろ
う／你是要恭維我才那麼說吧；☆あの人
が学者だとはお世辞にも言えない／我可
不敢恭維說他是個學者，他哪裏夠得上學
者呢；☆お世辞のない所を申せば／說老
實話。⓪

おせじわらい【御世辞笑い】（名・自サ）
（爲不傷害對方感情或奉承而）伴笑，陪
笑；☆あの人はよくお世辞笑いをする／
他好伴笑。④

おせち【御節】（名）新年或節日用的敬
菜。②

おせっかい【御節介】（名・自サ・形動ダ）
（好）多事，多管閒事；☆お節介な人／
多管閒事的人；☆いらぬお節介はやめて
くれ／少管閒事吧；☆余計な御節介だ／
用不着你管，你管得着嗎？②

*おせん【汚染】（名・自他サ）①〔文〕汚穢；污点（＝よごれ，しみ）；②〔理〕汚染；☆空気を汚染する／把空氣弄髒；污染空氣。◎

おぜん【御膳】（名）〔「ぜん」（膳）的敬語〕；飯桌；～だて【御膳立】（名・他サ）①備膳，備飯；②〔轉〕準備；☆お膳立はちゃんとできている／已經完全準備妥當。◎

おそ【悪阻】（名）〔醫〕孕吐（＝つわり）。①

*おそ・い【遅い】（形）①（時間上）晚的；來不及的；☆帰りが遅い／回來得晚，☆後悔してももう遅い／後悔也來不及了；☆ひと足遅かった／遲了一步；②（速度上）慢的，遲緩的；☆進歩が遅い／進步慢；☆足が遅い／腿腳慢，走得慢；③遲鈍的，魯鈍的（＝にぶい）；☆悟（さと）りが遅い／領會得慢，腦筋遲鈍；⊠おそし（形ク）

*おそ・う【襲う】（他五）①襲，襲擊；☆敵を襲う／襲擊敵人；☆夕立（ゆうだち）に襲われる／遇驟雨；②突然前往（某處）；☆皆で友達の家を襲う／大家一起跑到朋友家去；③襲，繼承（＝うけつぐ）；☆父の後を襲う／繼承父業。②◎

おそかれはやかれ【遅かれ早かれ】（連語・副）遅早，早晚，或早或晚（＝いつかは、そうばん）；☆遅かれ早かれ成功するに違いない／遲早一定成功。⑥⑤

*おそく（と）も【遅く（と）も】（連語・副）至遲，最晚；☆遅くとも九月末（まつ）までに帰る／最晚在九月底以前回去②

おそざき【遅咲き】（名）晚開，☆遅咲きの桜／晚開的櫻花。◎

おそじえ【遅知恵】（名）①智慧發達得晚，啓蒙晚；②腦筋慢；☆遅知恵の人／啓蒙晚的人，腦筋慢的人。◎

おそなえ【御供】（名）①供品；②〔女〕＝かがみもち。◎

おそば【御側】（名）①〔敬語〕＝そば；②君王之側，君側；☆お側に仕える／侍君側；③併臣，近臣。◎

おぞま・しい（形）討厭的，令人厭煩的④

おそまつ【お粗末】（形動ダ）〔（そまつ）的鄭重語〕①粗糙不精緻；粗糙；☆お粗末な物ですが差上げます／不是什麼好東西，請收下吧；②簡慢，慢待（請客吃飯後的客氣話）；☆どうもお粗末（さ

ま）でした／太簡慢了。②

*おそらく（は）【恐らく（は）】（副）〔文〕恐怕，大概，或許（＝おおかた）（用於推量句）；☆彼は恐らく成功できまい／恐怕他不會成功的；☆恐らくはお気に入りますまい／恐怕不中您的意；☆おそらく、それは本当でしょう／大概那是眞的。②

おそるおそる【恐る恐る】（副）①戰戰兢兢地，提心吊膽地（＝こわがりながら、こわごわ）；☆恐る恐る中をのぞいてみる／提心吊膽地往裏頭看②誠惶誠恐地，惟恐惟謹地（＝うやうやしく）；☆恐る恐る前に出る／誠惶誠恐地走近前去④

おそるべき【恐るべき】（連語・連體）〔文〕①可怕的，可懼的；☆それは恐るべき伝染病だ／那是可怕的傳染病；②非常的，驚人的；☆恐るべき才能の持ち主／具有驚人的才能的人。④

*おそれ【恐れ】（名）恐懼；☆恐れを知らぬ／不知恐懼；☆恐れを懷く／恐懼。③

おそれ【虞れ】（名）虞（＝しんぱい）；☆虞れがある／有…之虞；恐怕要…；☆虞れがない／不會…；☆失敗する虞れがある／有失敗之虞，恐怕要失敗；☆落第（らくだい）する虞がない／不會考不上③

おそれ・いる【恐れ入る】（自五）①惶恐，不好意思；☆御迷惑（ごめいわく）をかけて恐れ入りました／給您添麻煩我眞不好意思；②勞駕，對不起；☆恐れ入りますが鉛筆を貸（か）して下さい／對不起，把鉛筆借我用一下；☆おそれ入りますがその窓をあけて下さい／勞駕把那個窗戶打開；③認輸，認錯；☆君の腕前には恐れ入りました／你的技術高明我算服了；☆容疑者が図星（ずぼし）をさされて恐れ入る／嫌疑犯被指出心病而認罪；④吃驚，感覺意外（＝あきれる）☆こんなに寒いのに水泳とは恐れ入る／這麼冷天要游泳可眞夠受的☆あれで学者だとは恐れ入る／那樣人還說是學者我眞不敢恭維。◎

おそれおお・い【恐（畏）れ多い】（形）令人不勝感激的，誠惶誠恐的（＝もったいない）；☆御心配を戴いてまことに恐れ多うございます／承蒙關垂不勝感激之至；☆余り畏れ多いので、思わず頭が下ってしまった／惶恐之餘，不由得低下頭來；☆申すも恐れ多いことだが…／說起

來令人不勝惶恐（感激）；図おそれおほし（形ク）。⑤

おそれおののく【恐れ戦く】（自五）嚇得打戰，戰戰兢兢。⑥

おそれながら【恐れ乍ら】（副）①謹，不揣冒昧；☆恐れながら申し上げます／謹陳，不揣冒昧地奉告；②對不起（＝しつれいながら）；☆恐れ乍らここはどういう意味でしょうか／對不起，請問這是什麼意思？④⓪

*おそ・れる【恐れる】（自下一）①恐懼，害怕（＝こわがる）；☆地震を恐れる／怕地震；☆何も恐れることはない／沒有什麼可怕的；②怕，擔心（＝きづかう）；☆失敗を恐れる／怕失敗；図おそる（下二）。③

おそろい【お揃い】（名・副）〔（そろい）的鄭重語〕①（大家）一齊；☆皆様お揃いでどちらへお出かけですか／你們大家一塊兒到那兒去？②（衣服式樣等）一樣，同樣；☆皆お揃いの着物を着ている／大家都穿着一樣的服裝。⓪

*おそろし・い【恐しい】（形）①可怕的（＝こわい）；☆コレラは恐しい病気だ／霍亂是可怕的病；☆あの犬が恐しい／那條狗可怕；②驚人的，非常的，厲害的（＝ひどい）；☆恐しい物音（ものおと）がした／聽見了驚人的聲音；☆恐ろしく背（せ）の高い人／個子非常高的人；図おそろし（形シク）；～が・る【恐しがる】（自五）；～さ（名）；☆その時の彼の顔の恐しさがまだ忘れられない／那時他那副可怕的面孔還忘不掉。④

おそわ・る【教わる】（他五）受教，跟…學習；☆誰に日本語を教わったか／你跟誰學的日語？⓪

おそわ・れる【魘れる】（自下一）（做惡夢）魘住；☆魘れて大声をあげた／因作夢魘住喊起來了；図おそはる（下二）④

おそん【汚損】（名・自サ）〔文〕沾汚，汚損。⓪

オゾン【ozone】（名）〔化〕臭氧。①

おだい【御代】（名）〔敬語〕＝だいきん⓪

おたいこ【御太鼓】（名）①＝たいこもち（太鼓持）；②←おたいこむすび；～むすび【御太鼓結】（名）日本女裝的一種結帶方式（結成鼓形）。⓪

おだいし【御太師】（名）〔佛〕弘法大師（こうぼうだいし）的尊稱；（亦稱「お

だいしさま」）。②

おたがいさま【御互様】（名）彼此彼此；彼此一樣，☆お互さまだから、お礼を言うには及ばない／彼此彼此不必道謝⓪⑥

おたから【御宝】（名）①錢，金錢；②＝たからぶね。⓪

*おたく【御宅】（名）①貴府，府上；☆お宅は被害（ひがい）はありませんでしたか／您府上沒受什麼損失嗎？②（泛指對方）您那裏，貴處；☆お宅の方はいかがですか／您那裏情況如何？⓪

おだく【汚濁】（名・自サ）〔文〕汚濁；☆汚濁を極（きわ）める／極其汚濁。⓪

おたけび【雄叫び】（名）吶喊。②⓪

おたずね【御尋ね】（名）〔敬語〕＝たずね；～もの【御尋ね者】（名）逃犯，在逃的犯人。⓪

おたち【御立ち】（名）〔敬語〕〔（たつ）的名詞形〕①起身，啓程；☆何時（い つ）お立ちですか／您幾時動身？（客人）回去；☆御客様は御立ちですよ／客人要走啦。⓪

おだて【煽て】（名）煽動，慫恿，教唆；☆人の煽てに乗（の）る／受人教唆。⓪

おだ・てる【煽てる】（他下一）①煽動，教唆，慫恿（＝そそのかす）；②捧，奉承；☆煽てて一杯おごらせる／捧一頓使之請客。⓪

おたふく【阿多福】（名）①（特指額高頰肥鼻梁低的）醜女；②←おたふくめん；～かぜ【阿多福風】（名）〔醫〕流行性耳下腺炎（的俗稱）；～まめ【阿多福豆】（名）（糖煮）蠶豆；～めん【阿多福面】（名）（額高頰肥鼻梁低的）醜女面具。②

おだぶつ【御陀仏】（名・自サ）①〔諧〕死；☆お陀仏になった／死了；②〔轉〕完蛋，垮臺；☆計画（けいかく）が、お陀仏になる／計劃不能實現。②⓪

おたま【御玉】（名）①蝌蚪（＝おたまじゃくし）；②〔女〕鷄蛋。②

おたまじゃくし【御玉杓子】（名）①〔動〕蝌蚪；②小木勺。④

おだやか【穏やか】（形動ダ）①穩靜，平靜，平穩（＝しずか、のどか）；☆穏やかな海／風平浪靜的海面；☆穏かな風／和風；☆今日は天気が穏かだ／今天天氣晴和；☆形勢（けいせい）は穏やかならぬ／局勢不穩；②溫和，安詳，和平；☆穏

やな人／安祥(老實、和藹)的人；☆穏や
かな顔つき／和顏悦色、溫和的面孔；☆
穏やかに話す／溫和地說；☆事を穏やか
にする／和平解決事件；⑧穏炎，妥當
；☆そんな措置をとるのは穏やかでない
／採取那樣措施不穏妥。②

おだわら【小田原】 ①〔地〕小田原市(屬
神奈川縣)；②←おだわらじょうちん；
⑧←おだわらひょうじょう；〜じょうち
ん【小田原提灯】(名)一種能折疊的燈
籠／ひょうじょう【小田原評定】(名)
沒有結果的討論，議而不決的會議。⓪

おだん【お段】 (名)オ段(五十音圖中的
第五段)。①

おち【落ち】 (名)①〔おちる〕的名詞形
；②遺漏，脫落，疏忽，錯兒；☆帳簿(
ちょうぼ)に落ちがある／帳上有錯記(漏
登)地方；☆人の落ちを拾(ひろ)う／
找旁人的毛病；☆少しも落ちがない／毫
無疏忽之處；☆落ちなく調べる／無遺漏
地檢查；⑧結果，下場；☆逃(に)げ出
す位が落ちだろう／歸終也只好逃之夭夭
；④(話的)收尾，結尾。②

おちあい【落合い】 (名)①〔おちあう〕
的名詞形；②河川滙合處；☆重慶は揚子
江と嘉陵江の落合いにある／重慶位於長
江和嘉陵江的滙合處。⓪

おちあ・う【落ち合う】 (自五) ①碰頭，
相見，相會；☆落ち合う場所をきめる／
約定碰頭地點；☆花蓮で落ち合うことに
した／約定在花蓮會齊；②(河流)滙合，
合流；☆二つの川が落ち合う所に／在兩
個河流滙合處；⑧(事物等)湊在一起，(
意見等)一致；☆意見が落ち合った／意
見一致了。⓪

おちい・る【落入る・陥る】 (自五)①陷
入，落入，墜入(＝はまる，おちこむ)；
☆穴(あな)に陥る／掉入坑裏；☆危險に
陥る／陷於危險；☆敵の術中に陥るな／
別中敵人詭計；②(城等)陷落☆敵の城
がいよいよ陥る／敵城眼看就要陷落⓪⑧

おちうど【落人】 (名)①逃亡者；②敗走
者，逃竄者。②

おちおち【落ち落ち】 (副)(下接否定語)
安靜；安心；☆夜も、おちおち眠れない
／夜裏都不能安眠。⑧①

おちかか・る【落ち掛る】 (自五)要掉下來
；☆川へ落ちかかるところであった／險
些掉到河裏。④⓪

おちかさな・る【落ち重なる】 (自五) 落
下許多層；☆落葉(おちば)が落ち重な
っている／落葉重重。⑤⓪

おちご【御児・御稚児】 (名)①高僧的侍
童；②盛裝下參加祭祀行列的兒童。⓪

おちこち【遠近】 (名)〔文〕遠近；到處
(＝あちらこちら)；☆おちこちの村に
灯(ともしび)がともる／遠近的村子都
點上燈。⑧⓪

おちこ・む【落ち込む】 (自五)①陷入，墜
入，落入，掉入；☆溝(みぞ)の中に落ち
込む／掉進溝裏；②塌陷，窪下；☆地震
(じしん)で地が落ち込んだ／因爲地震地
塌陷了；☆頬が落ちこんでいる／兩頰塌
陷著；⑧落到(…手中)；☆思いがけない
幸運が落ち込む／遇到意想不到的幸運⓪

おちつき【落着き・落付き】 (名)①〔お
ちつく〕的名詞形；②沉着，鎮靜，穩重
；☆落着きのある人／沉着的人，鎮靜地
☆落着きがない／心沉不下去，心神不定
；☆この絵は落着きがない／此畫沒有安定
感；⑧(器物等)放得穩；☆この花瓶(
かびん)は落付きが悪い／這個花瓶放不
穩；④(行市)平穩；⑤調和，適稱；☆洋
間(ようま)に日本画では落着きが悪い
／西式房間裏掛日本畫不適稱。⓪

おちつきはら・う【落ち着き払う】 (自五)
非常沉着，十分鎮靜；☆落ち着き払って
答弁(とうべん)する／極其沉着地答辯⑥

おちつ・く【落ち着く・落ち付く】 (自五)
①(在某處)落下脚，安頓下；定居，落
戶；☆落ち着く先(さき)／落脚地方；
☆宿(やど)に落ち着く／在旅館住下；
☆田舎(いなか)に落ち着いてからもう
五年になる／在農村落戶以來已經五年了
；☆世界を廻った揚句(あげく)台北に
落ち着いた／周遊了世界，最後在臺北落
下了脚；②沉着，穩重，鎮靜，安靜，稍
停，心平氣和；☆落ち着いて勉強する／
靜下心來用功；☆落ち着いた態度／沉着
的態度；☆やっと気が落ち着いた／好容
易心神安定下來；☆どうも気が落ち着
かない／有些心神不寧；☆引越(ひっこ
)したばかりでまだ落ち着かない／剛搬
了家，還沒有稍停；☆落ち着いて考えて
見た／平心靜氣地想一想；☆細君(さい
くん)を貫(もら)ってから落ち着いた／
娶了老婆以後安詳了(不再浮蕩了)；⑧
平靜，不息；☆痛みが少し落ち着いた／

疼痛稍好一些；☆食べたものが胃に落
着かない／吃的東西反胃；☆騒動（そう
どう）が落ち着いた／騒動平息了；④穏
静，穏定，平穏；☆相場（そうば）が落
ち着いている／行情穏定（平穏）⑤適稱
，調和，配合；☆油絵（あぶらえ）は日
本間に落ち着かない／日本式房間裏掛油
畫不調和；⑥（衣料等的花紋）素淨，不
花俏；☆落ち着いた着物の柄（がら）
／素淨的衣料花様；⑦有歸結，有着落；
☆交渉（こうしょう）は一応（いちおう）落ち着いたよ
うだ／談判似乎暫時有了歸結；☆不起訴
に落ち着いた／結局不起訴了；⑧久居
（某工作崗位）；☆二十年も台湾大学に落
ち着いていた／一直在臺灣大學待了二十
年。回

*おちつ・ける【落ち着ける・落ち付ける】（
他下一）（使心神）沉靜下來，穏靜下來
；☆気を落ちつけて考えてごらん／平心
靜氣想一想；☆心を落ち着けて勉強する
／沉下心來學習；☆身（み）を落ち着け
て仕事にはげむ／一心一意來搞工作。回

おちど【越度・落度】（名）①過失，過錯
（＝あやまち）；☆これは君の落度だ／
這是你的過失；②失策，失敗，〔古〕繞
過關口，偷渡的罪。②①

おちの・びる【落ち延びる】（自上一）（
平安）逃到遠方；☆外国に落ち延びた／
逃到國外。回

おちば【落葉】（名）①落葉；☆落葉を掻
く／摟落葉；②枯葉色，紅黄色。①②

おちぶ・れる【落魄・零れる】（自下一）
落魄，零落；☆すっかり落魄れる／完全
沒落【図おちぶる（下二）。回

おちぼ【落穂】（名）（収穫後的）落穂；
☆落穂を拾う／拾落穂。②回

おちむしゃ【落武者】（名）敗走的武士，
敗兵。③

おちめ【落目】（名）①敗運，倒霉；☆落
めになる／運過時衰；②（商品）分量不
足，掉秤。③②

*おちゃ【御茶】（名）①茶；☆お茶をお上
（あが）り下さい／請喝茶；②茶葉；☆
このお茶は香（かお）りが高い／這個茶
葉香味濃；③（工作等）中間小憩；☆も
うお茶だよ／該休息啦！④〔方〕（農忙
時期早飯和午飯中間增加的）一頓飯；◇
お茶を濁（にご）す／支吾，搪塞；☆い
つも御茶を濁して、はっきり答えない／

老是支吾搪塞不明確回答。回

おちゃうけ【御茶請】（名）茶點，茶食回

おちゃづけ【お茶漬】（名）泡飯。回

おちゃっぴい（名・形動ダ）〔卑〕愛説話，
多嘴多舌（的少女）。④

おちゃのこ【御茶の子】（名）①點心；②
極其容易，輕而易舉；☆試験などはお茶
の子だ／考試算不了一回事（輕而易舉）；
☆あの男を負（ま）かす位はお茶の子だ
／想打敗他是易如反掌。回

おちゃのこさいさい【御茶の子さいさい】
（名・連語）輕而易舉，易如反掌，小事
一椿。回③

おちゃや【御茶屋】（名）①茶葉舖；②茶
館；茶棚。回

おちゆ・く【落ち行く】（自五）①逃走，亡
命（＝にげてゆく）；☆落ち行く先は北海
道（ほっかいどう）／逃走的目的地是北
海道②歸結（＝おちつく）；☆どう落ち
行くか分らない／結果如何不得而知；③
零落。①③

おちょう【雄蝶】（名）①雄蝴蝶；②婚禮
時酒壺上所掛的紙蝴蝶；～めちょう【雄
蝶雌蝶】（名）婚禮時酒壺上掛的紙疊的
雄蝴蝶和雌蝴蝶。①

おちょうしもの【御調子者】（名）①善於隨
聲附和的人；②（因得意忘形而）跳跳蹌蹌
的人，輕浮的人（＝おっちょこちょい）

おちょぼぐち【御ちょぼ口】（名）櫻桃小
口。③

*お・ちる【落ちる】（自上一）①（由高處）
落下；降落，場下；墜落；☆木の葉が落
ちる／樹葉落下；☆二階から落ちる／從
樓上墜落；☆屋根（やね）が落ちた／屋
頂塌了；☆船から海中（かいちゅう）に
落ちた／從船上掉到海裏；②丟，掉，丟
掉；☆もしもし何か落ちましたよ／喂、
喂，你的東西掉了；☆ボタンが落ちた／
鈕子掉了；③下（＝ふる）；☆大粒の雨
が落ちて来た／下起大雨來了；④（光）
射照（＝さす）；☆月の光がベッドに落ち
る／月光射到床上；⑤（樹、花）凋零，
凋謝（＝ちる）；☆花が落ちた／花落了，
花謝了；⑥（聲望、地位等）低落，降低
（＝ひくくなる）；☆評判（ひょうばん）
が落ちた／聲望低落了；☆彼の勢力（せ
いりょく）が落ちた／他的勢力沒落了；
☆人気（にんき）が落ちた／人緣（聲譽）
低落了；⑦墮落，淪落（＝おちぶれる）；

☆乞食（こじき）までに落ちた／淪為乞丐了；⑧〔質量〕變壞，變劣（＝おとる）；☆これは見本より落ちる／這個次於貨樣；☆品（しな）が落ちる／質量變壞；⑨遺漏；脱落（＝もれる、かける）；☆この本は一枚落ちている／這本書脱落了一張（缺了兩頁）；☆名簿（めいぼ）に名前が落ちた／名簿上漏了名字；☆大事（だいじ）な二字が落ちている／漏掉了重要的兩字；⑩落於人後，落第，落選；☆今度（こんど）の選挙（せんきょ）に落ちた／在這次選舉中落選了；☆人後（じんご）に落ちぬつもりだ／確信（敢信）不落於人後；☆入学試験（にゅうがくしけん）に落ちた／入學考試沒有考中；⑪（日、月）沒；落（＝しずむ）；（河）注入；☆日が西山に落ちる／日落西山；☆黄河は渤海に落ちる／黄河注入渤海；⑫（病）愈（＝いえる）；☆おこりが落ちた／瘧疾好了；⑬（顔色、光澤等）消失（＝きえる、うせる）；（塵土、牙齒、頭髪等）脱落；（顔色）褪色，掉色（＝ぬける）；☆色が落ちた／顔色掉了，褪色了；☆紫は落ち易（やす）い／紫色容易掉色；☆つやが落ちた／失掉了光澤；☆歯が落ちた／牙掉了；⑭逃亡，亡命（＝にげる）；☆東へ落ちた／往東跑了；☆都（みやこ）を落ちる／逃出都城；⑮陷入，墜入；☆恋に落ちた／陷入情網；☆敵の計略に落ちる／墜入敵人策略；☆罪に落ちる／犯罪；⑯陷落（＝おちいる）；☆城が落ちた／城池陷落了；⑰（鳥、魚）死；☆落ちた鳥／死鳥；⑱〔柔道〕斷氣，絕息；☆首を締められて落ちる／被勒住脖子而絕息；⑲（常用…に落ちる、…手に落ちる）歸於；歸…占有；落到…手中；☆結局同じ理窟（りくつ）に落ちる／結局歸於一個道理；☆籤（くじ）が弟の手に落ちた／弟弟抽籤抽中了；☆競売（せりうり）で僕に落ちた／拍賣結果歸於我了⑳（價値、數量等）低落，減少；☆品が落ちると値段も落ちるわけだ／貨色一差價錢也就要降低；☆見物人が落ちた／參觀（遊覽）的人減少了；㉑（風）停息；☆風がまだ落ちない／風還沒停；㉒坦白說出（＝はくじょうする）；☆詰問されて遂に落ちた／因被追問終於說出來了；◇木から落ちた猿／失掉伏勢（依靠）的人；腑（ふ）に落ちない／不明白，不了然

，不能理會；☆彼の説明はどうも腑に落ちない／他的解釋，我還是不能十分了然；落つれば同じ谷川の水／殊途同歸；図おつ（下二）。②

おっ─【押】（接頭）冠於動詞之上加強語氣；☆おっぱじめる（始める）／幹起來；☆おっぽりだす（押放出す）／扔出去。

おっ─【追】（接頭）〔おい〕的音便；例：おっぱらう（＝おいはらう）；おっつく（＝おいつく）。

おっ〔感〕（表示驚訝或忽然發覺什麼事物）噢，喲呀；☆おっ、思い出した／噢，我想起來了；☆おっ、本を忘れた／哎呀，沒有把書帶來。

おつ【乙】 Ⅰ（名）①（十干之一）乙（＝きのと）；②乙；第二；☆甲乙二人の人／甲乙兩個人；☆成績は乙／成績是乙；③〔日本音樂〕比甲低一音程的音，乙音；Ⅱ（形動ダ）①別緻，漂亮，俏皮；☆乙な味／別有風味；☆乙な身なり／漂亮的服裝；②奇怪，奇特，古怪。①⓪

おっかあ【阿母】（名）〔俗〕①媽媽；②（丈夫指着孩子呼妻子）媽媽；☆おっかあ、坊やが泣いたよ／媽媽，寶寶哭啦③

おっ・かか・る【寄掛（押掛）る】（自五）①靠（＝よりかかる）；②追近，接近。

おっかけ【追掛け】（名）①「おっかける」的名詞形；②繼續（進行）；隨後（＝そのうち）☆追っかけ来るでしょう／隨後就會來的；③〔電影〕追逐的場面；④（人力車夫等在十字路口）攬坐。⓪

おっか・ける【追掛ける】（他下一）①追趕；☆動き出した電車を追っかける／追趕已經開動了的電車；②隨後，緊接着；☆追っかけて手紙（てがみ）を／隨後就發了一封信；図おっかく（下二）④

おっかさん（名）「おかあさん」的俗稱③

おっかな・い（形）可怕的（＝こわい、おそろしい）；☆おっかない顔をする／作出令人可怕的面孔。④

おっかなびっくり（連語・副・自サ）〔俗〕戰戰兢兢，提心吊膽（＝おそるおそる）；☆おっかなびっくりの腰つき／提心吊膽的姿勢。⑤

おっかぶ・せる（他下一）〔俗〕①蓋，掩蓋（＝おおいかぶせる）；②推卸（責任）；☆人に責任をおっかぶせる／把責任推卸給旁人。⑤

おつき【御付】（名）隨從，侍從，隨員；☆お付の方（かた）は幾人（いくにん）ですか／隨員有幾位？◎

おつぎ【御次】（名）〔敬語〕①〔（つぎのひと）的敬稱〕下一位；☆お次の方は前へ出て下さい／下一位請到前面來。②（高貴人物的）侍者，僕人；隨員。◎

おつきあい【御付合い】（名・自サ）〔（つきあい）的敬語〕①交際，來往；☆今後ともお付きあいのほど願います／希望今後和您時常往還；②陪，奉陪；☆途中（とちゅう）までお付きあいしよう／我送你到半路吧；☆食事のお付きあいをしてくれんか／請陪我吃飯去好嗎？☆散歩なら、お付きあいをしよう／散步我倒可以奉陪。③

おっくう【億劫】（名・形動ダ）→おっこう。③

オックスフォードだいがく【Oxford 大学】（名）牛津大學。⑧

おつけ【御付け】（名）①醬湯（＝みそしる）；☆朝飯はおつけ一杯だけです／早飯(的菜)只一碗醬湯；②湯（＝おつゆ）；☆おつけの実（み）は何ですか／湯裏放的是什麼菜呀？③麵條的澆鹵。◎

おつげ【御告げ】（名）（神的）啓示，天啓。◎

オッケー（感）〔俗〕〔オーケー〕之訛 ①

おっこう【億劫】（名・形動ダ）感覺麻煩，懶不起勁；☆書き直すのは億劫だ／懶得重寫,感覺重寫太麻煩；☆家に帰ると、もう出るのが億劫になる／一回家就懶得出去了；～が・る【億劫がる】（他五）懶得做，嫌麻煩；☆字引（じびき）を引くのを億劫がる／懶得查字典。

おっこ・ちる（自上一）〔俗〕①落，掉（＝おちる）；☆屋根（やね）からおっこちる／從房頂上掉下來；②〔轉〕（考試等）不及格；☆あいつは歴史（れきし）の試験におっこちた／他考歷史沒及格 ④

おっこと・す（他五）〔俗〕＝おとす。④

おっさん（名・代）〔俗〕對中年男子的稱呼。◎

おっしゃ・る【仰る】（他五）〔（いう）的敬語〕說，言，叫；☆お名前は何と仰いますか／您叫什麼名字？☆御入用（ごにゅうよう）の物があれば、おっしゃって下さい／您如果要什麼請告訴我。③

オッシログラフ【oscillograph】（名）〔

電〕→オシログラフ。⑤

おった・てる【押っ立てる】（他下一）→たてる。④

おっちょこちょい（名・形動ダ）〔俗〕①輕薄的，輕佻的，輕浮的；☆おっちょこちょいな人／輕佻的人；②輕佻的人，輕浮的人；☆あいつは、おっちょこちょいだ／那個傢伙是個輕佻的人。⑤

おっつかっつ（連語・形動ダ）①（優劣等）不分上下，相仿；☆おっつかっつの勝負／不分勝敗，（幾乎）平局；②（幾乎）同時；☆おっつかっつに来た／差不多同時來的。④

おっつ・く【追っ付く】（自五）〔俗〕＝おいつく。③

おっつけ【追っ付け】（副）①不一會兒，不久（＝まもなく、ほどなく）；☆追っ付け便（たよ）りがあるだろう／不久就會來信吧；②立刻，馬上，緊跟着；☆おっつけやって来た／緊跟着就跑來了；～て【追っ付けて】（副）＝おっつけ。

おっつ・ける【押っ付ける】（他下一）〔俗〕＝おしつける。④

おって【追手】（名）①追趕者；追捕者；☆追手をかける／打發人追；②追兵（＝おいて）。◎

おって【追って・追而】（副）①日後，隨後，回頭，等一會兒；☆追って成績をお知らせします／成績隨後通知；②（用於書信）再者，再啓；☆追而落着いたら、すぐ知らせて下さい／再者住址有定卽請示知；～がき【追而書（き）】（名）再啓，又及，附言。◎

☆おっと【夫】（名）丈夫；☆夫ある身（み）／有夫之婦；☆つま。

おっと（感）①（表示驚訝或突然發覺某事）哎呀，噢，啊，；☆おっと危い／啊，好險！☆おっと水が零（こぼ）れた／哎呀水灑了；②（用於急忙阻止）且慢，慢來；☆おっと、その手は食わぬ／慢來我不上你的當；☆おっと、皆まで言うな／且慢，不要全都說出來。①

おっとせい【膃肭臍】（名）〔動〕膃肭獸（俗稱海狗）。③

おっとり（副・自サ）①（人）穩靜，大方，穩重；☆あの青年は、どことなくおっとりしている／那個青年看來很穩重；②（彩色）樸素,不刺目；☆おっとりした色／樸素的顏色。③

お

おつにょう【乙繞】（名）〔漢字部首〕乙部（如「乞」、「乳」等字的部首）。⓪
おっぱい（名）〔兒〕奶；乳房（＝ちち）；☆おっぱいを飲ませる／餵奶；☆おっぱいをいじる／擺弄奶頭。①
おっぱら・う【追っ払う】（他五）驅走攆走（＝おいはらう）；☆借金取りをおっぱらう／把討債者趕走。④
おっぽりだ・す【押っ放り出す】（他五）〔俗〕①扔出，抛出（＝ほうりだす）；②（從家中）攆出，逐出。③
おつむ（名）〔兒〕頭，腦袋(＝あたま)；☆おつむを撫（な）でる／摸腦袋。②
おつゆ【御汁】（名）〔女〕＝つゆ。②
おつり【御釣】（名）〔（つりせん）的敬語〕找頭，找的錢，零錢；☆おつりを下さい／請找給我錢。⓪
おてうち【御手討・御手打】（名・他サ）（君主）親自斬殺（臣下）。⓪
おてかけ【御手掛】（名）妾（＝おめかけ）。
おでき【御出来】（名）①〔（できもの）的鄭重語〕膿腫，膿疙瘩；☆おできができる／長膿疙瘩；②〔（できること）的鄭重語〕完成，做完；☆おできになりましたか／已經做好了嗎？②
おでこ（名）〔俗〕①額骨，額；☆おでこが広い／額寬；②大額骨的人，錛頭；☆顔立（かおだち）はいいが少しおでこだ／面龐還好可是有點錛頭。②
おてだま【御手玉】（名）（內盛小豆粒等的）小布袋（女孩玩具）；投擲小布袋遊戲；☆お手玉をする／玩小布袋。②
おてつだいさん【お手伝いさん】（名）佣人；☆お手伝いさんを頼む／請佣人。②
おてのもの【御手の物】(名)特長，拿手，專長☆麻婆豆腐(マーボードーフ)は母のお手の物だ／麻婆豆腐是家母的拿手菜⓪⑤
おてまえ【御手前】Ⅰ(名)①本事，本領；☆お手前拝見（はいけん）／看看您的本事；②泡茶的手法；Ⅱ（代）您，老兄（武士用語）。②
おでまし【御出座】（名）〔敬語〕出去，出門；☆お出座になりました／出門了⓪
おてもり【御手盛】（名）本位主義，爲自己打算；☆おてもり予算／本位主義的預算。⓪
おてやわらか【御手柔らか】（形動ダ）溫和，手下留情；☆どうかお手柔かにお願いします／請手下留情（比賽時的客套話）。⓪④
おてん【汚点】(名)〔文〕①汚點，髒點；☆ズボンに汚点がつく／褲子上落一個汚點；②〔轉〕汚點；☆歴史に汚点を残す／在歷史上留下汚點。⓪
おでん（名）〔俗〕蒟蒻、豆腐、芋頭等混煮的一種菜；**～や**【おでん屋】（名）賣「おでん」的舖子（商人）。②
おてんき【御天気】（名）①〔（てんき）的鄭重語〕天氣；晴天；②〔轉〕心情，情緒（＝きげん）；☆お父さんの御天気が悪い／父親的情緒不好，父親不高興；**～や**【御天気屋】（名）喜怒無常的人，心情易變的人；**～もの**【御天気者】（名）＝おてんきや。②
おてんとさま【御天道様】（名）〔俗〕①太陽；☆お天道さまが上った／太陽出來了；②老天爺；☆お天道さまが見てござる／蒼天有眼。②
おてんば【御転婆】（名・形動ダ）輕佻的姑娘，輕佻的女人（＝おきゃん、おはね）；☆あの娘はお転婆だ／她是個輕佻的姑娘。⓪
⁑**おと**【音】（名）①音，聲音；☆波の音／濤聲；☆音がする／有聲音，響；☆小銃の音がした／有槍聲，槍響了；☆音を立てる／弄出聲音；發出聲響；☆家が凄（すさま）じい音をたてて倒れた／房子轟隆一聲倒塌了；☆爆竹（ばくちく）の音が聞えてくる／傳來爆竹聲；☆音を立てないように／悄悄地；②名聲；☆音に聞く／傳聞；聞名；☆音に聞く三国一（さんごくいち）の富士の山／名聞天下的富士山；③音信，消息（＝たより）；☆その後何の音もなかった／其後杳無音信②
*おとうさま，おとうさん**【御父様】（名）①父親，爸爸；☆お父さん、お土産を買って来てね！／爸爸請您給我買點什麼好東西回來好嗎；②令尊；☆お父さまはお達者（たっしゃ）ですか／令尊貴體健康嗎？②
⁑**おとうと**【弟】（名）弟；胞弟；**～ぶん**【弟分】(名)盟弟；**～よめ**【弟嫁】（名）弟婦，弟妹。④
おどおど（副・自サ）提心吊膽，戰戰兢兢（＝おづおづ）；☆彼女はおどおどして答えた／她戰戰兢兢地回答了；☆悪事が人に知られやしないかとおどおどする／

恐怕壞事被人家知道而提心吊膽。①

おとおり【御通り】（名）①〔（ゆきすぎる）的敬語〕走過；②＝めどおり。⓪

おとがい【頤】（名）下巴，頤，☆水的深さは頤まである／水淹到脖子；◇**頤が落ちる**／①好吃，味美，②冷得打顫；③喋喋不休，饒舌；**頤で人を使う**／（以）頤使（人）；**頤を解（と）く**，**頤をはずす**／解頤，大笑。⓪

おどかし【威かし】（名）威嚇，嚇唬；☆威かしが利かない／嚇唬不住。⓪

おどか・す【威かす】（他五）威嚇，嚇唬；☆子供を威かしてはいけない／不要嚇唬小孩；☆単位面積の出来高が十万斤を越したって？あんまり威かすなよ／你說單位面積的產量超過十萬斤了？別嚇唬人了。⓪

おとぎぞうし【御伽草子】（名）童話小說；室町時代の短篇小說。④

おとぎばなし【御伽噺】（名）童話，故事；☆お伽噺をする／講故事，講童話；④

おどく【汚毒】（名）汚毒，髒毒。⓪

おどく【汚瀆】Ⅰ（名）髒溝；Ⅱ（他サ）汚瀆。⓪

おどけ【戯け】（名）詼諧，笑話；**～ぐち【戯け口】**（名）說笑話，開玩笑；詼諧話；**～ばなし【戯け話】**（名）笑話，滑稽故事；**～もの【戯け者】**（名）好詼諧的人。⓪

おど・ける【戯ける】（自下一）〔俗〕作滑稽行為，說笑話，開玩笑（＝ふざける）；☆人の真似（まね）をしておどける／模仿別人的態度作怪相。⓪

おとこ【男】（名）①男人，男子，☆男の着物／男人穿的衣服；②（泛指）男子；☆厭な男，討厭的傢伙；☆あの男は面白（おもしろ）い事を言う／他說話很有趣；③成人，大人；☆もう一人前の男になった／已經是成人了；④（女子的）愛人，男朋友，情人；☆男ができた，男を拵（こしら）えた／有了男朋友；⑤男子的體面，聲譽；☆男が立つ／有面子；⑥男を上げる（下げる）／露（丟）臉；⑥丈夫（＝おっと）；⑦男傭人，男僕（＝げなん）；◇**男を知らない**／（女子）未接觸過男人；**男は度胸（どきょう）女は愛嬌（あいきょう）**／男子要勇敢女子要溫柔；**～おび【男帯】**（名）（日本衣服的）男子用腰帶子；**～おや【男親】**（

名）父親；**～がら【男柄】**（名）①（男子的）人品，品格；②男子衣料的花樣；**～ぎ【男気】**（名）丈夫氣概，俠氣；**～ぎらい【男嫌い】**（名）（女子）討厭男子；挑剔男子；**～くさ・い【男臭い】**（形）有男子體臭的（衣服等）；**～ごころ【男心】**（名）①男人心；②（男人的）輕薄心，☆男心と秋の空／男人的心和秋天的天氣（喻不可靠）；③（女子）戀慕男子的心；**～ざかり【男盛り】**（名）壯年；**～しゅう【男衆】**（名）①男人們；②男傭人，僕人們；**～じょたい【男世帯】**（名）鰥棍堂，全是男子的家庭；**～ずき【男好き】**（名）①男子（一見就）喜愛的女子；②（女子）喜愛男子，好色；**～だて【男立・男伊達】**（名）①男子漢的氣概，大丈夫氣概；②俠義的人，俠客；**～だてら【男だてら】**（連語）沒有丈夫氣概，不像個男子漢；☆男だてらにめそめそ泣く／一個男子漢居然哭哭啼啼；**～っぷり【男っ振り】**（名）→おとこぶり；**～なき【男泣き】**（名・自サ）（男子）哭泣，☆男泣きに泣く／一個男子漢居然大哭；**～のこ【男の児（子）】**（名）①男孩子；②兒子（＝むすこ）；**～のせっく【男の節句】**（名）端午節；**～ぶり【男振り】**（名）①（男子的）風采，儀表（＝おとこまえ）；②（男子的）體面，身價，☆男振りがあがる／（男子的）身價提高；**～まえ【男前】**（名）＝おとこぶり；**～まさり【男勝り】**（名・自サ）（女子）比男子勇敢；比男子有主意；**～むき【男向き】**（名）適合男子使用（的物品）；**～むすび【男結び】**（名）（一種結扣的方法）正扣，正結；↔おんなむすび；**～もち【男持】**（名）男子使用（的物品）；**～やもめ【男鰥】**（名）鰥夫；**～ゆ【男湯】**（名）男澡堂；**～らし・い【男らしい】**（形）有男子氣概的；像一個大丈夫的。③

おとさた【音沙汰】（名）信息，消息，音信；☆その後何の音沙汰もない／其後杳無音信。⓪②

おどし【威し・嚇し】（名）〔文〕①威嚇，恐嚇，嚇唬，威脅；☆威しが利かない／嚇唬不住；☆威しをかける／嚇唬，威嚇；②（田間攆鳥的）稻草人（＝かかし）；☆畑に威しが立ててある／地裏立着稻草人；**～もんく【威し文句】**（名）

恐嚇的話；☆威し文句を並べる／說一大套恐嚇的話。◯

おとしあな【落し穴】（名）①陷阱；☆狼が落し穴に落ちた／狼掉入陷穽了；②〔轉〕毒計，策略，圈套；☆人を落し穴に陥れようとする／想使人陷入圈套，想陷害人。③

おとしい・れる【陥れる】（他下一）①陷，陷害；☆人を陥れる／陷害人；騙人上圈套；☆人を罪に陥れる／騙人犯罪；②攻陷；☆敵城を陥れる／攻陷敵城；図おとしいれる（下二）。⑤◯

おとしがみ【落し紙】（名）厠所用紙，手紙。③

おとしだね【落し胤】（名）（常指有身分的人的）非婚生子。④

おとしだま【御年玉】（名）年禮，壓歲錢。◯⑤

おとしたまご【落し玉子】（名）〔烹飪〕（湯裏的）沃鷄蛋。④

おとしつ・ける【威し付ける】（他下二）威嚇，恐嚇，嚇唬；☆子供を威しつけて二度と悪戯（いたずら）をしないようにする／嚇唬孩子使他下次不再淘氣；図おどしつく（下二）。⑤

おとしぬし【落し主】（名）失主；☆落し物を落し主へ返す／把遺失物還給失主③④

おとしばなし【落し話】（名）=らくご②

おとしぶた【落し蓋】（名）①上下開閉的盒蓋；②小於鍋口（放入卡住）的鍋蓋。③

おとしもの【落し物】（名）失落的東西，遺失物；☆落し物を持主（もちぬし）へ返す／把失物還給原主。⑤④

*__おと・す__【落とす】（他五）①使落下，弄掉，扔下；☆本を床に落とした／把書掉在地板上了；②丟掉，失落，喪失，失掉（＝うしなう）；☆財布（さいふ）を落とした／把錢包丟了；☆命を落とす／喪命；☆信用を落とす／失掉信用；☆気を落とす／沮喪；③除去，去掉（＝なくする）；☆口髭（くちひげ）を落とす／剃去鬍子；☆着物の垢（あか）を落とす／弄掉衣服上的汚垢；④攻落，攻陷（＝せめとる，おとしいれる）；☆城を落とす／攻陷城池；⑤脫落，遺漏（＝のこす，もらす）；☆一語落とした／寫漏了一字；☆私の名を落した／把我的名字遺漏了；⑥降低，貶低，敗壞（＝そげる，へら

す）；☆評判を落とす／減低聲價；☆音程を落とす／降低音程；☆値段を十円落とす／減價十元；☆官位を落とす／降職；⑦使陷人（圈套），陷害（＝おとしいれる）；☆人を罪に落とす／陷人於罪，使人犯罪；⑧使逃走，放走（にがす）；☆傷病者を先に落とす／使傷病人先逃；☆敵を落とす／放走敵人；⑨使落選，使不及格；☆三十点以下の生徒を落とす／把三十分以下的學生作爲不及格；⑩醫治（瘧疾等）；☆おこりを落とす／醫治瘧疾；⑪流，落，洩（＝ながす，したたらす）；☆涙を落とす／落淚；☆水を溝へ落とす／把水洩到溝裏；⑫中（籤，標），（在拍賣時）買到；☆入札（にゅうさつ）を落とす／中標；☆競売（けいばい）で落とす／在拍賣時買到；⑬殺，害（＝ころす）；☆首を落とす／斬首；⑭開（齋）；☆精進（しょうじん）を落とす／開齋；⑮（接於其他動詞下用作補助動詞）表示落，掉，漏等義；☆鳥を射ち落とす／把鳥射落；☆書き落とす／寫漏②

おど・す【威（嚇）す】（他五）恐嚇，嚇唬，威脅（＝おどかす，おびやかす）；☆武力で威す／以武力威脅；☆こわい話をして威す／講可怕的故事嚇唬人。◯

おとずれ【訪れ】（名）①訪問，來訪；☆友人の訪れを待つ／等候友人來臨；☆春の訪れ／春天的來到；②消息，音信（＝たより）；☆久しく訪れがない／久無音信；☆喜（よろこ）びの訪れ／喜信。◯④

おとず・れる【訪れる】（自下一）訪問，來訪；到來；☆友人（ゆうじん）をオフィスに訪れる／到辦公處訪友；訪れる人／來訪者，客人；☆春が訪れて来た／春天到來了；②通信；図おとづる（下二）。④◯

おとつい【一昨日】（名）前日，前天（＝おととい，いっさくじつ）。③

おととい【一昨日】（名）前天（＝おとつい）；☆おとといの新聞／前天的報紙；☆おとといの晩／前天晚上。③

おととし【一昨年】（名）前年。②

*__おとな__【大人】（名）①成人，大人；☆大人になる／成人，長大成人；☆あの子は□の利き方（かた）がまるで大人です／那孩子講話完像大人一樣。◯

おとなげな・い【大人気ない】（形）沒有

大人氣派的；沒有男人氣概的，小孩子一樣的；☆あんな子供を相手に喧嘩するとは大人気ない／和那個一個孩子吵架可太沒有大人樣了；図おとなげなし（形）。⑤

*おとな・い【大人しい】（形）①（性格等）老實的，安祥的，和善的，溫順的；☆この子は大変おとなしい／這個孩子很老實；☆僕はおとなしい娘（むすめ）が好きだ／我喜歡溫柔的姑娘；☆牛はおとなしい獣（けもの）だ／牛是一種馴順的動物；②（顏色等）雅致，素氣；☆おとなしい色／很雅致的顏色；☆この柄はおとなしい／這種花樣很素氣；図おとなし（形シク）。④

おとなしさ【大人しさ】（名）老實，安祥，溫順（的程度）。③

おとなしやか【大人しやか】（形動ダ）老實；安祥，溫順；☆おとなしやかな振舞／安祥的舉止。④

おとな・びる【大人びる】（自上一）像大人一樣兒，老成起來；☆子供がだんだんおとなびてくる／孩子漸漸像大人樣了；図おとなぶ（上二）。④

おとなぶ・る【大人振る】（自五）擺大人架子；☆大人ぶった顔をしている／擺出大人的神氣來。④

おとならし・い【大人らしい】（形）像大人樣的，老成的；☆大人らしい少年／老成的少年；☆あの子は言う事が大人らしい／那個孩子說話像大人。⑤

おとひめ【乙姫・弟姫】（名）①〔古〕年輕的公主，郡主；②（故事中的）龍宮的美女，龍宮仙女；☆浦島太郎（うらしまたろう）が乙姫に歓待（かんたい）される／浦島太郎受龍宮仙女的款待。②

おとめ【少女・乙女】（名）少女，處女；☆乙女の姿／少女的容貌；～ごころ【少女心】（名）少女的心，純潔的心。②⓪

おとも【御供】（名）①陪伴，跟隨，侍從他；☆お供をする／陪伴，奉陪；☆局長（きょくちょう）のお供をして台北に来た／跟隨局長來臺北；☆お供を三人連れて行った／帶著三個隨員去了。

おともなく【音も無く】（連語・副）沒有聲音，一聲不響，鴉雀無聲地；☆音もなく戸が開いた／門一聲不響地開了。

おとり【囮・媒鳥】（名）①（引誘鳥獸用

的）囮子，媒鳥；②〔轉〕誘惑物，誘餌；引誘的手段；☆…を囮に使う／拿…當做誘餌。⓪③

*おどり【踊り】（名）①舞蹈；☆田舎の踊り／鄉間舞蹈；☆踊りを踊る／舞蹈；☆踊りの手振（てぶり）／舞蹈的手式；☆踊りのステップ／舞步；②〔經〕利上加利，利滾利；～こ【踊り子】（名）①舞蹈的少女；②舞女；～て【踊り手】（名）跳舞者；～ば【踊り場】（名）①跳舞場；戲臺；②〔建〕（樓梯中途的）休息板，平臺；～ぶり【踊り振り】（名）跳舞（舞蹈）的姿勢。⓪

おどりあが・る【踊（躍）り上がる】（自五）跳起來；☆彼は踊り上がらんばかりに喜んだ／他樂得幾乎跳起來。⑤

おどりかか・る【踊りかかる】（自五）撲上去；☆虎が羊に踊りかかる／老虎向羊撲上去。⑤

おどりこ・む【踊（躍）り込む】（自五）①跳進，跳入；☆水に踊り込む／跳入水中；②闖入；☆やにわに踊り込む／突然闖入。④

*おと・る【劣る】（自五）劣，次，不好，不如，不及；☆僕（ぼく）は学問に於ては彼に劣っている／我的學問不如他；☆このお茶は、あれより品が劣る／這種茶的質量不如那種；☆我国（わがくに）の鉄道はどの国に（比べて）も劣らない／我國的鐵路（建設）不亞於世界任何一國的建設；☆…にまさるとも劣らぬ／有過之無不及；☆少しも劣らぬ／毫無遜色；☆…に劣らず／不次於…☆今日は昨日に劣らず寒い／今天的冷不亞於昨天②⓪

*おど・る【踊る・躍る】（自五）①跳舞，舞蹈；☆踊りを踊る／跳舞；☆歌を歌いながら踊る／且歌且舞；☆音楽に合わせて踊る／隨著音樂跳舞；②跳，躍；☆魚が躍る／魚躍；☆子供が嬉しくて踊り上がる／小孩高興得跳起來；③利上滾利，利上加利；☆利息が躍る／利上滾利。⓪

*おとろ・える【衰える】（自下一）衰弱，衰滅，衰退，衰敗，衰落，減退；☆勢いが衰える／勢力衰落；☆健康が衰える／健康衰退；☆記憶力（きおくりょく）が衰える／記憶力減退。④

*おどろか・す【驚かす】（他五）①使…吃驚（震驚，詫異），懾動…；☆広島（ひ

お

ろしま）の原爆（げんばく）は世界を驚かした／原子彈爆炸震動了全世界；☆彼は一世を驚かす人だ／他是轟動一世的人物。[4]

おどろき【驚き】（名）驚訝，驚詫，驚異，震驚，驚恐；☆これを聞いたときの両親の驚きは如何ばかりであったろう／聽到這件事父母該多麼地吃驚了啊，☆あまりの驚きに病気を起した／因爲過於驚恐而嚇出病來了。[4]

＊＊おどろ・く【驚（愕・駭）く】（自五）①吃驚，驚恐，驚懼；☆驚いて物（もの）が言えない／嚇得說不出話來；☆どんな困難にあっても驚かない／遇到任何困難也不驚恐；☆驚いて気を失った／嚇昏過去了；②驚嘆，驚奇；☆彼の進歩は実に驚いたものだ／他的進步之快令人驚奇；☆彼の成功は敢て驚くに当らぬ／他的成功不足爲奇；③意外，想不到；☆彼の助かったのは実に驚いた／他能得救實出意外；☆これは驚いた／這眞叫想到；☆驚いたことには…／出乎意料之外的是…。[3]

おどろくべき【驚くべき】（連語・連體）〔文〕可驚的，可怕的，驚人的，出人意料的；☆それは驚くべき発明だ／那是驚人的發明。[5]

おないどし【同い年】（名）同歲，同年（＝おなじとし）；☆君と僕はおないどしだ／你和我同歲。[2]

おなか【御中・お腹】（名）〔女〕①飲食，吃食（＝しょくじ）；②肚子（＝はら）；☆おなかが痛い／肚子疼；☆お腹が空（す）いた／餓了；☆お中が一杯だ／吃飽了。[0]

おながれ【お流れ】（名）①中止，停止；☆今日の運動会は雨でお流れになった／今天的運動會因雨中止了；②（在宴會上與人交杯換盞時指對方的）酒杯；☆お流れ頂戴します／請把您的酒杯賞給我喝吧。[2]

おなぐさみ【御慰み】（名）①安慰，解悶；☆手品（てじな）がうまく行きましたらお慰み／我這個戲法如果變好了就算給您解悶了；②〔諷〕再好不過，好極了；☆そんな考えでうまく行けばお慰みだ／你那種想法要是行得通再好不過了（只怕行不通）。[0]

おなご【女子】（名）①女孩；②女子；婦女；③女佣人；**～しゅう【女子衆】**（名）婦女們；**～じょたい【女子世帶】**（名）只有女人的家庭。[0]

おなさけ【お情】（名）（別人的）情面，恩惠；慈悲（＝なさけ）；☆彼はお情で及第したのだ／他是靠情面考取的。[2]

＊おなじ【同じ】Ⅰ（形動ダ）相同，一樣，同樣，相等；同一（個）；☆君の帽子は僕のと同じに見える／你的帽子看起來和我的一樣；☆十年前と同じで少しの進歩もない／和十年前相同一點進步也沒有；☆死んだも同じだ／和死了一樣；☆利害関係が同じではない／利害關係不同；☆収入と支出は、同じになる／收入和支出相等；**Ⅱ**（形容詞連體形）同，一樣；☆今日の講演者は去年と同じ人だ／今天的演講者和去年那時候的是同樣人；☆同じ年の十月／同年的十月；☆君のと同じ帽子を買った／買了一頂和你同樣的帽子；☆同じ価値をもっている／具有相等的價值；☆同じ重さ／相同的重量；☆ふた子が同じ顔をしている／一對孿生子長得一模一樣；**Ⅲ**（副）一樣，同樣，左右，反正（＝どうせ）；☆同じ金を使うなら生かして使え／同樣必須花錢的話，要花得有效果；☆同じ行くなら早く行った方がよい／既然遲早要去，不如早去；**Ⅳ**（形）〔文〕同（＝おなじい）；☆右に同じ／同右，同上；◇同じことなら…／哪個（怎麼）都一樣的話；☆同じことなら大きい方がいい／哪個都一樣的話，大的好（我要大的）；**同じ穴の狢（むじな）**／一丘之貉；**同じ鍋の飯を食う**／一個鍋吃飯，生活在一起。[0]

おなじく【同じく】（接）同，又（＝また は）；☆文化勲章受賞者（ぶんかくんしょうじゅしょうしゃ）谷崎潤一郎、同じく永井荷風、同じく正宗白鳥／榮膺文化勲章者谷崎潤一郎、同永井荷風、同正宗白鳥。[2]

おなみ【男波】（名）（波浪一高一低時的）高浪，大浪；☆男波女波（めなみ）が打ち寄せて来る／高浪低浪相繼湧來；↔めなみ（女波）。[0]

おなら（名）〔俗〕虛恭，屁（＝へ）；☆おならをする／假恭維。[0]

＊おに─【鬼】（造語）①鬼形的，鬼樣的；例：おにがわら（鬼瓦）；②可怕的；勇猛的；例：おにしょうぐん（鬼將軍）；

③厲害的；兇的；例：おにばば（鬼
婆婆）；④大的；例：おにあざみ（鬼
薊）。

*おに【鬼】（名）①鬼；②鬼怪（想像的怪物
，面貌可怕，頭上有角）；〔轉〕窮兇惡
極的人，兇狠的人；☆あれは鬼のような
人間だ／他是一個窮兇惡極的人；☆鬼の
ような心をもっている／心腸狠毒；☆心
を鬼にして／狠着心腸；③〔遊戲〕（捉
迷藏的）捉者，蒙眼者；☆鬼ごっこの鬼
になる／捉迷藏時當捉者；◇鬼が出るか
蛇（じゃ）が出るか／吉凶莫測；鬼に
金棒（かなぼう）／如虎生翼；鬼の首を
取ったよう／如獲至寶；鬼の目にも涙／
頑石也會點頭，剛強人也會落淚；鬼の目
にも見残（みのこ）し／智者千慮必有一
失，猴子也有掉下樹時；鬼の居ぬ間に洗
濯（せんたく）／嚴厲的人不在時 喘一 口
輕鬆氣，閻王不在小 鬼翻天；鬼も十八
（じゅうはち）番茶（ばんちゃ）も出花
（でばな）／醜女妙齡也好看，粗茶淡飯
味亦香；鬼を酢にして食う／天不怕地不
怕。②

おにがしま【鬼ケ島】（名）〔童話〕相傳
古代曾有鬼怪住過的海島。③②

おにがわら【鬼瓦】（名）廟宇宮殿等屋上
的獸頭瓦，屋脊兩端裝飾用的大瓦③①

おにぎり【御握り】（名）〔女〕飯糰子。②

おにご【鬼子】（名）不像父母的孩子。

おにごっこ【鬼ごっこ】（名）〔遊戲〕捉
迷藏。③

おにばば【鬼婆】（名）殘忍的老太婆，刁
婆。①②

おにび【鬼火】（名）鬼火（＝きつねび）；
☆墓場（はかば）の鬼火／墳地的鬼火。②

おにゆり【鬼百合】（名）〔植〕卷丹。②

おぬし【御主】（代）〔古〕你。②

おね【尾根】（名）山脊，分水嶺。①

おねじ【雄螺旋】（名）公螺絲，螺絲。①

おねしょ（名・自サ）〔兒・女〕睡時遺尿，
尿床，尿炕（＝ねしょうべん）；☆あの
子は毎晩おねしょをする／那孩子每天晚
上尿床。

おの【斧】（名）斧子；☆斧の柄／斧柄①

おの【己】（代）自己（＝おのれ）；☆
己が家／自己的家；☆己が罪／自己的
罪。①

*おのおの【各・各各】〔文〕Ⅰ（名・副）各
自，各（＝めいめい、ひとりびとり、そ

れぞれ）；☆人、各各、長所がある／人
各有長處（優點）；Ⅱ（代）（你們）大
家，各位。②

おのずから【自ら】（副）〔文〕自然而然，
☆時節がくれば花が自ら咲く／季節一到
花自開；☆かかる人に対しては自ら尊敬
の念が生ずる／對於這樣人自然起尊敬之
念。⓪

おのずと【自ずと】（副）〔文〕自然（＝
おのずから）；☆悪い事をすると自ずと
知れるものだ／做壞事自然會被發現的⓪

おのの・く【戦く】（自五）發抖，打顫；☆
寒気におののく／凍得發抖。③

おのぼり【御上り】（名）進京，進京的人；
～さん【御上り様】（名）從鄉下來到大
都市遊玩的人。②

おのれ【己れ】Ⅰ（名）自己；☆己を抑え
る／克己；☆己の欲せざる所は人に施す
勿れ／己所不欲，勿施於人；☆己を以っ
て人を量る／以己度人；Ⅱ（代）你，汝，
你這個東西（＝きさま）；☆おのれ！／
你這個（壞）東西！⓪

*おば【伯母・叔母・小母】（名）①伯母；嬸
母；姑母；姨母；舅母等；②對年事稍長
的婦女的稱呼。⓪

おば【祖母】（名）①祖母；外祖母；②老
太太。⓪

*おばあさん、おばあさま【お祖母様】（名）
〔敬語〕祖母，奶奶；外祖母，外婆。②

おばあさん【お婆さん】（名）老太太，老
太婆；☆もう、すっかりお婆さんになっ
た／已經是老太婆了。②

おばあちゃん【お祖母ちゃん】（名）祖母，
奶奶（＝おばあさん）。②

オパール【opal】（名）〔鑛〕蛋白石（＝
オーパル）。

おはぎ【御荻】（名）〔女〕外裹一層豆
沙餡的糯米 飯 糰（或年糕）（＝ぼたも
ち）。②

おはぐろ【御歯黒・鉄漿】（名）（舊時日
本婦女曾盛行的）染黑牙。⓪

おばけ【お化け】（名）①妖精；妖怪（＝
ばけもの、ようかい）；☆お化けが出る
／鬧妖怪，鬧鬼；②醜陋難看，像個妖
精；☆あの女は、まるでお化けだ／那個
女人醜得活像妖精。②

おはこ【御箱・十八番】（名）①得意的本
領；專長的技藝；拿手好戲；☆彼はピア
ノがおはこだ／彈鋼琴是他的本領（他的

お

拿手）；☆おはこを出す／表演拿手好戲
，表演擅長的技藝；②習癖，老毛病；☆
あの人のお十八番が又（また）始まった
／他又犯起老毛病來了。⓪

おはじき【御弾き】（名）〔遊戲〕玻璃彈
珠（或小石頭、貝殼等）。②

おはち【御鉢】（名）飯桶；◇おはちが廻
る／順次輪班；☆今度は自分にお鉢がま
わって来た／這次輪到我的班了。⓪

おはつ【御初】（名）①初次（＝はじめ）；
☆「おはつにお目にかかります」／「您
好，初次見面」②試新，初穿的衣服；☆
おはつの靴／初穿的鞋子。⓪

おばな【雄花】（名）〔植〕雄花；↔めば
な。①

おはなし【御話】〔（名）（はなし）的鄭
重語〕①談話，說話；②故事；☆先生、
お話をして下さい／先生，請講個故事
；◇お話にならぬ／不像話；提不起來；
豈有此理；☆その傲慢無礼といったら
お話にならない／那種傲慢無禮簡直不像
話。⓪

おはなばたけ【御花畑】（名）（滿開鮮花
的）山，草原。④

おばむこ【伯母婿】（名）姑父，姨父。③

おはよう【御早う】（連語）（「お早うご
ざいます」的簡略形）（早晨見面時的
寒喧語）早安；您早；☆おはよう／您
早。⓪

おはらい【御払い】（名）①「はらい」的
敬語；②支付，付錢；☆あのお金はまだ
お払いになりませんか／那筆錢還沒有付
嗎？③出賣（破爛）；☆お払いはありま
せんか／有什麼破爛要賣嗎？；～もの【
御払物】（名）破爛，破銅爛鐵；廢品；
～ばこ【御払箱】（名）①解雇，免職；
趕出去；②抛棄廢品廢物；◇お払箱に
なる／被解雇；成為廢品；お払箱にする
／解雇，趕出去；作為廢品而抛棄或出
售。⓪

おはらい【御祓い】（名）①驅邪，祓除不
祥（＝おおはらい）；②神符；咒；～ば
こ【御祓箱】（名）裝神符的箱子。⓪

おはり【お針】（名）①裁縫，縫紉；☆お
針の稽古（けいこ）をする／學縫紉。⓪②

*おび【帯】（名）①帶，帶子；☆帯を締め
る／繋帶子；☆帯を解く／解帶子；☆帯
を結ぶ／結帶子；②（日本婦女裝飾用的）
腰帶；◇帯に短し襷（たすき）に長し／

不合用，不成材；高不成低不就；帯紐解
（と）く／①男女恩愛，共枕同床；②放
寬心，不加防範；帯を締（し）める／加
小心，提高警惕。①

*おび・える【怯える】（自下一）①膽怯，
害怕（＝おそれおどろく、こわがる）；
☆馬は何でもない事に怯える／馬無緣無
故地害怕；②做惡夢，夢魘；☆子供は
何に怯えたのか、わっと泣き出した／孩
子不知道是做了什麼惡夢哇地一聲哭號
起來；図おびゆ（下二）。⓪③

おびかわ【帯皮・帯革】（名）①皮帶；皮
腰帶（＝バンド、かわおび）；②〔機〕
調帶（＝ベルト）。⓪

おびきい・れる【誘き入れる】（他下一）
引誘進來，誘人；☆客を店に誘き入れる
／把顧客引到舖子裏來。⑤⓪

おびきだ・す【誘き出す】（他五）誘出；☆手
紙で誘き出す／寫信把…引誘出來。②⓪

おびきよ・せる【誘き寄せる】（他下一）
引誘過來，誘到近處；☆敵を誘き寄せて
一挙（いっきょ）に討つ／引誘深入聚而
殲之；☆餌で鳥を誘き寄せる／用餌食把
鳥引到近處；図おびきよす（下二）。②⓪

おひさま【御日様】（名）〔兒〕〔女〕太
陽。⓪

おひざもと【御膝下】（名）①〔敬語〕身
旁；②天子脚下，首都，京城。⓪

おびじめ【帯締】（名）穿和服時腰帶上綁
的細帶。⓪④

おひたし【御浸し】（名）〔烹飪〕開水炒
青菜（加以調味料）（＝ひたしもの）③

*おびただし・い【夥しい】（形）①許多的，
很多的，無數的（＝おおい）；☆我国に
は夥しい資源がある／我國有極豐富的資
源；☆夥しく出血したために死んでしま
った／因爲流血過多而死亡了（常用「…
こと夥しい」的形式作謂語用）…得很，
…得太厲害（＝はなはだしい）；☆つま
らない事夥しい／無聊得很；☆彼はだら
しのない事夥しい／他邋遢得很；図おび
ただし（形シク）。⑤

おひつ【御櫃】（名）飯桶（＝めしびつ，
おはち）；☆御櫃の飯（めし）をみな
平（たい）らげた／把飯桶的飯全吃光
了。⓪

おひつじざ【牡羊座】（拉・Aries）（名）
〔天〕羊座，白羊宮。⓪

おびどめ【帯留】（名）（日本婦女腰帶上

装飾用的）帶扣。③

おひとよし【御人好し】（名・形動ダ）＝ひとよし。⓪

おびふう【帶封】（名）（郵寄書報雜誌等用的）封帶，腰封；☆新聞に帶封をして郵送する／把報紙加上封帶郵寄。⓪

おひめさま【お姫様】（名）＝ひめ。②

おひや【御冷】（名）〔女〕①涼水，冷水（＝ひやみず）；☆お冷を一杯下さい／請給我一杯涼水；②冷飯，涼飯。②

*おびやか・す【脅かす】（他五）①恫嚇，嚇唬；☆人を脅かして納得（なっとく）させる／恫嚇人使人同意；②威脅；☆この様な条約は世界の平和を脅かすものである／這樣的條約是威脅世界和平的；☆新進の選手が古豪を脅かす／新進選手成為老將的威脅（已經趕上老將）。④

おひゃくど【御百度】（名）①（為了求神佛）拜廟一百次（＝ひゃくどまいり）；◇御百度を踏む／①拜廟一百回；②〔轉〕多次央求，百般央求；☆いくら御百度を踏んで頼んでも駄目でしょう／無論怎樣央求也不行吧。⓪

おひらき【お開き】（名）〔反語〕（多指宴會而言）散會，散席；☆まだお開きになりそうもありません／看光景一時還散不了席似的。⓪

おひる【御昼】（名）〔（ひるめし）的鄭重語〕午飯。⓪

*お・びる【帶びる】（他上一）①佩，帶；☆長劍を帶びる／佩帶長劍；☆身に寸鉄を帶びず／手無寸鐵；②擔當，擔任，承擔（＝ひきうける，たんとうする）；☆彼は重任を帶びている／他有重要的任務；③帶，有（＝ふくむ，もつ）；☆赤味（あかみ）を帶びた色／帶點紅色的顏色；図おぶ（上二）。②⓪

おひれ【尾鰭】（名）魚尾和鰭；◇尾鰭をつける／誇大，添枝添葉。①

おひろめ【御披露目】（名）〔（ひろう）的鄭重語〕披露；☆結婚のお披露目をする／披露結婚。⓪

おぶ【帶ぶ】Ⅰ（他上二）〔文〕→おびる；Ⅱ（他五）〔方〕帶（＝おびる）；☆面（かお）に憂色を帶ぶ／面帶愁容。①

オフィス【office】（名）①辦公室，辦事處；②公司；政府機關；～ガール【office-girl】（名）女辦事員，女職員；～がい【office街】（名）辦公大樓林立

的街道（一帶）。①

おぶ（う）（名）〔女〕〔兒〕①開水；熱水；☆おぶを飲む／喝開水；②茶；③澡堂；☆おぶに入りましょう／洗澡吧。①

おぶ・う【負ぶう】（他五）揹（＝せおう，おう）；☆子供を背（せ）に負ぶう／把孩子揹到身上。①

おふくろ【御袋】（名）〔俗〕母親，媽媽（多半男人講的）。⓪

おふくわけ【御福分け】（名・他サ）把收到的禮品等分贈給旁人。③

オブザーバー【observer】（名）觀察者，觀察員，旁聽人。③

おぶさ・る【負ぶさる】（自五）〔俗〕①被…揹在人身上（＝せおわれる，おわれる）；☆僕はそのころは子供で、姉に負ぶさっていた／我那時候還是小孩，叫姐姐揹着呢；②使人負擔，依靠（他人）（＝たよる）；☆友人に負ぶさって暮（くら）していた／靠着友人的幫助度日。③

おふせ【御布施】（名）〔佛〕〔（ふせ）的鄭重語〕布施；☆寺へお布施を上げる／向寺院布施。⓪

オフセットいんさつ【offset印刷】（名）〔印〕膠版印刷。⑥

おふだ【御札】（名）護身符，護符，神符。⓪

オプチミスト【optimist】（名）樂天派，樂天主義者；↔ペシミスト。④

おぶつ【汚物】（名）①大小便，屎尿；☆汚物ですっかり汚（よご）れてしまってる／叫屎尿都弄髒了；②髒東西；☆汚物を取り除く／打掃髒東西。⓪

オブラート【荷oblaat】（名）糯米紙（服藥用）；☆薬をオブラートに包んで飲（の）む／把藥包在糯米紙裏服下去。③

オフリミッツ【美off limits】（名）〔軍〕禁止進入（地帶）。⓪

おふれ【御触れ】（名）（官署的）命令，訓令；佈告，告示（＝ふれ）；☆お触れを出す／出佈告；～がき【御触書】（名）〔江戶時代〕告示，佈告。⓪

おふろ【御風呂】（名）＝ふろ。②

*おべっか（名）阿諛，奉承（話），諂媚（話）；☆おべっかを言う，おべっかを使う／拍馬屁阿諛，奉承；☆おべっかを真（ま）に受ける／把奉承話信以為眞；～もの，～つかい（名）阿諛者，拍馬者。②

オペラ【opera；法opèra】（名）歌劇；～

グラス【opera-glass】（名）観劇用的小型望遠鏡；～コミック【法 opera comique】（名）喜歌劇；～ハウス【opera house】（名）歌劇院；～バッグ【operabag】（名）（常指婦女觀劇時所拿的）小提包；～ハット【opera-hat】（名）大禮帽（特指觀劇用能折疊的）①

オペレーション【operation】（名）①動作；作用；②（機器等的）開動；③工作，作業；工程；④（外科的）手術；⑤〔經〕操縱市場，投機買賣；⑥〔軍〕軍事行動；作戰。③

オペレーター【operator】（名）①〔電報〕報務員；（電話）話務員，接線生；②（機器的）司機員。③

オペレッタ【意 operetta】（名）小歌劇③

おべんちゃら（名）＝おべっか。②

*おぼえ【覚え】（名）①記憶；經驗；☆あの人には一度会った覚えがある／記得曾經見過他一次；☆そんな事を言った覚えがない／我未曾説過那種話；☆皆覚えのある顔だ／全都是見過的熟人；☆それは僕自身も覚えのある事だ／我自己也有過那樣經驗；②感覚，知覚；☆足が痺（しび）れて覚えがない／腿脚麻木失去知覚；③記憶力；☆覚えが好い／記憶力好；④寵愛，器重，信任（常用「…覚えがめでたい」的句形）；☆彼は局長の覚えがめでたい／他頗受局長的器重；⑤備忘録（＝おぼえがき）；☆その名前を覚え書きに留めておいた／把那個姓名寫在備忘録上了；◇腕に覚えがある／有自信力，自信有本領；有武藝；身に（胸に）覚えがある／有經驗；有虧心事；☆彼は身に覚えがあるものだから青くなった／他因爲有虧心事，臉都嚇青了。③②

おぼえがき【覚書】（名）記録，（特指外交上的）備忘録；☆その事は覚え書きをしておいた／那件事我已經作了記録；覚書を交換する／交換備忘録。⓪

おぼえず【覚えず】（副）〔文〕不知不覺地，不由得；無意中，不自覺地（＝おもわず）；☆覚えずあの言葉が出たのだ／不知不覺地説出了那句話來。②

おぼえちょう【覚帳】（名）①雜誌簿，備忘簿；☆忘れないように覚帳に書き留める／寫在雜記簿上免得忘了；②（商店的）帳簿。⓪

*おぼ・える【覚える】（他下一）①記住，記得；☆よく覚えておきなさい／你要好好記住／私の覚えている所では…／據我的記憶…；☆覚え易い／容易記；②學會，懂得；☆彼は会話を覚えるのが非常に早かった／他學會話學得很快；☆悪い事は覚えやすい／壞事容易學會；☆そろそろ要領を覚え始めた／他漸漸懂得要領了；☆彼は一遍でその味を覚えた／他一下子就懂得那個滋味了；③感到，感覚，體會；☆痛みを覚える／感到疼痛；☆段段（だんだん）暑さを覚えるようになりました／一天天地感到熱起來了；☆借金（しゃっきん）の味を身に染みて覚えている／深嘗到欠債的滋味了；◇骨（こつ）を覚える／學會（懂得）竅門；よく覚えておれ，覚えていろ／你等着吧（威脅語）；☆覚えていろ、ひどい目に遭わせてやるから／你等着吧，一定讓你嘗嘗我的厲害；空（そら）で覚える／記住，記在心裏；春眠（しゅんみん）暁（あかつき）を覚えず／春眠不覺曉；図おぼゆ（下二）。③

おぼこ（名）①未經世故的女子，天眞爛漫的女子；☆まだおぼこだからそんな世渡（よわた）りのことは分りません／還是個天眞的女子所以不懂得那些人情世故；②處女，女孩子。⓪

おぼし・い【覚しい・思しい】（形）〔常用「…と思しき」的形式〕據想像是…，看來可能是…，彷彿是…，好像是…，大概是……；☆犯人と思しき人物／看來彷彿是犯人的人；☆真夜中と思しき頃船が着いた／大約正在半夜時分船靠岸了；図おぼし（形シク）。③

おぼしめし【思召し】（名）〔敬語〕①尊意，貴意，意見；☆思召しは如何／尊意如何？☆いくらですか──思召しで結構です／多少錢？──請您隨便賞好了；☆思召し次第（しだい）如何様（いかよう）にも致します／您想怎樣我就怎麼辦；②打算；☆何時頃出発になる思召しですか／您打算幾時動身？③喜愛，愛好；中意；☆…の思召しにかなう／正投…的所好，中…的意。⓪

おぼしめ・す【思し召す】（他五）〔敬語〕＝おもう；☆この問題についてどう思し召しますか／您對這個問題的意見如何？⓪④

おぼ・す【思す】（他五）〔文〕〔（おも

ほす）的約音］＝おもう。②

おぼつかな・い【覚束無い】（形）①可疑的，靠不住的；沒希望；☆成功は覚束ない／成功的希望很少；☆彼は中学の先生になるのも覚束ない／他教中學都恐怕成問題；☆覚束ない天気だ／是靠不住的天氣；☆彼の生命は覚束ない／他的生命危険；②不安定的；令人不放心的；☆あの人の保証では覚束ない／他那種保證令人不放心；☆覚束ない足取り／不穩定的脚步；～が・る（自・他五）；～げ（形動ダ）；～さ（名）。⑤回

おぼっちゃん【お坊っちゃん】（名）①＝ぼっちゃん；②〔諷〕公子哥兒；☆彼はまるでお坊っちゃんだ／他簡直是一個公子哥兒；☆お坊っちゃん育ち／公子哥兒出身，嬌生慣養（的男孩，男人）。②

おぼれじに【溺れ死】（名・自サ）淹死（＝できし）；☆子供が河に落ちて溺れ死をした／小孩掉在河裏淹死了。回

おぼ・れる【溺れる】（自下一）①淹，溺，淹沒；淹死；☆人の溺れるのを助ける／搭救溺水的人；②〔轉〕沉溺於…，迷戀於…；專心於…（＝ふける）；☆酒に溺れる／沉溺於酒；☆酒色に溺れる／迷戀於酒色；☆科学の研究に溺れる／專心於科學的研究；**溺れる者は藁（わら）に縋（すが）る**〔藁をも掴む〕／溺水者攀不擇；急不暇擇；図おぼる（下二）。回

おぼろ【朧】（形動ダ）①朦朧，模模糊糊（＝ぼんやり，ほんのり）；☆朧に記憶している／模模糊糊記得；☆沖に船が朧に見える／海面上隱隱約約有隻船；②＝そぼろ；～げ【朧気】（形動ダ）模模糊糊，不清楚，不明確；大致，大概（＝ぼんやり，ひととおり）；☆朧気ながら知っている／雖然不大清楚却知道一些；☆彼の顔を朧気に覚えている／模模糊糊記得他的面孔；☆彼の話は朧気に聽きとれない／他的話講得不明確，聽不清楚；～づき【朧月】（名）朦朧月色；☆春の朧月／春天的朦朧月色；～づきよ【朧月夜】（名）朦朧月夜；～よ【朧夜】（名）＝おぼろづきよ。回

おまいり【御参り】（名）参拜神像，拜廟。回

おまえ【御前】Ⅰ（代）你，（對同輩或晚輩的對稱，夫對妻的暱稱）；☆お前にこれをくれてやろう／這個給你吧；☆お前

は何を言うか／你說什麼？Ⅱ（名）神前；佛前，尊前，臺前；～さま【御前様】Ⅰ（名）祖先；Ⅱ（代）你；～さん【御前様】（代）①〔おまえ〕的敬稱；②〔俗〕（妻對丈夫的暱稱）你，當家的；～まち【御前町】（名）（寺院神社前的街道）廟前街。回

おまけ【御負け】（名・自サ）①減價，讓價；讓的價；☆五円にお負け致しましょう／減到五塊錢吧；②另外奉送（的東西）；另外搭配（的東西）；☆馬をお買いになれば鞍（くら）はお負けにしておきます／您若是買馬連鞍子一同奉送給您；◊お負けをつける／誇大其詞，添枝添葉。回

おまけに【御負けに】（接）而且，況且；加之；（不但…）還…；☆今日は非常に暑い，おまけに風がちっともない／今天很熱，而且一點風也沒有。回

おまちどおさま【御待遠様】（形動ダ）〔客氣語〕使您久候；☆支度（したく）がおくれてお待ちどおさまでした／我穿衣服穿得太慢使您久候了☆「お待ちどおさま！」／「讓您久等！」。回

おまつり【御祭り】（名）〔（まつり）的敬語〕祭祀，祭日，節日，廟會；☆今日は鎮守（ちんじゅ）のお祭りです／今天是土地廟廟會；～きぶん【御祭り気分】（名）節日氣氛，節日情緒，騰歡；☆国を挙げてお祭り気分だ／舉國騰歡；～さわぎ【御祭騒ぎ】（名）①廟會的喧雜（熱鬧）；②〔轉〕亂吵亂鬧，無謂的喧雜，熱鬧了一場（毫無結果）；☆僕はお祭騒ぎが嫌いだ／我討厭亂吵亂鬧；☆会議がお祭騒ぎに終った／會議只是熱鬧了一場毫無結果。回

おまねき【御招き】（名）招待；（＝まねき）。

おまもり【御守り】（名）護身符；☆日本人はよく病難除けのお守りを付ける／日本人好帶免災去病的護身符。回

おまる【虎子】（名）〔女〕便壺（＝おかわ）。回

おまわり【御巡り】（名）〔俗〕←おまわりさん；～さん【御巡り様】（名）巡警，警察。②

おまんま【御飯】（名）〔俗〕飯（＝めし，ごはん）；☆おまんまを食べる／吃飯。②

お

おみ─【御身】（接頭）表示鄭重、尊敬等意；☆御御足（おみあし）／您的脚；☆おみ御付（おつけ）／醬湯。

おみおつけ【おみ御付】（名）=みそしる ③

おみき【御神酒】（名）（敬神的）酒，神酒；☆御神酒を供（そな）える／供上神酒；②酒；☆だいぶお神酒がまわっている／喝得醉醺醺的了；～どくり【御神酒徳利】（名）①供神的一對酒瓶；②〔轉〕同樣的一對東西；③〔轉〕形影不離的伴侶；同樣穿着的兩個人。⓪

おみくじ【御神籤】〔（みくじ）的鄭重語〕神籤；☆御神籤を引く／抽籤。⓪

おみこし【御神輿】（名）〔（みこし）的敬語〕①神輿；②〔俗〕腰，☆御神輿を上げる／站起來；動起手來（做某事）；☆御神輿を据（す）えて酒を飲む／穩穩當當地坐下來喝酒。②

おみそれ【御見逸れ】（名・他サ）〔（みそれ）的動詞形〕〔客氣語〕沒看出來（是誰），忘記是誰；☆髭（ひげ）をはやしたので、お見それするところでした／您留了鬍子我幾乎不認識您了。⓪

オミット【英・動 omit】（名・他サ）省略，略去；疏忽。②

おみな【嫗】（名）〔文〕老太太。⓪

おみなえし【女郎花】（名）〔植〕（亦名おみなめし）女蘿，敗醬草。③

おみやげ【御土産】（名）〔（みやげ）的敬語〕（某地方的）土産；禮物；土儀，贈品，紀念品；☆お土産を買って来て／請給我買點土産（東西）來；☆おみやげを持参する／帶着禮物去拜訪；☆これは旅行のおみやげよ／這是旅行時買回來的紀念品啊；～ばなし【御土産話】（名）外鄉的趣話，由外鄉帶來的見聞。⓪

おむかい【御向】（名）對面（的人家）；☆おむかいの若夫婦／住在對面的年輕夫婦。②

おむすび【御結び】（名）〔女〕飯糰子（=にぎりめし）。②

おむつ（名）〔女〕襁褓；尿布，尿墊（=おしめ）；☆おむつを換える／換尿布；～カバー【おむつcover】（名）膠皮尿墊。②

オムレツ【omelet】（名）〔烹飪〕軟煎蛋捲（內包火腿洋葱等）。⓪

おめ【御目】（名）〔敬語〕眼睛；◇御目にかかる／見面，拜會；☆始めて御目に

かかります／我們初次見面（客套語）；☆明日またお目にかかります／明天再會；☆佐藤さんに御目にかかりたい／我想拜會佐藤先生；**お目に掛ける**①供觀賞，給人看；☆何をお目にかけましょうか／給您看什麼呢，您想看什麼？②贈送；**お目に留（とま）る，お目に入る**／看見，注意到；看中；☆一見（いっけん）してお目がとまった／一見傾心；☆お目に入ったら自由にお取り下さい／看中了就請您隨便拿吧。⓪

おめい【汚名】（名）〔文〕臭名；壞名；☆一度汚名を被ると容易に雪（そそ）げないものだ／一旦沾染上臭名就不易刷洗掉。⓪

おめおめ（と）（副・他サ）厚着臉皮（=めのめの）；☆おめおめと帰ることができない／沒臉回去。①

オメガ【omega】（名）①希臘最末的字母；②最終，末尾（=おわり）；↔アルファ。⓪

おめかし（名・自サ）打扮，裝飾；好打扮的人；☆おめかしだけは実（じつ）に上手（じょうず）だ／就是會打扮。②

おめがね【御眼鏡】（名）①=めがね；②〔轉〕眼力，鑑識；☆お眼鏡は違（たが）わぬ／您的眼力不錯；◇お眼鏡に叶（かな）う／中意，受賞識；☆彼は大いに局長のお眼鏡に叶った／他極受局長的賞識。②⓪

おめし【御召】（名）①〔（よぶ）的敬語〕呼喚；召見；☆陛下（へいか）の御召により／承皇帝召見；②〔（のる）的敬語〕乘，坐；（天皇）御用；☆御召の自動車／（天皇）坐的汽車；③〔（きる）的敬語〕穿；☆今日は洋服をお召しですか／您今天穿西服嗎？④〔（きもの）的敬語〕衣服（=おめしもの）；☆お召をお着換えなさい／請您換衣服；⑤←おめしちりめん；～かえ【御召替え】（名・自サ）〔（きがえる）、（のりがえる）的敬語〕換（衣服、車、船等）；～ちりめん【御召縮緬】（名）特等縐綢；～もの【御召物】（名）〔他人用品的敬稱〕①衣服；☆奥様のお召物はほんとうによくお似合（にあい）です／您這件衣服真合體；②携帶品，隨身物件；零星東西；☆お召物お預（あづか）り所／携帶品寄存處 ⓪②

おめずおくせず【怖めず臆せず】（副）毫

不畏縮；☆怖めず臆せず堂々と述べたてる/毫不畏縮細理直氣壯地陳述一番 ①-③

おめだま【御目玉】（名）（被）申斥，（挨）罵，（受）批評；（下面常用「頂戴する」，「食う」等動詞）◇**お目玉を頂戴する，お目玉を食う**/受申斥，受責備。②◎

おめでた【御目出度・御芽出度】（名）喜慶事（多指結婚、分娩、懷孕等）☆お正月からおめでた続きですね/正月以來喜事重重；☆お嬢様は近々おめでただそうですね/聽說您的小姐最近要結婚了。◎

おめでた・い【御目（芽）出度い】（形）①〔「めでたい」的鄭重語〕可喜的，可賀的，可慶的；☆おめでたい事/喜事；☆それはおめでたい/那可大喜；☆おめでたい前兆/吉祥之兆；②好好先生的，過於老實的；愚儌的（＝うすばか）☆あの男は少々おめでたい/那個人有點傻瓜；③樂天的，太樂觀的，過於天真的 ◎

おめでたや【御目（芽）出度屋】（名）〔俗〕過於天真的人，傻瓜。

*****おめでとう**【御目出度う】（感）〔常接「ございます」〕恭喜恭喜；恭賀新喜；☆新年おめでとう（ございます）/恭賀新喜；☆合格なさったそうで、おめでとう（ございます）/聽說您考上了，恭喜恭喜 ◎

おめみえ【御目見得】（名・自サ）〔「めみえ」的敬語〕①謁見，晉謁（長官）☆新（あたら）しい職員が社長にお目みえする/新來的職員謁見總經理②（新雇的人）上工，試工；☆女中をお目みえにつれて来る/把女佣人領來上工；③（演員等）初次表演；☆映画俳優が舞台でおめみえする/電影演員在舞臺上與觀衆見面。◎

おめめ【御目目】（名）〔兒〕眼睛；☆お母ちゃん、お目目がいたい/媽媽，眼睛疼◎

おめもじ【御目文字】（名・自サ）〔女〕見面，相見（＝おめにかかる）；☆あの方（かた）には昨日おめもじ致しました/昨天見到他了。◎

おも【面】（名）〔文〕①臉，面孔（＝おも）；☆面長（おもなが）/長臉；②表面（＝おもて）；☆水の面/水面。①

*****おもい**【思い】（名）①思想，心思（＝かんがえ）；感懷（＝かんじ）；☆思いに耽ける（沈む）/沉思；☆思いを凝らす/凝思，絞腦汁，苦心思索；☆思いを故郷（ふるさと）に馳（は）せる/懷念故

鄉；☆一日三秋の思い/一日三秋之感；☆思いもよらぬ/萬沒想到，出乎意料；☆不快な思いをする/感覺不痛快；☆身を切られるような思いがする/心如刀絞一般；②意願，心願，願望，志願（＝ねがい，のぞみ）；☆思いが叶う，思いを遂げる/得逐心願；☆思いのままに/隨心所願，隨意；☆去るも留るも君の思いのままだ/去留主聽你便；☆銘銘の思いを述べよう/我們各述己志吧；③思慕，愛慕；戀慕（＝こいしたう）；☆思いを寄せる/愛慕，戀慕；☆思いをうちあける/吐露衷曲，④仇恨（＝うらみ）；☆思いを晴（は）らす/報仇，雪恨，解悶，逐願；⑤惦念，惦記；掛心；☆かれは随分（ずいぶん）母思いだ/他非常惦念（孝順）母親；☆思いをかける/掛心，懷念；◇**思い内にあれば色外に現わる**/存於中則形於色；**思い半ばに過ぎる**/思過半矣；可想而知；**思いを焦（こ）がす**/①苦心焦慮；②熱戀；**思いを遣（や）る**/散心，解悶。②

*****おも・い**【重い】（形）①（分量）重的，沉的；☆鉄は木より重い/鐵比木頭沉；②（罪、病等）重的，嚴重的；☆重い病気/重病；☆傷（きず）が重くない/傷不重；③重要的，重大的；☆責任が重い/責任重大；☆重い役（やく）を勤（つと）める/擔任重要職務；☆重く見る/重視 ④不舒暢的，不暢快的（＝はればれしない，うきたたない）；☆気が重い/（心裡）不舒暢；◇**足が重い**/脚步重（走累）挪不動腿，走不動；**頭が重い**/頭沉，頭暈；**尻が重い**/懶惰；不活潑；久坐不去；⊗おもむ（形ク）。◎

おもいあ・う【思い合う】（自五）①相思，相愛；☆それ程（ほど）思い合っているなら一緒（いっしょ）になった方（ほう）がいい/既然那樣彼此相愛最好結成夫婦；②（偶然）想法一致。

おもいあか・す【思い明かす】（他五）一直想到天亮，徹夜沉思。②◎②

おもいあが・る【思い上がる】（自五）驕傲起來，自滿起來（＝うぬぼれる）☆お世辞（せじ）で褒（ほ）められたのに思い上がる/被人家奉承了一下就驕傲起來◎⑤

おもいあた・る【思い当たる】（自五）①想像到，猜測到；☆事件（じけん）の原因については思い当たる節（ふし）があ

る／關於事件的原因（我）能想像出一些情況來，有一些情況據我猜測是事件的原因；②覺得對，認爲有理；☆僕の言う事が今に思い当たるだろう／我說的話不久你就會覺得有道理了。[0][5]

おもいあま・る【思い余る】（自五）想不出主意來，不知如何是好。[0][5]

おもいあわ・せる【思い合わせる】（他下一）(把兩件事情）聯繫起來想，聯想；図おもひあはす（下二）。[0][6]

おもいい・る【思い入る】（自五）沉思，熟慮；☆彼は深く思い入っている／他在沉思。

おもいうか・ぶ【思い浮かぶ】（自五）想起來；☆ふと思い浮かんだことがある／忽然想起一件事。

おもいお・く【思い置く】（他五）遺憾，遺恨（＝思いのこす）；☆思い置くことは更にない／再也沒有遺憾事。

おもいおこ・す【思い起す】（他五）想起（＝おもいだす）；☆少年時代の事を思い起すとまるで夢のようだ／想起童年的情景宛如夢境一般。[0][5]

おもいおよ・ぶ【思い及ぶ】（他五）思及，想到；☆そこまでは思い及ばなかった／沒有想到那點。[5][0][2]

おもいかえ・す【思い返す】（他五）①重新考慮，改變主意，轉念（＝おもいなおす）；☆思い返して、行くのをやめた／重新考慮一下決定不去了；②重想一遍，☆話すべき事を念のため思い返す／爲了慎重把要說的話在腦子裏重想一遍。[0][4]

*__おもいがけな・い__【思い掛けない】（形）意外的，想不到的，冷不防的，突然的；☆思いがけない災難／意外的災禍；☆これは思いがけない成功だ／這是意外的成功；☆思いがけなく珍しい人に会う／出人意料地遇見不常見的人；図おもひがけなし（形ク）。[6]

おもいきった【思い切った】（連語・連體）①大膽的，果敢的，斷然的，斬釘截鐵的；☆思いきった措置をとる／採取斷然措施，☆思い切った計画／大膽計

劃；②徹底的；☆思いきった治療（ちりょう）をする／施行徹底的治療。[2]

おもいきって【思い切って】（副）毅然決然，斷然，一狠心，下決心；☆思いきって反対する／斷然反對；毅然決然地反對；☆思いきって受験（じゅけん）する／下決心投考。[2]

おもいきや【思いきや】（副）出乎意外，意想不到，不料（＝いがいにも）。[2]

おもいきり【思い切り】Ⅰ（名）〔（おもいきる）的名詞形〕斷念，死心（＝あきらめ）；☆思い切りがよい／想得開，死心；☆思いきりのよい人／果斷的人；☆思い切りが悪い／不果斷；Ⅱ（副）盡量地，徹底地；☆思いきり怒りっけてやる／痛呵一頓；☆思いきり金を使う／盡量花錢。[0][2]

おもいき・る【思い切る】（他五）斷念，死心（＝あきらめる）；☆もう見込みがないから思いきった方がよい／已經沒希望了，死心斷念吧；☆今となっては思いきることもできない／事到如今欲罷不能；☆洋行（ようこう）を思い切った／決心不出國了。[2][0]

おもいごと【思い事】（名）①願望，心願（＝ねがい）；☆思い事が叶（かな）った／得償心願了；②掛心（的事），心事☆思い事があるようだ／好像有點心事似的[0][5]

おもいこ・む【思い込む】（自五）①沉思，深思；☆君は何をそう思い込んでいるのか／你在沉思什麼？②確信不疑，信以爲眞；☆必ず勝つものと思い込む／確信一定能够制勝；☆君は勿論来（く）るものと思い込んでいた／我確信你一定會來的；③認定（＝認定）；☆この事は私が洩（も）らしたのだと思い込んでいるらしい／他似乎認定了這件事是我洩露的；④下決心；一心打算…；☆彼は一旦（いったん）こう思い込むとどうしても動かない／他一旦下決心這樣做就無論如何也不動搖；☆彼は南極探険（なんきょくたんけん）に行こうと思い込んでいる／他一心打算要到南極探険去。[0]

おもいしず・む【思い沈む】（自五）沉思，深思；憂鬱，有心事。[5][0][2]

おもいし・る【思い知る】（他五）體會到，領會到；感覺到，認識到；☆子をもってはじめて親のありがたみを思い知る／養兒才體會到父母的恩；☆自分の無力（む

りょく）を思い知る／痛感自己的無能
；☆その困難さも思い知ることができる／
那種困難情形也是可以體會到的；☆かれ
らに思い知らしてやる／我一定讓他們見
識見識（我的厲害）。②⓪

おもいすご・す【思い過ごす】（他五）過慮
，思慮過度；☆思い過ごすのはかえって
毒だ／過慮反而有害。⓪⑤

おもいそ・める【思い初める】（他下一）
開始戀慕，起戀慕心；☆人知れず思い初
める／暗自起戀慕心。⑤⓪②

おもいだしわらい【思い出し笑い】（名・
自サ）想起來自己發笑；☆時時（ときど
き）ひとりで思い出し笑いする／有時候一
個人想起來發笑。⑥

*__おもいだ・す__【思い出す】（他五）①想起來；
☆どうしても思い出せない／怎麽也想不
起來；②開始想，作…打算；☆今年（こ
とし）から日記（にっき）をつけようと
思い出す／打算從今年起記日記；③聯想
起來；☆煙（けむり）を見ると火を思い
出す／一見煙就想到火；☆思い出した
ように／無恒心地，忽冷忽熱地，一陣子
一陣子地；☆時時思い出したように勉強
する／有時想起來就用一陣功，一陣子一
陣子用功。図おもひいだす。⓪

おもいた・つ【思い立つ】（他五）起…念
頭，打…主意，想要（作…）；☆急に思
い立ってやってみたくなった／突然想要
幹一下試試；☆彼は何でも思いたった事
をすぐしなければ承知しない／他只要想
起要做，不論什麽事就馬上非做不可；◇
思い立つ日が吉日／〔諺〕哪天想做哪天
就是吉日（喩凡事想做就做，不可猶豫不
定）。④②

おもいちがい【思い違い】（名・自他サ）
想錯，誤會，誤解；☆君は僕の考えを思
い違いしている／你誤會了我的意思。⓪

おもいつき【思い付き】（名）①（不加深
思的）隨便一想，靈機一動；☆思い付き
の政策（せいさく）／沒經過愼重考慮的政
策；②主意，着想，意見，計劃；☆それ
は好（よ）い思いつきだ／那倒是個好意
見；③妙策，好主意；☆それは思いつき
だ／那眞是個好主意呀。⓪

*__おもいつ・く__【思い付く】（他五）①想出
來，想起來，想到；☆ふと思いついた／
忽然想起來了；☆丁度好い言葉（ことば）
を思いつかない／想不起來一句恰當的話

；☆今迄（いままで）ついぞそれを思い
つかなかった／到現在爲止根本沒有想到
那一點。⓪

おもいつづ・ける【思い続ける】（他下一）
不斷地想，老想；☆故郷の事を思い続け
ている／不斷地懷念故郷，図おもひつづ
く（下二）。⑥②⓪

おもいつの・る【思い募る】（他五）渴望，
想念殷切。⑤⓪

おもいつ・める【思い詰める】（他下一）
（左想右想）想不通，越想越沒出路；鑽
牛角尖；（過度）思慮；☆思い詰めて自
殺する／左想右想想不通而自殺；☆あま
り思い詰めると体に悪い／思慮過度對身
體有害，図おもひつむ（下二）。⓪⑤

*__おもいで__【思い出】（名）①回憶，追憶，
緬懷；☆昔の思い出／往昔的回憶；☆思
い出の記（き）／回憶錄；☆その日は思
い出の多い日であった／那天是特別值得
回憶的一天，②紀念；☆思い出にこれを
差し上げる／把這個東西送給你作爲紀念
；~ぐさ【思い出草】（名）値得回憶的
事物，紀念品。⓪

おもいどおり【思い通り】（名）①中意，稱
心，如願；☆計画が思い通りに行った／
計劃如願以償；②任意，任性；☆思い通
りの贅沢（ぜいたく）をする／任意奢侈④

おもいとどま・る【思い止まる】（他五）
打消…的念頭；☆辞職を思い止まった／
打消了辭意；☆告訴しようとしたが思い
止まった／本想控告他可是沒有那樣做⓪

おもいとま・る【思い止まる】（他五）→
おもいとどまる。⓪⑤

おもいなお・す【思い直す】（他五）重新
思考，轉念，改變主意，（＝おもいかえ
す）；☆思い直して旅行はやめた／重新
一想不去旅行了；☆辞職しようかと思っ
たが思い直した／本想辭職，但又改變主
意了。⑤⓪

おもいなし【思い做し】（名）主觀的印象
，先入爲主的推測，☆彼は病気だと言
うが思いなしか顔色が悪い／他說他有病
，也許是主觀的印象，看來面色是不太好
的。⓪

おもいなや・む【思い悩む】（自五）煩惱
；焦慮，憂思。⑤⓪②

おもいのこ・す【思い残す】（他五）遺憾，
遺恨，留戀；☆死んでも思い残すことは
ない／雖死無憾，死亦甘心；☆もう何も

思い残すことはない／沒有什麼可以留戀的了。◻⑤

おもいのたけ【思いの丈】（名）儘量。②

おもいのほか【思いの外】（副）意外，沒想到，不料（＝いがいに、おもいがけず）／☆試験は思いの外やさしかった／沒想到考試卻非常容易。◻

おもいのまま（に）【思いの儘（に）】（副）隨心所欲，儘量，隨意／☆思いの儘 お取り下さい／請儘量拿吧。

おもいまど・う【思い惑う】（自五）爲難，困惑／☆どうしたらいいかと色々思い惑う／左思右想不知如何是好。⑤◻②

おもいみだ・れる【思い乱れる】（自下一）心緒忙亂／☆思い乱れて心が落ち着かない／心緒忙亂不安；因おもひみだる（下二）。⑥◻②

おもいめぐら・す【思い巡らす】（他五）左思右想；反覆考慮（＝おもいまわす）⑥

おもいもよら・ない（ぬ）【思いも寄らない（ぬ）】（連語）想不到的，意外的；不可想像的／☆あなたにお目にかかろうとは思もよらなかった／萬沒想到會見到您。

おもいやら・れる【思い遣られる】（自下一）①可想而知；可以體諒；值得同情；☆彼の心情が思い遣られる／他的心情可想而知（值得體諒）；②（令人）擔心，懸念；☆行末（ゆくすえ）が思い遣られる／將來如何令人擔心。⑥

おもいやり【思い遣り】（名）體諒，體貼，同情／☆思い遣りがある／能够體貼，有同情心；☆君は実に思いやりがない／你眞不體諒人。◻

おもいや・る【思い遣る】（他五）①同情，體貼，體諒；☆人の心中（しんちゅう）を思いやる／體諒旁人的心情；☆彼は思いやるということを知らない／他不懂得體貼人；②遐想，遙想；☆遠い昔のことを思い遣る／遙想當年的舊事。◻

おもいわず（づ）ら・う【思い煩う】（自五）憂慮，煩惱／何か思い煩っているようだ／似乎有什麼煩惱。◻⑥

＊おも・う【思う】（他五）①想，思（＝かんがえる）；☆私はこう思う／我這樣想，☆君はどう思うか／你以爲如何？②想念，懷念；回憶；☆古里（ふるさと）を思う／懷念故鄉；☆少年時代のことを思う／回憶童年往事；③猜想，想像，揣度，推測（＝おしはかる）；☆まあ僕の喜び

を思って下さい／請你想一想我是怎樣的高興吧。☆七十ぐらいだと思った／我以爲是七十歲左右；☆思ったほど悪くない／不像想像那麼壞；④期待，希望，打算，盼望（ねがう）；☆学者になろうと思う／希望當學者；☆思うように書けない／不能隨心所欲（得心應手）地寫；☆なかなか思う通（とお）りにならない／很難稱心如願；☆東京に行こうと思う／打算到東京去；⑤擔心，憂慮，疑慮（＝しんぱいする、あやしむ）；☆今度は落第するかと思った／擔心這次或許是考不上了（實際已經考上）；☆戦場の我が子の上を思う／擔心在戰場上的兒子；☆あいつは敵と内通していやせぬかと思う／我很懷疑他是否通敵；⑥覺得，感覺（＝かんずる、きがする）；☆これは変だと思った／我覺得這很奇怪；☆恥ずかしく思う／頗感慚愧；⑦認爲，當做，以爲（＝みなす）；☆世間では彼を学者だと思っている／一般認爲他是個學者；☆君は僕を誰と思うか／你以爲我是誰？⑧相信，確信（＝しんずる）；☆自分が正しいと思っている／相信自己是對的；☆古人は太陽が地球を廻るものと思っていた／古人以爲太陽是圍繞地球轉的；⑨愛，愛慕（＝あいする、したう）；☆子を思わぬ親は無し／沒有不愛子女的父母；☆二人は思う仲だ／他們倆是情人；⑩記得（＝おぼえる）；☆どこかで彼に遇ったと思うが／記得在哪見過他；◇…何とも思わぬ／毫不在乎，不當回事；☆彼は、うそを吐（つ）くくらいは何とも思わぬ／他拿說謊不當一回事；**思った通り／**像想像那樣，如願，稱心／☆思った通りにうまく行った／順利地如願以償了；☆思った通りにはゆかぬ／不能稱心如願；**思ったより…／**比想像的還…／出乎想像之外；☆試験は思ったより易しかった／考試想不到很容易；**夢にも思わなかった／**萬沒想到；☆ここで彼に遇うとは夢にも思わなかった／萬沒想到在這裏會遇見他；**…かと思うと、…かと思ったら／**以爲…（卻…）；☆雨が降るかと思うと、また晴れた／以爲是要下雨卻又晴了；**思えば思う程／**越想越…；☆祖国（そこく）を思えば思う程（ほど）帰りたくなる／越想祖國就越想要回去；**思う念力岩をも通（とお）す／**精誠所至，金石爲開；天下

無難事只怕有心人；**思う心にまさる親心**／父母疼愛子女勝於子女想念父母；**思うて通(かよ)えば千里も一里**／愛情不厭千里遠（會情人不辭辛苦）；**人を見たら泥棒(どろぼう)と思え**／（害人之心不可有）防人之心不可無。②

おもうさま【思う様】（副）儘量地；盡情地（＝おもうまま、ぞんぶんに）；☆思う様活躍(かつやく)する／儘量活動。②

おもうぞんぶん【思う存分】（副）儘量地；盡情地；痛quai快快地；☆思う存分楽しむ／盡情歡樂；☆思う存分食べる／儘量地吃。⓪②

おもうつぼ【思う壺】（名）預料，預想；☆思う壺に嵌(はま)る／不出所料，正中下懷。②

おもうに【思うに・惟うに】（副）〔文〕想來，蓋；☆思うに曲は彼に在り／想來不是在他。②

おもうまま【思う儘】（名・副）盡情；隨心，如願；☆事が思うままにならぬ／事情不隨心；☆思う儘にさせておく／使…隨心所欲。②

おもうよう【思う様】（形動ダ）；☆思うようになる／隨心如願；☆物事(ものごと)は思うようはならぬものだ／事情總是不能隨心如意；☆思うようにできない／不能想怎樣就怎樣，不能隨心所欲。

おもおもし・い【重重しい】（形）①莊重的，嚴肅的（＝おごそかな）；☆重重しい口調(くちょう)で述(の)べる／以嚴肅的語調陳述；☆顔つきが重重しい／面孔嚴肅；②吃力的，笨重的；☆重重しい足取(あしど)りで歩(あゆ)む／用笨重的步伐走；曳足而行；図おもおもし（形シク）⑤

***おもかげ【面影・俤】**（名）①面貌，容貌，姿容，風采（＝かおつき、おもざし）；☆彼の面影がまだ目に見えるようだ／他的面貌彷彿猶在目前；☆弟は父親の俤にそっくりだ／弟弟的面孔和父親完全一樣；②跡象，痕跡；☆尚昔の面影を留めている／還保留著往日的跡象；☆昔の面影がない／已無當年的跡象（面貌）②③

おもかじ【面舵】（名）〔船〕①（為使船首向右）向右轉舵；↔とりかじ(取舵)；②右舷。

おもがわり【面変り】（名・自サ）容貌改變；☆あの子は随分(ずいぶん)面変りした／那孩子的模樣改變多了。③

おもき【重き】（「重い」的文語形）：◇…(に)重きを置く／置重點於…着重；注重；☆重工業に重きを置く／着重於工業；☆重きを置くに足(た)らない／不足重視；**重きをなす**／佔重要地位；被重視；受尊重；有分量；☆出版界で重きをなしている／在出版界佔重要地位；☆かれの意見は非常に重きをなしている／他的意見非常受重視，他一言九鼎。③⓪

おもくち【重口】（名）嘴笨；☆重口でどもりと来ているから、たまらない／嘴笨又結巴真糟糕。

おもくるし・い【重苦しい】（形）①（心情等）抑鬱的，不舒暢的；☆重苦しい天気／鬱悶的天氣；☆気分が重苦しい／心緒不舒暢；②（言詞等）拙笨的；☆重苦しい言い方／笨拙的口齒；③（衣服等）壓得難受的，笨重的；☆こんな暖かい日にオーバーは重苦しいから着まい／這麼暖的天氣穿大衣有點笨重不穿了吧；図おもくるし（形シク）⑤

おもげ【重げ】（形動ダ）（看來）很重的（＝おもそう）；☆重げに荷物を担(かつ)いでいる／很吃力地扛着東西。⓪

おもさ【重さ】（名）重量；分量；☆重さをはかる／稱重量；☆重さが足りない／分量（重量）不足。⓪

おもざし【面差】（名）臉龐，面貌（＝かおつき、かおだち）；☆面差はお母さんにそっくりだ／臉龐和母親一模一樣。⓪

おもし【重し・重石】（名）①壓物石，鎮石（＝おもり、おし）；☆漬物の重石／壓鹹菜的重石；②威嚴（＝かんろく）；☆重しが利く／能鎮住人；☆あの人では重しが利(き)かない／他可能鎮不住人，人們不會折服他。⓪

***おもしろ・い【面白い】**（形）①有趣兒，有意思，精彩；☆おもしろい小説／有趣的小說；☆おもしろい勝負(しょうぶ)／精彩的比賽；②愉快，快活，☆おもしろい旅行／愉快的旅行；☆昨日は非常におもしろかった／昨天太快活了；③妙，有趣；風雅；☆おもしろい庭作り／風雅的庭園；☆そこがおもしろいところだ／妙處就在那裏；☆話が段々おもしろくなって来る／（小說、劇本等）情節愈來愈妙；話頭越來越妙；④新奇，新穎，奇怪；☆何かおもしろい事はないか／有什麼

新聞（趣聞）没有？☆何もおもしろい事
はないね／没什麼新（奇）聞；⑤〔否定
形〕☆面白くない／没趣；不妙；不佳；
不順利，不稱心，☆形勢（けいせい）が
面白くない／情勢不妙；☆始めは宜かっ
たが結果が面白くない／開頭很好，但是
結果不佳；☆返事（へんじ）が面白くな
い／回信令人不痛快；☆面白くない評判
（ひょうばん）／不好的風評；☆両國の
関係はどうも面白くない／兩國的關係老
是不太融洽；図おもしろし（形ク）。④
おもしろおかし・い【面白可笑しい】（形）
①非常有趣的，非常快活的；☆面白可笑
しく踊る／快快活活地跳舞；②滑稽可笑
的；☆そう笑うな，面白可笑しい話じゃ
ない／不要那麼笑，並不是滑稽可笑的
事。⑦
おもしろが・る【面白がる】（自他五）感
覺有趣，以…取樂；☆洒落（しゃれ）を
聞いて面白がる／聽詼諧話感到有趣；☆
子供は動物をいじめて面白がる／小孩逗
弄動物玩；☆面白がって聞く／聽得很有
趣（起勁）。⑤
おもしろさ【面白さ】（名）趣味，樂趣；
☆君は釣の面白さを知るまい／你大概不
懂得釣魚的樂趣吧。③
おもしろはんぶんに【面白半分に】（副）
半開玩笑地，鬧着玩地，☆面白半分に仕
事をするな／別鬧玩笑地幹活。⑤
おもしろみ【面白味】（名）趣味，興味，
興趣；☆洒落（しゃれ）の面白味が分ら
ない／不懂詼諧的趣味；☆旅行は連（つ）
れが無いと面白味がない／旅行若没有伴
兒没有趣兒。⓪
おもた・い【重たい】（形）〔俗〕（分量）
重的（＝おもい）；☆重たい荷物／沉重的
行李；☆このカバンは一寸重たい／這個
皮箱有點重；図おもたし（形ク）。⓪
おもだち【面立ち】（名）面龐，面貌（＝
かおつき，おもざし）。⓪①
おもだ・つ【重立つ】（自五）佔重要（首
要）地位，居首，爲主；☆重立った人物
／主要人物；☆おもだったことは皆片付
けた／要緊的事情全料理好了；☆ここの
おもだつ輸出品（ゆしゅつひん）は何で
すか／此地出口貨以什麼爲大宗？③
***おもちゃ**【玩具】（名）玩具（＝がんぐ）；
☆玩具の馬／玩具的馬；◇玩具にする／
當作玩具戲弄；要戲，調戲；☆彼は僕を

玩具にする／他戲弄（要笑）我；～や【
玩具屋】（名）玩具店。②
おもったる・い【重ったるい】（形）〔俗〕
感覺鬱悶，心情不舒暢。⑤⓪
おもて【表】（名）①表，表面
（＝そとがわ）；☆着物の表／衣裳面兒；
☆畳（たたみ）の表／蓆子面兒；②（内
外的）外，外邊（＝そと）；屋外（＝こが
い）；☆表はまだ暗い／外邊（天）還没
亮；☆表から誰か呼んでいる／外邊有人
叫；☆まだ十分直らないから表へ出て
はいけない／（病）還没有十分好不要到
外邊去；③外表，外觀，表面（＝うわ
べ）；☆表を飾（かざ）る／裝飾外表；
☆裏も表もない人／表裏如一（心口如一）
的人；④前面（＝さき）；☆庭は家の表に
ある／院子在房子前面；⑤前門，正門，
☆誰か表を叩（たた）いている／有人敲
前門；☆表から通って下さい／請走正門
；⑥（前）客廳；☆表に案内しなさい／讓
到（前）客廳；⑦〔船〕船首；⑧向陽處，
面南地方；☆表日本（おもてにっぽん）／
日本南半面；臨太平洋那面的日本；◇表
を張（は）る／講究外表；裝潢表面。③
おもて【面】（名）〔文〕①臉，面（＝か
お）；☆面を上げる／擡頭；☆笑を面に
表す／面泛笑容；②假面，假面具（＝め
ん）；☆面をかぶる／戴假臉；③體面，
顔面（＝めんもく）；④表面；☆海の面
は油を流したようだ／海面清平如鏡。③
おもてがえ【表換え・表替え】（名・自サ）
換蓆子面；☆この部屋の畳は去年表換え
したのです／這間屋子的蓆子是去年換的
面。⓪③
おもてがまえ【表構】（名）（房屋等的）
前面的構造，門面。④
おもてかんばん【表看板】（名）①（劇場，
商店等的）招牌，幌子；☆表看板は宿屋
だが本業は密輸業だ／打着旅館的招牌，
實際是走私②〔轉〕名目，旗號。④
おもてぐち【表口】（名）①大門，正門；
大門口；☆子供達は表口で遊んでいる／
孩子們正在大門口玩着；②（房間等的）
門口，寬窄（＝まぐち）。⓪
おもてさく【表作】（名）〔農〕（一年中
一塊土地上的）主要農作物；☆表作は小
麦で裏作は白菜だ／主要種小麥，收割後
種白菜；↔うらさく（裏作）。③
おもてざしき【表座敷】（名）前客廳。④

おもてざた【表沙汰】（名）①打官司，起訴；☆先方（せんぼう）が要求を容（い）れなければ表沙汰にするより外（ほか）ない／對方如不接受要求就只有起訴了；☆表沙汰にしないで済（す）ましたいものだ／希望不要經過法院和平了結；②公開出來，發表出來；公佈；☆これが表沙汰になれば彼は地位を保（たも）てない／這件事如果公開出來他的地位就難保了。**0**

おもてだ・つ【表立つ】（自五）①公開，暴露；☆表立たないようにする／掩蔽起來；②打起官司來，成訟；③〔おもてだった〕公開的；顯著的；顯要的；☆表だった処置をする／公開處置；☆礼服を着（つ）けなければ表だった場所へは出られない／不穿禮服就難登大雅之堂；④〔おもてだって〕公開地；正面地；正式地；☆表だって反対はせぬ／不公開反對；☆そんな事は表立っては言えない／那樣事不能公開說出來。**4**

おもてだ・てる【表立てる】（他下一）①宣揚出去，聲張出去；☆表立てると事が面倒（めんどう）だ／一聲張出去就麻煩了；②提起訴訟，打官司；☆何とか話がつくものなら，事を表だてない方がいい／如果能夠設法和解最好不要打官司；図おもてだつ（下二）。**4**

おもてどおり【表通り】（名）大街；☆この横町を真直ぐ行けば表通りに出ます／順着這條小胡同一直走就走到大街了。**4**

おもてにほん【表日本】（名）〔地〕日本本島的太平洋沿岸地方；↔うらにほん（裏日本）。**5**

おもてむき【表向き】（名・副）表面（上），公開（地），正式（地），公然，對外；☆表向きは知らんふうをする／表面上裝作不知道；☆まだ表向きの許可（きょか）はない／還沒有正式許可；☆彼は表向きは反対しなかった／他倒沒有公然反對；◇表向きにする／公開發表，聲明出去；提起訴訟。**0**

おもと【万年青】（名）〔植〕萬年青。**0**

おもと【御許】Ⅰ（名）①（您的）身旁，左右（＝おそば）；②〔文〕對宮中女官的愛稱；③〔文〕給婦女寫信時寫在姓名之下（相當於女史、女士等）表示敬意；☆山田五十鈴様御許に／山田五十鈴女士收；Ⅱ（代）（對女人稱）您（＝あなた）。**2**

＊おもな【重な・主な】（連體）主要的，重要的；☆主な都市／主要都市；☆主な産物／主要物産。**1**

おもなが【面長】（形動ダ）長臉，橢圓臉；☆面長な人／長臉的人。**01**

おもなる【重なる・主なる】（連體）〔文〕→おもな。

おもに【重荷】（名）①重載；重貨；②〔轉〕重任，重責，重擔子；☆重荷を負（お）う／揹起東西；擔負重任；☆家族という重荷を背負っている／揹負家庭這個重擔子；◇重荷を卸す／卸下重擔。**0**

＊おもに【主に】（副）①主要（是）；☆主に外国と取引（とりひき）をしている／主要是搞對外貿易；☆事務上の事は主に女の方がやる／事務方面主要由婦女來做；②多半；☆学生は主に地方から出ている／學生多半是從地方來的。**1**

おもね・る【阿る】（自五）阿諛，奉承，諂媚；☆権勢に阿る／阿諛權勢，趨炎附勢。**3**

おもはゆ・い【面映い】（形）害羞的，羞愧的（＝はずかしい）；☆あまりほめられたので，いささか面映い／因為受到過分的誇獎感覺有些害羞；図おもはゆし（形ク）。**4**

＊おもみ【重み・重味】（名）①重量，分量；☆重みがある／有分量，有分量；☆屋根（やね）の重みが柱（はしら）にかかる／房頂的重量壓在柱子上；②重要性；☆彼の言う事は重みがある／他的話很有分量；③莊重，威嚴（＝かんろく）；☆重みのある態度／莊嚴的態度。**0**

おもむき【趣】（名）①風趣，雅趣，雅致；☆この庭は趣がある／這個庭園很雅致；☆あの建築は趣がない／那座樓房平凡乏趣；②樣子，景象，局面；☆木が多くて深山の趣がある／樹很多像深山的樣子；③意思，要點，大意；☆お話の趣はよく分りました／您說的意思我全明白了；④〔書函用語〕（據聞）…（＝であるということ）；☆承（うけたまわ）れば御病気の趣／聽說您病了；⑤特色，風趣；☆訳文は原文の趣を失っていない／譯文未喪失原文的風格（原意）；⑥情形；方式；☆趣を異にする／情形不同；☆趣を換える／改變方式。**40**

＊おもむ・く【赴く】（自五）①赴，往（＝ゆく）；☆日本に赴く／到日本去；☆火

事（かじ）と聞いて皆（みな）現場（げんば）へ赴いた／聽到火警都跑到現場去了；②趨向，趨於，走向，向…發展（＝なる）／病人（びょうにん）は快方に赴く／病勢日漸好轉日漸痊癒；☆大勢（たいせい）の赴くところ…／大勢所趨…。③

おもむろに【徐に】（副）慢慢地，徐徐地（＝しずかに、ゆっくり）；☆徐ろに時機を待つ／慢慢地等待時機。⓪

おももち【面持】（名）神色；面色；様子；☆不安な面持／擔心的神色；☆どちらとも決（けっ）しかねた面持／不知如何是好的様子。②⓪

おもや【母屋】（名）正房，上房，主房①

おもゆ【重湯】（名）米湯；☆やっと重湯を飲めるようになった／剛剛喝點米湯⓪

おもらい【御貰い】（名）乞丐（＝こじき）。⓪

おもらし【御漏らし】（名）〔女〕遺尿；☆あの子はよく教室（きょうしつ）でお漏らしをする／那孩子常常在教室遺尿②

おもり【御守り】（名）①看顧小孩；②看顧小孩的人（＝こもり）；☆おもりを一人雇（やと）う／請一位看孩子的人。⓪

おもり【錘・重り】（名）秤砣，砝碼；（＝ふんどう）；☆秤（はかり）の錘／秤砣；②（壓東西的）重物；☆飛ばされないように上から重りをした方がよい／最好従上邊壓上免得被吹跑了；③（釣線、魚網等的）鉛墜，墜子；☆釣糸に錘をつける／釣絲按上墜子。⓪

おもわく【思惑・思わく】（名）①願望，期待，心意；☆思惑が外（はず）れる／事與願違，期待落空；☆思惑通りになる／如願以償；☆思惑通りの人／理想人物，可靠的人物；②意見，看法，想法；☆あまり世間の思惑を気にしすぎるようだ／似乎對於輿論過於畏首畏尾；☆あの人は他人の思惑も構（かま）わず思うままに振舞う／他毫不顧慮旁人的意見任性而爲；③意圖，用心，不可告人的企圖；☆それは何か思惑があってしたのだ／那一定是別有用心才做的；☆彼には何か思惑があるらしい／他似乎有什麼不可告人的企圖；④投機；☆思惑で株（かぶ）を買う／投機買股票；**～がい**【思惑買】（名）投機（看漲）買進；**～し**【思惑師】（名）投機商人；**～すじ**【思惑筋】（名）投機幫；**～ちがい**【思惑違い】（名）打

錯主意；預料錯，想錯；**～ばなし**【思惑話】（名）別有用心的話。②

おもわし・い【思わしい】（形）合適的，中意的，如意的，好的；☆結果が思わしくない／結果不太令人滿意；☆思わしい処を見つけて引越したいと思う／我想找到合適的地方搬家；☆仕事が思わしく捗（はかど）らない／工作不能如意地進展；☆病気の経過（けいか）が思わしくない／病情的經過不好；図おもはし（形シク）④

*****おもわず**【思わず】（副）不由得，不知不覺地（＝うっかり）；☆思わず涙が出た／不由得掉下眼淚來；◊**思わず知らず**／不知不覺地。②

おもわすれ【面忘れ】（名・自サ）見面不認識（熟人），忘記是誰，忘記孔；☆あんまり美しくなったので、すっかり面忘れしてしまった／因為長得太漂亮了，簡直不認識了。③

おもわせぶり【思わせ振り】（名・自サ，形動ダ）（在言語行動中）暗中示意；（女人）賣弄風情；☆思わせぶりを言う／暗諷，話裏有話；☆思わせぶりをする／故弄玄虛；（女子）賣弄風情。⓪

おもわ・れる【思われる】〔（おもう）的被動形〕①（被役）☆彼は学者だと思われたがっている／他希望被人看作是個學者；☆誰でも人に好く思われたいのだ／誰都願意被人說好；②（可能）☆これは本当とは思われない／我不能認爲這是真的；③（自發）☆彼の様子が変に思われる／他的神色令人可疑；☆雨が降りそうに思われる／覺得要下雨的様子；☆この論文を書いたのはどうもあの人じゃないかと思われる／我總認爲這篇論文是他寫的。④

*****おもん・じる**【重んじる】（他上一）①注目，重視；☆衛生を重んじる／注重衛生；②尊敬，尊重；☆人に重んぜられる／受到別人的尊敬；☆老人を重んじなければならぬ／必須尊重老人；図おもんず（他サ）。⓪④

おもん・ずる【重んずる】（他サ）〔文〕←おもんじる。　⓪④

おもんぱかり【慮り】（名）〔文〕①慮，考慮，思慮；☆慮りが足らぬ／考慮不足；②處置（＝とりはからい）；☆適当な慮り／妥善的處置；③計謀；◊**遠き慮**

りなければ近き憂あり／無遠慮必有近憂。⓪

おもんぱか・る【慮る】（他五）〔文〕①考慮，思慮，☆将来を慮る／考慮未來；☆遠く慮る／遠慮；②關心，擔心，憂慮；☆世界の平和を慮る／擔心世界和平；☆友人の健康を慮る／關心友人的健康。⑤

**おや【親】（名）①雙親，父母（有時單指父母的一方而言，亦用於鳥獸）；☆生みの親／生身的父母，親父母；☆育ての親／養父養母；☆親に苦労をかける／叫父母受苦（累）；☆親鳥／老鳥，老鷄；☆親豚と子豚／母猪和小猪；②家長；☆学童の親たち／小學生的家長們；③始祖，祖先；④頭目，首領；⑤（大小等對比的事物中的）大者，舊的，老的；⑥＝おやかぶ（親株）；⑦（賭博等的）莊家；（無尽講「むじんこう」的）發起人⑧（救命的）恩人；☆君は僕にとっては命の親だ／你是我的救命恩人；◇親思う心にまさる親心／父母愛子女勝似子女愛父母；親に似ぬ子は鬼なり／子女沒有不像父母的；親の心子知らず／子女不知父母心；親の脛嚙（すねかじり）、親の脛をかじる／子女成年後還不能自立〕靠父母養活；親の欲目（よくめ）／孩子是自己的好，人不知其子之惡；親はなくとも子は育つ／父母早逝子女也會成人，車到山前必有路；親も親なら、子も子だ／有其父必有其子；親の威光を笠に着る（被る）／依仗父母的勢力；子を持って知る親の恩／養子方知父母恩。②

おや（感）①（表示意外、驚疑、驚訝等）哎呀，嗳呀；☆おや、もう十二時だ／嗳呀！已經十二點了；☆おや、火事だ、火事だ／哎呀，失火啦！失火啦！☆おやおや書類が見えないぞ／哎呀呀，文件不見了。⓪

おや（感助）〔文〕（常出現於「況んや…においてをや；まして…においてをや」的句子裏）何況，況…乎；☆大人でさえ難しい、況んや（まして）子供に於いておや／連大人做來都困難何況孩子。

おやいも【親芋】（名）芋頭的總根；◇こいも（子芋）。

おやおもい【親思い】（名）孝順父母（的人）。③

おやがいしゃ【親会社】（名）〔經〕控股公司、總公司；↔こがいしゃ（子会社）。③

おやかた【親方】（名）①（手藝人的）師傅；（有時用作敬稱）；☆大工（だいく）の親方／木匠師傅；②頭目，頭子；☆ギャングの親方／幇匪的頭子。④③

おやかぶ【親株】（名）①樹幹；②老股票，舊股票；③頭子，頭目。⓪

おやがわり【親代り】（名）父母的代理人，父母的代替人；☆…の親代りをつとめる／代理…的父母。③

おやこ【親子】（名）①父母和子女，父子，母子，親子；☆親子二人／父或母和一個子女；☆～どんぶり【親子丼】（名）（大碗裝的）鷄肉和鷄蛋的燴飯；☆～なべ【親子鍋】（名）〔俗〕〔烹飪〕鷄肉鷄蛋鍋①

おやご【親御】（名）對他人父母的敬稱；☆三郎さんの親御さん／三郎的父母。⓪

おやこうこう【親孝行】（名・自他サ）孝順，孝敬父母；☆彼は親孝行だ／他孝順父母，他是孝子；↔おやふこう（親不孝）。③

おやごころ【親心】（名）①父母心，父母對子女的親情；☆子を思う親心は皆一つ／當父母的誰都疼愛子女；②〔轉〕對旁人的親切關懷；☆これも君が失敗しないようにとの親心だ／這也不過是怕你失敗的關懷；◇親心子知らず／子女不知父母心。③

おやじ【親父・親仁・親爺】（名）〔俗〕①父親；☆私の親父もおふくろも健在です／我的父母都還健在；②老人，老頭子；☆頑固（がんこ）な親父／頑固的老頭子；③老闆；頭目，首領；☆たばこ屋の親爺／香煙舖的老闆。①⓪

おやしお【親潮】（名）〔地〕從白令海沿千島列島向南流的寒流。⓪

おやしらず【親知らず】（名）①（不識父母的）孤兒；②波浪濤天的危險海濱；③智齒（＝おやしらずば）。③

おやすいごよう【御易い御用】（連語）：☆（そんなことは）御易い御用です／（那）算不了什麼（易如反掌）。

おやすみ【お休み】（名）①＝やすみ；②就寢，睡覺；☆お父様はもうおやすみになりました／父親已經安歇（就寢）了；③〔寒暄語〕晚安；再見；☆おやすみ（なさい）／晚安；再見。⓪

おやだま【親玉】（名）①頭目，首領，巨

魁；領班，工頭；☆博徒（ばくと）の
親玉／賭徒的頭子；②念珠中最大的念
珠。◯

おやつ【御八つ】（名）（特指下午二點至
四點給兒童吃的）間食，茶點，點心（＝
おさんじ）；☆おやつに何を食べましょ
うか／吃點什麼零食？②

おやなし【親無し】（名）孤兒，無父母的
人；～ご【親無子】（名）孤兒。◯

おやばか【親馬鹿】（名）溺愛兒不明（的父
母）。◯

おやばしら【親柱】（名）①主柱，大柱子；
②〔轉〕（家庭中的）主要人物；☆彼は
わが家の親柱だ／他是我們家的棟樑。③

おやふこう【親不孝】（名）不孝；☆親不
孝の子／不孝子，逆子。④

おやぶね【親船】（名）主船，母船，大船；
☆やっと親船まで漕ぎつけた／好容易才
划到大船的近旁；◇**親船に乗ったよう**／
放心，安心；☆親船に乗ったような積り
でいたまえ／請你放心好了。◯③

おやぶん【親分】（名）①乾爹；乾娘；②
頭子，頭目，首領，魁首；☆スリの親分
／扒手的頭子；☆博徒の親分／賭徒的頭
子；☆親分に立てる／推爲首領；↔こぶ
ん（子分）。①◯

おやま【女形】（名）〔劇〕（歌舞伎等）
演女色角色的男演員，旦角（＝おんなが
た）。②

おやまさり【親勝（優）り】（名・形動ダ）
勝過父母的人；☆この子は親勝りだ／這
孩子比他父母強。③

おやみ【小止み】（名）（雨雪等）稍停，
少停；☆雨が小止みなく降る／雨下個不
停。◯

おやもじ【親文字】（名）①（西語辭典等
按字母分類的）部首；大字母；（漢語辭
典的）字頭，領語；②大寫的羅馬字；③
印刷鉛字的字模。◯

おやもと【親元（許）】（名）①父母的家，
父母的膝下；（出嫁女子的）娘家；☆親
元へ帰る／回家；☆親許を離れる／離
家；☆娘を親許へ引取（ひきと）った／把
女兒接回娘家去了②（賭博的）莊家④◯

おやゆずり【親譲り】（名）（父母）遺
傳；（從父母）繼承；☆親譲りの財産／
繼承（父母）的財產；☆彼の利口（りこ
う）さは親譲りだ／他的聰明是（父母的
）遺傳。③

おやゆび【親指】（名）①拇指（趾）；☆
手の親指／大拇指；☆手袋の親指／手套
上的大拇指；☆親指の太さだ／有大拇指
粗。◯

おゆ【御湯】（名）①（喝的）開水，熱
水；②浴室；澡堂（＝ふろ）。◯

およぎ【泳ぎ】（名）游泳，游泳術；☆彼
は泳ぎが上手だ／他善於游泳。③

およ・ぐ【泳ぐ・游ぐ】（自五）①游泳，
☆河を泳いで渡る／游泳過河；☆仰向け
に泳ぐ／仰泳；②〔喻〕鑽營度世；☆世
の中を泳ぐ／鑽營度世；③穿過，擠過；
☆人波を泳いで行く／從人羣中擠過去；
④〔角力〕（撲空或被對方推得）向前栽
去。◯

およそ【凡そ】 Ⅰ（名）大概，梗概；☆そ
れで彼の計画の凡そが分る／這就可以知
道他的計劃的梗概了；Ⅱ（副）①大概，
大約；☆凡そ百人ばかり集まった／大約
到了一百人左右；☆話は凡そ分った／話
大體明白了；②凡る，凡，一般說來（＝
おしなべて、がいして）；☆凡そ人間た
るものには尽（つく）すべき本分がある／
凡是一個人就有他應盡的本份；③〔俗〕
全然，完全；☆凡そつまらない／也太糟
了，毫沒有價值。◯

およばずながら【及ばず乍ら】（副・連語）
（表示要幫助旁人時的謙遜語）儘管力量
薄弱（顧盡所能）；☆私にできることな
ら及ばず乍ら御手伝（おてつだ）い致し
ます／如果我能辦的話情願盡力幫忙⑤◯

およばれ【御呼ばれ】（名）被邀請，受招
待；☆およばれに預かる／被邀請。②

および【及び】（接）及，與，和，跟；☆
月及び花／月和花；☆運賃及び保険料／
運費和保険費。◯①

およびごし【及び腰】（名）彎下腰去向前
探身；☆及び腰でトンボを取る／彎腰向
前探身抓蜻蜓。◯

およびたて【御呼立】（名・他サ）〔よび
たて〕的謙遜語；☆お呼びたてして済
みません／起動您（勞您駕來一趟）對不
起。◯

およ・ぶ【及ぶ】（自五）①及，及於，達到
；☆この線路は一千キロに及んでいる／
這條鐵路長達一千公里；☆密談は三時間
に及んだ／秘密會談達三小時；☆今とな
っては後悔しても及ばない／事到如今後
悔也來不及了；☆そんな事があろうとは

想像も及ばなかった／萬沒想到會有那樣的事；②臨到；☆災難が身に及ぶ／災難臨身；☆いざ出発という時に及んで、病気になった／臨到要動身的時候患病了；③匹敵，比得上，趕得上；☆日本語では彼に及ばない者がない／論日本話沒有比得上他的；④〔…に（は）及ばない〕（用作動詞）無須，不必；☆驚くには及ばない／不必驚慌；☆騒（さわ）ぐには及ばない／用不着吵；☆それには及ばない／不必那樣；⑤（終於）演成；☆戦争に及ぶ／演成戰爭；⑥〔諧〕穿；☆モーニングの一着に及ぶ／穿上一套晨禮服；◇力に（の）及ぶ限り／盡力，竭盡全力；筆にも口にも及ばない／筆墨所描寫不出來的；及ばぬ恋／不能如願的戀愛；☆及びもつかぬ／絕達不到；絕比不上；絕辦不到；☆それは私には及びもつかぬことだ／那是我萬難辦到的事；及びもない／絕達不到；談不到；☆ヨーロッパは及びもないが、せめてハワイへだけでも行きたい／歐洲是談不到了，至少希望到夏威夷去一趟。⓪

*および・す【及ぼす】（他五）及，波及，使…受到，使…遭到；給…帶來；☆…に影響を及ぼす／使…受到影響；☆…に危険を及ぼす／給…帶來危險；危及…；☆…に累（るい）を及ぼす／給…帶來痛苦，累及…；◇己を推して人に及ぼす／推己及人。⓪

おら【己】（代）〔俗〕〔方〕（不客氣的自稱）我，俺（＝おれ、おいら）。①

オラトリオ【意oratorio】（名）〔樂〕清唱劇。③

オランウータン【orang-utan】（名）〔動〕猩猩（原文馬來語「森林之人」）④

－おり【折】（接尾）①（計算紙盒、木盒時的助數詞）盒，匣；☆お菓子一折／一盒點心；②〔印〕（表示紙的）開數；☆二つ折の本／對開本的書。

おり【折】（名）①時候，當兒，時；☆上海へ行った折、彼に逢った／我到上海去的時候遇見了他；☆その折も彼に注意しておいた／當時我已經促使他注意了；②機會，時機；☆折さえあれば…／只要有機會…；☆折を待つことにしよう／等待機會吧；☆これは又と無い折だ／這是難得的機會；③紙盒；木片盒（＝おりばこ）；☆菓子を折に入れる／把點心放在盒裏

；◇折を見る／找機會；見機（而做）；☆折を見て彼に話して見よう／找個機會和他談談看；折に触れて／偶爾，有時，興之所至；☆折に触れて取り出す／偶爾拿出來；折が好い（悪い）／合時機，湊巧（不合時機，不湊巧）；☆君の発言は折が好かった／你的發言正合時機；折も折（とて）／偏巧；偏不湊巧；☆折も折とて僕は丁度不在であった／當時偏巧我沒有在家；折もあろうに／（什麼時候都好而）偏偏在這時候。②

•おり【檻】（名）①（圈猛獸等的）籠，獸欄，鐵籠，鐵檻；☆虎を檻に入れる／把虎圈在籠裏；☆檻の中のライオン／獸檻裏的獅子；②（監禁罪犯、瘋子的）木籠；牢房。②

おりあい【折り合い】（名）①（相處的）關係，相互關係；☆折り合いが好い（悪い）／相處的關係好(不好)；☆彼は当局者と折り合いが悪くて辞職した／他同當局關係搞得不好因而辭職的；②和解，講和，和好；☆折り合いをつける／講和，說和；☆折り合いが付く／和解，和好；☆どうしても折り合いがつかない／怎麼也不能和解。⓪

おりあ・う【折り合う】（自五）和睦相處；☆誰とでも折り合って行く／和誰都能處得來；☆他の人と折り合わない／和旁人處不來；②（經磋商而）妥協，和解；☆どうしても折り合わない／怎麼也磋商不好；☆値段が折り合わない／價錢講不妥。⓪

おりあしく【折悪しく】（副）偏巧，不湊巧（＝あいにく）；☆折悪しく留守（るす）であった／不湊巧沒有在家；☆折悪しくその日に限って船便（ふなびん）が出なかった／不湊巧偏偏那一天沒有船。③

オリーブ【olive】（名）〔植〕橄欖（樹）；～ゆ【olive 油】（名）橄欖油。②

おりいって【折り入って】（副）（特別）誠懇；☆折り入って頼む（願う）／敦請，誠懇懇求；特別請求。⓪

オリエント【Orient】（名）東方各國；東方，東洋。

おりおり【折折】Ⅰ（名）隨時；時時；☆四季折折の花／四季當令的花；Ⅱ（副）時常，常常；☆折折会う／時常見面☆折折大風（おおかぜ）が吹く／常颳大風。⓪②

お

オリオン【Orion】（名）〔天〕獵戶座①

*おりかえし【折り返し】Ⅰ（名）①回回，翻回；☆ズボンの折り返し／翻折的褲脚；☆折り返しの電車／回頭的電車；②（詩歌等的）重疊句；Ⅱ（副）〔書信用語〕立刻，立即；☆折り返し返事を出す／立刻回覆（回信）。⓪

おりかえ・す【折り返す】（他五）①折回，翻回；☆袖口を折り返す／捲回袖口；☆紙を折り返す／疊紙；②反覆（＝くりかえす）；☆折り返して聞く／反覆詢問；③返回（＝ひきかえす）；☆途中から折り返す／中途返回。⓪

おりかさな・る【折り重なる】（自五）重疊起來，疊起；☆折り重なって倒れる／一個倒在另一個上面，一個接一個地倒下⓪

おりかさ・ねる【折り重ねる】（他下一）使…重疊起來；折疊；☆新聞を折り重ねる／折疊報紙；⬜おりかさぬ（下二）

おりかばん【折鞄】（名）折疊式皮包，文件皮包（＝ブリーフ・ケース）。③

おりがみ【折紙】（名）①折疊的紙；②折紙手工；③保證書；保證；☆折紙を付ける／加以保證；〜つきの【折紙付の】（連語）①帶保證書的；有保證的；可靠的，質量好的；☆折紙付の人物／可靠的人；②著名的，掛號的；☆折紙付の悪人／衆所周知的壞人。

おりから【折柄】Ⅰ（名・副）正當那時，正在那當兒；☆折から巡査の足音が聞えた／正在那時候聽到了警察的脚步聲；☆折からの烈風に火は四方に広（ひろ）がった／正趕當時颳大風，火勢越來越大了；Ⅱ（接助）〔書信用語〕當…的季節；☆酷暑の折柄、皆様お変りはございませんか／時當盛暑，不知闔府平安否。②

おりこ・む【折り込む】（他五）①折入；☆毛布の端を二センチ折り込む／把毯子邊折入兩公分；②疊入，摺入；夾入；☆広告ビラを新聞に折り込む／把傳單夾入報紙裏。⓪

おりこ・む【織り込む】（他五）①織進去，織進去；☆金糸を織り込む／把金線織上去；②〔轉〕編入，穿插進去；☆小説の中に織り込む／穿插在小説裏。⓪

おりじ【織地】（名）（織物的）質地；☆この織地は丈夫です／這塊料子織得結實。⓪

オリジナリティー【originality】（名）獨創力，創造性，別出心裁。④

オリジナル【original】Ⅰ（形動ダ）①原始的，原本的，最初的，原來的；②創造的，獨創的；☆オリジナルな著作／創作的著作；Ⅱ（名）原物；原作；原文；原畫②

おりしも【折しも】（副）正當那時候（＝おりから）。②

おりず（づ）め【折詰】（名）裝在薄木片盒中的食品，飯盒☆折詰の弁当／木片飯盒⓪④

おりず（づ）る【折鶴】（名）用紙折成的鶴，紙鶴。②

おりたたみ【折畳】（名）折疊，摺疊；☆折疊のできる椅子／可以折疊的椅子。⓪

おりたた・む【折り畳む】（他五）折疊，摺疊；☆折り畳んでも皺（しわ）が寄らぬ／疊起來也不起皺紋；☆その石ずりをよく折り畳んでくれ／請把那碑帖疊好⓪

おりばこ【折箱】（名）（用薄木片或厚紙等所製的）小盒，小匣，木盒。②

おりひめ【織姫】（名）①織布的女人；②紡織女工的稱呼；③織女星（＝たなばたひめ）。⓪②

おりふし【折節】Ⅰ（副）①有時，時常，偶爾（＝ときどき、おりおり）；☆折節やってくる／（他）時常來；☆折節バスで一緒になる／有時在公共汽車裏碰上；②正當那時，時常；☆折し去ろうとする折雨雨が降って来た／正要告辭下起雨來了；Ⅱ（名）季節；☆四季折節の眺め／四季隨時的景色。②

おりまが・る【折り曲がる】（自・五）彎曲；☆折り曲がった鉄棒／彎曲了的鐵棍④

おりま・げる【折り曲げる】（他下一）把…弄彎，使彎曲；☆針金（はりがね）を折り曲げる／把鐵絲弄彎；⬜をりまぐ（下二）。⓪

おりま・ぜる【織り交ぜる】（他下一）交織；☆絹に綿を織り交ぜる／絲綿交織；⬜おりまず（下二）。⓪④

おりめ【折り目】（名）①折痕；☆折り目通りにたたむ／按原來的折痕折疊起來；☆ズボンの折り目／西服褲子的褲線；☆本に折り目をこしらえる／在書上折角；②禮貌，規矩；☆彼は折り目正しい人です／他是個規規矩矩的人。③

おりもと【織元】（名）（出織品的）織廠。④⓪

おりもの【下物】（名）〔生〕①月經；②衣胞，胎盤；③因病由子宮流出的黏液②

＊おりもの【織物】（名）織物，紡織品；☆綿（めん）織物／棉織品；☆毛（け）織物／毛織品。⓪②

＊＊お・りる【降（下）りる】（自五）①（從高處）下，下來（＝くる，さがる）二階から下りる／下樓；☆階段（山，坂）を下りる／下樓梯（下山，下坡）；②（從車馬または交通工具）下來；☆汽車から下りる／下火車；☆前門で下りる／在前門下車；③降落，停落；☆雀が木の上に下りている／麻雀落在樹上了；☆飛行機が下りる（着陸する）／飛機降落；④（霜霧等）下，降；☆霧が降りる／下霧；⑤（窗簾等）放下；☆窓のカーテンが下りている／窗簾放着；☆幕が下りた／幕落下來了；⑥流產；☆彼女は五ヶ月で下りた／她在懷孕五個月時流產了；⑦排出（體外），打下；☆虫下し（むしくだし）を飲んだので蛔虫が下りた／因為吃了打蟲子藥，蛔蟲打下來了；⑧退（位）；辭（職）；☆おる（下二）。

おりよく【折好く】（副）恰巧，恰好，可巧；☆折好く彼も来合（きあ）わせて居た／恰巧他也在那兒；☆折好く彼は在宅でした／恰好他在家。②

オリンピア【Olympia】（名）（希臘的）奧林比亞（平原）；～さい【Olympia祭】（名）奧林比亞節（每隔四年在奧林比亞舉行的祭典，並在神前開運動會及文學、音樂等種種比賽，它是奧林匹克運動會的起源）。②

オリンピック【英・形Olympic】（名）奧林匹克（的）；～きょうぎ【Olympic競技】（名）奧林匹克競賽；奧林匹克國際運動會。④

＊＊お・る【折る】（他五）①折；折斷；☆木の枝を折る／折樹枝；☆落馬（らくば）して腕を折る／從馬上掉下來折斷胳膊；②折，彎；☆腰を折る／折腰，彎腰；②折，疊；☆手紙を三つに折る／把信折成三折；☆ページの端（はし）を折る／把頁角折來；☆下へ折る／往下折；④屈；☆指を折って数える／屈指計算；☆膝を折る／屈膝；◇我（が）を折る／屈從，屈服；腰を折る／挫折（銳氣）；打斷（話頭）；☆話の腰を折る／打斷（旁人的）話頭；骨を折る／努力，盡力；→ほね①

お・る【居る】（自五）〔與「いる」（上一）完全相同〕；現代語法中被當做謙敬

語①有，在；☆母は家に居ります／家母在家；☆課長は出張で、居りません／（對公司外的人說）科長不在，出差去了；②（補動五）正在……，表示某種狀態；☆いつも、お世話になっております／時常承蒙您的照顧。⓪①

＊お・る【織る】（他五）織，編織；☆布を織る／織布；☆蓆（むしろ）を織る／編草蓆；☆機械で織る／用機器織。①⓪

オルガスムス【德・Orgasmus】（名）〔醫〕色慾亢進，性慾亢盛。③

＊オルガン【organ】（名）〔樂〕風琴⓪

オルグ【org】（名）（特指黨的）組織者，組織幹部；＝オルガナイザー（organizer）。①

オルゴール【荷・orgel】（名）①風琴；②八音盒；音樂盒。③

おれ【己・俺】（代）（對同輩及晚輩等的自稱）我，俺；☆そんなこと、俺の知ったことか／我哪裏知道那椿事；☆俺が生きている間はお前達（まえたち）に苦労はさせぬ／只要我活一天就不讓你們受累⓪

おれ【折】（名）折斷；（折下的）斷頭；☆釘の折れ／折斷的釘頭；☆枝の折れ／折下的樹枝。②

おれあ・う【折れ合う】（自五）相互讓步（＝ゆずりあう）；☆両方が折れ合ったら問題は解決する／雙方一讓步問題就解決了。⓪

おれい【御礼】（名・自サ）①〔（れい）的客套語〕感謝，謝意；☆御礼を述べる／道謝；②禮品；☆僅（わず）かばかりの御礼を差し上げる／送一點禮品⓪

おれきれき【お歴歴】（名）（了不起的）人物；☆彼もお歴歴の仲間（なかま）に入った／他也成了了不起的人物了。⓪

おれまが・る【折れ曲がる】（自五）彎彎，彎曲☆針金が折れ曲がる／鐵絲折彎⓪④

おれめ【折れ目】（名）折痕，折縫，折口；☆折れ目から破れた／從折縫破了；☆刀の折れ目／刀的缺口。③

＊お・れる【折れる】（自下一）①折，斷；☆風で枝が折れた／樹枝被風颳斷了；☆釘が折れた／釘子折斷了；②彎曲，彎；☆道が左に折れる／道向左彎；③拐彎，轉彎；☆十字路（じゅうじろ）を右に折れる／從十字路向右拐彎；④讓步，屈服；☆相手が折れて出た／對方讓步了；☆工員の強硬な態度に会社が折れた／公司對

于職工的強硬態度表示了讓步；④疊，折；☆二つに折れる／折成兩折；☆屏風（びょうぶ）のように折れる／像屏風那樣折起來；⑤消沉，挫折；☆勇気が折れた／勇氣消沉了；◊骨（ほね）が折れる／費力，吃力；☆この仕事は随分骨が折れる／這個工作很吃力；因おる（下二）②

オレンジ【orange】（名）①〔植〕橘子，橙子；②橙黄色染料；～エード【orangeade】（名）橘子汁。②

おろおろ（副・自サ）①〔古〕不可靠，粗枝大葉；②（哭泣聲）嗚咽，顫顫微微；☆おろおろ泣く／嗚咽而泣；③驚慌失措，不知如何是好；☆おろおろするばかりでどうしたらいいか分らなかった／只是驚慌失措不知如何是好。①

*****おろか【愚か】**（形動ダ）愚蠢；愚笨；糊塗（＝ばか）；☆愚かなことをする／做糊塗事；☆愚かにもあんなやつを信用した／居然糊裏糊塗地相信了那種人；～さ（名）；～し・い【愚かしい】（形）愚蠢的；☆愚かしいことを言う／說愚蠢話；～しさ（名）；～もの【愚者】（名）糊塗蟲，愚人（＝ばかもの）。①

*****おろか【疎か】**（副・形動ダ）不用說，慢說，豈止…（而且，簡直）（＝もちろん）；☆千円はおろか一銭も持たない／慢說一千元連一分錢也沒有；☆彼は贅沢などはおろか食うに困っている／他不用說奢侈浪費連吃飯都成問題了；☆彼は英語はおろかギリシャ語もできる／他豈止會英語而且還懂希臘語；☆似たとはおろかそっくりそのままだ／豈止相似簡直就是一模一樣；◊哀しと言うもおろかなり／可憐得無法形容（太可憐了）；☆あだやおろかに思うな／不可疏忽（非常嚴重）①

おろし【下し】（名）①〔おろす〕的名詞形；②（擦碎蘿蔔等的）擦菜板；③擦碎的蘿蔔等；☆大根下し／擦碎的蘿蔔；④（新東西的）初次使用；～あえ【下し和え】（合）〔烹飪〕蘿蔔末拌的菜；～がね【下し金】（名）擦菜板；～だいこん【下し大根】（名）擦碎的蘿蔔；～もの【下し物】（名）撤下來的供品（剩菜）③

おろし【颪】（名）山風，從高山吹下來的風（特指秋冬時的強烈寒風）；～のかぜ【颪の風】（名）同上。①

おろし【卸し】（名・他サ）①〔おろす〕的名詞形；②蔓賣，批發；～うり【卸売り】（名・他サ）批發，蔓賣；☆卸売りの値段／批發價。③

おろ・す【下（降）ろす・卸す】（他五）①把…弄下來，放下來；☆旗を下ろす／降旗；☆本を棚から下ろす／從書架上把書拿下來；☆カーテンを下ろす／把窗帘放下來；☆錨を下ろす／抛錨；②把…卸下來；☆車の荷を卸す／把車上的貨物卸下來；☆船からボートを下ろす／從船上把小艇放到水裏；☆戦艦は重砲を卸さなければ運河が通れぬ／軍艦如不卸下重砲就通不過運河；③讓：下車（船）；☆公園の門で下ろして下さい／請在公園門前讓我下車；④初次使用（新東西）；☆靴を下ろす／穿新鞋；☆下ろしたての着物／新上身的衣服；⑤砍下（樹枝）等；☆枝を下ろす／把樹枝砍掉；⑥批發，蔓售；☆商品を卸す／批發商品；⑦墮胎；☆胎児を下ろす／墮胎；⑧落（髮）；☆切（肉）／☆肉を三枚におろす／把肉切成三片；⑩上（鎖）；☆錠をおろす／上鎖；⑪〔印〕整版；⑫（用擦菜板）擦碎；☆大根を下す／擦碎蘿蔔。②

おろそか【疎か】（形動ダ）草率；疏忽，忽視，不注意；☆学問を疎かにする／忽視（荒廢）學業；☆務めを疎かにはしない／絕不忽視職務；☆客をおろそかにする／慢待客人；☆これは子供の教育を疎かにした結果だ／這是忽視子女教育的結果；☆手入れが疎かだ／拾掇得粗糙。②

おろち【大蛇】（名）大蛇，蟒（＝うわばみ）。①

おろぬ・く【疎抜く】（他五）間拔，拔疏；☆庭の草花を疎抜く／間拔院子裏的花草。①

おわい【汚穢】（名）①骯髒東西；②〔轉〕醜陋事；骯髒事；③黄便；大小便；☆汚穢を汲み取る／掏廁所；～や【汚穢屋】（名）清廁夫。⓪

おわ（しま）・す【御座す】（自五）〔文〕〔ある、いる、ゆく、くる〕等的敬語④

おわび【御詫び】（名・自サ）〔わび〕的客氣語；道歉。⓪

*****おわり【終り】**（名）①終，了；末尾；盡頭，終點；結束；☆始めから終りまで／從頭到尾；☆終りまで聞いた／一直聽到完；☆終りに近づく／接近終了；☆終りに彼がやってきた／臨完的時候他才來；☆演説の終りに臨（のぞ）んで／在結

束演講的時候；☆終りを告げる／告終，
結束；☆終りを（まっと）全うする／至
始至終；②臨終；◊始めは処女の如く終
りは脱兎の如し／始如處女終如脱兎。0

*おわ・る【終わる】（自五）①完，終了，結
束，完結；☆授業が終わった／下課了，
放學了；☆正月（しょうがつ）も終わっ
た／年也過了；☆芝居が終わった／散戲
了；☆試（こころ）みは失敗に終わった／
嘗試終於失敗了；②（有時和「終える」
相同作爲他動詞）；☆これをもって私の
講義を終わります／就此結束我的講課，
這堂（或今天）就講到這兒；③〔文〕死
，壽終；④（接於其他動詞連用形下，作
補助動詞，表示完了）；☆読み終わる／
讀完；☆仕事をし終わってからすぐ行く
／工作做完馬上就去；☆よいこの皆さ
ん、食べおわったら、うがいを忘れずに
ー／小朋友！別忘了吃後漱口；☆漸く書
き終わった／好容易寫完了。0

おんー【御】（接頭）表示敬意（＝おみ、
お、おおみ）。

おん【音】（名）①（物的）響聲；②（人
的）聲音；☆音を出す／發音；③字音；
☆漢字を音で読む／用音讀漢字；④音色
；☆音が悪い／音色不好。0

*おん【恩】（名）恩，恩情，恩典（＝めぐ
み、なさけ、あわれみ）；☆恩を施（ほ
どこ）す／施恩；☆恩に着る／感恩；☆
教えてもらった恩がある／有受教之恩、
☆恩に着せる／自以爲施了大恩；硬要人
家領情；◊恩を仇（あだ）、恩を仇で返
す／恩將仇報，以怨報徳；生（うみ）の
恩より育ての恩／教養之恩重於生；子を
持って知る親の恩／養兒方知父母恩。1

おんあい【恩愛】（名）恩愛；☆恩愛の情
にほだされる／被愛情束縛住。01

おんあんぽう【温罨法】（名）〔醫〕熱敷
法；☆温罨法をする／熱敷。0

おんえん【恩怨】（名）〔文〕恩怨，恩仇；
☆恩怨をあきらかにする／恩怨分明。0

おんかい【音階】（名）〔樂〕音階；☆音
階が正しい／音階正確。0

おんがえし【恩返し】（名・自）報恩；☆
将来必ず恩返しをする／將來必定報恩3

*おんがく【音楽】（名）音樂；～か【音楽
家】（名）音樂家；～か【音楽科】（名）
音樂科；～かい【音楽会】（名）音樂會
；～がっこう【音楽学校】（名）音樂學

校；～どう【音楽堂】（名）音樂堂；～
たい【音楽隊】（名）樂隊。10

おんかん【音感】（名）〔樂〕音感；～き
ょういく【音感教育】（名）音感教育0

おんがん【温顔】（名）〔文〕溫柔的面孔，
和顔悦色；☆父上の温顔／父親的溫和面
色。0

おんきゅう【恩給】（名）〔法〕（退職的）
養老金；（死後的）撫恤金；☆恩給を受
ける／領撫恤金（養老金）；☆恩給をも
らって退職する／領得養老金退休；☆恩
給で生活する／靠養老金生活；～じゅり
ょうしゃ【恩給受領者】（名）養老金（
撫恤金）領受者。0

おんきょう【音響】（名）音響；聲音；☆
この講堂は音響の工合が悪い／這座禮堂
音響條件不好；～がく【音響学】（名）
音響學；～こうか【音響効果】（名）（電
影、演劇的）音響效果。0

おんぎょく【音曲】（名）音響，樂曲，歌
曲，小曲。01

オングストローム【Angstrom】（名）〔
理〕埃（測量光波用長度單位＝10⁸釐
米）。6

おんくん【音訓】（名）①字音和字義；②
漢字的音讀和訓讀。0

おんけい【恩恵】（名）恩惠（＝めぐみ）；
☆恩恵に浴（よく）する／沾恩，受惠；
☆この発明は人類に対する恩恵である／
這個發明是對人類的莫大恩惠；～きかん
【恩恵期間】（名）（兩國開戰後，一國
的商船不知開戰，而入敵方港口時，不予
扣留而令其出港的）限定期間；～び【恩
恵日】（名）〔經〕優待日，恩恵日（票
據滿期後三天的支付寬限期）0

おんけつ【温血】（名）熱血；↔れいけつ
（冷血）；～どうぶつ【温血動物】（名）
〔動〕熱血動物；↔れいけつどうぶつ（
冷血動物）。0

おんけん【穏健】（形動ダ）穩健；☆穩健
な議論／穩健之論；～は【穏健派】（名）
穩健派；☆これは穏健派の主張である／
這是穩健派的主張。0

おんげん【温言】（名）〔文〕溫言，溫和的
話；☆温言を以て宥（なだ）める／溫言
相勸。

おんこ【温故】（名）溫故；～ちしん【温
故知新】（連語・名）溫故知新。

おんこう【温厚】（形動ダ）敦厚，溫厚；

☆温厚な人柄／溫厚的人。0

おんさ【音叉】（名）〔理〕音叉。1

おんし【恩師】（名）恩師。1

おんしつ【温室】（名）①（有保溫設備的房間）暖房；②（多季栽培植物的）溫室；☆温室で栽培する／在溫室栽培；しょくぶつ【温室植物】（名）溫室植物；～そだち【温室育ち】（名）〔轉〕嬌生慣養（的人）。0

おんしゃ【恩赦】（名）〔法〕大赦，特赦，恩赦；☆恩赦に遇（あ）って釈放された／遇到大赦被釋放出來了。0

おんしゅう【恩讐】（名）恩和仇，恩讐；☆恩讐を弁（わきま）える／分清恩仇；☆恩讐の彼方（かなた）／恩仇無動於衷的超然境界。0

おんじゅう【温柔】（形動ダ）溫柔，溫和柔順；～とんこう【温柔敦厚】（名）溫柔敦厚。0

おんじゅん【温順】（形動ダ）溫順，溫柔和順。0

おんしょう【温床】（名）①〔農〕溫床，苗床；☆温床で育てる／用溫床培育；②〔轉〕繁殖地，溫床；☆この制度は再び共産主義の温床となってはならない／不能讓這個制度再成爲共產主義的溫床。0

おんしょう【恩賞】（名）獎賞，賞賜；☆恩賞に与（あ）かる／受到賞賜。0

おんじょう【温情】（名）溫情；～しゅぎ【温情主義】（名）溫情主義。0

おんしょく【温色】（名）〔文〕①溫和的面色；②〔義〕溫色（特指黃、紅、綠及其間色）；↔かんしょく（寒色）。0

おんしょく【音色】（名）〔樂〕音色（＝ねいろ）；☆琴（こと）と笛（ふえ）とは音色を異にする／琴與笛的音色不同0

おんしらず【恩知らず】（名・形動ダ）忘恩負義，忘恩負義的人；☆この恩知らずめ／你這個忘恩負義的東西！3

おんしん【音信】（名・自サ）音信，通信（＝たより、おとずれ）；☆音信が絶えた／音信不通了。01

***おんじん**【恩人】（名）恩人；☆命（いのち）の恩人／救命恩人。03

オンス【ounce】（名）盎斯（英美重量單位名，常衡＝28.4公分；金衡＝31.104公分）。1

おんせつ【音節】（名）音節（＝シラブル）；☆音節に分つ／分成音節；☆単音

節の語／單音節語。0

***おんせん**【温泉】（名）〔地〕溫泉（＝いでゆ）；↔れいせん（冷泉）；～ば【温泉場】（名）有溫泉的地方；～やど【温泉宿】（名）溫泉旅館。0

おんそく【音速】（名）〔理〕音速。0

おんぞん【温存】（名・他サ）（珍惜而）保存起來。0

おんたい【温帯】（名）〔地〕溫帶；～きこう【温帯気候】（名）溫帶氣候；～しょくぶつ【温帯植物】（名）溫帶植物0

おんたく【恩沢】（名）〔文〕恩惠，恩澤☆恩沢に浴（よく）する／沐恩，受益01

おんだん【温暖】（形動ダ）溫暖；～いく【温暖育】（名）暖室育蠶法；～ぜんせん【温暖前線】（名）〔氣象〕溫暖前線（輕氣團上升而冷重氣團因而構成的不連續線，溫暖前線一通過時溫度突然上升，降雨或降大雨）↔かんれいぜんせん（寒冷前線）。0

おんち【音痴】（名）①音痴；五音不全（的人）；②不懂音樂的人；☆あの人は音痴だ／他五音不全；他不懂音樂；③〔轉〕某一方面的感覺遲鈍（的人）；☆方向音痴／方向搞不清（的人）。1

おんち【御地】（名）貴地，貴處（＝きち）；☆御地の様子はいかがですか／您那裏情況怎樣？1

おんちゅう【御中】（名）〔文〕（用於寫給團體、機關等的書信）公啓；☆東京大学御中／東京大學公啓。0

おんちょう【音調】（名）〔樂〕①音調，聲調；☆音調に抑揚（よくよう）がある／聲調裏有抑揚頓挫；②（詩歌的）音律0

おんちょう【恩寵】（名）恩寵，寵愛；☆恩寵を蒙（こうむ）る／受寵；☆恩寵を失う／失寵。01

おんてい【音程】（名）〔樂〕音程。0

おんてん【恩典】（名）；☆恩典に浴（よく）する／受恩典。0

おんと【音吐】（名）聲音；☆音吐朗朗（ろうろう）と読みあげる／高聲朗誦。1

おんど【音頭】（名）①領唱（的人）；☆音頭を取る／領唱，首唱；②〔轉〕發起，首唱；②集體舞蹈；集體舞曲；☆伊勢音頭／伊勢集體舞（曲）；～とり【音頭取り】（名）①領唱者；☆合唱の音頭取りをやる／當合唱的領唱者；②首唱者，發起人；☆彼の音頭取りで仕事がはかどる／由於

他的倡導工作得以進展。①

*おんど【温度】（名）温度；☆温度を測（はか）る／量溫度；☆温度が高い（低い）／溫度高（低）；☆温度が上る（下る）／溫度上升（下降）。①

おんとう【温湯】（名）①溫水，熱水；☆温湯で顔を洗う／用熱水洗臉；②溫泉；～しんぽう【温湯浸法】（名）〔農〕（為了防止和殺死種子上的細菌或使種子提前發芽的）溫水浸種法。⓪

おんとう【穏当】（名・形動ダ）①妥當，穩當，☆その解釈は穏当である／那樣解釋很恰當；☆穏当を欠く／欠妥；☆穏当な措置／穩妥的措施；②溫和，穩健；☆穏当な意見／穩健的意見。①⓪

おんどく【音読】（名・他サ）①音讀；☆漢字を音読する／按音讀法讀漢字；↔くんどく（訓読）；②朗讀；☆教科書を音読する／朗讀教科書；↔もくどく（黙読）。⓪

おんどり【雄鳥】（名）公鶏，雄鳥。⓪

オンドル【温突】（名）（朝鮮 ontol）火炕。⓪

*おんな【女】（名）①女子，女性，婦女；☆女の地位を高める／提高婦女的地位；☆女向きの品、女持ちの品／女人用的東西；②雌的，母的；③情婦，女朋友；☆女をこしらえる、女ができる／有情婦，有外遇；☆女を囲（かこ）う／置妾，有妾；☆宅では女をおかない／我們不用女僕；⑤（女子的）容貌（＝おんなぶり）；☆女がよい／長得漂亮；◇女の腐（くさ）ったよう／（罵男人語）沒出息；女の一念岩をも通（とお）す／女人看來很懦弱，其實意志堅如鐵石；女は化（ば）け物／女人一打扮就漂亮；女天下（おんなてんか）／女人掌權；女になる／（女子）成人，懂得男女關係；実（じつ）のない女／愛情不眞實的女子；～おや【女親】（名）母親；～がた【女形】（名）〔劇〕旦角（＝おやま）；～ぎ【女気】（名）婦女的溫柔氣質，婦女心；～きょうだい【女兄弟】（名）姐妹；～ぎらい【女嫌い】（名）厭惡女人的男人；～け【女気】（名）女人，有女人的韻味；☆女気がない／一個女人也沒有；～ごころ【女心】（名）①女人心；②女人戀慕男人心，春心；☆女心と秋の空／水性楊花女人心；～こども【女子供】（名）①女孩；②婦

女和小孩；～ごろし【女殺し】（名）①殺死女人；②（使女人傾心的）美男子；～ざか【女坂】（名）（兩個坡路中的）小坡路，慢坡路；↔おとこざか；～ざかり【女盛り】（名）妙齢；～ざんまい【女三昧】（名）躭溺於女色；～じたい【女世帯】（名）沒有男子的家庭；～だてら（に）【女だてら（に）】（副）〔蔑〕不像個女人樣，一個女流之輩（＝おんなのくせに）；☆女だてらに大酒を飲む／一個女人竟喝大酒；～たらし【女たらし】（名）玩弄女性（的人）；～で【女手】（名）①平假名；婦女寫的字；②勢單（一個）女人；☆女手一つで子供を育てる／單憑一個女人撫養孩子；☆女手でできる仕事／女人能做的工作；～どうらく【女道楽】（名・他サ）好嫖；好色；～のこ【女の子】（名）①女孩；②少女；③〔俗〕青年職業婦女；～のせっく【女の節句】（名）三月三日的女孩節（＝ひなのせっく、ひなまつり）；～へん【女偏】（名）〔漢字部首〕女字旁；～まかせ【女任せ】（名）①交給女人辦，由女人全權處理；②交給女僕等去做；～むすび【女結び】（名）（結扣法之一）左扣；↔おとこむすび；～もち【女持ち】（名）婦女用品；☆女持ちの傘／女人用的傘；～もじ【女文字】（名）①女人寫的字；②平假名；～やく【女役】（名）①女子的任務；＝おんながた；～ゆ【女湯】（名）女澡堂。③

おんなじ【同じ】（形）→おなじ。⓪

おんならし・い【女らしい】（形）①像女人的，有女人風度的；☆それは女らしくない／那不像女人樣子；②如女人一般的，女人氣派的；☆あの男は女らしい／他像個女人（沒有丈夫氣）；図おんならし（形シク）。⑤

おんぱ【音波】（名）〔理〕音波。①

オンパレード【on parade】（名）總演出，全班出演；大遊行。④

おんぴょうもじ【音標文字】（名）①音標文字；②國際音標。⑤

おんびん【音便】（名）音便（日語中為發音方便，在單詞或文節一部所起的發音變化；共有イ音便、撥音便、促音便和ウ音便四種）。⓪

おんびん【穏便】（名・形動ダ）（處置、方法等）溫和，和平，不嚴厲；不聲張；

☆事を穏便に済ました／把問題 和平 解決了；☆穏便な手段（しゅだん）でできないなら強硬な手段を用（もち）いる／如和平方式行不通就採取強硬手段；☆世間（せけん）がうるさいから穏便に願いたい／傳出去人們要說三道四，請不要聲張。◎

おんぶ【負んぶ】（名・他サ）〔（おぶう）的轉音〕揹；☆赤ん坊を負んぶする／揹小孩；②〔轉〕依靠旁人；靠旁人出錢（負擔費用）；☆人に負んぶするのはいけない／不可依靠他人；☆入費を他人に負んぶする／靠旁人花錢，讓旁人負擔費用①

おんぷ【音符】（名）①輔助漢字及假名發音的符號（如漢字的重疊號「々」；假名的濁音號「ゞ」；半濁音號「。」等）；②〔樂〕音符。◎

おんぷ【音譜】（名）〔樂〕樂譜。◎

おんぼろ（名）〔俗〕襤褸，破爛（＝ぼろぼろ）；☆おんぼろの着物／破爛的衣服。◎

おんみ【御身】（代）您。①

おんみつ【隱密】Ⅰ（名）〔江戶時代〕偵探；Ⅱ（形動ダ）秘密（＝ひそか）；☆隱密に事を取計（とりはか）る／秘密策劃。◎

おんやく【音訳】（名・他サ）用漢字的音譯；〔如倫敦（ロンドン），俱樂部（クラブ）等〕。◎

おんよう【温容】（名）〔文〕溫柔的面貌，和藹的態度。◎

おんよう【陰陽】（名）①〔文〕陰陽（＝いんよう）；②陰陽家，占卦問卜之學；**～どう**【陰陽道】（名）陰陽學。①

おんリ【下んり】（名・自サ）〔兒〕下來（＝おりる）。①

オンリー【only】（名・形動ダ）唯一的；只；僅僅一個；☆この売り場は国産品オンリーです／這個櫃臺專賣國產品。①

おんりょう【怨霊】（名）冤魂；☆怨霊に取り付かれる／冤魂附體。①◎

おんりょう【温良】（形動ダ）溫良，溫順，善良；☆温良な女／溫順的女人。◎

おんわ【温和】（形動ダ）溫和，溫柔；☆温和な性質／溫和的性質；☆温和な気候／溫和的氣候。◎

おんわ【穏和】（形動ダ）穩和，穩健，不激烈；☆穏和な手段／穩健的手段；**～は**【穏和派】（名）穩健派。◎

か カ が ガ

か①五十音圖「か行」第一音；發音為ka；②〔字源〕平假名是「加」的草體；片假名是「加」的左旁。

ーか【荷】・(接尾) 表示貨物等的件數；☆水（みず）一荷（いっか）／一擔水。

ーか【貨】 (接尾) 表示貨幣的意思；☆アルミ貨／鋁幣。

か【香】 (名)〔文〕①氣味(＝におい)；②香氣(＝かおり)；☆香水の香が漂（ただよ）う／香水的香味蕩漾。⑩⓪

*か【蚊】 (名)〔昆〕蚊，蚊子；◇蚊の食（く）うほどにも思（おも）わぬ／絲毫也不感覺痛癢，蠻不在乎；蚊の脛（すね）のような足／像麥稈那麼細的腿；蚊の鳴くような声／很小的聲音；蚊の涙（なみだ）〔喩〕很少。⓪

か【歟・乎】 I (感助)①表示疑問；☆あの人は誰（だれ）か／那個人是誰？②表示提議；☆歩いてゆこうじゃないか／走着去不好麼？③表示反問？☆そんな事があるか／有那樣事？④表示輕微的感動；☆夢（ゆめ）だったか／原來是夢啊！⑤〔文〕表示強烈的感動；☆いしくもあるか／多麼令人懷念（思慕）啊！Ⅱ (修助)①表示懷疑或不敢肯定；☆なんと思ったか…／不知為什麼…；☆寝不足（ねぶそく）のためか頭が重い／也許是因為沒睡好吧，頭有點兒沉；②〔文〕表示反語；☆なにの疑（うたがい）かあらん／有何可疑？Ⅲ (接助)不但不…反而…；☆ほめるどころか…／不但不誇獎，反而…；☆…かどうか／是否，是…還是；☆風呂（ふろ）ができたかどうか聞（き）いて下さい／請問一下，澡堂（洗澡水）預備好了沒有；☆それが持（も）ちあがるかどうかやってごらん／你試一試拿得起來還是拿不起來。

か【可】 (名) 可，可以。①

*か【科】 (名) 科；(大學的)系；☆大学は同（おな）じでも科が違（ちが）う／雖然同在一個大學，但是系不同。①

*か【課】 (名)①(機關、企業等的)科；②(課程的)課；☆前の課を復習する／

復習前一課。①

*が I (格助)①表示行為、性質的主體；☆私が行く／我去；☆色が黒い／色黑；②表示慾望、可能、愛憎的對象；☆「進化論」が読みたい／想讀「進化論」；☆お茶が飲みたい／想喝茶；③〔文〕表示所有關係(＝の)；☆わが国／我國；☆わが家（や）／我家；Ⅱ (接助)①單純的連接；☆動物園へ行ってみたが、色々珍（めずら）しい動物がいた／到了動物園（看見）有各種新奇的動物；②但是，然而，不過(＝しかし、けれども)；☆あの婦人は労働をしないが、ぜいたくな生活をしている／那個女人並不勞動，但是却過着奢華的日子；③表示委婉的語氣；☆私どもは全くその通りだと思うのですが／我(們)認為完全是那樣…；☆できればするのだが／如果做得到一定做(不過實際上做不到)；Ⅲ (接)然而，可是(＝しかし、けれども)；☆が、行かねばならない／可是非去不成。

が 「か」的濁音，發音為ga。

*が【我】 (名)①自我；自己；②己意，己見；☆我を通（とお）す／固執己見；☆我を折（お）る／放棄己見，屈服；③私欲；☆我を出す／露出本性。⓪①

が【蛾】 (名)〔昆〕蛾。⓪

カー【car】 (名)①車；②汽車，電車；貨車。①

かあかあ (感・名)①(烏鴉的叫聲)呱呱；②〔兒〕烏鴉。①

カーキいろ【khaki色】 (名)枯草色，土黃色，卡其色。⓪

かあさん、かあさま【母様】 (名) (對母親的親暱稱呼)媽，媽媽，娘。①

ガーゼ【德Gaze】 (名) 藥布，紗布；☆ガーゼを傷口に当てる／把紗布敷在傷口上。①

ガーター【garter】 (名)①吊襪帶；②(英國最高勳章)嘉德勳章。①

カーディガン【cardigan】 (名) (對襟的)毛線衣。①

*カーテン【curtain】 (名)窗簾，幔，幕；◇鉄（てつ）のカーテン／鐵幕。①

ガーデン【garden】（名）花園，庭園 ①

カード【card】①卡片；②紙牌，撲克牌；～ケース【card-case】（名）①卡片匣；②名片盒；～しき【card式】、～システム【card-system】（名）卡片式。①

ガード【girder】（名）（橫架在道路上的）鐵橋，架空鐵橋；☆ガードをくぐる／從鐵橋底下走過去。①

ガード【guard】（名）①警員（＝ガードマン）②〔運動〕（籃球隊的）後衞；～レール【guard rail】爲了保護行人的安全而設置的馬路邊的鐵柵。①

カートン【carton】（名）①紙板，厚紙；②厚紙或塑膠製的小圓盤（銀行等盛錢用）；③香煙的一大包（通常裝有二百隻）；④愛有一層白臘的紙盒。①

カーニバル【carnival】①嘉年華會，狂歡節；②慶祝，狂歡。①

カーネーション【carnation】（名）〔植〕康乃馨。③

ガーネット【garnet】（名）〔礦〕柘榴石③

カーバイド【carbide】（名）〔化〕①碳化物；②碳化鈣。③

カーブ【curve】（名・自サ）①彎曲，彎；曲線；☆カーブをなす／成曲線；☆自動車がカーブする／汽車拐彎；②〔棒球〕曲線球。①

カーペット【carpet】（名）地毯；毛毯；桌毡。①

ガーベラ【gerbera】（名）〔植〕大丁草（一種菊科多年草）。⓪

カーボン【carbon】（名）①〔化〕碳；②〔電〕炭精棒；③複寫紙，炭紙（＝カーボンペーパー）；～ブラック【carbon-brack】（名）碳黑，黑煙末（黑色油墨原料）。⓪

カール【curl】（名・他サ）鬈曲的毛髮，弄鬈，使（毛髮）鬈曲；☆前髮にカールをつける／把前髮燙出鬈來。①

カール【德kar】（名）〔地質〕冰斗，冰坑，凹地。①

ガール【girl】（名）女孩子，少女；～フレンド【girl friend】（名）女朋友。①

ガールスカウト【美girl scouts】女童子軍；↔ボーイスカウト。⑤

*－かい【階】（接尾）（樓房的）層；☆五階／五層（樓）；☆彼は三階に住んでいる／他住在三層樓上。

*かい【貝】（名）①〔動〕貝；☆浅瀬で貝を拾う／在淺灘上採貝；②貝殼；③〔動〕海螺。①

かい【買】（名）①買；②〔商〕進（貨），買進；☆買の手に出る／作買賣，買進⓪

かい【櫂，櫓】☆櫂を漕（こ）ぐ／搖櫓，划槳。①

*かい【甲斐】（名）效果，價值；好處，用處；☆甲斐の有（無い）／有（沒有）效果的，有（沒有）好處的；☆はたらいた甲斐があった／沒有白費力氣；☆こんな本を読んだとて何の甲斐があろう／念這樣書有什麼用；～しょう【甲斐性】（名）剛毅，勇敢，有志氣的性格；☆甲斐性のある／有志氣的，要強的，能幹的；☆甲斐性のない／沒出息的，不長進的，無用的，懶惰的。⓪

かい（連語・感助）＝か（歟・乎）；①用於表示親暱的問話；☆見たかい／看見了嗎？用於堅決反問；☆そんな事があるかい／豈有那麼事！

*かい【回】①回（數），次（數）；☆回を重（かさ）ねる／重複，三番五次；屢次；②〔宗〕伊斯蘭教（徒）←かいきょう（と）。①

かい【下位】（名）①低的地位，下級；②次（於某人）的地位。①

かい【下意】（名）下層的意見；☆下意上達（じょうたつ）／下層意見的（向上）反映。①

*がい【害】（名）害，危害，損害；☆害がある／有害；☆害になる／爲害；有害；☆害を及（およ）ぼす／危害；危及。①

かいあく【改悪】（名・他サ）從惡；☆これでは改善（かいぜん）どころかまるで改悪だ／這哪裏是改善，簡直是改惡；↔かいぜん（改善）。①

がいあく【害惡】（名）危害，災禍；壞影響；☆害惡を及（およ）ぼす／危害⑩

かいあげ【買い上（げ）】（名）①（政府由人民手裏）收買；②〔おー〕購買（賣主對買主的客氣話）；☆品物は、お買い上げと同時に配達（はいたつ）いたします／貨物您買了馬上就給您送去。⓪

かい・い【痒い】（形）〔俗〕＝かゆい。②

かいい【介意】（名・他サ）〔文〕介意；☆介意するに及（およ）ばない／不必介意。①

かいあ・げる【買い上げる】（他下一）（政府）收購，收買；☆土地を買い上げる

／收購棉花；図かいあぐ（下二）。4

かいい【怪異】（名・形動ダ）①奇怪，奇異；☆古井戸の怪異を究明する／考察明白古井的奇怪傳說；②妖怪。1

がいい【害意】〔文〕悪意，毒意，加害の心；☆害意を抱く／懷有加害之意。1

かいいき【海域】（名）海面的區域；☆船がフィリピン海域に入る／船駛入菲律賓海域。0

かいいぬ【飼犬】（名）看家犬，豢養的狗；◇飼犬に手をかまれる／被自己的狗咬了手；（落得）恩將仇報。1 2

かいいれ【買入（れ）】（名）買，買進；～げんか【買入元価】（名）買價，原本。0

かいい・れる【買い入れる】（他下一）買，買進；☆原料を買い入れる／買進原料；（図かひいる（下二）。4

*かいいん**【会員】（名）會員；☆会員は五千名の多きに達した／會員達五千名之多。0

かいいん【海員】（名）海員，船員；～くみあい【海員組合】（名）海員工會。0

かいいん【開院】（名・自サ）①國會開會；☆議長が開院を宣する／議長宣布（國會）開會；②（醫院的）開設。0

がいいん【外因】（名）外在的原因；↔ないいん（内因）。0

かいう・ける【買い受ける】（他下一）買，承買；☆こんな高い値段（ねだん）では買い受ける人がないでしょう／價錢這麼高恐怕沒人買吧；図かひうく（下二）4

かいうん【開運】（名・自サ）開始走運，運氣亨通；☆あなたの開運を祈（いの）る／祝您運氣亨通。0

がいえん【外苑】（名）（宮殿・神宮等的）外部庭園；↔ないえん（内苑）。0

がいえん【外援】（名）外援。

かいおうせい【海王星】（名）〔天〕海王星。3

かいおき【買い置き】（名・他サ）①（預先）買下；☆先高（さきだか）を見越（みこ）して買い置きする／預料將來漲價而先行買下；②買存的東西；☆買い置きがなくなる／存的東西用完。0

かいか【階下】（名）樓下；☆階下の騒ぎが手に取るように聞える／樓下的吵鬧聲聽得很清楚；↔かいじょう（階上）。1

かいか【開化】（名・自サ）開化；☆文明（ぶんめい）開化の今日（こんにち）そんな事があってたまるか／在文明開化的今天要有那樣事情還了得嗎。1

かいか【開花】（名・自サ）〔文〕開花；～き【開花期】（名）開花期。1

かいが【絵画】（名）〔文〕繪畫圖畫；☆絵画を学ぶ／學習繪畫。1

がいか【外貨】（名）①外幣，外滙；②進口貨，外國貨；～かくとく【外貨獲得】（名）取得外滙；～てがた【外貨手形】（名）外幣票據。1

がいか【凱歌】（名）凱歌；☆凱歌を奏（そう）する／奏凱歌。1

ガイガーけいすうかん【Geiger 計数管】（名）〔理〕蓋革計數器。7

ガイガーミュラーけいすうかん【Geiger Müller計数管】（名）〔理〕蓋革・彌勒計數器。10

かいかい【開会】（名・自サ）開會；☆開会の辞（じ）を述（の）べる／致開會詞；～しき【開会式】（名）開會儀式，開會典禮。0

*かいがい**【海外】（名）海外，外國；☆海外に留学を命ぜられる／被派到國外留學；～ぼうえき【海外貿易】（名）海外貿易，進出口貿易。1

かいかい【外界】（名）外界，外部；☆外界との交通を絶（た）つ／斷絕對外部的交通。0

*がいかい**【外海】（名）外海，大洋；↔ないかい、きんかい（内海，近海）。0

かいがいし・い【甲斐甲斐しい】（形）剛毅的，勇敢的；誠懇的，勤快的，富有精力的；☆甲斐甲斐しいいでたちである／英武的打扮，打扮得很俐落；☆甲斐甲斐しくたちはたらく／勤勤快快地幹活；図かひがひし（形シク）；～げ（形動ダ）～さ（名）。1

*かいかく**【改革】（名・他サ）改革；☆機構の改革を行（おこ）なう／實行機構改革。0

がいかく【外郭・外廓】（名）廓，外圍；～だんたい【外廓団体】(名)外圍團體0

かいかけ【買い掛け】（名・他サ）賒購；～きん【買掛金】（名）賒貸錢；↔うりかけきん（売掛金）。0

かいかた【買方】（名）①買方，買者；②買法；☆あの人は物の買方が上手だ／他

買東西的方法高明，他會買；うりかた（売方）。⓪

*かいかつ【快活】（形動ダ）快活；☆快活な気性／快活的性格；☆快活に話す／快活地講話。⓪

がいかつ【概括】（名・他サ）概括，總括；☆これらの事実を概括すれば／把這些事實總括起來說。⓪

かいかぶ・る【買い被る】（他五）①出價過高，買得太貴；☆この帽子は買いかぶった／這頂帽子買貴了；②〔轉〕評價過高，過於相信；☆僕は彼の技倆（ぎりょう）を買いかぶった／我過於相信了他的本事，我把他的能力看得太高了。④

かいがら【貝殻】（名）貝殼。④⓪

かいかん【会館】（名）會館。⓪

かいかん【快感】（名）快感；☆快感を覚（おぼ）える／感覺愉快。⓪

かいかん【怪漢】（名）歹徒，可疑的人；☆怪漢に襲（おそ）われる／被歹徒襲擊。⓪

かいかん【開館】（名・自サ）（圖書館等）開館；（電影院）開映；☆博物館は午前九時に開館する／博物館在上午九時開館。⓪

*かいがん【海岸】（名）海岸；海濱；☆海岸に沿（そ）った平原／沿海的平原；☆この夏は海岸へ行く／今年夏天到海濱去；☆海岸を散歩する／在海濱散步；～せん【海岸線】（名）海岸線；～ほあんりん【海岸保安林】（名）（為防止流砂、潮害、風害及作為航空目標用的）海岸人造林。⓪

がいかん【外患】（名）外患；～ざい【外患罪】（名）〔法〕通敵賣國罪。⓪

がいかん【外観】（名）外表，外觀；外形；☆外観で人を判断する／以外表取人；☆その建築（けんちく）は外観が立派（りっぱ）だ／那個建築物外形很漂亮。⓪

がいかん【概観】（名・他サ）概觀；大致的輪廓；☆過去（かこ）一世紀の歴史を概観する／概觀過去一世紀歷史。⓪

がいかん【礙管】（名）〔電〕（裝電線用的）絕緣磁管。⓪

かいき【買気】（名）〔經〕買風，買的心情，胃口；☆買気が付く（にぶる）／買風頗盛（不盛）；胃口頗佳（不佳）。⓪

かいき【会規】（名）會規，會章。①⓪

かいき【会期】（名）會期；☆展覧会の会期は一月（ひとつき）である／展覽會的會期是一個月。①

かいき【回忌】（名・造語）（每年的）忌辰；☆今日（きょう）は父の三回忌だ／今天是父親的三周年忌辰。①

かいき【回帰】（名・自サ）回歸；～せん【回帰線】（名）回歸線；～ねつ【回帰熱】（名）回歸熱。①⓪

かいき【快気】（名・自サ）〔文〕①心情愉快；②病癒；～いわい【快気祝】（名）病癒的慶祝。①

かいき【開基】（名・自サ）〔文〕①創立，奠基；☆この寺の開基は何年でしたか／本寺的創立是什麼年代？②＝かいさん（開山）。①

かいぎ【回議】（名・他サ）主管者擬定草案後依次送交有關方面徵求同意或意見；～あん【回議案】（名）會簽稿，傳閱的方案。①

かいぎ【会議】（名・自サ）會議；☆会議を開く／舉行會議；☆問題を会議に付する／把問題提交會議；～ろく【会議録】（名）會議錄，會議的記錄。①③

かいぎ【懐疑】（名・自サ）懷疑；☆懐疑の目で見る／用懷疑的眼光看。①

がいき【外気】（名）戶外的空氣；☆…を外気に当（あ）てる／使…見見空氣，晾一晾。①

かいきしょく【皆既食（蝕）】（名）〔天〕（日、月的）全蝕；↔ぶぶんしょく。③

かいぎゃく【諧謔】（名）詼諧；俏皮話；☆諧謔を交（まじ）えた談話（だんわ）／幽默的談話，帶詼諧的談話。⓪

*かいきゅう【階級】（名）①階級；②（身分的）等級；～いしき【階級意識】（名）階級意識；～とうそう【階級闘争】（名）階級鬥爭。⓪

かいきゅう【懐旧】（名・他サ）懷舊，回顧（往事）；☆懐旧の情（じょう）にたえなかった／不禁懷念起往事來；～だん【懐旧談】（名）懷舊談。⓪

かいきょ【快挙】（名）〔文〕令人稱快的行為、舉動；勇敢的行動。①

*かいきょう【回教】（名）〔宗〕伊斯蘭教；～と【回教徒】〔宗〕穆斯林；～れき【回教暦】伊斯蘭教曆。①⓪

かいきょう【海峡】（名）海峽。⓪

かいきょう【懐郷】（名）懷念故鄉，思鄉；☆懐郷の念／思鄉之念。⓪

かいぎょう【開業】（名・自他サ）①開市，開始營業；☆理髪店を開業する／開理髪館；②（律師、醫師等）開業；～い【開業医】（名）開業醫師；～めんじょう【開業免状】（名）營業執照。⓪

がいきょう【概況】（名）概況；☆事業（じぎょう）の概況を報告する／報告事業的概況。⓪

かいき・る【買い切る】（他五）①全部買下；☆品物を買い切る／把所有的貨全部買下；②全部包下；☆客車を買い切る／把客車包下。③

かいきん【皆勤】（名・自サ）全勤；不缺勤；☆三年間皆勤する／三年不缺勤；～てあて【皆勤手当】（名）全勤獎金（津貼）；～しゃ【皆勤者】（名）全勤者⓪

かいきん【開襟】（名）敞領，翻領；～シャツ【開襟shirt】（名）（香港衫之類的）敞領西服襯衣。⓪

かいぐい【買い食い】（名・他サ）買零食吃；☆子供は買い食いが好きです／小孩好買零食吃。⓪

かいぐすり【買い薬】（名）成藥。③

＊**かいぐん**【海軍】（名）海軍；～りくせんたい【海軍陸戦隊】（名）海軍陸戰隊①

＊**かいけい**【会計】（名・他サ）①會計；☆会計をする／做會計（工作）；②（算帳）付款，付錢；☆会計は僕がしておく／錢由我來付；③帳目；☆それじゃ会計が合いません／那麽帳目就不對了；④（個人的）預算；☆（それは）私には会計が許（ゆる）されない／我花不起（那筆錢）；～がく【会計学】（名）會計學；～し【会計士】（名）會計師；～ねんど【会計年度】（名）會計年度。⓪

がいけい【外形】（名）外形；外表；☆外形は立派（りっぱ）だが内容は貧弱（ひんじゃく）だ／外表很好但是内容空虛。⓪

かいけつ【怪傑】（名）怪傑；☆彼は一代の怪傑だ／他是一代的怪傑。⓪

＊**かいけつ**【解決】（名・他サ）解決；☆問題を解決する／解決問題；☆事件の解決を図（はか）る／圖求解決事件；☆先月分（せんげつぶん）の勘定（かんじょう）を何とか解決してもらいたいものだ／上月的欠款希望你設法解決（請你付了才好）。⓪

かいけつびょう【壊血病】（名）〔醫〕壊血病；☆ビタミンCで壊血病をなおす／用維生素丙醫治壊血病。⓪

＊**かいけん**【会見】（名・自サ）會見，會面，接見，晤面；☆…との会見を申（もう）しこむ／約見同…會面；☆会見を許す／允許接見；☆会見を拒（こば）む／拒絕會面；～だん【会見談】（名）訪問記⓪

かいげん【戒厳】（名）戒嚴；～れい【戒厳令】（名）戒嚴令；☆戒厳令を布（し）く／下戒嚴令；☆戒厳令を解（と）く／解除戒嚴令。⓪

かいげん【開眼】（名・他サ）〔宗〕①（佛像的）開（眼）光；②開光儀式。①

＊**がいけん**【外見】（名）表面，外表；☆外見で人を判断する／從外表來判斷人。⓪

かいこ【蚕】（名）〔動〕蠶；☆蚕を飼（か）う／養蠶；◊お蚕ぐるみでいる／満身綾羅綢緞；過奢華的日子。①

かいこ【回顧】（名・他サ）回顧；☆回顧すればもう二十年の昔（むかし）となった／回想起來已經是二十年的往事了。①

＊**かいこ**【解雇】（名・他サ）解雇，解職；☆解雇される／被解雇；～てあて【解雇手当】（名）解職津貼，退職金。①

かいこ【懐古】（名・自サ）〔文〕懷古；☆見る者をして懐古の情を起（おこ）さしむ／使看見的人發生懷古之情。①

かいこう【改稿】（名・自サ）〔文〕重新起稿，改寫原稿。⓪

かいこう【回航】（名・他サ）①航行許多港口仍歸原港的航海；②（使船）開向該港；☆修理のため上海へ回航する／（為修理船隻）開往上海。⓪

かいこう【開口】（副）〔文〕一開口；☆開口一番（いちばん）…を攻撃（こうげき）する／一開口便攻撃起…來。⓪

かいこう【開校】（名・自サ）①建校；☆その学校は開校五十年になる／那所學校已經建校五十年了；②開學；☆本校は間もなく開校になる／本校不久就要開學⓪

かいこう【開港】（名・自サ）①開闢商港；②商港，通商港口；～じょう【開港場】（名）商港，通商港口。⓪

かいこう【開講】（名・自サ）開課；開始講課。⓪

かいこう【邂逅】（名・自サ）〔文〕邂逅，遇見；☆旧友と邂逅する／與舊友邂逅⓪

かいごう【会合】（名・自サ）①聚會，集合；☆私的（してき）な会合／個人的（非公家的）聚會；☆会合の約束（やくそく）

をする／約定聚會；②〔化〕（分子的）締合；③〔天〕（惑星等的）合。⓪

がいこう【外交】（名・自サ）外交，外交政策；☆こんにゃく外交／軟弱的外交（政策）；☆～関係を断絶（だんぜつ）する／斷絕外交關係；～いん【外交員】（名）（商店等的）推銷員；～じれい【外交辞令】（名）外交辭令；～だん【外交団】（名）外交團。⓪

がいこう【外光】（名）〔畫〕戸外的光線；～はがか【外光派画家】（名）〔畫〕外光派畫家（1870年起於法國的一派印象主義畫家，因在戶外作畫，故名）。⓪

かいこく【戒告】（名・自サ）警告（處分）；☆戒告を与える／予以警告（處分）。⓪

かいこく【開国】（名・自サ）①建國；與外國開始建交；↔さこく（鎖國）。⓪

がいこく【外国】（名）外國；～がわせ【外国為替】（名）①國外滙兌；②外滙牌價；～ご【外国語】（名）外國語；～さん【外国産】（名）外國產（品）；外國生（人）；～じん【外国人】（名）外國人。⓪

がいこつ【骸骨】（名）骸骨；◊骸骨を乞（こ）う／乞骸骨，（高官）辭職。①

かいことば【買い言葉】（名）（罵詈、譏誚等的）還口；反唇；☆売り言葉に買い言葉／以罵還罵；以嘲還嘲。③

かいこ・む【買い込む】（他五）買，（大量地）買入，買入；☆商人（しょうにん）は騰貴を見越（みこ）して買い込む／商人因為看漲而大量買入；☆あんなつまらないものを買い込んでどうする積（つも）りだろう／買下那些沒用的東西打算幹什麼呢。③

かいごろし【飼い殺し】（名・他サ）養活到死，養活一輩子；☆老馬を飼い殺しにする／把老馬養活到死。⓪

かいこん【悔恨】（名・自サ）悔恨；☆悔恨の念に責（せ）められる／心裏感覺十分後悔。⓪

かいこん【開墾】（名・他サ）開墾，開荒；☆未墾地を開墾する／開荒。⓪

かいさい【開催】（名・他サ）開（會），舉辦；☆展覧会を開催する／開展覽會⓪

かいざい【介在】（名・他サ）介於…之間；☆両国の間に介在する／介於兩國之間；☆地中海はヨーロッパとアフリカの間に介在している／地中海介於歐 非 兩 洲之間。⓪

がいさい【外債】（名）〔經〕外債，在國

外募集的公債或公司債；☆外債を募（つの）る（起す）／募集外債。⓪

かいさく【改作】（名・他サ）改編，改寫；☆これは…の作を改作したものだ／這篇是把…的作品改編而寫的。⓪

かいさく【快作】（名）稱心的作品，痛快淋漓的作品；☆この小説は彼の最近の快作だ／這篇小説是他近來的快心之作。⓪

かいさつ【改札】（名・自サ）〔鐵〕剪票；☆プラットホームの入口で改札する／在月臺的入口處剪票；～ぐち【改札口】（名）剪票口。⓪

かいさつ【開札】（名・自サ）（投標時的）開標；☆入札後十五日めに開札する／在投標後第十五天開標。⓪

かいさん【解散】（名・自サ）解散；☆会は十時に解散した／會在十點鐘散會了；☆団体に解散を命じる／命令團體解散；☆国会が解散になる／議會解散。⓪

かいさん【海産】（名）海產（物）；☆海産に富（と）む／海產（物）豐富；～ぶつ【海産物】（名）海產物。⓪

かいさん【開山】（名）①〔宗〕寺院的建立者，（某一教派的）鼻祖；②〔轉〕某一事物的）創始人。①

がいさん【概算】（名・他サ）大概的計算，估計；☆私の概算では／據我的估計；☆収容人員を三百名と概算する／估計容納人數為三百名；☆概算で旅費（りょひ）を渡（わた）す／按估計付給旅費。⓪

かいし【開始】（名・他サ）開始。⓪

かいし【怪死】（名・自サ）原因不明的死亡，離奇的死。⓪

かいし【懐紙】（名）①（中古時日人經常携帯於懷中備用的）白紙；②寫詩歌用的紙。⓪

かいじ【怪事】（名）怪事；☆これは正（まさ）に近来（きんらい）の一怪事だ／這眞是近來的一件怪事。⓪

がいし【外史】（名）外史，野史。①

がいし【外紙】（名）外國報紙，外文報紙；☆外紙の報道によると…／據外國報紙的報導…。①

がいし【外資】（名）外國的資本；～どうにゅう【外資導入】（名）導入外國資本。①

がいし【碍子】（名）〔理〕〔電〕絕緣器，礙子，隔電（瓷）瓶。⓪①

がいじ【外字】（名）外國字；外文；～し

【外字紙】；～しんぶん【外字新聞】（名）外文報。[0]

がいじ【外耳】（名）〔解〕耳郭，外耳；～えん【外耳炎】（名）〔醫〕外耳炎[1]

かいしき【開式】（名・自サ）儀式開始[0]

*がいして【概して】（副）一般，普通，通常，大概，大都，一般說來；☆生徒達は概して勉強する方（ほう）です／學生們一般都是用功的；☆作物（さくもつ）のできは概して良好です／農作物的收成一般說來是良好的。[1]

かいしめ【買占め】（名・他サ）壟斷地收買，囤積；☆狡（ずる）い商人は米の買占めをやる／奸商囤積大米。[0]

かいし・める【買い占める】（名・他サ）壟斷地收買，囤積；☆米を買い占める／囤積大米；図かひしむ（下二）。[4]

*かいしゃ【会社】（名）公司；商行；☆会社を設立する／開設公司；☆会社に勤（つと）める／在公司裏當職員；～いん【会社員】（名）公司職員。

*かいしゃく【解釈】（名・他サ）解釋；☆営業に対する資本家側の解釈／資本家方面對於營業所作的解釋；☆君の好きな様に解釈し給え／你隨便解釋好了。[1]

かいしゅう【回収】（名・他サ）收回；☆流通紙幣を回収する／收回流通的紙幣[0]

かいしゅう【改宗】（名・自サ）改（變）信（仰）；☆仏教に改宗する／改信佛教。[0]

かいしゅう【改修】（名・他サ）①修理，修復；②修訂；☆教科書を改修する／修訂教科書；～こうじ【改修工事】（名）修復工程。[0]

かいじゅう【怪獣】（名）怪獸。[0]

*かいしゅつ【外出】（名・自サ）出門，出外；☆雨で外出ができなかった／因為下雨沒能出門；～ぎ【外出着】（名）出門穿的（好）衣服。[0]

がいしゅっけつ【外出血】（名・自サ）〔醫〕外出血。[3]

かいしゅん【回春】（名）①（大地）回春；②病癒；☆回春回生；☆回春の秘薬／起死回生的秘藥。[0]

かいしゅん【改悛】（名・自サ）悔改；☆改悛の状が明かなので出獄を許された／因為有了顯著的悔改被允許出獄了。[0][1]

かいしょ【楷書】（名）楷書；☆楷書で書く／用楷書寫。[0]

*かいじょ【解除】（名・他サ）廢除；解除；☆条約（じょうやく）を解除する／廢除條約；☆武装を解除する／解除武裝。[1]

がいしょ【外書】（名）①外國書籍；②〔古〕佛教以外的書籍。

かいしょう【改称】（名・自サ）改稱；改了的名稱；☆社名改称の広告を出す／登載公司名稱變更的廣告。[0]

かいしょう【快勝】（名・自サ）大勝；☆十点の差で快勝する／以十分之差而獲大勝。[0]

かいしょう【解消】（名・自他サ）解除，取消，消滅，不復存在；☆婚約（こんやく）を解消する／解除婚約；☆発展的解消をする／為了成立更大的組織而解散。[0]

かいじょう【会場】（名）會場；☆会場を借（か）りる／借（租）會場；☆会場は聴衆で立錐（りっすい）の余地もない／會場上聽眾擁擠得沒有立錐之地。[0]

*かいじょう【海上】（名）海上；～うんそう【海上運送】（名）海上運輸；～けん【海上権】（名）海上權；～ほあんちょう【海上保安庁】（名）海上保安廳；～ほけん【海上保険】（名）海上保險，海險；☆海上保険をつける／保海險。[0]

がいしょう【外相】（名）外交大臣；外務大臣之略稱。[0]

がいしょう【外傷】（名）〔醫〕外傷；☆全治一週間の外傷を受ける／受需要治療一個星期的外傷。[0]

かいしょく【会食】（名・自サ）聚餐；☆友人（ゆうじん）と会食の約束をする／與友人約會聚餐。[0]

かいしょく【解職】（名・他サ）解職；免職；～てあて【解職手当】（名）解職津貼，退職金。[0]

がいしょく【外食】（名・自サ）在外吃飯；☆間借（まが）りして外食する／租一間房間在外吃飯（不包伙）；～けん【外食券】（名）在外面飯館等地吃飯用的食券[0]

かいしん【回心】（名）〔宗〕（對信仰的）回心轉意，（由於悔悟）皈依[1][0]

かいしん【回診】（名・自サ）（醫師）巡廻診察（患者）；☆院長の回診を待つ／等候院長的巡廻診察。[0]

*かいしん【会心】（名）滿意；☆会心の笑（えみ）を浮べる／（臉上）現出滿意的笑容；☆会心の作／作者本人引為得意的

作品。[0]

かいしん【改心】（名・自サ）革心，悔改；☆改心の見込（みこ）みがない／沒有悔改的希望。[1]

かいしん【快心】（名）心情愉快。[0]

かいしん【改新】（名・自他サ）革新。[0]

がいしん【外信】（名）由國外拍來的電報通信，外電。[0]

*がいじん【外人】（名）①外國人；☆在留（ざいりゅう）外人／外僑；②（局）外人。[0]

かい・す【介す】〔文〕→かいする。[1]

かい・す【会す】〔文〕→かいする。[1]

かい・す【解す】〔文〕→かいする。[1]

かいず【海図】（名）〔地〕海圖（航海用）；☆海図にのっていない島／海圖上沒有的島嶼。[0]

がい・す【害す】〔文〕→がいする。[1]

*かいすい【海水】（名）海水；☆海水から塩をとる／由海水取鹽；～ぎ【海水着】（名）游泳衣；～よく【海水浴】（名・自サ）海水浴；～よくじょう【海水浴場】（名）海水浴場。[0]

かいすう【回数】（名）回數；☆回数を重（かさ）ねる／三番五次，迭次；～けん【回数券】（名）回數票。[3]

がいすう【概数】（名）概數；☆概数を調べる／調查概數。[3]

かいず（づ）か【貝塚】（名）（石器時代的遺跡）貝塚。[0][1]

かい・する【介する】（他サ）使…介於中間，通過…；☆友人を介して／通過友人；☆彼を介して希望を申し込んだ／通過他提出了希望事項；◇意に介する／介意；☆彼は僕の要求など少しも意に介しない／我的要求他毫不放在心上。[3]

かい・する【会する】Ⅰ（自サ）①集合；②見（面）；會面；會合；☆町は両河の会する処にある／市街位於兩河的滙合點；Ⅱ（他サ）①糾合，…把集合在一起；②領會；☆意を会する／會意。[3]

かい・する【解する】（他サ）①解釋；☆他人（たにん）の言葉を善意に解する／善意地解釋旁人的話；②理解，懂得；☆日本語を解しない／不懂日語。[3]

がい・する【害する】（他サ）①傷害；☆人の感情を害する／傷（別）人的感情；②妨害；☆健康を害する／有礙健康；⑧殺害；☆人を害せんとして我身を害す／

害人害己。[3]

かいせい【回生】（名・自サ）回生，甦生。[0]

*かいせい【改正】（名・他サ）修正，改正；☆列車のダイヤを改正する／修改列車的時間表；～あん【改正案】（名）修正案；～ばん【改正版】（名）修訂版。[0]

かいせい【快晴】（名）十分晴朗；☆快晴に恵（めぐ）まれて広場（ひろば）に大勢（おおぜい）の人が集まった／因為天氣晴朗廣場上集聚了很多人。[0]

かいせき【会席】（名）①集會的場所；②宴席，酒席；～りょうり【会席料理】（名）宴席，酒席。[0]

かいせき【解析】（名・他サ）解析；～きかがく【解析幾何学】（名）解析幾何學。[0]

かいせき【懐石】（名）〔茶道〕品茶前的簡單飯食，點心。[0]

がいせき【外戚】（名）外戚，母系的親戚。[0]

かいせつ【開設】（名・他サ）開設；☆支店を開設する／開設分號。[0]

かいせつ【回折・廻折】（名・自サ）①曲折；②〔理〕衍射，繞射。[0]

*かいせつ【解説】（名・他サ）解說，解釋；☆時事問題について解説する／關於時事問題加以解說。[0]

がいせつ【概説】（名・他サ）概說，概論；☆近代史の概説を述べる／概述近代史。[0]

カイゼル【德Kaiser】（名）①皇帝・②前德意志皇帝威廉二世的稱號，凱撒；～ひげ【Kaiser髭】（名）兩端向上翹曲的鬍子。[1]

かいせん【会戦】（名・自サ）會戰，交綏；比賽；☆特設のリングで両選手が会戦することになった／兩個選手決定在特設的拳擊場上進行比賽。[0]

かいせん【回旋・廻旋】（名・他サ）廻旋；～きょく【廻旋曲】（名）〔樂〕廻旋曲（＝ロンド）。[0]

かいせん【改選】（名・他サ）重選，改選；☆委員の半数（はんすう）を改選する／改選委員的半數。[0]

かいせん【疥癬】（名）〔醫〕疥癬；～ちゅう【疥癬虫】（名）〔動〕疥癬蟲。[0]

かいせん【海戦】（名）海戰；☆海戦に敗（やぶ）れる／在海戰上戰敗。[0]

かいせん【開戦】（名・自サ）開戰；☆開戦を宣（せん）する／宣布開戰。[0]

*かいぜん【改善】（名・他サ）改善；☆生活の改善が実現された／生活得到改善；☆それは大いに改善の余地がある／那大有改善的餘地，需要改善的地方很多；↔かいあく（改悪）。⓪

がいせん【外線】（名）外線。⓪

がいせん【凱旋】（名・自サ）凱旋；☆故国に凱旋する／凱旋歸國；～しょうぐん【凱旋将軍】（名）凱旋將軍；～もん【凱旋門】（名）凱旋門。⓪

がいぜんせい【蓋然性】（名）蓋然性，概然性，可能性；☆事故の起る蓋然性が非常に小さい／發生事故的可能性極小。⓪

かいそ【改組】（名・他サ）改組；☆内閣を改組する／改組內閣。⓪①

かいそ【開祖】（名）鼻祖，祖師。①

かいそう【会葬】（名・自サ）參加殯儀，送殯；～しゃ【会葬者】（名）參加殯儀者。⓪

かいそう【回送】（名・他サ）運輸，運送；～しゃ【回送車】（名）運送車。⓪

かいそう【回想】（名・他サ）回想，回顧；☆当時を回想すれば隔世（かくせい）の感（かん）がある／回想當時大有隔世之感。⓪

かいそう【改装】（名・他サ）①更換包装；②改換表面的裝飾、裝備；☆店内を改装する／把舖子裏面重新裝飾一番（加以重新修裝）。⓪

かいそう【快走】（名・自サ）（常指船隻的）快速航行；～てい【快走艇】（名）快艇。⓪

かいそう【界層】（名）階層；☆各界層の賛成を得ている／得到各階層的贊成。

かいそう【回漕】（名・他サ）航運，水路運輸；～ぎょうしゃ【廻漕業者】（名）水路運輸業者。

かいそう【海草】（名）〔植〕海草。⓪

かいそう【階層】（名）①（樓房的）層；②（社會的）階層；→かいそう（界層）。⓪

かいそう【海藻】（名）海藻。⓪

かいそう【潰走】（名・自サ）〔文〕潰退，敗走；☆敵は遂（つい）に潰走した／敵人終於潰退了。⓪

*かいぞう【改造】（名・他サ）改造；改組，改建；☆内閣の改造／內閣的改組；☆倉庫（そうこ）を工場に改造する／把倉庫改建爲工廠；☆受刑人を自力更生（じりきこうせい）の労働者に改造する／把服

刑犯改造成爲自食其力的勞動者。⓪

がいそう【外装】（名）外部裝飾，包裝⓪

がいそう【外層】（名）外層；☆外層空間の利用を制限（せいげん）する／限制外層空間的利用。⓪

かいぞえ【介添】（名・自サ）侍候，服侍；服侍者；～にん【介添人】（名）＝☆花嫁（はなよめ）の介添人／伴娘；☆花婿（はなむこ）の介添人／伴郎；☆病人の介添人／服侍病人者；☆決闘の介添人／決鬥的監場人。⓪

かいそく【会則】（名）會章，會的規則；☆会則を守（まも）らない時は除名（じょめい）する／不遵守會章時開除會籍。⓪

かいそく【快足】（名）健足，足捷。⓪

かいそく【快速】（名・形動ダ）快，速；高速度；☆快速を利用して敵機を追撃する／利用高速度追擊敵機；～りょく【快速力】（名）高速度。⓪

かいぞく【海賊】（名）海盗；☆海賊をはたらく／當海盜；☆大洋から海賊を一掃する／消滅大洋上的海盜；～こうい【海賊行為】（名）海盜行爲。⓪

がいそふ【外祖父】（名）〔文〕外祖父③

がいそぼ【外祖母】（名）〔文〕外祖母③

かいぞめ【買初め】（名・他サ）新年第一次買東西。⓪

かいぞん【買い損】（名）買吃虧了，買上當了；↔かいどく（買い得）。⓪

がいそん【外孫】（名）外孫（＝そとまご）。⓪

かいだ【快打】（名・他サ）〔棒球〕精彩的打擊，令人稱快的打擊。①

かいたい【拐帯】（名・他サ）拐走；☆公金を拐帯する／拐走公款，携款潛逃。⓪

かいたい【解体】（名・自他サ）①拆卸，拆開，拆毀；☆機械を解体する／拆卸機器；②解散，瓦解；☆財閥（ざいばつ）の解体／財閥的解散；③解剖。⓪

かいたい【懐胎】（名・自サ）懷胎，懷孕（＝にんしん）。⓪

*かいたく【開拓】（名・他サ）①開墾；☆土地を開拓する／開墾土地；②開闢；☆富源を開拓する／開闢富源；☆新生面を開拓する／開闢新的局面。⓪

かいだく【快諾】（名・他サ）慨允；☆彼は私の申し出（もうしで）を快諾した／他慨然應允了我的請求。⓪

か

かいだし【買出し】（名・自サ）採購；☆買出しに出かける／出去採購。⓪

かいだ・す【掻い出す】（他五）汲出，淘水；☆小舟の水を掻い出す／淘出小船裏的水。③⓪

かいたて【買い立て】（名）①盲目地買，亂買；②剛剛買來（的東西）；☆これは買いたてのものだ／這是剛剛買來的。⓪

かいだめ【買い溜め】（名・他サ）囤積；☆米の買い溜めをする／囤積大米。⓪

かいだん【快談】（名・自サ）愉快的談話，暢談；☆旧友と快談する／與舊友暢談。⓪

かいだん【怪談】（名）妖怪故事；☆怪談めいた話／類似說狐鬼的故事。⓪

***かいだん**【会談】（名・自サ）①（外交上的）會談，會議；②面談，晤談；☆会談を打ち切る／停止會談。⓪

***かいだん**【階段】（名）①階梯，樓梯，梯子；☆階段をのぼる（おりる）／上（下）樓梯；☆階段の踊り場／樓梯中途的平寬地方；②階段，順序，等級。⓪

がいたん【慨嘆】（名・自サ）痛惜，惋惜，嘆惜，慨然興嘆；☆慨嘆に堪えない／不勝慨然興嘆。⓪

がいち【外地】（名）〔史〕〔第二次大戰前〕外地（指朝鮮、臺灣、庫頁島等地）；☆外地から原料を移入する／由外地運入原料（←ないち（内地）。①

かいちく【改築】（名・他サ）重建，改修，重新修築；☆家を改築する／重新修築房子。⓪

かいちゃく【回着・廻着】（名・自サ）運到；～まい【回着米】（名）（特指由陸路）運到（市場）的大米，外埠大米。

かいちゅう【改鋳】（名・他サ）改鑄，重新鑄造，另行鑄造；☆戦時中、梵鐘（ぼんしょう）を大砲に改鋳した／大戰期間把寺院裏的大鐘改鑄為大砲。⓪

かいちゅう【海中】（名）海中；☆船から海中に落ちる／由船上墜到海裏。⓪

かいちゅう【蛔虫・回虫】（名）蛔蟲；☆回虫が　わく／（肚子裏）生蛔蟲。⓪

かいちゅう【懐中】（名・他サ）（裝入）懷中，（裝入）衣袋，☆財布（さいふ）を懐中している／衣袋裏裝著錢包；～でんとう【懐中電灯】（名）手電筒；～どけい【懐中時計】（名）懷錶。⓪

がいちゅう【害虫】（名）〔動〕害蟲；☆害虫を驅除する／消滅害蟲；←えきちゅう（益虫）。⓪

かいちょう【会長】（名）會長；☆その協会はＳ博士を会長に戴（いただ）いている／那個協会的會長是Ｓ博士。⓪

かいちょう【快調】（名・形動ダ）順利，情形良好；☆仕事が快調に進む／工作順利進展；☆身体（からだ）が快調である／身體（的健康情形）很好。⓪

かいちょう【海鳥】（名）海鳥。⓪

がいちょう【外朝】（名）①（君王聽政的）外殿；②外國朝廷。

がいちょう【害鳥】（名）〔動〕害鳥；☆雀（すずめ）は害鳥だが、春夏には害虫を捕えて食べる。／麻雀雖然是害鳥但是在春夏捕食害蟲。⓪

かいつう【開通】（名・自サ）開始交通；通車；☆蘇花線は既（すで）に開通した／蘇花線已經通車。⓪

かいつか・む【掻い摑む】（他五）①用力抓；☆頭をかいつかんで抑えつける／用力抓頭按住；②概括，總括（＝かいつまむ）。

かいつくろ・う【掻い繕う】（他五）①〔つくろう〕的加強語；②彌縫，哄騙；☆うまくそこを掻い繕って話す／巧妙地把那一點說得很圓全（彌縫過去）。

かいつけ【買い付け】（名・他サ）①買，收購；☆買い付けを見合（みあ）わせる／停止收購；②經常買，買熟了；☆買い付けの本屋（ほんや）／經常在那裏買書的書店；～いたく【買付委託】（名）委託收購。⓪

かいつ・ける【買い付ける】（他下一）①買，買進（＝かいいれる）；☆高くて買いつけられない／太貴不能買；☆多量（たりょう）の用品（ようひん）を買いつけておいた／買下許多用品；②買熟，☆これは買いつけた店で買ったのだ／這是在熟舖子買的；図かひつく（下二）。④

かいつま・む【掻い摘む】（他五）①＝つまむ；②抓住（要點），摘（要）；☆かいつまんで言えば／簡而言之；☆かいつまんで話す／扼要地說。⓪

かいて【買手】（色）買主，買方；☆その品はまだ買手が付（つ）かない／那個貨品還沒有買主；～しじょう【買手市場】（名）〔經〕對買方有利的市場情況；←

うりてしじょう（売手市場）；〜すじ【買
手筋】（名）〔經〕買方，買戶（＝かい
かた）。⓪

かいてい【改定】（名・他サ）重新規定；
☆税率（ぜいりつ）を改定する／重新規
定税率。⓪

かいてい【改訂】（名・他サ）修訂；☆こ
の本は改訂する必要がある／這本書有修
訂的必要（需要修訂）；〜ばん【改訂版】
（名）修訂版。⓪

かいてい【海底】（名）海底；☆海底の藻
屑（もくず）となる／沉入大海，葬於魚
腹；〜でんせん【海底電線】（名）海底
電線；〜トンネル【海底tunnel】（名）
海底隧道。⓪

かいてい【開廷】（名・自サ）〔法院〕開
庭；☆開廷を宣（せん）する／宣布開庭⓪

*かいてき【快適】（形動ダ）舒適，舒服；
☆快適な生活をする／過舒適的生活。⓪

がいてき【外的】（形動ダ）①外在的，外
面的，外部的；②肉體的；②客觀的；↔
ないてき（内的）。⓪

がいてき【外敵】（名）外敵；☆外敵の侵
入（しんにゅう）を受ける／遭受外敵的
侵略。⓪

*かいてん【廻転・回転】（名・自サ）①旋
轉，廻轉；☆地球は太陽の周囲（しゅう
い）を回転する／地球圍繞太陽旋轉；②
（資金等）周轉，循環；☆資金の回転を
速くする／加速資金的周轉；〜し【回転
子】（名）①（蒸汽渦輪機的）回轉部分
；②〔電〕（發電機的）回轉子；〜しき
ん【回転資金】（名）周轉資金；〜じく
【回転軸】（名）〔理〕廻轉軸。⓪

かいてん【開店】（名・自サ）開設店舖；開
市，開張；☆新しいデパートが開店した
／新百貨公司開店了；☆開店祝い／慶賀
開張之喜；〜きゅうぎょう【開店休業】
（連語・名自サ）〔商〕沒有生意，不開
張。⓪

かいでん【皆伝】（名・他キ）（劍術等）
眞傳，傳授絕技，秘訣；☆剣道の免許（
めんきょ）皆伝／傳授劍術的秘訣。⓪

がいでん【外電】（名）由國外拍來的電報，
外電；☆外電の報（ほう）ずるところに
よれば／據外電報導。⓪

がいでん【外伝】（名）外傳。⓪

ガイド【guide】（名）①嚮導（者）；☆
外人相手（がいじんあいて）のガイドに

なる／給外國人當嚮導；②旅行指南；③
入門書（＝ガイドブック）。①

かいとう【会頭】（名）會長；☆商工会議
所会頭／工商聯合會會長。⓪

*かいとう【回答】（名・自サ）答覆，回答；
☆折り返し回答する／馬上答覆；☆何の
回答もない／沒有任何答覆。⓪

かいとう【快刀】（名）〔文〕快刀；☆快
刀乱麻（らんま）を断（た）つ／快刀斬
亂麻。⓪

かいとう【怪盗】（名）怪盗；☆怪盗の逮
捕に全力を尽（つく）す／竭盡全力逮捕
怪盗。⓪

*かいとう【解答】（名・自サ）解答；☆正
しい（間違った）解答をする／作正確的
（錯誤的）解答。⓪

かいどう【会堂】（名）①（教會的）教堂；
②集會廳，會場。⓪

*かいどう【街道】（名）①公路，大道；②
大街。③⓪

*がいとう【外套】（名）①西服大衣；②〔
動〕外膜，外套膜。⓪

がいとう【外灯】（名）戶外的燈，街燈⓪

がいとう【街灯】（名）路燈，街燈；☆雨
で街灯の光がうるんだように見える／因
爲下雨街燈的燈光顯得柔和。⓪

*がいとう【該当】（名・自サ）該當，相當，
相等，符合，適合，相適應，可以適用；
☆第三条に該当する／符合第三條，可以
適用第三條。⓪

かいどく【買い得】（名）買了便宜；買得
便宜；☆買えば買い得をする／買了就得
便宜；↔かいぞん（買い損）。⓪

かいどく【解読】（名・他サ）①譯解（密
碼等）；☆暗号（あんごう）を解読する
／譯解密碼；②解讀；☆エジプト文字の
解読を研究する／研究埃及文字的解讀⓪

かいどく【回読】（名・他サ）輪流閱讀⓪

がいどく【害毒】（名）毒害；☆害毒を流
す（与える）／傳布毒害。①⓪

かいどり【飼い鳥】（名）家禽；（在籠中）
飼養的鳥。②

かいと・る【買い取る】（他五）買，買入
，買過來；收買；☆今まで借りていた家
を買い取る／把從前租賃的房子買過來；
☆故人の蔵書を図書館に買い取る／由圖
書館把已故者的藏書收買過來。③

かいな【腕】（名）〔文〕腕，胳膊（＝う
で）；☆腕に漲（みなぎ）る力／充滿在

胳膊上的力量。①⓪

かいな・い【甲斐無い】（形）①無效的，沒有成效的，白費的；②不老練的，不成器的；沒志氣的；☆本当に甲斐ない男だ／眞是個不成器的東西；⊠かひなし（形ク）。③

かいな・し【甲斐無し】Ⅰ（名）沒有志氣，不求上進；Ⅱ（形ク）〔文〕＝かいない。

かいなら・す【飼い馴らす】（他五）（把家畜等）養熟，飼養馴順。④⓪

かいなん【海難】（名）海難，海險；☆海難に遭（あ）う／遇海險。⓪

かいなんぷう【海軟風】（名）海風，（晝間由海上吹來的）和風；→りくなんぷう。③

かいにゅう【介入】（名・自サ）插入，干與，參加在內，牽連在內；☆紛争（ふんそう）に介入する／干與（別人的）糾紛⓪

かいにん【解任】（名・他サ）解除任務，解職；☆部長の役職を解任される／被解除部長的職務。⓪

かいぬし【買主】（名）＝かいて；↔うりぬし（売主）。⓪

かいぬし【飼主】（名）（家畜等的）主人，所有者；☆飼主のない犬／沒有主兒的狗。①②

かいね【買値】（名）買價，原價；☆買値が高かったので、たくさん売れても利益が上がらない／因爲買價太高雖然賣得多也沒有利錢。⓪

*__**がいねん**__【概念】（名）〔哲〕概念；☆人間の思考は概念によって行われる／人類的思考是通過概念進行的；～てき【概念的】（形動ダ）概念的，概念上的；～ろん【概念論】（名）〔哲〕概念論。①

かいのう【皆納】（名）（税款等的）全部繳納；繳完；☆税金（ぜいきん）を皆納する／繳完稅款。⓪

かいば【飼葉】（名）（餵牛馬等的）乾草，☆馬に飼葉をやる／拿乾草餵馬；～おけ【飼葉桶】（名）馬槽。⓪

かいはく【灰白】（名）灰白色。

がいはく【外泊】（名・自サ）在外過夜，夜不歸宿；☆仕事が忙しくてよく外泊することがある／因爲工作忙常有夜不歸宿的時候。⓪

かいばしら【貝柱】（名）干貝；☆貝柱で料理をつくる／用乾貝做菜；☆貝柱をふやす／用（温）水泡乾貝，發乾貝。③

*__**かいはつ**__【開発】（名・他サ）①開發；開墾；☆土地（とち）を開発する／開發土地，開墾土地；②啓發，發展；☆智能を開発する／啓發智力。⓪

かいばつ【海抜】（名）拔海，海拔；☆その山は海抜八千フィートある／那座山高海拔八千英尺。⓪①

かいはん【改版】（名・他サ）改版；☆誤謬は改版の際（さい）改（あらた）めた／錯誤在改版的時候修改了。⓪

かいひ【会費】（名）會費；☆会員は会費を納（おさ）める義務（ぎむ）がある／會員有繳納會費的義務。⓪

*__**かいひ**__【回避】（名・他サ）廻避，規避，☆責任を回避する／規避責任。①⓪

がいひ【外皮】（名）外皮；☆栗（くり）の外皮を剥（む）く／剝掉栗子的外皮①

かいひかえ【買い控え】（名・自サ）〔經〕（因時機不到而）袖手不買，觀望。⓪③

かいびゃく【開闢】（名）開天闢地；☆開闢以來そんな馬鹿げた事はない／從來沒有過那樣荒謬的事情。⓪①

かいひょう【開票】（名・他サ）開匭點票；☆選挙（せんきょ）の開票を行う／舉行選舉的開匭點票；～たちあいにん【開票立会人】（名）監察人。⓪

かいひん【海浜】（名）海濱；～がっこう【海浜学校】（名）海濱學校；～しょくぶつ【海浜植物】（名）海濱植物。⓪

がいひん【外賓】（名）外賓；☆外賓の接待（せったい）に忙しい／忙於招待外賓⓪

かいふ【回（廻）付】（名・他サ）遞交，送交；☆書類（しょるい）の回付が遅（おく）れる／文件送晚了。⓪

がいぶ【外部】（名）外部；☆外部からの援助（干渉）（らいじゅう）／（來自）外部的援助（干涉）☆秘密が外部に洩（も）れた／秘密洩露（到外部去）了。①

かいふう【開封】（名・他サ）①啓封，拆開；☆手紙を開封する／拆開書信；②開封，敞口；☆開封の手紙／敞口信⓪

*__**かいふく**__【回復・恢復】（名・自他サ）恢復；☆名誉（権利）を恢復する／恢復名譽（權利）；☆浪費した時間を回復する／挽回（補上）浪費的時間；～き【恢復期】（名）恢復期。⓪

かいふく【快復】（名・自サ）（病的）康復，痊癒。⓪

かいふく【開腹】（名）〔醫〕剖腹；～し

ぃじゅつ【開腹手術】（名）〔醫〕剖腹手術。◎

かいぶつ【怪物】（名）①妖怪，怪物；②奇怪的人，奇特的人；莫名其妙的人。◎

かいぶん【灰分】（名）灰分。⓪

がいぶん【外聞】（名）聲譽，名譽；外間的傳說；體面，面子；☆外聞にかかわる／與名譽有關；☆外聞を恥（は）じて秘密にする／害怕傳出去不好聽 而 隱 秘 起來；☆もうこうなったら恥（はじ）も外聞もない／事已至此，也顧不得體面不體面了。◎

がいぶんぴ【外分泌】（名・自他サ）〔生〕外分泌；（↔内分泌）；～せん【外分泌腺】（名）〔生〕外分泌腺；（↔内分泌腺）⓷

かいへい【海兵】（名）①海軍兵士，海軍戰士；②海軍陸戰隊的兵士。◎

かいへい【開平】（名・他サ）〔數〕求平方根。⓪

かいへい【開閉】（名・他サ）開閉；☆とびらの開閉は自動的（じどうてき）になっている／門的開關是自動的；～き【開閉器】（名）〔電〕開關。◎

がいへき【外壁】（名）外壁。◎

かいへん【貝偏】（名）〔漢字部首〕貝字旁。◎

かいへん【改編】（名・他サ）改編，☆小説を戯曲（ぎきょく）に改編する／把小說改編爲劇本。◎

かいべん【快弁】（名）痛快的辯論；口若懸河的演講；☆壇上で快弁を振（ふる）う／在臺上口若懸河地演講。◎

かいほう【介抱】（名・他サ）護理，服侍，照 顧（病人等）；☆寝ずに病人を介抱する／徹夜服侍病人；☆至（いた）れり尽（つく）せりの介抱／無微不至的照顧。⓵

かいほう【会報】（名）會報；☆研究会の会報／研究會的會報。◎

かいほう【回報】（名）①答覆；②傳閱的文件。◎

かいほう【快方】（名）（疾病）漸漸痊癒，漸好；☆快方に向（む）かっている患者（かんじゃ）／恢復期的病人。◎

かいほう【快報】（名）好消息。◎

*かいほう【開放】（名・他）開放，公開；☆…に対して門戸（もんこ）を開放する／對…門戸開放；☆博物館は公衆に開放

されている／博物館對羣衆是公開的。◎

かいほう【解放】（名・他サ）解放；解除…☆奴隷を解放する／解放奴隷；☆…を労働から解放する／解除…的勞動；☆婦人を台所（だいどころ）から解放する／使婦女走出廚房。◎

*かいぼう【解剖】（名・他サ）①解剖；☆解剖の結果他殺と判明した／解剖的結果判明是被害；②（語法等的）分析；☆文章を解剖する／分析（一篇）文章；～がく【解剖学】（名）解剖學。◎

がいぼう【外貌】（名）外表，外貌；容貌；☆外貌は粗野（そや）だが気は良い／相貌雖然粗野但是心地良善。◎

がいぼう【概貌】（名）〔文〕概況，輪廓；☆概貌を説（と）く／述說大槪情形。

がいまい【外米】（名）進口大米。◎

かいまく【開幕】（名・自サ）①開幕；②開始；～げき【開幕劇】（名）開場戲↔へいまく（閉幕）◎

かいまみる【垣間見る】（他上一）窺視，偷看；☆ちょっと垣間見る／偷看一下⓸

かいみょう【戒名】（名）〔佛〕（出家人受戒或佛教信徒死後的）戒名；↔ぞくみょう（俗名）。⓵

かいみん【快眠】（名・自サ）熟睡，香甜的睡眠。◎

かいむ【皆無】（形動ダ）〔文〕完全沒有，毫無；☆彼は法律上の知識が皆無だ／他一點法律上的知識也沒有；☆成功の見込みは皆無だ／毫無成功的希望。⓵

がいむ【外務】（名）①外交；②外勤；～しょう【外務省】（名）外交部；～だいじん【外務大臣】（名）外交部大臣⓵

かいめい【改名】（名・自サ）改名；☆…と改名する／改名爲…。◎

かいめい【解明】（名・他サ）解釋明白◎

かいめつ【壊滅・潰滅】（名・他サ）毀滅；☆敵軍を潰滅する／消滅敵軍。◎

かいめん【海面】（名）海面；☆海面に浮かび上がる／浮上海面來。⓷

かいめん【海綿】（名）海綿；☆海綿で水を吸（す）いとる／用海綿吸水；～どうぶつ【海綿動物】（名）〔動〕海綿動物。◎

がいめん【外面】（名）外面，表面（＝そとがわ，うわべ）；☆外面は平気（へいき）を装（よそお）う／表面假裝鎮靜；～てき【外面的】（形動ダ）表面（上）的⓷◎

かいもく【皆目】（副）（下接否定語）完全；☆彼の行方（ゆくえ）は皆目分（わか）らない／他的下落完全不明。◎

かいもどす【買い戻す】（他五）（來）；☆売った時の値段（ねだん）で買い戻す／用賣價買回。④

かいもと・める【買い求める】（他下一）買，購買；☆入用の品を買い求める／買應用的東西；☆かひもとむ（下二）。④

*かいもの【買物】（名・自サ）①買東西；☆買物に行く／買東西去；②要買的東西；☆買物が、たくさんある／有許多要買的東西；③買了的東西；④あの店は買物を家まで配達する／在那個舖子買東西會幫你送到家；④買得很便宜的東西；☆これは買物だ／這個東西買得太便宜了。◎

がいや【外野】（名）〔棒球〕①外野；②←がいやしゅ；～しゅ【外野手】（名）〔棒球〕外野手，守備外野的人。◎

かいやく【解約】（名・他サ）解除契約，廢約；☆双方合意（そうほうごうい）の上、解約する／經雙方同意廢約。◎

かいゆう【回遊】（名・自サ）周遊，環遊；～きっぷ【回遊切符】（名）環遊車票。◎

かいゆう【回游，廻游】（名）（魚羣按季節的）移動。◎

がいゆう【外遊】（名・自サ）國外旅行；☆外遊の途（と）に上（のぼ）る／啓程到外國旅行去。◎

かいよう【海洋】（名）海洋；～がく【海洋学】（名）海洋學，～せいきこう【海洋性気候】（名）海洋性氣候；◎

かいよう【潰瘍】（名）〔醫〕潰瘍；☆胃に潰瘍ができる／胃部發生潰瘍。◎①

がいよう【外用】（名）〔醫〕外用；☆この薬は外用として有効である／此葯外用有效，～やく【外用薬】（名）〔醫〕外用薬。◎

がいよう【外洋】（名）大洋，公海。◎

がいよう【概要】（名）概要，大要；☆…の概要を挙（あ）げる／舉出…的概要◎

かいらい【傀儡】（名）傀儡，木偶；☆…の傀儡となってはたらく／充當…的傀儡；☆…傀儡にする／把…當作傀儡；～し【傀儡師】（名）①操縱木偶的人；②〔轉〕幕後人；～せいけん【政権】（名）傀儡政權。◎

がいらい【外来】（連語・名）外來；舶來；

～かんじゃ【外来患者】（名）門診的患者；～しそう【外来思想】（名）外來思想；～ご【外来語】（名）外來語。◎

*かいらく【快楽】（名）快樂；☆人生の快楽を尽（つく）すデカダン／極盡人生快樂的頹廢派；～せつ【快楽説】（名）〔哲〕快樂主義，快樂說（hedonism 的譯語）。①◎

かいらん【回（廻）覧】（名・他サ）①傳閱；☆通達（つうたつ）を回覧にまわす／把通知送去傳閱；②巡視；～ぶんこ【回覧文庫】（名）巡迴圖書館。◎

かいらん【潰爛】（名・自サ）潰爛；☆患部（かんぶ）は、すっり潰爛している／患處完全潰爛了。◎

かいり【海里・浬】（名）海里＝1,852 公尺；→ノット。①

かいりき【戒力】（名）〔佛〕戒律的功力①◎

かいりき【怪力】（名）→かいりょく①①

かいりく【海陸】（名）☆海陸並（なら）び進（すす）む／海陸並進；～くう【海陸空】（名）海陸空；☆海陸空の立体戦（りったいせん）を行（おこな）う／進行海陸空的立體戰。①

かいりつ【戒律】（名）〔佛〕清規戒律；☆戒律を守る／守戒律。①◎

*がいりゃく【概略】（名）①概略，大概情形；☆これが…の概略である／這就是…的大概情形；②〔用作副詞〕大致，大略；☆建築は概略でき上がった／建築大體上蓋成了。◎

かいりゅう【海流】（名）海流；～びん【海流瓶】（名）漂瓶，海流瓶（為測定海流的方向及速度而放入海中的瓶）。◎

かいりゅう【回流・廻流】（名）迂迴曲折的水流。◎

*かいりょう【改良】（名・他サ）改良；☆大いに改良の余地がある／大有改良的餘地；～しゅ【改良種】（名）（動植物的）改良種；～しゅぎ【改良主義】（名）改良主義。◎

がいりょく【外力】（名）（來自）外部的力量。①

がいりん【外輪】（名）①輪胎；②輪箍；③外周，外緣；～ざん【外輪山】（名）〔地〕二重火山的舊火口壁。

かいろ【回路】（名）〔電〕回路，電路①

*かいろ【海路】（名）海路；☆海路を経（へ）て上海に向（むか）う／從海路赴上

海◊待（ま）てば海路の日和（ひより）あり／北風也有轉南時（喻事要耐心等待必有機會到來）。[0]

かいろ【懐炉】（名）懷爐；☆懐炉を入れる／帶上懷爐。[1]

*がいろ**【街路】（名）大街，馬路；～じゅ【街路樹】（名）大街兩旁的樹。[1]

かいろう【偕老】（名）（白頭）偕老；～どうけつ【偕老同穴】（連語・名）①白頭到老；②〔動〕（一種海綿動物）偕老同穴。[0]

かいろう【回（廻）廊】（名）走廊，長廊，曲廊。[0][1]

がいろん【概論】（名・自サ）概論。[0]

*かいわ**【会話】（名・自サ）會話，☆日本語の会話がぺらぺらだ／日語會話非常流利。[0]

かいわい【界隈】（名）附近，一帶；☆界隈の人々／街坊，附近一帶的人們；☆界隈で彼の名を知らないものはない／附近一帶沒有不知道他的名字的。[1]

*か・う**【飼う】（他五）飼養；☆鶏（にわとり）を飼う／養鷄。[1]

*か・う**【買う】（他五）①買（＝あがのう）；☆月給（げっきゅう）で本を買う／用月薪買書；☆幸福は金では買えない／幸福不是用錢能買到的；②招致（＝まねく）；☆人の恨（うら）みを買う／招人仇恨；③尊重，重視，讚揚，讚許（＝みとめる）；☆彼の努力は大いに買ってやらねばならぬ／他的努力應該被讚許；☆私はあの男をかなり買っている／我相當器重那個人。[0]

カウボーイ【cow-boy】（名）（美國西部的）騎馬牧童，牧馬的小伙子。[3]

かうん【家運】（名）家運；☆彼の家運が傾（かたむ）いた／他的家運已敗。[0]

ガウン【gown】（名）①（教士、法官等所穿的）長大衣，長上衣、長袍；②晨衣[1]

カウンター【counter】（名）①帳桌；②計算器；③計算人；④櫃檯。[1][0]

カウンターシャフト【countershaft】（名）〔機〕對軸（主動與機械間的轉動軸）。[6]

カウント【count】（名）①計算；②〔運動〕記分；③伯爵。[1][0]

かえ【替（代）え】（名）①代替、替換（的東西）；②〔作造語用〕表示替換的意思；☆替え襟（えり）／替換用的領子；☆

替え歯車（はぐるま）／替換的齒輪；③按…的比率計算；☆一ヤール五円替で買う／按每碼五圓的價錢收買。[0]

かえうた【替歌】（名・自サ）副歌，同譜而不同詞的歌。[0]

かえぎ【替着】（名）替換的衣服；◊替着無しの晴着無し／在家出外只有一件衣服。[0]

かえし【返（し）】（名）①答謝的禮品；☆お返しには何をやろうか／送點什麼答謝的禮品呢？②找回的錢；☆二円のお返しになります／應該找給您兩塊錢；③唱答的詩歌，和詩；④回信；⑤字音的反切；⑥〔劇〕換幕；⑦（地震、大風等一度停止後）再起，復發；～ぬい【返縫】（名）倒針腳，用倒針腳縫；～もの【返物】（名）①應還的東西；②答謝的禮品。[3]

*かえ・す**【反す】Ⅰ（他五）①翻，倒過來；☆干（ほ）し草（くさ）を反す／把曬的草翻一翻；②〔文〕耕；☆土を反す／耕地，翻地；②反切（漢字的音）；Ⅱ（補動・五）重複；☆読み返す／重讀，再唸一遍。[1]

*かえ・す**【返（帰）す】（他五）①歸還；☆土地を農民に返す／把土地歸還給農民；②送回；☆新聞を読んだら元（もと）の場所へ返しなさい／報紙看完要送回原處；③回答，報答；☆恩を仇（あだ）で返す／恩將仇報；☆返す言葉（ことば）がない／無話可答；④打發回去；解雇；〔古〕休（妻）；☆子供を一人で返してはいけない／不可以讓孩子一個人回去；☆不始末（ふしまつ）があって、返された／因為犯了錯誤被解雇了；☆嫁（よめ）を返した／把媳婦休了；⑤釋放；☆証拠（しょうこ）不十分（ふじゅうぶん）で容疑者を返した／因為證據不夠充分把嫌疑者釋放了；⑥嘔吐；☆飲み過ぎて、返した／因為飲酒過量而嘔吐了；～がえす【返す返す】〔副〕①再三再四；反覆地；☆返す返す彼に言い聞かせておいた／再三再四說給他聽了；②〔かえすがえすも〕十分地，非常地；十分地，不已，☆返す返すも残念だ／太遺憾了，不勝遺憾。[1]

かえ・す【孵す】（他五）孵，孵化☆卵（たまご）を雛（ひな）に孵す／把（鷄）卵孵化為（鷄）雛，孵小鷄。[1]

かえぞん【替損】（名）換吃了虧；↔かえ

どく（替得）。

かえだま【替玉】（名）頂替的人（物），替身；假物；☆入学試験に替玉を使った／考學校時用人頂替（找了一個槍手）[0]

*__かえって【却って】__（副）相反地，反倒；反而，勿寧；☆ほめるどころか却って非難しなければならぬ／非但不能誇獎，反而要加以責難；☆藪医者（やぶいしゃ）の治療で却って病気が悪くなった／由於庸醫的診治病勢反而恶化了。[1]

かえで【楓】（名）〔植〕楓。[0]

かえどく【替得】（名・自サ）換得便宜；☆これを交換して替得した／換了它倒換得便宜了。↔かえぞん（替損）

かえらぬたび【帰らぬ旅】（連語）〔文〕死；☆帰らぬ旅につく／作不歸之客。

─かえり【回り】（換尾）表示回、次的意思；☆ひと回り／一回。

*__かえり【返・帰り】__（名）①回來，回去，歸；☆今日は大層（たいそう）帰りが遅い／今天回來得很晚；☆帰りを急ぐ／忙着回去；②歸途，回去（來）的時候；☆行きは母と一緒で帰りは一人だった／去的時候跟母親在一起，回來的時候一個人；～うち【返り討】（名）復仇不成反而被殺；☆返り討にする／把復仇者殺死；☆返り討になる／復仇不成反被仇人殺死；～がけに【帰り掛に】（副）在臨回去（來）的時候，歸途；～ざき【返り咲き】（名）①（一年内）再度開花；恢復原職；再度活躍；～ざ・く【返り咲く】（自五）①再度開花；②再度活躍起來；～しな【帰りしな】（副）＝かえりがけに；～なん【帰りなん】（連語）〔文〕不如歸去，歸去來兮；～ばな【返り花】（名）（一年内）再度開的花；～みち【帰り路】（名）歸途。[3]

かえりつ・く【帰り着く】（自五）回到，☆彼は昨日（さくじつ）郷里に帰り着いた／他昨天回到家郷。[0][4]

*__かえり・みる【顧みる】__（他上一）①往後看（＝ふりむく）；②回顧；☆昔の事を顧みる／回顧往事；③反省，自問；☆顧みてやましい所がない／問心無愧；④顧慮；☆自分の健康を顧みる暇（ひま）がない／無暇顧及自己的健康；☆前後を顧みずして／不顧前後，不顧慮一切；⑤開心；☆誰も私を顧みる人がない／沒有一個人關心我。[4]

─かえ・る（接尾・五）接其他動詞下表示非常、極端的意思；☆あきれかえる／嚇得啞口無言，大爲驚異；☆静まりかえる／鴉雀無聲，極肅靜。

かえ・る【蛙】（名）〔動〕蛙，青蛙；～およぎ【蛙泳ぎ】（名）〔游泳〕蛙式泳，俯泳；～また【蛙股】（名）青蛙腿形的東西或圖案◇蛙のつらに水／滿不在乎，毫不介意；◇蛙の子は蛙／〔諺〕有其父必有其子，烏鴉窩裏出不了鳳凰。[0]

*__かえ・る【返（帰・還）る】__（自五）回來，回去；☆おかえりなさい／（迎接回來的人的客套語）您回來了；☆かの女（じょ）は返らぬ旅立（たびだち）をした／她與世長辭了；☆悔（くや）んでも返らぬ事です／（那是）後悔也來不及的事情；☆我（われ）に返る／醒悟過來，甦醒過來。[1]

かえ・る【反る】（自五）①翻（裏面作）（＝うらがえる）；②顚倒，翻倒，栽倒；☆ひっくりかえる。[1]

*__か・える【代・換える】__Ⅰ（他下一）換，交換，替換；☆手を換え品（しな）を換え，説（と）き勧（すす）める／多方勸説；Ⅱ（補動・下一）接其他動詞下，表示重、另的意思；☆書きかえる／重寫；☆着かえる／更衣；⛌かふ（下二）。[0]

かえ・る【孵る】（自五）①孵化；☆ひなが孵った／（鷄）雛孵出來了；②（藕粉汁等因熱而）凝結。[1]

か・える【買える】（自下一）〔俗〕①買得到，可以買；☆タバコは到る所で買える／到處可以買得到香煙；☆物品（ぶっぴん）は金銭がなくては買えない／沒有金錢是買不到物品的；②買得起；☆値段（ねだん）が安（やす）いので、誰でも買える／因爲價錢便宜，誰都買得起[0]

か・える【変える】（他下一）變更，改變，變動；☆位置を変える／改變位置；☆私は一旦（いったん）言った事は変えない／我只要説了就絕不改變；☆どこまでも目的を変えない／目的始終不變，貫徹到底；☆顔色（かおいろ）を変える／變臉色，變色；⛌かふ（下二）。[0]

がえん・じる【肯じる】（他上一）同意，允許，承認；☆いくら説明しても彼は肯じない／無論怎樣説明他也不同意。[4]

がえん・ずる【肯ずる】（他サ）〔文〕＝がえんじる。[4]

かお【顔】（名）①臉，面孔；☆まるい顔／圓臉；☆うりざね顔／瓜子臉；☆ぽちゃぽちゃした顔／圓滾滾的臉；☆顔を知っている／見過面，碰過面；☆顔をあわせる／會面，碰面；②〔轉〕表情，臉色，神色，樣子；☆まじめくさった顔をする／板起面孔，作出一本正經的表情；☆おどろいた顔／驚慌的神色；☆むずかしい顔をする／顯出不高興的樣子；☆しらぬ顔をする／佯作不知；☆何喰わぬ顔をして行ってしまった／若無其事的樣子走開了；☆顔をほころばせる／笑逐顏開；③〔轉〕面子，臉；☆顔がたたない／臉上無光，不夠面子；☆顔をつぶす／丟臉；☆あわす顔がない／沒臉見面；☆どの顔さげてかえられよう／有什麼臉回去；☆どうか僕の顔をたてて下さい／賞我個面子，不要叫我丟臉；☆…の顔に免（めん）じて／看在…的面上；☆顔にかかわる／與面子有關；④〔轉〕人；☆顔がそろった／人到齊了；☆皆知っている顔ばかりだ／全是熟人；☆新しい顔もいくらか見えた／也有一些生人；☆ちょっと顔をかしてくれ／勞駕到這邊來一下（有話相商）；◇大きな顔をする／揚揚得意，顔が売れる／有名望，出名；顔がひろい／交遊廣；☆有勢力；顔をきかす／憑勢力；顔から火が出る／臊得臉上冒火；顔を洗って出なおせ／你不配跟我講話！你算什麼東西！顔をかす／替別人出頭；應約到場。◎

－がお【顔】（造語）接他語下表示神氣、樣子、態度等的意思；☆あきれ顔／吃驚的樣子，啞口無言的樣子；☆主人顔／主人公的神氣；☆思案顔（しあんがお）／沉思的樣子。

かおあわせ【顔合わせ】（名・自サ）碰頭，會面，集會；☆恥かしくて人と顔合わせが出来ない／羞得不能見人；☆今日は、ほんの顔合せです／今天只是碰一碰頭；☆役者（やくしゃ）の顔合わせ／演員的同臺表演。③◎

*かおいろ【顔色】（名）①氣色；臉色；☆顔色がよい／氣色好；☆顔色をかえる／變（臉）色；☆顔色が白い（黒い）／臉色白（黑）；②神色，眼色（＝かおつき）；☆顔色に出す／現於神色；☆不安な顔色をする／顯出不安的神色；☆顔色を動（うご）かさない／不動聲色；☆彼

は長官の顔色ばかり読（よ）んでいる／他一味看首長的眼色行事。◎

かおう【花押】（名）〔文〕畫成一個花紋的押記，花押。◎①

かおかたち【顔貌】（名）容貌，容顏；臉龐（＝かおつき）；☆顔かたちの良い女の子／容貌好看的女孩子。◎③

*かおく【家屋】（名）房屋；☆家屋のあけわたしを要求する／要求騰出房屋；～ぜい【家屋税】（名）房捐。①

カオス【希 khaos】（名）混亂（狀態），雜亂無章。①

かおぞろい【顔揃い】（名・自サ）①人員到齊；②知名人物的集會；☆今晩（こんばん）の京劇（きょうげき）は好い顔揃いだ／今晚的京戲是出色演員的會演。③

かおだし【顔出し】（名・自サ）①出面，出頭，出席；☆世間（せけん）へ顔出しができない／無臉見人；②前去拜訪；☆ちょっと友人の家に顔出しをして来ます／到友人家中去拜訪一下。◎④

かおだち【顔立ち】（名）容貌，相貌（＝かおつき）。◎

かおつき【顔付き】（名）①相貌，臉形（＝かおだち）；☆顔つきで彼の利口（りこう）なことがわかる／看相貌就可以知道他是個聰明人；☆鏡（かがみ）に向（むか）っていろいろな顔つきをする／對鏡子作出種種的臉形；②表情，神色，樣子（＝かおいろ）；☆心配（しんぱい）そうな顔つきをする／顯出擔心的樣子；☆いかにも困（こま）った顔つき／顯然是為難的神色；☆抜（ぬ）けた顔つき／無精打彩的樣子。◎

かおつなぎ【顔繫】（名・自サ）初次見面，為了認識而見面；☆顔つなぎの会／（大家）初次見面的會。③◎

かおぶれ【顔触れ】（名）①（參加…的）人們，列名的人們，名單，班底；☆新内閣の顔触れ／參加新內閣的人們（名單）；新內閣的班底；②＝かおみせ。◎

かおまけ【顔負け】（名・自サ）替（…的無恥行為等）害臊，（對…）相形見絀；☆かれの無作法（ぶさほう）には顔負けする／他那麼沒禮貌眞令人替他害臊。④◎

かおみせ【顔見世】（名・自サ）①（向多數人）介紹自己，（讓別人）認識自己；☆顔見世に集まる／聚合起來介紹自己；②（演員等）初登舞臺，露戲；☆顔見世

かおむけ【顔向け】（名）（與別人）見面，露面；☆世間に顔向けができない／沒有臉見人。

*かおやく【顔役】（名）①有聲望、勢力的人，有頭有臉的人；☆町内（ちょうない）の顔役／街道中有聲望的人；②（光棍、賭徒等的）頭目，首領。⓪

かおよごし【顔汚し】（名）＝つらよごし（面汚し）。⓪⑤

*かおり【薫り】（名）芳香；香氣；☆百合（ゆり）の薫りが漂（ただよ）っている／蕩漾着百合的芳香。⓪

カオリャン【高粱】（名）〔植〕高粱（＝こうりょう）。

カオリン【高嶺】（名）高嶺土。①

*かお・る【薫る・馨る】（自五）發香氣；有（芳香的）氣味；☆風が吹くと、どこからか、いい香が薫って来る／一颳風不知從什麼地方吹来很好的香味兒。⓪

がか【画家】（名）畫家；☆画家になる／當畫家，成爲畫家。⓪

がか【画架】（名）畫架；☆画架にカンバスを載（の）せる／把畫布擺在畫架上⓪①

かかあ【嚊・嬶】（名）〔俗〕妻，老婆；☆嬶の尻（しり）の下に敷（し）かれている／受老婆的氣，怕老婆，懼內；～んか【嬶天下】（名）老婆當家，老婆掌權。②

かかい【歌会】（名）詠「和歌」的會，歌會。①⓪

かがい【加害】（名）加害；☆加害行為をなしたる者／〔法〕有加害行爲的人，～しゃ【加害者】（名）加害者↔ひがいしゃ（被害者）。⓪

かがい【禍害】（名）〔文〕災害，災難；☆禍害に襲（おそ）われる／遭受災害①

かがい【課外】（名）課外；～かつどう【課外活動】（名）課外活動；～こうぎ【課外講義】（名）課外講義；～よみもの【課外読物】（名）課外讀物。⓪

がかい【雅懐】（名）〔文〕雅懷。⓪

がかい【瓦解】（名・自サ）瓦解，崩潰；☆共産主義制度は瓦解に瀕（ひん）している／共産主義制度瀕於崩潰。⓪

がかい【画会】（名）①畫家出售自己作品的會；②畫家們的集會。⓪

かかえ【抱え】（名）①抱，摟；☆一（ひと）の抱え薪（たきぎ）／一抱劈柴；☆

幾（いく）抱えもある大木（たいぼく）／有好幾摟粗的大樹；②經常僱用；☆抱えの車／包車；☆抱えの医者／家醫；③（以賣藝償還押身錢的）藝妓；～こむ【抱え込む】（他五）①挾在腋下；②抱住；～ぬし【抱え主】（名）僱主。⓪

*かか・える【抱える】（他下一）①抱；☆小脇（こわき）に抱える／夾在腋下；②擁有（待扶養的家屬等）；☆彼は子供（こども）三人を抱えている／他有三個需要扶養的孩子；③雇有（佣人等）；☆家に料理人を抱えている／家裏雇有煮飯的；図かかふ（下二）。⓪

カカオ【cacao】（名）〔植〕①可可樹；②可可子（＝カカオの実（み））。①

*かかく【価格】（名）價格；☆価格をつける／定價格；☆…の価格を見積（みつも）る／估計…的價格。①⓪

かがく【下顎】（名）〔解〕下頷，頦（＝したあご）；～こつ【下顎骨】（名）〔解〕下頷骨。⓪①

*かがく【化学】（名）化學；～エネルギー【化学 energie】（名）化學能；～きごう【化学記号】（名）化學符號；～げんそ【化学元素】（名）化學元素；～こうがく【化学工学】（名）化（學）工（業）學；～せん【化学線】（名）紫外線；～せん【化学戦】（名）化學戰；～せんい【化学繊維】（名）化學纖維；～ひりょう【化学肥料】（名）化學肥料。①

かがく【価額】（名）價額，價錢；價款的額數。⓪

*かがく【科学】（名・自サ）科學；☆科学する心／研究科學的精神；～てき【科学的】（形動ダ）科學的，科學上的；～てきさんみんしゅぎ【科学的三民主義】（名）科學的三民主義。①

ががく【雅楽】（名）雅樂。①

*かか・げる【掲げる】（他下一）①懸掛；☆国旗（こっき）を掲げている／懸掛着國旗；②刊登，載；☆新聞に広告（こうこく）を掲げる／在報紙上刊登廣告；☆第三条に掲げた費用／第三條所載的費用；③捲起；☆簾（すだれ）を掲げる／捲起簾子；④撥（火等）；☆灯火（ともしび）を掲げる／撥明（油燈的）燈火；図かかぐ（下二）。⓪③

かかし【案山子】（名）①（田中驚鳥用的）茅草人；稻草人；③〔轉〕空有其名的

人，傀儡，牌位；☆彼は会長といっても案山子同様（どうよう）だ／他那個會長簡直是個傀儡。

かかずら・う〖与〗(自五)①參與…事，同…發生關係（＝たずさわる）；☆こんな事にかかずらってはいられない／沒有閒工夫搞這樣事情；②拘泥；☆つまらぬ事にかかずらうな／不要拘泥小節。④

かかと〖踵〗(名)①脚後跟；☆踵ずれ／脚後跟的擦傷；②鞋後跟；☆靴（くつ）の踵が滅（へ）った／鞋後跟磨薄了。⓪

かが・まる〖屈まる〗(自五)彎腰去，彎下身子（＝かがむ）。⓪

*__かがみ__〖鏡〗(名)①鏡；☆鏡を見る／照鏡子；☆鏡に映（うつ）る／照在鏡子裏；②〔お～〕供神用圓形年糕；③酒桶的蓋；☆鏡を抜く／開桶；◊鏡と相談（そうだん）してこい／你要知道自量事；～いた【鏡板】(名)①〔天棚、門扇等的〕鑲板；②日本古劇「能」舞臺正面後面的板壁；～もち【鏡餅】(名)供神用的圓形大年糕（通常上下兩個）。③

かがみ〖鑑・鑒〗(名)①模範，榜樣；☆人の鑑となるような立派（りっぱ）な人間（にんげん）になりたい／願作一個被人效法的完人；②借鏡，殷鑑。

かが・む〖屈む〗Ⅰ(自五)①彎下腰去，曲身；☆屈んで花を摘（つ）む／彎下腰去摘花；☆屈んで歩（ある）く／彎着腰走路；②蹲（下去）；蹲踞；☆室（へや）のすみに屈む／蹲在屋角；蹲踞在屋角；Ⅱ(他下一)〔文〕←かがめる。⓪

かが・める〖屈める〗(他下一)①把腰彎下去；把身子蹲踞起來；②彎（からだ）体；☆体を屈めて花を摘む／把身子彎下去摘花；☆腰（こし）を屈めて歩く／彎着腰走。⓪

*__かがやかし・い__〖輝（耀）かしい〗(形)輝煌的，光輝的；☆耀かしい業績（ぎょうせき）／輝煌的成就；困かがやかし（形シク）；～さ(名)。⑤

かがやか・す〖輝（耀）かす〗(他五)使…放光輝，使…生輝，炫耀；☆名を世界に輝かす／名聲炫耀於世界。④

*__かがや・く__〖輝（耀）く〗(自五)放光，放光輝，輝耀；☆きらきら輝く／閃閃發光；☆輝き渡る／普遍照耀，充滿光輝；☆顔が喜（よろこ）びの色で輝く／臉上充滿了喜色，喜氣洋溢；☆健康に輝く／

非常健康，健康活潑。③

かがよ・う〖耀う〗(自五)①＝かがやく；②閃爍（＝ちらつく）。⓪

*__かかり__【係（り）】(名)①擔任（某工作）；擔任…的人，…員；☆…係をする／擔任…事；☆接待（せったい）係／招待員；☆係を命（めい）じる／任命擔任…事；②〔語法〕係助詞（文語中的ぞ、な、ん、や、か、こそ等）；～いん【係員】(名)擔任…的人員，員員，辦員員；～ちょう【係長】(名)股長。①

*__かかり__【掛・懸（り）】(名)①かかり（係）；②（各種的）費用，花費；租稅；☆家の掛りが月々三万元に達（たっ）する／每月的生活費達三萬元；☆掛りが重い／稅重；③規模（房屋等的）構造；☆大（おお）掛り／大規模；④靠，扶養；☆彼は親（おや）掛りの身だ／他靠父母生活；⑤着手，開始；☆掛りからどじを踏（ふ）む／一開始就不利；～（っ）きり【掛り（っ）切り】(名)專管一事，專任一職；～ご【掛り子】(名)賴以養老的兒子；～まけ【掛り負け】(名)費用多而收益少，划不來，得不償失。①

かがり【篝】(名)①（燃篝火用的）鐵籠；②篝火（＝かがりび）；～び【篝火】(名)篝火；☆篝火を焚（た）く／燃起篝火來。⓪

―がかり【掛り】(造語)①表示花費、用的意思；☆一日がかりでする／花費一天時間來做；☆三人がかりで大石（おおいし）をはこぶ／三個人（一起）搬大石頭；☆一家総（そう）がかりで／全家動手（出動）；②表示仿效、像、似的意思；☆芝居（しばい）がかりで／像演戲一般地，矯柔造作的。

かかりあい【掛かり合い】(名)①瓜葛，關係；☆僕（ぼく）になんのかかり合いもない事だ／此事與我絲毫無關；②連累，牽連；☆ある事件の掛り合いになる／受某件事的牽連。⓪

かかりあ・う【掛かり合う】(自五)①發生關係，打交道，有瓜葛；☆あんな男（おとこ）に掛かり合わぬがよい／不要跟那人打交道；②牽連在內，受牽連，受連累；☆いやな事件に掛かり合った／牽連上一件討厭的事，碰到一件麻煩事。⓪

かか・る【掛（懸）かる】Ⅰ(自五)①垂懸，懸掛；☆壁に地図が掛かっている／

壁上掛着地圖；☆着物が釘に掛かっている／衣服在釘上掛着；②覆上，蓋上；☆山に雲が掛かる／雲覆罩在山上；③陷入，落在…的手中；遇上，遭遇／☆鉄棒も彼の怪力（かいりき）にかかっては飴（あめ）のように曲（ま）がった／鐵棍碰到他的神力也像皮糖一樣彎曲了；☆敵が我軍の計略（けいりゃく）にかかった／敵人中了我軍的策略；④架設，按装／☆この川（かわ）には橋（はし）が三つかかっている／這條河上架有三座橋；☆家には電話がかかりました／家裏按装上電話了；⑤着手，從事（＝とりかかる）／彼は新著述（しんちょじゅつ）に掛かっている／他正從事新的著作；☆まだその事業（じぎょう）には掛かっていない／那個事業還沒有着手辦呢；⑥來到，到達（＝さしかかる）／☆峠（とうげ）へかかる／來到嶺上；⑦需要，花費，用；☆この洋服（ようふく）は、いくらかかったか／這套西服花了多少錢？／☆一時間もかからない内（うち）に、本をよんでしまった／沒用一小時的工夫就把全書讀完了；☆仕事は六月までかかる／工作需要做到六月；⑧落上；（水等）淋上，濺上；☆机に、ほこりが掛かっている／桌上落着灰塵；☆この布（ぬの）は雨が掛かると色が褪（さ）める／這個布淋上雨就褪顏色；⑨有（若干的）重量；☆このキャベツは五キロはかかる／這棵洋白菜足有五公斤重；⑩落到（身上）（＝おわされる）；☆彼に嫌疑（けんぎ）がかかった／嫌疑落到他的身上，他遭受到嫌疑；☆負擔（ふたん）が私にかかる／負擔落到我的身上；⑪攻撃，進攻／☆敵に掛かる／向敵人進攻；⑫上演／☆ロンドン芸術座にトルストイの「戦争と平和」がかかっている／倫敦藝術劇院在上演托爾斯泰的「戰争與和平」⑬有關；在於／☆それを完成しなければ僕の面目（めんぼく）にかかるのだ／要是沒完成這件事，與我的面子有關；☆彼の生命（いのち）は君の決定（けってい）にかかっている／他的性命在於你的決定；⑭靠，倚，〔轉〕依靠／☆欄干（らんかん）にかかって月を眺める／靠着欄干望月；☆彼はまだ親にかかっている／他還依靠父母生活；☆老人は行末（ゆくすえ）この子にかかるつもりだ／老人將來打算依靠此子養活；◇医者に掛か

る／看醫生，請醫生診治；人手（ひとで）にかかって死ぬ／被人殺死；自動車（じどうしゃ）のエンジンが掛かる／汽車的引擎開始發動；電話が掛かる／（掛）來電話；目にかかる／〔見面；看見；Ⅱ（補動・五）①表示將要、眼看就；☆落（お）ちかかる／眼看要掉下來；②表示動作在進行中；☆やりかかっている／正在做；☆来かかっている／正往這邊來②

かかる【斯かる】（連體）〔文〕〔＝かくある〕如此的，這樣的；☆斯かる次第（しだい）につき／因爲是這樣的情形所以…。②

かか・る【罹る】（自五）①患（病），染（病）；☆子供がジフテリヤに罹っている／小孩患了白喉；☆この病気は一度罹るとあとは罹らない／這種病患一次以後就不患了；②遭受（災難）；☆こんな災難（さいなん）に罹ろうとは思わなかった／沒想到會遭受這樣的災難。②

かが・る【縢る】（他五）〔縫紉〕（用線）織補，交叉地縫，鎖；☆ほころびをかがる／織補破綻處；☆靴下（くつした）をかがる／織補襪子；☆ボタンの穴（あな）をかがる／把扣眼鎖上。⓪

―がかる（接尾・五）（接名詞之下）①表示類似、仿佛、帶…樣子；☆芝居（しば）がかっている／彷彿在做戲的樣子，矯柔造作；②表示近似；☆色がねずみがかっている／顏色有點發灰，近似灰色。

*かかわらず【拘らず】〔連語〕①〔常用にもかかわらず〕儘管，雖然…但仍，不顧，不管／☆雨天（うてん）にもかかわらず彼はやって来た／雖然是雨天，但他仍然來了；☆忠告に拘らずやはり彼女と結婚した／儘管勸告，他仍同她結婚了；②不拘，不論／☆男女に拘らず／不論男女；☆晴雨（せいう）に拘らず開会する／不論晴雨按期開會。③

*かかわ・る【係（関）わる】（自五）①有關（係）；參與；☆私の名誉に関わる／與我的名譽有關；☆あの事件に関わらぬがよい／不要同那件事有瓜葛才好；☆今の場合（ばあい）そんな事に関わってはいられない／現在無暇及此；②拘泥；☆枝葉（しよう）に関わり過ぎて大本（おおもと）を忘（わす）れてはならぬ／不可過分拘泥細節而忽略了根本。⓪③

かかん【下瞰】（名・他）〔文〕俯視，俯

瞰（＝みおろす）。

かがん【河岸】（名）河岸（＝かわぎし、かし）。①

かかん【果敢】（形動ダ）〔文〕果敢；☆果敢にも単身敵陣に斬り込んだ／〔居然〕果敢地単身殺入了敵陣。⓪

かきー【掻頭】（接頭）加強語氣的詞；☆かき消（け）す／消滅，熄滅（＝けす）。

かき【柿・柹】（名）〔植〕柿子，柿樹；☆かきのへた／柿子蒂。⓪

*****かき**【垣】（名）①垣牆，籬笆，柵欄；☆☆垣をめぐらす／圍上柵欄；②〔轉〕隔閡，界線；☆二人の間に垣ができた／兩個人之間有了隔閡；☆親（した）しい仲（なか）にも垣をせよ／親密也要有個界線（分寸）。②

かき【牡蠣】（名）〔動〕牡蠣。①

かき【下記】（名）〔文〕下列；☆下記の通（とお）り／如下。①

かき【火氣】（名）火，煙火，火燭；火勢；☆火気厳禁／嚴禁煙火；☆火気のない室／沒有煙火的屋子。①

かき【花卉】（名）花卉。①

かき【花期】（名）花期，開花期。①

かき【夏季】（名）夏季。①

かき【夏期】（名）夏期。①

*****かぎ**【鉤】（名）①鉤；☆帽子を鉤にかける／把帽子掛在鉤上；②鉤形物；☆鉤なりに道がまがっている／道路彎曲如鉤。②

*****かぎ**【鍵】（名）①鑰匙；☆鍵で錠（じょう）を開（あ）ける／用鑰匙開鎖；☆この鍵は、きかない／這把鑰匙不好使用☆戸（と）に鍵をかける／鎖門；②〔轉〕關鍵；☆問題解決の鍵／解決問題的關鍵；◇鍵の穴（あな）から天のぞく／〔諺〕坐井觀天，以管窺天。

がき【餓鬼】（名）①〔佛〕餓鬼；②〔表卑〕小孩，小鬼；☆この餓鬼め！／你這個小鬼！◇餓鬼も人数（にんず）／人多智廣，人多力量大；～だいしょう【餓鬼大将】（名）孩子王，孩子頭。②

かきあげ【掻揚げ】（名）①〔かきあげる〕的名詞形；②油炸的菜（切成細絲裹以麵衣）。①

かきあ・げる【書き上げる】（他下一）①寫完，寫成；☆一気（いっき）に書きあげる／一氣寫完；②記上，☆名前（なまえ）を書きあげる／把名字記上；図かきあぐ（下二）。⓪

かきあ・げる【掻き揚げる】（他下一）①（把頭髮等）梳上去，攏上去；☆びんのほつれを掻き上げる／把蓬亂的鬢髮梳上去；②（把燈火等）撥亮；図かきあぐ（下二）。⓪

かきあつ・める【掻き集める】（他下一）①把…摟在一起，把…耙到一處；☆落葉（おちば）をかき集める／把落葉集在一起；②搜羅，把…湊在一起；☆みんなの金をかき集めて勘定（かんじょう）をはらった／把大家的錢湊在一起 開付了帳款；図かきあつむ（下二）。⓪⑤

かぎあな【鍵孔】（名）（鎖頭上的）鑰匙孔。⓪

かきあやまり【書誤まり】（名）寫錯；☆どんな名家だって書誤まりは免れない／無論怎樣的名家也免不了會寫錯。⓪

かきあやま・る【書き誤まる】（他五）寫錯⑤

かきあらた・める【書き改める】（他下一）重寫，改寫；☆幾度書き改めても間違える／重寫了幾次還是寫錯；図あらたむ（下二）。⓪

*****かきあらわ・す**【書き表わす】（他五）把…（用文字）寫出來，（用文字）表現出來；☆自分（じぶん）の感想（かんそう）を書き表わす／把自己的感想寫出來；☆その光景（こうけい）は筆（ふで）では書き表わせない／那種情景不是用筆墨所能表達的。⓪⑤

かきあわ・せる【掻き合わせる】（他下一）把…（用手）合在一起，攏在一起；☆着物（きもの）の衿（えり）をかき合わせる／把（日本）衣服的領子合緊；図かきあはす（下二）。⓪⑤

かきいれ【書入（れ）】（名・自サ）①寫入，記入；記入的字；☆日記にはその日は何も書き入れがなかった／在這一天的日記裏什麼也沒有記入；☆ページ毎（ごと）にたくさんの書入れがしてあった／每一頁都記有許多的字；②抵押（＝ていとう）；～どき【書入（れ）時】（名）①繁忙時間；②獲利的時間，旺月；☆新学期のはじめは本屋（ほんや）のかきいれ時だ／新學期開始時是書店的旺月。

かきい・れる【書き入れる】（他下一）①把…寫入，把…記入；☆本に註（ちゅう）を書き入れる／把註寫到書上；☆利子（りし）を通帳（つうちょう）に書き入れ

る／把利錢記入存摺；②（寫到文契上）把不動產作爲抵押；③列入預定之內。⓪

かきおき【書置き】（名・自サ）留字，留籲；遺囑；☆書置きをする／寫下幾個字留下，留下一封信。⓪

かきおく・る【書き送る】（他五）寫給，通知；☆病氣の容態（ようだい）を書き送る／寫信告訴病況。⓪④

かきおこ・す【書き起す】（他五）寫起，開始寫（＝かきだす）。⓪

かきおと・す【書き落とす】（他五）寫落，寫漏；☆二字書き落とした／寫落了兩個字；☆大事（だいじ）な所を書き落とす／把要緊的地方寫漏了。⓪

かきおろし【書下し】（名）新寫（的作品）；☆この小説は書下しです／這篇小說是新寫的（從前沒發表過）。⓪

かきかえ【書替え】（名）①另寫，重新寫（＝かきなおし）；②（借款等的）轉期；（證件等的）掉換，重發；☆免許状の書替えを申請（しんせい）する／申請重新發給許可證；☆（不動產等的）更名，過戶；☆名義書替えを停止する／停止更名（過戶）。⓪

かきか・える【書き替える】（他下一）另寫，重新（＝かきなおす）；図かきかふ（上二）。⓪

かきかた【書き方】（名）①寫法；☆手紙（てがみ）の書き方／信的寫法；②書法，習字；☆あの生徒（せいと）は書き方が上手（じょうず）だ／那個學生習字很好④③

かきき・える【掻き消える】（自下一）完全消失；完全消滅。⓪

かきき・る【掻き切る】（他五）（刀刃向裏）把…割斷；☆喉笛（のどぶえ）を掻き切る／抹頸子（自殺）。⓪

かきくだ・す【書き下す】（他五）①寫下去，往下寫；②把（漢文）改寫爲帶假名的現代日文；③信筆寫下去，草率地寫下去。⓪

かきくど・く【掻き口説く】（他五）〔（くどく）的加強語氣詞〕＝くどく。⓪

かきくも・る【掻き曇る】（自五）〔（くもる）的加強語氣詞〕＝くもる；☆空が掻き曇って来た／天陰起來了。⓪④

かきくわ・える【書き加える】（他下一）添寫，註上；図かきくはふ（下二）⓪⑤

かきけ・す【掻き消す】（他五）〔（けす）的加強語氣詞〕＝けす；☆私の話は騒音で掻き消された／我的話聲被噪音給鬧得聽不見了。⓪

かきごし【垣越（し）】（名）隔着牆；☆垣越しにのぞく／隔着牆窺視；☆垣越しに見える／隔牆看得見。⓪④

かきことば【書き言葉】（文）文言；↔はなしことば。③

かきこみ【書込み】（名）註，添註的文字（＝かきいれ）。⓪

かきこ・む【書き込む】（他五）寫入，添寫；☆少し書き込む／添上幾個字。⓪

かきこ・む【掻き込む】（他五）①杷攏；往自己身上兜攬；☆何でも掻き込んで後には困る／什麼都往自己身上兜攬以後可要麻煩；②急忙地吃；☆飯を口に掻き込む／往嘴裏撥飯。⓪

かぎこ・む【嗅ぎ込む】（他五）①嗅到，聞到；②探知，探出（＝かぎつける）；☆人の秘密を嗅ぎ込んだ／探知了別人的秘密。

かきこわ・す【掻き壊す】（他五）（用爪）抓壞，抓破。⓪④

かぎざき【鉤裂き】（名）鉤破（的傷）；☆鉤裂きができた／鉤破了個口。⓪

かきさし【書止し】（名）寫到中途而止；☆書止しの手紙／沒寫完的信。⓪

かきさ・す【書き止す】（他五）（寫到中途）停筆不寫；☆急用（きゅうよう）ができて手紙を書き止したまま出て行った／有了急事，信沒有寫完就出去了。⓪

かきしぶ【柿渋】（名）柿漆（由澀柿核提取的汁液，用作防腐劑）。

かぎし・る【嗅ぎ知る】（他五）①嗅得；②探得，探知。③⓪

かきしる・す【書き記す】（他五）寫，記，記錄；☆日記を書き記す／記日記；☆でき事の経過を書き記す／把事件的經過記錄下來。⓪

かきす・てる【書き捨てる】（他下一）①寫完了丟掉；②胡亂地寫下去；☆書き捨てたままでも立派な文章だ／雖然是胡亂寫的也是好文章；図かきすつ（下二）⓪

かきそ・える【書き添える】（他下一）補充寫上，附帶地寫上；☆私が昨日帰った事を手紙に書き添えて下さい／請你把我昨天回來的事情附帶寫在信上；図かきそふ（下二）。⓪

かきそこな・う【書き損う】（他五）寫錯；☆書き損わないように気をつけなさい

／注意別寫錯了。◳⑤

かきぞめ【書初め】（名・自サ）新年頭一次寫字；☆書初めをする／新春新穎。◳

かきたし【書足し】（名）添寫，潤色。◳

かきだし【書出し】（名）①文的起首，破題；☆この小説の書出しが良い／這篇小說一起首寫得很好；②帳單（＝かんじょうがき）。◳

かきた・す【書き足す】（他五）添寫，添註（＝かきくわえる）。◳③

かきだ・す【書き出す】（他五）①開始寫；☆あの詩人は小説（しょうせつ）を書き出した／那個詩人寫起小說來了；②…抄寫下來；☆必要な所を書き出す／把必要的地方抄寫下來；③把…寫出來，把…標出來；☆公定価格（こうていかかく）を書き出す／把公定價格標出來。◳③

かきだ・す【搔き出す】（他五）①扒出，掏出，搜出；☆かまどから灰を搔き出す／從竈裏把灰扒出②開始扒，開始搜◳③

かぎだ・す【嗅ぎ出す】（他五）①嗅出，用鼻子聞出；②〔轉〕探出，刺探出；☆私がここに居ることをどうして君は嗅ぎ出したか／我在這裏你怎麼刺探出來的呢？③開始用鼻子聞。③

かきた・てる【書き立てる】（他下一）①引人注意地寫，大寫特寫；☆新聞で盛（さか）んに書き立てる／在報紙上大寫特寫；②列書，一條一條地寫，詳細細細地寫；☆そんな細（こま）かいことまで一一書き立てることは出来ない／那樣繁瑣的事情沒法一一詳細地寫出來；図かきたつ（下二）。◳

かきた・てる【搔き立てる】（他下一）①把油燈挑亮；②攪拌；☆卵（たまご）をかき立てる／攪雞蛋；③挑逗，煽動，刺激；☆欲望（よくぼう）をかき立てる／煽起欲望；④立起來；☆外套（がいとう）の襟（えり）をかき立てる／把大衣的領子立起來；図かきたつ（下二）。◳

かぎタバコ【嗅煙草】（名）鼻煙；かぎタバコをかぐ／聞鼻煙；～いれ【嗅煙草入れ】（名）鼻煙壺。③

かきたま【搔玉（汁）】（名）雞蛋湯，木須湯。◳

かきちら・す【書き散らす】（他五）隨便寫，亂寫；☆これは気の向（む）き次第書き散らしたものです／這是興之所至隨便寫下的☆壁に一杯鉛筆で書き散らして

あった／牆上滿都是用鉛筆亂寫的字◳④

かきつく・す【書き尽くす】（他五）寫盡；寫完。④◳

かきつけ【書付け】（名）①字條，記事條，紙單，備忘錄；②帳單（＝かきだし）。◳

かきつ・ける【書き付ける】（他下一）寫下來，記錄下來；☆紙に書き付けて下さい／你用紙記下來；図かきつく（下二）。◳

かぎつ・ける【嗅ぎ付ける】（他下一）①嗅出，用鼻子聞出來；☆犬は主人（しゅじん）の跡（あと）を嗅ぎつけた／狗嗅出主人的足跡來了；②〔轉〕探出，刺探出（＝かぎだす）；☆彼はあの事件を嗅ぎつけたらしい／他好像已經刺探出那件事來了；図かぎつく（下二）。④

かぎっこ【鍵っ子】（名）經常攜帶家裏鑰匙的學童（因為父母都上班，所以小孩放學後家裏沒有人的關係）。②

かぎって【限って】（連語）〔常用にかぎって〕只有，唯有…（是例外）；☆私はその日に限って帰りが遅（おそ）かった／只有那一天我回家很晚；☆その時に限って彼は酒をのんだ／只有那一次他喝了酒；☆あの人に限ってそんな事はしない／唯有他是絕不做那樣事情的。②

かきつばた【杜若】（名）〔植〕燕子花③

かきつ・める【書き詰める】（他下一）①寫滿，不留空白地寫；☆もう少し行間を書き詰めなさい／再把行間縮緊一點寫；②不斷地寫；☆朝から晩まで書き詰めて肩が凝（こ）ってきた／一天到晚不斷地寫肩膀都酸了；図かきつむ（下二）◳④

かきつら・ねる【書き連ねる】（他下一）繼續不斷地寫，拉雜地寫，寫得很長；列舉；☆一一罪状を書き連ねてこれを公（おおやけ）にした／一一列舉他的罪狀而公布了；図かきつらね（下一）。⑤◳

かきて【書き手】（名）①寫字的人，畫畫的人；②書家，畫家，文筆家。③

*かきとめ【書留】（名）①〔かきとめる〕的名詞形；②〔郵〕掛號；☆この手紙を書留にして下さい／勞駕，這封信請掛號；～ゆうびん【書留郵便】（名）掛號信（件）；～りょう【書留料】（名）掛號費②

かきと・める【書き留める】（他下一）寫下來，記錄下來。◳

かきとり【書取り】（名・自サ）①錄寫；②聽寫，默寫；☆書取りの試験（しけん）

／聽寫的考試。⓪

*かきと・る【書き取る】(他五) 筆錄，錄寫下來；聽寫；☆学生が講義を書き取る／學生聽寫講義；☆教授が講義を書き取らせる／教授口授講義；☆演説(えんぜつ)を書き取って雑誌(ざっし)に載(の)せる／把演說筆錄下來刊登在雑誌上。⓪

かきなお・す【書き直す】(他五) 重新寫，改寫(＝かきかえる)；☆原稿を三度かき直した／把原稿改寫了三次。⓪

かきなが・す【書き流す】(他五) ①信筆寫下去，流暢地寫下去；②隨隨便便地寫⓪

かきなぐ・る【書きなぐる】(他五) 飛快地寫，胡亂地寫(＝かきちらす)；☆一気呵成に書きなぐる／一氣呵成地一揮而就。⓪

かきなら・す【掻き均す】(他五) 耙平，搓平；☆凸凹(でこぼこ)の地面を掻き均す／耙平高低不平的地面。4

かきなら・す【掻き鳴らす】(他五) 彈(琴等)，胡亂地彈；☆心静かに琴を掻き鳴らす／凝神靜氣地彈琴。⓪

かぎなり【鈎状】(名) 鈎狀，鈎形。⓪

かきぬき【書き抜(き)】(名・他サ) ①摘錄，選錄；②〔劇〕(按角色)摘錄的臺詞。⓪

かきぬ・く【書き抜く】(他五) ①摘錄，選錄下來；☆よいところだけ書き抜いて参考にしよう／把好的地方摘錄下來作參考吧；②拚命寫(到底)。⓪

かきね【垣根】(名) ①籬笆、柵欄、牆等的根；②＝かき(垣)。23

かきの・ける【掻き退ける】(他下一)(用手)推向一旁；☆人を掻き退けて進む／用手推開人羣而前進。図かきのく(下二)。

かきのこ・す【書き残す】(他五) ①寫完留下來，寫下；☆死ねねばならない事情を詳しく書き残した／把不得不死的理由詳細寫下；②漏寫(＝かきおとす)。⓪

かぎのて【鈎の手】(名) ①成直角的東西；☆廊下は鈎の手になっている／走廊形成一個直角；②拐角，轉彎處。⓪

かぎばな【鈎鼻】(名)鷹鈎鼻。2

かぎばり【鈎針】(名)鈎針。3

かきぶり【書き振り】(名) ①寫字時的姿勢，運筆的樣子；②筆跡。4

かきま・ぜる【掻き混ぜる】(他下一)攪拌，攪混；☆セメントを工合(ぐあい)によく掻き混ぜる／適當地攪拌洋灰；②〔轉〕搞亂，惹起問題；図かきまず(下二)。

かきまわ・す【掻き回す】(他五) ①攪拌，攪混，攪和；②匙(さじ)で掻き回す／拿匙子攪和；②亂翻，翻弄；☆引出し(ひきだし)の中をかき回す／亂翻抽屜；③〔轉〕攪亂，胡作非為；☆会社の内部を掻き回す／攪亂公司的內部。⓪

かきみだ・す【掻き乱す】(他五) ①攪亂，攪混，攪和；☆髪(かみ)をかき乱す／把頭髮弄蓬亂；②擾亂；☆心の平和をかき乱す／擾亂心緒的平靜。⓪

かきむし・る【掻き毟る】(他五) 揪，薅掉，搔掉，撓破；☆髪をかきむしる／薅頭髮；☆顔をかきむしる／把臉撓破；☆それを聞いて腸(はらわた)をかきむしられる思いをした／聽見這件事簡直心如刀絞的一般。⓪

かきもち【欠餅】(名) 切碎了的年糕，年糕片。⓪

かきもの【書(き)物】(名・自サ) ①寫字，寫文章；☆書き物をする／寫東西；②寫出來的東西，文章；文件；☆書き物にしておく／作成文章。23

かきもら・す【書き漏らす】(他五)(寫時)遺漏，漏寫(＝かきおとす)；☆書き漏らしたところを書き加える／把漏寫了的地方添上。⓪

かぎゃく【可逆】(名)〔理〕可逆；～はんのう【可逆反応】(名)可逆反應；～へんか【可逆変化】(名)可逆變化。⓪

かきゃくせん【貨客船】(名)貨客船。⓪

かきゅう【下級】(名)下級。⓪

かきゅう【火急】(名・形動ダ)緊急；☆火急の用事(ようじ)／緊急的事情；☆火急の間(ま)にあわない／緊急的時候來不及，緩不濟急。⓪

かきゅうてき【可及的】(副)〔俗〕盡可能；☆可及的すみやかに／盡可能迅速地⓪

かきょう【佳境】(名)〔文〕佳境；☆物語(ものがたり)が佳境に入る／故事進入佳境。⓪

かきょう【架橋】(名・自サ)架橋，架建橋梁；～こうじ【架橋工事】(名)架橋工程。⓪

かきょう【華僑】(名)華僑；☆華僑も祖国の建設に参加する／華僑也參加祖國的建設。1

かぎょう【カ行】(名)五十音圖第二行；

～へんかくかつよう【カ行変格活用】（名）〔語法〕動詞「来る」（文語「く」）的活用〔こ・き・くる（く）・くる・くれ・こい（こよ）〕。①

かぎょう【家業】（名）職業，行業；由上一代傳下來的職業。①

かぎょう【稼業】（名）爲了賺生活費而做的工作；行業。①

がきょう【画境】（名）①繪畫的境地；②作畫時的意識。⓪

かきょく【歌曲】（名）歌曲。①

かきよ・せる【掻き寄せる】（他下一）把摟在一處（＝かきあつめる）；☆塵埃を一方に掻き寄せる／把垃圾打掃在一旁；図かきよす（下二）。

―かぎり【限り】（接尾）①只限於…，只有…，以…爲限；☆今日限り／只今日一天，到今天爲止；☆今度（こんど）限り／只此一次；☆この場（ば）限りの話／此話只限於在這裏説（不可告訴別人）；②盡量，盡可能；☆力（ちから）限り戦（たたか）う／竭盡力量戰鬥到底。

*かぎり【限り】（名）①限，限度，止境，極限；☆紙面（しめん）に限りがあるからこれで擱筆（かくひつ）する／因爲篇幅有限就此停筆；☆人間の創造力（そうぞうりょく）には限りがない／人類的創造力是無限的；☆…は、その限りでない／…不在此限，是例外；②（接直動詞連體形下，表示限度、條件）在…範圍内，只要；☆事情の許（ゆる）す限り／只要情況允許；☆出来る限り／在可能範圍内，盡可能；☆故障（こしょう）のない限り出席する／只要没有阻礙就出席；☆私の知っている限りで／就我所知；☆見渡（みわた）す限り／在能看見的範圍内（目之所及）；◇…ない限り／除非…就不…；☆まじめに働かない限り成功しない／除非老老實實工作就不會成功；☆病気でない限り休暇をあたえない／除非有病不能准假；あらん限り／盡其所有；☆あらん限りの力を出した／盡了所有的力量；声を限りに／放聲（喊）；☆…るばあいに限り／限有正當理由時，除非有正當理由；～な・い【限り無い】（形）①無限的，無邊的；☆限りない天地／廣闊無邊的天地；☆限りある時間で限りない書物を全部読みつくすことはできな

い／以有限的時間是不能把無限的書籍全讀遍的；②非常的；☆限りなく惜しいと思う／認爲非常可惜；図かぎりなし（形ク）。③①

*かぎ・る【限る】（自・他五）①〔を限る〕限，限定；☆契約には日限（にちげん）を限らなければならぬ／合同上必須限定日期；②〔に限る〕頂好，最好，再好不過；（只）限於；☆この仕事は君に限る／這個工作最好是你來做，你最勝任；☆疲労（ひろう）した時はコーヒーに限る／疲倦的時候最好是喝咖啡；☆この切符（きっぷ）は一枚一人に限る／這個票每張只限一人；☆彼の活動はせまい範囲に限られている／他的活動只限於狹窄的範圍；③〔と（は）限らぬ〕不一定；☆そんな事がないとは限らない／不一定没有那樣事情；☆高いからとて良い品（しな）とは限らぬ／不一定因爲貴就是好東西；④〔に限って〕唯有；☆彼に限ってそんな事はしないと思う／（別人我不知道）唯有他我想是不會做那樣事的；☆この日に限って私は外出していた／（往日經常在家）唯有這一天我出去了；⑤〔に限らず〕不拘，不論，不管；☆彼がやる事は何事（なにごと）に限らず成功する／他辦的事不論什麼事都成功；⑥〔で限られる〕以…爲界限，被…局限起來；☆野原（のはら）は四方から山で限られている／原野的四面被山圍起來；⑦〔限られた〕有限的；☆限られた資金ではこの事業を興（おこ）す事ができない／以有限的資金是辦不起來這個事業的。②

かぎろい【陽炎】（名）〔文〕①火燄；②輝耀的日光；③遊絲（＝かげろう）。⓪

かきわ・ける【書き分ける】（他下一）分別地寫，區別開寫，用不同的筆調寫；☆この小説では人物が良く書き分けてある／這部小説中的人物寫得各有不同（毫不混淆）；図かきわく（下二）。⓪

かきわ・ける【掻き分ける】（他下一）用手（向兩旁）推開，用手撥開；☆群集の中をかき分けて行く／從人羣中間推擠過去；図かきわく（下二）。⓪

かきわり【書き割】（名）〔劇〕背景；大道具。⓪

かきん【家禽】（名）家禽。⓪

かく―【隔】（造語）表示間隔的意思，例：隔週（かくしゅう）／（毎）隔（一

週。

か・く (他五) 受，蒙（＝うける、こうむる）；☆恥をかく／丟臉，丟醜；☆恥をかかせる／叫（別人）丟臉，加以羞辱。①

*か・く【欠く】Ⅰ（他五）①缺，缺乏；☆あの人は常識を欠いている／那個人缺乏常識；☆欠くことのできない要素／不可缺少的要素；②弄壞（一部份）（＝そこなう）；☆窓ガラスをかく／打壞窗玻璃；③欠，缺欠；怠慢（＝おこたる）；☆礼をかく／缺禮；④省略（＝ぬかす）；Ⅱ（自下二）→かける。◎

*か・く【書く】（他五）①寫（字），作（文）；☆字を上手に書く／字寫得好；☆詩を書く／作詩；☆手紙を書く／寫信；☆この万年筆は書きにくい／這支自來水筆不好寫；☆お名前はどう書きますか／你的名字寫哪幾個字？②畫；☆油絵（あぶらえ）を書く／畫油畫；☆地図を書く／畫地圖。①

*か・く【掻く】（他五）①搔，撓，爬，摟；☆痒（かゆ）い所を搔く／搔癢處；☆犬が前足で土をかく／狗用前腿撓土；☆往来の雪をかく／摟街上的雪；②梳；☆髪をかく／梳頭；◊寝首（ねくび）をかく／乘人睡覺時割其頭顱；恥（はじ）をかく／丟醜。①

かく【斯く】（副）如此，這樣；☆かく言うのも老婆心（ろうばしん）からです／這樣說也是出於一片苦心；◊斯くの如き／這樣的，斯くの如く／這樣地，斯くなる上は／已然這樣，旣然如此。①

かく【各】（連體）表示每一個的意思…例：各人，各團體。①

*かく【角】（名）①角，犄角；②拐角，隅角；③四角形，四方形；☆角な文字（もじ）／漢字，方字；☆角に切る／切成方塊；④方木材；⑤〔數〕角；⑥〔文〕號角（＝つのぶえ）；⑦〔將棋〕（棋子名稱）角行（＝かくこう）。②

かく【格】（名）①資格，等級，標準，水準；☆君と彼とは格が違（ちが）う／你和他的資格不同；☆格を上げる／提高標準，提高水準；②格式，規定（＝さだめ）；☆格に外れている／不合規定，不合格式；③〔語法〕（名詞、代名詞的）格；④〔邏輯〕（三段論法的）圖式，格；⑤→きゃく（格）。◎②

*かく【核】（名）（果實、細胞、原子等的）核；〜ぶんれつ【核分裂】（名）〔理〕核分裂；〜かぞく【核家族】家庭成份只有父母和小孩的小家庭。①

*かく【画】（名）筆畫；☆四画（しかく）の字／四畫的字。②

かく【殻】（名）＝から（殻）。

*か・ぐ【嗅ぐ】（他五）（用鼻子）聞，嗅；☆一寸（ちょっと）このバラを嗅いでごらん／你聞一聞這（朶）薔薇花。◎

*かぐ【家具】（名）家具；☆家具を取りつける／陳設家具；☆家具付（つき）の貸家（かしや）／帶家具的出租房屋。①

がく【萼】（名）〔植〕花萼。

がく【楽】（名）樂，音樂；☆楽の音（ね）／樂聲；☆楽を奏（そう）す／奏樂。◎①

がく【学】（名）〔文〕學（問），知識；☆学がある／有學問；☆学を修（おさ）める／治學。①

がく【額】（名）①額數；☆巨大（きょだい）な額に達（たっ）する／達到巨大額數；②匾額；裝入框內的畫；☆壁に額を掛ける／把（帶框的）畫掛在牆上。①◎

がく【顎】（名）〔解〕顎骨。

かくあげ【格上げ】（名・他サ）①〔商〕提高(商品的)等級；②昇格，提高資格，提高身分；↔かくさげ。◎

かくい【各位】（名）各位；☆来賓各位の健康を祝（しゅく）す／敬祝各位來賓的健康。①

がくい【学位】（名）學位；☆論文を提出して学位を請求（せいきゅう）する／提出論文請求學位；☆医学博士（いがくはくし）の学位を授（さず）ける／授與醫學博士的學位。①②

かくいつ【画一】（名）劃一，一律。◎

かくいん【客員】（名）會友，準會員；準社員。◎

がくいん【学院】(名)①學院；②科學院；大學研究院；③〔罕〕學校。◎②

がくいん【楽員】（名）樂隊的隊員。◎

かくう【架空】（名・形動ダ）①空中架設；②虛構，空想；☆それは全（まった）く架空の話だ／那完全是虛構之談；〜ケーブル【架空 cable】（名）空中電纜；〜けいかく【架空計画】（名）空想的計劃。◎

がくえん【学園】（名）學校；〜せいかつ【学園生活】（名）學校生活。◎

かくおび【角帯】（名）角帶（日本男子穿和服時用的一種扁而硬的寬約20公分的帶子，通常為絲織品）。◻0

かくかい【角界】（名）角力界（的人們）◻0

かくがい【格外】（名・形動ダ）①格外，特別；☆格外な勉強をする／特別廉價出售；☆格外に安い品／特賤的東西；②規格以外。◻0

かくがい【閣外】（名）閣外，內閣以外；☆閣外の協力／非閣員對政府的協力；↔かくない（閣内）。◻2

がくがい【学外】（名）大學的外部，大學以外；☆学外の住宅（じゅうたく）に住（す）む／住在大學校外的住宅裏。◻2

かくかく【斯く斯く】（副）〔文〕如此這般；☆かくようく斯くの次第（しだい）だと言ってやった／我告訴他是如此這般的情形。◻0

がくがく（副・自サ）①搖搖動動，幌幌蕩蕩；☆歯が抜けそうで、がくがくする／牙搖搖動動要掉；②下顎顫動貌，☆顎（あご）をがくがく震わす／下顎不住地顫動。◻1

がくがく【諤諤】（形動タルト）〔文〕直言無隱；☆諤諤の言（げん）／諤諤之言。◻0

かくがた【角形】（名）方形。◻0

かくがり【角刈】（名）〔理髪〕平頭；☆角刈にする／剪平頭。◻0

かくぎ【閣議】（名）閣議；☆閣議にかける／提classi閣議上。◻1◻2

*がくぎょう【学業】（名）學業；☆学業を終（お）える／畢業。◻2◻0

がくげい【学芸】（名）科學和藝術；文術；☆新聞の学芸欄（らん）／報紙上的文藝欄。◻2◻0

かくげつ【隔月】（名・副）（每）隔（一）月；☆会合（かいごう）は隔月に一回催（もよお）す／集會每隔一月舉行一次。◻0

かくげん【格言】（名）格言；☆格言にいわく／格言說得好，格言有云。◻2◻0

かくげん【確言】（名・自サ）肯定（地說）；☆その点は、ちょっと確言できない／這一點不敢肯定。◻0

*かくご【覚悟】（名・自サ）①決心；精神準備；☆やり通す覚悟がある／有幹到底的決心；☆何事（なにごと）があろうとも私は覚悟を決めている／不論發生什麼事情，我已下定決心；☆覚悟は良いか／

你做好精神準備了嗎？☆覚悟の前／有精神準備，甘心願意；②覺悟；☆彼は翻然として覚悟した／他豁然覺悟了。◻2◻1

かくさ【格差】（名）①〔經〕（商品的）等級差別，質量的差別；②資格的差別◻1

かくざい【角材】（名）四稜木材；方材。◻0◻2

がくさい【学才】（名）才學。◻0

がくさい【楽才】（名）音樂才能。◻0

かくさく【画策】（名・他サ）劃策，策動，策劃；☆彼は舞台裏（ぶたいうら）で種種画策している／他在幕後進行著種種的策動；☆やつには何か画策があるらしい／那傢伙好像正在策劃什麼。◻0

かくさげ【格下げ】（名・他サ）①〔經〕降低等級；降低質量；②降低資格，降格；↔かくあげ。◻0◻4

かくざとう【角砂糖】（名）方糖。◻3

かくさん【拡散】（名）〔理〕瀰漫，擴散◻0

かくし【隠し】（名）①隱藏；②衣袋；☆隠しに手をいれる／把手放到衣袋裏；③陰部；**～げい**【隠し芸】（名）（宴會的參加者在席上所作的）餘興；**～ごと**【隠し事】（名）密事；**～ことば**【隠し詞】（名）隱語，黑話；**～だて**【隠し立て】（名）隱瞞；☆君にはすこしも隠し立てをしない／對你絲毫也不隱瞞；**～どころ**【隠し所】（名）陰部；**～ボタン**【隠しボタン】（名）暗鈕。◻3

かくし【客死】（名・自サ）死在國外，死在他鄉；☆ロンドンに客死する／死在倫敦。◻0

かくじ【各自】（名・副）每個人，各自；☆各自昼の弁当（べんとう）持参（じさん）の事（こと）／要各自攜帶午餐。◻1

がくし【楽師・楽士】（名）①音樂師，音樂家，音樂演奏者；②在馬戲團或雜技院等裏擔任音樂演奏的音樂家。◻1

がくし【学士】（名）學士（大學本科畢業生）；**～いん**【学士院】（名）學士院，研究院。◻1

がくし【学資】（名）學費；☆学生に学資を仕送（しおく）る／寄給學生學費。◻0

かくしき【格式】（名）①資格，地位；②禮節，禮法，規矩；排場；☆格式を重（おも）んじる／注重禮節，注重形式；☆旧家（きゅうか）には格式というものがある／世家有一套禮法規矩；**～ば・る**【格式張る】（自五）講究規矩，講究禮法；講究排場。◻0

がくしき【学識】（名）學識；☆深遠な学識がある／有深遠的學識。◎

かくじだいてき【画時代的】（形動ダ）劃時代的，創新紀元的；☆画時代的な発明／劃時代的發明。◎

かくじつ【隔日】（名・副）每隔一日；☆隔日に病院通（がよ）いをする／每隔一天到醫院去看病。◎②

*かくじつ【確実】（形動ダ）①確實，準確；☆あの雑誌は発行日が確実でない／那個雑誌的出刊日期不準確；②可靠；☆確実な方法をとる／採取可靠的方法；☆あの人の判断は確実だ／他的判斷是可靠的。◎

かくして【斯くして】（連語・副）〔文〕如斯，這樣（一來）（＝こうして）。①

かくしゃ【客舎】（名）〔文〕旅館。①

*がくしゃ【学者】（名）科學家，學者；☆あの人は学者風（ふう）のところがある／他很有學者風度；～ぶ・る【学者振る】（自五）裝有學問，賣弄學問；☆彼はいやに学者ぶっている／他很愛賣弄學問。◎

かくしゃく【矍鑠】（形動タルト）〔文〕老而健壯，☆矍鑠たる老人／健壯的老人。◎

かくしゅ【鶴首】（名・他サ）〔文〕翹首；☆鶴首して待つ／翹首以待。①

かくじゅう【拡充】（名・他サ）擴充；☆生産設備を拡充する／擴充生産設備。◎

*がくしゅう【学修・学習】（名・他サ）學習；☆三民主義の理論を学習する／學習三民主義的理論。◎

がくじゅつ【学術】（名）①科學和藝術；②學術；☆学術研究のため洋行する／為了研究學術而出國。◎②

かくしょ【各処（所）】（名・副）各處，☆市内の各処に新しい建物ができた／市内各處修建起新的建築物。①

かくしょう【各省】（名）（政府的）各部；☆各省間の調整を行（おこ）なう／進行各省間的調整。①

かくしょう【確証】（名）確証；☆犯罪の確証が上（あ）がっている／查出了犯罪的確證。◎

がくしょう【楽匠】（名）大音樂家。◎

がくしょう【楽章】（名）〔楽〕樂章；☆第二楽章はアレグロです／第二樂章是快板◎

かくじょし【格助詞】（名）〔語法〕格助詞（文中表示體言的資格的助詞，有：の、が、を、に、と、へ、より、から、にて及口語専用的）。③

*かくしん【革新】（名・他サ）革新；☆技術の革新を行なう／實行技術革新。◎

かくしん【核心】（名）核心；☆問題の核心に触（ふ）れる／涉及問題的本質。◎

*かくしん【確信】（名・他サ）把握；確信；☆確信のない事をやってはいけない／不要做没有把握的事情；☆私は知識は力であると確信している／我確信、知識就是力量；☆これだけは確信をもって言える／這一點我敢肯定。◎

かくじん【各人】（名・副）各人，每個人；☆各人にひとつずつ／每人一個；☆各人各様に／人各不同地；各行其事地；～かくせつ【各人各説】（名・連語）各持己見，各人有各人的説法。①

がくじん【楽人】（名）演奏音樂者。◎

*かく・す【隠す】（他五）①掩蓋，遮蓋，☆樹のために景色が隠されて見えない／景緻被樹擋住看不見；☆過失を隠す／掩蓋錯誤；②把…隱藏起來；☆姿（すがた）を隠す／失蹤，不知下落；☆手紙を引出（ひきだ）しの中に隠す／把信藏在抽屜裏；③隱瞞；☆年を隠す／隱瞞年齡；☆今更（いまさら）何を隠そう／事到如今還有什麼可隱瞞的；◇頭隠して尻（しり）隠さず／藏頭露尾。◎

かくすい【角錐】（名）〔數〕角錐，稜錐◎

かくず（づ）け【格付け】（名・自サ）〔經〕（按商品的質量）規定等級；～ひょう【格付け表】（名）等級表；標準價格表◎

かく・する【画する】（他サ）①劃（線）；☆線（せん）を画する／劃（一道）線；②劃（界限）；區劃；☆新時代を画する／劃一個新時代；③策劃，計劃；図かくす（サ）。③

かくせい【覚醒】（名）覺醒，覺悟；☆覚醒を促（うなが）す／促使覺醒；☆侵略戦争は大いに人民を覚醒させた／侵略戦争使人民大大地覺醒了。◎

かくせい【隔世】（名）隔世；☆当時を思えば隔世の感がある／回想當時大有隔世之感；～いでん【隔世遺伝】（名）〔生〕隔世遺傳。◎

*がくせい【学生】（名）學生；～かん【学生監】（名）（大學的）學監；～うんどう【学生運動】（名）學潮；～しゅじ

【学生主事】（名）（大學的）訓育主任。◯

がくせい【学制】（名）學校的制度，學制 ◯

がくせい【楽聖】（名）樂聖；☆ベートーベンは楽聖である／貝多芬是樂聖。◯

かくせいき【拡声器】（名）①傳話筒，傳話喇叭；②〔無電〕擴音器。③

がくせき【学籍】（名）學籍；☆学籍を削（けず）る／開除學籍。◯

がくせき【学績】（名）①學術上的功績；②學業的成績。◯

かくぜつ【隔絶】（名・他サ）隔絕；☆外界と隔絶する／與外界隔絕。◯

がくせつ【学説】（名）學說；☆三民主義の学説はドグマではなくて行動に対する指針である／三民主義的學說不是教條而是行動的指南。◯

がくせつ【楽節】（名）〔樂〕樂節。◯

かくぜん【画然】（形動タルト）分明；☆画然と区別する／清楚地加以區別；☆両国の間には画然たる分界はない／兩國間沒有明確的界線。◯

かくぜん【確然】（形動タルト）確然；☆確然たる証拠がある／有確實的證據。◯

がくぜん【愕然】（形動タルト）愕然；☆愕然として色を失う／愕然失色。◯③

かくそう【各層】（名）各階層。◯

がくそう【学窓】（名）學校；☆学窓を出る／畢業。◯

がくそう【学僧】（名）有學問的僧侶；儒僧。◯

がくそく【学則】（名）學校的規則；校章。◯

*__かくだい__【拡大】（名・他サ）擴大；☆二倍に拡大する／擴大為兩倍；～きょう【拡大鏡】（名）擴大鏡，放大鏡；～さいせいさん【拡大再生産】（名）〔經〕擴大再生產。◯

がくたい【楽隊】（名）樂隊；☆楽隊を先頭に／（隊伍的）前頭是樂隊，以樂隊領先。◯

かくたる【確たる】（連體）→たしかな①

かくだん【格段】（副）特別，非常，格外（＝かくべつ）；☆格段の差（さ）／顯著的差別。◯

がくだん【楽団】（名）樂團。◯

がくだん【楽壇】（名）音樂界。◯

かくち【各地】（名）各地。◯

かくちく【角逐】（名・自サ）競爭，逐鹿；

☆角逐場裏（じょうり）／競爭舞臺；☆国際場裏に角逐する／在國際舞臺上逐鹿。◯

かくちゅう【角柱】（名）①四稜柱；②＝かくとう〈角墻〉。◯

かくちょう【格調】（名）〔詩〕格調；☆格調の高い詩／格調高的詩。◯

かくちょう【拡張】（名・他サ）擴充，擴大，擴張；☆機構を拡張する／擴充機構；☆販路（はんろ）を拡張する／擴大銷路。◯

がくちょう【学長】（名）大學校長；學院院長。◯

がくちょう【楽長】（名）樂隊的指揮，樂長。◯

かくて【斯くて】（接）於是，這樣（一來）＝こうして，☆かくて数年（すうね）ん）が過ぎ去った／這樣過去了幾年。①

*__かくてい__【確定】（名・自他サ）決定，確定；☆委細（いさい）は確定次第（しだい）申（もう）し上げる／詳細情形一經確定馬上通知；☆確定した事実／既定的事實；☆最後の確定をみた／達到最後決定。◯

かくてい【画定】（名・他サ）劃定；☆境界（きょうかい）を画定する／劃定境界。◯

がくてき【学的】（形動ダ）學術上的，關於科學的。◯

カクテル【cocktail】（名）雞尾酒；～パーティー【cocktail party】（名）雞尾酒會。①

がくてん【楽典】（名）〔樂〕樂典。◯③

*__かくど__【角度】（名）角度；☆角度を計（はか）る／測量角度；☆あらゆる角度から検討（けんとう）する／從各個角度考慮；～けい【角度計】（名）測角器。①

かくど【客土】（名）①他鄉，客地；②為了改良土壤而從旁處運來的土。①

がくと【学徒】（名）①學子，科學工作者；學生。①

がくと【学都】（名）學校都市。①

*__かくとう__【格闘】（名・自サ）搏鬥；☆彼は格闘の末（すえ）ついに賊を取り押（おさ）えた／他經過一場搏鬥之後終於揪住了賊人。◯

かくとう【確答】（名・自サ）明確的回答，肯定的答覆；☆まだ何（なん）らの確答がない／還沒有任何明確的答覆。◯

がくどう【学童】（名）小學校的學生，學童。◎

*かくとく【獲得】（名・他サ）獲得，取得；彼は淡水のゴルフ大会で一位を獲得した／他在淡水舉行的高爾夫球賽中獲得了第一名。◎

かくとした【確とした】（連語・連體）明確的，確實的；☆まだ確とした返答がない／還沒有明確的回答。①

かくない【閣内】（名）內閣的內部；↔かくがい（閣外）。②

がくない【学内】（名）大學的內部。②

*かくにん【確認】（名・他サ）確認，證實；☆この報道（ほうどう）はまだ確認されていない／這個報導還沒證實。◎

かくねん【隔年】（名・副）每隔一年。◎

かくのごとく【斯くの如く】（連語・副）如此（＝このように）。④

がくは【学派】（名）學派。

かくばかり（副）這麼（點）（＝これほど）；☆かくばかりのことに心配することはない／這點事用不著擔心。

かくば・る【角張る】（自五）①有稜角，成方形；☆角張った顔／四方臉；②〔轉〕拘謹節，生硬，嚴肅起來；☆どうぞ角張らないで下さい／請不要太拘泥（禮節），請隨便一些；☆角張らないで話す／不拘形式地談，隨隨便便地談。③

かくはん【各般】（名）各種，一切，各方面；☆各般の準備を整（ととの）える／進行一切準備；☆各般の情勢によれば／根據各方面的情形。①

かくはん【攪拌】（名・他サ）〔正確的發音（こうはん）〕＝かきまわす。

かくびき【画引】（字典的）筆畫索引（方式）；↔おんびき（音引）。◎

かくぶ【各部】（名）各部分。①

*がくふ【楽譜】（名）樂譜；☆楽譜を見ずに演奏する／不看樂譜演奏。◎

がくふ【学府】（名）學府；☆最高の学府に学ぶ／在最高學府（大學）學習。①

がくふ【岳父】（名）岳父（＝しゅうと）①

*がくぶ【学部】（名）（綜合性大學的）系，院；☆大学には通常（つうじょう）数個の学部を置く／大學裏通常設有若干系（院）；☆学部を統合する／合併院系①◎

がくふう【学風】（名）①學校的風氣，校風；②科學家的特徵，科學方法的風格；☆二人は同じ哲学家でも学風がちがう／

兩個人雖然都是哲學家但是風格却有不同。◎

がくぶち【額縁】（名）①畫框，鏡框；☆絵（え）を額縁に入れる／把畫裝在畫框裏；②門窗等的（帶裝飾的）框子。◎

かくべ（え）じし【角兵衛獅子】（名）耍獅子（＝えちごじし）。⑤

かくべつ【各別】（名・副）分別；☆各別に通知（つうち）する／分別通知。◎

*かくべつ【格別】（副・形動ダ）①特別，特殊，顯著；格外；☆格別のこともなく済（す）んだ／事情平靜地過去了；☆二つを比（くら）べて、格別ちがったところはない／把兩個比較一下並沒有顯著的不同；②例外，☆病気なら格別、でなければ出席せよ／有病時例外，否則要出席才好。◎

*かくほ【確保】（名・他サ）確實保證，確保；☆世界的恒久平和（こうきゅうへいわ）を確保する／確保世界的持久和平①

がくぼう【学帽】（名）學生帽，學校的制帽。◎

かくぼう【角帽】（名）①菱形帽頂的大學生制帽；②〔轉〕大學生。◎

かくほうめん【各方面】（名）各方面。①

がくぼん【角盆】（名）方盤。◎

かくま・う【匿う】（他五）隱匿，窩藏；☆罪人（ざいにん）を匿う／窩藏罪人③

かくまく【角膜】（名）〔解〕角膜；～えん【角膜炎】（名）〔醫〕角膜炎。②

かくまで（に）【斯く迄（に）】（副）至於如此，到這樣地步（程度）（＝こうまでに、こんなにまで）。

*かくめい【革命】（名）革命；☆革命を起こす／鬧革命；～か【革命家】（名）革命家；～とう【革命党】（名）革命黨

がくめい【学名】（名）學名，動植物在學術上（各國）共通的名稱。◎

がくめん【額面】（名）①匾額，帶框的畫等（＝かけがく）；②（有價證券的）票面額；☆外国貨幣は額面価格には通用しない／外国貨幣不能按票面價格通用；◇額面通り／按票面價格；〔轉〕不折不扣；☆噂（うわさ）を額面通りに受け取る／把傳言不折不扣地信以為眞；～われ【額面割れ】（名）〔經〕（證券行市）跌破票面價格。◎

*がくもん【学問】（名・自サ）①學問；☆彼は学問がある／他有學問；☆学問を鼻

にかける／誇耀有學問；②學業，學習；
☆学問をする／求學，學習；☆学問には
王道（おうどう）なし／求學沒有捷徑（
要苦心鑽研）；☆学問が進む／學業進
步；③科學；☆社会学は社会現象を論ず
る学問である／社會學是論證社會現象的
科學；④〔轉〕知識，見解；☆君の話を
聞いて良い学問をした／聽你這一番話使
我增長了很多見識。[2]

がくや【楽屋】（名）①〔劇〕後臺；☆楽
屋を訪（たず）ねる／訪問後臺；②〔轉〕
內幕，幕後；☆楽屋を窺（のぞ）けば実
は簡単なものだ／揭穿了內幕其實却很簡
單；◊楽屋から火を出す／自找的災禍；
～おち【楽屋落（ち）】（
名）①局外人不能理解；☆君のしゃれは
楽屋落ちだ／你的俏皮話局外人不懂；②
內幕消息；～すずめ【楽屋雀】（名）（
經常出入後臺的）劇界的消息通。[0]

かくやく【確約】（名・自サ）負責的諾言，
保證；☆確約は出来ない／不能保證。[0]

かくやす【格安】（形動ダ）格外價廉，非
常便宜；☆格安に売る／格外廉價出售；
☆五十円なら格安だ／日幣五十圓可太便
宜了；～ひん【格安品】（名）廉價品，
特價品。[0]

*がくゆう【学友】（名）學友，校友，同窗[0]

かくよう【各様】（名）各樣，種種；☆各人
各様に振る舞う／各行其是；各自為政[1]

がくよう【学用】（名）科學研究用；～ひ
ん【学用品】（名）學校用的文具等。[0]

かぐら【神楽】（名）〔神道〕祭神的音樂
和舞蹈；雅樂的一種。[1]

かくらん【攪乱】（名・他サ）〔正確的發
音（こうらん）〕擾亂，擾亂；☆世界の
平和を攪乱する／擾亂世界的和平。[0]

かくり【隔離】（名・自他サ）隔離；☆患
者（かんじゃ）を隔離する／把患者隔離
起來；～びょうしゃ【隔離病舎】（名）
隔離病房。[0][1]

がくり（副）忽然下垂、折斷、脫落，衰顏
貌；☆歯が、がくりと抜（ぬ）けた／牙
突然掉下來了；☆がくりと息（いき）を
ひきとる／突然嚥了氣（死）。[2][3]

*かくりつ【確立】（名・自他サ）確立；☆
方針を確立する／確立方針；☆世界平和
を確立する／確保世界和平。[0]

かくりつ【確率】（名）〔數〕機率，或然
率。[0]

かくりょう【閣僚】（名）（内閣的）閣員，
閣僚。[2][0]

がくりょう【学寮】（名）學校的宿舍[2][0]

*がくりょく【学力】（名）學力；☆大学程
度の学力を持っている／有大學程度的學
力。[0][2]

かくれ【隠れ】（名）①〔かくれる〕的名
詞形；②隱蔽處；③〔おー〕逝世，駕崩
；～が【隠れ家】（名）①隱寓，隱居之
處；②藏身之處，隱匿處；～みち【隠
れ道】（名）秘密的道路；～みの【隠れ
蓑】（名）（故事中）穿在身上別人却看
不見的隱身蓑衣，隱身草；～もな・い【
隠れもない】（連語）盡人皆知的，掩蓋
不住的；☆隠れもない事実／人所共知的
事實。[3]

がくれい【学齢】（名）學齡（在日本：受
義務教育的年齡為自六歲至十四歲）；☆
学齢に達する／達到學齡（滿六歲）。[0]

がくれき【学歴】（名）學歷；☆彼は別に
学歴もなくて首相（しゅしょう）になっ
た／他沒有什麼學歷而當了首相。[0]

*かく・れる【隠れる】（自下一）①隱藏；
☆木の陰（かげ）に隠れる／藏在樹後；
☆月が雲に隠れた／月亮被雲進住；②隱
遁；☆彼は世の中から全く隠れて暮して
いる／他過着與世隔絕的隱遁生活；③埋
沒，無人知曉，無名；隱蔽，不外露；☆
隠れた慈善家／無名的慈善家；☆これは
彼の隠れた一面を示す／這件事表現出他
隱蔽不外露的一面；④逝世，駕崩。[3]

かくれんぼう【隠れん坊】（名）捉迷藏；
☆隠れん坊の鬼（おに）／捉迷藏遊戲的
捉人者。[3]

かぐわし・い【馨しい・芳しい】（形）芳
香的，馥郁的，馨香的；反かぐはし（形
シク）。[4]

がくわり【学割】（名）（車船票等）優待
學生的折扣；☆学割がきく／可以享受學
生優待。[0]

－かけ【掛け】（接尾）①表示動作的中止；
☆吸（す）いかけのたばこ／沒吸完的紙
煙；☆書きかけの本／沒有寫完的書；②
表示掛東西用的東西；☆着物（きもの）
掛け／衣服掛；③接數字下表示折扣；
☆仕入（しいれ）は定価の八掛（はちか
け）にする／進貨按定價的八折計算。

かけ【掛（け）】（名）①〔かける〕的名
詞形；②賒賬；☆掛で売る（買う）／賒

か

賣（賖買）；☆掛にする／記在帳上，賒；③賬款，欠款；④謊價（=かけね）；⑤分期攤付的款（=かけきん）；⑥重量，分量（=かけめ）；⑦=かけそば、かけうどん[2]

かけ【欠け】（名）①「かける」的名詞形；②（器物的）破片，碎片（=かけら）；☆ガラスの欠け／玻璃碎片。[0]

＊かけ【賭】（名）打賭；賭（賭）；☆君と賭をしよう／跟你打個賭吧；☆トランプで賭をやる／用撲克牌賭錢。[2]

＊かげ【陰・蔭】（名）①日陰，陰涼處，遮光的地方；（物的）背後；☆樹の蔭／樹蔭涼；☆少し体をどうにかしてくれ、蔭になる／請你稍微挪挪動身子，擋了我的光線；☆戸の蔭に隠れる／藏在門後面；②〔轉〕背後，暗中；☆蔭で悪口を言う／背後罵人；☆蔭で糸（いと）をひく／在暗中操縱；③〔畫〕（濃淡的）陰影；☆絵に蔭をつける／在畫上烘托出陰影來；④=おかげ。[1]

＊かげ【影】（名）①〔文〕（日、月、燈等的）光；☆月の影／月光；②影，影子；☆カーテンに映（うつ）る人の影／映在簾子上的人影；☆影の形（かた）に添（そ）うが如（ごと）く／如影隨形；☆映像；☆鏡（かがみ）に映（うつ）った影／照在鏡中的映像；◇影を隠（かく）す／藏起來，不露面；影も形もない／連踪影全無，完全改觀；見る影もない／不復當初，與舊日大不相同；（人瘦得）變了樣子；影が薄い／不久於人世了；噂（うわさ）をすれば影がさす／〔諺〕說曹操曹操就到。[1]

一がけ【掛（け）】（接尾）①表示穿戴；☆わらじがけ／穿着草鞋；☆きゃはんがけ／紮着綁腿；②表示順便；☆通りがけに立ち寄る／過路時順便探望；③表示幾成，幾折；☆定価の八掛けで売る／按定價八折出售；④表示倍數；☆二つ things掛けの大きさ／兩倍大；⑤表示座位；☆三人掛けの長椅子（ながいす）／三人坐的長椅子；⑥表示付出；☆命（いのち）がけ／拼命，豁出去。

＊がけ【崖】（名）崖，懸崖，絕壁；☆崖から落（お）ちる／從懸崖上墜落；☆崖をよじ登（のぼ）る／攀爬絕壁。[0]

かけあい【掛け合い】（名・自サ）①「かけあう」的名詞形；②談判，交涉；☆工場

主と賃銀（ちんぎん）引き上げの掛け合いをする／同工廠主談判提高工資；③「曲藝」對口，合奏；☆掛け合い漫才（まんざい）／對口相聲。[0]

かけあう【掛け合う】（自五）①互相「かける」；☆水を掛け合う／互相撩水；☆電話を掛け合う／互相打電話；②交涉，談判，商洽；☆値段（ねだん）を掛け合う／講價錢；☆先方（せんぽう）に掛け合ってみる／向對方交涉一下。[0]

かけあし【駆足・駈足】（名・自サ）①快跑；☆駈足で行く／跑着去；☆駈足進（すす）め！／〔口令〕跑步！②=ギャロップ。[2]

かけあわ・せる【掛け合わせる】（他下一）①使彼此發生關係，使互相對照；②使相乘；☆二と二を掛け合わせる／以二乘二；☆使交配；☆日本種に西洋種を掛け合わせる／使日本種同西洋種交配；図かけあわす（下二）。[0]

かけい【家系】（名）血統，門第；☆彼は立派（りっぱ）な家系の人だ／他是名門出身[0]

かけい【家計】（名）家計，家庭經濟；☆家計が豊（ゆた）かだ／家計充裕；☆家計が不如意（ふにょい）だ／家計拮据；～ぼ【家計簿】收支薄。

かけうどん【掛け饂飩】（名）素湯麵。[3]

かけうり【掛け売り】（名）賒賣，賒帳☆掛け売りお断（ことわ）り／止帳不賒[0][2]

かげえ【影絵】（名）剪紙畫；→うつしえ[2]

かけおち【駆落・駈落】（名・自サ）①逃往他鄉；②（同情人）私奔；☆芸者（げいしゃ）と駈落する／同藝妓私奔；～もの【駆落者】（名）私奔者，逃跑者。

かけがい【掛け買い】（名・他サ）賒買[0]

かけがえ【掛け替え】（名）代替（的東西）；☆掛け替えのない人／寶貴的人，無人代替的人；☆掛け替えのない命（いのち）／寶貴的生命，唯一的生命。[0]

かけか・える【掛け替える】（他下一）重新掛；☆お正月が来るから、カレンダーを掛けかえましょう／重新掛上新的日曆迎接新的一年。[0][4][3]

かけがね【掛金】（名）門上的鉤環之類；☆掛金を外（はず）す／摘開門鉤。[2]

かげき【歌劇】（名）歌劇；☆椿姫（つばきひめ）はベルディ作曲の有名な歌劇です／茶花女是維爾第作曲的著名歌劇。[1]

＊かげき【過激】（形動ダ）過激，急進；☆

過激な思想／急進的思想；☆過激な運動
を避けて下さい／請避免太激烈的運動 ⓪

かけきん【掛金】（名）①分期繳納的錢；
②（賒購物品的）欠款，帳款。 ②⓪

*かげぐち【陰口】（名）背地裏罵人，造謠
中傷，暗中說壞話；☆陰口をきく／背地
裏罵人；☆陰口をたたく人／造謠中傷的
人；☆人の陰口をきくものではない／不
可以背地裏罵人。 ②

かけくら【―べ】（名・自サ）＝かけっこ③

かけごえ【掛声】（名・自サ）①吆喝，吆
喝聲；☆彼等は掛声をかけて石を運（は
こ）んで行った／他們嘿嘿嗨嗨地吆喝着
把石頭搬走了②喝采，喝采聲；☆観客か
ら掛声がかからないので役者（やくしゃ）
も張り合いがなかった／聽不到觀衆的喝
采，演員也演得不起勁兒；③〔轉〕空喊
，虛張聲勢；☆掛声ばかりで仕事が一向
（いっこう）はかどらない／只是空喊一
陣工作却絲毫沒有進展。 ②③

かけごと【賭事】（名・自サ）賭博。②

かけことば【掛詞】（名）雙關語〔例如：
何とも仕様もなくばかり＝何とも仕様も
無く（泣く）ばかり〕。 ③

かけこ・む【駆け込む】（自五）跑進去；
☆にわか雨（あめ）で木蔭（こかげ）に駆
け込む／因爲驟雨跑到樹下。 ⓪

かけざん【掛算】（名）乘法。②

かけじく【掛軸】（名）（有軸的）掛畫，
字畫。 ⓪

かけず【掛図】（名）掛圖。②

かけず・る【駆けずる】（自五）各處亂跑
；奔走（＝かけまわる）；☆今日は一日
駆けずりまわって、くたびれた／今天奔
走了一天累了。 ⓪

かけそば【掛け蕎麦】（名）（蕎麥麵製的）
素湯麵，素湯蕎麵條。 ⓪

かけだおれ【掛け倒れ】（名）①荒帳；②
乾賠錢，光出錢沒得到利益。 ⓪

かけだし【駆け出し】（名）①〔かけだ
す〕的名詞形；②生疏，不熟練；初出茅
蘆；☆駆け出しの医者／開業不久的醫師
；☆駆け出しの記者／新記者；③生手，
新手（＝かけだしもの）；～もの【駆け
出し者】（名）生手，新手。

かけだ・す【駆け出す】（自五）①跑出去；
☆庭に駆け出す／跑到院子裏去；②開始
跑；☆一目散（いちもくさん）に駆け出
す／一溜烟地跑出來。 ⓪

かけちが・う【掛け違う】（自五）沒遇見，
錯過（＝ゆきちがう）；☆掛け違って会
（あ）えなかった／走岔了，沒有遇見⓪

かけつ【可決】（名・他サ）（議案等）通
過；☆原案通り可決された／原案通過；
↔ひけつ（否決）。 ⓪

―かげつ【個月】（接尾）接數詞下表示幾
個月。

かけっくら（名・自サ）賽跑（＝かけっこ）②

かけつけさんばい【駆け付け三杯】（連語
・名）（宴會遲到時）罰飲三杯。 ⑤

*かけつ・ける【駆け付ける】（自下一）跑
去，跑到，跑來；急忙來到；☆医者に
駆け付ける／急忙去請醫生；☆真先（ま
っさき）に現場へ駆け付けた／最先跑到
了現場。 ⓪

かけっこ（名・自サ）賽跑；☆子供たちが
かけっこをしている／孩子們在賽跑玩②

かけて（連語）〔常用…にかけて〕①直到
（＝まで）；☆春から秋にかけて／從春
天一直到夏天；②用於起誓；☆首（くび）
にかけて保証する／用頭顱擔保；☆神（
かみ）にかけて君の成功を祈（いの）る
／祈禱上帝保佑你成功；③〔にかけては
〕關於，在…上，論…；☆金もうけにか
けては、商人は抜け目（ぬけめ）がない
／論賺錢的勾當，商人是無孔不入的。①

かけどけい【掛時計】（名）掛鐘，掛鐘①

かけとり【掛取り】（名）①討帳，收帳款
；☆掛取りに回（まわ）る／到各處去收
帳款；②收帳款的人，收款員。 ⓪

かげながら【蔭乍ら】（副）暗自，在背地
裏；☆蔭ながら案（あん）じている／暗
自擔心。 ③⓪

かけぬ・ける【駆け抜ける】（自下一）①
（從中間）跑過去；☆群集（ぐんしゅ
う）の中を駆け抜ける／從羣衆中間跑過
去；②跑到…的前面，趕過；☆後から駆
け抜ける／從後面趕過去；因かけぬく（
下二）。 ⓪

かけね【掛値】（名・自サ）①謊價；☆掛値
のない所で、いくらか／不要謊多少錢？
②〔轉〕誇張；☆あの人の言う事には掛
値がある／他的話有些誇張。

かけはし【掛け橋】（名）①梯子；②吊橋
；③〔轉〕橋樑；☆交渉の掛け橋をする
／充當交涉的橋樑。 ②

かけはずし【掛け外し】（名）掛上和摘下來
；☆掛け外しが自由である／可以隨便掛

上和摘下来。[0]

かけはな・れる【掛け離れる】（自下一）①離開很遠；☆私の住所は彼のとは随分掛け離れている／我的住處同他的住處距離很遠；②有距離，相差懸殊；☆この訳（やく）は原文の意味とかけ離れている／這個譯文同原文的意思相差懸殊。[0]

かけひ【懸樋・筧】（名）（架在地上的）竹或木板製的引水筒，水管；筧，水管引水；↔うずみひ。[0][2]

かけひき【駆け引き・掛け引き】（名・自サ）①〔舊〕戰場上的進退，戰略；②（商業上的）討價還價；☆駆け引きの上手（じょうず）な商人／善於討價還價的商人，會做買賣的商人；③策略，外交手腕；☆議会における駆け引き／國會中的策略。[2][0]

かげひなた【陰日向】（名）①向陽地和背陰地；②〔轉〕表裏；當面和背後；☆人に対して陰日向があってはいけない／對人不要當面一樣背後又一樣。[1][3]

かけぶとん【掛蒲団】（名）被子；☆掛蒲団と敷（しき）ぶとん／被子和褥子。[3]

かけへだた・る【懸け隔たる】（自五）隔着很遠，相差懸殊（＝かけはなれる）[5][0]

かげべんけい【陰弁慶】（名）背地裏逞威風的人，假勇敢的人（＝うちべんけい）[3]

かげぼし【陰干し・陰乾し】（名・他サ）陰乾，（在背地陰處）晾。[3]

かげまつり【陰祭】（名）簡略的祭禮，簡略的慶祝儀式。[3]

かけまわ・る【駆け回る】（自五）各處亂跑；奔走；☆一日中（いちにちじゅう）かけまわって、やっと見つかった／跑了一天好容易才找到了。[0]

かげみ【影身】（名）如影隨形；☆影身になって助（たす）ける／如影隨形地從旁幫助。[1]

がけみち【崖道】（名）崖上的道路。[0]

かげむしゃ【影武者】（名）幕後人物；☆その背後に影武者が居て彼を操縦（そうじゅう）している／有幕後人物在背地裏操縦着他。[3]

かけもち【掛け持ち】（名・他サ）兼任；☆掛け持ちでその仕事（しごと）をやろう／那個工作（由我來）兼任吧。[0]

かけもの【掛物】（名）①（掛在壁上的）畫，字畫（＝かけじく）；☆掛物をかける（しまう）／把畫掛上（捲起來）；②

（溶在食品上的）汁，湯。[2]

かけよ・る【駆け寄る】（自五）跑到跟前，跑近。[0]

かけら【欠片】（名）碎片，破片，碴兒；☆ガラスのかけら／玻璃碴兒；☆冰（こおり）のかけら／冰塊兒；☆かけらほどもない／一點兒也沒有。[0]

かけ・る【翔る】（自五）（在高空）飛翔；☆空（そら）を翔る鳥／在空中飛翔的鳥。[2]

か・ける【駆ける】（自下一）跑，快跑，奔馳；☆時間に後（おく）れまいとして急いで駆ける／恐怕遲到而趕快地跑。[2]

か・ける【欠ける】（自下一）①出碴口，出缺口；☆茶碗（ちゃわん）が欠ける／碗有缺口了；②缺，欠，不足；☆百円に一円欠ける／缺一圓不夠一百圓了☆これは千円が欠けては手放（てばな）せない／這個（東西）少一千圓不賣；☆常識（じょうしき）に欠けている／缺乏常識；③（月）缺；☆月が欠けていく／月亮漸缺；④出缺；☆会員が二人欠けている／會員有兩個缺額。[0]

か・ける【掛ける】I（他下一）①掛上，☆看板（かんばん）を掛ける／掛上招牌；②戴上，蒙上，蓋上，搭上；☆眼鏡（めがね）を掛ける／戴眼鏡；☆テーブルにテーブルかけを掛ける／把桌布蓋到桌上；☆蒲団（ふとん）を掛ける／蓋上被子；☆梯子（はしご）を壁（かべ）に掛ける／把梯子搭到牆上；③架上，舖上；☆橋を掛ける／架橋；④撩上，澆上；☆背中（せなか）に水をかける／往背脊上澆水；☆花に水をかける／澆花；☆サラダにソースをかける／把調味汁澆在凉菜上；⑤秤；☆目方（めかた）をかける／秤分量；⑥花費；☆時と金をかける／花費時間和金錢；⑦坐在…上；放在…上；☆椅子に掛けさせる／讓坐在椅子上；☆鍋（なべ）を火に掛ける／把鍋放在火上；⑧乘；☆五に三を掛ける／用三乘五；⑨使遭受；☆苦労（くろう）を掛ける／使受累，使勞苦；☆迷惑（めいわく）をかける／給…添麻煩，打擾；使吃虧；⑩課（稅等）；懸（賞等）；☆税金（ぜいきん）を掛ける／課稅；☆賞金（しょうきん）を掛ける／懸賞；⑪（分期）繳（款）；☆毎月（まいつき）五千円ずつ保険を掛ける／毎月繳納五千圓的保険費；⑫開，開動；

☆エンジンを掛ける／開動發動機；☆ステレオをかける／開電唱機(立體音響)；◇錠（じょう）を掛ける／上鎖；医者（いしゃ）にかける／就醫；会議に掛ける／提到會議上討論；手に掛けて殺（ころ）す／（親手）殺害；目を掛ける／加以照顧；声（こえ）を掛ける／向…開言；招呼；木に鉋（かんな）を掛ける／鉋木頭；謎（なぞ）を掛ける／出謎；願（がん）を掛ける／許願；Ⅱ（補動・下一）表示動作的開始、未完；☆彼は言いかけてやめた／他剛要說而又不說了；☆舟（ふね）が沈（しず）みかけている／船眼看就要沉；図かく（下二）。②

*か・ける【賭ける】（他下一）賭；☆金を賭けてトランプをする者がない／沒有玩撲克牌賭錢的；☆首（くび）を賭ける／賭以頭顱；図かく（下二）。②

かげ・る【陰る】（自五）①（日・月等）暗，被遮住；☆陽（ひ）が陰る／太陽被雲遮住；②太陽西傾。②

かげろう【陽炎】（名）游絲（春季或夏季地面上的水蒸汽）；☆陽炎が立（た）つ／地面上出現游絲。②

かげろう【蜉蝣】（名）①〔昆〕蜻蜓；②〔昆〕蜉蝣；☆蜉蝣の命（いのち）／短促的生命。②

かげん【下弦】（名）（月）下弦；↔じょうげん（上弦）。◎

－かげん【加減】（接尾）①表示程度，皮（かわ）の張り加減／皮子繃得鬆緊的程度；☆馬鹿（ばか）さ加減／胡塗的程度；②表示恰好；☆飲（の）み加減の湯（ゆ）／喝着恰好（不涼不熱）的開水；③表示略微有一點；☆うつむき加減に歩く／略微低着頭走。

*かげん【加減】（名・他サ）①〔數〕加減；②調整，斟酌；☆教授（きょうじゅ）の調子（ちょうし）を加減する／調整教學的進度；☆彼の言う事は加減して聞かないといけない／他說的話要加以斟酌（不可盡信）；③程度，狀態；☆湯（ゆ）の加減／熱水的冷熱程度；☆彼の世間（せけん）知らなさ加減には驚（おどろ）く／他那種不識世務（的程度）令人吃驚；☆ちょっと加減を見て下さい／請你嘗一嘗味道如何；④影響；☆陽気（ようき）の加減で頭痛（ずつう）がする／因為天氣的關係頭痛；⑤身體的情形；☆ちょっ

と加減が悪（わる）い／有點不舒服；⑥偶然的因素；微妙的原因；☆ちょっとした加減でうまく行く時と行かない時がある／由於一點偶然的因素就有時候弄得好（成功）有時弄不好（失敗）。◎

かげん【過言】（名）→かごん。

*かこ【過去】（名）①過去，既往；☆過去の事になってしまった／已成過去；☆法律は過去に遡（さかのぼ）らない／法律既往不究；②〔佛〕前生；③〔語法〕過去（時）。①

*かご【籠】（名）筐，籃，籠；☆果物（くだもの）を籠に入れる／把水果放在筐裏；☆鳥を籠に入れる／把鳥關在籠裏。◎

かご【駕籠】（名）〔古〕（二人擡的）肩輿，轎；☆駕籠かき／轎夫；☆駕籠をかつぐ／擡轎。◎

かご【加護】（名・他サ）（一般人所指神佛的）保佑，保護。①

かこい【囲い】（名）①〔かこう〕的名詞形；②柵欄，圍牆；☆囲いをする／設圍牆；③（水果蔬菜等的）貯藏，儲藏；☆りんごは囲いがきく／蘋果可以儲藏；～もの【囲い者】（名）（外家的）妾。◎

*かこ・う【囲う】（他五）①圍繞，圍起來（＝かこむ）；②貯藏，儲藏（水果、蔬菜等）；☆りんごを囲う／儲藏蘋果；◇妾（めかけ）を囲う／另築窩巢蓄妾。◎

かこう【下降】（名・自サ）下降；沉下；☆温度は華氏三十度に下降した／溫度下降到華氏三十度了。◎

かこう【火口】（名）〔地〕（火山地）噴火口；☆火口に身（み）を投（な）げる／跳進噴火口（自殺）；～きゅう【火口丘】（名）〔地噴火〕噴火口中新出現的火山丘；～こ【火口湖】（名）火山湖。◎

かこう【加工】（名・他サ）加工；☆半製品を加工する／加工半製品。◎

かこう【河口】（名）河口；☆営口は遼河の河口にある／營口位於遼河的河口。◎

かごう【化合】（名・自サ）〔化〕化合；☆水素（すいそ）は酸素（さんそ）と化合して水となる／氫和氧化合成爲水；～ぶつ【化合物】（名）〔化〕化合物。◎

がこう【画工】（名）〔文〕畫家，畫匠。◎①

がごう【雅号】（名）筆名。①◎

かこうがん【花崗岩】（名）〔礦〕花崗

嚴。②

かこく【河谷】（名）〔地〕河谷，谷地①

かこく【苛酷】（形動ダ）嚴酷，苛刻，殘酷；☆苛酷に取り扱う／殘酷對待。⓪

かこ・つ【託つ】（他五）①發牢騷，抱怨，鳴不平；☆我身（わがみ）の不運（ふうん）を託つ／抱怨自己的不走運；②託故，找口實，強調（客觀）（＝かこつける）。②

かこつけ【託（け）】（名）口實，藉口⓪

かこつ・ける【託ける】（他下一）託故，找口實，找藉口，強調（客觀）；☆病気に託けて休（やす）む／以疾病爲藉口而歇工；図かこつく（下二）。

かこみ【囲み】（名）①包圍；☆囲みを解（と）く／解圍；②周圍；③在包圍下的要塞，城砦。⓪

*かこ・む【囲む】（他五）圍，包圍；☆山に囲まれた町／周圍皆山的市鎮；☆要塞（ようさい）を囲む／包圍要塞。⓪

かごめ【籠目】（名）①竹籃的孔；☆竹籃孔樣的花紋，竹籃孔的圖案；②一種小孩遊戲（＝かごめかごめ）。⓪

かこん【禍根】（名）禍根；☆禍根を絶（た）つ／消滅禍根。①⓪

*かごん【過言】（名）誇張，說得過火；☆…と言うも過言ではない／說…也不爲誇張，也不爲過火。⓪

かさ【嵩】（名）①容積，體積；☆嵩の大きい品（しな）／體積大的東西；②數量；③高處；◇嵩にかかる／威壓，豪橫，跋扈，盛氣凌人。②

かさ【毬】（名）松果，松塔（＝まつかさ）。①

*かさ【笠】（名）①笠，草帽；②傘狀物；☆ランプの笠／燈傘；☆茸（きのこ）の笠／菌傘；◇親（おや）の威光（いこう）を笠に着（き）る／仗老人的勢力。①

*かさ【傘】（名）傘；☆傘をさす／撐傘，打傘；☆傘を広（ひろ）げる／把傘支開，☆傘をすぼめる／把傘放下來；☆風で傘がおちょこになる／風把傘吹得翻上去；☆晴雨兼用の傘／雨旱傘。①

かさ【暈】（名）〔天〕（日月等的）暈，暈輪。①

かさ【瘡】（名）①瘡；②（俗）梅毒，大瘡；☆瘡をかく／患瘡，長瘡。⓪

かざ—【風】（造語）表示風的意思；☆風上（かざかみ）／上風；☆風向（かざむ

き）／風向。

かざあし【風脚】（名）風速。⓪

かざあな【風穴】（名）①風洞；②通風孔；③進賊風的孔隙。⓪

*かさい【火災】（名）火災；☆火災が起（お）こる／發生火災；～ほけん【火災保険】（名）火災保險，火險。⓪①

かざい【家財】（名）家中的一切什物家具；☆家財をまとめて引越す／收拾什物家具搬家；～どうぐ【家財道具】（名）一切家具什物。①

がざい【画材】（名）繪畫的題材。⓪

かざおれ【風折れ】（名）①（樹木等被風）吹折；☆柳（やなぎ）に風折れがない／柳樹風吹不折；〔喻〕處事要溫和。

かさかき【瘡搔】（名）〔俗〕患梅毒者。④③

かさかさ（副・自サ）①乾燥，不濕潤；☆手がかさかさになる／手變得乾巴巴的；②沙沙響；☆落葉（おちば）がかさかさ鳴る／落葉沙沙地響。

がさがさ（副・自サ）①沙沙地響〔比（か さかさ）聲音較強〕；☆熊が藪（やぶ）からがさがさ出て来た／狗熊從矮樹叢中沙沙地走出來；②粗糙貌；☆手ががさがさする／手變得很粗糙。①

かざかみ【風上】（名）上風；☆船を風上に向（む）ける／使船航向上風；◇風上に置（お）けない／頂風臭四十里。⓪

かさく【佳作】（名）佳作；☆選外（せんがい）の佳作／入選以外的佳作。⓪

かさく【家作】（名）①修築房屋；②房屋，出租的房屋；☆家作の上（あ）がりで暮（く）らす／靠房租度日。⓪

かさく【寡作】（形動ダ）作品不多・作品很少；☆あの作家（さっか）は寡作だ／那個作家作品很少。⓪

かざぐるま【風車】（名）①〔玩具〕風車；②（作動力用的）風車（＝ふうしゃ）③

かざごえ【風声】（名）患感冒時的嗓音③

かざし【挿頭】（名）〔古〕（冠下或髮上的）插花。⓪

かざしも【風下】（名）下風。⓪

かざ・す【挿頭す】（他五）〔古〕（往冠上或頭上）插花。⓪

かざ・す【翳す】（他五）①蒙上，罩上（陰影）；②（把手放在額上）遮光，手打涼棚；☆火に手を翳す／伸出手來烤火，烤手；☆手を翳して眺（なが）める／手打涼棚眺望。⓪

がさつ（形動ダ）（言語行動等）粗野，鄙野，不禮貌；☆がさつに扱（あつか）う／粗暴對待；～もの【がさつ者】（名）粗野的傢伙。

カザック【俄Kazak】（名）哥薩克人，哥薩克兵（＝コサック）。②

がさつ・く（自五）①發沙沙聲，沙沙地響；②不安靜，不鎮定。⓪

＊かさな・る【重なる】（自五）①重疊，重複；②（事情、日子等）趕在一起；☆元日（がんじつ）と日曜日が重なる／元旦和星期日趕在一天；☆不幸は重なるものだ／禍不單行。⓪

かさね【重・襲】（名）①〔かさねる〕的名詞形；②重疊的東西，落在一起的東西；③〔古〕襯袍（＝したがさね）；④（外衣加襯衣的裏外）一套衣服；☆多着（ふ ゆぎ）一套／一套多衣；☆かさね重ね（副）屢次，三番五次；☆重ね重ね不幸にあった／连遭不幸；②衷心（＝こころから）；☆重ね重ねお詫（わび）する／衷心表示歉意。⓪

─かさね【重ね】（接尾）接在數詞後面表示「層」的意思；☆板紙（いたがみ）三枚重ねの厚（あつ）さ／厚紙三層的厚度；☆三重ねたんす／三層抽屜的衣櫃。

かさねて【重ねて】（副）再一次，重覆；☆重ねて言うまでもない／不需要重覆地說，不待贅言。⓪

＊かさ・ねる【重ねる】（他下一）①把…重疊起來，把…堆起來；☆本を重ねる／把書堆起來；☆手を重ねる／把一隻手放在另一隻手上；②重覆，加上；☆損に損を重ねる／損失上又加上損失；☆日を重ねる／過了一天又一天；☆版を重ねる／（書籍等）再版；図かさぬ（下二）。⓪

かさば・る【嵩張る】（自五）體積、數量等增大，體積大；☆荷物（にもつ）は軽いが嵩張っている／東西雖輕但是體積很大。⓪

かさぶた【瘡蓋・瘡痂】（名）瘡痂；☆瘡痂ができる／結成瘡痂。⓪

かざみ【風見】（名）驗風器，風標。⓪

＊かさ・む【嵩む】（自五）（體積、數量等）增大（＝かさばる）；☆費用が嵩む／費用增大；☆生活費が嵩む／生活費越來越高。②⓪

かざむき【風向き】（名）①風的方向；②

〔轉〕情形，情勢；（人的）情緒；☆どうも風向きが悪くなって来た／情形有點不妙；☆彼は今日は風向きが悪い／他今天情緒不佳。⓪

かざよけ【風除け】（名）擋風的東西；☆この木は家（いえ）の風除けになる／這棵樹替房子擋風。⓪④

＊かざり【飾（り）】（名）①裝飾；裝飾品；☆室內（しつない）の飾り／室內裝飾；☆頭（あたま）の飾り／頭上的裝飾品；②〔おー〕←まつ・かざり；③〔文〕頭髮の飾りを下（お）ろす／落髮（爲僧）⓪

かざりけ【飾り気】（名）（愛好）修飾，裝飾；☆飾り気のない／素的，不加修飾的；☆飾り気のない言葉／率直的言詞；☆飾り気のない人／直爽的人。⓪

かざりた・てる【飾り立てる】（他下一）把…裝飾起來，大加修飾，図かざりたつ（下二）。⑤

かざりつ・ける【飾り付ける】（他下一）加以裝飾，図かざりつく（下二）。⑤

＊かざ・る【飾る】（他五）①裝飾，裝潢；☆室（へや）は立派（りっぱ）に飾ってある／屋子裏裝飾得很漂亮；☆うわべを飾る／裝潢門面；②修飾，潤色，☆文章を飾る／修飾文章；☆言葉（ことば）を飾らずに言えば／不加潤色地說來，直爽說來；③掩飾；☆過（あやまち）を飾る／掩飾過錯；☆体裁（ていさい）を飾る／裝飾門面，裝飾外表。⓪

かさん【加算】（名・他サ）加・加法。⓪

かさん【家産】（名）家財，家產。⓪

＊かざん【火山】（名）火山；～みゃく【火山脈】（名）火山脈。①

がさん【画賛・画讃】（名）（畫上的）題跋，畫讚。⓪

かさんかすいそ【過酸化水素】（名）〔化〕過酸化氫，雙氧水。⑤

かし【樫】（名）〔植〕橡樹，椆樹。①

＊かし【貸し】（名）①借給，貸與；②借給的款，債權；☆貸しが取れない／收不進來帳款；☆彼に一千円の貸しがある／他欠我一千塊錢。⓪

かし【河岸】（名）①河岸；☆向（むこ）う河岸／河的對岸；②鮮魚市場；☆河岸へ買い出（だ）しにゆく／到鮮魚市場去買魚；③〔轉〕地點，買賣；☆河岸を替（か）える／換一個地點，換一樣買賣。⓪

か

かし【下士】（名）〔舊〕＝かしかん（下士官）；～かん【下士官】（名）下級軍官。①

かし【下肢】（名）下肢，腿部。①

かし【可視】（名）可視，可以看見；～こうせん【可視光線】（名）可視光線，普通光線。①

かし【仮死】（名）〔醫〕假死，昏厥；☆仮死状態に陥（おち）る／陷入假死狀態，昏過去。①

かし【歌詞】（名）①歌詞；☆曲はぴったり歌詞に合っている／曲子同歌詞極其貼切；②〔文〕「和歌」中使用的詞句。①

*かし【菓子】（名）點心，餑餑；糖菓；☆お菓子をねだる／（小孩）討點心吃。①

*かじ【舵・柁】（名）（船、飛機等的）舵；☆舵を取（と）る／掌舵；〔轉〕操縱；☆一国（いっこく）の舵を取る／掌政權。①

*かじ【楫・梶】（名）櫓，櫂。①

かじ【鍛冶】（名）①鍛冶，打鐵；②鐵匠；～や【鍛冶屋】（名）①鐵匠，②鐵匠爐。①

**かじ【火事】（名）火災，失火；☆火事に遭（あ）った／遭受了火災；火事を消（け）す／撲滅火災；～どろ【火事泥】（名）←かじばどろぼう；～ば【火事場】（名）失火的現場；～ばどろぼう【火事場泥棒】（名）趁火打劫的人。①

かじ【加持】（名・自ザ）①招訣念咒；②祈禱。①

*かじ【家事】（名）家務（事），家政；☆家事に追（お）われる／家務事忙不過來。①

がし【餓死】（名・自サ）餓死；☆餓死線上（せんじょう）たある／瀕於餓死。①

がし【賀詞】（名）祝詞，賀詞。①

カシオペイヤ【Cassiopeia】（名）〔天〕仙后座。④

かじか【鰍】（名）〔動〕杜父魚。◎

かしかた【貸方】（名）①債主，借給別人錢的人；②借給或租給的方法、方式；③〔簿記〕貸方；↔かりかた（借方）。①

かじか・む【悴む】（自五）（手脚等）凍僵；☆手がかじかんで字が書けない／手凍僵了寫不出字來。◎

かしかり【貸（し）借（り）】（名・他サ）借出和借入。②③

かしかんだんけい【華氏寒暖計】（名）華氏寒暑計。①

かじき【梶木・舵木】（名）〔動〕旗魚（＝かじきまぐろ）。①

かしきり【貸切（り）】（名）包租；全部租給；☆この観光バスは貸切だ／這台觀光遊覽車是包車（專車）。◎

かしき・る【貸し切る】（他五）包租，全部租給；☆船（ふね）を貸し切る／包租一隻船。③

かしきん【貸金】（名）貸款。③

かし・ぐ【炊（爨）ぐ】（他五）①炊，燒飯；②掏（米）。②

かし・ぐ【傾ぐ】Ⅰ（自五）傾斜，偏斜；☆船が片方（かたほう）に傾ぐ／船傾向一方；Ⅱ（他下二）〔文〕→かしげる。②

かし・げる【傾げる】（他下一）…使傾斜，歪；☆首を傾げて考える／歪着頭想；図かしぐ（下二）。②

かしこ（名）〔かしこし（畏し）的語幹〕女人寫信時用的結束語。①

かしこ【彼処】（代）那裏，彼處（＝あそこ）。①

*かしこ・い【賢い】（形）聰明的，賢明的，伶俐的；乖的；☆賢いやり方／賢明的辦法；☆賢い賢い泣（な）くんじゃないよ／乖乖地，不要哭（哄小孩語）；☆賢く立ち廻（まわ）る／處理有方。③

かしこし【貸し越し】（名）〔經〕（銀行的）透支。◎

かしこどころ【賢所】（名）①日本皇宮內溫明殿中供奉八咫鏡（＝やたのかがみ）的地方，日本皇宮的內殿②八咫鏡（＝やたのかがみ）。①

かしこま・る【畏まる】（自五）①正襟危坐，恭恭敬敬地坐着；☆そんなに畏まるには及（およ）ばない／不必那麼拘束，隨便坐着好了；②〔敬語〕（肯定、同意的回答）是；☆はい、畏まりました／是。④

かし・ずく【傅く】（自五）①扶持，伺候；②愛護，珍愛；③照顧。③

かしせき【貸（し）席】（名）出租的會場（宴會會場）。◎

かしだおれ【貸し倒れ】（名・自サ）呆帳，荒帳；☆貸し倒れになった貸金／收不回來的放款。◎

かしだし【貸出し】（名）①〔（かしだす）的名詞形〕；☆図書館の本は誰にでも貸

出しをします／圖書館的書誰借都可以；②（銀行的）放款；☆貸出しが増（ふ）える／放款增加。 ◎

かしだ・す【貸し出す】（他五）（物品的）出借，出租；（金錢的）貸放，借出。 ③

かしちん【貸し賃】（名）租金，賃費 ②③

*かしつ【過失】（名）①過錯，錯誤；☆過失を犯（おか）す／犯錯誤；②（偶然的）過失；☆出火（しゅっか）の原因は過失で放火ではない／失火的原因是過失而不是放火；⑧〔法〕過失。 ◎

*かじつ【果実】（名）①水果，果樹；☆果実を結（むす）ぶ／結果，☆果実を栽培する／栽種果樹；②〔轉〕果實，收益，收穫。 ①

かじつ【夏日】（名・副）〔文〕夏天；在夏日裏。 ①

かじつ【過日】（名・副）前幾天，前些日子。 ①

がしつ【画室】（名）畫家的工作室，畫室（＝アトリエ）。 ◎

かしつけ【貸付】（名）（物品・金錢的）出借，出租；☆あの銀行は貸付を主な業務（ぎょうむ）とする／那個銀行的主要業務是放款。 ◎

かして【貸手】（名）出租或出借的人，物主，債主。 ◎

かじとり【舵取】（名）①掌舵的人；②〔轉〕指導者，領導者。 ②

かしぬし【貸主】（名）＝かして。 ◎

カジノ【意casino】（名）①俱樂部，娛樂場所；②賭場。 ①

かじぼう【梶棒】（名）（人力車的）車把，車轅。 ②◎

かしほん【貸本】（名）出租的書（或雜誌等）；～や【貸本屋】（名）出租書籍的舖子。 ◎

かしま【貸間】（名）出租的房間；～ぐらし【貸間暮し】（名）租房間住（的人）◎

かしまし・い【囂しい・姦しい】（形）喧囂的，嘈雜的；囚かしまし（形シク） ④

ガジマル（名）〔植〕（琉球語）榕樹。 ◎

かしみせ【貸店】（名）出租的店舖。 ◎

カシミヤ【cashmere】（名）印度克什米爾產山羊毛的織物。 ◎

かしゃ【貨車】（名）貨車 ①

かしや【貸家】（名）出租的房子；☆貸家を探（さが）す／找房子；☆貸家払底（ふってい）／房荒。 ◎

かしや【菓子屋】（名）點心舖，糕點舖 ②

かじや【鍛冶屋】（名）鐵匠。 ◎

かしゃく【呵責】（名）苛責；☆良心の呵責を受ける／受良心的苛責。 ◎

かしゃく【仮借】（名・他サ）①（六書之一）假借；②寬恕；☆仮借なく厳罰（げんばつ）する／嚴懲不貸。 ◎

*かしゅ【歌手】（名）歌手，歌唱家。 ①

かじゅ【果樹】（名）果樹；～えん【果樹園】（名）果樹園。 ①

がしゅ【雅趣】（名）雅趣。 ①◎

がしゅ【画趣】（名）畫的意義；如畫的風景。 ①◎

かしゅう【歌集】（名）（特指和歌的）歌集。 ◎

かじゅう【加重】（名・自他サ）加重；☆刑（けい）を加重する／加重處刑。 ◎

かじゅう【果汁】（名）果汁。 ◎

かじゅう【荷重】（名）負荷，載重量。 ◎

かじゅう【過重】（形動ダ）過重；☆彼には負擔が過重だ／對他來說負擔過重。 ◎

かしゅう【我執】（名）①執拗，執着，固執己見；②我執，我見。 ◎

ガジュマル→ガジマル。 ◎

かしょ【箇（個）所】（名）處；地點；☆数箇所傷（きず）を受けた／受了好幾處傷；☆間違（まちが）った箇処を訂正する／訂正錯處。 ①

かじょ【加除】（名・他サ）增刪。 ①

かしょう【火傷】（名・自サ）〔醫〕←やけど。 ◎

かしょう【仮称】（名・自サ）暫稱，臨時名稱；☆研究院と仮称する／暫稱研究院。 ◎

かしょう【河床】（名）〔地〕河床。 ◎

かしょう【過小】（形動ダ）過小；～ひょうか【過小評価】（名・他サ）估價過低；☆敵側の実力を過小評価する／過低估計敵方的實力。 ◎

かしょう【過少】（形動ダ）過少。 ◎

かしょう【過賞】（名・他サ）〔文〕過分稱讚，過分獎賞。 ◎

かしょう【歌唱】（名・自サ）〔文〕歌唱 ◎

かじょう【過剰】（名）過剩。 ◎

かじょう【箇条】（名）條款，項目；～がき【箇条書】（名）分條寫出（的文件），列舉；☆箇条書にする／分條寫出。 ◎

がしょう【画商】（名）畫商。 ◎

か

がしょう【臥床】（名・自サ）①床；②臥在床上。[0]

がしょう【賀正】（名）慶賀新年，賀年[1][0]

がじょう【牙城】（名）①牙城，主將的居城；②〔轉〕根據地；☆敵の牙城に迫（せま）る／迫近敵人的根據地。

がじょう【賀状】（名）①賀信；②賀年信。[0]

かしょく【火食】（名・自サ）煙火之食[1][0]

かしょく【華燭】（名）（洞房）花燭；☆華燭の典（てん）をあげる／舉行結婚禮。[1][0]

かしょく【過食】（名・他サ）〔文〕吃得過多。

かしら【頭】（名）①頭，腦袋；☆頭を（横に）振る／搖頭，不同意；☆頭を縦（たて）に振る／點頭，同意；②（物的）頂，頭；☆金頭のステッキ／金頂的手杖；③頭髮；☆頭をおろす／落髮（出家）；④首領，頭目，首腦人物；☆とびの頭／消防隊的頭目；~がき【頭書】（名）（書的）頭註；~（も）じ【頭（文）字】（名）①（句子的）第一個字；②（西方文字的）大寫第一個字母；~だ・つ【頭立つ】（自五）當頭目，作首領；~ぶん【頭分】（名）首領（的身分），頭目；~つき【頭付】（名）〔烹飪〕帶頭的魚，整魚；☆鯛のお頭付／帶頭的家吉魚。[3]

かしら（ん）【か知ら（ん）】（連語・感助）表示懷疑；☆本当（ほんとう）かしら／真的嗎；不見得真吧；☆行って見ようかしら／我有心去一下（不曉得是不是去一下好）。

─がしら【頭】（造語）①表示剛一…（＝とたん）；☆出（で）あい頭／剛一見面；②表示數第一的人；☆もうけ頭／最賺錢的人。

かじりつ・く【齧り付く】（自五）①咬住，☆犬（いぬ）が足に齧りつく／狗咬住腳；②〔轉〕抓住不放手，糾纏住，抱住，黏住，固守不離；☆首（くび）に、かじりつく／摟住脖子；☆地位（ちい）に、かじりつく／死守職位，（絕不辭職）☆机（つくえ）にかじりつく／坐在桌旁死用功；☆子供（こども）は私にかじりついて離（はな）れない／小孩子把我糾纏住不離開。[2][4]

かじ・る【齧る】（他五）①咬；☆齧り取（と）る／咬掉；②〔轉〕一知半解；稍稍知道；☆文学を少しかじっている／微微懂得一點文學；☆なんでもかじってみる／什麼都學一點兒；◇親の脛（すね）をかじる／靠父母養活。[2]

かしわ【梛・柏】（名）〔植〕梛樹，橡樹；~もち【柏餅】（名）①用梛樹葉包的帶餡年糕；②〔轉〕用一床被子連舖帶蓋。[0]

かしわ【黄鶏】（名）①茶色羽毛的鶏；②（上等的）鶏肉。[0]

かしわで【柏手】（名）拜神時兩手相拍；☆柏手を打（う）つ／拜神時拍手。[3]

かしん【花心】（名）〔文〕花蕊。

かしん【花信】（名）櫻花已開的消息。[0]

かしん【家臣】（名）（諸侯的）家臣，家人（＝けらい）。[1]

かしん【過信】（名・他サ）過於相信；☆自己（じこ）の実力を過信する／過於相信自己的實力。[0]

かじん【佳人】（名）〔文〕佳人。[1][0]

かじん【家人】（名）①家人，家裏的人們；☆家人の留守（るす）に盗人（ぬすびと）が入った／家裏沒人的時候進了賊人；②（諸侯的）家臣。[1]

かじん【歌人】（名）（特指詠「和歌」的詩人）。[1][0]

がじん【雅人】（名）風流人，雅人。[1]

がしんしょうたん【臥薪嘗膽】（連語・名・自サ）〔文〕臥薪嘗膽。[1]

かす【滓】（名）（液體的）沉澱物，渣滓；☆茶の滓／乏茶葉。[1]

かす【糟・粕】（名）①糟，粕；②〔轉〕糟粕；☆人間（にんげん）の糟／人類的糟粕，卑鄙的人。[1]

か・す【貸す】（他五）①借給，借出，出借；☆金を貸す／借給錢；☆本を貸す／借給書；②租給，租出，出租；☆家を貸す／出租房屋；☆土地を貸す／出租土地；③賜給；◇耳を貸す／聽；手を貸す／幫助；力を貸す／幫助，援助；知恵を貸す／出主意，代爲策劃。[0]

か・す【化す】（自・他五）〔文〕←かす（化する）。[1]

か・す【嫁す】（自・他サ）〔文〕←かする（嫁する）。[1]

か・す【課す】（他五・サ）〔文〕←かする（課する）。[1]

＊かず【数】（名）數，數目；☆数を数え（かぞ）える／數數；☆数が多い（少ない）／數目多（少）；☆数に物（もの）を言わせる／以多為勝；☆数でこなす／在數目上想辦法，用薄利多賣的辦法賺錢；☆物の数とも思わない／不算數，不值一顧；☆数をとっておく／記數；☆数あるその中で／許多…之中；☆数限（かぎり）ない／無數；☆数をそろえる／湊數。①

が・す【賀す】（他五・サ）〔文〕←がする（賀する）。①

＊ガス【荷gas・瓦斯**】**（名）①氣體；②煤體；☆私の家にはガスが引（ひ）いてある／我家裏裝有煤氣設備；☆ここにはまだガスが来ていない／煤氣管還沒有通到這裏；③霧，濃霧；☆今日、海にはガスがある／今天海上有霧；④汽油（＝ガソリン）；⑤〔俗〕屁；☆腹にガスが溜（た）まる／壯子裏有屁；～いと【瓦斯糸】（名）絲光棉紗；～そ【gas壊疽】〔醫〕瓦斯壊疽；～おり【瓦斯織】（名）絲光棉織品；～かん【gas 管】（名）煤氣管；～コークス【瓦斯Koks】（名）（製造煤氣時的副產品）焦炭；～たい【gas体】（名）氣體；～タンク【gastank】（名）煤氣貯藏槽，貯氣器；～とう【gas灯】（名）煤氣燈；～マスク【gasmask】（名）防毒面具；～レンジ【gas range】（名）（廚房的）瓦斯爐；～ゆわかしき【gas湯沸し器】（名）瓦斯熱水器①

かすい【下垂】（名・自サ）下垂。⓪

かすい【仮睡】（名・自サ）假寐，假眠（＝うたたね）。⓪

＊かすか【微（幽）か】（形動ダ）①微弱，略微；☆微かな声（こえ）／微弱的聲音；☆微かに笑（わら）う／微微一笑；☆微かな希望／一線希望；②微暗，朦朧，模糊；☆微かに憶（おぼ）えている／模模糊糊記得；☆微かに輝（かがや）く／略微有光；③可憐，貧窮；☆微かな暮（くら）し／可憐的生活；④微小，輕微①

かすがい【鎹】（名）鋦子，鋸子；☆鎹で止める／用鋦子鋦上；◇豆腐（とうふ）に鎹／豆腐上鋦鋦子，無用；子（こ）は鎹／孩子是夫妻的羈絆。⓪

かずかず【数数】（名・副）種種，很多；☆数数の御好意／（你的）種種厚意。①

かず・く【被く】Ⅰ（他五）戴（在頭上）；Ⅱ（他下二）〔文〕①給…戴上；②使…

扨上；⑨託故，藉口。②

かすず（づ）け【粕漬】（名）用酒糟漬的青菜或魚類。⓪④

カスタード【custard】（名）加牛奶的甜鷄蛋羹。③

カスタネット【西castanets**】**（名）〔樂〕響板（木或象牙製，形如兩扇貝殼，舞時握於掌中以中指擊之）。④

カスチングボート【 casting vote 】（名）①（贊成和反對同數時議長的）決定投票；②決定權；☆カスチングボートを握（にぎ）る／掌握勝敗的關鍵；操決定權。

カステラ【葡Castella **】**（名）鷄蛋餻⓪

かすとり【粕取】（名）（用酒糟摻酒精製造的）劣酒。⓪④

かずのこ【数の子】（名）曬乾的青魚子⓪

かすみ【霞】（名）①霞，霞，薄霧；☆霞がかかる／有霞，降薄霧；☆遠くの方が、霞のために、ぼうっとしている／遠方因有霧模糊看不清楚；②（眼睛）朦朧，迷濛；☆目（め）に霞がかかる／眼睛朦朧③（捕小鳥用的）細網；～め【霞目】（名）朦朧眼。⓪

かすみがせき【霞が関・霞ヶ関】（名）日本外交部（的所在地）。④

＊かす・む【霞む】（自五）①有霞，有薄霧；☆遠くに霞んで見える島／遠方隱約看不清楚的島嶼；②（眼睛）朦朧，看不清楚；☆年をとって、目が霞む／上年紀了老眼朦朧⓪

かす・める【掠める】（他下一）①掠奪，剝削；☆人の賃金（ちんぎん）を掠める／剝削別人的工資；②掠過，擦過；☆鳥が水面を掠めて飛（と）び去（さ）った／鳥掠過水面飛去；③欺騙，瞞哄；☆人の目を掠めて入りこむ／偷偷溜進去；④暗示，暗諷；☆掠めて言う／暗諷，繞彎說；図かすむ（下二）。⓪③

かずもの【数物】（名）①數量多的東西；②很少錢買一堆的東西；③有數的東西，很少的東西；④有一定數量的東西；不够數沒有用的東西。②

がずら【葛】（名）〔植〕蔓草，纏繞植物。⓪

かずら【鬘】①以蔓草作的飾髮物；②假髮→かつら。⓪

かすり【掠】（名）①〔かする〕的名詞形；②剝削；～きず【掠り傷】（名）擦傷，

輕傷；☆掠り傷一つ受けなかった／一點
也沒受傷。③

かすり【絣・飛白】（名）（布的）碎白點
花紋（日本特有的染織法）；碎白點花紋
的布。③⓪

かす・る【掠る】Ⅰ（自下二）〔文〕←か
すれる；Ⅱ（他五）①掠過，擦過；☆銃
丸が右の肩（かた）を掠った／槍彈擦過
了右肩；②剃削，抽頭；③寫出飛白；☆
字がかす（れ）る／字寫出飛白來。②

か・する【化する】（名・自サ）①化爲；☆多
くの家（いえ）が灰（はい）に化した／
許多房屋化爲灰燼了；②感化；③變爲；
變化爲；☆石に化する／變爲石頭；囚か
す（サ）。②

か・する【科する】（他サ）判處（刑罰）；
☆罰金（ばっきん）を科する／判處罰款；
囚かす（サ）。②

か・する【嫁する】Ⅰ（自サ）嫁出，出嫁；
Ⅱ（他サ）①把…嫁出，使…出嫁；②轉
嫁，推諉；☆人に責任を嫁する／把責任
推到別人身上；囚かす（サ）。②

が・する【賀する】（他サ）慶賀，祝賀；
囚がす（サ）。②

かす・れる【掠れる】（自下一）①掠過，
擦過；②（字）寫出飛白；③（聲音）嘶
啞；囚かする（下二）。②

かせ【桛・綛】（名）①（纏線用的）工字
形框子；捲線軸；②一軸線，一框線（＝
かせいと）。①

かせ【枷】（名）①（刑具）枷，銬，鐐；
☆首（くび）枷／枷；☆手（て）枷／手
銬；☆足（あし）枷／腳鐐；☆首枷をか
ける／給…帶上枷；②〔轉〕桎梏，束
縛。②

かぜ【風】（名）①風；☆風が吹く／颳風；
☆風が止む／風息；☆風があたる／有
風，迎風；☆風にさらす／讓風吹一吹；
☆向い（追い）風／搶（順）風；②感冒，
傷風；☆風を引く／感冒；☆風がなかな
か抜（ぬ）けない／感冒老是不好；◇ど
うした風の吹き回（まわ）しか／不知是
什麼緣故；☆どんな風の吹き回しでやっ
て来たのだ／哪一陣風把你吹來的；どこ
を風が吹くかと言うふうをする／若無其
事的樣子，毫不關心的樣子；荒い風にも
当てずに育てる／嬌生慣養，精心撫育；
むやみと役人（やくにん）風を吹かす／
一味擺官架子；風を食（くら）って逃

る／聞風逃跑；明日（あす）は明日の風
が吹く／今天不要管明天；明天再說明天
的。⓪

かぜあたり【風当たり】（名）①風勢，風
吹的力量；☆ここは風当たりが強（つ
よ）い／此處風大；②〔轉〕招風；☆地
位（ちい）が上（あ）がると風当たりが
強くなる／地位一高就越發招忌。③⓪

かせい【火星】（名）〔天〕火星。⓪

かせい【加勢】（名・自サ）援助，幫忙，
幫助；☆加勢に行く／前去幫忙；☆加勢
を求（もと）める／求援；②援兵，援助
者。⓪

かせい【仮性】（名）①假的性質；②（病
狀等）假性；↔しんせい（真性）。⓪

かせい【苛性】（名）苛性；～カリ【苛性
加里】（名）〔化〕苛性鉀；～ソーダ
【苛性曹達】（名）〔化〕苛性鈉，燒
鹼。⓪

かせい【家政】（名）家政，家事；～ふ【
家政婦】（名）家庭女佣人；～か【家政
科】（名）（學校的）家政系。⓪

かぜい【課税】（名・自サ）課稅。⓪

かせいがん【火成岩】（名）〔地〕火成
岩。②

カゼイン【德Kasein】（名）〔化〕乾酪
素。②

かせき【化石】（名・自サ）〔地〕化石⓪

かせぎ【稼ぎ】（名）①作工，勞動（賺錢）
；☆稼ぎに出る／出外作工；②工錢，
工資；☆一ヶ月十万円の稼ぎがある／一
個月賺十萬圓的工資；③工作；☆近頃
あまりいい稼ぎがない／近來沒什麼好
工資高的）工作；～だか【稼ぎ高】（名
）工資額；☆一日の稼ぎ高がせいぜい三
千円位だ／一天的工資額也不過三千圓左
右。①③

かせ・ぐ【稼ぐ】（自五）做工；（靠做工）
賺得，掙得；☆月に三百ドル稼ぐ／一個
月掙美金三百元；☆いくら稼いでも追（
お）っつかない／怎樣勞累生活也不見寛
裕；☆小使（こづか）いを稼ぐ／賺個零
花錢；◇時を稼ぐ／爭取時間；☆稼ぐに
追いつく貧乏なし／〔諺〕勤勞的人不愁
窮。②

かぜぎみ【風邪気味】（名）有點傷風。⓪

かぜぐすり【風薬】（名）治感冒的藥③⓪

かせつ【架設】（名・他サ）架設，安裝；
☆橋（はし）を架設する／架橋；☆電話

を架設する／安裝電話。⓪

かせつ【仮設】（名・自サ）①臨時裝置，臨時安設；☆仮設駐車場（ちゅうしゃじょう）／臨時停車場。②假設，假定；☆仮設の角（かく）／〔數〕假設的角。⓪

かせつ【仮説】（名）〔哲〕假設，臆說，假說；☆仮説を立（た）てる／假定，立假說。⓪

かせつ【佳節】（名）佳節；☆建国の佳節／建國佳節。①

カセット・テープ【cassette tape】（名）卡式錄音帶。⓪

かぜとおし【風通し】（名）通風。⓪⑤

カセドラル【cathedral】（名）〔宗〕大教堂，中央寺院。

かぜのかみ【風の神】（連語・名）①風神；②散布感冒的瘟神。⑤④

かぜのこ【風の子】（連語・名）兒童，孩子（因兒童最愛在戶外遊玩不怕寒風故云）。⓪

かぜのたより【風の便り】（連語・名）風傳，謠傳；☆風の便りに聞（き）く／風聞。④

かぜひき【風引き】（名）（患）感冒⓪④

かぜむき【風向き】（名）＝かざむき；風向（ふうこう）。⓪

かせん【化繊】（名）化學纖維。⓪

かせん【河川】（名）河川。①

かせん【架線】（名・他サ）〔電〕架線；～こうじ【架線工事】（名）〔電〕架線工程。⓪

かせん【歌仙】（名）①歌仙（「和歌」的聖手）；②「連歌」或「俳諧」的一個體裁。①⓪

がせん【画仙】（名）名畫家；～し【画仙紙】（名）宣紙。⓪

がぜん【俄然】（副）忽然，突然；☆俄然態度を変える／突然改變態度。⓪

かそう【下層】（名）下層。⓪

かそう【火葬】（名）火葬；☆火葬にする／火葬；～ば【火葬場】（名）火葬場。⓪

かそう【家相】（名）（房子的）向口，風水；☆家相が良い／房子有風水，向口好；～み【家相見】（名）風水先生。②

かそう【仮想】（名・自サ）假想；～てきこく【仮想敵国】（名）假想敵國。⓪

かそう【仮装】（名・自サ）①化裝；☆女に仮装する／假裝爲女子；☆思い思いに

仮装する／各式各樣地化裝；②僞裝；～ぎょうれつ【仮装行列】（名・自サ）化裝遊行。⓪

かそう【過早】（形動ダ）〔文〕過早；☆過早評価は慎（つつし）んだ方がいい／不要作過早的評價。⓪

かぞう【家蔵】（名・自サ）①家藏；☆家蔵の古画（こが）／家藏的古畫；②家藏的東西。⓪

がぞう【画像】（名）畫（像）像。⓪②

かぞえあ・げる【数え上げる】（他下一）①（一一）數出來，列舉，枚舉；☆この種（しゅ）の問題は数えあげたら切（き）りがない／這種問題不勝枚舉；②數完；図かぞへあぐ（下二）。⑤

かぞえうた【数え歌】（名）數數歌（一種民歌，歌詞各節依次帶有一二三…的數字者）。③

かぞえた・てる【数え立てる】（他下一）＝かぞえあげる①；図かぞへたつ（下二）。⑤

かぞえどし【数え年】（名）虛歲數（降生就算一歲的歲數）；☆今年の三月で満二十歳ですが、数え年では二十二です／今年三月實歲數整二十歲，但虛歲數是二十二歲。②

*かぞ・える【数える】（他下一）①數，計算；☆一から百まで数える／從一數到一百；☆指折（ゆびお）り数えるほどしかない／（少得）屈指可數；☆数え切れないてがら／數不盡的功勞；②列舉，枚舉；☆発明家の中に数えられる／被列爲發明家；◇死んだ児（こ）の歳（とし）を数える／〔喻〕作無益的後悔；図かぞふ（下二）。③

カソード【cathode】（名）〔電〕陰極，真空管的陰極。②

かそく【加速】（名・自サ）①增加速度；②增加的速度。⓪

かそくど【加速度】（名）加速度；☆郊外の人口が加速度的に増加する／郊區的人口加速度地增加。③

*かぞく【家族】（名）家族，家屬；☆家族が多い（少ない）／家族多（少）；☆家族を養（やしな）う／養活家族；～せいど【家族制度】（名）家族制度。①

かぞく【華族】（名）華族（有爵位的人及其家族，第二次世界大戰後日本的華族已經取消）；☆華族その他の貴族制度は認（

みと）めない／〔日本憲法〕不承認華族及其他的貴族制度。[1]

かそけ・し（形ク）〔文〕幽，微（＝かすかだ）。[2]

かそせい【可塑性】（名）〔化〕可塑性；〔理〕受範性。[0]

かそぶつ【可塑物】（名）可塑物，塑料，塑膠（＝プラスチックス）。[2]

カソリック【Catholic】（名）→カトリック。[3]

***ガソリン**【美 gasoline】（名）揮發油，汽油；**～カー**【gasolinecar】（名）〔鐵〕輕油車；**～スタンド**【gasoline-stand】（名）（街頭的）汽車加油站[0]

かた──【片】（造語）①表示一對物件中的一個；☆片足（かたあし）／一隻腳；②表示偏於一方的意思；☆片田舎（かたいなか）／偏僻郷村；③表示不完全的意義；☆片言（かたこと）／不明瞭的話，半語；④表示少的意思；☆片時（かたとき）／片刻，片時。

かた──【固・堅】（造語）表示堅硬的意思；☆堅塩（かたしお）／凝結成塊的鹽；かたパン／乾麵包。

*──**かた**【方】（接尾）①表示方面的意思；☆母方（ははかた）の兄弟／姑舅兄弟，表兄弟；②表示家的意思；☆三浦方（みうらかた）の女中（じょちゅう）／三浦家的女傭人；③表示方法的意思；☆造（つく）り方／製法；④表示管理某事的人員；☆会計方（かいけいかた）／會計員；⑤表示做某種行為的人；☆売方（うりかた）／賣主，賣方。

***かた**【方】（名）①方，方向；方面；☆東（ひがし）の方／東方；☆敵の方／敵人方面，敵方；②〔敬稱〕人；☆この方／這一位；☆紹介状に書いてある方／介紹信上寫的那位；☆田中という方／姓田中的人；③時代，時期；☆来（こ）し方行（ゆ）く末（すえ）／過去和將來；④處理，解決；☆方がつく／得到解決；☆方をつける／加以處理，加以解決。[1]

***かた**【肩】（名）①肩，肩膀；☆肩の張（は）った若者（わかもの）／肩膀寬的小伙子；☆銃（じゅう）を肩にする／把槍扛在肩上；☆肩をすくめる／縮短肩膀來；☆肩が凝（こ）る／肩膀酸軟；②（衣服的）肩；☆肩にパットをいれる／（西服）加上墊肩；☆上衣（うわぎ）の肩

が破れた／上衣的肩破了；◇肩の凝（こ）らない読物／輕鬆的讀物；肩の荷（に）がおりる／卸下重擔；肩で息（いき）をする／呼吸困難（常指孕婦）；肩で風を切（き）ってあるく／得意揚揚地走；肩を貸（か）す／替人揹東西；給以幫助；肩を脱（ぬ）ぐ／露出肩膀；……の肩を持（も）つ／支持，袒護；…に肩を入れる／袒護…；…から肩を抜（ぬ）く／同…斷絕關係；…と肩を並（なら）べる／同…並肩；☆…と肩を並べるものがない／沒有可同…相比擬的。[1]

***かた**【形】（名）①形，形狀（＝かたち）；☆ハート形（がた）／心形；☆形がくずれない（くずれる）／不變形（變形）；②痕跡，☆形がつく／留下痕跡，印上一個印兒；③形式；☆形ばかりの祝（いわ）いをする／只舉行一個形式上的慶祝，草草慶祝一下；④抵押；☆時計（とけい）を形に借金（しゃっきん）する／拿錶作抵押借錢；⑤花樣，花紋；☆布（ぬの）に形を置（お）く／在布上印花樣。[2]

***かた**【型】（名）①模型；☆…を型にして作る／以…爲模型製作；②樣式；☆新（あたら）しい型の帽子（ぼうし）／新樣式的帽子；③（裁衣服用的）紙型；☆紙（かみ）で型をとる／用紙剪一個紙型；④（技藝上傳統的）形式；（演劇方面的）派；☆剣道（けんどう）の型／撃劍的形式；☆左団次（さだんじ）（日本著名演員名）型でやる／按左團次派表演；⑤〔轉〕例，慣例；☆型の如（ごと）く／照例；☆型を破（やぶ）る／破例；☆型に捕（とら）われる／拘泥慣例；☆型にはまった文句／老一套，官樣文章。[2]

かた【潟】（名）①海灘（＝ひがた）；②灣。[2]

かた【過多】（名）過多。[1]

かた【夥多】（名）〔文〕衆多；多數。[1]

──**がた**【方】（接尾）①表示「們」的意思，是敬語；☆あなた方／你們；☆先生方／老師們；②表示大約，差不多的意思；☆十円方下落（げらく）する／跌價十圓左右；③表示方面的意思；☆敵がた（てきがた）／敵（人）方（面）；④表示時間、時候的意思；☆明（あ）け方／天亮時分；⑤進行（＝すること）；☆調査方依頼（いらい）申（もう）し上（あ）げます／敬請加以調查。

か

かたあげ【肩揚げ】（名）兒童衣服在肩上所縫的褶（預備兒童長大時放下來以增加袖子的長度）；☆まだ肩揚げも取れない少女／還是黃花閨女。②

かたあて【肩当】（名）①衣服的墊肩布；②一切墊肩的東西。②

*かた・い【固（堅）い】（形）①硬的；☆堅い鉛筆／硬鉛筆；☆この牛肉は堅い／這塊牛肉硬；☆鉄のように堅い／鐵一般堅硬；②堅固的；☆堅い基礎（きそ）／鞏固的基礎；☆敵の防禦（ぼうぎょ）は堅い／敵人的防禦很堅固；③堅決的；☆堅い決心（けっしん）／堅定的決心；☆堅く信じて疑（うたが）わない／堅信不疑；④緊的；☆この靴（くつ）は堅い／這双鞋緊；☆固い結（むす）び目（め）／繫緊的結子；⑤堅實的；☆彼のやり方（かた）は堅い／他的做法很堅實；⑥生硬的；☆堅い文章／生硬的文章；⑦嚴肅的；☆彼の生活は堅くなった／他的生活現在變得嚴肅了；☆堅い読物（よみもの）／嚴肅的讀物；⑧頑固的；☆頭が堅い／腦筋頑固；⑨僵硬的，拘謹的；☆堅くなって坐（すわ）っている／拘謹地坐着；⑩嚴厲的；☆堅く禁（きん）ずる／嚴禁；☆堅く断（ことわ）る／嚴厲拒絕；⑤かたし（形ク）。⓪

*かた・い【難い】（形）Ⅰ難的（＝むずかしい）；☆解するに難くない／不難理解；⑤かたし（形ク）；Ⅱ（作爲補助用言，接在連用形下，變成「がたい」、表示）難於…；☆理解し難い／難於理解的；☆予測し難い／難於預料的；☆得難い／難得的。

かたい【下腿】（名）小腿。⓪

かだい【過大】（形動ダ）過大，☆過大な要求／過大的要求；☆過大に評価する／過高地評價。⓪

*かだい【課題】（名）①（提出的）題目；☆課題を与（あた）える／出題；②課題；☆夏休（なつやす）みの課題／暑假中的習題；③（待解決的）問題；（所負的）任務；☆失業を如何（いか）に解決すべきかは、現在多くの国家の政府に課せられた大きな課題／怎樣解決失業現象是現代許多國家政府所面臨的重大問題。⓪

がだい【画題】（名）畫題。⓪

かたいき【片息・肩息】（名）困難的呼吸，喘氣，☆片息をつく／發喘，喘吁吁地呼吸。③

かたいじ【片意地】（名・形動ダ）頑固，固執，倔強；☆片意地になる／頑固起來，固執起來；☆片意地を張る／意氣用事；☆片意地を通す／執拗到底。⓪④

かたいっ・ぽう【片一方】（名）＝かたほう。③②

かたいなか【片田舎】（名）偏僻地方，遙遠的鄉村；☆片田舎から出て来た人／從山間出來的人。③

かたうで【片腕】（名）①一隻手；②〔轉〕助手，心腹，股肱；☆人の片腕として働く／做人家的助手；☆彼は、まさかの時の片腕になろう／萬一的時候他可以來幫助一臂之力。⓪④

かたうらみ【片根（み）】（名・他サ）單方面的仇恨。③

かたえ【片方】（名）①一方；②一旁；☆片方に寄（よ）る／走向一旁，避向一旁；③旁邊的人。

がたお・ち【がた落ち】（名・自サ）①急落，暴落；☆相場が、がた落ちとなる／行市猛跌；②遠爲遜色，☆値段は安いが、品ががた落ちだ／價錢雖然便宜質量可太差了。⓪

かたおもい【片思い】（名）單戀；☆磯（いそ）の鮑（あわび）の片思い／單戀（「磯の鮑」是海濱的鮑魚的意思，因鮑魚只有一扇貝殼，故用來比喻單戀）。③

かたおや【片親】（名）雙親中的一方；☆あの子は片親がない／那個孩子雙親不全（即沒有父親或沒有母親）。⓪

かたがき【肩書】（名）①頭銜・官銜，稱號；☆博士（はくし）の肩書／博士稱號；☆たくさんの肩書を持（も）っている／有很多官銜；②在本文的右上部寫的字句；上款；信封上的收信人住址。⓪④

かたかけ【肩掛（け）】（名）披肩，披巾②

かたか・た（副・自サ）〔擬聲〕咯嗒咯嗒；☆かたかた鳴（な）る／咯嗒咯嗒響。①

かたがた【旁】（接）①順便，就便，同時；☆散歩（さんぽ）かたがた彼を訪問（ほうもん）した／在散步時順便拜訪了他；②因此；☆旁御安心下さい／因此請你放心。②⓪

かたがた【方方】Ⅰ（名）人們，大家；Ⅱ（代）您們；☆方方御一同（ごいちどう）／您們大家；Ⅲ（副）①這個那個，種種；②這裏那裏，各處；③總之。②

がたがた（副・自サ）①〔擬聲〕咯咯咯咯，咕咚咕咚；☆窓が、がたがたする／窗戶咯嗒咯嗒嗒響；②搖撼，不緊，搖搖蕩蕩；☆車ががたがただ／車輪搖搖提提；☆はしご段（だん）ががたがたする／（用木板作的）樓梯提提蕩蕩（不穩）；☆この蓋（ふた）は大きすぎてがたがただ／這個蓋子太大蓋不緊；☆その家は、がたがただ／那所房子已經東倒西歪；③顫動貌，發抖；☆がたがた震（ふる）える／得得打戰；☆寒（さむ）さで歯（は）ががたがたする／冷得上牙打下牙。①

かたかな【片仮名】（名）片假名（日文的楷體字母）；↔ひらがな。②③

かたがみ【型紙】（名）①（染花紋用的）漏花紙板；②（裁衣服用的）紙型；☆型紙を取る／裁紙型。①

かたがわ【片側】（名）一側；☆路（みち）の片側を歩（ある）く／在道路的一側走①

かたがわり【肩代り】（名・自サ）（債務、負擔等的）轉移，更替；☆株券（かぶけん）の肩代り／股票的過戶；☆責任（せきにん）の肩代り／責任的轉移。①

かたき【敵】（名）①敵，競爭者；☆恋（こい）の敵／情敵；☆商売（しょうばい）の敵／商敵；②仇人；☆敵を討（う）つ／復仇；☆敵を取られる／被復仇人殺死；◇江戸（えど）の敵を長崎（ながさき）で討つ／張三的仇報在李四身上；～うち【敵討】（名）復仇，～やく【敵役】（名）①〔劇〕反派角色；②招怨的人；☆敵役を買って出る／甘願當一個招怨的人。③

かたぎ【堅気】（名・形動ダ）①正經，規矩，正直，誠實；☆堅気な商売／正經的買賣；☆堅気な女／規矩的女人，品行端正的女子；☆堅気に暮（く）らす／務正業，規規矩矩過日子；②正經的職業，正業。①

かたぎ【気質】（名）（與人的職業、身分、年齡等相適應的特殊的）性情，性格，氣質，癖，脾氣；☆昔気質の老人／古板的老人；☆芸術家気質の人／藝術家脾氣的人；☆日本の当世役人（とうせいやくにん）気質はこうしたものさ／日本現在當官的人就是這種脾氣。①

─がたき（造語）表示對方的意思；☆遊び敵／遊玩的對方。

かたく【家宅】（名）家，住宅；☆家宅を

搜索（そうさく）する／捜査住宅。①

かたくな【頑な】（形動ダ）①頑固；②固陋；～もの【頑者】（名）頑固的人。①

かたく・い【難くない】（連語・形）〔文〕不難（＝むずかしくない）；☆察（さっ）するに難くない／不難諒察。

かたくり【片栗】（名）①〔植〕山慈姑；②（由山慈姑採取的）澱粉；〔俗〕藕粉（＝かたくりこ）；～こ【片栗粉】（名）山慈姑粉，藕粉，澱粉。②

かたくるし・い【堅苦しい】（形）①嚴格的，限制過嚴的，沒有通融餘地的；☆堅苦しい規則／嚴格的規則；☆堅苦しい人／太古板的人；②鄭重其事的，拘泥形式的；☆堅苦しい事は抜（ぬ）きにしよう／不要拘泥形式吧。⑤

かたぐるま【肩車】（名）騎脖子；☆肩車に乗（の）って河（かわ）を渡（わた）る／騎在（旁人的）脖子上過河。③①

かたこと【片言】（名）①（兒童等的）不清楚的話，半語；☆子供（こども）はもう片言を言い始めた／小孩已經開始牙牙學語；②一面之詞（＝かたくち）；◇片言まじり／夾雜着不清楚的話，抽笨地；☆片言まじりの日本語を話（はな）す／日本話說得很拙笨。①④

かたこり【肩凝り】（名）肩上的肌肉（因疲勞等而）僵硬。②③

かたじけな・い【忝ない】（形）①誠惶誠恐的；②感謝的；☆それは忝ない／那太感謝了；☆千万（せんばん）忝く存じます／不勝感激，千恩萬謝；図かたじけなし（形ク）。⑤

かたず【固唾】（名）☆固唾を飲（の）む／緊張屏息；☆固唾を飲んで見守る／提心吊膽地注視着。①

かたすかし【肩透し】（名）①〔角力〕（招數之一）躲閃（使對方向前撲空）；②〔轉〕使對方（的期待等）落空，出其不意；☆相手に肩透しを食わせる／使對方的期待落空。①

かたず（づ）・く【片付く】Ⅰ（自五）①收拾整齊，整頓好☆部屋（へや）の中がきちんと片付いている／屋裏收拾得整整齊齊；②得到解決，處理好；（工作等）做完；（商品等）賣掉；☆事件が円満に片付いた／事件圓滿解決了；☆仕事がやっと片付いた／工作好容易做完了；☆在荷（ざいか）は大抵（たいてい）片付いた

/存貨大致賣掉了；⑨出嫁；☆妹は昨年片付いた／妹妹去年出嫁了；Ⅱ（他下二）〔文〕→かたづける。③

かたすみ【片隅】（名）一隅；☆部屋（へや）の片隅／屋子裏的一個角落；☆町（まち）の片隅に住（す）む／住在城市的偏僻角落裏。③⓪

*__かたち__【形・容】（名）①形，形狀，樣子；☆形が良い（悪い）／樣子好（不好）；☆その形は魚に似（に）ている／那個形狀像魚；②姿態，容顏；☆容の良い人／姿態好看的人；☆容を正（ただ）す／正容，板起面孔；③〔轉〕狀態，情況；☆妻（つま）が家にいないので、まあ独身生活をしているという形だ／因爲妻不在家，所以可以說是過着獨身生活。⓪

かたちづく・る【形作る】Ⅰ（自五）化粧，打扮；Ⅱ（他五）形成；☆それらの家だけで小さな町（まち）を形作っている／僅僅那些房子就形成一個小市鎮。⑤

かたちんば【片ちんば】（形動ダ）①瘸，跛（＝ちんば）；②不成對（的）；☆靴（くつ）を片ちんばに穿（は）く／穿一隻不成雙的鞋。③

*__がたつ・く__（自五）①咯嗒咯嗒響；②不穩，提蕩；☆このテーブルは、がたつく／這個桌子提提蕩蕩不穩。⓪

かたづけ【片付（け）】（名）①〔かたづける〕的名詞形；②整理，整頓。④

*__かたづ・ける__【片付ける】（他下一）①整頓，收拾；☆本を片付ける／整頓圖書；☆食器を片付ける／把食器收拾起來；②解決，處理；☆家庭のごたごたを片付ける／解決家庭的糾紛；☆たまっている仕事（しごと）を片付ける／處理積壓的工作；③吃（喝）光；☆一斤の肉を一人（ひとり）で片付けた／一個人吃光了一斤肉；④嫁出，許配；☆娘（むすめ）を工場に片付ける／把女兒嫁給工人；⑤除掉，消滅，殺死；☆障碍物（しょうがいぶつ）を片付ける／除掉障礙物，⑥かたづく（下二）。④

がたっと（副）忽然（悪化）；☆がたっと衰（おとろ）える／忽然衰弱下去。⓪

かたっぱし【片っ端】（名）＝かたはし；◇片っ端から／依次，左一個右一個（全都）；☆片っ端から平（たい）げる／（左一個右一個）完全吃光；☆片っ端から投（な）げ出す／全扔出去；全摔

倒。⑤④

かたつむり【蝸牛】（名）〔動〕蝸牛。③

かたて【片手】（名）①一隻手；☆片手には杖（つえ）を、片手には帽子を持（も）つ／一隻手拿手杖，一隻手拿帽子；②當事人的一方；☆一方面；☆＝かたておけ；⑤〔商業隱語〕五、五十、五百等；~**おけ**【片手桶】（名）一側有把的小桶；~**おち**【片手落ち】（形動ダ）偏於一方，不公平，偏頗；☆一部の者だけを援助するのは片手落ちだ／只援助一部分人是不公平的。③⓪

かたてま【片手間】（名）業餘；☆片手間に小説を翻譯する／在業餘翻譯小說。⓪④

かたどおり【型通り】（名・形動ダ）照例，照一定形式。③

かたとき【片時】（名）片刻；☆片時も手離（てばな）さない／片刻也不離手。⑤

かたど・る【象る】（自五）按照，仿照…的形象（＝まねる）；☆この池（いけ）は昆明湖に象って造（つく）ったものです／這個水池是仿照昆明湖的形象修築的。③

*__かたな__【刀】（名）刀；☆刀の刃（は）／刀刃；☆刀の背（せ）／刀背；☆刀の鍔（つば）／刃的護手盤；☆刀の刃がこぼれる／刀折刃；☆刀を鞘（さや）に納（おさ）める／挿刀入鞘；~**かじ**【刀鍛冶】（名）刀匠。③②

かたながれ【片流れ】（名）〔建〕一面波（的房頂）。③

かたねり【固煉（り）】（名）（攪和得很）稠；☆固煉りの歯磨（はみがき）／稠的牙膏。③

かたのごとく【型の如く】（連語・副）照例，如法，按一定形式。③

かたは【片刃】（名）一面有刃・單刃。⓪

かたはい【片肺】（名）①一個肺；②〔航空〕（雙引擎飛機）的一個引擎；☆片肺になったので不時着（ふじちゃく）をした／因爲壞了一個引擎所以被迫降落了。⓪

かたばかり【形許り】（副）極少・很少（＝しるしばかり）。③

かたはし【片端】（名）①一端；☆綱（つな）の片端／繩的一端；②一邊；☆道（みち）の片端に寄（よ）って歩く／靠着路的一邊走；③一點，一小部分；☆片端

を聞（き）きかじる／一知半解；☆役人
の片端／小官吏。④0

かたはだ【片肌】（名）一個臂膀；☆片肌
脱（ぬ）ぐ／露出一個臂膀；〔轉〕助以
一臂之力；↔もろはだ。

かたはら【片腹】（名）腹部的一邊（右邊
或左邊）；～いた・い【片腹痛い】（形）
〔かたわらいたい〕之訛；可笑；可
憫。④0

がたぴし（副・自サ）咯嗒咯嗒（地響），
咕咚咕咚（地響）；☆窓（まど）ががた
ぴしして眠（ねむ）れなかった／窗戶咯
咚咕咚地響沒有睡好。

かたびっこ【片跛】（名）瘸。③

カタピラー【caterpillar】（名）〔機〕
履帶，履帶牽引裝置。

かたぶとり【固肥り】（名・自サ）實胖（
虛胖之對）；實胖的人。③

*かたほう**【片方】（名）①一方（面）；☆
片方だけの言い分（ぶん）を聞（き）く／
只聽一面之詞；②（兩個中的）一個，一
隻；☆片方の耳（みみ）が聞えない／一
隻耳朵聾；☆手袋（てぶくろ）を片方な
くした／兩隻手套丟了一隻。②

かたぼう【片棒】（名）〔轉〕伙伴；☆…
の片棒をかつぐ／當…的伙伴，同…共同
工作。0

かたぼうえき【片貿易】（名）不平衡的進
出口，偏於一方的進出口。③

*かたまり**【固まり】（名）①塊，疙瘩；☆
冰（こおり）の固まり／冰塊；☆澱粉（
でんぷん）はあまり急に煮（に）ると固
まりになる／澱粉煮得過急就變成疙瘩；
②羣，集團，堆；☆羊の固まり／羊羣；
☆人が固まりになっている／人集成一
團；☆あそこに一（ひと）固まり、ここに
一固まり／那邊一羣這邊一伙；③〔轉〕
頑迷，執迷不悟（的人）；☆拝金（はい
きん）主義（しゅぎ）の固まり／頑迷的
拜金主義者；④〔轉〕極端（…的人）；
☆欲（よく）の固まり／極端貪婪的人；
⑤〔轉〕硬化，進步停止；（病等）不再
發展。0

*かた・む・る**【固まる】（自五）①變硬，凝
固，凝結；成塊，成疙瘩；☆セメントは
早（はや）く固まる／水泥很快就凝固；
☆血が固まった／血凝結了；☆まだ骨が
固まらぬ少年／骨頭還沒長硬的少年；②
鞏固；☆彼はまだ思想が固まらない／他

的思想還沒有定形；☆もう基礎が固まっ
た／基礎已經鞏固了；③集在一起成羣；
☆酔（よ）っぱらいの周圍（しゅうい）
に人が固まった／人們聚集在醉鬼的周
圍；④〔轉〕熱衷，篤信（宗教等）；
☆彼は仏教に固まっている／他篤信佛
教；⑤（天氣等）安定，變正常，☆や
っと天気が固まった／總算天氣穩下來
了。0

かたみ【片身】①（魚等的）半隻②（日本
衣服的）半身。0

かたみ【形見】（名）紀念品，遺物；☆時
計（とけい）を形見にやる／贈給一隻錶
作爲紀念品；☆これは故人（こじん）の
形見だ／這是亡人的遺物；～わけ【形見
分（け）】（名）分贈紀念品，分贈遺
物。0

かたみ【肩身】（名）面子，臉面；自豪感；
☆肩身が広（ひろ）い／感覺自豪，有面
子；☆肩身が狭（せま）い／臉上無光，
感覺丟臉。①

かたみち【片道】（名）單程；☆片道は汽
車、帰（かえ）りは歩（ある）く／去時
乘火車，回來步行；☆片道通行（つうこ
う）／（交通標語）單行路；↔おうふく（
往復）。0

かたみに【互に】（副）〔文〕互相（＝おた
がいに）。0

*かたむき**【傾き】（名）①傾斜，傾斜度；
②傾向；☆…の傾きがある／有…的傾
向。0

*かたむ・く**【傾く】Ⅰ（自五）①傾，傾斜，
偏，歪；☆日が西に傾く／太陽西傾；☆
船が左舷（さげん）に傾いている／船向
左舷傾斜；②有…傾向；☆観念論（かん
ねんろん）に傾いている／有唯心論的傾
向；☆どちらかと言うと君の意見に傾い
ている／我比較還是贊成你的意見；③趨
於衰落，衰微，傾；☆その家の家運は傾
いてきた／這一家的氣運逐漸衰落了；Ⅱ
（他下二）〔文〕←かたむける。③

*かたむ・ける**【傾ける】（他下一）①使…
傾斜，使…歪（偏）；☆船を傾ける／把
船傾斜；☆体（からだ）を傾ける／把身子
歪過去；②傾注；☆力（ちから）を傾け
る／傾注力量；☆愛情を傾ける／傾注愛
情；☆注意を傾ける／加以注意；③傾☆
家財（かざい）を傾ける／傾家蕩產；☆
国（くに）を傾ける／傾國；◇盃（さか

すき）を傾ける／喝（一杯）酒；◇耳（みみ）を傾ける／傾聽；図かたむく（下一）。[4]

かため【固め】（名）①［かためる］的名詞形；②（鞏固的）防禦，防備；☆固めを厳（げん）にする／嚴加防備；☆彼らは国の固めである／他們為國家的干城；③（堅定的）誓約；☆婚約の固めに指輪（ゆびわ）を贈（おく）る／贈送訂婚的戒子。[0]

かため【片目】（名）①一隻眼睛；☆片目をつぶす／弄瞎一隻眼睛；☆片目で狙（ねら）う／用一隻眼睛瞄準；②一隻眼（的人）。[0]

*かた・める【固める】（他下一）①使…堅固，鞏固，堅定；☆拳（こぶし）を固める／把拳頭握緊；☆セメントを固める／使水泥凝固；☆基礎を固める／使基礎鞏固；☆決心を固める／下（堅定的）決心；☆地位を固める／鞏固地位；②加以防禦，防備，把…武裝起來；☆国境を固める／加強國境的防備；☆鎧（よろい）に身を固める／用鎧甲（把身體）武裝起來，穿上鎧甲；③使（生活）安定，使（生活）上軌道；☆結婚して身を固める／成家，結婚使安定図かたむ（下二）。[0]

かためん【片面】（名）一面，☆片面にだけ記入する／只在一面填寫。[3]

かたや【片や】（連語）一方面是。[1]

かたよ・せる【片寄せる】（他下一）放到一旁；☆荷物（にもつ）を片寄せる／把物件放到一旁去；図かたよす（下二）。[4]

かたより【片寄り・偏り】（名）①偏，偏倚，偏置；☆偏りカム／〔機〕偏凸輪；②〔理〕偏光。[4]

*かたよ・る【片寄る・偏る】（自五）偏，偏頗，偏於…；偏袒；☆考（かんが）えが偏っている／見解偏頗；☆彼の説は機械論に偏っている／他的說法偏於機械論；☆彼はどちらにも偏らない／他不偏袒任何一方。[3]

かたらい【語らい】（名）①談，談話；談心；②（男女的）誓約；☆夫婦の語らいをする／定夫妻之約，海誓山盟；～ぐさ【語らい草】（名）〔文〕話題。[3]

かたら・う【語らう】（他五）①談，談話，談心；☆語らう友もなく，侘（わび）しく住んでいる／連個談心的朋友都沒

有，寂寞地住在那裏；②定約，山盟海誓；③勸誘，邀請；☆二三の友を語らって旅行に出かける／邀請二三友人出去旅行；④同謀，計議。[3]

かたり【語り】（名）①［かたる］的名詞形；～ぐさ【語り草】（名）話題；☆これは後世（こうせい）までの語り草となろう／這件事會流傳到後世；～べ【語部】（古）上古以講述傳說、典故為職業的部族、稗官。[0]

かたり【騙り】（名）欺詐，騙；騙子；☆騙りに会（あ）う／受騙。[0]

かたり（副）〔擬聲〕咯嗒，嘩拉；☆かたりと音（おと）を立（た）てて落（お）ちる／嘩拉一聲掉在地下。[2][3]

がたり（副）〔擬聲〕咕咚，砰嚓。[2][3]

*かた・る【語る】（他五）①談，說；☆彼の語る所（ところ）によれば／據他所說，他說；☆語るに足（た）る学歴（がくれき）がない／沒有像樣（說得出）的學歷；☆今夜（こんや）は大（おお）いに語ろうではないか／今天晚上我們暢談一番吧；③〔曲藝〕說唱；☆浄瑠璃（じょうるり）を語る／說唱「淨瑠璃」（歌謠劇）；◇語るに落（お）ちる／不打自招。[0]

かた・る【騙る】（他五）騙，騙取；☆金（かね）を騙る／騙取金錢；☆名前（なまえ）を騙る／冒名（頂替）。[0]

カタル【德katarrh 加答兒】（名）〔醫〕卡他；☆胃カタル／胃卡他。[1]

カタログ【catalogue・型錄】（名）商品目錄；☆カタログ無料進呈（むりょうしんてい）／商品目錄免費奉送。[0]

かたわ【片端・片輪】（名・形動ダ）①殘廢，殘疾，畸形；☆戰争で片輪になった人／戰爭中成為殘廢的人；☆一生の片輪になる／落下一輩子的殘疾；☆片輪の子ほど，かわいい／畸形的孩子父母更喜愛；②〔轉〕殘缺不齊的東西，失去功用的東西；☆交通機関が片輪になる／交通機構陷於癱瘓狀態。[0]

かたわき【片脇】（名）①腋下，胳肢窩底下；☆本を片脇に抱（だ）く／把書夾在腋下；②一旁，一邊；☆不用（ふよう）の物を片脇に寄（よ）せる／把不用的東西收拾起來。[4][0]

かたわら【傍】Ⅰ（名）旁邊，身旁；☆道（みち）の傍に立つ／站在路旁；☆母の傍に坐（すわ）る／坐在母親的身旁；☆

傍に人（ひと）なきごとく振る舞う／拳
止旁若無人；Ⅱ（連語）一面…一面；☆
工場（こうば）で働（はたら）く傍学校へ
通（かよ）う／一面在工廠裏作工一面上
學校求學；～いた・い【傍痛い】（形）
①可憫；②可笑；☆彼が人に説教（せっ
きょう）するなんて傍痛い／就憑他還要
教訓別人，太可笑了；囚かたはらいたし
（形ク）。

かたわれ【片割れ】（名）①一個碎片，破片
；②〔轉〕（團體中的）一份子，伙伴，
黨羽；☆学者の片割れ／科学家中的一份
子，也算是一個科學家。④◯

かたん【下端】（名）下端。◯

かたん【荷担・加担】（名・自サ）①參加
，參與；☆そんな計画（けいかく）には
荷担できない／那樣的計劃我不能參加；
②支持，祖護；☆彼はどちらにも荷担し
ない／他對哪一方面都不偏担；③同謀，
發生關係；☆彼は盗賊に荷担したという
理由で拘引（こういん）された／他因爲與
像盗有關而被逮捕了（＝かたり）。◯

かたり（副）〔擬聲〕咔咚，砰噹（＝かた
り）。①③

かだん【花壇】（名）花壇，花圃。①

かだん【果断】（形動ダ）果斷，果決；☆
果断な処置（しょち）を採（と）る／採
取果斷的措施。◯

かだん【歌壇】（名）〔文〕「和歌」界①

がたん（副）〔擬聲〕砰噹；☆戸（と）
が、がたんと閉（し）まる／門砰噹一聲
關上；②順位，成績等突然變動；☆成績
が、がたりとおちた／成績突然變差了②

がだん【画壇】（名）繪畫界。◯①

カタンいと【cotton糸】（名）棉線，洋線，
軸線。④

*かち【勝】（名）勝，贏；☆勝を制（せい）
する／制勝；☆彼の勝になった／他勝了
；☆早い者勝／先下手爲強；〔商〕售完
爲止。②

*かち【価値】（名）價值；☆この本は一読
（いちどく）の価値がある／這本書值得
一讀；☆それは三文（さんもん）の価値
もない／那個連一個錢也不值；☆何の価
値もない／沒有任何價值。①

*—がち【勝】（接尾・形動ダ）①每每，往
往，動輒，一來就；☆若（わか）いものは
極端（きょくたん）に走（はし）りがち
だ／年輕人往往走極端；☆この病気は小

児（しょうに）にありがちだ／小孩很容
易患這種病；②常常，經常；☆あの人は
留守（るす）がちです／他常常不在家；
☆そんな誤（あやま）りはありがちの事
だ／那樣的錯誤是常有的；③比較多，大
部分是；☆黒味（くろみ）がちの縞（し
ま）／偏於黑色的條紋；☆六月中は雨天
（うてん）がちだった／六月裏多雨。

がち【雅致】（名）〔文〕雅致；☆その庭
（にわ）は雅致のある造（つく）りだ／
那個庭院的構造很雅致。①◯

かちあ・う【搗合う】（自五）①衝突，相
撞；②（日期等）趕在一起，湊到一塊兒；
☆祭日（さいじつ）と日曜（にちよう）
がかちあう／節日和星期日趕在一起。◯

かちいくさ【勝ち軍】（名）①戰勝；②勝
仗。③

かちかちⅠ（副・自サ）①〔擬聲〕咯嗒咯
嗒，滴嗒滴嗒；☆タイプライターがかち
かち鳴（な）っている／打字機咯嗒咯嗒
響着；②堅硬貌；☆道が凍（こお）って
かちかちしている／道路凍得很硬，☆頭
（あたま）が、かちかちだ／腦筋頑固，死
腦筋；Ⅱ（名）梆子（＝ひょうしぎ）①

がちがち（副・自サ）①牙齒相碰的聲音；
②慌忙，匆忙貌；③貪婪貌。①◯

かちき【勝気】（名・形動ダ）剛強；好強
；☆勝気な女／剛強的女人。③

*かちく【家畜】（名）家畜；☆家畜を飼育
（しいく）する／飼養家畜。◯

かちぐり【搗栗・勝栗】（名）曬乾後搗去
皮殼的栗子。②

かちこ・す【勝ち越す】（自五）（比賽中
所得分數）多於對方，領先。◯

かちっ（副）〔擬聲〕小而硬的器物相撞
聲。

かちどき【勝鬨】（名）勝利時的歡呼；吶
喊，☆勝鬨を揚（あ）げる／高呼勝利；
唱凱歌。②④

かちぬき【勝ち抜き】（名）①（比賽等）
連勝到底；②（一種比賽方法）勝者連賽
，淘汰賽；☆将棋（しょうぎ）の勝ち抜
き戦（せん）／象棋淘汰賽。◯

かちはな・す【勝ち放す】（自五）連勝到
底。

かちほこ・る【勝ち誇る】（自五）得勝，
勝利；因得勝而耀武揚威；因成功而昂然
自得。◯④

かちほし【勝星】（名）比賽記錄上記載的

）優勝符號；☆勝星を付（つ）ける／記
上優勝符號；登紅榜。[2]

かちまけ【勝ち負け】（名）勝負。[1][2]

かちみ【勝ち味】（名）得勝的希望，得勝
的可能，勝算，☆勝ち味のない試合／沒
有勝算的比賽；☆勝ち味が薄（うす）い
／得勝的希望很少。

かちめ【勝ち目】（名）＝かちみ。[3][2]

かちゃかちゃ（副・自サ）〔擬聲〕（許多
硬物相撞的聲）唏拉嘩拉，☆茶碗（ちゃ
わん）がかちゃかちゃ鳴（な）る／飯碗
唏拉嘩拉響。[1]

がちゃがちゃ I（副・自サ）〔擬聲〕（硬
物相撞的討厭的聲音）唏拉嘩拉；☆サー
ベルをがちゃがちゃ鳴（な）らす／把
（佩在腰間的）軍刀弄得唏拉嘩拉地響；◇
がちゃがちゃ言い立（た）てる／吵吵嚷
嚷地說個不休；II（名）〔俗〕〔動〕沙
蟲（蟋蟀科昆蟲）＝（くつわむし）[4][0]

がちゃり（副）〔擬聲〕（小物件相撞的聲
音）咯嚓；嘩拉；☆がちゃんと錠（じょ
う）をおろす／咯嚓一聲上了鎖；☆丼
（どんぶり）が落ちてがちゃんとこわれた
／大碗掉在地下嘩拉一聲打碎了。[2][3]

かちゅう【渦中】（名）漩渦之中；☆…の
渦中に巻（ま）き込（こ）まれる／被捲
入…的漩渦中。[1][0]

かちゅう【家中】（名）①家中；②家中所
有的人；③〔古〕諸侯的臣下。[1]

かちょう【花鳥】（名）花與鳥；☆あの画
家は花鳥が得意（とくい）だ／那位畫家
擅長花鳥；～ふうげつ【花鳥風月】（名）
①風花雪月（指大自然的美景）；☆花鳥
風月を友（とも）とする／以花鳥風月為
侶；②風流韻事。[1]

かちょう【家長】（名）家長，戶主。[0][1]

かちょう【課長】（名）科長，課長。[0]

がちょう【鵞鳥】（名）〔動〕鵝。[0]

かちん（副）〔擬聲〕（硬物相撞的聲音）
咯嚓，打瑙；〔俗〕自尊心被傷害到時的
感覺；☆その言葉を聞いて、かちんとき
た／聽到那句話心裡有些不服氣。[2]

カツ（名）＝カツレツ；☆豚（とん）カ
ツ／炸猪排。[1]

かつ【渇】（名）渴，口渴；☆渇を覚（お
ぼ）える／感覺口渴；☆渇を癒（いや）
す／解渴，醫渴。

かつ【且（つ）】I（副）〔文〕且，一邊
…一邊…☆且つ飲み且つ談（だん）ず／

且飲且談；II（接）〔文〕且，並且；☆
勇気あり且つ理知もある／有勇氣並且有
理智。[1]

*かつ【勝つ・克つ】（自五）①勝，戰勝；
克服；☆議論に勝つ／在辯論上得勝；☆
敵に勝つ／戰勝敵人；☆困難に勝つ／克
服困難；☆己（おのれ）に克つ／克己；
②占優勢，勝過，過分；☆兵力において
敵に勝つ／在兵力上勝過敵人（占優勢）；
☆この絵は赤味（あかみ）が勝っている
／這張畫紅顏色過多（過於紅）；☆私に
は勝ち過ぎた荷（に）だ／對我說來是過
分的負擔，我不堪勝任；◇勝てば官軍／
勝者王侯；勝って兜（かぶと）の緒（お）
を締（し）めよ／戰勝後仍要提高警惕（
戒驕戒躁）。[1]

かつ【贏つ】（自五）贏利，得利益。[1]

かつあい【割愛】（名・他サ）割愛，分
給，讓給，（人員的）調撥；☆あの論文
は紙面の都合（つごう）で割愛せざるを
得（え）なかった／那篇論文因為篇幅關
係只好割愛了；☆食糧を友人に割愛する
／把食糧分給友人；☆某技師（ぎし）の
割愛を頼（たの）む／請求調撥某工程師；
②（只好）作罷；☆私は台北に立ち寄り
たかったが期限の都合（つごう）で割愛し
た／我本想到臺北逗留一下，但是因為期
限關係只好作罷了。[0]

かつお【鰹】（名）〔動〕鰹，松魚；～ぶ
し【鰹節】（名）（調味用）木魚，乾松
魚。[0]

かっか【閣下】（名）閣下（對擔任官、將
官以上的人的敬稱）。[1]

がっか【学科】（名）學科。[0]

がっか【学課】（名）課程；☆明日の学課
を予習（よしゅう）する／預習明天的課
程。[0]

がっか【顎下】（名）〔文〕頰下，顎下[0][1]

かっかい【各界】（名）各界，各階層。[1]

かっかい【角界】（名）角力界。[0]

がっかい【学会】（名）學會，學社。[0]

がっかい【学界】（名）學界，科學界；☆
学界の権威（けんい）／科學界的權威[0]

かっかざん【活火山】（名）活火山；↔き
ゅうかざん（休火山）。[3]

がつがつ（副・自サ）①饑餓；②貪婪地吃，
☆がつがつ食（く）う／像餓鬼一樣狼吞
虎嚥。[1]

*がっかり（副・自サ）①頹喪失望；☆な

ぜ、そんなにがっかりしているのか／你為什麽那樣頹喪；☆計画が失敗（しっぱい）したと聞いてがっかりした／聽說計劃失敗而大失所望；②精疲力盡；☆一日の仕事を終（お）えて家へ帰（かえ）ると、がっかりする／做完一天的工作回到家就精疲力盡了。③

かっき【客気】（名）血氣，年輕人的熱情；輕率，鹵莽。⓪

*****かっき【活気】**（名）活潑，生動，活躍，旺盛；活気のある（ない）／生動活潑的（萎靡不振的）；☆活気づく／活躍起來。⓪

がっき【学期】（名）學期；☆一学期は四月一日（しがつついたち）から始まります／第一學期從四月一日開始（日本小學和初中以及高中的一學年度分為三學期）。⓪

*****がっき【楽器】**（名）樂器；☆楽器で伴奏（ばんそう）する／用樂器伴奏。⓪

かっきてき【画期的】（形動ダ）劃期的，劃時代的。

かつぎや【担ぎ屋】（名）①迷信家（＝ご№いかつぎ）；②惡作劇騙人者；③〔俗〕黑市商人。⓪

がっきゅう【学究】（名）學究；研究科學的人；☆学究生活（せいかつ）にはいる／開始研究科學。⓪

がっきゅう【学級】（名）學級（＝クラス）；～たんにん【学級担任】（名）級任老師。⓪

かっきょ【割拠】（名・自サ）割據。①⓪

かっきょう【活況】（名）盛況；☆活況を呈（てい）する／呈現出盛況來。⓪

かっきり（副）①恰，正；☆かっきり二時に出かける／恰在兩點鐘時出發，☆かっきり三時間／正好三小時；☆かっきり五百円／五百圓整；②明確地，清楚地，截然；☆かっきり区別する／明確地加以區別。③

*****かつ・ぐ【担ぐ】**（他五）①扛，挑，擔，揹；☆鉄砲（てっぽう）を担ぐ／扛槍；☆荷物（にもつ）を天平棒（てんびんぼう）で担ぐ／用扁擔挑東西；②〔轉〕以…為首領，推戴；☆…を会長に担ぐ／推…為會長；③迷信；☆そんなに担ぐな／不要那麽迷信；④騙；☆また担がれた／又受騙了。②

かっくう【滑空】（名）〔航空〕滑翔。⓪

がっくり（副・自サ）表示顯然的，急驟的變化；☆がっくり弱（よわ）る／顯然頹喪；☆がっくりと息（いき）を引き取る／忽然斷氣，☆父が死んで、がっくりする／因父親去世而頹喪。③

かっけ【脚気】（名）〔醫〕脚氣（因缺乏乙維生素而引起的病症）。③

かっけつ【喀血】（名・自サ）喀血。⓪

かっこ（名）〔兒〕木屐；☆紅緒（あかお）のかっこ／紅帶的木屐。①

かっこ【各戸】（名・副）各戶，各家。①

かっこ【各個】（名・副）各個；個別；☆各個に行動する／〔採取〕個別行動，各行其是。①

かっこ【括弧】（名）括號，括弧；☆括弧をかける／加括號；☆括弧にはさむ／放在括弧裏。①

かっこ【確乎】（形動タルト）堅定，斷然；☆確乎たる意志／堅定的意志；☆確乎たる決心／斷然的決心。①

かっこいい（感）〔俗〕好棒；好看。④

かっこう【郭公】（名）〔動〕①郭公，布穀；②杜鵑。①

かつごう【渴仰】（名・他サ）①（對宗教的）虔信；②渴慕，景仰。⓪

*****かっこう【恰好・格好】**Ⅰ（名）①樣子，外形，形狀；☆この二（ふた）つは格が似（に）ている／這兩個東西形狀相似，☆上着（うわぎ）の格好が気に入らない／上衣的樣子不稱心；②姿態，姿勢；☆あの女は格好がいい／那個女人的姿態好看；③裝束，打扮；☆こんな恰好では人前（ひとまえ）に出られない／這一身打扮見不得人，☆こんな（へんな）恰好で失礼（しつれい）します／請不要見怪我這身（不三不四的）打扮；◇恰好が悪（わる）い／難爲情，不好意思；☆あの人の前では、ちょっと恰好が悪かった／在他的面前覺得有點不好意思了，◇恰好をつける／敷衍局面；使…過得去，下得去；☆講演者が来なかったので私が代（かわ）ってどうにか恰好をつけた／做報告的人沒有來，由我來代替夕敷衍了局面；☆素手（すで）では帰れない、何とか恰好をつけてもらおう／我不能空着手回去，你得設法教我過個去（討債人的話）；恰好がつく／夠格局；☆松（まつ）を植（う）えたので庭（にわ）の格好がついた／因爲栽上了松樹，庭園算夠格局了；Ⅱ（形動

ダ）①恰好，適當；☆病院に恰好な建物
（たてもの）／適合作醫院用的建築物；
②大約，差不多，上下，左右；☆三十恰
好の人／三十上下的人。◎

*がっこう【学校】（名）學校；☆学校へ
通（かよ）う／上學，☆学校をサボる／
逃學，☆その子は学校のできがいい／那
孩子（在學校的）成績很好，☆学校がひ
ける／放學。◎

かっこく【各国】（名）各國。①◎

かっこ・む【掻っ込む】（他五）〔（かきこ
む）的音便〕①急忙扒入；②匆忙地吞食
☆朝飯（あさめし）を掻っ込む／匆匆吃
早飯。◎

かっさい【喝采】（名・自サ）（鼓掌）喝
采，歡呼；☆われるような喝采／暴風雨
一般的歡呼（掌聲）；☆しばし鳴（な）
りもやまぬ喝采／經久不息的歡呼（掌
聲）。◎

がっさい【合切】（名）一切。

がっさく【合作】（名・自サ）①共著，合
著；☆その本は甲乙両氏の合作だ／那本
書是甲乙兩人合著的；②合作；～しゃ【
合作社】（名）合作社。◎

がっさん【合算】（名・他サ）合計，共
計；計算在內；☆これを合算すると千円
になる／合計起來有一千圓；☆この内に
は電車賃も合算してある／這裏面電車費
也計算在內了。◎

*かつじ【活字】（名）〔印〕活字，鉛字；
☆原稿を八ポイント活字で組（く）む／
把原稿用八磅鉛字排版；☆自分の書いた
ものが活字になったのを見るのはうれし
いものだ／看見自己寫的東西被排印出來
是一件高興的事情。◎

かっしゃ【滑車】（名）〔機〕滑車，滑
輪。①

がっしゅうこく【合衆国】（名）合衆國，
美國。③

がっしゅく【合宿】（名・自サ）（住）集
體宿舎；☆練習の為（ため）に合宿する
／〔運動〕為了練習而過集體生活。◎

かっしょう【滑翔】（名・他サ）（鳥在空
中）滑翔。◎

かつじょう【割譲】（名・他サ）割讓；☆
領土（りょうど）を割譲する／割讓領
土。◎

がっしょう【合唱】（名・他サ）〔樂〕合唱
；↔どくしょう（独唱）。◎

がっしょう【合掌】（名・自サ）①合掌；
②〔建〕主梪。◎

かっしょく【褐色】（名）褐色，茶色。◎

がっしり（副・自サ）①粗壯，健壯，魁梧
；☆がっしりした体格／健壯的體格；②
嚴整，嚴密（＝きちんと）。③

かっすい【渇水】（名・自サ）水涸；～き
【渇水期】（名）水涸期，缺水期。◎

がっ・する【合する】（自・他サ）合；☆
合して一となる／合而爲一，☆この川は
そこで本流と合する／這條河在那裏同本
流匯合；図がっす（サ）。◎③

かっせい【活性】（名）〔化〕活性；～ち
っそ【活性窒素】（名）〔化〕活性氮；
～たん【活性炭】（名）〔化〕活性炭

かつぜん【豁然】（形動タルト）豁然，恍
然；☆豁然として悟（さと）る／恍然大
悟；☆眼界豁然として開（ひら）く／豁
然開朗。◎③

かっそう【滑走】（名・自サ）滑行；☆飛
行機が滑走する／飛機在滑行。◎

がっそう【合奏】（名・他サ）〔樂〕合奏
；↔どくそう（独奏）。◎

カッター【cutter】（名）①一種獨桅快艇；
艦載短艇；②〔機〕車刀，刀具，切削工
具；～シャツ【cutter shirts】（名）
運動用敞領襯衫。①

がったい【合体】（名・自サ）合爲一體。

かったつ【闊達・豁達】（形動ダ）闊達，
豁達。

がっち【合致】（名・自サ）一致，符合，
吻合。◎

かっちゅう【甲冑】（名）甲冑，盔甲；☆
甲冑を着（つ）ける／穿上盔甲。③◎

かっちり（副・自サ）①嚴密吻合貌；②＝
がっしり。③

がっちり（副）〔俗〕①＝がっしり；②表
示花錢仔細；☆あの男は、がっちりして
いる／那傢伙算盤打得很仔細。③

がっつ・く（自五）①饑餓，貪婪地吃；（
＝がつがつする）。

*かって【勝手】（名・形動ダ）①厨房；☆
勝手仕事（しごと）をする／做厨房的工
作；☆勝手の方へ回（まわ）る／繞到後
門去，繞到厨房去；②情況；方法；☆私
は、この辺の勝手が、よく分（わか）ら
ない／我不大了解這一帶的情況；☆仕事
の勝手を知（し）っている／知道工作的方
法；☆仕事が変（かわ）ったので勝手が

分らない／因爲工作改變了所以摸不着方法；②任意，隨便；專斷；☆何でもかんでも勝手にふるまう／什麽事情都任意而行，獨斷獨行；☆勝手になさい／你隨便好了；☆やるもやらぬも君の勝手だ／給不給（做不做）都隨你的便；◇勝手が良い／方便；☆この家は勝手よく建ててある／這所房子建築得很方便；☆勝手が悪い／不方便；~ぐち【勝手口】（名）厨房的門，後門；~しだい【勝手次第】（形動ダ）隨便，任意，☆行くも行かぬも君の勝手次第（しだい）／去不去都隨你的便；~むき【勝手向き】（名）①厨房方面；②生計；生活情况；☆近頃（ちかごろ）農民の勝手向きが良くなった／近來農民的生活情况轉好了；~もと【勝手元】（名）厨房，厨下。⓪

*かつて【曾（嘗）て】（副）曾，曾經，嘗；☆彼は曾て軍人だった／他曾經當過軍人；☆曾て…ない／從來沒有，從未；☆あんな立派な（りっぱ）な人は曾て見た事がない／從來沒有見過那樣偉大的人物。①

がってん【合点】（名・自サ）①理解，領會；☆合点がいかない／不能理解，莫名其妙；☆合点が早（はや）い／理解得快；☆彼は，独（ひとり）合点で，しゃべっていた／他自以爲是地信口胡說；②認可，同意；☆合点か？／你同意嗎？你懂了嗎？☆合点だ／同意！贊成！③點頭，首肯；④〔文〕評分數，判分。③

かっと【赫と】（副）①勃然（大怒）；☆かっと怒（おこ）る／勃然大怒；☆彼は，かっとなる質（たち）だ／他的脾氣暴躁。①⓪

カット【cut】（名・他サ）①切，割，剪，砍；②（網球、乒乓球等的打法之一）砍，削，斜打；③（衣服的）裁（法），（頭髮的）剪（法）；④〔電影〕一個鏡頭；⑤插圖，插畫；~グラス【cut-glass】（名）雕花玻璃；~バック【cut-back】（名・他サ）〔電影〕場面的急驟連續轉換（＝きりかえし）。①

かっとう【葛藤】（名）糾紛，糾葛；☆葛藤を生ずる／發生糾葛。⓪

*かつどう【活動】（名・自サ）①活動；☆水泳は全身（ぜんしん）の筋肉を活動させる／游泳能使全身的肌肉活動；☆彼の活動の舞台（ぶたい）は広（ひろ）い／

他的活動範圍很廣；②←かつどうしゃしん；~か【活動家】（名）活動家，積極分子；~しゃしん【活動写真】（名）電影（這句現代人很少用）；~てき【活動的】（形動ダ）活動的，積極的；☆活動的な人／活動家。⓪

かっとば・す【他五】把（球等）打得高飛。⓪④

かっぱ【河童】（名）①河童（傳說中的想像動物，水陸兩棲，形如四五歲的兒童，面似虎，嘴尖，身下有鱗，髮如劉海，頂上有凹坑，坑裏有水）；②剪劉海髮的人；③善於游泳的人；◇河童に水泳を教（おし）える／班門弄斧；陸（おか）に上がった河童／虎落平陽；河童の川流（かわなが）れ／淹死諳水的。⓪

カッパ【葡capa 合羽】（名）①雨大氅，雨大衣；②防雨桐油紙。⓪

*かっぱつ【活発・活溌】（形動ダ）活潑；☆活発な子供／活潑的孩子；☆取引（とりひき）が活発／交易旺盛。⓪

かっぱらい【掻っ払い】Ⅰ（自サ）竊取；行竊；Ⅱ（名）小偷，行竊的人；☆かっぱらいを取り押える／逮住小偷。⓪

かっぱん【活版】（名）〔印〕鉛版，活版；☆活版を組（く）む／排成鉛版，排版。⓪

がっぴ【月日】（名）月日；☆月日の付（つ）いていない手紙／沒有寫日期的信⓪

カップ【cup】（名）①獎杯；☆カップを獲得（かくとく）する／獲得獎杯；②杯；☆コーヒーカップ／咖啡杯；~ケーキ【cupcake】（名）杯形蛋糕。①

かっぷく【恰幅】（名）體格；☆恰幅のよい人／體格好的人，魁偉的人。⓪

かっぷく【割腹】（名・自サ）剖腹（自殺）（＝はらきり）。⓪

カップル【couple】（名）①一對；②夫妻；③（舞伴等的）一對男女；④一組；☆似合いのカップル／一對佳偶。①

*がっぺい【合併】（名・他サ）合併；☆二（ふた）つの工場を合併する／把兩個工廠合併起來。⓪

かっぽ【闊歩】（名・他サ）闊步，大步，大踏步走；☆街頭（がいとう）を闊歩する／在街上闊步而行。①

かつぼう【渇望】（名・他サ）渴望；☆勝利の日を渇望する／渴望勝利的到來。⓪

かっぽう【割烹】（名）烹飪。⓪

かつまた【且又】（接）並且，而且，更兼（＝かつ）。[1]

かつもく【刮目】（名・自サ）刮目；☆刮目して待（ま）つ／刮目以待。[0]

*かつやく【活躍】（名・自サ）活躍，活動；☆スポーツ界に活躍する／在體育界活躍。[0]

かつやくきん【括約筋】（名）〔解〕括約肌。[4]

*かつよう【活用】（名・他サ）①有效運用，正確使用，實際應用；☆資本を活用する／有效地運用資本；☆人材を活用する／正確使用人材；☆学問を活用する／把知識應用到實際中去；②〔語法〕活用，語尾變化；☆動詞の五段（ごだん）活用／動詞的五段活用；～ご【活用語】（名）〔語法〕用言和助動詞的總稱。[0]

かつようじゅ【闊葉樹】（名）〔植〕闊葉樹；↔しんようじゅ（針葉樹）。[3]

かつら【桂】（名）〔植〕桂樹；☆桂を折（お）る／〔轉〕及第，考中。[0]

かつら【鬘】（名）①（加在真髮裏的）頭髮絡（＝かもじ）；②（化裝用的）假髮；☆鬘をつける／戴上假髮。[0]

かつりょく【活力】（名）活力，生活力；～そ【活力素】（名）補藥，維生素。[2]

カツレツ【cutlet】（名）炸肉排（＝カツ）。[0]

かつろ【活路】（名）活路，生路；☆活路を開（ひら）く／打開一條活路。[1]

かて【糧】（名）①乾糧；②食糧；☆糧が尽（つ）きる／絕糧；☆心（こころ）の糧／精神食糧。[2][1]

*かてい【仮定】（名・自サ）假定；～けい【仮定形】（名）〔語法〕假定形。[0]

*かてい【家庭】（名）家庭；☆家庭を持（も）つ；家庭を作（つく）る／成家，開始家庭生活；～きょういく【家庭教育】（名）家庭教育；～そうぎ【家庭争議】（名）家庭糾紛，夫妻爭吵；～ほうもん【家庭訪問】（名・他サ）小學和初中的級任老師為了了解學生的家庭環境而作的個別訪問。[0]

*かてい【過程】（名）過程；☆子供の成長過程をたんねんに、記録する／將孩子的成長過程仔細的記録下來。[0]

かてい【課程】（名）課程；☆中学の課程を終（お）える／學完中學（初中）的課程。[0]

カテーテル【荷Katheter】（名）〔醫〕導尿管；☆カテーテルを挿入（そうにゅう）する／插入導尿管。[2]

カテゴリー【kategorie】（名）①〔哲〕範疇；②種類，部門。[2]

かててくわえて【糅てて加えて】（連語・副）並且，更兼，此外，又（加上）；☆かてて加えて彼は細君（さいくん）をなくした／更兼他喪了妻子。[1-0]

がてら（接尾）…的同時，順便；☆散歩がてら本を買（か）って来た／在散歩的時候順便買來了書。[1]

かでん【家伝】（名）家傳；☆家伝の秘法（ひほう）／家傳的秘法。[0][1]

かでん【荷電】（名・自サ）〔理〕電荷[0]

がてん【合点】（名・自サ）→がってん[2][1]

がでんいんすい【我田引水】（連語・名・自サ）為自己的利益着想或行事，自私的行為。[1-0]

かと【過渡】（名・自サ）過渡；～き【過渡期】（名）過渡期。[1]

*かど【角】（名）①角，拐角；☆机（つくえ）の角／桌子角；☆曲（まが）り角／拐角；☆角を曲って三軒目の家／拐過去第三棟；☆ポストはこの通（とお）りの角にある／郵筒在這條街的拐角上；②稜角，不圓滑；☆あの男（おとこ）はまだ角が取（と）れていない／那個人還沒有去掉稜角，還不够圓滑；☆そう言っては角が立（た）つ／那様說就不够圓滑；☆物（もの）も言い様（よう）で角が立つ／一様話不一様說法。[1]

かど【門】（名）門；◇お門が違（ちが）う／認錯人，弄錯了對象；笑（わら）う門には福（ふく）来（きた）る／和氣致祥。[1]

かど【廉】（名）①理由；☆勤勉（きんべん）の廉をもって賞（しょう）を受ける／由於勤勉而受賞；②點，事項；☆彼の言う事に不審（ふしん）の廉がある／他說的話裏有可疑之點。[1]

*かど【過度】（名・形動ダ）過度；☆過度の運動をする／做過度的運動；☆過度に食べる／吃得過度。[1]

*かとう【下等】（形動ダ）下等，卑劣，低級；☆下等な人間／卑劣的人；☆下等な趣味（しゅみ）／低級的趣味，低級的嗜好。[1]

かとう【果糖】（名）〔化〕果糖。[0]

かとう【過当】（形動ダ）過當，過分；☆過当の讃辞（さんじ）／過分的讃詞；☆過当な要求をする／作過分的要求。⓪

かどう【花道・華道】（名）插花術，生花術。①

かどう【可動】（名）可動；～かんせつ【可動関節】（名）可動關節；～きょう【可動橋】（名）可移動橋樑。⓪

かどう【稼動】（名・自・他サ）①勞動；②（機器）開動，運轉；～にっすう【稼動日数】（名）工作日數，勞動日數。⓪

かどう【歌道】（名）「和歌」學。①

がどう【画道】（名）繪畫之道。①

かとうせいじ【寡頭政治】（名）寡頭政治。④

かどかどし・い【角角しい】（形）有稜角的，不圓滑的，生硬的；図かどかどし（形シク）。⑤

かとく【家督】（名）①嗣子，長子；②（按民法規定的）戶主的權利和義務，戶主的身分。⓪

かどぐち【門口】（名）門口；☆客（きゃく）を門口まで送（おく）り出す／把客人送到門口。②

かどだ・つ【角立つ】（自五）有稜角，不圓滑，生硬；☆君の議論（ぎろん）は角立っていけない／你的說法太生硬要不得；◇眼（め）に角立てて／帶着慍怒的眼神。③

かどちがい【門違い】（連語・形動ダ）認錯門；☆門違いをして隣（となり）の家に入（はい）る／認錯門走進鄰家；◇お門違い／（你）弄錯對象；☆私を責（せ）めるのは、お門違いだ／你不應該責備我，你應該責備的是別人。③

かどで【門出】（名・自サ）出門，出發，走上…的道路；☆人生の門出をする青年／走上人生道路的青年。③⓪

かどば・る【角張る】（自五）＝かくばる。①

かどまつ【門松】（名）新年在門前樹立的裝飾用松樹或松枝。②

カドミューム【cadmium】（名）〔化〕鎘。③

かとりせんこう【蚊取線香】（名）燻蚊子，香蚊香。④

カトリック【德 Katholiek 加特力】（名）〔宗〕天主教徒；～きょう【加特力教】（名）〔宗〕天主教，舊教。③

カトレア（名）屬於熱帶蘭的一種蘭花。⓪

かどわかし【勾引】（名）誘拐（行為）⓪

かどわか・す【勾引かす・勾引かす】（他五）誘拐，拐騙；☆女を勾引かす／誘拐女人；☆子供を勾引かす／拐騙小孩。④

*かな【仮名】（名）假名，日文字母；☆仮名で書く／用假名寫；☆仮名をふる／用假名標註漢字；～がき【仮名書き】（名）用假名寫（的文章）；～づかい【仮名遣い】（名）假名用法，日本字母拼綴法（用假名寫文章的規則）。⓪

かな【哉】（感助）①〔文〕哉，乎，耶；☆悲（かな）しい哉／悲哉；②表示疑問而帶感動的意思。

かなあみ【金網】（名）金屬絲網，鐵紗，銅紗。⓪

かない【家内】①家內；家族；☆家内こぞって芝居（しばい）に出かける／全家去看戲；②內人，（我的）妻子；☆家内がよろしくと申しておりました／我內人向你問好了。①

*かな・う【適う】（自五）適合，合乎；☆目的に適う／合乎目的；☆理想に適う／合乎理想。②

*かな・う【敵う】（自五）①敵得過，趕得上；☆独奏（どくそう）にかけては彼に敵う人がない／論獨奏沒有能趕得上他的人；②受得住，經得起；☆こう暑（あつ）くては敵わない／這樣熱可受不了。②

*かな・う【叶う】（自五）①能，做得到；☆それは私の力（ちから）にはとても叶わない／那絕不是我能做得到的；②（希望等）能達到，能如願以償，☆望（のぞ）みが叶う／希望得到滿足；☆とてもと思（おも）った願（ねが）いが叶った／以爲難以達到的願望居然達到了；☆叶わぬ恋（こい）／不能如願以償的戀慕。②

かな・える【叶える】（他下一）使…達到（目的），滿足…的願望；☆私の願（ねが）いを叶えて下さい／請你答應我的請求。③

かなかな【蜩】（名）〔昆〕→ひぐらし④③

かなきりごえ【金切り声】（名）極尖銳的聲，刺耳的尖聲；☆金切り声を出（だ）す／發刺耳的尖銳聲；☆助（たす）けてくれと金切り声で叫（さけ）ぶ／用尖銳的叫聲呼救。⑤

*かなぐ【金具】（名）（器物上的）金屬零

件，小五金；☆建築用の金具／建築用的小五金；☆家具用の金具／家具用的金屬零件。⓪

かなぐし【金串】（名）（烤魚或烤肉用的）鐵籤子。⓪

かなぐりす・てる【かなぐり捨てる】（他下一）（粗暴地）拋棄，丟掉，扔到一旁。⑥③

かなけ【金気】（名）①鐵銹味，鐵器味；☆この水は金気がある／這水有鐵銹味；☆金気を抜（ぬ）く／去掉鐵器味；②金錢；☆さっぱり金気が無い／連一個錢子兒也沒有。⓪

かなさび【金錆】（名）銹，鐵銹；☆金錆が出（で）る／生銹。⓪

かなし・い【悲（哀）しい】（形）悲哀的，悲愁的，悲痛的，可悲的，遺憾的；☆悲しい声／悲哀的聲音；☆悲しい思（おも）いがする／感覺悲痛；☆悲しい顔をしている／臉上帶着悲傷的表情；☆悲しい境遇／可悲的境遇；☆悲しい事には日本語を知らない／遺憾的是不懂日文；図かなし（形シク）。

かなしが・る【悲しがる】（自五）＝かなしむ。④

かなしげ【悲（哀）しげ】（形動ダ）悲哀，悲傷，可憐；☆悲しげな様子（ようす）／悲哀的樣子，可憐的樣子；☆悲しげに泣く／悲哀地哭泣。

かなしさ【悲（哀）しさ】（名）「悲しい」的名詞形；☆悲しさの余（あま）り／悲哀之餘，由於悲哀。⓪

＊かなしみ【悲（哀）しみ】（名）悲哀，悲傷，憂愁，悲愁；☆女の胸（むね）は悲しみで一杯（いっぱい）であった／她的心裏充滿了悲哀；☆悲しみの中に日を送（おく）る／在悲愁中度日。⓪④

＊かなし・む【悲（哀）しむ】（他五）①（為…而）悲，悲哀，悲痛，可憐，憐恤；☆…の死を悲しむ／為…的死而悲；☆彼の死を聞（き）いて人々は非常に悲しんだ／聽說他死了人們非常悲痛；☆悲しむべき／可悲的，遺憾的；☆悲しむべき境遇にある／處在可憐的境遇中；☆…とは悲しむべきことである／…是可悲的事情，是遺憾的事情；☆悲しむべきは…／遺憾的是…。③

かなず（づ）ち【金槌】（名）①鎚（子），鐵鎚；☆金槌で釘（くぎ）を打つ／用鎚子釘釘

子；②〔諧〕不會游泳的人；☆彼は金槌だ／他不會游泳；◇金槌の川（かわ）流（なが）れ／〔喻〕沒有發跡的可能，沒有出頭露面的日子；～あたま【金槌頭】（名）死腦筋，頑固的人。④③

かなた【彼方】（代）〔文〕彼方，那邊（＝あちら）；☆海のかなたに／在海外；☆はるか彼方に見（み）える山／遠方可以看見的山；～こなた【彼方此方】（代）〔文〕邪裏這裏，各處，處處（＝あちこち）。①②

かなだらい【金盥】（名）金屬製的盆，洗臉盆。③

カナッペ【法 canapè】（名）炸的或烤的麵包上放有乾酪，魚卵醬，生菜等的點心。③

かなつんぼ【金聾】（名）完全聾，一點也聽不見的聾，真聾。③

かなてこ【鉄挺】（名）鐵挺，鐵橇，鐵桿；～おやじ【鉄挺親爺】（名）頑固老人。⓪

かな・でる【奏でる】（他下一）①奏，演奏；☆音楽を奏でる／奏音樂；②〔古〕表演（舞蹈）；図かなづ（下二）。

かなとこ【鉄床・鉄砧】（名）鐵砧。⓪

かなばさみ【金鋏】（名）①切金屬的剪子；②（金屬製夾火炭等用的）夾剪。③

かなひばし【金火箸】（名）金屬製火筷子。③

かなぶん（ぶん）【金亀】（名）〔動〕金蛀（一種甲蟲，飛時嗡嗡作聲）。③

かなぼう【金棒・鉄棒】（名）①鐵棒，鐵棍；②（頂端有數個鐵環巡更用的）鐵杖③（體操用的）鐵槓，單槓；鬼に鉄棒／猛虎生翼，〔喻〕越發得勢。⓪

かなめ【要】（名・形動ダ）①扇軸，②〔轉〕樞要，中樞，要點；～いし【要石】（名）〔建〕拱心石。⓪

＊かなもの【金物】（名）①鐵器類，金屬器具；②五金（＝かなぐ）；～や【金物屋】（名）鐵器店，金屬器具店；五金行。⓪

＊かならず【必ず】（副）一定，必定，必然，☆彼は今日必ず来（く）る／他今天一定來；☆雪が降れば必ず寒くなる／一下雪必然變冷；～しも【必ずしも】（副）（下接否定語）不一定…；☆勝敗（しょうはい）は必ずしも数の多少（たしょう）によらない／勝敗不一定取決於人數的多寡；☆人は金があるからとて必ずしも幸福

とは限（かぎ）らない／人不一定有錢就
幸福；～や【必ずや】（副）一定，必
然。[0]

*かなり【可成・可也】（副・形動ダ）相當，
頗；☆かなり自由に日本語を話（はな）
す／日語說得相當流利；☆彼はテニスも
かなりやる／他網球打得也頗好；☆かな
りの収入／相當（多）的收入。[1]

カナリヤ【西 canaria・金糸雀】（名）〔
動〕金絲雀。[0]

がな・る（自五）（俗）怒叫，嚷。[2]

かなん【火難】（名）〔文〕火災；☆火難
除（よ）け／避火圖。[0]

かに【蟹】（名）〔動〕蟹，螃蟹；☆蟹の
はさみ／螃蟹夾子；☆蟹の甲羅（こうら）
／螃蟹殼。[0]

かにかく（副）〔文〕＝とやかくと，さ
まざまに。[0]

かにく【果肉】（名）果肉。[1]

かにゅう【加入】（名・自サ）加入，參加；
☆条約に加入する／參加條約。[0]

カヌー【canoe】（名）獨木舟。[1]

*かね【金】（名）①金屬；②金錢；☆金の
蔓（つる）／生財之道；☆金の生（な）
る木／搖錢樹；☆金になる／有利，能賺
錢；☆金に飽（あ）かして家を建（た）
てる／豁出錢來蓋房子；☆金に目がない
／貪財；☆金に目がくらむ／利令智昏；
☆金に糸目（いとめ）をつけない／不吝惜
金錢；☆金にする／變錢，出賣；☆金に
なる仕事／發財的工作，賺錢多的工作；
☆金で釣（つ）る／用錢誘惑；☆金を無
心（むしん）する／乞錢；☆金を食う／
費錢；☆若干（じゃっかん）の金をあつ
める／湊一些錢；☆金を算段（さんだん）
する／金を工面（くめん）する／籌款；
☆金を無駄（むだ）にする／浪費金錢；
☆金を生（い）かして使う／有效地使用
金錢；☆金を殺（ころ）して使う／花錢
沒有效果；☆金を握（にぎ）らせる／行
賄，賄賂；☆金をせびる／勒索錢；☆金
を用立（ようだ）てる／供給款項；☆金
む事ならいくらでも出す／只
要是用金錢可以解決，多少錢都出；☆先
立（さきだ）つものは金／凡事首先需要
的是錢；☆金の切れ目が縁の切れ目／錢
了緣分盡，錢不在人情也不在。[0]

かね【矩】（名）①＝かねじゃく；②直線
，直角。[0]

かね【鉦】（名）鉦；鑼；◇鉦や太鼓で探
（さが）す／敲鑼打鼓地到處尋找，大找
一陣。[0]

*かね【鐘】（名）鐘；☆鐘を撞（つ）く／
敲鐘；☆鐘が鳴る／鐘響。[0]

かね（連語・助詞）＝か＋ね；☆ほんとう
かね／眞的嗎？

かねあい【兼合（い）】（名）保持均衡，
兼顧；☆理想と経営の兼合いはむずかし
い／理想和經營很難保持均衡，很難兼
顧；◇千番に一番の兼合／演一千次只能
成功一次（原係雜技演員的話）〔喻〕危
險萬分。[0]

かねいれ【金入（れ）】（名）①錢包；②
錢櫃。[4][3]

かねかし【金貸（し）】（名）①貸款，放
款；②貸款的人，高利貸。[4][3]

かねがね【予予】（副）＝かねて。[3][2]

かねぐら【金庫】（名）①金庫，寶庫；②
〔轉〕（供應資金的）財東，（金錢上的）
後盾。[0]

かねぐり【金繰り】（名）資金的運用，籌
調款項。[0]

かねごえ【金肥】（名）化學肥料，人造肥
料（因爲農民必須花錢購買故名）。[0]

かねざし【矩尺】（名）＝かねじゃく。[0]

かねじゃく【曲尺・矩尺】（名）①木工用
的曲鐵尺，直角曲尺；②長度名（＝約12
英寸）。[0]

かねず（づ）かい【金遣い】（名）花錢（的方
法）☆金遣いの荒（あら）い人／大筆大筆
花錢的人，揮金似土的人，☆金遣いが汚
（きた）ない／花錢小氣；吝嗇。[3]

かねずく【金尽く】（名）☆金ずくで／憑
錢，仗着金錢的力量；爲了錢；☆金持ち
は金ずくで何でも出来ると思っている／
一般有錢的人認爲仗着金錢的力量什麼都
辦得到；☆金ずくでは手に入らない／單
憑錢是買不到手的；☆金ずくではとても
彼にかなわん／論錢可比不了他；☆金ず
くで子供の世話（せわ）をする／照看小
孩只是爲了掙錢。[0][4]

かねず（づ）まり【金詰まり】（名・自サ）錢緊
，銀根吃緊☆どこも金詰まりだ／到處銀
根緊。[0][3]

かねたたき【鉦叩】（名）①敲鐘，敲鑼，
敲鐘的人；②鐘槌；鑼槌；③〔昆〕吟
蛩。[3]

かねつ【火熱】（名）火的熱度。[0][1]

かねつ【加熱】（名・他サ）加熱；☆加熱
して接合する／加熱後接合，⓪

かねつ【過熱】（名・他サ）過（度加）熱
（將液體加熱到沸點以上）。⓪

かねて【予て】（副）事先，以前，老早
；☆予て申し上げておいた通（と
お）り／像我事先對你說的那樣；☆予て
聞いていたより遙かに優れていた／比事
先聽說的好得多；☆予て訪（おとず）れ
た事があるので…／因爲以前到過…；☆
予て計劃中の旅行／老早就計劃着的旅行
；☆お名前（なまえ）は予てから伺（う
かが）っておりました／久仰大名。①

かねない【兼ねない】（連語）（接動詞後）
很有可能…；☆沈没（ちんぼつ）しかね
ない／很有可能沉没；☆戦争になりかね
ない／很有可能發生戰爭；☆あの調子（
ちょうし）では、やりかねない／看情形
很可能幹得出來。②

かねばなれ【金離れ】（名）花錢(的方法)（
＝かねづかい）；☆金離れが良い（悪い）
／花錢大方（小氣）。⓪③

かねへん【金偏】（名）〔漢字部首〕金字
旁；☆鉄という字は金偏です／鐵字是金
字旁。⓪

かねまわり【金回り】（名）①資金的周轉；
②（個人的）金錢收入，經濟情況；☆不
景気で金回りが悪い／因爲不景氣經濟情
況很壞。⓪③

かねめ【金目】（名）①(折合成錢的)價值；
②値錢；☆金目に積（つも）る／估價；
☆金目の品（しな）／値錢的東西。⓪

かねもうけ【金儲け】（名・自サ）賺錢，
獲利；☆金儲けがうまい／善於賺錢；☆
その仕事（しごと）は金儲けにならない
／那項工作沒有利。③⑤

*かねもち【金持】（名）有錢的人，財主，
富人；☆金持になる／致富，成爲財主，
◇金持は苦労（くろう）多（おお）し／
錢多煩惱也多。④③

─か・ねる【兼ねる】（造語・下一型）①礙
難，不能，辦不到；☆その要求は承諾（
しょうだく）しかねる／那個要求我礙難
應允；☆その点については何とも申し上
げ兼ねる／關於那一點我什麼也不能奉告
；②不肯，不好意思；☆その話は、もち
出（だ）し兼ねた／那件事不好意思提；③
〔かねない〕肯於，幹得出來；☆目的を
達するためには、どんな事でもしかねな

い男だ／他是一個爲達到目的不擇手段的
人；④忍不住，忍耐不了；☆とってもお
待ちかねよ／他等得不耐煩了。

*か・ねる【兼ねる】（他下一）①兼，兼帶；
☆書斎と客間を兼ねた部屋（へや）／書房
兼客廳的屋子；☆用事と遊びを兼ねて／
辦事兼帶遊玩；☆大（だい）は小（しょ
う）を兼ねる／大能兼小；②兼任兼職；
☆首相と外相を兼ねる／首相兼任外相；
☆彼は一人で数職（すうしょく）を兼ね
ている／他一個人身兼數職；図かぬ（下
二）。②

かねんせい【可燃性】（名）可燃性。⓪

かねんぶつ【可燃物】（名）可燃物。②

かの【彼の】（連體）彼，那個（＝ある）
☆彼の地／彼處，那裏。①

かのう【化膿】（名・自サ）化膿；☆腫物
（はれもの）が化膿する／腫疙疸化膿⓪

*かのう【可能】（名・形動ダ）可能；☆可
能な範囲で／在可能的範圍內；☆不可能
を可能にする／把不可能變成可能；～せ
い【可能性】（名）可能性；☆可能性を
検討する／研究有沒有可能性。⓪

かのえ【庚】（名）庚（十干之一）。⓪②

かのこ【鹿子】（名）①鹿仔，小鹿；鹿；②
←かのこしぼり；～しぼり【鹿子絞り】
（名）一種染出白色凸星花紋的染法；～ま
だら【鹿子斑】茶色底子帶白色斑
點（的東西）；～もち【鹿子餅】（名）
一種點心（糯米麵製內有甜豆餡，表面黏
一層甜豆者）。②①

*かのじょ【彼女】（代）①她；②〔轉〕戀
人。①

カノン【canon】（名）①聖典，經典；②
規範，準則，典範；③〔樂〕卡農，卡農
曲。①

かば【樺】（名）①〔植〕樺樹，②樺木
色。①

*カバー【cover】（名・他サ）①覆蓋物，
外皮，套子；☆椅子のカバー／椅子套；
☆本のカバー／書皮；②〔棒球〕掩護；
③補償，抵補；☆損失をカバーする／補
償損失。①

かばいだて【庇い立て】（名・他サ）庇護，
祖護。⓪

*かば・う【庇う】（他五）庇護，祖護，辯護
，保護；☆弱者を庇う／庇護弱者；☆私
を庇ってくれる人がない／沒有人祖護我
；沒有人替我辯護；☆我が身を庇う／保

護自身身體。[2]

がばがば（副・自サ）〔擬聲〕①液體的動
盪和迸流貌；②濕衣服凍硬時所發的聲音
③衣服寬大貌。[1]

がはく【画伯】（名）畫家，畫師；②對
畫家的敬稱。[1]

かばしら【蚊柱】（名）蚊羣；☆蚊柱が立
っている／蚊子成羣地飛着。[2][4]

かばね【屍】（名）〔文〕屍；☆屍は積ん
で山をなす／屍積如山。[1]

かばやき【蒲焼】（名）〔烹飪〕（把鱔魚
片等串在竹籤上蘸以醬汁用炭火）烤；
鰻（うなぎ）の蒲焼／烤鱔魚片。[0]

かばらい【過払い】（名）多付，支付過多[2]

かはん【下半】（名）下半；←じょうはん
（上半）。[0]

かはん【河畔】（名）河畔；☆ロンドンは
テムズ河畔にある／倫敦在泰晤士河畔[1]

かはん【過半】（名）過半，大半；☆目的
の過半は成就（じょうじゅ）した／目的
的大半已經達到了。[0]

*かばん【鞄】（名）皮包，皮箱，旅行用提
箱；公事皮包；☆鞄に衣類（いるい）を
詰（つ）める／把衣服裝在皮包裏；～も
ち【鞄持ち】（名）私人秘書；☆鞄持ち
をする／當私人秘書。[0]

がばん【画板】（名）①畫油畫用的木板；
②裱圖畫紙的木板。[0]

かはんしん【下半身】（名）下半身（＝し
もはんしん）。[2]

かはんすう【過半数】（名）過半數，半數
以上；☆その提案は過半数の賛成を得る
に至（いた）らなかった／那個提案沒有
得到過半數的賛成。[4][2]

かひ【可否】（名）〔文〕①可否，得當與
否；☆用語の可否を考（かんが）える／
考慮用語是否恰當；②賛成與反對；☆可
否同数の場合（ばあい）は議長の決する
ところにする／賛成與反對人數相等時由
主席決定。[1]

かひ【果皮】（名）〔植〕果皮。[1]

*かび【黴】（名）霉；☆黴がはえる（つく）
／發霉。[0]

かび【華美】（名・形動ダ）華美，華麗；
☆華美な裝（よそお）いをする／服裝華
麗。[1]

がび【蛾眉】（名）〔文〕①蛾眉；②〔轉〕
美人。[1]

かびくさ・い【黴臭い】（形）①霉氣味的；

②陳廬的，老朽不堪的；図かびくさし（
形ク）。[0][4]

かひつ【加筆】（名・自サ）删改（文章），
文字加工。[0]

がひつ【画筆】（名）畫筆。[0][1]

カビヤ【caviar(e)】（名）魚子醬，鱣
魚子；（＝キャビア）。

か・びる【黴びる】（自上一）發霉，生霉；
☆かびないようにする／防止發霉。[0]

かひん【佳品】（名）〔文〕佳品，優良産
品。[0]

*かびん【花瓶】（名）花瓶；☆梅（うめ）
の花を花瓶に挿（さ）す／把梅花插在花
瓶裏。[0]

かびん【過敏】（名・動ダ）過敏；☆過敏
な神経／過敏的神經。[0]

かふ【寡婦】（名）寡婦；遺孀；☆戦争の
ために沢山（たくさん）の寡婦ができた
／因爲戰争造成很多寡婦。[1]

一かぶ【株】（接尾）①（用以計算植物）
株，棵；☆桜（さくら）を二（ふた）株
植（う）えた／栽了兩株櫻樹；②（用以
計算股份）股；☆一（ひと）株につき…
の配当（はいとう）を受ける／一股領…
紅利。

*かぶ【株】（名）①（樹的）殘株（＝きり
かぶ）；②股份，股子股票；☆株に手
を出して、すってしまった／作股票投
機賠了錢；☆株を募（つの）る／招股；
☆株の払い込みをする／繳納股款，繳股
；⑧〔轉〕（職業等上的）特權，地位，
擅長，拿手（的技藝）／（特殊的）脾氣，
毛病（＝おかぶ）；☆お株を取られる
／（地位等）被人取而代之。

かぶ【蕪】（名）〔植〕蕪菁（＝かぶら）[0]

かぶ【下部】（名）下部；↔じょうぶ（上
部）。[1]

かぶ【歌舞】（名・自サ）歌舞。[1]

かふう【下風】（名）〔文〕手下；☆下風
に立つ／居於人下，在別人的手下工作
[0]

かふう【家風】（名）家風；☆家風に合（
あ）わない／與家風不合。[0][0]

かふう【歌風】（名）「和歌」的風格。[0]

がふう【画風】（名）畫的風格。[0]

カフェイン【caffeine】（名）〔化〕咖啡
鹼，咖啡因。[0]

カフェー【法café】（名）①（售咖啡及其
他飲料的）吃茶店，咖啡館；②（有女招
待員的）西餐館；酒館。[1]

かぶか【株価】（名）〔經〕股票行市，股票価格。⓪

がぶがぶ（副・自サ）咕嘟咕嘟地（喝）；☆がぶがぶ飲（の）む／咕嘟咕嘟地喝，大口喝。①

かぶき【歌舞伎】（名）歌舞伎（日本的一種類似中國的平劇的舊劇）。⓪

かぶきん【株金】（名）〔經〕股金，股款；☆株金を払（はら）い込（こ）む／繳納股款。⓪②

かふく【禍福】（名）〔文〕禍福。①

がふく【画幅】（名）〔文〕（一幅）畫。①

かぶけん【株券】（名）〔經〕股票；☆株券の名義（めいぎ）を書き換（か）える／更換股票的名義，過戶。⓪②

かぶさ・る【被さる】（自五）①覆到…上，把…蒙上；☆雪が小屋（こや）に被さっている／雪覆蓋着小房；②（負擔等）落到肩上。③

かぶしき【株式】（名）〔經〕股，股份；☆株式を募（つの）る／招股；☆株式を応募（おうぼ）する／認股；②股票；☆株式を発行する／發行股票；③股權；～がいしゃ【株式会社】（名）股份公司，股份有限公司。②⓪

カフス【cuffs】（名）（西服襯衣的）袖口；～ボタン【cuffs-buttons】（名）袖釦。①

*かぶ・せる【被せる】（他下一）①用…蓋上，蒙上；用…包上；☆土を被せる／用土蓋上；☆金（きん）を被せる／包金；②用（水等）澆，沖，☆背中（せなか）に水を被せる／往背上澆水，沖背；③給…戴上（帽子等）；☆子供に帽子を被せる／給小孩戴帽子；④〔轉〕（把責任、罪過等）推諉（到…身上）；☆罪を他人に被せる／把罪過推到別人身上：図かぶせる（下二）。③

カプセル【德kapsel】（名）〔藥〕膠囊①

かふそく【過不足】（名）過與不足（＝かふきゅう）；☆過不足のないようにする／使…得當。②

かぶと【兜・冑】（名）盔；◇兜を脱（ぬ）ぐ／投降；認輸；勝（かっ）って兜の緒（お）を締（し）めよ／戰勝還要戒驕戒躁，勝利後要更加謹愼。①

かぶとむし【兜虫】（名）〔動〕獨角仙③

かぶとちょう【兜町】（名）①東京證券交易所所在地；②〔轉〕東京的金融市場⓪

かぶぬし【株主】（名）〔經〕股東；～そうかい【株主総会】（名）股東大會②⓪

かぶま【株間】（名）〔農〕棵與棵的間隔，株距。⓪

かぶり【頭】（名）①頭＝（あたま）；☆否（いな）と頭を振（ふ）る／搖頭否定；☆頭を縦（たて）に振る／點頭，首肯；②幼兒搖頭（＝かぶりかぶり）；☆頭をする／（幼兒）搖頭。①③

カプリチオ【意 capriccio】（名）〔樂〕隨想曲。③

かぶりつ・く【齧り付く】（自五）①咬住；☆犬が肉に齧り付く／狗咬住肉，②＝かじりつく。②

*かぶ・る【被る】（自・他五）①戴（帽子等）蓋，蒙；☆帽子を被る／戴帽子；☆蒲団（ふとん）を頭から被る／把被子一直蒙到頭上；②（水等）澆上，灌上；（塵土等）落上，☆甲板（かんばん）が波（なみ）を被る／浪沖上了甲板；☆家が火の子を被る／火星落到房子上；③〔轉〕蒙受，遭受；☆罰（ばち）を被る／遭受懲罰；④〔照相〕（膠片等）走光，感光過度；☆被っている種板（たねいた）／走了光的底板。②

かぶれ【気触】（名）①「かぶれる」的名詞形；②（因皮膚中毒而起的）斑疹；③〔轉〕受（不良的）影響；沾染，醉心；☆西洋かぶれ／醉心歐化。⓪

かぶ・れる【気触れる】（自下一）①（由於漆、膏藥等的中毒而）起斑疹（＝まける）；☆漆（うるし）に気触れる／中漆毒而引起斑疹；②〔轉〕受（不良的）影響；☆ニーチェの超人主義に気触れる／受尼采的超人主義的壞影響。⓪

かぶろ【禿】（名）①〔古〕禿頭，禿山；②童髮；妓女的侍女（＝かむろ）。⓪

かぶわけ【株分け】（名・他サ）分株，分棵。⓪④

かふん【花粉】（名）〔植〕花粉。⓪

かぶん【過分】（形動ダ）過度，過分；☆過分な賞与／過分的獎賞。⓪

かぶん【寡聞】（形動ダ）〔文〕寡聞（常用於自謙）；☆私は寡聞にして、まだ知らない／我孤陋寡聞得很，還不知道。⓪

*かべ【壁】（名）牆，壁；◇壁に耳あり／隔牆有耳。⓪

*かへい【貨幣】（名）貨幣；～かち【貨幣価値】（名）貨幣價値。①

か

かへい【寡兵】（名・副）寡兵；☆寡兵を以（も）って強敵に当（あ）たる／以寡兵當勁敵。①

かべかけ【壁掛】（名）掛牆式的裝飾品④③

かべがみ【壁紙】（名）糊牆用的紙，壁紙①

かべごし【壁越し】（名）隔牆；☆壁越しに話（はな）す／隔着牆說話。①

かべどなり【壁隣り】（名）隔壁，緊鄰。③

かべぬり【壁塗り】（名）墁牆；墁牆的泥瓦匠。①④

かへん【花片】（名）〔植〕花瓣。①

かへん【可変】（名）可變；～しほん【可変資本】（名）〔經〕可變資本。①

かへん【カ変】（名）〔語法〕←カ行變格（活用）。①

かべん【花弁】（名）〔植〕花瓣。①①

かほう【下方】（名）〔文〕下方，下邊，下面。①②

かほう【果報】Ⅰ（名）因果報應；Ⅱ（形動ダ）幸福；◇果報は寝て待て／〔諺〕有福不用忙；～もの【果報者】（名）幸福的人。①

かほう【家法】（名）①家法；②家傳的方法。①①

かほう【家宝】（名）傳家寶；☆その絵は家宝として珍蔵されている／那幅畫被珍藏爲傳家寶。①①

がほう【画報】（名）畫報。①

かほご【過保護】（名）父母親把小孩過份的保護或寵愛的意思；☆過保護は、子供をダメにする／過份的保護會使孩子寵壞②

かぼそ・い【か細い】（形）纖細的，纖弱的；☆彼女は、か細い腕（うで）で一家を支（ささ）えている／她以纖弱的雙手養活着全家；図かぼそし（形ク）。③

カボチャ【南瓜】（名）〔植〕南瓜。①

ガボット【法gavotte】（名）〔樂〕加伏特舞（曲）。①

*かま【釜】（名）①鍋；☆御飯（ごはん）を炊（た）く釜／燒飯的鍋；②＝罐（かま）⇒ボイラー；◇釜を起（お）こす／成家立業，發財致富。①

かま【窯】（名）窰，爐；☆レンガを焼（や）く窯／燒磚的窰；☆パン焼（やき）窯／麵包爐。①

*かま【鎌】（名）鐮刀；☆鎌と鎚（つち）／鐮刀與鎚子；☆鎌で草を刈（か）る／用鐮刀割草；◇鎌をかける／用策略套出秘密。①

がま【蝦蟇】（名）〔動〕→ひきがえる①

かま・う【構う】（自・他五）①〔常用否定〕（不）介意，（無）忌憚，（不）管，（不）顧；☆雨が降っても風が吹（ふ）いても私は構わない／下雨颳風我都不在乎；☆思（おも）う事を構わず言う／把所想的事無忌憚地說出來；☆他人の利害など構わない／一點也不顧別人的利害；☆大きな声で読（よ）んでも構いませんか／大聲唸也沒關係嗎？大聲唸行嗎？②照顧，照料；招待，理睬；干預；☆誰も構わないから樹が枯（か）れてしまった／因爲沒人照管，樹枯死了；☆人の子供まで構っていられない／無暇照料別人的孩子；☆お構い申（もう）しませんでした／請恕我招待不周；☆どうぞお構い下さるな／請不要招待（我）；☆あんなやつに構ってはいられない／沒工夫理睬他；☆人の事に構うもんじゃない／別管閑事；③調戲，逗弄；☆女に構う／調戲婦女；☆犬に構うな／不要逗狗。②

かまえ【構え】（名）①（房屋等的）構造，格局，外觀；☆家の構えが堂々としている／房子氣派很大；☆この家の構えは商店向（むき）だ／這所房子的格局適合作店舖；②（身體的）姿勢；（精神上的）準備；☆立射（たちうち）の構え／站着射擊的姿勢；③漢字部首名（例：口部爲「くにがまえ」，門部爲「もんがまえ」）。②

かま・える【構える】（他下一）①修築，修葺；〔轉〕住在（獨立的一所房屋）；☆城（しろ）を構える／修築城堡；☆堂々たる邸宅を構えている／住在一所濶綽的大宅院裏；☆弟は別に一戸を構えている／弟弟另立門戶；②取某種姿勢；〔轉〕表現某種態度、姿態；☆銃（つつ）を構える／作放槍的姿勢；☆おうように構える／表現出大量，寬宏大度的樣子；③〔轉〕假託，假裝，裝做；☆病気を構える／假裝有病；図かまふ（四）。③

かまきり【蟷螂】（名）〔昆〕螳螂。①

がまぐち【蝦蟇口】（名）（蛙嘴式）小錢包。①

かまくび【鎌首】（名）（蛇等）鐮刀形的頸子；☆蛇が鎌首をもたげる／蛇揚起鐮刀形的頸子。①②

かまくらじだい【鎌倉時代】（名）〔史〕鎌倉時代〔自日本建久三年（1192年）源

頼朝在鎌倉開設幕府至元弘三年(1333年)北條高時滅亡爲止的約一百五十年間〕⑤

かま・ける（自下一）忙於，專心於；☆子供の事にかまける／忙於照料小孩。③

—がまし・い（接尾・形型）表示近似、類似的意思；☆勝手（かって）がましい／似乎自私自利的；☆指図（さしず）がましい／命令式的；☆他人（たにん）がましい／陌生人一般的；図がまし（形シク型）。

かましき【釜敷】（名）鍋墊；鍋、鐵壺等的墊子。④ ⓪

かます【叺】（名）（裝大米等的）草袋 ③

かます【魳】（名）〔動〕梭魚。

かまど【竈】（名）竈，爐竈；◇竈を立（た）てる／成家；竈を分（わ）ける／分家。⓪

かまとと（名）〔大阪方言〕明知故問，假裝不懂。⓪

かまびすし・い【囂】（形）喧囂的，吵嚷的；図かまびすし（形シク）；〜さ（名）喧囂，吵嚷。④

かまぼこ【蒲鉾】（名）魚糕（將魚肉磨成漿糊攤在木板上成半圓椎體蒸熟的一種食品）；〜がた【蒲鉾型】（名)半圓椎體；☆蒲鉾型の指輪（ゆびわ）／普通戒指，不鑲寶石的戒指。⓪

かまもと【窯元】（名）（燒瓷器或陶器的）窰；窰戶。⓪

がまん【我慢】（名・他サ）①忍耐，忍受，容忍；自制；☆腹が立つのを我慢する／忍怒；☆あの人にはもう我慢が出来ない／對他我再也忍不下去了；☆彼の無礼（ぶれい）な態度には我慢がならぬ／他蠻不講禮的態度令人不能忍受；☆我慢の緒（お）が切（き）れた／忍無可忍，再也忍不住了；②饒恕，原諒；☆相手は子供だから我慢した／因爲對方是個孩子所以饒恕了；⑧將就，克服；讓步；☆あの品（しな）の代（かわ）りにこれで我慢しなさい／那個東西沒有了，用這個克服一下吧；〜づよ・い【我慢強い】（形）耐性強的，有忍耐力的；図がまんづよし（形ク）。①

かみ【上】（名）①下部，上方；☆お膳の上に／在上座；②上游；☆この川の二、三キロ上に橋がある／這條河的上游二、三公里處有座橋；③天子，皇帝；政府，官衙；☆お上の命令／官家的命令；④長上

；⑤上半身；☆上をもむ／按摩上半身；⑥上文；☆上に述（の）べたように／如上文所述；⑦←上の句（く）。①

***かみ**【神】（名）①神；上帝；☆唯物論者は神を信じない／唯物論者不信神；☆回教の神はアラーと云う／伊斯蘭教的眞主是阿拉；②〔神道〕（死者的）靈魂；☆…を神に祭（まつ）る／把…供到神社裏，奉爲神；◇神ならぬ身（み）／凡人，肉體凡胎；触（さわ）らぬ神に祟（たた）りなし／敬而遠之。①②

***かみ**【紙】（名）紙；☆紙をすく／製紙，抄紙；☆人情は紙よりも薄（うす）い／人情比紙還薄；☆紙一重（ひとえ）／一層紙（喻毫釐之差）。②

***かみ**【髮】（名）髮，頭髮；（頭髮的樣式）頭；☆髮をすく（なでつける）／梳頭（髮）；☆髮にパーマをかける／電燙髮；☆髮をのばす／留長髮；☆髮にウェーブをつける／燙成波浪髮；◇髮をおろす／落髮，削髮（爲僧尼等）。②

かみ【加味】（名・他サ）①調味；②〔轉〕摻加，加進，附加，（使）附帶；☆法に人情を加味する／使法律近乎人情。①

かみあい【嚙合（い）】（名）①相咬；搏鬥；②〔機〕（齒輪等的）咬接，嚙合⓪

かみあ・う【嚙み合う】（自五）①相咬；搏鬥；☆犬が嚙み合っている／狗在互咬；②〔機〕（齒輪等）咬接，嚙合。⓪

かみあぶら【髮油】（名）（頭髮）油。③

かみあわせ【嚙合わせ】（名）上下白齒咬合部分。⓪

かみあわ・せる【嚙み合わせる】（他下一）①把（牙齒）咬緊；②（動物等）相咬；③〔機〕使（齒輪等）咬接，嚙合；図かみあはす（下二）。⓪⑤

かみいちだんかつよう【上一段活用】（名）〔語法〕上一段活用〔動詞語尾變化之一種，例如：見る、落（お）ちる〕。⑦

かみいれ【紙入（れ）】（名）①錢包；②紙夾。④

かみがかり【神憑り】（名）①神靈附體（的人）；②超現實，異想天開。③

かみかくし【神隱し】（名)（神秘的）失踪③

かみかぜ【神風】（名）神風。

かみがた【上方】（名）京都、大阪地方之稱。⓪

かみがた【髮型】（名)梳髮的樣式，髮型⓪④

がみがみ（副・自サ）嚴屬申斥、指責貌；

☆がみがみ叱（しか）りとばす／嚴加申斥；☆がみがみ言う人／愛責罵人的人。 [1]

かみき【上期】（名）上半期。 [2]

かみきりむし【天牛】（名）〔動〕天牛 [4]

かみき・る【嚙み切る】（他五）咬斷，咬破；☆ロープを嚙み切る／咬斷繩索；☆鼠（ねずみ）が箱（はこ）を嚙み切って中にはいる／老鼠把匣子咬破鑽到裏面去；☆舌を嚙み切る／咬斷舌頭（自殺）。 [0]

かみきれ【紙切れ】（名）紙片破紙；☆条約が紙切れとなる／條約成爲廢紙。 [4][3]

かみくず【紙屑】（名）廢紙，亂紙；☆紙屑を拾（ひろ）う／揀亂紙；☆紙屑同様だ／一文不值，毫無價值。 [3]

かみくだく【嚙み砕く】（他五）①咬碎；嚼爛；②〔轉〕詳細解釋，諄諄教誨；☆嚙み砕くように言って聞（き）かせる／諄諄教誨。 [0][4]

かみころ・す【嚙み殺す】（他五）①咬死；②〔轉〕（把呵欠等）抑制住；☆欠伸（あくび）を嚙み殺す／把呵欠嚥回去。 [0]

かみざ【上座】（名）上座，上席；☆上座に坐（すわ）る／坐在上座。 [0]

かみざいく【紙細工】（名）紙活，用紙做的東西。 [3]

かみさま【神様】（名）神的尊稱。 [1][2]

かみさん【上さん】（名）〔おー〕（一般人的）妻，老婆；☆八百屋（やおや）のお上さん／青菜店的老闆娘。 [0]

かみしばい【紙芝居】（名）連環畫劇，（拉）洋片。 [3]

かみし・める【嚙み締める】（他下一）①細嚼，用力嚼；②〔轉〕玩味，仔細欣賞；☆トルストイは難解な所が多いが嚙みしめると中々味（あじ）がある／托爾斯泰的作品難懂的地方很多，但是仔細閱讀，便覺得津津有味；図かみしむ（下二） [3]

かみしも【裃】（名）〔江戸時代〕武士的禮服。 [0]

かみず（づ）つみ【紙包】（名）紙包☆紙包にする／用紙包上。 [3]

かみせい【紙製】（名）紙製；☆紙製の人形／紙製的偶人。 [0]

*かみそり【剃刀】（名）剃頭刀，刮臉刀；◇剃刀のような男／明敏果斷的人。 [4][3]

かみだな【神棚】（名）神龕。 [0]

かみだのみ【神頼み】（名・自サ）求神（佛）保佑；◇苦しい時の神頼み／困難

時求神佛保佑，（平常不燒香）臨時抱佛脚。 [3]

かみつ・く【嚙み付く】（他五）①咬，咬住（不放口）；☆犬に嚙みつかれる／被狗咬；☆魚が餌に嚙みつく／魚咬住釣餌；②〔轉〕哮咆，怒喝。 [0]

かみつぶ・す【嚙み潰す】（他五）咬碎，嚼碎。 [0]

かみて【上手】（名）①上方；②上游；③〔劇〕舞臺的左側。 [3][0]

かみなづき【神無月】（名）〔文〕陰曆十月（＝かんなづき）。 [3]

かみなり【雷】（名）①雷；☆雷が鳴（な）る／打雷，雷鳴，☆雷が家に落（お）ちた／雷劈了房屋；②〔轉〕愛厲聲責罵的人，咆哮如雷的人；～おやじ【雷親父】（名）嚴厲的老人；動輒大聲怒喝的人；～よけ【雷除】（名）①避雷針；②避雷的護身符。 [4][3]

かみにだんかつよう【上二段活用】（名）〔文法〕上二段活用〔文語動詞語尾變化之一種，例如：落（お）つ、悔（く）ゆ〕

かみのく【上の句】（名）①和歌的前段（五七五七七中的五七五三句）；②俳句的頭一句（五七五的頭五個字）。 [3]

•**かみのけ**【髪の毛】（名）頭髮（＝かみ）；髪の毛が濃（こ）い／頭髮密；☆髪の毛が薄（うす）い／頭髮稀（少）。 [3]

かみばさみ【紙挾】（名）夾紙具，紙夾 [3]

かみばり【紙張（り）】（名・自サ）紙糊（的東西）。 [0][4]

かみほとけ【神仏】（名）神佛，神輿佛 [1][3]

かみまいり【神参り】（名）参神，拜神 [3]

かみまき（タバコ）【紙巻〔煙草〕】（名）紙烟，香烟；→まきたばこ。 [5]

かみもうで【神詣】（名・自サ）參拜神社。 [3]

かみやすり【紙鑢】（名）→サンドペーパー。 [3]

かみゆい【髪結（い）】（名）梳頭；◇髪結いの乱（みだ）れ髪／裁縫的孩子沒衣服穿；～どこ【髪結床】（名）梳頭店（江戸時代的話）。 [3]

かみよ【神代】（名）〔神話〕神治時代，神代。 [2][1]

かみより【紙縒】（名）紙捻兒（＝かんぜより）。 [4]

かみわ・ける【嚙み分ける】（他下一）①

細嚼，品滋味；②〔轉〕體會，懂得；☆世（よ）の中（なか）の酸（す）いも甘（あま）いも嚙み分ける／懂得人生的酸甜苦辣；図かみわく（下二）。◎

かみわざ【神業】（名）①鬼斧神功，奇蹟；②絕技。◎④

か・む【嚙む】（他五）①咬；☆犬に咬まれる／被狗咬；②嚼；☆食物をよく嚙む／好好咀嚼食物；⑧〔機〕（齒輪等）咧接，嚙合；◇嚙んで含める様に教える／諄諄教誨，詳加解釋；嚙んで吐（は）き出す様に言う／惡言惡語地說，感覺十分討厭的樣子說。①

か・む【擤む】（他五）擤；☆鼻（はな）を擤む／擤鼻涕。◎

がむしゃら【我武者羅】（名・形動ダ）冒失，魯莽，不顧前後，有勇無謀，死求百賴；☆…をがむしゃらにやる／拼命地幹，死求百賴地幹／あいつは，がむしゃらだ／那傢伙是個冒失鬼。◎

カムバック【美come-back】（名・自サ）（名聲地位等的）恢復；東山再起（＝かえりざき）。③

カムフラージュ【法camouflage】（名・他サ）①掩飾，偽裝；②〔軍〕迷彩。④

かめ【瓶】（名）①瓶，甕，缸；②→はないけ。②

かめ【亀】（名）〔動〕龜，海龜。①

かめい【下命】（名・他サ）①命令；吩咐；②〔商〕惠顧，訂貨；☆御下命のほど願（ねが）います／謹請惠顧。①◎

かめい【加盟】（名・自サ）加盟，參加盟約；～こく【加盟国】（名）加盟國。◎

かめい【仮名】（名・自サ）假名，筆名；☆仮名を使（つか）う／用假名。◎

かめい【家名】（名）①（一家的）姓氏；☆家名を継（つ）ぐ／承繼姓氏；②家聲，一家的名譽；☆家名を揚（あ）げる／使門第增光。①

がめい【雅名】（名）〔文〕雅號，雅名◎

かめのこ【亀の子】（名）①龜仔；②龜仔，小龜；⑧龜甲，龜殼；～だわし【亀の子束子】（名）橢圓形的棕刷子。③

かめのこう【亀の甲】（名）①龜甲，龜殼；②六角形連續花紋，龜紋；◇亀の甲より年の劫（こう）／人老閱歷多，薑是老的辣。④

カメラ【camera】（名）照相機；☆…にカメラを向（む）ける／用照相機向…對準（預備拍照）；☆カメラ慣（な）れしていない／不慣於拍照，照像時不自然；☆カメラに収（おさ）める／拍照下來；☆カメラのフラッシュを浴（あ）びる／被大家（用閃光燈）競相拍照；～マン【camera man】（名）攝影師，攝影記者；～ワーク【camera work】（名）攝影技術。◎

カメレオン【chameleon】（名）〔動〕石龍子，變色龍（蜥蜴類動物，其體色能隨時變易）。③

かめん【仮面】（名）假面具；☆仮面を脱（ぬ）ぐ／脫下假面具；露出眞面目；☆仮面をはぐ／剝去假面具。◎

がめん【画面】（名）（繪畫、照片等的）畫面；☆テレビの画面／電視的畫面①◎

かも【鴨】（名）①〔動〕野鴨；②〔轉〕容易欺騙人的；◇鴨が葱（ねぎ）をしょってくる／〔喻〕越發隨心所願。①

かも→かも知れない。

がも（感助）〔文〕表示願望和感嘆（＝…であってほしいなあ）。

かもい【鴨居】（名）（門等的）上框，門上橫木；↔しきい（敷居）。②◎

かもく【科目・課目】（名）①科目，項目；②學科，課程。◎

かもく【寡黙】（形動ダ）〔文〕沉默寡言；☆寡黙な人／沉默寡言的人。◎

かもしか【羚羊】（名）〔動〕羚羊。◎②

かもしれな・い【かも知れない】（連語・形型）說不定…也許，也未可知；☆父は行くかも知れない／父親也許去；☆彼は怒（おこ）りだすかも知れない／說不定他會生氣；☆降（ふ）るかも知れない／說不定要下雨，也許下雨；☆そうかもしれない／也許是吧。

かも・す【醸す】（他五）①釀，釀造；☆酒を醸す／釀酒；②引起，惹起，釀成；☆紛争を醸す／惹起糾紛；☆災（わざわい）を醸す／釀成災害。◎

かもつ【貨物】（名）貨物；☆貨物を発送（はっそう）する／發貨。①

カモフラージュ【法camouflage】→カムフラージュ。④

かもめ【鷗】（名）〔動〕鷗，海鷗。◎

かもん【家門】（名）家門；☆家門のほまれ／家門的榮譽，門第之光。①

かや【茅・萱】（名）〔植〕芒，芭茅。①

かや【蚊屋・蚊帳】（名）蚊帳；☆蚊帳を吊る／掛蚊帳；☆蚊帳を外（はず）す／去掉蚊帳。

かやつりぐさ【蚊帳吊草】（名）〔植〕藨草（莎草屬）。④

がやがや（副・自サ）吵吵嚷嚷，喧鬧；☆そんなにがやがや騒（さわ）ぐな／不要那樣吵吵嚷嚷。①

かやく【火薬】（名）火薬。①

カヤック【kayak】（名）（愛斯基摩人用的）獸皮船。②

かやぶき【茅葺】（名）☆茅葺の屋根（やね）／用芭茅葺的屋頂，草房蓋。①

かやり【蚊遣（り）】（名）①燻蚊子；②燻蚊香；☆蚊遣りを焚（た）く／燃起燻蚊香；～せんこう【蚊遣線香】（名）燻蚊香。①

かゆ【粥】（名）粥，稀飯；☆粥をすする／喝粥。①

*かゆ・い【痒い】（形）癢的；☆痒い所をかく／搔癢處；☆背中（せなか）が痒い／背脊發癢；◇痒い所に手が届（とど）くように良く世話（せわ）をする／無微不至地照顧；痒くも痛くもない／不痛不癢，不介意。②

かよい【通（い）】（名）①來往，往來，常來常往；☆香港（ホンコン）横浜（よこはま）通いの船／往來於香港與横濱之間的輪船；☆私は毎日病院通いです／我天天到醫院去（瞧病）；☆通いの家政婦／朝來夜歸的女傭人；②←かよいちょう（通帳）；～じ【通路】（名）常走的道路，路線；～ちょう【通帳】（名）（買東西或存款的）摺子，小帳本。①

*かよ・う【通う】（自五）①往來，來往，通行；☆台北高雄間を通うバス／往來於臺北高雄間的公路局車；☆その地方に今では汽車が通っている／那個地方現在通火車；②通，流通（血液等）循環；☆電流が通っている針金（はりがね）／通有電流的鐵絲；☆まだ息（いき）が通っている／還喘氣（沒有死）；☆あいつは血（ち）の通ってる人間じゃない／那個人冷酷無情；☆私の心（こころ）は先方に通わなかった／我的心沒有得到對方的反應，對方沒懂我的心意；③常來常往，經常來往；☆若（わか）い時そこへは良く通ったものだ／年輕的時候經常到那裏

去；☆通い慣（な）れた道／走熟了的路；☆郊外から電車で勤先（つとめさき）に通う／每日從郊外坐電車上班；④〔古〕相似（＝にかよう）；⑤〔古〕相通，通用；⑥〔古〕通，通曉。⑦

かよう【斯様】（形動ダ）這樣，如此（＝このよう）；☆斯様な次第（しだい）で／因爲是這樣，在這樣情況下；☆斯様に見れば／這樣看來，由此觀之；☆斯様かくかくと述（の）べる／如此這般地述説。①

かよう【可溶】（名・形動ダ）可溶，可熔；～せい【可溶性】（名）可溶性，可熔性。①

かよう【火曜】（名）星期二；～び【火曜日】（名）星期二（＝かよう）。①②

かよう【歌謡】（名）①歌謡；②歌謡曲；～きょく【歌謡曲】（名）歌謡曲；日製的流行歌曲。①

がようし【画用紙】（名）圖畫紙。②

かよく【寡欲】（名・形動ダ）寡欲；☆寡欲な人／寡欲的人。①

がよく【我欲】（名）私慾，個人的欲望；☆我欲を捨（す）てる／抛棄個人的欲望。①

かよわ・い【か弱い】（形）柔弱的，纖弱的；☆か弱い女／柔弱的女人；図かよわし（形ク）。③

かよわ・せる【通わせる】（他下一）①使往來（於…之間），使常來常往；☆子供を（家から）学校に通わせる／讓孩子每天（從家裏）上學；②通，☆電流を通わせる／通上電流；③使流通，使流；☆水を通わせる／使水流通；④使相通，図かよはす（下二）。③

から-【造語】表示完全、十分、到底之意；接否定時，表示一點、絲毫（也不）等意；☆彼は日本語がから下手（へた）だ／他的日語簡直不行；☆からいくじがない／一點志氣也沒有；☆から役（やく）に立（た）ない／絲毫無用處也沒有。

から-【唐】（造語）①表示由中國或外國來的＝唐錦（からにしき）／中國織錦；②表示珍貴、出奇的意思。

から【空】（名）空；☆空の瓶（びん）／空瓶子；☆コップの水を空にする／把玻璃杯的水倒空；☆財布（さいふ）が空になった／錢包空了；☆頭の中が空の人／沒腦筋的人。②

から【唐】（名）〔古〕①中國；☆唐天竺（てんぢく）／中國和印度；②外國。①

*から【殻】（名）①殻，莢，外皮；☆とうもろこしの殻／玉米皮，玉蜀黍皮；☆栗（くり）の殻／栗子皮；☆貝（かい）の殻／貝殻；②（おー）豆腐渣；③軀殻，屍體（＝なきがら）。②

*からⅠ（格助）①〔人・空間〕從，由；☆遠くの友人からの手紙／遠方友人來的信；☆君から始（はじ）めたまえ／由你來開始吧；☆台北から高雄まで／從臺北到高雄；☆十五ページから始める／從十五頁開始；☆崖から落ちる／從崖上墜落；☆窓から中をのぞく／從窗戶往裏面窺視；☆右の耳からはいり左の耳から抜（ぬ）けてしまう／由右耳進去從左耳跑掉，一個耳朵聽一個耳朵出；②〔時間〕自，從…起，以後，以來；☆三時から五時まで／自三時至五點；☆朝（あさ）からずっと忙（いそが）しかった／從早晨起一直忙着；☆この町（まち）に落（お）ちついてから五年になる／在這個城市定居以來已經五年了；③〔原料〕用，以；☆酒（さけ）は米（こめ）から造る／酒是用米作的；☆石炭から色々なものが造られる／用煤可以製造出種種東西來；④〔動機〕由於，因爲；☆好奇心（こうきしん）から／由於好奇心；☆これはみんな嫉妬（しっと）から出た事だ／這都是由於嫉妬而發生的；⑤〔觀點、標準〕根據，從；☆これらの事実から判断すると／根據這些事實來判斷；⑥以上，不少於；☆二千円からする／値二千圓以上；☆千人からの人が死んだ／死了一千多人；Ⅱ（接助）〔原因、理由〕因爲，所以；☆今年は気候が悪いから悪疫が流行する／因爲今年氣候不好所以傳染病流行；☆早く起（お）きたから一番列車に間（ま）に合（あ）った／因爲起得早所以趕上了頭班火車；②用在句子最後表示決心（＝ぞ，よ）；☆ただではおかないから／我不會白白了事的；☆＝からに。

－がら【柄】（造語）①表示身份、性質、品格等；例如：身分柄（みぶんがら），人柄（ひとがら）；②表示適應的意思，例如：場所柄（ばしょがら）。

がら（名）①質量低的半焦炭；②鷄架，鷄骨。①

*がら【柄】（名）①身材，身量，體格；☆柄が大きい／身材高大；☆柄の小さい女／身材小的女子；②人品，身分，資格；☆柄の良い／人品好的；☆柄にない事をする／做不合身分的事，做自己不擅長的事；☆学者などと言える柄ではない／不配稱爲學者；☆彼は批評する柄じゃない／他沒有資格批評；③花樣，花紋；☆流行の柄／時興的花樣（的衣料等）。⓪

カラー【collar】（名）（西服、襯衣的）領子。①

カラー【colour】（名）①色，彩色；②（繪畫用）顏料；～テレビ【color TV】（名）彩色電視機。①

がらあき【空明（き）】（形動ダ）完全空，空空如也；☆車は、がら明きだった／車裏一個人也沒有；車裏人很少。⓪

からあげ【空揚】（名・他サ）〔烹飪〕乾炸（的食品）。⓪④

*から・い【辛い】（形）①辣的；☆この酒は辛い／這酒辣；②嚴酷的，酷烈的；艱難的；☆彼は世の中の甘（あま）い辛いを知っている／他懂得世間的甘苦；☆辛い目にあう／受虐待，遭受艱辛；③嚴格的，刻薄的；☆あの先生は点（てん）が辛い／那位老師分數嚴；④危險的；☆辛い命（いのち）を助かった／險些喪命，在危險中得救；因からい（形ク）。②

から・い【鹹い】（形）鹹的（＝しおからい，しょっぱい）。②

からいばり【空威張り】（名・自サ）假抖威風，虛張聲勢；☆酒の上の空威張り／酒後假抖威風。③

からいり【乾煎（り）】（名・他サ）〔烹飪〕乾炒。②

*から・う【空う（自他五）戲弄，逗弄，調戲，嘲弄玩笑；☆猫（ねこ）をからかう／戲弄貓；☆子供をからかう／逗小孩兒；☆人の臆病（おくびょう）をからかう／嘲弄別人膽小；☆あの人は君をからかっているんだ／他是跟你開玩笑呢。③

からかさ【傘】（名）紙傘，雨傘；☆傘を広（ひろ）げる／支開傘；☆傘をすぼめる／把傘放下來；☆傘をさす／打傘。③

からかぜ【空風・乾風】（名）旱風，乾風，不帶雨雪的風。④⓪

からかみ【唐紙】（名）①花紙，有花紋的紙；②＝ふすま（襖）。②

からから（副・自サ）①〔擬聲〕表示硬物相觸的聲音；②表示乾燥；☆喉（のど）がかわいて、からからだ／嗓子乾渴，渴得冒煙／池子涸乾了；③空空地／☆財布（さいふ）がからからだ／錢包空空如也；④表示高聲而明朗的笑聲；☆からから笑っている／哈哈大笑。①

からがら【辛辛】（副）好不容易，好歹，很困難地（＝かろうじて）；☆命（いのち）からがら逃げる／僅以身免。⓪

がらがらⅠ（名）〔玩具〕嘩啷棒；Ⅱ（副・自サ）①〔擬聲〕表示硬物相撞的聲音；☆馬車が、がらがらと通（とお）る／馬車轟隆轟隆地走過去；②表示空虛；☆がらがらになる／空空如也；③表示直爽，爽快；☆がらがらした人／爽快人；☆がらがら物を言う／說話直爽，心直口快；～へび【がらがら蛇】（名）〔動〕響尾蛇。④⓪①

からが・る（自サ）＝からまる，こんがらかる。

からが・る【辛がる】（自五）①感覺辣，嫌辣；②感覺困難，感覺難受。

からきし（副）完全，十分；一點，絲毫（也不）；☆からきし何も知らない／絲毫也不知道，完全不知。⓪

からぎぬ【唐衣】（名）（古代的）女子禮服。③②

からくさ【唐草】（名）蔓草花紋，蔓藤花樣。②

からくじ【空籤】（名）空籤，空彩；☆空籤は一本もない／彩彩不空；☆空籤を引（ひ）いた／抽了一個空彩。⓪

がらくた（名）破爛東西，不值錢的東西；☆がらくた部屋（べや）／裝破爛的屋子；☆がらくた市（いち）／破爛市。⓪

からくち【辛口】（名）①愛吃辣味，喜歡辣；②（酒等的）辣性；☆私には、この酒はちょっと辛口だ／這酒我喝著有點辣（辛口）。↔あまくち（甘口）。⓪

からく（も）【辛く（も）】（副）〔文〕好不容易才（＝かろうじて）；☆辛くも逃（のが）れた／好不容易才逃出來。①

からくり（名）①操縱；②（巧妙的）機關，自動裝置；③策略，計策，詭計；☆からくりが、すっかりばれてしまった／策略完全暴露了／☆それには色々からくりがある／那裡面包藏著種種的詭計；④籌

措，想辦法；☆生計（せいけい）を立てるのに色々からくりをやる／為了維持生活東拉西湊地想辦法；⑤西洋鏡（＝からくりめがね）／～じかけ【からくり仕掛】①機器裝置，自動裝置；②騙人的戲法；～しばい【からくり芝居】（名）木偶戲。②⓪

からくれない【唐紅・韓紅】（名）深紅，血紅。④

からげ【紮・絡】（名）紮，束，捆；☆ひとからげにする／紮成一紮；◇十把（じっぱ）一紮（ひとからげ）にする／混為一談，不分青紅皂白。

から・げる【紮（絡）げる】（他下一）①紮，捆；☆荷（に）をからげる／把貨物捆起來；②捲起，撩起（衣襟等）；☒からぐ（下二）。③

からげんき【空元気】（名）虛張聲勢，假勇氣，☆なあに空元気だよ、すぐしっぽを巻（ま）くよ／沒什麼，那是虛張聲勢，馬上就軟下去的。③

からこ【唐子】①中國古裝的小孩；②＝からこにんぎょう；～にんぎょう【唐子人形】（名）中國古裝童偶。②

からごころ【漢心・漢意】（名）（因學習中國古籍而產生的）景仰中國的心理，陶醉於中國文化的心理。③

からころも【唐衣】（名）①中國古式服裝；②美麗服裝。③

からさ【辛さ】（名）辣的程度。①

からさわぎ【空騒（ぎ）】（名・自サ）無事騷擾，大驚小怪，無謂的紛擾，虛驚；☆子供じゃあるまいし、こんな空騒ぎするのは、まるで小孩／也不是小孩，這樣大驚小怪太不成體統了。③

からし【芥子】（名）芥末；～な【芥子菜】（名）〔植〕芥菜，芥子。⓪

からしし【唐獅子】（名）獅子。③

からすー【烏】（造語）表示黑色的意思，例如：烏貝（からすがい）。

からす【烏・鴉】（名）〔動〕烏鴉；◇末（すえ）は烏の泣き別れ／結果是勞燕分飛（不能團圓）；烏の行水（ぎょうずい）／過於簡單的沐浴～うり【烏瓜】（名）〔植〕王瓜；～がい【烏貝】（名）〔動〕蚌；～がね【烏金】（名）為期一日的高利貸款；～ぐち【烏口】（名）（製圖用的）烏嘴；～むぎ【烏麦】（名）〔植〕黑麥。①

から・す【枯らす】（他五）使…枯萎，枯乾；☆樹（き）を枯らす／把樹弄枯萎；☆この材木はよく枯らしてある／這個木材很乾。⓪

から・す【涸らす】（他五）把水弄乾，使（水）涸竭；☆井戸（いど）を涸らす／把井水淘乾；☆財源を涸らす／使財源涸竭。⓪

から・す【嗄す】（他五）使聲音嘶啞；☆声を嗄して…／嘶啞着嗓子…。⓪

＊ガラス【荷glas=硝子】（名）玻璃；☆窓にガラスをいれる／往窗戶上安裝玻璃；**～いた【硝子板】**（名）玻璃板；**～きり【硝子切り】**（名）切玻璃刀，鑽刀；**～ばり【硝子張り】**（名）①鑲玻璃，裝玻璃；②〔俗〕光明正大，沒有私弊；**～びん【硝子壜】**（名）玻璃瓶。⓪

からすみ【鱲子】（名）烏魚子。⓪

からせき【乾咳】（名）乾咳（嗽）；☆乾咳は肺癌（はいがん）の前兆（ぜんちょう）です／乾咳嗽是肺癌的徵兆。⓪

からせじ【空世辞】（名・自サ）假恭維；☆空世辞を言う／假意奉承。⓪

＊からだ【体】①身體；☆体が健康である／身體健康；②體格，身材；☆体が、がっちりしている／體格健壯；☆体のほっそりした女／身材苗條的女人；☆体のでっぷりした男／身材肥胖的男子；③體質；☆肉食は私の体に合わない／肉食不適合我的體質；④健康，體力；☆体が良くなる／康復，恢復健康；☆体がつづかない／體力支持不住；◇**彼女は普通の体ではない**／她是孕婦；☆自由な体／閑散的身子。⓪

からたち【枳殼】（名）〔植〕枸橘，臭橘。⓪

からだつき【体付き】（名）①姿態，體態；☆彼の体つきは父親にそっくりだ／他的體態跟他父親一模一樣；②體格；☆体つきの頑丈（がんじょう）な人／體格碩壯的人。③

からちゃ【空茶】（名）①清茶（沒有點心）；☆客に空茶を出す／清茶待客。

からつ【唐津】（名）①＝からつやき；②陶瓷器的總稱；☆唐津もの／陶瓷器；**～やき【唐津焼】**（名）（佐賀縣）唐津地方的陶瓷器。①

からっかぜ【空っ風】（名）〔俗〕＝からかぜ。⑤②

からっきし（副）〔俗〕完全，簡直；☆からっきし役に立たない／完全不中用；☆からっきし面白くない／毫無興趣，無聊已極。⓪

カラット【carat】（名）①克拉（寶石的重量單位＝0.205公分）；②金位，開（以純金爲24開）。②

からっぽ【空っぽ】（名・形動ダ）空；☆包（つつみ）をあけてみたら中は空っぽ／打開包裹一看裏面是空的☆頭が空っぽの人／沒有腦筋的人。⓪

からつゆ【空梅雨】（名）乾梅雨（梅雨時期不下雨）。⓪

からて【空手】（名）空手，赤手空拳；☆空手で帰る／空手而歸；☆空手で敵に立（た）ち向（むか）う／赤手迎敵。⓪

からて【唐手・空手】（名）（由沖繩島傳來的一種）拳術。⓪

からてがた【空手形】（名）①空頭票據，通融票據；空頭支票；☆空手形を振り出す／開空頭票據；②〔轉〕空頭支票，不兌現的諾言，空話；☆空手形に終（お）わる／成爲空談。③

からとう【辛党】（名）酒徒，好飲酒者；↔あまとう（甘党）。⓪

からに（接助）①只是，僅僅，就（＝ただ…、だけで、ばかりで）；☆見るからにかわいらしい／一看就可愛（的）；②〔文〕＝からといって。

からには（接助）既然…就；只要…就；☆私が引き受けたからには大丈夫だ／既然我承擔起來（你）就放心吧。

からばこ【空箱】（名）空箱子，空盒子（＝あきばこ）。⓪

から・びる【乾びる】（自上一）①乾（＝ひからびる）；②（植物）枯萎；因からぶ（上二）。③

からぶき【乾拭き】（名）（爲了磨光而）乾擦；☆乾拭きで光（ひか）らせる／用乾布把…擦亮。⓪

からぶり【空振（り）】（名・他サ）〔棒球〕揮棒落空（而不打球或打不中球）⓪

からま・す【絡ます】（他四）使…纏繞，使…糾纏。③

からまつ【唐松・落葉松】（名）〔植〕落葉松。②

からま・る【絡まる】（自五）①纏繞；☆針金が足に絡まる／鐵絲掛（絆）住腳；☆つたが木の幹に絡まる／常春藤繞在樹

幹上；②糾纏，有糾葛（糾紛）；☆これ
には種種（しゅじゅ）な事情が絡まって
いる／這裏面有種種複雜的情形，有許多
糾葛；☆彼は義理に絡まれて、いやと言
いかねた／他拘於情面難以拒絕。③

からまわり【空回り】（名・自サ）①（車
輪等）空轉；②〔商〕表面上交易旺盛而
實際上無利可獲，空忙。③

からみ【辛味】（名）辣味。③

からみ【空身】（名）空身；☆空身で旅行
する／空身（不携帶東西）旅行。⓪

─がらみ【搦】（接尾）①包括在内（＝く
るめて）；②接近，上下（＝くらい）；
☆四十がらみの男／四十歳上下的男子；
☆五十円がらみ／五十圓左右。

からみそ【辛味噌】（名）特鹹的醬。⓪

からみつ・く【絡み付く】（自五）①纏上，
捲上，繞上，絆上；☆蛇（へび）が木に
絡みついた／蛇盤在樹上了；☆縄（な
わ）が足に絡みついた／繩子絆住了脚；
②糾纏住；☆日曜には子供がパパに絡み
ついて離（はな）れない／星期日孩子糾
纏爸爸不放；☆首（くび）に絡みつく／
摟住脖子。②⓪

からみつ・ける【絡み付ける】（他下一）
把…纏繞，使…糾纏；図からみつく（下
二）。③⑤

から・む【絡む】Ⅰ（自五）①纏在…上；
☆糸（いと）が足に絡む／線纏在脚上；
☆痰（たん）が喉（のど）に絡む／痰堵
住嗓子；②講歪理，找碴糾纏；☆先方が
絡んでくればこっちもその考えがある／
對方若是找碴糾纏我也有辦法對付他；Ⅱ
（他五）把…纏上。②

からめ【辛目】（名）稍辣；☆辛目に味
（あじ）をつける／把味調得辣些；②稍
微嚴格，稍微刻薄；☆辛目に採点する／
評分稍微嚴些。③

からめて【搦手】（名）城堡的後門；☆搦
手から攻めいる／從城堡的後門攻入；◇
搦手から取り入（い）る／透過某人的妻
子拉攏關係，走内線。⓪

からめ・る【搦める】（他下一）上綁，逮
捕；図からむ（下二）。③

カラメル【caramel】（名）①焦糖；②＝
キャラメル。⓪

からよう【唐様】（名）①中國式，中國風；
②中國式的書體。⓪

*＊**からり**（副）①〔擬聲〕硬物相撞或滾轉的聲

音；②表示完全改變；☆空がからりと晴
（は）れた／天晴如洗；☆夜がからりと
明（あ）けはなれた／天已大亮；☆彼は
以前とからりと違（ちが）った／他變得
與過前完全不同了；③表示性格的快活；
☆からりとして気の置けぬ男／快活直爽
的人；④表示物的乾透。②③

がらり（副）①〔擬聲〕嘩拉；☆がらりと
戸（と）を開けた／嘩拉一聲把門打開了；
②表示突然的改變；☆模様（もよう）が
がらりと変った／情形突然變化了。②③

がらん（副）①空虚，空曠；☆家具がなく
て部屋（へや）ががらんとしている／没有
傢具屋裏顯得空蕩蕩的；②〔擬聲〕〔
がらんがらん〕叮璫，嘩啷；☆鈴（りん）
が、がらんがらんとなる／鈴嘩啷嘩啷地
響。⓪

がらん【伽藍】（名）〔佛〕伽藍，精舍，
寺院。①⓪

がらんどう（名・形動ダ）空曠；☆あの部
屋はがらんどうだ／那間屋子空空如也（
没有傢具）。⓪

*＊**かり**【狩】（名）①打獵，狩獵，打魚，捕
鳥；☆狩に行く／打獵去；☆狩の獲物（
えもの）／獵獲的（動）物；②採集；遊
山；☆たけ狩／採蘑菇；☆紅葉（もみじ）
狩に行く／遊山觀賞紅葉去；⑧〔轉〕捜
査，拘捕。①

かり【借（り）】（名）①借，欠，賒；②
借款，債款，賒的帳款；☆借りをこしら
える／欠債；☆借りを返す（払う）／還
債，清償債款；☆あの店（みせ）には
大分（だいぶ）借りがある／在那個舖子
賒了很多帳；☆借りを踏（ふ）み倒（た
お）す／欠債不還。⓪

*＊**かり**【仮】（名）①臨時，暫時；☆仮の契約
／暫定的契約；☆仮の受取（うけとり）
／臨時收據；②假；☆仮の名／假名。⓪

かり【雁】（名）〔動〕←がん。①

カリ【荷kali＝加里】（名）〔化〕鉀；～
せっけん【kali石鹸】（名）鉀皂；～**ひ
りょう**【kali肥料】（名）鉀肥。①

がり【我利】（名）私利；☆我利を計（はか）
る人／圖謀私利的人，自私自利的人；～
がよく【我利我欲】（名）自私自利；～
がりもうじゃ【我利我利亡者】（名）貪
心不足的人，自私自利的人。①

かりあつ・める【駆り集める】（他下一）
召集，糾合；図かりあつむ（下二）。⑤

かりいえ【借家】（名）租的房屋。⓪

かりい・れる【借り入れる】（他下一）借來
；承租；☆家屋（かおく）を借り入れる
／承租房屋；囡かりいる（下二）。④

かりい・れる【刈り入れる】（他下一）收
割（稻、麥等）；囡かりいる（下二）④

かりうえ【仮植】（名他サ）暫時栽植，浮
栽。⓪

かりう・ける【借り受ける】（他下一）借
；租，承租（＝かりる）；囡かりうく（
下二）。④

かりうど【狩人】（名）獵人，獵戸。①

カリウム【荷kalium】（名）←カリュー
ム。②

カリエス【德Karies】（名）〔醫〕骨疽，
骨瘍。①

かりか・える【借り換える】（他下一）借
款轉期，還舊債借新債；囡かりかふ（下
二）。④

かりかし【借り貸（し）】（名）借和貸，
借入和借出。②

かりかた【借り方】（名）①借或租的方法
、手段；②借或租的人；⑨〔簿記〕借方
；☆借り方に記入する／記入借方；↔か
しかた（貸し方）。⓪

カリカチュア【caricature】（名）漫畫，
諷刺畫。③

かりがね【雁音】（名）①雁聲；②雁。⓪

かりかり（副・自サ）〔擬聲〕（咬碎硬物
的聲）咯吱咯吱（地響）；酥脆；☆かり
かり噛（か）む／咯吱咯吱地嚼；☆十分
（じゅうぶん）揚（あ）げられて、かり
かりする／炸透了炸得酥脆。①

がりがり【我利我利】（名）→がり（我
利）。①

がりがり（副・自）〔擬聲〕①粗暴地咬碎
硬物(聲)；☆梨をがりがりかじる／咯吱
咯吱地嚼梨吃；②磨搓聲；輾軋聲；☆蚊
にくわれた股（もも）を、がりがり搔く
／咯吱咯吱地搔被蚊子咬了的大腿；⑧怒
責(聲)；責罵(聲)（＝がみがみ）。①

かりぎ【借り着】（名・自サ）借的衣服，
借衣服；◊借り着より洗（あら）い着／
借衣服穿不如洗衣服穿，借人家的衣服不
如穿自己的衣服。⓪

かりぎぬ【狩衣】（名）〔文〕中古高官常
穿的一種便服（圓領，袖口穿有繩縧，最
初於狩獵時穿用，故名）。③②

カリキュラム【curriculum】（名）課程

，學程，學習計劃；〔複數爲カリキュ
ラ〕。②

かりきり【借切り】（名）包租，全部租下
；☆客車（きゃくしゃ）を借切りにする／
把客車包下，包車。⓪

かりき・る【借り切る】（他五）包租，全
部租下；☆観光バスを一台借り切る／包
租一輛遊覽車。③

かりこし【借越し】（名）〔銀行〕透支，
借款多於存款；債務多於債權。⓪

かりこみ【刈込】（名）剪，剪短；①修剪
（樹枝等）；～ばさみ【刈込鋏】①修剪
樹枝用的）剪子；②理髮剪子。⓪

かりこ・む【刈り込む】（他五）①剪，
剪短；☆髪を短（みじか）く刈り込む／
把頭髮剪短；②修剪；☆樹を刈り込む／
修剪樹枝。③

かりごや【仮小屋】（名）臨時的小房⓪

かりしょぶん【仮処分】（名・他サ）〔法〕
臨時處分。①

かりずまい【仮住まい】（名・自サ）寓居，
暫時的住處。③

かりそめ【仮初め】（名）①短暫，短促；暫
時，一時；☆かりそめの喜（よろこ）び
／暫時的歡喜；☆かりそめの命（いのち）
／短促的生命，②微末，微不足道；輕
微；輕浮，☆かりそめの病（やまい）／
微恙；③偶然，☆かりそめの縁（えん）／
偶然的緣；～にも【仮初めにも】（副）
①須臾也（＝かたときも）；千萬，決（
＝けっして）；☆かりそめにもそんな心
を起（お）こしてはならない／千萬不要
起那樣的念頭；☆かりそめにも彼の言う
事を信じるな／無論如何不可信他的話；②既
然，☆かりそめにも勉強するなら精（せ
い）を出しなさい／你既然想要用功，就
應該發奮；☆かりそめにも夫（おっと）
のある身（み）でこんな所行（しょぎょ
う）をするとは…／既是一個有夫之婦竟
然做出這樣事情…。⓪

かりたお・す【借り倒す】（他五）借而不還
，賴債（＝ふみたおす）。④

かりだ・す【駆り出す・狩り出す】（他
五）①動員出來，糾合，召集；☆有權者
を駆り出す／把有（投票）權的人動員出
來；②〔獵〕（把動物）驅逐出來，追趕
出來。③

かりた・てる【駆り立てる】（他下一）①
追趕，驅策；②催逼，迫使；鼓動；⑧聚

集，紗合；図かりたつ（下二）。◎4

かりちん【借賃】（名）租金，租錢。2

かりっぱなし【借りっ放し】（名）一借不還；☆本を図書館から借りっ放しにしている／從圖書館借來書一直不還。◎

かりて【借り手】（名）借（租）的人，借戶，債戶，租戶；☆この家は、まだ借り手がつかない／這所房子還沒有租戶。◎

かりと・る【刈り取る】（他五）①割，收割；☆稻を刈り取る／割稻；②剷除，消除。3

かりに【仮に】（副）①暫時，暫且；☆仮にそのままにしておけ／暫且不要管它；②姑且，權且；☆仮に君は僕の助手だという事にしておこう／你姑且算是我的助手好了；③假定，假設；即便；☆仮に一年の生産高を一万トンとして／假定一年的產量是一萬噸；☆仮に君の言う事が事実としても許（ゆる）すべきでない／即使你說的是事實也是不能原諒的；～も【仮にも】（副）①千萬，無論如何；☆仮にもそんな事を思い立ってはならない／（你）千萬不要起那樣的念頭；②假定，如果（＝いやしくも）；☆仮にも男であるからには…／如果是一個男子漢就…。◎

かりぬい【仮縫い】（名・他サ）①暫時縫上；②試衣服樣子；☆仮縫いは何時（いつ）出来るか／什麼時候可以試樣子？☆仮縫いに出かける／去試穿。◎

かりぬし【借主】（名）＝かりて。◎2

かりね【仮寝】（名・自サ）①假寐；②（在旅途、野外等）過夜。◎

かりのよ【仮の世】（連語・名）（佛教所謂的）無常的世界；浮生。◎3

かりば【狩場】（名）獵場，圍場。◎3

かりばし【仮橋】（名）臨時的橋，浮橋◎

がりばん【ガリ版】（名）〔俗〕（鋼版）謄寫版（とうしゃばん）。◎

カリフ【caliph, calif】（名）哈里發（穆罕默德的繼承者，伊斯蘭教國家的國王的稱號）。1

かりぶしん【仮普請】（名・他サ）臨時修工。3

カリフラワー【cauliflower】（名）〔植〕荣花，花甘藍，花椰菜。4

かりほ【刈穂】（名）收割的稻穗。◎

かりほ【仮庵】（名）〔文〕臨時性的小房，簡陋的房舍，陋屋。

かりもの【借物】（名）①借的東西；☆この外套は借物だ／這件大衣是借來的；②外來的東西；☆その思想は西洋からの借物だ／那個思想是從西洋轉來的。◎

かりやくそく【仮約束】（名）暫時約定，臨時契約。3

かりゅう【下流】（名）①（河的）下游；☆三マイルの下流に村がある／下游三英里處有一個村莊；②（社會的）下層；（地位的）下級，低級。◎

かりゅう【花柳】（名）〔文〕花街柳巷；～かい【花柳界】（名）花柳界，花界；～びょう【花柳病】（名）花柳病，性病。◎

かりゅう【顆粒】（名）〔醫〕顆粒。◎1

がりゅう【我流】（名）自成一派，閉門造車的方法，杜撰的方法；☆我流でやる／按自己的方法作，閉門造車地幹；☆彼の字は我流でさっぱり読めない／他的字寫得太杜撰簡直令人認不得。◎

かりゅうど【狩人】（名）獵人，獵師，獵戶。1

カリューム【荷kalium】（名）〔化〕鉀2

かりょう【過量】（名）過量，過多的分量。◎

がりょう【雅量】（名）雅量；☆雅量を示す／表示雅量；☆人を容（い）れる雅量がある／有容人的雅量。◎

がりょうてんせい【画竜点睛】（連語・名）畫龍點睛；☆それは画竜点睛を欠くというものだ／那簡直是畫龍而不點睛。1

かりょうびんが【迦陵頻迦】（名）〔佛〕迦陵頻迦（佛經中想像的鳥名，譯爲妙音鳥）。◎

かりょく【火力】（名）火力；☆火力が強い／火力強。◎1

＊か・りる【借りる】（他上一）①借；☆本を借りる／借書；☆人の口を借りて言う／借別人的口說；☆知恵（ちえ）を借りる／借智慧，討教；②租；☆家を借りる／租房子；③除（買）；☆今日は金を持っていないから借りておこう／今天沒帶著錢賒給我吧；図かる（四）。◎

かりわたし【仮渡し】（名・他サ）暫付（款項等）；☆出張旅費を仮渡しする／暫付出差旅費。3

かりんさんせっかい【過燐酸石灰】（名）〔化〕過燐酸石灰。6

＊か・る【刈る】（他五）①割，刈；☆草を

刈る／割草；②剪；☆頭を刈る／剪頭，
剪髮；☆羊毛を刈る／剪羊毛；☆樹の枝
（えだ）を刈る／修剪樹枝。⓪

か・る【狩る・猟る】（他五）①打獵，狩
獵；☆猛獸を狩る／獵捕猛獸；②〔轉〕
捜査，緝捕。①

か・る【借る】（他五）〔文・方〕→かり
る。⓪

か・る【駆・駈る】（他五）①驅，驅策，
駕駛；☆自動車を駆って病院に急行する
／駕駛汽車趕赴醫院；②促使，驅使，迫
使；☆…に駆られる／受…支配，由於
…；☆欲に駆られる／利慾薫心；☆感情
に駆られる／受感情的支配；⑧驅散。⓪①

─が・る（接尾・五型）接形容詞詞幹或某
些名詞構成動詞；①表示感覺、覺得的意
思；☆淋（さび）しがる／感覺寂寞；☆
可愛（かわい）がる／覺得可愛；☆子供
を可愛がる／疼愛孩子；②表示（自己）
以爲、認爲的意思；☆偉（えら）がる／
自高自大；☆通人（つうじん）がる／（
自己）認爲是内行。

かる・い【軽い】（形）①輕的，輕便的；
☆軽い荷物／輕的物件；☆軽い服装／輕
便的服裝；②輕微的，容易的，輕快的；
☆軽い病気／微恙，小病；☆軽い犯罪／
輕微的犯罪，微罪；☆軽い仕事（しごと）
／輕快的工作，簡單的工作；⑧輕鬆的，
快活的；☆軽い読物／輕鬆的讀物；☆軽
い気持（きもち）／快活的心情；④清淡
的；☆軽い食事／輕淡的飯食；☆軽い味
／輕淡的滋味；⑤輕率的，輕浮的，輕薄
的，不夠穩重的；☆軽い返事に重い尻（
しり）／應諾得輕率而實行得緩慢；☆口
の軽い男／好多嘴說話的人；☆尻の軽い男
／坐不穩的人；說做就做的人；◇我が物
と思えば軽し笠（かさ）の雪／自己攬的
擔子不嫌重；図かるし（形ク）。⓪

かるいし【軽石】（名）浮石；☆軽石で磨
く／以浮石研磨。⓪

かるかや【刈萱】（名）〔植〕菅，苓草②

かるがると【軽軽と】（副）毫不費力地，
很容易地；☆大きな石を軽軽と持ち上げ
る／把一塊大石頭輕輕地擧起。③

かるがるし・い【軽軽しい】（形）輕率的
，草率的，草草的；☆軽軽しい振舞（ふ
るまい）／輕率的擧止；☆軽軽しい事を
しない／不輕擧妄動；☆軽軽しく人の言
葉（ことば）を信じる／輕信人言；図か

るがるし（形シク）；～さ（名）。⑤

かるくち【軽口】（名）①俏皮話，詼諧語；
②饒舌，多嘴多舌；☆軽口をたたく／閑
聊，多嘴多舌，講廢話。①

カルシューム【荷calcium】（名）〔化〕
鈣；☆カルシューム分（ぶん）を含んで
いる／含鈣質；☆カルシュームを注射す
る／注射鈣。③

カルタ【葡carta】（名）①骨牌，紙牌，撲
克牌；☆カルタ一組／一副紙牌；☆カル
タを配る／配牌；☆カルタを切る／上牌
…；☆カルタをめくる／翻牌；☆カルタに
金を賭（か）ける／玩紙牌賭錢；②日本
式紙牌，歌留多；☆いろはカルタ／以「
いろは」爲序每張印有一首詩歌的紙牌；
☆小倉（おぐら）百人一首（ひゃくにん
いっしゅ）カルタ／小倉選百家詩紙牌；
☆カルタを取る／搶紙牌遊戲。①

カルチベーター【cultivator】（名）〔機〕
中耕機，耕耘機。④

カルチュア【culture】（名）①耕種，栽
培；②文化，教養，修養。①

カルテ【德Karte】（名）①厚紙，卡片，
②（醫前的）病歷。⓪

カルテット【法quartetto】（名）〔樂〕
四部合奏，四部合唱。①

かるはずみ【軽はずみ】（名・形動ダ）輕
率；☆軽はずみな行（おこな）い／輕率
的行爲☆軽はずみな事をする／輕擧妄
動。③⓪

かるみ【軽み】（名）輕，輕的程度；↔お
もみ。⓪

かるめ【軽目】（名）稍輕，較輕。⓪、

カルメやき【カルメ焼】（名）→カルメラ⓪

カルメラ【葡・西caramelo之訛】（名）
泡泡糖，烘糕（一種多孔體脆糖點心）⓪

かるわざ【軽業】（名）①輕捷武術，雜技；
②〔轉〕冒險，冒險的職業，事情；～し
【軽業師】（名）①表演輕捷武術的人，
雜技演員；②〔轉〕冒險家。⓪

かれ【彼】（代）①他；☆彼は、フランス
人／他是法國人；☆彼は、私のクラ
スメートです／他是我的同學；②〔文〕
彼；☆彼も一時此も一時／彼一時也，此
一時也。①

がれ（名）〔登山〕谷道，多石塊的陡坡②

─がれ【枯（れ）】（接尾）①表示枯萎、
凋謝的意思；☆冬（ふゆ）枯れ／多季草
木凋零，滿目荒涼；②表示凋零的意思；

☆資金枯れ／資金缺乏。

かれい【鰈】（名）〔動〕鰈(比目魚科)①

かれい【華麗】（形動ダ）華麗；☆華麗目を奪(うば)う／華麗奪目。⓪

カレー【curry】（名）①〔烹飪〕咖喱,咖喱粉；**～ライス**【curry and rice】（名）〔烹飪〕咖喱飯。⓪

ガレージ【garage】（名）汽車庫,汽車房。①

かれえだ【枯枝】（名）枯枝,乾樹枝；☆たきつけに枯枝を拾う／撿乾樹枝作引柴。⓪

かれおばな【枯尾花】（名）①〔植〕枯芒。③

かれがれ【枯れ枯れ】（副）(開始)枯萎,凋零；☆野辺(のべ)の草が枯れ枯れになる／原野上的草開始枯萎。⓪

かれがれ【涸れ涸れ】（副）涸乾,涸竭；☆小川(おがわ)の水が涸れ涸れになった／小河的水涸乾了。⓪

かれがれ【嗄れ嗄れ】（副）嘶啞；☆声も嗄れ嗄れに叫ぶ／啞著嗓子喊叫。⓪

かれき【枯木】（名）枯木；◇**枯木に花を咲かす**／使枯樹開花,起死回生；返老還童；**枯木も山のにぎわい**／有勝於無。⓪

がれき【瓦礫】（名）〔名〕①瓦礫；☆戦争で都市が瓦礫の山となった／由於戦争都市變成了一堆瓦礫；②〔轉〕一文不值的東西。⓪

かれくさ【枯草】（名）①枯草；②(作飼料用的)乾草。⓪

かれこれ【彼此】Ⅰ（代）彼此；Ⅱ（副・自サ）①這個那個,這様那様,多方；☆かれこれ試みる／多方進行試験；☆…をかれこれ（と）言う／説長論短；多方挑剔；②大約,將近；☆かれこれ五千円ほどの値打(ねうち)がある／大約値五千來圓；☆彼は,もうかれこれ六十だ／他已經年近六十了；☆もうかれこれ時間だ／差不多時間已經到了；◇**かれこれする内(うち)に**／不大工夫,一轉眼的工夫。⓪

かれし【彼氏】（俗）Ⅰ（名）情人(指男人)；☆彼女は彼氏がある／她有情人,Ⅱ（代）那位,他（＝かれ）。①

かれしば【枯芝】（名）枯黄的草坪。⓪

かれすすき【枯薄】（名）枯芒,枯萎的芒草。③

かれつ【苛烈】（形動ダ）苛烈,激烈；☆

苛烈な戦闘／激烈的戦闘。⓪

カレッジ【college】（名）①單科大學,學院；②專門學校。①

かれの【枯野】（名）荒野,草木凋零的原野。⓪

かれのはら【枯野原】（名）＝かれの。③

かれは【枯葉】（名）枯葉,黄葉。⓪

かればむ【枯ればむ】（自五）將枯,開始枯槁。③

***かれら**【彼等】（代）他們,它們。①

***か・れる**【枯れる】（自下一）①枯萎,凋零；☆草木は冬になれば枯れる／草木到冬天就枯萎；②（木材）枯乾,乾燥；よく枯れた材木／乾透了的木材；区かる（下二）。⓪

***か・れる**【涸れる】（自下一）①（水）涸,乾涸；☆井戸(いど)の水が涸れる／井水乾涸；②〔轉〕成熟,老練；☆彼の芸は年と共にかれてきた／他的技藝一年比一年成熟了；☆かれた筆蹟／老練的字蹟；区かる（下二）。⓪

***か・れる**【嗄れる】（聲音）嘶啞(＝しわがれる)；☆声が嗄れるまで議論する／爭論到聲音嘶啞；区かる（下二）。⓪

かれん【可憐】（形動ダ）①可憐；②可愛；☆可憐な少女／可愛的少女。⓪①

***カレンダー**【calendar】（名）①日曆；☆カレンダーをめくる／撕日曆（一頁）；②全年行事表；一覧表；☆園芸のカレンダー／農藝的全年行事表；③研光機。②

かろう【家老】（名）〔文〕①〔古〕（封建諸候即「大名」的）家臣之長；②一家的老人。⓪

かろう【過労】（名・自サ・形動ダ）疲勞過度；☆過労のために病気になる／因疲勞過度而生病。⓪

がろう【画廊】（名）畫廊,繪畫陳列館,美術品陳列室（＝ギャラリー）。⓪①

かろうじて【辛うじて】（副）好容易才,勉勉強強,險些沒…；☆辛うじて逃(の)がれる／好容易才逃脱；☆試験に辛うじて及第する／勉勉強強考中；☆辛うじて助(たす)かる／險些沒喪命。⓪②

カロチン【carotin】（名）〔化〕胡蘿蔔素；葉紅素。①

ガロップ【gallop】（名）→ギャロップ①

かろやか【軽やか】（形動ダ）輕快,輕鬆；☆軽やかな足どり／輕快的脚步。②

カロリー【英・法calorie】（名）①〔理〕卡（熱量單位）；②〔生〕計算食物營養價的單位。⑴

かろん【歌論】（名）「和歌」的評論；「和歌」的理論。⓪

がろん【画論】（名）繪畫的評論；繪畫的理論。⑴⓪

ガロン【gallon】（名）加侖（容量名，在英國為4.54公升，在美國為3.78公升）⑴

かろん・じる【軽んじる】（他上一）①輕視，輕侮，不重視；☆敵を軽んじる／輕敵；☆他人を軽んじるのはよくない事だ／不重視別人是不好的；②不愛護，不當心，不注重；☆健康を軽んじる／不注重健康，図かろんず（サ）。⑷

かろん・ずる【軽んずる】（他サ）＝かろんじる。⑷

*かわ【川・河】（名）河，河川；☆川の向こうの村／河對岸的村子；☆川をさかのぼる（くだる）／逆流而上（順流而下）；☆川を渡る／渡河。⑵

かわ【皮】（名）皮，外皮，殻；☆羊（ひつじ）の皮／羊皮；☆胡桃（くるみ）の皮／胡桃殻；☆指で密柑の皮を剥（む）く／用手（指頭）剝去橘子的皮；☆虎の皮を剥（は）ぐ／剝虎皮；☆彼は骨と皮ばかりだ／他瘦得皮包骨；☆化（ば）けの皮をひんむく／剝去假面具；☆面（つら）の皮の厚い男／厚顔無恥的人；☆嘘（うそ）の皮／謊言，大謊。⑵

*かわ【革】（名）皮革；☆革で綴（と）じた本／皮裝書；☆革で靴（くつ）を作る／用皮革作鞋。⑵

かわ【側】（名）①側，方，邊；☆川の向（むこ）う側／河的彼岸；☆通（とお）りのこちら側／道路的這邊；☆家の右側にある柳（やなぎ）の木／房子右邊的柳樹；②列，行，排；☆二（ふた）側に並（なら）ぶ／排成兩行；☆二側目（め）／第二列；③（錶的）殻☆銀側の時計／銀殻的錶。⑵

―がわ【側】（造語）表示方面的意思；☆資本家側と労働者側／資本家方面和工人方面。

がわ【側】（名）①方面；☆罪は彼の側にある／罪過在他那方面；②側，旁邊；☆私の右側に坐（すわ）れ／坐在我的右邊吧；☆家の南側に噴水（ふんすい）がある／房子的南邊有個噴泉；☆道の両側に

樹（き）が植えてある／道路的兩側（兩旁）種着樹；③（錶的）殻；☆金側の腕（うで）時計／金殻手錶。⓪

かわあかり【川明り】（名）（夜間）河面的薄明。③

かわあそび【川遊（び）】（名・自サ）河上之遊，舟遊；☆松花江は夏になると川遊びや水泳が盛んである／松花江在夏季裏舟遊和游泳很盛。③

*かわい・い【可愛い】（形）①可愛的，心愛的，討人喜歡的，好玩的；☆可愛い娘さん／可愛的小姑娘；☆あの子は可愛い顔をしている／那孩子長得怪討人愛的；☆この犬は可愛いね／這隻狗怪好玩的；②小巧玲瓏的（＝かわいらしい）；◊可愛い子には旅（たび）させよ／可愛的孩子要打發出去磨練一番（不可嬌生慣養）；～が・る【可愛がる】（他五）愛，喜愛，愛撫，疼愛；☆犬を可愛がる／喜愛狗，☆子供を抱（だ）きあげて可愛がる／把小孩抱起來愛撫；☆母は，一人むすこをむやみに可愛がる／母親一味疼愛她的獨生子；～げ【可愛げ】（形動ダ）可愛；☆可愛げのない子供／不耐人愛的孩子；☆彼女は我が子を可愛げに見つめている／她不勝喜愛地凝視着自己的孩子；～さ【可愛さ】（名）可愛（的程度）；◊可愛さ余って憎さが百倍／愛之深責之切。

*かわいそう【可哀相】（形動ダ）可憐；☆かわいそうな孤児／可憐的孤兒；☆かわいそうに思う／覺得可憐；☆可哀相に！／眞可憐！☆…を…と比較しちゃ可哀相だ／要是把…同…相比那可太可憐了。⑷

かわいらし・い【可愛らしい】（形）①可愛的（＝かわいい）；②小巧玲瓏的，小而可愛的，好玩的；☆（おもちゃの）可愛らしい椅子／（玩具的）好玩的小椅子；～げ【可愛らしげ】（形動ダ）；～さ【可愛らしさ】（名）。⑸

かわうお【川魚】（名）河魚（＝かわざかな）。⓪

かわうそ【川瀬】（名）〔動〕水瀬；水瀬皮；☆かわうそのオーバー／水瀬皮的皮大衣。⓪

かわおと【川音】（名）河川的流水聲。⓪

*かわか・す【乾かす】（他五）弄乾（＝ほす）；☆天日（てんび）で乾かす／曬乾；☆火で乾かす／烤乾；☆洗濯物（せんた

くもの）を乾かす／把洗的東西晾乾。③

かわかぜ【川風】（名）由河上吹來的風，河風。②⓪

かわかみ【川上】（名）①上游；☆川上三マイルの所に村がある／上游三英里處有一個村莊；②〔文〕河上；河畔。⓪

かわき【乾（渇）き】（名）①乾，乾的程度、情形；☆乾きが早い／乾得快；☆乾きが悪い／不愛乾；②渇，乾渇；☆喉（のど）の渇きを覚える／覺得嗓子乾渇；☆渇きを癒（いや）す／解渇；③（病後的）旺盛的食慾。③

かわぎし【川岸】（名）河岸（＝かし）⓪

かわぎり【皮切（り）】（名・自サ）開始，開端；☆これを…のかわきりとする／把這個作爲…的開端；☆かわきりをする／開始，開端；☆これが今年のスケートのかわきりだ／這是本年度溜冰的開始。④

かわぎり【川霧】（名）河上的霧。②⓪

*かわ・く【乾く・渇く】（自五）①乾，☆洗濯物が乾いた／洗的東西（晾）乾了；☆池の水が乾いてしまった／池子裏的水乾了；②渇，☆喉（のど）が渇く／渇，嗓子乾渇。②

かわぐち【川口・河口】（名）河口，江灣⓪

かわぐつ【皮靴・革靴】（名）皮鞋，皮靴⓪

かわざいく【皮細工・革細工】（名）皮革細工，皮革製品。⓪

かわざかな【川魚】（名）＝かわうお。③

かわざんよう【皮算用】（名）不可靠的算盤，如意算盤；◇取らぬ狸（たぬき）の皮算用／打如意算盤，指望過早。③

―がわし・い（接尾・形型）接名詞或動詞連用形構成形容詞，表示類似、近似的意思（＝がましい）；☆みだりがわしい／近乎猥褻的；図はしい（形シク型）

かわしも【川下】（名）下游；☆川下に材木を流す／向下游流送木材。⓪

かわじり【川尻】（名）河口，江灣（＝かわぐち）。⓪

かわ・す【交す】（他五）交換；☆初めて言葉を交す／初次交談；☆お互（たが）いに意見を交す／互相交換意見。⓪

かわ・す【交す・躱す】（他五）躱閃，躱開；☆右へ体を躱す／身子向右躱閃；☆刀を交す／躱開（對方的）刀。⓪

かわず【蛙】（名）〔動〕〔文〕蛙；青蛙；☆蛙が鳴（な）く／蛙鳴；◇井（い）の中の蛙（大海を知らず）／井底之蛙（不

知大海）。⓪

かわすじ【川筋】（名）河流，水脈；☆川筋に沿って歩く／沿着河走。⓪③

かわづたい【川伝い】（名）沿河，沿着河；☆川伝いに行く／沿河而行。③

かわづら【川面】（名）①河面；②河畔。⓪

*かわせ【為替】（名）〔經〕滙兌，滙款；滙票，滙行市，滙行牌價；☆為替で送金する／用滙票寄錢，滙錢；☆為替を組（く）む／買滙票；☆為替を現金に替（か）える／把滙票換成現錢；☆為替の騰貴／滙兌行市的上漲；〜かんり【為替管理】（名）滙兌管理；〜じり【為替尻】（名）（銀行間的）滙劃帳尾；〜そうば【為替相場】（名）滙兌行市；〜てがた【為替手形】（名）滙票；☆為替手形を割引（わりびき）する／滙票貼現；〜とりひき【為替取引】（名）（銀行間的）滙兌交易。⓪

かわせみ【川蟬】（名）〔動〕魚狗，翡翠（鳥）。⓪

かわぞい【川沿】（名）沿河；☆川沿に／沿着河；☆川沿の地／沿河地帶。⓪

かわぞこ【川底】（名）河底。⓪

かわたれどき【彼誰時】（名）〔文〕拂曉時分；↔たそがれどき。④⓪

かわどこ【川床】（名）河床。⓪

かわとじ【皮綴・革綴】（名）①皮面裝訂；☆総（そう）革綴の本／全皮面裝訂的書；☆背（せ）革綴の本／皮背裝訂的書；②皮繩訂綴。⓪

かわどめ【川止（め）】（名・他サ）禁止渡河；☆大水（おおみず）のために川止めになった／因爲漲水禁止渡河了。④⓪

かわなか【川中】（名）河的中央，中流⓪

かわながれ【川流れ】（名・自サ）①被河水衝走；②（在河裏）淹死，溺死；◇河童（かっぱ）の川流れ／淹死諳水的。③

かわなみ【川波】（名）河水的浪，江浪⓪③②

かわはぎ【皮剝】（名）①剝獸皮（的人）；②〔動〕魨。②⓪

かわばた【川端】（名）河畔，河邊；〜やなぎ【川端柳】（名）河邊之柳。⓪

かわはば【川幅】（名）河的寬度；☆川幅が二十メートルある／河的寬度有二十公尺。⓪②

かわばり【皮張・革張】（名）用皮夢蒙（的東西）；☆革張の椅子／皮面的椅子；☆靴底に革張をする／鞋底打皮掌子。⓪

かわひも【皮紐・革紐】（名）皮繩，皮帶；☆革紐でつながれた犬／用皮繩繫着的狗。⓪

かわびらき【川開き】（名・自ス）初夏開始在河上納涼的煙火大會；☆両国（りょうごく）の川開き／（東京隅田川）兩國橋下每年舉行的煙火大會。③

かわぶくろ【皮袋・革嚢】（名）皮口袋，皮嚢；☆古い革嚢に新しい酒を盛る／舊皮嚢盛新酒☆以舊形式裝新内容。③

かわぶち【川縁】（名）河邊（＝かわばた）。⓪

かわぶね【川船】（名）河船，江船，河輪，江輪。③⓪

かわべ【川辺】（名）河邊（＝かわばた）③⓪

かわむかい【川向い】（名）河對岸，河的彼岸（＝かわむこう）。③

かわむき【皮剝】（名）①剝皮，削皮；②削皮用的器具（小刀等）。④③

かわむこう【川向う】（名）河的對岸，河的彼岸；☆川向うに／在河的對岸；☆川向うへ渡（わた）る橋／過河的橋；◊川向うの火事／隔岸觀火。③

かわや【厠】（名）厠所。⓪

かわやなぎ【川柳】（名）①〔植〕川柳；②一種低級的日本茶葉。③

かわゆ・い【形】→かわいい，図かはゆし（形ク）。⓪

かわよど【川淀】（名）河淀，河塘，河流緩滯處。⓪

*かわら【瓦】（名）瓦；☆瓦で屋根（やね）をふく／用瓦修房頂；～せんべい【瓦煎餅】（名）瓦形餅乾；～ばん【瓦版】（名）（瓦上刻字用以印刷的）瓦版。⓪

かわら【川原・河原】（名）河灘；～こじき【川原乞食】（名）＝かわらもの；～もの【川原者】（名）①〔俗〕乞丐；賤民；②〔江戸時代〕對「歌舞伎」演員的卑稱。⓪

かわらけ【土器】（名）①素陶器，土器；②素陶酒杯。⓪

*かわり【代（替）り】（名）①代替，替代；代理；☆代りの辞典，代替的辞典，另一部辞典；☆石炭の代りになる燃料／代替煤的燃料；☆これはステッキの代りになる／這個可以當手杖用；☆人の代りを勤（つと）める／代理別人，②補償，報答；☆昨日こわした茶碗の代りを持って来た／（我）拿來一個茶碗補償昨天打壞了

的那個；☆先だっておごってもらった代りに今日は私がおごろう／前些天你請我了，今天我來請你；③（常作「お代り」）再一碗（飯，湯等）；再一盤（菜等）；☆御飯のお代りをする／要求添飯，要求再來一碗飯；☆スープのお代りはもらうな／湯喝完了不可以再要；④〔作副・接用〕雖然…但是…；☆値段（ねだん）が少し高いがその代り持（も）ちがいい／雖然價錢有點貴但是耐用；☆敵が多い代りに味方（みかた）も多い／敵人雖然多我方人也不少；☆彼の長所は認（みと）めるがその代り欠点もある／承認他有長處但是他也有缺點；☆教（おし）えるのは骨が折れる代りに楽（たの）しみがある／教書雖然辛苦但是却有樂趣；～あ・う【代り合う】（自五）依次交替，輪流；☆代り合って父の看護をする／輪流看護父親（的病）；～がわり【代り代り】（副）輪流著，替換著；～ばえ【代り映え】（名・自サ）改變，替換得更好；☆一向（いっこう）代り映えがしない／絲毫沒有顯出改變，調換的好處來；新的一點也不見得比舊的強；～ばん【代り番】（名）①輪流，交替；②輪流的次序，班，☆代り番に見張りをする／輪流監視，輪流警備；～ばんこ【代り番こ】（名）〔俗〕輪流；☆代り番こに餅をつく／輪流搗米；～め【代り目】（名）交替的時候。⓪

かわり【変り】（名）①變，變化；私に君に対する友情は永久に変りはない／我對你的友情永久不變；☆内閣は変りがあっても外交方針には変りがない／即使内閣有變更但外交方針絶不變；②差別，不同；☆この二つは少しも変りがない／這兩個（東西）沒有絲毫差別；☆今日の温度は昨日と大した変りだ／今天的溫度與昨天大不相同；③異狀，不正常；事變，變故；☆あなたの肺には何の変りもない／你的肺部正常；☆皆さんお変りはありませんか／你們大家都好嗎？☆その晩は何の変りもなかった／那天晚上沒什麼變故（平安無事地過去了）；～だね【変り種】（名）①〔生〕變種（＝へんしゅ）；②奇特的人，怪物（＝かわりもの）；～め【変り目】（名）轉捩點，過渡階段，轉變期；☆陽気の変り目／季節之交；～もの【変り者】（名）奇特的人，怪物☆あいつは近所の変り者だ／那傢伙是這一帶的怪物⓪

かわりは・てる【変わり果てる】（自下一）
完全改變，面目全非；落魄，沒落，變成
骸骨；☆彼は今は全く変わり果てた／他
與從前大不相同了；他變成窮光蛋了；☆
わが子の変わり果てた姿（すがた）を見
て泣いた／看見自己孩子的屍體就哭起來
了；図かはりはつ（下二）。⑤

*かわ・る【変わる】（自五）①變，變化，
改變；☆永久に変わらない／永久不變；
☆毛虫は蝶に変わる／毛蟲化爲蝴蝶；
②差，不同；☆おや帽子が変わっている
／唉呀帽子錯了（這不是我的）／☆どち
らにしても大して変わらない／二者沒什
麼不同，哪一個都差不了多少；③出奇，
不普通；☆あいつは変わっている／那傢
伙古怪；☆今日の献立（こんだて）は変
わっている／今天的菜單新奇；④改變住
處，遷居；轉職；☆新しい家に変わる／
遷入新房；☆別の役所（やくしょ）に変
わる／轉到別的機關去；◊所変われば品
（しな）変わる／百里不同風。⓪

*かわ・る【代わる・替わる】（自五）代替
，替代，替換；代理；☆機械が人力に代
わる／機器代替人力；☆一同に代わって
御礼申し上げます／我代表大家向你致謝
；☆…に取って代わる／取而代之；〜が
わる【代わる代わる】（副）輪流（＝か
わりがわり）。⓪

一かん【巻】（接尾）計數書籍、影片等的
量詞。

一かん【函】（造語）信箱；☆投函（とう
かん）／投入信箱。

一かん【管】（接尾）計算笛等的量詞；☆
一管のふえ／一支笛子。

かん【刊】（名）刊，出版；☆1958年刊／
1958年出版。⓪

かん【官】（名）官；☆官につく／當官；
☆官を辞する／辭官。①

かん【巻】（名）①書冊，書本；☆藏書が
一万巻ある／藏書萬卷；②〔電影〕卷（
影片長度單位，通常爲305公尺）；☆五
巻物の映画／五卷的影片。①

かん【癇】（名）①小兒的）驚風，抽搐；
②〔醫〕疳。⓪

*かん【勘】（名）（本能的）知覺力，直覺，
第六感；理解力，靈機；☆勘で行く／全
憑直覺，全憑第六感；☆盲人は勘がよい
／盲人的知覺力強；☆勘の良い人／理解
力強的人。⓪

かん【貫】（名）①重量單位（＝3.75公
斤）；②〔古〕貨幣單位（＝1000文）；
③〔俗〕十分，一角。①

かん【寒】（名）（多季的）三寒，三九
☆寒の入り／入寒，屬九；☆寒のあけ／
出寒，出九；☆今日から寒の入りだ／從
今天起屬九。①

かん【棺】（名）棺；☆棺に納（おさ）め
る／入殮；◊棺をおおうて論定まる／蓋
棺論定。①

かん【間】（名）①（時間關係）間，期間；
☆三日間でそれを仕上げる／三天的工夫
就把它完成；☆五分間の休憩／五分鐘的
休息；②（地點或人與人的關係），中間；
☆台北 高雄間の鉄道／臺北高雄間的鐵
路；☆友人間に自分の著書を配（くば）
る／把自己的著作分送給朋友們；☆いか
にしてその間に身を処すべきか大いに迷
った／不曉得如何設身其間才好；③隔閡
，裂痕，不和；☆いよいよ間を生ずるに
至った／終於發生了隔閡；◊間髪（はつ）
を容れず／間不容髮。①

かん【感】（名）感；感動，感覺；☆寂寞
（せきばく）の感を与（あた）える／令
人發生寂寞之感；☆感きわまって涙を流
す／感極而泣；☆感の鈍（にぶ）い人／感
覺（頭腦）遲鈍的人。①

かん【漢】（名）漢。①

かん【緘】（名）緘，封緘。①

かん【燗】（名）溫酒；☆燗をして飲む／
把酒燙熱了喝；☆燗ができたか／酒燙好
了嗎？①⓪

かん【癇】（名）（暴躁）脾氣，肝火，肝
氣；神經質；☆癇にさわる／觸怒；☆癇
の高い男／脾氣暴躁的人；☆癇を起こす
／發脾氣，動肝火。①

*かん【罐・鑵・缶】（名）鑵頭盒，洋鐵筒，
聽；☆缶を開ける／開鑵頭，開聽。①

かん【観】（名）①外觀，光景；情景；☆…
の観がある／宛如…；☆彼は今では別人
の観がある／他現在宛如另一個人了；☆
…の観を呈する／呈現出…的光景；②觀
，觀點；☆彼の人生観／他的人生觀；③
（道士的）觀，道宮。①

カン【can】（名）鑵頭（＝かんづめ）①

一がん【丸】（接尾）表示藥丸的意思；例
如；六神丸（ろくしんがん）。

一がん【眼】（造語）表示眼力的意思，例
如：審美眼（しんびがん）。

がん【眼】（名）①要點，眼目；②眼力 1

がん【雁】（名）〔動〕雁；◇後の雁が先になる／後來居上；雁が飛べば石亀も地団太(じだんだ)／（龜看雁飛心裏着急）不自量力。

がん【癌】（名）①〔醫〕癌，惡性瘤②〔轉〕癥結；☆その問題は…の癌である／那個問題是…的癥結。1

がん【願】（名）求神，許願；☆願をかける／許願，求神；☆願がかなう／如願以償。1

ガン【gun】（名）槍。1

かんあけ【寒明（け）】（名）寒盡，立春。4

かんい【官位】（名）官位，官職，職位，官等；☆…の官位を剥奪(はくだつ)する／剥奪…的官職。1

かんい【簡易】（形動ダ）簡易，簡便，簡單；～ほけん【簡易保険】（名）簡易保險（一種手續簡便的人壽保險，由郵局代辦）；～しょくどう【簡易食堂】（名）簡易食堂。10

かんいっぱつ【間一髪】（名）一髪之間，毫釐之差；☆間一髪の所で逃れる／僅以身免。1-4

かんいん【官印】（名）官印。0

かんいん【官員】（名）官員。0

かんいん【姦淫】（名）姦淫。0

かんいん【館員】（名）館員。1

かんえい【官営】（名・他サ）官營，政府經營。0

がんえん【岩塩】（名）〔礦〕巖鹽，鹽石。0

かんおけ【棺桶】（名）棺材；☆棺桶に納（おさ）める／入殮；◇片足(かたあし)を棺桶につっこんでいる／土埋半截，行將就木。3

かんおん【漢音】（名）漢音（日語中漢字的音讀分為漢音、吳音及唐音，漢音是古時長安、洛陽一帶的音傳入日本，例如行字讀為「こう」，吳音則讀為「ぎょう」，唐音則讀「あん」）。01

かんか【看過】（名・他サ）①佯作不見，不加追究；☆…の過失を看過する／對…過失不加追究；②忽略過去，沒看出來；☆誤植を看過する／把排錯的字忽略過去。1

かんか【感化】（名・他サ）感化，影響；☆感化されやすい／容易受感化的，容易

受影響的；☆悪い（良い）感化を及（および）ぼす／給以不良（良好的）影響。01

かんか【管下】（名）管（轄）下；☆この事件（じけん）は他の裁判所の管下に属（ぞく）する／這個案件歸別的法院管。1

がんか【眼下】（名）眼下；☆全市を眼下に見おろす／俯瞰全市；☆人を眼下に見おろす／瞧不起人。1

がんか【眼科】（名）眼科。10

がんか【眼窩】（名）〔解〕眼窩。1

かんかい【官界】（名）官界；☆官界にある者／當官的。10

かんかい【感懐】（名）感懐，感想。0

かんがい【旱害】（名）旱災；☆旱害を蒙（こう）むる／遭受旱災。0

かんがい【寒害】（名）霜災，凍災；☆小麦（こむぎ）が寒害に遇（あ）う／小麥受凍災。0

かんがい【感慨】（名）感慨；☆往時（おうじ）を想（おも）えば感慨無量である／回想往事感慨萬千。0

かんがい【管外】（名）〔文〕管轄以外 1

かんがい【灌漑】（名・他サ）灌漑；☆土地を灌漑する／灌漑土地。0

がんかい【眼界】（名）①視野；☆眼界内（外）にある／在視野以内（外）；☆眼界に入る／進入視野；②眼界；☆彼は眼界の広い人だ／他是一個眼界寬廣的人 10

*かんがえ【考え】（名）①思想，想法；意見；☆彼は進んだ考えを持っている／他有進步的思想；☆自分の考えを相手の頭にたたきこむ／把自己的想法灌輸到對方的腦筋裏去；☆私はその点あなたの考えと違う／關於這一點我和你的意見不同；☆彼にはまた彼の考えもあろう／（我想）他有他的看法吧；②念頭，觀念；信念；☆…という考えを抱（いだ）く／抱着…念頭；☆…の考えを起こす／起…的念頭☆個人の名誉と言った考えが全然ない／絲毫也沒有為個人名譽等等的念頭；☆時間に対する考え／對於時間的觀念；③心思，意圖，意思；☆今天不想去看電影；☆もうける考えで病院を経営するのは間違っている／以賺錢的意圖來開醫院 是不對的；☆君を欺（あざむ）く考えは毛頭ない／絲毫也沒有欺騙你的意思；④考慮，思慮；思考；☆…を考えに入れる（入れない）／對…加以（不加）考慮；☆年を

とるに従(したが)って考えが深くなる／年歳越大思慮越深；☆考えに沈(しず)む／沈思；⑤期待，願望；想像；☆万事(ばんじ)が考え通りに行っている／一切事情都像期待的那様(順利地)進行着；☆どうして彼が離婚したか考えが付かない／為什麼他離婚簡直令人想像不出来；☆突拍子(とっぴょうし)もない考え／想入非非，幻想；⑥決心，精神準備；☆君がその気ならこっちにも考えがある／你要是有那種意思，我也有我的決心；⑦打算；主意；☆私は来月行く考えです／我打算下月去；☆新しい考えが浮(う)かんだ／想起一個新的主意来；☆うまい考えがうかばない／想不出好主意来；〜ごと【考え事】(名)①思考，思索；☆考え事にふける／一心思索；沉思；☆考え事の邪魔をする／擾亂思索；②掛念，憂慮，擔心；☆考え事がある／有擔心的事。③

かんがえあた・る【考え当る】(自五) ＝おもいあたる。

かんがえかた【考え方】(名)想法，見解，観點；☆君の考え方は正(ただ)しい／你的想法很對；你的見解正確；☆人生に対する考え方／對於人生的観點，人生観。⑥⓪

かんがえこ・む【考え込む】(自五)沉思；☆彼は机(つくえ)に向かって考え込んだ／他坐在桌前沉思起来。⓪⑤

かんがえだ・す【考え出す】(他五)①想起，想出；☆だれが考え出したのですか／這是誰想出来的？②開始想；☆そんな事を考えだしたら、きりがない／想起那様事情來可没有完了。⓪

かんがえちがい【考え違い】(名・連語)誤解，想錯；記錯；☆君は考え違いをしている／你誤解了；☆あの人の世話になろうなどと思ったら考え違いだ／你要是想求他幫忙，那可就想錯了；☆私の考え違いでなければ…／我要是没記錯的話…。

かんがえつ・く【考え付く】(他五)想起；想到；☆うまい事を考えついた／想起一個好主意来；☆考えつく限りのあらゆる手段を試みる／凡是能想到的一切手段都加以試用。⓪⑤

かんがえなお・す【考え直す】(他五)重新考慮，另打主意；☆今一度考え直して

みよう／我再考慮考慮吧；☆私は考え直して行かない事にした／我改變主意決定不去了。⓪⑥

かんがえぬ・く【考え抜く】(他五)徹底考慮，考慮到底；反復考慮；☆考え抜いた上／經過反復考慮之後。⑤⓪

かんがえぶか・い【考え深い】(形)深思，遠慮的。①

かんがえもの【考え物】(名)①謎；☆考え物を解(と)く／解謎，猜謎；②難題，疑問；☆そいつは考え物だ／那是一個難題，那是一個疑問，那需要考慮。⑥⑤

かんがえよう【考え様】(名)想法，看法，観點；☆物は考え様だ／事情要看你怎様想法；☆それは考え様によってどうにでもとれる／那由於看法的不同可以作種種的解釋。

かんが・える【考える】(他下一)①想・思維，思索；☆考えるのもいやだ／連想都不願意想；☆人間は考える動物だ／人是思維的動物；☆ひとり黙(だま)って考えている／獨自默默地思索着；②考慮；顧慮；☆まあ考えてみましょう／讓我考慮一下；☆家庭の経済など少しも考えない／一點也不顧慮家庭的經済；③持…意見，有…看法；☆君はこの小説をどう考えるか／你對這部小説有什麼意見？☆私は、この問題をそうは考えない／我對於這個問題不是那様看法；④打算，希望；☆この夏は海岸へ行こうと考えている／今年夏天我打算到海濱去；☆父は私をトラクターの運転手にしようと考えている／父親希望我當一名拖拉機手；⑤認為，以為；想像；☆私は彼を正直者(しょうじきもの)だと考えている／我認為他是一個誠實的人；☆自分では一かどの画家と考えている／自己以為是一個相當不錯的畫家；☆病気は考えたほど重くない／病不是想像那様嚴重；⑥回想，反省；☆考えてみると私が不注意だった／反省起來是怪我的疏忽；☆あのころの事を考えると夢のようだ／回想往事好像做夢一様，図かんがふ(下二)。

かんかく【間隔】(名)間隔；☆一定の間隔を置く／留出一定的間隔；☆間隔を詰(つ)める／把間隔靠緊，縮小間隔。⓪

かんかく【感覚】(名)感覚；☆感覚が鋭(するど)い／感覚敏鋭；☆感覚が鈍(にぶ)い／感覺遲鈍；〜きかん【感覚器

官】（名）感覺器官；～は【感覺派】（名）〔藝術〕感覺派。[0]

かんかく【観客】（名）觀衆；～そう【観客層】（名）觀衆層。[0]

かんがく【漢学】（名）漢學。[0]

がんかけ【願掛け】（名・自サ）求神（保佑達到願望），禱告。[4]

かんかしょくぶつ【観花植物】（名）〔植〕觀花植物。[5]

かんかつ【管轄】（名・他サ）管轄；～…の管轄に属する／屬於…管轄；～けん【管轄權】（名）管轄權。[0]

かんがっき【管楽器】（名）管樂器，吹奏樂器。[3]

かんがみる【鑑みる】（自上一）①鑑於；☆過去の失敗に鑑みて…／鑑於已往的失敗…；②適應，配合；☆教育は時代の要求に鑑みて之（これ）を施（ほどこ）さねばならぬ／教育要配合時代的要求來施行。[4]

かんからⅠ（名）〔俗〕（空的）罐頭盒，洋鐵盒；Ⅱ（副）〔擬聲〕硬物相撞的聲音（像是空罐頭滾轉在地上時的聲音）。[4][3]

がんがら（がん）（副）①〔擬聲〕敲打洋鐵桶等的聲音；②倉庫、房屋等的空曠貌。[5]

カンガルー【kangaroo】（名）〔動〕袋鼠。[3]

（名）〔兒〕①束髮；②簪。[1]

かんかん（副・自サ）①〔擬聲〕硬物相撞的聲；☆鐘がかんかん鳴る／鐘噹噹地響；②火、陽光等的熾烈、強烈貌；☆日がかんかん照っている／太陽強烈地照射着；☆かんかんおこった炭火（すみび）／熊熊的炭火；◇かんかんに怒（おこ）る／大發雷霆；～ぼう【かんかん帽】（名）〔俗〕（麥稈編的）硬殼平頂草帽。[1][0]

かんかん【閑閑】（形動タルト）悠閒[0][3]

かんがん【汗顔】（名）汗顏，慚愧；☆汗顏の至（いた）りである／慚愧之至。[0]

がんがん（副・自サ）①〔擬聲〕表示震耳的鐘聲；☆鐘をがんがん鳴らす／把鐘敲得打墻亂響；②表示頭痛、耳鳴；☆頭ががんがんする／頭痛；☆耳ががんがん鳴る／耳鳴；③表示哎哎不休地責難；④（表示火的熾烈）熊熊。[1]

かんかんがくがく【侃侃諤諤】（連語・名）侃侃諤諤（＝かんがく）。[0]

かんき【勘気】（名）受（君主、長輩）懲罰☆勘気を蒙（こうむ）る／失寵（於君王）；被（父親）廢嫡（＝かんどうされる）[1]

かんき【乾季・乾期】（名）旱季，乾旱季節；乾旱期。[1]

かんき【喚起】（名・他サ）引起，喚起；☆世論を喚起する／喚起社會輿論；☆注意を喚起する／引起注意。[1][0]

かんき【寒気】（名）寒氣，寒冷，寒冷的氣候，☆寒気が増す／天氣越來越冷；☆寒気に堪える／耐寒；☆寒気を冒（おか）して／冒寒。[1]

*__かんき【換気】__（名）通風，空氣的流通，☆部屋（へや）の換気を良くする／使室內的空氣好好地流通；～せん【換気扇】（名）抽風扇。～そうち【換気装置】（名）通風裝置。[1][0]

かんき【歓喜】（名・自サ）歡喜；☆歡喜に堪（た）えない／不勝歡喜。[1]

がんぎ【雁木】（名）①雁陣似的梯磴形的東西；②之字形的屈折；③磴頭的梯磴；④大鋸；～ぐるま【雁木車】（名）一種滑車；～ばしご【雁木梯子】（名）獨木梯子；～やすり【雁木鑢】（名）粗銼[1]

かんきつ【柑橘】（名）〔植〕橘類。[0]

*__かんきゃく【観客】__（名）觀客，觀衆（＝かんかく）。[0]

かんきゅう【感泣】（名・自サ）感泣，感激得流淚；深受感動；☆その志（こころざし）のあつきに感泣した／他的盛意使我深受感動。[0]

かんきゅう【緩急】（名）①緩急；☆事の緩急に応（おう）じて／根據情況的緩急；②危急；☆一旦緩急あれば／一旦有事，一旦危急。[0]

がんきゅう【眼球】（名）〔解〕眼球；眼珠；～きん【眼球筋】（名）〔解〕眼球肌；～ぎんこう【眼球銀行】（名）（保藏死人的眼球用作移植角膜的）眼庫（＝アイバンク）。[0]

かんぎゅうじゅうとう【汗牛充棟】（連語・名）〔文〕汗牛充棟；☆汗牛充棟もただならぬ／不啻汗牛充棟。[0]—[0]

かんきょ【閑居】（名・自サ）①閒居；☆小人閑居して不善をなす／小人閑居則爲不善；②閒靜的住宅。[1]

かんきょう【感興】（名）興致，興會，興趣；靈感；☆感興に乗って、この詩を書いた／乘興之所至寫了這首詩；☆感興をそぐ／掃興；☆感興が湧（わ）く／興致

勃勃。◎

**かんきょう【環境】（名）環境；☆環境に左右（さゆう）される／受環境的影響，爲環境所左右；～えいせい【環境衛生】（名）環境衛生。◎

かんぎょう【官業】（名）政府的企業。◎

かんぎょう【勧業】（名）勸業，提倡實業，獎勵工業；～ぎんこう【勧業銀行】（名）勸業銀行，長期放款銀行。◎

がんきょう【頑強】（形動ダ）頑強；☆頑強に抵抗する／頑強抵抗。◎

かんきり【罐切・缶切】（名）開罐頭用的工具。④③

かんきん【官金】（名）官款，公款；☆官金を費消する／挪用公款。◎

かんきん【換金】（名・他サ）變賣，把物換成錢；～さくもつ【換金作物】（名）〔農〕商品作物。◎

かんきん【監禁】（名・他サ）監禁；☆一室に監禁する／監禁在一間屋子裏。◎

がんきん【元金】（名）（對利息而言）本金；本錢。①

かんく【甘苦】（名）〔文〕甘苦；☆甘苦を共（とも）にする／同甘共苦。①

がんぐ【玩具】（名）玩具（＝おもちゃ）；☆玩具を箱にしまう／把玩具收在匣子裏。①

がんくつ【岩窟】（名）巖窟，山洞。◎

がんくび【雁首】（名）①烟袋鍋，烟管的烟斗；☆雁首をすげかえる／更換烟袋鍋，更換烟管上的烟斗；②烟袋鍋形的陶管子，彎頭管；③（俗）腦袋，頭。◎

かんぐ・る【勘繰る】（自五）推測，猜測。◎

かんけい【簡勁】（形動ダ）〔文〕（文章等）簡勁，簡潔而有力。◎

**かんけい【関係】（名・自サ）關係，參與；☆切っても切れない関係がある／有分不開的關係；☆彼はあの会社と関係がある／他和那個公司有關係；☆そういう事に関係してはいけない／不要參與那樣的事情；☆彼はあの女と関係しているらしい／他大概同那個女人發生了關係；～しゃ【関係者】（名）關係人，當事人，有利害關係的人；～しょるい【関係書類】（名）有關文件；☆～づ・ける【関係付ける】（他下一）使…發生關係，把…聯繫起來；～とうきょく【関係当局】（名）有關當局；～なく【関係なく】（副）不

拘，不論…與否；☆運動会は晴雨（せいう）に関係なく十時に開会する／運動會不論晴天或下雨十點鐘準時開會。◎

*かんげい【歓迎】（名・他サ）歡迎；☆歓迎される（されない）客／受（不受）歡迎的客人；☆心から歓迎する／衷心歡迎。◎

かんげいこ【寒稽古】（名・自サ）（柔道，劍道等的）冬季練習，冬季鍛錬。③

かんげき【間隙】（名）〔文〕①間隙，空隙；☆間隙を埋（う）める／塡空隙；②隔閡；☆二人の間に間隙が生じた／二人之間有了隔閡。◎

*かんげき【感激】（名・自サ）感動；☆人を感激させる演説／使人感動的演說；☆感激の涙を流す／感動得流淚。◎

かんげき【観劇】（名・他サ）觀劇，看戲；☆観劇に出かける／前去看戲。◎

かんけつ【完結】（名・自サ）完畢，完成，結束・完結；☆仕事を一先（ひとま）ず完結した／工作暫告結束了。

かんけつ【間歇】（名・他サ）間歇，間斷；～せん【間歇泉】（名）間歇（溫）泉；～ねつ【間歇熱】（名）〔醫〕間歇熱，瘧疾（＝おこり）。◎

*かんけつ【簡潔】（形動ダ）簡潔；☆彼の答えはいつも簡潔で要を得ている／他的回答總是簡潔而扼要。◎

かんげん【甘言】（名）甘言，花言巧語；甜言蜜語；☆人の甘言に乗せられて、ばかを見た／被勞人的甜言蜜語騙得上了當。③◎

かんげん【換言】（名・他サ）換言；☆換言すれば／換言之。◎

かんげん【管絃（弦）】（名）管絃；～がく【管絃楽】（名）管絃樂（＝オーケストラ）。①◎

かんげん【諫言】（名・他サ）諫言；☆諫言を聞き入れない／不納諫言。◎

かんげん【還元】（名・自サ）還原；☆化合物は、その原素（げんそ）に還元される／化合物可以還原爲其原素；～ざい【還元剤】（名）〔化〕還原劑。◎

がんけん【眼瞼】（名）〔解〕眼瞼（＝まぶた）。◎

がんけん【頑健】（形動ダ）頑健，強健，健壯；☆私も頑健に暮している／我身體也很健康。◎

かんこ【歓呼】（名・自サ）歡呼；☆歡呼

の嵐（あらし）／暴風雨般的歡呼。①

かんご【看護】（名・他サ）看護，護理；
☆寝食（しんしょく）を忘（わす）れて
看護する／廢寢忘食地護理（病人）；～
ふ【看護婦】（名）護士。①

かんご【閑語】（名・自サ）〔文〕①閑靜
的談話；②閑話，無聊的話。⓪

かんご【漢語】（名）漢語。⓪

かんご【監護】（名・他サ）〔文〕監護；
☆未成年者に対して監護の措置（そち）
をとる／對未成年者採取監護措施。⓪

*がんこ【頑固】（形動ダ）頑固；☆自説に
自説を主張（しゅちょう）する／固執己
見；☆頑固な病気／頑疾，久治不癒之
病。①

かんこう【刊行】（名・他サ）出版，發行
；～ぶつ【刊行物】（名）出版物，刊物⓪

かんこう【官公】（名）政府和公共團體（
的機構和人員）；～しょ【官公署】（名）
政府機關和公共機關；～ちょう【官公
庁】（名）官廳和公共機關；～り【官公
吏】（名）官吏和公共機關人員。①⓪

かんこう【勘考】（名・他サ）〔文〕考慮，
深思熟慮。⓪

かんこう【敢行】（名・他サ）斷然實行⓪

かんこう【感光】（名・自サ）曝光，感光；
☆フィルムを感光させる／使膠片感光；
～し【感光紙】（名）〔照相〕像紙（＝
いんがし）。⓪

かんこう【箝口】（名・他サ）〔文〕①箝
口；②箝制言論；～れい【箝口令】（名
）言論箝制令。⓪

かんこう【緘口】（名・自サ）緘口（不言），
緘默。⓪

かんこう【慣行】（名・他サ）①例行；②
慣例，習慣。⓪

*かんこう【観光】（名）観光，遊覽，旅行；
☆観光のためにスイスに行く／赴瑞士觀
光；☆観光ガイド／觀光指南；～きゃく
【観光客】（名）觀光客；～バス【観光
bus】（名）遊覽車；～ビザ【観光 visa】
（名）觀光簽證；～りょこう【観光旅行】
（名）觀光旅遊。⓪

がんこう【眼孔】（名）①眼窩；②〔轉〕
眼界見識；☆眼孔が、はなはだ小さい／
眼界甚小。⓪

がんこう【眼光】（名）目光；眼力；☆眼
光烱烱（けいけい）として人を射（い）
る／目光烱烱射人。①

かんこうばい【寒紅梅】（名）〔植〕寒紅
梅。③

かんこえ【甲声】（名）尖銳的嗓音。③

かんこく【韓国】（名）①朝鮮的舊稱；②
大韓民國的簡稱。①

*かんこく【勧告】（名・他サ）勸告；☆医
者の勧告に従（したが）ってタバコをや
める／聽從醫生的勸告戒烟。⓪

かんごく【監獄】（名）監獄（日本現稱刑
務所）⓪

かんこどり【閑古鳥】（名）〔動〕→かっ
こう（郭公）；☆閑古鳥が鳴（な）く／
閑靜，寂靜；（商業）冷落，蕭條。③

かんこんそうさい【冠婚葬祭】（名）成年、
結婚、喪葬及祭祀的儀式。⑤

かんさ【監査】（名・他サ）監査；☆監事
は業務（ぎょうむ）を監査する／監事監
査業務。①

かんさい【完済】（名・他サ）清還，清償
；☆債務を完済する／清償債務。⓪

かんさい【漢才】（名）〔文〕精通漢學的
才能。⓪

かんさい【関西】（名）〔地〕關西（大阪
和京都）地方。①⓪

かんざい【管財】（名）財產管理；☆遺言
（ゆいごん）による遺産管理／根據遺囑
的遺產管理；～にん【管財人】（名）財
產管理人。⓪

かんさく【間作】（名）〔農〕間作，間作
作物；☆大根（だいこん）は、よく間作
として作られる／蘿蔔常常被作爲間作作
物而種植。⓪

がんさく【贋作】（名・他サ）僞作，假造
品。⓪

かんざけ【燗酒】（名）暖酒，燙熱的酒①

かんざし【簪】（名）簪；☆簪をさす／插
簪。⓪

かんさつ【監察】（名・他サ）監察。⓪

かんさつ【鑑札】（名）執照，許可證；☆
鑑札がおりないので営業ができない／因
爲執照還沒有發下來所以不能營業。⓪

*かんさつ【観察】（名・他サ）觀察；☆問
題をあらゆる角度から観察する／從一切
角度觀察問題；☆私の観察に誤（あやま）
りがなければ／假使我的觀察沒有錯誤的
話；～がん【観察眼】（名）觀察力，洞
察力；☆観察眼がある／有觀察力；～て
ん【観察点】（名）觀點，觀點。⓪

がんさつ【贋札】（名）〔文〕假紙幣（＝

にせさつ）。⓪

かんざまし【燗冷】（名）〔燗後〕放冷了的酒。③

かんざらし【寒晒】①凍米；②凍米粉（多季把米晾在冷氣中然後磨成米粉，作點心的材料）。③

かんさん【甘酸】（名）〔文〕甘苦，苦樂；☆甘酸をなめる／歷經甘苦。⓪

かんさん【換算】（名・他サ）換算，折合；☆円をドルに換算する／把日圓折合成爲美金；～ひょう【換算表】（名）換算表；～りつ【換算率】（名）換算率，折合率（＝レート）。⓪

かんさん【閑散】（形動ダ）閑散，閑暇；☆閑散の身／閑散的身子；閑人，☆取引（とりひき）は閑散を極めた／交易非常冷清；～き【閑散期】（名）〔經〕淡季。⓪

かんし【干支】（名）〔文〕干支，天干地支（＝えと）。⓪

かんし【官私】（名）官與私，官方和私人①

かんし【冠詞】（名）〔語法〕（英語等的）冠詞；☆この語は冠詞をつけない／這個詞不能加冠詞。⓪

かんし【鉗子】（名）〔醫〕（外科用）鉗子，鑷子。①

かんし【漢詩】（名）漢詩，中國古詩。⓪

*__かんし__【監視】（名・他サ）①監視；☆厳重に監視する／嚴加監視；②〔法〕管制；☆監視中の身である／被管制中。⓪

かんし【諫止】（名・他サ）〔文〕諫止，勸阻，勸止。⓪

かんし【諫死】（名・自サ）〔文〕以死相諫。⓪

*__かんじ__【感じ】（名）①感，感覺；☆感じが鋭（するど）い／敏銳；☆感じが鈍（にぶ）い／鈍感；☆手足（てあし）は寒さで感じがなくなる／手脚凍得失去感覺；☆恐（おそろ）しい感じがする／感覺恐怖；②印象；☆人に良い（悪い、いやな）感じをあたえる／給人良好（不好的）印象；☆あの人の演説は何の感じも与えなかった／他的演說沒給人留下任何印象；③感情；☆この詩は感じがよく出ている／這首詩十分地表達出了感情；④反應，效果；☆いくら意見をしても彼は一向感じがなかった／怎樣給他提意見也毫無反應；⑤觸感，觸覺；☆ざらざらした感じがする／摸着粗糙；☆すべすべした感

じがする／摸着光滑；～い・る【感じ入る】（自五）受感動，感嘆；☆お手並（てなみ）のほど感じ入りました／你的技術使我不勝感佩。⓪

かんじ【幹事】（名）幹事。①

*__かんじ__【漢字】（名）漢字；☆漢字で書く／用漢字寫。⓪

かんじ【監事】（名）監事，監査人。①

がんじがらみ【雁字搦み】（名）五花大綁；☆雁字搦みに縛（しば）る／五花大綁④

がんじがらめ＝がんじがらみ

かんしき【鑑識】（名）鑑別，鑑賞，識別；☆美術品の鑑識に長じている／善於鑑別美術品。⓪

かんじき【樏・橇】（名）走雪鞋。⓪④

がんしき【眼識】（名）見識，眼力；☆専門家(せんもんか)の眼識／專家的眼力；內行人的眼力；☆芸術の眼識を養（やしな）う／鍛鍊藝術上的鑑賞力。⓪

かんじく【巻軸】（名）①手卷（＝まきもの）；②手卷的最後部份；③手卷中最優秀的詩歌，壓軸（＝あっかん）。⓪

かんしつ【乾湿】（名）〔文〕乾濕（的程度）。⓪

かんしつ【乾漆】（名）①←かんしつぞう（乾漆像）；②漆塊；～ぞう【乾漆像】（名）乾漆像（以麻布爲胎上塗以漆的佛像）。⓪

がんしつ【眼疾】（名）〔文〕眼病。⓪

がんじつ【元日】（名）元旦。⓪

かんしゃ【甘蔗】（名）〔植〕甘蔗（＝さとうきび）。①

かんしゃ【官舎】（名）機關宿舍。①

*__かんしゃ__【感謝】（名・他サ）感謝；☆心から感謝する／衷心感謝；☆感謝の意を表する／表示謝意；☆感謝の念で胸が一杯だった／心裏充滿了感激。①⓪

かんじゃ【冠者】（名）〔古〕〔文〕①冠者（成年人）（＝かじゃ）；②六位以上的無官者；③僕人。①

*__かんじゃ__【患者】（名）患者，病人；☆あの病院は入院患者が外來患者よりも多い／那所醫院裏住院患者比門診患者還多；☆コレラ患者が数名発生した／發生了數名霍亂病人。

かんしゃく【癇癪】（名）暴躁脾氣，肝火；☆癇癪を起（おこ）す／發脾氣，動肝火；～だま【癇癪玉】（名）①＝かんしゃく；☆癇癪玉が破裂する／暴怒，

暴躁起來；②〔玩具〕拌炮；～もち【癇
癖持】（名）脾氣暴躁的人，火氣太盛的
人。◯4

かんじゃく【閑寂】（形動ダ）閑靜，寂靜
（＝しずか）。◯

かんしゅ【看守】（名）①看守的人；②（
監獄的）看守。◯1

かんしゅ【監守】（名・他サ）〔文〕監守◯1

かんじゅ【甘受】（名）甘受，甘心忍受；
☆侮辱を甘受する／甘受侮辱；☆そんな
待遇は甘受できない／那樣的待遇是不能
甘心忍受的。◯1

かんじゅ【感受】（名・他サ）感受；～せ
い【感受性】（名）感受性☆感受性の強
い人／感覺敏銳的人。◯1◯

かんしゅう【監修】（名・他サ）監修，主
編；☆あの辞書は、…監修の下に編集さ
れたのだ／那部辭典是在…主編之下編纂
的。◯

かんしゅう【慣習】（名）慣例；☆一般に
認（みと）められた慣習／一般公認的習
慣；～ほう【慣習法】（名）習慣法，不
文法。◯

*かんしゅう【観衆】（名）観衆；☆観衆を
惹（ひ）きつける／吸引観衆。◯

かんじゅく【完熟】（名・自サ）成熟，熟
透。◯

かんしょ【甘蔗】（名）〔「かんしゃ」的
慣用音〕〔植〕甘蔗（＝さとうきび）◯1

かんしょ【甘薯（藷）】（名）甘薯（＝さ
つまいも）。◯1

かんしょ【官署】（名）官署。◯1

かんしょ【寒暑】（名）寒暑；☆寒暑の差
がはなはだしい／寒暑的相差很大。◯1

かんしょ【漢書】（名）漢書，中國書。◯

かんじょ【官女】（名）（宮中的）女官，
宮女（＝かんにょ）。◯

かんじょ【漢書】（名）（班固著的）漢
書。◯1◯

がんしょ【願書】（名）申請書，聲請書；
志願書；☆願書を提出する／提出申請
書；☆願書を受け付ける／受理申請書◯1

*かんしょう【干渉】（名・自サ）干渉；〔
理〕（音波、光波等的）干擾；☆内政に
干渉する／干渉内政；☆外国の干渉を許
さぬ／不准外國干渉；☆夫婦げんかは干
渉しない方がいい／夫妻吵頂好不要干
渉。◯

かんしょう【完勝】（名・自サ）（比賽等）
完全制勝，徹底勝利。◯

かんしょう【冠省】（名）〔文〕敬啓者（
書信用語）。◯

かんしょう【感傷】（名・自サ）傷感，多
愁善感；～てき【感傷的】（形動ダ）傷
感的；多愁善感的，傷感性的；☆そんな
感傷的な考えはやめなさい／你要丟掉那
多愁善感的想法。◯

かんしょう【管掌】（名・他サ）掌管，管
理，☆事務を管掌する／管掌事務。◯

かんしょう【緩衝】（名・他サ）～そうち
【緩衝装置】（名）〔機〕緩衝裝
置；～ちたい【緩衝地帯】（名）緩衝地
帶。◯

かんしょう【癇性】（名・形動ダ）①暴躁
脾氣；②神經質。◯1

かんしょう【簡捷】（形動ダ）〔文〕簡捷，
簡便；☆事務を簡捷にする／簡化事務◯

かんしょう【環礁】（名）環狀珊瑚島，環
礁。◯

かんしょう【関渉】（名）〔文〕牽渉，廣
泛渉及。◯

*かんしょう【鑑賞】（名・他サ）欣賞，鑑
賞；☆絵画（かいが）を鑑賞する／鑑賞
繪畫；☆音楽を鑑賞する力がある／有欣
賞音樂的能力。◯

かんしょう【観照】（名・他サ）觀照，靜
觀，直觀。◯

かんしょう【観賞】（名・他サ）觀賞；☆
花を観賞する／賞花；～しょくぶつ【観
賞植物】（名）觀賞植物。◯

かんじょう【冠状】（名）〔文〕冠狀。◯

*かんじょう【勘定】（名・他サ）①計算，
計數；算帳，打算盤；☆二十四時間以内
を一日として勘定する／二十四小時以内
按一天計算；☆人員を勘定する／點人
數；☆利子を勘定する／計算利息；☆勘
定が上手（じょうず）だ／善於算帳；善
於打算盤；☆この取引（とりひき）は勘定
に合わない／這項交易不合算，划不來；
②帳（款）帳目，帳單；（會計）科目，戶
頭，結帳，付款；☆勘定を取りに来る／
來討帳；☆勘定を払（はら）う／清付帳
款；☆勘定を伸（の）ばす／緩期支付帳
款；☆勘定を締め切る／結帳；☆勘定を
持って来てくれ／請把帳單拿來；☆…の
勘定に組（く）み入れる／編入…科目内
；☆私の勘定につけておいてくれ／請記
在我的戶頭裏；☆月末勘定で結構です／

你可以在月底付款（不要現錢）；③考慮，顧及，估計；☆人の骨折（ほねお）りも勘定に入れる必要がある／別人的勞力也需要考慮在内，☆損害を勘定に入れる／把損失估計在内，顧及損失；☆不慮（ふりょ）のできごとも十分（じゅうぶん）勘定に入れておかねばならぬ／意外的事故也要充分估計在内，～ずく【勘定尽】（名）單純利益觀點；～だか・い【勘定高い】（形）專在金錢上打算盤的，吝嗇的；～び【勘定日】（名）結帳日，付款日。③

*かんじょう【感情】（名）感情；☆感情のこもった言葉（ことば）／充滿着感情的話；☆感情が高（たか）まる／感情激昂；☆感情に走（はし）りやすい／容易感情用事；☆人の感情を察する／體諒別人的感情；☆感情を和（やわ）らげる／使感情鎮靜下來；☆感情を害する／傷感情，得罪；～てき【感情的】（形動ダ）感情的，易動感情的；表現感情的；☆感情的な性質／易動感情的性質；☆感情的になりやすい／容易感情用事，容易興奮。⓪

かんじょう【環状】（名）環狀；～せん【環状線】（名）（火車、電車等的）環行線，環城線。⓪

がんしょう【岩礁】（名）〔文〕（海中的）巖礁，暗礁。

*がんじょう【岩乗・頑丈】（形動ダ）①（馬）粗壯；②（構造的）堅固；☆頑丈な机／堅固的桌子；☆頑丈に出来ている／製造得堅固；③（身體）強健，健壯；☆頑丈な人／身體強健的人。⓪

かんしょく【官職】（名）官職；☆官職にある者／居官的人；☆官職につく／當官。①

かんしょく【寒色】（名）〔理〕寒色。⓪

かんしょく【間色】（名）〔理〕間色。⓪

かんしょく【間食】（名・自サ）零食，點心；☆子供はよく間食をする／小孩好吃零食。⓪

かんしょく【閑職】（名）閑職，閑差事，不重要的職務；☆閑職にある／擔任不重要的職務。⓪

かんしょく【感触】（名）觸覺，觸感；☆ざらざらした感触／摸着很粗糙；☆感触が堅い（柔かい）／摸着發硬（軟）⓪

がんしょく【顔色】（名）面色，顏色；☆顔色を正（ただ）す／正顏厲色；☆顔色

を変（か）える／變色；☆顔色なし／臉上無光，不光彩；☆…に比べると顔色がなくなる／相形見絀。①

*かん・じる【感じる】（他上一）①感，感覺；☆空腹を感じる／感覺餓；☆painを感じる／微喜；☆感じる所あって詩を書いた／有所感而寫了詩；②感動；☆物に感じやすい／多愁善感；☆深く感じさせる／使深受感動；☆いくら親切に言ってやってもあの人には感じない／怎樣懇切地對他說他也無動於衷；図かんず（サ）⓪

かん・じる【観じる】（他上一）①觀察；②〔佛〕徹視；看破；☆浮世（うきよ）を虚栄の巷（ちまた）と観じる／把人生視為虚榮之市；図かんず（サ）。⓪

かんしん【甘心】（名・自サ）心滿意足；☆甘心を買う／使心滿意足。⓪

かんしん【寒心】（名・自サ）寒心；☆寒心にたえない／不勝寒心。⓪

かんしん【感心】（名・自他サ・形動ダ）①佩服，欽佩；☆彼の根気（こんき）には感心した／他的毅力我算佩服了；☆借金（しゃっきん）をしないでやって行くのは感心だ／（他）居然能够沒有虧空是值得佩服的；☆彼女をみな感心した／大家都很欽佩她；②覺得好，贊成；讚美；☆この絵にはすっかり感心した／這幅畫我覺得太好了；☆西洋料理はあまり感心しない／西餐我不太愛吃。⓪

かんしん【関心】（名・自サ）關心；興趣；☆私はそういう事に一向（いっこう）関心を持たない／我對那樣事毫不關心，絲毫不感興趣；☆…に対する関心が益益（ますます）高まる／對…越發關心起來，越發感覺興趣。⓪

かんしん【歓心】（名）歡心；☆人の歓心を買う／討別人的歡心。⓪

かんじん【肝心（腎）】（形動ダ）首要，重要，緊要；☆辛棒（しんぼう）が何より肝心だ／忍耐比什麼都重要；☆肝心な時に、あいつは居なくなる／到要緊關頭他不在了；～かなめ【肝心要】（形動ダ）首要，極端重要；☆肝心要な事は情報を手に入（い）れる事／首要的事情是掌握情報。⓪

かんじん【閑人】（名）〔文〕閑人。⓪

かんじん【勧進】（名・他サ）〔佛〕勸布施；～ちょう【勧進帳】（名）①〔佛〕布施帳；捐啓；②歌舞伎的劇目之一。⓪

かんすい【完遂】（名・他サ）完成，達成；☆計画を完遂する／完成計劃；☆目的を完遂する／達到目的。◎

かんすい【冠水】（名・自サ）水沒，水淹；～くいき【冠水区域】（名）水淹地區。◎

がんすい【含水】（名）含水；～りょう【含水量】（名）含水量。

かんすい【灌水】（名・自サ）灌水，澆水。◎

かんすう【函数】（名）〔數〕函數。③

かんず（づ）・く【感（勘）付く】（自五）感覺到，覺察出；☆危険を感付く／感覺到危險；☆彼は感付かれないように変装（へんそう）して行った／為了不被發覺，他化了裝去的。③

かんず（づ）め【缶詰】（名）罐頭；魚の缶詰／魚肉罐頭；☆缶詰にする／做成罐頭；〔轉〕（把人）關起來，監禁起來。④③

かん・する【冠する】（他サ）①冠，給…戴上，裝飾…的頂；☆社名に「新興」の二字を冠する／社名冠以「新興」二字；②成年；図かんす（サ）。③

かん・する【燗する】（他サ）溫（酒），燙（酒）。

*かん・する【関する】（自サ）（與…）有關；☆三民主義に関する書物（しょもつ）／有關三民主義的書籍；☆それは君に関した事ではない／那事與你無關；☆…に関せず／與…無關，不論；☆その事に関しては私は何も知らない／關於那件事我一無所知。③

かん・ずる【感ずる】（自サ）＝かんじる；図かんず（サ）。◎

**かんせい【完成】（名・自他サ）完成；☆著述（ちょじゅつ）を完成する／完成著述；☆完成に近い／接近完成。◎

かんせい【官制】（名）官制，機關編制；☆官制を定（さだ）める／制定機關編制。◎

かんせい【官製】（名）官製；政府製造；～はがき【官製葉書】（名）（官製）明信片。◎

かんせい【乾性】（名）乾性；～ゆ【乾性油】（名）乾性油。◎

かんせい【感性】（名）感性；〔機〕靈敏度。◎

かんせい【閑静】（形動ダ）閑靜；☆閑静な住宅地に住んでいる／住在閑靜的住宅

區。①

かんせい【喊声】（名）喊聲；☆喊声を揚（あ）げる／吶喊。◎

かんせい【慣性】（名）〔理〕慣性。◎

かんせい【管制】（名・他サ）管制；～とう【管制塔】（名）（機場的）指揮塔。◎

かんせい【監製】（名・他サ）監製。◎

かんせい【歓声】（名）歡聲，歡呼聲；☆歓声耳を聾するばかりである／歡呼之聲震耳欲聾。◎

かんぜい【間税】（名）→かんせつぜい（間接税）。◎

かんぜい【関税】（名）關稅；☆関税をかける／課關稅；☆関税がかからない／免課關稅；☆関税を一割（いちわり）引上（ひきあ）げる／把關稅提高一成。◎

がんせい【眼睛】（名）〔文〕①瞳；②眼球；～ひろう【眼睛疲労】（名）〔醫〕眼疲勞，眼力勞損。◎

かんぜおん（ぼさつ）【観世音（菩薩）】（名）〔佛〕觀世音（菩薩）。⑥

かんせき【漢籍】（名）漢文書籍，中國古典。①◎

がんせき【岩石】（名）巖石；☆岩石の多い海岸／多巖石的海岸；～がく【岩石学】（名）巖石學；～せいいんろん【岩石成因論】（名）巖石成因論；～ぶんるいがく【岩石分類学】（名）巖相學，巖類學①

*かんせつ【間接】（名）間接；☆間接に聞いた話／間接聽到的話；～しょうめい【間接照明】（名）間接照明；～ぜい【間接税】（名）間接税；～せんきょ【間接選挙】（名）間接選舉；～てき【間接的】（形動ダ）間接的；～でんせん【間接伝染】（名）間接傳染。◎

かんせつ【関節】（名）①〔解〕關節；☆足の関節が、はずれる／脚的關節脫臼；②〔機〕接頭，關節；～えん【関節炎】（名）〔醫〕關節炎。◎

かんせつ【環節】（名）〔生〕環節。◎

がんぜな・い【頑是無い】（形）幼稚的，無知的；天真的；純潔的；☆五つでは、まだ頑是ない子供だ／才五歳，還是無知的孩子呢；図がんぜなし（形ク）。④

かんぜより【観世縒】（名）紙捻；☆原稿を観世縒で綴（と）じる／用紙捻把原稿訂起來。◎

かんせん【汗腺】（名）〔解〕汗腺。◎

かんせん【官撰】（名）政府編纂。◎

かんせん【官選】（名）官選；政府選任 ⓪

*かんせん【感染】（名・自サ）感染；☆コレラに感染する／感染霍亂；☆悪風（あくふう）に感染した人／染上悪習的人 ⓪

かんせん【幹線】（名）幹線；～どうろ【幹線道路】（名）幹線道路。⓪

かんせん【艦船】（名）軍艦和艦隻。⓪

かんせん【観戦】（名・他サ）①観戦；②〔運動〕参觀比賽。⓪

*かんぜん【完全】（形動ダ）完全，完善，完整，圓滿；☆完全な域に達する／達到完善地步；☆その手紙は完全なドイツ語で書いてある／那封信是用十分正確的德語寫的；☆完全な皿は一つもない／一個完整的碟子也沒有了；☆それは完全な失敗であった／那是完全的失敗；～むけつ【完全無欠】（名）完整無缺，盡善盡美 ⓪

かんぜん【敢然】（副）〔文〕勇敢地，毅然，毅然決然；☆敢然と立ち上がる／勇敢地站起來；☆敢然として難局に当（あた）る／毅然承當難局；☆敢然やりとおす／毅然決然地貫徹到底。⓪

かんぜん【勧善】（名）勧善；～ちょうあく【勧善懲悪】（名）勧善懲悪。⓪

がんぜん【眼前】（名）眼前；☆卒業試験が眼前に迫（せま）っている／畢業考試迫在眼前；☆その絵はベニスの風景を眼前に躍如（やくじょ）たらしめている／那幅畫把威尼斯的風景活現在眼前。⓪③

*かんそ【簡素】（形動ダ）簡素，簡單樸素；☆簡素な生活／簡樸的生活。①

がんそ【元祖】（名）鼻祖，創始者；☆我国の木版画（もくはんが）の元祖／我國木刻的創始者。①

かんそう【完走】（名・自サ）跑完，跑到盡頭☆42195メートルを完走した／跑完了42195公尺。⓪

*かんそう【乾燥】（名・自他サ）①乾燥；☆空気が非常に乾燥している／空氣非常乾燥；②枯燥（無味）；～むみ【乾燥無味】（形動ダ）枯燥無味。⓪

かんそう【間奏】（名）〔樂〕間奏；～きょく【間奏曲】（名）〔樂〕間奏曲。⓪

*かんそう【感想】（名）感想；☆感想をお聞かせ下さい／請讓我聽聽您的感想；☆別に感想はない／沒什麼感想。⓪

かんそう【歓送】（名・他サ）歓送；～かい【歓送会】（名）歓送會。⓪

かんそう【観相】（名）〔文〕相面；～じゅつ【観相術】（名）相面術。⓪

かんぞう【甘草】（名）〔藥〕〔植〕甘草；～エキス【甘草extract】（名）〔藥〕甘草精。①

かんぞう【肝臓】（名）〔解〕肝；～ジストマ【肝臓distoma】（名）肝吸蟲。⓪

がんぞう【贋造】（名・他サ）①贋造，偽造，假造；☆贋造紙幣（しへい）を発見する／發現假鈔票；②贋品，偽造品。⓪

*かんそく【観測】（名・他サ）観測，観察；☆日蝕（にっしょく）の観測を行なう／進行日食的観測；☆私の観測では情勢は漸次（ぜんじ）好転（こうてん）するものと思う／據我的観察情勢將逐漸轉好 ⓪

かんそん【寒村】（名）寒村，荒村。⓪

かんそんみんぴ【官尊民卑】（連語・名）官尊民卑；☆官尊民卑の悪習／官尊民卑的陋習。⑤

カンタータ【意cantata】（名）〔樂〕大合唱。③

カンタービレ【意cantabile】（名）〔樂〕（優美）如歌。

かんたい【寒帯】（名）〔地〕寒帶。⓪

かんたい【歓待・款待】（名・他サ）款待；☆真心（まごころ）をこめた款待を受ける／受到熱誠的款待。⓪

かんたい【艦隊】（名）艦隊；☆艦隊を率（ひき）いる／統率艦隊。⓪①

*かんだい【寛大】（名・形動ダ）寛大；☆寛大に処置する／寛大處理；☆寛大な態度で臨（のぞ）む／寛大的態度對待。⓪

がんたい【眼帯】（名）〔醫〕眼帶，遮眼罩。⓪

かんだか【甲高・疳高】（名・形動ダ）聲音的）尖銳，高亢。⓪

かんだか・い【甲高い・疳高い】（形）（聲音）尖銳的，高亢的；☆甲高い声で話す（歌う）／用尖銳的聲音說話（唱歌）；図かんだかし（形ク）。④

かんたく【干拓】（名・他サ）（將湖沼、海濱等築堤並排水）造成旱地，排水開墾⓪

がんだれ【雁垂】（名）〔漢字部首〕厂部。⓪

かんたん【肝胆】（名）〔文〕肝膽；☆肝胆相照らす／肝膽相照〔喻親密的友情〕；☆敵の肝胆を寒からしめる／使敵人膽戰心寒☆肝胆を砕（くだ）く／絞盡腦汁 ⓪①

かんたん【感嘆】（名・他サ）感嘆；☆感嘆の声を放（はな）つ／發感嘆聲，讚嘆；

～し【感嘆詞】（名）〔語法〕感嘆詞；～ふ【感嘆符】（名）感嘆號（！）。◎

＊＊かんたん【簡単】（形動ダ）簡單；☆簡單な仕事／簡單的工作；☆簡単に言えば／簡單說來；☆簡単にして要を得た／簡單扼要的；～ふく【簡単服】（名）連衣裙，布拉吉。◎

かんだん【寒暖】（名）寒暖，寒署；☆寒暖の差が激（はげ）しくない温和な気候／寒署不劇烈的溫和氣候；～けい【寒暖計】（名）寒署錶；☆寒暖計が五度上がる（下がる）／寒署錶上昇（下降）五度。◎

かんだん【間断】（名・自サ）間斷；☆間断なく攻め立てる／不間斷地攻擊。◎

かんだん【閑談】（名・自サ）〔文〕閑談；☆閑談に時を過（す）ごす／閑談以消磨時間，聊天。◎

かんだん【歓談】（名・自サ）暢談。◎

がんたん【元旦】（名）元旦。◎

かんち【感知】（名・自サ）〔文〕感知，察覺。①

かんち【関知】（名・自サ）有關，預聞，知曉；☆それは私の関知するところではない／那事與我無關，非我所知。①

かんちがい【勘違い】（名・自サ）誤會，判斷錯誤，錯認；☆それは君の勘違いだ／那是你的誤會；☆君は私を誰かと勘違いしている／你把我錯認為別的人了。③

がんちく【含蓄】（名）含蓄，言外之意，暗示；☆これは含蓄のある言葉だ／這話很有含蓄，這話意味深長；☆含蓄は明言（めいげん）よりも重要なことが間（ま）ま）ある／暗示往往要比明說更重要。◎

かんちゅう【寒中】（名）冬季寒冷季節中，三九天裏。◎

がんちゅう【眼中】（名）眼中，目中；☆眼中に置かない／不放在眼裏；☆眼中に人なし／目中無人。①

かんちょう【干潮】（名）退潮（＝ひきしお）。◎

かんちょう【官庁】（名）官廳，政府機關①◎

かんちょう【間諜】（名）間諜，特務（＝スパイ）；☆間諜をつかまえる／抓住特務；☆間諜を放（はな）つ／派遣特務。◎

かんちょう【館長】（名）舘長。◎

かんちょう【灌腸】（名・他サ）〔醫〕灌腸；☆腸カタルの患者に灌腸を行（おこ）なう／給腸炎的患者施行灌腸。◎

かんちょう【艦長】（名）〔軍〕艦長。◎①

かんつう【姦通】（名・自サ）通姦；～ざい【姦通罪】（名）通姦罪。◎

かんつう【貫通】（名・自他サ）①貫通；貫穿；☆トンネルが貫通するまでには一年くらいかかる／隧道需要一年光景才能打通；☆弾丸（だんがん）が心臓（しんぞう）を貫通した／子彈打穿了心臟；②貫徹（＝かんてつ）。◎

かんつばき【寒椿】（名）（多季開花的）山茶。③

かんてい【官邸】（名）官邸。◎

かんてい【艦艇】（名）艦艇，大船和小艇

かんてい【鑑定】（名・他サ）①鑑定，判斷；☆骨董（こっとう）の鑑定をする／鑑定古董（的價值）；☆弁護士（べんごし）に訴訟（そしょう）の鑑定を依頼する／委託律師判斷訴訟能否勝利；②估價，評價；☆価格を鑑定する／估價，評價；☆鑑定を求（もと）める／請求（專家）給以評價；⑧〔理〕測定。◎

がんてい【眼底】（名）眼底。◎③

かんてつ【貫徹】（名・他サ）貫徹，貫徹到底；☆初志（しょし）を貫徹する／貫徹初衷；☆事業を貫徹する／把事業貫徹到底。◎

カンテラ【荷kandelaar】（名）（洋鐵製）煤油提燈。◎

かんてん【旱天】（名）旱天（＝ひでり）◎③

かんてん【寒天】（名）①寒天；②洋粉，洋菜，瓊膠；☆寒天を寄せる／（用洋菜）做甜凍（一種點心）；～ばいようき【寒天培養基】（名）（瓊膠）細菌培養基；～ばん【寒天版】（名）膀寫膠版。◎③

＊かんてん【観（看）点】（名）觀點（＝けんち）；☆観点が違（ちが）う／觀點不同；☆この観点から考えると…／從這個觀點來考慮的話…。③◎

かんでん【乾田】（名）〔農〕乾田（排水良好停止灌溉後卽變成旱田的水田）。◎

かんでん【感電】（名・自サ）觸電，感電，電擊；☆感電して死ぬ／被電擊死。◎

かんでんち【乾電池】（名）乾電池。③

かんど【感度】（名）感度，靈敏性，靈敏度；效率；☆ラジオの感度／收音機的效率。①

かんとう【完投】（名・自サ）〔棒球〕①沒有缺點的投球；②（一個投手）投到最後。◎

かんとう【巻頭】（名）①卷頭，卷首；☆

この本の巻頭に彼の論文が出ている／在這本書的巻首載着他的論文；⑧一巻中最好的部分或作品。[0]

かんとう【竿頭】（名）〔文〕竿頭；☆国旗を竿頭に掲（かか）げる／把國旗掛在竿頭；☆**百尺竿頭一歩を進める**／百尺竿頭更進一歩。[0]

かんとう【敢闘】（名・自サ）勇敢奮闘，英勇奮鬥。[0]

かんとう【関東】（名）①東京横濱地区；↔かんさい（関西）；②箱根以東地方；③〔史〕鎌倉幕府的異稱；江戸幕府的異稱；**～はっしゅう【関東八州】**（名）箱根以東的相模（さがみ）、武蔵（むさし）、安房（あわ）、上総（かずさ）、下総（しもうさ）、常陸（ひたち）、上野（こうづけ）、下野（しもつけ）等八個地方[1]

かんとう【関頭】（名）〔文〕關頭；☆生死の関頭に立つ／面臨生死關頭。[0]

かんどう【勘当】（名・他サ）①（父親把兒子）從家中逐出，斷絶父子關係，廢嫡；②（師傅）開除徒弟，斷絶師徒關係；③〔古〕觸怒（長上）。[0]

＊かんどう【感動】（名・自サ）感動；☆人を感動させる音楽／感動人的音樂；☆感動しやすい人／容易感動的人；**～し【感動詞】**（名）〔語法〕感嘆詞；**～じょし【感動助詞】**（名）〔語法〕感嘆助詞。

かんとうし【間投詞】（名）〔語法〕間投詞，感嘆詞。[3]

＊かんとく【監督】（名・他サ）①監督；☆監督を厳重にする／嚴加監督；②監督者；〔劇〕導演；〔運動〕領隊人，幹事；監工；工長。[0]

かんどころ【勘所】（名）①（絃樂器的）指板；②〔轉〕要點，關鍵；☆勘所をちゃんと押えている／掌握住要點。[3][0]

がんとして【頑として】（副）頑固地，倔強地，☆頑として聞き入れない／斷然拒絶；死不聽從，置若罔聞。[1]

かんとん【嵌頓】（名）〔醫〕絞窄。[0]

かんな【鉋】（名）鉋子；☆板に鉋をかける／用鉋子刨木板；**～くず【鉋屑】**（名）鉋花；鉋屑に火がついたようにべらべらしゃべる／喋喋不休地講。[3]

カンナ【canna】（名）〔植〕美人蕉。[1]

かんない【管内】（名）管內，管轄以內，管區內；☆管内を巡視（じゅんし）する／巡視管轄區。[1]

かんない【館内】（名）舘內。[1]

かんながら【随神・惟神】（名・副）〔古〕惟神；☆惟神の道／惟神之道，神道[0][3]

かんなづき【神無月】（名）〔文〕陰暦十月（＝かみなずき）。[3]

かんなめさい【神嘗祭】（名）〔舊〕神嘗祭（過去日皇向伊勢神宮供獻新穀的祭日，十月十七日）。[4]

かんなん【艱難】（名）艱難，困難；☆前途に幾多（いくた）の艱難が横たわっている／前途擺着很多的困難；◇**艱難汝（なんじ）を玉（たま）にす**／艱難使你得到鍛錬。[1]

かんにゅう【嵌入】（名・他サ）〔文〕嵌入，鑲入；挿進；☆指環（ゆびわ）に宝石を嵌入する／把寶石鑲到戒指上。[0]

かんにん【堪忍】（名・自サ）①容忍，忍耐；☆もうこれ以上堪忍できない／再也不能容忍了；②寛恕；☆どうぞ今度ばかりは堪忍して下さい／請你寛恕這一次；◇**ならぬ堪忍するが堪忍**／忍人所不能忍才是眞忍；◇**堪忍は一生の宝**／忍耐是一生之寶，忍爲高；**～ぶくろ【堪忍袋】**（名）容忍的限度，容人之量；◇**堪忍袋の緒が切れる**／超過可以容忍的限度，忍無可忍。[1]

カンニング【cunning】（名・自サ）（學生在考試時的）作弊，不正行爲。[0]

かんぬき【閂】（名）閂，門栓；☆閂を掛（か）ける／上閂；☆閂を外（はず）す／開門。[4][0]

かんぬし【神主】（名）〔神道〕①〔古〕祭主；②神官（如佛教之僧侶，基督教之牧師）。[1]

＊かんねん【観念】（名・自他サ）①観念；☆誤（あやま）った観念を持っている／抱着錯誤的観念；☆時間の観念がない／沒有時間観念；②決心，徹悟，聽天由命，斷念；☆観念のほぞを固（かた）める／下定決心；☆人生ははかないものと観念する／〔佛〕徹悟人生的虚幻無常；☆もはやこれまでと観念する／認爲吾命休矣；**～けいたい【観念形態】**（名）〔哲〕意識形態，思想體系；→イデオロギー；**～しゅぎ【観念主義】**（名）唯心主義；**～てき【観念的】**（形動ダ）観念的，唯心的；**～れんごう【観念連合】**（名）〔心〕観念聯合，聯想；**～ろん【観念論】**（名）唯心論。[1]

がんねん【元年】（名）元年；☆明治（めいじ）元年／明治元年。①

かんのいり【寒の入（り）】（連語・名）入九；入寒。⓪

かんのう【完納】（名・他サ）繳完，完全繳納；☆罰金（ばっきん）を完納する／把罰款完全繳納。⓪

かんのう【官能】（名）①官能，器官機能；☆官能を刺戟（しげき）する／刺激器官機能；②肉感；肉慾；☆官能を満足させる／滿足肉慾；～しゅぎ【官能主義】（名）①〔哲〕感覺論；官能主義；②〔美〕感覺主義；～てき【官能的】（形動ダ）肉感的。⓪

かんのう【堪能】(形動ダ)→たんのう①⓪

かんのう【感応】（名・自サ）感應；☆祈願が感応した／（對神佛的）祈禱有了感應；☆鉄は電気に感応しやすい／鐵容易感電。⓪

かんのむし【疳の虫】（名）①（據推想在小兒體內）引起痞癪抽風的一種病原蟲；②＝かん（疳）。⓪

かんのむし【癇の虫】（名）（據推想在人體內）引起暴躁脾氣的一種蟲子；◇癇の虫がおさまる／息怒。

かんのん【観音】（名）〔佛〕觀音；～びらき【観音開き】（名）分爲左右兩扇的門⓪

かんぱ【看破】（名・他サ）看破，看穿，窺破（＝みやぶる）；☆一見して彼が食（く）わせ者だということを看破した／一眼就看穿了他是一個騙子。①

かんぱ【寒波】（名）〔氣象〕寒冷的氣流，寒流；☆寒波が押し寄せる／寒波來襲①

カンパ（名）募捐。①

かんばい【寒梅】（名）寒梅。⓪

かんばい【観（看）梅】（名）〔文〕賞梅；☆観梅に出かける／前去賞梅。⓪

かんぱい【乾杯】（名・自サ）乾杯；☆…の健康を祝して乾杯しましょう／祝…的健康而乾杯吧！①

かんぱい【完敗】（名・名サ）大敗，徹底敗北。⓪

かんぱく【関白】（名）關白（日本古官名，輔佐天皇的大臣，位在太政大臣之上）；◇亭主（ていしゅ）関白／丈夫跋扈；男人當家。①

かんばし・い【芳しい】（形）①芳香的（＝こうばしい）；②有聲譽的，名譽好的；③好的；☆学校の成績は芳しくない／學校的成績不太好；☆芳しからぬ問題／醜事，手臉的問題；図かんばし（形シク）。④⓪

かんばし・る【甲走る】（自五）聲音尖銳；☆甲走った声で叫ぶ／尖聲喊叫。④

カンバス【canvas】（名）①帆布；②畫布。⓪

かんばせ【顔】（名）（容）顏（＝かおつき）；☆花の顔／花容月貌。⓪

かんばつ【旱魃】（名）旱，旱魃；☆旱魃で作物が枯れた／由於天旱農作物枯萎了⓪

かんばつ【間伐】（名・他サ）間伐，疏伐（森林）。⓪

かんぱつ【煥発】（名・他サ）煥發；☆才気（さいき）煥発の人／才氣煥發的人。⓪

がんばり【頑張り】（名）「がんばる」的名詞形；☆いざという時に頑張りがきかぬ／到緊要關頭堅持不住；～や【頑張り屋】（名）①拼命幹的人②堅持己見的人④①

がんば・る【頑張る】（自五）①頑固，固執，堅持；☆どこまでも頑張る／固執到底；☆彼が一人で頑張っているので相談が纏（まと）まらなかった／因爲他一個人固執己見，所以沒有達成協議；☆君が頑張りさえすれば、相手（あいて）は屈服する／只要你堅持下去對方就會屈服的；②固守地位，不讓位，不離開，不走；☆親父（おやじ）が頑張っているので身（しん）なじ）が中中（なかなか）息子（むすこ）の手に渡らない／老頭子不肯讓位所以財產總也到不了兒子的手裏；☆入口には警官が頑張っている／門口有警察在監視着（不走）。③

かんばん【看板】（名）①招牌，廣告牌；☆看板を出す／掛出招牌；☆看板を立てる／設廣告牌；②〔轉〕外表，幌子；☆看板はいいが中味（なかみ）はさっぱりだ／外表不錯可是內容不好，虛有其表；☆慈善（じぜん）を看板にして／打着慈善的幌子；☆看板に偽（いつわ）りなし／表裏一致，名副其實；③〔轉〕牌位；☆うちの社長は看板だ／我們這裏的總經理是有名無實；④（商店的）停止營業時間，下班時間；☆もう看板でございます／（顧客注意）現在已到下班時間；◇看板を塗（ぬ）り替（か）える／重新油漆招牌；〔轉〕改變政策；～だおれ【看板倒れ】（名）虛有其表；☆看板倒れの名士／虛有其表的名士；～むすめ【看板娘】

（名）(吸引顧客的)招牌女店員；☆たばこ屋の看板娘／香烟舗的招牌女店員。⓪

かんばん【燗番】（名）〔おー〕專管燙酒的人。⓪

かんぱん【甲板】（名）〔船〕甲板；☆甲板に出る／到甲板上去／☆波が甲板を洗（あら）う／波浪衝上甲板。⓪③

かんぱん【乾板】（名）〔照像〕乾板，感光玻璃板；☆乾板を現像（げんぞう）する／使乾板顯影。⓪

かんパン【乾パン】（名）乾麵包，麵包乾，素餅乾。③

がんぱん【岩盤】（名）〔地質〕巖盤。⓪

かんび【甘美】（形動ダ）甜美，優美；☆甘美なメロディー／甜美的調子；☆甘美な夢（ゆめ）／甜蜜的夢。①

かんび【完備】（名・自サ）完備，完善；☆この工場（こうじょう）の設備（せつび）は完備している／這個工廠的設備完備①

かんび【巻尾】（名）卷尾，卷末。⓪

かんぴ【官費】（名）公費；☆官費で留学する／公費留學。⓪

がんぴ【雁皮】（名）〔植〕雁皮（瑞香科）；～し【雁皮紙】（名）雁皮紙（一種上等薄紙）。①

*かんびょう【看病】（名・他サ）護理，看護（病人）；☆手厚（てあつ）い看病／周到的看護；☆病人を看病する／護理病人；◇一に看病、二に薬／護理第一，吃藥第二。①

かんぴょう【干瓢】（名）葫蘆乾，葫蘆條（乾菜）。⓪③

かんぶ【患部】（名）患部；☆患部を冷（ひ）やす／冷罨患部。①

*かんぶ【幹部】（名）幹部（特指領導幹部）；☆民主党の幹部／民主黨的幹部①

かんぷ【完膚】（名）完膚；☆彼はほとんど完膚なきまでに撃たれた／他被攻撃得幾乎體無完膚。①

かんぷ【乾布】（名）乾布；～まさつ【乾布摩擦】（名）乾布摩擦（健身法）。①

かんぷう【完封】（名・他サ）完全封鎖。⓪

かんぷう【寒風】（名）寒風；☆寒風膚に徹す／寒風徹骨。③⓪

かんぷく【感服】（名・自サ）佩服，欽佩，悅服；☆彼の手腕（しゅわん）には感服した／他的才幹我算佩服了；☆あまり感服できない／不太高明，不太令人佩服⓪

かんぶくろ【紙袋】（名）〔俗〕＝かみぶ

くろ。③

かんぶつ【乾物】（名）乾菜；～や【乾物屋】（名）乾菜店；雜貨店；☆海苔（のり）や干瓢（かんぴょう）などは乾物屋にある／海苔，葫蘆條等是在乾菜店裡賣⓪

かんぶつ【換物】（名・自サ）(以錢)換物，把資金變成貨物。⓪

カンフル【camphor】（名）(精製)樟腦，樟腦液；～ちゅうしゃ【camphor 注射】（名）〔醫〕注射樟腦液（促進重病人的血液循環，防止心臟麻痺）；～チンキ【camphor 酊幾】（名）〔醫〕樟腦酊劑。①

かんぶん【漢文】（名）漢文；～がく【漢文学】（名）漢文學，漢學。⓪

かんぺい【観兵】（名）閱兵；～しき【観兵式】（名）閱兵式，大檢閱。⓪

かんぺき【完璧】（名）完善，完美，嚴整；☆完璧の域に達する／達到完善地步；☆完璧を期する／力求完善；☆この文章は完璧で添削（てんさく）の余地（よち）がない／這篇文章很嚴整沒有增刪的餘地⓪

がんぺき【岸壁】（名）①(港口的)護岸處，碼頭；☆汽船を岸壁に横付（よこず）ける／把輪船靠攏到碼頭上；☆岸壁渡（わた）し／〔商〕碼頭交貨(的價格)；②陡岸。⓪

かんべつ【鑑別】（名・他サ）鑑別，辨別，識別；☆善悪を鑑別する／辨別善惡；識別好壞。⓪

かんべん【勘弁】（名・他サ）①饒恕，寬恕，原諒；☆今度だけはこれで勘弁してやろう／這一次就這樣算饒恕你了(下次不可)；☆それだけは御勘弁を願います／(別的什麼都行)這個可辦不到，請你原諒；☆容忍；◇もう勘弁出来ない／(再也)不能容忍了，忍不下去了。①

かんべん【簡便】（名・形動ダ）簡便；容易；☆簡便な方法がある／有一個簡便的方法；☆こうすると簡便に出来る／這樣做就很容易。⓪

かんぼう【官房】（名）辦公廳，辦公室；～ちょう【官房長】（名）辦公廳主任，辦公室主任；～ちょうかん【官房長官】（名）國務大臣之一，(內閣的)秘書長⓪

かんぼう【感冒】（名）〔醫〕感冒，傷風（＝かぜ）；☆悪性の感冒にかかる／患惡性感冒。⓪

かんぼう【監房】（名）牢房。⓪

かんぼう【観望】（名・他サ）觀望，觀看；
☆形勢を観望する／觀望形勢。◎

かんぼう【官報】（名）①公報；☆官報で発
表する／在公報上發表，②官署的電報①

かんぽう【漢方】（名）中醫，中醫術；～
い【漢方医】（名）中醫師；～やく【漢
方薬】（名）中藥。◎①

かんぽう【艦砲】（名）〔軍〕艦砲；～し
ゃげき【艦砲射撃】（名）艦砲射擊。◎

*がんぼう【願望】（名他・サ）願望；☆願
望を遂（と）げる／達到願望；☆願望を
かなえる／使達到願望，使如願以償。◎

かんぼく【翰墨】（名）〔文〕翰墨。◎

かんぼく【灌木】（名）〔植〕灌木。◎①

かんぼつ【陥没】（名・自サ）陷沒，塌陷，
下沉，凹陷；☆地震で家が陥没した／由
於地震房子塌陷了。◎

がんぽん【元本】（名）本金，資本（＝も
と，もときん）；☆元本と利息で十万円
になる／本利共十萬日圓。①

カンマ（名）→コンマ

ガンマせん【γ線】（名）〔理〕γ射線◎

かんまつ【巻末】（名）卷末；☆巻末に索
引（さくいん）が付（つ）いている／卷
末附有索引。◎

かんまん【干満】（名）（潮的）漲落，乾
滿；☆潮（うしお）には干満がある／潮
水有漲有落。◎

かんまん【緩慢】（形動ダ）緩慢，呆滯，
不活潑；☆彼は動作（どうさ）が緩慢だ
／他動作緩慢；☆この頃（ごろ）の市
場（しじょう）はまことに緩慢だ／近來
的市場十分呆滯。◎

かんみ【甘味】（名）甜味（＝あまみ）；
～りょう【甘味料】（名）甜的調味品（＝
糖等）。①

かんみ【鹹味】（名）鹹味。①

がんみ【玩味】（名・他サ）玩味，品滋味；
☆これは深く玩味すべき言葉（ことば）
だ／這是一句需要深深玩味的話。①◎

かんみん【官民】（名）官與民。①◎

かんみんぞく【漢民族】（名）漢族。③

かんむり【冠】（名）①冠；☆冠を着（つ）
ける／戴冠，加冠；②（漢字的）字頭，
字蓋；☆花という字は草冠です／花字是
草字頭；◇お冠をまげる／不高興，鬧情
緒，發脾氣。◎④

かんめい【官名】（名）官銜，官名；☆あの人
の官名は何ですか／他的官銜是什麼◎①

かんめい【官命】（名）（政府的）命令；
☆官命を帯（お）びて洋行する／奉命出
國，奉命到國外出差。◎①

かんめい【簡明】（形動ダ）簡明；☆文は
簡明を尊（たっと）ぶ／文貴簡明。◎

かんめい【感銘】（名・自サ）銘感；☆特
別の寛大な処置（しょち）は我々の深く
感銘する所である／特別的寬大處理使我
們深為銘感。◎

がんめい【頑迷】（形動ダ）冥頑，固陋；
☆自論を頑迷に固執（こしつ）する／冥
頑地固執己見。◎

かんめん【乾麺】（名）掛麵（類）。◎

がんめん【顔面】（名）臉，面；～しんけ
い【顔面神経】（名）〔解〕面神經。③

かんもく【緘黙】（名・自サ）〔文〕緘默；
☆緘黙して語（かた）らず／緘默不言◎

がんもく【眼目】（名）重點，要點；☆問
題の眼目とする所はここである／問題的
要點就在這裏。◎

かんもち【寒餅】（名）三九天做的年糕①

かんもち【瘤持ち】（名）＝かんしゃくも
ち。◎④

がんもどき【雁擬】（名）一種油豆腐（豆
腐中摻有青菜絲）。③

かんもん【喚問】（名・他サ）傳詢，傳問；
☆喚問される，喚問を受ける／被傳詢◎

かんもん【関門】（名）①關口；☆関門を
通過する／過關；②〔行市〕大關；☆五
百円の関門を割（わ）る／跌進五百元大
關；③〔地〕下關和門司；～かいきょう
【関門海峡】（名）關門海峽。◎

がんもん【願文】（名）禱告（神佛的）文①◎

かんやく【完訳】（名・他サ）全譯；全譯
本；↔しょうやく（抄訳）◎

かんやく【漢訳】（名・他サ）漢譯，譯成
漢文。◎

かんやく【漢薬】（名）中藥。◎①

かんやく【簡約】（他サ・形動ダ）簡約，
簡單化。◎

がんやく【丸薬】（名）丸藥。◎

かんゆ【肝油】（名）肝油；☆子供に肝油
を飲（の）みます／給小孩喝肝油。◎

かんゆう【官有】（名）官有，國有，政府
所有；～ち【官有地】（名）官（有）地◎

かんゆう【勧誘】（名・他サ）勸誘，邀請；
慫恿；☆寄付（きふ）を勧誘する／勸募
捐款；☆友人に来遊を勧誘する／邀請友
人來玩；～じょう【勧誘状】（名）請帖◎

か

がんゆう【含有】（名・他サ）含有；☆この酒は多量にアルコールを含有している／這個酒含有很多的酒精；～**りょう**【含有量】（名）含有量。◯

かんよ【関与】（名・自サ）干預，參與；☆経営に関与する／參與經營。①

かんよう【肝要】（形動ダ）要緊，重要，必要；☆冬は風邪（かぜ）をひかぬように注意することが肝要だ／多天注意不患感冒是要緊的事情；☆物理を研究するには数学の素養（そよう）が肝要だ／研究物理時數學的修養是很重要的；☆肝要な点／重要之點。◯

かんよう【官用】（名）①公事；☆官用で／因公；②公用；☆官用として徴発する／徴爲公用。◯

かんよう【涵養】（名・他サ）培養；☆忍耐と節制は少年時代より涵養すべきである／忍耐和節制應當從年少時培養。①

かんよう【寛容】（名・他サ・形動ダ）容許，寛容，容忍；☆ある程度の自由は寛容しなければならない／某種程度的自由是不能不容許的；☆人の落度（おちど）を寛容する／寛容別人的過失。◯

かんよう【慣用】（名・他サ）慣用；☆それはあの人の慣用手段だ／那是他慣用的手法；☆そういう言い方は慣用にかなっている／那種說法合乎慣例；☆それは慣用上許されている／那在習慣上可以通用；～**おん**【慣用音】（名）（字的）慣用發音；～**く**【慣用句】（名）成語。◯

かんようしょくぶつ【観葉植物】（名）〔植〕観葉植物，賞葉植物。⑥

がんらい【元来】（副）本來，原來，其實，說起來；☆この本は元来児童に読ませるためのものだ／此書本來是爲了給兒童讀的；☆元来、君が間違（まちが）っている／其實是你錯了。①

がんらいこう【雁来紅】（名）〔文〕〔植〕莧＝（はげいとう）。③

かんらかんら（感）＝からから（表示高聲朗笑）。①－①

かんらく【陥落】（名・自サ）①塌陷；☆土地（とち）が陥落する／土地塌陷；②陥落；☆ベルリンは終に陥落した／柏林終於陥落了。◯

かんらく【歓楽】（名）歓樂；☆歓楽に溺（おぼ）れてはならぬ／不要沉溺於歡樂；◇歓楽極まって哀情多し／樂極生悲；～**が**

い【歓楽街】（名）歡樂街，花街柳巷（＝さかりば）。◯①

かんらん【甘藍】（名）〔植〕甘藍，洋白菜（＝キャベツ）。◯

かんらん【橄欖】（名）〔植〕橄欖；～**がん**【橄欖岩】（名）〔礦〕橄欖巖；～**しょく**【橄欖色】（名）橄欖色，淡綠色；～**ゆ**【橄欖油】（名）橄欖油（＝オリーブ油）。③◯

かんらん【観覧】（名・他サ）観覧，観看，參観；☆観覧に供する／供（人）観覧；☆一般の観覧を許す／允許一般人観覧；☆観覧一切（いっさい）お断（ことわ）り／一律謝絶參観；～**けん**【観覧券】（名）観覧券，入場券；～**せき**【観覧席】（名）観覧席，（劇院等的）座位。◯

かんり【官吏】（名）官吏；☆官吏になる／當官吏；☆官吏をしている／是官吏①

***かんり**【管理】（名・他サ）管理；☆工場の事務を管理する／管理工廠的事務；☆山林の管理が行き届く／山林管理得徹底；～**けん**【管理権】（名）管理權；～**つうか**【管理通貨】（名）〔經〕管理通貨①

かんり【監理】（名・他サ）〔文〕監理①

がんり【元利】（名）本利，本金和利息；☆借金は元利合計五百円になる／借款的本利一共是五百元。◯

がんりき【眼力】（名）眼力；☆君の眼力には恐れ入った／我算佩服你的眼力了④◯

がんりき【願力】（名）①力求達到願望的精神；②〔佛〕願力。④①

かんりつ【官立】（名）官立，國立；☆官立の学校／國立學校。◯

***かんりゃく**【簡略】（名・形動ダ）簡略，簡單，簡潔；☆式をなるべく簡略にする／盡可能使樣式簡化；☆簡略な報告／簡略的報告。◯

かんりゅう【乾溜】（名・他サ）〔化〕乾餾。◯

かんりゅう【貫流】（名・自サ）（河流等）貫通，流過。◯

かんりゅう【寒流】（名）寒流，寒潮；寒冷的海流。◯

かんりょう【完了】（名・自他サ）①完畢，完成，完結；☆二年間の軍務を完了する／服完兩年的軍務；②〔語法〕完了，完成；～**せい**【完了時制】（名）〔語法〕完成時態。◯

かんりょう【官僚】（名）官僚，官吏；☆

官僚畑の政治家／官吏出身的政治家；～ないかく【官僚内閣】（名）官僚内閣。◻0

かんりょう【感量】（名）〔理〕感量（天秤針起反應的最低重量）。◻0

がんりょう【顔料】（名）①顔料；②化粧品（特指香粉、胭脂等）。◻3

がんりょく【眼力】（名）＝がんりき。◻1

かんりん【官林】（名）國有林。◻0

かんりん【翰林】（名）〔文〕翰林；科學家們；～いん【翰林院】（名）①（中國古時的）翰林院；②科學院（＝アカデミー）。◻0

かんるい【感涙】（名）感激的眼涙，感動的涙；☆感涙を催（もよお）す／感動得流涙。◻0

かんれい【寒冷】（名）寒冷；☆寒冷を覚（おぼ）える／感覺寒冷；～しゃ【寒冷紗】（名）冷布（蚊帳等用）；～ぜんせん【寒冷前線】（名）〔氣象〕冷空氣前方。◻0

かんれい【慣例】（名）慣例；☆慣例に従（したが）う／遵照慣例；☆慣例を破（やぶ）る／打破慣例；☆慣例に背（そむ）く／違反慣例。◻0

かんれき【官歴】（名）作官吏的經歴。◻0

かんれき【還暦】（名）花甲，滿六十一歳；☆還暦の祝／慶祝六十一誕辰。◻0

*かんれん【関連（聯）】（名・自サ）關聯；☆同事件に関連した問題／與該事件相關聯的問題。◻0

かんろ【甘露】（名）①甘露；②美味 ◻1

かんろく【貫禄】（名）威嚴，尊嚴，威信，勢力；身分；☆貫禄のある人／有威信的人，偉大人物；☆貫禄が足（た）りない／威信不够；☆彼はまだ会長としての貫禄がない／他當會長還不够身分。◻0◻1

かんわ【官話】（名）〔舊〕官話（特指北平口語）。◻1

かんわ【閑話】（名・自サ）〔文〕閑談；～きゅうだい【閑話休題】（連語・副）〔文〕閑話休提，言歸正傳。◻0◻1

かんわ【漢和】（名）漢日；漢語和日語；～じてん【漢和辞典】（名）漢日辞典 ◻1◻0

かんわ【緩和】（名・自他サ）緩和；☆制限を緩和する／把限制放寛一些；☆増建築（ぞうけんちく）で住宅難が緩和された／由於増建房屋，房荒緩和了。◻0

き①五十音圖「か行」第二音；發音爲ki；②〔字源〕平假名是「幾」字的草體，片假名是其簡體。

き【生】（造語）①表示純粹、眞正等義；☆きまじめ／一本正經；太認眞；☆きむすめ／處女；天眞的姑娘；②表示純的、未摻其他東西的…；☆きじょうゆ／原封醬油；④表示未精製或加工的；☆きいと／生絲。①

＊き【木・樹】（名）①樹木；☆木を植える／植樹；②木材，木料；☆木で建てた家／用木頭蓋的房子；⑧木柴；④梆子（＝ひょうしぎ）；☆木を入れる／打梆子；◇猿も木から落ちる／智者千慮必有一失；木で鼻を括る（くくる）／愛理不理，非常冷淡；☆木で鼻を括ったような返事をする／愛理不理地回答；木に竹を接（つ）ぐ／〔喻〕（話）不銜接；（事物前後）不協調，不貫串；木にも草にも心をおく／風聲鶴唳，草木皆兵；木に縁（よ）りて魚を求む／緣木求魚；木の實（み）は本（もと）へ／萬象歸宗。①

き【黃】（名）黃色（＝きいろ）；◇黃なる泉／黃泉。⓪①

き【己】（名）己（十干之一，＝つちのと）。①

き【奇】（名）〔文〕①奇異，珍奇；☆なんの奇もない／沒什麼稀奇的；☆奇を衒（てら）う／衒奇，顯示出奇特；☆奇怪（＝あやしい、怪しい）；☆奇緣（きえん）／奇緣；⑧奇數；↔ぐうすう（偶数）①

き【癸】（名）癸（十干之一，＝みずのと）①

＊＊き【氣】（名）①氣，空氣，大氣；☆山の気／山氣；☆部屋に気がこもる／屋子裏不通氣；②呼吸；☆気が詰まる／喘不過氣來，感覺拘窘；☆節氣，節序；☆二十四気／（一年的）二十四節氣；③香氣，香味（＝かおり、におい）；☆気の抜けた酒／走了味的酒；☆この茶は酒の気がある／這茶有酒味；⑤氣氛；☆不安の気が張（みなぎ）っている／充滿着不安的氣氛；⑥氣度，氣宇，器量，胸襟；☆気が大きい／大方，胸襟磊落，豪邁；☆気の小さい人／器量小的

人；⑦氣質，性質，性體，性情，天性，脾氣；☆気が合う／對勁，投緣；☆気が合わない／不對勁，不投緣；☆気が荒い／性情暴躁（粗野）；☆気が強い／剛強，剛毅；☆気が弱い／懦弱，懦怯；☆気が早い／性急；☆気のよい妻／性情溫和的妻子；⑧心，精神，心神，神志；☆気がおちつかない／心神不定；☆気は確かだ／神志清醒；☆気が多い，気が変わり易い／浮躁，見異思遷，不定性；☆気がふれる（狂う，違う，へんになる）／發瘋，瘋狂；☆気が散る／精神渙散，心不在焉；☆気が咎（とが）める／於心不安，不好意思；☆気が遠くなる／神志昏迷；☆気が張る／精神集中（緊張）；☆気に掛（か）かる，気になる／懸念，掛心，放心不下；☆帰りの遅いのが気になる／回來很晚（我）放心不下；☆試験の結果が気に掛かる／担心考試的結果；☆気を確かに持つ／保持頭腦清醒；堅持；☆気を詰める／集中精神，專心致志；☆気にする／放在心上，介意；☆気にしない／不介意，不在乎；⑨心情，心緒；☆気を晴らす／散心，解悶；☆気を悪くする，気に障（さわ）る／（使…）不痛快，傷感情，得罪；☆気を悪くしないで下さい／請不要生我的氣；☆気を取り直す／恢復情緒，重新振作起來；☆気が楽だ／輕快，輕鬆，舒暢；☆気がおける／發窘，感覺受拘束；☆気が気でない／焦慮，坐立不安；☆気が尽きる／悶倦，不舒暢；☆気が晴れる／舒暢，暢快；☆気が鬱（ふさ）ぐ／憂鬱，鬱悶；☆気が向く／心血來潮，高興；☆気の向くままに／隨意，任意；☆気が向くと徹夜（てつや）して勉強する／一高興起來就通宵用功；☆気がめいる／消沉，鬱悶；☆気（…する）気にならない／沒有…的心情（興致）；☆歌を歌う気にならない／沒有心情唱歌；☆気のおけない仲である／是彼此毫無隔閡的朋友；☆気が若（わか）い／心情活潑像青年似的；☆気を落とす／失望，沮喪，洩氣，氣餒；☆気を落ち着ける／沉下心去，穩定下來，鎮靜起來；☆気を腐らす／（

令人）懊喪，沮喪；☆気を揉（も）む／煩惱，焦慮，操心；☆気のせいだ／只是心情關係（神經過敏）；☆病気になりそうだ——それは気のせいだ／我要得病——你那只是神經過敏；☆気を長く持つ／耐心地等待；放長線釣大魚；⑩意向，打算，心意（＝つもり）；☆どうする気だ／打算怎麼辦？結婚する気がない／不打算結婚；☆気がある／有心意，打算，戀慕；☆行く気がある／有心要去，打算去；☆かの女は君に気があるようだ／她似乎對你有愛慕之意；☆気があってしたのではない／不是故意做的；☆それを言う彼の気が知れない／不知道他為什麼說那話；☆気が進まない／沒心思，不起勁；☆気が乗る／起勁，感興趣；☆一向（いっこう）気が乗らない／一點也不起勁（不感興趣）；☆気を引いて見る／刺探心意；⑪注意，留神，警惕；☆気が付く／發覺，察覺；理會到；想起；☆気が付いた時はもう遅かった／發覺的時候已經晚了；☆誤（あやま）りに気が付く／認識（到）錯誤；☆それには気が付かなかった／沒有理會到那點；☆気に留（と）める／放在心上，介意；☆（あたり）に気を配る／（向四周）注意，留神，警戒；☆気をつける／注意，當心；☆では気をつけて行っていらっしゃい／請你一路保重；☆気をつけ！〔口令〕立正！☆気を付けの姿勢（しせい）／立正的姿勢；☆（…に）気を取られる／（被…）把注意力吸引去，只顧…，凝神；☆形式に気を取られてはならぬ／不要只注意到形式；☆気を許（ゆる）す／疏忽，大意，喪失警惕；☆気を弛（ゆる）める／放鬆，警惕，不加提防。◇気が利（き）く／機靈，乖巧，敏慧，心眼快，伶俐；漂亮；☆この小僧（こぞう）はなかなか気が利（き）く／這個小伙子很伶俐（機靈）；☆気の利かない人／蠢笨的人；☆この車はなかなか気が利いている／這輛汽車很漂亮；☆気の利いたことを言う／說中聽的話，說合情合理的話；☆気が利きすぎて間（ま）が抜ける／心眼過多反誤事；☆気が差す／不好意思，預感不妙；気が済む／舒心，滿意；心淨，心安理得；☆何でも自分でしなければ気が済まぬ／無論什麼事非親手做不舒心；☆金を払って気が済んだ／付了錢心安理得了；気

がする／①有心思，願意；☆今日はどうも働く気がしない／今天有點兒不高興幹活；②〔…ような気、…そうな気（がする）〕覺得好像，彷彿；☆どこかで逢ったような気がする／彷彿在哪兒見過似的；☆雨が降りそうな気がする／好像要下雨；気が急（せ）く／焦急；気が立つ／激昂，激憤；☆気が立った群衆／激昂的羣衆；気で気を病む／徒自勞苦，庸人自擾；気は心（略表）寸心，小意思；☆つまらないものですが気に受けて下さい／不是什麼好東西，只是一點小意思，請收下吧；気に入る／稱心，如意，喜愛，喜歡；☆人の気に入るようにする／討人歡心；☆これでもまだ気に入らないかね／這樣還不稱心嗎？気にくわぬ／不稱心，不中意，不順眼，討厭；☆何がそんなに気に喰（く）わないのだ／有什麼那樣不稱（中）意的？☆気に喰わぬ奴／討厭的東西，瞅着彆扭的傢伙；気のおけない人／心直嘴快的人；気の長い話／漫長，前途遼遠；☆十年とは気の長い話だ／十年可眞够漫長（前途遙遠）了；気のない返事／冷淡的回答，愛理不理的回答；気の抜けたような顔／好像掉了魂（洩了氣）的神色；気を呑（の）まれる／被（對方）懾伏，嚇倒；怯陣；☆相手の堂堂たる体格に気を呑まれた／被對方魁偉的體格嚇倒了；気を吐く／揚眉吐氣，增光；☆祖国のために気を吐く／為祖國增光；気をまわす／猜疑，多心。⓪

き【紀】（名）①記錄；②〔史〕帝王（傳）紀；③12年；④〔地質〕紀；⑤「日本書紀」的略稱。

き（助動・特殊型）〔文〕表示過去；☆はからざりき／未曾想。

き【軌】（名）〔文〕①車轍（＝わだち）；②方法，途徑（＝みち）；③軌道（＝レール）；◇軌を一（いつ）にする／同出一轍。①

き【記】（名）〔文〕①紀錄；☆花を見るの記／賞花記；②記事文；③「古事記」的略稱。①

き【揆】（名）〔文〕①途徑，方式；☆揆を一（いつ）にする／同出一轍；②宰相；③作亂（＝いっき）。

き【基】（名）〔理〕基；☆塩基（えんき）；☆硫酸基（りゅうさんき）。①

き【期】（名）①時期；②時機；③約定①

き【器】（名）①器物，器具（＝うつわ，いれもの）；☆茶器（ちゃき）／茶具；②〔轉〕才幹，有某種才幹的人；☆人に将（しょう）たるの器だ／是個將才，是個有領導才幹的人。①

き【機】（名）〔文〕①機會；☆機を見て／見機…；☆機を逸（いっ）する／失掉機會；②織布機；③機械；☆発電機（はつでんき）／發電機；④飛機；☆海軍機（かいぐんき）／海軍飛機◇機に臨（のぞ）み変（へん）に応（おう）ず／臨機應變。

ぎ「き」的濁音，發音為gi（但在詞中或詞尾有時發ni音）。

─ぎ【儀】（接尾）〔文〕寫在名詞、代詞下，義同「こと」；☆私儀この度…／我這次…。

ぎ【妓】（名）〔文〕妓女，藝妓。①

ぎ【技】（名）〔文〕技術，技巧。①

ぎ【誼】（名）〔文〕情誼；☆故郷の誼／故郷之誼。

ぎ【義】①正義；☆義の為に戦う／為正義而戦；②義（五常之一）；☆義を重んずる／重義；③義舉，善行；④意義（＝いみ）。⓪①

ぎ【儀】（名）〔文〕①禮儀，儀式；☆婚礼の儀／婚禮；②禮貌，規矩（＝ぎょうぎ）；③事情，理由；☆その儀ばかりは…／惟獨此事…。①

きあい【気合】（名）①心情，情緒（＝きぶん，きもち）；性質（＝きだて）；☆気合に触（さわ）る／觸怒，傷感情；☆気合のよい人／性情温和的人；②呼吸（＝いき）；☆気合を合わす／合起步調，採取同一步調；③（與敵人厮殺或用力時往丹田上）運氣，鼓勁；運氣時所發的聲；吶喊；☆気合をかける／運氣，吶喊；☆仕事に気合を入れる／鼓起勇氣工作；〜じゅつ【気合術】（名）氣功療法；〜まけ【気合負け】（名）（比武等時）被對方氣勢壓倒。⓪

きあけ【忌明】（け）（名）服滿，脱孝（＝いみあけ）；☆忌明を待って結婚式を挙（あ）げる／等服滿後舉行婚禮。⓪①③

きあつ【気圧】（名）氣壓；〜けい【気圧計】（名）晴雨計，氣壓計。⓪

きあつ【汽圧】（名）蒸汽壓力，汽壓；〜けい【汽圧計】（名）汽壓計。⓪

きあわ・せる【来合わせる】（自下一）（同時）到來，（恰巧）遇上；☆その時かれも来合わせていた／那時他也恰巧在場；図きあわす（下二）。⓪④

きあん【起案】（名・他サ）起草，草擬；☆計画（けいかく）を起案する／草擬計劃⓪

ぎあん【議案】（名）議案；☆議案を提出する／提出議案。⓪

きい【奇異】（形動ダ）奇異，奇怪（＝ふしぎ）；☆これを聞いて奇異に思った／聽到這話覺得奇怪。①

きい【紀伊】（名）〔史〕近畿地方的一個國（即今和歌山縣和三重縣的一部）。①

きい【忌諱】（名・自サ）〔文〕〔きき之訛〕；☆忌諱に触れる／觸犯忌諱。①

きい【貴意】（名）尊意。①

キー【key】（名）①（風琴、打字機等的）鍵；☆ピアノのキーを叩く／按鋼琴的鍵；②鑰匙；③關鍵；☆この問題のキーを握っている／掌握解決這個問題的關鍵；④線索，端緒；⑤〔樂〕（樂曲）調；〜ノート【key-note】（名）①〔樂〕主調，基調；②要領，主旨；〜ポイント【key-point】（名）關鍵，要點；〜ホルダー【key holder】（名）鎖鍊①

きいきい（副）①（磨軋聲）吱嘎吱嘎；☆橋がきいきい（と）鳴る／（木）橋吱嘎吱嘎地響；②（尖叫聲）吱吱；☆きいきい声を張りあげる／吱吱地尖叫。①

キーサン【朝・妓生】（名）〔史〕（朝鮮的）官妓，藝妓。①

きいたふう【利いた風】（連語・名・形動ダ）裝懂（＝しったかぶり）；自命不凡（＝なまいき）；☆利いた風な顔をする／裝懂；自命不凡；☆利いた風な男／自命不凡的傢伙。④

きいちご【木苺】（名）〔植〕懸鈎子，樹莓。②

きいっぽん【生一本】（名・形動ダ）①純粹；☆灘（なだ）の生一本／眞正灘（大阪灣北岸，産名酒）産的清酒；②純眞；☆かれは生一本の男だ／他是個純眞的人②

きいと【生糸】（名）生絲。①

キーパー【keeper】（名）〔足球〕守門員；←ゴールキーパー。①

キーパンチャー【key puncher】（名）（電腦資料的）打孔員。③

キープ【keep】(名・他サ)①〔橄欖球〕在扭奪隊形（scrum）中帶球；②守門①

*きいろ【黄色】(名・形動ダ)黄色；☆黄色がかった／稍帶黄色的；～い(形)黄色的；☆黄色い布／黄色的布；◇黄色い声／（婦女、小孩的）尖聲，假聲①

きいん【起因】(名・自サ)起因，原因；☆植民地の争奪が戦争の起因である／爭奪殖民地是戰爭的起因。①①

きいん【棋院】(名)圍棋專家的團體；下圍棋者的集會處。①

*ぎいん【議員】(名)（國會、地方議會的）議員；～とくてん【議員特典】(名)議員特典（在國會開會期中非經所屬議院同意不受拘捕及對其所作演說及所參加的表決等在院外不負責任）；～りっぽう【議員立法】(名)根據議員提案的立法（對根據政府提案的立法而言）。①

ぎいん【議院】(名)①國會，議會（指參衆兩院）；②國會大廈；☆群衆が議院を取り囲んだ／羣衆包圍了國會大廈；～ないかくせい【議院内閣制】(名)內閣須取得議會的信任而存在的制度，議會制①

きう【気宇】(名)〔文〕氣度，氣宇；☆気宇快濶なる人／胸懷磊落的人。①

きうつ【気鬱】(名・自サ)憂鬱；～しょう【気鬱症】(名)憂鬱病。①

きうつり【気移り】(名・自サ)心情浮動；☆よく気移りする人／見異思遷的人②④

きうら【木裏】(名)木板接近樹心的一面；↔きおもて（木表）。①①

きうん【気運】(名)趨勢，形勢（＝なりゆき）；☆講和の気運に向かう／有媾和的趨勢。①

きうん【機運】(名)機會，時機（＝まわりあわせ）；☆機運が熟した／瓟釀成熟，時機已到。①

きえ【帰依】(名・自サ)〔佛〕皈依；☆仏教に帰依する／歸依佛教。①

きえい【気鋭】(形動ダ)朝氣蓬勃；☆新進気鋭／年輕力壯朝氣蓬勃。①

きえい・る【消え入る】(自五)①悲戚得昏過去；☆身も魂も消え入る思いがする／哀痛得死去活來，不勝悲戚；②嚥氣，死。③

きえう・せる【消え失せる】(自下一)①消失；☆きえうせろ！／〔罵〕滾開！死掉！②嚥氣，図きえうす〔下二〕。④

きえぎえ【消え消え】(副)〔文〕消失殆

盡；☆雪が、ところどころ消え消えに残っている／處處還剩有尚未融化的殘雪①

きえつ【喜悦】(名・自サ)喜悦（＝よろこび，よろこぶこと）；☆子供の成功に心から喜悦する／對孩子的成功内心感覺喜歡。①

きえのこ・る【消え残る】(自五)①還沒消失盡；（雪等）還沒融化盡；☆消え残る雪／殘雪；②還沒死掉，還沒斷氣。④

きえは・てる【消え果てる】(自下一)①完全消失；☆残雪が消え果てた／殘雪完全融化了；②斷氣，死；図きえはつ〔下二〕。④

*き・える【消える】(自下一)①（火、燈）熄滅；☆火が消えた／火滅了；②（雪等）融化；☆雪が消えた／雪化了；③消失，隱沒，磨滅；☆足音（あしおと）が消えた／脚步聲聽不見了；☆人込（ひとごみ）の中に消えた／消失在人羣中了；☆消えない印象／不能磨滅的印象；☆机（つくえ）の中の手紙（てがみ）が消えた／桌裏的信不見了；図きゆ〔下二〕。①

きえん【奇縁】(名)奇巧因緣；☆こんな所でお会いするとは奇縁ですね／在這裏遇到您，眞巧啊！①①

きえん【気炎・気焔】(名)氣燄；☆気炎を吐（は）く（上げる）／大吹大擂，誇大其詞；大放厥詞，揚眉吐氣；☆気焔が上がらない／氣勢不振；～ばんじょう【気炎万丈】(連語・名)氣焰萬丈。①

きえん【機縁】(名)①〔佛〕機緣；②機會（＝きっかけ）；☆これを機縁に今後もお訪ね下さい／這次既然認識了，今後還請常到我這裏來。①

ぎえん【義捐】(名・自サ)捐助，捐贈；～きん【義捐金】(名)捐款；☆義捐金を募集（ぼしゅう）する／募捐。①

きえんさん【希（稀）塩酸】(名)〔化〕稀鹽酸。

きおい【気負い・競い】(名)①競爭（＝きそい）；②勇猛；～がお【競い顔】(名)奮勇爭先的神氣；～た・つ【気負い立つ・競立つ】(自サ)顯示勇猛，抖擻精神，奮勇；☆両軍互に気負い立っている／兩軍各顯威勢；～はだ【競肌】(名)義勇精神，豪俠氣概（＝いさみはだ）②

きおう【既往】(名)既往；☆既往に遡（さのかぼ）る／追溯既往；～しょう【既往症】(名)〔醫〕既往症。①

*きおく【記憶】（名・他サ）記憶；☆記憶がよい／記性好；☆はっきり記憶している／記得清清楚楚；☆記憶に残る／留在記憶裏，還記着。[0]

きおくれ【気後れ】（名・自サ）畏縮；☆舞台で気後れ（が）する／怯場。[4][0]

きおち【気落ち】（名・自サ）氣餒，沮喪；頽喪，失望；☆失望のあまり気落ちしてしまった／因爲過於失望而頽喪了。[0]

きおも【気重】（形動ダ）①抑鬱；☆気重な気分／抑鬱心情；②〔經〕（交易）不暢旺；（行情）不活躍。[0]

きおもて【木表】（名）木板離樹心遠的一面；↔きうら（木裏）。

*きおん【気温】（名）氣溫；☆気温が上がる／氣溫上昇；☆気温の変化が激しい／氣溫變化得厲害。[0]

きおん【基音】（名）①〔理〕基音，原音（振動數最少的音）；②〔樂〕主調音[0]

ぎおん【祇園】（名）①「祇園精舍」（しょうじゃ）之略；②「祇園會」（え）之略；③京都市八坂（やさか）神社的舊名；又指該神社一帶地區；～え【祇園会】（名）八坂神社的廟會（往昔是6月7日，現在是由7月17日至24日）；～しょうじゃ【祇園精舍】（名）爲釋迦說法而修建的寺院；～どうふ【祇園豆腐】（名）一種精製的豆腐。[0][1]

ぎおん【擬音】（名）（廣播劇等用的）擬聲，象聲；☆擬音を使う／利用擬聲。[0]

きか【気化】（名・自サ）〔理〕氣化；～き【気化器】（名）氣化器。[2][1]

きか【帰化】（名・自サ）①歸化，入籍；（→帰化植物）；☆中国に帰化する／入中國籍；②（生物）服水土。[2]

きか【幾何】（名）幾何；～がく【幾何学】（名）幾何學；～きゅうすう【幾何級数】（名）〔數〕幾何級數。[2][1]

きか【貴下】Ⅰ（名）〔文〕（書信用敬語）足下，閣下；Ⅱ（代）（對稱的人稱代詞）您（＝あなた）；☆貴下のお手紙拝見致しました／大札敬悉。[2][1]

きか【貴家】（名）〔文〕府上（＝おたく）；☆貴家御一同様お変りありませんか／闔府均安否？[2][1]

きか【麾下】（名）〔文〕麾下，指揮下（＝はたもと）；☆…将軍麾下の精鋭／…將軍指揮下的勁旅。[2][1]

きが【起臥】（名・自サ）〔文〕起居；☆起臥を共（とも）にする／生活在一起[1]

きが【飢餓・饑餓】（名）餓餓；☆饑餓に瀕する／眼看要挨餓。[1]

きが【帰臥】（名・自サ）〔文〕辭官還郷；☆故山（こざん）に帰臥する／歸臥林泉[1]

ぎが【戯画】（名）滑稽畫，漫畫，諷刺畫，卡通。[1]

きかい【奇怪】（形動ダ）①奇怪（＝あやしい）；☆奇怪な噂（うわさ）／奇怪的風傳；②離奇，不可解（＝なっとくしにくい）；☆奇怪に思われる／覺得離奇；③不講理（＝けしからぬ）；☆奇怪千万だ／豈有此理。[0]

きかい【棋界】（名）圍棋界；象棋界。[0]

きかい【器械】（名）①器械，器具；②（實驗或測量用的）儀器；～たいそう【器械体操】（名）器械體操（指木馬、單槓、雙槓等）。[2]

*きかい【機械】（名）①機械，機器；☆機械を運転する／開動機器；②傀儡；～か【機械化】（名・自他サ）機械化；～こうがく【機械工学】（名）機械工學；～こうぎょう【機械工業】（名）機械工業；～しあげ【機械仕上】（名）機械加工；～てき【機械的】（形動ダ）①有機械裝置的，機器的；②機械的；☆機械的に答える／機械式地回答；～てきゆいぶつろん【機械的唯物論】（名）機械唯物論；～ぶんめい【機械文明】（名）（指產業革命以來的）近代文明；～ぼり【機械掘】（名）機械採掘；↔てぼり（手掘）；～ゆ【機械油】（名）潤滑油；～ろん【機械論】（名）機械論。[2]

*きかい【機会】（名）機會（＝おり，きっかけ，チャンス）；☆機会を捕（とら）える／抓住機會；☆機会を逃（いっ）する／失掉（錯過）機會；☆機会のあり次第（しだい）／一旦有機會；～きんとう【機会均等】（名）機會均等。[2]

きがい【危害】（名）①危害；☆危害を加える／加害；☆危害を蒙（こうむ）る／受害；②災禍，災害；☆危害を免れる／免受災禍；～ひん【危害品】（名）危險物品（指石油、火藥等）。[0]

きがい【気概】（名）氣慨，氣魄（＝いきじ，いきばり）；☆気概を見せる／顯示有魄力；☆気概のある男／有魄力的人[0]

*ぎかい【議会】（名）〔法〕議會，國會；☆議会を解散する／解散議會；～しゅぎ【

議会主議】（名）議會主議，議會內閣制；
〜せいじ【議會政治】（名）議會政治[1]

*きがえ【着替え】（名・自サ）①換衣服；
☆外出のため着替え（を）する／爲了出
門換衣服；②換的衣服／着換えがない
／沒有衣服可以換。[0]

きか・える【着替える】（他下一）換衣服；
☆着物（きもの）を着換える／換衣服[3]

きがかり【気掛（か）り】（名・形動ダ）
掛念，擔心，惦念（＝しんぱい、けね
ん）；☆色々気掛りなことがある／有許
多掛心的事；☆選挙の結果が気掛りにな
る／擔心選舉的結果。[4][2]

きかか・る【来かかる】（自五）①即將到
來；☆革命の高まりが来かかっている／
革命高潮即將到來；②正要來到；☆踏切
に来かかった時、汽車がやって来た／正
當來到平交道時火車來了。[0]

きかき【気化器】（名）〔理〕氣化器。[2]

*きかく【企画】（名・他サ）規劃，計劃
（＝くわだて、もくろみ）；☆工業大学の
設立を企画する／計劃創立工業大學。[0]

きかく【規格】（名）規格，標準；☆規格
に合う／合乎規格；〜とういつ【規格統
一】（名）規格統一；〜ばん【規格判】
（名）規格尺寸（書籍、雑誌、證券等用
紙的標準尺寸）。[0]

きがく【器楽】（名）〔樂〕器樂。[1]

ぎかく【擬革】（名）人造皮。[0]

きがけ【来掛け】（名）（在）來的途中，
來的時候（＝きしな）；☆来がけに本を
買った／來時買了一本書。[0]

きかげき【喜歌劇】（名）喜歌劇；→オペ
ラコミック。[2]

きかざ・る【着飾る】（他五）盛裝，打扮；
☆姉さんが着飾って外出する／姐姐打扮
好了出門。[3]

きかしょくぶつ【帰化植物】（名）歸化植
物，由外國移來而服水土的植物。[4]

きか・す【聞かす】Ⅰ（他五）使（讓）…
聽（＝きかせる）；Ⅱ（他下二）〔文〕
→きかせる；Ⅲ（連語）〔古〕（「す」是
表示尊敬的助動詞）聽（＝おききになる）

きガスるい【希（稀）瓦斯類】（名）〔化
〕稀有氣體（氫、氦、氖等）。[3]

きか・せる【聞かせる】（他下一）①給…
聽，讓…聽；☆歌を歌って聞かせる／唱
歌給…聽；②中聽；☆彼の演説は、ちょ
っと聞かせるね／他的演說很令人愛聽。

きかた【来方】（名）①來時（＝くるとき）；
②來的方式，來頭。[2][3]

きがた【木型】（名）木製鑄型，木型；☆
木型で鋳（い）る／用木型鑄造。[1]

きがっきょく【器楽曲】（名）器樂曲。

きかぬき【利かぬ気】（連語・名・形動ダ）
頑強，倔強，剛強的性格；☆利かぬ気な
子供／不聽話的孩子；☆利かぬ気で決し
て降服しない／性格倔強絕不服輸。[0]

きがね【気兼ね】（名・自サ）多心，顧慮，
客氣，拘泥（＝こころづかい、えんり
ょ）；☆気がねしないで意見を述（の）
べなさい／請不客氣地發表意見；☆君の
前ではどういうものか気兼ねをする／在
你面前總覺得拘謹。[0]

きがまえ【気構え】（名）①精神準備，決
心（＝こころがまえ）；☆決死（けっし）
の気構えで／以殊死的決心；②〔經〕期
待，預期（行市漲落等）。[3][2]

きがま・える【気構える】（自下一）①作
精神準備，下決心；②〔經〕期待，預期
（行市漲落）；☆先高（さきだか）を気
構えて／預期行情上漲。[3]

きがゆしゅつ【飢餓輸出】（名）（犧牲國
內需要而進行的）勉強出口；☆飢餓輸出
で外貨を稼（かせ）ぐ／用餓着肚皮的出
口來賺取外滙。[0]

きがる【気軽】（形動ダ）輕鬆愉快，舒暢，
爽快（＝きさく）；☆気軽に旅行（りょ
こう）する／輕鬆愉快地旅行；〜もの【
気軽者】（名）快活的人，爽快的人。[0]

きがる・い【気軽い】（形）輕鬆愉快的，
舒暢的，快活的，爽快的；☆気軽い旅
（たび）／輕鬆愉快的旅行。[0]

きがわり【気変り】（名・自サ）變心，見
異思遷，浮躁；☆気変りする人／浮躁的
人，見異思遷的人。[4][2]

きかん【気管】（名）〔解〕氣管；〜し【
気管支】（名）〔解〕支氣管；〜しカタ
ル【気管支加答児】（名）〔醫〕支氣管
卡他；〜しはいえん【気管支肺炎】（名）
〔醫〕支氣管肺炎。[0][2]

きかん【汽罐】（名）〔機〕汽鍋，鍋爐（
＝ボイラー）；〜しつ【汽罐室】（名）
鍋爐房。[2]

きかん【奇観】（名）〔文〕奇觀，奇景；
☆天下の奇観／天下奇觀。[0]

きかん【季刊】（名）季刊；☆この雑誌は

き

季刊で、月刊ではない／這本雜誌是季刊，不是月刊。⓪

きかん【既刊】（名・他サ）已刊；☆既刊の書物／既刊書籍。⓪

きかん【帰還】（名・自サ）歸來；☆無事（ぶじ）に基地に帰還した／安全回到基地。⓪

きかん【帰艦】（名）歸艦，回到軍艦上⓪

*****きかん**【期間】（名）期間；☆期間が過ぎたら受け付けません／過期不受理；☆一定の期間を定める／規定一定期間。②

きかん【貴翰】（名）〔文〕尊函，大札（＝おてがみ）；☆貴翰拝誦致しました／尊函悉奉。②

*****きかん**【器官】（名）〔解〕器官；☆感覚（かんかく）器官／感覺器官。②

*****きかん**【機関】（名）①機關，組織；☆教育（きょういく）機関／教育機關；②機械，装置（蒸汽機、內燃機、水力機的總稱）；☆蒸汽（じょうき）機関／蒸汽機；～こ【機関庫】（名）機車庫；～ざっし【機関雜誌】（名）機關雜誌；～し【機関紙】（名）機關報；～しつ【機関室】（名）（船艦的）機關室，（安置發電、暖氣、冷氣、給水、排水等的）機械室；～しゃ【機関車】（名）機車，火車頭；～じゅう【機関銃】（名）機關槍；～しんぶん【機関新聞】（名）機關報；～ほう【機関砲】（名）機關砲⓪

きがん【祈願】（名・他サ）祈禱；☆世界平和を祈願する／祈禱世界和平；☆祈願を篭（こ）める／虔誠祈禱。①

ぎかん【技官】（名）技術員；↔きょうかん（教官）、じむかん（事務官）。①

ぎがん【義眼】（名）假眼；☆義眼を入れる／安假眼。⓪

きき【利】（名）效驗，作用（＝ききめ、はたらき）；☆この薬は、ききが鈍い／這藥效力緩慢。

*****きき**【危機】（名）危機；☆石油危機／石油危機；☆危機を孕（はら）む／包藏危機，危機四伏；～いっぱつ【危機一髪】（連語・名）千鈞一髮；☆危機一髪のところを助かる／遇救於千鈞一髮之際⓵②

きき【忌諱】（名）〔文〕忌諱，忌憚；☆忌諱に触れる／觸犯忌諱。①②

きき【記紀】（名）〔文學史〕「古事記」和「日本書紀」。①②

きき【奇奇】（副）〔文〕珍奇，稀奇；～

かいかい【奇奇怪怪】（形動ダ）奇奇怪怪。①②

きき【既記】（名）〔文〕已經記述，前述，上述；☆事実は既記の通りである／事實就是上述那様。①②

きき【鬼気】（名）陰氣，陰森之氣；☆鬼気、人に迫る／陰氣逼人。①②

きき【機器・器機】（名）〔文〕器具，器械，機器的總稱。①②

きき【嬉嬉】（形動タルト）〔文〕歡喜，高興；☆嬉嬉として語る／講得興高彩烈。①②

きぎ【木木】（名）〔文〕種種的樹，許多的樹。②

きぎ【機宜】（名）適合時機，恰當；☆機宜の処置（しょち）／恰合時機的措施①

ぎき【義気】（名）義氣，正義感。①

ぎき【義旗】（名）〔文〕義旗，正義的旗幟；☆義旗をひるがえす／揭起義旗。①

ぎぎ【疑義】（名）疑義；☆疑義をただす／質疑。①

ききあ・きる【聞き飽きる】（他上一）聽膩，聽厭；☆そんな話は、もうききあきた／那種話已經聽膩了。④

ききあわ・せる【聞き合わせる】（他下一）詢問，照會（＝といあわせる）；☆手紙でききあわせる／用信照會；図ききあわす（下二）。⑤

きき・いる【聞き入る】Ⅰ（自五）傾聽，專心聽；☆美しい音楽に聞き入る／傾聽美麗的音樂；Ⅱ（他下二）〔文〕→ききいれる。③

ききい・れる【聞き入れる】（他下一）①聽到，聽見；②聽從，採納，承諾，答應；☆忠告をききいれる／聽從忠告；☆意見をききいれる／採納意見；☆辞職をききいれる／准許辭職；図ききいる（下二）④

ききうで【利腕】（名）好使的手，右腕，右手；☆利腕を攫（つか）む／抓住右腕。⓪

ききお・く【聞き置く】（他五）（不表示己見而只）聽下，記在心裏（＝きいておく）；☆参考の為に聞き置く／聽了作為參考。③⓪

ききおさめ【聞き納め】（名）最後一次聽（再也沒有聽的機會）；☆教授の話は今度が聞きおさめだ／聽教授的話這是最後一次了。⓪

ききおじ【聞き怖じ】（名・自サ）一聽見就

害怕，害怕聽見。

ききおぼえ【聞き覚え】（名）①（記得）聽過；☆聞き覚えがある声だ／是（彷彿）聽見過的（很熟的）聲音；②聽旁人講而記住（的知識）（＝みみがくもん）；☆私の英語は正則に習ったのではなく、聞き覚えです／我的英語不是按步就班學的、是隨便散學的。⓪

ききおよ・ぶ【聞き及ぶ】（他五）聽說過，（間接）聽到；☆そんなことは聞き及んでいない／沒聽見有人說過那樁事；☆私の聞き及んだところではこうです／據我所聽到的是這様。④

ききかえ・す【聞き返す】（自五）再問；☆分らなかったら何遍（なんべん）でも聞き返しなさい／如果不明白可以再三再四地問。③

ききかじ・る【聞き齧る】（他五）聽得一知半解，學得一些皮毛；☆彼は色々なことを聞き齧っている／他什麼事情都知道一點皮毛。

ききかた【聞き方・聴き方】（名）①聽法，聽的方式；聽的態度；②問法，問的方式，問的態度；☆聞き方が拙（まず）い／問得不高明；③聽的人；管聽的人；☆今日は話を止（や）めて聴き方にまわります／今天我不講話，要聽一聽。⓪

きぎく【黄菊】（名）黄菊。①⓪

ききぐるし・い【聞き苦しい】（形）①難聽的，不好聽的，不堪聽的（＝ききづらい）；☆ききぐるしい話／難聽的話，醜話；②（因聲小、發音不清等）聽不清楚的；☆あの人の話は声が小さくてどうも聞き苦しい／他的語聲小有點聽不清；③ききぐるし（形シク）。⑤

ききこ・む【聞き込み・聴き込（み）】（名）①聽到；②探聽到，偵察到（罪證等）；☆犯人の行方（ゆくえ）について何か聞き込みがあったか／關於犯人的下落，你探聽到什麼線索沒有？⓪

ききこ・む【聞き込む・聴き込む】（他五）聽到，探聽到，偵察到；☆友人から聞き込む／從友人聽到；☆警察がこれを聞き込んだ／警察探知了這件事。

ききさ・す【聞き止す】（他五）聽到半截；☆人の話を聞きさして他の人と話をするのは失礼だ／聽人說話聽到半途又和旁人說話是不禮貌的。③

ききじょうず【聞き上手】（名・形動ダ）善於聽旁人講話（的人）；☆聞き上手な人は話もうまい／善於聽旁人講話的人自己也會講話。③⑤

ききすご・す【聞き過ごす】（他五）①不細心聽，聽過不理，充耳不聞（＝ききながす）；☆聞き過ごしていたので覚えていない／因爲沒仔細聽所以沒記住；②聽過度；☆ラジオを聞き過ごして勉強にさわる／聽廣播聽過度就誤用功。④

ききずて【聞き捨て】（名・自サ）聽完不理會，置若罔聞；☆これは聞き捨てならぬ話だ／這話我可不能原諒。⓪

ききす・てる【聞き捨てる】（他下一）聽完不理會，置若罔聞；☆そんな下らぬ話は聞き捨てておきなさい／那種廢話就當沒聽見算了；☆聞き捨てるわけには行かぬ／不能置之不理；図ききすつ（下二）④

ききすま・す【聞き澄（済）ます】（他五）①（從頭至尾）聽完；②傾聽；☆廊下の足音を聞き澄ます／細聽走廊上的脚步聲④

ききず（づ）ら・い【聞き辛い】（形）①難聽的，不好聽的（＝ききぐるしい）；☆聞き辛い話／醜話，難聽的話；②難以聽懂的；☆あの人の話は聞き辛い／他的話難以聽懂；図ききづらし（形ク）。⓪④

ききそこな・う【聞き損う】（他五）①聽漏，沒聽見；☆病気のため講演を聞き損った／因爲有病沒能聽到演講；②聽錯；☆この点は、ぜひ聞き損わないように／這點千萬不要聽錯了。⑤

ききだ・す【聞き出す】（他五）①開始打聽，問起來；☆へんなことを聞き出す／問起意想不到的事情來；②探問出，打聽出；☆彼の口からは何も聞き出すことができない／從他嘴裏什麼也探問不出來；③開始聽；☆今学期から歴史の講義を聞き出す／從這學期開始聽歷史講義。

ききただ・す【聞き糾す】（他五）詢明，問清，打聽明白（是否屬實）；☆確かかどうか、聞きただしてみなさい／是否確實要問清楚。④

ききちがい【聞き違い】（名・自サ）聽錯；☆それは君の聞き違いだ／那是你聽錯。

ききつ・ける【聞き付ける】（他下一）①聽慣；☆聞きつけた話／聽慣了的話；②聽到，探知；☆珍しい噂（うわさ）を聞きつけた／聽到稀奇的風傳；図ききつく（下二）。④

き

ききつたえ【聞き伝え】（名）傳聞；☆聞き伝えでは信用できない／單憑傳聞是靠不住的。◯

ききつた・える【聞き伝える】（他下一）風聞，間接聽到；☆聞き伝えるところによると／據傳聞，據悉；⊠ききつたふ（下二）。⑤

ききて【聞き手】（名）聽者，聽衆；☆聞き手が多い／聽衆很多；☆相手が続けざまに喋（しゃべ）るのでこっちが却（かえ）って聞き手になってしまった／由於對方滔滔不絕地說我反倒成了聽話（無暇發言）的人了。◯

ききて【利き手】（名）①右手（＝みぎうで）；②能手。◯

ききとが・める【聞き咎める】（他下一）責問；☆過ぎ去ったことは聞き咎めなくてもよい／過去的事情不必責問；⊠ききとがむ（下二）。⑤

ききどこ（ろ）【聞き処】（名）值得聽的地方；☆そこが聞きどころだ／那才是值得聽的地方呢。◯

ききとど・ける【聞き届ける】（他下一）注意聽，仔細聽，應允，批准；☆要求をききとどける／答應要求；⊠ききとどく（下二）。⑤

ききとり【聞き取り・聴き取り】（名・自サ）①〔（ききとる）的名詞形〕聽懂，聽後記下；②聽寫；☆聴き取りのテスト／聽寫的考試。◯

*ききと・る【聞き取る・聴き取る】（他五）①聽見，聽懂；☆声が小さくて聞き取れない／聲小聽不見；☆講義は聞き取れるか／能聽懂講義嗎？；☆フランス語は聞取りにくい／法語不易聽懂；②聽後記住；☆先生の話を聞きとっておきなさい／把老師的話聽了記下來啊！；③聽取；☆競技の情況を聞きとる／聽取比賽的情況 ③

ききと・れる【聞き蕩れる】（自下一）聽得出神，只顧聽，聽得入迷；☆ラジオにききとれる／聽廣播聽得出神；⊠ききとる（下二）。

ききなお・す【聞き直す】（他五）再問，重問（＝ききかえす）；☆何回聞き直しても分らぬ／反覆問多少次也不明白。④

ききなが・す【聞き流す】（他五）置若罔聞；充聞不耳（＝ききずてにする）；☆忠告を聞き流す／不聽忠告；☆いくら話してもかれは聞き流している／無論怎麼說

他只當耳邊風。④

ききな・れる【聞き馴れる】（他下一）聽慣；☆ききなれた声／熟人的語聲。④

ききにく・い【聞き悪い】（形）①不好聽的，難聽的；☆ききにくい話／難聽的話；②不好意思問的；☆そんなことは、聞きにくい／那樣事不好意思問；③難以聽見的，聽不清的；☆遠くてききにくい／離得遠聽不清；⊠ききにくし（形ク）④◯

ききはず・す【聞き外す】（他五）①聽到中途，不聽完；②聽漏，沒聽見，失掉聽的機會；☆肝腎（かんじん）なところをききはずした／把要緊的地方聽漏了④

ききふる・す【聞き旧す】（他五）聽慣（而不以為新奇），聽膩；☆聞きふるした話で一向に珍しくない／聽慣了的話一點也不新奇。④

ききべた【聞き下手】（名・形動ダ）不善於聽人說話（的人）。◯

ききぼれ【聞き惚れ】（名・自サ）聽得出神（入迷）。◯

ききほ・れる【聞き惚れる】（自下一）聽得出神，聽得入迷（＝ききとれる）；⊠ききほる（下二）。④

ききみみ【聞耳】（名）；☆聞耳を立てる／洗耳恭聽；凝神傾聽。◯

ききめ【利目・効目】（名）效驗，效力；☆一向効目がない／一點也沒有效驗。◯

ききもら・す【聞き洩らす】（他五）①聽漏，沒聽見；☆一語も聞き洩らさじと聞く／一句也不漏地傾聽，專心傾聽；②忘問；☆値段は聞き洩らした／價錢忘問了。④

きき・く【棄却】（名・他サ）①抛棄，放棄；☆権利を棄却する／放棄權利；②〔法〕駁回；☆公訴を棄却する／駁回公訴。

ききやく【聞き役】（名）聽旁人說話的人；☆聞き役に回される／落得只聽旁人說（自己不能發言）。◯

ききゅう【危急】（名）危急，危殆；☆危急を告げる／告急；～そんぼう【危急存亡】（連語・名）危急存亡；☆危急存亡の際／危急存亡之秋。◯

ききゅう【気球】（名）氣球；☆気球を上げる／放出氣球；～かんそく【気球観測】（名）（對高空氣流之）氣球觀測。◯

ききゅう【希求・冀求】（名・他サ）〔文〕希求，希冀；☆平和が得られるように希

求する／希求得到和平。⓪

ききょ【起居】（名・自サ）①生活起居；☆起居を共にする／生活在一起；②起居，安否⓶⓵

ぎきょ【義挙】（名）義舉。⓵

ききよ・い【聞き善い】（形ク）好聽的，順耳的，中聽的；☆聞き善い話／好聽的話。⓷

ききょう【桔梗】（名）①〔植〕桔梗；②碧紫色；～ぶくろ【桔梗袋】（名）五角形底的布袋。⓪

ききょう【帰京】（名・自サ）歸京，返京，☆帰京の途（と）にある／在返京途中⓪

ききょう【帰郷】（名・自サ）歸里，返鄉☆休暇で帰郷している／因放假回鄉了⓪

ききよう【聞き様】（名）打聽法，問的方式；☆答えるかどうかは、聞きようによる／回答與否要看問的方式如何。⓪

***きぎょう【企業】**（名）①籌辦事業，②企業，事業，☆～か【企業家】（名）企業家；～れんごう【企業連合】（名）企業聯合，卡特爾。⓵⓪

ぎきょう【義侠】（名）俠義，豪俠氣慨（＝おとこぎ）；～しん【義侠心】（名）豪俠氣，正義感。⓪

ぎきょうだい【義兄弟】（名）①盟兄弟；②內兄；內弟；姐夫，妹夫。⓪

ききょく【危局】（名）〔文〕危急的局勢、危局☆中東の危局／中東的危急局勢⓶⓵

ぎきょく【戯曲】（名）劇本；～か【戯曲家】（名）劇本作家。⓪

ききわけ【聞き分け】（名）（ききわける）的名詞形；☆聞き分けのよい／懂話的，聽話的，通達情理的☆聞き分けのない／不聽話的，不可理喻的，頑皮的。⓪

ききわ・ける【聞き分ける】（他下一）①聽出來，聽明白；☆人の声を聞き分ける／聽出來是誰的語聲；②聽懂(是非善惡等)；☆子供が親の話を聞き分ける／孩子聽懂父母的話；⊠ききわく（五・下二）⓸

ききわす・れる【聞き忘れる】（他下二）①忘問；☆住所を聞き忘れた／忘問住址了；②忘掉聽到的話（事）；☆要点をき聞き忘れた／把要點聽完忘記了；⊠ききわする（下二）。⓹

ききん【基金】（名）基金；☆基金を設（もう）ける／設置基金。⓶

***ききん【飢饉；饑饉】**（名）☆飢饉に見舞われる／遇到飢饉；②缺乏；☆日照り続

きで水飢饉になる／因連日乾旱而缺水⓶

ききんぞく【貴金属】（名）貴金屬；↔ひきんぞく（卑金属）。⓶

***き・く【効く・利く】**（自五）有效，生效，奏効，起作用，有影響；☆よく利く薬／靈藥；☆いくら薬を飲んでも利かない／吃多少藥也不見效；☆芥子（からし）が利いた／芥末味出來了；☆あまり無理をすると体に利く／過勞勞累影響身體，☆気が利く／機敏，伶俐，心眼快；☆目が利く／有眼力，眼力高；☆胸が利く／有本領，能幹；☆釘が利く／釘子釘得結實；☆洗濯が利く／經得住洗；☆裏返しが利く／可以翻裏作面；☆左手がよく利く／左手好使；☆眺（なが）めが利く／看得遠；☆電話が利く／（同…）能通電話；☆バスが利く／（往…）通公共汽車☆病気上がりで無理が利かない／病剛好不能勉強。⓪

***き・く【聞く・聴く】**（他五）①聲；☆鐘の音を聞く／聽鐘聲；②聽從，應允（＝ききいれる）；☆いうことを聞かない子供／不聽話的孩子；☆願いを聞いてくれた／答應了我的請求；⑧打聽（＝たずねる）；☆道を聞く／問路；④嘗(酒)；聞（味）；☆好い酒か悪い酒か私が聞いて見る／是好酒壞酒我來嘗嘗；◊聞くは一時（いっとき）の恥、聞かぬは末世（まつせ）の恥／求教是一時之恥，不問乃終身之羞，**聞けば気の毒見れば目の毒**／眼不見口不饞，耳不聽心不煩。⓪

きく【菊】（名）①〔植〕菊花；②日本皇室徽章；⑧菊花花樣。⓶

きぐ【危懼】（名・他サ）〔文〕畏懼，擔心；☆危懼の念に堪えぬ／不勝畏懼；☆子供の将来を危懼するに及ばぬ／不必擔心孩子的前途。⓵

***きぐ【器具】**（名）器具（＝うつわ，どうぐ）；☆自分で簡単な器具をつくる／自己作簡單的器具。⓵

きぐ【機具】（名）機械和器具。⓵

きぐう【奇遇】（名）巧遇，奇遇；☆全（まった）く奇遇だな！／眞是巧遇啊！⓪

きぐう【寄寓】（名・自サ）〔文〕寄居；☆人の家に寄寓する／寄居在別人家裏⓪

きくか【菊科】（名）〔植〕菊科。⓪

ぎくぎく（副・自サ）①（關節或關節狀物）來回曲折貌，曲折時所發的聲；☆膝（ひざ）がぎくぎくする／膝關節咯吱咯吱地作

響；②（言語、動作）滯澁，不圓滑（＝ぎくしゃく）。①

ぎくしゃく（副・自サ）（言語、行動）滯澁，不圓滑；☆ぎくしゃく（と）した動作／不靈活的動作。①

きくすい【菊水】（名）一種徽章圖案（上有牛朵菊花下有水紋）。②

きくず（づ）くり【菊作り】（名）種植菊花（的人）。③

きぐすり【生薬】（名）生薬，未調製的薬；中薬；～や【生薬屋】（名）薬舖，中薬舖。②

きくずれ【着崩れ】（名・自サ）（衣服）穿走樣☆新しい着物がすっかり着くずれしてしまった／新衣服穿得全走樣了④②

きぐち【木口】（名）①木材的性質，木性；②木材的橫斷面；⑧（手提袋上口的）手提板，木製提手。①①

きぐつ【木靴】（名）木鞋，木履。①

きくな【菊菜】（名）〔植〕春菊，茼蒿。

きくにんぎょう【菊人形】（名）用菊花做的偶人。③

きくのせっく【菊の節句】（名）重陽節①

きくばり【気配り】（名・他サ）（多方）注意，照料，照顧，☆大学の寮生に対する気配り／大學對住宿學生的照顧。②

きくびより【菊日和】（名）菊花開放時節的晴朗天氣，小陽春。②

きくみ【菊見】（名）觀菊，賞菊，☆中山公園へ菊見に行こう／到中山公園賞菊去吧。③

きぐみ【木組】（名）木材桁構。③

きぐらい【気位】（名）品格，氣度，☆気位が高い／品格高尚，倨傲，尊大，☆気位の高い人は、つきあいにくい／架子大的人不易接近。

きくらげ【木耳】（名）①〔植〕木耳；②〔俗〕人的耳朵。②

ぎくり（副）突然吃驚，嚇了一跳，☆ぎくりとする／嚇了一跳。②③

きぐろう【気苦労】（名・自サ）操心，擔心，☆子供のために気苦労する／爲了孩子操心，☆気苦労が多い／操心事多。

きくん【貴君】（代）〔文〕您（＝あなた）☆貴君の昇進をお喜び申し上げます／恭喜您進級。②

ぎぐん【義軍】（名）正義的軍隊，正義之師。①①

きけい【奇計】（名）奇計，奇謀，☆奇計

を用いて敵陣を突破（とっぱ）する／用奇計突破敵人陣地。①

きけい【奇形・畸形】（名・形動ダ）〔生〕畸形（＝かたわ）；～じ【畸形児】（名）畸形兒。

きけい【奇警】（形動ダ）①非常機警，新穎，奇特；☆奇警な言／機警話，俏皮話。①

きけい【貴兄】（代）〔文〕您；（男人寫信給同輩或長輩的男人時用）。②

きけい【詭計】（名）〔文〕奸計，詭計；☆詭計をめぐらす／定詭計。①

ぎけい【義兄】（名）①盟兄；②内兄，姐夫，丈夫的哥哥。

ぎげい【伎芸】（名）演技（指歌舞等）（＝わざ，げい），☆伎芸に秀でる／善於歌舞。①

ぎげい【技芸】（名）技藝，手藝（指美術、工藝等）；～がっこう【技芸学校】（名）工藝學校。①

きげき【喜劇】（名）①笑劇，喜劇；②〔轉〕滑稽劇；☆喜劇を演ずる／演滑稽劇①

きけつ【既決】（名・自サ）①已經決定；②〔法〕已經判決；～しゅう【既決囚】（名）既決犯。①

きけつ【帰結】（名・自サ）歸結，結果，結局；☆当然の帰結／理所當然，☆平凡な結論に帰結する／歸結爲平凡的結論。①

ぎけつ【議決】（名・他サ）議決，表決，☆予算案を議決する／議決預算草案；～きかん【議決機関】（名）決議機關；～けん【議決権】（名）表決權。①

＊**きけん**【危険】（名・形動ダ）危険（＝あぶない），☆危険を冒（おか）す／冒險；～しんごう【危険信号】（名）危險信號，警戒信號；～じんぶつ【危険人物】（名）危險人物；需要當心的人；～ふたん【危険負担】（名）〔法〕損失負擔（交易訂立後在成交前貨品因天災等遭受損失時其損失應歸誰負擔的問題）。①

きけん【棄権】（名・他サ）棄權；～しゃ【棄権者】（名）棄權者。①

きげん【紀元】（名）①建國第一年；②紀元①；～せつ【紀元節】（名）紀元節（舊時日本的所謂四大節之一，2月11日；現稱爲建國紀念日）；～ぜん【紀元前】（名）紀元前。①

＊**きげん**【起原・起源】（名）起源（＝おこり，はじまり）☆地球の起原／地球的起

源；☆その起源は古い／這個起源很悠久，其事由來已久。①

*きげん【期限】（名）期限；☆期限が切（き）れた／過期了；～つき【期限付き】（名）限期；☆期限付きで回答を求（もと）める／限期要求答覆。①

*きげん【機嫌】（名）①〔佛〕嫌惡，厭忌（的事物）；②時機，場合，情形；☆死ぬことだけは機嫌をはからない／惟有死是不擇時機的；⑧起居，安否；☆機嫌はいかが／您好嗎？☆機嫌を伺う／問候起居，請安；④心情，情緒（＝きもち，きぶん）；☆機嫌が悪い／情緒不佳，不痛快；⑤快活，痛快（＝よいきげん）；☆一杯機嫌／微醉，陶然；☆機嫌を取る／取悅，討好，奉承，逢迎；～うかがい【機嫌伺い】（名）問候起居，請安；～かい【機嫌買い】（名）①（「機嫌変え」之訛）忽喜忽怒（的人），沒準脾氣（的人）；②窺伺顏色而行事（的人）；～がお【機嫌顔】（名）高興的神色；～じょうご【機嫌上戶】（名）喝醉便高興起來的人；～とり【機嫌取り】（名）取悅（的人）；逢迎（的人）；～なおし【機嫌直し】（名）消愁，解悶；息怒；☆機嫌直しに一杯やろう／喝一杯來痛快痛快；◇〔俗〕ごきげん【御機嫌】好高興，痛快。⓪

きご【季語】（名）（在「俳句」中）表示季節的詞（如「鶯」表示春，「金魚」表示夏等）。①

*きこう【気候】（名）氣候；☆不順な気候／反常的氣候；☆一年中（いちねんじゅう）春のような気候です／四季如春；～がた【気候型】（名）氣候型（如熱帶多雨型、寡雨型、溫暖多雨型、極地型、多雪苔原型等）；～たい【気候帯】（名）氣候帶（分熱帶、亞熱帶、溫帶、亞寒帶、寒帶）⓪

きこう【奇行】（名）〔文〕奇特行為；☆奇行の持主（もちぬし）／行為古怪的人⓪

きこう【季候】（名）季節；～びょう【季候病】（名）季節病（如夏季的痢疾，冬季的感冒）⓪

きこう【紀行】（名）旅行記，遊記，紀行；～ぶん【紀行文】（名）旅行記。⓪

きこう【起工】（名・自サ）開工，開始施工，動工；～しき【起工式】（名）開工儀式。⓪

きこう【起稿】（名・自サ）起草，開始撰稿。⓪

きこう【帰航】（名・自サ）歸航；☆帰航の途（と）に就（つ）く／歸航；↔おうこう（往航）。⓪

きこう【帰港】（名・自サ）返回原出發的港口；☆二ケ月ぶりで帰港した／隔兩個月後返回了原出發的港口。⓪

きこう【寄港・寄航】（名・自サ）（在航海途中到某港口）停泊；☆ボンベイ行（いき）の汽船がホンコンに寄港した／開往孟買的輪船在香港停泊了。⓪

きこう【寄稿】（名・自サ）投稿；☆新聞に寄稿する／往報紙上投稿；～か【寄稿家】（名）投稿人。⓪

きこう【貴公】（名）你（用於同輩，＝おまえ）；（現代人很少用）。②

きこう【機構】（名）①機構，組織；☆機構を改革する／改革機構，改組；②機械等的構造，結構；☆解剖（かいぼう）によって人体（じんたい）の機構を知る／利用解剖來探知人體的構造；～がく【機構学】（名）機械構造學⓪②

*きごう【記号】（名）記號，符號（＝しるし，ふちょう）；☆数学の記号／數學用的符號。⓪

きごう【揮毫】（名・他サ）揮毫，寫字，繪畫；☆御揮毫を乞（こ）う／請大筆一揮；☆扇面に揮毫する／在扇面上題字（畫畫）⓪

ぎこう【技工】（名）手藝（人），技工⓪

ぎこう【技巧】（名）技巧；☆技巧を弄（ろう）する／玩弄技巧；～は【技巧派】（名）玩弄修辭技巧的文藝派別。⓪

ぎごう【戯号】（名）（小說家用的）筆名。⓪

きこうし【貴公子】（名）貴公子；☆貴公子然（ぜん）とした態度／闊公子哥似的態度。②

きこうぶたい【機甲部隊】（名）〔軍〕裝甲部隊。④

きこえ【聞え】（名）①聽見；②名聲（＝うわさ）；☆聞えが悪い／名聲不好；☆聞えがいい／名聲好聽。⓪

きこえよがし【聞こえよがし】（連語）（聽見才你呢）故意大聲地；☆聞こえよがしに言う／故意大聲說（好讓別人聽見）④

*きこ・える【聞こえる】自下一）①聽得見，聽見；☆遠くて聞こえない／離着遠聽

不見；☆鈴（すず）の音（ね）が聞こえる/聽見鈴聲；②聽着似乎是…，聽着覺得…；☆こう言えば変に聞こえようが…/這樣一說，聽來可能覺得奇怪，不過…；③聞名，出名（＝しれわたる）；☆世界に聞こえている/世界聞名；④聞到，嗅到，有（香味）（＝におう，かおる）；☆薫（かおり）が聞える/聞到香味；図きこゆ（下二）。⓪

き**こく**【貴国】（名）貴國（＝おくに）②

き**こく**【帰国】（名・自サ）回國；☆帰国のできない留学生/不能回國的留學生；☆帰国の途（と）につく/起身回國。⓪

き**ごこち**【着心地】（名）（穿上衣服時的）感覺；☆きごこちの好い着物/穿着覺得舒適的衣服；☆絹物は着心地がいい/綢衣穿上覺得舒服。②⓪

き**ごころ**【気心】（名）氣質，脾氣，性情（＝きだて）☆気心の知れた/知道性情的；☆互（たがい）に気心を知っている/彼此都知道脾氣。②④

き**こしめ・す**【聞こし召す】（他五）〔文〕①「聞く」的敬語（＝おききなさる）；②「飲む，食う」的敬語（＝めしあがる）；③「行なう，治む」的敬語；④允許，答應（＝おききいれになる）；⑤〔俗〕喝酒，☆一杯聞こし召して上機嫌（じょうきげん）になる/喝上一杯快活起來。④

ぎ**こしゅぎ**【擬古主義】（名）擬古主義，倣古主義；古典主義。③

ぎ**こちな・い**（形）①（動作）粗笨的，不靈活的；☆ぎごちない動作（どうさ）/粗笨的動作；☆ぎごちない歩（あゆ）みつき/笨拙的步法（如剛會走的小孩）；②冷淡的，淡漠的，不和悅的，不圓滑的；☆ぎごちない人/冷淡的人，不和悅的人；③粗魯的，不文雅的，無風趣的；☆あの人は生真面目（きまじめ）で，ぎごちない/他一本正經的沒有風趣；④生硬的，不流暢的；☆ぎごちない文章/生硬的文章；図ぎごちなし（形ク）。④

き**こつ**【奇骨】（名）〔文〕奇特性格，奇怪性格，古怪性格。②⓪

き**こつ**【気骨】（名）骨氣，氣節；☆気骨のある人/有骨氣的人，剛毅不屈的人⓪

き**こなし**【着こなし】（名）（衣服的）穿法；☆着こなしが上手（じょうず）だ/很會穿衣服，衣服穿得漂亮（適稱）。⓪

き**こな・す**【着こなす】（他五）（把衣服）

穿得合身，穿得可體。③

き**こみ**【着込（み）・着籠】（名）①穿在裏面，多穿衣服；②穿在裏面的鎖子甲⓪

き**ごみ**【気込】（名）熱情，勁頭（＝いきごみ）。⓪

き**こ・む**【着込む】（他五）①穿在裏面；套在裏面；☆メリヤスを着込んでおきなさい/把線衣套在裏面吧；②多穿衣服；☆寒いから着込んだ方が好い/天氣冷還是多穿些好。②

き**こ・ゆ**【聞ゆ】〔文〕Ⅰ（自二下）→きこえる；Ⅱ（他下二）〔古〕「言う」的敬語；②（作助動詞用）＝申しあげる；☆頼みきこゆ/拜託；Ⅲ（補動・下二）〔文〕（表示敬意）＝なさる，もうす⓪

き**こり**【樵】（名）樵夫；伐木人。③

き**こん**【気根】（名）①毅力（＝こんき）；☆年を取ると気根がなくなる/一老了就沒有力氣；②〔植〕氣根。⓪

き**こん**【既婚】（名）已婚；～しゃ【既婚者】（名）已婚的人。⓪

き**こん**【既墾】（名）已經開墾；～ち【既墾地】（名）已墾地，耕地。⓪

き**ざ**【気障】（形動ダ）①矯矜，矯飾，裝模作樣，高傲；☆きざな物言（ものい）をする/說話裝模作樣的；②討厭，可憎（＝いやみがある）；☆きざな奴/討厭的東西；③（花樣・顏色）刺目；刺耳；☆きざなネクタイ/（花紋、顏色）過於華麗的領帶，刺眼的領帶；☆ちょっときざに聞こえる/聽着有點兒刺耳；～っぽい【気障っぽい】（形）討厭的；刺目的。①②

ぎ**ざ**（名）①鋸齒狀刻紋；②銀幣等的鑄紋。

き**さい**【奇才】（名）〔文〕奇才。⓪

き**さい**【鬼才】（名）奇才；☆文壇の鬼才/文壇的奇才。⓪

き**さい**【記載】（名・他サ）記載；寫上；☆氏名を記載の上，捺印する/寫上姓名然後蓋章。⓪

き**さい**【既済】（名・他サ）①已經完結；②已經償還。⓪

き**ざい**【器材】（名）器材；☆実験用の器材を購入する/購買實驗用的器材。①

き**ざい**【機材】（名）機械材料。①

き**さき**【后】（名）皇后；～ばら【后腹】（名）皇后親生（子女）。⓪②

き**さき**【気先】（名）氣勢；☆気先を挫（

くじ）く／挫其鋭氣。◯

ぎざぎざ（名・副・自サ）〔俗〕鋸齒狀刻紋；鋸齒似地，呈鋸齒狀；☆ぎざぎざをつける／刻上鋸齒紋；ぎざぎざのある貨幣／周邊有鋸齒紋的硬幣；☆葉の周りが、ぎざぎざしている／葉邊呈鋸齒狀。◯1

きさく【気さく】（形動ダ）坦率，直爽，爽利；☆気さくな御主人（ごしゅじん）／直爽的先生。◯

きさく【奇策】（名）奇計；☆奇策をめぐらす／定奇計。◯

ぎさく【偽作】（名・他サ）①假冒的作品，仿造品；☆この絵は偽作だ／這幅畫是假的；②〔法〕翻印；抄製，剽竊。◯

ぎさく【戯作】（名・他サ）→げさく。◯

きざけ【生酒】（名）原酒，未摻假的酒 1

きさご【細螺】（名）〔動〕蛐螺（殼可作女孩玩具）；～はじき【細螺弾】（名）彈蛐螺殼戲（女孩遊戲）。◯

きざし【兆・萌】（名）①先兆，預兆，苗頭；②萌芽，端倪。◯

きざ・す【兆・萌】（自五）①萌芽；☆草の芽が萌す／草發芽；☆心に萌す／起…念頭；②有預兆，有先兆，有苗頭；☆健康的な余暇の過ごし方がきざしている／健康的休閒生活開始普遍起來了。◯2

きざはし【階】（名）①（昇降用的）階磴，臺階；②〔轉〕（事物的）步驟。2◯

きさま【貴様】（代）（對同輩或同輩以下的人所用的對稱代詞）你；你這個東西（＝おまえ）（含輕蔑意味）；☆貴様は生意気（なまいき）だ／你這個東西太傲慢（囂張）了。◯

きざみ【刻み】（名）①〔きざむ〕的名詞形；②刻紋，☆刻みをつける／刻上刻紋；③時候，場合（＝おり）；④級，等級；☆刻みをつける／分成等級（階段）；⑤烟絲（＝きざみタバコ）；～あし【刻み足】（名）急促的碎步；～うり【刻み売り】（名）分開（切開）零售，一點一點地賣；～づけ【刻み漬】（名）（把蘿蔔、黃瓜、茄子等）切碎醃漬的鹹菜；～タバコ【刻み煙草】（名）烟絲；☆刻みタバコを吸う／抽烟絲；～つ・ける【刻み付ける】（他下一）①刻上；②銘刻（於心）；☆孫中山の言葉を心に刻み付ける／把國父的話牢記在心；図きざみつく（下二）；～め【刻み目】（名）刻紋。◯

*****きざ・む**【刻む】（他五）①切細，剁碎；

☆肉を刻む／把肉剁碎；②刻，彫刻；☆石を刻む／刻石；☆心に刻む／銘刻於心；③刻上刻紋（鋸齒紋）；分成級（段）；☆時計が、かちかちと時を刻む／鐘滴答滴答地走；☆借金（しゃっきん）を刻んで払（はら）う／零星還債。◯

きざら【木皿】（名）木盤。1

きさらぎ【如月】（名）〔文〕陰曆二月◯

きざわり【気障り】（名・形動ダ）討厭，可憎（＝きざ）；☆気障りなことば／討厭的言詞。2 4

きさん【起算】（名・自サ）起算；☆刑期は判決の日から起算する／刑期從判決日起算；～び【起算日】（名）起算日。◯

きさん【帰山】（名・自サ）（僧人）歸山，回寺。

ぎさん【蟻酸】（名）〔化〕蟻酸（赤蟻體內的脂肪酸）。◯

きさんじ【気散じ】（名・形動ダ）①散心，消遣（＝きはらし）；②快活，無掛慮，無苦無憂（＝きらく）。4 ◯

*****きし**【岸】（名）①岸；☆海の岸／海岸；②崖；☆そびえ立つ岸／懸崖。2

きし【起死】（名）〔文〕起死；～かいせい【起死回生】（連語・名・他サ）起死回生。1 2

きし【棋士】（名）下棋的人。1 2

きし【貴紙】（名）〔文〕①尊函；②貴報。1 2

きし【貴誌】（名）〔文〕貴刊。1 2

きし【旗幟】（名）〔文〕①旗幟（＝はたじるし）；②態度，立場；☆旗幟を鮮明にする／明確態度，表明態度。1 2

きし【騎士】（名）①騎馬的武士；②（歐洲中世的）騎士（＝ナイト）。1 2

きじ【雉（子）】（名）〔動〕雉，野鷄◇雉の隠れ／藏頭不藏尾◇きじも鳴かず ば打たれまい／〔諺〕禍從口出。

きじ【木地】（名）①木材的紋理，木紋（＝もくめ）；②沒油漆的木材，還沒上漆的漆器；③露出木紋的漆器（＝きじぬり）。1

*****きじ**【生地】（名）①本來面目，素地；☆気取（きど）っていてなかなか生地を出さない／裝模作樣始終也不暴露本來面目；☆生地のままで化粧（けしょう）をしない／本來面目不化粧；②（布等的）質地；布料；☆生地のよい布／質地好的布；☆生地を買いに行く／去買布料。1

きじ【素地】（名）（瓷器未塗釉的）素
地。[1]

*きじ【記事】（名）記事，消息；記事文；
☆新聞や雑誌の記事／報紙和雑誌的消息
～さしとめ【記事差し止め】（名）政府
暫時禁止（報紙、雑誌）發表。

*ぎし【技師】（名）①技師，工程師；☆建
築技師／建築工程師。[1]

ぎし【義士】（名）義士，烈士。[1]

ぎし【義子】（名）〔文〕義子，養子，乾
兒。[1]

ぎし【義姉】（名）〔文〕①義姉；②大姑
（丈夫的姉姉）；大姨（妻的姐姐）；③
嫂。[1]

ぎし【義肢】（名）假手，假腿，☆義肢を
つける／安上假腿（手）。[1]

ぎし【義歯】（名）假牙（＝いれば）；☆
義歯を入れる／鑲牙。[1]

ぎし【魏志】（名）（三國誌中的）魏志（
其倭人傳為日本古代史貴重史料）。

ぎじ【疑似】（名）〔醫〕疑似；～しょう
【疑似症】（名）〔醫〕疑似症。

ぎじ【議事】（名）會議討論事項；☆議事
が始まる／開始討論；～ろく【議事録】
（名）會議記錄；～どう【議事堂】（名）
①會議廳；②國會大厦。[1]

きしかた【来し方】（名）〔文〕過去，以
往（＝こしかた）。[1][2]

*ぎしき【儀式】（名）儀式，典禮，☆儀式
を行なう／擧行儀式；～ば・る【儀式張
る】（自サ）拘泥虚禮，講求虚禮，故作
莊重。[1]

きじく【機軸】（名）①輪軸；②地球自轉
的軸，地軸；③〔轉〕活動中心；④〔
轉〕計劃，方式；☆新機軸を出す／推陳
出新，別開生面。[1]

きしつ【気質】（名）氣質，性質，脾氣，
性情（＝きだて，きしょう）；☆よい気
質の人／性質好的人，☆気質が合わない
／不對脾氣，不投緣。[0]

きじつ【忌日】（名）忌辰。[0][1]

*きじつ【期日】（日）日期，期限，☆手形
（てがた）の支払（しはらい）期日が来
た／票據的付款期到了；☆期日を指定す
る／指定日期。[1]

きしづたい【岸伝い】（名）沿着岸邊（
走）。[3]

きしな【来しな】（名）來時，來的途中（
＝きがけ）；☆来しなにデモの行列（ぎ

ょうれつ）に逢った／來時遇見示威遊行
的隊伍。[3][0]

ぎじばり【擬餌釣】（名）形似魚餌的釣
鈎。[3]

きじぶえ【雉笛】（名）誘野鷄用的獵笛[0][3]

きしべ【岸辺】（名）岸邊，☆岸辺に船を
つける／使船靠岸。[3][0]

きし・む【軋む】（自五）①（兩物相擦）
嘎吱嘎吱響；☆戸が軋む／門（關閉時）
嘎吱嘎吱響；②傾軋。[2]

きしめ・く【軋めく】（自五）磨擦（發澀）
吱吱作響。[3]

きしめん【棊子麺】（名）扁麺條（＝ひも
かわ，名古屋的名産）。[2][0]

*きしゃ【汽車】（名）火車；☆汽車に乗り
込む／坐上火車；☆基隆（キーロン）行
（ゆき）の汽車／開往基隆的火車；☆汽
車を降りる／下火車；～ちん【汽車賃】
（名）火車費。[2]

きしゃ【記者】（名）①記者，新聞記者；
②主筆，撰稿人；～かいけん【記者会
見】（名）記者會；～クラブ【記者倶楽
部】（名）記者倶樂部；～せき【記者席】
（名）記者席。[2]

きしゃ【喜捨】（名・他サ）布施，施捨；
☆寺に金を喜捨する／把錢施給佛寺[2]

きしゃ【貴社】（名）〔文〕貴社；貴公司[2]

きしゃ【騎射】（名・自サ）〔文〕①騎馬
射箭；②騎射術的一種（＝やぶさめ）

きしゃく【希釈・稀釈】（名・他サ）〔化〕
稀釋；～ど【希釈度】（名）稀釋度；～
ねつ【稀釈熱】（名）稀釋熱。[0]

きじゃく【着尺】（名）（正够作一件和服
用的）布料（的寬度和長度）；～じ【着
尺地】（名）一件衣料。[0]

きしゅ【起首】（名）〔文〕起首，起始
（＝はじめ，おこり）。[1][2]

きしゅ【旗手】（名）旗手（＝はたもち）[1][2]

きしゅ【騎手】（名）①騎馬者；②（賽馬
的）騎手。[1][2]

きしゅ【機首】（名）飛機的頭部；☆機首
をロンドンに向ける／把飛機轉向倫敦飛
去。[1][2]

きじゅ【喜寿】（名）七十七歲誕辰；☆喜
寿を祝う／慶祝七十七歲壽誕。[1]

ぎしゅ【技手】（名）技術員。[1]

ぎしゅ【義手】（名）假手。[1]

きしゅう【奇習】（名）〔文〕奇異習慣；
奇俗；☆入墨（いれずみ）の奇習／紋身

的奇俗。⓪

きしゅう【奇襲】（名・他サ）奇襲；☆奇
襲を敢行（かんこう）する／進行奇襲⓪

きしゅう【既習】（名・他サ）已經學習過；
☆既習の単語／學過的單詞。⓪

きしゅう【紀州】（名）紀州（現在的和歌
山縣和三重縣的一部）；～みかん【紀州
密柑】（名）一種小橘子。②

きじゅう【機銃】（名）〔軍〕機槍（＝き
かんじゅう）；☆機銃で掃射する／用機
槍掃射。⓪

きじゅうき【起重機】（名）起重機。②

*__きしゅく__【寄宿】（名・自サ）①寄居；寄
宿；☆吉田氏の家に寄宿している／寄居
在吉田家裏；②←きしゅくしゃ；～が。
こう【寄宿学校】（名）寄宿學校；～し
ゃ【寄宿舎】（名）宿舍；～せい【寄宿
生】（名）住宿生。⓪

きじゅつ【奇術】（名）①奇術；②魔術，
戲法；～し【奇術師】（名）魔術家。①

*__ぎじゅつ__【技術】（名）技術；☆技術を修
得する／學習技術；～か【技術家】（名）
技術專家；～きょういく【技術教育】
（名）技術教育；～てき【技術的】（形動
ダ）①技術（性）的；②技術上的，實際
上的；☆技術的に不可能だ／技術（實際）
上辦不到；～や【技術屋】〔俗〕技術科
出身的官吏（對文、法科出身的官吏而
言）。①

*__きじゅん__【規準】（名）規範，標準；準則，
準繩。⓪

*__きじゅん__【基準】（名）基準，標準，規格；
☆組合（くみあい）で定めた基準による
／根據公會規定的標準；☆基準に合わせ
てつくる／按照規格製造；～かかく【基
準価格】（名）標準價格。⓪

きじゅん【帰順】（名・自サ）歸順，投誠；
☆帰順を誓う／立誓歸順。⓪

きしょ【寄書】（名・自サ）〔文〕①寄信；
②投稿；☆雑誌に寄書する／往雜誌上投
稿；③＝よせがき。②

きしょ【貴所】〔文〕Ⅰ（名）貴處；Ⅱ（
代）您（＝あなた）。②

きしょ【貴書】（名）〔文〕尊函，大札；
☆貴書まさに拝見しました／尊函敬悉。②

きじょ【貴女】〔文〕Ⅰ（名）尊貴的女人；
Ⅱ（代）（對婦女的敬稱）您。①

ぎしょ【偽書】（名・他サ）①假信（＝に
せてがみ）②僞書，冒用他人名著的書①⓪

ぎじょ【妓女】（名）娼妓，藝妓。①

きしょう【希少・稀少】（形動ダ）〔文〕
稀少；☆人口（じんこう）稀少の地区／
人口稀少的地區。⓪

きしょう【奇勝】〔文〕（名）奇勝，奇景；
☆奇勝の地／風景絕佳之地。⓪

きしょう【記章・徽章】（名）①紀念章；
②徽章；☆徽章をつける／佩帶徽章。⓪

きしょう【気性】（名）天性，秉性，脾氣
（＝きだて）；☆私の気性として、それ
はできない／我算幹不來那樣事。⓪

*__きしょう__【気象】（名）①天性，性質，脾
氣；☆気象の勝った人／倔強的人；剛毅
的人；②氣象；☆気象を観測する／觀測
氣象；～がく【気象学】（名）氣象學；
～きごう【気象記号】（名）氣象信號（
如〇是晴、◎是陰、●是雨的信號等）；
～きょくほう【気象局報】（名）（中央
氣象臺同地方氣象臺間接受的）氣象報告
（分定期、臨時、警報、預報四種）；～
く【気象区】（名）（同一）氣象區二；
こうがく【気象光学】（名）氣象光學（
研究大氣中光學現象的科學）；～だい【
気象台】（名）氣象臺、氣象觀測所；～
つうほう【気象通報】（名）（無線電廣
播的）氣象報告；～びょう【気象病】（
名）氣象病（因氣象變化而起的病症）⓪

きしょう【起床】（名・自サ）起牀；☆毎
朝六時に起床する／每天早晨六點鐘起
床；～ラッパ【起床喇叭】（名）起床號。⓪

きじょう【机上】（名）桌上；☆机上に書
籍が山積（やまづみ）している／桌上堆
滿着書籍；～プラン【机上plan】（名）
脫離現實的計劃。⓪

きじょう【気丈】（形動ダ）①剛毅，剛強；
☆気丈な老人／剛強的老人；②〔經〕（
行市）堅挺，有上漲趨勢；☆気丈を呈す
る／（行情）堅挺；～もの【気丈者】（
名）剛強的人。⓪

きじょう【軌条】（名）軌條，鋼軌（＝レ
ール）；☆軌条を敷（し）く／舖軌。⓪

きじょう【機上】（名）飛機上；☆機上の
人となる／坐上飛機。⓪

ぎしょう【偽称】（名・自サ）①假的名稱
（稱呼）；②僞稱，假冒，詐稱。⓪

ぎしょう【偽証】（名・他サ）僞證；～ざ
い【偽証罪】（名）〔法〕僞證罪。⓪

ぎじょう【儀仗】（名）儀仗；～たい【儀
仗隊】（名）儀仗隊；～へい【儀仗兵】

（名）儀仗兵。◯

ぎじょう【議場】（名）會場，☆議場を騒（さわ）がす／擾亂會場。◯

きしょうてんけつ【起承転結】（連語）起承轉合。◯

きじょうぶ【気丈夫】（形動ダ）①有信心，不畏懼，膽子壯，☆気丈夫に思う／以爲萬全，滿懷信心；☆君が側（そば）に居（い）てくれるだけで気丈夫だ／只要你在我身旁就有了壯膽的了；②剛強（＝きじょう）；☆気丈夫な女／剛強的女人②

きじょうゆ【生醬油】（名）原醬油，純醬油，不摻其他東西的醬油。②

きしょく【気色】（名）①氣色，神色，顏色（＝かおいろ）；☆気色が悪い／神色不好；☆気色を伺う／窺伺顏色；②心情，感覺（＝きもち）；☆気色の悪い話／聽着令人難受（害怕、噁心）的話；～がお【気色顔】（名）①透露出心事（喜怒）的神色；②得意洋洋的面色；～ば・む【気色ばむ】（自五）①（喜怒）形於色；②得意（＝けしきばむ）

きしょく【喜色】（名）〔文〕喜色；☆喜色を満面に浮べる／滿面喜色，眉開眼笑。②◯

きし・る【軋る】Ⅰ（自五）①（磨擦）發咯吱咯吱聲，發嘰軋聲；☆戸がきしる／門咯吱咯吱響；☆レールの軋る音／鋼軌的輾軋聲；②互相爭執，傾軋；Ⅱ（他五）①緊緊貼靠；②嚙，咬。①

きじるし【キ印】（名）〔俗〕瘋人（＝きちがい）；☆あいつはキ印だ／他是個瘋子。②

きしん【鬼神】（名）鬼神（＝おにがみ）；☆鬼神も泣く壮烈な戦死／無比壯烈的犧牲；◇断じて行えば鬼神もこれを避く／斷然行之雖鬼神亦避之。②

きしん【寄進】（名・他サ）①（向廟、寺）捐贈，捐獻；②施捨，☆…を寺に寄進する／把…捐給佛寺。②◯

きしん【帰心】（名）；☆帰心矢の如し／歸心似箭。②◯

きじん【奇人・畸人】（名）言動奇怪的人，怪人（＝へんじん，かわりもの）。◯①①

きじん【鬼神】（名）①鬼神（＝おにがみ）；②鬼魂，幽靈（＝ばけもの）。◯①◯

きじん【貴人】（名）顯貴（指公卿、華族等）。①

ぎしん【義心】（名）正義感，俠義心。①

ぎしん【疑心】（名）疑心，疑慮；☆疑心暗鬼（あんき）を生ず／疑心生暗鬼。①

ぎじん【義人】（名）正義之士，富有正義感的人。①

ぎじん【擬人】（名）〔文〕擬人；②〔法〕法人；～ほう【擬人法】（名）〔修辭〕擬人法（如：吾輩は猫である）。◯

きす【鱚】（名）〔動〕鱚（硬骨魚目的近海魚）。②◯

キス【kiss】（名・自サ）接吻（＝キッス）。①

きず【傷・疵】（名）①傷，☆傷を負（お）う／負傷；②瑕疵，缺陷，毛病；☆この皿（さら）には，疵がある／這塊碟子有瑕疵；☆気が早いのが彼の疵だ／性急是他的毛病；◇きずをつける／①傷，弄傷；②弄出瑕疵（缺陷）；③〔轉〕沾污，玷辱，敗壞；☆名誉（めいよ）に疵をつける／玷污名譽；◇玉（たま）に疵／白圭之玷。◯

きずあと【傷痕・疵痕】（名）傷痕，傷疤；☆傷痕ができる／結成傷疤。◯

きず（づ）かい【気遣い】（名・自サ）擔心，掛慮，不放心☆あの人なら失敗する気遣いはない／若是他，就不會失敗的；☆気遣いなくお休みなさい／請安心休息；☆よけいな気遣い／用不着的顧慮。②③

きず（づ）か・う【気遣う】（自五）擔心，掛慮☆生活のことなど，あまり気遣わなくてもよい／不必過於擔心生活因きずこう（四）。◯

きず（づ）かれ【気疲れ】（名・自サ）精神疲勞，勞心，操心☆孫のお守（も）りは気疲れ（が）する／看待孫子是件操心事②④

きず（づ）かわし・い【気遣わしい】（形）（令人）擔心的，不放心的；☆きづかわしく思う／覺得放心不下；☆病人の容態（ようだい）が気遣わしい／病人的病狀令人擔心；因きづかはし（形シク）；～げ（形動ダ）；～さ（名）。⑤

きず（づ）き【気付】（名）發覺，理會到，注意到，想到☆お気付の点を知らせて下さい／請把您注意到的地方告訴我。③

ぎすぎす（副・自サ）①不和悅，板着面孔；死板板，☆ぎすぎすした話し方をする／說話不和悅；☆妙にぎすぎすした人だ／是個死板板的人；②枯瘦；☆ぎすぎすした女／枯瘦的女人。①

きず・く【築く】（自五）①築，構築，修

建；☆要塞を築く／構築要塞；②構成，形成；☆富を築く／攢下財富；☆廻りに人山を築く／周圍人山人海。②

*きず(づ)・く【気付く】(自五) 發覺，注意到，理會到；☆敵に気付かれないように用心しろ／當心叫敵人發覺了；☆何故それに気付かなかったのだろう／怎麼沒有理會到(想到)那點呢；☆今しがた地震があったが気付いたかね？／方才地震了你覺出來沒有？☆約束があったことに気付いて急いで出かけた／想起有個約會急忙出去了；☆自分の誤りに気付く／認識到自己的錯誤。②

きずぐすり【傷薬】(名) 敷創傷的藥③⓪

きずぐち【傷口・疵口】(名) 傷口；☆傷口を繃帯(ほうたい)する／用繃帶紮上傷口☆傷口が塞がった／傷口癒合了⓪②

きず(づ)け【気付】(名)[文]①促使注意②(寫在信封上表示)乞…轉交給；☆山田様気付井上様／山田先生轉交井上先生。③⓪

きず(づ)ち【木槌】(名) 木槌。①

きずつ・く【傷付く・疵附く】Ⅰ(自五)①受傷，遭受創傷；☆傷付いた足／負了傷的腿；②弄出瑕疵，弄出缺陷；(名聲)敗壞；☆皿が疵付いた／盤子有瑕疵了；☆心が傷付く／精神受到創傷；Ⅱ(他下二) 図→きずつける。③

*きずつ・ける【傷付ける・疵附ける】(他下二)①傷；☆うっかりして指(ゆび)を傷付けた／一不小心把手指切傷了；②損傷，弄出瑕疵(缺陷、傷痕、毛病)；☆感情を傷つける／傷感情；③敗壞；☆名誉を傷つける／敗壞名譽；図きずつく(他下二)。④

きずとがめ【傷咎め・疵咎め】(名・自サ) 傷口惡化。③

きずな【絆・紲】(名)①羈絆；☆馬のきずな／拴馬繩；②〔轉〕羈絆；情絲；累贅；☆きずなを断ち切る／掙脫羈絆；斬斷情絲，擺脫累贅。①⓪

きず(づ)まり【気詰まり】(名・形動ダ)發窘，發拘，感覺不舒服☆ここにいるのは気詰まりだ／在這裏覺得發拘。④②

きずもの【傷物・疵物】①瑕疵品，破爛貨；☆この花瓶は疵物だ／這個花瓶有瑕疵；②〔轉〕失貞的姑娘。⓪

きず(づ)よ・い【気強い】①剛強的，剛毅的，堅強的☆気強い人／剛強的人；②冷酷的，薄情的，鐵石心腸的(＝つれない)；☆気強い男／薄倖人；③感覺有伏恃的，有恃無恐的，心情踏實的；☆君が一緒に居てくれれば気強い／你要和我在一起，我心裏就踏實了；～さ(名)。③⓪

き・する【期する】(他サ)①期待，期望；☆成功を期する／期望成功；☆期せずして会う／不期而遇；☆期して待つべし／指日可待；②確信；☆最後の勝利を期している／確信可以取得最後勝利；③決心；☆何事か心に期する所があるようだ／似乎胸中有了一定的決心；④約定；☆再会を期して別れた／約定再會 而分手了；⑤限期，以…為期間；☆1980年を期して第二次三ケ年計画を完遂する／預定到1980年完成 第二個 三年計劃；図きす(サ)。②

き・する【帰する】(自サ)①歸於；☆我が手に帰する／到我手裏，歸我所有；②歸因；☆成功を僥倖に帰する／認為成功是由於僥倖；③歸結；☆水泡に帰する／歸於泡影；図きす(サ) ～するところ【帰する所】(連語・名・副) 總之(＝つまり)；☆帰する所生産力の問題だ／歸根結底是生產力問題；☆帰する所同じことだ／結果是一樣。

ぎ・する【擬する】(他サ)①瞄向，對準；☆胸にピストルを擬する／把手槍對準胸膛；②模擬，比擬；☆自分を偉人に擬する／把自己比作偉人；③估量，預料；☆彼は次の外務大臣に擬せられている／預料他將擔任下次的外相；図ぎす(サ)②

ぎ・する【議する】(他サ) 商議，商談；議論，商議；☆国事を議する／商議國事；図ぎす(サ)。②

きせい【気勢】(名) 氣勢；精神；☆気勢をあげる／抖擻精神，鼓起勁來；☆気勢があがらない／氣勢不振，勁頭不足；☆敵の気勢に押されるな／不要被敵人氣勢嚇倒。⓪

きせい【奇声】(名) 怪聲；☆奇声を発(はっ)する／發出怪聲。⓪

きせい【寄生】(名・自サ)①[動・植]寄生；☆蛔虫は人体(じんたい)に寄生する／蛔蟲寄生在人體 中；②依靠他人生活；寄生植物；～ちゅう【寄生虫】(名)①寄生蟲；②〔轉〕靠他人生活的人；～ちゅうびょう【寄生虫病】(名)〔醫〕寄生蟲病。⓪

きせい【既成】（名）既成；☆既成の事実／既成的事實；～さっか【既成作家】（名）已經成名的作家（對新進作家而言）；～どうとく【既成道德】（名）一般通行的道德律。◎

きせい【帰省】（名・自サ）歸省，回家；☆休暇を利用して帰省する／利用假日回家鄉。◎

きせい【既製】（名）做好，現成；☆既製の洋服／做好（現成）的西服；～ひん【既製品】（名）製成品。◎

きせい【規正】（名・他サ）矯正，調整；☆物価を規正する／調整物價。◎

*きせい【規制】（名・他サ）規定（章則）；限制；☆法律で規制する／用法律規定◎

ぎせい【擬製】（名・他サ）假造，仿造；～どうふ【擬製豆腐】（搗碎芝麻、核桃而製的素菜）；～ひん【擬製品】（名）做造品。◎

ぎせい【擬勢】（名）虛張聲勢，☆擬勢を張る／虛張聲勢。◎

*ぎせい【犠牲】（名）犠牲（＝いけにえ）；☆国の為に身を犠牲にする／爲國捐軀；～だ【犠牲打】（棒球）犠牲打（打者犠牲自己而使跑者進壘或得分的打球）；～てき【犠牲的】（名・形動ダ）犠牲性的；☆犠牲的精神／犠牲精神。◎

ぎせいご【擬声語】（名）擬聲詞，象聲詞（如ワンワン）；↔ぎたいご（擬態語）◎

*きせき【奇跡・奇蹟】（名）奇蹟；☆奇跡が起る／發生奇蹟；～てき【奇跡的】（形動ダ）奇蹟的，不可思議的；☆奇跡的に助かった／出人意料地得救了。◎

きせき【軌跡】（名）〔數〕軌跡。◎

きせき【鬼籍】（名）〔文〕鬼籍；☆鬼籍に入る／名登鬼錄，死亡。[2]◎

ぎせき【輝石】（名）〔礦〕輝石。◎[2]

ぎせき【議席】（名）議席；☆民主党が過半数（かはんすう）の議席を獲得した／民主黨取得了過半數的議席。◎

きせずして【期せずして】（副）〔文〕不期，偶然；☆期ぜずして意見が一致（いっち）した／意見不謀而合；→きする（期する）。[2]

*きせつ【季節】（名）季節；☆海水浴の季節／海水浴的季節；～ひん【季節品】（名）季節性貨品；～ふう【季節風】（名）貿易風，恒信風；～ふうきこう【季節風気候】（名）受～信風影響的氣候；～ろ

うどう【季節労働】（名）季節性勞動[2]

きせつ【気節】（名）〔文〕①氣節，節操；☆気節がある／有氣節；②季節；氣候[2]

きせつ【既設】（名・自サ）已經設立，既有，原有；～きこう【既設機構】（名）既（原）有機構；～せん【既設線】（名）既成鐵路線。◎

きぜつ【気絶】（名・自サ）（一時的）氣絕，絕息；☆気絶せんばかりに驚（おど）ろく／驚恐萬狀，幾乎嚇死。◎

ぎぜつ【義絶】（名・自サ）斷絕君臣、骨肉、婚姻關係。◎

*き・せる【着せる】（他下一）①給…穿，☆子供に着物をきせる／給孩子穿衣服；②披上，蒙上，蓋上（＝かぶせる）；☆夜具（やぐ）をきせる／給…蓋上被子；☆金箔をきせる／包上金箔；③使蒙受；嫁（禍）；加（罪）；☆人に悪名をきせる／敗壞他人名聲；☆罪をきせる／加罪；团きす（下二）。◎

キセル【柬埔寨語khsier＝：煙管】（名）①烟袋，烟管；☆キセルで刻（きざ）みタバコを吸う／用烟袋抽烟絲；☆キセルの雁首（がんくび）／烟袋鍋；②→キセルのり；～づつ【煙管筒】（名）①烟管；②袋筒；～のり【煙管乗り】（名・自サ）①（只買上、下車站附近幾站的車票，中間各站白白乘車的）一種非法乘車法；②只在上車和下車時坐軟席車，中途坐硬席車的一種乘車法。◎

きぜわし・い【気忙しい】（形）①心慌的，着急的，着慌的；忙亂的；☆きぜわしく立ち働く／慌慌忙忙地勞作；☆年末（ねんまつ）は何となく気忙しい／（一到）年末總覺得忙亂；②性急的，急躁的；☆きぜわしい人／性急的人；～さ（名）[4]

*きせん【汽船】（名）輪船；☆汽船で行く／坐輪船前往；～がいしゃ【汽船会社】（名）輪船公司；～トロールぎょぎょう【汽船trawl漁業】（名）用輪船拖曳拖網的漁業。◎

きせん【基線】（名）〔測〕基線；～そっかん【基線測桿】（名）〔測〕基線測桿。◎[2]

きせん【貴賤】（名）〔文〕貴賤；☆貴賤の別なく／不分貴賤。◎[2]

きせん【輝線】（名）〔理〕明線；（↔暗線）；～スペクトル【輝線spectrum】（名）〔理〕明線光譜。◎[2]

きせん【機先】（名）先機，先下手；☆機先を制する／先下手，先發制人。◎

きせん【機船】（名）機船，柴油發動機船，內燃機船；～そこびきあみぎょぎょう【機船底曳網漁業】（名）用內燃機船拖曳撈網的漁業。◎

きぜん【毅然】（形動タルト）毅然，堅決；☆毅然たる態度／堅決的態度。◎

ぎぜん【偽善】（名）偽善；～しゃ【偽善者】（名）偽善者，偽君子。◎

ぎぜん【巍然】（形動タルト）〔文〕巍然；☆巍然として聳（そび）え立つ／巍然聳立。◎

きそ【起訴】（名・他サ）〔法〕起訴，提起公訴；☆殺人罪で起訴する／以殺人罪起訴；～じょう【起訴状】（名）起訴書 ②

*きそ【基礎】（名）①根基，礎石（＝いしずえ）；☆基礎を置く／奠基；☆家屋（かおく）の基礎／房基；②基礎と上部構造（じょうぶこうぞう）／基礎與上層建築；☆基礎を鞏固（きょうこ）にする／鞏固基礎；～づけ【基礎付け】（名・他サ）奠定基礎；根據，依據；☆理論的基礎付け／理想的根據；☆正当性を基礎付けする資料／足以證明正當的資料；～づける【基礎付ける】（他下一）的根據是…；所依據的是…，給…奠定基礎；☆三民主義を基礎付けるものは「民は国の本」である／三民主義的根據是民為國本。②

きそ・う【競う】（自五）①競爭（＝あらそう）；☆先（さき）をきそう／爭先；②競賽；☆学力をきそう／競賽學力；図きそふ（四）。②

きそう【奇想】（名）奇想；◇奇想天外（より落つ）／異想天開。◎②

きそう【起草】（名・他サ）起草，草擬；☆法案を起草する／草擬法律草案；～いいん【起草委員】（名）起草委員。◎

きぞう【寄贈】（名・他サ）捐贈，贈與；☆書籍を寄贈する／捐贈圖書。◎

ぎそう【偽装】（名・自サ）偽裝，掩飾，迷彩（＝カムフラージュ）；☆偽装を行なう／施迷彩。◎

ぎぞう【偽造】（名・他サ）偽造，假造；☆印鑑を偽造する／偽造印鑑。◎

きそうきょく【奇想曲】（名）〔樂〕狂想曲。②

きそおんたけ【木曽御岳】（名）長野縣西築摩郡福島町西北的北日本阿爾卑斯山高峰（海拔3,063公尺）。③

きそく【気息】（名）氣息，呼吸；～えんえん【気息奄奄】（連語・形動タルト）奄奄一息。◎

*きそく【規則】（名）規則，規章（＝おきて，さだめ）；☆規則を守る／遵守規則；～しょ【規則書】（名）規則；～どうし【規則動詞】（名）〔語法〕規則動詞。②

きそく【貴息】（名）〔文〕令郎。②

きぞく【貴族】（名）貴族；～てき【貴族的】（形動ダ）貴族式（般）的。①

きぞく【帰属】（名・自サ）歸屬；☆政権は全体の国民に帰属する／政權歸於全國國民。◎

ぎそく【義足】（名）假腿，假脚；☆義足をつける／安上假腿。◎

ぎぞく【義賊】（名）義賊，竊富濟貧的盜賊。①

きそば【生蕎麦】（名）純蕎麥麵條（現在接混白麵的也叫「きそば」）。②

きぞめ【着初】（名・自サ）初次穿（新衣服）；☆この服は今日が着初だ／這件西服今天頭一次穿。◎

きそん【既存】（名）〔文〕既存，原有；☆既存の設備／原有的設備。◎

きそん【毀損】（名・自他サ）毀損，弄壞；☆花瓶を毀損する／把花瓶弄壞。◎

*きた【北】（名）①北，北方；☆台北の北にある／在臺北北邊；☆北へ行く／往北去；②北風。②

ギター【guitar】（名）〔樂〕六弦琴；吉他；☆ギターをひく／彈吉他。①

きたい【希代・稀代】（形動ダ）①稀世，絕代；☆希代の美人／絕代美人；②稀奇，奇怪，不可思議；☆希代に思う／覺得稀奇；☆希代なことには…／最奇怪的是…。②

*きたい【気体】（名）〔理〕氣體；～おんどけい【気体温度計】（名）氣體溫度計；～でんち【気体電池】（名）氣體電池；～ねんりょう【気体燃料】（名）氣體燃料。◎

きたい【鬼胎】（名）〔醫〕胎鬼，葡萄胎；◇鬼胎を抱（いだ）く／懷鬼胎，疑慮。

きたい【基体】（名）根基，基礎。◎

*きたい【期待】（名・他サ）期待，期望；☆期待に添う／不辜負期待；☆期待が外

（はず）れた／期待落空了；☆成功を期待する／期望成功；☆期待の新人／被人囑目的新鮮人。⓪

きたい【機体】（名）（飛機的）機身，機體；☆機体の残骸（ざんがい）が発見された／發現了飛機的残骸。⓪

きだい【季題】（名）→きご（季語）。⓪

ぎたい【擬態】（名）〔動〕擬態；～ご【擬態語】（名）擬態詞（如にっこり、ゆらゆら、にやにや、ざらざらした）；↔ぎせいご（擬声語）。⓪

ぎだい【議題】（名）議題，討論題目；☆議題となる／成爲議題，提出議程上。⓪

きたえあ・げる【鍛え上げる】（他下一）鍛鍊好；錬成；☆鍛え上げた体／鍛鍊好的身體。⓪⑤

*きた・える【鍛える】（他下一）①鍛鍊；☆刀（かたな）を鍛える／錬刀；②鍛鍊；☆体を鍛える／鍛鍊身體；☆腕（うで）を鍛える／鍛鍊本領；⑅きたふ（下二）③

きだおれ【着倒れ】（名・自サ）講究服装（以至傾家蕩産）；◇京の着倒れ、大阪の食倒れ（くいだお）れ／京都人講究穿，大阪人講究吃。④⓪

きたかぜ【北風】（名）北風；☆冬は北風が多い／多天多半颳北風。③④

きたきり【着た切り】（名）只有身上穿的一件衣服（別無更換的衣服）；～すずめ【着た切り雀】（名）（舌切雀「したきりすずめ」的轉音）＝きたきり／私は着た切り雀だ／我家裏家外只有身上穿的一件衣服。④⓪

きたく【寄託】（名・他サ）寄託，寄存＝あずけたのもの；☆委託保管；☆貴重品（きちょうひん）を銀行に寄託する／把貴重品委託銀行保管；～ぶつ【寄託物】（名）委託保管品，寄存品。⓪

きたく【貴宅】（名）〔文〕府上，您家（＝おたく）。②①

*きたく【帰宅】（名・自サ）回家；☆今、帰宅したところです／剛才回到家的。⓪

きたけ【着丈】（名）衣服長度；☆着丈が長い／衣服過長。⓪

きた・す【来たす】（他四）〔文〕招來，招致，惹起；☆インフレを来たす／引起通貨膨脹／大恐慌を来たす／大感慌恐。②⓪

きたたいせいよう【北大西洋】（名）北大西洋；～じょうやく【北大西洋条約】（名）北大西洋公約。⑤

きだて【気立て】（名）性情，性體，性格；☆気だてのよい娘（むすめ）／性格溫和的姑娘；☆気だてがやさしい／性情溫柔。⓪

*きたな・い【汚（穢）い】（形）①汚穢的，骯髒的；☆きたない手／汚髒的手；卑鄙手段；②卑鄙的，卑劣的，醜陋的；不正經的，不正派的；☆きたない心／卑鄙的心；☆きたない言掛（いいがかり）／無耻的藉口；③吝嗇的，小氣的；☆金持は金にきたない／有錢的人吝嗇；囡きたなし（形ク）；～げ（形動ダ）；～さ（名）③

きたならし・い【汚（穢）らしい】（形）顯著骯髒的，令人欲嘔的；卑鄙無耻的；☆きたならしい身なり／骯髒的穿着；☆汚らしい考え方／卑鄙的想法；囡きたならし（形シク）；～が・る（自五）感覺汚髒（卑鄙）；～げ（形動ダ）；～さ（名）⑤

きたのかた【北の方】（名）〔文〕①北方；②顯貴的妻；公卿的妻。②

きたはんきゅう【北半球】（名）〔地〕北半球。③

きたまくら【北枕】（名）①頭朝北（睡）；②頭朝北（停靈）；③（新婚之夜）新郎新婦頭朝北睡，☆北枕に寝る／頭朝北睡。③

きたむき【北向き】（名）向北，朝北；☆北向きの家／朝北的房子。⓪

きたやま【北山】（名）①北山；②（俗）饞餓；☆腹が北山／肚子餓；③〔俗〕（食物）發霉，發餿；④京都北部的山名（指船岡山，衣笠山，嵐倉山等）；～しぐれ【北山時雨】（名）京都由北山襲來的驟雨；～まるた【北山丸太】（名）京都北山産的杉木。⓪

ぎだゆう（ぶし）【義太夫（節）】（名）（元祿年間「竹本義太夫」所創始的「淨瑠璃」（＝じょうるり）的一派（用琵琶或三絃伴奏的一種歌謠）。⓪

*きた・る【来る】Ⅰ（自五）①〔文〕來，到來；☆夏来る／夏天到來；②〔文〕引起，發生；☆これは諸種の原因より来るものなり／這是由各種原因引起（造成）的；③（俗）腐壞；Ⅱ（連體）下次的；☆来る日曜日／下禮拜日；◇来るものは拒（こば）まず、去るものは追わず／來者不拒，去者不追。②⓪

きたん【忌憚】（名）忌憚，顧慮；客氣；

☆忌憚なく申し上げる／不客氣地說，直言不諱。◯

きだん【奇談】（名）〔文〕奇談。①

ぎだん【疑団】（名）〔文〕疑念；☆疑団を解（と）く／解疑。◯

きち【吉】（名）吉，吉祥；☆おみくじは吉と出た／（在廟上）抽的籤是吉。②

きち【危地】（名）危險境地（地步）；☆危地に陥（おちい）る／陷入險境。①②

きち【既知】（名）〔文〕既知；☆既知の事実／已知事實；～すう【既知数】（名）〔數〕已知數。②①

* **きち**【基地】（名）基地，根據地；☆アメリカの基地／美國的基地。②①

きち【貴処】（名）〔文〕貴處；您那裏（＝おんち）。①②

* **きち**【機知・機智】（名）機智；☆機知に富（と）んだ答え／富有機智的回答②①①

* **きちがい**【気違い・気狂】（名）①發瘋，癲瘋，精神錯亂，瘋子，瘋人；☆気違いになる／瘋狂，發瘋；☆あの人は気違いだ／他是個瘋子；②熱衷，狂熱；狂熱者；☆野球気違い／熱衷於棒球的人；◇**気違いに刃物**（はもの）／瘋子操刀危險萬分；～じみる【気違い染みる】（自上一）宛如發瘋，如同瘋人一般；☆気違いじみた行動／簡直是發瘋的舉動。③

きちきち（副・自サ）①（小堅硬物相觸聲）咯吱咯吱，☆時計がきちきちと進む／錶咯吱咯吱地走（再沒餘裕）；②剛好，恰好（再沒餘裕）；☆汽車にきちきち間に合う／剛好趕上火車；⑧（裝得）滿滿（再沒餘地）；☆きちきち一杯詰める／裝得滿滿的（再也裝不下去）；④井然有序，規規矩矩（＝きちんと）；☆部屋をきちきちと片付けなさい／把屋子好好地收拾一下；☆家賃をきちきちと払う／（每月）準時交房租。①②

ぎちぎち【副・自サ】①（物磨擦聲）咯吱咯吱；☆ぎちぎちといやな音を立てる／咯吱咯吱地發討厭的聲音；②（裝得）滿滿；（塞得）緊緊；☆ぎちぎちの靴／穿起來發緊的鞋；☆場所がぎちぎちで，もう入れない／地方已經擠滿再也容納不下。①

きちじょう【吉祥】（名）〔佛〕吉祥；～か【吉祥果】（名）柘榴；～こんごう【吉祥金剛】（名）〔佛〕文殊菩薩；～そう【吉祥草】（名）〔植〕觀音草，吉祥

草；～てん（にょ）【吉祥天（女）】（梵語 Srimakādevi）（名）〔佛〕吉祥天女（父德叉迦，母鬼子母，賜眾生以福德的女神）。◯

きちにち【吉日】（名）吉日，吉辰；↔きょうじつ（凶日）。◯④

きちゃく【帰着】（名・自サ）①回到，歸來；☆飛行機が基地に帰着する／飛機回到基地；②歸結，結局是…；☆いろいろ言っても帰着する所は同じだ／盡管有種種說法，結局是一樣；☆すべて人間の問題に帰着する／結局一切都是人的問題◯

きちゅう【忌中】（名）（在）居喪（用墨筆寫在白紙上貼在門旁，表示居喪）。◯

きちゅう【基柱】（名）〔文〕基柱，底柱。◯

きちょ【貴著】（名）〔文〕您的著作，大作，大著。②

きちょう【几帳】（名）〔文〕屏風（往昔用以間隔居室之具）；～めん【几帳面】（名・形動ダ）（行動）規規矩矩，一絲不苟；（自律）嚴格，（注意）周到；☆私の父は几張面な人だ／我父親是個規規矩矩的人；☆几帳面に時間を守る／嚴守時間。◯

きちょう【記帳】（名・他サ）①記帳，登帳；☆記帳が済（す）んだ／登完帳了；☆売上高（うりあげだか）を記帳する／把賣貨額登帳；②（在冊冊上）記上姓名；☆記帳する／記帳簽名；～がかり【記帳係】（名）記帳員。◯

きちょう【帰朝】（名・自サ）回國，歸國；☆ヨーロッパより帰朝した／由歐洲回國；～しゃ【帰朝者】（名）歸國者。◯

きちょう【基調】（名）①〔樂〕主調，基調；②（思想・行動或作品的）基準，基本方針；☆対外政策の基調をなすものは平和共存である／對外政策的基本方針是和平共處；☆クリーム色を基調としている／…的色彩以蛋黃色為主。◯

きちょう【貴重】（他キ・形動ダ）貴重，珍貴；☆貴重な資料／貴重資料；～ひん【貴重品】（名）貴重物品。◯

きちょう【機長】（名）機長，飛機指揮員②

* **ぎちょう**【議長】（名）①（會議的）主席，司會者；②（國會的）主席；☆議長を選挙する／推選主席。①

きちれい【吉例】（名）（吉利的）慣例；☆吉例により，吉例にならって／按照慣例。◯

き

きちん【木賃】（名）①旅客自炊用的薪柴錢；②小客店的店錢／～やど【木賃宿】（名）①旅客携米自炊的小旅店；②小客棧；～木賃宿に泊（と）まる／住在小客棧。[0]②

*きちん（と）（副）①整潔，乾乾淨淨，整整齊齊；☆きちんと部屋を片付けた／把房屋收拾得整整齊齊；☆きちんとした服裝／整潔的服裝；②正，恰；☆きちんと坐る／端坐；☆私にきちんと合う／我穿正合適；③如期，不拖延；☆金をきちんと払う／如期付款，不拖欠；④好好地，牢實地；☆表（おもて）をきちんと戸締（とじま）りする／把前門關牢。[2]⓪

キチン【chitin】（名）〔化〕（節肢動物的）甲殼素質，角素，幾丁質。[0]①

キチン【kitchen】（名）厨房（＝キッチン）。[2]

きつ【吉】（名）吉利（＝きち）。[0]

*きつ・い（形）①厲害的（＝ひどい、はげしい）／きつく弱っている／衰弱得很厲害；②嚴屬的，苛刻的（＝きびしい）；☆きつい条件／苛刻的條件；☆きつく叱（しか）る／嚴屬申斥；③累人的，費力的；☆きつい仕事／費力的工作；☆二日ではきつい道／兩天走來够累的途程；④強烈的，剛強的（＝つよい）；☆きつい風／強烈的風；☆あの子はきつい／那個孩子剛強；☆このタバコ（酒）はきつい／這個烟（酒）衝；☆きつい顔／嚴正的面孔，不和悦的神色；☆きついお達（たっ）し／嚴格的命令；⑥緊的，瘦小的（＝ゆるくない）；☆靴が小さくてきつい／鞋小得擠脚。[0]

きつえん【喫煙】（名・自サ）吸煙，抽煙；☆喫煙は禁じられている／不准吸煙；～しつ【喫煙室】（名）吸煙室。[0]

きつおん【吃音】（名）結巴，口吃；☆吃音を矯正（きょうせい）する／矯正口吃[0]

きっか【菊花】①菊花；②菊花圖樣；～もん【菊花紋】（名）日本皇室徽章。[0]①

きっかい【奇怪】（形動ダ）奇怪（＝きかい、けしからぬ）；☆奇怪な事が起（お）こった／發生了怪事。[3]

きっかけ【切っ掛け】（名）①起首，開端（＝てはじめ）；☆話のきっかけにスエズ運河（うんが）の問題が出た／一開口就談起了蘇伊士運河問題；②機會，時機；☆話し出すのによいきっかけであった／是開口（說出）的好機會；☆これをきっかけに話を始めた／乘着這個機會便談起來了；③一刹那，剛要…（就）；☆立ち上がろうとするきっかけに滑（すべ）って倒れた／剛要一站起來便滑倒了；④〔劇〕〔歌舞伎〕開閉幕或換道具時打的）梆子。[0]

きっかり（副）正，恰（＝かっきり）；☆三時きっかりだ／正是三點鐘；☆勘定（かんじょう）は、きっかり合っている／帳目算得正對。[3]

きっきょう【吉凶】（名）吉凶；☆吉凶を占う／卜吉凶。[0]③

キック【英・動・名kick】（名・他サ）踢（球）；～オフ【kick-off】（名・自サ）〔足球〕開球；～ボール【kick-ball】（名）足球賽。[1]

きつけ【気付】（名）①提起精神，使振作起來；②（使昏厥者）甦醒，復甦；③〔藥〕興奮劑；☆気付にブランデーを飲ませる／為提神（復甦）給…喝杯白蘭地；～ぐすり【気付薬】（名）興奮劑，蘇醒藥。[3]⓪

きつけ【着け】（名・自サ）①穿慣，穿慣的衣服；☆着付けの着物／穿慣的衣服；②穿上的感觸；☆着付けが悪い／穿着不舒服；③穿衣的技巧，手法（＝きこなし）；☆着付けが上手だ／會穿衣服，穿起來顯得漂亮；④（給…）穿上衣服；☆花嫁の着付けをする／幫助新娘穿衣服；⑤戲裝的外罩。[0]

きつ・ける【着付ける】（他下一）穿慣；☆洋服は着付けるとやめられない／西服穿慣了就不想再穿和服。[3]

きっこう【亀甲】（名）①龜甲；②龜甲形（六角形）；～あみ【亀甲編】（名）用兩色毛線織出龜甲形的織法；～がた【亀甲形】（名）龜甲形，六角形；～もち【亀甲餅】（名）一種烙製點心。[3]⓪

きっさ【喫茶】（名）飲茶；～てん【喫茶店】（名）茶館，咖啡店。[0]

きっさき【切っ先・鋒】（名）①刀鋒；☆刀の切っ鋒が折（お）れた／刀鋒折了；②（尖形物的）尖端。[0]

きつじつ【吉日】（名）吉日。[0]

ぎっしゃ【牛車】（名）（平安時代顯貴的）帶蓬牛車。[1]

きっしょう【吉祥】吉祥；→きちじょう[0]

ぎっしり（副）①（裝或擠得）滿滿地；☆ぎ

っしり詰まっている／裝得滿滿的；☆会場は、人でぎっしりだ／會場擠滿了人；②正合適；☆ぎっしり合う／嚴實合縫③

キッス【kiss】（名・自他サ）①親嘴，接吻；☆キッスして別れる／接吻而別；②〔臺球〕（兩球）接觸，靠在一起。①

きっすい【生粹】（名）純粹；☆きっすいの江戸っ子（えどっこ）／道地的東京人⓪

きっすい【吃水】（名）〔船〕吃水；☆吃水の深い船／吃水深的船；～せん【吃水線】（名）〔船〕吃水線。⓪

きっ・する【喫する】（他サ）①吃，喝；☆タバコを喫する／吸煙；②受到，遭受；☆一驚を喫した／吃了一驚；☆慘敗（ざんぱい）を喫する／遭到慘敗；図きっす（サ）。⓪③

きつぜん【屹然】（形動タルト）〔文〕（山）屹然，巍然。⓪③

きった・つ【切っ立つ】（自サ）峭立，陡立，屹立。③

ぎっちょ（名）〔俗〕　左撇子，慣用左手的人（＝ひだりきき）。①

きっちょう【吉兆】（名）①吉兆；②懷孕之兆。⓪③

きっちり（副）正，恰；正好，恰好；☆きっちり五時に／正五點整；☆きっちり頭に合う帽子／戴着正合適的帽子。

きつつき【啄木鳥】（名）〔動〕啄木鳥（＝けら、たくぼくちょう）。②

*__きって【切手】__①郵票（＝ゆうびんきって）；☆切手を貼（は）る／貼郵票；②商品券（＝しょうひんきって）；～しゅう【切手收集】（名）集郵。③⓪

きっての【切っての】（連語）頭等的，頭號的，第一的；☆学校裏きっての秀才／學校裏第一個高材生。

*__きっと【屹度・急度】__（副）①一定，必定；☆きっと誤りを犯（おか）す／一定犯錯誤；②嚴峻地，銳利地；☆きっと睨（にら）む／使勁瞪一眼。⓪①

きつね【狐】（名）①〔動〕狐狸；☆狐が鳴く／狐狸叫；☆狐に憑（つ）かれる（つままれる）／被狐狸迷住；②〔轉〕詭計多端的人；☆狐に騙（だま）された／被詭計多端的人騙了；③一種用油炸豆腐包成的飯糰（＝いなりずし）；④→きつねうどん；⑤〔俗〕娼妓；～あざみ【狐薊】（名）〔植〕野狐蘇（菊科越年性草本）；～いろ【狐色】（名）黃褐色；～うどん

【狐饂飩】（名）一種加油炸豆腐絲和葱絲的清湯麵；～つき【狐付・狐憑】（名）被狐狸迷住的病（人）；～のえふで【狐の絵筆】（植）鹿子茵類；～のちょうちん【狐の提燈】（名）燐火，鬼火；～のてぶくろ【狐の手袋】（名）〔植〕毛地黃；～のよめいり【狐の嫁入】（名）①露着太陽下雨；②成排的許多燐火；～び【狐火】（名）燐火，鬼火；～びより【狐日和】（名）忽晴忽雨的天氣；～めし【狐飯】（名）混有油炸豆腐絲的飯。

*__きっぱり__（副・自サ）斷然，乾脆，斬釘截鐵地；☆きっぱり斷った／斷然拒絕了；☆きっぱり言い切る／斬釘截鐵地說；☆こうすれば、きっぱりするではないか／這麼做不乾脆嗎？③

きっぷ【気風】（名）（「きふう」之訛）〔俗〕＝きまえ（前）；☆気風がいい／大方，慷慨。⓪

*__きっぷ【切符】__（名）①（乘車、船、入場等用的）票；☆汽車のきっぷ／火車票；☆きっぷを切る／剪票；②（購領配售商品的）票；☆米のきっぷ／米票，糧票；～きり【切符切り】（名）剪票（員）⓪

きっぽう【吉報】（名）吉報，喜信；☆合格（ごうかく）の吉報を待つ／等待考中的喜報。⓪

きつもん【詰問】（名・他サ）追問，再三追問；盤詰；☆罪人を詰問する／追問犯人。⓪

きつりつ【屹立】（名・自サ）〔文〕屹立，聳立；☆高山が屹立する／高山聳立。⓪

きて【来手】（名）來的人，來者；☆あんな人は嫁に来手がない／那樣人沒有女人肯嫁來。②

*__きてい【規定】__（名・他サ）規定（＝さだめ、おきて）；☆そんな規定はないはずだ／哪裏有那樣規定；☆法律の規定により／根據法律的規定；☆規約の中に罰則（ばっそく）を規定しておく／在規章裏定下罰則。⓪

きてい【規程】（名）規則，規定，準則，章程；☆官庁（かんちょう）の事務規程／機關的辦公規程。⓪

きてい【既定】（名）既定；☆既定の方針／既定方針。⓪

きてい【基底】（名）〔文〕①基礎；②〔數〕立體的底，基底。⓪

きてい【貴弟】（名）〔文〕令弟。②

ぎてい【義弟】（名）①義弟；②内弟，夫的弟弟；③妹夫。⑧

ぎてい【議定】（名・他サ）①議定，商定；☆予算の分配方法を議定する／商定預算分配辦法；②約定；～しょ【議定書】（名）議定書。⓪

きていもく【奇蹄目】（名）〔動〕奇蹄目（哺乳動物的一目）。

きてき【汽笛】（名）汽笛，☆汽笛を鳴らす／鳴汽笛。⓪

きてっこう【輝鉄鉱】（名）〔礦〕輝鐵礦。②

きてれつ【奇天烈】（形動ダ）〔俗〕非常稀奇古怪（通常作「奇妙きてれつ」以加強語義）；☆奇妙奇天烈な踊（おど）り／奇奇怪怪的舞蹈。⓪

きてん【気転・機転】（名）機智，靈機；☆とっさの気転で／刹那間的靈機一動；☆気転が利く／機靈，心眼快；☆気転が利かぬ／不機靈，心眼慢，笨；☆気転を利かす／動靈機；體會旁人的意旨。⓪

きてん【起点】（名）起點，出發點；☆問題の起点／問題的出發點；☆東海道線（とうかいどうせん）は東京を起点とする／東海道線以東京爲起點；↔しゅうてん（終点）。⓪②

きてん【基点】（名）基點；☆台北を基点として半径百キロ以内に／以臺北爲基點在半徑一百公里以内。⓪②

きでん【起電】（名）〔理〕起電；～き【起電器】（名）起電器。⓪

きでん【貴殿】〔文〕Ⅰ（名）尊府；Ⅱ（代）〔文〕臺端（＝あなた）；☆貴殿を名誉会員（めいよかいいん）に推薦する／推薦臺端爲名譽會員。⓪

ぎてん【疑点】（名）疑點；☆疑点を明（あき）らかにする／把疑點弄清楚；☆疑点が残る／留下疑點，還有可疑之處。⓪

きと【企図】（名・他サ）企圖（＝くわだて，もくろみ）；☆何か企図するところがある／似乎有所企圖；☆相手の企図を挫（くじ）く／推毀對方的企圖。⓪

きと【帰途】（名）歸途；☆帰途に就（つ）く／踏上歸途。②

きど【木戸】（名）①柵門；城門；②（庭園、通路の）板門，柵欄門；③（戲院等的）入口；④→きどせん；～せん【木戸銭】（名）（戲院等的）入場費，觀覽

費。①

きど【喜怒】（名・自サ）喜怒；～あいらく【喜怒哀楽】（名）喜怒哀樂。①

きど【輝度】（名）〔理〕輝度。①

きとう【祈禱】（名・他サ）祈禱；☆祈禱を捧（ささ）げる／祈禱；～か【祈禱歌】（名）祈禱歌；～しょ【祈禱書】（名）祈禱書。⓪

きどう【起動】（名・自サ）①起動；②始動；開動；～き【起動機】（名）〔機〕起動機；～でんどうき【起動電動機】（名）〔機〕起動電動機。⓪

*きどう【軌道】（名）①軌道，鋼軌；☆軌道を敷（し）く／舖軌；☆軌道を逸（いっ）する／逸出軌道，脱軌；☆軌道に乗る／上軌道；☆軌道に乗せる／使上軌道；②〔天〕軌道；～しゃ【軌道車】（名）〔機〕軌道車；～でんし【軌道電子】（名）〔理〕軌道電子。⓪

きどう【機動】（名）〔軍〕機動；～えんしゅう【機動演習】（名）機動演習；～さくせん【機動作戦】（名）機動作戰；～せい【機動性】（名）機動性；～ぶたい【機動部隊】（名）機動部隊。⓪

きどうらく【着道楽】（名）講究服裝，講究穿。②

きどおし【着通し】（名）（在某期間）一直穿着；☆このオーバーは冬中（ふゆじゅう）着通しだ／我把這件大衣穿一冬。⓪

きとお・す【着通す】（他五）（在某期間）一直穿一件衣服（不換）；☆オーバーを冬中着通す／把大衣穿一冬。②

きとく【危篤】（名）危篤，病篤，病危；☆危篤に陥（おちい）る／陷於危篤。⓪

きとく【奇特】（形動ダ）①值得讚揚，令人欽佩，可嘉；☆奇特な心がけ／用心可嘉；②奇效，靈驗。⓪

きとく【既得】（名）既得；～けん【既得権】（名）〔法〕既得權。⓪

きどり【気取り】（名）假裝，矯飾，作態，裝腔作勢；☆夫婦きどりで暮す／假裝夫婦在一起生活；～や【気取り屋】（名）①矯飾者，裝腔作勢的人；②紈袴子弟。⓪

きど・る【気取る】（自五）①假裝，冒充；☆学者をきどる／冒充學者；②矯飾，裝模作樣；☆気取って歩く／裝模作樣地走；☆そんなに気取るな／不要那麼裝腔

作勢；⑨感覺出來。⓪

キナ【荷 kina ：規那】（名）〔藥〕奎寧皮，金雞納皮；～エキス【規那エキス】（名）〔藥〕奎寧精；～えん【規那塩】（名）〔藥〕奎寧鹽；～チンキ【規那丁幾】（名）〔藥〕奎寧酊；～のき【規那の木】（名）〔植〕金雞納樹；～ひ【規那皮】（名）奎寧皮。⓪

きない【畿内】（名）〔文〕①近畿，京畿；②〔史〕京都附近五國之稱〔卽山城（やましろ）、大和（やまと）、河内（かわち）、和泉（いずみ）、摂津（せっつ）〕①

きなが【気長】（名・形動ダ）①遲鈍，緩慢，慢性；☆気長な人／慢性人；②耐心，耐性；☆気長に待つ／耐心等待。→きみじか。

きながし【着流し】（名・他サ）（男人穿和服時）只穿外衣（不穿裙子等）；便裝；☆着流しで外出する／便裝出門。⓪

きなが・す【着流す】（他五）（穿和服時）只穿外衣（不穿裙子等）。③

きなくさ・い【きな臭い】（形）（燒紙、棉等時所發的）焦臭的，糊味的（二こげくさい）；☆きな臭いにおい／焦臭味④

きなぐさみ【気慰み】（名）（内心的）安慰，慰藉。②⓪

きなこ【黄粉】（名）黄豆粉。①②

きなん【危難】（名）危難，災難；☆危難を免（まぬが）れる／免於災難；☆危難に会っても動（どう）じない／遇到危難也泰然自若。

キニーネ【荷kinine】（名）〔藥〕奎寧，金雞納霜。②

きにいり【気に入り】（名）喜歡（的人），中意（的人），寵愛（的人）；☆お気に入り（の人）／你的可心人；☆お気に入りの品（しな）／心愛的東西。⓪

きにく・い【来悪い】（形）不好意思來的；☆先月の掛（かけ）がまだ払っていないので来悪くなった／上月的賒欠還沒有付清，所以不好意思來了。

きにく・い【着悪い】（形）不好穿的，難穿的；☆服が大きすぎて着悪い／衣服太寬不好穿。

きにげ【着逃げ】（名・他サ）（把旁人衣服）穿着拐跑，穿跑；☆友達の着物を着逃げした／把朋友的衣服穿跑了。⓪

きにち【忌日】（名）忌日。⓪①

きにち【期日】（名）期日（＝きじつ）。①

きにち【帰日】（名・自サ）（由國外）返日，回到日本。⓪

*きにゅう【記入】（名・他サ）記上，寫上；☆名前を記入する／寫上名字；☆帳簿に記入する／登帳；～もれ【記入漏れ】（名）漏記（的事項）。⓪

ギニョール【法 guignol】（名）（傀儡劇的）傀儡；傀儡劇。⓪

きにん【帰任】（名・自サ）回到任地；☆帰任の途次（とじ）、香港に立ち寄る／在歸任途中到香港逗留。⓪

きぬ【衣】（名）〔文〕衣服，裝束。①

きぬ【絹】（名）絲綢，綢子；☆絹の着物／綢衣服。⓪

きぬいと【絹糸】（名）絲線；～ぼうせき【絹糸紡績】（名）利用碎絲紡成絲線⓪

きぬえ【絹絵】（名）畫在絹上的畫，絹畫。②

きぬおり【絹織】（名）←きぬおりもの（絹織物）。⓪

きぬおりもの【絹織物】（名）絲綢，綢子，絲織物。④③

きぬがさ【衣笠】（名）①黄羅傘；②（佛像上面的）天蓋，華蓋。

きぬがさ【絹傘】（名）綢子傘。③

きぬけ【気抜け】（名・自サ）①茫然，失神；☆気抜けしたように／失了神似地，茫然；②氣餒，沮喪；☆妻に死なれてすっかり気抜けしている／妻子死去非常沮喪。

きぬごし【絹漉】（名）用絹過濾；～どうふ【絹漉豆腐】（名）用絹過濾的豆腐⓪

きぬこまちいと【絹小町糸】（名）〔縫紉〕（利用碎絲紡成的）絲線（縫紉用絲線的代用品）。⑥

きぬじ【絹地】（名）①絲綢衣料；②畫絹。⓪

きぬずれ【衣擦れ】（名）（行動時）衣服摩擦，衣服摩擦聲；☆きぬずれの音がする／衣服摩擦發聲。④⓪

きぬた【砧】（名）砧，搗衣石；☆砧の音／搗衣聲；～びょうし【砧拍子】（名）仿搗衣聲的歌曲。①

きぬばり【絹針】（名）縫絲綢的針。③②

きぬばり【絹張り】（名）①繃絲綢的器具，繃絲綢的板；②繃上絲綢；☆絹張りの屏風／綢心風。⓪

きぬもの【絹物】（名）絲綢，綢衣服。②

きぬわた【絹綿】（名）絲棉（＝まわた）②

きね【杵】（名）搗杵。①

きねうた【杵歌】（名）搗米歌。②

きねず（づ）か【杵柄】（名）杵柄◇昔取った杵柄だ／鍛錬有素。②0

きねずみ【木鼠】（名）〔動〕松鼠，灰鼠（＝りす）。②

キネマ【kinema】（名）電影（＝シネマ）；～かい【kinema界】（名）電影界。①

きねん【祈念】（名・他サ）祈禱，禱告①

*きねん【記念・紀念】（名・他サ）紀念；☆戦勝を記念する／紀念勝利；～えはがき【記念絵葉書】（名）帶圖的紀念明信片；～きって【記念切手】（名）紀念郵票；～さい【記念祭】（名）紀念節；～スタンプ【記念stamp】（名）紀念戳；～ぞう【記念像】（名）紀念像；～ひ【記念碑】（名）紀念碑；～び【記念日】（名）紀念日；～ひん【記念品】（名）紀念品。0

ぎねん【疑念】（名）疑念；☆疑念を抱く／懷疑；☆疑念を晴らす／解疑。0

きのいわい【喜の祝】（名）祝七十七歳壽辰。①

*きのう【昨日】（名）昨天（＝さくじつ）；☆昨日の新聞／昨天的報；◇昨日の襤褸（つづれ）今日の錦（にしき）、昨日の花は今日の夢、昨日の淵（ふち）は今日の瀬（せ）／〔諺〕榮枯無常；昨日は人の身今日は我が身／昨天看到旁人，今天輪到自己；昨日や今日／最近，近來；～きょう【昨日今日】（名）①昨天和今天；②這兩天，近來；☆昨日今日の出来事ではない／不是這兩天發生的事。②

きのう【帰納】（名・他サ）歸納；☆一般法則を帰納する／歸納出一條規律；～ほう【帰納法】（名）〔邏輯〕歸納法。0

きのう【帰農】（名・自サ）回鄉務農；☆最近、帰農する者が多い／最近回鄉務農的人很多。0

*きのう【機能】（名）機能；☆機能を果す／發揮機能。①0

ぎのう【技能】（名）技能，本領（＝うでまえ、わざ）；☆技能のある人／有技能（本領）的人。①

きのえ【甲】（名）〔文〕（十干之一）甲；～ね【甲子】（名）甲子（年月日）；～ねまつり【甲子祭】（名）甲子夜祭祀「大黒天」（＝だいこくてん）。0

きのか【木の香】（名）木材的香味。①

きのこ【菌・茸】（名）〔植〕蘑菇，菌，蕈；～がり【茸狩り】（名・自サ）採蘑菇。①

きのじ【きの字】（名）①像「き」字那様曲膝跪坐；②瘋子。②

きのじ【喜の字】（名）七十七歳；～のいわい【喜の字の祝】（名）慶祝七十七歳壽辰，七十七大壽。②

きのと【乙】（名）〔文〕（十干之一）乙。②

きのどく【気の毒】（名・形動ダ）①可憐；悲慘；☆気の毒な境遇／可憐的境遇；☆気の毒に思う／覺得可憐；☆実（じつ）に気の毒だ／眞可憐；②可惜，遺憾；☆それはお気の毒ですな／那可太可惜了；③對不起；☆気の毒だが、これはできかねる／對不起，這辦不到；☆お気の毒さま／對不起！（有時含詼諧意）；④於心不安，過意不去；☆毎度御迷惑をかけて気の毒です／再三麻煩您眞過意不去；～がる【気の毒がる】（自五）感覺可憐（可惜、遺憾）；同情。④③

きのぼり【木登り】（名・自サ）①上（爬）樹；②善於上樹的人；③梟首；～かわわたり【木登り川渡り】（名）爬樹渡河，〔轉〕危險勾當；◇木登り川だち馬鹿がする／上樹游泳是愚人幹的勾當；木登りは木で果（は）てる／淹死諳水的。

きのみ【木の実】（名）樹木的果實；～あぶら【木の実油】（名）①茶油；②由果實榨的油。①

きのみきのまま【着の身着の儘】（名）①穿着衣服（不脱不换）；☆着の身着の儘で寝る／穿着白天穿的衣服睡；②只穿着身上一套衣服（別無他物）；☆着の身着の儘で逃げた／只穿着身上衣服逃走了（未得携帶他物）。②①0

きのめ【木の芽】（名）①樹芽；☆木の芽が出た／樹發芽了；②秦椒的芽；～あえ【木の芽和え】（名）〔烹飪〕用醬油、糖拌的秦椒芽（涼菜）；～だち【木の芽立ち】（名）樹發芽時。①

きのやまい【気の病】（名）神經衰弱，積勞成疾。③

きのり【気乗り】（名・自サ）有心思，感興趣，願意；高興；☆仕事に気乗り（が）する／對工作感興趣，對工作起勁；

～うす【気乗り薄】（名）不感興趣，不起勁；②〔經〕交易不旺。⓪

きば【牙】（名）（哺乳動物的）犬歯，虎牙，獠牙；☆猪（いのしし）の牙／野猪牙；◊牙を嚙（か）む／咬牙，切歯；牙を研（と）ぐ／磨牙，準備加害；牙を鳴らす／咬牙，懊悔。①

きば【騎馬】（名）騎馬；☆騎馬で行く／騎着馬去。①

きはい【気配】（名）①警戒，留神（＝きくばり）；②〔經〕（交易所的）行情，景氣；～くずれ【気配崩れ】（名）〔經〕行市暴跌；～じょう【気配状】（名）（證券業者毎曉送給主顧的）行情表。②⓪

きばい【木灰】（名）木灰（＝もっかい）。①

きはく【気魄】（名）氣魄，氣慨（＝たましい）；☆豪邁な気魄／豪邁氣魄。⓪

きはく【希薄・稀薄】（名・形動ダ）稀薄；☆人口の稀薄な地／人口稀少的地方；☆空気が希薄である／空氣稀薄。⓪

きばさみ【木鋏】（名）剪樹剪子。②

きはずかし・い【気恥ずかしい】（形）（内心）感覺羞恥的；☆気恥ずかしい思がする／覺得害羞。⑤⓪

きはだ【木肌】（名）樹的外皮。①

きはだ【黄蘗】（名）〔植〕黄蘗（落葉喬木，樹皮作健胃劑、染料）；～いろ【黄蘗色】（名）用黄蘗染的黄色。⓪

きばたらき【気働き】（名）＝きてん（気転）。②

きばち【木鉢】（名）木鉢，木碗。①

きばち【黄蜂】（名）〔動〕樹蜂，胡蜂。①

きはちじょう【黄八丈】（名）一種黄地帯茶褐色格紋的布（伊豆八丈島的特産）②

きはつ【揮発】（名・自サ）〔理〕揮發，氣化；～ゆ【揮発油】（名）汽油（＝ガソリン、ベンジン）。⓪

きばつ【奇抜】（形動ダ）奇特，新奇，新穎，出人意表，卓越；☆奇抜な説／奇説，新穎的説法（見解）；☆奇抜なことを言う／説出人意表的話。⓪

きば・む【黄ばむ】（自五）帯黄色，呈黄色；☆銀杏（いちょう）の葉が黄ばんだ／公孫樹的葉黄了。②

きばや【気早】（名・形動ダ）性急，急躁；☆気早な連中（れんちゅう）／性急的人們；～い【気早い】（形）性急，急躁。⓪

きはらい【既払（い）】（名）既付，已付

；☆既払の手形／已付票據；↔みはらい（未払）。②

きばらし【気晴らし】（名・自サ）散悶，散心，消遣；☆気晴らしに行く／散散心去。④⓪

きば・る【気張る】（自五）①發奮，努力（＝ふんばつする）／氣張って勉強する／發奮用功；②肯多花錢，慷慨付款（＝おごる）；☆もう三百円気張りなさい／你再多花上三百塊錢吧；☆茶代に千円気張った／大大方方地給了一千塊錢小費；☆多いに気張ってラジオを買った／一狠心買了一臺收音機；③矯飾，擺架子（＝みえをはる）；☆そう気張らなくてもよい／不必那樣裝腔作勢。⓪

きはん【規範・軌範】（名）①〔文〕規範，模範（＝てほん，のり）；☆規範を示す／示範；②〔倫〕〔哲〕規範。⓪①

***きはん**【羈絆】（名）〔文〕羈絆，束縛（＝ほだし，きずな）；☆英国の羈絆を脱（だっ）して独立する／擺脱英國的羈絆而獨立。⓪①

***きばん**【基盤】（名）基礎，底座（＝どだい）；☆…を基盤とする／以…爲基礎；☆民主主義の基盤／民主主義的基礎。⓪

きひ【忌避】（名・他サ）①忌避，逃避；☆微兵を忌避する／逃避兵役；☆忌避して言わない／諱而不言；②〔法〕廻避；☆某裁判官を忌避する／廻避某審判官（因他與訴訟關係人有特殊關係等拒絶受其審判）。①

きび【黍・稷】（名）〔植〕①稷；②〔方〕玉米，包米。①

きび【気味】（名）（きみ的轉音）→きみ（気味）。②

きび【機微】（名）微妙（地方）；☆人情の機微に通（つう）じている／懂得世故人情的微妙。①

きびき【忌引】（名）居喪；喪假；☆忌引で欠勤（けっきん）する／因喪事請假⓪

きびきび（副・自サ）機敏，爽快，俐落，乾脆；☆動作がきびきびしている／動作敏捷；☆仕事はきびきびやらねばならぬ／工作要俐落地幹；☆きびきびした文章／生動的文章。①

きびし・い【厳しい】（形）①嚴格的，嚴厲的（＝はげしい）；☆きびしい規則／嚴厲的規章；☆きびしく叱る／嚴厲申斥；②厲害的，很甚的（＝はなはだしい，

ひどい）；☆きびしい寒さ／嚴寒；☆暑さがきびしい／炎熱，熱得很厲害；⑧殘酷的，毫不留情的（＝むごい）；☆きびしい拷問（ごうもん）／殘酷的拷問；～さ（名）；☆厳しさが足（た）らぬ／不够嚴厲。③

きびす【踵】（名）①脚踵；②鞋後跟；◇踵をめぐらす／往回走；踵を接して／接踵。⓪

きびだんご【黍（吉備）団子】（名）黄米麵糰子。③

きひつ【起筆】（名・自サ）〔文〕開始寫；↔かくひつ【擱筆】。⓪

きびにんぎょう【吉備人形】（名）塗紅的泥偶（達磨、犬、鳥等）。⓪

きびょう【奇病】（名）奇病；☆現代の医学では分（わか）らない奇病／現代醫學沒研究明白的怪病。①

きびょうし【黄表紙】（名）①黄色書皮；②江戸時代（由安永至文化初年）流行的黄皮滑稽文藝刊物。②

きひん【気品】（名）品格，氣派（＝きぐらい）；☆気品がある／有品格，高尚，溫雅，斯文；☆この絵は気品に乏（とぼ）しい／這幅畫意境不高。⓪

きひん【貴賓】（名）貴賓；～しつ【貴賓室】（名）貴賓室。⓪

きびん【機敏】（形動ダ）機敏，敏捷；☆動作が機敏だ／行動敏捷；☆機敏に立ち回る／行動機敏，做事伶俐。⓪

*きふ【寄付】（名・他サ）捐贈，捐助，贈給；☆学校にピアノを寄付する／把鋼琴捐贈給學校；～こうい【寄付行為】（名）〔法〕（為組織財團法人而）提供財産。①⓪

きふ【棋譜】（名）棋譜。①⓪

きぶ【基部】（名）〔文〕基礎部分。①

ぎふ【義父】（名）①繼父；養父；乾爹；②公公；岳父。①

ギブアンドテーク【give and take】（名）①妥協，互讓；②利益交換，雙方便宜。⑥

きふう【気風】（名）①風氣，習氣；☆学校の気風／學校的風氣，校風；②特性，風度；☆国民の気風／國民的風度。②⓪

きふく【起伏】（名・自サ）①起伏；☆起伏している平野／高低不平的原野；②〔轉〕波瀾，盛衰，浮沉；☆起伏の多い生涯／波瀾縱横的一生。⓪①

きぶく・れる【着脹れる】（他下一）穿得（多）臌起來；☆着脹れても暖かくない／穿得都臌起來了也不暖和；図きぶくれる（下二）。④

きふじん【貴婦人】（名）顯貴的婦女。②

ギプス【徳Gips】（名）石膏（繃帶）；～ほうたい【Gips繃帶】（名）〔醫〕石膏繃帶。①

きぶつ【器物】（名）器物，器具；容器；家具；☆器物を大切（たいせつ）に扱（あつか）う／謹慎使用器物。①

きぶっせい【気ぶっせい】（形動ダ）〔俗〕鬱悶，悶悶。④

ギフトチェック【gift check】（名）餽贈用支票。④

きぶり【木振り】（名）樹的様子；☆木振りのよい松／枝幹長得很好看的松樹。③

きぶり【着振り】（名）穿衣的様子；☆ほっそりした体には着振りが好い／纖細的身材穿上衣服好看。⓪

きふるし【着古し】（名）穿舊；穿舊了的衣服；☆着古し（の着物）を着る／穿舊衣服。⓪

きふる・す【着古す】（他五）（把衣服）穿舊；☆着古した着物／穿舊了的衣服③

*きぶん【気分】（名）①心情，心境；☆気分が快（こころよ）くなる／心情愉快起來；☆音楽を聞く気分になれない／沒有聽音樂的心情；②情緒，氣氛；☆台北はお祭気分です／臺北充滿着節日氣氛；☆愉快な気分が満ちている／充滿着愉快的氣氛；③（身體）舒服（與否）；☆気分は如何ですか？／你覺得身體舒適嗎？☆気分が悪い（すぐれない）／不舒服，有病；④氣質，性質；☆気分の陽気な人／快活的人，樂天的人；◇気分が出る／逼真，再現出原來的氣氛。①

ぎふん【義憤】（名）義憤；☆義憤に燃える／義憤填膺。⓪

きへい【騎兵】（名）騎兵；～そう【騎兵槍】（名）騎兵矛，長槍；～ぶぎょう【騎兵奉行】（名）〔江戸時代〕（幕府的）騎兵總管。⓪

ぎへい【義兵】（名）正義軍；☆義兵を起（おこ）す／興正義之師。⓪

きへき【奇癖】（名）怪癖，奇癖；☆奇癖のある人／有怪癖的人。⓪①

きへん【木偏】（名）〔漢字部首〕木字旁。⓪

きへん【机辺】（名）〔文〕几邊，案邊。◎

きべん【詭弁・詭辯】（名）詭辯。◎

*きぼ【規模】（名）①榜樣，典型（＝てほん、かた）；☆規模（＝しくみ）；☆規模の大きい建設計画／規模宏大的建設計劃；③範圍；☆規模を拡大する／擴大範圍。①

ぎぼ【義母】（名）養母；繼母；乾媽；婆婆；岳母。①

きほう【気泡】（名）氣泡；☆レンズの中の気泡／透鏡中的氣泡。◎

きほう【既報】（名・他サ）〔文〕已經報告（報知）；☆既報の如（ごと）く／像已經報知那樣。◎

きほう【貴方】Ⅰ（名）尊處；尊府；Ⅱ（代）您（＝あなた）。②

きほう【貴報】（名）〔文〕尊函。◎

*きぼう【希望・冀望】（名・他サ）希望；☆希望を抱（いだ）く／抱希望；☆希望に燃える／滿懷希望；～てき【希望的】（形動的）☆希望的観測／根據主觀願望的推測；～ばいばい【希望買売】（名）期前交易（如買賣青苗）。◎

きぼう【既望】（名）〔文〕陰暦十六日（的月亮）。①◎

きぼね【気骨】（名）気骨が折れる／操心，勞心；☆気骨の折れる仕事／勞心的工作。◎

きぼり【木彫（り）】（名）木刻（品）；☆木彫の人形／木彫的偶人。◎③

*きほん【基本】（名）基本；～てきじんけん【基本的人権】（連語・名）〔法〕基本人權。◎

ギボン【gibbon】（名）〔動〕長臂猿。

きまい【期米】（名）〔經〕定期交貨的稻米；～そうば【期米相場】（名）〔經〕期米行市。①◎

ぎまい【義妹】（名）小姨；小姑；弟媳。◎

きまえ【気前】（名）氣派，氣度（＝きだて）；☆気前がよい／氣度大，大方，慷慨；☆気前を見せる／顯示大方；☆気前よく金を使う／花錢大方；☆生れつき気前のよい人／天性磊落的人。◎

きまかせ【気任せ】（形動ダ）任意，隨便；☆気任せに歩く／信步而行。④◎

きまぐれ【気紛れ】（形動ダ）反覆無常，忽三忽四，心情浮動，沒準脾氣；☆気紛れな天気／乍晴乍陰的天氣；☆それは一時（いちじ）の気紛れだ／那是一時的高興；～そうば【気紛れ相場】（名）忽漲忽落的行市；～もの【気紛れ者】（名）忽三忽四的人，心情浮動的人，沒準脾氣的人。◎④

きまじめ【生真面目】（形動ダ）非常認眞，一本正經；過於認眞；☆生真面目な人／一本正經的人。②

きまず・い【気不味い】（形）不愉快的，不舒暢的；難爲情的；發窘的；☆気まずい思いをする／覺得發窘（不舒暢）；☆気まずい沈黙／難爲情的沉默；☆二人の仲が気まずくなった／兩人的關係有點不好了，兩人有點失和了；図きまずし（形ク）。◎③

きまつ【期末】（名）期末☆期末に決算する／在期末進行決算。◎①

きまって【決まって・極って】（副）經常，照例，一定；☆きまって早起する／總是早起；☆週末にきまってピクニックする／每到週末必去郊遊。◎

きまま【気儘】（名・形動ダ）①隨便，任意；☆気儘にさせる／使隨便，放縱；②任性，放縦；☆気儘な児（こ）／任性的孩子；～がって【気儘勝手】（名・形動ダ）隨便；任性；～ほうだい【気儘放題】（名・形動ダ）極其任性。◎

きまよ・い【気迷い】（名・自サ）①躊躇，狐疑；☆気迷いして決心がつかぬ／躊躇不能下決心；②〔經〕（行情）混亂（漲落無法估計）；☆相場（そうば）は気迷いの状態だ／行市有些混亂。③◎

*きまり【決まり・極り】（名）①決定（＝さだまり）；歸結（＝おわり，おさまり）；☆極りをつける／（把事情）結束；☆話の極りがつく／事情有了一定；人員は別にいくらという極りはない／人員多少並沒有規定；②常例；老一套（＝おさだまり，おきまり）；☆お極りの文句（もんく）／老一套的話；口頭禪；刻板文章；☆それはあの人のお極りだ／那是他的老規矩；③面子（＝めんもく）；☆極りが悪い／不好意思，拉不下臉；害羞；～ざけ【極り酒】（名）訂婚酒；～もんく【極り文句】（名）老一套的話，口頭禪，刻板文章；～わる・い【極り悪い】（形）不好意思的，害羞的，拉不下臉的。◎

*きま・る【決まる・極まる】（自五）①定，規定，決定；☆国慶紀念日は十月十日に

決まった／國慶日規定爲十月十日；☆成功するに決まっている／一定成功；☆決まった收入／固定收入；☆暑い暑いと言うな、夏は暑いにきまっている／不要喊熱，夏天當然是熱的；②有歸結，有一定；☆勝負が決まった／有了勝負，勝負定了。⓪

ぎまん【欺瞞】（名・他）欺瞞，欺騙；☆援助なんてそれは欺瞞だ／所謂援助，那是欺騙。⓪

きみ【君】Ⅰ（名）〔文〕①國君，帝王；②主人，主公；③女人對男人的稱呼；④娼妓的別稱；⑤男人；Ⅱ（代）（對同輩以下的對稱代詞・男人用語）你。⓪

きみ【気味】（名）①氣味；②〔文〕風趣，風味；☆道を楽しむより気味深きはなし／樂莫過於樂道；③（心身所受之）感，感觸；心情，情緒；☆気味の悪い／令人不快的，令人作嘔的；可怖的，毛骨悚然的；☆気味の悪い笑い／邪惡的笑，可怖的笑；☆いい気味だ！／報應不爽！活該！（洩憤語）；④（覺得）稍微…，有點（…趨向）；☆少し疲れ気味だ／覺得有點疲倦；☆風邪（かぜ）の気味／有點感冒；☆物価は少し上り気味（ぎみ）だ／物價有點上漲（的趨勢）；～あい【気味合い】（名）心情，情緒（＝こころもち）；～わる・い【気味悪い】（形）令人不快的，令人作嘔的；可怖的，毛骨悚然的；図きみわるし（形ク）。②

きみ【黄身】（名）卵黄。⓪

きみ【黄味】（名）（帶）黄色；☆若葉が黄味を帯びる／嫩葉呈黄色。⓪

-ぎみ【気味】（造語）表示有點…傾向；☆あせり気味／有點焦急（的樣子）；疲れぎみ／有點疲倦；→きみ④。

きみかげそう【君影草】（名）〔植〕→すずらん（鈴蘭）。⓪

きみがよ【君が代】（名）①〔文〕我皇治世；②日本國歌名。⓪

きみじか【気短か】（形動ダ）性質急躁，性躁；☆気短かな男／性急的傢伙。⓪

きみつ【気密】（名）〔理〕氣密；～しつ【気密室】（名）〔理〕氣密室；～ふく【気密服】（名）〔航空〕等溫層飛行服。⓪

きみつ【機密】（名）☆機密を守る／嚴守機密；☆機密を洩（も）らす／洩漏機密；～ぶんしょ【機密文書】（名）機密文

件。⓪

きみゃく【気脈】（名）①氣脈；②聯繫；☆気脈を通ずる／通氣，串通；秘密聯繫。⓪①

*きみょう**【奇妙】（形動ダ）奇怪；奇異，出奇；☆奇妙なこと／奇事；☆この薬は奇妙に利（き）く／這個藥非常靈驗。①

*ぎむ**【義務】（名）義務；本分；☆義務を果（は）たす／履行義務；～きょういく【義務教育】（名）義務教育；～てき【義務的】（形動ダ）義務性的。①

きむずかし・い【気難しい】（形）不和悦的，難以取悦的；☆気難しい顔／不和悦的面孔；図きむづかし（形シク）；～げ（形動ダ）；～さ（名）。⓪⑤

きむすこ【生息子】（名）童男。②

きむすめ【生娘】（名）處女；天眞的姑娘。②

きめ【決め・極め】（名）定，約定，規定；（規定的）條件；☆時間決めで／按鐘點；☆一週間二回と言う極めで／以一星期兩次爲條件；☆社内の決めを守る／遵守公司的規則。⓪

きめ【木目】（名）①木紋，木理，☆木目の荒（あら）い／木紋粗的；②皮膚紋，肌理；☆木目の細（こま）かい肌／肌理細膩的皮膚。⓪

きめい【記名】（名・自サ）記名，簽名；☆記名して申し込む／簽名申請；～がぶけん【記名株券】（名）記名股票；～しき【記名式】（名）記名式；～しきうらがき【記名式裏書】（名）〔經〕記名式背書；～しきてがた【記名式手形】（名）〔經〕記名式票據；～とうひょう【記名投票】（名）記名投票。⓪

ぎめい【偽名】（名・自サ）假名；冒名；☆偽名で投書する／用假名寄黑信。⓪

きめこ・む【決め込む・極め込む】（他五）①（獨自）認定，斷定；☆来るものと極め込んでいた／我斷定會來的（結果未來）；②假裝，佯裝；☆知らぬ顔を極め込む／假裝不知；③申斥（＝しかりつける，なじる）。⓪

きめつ・ける【極め付ける】（他下一）指責，申斥；☆一本極め付けてやった／我申斥了他一頓；図きめつく（下二）。④

きめて【極め手】（名）①〔棋〕決勝負的着數；②決定（解決）的辦法；☆犯人を有罪にする極め手がない／沒法給犯人定

罪；⑧規定者；☆番組（ばんぐみ）の極
め手／排定節目的人。◯

**きめどころ【極（め）所】（名）①應該決
定的地方（時機）；☆日ソ交渉はロンド
ン会談が極め所であった／日俄談判應該
在倫敦會談時決定；②要點；☆そこが極
め所／那就要要點。◯

**きめ・る【決める・極める】（他下一）①
定，決定；☆日を決める／決定日期；☆
話を決める／商定；☆腹を決める／決心
，拿定主意；②約定，商定，規定，指
定，選定；☆値段を決める／規定價錢；
☆極めた時間に／在約定時刻；☆会長を
誰に決めるか／選定誰當會長呢？⑧（獨
自）認定，斷定；☆彼がしてくれるもの
と決めている／我認為他會給我辦的；☆
独りで決めてかかる／獨自斷定；④申斥
；☆一本極めてやった／我申斥了(他)一
頓；⇨きむ（下二）。⇨きむ

きも【肝・胆】（名）①〔解〕肝臟；②五
臟六腑；⑧膽子，膽量（＝きもだま）；
☆胆の太（ふと）い／膽子大的；☆胆を
潰（つぶ）す／嚇破膽；☆胆が据(すわ)
って来る／膽子壯起来；◇胆に染（し）
む；胆に銘ず／銘刻五中；胆も興（きょ
う）を醒（さ）む／掃興，大殺風景；胆
を煎（い）る／焦慮，操心；②斡旋，
撮合；關照。②

きもいり【肝煎（り）】（名）①操心；焦
慮；②關照，斡旋，撮合，操持，主辦；
☆朝日新聞社の肝煎りで／賴朝日新聞社
的斡旋（主辦）；⑧斡旋者，撮合者，操
持者；④〔史〕莊頭，裏正（＝しょう
や。）④

きもい・る【肝煎る】（他五）①操心，焦
慮；②斡旋，關照，撮合，操持，主辦③

きもすい【肝吸】（名）鱔魚肝湯。◯

きもだま【肝魂・肝玉】（名）膽子，膽量；
☆肝魂の小さい人／膽小的人。④

**きもち【気持】（名）（心身所受之）感，
心情，情緒，心地，心境；☆妙な気持が
する／覺得奇怪；☆君の気持は分る／我
了解你的心情；☆気持が悪い／不愉快，
不痛快；不舒服，難受；☆気持のよい椅
子／舒適的椅子；☆気持よく別れよう／
我們和和氣氣（歡歡樂樂）地分手吧；☆
付き合って見ると気持の好い人だ／一交
往才覺得他是個很和悦（爽快、直性）的
人。◯

きもったま【肝っ魂・肝っ玉】（名）＝き
もだま。⑤④

**きもの【着物】（名）衣服，和服；☆着物を
着る／穿衣服；☆着物を脱ぐ／脱衣服；
☆着物より洋服の方が活動的だ／西服比
和服便於活動。◯

きもん【鬼門】（名）〔迷信〕（忌避的方
向）東北，艮；②忌避的地方；⑧〔轉〕
厭忌的事物，憎惡的事物（＝にがて）；
☆数学は鬼門だ／討厭數學，數學我搞不
好；～かど【鬼門角】（名）東北方，東
北角；～よけ【鬼門除】（名）〔迷信〕
供神佛於東北角以避災禍。◯

**ぎもん【疑問】（名）疑問；☆疑問を懐（
いだ）く／懷疑；～だいめいし【疑問代
名詞】（名）疑問代名詞；～ふ【疑問符】
（名）疑問號（？）。◯

ギヤ【gear】（名）→はぐるま（齒車）①

きゃ（俗）〔←けりゃ〕＝ければ；☆無（
な）きゃ＝なければ；見なきゃ＝見なけ
れば。

きゃあ（感）（吃驚時所發的聲）哎呀；☆
蛇を見て、きゃあと叫んだ／看見蛇哎呀
地叫一聲。

ぎゃあ（感）（嬰兒哭聲）呱呱；～ぎゃあ
（感）呱呱；☆ぎゃあぎゃあ泣く／呱呱
地哭。

―きゃく【客】（連語）計算待客用器具的
助數詞；☆吸物椀（すいものわん）五客
／湯碗五個。

―きゃく【脚】（接尾）計算桌椅等的助數
詞；☆椅子五脚／椅子五把。

**きゃく【客】（名）①客，客人；☆客に接す
る／接待客人；☆お客に行く／去作客；
②主顧，顧客；☆客を呼ぶ／招攬顧客，
攬客。

きゃく【格】（名）〔史〕（平安朝時代為
施行『律令』而頒佈的）命令；～しき【
格式】（名）「律令」的施行細則。①

きやく【規約】（名）規約，規章，協約；
☆党（の）規約／黨章；☆同業者の規約
／同業者的協約；☆規約を破る／違犯規
章；規約を結ぶ／締結規章，商立規章。

**ぎゃく【逆】（名・形動ダ）①逆，倒，反；
☆これとは逆に／反之；☆逆に言えば／
反過來說；②叛逆；⑧→ぎゃくて（逆
手）。◯

ギャグ【gag】（名）（演劇、影片等的）
噱頭；☆ギャグで笑わせる／用噱頭使人

笑。①

きゃくあし【客足】（名）（商店、娛樂的）顧客（出入情況）；☆客足が落ちる／顧客少。⓪

きゃくあしらい【客あしらい】（名）接待客人方法（態度）；☆あのホテルは客あしらいが上手だ／那個飯店對客人的服務態度好。③

きゃくあつかい【客扱い】（名・自サ）①接待客人（的態度）；☆客扱いに気をつける／注意對客人的服務態度；☆客扱いにされる／被當做客人；②〔鐵〕客運③

きゃくいん【脚韻】（名）〔詩〕韻脚；☆脚韻を踏ませる／押韻脚。⓪

きゃくうけ【客受け】（名・自サ）（顧客的心情（喜好）；☆客受けがよい／顧客喜好，叫座；☆悲劇より喜劇の方が客受けする／喜劇比悲劇更受觀衆歡迎⓪④

ぎゃくうん【逆運】（名）厄運，逆境。⓪

きゃくえん【客演】（名・自サ）〔劇〕客串。⓪

ぎゃくかわせ【逆為替】（名）〔經〕逆匯兌（債權人不待國外債務人匯款而逕發出以債務人爲付款人的票據，賣給銀行以收回債權的一種匯兌，出口商或國外旅行者多利用此種匯兌）。③

ぎゃくかんすう【逆函数】（名）〔數〕逆函數。

きゃくご【客語】（名）〔語法〕賓詞，賓語，目的語；（如:「太郎が文を作る」句中的「文」就是「客語」）。⓪

ぎゃくこうか【逆効果】（名）反乎預期的效果；☆逆効果を来（きた）す／造成反乎預期的效果。③

ぎゃくこうせん【逆光線】（名）逆光線⓪

きゃくざしき【客座敷】（名）客廳。③

ぎゃくさつ【虐殺】（名・他サ）屠殺，慘殺；☆全住民を虐殺した／把居民全屠殺了。⓪

ぎゃくさん【逆算】（名・他サ）倒（過來）算；☆1958年から逆算して200年前／從1958年倒數200年前。⓪

きゃくしつ【客室】（名）客廳（＝きゃくま）。⓪

きゃくしゃ【客車】（名）〔鐵〕客車；☆客車と貨車／客車和貨車。⓪

きゃくしゃ【客舎】（名）〔文〕旅舍，旅館（＝かくしゃ）。①

ぎゃくしゅう【逆襲】（名・自サ）還擊，反攻；☆逆襲を敢行する／進行反攻；☆負けずに相手に逆襲する／不示弱還擊對方。⓪

ぎゃくじゅん【逆順】（名）倒過來的順序。⓪

ぎゃくじょう【逆上】（名・自サ）血充上頭，暈眩，狂亂（＝のぼせ）；☆勝利のため逆上した／勝利衝昏了頭腦。⓪

きゃくしょうばい【客商売】（名）接待客人的生意（指旅館、飲食店、妓館等）③

きゃくしょく【脚色】（名・他サ）①劇本結構；②（把小說等）改寫（編）成戲劇（電影）；☆小説を脚色する／把小說改編成戲劇（電影）。⓪

きゃくじん【客人】（名）客人，顧客；～ごんげん【客人権現】（名）（商店供奉的）財神爺。⓪

ぎゃくすい【逆水】（名）逆流的洪水。⓪

ぎゃくすう【逆数】（名）倒數，逆數（如5的倒數是⅕）。③

きゃくすじ【客筋】（名）顧客的種類（或性質）；顧客；☆客筋を大切にする／謹愼接待顧客，珍視主顧。③

きゃくず（づ）とめ【客勤め】（名・自サ）從事招待客人的工作☆客勤めに割合てられた／被分配去招待客人。③

ぎゃくせい【虐政】（名）苛政。⓪

きゃくせき【客席】（名）客人座席；（劇場等的）觀覽席；☆この劇場は客席が少ない／這所劇院觀賞座位少。③

ぎゃくせつ【逆説】（名）①詭論，異説；②似非而是的議論〔如:「急がば回（まわ）れ」〕。⓪

きゃくせん【客船】（名）客船。⓪

きゃくぜん【客膳】（名）招待客人的飯食（食案）。⓪

ぎゃくせんでん【逆宣伝】（名・他サ）反宣傳；☆それは全く逆宣伝だ／那完全是反宣傳。③

きゃくせんび【脚線美】（名）婦女腿的曲線美。⓪

＊ぎゃくたい【虐待】（名・他サ）虐待。⓪

きゃくだね【客種】（名）顧客（的性質）；☆あの店の客種は好い／那個商店的顧客好。⓪

ぎゃくちょう【逆調】（名）逆差；☆貿易の逆調／對外貿易的逆差。⓪

ぎゃくちょう【逆潮】（名）與風向、船舶的進路相反的潮流，逆潮。⓪

ぎゃくて【逆手】（名）〔柔道〕反扭對手胳膊；☆逆手を取ってねじ上げる／反扭對方的胳膊。③⓪

ぎゃくてん【逆転】（名・自サ）①倒轉，反轉；②反過來，倒退；惡化；☆形勢が逆転した／局勢惡化了；③（飛機）翻筋斗，顛倒迴翔。⓪

きゃくど【客土】（名）〔農〕（爲改良土壤而）摻加的土（＝おきつち）。①

きゃくどめ【客止（め）】（名・自サ）（劇院等因滿座而）謝絕入場；☆満員客止／滿座謝絕入場。④⓪

ぎゃくひ【逆比】（名）〔數〕反比例（＝はんぴれい）。①⓪

きゃくひき【客引（き）】（名）招攬顧客（的人），攬客（的人）；☆ホテルの客引／飯店的攬（接）客員。④

ぎゃくひぶ【逆日歩】（名）〔經〕（證券交易所賣主不能如期交出股票請求延期時所付的）日息。⓪

ぎゃくひれい【逆比例】（名）〔數〕反比例。③

きゃくぶ【脚部】（名）〔文〕足部。①

ぎゃくふう【逆風】（名）逆風，頂風（＝むかいかぜ）☆逆風を受ける／頂風。⓪③

きゃくぶん【客分】（名）客人（身分）；☆客分としてあしらう／當作客人待②⓪

きゃくほん【脚本】（名）劇本；☆脚本を書く／寫劇本。⓪

きゃくま【客間】（名）客廳；☆客間に通す／請到客廳。⓪

きゃくまち【客待（ち）】（名・自サ）（車夫等）等客，等座處；停車場。④⓪

ぎゃくもどり【逆戻り】（名・自サ）往回走，返回來；☆交通止めで逆戻りする／因爲禁止通行返回來。③

ぎゃくゆにゅう【逆輸入】（名・他サ）（出口貨的）再輸入；☆棉花を輸出して棉製品を逆輸入する／輸出棉花而再輸入棉製品。⓪

きゃくよう【客用】（名）客人用的；☆客用の座蒲団（ざぶとん）／客人用的褥墊。⓪

ぎゃくよう【逆用】（名・他サ）反過來利用；☆敵の宣伝を逆用する／反過來利用敵人的宣傳。⓪

ぎゃくりゅう【逆流】（名・自サ）逆流，倒流；☆どぶの水が逆流する／下水溝的水倒流。⓪

きゃくりょく【脚力】（名）足力。②⓪

ギャザー【gather】（名）〔縫紉〕死摺。①

きゃしゃ【花車・華車・華奢】（名・形，ダ）①纖細，窈窕，苗條；☆華奢な女／苗條的女人；②纖弱，削薄，不結實；☆花車に造られた腰掛／做得削薄的椅子；③俏皮，別緻，嬌嫩；～もの【華奢者】（名）苗條的人。⓪

きやす・い【気安い】（形）不拘泥的，不客氣的，隨隨便便的；☆自分の家と思って気安く遊びに来て下さい／就當作自己的家，不用客氣來玩吧。⓪

キャスト【cast】（名）①（演劇、電影之）分配角色；②鑄型；鑄件；～アイアン【cast-iron】（名）鑄鐵；～スチール【cast-steel】（名）鑄鋼。①

きやすめ【気休め】（名）（暫時的）安心，安慰，慰藉；☆気休めを言う／說安慰話；☆一時の気休め／一時的慰藉；～もんく【気休め文句】（名）安慰話（不可靠的話）。④⓪

きやせ【着痩】（名・自サ）穿上衣服人顯得瘦；☆かの女は着痩するたちだ／她是穿上衣服反顯得瘦的人。⓪

きゃたつ【脚榻】（名）（攀取高處物用的）足凳；☆脚榻に登る／登上足凳。⓪

きゃっ（感）（吃驚時所發的聲）哎呀；～きゃっ①〔擬聲〕猿的叫聲；②〔感〕婦女、小孩兒的喊聲。

きゃっか【却下】（名・他サ）不受理，駁回，批駁，却下；☆上告を却下する／駁回上告；☆願書を却下する／駁回申請書①

きゃっか【脚下】（名）脚下（＝あしもと）；☆脚下は数十丈の谷だ／脚下是數十丈的深谷。①

きゃっかん【客観】（名・他サ）〔哲〕客観；↔しゅかん（主観）；～しゅぎ【客観主義】（名）客観主義；～せい【客観性】（名）客観性；～てき【客観的】（形動ダ）客観的；☆客観的に見る／客観地觀察；～びょうしゃ【客観描写】（名）客観的描寫。⓪

ぎゃっきょう【逆境】（名）逆境；☆逆境にある／處於逆境；☆逆境と闘う／同逆境作鬥爭。⓪

きゃっこう【脚光】（名）脚燈（＝フットライト）；☆脚光を浴（あ）びる／①登臺；②（劇本）上演；③〔轉〕登場，顯露頭角。⓪

ぎゃっこう【逆行】（名・自サ）逆行，倒

行，退行；☆時勢に逆行する／逆着時勢走，不順應時勢。◯

キャッシュ【cash】（名）現款；☆キャッシュで払う／付以現款～ブック【cash-book】（名）現金出納簿；～レジスター【cash-register】（名）現金（收支）記錄器。①

キャッチ【catch】（名・他サ）捕捉，抓住；☆劇の場面をカメラにキャッチする／拍攝戲劇性的場面；☆敵国の暗号電報をキャッチする／接收敵國的暗碼電報；②〔棒球〕接球；接球手（＝キャッチャー）；～ボール【catch-ball】（名・自サ）投球（戲）。①

キャッチャー【catcher】（名）〔棒球〕接球手，捕手；～ボート【catcher-boat】（名）捕鯨艇。①

キャップ【cap】（名）①無緣帽，運動帽；室內帽；自來水筆帽；原子筆帽①

ギャップ【gap】（名）①罅隙，裂縫（＝われめ）；②間際（＝すきま）；⑧（彼此意見、想法、能力等的）距離；☆われわれの考え方には大きなギャップがある／我們彼此的想法有很大的距離。①

キャディー【caddie】（名）①（高爾夫球戲的）隨從僕人；②使者，球童。①

ギャバジン【gaberdine】（名）葛巴丁（一種毛織物）。①

キャバレー【法cabaret】（名）帶舞場的酒館。①

きゃはん【脚半・脚絆】（名）綁腿（帶）；☆脚半を巻き付ける／紮上綁腿。◯

キャビア【caviar(e)】（名）魚子醬。①

キャピタル【capital】（名）①首都；②首字母；⑧資本。①

キャビネ【cabinet】（名）（像片的）六寸版（縱16.5公分，橫12公分）。①

キャビネット【cabinet】（名）①櫥櫃，陳列櫥；②（C～）內閣。①

キャビン【cabin】（名）船室，客艙。①

キャプテン【captain】（名）①首領；②陸軍上尉；⑧船長；④〔運動〕（球隊等的）隊長。①

キャベツ【cabbage】（名）〔植〕卷心菜，洋白菜，甘藍。①

ギヤマン【葡diamante】（名）①（切玻璃用的）金剛石；②玻璃（舊稱）。①

きやみ【気病み】（名・自サ）沮喪，消沉，憂鬱（病）；操心（病）。◯

キャメラ【camera】（名）→カメラ。

ギャラ＝ギャランティー。①

キャラクター【character】（名）①性格，性質；②字，記號。①

キャラコ【calico】（名）細薄白棉布②①

キャラバン【caravan】（名）①商隊；②一隊旅人，旅隊；⑧有蓋車，帶蓬車。①

キャラメル【caramel】（名）①焦糖；②焦糖果。◯

ギャラリー【gallery】（名）①走廊，長廊；②美術展覽室；畫廊；⑧（議院的）旁聽席；④（劇場的）最高樓座。①

ギャラン【法garant】（名）保證，保證金。①

ギャランティ（ー）【guaranty】（名）①保證金；②出演費。①②

きやり【木遺】（名）（多人）滾運木材；～うた【木遺歌】（名）滾運木材歌③◯

ギャロップ【gallop】（名・自サ）（馬）奔馳，疾馳。①

きゃん【俠】（名・形動ダ）（普通用「おきゃん」）「表卑」①（女人）好出風頭，輕浮，輕佻；②好出風頭的女人，輕浮的女人（＝おてんば）。①

ギャング【gang】（名）盜夥，夥匪，暴力團。◯

キャンセル【cancel】（名・他）取消（訂座，訂房等）。①

キャンデー【candy】（名）糖果；☆アイス・キャンデー／冰棍。①

キャンドル【candle】（名）蠟燭。①

キャンバス【canvas】（名）→カンバス①

キャンパス【canpus】（名）（大學、學院等的）校園。①

キャンピング【camping】（名）露營，野營生活。①

キャンプ【camp】（名・自サ）①露營，野營；☆キャンプに行く／去露營；②帳幕，天幕；☆キャンプを張る／搭起天幕；～サイド【camp side】（名）適合露營的場所；～ファイア【camp-fire】（名）露營營火；～むら【camp村】（名）露營村。①

キャンペーン【campaign】（名）（政治性的）運動，選舉運動。③

──きゅう【球】（造語）①表示…電燈泡、電子管；☆百ワット球／一百度電燈泡；☆四球の受信機／四個電子管的收音機；②〔棒球〕表示…球；☆內角球（ないかくきゅう）／內角球。

きゅう【九】〔數〕九(=く)。①

きゅう【旧】（名）①舊，陳舊；☆旧友（きゅうゆう）／故友，老朋友；☆旧を捨てて新につく／捨舊從新；②前任者；☆旧知事（ちじ）／前任縣長；③舊曆，農曆；☆旧の正月（しょうがつ）／舊曆新年，春節。①

きゅう【灸】（名）〔醫〕灸，灸術；☆灸をすえる／施灸術；〔轉〕（對作壞事不聽話的孩子等）加以懲處。①

*きゅう【急】（名・形動ダ）①急，急迫；☆急を用する事／需要趕緊辦的事；☆焦眉（しょうび）の急／燃眉之急；☆急の間に合わない／一旦緊急來不及；②緊急，危急；☆急を告（つ）げる／告急；☆国家の急に赴（おもむ）く／挺身捍衛國家的危急；③突然，忽然（だしぬけ、たちまち）；☆急に立ち止まる／忽然站住；④陡峭；急劇（=はげしい）；☆急な坂／陡坡；☆急な流れ／急流；⑤性急，急躁；〜かくどに【急角度に】（副）急劇，陡然；急転直下地，☆形勢が急角度に変わった／局勢急轉直下了。①

きゅう【級】（名）①等級；☆大臣級の人物／部長級的人物；☆一万噸級の船／一萬噸級的船；②（學校）班。①

きゅう【球】（名）①球（=たま）；②〔數〕球形，球體。①

きゅう（副）〔擬聲〕吱吱；☆きゅうと鳴って戸が（あ）開いた／門吱地一聲開了；☆靴がきゅうきゅう鳴る／（走路時）鞋咯吱咯吱地響；☆きゅうと一杯やる／咕嚕喝一口酒。①

きゆう【杞憂】（名）杞憂（=とりこしぐろう）；☆それは杞憂に過ぎない／那只是杞人憂天。①

ぎゅう【牛】（名）①〔動〕牛；②牛肉；☆牛鍋（なべ）／牛肉火鍋；③〔天〕二十八宿之一。①

ぎゆう【義勇】（名）義勇；〜かんたい【義勇艦隊】（名）（由商船組織的）義勇艦隊；〜ぐん【義勇軍】（名）義勇兵團；〜へいせい【義勇兵制】（名）義勇兵制，志願兵制。①

きゅうあい【求愛】（名・自サ）求愛；☆娘に求愛する／向姑娘求愛。①

きゅうあく【旧悪】（名）舊時罪惡，往昔惡行☆旧悪を発く／揭發舊時罪惡。①①

きゅういん【吸引】（名・他サ）吸引，引

誘（=ひきつける）；☆ポスターで観客を吸引する／用廣告畫吸引觀衆。①

ぎゅういんばしょく【牛飲馬食】（連語・名・自サ）貪婪地吃喝，暴飲暴食。①

ぎゅうえん【旧怨】（名）〔文〕舊怨，宿怨；☆旧怨を晴らす／報宿怨，雪舊恨①

きゅうえん【旧縁】（名）〔文〕舊緣。①

きゅうえん【休演】（名・自サ）停止演出，停演。①

きゅうえん【救援】（名・他サ）救援；☆救援に赴く／前往救援。①

きゅうおん【旧恩】（名）舊恩；☆旧恩に報いる／報答舊恩。①①

きゅうか【旧家】（名）歷史悠久的家系，世家；☆旧家の生れ／世家出身。①①

きゅうか【休暇】（名）休暇；三日の休暇／休假三天；☆暑中（しょちゅう）休暇／暑假；☆休暇を取る／請假；〜び【休暇日】（名）假日。①

きゅうカーブ【急curve】（名・自サ）（道路）彎曲的厲害；車子突然轉彎。③

きゅうかい【休会】（名・他サ）①（議會等的）休會；☆休会を宣する／宣告休會；☆休会明（あ）けを待って／等待休會期滿；②（交易所的）停止交易。①

きゅうかい【球界】（名）球界；（特指）棒球界。①

きゅうかく【旧格】（名）陳規舊套，舊傳統；☆旧格を脱する／打破舊傳統。①

きゅうかく【嗅覚】（名）嗅覺；☆嗅覚が鋭い／嗅覺敏銳。①

きゅうがく【休学】（名・自サ）休學；☆病気のため休学する／因病休學。①

きゅうかざん【休火山】（名）〔地〕休火山；↔かっかざん（活火山）。③

きゅうかつ【久闊】（名）〔文〕久違；☆久闊を叙（じょ）する／久別後重溫舊交，暢敍離衷。①

きゅうかん【旧刊】（名）舊時刊物，舊版本；☆書物の旧刊／書籍的舊版本。①

きゅうかん【旧館】（名）舊房，以前的辦公處。①

きゅうかん【旧観】（名）〔文〕舊觀；☆旧観を改めない／不改舊觀。①

きゅうかん【休刊】（名・他サ）（報紙、雜誌的）停刊；☆元日（がんじつ）は休刊致します／元旦停刊。①

きゅうかん【休耕】（名・自サ）（為養復地力而）停耕，休閑；〜ち【休閑地】（

名）〔農〕休閑地；～さくもつ【休閑作物】（名）〔農〕休閑作物。⓪

きゅうかん【休館】（名・自サ）（圖書館、博物館等）停止開放；☆明日から当分（とうぶん）休館する／從明天起暫時停止開放。⓪

きゅうかん【急患】（名）急病患者；☆急患を先に診察する／先看急診病人。⓪

きゅうかんちょう【九官鳥】（名）〔動〕秦吉了（椋鳥科燕雀目）；〔俗〕八哥⓪

きゅうき【吸気】（名）吸氣；↔こき（呼気）；～かん【吸気管】（名）〔機〕吸氣管；～べん【吸気弁】（名）〔機〕吸氣閥。⓪

きゅうぎ【球技】（名）〔運動〕球賽（指足球、籃球、棒球、排球、網球、乒乓球等）。①

きゅうぎ【球戯】（名）①球戲；②檯球戲；～しつ【球戯室】（名）檯球室。①

きゅうきゅうⅠ（副・自サ）〔俗〕①生活窮迫，拮据；☆子供が多いのできゅうきゅうしている／因爲小孩子多生活感覺窘迫；②痛苦貌；☆押さえ付けられてきゅうきゅう言わされた／被壓得喘不過氣。Ⅱ〔擬聲〕吱吱；☆きゅうきゅう鳴る階段／咯吱咯吱響的樓梯。①

きゅうきゅう【救急】（名・自サ）救急；～しゃ【救急車】（名）救急車，救護車；～ばこ【救急箱】（名）救急箱子；～びょういん【救急病院】（名）（政府指定的）設有急救設備的醫院。⓪

ぎゅうぎゅうⅠ（副）滿滿地，緊緊地；☆ぎゅうぎゅう詰め込む／緊緊地裝（塞）；☆ぎゅうぎゅうと締めつける／緊緊地勒；Ⅱ〔擬聲〕吱吱；☆靴の革がぎゅうぎゅう鳴る／鞋皮吱吱地響。①

きゅうきょ【旧居】（名）〔文〕故居。

きゅうきょ【急遽】（副）〔文〕急忙，倉惶；☆急遽上京する／倉惶進京。⓪

きゅうきょう【旧教】（名）天主教；↔しんきょう（新教）；～と【旧教徒】（名）天主教徒。①

きゅうぎょう【休業】（名・自サ）停業，停工，歇業；☆臨時休業／臨時歇業；休業中の工場／停工的工廠。⓪

きゅうきょく【究竟・窮極】（名・自サ）畢竟，究竟，最終（＝はて、どんづまり）；☆究極の目的／最終目的；☆究極のところ／畢竟，結局。⓪

きゅうきん【給金】（名）薪金，工資；☆給金を払う／發工資。①

きゅうきん【球菌】（名）〔醫〕球菌。⓪

*きゅうくつ【窮屈】（形動ダ）①窄小，瘦小，發緊；☆窮屈な上衣（うわぎ）／窄小的上衣；☆窮屈な家／狹小的住房；☆靴が窮屈だ／鞋好緊；②不自由，不舒暢；感覺束縛，拘束；☆窮屈な感じを与える／使人感覺不舒暢；☆叔父（おじ）の家に居るのは窮屈だ／在叔父家住感覺很拘束③缺乏通融性；☆窮屈な規定／不能通融的規定，過嚴的規定；☆あまり窮屈に考えなくてもよい／不必想得太死板；④（物質）缺乏，拮据；☆ふところが窮屈だ／手頭拮据。

きゅうくん【旧訓】（名）（漢字、漢文的）舊訓讀〔法〕。⓪

きゅうけい【弓形】（名）①弓形；②〔數〕弓形。⓪

きゅうけい【求刑】（名・他サ）〔法〕求刑；☆三年の禁錮（きんこ）を求刑する／求刑監禁三年。⓪

*きゅうけい【休憩】（名・自サ）休息；☆十分間（じゅっぷんかん）休憩する／休息十分鐘；～しつ【休憩室】（名）休息室。⓪

きゅうけい【球形】（名）球形，圓形。⓪

きゅうけい【球茎】（名）〔植〕球莖。⓪

きゅうげき【急激】（形動ダ）急劇；☆急激な変化／急劇的變化。⓪

きゅうけつ【吸血】（名）吸血；～き【吸血鬼】（名）吸血鬼；～どうぶつ【吸血動物】（名）〔動〕吸血動物（蛭、蚊、蝨、臭蟲等）。⓪

きゅうけつ【灸穴】（名）〔醫〕灸穴。⓪

きゅうけつ【給血】（名・自サ）〔醫〕提供輸血用的血；～しゃ【給血者】（名）提供輸血用血者。⓪

きゅうげん【給原・給源】（名）供給的泉源；☆ビタミン給源／供給維生素的泉源⓪

きゅうご【救護】（名・他サ）救護；☆罹災者の救護／遇難者的救護。①

ぎゅうご【牛後】（名）〔文〕牛後；◇寧（むしろ）鶏口となるも牛後となるなかれ／寧爲鶏口勿爲牛後。

きゅうこう【旧交】（名）老交情，舊誼；☆旧交を温める／重溫舊誼。

きゅうこう【旧稿】（名）舊稿；☆旧稿を書きかえる／改寫舊稿。⓪

きゅうこう【休校】（名・自サ）（學校）停課；☆一ヶ月（いっかげつ）休校する／學校停課一個月。⓪

きゅうこう【休航】（名・自サ）停航；☆暴風のため休航する／因暴風停航。⓪

きゅうこう【休講】（名・自サ）停（止）講（課）。⓪

＊きゅうこう【急行】（名・自サ）①急往，急趨；☆現場（げんば）に急行する／急忙到現場去；②快車；☆急行に乗る／坐快車；～けん【急行券】（名）快車票；～りょうきん【急行料金】（名）快車費；～れっしゃ【急行列車】（名）快車。⓪

きゅうこう【急航】（名）急航，快航；～せん【急航船】（名）快船。⓪

きゅうごう【旧号】（名）①（雑誌等的）過期號；②舊的雅號。

きゅうごう【糾合・鳩合】（名・他サ）糾合；☆同志を糾合する／糾合同志。⓪

きゅうこうか【急降下】（名・自サ）（飛機）俯衝；☆急降下して爆撃する／俯衝轟炸；～ばくげきき【急降下爆撃機】（名）俯衝轟炸機。③

きゅうこく【急告】（名・他サ）緊急通知；☆住民に危険を急告する／把危険緊急通知給住民。⓪

きゅうごしらえ【急拵え】（名）急造，趕造（＝にわかづくり）；☆急拵えの家／趕造的房屋。③

きゅうこん【求婚】（名・自サ）求婚；～しゃ【求婚者】（名）求婚者；☆彼に求婚された／他向我求婚了。⓪

きゅうこん【球根】（名）〔植〕球根；☆ダリアの球根／西番蓮的球根。⓪

きゅうさい【旧債】（名）舊債；☆旧債を返済する／還清老帳。⓪

きゅうさい【救済】（名・他サ）救濟；☆貧困者を救済する／救濟貧困的人；～さく【救済策】（名）救濟方策。⓪

きゅうさく【窮策】（名）〔文〕窮極之策⓪

きゅうし【九死】（名）〔文〕九死；◇九死一生（いっしょう），九死に一生を得る／九死一生，死裏逃生。①

きゅうし【旧址】（名）舊址。①

きゅうし【旧師】（名）舊師，先師。①

きゅうし【臼歯】（名）〔解〕磨牙，臼歯。①

きゅうし【休止】（名・自サ）休止，停止，停歇；☆作業（さぎょう）を休止する／停止作業；☆休止の状態にある／處在停頓狀態；～ふ【休止符】（名）〔樂〕（樂譜的）休止符。⓪

きゅうし【急死】（名・自サ）驟亡。⓪

きゅうじ【旧時】（名・副）〔文〕往昔，以前；☆旧時を語（かた）る／話舊。①

きゅうじ【灸治】（名）灸術治療。⓪

きゅうじ【給仕】（名・自サ）①伺候（吃飯）；☆婦人達から先に給仕しなさい／先伺候婦女們吃飯；②侍者；雜勤，工友；☆事務所の給仕／辦公處的雜勤。

ぎゅうじ【牛脂】（名）牛油（製蠟燭、肥皂等用）（＝ヘット）。①

ぎゅうじ【牛耳】（名）〔文〕牛耳；◇牛耳を執（と）る／執牛耳。①

きゅうしき【旧式】（名・形動ダ）舊式；☆旧式な教授法／舊式的教授法；☆この模様（もよう）は旧式だ／這個花樣太舊⓪

きゅうしき【旧識】（名）〔文〕舊相識，故友。①

＊きゅうじつ【休日】（名）休息日，休假日；その日は休日であった／那天是假日；☆休日を利用して旅行する／利用假日去旅行。⓪

きゅうしつざい【吸湿剤】（名）〔化〕吸濕劑。⓪

きゅうしつせい【吸湿性】（名）〔化〕吸濕性。⓪

きゅうしゃ【柩車】（名）靈柩車。①

きゅうしゃ【鳩舎】（名）鴿窠。①

きゅうしゃ【厩舎】（名）厩，馬棚（＝うまや）。①

ぎゅうしゃ【牛舎】（名）牛欄，牛圈（＝うしごや）。①

ぎゅうしゃ【牛車】（名）①牛車；②→ぎっしゃ。①

きゅうしゅう【急襲】（名・自サ）急襲；☆空から急襲する／突然進行空襲。⓪

＊きゅうしゅう【吸収】（名・他サ）①吸收；☆海綿が水を吸収する／海綿吸收水；②〔理〕〔生〕吸收；☆血液中に吸収される／被吸收到血液裏；～がっぺい【吸収合併】（名）吸收合併（兩公司合併時一公司被取消，一公司繼續存在的合併方式）。⓪

きゅうしゅう【旧習】（名）舊習慣；☆旧習を墨守する／墨守成規。⓪

きゅうしゅつ【救出】（名・他サ）〔文〕

救出（＝すくいだす）；☆炎の中から子供を救出する／從火焰中救出小孩。⓪

きゅうじゅつ【弓術】（名）射（箭）術。①⓪

きゅうじゅつ【救恤】（名・他サ）〔文〕救濟，撫恤，☆罹災者(ひさいしゃ)を救恤する／救濟遇難者；～きん【救恤金】（名）救濟金，撫卹金。⓪

きゅうしゅん【急峻】（名・形動ダ）①陡峭；②陡坡。⓪

きゅうしょ【急所】（名）①（身體上的）要害，致命處，☆弾丸が急所を外(はず)れた／子彈沒打中要害，☆急所の痛手(いたで)／致命處的創傷，致命傷；②〔轉〕弱點，☆急所を突く／攻擊弱點；擊中要害；③要點，關鍵，☆問題の急所／問題的關鍵，☆急所を握る／抓住要點，☆急所を突く質問／擊中要點的質問。③⓪

*きゅうじょ【救助】（名・他サ）救助，搭救；拯救，救護，救濟，☆人命(じんめい)を救助する／救命，救人，☆声をあげて救助を求める／喊着求救，☆罹災者を救助する／救濟遇難者；～きん【救助金】(名)救濟金；～はしご【救助梯子】（名）救護梯子；～りょう【救助料】（名）（海船遇難得到救護時所付的）救護費。①

きゅうしょう【旧称】（名）〔文〕舊稱，☆江戸は東京の旧称である／江戸是東京的舊稱。⓪

きゅうしょう【求償】（名・自サ）〔文〕請求賠償（償還）；～けん【求償權】（名）〔法〕（連帶債務者的一人或保證人替債務人償還債務時對該債務人享有的請求償還權）。⓪

きゅうじょう【休場】（名・自サ）①（劇院）停（止）演（劇）；②（演員、競技者）不出場，休場，☆病気で休場する／因病停演。⓪

きゅうじょう【宮城】（名）皇宮，皇城〔現在稱「こうきょ」（皇居）〕。⓪

きゅうじょう【球状】（名）球狀・球形；～せいだん【球状星団】〔天〕球狀星團。⓪

きゅうじょう【球場】（名）←棒球場。⓪

きゅうじょう【窮状】（名）窮困狀況；窘境，☆離島の窮状／孤島的窮困狀況，☆窮状を訴える／申訴貧苦情況，訴苦；☆窮状を脱する／擺脱窘境。⓪

きゅうしょく【休職】（名・自サ）（公務員因病等的一時）停職；☆休職を命ぜられる／奉命停職。⓪

きゅうしょく【求職】（名・自サ）尋找職業（工作）。⓪

きゅうしょく【給食】（名・自サ）供給飲食；～せいど【給食制度】（名）（學校對學生等的）供給飲食制。⓪

ぎゅうじ・る【牛耳る】（自五）〔俗〕執牛耳，操縱，支配。③

きゅうしん【丘疹】（名）〔醫〕丘疹。⓪

きゅうしん【旧臣】（名）〔文〕舊臣。⓪

きゅうしん【休神・休心】（名・自サ）〔文〕安心，放心，☆御休神下さい／請安心。⓪

きゅうしん【休診】（名・自サ）休診。⓪

きゅうしん【求心】（名）向心；↔えんしん（遠心）；～りょく【求心力】（名）〔理〕向心力。⓪

きゅうしん【急診】（名・他サ）急診，☆急診を頼(たの)む／請求急診。⓪

きゅうしん【急進】（名・自サ）急進，冒險；↔ぜんしん（漸進）；～しゅぎ【急進主義】（名）急進主義；～てきぶんし【急進的分子】（名）急進分子；冒險分子。⓪

きゅうしん【球審】（名）〔棒球〕（站在捕手後邊的）裁判員；↔るいしん（壘審）。⓪

きゅうじん【九仞】（名）〔文〕九仞（一仞＝八尺）；☆九仞の功(こう)を一簣(いっき)に欠(か)く／〔為山〕九仞，功虧一簣。⓪

きゅうじん【求人】（名）徵僱用人，徵求人才；～こうこく【求人広告】（名）徵雇人才廣告。⓪

きゅうしんけい【嗅神経】（名）〔解〕嗅神經。③

きゅう・す【休す】（自サ）〔文〕休；☆万事(ばんじ)休す／萬事休矣。①

きゅう・す【窮す】（自サ）〔文〕窮；☆窮すれば通(つう)ず／窮則變，變則通。①

きゅうす【急須】小茶壺（＝きびしょ）；☆急須にお湯をつぐ／往茶壺裏倒開水⓪

きゅうすい【給水】（名・自サ）給水，供水，☆時間給水を行なう／限時供水；～うんが【給水運河】（名）引水運河（渠道）；～かん【給水管】（名）給水管；～せん【給水船】（名）上水船；～ちゅ

う【給水柱】(名)〔鐵〕水鶴；～らくさ【給水落差】(名)給水落差；～ろかき【給水濾過器】(名)濾水器。⓪

ぎゅうず(づ)め【ぎゅう詰(め)】(名)〔俗〕装得滿滿的,塞得緊緊的。⓪

きゅう・する【休する】(自サ)①休息(＝やすむ);②休止(＝やむ);因きゅうす(サ)。

きゅう・する【給する】Ⅰ(自サ)備置,備有(＝そなわる);Ⅱ(他サ)①給與(＝あたえる);②供應,供給,☆衣食を給する／供給衣食;因きゅうす(サ)③

きゅう・する【窮する】(自サ)①困窘,☆返答に窮する／不知如何回答;②困窮,貧乏,☆金に窮する／缺錢;☆生活に窮する／無法生活;因きゅうす(サ)。③

きゅうせい【旧姓】(名)原來的姓,結婚以前的姓;☆呉さんの奥さんの旧姓は陳です／吳太太未結婚時姓陳。⓪

きゅうせい【旧制】(名)舊制度;☆旧制の大学／(對戰後新制大學而言的)舊制大學。⓪

きゅうせい【急性】(名)〔醫〕急性;☆急性(の)肺炎／急性肺炎;↔まんせい(慢性)。⓪

きゅうせい【救世】(名)〔宗〕救(濟)世(人);～ぐん【救世軍】(名)〔宗〕救世軍;～しゅ【救世主】(名)〔宗〕耶穌。⓪

きゅうせかい【旧世界】(名)舊世界(指亞、歐、非三洲);↔しんせかい(新世界)。⓪

きゅうせき【旧跡】(名)古蹟;☆名所(めいしょ)旧跡／名勝古蹟。⓪①

きゅうせつ【旧説】(名)舊說;☆旧説を改める／改正舊說;↔しんせつ(新説)⓪

きゅうせつ【急設】(名・他サ)急忙設置;☆宿舎を急設する／急忙蓋宿舍。⓪

きゅうせっきじだい【旧石器時代】(名)〔史〕舊石器時代。⑥

きゅうせん【休戦】(名・自サ)停戦;☆休戦を求める／要求停戦;～きょうてい【休戦協定】(名)停戦協定。⓪

きゅうせんぽう【急先鋒】(名)(急進的)先鋒,最先鋒;☆倒閣運動の急先鋒に立つ／站在倒閣運動的最先鋒。③

きゅうそ【泣訴】(名・自サ)〔文〕泣訴,哭訴。①

きゅうそう【急送】(名・他サ)急忙輸送,

搶運;☆水災地に食糧を急送する／往水災地區搶運食糧。⓪

きゅうぞう【急造】(名・他サ)急忙製造,趕造;☆船舶を急造する／趕造船隻。⓪

きゅうぞう【急増】(名・他自サ)驟増,陡増;☆人口が急増する／人口驟増。⓪

*きゅうそく【休息】(名・自サ)休息;☆ちょっと休息しよう／稍微休息一下吧;～じょ【休息所】(名)休息所。⓪①

*きゅうそく【急速】(形動ダ)迅速;☆急速な発展を遂(と)げる／取得迅速發展。⓪

きゅうたい【球体】(名)球形(的物)體,球體。⓪

きゅうたい【旧態】(名)舊態;☆旧態依然たり／舊態依然。⓪

きゅうだい【及第】(名・自サ)考中,及格;☆試験に及第した／考上了,考及格了;☆この案ならどうやら及第だ／這個方案或許能通過;↔らくだい(落第)。⓪

きゅうだん【球団】(名)(職業)棒球隊。⓪

きゅうだん【糾弾】(名・他サ)彈劾;☆野党が政府を糾弾する／在野黨彈劾政府。⓪

きゅうち【旧知】(名)故友,老友,☆旧知を訪ねる／訪問故友。①

きゅうち【窮地】(名)①窘境,窘境,困境;☆窮地に陥る／陷入困境;②〔文〕窮郷僻壤,偏僻之地。

きゅうちしん【求知心】(名)〔文〕求知心,求知慾。③

きゅうちゃく【吸着】(名・他サ)吸着,吸住;☆色素(しきそ)を吸着する／吸着色素;☆貝が岩に吸着する／貝吸附在岩石上。⓪

きゅうちゅう【宮中】(名)①皇宮,禁中;②「神宮」院內;～さんでん【宮中三殿】(名)宮中三殿〔卽:賢所(＝かしこどころ)、皇霊殿、神殿〕。①

きゅうちゅうるい【吸虫類】(名)〔生〕吸蟲類。③

きゅうちょう【急調】(名)〔樂〕急調,快板;☆バイオリンが急調で奏でられる／小提琴用快板奏起;～し【急調子】(名)①〔樂〕急調,快板;☆急調子の音楽／快板的音楽;②迅速,☆計画が急調子に運ぶ／計劃迅速進行。⓪

き

きゅうちょう【級長】（名）（學校的）班長。⓪

きゅうてい【休庭】（名・自サ）〔法〕休庭，停庭。⓪

きゅうてい【宮廷】（名）皇宮，禁中；～ぶんがく【宮廷文學】（名）宮廷文學⓪

きゅうてき【仇敵】（名）仇敵（＝あだかたき）；☆仇敵に巡り合う／遇上仇敵⓪

きゅうてん【急転】（名・自サ）急轉；～ちょっか【急転直下】（連語・名・自サ）急轉直下；☆形勢が急転直下した／局勢急轉直下了。⓪

きゅうでん【宮殿】（名）宮殿；☆宮殿のような邸宅（ていたく）／宮殿似的房屋⓪

きゅうでん【給電】（名・自サ）供電，饋電；☆重点的に給電する／重點地供電；～せん【給電線】（名）饋電線。⓪

きゅうテンポ【急 tampo】（名・副）快速地；☆近頃近郊が急テンポに発展した／最近近郊快速地發展了。③

きゅうと【旧都】（名）〔文〕故都。①

きゅうとう【旧冬】（名）〔文〕去（年）冬（季）。⓪①

きゅうとう【旧套】（名）〔文〕陳規舊套；☆旧套を脱（だっ）する／擺脱陳規舊套。⓪

きゅうとう【急騰】（名・自サ）（物價等）暴漲，驟漲；☆物価が急騰した／物價暴漲了；↔きゅうらく（急落）。⓪

きゅうどう【弓道】（名）射術。①

きゅうどう【旧道】（名）舊道，往昔的道路。⓪

きゅうとう【牛刀】（名）〔文〕屠牛的刀；◇鶏を割（さ）くにいずくんぞ牛刀を用（もち）いんや／殺鶏焉用牛刀。⓪

ぎゅうとう【牛痘】（名）牛痘。⓪

ぎゅうなべ【牛鍋】（名）①燉牛肉的鍋；②日式牛肉火鍋。⓪

きゅうなん【急難】（名）急迫的危難，突發的災難。⓪

きゅうなん【救難】（名・他サ）拯救災難，搶救；～さぎょう【救難作業】（名）搶救作業；～せん【救難船】（名）搶救船；～ブイ【救難ブイ】（名）救生浮標，救生圈。⓪

きゅうに【急に】（副）突然，忽然，驟然（＝にわか）；急忙（＝いそいで）；☆急に走り出した／突然跑起來；☆急に立ち止まる／驟然站住；☆急に話しぶり

を変える／忽然改變口吻。⓪

ぎゅうにく【牛肉】（名）牛肉；～や【牛肉屋】（名）牛肉舖。⓪

きゅうにゅう【吸入】（名・他サ）吸入；☆酸素を吸入する／吸入氧氣；～き【吸入器】（名）吸入器。⓪

*ぎゅうにゅう【牛乳】（名）牛乳，牛奶；☆牛乳を搾る／擠牛奶；☆牛乳を配達する／（給訂戸）送牛奶；～けい【牛乳計】（名）牛乳比重計；～ばいようき【牛乳培養基】（名）牛乳（細菌）培養基。⓪

きゅうにん【旧任】（名）前任（者）。⓪

きゅうねつはんのう【吸熱反応】（名）〔化〕吸熱反應；↔はつねつはんのう（発熱反応）。⑤

きゅうねん【旧年】（名）〔文〕去年。⓪

きゅうは【旧派】（名）舊派，老派；☆旧派の芝居／舊劇；～はいゆう【旧派俳優】（名）舊劇演員。①

きゅうは【急派】（名・他サ）趕緊派遣，急派；☆現場（げんば）に軍隊を急派する／趕緊派遣軍隊到出事地點。①

きゅうば【弓馬】（名）①弓馬，騎射；☆弓馬の家／武術；☆弓馬の家／武士之家；②〔文〕（轉）戰爭。⓪

*きゅうば【急場】（名）緊急場合（情況），危急；☆急場を救う／解救危急；☆急場の処置／緊急措施。⓪

ぎゅうば【牛馬】（名）牛馬；☆牛馬のようにこき使う／像牛馬似地驅使。①

きゅうはい【九拝】（名・他サ）①九拜，九叩；②〔文〕（書信結尾語）載拜，頓首。⓪

きゅうはく【急迫】（名・自サ）緊迫，緊急，吃緊；☆中東の情勢が急迫してきた／中東的局勢吃緊了。⓪

きゅうはく【窮迫】（名・自サ）窮困，困窘，窘迫；☆財政が窮迫する／財政困難。⓪

きゅうばく【旧幕】（名）舊幕府（指德川幕府）。⓪

きゅうはん【旧藩】（名）舊藩，幕府時代的各藩（諸侯）。⓪

きゅうばん【吸盤】（名）〔動〕吸盤。⓪

きゅうひ【給費】（名・自サ）①供給費用；②（供給）助學金；～せい【給費生】（名）領助學金的學生。⓪

きゅうひ【厩肥】（名）〔農〕廏肥。①

きゅうび【急火】（名）①突然燃燒起來的

火；②過烈的火，急火。⓪

ぎゅうひ【牛皮】（名）牛皮。⓪

ぎゅうひ【求肥】（名）一種皮糖點心。⓪

ぎゅうび【牛尾】（名）〔文〕牛尾，牛後。↔けいこう（鶏口）。①

キューピー【kewpie】（名）〔（キュウピッド）之訛〕裸體洋娃。①

キューピッド【Cupid】（名）①〔羅馬神話〕愛神，美神；②美少年。①③

きゅうびょう【急病】（名）急病；☆急病にかかる／患急病。⓪

きゅうひん【救貧】（名）救貧，濟貧；～いん【救貧院】（名）救濟院；～じぎょう【救貧事業】（名）濟貧事業。⓪

きゅうびん【急便】（名）快信；☆急便で知らせる／用快信通知。⓪

きゅうふ【給付】（名・他サ）①付給；供給；☆工具に作業服（さぎょうふく）を給付する／供給工人工作衣服；②〔法〕給付。①

きゅうブレーキ【急brake】（名）緊急刹車；☆急ブレーキをかけたが、間に合わなかった／雖然趕緊刹車，但已經來不及了。④

きゅうぶん【旧聞】（名）舊聞，老話；舊事；☆それは旧聞に属する／那是舊事。①

ぎゅうふん【牛糞】（名）牛糞。⓪

きゅうへい【旧弊】（名・形動ダ）①舊弊；☆旧弊を改める／改革積弊；②守舊；☆旧弊な人／守舊的人。⓪

きゅうへん【急変】（名・自サ）①急變，驟變；☆病状が急変する／症狀驟變；②突發事件，不測；☆急変に備える／防備突發事件。⓪

きゅうぼ【急募】（名・他サ）〔文〕急徵①

きゅうほう【旧法】（名）①舊法；②舊法子。⓪①

きゅうほう【急報】（名・他サ）緊急通報（報導）；警報；☆火災の急報／關於失火的緊急通報，失火警報；☆急報により警官が現場にかけつけた／警察接到緊急通知趕到現場；☆交渉結果を本国に急報する／趕緊把交涉結果報告給本國。⓪

きゅうぼう【窮乏】（名・自サ）〔文〕貧窮，貧困；☆窮乏に陥る／淪爲貧困。①

きゅうぼん【旧盆】（名）舊盂蘭盆會⓪①

きゅうみん【休眠】（名・自サ）〔動〕休眠；～しせつ【休眠施設】（名）〔工廠的〕閒置設備。⓪

きゅうむ【急務】（名）（緊）急（任）務；☆刻下の急務／當前的緊急任務。①

きゅうめい【旧名】（名）舊名。⓪

きゅうめい【糾明】（名・他サ）究明（罪狀）；查明；☆殺人の動機を糾明する／查明殺人的動機。①⓪

きゅうめい【究明】（名・他サ）研究明白，調查明白；☆真相を究明する／查明眞相。⓪

きゅうめい【救命】（名）救命，救生；～ボート【救命boat】（名）救生艇。⓪

きゅうめん【球面】（名）〔數〕球面；きかがく【球面幾何学】（名）球面幾何學；～けい【球面計】（名）球面計；～さんかくほう【球面三角法】（名）球面三角法。③

きゅうもん【糾問】（名・他サ）究問，盤詰；☆罪状を糾問する／盤詰罪狀。⓪①

きゅうやく【旧約】（名）①舊的約定；☆旧約を忘れた／忘掉舊時的約定；②〔宗〕舊約聖經；～せいしょ【旧約聖書】，～ぜんしょ【旧約全書】（名）舊約聖經。⓪

きゅうやく【旧訳】（名）①舊譯（本），以前的翻譯（本）；②〔佛〕玄奘三藏以前的譯經。⓪

きゅうゆ【給油】（名・自サ）〔機〕加油；☆空中で給油する／在空中加油；～せん【給油船】（名）加油船。⓪

*きゅうゆう【旧友】（名）舊友，老朋友；☆偶然旧友に会う／偶然遇到老朋友。⓪

きゅうゆう【旧遊】（名）〔文〕舊遊，曾遊；☆旧遊の地／舊遊之地。⓪

きゅうゆう【級友】（名）同班同學（＝クラスメート）。⓪

きゅうよ【給与】（名・他サ）①給，供給，供應，支給；☆食糧を給与する／供給食糧；②供給物，供應品；③薪金；☆給与を支給する／發給薪金。①

きゅうよ【窮余】（名）窮極（＝くるしまぎれ）；☆窮余の一策（いっさく）／窮極之策，最後手段。①

*きゅうよう【休養】（名・自サ）休養；☆休養が必要だ／需要休養；☆田舎（いなか）で休養する／在鄉間休養。⓪

きゅうよう【急用】（名）急事；☆急用の為、欠勤する／因急事請假。⓪

きゅうよう【給養】（名・他サ）①供給食糧；②〔軍〕給養。⓪

きゅうらい【旧来】（名・副）以往，從前，從來；☆旧来の陋習を破る／打破以往的陋習。①

きゅうらい【救癩】（名）〔文〕救治痲瘋患者。⓪

きゅうらく【及落】（名）及格和落第；☆まだ及落は分らない／及格不及格還不知道。⓪①

きゅうらく【急落】（名・自サ）①（物價等）驟落，暴跌；☆株が急落する／股票暴跌；②急遽衰落；③忽然墮落。⓪

きゅうり【胡瓜】（名）〔植〕黄瓜。①

きゅうりゅう【急流】（名）急流；☆急流を下（くだ）る／順急流而下。⓪

きゅうりょう【丘陵】（名）〔文〕丘陵。⓪

きゅうりょう【旧領】（名）舊領土。⓪

きゅうりょう【休漁】（名・自サ）停止（出海）捕魚。⓪

*きゅうりょう【給料】（名）工資，薪水；☆給料を貰う／領工資；～び【給料日】（名）發薪日。①

きゅうれい【旧例】（名）〔文〕舊例。⓪

きゅうれき【旧暦】（名）舊曆，陰曆；↔たいようれき（太陽曆）。⓪

キュラソー【法curacao】（名）柑桂酒，苦粒索。②

キュリー【curie】（名）〔理〕居里（鐳射量射量單位）。①

きょ【居】（名）〔文〕住所；☆丘（おか）の上に居を構える／住在高崗上；在高崗上建造屋舍。①

きょ【炬】（名）〔文〕火炬；☆眼光炬の如し／目光烱烱。①③

きょ【虚】（名）①虚，空虚；②疏忽，大意；☆虚を衝く／攻其不備；☆虚に乗ず／乘虚。⓪

きょ【渠】（名）〔文〕溝渠；☆渠成（な）って水至る／水到渠成。①

きょ【挙】（名）〔文〕舉動，行動；☆軽率（けいそつ）な挙に出る／輕舉妄動。①

きよ【寄与】（名・自サ）①寄興；②貢獻，有助於，對…有用；☆問題の解決に寄与する所がある／有助於問題的解決。①

きよ【毀誉】（名）毀譽；～ほうへん【毀誉褒貶】（名）毀譽褒貶。①

ぎょ－【御】（接頭）表示敬意；☆御意（ぎょい）／尊意；☆御璽（ぎょじ）／御璽。

きよ・い【清い】（形）①清的，清澈的，不混濁的（＝にごりがない）；☆清い水／清水；②純潔的；潔白的（＝けがれがない）；☆清い愛／純潔的愛；☆清い心／純潔的心；③清潔的；乾淨的（＝よごれがない）；☆庭を清く掃く／把院子掃乾淨；④（内心）清爽的，舒暢的（＝きもちがよい，さわやかな）；☆清い生活／舒暢的生活，清白的生活；⑤光明磊落的（＝いさぎよい）；☆清く忘れる／付諸流水，不存芥蒂；図きよし（形ク）。②

ぎょい【御意】（名）①尊意（＝おかんがえ，おぼしめし）；☆御意の通り／一如尊意；②尊命，您的意旨；◇御意に召す／合您的心意。⓪①

きょう【凶】（名）①凶，不吉；☆凶日（きょうじつ）／凶日；②災禍，災難；②飢饉；☆凶年（きょうねん）／凶年。①

きょう【京】（名）Ⅰ①首都，京都；②京都；③東京；Ⅱ〔數〕京（兆的萬倍）；◇京に田舎あり／鬧市也有幽靜處。⓪

きょう【狂】（名）〔文〕瘋人，狂熱者；☆活動（かつどう）狂／電影迷。①

きょう【香】（名）〔將棋〕香車（きょうしゃ）。①

きょう【強】（名）①強；☆強と弱（じゃく）／強和弱；②強，有餘；☆五キロ強／五公斤多。①

きょう【郷】（名）〔文〕①鄉里；②故鄉；☆郷を出てからはや十年／離鄉以來已經十載。①

きょう【卿】（名）①（往昔太政官以下八者的）長官；②公卿（指三品以上者）；③卿（英文lord的譯語）。①

きょう【経】（名）（梵語 sūtra 的漢譯）佛經；☆経を読む／唸經。①

きょう【境】（名）〔文〕境地；境；☆無人（むじん）の境を行く／入無人之境；☆無我（むが）の境／無我的境地。①

きょう【興】（名）興緻，興味，興趣；☆興に乗る／乘興；☆興を醒ます／掃興；☆興を尽す／盡興；☆興を添える／助興。⓪

*きょう【今日】（名）今天，本日；☆今日の新聞／今天的報；◇今日明日（あす）／今天或明天，今日あって明日ない身（み）／①人世無常；②死期臨近；今日の情（なさけ）は明日の仇（あだ）／今日

恩情明日仇；**今日は人の身明日は我が身**
／三十年風水輪流轉。①

きよう【来様】（名）來的方法（＝きか
た）；☆招かれていないので来様がない
／因爲沒被邀請，所以沒法來。②

きよう【起用】（名・他サ）起用；☆村田
氏を起用することとなろう／將要起用村
田先生。◎

きよう【器用】（形動ダ）①巧，靈巧；精
巧；☆手先（てさき）が器用だ／手巧；
☆器用な細工（さいく）／精巧的細工；
②手巧；☆器用な人／手巧的人；③巧妙
；☆世の中を器用に立ちまわる／善於處
世。①

***ぎょう【行】**（名）①（字的）行；☆行を
改める／換行，另起一行；②〔佛〕（過
去一切善惡的）行爲；苦修，修行；③〔
哲〕行，實踐；↔ち（知）；④行書（＝
ぎょうしょ）。①

ぎょう【業】（名）〔文〕①學業；☆業を
卒（お）える／畢業；②職業，行業；☆弁
護士を業とする／以律師爲業；③事業；
☆畢生の業を成し遂げる／完成畢生事
業。①

ぎょう【御宇】（名）〔文〕御宇，治世①

ぎよう【儀容】（名）〔文〕儀容，風采①

きょうあい【狭隘】（形動ダ）①狭隘，狭
窄；☆狭隘な街路／狹窄的街道；②（氣
度）狹小；☆狭隘な愛国主義／狹隘的愛
國主義。◎

きょうあく【凶悪・兇悪】（形動ダ）兇惡；
☆凶悪な敵／兇惡的敵人。◎

きょうあす【今日明日】（名）一兩天；☆
今日明日にも知らせがある筈だ／一兩天
就會有消息。①④

きょうあつ【強圧】（名・他サ）①強壓；②
高壓；☆強圧を加える／採取高壓手段；
～せいさく【強圧政策】（名）高壓政
策。◎

ぎょうあん【暁闇】（名）〔文〕破曉時的
昏暗。◎

きょうい【脅威】（名・他サ）威脅，脅迫；
☆脅威を感ずる／感到威脅；☆国家の安
全を脅威する／威脅國家的安全。①

きょうい【胸囲】（名）胸圍；☆胸囲は四
十インチだ／胸圍是四十吋。①

きょうい【驚異】（名）驚異，驚奇；奇事，
不可思議的事；☆驚異の目を見張る／視
爲奇異；☆全く驚異だ／眞是罕有的事；

☆自然界の驚異／自然界的奇觀。①

***きょういく【教育】**（名・他サ）教育；☆教
育を受ける／受教育；～か【教育家】；
～しゃ【教育者】（名）教育家；～てき
【教育的】（形動ダ）教育性的；☆教育
的な話／有教育意義的話。◎

***きょういん【教員】**（名）教員，教師；☆
教員をする／當教員；～ようせいしょ【
教員養成所】（名）師資訓練班。①◎

ぎょううん【暁雲】（名）〔文〕拂曉的雲
彩。◎

きょうえい【共栄】（名）共榮，共同繁榮
；☆共存（きょうそん）共栄／共享榮耀◎

きょうえい【胸泳】（名）→ブレスト（ス
トローク）。◎

きょうえい【競泳】（名・自サ）游泳競賽；
～たいかい【競泳大会】（名）游泳大賽
。◎

きょうえい【競映】（名・他サ）競爭放映
（好影片）。◎

きょうえつ【恭悦・恭悦】（名・自サ）恭
喜，可賀；☆恭悦至極に存ずる／不勝恭
喜之至。◎

きょうえん【共演】（名・自サ）一起演戲
，作搭擋。◎

きょうえん【競演】（名・自サ）競賽表演
（戲劇、音樂等）。◎

きょうえん【饗宴】（名）饗宴，宴請；☆
饗宴を催す／設宴招待。◎

きょうおう【胸奥】（名）〔文〕內心，衷
心。◎

きょうおう【教皇】（名）〔宗〕教皇。③

きょうおう【供応・饗応】（名・自サ）（
設宴）招待，款待；☆茶菓（ちゃか）の
饗応を受ける／受茶點招待；☆山海の珍
味で饗応する／用山珍海味款待。◎

きょうおく【胸臆】（名）〔文〕①胸，胸
部；②心中，心思。◎①

きょうおとこ【京男】（名）「京都」的男
子；◇**京男に伊勢女**（いせおんな）／男
人數「京都」，女人數「伊勢」。③

きょうおんな【京女】（名）「京都」女
人。③

きょうか【狂歌】（名）鄙俗的滑稽歌；～
し【狂歌師】（名）以唱滑稽歌爲業者①

きょうか【教化】（名・他サ）教化。①

きょうか【教科】（名）教授科目；～しょ
【教科書】（名）教科書。①

***きょうか【強化】**（名・他サ）強化，加強；

☆内閣を強化する／加強內閣；～まい【強化米】（名）添加維他命或礦物質等的。[0][1]

きょうか【橋架】（名）〔文〕橋架。[1]

ぎょうが【仰臥】（名・自サ）仰臥；☆ベッドに仰臥する／仰臥在床上。[1]

きょうかい【協会】（名）協會；☆協会を組織する／組織協會。[0]

きょうかい【胸懐】（名）〔文〕胸懷，胸襟。[0]

*きょうかい【教会】（名）〔宗〕教會，教堂；～どう【教会堂】（名）基督教教堂[0]

きょうかい【教戒・教誨】（名・他サ）教誨，訓戒；～し【教誨師】（名）教誨囚犯者。[0]

きょうかい【境界】（名）境界，疆界；☆境界を定める／劃定疆界；～せん【境界線】（名）境界線，界標。[0]

きょうかい【境界】（名）〔佛〕境遇。[0]

きょうがい【境涯】（名）境遇，處境，地位；☆安楽な境涯にある／處在安樂的境遇。[0]

ぎょうかい【業界】（名）商界，同業界；☆業界の景気／商業的景氣。[0]

ぎょうかい【凝塊】（名）〔文〕凝塊。[0]

きょうがく【共学】（名・自サ）（男女）同校；☆男女（だんじょ）共学の大学／男女同校的大學。[0]

きょうがく【教学】（名）〔文〕①教育和學術；②教和學；③教學，教課。[0][1]

きょうがく【驚愕】（名・自サ）〔文〕驚愕，吃驚；☆それを聞いて少なからず驚愕した／聽到那話不勝驚愕。[0]

ぎょうかく【仰角】（名）〔數〕仰角；↔ふかく（俯角）。[1]

ぎょうかく【境埆・磽确】（名）〔文〕（正讀為「こうかく」）磽薄，不肥沃；☆境埆な土地／磽薄的土地。[0]

きょうかたびら【経帷子】（名）（佛教徒死時穿的）白壽衣；☆経帷子を着せて棺に入れる／（給死者）穿上白壽衣入殮[3]

きょうかつ【恐喝】（名・他サ）恐嚇，恫嚇，威嚇；～じょう【恐喝状】（名）恐嚇信。[0]

きょうがのこ【京鹿子】（名）京都染的一種斑紋（布）。[3]

ぎょうがまえ【行構え】（名）（漢字部首）彳部。[3]

きょうが・る【興がる】（自五）感覺有趣，

高興。[3]

きょうかん【叫喚】（名・自サ）喊叫，叫號；～じごく【叫喚地獄】（名）〔佛〕八熱地獄之一。[0]

きょうかん【凶漢】（名）①惡漢，惡徒，壞蛋；②凶手，凶犯。[0]

きょうかん【共感】（名・自サ）同感，同情，共鳴；☆人の説に共感する／對旁人的意見表示共鳴。[0]

きょうかん【峡間】（名）〔文〕峽谷間（＝たにあい）。[0]

きょうかん【胸間】（文）〔文〕胸前，胸間；☆胸間の勲章／胸前的勳章。[0]

きょうかん【教官】（名）教官，教師；☆体育の教官／體育教師。[0]

きょうかん【郷関】（名）〔文〕故鄉；☆郷関を出（い）づ／離開故鄉。[0]

きょうかん【経巻】（名）〔文〕經卷。[0]

きょうがん【強顔】（名・形動ダ）①厚顏無恥（＝あつかましい）；②無情（＝つれない）。

ぎょうかん【行間】（名）字行的間隔；（字裏）行間；☆訂正のため行間をあけておく／爲了改正空開字行間隔。[0]

きょうき【凶器】（名）凶器；☆凶器を携えた強盗（ごうとう）／帶着凶器的強盜。[1]

きょうき【狂気】（名）發瘋，瘋癲，瘋狂，☆エジプトを侵略するのは狂気の沙汰（さた）だ／侵略埃及眞是瘋狂舉動。[1]

きょうき【狂喜】（名・自サ）狂喜；☆狂喜のあまり涙が出る／樂得流淚。[1]

きょうき【狭軌】（名）窄軌；～てつどう【狭軌鉄道】（名）窄軌鐵道；↔こうき（広軌）。[1]

きょうき【強記】（名）〔文〕強記，記憶力強；☆博覧強記の人／博覽強記的人。[1]

きょうき【驚喜】（名・自サ）驚喜；☆入選の知らせに驚喜する／聽到被選上而驚喜。[1]

*きょうぎ【協議】（名・他サ）協議，協商，商議；☆協議が纏まる／達成協議[1][3]

きょうぎ【狭義】（名）狹義；☆狭義に解する／狹義地解釋。[1]

きょうぎ【教義】（名）教義，教理；☆キリスト教の教義／基督教的教義。[1]

きょうぎ【経木】（名）（鉋削的）薄木片，

木紙（用以包物或編辮）；☆魚を経木に包む／把魚包在木紙裏；～さなだ【経木真田】（名）（製草帽用的）木片編辮，草帽辮。③⓪

*きょうぎ【競技】（名・自）比賽；運動比賽；田徑賽；☆競技に加わる／參加比賽；☆陸上（りくじょう）競技／田徑賽。①

*ぎょうぎ【行儀】（名）①舉止，禮節；禮貌；☆行儀が好い／有禮貌，舉止端莊；☆行儀が悪い／沒禮貌；☆行儀を知らぬ／不懂禮貌；☆行儀よく坐る／端端正正地坐；②次序，秩序；☆行儀よく並べる／按著次序擺列；～さほう【行儀作法】（名）舉止動作的禮法。⓪

きょうきゃく【橋脚】（名）橋脚，橋墩。⓪

*きょうきゅう【供給】（名・自サ）供給，供應；☆工場に石炭を供給する／供應工廠用煤；☆需要と供給／需求和供給。⓪

きょうきょう【恐恐】（副）〔文〕誠惶誠恐（用於書信結尾）。⓪

きょうきょう【兢兢】（形動タルト）（戰戰兢兢）；☆悪疫の流行に兢々としている／對於瘟疫的流行感到戰戰兢兢。③⓪

ぎょうぎょうし・い【仰仰しい・業業しい】（形）誇張，誇大；☆仰仰しく言う／誇大其詞；☆仰仰しい肩書（かたがき）／炫誇的職銜；図ぎょうぎょうし（形シク）⑤

きょうきん【胸襟】（名）胸襟，胸懷；☆胸襟を開いて語る／推心置腹地暢談。⓪

きょうく【狂句】（名）詼諧的「俳句」，狂詩。①

きょうく【恐懼】（名・副・自サ）恐懼；惶恐；☆恐懼に勝えぬ／不勝恐懼（惶恐）。①

きょうぐ【教具】（名）教具，教學用具①

*きょうぐう【境遇】（名）境遇，處境，環境；☆僕と君とは境遇が違う／你我境遇不同；☆境遇に支配される／受環境支配。⓪③

*きょうくん【教訓】（名・自サ）教訓，規戒；☆教訓を与える／加以教訓；☆よい教訓を得る／得到良好教訓。⓪

ぎょうけい【行啓】（名）〔文〕（日皇、皇后等）行幸。⓪

きょうげき【京劇】→けいげき。

きょうけつ【供血】（名）〔醫〕供輸血用的血，給血。⓪

ぎょうけつ【凝血】（名）〔醫〕凝血。

ぎょうけつ【凝結】（名・自サ）凝結（＝こりかたまる）；☆水蒸気が凝結する／水蒸汽凝結。⓪

きょうけん【狂犬】（名）狂犬，瘋狗；～びょう【狂犬病】（名）〔醫〕恐水病⓪

きょうけん【強堅】（形動ダ）堅固，強固。⓪

きょうけん【強健】（名・形動ダ）強健，健壯；☆身体を強健にする／使身體健壯。⓪

きょうけん【強権】（名）強權；～はつどう【強権発動】（名）行使強權（尤指對危害社會安全的人民發動警察進行搜查）⓪

きょうけん【教権】（名）①〔宗〕教權，教皇權利；教會權利；②教師的權威。⓪

きょうげん【狂言】（名）①〔劇〕狂言（又名「能狂言」，在「能樂」幕間所演的一種滑稽劇，室町時代很發達，成為民眾娛樂之一，江戶時代初期分「大藏流」、「鷺流」、「和泉流」，現已成古典劇）；②〔劇〕歌舞伎劇（又名「歌舞伎狂言」，以史實、傳說等為主題的古裝劇，類似我國京劇）；☆狂言に仕組む／排成歌舞伎劇；③詭詐，詭計，騙局；☆狂言自殺／假裝自殺；☆かれらが仕組んだ狂言／他們搞的騙局；④戲言，譁語；☆狂言をする／作戲言，開玩笑；～うたい【狂言謡】（名）「狂言」用的歌謠；～かぐら【狂言神楽】（名）「狂言」用的一種和琴（＝わごん）、大和笛和梆子合奏的音樂（有時加筆篥「ひちりき」）；～かた【狂言方】（名）歌舞伎劇的舞臺監督；～き【狂言記】（名）「能狂言」集（內有插圖，貧應民眾讀物）；～きご【狂言綺語】（連語・名）〔文〕浮誇的詞藻；～さくしゃ【狂言作者】（名）（隸屬於劇院的）「狂言」作者；～し【狂言師】（名）①「狂言」演員；②（江戶時代在幕府，諸侯私邸演）歌舞伎劇的演員；③騙子，陰謀家；～やくしゃ【狂言役者】（名）「狂言」演員。③

きょうこ【強固・鞏固】（形動ダ）堅固，鞏固；堅強；☆鞏固な基礎の上に立つ／立在鞏固的基礎上；☆自己の地位を鞏固にする／鞏固自己的地位；☆鞏固な意志／堅強的意志。⓪

きょうご【教護】（名・他サ）〔法〕教育保護（流浪兒童）。①

ぎょうこ【凝固】（名・自サ）凝固；～て

ん【凝固点】（名）凝固點。◯①

きょうこう【凶行】（名）兇惡罪行，行兇；
☆凶行の現場／行兇現場。◯

きょうこう【凶荒】（名）〔文〕飢饉，歉
收，災荒。◯

きょうこう【峽江】（名）〔地〕峽灣，伏
崖谷（＝フイョルド）。◯

きょうこう【恐惶】（名）〔文〕惶恐。◯

きょうこう【恐慌】（名）①恐慌；☆恐慌
を来す／感到恐慌；②〔經〕恐慌（＝パ
ニック）；☆経済恐慌／經濟恐慌。◯

きょうこう【胸腔】（名）〔解〕胸腔。◯

きょうこう【強行】（名・他サ）強行，硬
幹；☆低物価政策を強行する／堅持執行
低物價政策，☆機構改革を強行する／斷
然進行機構改革。◯

きょうこう【強攻】（名・他サ）強行進
攻。◯

きょうこう【強硬】（形動ダ）強硬，頑強；
☆強硬な態度を採る／採取強硬態度；☆
強硬に反対する／頑強反對。◯

きょうごう【校合】（名・他サ）校對，校
正，核對（書稿）。◯

きょうごう【強豪・強剛】（名）豪強，有
勢力的人；☆強豪をなぎ倒す／幹倒（打
敗）豪強。◯

きょうごう【競合】（名・自サ）①競爭，
爭執（＝せりあう）；②〔法〕同一目的
物上併存兩個以上具有同一效力的權利，
同一行為構成數種罪行。◯

きょうごう【驕傲】（形動ダ）〔文〕驕傲，
倨傲。◯

ぎょうこう【行幸】（名・自サ）〔文〕行
幸（＝みゆき）。◯

ぎょうこう【僥倖】（名）僥倖；☆僥倖に
も／很僥倖地，幸而；☆これで成功した
ら全くの僥倖だ／這樣如果成功那完全是
僥倖。◯

ぎょうこう【曉光】（名）〔文〕曉光，曙
光。◯

ぎょうごう【行業】（名）〔佛〕修行。◯

きょうこうぐん【強行軍】（名）〔軍〕強
行軍。③

きょうこく【峽谷】（名）峽谷。◯

きょうこく【強国】（名）強國；☆中華民
国は世界の強国である／中華民國是世界
上的強國。◯

きょうこつ【俠骨】（名）豪俠氣概。◯

きょうこつ【胸骨】（名）〔解〕胸骨。①

きょうこつ【頰骨】（名）〔解〕頰骨，顴
骨（＝ほおぼね）。①

きょうさ【教唆】（名・他サ）教唆，唆使；
☆人に教唆される／被人唆使；〜はん【
教唆犯】（名）〔法〕教唆犯。①◯

ギョーザ（名）〔烹飪〕餃子。◯

きょうさい【共催】（名・他サ）←きょう
どうしゅさい（共同主催）

きょうさい【共済】（名・他サ）共濟，互
助；〜くみあい【共済組合】（名）互助
會。◯

きょうざい【教材】（名）教材；☆新聞を
教材にする／把報紙當作教材。◯

きょうさく【凶作】（名）歉收；☆凶作の
年／歉收年，荒年。◯

きょうさく【競作】（名・他サ）競爭創
作。◯

きょうざまし【興醒まし】（名・形動ダ）
掃興；☆興醒ましな話／掃興的話③◯

きょうざめ【興醒め】（名・自サ）掃興，
敗興。◯④

きょうざ・める【興醒める】（自下一）（
感覺）掃興，敗興；⇒きょうざむ（下
二）。④

きょうさん【共産】（名）共産；〜しゅぎ
【共産主義】（名）共産主義；〜せいね
んどうめい【共産青年同盟】（名）共産
主義青年團；〜とう【共産党】（名）共
産黨；〜とうせんげん【共産党宣言】（
名）共産黨宣言。◯

きょうさん【協賛】（名・他サ）贊同，贊
成；☆議会の協賛を得る／得到國會的贊
同，通過國會。◯

ぎょうさん【仰山】（形動ダ）①很多，極
多；☆仰山にある／有得是，多極了；②
誇大，誇張（＝おおげさ）；☆仰山に言
う／誇大其詞。③

きょうし【狂死】（名・自サ）瘋狂而死◯

きょうし【狂詩】（名）滑稽詩（盛行於江
戸中期以後）；〜きょく【狂詩曲】（名）
〔樂〕狂想曲（＝ラプソディー）。◯

きょうし【教士】（名）教士（由「武德會」
授給「柔道」、「劍道」五段者中最優秀
者的稱號）。①

*きょうし【教師】（名）教師；☆姉は、高
校の英語の教師をしている／我姐姐當高
中的英語老師；☆日本語の教師／日文教
師。①

きょうじ【凶事】（名）凶事，不幸。①

き【きょうじ【矜持】（名)矜持（＝きんじ）；
☆国軍官兵としての矜持を持っている／
具有國軍官兵的自豪感→プライド。①

きょうじ【教示】（名・他サ)指教，教給；
☆人に真理を教示する／教給人真理。②

きょうじ【驕児】（名)〔文〕寵兒，驕子
（＝だだっこ）。①

ぎょうし【仰視】（名・他サ)仰視（＝あ
おぎみる）；☆空を仰視する／仰望天
空。⓪

ぎょうし【凝視】（名・他サ)凝視，注視
（＝みつめる）。⓪①

ぎょうし【凝脂】（名)〔文〕①凝脂；②
白而美的肌膚。①

ぎょうじ【行司】（名)〔角力〕相撲（す
もう)的裁判員。③⓪

*ぎょうじ【行事】（名)①按照慣例舉辦的
事情；②〔古〕儀式；☆年中（ねんちゅ
う)行事／一年中按慣例舉辦的事情（儀
式）；照例的事,司空見慣的事；☆行事
を行なう／（按慣例）舉辦儀式。①

きょうしきこきゅう【胸式呼吸】（名)鼓
胸呼吸。⑤

*きょうしつ【教室】（名)教室；☆教室で
授業する／在教室上課。⓪

きょうじつ【凶日】（名)凶日；↔きちじ
つ（吉日）。⓪

きょうしゃ【強者】（名)強者；↔じゃく
しゃ（弱者）。①

きょうしゃ【驕奢】（名)奢侈,奢華,豪
者；☆驕奢を極める／極其奢侈。①

ぎょうしゃ【業者】（名)（工商)業者；
同業者；☆業者の間（あいだ)で値段（
ねだん)をきめる／在同業者之間規定價
格。①

ぎょうじゃ【行者】（名)〔佛〕修行者③①

きょうじゃく【強弱】（名)強弱；☆最後
は体の強弱がものを言う／最後的關鍵在
於體力的強弱。①⓪

きょうしゅ【凶手】（名)〔文〕①行凶者
的毒手；②凶手；刺客；☆車中で凶手に
倒れた／在車中被刺客刺死了。①

きょうしゅ【拱手】（名・自サ)①拱手，
作揖；②袖手；☆拱手して傍観（ぼうか
ん)する／袖手旁觀。①

きょうしゅ【教主】（名)〔佛〕〔宗〕教
主。①

きょうしゅ【梟首】（名・自サ)梟首（＝
さらしくび，ごくもん)。①

きょうしゅ【興趣】（名)興趣，興味（＝
おもしろみ)；☆興趣を添える／增添興
趣,助興。①

きょうじゅ【享受】（名・他サ)享受，享
有；☆権利を享受する／享受權利。①

*きょうじゅ【教授】（名・他サ)教授，教
學；☆日本語を教授する／教日文；☆台
湾大学の教授／臺灣大學的教授；～かい
【教授会】（名)教授會；～ほう【教授
法】（名)教授法,教學法。①⓪

ぎょうしゅ【業主】（名)業主,事業主①

ぎょうしゅ【業種】（名)工商業的種類，
行業；☆業種によって公私共営を行う／
按行業進行公私共營。①

きょうしゅう【強襲】（名・他サ)強襲，
猛攻；☆強襲して占領する／強襲而佔領
之。⓪

きょうしゅう【郷愁】（名)懷（念故）鄉
（＝ホームシック、ノスタルジヤ)；☆
郷愁を起こさせる／令人懷念故鄉。⓪

ぎょうしゅう【凝集・凝聚】（名・自サ)
凝集,凝聚；～りょく【凝集力】（名)
凝聚力,凝集力。⓪

ぎょうじゅうざが【行住座臥】Ⅰ（名)〔
佛〕行住坐臥,起居動作；Ⅱ（副)日常
,平常。⑤

きょうしゅく【恐縮】（自サ・形動ダ)①
（表示客氣或謝意)惶恐；對不起,過意
不去；☆恐縮ですが、これを写して下さ
い／對不起,請把這個給抄一抄；☆これ
は恐縮の至りです／這太謝謝您了,這太
不敢當了；☆度度（たびたび)頂戴（ち
ょうだい)して恐縮です／屢次贈給我東
西,太過意不去了；②羞愧,慚愧；☆誤
りを指摘（してき)されて恐縮する／被
指出錯誤而感覺羞愧。⓪

ぎょうしゅく【凝縮】（名・自サ)凝縮；
～き【凝縮器】（名)〔化〕凝縮器。⓪

きょうしゅつ【供出】（名・他サ)（人民
自動把食糧、物資)賣給（政府)；☆米
を供出する／把稻米賣給政府；☆供出し
ないで隠匿（いんとく)する／不賣給政
府而隱藏起來；～まい【供出米】（名)
賣給政府的稻米,政府徵購的稻米。⓪

きょうじゅつ【供述】（名・他サ)〔法〕
供述,口供。⓪

きょうじゅん【恭順】（名)恭順,服從；
☆恭順の意を表わす／表示恭順。⓪

きょうしょ【教書】（名)①〔史〕（將軍、

諸侯的）命令；②（美國總統的）咨文；
☆大統領の教書／總統的咨文；⑨（羅馬
教皇的）布告。①

きょうじ【狂女】（名）發瘋的女人；女
瘋子。①

ぎょうしょ【行書】（名）行書；☆行書と
草書／行書和草書。⓪

きょうしょう【協商】（名・自サ）①協商，
協議；☆協商を行う／進行協商；②協
約。⓪

きょうしょう【狭小】（形動ダ）狹小，窄
小；☆狭小な胸襟／狹小的心胸。⓪

きょうしょう【胸章】（名）胸（上的徽）章。⓪

きょうじょう【教条】（名）〔宗〕教條⓪

きょうじょう【教場】（名）教學場所，教
室。③

ぎょうしょう【行商】（名・他サ）街頭小
販；挑擔小販；☆行商に出る／出去作小
販；～にん【行商人】（名）做街頭小販
；挑擔小販的人。⓪

ぎょうしょう【暁鐘】（名）〔文〕報曉的
鐘聲。⓪

ぎょうじょう【行状】（名）①行爲，品行
（＝おこない、みもち）；☆行状が悪い
／行爲不端；②行狀（死者一生的經歷）；
～き【行状記】（名）行狀。③

きょうしょく【教職】（名）教師的職務；
☆教職に就く／當教師，當教師；～い
ん【教職員】（名）教師、教員。⓪

きょう・じる【興じる】（自上一）高興，
興高彩烈（＝きょうがる、きょうずる）⓪

きょうしん【狂信】（名）狂信；～しゃ【
狂信者】（名）狂信者。⓪

きょうしん【強震】（名）〔地〕強（烈地）震
，（引起腦裂的地震）；～けい【強震計】
（名）強烈地震計。⓪

きょうじん【凶刃】（名）（殺人的）凶器；
☆凶刃に倒れる／遭受殺害，被刺。⓪

きょうじん【狂人】（名）瘋人，瘋子（＝
きちがい）；◇狂人に刃物（はもの）／
瘋子操刀，危險萬分；狂人走れば不狂人
（ふきょうじん）も走る／一犬吠影，百
犬吠聲。⓪③

きょうじん【強靱】（形動ダ）強靱；☆強
靱な繊維／強靱的纖維；～せい【強靱
性】（名）強韌性。⓪

きょうしんざい【強心剤】（名）〔醫〕強
心劑；☆強心剤を打つ／打強心劑。⓪③

きょうしんしょう【狭心症】（名）〔醫〕

狭心症。⓪

きょう・す【供す】〔文〕→きょうする（
供する）。①

きょうすい【胸水】（名）〔醫〕（胸膜炎
時胸腔積存的）胸水。⓪

ぎょうずい【行水】（名・自サ）①（爲齋
戒）沐浴，用清水淨身；②（夏季用水盆）
擦洗（身上的汗）；☆行水（を）する、
行水を使う／淋浴；擦洗（身上的汗）；
◇烏の行水／〔喻〕過於簡單的沐浴。⓪

きょうすいびょう【恐水病】（名）〔醫〕
恐水病。⓪

きょうずくえ【経机】（名）（佛前朱漆的）
經机桌。③

きょう・する【供する】（他サ）供給，提
供；獻給；☆参考に供する／提供參考；
☆一般の縦覧に供する／供給一般隨意參
觀；☆客に茶菓を供する／給客人端上茶
點；因きょうす（サ）。③

きょう・する【饗する】（他サ）饗宴，款
待（＝もてなす）；因きょうす（サ）③

きょう・ずる【興ずる】（自サ）高興，興
高彩烈；☆笑い興ずる／歡笑；因きょう
ず。⓪

きょうせい【匡正】（名・他サ）匡正，矯正
；☆悪習を匡正する／矯正惡習。⓪

*きょうせい【強制】（名・他サ）強制，強
迫；～いみん【強制移民】（名）強制移
民；～かくり【強制隔離】（名）強制隔
離（傳染病患者）；～しっこう【強制執
行】（名）〔法〕強制執行；～しょぶん
【強制処分】（名）〔法〕強制處分；（爲
搜索罪證的）拘留處分；驅逐出境；～そ
うかん【強制送還】（名）（對潛入境内
或有暴力行爲的外國人）強制遣返；～ち
ょうしゅう【強制徴収】（名）強制徴收
；～ちょうへい【強制徴兵】（名）強制
徴兵；～ほけん【強制保険】（名）強制
保險；～ろうどう【強制労働】（名）強
制勞動。⓪

きょうせい【強請】（名・他サ）強要，強
求，勒索（＝ゆする）；☆金を強請する
／勒索金錢。⓪

きょうせい【嬌声】（名）嬌聲。⓪

きょうせい【矯正】（名・他サ）矯正，匡
正；☆吃音を矯正する／矯正口吃；～し
ょぶん【矯正処分】（名）（對酒徒、麻
藥癮者因其犯罪而施行的）矯正處分。⓪

ぎょうせい【行政】（名）〔法〕行政；～

かんちょう【行政官庁】，～きかん【行政機関】（名）行政機關；～きょうてい【行政協定】（名）（兩國間的）行政協定（無須經過國會批准）；～くかく【行政区画】（名）行政區劃；～けいさつ【行政警察】（名）行政警察；～けん【行政権】（名）行政權；～さいばん【行政裁判】（名）行政裁判；～しょぶん【行政処分】（名）行政處分；～せいり【行長整理】（名）裁減行政人員（機構）；～そしき【行政組織】（名）行政組織；～そしょう【行政訴訟】（名）行政訴訟（對行政機關違法處分的訴訟）；～だいじん【行政大臣】（名）指總理和各部大臣；（←國務大臣）；～ほう【行政法】（名）行政法。0

ぎょうせい【暁星】（名）〔文〕晨星。0

ぎょうせき【行跡】（名）行徑，行爲，舉止，品行（＝みもち）；☆日頃の行跡が悪い／平日的行爲不端。0

*ぎょうせき【業績】（名）業績，成績，☆業績が著しく上った／業績有了顯著的增進。0

きょうせん【胸腺】（名）〔解〕胸腺。0

ぎょうぜん【凝然】（形動タルト）〔文〕凝然，☆凝然として動かない／凝靜不動；☆凝然と見つめる／凝視。0

きょうそ【教祖】（名）〔宗〕教祖，創始人。1

きょうそう【狂想】（名）〔文〕狂想；～きょく【狂想曲】（名）〔樂〕狂想曲。0

きょうそう【狂騒・狂躁】（名）〔文〕狂躁。0

きょうそう【強壮】（形動ダ）強壯，☆強壮な身体／強壯的身體；～ざい【強壮剤】（名）補藥。0

きょうそう【競走】（名・自サ）賽跑（＝ランニング）；☆百メール競走／百米賽跑。0

*きょうそう【競争】（名・自サ）競爭，競賽；☆ドイツの商品と競争する／和德國貨競爭；☆競争が激しい／競爭激烈；～しけん【競争試験】（名）（由多數投考者中選拔一定人數的）考試；～しん【競争心】（名）競爭心。0

きょうそう【競漕】（名・自サ）賽艇（＝レガッタ，ボートレース）。0

きょうぞう【経蔵】（名）〔佛〕①經；②經樓，經堂。0

きょうぞう【胸像】（名）半身塑像。0

ぎょうそう【形相】（名）（令人害怕或憤怒的）神色，樣子（＝かおつき、すがた）；☆憤怒の形相／憤怒的神色；☆恐ろしい形相／令人害怕的神色。3

きょうそうきょく【協奏曲】（名）〔樂〕→コンチェルト。3

きょうそく【脇息】（名）（席上跪坐時用的）凭时儿（＝ひじかけ）。04

きょうそく【教則】（名）教學規則。0

きょうぞめ【京染】（名）京都染色；京都染的織物。0

きょうそん【共存】（名・自サ）～きょうえい【共存共栄】（名）共存共榮。0

きょうだ【怯懦】（形動ダ）〔文〕懦怯，懦弱；☆怯懦な人間／懦弱的人。1

きょうだ【強打】（名・他サ）①用力打，痛擊；☆拳骨（げんこつ）で相手を強打する／用拳頭痛擊對方；②〔棒球〕重擊。1

きょうたい【狂態・狂体】（名）①狂態；☆狂態を演ずる／舉止狂亂（不體面）；②（詩歌等之）狂放體裁，狂體。03

きょうたい【嬌態】（名）〔文〕嬌態，媚態。03

*きょうだい【兄弟】（名）弟兄（有時也指姊妹）；☆兄弟のように親しい／親如手足；☆兄弟が五人いる／兄弟五人（其中可能也有姊妹）；～げんか【兄弟喧嘩】（名）弟兄不和；內部糾紛，內鬨；～ぶん【兄弟分】把兄弟，盟兄弟；☆兄弟分の契（ちぎり）を結ぶ／拜把子，結金蘭之契；◇兄弟は他人の始まり／弟兄不如父子親；兄弟は両手／弟兄有如手足。1

きょうだい【強大】（形動ダ）強大，☆強大な工業国になる／成爲強大的工業國0

きょうだい【鏡台】（名）鏡臺，化妝鏡；穿衣鏡。0

ぎょうたい【業態】（名）〔文〕營業情況；企業情況。0

きょうたく【供託】（名・他サ）寄存，委託保管；☆有価証券を銀行に供託する／把有價證券寄存在銀行；～きょく【供託局】（名）信託局（辦理委託保管金錢、有價證券的機關）；～きん【供託金】（名）（議員提名競選時依法）提存的錢款。0

きょうたく【教卓】（名）講（課）桌。0

きょうたん【驚嘆】（名・自サ）驚嘆；☆

人を驚嘆させる／令人驚嘆；☆中国の発展ぶりは実に驚嘆すべきである／中國的發展情況的確值得驚嘆。◎

きょうだん【凶弾・兇弾】（名）兇手發射的子彈；☆凶弾に倒れる／被兇手打死◎

きょうだん【教団】（名）教團，宗教集團。◎

きょうだん【教壇】（名）講壇；☆教壇に立つ／登上講壇；☆議会を民権主義の教壇にする／把議會當作民權主義的講壇◎

きょうたんそう【夾炭層】（名）〔礦〕夾煤層。③

きょうち【境地】（名）境地，心境；處境；☆無我（むが）の境地に達する／達到無我的境地；☆新しい境地を開拓する／開闢新天地。①

きょうちくとう【夾竹桃】（名）〔植〕夾竹桃。◎

ぎょうちゃく【凝着】（名・自サ）〔文〕凝固，固着。◎

きょうちゅう【胸中】（名）胸中；心間，內心；☆胸中を明かす／吐露心事；☆胸中に浮かぶ／浮現於心，想起；☆胸中に秘めておく／藏在心裏。①

ぎょうちゅう【蟯虫】（名）〔動〕蟯蟲◎

きょうちょ【共著】（名）合著，共同著作；☆この本は私共（わたくしども）の共著である／這本書是我們合著的。①

きょうちょう【凶兆】（名）〔文〕凶兆，不祥之兆。◎

きょうちょう【協調】（名・自サ）協調；☆協調を保つ／保持協調。◎

きょうちょう【狹長】（形動ダ）〔文〕窄長，細長（＝ほそながい）。◎

*きょうちょう**【強調】（名・他サ）①強調，極力主張；☆貯蓄の必要を強調する／強調儲蓄的必要性。◎

きょうちょく【強直】（名・自サ・形動ダ）①耿直；②硬直，僵直；☆死後（しご）強直／死後僵直。◎

きょうつい【胸椎】（名）〔解〕胸椎。①

*きょうつう**【共通】（形動ダ）共同；☆共通の利害／共同的利害；～ご【共通語】（名）標準語，普通話；～てん【共通点】（名）共同點；☆両者の間に共通点がない／兩者之間沒有共同之處。◎

きょうつう【胸痛】（名）胸部疼痛。◎

*きょうてい**【協定】（名・他サ）協定；☆値段を協定する／協定價格；☆協定を結ぶ／締結協定。◎

きょうてい【胸底】（名）胸中，心中；☆胸底に秘める／藏在心中。◎

きょうてき【強敵】（名）強敵，勁敵；☆強敵を倒す／打倒強敵。◎

きょうてん【教典】（名）①教育上的典章；②〔宗〕聖經。◎③

ぎょうてん【仰天】（名・自サ）非常吃驚；☆びっくり仰天／大吃一驚。③◎

ぎょうてん【暁天】（名）〔文〕曉天，拂曉時的天空。◎③

きょうてんどうち【驚天動地】（連語・名）驚天動地；☆驚天動地のフランス革命／驚天動地的法國革命。⑤

きょうと【凶徒・兇徒】（名）凶徒，暴徒；☆凶徒の手に倒れる／被凶徒殺害。①

きょうと【教徒】（名）教徒；☆キリスト教徒／基督教徒。①

きょうど【匈奴】（名）〔史〕匈奴。①

きょうど【強度】（名・形動ダ）強度；度數強；☆強度の近視眼／度數深的近視眼；☆鋼材の強度を測る／測定鋼材的強度。①

きょうど【郷土】（名）①郷土，故郷；②郷間；～あい【郷土愛】（名）郷土愛；～し【郷土史】（名）郷土誌；～しょく【郷土色】（名）郷土特色，地方色彩①

きょうとう【共闘】（名・自サ）共同鬪爭。◎

きょうとう【橋頭】（名）橋頭；～ほ【橋頭堡】（名）〔軍〕橋頭堡。◎

きょうとう【教頭】（名）（小學、中學、高中的）首席教師，副校長。◎

きょうとう【驚倒】（名サ・自）〔文〕驚倒；☆一世を驚倒する／震驚一世。◎

*きょうどう**【共同】（名・自サ）共同；☆共同で事業をする／共同辦事業；☆共同の敵／共同敵人；～かいそん【共同海損】（名）（船長為避免船沉沒投棄載貨因而發生的）共同負擔的海損；～しゃかい【共同社会】（名）（普通社會學所謂依血緣、地域、精神而結合的）社會（＝ゲマインシャフト）（指家族、村落等）；↔ゲゼルシャフト（利益社會）；～せんせん【共同戦線】（名）共同戦線；☆共同戦線を張る／結成共同戰線；～はんばい【共同販売】（名）共同販賣；～べんじょ【共同便所】（名）公廁；～ぼち【共同墓地】（名）公墓；～よくじょう【共

同浴場】（名）（公營或私營的）澡堂，營業澡堂。⓪

*きょうどう【協同】（名・自サ）協同，同心協力，共同；☆協同して敵に当たる／共同對付敵人；～いっち【協同一致】（名）共同一致，同心協力；～くみあい【協同組合】（名）（工人、農民、中小商業者等爲了生產或消費而組織的）合作社；～さくせん【協同作戰】（名）協同作戰；～せんせん【協同戰線】（名）共同戰線。⓪

きょうどう【教導】（名・他サ）教導。⓪

きょうどう【經堂】（名）藏經堂。⓪

きょうどう【嚮導】（名）嚮導；～かん【嚮導艦】（名）〔軍〕嚮導艦。⓪

きょうにん【杏仁】（名）杏仁；～ゆ【杏仁油】（名）杏仁油。⓪①

きょうにんぎょう【京人形】（名）京都偶人。③

ぎょうにんべん【行人偏】（名）〔漢字部首〕イ部。③

きょうねつ【強熱】（名・他サ）①高熱；☆強熱を加える／加以高熱；②高燒。⓪

きょうねん【凶年】（名）凶年，歉年。⓪

きょうねん【享年】（名）享年；☆享年六十歳／享年六十歳。⓪

ぎょうねん【行年】（名）＝きょうねん（享年）。⓪

きょうは【教派】（名）教派，宗教的派別。①

きょうばい【購買】（名・他サ）購買拍賣品（＝せりかい）。⓪

きょうばい【競売】（名・他サ）拍賣，競賣（＝せりうり）。⓪

*きょうはく【脅迫】（名・他サ）脅迫，威脅；☆脅迫して書類（しょるい）に署名（しょめい）させる／脅迫在文件上簽名；☆脅迫に屈しない／不受脅迫～じょう【脅迫状】（名）恐嚇信。⓪

きょうはく【強迫】（名・他サ）強迫，逼迫；～かんねん【強迫観念】（名）〔心〕強迫觀念。⓪

きょうはん【共犯】（名）〔法〕共犯（者）。⓪

きょうはん【教範】（名）教學方式。⓪

ぎょうひし【擬羊皮紙】（名）硫酸紙（包裝用）。④

*きょうふ【恐怖】（名・自サ）恐怖（＝こわがる，おそれる）；☆恐怖に襲われる／感到恐怖；～しょう【恐怖症】（名）〔醫〕恐懼症。①⓪

きょうふ【教父】（名）〔宗〕教父（＝なづけおや）。①

きょうふ【驚怖】（名・自サ）驚恐，恐懼。①⓪

きょうぶ【胸部】（名）①胸部；②呼吸器；～しっかん【胸部疾患】（名）呼吸器官病（肺病、胸膜炎等）。①

きょうふう【狂風】（名）狂風；☆狂風が荒れ狂う／狂風怒吼。⓪③

きょうふう【強風】（名）強風，大風；☆強風に砂が吹き上げられる／大風颳起塵砂。⓪③

きょうへん【凶変】（名）凶殺案，暗殺案。⓪

きょうべん【強弁（弁）】（名・他サ）強辯（＝こじつけ）；☆自分の負けと分かっていながら強弁する／明明知道自己理虧還強辯。⓪

きょうべん【教鞭】（名）教鞭；☆教鞭を執る／執教鞭，當教師。⓪

きょうほ【競歩】（名・自サ）徒步競走①

きょうほう【凶報】（名）①不吉之報，凶信；②訃聞；☆遺族に凶報を伝える／給遺族報喪。⓪

きょうぼう【共謀】（名・自サ）共謀，同謀；～しゃ【共謀者】（名）同謀者。⓪

きょうぼう【凶暴・兇暴】（形動ダ）兇暴；☆凶暴なやりかた／兇暴的幹法。⓪

きょうぼう【狂暴】（形動ダ）狂暴，亂暴（＝くるいあばれる）。⓪

きょうぼう【強暴】（形動ダ）強暴；～せんゆう【強暴占有】（名）暴力佔有。⓪

ぎょうぼう【仰望】（名・他サ）〔文〕景仰，仰慕。⓪

ぎょうぼう【翹望】（名・他サ）〔文〕翹企，引領而望。⓪

きょうぼく【喬木】（名）〔植〕喬木；↔かんぼく（灌木）。⓪

きょうほん【狂奔】（名・自サ）①狂奔，瘋狂地跑；☆馬が狂奔する／馬瘋狂地跑；②瘋狂地奔走；☆金儲けに狂奔する／爲發財而瘋狂狂奔。⓪

きょうまい【供米】（名・自サ）①（農民）把稻米賣給政府；②賣給政府的稻米；☆自家保有分まで供米する／連自己保留的部分都賣給政府了。⓪

きょうまく【胸膜】（名）〔解〕胸膜→ろ

くまく（肋膜）。⓪

きょうまく【鞏膜】（名）〔解〕（眼的）鞏膜。⓪

ぎょうまつ【行末】（名）〔文〕字行的末尾，行尾。⓪

きょうまん【驕慢】（形動ダ）驕傲，傲慢；☆人を人とも思わぬ驕慢な態度／把人不當人的傲慢態度。⓪⓵

*きょうみ【興味】（名）興趣，興味，興致；☆興味のある仕事／有興趣的工作；☆運動に興味をもっている／對運動感興趣，喜好運動；☆興味を殺（そ）ぐ／掃興；☆興味津津（しんしん）たり／興致勃勃。⓵

きょうむ【教務】（名）①教務；②〔宗〕教務。⓵

ぎょうむ【業務】（名）業務（＝しごと，わざ，つとめ）；☆業務を拡張（かくちょう）する／擴張業務，發展業務；～ぼうがいざい【業務妨害罪】（名）〔法〕業務妨礙罪；～ようしょるい【業務用書類】（名）業務文件。⓵

きょうめい【共鳴】（名・自サ）①〔理〕共鳴，共振；②〔轉〕同感；☆彼の意見に共鳴した／對他意見抱同感，贊同他的意見；～き【共鳴器】（名）〔理〕共鳴器；～しゃ【共鳴者】（名）同感者，贊同者，共鳴者。⓪

きょうめい【嬌名】（名）〔文〕（女人的）美麗名聲；☆嬌名をうたわれる／美麗馳名。⓪

ぎょうめい【驍名】（名）〔文〕驍勇的名聲；☆驍名を馳（は）せる／以驍勇出名。⓪

きょうめん【鏡面】（名）〔文〕①鏡面；②〔轉〕風平浪靜的水面，如鏡的水面③

きょうもん【教門】（名）〔佛〕宗門。

きょうもん【経文】（名）〔佛〕經，佛經；☆経文を唱（とな）える／唸經

きょうやく【協約】（名・自サ）①協約；②商定；☆漁業問題について協約を結ぶ／蔺於漁業問題締結協約。⓪

きょうゆ【教諭】（名・他サ）①教誨，訓諭；②（小學、中學、高中的）教師⓵⓪

きょうゆう【共有】（名・他サ）共同所有，共有；～しゃ【共有者】（名）共有者；～ぶつ【共有物】（名）共有物。⓪

きょうゆう【享有】（名・他サ）享有，享受；☆自由を享有する／享受自由。⓪

きょうゆう【梟雄】（名）〔文〕梟雄。⓪

きょうよ【供与】（名・他サ）提供，供給；☆求めに応じて供与する／按照需求提供。⓵

きょうよう【共用】（名・他サ）共同使用；～せん【共用栓】（名）共同使用的自來水龍頭。⓪

きょうよう【供用】（名・他サ）提供使用；～りん【供用林】（名）砍伐林（↔原生林）。⓪

きょうよう【強要】（名・他サ）強行要求；強逼；勒索；☆人に服従（ふくじゅう）を強要する／強逼他人服從；☆辞職（じしょく）を強要する／強逼辭職。⓪

*きょうよう【教養】（名・他サ）〔文〕①教育；②教養，素養；☆教養のある人／有教養的人；☆教養に欠ける／缺乏教養。⓪

きょうよみ【経読み】（名）①唸經；②法師；～どり【経読鳥】（名）〔動〕鶯（因其鳴聲像「ほっけきょう」（法華經故名）。⓵⓪

きょうらく【享楽】（名・他サ）享樂；☆享楽に耽ける／一味享樂；～しゅぎ【享楽主義】（名）享樂主義；～てき【享楽的】（形動ダ）享樂（性）的。⓪

きょうらく【競落】（名・他サ）（在拍賣時）出最高價買得。⓪

きょうらん【狂乱】（名・自サ）狂亂；☆悲しみの余（あま）り狂乱する／由於過分悲傷而狂亂起來；☆狂乱せんばかりに喜ぶ／歡喜欲狂。⓪

きょうらん【狂瀾】（名）狂瀾；②〔轉〕紛亂。⓪

きょうらん【供覧】（名・他サ）陳示，展覽。⓪

きょうり【胸裏（裡）】（名）〔文〕胸中，心中，內心；☆秘密を胸裏に納（おさ）める／把秘密藏在心裏。⓵

きょうり【郷里】（名）鄉里，故鄉；☆郷里へ帰る／回鄉；☆郷里を出る／離鄉⓵

きょうり【教理】（名）宗教的道理。⓵

きょうりつ【共立】（名）共同設立。⓪

ぎょうりつ【凝立】（名・自サ）〔文〕佇立。

きょうりゅう【恐竜】（名）〔動〕恐龍（中生代的爬行動物）。⓵⓪

きょうりょう【狭量】（名・形動ダ）度量狹小；☆狭量な男／氣度狹小的人。⓪

きょうりょう【橋梁】（名）〔文〕橋梁（＝はし）；☆橋梁を架する／架橋。◎

*きょうりょく【強力】（名・形動ダ）力強，強有力；☆強力なモーター／馬力大的馬達；☆強力な望遠鏡／倍數大的望遠鏡。◎

*きょうりょく【協力】（名・自サ）協力，共同努力；☆平和の為に協力する／爲和平而共同努力；～ないかく【協力内閣】（名）聯合内閣。◎①

きょうりん【杏林】（名）〔文〕①杏樹林；②醫界。

きょうれつ【強烈】（名・形動ダ）強烈；☆強烈な地震／強烈地震；☆強烈な色彩／強烈的色彩。◎

*ぎょうれつ【行列】（名・自サ）行列，隊伍；☆歓迎（かんげい）の行列／歡迎的行列。◎

きょうれん【教練】（名・他サ）教練，軍事教練；☆教練を受ける／受軍事教練；☆月曜日に教練がある／星期一有軍事教練（的課程）。①

きょうろう【拱廊】（名）拱廊（＝アーード）。◎

きょうろん【経論】（名）〔佛〕經論（佛經和注釋）。①◎

きょうわ【共和】（名・自サ）共和；～こく【共和国】（名）共和國；～せいたい【共和政体】（名）共和政體；～とう【共和党】（名）（美國的）共和黨。◎①

きょうわ【協和】（名・自サ）協和，和諧；親睦；☆近鄰の諸国と協和する／和鄰近各國保持親睦關係；～おん【協和音】（名）協和音諧音。◎①

きょうわん【峡湾】（名）〔地〕峽灣（＝フイヨルド）。◎①

きょえい【虚栄】（名）虚栄；☆虚栄を好む／好虚榮；～しん【虚栄心】（名）虚榮心；☆虚栄心を挑発（ちょうはつ）する／誘起虚榮心。◎

ぎょえい【御詠】（名）日皇、皇后等詠的詩歌。①◎

きょえき【巨益】（名）〔文〕巨大利益①

ぎょえん【御苑】（名）御花園，禁苑①◎

きょおく【巨億】（名）〔文〕數億，極多（比「巨萬」還多）；☆巨億の利潤（りじゅん）／數億（極多）的利潤。①

きょか【炬火】（名）〔文〕炬火（＝たいまつ）；～リレー【炬火relay】（名）炬火接力賽跑（如奧林匹克運動會開會時的炬火接力賽跑）。①

*きょか【許可】（名・他サ）許可，允許，准許；☆許可が下（お）りた／許可下來了；☆許可なしに営業する／不獲許可而營業；☆入国を許可する／允許入境（登陸）；～えいぎょう【許可営業】（名）須經主管官署許可的營業（如火藥業、當舖業、醫藥業等）。①

ぎょか【漁火】（名）漁火（＝いさりび）；☆漁火が海に美しく（は）映える／漁火映漾在海面上很美麗。①

ぎょか【御歌】（名）日皇詠的詩歌。①

ぎょかい【魚貝・魚介】（名）魚類和介類。◎

きょがく【巨額】（名）鉅額；巨多；☆巨額の予算／鉅額為豫算。◎

ぎょかく【漁獲】（名・他サ）漁獲；～だか【漁獲高】（名）漁獲量。◎

ぎょかす【魚滓】（名）→うおかす（魚滓）。◎

きょかん【巨漢】（名）〔文〕大漢。◎

きょかん【巨艦】（名）〔文〕巨大軍艦◎

ぎょがん【魚眼】（名）魚眼；～せき【魚眼石】（名）魚眼石（一種沸石）；～レンズ【魚眼lens】（名）180°的廣角透鏡◎

きょぎ【虚偽】（名）虚偽；☆虚偽の申し立てをする／作虚偽的申述；～けいばい【虚偽競売】（名）（有共謀者假充競買者在人羣中抬高售價的）假拍賣；～とりひき【虚偽取引】（名）（投機者在交易所利用兩個交易員假充交易抬高行市以欺瞞他人的）假交易。①

ぎょき【漁期】（名）漁期，捕魚期，漁獵期。①

ぎょきょう【漁況】（名）漁獲情況。◎

ぎょぎょう【漁業】（名）漁業；☆漁業の盛んな国／漁業發達的國家；～きしょう【漁業気象】（名）漁業氣象；～ほけん【漁業保険】（名）漁業保險。①◎

きょきょじつじつ【虚虚実実】（連語・名）虚虚實實。①

*きょく【曲】（名）①彎曲；☆曲線（きょくせん）／曲線；②邪曲，歪曲，不正（＝よこしま）；☆曲直（きょくちょく）／曲直；③曲調，調子（＝ふし）；☆曲が好い／曲調好；④歌曲；樂曲；☆一曲（いっきょく）奏する／演奏一個歌曲；☆曲は山田氏（やまだし）／山田先生作

曲；⑤（馬戲團、雜技團等的）演技，雜技；☆曲乗（の）り／馬戲，騎馬演雜技；騎自行車演雜技；☆趣味，風趣；☆言ってしまっては曲がない／全說了就沒趣了；⑦（詩詞曲的）曲；☆元曲（げんきょく）／元曲。①⓪

*きょく【局】（名）①房間，屋子（＝へや、つぼね）；②（官署名）局，司；☆郵便局（ゆうびんきょく）／郵局；☆大蔵省主税局（おおくらしょうしゅぜいきょく）／財政部税務局；③棋盤，雙陸盤；一局棋；一局雙陸；☆一局（いっきょく）いかが／下一盤棋吧！④（當前的）情勢，局面；☆局に当（あた）る人々／當局的人們，當局者；☆時局（じきょく）／時局；⑤（事物的）歸結，結局；☆局を結（むす）ぶ／結局，終結。①

ぎょく【玉】（名）①玉石（＝たま）；②〔經〕（交易所用語）交易對象（有價證券或稻米）；（提存交易所的）交易保證金；③（付給藝妓的）錢（＝ぎょくだい、はな）；④（飲食店用語）雞蛋；⑤〔將棋〕玉將；◊玉を呑（の）む／〔經〕交易員自行交易欺瞞顧客而侵吞顧客的保證金和手續費。⓪

きょく【極】（名）①極限，極點（＝きわみ、はて）；☆疲労の極に達する／疲勞得達到極點，極其疲勞；☆愚（ぐ）の極だ／愚蠢透頂；②皇帝寶座（＝みくらい）；☆登極（とうきょく）する／登基，即位；③〔地〕地極；☆南極（なんきょく）／南極；④〔理〕極；☆磁極（じきょく）／磁極；☆電極（でんきょく）／電極；⑤〔數〕極；⑥結局，歸終（＝あげく）；☆絶望の極、自殺した／感到絶望結果自殺了。①

きょく【巨軀】（名）魁偉身材。①

ぎょく【漁区】（名）漁區。①

ぎょぐ【漁具】（名）漁具。①

ぎょくあん【玉案】（名）①美麗几案；②您的几案，您的書桌；～か【玉案下】（名）（書函用敬語）座右。⓪

きょくいん【局員】（名）①（某局的）局員；②郵局的人員。⓪②

ぎょくおん【玉音】（名）〔文〕①清脆聲音；②特指日皇的語聲。⓪

きょくがい【局外】（名）局外；☆局外から観察する／從局外觀察；☆局外に立つ／站在局外；～ちゅうりつ【局外中立】（名・自サ）（對交戰國的）局外中立②

きょくがく【曲学】（名）邪曲之學；～あせい【曲学阿世】（連・名）曲學阿世⓪②

きょくぎ【曲技】（名）（馬戲團、雜技團的）技藝，雜技（＝かるわざ）；（飛機的）特技飛行，翻斛斗。①

きょくげい【曲芸】（名）（馬戲團等所演的）技藝，雜技（＝かるわざ）；☆曲芸を演ずる／表演雜技；～ひこう【曲芸飛行】（名）特技飛行。⓪②

きょくげん【局限】（名・他サ）局限；☆問題を局限する／把問題局限起來。⓪

きょくげん【極言】（名・他サ）極端地說；徹底地說；☆私が叛逆者であるとまで極言した／甚至我是個叛徒；☆極言すれば／極端説來。⓪

きょくげん【極限】（名・他サ）①極限；☆極限に達する／達到極限；②極端限制；☆輸入を極限する／極端限制進口；～ち【極限値】（名）〔數〕極限値。②③

ぎょくざ【玉座】（名）日皇座席。①

ぎょくさい【玉砕】（名・自サ）玉砕，乾脆犧牲（戰死、敗死）；☆玉砕主義（しゅぎ）で行く／抱定乾脆犧牲的主意（去幹）；☆陣地（じんち）を死守（ししゅ）して全員玉砕した／死守陣地全體人員全都犧牲了。⓪

きょくし【曲師】（名）（「浪花節」的）彈三絃者。①

きょくじつ【旭日】（名）旭日，朝日；☆旭日昇天の勢（いきおい）である／眞是旭日昇天（蒸蒸日上）之勢。⓪

きょくじゃく【曲尺】（名）〔文〕曲尺；→かねじゃく。⓪

きょくしょ【局所】（名）①局部；②身體的一部；③陰部；→きょくぶ（局部）；～ますい【局所麻酔】（名）局部麻酔①

きょくしょ【極所】（名）極點，邊緣（＝はて）。①

きょくしょう【極小】（名）極小，最小（＝ミニマム）；↔きょくだい（極大）；～ち【極小値】（名）〔數〕極小値。⓪

きょくしょう【極少】（名）極少，最少⓪

ぎょくしょう【玉章】（名）〔文〕①綺麗的詩文；②大札，華函。⓪

きょくせい【局勢】（名）局勢，情勢。⓪

ぎょくせき【玉石】（名）①玉和石；②〔轉〕好的和壞的；～こんこう【玉石混淆】（連語）良莠不齊。⓪

きょくせつ【曲折】（名・自サ）①曲折；
☆曲折の多い海岸線（かいがんせん）／
曲折多的海岸線；②〔轉〕波瀾；☆人生
の迂余（うよ）曲折／人生的波瀾。⓪

きょくせん【曲線】（名）曲線（＝カー
ブ）；～び【曲線美】（名）曲線美。⓪

きょくだい【極大】（名）極大（＝マクシ
マム）；～ち【極大値】（名）〔數〕極
大値。⓪

ぎょくたい【玉体】（名）〔文〕①玉體，
您的身體；②特指日皇的身體。⓪

*きょくたん【極端】（名・形動ダ）極端；
☆極端に走る／趨於極端，走極端；☆そ
れは極端だ／那太過火了。③

きょくち【局地】（名）局部土地，一部土
地；☆問題を局地ごとに解決する／一個
地區一個地區地解決問題。①

きょくち【極地】（名）（南北）極地；～
おうだんひこう【極地横断飛行】（名）
（南北）極横断飛行；～たんけん【極地
探険】（名）（南北）極地探険。①

きょくち【極致】（名）極致，頂點，絕頂；
☆美（び）の極致／美的極致，最美。①

きょくちょう【曲調】（名）曲調，調子（
＝ふし）。⓪

きょくちょう【局長】（名）①局長；（中
央政府各部的）司長；②郵局長。⓪

きょくてん【極点】（名）極點，頂點，極
限；☆極点に達する／達到極點，登峰造
極。③

*きょくど【極度】（名）極端，非常，頂點；
☆極度に興奮（こうふん）する／極其興
奮；☆繁栄の極度に達する／達到繁榮極
點。①

きょくとう【極東】（名）遠東；～こくさ
いぐんじさいばん【極東国際軍事裁判】
（名）遠東國際軍事審判。⓪

きょくない【局内】（名）局的内部，局内；
↔きょくがい【局外】。⓪

きょくのり【曲乗（り）】（名・自サ）馬
戲，乘馬雑技，乘自行車的雑技。⓪

きょくば【曲馬】（名）馬戲；～し【曲馬
師】（名）馬戲演員；～だん【曲馬団】
（名）馬戲團。⓪

ぎょくはい【玉杯】（名）①玉杯；②〔美
稱〕酒杯。⓪

きょくばん【局番】（名）各電話交換區局
碼。⓪

きょくび【極微】（形動ダ）極微，極小①

きょくびき【曲弾き】（名・他サ）巧妙彈
奏，即興彈奏（琴、三絃）。⓪

きょくひつ【曲筆】（名・自サ）曲筆，不
據事直書而曲阿其文，歪曲事實而書寫（
的文章）。⓪

きょくふ【局譜】（名）棋譜。①

きょくぶ【局部】（名）①局部；☆局部に
限られた問題／限於局部的問題；②身體
一部；局部；患部；☆局部麻酔（ますい）
／局部麻酔；③陰部。①

きょくほう【局方】（名）←日本薬局處方⓪

きょくほく【極北】（名）北極地區。⓪

きょくまちでんぽう【局待電報】（名）發
報人在發報局等待回電的電報，候覆電
報。⑤

きょくめん【曲面】（名）〔數〕曲面②③

きょくめん【局面】（名）①棋局；②局面，
局勢，形勢；☆それで局面が一変（いっ
ぺん）した／於是局面爲之一變；☆局面
の展開を待つ／等待局勢發展。②③

きょくもく【曲目】（名）樂曲名；（所演）
樂曲節目。②⓪

ぎょくもん【玉門】（名）〔文〕①美麗的
門；②女陰。①

きょくよう【極洋】（名）（南北）極的海
洋；～ぎょぎょう【極洋漁業】（名）（
南北）極海洋漁業。⓪

きょくりつ【曲率】（名）〔數〕曲率；～
はんけい【曲率半径】（名）〔數〕曲率
半徑。⓪

きょくりょう【極量】（名）〔醫〕極量②

きょくりょく【極力】（副）極力，盡可能，
盡量；☆極力尽力（じんりょく）する／
盡量努力，極力設法。②

ぎょくろ【玉露】（名）〔文〕①露水珠；
②一種上等茶。①

きょくろん【曲論】（名・自サ）歪曲之論，
邪曲之論，顛倒是非之論；☆それは曲論
と言うものだ／那就是顛倒是非！②②

きょくろん【極論】（名・自サ）極端地論
說，極端論；☆その必要なしとまで極論
した／（他）甚至主張没有那個必要。⓪

ぎょぐん【魚群】（名）魚羣。①⓪

ぎょけい【御慶】（名）〔文〕①喜慶，吉
慶（＝およろこび）；②賀年；～ちょう
【御慶帳】（名）（掛在門口備賀年客人
簽名的）册子。⓪

ぎょけい【魚形】（名）魚形；～すいらい
【魚形水雷】（名）魚雷。⓪

きょげん【虚言】（名・自サ）〔文〕謊語，証語。⓪

きょこう【虚構】（名・他サ）虚構；☆虚構の説／虚構之說；謊言。⓪

*きょこう【挙行】（名・他サ）舉行；☆卒業式を挙行する／舉行畢業典禮。⓪

ぎょこう【魚膠】（名）鱻膠。

ぎょこう【漁港】（名）漁港。⓪

きょこく【挙国】（名）舉國，全國；～いっち【挙国一致】（名）全國一致；☆挙国一致で外敵に当（あ）たる／全國一致的抵抗外敵。①

きょこん【虚根】（名）〔數〕虛根。⓪

きょさい【巨細】（名）仔細，詳細；☆巨細漏らさず調査する／仔仔細細地調查①

きょさつ【巨刹】（名）〔文〕巨刹，大寺院。⓪①

きょさん【巨杉】（名）〔文〕大杉松。⓪

きょし【巨資・鉅資】（名）鉅資；☆巨資を投ずる／投入鉅資。①

きょし【鋸歯】（名）〔文〕鋸齒。①

きょし【挙止】（名）〔文〕舉止，動作；☆挙止が端正（たんせい）だ／舉止端莊①

きょじ【虚辞】（名）〔文〕假話，謊言①⓪

ぎょじ【御璽】（名）御璽。①

きょしき【挙式】（名・自サ）舉行（結婚）儀式。①⓪

きょしつ【居室】（名）居室（＝いま）①⓪

きょじつ【虚実】（名）①虛實；☆虚実を確（たしか）める／探查虛實；②虛虛實實；☆虚実を尽して戦う／用盡虛虛實實的手段進行戰鬥。①

ぎょしゃ【御者・馭者】（名）馭者，趕車的；～ざ【御者座】（名）〔天〕御夫座；～だい【御者台】（名）馭者座。⓪①

きょじゃく【虚弱】（形動ダ）①（身體）虛弱，軟弱；☆生まれつき虚弱である／生來就軟弱；②（勢力）脆弱；☆虚弱な国／弱小的國家。⓪

ぎょしやす・い【御し易い】（形）容易駕取（擺弄、控制、對付）的；☆御し易い相手（あいて）／容易對付的對方。④

きょしゅ【挙手】（名・自サ）舉手；☆挙手の礼をする／行舉手禮。①

きょしゅう【去秋】（名・副）〔文〕去年秋季。①

きょしゅう【去就】（名）去就，去留；☆去就に迷う／不知何去何從；☆去就を決（けっ）する／決定去留。⓪①

きょじゅう【巨獣】（名）〔文〕大獸。⓪

きょじゅう【居住】（名・自サ）居住；住址；☆居住が定まらない／住址不定；～せいげん【居住制限】（名）居住限制（自由刑之一）；～いてんのじゆう【居住移転の自由】（名）遷徙自由。⓪

きょしゅつ【拠出・醵出】（名・他サ）（多數人）醵款，湊錢；籌款。⓪

きょしょ【居所】（名）①住處，住址；②〔法〕居所（僅在某期間繼續居住的）寓所；↔じゅうしょ（住所）。①

きょしょう【去声】（名）（漢字的）去聲。⓪

きょしょう【巨匠】（名）巨匠，大家，泰斗；☆楽壇の巨匠／音樂界的泰斗。⓪

きょじょう【居城】（名）所住的城堡，居城。①⓪

ぎょしょう【魚商】（名）〔文〕魚商（＝さかなや）。⓪

ぎょじょう【漁場】（名）漁場；～ひょうしき【漁場標識】（名）漁場標幟。⓪

きょしょく【虚飾】（名・他サ）虛飾，矯飾；☆虚飾を好む／喜好矯飾。⓪

きょしん【虚心】Ⅰ（名・形動ダ）虛心；☆人の話を虚心に聞く／虛心地聽旁人的話；Ⅱ（副）坦率地；～たんかい【虚心坦懐】（連語・形動ダ）虛心坦懷；～へいき【虚心平気】（連語・形動ダ）平心靜氣。①⓪

きょじん【巨人】（名）①身軀魁偉的人；②（童話等中的）巨人；③巨頭，大王，巨匠，泰斗；☆哲学界の巨人／哲學界的泰斗。⓪

きょすう【虚数】（名）〔數〕虛數；↔じっすう（実数）。②

ぎょ・する【御する】Ⅰ（自サ）服侍，伺候；Ⅱ（他サ）①駕取（馬）；②駕馭，控制；支配；☆御し易（やす）い／容易駕馭的；因ぎょす（サ）。②

きよせ【季寄せ】（名）（俳句的）季語集。⓪

きょせい【去勢】（名・他サ）①去勢，閹割；☆牛を去勢する／閹牛；☆去勢された馬／騸馬；②〔轉〕削弱（氣勢）。⓪

きょせい【去声】（名）（漢字的）去聲（＝きょしょう）。⓪

きょせい【巨星】（名）〔文〕①巨星，大星；②〔轉〕大人物，偉人，巨匠；☆楽壇（がくだん）の巨星／音樂界的泰斗。⓪

きょ せい【挙世】（副）〔文〕舉世。①

きょ せい【虚勢】（名）虚張的威勢（＝か
らいばり）；☆虚勢を張（は）る／虚張
聲勢。⓪

ぎょ せい【御製】（名）日皇作的詩歌。⓪

きょ せき【巨石】（名）巨石，大石。①

きょ せつ【虚説】（名・自サ）〔文〕無稽
之談，虚偽之説。①⓪

*きょ ぜつ【拒絶】（名・他サ）拒絶；☆面
会（めんかい）を拒絶する／拒絶會面，不
給面見；☆要求を拒絶する／拒絶要求。⓪

きょ せん【巨船】（名）〔文〕大船，艨
艟。①

ぎょ せん【御選】（名）選集的敬稱。⓪

ぎょ せん【漁船】（名）漁船。⓪

きょ そ【挙措】（名）〔文〕①舉措，行止
；②舉止；☆挙措がしとやかだ／舉止安
祥。①

きょ ぞう【虚像】（名）〔理〕虚像。⓪

ぎょ ぞく【魚族】（名）魚類。①

ぎょ そん【漁村】（名）漁村。⓪

きょ たい【巨体】（名）〔文〕巨軀。⓪

きょ だい【巨大】（形動ダ）〔文〕巨大。
☆巨大な大砲／巨大的大砲。⓪

ぎょ だい【御題】（名）①日皇題字；②日
皇選定的詩歌題目。⓪

ぎょ だく【許諾】（名・他サ）〔文〕許諾，
允許；☆相手の申し入れを許諾する／答
應對方的請求。⓪

きょ だつ【虚脱】（名・自サ）①〔醫〕虚
脱；②失神，呆然若失；☆虚脱したよう
な様子（ようす）／呆然若失的樣子。⓪

きょ たん【祛痰】（名）〔醫〕祛痰。⓪

きょ っかい【曲解】（名・他サ）曲解，歪
曲；☆それは事実を曲解するものだ／那
是歪曲事實。⓪

きょ っきゅう【曲球】（名）〔棒球〕曲球
（接近打手時忽然斜飛的球）。⓪

きょ っけい【極刑】（名）極刑，死刑；☆
極刑に処する／處以極刑。⓪

きょ っけん【極圏】（名）〔地〕（南北極
的）極圏。⓪

きょ っこう【極光】（名）〔地〕極光（＝
オーロラ）。⓪

ぎょ っこう【玉稿】（名）〔文〕尊稿；☆
是非、玉稿をいただきたい／務請惠予尊
稿，務必請您投稿。⓪

ぎょ っと（副・自サ）：☆ぎょっとする、
ぎょっとびっくりする／嚇得心裏噗哆一

跳，大吃一驚。⓪

きょ てん【拠点】（名）〔軍〕據點；☆戦
略の拠点／戰略據點。①⓪

きょ でん【虚伝】（名）〔文〕無稽傳言，
謠傳。⓪

きょ とう【巨頭】（名）巨頭；☆鋼鉄界
（こうてつかい）の巨頭／鋼鐵界的大王⓪

きょ とう【挙党】（名）全黨；☆挙党一致
で通過（つうか）する／全黨一致通過①

きょ どう【挙動】（名）舉動，行動；☆挙
動を監視する／監視行動。⓪

ぎょ とうゆ【魚灯油】（名）由魚油煉製的
燈油。②

きょ ときょ と（副・自サ）不鎮靜，賊眉鼠
眼；☆きょときょとあたりを見まわす／
賊眉鼠眼地左顧右盼。①

きょ とんと（副・自サ）〔俗〕呆然若失；
☆きょとんとした顔／呆然若失的神色；
☆きょとんと目を見張る／呆然瞪目①②⓪

ぎょ にく【魚肉】（名）魚肉。⓪

きょ ねん【去年】（名・副）去年（＝さく
ねん）。①

ぎょ ば【漁場】（名）漁場，捕魚場。②

きょ はく【巨擘】（名）〔文〕①母指；②
巨擘，巨頭；☆画壇の巨擘／繪畫界的巨
擘。⓪

きょ ひ【巨費】（名）鉅額費用，鉅款；☆
巨費を投ずる／投入鉅款。①

*きょ ひ【拒否】（名・他サ）拒絶，否決；
☆要求を拒否する／拒絶要求；～けん【
拒否権】（名）否決權。①

きょ ひ【許否】（名）〔文〕許可與否；☆
許否を問い合わす／訊問是否許可。①

ぎょ ひ【魚肥】（名）用魚類作的肥料，魚
肥。①②

ぎょ ふ【漁夫】（名）漁夫；◇魚夫の利（
り）を占（し）める／得漁人之利，從旁
占便宜。①

きよ ぶき【清拭き】（名・他サ）用乾拭布
揩拭。⓪

ぎょ ふく【魚腹】（名）〔文〕魚腹◇魚腹に
葬（ほうむ）らる／葬於魚腹，淹死①⓪

ぎょ ぶつ【御物】（名）皇家所藏珍品，皇
家御用物。①⓪

ぎょ ふん【魚粉】（名）魚粉（用作飼料或
肥料）。⓪

きょ ほ【巨歩】（名）〔文〕①大踏步；☆
新しい建設に巨歩を踏み出す／向新的建
設大踏步前進；②〔轉〕大進步；大成就

；大業績；☆学界に巨歩を印する／在學界留下偉績。[1]

きょほう【巨砲】（名）①大砲；②〔轉〕〔棒球〕強有力的打手。[0]

きょほう【虚報】（名）〔文〕虚傳，謠傳；☆虚報を伝える／散佈謠言。[0]

ぎょほう【漁法】（名）捕魚法；☆古い漁法では能率（のうりつ）がわるい／舊的捕魚法效率不高。[0]

きょぼく【巨木】（名）〔文〕大樹。[0]

きよま・る【清まる】（自五）澄清，變潔淨（＝きよくなる）。[0]

きょまん【巨万】（名）數萬，極多；☆巨万の富／百萬財富，巨富。[0][1]

きよみず【清水】（名）清水；～でら【清水寺】（名）（京都市東山的）清水寺；◇清水の舞台から飛び下りるよう／下重大的決心。[2]

ぎょみん【漁民】（名）〔文〕漁民。[1][0]

きょむ【虚無】（名）虚無；～しゅぎ【虚無主義】（名）虚無主義。[1]

きよめ【清め】（名）〔きよめる〕的名詞形；～がみ【清め紙】（名）手紙；～のみず【清めの水】（名）（神社前的）洗手漱口水。[3]

きょめい【虚名】（名）①虚名，徒有其名；☆虚名を求める／追求虚名；②假名。[0]

ぎょめい【御名】（名）日皇名字；～ぎょじ【御名御璽】（名）御名御璽。[1]

きよ・める【清（淨）める】（他下一）①洗淨，弄潔淨，去汚垢；☆沐浴して身を清める／沐浴洗淨身體；②使潔白；洗清（罪等），雪（恥）；☆罪を清める／洗清罪業；☆恥を清める／雪恥；反きよむ（下二）。[3]

きょもう【虚妄】（名）〔文〕①虚妄；☆虚妄の噂（うわさ）／謠傳；②迷妄。[0]

ぎょもう【魚網】（名）魚網。[0]

ぎょもつ【御物】（名）→ぎょぶつ（御物）。[1]

きよもと【清元】（名）←清元節；～ぶし【清元節】（名）（由「富本節」派生出來的）「淨瑠璃」的一派（曲調清婉，富於民衆性）。[2]

きょよう【許容】（名・他サ）容許，寬容；☆それは普通許容されている／那通常是被容許的。[0]

きょよう【挙用】（名・他サ）〔文〕起用，提拔。[0]

きよら（形動ナリ）①〔文〕華美，華麗；②「きよらか」之訛。[1][2]

きょらい【去来】（名・自サ）〔文〕去來（＝ゆきき）；☆思いが脳中を去来する／思念縈廻於腦海；～こん【去来今】（名）過去將來和現在。[1]

ぎょらい【魚雷】（名）〔軍〕魚雷；～はっしゃかん【魚雷発射管】（名）魚雷發射管。[0]

きよらか【清らか】（形動ダ）清，不混濁；潔淨，純潔，清白；☆清らかに流れる小川（おがわ）／水流清澈的小溪；☆清らかに掃く／掃淨；☆清らかな愛／純潔的愛；☆清らかな朝／清爽的早晨。[2]

ぎょらん【魚卵】（名）魚卵。[0]

*きょり【距離】（名）距離（＝へだたり）；間隔；☆それは私の考えとは大分（だいぶ）距離がある／那和我的想法有很大距離；☆距離が十マイルある／距離有十英里；☆百メートルの距離をおいて／置一百公尺的間隔，離開一百公尺。[1]

ぎょり【漁利】（名）①漁業利益；②漁利，謀利。

きょりゅう【居留】（名・自サ）①居留，逗留；②僑居（國外）；～がいこくじん【居留外国人】（名）外僑；～みん【居留民】（名）僑民。[0]

ぎょりん【魚鱗】（名）〔文〕①魚鱗；②魚鱗形陣，人字形陣；～がかり【魚鱗懸り】（名）排成人字形陣進攻。

ぎょるい【魚類】（名）〔動〕魚類。[1]

きょれい【虚礼】（名）虚禮；☆虚礼を廃する／廢除虚禮。[0]

きょれい【挙例】（名・自サ）舉例。[0]

ぎょろう【魚蠟】（名）魚蠟（魚油製的固體脂肪）。[0]

ぎょろう【漁撈】（名）捕魚，撈取水産物；☆魚撈を業とする／以捕魚為業。[0]

きょろきょろ（副・自サ）（慌慌張張）瞪着眼睛（尋視等）；☆何をきょろきょろ（見回）しているのか／瞪着眼睛慌慌張張尋視什麼。[1]

ぎょろぎょろ（副・自サ）（目光）烱烱。[1]

きよわ【気弱】（名・形動ダ）懦弱，怯懦；☆気弱な人／懦弱的人。[0]

キラー【killer】（名）〔排球〕中衛，中軍。[1]

*きらい【嫌（い）】（名）①嫌惡，厭惡，不愛（＝いや）；☆勉強が嫌いだ／不愛用功

；②有…之嫌，有點…（＝かたむき）；
☆凝（こ）り過ぎる嫌いがある／有點過
於考究，有點呆板；③區別，區分（＝わ
かち）；☆敵見方の嫌いなく／不分敵我
（地）。⓪

きらい【帰来】（副・自サ）〔文〕歸來，
歸囘。１⓪

一ぎらい【嫌い】（造語）表示嫌惡、厭忌
、憎惡的意思；☆男嫌（おとこぎら）い
／嫌惡男人（的人）。

*きら・う【嫌う】（他五）①嫌惡，厭惡
（＝このまない、いやにおもう）；☆社交
を嫌う／嫌惡社交；②厭忌，忌避（＝い
む、さける、はばかる）；☆病院では四
（し）の字を嫌う／醫院忌諱「四」字（
因四與死同音）；③憎惡（＝うらむ、に
くむ）；☆戦争を嫌う／憎惡戰爭；④區
別，區分（＝わけへだてする）（多用嫌
わず）；☆男女（だんじょ）嫌わず／不分
男女，連男帶女；☆時を嫌わず／不分
時候，不管什麼時候；☆所嫌わず痰唾を
吐く／到處隨便吐痰。⓪

きらきら（副・自サ）輝耀，閃爍，晃（耀）
眼；☆星がきらきらする／星光閃耀；☆
太陽の光で露がきらきらする／陽光照得
露珠閃閃發光；☆きらきらする光／耀眼
的光。１

ぎらぎら（副・自）閃耀，輝耀（比「きら
きら」還強）；☆真夏の太陽がぎらぎら
照りつける／盛夏的陽光照得耀眼。１

きらく【気楽】（形動ダ）①舒適，安樂，輕
鬆，輕快；☆気楽に暮す／安樂度日；舒
暢生活；☆気楽な仕事（しごと）／舒適
（輕鬆）的工作；☆気楽にし給え／請不
要拘泥；②無掛慮，快活；☆気楽な人／
快活的人，樂天的人。⓪

きら・す【切らす】（他五）用盡，賣光，
☆小遣銭（こづかいせん）を切らした／
把零用錢花光了；☆字引（じびき）は切
らしている／辭典賣光了；☆その品は切
らしている／那種東西脫售了；◇息（い
き）を切らす／喘不上氣來，喘噓。２

きらつ・く（自サ）閃耀，發光，晃眼（＝
きらめく）；☆日の光が朝露にきらつく
／陽光照得朝露發光。⓪

ぎらつ・く（自五）閃耀，晃眼睛（＝ぎら
ぎらする）；☆油が浮いて水面（すいめ
ん）がぎらつく／油浮水面閃閃發光。⓪

きらびやか【煌びやか】（形動ダ）①輝煌

燦爛，華麗，燦爛奪目；☆煌びやかな装
（よそお）い／華麗的裝束；②乾脆（＝
きっぱり）。③

きらめか・す【煌めかす】（他五）①使輝
煌耀眼，使燦爛奪目；②使盛裝，把…打
扮得漂漂亮亮。④

*きらめ・く【煌めく】（自五）①閃耀，輝
耀；☆空に煌めく星／天空閃耀的星；②
盛裝，打扮得漂漂亮亮。③

きらり（副）閃耀貌；☆露が、きらり（と）
日に光る／陽光照得露珠發光。３２

ぎらり（副）閃耀貌；☆ぎらり（と）刀を
抜く／白光一閃拔出刀來。２３

きり【切（り）】（名）①〔きる〕的名詞
形；②限度，終結（＝かぎり、おわり）；
☆話し出（だ）したら切りがない／説起
來沒有完；☆慾には切りがない／慾望是
無止境的；③段落（＝だん、きれめ）；
☆切りが好い／正好到一個段落；④←き
りふだ（切札）；⑤〔「能樂・淨瑠璃」
的〕煞尾；↔くち（口）。⓪

きり【桐】（名）①〔植〕梧桐；②梧桐花
葉形的紋章；③琴的別稱；④〔古〕金幣
（こばん）的別稱。⓪

きり【錐】（名）錐子，鑽；☆錐で孔をあ
ける／用錐鑽出孔眼；☆錐で揉（も）む
ように痛む／像錐子扎似地疼。１

*きり【霧】（名）霧；☆霧が立つ／下霧，
有霧；☆霧が深い／霧很濃；☆霧が晴れ
る／霧散；☆噴霧（＝しぶき）；☆着物
に霧を吹く／噴衣服。⓪

きり（修助）①表示只，僅之意（＝だけ）；
☆二人きりで話す／只兩個人對談（沒有
外人在場）；②表示「…のがおしまいだ」
之意；☆去年見たきりです／只去年看見
過一次（以後從未看見）；☆あれっきり
逢えない／那以後一直沒遇見過；☆行
ったきり帰って来ない／一去 就 不 囘 來
了；③表示「だけ、しか」之意；☆これ
きりしか残っていない／只剩下這些（以
外沒有了）；④表示「かぎり」之意；☆
今日きりでタバコをやめる／以今天爲限
以後再不吸煙，從明天起戒煙；☆今度き
り／只這一囘。

きり【肌理】（名）〔文〕①皮膚紋理，肌
理；②木理，木紋。

*ぎり【義理】（名）①（交往上應盡的）情
義，人情，情分，情面；（來往上的）禮
節；☆義理を立てる／盡情分，維持情

面；☆義理を欠く／欠情，失禮；☆義理知らずだ／不懂人情的東西；☆義理にもそうけねばならぬ／看在情義上也必須那麼做；☆義理に絆（ほだ）される／礙於情面，☆世間への義理上／爲了保持對外的體面，爲了遷就別人，☆義理の堅い人／在交往上絕不欠情的人，嚴守交往禮節的人；②緣由，道理（＝わけ，いみ）；☆それは義理の立たぬことだ／那是沒有道理的事情；③（由婚姻而論的）親屬關係；☆義理の兄／內兄；姐夫；夫的哥哥；～あい【義理合】（名）交際（關係），往還；～いっぺん【義理一遍】（名）只是走虛套子，只是走走形式，☆義理一遍で後は振り返らない／只是表面虛應一番以後就不理睬了；～がたい【義理堅い】（形）在交往上絕不欠情的，嚴守交往禮節的；～づく【義理尽く】（名）礙於情面，爲了盡人情；☆義理尽くでどうでもやらねばらぬ／礙於情面無論如何也得辦；～だて【義理立（て）】（名・自サ）盡情分，維持情面。②

ぎり（修助）＝きり。

きりあ・う【切り合う】（自五）①（揮刀）互砍，交鋒；②（成十字形）交叉。⓪

きりあげ【切り上げ】（名）□〔きりあげる〕的名詞形；②結束，截止；☆仕事を切り上げにする／結束工作。⓪

きりあ・げる【切り上げる】（他下一）①結束，截止，告一段落；☆話を切り上げる／結束談話（不再說下去）；☆仕事を早く切り上げる／早早結束工作；②〔數〕（四捨五入時，把0.5以上的零數當作1而）加上，（把小數點以下的零數）加在個位上，☆0.5以上の端数（はすう）を切り上げる／把0.5以上的零數當作1加上；図きりあぐ（下二）。⓪

きりいし【切石】（名）①（鑿成定形的）石材；②（劈開的）石塊；③鋪石，板石（＝しきいし）。②

きりい・る【切り入る】（自五）切進去，砍進去；☆木に深く切り入った斧（おの）／砍進樹裏很深的斧頭。⓪③

きりうり【切り売り】（名・他サ）①切開零售；☆西瓜（すいか）を切り売りにする／把西瓜切開零售；②〔轉〕（由著作中抽出數段而）講授(出版)；（在各處）兼任（許多教職等）；☆学問の切り売りをする／到處兼職授課。⓪

きりおと・す【切り落とす】（他五）①剪掉，砍掉；☆枝（えだ）を切り落とす／剪枝；②砍低，剪矮；☆生垣（いけがき）を切り落とす／把樹籬剪矮；③掘開堤壩（放水）☆堤防を切り落として水浸（みずびた）しにする／掘開水壩灌滿水⓪

きりおろ・す【切り下す】（他五）（由上往下）切；剪；砍。⓪

きりかえ【切替え・切換え】（名・他サ）①〔きりかえる〕的名詞形；②轉換，改換，掉換；☆陣容の切替／改換陣容；☆電気の切替／轉換電路；③〔運転免許証の切替え／更換駕駛執照；④〔農〕闢森林爲田地(數年後再植林)；～はた【切替畑】（名）〔農〕交替進行耕作和造林的田地⓪

きりかえし【切返し】（名）①〔きりかえす〕的名詞形；②〔擊劍〕從左右交替砍對方側面的一種練習法；③→カットバック⓪

きりかえ・す【切り返す】（他五）①（揮刀）反砍，回擊；☆相手(あいて)を切り返す／揮刀砍對方；②切翻過來，砍翻過來⓪

きりか・える【切り替(換)える】（他下一）①轉換，改換，掉換（＝とりかえる、あらためる）；☆ふるい頭を切り換える／改頭換面☆電気を切り替える／轉換電路；②兌換；☆金を切り替える／兌換錢；図きりかふ（下二）。⓪

きりかか・る【切(斬)り掛かる】（他五）①（用刀）砍起來（＝きりはじめる）；☆口論の末、切り掛かった／(二人)爭論的結果用刀砍起來了；②要砍（＝きろうとする）；☆抜刀して切り掛かった／拔刀要砍；③（用刀）砍上來(去)☆相手が切り掛かって来た／對方揮刀砍上來了⓪④

きりがくれ【霧隠れ】（名）隱沒在霧中③

きりか・ける【切り掛ける】（他下一）①將要動手砍（切、剪）（＝きろうとする）；②開始砍（切、剪）（＝きりはじめる、きりつける）；☆木を切り掛けたところ雨が降り出した／要砍樹却下起雨來了；②砍下掛起來；☆首を切り掛ける／斬後梟首；図きりかく（下二）。⓪

きりかた【切（り）方】（名）砍（切、剪）的方法。④③

きりかぶ【切株】（名）（樹砍後的）殘株；（禾稼割後的）餘株；☆木の切株／樹的殘株。②

きりがみ【切紙】（名）剪紙細工，剪紙畫②

きりかわ・る【切り替わる】（自五）轉變

，改變；☆情勢がすっかり切替りわった／局勢完全改變了。◎４

きりきず【切傷・切疵】（名）刀傷，砍傷，切傷；☆額（ひたい）の切傷の痕（あと）／額角上的刀傷（傷痕）。②

きりきり（副・自サ）①發吱吱聲而旋轉；☆独楽（こま）がきりきり回る／陀螺吱吱地旋轉；②緊緊地纏卷；☆縄（なわ）をきりきり巻きつける／把繩子緊緊地纏繞上；③轉得很快；☆スケート選手が片足できりきり回る／溜冰選手用一隻脚（在冰上）嘀嚕嘀嚕地轉；④刺痛；☆腹がきりきり痛む／肚子嘛拉嘛拉地疼；⑤（行動）敏捷（＝さっさと、てきぱき）；☆きりきり立ち回る／敏捷地周旋；～まい【きりきり舞】（名・自サ）①（用一隻脚）旋轉身體；②〔轉〕慌忙，忙亂；☆たくさんのお客様できりきり舞（を）する／因爲客人多很忙亂。①

ぎりぎりⅠ（名）（讓步等的）最大限度，到底，到家；☆ぎりぎり一杯（いっぱい）／滿滿一杯子；（讓到）最低限度☆ぎりぎりの値段／便宜到家的價錢，最低價錢②（頭頂上的）旋兒；Ⅱ（副・自サ）①（咬牙或二物磨擦）發咯吱吱吱聲；☆ぎりぎり牙を鳴らす／咯吱咯吱地咬牙；②剛好，勉勉強強；☆汽車にぎりぎり間にあう／剛好趕上火車（再遲一點就趕不上了）。◎４①

きりぎりす【蟋斯】（名）〔動〕①蟋蟀；②〔古〕蟋蟀（＝こおろぎ）。③

きりくず【切屑】（名）切（削）下的碎屑；☆パンの切屑／切下的麵包屑。③②

きりくず・す【切り崩す】（他五）①砍低，削低；截割；鑿開；☆山を切り崩す／把山鑿開；②〔轉〕離間，破壞；☆敵を切り崩す／離間敵人。◎４

きりくだ・く【切り砕く】（他五）切碎，剁碎，砍碎☆氷を切り砕く／把冰砍碎◎４

きりぐち【切口】（名）①（木等的）鋸口，碴口；②切（砍）的傷口；☆切口から血が流れ出る／從砍的傷口流出血來；③切（砍）的手法。②

きりくび【切首・斬首】（名）①斬首；②砍掉的頭。②

きりこ【切子・切籠】（名）（角不凸尖的）四角形；～ガラス【切子 glass】（名）→カットグラス；～どうろう【切子灯籠】（名）多角形帶穗的紙燈籠（盂蘭盆會用）②③

きりこうじょう【切口上】（名）呆板的口吻，一句一頓的、不自然的口吻；☆切口上で言う／結結巴巴地說。③

きりごたつ【切炬燵】（名）（鑲在炕蓆下面的）固定脚爐；↔おきごたつ（置炬燵）③

きりこまざ・く【切細裂く】（他五）切碎，剁碎。◎⑤

きりこみ【切込（み）】（名）①〔きりこむ〕的名詞形；②砍入，殺進；☆切込をかける／殺入（敵陣）；③〔烹飪〕切碎的鹹魚肉；☆混有土和砂子的東西。◎

きりこ・む【切り込む】（他五）①（向敵陣）砍進，殺入；☆敵陣に切り込む／殺入敵陣；②砍進，切入，楔入；☆深く切り込む／砍進很深；☆Ｖ字型に切り込む／Ｖ字形似地楔進去；③〔轉〕（用尖銳言辭）究問，追問；☆鋭く切り込む／嚴厲追究◎

きりころ・す【切殺す・斬り殺す】（他五）斬殺，砍死；☆敵を切り殺す／砍殺敵人◎

きりさいな・む【斬り苛む】（他五）砍得粉碎，砍得四分五裂；凌遲（＝ずたずたにきる）。◎⑤

きりさ・く【切り裂く】（他五）切開，劈開；☆魚の腹を切り裂く／剖開魚腹。◎

きりさげ【切り下げ】（名）①〔きりさげる〕的名詞形；②（貨幣法定價值的）貶低，貶值；☆平価の切り下げ／貨幣貶值；③→きりさげがみ。◎

きりさげがみ【切下（げ）髪】（名）剪短的垂髮（過去的寡婦的一種髮型）。④

きりさ・げる【切り下げる】（他下一）①切低，砍低，剪低；②（由上）向下切（砍、剪）；③剪後使垂下；☆髪を切り下げる／把頭髮剪短使垂下，剪成短垂髮；④〔轉〕減低，貶低；☆ドルを三割切り下げる／將美元貶值三成，因きりさぐ（下二）◎

きりさめ【霧雨】（名）濛濛雨（＝きりあめ）；☆霧雨にけぶる／細雨濛濛。◎

キリシタン【葡 Christão 一切支丹・吉利支丹】（名）①1550年（天文19年）傳到日本的天主教（或其信徒）；②天主教傳教士當時爲傳教所利用的應用物理化學的技術；～でら【吉利支丹寺】（名）（當時的）天主教堂；～バテレン【吉利支丹伴天連】（名）①（當時的）天主教神甫；②〔轉〕邪教。②

ギリシャ きょうかい【希臘教会】（名）〔宗〕東正教會。

ギリシャ せいきょう【希臘正教】（名）東

正教。

きりすて【切捨(て)・斬捨(て)】（名）①〔きりすてる〕的名詞形；②〔江戸時代〕（武士對平民的）隨便斬殺；③〔數〕（零數的）捨去；☆端数（はすう）は切捨(て)／零數捨去／~ごめん【斬捨御免】（名）〔江戸時代〕（武士對平民的）隨便斬殺，格殺無論。⓪

きりす・てる【切り捨てる】（他下一）①切（砍）下拋掉；切去；☆白菜の根を切り捨てる／把白菜根切卓；②〔江戸時代〕（武士）任意斬殺（平民）；③〔數〕捨去；☆端数を切り捨てる／捨去零數；図きりすつ（下二）。

*キリスト【Christo＝基督】**（名）基督，耶穌；~きょう【基督教】（名）〔宗〕基督教；~きょうせいねんかい【基督教青年会】（名）基督教青年會，YMCA；~こうたんさい【基督降誕祭】（名）聖誕節（＝クリスマス）。

きりず（づ）ま【切妻】（名）〔房屋山牆的〕山形部分，山形牆；~やね【切妻屋根】（名）山妻屋頂，人字形屋頂。②⓪

きりずみ【切炭】（名）鋸短的木炭，小塊木炭；☆火鉢に切炭をつぐ／往火盆裏續上鋸短的木炭。②

きりそろ・える【切り揃える】（他下一）切齊，砍齊，剪齊。⓪④

きりたお・す【切り倒す】（他五）砍倒；☆木を切り倒す／把樹砍倒。⓪

きりだし【切出し】①〔きりだす〕的名詞形；②開口説出；☆話の切出しが上手（じょうず）だ／很會提話題；③一種寬刃小刀。⓪

きりだ・す【切り出す】（他五）①砍伐後運出來，鑿下後運出來；☆山から木を切り出す／由山裏把木材砍伐後運出來；☆石を切り出す／鑿下石頭運出來；②開言，説出（＝はなしだす）；☆話を切り出す／開口説出；☆何を切り出すか分らぬ／不知説出什麼來。⓪

きりた・つ【切り立つ】（自五）（切的似地）峭立；☆岩が切り立っている／巖石峭立；☆切り立った崖（がけ）／懸崖⓪

きりちぢ・める【切り縮める】（他下一）切短，戒短，剪短。⓪⑤

きりちら・す【切り散らす】（他五）亂砍，亂殺。⓪④

*きりつ【規律・紀律】**（名）紀律，規章；秩序（＝おきて、のり，きまり）；☆規律を守（まも）る／遵守紀律；☆規律は厳格だ／紀律森嚴；☆規律正しい生活／有規律的生活。⓪①

きりつ【起立】（名・自サ）站起來；☆起立を求める／讓…站起來；☆起立して敬礼する／站起來敬禮。⓪

きりつ・ける【切り付ける】（他下一）①砍上去（來），殺上去（來）（＝きりかかる）；☆敵に切り付ける／向敵人殺上去；②切傷，砍傷；☆肩先（かたさき）に切り付ける／砍傷肩膀；③切下接上；④刻上（記號）；☆木にしるしを切り付ける／在樹上刻上記號。⓪

きりつぼ【桐壺】（名）①（日本皇宮内的）淑景舍（＝しげいしゃ）（五舍之一，因庭中有梧桐故名）；②「源氏物語」第一巻名（描寫源氏從出生到十二歳）；~のみかど【桐壺の帝】（名）「源氏物語」中的皇帝名（為光源氏的父親）。⓪

きりつ・める【切り詰める】（他下一）①削減，縮減，撙節，壓縮；☆費用を切り詰める／縮減經費；☆切り詰めた暮しをする／撙節度日；②剪短；☆あまり長いから切り詰める／因為太長剪短一些。⓪

きりどおし【切通し】（名）①鑿開的山路（水渠）；②爽快處理；☆政務を切通しにする／爽快料理政務。⓪

きりとお・す【切り通す】（他五）鑿開（山等以造道路）；鑿通（水渠）。⓪③

きりと・る【切り取る】（他五）①切下，砍下；剪下；☆新聞を切り取る／剪報；②（用武力）侵占（一部領土）。⓪

きりなし【限無し】（名）①無止境，無限度（＝きりがない）；☆限無しの慾望／無止境的慾望；②不間斷（＝たえまがない）；☆きりなしに喋（しゃべ）る／不住嘴地説，喋喋不休。⓪

きりぬき【切抜（き）】（名・他サ）①〔きりぬく〕的名詞形；②剪下的東西；☆新聞の切抜／剪下的報紙；~ちょう【切抜帳】（名）剪報簿；集錦冊。⓪

きりぬ・く【切り抜く】（他五）剪下，切下（報紙等的一部分）；☆新聞を切り抜く／剪報；☆紙で人形の形を切り抜く／用紙剪個紙人。⓪

きりぬ・ける【切り抜ける】（他下一）①殺出（敵人重圍）；☆重囲を切り抜ける／殺出重圍；②（勉強）擺脱；☆難局を

切り抜ける／（勉強）擺脱難關；図きり
ぬく（下二）。回

きりのうみ【霧の海】（名）①被霧籠罩的
海；②〔轉〕霧氣濛濛的平原。

きりは【切羽・切端】（名）〔礦〕（礦石、
煤的）採掘場，採掘面。

きりはた【切畑】（名）在山坡上開闢的旱
田。②

きりばな【切花】（名）剪下的帶莖鮮花（
供佛或插花用）。②

きりはな・す【切り放す】（他五）①割斷
，斷開；割裂，分開；☆教育と生活を切り
放す／把教育和生活分開來；☆本問題
と切り放して考える／把這個問題分開來
考慮；☆それとこれとは切り放せない／
那事和這事是分不開的；②（斷開羈絆）
放開（牛、馬）。回

きりはら・う【切り払う】（他五）①剪掉
（樹枝），剷除（雜草）；☆木の枝を切
り払う／剪掉樹枝；②（砍入敵陣）殺退
（敵人）。回

きりばり【切張り・切貼り】（名・他サ）
剪掉（窗等破處而）糊上，填補上；☆障
子の破れたところを切張りする／把隔扇
破處填補上。回②

ぎりば・る【義理張る】（自五）（在交往
上）過分講求體面，過分送禮請客）；♢
義理張るより頬（ほほ）張（ば）れ／與
其講求體面，莫如先完飽飯。

きりひとは【桐一葉】（連語・名）①一葉
知秋；②史劇名（坪内逍遙作，六幕十五
場，表演豐臣氏衰落的情景）。④

きりひら・く【切り開く】（他五）①開墾
（荒地、林野），整開（山嶺以通道路）
；☆森を切り開く／（伐去林木）開墾林
野；②（衝破重圍）殺開（血路），☆血
路を切り開く／殺開一條血路。回

きりふき【霧吹（き）】（名）（藥液、香
水等的）噴霧；噴霧器；☆着物に霧吹を
する／噴衣服；☆霧吹を使って殺蟲液を
まく／用噴霧器噴射殺蟲劑。④②

きりふ・せる【切伏せる】（他下一）①砍
倒（＝きりたおす）；②〔轉〕征服。回

きりふだ【切札】（名）（橫克牌的）王
牌，〔轉〕最後妙策，最後招數；☆最
後（さいご）の切札を出す／拿出最後王牌②

きりぼし【切干】（名）曬蘿蔔（白薯）
片；～だいこん【切干大根】（名）乾蘿
蔔片。回

きりまく・る【切り捲くる・斬り捲くる】
（他五）①大殺大砍；☆敵を縱橫無盡（じ
ゅうおうむじん）に切りまくる／把敵人
砍殺得落花流水；②激烈辯論（駁倒對方）
；☆はげしく切りまくる／激烈辯論。回

きりまわし【切回し】（名）〔（きりまわす）
的名詞形〕料理，處理；☆家計（かけい）
の切回しが（うま）い／善於料理家務回

きりまわ・す【切り回す】（他五）①（到
處）亂砍；②掌管，料理；☆家事（かじ）
を切り回す／料理家務，當家；③善於料
理（掌管）；☆うまく切り回す／善於料
理。回

きりみ【切身】（名）（魚、肉的）切塊③

きりめ【切り目】（名）①砍痕，刻痕；切
縫，硅口；☆切り目をつける／砍出痕
跡；☆枝の切り目から芽が出る／由樹枝
砍痕發出芽；②（事物的）段落；☆切り
目がついた／告一段落；～いし【切（り）
目石】（名）〔礦〕天然銅。③

きりもち【切餅】（名）①切成方形的年糕
，②〔江戸時代〕（用紙包封成方形的）
一百個一分銀幣（共二十五兩），一封銀子②

きりもみ【錐揉】（名・自サ）①捻鑽（以
鑽孔）；②（飛機）廻旋降下，旋轉下降；
～こうか【錐揉降下】（名・自サ）旋轉
下降。回④

きりもり【切盛（り）】（名・他サ）①（把
食品適當地）切後盛上；②〔轉〕料理，
處理（とりはからい、さばき）；☆一家
（いっか）の切盛をする／料理家務；☆
切盛のうまい人／善於料理的人。②回

きりやぶ・る【切り破る】（他五）①切壞
，砍壞；②殺開（敵人重圍）。回④

きりゅう【気流】（名）氣流，風；☆グラ
イダーが気流に乗って飛ぶ／滑翔機乘氣
流飛行。回

きりゅう【寄留】（名・自サ）①寄居，逗
留（＝かりずまい）；☆他人の家に寄留
する／寄居他人家裏；②〔法〕（在籍貫
以外一定地方）寄留達九十日以上。回

きりゅうさん【稀硫酸】（名）〔化〕稀硫
酸。回②

きりょ【羈旅】（名）〔文〕①羈旅；②（
詠旅行感想的）「和歌」、「俳句」。①

きりょう【器量】（名）①才，才幹；☆彼は
人に将たるの器量がある／他是個將才；
②容貌，姿色；☆器量がよい／有姿色，
長得標緻；③面子；☆器量をあげる／露

臉；～ごのみ【器量好み】（名）挑選姿
色；☆器量好みで貰った女房（にょうぼ
う）／看中了姿色而討的老婆；～じまん
【器量自満】（名）賣弄姿色，誇耀容貌
；～じん【器量人】（名）①有才幹的人
；②有姿色的人；～まけ【器量負け】（名
・自サ）①因有才幹反而失敗；②因容貌
美麗反而難以找到對象。①

ぎりょう【技倆・伎倆・技量】（名）技能，
本事，能耐（＝うでまえ）；☆技倆のあ
る人／有本領的人；☆技倆は経験からく
る／本事要從經驗得來。①①

きりょく【気力】（名）①氣力，精力，精
氣；☆気力が衰える／氣力衰弱；☆気力
が旺盛だ／精力十足；②魄力；☆そうす
るだけの気力がない／沒有能够那麼做的
魄力。①

きりわ・る【切り割る】（他五）切開，切
（劈）成二半（＝きりさく）。⓪

きりん【騏驎】（名）①千里馬；②傑出人
物。⓪

きりん【麒麟】（名）①麒麟；②〔動〕長
頸鹿（＝ジラフ）；～じ【麒麟児】（名）
麒麟兒。⓪

き・る【切る】（自下二）〔文〕→きれる
（切れる）。①

*き・る【切る・斬る・截る・伐る・斫る】
Ⅰ（他五）①切，割，剁，斬，殺，砍，
伐，截，斷；☆肉を切る／切肉；☆首を
切る／斬首，砍頭；☆木を切る／伐木，
砍樹；☆縁（えん）を切る／斷絕關係，
離婚；☆かれと手を切る／和他斷絕關係
（往還）；☆腫物（はれもの）を切る／
割開腫疙疸；②剪，鉸；☆髪を切る／剪
髪；☆キップを切る／剪票；③切傷，砍
傷，劃傷（＝きずつける）；☆指を切る
／把手指切傷；④修剪；☆爪を切る／修
指甲；☆枝を切る／修剪樹枝；⑤拆開；
☆封（ふう）を切る／拆開信；⑥中斷（
＝とだえさせる）；☆言葉を切る／中斷
話頭；⑦横穿過去（＝よこぎる）；☆行
列（ぎょうれつ）を切る／由行列横穿過
去；⑧限定（＝かぎる）；☆日を切る／
限定日期；⑨除去（水液），澄乾；☆野
菜（やさい）の水を切る／澄乾青菜上的
水；☆米の水を切る／澄乾淘米的水；⑩
〔撲克〕洗牌；搓牌；☆トランプを切る
／洗撲克牌；搓牌；⑪〔撲克〕擲出王
牌，用王牌贏（他牌）；☆切札（きりふ

だ）で切る／用王牌贏他牌；⑫截斷（電
流）；掛上（電話聽筒）；☆ラジオを切
る／關上收音機；☆電話をきる／掛上電
話聽筒；⑬衝開，衝破；☆船が波を切っ
て進む／船破浪前進；⑭打破（最低限度）
；☆元（もと）を切って売る／賠本出售
；⑮假裝，裝傚（＝きめこむ）；☆しら
をきる／假裝不知（＝しらばくれる）；
☆みえを切る／裝模作樣，擺架子；（演
員在舞臺上）亮相，亮架子；⑯〔網球・
乒乓〕切球，斜打；☆球を切る／切球，
斜打；⑰鑿；☆石を切る／鑿石頭；⑱〔
數〕（兩圓形的）相切；☆A 円が B 円を
切る／A圓（的一側）和B圓（的一側）相
切；⑲〔數〕截斷，切分；☆三角形の一
辺を等分（とうぶん）に切る／把三角形
的一邊等分之；⑳〔古〕（用整塊金銀）
兌換（零碎金銀），破開；Ⅱ（補動・五）
①表示達到極限；☆疲れきっている／疲
乏已極；☆弱りきる／衰弱已極；②表示
完結，完成，罄盡（＝おえる，はたす，
つくす）；☆読み切る／讀完；☆全部は
入（はい）りきらぬ／全部裝不下；☆言
いきる／說完；斷言；☆小遣（こずか
い）を使い切る／把零用錢花光；◇切っ
ても切れぬ関係／割也割不斷的關係，極
密切的關係；啖呵（たんか）／大聲
叱喝；怒喝；聲色俱厲地說話或責罵）
（＝きびきびいう）；☆肌を切るような風／
刺骨的寒風；首を切る／免職，解雇，腹
を切る／切腹，引咎自殺。①

*き・る【着る】（他上一）①穿；☆着物を
着る／穿衣；☆冬物（ふゆもの）を着た
ことがない／從没穿過冬裝；②承受，擔
承；☆罪を着る／負罪；☆恩を着る／承
受恩惠；☆恩に着る／以爲受到恩惠；◇
笠に着る／依仗，仗恃；☆主人の威光を
笠に着る／仗着主子的勢力。⓪

キル【英・動 kill】（名・他サ）〔網球、
乒乓、排球〕扣球，扣殺。①

キルギス【Kirghiz】（名）①吉爾吉斯；
②吉爾吉斯人。①

キルク【荷 kurk】（名）→コルク。①

ギルダー【guilder＝盾】（名）〔經〕盾
（荷蘭貨幣單位）。①

キルティング【quilting】（名）〔縫紉〕
絎縫（被子等）。①

ギルド【guild】（名）〔經〕（中世紀西
歐的）基爾特，行會，同業公會。①

*きれ【切】（名）①（刀）快，能切（＝きれる，きれあじ）；☆この小刀（こがたな）は切れが止（と）まった／這把小刀不快了，小片，小片／紙の切れ／小紙片；☆魚肉の切れ／魚肉片；②布疋，織物；一塊布（可用「布・裂」字）；☆木綿（もめん）の裂／棉布；☆この切で着物をつくる／用這塊布料做衣服；④（古書畫的）斷片；⑤石材體積名（＝一立方尺）。②

ーきれ【切れ】（接尾）計算切片的用詞；☆一切れ（ひときれ）の肉／一片肉。

ーぎれ【切れ】（接尾）冠以古人姓氏，表示某古人書畫的斷片；☆高野切れ（こうやぎれ）／高野斷片（藏於高野山金剛峰寺的「古今集」斷片）。

きれあじ【切れ味】（名）（刀的）快鈍（＝きれぐあい）；☆切れ味のよい刀／鋒利的刀；☆刀の切れ味を試（ため）す／試驗刀快不快。②⓪

*きれい【奇麗・綺麗】（形動ダ）①美麗，好看（＝うつくしい）；☆奇麗な着物／美麗衣服；☆奇麗な花／美麗的花；②潔淨，乾淨；☆奇麗な水／淨水；☆部屋を奇麗にする／把屋子收拾乾淨；③乾脆，漂亮（＝りっぱ，みごと，いさぎよい）；☆奇麗に断った／乾脆拒絕了；☆奇麗な言葉（ことば）／發音清晰的話，☆奇麗に勝った／贏得漂亮；大勝；④完全，乾乾淨淨（＝のこりがない，すっかり）；☆奇麗に忘れた／忘得乾乾淨淨；☆奇麗さっぱりと／乾乾淨淨，一乾二淨；☆奇麗に負けた／輸得落花流水；☆奇麗に騙された／被騙得個暈頭轉向；〜ごと【奇麗事】（徒有其表的）漂亮事，漂亮話；〜ずき【奇麗好き】（名・形動ダ）喜好潔淨，有潔癖（的人）。①

ぎれい【儀礼】（名）禮節，禮儀，☆儀礼を重んずる／重視禮節。⓪

きれぎれ【切れ切れ】（名・形動ダ）①一片一片，寸斷；☆切れ切れに裂く／撕成一片一片的，☆汽車に轢（ひ）かれて体が切れ切れになった／身子被火車輾得寸斷；②斷斷續續，不連貫；不銜接；☆話がきれぎれで要領を得（え）ない／話說得斷斷續續的不得要領。⓪

きれくち【切れ口】（名）切口，傷口；斷處（＝きりくち）；☆切れ口から血がしたたり落ちる／由傷口滴下鮮血。②

きれこみ【切れ込み】（名）①刻痕，缺口；②（葉周邊的）鋸齒，狗牙紋。⓪

きれこむ【切れ込む】（自五）深深刻入；☆目尻（めじり）が切れ込んでいる／外眼角很深。

きれじ【切れ字】（名）（俳句等）斷句用的助詞或助動詞；〔如：「古池や蛙（かわず）飛び込む水の音」句中的「や」便是「切れ字」〕。②

きれじ【切地・布地】（名）①疋，織物；②一塊布地，一塊衣料。⓪

きれじ【切痔・裂痔】（名）〔醫〕裂痔②

きれつ【奇列】（名）〔數〕奇數行；↔ぐうれつ（偶列）。①

きれつ【亀裂】（名）龜裂，裂縫；☆亀裂ができる／發生龜裂。⓪

きれはし【切れ端】（名）剪（切）下的碎片；☆紙の切れ端／碎紙片，紙邊子④⓪

きれま【切れ間】（名）空隙（＝たえま）③

きれめ【切れ目】（名）①斷開處；裂縫，縫隙；☆雲の切れ目／雲彩的縫隙；☆劇の切れ目を利用して挨拶（あいさつ）する／利用戲劇的幕間向觀衆致詞；②段落；☆ここが丁度（ちょうど）切れ目がよい／這裏正好是個段落；③斷絕時，罄盡時；☆金の切れ目が縁の切れ目／錢斷情亦斷（無錢是路人）。

きれもの【切れ者】（名）①寵臣，近臣；②有才幹的人，有本事的人（＝やりて）⓪②

きれもの【切れ物】（名）①刃具，刀（＝はもの）；☆切れ物を振り回す／揮起刀來；②脫售品，買不到的東西。②

*き・れる【切れる】（自下一）①能切，快（＝きれみがよい）；☆このナイフはよく切れる／這把小刀很快；☆切れなくなる／（刀）不快了；②断，☆縄が切れた／繩子斷了；☆時計（とけい）のぜんまいが切れた／錶的發條斷了；③中斷（＝とだえる）；☆電話が切れた／電話中斷了，☆連絡が切れた／聯絡中斷了；④（堤）潰，決口（＝くずれる）；☆土手（どて）が切れた／堤決口了；⑤罄盡，用盡，賣光（＝なくなる，なくなる）；☆ランプの油が切れた／燈油沒有了；☆その品は切れている／那種貨現在脫銷；☆話の種（たね）が切れた／沒有話題了；⑥耗減（＝へる，かける）；☆筆の毛が切れた／毛筆尖禿了；⑦（期限）屆滿（＝つまる）；☆期限が切れた／過期了，期限滿了；

⑧磨破，開綻（＝やぶれる）；☆靴下（くつした）が切れた／襪子磨破了；⑨（關係）斷絕（＝なくなる）；☆緣が切れた／關係斷了；⑩虧，缺少，不足（＝かける，たらぬ）；☆元が切れる／虧本，不够本；☆目方（めかた）が切れる／虧分量；☆三日（みっか）に一時間だけ切れている／只差一小時不到三天；☆千円が一円切れても賣らぬ／一千元差一元也不賣；⑪（頭腦）敏銳，有才幹；☆なかなか切れる男／非常能幹（有才幹）的傢伙；⑫（花錢）大方；⑬偏斜，扭歪；☆それる，はずれる）；☆球が右に切れた／球向右邊扭過去了：◇息が切れる／①嗽氣；②上氣不接下氣／困きる（下二）②

きろ【岐路】（名）岐路，岔道；☆岐路に立つ／徘徊岐路；☆話が岐路に入る／話說得離題了。①

きろ【歸路】（名）歸途；☆歸路に就（つ）く／踏上歸途。①

*****キロ【法・造語kilo】**（名）①表示千；☆キロサイクル／千週；②←キロメートル；③←キログラム；~グラム【kilogram，kg＝瓩】（名）一公斤；~トン【kiloton】（名）一千公斤，一公噸；~メートル【kilo meter，km＝粁】（名）一千公尺，一公里；~リットル【kilolitre】（名）一千公升；~ワット【kilowatt，kw】（名）〔理〕千瓦，瓩；~ワットじ【kilowatt 時】（名）〔理〕一千瓦特時，瓩時（＝kwh）。

ぎろぎろ（副・自サ）（目光）烱烱；☆部屋をぎろぎろ見回す／目光烱烱地尋視室內。①

*****きろく【記錄】**（名・他サ）①記載，記錄；☆經過を記錄しておく／把經過記載下來；②記錄を作る／創造記錄；☆記錄を破る／打破記錄；~えいが【記錄映画】（名）記錄影片；~ぶんがく【記錄文學】（名）紀錄文學；~やぶり【記錄破り】（名）打破紀錄。①

ギロチン【guillotine】（名）絞架，絞首檯。②⓪

キロてい【キロ程】（名）用公里表示的里程。⓪

*****ぎろん【議論】**（名・自サ）爭論，爭辯；☆議論はよし給（たま）え／別爭論啦；☆議論の余地はない／沒有爭論的餘地；☆議論に花が咲く／熱烈爭辯。①

きわ【際】（名）①邊，緣，端（＝かぎり，はて，さかい）；☆崖（がけ）の際／崖邊；②旁邊，近旁（＝そば，かたわら，ほとり）；☆井戶（いど）の際／井旁；③時・時候（＝とき，おり）；☆今はの際に／在臨終時；④〔文〕身分；分寸；☆際を辨（わきま）えず／不知身分（分寸）②

ぎわく【疑惑】（名）疑惑，疑心；☆疑惑を抱（いだ）く／懷疑；☆人の疑惑を招く／惹人懷疑。⓪

きわだ・つ【際立つ】（自五）顯著，顯眼；☆際立って背が高い／個子特別高；☆何か際立ったことをする／作一種惹人注目的事情，標新立異。③

きわど・い【際疾い】（形）①間不容髮的；☆きわどい所で助かる／險些喪命，得救於千鈞一髮之際；②危險萬分的；☆きわどい商売／冒險的生意；☆きわどい勝負（しょうぶ）／非常緊張的比賽；③猥褻的，下流的／きわどい話／猥褻的話③

きわまり【極り】（名）極限，頂點（＝かぎり，はて）；☆極りない無礼（ぶれい）／極其不禮貌；☆莊嚴極りなし／極其莊嚴。④

きわま・る【窮（極・谷）まる】（自五）①窮盡，☆窮まるところを知らぬ／沒有止境，無窮盡；②達到極限；☆感極まって泣く／感極而泣；③危險極まる話だ／極其危險的勾當；③困窘，失措；☆進谷まる／進退維谷。③

きわみ【極み】（名）極限，極；☆愚（ぐ）の極み／愚蠢透頂；☆快楽の極みを尽す／極盡歡樂。③

きわめ【極め】（名）①極限，頂點；②鑑定；~がき【極め書】（名）鑑定書；~つき【極め付】（名）附有鑑定書；②確實，可靠；~て【極めて】（副）極，非常；☆極めて重要な事柄（ことがら）／極其重要的事情。③

きわめつく・す【極め尽くす】（他五）窮其究竟，徹底查明；☆事件の本質を極め尽す／徹底弄清事件的本質。⑤⓪

きわ・める【窮（極）める】（他下一）①窮其究竟，究明，徹底查明；☆学術の蘊奧（うんおう）を窮める／徹底掌握學術的奧義；☆真相（しんそう）を窮める／查明眞相；②達到極限；☆富士の頂上を極める／登上富士山頂；☆豪奢を極める／窮極豪奢。◇口を極めて褒める／滿口

稱讚，極端讚揚；図きはむ（下二）。③

きわもの【際物】（名）①迎合季節（時令）的售品；☆際物を商（あきな）う／賣應時的貨品；②迎合時尚的東西（小說、劇本）；～しょせつ【際物小説】（名）應時小說。⓪

きん【斤】（名）斤（重量単位；＝ 600公克）。①

*きん【金】（名）①〔化〕黄金；☆金を被（かぶ）せる／包金；②開金；☆十八金／十八開金；③金錢；☆金千円也（なり）／日幣一千元整；④〔文〕金屬製的樂器；⑤金色；⑥〔將棋〕←金将；⑦←きんたま；⑧←金曜日。①

きん【菌】（名）〔植〕①菌；蘑菇（＝きのこ）；②細菌、黴菌（＝ばいきん）；☆結核菌（けっかくきん）／結核菌。①

きん【琴】（名）〔文〕（七絃）琴。①

きん【筋】（名）①筋（＝すじ）；②肌肉。①

きん【禁】（名）禁令（＝おきて、はっと）；☆禁を犯（おか）す／犯禁。①

ぎん【吟】（名）①吟詠；②吟詠的詩歌；③〔謠曲〕吟聲的強弱程度。①

*ぎん【銀】（名）①〔化〕銀；②銀錢；③銀色；④〔將棋〕←銀将；⑤←銀行。①

きんあつ【禁圧】（名・他サ）禁止，壓制，鎮壓制止；☆民権運動を禁圧する／壓制民權運動。

きんい【金位】（名）金的成色，純金率①
ぎんい【銀位】（名）銀的成色，純銀率①

きんいつ【均一】（名）全部一様，均等；☆値段は均一である／價錢全都一様，全是一個價錢；☆十元均一だ／全是十塊錢（一堆）。⓪

きんいっぷう【金一封】（名）一包錢；☆金一封寄付する／捐贈一筆錢。

きんえい【近影】（名）最近拍的照片；☆著者の近影／著者最近的照片。⓪

ぎんえい【吟詠】（名・他サ）吟詠。⓪

きんえん【禁煙・禁烟】（名・自サ）禁止吸烟，戒烟；☆今日から禁烟する／從今天起戒烟；☆構内禁烟／院内禁止吸烟⓪

きんえん【筋炎】（名）〔醫〕肌炎。⓪

きんか【金貨】（名）金幣；☆金貨で支払（しはら）う／用金幣支付。①

きんが【謹賀】（名）恭賀；～しんねん【謹賀新年】（名）恭賀新春之喜。①

ぎんか【銀貨】（名）銀幣。① ⓪

ぎんが【銀河】（名）天河（＝あまのがわ）；～けい【銀河系】（名）〔天〕銀河系；～せいうん【銀河星雲】（名）〔天〕銀河星雲。

きんかい【近海】（名）近海；～ぎょぎょう【近海漁業】（名）近海漁業；～こうろ【近海航路】（名）近海航路。①

きんかい【金塊】（名）金塊；～そうば【金塊相場】（名）金塊市價。⓪

ぎんかいしょく【銀灰色】（名）銀灰色③

*きんがく【金額】（名）金額，款額，錢數；☆莫大（ばくだい）な金額に達（たっ）する／款額爲數甚鉅；～かぶ【金額株】（名）〔經〕記載一定金額的股票；↔むがくめんかぶ（無額面株）。⓪ ①

きんかくし【金隠し】（名）大便池前擋③

ぎんがみ【銀紙】①銀紙，銀箔；②（包菸等用的）錫紙。①

ギンガム【gingham】（名）（凸紋）方格花布。①

きんがわ【金側】（名）金殼；☆金側の腕時計／金殼手錶。⓪

ぎんがわ【銀側】（名）銀殼；☆銀側の懐中時計（かいちゅうどけい）／銀殼懐錶。⓪

きんかん【近刊】（名・他サ）最近出版；☆近刊の書籍／最近出版的書籍。⓪

きんかん【金柑】（名）〔植〕金橘；～あたま【金柑頭】（名）禿頭。

きんかん【金冠】（名）①金冠；②〔醫〕金冠；☆金冠を被（かぶ）せる／（把蛀牙）冠金牙。⓪

きんかん【金環】（名）金環；～しょく【金環食】（名）〔天〕日全食。⓪

きんがん【近眼】（名）〔醫〕近視眼（＝ちかめ）；～きょう【近眼鏡】（名）近視眼鏡。⓪

きんき【近畿】（名）京畿（地方）（＝きない）。①

きんき【禁忌】（名・他サ）禁忌（＝タブー）；☆他の薬を併用するも禁忌なし／不忌兼服他藥。①

ぎんき【銀器】（名）銀器。①

*きんきゅう【緊急】（形動ダ）緊急，迫急；～きゅうじょ【緊急救助】（名）緊急救護；～どうぎ【緊急動議】（名）緊急動議。⓪

きんぎょ【金魚】（名）〔動〕金魚；～あたま【金魚頭】（名）禿頭（＝きんかん

あたま）；～そう【金魚草】（名）〔植〕金魚草；～ばち【金魚鉢】（名）金魚缸；～ぶ【金魚麩】（名）餵金魚的麸子；～も【金魚藻】（名）金魚藻。①

きんぎょ【禁漁】（名）禁止捕魚（＝きんりょう）。①②

きんきょう【近況】（名）近況；☆貿易（ぼうえき）の近況／貿易的近況；☆近況をお知らせ下さい／請告知近況。①

きんきょり【近距離】（名）近距離；☆学校は近距離にある／學校在附近。③

きんきん【近近】（副）近日，最近（＝ちかく，とうからず，ほどなく，ちかちか）；☆近々上京（じょうきょう）する／近日晉京。①

きんきん【欣欣】（副）欣然；～ぜん【欣欣然】（形動タルト）欣然。①

きんきん【僅僅】（副）僅僅（＝わずか）；☆僅々三年の間に日本を追い越した／僅僅三年就超過了日本。①

きんぎん【金銀】（名）①金銀；②金幣和銀幣；③金錢；現金；④〔將棋〕金將和銀將；～か【金銀貨】（名）金幣銀幣；～ざ【金銀座】（名）〔史〕金幣鑄造廠和銀幣鑄造廠；～すいとうちょう【金銀出納帳】（名）現金出納帳；～ひか【金銀比價】（名）金銀比價；～ふくほんい せい【金銀複本位制】（名）〔經〕金銀複本位制；◇金銀は回り持ち／〔諺〕窮不札根富不長苗；金銀は湧物（わきもの）／〔諺〕命中有財，不求自來。①

きんく【禁句】（名）①（詩歌的）避諱句；②忌諱的言詞。①

キング【king】（名）①國王；②撲克牌的K；③西洋象棋的王。①

きんけい【近景】（名）①近處景色；②〔畫、照相〕近景。①

きんけい【謹啓】（名）〔文〕敬啓者①①

きんけん【近県】（名）附近的縣分，鄰縣①①①

きんけん【金券】（名）①可兌換金幣的紙幣；②可作金錢使用的證券。①

きんけん【金権】（名）金錢勢力；～せいじ【金権政治】（名）金權政治。①

きんけん【勤倹】（名）勤儉；～ちょちく【勤倹貯蓄】（名）勤儉儲蓄。①

きんげん【金言】（名）①箴言，格言；②（佛口）金言；◇金言耳に逆らう／忠言逆耳。①

きんげん【謹言】（名）敬啓（寫在信尾）①③

きんげん【謹厳】（形・形動ダ）嚴謹；☆謹厳な人／嚴謹的人。①

きんげんそう【金現送】（名）〔經〕（爲償付國際收支逆差的）黃金現貨輸送。③

きんこ【金粉】（名）①金粉；②〔賭博〕灌鉛的骰子。①

きんこ【金庫】（名）①金庫；②保險櫃；☆帳簿を金庫に入れる／把帳簿放入保險櫃裏；③〔法〕管理國家或公共團體現金出納的機關；☆農林中央（のうりんちゅうおう）金庫／農林中央金庫。①

きんこ【禁固・禁錮】（名・他サ）①〔法〕監禁；☆十年の禁錮に処せられる／被處以十年監禁；②禁閉，禁錮；☆地下室に禁固する／禁閉在地下室裏；③不准任官。①

*きんこう【均衡】（名・自サ）均衡（＝つりあい，バランス）；☆均衡を保つ／保持均衡；☆収支（しゅうし）の均衡が取れない／不能維持收支平衡。①

きんこう【近郊】（名）近郊；☆東京の近郊に住んでいる／住在東京近郊。①

きんこう【金工】（名）①金屬細工；②金屬細工匠。①

きんごう【近郷】（名）附近的鄉村，附近地區；☆近郷の農民／附近鄉村的農民①

ぎんこう【吟行】（名・自サ）①行吟，邊詠邊行；②（同好者爲吟詠詩歌而）郊遊。①

*ぎんこう【銀行】（名）〔經〕銀行；☆銀行から金を引出（ひきだ）す／由銀行提款；～いん【銀行員】（名）銀行職員；～か【銀行家】（名）銀行業者；～けん【銀行券】（名）銀行券，鈔票；～こぎって【銀行小切手】（名）銀行支票；～てがた【銀行手形】（名）銀行發出（承兌、背簽）的票據；～ぼき【銀行簿記】（名）銀行簿記；～わりびき【銀行割引】（名）銀行貼現。①

ぎんこう【銀光】（名）銀光；☆銀光を放つ／發銀色光。①

きんごく【近国】（名）鄰近的國家。①

きんこつ【筋骨】（名）①筋骨；②體力，體格；☆筋骨の逞（たくま）しい若者／體格健壯的年輕人。①

きんこん【緊褌】（名）①勒緊褲帶；②發奮；～いちばん【緊褌一番】（名・連語）勒緊褲帶；發奮。①

きんこんしき【金婚式】（名）金婚式（結

婚五十週年紀念慶祝儀式）。③

ぎんこんしき【銀婚式】（名）銀婚式（結婚二十五週年紀念慶祝儀式）。③

きんざ【金座】（名）（德川幕府直轄的）金幣鑄造廠。◎

ぎんざ【銀座】（名）①（德川幕府直轄的）銀幣鑄造廠；②銀座（東京都中央區的繁華街名，北至京橋南至新橋）；☆銀座の夜店／銀座的夜市。◎

きんざい【近在】（名）（都市）附近的郷村，郷近村鎮；☆大阪の近在に住（す）んでいる／住在大阪附近的郷村。◎

きんさく【近作】（名）最近作品；最近著作。◎

きんさく【金策】（名・自サ）籌款，想法湊錢；☆金策に奔走（ほんそう）する／爲籌錢而奔走。◎

きんざんじみそ【金山寺味噌】（名）混有茄子、黃瓜的醬（一種副食品）。⑥

きんし【近視】（名）近視；～がん【近視眼】（名）近視眼。◎

きんし【金糸】（名）（織錦、刺繡用的）金線；～こぼう【金糸牛蒡】（名）牛蒡絲（作湯用）；～こんぶ【金糸昆布】（名）昆布絲。◎①

きんし【菌糸】（名）〔植〕菌絲。①

＊**きんし**【禁止】（名・他サ）禁止；☆原爆実験を禁止する／禁止試驗原子彈；☆禁止を解（と）く／解除禁令；～えいぎょう【禁止営業】（名）不准經營的商業；～かんぜい【禁止関税】（名）（事實上等於禁止入口的）高率保護關税；～ほう【禁止法】（名）①〔法〕禁止規定；②〔語法〕禁止法（體）（用な、なかれ、べからず、いけない等表示）。◎

きんじ【近似】（名・自サ）近似，類似；～ち【近似値】（名）〔數〕近似值（如3.1416爲圓周率的近似值）。◎

きんじ【近侍】（名・自サ）近侍，扈從①◎

きんじ【金字】（名）金字；～とう【金字塔】①金字塔（＝ピラミッド）；②〔轉〕不朽的事業；☆不滅の金字塔を打ち建てる／建樹不朽的業績。◎

きんじ【金地】（名）金色質地；覆上金箔的紙（布）。◎

きんじ【矜持】（名）「きょうじ」之訛。

ぎんし【銀糸】（名）（裝飾用的）銀線◎①

ぎんじ【銀地】（名）銀色質地；覆上銀箔的布（紙）。◎

きんしぎょくよう【金枝玉葉】（連語・名）〔文〕金枝玉葉，皇族。①─◎

きんしつ【均質】（名）〔化〕〔理〕等質，均質（物體的成分、性質、密度等均等）；～たい【均質体】（名）等質體，均質體。◎

きんしつ【琴瑟】（名）〔文〕琴瑟；◇琴瑟相和す／夫婦感情融洽。①

きんじつ【近日】（名）近日，最近幾天，兩三天（內）；☆近日の內にお伺（うかが）いする／兩三天內前往拜訪；～てん【近日点】（名）〔天〕近日點。①◎

きんしゃ【金砂】（名）①金粉；②金箔粉末。①

きんしゃ【金紗・錦紗】（名）飾以金線的薄綢，錦緞；～おめし【錦紗御召】（名）皺綢；～おり【金紗織】（名）錦緞，金線薄綢；～ちりめん【錦紗縮緬】（名）皺綢。①

ぎんしゃ【銀砂】（名）①銀粉；②銀箔粉末。①

きんしゅ【金主】（名）①財東，出資者，財政後盾；☆企業の金主となる／當上企業的財東；③金錢所有者。◎

きんしゅ【禁酒】（名・自サ）禁酒，戒酒；☆禁酒を奨励（しょうれい）する／奬勵禁酒；☆今年（ことし）から禁酒する／從今天起戒酒。◎

きんしゅ【筋腫】（名）〔醫〕肌腫。◎

きんじゅ【近習】（名）〔文〕近侍者，近臣。◎

きんしゅう【錦繡】（名）①錦繡；②美麗衣服；③美麗詩文；④美麗的紅落（花）◎

きんじゅう【禽獣】（名）①禽獸；②〔罵〕禽獸，畜生；☆禽獸にも劣（おと）る／禽獸不如；☆禽獸に等（ひと）しい行ない／眞是獸行。◎

きんしゅく【緊縮】（名・自他サ）緊縮，節約；☆財政を緊縮する／縮減開支；～せいさく【緊縮政策】（名）緊縮政策◎

きんじゅんび【金準備】（名）〔經〕黃金準備。③

きんしょ【禁書】（名）①禁書，不准出版（閱讀）的書；②（江戶時代爲禁止耶穌教）禁止書籍入口。◎

＊**きんじょ**【近所】（名）近處，附近；近郷；☆この近所に住んでいる／住在這附近；～がっぺき【近所合壁】（名・連語）四郷，街坊；～きんぺん【近所近辺】（名

・連語）近處,附近；～づきあい【近所付合い】鄰居的來往；～どうし【近所同士】（名）鄰居；☆近所どうし仲良くつきあろ／鄰居相處得好。①

きんしょう【近称】（名）〔語法〕近稱（指示近處事物的代詞；如これ、ここ、こちら等）。

きんしょう【金將】（名）〔將棋〕金將（本將棋的棋子名）。⓪③

きんしょう【僅少】（形動ダ）僅少,很少（＝すこし、わずか）；☆費用（ひよう）は僅少である／費用很少。⓪

きんじょう【今上】（名）今上,當今日皇；～へいか【今上陛下】（名）當今陛下。⓪

きんじょう【錦上】（名）〔文〕錦上（更に）花を添える／錦上添花。⓪

きんじょう【謹上】（名）〔文〕謹啓,謹（上書函用語）；～さいはい【謹上再拜】（名）①拜神時用語；②謹上獻拜（書函結尾語）。⓪

ぎんしょう【吟誦】（名・他サ）吟誦,朗誦,朗吟；☆詩を吟誦する／吟詩,朗誦詩。

ぎんしょく【銀燭】（名）〔文〕①銀製燭臺；②銀燭,美麗的燭光。⓪

きん・じる【禁じる】（他上一）禁止；禁忌,戒除；抑制；☆法律で禁じられている／爲法律所禁止；☆酒を禁じる／戒酒,忌酒；☆通行（つうこう）を禁ず／禁止通行；☆失笑（しっしょう）を禁じ得（え）ず／不禁發笑；図きんず（サ）

ぎん・じる【吟じる】Ⅰ（自上一）呻吟（＝うなる）；Ⅱ（他上一）吟詠,吟誦；☆詩を吟じる／吟詩；図ぎんず（サ）⓪

きんしん【近臣】（名）近臣,近侍之臣⓪

きんしん【近信】（名）①〔文〕親信；②最近的親信。⓪

きんしん【近親】（名）①近親；☆かれは私の近親である／他是我的近親；②〔文〕親信；☆近親に秘密をうちあける／對親信說出秘密；～けっこん【近親結婚】（名）近親結婚。⓪

きんしん【謹慎】（名・自サ）①謹慎,小心；☆今後謹慎致します／今後當加謹慎；②禁閉,幽閉（禁閉於一定處所不准外出,江戸時代課於「士」的一種刑罰）；③不准登校（次於革除、停學的一種校内處罰）；☆五日間（いつかかん）謹慎を命（めい）ずる／處以五日不准登校⓪

きんす【金子】（名）錢,金錢,金銀；☆若干（じゃっかん）の金子／若干錢款⓪

ぎんす【銀子】（名）①銀子；②銀錢。⓪

きんすじ【金筋】（名）①（制服的領、袖、襟上所繡的）金色絲線；☆金筋のついた制服／繡有金色絲線的制服；②（刀刃上的）光亮曲線,緻線。⓪

ぎんすじ【銀筋】（名）（制服袖、襟、領等上所繡的）銀色絲線。⓪

ぎんすだれ【銀簾】（名）（數在盛生魚片的碟底的）玻璃珠穿成的小簾。③

きんすなご【金砂子】（名）金箔粉末（繪畫等用）。③

ぎんすなご【銀砂子】（名）銀箔粉末（繪畫等用）。③

きんず（づ）まり【金詰まり】（名）缺錢,（手頭）拮据（＝かねづまり）。⓪⑤③

きん・ずる【禁ずる】（他サ）→きんじる（禁じる）。⓪③

ぎん・ずる【吟ずる】（自・他サ）＝ぎんじる（吟じる）。⓪③

きんせい【近世】（名）近世,近代；☆近世の作家／近代作家；～し【近代史】（名）近代史。①

きんせい【金星】（名）金星,太白星。⓪

きんせい【金製】（名）金製（品）。⓪

きんせい【均整・均斉】（名）勻整,勻稱,均齊；☆均斉のとれた体格（たいかく）／勻稱的體格。⓪

きんせい【禁制】（名・他サ）①禁止,禁止；☆輸入を禁制する／禁止入口；②禁令,禁止法規；☆禁制を解（と）く／解除禁令；～ひん【禁制品】（名）禁品,違禁品；☆禁制品を搭載する／裝載違禁品。⓪

きんせい【謹製】（名）謹製。⓪

ぎんせかい【銀世界】（名）銀世界,白皚皚的雪景；☆一面の銀世界／一片白皚皚的雪景。③

きんせき【金石】（名）金石（指碑碣、鐘鼎等）；～がく【金石学】（名）金石學；〔古〕礦物學；～ぶん【金石文】（名）金石文。①

きんせつ【近接】（名・自サ）接近,挨近,貼近；☆台風が日本に近接しつつある／颱風正在接近日本；～ちょうそん【近接町村】（名）（都市）四周的村鎮。

きんぜつ【禁絶】（名・他サ）（禁止而）根絕,斷禁；☆阿片（あへん）を禁絶する／斷禁鴉片。

ぎんせつ【銀雪】（名）白皚皚的雪。◎

きんせん【金錢】（名）①金錢，錢財，錢款（＝かね、ぜに）；☆金錢に見積（みつも）る／折合成錢；☆金錢を扱う／掌管錢財；②金幣；～すいとうちょう【金錢出納帳】（名）現金出納帳；～ずく【金錢尽く】（名）單純金錢觀點，只憑錢，專為錢；☆金錢尽くで働く人／專為錢工作的傢伙；～とうろくき【金錢登錄器】（名）現金記錄器（＝レジスター）。①

きんせん【琴線】（名）〔文〕①琴弦；②〔轉〕心弦；☆琴線に触れる／觸動心弦。◎

きんせん【謹撰】（名・他サ）謹撰。◎

きんせん【謹選】（名・他サ）謹選。◎

きんぜん【欣然・忻然】（副）欣然（＝よろこんで）；☆欣然参加する／欣然參加。◎

きんせんか【金盞花】（名）〔植〕金盞花③

きんそく【禁足】（名・他サ）（因觸犯法則等）不准外出；☆三日間の禁足を命（めい）ずる／禁止外出三日。◎

＊きんぞく【金属】（名）金屬，五金。◎

きんぞく【勤続】（名・自サ）繼續服務；☆二十年勤続した／繼續服務二十年；☆勤続年限に応（おう）じて…／按照服務年限…。◎

きんそん【近村】（名）附近村落。◎

きんだ【勤惰】（名）〔文〕勤惰；～ひょう【勤惰表】（名）勤惰表，考勤表；～ぼ【勤惰簿】（名）考勤簿。①

きんたい【今体】（名）〔文〕現代體裁◎

きんたい【近体】（名）〔文〕①近代體裁；②〔詩〕律詩，絕句。◎

＊きんだい【近代】（名）近代，現代，近世（指明治維新以後）；～げき【近代劇】（名）近代劇，現代劇（指十九世紀末以來以人生、社會問題為主題的新劇）；～ごしゅきょうぎ【近代五種競技】（名）現代五種比賽（指射擊、游泳、擊劍、騎術、四千公尺賽跑）；～こっか【近代国家】（名）現代國家；～さんぎょう【近代産業】（名）現代產業；～し【近代史】（名）近代史；～てき【近代的】（形動ダ）近代的，現代的；～とし【近代都市】（名）現代都市。①

きんだか【金高】（名）金額，款額（＝きんがく）；☆金高にして五万円位のものだ／折合錢數約五萬圓上下。◎③

きんだち【公達】（名）（「きみたち」的音便）①諸王；②貴族子弟，公子。①

きんたま【金玉】（名）睾丸。④③

きんたろう【金太郎】（名）（傳說的英雄）坂田金時（さかたのきんとき）的乳名（身紅胖而力強，常與能鹿為伍云）；～あめ【金太郎飴】（名）小人糖。◎

きんだん【禁断】（名・他サ）禁，禁止（＝さしとめ、はっと）；☆禁断を犯す／犯禁；～のこのみ【禁断の木の実】（名）〔聖〕（亞當和夏娃偷食的）禁果。◎

きんだん【金談】（名・自サ）有關金錢的談話，借貸的談話；☆実（じつ）は金談でお伺い致しました／老實說我是為了借錢來的。◎

きんちさん【禁治産】（名）〔法〕禁治産（宣稱精神不正常的人為無管理財産能力者而附以保護人的制度）；～しゃ【禁治産者】（名）禁治産者（被宣告為無管理財産能力的人）。③

きんちゃく【巾着】（名）①錢褡，腰包；☆銭を巾着に入れる／把錢裝入腰包裏；②〔轉〕跟班的，跟包的；☆かれは知事の巾着だ／他是縣長的跟班的；～あみ【巾着網】（名）旋網；～きり【巾着切】（名）掏腰包的，扒手，剪綹。④③

きんちゃく【近着】（名・自サ）最近運（寄）到；☆近着の外国雑誌／最近寄來的外國雜誌。◎

きんちゅう【禁中】（名）禁中，宮中①

きんちょ【近著】（名）最近的著作①◎

きんちょう【禁鳥】（名）禁止獵捕的鳥，保護鳥。◎

＊＊きんちょう【緊張】（名・自サ）緊張；☆緊張を欠く／不夠緊張；☆緊張した空気を緩和（かんわ）する／緩和緊張空氣◎

きんちょう【謹聴】（名・他サ）①敬聽；②（演說等時聽眾所發的喊聲）值得傾聽，注意傾聽；☆謹聴謹聴／好好聽着！◎

きんちょく【謹直】（形動ダ）謹慎正直，忠實，認真；☆謹直に勤（つと）める／忠實工作。◎

きんてい【欽定】（名・他サ）皇帝親自制定（選定），欽定；～けんぽう【欽定憲法】（名）欽定憲法。◎

きんでい【金泥】（名）金泥，膠和的金粉（繪畫用）。◎

ぎんでい【銀泥】（名）銀泥，膠和的銀粉（繪畫用）。◎

き

きんてん【禁転】（名）〔經〕禁止轉讓；
～てがた【禁転手形】（名）不准轉讓的
票據。⓪

きんてんさい【禁転載】（連語）〔文〕不
准轉載。③

きんど【襟度】（名）〔文〕胸襟，氣宇，
氣度；☆襟度広き人／度量大的人；☆襟
度を示す／顯示胸襟磊落；☆大国（たい
こく）の襟度／大國風度。①

きんとう【均等】（形動ダ）均等，均匀（
＝ひとしい，さがない）；☆機会（きか
い）均等／機會均等；☆均等に割り合て
る／均攤。⓪

きんとう【近東】（名）〔地〕近東（指土
耳其，敍利亞、黎巴嫩、沙地阿拉伯、伊
拉克、伊朗、阿富汗等）；～しょこく【
近東諸国】（名）近東各國。⓪

きんとき【金時】（名）①＝きんたろう（
金太郎）；②煮爛甜小豆上加冰末的一種
食品；～あずき【金時小豆】（名）一種
大粒紅小豆（製點心用）；☆金時の火事
見舞／〔喻〕喝酒喝得紅頭脹臉。①

きんどけい【金時計】（名）金殻錶。③

ぎんどけい【銀時計】（名）銀殻錶。③

きんとん【金団】（名）摻碎白薯泥加栗子
或扁豆粒的一種糰子（點心）。⓪

ぎんなん【銀杏】（名）銀杏（果實），白
果。③

きんにく【筋肉】（名）〔解〕肌肉；～う
んどう【筋肉運動】（名）肌肉運動；～
リューマチス【筋肉rheumatism】（名）
〔醫〕肌肉風濕症；～ろうどう【筋肉労
働】（名）體力勞動，粗活。①

ぎんねず，ぎんねずみ【銀鼠】（名）銀灰
色（染色）。⓪

きんねん【近年】（名・副）近幾年；☆近
年珍しい豊作／近幾年罕見的大豐收。①

きんのう【金納】（名・他サ）用錢繳納（
佃租等）；☆小作料（こさくりょう）が
金納になった／佃租改用錢繳納了。⓪

きんのう【勤皇・勤王】（名）勤王，保皇；
☆勤王の師／勤王之師；☆勤皇と佐幕（
さばく）／保皇和扶佐幕府。⓪

きんば【金歯】（名）金牙；☆金歯を入れ
る／鑲金牙。①

きんぱい【金杯】（名）（優勝獎的）金杯⓪

きんぱい【金杯・金盃】（名）金（製酒）
杯。⓪

きんぱい【金牌】（名）金獎牌。⓪

ぎんぱい【銀杯】（名）（優勝獎的）銀杯⓪

ぎんぱい【銀杯・銀盃】（名）銀（製酒）
杯。⓪

ぎんぱい【銀牌】（名）銀獎牌。⓪

きんぱく【金箔】（名）①金葉，金箔；☆
金箔を被（かぶ）せる／包金；②〔轉〕
虛飾的表面，包金；☆金箔が剝げた／包
金剝落了／原形畢露了；③〔轉〕聲譽，
聲價；☆金箔が付く／貼上金，聲價高
漲；～つき【金箔付】（名・連語）①公
認，有定評；②眞正，正牌；③（惡名）
昭彰；☆金箔付のうそつき／著名的撒謊
者。⓪

きんぱく【緊迫】（名・自サ）緊迫，緊急，
吃緊；☆緊迫した中東の情勢／緊張的中
東局勢。⓪

ぎんぱく【銀箔】（名）銀箔，銀葉。⓪①

ぎんはくしょく【銀白色】（名）銀白色；
☆銀白色に塗る／塗成銀白色。④③

きんばつ【禁伐】（名）禁止砍伐；～りん
【禁伐林】（名）禁伐林。⓪

きんぱつ【金髪】（名）金髮，金色髮；☆
金髮の美人／金髮美人。⓪

ぎんぱつ【銀髪】（名）白髮（＝しらが）⓪

きんばん【勤番】（名・自サ）①輪班勤務，
值勤；②〔江戸時代〕諸侯家臣輪班在江
戶藩邸值勤（當外差）；③單身在遠鄉勤
務；～ざむらい【勤番侍】（名）在江戶
藩邸值勤的武士。⓪

ぎんばん【銀盤】（名）①銀盤；②〔美稱〕
冰面；☆銀盤の女王／溜冰的女冠軍。⓪

きんぴ【金肥】（名）〔農〕（原爲用金錢
買來的肥料之義）化學肥料，人造肥料①

きんぴか【金ぴか】（名）金光閃爍（之
物），亮煌煌的東西）；☆金ぴかに着
飾る／打扮得金光閃閃。⓪

きんぴかり【金光り】（名・自サ）金光；
發金光。⓪

きんびょうぶ【金屏風】（名）貼金的圍屏③

きんぴら【金平】（名）（出自「坂田金平」
名）①剛勇的女人；②→きんぴらごぼ
う；～ごぼう【金平牛蒡】（名）牛蒡絲
加醬油和糖用香油炒的食品。⓪

きんぴん【金品】（名）金錢和貴重物品，
值錢的東西；☆金品を贈与する／贈給金
錢和貴重物品。①

きんぶち【金縁】（名）金框；金邊；☆金
緣の眼鏡（めがね）／金框的眼鏡；☆金
緣の本／金邊的書。⓪

ぎんぶち【銀縁】（名）銀框；銀邊。◎

ぎんぶら【銀ぶら】（名・自サ）在東京銀座散步（閒逛）；☆銀ぶらに行こう／到銀座逛逛去吧。◎

きんぶん【均分】（名・他サ）均分；☆二人で均分する／二人均分。◎

きんぷん【金粉】（名）金粉（繪畫等用）◎

ぎんぷん【銀粉】（名）銀粉（繪畫等用）◎

*きんべん【勤勉】（形動ダ）勤勉；～か【勤勉家】（名）勤勉的人／很用功的人◎

きんぺん【近辺】（名）近處，近旁，附近；☆病院はすぐ近辺にある／醫院就在附近。①

きんペン【金pen】（名）金筆；☆十四金の金ペン／十四開的金筆。◎

きんボタン【金釦】（名）①銅釦子；②學生的異稱。③

きんほんい【金本位】（名）〔經〕金本位（幣制）；☆名ばかりの金本位／徒有其名的金本位。③

ぎんほんい【銀本位】（名）〔經〕銀本位（幣制）。③

ぎんまく【銀幕】（名）銀幕（＝スクリーン）。◎①

きんまんか【金満家】（名）財主，富豪◎

ぎんみ【吟味】（名・他サ）①（吟誦詩歌而）仔細體會（其趣味），玩味；②（仔細）斟酌，考量；選擇；☆用語を吟味する／斟酌用詞；☆品物（しなもの）はよく吟味してから買いなさい／東西要仔細選擇以後再買；③審問，審訊；☆罪人（ざいにん）を吟味する／審訊罪犯。①③

きんみつ【緊密】（形動ダ）〔文〕緊密，密切；☆緊密なる協力／密切的合作。◎

きんみゃく【金脈】（名）①金礦脈；②〔轉〕資金後盾，財東；財源。◎

*きんむ【勤務】（名・自サ）勤務，工作，職務；☆夜間（やかん）勤務／夜間勤務，夜班；☆工場に勤務している／在工廠工作；～さき【勤務先】（名）工作地點（崗位）；～じかん【勤務時間】（名）工作時間，辦公時間。①

きんむく【金無垢】（名）純金，赤金，足赤；☆金無垢の仏像／純金的佛像。◎

ぎんむく【銀無垢】（名）純銀。◎

きんめ【斤目】（名）重量，分量（＝めかた）；☆斤目が足（た）らない／分量不足。③

ぎんめし【銀飯】（名）〔俗〕白大米飯◎

きんめだい【金眼鯛】（名）金眼鯛。③

きんめっき【金鍍金】（名）鍍金；☆これは純金でなくて金めっきだ／這不是純金而是鍍金。③

ぎんめっき【銀鍍金】（名）鍍銀；☆銀めっきが剝（は）げた／鍍銀剝落了。③

きんモール【金moor】（名）金縆子，金索，金辮帶；☆金モールのついた制服／鑲飾金辮帶的制服。③

きんもくせい【金木犀】（名）〔植〕金木犀（木犀科常綠灌木），丹桂。③

きんもじ【金文字】（名）金字；☆金文字の看板（かんばん）／金字牌匾。◎①

きんもつ【禁物】（名）嚴禁（的事物）；☆ここでは喫煙（きつえん）は禁物だ／這裏嚴禁吸烟；②切忌（的事物）；☆夜更（よふか）しは禁物だ／切忌熬夜；☆胃が悪い人には酒は禁物だ／有胃病的人切忌喝酒。◎

きんゆ【禁輸】（名）禁止輸出（入），禁運；～ぶっし【禁輸物資】（名）禁運物資。◎

*きんゆう【金融】（名）〔經〕①金融；☆金融が逼迫（ひっぱく）している／金融奇緊；②通融資金，借貸；☆金融の途を講ずる／設法通融資金；～かい【金融界】（名）金融界；～かんまん【金融緩慢】（名）銀根鬆緩，錢浮於市；～きかん【金融機関】（名）金融機關；～しじょう【金融市場】（名）金融市場；～しほん【金融資本】（名）財政資本；～ひっぱく【金融逼迫】（名）銀根奇緊。◎

ぎんゆうしじん【吟遊詩人】（名）（歐洲中世紀的）吟遊詩人。⑤

*きんよう【金曜】（名）星期五；☆今日は金曜で明日は土曜だ／今天是星期五，明天是星期六；～び【金曜日】（名）星期五。◎③

きんよう【緊要】（形動ダ）①重要，要緊；☆緊要な問題／重要問題；②必要，不可缺；☆生活上緊要だ／是生活上所必需的。◎

きんよく【禁欲】（名・自サ）禁慾，節慾；～しゅぎ【禁欲主義】（名）禁慾主義◎

ぎんよく【銀翼】（名）飛機翼，銀翼；〔轉〕飛機；☆青空に銀翼が光る／晴朗的天空上機翼輝耀。◎①

きんらい【近来】（名・副）近日，近來，最近（＝ちかごろ）；☆近来にない豪雨

（ごうう）／近來罕有的大雨。①

きんらん【金蘭】（名）〔文〕金蘭；～の
ちぎり【金蘭の契】（名）金蘭之契；～
のとも【金蘭の友】（名）締結金蘭的朋友
～ぼ【金蘭簿】（名）金蘭譜。①

きんらん【金襴】（名）金線織花的錦鍛；
～どんす【金襴緞子】（名）金線織花錦
緞。①

きんり【金利】（名）〔經〕錢利，利率；
☆金利を引き上げる／提高利率；☆金利
が高い／利率高，利息高；～せいさく【
金利政策】（名）利率政策（增減放款利
率以調整金融情況的政策）。①

きんり【禁裏】（名）禁宮，宮中。①

きんりょう【禁猟】（名）禁止狩獵；～き
【禁猟期】（名）禁獵期；～ち【禁猟地】
（名）禁獵地。⓪

きんりょう【禁漁】（名）禁止捕魚；～く
【禁漁区】（名）禁止捕魚區。⓪

きんりょく【金力】（名）金錢勢力；☆金
力に左右される／受金錢力支配；～ばん

のう【金力万能】（名）金錢萬能。①

きんりょく【筋力】（名）肌肉力量，膂力；
☆筋力の強い／有膂力的。①

きんりん【近隣】（名）近鄰，鄰近；☆近
隣の諸国／鄰近各國。⓪

ぎんりん【銀輪】（名）〔文〕自行車輪的
美稱；自行車；☆銀輪を走らせて家路
（いえじ）を急ぐ／騎着自行車奔回家去⓪

ぎんりん【銀鱗】（名）〔文〕銀鱗（水中
游魚的美稱）。⓪

きんるい【菌類】（名）〔植〕菌類。①

きんれい【禁令】（名）〔文〕禁令；☆禁
令を解く／解除禁令。⓪

きんろう【勤労】（名・自サ）勤勞，勞動，
辛勞；☆勤労に対する報酬（ほうしゅう）
／對勞動的報酬；☆勤労の尊さ／勞動的
可貴；～しゃ【勤労者】（名）勞動者（指
月薪生活者、工人等）；～ほうし【勤労
奉仕】（名・自サ）義務勞動。⓪

きんわ【謹話】（名・自サ）〔文〕謹述（
發表有關皇室事時用之）。⓪

く・ク　ぐ・グ

く ①五十音圖「か行」第三音；發音爲ku；①〔字源〕平假名是「久」的草體，片假名是「久」的簡體。

く【来】（自カ）〔文〕→くる。 [1]

***く**【九】（數）九，九個（＝きゅう，ここのつ）。 [1] [0]

く【句】（名）①句，字句，語句；②（文章、詩歌的）句；句點；☆句を作る／造句；③俳句；☆これでは句にならぬ／這樣不成「俳句」；④〔語法〕→フレーズ（phrase）；◇二の句がつげない／楞住，無言以對。 [1]

く【区】（名）①區域，地區；②行政區劃；③一區，一段；☆バスの料金は、一区70円／公共汽車的車票是一段70塊錢。 [1]

く【苦】（名）①勞苦，辛苦（＝ほねおり）；☆何の苦もない／毫不費力；②痛苦，苦惱（＝くるしみ）；☆苦を忍ぶ／忍受痛苦；③愁苦，憂慮，擔心（＝しんぱい）；④苦（味）；☆苦は楽（らく）の種（たね）／苦盡甘來；☆…が苦になる、…を苦にする／認爲…是苦惱，爲…而苦惱 [1]

ぐ「く」的濁音；發音爲gu。

ぐ【具】（名）①器具，工具（＝うつわ）；〔轉〕手段；②〔烹飪〕（加在湯、炒飯等裏的）菜碼（＝かやく）；☆具のないスープ／清湯，高湯；◇絵の具／繪畫顔料 [1] [0]

ぐ【愚】Ⅰ（名・形動ダ）愚，愚蠢；☆電車があるのに歩くのは愚の極だ／有電車還要走太愚蠢了；☆愚にも付かない／愚蠢已極，太愚蠢；☆愚の骨頂（こっちょう）／愚蠢透頂；Ⅱ（代）〔文〕愚（自己的謙稱）。 [0] [1]

***ぐあい**【工合・具合】（名）①（事物的）情形，狀況，樣子；順利（與否）；☆どんな工合ですか／情況怎樣？☆万事（ばんじ）具合よくいっている／一切進行得很順利；☆この具合じゃ晴れそうにない／看這種樣子晴不了；②（構造物）好用（與否）；（身體）舒服（與否）；（器官有無）障碍；☆この機械は工合がよい／這個機器好用；☆今日はお具合はどうですか／今天您身體如何？☆胃の工合が悪い／胃不好；③適合（與否）；方便（與否）

；☆この眼鏡は工合が悪い／這個眼鏡不合適；☆明日は工合が悪い／明天不方便；④方法，作法；☆どんな工合にやるのか／怎麼做呢？☆こういう工合にやるのだ／這樣做。 [0]

くあわせ【句合わせ】（名）互示「俳句」由評判者評定優劣「俳句」比賽會。 [2]

ぐあん【具案】（名）①〔文〕立案，擬定草案；②設法。 [0]

ぐあん【愚案】（名）〔文〕①愚見，拙見；☆愚案によれば…／按愚見…，②愚蠢的想法。 [0] [1]

くい【悔】（名）悔，後悔；☆悔をのこす／後悔，遺恨。 [1]

***くい**【杙・杭】（名）椿子，橛子；☆杭を打つ／釘進椿子；☆杭を立てる／立椿子；◇出る杭は打たれる／出頭的椽子先爛；樹大招風。 [1]

くい【句意】（名）〔文〕句子意義；俳句的意義。 [1]

ぐい（副）〔俗〕用力，使勁☆ぐいと引く／使勁一拉☆ぐいと飲む／一口氣喝下 [0] [1]

ぐい【愚意】（名）〔文〕愚意，愚見。 [1]

くいあい【食合】（名）①對咬，咬架；☆犬が食合をする／狗咬架；②〔木工〕接口，接榫；接合；☆食合があまりうまく出来ていない／接得不够嚴密接縫；③〔經〕（股票交易的）買方和賣方，多頭和空頭。 [0]

くいあ・う【食い合う】（自五）①對咬，咬架；☆犬が食い合っている／狗咬架；②〔木工〕接合，接榫；☆ここがうまく食い合わない／這兒接合得不大合適。 [0]

くいあげ【食い上げ】（名）；☆飯（めし）の食上げ／丟掉飯碗，沒法生活；☆今の仕事をやめたら飯の食い上げになる／現在這個工作一停就沒有飯吃。 [0]

くいあま・す【食い余す】（他五）吃剩下；☆あまり多くて食い余した／太多了沒有吃完。 [0] [4]

くいあら・す【食い荒す】（他五）①暴食，大吃特吃；☆彼に食い荒された上に金まで取られた／不但被那個傢伙大吃了一頓連錢都叫他拿跑了；②亂吃，這吃一點

兒,那吃一點兒；☆書画は鼠に食い荒された／書畫被老鼠嚙亂了；☆仕事をあちこち食い荒す／這裏幹兩天兒,那裏幹兩天兒；⑨〔轉〕侵犯,擾亂(他人地盤等)0

くいあらためる【悔い改め】(名・他サ)悔改,改過；☆罪の悔い改め／悔罪。0

くいあらた・める【悔い改める】(他下一)悔改；図くいあらたむ(下二)1−46

くいあわせ【食合わせ】(名・他サ)①同時吃兩樣東西(因而中毒)；☆鰻と梅干(うめぼし)は食合わせが悪い／同時吃鱔魚和鹹梅子有中毒的危険；②接榫(處),接合(處)；☆この食合わせはうまく出来ている／這個榫子接得很好。0

くいいじ【食意地】(名)貪食,嘴饞；☆食意地が張っている／嘴饞得厲害。04

くいい・る【食い入る】(自五)①深入,吃入；☆食い入るほど荒縄(あらなわ)で縛る／用粗繩子緊緊地綁上(繩子緊得幾乎勒進肉裏)；☆食い入るような目でじっと見つめる／盯盯地瞧看,凝視；②侵入；☆他人の地盤(じばん)に食い入る／侵入他人的地盤。0

くいか・ける【食い掛ける】(他下一)①開始吃；②吃到中途停止；☆御飯を半分食い掛けて出て行った／飯剛吃一半就出去了；⑨〔轉〕嘗試一下；☆ドイツ語に食い掛けたが途中でやめた／剛學一點德語就半途而廢了；図くいかく(下二)04

くいか・ねる【食い兼ねる】(他下一)〔俗〕①吃不下去,沒法子吃；☆この肉は筋(すじ)が多くて食いかねる／這肉筋多沒法子吃；②沒有飯吃,無法爲生；☆この収入では一家六人が食いかねる／這些収入一家六口無法維持；図くいかぬ(下二)。0

くいき【区域】(名)区域；☆区域をきめる／劃定区域。1

くいき・る【食い切る】(他五)①吃光,吃淨；☆あるだけの料理をみんな食いきった／所有的菜全吃光了；②咬断；☆犬が鎖(くさり)を食い切って逃げた／狗咬断了鎖鏈跑了。0

ぐいぐい(副)〔俗〕①連續使勁(拉,推)；☆ぐいぐい引っ張(ば)る／連續使勁拉；②咕嘟咕嘟地；☆ぐいぐい酒を飲む／咕嘟咕嘟地喝酒。1

くいけ【食い気】(名)食慾；☆食い気盛(ざか)りの少年／食慾旺盛的少年；☆

色気(いろけ)よりも食い気の方だ／(指少年等)只懂得吃還不懂得談戀愛。3

くいこ・む【食い込む】(自五)①吃進去；☆虫が食い込んで木を台なしにした／蟲子吃進去了把樹糟蹋了／蝕本；☆毎月食い込むばかりだ／毎月總是賠本；⑨侵入,深入；☆外国市場に食い込む／侵入外國市場；☆両手を縛った縄が肉に食い込んだ／綁縛兩臂的繩子勒進肉裏去了；☆嫉妬心が心の中に食い込んだ／嫉妬心在心裏扎了根；④腐蝕；☆さびは鉄に食い込む／銹腐蝕鐵。0

くいさが・る【食い下がる】(自五)①咬住不鬆口；☆犬が子供に食い下がっている／狗咬住小孩不鬆口；②不肯罷休,不放鬆；☆質問で食い下がる／緊緊追問不肯罷休；☆先頭(せんとう)の選手に食い下がって離れない／(賽跑)緊緊跟着前面的選手不肯落後。0

くいしば・る【食い縛る】(自五)咬住,咬緊；☆歯を食い縛る／咬緊牙關；〔諭〕拼命忍耐；☆どんな悪口を言われても歯を食い縛って我慢する／怎麼挨罵也咬着牙忍耐。0

くいしろ【食代】(名)飯費(＝しょくひ)42

くいしんぼう【食意坊】(名・形動ダ)〔俗〕嘴饞(的人),貪吃(的人)；☆食しん坊な人／貪吃的人。13

クイズ【英quiz】(名)〔原意爲質問、考問〕(電臺節目等)發出質問令人回答的一種遊戲,難題對答,猜謎；☆ラジオのクイズに出て奨金をもらった／出席電臺的難題對答獲得奨金。1

くいすぎ【食い過ぎ】(名・自サ)吃多,吃過量；☆食い過ぎで胃を悪くした／吃多把胃弄壞了。0

くいたお・す【食い倒す】(他五)①白吃(吃飯不付錢)；☆料理屋を食い倒して回る／在各飯館吃飯不付錢；②吃窮(＝くいつぶす)。0

くいだおれ【食い倒れ】(名・自サ)①吃窮；↔きだおれ(着倒れ)；②遊手好閒(的人)；◇京の着倒れ大阪の食い倒れ／京都人講究穿,大阪人講究吃。

くいだめ【食溜】(名・他サ)多多吃存在肚裏；☆食事の食溜はできない／不能一頓吃下幾天的飯。0

くいちがい【食い違い】(名・自サ)①不一致,分歧,齟齬；☆二人の話にくい違いが

起った／兩個人的話不一致了；☆意見の
食い違い／意見分歧；②交叉，交錯。⓪

くいちが・う【食い違う】(自五)①有分歧
，不一致，發生齟齬；☆意見が食い違う
／意見不一，不合攏；②交錯，不合攏；☆兩国
の境は互に食い違っている／兩國的境界
互相交錯着。⓪

くいちら・す【食い散らす】(他五)　①把
（飯菜等）吃得到處都是，吃得滿是渣滓
；☆子供が御飯を食い散らす／小孩把飯
吃得到處都是；②這吃一點那吃一點；⑨
〔轉〕做一點這個開一點那個；☆色々食
い散らしてみたが、結局、物にならない
／什麼都做了一點但是一事無成。⓪

くいつ・く【食い付く】(自五)①咬上；
☆犬が人に食い付く／狗咬人；②〔轉〕
不離開，不放手（＝かじりつく）；☆仕
事に食い付いて離れない／埋頭工作；⑨
（魚）上鈎；〔轉〕（對某物）起勁，熱
心；☆商人は金儲けの話に食い付く／商
人對於發財的話很熱衷。⓪

クイック【英・形quick】(名)迅速，快
（＝はやい）；↔スロー（slow）。②

くいつぶ・す【食い潰す】(他五)　吃光，
坐食山空；☆とうとう親の身代を食い潰
した／結果把老人的産業吃光了。⓪

くいつ・める【食い詰める】(自下一)無
法謀生，不能餬口；☆大阪を食い詰めて
東京へやって来た／在大阪無法謀生來到
了東京。⓪

くいて【食い手】(名)①吃（東西）的人
；☆食い手がない／沒有人吃；②能吃的
人，食量大的人。③

くいで【食い出】(名)可吃的分量，可吃
的部分，實惠；☆安くて食いでのある物
／又便宜又實惠的食品。⓪

ぐいと(副)〔俗〕①用力，使勁；☆ぐい
と押す／用力一推；☆ぐいと引く／使勁
一拉；②突然；☆戸がぐいと開いた／門
吱地一聲開開了；☆ぐいと飲みほす／咕
嚕一口喝乾。

くいどうらく【食い道楽】(名)講究吃
（的人）；☆あの人は食い道楽だ／他講究
吃；↔きどうらく。③

くいと・める【食い止める】(他下一)阻
止住，攔住，抑制住；☆インフレをくい
止める／抑制住通貨膨脹；囚くひとむ（
下二）。⓪

くいにげ【食い逃げ】(名・自サ)①吃飯

不付錢而逃脱；騙嘴吃（的人）；☆料理
屋を食い逃げする／在飯館吃飯不付飯帳
而逃走；②吃完就走；☆食い逃げで失礼
ですが、もう一軒寄らねばなりませんの
で…／吃完就走實在抱歉，因爲另外還有
一個應酬…。（客氣話）。⓪

くいのこ・す【食い残す】(他五)　吃剩下
；☆子供に食物を食い残させてはいけな
い／不要叫孩子剩底兒。⓪④

くいはぐ・れる【食いはぐれる】(自下一)①
沒趕上吃飯；②喪失餬口之道，無法謀生
；☆日本では働きさえすれば食いはぐれ
るようなことない／在日本只要工作就不
會沒有飯吃；囚くひはぐる（下二）。⓪

くいはず・す【食い外す】(他五)①沒趕
上吃飯（＝くいはぐれる）；☆忙しくて
晩飯を食い外した／忙得沒能吃上晚飯；
②喪失餬口之道（＝くいはぐれる）；⑨
失掉得利的機會。④⓪

くいぶち【食扶持】(名)①食祿，祿米；
〔轉〕飯碗子；☆食扶持に離れる／飯碗
子砸了；②伙食費，飯費；☆食扶持を入
れる／交伙食費。②⓪

くいほうだい【食い放題】(名)盡量地吃；
隨便吃。③

くいもの【食い物】①飯食，食物；☆食い
物が好い／飯食好；②〔轉〕剝削的對
象，犧牲品；（被利用的）工具；☆無智
の婦人を食い物にする／把沒有知識的婦
女當作剝削的對象。③④

く・いる【悔いる】(自上一)後悔；☆若
い時勉強しなかった事を悔いる／後悔年
輕時候沒用功；囚くゆ（上二）。②

クイン【queen】(名)①女皇；②皇后。

クィンテット【英quintetto】(名)〔樂〕
五重奏，五部合唱；五部合唱（奏）團①

く・う【構う】(他五)　營（巢），作（
窩）；☆鳥が木の上に巣を構う／鳥在樹
上營巢；☆鼠が巣を構う／老鼠作窩。

*く・う【食う】Ⅰ(自五)受騙，上當；☆
彼に一杯食わされた／上了他一個大當；
☆その手は食わぬ／不上那個當；Ⅱ(他
五)①吃；☆飯を食う／吃飯；②生活；
☆どうにか食って行く／勉強維持生活；
⑨(蟲)咬，蝕；☆蚊に食われた／被蚊
子叮到；④耗費；☆この事業は大分金を
食う／這個事業耗費鉅款；⑤遭受；☆お
目玉（めだま）を食う／遭受申斥；⑥侵
犯，侵占；☆他人の縄張（なわばり）を

食う／侵占旁人的地盤；⑦撃敗，取勝；
☆優勝候補のＡ校を食う／撃敗優勝候補
的Ａ校；◇食うや食わず／吃了上頓接不
了下頓，幾乎什麼也不吃；非常貧困；食
うか食われるか／拼個你死我活；食って
かかる／①極力爭辯（反駁）；②大發嘮
叨；人を食ったやり方／目中無人的幹法
；何食わぬ顔／佯裝不知，若無其事（的
樣子）。①

くう【空】（名・形動ダ）①空中，空間；
☆空を飛ぶ／在空中飛；②空虚；③無用
，白費（＝むだ）；☆空になる、空に帰す
／落空，白費；④〔佛〕空↔う（有）①①

ぐう（名）〔猜拳〕（石頭、剪子、布的）
石頭。①

ぐうい【寓意】（名）寓意；☆寓意を含ん
だ話／含有寓意的故事；～しょうせつ【
寓意小說】（名）寓言小說。①

くううん【空運】（名）空運。①

＊くうかん【空間】（名）空間；☆時間と空
間／時間和空間。①

＊くうき【空気】（名）①空氣；☆空気を吸
う／吸空氣；②〔轉〕氣氛；☆緊張した
空気／緊張的氣氛；～じゅう【空気銃】
（名）氣槍；～でんせん【空気伝染】（
名・自サ）〔醫〕空氣傳染；～ハンマー
【空気hammer】（名）空氣槌，風槌；
～ポンプ【空気pump】（名）①〔理〕
抽氣機；②（自行車等的）氣筒；～まく
ら【空気枕】（名）氣枕；～りきがく【
空気力学】（名）空氣力學；～りょう
ほう【空気療法】（名）〔醫〕氣體療
法。①

くうきょ【空虚】（形動ダ）空虚；☆空虚
な内容／空虚的内容。①

ぐうきょ【寓居】（名・自サ）寓所；寄居；
☆伯父（おじ）はサンフランシスコに寓
居している／伯父寄居在舊金山。①

ぐうぐう（副）①＝ぐいぐい；②呼嚕呼嚕；
☆ぐうぐう鼾（いびき）をかく／呼嚕呼
嚕地打鼾；③咕嚕咕嚕；☆腹がぐうぐう
鳴る／肚子咕嚕咕嚕地響。①

くうぐん【空軍】（名）空軍；～きち【空
軍基地】（名・連語）空軍基地。①

くうげき【空隙】（名）空隙（＝すきま）①

くうげん【空言】（名）〔文〕空言；☆空
言を弄する／說空話。③

ぐうげん【寓言】（名）〔文〕寓言。③①

＊くうこう【空港】（名）航空港，飛機場；

☆成田（なりた）空港／成田機場。①

ぐうじ【宮司】（名）〔宗〕神社的最高神
官。①

くうしつ【空室】（名）空屋子。①

ぐうじつ【偶日】（名）雙（數）日子。①

くうしゃ【空車】（名）空車。①

くうしゅう【空襲】（名・他サ）〔軍〕空
襲；～けいほう【空襲警報】（名）〔軍〕
空襲警報。①

くうしょ【空所】（名）空地，空場，空
處；☆（考試）空所を埋めよ／填寫。①

ぐうしょ【寓所】（名）寓所。①

ぐうじん【偶人】（名）〔文〕偶人，木偶
（＝でく、にんぎょう）；～げき【偶人
劇】（名）木偶劇。①

ぐうすう【偶数】（名）〔數〕偶數，雙數；
↔きすう（奇数）。③

ぐう・する【遇する】（他サ）待遇，對待；
☆彼は人を遇する道を知らない／他不知
道對待人的方法；図ぐうす（サ）。③

くうせき【空席】（名）①空座位；☆汽車
が込んで空席がない／火車裏人多沒有空
座位；②空缺，空位。①

くうせつ【空説】（名）〔文〕無稽之談①

くうせん【空戦】（名）〔軍〕←くうちゅ
うせん（空中戦）。①

くうぜん【空前】（名）空前；☆空前の盛
況を呈する／呈現空前的盛況；～ぜっこ
【空前絶後】（連語）空前絶後。①

＊ぐうぜん【偶然】（名・副・形動ダ）偶然，
偶爾；☆偶然の出来事／偶發事件；☆偶
然に出遇う／偶然遇上；☆偶然現われる
／偶然出現。①

＊くうそう【空想】（名・他サ）①空想；☆
空想に耽（ふけ）る／耽於空想；☆空想
を描く／作空想，幻想；②假說，假想；
☆空想的な物語／假想的故事。①

ぐうぞう【偶像】（名）偶像；～すうはい
【偶像崇拝】（名・連語）〔宗〕崇拜偶
像。①③

くうそくぜしき【空即是色】（連語）〔佛〕
色即是空。⑤

ぐうたら（名・形動ダ）〔俗〕吊兒郎當（
的人）；☆ぐうたらな人／吊兒郎當
的人；☆ぐうたらになる／吊兒郎當起
來。①

くうだん【空談】（名）空談，空話，閑聊；
☆空談に時を費（ついや）す／暗聊消磨
時間。①

くうち【空地】（名）空地，空場。⓪

*くうちゅう【空中】（名）空中，天空；☆空中を飛ぶ／在空中飛行；～きゅうゆ【空中給油】（名）空中加油；～ぎょらい【空中魚雷】（名）〔軍〕空中魚雷；～せん【空中戦】（名）〔軍〕空戦；～でんき【空中電気】（名）〔理〕大氣電；～ばくげき【空中爆撃】（名）〔軍〕空中轟炸；～ゆそう【空中輸送】（名）空運；～ろうかく【空中楼閣】（名）空中樓閣；☆空中楼閣を描く／幻想。⓪①

クーデター【法coup d'Etat】（名）大政變；☆クーデターを起こす／發動政變。③

くうてん【空転】（名・自サ）〔機〕（螺旋槳的）空轉。⓪

くうどう【空洞】（名）①空，空虚（＝から，うつろ）；②空洞（＝ほらあな）⓪

ぐうのね【ぐうの音】（名）〔俗〕：☆ぐうの音も出ない／一聲不響，閉口無言⓪

*くうはく【空白】（名）空白；☆紙面に空白を残して置く／紙上留下空白。⓪

くうばく【空爆】（名・他サ）由空中轟炸。⓪

ぐうはつ【偶発】（名・自サ）偶發；☆失言から乱闘事件が偶発した／由於失言而發生鬥毆事件。⓪

くうひ【空費】（名・他サ）浪費，白費（＝むだづかい）；☆時間と労力を空費する／浪費時間和勞力。⓪

*くうふく【空腹】（名・形動ダ）空肚子，餓；☆空腹を忍ぶ／忍飢；☆空腹でもの言えない／餓得連話都說不出來；◇空腹にまずいものなし／飢不擇食。⓪

クーペ【法coupé】（名）①雙座馬車；②雙座汽車。①

くうぼ【空母】（名）〔軍〕←こうくうぼかん（航空母艦）。①

くうほう【空包】（名）〔軍〕（演習用的）空彈；☆空包を放つ／放空彈；↔じっぽう（実包）。⓪

くうぼう【空房】（名）空房；空間；☆空房を守る／守空閨。⓪

クーポン【法coupon】（名）①〔經〕（連在債券上的）利息票，聯券；②（車船等優待、減價的）通票，聯票；③（電影等的）優待券。①

くうめい【空名】（名）空名，虚名；☆社長と言っても空名に過ぎない／所謂總經理也不過空名而已。⓪

くうやねんぶつ【空也念仏】（名）口唸佛經手敲葫蘆的舞蹈。④

くうゆ【空輸】（名・他サ）←くうちゅうゆそう（空中輸送）；☆ウナギを空輸する／空運鰻魚。⓪

クーリー【coolie＝苦力】（名）→クリー。①

くうれい【空冷】（名）空冷，空氣冷却；～しききかん【空冷式機関】（名）空氣冷却機。⓪

ぐうれつ【偶列】（名）〔文〕偶數的行；↔きれつ（奇列）。

くうろ【空路】Ⅰ（名）航空路；Ⅱ（副）乘飛機；☆空路帰国する／乘飛機歸國。①

くうろん【空論】（名）空論，空談；☆空論を吐く／說空話。⓪

ぐうわ【寓話】（名）寓言；☆イソップの寓話／伊索寓言。⓪

くえい【区営】（名）區營，由區經營；☆区営の配給店／區營的配給店。⓪

ぐえい【愚詠】（名）〔文〕對自己詩歌的謙稱。

クエーカーは【Quakers派】（名）〔宗〕（基督教的）教友派。

くえき【苦役】（名）①苦工；②〔法〕苦役，徒刑；☆三年の苦役に服する／服三年徒刑。①

くえない【食えない】（連語）①不能吃；不能生活；☆僕はもう食えない／我不能再吃了；☆月給だけでは食えない／只靠工資不足維持生活。②

く・える【食える】（自下一）①能吃，可以吃；☆胃が丈夫だからなんでも食える／胃很好什麼都能吃；☆兎の肉は食える／兎肉可以吃；②好吃，值得一吃；☆あの店の料理はちょっと食える／那家飯館的菜還不錯；③夠吃，能生活；☆自分の月給で結構食える／靠自己的工資足能生活。②

くえんさん【枸櫞酸】（名）〔化〕檸檬酸，枸櫞酸。⓪

クォーター【quarter】【名】①四分之一；②〔運動〕十五分鐘；③地區，區域。①

クォート【quart】（名）夸脱（＝¼加侖）①

クォリティー【quality】（名）質；性質；品質。

くおん【久遠】（名）〔佛〕永久，久遠⓪①

くがい【苦界】（名）①〔佛〕苦界，苦海；

②〔文〕火坑（妓女的處境）。１０

くかく【区画】（名・他サ）①劃區，分區；
☆土地を区画する／把土地分區；②區，
區域；☆区画ごとに広場をつくる／每一
區建一個廣場。０

くがく【苦学】（名・自サ）工讀；☆苦学
して博士になる／工讀而得博士學位。１

＊くがつ【九月】（名）九月。１

くかつよう【く活用】（名）〔語法〕文語
形容詞活用形的一種（詞尾爲「く・く・
し・き・けれ」）。０

くかん【区間】（名）區間，段。２

ぐがん【具眼】（名）〔文〕有見識；☆具
眼の士／有識之士；～しゃ【具眼者】（
名）識者。０１

＊くき【茎】（名）①〔植〕莖；②（器具的）
把，柄。２

くぎ【釘】（名）釘，釘子；☆釘を打つ／
釘釘子；☆釘を抜く／拔釘子；◇釘が利
く／（申斥、意見等）有效，生效；釘を
刺（さ）す（打つ）／（爲了怕對方說話
不算數）叮問好，說牢，釘死；☆その点
については一本釘をさしておいた／關於
那一點我叮問了一下；糠に釘／怎麼說也
不聽（等於白說）。０

くぎざき【釘裂き】（名）①（被釘子
鉤破的）破口；②被釘子鉤破；☆着物の
裾の釘裂き／衣服底襟鉤破處。０

くぎづけ【釘付け】（名・他サ）①（用釘子）
釘住，釘死，釘固；☆箱の蓋を釘付けに
する／把箱子蓋用釘子釘上；☆窓を釘付
けにする／把窗戶釘死；②〔轉〕（使）
固定不動；☆値段を釘付けする／把價錢
定死（不漲不落）；☆釘付けにされたよ
うにたたずむ／呆立不動。０

くぎぬき【釘抜き】（名）鉗子，拔釘器４３

くぎめ【釘目】（名）釘子眼兒。０

ぐきょ【愚挙】（名）〔文〕愚蠢舉動；下
策；☆愚挙に出る／採取下策。１

くきょう【苦境】（名）苦境，窘境；☆苦
境に陥る／陷於窘境。０

くきょう【苦況】（名）艱苦情況。０

くぎょう【苦行】（名）〔宗〕苦修。１

くぎり【句切り】（名）①句讀；☆句切り
が悪くて読みにくい／句讀不清不好唸；
②段落；☆仕事に一（ひと）句切りをつ
ける／把工作告一段落；☆ここは句切り
がよい／此處正好作爲一個段落。３

＊くぎ・る【句切る・区切る】（他五）①加

句読；☆文章を句切る／給文章加上句
讀；②分段，分成段落；☆話を句切る／
把話句切；☆一句ずつ句切って読む／一
句一句斷開唸；③劃分，隔開；☆杭（く
い）を打って土地を区切る／釘上木樁把
土地劃開。２

くく【九九】（名）〔數〕九九；～のひょ
う【九九の表】（名）〔數〕九九表。２

くく【句句】（名・副）句句，每句。１２

くぐ・む【屈む】（自五）〔文〕屈，彎屈
（＝かがむ）。０

くく・める【銜める】（他下一）哺，餵（
＝ふくめる）；☆親鳥が雛に餌を銜める
／大鳥兒餵小鳥兒食；②細訴，明白告訴
；☆言い銜める／明白訴說；図くくむ（
下二）。３

くぐも・る（自五）（聲音）不清楚；☆感
激のあまり話す声までくぐもった／興奮
得連語聲都不清楚了。３

くくり【括】（名）①〔くくる〕的名詞形；
②捆，束；☆括を解く／打開捆。０

くぐり【潜】（名）①潛入；②～くぐりど；
～あな【潜孔】（名）（下水道等的）入
孔，進出口；～ど【潜戸】（名）（大門
上的）小門，便門。３

＊くく・る【括る】（他五）①捆，紮；☆荷
物（にもつ）を括る／捆東西；②結，總
括；☆勘定を括る／結賬；③綁上，縛；
☆罪人を括る／綁上犯人；☆吊，勒；☆
首を括る／上吊。０

＊くぐ・る【潜る】（他五）①潛水，下水；
☆水を潜る／潛水；②鑽進；☆門を潜る
／鑽進門；☆人目を潜って逃げる／乘人
家沒看見逃跑；☆法の網を潜る／鑽法律
的漏洞。０

くげ【公家・公卿】（名）①朝廷；②（三
位以上的）朝臣，公卿。０１

ぐけい【愚兄】（名）家兄。０１

ぐけい【愚計】（名）愚計。０

くだい【桁台】（名）〔縫紉〕桁衣架２

くけぬい【桁縫】（名）〔縫紉〕桁針，大
針。０

く・ける【桁ける】（他下一）桁。０

くげん【苦言】（名・自サ）忠言；☆苦言
を呈する／進忠言。０

ぐけん【愚見】（名）愚見，拙見。０

ぐげん【具現】（名・他サ）體現，實現；
☆理想を具現させる／使理想實現。０

くこ【枸杞】（名）〔植〕枸杞。２

*くさ【草】(名)①〔植〕草；☆草も生えない土地／不毛之地；②雜草；☆庭の草を取る／除庭園的雜草；③秣草，餵料；☆草を食う／吃秣草；④草茸；☆草の庵(いおり)／草庵；⑤←くさいろ(草色) ◊草の根を分けて捜す／仔細尋找，遍尋無遺。②

くさ【瘡】(名)①瘡；濕疹，黃水瘡；☆頭に瘡が出来た／頭上長了黃水瘡；②胎毒。②

*くさ・い【臭い】(形)①臭的；☆便所が臭い／厠所臭；②可疑的；☆あの男は臭い／那個人可疑；☆一寸臭いところがある／有點可疑；③(接在某些名詞下，表示)有…氣味、味道、派頭、樣子等；☆この菓子はバター臭い／這個點心有奶油味；☆おしろい臭い／有脂粉味；☆学者臭い／學者派頭；◊臭い物に蓋をする／掩蔽壞事；臭い飯を食う／坐牢；図くさし(形ク)。②

ぐさい【愚妻】(名)內人，我的妻子。⓪

くさいきれ【草いきれ】(名)(夏天太陽曬的)青草的熱氣。③

くさいろ【草色】(名)茶青色，深綠色⓪

くさかり【草刈】(名・自サ)①割草；②割草的人；～がま【草刈鎌】(名)割草用的鐮刀；～きかい【草刈機械】(名)割草機。④③

くさがれ【草枯れ】(名・自サ)草枯(的季節)，秋天；☆草枯れの頃／秋色荒涼的時候。④⓪

くさかんむり【草冠】(名)〔漢字部首〕艸部。③

くさき【草木】(名)草木(＝そうもく)；◊草木にも心を置く／草木皆兵；草木も靡(なび)く／望風歸順；草木も眠る丑三(うしみ)つ時／萬籟俱寂的深更。②

ぐさく【愚作】(名)①拙著；②無價的作品。⓪

くさくさ(副・自サ)鬱悶，不痛快；☆気がくさくさする／心裏鬱悶。②

くさぐさ【種種】(名)〔文〕各種各樣(＝いろいろ，さまざま)。②⓪

くさ・す【腐す】(他五)〔俗〕貶，往壞說，挖苦(＝けなす)；☆人の作品を腐す／把人家的作品說得一文不值。⓪②

くさずもう【草相撲】(鄉村等的)非專業的摔角。③

くさち【草地】(名)草地。②

くさとり【草取】(名・自サ)〔農〕①除草；②除草器；除草的人；☆草取する／除草。④③

くさば【草葉】(名)草葉；～のかげ【草葉の陰】(連語・名)九泉之下，黃泉②⓪

くさばな【草花】(名)花；☆草花を植える／栽花。④②

くさはら【草原】(名)草原，草地，野地(＝くさわら)。⓪④

*くさび【楔】(名)楔子；☆楔を打つ／釘楔子；〔轉〕叮問，把約會訂好；☆楔を入れて割る／用楔子劈開；～がた【楔形】(名)楔形。⓪

くさぶえ【草笛】(名)草笛。③⓪

くさぶか・い【草深い】(形)①草深的，草高的；②偏僻的；☆草深い田舎に住む／住在偏僻的鄉間；図くさぶかし(形ク)。④

くさぶき【草葺】(名)草葺(的屋頂)；☆草葺的小屋／草棚，茅屋。⓪

くさまくら【草枕】(名)露宿；旅行。③

くさみ【臭み】(名)①臭味；☆臭みがある／有臭味；②(人的)矯揉造作的樣子，討厭的派頭(＝いやみ)；☆あの男は臭みがある／那個人的派頭討厭。③

くさみ【嚏】(名)→くさめ。⓪

くさむしり【草挘】(名・自サ)拔草，薅草。③

くさむ・す【草むす】(自五)〔文〕生草，長草。③

くさむら【草叢】(名)草叢，野草繁茂的地方；☆草叢にすだく虫の声／草叢中的唧唧蟲聲。⓪④

くさめ【嚏】(名)噴嚏；☆嚏が出る／打噴嚏。②

くさもち【草餅】(名)(把艾葉搗在糯米中製成的)艾草年糕。②

くさら・す【腐らす】(他五)弄爛，使腐爛；◊気を腐らす／氣餒，沮喪。③

くさり【腐り】(名)①〔(くさる)的名詞形〕腐朽，敗腐，腐爛的(部分、程度)；☆夏は、食べものの腐りが早い／夏天食品腐敗得快；②氣餒，沮喪，垂頭喪氣；☆叱られて大腐りだ／挨了一頓申斥大爲沮喪。③

*くさり【鎖・鏈】(名)①鎖鏈，鏈子；☆時計の鎖／錶鏈子；②〔轉〕聯繫(＝つながり)～がま【鎖鎌】(名)帶鎖鐮的鐮刀(一種武器)；～ぬい【鎖縫】(名)

鎖狀花樣的刺繡。◎

くさり【鎖・鏁】（名）鉤，段（＝くだ
り）；☆お説教を一（ひと）鎖して帰る
／講一番大道理而歸去了。

*くさ・る【腐る】（自五）①腐敗，壞☆
肉が腐る／肉腐敗；②腐蝕，銹☆鉄が
腐る／鐵生銹；③朽，爛，☆木が腐る／
木頭腐朽；④〔轉〕腐敗，墮落☆心ま
で腐った人間／腐敗透頂的人；⑤消沉，
氣餒；☆気が腐っている／意氣消沉；⑥
鬱悶，沉悶；☆こう雨続きじゃ、腐るね
／這樣連雨眞叫人發悶；⑦（接在其他動
詞之下，作爲補動，表示）蔑視，憎惡；
☆勝手な事を言い腐る／信口開河，隨便
說說；◇腐っても鯛（たい）／瘦死駱駝
也比牛大。②

くされ【腐れ】（名）腐朽，腐爛；☆腐
れを止める／防止腐爛；②腐朽的程度，
腐朽的部分；☆腐れがひどい／腐爛得很
；～えん【腐れ縁】（名）惡緣，孽緣；
～がね【腐れ金】（名）臭銅錢。③

くさわけ【草分】（名）①分開草走；②開墾
；開墾人；☆あの人はこの村の草分です
／他是這個村子的開墾人；③創始（人），
先驅；～じだい【草分時代】（名）
草創時代，初期。④◎

*くし【串】（名）①竹籤子；鐵籤子；☆串
にさす／穿到籤子上；②串兒；☆一串百
円の団子／一百塊錢一串的黏糕糰。②

*くし【櫛】（名）梳子；☆櫛で髪を梳（す）
く／用梳子梳頭；☆髪に櫛をいれる／梳
頭。◎

くし【髪】（名）頭髮；→おぐし。

くし【駆使】（名・他サ）①驅使；☆牛馬
の如く駆使する／如牛馬似地驅使；②運
用；☆ドイツ語を自由に駆使する／德語
說（寫）得很流暢。②

*くじ【籤・鬮】（名）籤，鬮；☆籤で決め
る／抽籤決定。②①

くじ【九字】（名）〔迷信〕九字眞言（一
種護路呪）；☆九字を切る／招訣唸呪。①

ぐじ【愚姉】（名）家姊。①

くじうん【籤運】（名）抽籤的運氣；☆籤
運が強い／抽籤的運氣好（一抽就中）。②

くしがき【串柿】（名）（用竹籤串的）柿
餅。②

くしがた【櫛形】（名）月芽形。◎

くしきかつよう【くしき活用】（名）〔語
法〕文語形容詞活用形的一種；→く活

用。④

くしき【奇しき】（連體）奇異的，奇怪的
（＝ふしぎな）；☆奇しき運命／奇運。①

くじ・く【挫く】Ⅰ（自下二）〔文〕→く
じける；Ⅱ（他五）①挫，扭；☆腰を挫い
て立てない／扭了腰站不起來；②抑制，
挫（銳氣）；☆高慢の鼻を挫く／挫其傲
氣。②

くしくも【奇しくも】（副）奇怪（＝ふし
ぎにも）；☆死んだと思った人に奇しく
も再会した／萬沒想到遇上了原認爲已死
的人。①

くしけず・る【梳る】（他五）梳（＝す
く）；☆髪を梳る／梳頭髮。④◎

くじ・ける【挫ける】（自下一）①挫，挫
傷；☆骨が挫けた／骨頭挫了；②沮喪，
頹唐；☆気が挫ける／心情沮喪；図くじ
く（下二）。③

くしざし【串刺】（名）①用籤子穿；☆串
刺にする／用籤子穿上；②刺殺。◎

くじのがれ【籤逃れ】（名）靠抽籤辦法免
除某種義務；☆籤逃れで預備役に編入さ
れた／由於抽籤（免掉現役）被編入預備
役。③

くじびき【籤引】（名・自サ）抽籤（＝ち
ゅうせん）；☆籤引で決める／抽籤決
定。④③

くしめ【櫛目】（名）（梳髮上的）櫛痕。③

くじゃく【孔雀】（名）〔動〕孔雀；～せ
き【孔雀石】（名）〔礦〕孔雀石。◎

くしゃくしゃ（名・副・自サ）①蓬亂，雜
亂；☆くしゃくしゃの頭／蓬亂的頭髮；
②摺，皺；☆紙をくしゃくしゃにする／
揉搓紙；③心煩，心亂；☆気がくしゃく
しゃする／心裏煩燥。◎②

ぐしゃぐしゃ（副）（東西着水或被壓得）
一場糊塗，不成樣子，摺皺不堪；☆紙箱
がぐしゃぐしゃにこわれる／紙匣子被壓
得不成樣子；☆お茶が零（こぼ）れて新
聞がぐしゃぐしゃになる／弄濕茶水把報
紙濕得一場糊塗；☆帽子が落ちてぐしゃ
ぐしゃに踏（ふ）まれる／帽子掉在地下
被踩得不成樣子。①

ぐじゃぐじゃ（副）→ぐしゃぐしゃ。①

くしゃみ【嚔】（名）噴嚏（＝くさめ）；
☆嚔が出る／打噴嚏。②

くじゅ【口授】（名・他サ）口傳，口授。①

くしゅう【句集】（名）俳句集。◎

くじゅう【苦汁】（名）〔文〕①苦汁；②

苦的經驗；☆苦汁を嘗める／嘗受艱苦；
③滷水；→にがり（苦塩）。◯

くじゅう【苦渋】（形容ダ）〔文〕苦澀，
又苦又澀☆苦渋の色を浮かべながらも
やり通す／雖然面呈難色却堅持到底。◯

くじょ【駆除】（名・他サ）驅除；☆害虫
を駆除する／驅除害蟲。①

くしょう【苦笑】（名・自サ）苦笑，冷笑；
☆それを聞いて苦笑を禁じ得なかった／
聽了那番話不禁令人苦笑。◯

くじょう【苦情】（名）苦楚，抱怨，不平
不滿；☆苦情を言う／訴苦，抱怨；☆私
には少しも苦情がない／我沒有什麼可抱
怨的，我沒有什麼意見。◯

ぐしょう【具象】（名）具體（＝ぐたい）◯

ぐしょぬれ（名）淋濕，濕透☆雨でぐしょ
ぬれになった／被雨淋得像落湯雞一樣。◯

***くじら**【鯨】（名）〔動〕鯨魚；～おび【
鯨帯】（名）表裏顏色不同的衣帶；～ざ
し【鯨差】（名）布尺，大尺（＝14.91
英寸）；～じゃく【鯨尺】（名）＝くじ
らざし；～ぶね【鯨船】（名）捕鯨船；
～まく【鯨幕】（名）黑白相間的希幕◯

***くしん**【苦心】（名・自サ）苦心，費心，
費盡心血；☆色々苦心する／費盡心血，
苦心慘澹；☆苦心の作／費盡心血的作
品；～さんたん【苦心惨憺】（形動タル
ト）費盡心機，苦心慘澹；☆ここ迄に漕ぎつけるに
は実に苦心惨憺たるものがあった／搞到
這步田地，眞是費盡心思了。②

ぐしん【具申】（名・他サ）呈報，具報；
☆上官に具申する／呈報上級。◯

***くず**【屑】（名）①碎塊，碎片，渣兒；☆
紙の屑／碎紙；☆パンの屑／麵包渣兒；
②廢物，廢料；～人間の屑／廢物，無用
的人；③（挑選剩下的）破爛貨；④碎
紙。①

くず【葛】（名）①〔植〕葛；②←くずこ
（葛粉）①

ぐ・す【具す】Ⅰ（自・他五）＝ぐする；
Ⅱ（自・他サ）〔文〕→ぐする。①

ぐず【愚図】（名・形動ダ）遲鈍，慢吞吞
（的人）；☆彼はぐずな男だ／他是一個
慢吞吞的人；～ぐず【愚図愚図】（名・
副・自サ）①遲鈍，慢吞吞，磨磨蹭蹭；
☆ぐずぐずしないで早く行きなさい／別
磨磨蹭蹭的快去吧；☆ぐずぐずしていら
れない／慢吞吞的不行，要爭取時間；②
（有意見不說清楚而）嘟嘟囔囔，嘮嘮叨

叨；☆ぐずぐず言うな／別嘟嚷了；～
つ・く【愚図つく】（自五）①磨蹭，拖
拉；②〔天氣〕不放晴，（事物的情勢）
不明確；☆天気はまだ二三日ぐずつくで
しょう／兩三天內天氣還不能放晴。①

くずいと【屑糸】（名）碎絲，絲頭，線
頭。◯

くずお・れる【頽れる】（自下一）頹唐，
倒下，站立不住；☆部屋にはいって来る
なり頽れる／一走進屋子倒倒下了；囚く
ずほる（下二）。④

くずかけ【葛掛け】（名）〔烹飪〕澆滷，
澆汁。②

くずかご【屑篭】（名）紙屑簍。②

くすくす（副）竊笑貌；☆くすくす笑う／
吃吃地竊笑。②①

***ぐずぐず**（副・自サ）①呼哧呼哧（傷風時
鼻子不大通氣的聲音）；☆鼻がつまって
ぐすぐすする／鼻子塞得呼哧呼哧的（聲音）；②
抽抽嗒嗒（啼哭時抽噎鼻子的聲音）；☆
ぐすぐす泣く／抽抽嗒嗒地哭泣。①

くすぐった・い【擽ったい】（形）①酥癢
的，怕癢的；☆足の裏（うら）がくすぐ
ったい／腳心癢得慌；②難為情的，不好
意思的，啼笑皆非的；☆あんまり褒めら
れてくすぐったいような気がする／被過
分地誇獎一頓反覺得難為情。◯

くすぐ・る【擽る】（他五）使發癢，胳肢；
☆子供をくすぐって笑わせる／胳肢小孩
子叫他笑。◯

くずこ【葛粉】（名）葛粉，澱粉。③②

くずし【崩】（名）①〔くずす〕的名詞形；
②←くずし書；～がき【崩書】（名）簡寫，
簡筆字；草體字，行書字。③

***くず・す**【崩す】（他五）①使崩潰，使分
崩離析，拆毀；☆敵陣を崩す／使敵人的
陣勢崩潰；☆丘を崩して平らにする／把
丘陵剷平；②使（外形完整的東西）震亂；
☆膝を崩す／把跪坐的腿伸開，盤腿坐；
☆姿勢を崩す／採取隨便的姿勢，不再正
襟危坐；☆字を崩して書く／寫成草字，
寫簡筆字；③（把大鈔票）換成零錢；☆
千円札を百円札に崩す／把一千元的票子
換成一百元的。②

くすだま【薬玉】（名）①（端午節掛在簾
或柱上的）避瘟袋；香荷包；②運動會或
典禮時當作裝飾的和①同型的東西。◯

くずてつ【屑鉄】（名）碎鐵，碎鋼；廢鐵
廢鋼（＝スクラップアイアン）。◯

くすねもの【くすね物】（名）偸的東西，贓物。⓪

くずねり【葛練】（名）葛粉糕。②⓪

くす・ねる（他下一）偸，吞沒起來☆人の物をくすねる／吞沒人家的東西。③

くすのき【樟・楠】（名）〔植〕樟木。②

くずひろい【屑拾い】（名）①撿破爛；②撿破爛的人。③

くすぶ・る【燻る】（自五）①（不燃而）冒烟；☆火鉢の中に何か燻っている／火盆裏有什麼冒着烟；②燻黑；☆台所の壁がすっかり燻った／厨房的牆壁完全燻黑了；③〔轉〕悶居；☆家に燻っている／悶居在家中；④〔轉〕（職位等）久不升遷；☆平（ひら）社員で燻っている／照舊（在公司裏）當一個普通職員。③

くす・べる【燻べる】（他下一）燻；☆蚊を燻べる／燻蚊子；因くすぶ（下二）③

くずまい【屑米】（名）碎米。⓪

くす・む（自五）（顔色、花様等）不鮮艷；發暗；☆くすんだ色／發暗的顔色；☆この柄（がら）はくすんでいる／這個花色不鮮艷。②

くずもち【葛餅】（名）葛粉糕，水晶糕②

くずもの【屑物】（名）廢物，垃圾。②

くずや【屑屋】（名）收買破爛的商人。②

くずゆ【葛湯】（名）葛粉湯，藕粉茶。②

くすり【薬】（名）①藥；☆この薬はよく利く／這個藥很有效；②釉料；☆陶器に薬を掛ける／磁器塗上釉料；③火藥；④〔轉〕盆處；☆体の薬になる／對身體有益；☆失敗が却って薬となった／失敗中取得了教訓；◇甲の薬は乙の毒／利於甲未必利於乙；☆馬鹿につける薬はない／混蛋無可救藥；薬より養生／護理重於吃藥；～だい【薬代】（名）藥費；～や【薬屋】（名）藥房；～ゆ【薬湯】（名）加入藥品的洗澡水；～ゆび【薬指】（名）無名指。⓪

ぐ・する【具する】（自・他サ）①具備，齊備；☆生れながらにして耳、目、口、鼻を具している／生下來就具備着耳、目、鼻；②領着，跟着；☆従者を具して行く／領着隨員去；因ぐす（サ）②

ぐず・る【愚図る】（自五）嘮叨，抱怨；☆酔ってぐずり出すときりがない／喝醉酒嘮叨起來沒完；②磨人，要求不休；☆赤ん坊が乳を飲みたがって、ぐずる／嬰兒吵著吃奶③（找藉口而）磨蹭。②

くずれ【崩れ】（名）①〔くずれる〕的名詞形；②潰塌處，倒塌處；③潰散；④〔經〕（行市）暴落；⑤沒搞好某種職業的人，破落貨，沒落者；☆映画女優くずれ／沒落的電影女演員；☆～あし【崩れ足】（名）①敗勢，敗局；②〔經〕跌勢。③

くず・れる【崩れる】（自下一）①崩潰，塌倒；☆山が崩れる／山崩；☆塀が崩れた／牆倒了；②散去；☆席が潰れる／酒席漸散；③潰散；☆敵が潰れる／敵人潰敗；④（完整的東西）變為不完整，失掉原形；☆列が崩れる／隊形亂了；☆恰好の崩れた帽子／走了樣子的帽子；⑤〔經〕（行市）跌落；☆相場が崩れる／行市跌落；因くづる（下二）。③

くせ【癖】（名）①癖，習性，脾氣；☆彼は朝寝（あさね）する癖がある／他有睡早覺的習性；☆癖がつく／成癖；☆癖が抜けない／習性改不掉；②毛病，缺點；☆あの癖はとても直らない／那個毛病怎麼也改不了；☆この馬には癖がない／這匹馬沒有毛病；③（頭髮等）彎曲，打卷，摺皺；☆髪に癖がある／頭髮不順縷；☆アイロンでスカートの癖を直す／熨平裙子的摺皺；◇癖ある馬に能あり／有脾氣的人沒有能耐；なくて七（なな）癖／沒有脾氣的人。③

ぐせい【愚生】（代）鄙人。⓪①

くせげ【癖毛】（名）捲髮。②⓪

くせごと【曲事】（名）①邪曲的事，不正經的事；②討厭的事；③凶事；④違法，違法的處分。⓪②

ぐせつ【愚説】（名）①愚蠢之談；②愚見，拙見；☆愚説を述べて御參考に供する／謹陳愚見以供參考。⓪

くせに【癖に】（接助）〔俗〕（雖然）…可是，却，（盡管）…可是；☆知っている癖に知らないふりをする／雖然知道却假裝不知道；☆貧乏な癖に贅沢をする／打腫臉充胖子；☆男の癖に泣くな／堂堂的男子漢不要哭；☆新米（しんまい）の癖にいばる／新來不久却自高自大。②

くせもの【曲者】（名）①（指強盜，小偸等的）壞人，歹人，形跡可疑的人；☆曲者が屛（へい）を跳び越えて逃げた／歹人越牆逃跑了；②奇怪的人，莫測高深的人，玄妙的人；☆あいつは曲者だから警戒した方がいい／那個人什麼事都幹得出來要多加警惕③久經世故的人，不好對付

的人；☆相手は中々の曲者だよ／你要曉得對方可不是好惹的；④蹊蹺的事，需要警惕的事；☆あんなに機嫌がよいのは曲者だ／(他)那樣興高采烈裏面大有文章。

くせん【苦戦】（名・自サ）苦戰，激烈的戰鬥；☆苦戦のすえ、ついに相手をうちまかした／經過一場苦戰之後終於擊敗了對方。②[0]

くそ―【糞・尿】（接頭）①表示輕蔑，罵人的意思；②表示過度、過分的意思；☆くそ度胸／傻勇氣，☆くそまじめ／過於認真。

くそ【糞・尿】（名）①糞，尿；☆糞をする／拉屎；☆鳥の糞／鳥糞；②（鼻涕、眼屎，耳垢等）分泌物；髒東西，渣屑；◇糞（でも）食（くら）え／〔罵〕（表示輕蔑、卑視或強烈的否定）扯蛋！狗屁！活該！くそいまいましい／見鬼！該死②

―くそ【糞・尿】（接尾）①表示輕蔑、罵人的意思；②下手くそ／笨蛋；拙劣透頂；表示鼻涕、眼屎，耳垢等分泌物；☆耳くそ／耳垢；☆目くそ／眼屎。

くそおちつき【糞落着き】（名）過分的沉着，滿不在乎；☆糞落着きに落ち着く／不慌不忙；蠻不在乎。③

ぐそく【具足】（名・自サ）〔文〕①具備，十全十美；②伴隨；③（主要）器物（如射手的弓）；④甲冑。①[0]

ぐそく【愚息】（名）犬子，小兒。①[0]

くそくらえ【糞食え】（連語）〔俗〕〔罵〕扯蛋，狗屁；活該；→くそ。②

くそたれ【糞垂れ】（名）①解手，大便；②〔罵〕屎蛋；☆この糞垂れ小僧め、柿を盗みやがって／你這個小鬼，跑這兒偸柿子來了！④

くそっ【糞っ】（感）①（表示不服氣）媽的；②（失敗時的詛咒）該死，見鬼。②

くそどきょう【糞度胸】（名）傻大膽，傻勇氣；☆あいつの糞度胸には驚く／他那份傻大膽令人吃驚。③

くそぼね【糞骨】（名）白受累，徒勞；☆糞骨が折れる／吃力不討好。[0]

くそみそ【糞味噌】（形動ダ）①不分清紅皂白；②一文不值；☆人のやり方を糞味噌にけなす／把別人的作法貶得一文不值。[0]

*くだ【管】（名）管；☆竹の管／竹管；☆

ゴムの管／橡膠管；◇管を以て天を窺く／以管窺天，坐井觀天，管を巻（ま）く／架架叨叨說醉話。①

*ぐたい【具体】（名）具體（=ぐしょう）；～てき【具体的】（形動ダ）具體的；☆具体的に言う／具體地說。[0]

*くだ・く【砕く】Ⅰ（自下二）〔文〕→くだける；Ⅱ（他五）①弄碎，破碎；☆氷を砕く／把冰弄碎；②摧毀，挫敗；③（把整錢）換成零錢；☆百円札を砕いて小銭（こぜに）にする／把一百元的票子換成零錢；◇心を砕く／傷腦筋，絞腦汁；☆生徒の進学に心を砕く／爲學生的升學傷腦筋；砕いて話す／淺顯易懂地說。②

くたくた（副）①精疲力盡，鬆軟；☆くたくたに疲れる／累得精疲力盡；☆汗でカラーがくたくたになった／領子被汗濕得鬆軟了；②咕嘟咕嘟地（煮），長時間（煮）。

くだくだ[0]（副）=くどくど；～し・い（形）①架煩的，架架叨叨的（=くどくどしい）；☆くだくだしく言う必要はない／用不着架架叨叨地說；②冗長的，累贅的；☆くだくだしいから省く／因爲冗長而從略。[1]

*くだ・ける【砕ける】（自下一）①碎，破碎；☆ガラス瓶が石に当って砕ける／玻璃瓶碰到石頭破碎了；②（威嚴、氣勢等）挫，軟化（=くじける）；☆意気込（いきごみ）が砕ける／洩氣，不再熱心；③（態度等）和藹起來，圓滑起來，謙虛起來；☆世間へ出たら少しは砕けるだろう／到社會上磨錬一番也許會變得圓滑些；☆先方が砕けて出たので話し合いがなくなった／對方的態度很和藹於是我也就無法跟他吵架了（洩了氣了）；☆あの人は、くだけていて感じがよい／那個人和藹可親；④變成淺顯易懂，不再艱深；☆砕けて言えば／淺顯地說來；◇当って砕ける／冒險，試一下，碰運氣；因くだく（下二）。③

*ください【下さい】〔くださる〕的命令形，〔くだされ〕的口語形；→くださる（下さる）。③

*くださ・る【下さる】（在口語中命令形「くだされ」爲「ください」）Ⅰ（他五）贈，給；☆これは友人が下さった贈物です／這是朋友給的贈品；☆写真を一枚下

さい／給我一張像片吧；Ⅱ（補動五）〔
くれる（補動・下一）的敬語〕①以〔…
て～〕的句形；☆説明して下さい／請説
明他我聽；☆見せて下さいませんか／讓
我看一看好嗎？；②以〔お…～〕的句形
；☆早くお帰り下さい（まし）／請快點
回（去）來；③以（御…～）的句形；☆
祖国のためにご奮闘下さい／請為祖國而
奮闘吧；因くださる（四・下二）。③

くださ・れる【下される】（他下一）→く
ださる；☆御採用下されたくお願い申し
上げます／謹請予以錄用；因くださる（
下二）。④④

くだし【下し】（名）①〔くだす〕的名詞
形；②←くだし薬；～ぐすり【下し薬】
（名）瀉藥（＝げざい）。⓪

＊くだ・す【降（下）す】（他五）①瀉（＝
げりをする）；☆腹を下す／瀉肚；②下
賜（＝たまわる）；☆勅を下す／下勅書
，下詔；③下（＝おろす）；☆命令を下す
／下命令；☆筆を下す／下筆；☆親ら手
を下す／親自下手；④（由中央往地方）
分發，派遣；☆使を各地に下す／（由中
央）向各地派遣使者；⑤…下去；☆ずっ
と読み下す／一直唸下去。⓪

くたにやき【九谷焼】（名）九谷磁（日本
石川縣九谷產品）。⓪

くたばりぞこない（名）〔罵〕老而不死的，
該死的。⓪

くたば・る（自五）〔俗〕①死；☆くたば
ってしまえ／〔罵〕見鬼去吧；②精疲力
盡（＝へたばる）；☆猛練習でくたばる
／由於猛烈的練習而精疲力盡。⓪

くたびれ【草臥】（名）〔くたびれる〕的
名詞形）疲乏，疲勞；☆くたびれが出た
／覺得累了；～もうけ【草臥儲】（名）
勞而無功，徒勞無益。④

くたび・れる【草臥れる】（自下一）①疲
乏，疲勞；☆くたびれて歩けない／累得
走不動；②（衣服等）穿舊，（物品等）
用舊，使用過久；☆このズボンは相当く
たびれている／這條褲子穿得相當舊了；
因くたびれる（下二）。④

＊くだもの【果物】（名）水果，鮮果；☆果
物の皮をむく／削水果皮。②

くだら【百済】（名）〔史〕百濟。①

＊くだらな・い（形）①無價值的，無用的，
無益的；☆何も満足に出来ないくだらな
いない人間／什麼事也做不好的廢物；☆

くだらない本／無價值的書；②無聊的，
無謂的，微不足道的；☆くだらない事を
気にする／把微不足道的事情放在心裏；
☆くだらない話／無謂的話；☆何だ、く
だらない／無聊！⓪

くだり【件】（名）①（公文的）條款；②
＝くだん（件）；③（文章的）段，節；
☆あの件が物語りのクライマックスだ／
那一段是故事的高潮。⓪

くだり【行】（名）（文章的）行。⓪

くだり【下り・降り】（名）〔（くだる）
的連詞形〕①下，降；☆下りは早い／往
下走快；②下（郷）；☆田舎下り／下
郷；③末尾；④到邊遠地方去（＝くんだ
り）；⑤←下り坂；⑥←下り腹；⑦←下
り列車；～ざか【下り坂】（名）①下坡；
☆道はここから下り坂になる／道路從這
裏是下坡路；②〔轉〕衰運，下坡路；☆
彼の事業は下り坂になって来た／他的事
業走上下坡路了；～ばら【下り腹】（名）
瀉肚，下痢；☆下り腹は急に止めるのは
よくない／瀉肚立刻止住不好；～ぶね【
下り船】（名）開往下游的船；～れっし
ゃ【下り列車】（名）下行的列車；↔上
（のぼ）り列車。⓪

＊くだ・る【下る・降る】（自五）①下，下
去（＝おりる）；☆山を下る／下山；②
下降（＝さがる）；☆零度以下に下る／
降到零度以下；③下（令）（＝もうしわ
たされる）；☆命令が下った／命令下來
了；☆判決が下った／判決下來了，宣判
了；④次，差，在…以下，低劣（＝おと
る）；☆三百人を下らない／不下三百人，
三百多人；⑤（由中央）到（地方去）
，下郷，隠退；☆田舎へ下る／下郷；☆
野に下る／下野，隠退；⑥瀉壯（＝げり
する）；☆寝冷（ねびえ）して腹が下る
／因睡覺着凉而瀉肚；⑦投降（＝こうさ
んする）；☆敵軍は、ついに、わが軍に
降った／敵軍終於向我軍投降了；⑧低首
下心，低聲下氣（＝へりくだる）。⓪

くだん【件】（名）①曾經提過的事物；上
述（之事），那件；☆件の話はどうなっ
たか／那件事怎樣了？；☆件の人物／所説
的那個人；②一如往常，老一套；☆件の
文句／（還是那）老一套話；◇後日のた
め依って件の如し／（契約等的結尾語）
恐後無憑立此爲證。①

＊くち【口】（名）①口，嘴；☆口を漱（す

す）ぐ／激口；☆病は口から／病從口入；②話，言語；☆口が悪い／說話挖苦；☆口と腹が違う／心口不一；③傳說，話柄；☆人の口から聞いた／聽旁人傳說；☆世間の口がうるさい／人言可畏；④出入口，門口；☆部屋の口／屋門；⑤（器物的）口兒；塞兒；☆樽の口を開ける／打開桶口；☆瓶の口を抜く／拔開瓶塞兒；☆急須の口／茶壺嘴兒；⑥吃，口味；☆彼は口の贅沢な人だ／他是講究吃的人；☆口に合う食物／合口味飲食品；⑦（家中的）人口，人數；☆家族の口が殖える／家裏人口增加；⑧頭緒，端緒；☆口が見つかって縺（もつ）れが解けた〔轉〕找着頭緒解決了糾紛；⑨口兒，窟窿，縫兒；☆靴に口があいた／鞋子開了口；⑩開始，開端；☆口をつける／打開個頭；☆宵の口／剛剛入夜，夜還不深；⑪餬口，生計；☆口が干上る／不能餬口；⑫類，宗；☆この口は品切（しなぎれ）になりました／這路貨賣脫售了；⑬（腫瘡的）口；☆口のあいた腫物／破了口的腫疙瘩；◇口が酸くなる／苦口（相勸）；口がすべる／說溜嘴，失言；口から先に生まれる／能說善辯，喋喋不休；口に税はかからぬ／信口開河；口に乗る／①被說出來；②上當，受騙；口は禍の門／禍從口出；口も八丁手も八丁（はっちょう）／既能說又能幹；口を入れる／插嘴，斡旋，推薦；口を切る／開口說話；口を揃える／異口同聲；口を叩く／喋喋不休；口をつぐむ／噤口不言；口を拭う／若無其事，假裝不知；口をあんぐり開けている／目瞪口呆；あいた口が塞（ふさ）がらぬ／（因爲覺得對方的言行太過份）啞口無言，張口結舌；口にする／①吃，喝；②說；口をきく／①說話，交談；②關說；人の口に戸は立てられない／人口難防。回

一ぐち【口】（接尾）①股，份；☆一口（ひとくち）加入する／加入一股；②（表示出入、上下的）口兒，地方；☆出入り口／出入口；☆山の登り口／登山的入口。

ぐち（名）〔動〕石首魚（＝いしもち）①

ぐち【愚痴】（名）〔於事無補的〕牢騷，怨言；☆愚痴を零（こぼ）す／發怨言，發牢騷。回

くちあけ【口開け】（名）①打開（器物的）口；②起頭，開始；☆口開けですから、

おまけします／因爲是頭場買賣，減價賣給您。回④

くちあたり【口当り】（名）①口味；☆このおかずは口当りが好い／這個菜吃着很合口味；☆このタバコは口当りが強い／這個煙辣；②款待，招待；☆口当りのよい人／善於奉承的人。回⑤

くちあら・い【口荒い】（形）說話粗野的；図くちあらし（形ク）。

くち・い（形）〔俗〕吃得很飽的；☆腹がくちくなった／吃得太飽了。回

くちいれ【口入れ】（名）①多嘴，插嘴；☆口入れをしてはいけない／不許多嘴；②斡旋，介紹（職業），中人，介紹職業者；☆おてつだいさんの口入れをする／介紹女傭人。④

くちうつし【口移し】（名）①嘴對嘴（餵）；☆口移しに食べさせる／嘴對嘴餵；②口傳，口授；☆口移しに教える／口授。③回

くちうら【口占・口裏】（名）①（由旁人的話）占卜吉凶；②探口氣，摸底；☆口裏を引いて見る／刺探旁人的口氣，摸摸底；☆あの口占で、略（ほぼ）わかった／由那種口氣大概明白了。回

くちえ【口絵】（名）卷頭畫，卷頭插圖；☆小說の口絵／小說的卷頭插圖。回

くちおし・い【口惜しい】（形）可惜的，遺憾的，覺得委屈的（＝くやしい）；☆あんな人間と同じ様に思われるのが口惜しい／把我當成那樣的人真覺得委屈；図くちおし（形シク）；～げ（形動ダ）；～さ（名）。④

くちおも・い【口重い】（形）①言語少的，寡言的；☆口重い人／言語少的人；②慎言的；図くちおもし（形ク）。

くちがき【口書】（名・自）①〔江戶時代〕供詞，口供；☆口書を取る／錄口供；②〔江戶時代〕蓋有犯人指印的申述書；③用口衘筆寫（畫）；☆口書する／衘筆寫（畫）；④卷首語，序言（＝はしがき）回

くちかず【口数】（名）①話，言語；☆口数の多い人／愛說話的人；②人數；☆口数を減らす／減少人數；③（股票等的）樣數（事件的）件數。回

くちがた・い【口堅い】（形）①說話可靠的；②嘴緊的；☆口堅い男／說話可靠的人；嘴緊的人。回④

くちがため【口固め】（名）①使人保密，令

人不要走漏秘密，箝口（＝くちどめ）；☆金をやって口固めをする／給錢使之保密；②矢口約定；☆口固めをしてあるから間違いない／（和他）約定好了，所以錯不了。③⑤

くちがね【口金】（名）（器物上金屬的）蓋兒，口兒；☆ビール瓶の口金を外す／打開啤酒瓶的蓋兒；☆ランプの口金をはめる／安上煤油燈的燈口；☆財布の口金／錢包上的銅卡口。⓪

くちがる【口軽】（形動ダ）說話輕率，不能保密；☆彼は口軽で困る／他太不能保密，他太好隨便說；☆彼は口軽だから秘密は話せない／他說話太隨便不能和他談機密的事；**～・い**【口軽い】（形）＝くちがる；図くちがるし（形ク）。⓪

くちき【朽木】（名）①朽木；②〔喩〕默默無聞的人。⓪

くちきき【口利き】（名）有口才的人；②和事老，調停人，善於說項的人；☆人に口利を頼む／請人調停。⓪④

くちぎたな・い【口汚ない】（形）①罵街的，說話下流的；☆口汚なく罵る／用下流話罵人；②嘴饞的，什麼東西都吃的；図くさぎたなし（形ク）。⑤

くちきり【口切り】（名）①開罈，開罎；☆口切りしたばかりの酒／才開罈的酒；②領先（說），領先（做）；☆話の口切りをする／領先開口；☆余興の口切りをする／帶頭表演餘興；③新茶品茗會；④〔經〕（交易所中）最初的成交。④⓪

くちく【駆逐】（名・他サ）驅逐；☆敵艦を駆逐する／把敵艦趕走；☆害虫を駆逐する／消滅害蟲；**～かん**【駆逐艦】（名）〔軍〕驅逐艦；**～き**【駆逐機】（名）〔軍〕驅逐機。⓪

くちぐせ【口癖】（名）口頭語，口頭禪（＝きまりもんく）；☆口癖のように言う／經常掛在嘴上，常說。⓪

くちぐち【口々】（名）①異口同聲；☆口々に平和を守れと叫ぶ／異口同聲地高呼保衛和平；②各個入口（出口）。②

くちぐるま【口車】（名）（哄人的）花言巧語；☆口車に乗せる／用花言巧語騙人；☆口車に乗る／為花言巧語所騙（上當）③⓪

くちごたえ【口答え】（名・自サ）還嘴，反唇，頂嘴；☆口答えする／不要還嘴③

くちごも・る【口籠る】（自五）①結結巴巴地說，吞吞吐吐地說；☆口籠りながら言う／結結巴巴地說；②（話梗在喉）說不出來；（話到舌尖）不肯說出；☆問い詰められれて口籠ってしまった／（他）被追問得說不出話來了；☆言いかけたが口籠った／剛要說出，可是又不說了。④

くちさがな・い【口さがない】（形）挖苦的，尖酸刻薄的；嘴頂的；☆口さがない連中（れんちゅう）／專愛說長論短的人們；図くさがなし（形シク）。⑤

くちさき【口先】（名）①嘴邊，唇邊；☆話が口先に出かかった／話到嘴邊，嘴，敷衍的話；☆口先で、ごまかす／用嘴支吾（敷衍）；☆口先だけの民主主義者／只是口頭上的民主主義者；☆彼が言った事は口先ばかりだ／他說的話只是說說而已（他不能實行）；☆口先がうまい（達者だ）／能說，善辯，嘴巧。⓪

くちざわり【口触り】（名）吃到嘴裏的感覺，☆口触りがざらざらしている／吃起來舌頭上感覺粗糙；☆口触りの好い／順口的；☆この薬は口触りは悪くない／這種藥不難吃。⓪③

くちしのぎ【口凌ぎ】（名）〔臨時〕勉強餬口；☆一時の口凌ぎのため／為了臨時勉強餬口。③

くちじゃみせん【口三味線】（名）①嘴裏哼的三弦（哆兒弄之類）；☆口三味線に合わせて歌う／用嘴哼的三絃伴奏而唱；②花言巧語；☆彼を口三味線に乗せる／哄他上圈套。③

くちじょうず【口上手】（名・形動ダ）嘴巧（的人）；能說會道（的人）；☆彼ほど口上手な人はない／沒有比他再能說的人。⓪

くちづ（づ）け【口付け】（名）對着嘴兒☆瓶から口づけにして飲む／嘴對着瓶口兒喝；②接吻，親嘴；☆口付をする／接吻⓪

くちづ（づ）・ける【口付ける】（自下一）接吻親嘴；図くちづく（自下二）。④

くちずさみ【口遊】（名）〔くちずさむ〕的名詞形。⓪③

くちずさ・む【口遊（吟）む】（他五）①（即興）吟，誦；☆一首（いっしゅ）口吟む／吟詩一首；②低聲唱，哼唱；☆流行歌を口ずみながら仕事をする／一邊哼唱着流行歌一邊工作。④

くちず（づ）たえ【口伝え】（名）①口傳☆あなたの帰国は口伝えに聞いた／你回國是我間接聽說的；②傳說；口碑☆昔から

の口伝え／從前的傳說；☆口伝えに広まる／一個傳一個地傳播出去。◯3

くちぞえ【口添え】（名・自サ）關說，美言，爲旁人說美言，推薦；☆友人に口添えして貰う／請朋友美言一番。◯

くちだし【口出し】（名・自サ）多言，插嘴；干預；☆傍から口出しをしてはいけません／不可從旁插嘴；☆余計な口出しをする／多管閒事。◯

くちだっしゃ【口達者】（名・形動ダ）會說，健談（的人）。3

くちつき【口付】（名）①口形；②口氣，口吻；☆あの口付では、ちょっと信用が出来ない／看那種口氣有點靠不住；③煙嘴兒；〜タバコ【口付煙草】（名）帶嘴兒的紙煙。◯

くちどめ【口止め】（名・自サ）①堵嘴，箝口；☆しっかり口止めしておかないと漏らすよ／如果不好好地囑咐他保密他就會洩漏的；②箝口費，堵嘴錢，保密的賄賂。4◯

くちとり【口取り】（名）①馬夫；②茶點；酒菜，小碟菜。4◯

くちなおし【口直し】（名・自）換口味，清口；☆口直しにさっぱりしたものが欲しい／想吃點清淡的東西換換口味。35

くちなし【梔子】（名）〔植〕梔子。◯

くちなめずり【口舐】（名・自サ）舐嘴唇（表示想吃或沒吃夠）。3

くちならし【口慣（馴）らし】（名）①使吃慣；②使說慣；☆口慣らしをする／（動了養成習慣）練習吃；練習說。◯5

くちに・する【口にする】（連語・他サ）①吃，喝，嚐；☆近ごろは少しも酒を口にしない／近來一點酒也沒喝；②說，談（＝はなす）；☆彼はよく貧乏を口にした／他總是說窮。

くちのは【口の端】（名）嘴邊，☆口の端に上（のぼ）る，口の端に掛かる／被人談論起來；☆口の端に掛ける／談論；傳說。◯

くちばし【嘴・喙】（名）①〔動〕鳥嘴，喙；②嘴，話；☆嘴を入れる／插嘴，管閒事；◇嘴が黄色い／乳齒未退。

くちばし・る【口走る】（他五）順嘴說出，說溜嘴；洩露秘密／いらぬ事まで口走る／連不該說的也順嘴說出。4

くちは・てる【朽ち果てる】（自下一）①腐朽，朽爛；☆田舎の昔の家はすっかり朽ち果てていた／郷下的老宅子完全腐朽了；②埋沒，默默無聞而終；☆外国で朽ち果てて行く気はない／不想在國外埋沒下去，図くちはつ（下二）。◯4

くちはば【口幅】（名）①嘴的大小寬窄；②說法；◇口幅が広い／誇張，大言不慚。

くちはばった・い【口幅ったい】（形）吹牛的，說大話的，大言不慚的；☆口幅ったい事を言う／說大話。◯6

くちばや【口早（速）】（形動ダ）說話快，嘴快（＝はやくち）；☆口早に言う／說得很快；〜・い【口早（速）い】（形）說話快的，図くちばやし（形ク）。

くちび【口火】（名）導火線，引火管；〔轉〕起因，肇事之因；☆戦争の口火／戰爭的導火線；◇口火を切る／①開口說出；②開頭。◯

くちひげ【口髭】（名）鬍子；☆口髭をはやす／留鬍子☆口髭をひねる／捻鬍子◯

くちびょうし【口拍子】（名）（用嘴打的）拍子；☆口拍子に合わせて歌う／隨着嘴打的拍子唱。3

**くちびる【唇】（名）嘴唇；☆荒れた唇；乾裂的嘴唇；◇唇を反（かえ）す／反唇，憎罵；唇をとがらす／噘嘴，發牢騷；物言えば唇寒し（秋の風）／〔喻〕（對別人的短處）言之無益空得罪人。

くちぶえ【口笛】（名）口笛；☆口笛を吹く／吹口哨；☆口笛で小鳥を呼びよせる／用口哨引誘小鳥兒。3◯

くちふさぎ【口塞ぎ】（名）①堵嘴，箝口（＝くちどめ）；②（敬客飯食的謙稱）粗茶淡飯。3

くちぶり【口振り】（名）口氣，口吻；☆何でも知っているような口振りで話す／用無所不知似的口吻講述；☆辞職しそうな口振り／似乎要辭職的口吻。◯

くちべた【口下手】（形動ダ）拙嘴笨腮（＝くちぶちょうほう）。

くちべに【口紅】（名）①口紅；☆口紅を付ける（差す）／抹口紅。◯

くちべらし【口減らし】（名）減少數（人口）。◯5

くちへん【口偏】（名）〔漢字部首〕口字旁兒。◯

くちへんとう【口返答】（名・自サ）←くちごたえ。35

くちまかせ【口任せ】（名）信口開河，隨

便云云；☆口任せにしゃべる／信口開河。③

くちまね【口真似】（名・自サ）模擬他人說話；☆口真似がうまい／善於模擬旁人說話，學話學得像。⓪

くちもと【口許】（名）①嘴，嘴邊；☆口許に微笑を浮かべる／嘴邊泛現微笑；②嘴形，口形；☆口許の可愛い娘／嘴形長得很可愛的姑娘；③門口兒；☆口許に立ってはいけない／別站在門口兒。⓪

くちやかまし・い【口喧しい】（形）①話多的，嘴碎的，嘮嘮叨叨的；☆口喧しい人／嘴碎的人；②好吹毛求疵的☆老人は食物のことに口喧しい／老人對吃的東西吹毛求疵。⓪⑥

くちやくそく【口約束】（名・自サ）口約，口頭應允；☆口約束だけでは心配だ／只憑口約是靠不住的。③

くちゃくちゃ（副）→くしゃくしゃ。②①

ぐちゃぐちゃ（副）→ぐしゃぐしゃ。①

くちゅう【駆虫】（名・自サ）除蟲，殺蟲；〜ざい【駆虫剤】（名）〔藥〕①（農業用的）除蟲劑；②打蟲子藥。⓪

くちゅう【苦衷】（名）苦衷，難處；☆君の苦衷は察（さっ）します／你的苦衷是可以理解的。⓪

くちょう【口（句）調】（名）語調，腔調，聲調；☆口調が好い／聲調好聽；☆演説（の）口調で話す／用演說的腔調說話⓪

ぐちょく【愚直】（名・形動ダ）過於正直，愚直；☆愚直な人／愚直的人。⓪

くちよごし【口汚し】（名）簡陋的飯食，不足果腹的飯食（招待客人進餐等時的謙虛語）☆ほんの口汚しですがおあがり下さい／沒有什麼好吃的，請用一點兒吧③⑤

くちよせ【口寄せ】（名・自サ）①巫術；②巫者。⓪④

く・ちる【朽ちる】（自下一）①腐朽，腐爛；☆床が朽ちて落ちそうだ／地板腐朽得眼看就要塌下去；②〔轉〕默默無聞而終，不聞於世而死；☆一生田舍に埋もれて朽ちる／一輩子默默無聞地埋沒在鄉村裏；③〔轉〕朽；衰落；☆彼の名は永遠に朽ちることはない／他的名字將永垂不朽；図くつ（上二）。②

ぐち・る【愚痴る】（自五）〔俗〕出怨言，發牢騷。②

くちわる【口悪】（・形動ダ）講人家壞話（的人），嘴上無德（的人），挖苦（的人）。⓪

くちわる・い【口悪い】（形）嘴上無德的，挖苦的；☆口悪い批評家／挖苦的批評家；図くちわるし（形ク）。

*くつ【靴・沓】（名）鞋；☆靴を直す／修理鞋子；☆靴を磨く／打鞋油；☆靴のかかと／鞋後跟；◇靴を隔（へだ）てて痒（かゆ）きを掻く／隔靴搔癢。②

*くつう【苦痛】（名）（肉體和精神上的）痛苦；☆苦痛を感ずる／感覺痛苦；☆苦痛に堪える／忍受痛苦；☆他人から学資を出してもらうのは苦痛だ／靠別人幫助學費（我心裏）很痛苦。②⓪

くつおと【靴音】（名）鞋子聲，脚步聲；☆靴音がする／有脚步聲。④⓪

くつがえ・す【覆す】（他五）①弄翻過來；☆船を覆す／把船弄翻；②推翻，打倒；使覆滅；☆独裁政権を覆した／把獨裁政權打倒了；☆判決を覆す／推翻判決。③

くつがえ・る【覆る】（自五）①翻倒過來；☆馬車が覆った／馬車翻了；②被推翻，倒塌，垮臺；覆滅；☆共産政府が覆った／共産政府垮臺了；☆判決が覆る／判決被推翻了。③

クッキー（ズ）【美cookies】（名）（家常）小甜餅。

くっきょう【屈強】（名・形動ダ）①健壯，身強力壯；☆屈強な若者／健壯的小伙子；②倔強（＝ごうじょう）。⓪

くっきょく【屈曲】（名・自サ）屈曲，彎曲；☆道が屈曲している／道兒彎彎曲曲。⓪

くっきり（副・自サ）①輪廓分明，清清楚楚；☆嶺（いただき）が晴れた空にくっきりと浮かぶ／山嶺在晴朗的天空裏輪廓分明地浮現出來；②顯眼，與衆不同；☆くっきりと色の白い娘／因膚色潔白而顯眼的姑娘。③

クッキング【cooking】（名）烹飪法。①

くつくつ（副）①吃吃地（竊笑聲）；②格格地（氣堵在喉嚨時的響聲）；③呼嚕呼嚕（鼻涕塡塞聲）。②

くっくっ（副）吃吃地（笑）。

くつクリーム【靴cream】（名）鞋油。④

くっさく【掘鑿】（名・他サ）掘鑿，挖掘；〜き【掘鑿機】（名）掘鑿機，挖土機，挖泥機。⓪

くっし【屈指】（名・自サ）①屈指；☆屈指

して待つ／屈指以待；②頭等，第一流／
☆彼はその方面の屈指の権威者だ／他在
那方面是第一流権威；☆屈指の良港／最
好的港口之一。[1]

くつしき【靴敷】（名）鞋墊兒。[4][2][0]

*くつした【靴下】（名）襪子；☆ナイロン
の靴下／尼龍襪子。[4][2]

くつじゅう【屈従】（名・自サ）屈従，屈
服；☆われわれは決して侵略者に屈従し
ない／我們絶對不向侵略者屈服。[0]

くつじょく【屈辱】（名）屈辱，恥辱，侮
辱；☆屈辱に堪えられぬ／忍受不了恥
辱；☆屈辱を受ける／受到侮辱。[0]

クッション【cushion】（名）①靠墊兒，
椅墊兒；②（臺球臺的）橡皮邊；③（婦
女梳髮用的）襯墊，假髮墊。[1]

くっしん【屈伸】（名・自サ）屈伸，伸縮；
☆屈伸が自在である／伸縮自如；～うん
どう【屈伸運動】（名）（身體的）屈伸
運動；～かんぜい【屈伸関税】（名）伸
縮關税。

くつずみ【靴墨】（名）→くつクリーム[2]

ぐっすり【副】酣睡貌，熟睡貌；☆昼（ひ
る）の疲れでぐっすり（と）眠る／由於
白天的疲勞而酣睡。[3]

*くっ・する【屈する】Ⅰ（自サ）①屈，
彎曲（＝まがる，かがむ）；②屈従，屈
服，氣餒；☆敵に屈しない／不向敵人屈
服；☆失敗に会っても屈しない人／失敗
也不氣餒的人；③委縮，埋没；☆暫く屈
して時節を待つ／暫受委屈靜待時機；Ⅱ
（他サ）屈，彎曲（＝まげる，かがめ
る）；☆膝を屈する／屈膝（下跪）；☆指
を屈する／屈指；②使屈服，使屈従（＝
したがえる）；☆戦わずして敵を屈する
／使敵人不戦而屈服；図くっす（サ）[0]

くつずれ【靴擦】（名）（鞋擦的）脚傷；
☆靴擦が出来て歩けない／脚被鞋磨破了
不能走。[4][3]

くっせつ【屈折】（名・自サ）①屈折，曲
折；☆屈折の多い海岸線／富於曲折的海
岸線；②〔理〕屈折，折射；☆光線を
屈折させる／使光線折射；～りつ【屈折
率】（名）〔理〕折射率。[0]

くつぞこ【靴底】（名）鞋底；☆靴底を張
り換える／換鞋底。[0]

くったく【屈託】（名・自サ）①操心，顧
慮；☆屈託のない人／沒有顧慮的人；☆
物事に屈託しない性分／不把事情一味放

在心上的性格；②厭倦，無聊。[0]

ぐったり（副・自サ）精疲力盡；☆くたび
れてぐったりした，ぐったり疲れた／累
得精疲力盡。[3]

くっつ・く（自五）①黏上；黏住；附着；
（傷口）癒合；☆傷口がくっついた／傷
口癒合了；☆べったりくっつく／結結實
實地黏住；☆くっついた物を離す／把黏
住的東西揭上來；②挨靠；跟隨；☆後か
らくっついて行く／跟在後面走；☆くっ
ついて歩く／（二人）挨着走，並肩而行；
③〔轉〕〔俗〕（男女）搞在一起，（如
膠似漆地）親密起来；☆変な女とくっつ
いて夫婦になる／跟一個不三不四的女人
搞在一起而結婚。[3]

くっつ・ける（他下一）①把…黏上，把…
貼上；☆糊で紙をくっつけておく／用漿
糊貼在紙上；②使…靠近，使…挨上；☆
小舟を親舟にくっつける／使小船靠近大
船；☆机と机をくっつける／把兩個桌子
拼在一起；③〔轉〕使…靠攏；☆土人を
味方にくっつける／使土人靠攏到自己這
方面來；④〔俗〕撮合（男女結成夫婦）；
☆いやがる二人を無理やりくっつけるの
はよくない／不要把不願意的一對男女配
成夫婦。[4]

ぐっと（副）①使勁，一口氣；☆ぐっと引
く／用力一拉；☆ぐっと飲む／一口氣喝
下去；②大大地，…得多（多）；☆ぐっと増え
る／大大地増加，陡増；☆ぐっと上等の
品／（比…）好得多的貨；③啞口無言；
☆弱みを衝（つ）かれてぐっと詰まる／
被説到弱點上弄得啞口無言。[1][0]

グッド【英・形good】（感・名）好。[1]

グッドバイ【good-bye】（感）再見，再
會。[1]

くつぬぎ【沓脱】（名）門口（或簷下）脱
鞋的地方；～いし【沓脱石】（名）（門
口或簷下）放鞋的石板。[4][3]

くっぷく【屈伏（服）】（名・自サ）屈服，
折服；☆人を屈服させる／使人屈服；☆
圧迫の下に屈服する／屈服於壓迫之下，
由於壓迫而屈服。[0]

くつべら【靴箆】（名）鞋拔子。[3]

くつみがき【靴磨】（名）擦皮鞋（的人）[3]

くつろぎ【寛ぎ】（名）①〔くつろぐ〕的
名詞形；②舒暢；☆心に寛ぎがある／心
裏舒暢；③餘裕，餘地，寛綽；☆寛ぎを
つける／使寛綽些，留出餘地。[4][0]

くつろ・ぐ【寛ぐ】Ⅰ（自五）①寬敞，寬綽；☆この庭は寛いでいる／這個院子很寬綽；②舒暢，暢快；☆心が寛ぐ／心裏舒暢；③休息；☆少し寛ぎましょう／稍微休息一會兒吧；④午食の後で寛ぐ／晚飯後隨便休息休息；④隨便（不拘禮節）；☆寛いで話をする／隨便談，暢談；Ⅱ（他下二）→くつろげる。③

くつろ・げる【寛げる】（他下一）①〔（くつろぐ）的他動詞〕使…舒暢，使…不受拘束；☆客の気持を寛げる／使客人心情舒暢，使客人不拘泥；②把（衣服等）放鬆寬；☆ワイシャツの襟を寛げてビールを飲む／把西服襯衫的領子敞開來喝啤酒。④

くつわ【轡】（名）馬口鉗；馬嚼子；☆馬に轡をはめる／給馬帶上嚼子；☆轡を並べて進む／〔轉〕並駕齊驅。⓪

くてん【句点】（名）句號，句點；☆句点を正確に打つ／正確地加上句號。⓪②

くでん【口伝】（名・他サ）口傳，口授；☆口伝を授（さず）ける／親口傳授。⓪

ぐでんぐでん（副）〔俗〕（醉得）癱軟，如泥；☆ぐでんぐでんに酔う／爛醉。⓪

くど・い【諄い】（形）囉嗦的，絮叨的，冗長的；☆忘れないようにと諄く念を押す／絮絮叨叨囑附不要忘記；☆諄い話／絮絮叨叨的話。②

くとう【句読】（名）①句讀，句號和逗號；☆句読を切る／加標點符號；②讀法，唸法；～てん【句読点】（名）句號和逗號。⓪

くとう【苦闘】（名・自サ）艱苦奮鬥；☆苦闘の生涯／艱苦奮鬥的一生。⓪

くど・く【口説く】（他五）苦口勸說，翻來覆去地說服；☆人を口説く秘訣／說服人的秘訣；◇女を口説く／向女人求愛②

くどく【功徳】（名）①〔佛〕功德；②恩德。①

くどくど【諄諄】（副・自サ）絮絮叨叨，囉囉嗦嗦；☆くどくどした説明で何が言いたいのか一向にわからない／說得絮絮叨叨簡直不知所云；～し・い【諄諄しい】（形）絮叨的，囉嗦的☆諄諄しく言う／囉囉嗦嗦地說。①

ぐどん【愚鈍】（形動ダ）愚鈍，愚魯（＝ばか，のろま）；☆愚鈍な人／愚鈍的人。⓪

くないちょう【宮内庁】（名）宮內府。②

くなん【苦難】（名）苦難，受苦受難；☆人の苦難を救う／解救旁人的苦難。①

くに【国】（名）①國，國家；☆国を治める／治國；②國土，領土；☆国が広い／國土廣大；③家鄉，故鄉；☆国の両親／故鄉的雙親；☆お国は何処ですか／您的老家是哪兒？⓪②

くにいり【国入（り）】（名・自サ）①〔古〕封建主進入自己的封土；②（有身分的人）回鄉。⓪④

くにがまえ【国構】（名）〔漢字部首〕口部。

くにがら【国柄】（名）①國體；②國情；☆日本とアメリカとは国柄が違う／日本和美國國情不同。⓪

くにく【苦肉】（名）〔文〕苦肉；◇苦肉の策／苦肉計。①⓪

くにぐに【国国】（名）各國；各地方；☆国々を歩き廻る／遊歷各國。⓪

くにことば【国言葉】（名）①國語；②〔常用（おくにことば）〕（故鄉的）方言，土話（＝くになまり）；☆お国言葉が出る／（話中）帶著方言。③

くにざかい【国境】（名）國境（＝こっきょう）。③

くになまり【国訛】（名）（故鄉的）方言，土語，鄉音；☆国訛が多くてわかりにくい／方言多難懂；☆国訛が抜けない／（說話）常帶鄉音。③

くにぶり【国風】（名）國風（各國的風俗、民謠）。⓪

くにもと【国許】（名）①本國；②故鄉，家鄉；☆久しく国許から便りがない／好久家鄉沒來信了。⓪

ぐにゃぐにゃ（副・自サ）軟癱癱地；發軟，癱軟；☆疲れ切ってぐにゃぐにゃになる／累得渾身癱軟沒有一點勁了；☆糊付のカラーは暑い日にはすぐぐにゃぐにゃになる／漿的硬領一到熱天就發軟；☆何だかぐにゃぐにゃした物を踏んだ／踩了一腳軟癱癱的東西。①

ぐにゃり（副・自サ）癱軟（＝ぐにゃぐにゃ）；☆左の手がぐにゃりと垂れている／左手癱軟地垂着。②③

くぬぎ【椚】（名）〔植〕櫟（俗稱柞樹）⓪

くねくね（副・自サ）曲曲彎彎；☆山路がくねくねしている／山路曲曲彎彎。①

くね・る（自五）①彎曲；☆まがりくねった松の枝／彎彎曲曲的松樹枝兒；②（性

情）乖僻，彆扭（＝ひねくれる）；☆まがりくねった根性（こんじょう）を叩き直す／把乖僻的性情矯正過來。②

くねんぼ【九年母】（名）〔植〕香橙（橙桔科）。⓪

くのう【苦悩】（名・自サ）苦悩，苦悶（＝なやみ）；☆苦悩の色が彼の顔に現われた／他的臉上現出了苦悩的神色。①

くはい【苦杯】（名）苦的經驗；☆苦杯を嘗（な）める／嘗受苦的經驗。⓪

*くば・る【配る】（他五）①分配，分派，分送；☆新聞を配る／送報；☆カルタの札を配る／派牌；☆ビラを配る／撒傳單；②佈置，分布；☆哨兵を要所に配る／在重要地方佈置崗哨；◊気を配る／留神；警戒，目を配る／注意環視四周。②

*くび【首】（名）①頭，腦袋；☆首を横に振る／搖頭；拒絕；☆首を豎に振る／點頭，首肯；②〔轉〕職位，飯碗；☆首を撃（つな）ぐ／保住飯碗；免死；☆首を斬る／撤職，斬首；☆首が危い／職位不保；③〔轉〕撤職，解雇，開除；☆首にする／撤職，開除；☆首になる／被開除；◊（借金で）首が廻らぬ／債臺高築；→くび〔頸〕。⓪

*くび【頸】（名）①〔解〕脖頸，脖子；☆頸を括る／上吊，懸樑；②衣領，領子；☆頸がきつい／領子緊；③（器物的）頸；☆徳利の頸／酒壺頸；◊頸を長くして待つ／引領而待；頸をひねる／思量，揣摩。⓪

ぐび【具備】（名・他サ）具備，具有；☆資格を具備している／有資格。①

くびかざり【首（頸）飾り】（名）項鍊；☆真珠の首飾り／珍珠項鍊。③

くびがり【首狩】（名）獵取人頭（某些未開化民族的風習）。⓪

くびきり【首切（斬）】（名・他）①斬首；②劊子手；③（斬首用的）短刀，腰刀；④撤職，解雇；☆首切り反対を叫ぶ／呼籲反對撤職。④⓪

くびくくり【首縊り】（名・自サ）①自縊，上吊，懸樑；☆空家（あきや）で首縊りがあった／在空房子裏上吊了；②吊死的人，自縊者。⑤⓪

ぐびぐび（副）咕嘟咕嘟地（喝酒）；☆酒をぐびぐび飲む／咕嘟咕嘟地喝酒。①

くびじっけん【首実検】（名・他サ）①驗首級；②當面查驗（是否其人）；☆被害者を集めて犯人の首実験をする／召集受害者當面查驗是否就是這個犯人。③

ぐびじんそう【虞美人草】（名）〔植〕虞美人草，麗春花。⓪

くびす【踵】（名）〔文〕踵，脚後跟（＝かかと，きびす）；☆踵接して至る／接踵而至。⓪

くびすじ【首（頸）筋】（名）脖頸子；☆首筋を攝む／掐住脖頸子。⓪

くびったけ【首っ丈】（名）〔俗〕（爲愛情）神魂顛倒，（被異性）迷住；☆あの娘は彼に首ったけだ／她被他迷住了。⓪

くびったま【首っ玉】（名）「首」脖子；☆首ったまにかじりつく／摟住（對方的）脖子。⑤⓪

くびっぴき【首っ引き】（名・自サ）〔俗〕拼命（鑽研）；☆辞書と首っ引きで原書を読む／拼命查字典看原文書。⓪

くびつり【首吊】（名・自サ）＝くびくくり（首縊）。④⓪

くびねっこ【首根っこ】（名）脖頸子（＝くびすじ）。③⑤

くびまき【首（頸）巻】（名）圍巾（＝えりまき）☆毛糸の頸巻／毛線的圍巾⓪④

くび・れる【括れる】（自下一）中間變細（成蜂腰狀）；☆瓢箪（ひょうたん）は真中が括れている／胡蘆中間細；図くびる（下二）。⓪

くびわ【首（頸）輪】（名）①頸圏，脖環（裝飾品）；②（貓、狗的）脖圏；☆犬に首輪を掛ける／給狗帶上脖圏。⓪

ぐふ【愚父】（名）〔文〕家父，家嚴。①

*くふう【工夫】（名・自サ）①動腦筋，想辦法，籌劃；☆水が漏れないように工夫する／想辦法使不漏水；☆資金を工夫する／籌款，籌門，竅門；☆工夫をこらす／找竅門，動腦筋想辦法。⓪

くぶくりん【九分九厘】（名・副）九成九，差不多；☆我々の成功は九分九厘確実だ／我們有九成九的把握會成功。③

くぶん【区分】（名・他サ）區分，分類；☆区分の仕方が悪い／分類的方法不好；☆区分しなくても好い／不分類也行。①

*くべつ【区別】（名・他サ）區別，分辨；☆素人（しろうと）にはちょっと区別が付かぬ／外行人不大容易分辨出來；☆敵味方をはっきり区別する／分清敵我。⓪

く・べる【焼べる】（他下一）（放到爐裏等）燒；☆薪（まき）を焼べる／燒劈材；

☆もう石炭を焼べるな／別再添煤啦 ⓪②

くぼ【窪】（名）窪，凹處（＝くぼみ）；☆大雨で道の窪に水が溜まる／因爲下大雨道路的凹處積水。①

ぐぼ【愚母】（名）〔文〕家母，家慈。①

くぼち【窪地】（名）窪地。⓪

くぼま・る【窪まる】（自五）窪下去，凹下去。⓪

くぼみ【窪み】（名）坑窪，凹處，☆雨が降って道に窪みができた／雨後路上出現了坑窪。⓪

*くぼ・む【窪む】Ⅰ（自五）窪下，塌陷；凹；☆窪んだ目／塌陷的眼睛；☆地震で地が窪んだ／由於地震地場陷了；☆壁に指の痕が窪んでいる／牆上有按的指痕Ⅱ（他下二）図→くぼめる。⓪

くぼめ【凹目】（名）眍䁖眼兒；窩䁖眼；☆凹目をしている／眍䁖着眼兒。⓪

くぼ・める【窪める】（他下一）使窪下，使塌陷，図くぼむ（下二）。⓪

くま一【熊】（接頭）表示兇猛可怕的意思，☆熊鷹（くまたか）／角鷹；☆熊蜂（くまばち）／黃蜂，山蜂。

くま【隈・曲】（名）①窩兒，灣兒，☆山の隈／山窩兒；☆川の曲／河灣兒；②隱蔽處，陰暗處，☆残る隈なく探（さが）す／遍處尋找；☆目の隈／黑眼窩；③心事，隱衷，秘密，☆心の隈／內心深處；④偏僻地方，☆田舎の隈まで農事講習所が出来た／直到偏遠的農村過地都成立了農事講習所；⑤〔劇〕臉譜，☆隈を取る／勾臉譜；←くまどり。②

くま【熊】（名）熊，狗熊。⓪

ぐまい【愚妹】（名）〔文〕舍妹。⓪

ぐまい【愚昧】（形動ダ）愚昧，☆愚昧な人／愚昧的人。⓪

くまがり【熊狩】（名）獵熊。⓪

くまぐま【隈隈】（名）〔文〕到處，各角落（＝すみずみ），☆隈隈を捜す／尋遍各個角落。②

くまこうはちこう【熊公八公】（名）張三李四。③ー③

くまざさ【熊笹】（名）〔植〕山白竹。②

くまそ【熊襲】（名）〔古〕古時住在日本薩摩（さつま）、大隅（おおすみ）、日向（ひゅうが）地方的一民族。①

くまで【熊手】（名）①（鐵或竹製的）耙子；☆熊手で搔く／拿耙子耙；②〔轉〕貪婪的人。③⓪

くまどり【隈取】（名・他サ）①（濃淡彩色的）渲染；勾畫邊界；②〔劇〕臉譜；勾臉譜。④

くまど・る【隈取る】（他五）①〔劇〕勾（畫）臉譜，☆役者が顔を隈取る／演員勾臉譜；②渲染；勾畫邊界，☆地図を隈取る／勾畫地圖上的邊界。③

くまなく【隈無く】（副）①沒有陰影，光亮，☆月は隈なく四辺を照らす／明月照亮四方；②到處，普遍，無處不…，☆隈なく探す／到處搜尋。③

くまのい【熊膽】（名）熊膽。③

くまんばち【熊蜂】（名）〔動〕黃蜂，山蜂。②

くままつり【熊祭】（名）〔宗〕（居住在日本北部的）蝦夷族在殺熊時舉行的宗教儀式。③

*くみ【組】（名）①〔くむ〕的名詞形；②編約東西，一套，付，☆洋服一組一／一套西裝；☆これとそれで組になっている／這個和那個是一付（對）；③班，組，夥，☆組を分ける／分班；☆組の者／組員；☆その人はこっちの組です／他是這一組裏的人；④〔印〕排版，☆あの本はもう組ができている／那本書已經排好了版；⑤〔建〕建築包工的團體。②

くみ【苦味】（名）苦味（＝にがみ）；～チンキ【苦味丁幾】（名）〔藥〕苦味酊。①

ぐみ【胡頽子・茱萸】（名）胡頽子，茱萸。①

*くみあい【組合】①〔くみあう〕的名詞形；②〔法〕（同業）公會，行會，協會；③組合社；～いん【組合員】（名）夥友，社員，合股人。⓪

くみあ・う【組み合う】（自五）①合作，合夥，☆組み合って事業をする／合夥搞事業；②扭成一團，揪打，☆二人は四つに組み合った／兩個人揪在一起；③編組在一起，☆腕を組み合って歩く／（兩個人）挽臂而行。⓪

くみあ・げる【組み上げる】（他下一）①編（織）上，編（織）完；②排好版，排完版，☆四頁を組み上げた／排完了四版；③堆起來，☆木材を組み上げた／把木材堆起來了；図くみあぐ（下二）。⓪

くみあ・げる【汲み上げる】（他下一）①汲起，打上（水）來，☆井戸水を汲み上げる／打上井戸水來；②汲乾，図くみあぐ

（下二）。④

くみあわ・す【組み合わす】 I（他五）＝くみあわせる；II（他下二）図→くみあわせる。⓪

***くみあわせ【組み合わせ】**（名）①配合；☆自然と人工の巧妙な組み合わせ／天然和人工的巧妙配合；☆組み合わせのビスケット／什錦餅乾；②〔數〕組合。⓪

くみあわ・せる【組み合わせる】（他下一）①編在一起，交織在一起，搭在一起；☆旗竿（はたざお）を十文字に組み合わせる／把旗竿交叉起來；②配合；☆綠と黄とを組み合わせる／把綠色同黄色配合起來；図くみあはす（下二）。⓪

くみい・れる【組み入れる】（他下一）編入，挿入；☆予備隊に組み入れる／編入預備隊；図くみいる（下二）。⓪

くみい・れる【汲み入れる】（他下一）汲入，傾入；☆桶に水を汲み入れる／往水桶裏打水；図くみいる（下二）。④

くみいん【組員】（名）組員。②

くみか・える【組み替える】（他下一）①改編；☆隊を組み替える／改編隊伍；②〔印〕改排，重新排版；☆四六判（しろくばん）に組み替える／改排爲十二開版；図くみかふ（下二）。⓪

くみかわ・す【酌み交す】（他五）對酌，交杯換盞；☆酒を酌み交しながら語る／一邊對酌一邊敍談。④

くみこ・む【汲み込む】（他五）汲入（＝くみいれる）；☆風呂に水を汲み込む／往澡盆（池）子裏打水。③

くみこ・む【組み込む】（他五）①編入（＝くみいれる）；☆二年生に組み込む／編入二年級；②〔印〕排入；☆小見出しを組み込む／排入一個小標題。③

くみ・する【組（与）する】（自サ）①同…聯合起來；☆緊密に民主主義国家に組している／同民主義國家緊密地聯合着；②參與，贊助，左袒，幫助；☆そんな事に与することは出来ない／（我）不能參與（左袒）那樣的事；◇組し易い／好對付；図くみす（サ）。③

くみだ・す【汲み出す】（他五）①汲出，舀出（水等）；☆桶から水を汲み出す／從水桶裏舀水；②開始舀（水）。③

***くみたて【汲み立て】**（名）剛剛打（汲）來（的水）；☆汲み立ての水／剛剛打來的水。⓪

くみたて【組立】（名）①構造，結構，組織；☆この家の組立は中中好い／這所房子的構造很好；☆中国語と日本語は言葉の組立が違う／中國話和日本話在詞的結構上有所不同；②裝配；☆組立の終わったばかりの自動車／剛剛裝配好的汽車；～**じゅうたく【組立住宅】**（名）〔建〕裝配式住宅。⓪

***くみた・てる【組み立てる】**（他下一）組織，構成，裝配，安裝；☆機械を組み立てる／裝配機器；☆文章を組み立てる／作文；図くみたつ（下二）。⓪

くみちが・える【組み違える】（他下一）①安錯，排錯，編錯；☆活字を組み違えた／排錯了字；②參差編排，交錯構成；図くみちがふ（他下二）。⓪

くみつ・く【組み付く】（自五）扭成一團，揪住，摟住，抱住；☆私は素手（すで）で賊に組み付いた／我空着手（徒手）同賊扭成一團。③

くみとりぐち【汲取口】（名）（廁所的）掏糞洞（口）。④

くみと・る【汲み取る】（他五）①汲取，掏出，舀出；☆いくら汲み取っても尽きない／怎麼掏也掏不完；②體諒，原諒，酌量；☆私の心を汲み取って下さい／請體諒我的心；☆よく文意を汲み取って読んでご覧なさい／請好好體會文意讀一讀吧。③

くみはん【組版】（名・自サ）〔印〕①排版；②（排成的）版；☆組版をくずす／拆版。⓪

くみふ・せる【組み伏せる】（他下一）把…摔倒在地，按倒；☆泥棒を組み伏せた／把小偷按倒了；図くみふす（下二）。⓪

くみほ・す【汲み乾す】（他五）舀乾，淘乾；☆船中の水を汲み乾す／淘乾船裏的水。③

くみもの【組物】（名）①成套（付）的東西；②繼子，線繩，線帶類的總稱；③〔建〕拱栱。②

ぐみん【愚民】（名）愚民；～**せいさく【愚民政策】**（名）愚民政策。⓪

***く・む【汲（酌）む】**（他五）①汲（水），打（水）；☆井戸の水を汲む／打井水；②斟，酌；☆酒を酌んで飲む／斟酒喝；③體諒，酌量；☆人の心を汲む／體諒別人的心。⓪

***く・む【組む】** I（他五）①編，組戎；☆

篭を組む／編筐子；☆隊を組む／編隊；②把…交叉起來；☆銃を組む／架槍；☆胸を組んで歩く／挽臂而行；☆足を組む／盤腿；⑧排版，排字；Ⅱ（自五）①合夥，聯合起來；☆人と組んで事業をする／和人家合夥搞事業；☆大勢組んで一つの贈物を買う／許多人合起來買一件禮物；②扭成一團，扭打；☆二人が四つに組んだ／兩個人扭成一團。①

—ぐ・む（接尾・自五）①長出，發出；☆角（つの）ぐむ／長出犄角；②含，☆涙ぐむ／含着眼淚。

くめん【工面】（名・他サ）①籌措，設法（＝くふう，さいく）；☆何とか工面して見よう／我想想辦法，張羅（錢）；☆金の工面がつかない／張羅不到錢；⑧（個人的）經濟狀況（＝かねまわり）☆工面がよい／手頭寬裕⑩0

*くも【雲】（名）雲；◇雲を掴む／撲朔迷離；雲を霞と／踪影倶無；☆雲を衝く様な男／頂天大漢。①

*くも【蜘蛛】（名）〔動〕蜘蛛，☆蜘蛛が巣をかける／蜘蛛織網；◇蜘蛛の子を散らすように逃げる／四散奔逃。①

くもあし【雲脚】（名）①雲脚（雲彩移動的樣子）；☆雲脚が早い／雲彩走得快；②（桌椅等器皿腿上的）雲頭。④0

くもい【雲居（井）】（名）〔文〕①雲中，天上；☆雲居を渡る雁（かり）／穿雲之雁（雲中雁）；②宮廷，禁地。0

くもがくれ【雲隠れ】（名・自サ）①藏在雲彩裏；☆月が雲隠れした／月亮藏在雲彩裏；②躲藏，逃跑；☆彼は雲隠れしてしまった／他逃之夭夭了。③

くもがた【雲形】（名）雲形花紋；雲子；～じょうぎ【雲形定規】（名）雲形規0

くもざる【蜘蛛猿】（名）〔動〕蜘蛛猿（長尾猿的一種）。③

くもすけ【雲助】（名）①〔古〕擡轎工人；②流氓，無賴；～うんてんしゅ【雲助運転手】（名）（常指向客人勒索金銭的）出租汽車的司機；～こんじょう【雲助根性】（名）好勒索的劣根性。②

くもつ【供物】（名）〔宗〕（供神佛的）供物，供物を供える／上供。①

くものうえ【雲の上】（名）①雲上，天上；②〔文〕宮中。①

くものす【蜘蛛の巣】（名）蜘蛛網。①0

くもま【雲間】（名）①雲際，雲彩縫兒；

☆日の光が雲間を洩れる／日光從雲彩縫兒裏露出來；②（雲過）放晴，暫晴時③0

くもゆき【雲行】（名）①雲彩移動的情形；☆雲行が怪しくなって来た／要變天了；②〔轉〕形勢；☆じっと雲行を眺める／觀望形勢；☆雲行が険悪になる／形勢險惡。④0

くもら・す【曇らす】（他五）①使暗淡，使模糊，使朦朧，使失去光澤；☆湯気（ゆげ）が窓ガラスを曇らしている／水蒸氣使玻璃窗變得朦朧；②〔轉〕使（面）帶愁容，使（聲音）顫抖欲哭；☆顔を曇らす／使面帶愁容，面色暗淡；☆声を曇らせながら言う／顫抖着聲音說。③

くもり【曇り】（名）①天陰；☆今日は曇りだ／今天是陰天；②模糊不明，朦朧（的地方）；☆ガラスの曇りを拭く／把玻璃擦亮；☆鏡に曇りがきた／鏡子不亮，鏡子上有哈氣；⑨（人格上的）污點；☆彼の身には一点の曇りもない／他為人清白，沒有污點；☆私心，不公正；☆曇りのない心／一片冰心；～がち【曇り勝】（形動ダ）常常陰天，動不動就陰天；☆近頃は曇りがちだ／近來常常是陰天；～ガラス【曇り glass（硝子）】（名）磨玻璃，不透明玻璃；～ごえ【曇り声】（名）欲哭的聲音，不響亮的聲音，顫抖的聲音。③

*くも・る【曇る】（自五）①（天）陰；☆空が曇って来た／天陰起來了；②變模糊，朦朧起來；☆鏡が曇ってはっきり見えない／鏡子模糊不清；☆涙で目が曇る／淚眼朦朧；⑨（心等）暗淡起來，發愁；☆心が曇る／心中暗淡，發愁。②

くもん【苦悶】（名・自サ）苦悶；☆苦悶に堪えない／苦悶得很（不勝苦悶）。0

ぐもん【愚問】（名）糊塗的質問；～ぐとう【愚問愚答】（連語・名）糊塗的問答。0

*くやし・い【悔（口惜）しい】（形）令人悔恨的，令人氣憤的，遺憾的，寫心的；☆彼らに馬鹿にされたと思うと実にくやしい／想起被他們愚弄的事就不禁氣憤；☆落第したのは悔しい／沒考上眞遺憾；因くやし（形シク）；～が・る【悔しがる】（他五）；☆失敗して悔しがる／因失敗而悔恨；～げ【悔しげ】（形動ダ）；～さ【悔しさ】（名）；☆悔しさの余り／悔恨之餘。③

くやしなき【悔し泣き】（名・自サ）因悔恨（氣憤）而哭。⓪⑤

くやしなみだ【悔（口惜）し涙】（名）悔恨（氣憤）的眼淚，窝心淚。⑤

くやしまぎれ【悔し紛れ】（名）由於悔恨，由於氣憤，☆彼は悔し紛れにあの人を殴った／他由於氣憤而打了他。④

くやみ【悔み】（名）①悔、後悔；②弔喪，弔慰，弔唁；☆悔みに行く／弔喪去，☆悔みを述べる／致悼詞，～じょう【悔み状】（名）弔唁的信。③

*くや・む【悔む】（他五）①悔、後悔，☆今更悔んでも追付かない／事到如今後海也來不及了；②弔喪，弔唁；哀悼，☆友人の死を悔む／哀悼友人之死。②

ぐゆう【具有】（名・他サ）〔文〕具有，具備。⓪

くゆら・す【燻らす】（他五）燻（＝くすべる）；吸（煙），抽（煙），☆香を燻らす／燻香，☆タバコを燻らしながら話す／一邊吸着煙一邊說話。③

くゆ・る【燻る】（自五）冒煙（＝くすぶる）；☆薪が燻ってよく燃えない／柴火冒煙燃不起來。②

くよう【供養】（名・他サ）〔佛〕作佛事，以供品獻佛。①

くよくよ（副・自サ）鬱悶，悶悶不樂，想不開；☆あまりくよくよすると病気になるよ／過於鬱悶了就會生病的；☆何をくよくよしているのだ／你幹麼悶悶不樂？☆つまらぬ事にくよくよする／一件小事情也想不開。①

－くら【競】（接尾）（名・自サ）比，賽；☆駆け競する／賽跑。

くら【鞍】（名）鞍，鞍子；☆鞍を置く／備鞍子，☆鞍を卸す（取る）／卸鞍子②

くら【倉・蔵・庫】（名）倉庫，庫房，堆房，☆穀物の倉／穀倉。②

*くらい【位】（名）①位，地位，職位，學位；☆位が上がる／職位升進；☆位に即（つ）く／即位；☆位を譲（ゆず）る／讓位；☆位の高い人／職位高的人，☆少将の位／少將職位；☆位を貶（おと）す／降職；☆博士の位を贈る／贈予博士學位；②高位，顯職；☆位がつく／取得顯要地位；③〔數〕位，位數；☆位を付ける／定位數；～・する【位する】（自サ）位於，在；☆メキシコはアメリカの南に位する／墨西哥位於美國之南，因くらゐ

す（サ）；～どり【位取り】（名）①定位數；②定等級；～まけ【位負け】（名）①論地位比不過（對方）；②虛有其位，不配居其地位。

くらい（ぐらい）【位】（修助）①大約，大概，左右，上下，前後（表示數量上的推測估計）；☆人口は一億千七万位だ／人口約爲一億七千萬左右；☆三十分位待っていた／大約等了三十來分鐘；②（像…）那樣（表示事物間的比較）；☆劉君位親切な人は少ない／像劉君那樣懇切的人很少；③一點點，些許（表示對某種事物的蔑視）；☆その位の事なら誰でも出来る／那麼一點小事誰都能做；◇…位なら／與其…寧願；☆降参する位なら死んだ方がましだ／與其投降還不如死了倒好。

*くら・い【暗い】（形）①暗的，黑暗的；☆部屋が暗い／屋子暗；②愚昧的，不懂事的，無知的；☆世事に暗い／不懂世故；③不熟習的，生疏的；☆地理に暗い／地理不熟；④陰暗的，暗淡的；不可告人的，見不得人的；☆何か暗い所（事）があるに違いない／一定有什麼不可告人的事；因くらし（形ク）。⓪

グライダー【glider】（名）滑翔機。②

くらいつ・く【食い付く】（自五）＝くいつく。

クライマックス【climax】（名）頂點，最高峰，極點；☆クライマックスに達する／達到頂點。④

クライミング【climbing】（名・自サ）①〔登山〕攀登；②〔滑雪〕直昇。②

くらいれ【倉（蔵）入れ】（名・他サ）入庫，存棧。④

グラインダー【grinder】（名）①研磨機；②研磨盤。②

くら・う【食う】（他五）〔俗〕①吃；☆飯を食う／吃飯；②喝；☆酒を食う／喝酒；③受，挨；☆お目玉（めだま）を食った／受（挨）了一頓申斥。⓪②

クラウン【crown】（名）冠，王冠。②

グラウンド【ground】（名）運動場，體育場，球場。

くらがえ【鞍替】（名・自サ）①改行，轉業；☆学者から代議士へ鞍替する／由學者轉業做議員。③⓪

くらがり【暗がり】（名）①黑暗；黑暗處；☆暗がりを二階まで手探（てさぐ）りで上る／摸着黑上樓；②人眼看不到的事

（地方），暗處，☆暗がりの恥を明（あか）るみへ持ち出す／醜事外揚；③不明道理，愚暗。0

くらく【苦楽】（名）苦樂；☆苦楽を共（とも）にする／同甘共苦。1

くらぐ【鞍具】（名）馬具。

クラクション【klaxon】（名）電氣喇叭，電氣警笛；☆自動車のクラクションをむやみに鳴らす／亂按（汽車）喇叭。2

くらくら（副・自サ）①發暈；☆目がくらくらする／頭暈，目眩；②嘩嘩地；☆湯がくらくらたぎってきた／水嘩嘩地開起來了。1

ぐらぐら（副・自サ）①搖幌，不穩；☆机がぐらぐらする／桌子搖幌；②發暈（程度甚於くらくら）；☆頭がぐらぐらする／頭發暈；③猶豫，游移不定；☆何時までもぐらぐらしている／總是游移不定。1

くらげ【水母・海月】（名）〔動〕海蜇，水母。0

くらさ【暗さ】（名）黑暗，暗的程度；☆暗さは暗し道は分らず／天已經黑了而且還迷了路。0

*　**くらし**【暮らし】（名）①度日，生活；☆国民は今みんな豊（ゆた）かな暮らしをしている／國民現在都過著豐衣足食的日子；②家道；生計；☆暮らしが好い／家道好；☆漁業をして暮らしを立てる／以漁業為生計，家道，生活；☆暮らし向がよい（わるい）／生活得好（壞）。0

　～むき【暮らし向】（名）生計，家道，生活；☆暮らし向がよい（わるい）／生活得好（壞）。0

グラジオラス【gladiolus】（名）〔植〕唐菖蒲。4

クラシカル【英・形classical】（形動ダ）①古典的，經典的；②古典主義的；③典型的，模範的。2

クラシック【classic】Ⅰ〔英・形〕（形動ダ）模範的，古典的；Ⅱ〔英・名〕（名）①古典作家；經典作家；②古典作品；經典著作；名著，傑作。2

*　**クラス**【class】（名）①階級；②等級；③（學校的）班，級；**～かい**【class会】（名）班級的會，同學會；**～メート**【classmate】（名）同班的同學。1

*　**くら・す**【暮らす】Ⅰ（自五）生活，度日，過日子；☆田舎で暮らす／住在郷間；Ⅱ（他五）消磨歲月，渡時光；☆読書に日を暮らす／整天讀書；☆碌々として一生を暮す／庸庸碌碌地過一生。0

グラス【glass】（名）①玻璃；②玻璃杯；③玻璃酒杯；④眼鏡；⑤望遠鏡。1

くらだし【庫（蔵）出し】（名・他サ）出棧，出庫，提貨；提款。4　0

グラタン【法gratin】（名）奶汁烤菜。2

クラッカー【cracker】（名）①西洋爆竹；②鹹餅乾。

ぐらつ・く（自五）①搖幌，動搖；☆椅子がぐらつく／椅子搖幌；②發暈；☆頭がぐらついて倒れそうだ／頭暈得要倒下；③三心二意，游移不定；☆あの人はいつもぐらついている／他總是游移不定。0

クラッシャー【crusher】（名）粉碎機2

クラッチ【clutch】（名）離合器。2

クラッチ【crutch，clutch】（名）（船上的）槳架。

くらばらい【蔵払い】（名・他サ）清出貨底，廉售剔壓貨；☆蔵払い大売出し／清出貨底大廉賣。3

くらばん【蔵番】（名）管倉庫的人，管貨棧的人。0　2

グラビヤ【gravure】（名）〔印〕照像凹版。2

くらびらき【蔵開き】（名）（正月擇吉）開倉。3

クラブ【club＝俱楽部】（名）①俱樂部；②高爾夫球桿；③撲克牌中的「梅花」1

*　**グラフ**【graph】（名）①〔數〕圖表，圖解；②畫報。1

グラブ【glove】（名）①手套②棒球手套；拳擊用手套。1

グラフィック【graphic】（名）時事畫報，畫刊。2

くらべ【比（較・竸）べ】（名）①比較；☆人と背（せ）比べをする／和旁人比一比身高；②比賽；☆力比べをする／比力氣；**～もの**【比べ物】（名）不相上下（可以比擬）的東西；☆比べ物にならない／不能比，不能相提並論；☆私の苦労なんか、あの方たちとは比べ物にならない／我的勞累程度同他們不能比的。0

*　**くら・べる**【比（較・竸）べる】（他下一）①比較，比一比；☆甲と乙を比べる／把甲同乙一比；②賽，比賽，較量；☆力を比べる／賽力氣，図くらぶ（下二）0

グラマー【glamour】（名）三圍動人而性感的女人。2

グラマー【grammar】（名）文法。2

くらま・す【暗（晦）ます】（他五）①隱

藏，隱蔽；☆それきり姿を暗ましてしまった／從那以後就躲避起來不露面了；②曚混，欺瞒；☆人の目を晦ます／瞞人眼目。[0][3]

くら・む【暗（眩）む】（自五）①天（黑起來）；②（眼睛）暈花，暈眩；☆あまり運動しすぎたので眼が眩んだ／因爲運動過度眼睛暈眩了；☆その美しい衣裳には目も眩むばかりだ／那美麗的服裝使人眼花撩亂；③迷惑；☆慾に目が暗む／利慾薰心。[0]

グラム【法 gramme】（名）公分。[1]

くらやしき【蔵屋敷】（名）（江戸時代領主們爲了出賣糧穀在江戸、大阪等地所設的）倉庫。[3]

*****くらやみ【暗闇】**（名）①漆黑，黑暗；☆電灯が消えて部屋は暗闇となった／電燈滅了屋子裏一片漆黑；②暗處；☆暗闇の恥を明るみへ出す／揭發隱私（醜事）；◇一寸先は暗闇／前途不堪預測。[0]

クラリネット【clarinetto】（名）〔樂〕單簧管。[4]

くらわ・す【食わす】（他五）〔俗〕①給吃，叫吃；☆不味（まず）い物を食わす／給不好吃的東西吃；②（以利）引誘；☆食わすに利を以てす／以利誘之；③打；☆拳骨（げんこつ）を食わす／飽以老拳。[0][3]

くらわ・せる【食わせる】（他下一）〔俗〕→くらわす。

くらわたし【倉渡し】（名・他サ）〔經〕倉庫交貨；☆倉渡し相場で売り出す／按倉庫交貨的價格出售。[3]

クランク【crank】（名）①轉動曲柄（如）使汽車引擎發動的曲柄；使攝影機轉動的曲柄）；②攝影，拍照；～シャフト【crankshaft】（名）機軸。[2]

グランド【英・形grand】（造語）①崇高的，偉大的，傑出的；重要的，重大的；②大規模的；③壯觀的，豪華的，最好的；～オペラ【grand opera】（名）〔樂〕大歌劇；↔オペレッタ；～スタンド【grand stand】（名）（跑馬場、運動場的）正面看臺；～ピアノ【grand piano】（名）〔樂〕大鋼琴（三角鋼琴）。

グランド【ground】（名）→グラウンド[0]

グランプリ【法GrandPrix】（名）冠軍。

くり【栗】（名）①〔植〕栗子；②栗色（＝くりいろ）。[2]

くり【庫裏】（名）〔佛〕①寺院的厨房；②住持僧的居室。[1]

ーぐり【繰】（造語）表示周轉、通融的意思；☆資金繰（しきんぐり）／資金週轉。

くりあげ【繰り上げ】（名）提前；☆時間の繰り上げ／時間的提前。[0]

くりあ・げる【繰り上げる】（他下一）①提前；☆時間を繰り上げる／把時間提前；②紡（完）；☆糸を繰り上げた／把線紡完了；③撤退；☆兵隊を繰り上げる／收兵；図くりあぐ（下二）。[0]

くりあわせ【繰り合わせ】（名）安排，調配（時間、事情等）；☆彼から面会を求めて来たが、ちょっと時間の繰り合わせが付かない／他要求我和他面談可是我騰不出時間來；☆色々して繰り合わせを付ける／種種設法安排；☆万障お繰り合わせ御来会のほどお願いします／務請撥冗惠臨（請帖用語）。[0]

くりあわ・せる【繰り合わせる】（他下一）①安排，調配（時間、事情等）；☆何とか繰り合わせて御同道致しましょう／設法匀出時間來和您一同去；②捻；☆糸を繰り合わせる／捻線；図くりあわす（下二）。[0]

クリー【coolie＝苦力】（名）（西方人稱從前中國、印度、馬來西亞地方的）搬運工人；（＝クーリー）。

グリース【grease】（名）〔化〕①油脂，脂肪；②潤滑油，機器油（＝グリス）[2]

クリーナー【cleaner】（名）①吸塵器；②去汚用的藥品，器材等。[2]

クリーニング【cleaning】（名）①洗滌；②乾洗（＝ドライクリーニング）；～や【クリーニグ屋】（名）洗衣店（的人）[2]

クリーム【cream】（名）①奶油；②雪花膏，美容霜；～いろ【cream色】（名）乳酪色，淡黃色。[2]

くりい・れる【繰り入れる】（他下一）滾入，編入，轉入；☆内五百万円を翌年度の予算に繰り入れる／把其中的五百萬元轉入下年度預算案；図くりいる（下二）。[0]

くりいろ【栗色】（名）栗色，醬色。[0]

グリーン【green】（名）①綠，綠色；②草地，草坪；～しゃ【グリーン車】（名）電車的豪華車廂；～ティー【green tea】（名）綠茶；～ピース【green peas】（名）〔植〕青豌豆（＝グリンピース）。[2]

クリーンヒット【clean hit】(名)〔棒球〕打得漂亮，打得乾脆。[5]

*くりかえ・す【繰り返す】(他五)①反覆，重覆；☆繰り返して説明する／反覆說明；☆何遍も繰り返す／重覆多少次；☆繰り返し繰り返し言う／再三重覆地說；②再繰，重紡。[0][3]

くりか・える【繰り替える】(他下一)①調換，變更；☆時間を繰り替える／調換時間；☆順序を繰り替える／變更次序；②挪用，轉用；☆繰り替え払い／挪用支付；図くりかふ(下二)。[0]

くりくり(副・自サ)〔俗〕①滴溜滴溜地轉；☆目玉をくりくりさせる／眼珠亂轉；②圓滾滾；☆くりくり太(ふと)る／胖嘟嘟的；③光溜溜；☆くりくりと頭を刈(か)る／把頭剃得光溜溜的；～ぼうず【くりくり坊主】(名)光頭頂，禿子[1]

ぐりぐりI(名)①瘰癧，瘤子；②筋疙瘩☆頸にぐりぐりができた／頸子上長了筋疙瘩II(副・自サ)①＝くりくり；②滑滑溜溜。[0][1]

くりげ【栗毛】(名)(馬的毛色)鬃和尾深紅其餘部分淡紅，栗色。[0][2]

クリケット【cricket】(名)〔運動〕板球。[2]

グリコーゲン【德Glykogen】(名)〔化〕肝醣；動物澱粉；牲粉。[3]

くりこし【繰越】(名・自サ)轉入，滾進；☆それは前期から繰越して来たものだ／那是從上一期轉入的；～きん【繰越金】(名)滾存金，滾項；～だか【繰越高】(名)滾存額。[0]

くりこ・す【繰り越す】(他五)轉入，滾入，撥歸；☆次の頁(ページ)へ繰り越す／轉入下頁；☆翌年度に繰り越す／轉入下年度。[0]

くりこ・む【繰り込む】I(自五)①魚貫而入，挨次進入；☆会場に繰り込む／依次進入會場；②湧進；☆みんな勢(いきお)いよく中山公園に繰り込む／大家一齊湧進中山公園；II(他五)①編入，編進；②繞上；繞回；☆凧(たこ)の糸を繰り込む／把風箏線繞回來。[0]

くりさ・げる【繰り下げる】(他下一)往下推延，延遲；☆日を繰り下げる／把日期延遲；図くりさぐ(下二)。[0]

グリス【grease】(名)＝グリース。[1]

クリスタル【crystal】(名)①水晶；②透明的玻璃器具；③〔化〕結晶。[2]

クリスチャニヤ【Christiania】(名)〔滑雪〕急轉彎。[4]

クリスチャン【Christian】(名)〔宗基〕督教徒；～ネーム【Christian name】(名)(基督徒的)教名。[2]

*クリスマス【Christmas，X'mas】(名)〔宗〕耶穌誕辰(聖誕節)；～イブ【Christmas eve】(名)聖誕節前夕；～カード【Christam card】聖誕卡；～カロル【Christmas carol】(名)聖誕歌；～ケーキ【Christmas cake】聖誕節蛋糕；～ツリー【Christmas tree】(名)聖誕節的樅樹；～プレゼント【christmas present】聖誕禮物。[3]

グリセード【glissade】(名・自サ)〔登山〕制動滑降，滑降。[3]

グリセリン【glycerine】(名)〔化〕甘油，丙三醇。[3]

くりだ・す【繰り出す】I(他五)①紡出，抽出；☆綿から糸を繰り出す／從棉花裏紡出紗來；②挺槍刺(扎)；☆すっと槍(やり)を繰り出す／挺槍猛刺；③撒放；☆凧の糸を繰り出す／把風箏線撒出去；④累次支出；☆資金を繰り出して事業を盛(さか)んにする／累次撥出資金發展事業；⑤派，發出；☆新手(あらて)を繰り出す／派出生力軍；II(自五)大批出動；☆花見に繰り出す／(多數人)出門去看花。

クリップ【clip】(名)①紙夾子；②廻紋針；③鉛筆帽兒上的夾子；④髮夾。[2]

くりど【繰戸】(名)(日本房屋的平拉的)木板門，閘板。[2]

クリニック【clinic】(名)〔醫〕①臨床講義；②診療所。[2]

くりぬ・く【刳り抜(貫)く】(他五)挖通，鏃開鑿穿；☆中を刳り抜いた木／中間鏃空了的木頭。[0]

くりのいが【栗の毬】(名)(栗子果外部帶針的)殼。

くりのべ【繰り延べ】(名・他サ)延期，暫緩，展限；☆事業の繰り延べにより一千万円を節約した／由於事業的緩辦節約下一千萬元。

くりの・べる【繰り延べる】(他下一)延期，展限暫緩；☆工事を繰り延べる／延期施工；図くりのぶ(下二)。[0]

くりひろ・げる【繰り広げる】(他下一)把

（卷着的東西）展開；☆春の陽明山は、ちょうど錦（にしき）を繰り広げたようだ／春天的陽明山好像展開了一幅錦緞；囜くりひろぐ（下二）。⓪

くりまわ・す【繰り回す】（他五）週轉，通融，安排；☆何とか繰り回してやって行く／設法通融；☆やっと繰り回しが付いた／好容易週轉開了。⓪

くりまんじゅう【栗饅頭】（名）栗子（餡的）饅頭。③

くりょ【苦慮】（名・自サ）苦思焦慮。①

くりよ・せる【繰り寄せる】（他下一）繞，逐漸使之挨（捿）近；☆毛糸（けいと）の玉を繰り寄せる／往手裏繞毛線團；囜くりよす（下二）。⓪①

グリル【grill】（名）①〔烹飪〕烤肉，烤魚；②〔西式〕小食堂。②①

グリンピース【green peas】（名）〔植〕青豌豆（＝グリーンピース）。④

*****く・る【来る】**（自カ）來，到來，來到；☆汽車が来た／火車來了；囜く（カ）；Ⅱ（補動・カ）（用平假名寫）①〔…てくる〕（表示動作、狀態的繼續）一直在…；☆今までしゃべってきた／（我）一直說到現在；②〔…てくる〕起來；☆疲（つか）れてくる／疲倦起來；☆暖かくなってくる／暖和起來了；③〔…とくる〕提到…；☆彼は映画ときたらまるで気違（きちが）いみたいだ／一提到電影他就什麼也不顧了。①

く・る【繰る】（他五）①紡，線；☆綿を繰る／紡棉花；②依次拉出（防雨套窗等）；☆朝早くからがらがら雨戸（あまど）を繰る／清早起就嘩啦嘩啦地拉開防雨套窗；③數，計算；☆年を繰る／計算年歲；④翻，☆帳面を繰る／翻閱本。①

ぐる（名）〔俗〕同謀，合謀；☆ぐるになって悪事を働く／共同作弊。①

くるい【狂い】（名）①瘋狂；②失常，毛病；☆時計の狂いを直す／（修理錶）的毛病；☆体の調子に狂いがある／身體不正常（違和）；**～ざき【狂い咲】**（名・自サ）開花不合季節；不合季節的花；**～じに【狂い死】**（名・自サ）發狂而死②

*****くる・う【狂う】**（自五）①發狂，發瘋，瘋狂；☆気が狂う／發瘋；②失常，有毛病；☆あの男はちょっと調子が狂っている／那個人有點兒失常；☆機械が狂っている／機器出了毛病；③錯亂，不准；☆

計画が狂った／計劃被打亂了；☆狙いが狂った／沒瞄準；④沉溺，迷；☆女に狂う／迷於女色。②

クルー【crew】（名）船員們，水手們。②

*****グループ【group】**（名）①夥伴；②集團，團體羣。②

くるおし・い【狂おしい】（形）瘋狂一般的，發了瘋似的；囜くるおし（形シク）④

くるくる（副・自サ）〔俗〕①滴溜滴溜地（轉）；☆風車がくるくる廻る／飛車滴溜滴溜地轉；②手脚不停地，一歇也不歇地；☆朝から晩までくるくる働いている／從早到晚不停歇地工作着；③一層一層地，一繞一繞地；☆糸をくるくる巻（ま）く／把線一繞一繞地纏上。①

ぐるぐる（副・自サ）「くるくる」的加強語。①

グルコース【glucose】（名）〔化〕葡萄糖。③

*****くるし・い【苦しい】**（形）①苦的，痛苦的，難受的；☆胸が苦しい／胸部難過；②苦惱的，煩悶的；☆苦しい思いをする／感覺苦惱；③困難的，艱難的；☆苦しい財政／財政困難；④難辦的，為難的；☆苦しい立場にある／處境困難；⑤接在動詞的連用形下，表示「難…」或「不好…」的意思；☆見苦（みぐる）しい／難看（不好看）的；☆聴き苦（ぐる）しい／不好聽（難聽）的；囜くるし（形シク）；◇苦しい時の神頼み／（平時不燒香）臨時抱佛脚；**～が・る【苦しがる】**（自五）感覺痛苦；☆病気で苦しがっている／因為有病很痛苦；**～げ【苦しげ】**（形動ダ）痛苦的樣子；☆苦しげに呻（うな）っている／難受似地哼哼着；**～さ【苦しさ】**（名）痛苦，難受；☆その苦しさったらなかった／沒有比那個再難受的了；**～そう【苦しそう】**（形動ダ）痛苦的樣子；☆苦しそうな顔付をしている／面上露出痛苦的神色；**～み【苦しみ】**（名）痛苦；☆苦しみを受ける／受苦，受折磨。③

くるしまぎれ【苦し紛れ】（名）被迫，無奈，迫不得已；☆苦し紛れに嘘（うそ）を言った／迫不得已撒了読。④

*****くるし・む【苦しむ】**Ⅰ（自五）痛苦，苦惱；☆病気で苦しむ／因病而痛苦；②苦於，難以；☆了解に苦しむ／難以理解；☆何を苦しんでこの様な事をするか／何

苦做這樣事呢；③費力，吃苦；☆何もそ
んなに苦しまなくてもいいじゃないか／
何必那樣子找苦吃呢；☆もっと苦しまな
ければ上手になれない／不多吃一點苦就
不能進進；Ⅱ（他下二）〔文〕→くるし
める。③

くるし・める【苦しめる】（他下一）①使
…痛苦；☆人を苦しめる／欺負人；使人
痛苦；②使…爲難，使…操心；☆親を苦
しめる／叫父母爲難；☆心を苦しめる／
操心；爲難；③虐待，折磨；☆家畜を苦
しめる／虐待家畜；☆貧乏に苦しめられ
る／受貧窮的折磨，窮苦；☆身を苦しめ
る／苦修；図くるしむ（下二）。④

クルス【葡・西 cruz】（名）十字；十字
架。①

グルタミン【glutamine】（名）〔化〕谷
氨，醯胺；**～さん【glutamine 酸】**（
名）〔化〕谷氨酸。③

グルテン【德 Gluten】（名）〔化〕麩素，
麩質。①

くるびょう【佝僂病・傴僂病】（名）〔醫〕
佝僂病。⓪

くるぶし【踝】（名）踝，踝子骨。②

＊くるま【車】（名）①輪；☆車が廻る／輪
子轉；②車；人力車；汽車；☆車を引く
／拉車；☆車で運ぶ／用車運；**～いど【
車井戶】**（名）轆轤井；**～えび【車蝦】**（
名）大蝦，對蝦；**～ざ【車座】**（名）圍坐，
團坐；**～どめ【車止め】**（名）禁止車輛
通行；**～へん【車偏】**（名）〔漢字部首〕
車字旁；**～よせ【車寄せ】**（名）門口兒
上下車的地方（臺階或臺子）。⓪

くるま・る【包まる】（自五）裹在…內，
卷在…內；☆夜具に包まって寝る／（把
身子）裹在被子裏睡。③

くるみ【胡桃】（名）〔植〕胡桃，核桃③⓪

ーぐるみ【包】（接尾）連，帶，包括在內；
☆鶏肉を骨ぐるみ買って来た／買來了帶
着骨頭的鶏肉；☆風袋（ふうたい）ぐる
み百斤／連皮一百斤。

くる・む【包む】Ⅰ（他五）包，裹；☆子
供をふとんに包む／把小孩包在被子裏；
Ⅱ（他下二）〔文〕=くるめる。②

くるめ・る【包める】（他下一）①包裝，
卷裹；☆風呂敷の中に包める／卷裹在包
袱裏；②全部在內，總共，共計；☆包め
て幾らですか／總共多少錢？③哄騙，矇
混；☆君はあの人に包められてしまった

／你叫他哄騙了；図くるむ（下二）。③

くるり（副）①廻轉貌；☆くるりと振り
向く／急轉身；②完全，徹底（=すっか
り）；性格がくるりと変わる／性格一變；
☆くるりと頭を剃る／把頭剃光。②③

ぐるりⅠ（名）周圍（=まわり）；☆家の
ぐるりに塀（へい）をめぐらした／在房
子的周圍修築了牆；Ⅱ（副）①旋轉（的
樣子），圍繞（的樣子）；☆庭をぐるり
と廻る／繞着院子轉了一周；②徹底（轉
變的樣子），完全（變態的樣子）（=く
るり）；☆ぐるりと向（む）きを換える
／一百八十度轉變方向（向後轉）；☆性質
がぐるりと変わった／脾氣完全變了⓪②③

くるわ【郭・廓】（名）①城廓；②地區；
③烟花柳巷。⓪

くるわし・い【狂わしい】（形）=くるお
しい；図くるはし（形シク）。④

くるわ・す【狂わす】Ⅰ（他五）=くるわ
せる；Ⅱ（下二）〔文〕→くるわせる③

くるわ・せる【狂わせる】（他下一）①使
發狂；☆気を狂わせる位心配した／愁得
要發狂；②使…失常，使…發生毛病；☆
取扱いを乱暴にして、機械を狂わせた／
操作不經心使機器發生了毛病；③使…錯
亂，使…發生變動；☆位置を狂わせる／
使位置錯亂；☆手続きが後（おく）れて
予定を狂わせた／因爲辦晚了手續使預定
發生了變動；図くるわす（四・下二）④

くれ【暮】（名）①日暮，黃昏；☆暮の鐘
／晚鐘；☆暮に蚊が出る／黃昏時候有蚊
子；②季末；☆春の暮／春暮；③歲末，
年終；☆年の暮が近付いてきた／快到年
終了。⓪

グレード【grade】（名）等級，階級。②

グレートデーン【Great Dane】（名）〔
動〕（丹麥種）大獵犬。⑤

グレーハウンド【greyhound】（名）〔
動〕（身長腿快，西班牙種的）獵犬。④

クレープ【法 crêpe】（名）縐紗，泡泡紗；
～デシン【法crepe de Chine】（名）
縐綢，泡泡綢（原產法國，婦女西裝用）；
～ペーパー【crepe paper】（名）縐
紙。②

グレープ【grape】（名）葡萄，葡萄樹②

クレーム【claim】（名）〔商〕（賠償損
失的）要求權。②

クレーム【法 crème】（名）=クリーム。②

クレーン【crane】（名）起重機。②

クレオソート【creosote】（名）〔化〕雑酚油，木餾油。④

くれがた【暮れ方】（名）黄昏，傍晚（＝・ゆうがた）。⓪

くれぐれ【呉呉】（副）懇切地，衷心地，反覆地；☆くれぐれも御礼申し上げます／衷心致謝；☆くれぐれも言い聞かす／反覆告訴，再三嘱咐。②③

グレゴリオれき【意 Gregorio暦】（名）陽暦，西暦。⑤

クレジット【credit】（名）①信用；②〔經〕信用貸款，☆クレジットを設定する／開設信用貸款的戶頭。

グレシャムのほうそく【Greshamの法則】（名）〔經〕格勒善法則（惡幣驅逐良幣的法則）。②—①

クレゾール【德 Kresol】（名）〔化〕甲酚。③

くれたけ【呉竹】（名）〔植〕淡竹。②

ぐれつ【愚劣】（形動ダ）愚蠢，糊塗；愚劣な話／愚蠢的話；☆それは愚劣極（きわ）まる行ないだ／那是糊塗透頂的行爲。⓪

クレッシェンド【意・副 crescendo】（名）〔樂〕漸次加强，漸强；↔デクレッシェンド。②

くれて【呉手】（名）給東西的人；②給…的人，☆誰も来てくれ手がない／沒有一個人肯來。

くれない【紅】（名）①〔植〕紅花（菊科，紅花屬＝べにばな）；②鮮紅色，☆紅にもえる紅葉（もみじ）／通紅的紅葉。②③

クレパス【crayon和pastel的仿造英語】（名）顔色筆，粉蠟筆。②

クレバス【crevasse】（名）（冰河、積雪等的）裂縫或破口。②

くれは・てる【暮れ果てる】（自下一）太陽已落，☆日が暮れ果てる／太陽已經落了。④

くれむつ【暮れ六】（名）酉時，下午六點鐘。⓪

クレムリン（名）克里姆林宮。②

くれゆ・く【暮れ行く】（自五）①（天）漸漸黑起來；☆暮れ行く空を眺（なが）める／眺望漸近黄昏的天空；②即將到年底；☆年が暮れ行く／快到年底了。③

クレヨン【crayon】（名）蠟色，蠟筆。②

＊**く・れる**【暮れる】（自下一）①日暮，天黑；☆今は六時に日が暮れる／現在六點鐘天黑；②歲暮，季節將盡，☆後十日で年が暮れる／再有十天就過年了；☆春が暮れた／春天過去了；◇途方にくれる／不知如何是好；涙にくれる／淚眼汪汪；思案にくれる／想不出主意來；因くる（下二）。⓪

＊**く・れる**【呉れる】Ⅰ（他下一）給（我）；☆兄が私に本をくれる／哥哥給我書；☆紙を一枚くれ（たまえ）／給我一張紙；因くる（下二）；Ⅱ（補動下一）〔…てくれる〕替…作（某種動作），給…作…（作某種動作）；給（我）；☆姉が日本語を教えてくれる／姐姐教給我日本語；☆だれが費用を出してくれるのか／誰替你（我們）出費用？☆新聞を持って来てくれ／把報紙給我拿來。⓪

ぐ・れる（自下一）①彆扭，不如意（＝くいちがう）；☆する事，なす事みんなぐれた／做什麼事都不如意；②墮落，走入歧途；☆彼は、ぐれ出した／他走入歧途了；☆彼は学業半（なか）ばにぐれてしまった／他在學業半途走入了歧途；③（天氣等）變壞；☆天気がぐれそうだ／天要變。②

クレンザー【cleanser】（名）去汚粉。②

タレジング・クリーム【cleansing cream】（名）（洗臉用）油脂雪花膏。⑦

ぐれんたい【愚連隊】（名）〔俗〕流氓，阿飛。⓪

＊**くろ**【黒】（名）黒，黒色；☆黒に染（そ）める／染成黒色；②〔圍棋〕擺黒棋子的一方；☆黒が勝った／黒子兒勝了。①

くろ【畔】（名）畔，田界（＝あぜ）②

グロ（名・形動ダ）←グロテスク。①

くろあえ【黒和】（名）用黒芝蔴拌的凉菜。⓪③

くろあり【黒蟻】（名）〔動〕黒蟻。⓪②

＊**くろ・い**【黒い】（形）黒的，黒色的；☆黒い着物を着ている／穿着黒色的衣服；◇腹が黒い／心黒，心術不正；☆目の黒い内／還沒死時，有生之日；因くろし（形ク）。②

くろいし【黒石】（名）①黒石頭；②〔圍棋〕黒棋子兒。⓪

＊**くろう**【苦労】（名・自サ・形動ダ）①勞苦，艱苦，辛苦；☆お国のために言い知れぬ苦労をした／爲祖國經歷了難以形容的艱苦；☆苦労した甲斐（かい）があっ

た／没白辛苦一場；②操心，撥心；☆親
に苦労を掛ける／叫父母擔心；～しょう
【苦労性】（名・形動ダ）心胸窄，好操
心，愛嘀咕；☆あの人は苦労性で小さい
事まで心配する／他心窄，連一點兒事都
要嘀咕；～にん【苦労人】（名）閲歴深
的人，久經世故的人。①

ぐろう【愚弄】（名・他サ）愚弄；☆人を
愚弄する／愚弄人。⓪

くろうと【玄（黒）人】（名）①内行，行
家，專門家；☆玄人の眼は盗（ぬす）め
ない／矇混不了行家的眼睛；☆彼は会計
の事には玄人だ／他對於會計工作是内
行；②〔轉〕妓女；↔しろうと。①

くろうど【蔵人】（名）〔文〕掌管宮廷文書
總務等事務的官員；～どころ【蔵人所】
（名）掌管宮廷中文書總務等事務的機關②

くろうんも【黒雲母】（名）〔礦〕黒雲
母。③

クローカス【crocus】（名）〔植〕番紅
花。⓪

クローク【cloak】（名）①斗篷；②←クロ
ークルーム；～ルーム【cloak room】
（名）（大飯店等的）携帶品寄存處。②

クロース【cloth】（名）①布，布料；②
毛織品，呢絨；③（書籍的）布皮；④←
テーブルクロース。②

クローズ【clause】（名）短句，子句。

クローズアップ【美 close-up】（名・他
サ）①〔電影〕特寫；②精細觀察。⑤

クローズドショップ【closed shop】（名）
不用雇工會員（當工人）的工廠；↔オ
ープンショップ。⑥

クローネ【Krone】（名）①奥地利的貨幣
單位；②瑞典、挪威、丹麥的貨幣單位；
③德國的十馬克金幣。②

クローバー【clover】（名）〔植〕紫苜蓿
，三葉草。②

グローブ【globe】（名）球形容器，球形
燈罩。②

グローブ【glove】（名）手套，棒球用手
套；拳球用手套（＝グラブ）。②

クローム【chrome】（名）〔化〕→クロ
ーム。

クロール【crawl】（名・自サ）〔游泳〕
自由式。②

くろがね【鉄】（名）〔古〕鐵。⓪

くろかみ【黒髪】（名）黒髪，青絲髮。⓪

グロキシニア【gloxinia】（名）〔植〕大
巖桐（苣苔料）。④

くろくも【黒雲】（名）①黒雲彩，烏雲；
②〔轉〕障礙物。⓪

くろぐろ【黒黒】（副・自サ）漆黒地，黒
黒地，☆墨で黒々と書く／用墨筆黒黒地
寫。⓪

くろけむり【黒煙】（名）黒煙；☆煙突か
ら黒煙がむくむくとたっている／煙囱冒
着滾滾的黒煙。③

くろこ【黒子】（名）〔劇〕（歌舞伎）的
檢場人；（因身穿黒衣服故名）⓪

くろごま【黒胡麻】（名）〔植〕黒芝麻；
↔しろごま。⓪

くろざとう【黒砂糖】（名）黒糖，紅糖；
↔しろざとう。③

＊くろじ【黒字】（名）①黒字；②〔俗〕盈
餘，收入超過支出；↔あかじ（赤字）⓪

くろじ【黒地】（名）黒底（布料）；☆黒
地に白く染め抜く／染成黒底白花。⓪

くろしお【黒潮】（名）黒潮（沿日本列島
由南向北流動的暖流）

くろしょうぞく【黒装束】（名）①黒色服
装；②穿黒色服装的人，渾身上下一色黒
的人；☆黒装束で身を固（かた）める／
穿上滿身黒色服装。③

クロス【cross】（名・自サ）①十字架；②
交差；③十字路；④〔電〕交接；～カン
トリーレース【cross country race】
（名）越野賽跑；～ゲーム【cross game】
（名）決賽，決勝；～ワード（パズル）
【cross word（puzzle）】（名）縱横字
謎。①

グロス【gross】（名）籮，十二打；～ト
ン【grosston】（名）總噸數。①

くろず・む【黒ずむ】（自五）發黒，帶黒
色；☆眼の縁（ふち）が黒ずんでいる／
眼圈發黒（青）

クロゼット【closet】（名）①化粧室；②
（西式）廁所。

くろだい【黒鯛】（名）〔動〕黒鯛。⓪

クロッカス【crocus】（名）〔植〕→クロ
ーカス。②

クロッキー【法 croquis】（名）速寫畫，
寫生畫。②

グロッキー【英・形 groggy】（名）①〔
拳撃〕（被對方打得）搖搖幌幌，東倒西
歪；②（累得）頭昏眼花。②

クロッケー【法 croquet】（名）〔運動〕
槌球戲，循環球戲。②

くろつち【黒土】（名）①黒土；②焦土。[0]

くろっぽ・い【黒っぽい】（形）①帶黑色的,有點發黑的；☆黒っぽい鼠色／深灰色；②（俗）近乎內行氣味的。[4]

グロテスク【英・形 grotesque】（形動ダ）①奇怪的,奇異的,奇形怪狀的；☆グロテスクな恰好／怪形怪像；②變態的；☆グロテスクな人／變態的人。[3]

くろぬり【黒塗】（名）塗（漆）成黑色（的東西）；☆黒塗にする／塗成黑色；☆黒塗の椅子とテーブル／黑漆的桌椅。[0]

くろねずみ【黒鼠】（名）①鼠,深灰色；②家賊,內奸,偷竊自己家裏的人,盜竊東家財務的經理人或店伙。[3]

くろば・む【黒ばむ】（自五）變成黑色,發黑；☆黒ばんだシャツを着ている／穿着汚黑的汗衫。[3]

くろパン【黒麵麭】（名）黑麵包。[0]

くろビール【黒ビール】（名）黑啤酒。[3]

くろびかり【黒光】（名・自サ）黑亮。[3]

くろふね【黒船】（名）火輪船（江戶時代末期對於從歐美各國來的輪船的稱呼）[0]

グロブリン【globulin】（名）〔化〕球蛋白。[3][0]

くろぼし【黒星】（名）①黑色的圓點兒；②靶子的中心點；要害,☆黒星を射抜いた／射中了靶心；③瞳仁；〔角力〕表示輸的記號；④今度の試合では西の方は黒星がつかなかった／這次比賽西邊一次也沒輸；⑤〔轉〕失敗,☆完全な黒星を頂戴する／遭到徹底失敗。[2]

くろまく【黒幕】（名）①〔劇〕（換佈景用的）黑幕；②〔轉〕幕後人,牽線人；☆今度の事件の黒幕は彼だ／這次事件的幕後人就是他。[0]

くろまつ【黒松】（名）〔植〕黑松。[0][2]

クロマニョン【法Cromahnon】（名）〔考古〕克羅馬尼翁人（歐洲史前人種）。

くろまめ【黒豆】（名）〔植〕黑豆。[0]

くろみ【黒味】（名）黑色,黑的程度,黑的成分；☆この布は黒味を帯びている／這個布的顏色發黑。[3]

クロミウム【chromium】→クロム。[3]

くろみずひき【黒水引】（名）（繫弔祭品用的）半截黑半截白的紙捻兒。[3]

くろ・む【黒む】Ⅰ〔文〕（自四）變黑；Ⅱ（他下二）〔文〕→くろめる。[2]

クロム【chrome】（名）〔化〕鉻。[1]

くろめ【黒目】（名）瞳仁,黑眼珠；～が

ち【黒目勝】（名）黑眼珠大。[2][1]

くろめがね【黒眼鏡】（名）墨鏡；☆黒眼鏡を掛けた人／戴着墨鏡的人。[3]

くろもじ【黒文字】（名）①〔植〕釣樟；②牙籤兒,剔牙棍兒（=こようじ）[2][0]

くろやき【黒焼】（名）焙成灰,燒焦,焙成黑灰或燒焦了的東西；☆黒焼にした蛇／焙成黑灰的蛇。[0]

くろやけ【黒焼】（名）燒黑（了的）,燒焦（了的）。[0]

くろやま【黒山】（名）成羣的人,人山人海；☆映画館の前は黒山の人だかりである／電影院前人山人海；☆黒山の様に押し寄せる／像潮水一般蜂擁而至。[0]

くろゆり【黒百合】（名）〔植〕黑百合[2]

クロレラ【chlorella】（名）綠藻。[0]

クロロフィル【chlorophyl】（名）〔植〕葉綠素。[3]

クロロホルム【德 Chloroform】（名）〔化〕三氯甲烷,氯仿,哥羅仿（麻醉藥）。[4]

くろわく【黒枠】（名）黑邊兒,黑框兒；☆黒枠付きの封筒／帶黑邊兒的信封（訃聞用）；☆黒枠付の広告／訃聞。[0]

ぐろん【愚論】（名）①迂論,謬論；☆聴くに足らぬ愚論／不值一聽的愚論；②拙見（對自己論點的謙稱）。[0]

くろんぼう【黒ん坊】（名）①黑人,黑種人；②=くろこ（黒子）；③皮膚黑的人；④=くろぼ（黒穗）。[0]

くわ【桑】（名）〔植〕桑；☆桑を摘（つ）む／採桑葉。[1]

くわ【鍬】（名）〔農具〕鋤,鎬；☆鍬で土を掘（ほ）る／拿鋤頭挖土。[0]

くわい【慈姑】（名）〔植〕慈姑。[0]

くわいれ【鍬入れ】（名・自サ）①農家在正月十一日或另擇吉日初次動土的儀式；②破土（典禮）。[0][4]

くわえざん【加え算】（名・自・他サ）〔數〕加法。[3]

＊くわ・える【加える】（他下一）①加,添,增加；☆僕を加えて十八人だ／加上我十八個人；☆説明を加える／加以說明；☆速力を加える／增加速度；☆位一級を加える／加一級,提升一級；②給予,加以；☆制裁を加える／予（加）以制裁；図くはふ（四）。[0][3]

＊くわ・える【銜える】（他下一）叼銜；☆猫が魚を銜えて逃げた／貓叼着魚跑了；

くくはふ（下二）。⓪

くわがた【鍬形】（名）鳳翅形，燕尾形⓪

くわけ【区分け】（名・他サ）區分，劃分，分劈。③⓪

*くわし・い【詳（委）しい】（形）①詳細的；☆詳しい事は係りに聞いて下さい／詳細情況請向負責人詢問；②精通的，熟悉的；☆彼は国際問題に非常に詳しい／他對國際問題很熟悉；凩くはし（形シク）③

くわ・す【食わす】（他四・下二）〔文〕→くわせる。②

くわずぎらい【食わず嫌い】（名）①未吃就先厭惡（的人）；☆食わず嫌いには味は分らぬ／未吃就厭惡是不能懂味道的；②無故地厭惡，有成見；☆それは全く食わず嫌いと言うものだ／那完全是有成見④

くわせもの【食わせ物】（名）假貨，騙人的東西；騙子；☆ドクトルなどと言っているが彼は食わせ物さ／別看他自稱是博士，其實是個騙子。⑤⓪

くわ・せる【食わせる】（他下一）①叫吃，給吃；☆病人に粥（かゆ）を食わせる／讓病人喝粥；②扶養；☆沢山の家族を食わせて行く／扶養很多的家屬；③欺瞞，瞞哄，使…上當；☆また食わされた／又受騙了；④給予，加以；☆拳骨（げんこつ）を食わせる／飽以老拳；凩くはす（四・下二）。③

くわだて【企て】（名）①計劃；☆企てを遂行する／執行計劃；②企圖；☆侵略の企て／侵略的企圖。④⓪

*くわだ・てる【企てる】（他下一）①打算，計劃；☆貯蓄運動を推し広めようと企てる／打算推廣儲蓄運動；②企圖，圖謀；③着手，試辦；☆彼の企てた事は何でも成功する／凡是他着手辦的事情沒有不成功的；☆われわれの企て及ぶ所でない／不是我們所能企及（趕上）的；凩くはだつ（下一）。④

くわばたけ【桑畑】（名）〔農〕桑田，桑園。③

くわばら【桑原】（名）①〔農〕＝くわばたけ；②避雷時念的咒語。①

くわり【区割】（名・他サ）＝くぶん（区分）。③⓪

クヮルテット【quartetto】（名）〔樂〕①四重唱，四部合唱；②四重奏，四部合奏。①

くわわ・る【加わる】（自五）①増加，添加；☆雨の上、風さえ加わった／風雨交

加；②增長；☆年が加わる／長歲數；③加入，參加；☆会議に加わる／參加會議；☆民主党に加わる／加入民主黨。⓪③

*─くん【君】（接尾）君（接於朋友、晚輩的姓名下，略表敬意）；例：劉君、中村君。

くん【訓】（名）①字義的解釋；②訓讀（用日本固有語音讀漢字的方法；如：「山」讀做「やま」；「人」讀做「ひと」）⓪

*ぐん【群】（名）①（人）羣；☆群を抜く／出類拔萃；②（動物）羣；☆群をなす／成群。①

ぐんか【軍歌】（名）〔軍〕軍歌。①

くんかい【訓戒】（名・他サ）訓戒，教訓；☆いたずらした生徒を訓戒する／訓戒淘氣的學生。⓪

ぐんがく【軍楽】（名）〔軍〕軍樂；～たい【軍楽隊】（名）軍樂隊。⓪

ぐんき【軍（規）紀】（名）〔軍〕軍紀；☆よく軍紀を守る／嚴守軍紀；☆軍紀を紊（みだ）す／破壞軍紀。①

ぐんき【軍記】（名）戰記；～もの【軍記物】（名）〔古〕←ぐんきものがたり；～ものがたり【軍記物語】（名）〔古〕戰爭小說，軍事小說。①

ぐんきょ【群居】（名・自サ）羣居，羣棲；☆群居を好（この）む動物／喜歡羣居的動物；☆雁はいつも群居している／雁總是羣棲在一起。①

ぐんぐん（副）〔俗〕①有力地，猛力地；☆ぐんぐん引っ張る／使勁拉；②迅速，突飛猛進；☆工事はぐんぐん進んでいる／工程在迅速地進展。①

くんこ【訓詁】（名）〔文〕訓詁，字義的解釋；～がく【訓詁学】（名）訓詁學①

くんこう【勲功】（名）功勳，勞績；☆勳功を樹（た）てる／立功。⓪

ぐんこう【軍港】（名）〔軍〕軍港。⓪

くんこく【君国】（名）①國家（君主國的臣民對本國的稱呼）；②君主和國家①⓪

ぐんこく【軍国】（名）軍國，窮兵黷武的國家；～しゅぎ【軍国主義】（名）軍國主義；☆軍国主義を一掃する／徹底消滅軍國主義。⓪

くんし【君子】（名）〔古〕〔文〕君子；～らん【君子蘭】（名）〔植〕君子蘭①

くんじ【訓示】（名・自サ）訓示，曉諭；☆部下に訓示する／曉諭部下。⓪

くんじ【訓辞】（名）訓辭。⓪

ぐんし【軍師】（名）〔古〕①軍師；②〔俗〕策士，智囊。①

ぐんし【軍資】（名）①〔軍〕軍費；②（為實行計劃所需要的）資金；～きん【軍資金】（名）①〔軍〕軍費，軍事費；②〔轉〕經費；☆選挙の軍資金を供給する／提供競選的經費。①

ぐんじ【軍事】（名）〔軍〕軍事；～けいかく【軍事計画】（名）〔軍〕軍事計劃；～さいばんしょ【軍事裁判所】（名）〔軍〕〔法〕軍事法庭；～ひ【軍事費】（名）〔軍〕軍費；～ゆうびん【軍事郵便】（名）〔軍〕軍郵。

くんしゅ【君主】（名）君主；～せいたい【君主政体】（名）君主政體；↔きょうわせいたい（共和政体）。①

ぐんじゅ【軍需】（名）〔軍〕軍需；～ひん【軍需品】（名）軍需品。①

ぐんしゅう【群集】（名・自サ）①人羣；☆通（とお）ることも出来ない程の群集だった／人羣擁擠得無法通行；②集聚；☆ここに見物人を群集させてはいかん／別叫看熱鬧的人聚在這兒。①

ぐんしゅう【群衆】（名）羣衆；～しんり【群衆心理】（名）羣衆心理。①

ぐんしゅく【軍縮】（名）〔軍〕裁軍；←ぐんびしゅくしょう（軍備縮小）；↔ぐんかく（軍拡）；～かいぎ【軍縮会議】（名）〔軍〕裁軍會議。①

*くんしょう【勲章】（名）勲章。①

ぐんじょう【群青】（名）羣青，佛頭青（顔料）。①

ぐんじん【軍人】（名）〔軍〕軍人，武人。①

くん・ずる【薫ずる】Ⅰ（自サ）薫，發散香氣；☆部屋には名香（めいこう）が薫じている／室内薫有名香；Ⅱ（他サ）用香薫，焚薫；☆客間には名薫を薫じた／客廳裏焚上名香了；囚くんす（サ）。①③

くんせい【燻製】（名）燻製（魚、肉）；☆燻製の鰊（にしん）／燻製的青魚；☆肉を燻製にする／燻肉。①

ぐんせい【軍政】（名）〔軍〕軍政；☆軍政を布（し）く／施行軍政。①

ぐんせい【群生】（名・自サ）羣生；☆群生する植物／羣生。①

ぐんせい【群棲】（名・自サ）羣棲。①

ぐんぜい【軍勢】（名）①軍勢，軍威；②兵力，軍隊；☆軍勢を繰出す／出兵。①①

ぐんそう【軍曹】（名）〔軍〕中士。①

ぐんぞく【軍属】（名）軍隊或軍事機關的文職人員。①①

ぐんそつ【軍卒】（名）兵士，兵。①

*ぐんたい【軍隊】（名）軍隊。①

くんだり（名）〔（くだり）的音便〕（…那麼偏遠的地方（去）；☆長崎くんだりまで行く／到長崎（那麼遠的地方）去。

ぐんだん【軍団】（名）〔軍〕軍團（擁有兩個步兵師以上的部隊，介於軍和師之間的部隊）。①①

ぐんだん【軍談】（名）①江戸時代描寫戰爭的通俗小説；②專講軍事故事的評書；～し【軍談師】（名）說評書的人。①①

ぐんちゅう【軍中】（名）①軍中，軍隊（軍營）中；②作戰期間。①①

ぐんて【軍手】（名）①軍用手套；②粗白線的手套。

くんてん【訓点】（名）（為了訓讀漢文）註在漢文旁邊的假名和標點。

くんでん【訓電】（名・自サ）電令，電示；☆訓電を発する／發出電令；☆大使に訓電する／給大使拍電指示。①

ぐんと（副）〔俗〕→ぐっと。

くんとう【勲等】（名）勲位的等級。①

くんとう【薫陶】（名・他サ）薫陶，教育；☆某先生の薫陶を受ける／受某先生的薫陶；☆子弟を薫陶する／栽培子弟。①

ぐんとう【軍刀】（名）〔軍〕軍刀，戰刀。①

ぐんとう【群島】（名）羣島。①

くんどく【訓読】（名・他サ）訓讀（用日本固有語音讀漢字的方法，如：「村」讀做「むら」、「国」讀做「くに」）。①

ぐんにゃり（副・自サ）→ぐにゃり。

ぐんばい【軍配】（名）①軍隊的指揮；②指揮，調度，指派；③～ぐんばいうちわ；◇…に軍配があがる／…被判定為優勝；～うちわ【軍配団扇】（名）①〔古〕古時將軍用的指揮扇，軍扇；②〔角力〕裁判用的指揮扇。③

ぐんばつ【軍閥】（名）軍閥。①

*ぐんび【軍備】（名）軍備；～かくちょう【軍備拡張】（名）擴充軍備，擴軍；～しゅくしょう【軍備縮小】（名）裁軍，縮減軍備。①

くんぷう【薫風】（名）〔文〕薫風，南風，暖風。①③

ぐんぷく【軍服】（名）軍服。①

ぐんぽう【軍法】（名）①兵法，戰術；②軍
法，軍律；～かいぎ【軍法会議】（名）
軍法會議。⓪

ぐんゆう【群雄】（名）羣雄；～かっきょ
【群雄割拠】（連語）羣雄割據。⓪

ぐんよう【軍用】（名）①軍用；②軍費；
～きん【軍用金】（名）①軍費；②〔俗〕
運動費；～けん【軍用犬】（名）軍用犬
；～ばと【軍用鳩】（名）傳書鴿。⓪

ぐんりつ【軍律】（名）①軍紀②軍法①⓪

ぐんりゃく【軍略】（名）戰略；☆軍略上
の要地／戰略上的要害。①⓪

くんりん【君臨】（名・自サ）①君臨；②
〔轉〕統治，掌握主權。⓪

くんれい【訓令】（名・自サ）訓令；☆訓
令を発する／發訓令。⓪

ぐんれい【軍令】（名）軍令；☆軍令が厳
（きび）しい／軍令森嚴；～ぶ【軍令部】
（名）軍令部（舊時日本海軍最高指揮
部）。⓪

くんれん【訓練】（名・他サ）訓練；☆訓
練が行き届いている／訓練得很好（很全
面）；☆新兵を訓練する／訓練新兵。①

くんろう【勲労】（名）〔文〕功勳，功勞；
☆国家に勲労がある／有功於國；～しゃ
【勲労者】（名）功臣；☆国家の勲労者
に勲章を授与する／授與國家功勞勳章⓪

くんわ【訓話】（名・自サ）訓話，訓示⓪

け・ケ げ・ゲ

け①五十音圖「か行」第四音；發音爲ke；②「字源」平假名是「計」的草體，片假名是「介」的簡體。

け一【接頭】冠在動詞或形容詞上加強語氣；例：けだるい、けおされる。

一け【家】（接尾）表示家族、一家的意思；☆徳川家（とくがわけ）／徳川一家。

**け【毛】（名）①毛，汗毛，毛髪；羽毛；☆頭の毛／頭髮；☆鼻の毛／鼻毛；☆牛の毛／牛毛；☆鳥の毛／羽毛；☆毛のシャツ／毛襯衣；☆毛が生（は）える／生毛，長毛；☆毛が抜（ぬ）ける／脱毛，脱髮；②植物表皮上的細毛；（任何東西的）表皮上的細毛；毛のはえた物／比較成熟的東西，差強人意的東西。

け（感助）過去助動詞「けり」的簡化詞，表示回憶和疑問；☆この前お目にかかったのは何時だったっけ？／上次看見您是什麼時候來着？

け【卦】（名）卦，占卦。①

け【気】（名）①〔古〕呼吸；②〔古〕病；③氣質，樣子；④情況，光景，跡象；☆火の気がない／沒有熱氣；沒有火燭；⑤稍帯…的成分；☆おしろいけがある／略帯脂粉氣；⑥味，滋味；☆油気が多い／油膩；☆塩気がない／沒有鹹味。◎

げ「け」的濁音，發音爲ge。

一げ【気】（接尾）（連接在體言的、形容詞語幹和動詞的連用形下面，表示由外部的觀察而感覺到的）樣子，情形，跡象，感覺；Ⅰ（名）；☆大人げがない／沒有大人樣；Ⅱ（形動ダ）樣子（＝そう）；☆悲しげに泣いている／悲悲切切地哭着；☆愉快げに笑う／歡笑；☆意味ありげな顔付（かおつき）／意味深長的神色。

げ【下】（名）①下，下面；②下等；③下卷。①◎

けあ・げる【蹴上げる】（他下一）向上踢，踢上去；☆だしぬけに敵の腕を蹴上げる／冷不防地踢敵人的腕子一脚；☆ボールを蹴上げる／把球向上踢起；図けあぐ（下二）。◎③

けあし【毛脚】（名）①多毛的腿；②毛長的快慢；☆毛脚が早い／毛長得快。◎

けあな【毛穴・毛孔】（名）毛孔。◎

けい一【軽】（造語）輕便的，小型的；例：軽工業（けいこうぎょう）；軽戦車（けいせんしゃ）。

けい一【頸】（造語）〔解〕頸；例：頸動脈（けいどうみゃく）；頸静脈（けいじょうみゃく）。

一けい【兄】（接尾）〔文〕兄（對年長的朋友的敬稱，加在姓後，比「君」字更尊敬些）。

一けい【計】（造語）表示計器的意思；例：體温計（たいおんけい）；寒暖計（かんだんけい）。

一けい【茎】（造語）〔植〕莖，草莖；例：地下茎（ちかけい）。

一けい【景】（造語）〔劇〕表示景場的意思；例：第一景（だいいっけい）。

けい【兄】Ⅰ（名）〔文〕兄；◇兄たりがたく弟（てい）たりがたし／難兄難弟；Ⅱ（代）（對同輩的敬稱）兄。①

けい【刑】（名）刑罰；☆刑に服する／服刑。①

けい【系】（名）〔文〕①連係，線索（＝いとすじ）；②血統（＝ちすじ）；☆ドイツ系米人／德國血統的美國人；③系統；☆太陽（たいよう）系／太陽系；④派系，黨派；☆吉田系／吉田派；⑤〔數〕系，系論；⑥〔地質〕系；☆三畳系（さんじょうけい）。①

けい【京】Ⅰ（名）〔文〕京；Ⅱ（數）京（兆的一萬倍）。

*けい【計】（名）①計算，計畫；☆百年の計／百年之計；②合計，總計；☆計百円也／共計一百元整。①

けい【桂】（名）①〔植〕桂樹；桂花；②←けいま（桂馬）；③←けいひ（桂皮）。①

けい【径】（名）〔文〕①直徑；②小徑①

けい【啓】（名）〔文〕①啓（書信用語）；②呈文，奏章。①

けい【罫】（名）①（稿紙或信紙上的）格線；②（棋盤上的）縱横線。①

*げい【芸】（名）①技術，②手藝；③武藝；④演技，技藝；☆芸のできる犬／會耍把戲的狗；◊芸がない／平凡；芸は身（み）の仇（あだ）／藝喪其身；芸は身を助（たす）く／一藝在身，勝積千金。①

けいあい【敬愛】（名・他サ）敬愛；☆我が敬愛する先生／我敬愛的老師。◎

けいい【経緯】（名）①經緯，縱橫；②經度和緯度；③（事情的）原委（＝いきさつ）；～ぎ【経緯儀】（名）經緯儀。①

けいい【軽易】（形動ダ）輕易，簡單。①

けいい【敬意】（名）敬意；☆敬意を表する／表示敬意。①

*けいえい【経営】（名・他サ）經營，管理，營運；☆鉄道は政府に依って経営されている／鐵路由政府經營；②開發，規劃；☆台東県の経営は大大的に行なわれている／臺東縣的開發在全力進行着；アマゾンの開拓と経営は非常に難しいのです／開拓和經營亞馬遜河流域是非常困難的事；～けいたい【経営形態】（名）〔經〕經營形態（指勞動與勞動工具的結合方式）；～ざいだん【経営財団】（名）〔經〕經營事業的財團；～しきん【経営資金】（名）〔經〕流動資金；～しほん【経営資本】（名）〔經〕經營資本，流動資本。◎

けいえん【敬遠】（名・他サ）敬而遠之；☆彼はすべての人に敬遠されている／大家對他都敬而遠之。◎

けいえんげき【軽演劇】（名）（喜劇一類的）輕鬆的戲劇。③

けいおんがく【軽音楽】（名）〔樂〕輕音樂。③

*けいか【経過】（名・自サ）①經過，過程；☆病人の経過はどうですか／病人的情形怎麼樣？☆期限が経過したからこの切符は無効です／這張票已經過期所以無效；②「天」（行星、彗星等）經過（太陽面）；～ほう【経過法】（名）〔法〕解釋新舊二法律時間效力範圍的）關係法令；～りし【経過利子】（名）〔經〕經過利息（買賣債券時，買主向賣主按面額所付的未到期利息）。①

けいが【慶賀】（名・他サ）慶賀；☆慶賀にたえぬ／不勝喜慶。①

けいかい【軽快】Ⅰ（形動ダ）①輕快，輕鬆快活；☆彼の話し振りは軽快で面白い／他的談吐輕鬆有趣；②輕便，敏捷；☆軽快な服装／輕便的服裝；Ⅱ（名・自サ）（病勢）減輕；☆病気は日に日に軽快に向かう／病勢一天天地減輕。◎

*けいかい【警戒】（名・他サ）警戒；～しょく【警戒色】（名）「動」警戒色；↔ほごしょく（保護色）；～せん【警戒線】（名）警戒線。◎

*けいかく【計画】（名・他サ）計劃；☆高原鉄道の敷設を計画する／計劃修築高原鐵路；～けいざい【計画経済】（名）〔經〕計劃經濟；～てき【計画的】（形動ダ）計劃的；☆計画的にお正月のしたくをする／有計劃的做準備迎接新年☆彼は方方で計画的に詐偽を働いた／他在各處有計劃地進行了欺騙。◎

けいがしら【ユ頭，彑頭】（名）〔漢字部首ユ〕部。③

けいがまえ【冂構】（名）〔漢字部首〕冂部。③

*けいかん【警官】（名）警察。◎

けいかん【鶏冠】（名）鶏冠子；～せき【鶏冠石】（名）〔礦〕鶏冠石。◎

けいがん【炯眼】（名・形動ダ）有洞察力的眼睛，炯炯的目光；☆炯眼な批評家／眼光銳利的批評家。◎

けいがん【慧眼】（名・形動ダ）慧眼，眼尖的；☆彼は慧眼な人だ／他是有慧眼的人。◎

けいき【刑期】（名）刑期；☆刑期を勤める（満了する）／服刑滿期。①

けいき【計器】（名）計器；～ひこう【計器飛行】（名）專靠計器（羅盤針、水平儀、雷達等）的飛行。①

けいき【契機】（名）轉機；主因；☆アメリカの参戦を契機として／以美國參戰為轉機。①

*けいき【景気】（名）①情況，光景；☆町の景気を見て来よう／去看看街上的情況；②活潑，活躍，精神；☆一杯飲んで景気をつけよう／喝一杯提提精神；☆景気のいい人／快活的人；③〔經〕景氣，商況，行情，市面；☆生糸の景気がよい（悪い）／生絲的行情好（壞）／株は景気ずいて来た／股票行情好轉了；☆取引所の景気はどんなものですか／交易所的情況怎樣？；～よく【景気よく】（副）活潑，快活，熱鬧；☆景気よく騒いでいる／熱熱鬧鬧地吵嚷着，歡鬧；◊空（から）景気／假繁榮；假熱鬧；假高興；俄

（にわか）景気／突乎其來的景氣；驟然活躍（快活）起來。◎

げいぎ【芸妓】（名）→げいしゃ（芸者）①

けいききゅう【軽気球】（名）→ききゅう（気球）。◎③

けいきょ【軽挙】（名・自サ・形動ダ）①輕輕跳起；②草率從事；☆軽挙をなす／輕舉妄動。①

けいきんぞく【軽金属】（名）輕金屬；↔じゅうきんぞく（重金属）。③

けいく【警句】（名）警句，名言，俏皮話；☆彼の文章には警句が多い／他的文章中警句很多；☆彼の口から警句が盛んに吐かれた／他不斷地說出了警句。③◎

けいぐ【敬具】（名）〔文〕謹啓（＝けいはく）。①

けいけつ【経穴】（名）（針灸的）經穴，穴道。◎

けいげき【京劇】（名）平劇、中國的國劇（＝きょうげき）。

けいけん【敬虔】（形動ダ）①虔敬；②虔誠；☆敬虔な仏教信者（ぶっきょうしんじゃ）／虔誠的佛教信徒。◎

*けいけん【経験】（名・他サ）經驗；☆経験を積む／積累經驗；～しゃ【経験者】（名）經驗過的人；～だん【経験談】（名）經驗談。◎

けいげん【軽減】（名・他サ）減輕；☆消費者の負担を軽減する／減輕消費者的負擔。◎

*けいこ【稽古】（名・他サ）學習，練習（學問、技術、技藝、武術等）；☆子供に色色のおけいこ（ごと）をさせる／叫小孩學習各種技藝；☆生花（いけばな）の稽古をする／學習插花；功夫；☆平生から稽古が足らぬ／平素功夫不到家；～ぎ【稽古着】（名）練習「柔道」或撃剣的衣服，ばかま【稽古袴】（名）練習撃剣時穿的裙子。①

けいご【敬語】（名）敬語：可分爲三種 1.尊敬語（そんけいご），2.謙讓語（けんじょうご）3.丁寧語（ていねいご）。◎

けいご【警固】（名・他サ）嚴密警備。①

けいご【警護】（名・他サ）①警戒；警衛；☆警護の任に当る／擔任警衛；②擔任警衛的人。①

げいこ【芸子】（名）〔方〕＝げいしゃ（藝者）。◎

げいこう【経口】（名）〔醫〕通過口腔，

内服。◎

*けいこう【傾向】（名）傾向，趨勢；☆騰貴の傾向／上漲的趨勢；～てき【傾向的】（形動ダ）傾向的，傾向性的。◎

けいこう【携行】（名・他サ）〔文〕携帶前去。◎

けいこう【蛍光】（名）①〔文〕螢火蟲的光；②〔理〕螢光；～たい【蛍光体】（名）〔理〕螢光體；～とう【蛍光灯】（名）日光燈；～ばん【蛍光板】（名）螢光屏。◎

けいこう【鶏口】（名）〔文〕鶏口；◇鶏口となるも牛後（ぎゅうご）となるなかれ／寧爲鶏口勿爲牛後。◎

げいごう【迎合】（名・自サ）迎合。◎

けいこうぎょう【軽工業】（名）輕工業；↔じゅうこうぎょう（重工業）。③

けいごうきん【軽合金】（名）〔理〕輕合金。◎

けいこく【傾国】（名）〔文〕傾國；☆傾国の美人／傾國的美人。◎

けいこく【渓谷】（名）溪谷（＝たにま）◎

けいこく【警告】（名・自サ）警告；☆侵略国に対して警告を発した／對侵略國發出警告。◎

けいこつ【脛骨】（名）〔解〕脛骨，迎面骨①

けいこつ【頸骨】（名）〔解〕頸骨。①

けいこつ【軽忽】（形動ダ）〔文〕草率，大意（＝けいそつ）。◎

げいごと【芸事】（名）技藝（指歌舞、三絃等）；☆あの人は芸事の嗜（たしな）みがある／那個人愛好歌舞（音樂等）。④③

*けいさい【掲載】（名・他サ）登載；☆その演説は翌日の新聞に掲載された／次日報上刊載了那個演說。◎

*けいざい【経済】Ⅰ（名）〔經〕經濟；Ⅱ（形動ダ）節約，經濟；☆ガスは木炭より経済だ／煤氣比炭經濟；～か【経済家】（名）①通曉經濟情況的人；②善於節約的人；～かい【経済界】（名）〔經〕經濟界；～てき【経済的】（形動ダ）經濟的；☆それは最も経済的な方法だ／那是最經濟的方法；☆物を経済的に使用する／經濟地使用物資；～ふうさ【経済封鎖】（名）經濟封鎖。①

*けいさつ【警察】（名）①警察；②←警察署；☆警察に届ける／報告警察（署）；～けん【警察権】（名）〔法〕警察權；

~こっか【警察国家】（名）警察國家；~しょ【警察署】（名）警察署；~しょぶん【警察処分】（名）違警處分。

*けいさん【計算】（名・他サ）計算；☆計算に入れる／計算在内；☆計算を締切（しめき）る／決算；~がかり【計算係】（名）會計員，司帳員；~き【計算器】（名）計算機；~じゃく【計算尺】（名）計算尺；~しょ【計算書】（名）計算書；帳單。

けいさん【珪酸】（名）〔化〕硅酸鹽；~えんこうぶつ【珪酸塩鉱物】（名）〔鑛〕硅酸鹽礦；~ナトリウム【珪酸natrium】（名）硅酸鈉；~れんが【珪酸煉瓦】（名）耐火磚。0

けいし【罫紙】（名）畫線的紙，格紙。1

けいし【軽視】（名・他サ）輕視；☆他人の意見を軽視することはよくない／不該輕視旁人的意見。

けいし【警視】（名）警視（警察職級名，位於「警部」之上）；~そうかん【警視総監】（名）警視總監（東京首都警察廳的首腦）；~ちょう【警視庁】（名）（東京的）首都警察廳。1

けいし【継嗣】（名）〔文〕後嗣。1

けいじ【兄事】（名・自サ）〔文〕當作哥哥看待，敬之如兄。1

けいじ【刑事】（名）①〔法〕刑事；↔けいじじゅんさ；~けいさつ【刑事警察】（名）刑事警察，（擔任搜査和逮捕的）特務警察；~じけん【刑事事件】（名）〔法〕刑事案件；~じゅんさ【刑事巡査】（名）特務警察；~しょぶん【刑事処分】（名）〔法〕刑事處分；~そしょうほう【刑事訴訟法】（名）〔法〕刑事訴訟法；~はん【刑事犯】（名）〔法〕刑事犯。1

けいじ【計時】（名）〔運動〕計時。1

けいじ【啓示】（名・自サ）①啓示，曉諭；②（神的）啓示。0

けいじ【掲示】（名・他サ）揭示，牌示，布告；☆明日休（やす）みだという掲示が出ている／明天休假的布告貼出來了；~ばん【掲示板】（名）布告牌。0

けいじ【慶事】（名）喜慶事，喜事。1

けいじ【繋辞】（名）①〔語法〕繫詞，連詞；②〔文〕（易經的）繫辭；③「邏輯」繫辭。

けいじか【形而下】（名）〔哲〕形而下

↔けいじじょう（形而上）。3

*けいしき【形式】（名）形式，方式手續；☆形式と内容とは切り離さない／形式不能和内容割裂開；☆正当な形式を履（ふ）む／履行（通過）正當手續；☆形式に囚（とら）われる／拘泥形式，墨守成規；☆あの人は形成ばかり重んずる／那個人專重形式；~しゅぎ【形式主義】（名）形式主義；~てき【形式的】（形動ダ）形式的，☆検査は形式的なものだ／檢查僅是形式；~はん【形式犯】（名）〔法〕形式犯（不待有無結果，只根據行動而構成的犯罪，如住宅侵入罪）；~ろんりがく【形式論理学】（名）形式邏輯學。0

けいじじょう【形而上】（名）〔哲〕形而上；~がく【形而上学】（名）〔哲〕形而上學。0

けいしつ【珪質】（名）〔化〕硅質。0

けいしゃ【珪砂】（名）〔鑛〕硅砂。0

けいしゃ【鶏舎】（名）鶏舍，鶏窩（＝とりごや）。1

*けいしゃ【傾斜】（名・自サ）傾斜；斜度，斜坡；☆土地は東方に傾斜している／地面向東傾斜；☆地層の傾斜が激しい／地層的斜度很大；~けい【傾斜計】（名）傾斜計；~しけん【傾斜試験】（名）〔船〕傾斜試驗；~せいさん【傾斜生産】（名）〔經〕重點生產（日本恢復戰後經濟的一個方案，即先保證煤炭、石油、肥料等主要物資的生產，然後逐漸恢復其他生產部門）。0

げいしゃ【芸者】（名）①藝妓（專以歌舞、陪酒爲職業的妓女）；☆芸者を揚（あ）げる／招妓陪酒；②擅長技藝的人。

けいしゅう【閨秀】（名）閨秀；~さっか【閨秀作家】（名）女作家。0

けいじゅう【軽重】（名）輕重。0

*げいじゅつ【芸術】（名）藝術；◇芸術の為の芸術／爲藝術而藝術；~か【芸術家】（名）藝術家；~しじょうしゅぎ【芸術至上主義】（名）藝術至上主義；~てき【芸術的】（形動ダ）藝術的；~ひん【芸術品】（名）藝術品。0

げいしゅん【迎春】（名）〔文〕迎接新春。

けいしょ【経書】（名）（中國的）經書。1

けいしょう【形象】（名）形象，形態。0

けいしょう【形勝】（名）①有利的地勢；☆我軍は形勝の地を占領した／我軍占領了有利的地勢；②風景美麗（的地方）；

☆それは形勝の地として知られている／那裏是以風景美麗著名。◎

けいしょう【敬称】（名・他サ）敬稱。◎

けいしょう【景勝】（名）〔文〕風景美麗（的地方）。◎

けいしょう【軽少】（形動ダ）〔文〕少，微少；☆軽少ながら進呈仕り候／略奉薄禮（敬請笑納）。◎

けいしょう【軽症】（名）小病，微恙。◎

けいしょう【軽捷】（形動ダ）軽便敏捷。◎

けいしょう【軽傷】（名）軽傷；☆軽傷を受けた／負軽傷。◎

けいしょう【警鐘】（名）警鐘；☆警鐘を打ち鳴らす／鳴警鐘。◎

けいしょう【継承】（名・自他サ）繼承（＝うけつぐ）；☆債権債務を継承する／繼承債權債務。◎

けいじょう【刑場】（名）刑場（＝しおきば）；◇刑場の露と消（き）える／被處死刑。◎

けいじょう【形状】（名）〔文〕形狀。◎

けいじょう【計上】（名・他サ）計入，列入（預算）；總計；☆来年度の予算に計上する／列入下年度預算；☆鉄道建設費として一億円計上されている／（在計算裏）作爲鐵路修建費列上了一億元。◎

けいじょう【啓上】（名）〔文〕（書信中開頭語）敬啓者；☆一筆啓上仕り候／敬啓者。◎

けいじょう【敬譲】（名）尊敬和謙讓；～ご【敬譲語】（名）①尊敬語；謙讓語（如：申す承る等）。◎

けいじょう【経常】（名）經常；↔りんじ（臨時）；～ひ【経常費】（名）經常費。◎

けいじょう【警乗】（名）軍警在車船上警戒；～けいかん【警乗警官】（名）乘務警察。◎

けいしょく【景色】（名）〔文〕景緻，風景（＝けしき）。①

けいしょく【軽食】（名）簡單飯食。◎

けいじょし【係助詞】（名）〔語法〕係助詞（は、も、こそ、さえ一類的助詞，本辭典列爲「修飾助詞」）。③

けいしん【軽信】（名・他サ）〔文〕軽信。◎

けいしん【軽震】（名）〔地〕軽微的地震。◎

けいす【敬す】Ⅰ（他五）尊敬；Ⅱ（他サ）〔文〕→けいする；◇敬して遠ざく／敬而遠之。①

けいず【系図】（名）①家系，宗譜；②來歴由來。◎

けいすい【渓水】（名）〔文〕溪水。◎

けいすう【係数】（名）〔数〕〔理〕係數。③

けい・する【刑する】（他サ）①判罪；②處死刑；図けいす（サ）。③

けい・する【敬する】（他サ）尊敬，恭敬；図けいす（サ）。③

けい・する【慶する】（他サ）慶祝；図けいす（サ）。③

けいせい【形成】（名・他サ）形成；☆それらの家家が一小部落を形成している／那些人家形成一個小村落；～そう【形成層】（cambium）（名）〔植〕形成層；～たい【形成体】（名）〔動〕形成體。◎

けいせい【形勢】（名）形勢，局勢，趨勢（＝ようす，なりゆき）；☆目下（もっか）の形勢／目前的局勢；☆形勢を見る／觀望形勢；☆形勢が面白（おもしろ）くない／局勢不妙。◎

けいせい【傾城】（名）〔文〕①美人；②娼妓。◎

けいせき【形跡】（名）形跡，跡象；☆泥棒は勝手口から入った形跡がある／小偸似乎從後門進來的。◎

けいせき【珪石】（名）〔鉱〕硅石。①◎

けいせき【経籍】（名）〔文〕經書。①◎

けいせつ【蛍雪】（名）〔文〕苦學；☆蛍雪の功（こう）を積む／刻苦用功。◎

けいせん【経線】（名）〔地〕經線（＝けい）；～ぎ【経線儀】（名）經線儀。①

けいせん【罫線】（名）格，線；～ひょう【罫線表】（名）〔経〕行情曲線表。◎

けいせん【繋船】（名・自サ）①繫船；②繫留的船舶。◎

けいそ【珪素】（名）「化」硅。①

けいそう【珪藻】（名）〔植〕硅藻；～せき【珪藻石】（名）〔礦〕硅藻化石；～ど【珪藻土】（名）硅藻土。◎

けいそう【軽躁】（形動ダ）軽率，浮躁，歯莽，不沈着。◎

けいそう【軽装】（名・自サ）①軽裝；☆軽装で山に登る／軽裝登山。◎

*けいぞく【継続】（名・自他サ）①繼續；☆僕は飽（あ）くまでこの事業を継続す

る覚悟です／我決心把這個事業進行到底；②繼承，接續；☆先輩の事業を継続する／繼承前輩的事業；～かい【継続会】（名）〔經〕（休會後）再開的股東大会；～ひ【継続費】（名）跨年度經費。

*けいそつ【軽率】（形動ダ）輕率，草率，大意，疏忽；☆何事も軽率にしてはならぬ／任何事情都不可草率從事；☆軽率な判断は慎しまねばならぬ／切勿輕下判斷 [0]

けいたい【形態】（名）①形狀，樣子；②形式，形態；③〔心〕形態；～そ【形態素】（名）〔語法〕詞態素（構成單詞的要素，本身不代表任何概念，僅附加於詞義素上，表示單詞的種類、文法的範疇，如接尾詞等）；～ろん【形態論】（名）〔語法〕詞態學。[0]

*けいたい【携帯】（名・他サ）携帶；☆夏服を携帯する／携帶夏天的衣服；～きぐ【携帯器具】（名）携帶工具；～ひん【携帯品】（名）携帶品。

けいだい【境内】（名）①境界之内；②（神社、寺院等的）院内；☆神社の境内／神社的院内。[1]

けいたく【恵沢】（名）〔文〕恩澤（＝めぐみ、うるおい）。[0]

けいだく【軽諾】（名）〔文〕輕諾。

げいだん【芸談】（名）有關技藝的談話 [0]

けいだんれん【経団連】（名）〔經〕←經濟團體聯合會。[3]

けいちゅう【傾注】（名・他サ）傾注，集中；☆彼は日本語の研究に精力を傾注している／他在集中精力研究日語。[0]

けいちゅう【閨中】（名）〔文〕閨中（＝ねやのうち）。[1][0]

けいちょう【敬弔】（名）弔唁；☆敬弔の意を表する／表示哀悼之意。

けいちょう【敬聴】（名）敬聽。[0]

けいちょう【傾聴】（名・他）傾聽；☆傾聴に値（あたい）する／值得傾聽；☆意見を傾聴する／傾聽意見。[0]

けいちょう【軽佻】（形動ダ）輕佻（＝かるはずみ）。

けいちょう【軽重】（名）＝けいじゅう。[0]

けいちょう【慶弔】（名）慶弔。[0]

けいつい【頸椎】（名）〔解〕頸椎；～しんけい【頸椎神経】（名）〔解〕頸椎神經。[1]

けいてき【警笛】（名）警笛；☆警笛を鳴らす／鳴警笛。[0]

けいてん【経典】（名）經典，經典著作（→きょうてん）。[0]

けいでん【経伝】（名）〔文〕經傳。[0]

けいでんき【継電器】（名）〔電〕繼電器 [3]

けいと【毛糸】（名）毛線；～ぼうせき【毛糸紡績】（名）毛線紡織。

けいど【珪土】（名）〔化〕硅土。[1]

けいど【傾度】（名）傾度，傾斜度。[1]

けいど【経度】（名）〔地〕經度↔；いど（緯度）；～じ【経度時】（名）〔地〕經度時。

けいど【軽度】（名）輕微程度；☆軽度の犯罪／輕微的犯罪。[1]

*けいとう【系統】（名）①系統，次序，層次；☆系統を立てて研究を進める／有系統地進行研究；②血統，世系，譜系；☆同じ系統に属する動物／屬於同一血統的動物；☆系統が絶えない／世系不絶；③體系，路線（圖）；☆ヘーゲルの系統を辿（たど）る者／追隨黑格爾的體系的人，；☆バスの運転系統／公共汽車的路線（圖）；④系，黨派；☆三井財閥系統の人／三井財閥系的人；◇…系統を引く①出自…家系；是…家的後裔；☆徳川家の系統を引いている／德川家的後裔；②（疾病、性格）由…傳來，受…遺傳；☆肺病の系統を引いている／有遺傳性的肺病；～てき【系統的】（形動ダ）系統的；☆事実を系統的に排列する／系統地排列事實；～はっせい【系統発生】（名）〔生物〕系統發生；～はんしょく【系統繁殖】（名）〔生物〕系統繁殖；～ぶんるいがく【系統分類学】（名）〔生物〕系統分類學。[0]

けいとう【傾倒】（名・自サ）①傾倒，推倒；②〔轉〕傾注；☆全力を傾倒する／傾注全力；③〔轉〕傾慕，傾倒，熱中；☆彼はすっかりトルストイの作品に傾倒した／他完全傾倒於托爾斯泰的作品。[0]

けいとう【鶏頭・鶏冠】（名）〔植〕鶏冠花。[0]

けいとう【傾動】（名・自サ）〔地質〕翹起，偏斜；掀動。[0]

げいとう【芸当】（名）①演藝；②（危險的）把戲（＝はなれわざ）；☆危い芸当をする／耍危險的把戲；③玩藝，勾當；☆文学の翻訳は簡単な芸当ではない／翻譯文學不是簡單的玩意。[1]

げいどう【芸道】（名）技藝之道。[1]

げいなし【芸無し】（名）沒有一技之長（的人）。⓪

けいにく【鶏肉】（名）鶏肉。⓪

げいにん【芸人】（名）①藝人；②多才多藝的人。⓪

げいのう【芸能】（名）①藝術與技能；②擅長藝術與技藝的才能；③演劇、歌謠、音樂、舞蹈、電影等的總稱；④民間藝術；⑤＝げいごと；～せんしょう【芸能選賞】（名）「文部大臣」每年授與各種優秀藝術作品的獎賞。①⓪

げいのむし【芸の虫】（連語）〔俗〕熱中於技藝的人。①

けいば【競馬】（名）賽馬；～じょう【競馬場】（名）跑馬場。⓪

けいばい【競売】（名・他サ）〔法〕拍賣（＝きょうばい）。⓪

けいばい【競買】（名・他サ）〔經〕買拍賣品（＝きょうばい）。⓪

けいはいびょう【硅肺病】（名）〔醫〕礦工或石工在作業中由於吸入含有硅酸鹽的礦石粉末而引起的）石末沉着病，硅肺；～かんじゃ【硅肺病患者】（名）硅肺患者。⓪

けいはく【敬白】（名）敬啟，謹白（＝けいぐ）。①⓪

けいはく【軽薄】Ⅰ（形動ダ）輕薄，輕浮，輕佻，虛僞；☆彼は軽薄な男だ／他是個輕薄的人；Ⅱ（名）奉承，諂媚（＝おせじ，おべっか）。⓪

けいはつ【啓発】（名・他サ）啟發；☆歴史は人を啓発する／歷史能啟發人。⓪

*けいばつ【刑罰】（名）刑罰（＝しおき，とがめ）；☆刑罰を加える／處以刑罰①

けいばつ【軽罰】（名）輕罰。⓪

けいばつ【警抜】（形動ダ）奇妙，立意奇妙；☆警抜な文章／奇妙的文章。⓪

けいはん【京阪】（名）京都和大阪；～しん【京阪神】（名）京都、大阪和神戶。①⓪

けいはんざい【軽犯罪】（名）〔法〕輕微違法行爲。③

けいひ【桂皮】（名）〔植〕桂皮；～さん【桂皮酸】（名）肉桂酸。⓪

*けいひ【経費】（名）經費，開支；☆経費が嵩（かさ）む／經費增多；☆経費を節減する／縮減開支。①

けいび【軽微】（形動ダ）輕微；☆軽微な風邪／輕感冒。①

けいび【警備】（名・他サ）警備，戒備；☆警官が警備している／警察在戒備着①

けいひん【京浜】（名）東京和橫濱。⓪

けいひん【景品】（名）（商店贈給顧客的）贈品；☆景品を出す／給贈品。⓪

けいふ【系譜】（名）＝けいず。⓪

けいふ【継父】（名）〔文〕繼父（＝ままちち）。⓪

けいふ【継夫】（名）〔文〕繼夫，後夫。⓪

けいぶ【警部】（名）警部（警察職級之一，地位次於「警視」）；～ほ【警部補】（名）地位次於「警部」的警察。①

げいふう【芸風】（名）技藝（演技）的風格。③

けいふく【敬服】（名・自サ）佩服，欽佩；☆彼の博学には敬服する／他的博學令人佩服。⓪

けいぶつ【景物】（名）①（四季的）景物（花鳥風月）；②應時節的東西；③＝けいひん。⓪

けいふぼ【継父母】（名）〔文〕繼父和繼母。⓪

けいふん【鶏糞】（名）〔農〕鶏糞（肥料）。⓪

けいへいき【経閉期】（名）月經停止期③

*けいべつ【軽蔑】（名・他サ）輕蔑，輕視；☆人を軽蔑する／藐視人；☆軽蔑すべき言動／叫人瞧不起的言行。⓪

けいべん【軽便】Ⅰ（形動ダ）①輕便；☆この機械は軽便に出来ている／這個機械做得很輕便；②靈便，敏捷；Ⅱ（名）輕便鐵道；～りょうり【軽便料理】（名）簡單的飯食。⓪

けいぼ【敬慕】（名・他サ）〔文〕敬慕，景仰；☆ワシントンは全世界の人々に敬慕されている／華盛頓受到全世界人民的景仰。①

けいぼ【継母】（名）〔文〕繼母（＝ままはは）。⓪

けいほう【刑法】（名）〔法〕刑法；～がく【刑法学】（名）〔法〕刑法學。①

けいほう【警報】（名）警報；☆台風の警報があった／有了颱風的警報；～き【警報機】（名）警報機。⓪

けいぼう【警棒】（名）警棍。⓪

けいま【桂馬】（名）〔將棋〕桂馬（棋子之一）；◇桂馬の高あがり／爬得高跌得重。⓪

けいみょう【軽妙】（形動ダ）輕妙，輕鬆有趣；☆軽妙な筆致（ひっち）／輕妙的

筆致；☆彼は軽妙な演説が上手だ／他擅長輕鬆有趣的演說。0

けいむしょ【刑務所】（名）〔法〕監獄。30

けいめい【啓明】（名）金星。

けいめい【鶏鳴】（名）〔文〕①鶏鳴；②凌晨二時；③拂曉。

げいめい【芸名】（名）藝名（藝人的別名）。0

けいもう【啓蒙】（名・他サ）啓蒙，開蒙；～うんどう【啓蒙運動】（名）啓蒙運動；～しゅぎ【啓蒙主義】（名）啓蒙主義；～てつがく【啓蒙哲學】（名）啓蒙哲學；～ぶんがく【啓蒙文學】（名）啓蒙文學。

*けいやく【契約】（名・自サ）契約，合同；☆契約を解除する／解除契約；☆契約を結ぶ／立合同；☆契約を履行（りこう）する／履行合同；～しょ【契約書】（名）契約，合同。0

*けいゆ【経由】（名・自サ）經由，經過，路過，通過；☆スエズ経由／經由蘇伊士運河；☆彼はアラスカを経由して帰国する／他經由阿拉斯加回國；☆銀行を経由して送金する／通過銀行匯款。01

けいゆ【軽油】（名）〔化〕輕油。0

げいゆ【鯨油】（名）鯨（魚）油。0

けいよう【形容】（名・他サ）①相貌，容貌（＝すがた）；☆形容が枯槁する／形容枯槁；②形容，修飾；☆何とも形容できぬ／無法形容；③比喻；～し【形容詞】（名）形容詞；～どうし【形容動詞】（名）形容動詞。0

けいよう【掲揚】（名・他サ）掛起，高懸；☆国旗を掲揚する／掛起國旗。0

けいらく【京洛】（名）①京都的別稱；②京城。0

けいらん【鶏卵】（名）鶏蛋；～し【鶏卵紙】（名）蛋紙（印像紙的一種）。0

けいり【経理】（名・他サ）①經營管理；②會計事務；☆会計を経理する／管理會計；～がっこう【経理学校】（名）〔軍〕（舊時的）經理學校，軍需學校。1

けいりし【計理士】（名）會計師（＝かいけいし）。0

*けいりゃく【計略】（名）計策，謀略；☆計略にかかる／上了圈套。10

けいりゅう【渓流】（名）溪流。0

けいりょう【計量】（名・他サ）量，計量，測量（＝はかる）；～カップ【計量

cup】（名）量杯。30

けいりょう【軽量】（名）分量輕；～コンクリート【軽量 concrete】（名）輕混凝土；～ひん【軽量品】（名）〔鐵〕分量輕而體積大的貨物（如棉花）。0

けいりん【競輪】（名）自行車競賽（一種賭博，類似賽馬）。0

けいるい【係累】（名）〔文〕（家屬等的）係累，家累；☆係累が多い／家累繁重0

けいれい【敬礼】（名・自サ）敬禮，行禮；☆国旗に敬礼する／向國旗敬禮。0

*けいれき【経歴】（名）經歷，閱歷，履歷；☆経歴を調べる／調查經歷。0

けいれつ【系列】（名）系列。0

けいれん【痙攣】（名・自サ）〔醫〕痙攣，抽搐；☆痙攣が起（お）こる／抽搐起來；☆彼は心臓に痙攣を起（お）こした／他的心臟發生了痙攣。0

けいろ【毛色】（名）①毛色；☆虎の毛色は綺麗だ／虎的毛色好看；②〔轉〕性質，性情，脾氣，素質；☆毛色の変わった人／性情特殊的人；古怪的人；☆現代作家の中でも彼は毛色が変わっている／在現代作家中他別具風格。0

けいろ【経路】（名）路徑，途徑，過程（＝すじみち）；☆バスの経路／公共汽車的路線；☆経路を取る、経路をたどる／通過…途徑。1

けいろう【敬老】（名）敬老。0

けいろうどう【軽労働】（名）輕勞動。3

けう【希有】（形動ダ）稀有，罕有（＝まれ、めずらしい）；☆希有な大地震／稀有的大地震。1

けうと・い【気疎い】（形）①厭煩（＝いとわしい）；②懶惰，疏懶（＝うとましい）；☆気疎い声を出す／發出懶洋洋的聲音；図けうとし【形ク】。3

けうら【毛裏】（名）毛皮衣裏；☆毛裏の外套／皮裘大衣。0

げえげえ（副）哇哇（嘔吐聲）；☆酔っぱらったあげく、げえげえともどした／醉後哇哇地嘔吐了。1

ケー・オー【K.O.】（名）〔拳撃〕→ノック・アウト。3

*ケーキ【cake】（名）洋點心，蛋糕。1

ゲージ【gauge】（名）①〔鐵〕軌幅，規距；②規，（量）計，定用計器；～あつりょく【gauge圧力】（名）計示壓強，計示壓力；～ガラス【gauge硝子】（

名）（表示氣鍋中的水位）驗水管；～ブロック【gauge block】（名）規塊。①

*ケース【case】（名）①箱，容器，袋，套；②〔印〕鉛字盤；③場合，案件；④〔語法〕格；⑤子彈殼。①

ケーソン【caisson】（名）沉箱；潛涵。（＝せんかん）；～びょう【ケーソン病】（名）〔醫〕潛水病。①

ゲートル【法 guêtre】（名）綁腿，裹腿。①

ケーブル【cable】（名）①電纜；②地下（或水底）電線；③麻繩；④銅（鐵）絲；～カー【cable car】（名）索車；～レリーズ【cable release】（名）〔照像〕鋼絲頂針。①

*ゲーム【game】（名）①競技，比賽；②遊戲，娛樂；③〔網球〕（比賽的）一局；④獵獲物；～セット【game（and）set】（名）①〔網球〕一盤的終局；②（網球或棒球的）比賽終局；～とり【game取り】（名）〔棒球〕（榜球）記分人。①

けおさ・れる【気圧される】（自下一）被氣勢壓倒，感覺氣餒；けおさる（下二）。⓪

けおと・す【蹴落とす】（他五）①踢下去；☆石ころを谷間（たにま）に蹴落とす／把小石頭踢下山澗；②〔轉〕排擠掉；☆競争相手を蹴落とす／把競爭對手排擠掉。⓪③

けおり【毛織】（名）①毛織，毛織品；②棉絨；～もの【毛織物】（名）毛織物⓪

*けが【怪我】（名・自サ）①傷，受傷；☆車から落ちて怪我した／從車上摔下來受了傷；☆乗客に怪我はなかった／乘客沒有受傷的；②過失，過錯；☆これは君にとっては一寸の怪我だ／這對你來說是有一點過失◇怪我の負け／偶然失敗；怪我の功名（こうみょう）／僥倖成功；～にん【怪我人】（名）受傷的人。②

げか【外科】（名）〔醫〕外科；～い【外科医】（名）外科醫師。⓪

げかい【下界】（名）人世，俗世。⓪

けかえ・す【蹴返す】（他五）①（被人踢時）回踢；☆俺もかれを蹴返した／我也回踢了他；②踢回原位；（二人）對踢；☆二人で球を蹴返している／兩個人對踢球；③踢翻；④再踢；⑤（馬）往後踢；⑥〔角力〕踢對方的腿，同時用手推倒對方。⓪

けがき【毛描】（名）〔日本畫〕（對人和獸類毛髮的）精細描畫；～ふで【毛描

筆】（名）畫毛髮用的細筆。⓪

けが・す【穢す・汚す】（他五）①弄髒；☆着物を穢す／把衣服弄髒；②玷辱，污損；褻瀆；☆名誉を穢す／玷辱名聲；③凌辱，姦污；④〔謙遜詞〕忝列，忝居；☆私もその会の末席を穢した／我也忝列了那次會的末座。②

けかび【毛黴】（名）霉；☆毛黴の生えたパン／生了霉的麵包。⓪

けがみ【罫紙】（名）格紙。

けがらわし・い【穢らわしい・汚らわしい】（形）①污穢的，穢的（＝きたならしい）；☆そんな話は聞くも穢らわしい／那樣的話聽着都嫌穢；②討厭的，猥褻的（＝いとわしい）；☆穢らわしい奴／討厭的傢伙；☆穢らわしい／猥褻話；③在月經期的；けがらはし（形シク）⑤

けがれ【穢れ・汚れ】（名）①污穢，穢，污點；☆穢れを洗う／洗掉污垢，去掉污點；☆そんな人は人類の穢れだ／那種人是人類的敗類；☆心の汚れ／精神上的污垢，內心的醜惡；②〔迷信〕不潔（指喪期、產後等不能參神拜廟）；③沾染惡習；☆穢れを知らない純真な子供／沒沾染上惡習的純真的小孩子。③

けが・れる【穢れる・汚れる】（自下一）①穢，染污；☆着物が穢れた／衣服穢了；☆穢れた心／骯髒（醜惡）的心；②受姦污；☆彼女は穢れていない／她還是純潔的身子；③觸霉頭，遇到喪事；☆葬式に行って身が穢れた／送葬去招了喪氣；④（身子）不乾淨（指在喪期、產後、經期）；⑤沾染惡習；⑥〔佛〕染紅塵，起雜念；けがれる（下二）。④

けがわ【毛皮】（名）毛皮，皮貨；☆毛皮の外套／毛大衣；☆毛皮の裏（うら）をつける／掛上皮裏子；☆虎の毛皮の敷物／虎皮褥墊。⓪

げき【隙】（名）〔文〕①間隙（＝すきま）；②不和，裂隙；☆両者の間に隙を生じた／雙方之間發生了裂痕；③機會（＝おり）；☆隙をうかがう／伺機；☆隙に乗す／乘隙。①

*げき【劇】（名）①戲劇；②劇烈；③匆忙。①

げきえいが【劇映画】（名）〔電影〕故事片。③

げきか【劇化】（名・自サ）①編劇，戲劇化；☆芝居の筋がまだ十分に劇化されて

いない/劇情還沒有充分戲劇化；②劇烈化；③（教材的）戲劇化學習（主要應用於日本語文及社會科學等）。⓪

げきか【激化】（自・他サ）激烈化，劇烈化；☆戦争が激化した/戰爭激烈化了⓪

げきが【劇画】（名）（拉洋片的）洋片，紙畫。⓪

げきげん【激減】（名・自サ）激減，銳減；☆国内生産の著増で輸入が激減した/由於國內生産大大增加進口銳減了。⓪

げきご【激語】（名・他サ）〔文〕激烈言詞；☆論争中両方とも激語を放（はな）った/爭論中雙方都發出激烈言詞。②①

げきさい【撃砕】（名・他サ）撃潰；☆敵の来襲は完全に撃砕された/敵人的侵襲完全被撃潰了。⓪

げきざい【劇剤】（名）〔醫〕＝げきやく（劇藥）

げきさく【劇作】（名）劇作，戲劇創作；～か【劇作家】（名）劇作家。⓪

げきしゅう【劇臭・激臭】（名）〔文〕奇臭，強烈氣味。⓪

げきしょう【激賞】（名・他サ）極力推崇，竭力讚賞。⓪

げきじょう【激情】（名）激烈的感情；☆皆激情に駆（か）られて声を惜しまず万歳を叫び出した/全部激於熱情拼命地喊出萬歲。⓪

*げきじょう【劇場】（名）劇場。⓪

げきしん【劇震・激震】（名）劇烈的地震。⓪

げき・する【激する】Ⅰ（自サ）①激昂，激動，興奮；☆彼は非常に激している/他非常激動；②憤怒；☆彼はこの話を聞いて大いに憤った/他聽了這話非常憤怒；③衝撞；☆波が岩に激して砕（くだ）ける/浪濤到巖石上而飛濺；Ⅱ（他サ）激勵，鼓舞，激動；☆満場の人は皆彼の話に激された/滿場的人都爲他的話所激動；図げきす（サ）。③

げきせつ【激切】（名・形動ダ）激昂，激烈；☆激切な言葉で非難する/用激烈的話加以責難。

げきせん【激戦】（名・自サ）激戰；☆激戦が行なわれている/在激戰中。⓪

げきぞう【激増】（名・自サ）激增，陡增；☆鋼鉄の産額が激増した/鋼鐵産量大大增加。⓪

げきたい【撃退】（名・他サ）撃退敵人⓪

げきだん【劇団】（名）劇團。⓪

げきだん【劇談】（名）①〔文〕激烈的談話；②關於演劇的談話。⓪

げきだん【劇壇】（名）戲劇界。⓪

げきちゅう【劇中】（名）劇中。⓪

げきちん【撃沈】（名・他サ）撃沉；☆敵艦は我が巡洋艦に撃沈された/敵艦被我巡洋艦撃沉了。⓪

げきつい【撃墜】（名・他サ）撃落，打落；☆来襲の敵機は三台撃墜された/來襲的敵機被打落三架。⓪

げきつう【劇痛】（名）〔文〕劇痛。⓪

げきてき【劇的】（形動ダ）如劇的，戲劇性的，非常動人的，生動的；☆その場面は全く劇的であった/那個情景非常動人；☆彼の予言は劇的に実現した/他的預言戲劇性地實現了☆劇的なシーン/非常動人的情景，劇一般的場面。⓪

げきど【激怒】（名・自サ）震怒，大怒⓪

げきどう【激動】（名・自サ）激烈震動，動搖；☆人心が激動している/人心在動搖；☆家屋が激動する/（因地震）房屋震動。⓪

げきどく【劇毒】（名）〔文〕劇毒，猛烈的毒。⓪

げきとつ【激突】（名・自サ）猛撞，劇烈衝撞；☆汽船が氷山に激突して沈没した/輪船猛撞到冰山上沉沒了。⓪

げきは【撃破】（名・他サ）撃破，撃敗，駁倒；☆敵を撃破する/撃敗敵人；☆彼の論点を撃破した/攻破他的論點。①

げきはつ【激発】（名・他サ）激發，激起（感情）；☆感情の激発/感情的激發；☆二度の世界大戦は人民の民族主義的意識を激発した/兩次世界大戰激發了人民的民族主義的意識。⓪

げきひょう【劇評】（名）劇評。⓪

げきへん【激変・劇変】（名・自サ）劇烈變化，驟變；☆台風のため気候が激変した/由於颱風氣候驟變了。⓪

げきむ【劇務】（名）繁重的職務。①⓪

げきめつ【撃滅】（名・他サ）撃滅，殲滅。⓪

げきやく【劇薬】（名）劇藥；～おうじょう【劇薬往生】（名）吃劇藥過量致死⓪

けぎらい【毛嫌い】（名・他サ）無故厭惡，一味厭惡；☆彼は犬を毛嫌いする/他天性討厭狗；☆彼女はどうしたことか私を毛嫌いしている/不曉得爲什麼她就是討

厭我。②

げきりゅう【激流】（名）激流。⓪

げきりょ【逆旅】（名）〔文〕逆旅（＝やどや）。①

げきれい【激励】（名・他サ）激勵，鼓勵；☆全員を激励する／鼓勵全體人員。⓪

げきれつ【激烈】（形動ダ）激烈，厲害；☆激烈な戦争／激烈的戦争；☆激烈な言葉／激烈的話。⓪

けげん【怪訝】（形動ダ）詫異，驚訝，莫名其妙；☆怪訝な顔をしている／顯出詫異的神色。⓪

げこ【下戸】（名）〔俗〕不會（愛）喝酒的人；酒量小的人；↔じょうご（上戸）；☆私は下戸です／我不能喝酒；◇下戸と物はない／沒有不喝酒的人；下戸の建てたる倉もなし／不喝酒也沒攢下錢。①

げこう【下向】（名・自サ）〔文〕①向下，下降；②下郷；③拜佛歸來。⓪

げこくじょう【下剋上】（名）〔文〕下剋上，下犯上。③

けころば・す【蹴転ばす】（他五）踢倒，踢得亂滾；☆うっかりして痰壺（たんつぼ）を蹴転ばした／沒留神把痰盂踢倒了。⓪④

けごん【華厳】（名）〔佛〕←華嚴宗；〜きょう【華厳経】（名）〔佛〕華嚴經；〜しゅう【華厳宗】（名）〔佛〕華嚴宗。⓪

けさ【今朝】（名）今天早晨；〜がた【今朝方】（名）今天早晨。

けさ【袈裟】（名）〔佛〕袈裟；◇坊主憎けりゃ袈裟まで憎い／憎惡和尚連袈裟都憎惡；恨其人兼其物；〜がけ【袈裟懸】（名）斜肩披上。⓪

げざ【外座】（名）〔劇〕①（自觀客看）舞臺的左方、下場門方面；②鑼鼓場面的座席。

げざい【下剤】（名）〔藥〕瀉藥（＝くだしぐすり）；☆下剤をかける／服瀉藥。⓪

げさく【戯作】（名）①遊戲作品；②（江戸時代後期的）通俗小說〔即：読本（よみほん）、黄皮紙（きびょうし）、洒落本（しゃれほん）、滑稽本（こっけいほん）、人情本（にんじょうぼん）的總稱〕；〜しゃ【戯作者】（名）小說家。

けし【芥・罌粟】（名）〔植〕罌粟；〜つぶ【芥子粒】（名）①罌粟子；②〔轉〕微小；☆彼に良心などは芥子粒程もない／他一點良心也沒有。⓪

けし【消】（名）取消，勾消，刪去；☆こ

れは消にする／這個勾消。⓪

げし【夏至】（名）〔天〕夏至。⓪①

げじ【下知】（名・他サ）〔文〕命令，吩咐；☆下知を下す／發命令。①

げじ（名）〔動〕＝げじげじ。①

けしいん【消印】（名・自サ）①註銷的印；②郵戳；☆東京の消印のある手紙を受け取った／我接到了蓋着東京郵戳的信⓪

けしか・ける【嗾ける】（他下一）①挑唆，煽動（＝おだてる，そそのかす）；☆仲（なか）が悪くなったのは人に嗾けられたのだ／不和是被人挑唆的；②嗾使狗咬人（追跡）；☆兎に犬を嗾ける／嗾狗追兔；けしかく（下二）。⓪

けしから・ず【怪しからず】（連語）〔文〕＝けしからぬ。

けしから・ぬ（ん）【怪しからぬ（ん）】（連語）不像話，豈不講理，豈有此理；粗暴，下流，猥褻；☆実に怪しからん／眞豈豈有此理；☆怪しからん奴だ／豈不講理（混帳、可惡）的東西；☆怪しからん振舞をする／擧止下流（粗暴）；☆怪しからんことを言う／不講理，說混帳話。④

けしき【気色】（名）〔文〕①光景，樣子，模樣（＝ようす，けはい）；兆頭（＝きざし）；☆少しも恐れる気色がない／毫無恐懼的樣子；☆彼は昨日までちっとも死ぬような気色はなかった／到昨天爲止他還一點也沒有要死的兆頭；②面色，神色（＝かおいろ），情緒（＝きげん）；☆気色が優れない／神色不佳，不高興；☆彼には喜ぶ気色が見えない／他臉上沒有高興的神色；☆気色も見せない／不形於色；☆強敵に少しも恐れる気色なく進み出る／對於強敵毫無畏懼之色而走向前去；③（貴族的）神色，面容（＝おぼしめし）；④道理，詳情（＝わけ，しさい）；⑤改容，惱怒，不悅；〜づ・く【気色付く】（自五），〜だ・つ【気色立つ】（自五）＝けしきばむ；〜ど・る【気色取る】（自五）（看神色）察覺出，けしかく（下二）；〜ばかり【気色許】（副）①少許；②只是表面上；〜ば・む【気色ばむ】（自五）①〔文〕心情外露，形於色；②變色，面現怒容；☆彼の一言で皆が気色ばんで来た／因爲他的一句話，大家都怒形於色；③活躍起來，起色；☆市場が気色ばんで来た／市場活躍起來了。①

*けしき【景色】（名）風景，景緻；☆窓から見た景色は顔（すこぶ）るよい／窗外的風景很好。①

げじげじ【蚰蜒】（名）①〔動〕蚰蜒；蝘蜒，錢龍；②令人厭惡的人；～まゆ【蚰蜒眉】（名）濃眉。④③

けしゴム【消しゴム】（名）（擦鉛筆字的）橡皮；☆消しゴムで字を消す／用橡皮把字擦掉①③

けしずみ【消炭】（名）（燒薪柴中途熄滅而製成的）軟炭。⓪

けしつぼ【消壺】（名）熄火罐（＝ひけしつぼ）。①

けして【副】＝けっして。⓪

けしと・ぶ【消し飛ぶ】（自五）①（颼地一聲）飛起，疾飛；②＝けしとむ。③

けしと・める【消し止める】（他下一）①撲滅；☆火事を消し止める／撲滅火災；②〔轉〕防止（蔓延）；☆伝染病は広がる前に消し止められた／傳染病在蔓延前被消滅了。④

けじめ（名）〔文〕區別，差別（＝わかち，へだて）；☆けじめをつける／加以區別◇けじめをくう／被人疏遠，遭受歧視③①

*げしゃ【下車】（名・自サ）下車；↔じょうしゃ（乗車）。⓪①

*げしゅく【下宿】（名・自サ）①付房租（有時包伙食費）而寄宿他人家；☆彼は学校の近くに下宿している／他租房住在學校附近的公寓；～にん【下宿人】（名)住在租房的人；～や【下宿屋】（名）出租房間的行業；～りょう【下宿料】（名）公寓房錢。⓪

ゲシュタポ【德Gestapo】（名）（希特勒德國的）國家秘密警察。⓪

げしゅにん【下手人】（名）兇手。②⓪

げじゅん【下旬】（名）下旬。⓪①

げじょ【下女】（名）女僕，女佣人（＝じょちゅう）。①

*けしょう【化粧】（名・自サ）①化粧，打扮；☆外出のため鏡に向かって化粧する／因外出而對着鏡子化粧；②虛飾外表；☆ごまかし物にうまく化粧して売りつける／出賣裝潢漂亮的假貨；～いた【化粧板】（名)鉋平的木板；～がみ【化粧紙】（名）①〔角力〕擦身紙；②（勻粉用的）化粧紙；～くずれ【化粧崩】（名）（由於出汗或流淚等）敷的粉剝落（不勻）；～した【化粧下】（名）（擦粉前）敷的

底子；～しつ【化粧室】（名）①化粧室；②廁所；～すい【化粧水】（名）化粧水；～せっけん【化粧石鹼】（名）香皂；～だい【化粧台】（名）梳粧檯；～だな【化粧棚】（名）放化粧品的架子；～だんす【化粧簞笥】（名）化粧櫥；～ばこ【化粧箱】（名）①化粧盒；②裝禮物的華美盒子；～ひん【化粧品】（名）化粧品；～べや【化粧部屋】（名）化粧室；～まわし【化粧廻し】（名）〔角力〕力士在開場式上圍的飾布；～みず【化粧水】（名）①化粧水；②〔角力〕（盛在桶內掛在摔跤場柱上的）飲水；～わざ【化粧業】(名)①化粧術；②虛飾，光說不做。②

けしん【化身】（名）①〔佛〕化身；②〔劇〕鬼怪，鬼臉。⓪

*け・す【消す】（他五）①弄滅，熄滅；☆水をかけて火を消す／澆水滅火；☆蠟燭を消す／吹滅蠟燭；②塗去，抹去，擦掉，勾消，刪去；☆字を消す／把字擦掉，塗去；☆勘定を消してやる／把眼勾消；☆うわさを消す／闢謠；③關閉（電燈、煤氣、收音機等）；☆電灯を消す／關電燈；④去（毒），解（毒）；☆毒を消す／解毒；⑤褒貶；⑥塗抹，鍍金；◇肝を消す／嚇破膽。⓪

げ・す【解す】（自・他サ）理解，明白；☆彼の話は一寸解しがたい／他的話有點令人不解。①

げす【下種・下衆】（名）①（出身）卑賤的人；②（心術、根性）卑劣的人；卑鄙的人；～こんじょう【下種根性】（名）卑劣根性；～とくにん【下種德人】(名)卑鄙的有錢人。⓪

*げすい【下水】（名）髒水；下水道；～かん【下水管】（名）下水道的管子；～しょぶん【下水処分】(名)用濾清、沉澱、殺菌等法）處理髒水；～どう【下水道】（名）下水道。⓪

けすじ【毛筋】（名）①頭髮，毛髮；②（頭髮梳理後的）髮理；③〔轉〕微細的事物；☆毛筋程の事を棒程に言う／言過其實，誇大其詞；④←けすじだて。⓪

ゲスト【guest】（名）客人；～メンバー【guest member】（名）非正式會員，會友。①

けずね【毛臑】（名）多毛的腿。⓪

けず（づ）め【蹴爪・距】(名)①鷄距（鷄後

爪；②牛馬蹄後的小趾。①

けずリ【削】（名）削；〜がたな【削刀】
（名）削刀，挖刀；〜と・る【削り取
る】(他五)削去，挖去；☆刃物で削り取
る／用刀挖（去）。

けずリぐし【梳り櫛】（名）①髮梳；②梳
子，攏子。

けず・る【削る】（他五）①削，刮，鉋；
☆鉛筆を削る／削鉛筆；☆鉋（かんな）
で削る／鉋削；②削減；☆経費を削る／
削減經費；③刪去，劃去；☆この字を削
って下さい／請把這個字刪去；☆高いと
ころを削って平（たい）らにする／把高
處劃平；④蔑視，藐視；☆彼はよく人を
削る／他好藐視人；⑤〔文〕剝奪；☆官
爵を削る／剝奪官爵；⑥一點一點地削減
；☆身代（しんだい）を削る／逐漸地蕩
盡家產。①

けず・る【梳る】（他五）梳，梳髮（＝く
しけずる）。①

けず・れる【削れる】（自下一）①被削減
，被削小；②能削（滅）；☆固くて削れ
ない／硬得削不動。①

げ・せる【解せる】（他下一）能理解。②

ゲゼルシャフト【德Gesellschaft】（名）
①公司；②（社會學）利益社會；↔ゲマ
インシャフト（Gemeimschaft）。④

げせん【下賤】（形動ダ）下賤，卑賤。①

げせん【下船】（名・自サ）下船；↔じょ
うせん（乘船）。①

けそう【化粧】（名・自サ）＝けしょう。

げそく【下足】（名）①脫下的鞋；②→げ
そくばん【下足番】（名）看管
脫下的鞋的人。①

けぞめ【毛染】（名）染髮（使黑）；〜ぐ
すり【毛染薬】（名）染髮藥，烏髮藥①

けた【桁】（名）①〔建〕（橋或房柱上的）
橫樑；桁をかける（わたす）／架上橫樑
；②算盤柱；③〔數〕位數；☆桁を一つ
上げる／往上進一位；☆四桁の数／四位
的數；◇桁が違う／相差懸殊，天壤之別
；☆二人共だが桁が違う／兩人雖然都是
學者，但相差懸殊；桁をはずす／破格；
☆桁をはずして遊ぶ／盡興歡鬧。①

*げた【下駄】（名）①木屐；☆下駄を穿く／
穿木屐；②〔印〕校樣上的空鉛；◇下駄
をはく／（在中間）吃回扣。①

げだい【外題】（名）①（書的）外標題；
↔ないだい（內題）；②標題，題目；③

〔劇〕（歌舞伎等的）劇目，劇名。①

けたお・す【蹴倒す】（他五）①踢倒（＝け
ったおす）；②推倒（＝おしたおす）
；☆後から彼を蹴倒す／從後面把他推倒
；③賴賬不還（＝ふみたおす）。①③

けだか・い【気高い】（形）高雅的，品格
高尚的；☆気高い人格／高尚的人格；☆
彼には気高いところがある／他品格很高
尚；図けだかし（形）。③

けたけた（副）微笑貌；☆けたけた笑う／
嘻嘻笑。①

げたげた（副）笑個不停的樣子。①

けだし【蓋し】（副）〔文〕①蓋，大概（
＝おおかた，あるいは）；☆蓋し彼は何
事をか画策する所あるものの如し／他大
概正在策劃著什麼勾當；②蓋，總之，畢
竟（＝おもうに，ひっきょう）；☆蓋し一
大作家たるを失わぬ／總之不失為一大作
家。①

けたたまし・い〔形〕（聲音）尖銳的，吵
人的，喧囂的；☆女はけたたましい声を
上げた／女人發出尖銳的叫聲；☆ベルが
けたたましく鳴り響いている／電鈴很吵
人的響著；☆火事だ，火事だとけたたま
しく叫び立てる／大聲喊叫失火了！失火
了！図けたたまし（形シク）。⑤

けたちがい【桁違い】（名）①算盤定錯位
；②數字定錯位③（等級、價值等的）懸
殊；☆桁違いに大きい／差得遠。③

けた・てる【蹴立てる】（他下一）①踢起
；☆船が浪を蹴立てて進む／船破浪前進
；②踩腳，頓足；☆席を蹴立てて去る／
一踩腳站起離去，拂袖而去；図けたつ（下
二）。①③

けたはずれ【桁外れ】（名・形動ダ）格外
，特別，異乎尋常；☆桁外れに大きい／
特別大；☆桁外れの安値／格外的廉價③

けだもの【獣】（名）①獸；②〔罵〕畜
生。①

けだる・い【気怠い】（形）倦怠的。③

*けち（名・形動ダ）①吝嗇，小氣（＝しわ
い）；②けちな男／吝嗇鬼；③卑賤，卑
劣；簡陋，破舊；☆けちな顔をしている
／其貌不揚；☆けちな根性／劣根性；☆
けちな家に住んでいる／住在簡陋不堪的
房子；③不吉利；☆けちがつく／有不吉
的兆頭，倒起霉來；☆けちの付（つ）い
た家／不吉祥的房屋；④（市面）蕭索，
（人情）淡薄；◇けちを付（つ）ける／

挑毛病，說壞話；☆人の仕事にけちを付ける／挑旁人工作的毛病，對旁人的工作說壞話。①

けちが・える【蹴違える】（他下一）①踢閃了筋，踢扭了筋；②踢錯方向；③失挫，失敗；**冱けちがふ**（下二）。◎④

けちがん【結願】（名）〔佛〕滿願，功德圓滿。◎②

けちくさ・い【けち臭い】（形）吝嗇的，小氣的（＝けち）；☆けち臭いことを言うな／別說小氣氣的，別說小氣話。④

けちけち（副・自サ）小小氣氣吝嗇；☆そんなにけちけちするな／不要那樣小小氣氣的；☆けちけちせずに金を出せ／大大方方地拿出錢來。①

けちつ・く（自五）吝嗇，花錢不大方（＝けちけちする）。

ケチャップ【Ketchup, catchup】（名）番茄醬。

げちょう【牙彫】（名）象牙彫刻。

けちょんけちょん（副）〔俗〕體無完膚，落花流水（＝さんざん）；☆けちょんけちょんにやっつけた／打得落花流水，批評得體無完膚。⑤

けちら・（か）す【蹴散ら（か）す】（他五）①踢散；☆よっぱらったので手当り次第何でも蹴散らかす／因為喝醉了遇到什麼就亂踢什麼；②衝散，趕跑；☆敵をけちらす／衝散敵人。◎④

けちんぼう【けちん坊】（名・形動ダ）吝嗇鬼（＝しみったれ，しわんぼう）；☆彼はけちん坊だ／他是個吝嗇鬼。①

けつ【欠】（名）①缺欠（＝かけ，ふそく）；☆欠を補う／補缺；②傷殘（＝きず）；③缺席。①

けつ【穴】（名）①〔文〕（針灸的）穴道，經穴；②俗〔穴〕，孔；③〔俗〕屁股；☆穴のあな／肛門；☆穴をふく／擦屁股；〔轉〕（離別人）善後；④〔俗〕末尾，最後；☆穴から一番／倒數第一。◎

けつ【決】（名）①決定（＝きまり，とりきめ）；②議決；☆決を取る／表決。①

けつ【結】（名）〔文〕①結局（＝おわり，むすび）；②（文章的）末句，結句。

げつ【月】（名）←星期一（＝げつようび）。①

けつあつ【血圧】（名）〔醫〕血壓；☆血圧を計る／量血壓；～けい【血圧計】（名）〔醫〕血壓計；～こうしんしょう【

血圧亢進症】（名）〔醫〕高血壓症。◎②

***けつい【決意】**（名・自サ）決意，決心（＝けっしん）；☆決意を固（かた）める／下定決心。①②

けついん【欠員】（名）缺額，空缺；☆会計が一人欠員となっている／會計有一名缺額；☆欠員を補う／補充缺額。◎

げつえい【月影】（名）月光，月影（＝つきかげ）。◎

***けつえき【血液】**（名）血液；～がた【血液型】（名）〔醫〕血型；～ぎょうこ【血液凝固】（名）血液凝固；～ぎんこう【血液銀行】（名）〔醫〕（輸血用的）血庫；～けんさ【血液検査】（名）驗血；～じゅんかん【血液循環】（名）血液循環。②

けつえん【血縁】（名）①血緣，血統；②同一血統的人；～かんけい【血縁関係】（名）血緣關係，親屬關係；～しゃかい【血縁社会】（名）血族社會；～だんたい【血縁団体】（名）血族團體（指家族，氏族等）。◎

けっか【欠課】（名・自サ）缺課；☆欠課する人は一人もいない／沒有一個缺課的。◎

***けっか【結果】**（名）①結果，結局；☆手術の結果がよい／手術的結果很好；☆互に譲歩した結果事件は直ち落着した／由於互相讓步的結果，事件立刻平息了；☆彼の行動の結果する所は大きい／他的行動造成很大的結果；②「農」結果，結實；～せつ【結果説】（名）〔倫〕結果說；～ろん【結果論】（名）①結果論；②〔倫〕←けっかぜつ。◎①

げっか【月下】（名）〔文〕月下，月光之下；～こう【月下香】（名）〔植〕月下香（石蒜科）；～びじん【月下美人】（名）〔植〕曇花；～ひょうじん【月下氷人】（名）〔文〕冰人，媒人；～ろうじん【月下老人】（名）〔文〕月下老人，媒人①

けっかい【血塊】（名）①血塊，血餅；②〔醫〕怪胎。◎

けっかい【決潰・決壊】（名・自他サ）（堤等）決口（＝くずれる）；☆大水で堤防が決潰した／因為洪水河堤決口了。◎

***けっかく【結核】**（名）①〔醫〕結核；②〔醫〕←けっかくしょう；③〔礦〕（concretion）凝巖，凝團，核顆；～きん【結核菌】（名）〔醫〕結核菌；～しょう【結核症】（名）〔醫〕結核病。◎

け

げつがく【月額】（名）每月的金額或定額。⓪

けつか・る（補動・五）〔俗〕〔表卑〕〔用…てけつかる形〕＝ている，てある；☆字を書いてけつかる／（那傢伙）正在寫字。

けっかん【血管】（名）〔解〕血管。⓪

*けっかん【欠陷】（名）缺陷，缺點；☆欠陷を補う／彌補缺陷。⓪

げっかん【月刊】（名）月刊；～ざっし【月刊雜誌】（名）月刊雜誌。⓪

げっかん【月間】（名）（特定的）一個月期間。⓪

けっき【血氣】（名）①元氣，精力；②血氣，血性，意氣，熱情；☆その時彼はまだ血気の盛んな若者だった／那時他還是個血氣方剛（充滿熱情）的青年；◇血気に逸（はや）る／意氣用事，偏激於熱情（失去冷靜）；☆ざかり【血気盛り】（名・形動ダ）血氣方剛；富於熱情。①

けっき【蹶（決）起】（名・自サ）蹶起・奮起；☆大陸上の人民が総蹶起して共産主義者に反対する／大陸上的人民都奮起反對共產主義者。①

*けつぎ【決議】（名・自他サ）決議，議決；☆決議によって行動する／按照決議行事；～あん【決議案】（名）決議草案；～ろく【決議録】（名）決議錄。①②

けっきゅう【血球】（名）〔解〕血球；～きせいちゅう【血球寄血虫】（名）〔醫〕血球寄生蟲；～ちんこうそくど【血球沈降速度】（名）〔醫〕＝けっちん（血沈）。⓪

けっきゅう【結球】（名）〔植〕（洋白菜等的）結成球狀。⓪

*げっきゅう【月給】（名）月薪，工資・薪金；☆月給が上がる／漲薪；☆月給を払う／發薪；～とり【月給取り】（名）靠工資（月薪）生活的人；～び【月給日】（名）發薪日。⓪

けっきょ【穴居】（名・自サ）穴居；☆穴居の家／窰洞。①

*けっきょく【結局】Ⅰ（名・自サ）結局，結果，終結，收尾（＝はて，おわり）；☆この論争の結局はどうなることだろう／這個爭論不曉得是怎樣的結局；☆結局するところ／結局，歸根到底；Ⅱ（副）結果，結局，究竟，歸根到底（＝あげくのはて，とうとう）；☆結局誰にも解らな

かった／結局誰也沒有明白；☆結局認識の問題だ／歸根到底是認識的問題。④⓪

けっきん【欠勤】（名・自サ）缺勤，請假；☆病気の為欠勤した／因病缺勤了；☆彼は先月欠勤が多かった／他上月請假多次；～とどけ【欠勤届】（名）請假單，假條；☆欠勤届を出す／遞假條。⓪

けっく【結句】Ⅰ（名）（詩歌的）結句，結尾；Ⅱ（副）①到底，究竟，結果（＝けっきょく）；☆結句皆手を引いてしまった／結果全都撒手不管了；②却，反倒，倒是（＝かえって，むしろ）；☆金がかかっても結句この方が得だ／雖然費錢，倒是這麼辦合算。⓪③①

げっけい【月桂】（名）①〔文〕月亮；②〔植〕月桂冠樹；～かん【月桂冠】（名）①桂冠（古代希臘授與競賽優勝者用月桂樹葉做的環）；②最高榮譽；～じゅ【月桂樹】（名）〔植〕月桂樹。⓪

げっけい【月経】（名）〔生〕月經；～つう【月経痛】（名）〔醫〕月經痛；～へいしき【月経閉止期】（名）〔醫〕閉經期，絕經期。⓪

けっけいもんじ【楔形文字】（名）楔形文字（＝せっけいもんじ）。⑤

けつご【結語】（名）結語；結尾語。⓪

けっこう【血行】（名）血液循環；☆血行がよい（わるい）／血液循環正常（不正常）。⓪

けっこう【血紅】（名）〔文〕血紅，赤紅；～しょく【血紅色】（名）〔文〕血紅色；～そ【血紅素】（名）血紅素，血色素。⓪

けっこう【決行】（名・他サ）決心實行，斷然進行；☆大改革を決行する／斷然實行大改革。⓪

*けっこう【結構】Ⅰ（名）結構，構造，布局；☆その建物は結構が壮麗だ／那座建築物的結構壯麗；Ⅱ（形動ダ）①很好，好極；☆結構な品（しな）／很好的物品；☆結構な話／好消息；☆結構な身分／很好的地位，很好的境遇；☆結構な考え／好主意；☆ピクニックに行きましょうか──結構ですね／郊遊去好嗎？──那好極了；☆ありがとう，皆達者です──それは結構です／謝謝你的關懷，大家都好──那好極了；②可以，足够；☆今日できなければ明日でも結構です／今天辦不到明天也可以；☆寄付はいくらでも結

構だ／捐款不拘多少都可以；☆もっとあげましょうか——（いや）もう結構です／再給你一些吧——不要了，够了，☆もう三尺もあれば結構です／再有三尺就足够了；Ⅲ（副）蠻可以，蠻好；☆代用品でも結構役に立つ／代用品也蠻好用的☆かれの英語は結構通じる／他那份英語也蠻能說通；☆以前は結構良い船であった／過去曾是一隻蠻好的船。◻◻◻

けっこう【欠航】（名・自サ）（飛機、輪船因事故）缺班，不開；☆連絡船は欠航となった／聯絡船缺班了。◻

けつごう【結合】（名・自他サ）結合；☆商人が結合して組合を組織した／商人結合起來組織了商會；～おん【結合音】（名）〔樂〕（結）合音。◻

げっこう【月光】（名）〔文〕月光；☆月光を浴（あ）びて／在月光下；☆柔かい溶けるような月光／溶溶的月光。◻

げっこう【激昂】（名・自サ）激昂，激動，激憤；☆何も激昂することはないではないか／你何必那麼激動呢！◻

けっこうそ【血紅素】（名）〔醫〕血紅素。◻

けっこん【血痕】（名）血迹；☆血痕のついた／有血迹的。◻

＊けっこん【結婚】（名・自サ）結婚；☆結婚を申し込む／求婚；～しき【結婚式】（名）結婚典禮；～てきれいき【結婚適齡期】（名）適合結婚的年齡；～ねんれい【結婚年齡】（名）（法定）結婚年齡。◻

けっさい【決裁】（名・他サ）裁決，批准；☆部長の決裁を仰ぐ／請部長批准。◻

けっさい【決済】（名・他サ）清賬，付清；☆その勘定（かんじょう）はまだ決済になっていない／那筆賬還沒有清。◻

けっさい【潔斎】（名・自サ）齋戒沐浴◻

けっさく【傑作】（名）①（作品的）傑作；☆これはピカソの傑作だ／這是畢加索的傑作；②漂亮，出色；☆彼の仮装は実に傑作だ／他的化裝十分出色；③「諧」過失，錯誤（＝しっさく）；☆えらい傑作をやらかしたよ／搞了一個大錯兒。◻

けっさつ【結紮】（名・他サ）〔醫〕結紮（血管）；☆出血する動脈を結紮する／把出血的動脈紮住。◻

けっさん【決算】（名・自サ）①決算，清算；②結賬，清賬；☆決算してみたら二

万円の赤字になった／結了賬一看虧了兩萬日元；～き【決算期】（名）〔經〕決算期；～び【決算日】（名）〔經〕①決算日；②（期貨的）交割日；～ほうこく【決算報告】（名）〔經〕決算報告書。◻

げっさん【月産】（名）一個月的生產量◻

けっし【決死】（名）決死，拚命；☆決死の覚悟で進む／以殊死的決心前進；～たい【決死隊】（名）敢死隊。◻◻

けっしきそ【血色素】（名）〔醫〕含血色素。◻

けつじつ【結実】（名・自サ）①（草木）結實，結果；②〔轉〕得到（良好）結果，收穫；☆皆の努力が結実する／大家的努力有了收穫。◻

＊けっして【決して】（副）（下接否定語）絕（不），千萬（別）（＝どうても，だんじて）；☆彼は決してそんな人ではない／他絕不是那種人；☆決してこんな本を読んではなりません／千萬別看這樣書；☆決して高くない／絕不算貴。◻

けっしゃ【結社】（名・自サ）結社；☆結社の自由／結社的自由。◻

げっしゃ【月謝】（名）①月敬，（每月付的）酬謝金；②（每月付的）學費，束脩；☆月謝を納ある／交學費。◻

げっしゅう【月収】（名）月收，每月的收入；☆月収が二十万円ある／每月收入有二十萬日圓。◻

けっしゅう【結集】（名・他サ）集結，集聚；☆東部戦線に主力部隊を結集する／把主力部隊集結到東部戰線上去。◻

けっしゅつ【傑出】（名・自サ）傑出，卓越；☆彼は数学者として当代に傑出している／他是現代傑出的數學者。◻

けっしょ【血書】（名・自サ）血書。◻

けつじょ【欠如・闕如】（名・自サ）缺少，缺乏；☆同情と理解の欠如／缺乏同情和理解。◻

けっしょう【血漿】（名）〔醫〕血漿。◻

＊けっしょう【決勝】（名）決勝負，決賽；～せん【決勝戦】（名）決賽；～てん【決勝点】（名）決勝點。◻

＊けっしょう【結晶】（名・自サ）結晶，☆砂糖を氷砂糖に結晶させる／使砂糖結晶爲冰糖；☆努力の結晶／努力的結晶；～かがく【結晶化学】（名）〔化〕結晶化學；～がく【結晶学】（名）結晶學；～け

い【結晶系】(名)〔礦〕晶系；～こうがく【結晶光学】(名) 結晶光學；～こうし【結晶格子】(名)〔理〕晶體點陣；～こうぞう【結晶構造】(名)〔化〕晶體結構；～さんきょくかん【結晶三極管】(名)→トランジスター；～じく【結晶軸】(名)〔礦〕結晶軸；～しつ【結晶質】(名)〔化〕(結)晶(狀)態；～すい【結晶水】(名)〔化〕結晶水；～せいりゅうき【結晶整流器】(名)〔理〕晶體整流器；～たい【結晶体】(名)(結)晶體；～ど【結晶度】(名)〔地質〕(火成巖由巖漿發生時的)結晶度；～ぶんかさよう【結晶分化作用】(名) 結晶分化作用；～へんがん【結晶片岩】(名)〔礦〕結晶片巖；～めん【結晶面】(名)(結)晶面。⓪

けつじょう【結繩】(名) 結繩；～もんじ【結繩文字】(名) 結繩文字。⓪

けつじょう【楔状】(名)〔文〕楔狀，楔形；～なんこつ【楔状軟骨】(名)〔解〕楔狀軟骨；～もんじ【楔状文字】(名) 楔形文字。⓪

けっしょうばん【血小板】(名)〔解〕血小板。⓪

けっしょく【欠食】(名・自他サ) 缺食，不吃飯；☆昼食を欠食する／不吃午飯。⓪

けっしょく【血色】(名)①臉色，氣色；☆君は少し血色が悪い／你的氣色不好；②血紅色，血色。⓪

げっしょく【月食・月蝕】(名)〔天〕月蝕；☆明晩は月食だ／明天晚上月蝕。⓪

*けっしん【決心】(名・自サ) 決心，決意；☆まだ決心がつかない／還沒下決心；☆これからドイツ語を勉強しようと決心した／決心今後學習德語；◊決心の臍(ほぞ)を決める／下定決心。⓵⓷

けっしん【結審】(名・自サ)〔法〕終結審訊。⓪

けつじん【傑人】(名) 英傑，傑出的人。⓪

けっすい【決水】(名・自他サ)①(堤壩)決口，氾濫；②(破壞河堤或水閘)使水氾濫。⓪

けっ・する【決する】Ⅰ(自サ)①決定(＝きまる)；今月十日に出発することに決した／定於本月十日出發；⑧決口；☆大河の決するごとく／如同大河決口；Ⅱ(他サ)①決定(＝きめる)；☆勝負を

決する／決定勝負；☆死を決して戦場に行く／下定殊死決心上戰場；☆激流が堤防を決した／激流沖潰了河堤；図けっす(サ)。⓪

けっせい【血清】(名)〔生〕血清；～しんだん【血清診断】(名)〔醫〕血清診斷；～びょう【血清病】(名)〔醫〕血清病；～りょうほう【血清療法】(名)〔醫〕血清療法。⓪

*けっせい【結成】(名・他サ) 結成，組成；☆アラビヤ連盟を結成した／結成一個阿拉伯聯盟。⓪

けつぜい【血税】(名)①殘酷的重稅，苛稅；②〔喻〕(一般有缺點的)兵役，徭役。⓪

げっせかい【月世界】(名) 月球的世界⓷

*けっせき【欠席】(名・自サ) 缺席；☆無断で欠席する／擅自曠課；☆学校を缺席する／不上學，不上課；～さいばん【欠席裁判】(名)〔法〕缺席裁判；～とどけ【欠席届】(名) 請假條；～はんけつ【欠席判決】(名)〔法〕缺席判決(＝けっせきさいばん)。⓪

けっせき【結石】(名)〔醫〕結石。⓪

けっせん【血栓】(名)〔醫〕血栓，血結症。⓪

けっせん【血戦】(名・自サ) 血戰；☆長く血戦した揚句，逐に敵を降参させた／經過長時間血戰之後，終於迫使敵人投降了。⓪

けっせん【決戦】(名・自サ) 決戰；☆決戦の段階に入る／進入決戰階段。⓪

けつぜん【決然】(形動タルト)〔文〕決然，毅然決然，堅決；☆決然たる態度／堅決的態度。⓷⓪

けつぜん【蹶然】(形動タルト)〔文〕蹶然；☆蹶然として立つ／蹶然而起。⓷⓪

けっせんとうひょう【決選投票】(名) (當候選人均未達到法定票數，難於確定當選人時，對得票最多的人進行的)決定當選人的投票，最後投票。⓹

けっそう【血相】(名)(面部的)表情，臉色(＝かおいろ)；☆電報を見たとたんに血相を変えた／一看見電報臉色馬上就變了。⓷

けっそく【結束】(名・自他サ)①捆束(＝たばねる)；☆髪を結束する／束髪；②打扮，裝束(＝みじたく)；⑨團結；☆彼らは結束して抗議を提出した／他們團結起來提出抗議；☆結束を固める／鞏

け

けつぞく【血族】（名）血族，近親；☆僕と彼とは血族関係にある／我和他有血族關係；～けっこん【血族結婚】（名）血族結婚，近親結婚。⓪②

げっそり（副・自サ）①突然減少；驟然消瘦；☆げっそり痩せた／驟然消瘦；☆僅か一週間の病気でこんなにげっそりしてしまった／僅僅病了一星期就瘦成這個樣子；②〔俗〕索然，掃興，失望（＝がっかり）。③

けつそん【欠損】（名・自サ）虧損，賠錢；☆その会社は欠損続きだ／那個公司一直在賠錢；☆今期は五十万円の欠損を出した／本期虧了五十萬日元；☆欠損を補う／填補虧損。①⓪

けったい【希代】（形動ダ）〔方〕奇怪，古怪（＝けたい）；☆けったいな人／奇怪的人。

けったく【結託】（名・自サ）勾結，串通，共謀；☆彼は会計と結託して金をごまかす／他勾結會計舞弊。⓪

けったん【血痰】（名）〔醫〕帶血的痰⓪

*けつだん【決断】（名・自サ）決斷，決心，果斷；☆決断がつかない／猶豫不定；☆決断が鈍（にぶ）い／優柔寡斷；☆彼は決断のいい男だ／他是個果斷的人；～りょく【決断力】（名）果斷力，決心☆決断力に乏しい／不夠果斷。

*けっちゃく【決着】（名・自サ）終結，結束，解決；☆謝罪してやっと結着した／賠了罪才算了結了事；☆決着がつかない／不能解決，沒法解決。⓪

けっちょう【結腸】（名）〔解〕結腸（大腸之一部）。①

けっちん【血沈】（名）〔醫〕血沈。⓪

*けってい【決定】（名・他サ）決定；☆出発の日はまだ決定していない／出發的日子還沒有決定；～てき【決定的】（形動ダ）決定性的；☆これで勝負は決定的になった／這樣一來勝負已經決定了；～ばん【決定版】（名）定本；～ろん【決定論】（名）〔哲〕決定論。⓪

*けってん【欠点】（名）①缺點，短處，毛病；☆誰にでも欠点はある／任何人都有缺點；☆欠点を繕（つくろ）う／掩飾缺點；②不合格的分數。③⓪①

ケット（名）毛毯（＝もうふ，ブランケット）。③

けっとう【血統】（名）血統；☆鈴木家の血統は絶えた／鈴木家族的血統斷絕了；☆血統の明かな馬／血統清楚的馬；～しゅぎ【血統主義】（決定國籍時以血統爲根據的主張）。⓪

けっとう【血糖】（名）〔解〕血糖（血漿、血清中含有的醣類，特別是葡萄醣）⓪

けっとう【決闘】（名・自サ）決闘；☆決闘を申し込む／要求決闘；～じょう【決闘状】（名）要求決闘的通知。⓪

けっとう【結党】（名・自サ）結黨，組織政黨。⓪

ゲットー【德Getto・意ghetto】（名）（意大利等城市中的猶太人街，猶太人區⓪

けとば・す【蹴っ飛ばす】（他四）〔俗〕＝けとばす。

けつにょう【血尿】（名）〔醫〕血尿；～びょう【血尿病】（名）〔醫〕血尿症⓪

けっぱく【潔白】（名・形動ダ）①純白，雪白；②清白，純潔，廉潔，無辜；☆彼は金銭については潔白です／他對金錢是不苟的；☆彼は潔白の士だから邪推してはいけない／他是個清白的人不要亂猜疑；☆身の潔白を立てる／證實一身清白⓪

けつばん【欠番】（名）①缺號，空頭號碼；②無人值班。⓪

けつばん【血判】（名・自サ）（在請願書、盟約上）按血手印；血手印。⓪③

けつび【結尾】（名）〔文〕（文章的）結尾。①

けっぴょう【結冰】（名・自サ）結冰。⓪

げっぴょう【月表】（名）月報表，月計表。⓪

げっぴょう【月評】（名）月評，每月的評論（批評）⓪

げっぷ【月賦】（名）①按月分攤；②按月付款；☆月賦の電気製品／按月分付價款方法買的電化製品；☆月賦でミシンを買う／用按月分付法買縫紉機；～ばらい【月賦払い】（名）按月付款；☆現金がなければ月賦払いでいい／若沒有現錢，按月付款也可以；～はんばい【月賦販売】（名）用按月付款的方式出售。⓪

げっぷ【俗】噯氣，打嗝；☆げっぷが出る／打嗝。③

けつぶん【結文】（名）文章的結尾。⓪

けっぺい【血餅】（名）血餅，血的凝塊⓪

けっぺき【潔癖】（名・形動ダ）①潔癖，好清潔；☆潔癖な人だからいつも部屋を

きちんと片付ける／因為是有潔癖的人，總是把屋子收拾得乾乾淨淨；②清高，狷介；☆潔癖な彼はすぐ辞職してしまった／他是個清高的人，立刻辭職了。⓪

けつべつ【訣別】（名・自サ）〔文〕訣別，告別；☆皆の前で訣別の辞を述べた／在大家面前致了告別辭。⓪

けつべん【血便】（名）〔醫〕血便。⓪

けつぼう【欠乏】（名・自サ）缺乏；☆欠乏しないうちに何とかする／在未缺乏以前想辦法。⓪

げっぽう【月報】（名）每月的報告。⓪

げっぽう【月俸】（名）月俸，月薪。⓪

けつまく【結膜】（名）〔解〕結膜；～えん【結膜炎】（名）〔醫〕結膜炎；～じゅうけつ【結膜充血】（名）〔醫〕結膜充血。⓪②

けつまず・く【蹴躓く】（自五）①絆倒（＝つまずく）；☆石に蹴躓いた／被石頭絆倒了；②中途失敗，挫折；☆事業が中途で蹴躓いた／事業中途失敗了。⓪

けつまつ【結末】（名）結果，終局，結尾；☆結末がつく／定局，解決；☆結末をつける／結束；加以解決。⓪

げつまつ【月末】（名）月末，月底；～ばらい【月末払い】（名）月底付款。⓪

けつみゃく【血脈】（名）①〔解〕血管；②血緣，親屬關係；☆もう誰も血脈いたものはいません／沒有一個親人了；☆両校は血脈を通じている／兩個學校是一脈相通的；③〔佛〕法統。⓪②

けつゆうびょう【血友病】（名）〔醫〕血友病。⓪

げつよう【月曜】（名）星期一；～び【月曜日】（名）星期一。⓪③

けつるい【血涙】（名）血淚；☆血涙をしぼる【流す】／流血淚。⓪

げつれい【月齢】（名）①〔天〕月齡（表示月亮盈虧的日數）；②出生後的月數⓪

けつれつ【決裂】（名・自サ）決裂，破裂；☆交渉は決裂した／交涉決裂了。⓪

けつろ【血路】（名）血路，活路；☆一条の血路を開く【ひらく】／殺出一條血路；☆経済の血路を求める／尋求經濟的活路。①

けつろん【結論】（名・自サ）結論；☆こういう結論に達した／達到這樣的結論；☆結論を下す／下結論。⓪②

げてもの【下手物】（名）粗貨，簡單的手工業品；↔じょうてもの。⓪

けど〔俗〕Ⅰ（接）＝けれども；Ⅱ（接助）＝けれども。①

けとう【毛唐】（名）〔蔑〕洋鬼子（對西洋人的蔑稱）；～じん【毛唐人】（名）＝けとう。②

げどう【外道】（名）①〔佛〕外道，佛教以外的教；②旁門左道；信邪教的人；③〔罵〕壞蛋；☆この外道め！／（你）這個壞蛋！②

げどく【解毒】（名・自サ）解毒；～ざい【解毒剤】（名）解毒劑。⓪

けとば・す【蹴飛ばす】（他五）①踢飛，踢到一旁；②〔蹴〕拒絕；☆彼の要求は蹴飛ばされた／他的要求被拒絕了。⓪

けども〔俗〕Ⅰ（接）＝けれども；Ⅱ（接助）←けれども。

げな（連語・感助）〔俗〕表示推測（＝そうだ）；☆死んだげな／聽說死了。

けなげ【健気】（形動ダ）①勇敢；☆健気な振舞（ふるまい）／勇敢的行為；②可嘉，値得稱讚；☆彼は健気にも一人で火事を防いだ／値得稱讚的是他一個人防止了火災；③勤勉；☆健気にはたらく／勤懇做工；～もの【健気者】（名）勤懇的人。①⓪

けなし【毛無し】（名）禿，沒有毛（的東西）；～やま【毛無山】（名）童山，禿山。⓪③

けな・す【貶す】（他五）誹謗，貶低，褒貶；☆人の成功を貶す／貶低別人的成就；☆そう一口に貶したものでもないよ／並不是那麼一文不值的，不可一概抹殺⓪

けなみ【毛並】（名）①毛長的樣子；☆毛並がよく揃っている／毛長得整齊；☆毛並のよい猫／毛長得整齊的貓；②性質（＝けいろ）；☆毛並の変わった／奇怪的，與衆不同的；③血統（＝ちすじ）。⓪

げなん【下男】（名）男僕；↔げじょ（下女）。①

げに【実に】（副）〔文〕①實在（＝じつに）；②誠然，多麼（＝いかにも）；～も【実に】（副）〔文〕誠在，誠然①

けにん【家人】（名）〔文〕①僕人，家奴；②（奈良及平安時代）領主的屬民；③（鎌倉及室町幕府的）將軍的家臣；④〔江戸時代〕德川氏的家臣。①

げにん【下人】（名）〔文〕①僕人；②賤民；～なみ【下人並】（名）〔文〕和僕

人一樣；與僕人爲伍。◎①

けぬき【毛抜・鑷】（名）鑷子。③◎

げねつ【下熱】（名・自サ）〔醫〕退燒。

げねつ【解熱】（名・他サ）〔醫〕退燒；
～ざい【解熱劑】（名）〔醫〕退燒藥◎

けねん【懸念】（名・他サ）懸念，掛念，
擔心；☆試驗の結果を懸念する／擔心考
試的結果；☆体を懸念する／擔心身體（
的健康）；☆その件は懸念するに及ばな
い／那一件事用不着擔心。①◎

けば【毛羽・毳】（名）①絨毛，細毛；☆
毳を立てる／使起絨毛；⑧蠶做繭時最初
吐出的搭漖狀絲；⑨地圖上表示山脈或傾
斜的細線；～だ・つ【毳立つ】（自五）
起毛，起絨毛；☆紙の表が毳立って書き
にくい／紙面起毛不好寫字。◎

げば【下馬】Ⅰ（名）下等馬，駑馬；Ⅱ（
名・自サ）①下馬；②禁止騎馬；⑧下馬
的地方；～ひょう【下馬評】（名）社會
上的風傳，一般人的推測。①

けはい【気配】（名）①〔(けわい)之訛〕
情形，情勢，苗頭；②〔經〕（交易所用
語）行情（＝きはい）。②①

けはえぎわ【毛生際】（名）＝けぎわ。◎

けはえぐすり【毛生薬】（名）生髮藥，生
毛藥。④

けばけば【毳毳】（名・自サ）〔俗〕花俏
刺目，庸俗的華麗。①

けばけばし・い【毳毳しい】（形）花哩花
俏的，花俏刺目的，華麗而庸俗的；☆毳
毳しい身なりをしている／穿得花哩花俏
；因けばけばし（形シク）。⑤

けばだ・つ【毛羽立つ・毳立つ】（自五）
（織物因磨擦而）起毛，起絨毛。⑧◎

げび【下卑】（名）①卑鄙。

けびいし【検非違使】（名）〔史〕平安朝
時代的官名（掌管保安、監察和審判）②

けびょう【仮病】（名）假病，裝病；☆仮
病を使（つか）う／裝病。◎

げ・びる【下卑る】（自上一）做下流行爲
；變成卑鄙；☆下卑た話をする／説下流
話。②

けピン【毛pin】（名）細髮針。◎

*****げひん**【下品】（形動ダ）下流，卑鄙，庸
俗；☆下品な冗談／下流的笑話。②

けぶ【煙】（名）〔俗〕煙（＝けむり）；
☆けぶにする／使煙消雲散。◎

けぶ・い【煙い】（形）〔俗〕嗆人的（＝
けむい）；因けぶし（形ク）。◎

けぶか・い【毛深い】（形）毛多的，毛厚
的（人）；毛髮密的；☆毛深い人／毛髮
密的人。③◎

けぶが・る【煙（烟）がる】（自五）＝け
むがる。◎

けぶた・い【煙（烟）たい】（形）＝けむ
たい；因けぶたし（形ク）。◎

けぶたが・る【煙たがる】（自他五）＝け
むたがる。④

けぶとん【毛蒲団】（名）①毛皮褥子；毛
皮墊子；②塡獸毛的墊子，鴨絨褥子。②

けぶり【煙・烟】（名）＝けむり。◎

けぶり【気振り】（名）神色，樣子（＝そ
ぶり，ようす）；☆先方は少しも不満の
気振りを見せない／對方一點也沒有露出
不滿的神色。①

けぶ・る【煙（烟）る】（自五）＝けむ
る。◎

けぼうき【毛箒】（名）鷄毛撢子，毛箒②

けまり【毛鞠】（名）內部塡毛的球。

けまり【蹴鞠】（名）〔古〕①（古時貴族
的遊戲）踢球；②踢球遊戲所用的鹿毛球①

けみ・する【閲する】（他サ）①查閲，檢
閲；②經過；☆二十年の歳月を閲する／
經過二十年的歲月；因けみす（サ）。③

けむ【煙・烟】（名）〔俗〕＝けむり；☆
煙のような話／不着邊際的話；☆一万円
の金が煙になってしまった／一萬元錢白
白花掉了；◊煙に巻かれる／如墮五里霧
中；☆彼の法螺話（ほらばなし）には一
同煙に巻かれた／他的吹牛使大家如墮五
里霧中。◎

けむ（助動・特殊型）〔文〕→けん。

けむ・い【煙い】（形）＝けむたい；☆煙く
て目が痛い／被烟嗆得眼痛；因けむし（
形ク）。◎

けむが・る【煙がる】（自五）＝けむたが
る。③

けむくじゃ・ら（形動ダ）〔俗〕毛髮濃密的
，毛茸茸（烘烘）的；☆けむくじゃらの
人／毛髮濃密的人。◎

けむし【毛虫】（名）①〔動〕毛毛蟲，蝴
蝶（蛾類）等的幼蟲；②〔俗〕令人生厭
的人；☆毛虫のように嫌う／非常討厭，
視如蛇蝎；～まゆ【毛虫眉】（名）濃
眉。③

けむた・い【煙たい】（形）①滿是煙的，
因爲有煙而喘不過氣來的，（煙）嗆人的
（＝けむい）；☆部屋が煙たい／屋子裏

満是煙，嗆人；②〔轉〕令人侷促不安的
，使人畏懼的，令人發怵的；☆あの人は
どうも煙たい／那個人有點令人發怵；因
けむたし（形ダ）

けむた・がる【煙たがる】（自他五）①怕
煙，（因煙）覺得嗆得慌（＝けむがる）
；②〔轉〕感覺侷促，發怵，畏懼；☆我
我は彼を煙たがっている／我們都怕他④

けむだし【煙出・烟出】（名）＝けむりだ
し。◎

*けむり【煙・烟】（名）煙；☆煙を吐く（
立てる）／冒烟；☆煙にむせる／被烟嗆
得喘不過氣來；☆煙のように消える／烟
消雲散；☆煙になる／消失；火葬；◇細
細（ほそぼそ）と煙を立てる／過窮日子；
火のないところに煙は立たぬ／無火不生
烟，事必有因；～だし【煙出し】（名）
①放烟的天窗；②烟囱。◎

けむ・る【煙る】（自五）①冒烟；☆スト
ーブが煙る／爐子冒煙；☆これはよい炭
だから、ちっとも煙らない／這是好炭一
點烟也不冒；②烟霧迷離，朦朧；☆雨に
煙る春の日／烟雨迷離的春日；③（被）
火葬。◎

*けもの【獣】（名）＝けだもの；②家畜
；～へん【獣偏・犭】（名）〔漢字部首〕
犬字旁；～みち【獣道】（名）鹿或野猪
等的慣行路。◎

けやき【欅】（名）〔植〕欅。◎

けやぶ・る【蹴破る】（他五）①踢破；②
踢散。◎

けやり【毛槍】（名）頭部飾有羽毛的長
槍。◎

けら【螻蛄】（名）〔動〕螻蛄；◇螻蛄の
水渡り／效顰。◎

ゲラ【galley】（名）①（放排版的）長方形
盤；②←ゲラずり；～ずり【galley刷】
（名）〔印〕校樣。◎

けらい【家来・家礼】（名）①（領主、貴
族的）家臣，臣下；②僕人，從者。①

けらく（連語・接尾）〔文〕（助動詞「け
り」的變化）＝…たことには。

*げらく【下落】（名・自サ）①（價格、行
情）下跌；☆相場が下落した／行市下跌
了；②降等，降級，低落；☆名望が下落
した／聲望降低了；③蹉跌，墮落；☆あ
れは下落した男だ／那是個墮落的人。◎

けらけら（副）大笑貌，哈哈；☆けらけら
笑う／哈哈大笑。①

げらげら（副）較「けらけら」還大的大笑
聲。①

けらし（連語）〔文〕〔「ける」（過去助
動）＋「らし」「推量助動」的約音〕，
表示過去推量；＝…たらしい；☆読みけ
らし／好像讀過。

けり【鳧】（名）①〔動〕鳧；②完結，結
束，結果；◇鳧がつく／完結；鳧をつけ
る／結束（這兩句熟語本是屬於下條「け
り」項下的，因「鳧」發音爲「けり」，
故通常多借用「鳧」字，特並列於此條下
，以便於檢查。

けり（助動・ら型）〔文〕①過去助動詞，
接動詞、助動詞、形容動詞的連用形之下
，和口語的「た」同；☆雨降りけり／下
雨了；②感嘆助動詞，接動詞、助動詞的
連用形之下；☆夢なりけり／是夢啊！◇
けりがつく／完結，終結（因「和歌」多
以けり結尾而轉用）；けりをつける／結
束。

げり【下痢】（名・自サ）瀉肚。◎

ゲリラ【guerrilla】（名）游擊隊；～せん
【ゲリラ戦】（名）游擊戰。①

*け・る【蹴る】（他五）①踢；☆ボールを
蹴る／踢球；☆馬に蹴られて怪我した／
被馬踢傷了；②拒絕；☆勧誘を蹴る／拒
絕勸誘；因ける（下一）。①

け・る【蹴る】（自五）〔盜賊隱語〕逃
跑。①

ゲル【德 Geld】（名）〔學〕錢，金錢（＝
ゲルド）①

ゲルマニューム【德 Germanium】（名）
〔化〕鍺。④

ゲルマン【德 Germane】（名）①日爾曼
民族；②〔俗〕德國民族；～ごぞく【
Germane 語族】（名）日爾曼語系。①

ケルン【cairn】（名）〔登山〕（用做記號
的）壘石堆。①

げれつ【下劣】（名・形動ダ）下賤，卑鄙
；☆下劣な根性（こんじょう）／卑鄙的
根性。

けれど（接・接助）＝けれども。①

*けれども I（接）（表示轉折或反轉），然
而，但是（＝が，しかしながら）；☆彼
は立派な学者だ、けれども教師としては
良くない／他是個很好的學者，但做教師
却不高明 II（接助）①（表示轉折或反轉）
然而，但是（＝が）；☆よく勉強するけ
れども成績は悪い／很用功可是成績不好

；②僅連接上下文，不表示什麼意義（＝
が）；☆私ですけれども…／是我。①

ゲレンデ【德Gelände】（名）滑雪場；～
シュプリンゲン【德Geländespingen】
（名）〔滑雪〕跳過障礙。

げろ（名）〔俗〕嘔吐（＝へど）。①

ケロイド【德Keloid】（名）〔醫〕瘢痕疙
瘩。②⓪

げろう【下郎】（名）佣人；男佣人。②

けろけろ（副）＝けろり。①

げろげろ（副）嘔吐貌；☆げろげろ吐く／
哇哇地吐。

けろり（副）〔俗〕①霍然；☆薬を飲んだら
病気がけろりと直った／吃了藥後病就霍
然痊癒了；②若無其事，滿不在乎；☆試
合に負けたのに、けろりとしている／比
賽輸了可是却滿不在乎的樣子；☆あんな
に叱られたのにまだけろりとした顔をし
ている／那樣挨申斥，却滿不在乎；③了
無痕跡，乾乾淨淨；☆約束をけろりと忘
れる／把約會忘得乾乾淨淨；④心不在焉
；漫不經心（＝ぼんやり）；☆けろりと
して当途（あてど）もなく歩いている／
心不在焉地漫無目的地走着。②③

けわい【気配】（名）情形，光景，痕跡；
模樣（＝けはい）；☆人の来る気配がし
たので話をやめた／好像有人來的樣子，
就不說了。②⓪

*けわし・い【険しい】（形）①險峻，陡峭
；☆険しい坂／陡坡；☆山が険しくて上
れない／山陡上不去；②粗暴，可怕，險
悪（＝きつい、おそろしい）；☆険しい
浪／驚濤駭浪；☆険しい顔色／凶橫的面
孔，怒容；☆あの人の目付は険しい／邪
個人的眼神凶橫；☆形勢は険しくなって
来た／形勢險惡了；③慌張，慌忙（＝あ
わただしい）；図けわし（形シク）。③

—けん【犬】（造語）犬，狗；例：日本犬
（にほんけん）。

—けん【件】（接尾）（計算事件和文書的
量詞）；件；例：何件（なんけん）／数
件（すうけん）／幾件。

—けん【券】（造語）①券，票；☆入場券
（にゅうじょうけん）／門票；月臺票；②
證券，債券，票據；☆千円券／（票面）
一千元券。

—けん【軒】（接尾）①所；☆家五軒／五
所房子；②軒（堂號、字號）；例：「精
養軒」（せいようけん）。

—けん【圏】（造語）圈，範圍；例：勢力
圏（せいりょくけん）。

—けん【権】（造語）權利；例：所有權（
しょゆうけん）。

けん（助動・特殊型）〔文〕（又作「け
む」）〔連接動詞和助動詞的連用形，只
有終止形（けん・けむ），連體形（けん、
けむ）和已然形（けめ）〕；①（表示過
去推量）＝…たであろう；☆行きけん／
去了吧；②表示過去曾傳說過；☆言ひけ
んやうに／像說過那樣。

けん【件】（名）事，事件（＝こと）；☆
例（れい）の件はどうなったか／那件事
怎麼了？☆大学設立に関する件／關於設
立大學一事。①

*けん【券】（名）①票；②郵票（＝きって）
；③票據；④證書；⑤地契；⑥←入場券
（にゅうじょうけん）；乗車券（じょう
しゃけん）。①

けん【拳】（名）①拳頭；②拳術；③猜拳，
划拳；☆拳を打つ／划拳。①

けん【兼】Ⅰ（名）兼；☆兼務（けんむ）
／兼職；Ⅱ（接）兼；☆首相兼外相／首
相兼外長。①

けん【乾】（名）〔文〕①乾（卦）；↔こ
ん（坤）；②天，天空（＝そら）；③西
北方；④帝王。①

けん【間】（名）①（古代日本建築）兩柱
中間的間隔；②（日本）六尺（＝1.818米）
；③棋盤的格子（眼）。

けん【腱】（名）〔解〕腱；☆アキレス腱
／阿溪里斯腱。①

けん【剣】（名）①刀，劍；②劍術；③槍
刺，刺刀；☆着け剣／（口令）上刺刀！
④（蜂尾的）刺；☆雌性昆蟲尾部的劍狀
產卵器；⑥（鐘錶的）針；☆長（短）劍
／長（短）針。①

けん【険】（名）①險要，險阻；☆険に拠
って城を構（かま）える／據險築城；②
危険（的事情），可怕（的事情）；③凶
相，凶氣（＝すごみ）；☆顔に険がある
／面帶凶氣。①

けん【鍵】（名）①鑰匙（＝かぎ）；②（
手風琴、鋼琴的）鍵（＝キー）；③（打
字機的）鍵盤（＝けんばん）。①

*けん【県】（名）縣。①

けん【権】（名）〔文〕①秤，天秤（＝はか
り）；②秤錘；③權力，權威，權柄，威
力；☆権を振るう／弄權，專權；☆権を

握る／掌握；④權限，權利；☆人權／人權；⑤權變，權術，臨機應變的手段。①

けん【驗】（名）①效果，效驗（＝ききめ，こうか）／☆驗が見えない／不見效；②徵兆，苗頭。①

げん-【玄】（造語）玄色，紅黑色，黃黑色；☆玄米（げんまい）／（未精製的）糙米。

げん-【原】（造語）原，☆原住民（げんじゅうみん）。

げん-【現】（造語）①現在，當前；☆現首相／現任首相；②←げんしょく（現職）。

げん【元】（名）①〔數〕元（代數方程式的未知數）；②〔史〕元（朝）；③元年（年號的第一年）；☆改元（かいげん）／改元；④元，始，根元（＝もと、はじめ、おこり）。①

げん【言】（名）〔文〕①言語（＝ことば）／言句；②文字。①

げん【弦】（名）①弓弦；②（上・下）弦；③〔數〕（圓周上的）弦。①

げん【減】（名）①減少，☆三割減／減百分之三十；②〔數〕減去（＝ひきざん）①

げん【弦・絃】（名）①樂器的絃（＝いと）；☆絃を付ける／上絃；②絃樂器。①

げん【舷】（名）〔文〕船舷（＝ふなべり）。①

けん【驗】（名）①效驗（＝けん、ききめ）；☆薬の驗が見えない／薬不見效；②前兆，兆頭；☆驗がない／沒有徵兆①

けんあく【險惡】（形動ダ）（道路、天氣、情況、人心、臉色等）險惡；☆形勢が險惡になって來た／形勢險惡起來了。①

げんあつ【減壓】（名・自サ）減少壓力；～タービン【減壓 turbine】（名）減壓渦輪；～べん【減壓瓣】（名）減壓活門。①

けんあん【檢案】（名・他サ）①偵查，檢查；調查；☆列車顛覆の責任は、今、檢案中である／火車傾覆的責任正在偵查中；②〔法〕（由專門人員做出關於刑事案件的）鑑定；☆死体檢案は終わった／屍體檢驗完畢；～しょ【檢案書】（名）〔法〕驗屍證。①

けんあん【懸案】（名）懸案；☆多年の懸案／多年的懸案；☆懸案を解決する／解決懸案。①

げんあん【原案】（名）原案；☆原案を修正する／修正原案；☆その議案は原案通りに通過した（可決した）／邪件議案照原案通過（批准）了。①①

けんい【健胃】（名）健胃；～ざい【健胃剤】（名）〔薬〕健胃薬；さん【健胃散】（名）〔薬〕健胃散。①

*けんい【權威】（名）①權威，權勢，威力，威信，威望；☆權威に屈せぬ／不向權勢低頭；☆彼の言うことには權威がある／他的話有威信；②權威，專家，大家；☆物理学界の權威／物理學界的權威。①

けんいん【檢印】（名・他サ）①驗訖章，簽證；☆旅券には領事の檢印を要する／旅行護照須經領事簽證；☆税関の檢印がなければ輸出できない／沒有海關的驗訖章不能出口；②（日本書籍中特有的）蓋在書後面的作者的檢驗章；☆この本には著作の檢印がない／這本書上沒有作者的檢驗章；～しょう【檢印証】（名）海關對無法蓋章的貨物發的驗訖證明書。①

けんいん【牽引】（名）〔文〕牽引，拖拉；～じどうしゃ【牽引自動車】（名）牽引汽車；～りょく【牽引力】（名）牽引力。①

*げんいん【原因】（名・自サ）原因，基因，因為；☆どういう原因でこんな喧嘩が起こったか／因為什麼起了這樣的爭吵？☆彼の失敗はここに原因するのだ／這就是他失敗的原因。①

げんいん【減員】（名・自サ）〔文〕裁員；☆大幅に減員する／大量裁員。①

けんえい【県營】（名）縣營，縣經營的①

けんえい【兼營】（名・他サ）兼營（二種以上的營業）；☆ホテルとレストランを兼營する／兼營旅館和餐廳。①

げんえい【幻影】（名）幻影。①

けんえき【檢疫】（名・自サ）檢疫，檢查傳染病；☆檢疫が済めば上陸が出来る／檢疫完畢就可以上岸；～こう【檢疫港】（名）對船舶進行檢疫和消毒的港口；～せん【檢疫船】（名）檢疫船。①

*げんえき【現役】（名）①〔軍〕現役；☆現役の軍人／現役軍人；②有現職或正在社會上活動的人；☆現役を退く／退離現役。①①

けんえつ【檢閲】（名・他サ）①檢查，審查，審閱；②檢閲（軍隊）；☆司令官の檢閲は明日に延びた／司令官的檢閲改為明天了；③檢查（郵件、電報、劇本、電

影、出版物、貨物等）；☆外国映画の輸
入は政府の検閲を受ける／外國影片的進
口要受到政府的檢查。[0]

けんえん【犬猿】（名）〔文〕①狗和猴；
②冰炭，水火，針鋒相對；☆二人は犬猿
の間柄（あいだがら）である／兩個人形
同水火；◇犬猿もただならぬ仲（なか）
／甚冰炭水火之不相容，極端反目。

けんお【嫌悪】（名・他サ）嫌（厭）惡，討
厭；☆嫌悪の感を起こす／感覺討厭；☆
心からそれを嫌悪する／從心裏討厭它[1]

けんおん【検温】（名・自サ）檢查體溫；
～き【検温器】（名）體溫計（＝たいおん
けい）。[0]

げんおん【原音】（名）①原音；②→きお
ん（基音）。[1][0]

*****けんか【喧嘩】**（名・自サ）喧嘩，喧嚷，
吵嚷；爭吵，口角；打架，互毆；☆あの
二人は喧嘩ばかりしている／他們倆總吵
架；☆喧嘩をしかける（売る）／找架打
，挑釁；☆喧嘩を引き分ける／勸架；☆
喧嘩を買う／接受挑釁(應戰)；☆喧嘩の
種をまく／撒下爭吵(不和)的種子；☆
喧嘩を煽てる／挑唆人打架；**～うり【喧
嘩売】**（名）愛找碴打架的人）；**～か
い【喧嘩買】**（名）①不避打架（的人）
，有架就打（的人）；②愛參加或替別人
的爭吵打架（的人）；**～ごし【喧嘩腰】**
（名）氣衝衝的，要打架的樣子（氣勢）
；☆喧嘩腰でものを言う／氣勢洶洶地說
話；**～しかけ【喧嘩仕掛】**（名）有目的
、企圖地找架打；**～ばやい【喧嘩早い】**
（形）動不動就打架，愛打架；◇喧嘩兩
成敗／打架的雙方都要懲罰不是；**けんかを
売る**／①愛找碴打架；②把敵人的鋒芒轉
嫁給別人，逃避打架；**けんかを買う**／①
有架就打；②替別人打架。[0]

けんか【県下】（名）縣境之内。[1]

げんか【言下】（名）〔文〕言下，即時；
☆言下に答える／立卽回答。[1]

げんか【原価】（名）〔經〕①進貨價格，
發行價；②生產費，成本；**～けいさん【
原価計算】**（名）成本計算。[1]

げんか【現下】（名）〔文〕當前，目下；
☆現下の国際情勢／當前的國際形勢。[1]

げんか【現価】（名）現價，當時的價錢[1]

げんか【減価】（名・自サ）減價；**～しょ
うきゃく【減価償却】**（名・自サ）〔經〕
折舊，攤提。[0]

*****けんかい【見解】**（名）見解（＝みかた、
かんがえ）。[0]

けんがい【圏外】（名）圈外，局外，範圍
之外；☆競争圏外にある／處於競爭範圍
之外。[0]

けんがい【懸崖】（名）①〔文〕懸崖；②
垂盆；☆菊の懸崖作り／垂盆菊。[0]

*****げんかい【限界】**（名）界限，限度（＝さ
かい、かぎり）。[0]

げんがい【言外】（名）言外；☆言外に意
味がある／言外有意。[1]

げんがい【限外】（名）限度以外，額外；
～えんしんき【限外遠心器】（名）超級
離心機；**～けんびきょう【限外顕微鏡】**
（名）超倍顯微鏡；**～はっこう【限外発
行】**（名）〔經〕（紙幣的）額外發行。[1][0]

けんかく【剣客】（名）劍客，劍術熟嫻的
人。[0]

けんかく【懸隔】（名・自サ）〔文〕懸殊
，距離；☆両者の間には非常な懸隔があ
る／兩者之間有很大的距離（懸殊）。[0]

*****けんがく【見学】**（名・他サ）見學，實地
考察，見習，參觀；☆見学の為に各工場
を廻った／到各工廠去參觀(見習)了
；☆建築現場を見学する／實地參觀工
地。[0]

けんがく【研学】（名・他サ）研究學問，
鑽研學術；☆彼は研学の為アメリカへ行
った／他爲了研究學問到美國去了。[0]

げんかく【幻覚】（名）〔心〕幻覺。[0]

*****げんかく【厳格】**（形動ダ）嚴格；☆厳格
な教育／嚴格的教育；☆厳格に言えば／
嚴格地來說⋯⋯。[0]

げんがく【玄学】（名）玄學，深奧的學
問；②老莊之學。[0]

げんがく【弦楽・絃楽】（名）〔樂〕絃樂
；**～ごじゅうそう【弦楽五重奏】**（名）
〔樂〕弦樂五部合奏；**～しじゅうそう【
弦楽四重奏】**（名）〔樂〕弦樂四部合
奏。[0][1]

げんがく【衒学】（名）〔文〕衒學，衒才
，炫耀學問。[0]

げんがく【減額】（名・他サ）減額，減少
數量；☆予算を減額する／裁減預算。[0]

けんかしょくぶつ【顕花植物】（名）〔植〕
顯花植物。[5]

けんがっき【鍵楽器】（名）〔樂〕（鋼琴
等）有鍵的樂器。[3].

げんがっき【弦（絃）楽器】（名）〔樂〕

絃樂器。③

けんがん【検眼】（名・自サ）検查目力；
～きょう【検眼鏡】（名）〔醫〕檢查眼
鏡。⓪

*げんかん【玄関】（名）①（日式住宅的）
前門，正門；☆自動車を玄関へ着ける／
把汽車開到房門口；②廟門；③領會禪學
的開端；～がまえ【玄関構え】（名）有正
門的房子；～ばらい【玄関払い】（名）拒
見，閉門羹；☆彼は玄関払いを食わされ
た／他吃了閉門羹；～ばん【玄関番】（
名）看門人，門丁；◇玄関を張る／①裝
飾門面；②裝飾外表。

けんぎ【建議】（名・他サ）建議；～あん
【建議案】（名）建議方案；～しゃ【建
議者】（名）建議者。③①

けんぎ【嫌疑】（名）嫌疑（＝うたがい）
；☆嫌疑を受ける（が掛かる）／受嫌疑，
☆嫌疑をかける／懷疑（旁人）；☆嫌疑
を晴（は）らす／洗清嫌疑；☆嫌疑を招
（まね）く／招嫌，見疑；～しゃ【嫌疑
者】（名）〔法〕嫌疑犯。③①

*げんき【元気】Ⅰ（名）①〔文〕（萬物的）
元氣；②精力，精神，血氣，銳氣；☆元
気が良い／精神好；☆元気がない／沒有
精神；☆元気を出す／振起精神；☆元気
をつける／增加精力，加油兒；Ⅱ（形動
ダ）健康，結實；精力強；☆お元気？／
你好麼？；☆元気な人／精力旺盛的人；
～づ・く【元気付く】（自五）恢復元氣
，精神起來；☆一晩休んで元気付いて来
た／睡了一宿有精神了；～よく【元気良
く】（副）精神飽滿地，活潑地；☆学生
たちは元気よく出発した／學生們精神飽
滿地出發了。⓪

けんきゃく【剣客】（名）＝けんかく。⓪

けんきゃく【健脚】（名・形動ダ）健步，
能走得遠，腳力強；☆健脚に任せて歩き
廻る／憑着腳力強various處走。⓪

げんきゃく【減却】（名）減少。⓪

*けんきゅう【研究】（名・他サ）研究；☆
科学的研究／科學研究；☆それは研究す
べき問題だ／那是個值得研究的問題。⓪

けんぎゅう【牽牛】（名）〔文〕牽牛星（
＝ひこぼし）；～か【牽牛花】（名）〔
植〕牽牛花（＝あさがお）；～せい【牽
牛星】（名）〔天〕牽牛星。⓪

げんきゅう【言及】（名・自サ）言及，說
到；☆歴史はその問題に言及していない

／歴史沒有談到那個問題。⓪

げんきゅう【減給】（名・自サ）減薪；☆
社長は減給を企（くわだ）てる／經理企
圖減薪。⓪

けんきょ【検挙】（名・他サ）①蒐集犯罪
證據；②檢舉，逮捕；☆スパイの容疑者
を検挙する／檢舉間諜嫌疑犯。①

けんきょ【謙虚】（形動ダ）謙虛；☆謙虛
な態度／謙虛的態度。①

けんぎょう【兼業】（名・他サ）兼業，兼
營；☆宿屋と料理屋を兼業する／兼營旅
館和飯館。⓪

けんぎょう【検校】（名）①檢點，檢查；
②〔古〕授與盲人的最高級官名。③①

げんきょう【現況】（名）〔文〕現況，現
狀。⓪

げんぎょう【現業】（名）①實地的業務；
現在的職業；②（工廠、機關等）現場的
作業（業務）；～いん【現業員】（名）
在現場工作的人員；～ちょう【現業庁】
（名）實際作業的機關（指印刷廠、造幣
廠等）。⓪

けんきん【献金】（名・自サ）捐款，捐獻現
款；☆一万円を献金する／捐獻一萬元⓪

けんきん【懸金】（名）（懸賞的）獎金。

*げんきん【現金】Ⅰ（名）①現有的錢，現
款（＝ありがね）；☆現金で買う／用
現款買；②貨幣；③〔經〕支票、滙票、
銀行票據等；④〔經〕付現，兌現、收現
，取現；☆当店の取引は皆現金です／本
號一律現錢交易；Ⅱ（形動ダ）貪圖目前
利益，注重現實利益；☆あの男は現金な
人だ／那傢伙是個注重現實利益的人；～
あきない【現金商】（名）現金交易（概
不賒帳）的商店；↔かけあきない；～う
り【現金売】（名）實賣款；↔かけうり；
～がい【現金買】（名）用現款購買；↔か
けがい；～かきとめ【現金書留】（名）
現款掛號信，保價信；～かんじょう【現
金勘定】（名）（計算每日現款收支的）
現金科目；～しゅぎ【現金主義】（名）
①現金主義；②現實利益主義；～すいと
うちょう【現金出納帳】（名）現金出納
帳；～とりひき【現金取引】（名）現錢
交易；～ばいばい【現金売買】（名）現
錢交易；↔かけばいばい；～ばらい【現
金払い】（名）支付現款；～まえわたし【
現金前渡し】（名）①提前付現，預付；②
（根據政府的指令國庫對銀行或官吏）提

前支付現款。③

げんきん【厳禁】（名・他サ）嚴禁；☆教室では喫煙を厳禁する／在教室裏嚴禁吸煙；☆火気厳禁／嚴禁烟火。⓪

げんげ【幻化】（名）〔佛〕變幻，宇宙萬物像夢幻樣的變化。

げんげ【紫雲英】（名）〔植〕紫雲英（＝れんげそう）。⓪

けんけい【賢兄】Ⅰ（名）聰明的哥哥；Ⅱ（代）〔文〕仁兄（對同輩的敬稱）①⓪

げんけい【原形】（名）①原形，原來的形狀；☆原形を保つ／保持原形；②〔生物〕未進化時原來的形態，原始形；～しつ【原形質】（名）〔生物〕原形質，細胞質；～しつぶんり【原形質分離】（名）〔生物〕原形質分離。⓪

げんけい【原型】（名）原型，模型，模子。⓪

げんけい【現形】（名）①〔神佛〕現形；②現在的形狀。⓪

げんけい【減刑】（名・自サ）①減刑，減輕刑罰；②〔法〕（由於特赦的）減刑；☆死刑から無期徒刑に減刑される／由死刑減爲無期徒刑。⓪

げんけい【減軽】（名・自サ）①減輕；②減輕處分（刑罰）；☆罰の減軽／減輕處罰。⓪

けんけん Ⅰ（名）〔俗〕用一條腿跳着走Ⅱ（副）〔擬聲〕〔俗〕狗或山鳥的叫聲①③

けんげん【建言】（名・自サ）〔文〕建言，建議。③

けんげん【権限】（名）權限；～そうぎ【権限争議】（名）（兩個不同系統的機關）關於權限上的爭執。③

けんけんごうごう【喧喧囂囂】（形動タルト）喧喧囂囂（＝やかましい、そうぞうしい）；☆喧喧囂囂たる非難／紛紛的責難。⓪

けんご【堅固】（形動ダ）堅固，穩固。①

けんご【険固】（名）〔文〕據險固守，要害。

げんこ【拳固】（名）〔俗〕拳頭（＝げんこつ）；☆拳固をくらわす／飽以老拳⓪

＊げんご【言語】（名）言語，語言；～がく【言語学】（名）語言學；～きょういく【言語教育】（名）語言教學（發音、詞彙、文字及語法教育的總稱）；～しょうがい【言語障害】（名）（口吃或發音不清等）語言上的障礙；～しんりがく【言語心理学】（名）語言心理學；～だんたい【言語団体】（名）使用同一語言的集團；～ちゅうすう【言語中枢】（名）語言中樞；～ちりがく【言語地理学】（名）言語地理學。①

げんご【原語】（名）①原語，原文；②外國語。⓪

けんこう【肩胛】（名）〔解〕肩胛；～かんせつ【肩胛関節】（名）肩胛關節；～きん【肩胛筋】（名）肩胛肌；～こつ【肩胛骨】（名）肩胛骨；～だっきゅう【肩胛脱臼】（名）〔醫〕肩胛脱臼。

けんこう【軒昂】（形動タルト）軒昂；☆意気軒昂たるありさま／意氣軒昂的樣子。⓪

けんこう【兼行】（名・自サ）①兼行；②兼辦；☆昼夜兼行で仕事をする／晝夜不停地工作。⓪

＊けんこう【健康】（名・形動ダ）健康；☆健康な人／健康的人；☆健康に注意する／注意健康；☆健康を害する／損害健康；☆健康な読物（よみもの）／健康的讀物，有益的讀物；☆君の健康を祝します／祝你健康；～しんだん【健康診断】（名）〔醫〕健康檢査；～そうだんじょ【健康相談所】（名）保健所，衞生保健詢問處；～たい【健康体】（名）健康的身體；～び【健康美】（名）健康美；～ほけん【健康保険】（名）健康保險。⓪

＊げんこう【原稿】（名）原稿；☆原稿を書く／寫稿子；～し【原稿紙】（名）稿紙；～ようし【原稿用紙】（名）＝げんこうし；～りょう【原稿料】（名）稿費，稿酬。③⓪

げんこう【言行】（名）言行；☆言行一致の人／言行一致的人。⓪

げんこう【現行】（名）現行；☆日本の現行法規には姦通罪はない／日本現行的法律裏面沒有通姦罪；☆犯罪の現行中を捕える／在犯罪的現行中逮捕；～はん【現行犯】（名）〔法〕現行犯；～ほう【現行法】（名）〔法〕現行法規（令）。⓪

げんごう【元号】（名）〔文〕年號。⓪

けんこうき【験光器】（名）〔理〕驗光器，光度計。

けんこく【建国】（名・自サ）建國。⓪

けんこく【圏谷】（名）〔地質〕冰斗，冰坑，凹地（＝カール）。⓪

げんこく【原告】（名）〔法〕原告；↔ひ

こく（被告）。0

げんこく【厳酷】（形動ダ）〔文〕嚴酷，嚴厲，苛刻；☆厳酷な批評／嚴酷的批評。0

けんこつ【顧骨】（名）〔解〕顴骨（＝ほおぼね，かんこつ）。1

げんこつ【拳骨】（名）拳頭（＝げんこ）；☆拳骨を食わせる／用拳頭打，飽以老拳。0

けんこん【乾坤】（名）〔文〕乾坤；～いってき【乾坤一擲】（連語・名）孤注一擲。1 0

げんこん【現今】（名・副）當今，目前；☆現今の形勢／目前的形勢。1

***けんさ**【検査】（名・他サ）検查；☆所持品を検查する／検查携帶品；～ずみ【検查済】（名）驗訖；～やく【検查役】（名）①検查的職務（或人）；②〔經〕（股份公司的）監理人，監事③〔角力〕摔角的裁判員。0

けんざい【建材】（名）建築材料；←けんちくしざい（建築資料）。

けんざい【健在】（形動ダ）健在；☆ご健在を祈る／祝你健康。0

けんざい【顕在】（名・自サ）顯在，顯然存在；↔せんざい（潜在）。0

げんざい【原罪】（名）〔宗〕（基督教）原罪。0

***げんざい**【現在】（名・副・自サ）①現在，目前（＝いま）；☆私は現在の地位で満足です／我滿足於現在的地位，☆現在住んでいる処／現在住的地方，現在的住址；②實際，眞實（＝げんに）；☆私が現在見届けているのに彼は白状（はくじょう）しない／我親眼看見了，他還不招認；③〔語法〕現在時（態）；☆その動詞は現在だ／那個動詞是現在式；④〔佛〕現世（＝げんせ）；～いん【現在員】（名）現有人員；～かんりょう【現在完了】（名）〔語法〕現在完成；～だか【現在高】（名）現有的數量（額）；～ち【現在地】（名）①暫時逗留的地方；②〔法〕人或物存在的地點；～ひん【現在品】（名）〔經〕庫存的商品；～ほう【現在法】（名）〔修辭〕現在法。1

げんざいりょう【原材料】（名）原料和材料，原材料。3

けんさき【剣先】（名）劍鋒，刺刀尖；☆剣先で突く／用刺刀尖刺。4 0 3

けんさく【検索】（名・他サ）①索引，檢索，查找；☆この字引は検索に便利です／這本字典查字方便；②對住宅的武裝搜查。0

けんさく【献策】（名・他サ）獻策，建議。0

げんさく【原作】（名）原作，原著；～しゃ【原作者】（名）原作者。0

げんさく【減作】（名）〔農〕歉收；☆二割位の減作／二成左右的歉收。0

げんさく【減削】（名・他サ）削減；☆軍事費を減削する／削減軍事費（＝旨り減）0

けんさつ【賢察】（名・他サ）〔文〕洞察，明鑒。0

けんさつ【検札】（名・自サ）查票；～がかり【検札係】（名）查票員。0

けんさつ【検察】（名）檢察；～かん【検察官】（名）〔法〕檢察官（日本現稱「檢事」）；～ちょう【検察庁】（名）〔法〕檢查廳。0

けんさん【研鑽】（名・他サ）鑽研，研究；☆研鑽の結果／鑽研的結果。0

けんざん【見参】（名・他サ）謁見，觀見（＝げんざん）。1

けんざん【験算・検算】（名・他サ）核對，核算。0

げんさん【減産】（名・自他サ）減產，減少生產；☆一割の減産／減產一成。0

げんさん【原産】（名）原產，原產品；～ち【原産地】（名）原產地；～ちしょうめいしょ【原産地証明書】（名）（入口商爲享受協定稅率利益而提交海關的）原產地證明書。0

けんし【犬歯】（名）〔解〕犬齒。1

けんし【絹糸】（名）絲線；～ぼうせき【絹糸紡績】（名）紡綿。1

けんし【検屍】（名・他サ）驗屍；☆検事立会（たちあい）の上で検屍した／在檢察官臨監下驗了屍體；☆検屍の結果他殺の疑（うたが）いありと認められた／驗屍的結果認爲可能是他殺。0

けんし【検視】（名・他サ）①調查事實的眞相；②驗屍。0

けんし【繭糸】（名）〔文〕①繭和絲；②鬮絲（＝きぬいと）。1

けんし【献詞】（名）（著者或發行者的）獻詞，題詞。1

けんじ【健児】（名）健兒。1

けんじ【堅持】（名・他サ）〔文〕堅持，

堅決保持；☆政策を堅持する／堅決政策。①

けんじ【検事】（名）〔法〕檢察官；～きょく【検事局】（名）〔法〕檢察廳（的舊稱）；～こうそ【検事控訴】（名）〔法〕檢察官提出的公訴；～そうちょう【検査総長】（名）〔法〕最高檢察總長；～ちょう【検事長】（名）〔法〕高等檢察廳長。①

けんじ【献辞】（名）＝けんし（献詞）①

けんじ【顕示】（名・他サ）〔文〕顯示，明示。①

*げんし【原子】（名）〔理〕原子；～エネルギー【原子energy】（名）〔理〕原子能；～か【原子価】（名）〔理〕原子價；～かく【原子核】（名）〔理〕原子核；～かくぶんれつ【原子核分裂】（名）〔理〕原子核分裂；～きごう【原子記号】（名）〔理〕原子符號；～ばくだん【原子爆弾】（名）原子彈；～ばんごう【原子番号】（名）〔理〕原子序數；～びょう【原子病】（名）原子病（＝原爆症）；～ほう【原子砲】（名）原子砲；～りょう【原子量】（名）〔理〕原子量；～りょく【原子力】（名）〔理〕＝げんしエネルギー；～りょくいいんかい【原子力委員会】（名）（聯合國的）.原子能委員会；～ろ【原子炉】（atomic pile）（名）原子堆；～ろん【原子論】（名）原子論①

*げんし【原始】（名）原始；～かんすう【原始函数】（名）〔數〕原始函數；～じん【原始人】（名）①原始人②未開化的人；☆原始的な方法で食物を獲得する／用原始的方法獲得食物；～てきちくせき【原始的蓄積】（名）〔經〕（資本的）原始積累；～りん【原始林】（名）原始林（＝原生林）。①

げんし【原紙】（名）①（用楮樹皮製的）蠶卵紙；②（寫鋼版用的）蠟紙；☆原紙をきる／蠟紙上寫字。①①

げんし【減資】（名・自サ）減資，公司減少資本金；↔ぞうし（増資）。①

げんじ【源氏】（名）①古代族姓「源氏」（みなもとうじ）的音讀；②↔げんじものがたり；～ものがたり【源氏物語】（名）源氏物語（平安朝時代女作家紫式部（むらさきしきぶ）所寫作的描寫宮廷生活的長篇小說）。①

けんしき【見識】（名）見識，見解；眼光，鑑賞力；☆見識のある人だから話が出来る／他是個有見解的人，和他談得來；☆彼は文学に対しては独特の見識を持っている／對於文學他有獨特的見解；②品格，風度；☆見識の高い／品格高尚的人；☆そんなことをしては見識が下（さ）がる／做那樣的事有損品格；～ば・る【見識張る】（自五）擺架子，狂妄自大；☆彼は中中見識ばっ人だ／他是個很愛擺架子的人；～ぶ・る【見識振る】（自五）＝けんしきばる。

げんしじだい【原史時代】（名）〔考古〕原史時代。④

けんじつ【堅実】（形動ダ）堅實，殷實，可靠，穩健；踏實；☆堅実な人／可靠的人，穩重的人；☆堅実な考え方／穩健的想法；☆やり方が堅実だ／做法很穩健；☆堅実に進んでいる／穩步前進；☆堅実に仕事をする／踏踏實實地工作。①

*げんじつ【現実】（名・形動ダ）現實，實在，眞實，切實；☆現実に即した計画／合乎現實的計劃；☆現実にそぐわない／不符合現實；～か【現実化】（名）現實化，具體化；～かい【現実界】（名）現實的世界（如經驗的範圍）；～しゅぎ【現実主義】①現實主義；②注意實際利益；～しゅぎしゃ【現実主義者】②①現實主義者；②注重實際利益的人；～せい【現実性】（名）現實性；～てき【現実的】（形動ダ）現實的；實際的；☆現実的な問題／現實的問題，實際問題。①

けんしゃ【検車】（名）檢查車輛（有無故障）。①

げんしゃ【賢者】（名）賢者，賢人。①

げんしゃく【現尺】（名）和原物等大的尺子；↔しゅくしゃく（縮尺）。①

けんじゅ【巻鬚】（名）〔植〕卷鬚，蔓子。①

けんしゅ【堅守】（名・他サ）〔文〕堅守。①

けんじゅ【犬儒】（名）〔哲〕犬儒學派之徒；～がくは【犬儒学派】（名）〔哲〕犬儒學派。①

げんしゅ【元首】（名）〔法〕元首。①

げんしゅ【原種】（名）①〔農〕原種；②（未經培養或飼養的）野生動植物。①

げんしゅ【厳守】（名・他サ）嚴守；☆秘密を厳守する／嚴守秘密。①

けんしゅう【研修】（名・他サ）鑽研，研究；～じょ【研修所】（名）訓練所；～せい【研修生】（名）訓練生、研習員。⓪

けんじゅう【拳銃】（名）手槍（＝ピストル）☆；拳銃をつきつけて金を奪う／用手槍威脅而搶錢。⓪

げんしゅう【減収】（名・自サ）收穫減少，減產；☆今年の米作は約百万石（ひゃくまんごく）の減収だ／今年大米約減產一百萬石。⓪

げんしゅう【現収】（名）〔文〕現在的收入。⓪

げんじゅう【現住】（名）〔文〕①現在的住處，現址；②〔佛〕住持；～しょ【現住所】（名）＝げんじゅう；～ち【現住地】（名）現在的住址。⓪

*げんじゅう【厳重】（形動ダ）嚴厲，嚴格（＝きびしい）☆厳重な規則／嚴格的規則；☆厳重に警戒する／嚴加警戒。⓪

げんじゅうみん【原住民】（名）原住民，土著。③

げんしゅく【減縮】（名・自他サ）減少，縮減，裁減；☆経費を減縮する／縮減經費；☆定員を減縮する／裁減人員。⓪

げんしゅく【厳粛】（形動ダ）嚴肅（＝おごそか、まじめ）。⓪

けんしゅつ【検出】（名・他サ）檢查出來，檢驗出來；☆毒死者の吐瀉物から砒素分が検出された／從中毒死的人的吐瀉物中檢驗出了砷毒。⓪

けんじゅつ【剣術】（名）劍術，劍法，擊劍；～つかい【剣術使い】（名）運用劍術或精通劍術的人。⓪

げんしゅつ【現出】（名・自他サ）現出，出現，呈現。⓪

げんしょ【原書】（名）①原版書；②（外語的）原文書。１⓪

けんしょう【肩章】（名）肩章；☆肩章をつける／佩帶肩章。⓪

けんしょう【健勝】（形動ダ）〔文〕健康，健壯（＝すこやか、じょうぶ）；☆御健勝の由大慶に存じます／謹悉尊體健康至為欣慰。⓪

けんしょう【検証】（名・他サ）①查證，查驗證明；②〔法〕檢認，對證（地點或物件是否真實）；☆遺言（いごん）検証／檢認遺囑；～ちょうしょ【検証調書】（名）查驗報告；～ぶつ【検証物】（名）

證人或證物。⓪

けんしょう【憲章】（名）憲章。⓪

けんしょう【謙称】（名・自サ）〔文〕謙稱。⓪

けんしょう【顕彰】（名・自他サ）發揚，表揚，表彰；☆死者の功績を顕彰する／表揚死者的功績。⓪

けんしょう【懸賞】（名）①懸賞；☆懸賞で人を探す／懸賞尋人；☆懸賞に入選する／懸賞當選；②獎金；☆紛失物を探し出した人あてに千円の懸賞を 付けている／對於找出遺失物的人給一百元的獎金。⓪

けんじょう【献上】（名・他サ）獻上，捐獻；☆所有物を全部政府に献上する／把所有的東西全部捐獻給政府；②〔俗〕給，贈與；☆僕のお古（ふる）は君に献上するよ／我的舊衣服送給你吧。⓪

けんじょう【謙譲】（名・自サ）謙讓；～ご【謙譲語】（名）謙遜語（如：「拝見する」、「申し上げる」之類）。⓪

げんしょう【元宵】（名）元宵；～せつ【元宵節】（名）元宵節。

げんしょう【現象】（名・自サ）現象；☆現象だけを見てその裏（うら）にある原因を考えない／只看現象不去想它背後的原因。⓪

げんじょう【原状】（名）原狀；～かいふく【原状回復】（名）恢復原狀。⓪

げんじょう【現状】（名）現狀；☆現状を維持する／維持現狀。⓪

けんしょく【兼職】（名・自サ）兼職，兼差；☆兼職を止める／不再兼職，辭去兼職。⓪

げんしょく【原色】（名）原色（紅、黃、青三色）；～ばん【原色版】（名）三色版。⓪

げんしょく【減食】（名・自サ）減食，縮食。⓪

げん・じる【減じる】Ⅰ（自上一）減少，減輕，減低，降低（＝へる）；☆痛みが減じた／疼痛減輕；☆河水が減じた／河水降低；Ⅱ（他上一）減少，減去（＝へらす）；☆速度を減じた／減低速度；☆罪を減じる／減罪；☆物価を二割減じる／把物價降低二成；☆十から六を減ずれば四が残る／從十減去六剩四，図げんず（サ）。⓪

けんしん【検診】（名・他サ）〔醫〕診查

病情。◎

けんしん【献身】（名・自サ）獻身，捨身；☆国家の為に献身する／爲國獻身；～てき【献身的】（形ダ）獻身的，捨身的；☆献身的に働いている／熱心工作，奮不顧身地工作；☆献身的な愛を捧げる／獻出無限的熱愛。◎

けんじん【堅陣】（名）堅固的陣地；☆堅陣を抜く／攻陷堅陣；〔喻〕（在比賽中）勝過勁敵。◎

けんじん【賢人】（名）賢人。③

けんじん【県人】（名）同縣的人。③

げんず【原図】（名）原圖。

けんすい【懸垂】（名・自他サ）①懸垂，下垂，直垂；☆懸垂する部分／下垂的部分；②（練單槓時的）懸垂身體向上動作；～せん【懸垂線】（名）〔數〕懸鏈線。◎

げんすい【元帥】（名）元帥。①

げんすい【減水】（名・自サ）水量減少；☆河が減水した／河水減少了；↔ぞうすい（増水）。◎

けんずいし【遣隋使】（名）〔史〕遣隋使（日本派往隋朝的使節，首次 爲 小 野 妹子）。③

けんすう【件数】（名）件數，事件的次數；☆日々取扱う件数はたいしものだ／每天處理的件數很可觀。③

けんすう【軒数】（名）戶數，家數（＝こすう）。③

けんすう【間数】（名）間數（間是長度單位＝1.818公尺）；→けん。③

げんすう【現数】（名）現有的數量。③

げんすう【減数】（名・自サ）①〔數〕（減法中的）減 數，②減少數目；～ぶんれつ【減数分裂】（名）〔生物〕減數分裂。◎

けん・ずる【献ずる】（他サ）献（＝けんじる）；☆一身を国家に献ずる／獻身於祖國；囡けんず（サ）。③

げん・ずる【現ずる】I（自サ）出現（＝あらわれる）；II（他サ）表現（＝あらわす）；囡げんず（サ）。◎③

げん・ずる【減ずる】（自他サ）＝げんじる

げんすん【原寸】（名）與實物等大的尺寸

げんせ【現世】（名）現世。①

げんぜ【現世】（名）〔佛〕現世（＝げんせ）。

けんせい【牽制】（名・他サ）牽制；☆敵の左翼を牽制する／牽制敵人的左翼。◎

けんせい【県政】（名）縣政，縣的行政◎

けんせい【憲政】（名）憲政，立憲政治◎

けんせい【権勢】（名）權勢；☆權勢を振るう／有權有勢，大權在握。①◎

けんぜい【県税】（名）縣稅。◎

げんせい【原生】（名）原始；～せいぶつ【原生生物】（名）原生生物；～だい【原生代】（名）〔地質〕元古代；～どうぶつ【原生動物】（名）原生動物，原蟲；～りん【原生林】（名）原始森林。◎

げんせい【現世】（名）①現世，現在的世界，②〔地質〕現代。①

げんせい【現制】（名）現在的制度。◎

げんせい【厳正】（形動ダ）嚴正，嚴格；☆厳正な裁判／嚴正的裁判。◎

げんぜい【減税】（名・自サ）減稅；↔ぞうぜい（増税）。◎

けんせき【譴責】（名・他サ）譴責，申斥；（對公務員的一種處分）申斥，譴責；☆職務怠慢のかどで譴責処分を受ける／因玩忽職務而受申斥處分。◎

げんせき【言責】（名）〔文〕①對所說的話負責任；☆言責は私にある／我對所說的話負責；②需要說明是 非的責任。◎

げんせき【原石】（名）①原礦，②未加工的寶石。◎

げんせき【原籍】（名）原籍，籍貫；→ほんせき（本籍）。①◎

けんせきうん【巻積雲】（名）〔氣象〕卷積雲。④

けんせつ【建設】（名・他サ）建設；建築，修築；☆幸福な社会を建設する／建設幸福的社會；☆住宅建設の計画を立てる／樹立建築住宅的計劃；☆道路の建設に従事する／從事於道路的修築；～がいしゃ【建設会社】（名）建設公司；～りそく【建設利息】（名）〔經〕新創設的股份公司在建設期間內付給股東的利息。◎

げんせつ【原説】（名）〔文〕原說，原來的主張。◎

けんぜん【健全】（形動ダ）健全；☆身心共に健全だ／身心都健全；◇健全なる精神は健全なる身体に宿（やど）る／健全之精神寓於健全之身體。◎

げんせん【源泉・原泉】（名）源泉；本源；☆知識の源泉／知識的源泉；～かぜい【源泉課税】（名）〔法〕源泉課稅（所

得稅的徵收方法之一，如由薪金、利息、退職金等直接扣除的徵稅方法）；～ちょうしゅう【源泉徵收】（名）〔法〕源泉課稅。◯

げんせん【厳選】（名・他サ）嚴選；☆厳選の結果、入賞者をきめる／經過嚴選來決定得獎人。◯

げんぜん【現前】（名・自サ）目前，眼前；☆現前する事実に目を蔽（おお）う／對於眼前的事實視而不見，無視眼前的事實。◯

げんぜん【厳（儼）然】（形動タルト）儼然；☆儼然と構（かま）える／態度莊嚴；☆儼然たる事実／無可爭辯的事實。◯

*げんそ【元素・原素】（名）元素；～しゅうきりつ【元素周期律】（名）〔化〕元素週期律。①

けんそ【険阻（岨）】（名・形動ダ）險峻；☆険阻な山道／險峻的山道。①

けんそ【倹素】（名・形動ダ）〔文〕儉約樸素。①

けんそう【喧噪】（形動ダ）喧囂，嘈雜（＝やかましい，さわがしい）；☆都会の喧噪を遠く離れて…／遠離都市的嘈雜…；☆会場が喧噪を極める／會場吵鬧到達極點。◯

けんそう【険相】（形動ダ）可怕的相貌，凶惡的面貌。①

けんぞう【建造】（名・他サ）建造，建築；☆校舎は目下建造中である／校舍正在建築中；☆大型タンカーの建造に着手する／着手建造大型油輪；～ぶつ【建造物】（名）建築物。◯

げんそう【幻想】（名・他サ）幻想；～きょく【幻想曲】（名）〔樂〕幻想曲（＝ファンタジー）。◯

げんそう【現送】（名・他サ）〔經〕現金外運；～てん【現送点】（名）〔經〕→せいかゆそうてん（正貨輸送點）。◯

げんぞう【現像】（名・他サ）〔照相〕顯像，顯影；～えき【現像液】（名）〔照相〕顯影液；～やく【現像薬】（名）〔照相〕顯影藥。◯

けんぞく【眷属・眷族】（名）眷屬；☆眷属を引き連れる／攜帶眷屬。①

*げんそく【原則】（名）原則；☆本校入学者は原則として寄宿舎へ入ることになっている／凡考入本校的學生原則上均應住宿舍；～ほう【原則法】（名）〔法〕基

本法規。◯

げんそく【減速】（名・自サ）減速，減低速度；～そうち【減速装置】（名）減速裝置；～はぐるま【減速歯車】（名）減速輪車。◯

けんそん【謙遜】（名・自サ・形動ダ）謙遜，謙虛，自謙；☆謙遜な態度／謙虛的態度；☆彼は謙遜しながら自分のしとげたことを話した／他謙遜地述說了自己完成的事；☆しきりに謙遜する／不住地自謙。◯

げんそん【現存】（名・自サ）現有，現存；☆現存の人人のうち当時を記憶するのは少ない／記得當時情況的人現在已寥寥無幾；☆それは地震後現存する唯一の完全な建物だ／那是在地震後還殘留下來的唯一完整的建築物。◯

げんそん【減損】（名・自サ）減少，損失，磨損，耗損。◯

げんぞん【厳存】（名・自サ）儼然存在，實際存在；☆何と言おうが証拠は厳存する以上仕方がない／無論說什麼既然現有證據存在就沒有（別的）辦法。◯

けんたい【倦怠】（名・自サ）倦怠，疲倦，厭倦；☆倦怠を覚える／感到厭倦；☆倦怠した様な顔つきをしている／面帶倦容；☆四肢の倦怠／四肢無力。◯

けんだい【見台】（名）閱書架。①◯

*げんたい【減退】（名・自サ）減退，衰退；☆精力が減退する／精力衰減；☆食慾の減退／食慾的減少；↔ぞうしん（增進）。◯

*げんだい【現代】（名）①現代；②〔史〕〔日本史〕明治維新以後的時代；〔西洋史〕第一次世界大戰後的時代；～かなづかい【現代仮名遣】（名）現代假名拼音法（除助詞は、へ、を等外概用表音式）；～っこ【現代っ子】（名）新時代的年輕人（包括幼兒、學童）；～てき【現代的】（形動ダ）現代的。①

ケンタウルスざ【希Centaurus座】（名）〔天〕半人馬座。◯

げんたる【厳たる】（連體）〔文〕儼然，莊嚴（＝おごそかな）；☆厳たる事実／千眞萬確（不可爭辯）的事實。

けんたん【健啖】（形動ダ）健啖，食量大；～か【健啖家】食量大的人。◯

けんたん【検痰】（名・自サ）〔醫〕驗痰。◯

けんたん【減反・減段】（名・他サ）〔農〕減少耕種面積。⓪

けんち【見地】（名）見地，觀點；☆教育的見地から見れば／若從教育的觀點看；☆僕と君とは見地が違う／我和你的觀點不同。①

けんち【見知】（名）〔文〕①識悟；②實地檢查。

けんち【檢地】（名・自サ）①丈量地畝；②檢查地界或收穫；③檢查電線和土地的絕緣狀況。①⓪

*げんち【現地】（名）現地，現場；肇事地點；☆現地に行って見なければ詳しい事情は分らない／不到現地去看不能知道詳情；～さいよう【現地採用】（名・他サ）設在國外的分公司在當地錄取職員（或被錄取的職員）；～ほうこく【現地報告】（名）現地報導；→ルポルタージュ。①

*けんちく【建築】（名・自他サ）建築；建築物；☆ビルを建築する／建築大厦；☆世界最古の建築／世界上最古的建築物；～ぶつ【建築物】建築物。⓪

けんちじ【縣知事】（名）縣知事，知縣，縣長。③

げんちゅう【原虫】（名）＝げんせいどうぶつ（原生動物）。⓪

げんちゅう【原注・原註】（名）原註。⓪

けんちょ【顯著】（形動ダ）顯著，昭著；☆顯著な事實／顯著的事實；☆この藥の効力は顯著だ／這個藥的效力顯著。①

げんちょ【原著】（名）原著，原作。①

けんちょう【縣庁】（名）縣公署。①

げんちょう【幻聽】（名）〔心〕幻聽。⓪

けんつく【劍突】（名）〔俗〕責罵，痛斥；☆劍突を喰う／挨罵；☆劍突を喰わせる／痛斥。①

けんてい【献呈】（名・他サ）獻呈。⓪

けんてい【賢弟】（名）賢弟。①

けんてい【檢定】（名・他サ）檢定，審定；☆教科書を檢定する／審定教科書；～きょうかしょ【檢定教科書】（名）（教育部）審定的教科書；～しけん【檢定試驗】（名）甄選考試。⓪

*げんてい【限定】（名・他サ）限定，限制；☆会員を百名に限定する／限定會員爲一百名；～ばん【限定版】（名）限定出版部數的書籍。⓪

げんてん【原点】（名）①起源的地點；②〔數〕原點。①⓪

げんてん【減点】（名・自サ）減少分數，減分。⓪

ケント【Kent】（名）→ケントし；～し【ケント紙】（名）（產於英國Kent的）繪畫、製圖用紙。⓪

*げんど【限度】（名）限度；☆限度を超える／超過限度；☆一ヶ年の經費は十万円を以て限度とする／一年的經費以十萬圓爲限度。①

*けんとう【見当】（名）①方向，方位；☆火事はどの見当ですか／哪方失火了；☆霧が深くて見当が付かない／霧太濃看不出方向；②（大致的）目的，標準；主意，指望，期待，推測；☆見当を定めて（つけて）仕事をする／定好大致的目標來工作；☆どうして良いか見当が付かない／怎樣做好心中無主意；☆僕の見当が外（はず）れた／我的期待（推測）落空了；③大約，將近，左右；☆今朝、二十五、六見当の人が君を尋ねて来た／今早，有個大約二十五六歲的人來找你；☆まず、その位の見当でしょう／大概是那麼多吧；④估計，預計；☆距離はどの位あるか見当が付かない／距離有多遠，難以估計；⑤（槍上的）準星；～ちがい【見当違い】（名）估計錯，說錯，做錯；☆彼は見当違いの返答をしている／他答非所問；☆見当違いの方へ行った／走錯了方向。③

けんとう【健投】（名・自サ）〔棒球〕（投手的）猛投，拼命投球。⓪

けんとう【健闘】（名・自・サ）拼命鬥爭，奮鬥；☆強敵を相手に健闘する／跟勁敵拼命鬥爭。⓪

けんとう【拳闘】（名）拳擊；～か【拳闘家】（名）拳擊家。⓪

けんとう【遣唐】（名）〔史〕派往唐朝；～し【遣唐使】（名）〔史〕派往唐朝的使者；～せん【遣唐船】（名）〔史〕遣唐使乘坐的船。⓪

*けんとう【檢討】（名・自他サ）研討，審査研究；☆委員会が予算案を檢討する／委員會審査預算草案；☆更に檢討を要する／需要進一步研究。⓪

けんどう【剣道】（名）劍術，擊劍；～じょう【剣道場】（名）擊劍場。①

げんとう【幻灯】（名）①幻燈；②→げんとうきかい；～き【幻灯機】（名）幻燈機。⓪

げんとう【嚴多】（名）〔文〕嚴多。⓪

*げんどう【言動】（名・自サ）言動，言行

金を減免する／減免稅款。◎

げんもう【原毛】（名）原毛，用作毛織品原料的毛。◎

けんもつ【献物】（名）獻上的物品。◎

けんもほろろ【剣もほろろ】（連語，形動ダ）〔俗〕極其冷淡；☆剣もほろろの挨拶／極其冷淡的寒喧（答覆）。①

けんもん【検問】（名・他サ）檢查，查問；～しょ【検問所】（名）①（爲搜索經濟犯，設在路口，檢查行人及攜帶品的）檢查站；②（戰時占領軍設置的檢查行人車輛的）檢查哨，卡哨。◎

げんもん【舷門】（名）船側有扶梯的入口。◎

げんや【原野】（名）原野（＝のはら）①

*けんやく【倹約】（名・他サ・形動ダ）儉約，儉省，節儉，節約；☆費用を倹約する／節省經費；☆倹約も度を越すとけちになる／儉約過度就成爲吝嗇。◎

げんゆ【原油】（名）原油，未經提鍊的石油；☆原油を精製する／提鍊原油。◎

けんゆう【兼有】（名・他サ）兼有，兼而有之。◎

けんよう【兼用】（名・他サ）兼用；☆水陸兼用の飛行機／水陸兩用飛機；☆食桌を机に兼用する／把飯桌兼作書桌使用◎

けんらん【絢爛】（形動タルト）絢爛；☆絢爛たる衣裳／絢爛的服裝。◎

*けんり【権利】（名）權利；☆権利を与える／授權；～かぶ【権利株】（名）〔經〕權利股（股份公司成立或增資登記前認購人所認購的股份）；～きん【権利金】（名）〔經〕權利金。①

*げんり【原理】（名）原理；☆挺子（てこ）の原理を応用する／應用桿槓原理。①

げんりゅう【源流】（名）〔文〕源流；水源；☆ギリシャ文化の源流／希臘文化的源流。◎

けんりょう【見料】（名）①觀覽費；②看相費。③

*げんりょう【原料】（名）原料；☆原料を加工する／對原料進行加工。③

げんりょう【減量】（名・自他サ）①減少分量，分量減少；②〔經〕（貨物的）損耗量。◎

*けんりょく【権力】（名）權力；～いし【権力意志】（名）〔哲〕征服慾（尼采哲學的基本概念）。①

けんれん【牽連】（名・自サ）牽連；☆各方面に牽連する／牽連到各方面。◎

けんろ【険路】（名）險路，險道；☆険路を行く／走險路。①

けんろう【堅牢】（形動ダ）堅牢，堅固；☆堅牢な箱／堅固的箱子。◎

げんろう【元老】（名）元老；☆文筆界の元老／文藝界的元老；～いん【元老院】（名）元老院。◎

げんろくぶんがく【元禄文学】（名）〔文〕元禄文學（「江戶時代」文學的一部分，指以元禄年間（1688–1703）爲極盛期的文學、俳諧、小說、演劇等的市民文學）⑤

*げんろん【言論】（名）言論；～のじゆう【言論の自由】（名）言論自由。◎①

げんわく【幻惑】（名・自他サ）蠱惑，迷惑。◎

げんわく【眩惑】（名・自他サ）眩惑，昏眩，迷惑，迷亂；☆甘言で人を眩惑する／用甘言迷惑人；☆美人を見て眩惑する／看見美人而着迷。◎

こ①五十音圖「か行」第五音；發音爲ko；②「字源」平假名是「己」字的草體，片假名是其上部。

こー【小】（接頭）①小，細小；☆小商人（こしょうにん）／小商人；☆小犬（こいぬ）／小狗；②微少，一點兒；☆小金（こがね）／少許錢；③可憎，討厭，有點兒…；☆小憎（にく）らしい／可憎的；☆小ぎたない／有點污髒的；④差不多，左右；☆小一里ばかり／一里左右。

こー【木】（造語）下接他語構成熟語時，「木」字讀爲「こ」；☆木蔭（こかげ）／樹蔭；☆木の葉（は）／樹葉。

こー【故】（接頭）已故，☆故德田氏の墓／故德田氏之墓。

ーこ（接尾）表示比賽（＝くらべ）；☆かけっこ／賽跑。

ーこ【子】（接尾）①接在名字之下（一般爲女性的名字）；例：花子（はなこ），秀子（ひでこ）②表示人或物；☆売子（うりこ）／售貨員；☆振子（ふりこ）／（鐘）擺。

ーこ【戸】（接尾）〔表示戸數的助數詞〕戸；例：一戸（いっこ）。

ーこ【個・箇】（接尾）〔表示數量的助數詞〕個；例：一個（いっこ）。

＊＊こ【子・児】（名）①兒女；☆子を産む／生孩子；②小孩，孩子；☆この子はいたずらで困る／這孩子淘氣眞惱人；③（動物的）子；☆馬の子／馬駒；☆牛の子／牛犢；☆犬の子／狗崽；④姑娘，女孩子；☆あの子はうちのタイピストだ／那個女孩子是我們公司（機關）的打字員；⑤卵；☆魚の子／魚卵；⑥利息；☆元（もと）も子もなくなる／連本帶利都賠光了；⑦〔經〕新股（＝こかぶ）。⓪

こ【粉】（名）〔文・方〕麵粉，粉末（＝こな）；☆身を粉にして働く／非常賣力地工作。①

こ【是・此】（代）〔古〕此，這個（＝これ）。①

こ【弧】（名）①弧形；☆弧灯（ことう）／弧光燈；②〔數〕弧；☆弧を描く／畫一弧形。①

ご「こ」的濁音；發音爲go。

ごー【御】（接頭）〔一般接於漢語之上〕表示尊敬（＝おん，み）；☆御病気／貴恙；☆御両親／令堂令堂。

ーご【御】（造語）接在表示人物的名詞下，表示尊敬，☆母御（ははご）／母親；☆花嫁御（はなよめご）／新娘。

ご【豆汁】（名）豆汁（用於染色或油畫顔料）。①

＊ご【五】（數）五（＝いつつ）。①⓪

ご【伍】（名）①（古時的）五人組；②伙伴（＝なかま，くみ）。

＊ご【後】（名）①以後（＝のち，あと）；☆その後／以後；☆戦後の状勢／戰後的形勢；②→ごご（午後）。⓪①

ご【期】（名）〔文〕時候，時期；☆この期に及（およ）んで／到這時。①

ご【碁・棊】（名）圍棋；☆碁を打つ／下圍棋。①

＊ご【語】（名）〔文〕語，語言（＝ことば）；☆語を結（むす）ぶ／結束談話。①

コア【core】（名）①核，核心（＝かく）；②心型（＝てっしん）。①

ごあいさつ【御挨拶】（名）①（「挨拶」的謙敬語）講話，致詞；☆部長の御挨拶／部長講話；☆皆様に御挨拶申し上げます／向各位說幾句話；②〔俗〕（對方的）蠻橫的說法，不講理；☆帰（かえ）れとは御挨拶だね／你叫我囘去，這是什麼話（有這樣說話的嗎）？②

こあきない【小商い】（名）小買賣，小本生意；☆小商いをやめて工場にはいる／放棄小本生意到工廠去工作。②③

こあざ【小字】（名）（鄉鎭内的小區劃）衖街。

こあし【小足】（名）小步；☆小足に歩く／邁小步走。⓪

こあじ【小味】（名。形動ダ）有點滋味兒；☆小味がいい／有點味道。⓪

こあたリ【小当り】（名・自サ）探一探（別人的）心意；☆ちょっと小当りしてみる，小当りに当ってみる／略微刺探一下看看。

こあめ【小雨】（名）小雨，細雨（＝こさ

め)。⓪

こい【請・乞】（名）〔文〕乞求，請求：
☆請を入れる／答應請求。①

こい【鯉】（名）〔動〕鯉魚。①

*こい【恋】（名・自他サ）戀愛，愛情；☆
恋をする／戀愛。①

*こ・い【濃い】（形）①深的，濃的：☆色
が濃い／顏色深；☆濃い藍（あお）／深
藍；②（酒）烈的；（茶）釅的（＝しつ
こい）；☆お茶が濃くて飲めない／茶太
釅喝不得；☆濃い酒は酔い易い／烈酒易
醉人；③密的，☆髪（かみ）の毛が濃い
／頭髮很密；④稠的，☆お粥が濃い／粥
太稠；⑤密切的，親密的（＝むつまじい
）；☆二人は濃い仲である／兩個人很親
密；↔うすい（薄い）；図こし（形ク）①

こい【故意】（名）故意，特意，☆故意に
妨碍する／故意妨害；☆故意に勝負に負
（ま）ける／在比賽時故意輸給別人。①

ごいさぎ【五位鷺】（名）〔動〕蒼鷺（鷺
的一種）。②

ごい【語意】（名）〔文〕語義，詞義。①

*ごい【語彙】（名）語彙☆語彙を豊富にす
る／豊富語彙；☆この辞書は語彙が豊富
だ／這部辭典語彙豊富。①

こいうた【恋歌】（名）情歌。②

こいがたき【恋敵】（名）情敵。③

こいき【小意気】（形動ダ）（有點）時髦
，俊俏，雅致，漂亮；☆小意気な女／俊
俏的女人☆小意気な家／雅致的房子①⓪

こいこが・れる【恋い焦がれる】（自下一）
熱戀，陷入情網；☆かの女は彼に恋い焦
がれた／她熱戀上了他；図こひこがる（
下二）。①─③

こいごころ【恋心】（名）戀愛心；☆恋心
を抱く／心懷戀慕；（女子）懷春。③

こいし【小石】（名）小石子，碎石（＝い
しくれ）。⓪

こいじ【恋路】（名）戀愛；☆忍ぶ恋路／
秘密戀愛。①⓪

ごいし【碁石】（名）圍棋子。⓪

こいし・い【恋しい】（形）戀愛的，親愛
的，懷念的，眷戀的（＝したわしい，な
つかしい）；☆恋しい人／愛人，情人；
☆故郷が恋しい／懷念故郷；☆もう火が
恋しくなった／（天冷）該升火了；図こ
ひし（形シク）；～げ（形動ダ）；～さ
（名）；☆恋しさが増す／越發懷念起
來。③

こいしがる【恋しがる】（他五）①戀，戀
愛；②想念，懷念，眷念；☆子が母を恋
しがる／孩子想媽媽；☆故郷を恋しがる
／懷念故郷。④

こいした・う【恋い慕う】（他五）懷念，
眷念；☆故郷を恋い慕う／懷念故郷。⓪①

こいに【恋死】（名）殉情。⓪

こい・する【恋する】（他サ）戀愛，愛；
図こひす（サ）。③

こいそぎ【小急ぎ】（名・自サ）有點兒着
急，加緊；☆小急ぎに歩く／加緊脚步走
；☆彼は小急ぎで出掛けた／他匆忙地出
去了。①

こいちゃ【濃茶】（名）①釅茶；↔うすち
ゃ（薄茶）；②濃茶色。①

こいつ（代）〔俗〕①〔表卑〕這個東西，
這個傢伙（＝こやつ）；☆俺の本を盗（
ぬす）んだのはこいつだ／偸我書的就是
這傢伙；②這個（物品）；☆こいつはな
かなかうまいから食って見ろ／這很好吃
，你吃吃看。⓪

ごいっしん【御一新】（名）明治維新。②

こいなか【恋仲】（名）相互戀愛的二人；
戀愛關係；☆二人は恋仲になった／兩人
戀上了，二人發生了戀愛關係。⓪①

こいにょうぼう【恋女房】（名）經過戀愛
而結婚的妻。③

こいぬ【小犬】（名）小狗兒，狗崽（＝い
ぬころ）。⓪

こいねが・う【希（冀）う】（他五）希望
，希求；☆これは余の最も希う所である
／這是我最希望的。①④

こいねがわくは【庶幾（冀）くは】（副）
〔文〕惟望，但願，請（＝どうぞ，なに
とぞ）☆冀くすみやかに全快されんこと
を／但願你能早日恢復健康。⑤④

こいのぼり【鯉幟】（名）（用紙或布做成
用以慶祝男童節的）鯉魚形旗；☆鯉幟を
立てる／掛鯉魚旗。③

こいびと【恋人】（名）情人，愛人，意中
人。⓪

こいぶみ【恋文】（名）情書（＝ラブレタ
ー）。⓪

こいも【子芋】（名）小芋頭。⓪

コイル【coil】（名）〔電〕線圈。①

こいわずらい【恋煩い】（名・自サ）單思
病；相思病；☆恋煩いにかかる／患相思
病。③

コイン【coin】硬幣；銅板 ～ロッカー【

coin locker】（名）投擲硬幣來啓開的出租保險櫃。①

―こう【工】（接尾）…工。☆電気工（でんきこう）／電工；☆機械工（きかいこう）／機械工人。

―こう【公】（接尾）①接在有身分人的姓下表示尊敬；例：伊藤公（いとうこう）；②接在名字下表示親愛或親暱、諷刺之意；☆熊公八公（くまこうはちこう）／張三李四；☆花公／阿花。

*こ・う【請（乞）う】（他五）①請求，乞求（＝もとめる）；☆和を乞う／求和；☆援助を乞う／請求援助；②請，希望（＝ねがう、たのむ）；☆貴兄の来会を請う／希望您能到會。①

こ・う【恋う】（他五）①愛慕，戀慕；②懷念，眷戀；☆故郷を恋う／懷念故郷①

こう【斯う】（副）如此，這樣，這麼；實事はこうである／事實是這樣；☆こう熱くては堪（たま）らない／這麼熱實在受不了；☆こうなるとは知らなかった／不曾想會這樣；☆私の考えはこうである／我的想法是這樣的；☆こうやればよいのだ／這樣作就行了。⓪

こう【公】Ⅰ（名）①公（顯貴的敬稱）；②公爵；Ⅱ（代）公（對顯貴所用的代詞）。①

こう【巧】（名）〔文〕巧妙，高明（＝たくみ、じょうず）。①

こう【功】（名）〔文〕①功，功勞，功勳（＝てがら、いさお）；☆功を樹てる／立功；☆功を以って罪を贖（つぐな）う／將功折罪；②功效，成效（＝きめぎ）；☆功を奏する／奏效；☆労して功ない／勞而無功；◊功成り名遂（と）ぐ／功成名就。①

こう【甲】（名）①甲冑（＝よろい）；②甲殼（＝から）；☆かめの甲／龜甲；③（手脚的）表面；☆手（足）の甲／手(脚)背；④甲等；☆成績は甲である／成績是甲；⑤〔文〕甲等（十干之一，＝きのえ）；◊甲乙なし／不分伯仲；不分上下①

こう【交】（名）〔文〕①交情，友誼（＝まじわり）；☆魚水の交／魚水之交；②（季節等的）更換期；☆春夏の交／春夏之交。①

こう【行】（名）〔文〕①行，行爲；②去；出門，旅行；☆行を共にする／同行，一同前往。①

こう【更】（名）〔文〕更〔古時計算夜間時刻的單位，初更爲戌時（いぬのとき），二更爲亥時（いのとき），五更爲寅時（とらのとき）〕；☆更の移（うつ）るのを知らず／不知夜已深。①

こう【孝】（名）孝順，孝道；☆親に孝を尽（つく）す／對父母盡孝。①

こう【効・效】（名）效驗，功效（＝きき め）；☆効を奏する／奏效；☆薬石効なく／藥石無效。こう【庚】（名）〔文〕庚（十干之一，＝かのえ）。①

こう【侯】（名）〔文〕①諸侯；②侯爵 ①

こう【香】（名）①香味（＝におい）；②（焚的）香，香料；☆香を焚（た）く／焚香；☆香を聞（き）ぐ／聞香；☆香を燻（くゆ）らす／燻香。①

こう【高】（名）〔文〕高；☆高より低へ／由高向低。①

こう【校】（名）①學校；☆我が校／我校；②校正；☆初校／一校；☆校了／校完。①

こう【項】（名）①事項（＝ことがら）；②項目，條款；☆項に別（わか）つ／分項；③〔數〕項；☆方程式の一項／方程式的一項。①

こう【硬】（名）硬，☆硬軟いろいろの手で攻（せ）める／用軟硬不同的手法進攻。①

こう【綱】（名）①大綱；②（動植物分類的）綱。①

こう【稿】（名）〔文〕草稿，原稿；☆稿を起こす／起稿。①

こう【講】（名）①講課；講解，☆休講（きゅうこう）／停課；②〔佛〕講經會；法會；遊山拜寺團體；③（一種相互通融資金的組織）標會，銀會。①

―ごう【号】（接尾）①表示…商號；②（接在船、飛機、火車、動植物等名下的）號；☆ひかり号／光號超快車；☆青森二号／青森産二號稻；③表示順序；☆第三号／六月號（雜誌等）☆六号活字／六號字。

ごう【号】（名）①名稱，☆屋号（やごう）／商號；②號，別名；☆観山という号で知られている／以觀山的別號見稱①

ごう【合】（名）〔文〕①合（面積單位，一坪的⅒，約＝0.33平方公尺）；②合（容積單位，一升的⅒，約＝0.18公升）；③合（山的高度的十分之一）例：富士山

八合目；④（戰鬪的）回合；⑤盒（有蓋容器的計算單位）；⑥合計；共計。①

ごう【剛】（名）〔文〕剛；☆柔よく剛を制（せい）す／柔能克剛。①

ごう【郷】（名）郷（郡的一部分）；〔文〕郷間；◇郷に入っては郷に従（したが）え／入郷隨俗。①

ごう【業】（名）①〔佛〕業，善惡的行爲；②生氣，憤怒（＝ごうはら）；◇業が煮える，業を煮やす／發急，急得發脾氣。①

ごう【壕】（名）①城壕（＝ほり）；②〔地〕澳洲的簡稱（＝オーストラリア）①

こうあつ【高圧】（名）①強大的壓力；②〔電〕高壓；③〔俗〕高壓，不容分說；☆高圧手段をとる／採取高壓手段；～せん【高圧線】（名）〔電〕高壓線；～てき【高圧的】（形動ダ）壓制的，強制的；☆高圧的な態度／壓制的態度；☆高圧的な手段／用壓制手段。①

こうあん【公安】（名）公共的安寧，公安。①

*こうい【好意】（名）好意，美意，善意；☆好意ある態度／好意的態度；☆好意を寄せる／表示好意；～てき【好意的】（形動ダ）好意的，善意的；☆好意的に見る／善意地看（解釋）。①

*こうい【行為】（名）行爲，舉動；☆学生にあるまじき行為／學生不應有的行爲；☆その行為は明かに違法である／那種行爲顯然是違法的。①

こうい【更衣】（名）①更衣，換衣服；②〔文〕（後宮的）女官。①

こうい【厚意】（名）厚意，盛情；☆厚意に感謝する／感謝盛情。①

こうい【校医】（名）校醫。①

こうい【皇位】（名）皇位；☆皇位につく／登皇位，登基。①

ごうい【合意】（名）同意；商量好；☆この事は既に合意ずみだ／這件事已經商量好了；☆合意の上で離婚する／經同意後離婚。①

こういき【広域】（名）廣泛區域，廣泛範圍。①

ごういつ【合一】（名・自他サ）合一，合而爲一；☆多くの支部を合一する／合併多數支部。①

こういってん【紅一点】（名）一點紅，（很多男人中的）唯一的女性；☆彼女はう

ちの課の紅一点だ／她是我們科裏面的唯一的女性。①──③

こういど【高緯度】（名）〔地〕靠近極地的緯度，高緯度。③

こういん【工員】（名）（工廠的）工人，產業工人。①①

こういん【行員】（名）銀行職員。①

ごういん【勾引】（名・他サ）勾引，誘拐，拐帶（＝かどわかし）；☆子供が勾引された／孩子被誘拐走了。①

こういん【光陰】（名）〔文〕光陰，歲月；☆光陰を惜（お）しむ／珍惜光陰；◇光陰矢の如し／光陰似箭。①

こういん【後胤】（名）〔文〕子孫，後裔。①

こういん【公印】（名）官印，公章，關防；～ぎぞう【公印偽造】（名）〔法〕偽造公章。①

ごういん【豪飲】（名・他サ）喝大酒。①

ごういん【強引】（名・形動ダ）強行，強制；☆強引な態度／強迫的態度；☆強引に出る／採取強制態度。①

こうう【降雨】（名）〔文〕下（的）雨①

ごうう【豪雨】（名）大雨，暴雨。①

*こううん【幸運・好運】（名・形動ダ）幸運，僥倖；☆好運が向いて来る／時來運轉；☆好運を祈る／祝（你）幸運；☆幸運にも…／幸而…，幸虧…；～じ【幸運児】（名）幸運兒。①①

こううん【耕耘】（名・他サ）耕耘，耕種～き【耕耘機】（名）耕耘機。①

こううん【行雲】（名）浮雲；～りゅうすい【行雲流水】（連語・名）〔文〕①千變萬化；②行雲流水，聽其自然。①

こうえい【公営】（名・他サ）公營，官辦；市營；～ぎぎょう【公営企業】（名（公營企業；～じゅうたく【公営住宅】（名）市營住宅。①

こうえい【光栄】（名）光榮，榮譽（＝さかえ，ほまれ）；☆光栄ある任務／光榮的任務；☆光栄とする／引以爲榮。①

こうえい【後裔】（名）〔文〕後代，子孫。①

こうえい【後衛】（名）①後衛；☆後衛の任務を担当する／擔任後衛的任務；②〔網球、足球〕後衛。①

こうえき【公益】（名）公益，公共利益；☆公益の為に全力を尽す／爲公益盡全力；～いいん【公益委員】（名）（一般委

員會中代表公共利益的）委員；～きぎょう【公益企業】（名）公益事業；市營企業；～しちや【公益質屋】（名）公營當舖。⓪

こうえき【交易】（名・自サ）交易，貿易；☆日本と交易する／和日本進行貿易⓪

こうえつ【校閲】（名・他サ）校閲，校訂；☆原稿を校閲する／校訂原稿。⓪

*__こうえん__【公演】（名・自サ）公演；☆東京で公演する／在東京公演。⓪

*__こうえん__【公園】（名）公園；☆公園へ散歩に行く／到公園去散步。⓪

こうえん【好演】（名・自サ）（音樂、戲劇）表演得好，博得好評的表演。⓪

こうえん【後援】（名・他サ）後援，援助，聲援，支援；☆君の企（くわだ）てを後援する／支援你的計劃；☆世論の後援／輿論的支援。⓪

こうえん【高遠】（形動ダ）高遠，遠大；☆高遠な理想／遠大的理想。

*__こうえん__【講演】（名・自サ）講演，演說，（作）報告；☆学会での講演／在學會的報告；☆大学で講演する／在大學講演（作報告）。⓪

こうお【好悪】（名）〔文〕好惡，愛憎（＝すききらい）；☆好悪によって物事を取り決める／憑愛憎來決定事物。①

こうおつ【甲乙】（名）①甲乙；第一和第二；②優劣，上下；差別；☆二人の間には甲乙がない／兩個人不分上下；③某某，甲乙。①

こうおん【高音】（名）①高音調；②〔樂〕（女）高音（＝ソプラノ）。⓪

こうおん【高温】（名）高溫；☆高温の地方／高溫地方；☆高温で殺菌をする／用高溫殺菌。⓪

ごうおん【号音】（名）音響信號；☆ピストルの号音でスタートする／聽手槍信號起跑。⓪

こうか【降下】（名・自他サ）下降，往下落；☆飛行機が降下して来る／飛機往下降落；☆気温が降下する／氣溫下降。⓪

こうか【工科】（名）①工科；②工學院①

こうか【公課】（名）①稅，捐稅；②政府或公共團體在捐稅以外徵收的各種費用。①

こうか【功過】（名）〔文〕功過；☆功過相半（あいなかば）す／功過兼半。①

*__こうか__【効果・効果】（名）①効果（＝できばえ）；☆実験の効果／實驗的效果

；②功效，成效；成績（＝ききめ；てがら）；☆効果を収（おさ）める／奏效，取得成效；☆効果が現（あらわ）れない／不見效；③〔劇〕效果；☆音響の效果／音響效果；～てき【効果的】（形動ダ）有效的，奏效的；☆あの批判は効果的だった／那次批判很有效。①

こうか【高架】（名）高架；～てつどう【高架鉄道】（名）高架鐵路（こうかせん「高架線」）。①

こうか【高価】（名・形動ダ）高價，大價錢；☆高価な品物／價錢貴的東西；☆高価で手も出ない／價錢太貴買不起。①

こうか【硬化】（名・自サ）①硬化；☆動脈が硬化する／動脈硬化；②（態度等）強硬起來；☆態度が硬化してきた／態度強硬起來。⓪

こうか【硬貨】（名）硬幣，金屬貨幣（＝コイン）。①

こうか【膠化】（名・自サ）膠化；☆生（なま）ゴムが膠化する／生膠軟化。⓪

こうが【江河】（名）〔文〕①長江與黃河；②大河。①

こうが【高雅】（形動ダ）高雅；☆高雅な筆致（ひっち）／高雅的筆法。①

ごうか【業果】（名）〔佛〕業果；☆それは彼の業果だ／這是他應得的報應。①

ごうか【業火】（名）〔佛〕①地獄之火；②＝ごうか（業果）；③激怒，大怒。①

ごうか【豪家】（名）富家，豪門；☆豪家の息子／富豪子弟。①

ごうか【豪華】（形動ダ）豪華，奢華；☆豪華な生活をする／過奢華生活；☆豪華を尽す／極盡豪華；～ばん【豪華版】（名）①特別精裝本，豪華本；②〔俗〕豪奢的東西；☆今日の晩飯(ばんめし)は、豪華版だな／今天晚餐荣特別好！①

こうかい【公会】（名）①公衆的集會；②公開的集會；～どう【公会堂】（名）公衆集會廳。⓪

こうかい【公海】（名）〔法〕公海；↔りょうかい（領海）。⓪

*__こうかい__【公開】（名・他サ）公開；☆秘密を公開する／把秘密公開出來；☆公開の席で政見を発表した／在公開的場所發表了政見。⓪

*__こうかい__【後悔】（名・自サ）後悔，懊悔；☆後悔しても追いつかない／後悔也來不及了；◇後悔先にたたず／後悔莫及①

*こうかい【航海】（名・自サ）航海；☆穏やかな航海／風平浪静的航海；☆太平洋を航海する／航行於太平洋。①

こうがい【口外】（名・他サ）説出，洩漏；☆絶対に口外してはならぬ／絶對不可說出（洩漏）。①①

こうがい【口蓋】（名）〔解〕口蓋，上顎①

*こうがい【公害】（名）公害；對於一般人民有害的烟霧、噪音、汚水等。①

*こうがい【郊外】（名）郊外，城外。①

*こうがい【校外】（名）校外。①

こうがい【港外】（名）港口，港外；☆港外に停泊する／停在港口外。①①

こうがい【構外】（名）圍牆外，院外；（車站）外；（工廠的）廠外；↔こうない（構内）。①

ごうかい【豪快】（形動ダ）爽快，豪邁；☆豪快な男／爽快的人。①

ごうがい【号外】（名）①（報紙的）號外；②定額外的東西。①

こうかく【口角】（名）〔文〕嘴角，唇角；◇口角泡（あわ）を飛ばす／熱烈地辯論，口若懸河地講說。①

こうかく【甲殻】（名）〔動〕甲殻（＝こうら）。①

こうかく【広角】（名）廣角，大角度；～レンズ【広角lens】（名）〔照相〕廣角透鏡，廣角鏡頭。①

こうかく【高角】（名）高角（砲身與地平線的角度大）；～しゃげき【高角射撃】（名）高角射撃；～ほう【高角砲】（名）高角砲。①

こうがく【工学】（名）工學。①①

こうがく【光学】（名）〔理〕光學。①

こうがく【向学】（名）好學，勤學；～しん【向学心】（名）好學心。①

こうがく【好学】（名）〔文〕好學。①

こうがく【高額】（名）鉅額，鉅款；↔ていがく（低額）。①

こうがく【後学】（名）①後進者，後生；☆後学を引き立てる／鼓勵後進；②將來的参考；☆後学のために／爲了作爲將來的参考。①

*ごうかく【合格】（名・自サ）及格；☆試験に合格する／考試及格。①

こうがけ【甲掛け】（名）（遮蔽陽光和塵土的）手背（腳背）的罩布。④

こうかつ【広闊】（形動ダ）寬廣的，寬闊的；☆広闊な平野／遼闊的平野；☆気宇広闊な人／胸襟磊落的人。①

こうかつ【狡猾】（名・形動ダ）狡猾的；☆狡猾なきつね／狡猾的狐狸。①

こうかん【公館】（名）①官廳，公共建築物；②領事館，大使館。①

こうかん【向寒】（名）〔文〕漸冷；☆向寒の砌（みぎり）／天氣漸冷，行將入冬。①

*こうかん【交換】（名・自サ）①交換，互換；☆意見を交換する／交換意見；☆小切手の交換／交換支票；②〔經〕交易；☆物物（ぶつぶつ）交換／換物交易；～がくせい【交換学生】（名）交換留學生；～きょうじゅ【交換教授】交換客座教授；～しゅ【交換手】（名）電話接線員；～じり【交換尻】（名）〔經〕（交換支票後的）差額，尾數；～だい【交換台】（名）（電話的）交換臺；總機。①

こうかん【交感】（名・自サ）交感；～しんけい【交感神経】（名）〔解〕交感神經。①

こうかん【交歓、交驩】（名・自サ）聯歡；☆中日学生の交歓／中日學生的聯歡①

こうかん【好感】（名）好感；☆好感をもつ（いだく）／懷好感；☆好感を与える／給與好感。①

こうかん【好漢】（名）〔文〕好漢，爽快人；☆好漢惜しむらくは忍耐が足りない／好漢可惜耐心不夠。①

こうかん【巷間】（名）〔文〕巷里；☆巷間に伝わっている話／街談巷議。①

こうかん【後患】（名）〔文〕後患；☆後患を宿す／留下後患；☆後患を除く／除去後患。①

こうかん【高官】（名）高（級）官（吏）①

こうかん【鋼管】（名）鋼管（＝スチールパイプ）。①

こうがん【厚顔】（形動ダ）厚顔，無恥（＝あつかましい）；☆厚顔な男／厚顔無恥。①

こうがん【紅顔】（名）紅顔，臉色紅潤①

こうがん【睾丸】（名）睾丸（＝きんたま）。①

ごうかん【強姦】（名・他サ）強姦。①

こうき【口気】（名）〔文〕①口吻（＝くちぶり）；②（出的）呼氣；☆口気が臭い／呼氣有臭味。①

こうきてつどう【広軌鉄道】（名）寬軌鐵路。④

こうき【光輝】（名）①光輝；☆光輝を放つ／發光輝；②榮譽，光榮；☆光輝ある伝統／光榮的傳統。[1]

こうき【好奇】（名）好奇；☆好奇に満ちあふれた眼つき／充満着好奇的眼光；～しん【好奇心】（名）好奇心。[1]

こうき【好機】（名）良機（＝チャンス）；☆好機を逸する／錯失良機。[1]

こうき【後記】（名）①日後的記錄；②（編輯等的）後記（＝あとがき）。[1]

こうき【後期】（名）後期，後半期；～いんしょうは【後期印象派】（名）〔畫〕後期印象派。[1]

こうき【香気】（名）香氣，香味兒（＝かおり，におい）；☆香気のある木／有香味兒的木材。[1]

こうき【皇紀】（名）日本紀元（以「神武天皇」即位爲元年）。[1]

こうき【校紀】（名）學校的風紀，校風。[1]

こうき【校規】（名）校規；☆校規に違反する／犯校規。[1]

こうき【校旗】（名）校旗。[1]

こうき【高貴】（形動ダ）高貴，尊貴；☆高貴な方（かた）／高貴的人；☆高貴な品／珍貴品。[1]

こうき【綱紀】（名）綱要，紀律；☆綱紀を粛正する／嚴正綱紀。[1]

こうぎ【広義】（名）廣義；☆広義に解釈する／廣義地解釋。[1]

こうぎ【交誼】（名）〔文〕交情，交往，往還；☆国際間の交誼／國際之間的交往；☆交誼を結ぶ／結交。[1]

*こうぎ【抗議】（名・自サ）抗議；☆抗議を申し込む／提出抗議。[1][3]

こうぎ【厚誼】（名）厚意，厚誼，厚情[1]

*こうぎ【講義】（名・他サ）講，講義，講解；☆大学で講義する／在大學授課。[3]

ごうき【剛毅】（形動ダ）剛毅的；☆剛毅な気質／剛毅的性格。[1]

ごうき【豪気】（名・形動ダ）豪放，豪邁；闊氣；☆豪気な気象／豪邁氣派。[1]

ごうぎ【合議】（名・自他サ）集議，協議，協商；☆合議の上できめる／經協議後決定。[1]

ごうぎ【強気】（形動ダ）①氣盛的，剛勇的；②漂亮的，痛快的（＝すばらしい）。[1]

こうきあつ【高気圧】（名）高氣壓；☆高気圧に襲（おそ）われる／受高氣壓侵襲[3]

こうきゅう【公休】（名）同業者間規定的休假日；～び【公休日】（名）公休日；☆あしたは、魚屋さんの公休日です／明天是鮮魚店的公休日。[0]

こうきゅう【考究】（名・他サ）考究，研究，調査研究，考慮；☆古典を考究する／研究古典；☆考究すべき問題／值得研究的問題。[0]

こうきゅう【恒久】（名）〔文〕長久，永久；☆恒久の平和／持久和平。[0]

こうきゅう【後宮】（名）〔文〕①後宮；②后妃。[0]

*こうきゅう【高級】（名・形動ダ）高級的，上等的；☆高級家具（かぐ）／高級傢倶；↔ていきゅう（低級）。[0]

こうきゅう【高給】（名）高工資；重酬；☆高給をもらう／領高額工資；☆高給で雇い入れる／以重酬錄用。[0]

こうきゅう【硬球】（名）〔棒球、網球〕硬球，甎球。[0]

ごうきゅう【号泣】（名・自サ）〔文〕哭號（＝なきさけぶ）。[0]

こうきょ【皇居】（名）皇宮。[1]

こうきょ【溝渠】（名）溝渠（＝みぞ）[1]

こうきょ【薨去】（名・自サ）（皇族或三品以上的官）薨，死。[1]

こうぎょ【香魚】（名）〔文〕〔動〕＝あゆ。[1]

こうきょう【口供】（名・他サ）①口述；②（犯人的）口供；☆犯人の口供を取る／記下犯人的口供；☆犯行を全部口供した／供認了全部罪行。[0]

*こうきょう【公共】（名）公共；☆公共の福祉／公共福利；～くみあい【公共組合】（名）〔法〕爲公共福利設立的公會或合作社；～じぎょう【公共事業】（名）公共事業。[0]

こうきょう【交響】（名・自サ）交響；～がく【交響楽】（名）〔樂〕交響樂；～かんげんがく【交響管絃楽】（名）〔樂〕交響管絃樂；～きょく【交響曲】（名）〔樂〕交響曲（＝シンフォニー）。[0]

こうきょう【好況】（名）〔經〕繁榮，景氣好；☆好況を呈する／繁榮起來，（交易）旺盛起來，景氣好起來；↔ふきょう（不況）。[0]

*こうぎょう【工業】（名）工業；☆工業を盛んにする／發展工業。[1]

こうぎょう【功業】（名）〔文〕①功業，

功績；②事業。◎

こうぎょう【鉱業】（名）礦業。①

こうぎょう【興行】（名・他サ）（戲劇等的）演出，演藝；☆サーカス団の興行／馬戲團的演出；☆その芝居は三十日間興行された／那齣戲演了三十天；～し【興行師】（名）演出業者，（劇團等的）團長。◎

こうぎょう【興業】（名）振興工業；～ぎんこう【興業銀行】（名）〔經〕興業銀行。◎

こうきょく【好局】（名）〔將棋、圍棋〕好的對局。◎

こうぎょく【紅玉】（名）紅寶石，紅玉（＝ルビー）。◎

こうぎょく【硬玉】（名）〔礦〕硬玉。◎

こうきん【公金】（名）公款；☆公金を費消する／私用公款。◎

こうきん【抗菌】（名）〔醫〕抗菌；～そ【抗菌素】（名）〔醫〕抗菌素；～せいぶっしつ【抗菌性物質】（名）抗菌性物質。◎

こうきん【拘禁】（名・他サ）拘禁，☆容疑者を拘禁する／拘禁嫌疑犯。◎

ごうきん【合金】（名）〔治〕合金。◎

こうぐ【工具】（名）工具。①

こうぐ【香具】（名）①焚香用具；②香料類；～し【香具師】（名）→やし。①

こうくう【高空】（名）高空；☆高空を飛ぶ／在高空飛行；～びょう【高空病】（名）〔醫〕高空病，飛行員神經機能症◎

こうくう【航空】（名）航空；～がいしゃ【航空会社】（名）航空公司；～き【航空機】（名）飛機、飛艇、氣球等的總稱；～びん【航空便】（名）航空信；～ぼかん【航空母艦】（名）〔軍〕航空母艦◎

こうぐう【厚遇】（名・他サ）優遇，厚待；☆厚遇を受ける／受到厚待；☆技術者は厚遇される／技術人員待遇厚。◎

こうぐう【皇宮】（名）皇宮。③

こうくつ【後屈】（名・自サ）〔醫〕後屈；☆子宮（しきゅう）後屈／子宮後屈。◎

こうくり【高勾麗】（名）〔史〕高句麗（韓國的古國之一）。③

こうぐん【行軍】（名・自サ）行軍；☆日に十五里も行軍する／一天行軍十五里。◎

こうげ【高下】（名）①上下；高低；優劣；☆両者の間に高下がつけにくい／兩者之間難分優劣（高低）；☆身分の高下に

拘らない／不論身分高低；②漲落；☆相場の高下は甚（はなはだ）しくない／行市的漲落（波動）不大。①

こうけい【口径】（名）口徑；口徑二十インチの砲／口徑二十英寸的砲。①◎

こうけい【光景】（名）光景，樣子，情景，景象；☆東京タワーから見た光景／由東京鐵塔望到的景象。①◎

こうけい【後継】（名）繼承；～にん【後継人】（名）繼承者。◎

こうげい【工芸】（名）工藝；～ひん【工芸品】（名）工藝品。◎

＊ごうけい【合計】（名・他サ）共計，合計；☆五冊で合計千円になる／五冊共計一千圓。◎①

こうけいき【好景気】（名）好景氣，（市面）繁榮；☆好景気の波に乗る／趕上景氣好。③

＊こうげき【攻撃】（名，他サ）①攻擊，攻打；☆敵を攻撃する／攻擊敵人；②責備，責難；☆散散（さんざん）に攻撃される／被攻擊得體無完膚。◎

こうけつ【高潔】（形動ダ）高潔，清高；☆高潔な人柄／清高的人品。◎

ごうけつ【豪傑】（名）①豪傑，豪邁的人；②〔俗〕奇特的人。◎

こうけん【後見】（名・他サ）①輔佐，保護，監護；☆後見を受ける／受保（監）護；②〔法〕（禁治產者或未成年者的）保護人，監護人；③〔劇〕（出演者背後的）輔佐員；～にん【後見人】（名）保護人，監護人。◎③

こうけん【効験】（名）效驗，功效；☆効験あらたかな薬／靈藥，奇效的藥。◎

こうけん【高見】（名）①高明見識；②您的意見，高見；☆御高見を伺いたい／願聆（您的）高見。◎

＊こうけん【貢献】（名・自サ）貢獻；☆国家に貢献する／貢獻給祖國。◎

こうげん【光源】（名）〔理〕光源。◎③

こうげん【公言】（名・自サ）公然說，聲明，明言；☆大衆の前で公言する／在大衆面前公然說；☆公言して憚（はばか）らない／敢公開地說。③

こうげん【広言】（名・自サ）大言不慚，誇口；☆自分に及ぶ者がないと広言している／大言不慚地說老子天下第一。③◎

こうげん【巧言】（名）〔文〕巧言（花言巧語；～れいしょく【巧言令色】（連語

・名）巧言令色。③⓪

*こうげん【高原】（名）〔地〕高原。⓪

ごうけん【剛健】（形動ダ）剛毅，剛強，
健全；☆剛健な精神／剛毅的精神。⓪

こうこ【公庫】（名）〔法〕（辦理住宅、
生活資金借貸的）公營貸款機關。①

こうこ【考古】（名）考古；～がく【考古
学】（名）考古學。①

こうこ【後顧】（名）〔文〕後顧；☆後顧
の憂（うれい）／後顧之憂。①

こうご【口語】（名）口語，白話；～たい
【口語体】（名）口語體；～ほう【口語
法】（名）口語語法。①

*こうご【交互】（名）互相，交替；☆交互
にボールを投げ合う／相互投球。①

ごうご【豪語】（名・自サ）說大話。①

こうこう【斯う斯う】（副）如此如此（＝
かくかく、しかじか）；☆こうこういう
／如此這般的人。①

こうこう【孝行】（名・形動ダ）孝順；☆
親に孝行する／孝順老人；～むすこ【孝
行息子】（名）孝子。①

こうこう【香香】（名）〔おー〕鹹菜（＝
つけもの）。⓪

こうこう【浩浩】（形動タルト）〔文〕①
浩浩蕩蕩；☆水が浩浩と漲（みなぎ）る
／水勢大漲；②寬廣。⓪③

こうこう【高校】（名）高等學校。⓪

こうこう【航行】（名・自サ）航行，航海。⓪

こうこう【皎皎】（形動タルト）〔文〕皎
皎；☆皎皎たる明月／皎潔的明月。⓪③

こうこう【煌煌】（形動タルト）光亮的，
亮煌煌的；☆電灯が煌煌と輝（かがや）
く／電燈照得通亮。③⓪

こうこう【交媾】（名・自サ）交媾。⓪

こうごう【皇后】（名）皇后。③

こうごう【校合】（名・他サ）→きょうごう（校合）。⓪

ごうごう【囂囂】（形動ダ）喧囂；☆囂囂
たる非難／喧囂的責難。③

ごうごう【轟轟】（形動タルト）隆隆，轟
隆；☆轟轟と鳴る／轟隆轟隆地響；☆遠
くに轟轟と汽車の音がする／遠處轟隆轟
隆地有火車聲。③

こうごうしい【神神しい】（形）神聖的，
莊嚴的；☆神神しい場所／神聖的場所；
図かうがうし（形シク）；～さ（名）⑤

こうこうや【好好爺】（名）好好先生；性
情溫和的老人。③

こうこく【公告】（名・他サ）（法院、機
關、公共團體的）公告，布告。⓪

*こうこく【広告】（名・他サ）廣告；☆新
聞に広告を出す／在報上刊登廣告宣傳⓪

こうこつ【恍惚】（名）出神，心曠神怡，銷魂；
☆恍惚たらしめる光景／令人心曠神怡的
情景；☆恍惚として聞く／聽得出神。⓪

こうこつ【硬骨】（名）①硬骨；②頑固；
～かん【硬骨漢】（名）硬漢子；～ぎょ
【硬骨魚】（名）〔動〕硬骨魚。⓪

こうこつぶん【甲骨文】（名）甲骨文。④

こうさ【交差・交叉】（名・自サ）交叉；
☆道が交叉している／道路交叉着；～て
ん【交叉点】（名）交叉點；十字路（＝
よつかど、よつつじ）。⓪

こうさ【考査】（名・他サ）①審查，審核
；☆学力を考査する／審查學力；②考試
，測驗；（＝テスト）☆日本語の考査を
する／測驗日語；☆昨日考査があった／
昨日舉行了測驗。①⓪

こうさ【黄砂】（名）①黃砂，黃土；②（
春季因風吹起的）黃塵。①

こうざ【口座】（名）（銀行或帳簿的）戶
頭；☆口座を開く／（在銀行）開戶頭；
～ばんごう【口座番号】戶頭號碼。⓪

こうざ【高座】（名）①講臺；②上座。①⓪

こうざ【講座】（名）①講席；②講座；⑧（
採取專題講授形式的）短訓班，講習班；☆夏休みに
衛生の講座／歷史講座；⑧（採取專題講
授形式的）短訓班，講習班；☆夏休みに
衛生講座が開かれる／暑假中開辦衛生講
習班。⓪

こうさい【口才】（名）〔文〕口才。⓪

こうさい【公債】（名）公債；☆公債を発
行する／發行公債；～しょうしょ【公債
証書】（名）公債券。⓪

*こうさい【交際】（名・自サ）交際，交往
，應酬；☆交際が広い／交際廣；☆交際
の上手な人／善於應酬（交際）的人；～
か【交際家】（名）交際家。⓪

こうさい【光彩】（名）〔文〕光彩；☆光
彩を放（はな）つ／發出光彩；☆光彩を
添（そ）える／添加光彩，增光。⓪

こうさい【虹彩】（名）〔解〕虹彩。⓪

こうさい【後妻】（名）後妻，續弦。⓪

こうざい【功罪】（名）；☆功罪相半（あいなか
ば）している／功罪兼半。①⓪

こうざい【絞罪】（名）絞罪，絞刑；☆絞
罪に処する／處絞刑。⓪

こうざい【鋼材】（名）鋼材。⓪

ごうざい【合剤】（名）〔藥〕混合劑。⓪

*こうさく【工作】（名・自サ）①製做（器物等）；（土木工程的）修理；☆塀に工作を加える／修理牆；②（小學的）手工；☆工作の時間／手工課；③活動，工作；☆陰で色色工作する／暗中進行種種活動；☆準備工作をする／作準備工作；～きかい【工作機械】（名）工作母機；～ず【工作図】（名）機械設計圖；～せん【工作船】（名）（附屬於艦隊的）修理船。⓪

こうさく【交錯】（名・自サ）交錯，錯雜；☆交錯した事件／複雑的事件。⓪

*こうさく【耕作】（名・他サ）耕種，☆春の耕作を始める／開始春耕；☆耕作に適する／適於耕種。⓪

こうさく【鋼索】（名）鋼索，鋼纜（＝ワイヤロープ）；～てつどう【鋼索鉄道】（名）鋼索鐵路。⓪

こうさつ【考察】（名・他サ）考察；研究；☆社会問題に関する考察／關於社會問題的研究。⓪

こうさつ【高察】（名）（您的）明察，高見。⓪

こうさつ【絞殺】（名・他サ）勒死，絞死。⓪

*こうさん【公算】（名）公算，或然率，概然率，可能性；☆勝つ公算はない／沒有戰勝的可能性。⓪

*こうさん【降参】（名・自サ）①投降，降服，投誠；☆白旗を掲（かか）げて降参する／打起白旗投降；②折服，認輸，閉口無言；☆君にはもう降参したよ／我算服你了。⓪

こうさん【鉱産】（名）礦產；～ぶつ【鉱産物】（名）礦產品。⓪

こうざん【高山】（名）高山；～しょくぶつ【高山植物】（名）高山植物；～びょう【高山病】〔醫〕（攀登高山）因氣壓降低，氧氣缺乏等所致的病。①

*こうざん【鉱山】（名）礦山。①

こうし【小牛・犢】（名）〔動〕小牛，犢。①

こうし【口試】（名）口試（＝こうとうしもん〔口頭試問〕）。①

こうし【公子】（名）公子，少爺（＝きんだち）。①

こうし【公私】（名）公私；☆公私の区別がつかない／公私不分。①

こうし【公使】（名）公使；～かん【公使館】（名）公使館。①

こうし【行使】（名・他サ）行使；使用；☆職権を行使する／行使職權；☆武力を行使する／訴諸武力，動武。①

こうし【厚志】（名）厚情，厚誼；☆厚志篤く感謝します／深深感謝您的厚誼。①

こうし【後嗣】（名）繼承人（＝あとつぎ）。①

*こうし【格子】（名）①格子，棋盤格，方格；②（門窗上的）縱横格子；～づくり【格子造り】（名）前面門窗安設格子的房屋構造法。⓪

こうし【皓歯】（名）〔文〕皓歯；☆明眸（めいぼう）皓歯の美人／明眸皓齒的美人。①

こうし【講師】（名）①（大學等的）講師；②演講者。①

こうじ【麴】（名）麴子；～きん【麴菌】（名）酵母菌。①

こうじ【小路】（名）小徑，小胡同（＝こみち）；↔おおじ（大路）①

*こうじ【工事】（名・自サ）工事，工程；☆工事を施行する／施工；☆この工事は来年までに完成する／這項工程到明年完成；～ば【工事場】（名）工地；～ちゅう【工事中】（名）施工中。①

こうじ【公示】（名・他サ）公告，告示；☆一般に公示する／公告。①

こうじ【公事】（名）公事；公共的事。①

こうじ【好事】（名）①好事；②吉慶事；③好（管）事；◊好事魔多し／好事多磨。①

こうじ【好餌】（名）〔文〕①好餌，香餌；②〔轉〕利益；☆好餌で釣る／利誘①

こうじ【高次】（名）高度；☆もっと高次の問題を扱（あつか）う／處理更高度的問題。①

こうじ【後事】（名）〔文〕後事；☆後事を託す／託付後事。①

ごうし【合資】（名）合股，合資；～がいしゃ【合資会社】（名）〔法〕合資公司。⓪

*こうしき【公式】（名）①正式；☆まだ公式に発表されていない／還未正式發表；②〔數〕公式；☆公式で表わす／用公式表示；～しゅぎ【公式主義】（名）公式主義，教條主義；～てき【公式的】（形動ダ）教條式的；☆理論を公式的に適用する／教條式地搬用理論；～ほうもん【

公式訪問】（名・連語）正式訪問。0

こうしき【硬式】（名）硬式；↔なんしき（軟式）。0

こうせい【高姿勢】（名）高壓的態度。3

こうしつ【後室】（名）①後屋；②（有身分的人的）寡婦（＝やもめ、ごけ）。0

こうしつ【硬質】（名）硬質；～とうき【硬質陶器】（名）硬質陶器。0

こうしつ【皇室】（名）皇室；～ごりょう【皇室御領】（名）皇室領地；～てんぱん【皇室典範】（名）〔法〕皇室典範。0

こうしつ【高湿】（名）〔天〕高濕度。0

こうしつ【膠質】（名）膠質（＝コロイド）。0

*こうじつ【口実】（名）藉口，口實；☆うまい口実／好口實；☆…を口実として／以…為藉口；☆人に口実を与える／給人以口實。0

こうしゃ【公社】（名）〔法〕國營公司；☆交通公社（こうつうこうしゃ）／國營運輸公司；☆専売公社（せんばいこうしゃ）／國營專賣公司。1

*こうしゃ【後者】（名）後者；↔ぜんしゃ（前者）。1

こうしゃ【後車】（名）後車；☆前車の覆（くつがえ）るは後車の戒（いましめ）／前車之覆後車之戒。1

*こうしゃ【校舎】（名）校舍；☆校舎を新築する／新建校舍。0

こうしゃ【降車】（名・自サ）下車；～ぐち【降車口】（名）（火車站的）下車出口。10

こうしゃ【高射】（名）〔軍〕高射；～ほう【高射砲】（名）〔軍〕高射砲。0

ごうしゃ【豪奢】（名・形動ダ）奢侈的，豪華的；☆豪奢な生活／豪華生活。1

こうしゃく【公爵】（名）公爵。01

こうしゃく【侯爵】（名）侯爵。01

こうしゃく【講釈】（名・自他サ）①講解；☆文学史を講釈する／講解文學史；②講（經），說（書）；☆聖書を講釈する／講聖經；☆三国志を講釈する／講三國演義。4

こうしゅ【工手】（名）（鐵路或電氣的）技術工人。1

こうしゅ【甲種】（名）甲類，第一類。1

こうしゅ【好手】（名）〔文〕能手。1

こうしゅ【好守】（名・自サ）〔棒球〕善於守備。1

こうしゅ【攻取】（名・他サ）攻占，攻取。1

こうしゅ【攻守】（名）攻守。1

こうしゅ【絞首】（名）絞罪；絞刑；勒死；～だい【絞首台】（名）絞首臺。10

こうしゅ【口授】（名・他サ）口授，口傳（＝くじゅ）；☆秘伝を口授する／口傳秘訣；☆タイピストに手紙を口授する／口裏說着讓打字員打印信件。01

こうしゅう【口臭】（名）口臭。0

こうしゅう【公衆】（名）公衆，一般人；☆公衆の便宜を計る／為公衆謀方便；～でんわ【公衆電話】（名）公用電話；～べんじょ【公衆便所】（名）公厠。0

こうしゅう【講習】（名・他サ）講習；學習；☆講習を受ける／聽講，聽課。0

ごうしゅう【濠州】（名）〔地〕←オーストラリア。1

こうしゅうは【高周波】（名）〔理〕高周波。3

こうじゅく【紅熟】（名・自サ）變紅；☆リンゴが紅熟している／蘋果成熟了。0

こうじゅく【黄熟】（名・他サ）變黄而成熟；☆蜜柑が黄熟した／桔子已經成熟0

こうじゅつ【口述】（名・他サ）口述；☆講義を口述する／（老師）唸講義；～ひっき【口述筆記】（名・連語）口述筆記0

こうじゅつ【公述】（名・自サ）（在國會委員會就某重要法案等）公開陳述意見；～にん【公述人】（名）（在國會委員會）公開陳述意見者。0

こうじゅつ【後述】（名・自サ）以後叙述；後面所說；↔ぜんじゅつ（前述）。0

こうしょ【向暑】（名）〔文〕（天氣）漸熱；☆向暑の折柄（おりから）／正當日漸炎熱的時候。1

こうしょ【高所】（名）①高地，高處；☆800メートルの高所から／從800公尺高處；②高遠；遠大；☆大所（たいしょ）高所から見る／從遠大見地着眼。1

こうしょ【講書】（名・自サ）〔文〕講（授）書（籍）；☆史記の講書／講解史記。1

こうじょ【孝女】（名）孝女。1

こうじょ【皇女】（名）皇女，公主。1

こうじょ【高女】（名）←こうとうじょがっこう（高等女子學校）。1

こうじょ【控除】（名・他サ）扣除（＝さしひき）；☆必要な費用を控除する／扣

除必要費用。①

こうしょう【口誦】（名・自サ）〔文〕讀
唸，☆論語を口誦する／讀論語。⓪

こうしょう【口証】（名）口頭證明，證
言。⓪

こうしょう【工匠】（名）①工匠，木匠；
②器物的設計。⓪

こうしょう【工商】（名）①工商業；②工
人和商人。①⓪

こうしょう【工廠】（名）〔軍〕軍火廠。⓪

こうしょう【公称】（名）公稱，名義；～
しほんきん【公称資本金】（名）公稱資
本，名義資本；～ばりき【公称馬力】（
名）標稱馬力，額定出量。⓪

こうしょう【公娼】（名）公娼，☆公娼を
廃止する／廢除公娼。⓪

こうしょう【公証】（名）公證，公家的證
明；～にん【公証人】（名）〔法〕公證
人。⓪

こうしょう【公傷】（名）公傷，因公負
傷。⓪

*こうしょう【交渉】（名・自サ）①交渉，
談判；☆交渉を進める／進行交渉；☆交
渉を打ち切る／停止談判；☆関係当局と
交渉する／與有關當局交渉；②關係聯繫
（＝かかりあい）；☆彼と交渉がある／
和他有聯繫。⓪

こうしょう【考証】（名・他サ）引證，考
據；☆考証上の誤り／考證上的錯誤。⓪

こうしょう【厚相】（名）＝こうせいだい
じん（厚生大臣）。⓪

こうしょう【哄笑】（名・自サ）哄笑＝お
おわらい；☆あの人の冗談で一座が哄
笑した／由於他的詼諧大家哄堂大笑。⓪

こうしょう【高尚】（形動ダ）①高尚；☆
高尚な趣味／高尚的趣味；②程度高深；
☆高尚な学問／高深的學問；☆言うこと
が高尚すぎて分らぬ／說的話過於高深不
明白。⓪

こうしょう【高唱】（名・自サ）①高聲歌
唱；②大聲疾呼，高唱。⓪

こうじょう【口上】（名）①口說，述說；
口信，言詞；☆口上で述べる／口述；☆
口上を述べる（傳える）傳口信，致意；
☆恨みだらけの口上／滿口訴苦的言詞
；☆口上のうまい人／會說話的人；②〔
劇〕報幕員；～がき【口上書】（名）①
口述記錄；②〔江戸時代〕口供筆錄。⓪③

*こうじょう【工場】（名）工場，工廠；☆工

場から出たての自動車／剛出廠的汽車；
☆工場を閉鎖する／關閉工廠；～ちょう
【工場長】（名）廠長。③⓪

こうじょう【口状】（名）①說話時的樣子
；②口述；☆口述記錄。⓪

こうじょう【膠状】（名）膠狀；～たい【
膠状体】（名）膠狀體。⓪

こうじょう【甲状】（名）甲狀；～せん【
甲状腺】（名）〔解〕甲狀腺。⓪

こうじょう【交情】（名）交情，交誼；☆
交情を温（あたた）める／重温舊誼。⓪

こうじょう【向上】（名・自サ）向上，
上進，進步，提高；☆質の向上／質量的提
高；☆国民の生活は日に日に向上してい
る／國民的生活一天天地在提高。⓪

こうじょう【荒城】（名）〔文〕荒廢的城
池；☆荒城の月／荒城之月。⓪

こうじょう【厚情】（名）厚情，厚誼；☆
御厚情に予かり，有難く御礼申し上げま
す／（書信用語）辱承厚誼致謝忱。⓪

ごうしょう【豪商】（名）富商。⓪

*ごうじょう【強情】（形動ダ）剛愎，頑固
，固執；☆強情を張る／剛愎，頑固；☆
馬鹿で強情な奴／愚蠢而頑固的傢伙；☆
知らぬ存ぜぬと強情を張る／一口咬定說
，不知道不曉得。⓪

こうしょうがい【高障害（礙）】（名）〔
運動〕高障礙（賽跑），高欄（＝ハイハ
ードル）。③

こうしょく【好色】（名）好色。⓪

こうしょく【公職】（名）公職；☆公職に
就く／就公職；☆公職を汚す／瀆職。⓪

こうしょく【紅色】（名）紅色，☆紅色を
帯びた…／帶紅色的…。⓪

こうしょく【黄色】（名）黄色（＝きいろ）
；～しんぶん【黄色新聞】（名）黄色報
紙。⓪

ごうじょっぱり【強情っ張り】（名・形動
ダ）頑固（的人），固執（的人）；☆強
情っ張りの（な）男／頑固的傢伙。⓪

こう・じる【困じる】（自上一）為難（＝
こまる）；☆策（さく）に困じる／想不
出辦法；☆処理に困じる／束手無策；図
こうず（サ）

こう・じる【高（嵩）じる】（自上一）加甚，
劇烈化，越發…起來（＝こうずる）；☆
風邪（かぜ）が嵩じて肺炎になった／感
冒變成了肺炎；☆彼の我がままが嵩じた
／他越發放肆起來了；図こうず（サ）⓪③

*こう・じる【講じる】（他上一）①講說；☆文学を講じる／講文學；②謀求，尋求；想出，採取（措施等）；☆手段を講じる／採取手段（措施）；想辦法；③（在詩社席上）唸，朗誦（詩）。**因**こうず（サ）**0**3

こうしん【高進・亢進・昂進】（名・自サ）①亢進，惡化；☆病勢が亢進する／病勢惡化；②騰貴，上漲；☆物価がますます高進する／物價日漸上漲。**0**

こうしん【行進】（名・自サ）（列隊）前進，行進；☆楽隊が市中を行進する／樂隊在市內行進；～きょく【行進曲】（名）〔樂〕進行曲（＝マーチ）。**0**

こうしん【更新】（名・他サ）更新，革新，改革，改變；☆制度を更新する／改革制度；☆世界紀録を更新する／打破世界紀録。**0**

こうしん【庚申】（名）①庚申；②〔宗〕←こうしんち；③〔佛〕青面金剛；～づか【庚申塚】（名）（路旁的）青面金剛塚（多立以刻有三個猴面的石柱）；～ばら【庚申薔薇】（名）〔植〕月季花。**0**

こうしん【後進】（名）①後進，晩輩；☆後進の青年を引き立てる／提拔後進青年；②發展較晩，落後；☆後進国から一躍先進国となる／由落後國家一躍爲先進國；③（船等）向後行駛，後退。**0**

こうしん【恒心】（名）〔文〕恒心。**0**

こうじん【行人】（名）〔文〕①行（路）人；☆夜更けて行人も絶（た）えた／夜深了已經沒有行人了；②旅人。

こうじん【後人】（名）後人，後代的人。**0**

こうじん【後陣】（名）後方，後方陣地**0**

こうじん【後塵】（名）〔文〕後塵；☆後塵を拝する／①步後塵②甘拝下風。**0**

こうじん【紅塵】（名）①飛揚的塵土；②〔佛〕紅塵俗世。**0**

こうじん【荒神】（名）①竈神，竈君，②〔轉〕暗中保護者。**1**

こうじん【黄塵】（名）黄塵；☆黄塵万丈の都会／塵土萬丈的都市。**0**

こうしんじょ【興信所】（名）信用調查所（調查個人的或商店財產狀況等的一種組織）。**5****0**

こうじんぶつ【好人物】（名）大好人，老實人，性情温和的人（＝おひとよし）。**0**

こうしんりょう【香辛料】（名）香辣調味料（指薑、胡椒、辣椒、蒜等）**3**

こうしんろく【興信録】（名）（列載個人或公司等財產狀況等的）信用調查録。**3**

こうず（じ）【好事】（名）好事（＝ものずき）；～か【好事家】（名）①好事者；②喜好風流韻事者。**1**

こうず【構図】（名）〔數〕構圖；②計劃；☆生活の構図／生活的計劃；☆小説の構図／小說的結構。**0**

こうすい【香水】（名）香水；☆香水を吹きかける／噴上香水。**0**

こうすい【降水】（名）〔象〕降水（指雪、雨等）；～りょう【降水量】（名）〔氣象〕降水量，降雨量。**0**

こうすい【硬水】（名）硬水；☆硬水は洗濯に適しない／硬水不適於洗衣服。**0**

こうすい【鉱水】（名）礦泉水（＝ミネラルウォーター）。**0**

*こうずい【洪水】（名）①洪水，漲大水；☆この雨が止まないと洪水になる／這場雨若不停就要漲大水；②〔喻〕洪流；☆手紙の洪水／雪片似的信件。**1****0**

こうすう【口数】（名）①〔文〕人口數（＝ひとかず）；②（存款等的）戶頭數；☆預金の口数／存款的戶頭數。**3**

ごうすう【号数】（名）號碼，號數。**3**

こう・する【航する】（目サ）航海，航行。**因**こうす（サ）。**3**

こう・ずる【高（嵩）ずる】（自サ）→こうじる（高・嵩じる）。**0****3**

こう・ずる【薨ずる】（自サ）薨。**因**こうず（サ）。**0****3**

こう・ずる【講ずる】（他サ）→こうじる（講じる）。**0****3**

ごう・する【号する】（自五）①號稱，宣稱；☆兵力百万と号する／兵力號稱百萬；②名爲，稱作；☆流光亭と号する／名爲流光亭；**因**ごうす（サ）。**3**

*こうせい【公正】（形動ダ）公正，公允，不偏不黨；☆公正な立場を堅持する／堅持公正的立場；☆公正に分配する／公允地分配；～しょうしょ【公正証書】（名）〔法〕公證人做的證書。**0**

こうせい【攻勢】（名）攻勢；☆攻勢に転ずる／轉入攻勢；☆攻勢を取る，攻勢に出る／採取攻勢。**0**

こうせい【更正】（名・他サ）更正，更改，改正；☆予算の決定を更正する／更改預算的決定。**0**

こうせい【更生・甦生】（名・自サ）①更生，甦生，復興；☆日本の更生／日本的

復興；②重新傲人；☆犯罪者の更生／犯罪者的重新傲人；☆新しく更生する／重新傲人；⑧利用廢物；整舊翻新；☆古い服を更生（＝リフォーム）して子供の上着（うわぎ）をつくる／翻改舊衣服給小孩做外衣。◯

*こうせい【厚生】（名）厚生，提高生活，增進健康，保健；～しょう【厚生省】（名）厚生省（衛生福利部）。◯

こうせい【後生】（名）①後生，後輩…☆後生畏（おそ）るべし／後生可畏；②第二代。①◯

こうせい【後世】（名）①後世，將來；☆名を後世に伝（つた）える／傳名於後世；②後代，子孫。①

こうせい【恒星】（名）〔天〕恒星。◯

こうせい【校正】（名・他サ）校對；☆原稿を校正する／校對原稿；～ずり【校正刷】（名）校様。◯

*こうせい【構成】（名・他サ）構成，組織；☆人民団体を構成する／組織人民團體。◯

こうせい【鋼製】（名）鋼製（品）。◯

ごうせい【合成】（名・他サ）①（由兩種以上的東西）合成；②〔化〕（用元素或化合物）合成；～ご【合成語】（名）複合語；～ゴム【合成護謨】（名）〔化〕合成橡膠，人造橡膠；～しゅ【合成酒】（名）〔化〕（不經釀造的）化學酒；～じゅし【合成樹脂】（名）〔化〕合成樹脂，塑料（＝プラスチック）。◯

ごうせい【剛性】（名）〔理〕剛性，靭性。◯

ごうせい【豪勢】（形動ダ）豪華，講究，奢侈；☆豪勢なくらしむき／奢侈的生活；☆豪勢な宴会／豪華的宴會。①

こうせいぶっしつ【抗生物質】（名）抗生素。⑤

*こうせき【功績】（名）功績；☆功績を立てる／立功。◯

こうせき【鉱石】（名）〔礦〕礦石。◯

こうせきせい【洪積世】（名）〔地質〕洪積世。④

こうせきそう【洪積層】（名）〔地質〕洪積層。④

こうせつ【公設】（名）公立，公營，市營；↔しせつ（私設）；～いちば【公設市場】（名）公營市場。◯

こうせつ【巧拙】（名）巧拙；☆巧拙によって賃銀が異（こと）なる／按巧拙而工

資不同。◯①

こうせつ【後節】（名）後節；↔ぜんせつ（前節）。①

こうせつ【降雪】（名）下雪；☆降雪五インチに及（およ）んだ／降雪達五英寸◯

こうせつ【高説】（名）高見，卓見，高論；☆御高説を拝聴させて頂きます／願聽（您的）高見。◯

こうぜつ【口舌】（名）〔文〕①口舌；②辯論；☆口舌の争／爭辯。◯

ごうせつ【豪雪】（名）〔文〕大雪（＝おおゆき）。◯

こうせん【口銭】（名）①（販賣所得的）利錢，賺頭；②佣金；☆口銭を取る／要佣金；☆五分の口銭を支払う／付給百分之五的佣金。①

こうせん【工銭】（名）工錢。◯

こうせん【工船】（名）（裝有整套工廠設備，把捕撈魚類馬上加工為罐頭的）工作船。◯

こうせん【工専】（名）←こうぎょうせんもんがっこう（工業専門學校）。◯

こうせん【公選】（名・他サ）（由人民）公選；☆公選の知事／公選的縣長；☆人民の代表を公選する／公選人民代表。◯

*こうせん【光線】（名）光線；☆太陽の光線／太陽光線；☆光線のよくはいる室／光線充足的屋子；☆この乾板は光線が入った／這塊乾板被露光了。◯

こうせん【交戦】（名・自サ）交戦；☆交戦を停止する／停戦；～こく【交戦国】（名）交戰國；～じょうたい【交戦状態】（名）交戰狀態。◯

こうせん【好戦】（名・自サ）①好戦；②（球類比賽時）善戦，堅持戰鬥；☆台北チームは公戦して勝った／臺北隊堅持戰鬥終於獲勝；～こく【好戦国】（名）好戰國；～てき【好戦的】（形動ダ）好戰的；☆好戦的な民族／好戰的民族。◯

こうせん【黄泉】（名）〔文〕黄泉（＝よみじ，めいじ）。◯

こうせん【鋼線】（名）鋼線，鋼絲。◯

こうせん【鉱泉】（名）礦泉；～りょうほう【鉱泉療法】（名）礦泉療法。◯

こうぜん【公然】（副・形動タルト）公然，公開；☆公然と抵抗する／公開地反抗

；☆公然の秘密／公開的秘密。◎

こうぜん【昂然】（形動タルト）昂然；☆昂然たる態度／昂然的態度；☆意氣昂然たり／意氣昂然。◎③

こうぜん【浩然】（形動タルト）浩然；◇浩然の気／浩然之氣。◎③

ごうせん【合繊】（名）尼龍，特多龍等化學纖維。

ごうぜん【傲然】（形動タルト）倨傲，高傲；☆傲然たる態度／高傲的態度；☆傲然と構（かま）える／作倨傲之態。◎

ごうぜん【轟然】（形動タルト）轟然，轟隆；☆轟然と爆発する／轟然爆炸；☆礼砲が轟然と鳴り響（ひび）いた／禮砲轟然響了。③◎

こうそ【公訴】（名・他サ）〔法〕公訴；☆公訴を提起する／提起公訴；☆公訴を取り消す／取消公訴。◎

こうそ【高祖】（名）〔文〕①高祖；②祖先；③創業的皇帝；☆漢の高祖／漢高祖；④〔佛〕創始某一宗派的人。◎─①

こうそ【控訴】（名・自サ）〔法〕（向上級法院）上訴；☆下級裁判所の判決に対して控訴した／不服下級法院的判決而上訴了；☆控訴を棄却する／駁回上訴。◎

こうそ【酵素】（名）〔化〕酵素，酶。◎

こうぞ【楮】（名）〔植〕楮（桑科落葉亞喬木，皮爲日本紙的原料）。◎

こうそう【広壮・宏壮】（形動ダ）宏壮，雄偉；☆宏壮な建物／雄偉的建築物。◎

こうそう【抗争】（名・自サ）抗争，對抗，反抗。◎

こうそう【好走】（名・自サ）能跑，善跑；☆彼ほど好走する選手は少ない／沒有像他那樣能跑的選手。◎

こうそう【後送】（名・他サ）①後送，往後方輸送；☆重傷者を後送する／往後方輸送重傷患；②以後再寄；☆残りの品は後程（のちほど）後送する／餘下的東西，以後再寄。◎

こうそう【降霜】（名）下霜；☆昨夜降霜があった／昨晚下霜了。◎

こうそう【高層】（名）高層；高氣層；高空；～かんそく【高層観測】（名）高氣層觀測；～けんちく【高層建築】（名）高層建築物；～ひこう【高層飛行】（名）高空飛行。◎

こうそう【高僧】（名）①高僧；②官位高的僧人。◎

こうそう【高燥】（形動ダ）高而乾燥；☆高燥な所に建っている／建築在高而乾燥的地方；～ち【高燥地】（名）高而乾燥的土地。◎

*こうそう【構想】（名・他サ）構想，構思；☆構想を煉（ね）る／構想；☆この小説は構想が好い／這部小說的構思好。◎

*こうぞう【構造】（名）構造；☆文章の構造／文章的構造；☆上部（じょうぶ）構造／〔經〕上層建築。◎

ごうそう【豪壮】（形動ダ）①豪華壯麗；☆豪壮な邸宅／豪華壯麗的宅邸；②雄壯。◎

こうそく【拘束】（名・他サ）①拘束，束縛，限制；☆拘束を受ける／受拘束；☆言論の自由を拘束しない／不限制言論自由；②〔法〕拘留，拘禁；☆被疑者は一応留置所に拘束する／嫌疑犯暫先關在拘留所。◎

こうそく【校則】（名）學校的規則，校規；☆校則を守（まも）る／遵守校規。◎

こうそく【高足】（名）〔文〕高弟子。◎

こうそく【梗塞】（名・自サ）〔文〕梗塞，堵塞，不流通；☆資金が梗塞して経営困難に陥（おちい）る／資金周轉不靈，陷於經營困難狀態。◎

こうぞく【皇族】（名）皇族。◎

こうぞく【後続】（名）隨後繼續；～ぶたい【後続部隊】（名）增援部隊，援軍。◎

ごうぞく【豪族】（名）豪族，權門。①◎

こうそくど【高速度】（名）高速度；☆高速度で走る／快跑；～えいが【高速度映画】（名）高速度電影；～こう【高速度鋼】（名）高速度鋼。③

こうそくどうろ【高速道路】（名）高速公路（＝ハイウェー）。⑤

こうそん【皇孫】（名）皇帝的孫子。◎

こうた【小唄】（名）短歌，小曲。◎

こうたい【交替・交代】（名・自サ）交替，替換；輪流；☆昼夜交代で働く／晝夜輪班工作；☆夜の十二時に交代する／在夜裏十二點換班；～じかん【交替時間】（名）換班時間。◎

こうたい【抗体】（名）〔生物〕抗體，免疫體。◎

こうたい【後退】（名・自サ）後退，倒退（＝あとずさり）；☆敵は反撃に堪えかねて後退する／敵人抗不住反攻而後退；☆成績がだんだん後退する／成績逐步下

降（後退）；↔ぜんしん（前進）。◎

こうだい【工大】（名）↔こうかだいがく（工科大学）。◎

こうだい【広大・宏大】（形動ダ）廣大，宏大；☆気宇が広大である／胸襟磊落；規模は宏大だ／規模宏大。☆広大な土地／廣大的土地↔きょうしょう（狭小）◎①

こうだい【後代】（名）後代，後世。①

こうだい【高大】（形動ダ）高大。◎

ごうたい【剛体】（名）〔理〕剛體，極剛硬的物體；～りきがく【剛体力学】（名）〔理〕剛體力學。◎

*こうたいし【皇太子】（名）皇太子。③

こうたいじんぐう【皇大神宮】（名）皇大神宮（祀「天照大神」之廟）。⑤⑦

こうだか【甲高】（名）脚背高；脚背高的靴鞋；☆甲高の足／脚背高的脚。◎

こうたく【光沢】（名）〔文〕光澤（＝つや，ひかり）；☆磨（みが）いて光沢を出す／磨出光澤；☆光沢に富んだ布／富有光澤的料子；～き【光沢機】（名）研磨機，上光機；～しあげ【光沢仕上げ】（名）光澤加工，上光。◎

こうだく【黄濁】（名・自サ）混濁；☆河水が黄濁している／河水混濁。◎

こうたつ【口達】（名・他サ）〔文〕口頭傳達；口信；☆会議の内容を口達する／口頭傳達會議内容。◎

ごうだつ【強奪】（名・他サ）強奪，搶奪，掠奪；☆強盗に根こそぎ強奪された／被強盗搶得精光。◎

こうたん【降誕】（名・自サ）（名人的）誕生，出生，降生；～さい【降誕祭】（名）〔宗〕聖誕節（＝クリスマス）。◎

こうだん【公団】（名）公營（政府出資經營，管理重要物資的機構）；例：住宅公營，道路公營等。◎

こうだん【後段】（名）後段，末段；☆後段に述べる如く／如後段所述。◎

こうだん【高段】（名）（劍道、圍棋、將棋等）等級高，資格高；～しゃ【高段者】（名）高資格（等級）者。◎

こうだん【高談】（名・自サ）〔文〕高談潤論。◎

こうだん【講談】（名）說（書），講述（故事等）；☆ラジオで水滸伝（すいこでん）の講談を聞く／聽水滸傳的廣播；～し【講談師】（名）說書先生，講評詞的人，講故事的人。◎

こうだん【講壇】（名）①講壇；☆講壇に立つ／登上講壇；②〔宗〕說教臺。◎

こうだんし【好男子】（名）美男子。③

こうち【巧緻】（形動ダ）精緻，細緻，精巧；☆巧緻な手工芸品／精緻的手工藝品。①

こうち【巧遅】（名）巧遲，慢工出細活；巧而慢；☆巧遅は拙速に如（し）かず／巧而慢不如拙而速；↔せっそく（拙速）①

こうち【拘置】（名・他サ）〔法〕拘留（＝りゅうち）；☆被告を拘置する／將被告拘留起來；～しょ【拘置所】（名）〔法〕拘留所。①◎

こうち【耕地】（名）耕地。①

こうち【高地】（名）高地，高原；☆高地の住民／高地的居民。①

ごうち【碁打】（名）下圍棋（的人）。③

こうちゃ【紅茶】（名）紅茶；☆紅茶をいれる／泡紅茶。◎①

こうちゃく【降着】（名・自サ）〔文〕（飛機）降落。◎

こうちゃく【膠着】（名・自サ）膠着，黏着；☆ゴムが膠着して離れない／橡皮黏上，扯不開；～じょうたい【膠着状態】（名）膠着狀態；☆膠着状態に陥（おち）い）る／陷入膠着狀態。◎

こうちゅう【甲虫】（名）〔動〕甲蟲。◎

こうちょ【高著】（名）〔文〕貴著，大作。①

ごうちょ【合著】（名）共著，同著。◎①

こうちょう【公庁】（名）官廳，機關。◎①

こうちょう【好調】（形動ダ）順利，情形良好；☆万事とも好調だ／一切事都很順當；☆好調に運ぶ／順利進行；☆好調な時に油断するな／順利時不要疏忽大意。◎

こうちょう【紅潮】（名・自サ）①映日而呈紅色的海潮；②臉紅；☆寒さで頬を紅潮させる／因為冷把臉凍紅；☆一杯飲んだだけで顔が紅潮した／只喝了一杯酒臉就紅了。◎

*こうちょう【校長】（名）校長。◎

こうちょう【高調】（名・自サ）①高音調；②強調，極力主張；高唱。◎

こうちょう【高潮】（名・自サ）①〔地〕滿潮；②〔轉〕高潮，頂點；☆革命の気運は高潮に達した／革命的浪潮已達頂點。◎

ごうちょう【合調】（名・自サ）〔無電〕對波長，調整波長。

こうちょうかい【公聴会】（名）（在國會的委員會裏爲了聽取有關方面的意見而召開的）公開報告會。③

こうちょく【硬直】（名・自サ）僵硬，僵直；☆手足が硬直する／手足僵硬；☆死体の硬直／屍體的僵直。⑩

ごうちょく【剛直】（形動ダ）剛直，耿直；☆剛直な男／耿直的人。⑩

こうちょうちょく【抗張力】（名）〔理〕抗張力。③

こうちょうどうぶつ【腔腸動物】（名）〔動〕腔腸動物。⑤

こうちん【工賃】（名）工錢，工資；☆工賃を上げる／提高工資。①

ごうちん【轟沈】（名・自・他サ）炸沉；☆敵艦を轟沈する／炸沉敵艦。⑩

*こうつう【交通】（名・自サ）交通；☆交通の便が好い／交通方便；☆交通が杜絶した（交通斷絕了）；☆交通が頻繁（ひんぱん）である／交通頻繁；～いじ【交通遺児】（名）因車禍而失去父（母）的孩子；～きかん【交通機関】（名）交通工具；～じゅんさ【交通巡査】（名）交通警察；～なん【交通難】（名）交通困難；～マヒ【交通麻痺】（名）交通癱瘓；～もう【交通網】（名）交通網。⑩

ごうつくばり【強突張り】（名・形動ダ）①剛愎，頑固，死頑固（の）；☆強突張りで一歩も譲（ゆず）らない／死頑固一步也不讓；☆彼は強突張りだ／他是個頑固的人；②＝ごうざらし。⑩④

こうつごう【好都合】（形動ダ）方便，便當，順利；☆万事好都合に運（はこ）んだ／一切都順利進行了；☆好都合に行けば一ヵ月で済（す）む／若是順利的話一個月就能完成；☆君が来てくれたので好都合だ／你這一來（對我）太方便了。③

こうてい【工程】（名）①（工作的）進度，過程，工序；☆色色な工程を経（へ）る／經過種種工序；☆工程は約七分に達した／工作進展到七成左右了；☆工程を二分の一短縮する／把工序縮短二分之一；②〔理〕工率。⑩

こうてい【公定】（名・自サ）公定，法定；～かかく【公定価格】（名）公定價格。⑩

こうてい【行程】（名）①行程，路程；旅程（＝みちのり）；☆一日の行程／一天的路程；②〔機〕衝程；☆四行程の…／

四衝程的…。⑩

こうてい【更訂】（名・他サ）更正，更改，訂正；☆文章の誤（あやま）りを更訂する／更正文章的錯誤。⑩

*こうてい【肯定】（名・他サ）肯定，承認；☆既成事実を肯定する／肯定既成的事實；☆敗北を肯定する／承認敗北；☆肯定も否定もしない／既不肯定也不否定；↔ひてい（否定）。⑩

こうてい【公邸】（名）官邸，公館。⑩

こうてい【校訂】（名・他サ）校訂，訂正；☆第二版で多少の校訂を施した／在第二版中進行了一些訂正。⑩

*こうてい【校庭】（名）學校的操場。⑩③

*こうてい【皇帝】（名）皇帝。③

こうてい【航程】（名）（船、飛機等的）航行程。⑩③

こうてい【高低】（名）高低，凹凸，起伏，上下，漲落；☆土地の高低／土地高低（起伏）；☆物価の高低が激しい／物價漲落很大。③⑩

こうてい【高弟】（名）高弟子，優秀的門生。⑩③

こうでい【拘泥】（名・自サ）拘泥，固執，計較；☆形式に拘泥する／拘泥形式；☆小事に拘泥して、反って大事を誤（あやま）る／拘泥小節反誤大事。⑩

こうてき【公的】（形動ダ）公的，公家的，公共的；☆公的な立場／公共立場；↔してき（私的）。⑩

こうてき【好適】（形動ダ）正好的，適合的，恰好的；☆運動に好適の（な）季節／適合於運動的季節；☆ここは患者に好適な環境だ／這裏對病人是一個恰好的環境。⑩

こうてき【好敵】（名）（比賽時的）强勁的對手，强敵；～しゅ【好敵手】（名）好對手。⑩

こうてつ【更迭】（名・自他サ）更迭，迭換；（人事的）調動（＝いれかえ）；☆内閣の更迭／内閣的更換。⑩

こうてつ【鋼鉄】（名）鋼鐵（＝スチール）。⑩

こうてん【公転】（名自・サ）公轉；☆地球は太陽の周囲を公転する／地球繞着太陽轉；↔じてん（自転）。⑩

こうてん【好天】（名）好天氣。⑩③

こうてん【好転】（名・自サ）好轉；☆情勢が好転する／局勢好轉。⑩

こうてん【交点】（名）①〔數〕（兩線的）交點；☆二直線の交点／兩條直線的交點；②〔天〕（軌道的）交點的，交軌點①

こうてん【後天】（名）後天；↔せんてん（先天）；～てき【後天的】（形動ダ）後天性的（＝アポステリオリ）；☆後天的な变化／後天（性）的變化。⓪

こうてん【荒天】（名）暴風雨的天氣；☆荒天を突（つ）いて出港する／冒着暴風雨的天氣開船。⓪③

こうでん【公電】（名）公用電報，官廳發出的電報。⓪

こうでん【香典・香奠】（名）奠儀；～がえし【香典返し】（名）喪家滿七七後對送奠儀之親友回敬的物品。⓪

こうでんかん【光電管】（名）〔理〕①光電管；②陰極射線管。③

ごうてんじょう【格天井】（名）（棋盤格子的）天花板。③

こうと【斯うと】（感）（在想不起來如何說時發出的聲音）啊！這個…（＝ええと，こうっと）。①

こうど【光度】（名）〔理〕光的強度；～けい【光度計】（名）〔理〕光度計。①

こうど【耕土】（名）〔農〕耕地的（上層）土壤。①

こうど【高度】（名）①〔地〕高度，海拔；☆高度三千メートル／海拔三千公尺；②高度；高級；☆高度に機械化した農業／高度機械化的農業；③〔天〕高度（＝たかさ）；由地平到天體的角距離；☆飛行機の高度をあげる／增加飛機的高度。①

こうど【硬度】（名）硬度。①

こうど【黄土】（名）①黄土，黄色的土壤；②黄泉（＝よみじ）。①

こうとう【口答】（名）口頭回答。⓪

*こうとう【口頭】（名）口頭；☆口頭で返事する／用口頭答覆；～しもん【口頭試問】（名）口試。⓪

こうとう【叩頭】（名・自サ）〔文〕叩頭，頓首。⓪

こうとう【光頭】（名）禿頭（＝はげあたま）。⓪

こうとう【高騰・昂騰】（名・自サ）（物價）昂騰，漲價；☆生活用品が高騰する／生活用品漲價。⓪

こうとう【荒唐】（形動ダ）胡說，荒謬（＝でたらめ）；～むけい【荒唐無稽】（形動ダ）荒唐無稽，荒謬，荒誕；☆これは全く荒唐無稽である／這完全是荒唐無稽的事。⓪

こうとう【後頭】（名）〔解〕後頭頂，後腦殼。⓪

*こうとう【高等】（形動ダ）高等，上等，高級；☆これは高等な品物だ／這是高級品；～がっこう【高等学校】（名）高中；～けんさつちょう【高等検察庁】（名）高等検察處；～さいばんしょ【高等裁判所】（名）高等法院。⓪

こうとう【高踏】（名）高蹈，超越世俗；～は【高踏派】（名）高蹈派（十九世紀中葉法國詩人的一派）。⓪

こうとう【喉頭】（名）〔解〕喉，喉頭；～えん【喉頭炎】（名）〔醫〕喉炎。⓪

こうどう【公道】（名）①公道，正義；②公路。⓪

*こうどう【行動】（名・自サ）行動，行爲（＝おこない）；～にうつる（うつす）／開始行動，行動起來；☆自由行動をとる／採取自由行動；☆大胆な行動／大膽的行動；～はんけい【行動半径】（名）行動範圍。⓪

こうどう【孝道】（名）孝道；☆孝道を尽（つく）す／盡孝。①⓪

こうどう【黄銅】（名）黄銅；→しんちゅう（真鍮）。⓪

こうどう【黄道】（名）①〔天〕黄道；②黄道吉日；～きちにち【黄道吉日】（名）黄道吉日；☆黄道吉日を選（えら）んで婚礼を行う／選黄道吉日行婚禮。⓪

こうどう【講堂】（名）（學校或機關的）大禮堂，大廳。⓪

ごうとう【強盗】（名）強盗；☆強盗をはたらく／當強盗，行盗；☆銀行へ強盗にはいる／闖入銀行行搶；☆隣に強盗がはいった／隔壁遭受了強盗闖入。⓪

*ごうどう【合同】（名・自サ）①聯合，合併，合而爲一；☆合同で運動会を行なう／聯合舉行運動會；☆二つの会社が合同する／兩個公司聯合起來；②聯合企業⓪

こうどうかん【講道館】（名）講道館（嘉納治五郎所設的柔道道場）。③

こうとく【公徳】（名）公德；☆公德を重（おも）んずる／注重公德；～しん【公德心】（名）公德心；☆公德心の欠（か）けている人／缺乏公德心的人。⓪

こうどく【講読】（名・他サ）講解（文章）；☆経済学の原書を講読する／講解經濟

こうどく【購読】（名・他サ）訂閱，購閱；☆日本語版の「今日世界」を定期的に購読する／定期購閱日文版的今日世界⓪

こうどくそ【抗毒素】（名）〔醫〕（血液中）抗毒素。③

こうない【口内】（名）〔文〕口内，口裏；～えん【口内炎】（名）口腔炎。①

こうない【坑内】（名）〔礦〕坑内，坑道内；☆坑内を巡視する／巡視坑内。①

こうない【校内】（名）校内，學校裏。①

こうない【構内】（名）院内，場内，境内；☆工事場（こうじば）の構内に入ってはいけません／禁止進入工地内。①

こうなん【後難】（名）後果，☆後難を恐（おそ）れる／怕後患；☆後難を残（のこ）す／留下不良的後果。⓪

こうにち【抗日】（名）抗日；～せんそう【抗日戦争】（名）抗日戦争。

こうにゅう【購入】（名・他サ）購入，買進，購進；☆外国から購入した機械／向國外購買的機器；☆農村から原料を購入する／向農村買進原料。⓪

*こうにん【公認】（名・他サ）公認；官准，行政機關的許可；☆公認を受ける／取得許可；☆自由民主党公認の候補者／自由民主黨所公認的候選人。⓪

こうにん【後任】（名）後任（者）；☆課長の後任になる／接科長的後任；↔ぜんにん（前任）。⓪

こうにん【更任】（名・自サ）調任，轉職。⓪

こうねつ【光熱】（名）光與熱，照明與取暖；～ひ【光熱費】（名）電燈燃料費。

こうねつ【高熱】（名）（身體的）高熱，高燒；☆高熱を出す／發高燒。⓪

こうねん【行年】（名）享年（＝ぎょうねん）；☆一九五七年没・行年九十三／一九五七年殁，享年九十三歲。⓪

こうねん【光年】（名）〔天〕光年。①

こうねん【後年】〔名〕①後期②晚年①⓪

こうのう【効能】（名）功能，効力；☆いくら叱（しか）っても一向に効能がない／怎樣説他也沒有效果；☆この薬には胃病を治す効能がある／這個藥能治胃病；～がき【効能書】（名）藥的說明書。⓪

ごうのう【豪農】（名）有權勢的富農，有地位的富農。⓪

こうのとり【鸛】（名）〔動〕鸛（＝こうづる）。③

こうのもの【香の物】（名）鹹菜，醬菜（＝つけもの，こうこう）。③⓪

こうは【光波】（名）〔理〕光波。①

こうは【硬派】（名）①硬派，死硬派；②（不談女色的）頑固派；③編寫政經新聞的記者；☆硬派の記者／政治記者；↔なんぱ（軟派）。①

こうば【工場】（名）工場，工廠（＝こうじょう）：一般來說「こうば（工場）」的規模比「こうじょう（工場）」較小；☆工場渡し値段／工廠交貨價格。③

こうはい【光背】（名）〔佛〕（佛像背上的）光圈（＝ごこう）。⓪

こうはい【好配】（名）①〔文〕佳偶；②〔經〕（公司等）分配高額紅利。⓪

こうはい【交配】（名・他サ）〔生・農〕交配，雜交；☆新頃開発された雑種交配方法は生物界に革命を起こした／新發明的雜交法使生物界起了革命。⓪

こうはい【後背】（名）後面，背後；～ち【後背地】（名）腹地（＝ヒンターランド）。⓪

*こうはい【後輩】（名）①後進，後生；②（同一學校畢業的）後班生，下班同學；☆彼は私よりずっと後輩だ／他是比我晚好幾年（畢業）的同學；↔せんぱい（先輩）。⓪

こうはい【荒廃】（名・自サ）荒廢，荒蕪了的土地。⓪

こうはい【高配】（名）①〔敬語〕照顧，照料；☆御高配に預り感謝に堪えません／（書信用語）承蒙照顧不勝感謝；②〔經〕高額紅利。⓪

*こうばい【勾配】（名）傾斜（面），坡度；☆勾配をつける／使之有坡度；☆上り（下り）勾配／上（下）坡；～ひょう【勾配標】（名）（鐵路沿線的）坡度標③

こうばい【公売】（名・他サ）〔法〕（公開）拍賣；☆家屋（かおく）を公売に付する／將房屋公開拍賣。⓪

こうばい【紅梅】（名）〔植〕紅梅。⓪③

こうばい【購買】（名・他サ）購買，收購；☆建築資材を購買する／收購建築原料；～くみあい【購買組合】（名）供銷合作社；～りょく【購買力】（名）購買力。⓪

こうばいすう【公倍数】（名）〔數〕公倍數；☆十五は五と三の公倍数だ／十五是

五和三的公倍數。③

こうはく【紅白】（名）〔文〕紅白；☆紅白二組に分かれて勝負する／分紅白兩組進行比賽。①

こうばく【広漠】（形動タルト）〔文〕廣漠，遼闊；☆広漠たる原野／遼闊的原野。⓪

こうばし・い【香（芳）ばしい】（形）①芳香的，馥郁的；☆芳しい花／芳香的花；②（味道）香，好吃的；⑧（名譽等）好的；有德望的；☆今は彼にとってもっとも芳しい時だ／現在是他最有聲望的時期；④有利的，適意的，良好的；☆あまり芳しい便りではない／不是什麼太好的消息；図こうばし（形シク）；～さ（名）芳香。④⓪

こうはつ【後発】（名）後一步出發；～びょう【後発病】（名）〔醫〕續發症。⓪

こうばな【香花・香華】（名）〔佛〕香（和）花。①

ごうはら【業腹】（形動ダ）怒火填胸，氣憤難忍（＝しゃく）；☆どう考えても業腹だ／想來想去還是氣憤難忍。④⓪

*こうはん【公判】（名）〔法〕公斷；☆事件は既に公判に廻された／案件已送交公斷。⓪

こうはん【広範・広汎】（形動ダ）廣泛，普遍；☆運動は広範に渡（わた）っている／運動普及到廣泛的範圍；☆広汎な読者を持っている／擁有廣泛的讀者。⓪

こうはん【後半】（名）後半（部）；↔ぜんはん（前半）；～き【後半期】（名）（一年的）後半期；～せい【後半生】（名）後半生；～せん【後半戦】（名）後半場的比賽。⓪

*こうばん【交番】（名）①交替，輪班；☆世代交番／世代交替；②派出所；☆角に交番がある／在拐角上有個派出所。⓪

ごうはん【合版】（名・他サ）聯合出版（＝あいはん）。⓪

ごうはん【合判】（名・他サ）連名蓋章。

ごうばん【合板】（名）三合板（＝ベニヤいた）。⓪

こうはんい【広範囲】（名・形動ダ）廣大範圍；☆広範囲の人事異動／廣範圍的人事調動。③

こうひ【工費】（名）工程費，建築費。①

こうひ【公費】（名）公費，官費；☆公費で留学する／官費留學。①

こうひ【后妃】（名）〔文〕皇后和皇妃①

こうび【交尾】（名・自サ）交尾，交配；～き【交尾期】（名）交尾期；☆家畜の交尾期／家畜的交尾期。⓪①

ごうひ【合否】（名）及格和不合格；☆合否の結果が発表される／揭曉錄取（合格與否）的結果。①

こうヒスタミンざい【抗 histamine剤】（名）（醫）抗組織毒劑。⑥

こうひつ【硬筆】（名）鉛筆，鋼筆（的總稱）。⓪

*こうひょう【公表】（名・他サ）公布，發表；☆見解を大衆に公表する／把意見向大衆發表出來。⓪

こうひょう【公評】（名・他サ）公論；☆世間自ら公評がある／社會上自有公論。

こうひょう【好評】（名）好評，稱讚；☆世間の好評を博する／博得社會上的好評；☆好評の品／爲大衆所歡迎的東西。⓪

こうひょう【高評】（名）〔文〕①厚讚，☆学界で高評を受けた／受到學界的厚讚；②（敬語）對方的批評；☆御高評を乞う／請賜批評。⓪

こうひょう【講評】（名・他サ）評語，考語；☆試験官の講評を受けた／得到主考的評語。⓪

こうびん【後便】（名）下回的信；下次郵寄；☆委細（いさい）後便にて申し上げます／詳情下函奉陳；☆御依頼の品は後便で送ります／你要的東西隨後寄去。⓪

こうふ【工夫】（名）（粗工）工人，壯工；☆鉄道工夫／鐵路工人；～ちょう【工夫長】（名）工頭。①

こうふ【公布】（名・他サ）公布，頒布；☆新法規を公布する／公布新法規。①⓪

こうふ【交付】（名・他サ）交付，交給，發給；証明書を交付する／發給證明書☆代金引換に品物を交付する／銀貨兩訖。①⓪

こうふ【坑夫】（名）〔礦〕礦工，礦井工人，採煤工人。①

こうぶ【公武】（名）〔文〕〔古〕公家（くげ）和武家（ぶけ）；朝廷與幕府；→くげ、ぶけ。①

こうぶ【後部】（名）後部，後面；☆列車の後部／列車的後部；☆後部の席／後邊的座位。①

こうふう【校風】（名）校風；☆校風に反する／違背校風。⓪③

こうふく【口腹】（名）〔文〕口腹；☆口

腹が異なっている／口是心非；☆口腹の
慾に耽る／貪口腹之慾。◎⓵

*こうふく【幸福】（名・形動ダ）幸福（＝
しあわせ、さいわい）；☆幸福な生活
／幸福的生活；☆君の幸福を祈（いの）る
／祝你幸福。◎

*こうふく【降伏】（名・自サ）降服，投降
，歸服；☆条件付きの降伏／有條件的降
服；☆戦（たたか）いに敗れて降伏する
／戰敗而降。◎

ごうぶく【降伏】（名・他サ）〔佛〕降伏
；☆悪魔を降伏する／降伏魔鬼。◎

こうぶつ【好物】〔名〕愛吃的東西；☆西
瓜は私の好物です／西瓜是我最愛吃的東
西；◇好物に祟（たた）りなし／愛吃的
東西多吃也不傷人。◎⓵

*こうぶつ【鉱物】（名）礦物；～がく【鉱
物学】（名）礦物學。◎⓵

こうふん【口吻】（名）口吻，語氣，口氣
（＝くちぶり）；☆人の口吻をまねる／
學別人的口吻；☆不満の口吻を漏（も）
らす／露出不滿的口氣。◎

こうふん【公憤】（名）公憤；☆共産党は
人民の公憤を買っている／共產黨招來了
人民的公憤。◎

こうふん【昂奮】（名・自サ）激昂，激奮
；☆敵の横暴な話をきいて昂奮する／聽
到敵人的横暴行為激昂起來。◎

*こうふん【興奮・亢奮】（名・自サ）興奮・
激動；☆興奮して口もきけない／過於激
動連話都說不出來；☆興奮して眠れない
／興奮得睡不着。◎

こうぶん【行文】（名）行文，文體；☆行
文が流麗である／文筆流暢。◎

こうぶん【公文】（名）公文；☆公文で照
会する／以公文照會。◎

こうぶんしょ【公文書】（名）公文（＝こう
ぶん）；～ぎぞう【公文書偽造】（名）
假造公文。⓷

こうべ【首・頭】（名）〔文〕頭（＝あた
ま）；☆首を垂（た）れて黙禱する／垂首默禱⓵◎

*こうへい【公平】（名・形動ダ）公平，公
道；☆公平な取り扱い／公平的待遇；☆
公平に言えば／說句公道話。◎

こうへき【荒僻】（名）偏僻的郷村。

こうへん【口辺】（名）口邊，嘴邊；☆口辺
に微笑を湛（たた）える／嘴邊露着微笑◎

こうへん【後編・後篇】（名）後編。⓵◎

こうべつ【口弁】（名）口頭的辯論，舌辯

<hr />

。

ごうべん【合辦・合弁】（名・他サ）◎

*こうほ【候補】（名）①候補，候補人；②
候選，候選人；☆候補に立つ／當候補，
提名候選；☆候補に推薦される／被提名
爲候選人；☆新しい動物園の候補地／新
動物園的候選地；☆優勝候補チーム／被
認爲很有希望奪得冠軍的隊伍；～しゃ【
候補者】（名）候選者（人）。◎

こうぼ【公募】（名・他サ）公開招募，公
開募集，徵集；☆株式を公募する／公開
招股；☆懸賞小説を公募する／公開的有
奨徵文。⓵

こうぼ【航母】（名）〔軍〕←こうくうぼ
かん（航空母艦）。

こうぼ【酵母】（母）〔化〕酶，酵母；～
きん【酵母菌】（名）酵母菌。⓵

こうぼ【後母】（名）〔文〕繼母。

こうほう【公法】（名）〔法〕公法；↔し
ほう（私法）。◎

こうほう【公報】（名）公報；☆公報で発
表する／在公報上發表。◎⓵

こうほう【弘報・広報】（名）宣傳，報導
；情報；☆弘報機関を通じて発表する／
通過宣傳機關發表。◎

こうほう【後方】（名）後方；☆敵の後方
を襲（おそ）う／襲擊敵人的後方。◎

こうほう【高峰】（名）〔文〕高峰（＝た
かみね、たかね）。◎

こうほう【工房】（名）（藝術家的）工作
室（＝アトリエ）。◎

こうほう【光芒】（名）〔文〕光芒；☆光
芒は四方に放（はな）つ／光芒四射。

こうほう【攻防】（名）攻守；～せん【攻
防戦】（名）〔軍〕攻防戰。◎

こうぼう【興亡】（名）興亡；☆国家の興
亡に関する重大な問題／有關國家興亡的
重大問題。◎

こうぼう【弘法】（名）〔佛〕①傳播佛教
或佛法；②弘法大師（人名）；◇弘法も
筆の誤り／智者千慮必有一失。◎

ごうほう【合法】（名・形動ダ）合法；～か
【合法化】（名・他サ）合法化；☆会を
合法化する／使會合法化；～てき【合法
的】（形動ダ）合法的。◎

ごうほう【号俸】（名）級俸；☆五号俸／
五級俸。◎

ごうほう【号砲】（名）①號砲；☆合図（
あいず）の号砲を鳴らす／放信號　②〔

文〕午砲（＝どん）。⓪

ごうほう【豪放】（形ダ）豪放，豪爽；☆豪放な性格／豪放的性格。⓪

こうぼく【公僕】（名）公僕、公務員。⓪

こうぼく【坑木】（礦）（礦井或坑道支架用的）坑木。⓪

こうぼく【香木】（名）（燃燒時發出香氣的）香木。⓪

こうま【小馬】（名）〔動〕小馬，駒。⓪

こうまい【高邁】（形動ダ）高邁，高遠，高深；☆高邁な識見／高遠的見識；☆高邁な理想を抱（いだ）く／抱遠大理想。⓪①

こうまつ【口沫】（名）（談話急燥時噴出的）口沫。⓪

*こうまん【高慢】（形動ダ）傲慢，高傲；☆高慢な振舞（ふるまい）をする／舉止傲慢；☆高慢の鼻をくじいてやる／打倒…的臭架子；～ちき【高慢ちき】（形動ダ）〔俗〕〔卑〕傲慢☆高慢ちきな顔をしている／擺出一付自命不凡的面孔。①⓪

*ごうまん【傲慢】（形動ダ）驕傲，☆傲慢な振舞をする／舉止傲慢。⓪

こうみ【香味】（名）（食品的）香味；香與味；～りょう【香味料】（名）（加在食品裏的）香料，佐料（紫蘇，芝蘇，葱等）。③①

こうみゃく【鉱脈】（名）〔礦〕礦脈，礦苗。⓪

*こうみょう【巧妙】（形動ダ）巧妙；☆巧妙な外交手腕／巧妙的外交手段；☆巧妙に嘘（うそ）をつく／巧妙地撒謊。⓪①

こうみょう【功名】（名）功名；☆功名を立てる／立功；☆けがの功名／僥倖立功，因禍得福；～しん【功名心】（名）功名心，野心；☆燃えるが如き功名心／勃勃的野心。⓪①

こうみょう【光明】（名）①光明；☆暗雲の中に光明の半面を見出す／在暗雲中看出光明的一面；☆一筋（ひとすじ）の光明／一線的光明；②希望；☆前途に光明がある／前途有望。⓪①

こうみょう【高名】（名）①高名，有名；②戰功。⓪①

こうみん【公民】（名）公民；～かん【公民館】（名）爲鄉村人民的文化福利而設的會舘（文化舘）；～けん【公民權】（名）公民權。⓪

こうむ【工務】（名）工務，工程；～てん【工務店】（名）營造廠商辦事處。①

こうむ【公務】（名）公務，國家及行政機關的事務；☆公務を執行する／執行公務；☆公務の余暇／公餘之暇；～いん【公務員】（名）公務員，國家機關職員；～しっこうぼうがいざい【公務執行妨害罪】（名）〔法〕妨害執行公務罪。①

*こうむる【被（蒙）る】（他五）①〔文〕戴（＝かぶる）；☆冠を被る／戴冠；②（被…）蒙上，蓋上，覆上；☆ハワイの島民は火山の灰を被った／火山灰落到夏威夷島住民的身上；③〔文〕穿上（＝きる）；④蒙，受利，蒙受（＝うける）；☆引立（ひきたて）を蒙る／受拔提拔，蒙光顧；☆お叱（しか）りを蒙る／受申斥；⑤招致；☆主人の不興を蒙る／招致主人的生氣；☆責任を蒙る／被追究責任；◇御免を蒙る／①恕不遵命；☆面倒な仕事は御免（を）蒙る／拜託的事情恕不遵命；②請勿見怪；失陪；☆少し用事があるからこれで御免を蒙ります／因爲有點兒事情我這就失陪了。③

こうめい【公明】（形動ダ）公明，公正；☆公明な判断を下す／下公正的判斷；～せいだい【公明正大】（名）光明正大。⓪

こうめい【光明】（名）＝こうみょう。

こうめい【高名】（名）①＝こうみょう；②〔敬語〕大名；☆御高名は、かねてから伺（うかが）っております／久仰大名。⓪

ごうめい【合名】（名）①連名。②共同負責；～がいしゃ【名合会社】（名）〔法〕（出資者負有共同責任的）合股公司。⓪

こうもう【紅毛】（名）①紅頭髮（的人）；②荷蘭人；③洋人，歐美人；～へきがん【紅毛碧眼】（名・連語）紅髮綠眼，洋人。⓪

こうもく【項目】（名）項目；☆項目に分ける／分項；☆各項目にわたっている／涉及各項目。⓪

こうもく【綱目】（名）綱目，大綱和綱目。⓪

こうもり【蝙蝠】（名）①〔動〕蝙蝠；②旱傘，洋傘（＝こうもりがさ）；～がさ【蝙蝠傘】（名）旱傘，洋傘。⓪

こうもん【孔門】（名）〔文〕孔門，孔子的門下。⓪

こうもん【肛門】（名）〔解〕肛門；～かつやくきん【肛門括約筋】（名）〔解〕肛門括約肌。⓪

こうもん【校門】（名）校門；☆校門を出

る/出校門；畢業。4

こうもん【黄門】（名）〔文〕〔古〕黄門
〔日本古時官名「中納言」的別稱，因其
職近似中國唐代的黄門侍郎〕。0

ごうもん【拷問】（名・他サ）拷問，刑訊
；☆拷問をかける/刑訊；☆いくら拷問
されても一言も言わない/無論怎樣拷問
一言也不發。0

こうや【広野】（名）〔文〕遼濶的原野，
曠野。1

こうや【荒野】（名）荒野（＝あれの）。1

こうや【高野】（名）〔地〕　日本佛教聖
地〕高野山；～どうふ【高野豆腐】（名）
凍豆腐乾；～ひじり【高野聖】（名）〔
佛〕從高野山到各地化緣的和尚。1

こうや【紺屋】（名）染坊（＝こんや）；
◇紺屋のあさって／〔因染坊總以後天（
あさって）出來搪塞顧客而轉爲〕約定的
日期不可靠；紺屋の白袴（しらばかま）
／〔染匠穿白褲子〕爲他人忙碌而無暇自
顧。3

こうや【曠野】（名）曠野。1

こうやく【口約】（名・自サ）口約，口頭
約定（＝くちやくそく）；☆口約では証
拠にならない/單是口頭約定不足爲憑0

こうやく【公約】（名・自サ）公約（政黨
競選時的）諾言；☆公約に背（そむ）く
/違背公約，違背諾言。0

こうやく【膏薬】（名）①膏薬；☆膏薬を
貼る/貼膏藥；②〔轉〕〔諧〕補釘；☆
膏薬張りのズボン/打補釘的褲子；～だ
い【膏薬代】（名）（賠償傷負人的）醫
藥費☆膏薬代をねだる/勒索醫藥費40

こうやくすう【公約数】（名）〔數〕公約
數。34

こうゆう【公有】（名・他サ）公有；☆地
下資源は国家が公有する/地下資源歸國
家公有。0

*こうゆう【交友】（名）交友朋友；朋友，親
友；☆交友でその人を知る/看他的朋友
，就可知他的爲人；☆交友間で信用がな
い/在朋友之間沒有信用。0

こうゆう【交遊】（名・自）交遊，交往，
交際；☆いつも交遊している友達/經常
交往的朋友；☆交遊が広い/交際廣。0

こうゆう【校友】（名）校友，同學；～か
い【校友会】（名）同學會（＝同窓会）0

ごうゆう【豪遊】（名・自サ）揮霍的冶遊
；☆一夜千金の豪遊をする/揮金如土地

冶遊。0

こうよう【公用】（名）①公用；②公事，
公務；☆公用で出張する/因公出差；③
國家或公共團體的費用。0

こうよう【孝養】（名・自サ）孝養，孝順0

こうよう【高揚・昂揚】（名・自他サ）昂
揚，發揚，提高，發揮；☆愛国主義を高
揚する/發揚愛國主義。0

こうよう【紅葉】（名・自サ）①紅葉，霜
葉（＝もみじ）；②變成紅葉；☆紅葉し
た山山/滿山紅葉的（羣）山。0

*こうよう【効（效）用】（名）①用途，用
處，功用；☆これは何の効用もないもの
だ/這是什麼用處都沒有的東西；☆紙の
効用は非常に広い/紙的功用很廣；②效
驗；☆この薬は肺病に効用がある/這種
藥對治肺病很有效；③〔經〕效用；☆效
用逓減の法則/效用遞減的法則。0

こうよう【黄葉】（名）黄色的葉子。0

こうよう【綱要】（名）〔文〕綱要。0

ごうよく【強欲・強慾】（形動ダ）貪婪，
貪慾，貪心；☆強欲な野心家は打倒され
た/貪婪的野心家被打倒了。1

こうら【甲ら・甲羅】（名）（龜鼈等的）
甲殻；☆甲羅を干す/（龜等）曬太陽0
◇甲羅の生（は）えた男/久經世故的人3

こうらい【光来】（名）〔文〕光臨，駕臨
；☆午後三時に御光来下さい/請於下午
三點駕臨。0

こうらい【高麗】（名）〔史〕高麗（韓國
的古稱）。0

こうらく【行楽】（名）行樂，出遊，遊覽，
旅行；☆行楽のシーズン/遊玩的季節；
～ち【行楽地】（名）遊樂地區。01

こうらく【攻落】（名・他サ）攻陷；☆敵
のトーチカを攻落した/攻陷了敵人的據
點。0

こうらん【勾欄】（名）〔文〕彎曲的欄
干。01

こうらん【高欄】（名）高的欄子。01

こうらん【高覧】（名）〔文〕〔敬語〕垂
覽；☆御高覧を願います/敬乞垂覽。0

こうり【小売】（名・自サ）零售，小賣；
☆小売は致しません/不零售；～しょう
【小売商】（名）零售商；～ねだん【小
売値段】（名）零售價格。0

こうり【功利】（名）功利；☆功利的な考
え/功利思想；～しゅぎ【功利主義】（
名）功利主義。1

こうり【行李】（名）行李，（裝旅行用具的）箱籠（一般指柳條包、皮包之類）；☆行李をまとめる／收拾行李；☆柳（や なぎ）で柳條包。①

こうり【高利】（名）①厚利；②高利，重利；☆高利で金を貸す／以高利貸款；～かし【高利貸】（名）重利盤剝，高利貸（者）。①

ごうり【合理】（名）合理；～か【合理化】（名・他サ）合理化，使合理化；☆生活を合理化する／使生活合理化；～てき【合理的】（形動ダ）合理的；☆合理的に解決する／合理解決。①

ごうりき【強力・剛力】（名）①大力，強大的臂力；☆剛力無双の男／力大無比的男子；②（爬山時的）嚮導或挑夫；☆路案内（みちあんない）の強力を雇（やと）う／雇爬山的嚮導。④③

こうりつ【公立】（名）公立；～がっこう【公立学校】（名）公立學校；～びょういん【公立病院】（名）公立醫院。⓪

こうりつ【効率】（名）效率（=のうりつ）；☆効率のよい機械／效率好的機器⓪①

こうりつ【高率】（名）高率；☆高率の稅／高率的關稅。⓪

こうりゃく【攻略】（名・他サ）攻破，攻下；☆敵の要塞を攻略する／攻下敵人的要塞。⓪

こうりゃく【後略】（名）以下從略，後部省略；↔ぜんりゃく（前略）。⓪

ごうりゃく【劫掠・劫略】（名・他サ）劫掠，搶奪。⓪

こうりゅう【勾留】（名・他サ）〔法〕〔對嫌疑犯強制地〕拘留，看押；☆警察に勾留する／看押在警察局。⓪

*こうりゅう【交流】（名・自サ）①交流；☆文化の交流をはかる／籌劃文化交流；②〔電〕交流；↔ちょくりゅう（直流）；～でんき【交流電気】（名）〔電〕交流電。⓪

こうりゅう【拘留】（名・他サ）①看押，拘押；☆現行犯を拘留する／拘押現行犯；②〔法〕拘留（短期自由刑的一種）；～じょう【拘留場】（名）〔法〕拘留所⓪

こうりゅう【興隆】（名・自サ）興隆，興旺，繁榮，隆盛。⓪

ごうりゅう【合流】（名・自サ）①聯合，合併，加入；☆民主党に合流する／與民主黨合併；②匯合，合流；☆二つの川が、ここで合流する／兩條河在這裏滙合起來。⓪

*こうりょ【考慮】（名・他サ）考慮；☆よく考慮してから返事する／好好考慮後回答；☆この点を考慮に入れる必要がある／這點需要加以考慮。①

こうりょ【高慮】（名）〔文〕〔敬語〕您的）考慮；☆御高慮に予り深く感謝致します／承蒙考慮，殊深感謝。①

こうりょう【口糧】（名）（一個士兵的）口糧，乾糧。③⓪

こうりょう【校了】（名）〔印〕校完末校；☆校了になる／校完末校，付印。⓪

こうりょう【荒凉・荒寥】（形動タルト）荒凉，冷落；☆荒凉たる景色（けしき）／荒涼的景色。⓪

こうりょう【高粱】（名）〔植〕高粱（=カオリャン、コーリャン）。⓪①③

こうりょう【香料】（名）①（化粧品等的）香料；☆香料のはいったクリーム／搽有香料的雪花膏；②（食品的）香料，佐料；☆料理に香料を加える／菜裏加香料）；③奠儀，奠敬（=こうでん）。③①

こうりょう【綱領】（名）①〔政〕綱領；☆政党の綱領／政黨的綱領；②綱要，摘要，要點。⓪

こうりょく【効力】（名）效力，效果，效驗；☆効力を生ずる（失う）／生效（失效）。⓪

こうりん【光臨】（名・自サ）光臨，駕臨；☆御光臨の栄を賜りたいと存じます／敬請光臨。⓪

こうりん【降臨】（名・自サ）（神像）降臨，下凡。⓪

こうりん【黄燐】（名）〔化〕黄燐（=おうりん）。⓪

こうりん【光輪】（名）①光輪，光的圈子；②〔佛〕佛像頂上的圓光（=ごこう）⓪

こうるい【紅涙】（名）〔文〕①血涙；②紅涙，珠涙（女人流的涙）；☆紅涙を絞（しぼ）る／珠淚交流。⓪

こうれい【好例】（名）好榜樣，好例子；☆この遭難は、不注意による事故の好例だ／這次遇難是因為不注意而發生事故的好例子。⓪

こうれい【恒例】（名）恒例，慣例，常例；☆恒例を守る／遵守慣例。⓪

こうれい【高齢】（名）高齡，年高；☆高齡の老人／年高的老人；～しゃ【高齢者】（名）年高的人。⓪

こ

ごうれい【号令】（名・自サ）①號令，命令；發號司令；☆天下に号令する／號令天下；②口令；☆号令をかける／喊口令。◎

こうれい【高嶺】（名）高峯（＝たかね）◎

こうれつ【後列】（名）後排。①

こうろ【香炉】（名）香爐。①

こうろ【高炉】（名）〔冶〕高爐（＝ようこうろ）。①

こうろ【航路】（名）（水、空的）航路；☆航路を変更する／改變航路。◎

こうろう【功労】（名）功勞，功績；☆国家に功労のある人／對國家有功的人；～しゃ【功労者】（名）有功勞的人。◎

こうろう【高楼】（名）〔文〕高樓；～たいか【高楼大廈】（名）高樓大廈。◎

こうろん【口論】（名・自サ）口角，爭吵，爭論（＝いいあい、くちげんか）；☆些かの事で口論する／爲了一點小事爭吵起來；☆口論の末、殴（なぐ）り合いを始めた／吵着吵着終於打起來了。①◎

こうろん【公論】（名）公論，輿論；☆公論によってきめる／取決於公論；☆公論に問（と）う／訴諸輿論。◎

こうろん【抗論】（名・自サ）論駁，辯駁①◎

こうろん【高論】（名）①高論，卓論；②〔敬語〕高論（指對方的議論）。◎

こうろんおつばく【甲論乙駁】（連語・名・自サ）甲論乙駁；☆甲論乙駁でまとまらない／甲論乙駁意見不一致。◎

こうわ【高話】（名）〔文〕〔敬語〕（您的）談話。①

*こうわ【講和・媾和】（名・自サ）講和，媾和；☆媾和を申し出る／請和；☆講和条約を締結する／締結和約。◎

こうわ【講話】（名・自サ）講演，報告◎

こうわん【港湾】（名）港灣（＝みなと）◎①

こうんそうぎょう【小運送業】（名）小運輸業。④

こえ【肥】（名）肥料（＝こやし）；糞尿（＝しもごえ）；☆畑（作物）に肥をやる／施肥。②

*こえ【声】（名）（人的）聲，聲音，嗓音；☆太い（細い、高い、低い）声／細、高、低嗓門兒；☆甲高（かんだか）い声／尖銳的嗓音；☆よく通（とお）る声／透徹的嗓音；☆声を立てる／大聲喊叫；☆声を落（お）とす／放低聲音；☆声を涸（か）らす／喊啞了嗓子；☆声を

あげて泣く／大聲哭；◇声がかかる／①（演員）博得觀衆的喝采；②受到賞識（誇獎）；被人推薦，声をかける／①招呼，叫（人）；②喊叫促人注意或助威；③約人合作；声を揃（そろ）える／異口同聲地說；声を尖（とが）らす／高聲嚷嚷；大聲申斥；声を呑（の）む／（因感動等）說不出話來；大きな声では言えない／（因爲是秘密或不光彩的事而）不能聲張；不能告訴人。①

*ごえい【護衛】（名・他サ）護衛，保衛，警衛（員）（＝ボディーガード）；☆護衛がつく／有警備員跟隨；☆多くの護衛を従（したが）える／帶着許多警衛員◎

ごえいか【御詠歌】（名）〔宗〕朝山（拜廟）歌。◎

こえおけ【肥桶】（名）糞桶；☆肥桶を担（かつ）ぐ／挑糞桶。③◎

こえがかり【声掛り】（名）（有權勢者的）推薦，關照，☆彼は課長の声掛りで採用されたのだ／他是經科長的推薦錄用的③

こえかぎり【声限り】（副）放大嗓子，儘着嗓子；☆声限り叫（さけ）んだ／儘着嗓子喊叫。

こえがわり【声変り】（名）（青春期的）變嗓音；聲帶變化；☆あの子は声変りがして声が太くなった／那孩子聲帶發生變化嗓音變粗了。③

こえごえ【声声】（名）各個聲音，許多聲音；☆声声に罵る（反対する）／同聲漫罵（反對）。②

こえだ【小枝】（名）小樹枝。◎

こえだめ【肥溜】（名）糞坑，貯糞池。◎

ごえつ【呉越】（名）呉越，敵我；☆呉越の間柄である／互相敵視；～どうしゅう【呉越同舟】（連語・名・自サ）呉越同舟。①

ごえもんぶろ【五右衛門風呂】（名）鐵鍋澡盆（＝かまぶろ）〔又名長州（ちょうしゅう）風呂〕。◎⑤

*こ・える【肥える】（自下一）①肥，胖（＝ふとる）；☆丸丸と肥えた豚／胖得圓滾滾的猪；②（土地）肥沃，☆肥えた土地／肥沃的土地；◇口が肥えている／口味高，講究吃；耳が肥えている／對音樂內行；一般的音樂聽不入耳；目が肥えている／眼光高；一般的東西瞧不上眼；図こゆ（下二）。②

*こ・える【越える・超える】（自下一）①

越過，渡過；☆海山を越えてやってきた／翻山渡海而來；②超過；☆九十才を越えた老人／超過九十多歲的老人；③勝於，超越，優越；④過（了）年；☆越えて一九六四年／過了年是一九六四年；囚こゆ（下二）。◯

ゴー【英・動go】（名）①去，前往（＝すすむ，いく）；②前進（＝すすめ）；〜**スターン**【go stern】（名）（船的）後退；〜**ストップ**【go stop】（名）①前進和停止；②十字路口的交通信號；〜**ヘー**、〜**アヘッド**【goahead】（名）（船的）前進。①

こおう【呼応】（名・自サ）呼應；☆陸海相呼応して敵を攻撃する／在陸海軍相互呼應之下進攻敵人。◯

コークス【德 Koks】（名）焦炭。①

ゴージャス【gorgeous】（形動ダ）豪華的，華麗的。①

コース【course】（名）①路線；☆コースを変える／改變路線；②〔運動〕跑道；☆コースの終点まで走る／跑到跑道終點；③方針；☆進むべきコースはこれ以外にない／此外沒有可採取的方針；④過程；☆長いコースを経てここまで到達した／經過一段很長的過程到達了這個地步；⑤課程，學科；☆大学の基礎コース／大學的基本學科；⑥〔烹飪〕菜；☆五コースの洋食／五道菜的西餐。①

コースター【coaster】（名）（滑坡用）橇，滑行機；〜**ブレーキ**【coaster brake】（名）（脚踏車的）倒輪閘。①

コーチ【coach】（名・他サ）①指導，（球隊的）指導者；☆野球チームをコーチする／教練棒球隊。①

コーチャー【coacher】（名）①運動競賽的指導者；②〔棒球〕指導者，教練。①

コーチン【Cochin】（名）〔動〕交趾鷄①

コーテーション【quotation】（名）引用（句）；〜**マーク**【quotation-mark】（名）引號。

コート【court】（名）〔運動〕（網球、籃球等的）球場。①

*コート**【coat】（名）上衣，大衣。①

コード【cord】（名）〔電〕撓性線，軟線。①

こおとこ【小男】（名）身體矮小的男子，小個子；☆五尺足らずの小男／身高不到五尺的小個子。②

こおどり【小躍り】（名・自サ）（歡喜）雀躍；☆サンタクロースが現われたので、子供達は小躍りして喜んだ／由於聖誕老公公出現，小孩子們歡喜雀躍。②

コーナー【corner】（名）①角，隅，拐角，犄角兒；②〔足球〕角球；③（百貨公司等的）攤位；☆学用品コーナー／文具部①

‡**コーヒー**【荷koffie＝珈琲】（名）咖啡；☆コーヒーを沸（わ）かす／煑咖啡；☆コーヒーを入れる／沏咖啡；☆コーヒーの実／咖啡豆；〜**ポット**【coffee pot】（名）咖啡壺。③

コーラス【chorus】（名）〔樂〕①合唱（隊）；☆コーラスをする／合唱；②合唱曲。①

コーラル【德 Choral】（名）〔樂〕（合唱）讚美詩。

コーラン【Koran】（名）〔宗〕古蘭經（伊斯蘭教經典）。①

‡**こおり**【氷】（名）冰；☆氷で冷（ひ）やす／冰鎭，用冰冰；☆氷が張（は）る／凍冰，結冰；☆氷が解ける／解凍；☆氷を滑べる／溜冰；◇氷を歩む（履む）／履險，冒險；〜**がし**【氷菓子】（名）冰淇淋、冰棒等的總稱；〜**ざとう**【氷砂糖】（名）冰糖；〜**どうふ**【氷豆腐】（名）凍豆腐；〜**まくら**【氷枕】（名）（病人用的）冰枕；〜**みず**【氷水】（名）刨冰。

こおりつ・く【凍り付く】（自五）結凍，凍上；☆洗濯物が凍り付いて乾かない／洗的衣服凍了不乾。④

コーリャン【高粱】（名）〔植〕高粱①◯

‡**こお・る**【凍る・氷る】（自五）結冰，結凍；☆川が凍る／河封凍；☆水が凍る／水結冰。◯

コール【call】（名）〔經〕（根據對方的請求，隨時可以歸還的）短期借款，活期借款；拆息；〜**マネー**【call-money】（名）活期借款；〜**ローン**【call-loan】（名）活期貸款；〜**サイン**【call sign】（名）〔無線〕呼號。①

コール【德 Chor】（名）〔樂〕合唱隊，歌詠隊（＝コーラス）。①

ゴール【goal】（名・自サ）①〔運動〕決勝點，終點；☆ゴールに飛び込む／跑進決勝點；②〔足球、冰球的〕球門；→ゴールイン；〜**イン**【goal in】（名・自サ）①跑進決勝點；☆一艇身の差でゴールインする／以一艇身之差進入決勝點；②〔球賽〕踢進球門；☆続けて二つゴ

ールインした／連着踢進二球；⑧達到最後目的；④〔女〕結婚；☆結婚にゴールインした／結婚了；～ーキーパー【goal keeper】（名）（足球、冰球等的）守門員。①

コールタール【coaltar】（名）〔化〕瀝青，煤焦油；☆コールタールを塗（ぬ）る／塗煤焦油。④

コールテン【corded velveteen】（名）燈芯絨，粗天鵝絨。①

ゴールデン【英・形golden】（造語）①黄金製的；②金色的；③很好的；～アワー【golden hour】（名）電視（或電臺）收視率最高的時間，晚上7時到10時左右；～ウィーク【golden week】（名）四月底到五月初的一年當中休假最多的一星期，黄金週；～エージ【golden age】（名）黄金時代，最盛期。

コールド【英・形cold】（名）①寒冷(的)；②凍(的)；～ウェーブ【cold wave】（名)水燙髮；～クリーム【cold cream】（名）油質雪花膏，冷霜。①

ゴールド【gold】（名）黄金。①

コールドゲーム【called game】（名）〔棒球〕評定勝負（在第五回合以後因降雨或日暮而比賽困難又得分懸殊時審判員宣佈停止比賽）。⑤

こおろぎ【蟋蟀】（名）〔動〕蟋蟀。①

コーン【corn】（名）玉米；～スープ【corn soup】（名）玉米湯；～スターチ【cornstarch】（名）玉米粉。①

ごおん【五音】（名）〔文〕①五音（＝ごいん）；②音韻。①

ごおん【呉音】（名）呉音（古代由我國南方傳到日本的字音，例如「人」讀如「にん」）。①

ごおん【御恩】（名）〔敬語〕恩情，大恩；☆御恩は一生忘れられない／大恩終身難忘。②

こおんな【小女】（名）①體材短小的女子；②少女；③小女佣人。②

こがい【小貝】（名）①小貝；②〔漢字部首〕貝字旁；↔おおがい（大貝）。①①

こがい【蚕飼】（名）養蠶。

*こがい【戸外】（名）戸外，屋外；☆戸外へ出る／到戸外去。①

ごかい【沙蚕】（名）〔動〕沙蠶（別名え むし，作釣餌用的一種昆蟲）。①

*ごかい【誤解】（名・他サ）誤解，誤會；

☆人に誤解される／被人誤會；☆誤解を解く（避ける）／解除（避免）誤會。①

ごかい【碁会】（名）圍棋會。①①

こがいしゃ【子会社】（名）（受其他公司領導的）分公司；↔おやがいしゃ（親会社）。①

ごかく【互角】（形動ダ）勢均力敵，不相上下，互有優劣；☆互角の勝負／不分勝負。①③

ごかく【五角】（名）五角，五稜；～けい【五角形】（名）五角形。③

*ごがく【語学】（名）①語言學，語法學；②學習外國語言；☆語学の才がある／有學外國語的才能。①①

こがくれ【木隠れ】（名）被樹遮掩着；☆家は木隠れになって見えない／房子被樹擋着看不見。②

こかげ【小陰】（名）小小一塊陰涼處；☆軒下（のきした）の小陰で休む／在屋簷下的陰涼處休息。①②

こかげ【木陰】（名）樹陰，樹底下；☆木陰で昼寝をする／在樹底下睡午覺；◊木陰に臥す者は枝を手折らず／蔭其樹者，不折其枝；〔喩〕受人之恩，不以仇報①②

こがし【焦し】（名）①〔（こがす）的名詞形〕炒煳，烤焦；②炒粉。③

－こがし【焦し】（接尾）借端（謀取私利）；☆親切ごかしで人を騙す／假裝親切騙人。

こが・す【焦がす】（他五）①弄煳，烤燋；☆御飯を焦がす／把飯燒煳了；☆ストーブで服を焦がす／衣服給爐子烤煳了；②使（香等）冒烟，燻（＝くすべる）；③〔轉〕使（心緒等）焦急；☆思いを焦がす／（為愛情等）焦思，想得要命。②

こがた【小型】（形）小型；↔おおがた（大型）・ちゅうがた（中型）；～じどうしゃ【小型自動車】（名）小型汽車。①

こがたな【小刀】（名）①小刀（＝ナイフ）；②短倭刀刀鞘兩側附帶的小刀（＝こづか）；☆小刀で切る／用小刀切；☆小刀に刃を立てる／開刀口（刃）；～ざいく【小刀細工】（名）①用小刀雕刻的小工藝；②〔轉〕小計謀，小把戲，小伎倆；☆小刀細工をやる（弄する）／玩弄小把戲。④③

こかつ【枯渇】（名・自サ）①乾涸；枯竭；☆旱魃（かんばつ）で水源が枯渇した／因旱天水源乾涸了；②（資金）缺乏，

*ごがつ【五月】（名）五月；因さつき；〜せっく【五月節句】（名）男童節。[1]

こがね【小金】（名）①很少的錢，零錢；②一筆小款。[0][1]

こがね【黄金】（名）①黄金；黄金色；☆黄金の波／黄金色的（稻米，麥）浪；②金幣；〜むし【黄金虫】（名）〔動〕金龜子。[1][0]

こかぶ【子株】（名）①〔植〕（由本株分出來的）新株，小株；②〔經〕新股；新股股票（＝しんかぶ）；↔おやかぶ（親株）。[0]

こがら【小柄】（形動ダ）①身材短小；☆小柄な人／矮個兒的人；②（布料等的）小花樣，碎花紋；☆模様は小柄で質素だ／小花素氣。[0]

こがらし【木枯し・凩】（名）秋風，寒風；☆木枯しが山から吹きおろした／由山上刮下來了寒風。[0]

こがれじに【焦れ死】（名・自サ）患單相思病而死，想死；☆焦れ死しそうな思い／大有要想死的感覺。[5][0]

こが・れる【焦がれる】（自下一）①＝こげる；②思慕，想念，戀慕，渴望；☆思い焦がれる／非常想念；☆待ちに待ち焦がれた日が来た／渴望的日子來到了；因こがる（下二）。[3]

こがわせ【小為替】（名）小額滙兌，郵滙；☆小為替を送る／由郵局滙寄；☆小為替を買う／買小額滙票。[2]

ごかん【五官】（名）（人體的）五種感覺器官。[0]

ごかん【五感】（名）五感（視覺、聽覺、嗅覺、味覺、觸覺）。[0]

ごかん【語間】（名）〔印〕字與字之間（的空白）（＝スペース）。[0]

ごかん【語幹】（名）〔語〕語幹，詞幹；語尾變化詞的不變化部分，例如「飲む」「飲みます」的「の」，「たかい」「たかけれ」的「たか」。[0]

ごかん【語感】（名）語感；☆鋭い語感／尖銳的語感。[0]

ごがん【護岸】（名）護岸；〜こうじ【護岸工事】（名）護岸工程。[0]

こかんせつ【股関節】（名）〔解〕股關節。[2]

こき【古希・古稀】（名）〔文〕古稀，七十歲。[1]

こき【呼気】（名）呼氣，出氣；☆寒さで呼気が白く見える／因為天寒呼出的氣發白；↔きゅうき（吸気）。[1]

こぎ【古義】（名）①舊有的意義；②古代的解釋。[1]

ごき【語気】（名）〔文〕語氣，語調；☆語気を強めて言う／加強語氣說。[1][0]

ごき【誤記】（名・他サ）〔文〕誤寫，寫錯；☆姓名を誤記する／寫錯姓名。[0]

ごぎ【語義】（名）〔文〕語義，詞義；☆語義を明らかにする／明確語義。[1]

こきおと・す【扱き落とす】（他五）持下來☆稻をこき落とす／把稻粒捋下來[0][4]

こきおろ・す【扱き下す】（他五）…說得一文不值，一眨到底；☆彼はいつも人の事を味噌糞（みそくそ）に扱き下す／他經常把別人說得一文不值。[0]

こぎく【小菊】（名）①小菊花；②一種小張的日本紙。[1][0]

ごきげん【御機嫌】（名）①〔（きげん）的敬語〕；☆御機嫌を伺（うかが）う／問安，問候；②高興（＝じょうきげん）；〜よう【御機嫌よう】（連語・感）（會面時）您好！（告別時）祝一路平安[0]

こぎざみ【小刻み】（名）①切碎，切得很細；☆小刻みに刻む／切得碎碎的；②〔轉〕一點一點，零零碎碎；☆小刻みに歩く／邁小步走。[2]

こきず【小疵】（名）微傷，小傷口；☆躓（つまづ）いて小疵をした／絆倒受了一點小傷。

こぎたない【小汚ない】（形）有點髒的，不太乾淨的；☆どう見ても小汚ない感じがする／怎麼看也覺得不太乾淨（不漂亮）。[4][0]

こきつか・う【扱き使う】（他五）任意驅使，虐待；☆主人が召使いを扱き使う／主人任意驅使僕人。[0][4]

こぎつ・ける【漕ぎ着ける】（他下一）①划船；划到；☆小舟で島に漕ぎ着ける／坐小船划到海島；②努力作到（達到）；☆収支の償（つぐな）うところまで漕ぎ着ける／努力達到收支相抵；因こぎつく（下二）。[0]

*こぎって【小切手】（名）〔經〕支票；☆小切手を振り出す／開支票；☆小切手で払う／以支票支付；☆不渡（ふわた）り小切手／（不能兌款的）空頭支票；☆小切手を現金に換える／把支票兌成現款[2]

こぎぬ・く【漕ぎ抜く】（他五）①划（船）

趕過（前面的船）去；②拼命地划（船）到底。◎③

こきび【小気味】（名）＝こきみ。

ごきぶり（名）〔動〕蟑螂（＝あぶらむし）◎

こきま・ぜる【扱き雑（混）ぜる】（他下一）攪雜，攪合；攪混；☆卵の黄味にサラダ油を扱き混ぜる／往蛋黄裏攪混沙拉油；図こきまず（下二）。◎

こきみ【小気味】（名）心情，感情（＝きみ、きもち）；☆小気味がよい／痛快；☆小気味が悪い／有點討厭，有點害怕；☆小気味よくやっつける／痛快地整一頓（罵一頓，打一頓）。◎①

こきゃく【顧客】（名）顧客，主顧（＝こかく）。

*こきゅう【呼吸】（名・自出サ）①呼吸；☆深く呼吸する／作深呼吸；☆呼吸が止まる／呼吸停止；☆人工呼吸を施す／作人工呼吸；②步調；拍子；節奏；☆呼吸を合わせる／使步調一致，使合拍；③秘訣，竅門；☆人を使うにも呼吸がある／使喚人也有使喚人的竅門；☆泳ぎの呼吸を覚える／學會游泳的竅門；☆その呼吸でやればよい／那麼做就成了；～き【呼吸器】（名）〔解〕呼吸器官◎

こきゅう【鼓弓・胡弓】（名）胡琴。②◎

*こきょう【故郷】（名）故郷，家郷（＝ふるさと）；☆故郷に帰る／回老家去。①

こきょう【小器用】（形動ダ）小有材幹；有點靈巧；☆小器用な男／小有材幹的人；☆手先が小器用だ／手很巧。②

ごきょう【五経】（名）〔文〕五經（易、詩、書、禮、春秋）。◎

ごぎょう【五行】（名）①五行（金木水火土）；②〔佛〕五行（布施、持戒、忍辱、精進、止観）。①◎

こぎり【小切り】（名）①切細，切碎；②碎塊，小條；☆大根を小切りにする／把蘿蔔切成細塊。◎

こぎ・る【小切る】（他五）①切得細細的，撕得碎碎的；☆幾つかに小切る／切成幾個小塊；②還價，貶價；☆商品を小切って買う／還價買東西。②

こぎれ【小切れ・小布】（名）碎布，布頭；☆小切れで人形をつくる／用碎布做偶人。③

こぎれい【小奇麗】（形動ダ）頗乾淨，蠻漂亮，清爽，整潔；☆小奇麗な部屋／整潔的房間；☆部屋を小奇麗に片付ける／

把屋子收拾乾淨。②①

こきん【古今】（名）①古今；②←古今和歌集（日本古詩集，據説於公元905年集成，有二十卷）。◎①

こきん【胡琴】（名）①琵琶的異稱；②胡琴。①◎

ごきん【五金】（名）五金（金、銀、銅、鐵、錫）。①

こく一【黒一】（造語）黑色，略帶黑色的；例：黒紫色。

一こく【国】（造語）國；例：米国（＝美國）。

こく【石】（名）石；①容積單位，計算糧米為4.9629普式爾；計算液體為39.7033加侖；②木船的容積單位，十立方尺；③木材的容積單位，十立方尺。①

こく【濃】（名）濃厚，厚味；☆こくのあるスープ／有厚味的湯。②◎

こく【酷】（形動ダ）苛刻，殘酷，嚴酷，酷烈；☆酷に過ぎる／過苛；☆酷な取り扱いを受ける／受到虐待。①

こ・く【放く】（他五）〔俗〕①放；☆屁（へ）を放く／放屁；②〔卑〕說（＝ぬかす）；☆嘘を放くと承知しないぞ／撒謊可不饒你呀。①

こ・く【扱く】（他五）連根拔；☆根元（ねもと）から扱く／連根拔掉。①

*こ・ぐ【漕ぐ】（他五）①划（槳），搖（櫓），盪（鞦）；☆ボートを漕ぐ／划小船；②〔轉〕〔諧〕（前仰後合的）打瞌睡；☆講義中に船を漕ぐ／聽著課打瞌睡；③〔轉〕蹬（自行車）；☆自転車を漕ぐ／蹬自行車。①

*ごく【極】（副）非常，極端，最，至，頂（＝きわめて、このうえなく）；☆極く簡単です／極其簡單；☆極く内所（ないしょ）な話です／極秘密的話。①

ごく【獄】（名）監獄，牢獄；☆獄に繋がれる／被押在獄裏；☆獄に投ずる／下獄，收監。①

ごく【語句】（名）語句；詞，語；☆語句の選択に注意を払（はら）う／注意選詞。①

ごくあく【極悪】（形動ダ）極惡，極兇惡；☆極悪な罪／極惡毒的罪行；☆極悪非道な行い／窮兇惡極的行為。◎②

こくい【国威】（名）國威；☆国威を宣揚する／宣揚國威。①②

こくい【黒衣】（名）①黑衣；②黑色僧衣①

こくい【極意】（名）蘊奧，精華，秘訣；
☆漢方医の極意も公開される／中醫的秘
傳也公開了；☆極意を研（きわ）める／
研究蘊奧☆極意を授ける／傳授秘訣 [1][2]

こくいっこく【刻一刻】（副）一刻一刻地
，時時刻刻地；☆時間は一刻と迫って
いる／時間一刻一刻地迫近了；☆刻一刻
と変化する／時時刻刻變化。[1]―[4]

こくいん【刻印】（名）①刻的圖章；②＝
ごくいん（極印）。[0]

ごくいん【極印】（名）證明戳，戳子，戳
記；☆金塊には極印が打ってある／金塊
上刻有記號；☆極印を打つ／打戳記；◇
極印付きの悪徒／眞正的悪棍。[0]

こくう【虚空】（名）〔文〕天上，空中（
＝そら、おおぞら）；☆虚空遙かに舞い
上がる／飛上高空；◇虚空を摑（つか）
んで苦しむ／作垂死掙扎臨死苦悶。[1][2]

ごくう【御供】（名）（獻給神佛的）供品
（＝くもつ）。[2][1]

こくうん【国運】（名）國運。[0][2]

こくうん【黒雲】（名）黒雲（＝くろくも）
；☆黒雲天をおおう／黒雲遮天。[0]

こくえい【国営】（名）國營；由國家經營
的機構。[0]

こくえき【国益】（名）國益，國利，☆国
益の為に…／爲國家的利益…。[0]

こくえん【黒鉛】（名）〔礦〕黑鉛，石墨
（＝せきぼく）。[0]

こくえん【黒煙】（名）黑烟；☆黒煙が，も
うもうと立っている／冒起朦朧的黑烟[0]

こくおう【国王】（名）國王。[3][2]

こくが【国画】（名）日本畫。[0]

こくがい【国外】（名）國外；☆国外へ出る
／出國；☆国外に追放する／驅逐出境[2]

こくがく【国学】（名）日本古典學。[0]

こくぎ【国技】（名）①一國民族固有的武
技；②角力（＝相撲＝すもう）。[1][2]

こくぐん【国軍】（名）①國家的軍隊；②
本國的軍隊。[0]

こくげき【国劇】（名）①國劇；②日本的
歌舞伎（かぶき）。[0]

こくげん【刻限】（名）時刻，限定的時間
；☆刻限が切れる／超過限定的時間。[2]

*こくご【国語】（名）國語；本國語言；☆
国語で書く／用國語寫；☆二国語に通ず
る／通曉兩國語言。[0]

こくごう【国号】（名）國號；☆国号を改
める／改國號。[0]

ごくごく【極極】（副）極端（＝きわめて）
；☆彼は極俵運の悪い人でした／他是個
運氣頂壊的人（頂倒霉的人）。[0]

こくさい【国債】（名）公債；☆国債を発
行する／發行公債。[0]

*こくさい【国際】（名）國際；☆国際友好
のために／爲了國際友好；～オリンピック
いいんかい【国際 Olympic 委員会】（
名）國際奥林匹克委員會；～カルテル【
国際 Kartell】（名）國際企業聯合；～
かわせ【国際為替】（名）國際匯兌；～
かんぜいきょうてい【国際関税協定】（
名）國際關稅協定（→ガット「GATT」）
；～ご【国際語】（名）世界語（＝エス
ペラント）；～こうほう【国際公法】（
名）〔法〕國際公法；～さいばんしょ【
国際裁判所】（名）國際法庭；～しゅぎ【
国際主義】（名）國際主義；～じょうり
【国際場里】（名）國際舞臺；～たんい
【国際単位】（名）國際單位；～でんわ
【国際電話】國際電話；～トラスト【国際
trust】（名）國際托辣斯；～ひょうじゅ
ん【国際標準】（名）國際標準；～ぷじ
んデー【国際婦人Day】（名）國際婦女
節；～ペン・クラブ【国際PEN Club】
（名）國際筆會；～ほう【国際法】（名）
〔法〕國際法；～れんごう【国際連合】
（名）聯合國；～れんごうけんしょう【
国際連合憲章】（名）聯合國憲章；～れ
んごうそうかい【国際連合総会】（名）
聯合國大會；～れんめい【国際連盟】（
名）（第二次大戰前的）國際聯盟～ろう
どうくみあい【国際労働組合】（名）萬
國勞動會，萬國職工協會。[0]

ごくさいしき【極彩色】（名）花花綠綠，
五彩；☆極彩色の挿絵／五色的挿圖。[3]

こくさく【国策】（名）國策，國家的政策

こくさん【国産】（名）國產；☆国産の自
動車／國産汽車；～ひん【国産品】（名）
國產品，國貨。[0]

こくし【国土】（名）國土；～むそう【国
士無双】（連語）國士無雙。[1]

こくし【国史】（名）國史；☆国史を編纂
（へんさん）する／編纂國史。[0]

こくし【国司】（名）〔文〕（古代朝廷任
命的）地方官。[1]

こくし【酷使】（名・他サ）任意驅使；☆
使用人を酷使する／虐待傭人。[1]

こくじ【告示】（名・他サ）佈告，告示；

☆全市民に告示する／告示全體市民；～ばん【告示板】（名）佈告牌。⓪

こくじ【国字】（名）①國家的文字；②日本的文字，和字③日本自製的漢字。⓪

こくじ【国事】（名）國事；～する／奔走國事；～はん【国事犯】（名）〔法〕政治犯。①②

こくじ【国璽】（名）國璽；～しょうしょ【国璽尚書】（名）英國掌璽大臣。①

こくじ【酷似】（名・自サ）酷似，很像；☆彼は父親（ちちおや）に酷似している／他很像他的父親。①

ごくし【獄死】（名・自サ）囚死，死在獄中（＝ろうし）。⓪

こくしびょう【黒死病】（名）〔醫〕黒死病，鼠疫（＝ペスト）。⓪

ごくしゃ【獄舎】（名）監房，牢房（＝ろうや）；☆獄舎に繋（つな）がれる／繋獄，坐牢。①⓪

こくしゅ【国主】（名）〔封建時代〕一國的領主；封建主；～だいみょう【国主大名】（名）〔史〕（領有一國以上的）諸侯。①

こくしゅ【国守】（名）①古代地方官的長官；②→こくしゅだいみょう（國主大名）。①

ごくしゅう【獄囚】（名）囚徒，犯人。⓪

こくしょ【国書】（名）①國書；☆国書を呈出する／呈遞國書；②以日語編寫的書籍（＝わしょ）①

こくしょ【酷暑】（名）酷暑，炎熱。①

ごくしょ【極暑】（名）極熱，炎熱。①

こくじょう【国情・国状】（名）國情。⓪

ごくじょう【極上】（名）極好，頂好；☆これは極上の品です／這是最好的貨色⓪

こくしょく【黒色】（名）黑色。⓪

こくしょく【穀食】（名・他サ）以穀為常食；～どうぶつ【穀食動物】（名）穀食動物。⓪

こくじょく【国辱】（名）國恥；☆国辱を雪（そそ）ぐ／雪國恥。⓪

こくじん【黒人】（名）黑人，黑種人（＝ニグロ）；～れいか【黒人霊歌】（名）黑人的靈歌。

こくすい【国粋】（名）國粹；～しゅぎ【国粋主義】（名）國粹主義。⓪

こく・する【刻する】（他サ）彫刻，刻（＝きざむ，ほる）；☆文字（もじ）を石に刻する／在石刻字；☆心に刻する／銘

刻於心；図こくす（サ）。③

こくぜ【国是】（名）國家的政策☆三民主義を国是とする／以三民主義為國策①⓪

こくせい【国政】（名）國政；☆国政を執る／執政。⓪

こくせい【国勢】（名）①國家的人口、産業、資源的現狀；☆国勢調査を行なう／實行國勢調査；②國家的勢力；☆国勢は大いに振う／國勢大振。⓪

こくぜい【国税】（名）〔法〕國稅；☆国税を徴収する／徴收國稅。⓪

こくぜい【酷税】（名）重稅，苛稅；☆酷税を課せられる／被課以苛稅。⓪

こくせき【国籍】（名）〔法〕國籍；☆国籍を取得する／取得國籍；～ほう【国籍法】（名）〔法〕國籍法。⓪

こくせん【黒線】（名）黑線；☆黒線を引く／畫黑線，拉黑線。⓪

こくそ【告訴】（名・他サ）〔法〕控告，起訴，提起訴訟（＝うったえる）；☆告訴の手続きを取る／辦理起訴的手續；☆告訴を取り下げる／撤回告訴狀；☆裁判所に告訴する／向法院控告。①⓪

こくそう【国葬】（名・他サ）國葬；☆国葬にする／予以國葬。⓪

こくそう【穀倉】（名）穀倉，糧庫；～ちたい【穀倉地帯】（名）米糧帶。⓪

ごくそう【獄窓】（名）〔文〕獄窗；☆獄窓にあること十八年／在獄十八載。⓪

こくぞうむし【穀象虫】（名）〔動〕穀象蟲（こめむし）。③

こくぞく【国賊】（名）國賊，叛國之徒；☆国賊扱いにされる／被當作國賊。⓪

こくぞく【国俗】（名）一國的固有風俗，習慣（＝こくふう）。⓪

こくたい【国体】（名）①國體；②國家體育大會的簡稱）。①⓪

こくだか【石高】（名）〔文〕①米穀收成的數量；②〔史〕俸祿（＝ふちだか）②③

こくたん【黒炭】（名）〔礦〕黑煤，烟煤③

こくたん【黒檀】（名）①〔植〕黑檀樹；②黑檀木，烏木；☆黒檀造（づく）りの机（つくえ）／烏木製的桌子。③

こくち【告知】（名・他サ）告知，通知，通報；～しょ【告知書】（名）通知書；～ばん【告知板】（名）通報牌。①⓪

こぐち【小口】（名）①〔立方體〕最小的一面；橫斷面；☆煉瓦の小口積み／磚頭露外的砌法；②線索，頭緒（＝いちぐち）

；☆問題発見の小口となった／成了發現問題的頭緒（線索）；③零星，小批；小份，小額；☆小口の注文／零星的訂貨；☆小口当座預金／小額活存；～がき【小口書】（名）在物品的上下、側面等處寫的號數、名義、數量等。⓪

こぐち【木口】（名）木材的切口。①

ごくちゅう【獄中】（名）獄中，監牢裏，獄内。⓪

こくちょう【黒鳥】（名）〔動〕黑天鵝⓪

ごくつぶし【穀潰し】（名）懶漢，飯桶，好吃懶做的人；☆親の脛（すね）をかじる穀潰し／依靠父母養活的廢物。③

こくてい【国定】（名）國家制定，國家規定，☆国定の税率／國家規定的税率；～きょうかしょ【国定教科書】（名）國家審定教科書。⓪

*こくてつ【国鉄】（名）國有鐵路；～でんしゃ【国鉄電車】（名）=こくでん。⓪

こくてん【国典】（名）〔文〕①國家的典禮；②國學的典籍；③國家的法典。⓪

こくてん【黒点】（名）①黑點；②〔天〕（太陽）黑子。⓪③

こくでん【国電】（名）日本國有鐵路電車線，國營電車。⓪

ごくでん【極伝】（名）家傳的奥秘；☆極伝の処方（しょほう）／家傳的秘方。⓪

こくと【国都】（名）國都，首都。①

こくど【黒土】（名）〔農〕（含有腐植質的）黑壤，黑土（=くろつち）。①

こくど【黒奴】（名）〔文〕〔古〕黑人（奴隷）。①

こくど【国土】（名）①國土，領土；②國家的土地。①

こくどう【国道】（名）國道，公路。⓪

ごくどう【極（獄）道】（名）無悪不作，為非作歹（的人）；☆あいつは極道だ／他是個悪棍；☆極道（な）息子（むすこ）／浪子，敗家子。②

こくない【国内】（名）國内。②

こくなん【国難】（名）國難；☆国難に赴（おもむ）く／赴國難。⓪②

こくねつ【酷熱】（名）酷熱，炎熱，☆酷熱の地／酷熱的地方，熱帶地方。⓪②

こくはく【告白】（名・他サ）坦白，自白；☆罪を告白する／坦白罪行；☆偽（いつわ）らざる告白をする／老老實實地自白。⓪

こくはく【酷薄】（形動ダ）刻薄，殘酷；☆酷薄な扱いをする／刻薄對待。⓪

こくはつ【告発】（名・他サ）告發，檢舉；☆叛逆分子を告発する／檢舉叛國者⓪

こくはん【黒斑】（名）〔文〕黑斑點；☆太陽面の黒斑／太陽表面上的黑點。⓪

こくばん【黒板】（名）黑板；☆チョークで黒板に書く／用粉筆寫在黑板上。⓪

こくひ【国費】（名）國費，國家經費。①

こくび【小首】（名）頭（只用在下面的例句中）；☆小首をひねる／略微歪頭（表示懷疑）；☆小首をかしげて考える／略微歪頭思索。①⓪

ごくひ【極秘】（名）極秘，極端秘密（=ごくない）；☆極秘にする／保密；☆その製法は極秘になっている／那個製法是極端秘密的。①⓪

こくびゃく【黒白】（名）①黑白；②是非，正邪，善悪；☆黒白を明かにする／辨明是非。②⓪

こくひょう【酷評】（名・他サ）酷評，嚴厲批評；☆酷評を下す／下嚴厲的評語⓪

こくひょう【黒表】（名）=ブラックリスト。⓪

こくひん【国賓】（名）國賓；☆国賓として礼遇する／以國賓之禮接待。⓪

ごくひん【極貧】（名）極貧，赤貧（=せきひん）。⓪

こくふく【克服】（名・他サ）克服，征服；☆あらゆる困難を克服する／克服一切困難。⓪

こくぶん【国文】（名）①國文；②日本語文。⓪

こくぶんがく【国文学】（名）國文學，日本文學。③

こくぶんぽう【国文法】（名）①本國的文法；②日本文法。③

こくべつ【告別】（名・自サ）告別；辭行，（向死人）辭靈；☆告別に行く／去辭行；☆死者に告別する／辭靈；～しき【告別式】（名）辭靈儀式；☆自宅にて告別式を行なう／在本宅舉行辭靈儀式。⓪

こくへん【黒変】（名・他サ）變黑，發黑；☆麦の穂が黒変する／麥穂發黑。⓪

こくほう【国法】（名）國法；☆国法に触れる／違反國法；☆国法に照らして／按照國法。⓪

こくほう【国宝】（名）國寶；☆国宝に指定する／指定爲國寶。⓪

こくぼう【国防】（名）國防；☆国防の充

実をはかる／充實國防；☆国防を厳にする／鞏固國防；～しょく【国防色】（名）草綠色。[0]

ごくほそ【極細】（名）極細,最細；☆極細毛糸（げいと）／極細的毛線。[0]

こぐま【小熊】（名）小熊。[0]

こくみん【国民】（名）國民；☆国民の義務／國民的義務；～かいぎは【国民会議派】（名）（印度）國大黨；～せい【国民性】（名）國民性；～のしゅくじつ【国民の祝日】（名）國民的節日〔日本新憲法規定爲：元旦、成人節（1月15日）、建國紀念日（2月11日）、春分、天皇誕辰（4月29日）、憲法紀念日（5月3日）、兒童節（5月5日）、敬老日（9月15日）體育節（10月10日），秋分、文化節（11月3日）、勤勞感謝日（11月23日）]。[0]

こくむ【国務】（名）國務,國政；☆国務に鞅掌する／掌理國務；～しょう【国務相】（名）國務大臣的簡稱；～しょう【国務省】（名）（美國的）國務院；～だいじん【国務大臣】（名）〔法〕國務大臣,不管部大臣；～ちょうかん【国務長官】（名）（美國的）國務卿。[1]

こくめい【国名】（名）國名。[0]

こくめい【克明】（形動ダ）①勤懇,不遺餘力（＝まめ,たんねん）；☆克明に働く／勤懇地工作,②精密,綿密；☆克明に模写する／細緻地摹寫。[2][0]

*こくもつ【穀物】（名）五穀,糧食。[2]

こくゆう【国有】（名）國有；☆国有になる／歸國有；☆国有にする／收歸國有；～りん【国有林】（名）國有森林；～てつどう【国有鉄道】（名）國有鐵路。[0]

こくようせき【黒曜石】（名）〔礦〕黑耀石。[3]

こぐらい【小暗い】（形）幽暗的,有點黑暗的（＝おぐらい）；☆小暗い部屋／幽暗的房間。[0][3]

こぐらか・す（他五）弄亂（＝こんぐらかす）；☆糸をこぐらかす／把線弄亂了。[0]

こぐらがり【小暗がり】（名）幽暗,有點黑暗（的地方）；☆小暗がりで何も見えない／在幽暗處什麼都看不見。[2]

こぐらか・る（自五）紊亂,混亂,紛亂（＝もつれる）；☆話がこぐらかって分らなくなった／話講得混亂不知所云；☆問題がこぐらかって判断ができない／問題

紛亂難以判斷。[4][0]

ごくらく【極楽】（名）①〔佛〕極樂；②安樂無憂的處境；☆昔と比べると今は極楽だ／和過去比較現在眞是幸福極了；◇聞いて極楽見て地獄／見景不如聽景；～おうじょう【極楽往生】（名）①〔佛〕極樂往生；②死得安然（沒有痛苦）[4][0]

こくり（副）前仰後合地（打盹兒）；～こくり（副）〔こくり〕的疊詞；☆こくりこくりと居眠りしている／前仰後合地打瞌睡。[3]

こくりつ【国立】（名）國立；～ぎんこう【国立銀行】（名）國立銀行,國家銀行；～こうえん【国立公園】（名）國家公園；～だいがく【国立大学】（名）國立大學。[0]

こくりょく【国力】（名）國力；☆国力を増進する／增強國力。[2]

こく・る（接尾・他五）接動詞連用形下,表示堅持就種動作和狀態；☆いくら聞いても、黙りこくって言わない／怎樣問他也堅持著默不作聲。

こくるい【穀類】（名）五穀,糧穀。[2]

こくれん【国連】（名）聯合國（＝こくさいれんんごう）。[0]

ごくろう【御苦労】（名）勞駕,辛苦；☆御苦労を掛けて済みません／您受累了,辛苦您了；～さま【御苦労様】（名）您受累了,辛苦您了。[2]

こくろん【国論】（名）國論,輿論（＝よろん）☆国論を統一する／統一輿論。[0][2]

こくん【古訓】（名）漢文、漢字的古代讀法。[0]

こぐん【孤軍】（名）孤軍；☆孤軍深く敵地に入る／孤軍深入敵地；☆孤軍奮闘する／孤軍奮鬪。[1]

こけ【苔】（名）〔植〕地衣,苔；☆苔がむす／生苔；◇苔が生える；〔轉〕古老陳舊；☆苔の生えた考え／陳舊的想法；～のした【苔の下】（連語）墳地,九泉之下。[2]

こけ【鱗】（名）〔文・方〕魚鱗（＝うろこ,こけら）；☆魚の鱗を払う／刮魚鱗[2]

こげ【焦げ】（名）①焦,燒焦；②（飯）鍋巴；☆お焦げを食べる／吃鍋巴。[2]

ごけ【後家】（名）①寡婦（＝やもめ）；☆二十代で後家になる／二十來歲當寡婦；☆後家を立て通（とお）す／守一輩子寡；②〔喩〕不成對的東西；☆後家蓋（

ぶた）では役に立たない／只剩一個蓋子，也沒有用了。◯

こけい【固形】（名）固形，固體；～しょくもつ【固形食品】（名）固體食品◯

ごけい【互惠】（名）互惠。◯

ごけい【語形】（語）語形，語態◯

こげくさ・い【焦げ臭い】（形）有焦糊氣味的；☆焦げ臭い匂（にお）いがする／有焦糊味。◯

こけこっこう〔擬聲〕喔喔（公鷄的啼聲）②

こけしみず【苔清水】（名）〔文〕流於青苔之間的清水。③

こげちゃ【焦茶】（名）濃茶，深棕色；☆焦茶のオーバー／深棕色的大衣。②

こけつ【虎穴】（名）〔文〕虎穴；險地；☆辛（かろ）うじて虎穴を逃（のが）れる／好不容易逃出虎穴◇虎穴に入らずんば虎子を得ず／不入虎穴焉得虎子。①◯

こげつ・く【焦げ付く】（自五）①焦，烤糊，☆御飯が焦げ付く／飯糊了；②〔經〕膠着不動；☆米価が焦げ付いてしまった／米價固定不動了；③貸款不能收回來◯

コケティッシュ【英・形 coquettish】（形動ダ）賣弄風情的，妖艷的，嬌媚的。③

ごけにん【御家人】（名）〔文〕〔江戶時代〕直屬於幕府的下級武士。◯

こけむ・す【苔生す】（自五）〔文〕生苔，長苔；☆苔生した石／長了青苔的石頭。③

こげめし【焦飯】（名）焦飯，鍋巴（＝こげ）。②

こけら【柿】（名）①木屑，木片，碎木頭；②（蓋房頂用的）薄木片；～おとし【柿落し】（名）新建劇院的第一次公演◯

こけら【鱗】（名）〔俗〕＝こけ（鱗）◯

こ・ける【転ける】（自下一）跌倒，栽倒，摔筋斗；☆石に躓（つまず）いて転ける／絆在石頭上摔倒。◯

こ・ける【痩ける】（自下一）〔文〕憔悴，瘦；☆頰（ほほ）が痩ける／面瀨憔悴②

こ・げる【焦げる】（自下一）①焦，烤焦，燒焦；☆御飯が焦げる／飯燒焦了；②曬褪色。②

こけん【沽券】（名）①地契；②（人的）品位，身價；◇沽券に関（かか）わる／有失身價；有傷體面；☆あんなことをすると沽券にかかわる／做那樣的事有失身價。◯

ごけん【護憲】（名）〔文〕護憲，保護憲

法。◯

ごげん【五弦】（名）五弦琴。①

ごげん【語原・語源】（名）語源；☆語源を調べる／考察語源；☆この語の語原はラテン語から出ている／這一句的語源出於拉丁語。◯

ここ【九】（數）〔用於ひい，ふう，み…的數數時〕九（＝ここのつ）。

ここ【此所・此処・茲】（代）（指示代詞的近稱）這兒，這裏；本地，此處；這機會，這地步；這個時候；☆ここは何処ですか／這兒是甚麼地方？☆私は、ここの者です／我是本地人；☆ここに至っては…／到這地步；☆ここにおいて／在此，於是，就；☆ここが肝腎（かんじん）です／這是關鍵；這點最重要；☆ここ暫くの辛抱です／暫且忍耐一時；～いら【此処いら】（代）這一帶，這附近（＝ここら）；～かしこ【此処彼処】（名）這裏那裏；各處（＝ほうぼう）；～に【此処に（茲に）】（連體）〔文〕在此；這裏；此時；◇ここばかりに日は照らぬ／此地無綠，托鉢另化；社會上到處都有生活之道。◯

ここ【戸戸】（名）家家，戶戶（＝のきなみ）；☆戸戸に…／按家…。①

ここ【呱呱】（名）呱呱（嬰兒的哭聲）；☆呱呱の声をあげる／誕生。①

ここ【個個】（名・副）各個，每個，各自；☆個個に／個個地，個別地；☆個個の意見／每個意見①

ここ【古語】（名）古語。①

ごご【午後】（名）午後，下午。①

ココア【cocoa】（名）蔻蔻，可可；蔻蔻茶。②①

ここう【戸口】（名）①出入口；②戶口；☆戸口を調査する／調查戶口。◯

ここう【孤高】（名・動ダ）孤高；☆孤高の人／孤高的人。◯

ここう【弧光】（名）〔理〕弧光（兩電極發出的光）；～とう【弧光灯】（名）弧光灯。①

ここう【虎口】（名）虎口；☆虎口を逃（のが）れる／脫險，逃出虎口◇虎口を逃れて竜穴に入る／逃出虎口又入龍潭①◯

ここう【糊口・餬口】（名）〔文〕糊口，生計（＝くらし，くちすぎ）；☆糊口の途を求める／謀生。①◯

ごこう【後光】（名）〔佛〕（佛像背後的）圓光，光暈。①

こごえ【小声】（名）小聲，低聲；☆小声
で話す／小聲說話。◎

こごえじに【凍え死】（名・自サ）凍死；
☆道端（みちばた）で凍え死する／在路
旁凍死。⑤⑤

こご・える【凍える】（自下一）凍僵；☆
手足が凍えて仕事が出来ない／手腳都凍
僵了不能工作；図こごゆ（下二）。◎

ここく【故国】（名）①故鄉；②祖國；☆
故国へ帰る／回祖國；回故鄉。①

ごこく【五穀】（名）五穀。①

ごこく【後刻】（副）等一會，回頭（＝の
ちほど，のちかた）；☆後刻お伺い申し
上げます／等一會來拜訪您；☆後刻お届
け致します／回頭給您送去。①

ごこく【護国】（名）護國，保衞國家；～
のおに【護国の鬼】（名）爲國而犧牲的
烈士。◎

こごし【小腰】（名）腰；☆小腰をかがめ
る／稍微彎腰。◎①

ここち【心地】（名）感覺，心情（＝ここ
ろもち，きもち）；☆心地がよい／舒服
，感覺愉快；☆心地よく片付けた／很順
利地完成了；☆天にも登る心地がする／
歡喜得不得了。◎

─ここち【心地】（造語）心情，感覺；☆
夢心地がする／彷彿在夢境中；☆乗り心
地の良い車／坐起來舒服的車。

こごと【小言】（名・自サ）①申斥，責備
；☆親から小言をいわれる／受父母的責
備；②怨言，牢騷；☆彼はまた小言を言
っている／他又發牢騷了。◎

こごと【戸毎】（名）每戶，各家，家家戶戶
；☆戸毎に國旗を立てる／家家掛國旗。①

ココナッツ【coconut】（名）椰子果；～
オイル【coconut oil】（名）椰子油③

ここぬか【九日】（名）＝ここのか。④

ここの─【九】（造語）九，☆九度（たび
）／九次。

ここの【九】（數）〔特用於ひい，ふう，
みい…的數數時候〕九（＝ここのつ）。

ここのえ【九重】（名）①九層；②〔文〕
宮中。③

ここのか【九日】（名）①九日，九號；☆
九日に月給が出る／九號發薪；②九天；
☆九日たてば出来上がる／過九天就做好
了。④

ここのつ【九つ】Ⅰ（名）（古時的時刻）
正午十二點；半夜；☆もう九つです／已

經半夜了；Ⅱ（數）①九個；☆九つ下さ
い／給我九個；②九歲；☆もう九つにな
りました／已經九歲了。②

こご・む【屈む】Ⅰ（自五）彎腰，屈身
（＝かがむ）；☆屈んで仕事をする／彎着
腰工作；☆余り屈むと背中（せなか）が
曲がる／老彎着腰（做事）背要彎了；Ⅱ
（他下二）→こごめる。◎

ココム【COCOM】（Coordinating
Committee for Export Control）（
以美國爲首的西方自由民主國家對東歐諸
鐵幕國家的）巴黎統籌委員會。◎

こご・める【屈める】（他下一）屈身，彎
腰（＝かがめる）；☆体を屈めて潜（く
ぐ）り戸をはいる／彎着腰走進小便門；
図こごむ（下二）。◎

ここもと【此許】（代）〔文〕①此處，現
在；②我（＝わたくし）；↔そこもと②

ココやし【coco 椰子】（名）〔植〕椰子
樹。③

ここら【此処ら】（代）①這一帶，這附近
（＝このへん，このあたり）；☆ここら
は、元荒地（あれち）だった／這一帶過
去是荒地；②這些，這類（＝これら）；
☆ここらでいかがですか／這類（東西）
合您的意嗎？◎

こごら・す【凝らす】（他五）使凝結，使
凍結；☆食品を凝らして保存する／把食
物冷藏起來。◎

こごり【凝り】（名）凍，凝結；凍子；☆
魚の凝り／魚凍兒；☆凝り物は旨くない
／凍過的東西不好吃。◎

こご・る【凝る】（自五）凝結（＝かたま
る）；凍結；☆水道が凝る／自來水管凍
上了；☆池が凝る／池水結冰。◎

こころ【心】（名）①心，心地，心胸，心
腸，精神；☆心が大きい／心胸大，寬宏
大量；☆心のやさしい人／好心腸的人；
☆心に描（えが）く／（心中）想像；☆
心を痛（いた）める／痛心，難過；☆心
を落（お）ち着ける／安心，鎭定；②衷
心，内心（＝まごころ）；☆心から敬服
する／衷心佩服；☆心ひそかに考える／
心中暗想；☆心をこめた贈（おく）り
物／眞誠的禮物；☆心を打ち明ける／
吐露心事，表明心跡；☆心の底（そこ）
を読む／看破（別人的）心事；③心思，
想法，念頭（＝おもい，かんがえ）；君
の心が分らない／不了解你的心思；☆心

のままにふるまう／想怎樣就怎樣，任性
；④心意，意志（＝いじ）；☆心を決（
き）める／決心；☆行きたい心もある／
也有去的意思；☆あの人は口と心が違（
ちが）う／他心口不一；⑤心情，心願（
＝きもち，こころもち）；☆心が進（す
す）まない／不願意，不感興趣；☆心に
適（かな）う／隨心，合意；⑥情感（＝
なさけ）；關懷（＝おもいやり）；人情
；☆心ない仕打（しう）ち／不通人情的
作法；⑦〔古〕意義，涵義（＝いぎ）；
☆歌の心／和歌の本意；◇心が動く／動
心；有意；心内にあれば色外にあらわる
／（心中想事情自然會表現在臉色動作
上）誠於中形於外；心が通（かよ）う／
互相理解，心心相印；心が騷（さわ）ぐ
／（因擔心或期待什麼事情而感到的）心神
不安；心に浮かぶ／（忽然）想起；心に掛
かる／擔心，掛念；心に掛ける／放在心
裏；惦記，留意；心に適（かな）う／合意
，對心思，中意；心に刻（きざ）む（銘す
る）／牢牢記住，銘記；心に止（と）め
る／記在心裏；心にもない／非出自本心
的，言不由衷的；☆心にもない嘘（うそ）
を言う／非出自本心地扯謊；心に鬼を作
る／①因爲害怕心裏瞎猜測；疑神疑鬼；
②心中有愧；心に垣（かき）をせよ／應
該有戒心；要提高警覺；心に笠着て暮（
くら）せ／生活不要盡往高處想；要知足
；心の仇は心なリけリ／傷害自己的心神
的是雜念妄想；心の鬼が身を責（せ）め
る／受良心苛責；心の琴線（きんせん）
に触（ふ）れる／觸人心絃；心を合わせ
る／同心合意；心を入れ替える／改正錯
誤重新做人，洗心革面；心を奪（うば）
う／吸引人，迷人，使人心醉；心を奪わ
れる／出神，入迷；心を鬼にする／硬（
鐵）着心腸；心を砕（くだ）く／苦心慘
澹；焦思苦慮；心を汲（く）む／體諒（
心情）；心を引く（引き付ける）／吸引
人，迷人，使人着迷；心を向（む）ける
／注意；響往，感覺有興趣；心を用（も
ち）いる／注意，留神；☆間違（まちが）
いのないよう心を用いる／注意不闖錯兒
；心を遺（や）る／開心，解悶；～あた
リ【心当たり】（名）想（猜）得到；線
索，苗頭（＝けんとう）；☆心当たりが
ある／知道，猜得到；有線索；☆少しも
心当たりがない／一點兒也不知道，毫無

線索；☆心当たりの者は申し出なさい／
有遺失該物者請來認領；有知情者請來申
報；☆適任者のお心当たりがありますか
／您心目中有没有合適的人？；～あて
【心当て】（名）①期望，指望（＝よき）；
☆友人に会（あ）えるだろうと心当てに
して行った／指望着能見着朋友去的；
☆心当てにするな／別指望了；②推測，
猜想（＝あてずいりょう）；☆心当てに
探（さが）す／猜想着尋找；～ありげ【
心有りげ】（形動ダ）意味深長；☆心有
りげな目付（めつき）／意味深長的眼神；
☆心有りげに見る／意味深長地瞧着，彷
彿別有用心地看一眼；～ある【心有る】
（連語，連體）有心的，有心眼的；通達
情理的；☆さようなことは心ある人のす
べきことではない／那不是有心的人所應
做的事；☆心あるものは分ってくれるで
しょう／通達情理的人是會了解我的；～
いき【心意気】（名）氣質，性質，氣魄
（＝きだて）；心思（＝きだて，きまえ，
こころばせ）；☆何ものをも恐（おそ）
れない心意気／什麼都不怕的氣魄；☆こ
れは私の心意気です／這是我（對您）的
一點心意；～いれ【心入れ】（名）留神
，注意（＝こころがけ，こころずかい）
；～いわい【心祝い】（名）（不事舖張）
略表微意的祝賀；☆赤飯だけで心祝いを
する／只用紅豆飯來略表祝意；☆心祝い
の品／略表祝意的禮品；～え【心得】（
名）〔（こころえる）的名詞形〕①知識
；經驗；☆医術の心得がある／有醫術的
知識；☆心得のある人とない人ではまる
で違う／有經驗的人和没有經驗的人完全
不同；②規則；注意事項，須知；☆生徒
心得／學生須知；☆執務心得／辦公規則
；☆夏休みの心得を話す／說明暑假中應
注意事項；③（下級人員代行上級職務）代
理，暫代；☆校長心得／代理校長；☆課
長心得／代理科長；～えがお【心得顔】
（名・形動ダ）像什麼都懂的神氣（樣子）
；☆心得顔の人／好像什麼都懂的人，聰
明外露的人；☆万事心得顔にうなずいた
／點頭示意一切都知道了；～えがた・い
【心得難い】（形）難以理解的；不合理
的；☆どうも心得難いことだ／眞令人想
不通，図こころえがたし（形ク）；～え
ちがい【心得違い】（名）①誤解，誤會
；☆終わらないのに終わったのだと心得

違いをする／還没有完可是誤以爲完了；②（不安分或違背道德的）錯誤；輕率；☆心得違いの行いをするな／別做不安分（輕率）的事情；☆全く心得違いで何とも申し訳がありません／都是我的不是（錯見、輕率）實在對不起；～・える【心得る】（他下一）①理解，明白，體會（＝わかる、のみこむ、りかいする）；☆彼は万事（ばんじ）心得ているらしかった／他似乎一切都懂得了；☆心得たものだ／熟悉，精通；②答應，應允，同意；☆万事心得た／都答應（同意）了；都交給我吧；圖こころう（下二）；～おき【心置き】（名）①隔閡，隔膜（＝えんりょ）；☆心置きなく語り合う／暢談；②擔心，顧慮（＝しんぱい）；☆これで何も心置きなく出発できる／這樣就可以無顧慮地出發了；③客氣；☆心置きなく御滞在くだ

さい／請別客氣地住下來吧；～おくれ【心後れ】（名・自サ）怯懦，膽怯（＝きおくれ、おくびょう）；☆心後れがする／感覺打怵（膽怯）；～おぼえ【心覚え】（名・自サ）①記，記住；☆心覚えがある／記得；②備忘（的東西）；☆心覚えに記（しる）す／寫備忘錄☆心覚えのメモ／備忘筆記；～がかり【心掛かり】（名）擔心，掛心（＝きがかり、しんぱい）；☆心掛かりがない／没有擔心的事；～がけ【心掛け】（名）〔こころがける〕的名詞形〕①品行，品德，作風；☆立派な心掛けの青年／品行端正的青年；②努力；☆平素（へいそ）の心掛けが悪ければ成功覚つかなしだ／如果平常不努力就難以成功；③注意，留心；～・ける【心掛ける】（他下一）留心，注意；記在心裏；☆人の悪口を言わないように心掛ける／注意別說別人的壞話；☆この辺に空家（あきや）があったら心掛けておいてください／這一帶若有空房子請您給留意；圖こころがく（下二）；～がまえ【心構え】（名・自サ）精神（上的）準備，心裏準備（＝かくご）；☆まだ心構えが出来ていなかった／還没有做好心裏準備；～から【心から】（副）①從心裏，衷心；☆心から感謝する／衷心感謝；②熱心，誠心；☆心からの歓待／熱心歓待；～がら【心柄】（名）①性情，心地（＝こころがけ）；②自我，自作自受（＝じごうじとく）；☆自分の心柄とは言いながら、か

わいそうなものだ／雖是自作自受，畢竟很可憐；～がわり【心変り】（名・自サ）變心，變主意（＝きがわり、へんしん）；☆よい品があったので急に心変りする／因爲有了好東西就忽然變了主意；～きたな・い【心汚ない】（形）心地齷齪，卑鄙；圖こころぎたなし（形ク）；～ぐみ【心組み】（名）打算（＝つもり、こころがまえ）；☆とうからその心組みでいた／老早就是那麼打算來着；～ぐるし・い【心苦しい】（形）難過的，難受的；於心不安的；☆心を破って心苦しい／違約感到難過；☆私の真意を誤解されては心苦しい／您誤會我的本意，我實在難受；☆そんなことをするのは心苦しい／那樣做於心不安；圖こころぐるし（形シク）；～さびし・い【心淋しい】（形）（心裏）感覺寂寞的；☆心淋しく感じる／感覺寂寞；圖こころさびし（形シク）；～さわぎ【心騒ぎ】心中不安，心驚肉跳；～しずかに【心静かに】（副）安静地，平心静氣地（＝しずかに、ゆっくりと）；～して【心して】（連・副）〔文〕注意，留心（＝きをつけて）；☆心して行け／留神走吧；～じょうぶ【心丈夫】（形動ダ）放心，安心，膽壯（＝きじょうぶ、こころづよい）；☆そう言って頂（いただ）くと心丈夫に思います／您這麼一說，我就放心了；～しらい【心しらい】（名）費心，勞心（＝こころづかい、こころずくし）；～ずかい【心遣い】（名・自サ）①擔心，惦念，掛念（＝しんぱい）；②關懷（＝おもいやり）；☆細（こまか）い心遣い／親切的關懷；～づ・く【心付く】（自五）①注意到，想到（＝きがつく、おもいつく）；☆ようやく悪いと心付いたらしい／好像現在才注意到錯誤；②（小孩子）懂事（＝ものごころがつく）；～ずくし【心尽し】（名）費盡心思，苦心；☆年来の心尽しもむだになった／多年的苦心付諸流水；☆心尽しの贈物（おくりもの）／親切（眞誠）的贈品；～づけ【心付】（名・自サ）①提醒；勸告；關照；☆あの方には色色お心付をして頂きました／承蒙他的許多關照；②賞錢，酒錢，小費（＝チップ）；☆こころづけをする（やる）／給小費；～ずもり【心積り】（名・自サ）心中的打算，預定（＝つもり、よてい）；☆お礼を出

そうと心積り（を）する／打算給報酬；
〜づよ・い【心強い】（形）①膽壯的，
心中有倚仗的（＝こころじょうぶ）；☆
君が居てくれるから心強い／有你在我心
裏有了倚仗了；②冷酷的，狠心的（＝つ
れない）；☆心強く突っ放した／冷酷地
拒絕了；図こころづよし（形ク）；**〜ぞえ**
【心添え】（名）①照應，關照；☆無經
驗の私ですから、お心添えを願います／
因爲我沒有經驗請您關照；②提醒，勸告
；☆間違いがあったらお心添えを願いま
す／如果有錯兒請您提醒我；**〜だのみ**
【心頼み】（名）心中的倚靠或指望，心中
指望的人或事物（＝たのみ）；☆君の助
力を心頼みにしている／指望着你的幫助
；**〜な・い【心無い】**（形）①不加思慮
的，不顧前後的，輕率的；☆心無い仕打
ち／輕率的作法；②沒有同情心的；☆面
前でそれを言うとは心ないやり方だ／當
著面說有些冷酷；③不解風情的；☆心無
い人が花を折る／不解風情的人折花；図
こころなし（形ク）；**〜ならずも【心な**
らずも】（副）出於無奈，本非所願；☆
心ならずも承諾した／迫不得已地答應了
；☆心ならずも断（ことわ）らなければ
ならない／出於無奈不得不拒絕；**〜にく**
・い【心憎い】（形）①可憎的（＝にく
らしい）；②很有風趣的（＝おくゆかし
い）；〔轉〕十分的，非常的；☆心憎い
程おちついている／非常沉着；☆心憎い
ばかりに口がうまい／非常會說話；図こ
ころにくし（形ク）；**〜にくげ【形動ダ】**
可憎；☆心憎げにののしる／狠狠地罵；
〜ね【心根】（名）心，心地，心腸，心
術，根性；☆心根の優（やさ）しい人／心
腸好的人；**〜のこり【心残り】**（名）①
遺憾（＝ざんねん）；☆心残りがする／
感覺遺憾；②戀戀不捨（＝みれん）；☆
心残りはちっともない／毫不留戀；**〜の**
そこ【心の底】（連語・名）内心，本心
（＝しんてい）；☆人の心の底を讀む／
看破別人的心事；**〜のまま【心の儘】**（
連語・名）隨意，隨便，任性（＝おもう
まま）；☆心の儘に振る舞う／任意行動
；☆心の儘にならない／不如意；**〜のや**
み【心の闇】（連語・名）心中糊塗，心境
黯淡；**〜ばえ【心ばえ】**（名）①意向（
＝こころばせ）；②趣味，情趣（＝おも
むき、ふぜい）；③性情（＝きだて）；

☆心ばえがいい／性情好；**〜ばかり【心**
許り】（名・副）寸心，微意；☆ほんの
心許り／只是一點小意思；☆心許りの贈
り物／略表心意的禮品，不成敬意的禮品
；**〜ばせ**（名）意向（＝こころばえ）；**ひ**
そかに【心密かに】（副）暗暗地，心中
私自；☆心密かに思う／心中暗想；☆心
密かに憂（うれ）う／暗自憂慮；**〜ぼそ**
・い【心細い】（形）①心中沒底的，心
中不安的，發慌的；☆心細くなる／感到
不安，失望或淒涼；☆及第するかどうか
も心細い／能不能及格都沒把握；☆そん
な心細いことをいうな／別說那樣喪氣的
話；②寂寞的，沒有希望的；☆あなたが
居ないと、心細い／您不在就感覺寂寞；
図こころぼそし（形ク）；**〜ぼそが・る**
【心細がる】（自五）；**〜ぼそげ【心細**
げ】（形動ダ）；**〜ぼそさ【心細さ】**（名）
；**〜まかせ【心任せ】**（名）任性，想怎
樣就怎樣（＝おもうまま、きまま、きま
かせ）；☆心任せにする／任性；☆人の
（自分の）心任せになる／聽入家擺佈（
隨自己的便）；☆心任せにさせておく／
隨他的便，聽其自然；**〜まち【心待ち】**
（名）心裏盼望，預期，期待；☆友人の
来るのを心待ちに待っている／一心等待
友人來；**〜もち【心持】Ⅰ**（名）心境，心
境，感覺（＝ここち、きもち）；☆彼は
心持を悪くして帰った／他不痛快地回去
了；**Ⅱ**（副）稍微，些微，稍稍（＝すこ
し、やや）；☆心持赤味がかっている／
稍帶紅色；☆心持大きい／稍大一點；**〜**
もとな・い【心許無い】（形）①擔心的
，不放心的（＝しんぱい、きずかわしい）
；☆子供だけでは心許ない／只有小孩子
覺得不放心；②靠不住的，希望很少的；
☆心許ない友人／靠不住的朋友；☆彼の回復は心
許ない／他康復的希望很少；図こころも
となし（形ク）；**〜もとなが・る【心許**
ながる】（自五）；**〜もとなげ【心許な**
げ】（形動ダ）；**〜もとなさ【心許なさ】**
（名）；**〜やす・い【心安い】**（形）①
放心的，安心的；②親密的，不客氣的；
☆あの人とは特別に心安い／（我）跟他
特別親密，特別不客氣；☆心安い人ばか
りの集り／沒有外人的集會，全是熟人的
集會；③容易的，簡單的（＝たやすい）
；☆それは心安い御用だ／（回答別人的

懇求）那算不了什麼；図こころやすし（形ク）；～やすげ【心安げ】（形動ダ），～やすさ【心安さ】／～やすだて【心安立て】（名）因爲關係密切不客氣；☆心安立てに言った言葉／因爲關係密切而說的不客氣的話；～やり【心遣り】（名）解悶，消遣（＝きばらし，うさけらし）；☆ほんの心遣りにこんなことをしている／這不過是爲了消遣而做的；～ゆ・く【心行く】（自五）①心滿意足，盡情，充分（＝まんぞくする）；☆心ゆくまで（ばかり）眺（なが）める／盡情地眺望；☆心ゆくばかり泣く／痛哭；②〔文〕恍惚，陶然（＝うっとりする）；～よわ・い【心弱い】（形）意志薄弱的，心軟的，膽怯的；図こころよわし（形ク）②

――ごころ【心】（造語）心，心境；☆親ごころ／父母的心情；☆子供ごころ／孩子氣。

*こころざし【志】（名）①志，志向，意圖；☆志を立てる／立志；☆志有る者は事竟（つい）に成る／有志者事竟成；☆事（こと）志と違う／事與願違；②厚意，盛情（＝こうい，しんせつ）；☆お志にありがたいがお断（ことわ）りします／盛情可感但不能接受；☆人の志を無にする／辜負別人的厚意；③表達心情的贈品（＝おしるし）；☆ほんの志ですからお納（おさ）めください／不過是一點小意思請您收下吧。◎⑤

こころざ・す【志す】（自五）立志，志願（＝めざす）；☆学問に志す／立志向學；☆作家を志す／願爲作家。④

*こころみ【試み】（名）試，嘗試（＝ためし）；☆始めての試み／初次的嘗試；～に【試みに】（副）試試；☆試みにやってみよう／試試看吧。④③

*こころ・みる【試みる】（他上一）試試（＝ためす）；☆勧（すす）められた薬を試みる／試服別人介紹的藥。④

*こころよ・い【快い】（形）①高興的，愉快的，爽快的（＝おもしろい，ゆかい）；☆快く思わない／不高興；☆快く引き受けてくれた／爽快地答應了；②（病情）良好的；☆病気が快くなってきた／病已好轉；図こころよし（形ク）。④

ここん【古今】（名）古今；☆古今に通じる／博通古今；☆古今を通じて／自古至今；～みぞう【古今未曾有】（連語）空前

未有，史無前例。①

ごごん【五言】（名）五言；～ぜっく【五言絶句】（名）五言絶句。◎

こさ【濃さ】（名）濃度；☆色の濃さ／顏色的濃淡。①

ごさ【誤差】（名）①差錯②〔數〕誤差①◎

ござ【茣・茣座】（名）蓆子；☆ござを敷（し）く／舖蓆。②

ござ【御座】（名）寶座，御座；～しょ【御座所】（名）宮。◎

こさい【小才】（名）小才幹；☆小才がきく／有點兒小聰明。②◎

ごさい【後妻】（名）後妻，繼室；☆後妻をもらう／續絃。◎

ございます）是；☆有難うございい／謝謝；☆議員でございといっていばる／炫耀自己是議員。②

ございます【御座います】（連語・自・補・特殊型）〔（ござります）的音便〕；〔敬語〕＝ある；☆その品ならまだたくさんございます／那種貨品還有很多；☆ありがとうございます／謝謝。④

こざかし・い【小賢しい】（形）①小聰明的，狡猾的；☆小賢しいやり方／狡猾的辦法；②自做聰明的，自以爲是的（＝なまいき）；図こざかし（形シク）。④

こざかな【小魚】（名）小魚。②

こさく【小作】（名）①佃耕，佃種；②佃戶；～けん【小作権】（名）佃耕權；～ち【小作地】（名）佃耕地；☆小作地取り上げ／（地主）收回佃耕地；～にん【小作人】（名）佃戶；～のう【小作農】（名）佃農；↔じさくのう（自作農）；～まい【小作米】（名）佃租米；～りょう【小作料】（名）佃租，地租；☆小作料を納める／交地租。◎

こざしき（名）小房間；耳房。②

ござそうろう【御座候】（連語）〔文〕＝ございます。①

こさつ【古刹】（名）〔文〕古刹；☆名所古刹の多い所／名勝古刹多的地方。◎

コサック【Cossack】（名）哥薩克；＝カザック。

コザック【荷 Kozak, 德 Kosak, 法 Cosaque】（名）→カザック。②

ござっしゃ・る（連語・動五）〔方〕→ござる。

こざっぱり（副・自サ）蠻乾淨，蠻俐落；

☆小ざっぱりした身なり／打扮得蠻漂亮
☆小ざっぱりした家／蠻整潔的房子[4][1]

こざとへん【阜偏】（名）〔漢字部首〕阜
字旁；☆阜偏に東（ひがし）の陳（ちん）
／耳東陳。[0]

こさめ【小雨】（名）小雨，微雨。[0]

こざら【小皿】（名）小碟子（＝てしむ）[1][0]

ござりま・す【御座ります】（連語・動・
特殊型）〔ござる〕的敬語。[4]

ござ・る【御座る】Ⅰ（自五）〔←ござあ
る〕①〔（いる）或（ある）的敬語〕在
，有；②〔（くる）的敬語〕來；Ⅱ（補動
五）〔（ある）或（いる）的敬語〕。[1]

こさん【古参】（名）老手，舊人，老資格
（的人）；☆あのかたは私よりずっと古
参です／他比我資格老得多，☆古参の教
授／老資格的教授；↔しんざん（新参）[0]

ごさん【誤算】（名・自サ）①誤算；算錯
；②估計錯誤（＝かんがえちがい）。[0]

ごさん【午餐】（名）〔文〕午餐（＝ひる
めし，昼食）；☆午餐をしたためる／用
午飯。[0]

ごさんけ【御三家】（名）〔史〕德川將軍
直系三家的尊稱〔卽：尾張（おわり），
紀伊（きい），水戸（みと）〕。[2]

ござん・す【御座んす】（連語・自・特殊
型）（俗）＝ございます。[2]

こし【腰】（名）①腰；☆腰を曲（ま）げ
る（かがめる）／彎腰，☆腰の曲（ま）が
った老人／彎了腰的老年人；☆腰を掛け
る（おろす）／坐下，落坐；☆腰を伸（の）ば
す／伸腰；休息；②衣服，裙子等
的腰部，腰褙；③牆壁，隔扇等的下半部
；④年糕等的黏度；☆この餅（もち）は
腰が強い／這個年糕黏得很；◇腰が砕
（くだ）ける／態度軟化；鬆了勁兒；**腰が
高い**／驕傲，狂妄；**腰が強い**①態度強
硬；②黏度強，**腰が抜（ぬ）ける**／癱，
嚇軟；**腰が低（ひく）い**／謙遜，和藹；
腰が弱い／①態度軟弱，沒有骨氣；②（
年糕等）黏勁兒小；**腰を押（お）す**／在
背後支持；**腰を折（お）る**／①彎腰；②
屈服；③中途加以妨礙；☆話の腰を折る
／打斷話頭；**腰を入れる**／認眞地穩穩當
當做；**腰を据（す）える**／安心地幹，專
心致志地做；**腰を抜（ぬ）かす**／①腰節
骨癱軟站不起來；②非常吃驚；☆値段が
高いので腰を抜かす／價錢貴得嚇人。[0]

こし【輿】（名）轎子，肩輿；◇玉（たま

の輿に乗る／（小家碧玉）嫁給顯貴人家[1]

こし【古址】（名）遺址，舊基址。[1]

こし【古詩】（名）〔文〕①古代的詩；②
古體詩。[1]

こし【故紙・古紙】（名）廢紙，爛紙（＝
ほぐ，ほご）。[1]

こし【枯死】（名・自サ）〔文〕枯死。[1]

こじ【古事・故事】（名）①古事；②典故
；～らいれき【故事来歴】（連語・名）
原因和來歷。[1]

こじ【固持】（名・他サ）〔文〕堅持；☆
自説を固持する／堅持己見。[1]

こじ【固辞】（名・他サ）堅決辭退，☆謝礼
を，固辞して受けない／堅辭謝禮不受[1]

こじ【居士】（名）〔佛〕居士。[1]

こじ【孤児】（名）孤兒；～いん【孤児院】
（名）孤兒院。[1]

こじ【誇示】（名・他サ）誇示，炫耀；☆
近代的な装備を誇示する／以近代的裝備
來誇耀。[1]

—ごし【越】（接尾）①表示隔着什麼的意
思；☆壁越しに話す／隔着牆壁說話；☆
山越しにゆく／越山過去；②表示時間的
經過；☆三年越しの恋／經過了三年的戀
愛。

—ごし【腰】（接尾）表示態度，姿勢的意
思；☆強腰（つよごし）／強硬的態度；
☆喧嘩腰（けんかごし）／挑戰的態度。

ごし【五指】（名）五指；☆五指を屈する
／屈指可數。[1]

ごじ【誤字】（名）錯字；☆誤字を訂正す
る／把錯字改過來。[0]

こじあ・ける（他下一）撬開，弄開；☆錠
をこじあける／把鎖頭撬開。[0]

こしあん【漉餡】（名）豆沙餡。[0]

こしいれ【輿入（れ）】（名・自サ）①轎
送（新娘）；②出嫁；☆吉日を選んで輿
入れする／選擇良辰結婚。[4]

こしお【小潮】（名）小潮，微潮。[0]

こしおび【腰帯】（名）①腰帶子；②日本
婦女帶子下面紮的細帶。[0]

こしかけ【腰掛（け）】（名）①発子；②
一時棲身之處；☆今の仕事は，ほんの腰
掛けです／現在的工作只是臨時的。[4][3]

こしか・ける【腰掛ける】（自下一）坐下
；☆道端（みちばた）の石に腰掛ける／
坐在路旁的石頭上。[4]

こしかた【来し方】（連語・名）〔文〕既
往，往時；☆来し方行末（ゆくすえ）を

考える／思前想後。①

こぢ(ぢ)から【小力】（名）小氣力。②

こしき【古式】（名）古式，老式；☆古式に則（のっと）る／遵循古禮。①⓪

こじき【乞食】（名・自サ）乞丐，討飯的，叫花子；☆零落（れいらく）して乞食になる／流落爲乞丐；乞食も三日すればやめられぬ／乞討三天，帝王不換（謂習慣可怕）。③

ごしき【五色】（名）五色。⓪①

こしぎんちゃく【腰巾着】（名）①腰包，荷包；②〔俗〕經常跟在身邊的人；☆あの子はお母さんの腰巾着だ／那孩子經常跟在媽媽身邊。③

こしくだけ【腰砕け】（名・自サ）①（角力時因力不支而）摔倒；②〔轉〕半途而廢。③⓪

こしけ【腰気】（名）〔醫〕白帶，赤帶⓪

こしだか【腰高】（名）高底碟（→たかつき）；～しょうじ【腰高障子】（名）下截裝有一公尺左右高的木板的格子窗（或門）。⓪

こしたんたん【虎視眈眈】（連語・形動タルト）虎視眈眈。①――⓪

ごしちちょう【五七調】（名）〔詩〕五七格調。⓪

こしつ【固執】（名・他サ）堅持，固執；☆自説を固執する／固執己見。⓪

こじつ【故実】（名）典故，古昔的慣例、儀式等。①

*ごじつ【後日】①將來，日後，☆後日又おめにかかります／改日再見；②事件過後；☆後日談（後日物語）／日後談，回頭談。①⓪

こしつき【腰付】（名）姿勢；☆変な腰付で歩く／用奇怪的姿勢走路。⓪

ゴシック【Gothic】（名）①〔印〕黑體字，粗體字；②←ゴシック式；～しき【Gothic式】（名）〔建〕哥德樣式，尖拱築造式。②

こじつけ（名）牽強附會；☆こじつけの説明をする／牽強附會地説明。⓪

こじつ・ける（他下一）牽強附會；☆いくらこじつけてもそれは理窟の通らない話だ／無論怎樣牽強附會那也是講不通的⓪

ゴシップ【gossip】（名）雜談，閒話；☆政界ゴシップ／政界雜談。②

こしぬけ【腰抜（け）】（名）①癱子；②膽怯；☆こしぬけ外交／軟弱外交；☆こ

しぬけ軍人／怕死的軍人；②膽小鬼，窩囊廢。⓪

こしひも【腰紐】（名）①繫腰的細帶；②兒童衣服上的腰帶。②⓪

こしべん【腰弁】（名）〔←腰弁当〕隨身帶的飯盒；小官吏，小職員；☆腰べんで出掛ける／帶着飯盒出門。⓪

こじま【小島】（名）小島。⓪

こしまき【腰巻】（名）①日本婦女的內裙；②古時日本婦女纏在衣服外面的圍裙⓪

こしまわり【腰回り】（名）腰的周圍（的尺寸）（＝ヒップ）。③

こしもと【腰元】（名）①腰邊；②宮娥，侍女，侍婢。⓪

ごしゃ【誤写】（名・他サ）〔文〕誤寫，寫錯，抄錯；☆この書類は誤写が多い／這個文件抄錯的地方很多。⓪①

こしゃく【小癪】（名・形動ダ）①（因為驕傲而）令人可恨，有點可恨；沒禮貌，沒規矩；☆小癪な奴／可恨的東西，沒禮貌的東西；☆小癪なことを言う／説大話，說刺耳的話；☆何を小癪な、負けるものか／你別吹（別胡說），那能輸給你；②動怒，生氣（＝かんしゃく）；◇小癪に障（さわ）る／叫人討厭，令人生氣⓪

ごしゃごしゃ（副・自サ）〔俗〕混雜，亂七八糟（＝ごちゃごちゃ）；☆順序がごしゃごしゃになる／次序大亂。①

こしゅ【戸主】（名）戶主，家長。①

こしゅ【古酒】（名）〔文〕老酒，陳酒①

こしゅ【固守】（名）固守；☆旧習を固守する／固守舊習。①

こしゆ【腰湯】（名）坐浴，用水洗腰部以下；☆腰湯を使う／洗坐浴。①

ごしゅ【御酒】（名）〔女〕酒（＝おさけ）⓪

ごしゅいん【御朱印】（名）日本古時蓋有將軍朱印的公文；～せん【御朱印船】（名）江戶時代持有朱印許可證，被准許從事海外貿易的船。⓪

こしゅう【固執】（名・他サ）→こしつ⓪

こしゅう【孤舟】（名）〔文〕孤舟。①

*ごじゅう【五十】〔數〕①五十；②五十歲；～おん【五十音】（名）用「片假名」寫的五十個音（從あ行到わ行）；～かた【五十肩】（名）五十歲左右常發生的肩疼。②

ごじゅう【五重】（名）五層；～のとう【五重の塔】（名）五層塔。⓪

ごじゅうさんつぎ【五十三次】（名）〔江

戸時代〕從江戸到京都路上的五十三處宿驛，常稱「東海道五十三次」。④

こじゅうと【小舅・小姑】（名）①夫（妻）之兄弟，大伯，小叔，小舅（內兄，內弟）；②〔俗〕夫（妻）之姊妹，大姑，小姑；大姨，小姨（＝こじゅうとめ）。

こじゅうとめ【小姑】（名）夫（妻）之姊妹，大姑，小姑；大姨，小姨。②

ごしゅきょうぎ【五種競技】（名）〔運動〕五項比賽。③

ごじゅん【語順】（名）〔語法〕詞序，句中詞的排列次序。

こしょ【古書】（名）古書，舊書。①

ごしょ【御所】（名）①皇宮，紫禁城；②古時親王、將軍、大臣的住所；～ぐるま【御所車】（名）①古時貴族乗的有車廂的牛車；②輪形紋章。①

ごじょ【互助】（名）〔文〕互助；☆団体生活には互助の精神が大切である／過集體生活最重要的是互助的精神。①

こしょう【小姓】（名）（古時貴族身邊的）侍僮。②⓪

こしょう【呼称】（名・他サ）①名稱（＝なまえ，めいしょう）；②叫做，稱爲，名爲（＝なづける）；☆大陸間弾道弾をICBMと呼称する／洲際導彈叫做ICBM⓪

こしょう【故障】（名・自サ）①障礙，毛病，事故；☆故障がある／發生障礙，有毛病；☆故障なく／平安無事地，順利地；☆電車に故障が起こった／電車出了毛病；②異議，異論，反對意見；☆故障を申し立てる／提出異議。⓪

こしょう【胡椒】（名）〔植〕胡椒；☆胡椒入れ／胡椒罐；◇胡椒の丸呑み（まるのみ）／囫圇呑棗。

こしょう【誇称】（名・他サ）〔文〕誇稱，自誇，誇張；☆世界一と誇称するトンネル／號稱世界第一的隧道。⓪

こじょう【古城】（名）〔文〕古堡。①

ごしょう【後生】（名）①〔佛〕後世，來世，來生（＝らいせ）；②（央求語）積德修好；☆後生だから許してください／請您積點功德饒了我吧；☆後生だからしておくれ／求您別做（那樣事）了；～だいじ【後生大事】（連語）①〔佛〕重視來生；②很重視，極珍重；☆後生大事にする／極其重視；當作命根子；☆遺言を後生大事と守る／忠實地遵守遺囑①

ごしょう【誤称】（名）〔文〕誤稱，錯稱⓪

ごじょう【互讓】（名）〔文〕互讓；☆互讓の精神／互讓的精神。⓪

こしょうがつ【小正月】（名）陰曆正月十五、十六日之稱。②

こしょく【古色】（名）古雅，古色；～そうぜん【古色蒼然】（連語・形動タルト）古色蒼然，破舊不堪。①

ごしょく【誤植】（名・自サ）排錯的字，誤排；☆誤植が多くて読めない／錯字太多，讀不通。⓪

こしよわ【腰弱】（名・形動ダ）①腰部軟弱（的人）；②缺乏毅力（的人）；☆そんな腰弱でどうする／那麼怯懦怎麼行啊⓪

こしらえ【拵え】（名）〔（こしらえる）的名詞形〕①構造，製造（＝しあげ，つくり）；☆拵えが悪くて，すぐにこわれそうだ／做的不好馬上就要壞的樣子；②服裝，打扮；☆立派な拵えをした女／盛裝的婦女；③（演員的）化粧；☆あの役者の拵えは若過（わかす）ぎる／那個演員化粧得太年輕了；～ごと【拵え事】（名）捏造的事（＝つくりごと）；☆拵え事はすぐばれる／捏造的事馬上會露出馬脚來的；～たて【拵えたて】（名）剛做出來（的東西）；☆拵えたてのパン／剛做出來的麵包；～なおし【拵え直し】（名）重做，改做；～もの【拵え物】（名）僞造品，模仿品。

*こしらえる【拵える】（他下一）①製造，做（＝つくる，したてる）；☆洋服を拵える／做西裝；☆パンを拵える／做麵包；☆庭を拵える／修築庭園；②籌（款），湊（錢）；☆資金を拵える／籌資金；③化粧，打扮（＝けしょうする，きかざる）；☆顔を拵える／化粧；☆きれいに拵えて出掛ける／打扮得漂漂亮亮出門；④捏造，虛構，假裝；☆ないことを拵えて言う／捏造事實；☆うまく拵えて騙（だま）す／巧妙地虛構事實行騙；ⓧこしらふ（下二）。⓪

こじる【抉る】（他五）撬，剜（＝えぐる）；☆穴を抉る／剜窟隆；☆錠前（じょうまえ）を抉りあける／把鎖頭撬開②

こじれる【拗れる】（自下一）①扭歪，彆扭，執拗（＝ねじける，ひねくれる）；☆こじれると手がつけられない／（小孩）一彆扭起來簡直無法辦；②（病）纏綿不癒；☆風邪（かぜ）が拗れて肺炎になった／傷風日久不癒，變成肺炎了。③

こしわ【小皺】（名）小皺紋；☆鼻に小皺を寄せる／皺起鼻子；☆顔に小皺が寄る／臉上起皺紋。◎

こじん【古人】（名）古代人。①

こじん【故人】（名）①故人，舊友；②死者，亡人；☆彼もとうとう故人となった／他終於也去世了。①

こじん【個人】（名）個人；☆個人個人に／對每個人；☆個人の名義で／以個人名義；～しゅぎ【個人主義】（名）個人主義；～てき【個人的】（形動ダ）個人的，私人的；☆あの人と個人的には関係がない／同他没有個人關係。①

ごしん【誤信】（名・自他サ）錯信，誤信◎

ごしん【誤診】（名・自サ）錯誤的診斷，誤診。◎

ごしん【誤審】（名・自サ）錯誤的審判，誤判，誤審。◎

ごしん【護身】（名）護身，防身；～じゅつ【護身術】（名）護身術。◎

ごじん【吾人】（代）〔文〕吾人，我們①

ごじん【御仁】（名）〔敬語〕人（＝おかた）；☆全く人のいい御仁だ／眞是個好好先生。②①

こじんまり（副・自サ）小而整齊的，整潔的，舒適的，雅緻的；☆こじんまり（と）した座敷（ざしき）／舒適的小客廳（或書房）。◎

こ・す【漉（濾）す】（他五）濾過，過淋；☆濾した水／濾過的水；☆砂で水を濾す／用沙子濾水。◎

こ・す【越す・超す】（自他五）①越過，經過，逾，超過；☆山を越す／越山；☆年を越す／過年；☆難関を越す／渡過難關；☆河水が堤防を越す／河水溢過堤壩；☆五十歳を越す／年逾五旬；②去（＝ゆく），來（＝くる）；☆どちらへお越しになりますか／上哪兒去？☆宅へもお越し下さい／請也到我家來吧！☆新居に越す／遷入新居；④勝於，優於，比…這好（＝まさる）；☆それに越した事はない／那再好没有了；☆早いに越した事はない／越早越好◎

こす・い【狡い】（形）（俗）狡猾的（＝ずるい）；☆狡い奴／狡猾的傢伙；☆狡い事をする／玩弄詭計；②吝嗇的（＝けち）。②

こすい【湖水】（名）〔文〕湖。◎

こすい【鼓吹】（名・他サ）①撃鼓吹笛；②鼓吹，提倡，宣傳；☆愛国主義を鼓吹する／鼓吹愛國思想；③鼓舞，灌輸。◎

ごすい【午睡】（名・自サ）〔文〕午睡；☆午睡をとる／睡午覺。◎

こすう【戸数】（名）戸數，家數；～わり【戸数割】（名）〔法〕戸口捐（地方稅之一）。②

こすう【個数】（名）個數，件數；☆個數をあらためる／查點件數。②

こずえ【梢・杪】（名）樹梢，樹枝；☆梢を渡る風／吹動樹梢的風。◎

こづかい【小使い】（名）勤雜工，勤務員；～べや【小使い部屋】（名）勤雜工的房間。①

*こずかい（せん）【小遣（銭）】（名）零用的錢；☆小遣（銭）にも困る／連零用的錢也困難；～ちょう【小遣帳】（名）零用賑本；～とり【小遣取り】（名）副業，（業餘）賺點零用錢；☆小遣取りに働く／搞點業餘小生産，賺點零用錢。③

こすから・い【狡辛い】（名）（俗）①既吝嗇又狡猾的；②毒辣的。④

こず・く【小突く】（他五）①（用指頭或拳頭等）戳，捅；☆頭をこずく／（用指頭）戳腦袋；②推推打打，扯扯打打；☆二三人で小突きまわす／兩三個人亂推亂打。②

こずくり【小作り】（形動ダ）①身材短小玲瓏（＝こがら）；☆小作りな女／身材短小的女子；②做得小；☆荷物を小作りにする／把包裹打得小些。②

こづち【小槌】（名）小鎚子。①◎

コスチューム【costume】（名）①戲裝，某一個時代的服裝；特定的地方的服裝；②（繪畫）穿衣服的人物畫；～プレー【costume play】（名）古裝劇。③

*こ（づ）ずつみ【小包】（名）①小包；②〔郵〕包裹；☆小包で送って下さい／請用包裝寄送；～ゆうびん【小包郵便】（名）〔郵〕包裹。②

コスト【cost】（名）①成本，生産費；②價錢，代價，費用；～だか【cost高】（名）成本高；～やす【cost安】（名）成本低。①

コスモス【cosmos】（名）①宇宙，世界；②〔植〕大波斯菊。◎①

コスモポリタン【cosmopolitan】（名）世界主義者。④

こすりつ・ける【擦り付ける】（他下一）

①擦上，搓上；齣；☆傷口に薬をこすり
つける／往傷口上擦藥；②〔轉〕嫁（罪
過等）於人（＝なすりつける）；☆罪を
人にこすりつける／嫁罪於人。⑤②

*こ・する【擦る】（他五）擦，摩擦，揉，
搓，齣；☆ゴムで擦り消す／用橡皮擦掉
；☆泥（どろ）を擦り落（お）とす／把
泥搓掉（齣掉）；☆目を擦る／揉眼睛；
☆タオルで体を擦る／用毛巾搓身體。②

こ・する【鼓する】（他サ）①打鼓；②鼓
起（＝ふるいおこす）；☆勇（ゆう）を
鼓して進む／鼓起勇氣前進，図こす（
サ）。②

*ご・する【伍する】（自サ）與…爲伍（＝
ならぶ）；☆列強に伍する／列入列強；
☆男子（だんし）に伍して働く／與男子
並肩工作；図ごす（サ）。②

こす・れる【擦れる】（自下一）磨擦，蹭
（＝すれあう）；☆ズボンが擦れて切れ
る／褲子磨破。③

ごすんくぎ【五寸釘】（名）（原義）五寸
釘；（普通）十五公分長的釘子，（一般
指）大釘子。②

*こせい【個性】（名）個性；☆個性がある
（ない）／（沒）有個性；☆個性を発揮
する／發揮個性；～てき（個性的）有個
性的。①

こぜい【小勢】（名）人數少；少數人，兵
寡勢微；☆小勢に大勢（おおぜい）／寡
不敵衆。①②

ごせい【互生】（名・自サ）〔植〕互生；
↔たいせい（対生）。①

ごせい【悟性】（名）〔哲〕悟性，知性，理
解力；☆悟性に乏（とぼ）しい／不聰穎
；②

ごせい【語勢】（名）口氣，語勢；☆語勢
を強（つよ）める／加重語調，加強語勢①

*こせき【戸籍】（名）①戸口，戸籍；戸口
簿；☆戸籍に入れる／列入戸口；☆戸籍
を移す／轉移戸口；②原籍；～ぼ【戸籍
簿】（名）戸口底册；～しょうほん【戸
籍抄本】（名）〔法〕戸籍的一部分抄件
；～とうほん【戸籍膽本】（名）〔法〕
戸籍的全部抄件；～しらべ【戸籍調（
べ）】（名）調查戸口。⓪

こせき【古跡・古蹟】（名）〔文〕古跡，
☆古跡を探（さぐ）る／探訪古跡。⓪

こせこせ（副・自サ）①小器，不大方；☆
こせこせした人／小器的人；②（地方）
狹窄，緊；☆こせこせした家／狹窄的房

子。①

こせつ・く（自五）〔俗〕小器，拘泥小節
（こせせせする）；☆鷹揚（おうよう）
でこせつかぬ／態度大方不拘小節。⓪

ごせっく【五節句】（名）日本古時一年有
五個節日，即人日（じんじつ）〔1月7
日〕、上巳（じょうし）〔3月3日〕、端
午（たんご）〔5月5日〕、七夕（しち
せき）〔7月7日〕、重陽（ちょうよう）
〔9月9日〕。②

ごせっけ【五摂家】（名）〔史〕日本古代
有資格任攝政職位的五個門第近衞、九條
、二條、一條、鷹司。②

こぜに【小銭】（名）零錢；零用錢；☆小
銭が払底（ふってい）する／缺少零錢；
☆小銭で百円ありますか／您有一百元零
錢嗎？；☆これを小銭に替えて貰えます
か／您能把這給我換成零錢嗎？⓪

こぜりあい【小競合】（名）①小衝突；②
小糾葛，小麻煩（＝いさかい）。②

こせん【弧線】（名）弧線。⓪

ごせん【五線】（名）〔楽〕五線（譜）；
～し【五線紙】（名）〔楽〕五線紙；～
ふ【五線譜】〔楽〕五線譜。⓪

*ごせん【互選】（名・他サ）互選；☆議長は
議員から互選する／議長由議員互選之⓪

ごぜん【午前】（名）上午，午前；☆午前中
は忙しい／上半天忙；～さま【午前様】
（名）〔俗〕常常午夜以後才回家的男人①⓪

ごぜん【御前】Ⅰ（名）①貴族或帝王面前
；②貴族的前驅；報馬；⑨夫人（婦女的
尊稱＝ごぜ）；Ⅱ（代）（對貴族的尊稱）
大人，☆御前様（さま）／大人。①

ごぜん【御膳】（名）①膳具（的敬稱）；
☆御膳をならべる／佈置膳具；②飯食（
的敬稱）；☆御膳をいただく／吃飯；～
じるこ【御膳汁粉】（名）豆沙甜湯；～
そば【御膳蕎麦】（名）蕎麥鷄蛋麵⓪①

こせんきょう【跨線橋】（名）〔鐵〕（横
架在鐵道線上的）天橋（＝オーバーブリ
ッジ）。⓪

こせんじょう【古戦場】（名）古戰場。⓪

*こそ（修助）①接在別的詞的下面加強其語
意和語氣；☆ようこそおいでくださいま
した／您來的可太好了；歡迎歡迎；☆今
度こそしっかりやろう／這一回可一定要
加油幹的；☆これこそ本物（ほんもの）
だ／這才是眞貨；☆私こそ失礼いたしま
した／我可（倒）是失禮了；☆あれこ

そば大丈夫だろう／那（他）是靠得住的吧；②〔下接動詞假定形〕只有，只能；☆喜（よろこ）びこそすれ、怒（おこ）るはずがない／只有高興，那裏會生氣呢；☆進みこそすれ退（しりぞ）くことは決してしない／只能前進，決不後退；⑫（與下面的「が」、「けれども」相呼應表示先肯定一下然後一轉）固然☆目こそ見えないが何でも知っている／眼睛固然看不見可是什麼都知道；☆年こそ取ったが、元気は衰（おとろ）えない／年歳固然老但是精神不衰；☆口にこそ出（だ）ぬが忘（わす）れはしない／嘴裏固然不說，可是並沒忘；③〔用假定形＋ばこそ〕的語形表示原因、理由，因爲…才…；☆勉強すればこそ合格したのだ／因爲用功才及格的；☆君のためを思えばこそしたことだ／由於爲你打算才那樣做的；④〔用（未然形＋ばこそ）的語形〕完全不，毫不，☆突（つ）いても押（お）しても動かばこそ／推他也不動揍他也不動；☆遠慮会釈もあらばこそ、どんどん入って来た／一點兒也不客氣地一直進來了

こぞ【去年】（名）〔文〕去年。①

こぞう【小僧】（名）①（商店的）小伙計，學徒（＝でっち）☆小僧をお得意（とくい）まで使（つか）いにやる／派學徒到主顧家去；②〔表卑〕小傢伙，毛孩子；☆この小僧、承知しないぞ／你這小子我決不饒你；◇門前の小僧習（なら）わぬ経を読む／廟前的小和尚會唸經；耳濡目染久之(雖然未學也)自然學會。②

ごそう【護送】（名・他サ）護送☆〔法〕押解／犯人を護送する／押解犯人⓪

ごぞう【五臓】（名）五臓；～ろっぷ【五臓六腑】（名）①五臓六腑②〔轉〕衷心⓪①

こそく【姑息】（形動ダ）姑息，☆姑息な手段をとる／採取姑息手段⓪

ごそくろう【御足労】；御足労を煩わしてすみません、御足労かけてすみません／勞駕。⓪

こそ・げる（他下一）刮掉，刮取；☆靴の泥をこそげ落とす／刮掉鞋上的泥土⓪③

こそこそ（と）（副・自サ）偸偸摸摸，鬼鬼祟祟；☆こそこそ（と）出かける／偸偸摸摸地出去；☆こそこそ（と）話す／嘁嘁咕咕地談話；☆こそこそするな／別鬼鬼祟祟；～ばなし【こそこそ話し】（名）私語；～どろぼう【こそこそ泥棒】

（名）毛賊，小倫兒。①

こぞって【挙って】（副）舉，全部（＝みな）☆一家挙って教育事業に従事する／全家都從事教育工作；☆国を挙って反対する／舉國反對；図こもりて。②

こそどろ【こそ泥】（名）〔俗〕毛賊，小倫兒；←こそこそどろぼう。⓪

こそばゆ・い（形）①酥癢的，癢癢的（＝くすぐったい）☆背中がこそばゆい／背上發癢；②「轉」（因爲受誇奬或過高評價而）感覺難爲情，不好意思；☆あまり褒（ほ）められるので、なんとなくこそばゆい／因爲過分被誇奬覺得難爲情④

こぞ・る【挙る】Ⅰ（自五）〔文〕舉，全部到齊；Ⅱ（他五）盡，舉。②

ごぞんじ【御存じ】（名）〔（ぞんじ）的敬語〕①您知道，☆御存じの通り／如您所知道的；②您認識，☆御存じの方／您認識的人。⓪

こたい【固体】（名）〔理〕固體。⓪

こたい【個体】（名）①個體；②各自單獨生活的生物。⓪

こだい【古代】（名）古代，古世；～ふう【古代風】（名）古代的風格，古裝；～もよう【古代模様】（名）古代的花樣；～むらさき【古代紫】（名）黑紫色。①

こだい【誇大】（名・他サ）誇大，誇張（＝おおげさ）；☆誇大して言う／誇大話言，誇大其辭；☆誇大の言（げん）／誇大之辭；～もうそう【誇大妄想】（名・自サ）誇大妄想；～もうそうきょう【誇大妄想狂】（名）〔心・醫〕誇大狂。⓪

ごたい【五体】（名）①五體，全身；②書法上的篆、隷、眞、行、草五體。①⓪

こだいこ【小太鼓】（名）小鼓；↔おおだいこ（大太鼓）。②

ごだいしゅう【五大洲】（名）〔地〕五大洲。②

ごたいそう【御大層】（形動ダ）〔俗〕（用於責難或譏誚過分的言行）☆御大層なことを言う／說大話，誇大其詞；☆御大層な準備／過分的準備。②

こたえ【答】（名）①回答，答覆；②問題的解答；☆答が出ましたか／得出答數了麼②

こたえ【応】（名）①感應；②效驗（＝ききめ）；☆いくら薬を飲んでも応がない／怎麼吃藥也無效；③報應，反響（＝ひびき）。②

こた・える【堪える】（他下一）①忍耐，

忍受（＝こらえる，たえる）；☆こたえ
られない／忍受不住，支持不住；②支持
，維持（＝たもつ）；☆注射で命をもち
こたえる／用打針維持生命。③

こた・える【答える】（自下一）①回答，
答覆；☆答えて言う／回答說；☆答える
言葉がない／無話可答；②解答；☆一つ
も答えられなかった／一道題也沒答上；
③報答（＝むくいる）；☆御恩に答える
／報答大恩；④反應，響應；☆呼び掛
け に答える／響應號召；図こたふ（下
二）。③

こだか・い【小高い】（形）略微高起的；
☆小高いところから眺める／從高處眺望
；図こだかし（形ク）。③

こだから【子宝】（名）寶貝孩子，孩子；
☆三人の子宝がある／有三個（寶貝）孩
子；☆まだ子宝に恵（めぐ）まれない／
還沒有孩子；◇子宝脛（すね）が細（ほ
そ）る／孩多累贅多。⓪④

ごたく【御託】（名）〔←御託宣〕①絮絮
叨叨的話；②任性自詡；☆ごたくをなら
べる／誇誇其談，廢話連篇。⓪

こだくさん【子沢山】（名・形動ダ）子女
多。②

ごたくせん【御託宣】（名）①天啟；②〔
轉〕上級的指示或暗示；☆値下（ねさ）
げしろという御託宣だった／上級指示要
降低售價；☆ごたく。③

ごたごた（副・自サ）①雜亂，亂七八糟，
☆家の中がごたごたしている／家中雜亂
無章；②糾紛，紛爭；☆ごたごたが起こ
る／發生糾葛。①

こだし【小出し】（名・他サ）①一點一點
地拿出來，零星地拿出來；☆小出しにし
て使う／零星使用；②零錢（＝こぜに）⓪

こだち【木立】（名）樹木，樹叢（＝たち
き）。①⓪

こたつ【火燵・炬燵】（名）（取暖用的）
燻篭，被爐；☆火燵にあたる／用被爐取
煖；～やぐら【火燵櫓】（名）被爐的木
框罩子。⓪

ごたつ・く（自五）①混雜；②發生糾紛（＝
ごたごたする）／家の中が、ごたつい
ている／家中雜亂無章；家中發生糾紛①

こだね【子種】（名）①種子，精子；②子
；☆こだねがない／無後。⓪

ごたぶん【御多分】（名）〔俗〕①許多（
的敬語）；☆御多分のいただき物／許多

的贈品；②多數人的意見、行為等；◇御
多分に洩（も）れず／和其他多數人一樣
；不例外地；☆御多分に洩れず彼も金が
ない／他也並不例外，沒有錢。⓪

*こだま【木霊】（名・自サ）①樹木的精靈
；②反響，回聲（＝やまびこ）。⓪

ごたまぜ（名）混雜，攙雜在一起；☆ごた
まぜにする／攙合起來；☆ごたまぜにな
る／混亂；☆味噌（みそ）も糞（くそ）
もごたまぜだ／不分好壞，攙在一起。⓪

*こだわ・る（自五）①拘泥；☆どうぞこだ
わりなく／請不要拘束；☆形式にこだわ
る／拘泥形式；②抵觸，障礙（＝さしさ
わる）。③

こたん【枯淡】（名）淡泊（的心境或詩風）
；☆年を取って枯淡の境（きょう）に達
する／由於上年紀而達到淡泊的境地。⓪

こち【此方】（代）〔文〕這兒，這邊（＝こ
ちら，こっち）；☆こちらからいいましょ
う／由我來說吧。①②

*ごちそう【御馳走】（名・他サ）盛饌，酒
席，菜飯；☆どうも御馳走さま（でした）
／承您款待了，叨擾叨擾；☆御馳走（を）
する／請客，備盛饌；～になる【御馳走
になる】（連語）被請（吃飯）；☆中華
料理の御馳走になる／被請吃中國菜；☆
では御馳走になりましょう／那麼我就叨
擾了。⓪

こちゃく【固着】（名・自サ）①黏着，膠
着，黏連着；☆岩に固着する／黏在石頭
上；②定居；～せい【固着性】（名）黏
着性。⓪

こちょう【胡蝶】（名）〔文〕〔動〕→ち
ょう（ちょう）；～むすび【胡蝶結び】
（名）蝴蝶結，蝴蝶釦。①

こちょう【誇張】（名・自サ）誇張，誇大；
☆事実を誇張した宣伝／誇大事實的宣傳⓪

こちょう【鼓腸】（名）〔醫〕氣鼓；腹部
鼓脹。⓪

ごちょう【語調】（名）語調，語氣，腔調
；☆怒った語調で語る／用惱怒的口氣談
話；☆ゆったりした語調／從容的聲調⓪

*こちら【此方】（代）①這裏，這邊，這方面
；☆どうぞこちらへ／請到這邊來；☆こ
ちらの岸からあちらの岸まで泳ぐ／從這
岸游到那岸；☆こちらに砂糖はありませ
んか／你們這裏有糖沒有？②這位；☆こ
ちらは王さんで、こちらは張さんです／
這位是王先生，這位是張先生；③我，我

們；☆こちらは李です／我姓李（電話用語）；☆そんなことはこちらの知ったことではない／那與我無干。◻0

こつ【骨】（名）①骨（＝ほね）；②遺骨；骨灰；☆死骸を骨にする／把屍體付諸火葬；③秘訣，竅門，要點，手法；☆釣り方のこつ／釣魚秘訣；☆こつを覚える／學會竅門，學會手法；☆こつがある／有一定的竅門。◻2◻0

こつあげ【骨揚げ】（名）撿火化的骨頭（盛在骨灰罐或骨灰匣裏）；☆骨揚げをする／拾骨灰。◻4◻3

ごつ・い【形】（俗）生硬的，粗糙的，梗頑的；☆ごつい顔／粗線條的面孔。◻2

こっか【国花】（名）①國花；②（日本的）櫻花。◻1

*こっか【国家】（名）國家；☆国家を防衛する／保衛國家；☆国家（のため）に尽す／為國家效勞；☆国家の大事／國家大事；～こうむいん【国家公務員】（名）政府機關職員；～しけん【国家試験】（名）國家考試。◻1

こっか【国歌】（名）國歌。◻1◻0

*こっかい【国会】（名）國會，議會；☆国会を召集する／召開國會；～ぎいん【国会議員】（名）國會議員；～ぎじどう【国会議事堂】（名）國會大廈。◻0

*こっかく【骨格・骨骼】（名）①〔解〕骨格；②（俗）身軀；☆骨格の逞（たくま）しい人／身體魁梧的人。◻0

こっかん【酷寒】（名）嚴寒，酷寒；☆零下四十度の酷寒／零下四十度的嚴寒。◻0

ごっかん【極寒】（名）非常寒冷。◻0

こっき【克己】（名・自サ）克己，自制；～しん【克己心】（名）自制心。◻1

*こっき【国旗】（名）國旗；☆国旗を掲（かか）げる／掛國旗。◻0

こっきょう【国境】（名）國境，國界；☆国境に侵入する／侵入國境；☆国境紛争を解決する／解決國境糾紛；☆国境を越える／越境。◻0

こっきょう【国教】（名）國教；☆国教に定める／定為國教。◻0

こっきり【切り】（接助）（俗）僅，只，僅限於（＝だけ）；☆一度こっきり／僅僅一次；☆百円こっきり／只一百元。

こっく【刻苦】（名・自サ）刻苦；～せいれい【刻苦精励】（名・自サ）刻苦奮勉。◻1

コック【cock】（名）栓，活栓，活嘴；☆

コックを抜（ぬ）く／開（瓶子的）栓；☆水道のコック／自来水管的龍頭。◻1

コック【荷kok】（名）炊事兵，廚師。◻1

こっくり（副自サ）點頭貌；～こっくり（副自サ）打盹兒貌。◻3

こっくん【国訓】（名）漢字的日本讀法，日本訓讀。◻0

*こっけい【滑稽】（名・動ダ）①滑稽，可笑（＝おかしい）；☆滑稽の限りだ／滑稽透頂；☆滑稽で仕方がない／可笑極了；☆一番滑稽だったのは…だった／最可笑的是…；②詼諧，戲謔；☆滑稽を言う／說詼諧語。◻0

こっけん【国権】（名）〔文〕國權；☆国権を伸張する／擴張國權。◻0

こっこ【国庫】（名）國庫，國家金庫；～かりいれきん【国庫借入金】（名）（主要從日本銀行的）國庫借入金；～きん【国庫金】（名）屬於國庫的現金；～さいけん【国庫債券】（名）國庫債券，國債，公債。◻1

─ごっこ【接尾】模倣…玩兒；☆汽車ごっこ／模倣開火車玩兒；☆鬼ごっこ／捉迷藏。

こっこう【国交】（名）國交，邦交；☆国交を回復する／恢復邦交。◻0

ごつごうしゅぎ【御都合主義】（名）機會主義，隨波逐流；☆御都合主義の人／隨波逐流的人，沒有定見的人。◻5

こっこく【刻々】（副）每時每刻，一時一刻，時時刻刻；☆刻々に増加する／時時刻刻増加。◻0◻4

こつこつ【矻々】（副）①孜孜，勤苦；☆こつこつ勉強する／孜孜用功②（敲門聲或皮鞋聲）喀吱喀吱地；☆こつこつと歩いて来る／喀吱喀吱地走過來。◻1

ごつごつ（副・自サ）生硬粗魯；☆ごつごつした男／態度生硬的人。◻1

こっし【骨子】（名）要點，精髓；☆議論の骨子／議論的要點。◻1

こつずい【骨髄】（名）①〔解〕骨髄；②心底；☆恨み骨髄に徹す／恨入骨髄；③要點精髓。◻2◻0

こっせつ【骨折】（名・自サ）折骨，骨頭斷；☆屋根から落ちて骨折する／從屋頂上掉下來，折斷骨頭。◻0

こつぜん【忽然】（副）〔文〕忽然（＝たちまち）；☆忽然として姿を消す／突然（忽然）不見。◻0◻3

こっそう【骨相】（名）骨相，骨格；☆骨相

を見る／看相，相面；～がく【骨相学】
（名）骨相學，看相法。③⓪

こっそり（副）悄悄地，暗暗地，偷偷地，
暗中（＝そっと，ひそかに）；☆こっそ
り見る／偷偷地看；☆こっそり来る／悄
悄地來；☆こっそり出て行く／躡手躡脚
地出去；☆こっそり持って逃げた／偷偷
地拿跑了。③

ごっそり（副）〔俗〕徹底剷除，連根拔（
＝ねこそぎ，のこらず）；☆ごっそり持
っていかれた／被偷個淨盡，全被拿走
了。②

ごった（副）混雑，雑亂（＝ごっちゃ）；
☆ごったになる／雑亂；☆あらゆる種類
の本がごったに並んでいる／各種各類的
書都亂七八糟地擺在一起；～がえ・す【
ごった返す】（自五）弄得雑亂無章，亂
七八糟；☆引っ越しでごった返している
／因爲搬家弄得亂七八糟。⓪

こっち【此方】（代）〔俗〕這邊，這裏（
＝こちら，こっち）。③

ごっちゃ（名）〔俗〕雑亂，混雑；☆ごっ
ちゃになる／混雑在一起；～まぜ【ごっ
ちゃ交ぜ】（名）混雑在一起；☆いろい
ろな野菜をごっちゃ交ぜにして煮る／把
各種蔬菜混在一起煮。⓪

こっちょう【骨頂・骨張】（名）①開頂人
；②透頂；☆愚（ぐ）の骨頂だ／糟透透
頂。③

こつつぼ【骨壺】（名）骨灰罐。②

こってり（副・自サ）〔俗〕①味濃，厚味
；油膩；☆こってりした料理／味濃油膩
的菜；②濃粧；☆こってりした化粧をす
る／濃粧艷抹。③

ゴッド【God】（名）上帝，神。①

こっとう【骨董】（名）古董，古玩；～て
きそんざい【骨董的存在】（名）已成爲
古董的人（喻落後於時代的人）；～ひん
【骨董品】（名）古玩；～や【骨董屋】
（名）古玩舖。⓪

こつどう【骨堂】（名）納骨堂；放死人骨
灰匣的地方。⓪

コットン【cotton】（名）①棉花；②棉布
；③棉紗。①

こつにく【骨肉】（名）骨肉（＝にくしん）
；☆骨肉の親（しん）／骨肉之親；☆骨
肉の間柄（あいだがら）／至親，骨肉關
係◇骨肉相食（あいは）む／骨肉相殘⓪②

こっぱ【木端】（名）①木屑，碎木片；②

無用之物，廢物；～みじん【木端微塵】
（名）粉碎；☆こっぱみじんになる／粉
碎。①③

こっぴど・い【こっ酷い】（形）〔俗〕非
常嚴属害的，很嚴属的；☆こっぴどくやっ
つける／給與沉痛的打撃；☆こっぴどく
叱る／痛加申斥。④

こつひろい【骨拾い】（名）撿骨灰（＝こ
つあげ）。③

こつぶ【小粒】（名・形動ダ）小粒，細粒⓪

*コップ【荷kop】（名）玻璃杯，酒杯；☆
コップにジュースをつぐ／把果汁倒在玻
璃杯裡；☆洗眼用コップ／洗眼用的杯（
＝カップ）；～ざけ【コップ酒】（名）大
杯酒，碗酒，用大杯飲酒。⓪

こっぷん【骨粉】（名）〔農〕（作肥料用
的）骨粉。⓪

コッペ（パン）【法coupeパン之訛】（名）
兩頭尖的麵包。⓪

コッヘル【德 Kocher】（名）爬山時携帯
的輕便炊事用具。①

こつまく【骨膜】（名）〔解〕骨膜；～え
ん【骨膜炎】（名）〔醫〕骨膜炎。⓪②

こて【鏝】（名）①熨斗，烙鐵，燙髮鉗；
☆こてをあてる（かける）／用熨斗熨一
熨；②（瓦匠用的）抹子；☆こてで壁を
塗る／用抹子抹牆；～いた【鏝板】（名
）泥板。⓪

こて【小手】（名）手（＝てさき）；～さ
き【小手先】（名）手，手指，手頭；☆
小手先が利（き）く；小手が器用だ／手
巧；～しらべ【小手調べ】（名）試試，
試験（＝ためし）；☆小手調べに一試合
（しあい）する／爲了試試身手來一次比
賽。⓪①

こて【籠手】（名）①（鎧甲的）鐵護手；
②（撃劍用的）皮護手；③（日本劍術用
語）打對方的手部；☆籠手を取られた／
被打着手。⓪

ごて【後手】（名）①後下手，被動，落後
；☆後手になる／落後一步；②〔棋〕後
手，後着。⓪①

*こてい【固定】（名・自サ）固定；～しほ
ん【固定資本】（名）固定資本；↔りゅ
うどうしほん（流動資本）。⓪

こてい【湖底】（名）〔文〕湖底。⓪①

こてき【鼓笛】（名）鼓和笛子；～たい【
鼓笛隊】（名）鼓笛隊。①

こてこて（副・自サ）〔俗〕濃厚；豐富；

；☆パンにジャムをこてこてつける／在
麵包上厚厚地抹上果醬。①

ごてごて（副・自サ）〔俗〕①＝こてこて
；②混亂，雜亂（＝ごたごた）；③喋喋
叨叨；☆ごてごて言うな／別喋喋叨叨的
說了。①

ごてつ・く（自五）①混亂，糾纏（＝ごた
ごたする）；☆まだごてついてる／還在
糾纏不清；②挑剔；抱怨；☆何をごてつ
いてるんだ／還在抱怨（挑剔）什麼呀①

ご・てる（自下一）〔俗〕①＝ごてつく；
②生氣發牢騷，嘮叨不休；☆そんなにご
てるなら勝手にしろ／那樣嘮叨不休就隨
你的便吧。②

*こてん【古典】（名）①古法，古典；②古
書，古籍；③古典著作；～しゅぎ【古典
主義】（名）古典主義；～てき【古典的】
（形動ダ）古典的。①

こてん【個展】（名）個人展覽會；☆個展
を開く／開個展。

ごてん【御殿】（名）①府邸；②皇宮；～
じょちゅう【御殿女中】（名）宮中或貴
族人家的侍女。①

こてんこてん（副）〔俗〕落花流水，體無
完膚；☆こてんこてんに負かされる／被
打得落花流水。①

こと【言】（名）〔文〕言，語，話（＝こ
とば）。②

*こと【事】（名）①事，事情，事實；☆本
当のこと／實在的事情，事實；☆事の真
相／事情的眞相；☆僕の言うことを聞け
／聽我說；要聽我的話；②事務，工作
＝（しごと）；☆事を急（いそ）ぐ／趕
緊（辦）；③大事件，變故，事端（＝で
きごと）；☆一万円なくなった。さあ事
だ／丟了一萬元錢，噯呀糟了；☆事が事
だから面倒（めんどう）だ／因爲這事情
非同小可所以不好辦；☆一朝ことある時
には駆けつける／一旦發生變故（一旦有
事）趕緊前去；④與…有關的事情；☆試
験のことは、もう話すのをやめよう／關
於考試的話別談了；☆あいつのことだか
ら信用できない／因爲是他（與他有關）所
以不可相信；⑤〔用（…たことがある）
的語形表示有過的經驗〕…過，曾經…過
；☆一度行ったことがある／（曾經）去
過一次；☆洋行したことがある／出過國
；⑥〔用（…ことにする）的語形表示習
慣〕一定實行，☆毎朝冷水摩擦（まさ

つ）をすることにしている／每天早晨一
定實行冷水擦身；⑦必須；☆別に急（い
そ）ぐことはない／不必特別忙；⑧聽
說的事情（＝うわさ，はなし）；☆花が
咲いたということだ／據說花已經開了；
☆あるということだ／聽說有；⑨最好；
☆やはり自分でやることだ／最好是自己
做；⑩〔接連用言、助動詞的連體形下作
「形式名詞」用〕；☆やめることができ
ない／不能作罷；☆帰ることができない
／不能回去；☆残念なことには行かれな
い／抱歉的是不能去；⑪一樣，等於；就
是；☆豊太閤こと豊臣秀吉／豐太閤，即
豐臣秀吉；⑫〔接形容詞連體形下構成副
詞〕☆早いことやってしまえ／趕快作完
吧；⑬〔接連體形下作為一句的結尾語，
表示命令〕；☆ここで遊ばないこと／不
要在此玩耍；☆枝を折らないこと／不許
折枝；◇事あれかし／惟恐天下不亂；☆
事あれかしと願（ねが）う／希望起一點
風風波波；事志（こころざし）と違う／
事與願違；事ともしない／不介意，不在乎
；事なく／平安無事；☆その日は事なく
過ぎた／當日平安度過；事に触（ふ）れて
／一有事，一有問題；事によると／（看
情況如何）也許，或許；事もあろうに／
（表示意外或責難）偏偏（有這種事）。②

こと【琴・箏】（名）古琴，箏；☆琴を弾
（ひ）く／彈箏をならう／學彈箏①

こと【古都】（名）故都，古都。①

こと（感助）〔女〕表示感動、質問或斷定
；☆あら、きれいだこと／啊，眞美！☆
行ってもいいこと？／我可以去麼？

こと【如】（修助）〔古〕←ごとく。

−ごと【共】（接尾）表示包含在內、加在
一起的意思；☆りんごを皮ごと食べる／
帶皮吃蘋果。

−ごと【毎】（接尾）每；☆日毎に／每天
；☆春毎に／每到春天；☆人毎に意見を
異にする／各人有各人的意見；☆三メー
トル毎に木を植える／每隔三公尺栽樹一
株。

ことあたらし・い【事新しい】（形）與前
不同的，重新的，特別的；☆事新しく述
べる必ものない／無需重新提及；図ことあ
たらし（形シク）。⑥

ことう【孤島】（名）孤島。①⓪

ことう【孤灯】（名）〔文〕孤燈。①

ことう【鼓動】（名・自サ）①顫動，鼓動

，跳動；②（心臟的）膊動，怦動。⓪

ごどう【悟道】（名）〔佛〕悟道；☆悟道
の士／悟道之士。①⓪

こどうぐ【小道具】（名）①零碎工具；②
刀劍的零件；⑧〔劇〕小道具；↔おおど
うぐ（大道具）。②

ごとうち【御当地】（名）〔敬語〕此地，
此處；☆御当地の様子（ようす）は如何
（いかが）ですか／此地情況如何？②

ことか・く【事欠く】（自五）缺少，缺乏
，不足；☆毎日の米にも事欠く／家無隔
宿之糧。③

*ことがら【事柄】（名）事情，事體；☆容
易ならぬ事柄／非同小可的事；☆いかが
わしい事柄／可疑的事體。④⓪

ことき・れる【事切れる】（自下一）①死
亡（＝しぬ）；☆駆けつけた時には，ず
でに事切れていた／趕到的時候已經斷了
氣了；②停止，図こときる（下二）。④

*こどく【孤独】（名・形動ダ）孤獨，孤單
；☆孤独な生涯（しょうがい）／孤獨的
一生。⓪

ことごと【事毎】（名・副）事事，每件事
；☆事事（に）反対する／每件事都反
對。③

ことごとく【尽・悉く】（名・副）所有，
一切，全部（＝のこらず）；☆悉く売り
払った／全部賣掉；☆ことごとくの人が
反対だ／所有的人都反對。③

ことこまか【事細か】（形動ダ）詳細，
詳細細；☆事細かに述べる／詳詳細細地
敍說。③

ことさら【殊更】（副・形動ダ）故意，
特意；☆殊更返事（へんじ）をおくらせ
たのだ／故意拖延了答覆；②特別；☆殊
更ここに説くにも及ばない／沒有必要在
這裏特別加以說明；〜に【殊更に】（副）
＝ことさら；〜め・く【殊更めく】（自
四）故做姿態，矯揉造作。②⓪

*ことし【今年】（名）今年。⓪

ごとし【如・若し】（助動・形ク型）〔文〕
①似も，像；☆人生は航海の如し／人生
有如航海；☆恰も木に縁って魚を求むる
が如し／恰似緣木求魚；☆意の如くなら
ず／不如意；②估計，似；☆大差なきも
のの如し／估計似無大差；⑧（用連體形）
例如；☆昨日の如きは／例如昨天；☆彼
の如き才子（さいし）／他那般的才子①

こと(づ)ずか・る【言付かる】(他五)受托

☆手紙を言付かって来た／托我把信帶給
你；☆母からよろしくと言付かって来ま
した／我母親叫我向您問好。④

こと(づ)ずけ【言付け】(名)托付,托帶口信
；☆何か言付けはありませんか／要不要
帶個口信去？④⓪

こと(づ)ず・ける【言付ける】Ⅰ(自下一) 托
詞，藉口；☆病にことづけて来ない／托
病不來；Ⅱ(他下一) 托付，托帶口信
☆彼にことづけた事は届きましたか／托
他帶出的口信，您知道了嗎？図ことづく
（下二）。

こと(づ)ずて【言伝】(名)①傳聞，傳說，傳
言；☆言伝に聞く／傳聞；②寄語，致意
，捎口信（＝ことづけ）；☆王君から君
に言伝を頼まれて来た／王君托我帶個口
信給你；☆行かれるようなら，少しお言
伝をお願いします／如果您去的話，就托
您帶個口信。④

ことた・りる【事足りる】（自上一）足够
；☆十円で事足りる／十元錢就够了；☆
簡易生活には鍋一つとコンロがあれば事
足りる／過簡單日子，有一個鍋和一個爐
子就足够了；↔ことかく；図ことたる
（四）。⓪

ことと・する【事とする】（他サ）專事，
專作；☆只管（ひたすら）人のあら探し
を事としている／專門挑剔別人的毛病②

ことなかれしゅぎ【事勿れ主義】（名）無
為政策，多一事不如少一事主義，但求平
安無事的消極主義。⑥

*ことな・る【異なる】（自五）不同，不一
樣；☆風俗も異なれば習慣も異なる／風
俗旣不相同，習慣也不一樣；☆著しく異
なる／顯著不同；☆品質は値段によって
異なる／質量因價格而不同，図ことなり
（ラ）。③

*ことに【殊に】（副）特別，格外；☆この
多は殊に寒かった／今年多天分外寒冷；
☆わたくしは殊に数学が好きだ／我特別
喜好數學。①

*ごとに【毎に】（修助）→ごと。

ことに・する【異にする】（連語・他サ）
不同，不一樣，有區別；☆意見を異にす
る／意見不同；☆行動を異にする／採取
不同的行動。②

ことによると【事に依ると】（連語・副）
可能，說不定，碰巧，也許；☆彼はこと
によると家に居ないかも知れません／碰

巧他也許不在家。⓪

ことのついで【事の序】（連語・名）順便，就便（＝ついで）；☆事の序にそれを話した／順便把那件事說了；☆事の序だからやってみよう／反正是順便，做做看吧。⓪

ことのほか【殊の外】（副）特別，格外；意外；☆殊の外面倒なことになった／意想不到變得麻煩了；☆殊の外重い病（やまい）／特別嚴重的病。⓪③

***ことば【言葉・詞】**（名）①語言，話，言詞；☆言葉で言い表わせない／用語言形容不來；☆言葉数の少ない人／寡言的人；☆言葉を慎む／慎言；②說法，措詞；☆言葉が悪い／措詞不當；☆言葉巧みに／花言巧語地；☆言葉を換えて言えば／換句話說；☆言葉を濁（にご）す／含糊其詞；～がき【詞書】（名）〔文〕①說明；②序言；～じり【言葉尻】（名）①話尾巴；②說錯了的話；☆言葉尻をとらえる／抓住話尾巴，挑剔人家說錯的話；～づかい【言葉遣い】（名）說法，措詞；☆言葉遣いの誤り／措詞不當；～つき【言葉つき】（名）說法，口氣；～のあや【言葉の綾】（連語・名）辭藻。③

ことはじめ【事始め】（名）①事物的開端；②開始工作，開始辦公；☆五日から事始めをする／從初五開始工作。③

ことぶき【寿】（名）①長壽；②慶祝；☆病気全快の寿を述べる／慶祝疾病痊癒，道喜。②

ことほ・ぐ【言祝・寿ぐ】（他五）〔文〕祝賀，致祝詞，祝壽。③

ことほどさように【事程左様に】（連語・副）那麼樣，這麼樣，到這種程度（＝それほど）；☆事程左様に難しいとは思わなかった／沒想到難到這種程度。⑤⓪

***こども【子供】**（名）①自己的兒女；②小孩，兒童；☆子供の遊び／兒戲；☆子供の相手をする／和孩子玩耍，哄小孩；☆子供扱いにする／當孩子對待；～ごころ【子供心】（名）童心，孩子氣；～ずき【子供好き】（形動ダ）愛小孩；～だまし【子供騙し】（名）①欺騙兒童；②哄孩子的玩意兒（喻事物淺薄低劣）；～らし・い【子供らしい】（形）孩子氣的，小孩一般的。⓪

こともなげ【事も無げ】（連語・形動ダ）若無其事，蠻不在乎；☆こともなげに言

う／蠻不在乎地說。④

ことよ・せる【事寄せる】（自下一）假托；☆病気に事寄せる／假托有病；☆人の噂に事寄せて自分の意中を語る／假托旁人的傳言說出自己的心事；図ことよす（下二）。

***ことり【小鳥】**（名）小鳥；☆小鳥を飼う／養鳥。⓪

***ことわざ【諺】**（名）諺語，俗語，古諺，常言；☆諺にもある通り／俗語說…④⓪

***ことわり【理】**（名）〔文〕①理由；②道理；③理所當然；☆怒るのもことわりだ／憤怒也是理所當然的。④⓪

ことわり【断り】（名）①預告，預先通知；☆休業のお断り／停止營業的預告；②謝絕，拒絕，推辭；☆喫煙お断り／禁止吸煙；③道歉，賠不是；☆断りの手紙（断り状）／道歉的信；②拒絕的信④③

***ことわ・る【断わる】**（他五）①預先通知，預告請示，事先聲好；☆前以って断わる／預先通知；☆誰に断わってここへ入ったか／你到這裏來事先跟誰請示了？②謝絕，拒絕，禁止；☆きっぱり断わる／斷然拒絕；☆入場を断わる／拒絕入場；☆援助の申し出を断わる／謝絕別人的援助；③賠不是，道歉，辯白；④解僱，辭退；☆主人に断わられた／被東家解僱了。⓪

***こな【粉】**（名）粉，粉末，麵粉；☆米の粉／米粉；☆粉にする／做成粉麵；☆身を粉にして働く／粉身碎骨地工作；～ミルク【粉ミルク】（名）奶粉；～せっけん【粉石鹸】（名）洗衣粉。②

こなぐすり【粉薬】（名）藥末，麵藥。③

こなごな【粉々】（副）粉碎，碎末；☆コップが落ちて，こなごなになる／玻璃杯掉在地下打得粉碎。⓪

こなし【科】（名）〔劇〕動作，作派；☆からだの科がうまい／作派好，動作好⓪

こな・す（他五）①弄成粉碎，研碎；②消化，剋化；☆食物をこなす／消化食物；③運用自如，掌握（某種技術）；☆馬を乗りこなす／掌握騎馬的技術；☆まだ十分（じゅうぶん）読みこなせない／還沒能十分了解；④小看，輕視（＝けなす）；☆頭から人をこなす／根本不把人放在眼裏；⑤銷售，賣完（若干商品）。⓪

こなみじん【粉微塵】（名）粉碎；☆ガラスが粉微塵になる／玻璃打得粉碎。⓪

こなゆき【粉雪】（名）細雪，小雪。②

こなれ（名）滑化；☆こなれのよい食物/
容易滑化的食物。⓪

こな・れる（自下一）①滑化
中でこなれる/食物在腹中不滑化；
②熟習，運用自如；☆腕がこなれて来た
/手藝熟練了；☆彼の文章は中々こなれ
ている/他的文章已達到圓熟境地；③練
達，通達世事；☆よくこなれた物腰（も
のごし）/圓滑和藹的態度；図こなる（
下二）。⓪

ごなん【御難】（名）〔敬語〕①困難、災
難；☆旅行先で御難に遇ったそうだね/
聽説您在旅途上遇到了災難；②〔諷〕災
難，困難（用於自己）；☆病気にはなるし
、泥棒には入られるし、全く御難続きだ
/又鬧病又遭盗簡直是禍不單行。②

こにくらし・い【小憎らしい】（形）（有
點兒）可恨的；令人生氣的；図こにくら
し（形シク）。⑤①

こにもつ【小荷物】（名）①可以隨身携帯
的小行李；②鐵道上主要隨客車運送的重
量較輕的行李。②

コニャック【法cognac】（名）上等白蘭
地酒。②

ごにん【誤認】（名・他サ）誤認，錯認⓪

こにんずう【小人数】（名）少數人，人數
少；☆小人数の割に雑費がかかる/人口
雖少，費用並不少；☆小人数の集り/少
數人的集會。②

こぬか【小糠・粉糠】（名）米糠，糠；☆
小糠三合持ったら養子（ようし）に行く
な/只要有一碗飯吃，也不要去當養子；
～あめ【小糠雨】（名）毛毛雨。⓪

コネ【connection 之略】（名）（人與人間的
）關係，親戚；☆コネをつける/拉關係①

こねかえ・す【捏ね返す】（他五）①反覆
地捏，揉搓，攪和（＝こねまわす）；☆
メリケン粉を何回も捏ね返してから延（
の）ばす/把麺粉揉和許多遍之後擀薄（
拉長）；☆道が泥で捏ね返している/道
路上滿是泥漿；②把一件事翻來覆去糾纏
不清；☆屁理窟（へりくつ）を捏ね返す/
強詞奪理。⓪

こねくりかえ・す【捏ねくり返す】（他五）
→こねかえす。⑤③

こ・ねる【捏ねる】（他下一）①揑，捏，
揉合，和弄；☆粉を捏ねる/揑麺，和麺
；②〔轉〕撒弄；☆小理窟を捏ねたがる

/好傲強詞奪理的詭辯。②

＊この【此の】（連體）這，這個；☆この人
/這個人；☆此の頃/這幾天，最近；☆
この先/今後，將來；☆この二三年来/
這兩三年来；☆この父にしてこの子あり
/有其父必有其子。⓪

＊このあいだ【此の間】（名・副）①最近；②
前幾天，前些時候；☆ほんの此の間のこ
とでした/就是前幾天的事；☆つい此の
間迄/直到最近；☆この間は色色お世話
様になりました/上次承您多方關照了⑤⓪

このえ【近衛】（名）①←近衛府（このえ
ふ）②禁衛；～しだん【近衛師団】（
名）禁衛師。①②

このかた【此の方】Ⅰ（名）以來，以後；
☆我国は建国このかた…/我國建国以來…
☆十年この方/十年以來；Ⅱ（代）①這
位；☆このかたは私の先生です/這位是
我的老師；②您。②④③

このかん【此の間】（連語・名・副）①→
このあいだ；②此間，這個期間。③

このごろ【この頃】（名）近來，這些天來
，最近時期；☆彼はこの頃どうしていま
すか/他近來怎麼様？；☆この頃の青年
/現在的青年；☆この頃の天気/近來的
天氣。②⓪

このさい【此の際】（副）這時，在這種情
況下；☆この際止むを得ない/在這種情
況下是不得已的。③

このさき【此の先】（名）①今後，將來；
☆此の先どんな事があるか分らぬ/不知
道將來會發生什麼事情；②前邊兒；☆此
の先にはもう一人家（じんか）はない/前
邊再沒有人家了。⓪

このせつ【此の節】（名）如今，近來，這
幾天（＝ちかごろ）；☆この節は物騒な
話が多い/近來時常鬧亂子。②

このたび【此の度】（名）這次，這回，此
次（＝こんど）。②

ののち【此の後】（名）今後，此後，將
來（＝こんご）。④⓪

このは【木の葉】（名）樹葉；☆木の葉が
黄ばむ/樹葉變黄；～ずく【木の葉梟】
（名）〔動〕一種小梟鳥。①

＊このぶん【此の分】（名）這様子，這様情
況；☆此の分では明日天気でしょう/照
這様情況，明天將是好天氣；☆此の分で
は、いつ談判が破裂するか知れぬ/照這
種情況，談判隨時可能決裂；☆此の分だ

と成功疑いなしだ/這樣下去的話，一定會成功。③②

このほう【此の方】（代）①〔文〕俺，我；②這個（＝こっち）；☆あちらよりこの方がよい/這個比那個好。③②

このほど【此の程】（名）①＝このあいだ；②＝このたび。②⓪

このま【木の間】（名）〔文〕樹與樹之間；☆木の間洩る月影/透過樹間的月光①

****このまし・い**【好ましい】（形）可喜的，理想的，令人滿意的；☆好ましい返事/令人滿意的答覆；☆好ましくない印象/不愉快的印象；☆好ましからぬ人/討厭的人；丙このまし（形シク）。④

このまま【此の儘】（名・副）就這樣，就按照現在這樣（原封不動）；☆このままほっておく/就這樣不動(不管，置之不理)；☆彼の過失をこの儘済ます事はできない/他的過失不能就這樣白白放過去；☆（着換えずに）この儘出掛けよう/（不換衣服）就這樣走吧。④

このみ【好み】（名）①〔このむ〕的名詞形；②嗜好，趣味；☆人は皆それぞれ好みが違（ちが）う/人的嗜好各有不同；☆彼女の着物の好みは母親に似ている/她對於穿衣服的嗜好很像她的母親；☆彼の読書の好みはスリラーものだ/他專愛看驚險的讀物；③挑選，選擇；☆君のお好み次第（しだい）だ/任你挑選；☆お好み一品料理/隨便點的菜；④流行，時興，時尚；☆近頃の好み/近來的流行，時興。③

このみ【木の実】（名）〔文〕果核。①

この・む【好む】（他五）好，愛，喜歡，顧意；☆幼（おさな）い頃から学問を好んだ/自幼就好學；☆近頃はあまり読書を好まない/近來不大愛看書；☆都会生活を好まない/不喜歡都市生活；☆好むと好まざるとに関（かか）わらず/不論顧意與否。②

このめ【木の芽】（名）樹芽（＝きのめ）；☆この芽立つころ/樹木發芽的時候①

このもし・い【好もしい】（形）＝このましい；丙このもし（形シク）。④

このよ【此の世】（名）人世，人間，現世，今世，此生；☆この世ながらの天国/人間的天堂；☆この世を去る/去世；☆あれがこの世の別れであった/那次就是今生的永別了。⓪③

このよう【此の様】（形動ダ）這樣，如此；☆この様に工事が続けば三ヶ月計画は二ヶ月で完成するだろう/這樣繼續工作下去三年計劃二年就可以完成。③

このんで【好んで】（副）①顧意，甘願，高興；☆好んでそうしたのではなく、止（や）むを得なかったのだ/並不是顧意那樣做的，而是出於無奈；☆何を好んでそんなことをしたか/（你）何苦要做那樣的事呢？②專愛，常常（＝しばしばよく）；☆好んで小言（こごと）を言う/專愛責難人；☆好んで絵を書く/好畫畫，常常畫畫。②

こはく【琥珀】（名）〔礦〕琥珀；〜いろ【琥珀色】（名）琥珀色；〜おり【琥珀織】（名）波紋緞（一種絲織品）。⓪

ごはさん【御破算】（名）①（算盤）去了重打；②〔轉〕（推翻或否定既往的一切）從頭做起，重打數另開張。⓪

こばしり【小走り・小・自ラ】（名）小跑，急步，小步疾走；☆子供が小走りにやって来た/孩子快步走過來了。②

こばち【小鉢】（名）小缽，中碗。①

こばな【小鼻】（名）鼻翅；☆小鼻がひくひく動く/鼻翅抽搐搭搭地動。①⓪

こばなし【小話・小咄】（名）小故事，笑話。②

こはば【小幅】（名）①（布匹等的）窄幅，單幅；☆小幅の羅紗（らしゃ）/單幅的呢絨；②小幅，小範圍；☆相場（そうば）が小幅の動きを見せる/行市有小幅度的波動。⓪

****こば・む**【拒む】（他五）拒絶；不准許；阻攔（擋）；☆断乎として拒む/斷然拒絶；☆入場を拒む/不准入場；☆来る者は拒まない/來者不拒。②

こばら【小腹】（名）小腹，小肚子，下腹部；◇小腹が立つ/微怒。⓪

ごばらい【後払（い）】（名）後付，後來付款（＝あとばらい）。②

こはる【小春】（名）小陽春（陰暦十月）；〜びより【小春日和】（名）小陽春天氣。②

コバルト【cobalt】（名）①〔化〕鈷；②蔚藍色，天空色；〜ブルー【cobalt blue】（名）深藍色（顏料）。②⓪

こはん【湖畔】（名）湖畔，湖濱。①⓪

こばん【小判】（名）〔古〕舊時的金幣（純金薄片橢圓形）；☆小判形（がた）の

／楕圆形的；◇**猫に小判**／投珠與冡[0][1]

*ごはん【御飯】（名）①（白米）飯；☆御飯を炊（た）く／炎（白米）飯；②飯食，餐；☆御飯ですよ／開飯啦！飯好了！☆御飯の仕度（したく）をするからゆっくりなさい／我預備飯你不要走了；～どき【御飯時】（名）用膳時間。[1]

ごばん【碁盤】（名）（圍）棋盤；☆碁盤の目（め）／棋盤的格；～じま【碁盤縞】（名）棋盤格花紋，方格花紋；～わり【碁盤割】（名）分割，劃分成棋盤式的方塊；☆その町は碁盤割だ／那個城市是棋盤式的街道。[0]

こはんじかん【小半時間】（名）差不多半小時，小半個鐘頭。[4]

こはんとき【小半時】（名）〔古〕一個時辰的四分之一，三十分鐘。[5][2]

こはんにち【小半日】（名）小半天，差不多半天。[2][5]

こび【媚】（名）媚。[2]

ごび【語尾】（名）〔語法〕語尾，詞尾；☆語尾が子音（しいん）で終（おわ）る／語尾落在子音上；☆君の言うことは語尾がはっきりしない／你的語音不清楚；↔ごかん（語幹）；～へんか【語尾変化】（名）〔語法〕語尾變化。[0][1]

*コピー【copy】（名・他サ）①抄本，膳本；副本；☆コピーをとる／抄副本；②原稿，底稿；③（書的）一部，一冊，（報紙的）一份；④〔電影〕拷貝；～ライター【copywriter】（名）撰寫廣告文字者[1]

こびき【木挽】（名）伐木（的人）；用大鋸鋸木（的人）。[3][0]

こひざ【小膝】（名）膝，膝蓋；☆小膝を打つ／（忽然想起某事或有了好主意時）拍膝蓋；☆小膝を進（すす）める／（坐着時）往前湊，湊近（某人）。[0][1]

こひつじ【小羊・羔】（名）小羊，羔羊；☆さまよえる小羊／迷途的羔羊。[3][2]

こびと【小人】（名）①身材短小的人；②〔文〕〔古〕武士的僕從。[0]

こびへつら・う【媚び諂う】（自五）諂媚，逢迎（＝こびる）。[1][5]

ごびゅう【誤謬】（名）謬誤，錯誤；☆誤謬を訂正する／訂正錯誤；☆…誤謬に陷（おちい）る／犯錯誤。[0]

こびりつ・く（自五）〔俗〕黏着，附着；☆ガムがズボンにこびりついた／口香糖黏着在褲子上；☆その事が頭にこびり

ついて離れない／那件事始終縈廻在腦子裏。[2]

こひる【小昼】（名）①傍午，傍晌；②（早飯與午飯中間的）茶點。[0]

こ・びる【媚びる】（自上一）①諂媚；☆権門に媚びる／諂媚權勢，趨炎附勢；②媚，賣弄風情；⊠こぶ（上一）。[2]

こぶ【瘤】（名）①瘤，腫疱；☆顔の右に瘤がある／臉右邊長了一個瘤子；☆頭に瘤が出来るほど打たれた／腦袋被打得（撞）出腫疱來；☆瘤がひっこんだ／腫疱消丁；瘤子化丁；②（樹木的）瘤子，瘤子；☆瘤だらけの木材／滿是瘤子的木材；◇**駱駝（らくだ）の瘤**／駝峰；**目の上の瘤**／眼中釘，障礙物；**瘤つきの女**／有（前夫的）孩子累贅的女人。[2]

こぶ【昆布】（名）→こんぶ。[1]

こぶ【鼓舞】（名・他サ）鼓舞；☆士気を鼓舞する／鼓舞士氣。[1]

ごふ【護符】（名）護符，護身符。[0]

ごぶ【五分】（名）①五分，半寸；②百分之五；〔轉〕一點，多多少少；☆彼の議論には五分の隙（すき）もない／他的議論幾乎無懈可擊；☆盗人（ぬすっと）にも五分の理はある／小偸也多少有他的道理；～ごぶ【五分五分】（名・連語）各半，平等，均等，相等，不相上下；☆五分五分に分ける／二一添作五，平分；☆五分五分の条件で…／以平等的條件；☆五分五分の勝負／平局，不分勝負。[1]

こふう【古風】（名・形動ダ）古式，舊式，古雅樣式，老派作風；☆古風な建物（たてもの）／古式的建築物；☆古風を守る／墨守老派作風；☆古風な思想／老一套的想法，落後於時代的思想。[1][2]

こぶか・い【木深い】（形）（樹林等）深的，茂密的；⊠こぶかい（形ク）。[3]

こぶく【子福】（名）多子女，兒女滿堂；～しゃ【子福者】（名）多子女的人，兒女滿堂的人。[0]

ごふく（もの）【呉服（物）】（名）（衣料用的）織品的總稱；～しょう【呉服商】（名）織品商；～てん【呉服店】（名）綢緞莊，布莊；～や【呉服屋】（名）＝ごふくてん。[3]

ごぶさた【御無沙汰】（名・自サ）〔文〕久不訪問，久不問候；久不通信；☆御無沙汰致しております／久未修箋問候。[0]

こぶし【拳】（名）拳，拳頭；☆拳を握る

／握拳頭；☆拳を振りあげる／揮拳①⓪

ごふじょう【御不浄】（名）〔女〕厠所（＝はばかり）。⓪

こぶだし【昆布出し】（名）用海帶炱的原湯（用с湯麵或做菜）。④

こぶつ【古物】（名）①古物，古董；☆あの人は古物だ／他是一個老古董；②舊物（＝ふるもの）。①⓪

こぶとり【小肥り】（名・自サ）稍微肥胖；☆四十過ぎの小肥りした女／四十多歲漸漸肥胖起來的女子。②

こぶまき【昆布巻】（名）＝こんぶまき②

コブラ【cobra】（名）〔動〕眼鏡蛇（＝めがねへび）。①

コプラ【copra】（名）乾椰子肉（採油原料）。①

ゴブラン（おり）【gobeline（織）】（名）葛布蘭式花壁毯（來源於巴黎葛布蘭工場製品）。⓪

こぶり【小降（り）】（名）（雨等）微降，小下；☆雨が小降りになった／雨（下得）小了。⓪

こぶり【小振（り）】（名・形動ダ）小型，小號，尺寸較小（的東西）；☆この方が少し小振りだ／這一個尺寸較小。⓪

こふん【古墳】（名）古墳；～じだい【古墳時代】（名）〔考古〕古墳時代（彌生式末期至奈良初期）。①

こぶん【子分】（名）①乾兒子，義子；②部下，黨羽，嘍囉；☆…の子分になる／當…的部下，當…的嘍囉；☆子分が多い／部下很多，黨羽很多；↔おやぶん（親分）。①

こぶん【古文】（名）①古字；蝌蚪文字，鐘鼎文字；②（秦漢以前的）古文；③（日本江戸時代的）文言文。①

ごぶん【誤聞】（名）〔文〕誤聞，聽錯（＝ききまちがい）。⓪

ごへい【語弊】（名）語病；☆そう言っては語弊があるかも知れないが…／那（這）樣說也許有語病（也許不太恰當）…。⓪

ごへいかつぎ【御幣担ぎ】（名）講究迷信（的人）；因為迷信而多所忌禁（的人）④

こべつ【戸別】（名）（向）按戸，挨門；☆戸別に勧誘する／挨門勸誘。⓪

こべつ【個別】（名）個別；☆個別に／個別地。⓪

コペンハーゲン【Copenhagen】〔地名〕哥本哈根。④

こほう【古法】（名）古法，古時的方法①

ごほう【誤報】（名）錯誤的報導；☆その新聞には時々誤報がある／那家報紙往往登載錯誤的消息。⓪

ごぼう【牛蒡】（名）〔植〕牛蒡；～ぬき【牛蒡抜（き）】（名）①一下子拔出；連根拔；②〔轉〕選拔，抽調（人材等）⓪

ごぼうず【小坊主】（名）小和尚，年輕和尚。②

こぼく【古木】（名）〔文〕古木，老樹；◇古木の力瘤（ちからこぶ）／老樹一般的隆起的肌肉。①

こぼく【古墨】（名）〔文〕古墨。①⓪

ごぼごぼ（副）①雷聲；②咳嗽聲。①

ごぼごぼ（副）泉水上湧聲。①

*こぼ・す【零す】（他五）①潑撒（液體、粉粒等），漏（丟掉）落（淚等）；☆少しずつ水を零す／一點一點地撒水；☆塩を零す／撒鹽；☆涙を零す／落淚；②把…弄濕；☆だれかにインキを零した／有人把墨水弄濕了；②發牢騷，抱怨，鳴不平；☆いつも零してばかりいる／經常在發牢騷；☆身の不運を零す／抱怨自己運氣不佳。②

こぼね【小骨】（名）小骨，（魚）刺；☆小骨の多い魚／多刺的魚；◇小骨が折れる／相當吃力，不太容易。⓪

こぼれ【零れ】（名）①〔こぼれる〕的名詞形；②灑落的東西，餘剩的東西；◇お零れを頂戴する／分享一點餘惠。③

こぼればなし【零れ話】（名）軼事，餘談④

*こぼ・れる【零れる】（自下一）灑，灑落；溢出；☆どんぶりの水が零れた／大碗裏的水灑了；☆地面に米がいっぱい零れている／灑滿地是大米；☆こぼれるほど酒を注（つ）ぐ／滿滿地斟上酒（幾乎要溢出）；☆愛嬌（あいきょう）がこぼれるばかりだ／笑容滿面；図こぼる（下二）。③

こぼんのう【子煩悩】（名・形動ダ）為兒女操心（的人），溺愛子女（的人）；特別痛愛子女（的人）。②④

こま【駒】（名）①駒；馬；☆駒をとめる／停馬；②〔將棋〕棋子；☆駒を動かす／走棋子；④〔樂〕（絃樂器的）絃馬；⑤（刺繡的）絲線軸。⓪①

こま【独楽】（名）陀螺；☆独楽を廻（まわ）す／轉陀螺；☆独楽が澄（す）む／陀螺穩定地旋轉（宛如靜止）；～ねずみ

【独楽鼠】（名）〔動〕（善於蹬輪子的一種）白老鼠。1

こま【小間】（名）①間隙（＝ひま、すきま）；②小室、小間隔；～づかい【小間使い】（名）伺候主人的女傭，侍女；～もの【小間物】（名）①（婦女用的）雜貨，化妝品；②〔諧〕嘔吐物（＝へど）；～小間物をひろげる／嘔吐，～ものや【小間物屋】（名）婦女用品雜貨店。1

ごま【胡麻】（名）〔植〕芝麻；◇胡麻を搗（す）る／把芝麻研成碎末；〔轉〕阿諛，拍馬；～あえ【胡麻和（え）】（名）加芝麻末拌的涼菜；～しお【胡麻塩】（名）①芝麻鹽；②〔轉〕斑白的頭髮；～すり【胡麻搗（り）】（名）拍馬（的人），阿諛（者）。0

コマーシャル【commercial】（名）商業的；～メッセージ【commercial message】 電視、收音機等的節目中間所播出的廣告（CM）。

こまい【古米】（名）陳大米，老米。1

こまいぬ【狛犬】（名）（神社等殿前或門前擺設石雕或木刻的一對）獅子狗。0

こまか【細か】（名）（細かい的詞幹）；☆細かな木目（きめ）／細木紋，細紋理；☆細かな心遣（こころづか）い／細心體貼；☆細かに調（しら）べる／詳細調査；☆細かに計算する／仔細計算。12

**こまか・い【細かい】（形）①小的，細的，零碎的；☆細かい字を書く／寫小字；☆目の細かい篩（ふるい）／小眼兒的篩子；☆細かい雨／細雨；☆細かい金（かね）／零錢；☆百円札を細かくする／把一百元鈔票拆開；②詳細的，微細的，入微的，精密的；☆細かく述べる／詳細敍述；☆細かい区別／微細的區別；☆細かい所まで手が行き届く／照顧得無微不至；☆細かい研究をする／做縝密的研究；☆金の事に細かい／錙銖必較，花錢仔細；図こまかし（形ク）。3

*ごまか・す【誤魔化す】（他五）①欺騙，欺瞞（＝だます）；蒙蔽，愚弄；☆年は取ってもお前には誤魔化されないゾ／我雖然老了，你可欺騙不了我呀；☆年を誤魔化す／瞞歲數，虛報年齡；☆囚人は看守の目を誤魔化して逃げた／犯人蒙混過看守的監視而逃跑了；②掩飾，搪塞，敷衍（＝つくろう）；潦草塞責；☆過失を誤魔化す／掩飾過錯；☆彼は色色言訳（いいわけ）をして私を誤魔化している／他用種種藉口來搪塞我；☆私はその場を誤魔化して帰った／我在那裏敷衍了一下就回來了／☆仕事を誤魔化す／敷衍了事；☆搗鬼（金錢等）／☆帳尻（ちょうじり）を誤魔化す／捏造賬目；☆電気のメートルを誤魔化す／在電錶上搞鬼，偷電；☆公金を誤魔化す／侵吞公款。3

こまぎれ【細切れ】（名）①（布等的）細條；②（肉等的）細條，碎塊。0

こまく【鼓膜】（名）〔解〕鼓膜。0

こまげた【駒下駄】（名）低木屐。04

こまごま【細細】（名・副・自サ）①零零碎碎；繁雜，瑣碎；☆細細した用事／種種瑣事；②詳細細密；仔細，入微；☆細細と書き記す／詳詳細細地寫下來；☆細細と語（かた）る／細談；～し・い【細細しい】（形）①零零碎碎的；瑣碎的；②詳細的；囉嗦的。3

こましゃく・れる【自下一】〔蔑〕（兒童或年輕人的言行等）不天眞，賣弄小聰明；☆こましゃくれた事を言う／（小孩）賣弄聰明說大人話。0

こまた【小股】（名）①小步；☆小股に歩く／邁小步走；②胯股；腿；☆小股の切れあがった女／（腿長而）身材苗條的女人；～すくい【小股掬い】（名）①〔角力〕（把腿插入對方兩腿之間）下絆子（摔倒對方）；②弄詭計（以圖私利）。0

こまち【小町】（名）（著名的）美女，美麗姑娘；☆彼女は新橋（しんばし）小町とうたわれている／她被稱爲新橋的花魁（新橋是東京有名的花街）；～いと【小町糸】（名）〔縫紉〕雙股的絲光綿線；～ばり【小町針】（名）〔縫紉〕無鼻針1

こま（っ）ちゃく・れる（自下一）〔俗〕→こましゃくれる。06

こまぬ・く【拱く】（他五）拱（手）；◇手を拱いて傍観する／袖手旁觀。3

こまね・く【拱く】（他五）→こまぬく3

こまやか【濃やか・細やか】（形動ダ）①（愛情）濃厚，溫柔；☆濃やかな愛情／濃厚的愛情；②詳細，入微；☆細やかな説明／詳細的說明；③（顔色）深濃；☆緑こまやかな松／蒼鬱的松樹。2

こまりき・る【困り切る】（自五）一籌莫展，束手無策；☆金がなくて困り切っている／因爲沒有錢，一籌莫展。24

こまりぬ・く【困り抜く】（自五）＝こまりきる；☆借金で困り抜いている／因爲有負債十分困窮。[2][0]

こまりは・てる【困り果てる】（自下一）＝こまりきる。[5]

こまりもの【困り者】（名）①令人操心的人，無法對付的人，不可救藥的人；☆家の息子（むすこ）は落第ばかりして困り者だ／我的兒子經常不及格實在令人操心；②不好對付的事，令人爲難的事，棘手的事；☆こいつは困りものだ／這事不好辦。[5][4]

こま・る【困る】（自五）①感覺困難，受窘，爲難；☆字引（じびき）がなくても困らない／沒有字典也不感到困難；☆板挟（いたばさ）みになって困る／左右爲難；☆困ったなあという顔／窘困的表情；②難過，難受，苦惱；☆歯痛（はいた）で困っている／牙疼得難過，正患着牙疼；☆蚊に食われて困る／被蚊子咬得好苦惱；③難辦，沒有辦法；☆返事に困る／難於答復，沒法答復；☆こいつは困ったことになった／這一下可難辦了，這一下可糟了；④窮困；☆困っている友人を助けてやる／救濟窮困的朋友；⑤不行，不可以；☆君困るじゃないか、こんな事をして／你這樣搞，那怎麼能行呢；☆約束を守られなくちゃ困る／你說了不算可不行啊。[2]

こまわり【小回（り）】（名・他サ）①（在十字路口拐彎時）拐小彎；②身體的動作（＝みのこなし）。[2]

こみ【込（み）】（名）①全算在內，總共；☆込みでいくらですか／全算在內多少錢？②包含在內，☆荷造り運賃込みトン五百ドルです／連包裝費和運費在內每噸五百美元；③〔圍棋〕（結算時的）讓子；☆四目の込を出す／讓四個棋子。[2]

*ごみ【塵・芥】（名）垃圾；☆お勝手から出る芥／厨房的垃圾；☆芥を捨（す）てる／倒垃圾；～ばこ【芥箱】（名）垃圾箱。[0]

こみあ・う【込み合う】（自五）人多，擁擠；☆電車が、こみあう／電車擁擠；☆通りがこみあっている／馬路上交通頻繁[0]

こみあ・げる【込み上げる】（自下一）①往上衝，往上湧；②作嘔，欲嘔；③胃痛，心口疼；④（某種情感）湧現，油然而生；☆悲しみが心の中に込み上げる／一

陣悲傷湧上心頭；☆熱（あつ）いものが目に込み上げてきた／眼角發熱（流出淚來）；図こみあぐ（下二）。[0]

こみい・る【込み入る】（自五）①闖入（＝入りこむ）；②混雜（＝いりまじる）；③複雜化；發生糾紛；☆この機械は込み入っていて私には分らない／這個機器很複雜我不懂；☆そうすると事が込み入ってくる／那麼一來事情就會複雜化，就會發生糾紛；☆込み入った問題／複雜的問題；☆これはなかなか込み入った細工（さいく）だ／這是非常精巧細緻的工藝品。[0]

ごみさらい【ごみ浚い】（名・自サ）清除垃圾（的人）。[3]

ごみため【芥溜め】（名）垃圾場。[0]

こみち【小道】（名）①小道，小徑；☆野中（のなか）の小道／原野中的小徑；②胡同，小巷。[0][1]

コミック【英・形comic】（名）①喜劇（的），滑稽（的）②喜劇歌劇。[1]

コミッショナー【commissioner】（名）①委員；②（職業棒球、拳擊等的）最高機關。[2]

コミッション【commission】（名）①委員，委員會；②委任，任命；③手續費，佣金，④妥協。[2]

こみどり【濃緑】（名）深綠（色）。[0]

ごみとり【芥取り】（名）①（盛垃圾的）簸箕；②清除垃圾的人。[4][3]

こみみ【小耳】（名）◇小耳に挟（はさ）む／偶然聽到。[0][1]

コミュニケ【法Communiqué】（名）（外交上的）公報，公告，聲明。[0]

コミュニケーション【communication】（名）①通信，報導，②（精神上的）交通，交流，溝通。[4]

コミュニスト【communist】（名）共産黨人，共產黨員，共產主義者。[3]

コミュニズム【communism】（名）共產主義。[3]

コミュニティー【community】（名）社區，公社，團體。[3]

コミンテルン【德Komintern】（名）共產國際，第三國際。[4]

コミンフォルム【Cominforn】（名）〔舊〕共産黨（及工人黨）情報局。[4]

*こ・む【込（籠）む】Ⅰ（自五）①人多，擁擠，雜沓（＝こみあう）；☆劇場が込

んでいる/戲院裏觀衆很多；☆込んでいる電車/擁擠的電車；②〔手が込む〕費事，費工夫，極其精巧，複雜；☆手の込んだ細工/很費工夫的工藝品，精巧複雜的細工；⑧作為補助動詞表示進入的意思；☆滑（すべ）り込む/滑進去；☆積み込む/裝上；◊ほれ込む/看中，戀上；Ⅱ（他下二）〔文〕→こめる。[1]

*ゴム【荷 gom 護謨】（名）①橡皮，樹膠，橡膠；②橡皮樹，橡膠樹；～いん【ゴム印】（名）橡皮戳；～えん【ゴム園】（名）橡膠樹園；～けし【ゴム消し】（名）橡皮擦；～ぐつ【ゴム靴】（名）膠皮鞋；～なが【ゴム長】（名）膠皮長靴，防水靴；～のり【ゴム糊】（名）膠水，阿拉伯樹膠；～ひも【ゴム紐】（名）鬆緊帶；～ホース【ゴム hose】（名）膠皮管子；～まり【ゴム毬】（名）（橡）皮球；～わ【ゴム輪】（名）①膠皮樹；②膠皮車輪。[1]

*こむぎ【小麦】（名）〔植〕小麥；☆小麦を作る/種小麥；～いろ【小麦色】（名）棕色，咖啡色；～こ【小麦粉】（名）麵粉，小麥粉。[2][0]

こむずかし・い【小難しい】（形）（有點）難對付的，麻煩的；好挑剔的，有點嚴格的；☆小難しい男/有點難對付的人；☆小難しい理窟を並べる/講一堆歪理，講一些教條式的理論；☆あの人は服裝に小難しい/他在衣服上很愛挑剔；文こむづかし（形シク）。[5][1]

こむすび【小結（び）】（名）〔角力〕等級之一，位居「關脇」之次。[2]

こむすめ【小娘】（名）小姑娘。[2]

こむそう【虚無僧】（名）〔佛〕日本普化宗的蓄髮僧人，頭戴深草笠吹簫化緣雲遊四方。[0]

ごむよう【御無用】（名）〔敬語〕免，謝絕，不需要；☆通行御無用/禁止通行；☆必配ごむよう/不必擔心。[0][2]

*こめ【米】（名）稻米，大米；米；☆米を作る/種稻子；☆その日の米にも事を欠（か）く/沒有下鍋的米；☆米のとぎ汁（じる）/掏米水。[2]

─こめ【込（籠）め】（接尾）表示一包在內，包含在內的意思（＝ぐるみ，ごと）。

こめあぶら【米油】（名）（由大米糠中採取的）米糠油。[3]

こめかみ【顳顬・蟀谷】（名）〔解〕顳顬，鬢角，太陽穴。[0][2]

こめだい【米代】（名）買米的錢；☆米代を酒代にする/拿買米的錢喝酒。[0][2]

こめだわら【米俵】（名）裝米用的（橢圓形）草袋。[3]

こめつき【米搗き】（名）搗米（的人）；～ばった【米搗きばった】（名）①〔動〕一種飛蝗；②〔轉〕阿諛者，唯唯諾諾的人；～むし【米搗き虫】（名）〔動〕叩頭蟲。[4][2]

コメット【comet】（名）彗星。[1]

こめつぶ【米粒】（名）（大）米粒。[3]

コメディー【comedy】（名）喜劇。[1]

こめどころ【米所】（名）〔俗〕產（好）大米的地區。[3]

こめぬか【米糠】（名）〔稻〕米糠。[0][2]

こめびつ【米櫃】（名）①米箱，米囤；☆米櫃が空（から）になる/絕糧；②〔轉〕生財之道，生活費的來源；☆米櫃ががたつく/飯碗不牢靠，有失業的危險。[0]

こ・める【込（籠）める】（他下一）①裝填（＝つめる）；☆銃に弾をこめる/把子彈裝在槍上；②包括在內，計算在內；☆運賃を込めて五百円です/包括運費在內一共五百元；⑧集中（精神等），傾注（愛情等）；☆精神を込めて事に当（あ）たる/專心致志地從事工作；☆心を込めた手紙/誠懇的信；☆仕事（しごと）に力を込める/把力量集中在工作上；文こむ（下二）。[2]

こめん【湖面】（名）湖面；☆湖面にはそよとの風もなかった/湖面上連一點微風也沒有。[1][0]

*ごめん【御免】Ⅰ（名）①〔古〕准許，特許；☆帯刀御免の商人/准許帶刀的商人（古時候武士以外一般不准帶刀）；②〔古〕免職，罷免（＝ひめん）；⑧〔敬語〕許可；☆御免を蒙（こうむ）って…/得（您）的許可…；④〔常接（蒙る）〕表示拒絕；☆そんな事は御免だ/那樣事我可不幹；☆夜業（やぎょう）は御免だ/打夜班我可不幹；☆酒はもう御免だ/酒夠了，再也喝不下去了；☆折角（せっかく）だがおつきあいは御免を蒙ろう/謝謝你，不過我可不能奉陪；Ⅱ（感）〔常接（なさい，下さい，蒙る）用作表示各種意思的客氣語〕對不起，請原諒，請勿見怪；☆御免なさい（下さい）/〔道歉〕諸原諒，對不起；〔叫門〕對不起裏面有

人嗎？我可以進來嗎？〔辭別〕再見，恕
我告辭；☆お先（さき）へ御免／對不起
我先走一步。◎

こも【薦】（名）粗草蓆，草（蒲）包；☆
薦で包（つつ）む／用草（蒲）包包上◎

ごもくずし【五目鮨】（名）什錦醋飯；→
すし。③④

ごもくならべ【五目並べ】（名・自）五連
棋，連珠棋（用圍棋盤以先擺成五連子為
勝）。④

ごもくめし【五目飯】（名）什錦飯。◎

こもごも【交交】（副）〔文〕①相繼（＝
かわるがわる）；☆交交立って演説する
／相繼站起演說；②內憂外患交交至る／
內憂外患接踵而至；②交集，交併，☆悲
喜交至る／悲喜交集。②③

こもじ【小文字】（名）①小字；②（羅馬
字母等）小寫的字（母）。◎

こもち【子持ち】（名）①懷孕，孕婦；②
有子女（者）；☆あの夫婦は五人の子
持ちである／那對夫婦有五個孩子；③帶
魚卵的魚；④一大一小的東西。◎

ごもっとも【御尤も】（形動ダ）對、理所
當然；☆あなたのおっしゃるのもごもっ
ともです／您說得對；您說得也是。②

こもの【小物】（名）小東西，細小的附件
，零件。◎

こもり【子守】（名・他）照看孩子（的人）
；褓姆；～うた【子守歌】（名）搖籃曲
；催眠歌，搖籃歌。②

*こも・る【籠もる】（自五）①閉門不出；
☆家に籠る／閉居家中；☆敵は要塞に籠
もっている／敵人固守在要塞裏；②包含
，含著；☆意味の籠もった話／意味深長
的話；☆愛情のこもった手紙（てがみ）／
充滿了愛情的信；③（烟氣等）停滯，（房
間等）不通氣；☆室（へや）に煙が一杯
籠もっている／屋子裏充滿了烟；☆空気
が籠もっている／（屋子）不通氣。②

こもん【小紋】（名）（織物上印染的）小
花紋，碎花；～きんしゃ【小紋縮紗】（
名）碎花縐。②

こもん【顧問】（名）顧問；☆外国より専
門家を顧問に招（まね）く／聘請外國專
家做顧問。①

ごもん【御紋】（名）〔敬語〕＝もんしょ
う（紋章）。②

*こや【小屋】（名）①（簡陋的）小房屋，
小板房，茅舍，窩棚；臨時性小房；工寮

；☆小屋を掛ける／搭一間窩棚；②（
演劇、馬戲等）棚子；③畜舍；～が
け【小屋掛】（名・自サ）搭小房，搭棚
子。◎

こやかまし・い【小喧しい】（形）愛挑剔
的，吹毛求疵的；→やかましい。⑤①

こやく【子役】（名）〔劇〕①兒童角色；
☆子役を勤める／扮演兒童角色；②扮演
兒童角色的少年演員。◎

ごやく【誤訳】（名・自サ）誤譯，譯錯；
☆誤訳の箇所を指摘する／指摘譯錯的地
方。◎

こやくにん【小役人】（名）小官（吏）；
☆小役人から出世する／由小吏起家②③

こやし【肥やし】（名）糞，肥料；☆肥や
しを汲（く）む／掏糞；☆肥やしをやる
／施肥。③

こや・す【肥やす】（他五）①使（土地）
肥沃；②使（家畜等）肥胖；③（感官）
享樂；飽；☆口を肥やす／飽嘗美味；☆
眼を肥やす／飽眼福；◇私腹を肥やす／
飽私囊。②

こやすがい【小安貝】（名）〔動〕寶貝的
一種，小安貝。③

こやすみ【小休み】（名・自サ）稍休息，
小憩。◎

こやま【小山】（名）小山；小丘。◎

こやみ【小止み】（名）（風雨雪等）暫停
，暫息；☆雪が小止みなく降っている／
雪一刻不停地下著；☆雨が小止みになっ
た間に急いで帰って来た／趁著雨暫停的
當兒急忙地回來了。◎

*こゆう【固有】（形動ダ）固有，特有；天
生；☆これはこの花に固有の香（かおり）
だ／這是這種花所特有的香氣；☆本能は
動物固有の物だ／本能是動物生來就有的
東西；～めいし【固有名詞】（名）〔語
法〕固有名詞，專有名詞。◎

こゆき【小雪】（名）小雪。①◎

こゆき【粉雪】（名）細雪（＝こなゆき）
；☆粉雪が降る／下小雪。①◎

こゆび【小指】（名）小指；☆小指で耳の
穴をほじくる／用小指掏耳朵眼兒；☆私
は彼の小指にも足りない／我遠不如他，
望塵莫及。◎

こよう【古謠】（名）〔文〕古謠。◎

こよう【雇用・雇傭】（名・他サ）（工人
的）雇用；（船隻等的）租用；雇用，就
業；☆雇用を安定さす／使雇用（就業）

情形安定下來；☆雇用と失業／就業和失業。◯

ごよう【誤用】（名・他サ）誤用，錯用◯

*ごよう【御用】（名）①事情，☆何の御用ですか／您有什麼吩咐，有何吩咐？☆お父さんが御用です／父親（有事）找你；☆はい、お安い御用です／遵命，一定照辦；②公事，公務；③〔商〕惠顧，賜顧，訂貨；☆多少に拘（かかわ）らず御用仰（おお）せつけ下さい／不拘多寡請賜惠顧；④拘捕，逮捕；☆御用になる／被捕；～おさめ【御用納め】（名）官署在年末最後一日的辦公，封印；～がくしゃ【御用学者】（名）御用學者；受支配，被利用的學者；～きき【御用聞き】（名）〔商〕到顧客家去徵求訂貨（的店員）；～たし【御用達】（名）承辦商人；～てい【御用邸】（名）皇室的別邸；～はじめ【御用始め】（名）官署在年初頭一天辦公。②

こよな・し（形ク）〔文〕①無上，極端；②格外，特別。③②

こよみ【暦】（名）暦，暦書（＝カレンダー）；☆掛け暦、めくり暦、はぎ取り暦／（一天一撕的）日暦。③

こより【紙縒】（名）紙捻兒（＝かんぜより）；☆紙縒をよる／撚紙捻兒；☆原稿を紙縒で綴（と）じる／用紙捻把原稿訂上。③◯

こら Ⅰ（感）（表示憤怒或傲慢的喝聲）喂；☆こら待て！／喂，站住；Ⅱ〔俗〕＝これは。①◯

コラール【德 Choral】（名）〔樂〕合唱的讚美歌（＝コーラル）。②

こらい【古来】（名・副）自古以來；☆古来成功をおさめた者はいずれも時間を重んじた／自古以來成功的人莫不重視時間；☆古来の習慣／自古以來的習慣。①

ごらいこう【御来光】（名）①（在高山上眺望極莊嚴的）日出；②光臨。◯

ごらいごう【御来迎】（名）〔敬語〕＝らいごう（來迎）。◯②

こらえしょう【堪（え）性】（名）耐性；☆堪え性がない／沒有耐性。④③

*こら・える【堪える】（他下一）①忍耐，忍受；☆痛さを堪える／忍痛；②忍住，抑制住；☆笑いを堪える／忍住（不）笑；☆一杯飲みたいのを堪える／內心想喝一杯，忍着不喝；③容忍，寬恕；免除；

☆腹も立とうが私に免じて堪えてくれ／你也許很氣憤，不過看在我的面上饒了他吧。③

*ごらく【娯楽】（名）娯樂；☆若い人には正当な娯楽を持たせなければならぬ／要使年輕人有正當的娯樂。◯

こらしめ【懲らしめ】（名）懲戒，懲罰；教訓；☆失敗がいい懲らしめになる／失敗是很好的經驗教訓。④◯

*こらし・める【懲らしめる】（他下一）懲戒，懲罰；教訓；☆ちょっと懲らしめてやれば大いに彼のためになる／給他一點懲罰對他有很大好處；◇善を勧め悪を懲らしめる／勸善懲惡。②

こら・す【凝らす】（他五）凝集，集中；☆ひとみを凝らす／凝眸；☆心を凝らす／聚精會神；☆考えを凝らす／仔細思考，熟思；☆工夫（くふう）を凝らす／費盡心思，悉心鑽研；☆趣向を凝らす／精心結構，別出心裁。②

こら・す【懲らす】（他五）＝こらしめる◯

コラム【column】（名）報紙，雑誌的専欄；～ニスト【columnist】（名）専欄作家。①

*ごらん【御覧】（名）①〔敬語〕看，観覧；☆…の御覧に入れる／請…看；☆御覧の通り／如你所見；☆この町には御覧になる様な所はない／這個城市裏没有可以請你去看的地方；☆ちょっと、これを御覧／你看一看這個；②〔接動詞連用形構成命令式〕試試看（＝してみなさい）；☆ちょっと着てごらん／你穿上看看；☆もう一度やってごらん／你再做一次（看看）；☆まあ考えてごらん／你想想看吧。◯

こり【凝り】（名）①〔こる〕的名詞形；②（因凝固而）變硬（的東西）；☆乳の凝り／乳房（因乳腺堵塞而）變硬；☆肩の凝り／肩頭（因血液凝集而）發硬（酸痛）。②

こりかたまり【凝り固まり】（名）①凝固物，凝塊；②熱心家，熱中者，狂信者，…透頂的人；☆回教の凝り固まり／回教的狂信者；☆欲の凝り固まり／利慾薫心的人。◯

こりかたま・る【凝り固まる】（自五）①凝固，凝結；②熱狂，熱衷；☆凝り固まった軍国主義者／頑固的軍國主義者。◯

こりこう【小利口】（形動ダ）小聰明，小

伶俐；☆彼は小利口な男だ／他是一個有小聰明的人。②

こりごり【懲懲】（名・自サ）〔俗〕①（因爲吃過苦頭）再也不敢問津；☆借金にはこりごりだ／再也不敢借錢了，吃够了欠債的苦頭；☆もうあんな所に行くのはこりごりだ／再也不想到那個地方去了；②感覺頭痛；☆彼のいたずらにはこりごりする／他的悪作劇使我感覺頭痛。③

こりしょう【凝性】（名・形動ダ）熱衷一事的性質，過於專心或過份講究的性格；☆凝性で安心の作が出来るまでやめない／（他）是個專心致志的人，非搞他一個稱心的傑作決不罷休。③②

こりしょう【懲性】（名）失敗一次就再也不敢嘗試的性格；☆懲性もなく／不洩氣，死而百賴。③②

*こりつ【孤立】（名・自サ）孤立；☆敵を孤立させる／使敵人孤立。①

ごりむちゅう【五里霧中】（連語）五里霧中；☆五里霧中に迷（まよ）う／如入五里霧中。⓪

こりや【凝り屋】（名）熱衷於一事的人，狂熱家；（對於衣食等）過於講究的人。①─⓪

ごりやく【御利益】（名）〔佛〕靈驗。②

こりゅう【古流】（名）①古流派；②（茶道、插花等的）古派。①

こりょ【顧慮】（名・他サ）顧慮；☆この点については顧慮を要しない／關於這一點不用顧慮。①

ごりょう【御料】（名）①御用；☆御料の馬車／御用馬車；②（敬語）食品；③〔舊〕皇室的財産；☆～しゃ【御料車】（名）宮廷用汽車，御用汽車；～ち【御料地】（名）皇室的土地。②①

ごりょう【御陵】（名）皇陵。①

こりょうり【小料理】（名）簡單菜肴；～や【小料理屋】（名）小菜館。②

ゴリラ【gorilla】（名）〔動〕大猩猩①

*こりる【懲りる】（自上一）（因爲吃過苦頭）再也不敢嘗試；懲前毖後；☆失敗してこりる／失敗之後再也不敢嘗試；☆一回で懲りてしまう／幹一回就再也不想幹下回了；◇羹（あつもの）に懲りて膾（なます）を吹く／懲羹吹齏（一朝被蛇咬，十年怕草繩）⊠こる（之二）。②

ごりん【五輪】（名）①〔佛〕五輪，五大（地水火風空）；②奥林匹克（＝オリンピ

ック）；～き【五輪旗】（名）奥運大會會旗；～とう【五輪塔】（名）〔佛〕五輪塔。⓪①

*こ・る【凝る】（自五）①凝固；☆油が凝る／油凝；②痠疼；☆肩が凝る／肩膀（因血液凝集而）痠疼；②熱衷，狂熱，專心致志；入迷；☆ばくちに凝っている／沉迷於賭博；☆宗教に凝っている／狂信宗教；③講究，精緻；☆衣裳に凝る／講究服裝；☆この細工（さいく）は中中凝っている／這個工藝品很精緻。①

コルク【cork】（名）軟木；☆コルクの栓をする／加蓋軟木塞。①

コルセット【corset】（名）（婦女用）緊腰衣，束腹。③

コルネット【cornet】（名）〔樂〕短號③

ゴルフ【golf】（名）高爾夫球；～じょう【golf場】（名）高爾夫球場。①

ゴルファー【golfer】（名）打高爾夫球的人，喜歡打高爾夫球的。①

*これ【是・此・之】Ⅰ（代）①這，此；☆これが鉛筆です／這是鉛筆；☆これが人生だ／此之謂人生；☆これかあれかと選択に苦しむ／不知道選擇哪一個才好；☆これと言う品が一つもない／沒有一件令人滿意的東西；☆世間知らずの人はこれだから困る／不通世故的人就是這樣的沒辦法；☆これではならぬ／這樣（下去）可不行；◇これすなわち／此即；これはこれとしておいて／這個姑且不論；これを以って／因此；②這個人，此人；☆これは私の母です／這是我母親；③現在；Ⅱ（副）惟；☆時これ／惟此時Ⅲ（感）喂（＝こら）；☆これ，どこへ行く／喂，上哪兒去？☆これこれ，冗談（じょうだん）もいい加減にしろ／喂喂，少開玩笑吧。⓪①

これかぎり【此れ限り】（副）＝これぎり③

*これから【是（此）から】（名・副）①從現在起，今後；現在；☆これから一層勉強する／今後將更加用功；☆これからの若（わか）い者／今後的年輕人；☆これから説明します／（我）現在來説明；☆話の面白いところはこれからだ／故事的有趣地方在後頭呢；☆これからという時に，その作家は死んだ／那位作家正在大有爲的時候死去了；②從這裏起，從此處起；☆これから路は林に入る／道路從這裏通到樹林裏；☆これから川の岸

衣服）睡，囫圇個兒睡。◯

ころば・す【転ばす】（他五）①使…滾轉，滾；☆球（まり）を転ばす／滾球；②弄倒；☆足をすくって転ばす／絆腿摔倒，抄起（對方的）腿摔倒；◇玉を転ばすような声／清脆悅耳的歌聲。◯

*ころ・ぶ【転ぶ】（自五）①滾，滾轉；②倒，跌倒；☆石につまずいて転ぶ／被石頭絆倒；☆転んでまた起きる／跌倒又爬起來；◇どっちへ転んでも損はない／不論結果如何都沒有吃虧；転んでも、ただでは起きない／什麼時候都忘不了撈一把；転ばぬ先の杖（つえ）／未雨綢繆。◯

ころも【衣】（名）①衣，〔轉〕外衣；☆山山は緑の衣を着（つ）けた／群山披上了綠色的外衣；②法衣，道袍；☆紫の衣をまとった僧侶／穿着紫色法衣的僧侶；③（裹在食品外部的）袍，面衣，糖衣；☆蝦に衣をかけて油で揚げる／把蝦裹上麵衣用油炸；～がえ【衣替え・衣更え】（名・自サ）①更衣；②〔古〕（四月一日和十月一日更衣服，換季；～で【衣手】（名）〔文〕袖。◯

ころりと（副）①一下子，很容易地；☆ころりと相手を負かした／一下子就戰勝對手；②突然；☆ころりと死ぬ／突然死去；③完全，徹底；☆ころりと忘れる／忘個乾淨。②③

コロン【colon】（名）引號（：）。①

*こわ・い【強い】（形）①強的；②激烈的；③硬的；☆御飯が少し強い／飯有點硬；☆あの人は情（じょう）の強い人だ／他是個冷酷的人，他的心腸硬；⑤こはし（形ク）

*こわ・い【恐（怖）い】（形）可怕的；令人害怕的；☆恐い話／可怕的（故）事；☆何も恐い事はない／沒什麼可怕的；不要害怕；☆あれは怖いもの知らずだ／他天不怕地不怕；☆恐くて大声をあげる／嚇得大喊起來；☆恐い目に会う／受了一場驚；☆私は雷が怖い／我怕打雷；◇恐し見たし、恐いもの見たさ／又害怕又想看，越害怕越想看；⑤こはし（形ク）②

こわ（は）いかに【此は如何に】（連語）〔文〕這是怎麼回事，多麼奇怪（常用作插入語）；☆ドアを開けると、こは如何に、主人が床（ゆか）に倒れて死んでいた／開門一看，這是怎麼回事，主人倒在地下已經死了。①

*こわいろ【声色】（名）①聲調，語調；②相聲（專指模仿某一演員的臺詞）；假聲，假嗓；☆彼は李香蘭（リコウラン）の声色がうまい／他學李香蘭（著名演員名）的臺詞學得很像；☆女の声色を使う／學女子的嗓音；～づかい【声色遣い】（名）善於模仿某一著名演員的臺詞者；相聲演員。◯

こわがらせ【恐がらせ】（名）恐嚇，恫嚇；恫嚇手段；☆恐がらせを言う／出言恫嚇；☆あれは恐がらせに過ぎない／那不過是虛聲恫嚇。◯

*こわが・る【恐（怖）がる】（自五）害怕（＝おそれる）；☆地震を恐がる／怕地震；☆彼は恐がって口もきけなかった／他嚇得連話也說不出來了；☆何も恐がることはない／不要害怕，沒什麼可怕的③

こわき【小脇】（名）腋下（＝わき），小脇にかい込む（かかえる）／挾在腋下（胳肢窩底下）。①◯

こわけ【小分（け）】（名・他サ）細分，分成小部分；☆十種に小分けする／細分為十種。◯③

こわごわ【恐恐】（副）提心吊膽，戰戰兢兢，擔心害怕，小心地；怯懦地，羞怯地；☆こわごわ仮橋（かりばし）を渡る／提心吊膽地從臨時搭的板橋上走過去；☆こわごわ質問する／羞羞怯怯地提問題。◯

ごわごわ（副・自サ）硬梆梆（地）。①

*こわ・す【壊（毀）す】（他五）①弄壞，弄碎，毀壞；☆錠前（じょうまえ）を壊してドアを開ける／弄壞鎖頭把門打開；☆茶碗を粉粉（こなごな）に壊した／把碗打得粉碎；②損害，傷；☆体を壊す／損害身體；☆酒は胃を壊す／酒能傷胃；③毀壞，破壞；☆機械を壊す／把機器毀掉；☆纏（まと）まりかけた話を彼が壊してしまった／眼看就要成功的談判（交涉）被他破壞了。②

こわだか【声高】（形動ダ）高聲；☆声高に言う／大聲說。◯

こわつ・く（自五）發硬，有點硬（＝こわばる）。◯

こわっぱ【小童】（名）〔表卑〕黃口孺子；小崽子。②

こわね【声音】（名）音色，嗓音（＝こわいろ）；☆やさしい声音で話す／用柔和的聲音說。②◯

こわば・る【強(硬)張る】(自五) 變硬，僵硬；☆シャツに糊をつけて強張らせる／把襯衣漿硬；☆靴が雨に当たって強張る／鞋遭雨淋濕而變硬☆強張った手／僵硬的手；☆顔をこわばらせた／板起面孔來了。③

こわめし【強飯】糯米小豆蒸飯。⓪

こわれ【毀れ】(名)①〔こわれる〕的名詞形；③碎片，斷片；碎玻璃片；⑧破碎或毀壞的程度；～もの【毀れ物】①碎(壞)了的東西；②(磁器等)易壞易碎的東西。③

こわ・れる【壊(毀)れる】(自下一)①壞，碎；(房屋等)倒塌；☆ガラス瓶が粉粉に壊れた／玻璃瓶打個粉碎；☆地震で家がこわれた／因爲地震房子倒塌了；②〔轉〕失敗；☆その計画は壊れてしまった／那個計劃失敗了，図こはる(下二)。③

こん─【今】(造語)表示現在、今天的意思；☆今シーズン／本季度；☆今十日(とうか)／本月十號。

─こん【献】(接尾)表示斟酒的次數；☆一献差し上げましょう／讓我敬您一杯。

こん(連體)〔俗〕〔この〕〔罵〕こん畜生(ちくしょう)／(你)這個畜生⓪

こん【今】(名)〔文〕今，現在。①

こん【坤】(名)①(八卦之一)坤；②(万向名)西南。①

こん【根】(名)①〔數〕〔化〕根；☆根と係数との関係／根與係數的關係；②耐性；精力，毅力；☆根が続かない／堅持不下去；☆根が尽(つ)きる／精疲力盡；☆根をつめる／消耗精力，費神⓪①

こん【紺】(名)藏青，深藍；☆紺の制服／藏青制服。①

こんい【懇意】(形動ダ)懇切，親切，好意；☆御懇意かたじけない／感謝你的好意；②有交情，親密；☆両人は、ふとしたことから懇意になった／兩個人由於偶然的機會成了好朋友；☆…と懇意にしている／跟…有交情；☆懇意な間柄(あいだがら)／關係親密；☆今後(こんご)御懇意に願います／(對初次會面者的寒喧語)今後請多關照；◊懇意にかまけて／靠着交情，好在是熟人。①

こんいろ【紺色】(名)藏青色(＝こん)；☆紺色に染(そ)める／染成藏青色⓪

こんいん【婚姻】(名・自サ)婚姻，結び／☆婚姻を解消する／離婚。⓪

こんか【今夏】(名)〔文〕今夏。①

こんか【婚家】(名)婆家(亦指男子入贅之家)；☆婚家先の兄弟／丈夫的兄弟①

こんかい【今回】(名)此次，此番，這回(＝こんど)；☆今回左記に移転しました／今已遷至左記地點(招貼語)。①

こんかぎり【根限り】(副)拚命，竭盡全力(＝いっしょうけんめい)；☆根限りはたらく／拚命工作。③

こんがすり【紺飛白・紺絣】(名)藏青地碎白花紋(的織物)。③

こんがらか・る(自五)混亂，紛亂，紊亂，糾結，(事件等)複雜化(＝もつれる、こぐらかる)；☆頭がこんがらかる／腦筋混亂不清；☆糸がこんがらかっている／線亂了，糾結；☆こんがらかった問題を解決する／解決複雜糾紛的問題。⓪

こんがん【懇願】(名・自サ)懇求，懇請，懇乞；☆助力を懇願する／懇求援助，☆…の懇願を容れる／接受…的懇求⓪

こんき【今季】(名)本季。①

こんき【今期】(名)本期。①

*こんき【根気】(名)耐性，毅力；☆根気のよい人／有耐性的人；堅忍的人；☆根気よくはたらく／堅持地工作；☆根気がなければ辞書の編纂はできない／沒有毅力編不了辭典。⓪

こんき【婚期】(名)婚期，結婚年齡；☆婚期に達した娘／已到結婚年齡的姑娘；☆婚期を逸(いっ)する／錯過婚期。①

こんぎ【婚儀】(名)婚禮，結婚儀式；☆婚儀を行(おこ)なう／舉行婚禮。①

こんきゅう【困窮】(名・自サ)窮困，貧困；☆人の困窮を救う／救濟別人的貧困①

*こんきょ【根拠】(名)根據；☆事実を根拠とする／以事實爲根據；☆このうわさには多少根拠がある／這個傳說多少有點根據；～ち【根拠地】(名)根據地。①

こんぎょう【今暁】(名)〔文〕今曉。⓪

ごんぎょう【勤行】(名)〔佛〕修行①⓪

こんく【困苦】(名・自サ)困苦，辛酸；☆困苦をなめる／歷經困苦；☆困苦に慣(な)れる／受慣辛苦。①

ゴング【gong】(名)①銅鑼(＝どら)；②〔拳撃〕比賽開始的鐘聲。①

コンクール【法 concours】(名)競賽會，競演會，會演；☆のど自慢コンクールに参加する／參加業餘歌唱會。③

こんくらべ【根比（競）べ】（名）比耐性，比毅力；☆根比べをする／比耐性，看誰有毅力。③

コンクリート【concrete】（名）混凝土；☆コンクリートで固める／灌混凝土；～ミキサー【concrete mixer】（名）混凝土攪拌機。④

ごんげ【権化】（名）①〔佛〕菩薩下凡；②化身，肉體化，具體化；☆悪魔の権化／魔鬼的化身，窮兇惡極的人。①

こんけつ【混血】（名・自サ）混血；～じ【混血児】（名）混血兒。◎

*こんげつ【今月】（名）本月；～ぶん【今月分】（名）本月份；☆今月分の給料から差し引く／由本月份工資内扣除。◎④

こんげん【根元（源）】（名）根源，☆根源を究（きわ）める／追溯根源，挖根；☆紛争の根源を絶（た）つ／杜絶紛争的根源。③

ごんげん【権現】（名）〔佛〕菩薩化身爲（日本的）神。①

*こんご【今後】（名・副）今後，以後，將來；☆今後はなお一層気を付けます／今後一定更加注意（遁嗽語）；☆どう決まるかは、今後のことだ／落到什麼地步將來才能分曉。①◎

ごんご【言語】（名）〔文〕言語；～どうだん【言語道断】（連語）①〔佛〕言語道断；非言語所能説明；②荒謬絶倫，豈有此理，可惡之至；言語道断な処置／荒謬絶倫的處置。①

こんこう【混淆】（名・自サ）混淆；☆玉石を混淆する／玉石混淆，把好壞混爲一談。◎

こんごう【金剛】（名）①〔佛〕金剛；②堅硬無比；③〔礦〕＝金剛砂；～せき【金剛石】（名）金剛石，金剛鑽；～りき【金剛力】（名）神力，大力；☆金剛力で打ち込む／用巨大的力量砸進去。①◎

こんごう【根号】（名）〔數〕根號。◎

*こんごう【混合】（名・自サ）混合；☆油と水は混合しない／油和水不能混合；～ダブルス【混合ダブルス】（名）（網球）混合雙打；～ぶつ【混合物】（名）混合物。◎

こんこん【昏昏】（副）昏昏沉沉；☆昏昏と眠る／昏昏沉沉地睡眠。◎③

こんこん【滾滾】（副）滾滾；☆泉が滾滾と湧いている／泉水滾滾地湧出。◎③

こんこん【懇懇】（副）懇切地，諄諄；☆懇懇とさとす／諄諄教誨。◎③

こんサージ【紺 serge】（名）藏青嗶嘰；☆こんサージの制服／藏青嗶嘰的制服③

コンサート【concert】（名）①音樂會，演奏會；②樂團，演奏團體；～マスター【concertmaster】（名）〔樂〕管絃樂團首席樂手。①

コンサイス【英・形 concise】（名）简明，簡潔。③①

*こんざつ【混雑】（名・自サ）混亂，雜亂，混雜；☆混雑に紛（まぎ）れて入りこんだ／趁着混亂溜了進去。①

コンサルタント【consultant】（名）（企業經營方面的）顧問；～エンジニア【consult engineer】（名）技術顧問③

こんじ【根治】（名・自他サ）根治，徹底治好；☆その病気は、なかなか根治できない／那病很難去根。（＝こんち）①◎

こんじ【紺地】（名）藏青的素色；☆紺地に…模様のある着物／藏青地…花紋的衣服。◎

こんじゃく【今昔】（名）今昔；～のかん【今昔の感】（連語）今昔之感。◎

こんしゅう【今秋】（名）今秋。◎

*こんしゅう【今週】（名）本週，本星期；☆今週の土曜日に出発する／本星期六出發。◎

こんしゅん【今春】（名）今春。◎

こんじょう【今生】（名）今生；☆今生の別れ／永別。◎

*こんじょう【根性】（名）根性，性情，脾氣（＝こころだて、こころね）；☆根性が曲がっている／性情彆扭，性情乖張；☆さもしい根性のやつだ／（他）是一個根性卑鄙的東西；◇根性を入れ替える【洗心革面】；～くさり【根性腐】（名）精神墮落，腐化；～ぼね【根性骨】（名）＝こんじょう（根性）。①

こんじょう【紺青】（名）深藍。◎

こんしん【渾身】（名）〔文〕渾身，全身；☆渾身の力をこめて／用盡渾身的力量；☆渾身の勇をふるい起す／鼓起全身的勇氣。◎

こんしん【懇親】（名）聯誼，親密；～かい【懇親会】（名）聯歡會。◎

ごんすい【昏睡】（名・自サ）昏睡；熟睡；☆再び昏睡状態に陥る／再一次陷入昏睡狀態。◎

こんせい【混声】（名）〔楽〕（男女混）聲；～がっしょう【混声合唱】（連語）〔樂〕混聲合唱。⓪

こんせい【懇請】（名・他サ）懇請，請求；☆援助を懇請する／請求援助。⓪

こんせき【痕跡】（名）痕跡，跡象；☆痕跡を留めない／不留痕跡；☆絞殺された痕跡がある／有被勒死的跡象。⓪

こんせつ【懇切】（形動ダ）①懇切，誠懇；☆懇切に生徒を扱（あつか）う／誠懇地對待學生；②細詳，綿密；☆説明は懇切をきわめている／説明得極其詳細①⓪

こんぜつ【根絶】（名・他サ）根絶，消滅，連根拔；☆これら多年の弊風はなかなか根絶できないものだ／這麼多年以來的陋習是很難消除的。⓪

こんせん【混線】（名・自サ）〔電〕交機，竄線；☆電話が混線して聞こえない／電話因爲竄線聽不清。⓪

こんせん【混戦】（名・自サ）混戰，戰鬪；☆その選挙区は混戦の模様（もよう）である／那個選區候選人紛紛競選形成混戰狀態。⓪

こんぜん【渾然】（形動タルト）〔文〕渾然，完整；☆渾然一体となる／渾然成爲一體；☆渾然として融合する／渾然融合。⓪③

コンセント【concent】（名）〔電気〕插座。③

コンソメ【法Consommé】（名）〔烹飪〕清湯；↔ポタージュ。⓪

こんぞめ【紺染】（名）染爲青色；染成藏青色（的紡織品）。⓪

こんだく【混濁】（名・自サ）〔文〕混濁；☆混濁した空気／混濁的空気。⓪

コンダクター【conductor】（名）樂隊的指揮（者）③

コンタクト・レンズ【contact lens】（名）隱形眼鏡。⑥

こんだて【献立】（名）①菜單；☆献立を見せて下さい／請把菜單拿來給我看看；②〔轉〕計劃，方案，安排，佈置；☆献立は立派だが実行は困難だろう／計劃雖好恐怕難於實行；☆献立はちゃんとできている／一切都安排好了。④⓪

こんたん【魂胆】（名）①精神力，膽量；②計謀，陰謀，企圖；☆深い魂胆をめぐらす／策劃深遠的計劃；☆腹に何か魂胆があるに相違ない／心裏一定懷着陰謀詭計。⓪③①

こんだん【懇談】（名・自サ）懇談，暢談，閒談；☆腹を打ちわって懇談する／開誠布公地暢談。⓪

こんじ【根治】（名・自他サ）→こんじ（根治）。①

コンチェルト【意concerto】〔樂〕協奏曲。①

こんちゅう【昆虫】（名）昆蟲；～がく【昆虫学】（名）昆蟲學；～さいしゅう【昆虫採集】（名）採集昆蟲。

こんちょう【今朝】（名）〔文〕今早，今天早晨（＝けさ）。⓪

コンツェルト【意concerto】（名）→コンチェルト。③①

コンツェルン【德Konzern】（名）〔經〕康采恩，聯合企業。①

コンテ【法conté】（名）一種蠟筆。①

こんてい【根柢，根底】（名）根底，基礎；☆内紛が共産党を根底から動揺せしめた／内部爭意見分歧使共產黨從根基上動搖了；☆唯心論がその学説の根柢となっている／唯心論構成那學説的基礎。⓪③

こんでい【金泥】（名）金泥，金色顔料。

コンディション【condition】（名）①（必要的）條件；②（健康）狀態；情形；☆地位身分；☆今日は、コンディションが悪い／今天身體情況不佳。③

コンテスト【contest】（名）①論戰，爭論，爭辯；②競賽，比賽，競演；☆比賽會，競演會，會演。①

コンテナー【container】（名）貨櫃（運輸）。⓪

コンデンサー【condenser】（名）①〔電〕電容器；②〔理〕集光器；③凝汽器，冷凝器。③

コンデンス【英・動condense】（名・他サ）①凝縮，壓縮；②聚集（光線）；蓄電；～ミルク【condensed milk】（名）煉乳。③

コント【法conte】（名）輕妙的小故事，短篇小説。①

こんど【今度】（名・副）①這一次，這回；最近；☆今度は君の番だ／這回輪到你了；☆今度お隣に来た人／這回（最近）搬到（你）隔壁的人；☆今度の先生は年寄（としよ）りだ／新來的老師是一位老年人；②下一次；將來；☆今度の日曜は何日ですか／下星期日是幾號？☆今度

はいっしょに参りましょう／下次咱們一起去吧。①

こんとう【今冬】（名）今冬，今年冬季⓪

*こんどう【混同】（名・自サ）混同，混淆，混為一談；☆公私を混同する／公私不分；☆甲と乙とは別種のものだ。混同してはいけない／甲和乙是不同的東西，不可混為一談。⓪

コンドーム【法condom】（名）男用避孕套，保險套（膠皮或魚鰾製）。③

ゴンドラ【gondola】（名）①（意大利威尼斯的）遊覽船，鳳尾船；②（飛艇，氣球的）吊籃。⓪

コントラスト【contrast】（名）對照，對比；☆著（いちじる）しいコントラストを示している／成為明顯的對比。④

コントラバス【德kontrabaB】（名）〔樂〕低音提琴，倍大提琴。⑤

コンドル【condor】（名）〔動〕（南美的）禿鷹〔=はげたか〕。①

コントロール【control】（名・他サ）①支配（力），管理，統制；②抑制（力），節制；③操縱；調節；④〔棒球〕控球力；☆あの投手はコントロールがいい／那個投手很有控球力。④

こんとん【混（渾）沌】（形動タルト）渾沌，☆混沌たる状態に陥（おちい）る／陥入渾沌狀態。③⓪

*こんな（連體）這樣（的）（=このような）；☆こんな時に／在這種時候，☆こんな具合（ぐあい）に／照這樣。⓪

こんなに（副）這樣，如此（=このように）；☆こんなにうまくゆくとは思わなかった／沒想到這樣順利，☆こんなに御面倒（ごめんどう）をかけて済（す）みません／給您添了這樣的麻煩實在對不起。⓪

*こんなん【困難】（名・形動ダ・自サ）困難，窮困；☆困難に直面する／遭遇困難；☆あらゆる困難に打ち勝つ／克服一切困難；☆呼吸に困難を感じる／呼吸感到困難；☆その問題を解決するのは困難だ／解決那個問題是很困難的；☆遺族は大いに困難している／遺族非常窮困。

*こんにち【今日】（名）今日，今天；現在；☆別れてから今日まで便（たよ）りがない／別後一直沒有信息；☆今日の私は数年前の私ではない／今天的我已經不是幾年前的我了；～は【今日は】（連語・感）您好！（晝間的問候語）。①

こんにゃく【蒟蒻】（名）①〔植〕蒟蒻，鬼芋；②蒟蒻粉，素海鮮（食品）；～ばん【蒟蒻版】（名）膠版謄寫版。④③

こんにゅう【混入】（名・他サ）混入，摻入；☆酒に毒を混入する／把毒藥加進酒裏。⓪

コンパ（名）〔學〕←コンパニー。①

コンパート（メント）【compartment】（名）①區隔，區劃；②〔鐵〕（客車的）包房，分格車室。③

こんぱい【困憊】（名・自サ）困憊，疲憊⓪

コンバイン【combine】（名）〔農〕聯合收割機。④

コンパクト【compact】（名）①（化粧用）粉塊；②隨身携帶的粉盒；③簡潔的。③

コンパス【荷kompas，英compass】（名）①兩脚規，圓規；②羅盤，羅針儀；③（俗）腿（的長度）；☆コンパスが長い／腿長。①⓪

コンパニー【company】（名）①朋友，伴侶伙伴；②公司；③〔學〕（茶話）會。①

コンパニオン【companion】（名）朋友，伙伴，伴侶。③

*こんばん【今晩】（名・副）今晚，今夜；～は【今晩は】（連語・感）晚安，您好（晚上的問候語）。

こんぱん【今般】（名・副）此番，這一回；最近；☆私儀今般左記の所へ転居致しました／鄙人最近已遷往左記地址。①

コンビ（名）←コンビネーション；☆あの二人は名コンビだ／他們兩個人配搭起來眞是相得益彰。

コンビーフ【corned beef】（名）鹹味熟牛肉罐頭。③

コンビネーション【combination】（名）①聯合，結合，配合；②團結；合作；③上下身連在一起的襯衣；④〔數〕組合④

コンピューター【computer】（名）電腦；電算機。③

こんぶ【昆布】（名）〔植〕海帶（荣）；☆刻（きざ）み昆布／海帶絲，青絲荣；～まき【昆布巻】（名）包着小青魚的海帶卷（食品名）。①

コンプレックス【complex】（名）〔精神分析〕複合（體）；固執觀念；一種變態心理。④

コンプレッサー【compressor】（名）〔

機〕壓縮器,空氣壓縮器（＝エアコンプレッサー）。④

コンペイトー【金米糖】（名）〔葡confeito之訛〕一種糖球。⓪

こんぺき【紺碧】（名）蔚藍,深藍,蒼藍；☆紺碧の空／蔚藍的天空。⓪

コンベア【conveyer】（名）〔機〕（水平）送機,傳送機。③

ごんべん【言偏】（名）〔漢字部首〕言字旁；☆議論の二字はどちらも言偏です／議論這兩個字都是言字旁。⓪

こんぼう【棍棒】（名）①棍子,棒子；②瓶子形體操用具）棍棒。⓪③

こんぼう【混紡】（名・他サ）混紡；☆綿二割混紡のラシャ地／用百分之二十棉花混紡的呢絨衣料。⓪

こんぼう【懇望】（名・他サ）→こんもう⓪

こんぽう【梱包】（名・他サ）包装；☆紙で梱包する／用紙包装。⓪

コンポート【compote】（名）高脚盤。③

*こんぽん【根本】（名）根本,根本原因；☆根本にさかのぼる／溯本求源；☆その理論は根本から誤っている／那個理論從根本上就錯了；☆彼の不健康の根本は酒飲みにある／他的不健康的根本原因在於飲酒。③

コンマ【comma】（名）①逗點（，）；②〔數〕小數點。①

こんまけ【根負（け）】（名・自サ）忍耐不住,支持不住,精力不夠；☆この仕事には根負けがする／這件耗盡了我的精力；這件工作我堅持不下了。④⓪

こんめい【昏迷】（名・自サ）昏迷（不醒）。⓪

こんもう【懇望】（名・他サ）懇請,懇求；☆彼らは私の参加を懇望した／他們懇請我参加。⓪③

こんもり（副・自サ）（草木）叢生,繁茂,茂密；☆こんもり茂（しげ）った椎の林／茂密的椎樹林；☆こんもりした松／繁茂的松樹。③

*こんや【今夜】（名）今夜,今晚；☆今夜はこれで散会としよう／今天晚上到此就

算散會吧。①

こんや【紺屋】（名）染匠；染房；◊紺屋の白ばかま／染匠穿白裙子；自顧不暇；紺屋のあさって／一天拖一天,不履行諾言。⓪③

*こんやく【婚約】（名・自サ）婚約,訂婚；☆彼と彼女との婚約が整（ととの）った／他和她訂婚；☆彼は彼女と婚約がある（婚約している）／他和她已經訂了婚；☆婚約を解消した／解除了婚約；～しゃ【婚約者】（名）未婚夫（妻）。⓪

こんゆう【今夕】（名）今夕,今晚。⓪

こんよう【混用】（名・他サ）混用,攙雜使用；☆漢字に仮名（かな）を混用する／在漢字中夾雜使用假名。⓪

こんよく【混浴】（名・自サ）（男女）混浴。⓪

*こんらん【混乱】（名・自サ）混亂；☆混乱を生じる（来たす）／發生（招致）混亂；☆頭が混乱している／腦筋混亂,不清楚；☆混乱に陥（おちい）る／陷於混亂。⓪

こんりゅう【建立】（名・他サ）〔佛〕（寺院廟宇的）修建,興修；☆寺院を建立する／興修寺院。⓪

こんりんざい【金輪際】Ⅰ（名）〔佛〕大地的底層；②事物的極限或底；Ⅱ（副）（下接否定語）決（不）,無論如何也（不）；☆金輪際うそは言わない／（我）決不說謊；☆金輪際手離（てばな）さぬ／無論如何（我）也不放手,也不放棄。③

こんれい【婚礼】（名）婚禮,結婚儀式；☆婚礼に招（まね）かれる／應邀請参加婚禮。⓪

こんろ【焜炉】（名）（炊事用的）小爐子。①

こんわ【混和】（名・他サ）混和；☆油は水と混和しない／油跟水不融和。⓪

こんわ【懇話】（名）〔文〕懇談；～かい【懇話会】（名）懇談會。⓪

こんわく【困惑】（名・自サ）困惑,困頓,爲難不知所措（＝とうわく）。⓪

さ①五十音圖「さ行」第一音發音爲sa；②「字源」平假名是「左」字的草體，片假名是「散」字的左上部。

さ－【早・小】（接頭）①表示幼小等意；☆さなえ（早苗）/幼苗；☆さわらび（早蕨）/幼小的蕨菜；☆調整語調；さおしか（小牡鹿）/雄鹿；☆さよ（小夜）/夜，晚。

さ（接尾）接形容詞、形容動詞的詞幹等構成名詞，表示程度、狀態等；☆山の高さ/山的高度；☆海の深さ/海的深度；☆この劇のおもしろさが判らない/不懂這劇的情趣；☆その人の大胆さには驚かされる/他的膽量之大，令人吃驚；☆我が子の顔が見たさに、はるばるやって来た/因想看孩子，老遠跑來了。

さ【然】（副）〔文〕然，如此，那樣（＝さように，そう）；☆さもなくば/不然的話；☆さは言え/話雖如此；☆さもないこと/小事；☆さに非（あら）ず/不然，並非如此。①

さⅠ（感）①表示勸誘、催促；☆さ、早く行こう/喂，快走（去）吧；②表示驚訝或意外；☆さ、しまった/呀，糟了；⑧表示躊躇；☆さ、困った/啊，難辦了；Ⅱ（感助）；①表示加強語氣；☆できるさ/成，辦得到；不成問題；②表示輕微感動後加以斷定；☆詰まらない話さ/毫無價値的話，無聊得很；⑧插在句內，用以調整語調；☆それからさ/以後慶；☆ぼくがさ/我慶。

さ【左】（名）左，次，以下；☆左にかかげる/開列於左；☆提案の要領は、左の如し/提案的要旨如下。①

*さ【差】（名）差，差別，差額，差數，距離，出入；☆甲乙の差/甲乙之差；☆輸出入の差/進出口的差；☆差がある/有差別（距離・出入）；☆差を求める/求差額；☆收入は月によって多少差がある/收入每個月多少有點出入。⓪①

ざ「さ」的濁音；發音爲za。

－ざ【座】（接尾）①（計算神像、佛像等的單位）尊；②（計算劇院、電影院的單位）家。

•ざ【座】（名）①座，座席，位，座墊，集會場所；☆座に就く/就座；☆座を立つ/起座，離位；☆座を讓る/讓座；☆座を外（はず）す/離席，逃席；②演藝場所，舞臺；演藝團體☆歌舞伎座（かぶきざ）/歌舞伎（劇）院；☆青年座（せいねんざ）/青年劇團；⑧星座，星宿座；☆さそり座/天蠍座④（鎌倉、室町時代經售專賣品如魚、絲、麥等行業的）行會；⑤〔江戶時代〕（幕府直轄的）金銀幣鑄造廠；度量衡器製造所；◇座が白（しら）ける/冷場，一座索然（敗興）；座を組む/盤腿坐；座をさます/使大家掃興。⓪①

さあ（感）①用於勸誘、催促時（＝さ）；☆さあ、一緒にやろう/來吧，咱們一同搞吧；☆さあ、起き給え/喂，起來呀；用於躊躇遲疑時；☆さあ、どうしようかな/呀，我可怎麼辦啊；☆さあ、どう答えたらいいかね/我可怎麼回答好呢。①

サーカス【circus】（名）①（古代羅馬爲戰車競賽、賽馬、鬪獸等而修建的）圓形競賽場；②馬戲，雜技；馬戲團，雜技團；☆サーカスが小屋掛けをしている/馬戲團（雜技團）正在搭戲棚；④馬戲院，雜技院。①

サークル【circle】（名）①圓周，圈；②周圍範圍；③（職業、嗜好等相同的）一伙人，集團；～界；☆文学サークル/搞文學的人們，文藝同人；☆職場でサークル活動を盛んにやる/在辦公的地方搞小圈子。①

サージ【serge】（名）嗶嘰（セル）；☆紺サージの制服/青嗶嘰制服。①

サーチライト【searchlight】（名）探照燈，探海燈。④

サード【third】（名）①第三；②〔棒球〕三壘（手）；～ベース【third-base】（名）〔棒球〕（第）三壘。①

サーバー【server】（名）〔運動〕（排球、網球、乒乓球等的）發球一方，發球人；↔レシーバー。①

*サービス【service】（名・自サ）①服務

，効勞；招待，侍候；☆あの店はサービスが好い／那家舖子服務態度好；②〔運動〕（網球、排球等的）發球；②奉送，白送(的東西)，特價品；☆これはサービスです／這是特價品（奉送品）；～ぎょう【service業】（名）服務性行業(根據日本行業分類，其中包括房屋出租業、廣告業、修理業、演藝業、醫藥衛生業以及有關宗教教育、法律等非營利性事業團體)；～ステーション【service-station】（名）服務站，（特指）汽油加油站；～セール【service sale】（名）〔商〕廉賣；～デー【service day】（名）〔商〕廉賣日；～ライン【service line】（名）（網球、排球等球場上的）發球線；～りょう【service 料】（名）服務費。[1]

サーブ【serve】（名・自サ）〔運動〕（網球、排球等的）發球（＝サービス）；☆サーブを受ける／接球；☆彼のサーブは鋭い／他發球發得猛。[1]

サーフィン【surfing】（名）衝浪板。[1]

サーベル【荷 sabel＝洋剣】（名）（西洋式）佩刀，軍刀☆サーベルを差す／佩帶軍刀。[0]

ざあま・す〔女〕←ございます

サーモスタット【thermostat】（名）恆溫器，自動調溫器。[5]

さい【最】（造語）最（＝いちばん）；☆最上（さいじょう）／至上；☆最敬礼（さいけいれい）／最敬禮。[1]

*さい【才】（名）①才能，才幹，才智，天才；☆あの人は音楽の才がある／他有音樂天才；②〔體積單位〕（石材）一立方尺（四十才為一噸）；③〔木材〕方一寸長六尺；③〔容量單位〕一勺的十分之一，→しゃく；④〔紡織品 單 位〕一平方英尺。[1]

さい【采】（名）①色彩；②采邑，封地；③骰子（＝さいころ）；☆采を振って親をきめる／用骰子來決定莊家；☆采の目を数える／數骰子點兒；②指揮（＝さいはい）；☆采を取る／進行指揮，操指揮權；◇采は投げられたり／大計已決；大勢已定。[1]

*一さい【祭】（造語）祭日，節日，紀念日；☆あの大学では開校五十年祭を行なった／那所大學舉行了第五十次校慶。

さい【犀】（名）〔動〕犀牛。[1]

さい【菜】（名）菜（＝おかず）。[0]

*さい【際】Ⅰ（名）時候（＝とき，おり）；☆この際／此時；☆詳しいことはお会いした際に申し上げます／詳情面談；☆危急の際／危急的時候；Ⅱ（自サ）當，值，際遇，遭逢（＝であう，でくわす）；☆国家危急の秋（とき）に際して／當國家危急之秋；図さいす（サ）。[1]

さい【差異・差違】（名）差異，差別，不同之點（＝ちがい）。[1]

一ざい【剤】Ⅰ（接尾）（計算藥劑的單位）劑，付；Ⅱ（造語）藥劑；☆補強剤（ほきょうざい）／補藥。

一ざい【罪】（接尾）罪；☆横領罪（おうりょうざい）／侵吞罪。

ざい【在】（名）①所在，住處（＝ざいしょ）；②鄉間，居鄉（＝ざいごう）；Ⅱ（接頭）在，留住；☆在日華僑（ざいにちかきょう）／旅日華僑。[1]

ざい【材】（名）①木材；☆このごろは良い檜材が少なくなった／近來好檜柏木材減少了；②材料，原料；☆建築材／建築材料；③才能，人才；☆大学は国家有用の材を養成する所である／大學是培養國家有用之材的地方；☆材を広く民間に求める／廣求人才於民間。[1]

ざい【財】（名）①財寶，金錢；②財產，財富（＝とみ）；☆彼は莫大な財を積んだ／他積累了莫大的財富；☆文化財は国家で保護すべきだ／文化財產應由國家來保護；③〔經〕貨財，資料；☆戦争のため生産財が非常に不足した／因為戰爭生產貨財非常缺乏。[1]

さいあい【最愛】（名）最心愛；☆最愛の子／最疼愛的孩子。

さいあく【最悪】（形動ダ）最壞，最糟，最不利；☆最悪の場合／最糟糕(不利)的情況；☆最悪の事態にたち至った／進入了最壞的情況。[0]

*ざいあく【罪悪】（名）罪惡（＝つみ，とが）；☆時間の浪費は一種の罪悪である／浪費時間是一種罪惡。[1][0]

さいあん【再案】（名）修正方案。

さいい【在位】（名）在位；☆在位十年の間人民を苦しめるばかりであった／在位十年之間盡是虐待人民。[1]

ざいえき【在役】（名・自サ）①服苦役；☆犯人は監獄に在役している／罪犯在監獄裏服苦役；②〔軍〕服兵役，現役；☆戦争のため陸軍に在役中である／因為戰

争正在陸軍服兵役；③服務，勤務；～か
ん【在役艦】（名）〔軍〕現役或執行任
務的軍艦。⓪

さいえん【才媛】（名）才女；☆女子大出
の才媛／女子大學畢業的高材生；☆平安
時代には紫式部（むらさきしきぶ）、清
少納言（せいしょうなごん）等、数多く
の才媛が出た／平安時代出現了紫式部、
清少納言等許多才女。⓪

さいえん【再演】（名・自他サ）重演；☆
再演を望む／要求再演一次。⓪

さいえん【再縁】（名・自サ）再嫁，再婚
（＝さいこん）；☆再縁の話が持ち上が
る／談起再嫁的問題。⓪

さいえん【菜園】（名）菜園，菜地；☆空
地（あきち）を利用して菜園をつくる／
利用空地種菜（開闢菜園）。⓪

サイエンス【science】（名）科學。①

さいおうがうま【塞翁が馬】（連語・名）
塞翁之馬；◊人間万事塞翁が馬／人間萬
事塞翁馬。③⓪－②

さいか【災禍】（名）〔文〕災禍，災難（
＝わざわい）；☆災禍を蒙る（受ける）
／遭受災禍（災難）。①

さいか【最下】（名）最下等（級），最次
（劣）；☆最下等（さいかとう）の品（
しな）／最劣的貨品。①

ざいか【在荷】（名・自サ）存貨，庫存貨
物；☆台風と大雨のため生鮮魚の在荷は
乏しくなった／因爲風雨，鮮魚的存貨短
少。⓪

ざいか【在華】（名・自サ）在華，僑居中
國。⓪

ざいか【財貨】（名）①財物，財寶，金錢
；☆戦争のため多大の有形無形の財貨
が失われた／因爲戰爭損失了大量有形無
形的財富；②〔經〕財貨，資料（＝ざい
い）。①

ざいか【罪過】（名）罪過（＝つみ，あや
まち）；☆犯した罪過の恐ろしさにおの
のく／對於所犯罪過之可怕感到戰慄。①

さいかい【再会】（名・自サ）再會，再見
，重逢；☆再会を約す／相約再會；☆再
会の喜ひ／重逢的喜悦。⓪

さいかい【再開】（名・自他サ）再開，重
開，再次（重新）舉行；☆会議は明日再
開される／會議明天再次舉行。⓪

さいかい【西海】（名）①日本的西海；②
日本〔西海道〕的簡稱。⓪

さいかい【斎戒】（名）（名・自サ）齋戒
；☆斎戒沐浴（もくよく）して念仏三昧
（ねんぶつざんまい）に耽（ふけ）る／
齋戒沐浴專心（於）唸佛。⓪①

＊さいがい【災害】（名）災害；☆台風によ
って大きな災害を受けた／因颱風而遭受
大災害；～ほけん【災害保険】（名）〔
經〕災害保険。⓪

さいがい【塞外】（名）〔文〕塞外。⓪

ざいかい【財界】（名）經濟界，金融界；
☆財界の大立者（おおだてもの）／金融
界巨頭；☆財界は恐慌を来している／金
融界發生了恐慌。⓪

ざいがい【在外】（名）僑居或存放國外；
～こうかん【在外公館】（名）在外使館
；～ほうじん【在外邦人】（名）僑居國
外的日本人。⓪

さいかく【才覚】（名）①機智，機警（＝
きてん，とんち）☆才覚のきく（ある）
人／有機智的人，很機警的人；②計劃，
籌措；☆才覚がつかぬ／計窮智細；☆金
の才覚／籌款；☆これはよい才覚だ／這
是個好的計劃；～もの【才覚者】（名）
機智、機警或善於策劃的人。①⓪

さいがく【才学】（名）〔文〕才學；☆才
学にすぐれる／才學卓越。⓪①

＊ざいがく【在学】（名・自サ）在校學習，
上學；☆大学に在学している／正在上大
學；～しょうめいしょ【在学証明書】（
名）在校證明書；☆在 学 中…／在校期
間。⓪

さいかん【才幹】（名）才幹；☆才幹ある
／有才幹的。⓪

ざいかん【在官】（名・自サ）做官，居官
；☆在 官 中に死んだ／死在任上；☆在
官三十年で退職した／做了三十年而辭職
了。⓪

さいき【才気】（名）才氣；☆才気に走っ
た人／恃才好勝的人；☆才気に任せて出
過ぎたことをする／恃才出風頭。①

さいき【再起】（名・自）再起，再度發生
；☆彼の再起はおぼつかない／他很難東
山再起。①

さいき【祭器】（名）祭器。①

さいぎ【猜疑】（名・他サ）猜疑，猜忌（
＝さいき）；☆猜疑心（さいぎしん）が
強い／疑心大；☆人を猜疑の眼で見るの
はよくない／用猜疑（忌）的眼光看人是
不好的。①

さいき【再挙】（名・自サ）重整旗鼓，捲土重來，☆再挙を謀る／企圖捲土重來。①

さいきょう【西京】（名）西京，京都市；☆来日中のイギリス野球団は今日西京入りした／來日本的英國棒球隊今天到達了京都市。◎①

さいきょう【最強】（名）最強；☆最強の軍隊／最強的軍隊。◎

ざいきょう【在京】（名）在京；☆来週一杯在京します／在（東）京住到下週週末。◎

*さいきん【細菌】（名）〔植〕細菌（＝ばいきん、バクテリア）；☆細菌を培養する／培養細菌；～がく【細菌学】（名）細菌學；～ばくだん【細菌爆弾】（名）細菌彈。◎

*さいきん【最近】（名・副）最近；☆最近号の時代文学を読んだか／看了最近一期的「時代文學」了麼？☆彼は最近結婚した／他最近結了婚。

*ざいきん【在勤】（名・自サ）在職，在…服務；☆彼は中央機関に在勤している／他在中央機關服務；☆在勤中はお世話になりました／在職期間承您多關照了。◎

さいく【細工】（名・他サ）①細小或精巧物品的製造，工藝；☆精巧な細工を施した瓶／工藝精巧的瓶子；☆宝石に細工する／在寶石上加細工；②〔轉〕策謀，權術；玩弄花招；☆帳簿を細工する／造假賬；☆あまり細工すると却って看破される／如果太要花招，反倒被人看破啊；◇**細工は流流（りゅうりゅう）仕上げを御覧（ごろう）じろ**／做法各有不同請看最後結果；～きき【細工利】（名）工藝精巧的人，精巧工匠；～にん【細工人】①工藝品製造人；②策劃人；～もの【細工物】（名）工藝品。③◎

さいくつ【採掘】（名・他サ）開採，採礦；☆金山を採掘する／開採金礦；～けん【採掘権】（名）〔法〕開採權；～だか【採掘高】（名）開採量。◎

サイクル【cycle】（名）①周期；②〔理〕循環；周；～レース【cycle-race】（名）自行車競賽。①

さいくん【細君・妻君】（名）妻子。①

さいぐんび【再軍備】（名）重新武裝，重整軍備；☆再軍備をする／重新武裝，重整軍備。③

ざいけ【在家】（名）①〔佛〕在家人，俗人；②村舍；～そう【在家僧】（名）居家僧；↔しゅっけ（出家）。◎

さいげい【才芸】（名）才藝。①

さいけいれい【最敬礼】（名）最敬禮；☆最敬礼をする／行最敬禮。③

さいけつ【採血】（名・自サ）〔醫〕（驗血時）取血；☆保菌者（ほきんしゃ）から採血して菌を培養する／從帶菌者的身上取血，來培養病菌。◎

さいけつ【採決】（名・自サ）表決；☆採決を行なう／進行表決；☆採決して負けた／表決的結果失敗了。①◎

さいけつ【裁決】（名・他サ）①裁決；☆裁決を仰ぐ／請求裁決；②判決。◎①

さいげつ【歳月】（名）歲月；◇**歳月人を待たず**／歲月不待人。①

さいけん【再建】（名・他サ）重建；☆校舍を再建する／重建校舍。◎

さいけん【債券】（名）〔法〕債券；☆五分利付債券を発行する／發行年利五釐債券；～がく【債券額】（名）〔經〕債券額。◎

さいけん【債権】（名）〔法〕債權；～しゃ【債権者】（名）債權人。◎

さいげん【再現】（名・自他サ）①再現，再度出現；☆往年の黄金時代を再現する／往年的黄金時代再度到來；②〔心〕再現。③

さいげん【際限】（名）邊際；結束，終了（＝きり、かぎり、おわり）；☆際限がない／無窮，無盡，無休；☆人間の慾には際限がない／人的慾望沒有止境；☆議論すれば際限がない／要是爭論起來就沒有完。③

ざいげん【財源】（名）財源；☆財源に富む（乏しい）／財源富足（缺乏）；☆財源を求める／尋求財源。③

さいけんとう【再検討】（名・他サ）再次或重新調查（考查、審查、研究）；☆再検討を加える／再次或重新加以調查、審查或研究；☆この原案は再検討する必要がある／這個原案有必要重新加以審查（研究）。③

さいこ【最古】（名）最古，最早，最舊；☆現存最古の建築物／現（在還）存（在）的最古老的建築。①

さいご【最期】（名）①最終，最後；②臨終，末日；☆最期を遂げる／死；☆みご

とな最期を遂げる／死得光榮，光榮犧牲；☆非命の最期を遂げる／死於非命；☆最期が来る／末日到來。①

*さいご【最後】（名）最後，最終，最末，完結；☆最後の五分間／最後五分鐘；☆最後まで戦う／戰鬪（奮鬪）到底；☆これを最後として言う／這是最後一次告訴（你）；☆あの病気にかかったら最後だ／一得上那種病就完了（沒有救了）；～つうちょう【最後通牒】（名）最後通牒；～のドタン場／千鈞一髮之際。①

ざいこ【在庫】（名・自サ）存放或儲藏在倉庫裏。⓪

さいこう【再考】（名・他サ）再次考慮，重新考慮；☆再考を促す／促請（使）重新考慮；☆再考を要する／需要重新考慮；☆再考の余地がない／沒有重新考慮的餘地。⓪

さいこう【再興】（名・自他サ）恢復，重建，重新開設；復興；☆廃（すた）れた企業を再興する／把倒閉了的企業恢復起來；☆国家が再興（さいこう）する／國家復興。⓪

さいこう【採光】（名・自サ）採光；☆採光のよい部屋／陽光充足的房間。⓪

さいこう【採鉱】（名）採鑛；☆採鉱には露天掘と坑内掘の二種類がある／採鑛有露天和下井開採兩種；～けん【採鉱權】（名）採鑛權。⓪

*さいこう【最高】（名）最高（級）；☆最高の位（くらい）／最高級的職位；☆最高の水準に達する／到達最高的水準；～がくふ【最高学府】（名）最高學府；～けんさつちょう【最高検察庁】（名）〔法〕最高檢察廳；～さいばんしょ【最高裁判所】（名）〔法〕最高法院；～おんどけい【最高温度計】（名）〔理〕最高溫度計。⓪

ざいこう【在校】（名・自サ）①在學校工作；☆私の在校中に教えた子供／我在學校工作時所教的小孩；②正上着學，在校（＝ざいがく）；☆大学に在校する／正上着大學；☆在校生を代表して挨拶する／代表在校學生致詞；③在學收業，今日は五時まで在校しています／今天(我)在學校裏呆到五點。⓪

ざいごう【在郷】（名）①住郷；②郷間；～ぐんじん【在郷軍人】（名）(戰前日本服備役的)退役軍人，在郷軍人。⓪

ざいごう【罪業】（名）〔佛〕罪業，罪孽；☆罪業の深い男／罪孽深重的人；☆罪業消滅の苦行（くぎょう）／爲了消滅罪孽而進行的苦修。③

さいこうちょう【最高潮】（名）最高潮，頂點；☆劇は終幕に至って最高潮に達した／劇到最後一幕達到了最高潮。③

さいこうほう【最高峰】（名）①最高峰；☆文壇の最高峰／文壇上的最高峰；②最優秀的人和物；☆バス歌手の最高峰／最優秀的男低音歌唱家。③

さいごく【西国】（名）①西方各國；②日本九州；☆西国の訛（なまり）のある言葉／帶有九州土普的話。⓪④

ざいこく【在国】（名・自サ）居住本國⓪

さいごのみ【菜好み】（名）講究吃菜。③

さいころ【賽子・骰子】（名）骰子（＝さい）；☆骰子を振る／擲骰子。③

サイコロジー【psychology】（名）心理學。③

さいこん【再建】（名・他サ）重修，重建（立）；☆お寺を再建する／重修寺院；～ひ【再建費】（名）重建（修）費。⓪

さいさい【再再】（副）屢次，再三（＝たびたび、さいさん）；☆その事は彼から再再言って寄越した／他再三向我提過那件事情。⓪

さいさい【歳歳】（副）〔文〕年年歲歲（＝まいねん、としどし）

さいさき【幸先】（名）(吉利的)預兆；☆幸先を祝う／祝(你)吉利；☆幸先が良い（悪い）／預兆吉利(不佳)。⓪④

さいさん【再三】（副）屢次，再三（＝さいさい）；☆再三試みる／再三嘗試；再三言っても聞き入れない／(我)再三地說他也不聽；～さいし【再三再四】（副）再三再四（＝たびたび）。⓪

*さいさん【採算】（名）合算，(收支相抵)有利；☆採算が取れる（取れない）／(不)合算；有利(無利)；～われ【採算割れ】（名）〔經〕虧本，不合算；～に合う（自）合算。⓪

*ざいさん【財産】（名）財産；☆事業に失敗して財産を失った／搞企業失敗喪失了財産；～か【財産家】（名）富翁；～けい【財産刑】（名）剝奪財産的各種刑法，如罰款、罰鍰等；～しょとくぜい【財産所得税】（名）財産所得税；～そうぞく【財産相続】（名）財産繼承；～ほう

【財産法】（名）財產法。◯①

さいし【才子】（名）①才子；☆あの人は
なかなかの才子だ／他是一個了不起的才
子；②聰明人。①

さいし【妻子】（名）①妻，妻子；②妻與
子女。☆妻子を伴って旅行する／偕同妻
子和子女旅行；☆妻子を養う／養活妻
子。①

さいし【祭司】（名）①掌管祭神的官員；
②〔宗〕祭司。①

さいじ【細字】（名）（特別小的）小字，
蠅頭小楷。◯

さいじ【細事】（名）〔文〕①小事，瑣事
（＝さじ）；☆細事にこだわる／拘泥於
小（瑣）事；☆細事に頓着（とんちゃく）
しない／不介意瑣事；②詳細的事情。①

さいしき【彩色】（名・自サ）染色，上色
；☆彩色を施す／上色；～どき【彩色土
器】（名）彩陶。◯

さいしき【祭式】（名）祭祀的儀式。◯

さいじき【歳時記】（名）①時憲書；②日
本詩歌按「季語」分類的註釋書。③

さいじつ【祭日】（名）①節日；☆全國的
の祭日／全國性節日；②〔神道〕祭日
（祭死人靈魂之日）。◯

ざいしつ【材質】（名）木材或者材料的性
質。◯

ざいしゃ【在社】（名・自サ）①在公司任
職，☆満十年間在社した／在公司任職滿
（整）十個年頭了；②在公司裏；☆残業
で八時まで在社する／因爲加班在公司裏
呆到八點鐘。◯

さいしゅ【採取】（名・他サ）①採取，提
取；☆石油からガソリンを採取する／從
石油提煉汽油；②採集。①◯

さいしゅ【採種】（名・自）〔農〕採種，
留種；☆あぶら菜から採種する／留油菜
種。①

*さいしゅう【採集】（名・他サ）採集；☆
植物を採集する／採集植物；☆方言の語
彙を採集する／蒐集方言詞彙。◯

さいしゅう【最終】（名）最終，最末尾
（＝しまい）；～えき【最終駅】（名）終點
站；～がくねん【最終学年】（名）臨畢
業的一年；～でんしゃ【最終電車】（名）
末班電車；☆最終電車に乗りおくれる／
沒趕上末班電車。◯

ざいじゅう【在住】（名・自サ）居住；☆
親子三代（おやこさんだい）東京に在住し

ている／父子三輩居住在東京；☆ロンド
ン在住の日本人／僑居在倫敦的日本人◯

さいしゅうしょく【再就職】（名・自サ）
退休後另找工作再上班。

さいしゅつ【歳出】（名）歳出；☆今年度
は歳出が増大した／今年度歳出增加了；
～よさんがく【歳出予算額】（名）歳出
預算額；↔さいにゅう（歳入）。◯

さいしゅっぱつ【再出発】（名・自サ）從
頭做起，從頭再來。③

*さいしょ【最初】（名・副）最初，第一次
（＝いちばんはじめ）；☆最初の目的／
最初的目的；☆最初より難しくなった／
比最初更加困難了；☆最初に出会った人
／第一次遇見的人；↔さいご（最後）。◯

さいじょ【才女】（名）才女（＝さいえん）
；☆彼女は才女だ／她是個才女。①

さいじょ【妻女】（名）〔文〕①妻與女兒
；☆家には妻女たちが待っている／妻女
在家裏等著（我）；②妻（＝つま）；☆若
くして妻女に先立たれた／年輕而喪妻①

ざいしょ【在所】（名）①住處（＝すみか）
；②郷間（＝いなか）；③故郷（＝ふる
さと）。③◯

さいしょう【再勝】（名・自サ）第二次得
勝。◯

さいしょう【宰相】（名）①宰相；②總理
大臣（＝しゅしょう）；☆一国の宰相と
しての責任は重い／作爲一國（的）首相
責任重大。◯

さいしょう【最小】（名）最小；☆世界で
最小の国／世界上最小的國家；～こうば
いすう【最小公倍数】（名）最小公倍數
；～げん【最小限】（名）最小限度；～
げんど【最小限度】（名）最小限度；☆
最小限度の譲歩（じょうほ）をする／作
最小限度的讓步。◯

さいしょう【最少】（名）最少；☆最少の
人数で最大の効果をあげる／用最少的人
數獲得最大的效果。◯

さいしょう【細小】（名）〔文〕細小。◯

*さいじょう【最上】（名）最高，最優，至
上（＝いちばんうえ）；～きゅう【最上
級】（名）①最高級；②最高班級；③〔
語法〕（副詞・形容詞的）最高級；～ぜ
ん【最上善】（名）至善。◯

さいじょう【斎場】（名）①（祭祀的）齋
場；☆斎場を山の頂きに設ける／齋場設
在山頂上；②殯儀場；☆斎場には多数の

花輪（はなわ）が飾られている／殯儀場擺有許多花圈。⓪

ざいじょう【罪状】（名）罪狀；☆罪状を取り調べる／調査罪狀。③⓪

さいしょく【才色】（名）才色，才貌；～けんび【才色兼備】（名）才貌雙全①⓪

さいしょく【菜食】（名・自サ）菜食，素食；☆菜食は健康によい／菜食有益於健康；～しゅぎしゃ【菜食主義者】（名）菜食主義者；素食者。⓪

ざいしょく【在職】（名・自サ）在職（＝ざいきん）；☆この役所には五年間在職した／在這個機關工作了五年了；☆在職中はお世話になりました／在職期間承您諸多關照。⓪

さいしん【再審】（名・他サ）重審；☆再審を要求する／請求重審。⓪

さいしん【最深】（名）最深；☆大洋（たいよう）の最深箇所／海洋最深的地方⓪

さいしん【最新】（名）最新，最新樣式；☆最新の技術／最新的技術；～しき【最新式】（名）最新式；☆最新式の武器／最新式的武器。⓪

さいしん【細心】（形動ダ）①細心，縝密；☆細心の注意を払う／嚴密注意；②膽小；③氣量狹小，小心眼兒。⓪

さいじん【才人】（名）①有天才的人，才子（＝さいし）；☆彼は，なかなかの才人だ／他是個了不起的才子；②長於詩文的人，有詩文天才的人。⓪

さいじん【祭神】（名）〔神道〕神社所供的神；☆この神社の祭神は天照大神（あまてらすおおみかみ）である／這個神社供的是「天照大神」。⓪

サイズ【size】（名）大小；尺寸；☆サイズが合わない／不合尺寸；☆ S，M，L，LLのサイズがあります／有小號，中號，大號，特大號。①

さい・する【裁する】（他サ）①剪裁；②裁斷，判斷（＝さばく）；☆是非（ぜひ）を裁する／判斷是非；図さいす（サ）。

さい・する【際する】（自サ）遇，當…時候（＝でくわす，さいかいする）；☆出発に際して一言御挨拶申し上げます／當此動身的時候，向諸位說幾句話。③

ざいせ【在世】（名）在世，活着（＝ざいせい）；～じょう【在世中】（名）生前；☆故人の在世中は一方（ひとかた）ならぬお世話になりました／亡人在世的時候承您異常的關照。①⓪

さいせい【再生】（名・自他サ）①再世，再造／再生的恩／再造之恩；☆死裏逃生／☆再生の喜び／死裏逃生的歡欣；②改造，重新作人；☆心を入れ替えて再生する／革面洗心重新作人；④（利用廢物製造新產品）再生；☆再生ゴム／再生膠；⑤（錄音的）再現。⓪

さいせい【再製】（名・他サ）①重製；☆ゴムを再製する／廢膠重製；②特別加上製造；～ひん【再製品】（名）特別加工品。⓪

さいせい【最盛】（名）最盛；☆最盛の時代／最盛的時代；～き【最盛期】（名）極盛期；☆文化の最盛期に達する／達到文化的最盛時代（期）。⓪

ざいせい【在世】（名・自サ）在世（＝ざいせ）。⓪

*さいせい【財政】（名）①財政；☆財政が困難である／財政困難；②國家の財政を握る／掌握國家的財政；②金融；③（個人）經濟情況；☆その贅沢は僕の財政はゆるさない／我的經濟情況不允許那樣奢侈；☆このごろ財政困難で，好きな酒も飲めない／近來經濟困難，愛喝的酒也喝不成了；～インフレーション【財政 inflation】（名）（因財政上的原因而造成的）通貨膨脹；～か【財政家】（名）理財家；～がく【財政学】（名）財政學。⓪

さいせいさん【再生産】（名・自サ）〔經〕再生産；☆生産過程の絶えざる更新と絶えざる重復が即ち再生産である／生産過程的經常更新和不斷重覆就是再生産。③

さいせき【採石】（名・自サ）開採礦石；☆採石権を譲渡する／出讓採石權；～じょう【採石場】（名）採石場。⓪

さいせき【砕石】（名・自サ）①粉碎巖石；②石渣，石碎塊兒；～どう【砕石道】（名）石子路，石渣路。⓪

ざいせき【在籍】（名・自サ）有會籍（學籍等）；☆在籍学生数を調べる／調查在學學生人數。⓪

さいせん【再選】（名・他サ）改選，重選；☆代表に再選される／再次當選爲代表。⓪

さいせん【賽銭】（名）〔おー〕（參拜神社或佛寺時捐獻的）香資；☆お賽銭を上げる／捐香資；～ばこ【賽銭箱】（名）香資箱。③⓪

さいぜん【最前】（名）①最前，最先；②剛才（＝さきほど）；☆最前の電話はだれだったの／剛才是誰打來的電話？；～せん【最前線】（名）最前線；～れつ【最前列】（名）最前排。③[0]

*さいぜん【最善】（名）①最善，最好；②全力；☆最善を尽す／竭盡全力。[0]

さいそく【細則】（名）細則；☆本項の実施については別に定められた細則に従うこと／關於本項的實施要依照另外規定的細則。[0]

*さいそく【催促】（名・他サ）催促，催討，索討；☆朝食を催促する／催早飯；☆貸金を催促する／催債；～じょう【催促状】（名）催促信。[1]

サイダー【cider】（名）①蘋果酒；②汽水。[1]

さいたい【妻帯】（名・自サ）娶妻，成家；☆彼は若くして妻帯した／他年紀輕輕就結了婚（成了家）；～しゃ【妻帯者】（名）有妻者；☆会員は妻帯者に限る／會員限於已婚者。[0]

*さいだい【最大】（名・形動ダ）最大（的）；☆最大の幸福／最大的幸福；☆休暇を最大限に利用する／充分地利用假期；～こうやくすう【最大公約数】（名）最大公約數。[0]

さいだい【細大】（名）細大，巨細（＝すっかり）；☆細大漏（も）らさず／巨細不遺；☆途中の出来事は細大漏らさず学校に報告すること／沿途發生的事情要一字不漏地報告給學校。[0][1]

さいたく【採択】（名・他サ）①採納，通過；☆請願が採択される／請願被採納；☆これは前の会議で採択された議案だ／這是上次會議通過的議案；②選擇。[0]

ざいたく【在宅】（名・自サ）在家；☆先生はご在宅ですか／老師在家麼？[0]

さいたすう【最多数】（名）最多數。[3][4]

さいたん【採炭】（名・自他サ）挖煤，採煤；☆この炭鉱では一日三百トンの石炭を採炭している／這個煤礦一天採煤三百噸；～ふ【採炭夫】（名）挖（採）煤工人；～りょう【採炭量】（名）採煤量，產煤量。[0]

さいたん【最短】（名・形動ダ）①最短；②最次（劣）；～きょり【最短距離】（名）最近距離。[0]

さいだん【祭壇】（名）祭壇；☆祭壇を設ける／設祭壇；☆祭壇に向かって礼拝する／向（對）着祭壇行禮。[0]

さいだん【裁断】（名・他サ）①剪裁，照（紙型）裁（＝カッティング）；☆洋服の型紙（かたがみ）をつくって服地を裁断する／做出西服的紙型（按照它）剪裁料子；②判斷，裁決；☆裁断を仰ぐ／提請裁決。[0]

ざいだん【財団】（名）〔法〕①財團；②財團法人；～ほうじん【財団法人】（名）〔法〕財團法人。[0]

さいち【才知・才智】（名）才智；☆才智にたけた人物（じんぶつ）／才多智廣的人物；精明強幹的人物；☆彼の才智をもってしても不可能なことだ／就是以他的才智也是不可能的。[1]

さいちく【再築】（名・他サ）重修，改建[0]

*さいちゅう【最中】（名）最盛時期；正進行中；☆今は暑い最中だ／現在是正熱的時候；☆試験の最中に病気にかかった／正在考試期間生病了。[1]

ざいちゅう【在中】（名・自サ）內有，在內；☆お送りした荷物の中に請求書も在中しています／送上的貨物之中該貨單也在內；☆写真在中／內附相片。[0]

さいちょう【最長】（名・形動ダ）①最長；☆日本で最長の川／日本最長的河；②最擅長；③最年長。[0]

ざいちょう【在朝】（名・自サ）〔文〕在朝，居官；↔ざいや（在野）。[0]

さいてい【再訂】（名・他サ）再度修訂；☆本を再訂して出版する／把書重新修訂之後出版；～ばん【再訂版】（名）再修訂版。[0]

*さいてい【最低】（名・形動ダ）最低；☆最低に見積る／最低的估計；☆給料は最低で四百ドルだ／工資最低是美金四百元；☆最低の成績で卒業した／以最低的成績畢了業；～おんどけい【最低温度計】（名）〔理〕最低溫度計；～ちんぎん【最低賃金】（名）最低工資，最低薪。[0]

さいてい【裁定】（名・他サ）裁決，斷定；～がわせ【裁定為替】（名）間接滙兌，間接外滙。[0]

さいてき【最適】（名）最適合；☆この仕事に最適の人物は彼だ／最適合於這個工作的人是他；☆この地方は保養地として最適である／此地作為休養的地方最合適。[0]

さいてん【西天】（名）①西天；②〔佛〕西方淨土（西天）。◎

さいてん【再転】（名・自サ）再轉移（轉變）；☆形勢は再転して味方がリードする／形勢再變，我隊占了上風。◎

さいてん【採点】（名・他サ）畫分數，評分數；☆採点が辛い（甘い）／給分兒嚴（寬）；☆先生は答案の採点で忙しい／老師忙於改卷子。◎

さいてん【祭典】（名）祭禮，典禮，慶祝活動；☆祭典はおごそかに執り行なわれる／莊嚴地舉行祭禮（典禮等）。◎③

さいてん【祭殿】（名）祭殿；☆祭殿に登ってぬかづく／到祭殿中磕頭行禮；☆山上に祭殿を設ける／在山上設祭殿。◎③

ざいてん【在天】（名・自サ）在天；☆在天の霊／在天之靈。◎

さいど【再度】（副）再度，再一次；☆再度試みる／再度嘗試；☆再度の渡欧／再次去歐洲。①

サイド【side】（名）①側面；②方面；③橫面；～アウト【side out】（名）出界；～ストローク【side stroke】（名）側泳；～ライト【side light】（名）側燈；～ワーク【side work】（名）副業①

さいとく【才徳】（名）才徳；～けんび【才徳兼備】（名）才德兼備。①

さいどく【再読】（名・他サ）再讀，重讀；☆この本は再読の必要がある／這本書有重讀的必要。◎

さいどく【細読】（名・他サ）細讀，詳讀。

さいな・む【苛む】（他五）苛責，責備；☆良心に苛まれて眠れない／受良心的責備睡不着覺；②虐待，欺侮；☆継子（ままこ）を責め苛む／虐待非親生的子女③

*さいなん【災難】（名）災難（＝わざわい）；☆一生涯数え切れないほどの災難に出会った／一生遭遇到數不完（無數）的災難；☆災難にめげずに立ち上がる／不屈服於災難而站立起來；☆あんな分らず屋に会っちゃ災難だ／碰見那樣一個渾人可倒霉了；～よけ【災難避（除）】（名）避難符。③

さいにゅう【歳入】（名）歳入；☆税率を上げて歳入の増加を図（はか）る／提高税率以期增加歳入（收）；↔さいしゅつ◎

さいにん【再任】（名・自サ）連任（前職）；☆今度校長に再任することになった／這次連任了校長。◎

さいにん【再認】（名・他サ）再次承認，再次認定。◎

ざいにん【在任】（名・自サ）在任，在職；☆在任中に／在職期間；☆卒業後しばらく研究機関に在任する予定だ／預定畢業後暫時任職於研究機關。◎

ざいにん【罪人】（名）罪人，罪犯；☆法に触れて罪人になる／犯法成爲罪人◎③

サイネリア（名）〔植〕→シネラリア。③

さいねん【再燃】（名・自サ）①復燃；②重振；③再度發作；☆問題が再燃した／問題再度提出（死灰復燃）。◎

*さいのう【才能】（名）才能，才幹；☆才能を働かす／施展才能；☆才能ある人／有才能（能幹的人）；☆ピアノにすぐれた才能を示す／在鋼琴方面顯出卓越的天才（才能）。①◎

さいのう【採納】（名・他サ）採納，接受；☆寄付を採納する／接受捐助。◎

さいのめ【采（賽）の目】（名）①骰子點兒；②骰子點兒，小四方塊兒；☆豆腐を采の目に切る／把豆腐切成骰子塊兒。④◎

さいはい【采配】（名）①作戰時主將用的令旗或指揮刀；〔轉〕指揮；☆采配を振る／進行指揮；主持；☆家内のことはすべて細君が采配を振っている／一切家務由妻子主持；☆誰か采配を振るものがあるに違いない／（背後）一定有人出主意③

*さいばい【栽培】（名・他サ）栽培，種植；☆温床でメロンを栽培する／用溫床種植甜瓜；～ほう【栽培法】（名）種植法◎

さいばし【菜箸】（名）分菜或做菜用的筷子。③

さいはじけた【才弾けた】（連語）鋒芒外露的，顯小聰明的；☆あれは、才弾けた男だ／他是一個顯小聰明的人。④

さいはつ【再発】（名・自サ）復發；☆事故の再発を防ぐ／防止再出事故；☆この病気は再発する恐れがある／此病有復發的危險。◎

さいばつ【採伐】（名・他サ）採伐，伐採（＝ばっさい）。◎

ざいばつ【財閥】（名）財閥；☆財閥の解体／（二次戰後由駐日盟軍總部僅在形式上執行的）解散日本財閥；☆彼は三井財閥の番頭（ばんとう）だ／他是三井財閥的資方代理人。◎

さいはて【最果て】（名）〔文〕最後，最終，最末（＝さいご）；☆最果ての／最

後的。[0][4]

さいはん【再犯】（名）①再犯，重犯；②再犯者，重犯者；☆あの男は今度で再犯だ／他這次是重犯。[0]

さいはん【再版】（名・他サ）（書籍）再版，第二版；☆この詩集は発行して間もなく再版された／這部詩集發行後不久又再版了。[0]

*さいばん【裁判】（名・他サ）①裁判，裁断；☆公平な裁判／公平的裁判；②〔法〕審判，審理；☆裁判を受ける／受審；☆裁判を取り下げる／和解；☆裁判に勝つ（負ける）／勝（敗）訴；☆その事件は裁判中です／那個案件正在審理中；～かん【裁判官】（名）〔法〕審判官（長）；～ざた【裁判沙汰】（名）訴訟，打官司；☆裁判沙汰にしないで円満に解決した／未經法院圓滿解決了；～しょ【裁判所】（名）法院；☆一審，庭長。[1]

さいひ【採否】（名）採用（錄用、採納）與否；☆採否を決する／表決採用（納）與否；☆社員の採否は重役会で決定する／公司人員的採用與否由董事會決定。[1]

さいひ【歳費】（名）①一年的費用（經費）；②國會議員的一年的報酬。[1]

さいび【細微】（形動ダ）①微細；☆細微の粒子／微細的粒子；②微賤（＝いやしい）；③微弱，纖弱（＝かよわい）[1]

さいひつ【才筆】（名）才人之筆，才華；有才氣的詩文、作品；◊才筆を振るう／大展文章的才華；寫文章。[0]

さいひつ【細筆】①小筆，小字筆；☆細筆で書いた字／用小字筆寫的字；②寫小字。[0]

さいひょう【細評】（名・他サ）詳細批評；☆試験の結果を細評する／詳細評論考試的結果。[0]

さいひょう【砕氷】（名）①破冰；②碎冰；～せん【砕氷船】（名）破冰船。[0]

*さいふ【財布】（名）錢包，腰包，錢袋；☆財布と相談する／問問腰包，酌量財力辦事；◊財布の口をしめる／緊縮開支；財布の底をはたく／傾囊，一文不留；財布の紐が長い／吝嗇。[0]

さいぶ【細部】（名）細節，細目；☆細部に亘って調べる／詳細入微地調査（檢查）。[1]

サイフォン【syphon, siphon】（名）①〔理〕虹吸管；☆サイフォンを利用して水を導く／利用虹吸管引水；②玻璃咖啡濾壺。[1]

さいぶん【細分】（名・他サ）詳細區分，細分（開）；☆標本を綱目別に細分する／把標本按綱目別詳細分類。[0]

さいべつ【細別】（名・他サ）詳細區別（開）；☆合格者を出身校によって細別するとおもしろい結果が出て来る／把及格的按出身學校來細分時，出現一個很有趣的結果。[0]

さいへん【再編】（名・他サ）再次編成，重編，重組；☆敗残兵を駆り集めて部隊を再編する／收集殘兵重新編成隊伍。[0]

さいへん【再変】（名・自サ）再變。[0]

さいへん【砕片】（名）〔文〕碎片；☆爆風のためガラスの砕片が飛び散る／因爲爆風玻璃的碎片亂飛。[0]

さいへん【災変】（名）災變，災異（＝わざわい）。[0]

さいぼ【歳暮】（名）〔文〕歳暮，年終（＝せいぼ）；☆あわただしい歳暮の街頭（がいとう）／年終匆忙的街頭景象。[0]

さいほう【西方】（名）①西方；②〔佛〕西天，西方淨土；～じょうど【西方浄土】（名）〔佛〕西方淨土。[0][3]

さいほう【細報】（名）詳報。[0]

*さいほう【裁縫】（名・自サ）縫紉；☆裁縫が上手だ／針線活好；☆裁縫の稽古／學習縫紉；～し【裁縫師】（名）縫紉師，裁縫（匠）；～どうぐ【裁縫道具】（名）縫紉用具。[0]

さいぼう【細胞】（名）①〔生物〕細胞（＝さいほう）；②組成分子，成員；③基層組織，支部（＝さいぼうそしき）～がく【細胞学】（名）細胞學；～そしき【細胞組織】（名）①〔生物〕細胞組織；②基層組織，支部；☆民主党の細胞組織は全国至る所にある／全國到處都有民主黨的基層組織。[0]

ざいほう【財宝】（名）財寶；☆財宝の山を築く／財寶堆積如山。[1][0]

さいほうそう【再放送】（名・他サ）重播[3]

サイホン【syphon】（名）〔理〕→サイフォン。[1]

ざいまい【在米】（名）（倉庫、糧店）現存米。[0]

さいまつ【歳末】（名）年底，歳暮（＝ねんまつ）；☆あわただしい歳末風景／匆

忙的年終景象；～うりだし【歳末売出し】（名）年底甩賣。[0]

さいみつ【細密】（名）緻密，縝密，精密，綿密；☆細密に調べる／詳細調查；☆細密な注意／密切的注意。

さいみん【催眠】（名）催眠；～ざい【催眠剤】（名）安眠藥；～じゅつ【催眠術】（名）催眠術；☆催眠術にかかる／受（被）催眠；☆催眠術をかける／施行催眠術；～じゅつちりょう【催眠術治療】（名）催眠療法。[0]

さいむ【細務】（名）瑣碎的事務。[1]

さいむ【債務】（名）〔法〕債務，欠債；☆債務を果たす／履行債務；☆僕は彼に債務がある／我欠他債；～しゃ【債務者】（名）〔法〕債務人。[1]

ざいむ【財務】（名）財務；☆学校の財務をつかさどる人／掌管學校財務的人；～ぎょうせい【財務行政】（名）財務行政；～かんり【財務管理】（名）財務管理；～こもん【財務顧問】（名）財務顧問；～ほうこくしょ【財務報告書】（名）財務報告書。[1]

ざいめい【在銘】（名）（製品上）刻有作者名。[0]

ざいめい【罪名】（名）罪名；☆罪名を負う／擔負罪名；☆強盗の罪名で送局する／以強盗的罪名送往警察局；☆罪名をすぐ／洗刷罪名，☆罪名を下す／定罪名。[0]

さいもう【採毛】（名）〔農〕剪（羊）毛[0]

さいもく【細目】（名）細目，細節；☆細目にわたる／涉及細節；②細紋。[0]

*ざいもく【材木】（名）木材；☆山から材木を切り出す／由山裏砍伐木材；～や【材木屋】（名）木材商；～おきば【材木置場】（名）木場。[0]

さいもんどき【彩文土器】（名）彩陶。[5]

ざいや【在野】（名・自サ）①居鄉；②在野；☆在野の人物のなかから大臣を選ぶ／從在野的人物中選任大臣；☆戦後十年間在野している／戰後十年之間一直在野（未參加政治活動）；～とう【在野党】（名）在野黨，反對黨；↔ざいちょう（在朝）。[0][1]

さいやく【災厄】（名）災難（＝わざわい）；☆災厄が降りかかる／災難降臨；☆今年は全く災厄の年だった／今年真是倒霉的一年。[0][1]

さいゆ【採油】（名・自サ）①開採石油；☆新しい油田から採油する／從新油田開採石油；☆採油の設備をする／裝設開採石油的設備；②榨油。[0]

さいゆしゅつ【再輸出】（名・他サ）（輸入品經加工後的）再輸出，再出口。[3]

さいゆにゅう【再輸入】（名・他サ）（輸出品經加工後的）再輸入，再進口。[3]

*さいよう【採用】（名・他サ）①採用；☆新しい教育法を採用する／採用新的教學法；②任用，錄用；☆秘書に採用する／任用為秘書；②採用になる／～しけん【採用試験】（名）錄用考試。[0]

さいよう【最要】（名）最要緊，最重要；☆最要の地位をしめる／居要幅的地位（職位）。[0]

ざいよく【財欲】（名）〔佛〕財欲。[0][1]

さいらい【再来】（名・自サ）復生，再世；☆孔子の再来／孔子復生；☆戦争によって暗黒時代が再来する／因為戰爭黑暗時代又來臨（又成了黑暗時代）。[0]

ざいらい【在来】（名）固有，原有，以往；☆在来の宗教／原有的宗教；☆在来のしきたり／以往的慣例；☆この研究は在来の学説を覆（くつがえ）すものだ／這項研究可以說推翻了以往的學說。[1][0]

さいらん【採卵】（名）〔農〕採卵。[0]

さいりゃく【才略】（名）①才略；☆彼は才略にたけた人だ／他是足智多謀的人；②巧計；☆今度という今度は完全に彼の才略に引っ掛かった／這一次可完全中了他的巧計。[1]

ざいりゅう【在留】（名サ）①臨時居住；②僑居（國外）；☆現在海外に数千万の同胞が在留している／現在有幾千萬同胞僑居海外；☆日本に在留のイギリス人／僑居日本的英國人；～がいじん【在留外人】（名）外國僑民，外僑；～ほうじん【在留邦人】（名）僑居國外的日本人[0]

さいりょう【最良】（名）最好，最佳，最精良；☆最良の武器／最精良的武器。[0]

さいりょう【裁量】（名・他サ）定奪，酌量（斟酌）處理；☆君の裁量にまかす／任憑你斟酌辦理；☆適当に裁量して処理する／適當地斟酌處理。[3][0]

*ざいりょう【材料】（名）材料，原料；☆小説の材料にされる／被用作小說的題材；☆よい材料を選ぶ／選擇好材料；☆材料を提供する／提供材料。[3]

ざいりょく【財力】（名）財力；金錢的力量；☆財力に物を言わせる／使財力發揮作用（影響）。[1]

さいりん【再臨】（名・自サ）①再來；②〔宗〕再度降臨。[0]

ザイル【德Seil】（名）登山用繩索（＝ロープ）。[1]

さいるい【催涙】（名）催涙；～ガス【催涙gas】（名）催涙瓦斯；～だん【催涙弾】（名）催涙彈；～ピストル【催涙pistol】（名）催涙手槍。[0]

さいれい【祭礼】（名）祭禮，祭祀儀式（＝まつり）；☆祭礼をおごそかに執り行なう／莊嚴地舉行祭禮。[0][1]

サイレン【siren】（名）①汽笛，電笛，響笛；☆午報のサイレンを鳴らす／鳴放中午報時的汽笛；②〔希臘神話〕半人半鳥的女妖，海妖。[1]

サイレント【silent】（名）①無聲電影；↔トーキー；②不發音的字母。[1]

サイロ【silo】（名）〔農〕（飼料）青貯室，秣草儲藏室。[1]

さいろく【採録】（名・他サ）〔文〕收錄，採用；☆重要な記事は原文のまま採録する／重要消息按照原文收錄。[0]

さいろく【載録】（名・他サ）〔文〕收錄，記載；☆調査して得られた伝説をことごとく載録して出版する／把調査到的傳說全部收錄出版。[0]

さいろん【細論】（名・他サ）詳細討論、議論、評論；☆今ここでは細論する暇（いとま）がない／現在在此無暇詳細討論[0]

***さいわい【幸】**（名・形動ダ）幸運，幸福（＝しあわせ）；☆幸な人／幸運的人；☆もっけの幸／意想不到的幸運☆幸を得る／得到幸福；Ⅱ（自サ）對…有利；☆この戦いは我国に幸した／這次戰爭對我國有利了；～（に）【幸（に）】（副）幸而，幸虧，正好，好在；☆幸こちらに参りましたからお伺いしました／正好來到此地所以來拜訪您一下；☆幸に天気がよかったので楽しい遠足ができた／幸而天氣很好所以這次郊遊非常愉快。[0]

さいわん【才腕】（名）幹練的手腕，才能；☆企業の経営に才腕を振るう／在企業的經營上發揮才能。[0]

***サイン【sign】**（名・自サ）①署名，簽名簽字；②記號，信號；☆サインを送る／發送信號（給暗示）。[1]

サウスポー【southpaw】（名）（棒球、拳擊的）左撇子。[4][3]

サウナ【英　sauna】（名）芬蘭式的蒸汽浴。[1]

サウンド【sound】（名）音・音響；～ボックス【sound box】（名）〔樂〕（弦樂器的）共鳴器，留聲機器聲器。[1]

***さえ【個助】**①連；☆東京へさえ行ったことがない／連東京也沒去過；②並且，而且；☆兄が病気である所へ、弟さえ寝こんでしまった／不光哥哥病了，而且弟弟也隨着病倒了；③只要（＝だけ）；☆あなたさえ御承知なら結構です／只要你知道了就成（可以）？

さえかえ・る【冴え返る】（自五）①〔さえる〕的加強語；☆彼の腕は冴え返っている／他的技術爐火純青；②冷徹；☆余寒（よかん）の冴え返った晩／餘寒冷徹的夜晚；☆月の冴え返る夜空を仰ぐ／仰視明月皎潔的天空。[0]

さえき【差益】（名）〔經〕①兌換後的餘利；②由改訂價格所產生的餘利[0][1]

***さえぎ・る【遮る】**（他五）①遮攔，斷；☆行く手を遮る／攔住去路；☆人の言葉を遮る／打斷別人的話；②遮蔽，遮掩；☆月が雲に遮られて見えない／月亮被雲彩遮住看不見。[3]

さえず・る【囀る】（自五）①（鳥）鳴，囀；☆鶯の囀る声／鶯囀聲；☆カナリヤは一日中囀り止まない／金絲雀整天鳴叫不止；②歌詠，歌唱；③叫罵，多言。[3]

さえつ【査閲】（名・他サ）①查閲，察考；②〔軍〕檢閲；☆部隊を査閲する／檢閲部隊；☆査閲を受ける／受檢閲。[0]

さえゆ・く【冴え行く】（自五）①漸冷，漸寒；②愈益清朗；☆月がますます冴え行く／月色愈益清朗。[3][1][0]

***さ・える【冴える】**（自下一）①冷，涼；☆冴えた夜／清寒的夜晚；②晴朗；☆冴えた月／月光如水；③鮮明；☆冴えない色／暗淡（灰暗）的顏色；④清爽；☆気分が冴えない／心情不清爽；⑤清醒；☆目が冴えて眠れない／（興奮得）眼睛發亮睡不着；⑥明敏，清晰；☆頭の冴えた人／頭腦清晰的人；⑦精巧，熟練，高超；☆腕の冴えた労働者／技術高超的工人；囚さゆ（下二）。[2]

さえわた・る【冴え渡る】（自五）冷澈，清澈，響徹；☆鐘の音が市内に冴え渡る

/鐘聲響徹全市；☆昨夜の月は冴え渡っ
ていた／昨晚的月光如水。⓪4

さえん【茶園】（名）茶園（＝ちゃえん）
；☆茶園で茶摘みが始まる／茶園開始採
茶。

ーさお【竿・棹】（接尾）計算旗幟、箱櫃
、羊羹的單位。

***さお**【竿・棹】（名）①竹竿（＝たけざお）
；②釣竿→つりざお；③曬竿←ものほし
ざお；④捕鳥竿←とりざお；⑤日本三絃
的桿部；〔轉〕三絃；⑥櫃櫥子（擡桿櫃
用）。②

さおさ・す【棹さす】（自五）①撐篙，撐
船；☆舟に棹さして川を溯（さかのぼ
る）／撐船逆流而上；②〔轉〕助長；順水
推舟；乘機。③

さおずり【竿釣】垂釣↔てずり（手釣）⓪4③

さおだけ【竿竹】（名）①竹竿（＝たけざ
お）；②作竹竿用的竹子。⓪

さおだち【竿立】（名）豎立，直立（＝ぼ
うだち）；☆馬が竿立になる／馬用後蹄
豎立。⓪

さおとめ【早少女・早乙女】（名）①少女
；☆美しき早少女／美麗的少女；②插秧
姑娘；☆早乙女が歌を歌って田を植えて
いる／插秧姑娘唱着歌插秧。⓪

さおばかり【竿秤】（名）桿秤；☆竿秤で
薪（まき）の貫目（かんめ）をはかる／
用桿秤秤劈柴（的分量）③

***さか**【坂・阪】（名）坡，坡道；☆急な坂
／陡坡；☆だらだら坂／慢坡；☆坂の上
（下）／坡上頭（底下）；☆坂を登る（
下る）／上坡（下坡）；☆五十の坂を越
えている／已經過了五十歲大關了；◇学
問は坂に車を押す如し，油断をすれば後
へ戻る／學如逆水行舟，不進則退。②1

さか【逆】（名）倒，顛倒（＝さかさま）
；☆さかになる／顛倒，頭朝下。1

さか【茶菓】（名）茶和点心，茶点（＝ち
ゃか）；☆クラス会のため茶菓を準備す
る／爲開班會準備茶點。1

さが【性】（名）〔文〕①性情，性質；☆
持って生まれた性はなかなか変わらない
／稟性難易；②習慣，風習；☆浮世（う
きよ）の性／浮生（人世）之常情。1

ざが【座臥】（名・自サ）〔文〕坐臥，起
居（＝おきふし）；☆常住坐臥念頭をは
なれない／念念不忘。1

***さかい**【境・界】（名）①界線，界限；交

界；☆市の境／市邊界；☆昼夜の境／晝
夜之交；②境を接する／接壤；☆鴨緑江
は韓国と中国との境をなしている／鴨綠
江是韓國和中國的交界；②差別，分界
；☆哲学と宗教との境／哲學與宗教之分界
；③境地，境界；☆死ぬか生きるかの境
／生死關頭；〜め【境目】（名）交界線
，交接處，分歧點；☆甲と乙の境目がは
っきりしない／甲乙的分歧點不清楚。②

さかいき【酒息】（名）（呼吸中的）酒氣⓪

さかうらみ【逆恨み】（名・他サ）①被恨
之人反而懷恨（恨者）；②好心反成歹意
；☆彼は君のためを思って言っているの
だから逆恨みするのはよくない／他是爲
你着想而說的，不可以把好心當做歹意；
☆逆恨みを受ける／受人誤解；被人把好
心當作歹意。⓪③

さかえ【栄（え）】（名）榮華，繁榮，興盛
；☆国の栄え／國家的繁榮。②⓪

***さか・える**【栄える】（自下一）繁榮，興
盛，旺盛，昌隆；☆我が国はますます栄
えて行く／我國日益繁榮；☆彼も昔は栄
えたものだ／他從前潤綽過。③

さかおとし【逆落し】（名）①倒落，倒栽
葱；☆相手を崖（がけ）から逆落しに蹴
り落とした／把對方從崖上倒栽葱地踢了
下去；②由懸崖墜落。③

さかがみ【逆髪】（名）倒竪起來的頭髮，
梳不平的（幾根）頭髮。⓪

さかき【榊】（名）〔植〕①楊桐；②常綠
樹的總稱。⓪

さがく【差額】（名）差額；☆輸出入の差
額／進口的差額；☆差額を払う／支付差
額。⓪

さかぐら【酒蔵】（名）酒窖，酒庫。⓪

さかご【逆子】（名）〔醫〕橫產；☆逆子
だったのでお産は重かった／因爲是橫產
所以非常難產。⓪

さかごと【逆事】（名）不合理的事，悖理
，反常（＝さかさごと）。⓪

さかさ【逆（さ）・倒（さ）】（名）逆，
倒，顛倒←さかさま；〜ことば【逆さ言
葉】（名）①反語；②字序顛倒的詞，例如
把「これ」說成「れこ」；〜まつげ【逆
さ睫】（名）〔醫〕倒睫。⓪

***さかさま**【逆様】（形動ダ）倒，逆，顛倒
，頭朝下；翻裏作面，相反；☆逆様にな
る／顛倒；☆銃を逆様にする／把槍倒過
來；☆逆様に落ちる／倒着落下；☆逆様

に釣り下げる／倒懸，倒掛；☆この文句（もんく）は逆様に読むと分る／這句話若是倒唸就懂了；☆彼の言う事は逆様だよ／他所説的（和事實）正相反；☆夢は逆様／夢和現實相反。◎

さがしあ・てる【捜し当てる】（他下一）找到，找出；☆思いどおりの本がさがしあてられた／碰巧找到了自己需要的書；図さがしあつ（下二）。⑤

さかし・い【賢しい】（形）①聰明的，精明的；②高明的，精明強幹的；②機伶的，小聰明的（=こざかしい）；図さかし（形シク）。③

さかしま【逆し（ま）】（形ダ）=さかさま。◎

さがしもの【捜し物】（名）（所尋找的）遺失物；☆捜し物をする／找遺失的東西；☆捜し物が出て来た／遺失的東西找到了。◎

さがしら【座頭】（名）①首席，首座；☆あなたが座頭役だから上（かみ）の方にお坐り下さい／你是首席請坐在上席上；②演藝團體的團長；☆彼は晩年は座頭として大いに活躍した／他晩年做了演藝團體的團長大肆活躍。②

*さが・す【捜す】（他五）尋找，尋求，捜査；☆職を捜す／找工作；☆どこを捜しても無い／找遍了也沒有；☆会社でタイピストを捜している／公司在找打字員；☆七度（ななたび）捜して人を疑え／（丟了東西）不經過仔細尋找別懷疑人。◎

*さかずき【杯・盃】（名）①酒杯；☆杯をさす／獻杯，敬酒；☆杯を受ける／接受敬酒；☆杯を回す／傳杯，行酒；☆杯を伏せる／叩杯（不飲）；☆杯を上げる／舉杯；☆杯を干す／乾杯；☆杯をやりとりする／推杯換盞。④◎

さかず（づ）くり【酒造り】（名）醸酒；造酒；醸酒人，造酒人（=さかおとこ）。③

さかだい【酒代】（名）①酒錢；☆毎月の酒代は，ばかにならない額に上る／毎月的酒錢花費很多，②小費，酒錢；☆人夫（にんぷ）に酒代をはずむ／給傭工酒錢。◎

さかだち【逆立】（名・自サ）倒立，拿大頂；☆曲芸師が梯子（はしご）の上で逆立をする／雜技演員在梯子上拿大頂；☆逆立しても追い付かない／不管怎様也超不上。◎

さかだつ【逆立つ】（自五）倒立，倒豎；☆髪が逆立つ／怒髪衝冠。③

さかだ・てる【逆立てる】（他下一）倒立，倒豎；☆羽を逆立てる／蓬起羽毛；図さかだつ（下二）。④

さかだる【酒樽】（名）酒桶；☆祝儀（しゅうぎ）の酒樽が玄関に積み上げられた／送禮的酒桶堆在門口。◎

さかて【酒手】（名）①酒錢；②小費（=チップ）；☆酒手をやる／給小費。③◎

さかて【逆手】（名）倒持；☆小刀を逆手に把る／倒拿小刀（尖刺下）。◎③

さかとび【逆飛び】（名・自サ）（頭朝下）跳入（水中）。◎

*さかな【魚・肴】（名）①魚；②酒肴；☆酒の肴が何もない／沒有什麼酒肴；③酒席宴會上助興的歌舞等。◎

さがな・い【祥ない】（形）性質惡劣的，壊的；☆さがない人の口に上（の）せられる／被壊人亂説亂道；図さがなし（形ク）。③

さかなみ【逆浪】（名）逆浪，倒浪，頂頭浪；☆逆浪に巻き込まれる／捲入逆浪之中。◎

ざがね【座金】（名）〔機〕（金屬）墊圏◎

さかのぼ・る【溯（遡）る】（自五）①溯，溯航，逆流而上；☆川を溯る／逆流而上；②上溯，回溯；☆太古に溯る／追溯到上古；☆溯って原因を調べる／追究原因。④

*さかば【酒場】（名）酒館，酒家（=バー）；☆酒場を経営する／開酒館；☆酒場の常連／酒館的常客。◎③

さかびたり【酒浸り】（名）①浸在酒裏；②沈湎於酒；☆あの人は年中（ねんじゅう）酒浸りになっている／他終年沈湎於酒中。③◎

さかま・く【逆巻く】（自五）①（浪頭）翻捲；②（波濤）洶湧；☆逆巻く浪に飛び込む／跳進洪濤巨浪裏。③

さかみち【坂道】（名）坡道；☆坂道を駆け降りる／跑下坡道。②

さかむけ【逆剝け】（名・自サ）（起）肉刺（=きさくれ）；☆逆剝けが出来る／起肉刺。◎

さかもり【酒盛】（名・自サ）酒宴（=さかごと）；☆酒盛をする／擺設酒宴；☆酒盛で夜を明かす／徹夜宴飲。④◎

さかや【酒屋】（名）酒家，酒店；賣酒人

；◇酒屋へ三里豆腐屋へ二里というような処／偏僻不便的地方。⓪

さかやけ【酒焼】（名・自サ）喝酒臉紅⓪

さかゆ・く【栄行く】（自五）〔文〕繁榮起來。③

さかゆめ【逆夢】（名）與現實相反的夢；☆これが逆夢ならよいのだが／希望這是個反夢才好；↔まさゆめ（正夢）。⓪

***さから・う**【逆らう】（自五）背逆，違反，反抗，拂逆，反對；☆親に逆らう／忤逆；☆法律に逆う／違法；☆人の気に逆う／拂逆人意；☆彼は逆らわずにきいていた／他恭順地在聽着；☆風に逆らって進む／逆風前進；◇忠言耳に逆らう／忠言逆耳。③

***さかり**【盛り】（名）①最盛時期；☆花の盛り（櫻）花盛開時；☆田植えの盛り／挿秧正忙時；☆旅行ブームはもう盛りを過ぎた／旅行熱潮已經走下坡路了；☆四十前後は男の盛り／四十歳上下正是年富力強的時候；②（家畜等）交尾；～ば【盛り場】（名）繁華街，熱鬧場所；～どき【盛り時】（名）①極盛時期；②發情期，交尾期。⓪

さがり【下がり】（名）〔（さがる）的名詞形〕①下降，下落；下垂，衰落，退步，退後；☆米価（べいか）の上がり下がりが激しい／米價的波動很大；②別人給的（穿過、用過的）東西；☆このズボンは親爺のお下がりだ／這條褲子是我父親穿過後給了我的；～くち【下がり口】（名）開始降落，降落的時機；☆相場の下がり口／行市開始降落的時機；～め【下がり目】（名）①眼角下垂的眼睛②＝さがりぐち。③①

***さが・る**【下がる】（自五）①降低，降落，落下；☆温度が下がる／溫度降低；☆順位が下がる／名次降低；②垂，低垂，垂懸；☆軒下に、つららが下がっている／屋簷下掛着冰柱；②落價；☆魚の値が下がる／魚落價；④後退；☆二歩（にほ）下がる／向後退兩步；⑤（能力、技術等）退步；☆稽古をしないので腕が下がった／因為不練習技術退步了；⑥（由機關等）發下；☆営業の許可が下がった／營業的許可（證）發下來了；◇頭がさがる／佩服，尊敬。②

***さかん**【盛ん】（形動ダ）①盛，盛大，旺盛，繁盛；☆日本では仏教が盛んだ／日

本佛教很盛；☆昨晩のパーティーは非常に盛んだった／昨晩的宴會非常盛大；☆食慾が盛んだ／食慾旺盛；☆市況が盛んになる／市況繁盛起來；②壯；☆老いて益益（ますます）盛んなり／老當益壯；⑧〔盛んに〕大事，不斷，積極，熱烈；☆盛んに宣伝する／大肆宣傳；☆向こうから盛んに合図（あいず）をしている／對方不斷（向這方面）發出信號；☆盛んに勉強する／積極地用功；☆盛んに議論する／熱烈地辯論。⓪

さかん【左官】（名）泥瓦匠；☆左官を入れて家の修理をする／找來泥瓦匠修理房子；～や【左官屋】（名）泥瓦匠。⓪

さがん【左岸】（名）左岸；☆左岸には村がある／左岸有村莊。①

さがん【砂岩】（名）〔礦〕砂巖。①

***さき**【先】（名）①端，頭兒，末梢，尖端（はし，すえ）；☆鉛筆の先／鉛筆尖兒；☆先が円くなっている／頭兒是圓的；②先頭，前頭（＝せんとう）；☆人の先に立つ／站在別人的前頭，帶頭，領先；☆先の見えないデモ隊／一眼望不見先頭的（示威）遊行隊伍；⑧前面，前程，那面；☆そこから先へ行く／從那裏往前去；☆先を急ぐ／趕路（奔前程）；☆その家は大学の先か手前か／那所房子是在大學的那面還是這面？④將來，未來，前途，以後；☆先のことを考える／考慮以後（將來）的問題；☆先がない／沒有前途；☆先を見ずに／不考慮將來（後果如何）；☆君たちは先が長い／你們前程遠大；⑤先，早；☆私が先に来た／是我先來的；☆一番先に来る人／起得最早的人；⑥事先，預先（＝まえもって）；☆先に金を払う／先付款，預付；☆先に断っておく／事先聲明（講清楚）；⑦以前，從前，前次，前任；☆先の校長／原（前）任校長；☆先の事件／上次的事件；☆先に述べた通り／正如從前所述；⑧對方（＝あいて）；☆先が嫌（いや）と言うなら諦（あきら）める外（ほか）仕方（しかた）がない／如果對方不同意那只好死心吧；⑨去處，目的地☆行った先から手紙をよこしなさい／到了（目的地）來信吧；☆行く先をはっきりしておけ／要把去處說清楚；⑩首先，優先，佔先；☆利益より社会奉仕を先にする／把社會服務放在利益之上；☆経費の問題が何より先

だ／首先要解決經費問題；⑪下文，繼續；☆話の先／談話（故事）的下文；☆それから先は読者の想像に任せる／那以後（下文）如何任憑讀者自己想像；◊**先を争う**／争先，搶頭；**先を追う（はらう）**／開道；**お先に失礼**／(我)先走了一步 0

さき【崎】（名）＝みさき。1

さき【左記】（名）下開，下列；☆左記の通り／如下；☆左記の品物を御送付（ごそうふ）願います／下列物品希望寄來 1

さぎ【鷺】（名）〔動〕鷺鷥。0

さぎ【詐欺】（名）①欺詐，欺騙；☆詐欺にかかる／受騙；☆詐欺を働く／欺騙人；**～し【詐欺師】**（名）騙子（＝いかさまし）。1

さ

さきいき【先行】（名）①先發（＝せんぱつ）；②捷足先登；③將來，未來（＝ゆくすえ）；☆先行は期待できない／前途無望；④將來行情。0

さきおとつい【一昨昨日】（名）＝さきおととい。5

さきおととい【一昨昨日】（名）大前天，前二日；☆一昨昨日の新聞／大前天的報紙。5

さきおととし【一昨昨年】（名）大前年；☆一昨昨年に入学した学生／大前年入學的學生。4

さきがけ【魁・先駆（け）】（名・自サ）①首先攻入敵人陣地；☆先駆になって敵陣に突入した／帶頭衝入敵人陣地；②領先，先進；☆東洋の医学は近代医学に先駆している／東洋醫學是近代醫學的先河；☆春の先駆／春的前奏。0

さきこぼ・れる【咲き溢れる】（自下）盛開，(百花)繚亂（＝さきみだれる）；☆桜の花が山一面に咲き溢れている／滿山上櫻花繚亂；図さきこぼる（下二）5

さきごろ【先頃】（名）前些時，頭幾天，不久以前(＝せんじつ、このあいだ)☆先頃お話し申し上げた加藤君を御紹介します／給你介紹前些時提到的加藤先生 3 2

さきざき【先先】（名・副）①過去（＝かこ）；☆先先からこう思っていた／我老早就這樣想；②將來；☆先先が案ぜられる／前途堪憂；③所到之處；☆行く先先で、もてる／到處受歡迎。2

サキソホーン【saxophone】(名)〔樂〕薩克管。4

さきそ・める【咲き初める】(自下一)(花)初開，開起來；☆桃の花が咲き初めた／桃花開起來了；図さきそむ（自下二）4

さきそろ・う【咲き揃う】（自五）（花）開齊，齊放；☆百花咲き揃う／百花齊放；☆庭の花がみんな咲き揃った／院中的花全一齊開了。4

さきだ・す【咲き出す】（自五）（花）初開，開起來（＝さきそめる）；図さきいだす（四）。3

さきだち【先立】（名）〔（さきだつ）的名詞形〕先行，先行者，先導。0

さきだ・つ【先立つ】（自五）①站在前頭，走在前頭，先行；☆一行（いっこう）に先立って出発した／比伙伴們先走了；②先出現，先發生；☆独立に先立つこと二十年／早行獨立二十年；③先死；☆親に先立つ／死在父母之前；◊**先立つものは金**／凡事錢當先。3

さきだ・てる【先立てる】（他下一）讓…先走，使…領先；☆儀仗隊を先立てて行進した／以儀仗隊爲先導而遊行；図さきだつ（他下二）。4

さきどり【先取り】（名・他サ）先得；☆僕は先取する権利がある／我有先得到的權利；☆賃金先取の仕事をする／做先拿工資的工作。0

さきに【先に】（副）〔文〕以往（＝まえに）；☆先にお話しした本はこれです／我以前對你說過的書就是這本。0 1

さきにお・う【咲き匂う】（自五）（花）盛開。4

さきのこ・る【咲き残る】(自五)①遲謝（開剩下）；②遲開，後開；③遲遲不開 4

さきのよ【先の世】（名）前生，前世（＝ぜんせ）。0 4 3

さきばしり【先走り】（名・自サ）〔（さきばしる）的名詞形〕走在前頭，搶先；出風頭，多事（＝でしゃばり）；☆先走りをする／搶先；☆先走りをして口を出す／多嘴。3 0

さきばし・る【先走る】（自五）搶先，走在前頭；出風頭，多事。4

さきばら【先腹】（名）先妻所生子女。0

さきばらい【先払（い）】（名・他サ）①開路（的人）；☆先払いをする／開路；②預先付款；☆運賃先払いで荷物を送る／用預付運費的辦法發貨；③←さきばらいうんちん；**～うんちん【先払い運賃】**（名）預付運費。3

さきぶと【先太】（名・形動ダ）尖端粗，頭粗（的東西）；☆先太の棒／頭粗的棍子；↔さきぼそ（先細）。◎

さきぶとり【先太り】（名）愈來愈大（盛）；↔さきぼそり（先細り）。◎

さきぶれ【先触れ】（名・他サ）預告（＝まえぶれ）；☆演芸会の先触れ／演藝會的預告。◎

さきぼう【先棒】（名）①（兩個人用槓子槓東西時的）前一個人；②（轉）部下，走卒，爪牙，走狗；☆お先棒に使われる／被利用爲爪牙；〜かつぎ【先棒舁】（名）幫閒，走狗。◎②

さきほこ・る【咲き誇る】（自五）（花）盛開，爭艷；☆牡丹（ぼたん）の花が咲き誇っている／牡丹盛開。④

さきぼそ【先細】（名・形動ダ）尖細，頭細（的東西）；☆先細の竹竿／頭細的竹竿；↔さきぶと（先太）。◎

さきぼそり【先細り】（名）稍細，愈來愈小（衰）；☆柱に先細りになった杉（すぎ）が使われている／柱子用的是稍細的杉木；☆経営は全く先細りの状態になっている／經營完全陷入愈來愈衰微的情況；↔さきぶとり（先太り）。◎

さきほど【先程】（名・副）方才，剛才（＝いましがた）；☆先程お電話しました木村です／我是剛才打來電話的木村。◎

さきまわり【先回り】（名・自サ）捷足先登，暗中搶先（＝さきくぐり）；☆駅には先回りした秘書が出迎えた／在站上有先來的秘書來迎接；☆人の話の先回りをする／搶別人的話。③⑤

さきみず【先見ず】（名）魯莽，猛撞，蠻幹（＝むこうみず）。◎

さきみだ・れる【咲き乱れる】（自下一）繚亂，盛開；☆花が一面に咲き乱れている／滿地鮮花盛開；図さきみだる（下二）。⑤

さきゅう【砂丘】（名）砂丘，砂崗。◎

さきゆき【先行き】（名）→さきいき。◎

*さぎょう【作業】（名・自サ）①作業，工作，勞動（＝しごと）；☆沈没船（ちんぼつせん）の引き揚げ作業をする／打撈沉船；☆作業（さぎょう）の能率を上げる／提高工作效率；②手工（＝しゅこう）；〜じかん【作業時間】（名）工作時間；〜しつ【作業室】（名）工作室；〜ば

【作業場】（名）工作地；〜ふく【作業服】（名）工作服。①

さぎょう【サ行】（名）五十音圖第三行；〜へんかくかつよう【サ行変格活用】（名）〔語法〕サ行變格活用，簡稱「サ変」。①

ざきょう【座興】（名）①會（席）上的遊戲（藝），餘興；☆面白い座興が始まった／餘興開始了；②湊趣，湊熱鬧的行動或言談；☆今日のお話は講演ではなく，ほんの座興に申し上げただけです／今天的發言，並不是講演只是湊湊熱鬧。◎

さきわたし【先渡し】（名・他サ）①後交，後付；②先交，先付；☆手当（てあて）の先渡しを要求する／要求先付津貼。③◎

さきん【砂金】（名）〔礦〕砂金（＝しゃきん）；☆砂金を採る／採砂金；〜せき【砂金石】（名）〔礦〕金礦砂。◎

さきん・じる【先んじる】（自上一）＝さきんずる。④

さきん・ずる【先んずる】（自サ）率先，搶先，佔先，先下手，着先鞭；☆時代に先んずる／走在時代之先；☆我が国は他国に先んじて世界大同主義を唱えた／我國率先倡導世界大同主義；◊先んずれば人を制す／先下手爲強，図さきんず（サ）◎

*さく【作】（名）①創作，著作；☆ヘミングウェー作の小説／海明威寫的小說；②作品；☆この詩は杜甫の作らしい／這首詩像是杜甫的作品；③農作，種莊稼；④〔農〕年成，收成（＝さくがら，できばえ）；☆作がよい（わるい）／收成好（壞）；☆今年の作は平年並み／今年的收成和往年（常）一樣。②◎

さく【柵】（名）①柵欄；☆柵を乗り越えて乱入する／越過柵欄闖進來；☆柵で囲う／圈上柵欄；②營砦。①②

さく（名）〔農〕用鋤頭刨的壟或溝。①

さく【朔】（名）朔日，農曆初一（＝ついたち）。①

*さく【策】（名）①計策，策略，方策（＝はかりごと）；☆最善の策／最上策；☆策に富む人／足智多謀的人；☆策を弄する／玩弄手段，耍手腕；☆策を遒らす／運籌，策劃，定計；☆策を施す／用計，運用策略；☆これでは策の施しようがあるまい／這樣恐怕無計可施了。②①

*さ・く【咲く】（自五）（花）開；☆梅の花が咲く／梅花開。◎

*さ・く【裂（割）く】（他五）①撕開；☆紙をずたずたに裂く／把紙撕得一條一條的；②切開，劈開；☆魚を二つに割く／把魚剖開（切成兩半）；☆二人の仲が割かれる／兩人的感情被離間開；☆胸を裂かれる思い／心如刀絞；③分出，勻出，騰出；☆時間を裂く／勻出時間；☆金を一部さいて与える／分給一部分錢。①

さく・い【形】〔俗〕①爽快的，直性的，痛快的（＝さっぱりしている）；☆気のさくい人／性情直（爽乾脆）的人；②脆的，脆弱易壞的（＝もろい）；☆さくいから気をつけなさい／（這東西）脆弱易壞，要留神。②

さくい【作意】①企圖，打主意；②（藝術創作的）意圖，構想；☆十分（じゅうぶん）な出来とはいえないが作意は理解できる／雖不能說寫得很好，但是意圖是可以理解的。①②

さくい【作為】（名）①人為，造作，作為；☆この小説は作為の痕が露骨だ／這部小說顯有造作的痕跡；②〔法〕作為，行為；～てき【作為的】（形動ダ）故意的；造作的。①②

さくいん【索引】（名）索引（＝インデックス）；☆それは索引で引けばすぐわかる／那查找索引立刻就明白；☆索引をつくる／做索引；☆索引を付ける／加上索引。⓪

さくおとこ【作男】（名）〔農〕長工。③

さくがら【作柄】（名）①〔農〕年成，收成；☆今年は作柄がよい／今年收成很好；②藝術作品的水準。⓪

さくがんき【鑿岩機】（名）鑿巖機；☆鑿岩機で穴をあける／用鑿巖機穿洞。

さくげん【削減】（名・他サ）削減；☆予算案を削減する／對預算案加以削減；☆あくどい宣伝の看板で都市の美観が著しく削減された／由於討厭的（商家）宣傳招牌城市的美觀大為減色。⓪

さくご【錯誤】（名）①錯誤（＝あやまり，まちがい）；☆錯誤に陥る／造成錯誤，失錯；☆重大な錯誤を犯した／犯了嚴重的錯誤②法律上表現與意志的不一致①②

さくさん【醋（酢）酸】（名）〔化〕醋酸；～きん【醋酸菌】（名）醋母；～はっこう【醋酸発酵】（名）醋酸發酵。⓪

さくし【作詞】（名・自サ）作（歌）詞；☆この歌の作詞を彼に頼もう／這個歌請

他作詞吧。⓪

さくし【作詩】（名・自サ）作詩；作詞⓪

さくし【策士】（名）策士，智囊；☆彼はなかなかの策士だ／他是個了不起的策略家；☆その政党は策士ぞろいだ／那個政黨裡有很多策略家。①

さくじつ【昨日】（名・副）昨天（＝きのう）；☆昨日の新聞／昨天的報紙②⓪

さくじつ【朔日】（名）〔文〕朔日，農曆初一（＝ついたち）。⓪

*さくしゃ【作者】（名）作者，著者，作家；☆この俳句の作者はわからない／這首俳句的作者不詳。①

さくしゅ【搾取】（名・他サ）①搾取，擠出，②〔經〕剝削；～かいきゅう【搾取階級】（名）剝削階級。①

さくしゅう【昨秋】（名）〔文〕去秋，去年秋季；☆校舎は昨秋完成した／校舍是去年秋天完成的。⓪

さくしゅん【昨春】（名）〔文〕去春，去年春季；☆昨春出来た建物／去年春天竣工的建築。⓪

さくじょ【削除】（名・他サ）抅消，塗掉，刪去，省略；☆名簿から削除する／從名冊上（把名字）抹掉。①

さくず【作図】（名・他サ）①繪圖；☆設計図を作図する／作設計圖；②〔數〕作圖；☆コンパスで作図する／用兩腳規作圖；～だい【作図題】（名）〔數〕作圖題。⓪

さくずけ【作付】（名・自サ）〔農〕種植，播種（＝さくつけ）；☆今年度の米の作付（の）状況は良好だ／本年度大米的播種情況良好；～めんせき【作付面積】（名）播種面積。④⓪

サクスホーン【saxhorn】（名）〔樂〕薩克斯喇叭④

さく・する【策する】（他サ）策劃，籌劃；☆法案の握り潰しを策する／策劃把法律草案壓下作廢；因さくす（サ）。③

さくせい【作成】（名・他サ）寫造（冊、表、報、證件等）；☆証書を作成する／開寫證書。⓪

さくせい【鑿井】（名・自サ）鑿井，鑽探石油井；～き【鑿井機】（名）鑿井機，石油鑽探機。⓪

さくせん【作戦】（名）作戰；☆作戦をねる／推敲作戰方術；～けいかく【作戦計画】（名）作戰計劃；☆作戦計画を立てる／制定作戰計劃。⓪

さくぜん【索然】（形動タルト）①索然
；☆興味索然たるものがある／索然無味
；☆彼が世を去ってから身辺（しんぺん）
索然とした感がする／他去世以後（我）
身旁有索然之感；②蕭索，蕭條。⓪

さくそう【錯綜】（名・自サ）錯綜，交錯
。⓪

さくちょう【昨朝】（名・副）〔文〕昨晨⓪

さくつけ【作付】（名・自サ）〔農〕＝さ
くづけ。④⓪

さくど【作土】（名）〔農〕耕地的表土層
，耕犁達到的土層（＝こうど）↔しん
ど（心土）。①

さくとう【昨冬】（名・副）〔文〕去冬，
去年冬季；☆昨冬に比べて今年は暖かだ
／今年比去年冬天暖和。⓪

さくどう【索道】（名）（懸空）索道（＝
くうちゅうケーブル）；☆石炭は索道で
運搬される／用（懸空）索道運煤。⓪

さくどう【策動】（名・自サ）陰謀活動，
暗地搞鬼，策動；☆陰で策動する／暗中
活動；～か【策動家】（名）進行陰謀活
動的人，策動家。⓪

さくにゅう【搾乳】（名・自サ）擠奶；☆
乳搾器で搾乳する／用擠奶器擠奶。⓪

さくねん【昨年】（名・副）〔文〕去年
（＝きょねん）；☆昨年度の計劃／上年度
的計劃。⓪

さくばく【索漠（莫・寞）】（形動タルト）
荒涼，寂寞，落寞；☆索漠たる曠野／荒
涼寂寞的曠野。⓪

さくばん【昨晩】（名・副）昨晚（＝ゆう
べ）；☆昨晚雨が降った／昨晚下了雨②

*****さくひん**【作品】（名）①製作品；②作品
；☆これは彼の未発表作品だ／這是他未
發表的作品。⓪

さくふう【作風】（名）作品的風格，作風
，筆法，手法；☆曹雪芹の作風をまねる
／模仿曹雪芹的筆法；☆この小説は彼の
作風が最も良く表われている／這篇小說
最足以表現他的風格。⓪

*****さくぶん**【作文】（名・他サ）①作文（
寫）文章；☆生徒の作文を直す／批改學
生的作文；②〔諷〕大作文章，空談空
論；☆彼の施政方針演説は全くの作文
である／他的施政方針演說完全是空作文
章。⓪

さくほう【昨報】（名・自サ）〔文〕昨天
的消息（報導）；☆昨報したニュースの

詳細が判明した／弄明白了昨天報導的消
息的詳情。

さくぼう【策謀】（名・自サ）策略，策劃
；☆彼の策謀に引っ掛かった／中了他的
策略；～か【策謀家】（名）策略家。⓪

さくぼう【朔望】（名）〔文〕朔望，農曆
初一十五；～ちょう【朔望潮】（名）大
潮（＝おおしお）。⓪

さくま【作間】（名）〔農〕①壟間；②農
閑期。③⓪

*****さくもつ**【作物】（名）①作物，農作物；
☆この頃の天気は作物に好い／最近的天
氣宜於農作物生長。②

さくや【昨夜】（名・副）昨夜，昨晚（＝
さくばん、ゆうべ）；☆昨夜の雨／昨天
晚上的雨。②

さくゆう【昨夕】（名・副）昨晚（＝さく
ばん、ゆうべ）。⓪

さくら（名）偽裝顧客引誘旁人受騙的訛詐
商人，詐術；☆さくらを使って客を欺す
／使用囮子騙顧客上當。⓪

*****さくら**【桜】（名）①〔植〕櫻樹；②淡紅
色（＝さくらいろ）；③馬肉的別稱（＝
さくらにく）；～あめ【桜雨】（名）櫻
花盛開時的雨；～いろ【桜色】（名）淡
紅色；～がみ【桜紙】（名）一種又柔
又軟的衛生用紙，手紙（＝はながみ、ち
りがみ）；～そう【桜草】（名）〔植〕櫻
草；～ちゃや【桜茶屋】（名）為觀賞櫻
花的遊人而開設的茶亭；～にく【桜肉】
（名）馬肉（＝ばにく）；～めし【桜飯】
（名）用白米加醬油和酒調味的飯。⓪

さくらん【錯乱】（名・自サ）錯亂，混亂
；☆精神が錯乱する／精神錯亂。⓪

さくらんぼう【桜桃】（名）櫻桃（＝さく
らんぼ）。⓪

さぐり【探り】（名）〔（さぐる）的名詞
形〕①刺探，探求，探聽；☆探りを入れ
る／刺探；②偵探，間諜，細作（＝たん
てい、スパイ）；～あい【探り合】（名）
互相刺探；～あし【探り足】（名）用腳
探索前進；☆闇の中を探り足で行く／在
黑暗中用脚探索前進；～ずえ【探り杖】
（名）盲人的枴杖，盲人用枴杖摸索前
進。⓪

さぐりあてる【探り当てる】（他下一）
刺探出，探聽到（＝さぐりだす）；☆犯
人の居所（いどころ）を探りあてた／偵
察到犯人的住處；☆相手の真意を探り当

てる／探出對方的眞意；囡さぐりあっ（
他下二）。5

さぐりだ・す【探り出す】（他五）＝さぐ
りあてる；囡さぐりいだす（他五）。4

さくりゃく【策略】（名）策略，計策；☆
策略を用いる／用策略；☆策略に富む／
足智多謀；～か【策略家】（名）策略家2

*さぐ・る【探る】（他五）①探，摸，☆ポ
ケットを探る／掏including袋；②捜索，尋找；
☆水源を探る／尋找水源；③刺探，偵探
，探聽；☆相手の意向を探る／刺探對方
的心意（口氣）；☆敵の動静（どうせい）
を探る／偵探敵情。

さくれい【作例】（名）作詩文等的範例；
☆作例を示す／提示範例；☆和文英訳の
作例／日譯英的範例。0

さくれつ【炸裂】（名・自サ）爆炸；☆大
砲の弾が炸裂する／砲彈爆炸；～だん【
炸裂弾】（名）炸彈，開花彈。4

ざくろ【石榴】（名）〔植〕石榴；
～ぐち【石榴口】（名）（物的）裂口
（＝はぜぐち）；～ばな【石榴鼻】（名）
酒糟鼻子。1

*さけ【酒】（名）酒，日本酒；☆酒の上で／
酒後，醉後；☆酒の上の喧嘩／醉後打架
；☆酒を飲む／喝酒；☆酒を味わう／品
酒；☆酒を注ぐ／斟酒；☆酒を燗（かん）
する／燙酒；☆酒で心配事（しんぱいご
と）を紛（まぎ）らす／藉酒消愁；☆酒
に耽る／沉湎於酒；◊酒が酒を飲む／越
喝酒越能喝；酒に飲まれる／被酒灌糊塗
；酒は百薬の長／酒爲百藥之長。0

*さけ【鮭】（名）〔動〕鮭；（俗稱）大馬
哈魚。1

さけい【左傾】（名・自サ）左傾；～せい
とう【左傾政党】（名）左傾政黨。0

さけかす【酒粕（糟）】（名）酒糟，☆酒
粕で漬物（つけもの）をつくる／用酒糟
醃鹹菜。0

さげがみ【下（げ）髪】（名）辮子（＝お
さげ）；☆下髪にした少女／梳辮子的少
女。0

さけくさい【酒臭い】（名）帶酒氣的，酒
味的；☆彼はいつも酒臭い／他經常帶着
酒氣，囡さけくさし（形ク）。40

さけくせ【酒癖】（名）酒後脾氣，☆酒
癖が悪い／酒後愛鬧，裝酒瘋（＝さかく
せ、さけぐせ）。0

さけくらい【酒食らい】（名）吃大酒（的

人）（＝さけのみ）。3

さけさかな【酒肴】（名）酒和酒菜。0

さけずき【酒好き】（名・形動ダ）愛喝酒
（的人）；☆酒好きの人／愛喝酒的人；
☆中年から酒好きになった／中年以後愛
喝起酒來。40

さけず（づ）くり【酒造り】（名）造酒者（＝さ
かずくり）。34

さけず（づ）け【酒漬】（名）用酒泡（的東西）0

さげすみ【蔑・貶】（名）〔（さげすむ）
的名詞形〕輕蔑（＝けい・べつ）；☆人を
蔑の目で見る／以輕蔑的眼光看人40

さげす・む【蔑・貶】む（他五）輕蔑，
輕視（＝みさげる，あなどる）；☆身な
りを見ただけで人を蔑むのはよくない／
不可只根據外表來看人。3

さけのみ【酒飲み】（名）①飲酒，喝酒；
☆酒飲みが彼の悪い癖だ／喝酒是他的壞
習慣；②愛喝酒的人，酒徒；☆彼は酒飲
みだ／他好喝酒；◊酒飲み本性たがわず
／酒不亂性。43

さけび【叫び】（名）喊喊，叫喊；喊聲，呼
聲；☆叫びをあげる／發喊聲，喊叫；☆
電力値上げ反対の叫び／反對電力漲價的
呼聲。3

*さけ・ぶ【叫ぶ】（自五）喊叫，呼號（＝
わめく）；☆叫んで助けを求める／大呼
求救；☆悲しんで叫ぶ／悲號；☆反対を
叫ぶ／高聲反對；☆産児制限を叫ぶ／呼
籲節育。2

さけぶとり【酒太り】（名・自サ）→さか
ぶとり。350

さけめ【裂目】（名）裂縫；裂口（＝われ
め）；☆氷河の裂目が大きくなった／冰
河的裂縫（口）加大了；☆地震のため地
面に裂目が生じた／因爲地震地面有了裂
縫。3

*さ・ける【裂ける】（自下一）裂，裂開，
破裂；☆二つに裂ける／裂成兩半；喉が
裂ける程大きな声を出す／喊破嗓子；☆
着物が裂けた／衣服破了；囡さく（下二
）。2

*さ・ける【避ける】（他下一）①避，躲避
；☆雨を避ける／避雨；☆道をさける／
讓路；☆家庭の問題について語るのを避
ける／關於家庭問題避而不談；②逃避，
避免；☆責任をさける／逃避責任；囡さ
く（下二）。2

*さ・げる【下げる】（他下一）①吊，掛，

佩帶（＝ぶらさげる）；☆看板をさげる
／掛招牌；☆勲章をさげる／佩帶勲章；
②降低，降下；☆電灯をさげる／把電燈
拉低一些；☆値段をさげる／減價；③頭
をさげる／低頭；☆一級さげる／降一級
；☆調子をさげて歌う／放低調子唱；③
撤，撤下；☆お膳をさげる／撤饌，撤下
食具；☆銀行預金をさげる／提出銀行存
款；④發放，發給；☆鑑札をさげる／發
給執照。②

*さ・げる【提げる】（他下一）提（＝ひっ
さげる）；☆かばんをさげる／手提皮包
；◇どの面（つら）提げて戻って来た／
你有什麼臉囘來呢！図さぐ（下二）。②

さげわた・す【下（げ）渡す】（他下一）
（由機關）發放，發還；☆盗難品は警察
からさげわたされた／由警察機關發還了
被盗物品。⓪

さげん【左舷】（名）左舷；☆船は左舷に
傾いた／船向左傾了。①

さこ【左顧】（名）①左顧，向左看；②垂
青，惠顧，枉顧；~うべん【左顧右眄】
（名）左顧右盼，躊躇不決。①

ざこ【雑魚】（名）①各種小魚；☆雑魚ば
かりとれた／盡捕了些小魚；②〔轉〕蝦
兵蟹將，嘍囉，小卒；☆あんな雑魚は相
手にしない／那樣的小卒我不理他；◇ざ
このととまじり／小魚穿大串；~ね【雑
魚寝】（名・自サ）（地方狹窄許多人）
擠在一塊睡。①⓪

さこく【鎖国】（名・自他サ）閉關自守；
☆徳川幕府（とくがわばくふ）はキリシ
タンの影響を恐れて鎖国をおこなった／
徳川幕府怕受天主教的影響實行了閉關自
守；~しゅぎ【鎖国主義】（名）閉關自
守主義；~ろん【鎖国論】（名）閉關自
守論。⓪

さこそ（副）〔文〕①正是那樣（＝そのよ
うに）；☆さこそと思う／想必如此，想
當然；②一定（＝さだめし）；☆彼の落
胆もさこそと察せられる／他的失望可想
而知。①

さこつ【鎖骨】（名）〔解〕鎖骨。①

ざこつ【坐骨】（名）〔解〕坐骨。⓪①

ささ【笹】（名）①箟，小竹；☆庭に笹を
植える／院中種上小竹子；②竹葉；☆笹
におく露／落在竹葉上的露水。⓪

ささ【些些】（名・形動タルト）〔文〕些
許，些微；☆些些たる事件だ／不足道的

瑣事。①

ささⅠ（副）①涼涼（而流）；☆ささと音
がして水が流れる／水流涼涼；②（風）
颯颯，☆ささと音を立てて風が吹く／風
吹得颯颯作響；Ⅱ（感）喂喂（＝さあさ
あ）；☆ささ早くしなさい／喂喂，快一
點兒；図いざ。①

ささ【瑣瑣】（形動タルト）瑣碎。①

*ささい【些細】（形動ダ）些微，細小（＝
わずか，いささか）；☆些細な事／小事
；☆些細な金／少許的錢；☆些細な違い
／些微之差；☆些細の（な）事でもおろ
そかにしない／就是細微的事情也不疏
忽。①

*ささえ【支え】（名）〔（ささえる）的名
詞形〕支持，支撐；☆生計の支えのため
に働く／為了維持生活而工作；~ばしら
【支え柱】（名）支柱。③②

ささえ【栄螺】（名）〔動〕蠑螺。①

*ささ・える【支える】（他下一）①支持，
支撐；☆柱で支える／用柱子支撐；☆一
家を支える／維持全家（生活）；②阻擋
，阻止；☆敵を支える／阻擋敵人；図さ
さふ（下二）。③⓪

ささくれ（名）肉刺（＝さかむけ）；☆指
がささくれになって痛い／手指上起了肉
刺很痛。⓪

ささく・れる（自下一）①（尖端）劈裂；
☆団扇（うちわ）の縁（ふち）がささく
れているのをむしり取る／撕掉團扇的裂
邊；②起肉刺；☆水仕事や土いじりをす
ると手がささくれる／用水洗東西或玩弄
土，手就起肉刺。④

ささげ【大角豆】（名）〔植〕紅豆。⓪

ささげつつ【捧げ銃】（名）〔軍〕舉槍（
禮）。③②

ささげもの【捧げ物】（名）（獻給神佛的）
供品，禮物。⓪

*ささ・げる【捧げる】（他下一）①雙手擎
舉，捧奉；☆両手を捧げる／舉起雙手；
②獻，獻上，供獻；☆国の為に一身を捧
げる／以身許國；☆革命に一生を捧げる
／為革命貢獻一生；図ささぐ（下二）⓪

ささつ【査察】（名・他サ）查察，考查，
調查；☆地方行政を査察するために出張
する／出差視察地方行政。⓪

さざなみ【細波・漣】（名）細波，微波⓪

ささぶね【笹舟】（名）用竹葉作的小船（
玩具）。⓪

ささめき【名】①私語，耳話；私語聲，耳語聲；☆人人のささめきが聞こえる／可以聽見人們的私語聲，可以聽見人們在私語；②（樹木、水流的）沙沙聲，淙淙聲；☆木の葉のささめきながらやって来る／可以聽到樹葉沙沙地響。4

ささめ・く（自五）私語，說體己話（＝ささやく）；☆人人はささめき合っている／人們在彼此竊竊私語。3

さざめ・く（自五）吵嚷，喧嚷，大說大笑（＝さわぎたてる）；☆向うから学生達が笑いさざめきながらやって来る／學生們笑語喧嘩著從對面走來。

ささめゆき【細雪】（名）〔文〕①微雪；②疏雪。3

ささやか【細やか】（形動ダ）①小，小規模（＝ちいさい、こまか）；☆ささやかな庵（いおり）を結んで住む／結盧而居；②簡單，簡樸（＝そまつ）；☆ささやかな暮しをする／生活簡單。2

ささやき【私語・囁】（名）〔（ささやく）的名詞形〕私語，耳語，體己話（＝ささめき）；☆恋のささやき／（情人）喃喃細語。4 0

*****ささや・く**【私語く・囁く】（自五）私語，耳語，說體己話（＝ささめく）；☆耳に囁く／附耳私語；☆彼らは幾度も囁き合った／他們不時地彼此耳語。3

ささやぶ【笹籔】（名）矮竹叢。0

ささ・る【刺さる】（自五）挿上，扎上；☆喉に魚の骨が刺さる／魚刺插在嗓子上；☆指にとげが刺さった／手指上扎了刺。2

ささわり【障】（名）〔文〕妨礙，故障（＝さしさわり）。0 4

さざんか【山茶花】（名）〔植〕山茶花2

さし一【差】（接頭）接在動詞之上加強語氣；例如：さしだす、さしつかえる等。

一さし【止】（接尾）接動詞連用形，表示動作的中止或停頓；☆かきさしの手紙／未寫完的信；☆本を読みさしにしたまま出て行った／書沒看完就擱下出去了。

さし【尺】（名）尺度；←ものさし。

さし【差し】（名）二人一同（＝さしむかい）；☆差しで物を担ぐ／二人一同抬東西；☆さしで酒を飲む／二人對飲。2

*****さじ**【匙】（名）匙子，藥匙；☆匙ですくう／用匙子撈；◊匙を投げる／（認為不可救藥而）放棄；☆医者が匙を投げるよ

うな病気／醫生治不了的病，不治之疾2

さじ【瑣（細）事】（名）〔文〕瑣事，小事，細節；☆瑣事にこだわる／拘泥細節；☆瑣事に追われる／瑣事纏身。1

ざし【坐視】（名・他サ）坐視；☆友人の難儀を坐視するに忍びない／不忍坐視朋友的困難。1

さしあげもの【差し上げ物】（名）禮品，饋贈品。0

さしあ・げる【差し上げる】（他下一）①舉起（＝もちあげる）；☆鼎を差し上げる／舉鼎；②〔（あたえる、してやる）的敬語〕給；☆（食事を）直ぐ差し上げます／馬上給您送來（飯）；☆恩師に紀念品を差し上げる／贈給老師紀念品；☆部屋を暖くして差し上げた／把屋子替他弄暖了。図さしあぐ（下二）。0

さしあし【差（し）足】（名）躡足；→ぬきあし。2

さしあたり【差し当り】（副）目前，眼前，當前（＝さしむき、とうぶん）；☆さしあたり必要なものだけを買え／光買眼前需要的東西吧；☆さしあたり、これでまにあう／眼前這樣（這個）就解決問題。0

さしあた・る【差し当（た）る】（自五）①際遇，遭逢（＝でくわす）；☆国家危急の秋にさしあたって、青年たちは奮って従軍した／當國家危急之秋青年們踴躍地從軍了；②直接接觸，觸到；☆光にさしあたる／受到光線直射。0

さしあわせ【差し合わせ】（名）①二人共擡；②現在（＝ありあわせ）。

さしいれ【差入】（名）①〔（さしいれる）的名詞形〕挿入，投入，送進；②（給被拘留的人）送的東西（＝さしいれもの）；～ぐち【差入れ口】（名）投入口；～もの【差入れ物】（名）（給被拘留的人）送的東西。0

さしい・れる【差し入れる】（他下一）①挿入，投入，裝進，送入；☆手紙をポストに差し入れる／把信投入信筒裏；②（給被拘留的人）送東西；☆衣類を差し入れる／給被拘留的人送衣服，図さしいる（下二）。0

さしえ【挿絵】（名）挿圖，挿畫；☆新聞小説には毎日挿絵がはいる／報上登載的小說每天都帶有挿畫。2 0

さしお・く【差し置く】（他五）①擱置（

不動）（＝おく）；☆そのままに差し置く／原封（様）不動；②抛開，置之不理（＝うちすてる）；☆何を差し置いても、これだけはやらねばならぬ／不論抛開什麼，也得先搞這個；③不理睬，忽視／☆課長を差しおいて部長と相談する／越過科長（直接）找部長商量。⓪

さしおさえ【差押え】（名・他サ）〔法〕①查封，凍結；②沒收，☆抵当物の差押え／沒收抵当物品；☆差押えを食（く）う／（資產）被查封（凍結、沒收）；☆差押えを解（と）く／啓封，解除凍結；～にん【差押え人】（名）〔法〕查封（凍結、沒收）的執行人；～ひん【差押え品】（名）〔法〕查封（凍結、沒收）品。⓪

さしおさ・える【差し押える】（他下一）①接住，扣住，卡住（＝おさえとめる）；②查封，凍結，沒收／☆敵の資產を差し押える／查封（凍結、沒收）敵人的資產。⓪

さしかえ【差替え】（名）〔（さしかえる）的名詞形〕①更換，調換（的東西）；換佩（刀等）（＝とりかえ、いれかえ）；②〔印〕（根據校樣）改版／☆熟練工の差替えは早い／熟練工改版改得快。⓪

さしか・える【差（插）し替える】（他下一）①更換，調換（＝とりかえる、いれかえる）／☆新しいのとさしかえる／調換新的；☆映画をさしかえる／改換電影片子；②插插／☆花瓶の花をさしかえる／換花瓶裡的花兒；③〔印〕改版，☆組版の活字を差し替える／抽換排版的鉛字，改版；図さしかふ（下二）。⓪

さしかか・る【差し掛かる】（自五）①臨到（…地點），到達；☆汽車がトンネルへさしかかる／火車開進隧道；☆校門にさしかかった時、ベルが鳴り出した／剛一到校門口，鈴就響了；②（日期等）迫近，臨近（＝さしせまる）；☆さしかかった用事／急事；☆約束の日がさしかかって来た／約定的日期迫近了；③垂蓋（＝かぶさる）；☆木の枝が塀（へい）にさしかかっている／樹枝垂蓋着牆。⓪

さしかけ【指掛け】（名）〔將棋〕（一局棋沒下完而）暫停；☆午後八時差掛けにする／下到晚八時暫停。⓪

さしかけ【差掛け】（名）〔（さしかける）的名詞形〕①遮蓋，覆蓋；②搭連主（正

房的房屋、耳房；☆車庫を差掛けにして作る／搭連主房蓋書庫。⓪

さしか・ける【差し掛ける】（他下一）從上面遮蓋（＝かざす）；☆お客さんに傘をさしかける／給客人打傘；図さしかく（下二）。⓪

さじかげん【匙加減】（名・自サ）①下藥（處方）的分量；☆匙加減をまちがえる／下錯藥量；②處理；處理的分寸（＝てかげん）；☆うまく匙加減しておいてくれ／請你適當處理。③

さしかざ・す【差し翳す】（他五）舉起來…遮掩；☆額に手をさしかざす／用手遮掩額際（以免日光耀眼）。⓪

さしかた・める【差し固める】（他下一）①緊閉；☆城門をさしかためる／緊閉城門；②嚴加防衛；☆国境をさしかためる／嚴密守邊境；図さしかたむ（下二）。⓪

さしがね【差金】（名）①金屬製的勾尺（＝かねじゃく）；☆差金を当てる／用勾尺量；②教唆，唆使（＝いれじえ）；☆きっとあいつの差金だ／一定是那個傢伙唆使的；☆彼がこうするのは必ず誰か差金があるです／他做這種事必有人主使②

さしき【挿木】（名）插條；☆柿の挿木をする／插柿樹的條。③

さじき【桟敷】（名）①臨時搭的看臺；☆桟敷を作る／搭看臺；②〔劇〕樓座；☆千秋楽（せんしゅうらく）の日の桟敷を取っておいた／買下最後一場的樓座⓪③

*ざしき【座敷】（名）①〔鋪着蓆子「たたみ」的〕房間；☆奧は座敷になっている／裡裏鋪着蓆子；②客廳（＝きゃくま）；☆お客さまをお座敷に通す／把客人請到客廳；③（家中的）坐談間（＝いま）；④會客、宴會的時間；☆座敷が長い／會客（宴會）的時間長，久坐不去；☆座敷へ出る／赴宴；⑤（藝妓等被邀到宴會席上）表演或陪客；☆お座敷がかかる／（藝妓）被邀，出條子；～ろう【座敷牢】（名）（監禁瘋子等的）禁閉室。③

さしきず【刺傷】（名）刺傷，扎傷；☆刺傷を受ける／被刺（扎）傷。②③

さしぐ・む【差し含む】（自五）含淚，汪淚（＝なみだぐむ）。⓪

さしこ【刺子】（名）（做消防服等時，把多層布）縫在一起，縫的衣服（布塊），☆雑巾（ぞうきん）を刺子に縫う／用多層布）縫製抹布。③

さしこみ【差（挿）込み】（名）①挿入，
扎進（的東西）；☆アイロンのスイッチ
は差込みになっている／電熨斗的開關是
插銷式的；②（胸腹部的）劇痛（包括疝
氣、胃痙攣諸症）；☆激しい差込みが起
こる／胸腹部發生劇痛。◎

*さしこ・む【差（挿）し込む】Ⅰ（自五）
①（胸腹部）劇痛；☆差し込むような痛み
／痙攣性劇痛；②（光線）射入；☆月光
が窓から差し込む／月光從窓外射入；③
（潮）上漲；☆潮がさしこんで来る／潮
水漲上來。Ⅱ（他五）插入，扎進（＝さし
いれる、さしはさむ）；☆錠（じょう）
に鍵（かぎ）を差し込んである／把鑰
匙插進鎖裏開門。◎

さしころ・す【刺し殺す】（他五）①刺死
；☆強盗に刺し殺される／被強盗刺死；
②暗殺；☆政敵に刺し殺された／被政敵
暗殺了。◎

さしさわり【差障り】（名）〔（さしさわ
る）的名詞形〕事故，障礙，妨礙，抵觸
（＝さしつかえ，ししょう）；☆差障り
が起こる（出来る）／發生障礙（事故、
抵觸）；☆差障りのないことを言う／講
沒有妨礙的話；☆そんなことを言うと差
障りがあるのでやめた／因爲說那樣話有
妨礙，所以沒說；☆差障りがあって出席
が出来なかった／因故沒能出席。◎

さしさわ・る【差し障る】（自五）妨礙，
抵觸（＝さしつかえる）；☆人に差し障
るようなことをする／做妨礙（得罪）別
人的事。◎④

さししめ・す【指し示す】（他五）指示，
指明，☆進むべき途を指し示す／指示前
進的方向。◎

*さしず【指図】（名）（名・他サ）①指示
，吩咐，囑咐，命令；☆指図を与える／
下命令，指示，吩咐；☆指図を受ける／
受命，接到指示；☆指図を待つ／聽候指
示，待命；☆指図に従（したが）う／聽
從吩咐（囑咐），服從命令；☆万事（ば
んじ）お指図を願います／一切請多指教
；☆医者は硬い物を食べないよう指図し
た／醫生囑咐不要吃硬的東西；②指定，
指名（＝なざし，してい）；③（紡織品
的）設計圖案（花樣）；～にん【指図人】
（名）①指示（命令，吩咐，囑咐）者②
所指定的人。□

さしず（づ）め【差詰】Ⅰ（名）緊迫；（事情的）

最後階段（＝どんづまり）；Ⅱ（副）①
目前，當前（＝さしあたり）；☆さしづ
め生活には困らない／目前生活還不成問
題；②總之，歸根結底（＝つまり）；☆
差詰あなたに出来ないという訳
ですね／總而言之還是非您不可嘛。◎

さしせま・る【差し迫る】（自五）迫近，
逼近（＝せまる）；☆さし迫った必要／
迫切需要；☆さし迫った問題／急待解決
的問題；☆約束の日が差し迫って来た／
約定的日期迫近了。◎④

さしだし【差出し】（名）拿出，提出，交
出；伸出；寄發，派遣；～にん【差出し
人】（名）發信人，寄件人。◎

さしだ・す【差し出す】（他五）①拿出，
伸出，提出，交出（＝つきだす）；☆友
情の手を差し出す／伸出友情的手；☆願
書（がんしょ）を差し出す／提出申請書
；☆命をさしだす／獻出生命；②寄出，
發出（＝おくりだす）；☆手紙を差し出す
／寄信，發信；③派遣，差遣，打發（＝
つかわす）；☆使（つかい）をさしだす
／派遣者；困さしいだす（四）。◎

さしたる【然たる】（連體）（下接否定
語）值得一提的，了不起的（＝それほど
の）；☆さしたる意見もない／也沒有什
麼可提的意見；☆さしたる人物ではない
／不是什麼了不起的人物。□

さしちが・える【刺し違える】（自下一）（
二人）互刺；☆二人は刺し違えて死んだ
／二人互刺而死困さしちがふ（下二）◎⑤

*さしつかえ【差支え】（名）〔（さしつか
える）的名詞〕妨礙，障礙，抵觸，事故
（＝さしさわり）；☆差支えがあって出
席できない／因故不能出席；☆金がなく
ても一向（いっこう）差支えがない／沒有
錢也毫無妨礙；☆思わぬ所に差支えがで
きた／想不到的地方出了問題；☆船でも
差支えはない／坐船去也可以（無妨）◎

*さしつか・える【差し支える】（自下一）
妨礙，抵觸（＝さしさわる）；☆金にさ
しつかえる／錢不方便；☆色色さしつか
えることがあって止（よ）した／因爲有
種種障礙（問題）作罷了；☆彼の体は勤
務に差し支えない／他的健康情況不妨礙
（可以）工作；困さしつかふ（下二）◎

さしつかわ・す【差し遣わす】（他五）派遣
，差遣，打發（＝つかわす）；☆各国へ
文化使節団をさしつかわす／往各國派遣

黐鳥竿）黐捉（鳥兒）（＝とらえる）；⑮檣（＝かつぐ）；☆物を差して行く／檣着東西走。①

さ・す【挿す】（他五）①挿，夾，挿進，挿放（＝さしはさむ）；☆瓶に花を挿す／把花挿在瓶子裏；☆鉛筆を耳に挿す／把鉛筆夾在耳朵上；②穿，貫穿。①

さ・す【鎖す】（他五）關閉（＝しめる）；☆戸をさす／關門。①

さす【砂州（洲）】（名）〔地〕沙洲。①

さず【左図】（名）左圖（下面的圖）；☆左図を参照せよ／請參看左圖。①

ざす【座主】（名）〔佛〕①住持僧（在天臺宗指延暦寺的住持）；②講經的禪師。①

***さすが【流石】**（副）①就連（雖然）…也都，☆さすがの彼も驚いた／就連他（他雖然極沉着）也都吃驚了；②不愧，到底；☆さすがに日本に長年（ながねん）留学しただけあって、日本語がとても巧い／不愧留學日本多年，日文眞好；☆さすがは模範生だ／到底還是模範學生；☆さすが（に）嫌だとは言えなかったらしい／這樣一來（他）似乎說不出不願意來了。①

さずかりもの【授かり物】（名）＝さずけもの。①

さずか・る【授かる】（自五）①領受，獲得（＝たまわる）；☆学位を授かる／得到學位；②秉賦，賦有；☆彼は特別の才能を授かっている／他生來具有特殊才幹；③受教，領教（＝おそわる）；☆秘伝を授かる／接受秘密傳授。③

さずけもの【授け物】（名）神佛所授與的東西，天賜（＝さずかりもの）。⑤⓪

***さず・ける【授ける】**（他下一）①授與（＝あたえる）；☆賞品を授ける／授與獎品，發獎；②教授，傳授（＝おしえる）；図さづく（下二）。③

さすて【差す手】（名）〔舞踊〕手向前伸；↔ひくて（引手）。①

サスペンス【suspense】（名）①懸念，掛念（＝きがかり）；②〔電影、文藝〕引人不安的情節；～ドラマ【suspense drama】（名）情節引人不安而緊張氣氛很濃的戲劇。③

サスペンダー【suspenders】（名）①（褲子的）背帶，吊帶（＝ズボンつり）；②吊襪卡（＝くつしたどめ）；③吊裙帶③

さすらい【流離】（名）飄泊，流浪；☆さ

すらいの身／流浪者；～びと【流離人】（名）流浪者。③⓪

さすら・う【流離う】（自五）飄泊，流浪；☆旅から旅にさすらう／到處流浪。③

さす・る【摩る】（他五）撫摸；☆子供の頭を摩る／撫摸孩子的頭。⓪

ざ・する【坐する】（自サ）①坐（＝すわる）；☆坐して食う／坐食；②連坐，受牽連；☆汚職事件に坐して退職する／因爲受到貪汚案件的牽連而退職；図ざす（サ）。

***ざせき【座席】**（名）座位（＝ざ）；☆座席につく／就座，入席；☆座席を明ける／離座；☆座席を取る／占席位。⓪

させつ【左折】（名・自サ）左折，向左拐（轉）；☆左折禁止／禁止左轉。⓪

ざせつ【挫折】（名・自サ）挫折；☆計画が中途で挫折した／計劃在中途受到挫折了。⓪

***さ・せる**（他下一）讓作，使作，聽任，准許…作；☆この仕事は彼にさせよう／這件事讓他做吧；☆子供を好きなようにさせておく／讓孩子自由（活動）；☆君にはそうさせない／不准你那樣做；図さす（下二）。⓪

さ・せる（助動・下一型）（接五段活用以外的動詞的未然形表示使、令、讓、允許等）；☆母親が子供に物を食べさせる／母親讓（叫）孩子吃東西；☆まず、答を教えないで、自分で考えさせよう／先不要解答，讓他自個思考；図さす（下二型）。

させん【左遷】（名・他サ）左遷，降職；☆某氏の転任は左遷だ／某人的調轉是左遷；☆過ちを犯して左遷された／因爲犯了錯誤被降職了。⓪

ざぜん【坐禅】（名）〔佛〕坐禪，打坐；☆坐禅を組む／盤腿打坐。②⓪

さぞ【嘸】（副）①〔文〕如此（彼）；②想必，諒必，定當（＝さだめし）；☆さぞ寒かろう／想必冷吧；☆さぞお腹がすいたろう／你一定（肚子）餓了吧。①

さそい【誘い】（名）誘，引誘，勸誘，誘惑；☆誘いをかける／引誘；試探；☆相手に誘いをかけて話させる／誘使對方講，套對方的話；～みず【誘い水】（名）（爲使水泵上水而）加進的水。⓪

***さそ・う【誘う】**（他五）①邀，會同；勸誘（＝すすめる）；☆花見に人を誘う／

約友人看花；☆明日、私の方から誘います/明天我來會你；②引誘，引起（=ひきだす）；☆涙を誘う/引人落淚；☆眠気（ねむけ）を誘う/引人發睏；③誘惑，蠱惑；☆悪友に誘われてとんでもないことをした/受壞朋友的誘惑而做了絕不該做的事。⓪

さぞう【坐像】（名）坐像；↔りつぞう（立像）。②⓪

さぞかし【嘸かし】（副）〔（さぞ）的加強表現〕想必，一定是。①

さぞや【嘸や】（副）=さぞ。①

さそり【蠍】（名）〔動〕蠍子。⓪①

＊さた【沙汰】（名・自サ）①淘汰，區分（=えりわけ）；②淘金；☆沙汰をするまで待て/要聽候處分（命令）；③處分，處置，指示，命令；☆追って沙汰をするまで待て/要聽候處分（命令）；④審訊，審判（=さばき）；☆地獄の沙汰も金次第/地獄（陰間）也是要打官司金錢來，有錢能使鬼推磨；⑤通知，音訊，消息（=たより、しらせ）；☆何の沙汰もない/沒有任何消息，音訊渺然；⑥風聲，傳說（=うわさ）；☆世間ではそんな沙汰をしている/社會上有這種風聲（傳說）；⑦事件（=じけん）；☆二人の議論はおしまいには刃物（はもの）沙汰に及んだ/二人爭論的結果動起刀來了；⑧行爲，動作；☆それは正気（しょうき）の沙汰とは思えない/那簡直不像是精神正常情況下的行爲；**～なし**【沙汰無し】（名）①沒有命令、指示、通知、消息等；☆その後この問題については沙汰なしだ/那以後關於這一問題一直沒有下文；②不處罰，不究；☆結局彼の罪については沙汰無しになった/關於他的罪過到後來不究了；**～のかぎり**【沙汰の限り】（連語・名）荒謬絕倫，豈有此理（=ごんごどうだん）；☆その行動は沙汰の限りだ/那種行徑簡直是荒謬絕倫；**～やみ**【沙汰止み】（名）收回成命，沒有消息，作罷，罷論（=おながれ）；☆学校新築の計画もその後沙汰止みになった/新建校舍的計劃後來也罷論（沒有下文）了。②①

さだいじん【左大臣】（名）〔文〕左大臣（明治維新以前的國務長官之一）。②

さだか【定か】（形動ダ）清楚，分明，明確，確實（=たしか、あきらか、はっきり）；☆情況は定かでない/情況不明；☆定かな事情は判らない/確實的情況不

明。①

さだまり【定まり】（名）①決定，規定（=きまり、きめ）；☆お定まりの方式/規定的方式，刻板方式；②鎮定，安定，穩定（=しずまり）；③結束，告一段落（=おさまり）。④③

さだま・る【定まる】（自五）①定，決定（=きまる）；☆ある定まった時刻/某一特定的時刻；☆供給は需要によって定まる/供應根據需要而決定；②穩定，安定，固定，太平（=しずまる、おさまる）；☆天気が定まらない/天氣陰晴不定；☆心が定まらない/主意不定；☆風が定まる/風風；☆天下が大いに定まる/天下大治；③確定，見分曉（=はっきりする）；☆大勢（たいせい）が定まった/大勢已定；④（夜深）人靜（=ねしずまる）。③

さだめ【定（め）】（名）①決定，規定（=きめ、きまり）；☆定めの人数/規定的人數，定額；☆定めの時刻/定時；②固定，一定，穩定；☆定めなき浮世（うきよ）/變幻不定的人世；③規章，章程，法規（=おきて）；☆定めを守る/遵守規章；④命運，定數（=うんめい）；☆こうなるのがこの世の定めだ/落到這步田地是人生的定數；**～めし**【定めし】（副）一定，想必（=さだめて、さぞ）；☆彼等は定めし苦労したことだろう/他們一定辛苦了吧；**～て**【定めて】（副）=さだめし；☆定めてつらいことだったろう/一定很苦了吧。

＊さだ・める【定める】（他下一）①決定（=きめる）；☆日を定める/決定日期；②規定，制定；☆法律によって定める/用法律規定下來；☆方針を定める/制定方針；③安定生活（組織家庭）（=おちつかせる）；☆君も身を定めなければなるまい/你也該成家（結婚）了吧；④平定，戡定（=しずめる）；☆天下を定める/平定天下；⑤奠定；☆都をさだめる/奠都；⑥評定，論定；☆品物の等級を定める/評定貨品的等級；囡さだむ（下二）。③

サタン【Satan】（名）撒旦，魔鬼，惡魔①

ざだん【座談】（名・自サ）座談；☆皆が寬（くつろ）いで座談する/大家舒暢地座談；**～かい**【座談会】（名）座談會。⓪

さち【幸】（名）①自然界出產的食物；☆

山の幸／山（裏）出產的食物；☆海の幸
／海產品；海鮮；②幸福，幸運（＝さい
わい）；☆幸ある／幸福的，有福的；☆
幸を祈る／祝福；☆青年よ幸多かれ／青
年們，祝福你們。①

ざちゅう【座中】（名）①座中；②劇團的同仁。①

ざちょう【座長】（名）①劇團的首領，團
長；☆座長を勤める／當團長；②（會議
的）主席；☆某氏を座長に推す（選ぶ）
／推選某人爲主席。◎

*さつ【札】（名）①（用紙、木、金屬片等
製成的）牌子（＝ふだ）；②紙幣，鈔票
；☆札を細かく崩（くず）す／把整票換
成零錢。◎

ざつ【雑】（形動ダ）①不純，混雜；②粗
糙，粗糙（＝そまつ）；☆雑な頭／粗心
；☆この茶碗は雑にできている／這茶杯
作得粗糙；③雑項，雑類；☆雑の部／雑
項。①◎

さつい【殺意】（名）殺機，殺人的動機
（念頭）；☆殺意を起こす／起殺機；☆初
めから殺意があった訳ではない／並非一
開始就有殺機。②①

さついれ【札入れ】(名)票夾子，錢夾子④◎

*さつえい【撮影】（名・他サ）攝影，撮影
，照像；像片；☆記念撮影をする／拍紀
念合照；☆映画を撮影する／拍攝電影；
～き【撮影機】（名）攝影機；～し【撮
影師】（名）攝影師；～じょ【撮影所】
（名）電影製片廠。◎

ざつえき【雑役】（名）①雑務，雑活兒；
☆雑役に従事する／打雑兒，當雑工；②
雑工，打雑的。◎

ざつおん【雑音】（名）①雑音，噪音；☆
都会の雑音／城市的噪音；☆このラジオ
は雑音が多い／這部收音機雜音多；②〔
俗〕風傳，謠傳（＝うわさ）。◎

さっか【作家】（名）作家；☆作家になる
／成爲（當）作家。①◎

さっか【擦過】(名)摩擦，蹭（＝かすり）
；～しょう【擦過傷】（名）擦傷，蹭傷
；☆自転車で転んで擦過傷を負った／騎
自行車摔倒受了擦傷。①

ざっか【雑貨】（名）（日用）雑貨；☆雑
貨を売る／賣雑貨。◎

サッカー【seersucker之略】（名）縐布(
一種夏季衣料)。①

サッカー【美socker】（名）足球之一種（
＝しゅうきゅう）。①

さつがい【殺害】（名・他サ）殺害，殺死
（＝ころす）；☆殺害の意志／殺人的動
機；殺害しようと企てる／企圖殺人；囚
せつがい。◎②

さっかく【錯覚】（名）①錯覺；②誤解，
誤會（＝ごかい）；☆錯覚を起こす／發生
錯覺（誤會）；☆錯覚に陥る／陷入錯
覺。◎

ざつがく【雑学】（名）學問駁雑；☆僕の
学問は雑学だ／我的學識駁雑，不成系
統；～しゃ【雑学者】（名）學識駁雑的
人。◎②

サッカリン【sacharine】（名）〔化〕糖
精。◎

ざっかん【雑感】（名）雑感。◎

さつき【五月】（名）〔文〕①農曆五月，
蒲月；②←さつきつつじ；◊五月の鯉の
吹流（ふきながし）／〔喩〕坦率，直爽
；～あめ【五月雨】（名）梅雨（＝さみ
だれ）；～つつじ【五月躑躅】（名）〔
植〕(木本) 杜鵑；～ばれ【五月晴】（
名）梅雨期中的晴天。◎

さっき【先】（名・副）〔俗〕剛才，方才
（＝さきほど）；☆さっき帰ったばかり
だ／剛剛回去；☆さっきの人が又来た／
方才來的那個人又來了。①

さっき【殺気】（名）殺氣，緊張氣氛；☆
殺気を帯びる／帶有殺氣；☆議場は殺気
に充ちている／會場充滿著緊張氣氛；☆
蕭殺之氣；～だ・つ【殺気立つ】(自五)
殺氣騰騰；☆殺気立った群衆／殺氣騰騰
的羣衆；☆国会の内外は殺気立っていた
／國會內外氣氛非常緊張。①◎

ざっき【雑記】（名）雑記，瑣記；～ちょ
う【雑記帳】（名）雑記本。◎

ざつぎ【雑技】(名)①雑技；②民間雜耍①

さっきゅう【早急】（形動ダ）火速，火急
，緊急；☆早急に連絡する／火速聯繫；
☆早急の措置をとる／採取緊急措施。◎

ざっきょ【雑居】（名・自サ）①雑居，雑
處；☆多民族の人々が雑居している／各
族人民雑居在一起；②擠在一家裏；☆
住宅不足のため六世帯（せたい）が雑居
している／因爲住房不足六戶混住在一
起。①◎

さっきょう【作況】（名）①農作物的生長
情況；②收成（＝さくがら）。◎

ざつぎょう【雑業】（名）①各種職業或行
業；②無法歸類或未入流的職業或行業◎

さっきょく【作曲】（名・他サ）作曲；所作的曲子；☆これはベートーベンが作曲した交響曲です／這是貝多芬所寫的交響曲；～か【作曲家】作曲家。⓪

さっきん【殺菌】（名・自サ）殺菌，消毒；滅菌；☆熱湯（ねっとう）で殺菌する／用清水煮沸殺菌；～き【殺菌器】（名）滅菌器，消毒器；～ぎゅうにゅう【殺菌牛乳】（名）消毒牛奶，無菌牛奶；～ざい【殺菌剤】（名）滅菌劑，消毒劑；～りょく【殺菌力】（名）殺菌力；☆殺菌力ある／具有殺菌力的。⓪

サック【sack】（名）①囊，套，罩；☆指にサックを嵌（は）める／把（膠皮）套戴在指頭上；②男性用保險套；～コート【sack-coat】（名）西服的俗稱。①

ざっくばらん（形動ダ）率直，坦率，心直口快；☆ざっくばらんな調子で応対する／用坦率（毫不客氣）的口氣應答。①

ざっこく【雑穀】（名）①雑糧；②豆類，蕎麦、芝麻等的總稱；☆雑穀を栽培する／種植雑糧（豆類等）。⓪

さっこん【昨今】（名・副）近來，最近（＝ちかごろ）；☆昨今は大分冷えて来た／近幾天冷起來了；☆それは、つい昨今のことだ／那只是最近的事；☆これは昨今に始まったことではない／這並不是最近才開始的（有）的。⓪

ざっこん【雑婚】（名・自サ）①亂婚，雜婚；②異族結婚；☆黄色人種と白人との雑婚／黄種人同白種人的結婚。⓪

さっさと（副）①趕快，趕緊；☆さっさと歩け／趕快走！②敏捷地，迅速地（＝てきばき）；☆後片づけをさっさとしてしまう／迅速地辦完清理（善後）工作。①③

さっし【察し】（名）〔（さっ）する的名詞形〕①鑒察，體諒，同情（＝おもいやり）；☆察しのある人／諒解（同情）人的人；②理解，體會；☆察しが好い／理解力強，通曉人情；☆察しが悪い／腦筋遲鈍，不通人情；☆察しがつく／想見，體會到，想像到；☆お察しの通り／如你所想像。①

*ざっし【雑誌】（名）①〔文〕雑識（志），雑記；②雑誌，刊物；☆雑誌を刊行する／出版雑誌。⓪

ざつじ【雑事】（名）瑣事，雜務；☆雑事に追われて研究の遑（いとま）がない／忙於料理瑣事沒有時間做研究工作。①⓪

サッシュ【sash】①窗框，肩帶；②←アルミサッシュ；～サッシュ【Almminiun sash】鋁門窗。①

ざっしゅ【雑種】（名）①各種，各様；☆雑種の動植物／各種各様的動植物；②雑種，混血兒（＝あいのこ）；☆雑種の馬／雑種馬；☆雑種をつくる／培育雑種。⓪

ざっしゅうにゅう【雑収入】（名）雑項收入，零星收入；☆雑収入には課税されない／（對）零星收入不課税。③

さっしょう【殺傷】（名・他サ）殺傷；☆人畜（じんちく）の殺傷が夥（おびただ）しい／殺傷人畜很多；☆刃物（はもの）で数十名を殺傷した／用凶器（刀斧等）殺死（砍傷）了数十人。⓪

さっしょう【擦傷】（名）擦傷，贈傷。

ざっしょく【雑食】（名・他サ）①攙和各種食物在一塊吃；②雑食（兼食動物和植物）；☆人間は雑食する動物だ／人是雑食動物。⓪

さっしん【刷新】（名・他サ）革新，改變面目，使面目一新；☆行政機構の刷新を行なう／調整行政機構，使行政機構面目一新；☆校風を刷新する／改變校風，使校風煥然一新。⓪

さつじん【殺人】（名）殺人；☆殺人の疑（うたが）いで逮捕する／因有殺人嫌疑而逮捕；～き【殺人鬼】（名）殺人不眨眼的人，劊子手；～ざい【殺人罪】（名）殺人罪；☆殺人罪を犯す／犯殺人罪；～じけん【殺人事件】（名）謀殺案；～てき【殺人的】要命的，凶猛的，酷烈的（＝ものすごい）；☆殺人的な暑さ／要命的熱度，熱得要命；～みすい【殺人未遂】（名）謀殺未遂。

さっすい【撒水】（名・自サ）〔文〕撒水，灑水；☆道路に撒水する／向馬路上撒水，噴路；～しゃ【撒水車】（名）撒水車。⓪

さっすう【冊数】（名）冊數；☆この全集は冊数が多い／這部全集冊數多。③

*さっ・する【察する】（他サ）①推察，察知，想見；☆噂（うわさ）で察すると彼は正直者らしい／從大家傳説看來，他似乎是個誠實人；②究明，了解，體會；☆ふかく大衆の要求を察する／深入了解羣衆的要求；③諒察，鑒察，體諒；☆君の苦しさを察する／我體諒你的苦衷；☆少

し私の事も察してくれ／你多少也要體諒
我一點；図さっす（サ）。◻3

ざつぜい【雑税】（名）雑税，雑捐。◻0

ざつぜん【雑然】（形動タルト）雑然，紛
然，雑亂，亂七八糟；☆雑然たる（とし
た）部屋／内部亂七八糟的屋子。◻0

さっそう【颯爽】（形動タルト）英勇，精
神勃勃，氣概軒昂；☆颯爽として出発す
る／氣概軒昂地出發；☆颯爽たる馬上の
英姿／精神勃勃的馬上英姿。◻0

ざっそう【雑草】（名）雑草；☆庭に雑草
が生える／院子裏長雑草。◻0

*さっそく【早速】（副）火速，立刻，馬上
，急忙（＝すぐ，すみやかに）；☆早速
金を送ってくれ／請火速給我寄錢來；☆
この事が露顕すれば早速首だ／這件事要
是敗露了我馬上就會被開除的；◊早速で
すが／請允許我失去客套先談問題。◻0

ざった【雑多】（形動ダ）各種各樣；☆雑
多な人間の寄り集まり／各色人等湊在一
起。◻0

さつたば【札束】（名）鈔票捆兒，一捆鈔
票；☆札束を拾う／撿一捆鈔票。◻3

ざつだん【雑談】（名・自）雑談，閑談（
＝せけんばなし）；☆雑談に時を過ごす
／閑談消磨時間。◻0

さっち【察知】（名・他サ）〔文〕察知，
察覺，想見；☆相手の計画を察知する／
察知對方策劃。◻1

さっちゅう【殺虫】（名・自サ）殺蟲；～
ざい【殺虫剤】（名）殺蟲劑。◻0

さっと【颯と】（副）①一陣（風或雨）；
☆風がさっと吹いた／風忽地颳過；☆夕
立（ゆうだち）がさっと来た／驟雨倏然
而至；②突然，驟然（＝にわかに）；☆
彼女が、さっと顔を赤らめた／她忽然紅
了臉；☆ジェット機がさっと飛び去った
／噴射式飛機倏地飛了過去。◻0◻1

*ざっと【雑と】（副）①粗略地；☆ざっと
目を通す／略一過目；②大致，大概（＝
おおかた）；☆仕事がざっと片付（かた
ず）いた／工作大致結束了；☆損害はざ
っと三百万円の見込みだ／估計損失大約
有三百萬元；③簡單，簡略；☆ざっと説
明する／簡單說明；☆ざっと言えばまあ
こんなものだ／簡單說來就是這樣；④澄
水貌；☆ざっと水をかける／嘩啦一聲澄
上水。◻0

さっとう【殺到】（名・自サ）蜂擁而至，

紛至沓來；☆電報が殺到する／電報雪片
似地飛來；☆サインを求める人が殺到し
た／請求簽名的人蜂擁而至。◻0

ざっとう【雑沓】（名・自サ）人多擁擠（
＝ひとごみ）；☆犯人は雑沓に紛れて逃
走した／犯人鑽進人羣裏逃跑了。◻0

ざつねん【雑念】（名）雑念，胡思亂想；
☆雑念を去って一心に勉強する／摒除雑
念專心用功。◻0◻2

ざつのう【雑嚢】（名）（裝各種東西佩在
腰間的）囊，口袋，皮包。◻0

さつばつ【殺伐】（形動ダ）殺氣騰騰，充
滿殺機；☆戦争中国内には殺伐な気風が
漲（みなぎ）っていた／戰爭期間在國內
充滿了殺氣騰騰的風氣。◻0

*さっぱり（副・自サ）〔俗〕①乾淨，俐落
，瀟灑；☆さっぱりした身なりをしてい
る／打扮得乾淨俐落；②爽快，痛快，乾
脆；☆言いたい事を言ってしまえば胸が
さっぱりする／想說的話全說出來覺得心
裏痛快；③さっぱりとした性格の持ち主
／性情爽快的人；③光，淨盡；☆病気が
まださっぱりしない／病還沒完全好；☆
試験のことは奇麗さっぱり忘れてしまっ
た／早把考試忘得乾乾淨淨；④完全（＝
まったく）；☆その後さっぱり来なくな
った／從那以後根本就不來了；☆さっぱ
り分らぬ／一點兒也不懂。◻3

ざっぴ【雑費】（名）雑費；☆雑費の予算
が多い／雑費的預算很大。◻0

さっぴ・く【差引く】（他五）〔俗〕＝さ
しひく。◻0◻3

さつびら【札片】（名）〔俗〕紙幣，鈔票
；◊札片を切る／（拿出一把鈔票）揮霍
，揮金如土。◻0

ざっぴん【雑品】（名）雑品。◻0

さっぷうけい【殺風景】（形動ダ）①煞風
景，掃興；☆殺風景な建築／粗俗的建築
物；☆殺風景な返事／掃興的回信（答覆）
；☆殺風景なことを言うな／別說掃興（
沒趣）的話；②不懂興趣，不風雅；☆殺
風景な人／不懂風趣的人，俗氣的人。◻3

さつま【薩摩】（名）〔地〕薩摩（今「鹿
兒島」縣）；～いも【薩摩芋・甘藷】（
名）甘藷。◻3◻1

さつまのかみ【薩摩の守】（名）〔諧〕坐
車（船）不花錢，白坐〔借時薩摩的行政
長官有名（忠度）者，其音爲（ただのり）
故用以誂諧〕。◻3

ざつむ【雑務】（名）雑務，瑣事；☆雑務に追われる／忙於雑務。①②

ざつよう【雑用】（名）雑事，瑣事；☆家庭の雑用に追われてゆっくり休養できない／忙於料理家裏的瑣事不能安心休養。①

さつりく【殺戮】（名・他サ）殺戮，屠殺；☆侵略者は多数の無辜（むこ）の民衆を殺戮した／侵略者屠殺了許許多多多無辜的人民。⓪

ざつわ【雑話】（名）漫談，雑談（＝ざつだん）；☆フットボール試合に就いての雑話／關於足球比賽的雑話。⓪

*さて【扨・偖】Ⅰ（接・副）①（用以結束前面的話並提起新的話題）那麼；却説，且説；☆さてこれでお暇（いとま）致します／那麼，我要告辞了；☆これはよいとして、さて次は／這個就算行了，那麼下一個呢；☆さて孫悟空（そんごくう）は…／却説孫悟空…；②一旦，果真；☆会いたいと思っていながら、さて見ると話がない／本來想見面，一旦見了面又無話可談；Ⅱ（感）（常用於自言自語，表示猶豫、躊躇）到底…さてどうしたらよいでしょう／可怎麼辦才好呢；☆さてどれから手をつけようか／到底従何入手呢，究竟先動手哪一個呢。①

さてい【査定】（名・他サ）査定，審定，評定，核定；☆税の査定／核定税額；☆素行の査定会議／操行的評定會議。⓪

サディズム【sadism】（名）施虐淫↔マゾヒズム。②

さてお・く【扨置（措）く】（他五）①暫且不管；☆朝起きたら何はさておいてもそれをしなさい／早晨起來之後一切事都暫不必管，要首先做這個；②且不必説，姑且不説，慢説；☆彼の事はさておいて君は一体（いったい）どうするんだ／他怎麼様且不必説，你到底打算怎麼辦？；☆冗談はさておき本問題にはいろう／先別開玩笑談談正題吧。①

さてさて【扨扨】（感）哎哎（＝なんともまあ）；☆さてさて強情な奴だ／哎哎，真是一個個強條伙／☆さてさて困ったことになった／哎呀（哎呀）糟糕了。①

さてつ【砂鉄】（名）〔礦〕鐵礦砂。⓪

さてまた【扨又】（接）另外（並且）還有，再者（＝それからまた、そのうえにまた）；☆さてまたここに一つお願いがあります／另外這裏還有一件事情請您幫忙①

さてわⅠ（接）還有，並且還，再加上（＝また、そうして）；☆負傷はする疲労もする、さては腹痛まで起こって死にそうな気がした／又負傷又疲倦，並且肚子還痛了起來，簡直是要命；Ⅱ（感）那麼，原來，看起來，這様説來（＝それでは、しからば）；☆さては、あいつに騙されたか／那麼説是受他騙了？①

サテン【satin】（名）緞子（＝しゅす）①

さと【里】（名）①村落，村莊（＝ひとざと）；②〔古〕里（行政單位，五十戸爲一里）；③郷里，郷間（＝養子的）生家（＝じっか）；☆家内は里に帰った／内人回娘家了；⑤傭傭人的家；⑥（孩子的）寄養家；☆子供を里へやる／把孩子寄養在別人家；⑦〔お─〕家庭出身，生長的環境，所受的教育（＝みもと、おいたち）；☆そんなことをするとお里が知れる（ぞ）／你要是那様（做），會被人家笑你没規矩的（會暴露你的出身的）；⑧烟花柳巷（＝いろざと）；◊妻を里へ返す／休妻。⓪

さと・い【聡い】（形）①聡明的，伶俐的（＝かしこい）；☆聡い子／聡明的孩子；②敏感的，敏鋭的，精明的（＝するどい）；☆耳が聡い／耳朶敏鋭；☆利に聡い人／對於利益敏感的人，図さとし（形ク）。②

さといも【里芋】（名）〔植〕青芋。⓪

さとう【左党】（名）①左翼政黨；↔うとう（右党）；②〔俗〕愛喝酒的人，酒徒（＝さけのみ、ひだりきき）；☆彼は大の左党だ／他是個非常愛喝酒（豪飲）的人。⓪

*さとう【砂糖】（名）糖，砂糖；☆砂糖を入れる／加糖；☆砂糖をかける／撒上糖；〜いれ【砂糖入れ】（名）盛糖的器皿，糖罐子；〜きび【砂糖黍・甘蔗】（名）甘蔗；〜づけ【砂糖漬】（名）糖浸，蜜餞；〜だいこん【砂糖大根】（名）糖蘿蔔，甜菜。②

さどう【茶道】（名）茶道（＝ちゃどう）①⓪

さとおや【里親】（名）（抱養別人孩子的）養父母；☆里親になっている／是孩子的養父母。⓪

さとがえり【里帰り】（名・自）①（新婚後）回門；②（婦女）回娘家；（傭傭人）回自己家。③⑤

さとかた【里方】（名）娘家人；（養子的）生家人；☆里方の叔父（おじ）／娘家的叔父。回

さとご【里子】（名）（送給旁人）寄養的孩子；☆里子にやる／把孩子送去寄養回

さとごころ【里心】（名）懷念娘家（生家、家鄉）的心情；◊里心が付く（出る）／想家，思鄉。③

さとし【諭し】（名）〔さとす〕的名詞形；②神佛的啟示，神諭（＝おつげ）；☆神のお諭しを聞く／聽神諭。回

*さと・す【諭す】（他五）曉諭，訓論，訓戒；☆危險を諭す／說明危險；☆不心得（ふこころえ）を諭す／針對錯誤思想進行教育；☆子供に諭して納得（なっとく）させる／說服孩子。回②

さとびと【里人】（名）〔文〕①鄉間人；②本地人，當地人；③娘家人（＝さとかた）；④同鄉；⑤鄉下佬（＝いなかもの）。回

さとり【悟・覺】（名）〔さとる的名詞形〕①醒悟，覺悟；②理解力，悟性，警覺性；☆悟が好い／悟性好（快）；☆悟が悪い／悟性壞（慢）；③開悟，悟道；◊悟を開く／〔佛〕悟道，大徹大悟回

*さと・る【悟（覺）る】Ⅰ（自五）覺悟，省悟，領悟；☆これで彼も悟るだろう／這麼一來，他也會省悟的；Ⅱ（他五）理會，洞悉，認清；☆自分の非を悟る／認識自己的錯誤；①察覺，發覺，發現（＝かんずく）；☆彼は死期が来たと悟った／他察覺到了死期到；☆悟られぬよう に変装する／化裝起來不讓人發現（看破）；②開悟，了悟；☆人生をすっかり悟る／看破世事，了悟人生。回②

サドル【saddle】（名）自行車（機器脚踏車）的座子。回①

さなえ【早苗】（名）稻秧；☆早苗を取る／移植稻秧。回

さなか【最中】（名）〔文〕正當中，最高潮，方酣（＝さいちゅう）；☆激論の最中／大爭大辯的最高潮；☆大雨の最中に帰って来た／在大雨滂沱中回來了。①

さながら【宛ら】（副）①恰同，正如，一模一樣（＝そっくり、そのまま）；②宛如，彷彿，好像（＝まるで、あたかも）；☆宛ら戰場のようだ／如同戰場一樣，☆灯火はさながら星のように輝いた／燈光像星星似地閃爍。回②

さなぎ【蛹】（名）蛹；☆蚕（かいこ）の蛹／繭蛹。回

サナトリウム【sanatorium】（名）（結核性病）療養院，休養所；☆サナトリウムに入る／住療養院。④

さのう【砂囊】（名）①砂囊，砂袋；☆決潰（けっかい）箇所に砂囊を積み上げる／在決口處堆疊砂袋；②〔動〕（鳥類的）砂囊（＝すなぶくろ）。回

さは【左派】（名）左派；↔うは（右派）①

さば【鯖】（名）①青花魚；②←さばよみ；◊さばを読む／馬虎個數，在數量上搞蛋騙人，打馬虎眼。回

さばかり【然許り】（副）〔文〕（下接否定語）那樣，那麼，那麼一點（＝さほど、それほど）；☆さばかりのことに動揺を来すようでは、いけない／不要因為那麼一點兒事就動搖。②

さばき【裁（捌）き】（名）〔（さばく）的名詞形〕①解析，解開（＝ときわけること）；②分辨，判斷，裁斷，裁判，審判；☆裁きを受ける／受裁判，受審；☆私には何れとも裁きがつかぬ／我不能判斷究竟是怎樣；③處理，處置（＝とりあつかい）；☆この問題の捌きをつける／處理這個問題；④銷售，銷路；☆品物の捌きをつける／推銷貨物；～て【捌手】（名）①裁判者，公斷人；②通情達理的人。①③

*さば・く【裁（捌）く】（他五）①解析，解開（＝ときわける）；☆縺（もつ）れた麻を捌く／把亂麻理開；②判斷，評斷，裁判，審判；☆事件を裁く／審理案件；③銷售，推銷（＝うりさばく）；☆巧みに品物を捌く／巧妙地推銷貨物；④妥善料理，處理得當，做得漂亮；☆山積（さんせき）する事務をひとりで裁く／一個人處理大批積壓的工作。②

*さばく【砂（沙）漠】（名）沙漠；☆砂漠を横断する／橫越沙漠。回

さばけ【捌け】（名）〔（さばける）的名詞形〕①分解，披散，清理好；②推銷出去，售完（＝うりきれ）；☆捌けがよい（わるい）／銷售得好（壞）；～かた【捌け方】（名）銷售情況（＝うれゆき）；～ぐち【捌け口】（名）銷售對象，銷路（＝うれぐち）；☆捌け口が広い（狭い）／銷路寬（窄）；☆捌け口を探す／找銷路（買主）。

さば・ける【捌ける】（自下一）①分解，披散開；☆髪がばらばらに捌けている／頭髮鬆散開；②銷售出去（＝うれゆく）；☆品物がどんどん捌けて行く／貨物暢銷；③開通，老練，圓滑；☆捌けた人／開通（老練）的人，通達人情世故的人；☆捌けたことを言う／說出話來通情達理；☆どうしてそんなに捌けないのだ／怎麼這樣不開通（頑固）呢？图さばく（下二）。③

さばさば【爽爽】（副・自サ）爽朗，乾脆，暢快，輕鬆愉快（＝さっぱり）；☆気分が、さばさばする／心情舒暢（輕鬆愉快）；☆さばさばして感じのよい人／性情爽朗乾脆使人起好感的人。①

さばよみ【鯖読み】（名）馬虎個數，在數量上搗鬼騙人，打馬虎眼。

サハラ【Sahara】（名）〔地〕撒哈拉（沙漠）。

さはんじ【茶飯事】（名）常有（見）的事，家常便飯；☆そんなことは日常の茶飯事だ／那種事是司空見慣的。②

サバンナ【savanna】（名）（熱帶地方的）無樹平原。

さび【寂】（名）空寂，幽雅，古雅，古色古香；蒼老，精練；☆寂のある声／蒼老的聲音。②

*さび【錆・銹・鏽】（名）①銹；☆錆がつく／生銹；☆錆を落とす／去掉銹；☆錆を止める／防銹；㊁（轉）惡果；☆身から出た錆／自作自受，咎由自取。②

さびごえ【寂声】（名）蒼老的聲音。③

*さびし・い【寂（淋）しい】（形）①寂寞的，孤獨的，冷清的，很無聊的（＝つれづれ）；☆相手がなくて寂しい／沒有伴兒，感到寂寞；②孤苦的，愁悶的（＝ものがなしい）；☆夫に死なれて寂しく暮らす／丈夫去世孤苦度日；③荒涼的，淒涼的；☆冬の景色は寂しい／冬天景色荒涼；图さびし（形シク）。③

さびしが・る【寂（淋）しがる】（自五）感到寂寞（淒涼）；☆君は何を淋しがっているのだ／你為什麼寂寞？④

さびしさ【寂（淋）しさ】（名）寂寞，孤單，孤苦，荒涼，淒涼；☆淋しさを覚える／感到寂寞（淒涼）；☆胸に喰い入るような寂しさ／難以忍受的寂寞（淒涼）②

さびつ・く【錆（銹）付く】（自五）銹到一起，銹住；☆長い間使わないから、ナイフが錆付いた／因爲好久沒用小刀銹住了。○

さびどめ【錆（銹）止め】（名・自サ）防銹，防銹劑；☆錆止めを塗る／塗上防銹劑。④○

ざひょう【座標】（名）〔數〕座標；～じく【座標軸】（名）〔數〕座標軸。○

*さ・びる【錆びる・銹びる】（自上一）生銹；☆小刀が錆びる／小刀生銹；图さぶ（上二）。

さ・びる【寂びる】（自上一）①變蒼老，變成古雅；☆声が寂びる／聲音變蒼老；②老練（精練、純熟）起來；☆あの役者（やくしゃ）は、ますます寂びて来る／那位演員越來越老練；图さぶ（上二）②

さび・れる【寂（荒）れる】（自下一）①變舊，陳舊（＝ふるびる）；☆寂れて見える／顯得陳舊；②凋零，衰微，蕭條，荒涼；☆あの商売は最近さびれて来た／那種行業近來蕭條了图さびる（下二）③○

サブ【sub】（名）①代理，候補；②補充人員；③潛水艇；④〔棒球〕候補隊員。①

サファイヤ【sapphire】（名）①〔礦〕青玉，藍寶石；②蔚藍色。

サブウェー【美subway】（名）地下鐵道①

サブタイトル【subtitle】（名）①（書籍的）副題，小標題；②（電影的）補助字幕。③

ざぶざぶ（副）（觸動水的聲音）巴扎巴扎，嘩啦嘩啦；☆ざぶざぶ小川（おがわ）を渡る／巴扎巴扎地淌過小河；☆野菜をざぶざぶ洗う／嘩啦嘩啦地洗青菜。①

サブジェクト【subject】（名）①主題；②〔語法〕主語；③主觀，主體；↔オブジェクト。①

ざぶとん【座布（蒲）団】（名）棉坐墊，褥墊；☆座布団を敷く／舖坐墊；☆座布団に坐る／坐在褥墊上。②

サブマリン【submarine】（名）潛水艇（＝せんすいかん）。③

サフラン【荷saffraan】（名）〔植〕番紅花。

ざぶり（副）嘆咚，巴扎；☆ざぶりと湯に入る／嘆咚一聲進入澡塘（盆）裏。②③

*さべつ【差別】（名・他サ）差別，區別，區分；☆差別をつける／加以區分，分出等級；☆差別を撤廃（てっぱい）する／取消差別；☆上下の差別なく／不分上下，上下一律；☆彼は敵味方の差別も知らぬ

／他連敵我都分不清；☆人によって差別
する／因人而異（不同）；～たいぐう【
差別待遇】（名）差別待遇。①

さへん【サ変】（名）〔語法〕←さぎょう
へんかくかつよう。①

さほう【作法】（名）①作法，方式（＝し
かた，やりかた）；☆俳句の作法／俳句
的作法；②禮節，禮貌，規矩；☆作法を
習う（教える）／學習（教）禮節；☆作
法を知る（わきまえる）／懂得禮節，知
禮；☆作法に適（かな）う／合乎禮節；
☆作法に合わぬ／不合（違背）禮節。①

さぼう【砂防】（名）防沙；☆砂防の為に
木を植える／爲防沙而植樹；～りん【砂
防林】（名）防沙林。①

サポーター【supporter】（名）（運動員
用的）兜襠；☆サポーターを当てる／帶
上兜襠。②

サボタージュ【法sabotage】（名・自サ）
①怠工；☆サボタージュをやる／（工人）
實行怠工；②偷懶。③

サボテン【仙人掌】（名）〔植〕仙人掌◎

さほど【然（左）程】（副）那様，那麼，
那種程度（＝それほど）；☆彼の病気は
左程重くない／他的病並不那麼嚴重；☆君
が然程まで気にするとは思わなかった／
沒想到你竟然那麼介意。◎

サボ・る（自五）〔俗〕①怠工；②偷懶，
偷閒；☆学校をサボる／曠課，逃學。②

ザボン【朱欒】（葡語zamboa之訛）（名）
〔植〕朱欒。◎

＊―さま【様】（接尾）①接在人名或表示人
的名詞下表示尊敬；例如：旦那（だんな）
さま／お父さま／田中様②用以表示恭
敬或客氣；例如：☆御苦労さま／您受累
了／勞駕勞駕；☆お待ち遠さま／讓您久
候了。

さま【様】（名）形狀，狀態，情況，情形
（＝ありさま，おもむき）；☆この絵は
海の荒れ狂っている様がよく描かれてい
る／這幅畫把海上波濤洶湧的情景表現得
很好。②

さま【様】（代）〔敬語〕①您（＝あなた）
；②他（＝あのひと，あのかた）。

ざま【様】（名）〔俗〕樣，相；容狀，醜
態；☆それは何と言うざまだ／瞧你那種
狼狽相（醜態）；◊ざまを見ろ／活該②

サマー【summer】（名）夏；～スクー
ル【summer school】夏季講習會；暑

期學校；～タイム【summer time】（
名）夏季時間。①

さまざま【様様】（形動ダ）種種，形形色
色，各式各樣（＝いろいろ）；☆人の性
格は様様だ／人的性格千差萬別；☆世の
中には様様な人間がいる／社會上什麼樣
人都有；☆同じことばが様様に解釈され
る／一句話可能有各種各樣的解釋。③◎

さま・す【冷ます】（他五）①弄涼（冷）
，冷却（＝ひやす）；☆湯を吹いて冷ま
す／把熱水吹涼（冷）；☆熱を冷ます／
散熱，退燒；②〔轉〕降低，減低（＝お
とろえさせる）；☆情熱を冷ます／打擊
情緒，潑冷水；☆興（きょう）を冷ます
／掃興，敗興。②

＊さま・す【覚ます・醒ます】（他五）；①
弄醒，叫醒，喚醒；☆目を覚ます／醒來
；☆夢を醒ます／從夢中叫（驚）醒；②
提醒，使…醒悟（＝さとらせる）；☆迷（
まよ）いを醒まさせる／從迷惑中提醒；
③使…清醒，醒酒；☆風に当たって酔（
よ）いを覚ます／到外邊吹風來醒酒②

さまたげ【妨げ】（名）妨礙，阻礙，阻撓
（＝ぼうがい）；☆人の勉強の妨げにな
る／妨礙別人用功；☆通行の妨げをする
／妨礙交通。◎④

＊さまた・げる【妨げる】（他下一）妨礙，
阻礙，阻撓；☆人の行動を妨げる／妨礙
別人的行動；☆風に妨げられて出帆（し
ゅっぱん）ができない／被風阻攔不能開
船；図さまたぐ。◎④

さまよ・う【彷徨う・さ迷う】（自五）①
傍徨，徘徊，流浪（＝さすらう）；☆各
地を彷徨う／流浪各地；☆生死の境をさ
迷う／死去活來；②躊躇，猶豫，猶豫不
決（＝ためらう）；☆取捨選択にさ迷う
／取捨難決（不定）。③

さみし・い【寂（淋）しい】（形）＝さび
しい；図さみし（形シク）。③

さみだれ【五月雨】（名）梅雨，黃梅雨（
＝つゆ）；☆五月雨が続く／梅雨連綿；
～せんじゅつ【五月雨戰術】（名）拖拉
戰術。◎

＊さむ・い【寒い】（形）①寒冷的；☆寒い
日／冷天；☆寒くて震（ふる）える／冷
（凍）得打哆嗦；②心驚膽怕的（＝ぞっ
とする）；☆敵の心胆を寒からしめる／
使敵人膽寒；③膽虛的，心裏沒底的，沒
有信心的（＝こころぼそい，たよりない）

；☆金も乏しくなるし、誠に寒いことだ／錢也越來越少實在感到心裏責沒有底；④寒傖的，簡陋的，貧寒的（＝ひんじゃくだ、まずしい）；☆ずいぶんお寒い旅館だなあ／眞是個簡陋的旅館啊！☆懷（ふところ）が寒くなる／手頭拮据；囡さむし（形ク）。②

さむがり（や）【寒がり（屋）】（名）怕冷的人。⓪

さむが・る【寒がる】（自五）怕冷；☆弱いから寒がる／因爲身體弱，怕冷。③

さむけ【寒気】（名）①寒氣（＝さむさ）；②惡寒，發冷；☆寒けがする／渾身發冷。②

*****さむさ【寒さ】**（名）寒冷，寒氣；冷的程度；☆ひどい寒さ／嚴寒；☆肌を刺す寒さ／刺骨的寒氣；☆寒さを防ぐ／禦寒；☆寒さで震え上がる／凍得發抖；☆寒さに堪える／耐寒；☆寒さを凌（しの）ぎに／爲着禦寒。①

さむざむ【寒寒】（形動タルト・副・自サ）冷颼颼，冷冰冰；☆寒寒とした部屋／冷冰冰的屋子；☆多枯（ふゆが）れの野は寒寒としていた／多天的荒野給人一種冷冰冰的感覺。③

さむぞら【寒空】（名）寒天，冷天；☆この寒空にシャツ一枚しか着ていない／這麼冷的天只穿一件襯衫。③

さむらい【侍】（名）〔古〕①近侍，侍衛；②武士；③（侍衛、近侍的）班房；④〔俗〕厚顏無恥的人；**～かたぎ【侍気質】**（名）武士的性格。⓪

さめ【鮫】（名）〔動〕鮫，鯊魚；**～がわ【鮫皮】**（名）鯊魚皮（用作刀柄、刀鞘）。⓪

さめぎわ【覚（醒）際】（名）臨醒的時候（＝さめぐち）。⓪

さめざめ（副）滑滑；☆さめざめと泣く／滑滑淚下。③②

さめはだ【鮫肌】（名）①鯊魚的表皮；②粗糙的皮膚，蛇皮；☆鮫肌の女／皮膚粗糙的女人。⓪

*****さ・める【冷める】**（自下一）①冷，涼（＝ひえる）；☆冷めないうちにお上がり／請趁熱吃吧；②減退，降低（＝うすらぐ）；☆熱が冷める／熱情降低，洩氣；☆興が冷める／敗興；☆熱し易い者は冷め易い／熱得快涼得也快，其進鋭者其退速；囡さむ（下二）。②

さ・める【褪める】（自下一）落色，褪色，掉色（＝あせる）；☆褪めない色／不褪的顏色；☆その色は褪めやすい／那種顏色容易褪色；囡さむ（下二）。②

*****さ・める【覚（醒）める】**（自下一）①醒；☆眠りから覚める／從睡中醒來；☆一晩中目が覚めていた／一夜沒睡；②覺悟，醒悟（＝さとる）；☆迷（まよ）いから覚める／從迷惑中醒悟過來；☆失敗して目が覚めた／失敗後醒悟過來了；③醒（酒）；☆あまり寒いので酔（よい）が覚めてしまった／因爲天太冷酒醒了；囡さむ（下二）。②

さも【然も】（副）〔文〕①彷彿，宛如，好像（＝いかにも）；☆さもうまそうに食べている／好像吃得香甜的樣子；☆さも残念そうな顔／彷彿很遺憾的神氣；②當然，自然，很可能；☆さもあるべきことだ／很可能有的事情；當然的事情；☆彼が家出（いえで）したと聞いたがさもあろう／聽說他從家裏跑出來了，（我想）那是很自然的事情；◇さも似たり／酷似。①

さもありなん【然も有りなん】（連語）〔文〕很可能那樣（＝そうであろう），理所當然（＝もっともである）；☆さもありなんと思われることだ／那是不難想像的事情，那是意料中的事。①─③

さもし・い（形）①卑賤的，下賤的，下流的（＝いやしい）；☆そんなさもしい事はしない／（我）不幹那種下流（下賤）的事；②卑鄙的，卑劣的，令人作嘔的（＝あさましい）；☆さもしい根性／劣根性；☆さもしい奴／卑鄙無恥的東西；囡さもし（形シク）。③

さもないと【然も無いと】（連語・副），不然的話；☆勉強しなさい。さもないと落第するよ／用功吧！不然（就會留級的）就會考不上的。①

さもなくば【然も無くば】＝さもないと。

さもなければ【然も無ければ】＝さもないと。①

*****さや【莢】**（名）〔植〕豆莢；☆莢を剝（む）／剝去豆莢。①

*****さや【鞘】**（名）①劍鞘，刀鞘；☆刀を鞘に納める／插刀入鞘，☆刀の鞘を払う／拔刀出鞘；②盒，殼，筆鞘；☆眼鏡の鞘／眼鏡盒；☆万年筆の鞘／自來水筆的筆帽；③〔經〕差價，利潤；☆鞘を取る／找

賺頭，吃差價；◊元の鞘に納まる／常指夫妻的）言歸於好，破鏡重圓。①

さやあて【鞘当て】（名・自サ）①（因故而起的）糾紛，爭吵；②〔俗〕（二男爭一女的）爭風吃醋；☆喧嘩の元は鞘当てからだった／兩個人打架是因爲爭風吃醋。②④

さやか（形動ダ）〔文〕分明，清楚（＝さだか，はっきり）；☆月がさやかに輝いている／明月皎潔。①

ざやく【坐薬】（名）〔醫〕浣腸藥☆坐薬を差す／揷進肛門的浣腸藥。

さゆ【白湯】（名）白開水；☆白湯で薬を飲む／用白開水服藥；☆白湯を飲むようで味も何もない／淡而無味如飲白水①②

*さゆう【左右】（名・他サ）①左右，左右方；☆左右に揺れる／左右搖動；☆左右を顧みる／回顧左右；☆身邊，身旁，左右に侍る／侍立左右；②侍衞，近侍，輔弼；☆王の左右／王之左右；④左右，上下；☆三十左右の男／三十上下歲的男子；⑤支配掌握，操縱，驅使，左右；☆市場を左右する／操縱市場；☆一国の運命を左右する／掌握一國的命運；⑥感情に左右される／受情感支配；☆左右其詞，支吾；☆言を左右にして確答を避ける／左右其詞不作正面答覆；～そうしょう【左右相称】（名）左右相稱，左右對稱。①

ざゆう【座右】（名）座右，案頭，身邊（＝みじか）；☆座右の友／經常在一起的朋友，常用的工具書；☆座右に置く／放在座右（身邊）；☆座右にその辞書を備える／把那本辭典放在身邊；～のめい【座右の銘】（連語・名）座右銘。

さゆり【小百合】（名）〔文〕〔植〕百合（＝ゆり）。①⓪

さよう【然様】Ⅰ（形動ダ）那様（＝そう，そのとおり）；☆然様なことは一向（いっこう）存じません／那様事情我一點也不知道；Ⅱ（感）是，然，不錯（＝そうだ，しかり）；☆しきりに然様然様と言ってる／連稱是是；～しからば【然様然らば】（連語・名）打官腔，說話鄭重其事；☆然様然らばでやる／說話鄭重其事；～なら【然様なら】Ⅰ（接）那麼（＝それなら）；Ⅱ（感）再見，再會。⓪

*さよう【作用】（名・自サ）作用；起作用；☆薬の人体に及ばす作用／藥對人體起

的作用；☆酸は金属に作用する／酸能對金屬起作用。①

*さよく【左翼】（名）①〔軍〕左翼；②〔政〕左翼；③〔棒球〕左翼（＝レフト）①

*さよなら（感）→さようなら。③⓪

さより（名）〔動〕針魚，鱵魚。①

*さら【皿】（名）①碟子，盤子；☆皿に盛る／盛在碟（盤）子裏；☆皿に入れて出す／盛裝在碟（盤）子端上來；②一碟菜，一盤菜；③碟形物；④膝蓋骨（ひざざら）；～あらい【皿洗い】（名）①洗碟（盤）子的人；②女僕。⓪

ざらⅠ（名）①粗糙的紙，草紙（＝ざらがみ）；②砂糖，粗糖（＝ざらめ）；Ⅱ（形動ダ）〔俗〕多，常見，不稀奇；☆そんな例はざらにある／那種例子多得很；☆こんな品はざらにない／這様貨品不多見☆それは常見的事／那是常見的事情。

さらい【渫い】（名）〔（さらう）的名詞形〕疏濬，淘；☆どぶ渫い／淘下水溝；疏濬。⓪

さらい【復習い】（名）①復習（＝ふくしゅう）；☆おさらいをする／復習；②（演藝的）練習，演習；☆毎月十日に三味線のおさらいがある／每月十號練習三絃⓪

さらいげつ【再来月】（名）下下月。②⓪

さらいしゅう【再来週】（名）下下週，下下星期。⓪

さらいねん【再来年】（名）後年。⓪

さら・う【渫う】（他五）疏濬；☆河を渫う／疏濬河道。⓪

さら・う【攫う】（他五）奪取，攫取；搶走，拐跑；☆子供を攫う／拐走孩子；☆金を攫って逃げる／搶錢而逃跑；☆鷹がひよこを攫う／老鷹叼走小鷄；☆甲板（かんぱん）に居た二人は波に攫われた／在甲板上的兩個人被浪沖走了；◊鳶（とび）に油揚げを攫われた様に／（仰着臉）茫然自失，不知所措。⓪

さら・う【復習う】（他五）復習，溫習；☆学課をさらう／溫習功課。⓪

ざらがみ【ざら紙】（名）粗糙的紙，草紙⓪

さらけだ・す【曝け出す】（他五）暴露，揭穿；☆内証ごとをさらけ出す／暴露秘密，揭穿隱私；☆無知をさらけ出す／暴露無知；☆何もかもさらけ出す／把一切揭露出來。④

サラサ【葡saraca＝更紗】（名）（印有五彩的花鳥人獸等的）印花布；～ぞめ【更

紗染】（名）印花布。②①

さらさら【更更】（副）〔文〕（下接否定語）毫（不），絲毫（不）〔＝すこしも，さらに〕；☆さらさら恨まない／毫不懷恨；☆更更存じません／一點也不知道①

さらさら（副・自サ）①颯颯，潺潺，唰唰；☆木の葉がさらさらと風に鳴（な）った／風吹樹葉颯颯作響；☆小川がさらさらと流れる／溪流潺潺；☆万年筆でさらさらと書く／用自來水筆唰唰地寫；②鬆散，沙沙稜稜；☆さらさらした粉末（ふんまつ）／鬆散的粉末；③爽快；☆気がさらさらして来た／心裏爽快起來了；④流利；☆さらさらと答える／對答如流①

ざらざら（副・自サ）①粗糙；（因砂塵等）不滑；☆ざらざら（と）した壁／不光滑的牆；☆廊下がざらざらになる／（因砂塵等）走廊不光滑；②（豆粒等落下聲）嘩啦嘩啦；☆小豆（あずき）をざらざら（と）袋に入れる／往袋子裏嘩啦嘩啦地裝小豆。①

さらし【晒】（名）①〔さらす的名詞形〕曬曝；②漂白；漂白布；☆晒にした木棉／漂白布；③〔江戸時代〕（梟首）示衆；④←さらしくび；⑤←さらしもめん；～あん【晒餡】（名）曬乾的粉末小豆餡；～くび【晒首】（名）〔江戸時代〕示衆的首級，梟首；～こ【晒粉】（名）漂白粉；☆晒粉で消毒する／用漂白粉消毒；～もの【晒者】①被梟首示衆的罪人；②〔轉〕被衆人嘲笑的人，在人前丟醜的人；～もめん【晒木棉】（名）漂白布〔＝さらし〕。①

*さら・す【晒す】（他五）①曬；☆日に晒す／讓太陽曬，曝曬；②讓風吹雨打；☆風雨に晒された／被風吹雨打了（的）；③漂白；☆綿布を晒す／把綿布加以漂白；④抛露，暴露；☆危険に身を晒す／置身險境；☆恥を晒す／丟醜，現眼，現世；⑤示衆；☆首を晒す／梟首示衆。①

サラセン【Saracen】（名）①阿拉伯人；②穆斯林的總稱。②

サラダ【salad】（名）沙拉（西式冷拌雜菜＝サラド）；～オイル【salad oil】（名）沙拉油，生菜油（上等橄欖油）；～な【salad 菜】（名）做沙拉用的生菜①

ざらつ・く（自五）（因砂塵等）變粗澀，不光滑，不滑溜（＝ざらざらする）；☆風の強い日は廊下がざらつく／大風天（

因爲落下灰塵）走廊不光滑。①

*さらに【更に】（副）①再，重新，重又（＝あらためて）；☆更にやり直す／重新另做，再做一次；②更，更加，更進一步，更且（＝そのうえ）；☆更に重要なことは…／更重要的是…；☆更に勉強する／更加用功；☆更に良くしていきたい／願意弄得更好（進一步改善）；②（下接否定語）絲毫，一點（也不）（＝すこしも）；☆思い置くこと更になし／毫無遺憾。①

さらば【然らば】〔文〕Ⅰ（接）那麼，那樣的話（＝それなら）；☆さらばこちらも何等（なんら）かの対策を講じよう／那樣的話，我們也要採取某種（適當的）對策；Ⅱ（感）（用於分手時）再見，再會（＝さようなら）；☆さらば母国よ／再見吧，祖國。①

さらば・える【下一】①衰老；②變得骨瘦如柴；因さらばふ（四）。①

さらばかり【皿秤】（名）①→てんびん；②盤子秤；↔さおばかり（桿秤）。③

サラブレッド【thorough-bred】（名）①純種馬；（英國馬和阿拉伯馬交配而生的）賽馬用的馬；②〔轉〕優良血統出身的（人）。④

さらまわし【皿回し】（名）耍碟子的藝人③

ざらめ【粗目】（名）砂糖，粗粒白糖①

さらり（副）①（摸着）鬆散，滑溜；☆さらりとした粉／摸着感覺滑溜的粉末；②（態度）爽朗地，用快地，不拘小節地（あっさり）；☆人の悪口をさらりと受け流す／對別人的毀謗毫不介意；③痛快地，乾脆地，毫不留戀地（＝きれいさっぱり）；☆さらりと思い切る／乾脆地斷念；☆好きな酒をさらりと止めた／毫不留戀（乾乾脆脆）地戒了心愛的酒。②③

サラリー【salary】（名）薪水，工資，月薪（＝きゅうりょう，げっきゅう）；☆サラリーをもらう／領（月）薪；～マン【salaried man】（名）薪給人員，工資生活者。①

さりがに【蝲蛄】（名）〔動〕螯蝦，蝲蛄①

さりげな・い【然り気ない】（形）若無其事的，毫不在意的；☆さりげない様子で尋ねる／彷彿沒有什麼用意地問；☆さり気なく行き過ぎる／若無其事地走過去；因さりげなし（形ク）。④

サリチルさん【德Salizyl酸】（名）〔化〕

水楊酸。◻0

さりとて（接）〔文〕（雖説如此）但是，不過（＝そうかといって）；☆僕は行くのはそう、さりとて見たくない訳ではない／我不去了,不過並不是不想看／面倒臭い仕事だが、さりとて止めるわけにも行かない／是一件很麻煩的工作,但是又不能撂下。◻1

さりとわ（接）〔文〕要是那樣,那樣（＝そうとは）；☆さりとは余り考えがなさ過ぎる／要是那樣,(他)可是太欠考慮了；☆さりとは気づかなかった／那我可沒有注意到／☆さりとは辛（つら）いね／那樣可真夠受。◻1

さる【申】（名）①（十二地支之一）申；②申時（午後四時）；③西南方。◻1

さる【猿】（名）①〔動〕猿猴；②〔轉〕有鬼聰明（小才）的人；◇猿も木から落ちる／智者千慮,必有一失。◻1

さ・る【去る】Ⅰ（自五）①離去,離開,走開（＝はなれる、たちのく）；☆台北を去る／離開台北；☆師の下（もと）を去る／離開老師的跟前（左右）；②過去,經過（＝すぎる）；☆戦争の危機が去った／戰爭的危機過去了；③距離,距（＝へだたる）；☆首都を去る百キロの地点／距離首都有一百公里遠的地點；☆今を去る（こと）十年前／距今十年前；④消失（＝きえうせる、なくなる）；☆痛みが去る／疼痛消失；⑤避去,躲避,避免（＝まぬがれる）；⑥死去（＝みまかる）；Ⅱ（他五）①趕出去,攆走（＝おいだす）；②去掉,消除（＝すてる、のぞく）；☆私心を去る／消除私心；☆毒物を去って食用に供する／去掉有毒部分以供食用；③使…離去,遠離（＝とうざける）；Ⅲ（連體）下接日期,表示該日已經過去的；☆去る十日帰国した／已於十號回國；◇去る者は追わず／去者不追,去る者は日に疎（うと）し／去者日日疏。◻1◻0

さる【然る】（連體）①那樣（種）的；某某,某一（＝ある）；☆さる国の干涉／某國的干涉；☆さる人に頼まれた仕事／受某人委托的工作；☆さる方面からの命令／某方面來的命令。◻1

ざる【笊】（名）①竹簍；☆笊でどじょうを掬（すく）う／用竹簍撈泥鰍；②竹籠屜；③←ざるそば。◻2

ざるおえない【ざるを得ない】（連語）不得（能）不；☆そう言わざるを得ない／不得不那樣說。

さるがく【猿（散）楽】（名）①〔室町時代〕雜技；②作為餘興表演的滑稽動作；③「能樂」的前身。◻2◻0

さるかた【然る方】（名）①相當有聲望的人；②某人。◻1

さるぐつわ【猿轡】堵嘴物,箝口物；☆強盗は家族の者に猿轡を嵌（は）めて縛り上げた／強盜用東西堵住家人的嘴然後綁了起來。◻1

さること【然る事】（連語・名）〔文〕①那樣的事；②應當的事；③當然的事；☆それはさることながら…／那是當然不過…。◻1

さるじえ【猿知恵（智恵）】（名）小聰明,鬼聰明；☆あいつの猿知恵で何ができるものか／他那點鬼聰明能做什麼？◻0

さるしばい【猿芝居】（名）①耍猴兒（猴子的演藝）；②〔喻〕拙劣的演藝；☆彼らのやっているのは、まるで猿芝居だ／他們演的簡直像耍猴兒（糟透了）。◻3

さるすべり【百日紅】（名）〔植〕百日紅,柴荊檀。◻3

ざるそば【笊蕎麦】（名）盛在小籠屜上吃的蕎麵條。◻3

サルチルさん【德Salizyl酸】（名）〔化〕水楊酸（＝サリチルさん）。◻0◻4

サルバルサン【德Salvarsan】（名）〔藥〕灑爾佛散,六〇六。◻0

サルビア【salvia】（名）〔植〕鼠尾草◻2

サルファざい【sulfa劑】（名）〔醫〕→ズルフォンアミド。◻0◻3

サルページ【salvage】（名）①海上救難,船舶營救；②打撈沉船。◻3

さるほどに【然る程に】（接）〔文〕不久,一会兒工夫（＝そのうちに）。◻1

さるまた【猿股】（名）褌叉；☆猿股を穿く（脱ぐ）／穿（脱）褌叉。◻0

さるまわし【猿回し】（名）耍猴的藝人；☆猿回しのじいさん／耍猴的老人。◻3

さるもの【然る者】（連語・名）①那樣的人；某人；②不平常的,非同小可的人,不可輕視的人；☆敵もさる者、油断をするな／敵人（對手）也不弱,可不要大意（輕敵）；☆彼もさるものだから気をつけたまえ／那傢伙可不好惹你要小心。◻1

さ

されこうべ【髑髏】（名）（曝露在荒野的）髑髏（頭骨）（＝しゃれこうべ）；☆髑髏の埋まっているかつての戦場／埋着髑髏的古戰場。③ ①

ざれごと【戯言】（名）戯言（＝じょうだん）；☆戯言を言う／開玩笑。②

ざれごと【戯事】（名）開玩笑，鬧着玩②

されど【然れど】（接）〔文〕雖然，然而（＝しかし，だが）。①

されば【然れば】〔文〕（接）因此，既然如此，於是乎（＝だら，しからば）；☆さればと言ってうまい考えもない／雖然如此，但是又想不出好的辦法；～こそ【然ればこそ】（名）（連語）〔文〕正因為如此，果然不錯（＝やっぱり，それだから）。①

さ・れる（助動・下一型）①表示被動；☆厳重に処罰される／被嚴厲處罰；②表示尊敬；☆先生が詳細に説明される／老師詳細地講解；③表示自發；☆母の病気が心配される／（不由地）擔心母親的病；④表示可能；☆それは短期間に完成される仕事ではない／那不是短期間所能完成的工作。

さ・れる【為れる】（他下一）①〔（する）的敬語〕＝なさる；②〔する〕的被動；☆自由にされる／被解放，被釋放；☆そんないたずらをされては困る／（你・他）那樣淘氣可不行。⓪

ざ・れる【戯れる】（自下一）嬉戯，鬧着玩，亂鬧（＝たわむれる）；☆猫が毬（まり）にざれる／猫撲球玩；☆余りざれるな／別那麼鬧間；②＝あだめく，なまめく。②

サロン【法 salon】（名）①客廳，會客室（＝おうせつま，きゃくま）；②大廳，談話室（＝ひろま，しゃこうしつ）；☆船のサロン／輪船上的談話室；③美術展覽會；④沙龍，酒吧（さかば，サルーン）。①

サロン【馬來 sarong】（名）（爪哇、馬來人所用的）圍裙，紗籠。①

さわ【沢】（名）①澤，沼澤，濕潤地；☆道に迷って沢に出る／迷失路途（方向）走到沼澤；②（兩山間的）浅谷；☆この沢には一日中日がささない／這個浅谷整天不見太陽。②

さわ【茶話】（名）〔文〕茶話＝（ちゃわ）；～かい【茶話会】（名）茶話會。①

さわがし・い【騒がしい】（形）①吵鬧的，喧囂的（＝そうぞうしい，やかましい）；☆騒がしい物音（ものおと）で眠れない／因為吵鬧（的聲音）睡不着；②議論紛紛的，爭論不已的；☆憲法改正問題で騒がしい／因為修改憲法問題議論紛紛；③騒然的，不安的，不穏的，不平靜的（＝ぶっそうだ）；☆世の中が騒がしい／社會不安穩，擧世騒然；④繁忙的，忙碌的，匆忙（＝いそがしい）。④

さわが・す【騒がす】（他五）→さわがせる。

さわが・せる【騒がせる】（他下一）騒擾，引起混亂；☆世間を騒がせる事件／轟動社會的事件；☆こんなことで近所を騒がせてすみません／為了這樣事使四鄰不安，真抱歉；因さわがす（下二）。

さわがに【沢蟹】（名）〔動〕澤蟹，河蟹②

さわぎ【騒ぎ】（名）〔（さわぐ）的名詞形〕①喧嚷，吵鬧；☆酒がまわって騒ぎがひどくなる／酒過三巡以後吵得就更厲害了；②騒動，騒亂，糾紛，鬧事（＝もんちゃく，ごたごた）；☆騒ぎが大きくなったので当局も捨てておけなくなった／因為騒動鬧大了當局也就不能置諸不理了；③轟動一時（的事情）（＝だいひょうばん）；☆騒ぎが大きいので行ってみたが，つまらない映画だった／因為轟動一時所以我也去看了一下但是那個電影很糟；◇…どころの騒ぎじゃない／①遠不止於那種程度；☆痛いどころの騒ぎじゃない／痛得厲害，豈止於痛；②談不到；☆不景気に海外旅行どころの騒ぎじゃない／這樣不景氣哪裏談得到海外旅行。①

さわ・ぐ【騒ぐ】（自五）①吵鬧，吵嚷；☆今になって騒いでも始まらない／事到如今鬧也來不及了；②慌張（＝あわてふためく）；☆少しも騒がない／毫不慌張，態度從容；③張羅，匆忙；☆試験は二十日からだから今から騒がずともよい／考試從二十號開始現在不着忙；④酒後胡鬧；☆酒を飲んで大いに騒ぐ／喝了酒盡情地胡鬧；⑤不安；☆胸が騒ぐ／心裏不安；⑥騒動，鬧事；☆米価引き下げの報に農民が騒ぎだした／聽到降低米價的消息，農民們騒動不安了。②

さわさわ（副・自サ）①微風吹動樹葉的樣子或聲音；☆春風が，さわさわと吹き抜けて行く／春風沙沙地吹過；②爽快，痛

快，暢快。

さわさわ（副・自サ）①慌張，忙亂，心定
不下（＝そわそわ）；☆さわさわした心
／心神不安；②（衣服等）磨擦發出的微小
聲音喳喳，沙沙；☆多くの人の歩く衣
（きぬ）ずれの音が、さわさわと聞こえる
／許多人走路衣服磨擦的聲音喳喳作響。

ざわざわ（副・自サ）〔俗〕①人聲嘈雜；
☆ざわざわしていた場内は、急に静かに
なった／人聲嘈雜的會場頓時沉靜了；②
（東西磨擦發出的低微聲音）沙沙（＝さ
わさわ）；☆梢（こずえ）をざわざわと
動いて風が吹いていた／風吹樹梢沙沙
作響。①

ざわつ・く（自五）（人聲）嘈雜；（樹葉）
沙沙響；☆彼が登壇すると会場がざわつ
いた／他一登臺，會場就喧雜起來了；☆
木の葉がざわつく／樹葉沙沙作響。⓪

ざわめく（自五）＝ざわつく。③

***さわやか**【爽やか】（形動ダ）①爽快，痛
快，清爽，②幾らか気分が爽やかになっ
た／心情多少爽快些了；☆爽やかな天気
／爽朗的天氣；②清楚，明確，☆弁舌
（べんぜつ）爽やかな人／口齒清晰的人；
③鮮明，清楚（＝あざやか）。②

さわら【鰆】（名）〔動〕鰆；霸魚。⓪

さわらび【早蕨】（名）幼蕨。②

さわり【障（り）】（名）①抵觸，衝突，事
故；☆障りがあるため欠席する／因故缺
席；②妨礙，阻礙，障礙（＝じゃま，さ
またげ）；☆ラジオは勉強の障りになる
／開收音機妨礙用功（學習）；③疾病（
＝びょうき）；④月經（＝げっけい）。⓪

さわり【触り】（名）①觸，觸動；②觸感
（觸動，接觸時的感覺）；☆触りのよい
人／接觸時給人以好印象的人；③〔義太
夫淨瑠璃用語〕最精彩的地方；☆談話
、故事的要點，重點；☆ここの所が、こ
の話のさわりだ／這部分是這段話（故事）
的要（重）點。⓪

***さわ・る**【障る】（自五）①抵觸，妨礙，
障礙，阻礙（＝さしつかえる）；☆勉強
に障る／妨礙學習；☆眼に障る／不順
眼，刺眼，瞅着彆扭；對眼睛有害；☆時
候が障る／時令不佳（影響健康）；☆障
ることがあって予定を変更した／因故改
變了預定計劃；②有害，危害，不利；☆
夜更（よふ）かしは体に障る／熬夜對身
體有害；③生病，害病。⓪

***さわ・る**【触る】（自五）①摸，觸，碰（
＝あたる）；☆指で触る／用手指摸（觸
動）；☆陳列品に触ってはいけない／不
許觸動陳列品；☆何だか冷たい物が足に
触った／覺得好像有個冰凉的東西碰了脚
一下／②傷害感情，觸怒；☆癪（しゃく）
に障る奴だ／那傢伙真氣人；☆あいつの
言うことが気に触る　／他的話令人生氣
（氣忿）；◇**触らぬ神にたたりなし**／若
不觸怒鬼神，鬼神就不會作祟（降災），
〔喻〕你不惹他，他不犯你，最好敬而遠
之；◇**触るべからず**／不許觸動（接觸）⓪

―さん（接尾）＝さま；〔注意〕在比較鄭
重的場合用「さま」，在比較隨便的場合
用「さん」。⓪

さん【産】（名）①分娩，生產；☆お産を
する／分娩，生子；②出生（地）（＝う
まれ）；③物產，產物，出產（＝でき）
；☆青森産のりんご／青森產的蘋果；④
財產，產業（＝ざいさん、しんだい）；☆
産を興（おこ）す／發財致富；☆産を傾
ける／傾家蕩產，傾（使）出全部家產（
投入）。①⓪

さん【桟】（名）①（爲防止木板翹曲而釘
上的）木條，帶；☆桟を打つ／釘上橫帶
（以防止木板翹起）；②（門窗的）格櫺；
☆桟をはめる／鑲上格櫺；③棧道，木橋
（＝かけはし）；☆桟を渡す／架設木橋
，修棧道；④（地板等下的）棱木（＝よ
こぎ，ねだ）。

さん【酸】（名）①酸味；☆この蜜柑は酸が
強い／這橘子酸得厲害；②〔化〕酸；☆
酸とアルカリを中和させる／使酸和鹼中
和。①

ざん【残】（名）殘餘，剩餘，下餘，餘額
（＝のこり）；☆差引き千円の残になる
／收支相抵下餘一千元。①

さんい【賛意】（名）贊同，同意；☆賛意
を表する（表わす）／表示贊同（同意）①

さんいつ【散逸（佚）】（名・自サ）散逸
，散失，逸失；☆宝物（ほうもつ）の散
逸を防ぐ／防止珍貴品的逸失。⓪

さんいん【山陰】（名）〔文〕①山陰，山
的北面；②←さんいんどう；**～せん**【山
陰線】（名）山陰線（日本鐵路幹線之一）
；**～どう**【山陰道】（名）山陰道〔日本
八道之一〕↔さんよう（山陽）。⓪

さんいん【産院】（名）產院，產科醫院⓪

さんいん【参院】（名）←さんぎいん（参

議院。）◎

さんか【山河】（名）〔文〕山河（＝さんが）；☆故郷の山河／故鄉的山河。①

***さんか【参加】**（名・自サ）参加，加入；☆会議に参加する／参加會議；☆戦争に参加する／參加戦爭，參戦；☆参加を申し込む／報名參加。①◎

さんか【産科】（名）〔醫〕産科；～びょういん【産科病院】（名）〔醫〕産科醫院。◎

さんか【傘下】（名）〔文〕旗幟下；手下，部下，門下，屬下；☆某教授傘下の英才／某教授門下的英才；☆陸軍の傘下に属する工場／屬於「陸軍」系統的工場；☆将軍の傘下に馳（は）せ参ずる／投奔將軍的帳下，作將軍的部下。①

さんか【惨禍】（名）惨禍，嚴重的災難（＝さんがい）；☆戦争の惨禍を蒙る／遭受到戦爭的災難（嚴重破壊）。①

さんか【酸化】（名・自サ）〔化〕氧化；☆酸化し易い金属／容易氧化的金屬。◎

さんか【讃歌】（名）讃美歌（＝さんびか）。①

さんが【参賀】（名・自サ）進宮朝賀；☆首相は本日参賀した／首相今天進宮朝賀了。①

さんかい【山海】（名）山海，山和海；☆山海の珍味／山珍海味。①◎

さんかい【参会】（名・自サ）到會，参加集會；☆全国各地の代表が参会した／全國各地代表参加了會議。◎

さんかい【散会】（名・自サ）散會；☆議会は午後六時に散会した／議會在下午六點散會了。◎

さんかい【三界】Ⅰ（名）①〔佛〕三界（過去、現在、未来或欲界、色界、無色界）；②〔佛〕三千大千世界，全世界；☆あの男は三界を家としている／他以四海爲家；Ⅱ（接尾）①表示遙遠的意思（＝くんだり）；☆ブラジル三界まで出かけて行く／到遙遠的巴西去；②強調一定的範囲／☆一日三界／一天之内。◎

さんがい【惨害】（名）惨害，惨殺；惨禍，嚴重的災害（＝さんか）；☆戦争の惨害／戦爭的惨禍；☆惨害を被る／遭受嚴重災害。◎

ざんがい【残骸】（名）残骸，屍首（＝しかばね）；☆飛行機の残骸／飛機的残骸；☆残骸が累果としている／死屍累果。◎

累。◎

さんかいき【三回忌】（名）逝世三周年忌辰（＝さんしゅうき）。③

***さんかく【三角】**（名）①三角形；☆三角の地所／三角形的一塊地；②鼎立；③〔數〕三角；～かんけい【三角関係】（名）①三人（三者）之間的複雑關係；②三角戀愛；☆三角関係で苦しむ／因三角戀愛而苦惱；～きん【三角巾】（名）（作繃帯用的）三角巾；～けい【三角形】（名）〔數〕三角形；～す【三角洲】（名）（河口的）三角洲，沙洲（＝デルタ）；☆三角洲を開発して農耕地とする／開墾三角洲使成耕地；～ほう【三角法】（名）〔數〕三角法，三角學；☆三角法によって解く／用三角法解（題）。①

さんかく【参画】（名・自サ）参與計劃（規劃、策劃）；☆内閣の改造に参画する／参與改組内閣的策劃。◎

さんがく【山岳（嶽）】（名）山岳（＝やま）；～かい【山岳会】（名）登山協会；～びょう【山岳病】（名）〔醫〕高山病（因登山疲倦及高山空氣稀薄等而引起的症状，下山卽癒）。◎①

ざんがく【残額】（名）餘額，餘数（＝のこり）☆残額は幾らになるか／餘数（額）是多少（錢）？☆差引き五千円の残額になる／收支相抵下餘五千元。◎

***さんがつ【三月】**（名）三月；～せっく【三月節句】（名）三月三上巳節（少女節，偶人節）。①

さんがにち【三箇日】（名）正月的頭三天（元旦、初二、初三）；☆三箇日が過ぎると店屋（みせや）も商売を始める／過了正月頭三天商店就開市。◎③

さんかん【山間】（名）〔文〕山間，山中；☆山間の部落／山裏的村落，山村；～へきち【山間僻地】（名）窮郷僻壤。◎

さんかん【参観】（名・他サ）参觀；☆授業を参観する／参觀教學；☆参観を許さない／拒絶参觀。◎

さんかんおう【三冠王】（名）〔棒球〕三冠王。③

さんかんしおん【三寒四温】（連語・名）三寒四温（多日反覆地連冷三天之後再暖四天的現象）。⑤

さんき【山気】（名）〔文〕山氣，山中的空氣（氣氛）；☆冷やかな山気が頬を撫でる／凉爽的山氣掠過雙頬。①

さんぎ【算木】（名）①〔數〕算籌；②占卜用具；◊算木を置く／預卜未来。[1][3]

さんぎ【参議】（名）①参預國政（者）；②参議（官職）；～いん【参議院】（名）〔法〕参議院。[1]

ざんき【慙愧】（名・自サ）慚愧；☆慙愧に堪えぬ／不勝慚愧。[1]

ざんぎく【残菊】（名）残菊；☆残菊を愛（め）でる／欣賞残菊。[1]

さんきゃく【三脚】（名）①三隻腿；①←さんきゃくか；～いす【三脚椅子】（名）（寫生、釣魚用的）三脚発，馬踏子；～か【三脚架】（名）三脚架；☆三脚架を据える（立てる）／支起三脚架。[4][0]

ざんぎゃく【残虐】（名・形動ダ）残忍，残酷，残暴；☆残虐な行為／残酷的行爲。[0]

サンキュー【Thank you】（感）謝謝你[1]

さんきょ【山居】（名）〔文〕①山居，居住在山中；②山中的房舍。[0]

さんきょう【山峡】（名）山峽，峽谷（＝はざま）；☆峠（とうげ）から見た山峡の景色（けしき）は美しかった／従山嶺上眺望峡谷的景緻美得很。[1]

さんぎょう【蚕業】（名）養蠶業。[0]

＊さんぎょう【産業】（名）①生業（なりわい）；②〔經〕産業，生産事業，工業；☆産業が発達する／生産事業發達；☆産業を興す（振興する）／發展生産事業；☆この地方の産業は農業が中心になっている／這個地方的生産事業以農業爲主；～かくめい【産業革命】（名）産（工）業革命；～くみあい【産業組合】（名）工業公會。[0]

ざんぎょう【残業】（名）（下班以後的）加班；☆仕事が多いので残業をする／因爲工作多而加班。[0]

さんきんこうたい【参勤交代】（名）〔史〕〔江戸時代〕諸侯每隔一年來江戸謁見將軍並留在幕府供職一年的制度。[5]

ざんきん【残金】（名）餘款，餘額；☆残金はいくらもない／餘款沒有多少（無幾）；☆負債の残金／尚未還清的餘款；☆残金は月末までお待ち下さい／尾欠請讓我月底還清吧。[1]

さんぐう【参宮】（名・自サ）参拝伊勢神宮；☆明日参宮する／明天去参拝伊勢神宮。[0][3]

サングラス【sunglasses】（名）（避日光用的）有色眼鏡，太陽眼鏡；☆サングラスを掛けて日光浴をする／戴着太陽眼鏡作日光浴。[3]

さんけ【産気】（名）將要分娩的預感；☆産気を催す／感覺要分娩；～づ・く【産気付く】（自五）將要分娩。[3]

ざんげ【懺悔】（名・自サ）〔宗〕懺悔，懺悔罪過；☆吾が身の罪を神仏に懺悔する／向神佛懺悔自己的罪過；☆皆さんに懺悔致します／我向諸位懺悔自己的罪過；～ろく【懺悔録】（名）懺悔錄。[3][1]

さんけい【参詣】（名・自サ）朝山，拜廟，参拜；☆神社に参詣する／参拜神社；～にん【参詣人】（名）拜廟者。[3]

さんげき【惨劇】（名）惨劇；悲慘事件；☆惨劇を演ずる／演惨劇；發生悲慘事件；☆一家心中（いっかしんじゅう）の惨劇が起こった／發生了全家自殺的惨案[0]

ざんげつ【残月】（名）〔文〕残月；☆残月が淡（あわ）く西空にかかっている／残月淡淡地懸在西天上。[1]

さんけん【三権】（名）〔法〕三權（立法權、司法權、行政權）；～ぶんりつ【三権分立】（名）三權分立。[0][1]

さんげん【三絃】（名）①三絃（＝しゃみせん）；②〔雅樂〕三種樂器（指琵琶、箏和琴）。[0]

ざんげん【讒言】（名・自サ）讒言；☆讒言に陥る／遭受誣陷。[3]

さんげんしょく【三原色】（名）三種原色（紅藍黄）；☆すべての色は三原色の配合によって出来る／所有的顔色都是由三種原色配合而成的。[3]

さんご【産後】（名）（婦女）産後；☆産後の肥立（ひだち）が悪い／産後健康恢復得很慢；↔さんぜん（産前）。[0]

さんご【珊瑚】（名）〔動〕珊瑚；～しょう【珊瑚礁】（名）珊瑚礁（島）。[0]

＊さんこう【参考】（名・他サ）参考；☆参考になる／可供参考；☆御参考までに／謹供参考；☆人の意見も参考して原案を作る／也参考別人的意見來寫成草案；～しょ【参考書】（名）参考書；～にん【参考人】（名）〔法〕可提供参考材料的人，参考人；～ぶんけん【参考文献】（名）参考文献。[0]

ざんごう【塹壕】（名）①塹壕；②〔軍〕戰壕；☆塹壕を掘る／挖戰壕。[0]

さんごく【三国】（名）①三個國家；②〔

古〕（中國、印度、日本）三國；③〔史〕三國（魏蜀吳）；～いち【三国一】（名）天下第一（古時日本人認爲中國、印度、日本就是全世界）；☆三国一の花婿（はなむこ）／天下第一的佳婿；～でんらい【三国伝来】（連語）由印度經中國傳入日本。①

*ざんこく【残酷・残刻】（形動ダ）殘酷，慘酷；☆残酷に取り扱う／殘酷對待，虐待；☆余りにも残酷な仕打ち／過於殘酷無情的幹法。⓪

さんさ【三叉】（名）三叉（＝みつまた）；～ろ【三叉路】（名）三岔路口。①

さんざ【散散】（副）〔俗〕←さんざん；～っぱら【散散っぱら】（副）〔俗〕＝さんざん。⓪

さんさい【三彩】（名）三彩的陶瓷器。⓪

さんさい【山菜】（名）野菜（蕨、薇等）⓪

さんざい【散在】（名・自サ）散在，分布；☆校友は全国に散在している／校友分散在全國各地；☆散在した村／分散的村莊。⓪

さんざい【散財】（名・自サ）①散財，大量花錢，揮霍；☆そんな散財はお止めなさい／不要那麼揮霍吧。⓪

ざんざい【斬罪】（名）斬刑，斬首（＝うちくび）；☆斬罪に処する／判處斬首，處斬。⓪

さんさく【散策】（名・自サ）〔文〕散步（＝さんぽ）；☆食後のひと時を散策に費（つい）やす／把飯後的一段時間用於散步；☆買物の序（ついで）に町を散策する／買東西順便逛街。⓪

ざんさつ【惨殺】（名・他サ）慘殺；☆斧で惨殺したものらしい／好像用斧頭砍死的；～じけん【惨殺事件】（名）凶殺事件；～したい【惨殺死体】（名）被慘殺的屍首；～しゃ【惨殺者】（名）兇手⓪

さんさん【燦燦】（形動タルト）〔文〕燦然，燦爛；☆燦燦たる陽光の下に若人（わこうど）は覇を争う／在燦爛的陽光下青年人爭奪冠軍。⓪③

さんさん【潸潸】（副）（落淚貌）潸潸（＝さめざめ）；☆潸潸と落涙する／潸潸落淚；☆降雨貌（＝はらはら）。③

*さんざん【散散】（形動ダ）①厲害，嚴重，凶狠（＝はなはだしい）；☆散散な目にあった／倒了大霉，落得狼狽不堪；☆散散に油を絞られた／大受申斥；被狠狠

地申斥了一頓；②淒慘，狼狽；☆敵は散散打ち負かされた／敵人慘敗了，敵人被打得落花流水；③零散，紛紛（＝ちりじり、ばらばら）；☆花が散散に落ちた／落英繽紛。③⓪

さんさんくど【三三九度】（名）年婚禮時新郎新婦交杯換盞（用三支酒盞，每杯三次共九次）；☆三三九度の盃（さかずき）を交す／（新郎新婦）行「三三九度」的交杯換盞。⑤

さんさんごご【三三五五】（副）三三兩兩，三三五五（＝ちらほら）；☆彼等は三三五五打ち語らいつつ行った／他們三三兩兩地說著話走過去了。⑤

さんし【三思】（名・自サ）三思，熟慮；☆三思を要する／須要三思（好好考慮）①

さんし【蚕糸】（名）①蠶絲（＝きぬいと）；②養蠶和製絲。①

さんじ【三時】（名）〔お─〕午後三時給孩子的茶點（＝おやつ）；☆お三時にビスケットを与える／午後的點心給孩子餅乾吃。①

さんじ【産児】（名）生下來的嬰兒；☆産児の目方を計る／稱初生嬰兒的體重；～せいげん【産児制限】（名・自サ）節制生育，節育（＝バースコントロール）①

さんじ【参事】（名）參事（職名）。①

さんじ【惨事】（名）慘案；☆惨事を引き起こす／造成慘案。①

さんじ【賛辞】（名）讚辭，讚頌之詞；☆賛辞を吝まぬ／不惜加以讚頌；☆賛辞を呈する／呈獻讚詞。①

ざんし【惨死】（名・自サ）慘死，死得悲慘；☆惨死を遂げる／死得悲（淒）慘；☆爆撃によって惨死する／因遭受轟炸而慘死。⓪

ざんじ【暫時】（名・副）〔文〕暫時，片刻，短時間（＝しばらく）；☆暫時の猶予／暫時的延緩；暫緩一時；☆暫時お待ち下さい／請等一會兒。①

さんしき【三色】（名）三色，三種顏色（＝みいろ）；～すみれ【三色菫】（名）〔植〕三色菫。①④

さんしすいめい【山紫水明】（連語）〔文〕山明水秀；☆山紫水明の地に遊ぶ／遊覽山明水秀之地。①─⓪

さんしゃ【三者】（名）三者，三人；☆甲、乙、丙の三者の中から人選する／從甲、乙、丙三者中遴選；②第三者（＝だい

さんしゃ）；☆三者の立場から発言する／站在第三者的立場發言。[1]

さんしゅ【三種】（名）第三種郵件的簡稱[1]

ざんしゅ【斬首】（名・他サ）斬首；斬下的首級；☆国賊の名を負わされて斬首される／被加以賣國賊的罪名而處斬。[1]

さんしゅう【参集】（名・自サ）聚會，集合（＝しゅうごう）；☆当日参集した群衆は数万に達した／那天聚集前來的人們竟達數萬人。[0]

さんじゅう【三重】（名）三重，三層；☆三重の（になっている）箱／共有（分爲）三層的箱（盒）子；～く【三重苦】（名）（瞎，聾，啞）三重苦難；～しょう【三重唱】（名）〔樂〕三重唱；～そう【三重奏】（名）〔樂〕三重奏。[0]

さんじゅういちもじ（ん）じ【三十一文字】（名）和歌（每首由三十一個假名組成的一種詩）（＝みそひともじ）。[1]

さんしゅうき【三周忌】（名）死後第三年的忌辰（＝さんねんき）；☆三周忌を執り行なう／舉行逝世三周年紀念。[3]

さんじゅうろっけい【三十六計】（名）①三十六計，一切計策；②逃跑，溜之大吉；☆三十六計を決め込む／下決心要逃跑；◇三十六計逃ぐるに如かず／三十六計走爲上策。[1]

さんしゅつ【産出】（名・他サ）出產，生產；☆金（きん）を産出する／出產金子，產金；～だか【産出高】（名）（生）產量；～ち【産出地】（名）出產地，產地；～ぶつ【産出物】（名）產物，產品。[0]

さんしゅつ【算出】（名・他サ）算出，核算出來（＝わりだす）；☆所要経費を算出する／算出所需的經費。[0]

さんじゅつ【算術】（名）①算法，計算法；②〔數〕算術。[0]

さんしゅのじんぎ【三種（の）神器】（名）三種神器〔作爲皇位標誌，歷代天皇相傳的傳國之寶〕。[5]

さんじょ【賛助】（名・他サ）贊助，幫助；☆賛助を求める／請求贊助；☆…賛助の下に／在…贊助之下。[1]

ざんしょ【残暑】（名）殘暑，餘暑☆今年は残暑がひどい／今年入秋後還熱得很[1][0]

さんしょう【三唱】（名）三呼；☆万歳（ばんざい）を三唱する／三呼萬歲。[0]

さんしょう【山椒】（名）〔植〕秦椒，花椒；～うお【山椒魚】（名）鯢魚；◇山椒は小粒でもぴりりと辛い／〔喻〕身材雖然短小但是精明強幹不可輕侮。[0]

さんしょう【参照】（名・他サ）參閱，參看，參照；☆この項目については十五ページを参照すること／關於本項請參閱十五頁。[0]

さんじょう【三乗】（名）〔數〕三乘，立方。[0]

さんじょう【参上】（名・自サ）拜訪，趨謁（＝まいること）；☆明日お宅へ参上します／明天登門拜訪。[0]

さんじょう【惨状】（名）慘狀，淒（悲）慘的情景；☆惨状を呈する／呈現（一片）慘狀，☆目も当てられない惨状／目不忍睹的淒慘情景。[0]

ざんしょう【残照】（名）〔文〕①殘照，夕照（＝ゆうやけ）；☆残照が空を美しく彩っている／夕陽美麗地渲染着天空，②夕陽（＝ゆうひ）；☆残照を背に受けて帰路を急ぐ／背着夕陽急趕路回家[0]

さんしょく【三色】（名）①三種顏色；②三種原色（紅、黃、青）；～ばん【三色版】（名）三色版〔用三種原色配合印成天然色的圖像版〕。[1][0]

さんじょく【産褥】（名）產褥，產床；☆産褥に就く／在產期中；～ねつ【産褥熱】（名）〔醫〕產褥熱。[0]

さん・じる【参じる】（自上一）①〔表謙〕去，往（＝まいる）；②参禪；因さんず（サ）。[0][3]

さん・じる【散じる】Ⅰ（自上一）①散落（＝ちる）；②散失，散伕(＝なくなる)；⑧逃散，逃跑（＝にげる）；Ⅱ（他上一）①撒，散（＝ちらす）；☆財を散じる／散財；②丟失（＝ちらす）；⑧消散，消遣（＝はらす）；☆鬱を散じる／散鬱消愁；因さんず（サ）。[0]

さんしん【三振】（名・自サ）〔棒球〕打手三次未打中球因而出局（＝ストライク，アウト）；☆巧妙な投球に次々と三振する／由於投球巧妙打手接二連三地出局。[0]

ざんしん【斬新】（形動ダ）嶄新，新穎；☆斬新なデザイン／新穎的設計（圖案）[0]

ざんす（連語）〔女〕＝でございます；☆そうざんすの／是的。

さんすい【山水】（名）①山水；☆山水明媚の地／山水明媚之地，山靑水秀的地方；②山水畫；☆あの画家は山水が得意だ

/那位畫家長於山水畫。①

さんすい【散（撒）水】（名・自サ）〔（さっすい）之訛〕灑（撒）水；～し。【散（撒）水車】（名）灑（撒）水車，噴路車。⓪

さんずい【三水】（名）〔漢字部首〕三點水。⓪

さんすう【算数】（名）①數，數目，數量（＝かず）；☆算数の観念が薄い／數量觀念薄弱；②計數（＝かぞえること）；③算術の才がある／有算術的才能，擅長算術。③

サンスクリット【Sanskrit】（名）梵文（＝ぼんご）。⑤

さん・する【産する】（他サ）①分娩（＝うむ）；②生育（＝そだてる）；③生產，出產；☆鉄を産する／出產鐵；☆近海は魚類を産する／近海出產各種魚類；因さんす（サ）。③

さん・ずる【参ずる】（自サ）＝まいる（参る）；因さんず（サ）。③⓪

さん・ずる【散ずる】（自・他サ）→さんじる（散じる）；因さんず（サ）。③⓪

さんずん【三寸】（名）三寸；～のした【三寸（の）舌】（名）三寸（不爛）之舌，辯才（＝くちさき）；☆三寸の舌を振るう／辯論；～みとおし【三寸見通し】（名）眼力高明。①

さんぜ【三世】（名）①〔佛〕三世，三生（過去、現在、未來或前生、今生、來生）；②三世，三代（父、子、孫）①⓪

さんせい【参政】（名）參政；～けん【参政権】（名）〔法〕參政權。⓪

さんせい【酸性】（名）〔化〕酸性；～どじょう【酸性土壌】（名）〔農〕酸性土壤；～はんのう【酸性反応】（名）〔化〕酸性反應。⓪

***さんせい**【賛成】（名・自サ）贊成，贊同，同意；☆満堂の賛成を得る／得到全體一致同意；☆賛成を求める／徵求同意；☆君の意見に賛成する／贊成你的意見⓪

さんせい【三省】（名・自サ）三省，再三反省，反覆省察自己；☆三省して何等（なんら）疚（やま）しい所がない／經過再三反省覺得心中無愧。⓪

さんせき【山積】（名・自他サ）山積，堆積如山；裝載得多；☆感謝状が机上に山積する／（寄來的）感謝信堆滿了桌子；☆貨物船が輸入品を山積して入港した／

貨輪裝載着很多進口貨進入港口了。⓪

ざんせつ【残雪】（名）殘雪；☆残雪が消える／殘雪融化；☆残雪に覆われている頂上／被殘雪覆蓋着的頂峯。⓪

さんせん【参戦】（名・自サ）參戰；☆世界の各国が参戦して未曽有（みぞう）の大戦（たいせん）となった／世界各國都參戰造成了史無前例的大戰。⓪

さんぜん【産前】（名）產前（婦女分娩以前）；☆産前の健康に注意する／注意（重視）產前的健康。⓪

さんぜん【参禅】（名・自サ）〔佛〕參禪；☆禅寺に参禅する／到禪寺參禪。⓪

さんぜん【燦然】（形動タルト）〔文〕燦然，燦爛；☆シャンデリアが燦然として輝く／枝形吊燈燦燦發亮着。③⓪

さんぜん（だいせん）せかい【三千（大千）世界】（名）①〔佛〕三千（大千）世界；②廣大的世界；☆三千世界に子を持った親の心は皆一つ／全世界上做父母的心（愛心）都是一樣。⑨

さんせんのおしえ【三遷の教】（連語・名）孟母三遷之教。

さんそ【酸素】（名）〔化〕氧（氣）。③

ざんそ【讒訴】（名・他サ）①進讒言，誣告；☆友人の讒訴によって失脚する／因受到朋友的誣告而喪失地位；②毀謗，誹謗（＝かげぐち，そしり）。①

さんそう【山荘】（名）山莊，山中的別墅；☆山荘の夕暮は趣がある／山莊的傍晚大有風趣。⓪

さんぞう【三蔵】（名）〔佛〕三藏（經、律、論或精通經律論的僧侶）。①

ざんぞう【残像】（名）〔心〕殘像（視覺所受的刺激消失後殘留的感覺）；☆映画は残像を利用したものだ／電影是利用（視覺的）殘像作用的。③⓪

さんぞく【山賊】（名）山賊；☆山賊に遭う／遇到山賊；☆山賊のよく出る所／山賊出沒的地方；↔かいぞく（海賊）。⓪

さんそん【山村】（名）山村。⓪

ざんそん【残存】（名・自サ）①殘留，保留，保存；☆山間には昔の風俗が今も残存している／在山區裏現在仍然保存着古代的風俗；②殘餘（＝いきのこること）；☆敵の残存勢力／敵人的殘餘力量（殘兵敗將）。⓪

サンタ【葡・西・意Santa】（造語）聖；～クロース【Santa Claus】（名）聖

誕老人；～マリア【Santa Maria】（名）〔宗〕聖母瑪麗亞。

さんだい【参内】（名・自サ）進宮，晉謁天皇；☆首相が本日参内した／首相今天進宮了。⓪

ざんだか【残高】（名）餘額（＝ざんがく）；☆残高を繰り越す／把餘額轉入下期⓪③

サンダル【sandal】（名）①古代希臘、羅馬的皮帶鞋；②（女人穿的）涼鞋；☆サンダルを穿いて海辺（うみべ）を散歩す／穿着涼鞋在海濱散步。①⓪

さんたん【惨憺（澹）】（形動タルト）①（苦心）惨澹；☆苦心惨憺して仕事をし上げる／苦心惨澹地完成工作；②凄惨，悲惨（＝ものすごい）；☆惨憺たる光景／凄慘的情景；③暗淡（＝うすぐらい）；☆惨澹たる一年／暗淡的一年。③⓪

さんたん【賛嘆（歎）】（名・他サ）讚嘆，讚美；☆その作は賛嘆に値する／那部作品值得讚美；☆賛嘆して止まない／讚嘆不已。⓪

さんだん【散弾】（名）散彈；☆散弾で鳥を打つ／用散彈（噴槍）打鳥兒。⓪

さんだん【算段】（名・他サ）籌措，籌集（＝くめん）；☆金を算段する／籌措款項（經費）；☆どうやら算段をして五十万円こしらえた／百般設法籌到五十萬元；☆無理な算段はよしなさい／不要勉強東拼西湊。①③

さんだんがまえ【三段構え】（名）三道防線，三種方案（對策）；☆今度の敵に対しては三段構えを以て臨む／對這次的敵人（進攻）布設三道防線（採取三種對策）；☆明日の会談には三段構えで行く／對於明天的談判要採用三種方案。⑤

さんだんとび【三段飛】（名）〔運動〕三級跳遠。⓪

さんだんろんぽう【三段論法】（名）〔邏輯〕三段論法，推論式；☆三段論法で論じる／用三段論法推論。⓪

さんち【山地】（名）①山地，山區；☆山地では気温が低い／山地氣溫低；②山裏的土地。①

*さんち【産地】（名）①產地；☆ここは米の産地として名高い／此地以產米著稱；②出生地。①

さんちょう【山頂】（名）山頂，山巔（＝てっぺん）；☆山頂は一年中雪を頂いている／山頂上終年積雪。③⓪

さんずけ【さん付け】（名）對人加敬稱〔在人名或職銜等之下加添表敬稱的接尾語「さん」，例如：中村さん，社長さん，魚屋さん等〕。

さんてい【算定】（名・他サ）推算，估量，估計（＝みつもり）；☆定算を誤る／估計錯誤；☆被害は十億と算定される／損失估計為十億元。⓪

サンデー【sundae】（名）奶油水菓冰淇淋冰淇淋聖代。①

サンデー【Sunday】（名）星期日（＝にちようび）。①

ざんてい【暫定】（名）暫定，臨時規定；～じょうやく【暫定条約】（名）〔法〕臨時條約；～てき【暫定的】（形動ダ）暫定的，臨時性的；☆暫定的に一割を増加支給する／暫時加發一成。⓪

*さんど【三度】（名）三次（＝三度の飯）；三頓飯；☆彼はギターが三度の飯よりも好きだ／他愛彈吉他甚於吃（三頓）飯①

さんど【酸度】（名）①〔化〕酸度；②酸的程度。①

サンド【sandwich之略語】Ⅰ（名）三明治；Ⅱ（他サ）像三明治般地夾東西。⓪

*サンドイッチ【sandwich】（名）三明治；～マン【sandwichman】（名）（前後身掛着廣告牌竄街宣傳的）廣告人。①

さんどう【山道】（名）山路，山道（＝やまみち）。⓪

さんどう【参道】（名）（通往神社、廟宇的）道路；☆明治神宮表（おもて）参道／通往明治神宮正門的道路。⓪

さんどう【参堂】（名）①參拜神佛的殿堂；②登門拜訪，造謁；☆明日参堂致すべく候／〔書信用語〕明日登門拜訪。⓪

さんどう【賛同】（名・自サ）贊同，贊成，同意；☆賛同を得る（求める）／得到（徵求）同意；☆全員この趣旨に賛同している／全體人員贊同這種精神（旨趣）⓪

ざんとう【残党】（名）餘黨（＝よとう）⓪③

さんとうしん【三等親】（名）〔法〕三等親。⓪

さんとうな【山東菜】（名）山東大白菜⓪

さんどがさ【三度笠】（名）（用菅茅編的）深草帽；☆三度笠を被った旅人（たびにん）／戴着深草帽的旅人。④

サントニン【德 santonin】（名）〔醫〕三道年（驅蛔蟲藥）。①⓪

サンドペーパー【sand-paper】（名）砂

紙（＝かみやすり，やすりがみ）。④

さんにゅう【算入】（名・他サ）計入，計算在内（＝かぞえいれること）；☆農業振興費を本年度予算に算入する／把農業振興費列入本年度預算內。⓪

さんにん【三人】（名）①三人，三名；②第三者；◇三人寄れば文殊（もんじゅ）の知恵／三個臭皮匠勝過諸葛亮，人多出韓信；～しょう【三人称】（名）〔語法〕第三人稱。③

ざんにん【残忍】（形動ダ）残忍，残酷（＝ざんこく）；☆残忍な人／残忍的人；～せい【残忍性】（名）残忍性；☆残忍性を発揮する／發揮殘酷性，下狠毒心⓪

＊ざんねん【残念】（形動ダ）①捨不得，割捨不下（＝みれん）；②遺憾，抱歉，可惜；☆残念に思う／感到遺憾（可惜、捨不得）；☆残念でならない／遺憾（抱歉、可惜）得不得了；☆残念ながら欠席いたします／很遺憾我不能出席；☆残念ですが，私は出来ません／抱歉得很，我辦不到；～が・る【残念がる】（自五）感到可惜，遺憾，惋惜，悔恨＝（くやしがる）；☆地団駄（じだんだ）を踏んで残念がる／跺脚惋惜（悔恨）。③

さんねんき【三年忌】（名）→さんしゅうき（三周忌）③

さんのぜん【三の膳】（名）第三道菜。③

さんのまる【三の丸】（名）城郭的第三層圍牆。⓪

さんば【産婆】（名）助産士，收生婆；☆産婆さんを呼びに走る／趕緊跑去請助産士。⓪

サンバ【samba】（名）森巴舞（或曲子）①

さんぱい【三拝】（名・自サ）三拝；～きゅうはい【三拝九拝】（名・自サ）三拝九叩；☆三拝九拝して頼む／再三磕頭作揖地懇求。⓪

さんぱい【参拝】（名・自サ）参拝（神社）；☆恭（うやうや）しく参拝する／恭恭敬敬地参拝。⓪

さんぱい【惨敗】（名・自サ）①惨敗，大敗；☆敵が惨敗した／敵人惨敗了；②（比賽一分未得）完全失敗；☆今日の試合は全く惨敗を喫した／今天的比賽一分未得完全輸了。⓪

ざんぱい【惨敗】（名）→さんぱい。⓪

さいばいず【三杯〔盃〕酢】（名）（用料酒、醬油、醋各一杯混合而成的）佐料

用這種佐料調味。③

サンパウロ【Sao Paulo】（名）〔地〕聖保羅。⓪

さんばがらす【三羽烏】（名）（某部門或某方面的）三傑；☆航空界の三羽烏／航空界的三傑。④

さんばし【桟橋】（名）①碼頭；☆船が桟橋に横付けになる／船艄碼頭（攏岸）；②（登高用帶坡度的）脚架，跳板。⓪

さんぱつ【散発】（名・自他サ）①（子彈或衝突等）零星地發射或發生；☆小ぜり合が散発する／零星地發生小衝突；②零星地、不時地發生；☆鋭い諷刺を散発する／不時地發出尖銳的諷刺。⓪

さんぱつ【散髪】（名・自サ）①理髪，剪髪（＝りはつ）；②披頭散髪；～や【散髪屋】（名）理髪店（＝とこや）⓪

ざんぱん【残飯】（名）剩飯，吃剩的菜飯；☆残飯を恵んでもらって食う／討吃人家的剩飯。③⓪

さんび【酸鼻】（名）〔文〕目不忍睹，悲痛心酸（＝かなしみいたむこと）；☆空襲の跡は酸鼻の極に達した／空襲後的景象令人目不忍睹。①

さんび【賛〔讃〕美】（名・他サ）讃美，謳歌（＝ほめたたえること）；☆口を極めて祖国を讃美する／極力讃美祖國；～か【讃美歌】（名）〔宗〕讃美歌。①

さんぴ【賛否】（名）賛成與否；賛成和反對；☆賛否相半している／賛成和反對各半；☆賛否を問う／提交表決；☆その案には賛否の両論がある／對於那個方案，有賛成和反對的兩種意見。①

さんびょうし【三拍子】（名）①用三種樂器打拍子；②〔樂〕三拍子（一般為強、弱、弱）；☆ワルツは三拍子である／圓舞曲是三拍子；②（必要的）三種條件；☆飲む、打つ、買うの三拍子／吃喝嫖賭無所不為；☆三拍子そろう／具備一切條件，萬事俱備。①

ざんぴん【残品】（名）剩餘貨品，貨底子（＝のこりもの，ざんぶつ）；☆残品整理の大売出（おおうりだし）／清理存貨大拍賣。①⓪

さんぷ【産婦】（名）産婦☆多数の産婦を収容する設備／收容許多産婦的設備⓪①

さんぷ【散布・撒布】（名・自他サ）①分布，分散；☆島々が海上に散布している／羣島分布在海上；②撒布；☆床下（ゆ

かした）に石灰を撒布する／往地板下撒石灰。[1][0]

ざんぶ（副）（跳入或重物掉落水中的聲音）噗咚（＝ざぶん）；☆ざんぶと水中に跳び込んだ／噗咚一聲跳進水裏。[1][3]

さんぷく【山腹】（名）山腹，山腰；☆飛行機が山腹に衝突した／飛機撞在山腰上了。[0]

さんふじんか【産婦人科】（名）婦產科；☆産婦人科を開業する／開設婦產科醫院（診所）。[0]

*さんぶつ【産物】（名）產品，出產，物產；☆この地方の産物には果物類、陶磁器などがある／本地的出產有水果、陶瓷等。[0]

ざんぶつ【残物】（名）①剩下的東西（＝のこりもの，くず）；☆残物には碌なものがない／剩下的沒有什麼好東西。[0]

サンフランシスコ【San Francisco】（名）〔地名〕舊金山。[6]

サンプル【sample】（名・他サ）標品，樣本，標本（＝みほん）；☆サンプルを取り寄せる／索寄樣品。[1]

さんぶん【散文】（名）散文；☆散文で書く／用散文（體）寫，寫成散文；☆韻文を散文に変える／把韻文改成散文；～か【散文家】（名）散文家；～たい【散文体】（名）散文體；～てき【散文的】（形動ダ）①散文的，散文體的；☆散文的な詩／散文體的詩（散文詩）；②平淡無味的，沒有詩意的，殺風景的，庸俗的；☆散文的な男／庸俗（不風雅）的人。[0]

ざんぺい【残兵】（名）〔文〕殘兵（＝はいざんへい）。[0]

さんべつ【産別】（名）①產業別，按照產業類別；②←さんべつかいぎ；～かいぎ【産別会議】（名）日本全國產業別工會會議的簡稱。[0]

ざんぺん【残片】（名）〔文〕殘餘（殘缺）的斷片。[3]

*さんぽ【散歩】（名・自サ）散步（＝さんさく）；☆散歩に出る／出去散步；☆町を散歩する／在街上散步，逛街。[0]

さんぽう【三方】（名）①（給神佛上供用或對貴族獻食品用的）白木盤（盤爲方形下面有方座，方座的三面有圓孔 故 名 三方）；②三面，三方面。[0][3]

さんぽう【三宝】（名）①三寶（指老子所稱「慈」、「儉」、「不敢爲天下先」）；②三寶（指耳、口、目）；③〔佛〕三

寶（指佛、法、僧）。[0][3]

さんぼう【参謀】（名）①〔軍〕參謀；②參預策劃（的人），參謀，智囊；☆某氏の参謀となって活躍する／作某人的參謀而活躍；～ちょう【参謀長】（名）〔軍〕參謀長。

さんぽう【算法】（名）算術，算法；☆独特の算法で出生率を出す／用獨特的算法算出出生率。[1][0]

ざんぽん【残本】（名）賣剩下的書刊；☆残本は問屋（とんや）へ返本（へんぽん）する／賣剩下的書刊退囘原批發商。[0][1]

さんま【秋刀魚】（名）秋刀魚。[0]

さんまい【三枚】（名）①三張（片）；☆紙三枚／三張紙；②生魚去掉頭顱，剔去脊椎骨，將肉劈成兩開，共得三塊；☆三枚におろす／把魚劈成三塊；～め【三枚目】（名）〔劇〕丑角；☆あの俳優は三枚目だ／那個演員是丑角。[0]

さんまい【三昧】（名）①〔佛〕三昧，正定，專一虛寂；②聚精會神，專心致志；☆読書三昧の毎日を送る／每天專心讀書；③盡情，任性，隨心所欲；☆贅沢三昧の暮し／窮奢欲極的生活。[0]

さんまん【散漫】（名・形動ダ）①漫無秩序（紀律），鬆懈；☆夏は仕事が散漫になり易い／夏天做工作容易鬆懈；②散漫，分散，渙散，馬虎；☆散漫な注意／注意力散漫，思想不集中；☆頭脳（ずのう）の散漫な人／馬馬虎虎的人，粗心的人。[0]

さんみ【三位】（名）正（從）三位（的）人；②〔基督教〕上帝，基督，聖靈；～いったい【三位一体】（名）①〔宗〕三位一體；②三者同心協力，團結一致；☆教師、生徒、父兄が三位一体で校舍の増築を推進する／教師、學生、家長三方面同心協力共同推進校舍的擴建工作。[1]

さんみ【酸味】（名）酸味；☆酸味を帶びる／帶有酸味；☆林檎（りんご）の走りは酸味が強い／新上市的蘋果酸得很[3][1]

さんみゃく【山脈】（名）山脈。[0]

さんみんしゅぎ【三民主義】（名）三民主義。[5]

ざんむ【残夢】（名）殘夢，餘夢。[1]

ざんむ【残務】（名）未做完的工作或業務，未清理或了結的事情；☆会社は解散したが残務を整理する為に数名の者が残っている／公司雖然解散了，但是爲了辦理善後清理工作留下了幾個人。[1]

さんめん【三面】（名）①三個面孔；②三方面；⑨〔數〕三個平面；第三個平面；④（一般新聞報刊的）第三版，社會新聞；～きじ【三面記事】（名）第三版消息，社會新聞；～きしゃ【三面記者】（名）專門採訪社會新聞的記者；きょう【三面鏡】（名）有三面鏡子的梳粧桌；～だね【三面種】（名）構成社會新聞的材料；ろっぴ【三面六臂】（名）①三頭六臂；②能力超人，特別能幹；☆彼は三面六臂の働きを示した／他表現了超人的能力（特別能幹）。③

さんもん【三文】（名）①三文錢；少數的錢；☆三文の値打もない絵／不值一文（沒有價值）的畫；②沒有價值的東西；～しょうせつ【三文小説】（名）低級小説；～ぶんし【三文文士】（名）創作能力低劣的文人，無聊的文人；～ばん【三文判】（名）現成的廉價印章。①

さんもん【山門】（名）①〔佛〕山門；②指「延暦寺（えんりゃくじ）」。⓪

さんやく【三役】（名）①〔角力〕頭三個等級的力士〔大関（おおぜき）、関脇（せきわけ）、小結（こむすび）〕；②三個重要職位，三首腦；☆彼は会社の三役の一人だ／他是公司的三首腦之一。①

さんよ【参与】（名・自サ）①參贊（職名）；②參與，參預，參加；☆国政に参与する／參預（預聞）國政；～けん【参与権】（名）參預權。①

さんよう【山容】（名）山容，山的形狀；☆激戦で山容が改まった／由於激戦山容改變了。⓪

さんよう【山陽】（名）〔文〕①山陽，山的南面；②←さんようどう；～ほんせん【山陽本線】（名）山陽線〔日本鐵路幹線之一，東起神戸西至門司〕；～どう【山陽道】（名）山陽道〔日本八道之一〕

さんようすうじ【算用数字】（名）阿拉伯數字（0,1,2,3…）。⑤

さんらん【産卵】（名・自サ）產卵，下蛋；☆一年中産卵する／一年到頭產卵（下蛋）；～き【産卵期】（名）產卵期。⓪

さんらん【散乱】（名・自サ）散亂，零亂；☆部屋には紙屑（かみくず）が散乱している／屋子裏滿地丟撒着廢紙。⓪

さんらん【燦爛】（形動タルト）〔文〕燦爛（奪目），輝煌；☆燦爛たる宝石／燦爛奪目的寶石；☆太陽は燦爛と輝いている／太陽在輝煌地照耀着。⓪

さんりゅう【三流】（名）①三派，三個流派；②第三流，三級；☆三流の旅館／三級旅館。⓪

ざんりゅう【残留】（名・自サ）逗留，停留，留下（＝のこりとどまること）；☆大部分は引き揚げたが、まだ少数が残留している／大部分都回去了但仍有少數人留下。⓪

さんりょう【山稜】（名）山脊，山嶺（＝おね，みね）；☆山稜を伝って下山（げざん）する／順着山脊下山。⓪

さんりん【三輪】（名）三個車輪；～しゃ【三輪車】（名）三輪自行車；三輪車；☆三輪車で運搬する／用三輪車運送。

さんりん【山林】（名）山上的森林；☆山林を造る／在山上造林。⓪

さんるい【三塁】（名）〔棒球〕第三壘；三壘手（＝サードベース）；しゅ【三塁手】（名）三壘手；～だ【三塁打】（名）（打者一直可以跑進第三壘的）安全打①⓪

ざんるい【残塁】（名・自サ）①殘壘，殘餘的堡壘；②〔棒球〕（攻守交替時）跑手留在壘上。⓪

サンルーム【sun room】（名）日光浴室；☆サンルームで日光浴をする／在日光浴室曬太陽。③

さんれい【山嶺】（名）山嶺，山峰（＝みね）；☆山嶺に雪を頂く山／頂峰上積着雪的山。⓪

さんれつ【参列】（名・自サ）參加，列席；☆式に参列する／參加儀式。⓪

さんれん【三連】（造）三種或三次相連；～しょう【三連勝】（名）三次連勝。

さんろく【山麓】（名）山麓（＝ふもと，やますそ）；☆山麓の別荘／山麓的別墅。⓪

し・シ じ・ジ

し①五十音圖「さ行」第二音；發音爲si；②〔字源〕平假名是「之」字的草體，片假名也是「之」字的草體。

* 一し【氏】（接尾）①附在姓下表示敬意；☆山田氏（やまだし）／山田先生；②表示家族；☆德川氏／德川一家；③表示人；☆無名氏／無名氏；☆両氏（りょうし）／兩位。

一し【糸】（造語）①線・紗；②生絲。

一し【紙】（造語）①紙，☆西洋紙（せいようし）／西洋紙；②（表示某種）報紙；☆機関紙（きかんし）／機關報。

し Ⅰ（修助）〔文〕加強語氣；☆名にし負（お）う／負盛名的；Ⅱ（接助）①用於並列陳述；☆体もいいし、生活も豊かだ／身體既好，生活也富裕；☆雨が降れば路がぬかるし、天気がよければ埃（ほこり）が立つし…／一下雨道路就泥濘，晴天的時候就塵土飛揚；無風三尺土，有雨一街泥；②因爲（＝というようなわけだから）；☆水も不便だし／因爲用水也不太方便。

し【士】（名）①人士；☆篤学の士／好學之士；②〔文〕士；③〔文〕士官，軍官；④〔文〕武士（＝さむらい）；⑤〔文〕男子通稱。

し【子】（名）〔文〕①男子通稱；②子爵（的簡稱）；③孔子的尊稱；☆子曰（いわ）く／子曰。 ①

し【氏】Ⅰ（名）姓氏（＝うじ）；☆平氏（へいし）／平氏；Ⅱ（代）該氏，他（＝かれ）；☆氏は東大出身である／他是東大畢業；☆これは河上氏の著書です。氏の見解を知るには便利な本です／這是河上先生的著作，是一本便於了解他的見解的書。①

し【史】（名）歷史；☆史を繙（ひもと）く／翻閲史書。①

** し【市】市，實行市制的城市。①

** し【四】（數）四（＝よっつ、よん）。①

し【糸・絲】（數）絲（毫的十分之一）①

* し【死】（名）①死亡；☆死を決する／決死；②死罪；☆死一等を減ずる／減死罪一等；③〔棒球〕死球。①

し【志】（名）①（事件的）記録，紀事；☆三国志（さんごくし）／三國志；②附屬於傳記體裁的歷史之特種記録；☆地理志（ちりし）／地理志。①

* し【師】①〔文〕軍隊；②〔軍〕師（師團的簡稱）；③師，老師；☆師と仰ぐ／尊爲師。①

* し【詩】（名）詩，漢詩；☆詩を作る／作詩，寫詩；◊詩を作るより田を作れ／與其作詩莫若耕田。 ⓪

シ【意 si】（名）〔樂〕第七音。①

じ【し】的濁音，發音爲zi，ji。

じ 一【次】（造語）①次，以下；☆次男（じなん）／次子；②〔理〕鹽。

じ 一【自】（造語）①自，從；☆自東京（じとうきょう）／從東京；②自己的；☆自社（じしゃ）／自己的公司；☆自国のために／爲了自己的祖國。

じ 一【地】（造語）表示當地出産的；☆地酒（じざけ）／當地出産的酒；☆地卵（じたまご）／當地的鶏卵。

一じ【児】（造語）①兒童；☆二才児（にさいじ）／兩歲的兒童；②某種人；☆幸運児（こううんじ）／幸運兒。

一じ【路】（接尾）①道路，街道；☆伊勢路（いせじ）／通往伊勢的道路；②一天的行程；☆三日路（みっかじ）／三天的路程；③…十歲（左右）；☆四十（よそ）路／四十來歲。

じ（助動・特殊型）〔文〕①表示否定的推定；☆色は変らじ／顔色不會變；②表示否定的意志；☆死すともやまじ／死也不罷休。

* じ【地】（名）①地，土地；地面；☆地を掘る／挖地；☆地を均（なら）す／平地；②當地，本郷本土；☆地の者／本地人；③天生原有；☆地の声を出す／露出本來的嗓音；④（織物的）地，織地；☆地がつんでいる／織得緻密；☆地の荒い／織得粗糙；☆白地に赤の模様／白地紅花紋；⑤實地，實際；☆地で行く／實地進行；逼眞地表現出來；☆肌理（＝きめ、はだ）；☆肌の地が粗い／皮膚粗糙；⑦〔圍棋〕（所佔的）地盤；⑧（小

說等中對話以外的）敘事部分；☆地の文
／敘事部分。①①

**じ【字】（名）①字，文字；☆字を書く／
寫字；☆字が読めない／不識字；②漢字
；☆その字はどう書くのか／那個字怎麼
寫？；③寫字，筆蹟；☆字が上手だ／字
寫得好。①

じ【痔】（名）〔醫〕痔，痔瘡；☆痔が起
こる／患痔瘡，痔瘡發作。⓪

じ【辞】（名）①詞，語（＝ことば）；☆
送別の辞／送別詞；②辞（中國文體之一）
；☆帰去来（ききょらい）の辞／歸去來
辞。①

＊しあい【仕合・試合】（名）比賽；☆野球
の試合／棒球賽。⓪

じあい【自愛】（名・自サ）①保重（身體）
；☆御自愛を祈る／望您保重（身體）；
②自愛，自重；③自私自利。⓪

じあい【慈愛】（名）慈愛（＝いつくしみ
わいがる）☆慈愛に満ちた母／慈母⓪①

しあがり【仕上がり】（名）①做完，完成
；☆仕上がりが遅れた／未能如期完成；
②做完（成）的結果；☆この花瓶は仕上
がりが悪い／這個花瓶做得不好。⓪

しあが・る【仕上がる】（自五）做完，完
成（＝できあがる）；☆服はまだ仕上が
らない／衣服還沒有做完。③

＊しあげ【仕上げ】（名・他サ）①〔しあげ
る〕的名詞形；②做完，完成；☆仕上げ
を急ぐ／加緊做完；③做完的結果；☆仕
げ上を見て下さい／請看做的如何；④加
工，潤飾；☆この絵は仕上げがよくない
／這幅畫潤飾的不好；☆仕上げは別の工
場でやる／加工是在另一個工廠進行；☆
最後の仕上げ／最後加工；☆家はできた
が仕上げはまだ済まぬ／房子蓋好了，可
是裝飾還沒有完；～きかい【仕上機械】
（名）加工機械；～こう【仕上工】（名）
鉗工；～こうば【仕上工場】（名）加工
工工廠。⓪

＊しあ・げる【仕上げる】（他下一）做完，
完成，（最後）加工，潤飾；☆工事を仕
上げる／完成工程；☆今日中に仕上げね
ばならぬ／今天內必須做完；☆一代で仕
上げた財産／這輩累積起來的財產；図し
あぐ（下二）。③

しあさって【明明後日】（名）大後天；☆
しあさっては日曜だ／大後天是星期日③

ジアスターゼ【德Diastase】（名）〔化〕
澱粉酶。④

しあつ【指圧】（名・他サ）用指（掌）按
壓（敲打）；～りょうほう【指壓療法】
（名）指壓療法（用指按壓局部激刺神經
以活血的一種民間療法）。①

シアトー【SEATO】（名）東南亞公約組
織。②

じあまり【字余り】（名）「和歌」，「俳
句」的字數多於規定字數。②

＊しあわせ【仕合わせ】（名・自サ・形動ダ）
①吉凶，運氣；☆仕合わせがよい／幸運
，僥倖；②幸福，幸運；☆仕合わせの歌
／幸福之歌；☆君は行かないで仕合わせ
だった／你沒去算走運了；～もの【仕合
わせ者】（名）幸運者。⓪

＊しあん【思案】（名・自サ）①想，盤算，
打主意（＝くふう、かんがえ）；☆思案
に余る／想不出主意；☆思案に暮れる／
想不出辦法；☆かれこれ思案する／左思
右想；☆思案をめぐらす／沉思，用心細
想；☆思案を凝（こ）らす／凝思；☆他
によい思案もない／也沒有別的好主意；
☆どうして完成しようかと思案する／盤
算怎樣完成；☆思案，擔心（＝しんぱい）
；☆思案の種／憂心事，擔心事；◇思案
に沈む／沉思，思案に尽きる／不知所措
，想不出主意來；～がお【思案顔】（名）
沉思的神色；～なげくび【思案投首】（
連語・名・自サ）（左思右想）想不出主
意。①

しあん【私案】（名）〔文〕個人的想法；
☆これは私の私案に過ぎない／這不過是
我個人的想法。⓪

しあん【試案】（名）試行辦法，試辦方案
；☆国防計画に関する試案／關於國防計
劃的試行方案。⓪

―し・い【接尾・形型】…的樣子；☆つや
つやしい／光亮的；☆毒毒しい／凶狠的
；刺眼的，図し〔形シク型〕。

しい【私意】（名）①私心；☆私意をさし
はさむ／夾雜私心，挾私；②一己之見，
偏見；☆この部分は私意によって書き改
めた／這部分按照我的一己之見改寫了①

しい【思惟】（名・自サ）①想（＝おもい
かんがえる）；②〔哲〕思維；☆思惟と
存在／思維和存在。①

しい【詩意】（名）〔文〕詩意，詩的意義①

じい【爺】（名）〔俗〕老人，老頭子；☆

爺や／老頭兒（召喚老僕等的稱呼）。①

じい【祖父】（名）〔俗〕祖父，爺爺（＝おじいさん）。①

じい【示威】（名）示威；〜うんどう【示威運動】（名）示威運動（＝デモンストレーション、デモ）。①

じい【次位】（名）次位，第二位；☆次位を占める／占第二位。①

じい【自慰】（名・自サ）①自慰；☆現状で満足だと自慰する／以現狀爲滿足而自慰；②手淫。①

じい【字彙・辞彙】（名）字典，字彙。①

じい【侍医】（名）（日皇等的）主治醫，御醫。①

じい【辞意】（名）①辭意；②辭職之意；☆辞意を洩らす／吐露出辭職之意；☆辞意を翻す／打消辭職念頭。①

ジー・アイ【美G.I.】（名）（Government Issue）〔俗〕美國兵。③

シー・アイ・エフ【C.I.F.】（名）（Cost, Insurance and Freight）抵岸價格⑤

ジー・エッチ・キュー【G.H.Q.】（General Headquarters）①總司令部；②（駐日）盟軍總部。⑥

シーエム【CM】（名）廣告（節目）。③

し（い）か【詩歌】（名）詩歌，漢詩和「和歌」；☆詩歌を愛好する／愛好詩歌①

しいき【市域】（名）市區。①

しいく【飼育】（名・他サ）飼養（家畜）；（＝かう）☆豚を飼育する／養豬；〜ほう【飼育法】（名）飼養法。①⓪

シー・シー【C.C】（名）（cubic centimetre）c.c（立方公分）。③

じいしき【自意識】（名）〔心〕自己意識；☆自意識が強過ぎる／自我過剰。②

*シーズン【英season】（名）季節；☆秋は行楽のシーズンだ／秋天是旅遊的季節；☆読書のシーズンになる／到了合適讀書的季節；〜オフ【season off】（名）過時，不盛行，不流行；☆冬は野球はシーズンオフだ／一到冬季棒球就過時了。①

ジーゼル（エンジン）【Diesel(engine)】（名）柴油（發動）機。⑤

シーソー【see-saw】（名）蹺蹺板；〜ゲーム【see-saw game】（名）（雙方得分）忽上忽下的比賽，拉鋸戰。

しいたけ【椎茸】（名）〔植〕香菇。①

しいた・げる【虐げる】（他下一）虐待；☆弱者を虐げる／虐待弱者；☆虐げられ

た人々／受虐待的人們；図しひたぐ（下二）。④⓪

シーツ【sheet】（名）①被單，罩布（＝しきふ）；☆シーツを敷（し）く／舖床單①

*しいて【強いて】（副）強逼，強迫，勉強（＝むりに、むりやりに）；☆強いて白状させる／強迫坦白，逼供；☆強いて弁解しようとはしない／並不一定要辯白；☆強いて頼む／強求。①

シート【seat】（名）①座席，議席；☆フロントシートに座る／坐在車前座；②〔棒球〕守備位置；〜ノック【seat knock】（名・自サ）〔棒球〕選手各就守備位置進行打球、接球、投球等練習。①

シート【sheet】（名）①薄板，紙的一張；☆切手一シート／〔集郵〕郵票全張；②（汽車等的）防塵，防雨用篷布車套①

シード・チーム【Seeded team】（名）種子隊。④

シーハイル【德Schi Heil】（名）滑雪者的寒喧語（意謂望您滑雪順利）。③

ジーパン【jeans pants之略】（名）牛仔褲。

ジープ【美jeep】（名）（general purpose car的首字母G.P的轉音）吉普車①

シームレス（ストッキング）【seamless-stockings】（名）沒有縫線的長襪子①

ジーメン【美G-men】（名）（Goverment-men或gun men）（美國聯邦調査局直屬的）特務警察。①

*し・いる【強いる】（他上一）強迫，強使；☆労働を強いる／強迫勞動；☆自分の考えを人に強いる／迫使旁人服從自己的想法；☆酒を強いる／強令喝酒☆強いられて／被迫，迫不得已；図しふ（上二）②

し・いる【誣いる】（他上一）誣蔑，譏謗；☆現実を誣いる／歪曲現實；図しふ（上二）。②

シール【seal】（名）①封印，封緘，貼紙；☆封筒にシールを貼りつける／在信封上貼上封緘；②海豹（＝あざらし）；海豹皮。①

しいれ【仕入（れ）】（名）〔（しいれる）的名詞形〕買進，購買，採購；☆商品の仕入れ／商品的採購；〜かかく【仕入価格】（名）買進價格；〜さき【仕入先】（名）躉售處，批發商；〜ね【仕入值】（名）商人從批發商購的原價。⓪

*し・い・れる【仕入れる】（他下一）①（商

人由批發商）買進，採購，購買（商品）；
☆商品を仕入れる／買進商品；②〔喻〕
（由他處）取得，獲得；☆彼は洋行して
新知識を沢山仕入れて来た／他出國去獲
得了許多新知識；図しいる（下二）。③

じいろ【地色】（名）①地色，土色；②（
布、畫等的）底色。⓪

しいん【子音】（名）子音，輔音；↔ぼい
ん（母音）。⓪

しいん【死因】（名）死亡原因；☆大酒が
死因になった／狂飲成了致死的原因。⓪

しいん【私印】（名）私人圖章；☆私印を
偽造する／偽造私人圖章。⓪

しいん【試飲】（名・他サ）試飲，嘗（酒）
；☆試飲用の小瓶／供試飲用的小瓶。⓪

シーン【scene】（名）①〔劇〕舞臺面；
②場面；☆格闘のシーン／搏闘的場面；
☆劇的シーン／動人的場面。①

じいん【寺院】（名）寺院，佛寺；☆寺院
に詣（もう）でる／拜佛。①

ジーンズ【法、英 jeans】（名）斜紋布；
牛仔褲。①

じう【時雨】（名）〔文〕①知時之雨，及
時雨；②秋冬之交忽降忽止的雨（＝しぐ
れ）。①

じう【慈雨】（名）慈雨，甘霖；☆旱天（
かんてん）の慈雨／久旱的甘霖。①

＊しうち【仕打】（名）①作風，舉動行為；
（對人的）態度（＝しかた、ふるまい）
（多指壞的方面）；☆彼の仕打は本当に
憎らしい／他的作風真惡劣；☆ひどい仕
打を受ける／遭受不講理的對待；☆妻君
に対する仕打がよくない／對待妻子的態
度不好；②〔劇〕動作，表情（＝しぐ
さ、こなし）。⓪

しうん【紫雲】（名）〔文〕紫雲，祥雲①

じうん【時運】（名）時運，機運；☆時運
一転して／時運一轉；☆時運に恵（めぐ）
まれる／時運好。①

しうんてん【試運転】（名・他サ）試驗開
動（車、船等），試車；☆試運転を行な
う／進行試車；☆エンジンの試運転／發
動機的試車。②

シェア【share】（名）〔經〕市場占有率①

しえい【市営】（名）市營，市辦；☆ガス、
水道の市営／煤氣和自來水的市營；～じ
ゅうたく【市営住宅】（名）市經營的住
宅。⓪

しえい【私営】（名）私營；☆この鉄道は

私営である／這條鐵路是私營的；～じぎ
ょう【私営事業】（名）私營企業。⓪

＊じえい【自営】（名・他サ）獨資（獨立）
經營；☆自営で商売をする／獨資經營商
業；～はつでんしょ【自営発電所】（名）
自設發電所。⓪

じえい【自衛】（名・自サ）自衛；☆自衛
の道を講ずる／設法自衛；～けん【自衛
権】（名）（國家的）自衛權；～じょう
【自衛上】（副）為了自衛；☆自衛上や
むを得ぬ措置／為了自衛迫不得已的措施
；～たい【自衛隊】（名）自衛隊（日本
類似軍隊現稱）；～ほんのう【自衛本能】
（名）自衛本能。⓪

シェーカー【shaker】（名）鷄尾酒搖混
器。①

シェークスピア【Shakespeare】（名）〔
人名〕莎士比亞。④

シェード【shade】（名）①蔭；日蔭，樹
蔭；②遮日幕；☆シェードをおろす／放
下遮日幕；③燈傘，燈罩；☆電気スタン
ドのシェードを取り換える／換檯燈的燈
罩；④遮光器。①

シェービングクリーム【shaving cream】
（名）刮臉用面霜，剃鬚膏。⑦

しえき【私益】（名）私人利益，個人利益
；☆私益をはかる／謀求個人利益。①

しえき【使役】（名・他サ）驅使，役使；
～どうし【使役動詞】（名）〔語法〕使
役動詞（日文動詞的使役形是在動詞的未
然形下加「せる」、「させる」、「す」、
「さす」、「しむ」等助動詞而構成）①

ジェスチュア【gesture】（名）①手勢，
姿勢；②姿態；態度；☆ジェスチュアた
っぷりの演説／姿態十足的演說；☆賛
成のジェスチュアを示す／表示贊成的樣
子。①

ジェットりょかくき【jet 旅客機】（名）
噴射客機。

ジェット・コースター【jet coaster】（
名）雲霄飛車。④

ジェネレーション【generation】一代，
世代；☆ヤンガージェネレーション／青
年一代。③

シェパード【shepherd】（名）〔動〕狼狗
，軍用犬，牧羊犬。②①

シェリー【sherry】（名）西班牙產白葡萄
酒，雪利酒。①

ジェリー【jelly】→ゼリー。①

しえん【支援】（名・他サ）支援；☆他国
を支援する／支援別的國家。⓪

しえん【私怨】（名）私怨，私仇，☆私怨を
報ず／報私仇；☆私怨を懐く／懷私怨⓪

しえん【紫煙】（香煙的）煙；☆紫
煙にけぶる／滿屋是煙。⓪

しえんか【四塩化】（名）〔化〕四氯化；
～けいそ【四塩化珪素】（名）〔化〕四
氯化珪素；～たんそ【四塩化炭素】（名）
〔化〕四氯化碳。⓪

ジェントルマン【gentleman】（名）①紳
士；君子②（對男子的敬稱）先生；↔レ
ディー。①

*しお【潮・汐】（名）①海潮；☆潮があげ
る（さす）／漲潮；☆潮が引く／落潮；
☆潮が満ちている／滿潮；②海水；☆鯨
が潮を吹く／鯨魚噴出海水；③〔轉〕時
機，機會（＝しおどき）；☆潮を見て引
き上げる／抓個機會退出；◇潮を踏む／
體驗辛酸。②

*しお【塩】（名）①鹽，食鹽；☆塩で味を
つける／用鹽調味；☆塩に漬ける／醃；
☆魚に塩を振る／往魚上撒鹽；②鹹度
（＝しおけ，からみ，しおかげん）；☆塩
が甘い／淡，口輕，不够鹹；☆塩がきき
すぎている／太鹹。②

しおあい【潮合】（名）①滙潮處；②張（
落）潮時；③〔轉〕機會；火候兒（＝こ
ろあい）；☆潮合を見る／找機會，看火
候兒。③⓪

しお・える【為終える】（他下一）做完，
完成（＝しあげる，しとげる）；☆宿題
をしおえる／做完功課。③

しおお・せる【為果せる】（他下一）做完
，完成（＝しとげる）；☆困難な研究を
首尾よくしおおせる／順利完成困難的研
究；図しおほす（下二）。④

しおかげん【塩加減】（名・自サ）鹹度；
☆塩加減がよい／鹹淡恰好；☆塩加減を
見る／嘗嘗鹹淡。③

しおかぜ【潮風】（名）海風，海上吹來的風②

しおから【塩辛】（名）醃鹹的魚、肉、貝
、鶏卵、腸等（酒菜）；～ごえ【塩辛声】
（名）嘶啞聲，公鴨嗓；～とんぼ【塩辛
蜻蛉】（名）〔昆〕江鶏。④③

しおから・い【塩辛い】（形）鹹的；☆こ
の汁は塩辛い／這個湯鹹；～さ（名）④

しおき【仕置】（名・他サ）①處理，辦下
（＝しておく）；②管束，管制（＝とり

しまり）；②懲罰，治罪，處分；☆どん
なお仕置を受けても構（かま）わない／
受到什麼樣的懲罰都可以；④處死；☆人
殺しを仕置にする／把殺人犯處死；～ば
【仕置場】（名）刑場，法場。⓪

しおくり【仕送り】（名・自サ）〔（しお
くり）的名詞形〕（滙寄）生活補貼，求
學費用；☆いなかの親に仕送りする／滙
錢給家補貼父母的生活費；☆国許（くに
もと）からの仕送りが絶えた／老家寄給
的生活補貼斷了。⓪

しおく・る【仕送る】（他五）滙生活補貼
，求學費用。③

しおけ【塩気】（名）鹽分，鹹味；☆塩気
がない／沒有鹹味，太淡；☆塩気のある
水／含鹽分的水。⓪

しおけ【潮気】（名）海上的濕氣；☆潮気
を含んだ風／含着海上濕氣的風。③

しおけむり【潮煙】（名）海浪的飛沫；☆
潮煙が上がる／濺起海浪飛沫。③

しおざい【潮騒】（名）（漲潮時的）濤聲
；海濤怒吼；☆遠くから潮騒が聞こえる
／由遠處傳來濤聲。

しおざけ【塩鮭】（名）鹹鮭魚。③

しおさめ【仕納め】（名）工作的結尾，最
後的工作；☆これが今年の仕事の仕納め
だ／今年的工作就此結束了，這是今年最
後工作（做完就不再做了）。⓪

しおじ【潮路】（名）①潮流，潮路；②海
路，水路（＝ふなじ）。

しおしお【悄悄】（副）消沉，無精打彩地
，垂頭喪氣地；☆これを聞いて、しおし
おと室を部屋（へや）を出て行った／聽
了這話就無精打彩地走出屋子。①③

しおづけ【塩漬】（名）鹽醃；☆塩漬の魚
／鹹魚；☆塩漬にする／鹽醃。④⓪

しおだし【塩出し】（名・他サ）（浸在水
裏）除去鹽分；☆魚を塩出しする／用水
泡魚除去鹽分。③④

しおどき【潮時】（名）①漲潮時，落潮時
；潮時を待つ／等待漲（落）潮；☆船
を出すのによい潮時／正好開船的漲潮時
；②〔轉〕機會，時機；☆潮時を見る／
看機時，抓機會☆辞職するには今が丁度
いい潮時だ／現在正是辭職的好機會④⓪

しおひ【潮干】（名）①落潮，退潮；↔
しおひがり【潮干狩】（名・自
サ）當落潮時（尤其是春季）在淺灘邊玩
邊採蛤蜊等的休閒活動；☆潮干狩に行く

／趁落潮到淺灘去作捕魚的遊戲。③

しおびき【塩引】（名）醃魚；鹹魚（特指鹹鮭）☆塩引の鮭／鹹鮭。④⓪

しおふき【潮吹】（名）①（海船的）舵孔；②（鯨魚）噴水；③〔貝〕蛤蜊。②

しおまち【潮待】（名・自サ）等待漲潮；☆潮待の間、島に上陸する／在等待漲潮期間到島子去。④

しおまねき【潮招（き）】（名）〔動〕砂蟹，招潮。③

しおみず【塩水】（名）①含鹽分的水；②鹽水；☆塩水に漬ける／醃到鹽水裏；☆塩水でうがいをする／用鹽水漱嗓子。②

しおみず【潮水】（名）潮水，海水。②

しおもみ【塩揉】（名・他サ）加鹽揉搓；☆塩揉のきゅうり／加鹽揉搓的黃瓜④③

しおやき【塩焼き】（名・他サ）①煮鹽；②〔烹飪〕加鹽烤（魚）；☆魚を塩焼き（に）する／加鹽烤魚。④③

しおやけ【潮焼け】（名・自サ）①（海上水蒸氣受陽光照射）呈現紅色；②（皮膚因受海風吹）呈紅黑色；☆潮焼の肌／黑紅色的皮膚。④⓪

しおらし・い（形）①溫柔的，可愛的（＝やさしい、かわいらしい）；☆しおらしいことを言う／說可愛話；②看起來很老實的，好像鄭重其事的（＝もっともらしい）；☆恩返しをするとは、お前もしおらしいことを言うね／要報答恩情，你說得真像那麼回事似的；～さ（名）；☆女らしいしおらしさ／女人特有的溫柔樣子；図しをらし（形シク）④

しおり【枝折・栞】（名）①〔古〕（在山路中）折曲樹枝（以作回來時的路標）；②書籤；☆本に栞をはさむ／書裏夾上書籤；③指南（書）（＝あんない、てびき）；名所の栞／名勝指南；☆英語研究の栞／英語研究指南；～ど【枝折戸】（名）柵欄門，柴扉。⓪③

しお・れる【萎れる】（自下一）①枯萎；生花が萎れた／（花瓶的）花枯萎了；②頹唐，沮喪，氣餒；☆それを聞いて彼は萎れた／他一聽了那話就頹唐了；図しをる（下二）。⓪

しおん【子音】（名）→しいん。⓪

*しか（副助）只，僅（下接否定語）；☆一つしかない／只有一個；☆若い時は一度しかない／青春不再來；☆それだけしか知らない／只知道那一點；☆狂人としか

思えなかった／只能當作是個瘋子；☆そうしか解釈できない／只能那樣解釋。

*しか【鹿】（名）〔動〕鹿；◊鹿を逐う／逐鹿；鹿を逐う者は山を見ず／逐鹿者不看山，專心求利者不顧他事；鹿を指して馬となす／指鹿為馬；図かせぎ。②

しか【史家】（名）歷史家。②

しか【市価】（名）〔經〕市價；☆市価の二割引きで／按市價八折；☆市価を釣り上げる／擡高市價。②

しか【歯科】（名）牙科；～い【歯科医】牙科醫；～しんりょうしょ【歯科診療所】（名）牙科診療所。②

しか【時下】（副）〔文〕時下，目前；☆時下春暖の候／時值陽春。①

じか【時価】（名）時價；☆時価百万円の古刀／時價值一百萬元的古刀。①

じか【磁化】（名）〔理〕磁化；～りつ【磁化率】（名）磁化率。①

じが【自我】（名）①自我，自己；☆自我を没却する／抹殺自我，犧牲己見；自卑；☆自我の強い人／個性強的人；②〔哲〕自我，意識主體。①

シガー【cigar】（名）雪茄（菸）。①

しかい【四海】（名）四海，全國，天下；世界；☆四海を平定する／平定天下；☆四海の内は皆兄弟／四海之內皆兄弟也；～けいてい【四海兄弟】（連語）四海之內皆兄弟。②

しかい【市会】（名）市議會。②

*しかい【司会】（名・他サ）主持會議，掌握會場；～しゃ【司会者】（名）掌握會場者；司儀；（節目）主持人。⓪

*しかい【視界】（名）視野，眼界；☆視界に入る／進入眼簾，看見；☆視界を去る／離開眼界，看不見。②⓪

しがい【死（屍）骸】（名）屍體，遺骸（＝なきがら）；☆死骸を引き取る／領屍。⓪

しがい【市外】（名）市外；☆市外の静かな所に住む／住在市外清靜處；～でんわ【市外電話】（名）（市郊外）長途電話①

しがい【市街】（名）市街；～せん【市街戦】（名）巷戰。①

じかい【次回】（名）下次，下回；☆次回に讓る／移到下次。⓪

じかい【自戒】（名・自サ）自戒，自我警惕；☆今後このようなことのないように自戒する／今後當自戒免得發生這樣事⓪

じかい【磁界】（名）〔理〕磁場。⓪①

じがい【自害】（名・自サ）自殺；☆短刀で自害する／用短刀自殺。①

しがいせん【紫外線】（名）〔理〕紫外線。②②

しかえし【仕返し】（名・自サ）①改做，重做（＝やりなおし）；☆もう一度始めから仕返しをする／再從頭重做一次；②報復，報仇（＝ふくしゅう）；☆必ず仕返しする／一定報復。①

しか・える【仕替える】（他下一）改做，重做（＝やりなおす）；☆屋根の崩れた所を仕替える／重葺屋頂場陷處。③②

じがお【地顔】（名）沒化粧的臉，本來面目（＝すがお）；☆地顔の方が綺麗だ／不化粧反倒漂亮。①

しかか・る【仕懸かる】（他五）①開始做（＝しだす）；☆仕事を仕かかるところだ／正在開始工作；②做到中途；☆仕かかった仕事／還沒作完的工作。③

*しかく【四角】（名・形動ダ）①四角，方形；☆四角に切る／切成四角（方形）；②〔轉〕嚴肅，規規矩矩（＝かどかどしい）；◊四角な文字／漢字；～・い【四角い】（形）四角的；☆四角い顔／四方臉；～しめん【四角四面】（形動ダ）四角四方；～ば・る【四角張る】（自サ）①成四方形；②〔轉〕嚴肅起來，採取嚴肅態度，裝出規規矩矩的樣子，板起面孔；☆四角張って物を言う／鄭重其事地説話；☆そう四角張らないで／請你不要擺出那副嚴肅面孔。③

しかく【死角】（名）〔軍〕死角。②⓪

しかく【刺客】（名）刺客；☆刺客の手に倒れる／死在刺客手裏，被刺客刺死。⓪

しかく【視角】（名）〔理〕視角；☆眼鏡をかけると視角が狭くなる／一戴上眼鏡視角就狭了。②⓪

しかく【視覚】（名）視覺；☆視覚を失う／失去視覺，看不見；～きかん【視覚器官】（名・連語）〔解〕視覺器官。⓪

*しかく【資格】（名）①選舉人的資格／選舉人的資格；☆資格を与える／授與資格；☆大使の資格で／以大使資格（身分）。⓪

しがく【史学】（名）史學。①

しがく【私学】（名）①私人學説；②私立學校；☆私学の経営は難しい／辦私立學校困難。①

じかく【字画】（名）（漢字的）筆畫；☆字画で字引を引く／按筆畫查字典。⓪

じかく【耳殻】（名）〔解〕耳殻。①⓪

*じかく【自覚】（名・自サ）自覺，覺悟；☆国民の自覚を促す／促進人民的覺悟；☆自分の力を自覚する／知道自己的力量；～しょうじょう【自覚症状】（名）自覺症狀。⓪

じかく【痔核】（名）〔醫〕痔核。⓪

じがく【自学】（名・自サ）自學；～じしゅう【自学自習】（連語・名・自サ）自學自習。⓪

しかけ【仕掛（け）】（名・他サ）①〔しかける〕的名詞形；②機構，装置（＝からくり）；☆時計の仕掛け／鐘錶的機構；☆扉が独りでに閉（し）まる仕掛け／門能自動關閉的装置；③規模；☆仕掛けが大きい／規模巨大；◊別に種も仕掛けもない／並沒有什麼秘密，並不是什麼戲法；～ごと【仕掛事】（名）（做的）圈套；～こどうぐ【仕掛小道具】（名）〔劇〕帶装置的小道具。⓪

しか・ける【仕掛ける】（他下一）①開始做，着手（＝しはじめる）；☆仕事を仕掛ける／開始工作；②挑釁，尋釁（＝いどむ）；☆喧嘩を仕掛ける／找喳兒打架；③装置，安設；☆罠を仕掛ける／設下圈套；②準備，預備；☆御飯を仕掛ける／預備飯食；図しかく（下二）。③

しかざん【死火山】（名）〔地〕死火山。②

*しかし【併し・然し】Ⅰ（接）然而，可是，不過；☆賢いがしかし怠（なま）ける／有天分，可是懶惰；☆人間は親いし、しかし頭が悪い／倒是個好人，可是腦筋不好；～ながら【併し乍ら】（接）不過，可是（＝しかし）；Ⅱ（副）〔古〕完全，悉皆（＝まったく，ことごとく）。②

しかじか【然然・云云】（副）云云，等等（用以省略不必要的詞句）；☆云云の日に／在某某日；☆金を受け取った然然と手紙が来た／來信説錢收到了等等。②⓪

じがじさん【自画自讃】（連語・名・自サ）自畫自讀，自誇；☆自画自讃ではないが…／我倒不是自誇；☆それは全く自画自讃というものだ／那可以説完全是自畫自讚（自己往臉上貼金）。①─⓪

しかして【然して・而して】（手）〔文〕然後，於是（＝そうして）。②

じかじゅせい【自花受精】（名）〔植〕自花受精。③

しかず【如かず】（連語）〔文〕不如，莫

若；☆三十六計逃げるに如かず／三十六招（計）走爲上策。⓪

じかせん【耳下腺】（名）〔解〕耳下腺；～えん【耳下腺炎】（名）〔醫〕耳下腺炎（＝おたふくかぜ）。②

じがぞう【自画像】（名）自畫像，自己畫的自己的骨像。②⓪

*しかた【仕方】（名）①做法；☆仕方が間違っている／做法不對；②方法，辦法；☆仕方がない／沒有辦法，沒有用處；迫不得已；☆仕方がないから諦める／因爲沒有辦法而死心塌地；☆後悔したって仕方がない／後悔也沒有用處；☆命令だから仕方がない／因爲是命令迫不得已；⑧（…くて、…たくて仕方がない）…得不得了，…得要命；☆眠くて仕方がない／睏得要命；☆ビールが飲みたくて仕方がない／一心想要喝啤酒；～な・い【仕方無い】（形）沒辦法的，不得已的（＝せんかたない、やむをえない）；☆仕方なく謝った／不得已道歉了。⓪

じかたび【地下足袋・直足袋】（名）（當作鞋穿的）膠皮底襪子。③⓪

じかため【地固め】（名・自サ）〔建〕打地基；☆地固めをしてから土台をつくる／打好地基後建築底座；②鞏固基礎；☆これで地固めができた／這樣一來基礎鞏固了。②

じかだんぱん【直談判】（名・自サ）直接談判，面談；☆社長と直談判をしなければ埒（らち）が明かない／不和總經理直接談判解決不了問題。③

しがち【仕勝】（名）時常，常好…欠席をしがちだ／時常缺席；時常請假。⓪

じかちゅうどく【自家中毒】（名）〔醫〕自體中毒；☆消化不良のため自家中毒を起（お）こす／因消化不良而發生自體中毒③

しかつ【死活】（名）死活，極端重要；☆国家の死活に関する大問題／有關國家存亡的重大問題；～もんだい【死活問題】（連語・名）死活（生死）問題，重大問題；☆我々にとっては死活問題だ／對於我們來說是死活問題。②⓪

*しがつ【四月】（名）四月；～ばか【四月馬鹿】（名）愚人節＝エープリルフール③

じかつ【自活】（名・自サ）獨立生活；☆自活の道を求める／尋求生活之道。⓪

しかつめらし・い【鹿爪らしい】（形）假裝鄭重其事的，裝模作樣的；☆鹿爪らしい顔／裝模作樣的神色；☆そんな鹿爪らしい事はよせ／不要那麼假裝鄭重其事的⑥

しかと【確（聢）と】（副）〔文〕①確鑿，明確，準確；☆確と定める／確定；☆確とは受け合わない／說不定，不敢保證；☆確と見届ける／看得清清楚楚；②結實，緊；☆確と握る／緊握。②

しがな・い（形）〔俗〕①不足道的，身分低的，渺小的（＝つまらない）；☆しがない渡世／卑賤的行道；☆しがない恋／沒有希望的戀愛；②貧窮的（＝まずしい）；☆しがない暮らし／窮日子。③

*じかに【直に】（副）①直接地，親自地；☆直に談判する／直接談判，面商；☆直に渡（わた）す／親手交給；②（穿衣等）不穿襯衣）貼身（穿…）；☆シャツを着ず直に上着を着る／不穿襯衣貼身就穿上上衣；☆素肌（すはだ）に直に着る／（不穿襯衣）貼身就穿上。①

じがね【地金】（名）①生金（銀），金（銀）塊；②（鍍金等的）胎子，底子；☆鍍金（めっき）がはげて地金が出た／鍍金剝落露出胎子來了；⑧〔轉〕本來面目，本性；☆いくら隠（かく）しても地金は出るものだ／無論怎樣掩飾也會露馬腳的；☆地金を出す／暴露眞面目，露馬腳。⓪

しか・ねる【仕兼ねる】（連語・下一）做不到，難以辦到（＝できかねる）；☆どんな悪いことも仕兼ねない／什麼壞事都能做得出來；☆人殺しもしかねない／殺人都肯幹；因しかぬ（下二）。③

しかばね【屍・尸】（名）死屍，屍體（＝なきがら、かばね）；☆戦場に屍を曝（さら）す／死於疆場。③

しがみつ・く（自動）緊緊抱住（摟住）；☆頸にしがみつく／緊緊摟住脖子。②

しかめっつら【顰めっ面】（名）顰蹙的面孔，愁眉苦臉；☆顰めっ面をする／皺起眉頭。⓪

しか・める【顰める】（他下一）顰蹙，皺眉；☆痛みで顔を顰める／疼得皺眉；因しかむ（下二）。⓪

*しかも【而も・然も】（接）①而且，並且（＝そのうえ）；☆十万円くれた、而も手の切れるような札だ／給了我十萬元，而且是嶄新的鈔票；②（雖然）而，却（＝けれど、にもかかわらず）；☆敵は大軍なり、而も我はこれを撃退せり／儘管敵軍很多，我方却把他擊退了。②

じかよう【自家用】（名）自用；～しゃ【自家用車】（名）自用汽車。⓪

しからし・める【理らしめる】（連語、下一）…所после的，…所致的；☆時勢の然らしめるところだ／是時勢所使然的。⑤

しかり【叱り・呵り】（名）〔しかる〕的名詞形；☆お叱りを受ける／遭受申斥⓪

しかり【然り】（自ラ）〔文〕然，是（＝そうだ、そのとおりだ）；☆然りと答える／答稱是；☆決して然らず／絕不然，絕不是那樣。②

しかりつ・ける【叱り付ける】（他下一）嚴屬申斥，嚴責；☆いたずらっこを叱りつける／嚴属申斥淘氣的孩子。

*しか・る【叱る・呵る】（他五）責備，申斥；規戒，叱責；☆きびしく叱る／嚴責，嚴屬申斥；☆みっしり叱ってやった／我好好地申斥了他一頓；☆そのことで叱られた／因爲這事受到了申斥。②

しかるに【然るに】（接）〔寫作「而るに」是錯誤的〕〔文〕然而，可是（＝それなのに、ところが）；☆然るに又…／然而又…②

しかるべき【然るべき】（連語・連體）〔文〕適當，相當；應當；☆然るべき人／適當的人；☆感謝して然るべきだ／應該感謝；☆然るべき考慮を払わずに／並不加以相當考慮地。④

しかるべく【然る可く】（副）適當地；隨便地☆然るべく先方と話して下さい／請您和對方適當地說說吧（您看怎麼好就怎麼和對方談吧）；☆然るべく計らいましょう／我適當地（隨便）辦吧。④ ③

しかるべ・し【然る可し】（形ク）〔文〕應當，適當可以。④

シガレット【cigarette】（名）香烟，紙烟（＝たばこ）；～ケース【cigarette case】（名）烟盒。③

しかれども【然れども】（接）〔文〕然而（＝しかしながら、しかりといえど）。

しかん【士官】（名）〔軍〕軍官，官佐；～がっこう【士官学校】（名）陸軍軍官學校；～しつ【士官室】（名）軍官室②

しかん【子癎】（名）〔醫〕子癎，驚厥⓪

しかん【仕官】（名・自サ）①仕官，做官；☆仕官の道／仕宦之道；②（武士）事君，任職。②⓪

しかん【弛緩】（名・自サ）①遲緩；鬆弛，渙散；☆君の精神は少し弛緩している／你的精神有些渙散；②〔醫〕無力，衰弱⓪

*しがん【志願】（名・自サ）志願，報名；☆従軍を志願する／志願從軍；～しゃ【志願者】（名）志願者，報名者。①

じかん【次官】（名）次長，副部長；☆外務次官／外交部副部長（次長）；☆政務次官／政務次長。①

*じかん【時間】（名）①時間；☆執務（しつむ）時間／辦公時間；☆時間をかける／花上時間，豁出時間；☆時間がかかる／費時間；☆時間つぶしに小説を読む／爲了消磨時間看小說；②時刻；☆もう時間だ／到時刻了；☆汽車の発着時間／火車的開車、到達時刻；☆時間通りに発車した／準時開車了；③小時，鐘頭；☆一昼夜は二十四時間である／一晝夜是二十四小時；☆東京まで何時間かかるかね／到東京需要幾個鐘頭？④授課鐘點，課堂；☆一週間に六時間受け持っている／一禮拜擔任六堂課；☆物理の時間／物理課；⑤〔哲〕時間；☆時間と空間／時間和空間；～がい【時間外】（名）規定時間外，下班後，業餘；☆時間外の手当て／加班津貼；☆時間外に働く／下班後工作；～きゅう【時間給】（名）計時工資；☆我は時間給です／我們是賺計時工資；～きゅうすい【時間給水】（名・連語）定時供水；～とうろくき【時間登録器】（名）時間記錄器，記時器（＝タイムレコーダー）；～ひょう【時間表】（名）（工作的）時間表；（車船等開駛、到達的）時刻表；～わり【時間割】（名）（學校一週的）功課表，課程表。⓪

しき（修助）些許；程度（くらい、ほど）；☆これしき／這一點兒，這些；這種程度；☆これしきの事ができないはずはない／這一點兒事情絕不會做不了。

しき【敷】（名）①（墊在器物底下的）墊兒；☆どびん敷／茶壺墊兒；②押金（＝しききん）；☆褥子（しきぶとん）。②⓪

*しき【式】（名）①儀式；☆式を挙げる／舉行儀式；②方式；☆アメリカ式の教育／美國式的教育；③樣式，類型，風格；☆日本式のホテル／日本式的飯店；☆最新式の自動車／最新型的汽車；☆ゴシック式の建物／哥斯式的建築物；④〔數〕算式，公式；☆式で表わす／用公式表示；⑤（平安時代的）律令的施行細則；⑥〔哲〕（三段論法的）形式。②

*しき【士気】（名）士氣；☆士気を鼓舞す

る／鼓舞士氣；☆士気が振（ふ）るわない／士氣不振。②①

*しき【四季】（名）四季；☆四季を通じて／一年到頭；☆四季折折（おりおり）の花／四季應時的花；～ざき【四季咲き】（名）四季開花；☆四季咲きの花／四季開花的花。②

しき【史記】（名）〔史〕史記。②①

しき【死期】（名）死期；☆死期に近づく／接近死期。②①

しき【志気】（名）〔文〕志氣，精神；☆愛国の志気／愛國志氣。②①

*しき【指揮】（名・他サ）指揮；☆軍隊を指揮する／指揮軍隊；☆合奏（がっそう）を指揮する／指揮合奏；☆…の指揮を受ける／受…指揮；～ぼう【指揮棒】（名）〔樂〕指揮棒。②

しき【紙器】（名）紙作的器具（紙盒等）②⓪

しぎ【鴫・鷸】（名）〔動〕鷸。①

しぎ【仕儀】（名）（事物的）程序，趨勢，情形；☆しだい，なりゆき）；☆このような仕儀にたち至りまして申し訳がありません／成了這種情形真對不起。①

しぎ【諮議】（名）〔文〕諮議，諮詢。

─じき【敷】（接尾）表示房間草蓆墊的張數；☆八畳敷／鋪八張草蓆墊。

じき【直】Ⅰ（名）①直接；☆直の御返事を戴きたい／希望得到您的直接回信；②就在眼前，很近，不遠；☆駅までは直です／距車站很近；☆学校はここから直です／學校離這兒不遠；②〔經〕直接交易；Ⅱ（副）立卽，馬上，眼看（＝すぐ，ただちに）；☆直参ります／馬上就來；☆もうじきクリスマスだ／眼看就是聖誕節了。⓪

じき【次期】（名）下期；下屆；☆次期に繰り越す／轉撥下期，滾入下期；☆次期国会／下屆國會。①

じき【自記】（名・他サ）①自己書寫；②（機器）自動記錄，自記；～きあつけい【自記気圧計】（名）〔理〕自記氣壓計；～ふうりょくけい【自記風力計】（名）自記風力計。①

じき【自棄】（名）自棄（＝やけくそ）；☆自暴自棄（じぼうじき）／自暴自棄①

*じき【時期】（名）時期，季節；☆時期が早過ぎる／時期過早；☆菊の時期／菊花的季節。①

*じき【時機】（名）時機，機會（＝おり，

しお）；☆時機に乗ずる／乘機；☆時機を見て／見機；☆時機を逸するな／不要失掉機會。①

じき【磁気】（名）〔理〕磁氣，磁力；～あらし【磁気嵐】（名）磁暴①

じき【磁器】（名）瓷器；☆磁器の製造法は1513年ごろ日本に伝わった／瓷器製造在1513年左右傳到了日本。①

じぎ【字義】（名）字義；☆字義通りに解釈する／照字義解釋。①

じぎ【時宜】（名）時宜，適時；時機；☆時宜に適った，時宜を得た／適合時宜的，☆時宜を計らう／窺伺時機，找機會

しきい【敷居】（名）①席地而坐時用的蓆子；②門檻，門限；☆敷居を跨（また）ぐ／跨過門檻；☆二度とお前の家の敷居を跨がない／再也不登你的門；（↔かもい）；～ごし【敷居越し】（名）隔着門檻；稍有間隔；◇敷居が高い／不好意思登門。⓪

しきいし【敷石】（名）舖路石；☆敷石を敷く／舖石。⓪

しきいた【敷板】（名）①（瓶等下面的）舖板，墊板；②踏板；③地板（＝ゆかいた，ねだいた）。⓪

しぎかい【市議会】（名）市議會；～ぎいん【市議会議員】（名）市（議會）議員。

しきがわ【敷皮】（名）舖的毛皮（虎熊等的毛皮）。⓪

しきかん【色感】（名）①對色彩的感覺；☆鋭い色感／對色彩的敏銳感覺。⓪②

しきかん【指揮官】（名）指揮員。②

しききん【敷金】（名）①（租房時的）抵金；②〔經〕（交易所的）保證金，押金；☆敷金を入れる／繳納押金。②

しきけん【識見】（名）見識；☆識見のある人／有見識的人。

*しきさい【色彩】（名）①色，色彩，彩色；☆色彩を帯びる／帶…色彩；☆宗教的色彩が濃厚だ／宗教色彩很濃厚；②傾向；☆偏った色彩のない人／不偏向的人⓪

しきし【色紙】（名）（書寫和歌、俳句用的）方形厚紙箋；☆色紙に俳句を揮毫する／往厚紙箋上寫俳句。⓪②

しきじ【式次】（名）儀式的順序；☆式次通りに進行する／按儀式順序進行。⓪

しきじ【式辞】（名）致詞，祝詞；☆式辞を述べる／（在儀式席上）致詞。⓪

じきじき【直直】（副）直接；☆直直に面

会する／直接會見（某人）。⓪

しきじつ【式日】（名）①舉行儀式的日子
；☆結婚の式日／舉行婚禮日；②舉行集
會的日子；⑨節日，祭日。⓪

しきしゃ【識者】（名）有識之士，有見識
的人；☆識者の言に耳を傾ける／傾聽（
聽從）有識之士的話。②

しきしゃ【指揮者】（名）①指揮者；②〔
樂〕指揮（＝コンダクター）②

しきじゃく【色弱】（名）〔醫〕輕度色盲。

じきしょ【直書】（名）①親筆；②親筆寫
的文件。⓪

しきじょう【式場】（名）舉行儀式的場所
，禮堂。⓪

しきじょう【色情】（名）色情，情感；☆
色情をそそる／引起情慾；～きょう【色
情狂】（名）色情狂。⓪

しきせ【仕着せ・四季施】（名）〔おー〕
雇主按季節供給用人的衣服；☆仕着せを
やる／供給衣服；☆盆春の仕着せ／年節
給（傭人）的衣服；☆月給の外にお仕着
せがある／除了工資以外還供給衣服。⓪

しきそ【色素】（名）色素；～さいぼう【
色素細胞】（名）〔生〕色素細胞。②

じきそ【直訴】（名・自サ）①攔輿告狀；
②直接向天皇、將軍告狀；☆昔直訴した
者は処罰された／古時攔輿告狀的人要受
處罰的。⓪

しきそう【色相】（名）①色調（＝いろあ
い）；②〔佛〕色相。⓪

しきそくぜくう【色即是空】（連語）〔佛〕
色即是空。⑤

しきだい【式台】（名）（門口的）舖板，
臺階。②⓪

しきたり【仕来り】（名）慣例，常規，老
規矩（＝ならわし）；☆長年のしきたり
だから急に改（あらた）められない／因
爲是多年的常規一下改不了。⓪

ジギタリス【荷 digitalis】（名）〔植〕實
麥答里斯（玄參科，歐洲產越年生草本，
爲心臟强壯劑和利尿劑）。③

じきだん【直談】（名・自サ）直接談判；
☆手紙のやりとりよりも直談の方が早い
／還是直接談判比送返寄信來得快。⓪

しきち【敷地】（名）（房屋等的）地基，
用地；☆学校の敷地／學校用地；☆建築
敷地／建築地基。⓪

しきちょう【色調】（名）色調，明暗（＝
いろあい、トーン）；☆柔らかい色調で

描かれた風景画／用柔軟色調描繪的風景
畫。⓪

しきつ・める【敷き詰める】（自下一）全
面舖上，滿都舖上；☆庭に砂利（じゃり）
を敷き詰める／把庭院裏滿舖上小石子；
図しきつむ（下二）。④

じきでし【直弟子】（名）直接受業的門徒
；☆名人の直弟子／名人的直接門徒；↔
またでし（又弟子）。⓪

しきてん【式典】（名）儀式，典禮；☆独
立紀念の式典／紀念獨立的典禮。⓪

じきでん【直伝】（名）直接傳授；☆直伝
を受ける／受直接傳授。⓪

しきど【識度】（名）〔文〕見識和度量。

じきとう【直答】（名・自サ）直接回答；
☆直答を求（もと）める／要求直接答覆
；☆明日直答する／明天當面答覆。⓪

じきに【直に】（副）①立即，立時，馬上
（＝すぐ）；☆直に済む／馬上就完；☆
この子は直に物を覚える／這個孩子記性
很好；②容易，動不動就；☆あの人は直
に怒（おこ）る／那個人說生氣就生氣；
☆直に風邪をひく／動不動就感冒，容易
感冒。⓪

じきひつ【直筆】（名）親筆，親筆寫的文
件；☆直筆の手紙／親筆信；☆この書付
は彼の直筆だ／這個條子是他親筆寫的⓪

しきふ【敷布】（名）床單（＝シーツ）；
☆敷布を敷く／舖床單。⓪

しきふく【式服】（名）禮服。⓪

しきぶとん【敷布団・敷蒲団】（名）褥子
；☆敷蒲団を敷く／舖褥子；↔かけぶと
ん。③

*しきべつ【識別】（名・他サ）識別，辨別
（＝みわける）；☆色の識別／辨別顏色
；～ほう【識別法】（名）☆卵
のよしあしの識別法／鷄卵好壞識別法⓪

しきぼう【指揮棒】（名）〔樂〕指揮棒（
＝タクト）；☆指揮棒を執る／指揮②⓪

じきまき【直播】（名・他サ）〔農〕直接
播種（不栽苗）。⓪

しきもう【色盲】（名）〔醫〕色盲。⓪

しきもの【敷物】（名）舖的東西（指舖蓆
、褥墊等）；☆床（ゆか）に敷物を敷く
／地板上舖上地毯；☆客に敷物をすすめ
る／給客人拿坐墊。⓪

しきゃ【（修助）〔方〕＝しか；☆これしき
ゃない／只有這些。

しぎやき【鴫燒】（名）〔烹飪〕醬茄子⓪

しきゅう【子宮】（名）〔解〕子宮；～が
ん【子宮癌】（名）〔醫〕子宮癌。⓪

*しきゅう【支給】（名・他サ）支付,支給
；☆旅費を支給する／支付旅費。⓪

しきゅう【四球】（名）〔棒球〕四個壊球
，フォアボール。⓪

しきゅう【死球】（名）〔棒球〕死球（＝
デッドボール）。⓪

*しきゅう【至急】（名）火急；☆至急の電
報／急電,快電；☆至急（に）御返事下
さい／請趕快回信；～ほう【至急報】（
名）快電。⓪

しきゅう【始球】（名）〔棒球〕開球；～
しき【始球式】（名）開球式。⓪

じきゅう【自給】（名・他サ）自給；～じ
そく【自給自足】（連語・名・自サ）自給
自足；☆棉花は既に自給自足の域に達し
た／棉花已經達到能够自給自足的地步⓪

じきゅう【持久】（名・自サ）持久；☆持
久する力がない／没有持久力；～せん【
持久戦】（名）持久戦；～りょく【持久
力】（名）持久力。⓪

しきょ【死去】（名・自サ）死,逝世；☆
彼の死去はみんなに惜（お）しまれた／
他的逝世大家都認爲惋惜。②

じきょ【辞去】（名・自サ）告辞。⓪

しきょう【市況】（名）〔經〕市場情況；
商情☆市況が活潑である／交易暢旺②⓪

しきょう【司教】（名）〔宗〕（天主教的）
主教。⓪②

しきょう【詩経】（名）詩經。②

しきょう【詩興】（名）〔文〕詩興；☆詩
興が湧（わ）く／詩興大發。⓪

しぎょう【始業】（名・自サ）始業,開始
授課,開學；～しき【始業式】（名）開
學典禮。⓪

じきょう【自供】（名・自サ）〔法〕自己
供述,自供；☆共犯の自供によって捜査
を始める／根據共犯的自供開始偵查。⓪

*じぎょう【事業】（名）①事業,功業,業
蹟；☆困難な事業／艱難事業；☆千古
不磨の事業／千古不朽的功業；②〔經〕
企業；☆事業が不振となる／業務不振；
☆事業を起こす／創辦企業；～か【事業
家】（名）企業家,實業家。①

しきよく【色慾】（名）①色慾,情慾；☆
色慾を挑発する／刺激情慾；②色情和利
慾；☆彼は色慾共に強い／彼的情慾和利
慾都很盛。⓪②

しきょく【支局】（名）（郵局的）分局；
（報社的）分社。②⓪

じきょく【時局】（名）時局；☆時局を乗
り切る／闖過時局（的難關）；☆時局に
便乗（びんじょう）して金を儲ける／利
用時局來發財。①

じきょく【磁極】（名）〔理〕磁極。①

しきり【仕切】（り）（名・他サ）①〔（し
きる）的名詞形〕；加間壁；☆仕切りを
する／（室内）加上間壁,隔開；☆隣り
の庭との仕切りに塀がつくってある／和
隣家院子之間隔着板牆；②隔開的部分,
隔，間壁；☆四つ仕切りのあるかばん／
有四層隔的皮包；☆仕切りのある部屋／
有間壁的房間；③清算,清帳,結帳；☆
仕切りが遅い／（事情）了結得慢；④〔
角力〕（開始前）擺架式；☆仕切りが長
い／架式擺的時間長；～なおし【仕切直
し】〔角力〕重擺架式。

*しきりに【頻りに】（副）①頻,屢次,再
三（＝なんども、たびたび）；☆頻りに
催促する／屢次催促；☆頻りにうなずく
／再三點頭；②熱心；☆頻りに本を読む
／熱心讀書；☆頻りに勧（すす）める／
熱心（再三）勧説；③很甚；☆頭が頻り
に痛（いた）む／頭痛得很。⓪

しき・る【頻る】（自五）〔古〕（度數）
増加,頻繁起來；☆雨が降り頻る／雨大
起來,雨點密起來。

しき・る【仕切る】（他五）①加間壁,隔
間；☆部屋を三つに仕切る／把房間隔成
三個屋子；②結帳,清帳；☆一束五千円
で仕切る／每捆按五千元結帳；③完結,
了結；④〔角力〕擺架式。

じきわ【直話】（名・自サ）直接談話,親
口説的話；☆これは本人の直話だ／這是
本人親口説的話。⓪

じきわたし【直渡し】（名）〔商〕（交易
成立後）立時交貨。③

しきわら【敷藁】（名）（馬廐等）舗的藁
稈,舗草。

しきん【試金】（名）試金,鑑定含金成分
；～せき【試金石】（名）試金石。②⓪

*しきん【資金】（名）資金；☆資金が枯れ
る／資金用盡；☆資金を調達する／籌備
資金；～とうけつ【資金凍結】（名・連
語）資金凍結。②

しぎん【詩吟】（名）朗誦漢詩。⓪

しぎん【歯齦】（名）〔解〕牙齦；～えん

【歯齦炎】（名）〔醫〕牙齦炎。⓪1

し・く【如（若）く】（自四）〔文〕（下接否定語）如，若；☆用心するに如くはなし／莫若小心一些，最好小心一些。⓪

*し・く【敷く】Ⅰ（自五）舖上一層，落滿，舖上；☆落花が庭に散り敷く／落花滿庭；Ⅱ（他五）①舖；☆ござを敷く／舖蓆子；②舖上一層，撒上一層；☆道路に砂利を敷く／把小石子舖在道路上；③墊上；☆下に紙を敷く／底下墊上紙；④壓制，欺壓；☆亭主を尻に敷く／欺壓丈夫；⑤按在下面；☆強盜を組み敷く／把強盜按住；⑥佈，發佈，施行；☆背水の陣を敷く／佈背水爲陣，背水爲陣；☆命令を敷く／發佈命令；☆市制を敷く／施行（建立）市制；⑦敷設；☆鐵道を敷く／敷設鐵路。⓪

しく【四苦】（名）〔佛〕四苦（生老病死）；~はっく【四苦八苦】（名・自サ）①〔佛〕四苦八苦（生老病死加上愛離別苦、怨憎會苦、求不得苦、五陰盛苦）；②種種苦楚，非常苦惱；☆四苦八苦の目にあった／遭受了種種苦惱；☆不景気で小商人は四苦八苦の有様（ありさま）だ／因爲買賣蕭條，小本經營簡直苦得要命；☆病気と借金で四苦八苦する／病債纒身苦得要命。1 1

しく【詩句】（名）詩句；☆バイロンの詩句を暗誦する／背誦拜倫的詩句。2 1

*じく【軸】（名）①車軸；②畫軸；③畫；☆軸をかける／掛畫；④〔數・理〕軸；☆軸を中心として回轉する／以軸爲中心而廻轉；⑤〔蔬菜等的〕莖；⑥筆桿；☆ペンの軸／鋼筆桿。2 ⓪

じく【字句】（名）〔文〕字句；☆字句を修正する／修改字句。1

じくうけ【軸受・軸承】（名）①戶樞；☆ドアの軸受／門樞；②〔機〕軸承（＝ベアリング）。4

しくかつよう【しく活用】（名）〔語法〕文語形容詞語尾按〔しく、しく、し、しき、しけれ〕變化的活用；如：楽し。3

じくぎ【軸木】（名）①作畫軸用的木材；②火柴桿。⓪2

しぐさ【仕種・仕草】（名）①行爲，作法（＝しうち）；②〔演員的〕動作，身段；表情；☆仕種はうまいが、せりふはなっていない／身段（動作）很好，不過臺詞太糟了。⓪

ジグザグ【英・名・形 zigzag】Ⅰ（名）鋸歯形，犬牙形，電光形，Z字形的裝飾，線，道路，壕溝等；Ⅱ（形）鋸歯形的，電光形的，Z字形的，之字形的，彎彎曲曲的，曲曲折折的；Ⅲ（動）弄成Z字形，作Z字形進行；~うんてん【zigzag 運転】（名・他サ）蛇形行駛；~こうしん【zigzag 行進】（名・自サ）Z字形遊行。1 ⓪

*しくしく（副）①抽抽搭搭；☆しくしく泣く／抽抽搭搭地哭；②絲絲拉拉；☆腹がしくしく痛む／肚子絲絲拉拉地痛。2

じくじく（副・自サ）潮濕；☆じくじくした地面／潮濕的地面；☆汗で足の裏がじくじくする／因爲出汗脚心潮濕；☆じくじくと湿（しめ）っている／潮濕，濕得水淋淋的。1

*しくじり（名）〔（しくじる）的名詞形〕失敗，失策（＝しっぱい）；☆とんだしくじりをしてしまった／搞得大錯而特錯。4 ⓪

*しくじ・る（他五）失敗，失策；☆試験をしくじる／考試失敗。3

じくしん【軸心】（名）中心軸。⓪

シグナル【signal】（名）①信號（＝しるし、あいず）；②信號機；☆駅のシグナル／車站的信號機。⓪

じくばり【字配り】（名）字的排列；☆一つ一つの字はよく出来ているが字配りが悪い／每個字都寫得很好，就是排列得不好。2

*しくみ【仕組】〔（しくむ）的名詞形〕①結構，構造（＝くみたて）；☆ひとりでにドアが開く仕組になっている／門做得能自動地開門；②〔戲劇、小說等〕結構，情節（＝しゅこう、きゃくしょく）；☆劇の仕組／劇的情節；③計劃，企劃（＝くわだて）；☆大体の仕組／大體的計劃。⓪

*しく・む【仕組む】（他五）①編，編成（＝くみたてる）；☆事件を劇に仕組む／把事件編成劇；☆この劇はうまく仕組んである／這齣戲編得好；②編造，捏造；☆仕組んだ狂言／定好了的騙局；③構造；☆家は絶対に狂（くる）いがでないように仕組んである／房屋構造得絕不會歪斜；④計劃，企圖（＝たくらむ）；☆この殺人は自殺にみえるように仕組んである／這件殺人案子是故意做成像自殺似的2

し

じくもの【軸物】（名）畫，字畫（＝かけもの）。②

シクラメン【cyclamen】（名）〔植〕仙客來，報春花。③

しぐれ【時雨】（名）（秋冬之交下的）陣雨，忽降忽止的雨；☆一しきり時雨が降る／下一陣秋雨。◎

しぐ・れる【時雨れる】（自下一）①（秋冬之交）降陣雨；☆少し時雨れて来た／有點兒下起秋雨來；②流淚，哭；図しぐる（下二）。◎

じくん【字訓】（名）漢字的訓讀。◎

しけ【時化】（名）①（海上的）暴風雨；（海浪）洶湧；☆時化が来そうだ／要來暴風雨；☆時化に遭う／（在海上）遭到暴風雨；②（因波浪洶湧）打不着魚（＝ふりょう）；☆このごろは時化が続いている／近來總打不着魚；③〔轉〕（戲劇）不賣座；（生意）蕭條，沒有買主；☆商売も時化続きだ／買賣總也不見進展。②

しけ【湿気】（名）濕氣（＝しめりけ）②

しけい【死刑】（名）死刑；☆死刑に処する／處死。②◎

しけい【私刑】（名）私刑（＝リンチ）；☆私刑を加（くわ）える／加以私刑◎②

しげい【至芸】（名）〔文〕最高技藝，絕技。◎①

じけい【次兄】（名）次兄，二哥。①◎

しげき【史劇】（名）歷史劇；☆シェークスピアの史劇は古今（ここん）の傑作だ／莎士比亞的歷史劇是古今傑作。①

*しげき【刺激・刺戟】（名他サ）刺激，使興奮☆神経を刺激する／刺激神經☆刺激のない生活／平淡的生活。◎

しげく【繁く】（副）頻繁（＝おおく，しばしば）；☆繁く通（かよ）う／常來常往。①

しげしげ【繁繁】（副）頻繁，左一次右一次地；☆繁繁通う／屢次去；☆人の顔をしげしげと眺める／屢次（再三）望勞人的臉。①

しけつ【止血】（名・自他サ）止血；～ざい【止血剤】（名）止血劑。◎

じけつ【自決】（名・自サ）①自己決定；辭職；☆人に自決を迫る／迫令…辭職；☆民族自決の運動／民族自決運動；②（引咎）自殺。◎

しげみ【繁み】（名）（草木）繁茂處；☆

庭の繁みに小鳥が来て囀（さえず）る／在庭園草木繁茂處小鳥飛來啼鳴。③

しげりあ・う【繁り合う】（自五）（一片草木）繁茂，繁密。◎

しけ・る【湿気る】（自下一）潮濕；☆すっかり湿気ってしまった／濕透了。②

しけ・る【時化る】（自下一）①（海上）起暴風雨；（海浪）洶湧起來；☆海が時化る／海浪洶湧起來；②打不着魚；③〔轉〕（生意）蕭條，沒有買主；（手頭）拮据；（心情）鬱悶；☆時化た顔／窮得沒轍的神情。②

*しげ・る【茂（繁）る】（自五）（草木）繁茂；☆牧草が繁っている／牧草長得很茂盛。②

しけん【私見】（名）〔表謙〕（我）個人意見；☆私見によれば／據我看來；☆これは私の私見に過ぎない／這只是我個人的主觀看法。◎

*しけん【試験】（名・他サ）①考試；☆試験に合格する／考上，考試及格；☆試験を受ける／參加考試；②試驗，實驗；☆試験の結果、成績が良好である／試驗結果成績良好；～かん【試験管】（名）〔理〕試驗管；～かんとく【試験監督】（名・他サ）監考；監考者；～じごく【試験地獄】（名）（入學等競爭激烈的）考試難關；～もんだい【試験問題】（名）試題；～てき【試験的】（形動ダ）試驗性的；☆試験的に使ってみて下さい／請使一看看。②

しげん【至言】（名）極有道理的話，非常合理的話，至理名言；☆君の言ったことは至言だ／你說的非常有道理。◎

*しげん【資源】（名）資源；☆資源に富（と）む／資源豐富；☆資源を開発する／開發資源。①

*じけん【事件】（名）事件；（＝できごと，ことがら）；☆事件が起きる／發生事件；☆事件をもみ消す／把事件暗中了結（壓下去）。①

じげん【次元】（名）①〔數〕次元；②〔轉〕世界；立場；☆次元を異にする／立場不同。◎

じげん【時限】（名）規定的鐘點，定刻；☆時限すぎまで居る／待到規定鐘點以後；②課時，節；☆第一時限は哲学だ／第一節是哲學；～ばくだん【時限爆弾】（名）定時炸彈。①

しこ【四股】（名）〔角力〕足；☆四股を踏（ふ）む／〔角力〕左右兩腳交替高舉用力踏地。2

しご【死後】（名）死後；☆死後を頼む／委託後事；～きょうちょく【死後強直】（名）死後僵直（＝しごこうちょく）1

しご【死語】（名）已不使用的死語，廢詞1

しご【死期】（名）死期，臨終；☆死期を予知する／預先知道死期。1

しご【私語】（名）〔文〕私語（＝ささやき）；☆私語を禁ず／不准私語。1

*じこ【自己】（名）自己（＝おのれ、じぶん）；☆自己を省（かえり）みる／自我反省；～あんじ【自己暗示】（名）〔心〕自己暗示；～とうすい【自己陶醉】（名）自我陶醉；～ひはん【自己批判】（名）自我批評；～ぼうえい【自己防衛】（名）自衛；～りゅう【自己流】（名）自己獨特的幹法。1

*じこ【事故】（名）事故，故障；☆事故が起きる／發生事故；☆なんらの事故もなくて済（す）む／順利完結，平安了事1

じご【事後】（名）事後；☆事後の参考のため／爲了事後參考；～しょうだく【事後承諾】（連語・名）事後承諾。1

じご【爾後】（名・副）以後，今後。1

しこう【至高】（名）〔文〕至高，極高（＝さいこう）；☆彼の演技は至高の境地にある／他的演技達到最高境地。1

しこう【伺候・祗候】（名・自サ）①伺候；②問安；☆宮中に伺候する／進宮請安。12

しこう【志向】（名・他サ）志向；意向（＝いこう）。0

しこう【私行】（名）私人行爲，私生活；☆人の私行をあばく／揭發旁人的私生活0

*しこう【思考】（名・自サ）思考（＝かんがえ、しあん）；☆私の思考する所によれば／據我的思考（想法）；～りょく【思考力】（名）思考力（能）。0

しこう【指向】（名・他サ）指向；☆平和外交を指向する／以和平外交爲方針。0

しこう【施工】（名・他サ）施工；☆ダムの建設は来月から施工する／堰堤的建設從下月起施工。0

しこう【施行】（名・他サ）施行，實施；☆この法律は来月から施行する／這項法律自下月起施行；～さいそく【施行細則】（名）施行細則。0

しこう【試行】（名・他サ）試行，試辦；～さくご【試行錯誤】（連語・名）〔心〕試行錯誤（按照本能、習慣試行，屢經錯誤而逐漸得到適應）。0

しこう【嗜好】（名・自サ）嗜好，趣味；☆一般世人の嗜好に投ずる／迎合一般人的嗜好；～ひん【嗜好品】（名）嗜好品（茶、酒、茶等）。0

しこう【歯垢】（名）齒垢，牙垢（＝はくそ）。0

じこう【事項】（名）事項，項目（＝ことがら）；☆科学や芸術の事項／關於科學、藝術事項。1

じこう【時効】（名）〔法〕時效；☆時効によって免除された債務／因時效而免除的債務；☆時効にかかる（になる）／（債務等）因時效而免除。0

*じこう【時候】（名）時令，季節，氣候，天氣；☆時候が不順だ／氣候不正常；☆今は散歩によい時候だ／現在是適合散步的季節；☆時候の挨拶／問候語。0

じごう【次号】（名）（雑誌等的）下一期；下一期的雜誌。1

じごうじとく【自業自得】（名・連語）自作自受；☆かれが貧乏になったのも自業自得だ／他所以貧窮也是自作自受的41

じごえ【地声】（名）本來的嗓音。0

しごき【扱き】（名）〔しごく〕的名詞形；殘酷的鍛鍊。30

しご・く【扱く】（他五）①捋；☆槍を扱く／捋槍；☆ひげを扱く／捋鬚；②殘酷地鍛鍊。2

しごく【至極】（副）極，最，頂；☆至極満足です／非常滿足；☆至極御尤（もっと）もだ／您說得對極了，您說得一點兒不錯。1

じこく【自国】（名）本國；☆自国の人々／本國的人們；☆自国製の品／國產品1

*じこく【時刻】（名）時刻，時候（＝とき、おり、じかん）；☆約束の時刻／約定的時刻；☆もう仕事をやめてもいい時刻だ／已經到了可以收工的時候了；～ひょう【時刻表】（名）時間表。1

*じごく【地獄】（名）①〔佛〕地獄；②〔轉〕受苦的地方，明暗的地獄／人間地獄；③（火山的）噴火口；（溫泉的）噴熱火口；☆別府の地獄巡り／遊覽別府的各噴熱水口；◇地獄極楽はこの世にあり／所謂天堂地獄就在人間；地獄

で仏に遇ったよう／〔喩〕危難時得到意
外的拯救；**地獄にも鬼ばかりはない**／世
上也有善人君子；**地獄の一丁目**／險些週
難；**地獄の沙汰も金次第**／有錢能使鬼推
磨；**～え【地獄絵】**（名）地獄圖；**～み
【地獄耳】**（名）聽過永遠不忘；專善
於聽別人私密。③

しこしこ（副・自サ）（食物）經嚼，筋道；
☆**貝柱はしこしこしておいしい**／鮮乾貝
的筋道是很好吃。②

しごせん【子午線】（名）〔天〕子午線②

しこたま（副）很多（＝たくさん）；☆**し
こたま食った**／吃了很多，☆**しこたま儲
（もう）けた**／賺了很多錢。◎

しこつ【趾骨】（名）〔解〕趾骨。

＊**しごと【仕事】**（名）①活兒，工作；事，
職業；事業；☆**仕事をする**／做活兒；☆
かれは仕事に不熱心だ／他對於工作不熱
心；☆**仕事にかかる**／開始工作；☆**仕事
に迫われる**／忙不過來；☆**仕事が手につ
かない**／活兒幹不下去；②針線活兒，縫
紉；☆**針仕事**／針線活兒；⑨〔理〕功；
～ぎ【仕事着】（名）工作服；**～し【仕
事師】**（名）土木雜工；**～ば【仕事場】**
（名）工作場所；工作室。◎

しこな・す【仕熟す】（他五）（適當地）處理，（
適宜地）辦理；☆**仕事をしこなす**／適宜
處理工作；☆**難しい課題を簡単にしこ
なした**／把很難的課題簡簡單單地就處理
了。③

しこみ【仕込】（名）①〔（しこむ）的名
詞形〕，訓練，教育；☆**仕込が好い**／訓
練（教育）得好；☆**あの人の英語は英国
仕込だ**／他的英語是在英國學的；②（商
品等）採購，買進；☆**仕込をする**／採
購；③裝入（釀造原料），釀造；☆**酒の
仕込は冬に行なわれる**／釀酒是在多季下
料。◎

しこ・む【仕込む】（他五）①教育，訓練
；☆**よく仕込んだライオン**／訓練得很馴
服的獅子；☆**子供に商売を仕込む**／教給
孩子做生意；☆**犬に芸を仕込む**／訓練狗
耍玩藝兒；②採購，買進；☆**値上りを見
越して大量に仕込む**／預料漲價大量採購
；☆**商品を仕込む**／辦貨；③裝在裏面；
☆**杖に日本刀を仕込む**／把倭刀裝在手杖
裏；④裝入（釀造原料使醱酵），釀造；
☆**味噌（みそ）を仕込む**／下醬。②

しこり【痼・凝】（名）〔（しこる）的名

詞形〕①（肌肉）聚縮，發板，發硬；☆
肩に痼ができた／肩膀兒發板（硬）；②
（經和解後）感情還不融洽；☆**痼が解け
る**／融洽了。◎

しこ・る【痼る・凝る】（自五）（肌肉）
聚縮，發板，發硬。◎②

しこん【紫紺】（名）藍紫色。◎②

しさ【示唆】（名・他サ）唆使，暗示，啓
發；☆**示唆を与える**／唆使；暗示，啓發
；☆**中央日報の社説に示唆されるところ
が大きかった**／受到中央日報社論的啓發
很大。①

じさ【時差】（名）（各地的）時差；☆**パリ
とマニラの時差**／巴黎和馬尼拉的時差①

しさい【子細・仔細】（名）①緣故，緣由
（＝わけ、いわれ）；☆**これには子細が
あるに違いない**／這裏頭一定有個緣故；
②細情，詳情，底細；☆**彼は必ず仔細を
知っている**／他一定知道底細；☆**仔細を
語る**／述說詳情；③架子（＝もったい）
；☆**仔細らしい**／裝模作樣地；☆妨礙，
障礙（＝さしつかえ）；**～な・し【子細
無し】**（形ク）〔文〕沒有變故；沒有妨
礙，沒有困難；**～に【子細に】**（副）仔
細，縝密；☆**子細に見る**／仔細看①◎

しさい【司祭】（名）〔宗〕（天主教的）
司祭。◎

しさい【詩才】（名）詩才；☆**詩才がある**
／有詩才。

しざい【死罪】（名）死罪，死刑；☆**死罪
に処せられる**／被處死刑。①

しざい【私財】（名）自己的財產；個人財
產☆**私財を投ずる**／拿出自己的財產①◎

しざい【資材】（名）資材，材料；☆**建築
用の資材**／建築用材料。①

しざい【資財】（名）資產，財產；☆**資財
に富（と）む**／富有資產。①

じざい【自在】（名）①自由自在，不受拘
束；☆**伸縮自在である**／伸縮自如；②←
自在かぎ；**～かぎ【自在鉤】**（名）（爐
上用以吊銅壺等）可自由伸縮的鉤②◎

じざかい【地境】（名）地界；☆**地境に木
を植（う）える**／在地界上種樹。②

しさく【思索】（名・自サ）思索；☆**思索
にふける**／沉思。◎

しさく【施策】（名・自サ）施策，方策，
措施；☆**施策を講ずる**／採取措施；☆**水
害に対する施策は十分でない**／對於防禦
水災的措施不够充分。◎

しさく【試作】（名・他サ）①試製，試作
；☆この画は僕の試作だ／這幅畫是我的
試作；②試種；☆新種を試作する／試種
新種子。⓪

じさく【自作】（名・自サ）①自己作；自
己寫作；☆自作の詩／自己寫的詩；②自
己耕，自己耕作；☆自作のジャガいも
／自己種的馬鈴薯；～のう【自作農】（
名）自耕農。⓪

しさつ【刺殺】（名・他サ）①刺殺，刺死
；☆喧嘩の一方が刺殺された／打架的一
方被刺死了；②〔棒球〕（使跑者）出局
（＝タッチアウト）。⓪

しさつ【視察】（名・他サ）視察；☆大臣が
現場を視察する／部長視察現場；～だん
【視察団】（名）視察團。⓪

*じさつ【自殺】（名・自サ）自殺；☆自殺
を企（くわだ）てる／企圖自殺；☆首を
くくって自殺する／自縊，上吊；～てき
【自殺的】（形動ダ）自殺性的；☆自殺
的な行為／自殺（性的）行為。⓪

しさ・る【退る】（自五）後退；☆後へ退
ると壁にぶつかる／往後一退就要撞到牆
上。②

しさん【四散】（名・自サ）四散；☆叱ら
れた子供らが四散した／遭受申斥的孩子
們跑散了。⓪

しさん【私産】（名）〔文〕私產，私有財
產；☆私産をもって学校を建（た）てる
／用私產建立學校。⓪

しさん【試算】（名・他サ）①試算；②檢
算（有無錯誤）。⓪

しさん【資産】（名）①財產；☆資産のあ
る家に生（う）まれた／出生在有錢人家
；②資産；☆資産と負債／資産和負債；
～か【資産家】（名）資產家。⓪

しさん・しざん【死産】（名・自サ）〔醫〕
死產；～じ【死産児】（名）死產兒。①⓪

じさん【自賛・自讃】（名・自サ）①自畫
自讚；②自讚，自誇，自己吹噓（＝じま
ん）；☆みずから自讃する／自己吹噓⓪

じさん【持参】（名・他サ）拿出，帶來；
☆井上君持参／（寫在信封上）煩井上君
面交；☆昼食は各自持参すること／午飯
要個人自帶；～きん【持参金】（名）（
新娘帶來的）陪嫁錢；～にん【持参人】
（名）（票據的）拿來者，持票人；～に
んばらいてがた【持参人払手形】（名）

憑票即付的票據。⓪

しし【雅】（名）〔古〕①獸，野獸；②野
猪，鹿；③獵獸。①

しし【史詩】（名）〔文〕史詩；～げき【
史詩劇】（名）史詩劇。①

しし【四肢】（名）四肢（＝てあし）；☆
四肢を動かす／活動四肢；～まひ【四肢
麻痺】（名）〔醫〕四肢麻痺。①

しし【嗣子】（名）〔文〕嗣子（＝あとつ
ぎ）。①

しし【獅子】（名）①〔動〕獅子（＝ライ
オン）；②←獅子頭；③←獅子舞；◇獅
子に鰭（ひれ）／如虎生翼；獅子の子落
とし／置自己兒子於艱苦境地以資鍛錬；
～がしら【獅子頭】（名）做獅子頭作的
假面；～ざ【獅子座】（名）〔天〕獅子座
；～しんちゅうのむし【獅子身中の虫】
（連語・名）①〔佛〕誹佛的佛弟子；②
〔轉〕害羣之馬；③恩將仇報者；～ばな
【獅子鼻】（名）獅子鼻，扁而敵的鼻子
；～ふんじん【獅子奮迅】（名・自サ）
勇猛奮鬪，猛烈突擊；～まい【獅子舞】
（名）舞獅，戴獅子假面的舞蹈。①

しじ【支持】（名・他サ）支持，擁護；☆
共和党を支持する／支持共和黨；～しゃ
【支持者】（名）支持者。①

*しじ【私事】（名）①私事；②秘密的事
；☆私事を発（あば）く／揭露私密；☆
他人の私事に口を入れる／干預旁人的私
事。①

*しじ【指示】（名・他サ）指示；☆指示を
与える／指示；☆指示に従う／遵從指
示；～やく【指示薬】（名）〔化〕指示
藥。①

しじ【師事】（名・自サ）師事之，尊爲師
；☆多年あの方に師事して来た／我多年
來以他爲師。①

しじ【次子】（名）〔文〕次子（＝じなん）①

しじ【侍史】（名）〔文〕①（在旁服侍的）秘
書；②寫在信封對方名下，表示敬意（言
不敢直接奉上，特通過秘書呈上之意）①

しし【磁子】（名）〔理〕磁子。

じじ【祖父】（名）〔文〕祖父（＝じじい）①②

じじ【爺】（名）〔文〕老頭，老人（＝じ
じい）。①②

じじ【時事】（名）時事；☆時事に明るい
／通曉時事；☆時事解説者／時事評論
家。①

*じじ【時時】（副）〔文〕①時時，有時（

=ときどき）；②屢次，時常（＝しばしば）；〜こっこく【時時刻刻】（名）時時刻刻；☆時勢は時時刻刻変化している／時勢時時刻刻在變化。①

じじい【祖父】（名）祖父。②

じじい【爺】（名）老頭，老人（＝としより，ろうじん）。②

しじき【指示器】（名）指示器（＝インジケーター）。②

しじげん【四次元】（名）四次元。②

ししそんそん【子子孫孫】（名）子子孫孫，子孫萬代；☆子子孫孫に至るまで／直到子孫萬代。①一⓪

しじだいめいし【指示代名詞】（名）〔語法〕指示代名詞。⑤

ししつ【紙質】（名）紙的質量；☆紙質は上等だ／紙的質量很好。⓪

ししつ【脂質】（名）〔生・化〕脂質（＝リポイド）。⓪

ししつ【資質】（名）天性，秉性（＝うまれつき）；天資；☆すぐれた資質の持主／天資聰明的人。①

じしつ【自失】（名・自サ）〔文〕自失；☆茫然自失する／茫然自失。⓪

じしつ【自室】（名）自己的房間。⓪

じしつ【痔疾】（名）〔醫〕痔（瘡）。⓪

*じじつ【事実】Ⅰ（名）事実；☆赤裸裸（せきらら）の事実／赤裸裸的事实；☆事実を曲（ま）げる／歪曲事实；Ⅱ（副）實際上；☆事実そんなことは不可能だ／實際上那是辦不到的；〜じょう【事実上】（副）事実上。①

じじばば【爺婆】（名・連語）老頭和老婆①②

じじばば【祖父祖母】（名・連語）祖父和祖母。①②

しじま【無言】（名）〔文〕①啞口不作聲，沉默；☆二人が向かいあって坐ったまま無言は続いた／兩人對面坐着許久不作聲；②寂靜；☆無言を破って大きな物音（ものおと）がした／很大的響聲打破了寂靜。⓪①

しじみ【蜆】（名）〔動〕蜆（像蛤的軟體動物，產在淡水中，味鮮美）。⓪

じじむさ・い（形）骯髒的，不整潔的（＝きたならしい）；☆じじむさい姿／骯髒的穿着（樣子）。④

しじゃ【支社】（名）①分公司；分社；↔ほんしゃ（本社）；②（神社的）支社①

*ししゃ【死者】（名）死者；因故致死者；☆事故で多数の死者を出した／因事故死了許多人；☆死者の為の祈り／爲了死者的祈禱；爲死者祝冥福。①②

ししゃ【使者】（名）使者；☆使者をつかわす（たてる）／派遣使者。①

ししゃ【試写】（名・他サ）（電影的）試映，預映；☆試写を行なう／試映，預映；〜かい【試写会】（名）試映會。①

ししゃ【試射】（名・自サ）試験射撃；〜だん【試射弾】（名）試射彈。①⓪

じしゃ【寺社】（名）〔文〕寺院和神社①

じしゃ【侍者】（名）〔文〕侍者。①

ししゃく【子爵】（名）子爵。①

じしゃく【磁石】（名）①〔礦〕磁鐵礦；②磁鐵；☆磁石は鉄を引く／磁鐵吸鐵；③磁針，指南針；☆磁石を頼（たよ）りに歩く／憑指南針走路。①

じしゃく【自若】（形動タルト）自若，鎮靜；☆泰然自若として／泰然自若地；☆自若たる態度／（泰然）自若的態度。⓪

しゃごにゅう【四捨五入】（名・他サ）四捨五入；☆小数点以下は四捨五入する／小數點以下四捨五入。①一⓪

ししゅ【死守】（名・他サ）死守；☆陣地を死守する／死守陣地。①

ししゅ【旨趣】（名）〔文〕趣旨（＝むね，わけ）；☆この旨趣を御諒承下さい／請您體諒諒這個意思。①

ししゅ【詩趣】（名）〔文〕詩趣；☆詩趣に富（と）む／富有詩趣。①

じしゅ【自主】（名）自主，獨立自主；☆自主の精神／獨立精神；〜けん【自主権】（名）自主權；〜てき【自主的】（形動ダ）自主的，獨立自主的；自動自發的；☆外交は自主的にやるべきだ／應該獨立自主地辦外交。①

じしゅ【自首】（名・自サ）〔法〕自首；☆犯人は警察署に自首した／犯人到警察局自首投案了。⓪①

ししゅう【詩集】（名）詩集；☆詩集を出す／出刊詩集。①

ししゅう【刺繍】（名・他サ）刺繍；☆金糸（きんし）で花鳥を刺繍する／用金線刺繍花鳥；☆刺繍糸／繍線。⓪

*しじゅう【始終】Ⅰ（名）始終，自始至終，顚末；☆始終を明らかにする／明確顯

末；Ⅱ（副）①始終，自始至終；☆旅行
中始終彼と一緒だった／在旅途中始終和
他在一起啦；②經常，屢次（＝いつも）
；☆始終お邪魔に上がります／經常來打
擾；③不斷（＝たえず）；☆始終言って
聞かしている／不斷地告誡他。１

じしゅう【自宗】（名）〔宗〕本宗派。１

じしゅう【自習】（名・自サ）自習；☆家
で自習する／在家自習。０

じしゅう【次週】（名）下星期（＝らいし
ゅう）；☆次週のプログラム／下週的節
目。０

じじゅう【侍従】（名）①侍從；②侍從
的官員；③侍從局的官員。０

しじゅうで【四十腕】（連語・名）四十
歳左右所感覺的手腕疼痛；↔ごじゅうか
た（五十肩）。１

しじゅうから【四十雀】（名）〔動〕山雀
，鴗。２

しじゅうくにち【四十九日】（名）〔佛〕
（死後）七七（舉辦的佛事）。２４

しじゅうしょう【四重唱】（名）〔樂〕四
重唱。２

しじゅうそう【四重奏】（名）〔樂〕四重
奏。２

しじゅうはって【四十八手】（名）①〔角
力〕四十八招；②權謀數術；處世手法；
☆世間の四十八手の裏表を心得ている／
精通處世的種種妙訣。４

ししゅく【私淑】（名・自サ）私淑，衷心
景仰；☆私の私淑している人／我衷心景
仰的人。０

しじゅく【私塾】（名）私塾；私人開的補
習班☆私塾を開（ひら）く／開私學館。０１

じしゅく【自肅】（名・自サ）自愼，自己
謹愼言行；～じかい【自肅自戒】（名・
自サ）自愼自戒。０

ししゅつ【支出】（名・他サ）支出，開支
；☆国庫から支出する／由國庫支付；☆
支出を削減する／削減開支；↔しゅうに
ゅう（收入）。０

しじゅん【諮詢】（名・自サ）諮詢。０

じじゅん【耳順】（名）〔文〕耳順；六十
歳。０

ししゅんき【思春期】（名）思春期，春情
發動期。０

ししょ【四書】（名）四書；～ごきょう【
四書五経】（名・連語）四書五経。１

ししょ【史書】（名）〔文〕史書；☆史書

を繙（ひもと）く／翻閱史書。１

ししょ【支所】（名）（公司、機關等的）
分處，辦事處。１

ししょ【支署】（名）（稅局、警察署等的）
分署。１

ししょ【私書】（名）①私人信件；②秘密
信件；～ばこ【私書箱】（名）（郵局所
設租給私人的）信箱。１

ししょ【司書】（名）圖書館館員。１

しじょ【子女】（名）〔文〕①子女；☆子
女の教育／子女教育；②女兒；☆良家の
子女を嫁（よめ）にもらう／娶良家女兒
作媳婦。０

じしょ【字書】（名）字典，字彙；☆字書
を引（ひ）く／查字典。１

じしょ【自書】（名・他サ）自己書寫；☆
自書した原稿／自己寫的原稿。１０

じしょ【自署】（名・自サ）自己簽名；☆
本人が自署した願書／本人親自簽名的申
請書。１０

じしょ【地所】（名）地皮，土地；☆家を
建てるため地所を買う／為蓋房子買一塊
地；☆百坪の地所／一百坪的地皮。１

じしょ【辞書】（名）辭書，辭典；☆辞書
を引く／查辭典；☆その語はこの辞書
には出ていない／那個詞在這部辭典裏沒
有。１

じじょ【自序】（名）自序，（著作者的）
序文；☆巻頭に著者の自序がある／卷首
有著者的自序。１

じじょ【自叙】（名）自敍；～でん【自叙
伝】（名）自傳。１

じじょ【次女】（名）次女。１

じじょ【次序】（名）〔文〕次序，順序１

じじょ【自助】（名）自助；☆自助の精神
／自助精神。１

じじょ【侍女】（名）侍女，女僕。１

ししょう【支障】（名）故障，障礙（＝さ
しつかえ）；☆支障を来（きた）す／發
生障礙，有妨礙。０

ししょう【死生】（名）〔文〕死生；傷亡
；☆死傷者を出す／出現傷亡者。０

ししょう【死傷】（名・自サ）①死傷；②
死者和傷者；☆敵に多大（ただい）の死
傷を被らす／使敵人遭受慘重死傷；☆死
傷実に五十になった／死傷竟達五十名；
～しゃ【死傷者】（名）死傷者。０

ししょう【私消】（名・他サ）侵吞公款，
貪汙。０

ししょう【私娼】（名）暗娼，賣淫婦；☆私娼狩りをする／（警察）抓賣淫婦；～くつ【私娼窟】（名）暗娼的巢穴，賣淫婦集處。⓪

ししょう【師匠】（名）（教授技藝等的）先生，老師；☆三味線（しゃみせん）の師匠／教授彈三絃的先生；☆踊（おど）りの師匠／舞蹈教師。①②

しじょう【史上】（名）歷史上；☆史上稀（まれ）な例／歷史上罕有的例子；☆史上の人となる／成爲歷史上的人物。⓪

しじょう【市場】（名）市場（＝いちば，マーケット）；☆市場を求める／尋求市場；☆市場を操縱市場～かかく【市場價格】（名）市場價格 ⓪①

しじょう【至上】（名）至上，最上；☆至上の光榮／無上光榮；～めいれい【至上命令】（名）〔哲〕至上命令。⓪

しじょう【糸狀】（名）線狀，絲狀；～かんもう【糸狀冠毛】（名）〔植〕線狀冠毛；～きん【糸狀菌】（名）〔植〕線狀菌，黴；～たい【糸狀体】（名）〔解〕線狀體。⓪

しじょう【至情】（名）①眞誠（＝まごころ，まこと）；☆至情に動かされる／爲眞誠所感動；☆至情を吐露する／吐露衷曲；②（人之）常情；☆そうするのが人の至情である／那樣做是人之常情。⓪

しじょう【私情】（名）①私人情誼，私情；☆私情にとらわれない（拘泥しない）／不徇私；☆私情を捨てる／抛棄私情；②私心；☆私情をさしはさむ／挾私；③個人感情；☆私情としては罰するに忍（しの）びない／從私情來說不忍處罰。⓪

しじょう【翅狀】（名）翅狀。

しじょう【紙上】（名）①紙上；☆紙上の計畫／紙上計劃，紙上談兵；②報紙上；雜誌上；☆紙上の論戰／報紙（雜誌）上的論戰（爭論）。⓪

しじょう【試乘】（名・自サ）①試乘；②（在試車時）坐乘；☆新しく開通した鐵道に試乘してきた／試乘了新通車的火車。⓪

しじょう【詩情】（名）詩情；詩興；☆詩情をそそる／引起詩興。⓪

しじょう【誌上】（名）雜誌上；☆次号の誌上で発表する／在下期雜誌上發表。⓪

じしょう【自称】（名・自サ）①自稱；☆弁護士と自称する／自稱是律師②〔語法〕第一人稱；☆自称的代名詞／第一人稱的代名詞。⓪

じしょう【次章】（名）下一章；☆次章で述べる／在下一章中敍述。①

じじょう【自乘】（名・他サ）〔數〕自乘；☆九の自乘は八十一です／九的自乘是八十一；～こん【自乘根】（名）自乘根，四方根。⓪

＊じじょう【事情】（名）①情形，情況，情勢；內情；☆家庭の事情／家庭情況；☆事情已むなく／迫不得已；☆事情を悉くうちあける／把實情全部說出來；☆事情の許す限り／只要情勢許可；②緣故，緣由；☆何か事情があって來られなかったに違いない／一定有什麼緣故才沒能來；☆どういう事情でやめたのか／你爲什麼不幹了呢？⓪

じじょう【磁場】（名）〔理〕磁場。⓪

じじょうじばく【自繩自縛】（連語・名）作繭自縛；☆自繩自縛に陷る／陷於作繭自縛。⓪

ししょうせつ【私小説】（名）①以自己生活體驗爲題材的一種小說；②以第一人稱寫的小說。②

ししょく【試食】（名・他サ）試食，品嚐；～かい【試食会】（名）品嚐會。⓪

ししょく【試植】（名・他サ）試植，試種（新品種植物）；☆新しい品種を試植する／試種新品種。⓪

じしょく【辞職】（名・自サ）辭職；☆辞職を迫る／逼令辭職；～ねがい【辞職願い】（名）辭呈；☆辞職願いを出す／提出辭呈。⓪

ししん【至心】（名）〔文〕誠心，誠意（＝まごころ）；☆至心を以て事に当たる／以誠意對待。①⓪

ししん【私心】（名）私心，利己心；☆私心を挾む／挾私；☆私心のない／沒有私心的，不是爲己的。⓪

ししん【私信】（名）①〔文〕秘密通信；②私人信件；☆私信を公開する／把私信公開出來。⓪

ししん【指針】（名）①（羅盤或儀器上的）指針；②〔轉〕指南，方針；☆行動の指針／行動的指南。⓪

ししん【視診】（名）〔醫〕望診，用肉眼診察。⓪

しじん【市塵】（名）〔文〕①市塵，城市的塵垢；②城市的喧鬧。⓪

しじん【私人】（名）私人，個人；☆私人の資格で／以個人資格。⓪

*しじん【詩人】（名）詩人；☆桂冠詩人（けいかんしじん）／桂冠詩人。⓪

*じしん【自身】（名）自身，本身，自己（＝じぶん）；☆彼は自身でやって来た／他自己來了；☆働くことそれ自身が快楽を伴うものだ／勞動本身就附帶著快樂①

*じしん【自信】（名）自信，信心；☆勝つ自信がある／有獲勝的信心；☆自信が強い人／非常有自信的人，驕傲的人；☆自信満満である／滿懷信心；☆自信を失った／失去了信心。⓪

*じしん【地震】（名）①地震；☆地震が起こる／發生地震；☆日本は地震が多い／日本時常發生地震；②〔俗〕人事大變動；◇地震、雷、火事、親父（おやじ）／四大怕：最可怕的事情；～けい【地震計】（名）地震計。⓪

じしん【時針】（分）（鐘錶的）時針；↔ふんしん（分針）。⓪

じしん【磁針】（名）〔理〕磁針；◇磁針は南北を指す／磁針指向南北；～ほうい【磁針方位】（名）磁針方位。⓪

じしん【自刃】（名・自サ）（用刀）自殺⓪

じじん【自尽】（名・自サ）自殺，自盡。⓪

ししんけい【視神経】（名）〔解〕視神經②

じす【辞す】→じする（辞する）。①

ジス【JIS】（Japanese Industrial Standard）（名）日本工業規格，日本工業標準。⓪

しすい【死水】（名）（不流動的）死水①

しずい【歯髄】（名）〔解〕牙髓；～えん【歯髄炎】（名）〔醫〕牙髓炎。①

じすい【自炊】（名・自サ）自炊，自己做飯。⓪

しすう【指数】（名）指數；☆指数で表わす／用指數表示；☆物価指数（ぶっかしすう）／物價指數；～かんすう【指数函数】（名）〔數〕指數函數。②

しすう【紙数】（名）①紙的數量；②頁數，篇幅；☆紙数に限りがある／篇幅有限②

じすう【字数】（名）字數。②

*しず・か【静か】（形動ダ）①静止，不動（＝うごかない）；☆静かにしないと命がないぞ／不要動，不然就要你命！②穩静，沉靜，平靜，安靜（＝おだやか，おちついている）；☆世の中は静かだ／社會很安靜；☆騒（さわ）ぎがないで静かに

しなさい／不要吵鬧安静些！☆静かに考えてみたまえ／你冷靜地想一想；③慢慢，輕輕（＝ゆっくり）；☆静かに戸を開けた／輕輕地開門；☆静かな調子で話す／慢慢地述説；④静，寂静，肅静（＝ものおとがない）；☆静かに夜があけた／天静悄悄地亮了；☆場内は水を打ったように静かになった／場内寂静無聲了；☆この近所は静かだ／這一帶很安静；～さ（名）。①

*しずく【雫】（名）水點，水滴，點滴（＝したたり）；☆雫が垂れる／往下滴水；☆涙の雫／一滴淚。③

しずけ・し【静けし】（形ク）〔文〕静，平静，寂静；～さ（名）寂静，肅静；☆死のような静けさ／死一般的寂静；☆嵐の前の静けさ／暴風雨前的寂静。②

しずしずと【静静と】（副）静悄悄地，安祥地（＝しずかに，しとやかに）；☆静静と歩む／悄悄地走。①

シスター【sister】（名）①姊妹；②〔學〕女友；③〔宗〕修女。①

システム【system】（名）系統，體系，組織；☆システムが整（ととの）っている／有系統。①

ジステンパー【distemper】（名）犬温熱（幼犬的一種急性傳染病）。③

ジストマ【distoma】（名）〔動〕二口蟲，肝蛭。①

じすべり【地滑り】（名・自サ）地表滑落，山崗。②

しすま・す【為済ます】（他五）①做完，辦完（＝しとげる）；②做得漂亮；☆うまくしすましたと油断する／以為做得很漂亮而疏忽大意。③

しずまりかえ・る【静まり返る】（自五）（變得）鴉雀無聲；☆あたりは静まり返っていた／周圍萬籟俱寂。⑤

*しずま・る【静（鎮）まる】（自五）①寂静起來；變平靜（＝しずかになる）；☆波が静まる／浪靜；②平定，鎮定（＝おさまる、おちつく）；☆騒動は鎮まった／騒動平息了；③（風等）平息，漸微（＝なぎる、おとろえる）；☆風が静まった／風息了；④睡覺（＝ねむる）；☆子供らは皆静まった／孩子們都睡了；⑤供奉；☆この宮に鎮まる神／這座廟供的神③

*しず・む【沈む】Ⅰ（自五）①沉入（水中、地平線下）；☆沈んだ船／沉了的船；

☆どんどん沈んで行く／眼看着沉下去；②（意気）消沈，鬱悶（＝きがふさぐ）；☆気が沈む／心情鬱悶，消沉；☆悲しみに沈む／悲傷；③痛哭（＝はげしくなく）；☆涙に沈む／痛哭；④〔經〕（行市）暴跌；⑤〔畫〕（色調）變暗淡（不刺眼）；☆金泥が沈んで落着きのある色になる／塗的金粉變成不太刺目的色調；◇沈む瀬あれば浮かぶ瀬あり／（人生）榮枯無常；Ⅱ（他下二）〔文〕→しずめる。⓪

じず（づ）め【字詰】(名)字的排列 ☆400字詰の原稿用紙／（一頁）400字的稿紙。

しず・める【沈める】（他下一）把…沉入水中；☆船を沈める／使船沉入水中，把船擊沉；☆潜水艦を沈める／把潜水艇沉入水中；図しずむ（下二）。⓪

*しず・める【鎮める】（他下一）①使鎮靜下來，使沉靜下來；☆気を鎮める／鎮定心神，使心情沉靜下來；②鎮，止；☆痛みを鎮める／鎮病，止痛；☆怒りを鎮める／息怒；③鎮定，平息；☆騒乱を鎮める／平息騒乱；④供神（於某地方）；図しずむ（下二）。③

じず（づ）ら【字面】(名)漢字等的排列様子 ☆字面が悪い／（漢字等）排列得不好。

──し・する【視する】（接尾・サ型）表示認爲，看做之意；☆困難視する／認爲困難。

し・する【資する】（自サ）①（對…）有益，有幫助，有貢獻；☆健康に資する／對健康有益；☆…の発達に資する／促進…的發達；②資助；図しす（サ）。②

じ・する【治する】Ⅰ（自サ）（病）痊癒（＝なおる）；Ⅱ（他サ）①治療，醫治（＝なおす）；②治（＝おさめる）；☆天下を治める／治理天下；☆河川を治める／治河；図じす（サ）。②

じ・する【持する】（他サ）持，保持，遵守；☆自説を固く持する／固執己見。②

じ・する【辞する】〔文〕Ⅰ（自サ）①告辭，辭別，辭去；☆父母の膝下を辞する／離開父母膝下；☆この世を辞する／與世長辭，逝世；②辭（職）；☆職を辞する／辭職；Ⅱ（他サ）辭，推辭，拒絶；☆死をも辞さない／雖死不辭；☆如何なる犠牲をも辞すべきではない／應該不惜任何犠牲；図じす（サ）。②

しせい【市井】(名)〔文〕市井（＝まち）；☆市井の徒／市井之徒。①

しせい【市制】(名)市制；☆市制をしく／施行市制；☆この町に市制がしかれた／這個鎮施行了市制。⓪

しせい【市政】(名)市政；☆市政は市長によって行なわれる／市政由市長執行⓪

しせい【四声】(名)（漢字的）四聲（平上去入）。⓪

しせい【司政】(名)〔文〕執掌地方行政，司政。⓪

しせい【死生】(名)死生；☆死生の巷に出入する／出生入死，出入於生死之間；☆死生を共にする／共生死。⓪

しせい【私製】（名・他サ）私人製造；～はがき【私製葉書】(名)私製明信片⓪

しせい【刺青】(名)紋身（＝いれずみ）⓪

**しせい【姿勢】(名)①姿勢（＝すがた、からだつき）；☆姿勢を直す／矯正姿勢；☆防禦の姿勢をとる／採取防禦的姿勢；②態度。⓪

しせい【施政】(名)施政；☆施政（の）方針／施政方針。⓪

しせい【雌性】(名)〔生〕雌性。⓪

じせい【自生】（名・自サ）自然生長；～しょくぶつ【自生植物】(名)自生植物⓪

じせい【自省】（名・自サ）自省，反省；☆深く自省する／深刻反省。⓪

じせい【自制】（名・自サ）自制，自己抑制；☆自制の気持が起こる／發生自制的心情。⓪

じせい【自製】（名・他サ）自己製造，自製；☆自製のラジオ／自己製造的收音機；～ひん【自製品】(名)自製品。⓪

じせい【時世】(名)時世，時代；☆時世の進歩／時代的進歩；☆あの頃とは時世が違う／和那時代不同。⓪

じせい【時制】(名)〔語法〕時態（現在、未來、過去等）。⓪

**じせい【時勢】(名)時勢；☆時勢に逆（さか）らう／反乎時勢；☆時勢に従う／順應時勢；☆時勢に遅（おく）れる／落後於時代。⓪

じせい【磁性】(名)〔理〕磁性；☆磁性のある鉄片／有磁性的鐵片。⓪

じせい【辞世】(名)①與世長辭，逝世；②臨終時的詩歌，絶命詩；☆彼は辞世の歌を一首したためて従容（しょうよう）と死についた／他寫了一首辭世詩從容死去了。⓪

しせいかつ【私生活】（名）私生活。[2]

しせいじ【私生児】（名）非婚生子。[2]

しせき【史跡，史蹟】（名），史蹟，古蹟；☆史蹟に富（と）む／有很多史蹟；☆史蹟を保存する／保存史蹟。[1]

しせき【史籍】（名）〔文〕史籍，史書；☆史籍を繙（ひもと）いて古人を偲（しの）ぶ／展開史書，追憶古人。[1]

しせき【歯石】（名）〔醫〕歯垢，牙垢；☆歯石がつく／長牙垢。[0]

じせき【次席】（名）次席，第二位，副職；☆Aの次席に坐る／坐在A的次席；☆次席の人／副座；☆次席で卒業する／畢業考第二名；☆課長が不在なので次席の者が代理をしている／因爲科長不在由副職代理。[0]

じせき【自席】（名）自己的坐席；☆自席を離（はな）れないようにしてください／請別離開自己的座位。[0]

じせき【自責】（名）自責，自咎；☆自責の念に駆（か）られる／受到良心苛責[0]

じせき【事績】（名）事績，功業，事業和功績；☆彼の事績は長く歴史に残るだろう／他的功業將永垂不朽吧。[0][1]

じせき【事跡・事蹟】（名）事蹟；☆史上の事跡／歴史上的事蹟。[1][0]

しせきえい【紫石英】（名）〔礦〕紫石英，紫水晶。[3][2]

しせつ【私設】（名）私人設立；☆その鉄道は私設だ／那條鐵路是私人修建的。[0]

*****しせつ**【使節】（名）使節；☆使節に行く／去當使節；～だん【使節団】（名）使節團。[1]

*****しせつ**【施設】（名・他サ）設備，設施；☆娯楽方面の施設が不足している／娯樂方面的設施不足。[1][2]

じせつ【自説】（名）己見；☆自説を捨てる／拋棄己見；☆自説を曲げない／固執己見。[0]

じせつ【持説】（名）平素所持之說（＝じろん）；☆これが僕の持説だ／這是我平素的主張。[1][0]

*****じせつ**【時節】（名）①時節，季節；☆種まきの時節／播種季節；☆時節はずれの／不合季節的，不合時令的；②時代，時世；☆せちがらい時節／人人自私自利的時代；③時機，機會；☆時節を待つ／等待時機；☆いよいよ時節到来だ／眼看機會來了；～がら【時節柄】（副）鑑於目

前局勢；☆時節柄、倹約せねばならぬ／鑑於時勢必須節約。[1]

しせん【支線】（名）（鐵路、電線等的）支線。[0]

しせん【死線】（名）①（監獄、集中營等周圍所設，跳越時即將開檜射擊的）線；②生死關頭；☆死線を越（こ）えて／不顧生死；死裏逃生；☆これまでに幾度か死線を越えている／迄今已經死裏逃生好幾次了。[0]

しせん【死戦】（名）死戰，決死戰，殊死戰。[0]

しせん【視線】（名）視線；☆視線を向ける／向…看去；☆視線をそらす／轉移視線；故意往旁處看；☆視線を避ける／逃避視線。[0]

*****しぜん**【自然】Ⅰ（名・形動ダ）①大自然，自然界，天地萬物；☆自然の力／自然力；☆自然と人生／自然和人生；☆自然の懐に抱かれて／在大自然的懷抱裏；②自然狀態；☆自然に帰る／回到自然狀態；③自然，當然；☆こうなるのは自然だ／形成這種情形（落到這步田地）是當然的；④自然，不加技巧（矯飾）；☆自然でない／不自然；☆自然の姿勢／自然的姿勢；☆自然の成り行きに任せる／聽其自然；Ⅱ（副）自然，自然而然地（＝おのずから、ひとりでに、おのずと）；☆無口だから自然友人も少ない／因爲不好說話自然朋友也就很少；☆あとで自然と分る／以後自然就會明白；☆動物や植物は自然に育つ／動物和植物都自然（而然）地生長；～えいよう【自然栄養】（名）自然營養；（嬰兒的）母乳營養；～かい【自然界】（名）自然界；～かがく【自然科学】（名）自然科學；～し【自然死】（名）老死；～しゅぎ【自然主義】（名）〔哲〕〔美〕自然主義；～すう【自然数】（名）〔數〕自然數；～すうはい【自然崇拝】（名）自然崇拝；～とうた【自然淘汰】（名）〔生物〕天然淘汰；～はっか【自然発火】（名）自然發火；～び【自然美】（名）自然美；～びょうしゃ【自然描写】（名）自然描寫。

しぜん【至善】（名）〔名〕〔文〕至善，極善；☆大学の道は至善に止まるにあり／大學之道在止於至善。[0]

じせん【自選】（名・他サ）①自己選舉自己；②自己選擇（作品等）；～かしゅう

【自選歌集】（名）自選詩集。◯

じせん【自薦】（名・他サ）自己推薦自己，自薦。◯

じぜん【次善】（名）次於最善，次善；☆次善の策／次善之策，第二善策。◯

じぜん【事前】（名）事前；☆事前に通告する／事前通知。◯

じぜん【慈善】（名）慈善；～いち【慈善市】（名）義賣，慈善市（＝バザー）；～か【慈善家】（名）善士；～こうぎょう【慈善興業】（名）義演（＝チャリティーショー）；～じぎょう【慈善事業】（名）慈善事業；善事。◯

しそ【始祖】（名）①始祖；②〔佛〕（禪宗）達摩大師。１

しそ【紫蘇】（名）〔植〕紫蘇。◯

しそう【死相】（名）死相；☆死相が現われている／現出死相。２◯

*しそう【思想】（名）思想；☆思想を表現する／表現思想；☆思想に乏しい作／思想性不強的作品；～はん【思想犯】（名）思想上的犯罪。◯

しそう【詞宗・詩宗】（名）〔文〕①大詩人；詩詞的泰斗；②對詩（詞）人的敬稱◯

しそう【詩想】（名）寫詩的構思。◯

しそう【歯槽】（名）〔解〕歯槽；～のうろう【歯槽膿漏】（名）〔醫〕歯槽膿漏◯

しぞう【死蔵】（名・他サ）死蔵（不用）；☆書物（しょもつ）を死蔵する／死蔵書籍（不看）。◯

しぞう【私蔵】（名）私人收藏（的東西）；☆私蔵の骨董／私藏的古董。◯

じぞう【地蔵】（名）〔佛〕地藏菩薩；～がお【地蔵顔】（名）①温和面龐；②笑容；～そん【地蔵尊】（名）地藏菩薩；～ぼさつ【地蔵菩薩】（名）地藏菩薩；～まゆ【地蔵眉】（名）彎曲的濃眉；◇借りる時の地蔵顔、返す時の閻魔顔／借時笑容滿面，還時臉似閻羅。２

しそく【子息】（名）兒子（＝せがれ，むすこ）；☆夫婦の間に二人の子息がある／夫婦之間有兩個男孩。１

しそく【四足】（名）〔文〕①四足，四條腿；②獣類；～じゅう【四足獣】（名）四足獣。１

しそく【四則】（名）〔数〕四則（加、減、乗、除）。１

しぞく【士族】（名）〔史〕①武士家族；②士族（明治維新後授給武士階級的族稱

之一，在華族之下，平民之上）；◇士族の商法／外行人做生意。１

しぞく【氏族】（名）氏族；；～せいど【氏族制度】（名）氏族制度。１

じそく【時速】（名）時速，一小時的速度；☆時速千キロの速さで飛ぶ／以時速一千公里的速度飛行。１

*じぞく【持続】（名・他サ）持續，繼續◯

しそこない【為損い】（名）做錯，搞壞，失敗；☆こんな為損いは二度としない／再也不會搞出這樣的失敗。◯

しそこな・う【為損う】（他五）做錯搞壞，失敗（＝しくじる，しそんじる）；☆インチキを為損った／做假没做好，騙人没騙成。４

じぞめ【地染】（名）①染花樣以外的布；②當地染的布等。◯

しそん【子孫】（名）子孫，後裔；☆子孫に伝（つた）える／傳給子孫；☆子孫のために美田を買わず／不爲兒孫買良田１

じそん【自尊】（名）①自重；☆自尊の念が強い／自尊心很強；②尊大，自尊自大；～しん【自尊心】（名）自尊心；☆自尊心を傷（きず）つける／傷害自尊心◯

しそん・じる【為損じる】（他上一）搞壞，失敗（＝しそこなう，しくじる）；因しそんず（サ）。４

しそん・ずる【為損ずる】（他サ）＝しそんじる；☆せいては事を為損ずる／焦急會失敗的。４

*した【下】（名）①下，下邊，下面，底下；裏邊；☆坂の下／坡下；☆下の屋部／樓下的房間；☆下から五行目／從下數第五行；☆下へ降りる／下去；☆下へ落ちる／落下，掉下；☆下に着る／穿在裏邊；②（地位）低下（在…）以下；☆人の下になって働く／在他人手下工作；☆彼は私より一級下だ／他在我下一班；他比我低一級；☆彼には三つ下の弟がいる／他有比他小三歳的弟弟；☆三千円より下では売らない／低於三千元不賣；☆三十歳より下の人／三十歳以下的人；③預先，試；☆下相談／預先商量，醞釀；☆下調べ／預先調査；④〔古〕心裏，内心（＝こころのおく）；⑤（…以後）馬上，隨後；☆言う下から／言下，說了馬上◇下にも置かず／特別懇切款待◯２

*した【舌】（名）①〔解〕舌；☆舌を嚙み切る／咬斷舌頭；②〔轉〕話，說話；

☆舌の先でごまかす/用話支吾；⑨（鐘的）舌；◇舌が長い/話多，饒舌；舌がまわる/喋喋不休；舌三寸に胸三寸/說話用心都要謹慎；舌の根の乾（かわ）かないうち/話剛說完，言猶在耳；舌を出す/伸舌；暗中嗤笑；舌を二枚に使う/心口不一致，要兩面手法；舌をふるう/①雄辯，振振有辭；②吃驚，震驚；舌を巻く/非常驚訝；非常讚嘆；舌がもつれる/說話不俐落。[2]

しだ【歯朶・羊歯】（名）〔植〕①羊齒；②＝うらじろ（裏白）；〜るい【羊歯類】（名）〔植〕羊齒類。

じた【自他】（名）自己和他人；☆自他の区別を明らかにする/分淸自己和旁人；☆氏の権威は自他共に許すところである/他的權威是人所公認的。[1]

したあご【下顎】（名）下顎。[0]

*したい【死体・屍体】（名）屍體（＝しかばね）；☆死体は未だ発見されない/屍體還沒找到；☆死体を引き取る/領屍。[0]

したい【死胎】（名）死胎；〜ぶんべん【死胎分娩】（名）〔醫〕死產。[0]

したい【肢体】（名）①肢體，手足；②身體（＝からだ）；☆たくましい肢体/健壯的身體；〜ふじゆうじ【肢体不自由児】（名）殘廢兒童。[2]

したい【姿態】（名）姿態（＝からだつき，すがた）；☆彼女の姿態は美しい/她的姿態很美。[2]

*しだい【次第】（名）①次序，程序，順序；☆式の次第/儀式次序；②情形，緣由；☆事の次第/事情的情形；☆次第によっては/看情形（再…）☆☆まあざっとこんな次第です/情形大體就是這樣；☆こういう次第で/由於這種情形（緣由）；〜しだいに【次第次第に】（副）依次，逐漸（＝だんだん）；〜に【次第に】（副）依次，逐漸（＝だんだん）；☆次第に元気がよくなる/逐漸有精神起來；☆次第に遠（とお）ざかる/逐漸疏遠（離遠）。[0]

*しだい【次第】（接助）①馬上，立刻；（一俟）就，便（＝…や否や）；☆用事が済み次第帰る/事情辦完馬上就回去；☆品品索卽寄；☆夜が明け次第/一俟天亮便…；☆機会のあり次第/一俟遇到機會就…；②隨，按，要看，全憑；☆あなたの御

意見次第でどうでもよい/隨您的意思如何均可；☆これから先は君の腕次第だ/今後看你的能力如何了；☆万事は彼の決心次第だ/一切要看他的決心如何了；☆彼は細君（さいくん）の言いなり次第になっている/他任憑他老婆擺佈；⑧聽其自然，一任，聽任；☆枯れ次第/聽其枯萎；☆人の言いなり次第になる/旁人說什麼就是什麼（毫無己見）；◇地獄の沙汰も金次第/有錢能使鬼推磨，錢能通神。

しだい【私大】（名）←私立大學；〜で【私大出】（名）私立大學畢業生。[0]

じたい【字体】（名）；☆字体を楷書にする/字體決定為楷書；☆字体はゴチックがよい/字體是黑體字好。[0]

じたい【自体】Ⅰ（名）本身，自身（＝じしん）；☆それ自体の重み/它本身的重量；Ⅱ（副）原來，說起來（＝いったい，ぜんたい）；☆自体，君たちの態度が悪い/說起來，是你們的態度不好。[1]

*じたい【事体・事態】（名）局勢，情形，情勢；☆事態が重大化しつつある/局勢日漸嚴重；☆これは事態容易ならぬことになった/這一來情勢可嚴重了（不好辦了）；☆事態を知る/熟悉情形。[1]

*じたい【辞退】（名・他サ）辭退，謝絕；☆招待を辞退する/謝絕邀請；☆お礼を述べて辞退する/道謝後辭退。[1]

じだい【次代】（名）下一代；☆次代を受け継ぐ者/繼承下一代的人。[1]

じだい【地代】（名）①地租（＝ちだい）；☆地代を取り立てる/催收地租；☆地代で生活する/靠地租生活；②地價（＝ちか）。[1]

*じだい【時代】（名）①時代；☆オートメーション時代/自動化時代；☆時代の尖端を行く，時代のトップを切る/走在時代前頭；☆時代の波に乗らねばならない/必須趕上時代；☆時代が人を造る/時勢造英雄；②當時，當代，現代；☆時代の趨勢/現代的趨勢⑧（因歷經許多時代而具有的）古色；☆時代のついた花瓶/古色古香的花瓶；〜おくれ【時代遅れ】（名）落後於時代，（時代）落伍；〜げき【時代劇】（名）歷史劇；古裝劇；〜さくご【時代錯誤】（連語・名）①時代錯誤（＝アナクロニズム）；②（時代）落伍，落後於時代；〜のちょうじ【時代の寵児】（名）時代的寵兒；〜もの【時

代物】（名）①歷經許多時代之物，古物
；②以史實（特指江戶時代以前）爲題材
的「淨瑠璃」、「歌舞伎」；↔せわもの
（世話物）。⓪

*した・う【慕う】（他五）①戀慕；懷念（
＝こいしくおもう）；☆彼女は彼を深く
慕っている／她從心裏戀慕他；☆故郷を
慕う／懷念故鄉；②敬慕，敬仰，景仰，
欽慕；☆その先生は非常に生徒に慕われ
ている／那位老師非常受學生敬仰；③追
隨；☆後を慕って／追隨。⓪②

したうけ（おい）【下請（負）】（名・他
サ）轉包（工），轉承攬；☆建築工事を
下請する／轉包建築工程；☆仕事を下請
負に出すのを禁ずる／不准把工作轉包出
去；～にん【下請負人】（名）承受轉包
（工）人。③

したうち【舌打】（名・自サ）（不隨心或
厭煩等時）咋舌☆顔をしかめて、チェッ
と舌打する／皺起眉頭咋了一下舌頭④③

したうちあわせ【下打合（わ）せ】（名・
自サ）預先商談（接洽）。⓪

したえ【下絵】（名）①畫稿，畫草；②（
刺繡等畫在質地上的）畫；☆刺繡の下絵
／刺繡的底樣。⓪

したえだ【下枝】（名）下（邊的）枝；↔
うええだ（上枝）。⓪

したおび【下帯】（名）①〔古〕（繫在「
小袖」上的）束帶；②（男人的）丁字帶
（＝ふんどし）；③（女人的）圍腰布（
＝こしまき）；睡衣的束帶。⓪

*したが・う【従う】（自五）①跟隨（＝つ
きそってゆく）；☆後に従って行く／跟
在後邊走；②服從，依從，遵從，聽從（
＝ふくじゅうする、ききいれる）；☆無
理に従わせる／強使…服從；心の欲す
る所に従う／隨心所欲；③按照，順從（
＝おうずる）；☆実力に従って問題を与
える／按照實力出題；☆定說に従う／根
據定論；☆勧めに従う／聽勸；④順，沿
（＝そう）；☆河に従って曲がる／順河
彎曲；⑤仿傚（＝ならう）；☆古人の筆
法に従って書く／仿照古人筆法；☆慣例
に従う／仿照慣例；按照慣例。③

したが・える【従える】①伴同，率領（＝
つれてゆく，ひきつれる）；☆部下五名
を従える／率領五名部下；☆伴のものを
従える／帶着伙伴；②使服從，使臣從，
征服；☆敵を従える／征服敵人；因した

がふ（下二）。⓪

したがき【下書】（名・他サ）草稿；打稿
，寫草稿；①演說的下書／演說的草稿
；☆小説の下書をする／寫小說草稿；☆下
書せずに書く／不打稿就寫。⓪

*したがって【従って】（接）從而，因而，
所以（＝よって，それゆえに）；☆品は
上等、従って値段も高い／東西很好，因
而價錢也貴；☆文字を知らない。従って
新聞も読めない／不識字，因此報紙也看
不懂。⓪

*したぎ【下着】（名）穿在裏邊的衣服，貼
身衣服；☆婦人の下着／婦女的貼身衣；
☆下着に寝巻を着ている／貼身穿睡
衣。⓪

したきりすずめ【舌切雀】（名）〔童話〕被
剪掉舌頭的麻雀（一種動物報恩故事名）⑤

*したく【支度・仕度】（名・自サ）①準備
，預備；☆もう仕度はできたかね／已經
準備好了嗎？☆昼食の支度をする／準備
午飯；②穿出門的衣服（＝みじたく）；☆
今、仕度の最中です／現在正換衣服（打
扮）呢；～きん【支度金】（名）服裝費，
爲了就業或出嫁而做準備時所需要的錢⓪

したく【私宅】（名）私人住宅（＝じたく）⓪

*じたく【自宅】（名）家，本宅；☆自宅に
いる／在家；～りょうよう【自宅療養】
（名）在家療養。⓪

したくさ【下草】（名）樹下的雜草；林地
雜草。⓪

したげいこ【下稽古】（名・自サ）預先練習
，演習，預演；☆芝居の下稽古／排戲，
☆演説の下稽古をする／預先練習演說③

したけんぶん【下検分】（名・他サ）預先
檢查；預先實地檢查；☆会場を下検分し
て来る／預先檢查一下會場（是否準備妥
當）。③

したごころ【下心】（名）①內心，本心；
☆彼の下心を見抜く／看穿他的內心；②
（秘密的）用意，企圖，預謀；☆下心が
ある／有用意；☆下心があってお世辞を
言うのだ／是有什麼企圖才說奉承話；☆
私を娘の婿にしようという下心がある／
有意把女兒嫁給我。⓪

したごしらえ【下拵え】（名・自サ）①預
備，預先準備；☆下拵えがちゃんとでき
ている／全都準備好了，底子全打好了；
②草草準備，大致的準備。③

したさき【舌先】（名）①舌尖；②嘴，話

，巧辯；☆舌先でごまかす／用話支吾；
☆舌先三寸で身を立てる／全憑三寸之舌
往上爬。④③

したじ【下地】（名）①底子，基礎；準備
；☆下地はできている／底子打好了；②
素質；③内心，真心；④（塗臆的）底子
；⑤醬油；醬汁。◎

したし【仕出（し）】（名）①做出來（＝
つくりだすこと）；②（飯館）向外送菜
飯；外送的菜飯（＝でまえ）；～こう【
仕出港】（名）〔經〕發貨港，裝貨港；
～ち【仕出地】（名）〔經〕原產地；～
べんとう【仕出弁当】（名）飯館做好送
到家的飯盒；～や【仕出屋】（名）管送的
飯館；飯館送飯菜的人。◎

*したし・い【親しい】（形）①（血線關係）
近；☆親しい縁者／近親；②親近，親密
；☆二人は非常に親しい／兩個人非常親
近；◊親しき仲にも垣をせよ／親密也要
有個分寸；～げ【親しげ】（名）；☆二
人はいかにも親しげに話している／二人
非常親密地談着；～さ【親しさ】（名）；
☆親しさが足りない／不夠親密。③

したじき【下敷】（名）①塾在底下，壓在
底下；☆下敷の犬／塾在底下的格兒；☆
家が倒れて下敷になる／房子倒塌被壓在
底下；②塾兒；塾板，☆花瓶の下敷／花
瓶的塾兒。◎

したしく【親しく】（副）①親自；親眼
（＝みずから；まのあたり）；☆親しく検
分する／親自調查；☆親しく見た／親眼
看見，目擊；②親近，親密；☆親しく交
わる／親密往還。②

したしごと【下仕事】（名）①準備工作（
＝したごしらえ）；②轉包工，轉承攬（
＝したうけおい）。③

じたじた（副）濕淋淋。◎

*したしみ【親しみ】（名）親近，親密；親
密感情；☆親しみがある／有親密感情，
親近，親密；☆教師と生徒との間に親し
みが欠けている／師生之間缺少（親密）
感情。④◎

*したし・む【親しむ】（自五）親近，接近，
親密；☆親しみ易い人／易於接近的人；
☆読書に親しむ／喜好讀書；☆子供を自
然に親しませる／讓孩子們接近於自然③

したしょく【下職】（名）轉包工作（的人）
；在某人手下工作的人；☆部分品の製作
を下職に出してやらせる／把零件的製造

轉包出去。◎

したしらべ【下調べ】（名・自サ）①預先
調查；☆下調べがしていない／沒有預先
調查；②預習；☆明日の下調べを済ます
／做完明天的預習。③

したず【下図】（名）草圖；☆下図を引く
（書く）／畫草圖。◎

しだ・す【仕出す】（他五）①做出來；搞
出來；②做起來，搞起來；③（飯館）送
菜飯；☆料理を仕出す／（給主顧）送菜
飯；④累積（家私）；☆身代を仕出す／
累積家私。②

したず（づ）つみ【舌鼓】（名）＝したつづみ③

したず（づ）み【下積】（名）①裝在底下（的東
西）；☆下積の荷物／裝在底下的貨物；
☆下積になっている／壓在底下了；②受
人壓使爬不上去（的人）；受人壓迫站不
起來（的人）；☆下積の職員／爬不上去
的職員。◎

したそうだん【下相談】（名・自サ）預先
商議，（預先）醞釀；☆下相談（を）し
てみる／預先商議一下。③

したたか【強か】（副）①用力，痛（＝つ
よく）；☆強か打つ／痛打；②很多，好
些（＝おおく）；☆酒を強か飲む／喝很
多酒；☆こごとを強か言う／大加責難；
～もの【強か者】（名）難對付的人，不
好惹的人；☆彼は一筋縄では行かない強
か者だ／他是個非常難對付的傢伙。②

したた・める【認める】（他下一）①書，
寫（しるす，かく）；☆手紙を認める／
寫信；②吃（＝たべる）；☆昼食を認め
る／吃午飯；③看見，瞧見（＝みきわめ
る、みとどける）；④處理，整理，準備
（＝しょちする、ととのえる、したくす
る）；囮したたむ（下二）。④

したたら・す【滴らす】（他五）使滴下。④

したたらず【舌足らず】（名・形動ダ）①
（舌頭短）發音不清楚；☆子供のような
舌足らずの言葉／像小孩說的不清楚的話
；②不會講話，不善於講話；☆彼は舌足
らずだ／他是個說話不清楚（不會講話）
的人；③說不明白；☆舌足らずな論文／
文理不通的論文。③

したたり【滴り】①〔したたる〕的名詞形
；②滴，水滴，水點；☆血の滴り／血滴
；◊滴り積りて淵となる／聚少成多④◎

*したた・る【滴る】（自五）滴；☆水の滴
る海水着／滴着水的游泳衣；☆新緑滴る

ばかり／新綠嬌翠；◇**水の滴るよう**／非常美麗、嬌滴滴（指女人、演員等）。③

したつづ（づ）み【舌鼓】（名・自サ）（吃喝味美的飲食時）吧嗒嘴、咂嘴；☆舌鼓を打つ／咂嘴、吧嗒嘴；☆一杯のビールに舌鼓を打つ／喝上一杯啤酒覺得很香甜。③

したっぱ【下っ端】（名）①下端；②地位低微（的人）；☆下っ端の役人／下級官吏。◎

したっぱら【下っ腹】（名）小腹、腹的下部（＝したはら）。◎

したて【仕立】（名）①〔したてる〕的名詞形；②縫紉；☆仕立はあの店に限る／做衣服最好在那個舖子做；☆仕立が上手だ／（衣服）做得好；③準備、預備；☆特別仕立の汽車／專車；**～おろし【仕立下し】**（名）①新做的衣服；②穿新做好的衣服；**～かた【仕立方】**（名）（衣服的）做法、樣式；**～ちん【仕立賃】**（名）（衣服的）手工錢；**～もの【仕立物】**（名）縫紉物、針線活；**～や【仕立屋】**（名）成衣局、縫紉社、成衣匠。

したて【下手】（名）①下邊、下面；☆下手から攻める／從下邊進攻；②自卑、謙遜；☆下手に出る／（表示）謙遜、自卑；☆下手に出ればつけあがる／（你）越謙遜，（他）越傲慢；③（地位）低微；☆いつまでも下手でいる／長居人下；④（河川的）下游；⑤〔角力〕（由對方腋下）伸過去的手；↔うわて（上手）；**下手に立つ、下手に付く**／拜下風、居於人下。◎

したで【下手】（名）＝したて（下手）◎

*したてる【仕立てる】（名）（他下一）①縫製（衣服）；☆その着物はどこで仕立てたか／你那件衣服是在哪兒做的？②準備、預備；☆馬車を仕立てる／預備馬車、套馬車；☆臨時列車を仕立てる／準備臨時列車；③培養；☆軍人に仕立てる／培養成一個軍人；☆一人前の人間に仕立てる／培養成人；④打發、派遣；☆飛脚（ひきゃく）を仕立てる／派送信的人；図したつ（下二）。③

したなめずり【舌舐めずり】（名・自サ）①用舌舔嘴唇；☆舌舐めずりをしながら食べる／一邊舔嘴唇一邊吃；②極想（吃什麼或說什麼而等待）；☆舌舐めずり（を）して御飯を待っている／舔着嘴唇等待吃飯，急想要吃飯。③

したぬり【下塗（り）】（名・他サ）塗底子；塗的底子；☆壁の下塗をする／牆上塗底子；☆ペンキは下塗だけできた／油漆只塗上了一層底子。◎

したのさき【舌の先】（連語・名）①舌尖；②嘴、話；☆舌の先でごまかす／光用話支吾。

じたばた（副・自サ）①慌張、着慌；☆今更じたばたしても駄目だ／現在着慌也來不及了；②手脚亂動（想要抵抗）；☆じたばたすると命がないぞ／如果亂動就要你的命！①

したばたらき【下働き】（名）①在旁人手下工作、給…當副手；☆人の下働きをする／給旁人當下手；②擔任雜務、做飯（的人）；☆下働きの女／女勤雜員。③

したはら【下腹】（名）①小肚子、腹的下部；☆下腹を蹴られる／被踢到小肚子上；②馬肚子。◎

したび【下火】（名）①火勢漸微（將熄）；☆火事はもう下火になった／（火災的）火勢漸微了；②〔轉〕（勢力等）衰微、微弱；☆インフルエンザは下火になってきた／流行感冒漸漸衰微下去了。◎

じたま（ご）【地卵】（名）當地產的鷄蛋②

したまち【下町】（名）（都市中的）低窪地區；商工業者居住區（在東京則指淺草、下谷、神田、京橋、深川、本所各區）；↔やまのて（山の手）；**～ふう【下町風】**（名）商工業者居住區內所保存的江戶時代的遺風。◎

したまわり【下回（り）】①＝したばたらき；②擔任雜務的職位（或人）；☆下回りを勤める／擔任雜務；③〔歌舞伎〕低級演員、龍套。③

したまわ・る【下回る】（自五）不夠…水準、在…以下；☆今年の米の收穫高は平年作を下回るものと思われる／今年稻米的收穫量大概要低於普通年成；↔うわまわる。④

したみ【下見】（名・他サ）①預先檢查（調查）（＝したけんぶん）；②預先讀一遍（＝したよみ）；③（木造房用木板橫釘的）外牆皮；☆下見を張る／（把木房）釘上木板外牆皮。◎

したむき【下向き】（名）①俯、朝下；☆下向きに倒れる／俯着倒下；☆下向きに坐る／低着頭坐着；②衰微、衰落；☆下向になる／衰微下去；③〔經〕（行市）

下跌。◎

しため【下目】（名）①（眼睛）往下看；☆下目になって話す／說話時眼睛瞧着下面；↔うわめ（上目）；②卑視，蔑視（＝みさげる）；☆相手を下目に見る／輕視（看不起）對方；③下邊，下面。◎

したもつれ【舌縺れ】（名・自サ）舌頭不俐落；說話不清楚；☆舌縺れがする／說話不清楚。③

したやく【下役】（名）①僚屬，部下，屬下（＝したっぱ）；☆下役になる／當部下；☆下役に電話をかけさせる／令部下打電話；②低級公務員；☆下役に話したところで埒（らち）があかぬ／跟底下人說也不解決問題。◎

したよみ【下読み】（名・他サ）預先讀一遍，預習；備課；☆今日は下読み（を）していない／今天沒預習（備課）。◎

じだらく【自堕落】（形動ダ）（裝束等）不整潔的，醜醜的；疏懶的，墮落的；☆自堕落な生活／墮落的生活。②◎

したりがお【したり顔】（名・形動ダ）得意的面孔；☆したり顔で言う／得意洋洋地說。◎④

しだれ【垂・枝垂】（名）下垂；～ざくら【枝垂桜】（名）〔植〕軟條海棠；～やなぎ【枝垂柳】（名）〔植〕垂柳。③

しだ・れる【垂れる】（自下一）下垂；☆柳が川の面（おも）に垂れている／柳枝垂在河面上。③

したわし・い【慕わしい】（形）戀慕的，眷戀的，懷念的（＝なつかしい，こいしい）；☆慕わしく思う／戀慕，懷念；図したはし（形しく）；～げ【慕わしげ】（形動ダ）～さ【慕わしさ】（名）④◎

しだん【詩壇】（名）詩人界；詩壇。①

じだん【示談】（名）說和，和解；☆示談で済む／和解了事。①

じだんだ【地団駄（駄）】（名）；☆地団駄を踏む／頓足捶胸，悔恨，懊喪；☆地団駄を踏んでくやしがる／頓足捶胸地懊悔。②

しち【七】（名）〔數〕七（＝ななつ）②

しち【質】（名）①質，當；☆質に入れる／當（東西）；☆質が流れた／當死了，死號了；☆質に取る／作爲抵押；☆質を受け出す／贖當；②當的東西（＝しちもつ）。②

しち【死地】（名）〔文〕死地；☆死地を脱する／逃出死地；☆死地に赴く／前去送死。②①

＊じち【自治】（名）自治；地方自治；～かい【自治会】（名）（學生）自治會；～く【自治区】（名）自治區；～たい【自治体】，～だんたい【自治団体】（名）〔法〕自治團體；～りょう【自治領】（名）自治領①

しちがい【為違い】（名）做錯，失策（＝しそこない，しくじり）。

しちが・える【為違える】（他下一）做錯（＝しそこなう）図しちがふ（下二）④③

＊しちがつ【七月】（名）七月；図ふみつき④

しちく【糸竹】（名）〔文〕絲竹，管絃；音樂。

しちぐさ【質草・質種】（名）當的東西；☆質草がない／沒有（可）當的東西。②

しちごさん【七五三】（名）①七五三（以一三五七九爲吉數，取其中之七、五、三），吉數；②（第一道有七個菜，二道有五個菜，三道有三個菜的）盛宴；③＝しめなわ；④（男孩當三歲、五歲，女孩當三歲、七歲時）在十一月十五日舉行的祝賀式（給孩子穿上新衣服領去參拜氏族保護神）；☆七五三の祝い／孩子當七歲、五歲、三歲時舉行的祝賀式。③

しちごちょう【七五調】（名）（韻文中）反覆七音五音的格律。◎

しちごん【七言】（名）〔文〕（漢詩的）七言（體）；～ぜっく【七言絶句】（名・連語）七言絶句。②◎

しちさん【七三】（名）①七與三之比；②把頭髮按七與三之比分開（一種髮型）；☆髪を七三に分ける／把頭髮按七與三之比分開。②

しちしち（にち）【七七（日）】（名）〔佛〕（人死後的）七七祭日（＝なななのか）。

しちてんはっき【七転八起】（連語・名・自サ）跌倒復起，頑強奮鬥。⑤

しちてんばっとう【七顚八倒】（連語・名・自サ）①左一次右一次地翻倒；②（疼得）亂滾；☆七顚八倒の苦しみをする／疼得亂滾。◎

しちどう（がらん）【七堂（伽藍）】（名）〔佛〕建築規模最標準的寺院。⑤

しちなん【七難】（名）①〔佛〕七難，七種災難；②種種災難；③種種缺點；☆色の白いは七難隠す／一白遮百醜。②

しちふくじん【七福神】（名）七福神。4

しちふだ【質札】（名）當票。2

しちむずかし・い【しち難しい】（形）〔形〕非常困難的；非常麻煩的；☆しち難しい問題／非常麻煩的問題。60

しちめんちょう【七面鳥】（名）①〔動〕吐綬鷄，火鷄（＝ターキー）；☆七面鳥のような顔をする／臉上一紅一白的；②〔轉〕二心不定的人。0

しちめんどう【七面倒】（形動ダ）〔俗〕非常麻煩；☆七面倒な仕事／非常麻煩的事情（工作）；～くさ・い【七面倒臭い】（形）〔俗〕非常麻煩的。5

しちや【質屋】（名）當舖；☆質屋通いする／常去當舖。2

しちゅう【支柱】（名）支柱。0

しちゅう【市中】（名）市内。2

シチュー【stew】（名）燉（燜）的食品；☆シチューにする／燜，燉。2

しちょう【市長】（名）市長。2

しちょう【思潮】（名）思潮；☆近代の思潮／近代思潮。0

しちょう【視聴】（名）〔文〕視聽；～かくきょういく【視聴覚教育】視聽教育（＝ＡＶ教育）。0

しちょう【試聴】（名・他サ）試聽，第一次聽賞；☆新盤のレコードを試聴する／試聽新灌的唱片。0

しちよう【七曜】（名）①七曜（日、月和火、水、木、金、土五星）；②以七曜冠於一週七日的名稱（日曜＝星期日，月曜＝星期一，火曜＝星期二，水曜＝星期三，木曜＝星期四，金曜＝星期五，土曜＝星期六）；～れき【七曜暦】（名）印有七曜的曆書。0

じちょう【次長】（名）次長，副長官；☆建設局の次長／建設局副局長。1

じちょう【自重】（名・自サ）①自重，自愛；愼重；☆前途有望の君だ、大いに自重したまえ／你是個前途有為的人，要特別自愛；②珍攝，保重；☆御自重を祈る／請您保重。0

じちょう【自嘲】（名・自サ）自嘲，自己嘲笑自己。0

しちょうそん【市町村】（名）（地方自治體）市、鎭、村；～ぎかい【市町村議会】（名）市鎭村議會；～ぜい【市町村

税】（名）市鎭村税。2

しちょうりつ【視聴率】（名）（電視的）收視率。2

しちょく【司直】（名）〔文〕司法當局，審判官；☆司直の手がその事件に伸びた／司法當局干預了那個事件。2

しちりつ【七律】（名）〔文〕七言律。0

しちりん【七厘・七輪】（名）陶爐，炭爐；☆七輪に火を起こす／把陶爐升起火2

じちんさい【地鎮祭】（名）（土木工程施工前的）奠基儀式。2

しつ【失】（名）①過失，失策（＝あやまち）；②缺陷，缺點（＝きず）；③損失，不利；☆この計画には一得一失がある／這項計劃有優點也有缺點；④〔棒球〕過錯（＝エラー）。0

しつ【室】（名）〔文〕①房間，室（＝へや）；☆隣の室／隣室；②〔古〕夫人，妻（＝おくがた）。2

*しつ【質】（名）①質，質量；☆質をよくする／提高質量；☆量よりも質だ／重質不重；②品質，素質；☆この学校の生徒は質量がよい／這個學校學生的素質好；☆蒲柳の質／柔弱體質；③質地，實質；☆この木は質があらい／這種木類質地粗；④抵押品（＝ていとうぶつ）；⑤〔文〕眞誠；樸實（＝まごころ、すなお）20

しつ【湿】（名）①濕氣；②〔醫〕濕瘡（＝しっそう）。2

*じつ【実】（名）①眞實；實際；☆実を言えば／老實說來；☆実の父親／父親，生身父；☆実はこうだ／實際是這樣；②眞誠，誠意；☆実を尽す／竭盡誠意；☆実のない回答／沒有誠意的答覆；③實體，實質；☆実のない、ほんの見せかけ／只是華而不實的東西；④〔數〕實。2

しつい【失意】（名）失意，失望；不遇；☆失意のどん底にある／處在非常失意（極其不遇）的環境裏；☆晩年を失意の内に送った／在失意中度過了晩年；↔とくい（得意）。2

じつい【実意】（名）①眞誠，誠意（＝まごころ）；☆実意を尽す／竭盡眞誠；☆実意がある／有誠意；②本心；☆実意をただす／探問本心。12

しついん【室員】（名）（研究室等的）成員。02

じついん【実印】（名）（事先在市、區、村長處登記，必要時可請印鑑求證明的）

印章（用於重要文件）；↔みとめいん（認印）。⓪

しつう【止痛】（名）止痛；～やく【止痛薬】（名）止痛薬。──⓪

しつう【私通】（名・自サ）私通，通姦；☆二人は私通の疑（うたが）いをかけられた／他們二人被認爲有私通的嫌疑。⓪

しつう【歯痛】（名）牙疼（＝はいた）⓪

しつうはったつ【四通八達】（名・自サ）四通八達；☆鉄道が四通八達している／鐵道四通八達。②─⓪

じつえき【実益】（名）實在的利益，實利；☆実益がある／有實在的利益。⓪

じつえん【実演】（名・自サ）①（電影演員等）登臺表演，實地演出；☆あの役者は映画よりも実演の方がよい／那位演員登臺表演比電影裏表演得好；②（電影等的）幕間演出的餘興節目（＝アトラクション）；☆當場表演，（菓子の製法を実演する／當場表演點心的作法。⓪

しっか【失火】（名・自サ）失火；☆失火でなくて放火だ／不是失火而是放火。⓪

しっか【膝下】（名）〔文〕膝下；☆父母の膝下を離れる／離開父母膝下。①

じっか【実家】（名）已婚婦（女的）娘家；（入贅男人的）父母之家；☆妻は実家に行っている／妻回娘家去了。⓪

じっか【実科】（名）實科，以實用爲目的的學科。⓪

じっか【実価】（名）實價，實値；☆これは五十円で買ったが実価は少なくとも二百円だ／這個東西是花五十塊錢買的，實際至少値二百元／☆額面でなく実価で／不按額面而按實價。⓪

しつがい【室外】（名）室外；☆室外に出て体操する／到室外去作操。②

しつがいこつ【膝蓋骨】（名）〔解〕膝蓋骨。③

*しっかく【失格】（名・自サ）喪失資格；☆反則を三回すると失格になる／（比賽）犯規三次就得退場。⓪

しっかと【確（鐆）と】（副）確實，明白；牢實（＝しかと，しっかり）；☆僕の手を確と握った／緊緊握住了我的手。③

*しっかり【確（鐆）り】（副・自サ）①結實，牢固；☆しっかり縛（しば）る／結結實實地綁上；☆しっかりつかまる／牢實抓住；☆しっかり持っている／拿住；☆しっかり憶（おぼ）える／牢實記住，

好好記住；②好好地；用力；☆しっかり勉強する／好好用功；☆戸をしっかり閉める／把門好好地關上；☆しっかりやれ／好好幹！加油；③（身體）結實，壯健（意志）堅定；☆体がしっかりしている／身體很壯實；☆病人は、もうしっかりしてきた／病人已經強壯起來了；☆あの人はしっかりしている／那個人有志氣（有作爲，可靠）；☆あの人の英語はしっかりしている／他的英語很好（學得很紮實，可靠）；☆しっかりしろ／挺起來！堅持下去！振作起來！④〔經〕（行市）看漲，漸漲。③

しっかん【疾患】（名）〔文〕疾病，疾患（＝やまい）；☆胸部の疾患／胸部的疾病。⓪

じっかん【十干】（名）十干〔甲（キノエ）、乙（キノト）、丙（ヒノエ）、丁（ヒノト）、戊（ツチノエ）、己（ツチノト）、庚（カノエ）、辛（カノト）、壬（ミズノエ）、癸（ミズノト）〕。③

じっかん【実感】（名・他サ）眞實感，體會；☆この絵は実感が出ていない／這幅畫沒有眞實感；☆痛切に実感する／痛切地體會到。⓪

しっき【湿気】（名）濕氣（＝しめりけ、しっけ）；☆湿気をぬぐい取る／拭去濕氣。③⓪

しっき【漆器】（名）漆器。⓪

しつぎ【質疑】（名）質疑，質問；☆質疑のある方（かた）は手を挙げて下さい／有疑問的人請擧手；～おうとう【質疑応答】（連語・名）問題解答。②

じつぎ【実技】（名）實際技術，實用技術；☆体育の講義はここまで、これから実技に移（うつ）る／體育講義到此爲止，現在開始實際表演。①②

しっきゃく【失脚】（名・自サ）①失足；②喪失立足地，喪失地位（職位）；沒落；☆失脚した政治家／失掉地位的政客，沒落的政客。⓪

*しつぎょう【失業】（名・自サ）失業；☆失業している／沒有工作，失業；☆三民主義國家には失業問題が少ない／三民主義國家裏失業問題很少；～しゃ【失業者】（名）失業者；～ほけん【失業保険】（名）失業保險。⓪

じっきょう【実況】（名）實際情況；☆実況を放送する／廣播實況。⓪

＊じつぎょう【実業】（名）實業（指農、工、商、水産等生産事業）；〜か【実業家】（名）實業家，工商業者；〜がっこう【実業学校】（名）實業學校。⓪

しっく【疾駆】（名・自サ）疾馳（驅車馬）快走；☆自動車がドライブウェーを疾駆する／汽車在公路上疾馳。①

シック【法・名・形chic】（形動ダ）趨時，時髦；漂亮，精美（＝スマート）；☆シックな髪型／時髦的髮型。①

しっくい【漆喰】（名）灰泥；☆漆喰を塗る／塗抹灰泥；☆漆食はまだ固まらない／（塗的）灰泥還沒乾硬。⓪③

しつく・す【為尽くす】（他五）做盡；☆悪事を為尽す／做盡壞事；☆馬鹿の限りを尽す／幹盡了愚蠢事。③

しっくり（副・自サ）合適，吻合；☆しっくり合う／合適，吻合；☆二人の間がしっくり行かない／兩個人不合（不融洽）；☆原語の意味にしっくり合わない／和原文的意義不吻合；☆しっくりしない所がある／有些不合適。③

じっくり（副・自サ）〔俗〕沉靜，慢慢地（＝おちついて、ゆっくり）；☆じっくり考える／慢慢地細想。③

＊しつけ【躾】（名）（對孩子等的）教養，禮貌；☆子供の躾／孩子的教養；☆子供は躾が大切だ／孩子教養要緊；☆親の躾次第で子供はどうにでもなる／孩子的發展全靠父母對他的教養。⓪

しつけ【仕付】（名・自サ）①〔しつける〕的名詞形；☆仕付の時／插秧季節；②教養，禮貌（＝しつけ「躾」）；☆仕付が悪い／沒有教養（禮貌）；③〔縫紉〕繃（線），絎（線）；〜いと【仕付糸】（名）〔縫紉〕繃線，絎線；☆仕付糸で止める／用繃線絎上；〜かた【仕付方】（名）（對孩子等的）教養法。

しっけ【湿気】（名）濕氣（＝しめりけ、しっき）。③⓪

しっけい【失敬】　I（名・自サ・形動ダ）①失禮，對不起；☆昨日は不在で失敬した／昨天沒在家，對不起；②沒有禮貌，侮蔑，瞧不起；☆失敬なことを言う／說藐視人的話；③告別，分手；☆これで失敬する／就此告別；☆一足先に失敬する／我先告辭了，我先走一步；④偷；☆私のマッチを失敬したのは誰だ／誰把我的火柴偷跑了？☆葉巻を一本失敬する／偷

一支雪茄；II（感）再見；☆では失敬／（好了）再見。③

じっけい【実兄】（名）親哥哥。⓪

じっけい【実刑】（名）實際所服的刑（對緩刑而言）；☆実刑は行なわず、執行猶予にする／不使實際服刑，予以緩刑。⓪

しつ・ける【仕付ける】（他下一）①〔農〕插秧；☆もう仕付る時だ／已經到插秧的時候了；②教養，教訓（子女）；☆子供を仕付ける／教養孩子；③〔縫紉〕繃上，絎上；④做慣（＝やりつける）；☆仕付けたやりかた／慣用的手法；⑤着手，開始（＝やりはじめる）；☒しつく（下二）。

しっけん【失権】（名・自サ）喪失權利（力）。⓪

＊しつげん【失言】（名・自サ）失言；☆いや、これは私の失言でした／對不起，這是我說溜嘴了；☆失言を取り消す／把失言收回來。⓪

しつげん【湿原】（名）〔地〕濕草原，濕原。⓪

じっけん【実見】（名・他サ）實際看見，親自眼見，目睹；☆これは私が実見したのだ／這是我親眼看見的。⓪

じっけん【実検】（名・他サ）實地檢查，鑑定；☆首（くび）実検／鑑定首級；查驗是否本人；☆犯人を見知っている人が本人かどうかを実検する／由認識犯人的人來查驗是否本人。⓪

じっけん【実権】（名）實權；☆実権を握（にぎ）る／掌握實權。⓪

＊じっけん【実験】（名・他サ）①實驗，實地試驗；☆実験によって証明する／根據實驗來證明；☆化学の実験をする／做化學實驗；②經驗，實際的經驗；☆自分の実験からすれば…／從我的經驗來說（看）…；〜しつ【実験室】（名）實驗室。

＊じつげん【実現】（名・他サ）實現；☆希望が実現された／希望實現了；☆計画を実現する／實現計劃。⓪

しっこ（名）〔おー〕〔兒〕小便；☆おしっこをする／撒尿。①

＊しつこ・い（形）①（彩色等）濃艷的（＝くどい）；☆しつこい色／濃艷的顏色；②執拗的，糾纏不休的，討厭的（＝しゅうねんぶかい、うるさい）；☆しつこくつきまとう／糾纏不休；☆しつこく尋ね

る／追問到底；☆しつこい流感／總也不見痊癒的流行感冒；☆しつこい人／糾纏不休的人。3

しっこう【失効・失効】（名・自サ）失効；☆不平等条約は中華民国の成立によって失効した／不平等條約由於中華民國的成立而失效了。0

****しっこう**【執行】（名・他サ）執行；☆判決を執行する／執行判決；～きかん【執行機関】（名）執行機關；～ゆうよ【執行猶予】（名）〔法〕緩刑。0

****じっこう**【実行】（名・他サ）實行，實踐；☆口ばかりで実行しない／只是嘴說而不實行；☆実行に移（うつ）す／付諸實行。0

じっこう【実効・実効】（名）〔文〕實效，實際效力；☆実効が現われるまでには多少の年月を要する／到實際發揮效力尚需一些年月；～かかく【実効価格】（名）〔經〕（以工資收入和家庭支出爲基礎的）實效價格，眞正物價。0

しっこく【漆黒】（名）漆黑，烏黑；☆漆黒の髪／漆黑的頭髮；☆漆黒の闇／咫尺莫辨的黑暗。0

じっこん【入魂・昵懇】（名・形動ダ）親密，親近；☆昵懇の間柄（あいだがら）／親密關係；☆あの家とは昵懇にしている／和那一家人往來很親密。0

****じっさい**【実際】Ⅰ（名）實際（＝じじつ）；☆実際の価値／實際價值；Ⅱ（副）實際，的確，眞（＝ほんとに）；☆実際腹が立つ／眞氣人；☆実際そうだ／的確是那樣。0

****じつざい**【実在】（名・自サ）①實際存在；☆この劇の人物は全く実在の人間のようだ／這齣戲劇的（劇中）人物活像眞有其人一般；②〔哲〕實在；～ろん【実在論】（名）實在論。0

****しっさく**【失策・失錯】（名・自サ）失策，失算，失敗（＝しくじり）；☆失策をやる（演じる）／失策；☆あんな男を信用したのが失策だった／信任那樣的人是大錯特錯。0

しつじ【執事】（名）①執事，侍者；②掌管家政者；管家；③〔鎌倉時代、室町時代〕司法機關的長官；執政官；④（寫在收信人名下的敬語）執事。0

じっし【十指】（名）①十指；②衆人所指；☆十指の指す所／十指所指。1

じっし【実子】（名）親生子，親兒子；↔ぎし（義子），ようし（養子）。0

じっし【実姉】（名）親姐姐；↔ぎし（義姉）。0

****じっし**【実施】（名・他サ）實施，實行；☆その法律は未だ実施されていない／那個法律還沒有施行。0

しつじつ【質実】（名）誠實，樸實；～ごうけん【質実剛健】（名・連語）誠實而剛毅。0

****じっしつ**【実質】（名）實質；☆実質に於いては変りはない／實質上並無二致；☆外見よりも実質だ／還是實質比外表重要；～てき【実質的】（形動ダ）實質的，實際上；☆実質的には同じことだ／實際是一碼事。0

じっしゃかい【実社会】（名）實際社會，現實的社會；☆実社会に乗り出す／進入現實社會裏。3

じっしゅう【実収】（名）實際收入（收穫）；☆本年度の米生産は実収六千万トンであった／本年度的稻米生產實際收穫六千萬噸。0

じっしゅう【実習】（名・他サ）實習；☆工場へ実習に行く／到工廠去實習；～せい【実習生】（名）實習生。0

じっしゅきょうぎ【十種競技】（名）十項運動比賽。4

しつじゅん【湿潤】（形動ダ）濕潤；☆湿潤な土地／濕地。0

しっしょう【失笑】（名・自サ）不由得發笑；☆失笑を禁じ得ない／不禁（令人）發笑。0

じっしょう【実証】（名・他サ）①確鑿的證據（＝かくしょう）；☆未だ実証があがっていない／還未得到確實的證據；②證實；☆その仮説は実証されるか／這個假設能以證實嗎？0

****じつじょう**【実情】（名）①眞情，眞情實話；☆実情を明（あ）かさない／不吐露眞情實話；②實情，實際情況；☆実情にうとい／不明瞭實際情況。0

しっしょく【失職】（名・自サ）①失業，喪失職位；☆今失職中だ／現在失業中；②失職，在執行職務上犯錯誤。0

しっしん【失心・失神】（名・自サ）神志昏迷（＝きぬけ）；（一時的）人事不省；☆失神した人のように／像神志昏迷的人似地。0

しっしん【湿疹】（名）〔醫〕濕疹。◎

じっしんほう【十進法】（名）〔數〕十進
法。◎

じっすう【実数】（名）①〔數〕實數；↔
きょすう（虚数）；②實際數額；☆三
万人と言われたが実数は一万前後であっ
た／曾說是三萬人，而實際人數是一萬左
右。③

じつづ（づ）き【地続き】（名）土地毗連☆日
本とアジア大陸は昔地続きになっていた
そうだ／據說太古時候日本和亞洲大陸是
毗連着的。②

しっ・する【失する】Ⅰ（自サ）①失掉，
喪失（＝うせる、なくなる）；②過於，
過度（＝すぎる）；☆寛大に失する／失
於寛大，過於寛大；Ⅱ（他サ）失掉，遺
失；☆時機を失する／失掉時機；図しっ
す（サ）。◎

しっせい【失政】（名）弊政，秕政，失政
；☆失政百出遂に内閣は総辞職の止むな
きに至った／弊政百出內閣終於不得不垮
臺了。◎

じっせいかつ【実生活】（名）現實生活③

しっせき【叱責】（名・他サ）叱責，申斥
；☆叱責を受ける／受到申斥；☆きびし
く叱責する／嚴厲申斥。◎

じっせき【実績】（名）實績，實際成績；
☆実績を挙げる／做出實際成績。◎

じっせつ【実説】（名）實話；事實，☆
実説よればこうだ／根據可靠的說法是這
様。◎

じっせん【実践】（名・自サ）實踐，（親
自）實行；☆身を以て実践する／親身
實踐，親自實行。◎

じっせん【実線】（名）〔製圖〕實線，連
續不斷的線；☆点と点の間を実線で結ぶ
／點與點之間用實線連上；↔てんせん（
点線）。◎

じっせん【実戦】（名）實際的戰爭（不是
演習），實際作戰；☆新兵器は実戦には
あまり役に立たなかった／新武器對於實
際戰爭並沒有起了多大作用。◎

*しっそ【質素】（形動ダ）樸素，儉樸；☆
質素な服装／樸素的衣服（裝束）；☆質
素に暮らす／生活儉樸。①

しっそう【失踪】（名・自サ）失踪，不知
下落；～せんこく【失踪宣告】（名）〔
法〕宣布失踪。◎

しっそう【疾走】（名・自サ）快跑；☆

自動車が疾走して来た／汽車很快地開來
了。◎

じっそう【実相】①實際情況，眞象；☆宇
宙の実相／宇宙的眞象；②〔佛〕實相，
眞相，眞如。③◎

じつぞう【実像】（名）〔理〕實像。◎

しっそく【失速】（名・自サ）（飛機因發
生障礙）失去速力，勢將墜落；☆機体は
砲弾を受けて失速した／飛機中了砲彈而
失去速力了。◎

じっそく【実測】（名・他サ）實際測量；
☆目測と実測の結果はかなり違（ちが）
う／目測和實際測量的結果相差很大。◎

じつぞん【実存】（名・自サ）實際存在，
現實存在，～しゅぎ【実存主義】（名）
〔哲〕存在主義，生存主義。◎

しった【叱咤】（名・他サ）①申斥（＝し
かりつける）；②叱咤，指揮；☆三軍を
叱咤する／指揮三軍。①

しったい【失体・失態】（名）①失體面，
丟醜，☆失態を演じる／丟醜，出醜；②
失策，失敗。◎

じったい【実体】（名）實體，實質；☆事
件の実体を摑（つか）む／抓住事件的本
質；☆実体がよく分らない／不十分明白
實質（眞相）。◎

*じったい【実態】（名）實際情況，實情；☆
失業者の実態を調べる／調査失業者的實
際情況；～ちょうさ【実態調査】（名）
實際情況調查。◎

しったかぶり【知ったか振り】（名）假裝
知道，不懂裝懂，硬裝內行。⑥◎

じつだん【実弾】（名）①實彈；②（俗）
〔喩〕金錢；☆選挙に実弾を使う／在選
舉上使用金錢（賄選）；～しゃげき【実
弾射撃】（名）實彈射擊。◎

しっち【湿地】（名）濕地。◎

じっち【実地】（名）實際；現場；
☆想像と実地はまるで違っていた／想像
和實際完全不同；☆実地に当たってみる
／實踐一下看看，實際幹一幹試試；～け
いけん【実地経験】（名）實地經驗；～
けんしょう【実地検証】（名）（犯罪或
交通事故等之）現場檢查。◎

じっちゅうはっく【十中八九】（連語・名
・副）十有八九，大多數；☆遭難者は十
中八九助かるまい／罹難者十有八九恐怕
生命難保。⑤

しっちょう【失調】（名）失調，不調和◎

じっちょく【実直】（名・形動ダ）忠實而正直的人。⓪

しっつい【失墜】（名・他サ）衰落；喪失；☆信用を失墜する／喪失信用。⓪

しっっこ・い（形）〔俗〕→しつこい。④

じって【十手】（名）〔江戸時代〕（捕吏所持的）鐵尺（長約一尺五寸之棒，近柄處有鈎，用以攔擋刀鋒並打擊犯人）。③

じってい【実弟】（名）親弟弟。⓪

しつてき【質的】（形動ダ）質量（上）的；☆質的にも量的にも／不拘在質量上和數量上。⓪

しってん【失点】（名）①（在競技比賽上）喪失的分（數），輸去的分兒；☆前半に大きな失点があった／前半場輸去很多分兒；②缺點；過錯（＝けってん、おちど）。③⓪

しつでん【湿田】（名）〔農〕水分過多的田地，濕地；☆湿田には麦（むぎ）をつくればよい／濕地正好種麥子；↔かんでん（乾田）。⓪

しってんばっとう【七転八倒】（連語・名・自サ）〔文〕＝しちてんばっとう③⓪

*しっと【嫉妬】（名・他サ）嫉妒（＝ねたみ、やきもち）；☆嫉妬を招く／招人嫉妒；☆嫉妬を起こす／起嫉妒心。⓪

*しつど【湿度】（名）〔理〕濕度；～けい【湿度計】（名）濕度計。②

*じっと（副）①目不轉晴，盯盯地；☆じっと見詰める／盯盯地看着；②一動不動，安安詳詳；一聲不響；☆じっとこらえる／一動不動（一聲不響）地忍耐；☆じっとして坐っている／一動不動地坐着；☆じっと考える／沉思；☆じっとしていられない／坐不安站不穩，忐忑不安；☆そのままじっとして／（照像時）不要動！この子はちっともじっとしていない／這個孩子一點也不安靜（總是蹦蹦跳跳的）；☆じっとして待つ／靜候。

しっとう【失投】（名・自サ）〔棒球〕投球失敗，投錯。⓪

しっとう【執刀】（名・自サ）〔醫〕（在外科手術時）執刀，操刀；☆手術はK博士の執刀の下（もと）に行なわれた／手術是在K博士執刀之下施行的。

じつどう【実働】（名）實際工作；☆われわれは九時間実働していることになる／算來我們實際工作了九小時；～じかん【実働時間】（名）實際工作時間。⓪

しっとり（副）①沉着，穩靜，安詳；☆しっとりした物腰（ものごし）／沉着的態度（舉止）；☆しっとりした気分／沉靜的心情；②潮濕；☆しっとりした牧場／潮濕的牧場；☆しっとりぬれる／濡濕。③

*しつない【室内】（名）室內；☆室内に閉じこもる／經常在屋裏，悶居室內；～がく【室内楽】（名）〔樂〕室內樂；～ゆうぎ【室内遊戯】（名）室內遊戯。②

*じつに【実に】（副）實在，真，的確（＝ほんとに，まことに）；☆実に面白かった／真有趣兒！☆実に怪しからぬ／真可惡！真是豈有此理！②

しつねん【失念】（名・他サ）遺忘，忘却；☆御住所を失念して失礼しました／忘了您的住址，對不起。⓪

じつの【実の】（連體）實際的，實在的；☆実のところ／其實，實際是，老實說；☆実の親／生身父母。

*しっぱい【失敗】（名・自サ）失敗（しそこない，しくじり）；☆失敗を重（かさ）ねる／屢次失敗；☆計画が失敗した／計劃失敗了；◇失敗は成功の基／失敗爲成功之母。⓪

じっぱひとからげ【十把一絡げ】（連語）全都放在一起；不分清紅皀白☆十把一絡にけなす／不分青紅皀白一律加以貶斥☆着物も靴も十把一絡にして荷物をつくった／連衣服帶鞋全放在一起打了行李①─②

じっぴ【実費】（名）實際費用；成本；☆実費で提供する／按成本供應。⓪

しっぴつ【執筆】（名・他サ）執筆，書寫；撰稿；☆来月号に執筆する作家／替下一期寫稿的作家。⓪

しっぷ【湿布】（名）〔醫〕濕布；☆喉に湿布をする／喉嚨蒙上濕布。⓪

じっぷ【実父】（名）生身父；↔ようふ（養父），ぎふ（義父）。⓪

しっぷう【疾風】（名）疾風（秒速6─10公尺）；☆疾風が吹く／颳疾風；～じんらい【疾風迅雷】（連語・名）神速，迅雷不及掩耳；☆疾風迅雷の勢で／以迅雷不及掩耳之勢。③⓪

*じつぶつ【実物】（名）①實在的東西，實物☆この造花は実物のように見える／這朵假花看來像真花似的；☆彼女の写真顔は実物と違う／她的照片同本人不一樣；②〔經〕現貨；～だい【実物大】（名・

形動ダ）與實物一般大；☆実物大の写真／與實物一般大的照片。⓪

しっ・ぺい【竹箆】（名）①〔佛〕戒尺；②用竹或手指彈擊（對方手腕）；～がえし【竹箆返し】（名・自サ）①〔被戒尺打者〕用戒尺還擊；②〔轉〕馬上還擊，即立報復。③

しっぺい【疾病】（名）〔醫〕疾病（＝やまい）；☆疾病の予防／預防疾病。⓪

しっぽ【尻尾】（名）①尾巴（＝しりお）；☆犬の尻尾／狗尾巴；☆尻尾を巻いて逃げる／捲起尾巴跑開；②末端，末尾（＝はし）；☆大根のしっぽ／蘿蔔梢兒；☆一番しっぽだ／在最末尾；③〔轉〕狐狸尾巴，馬腳；☆尻尾を出す／露出馬腳；☆しまいには尻尾を出すだろう／終究會露出狐狸尾巴來；☆尻尾をつかむ／抓住狐狸尾巴（小辮子）。⓪

じっぽ【実母】（名）親母親，生身母。⓪

*しつぼう【失望】（名・自サ）失望；☆顔に失望の色が見えた／面上顯出失望的神色；☆それには些（いささ）か失望した／對於那個有點兒失望了；～らくたん【失望落胆】（連語・名サ）大大失望。⓪

しっぽう【七宝】（名）①〔佛〕七寶；②景泰藍，搪瓷；～やき【七宝焼】（名）景泰藍。⓪

しつぼく【質朴・質樸】（名・形動ダ）質樸，樸實；☆質樸な風気／質樸的風氣⓪

しつむ【執務】（名・自サ）辦公，工作；☆自宅で執務する／在家裏辦公；～じかん【執務時間】（名）辦公時間；☆執務時間中は面会謝絶／在辦公時間不會客②

*じつむ【実務】（名）實際業務；☆実務に習熟する／熟悉實際業務。①②

しつめい【失明】（名・自サ）失明；☆爆風を受けて失明する／因受爆風而失明⓪

*しつもん【質問】（名・自サ）質問；☆質問の連発／紛紛質問；☆質問をそらす／避而不答；☆この質問は急所をついた／這個質問擊中要害。⓪

しつよう【執拗】（形動ダ）執拗，頑強（＝しつこい、かたいじ）；☆執拗に反抗する／頑強反抗；☆執拗に質問する／執拗地質問。

*じつよう【実用】（名・自サ）實用；☆実用向（むき）にできている／做得很合乎實用；☆実用と装飾とを兼ねている／既實用又美觀；～しゅぎ【実用主義】（

名）〔哲〕實用主義（＝プラグマティズム）；～しんあん【実用新案】（名）（關於器物的）實用上的發明；～てき【実用的】（形動ダ）實用的，合乎實用的；☆これは誠に実用的だ／這真是合乎實用；～ひん【実用品】（名）實用品。⓪

しつらい（名）（室內等的）裝飾（＝かざりつけ）；☆客の目を引くようにしつらいをする／裝飾得使賓客注目。③

しつら・える【他下一】陳設，裝飾，安設；☆部屋に花瓶置きの棚をしつらえる／屋裏安設放置花瓶的擱板。④

じつり【実利】（名）實際利益，現實利益（效用）；☆実利を重んずる／重視實際利益（效用）；～しゅぎ【実利主義】（名）功利主義。①②

じつり【実理】（名）從實際上體會的道理①②

しつりょう【実料】（名）內容，實質；☆質料は形式を規定する／內容決定形式②

しつりょう【質量】（名）〔理〕質量；☆質量を計る／測定質量；☆質量不変の定律／質量不滅定律。②

*じつりょく【実力】（名）①實力，實際能力；☆実力を持っている／具有實力；☆結局実力が勝つ／最後是實力戰勝；②武力；☆実力を行使する／動武，訴諸武力；☆実力で奪い返す／用武力奪回。⓪

*しつれい【失礼】Ⅰ（名・形動ダ・自サ）失禮，不體貌；☆失礼なことを言う／說不體貌的話；☆人前で欠伸（あくび）をするのは失礼だ／在人前打呵欠不禮貌；☆返事がおくれて失礼した／回信晚了，對不起；Ⅱ（感）表示道歉，①請原諒，對不起；☆どうも失礼／真對不起！②再見；☆では失礼／再見吧。

じつれい【実例】（名）實例；☆実例をあげて説明する／舉出實例說明；☆今まで実例のないことだ／是從來沒有前例的事情。⓪

しつれん【失恋】（名・自サ）失戀；☆失恋の悩（なや）み／失戀的苦惱。⓪

じつわ（は）【実は】（副）實際，其實；☆実は全く反対だ／實際完全相反；☆実は私の考え違いであった／其實是我想錯了⓪

じつわ（は）【実話】（名）真實的事，真有其事的故事。⓪

して Ⅰ（接）而，那麼（＝そうして）；☆して、君は行くのか／那麼你去嗎？☆して、それから／而後呢？Ⅱ（格助）①（

付體言下）以，由（＝で）；☆二人して稼（かせ）ぐ／兩個人工作；☆みんなして歌おう／大家來唱吧！☆みんなして私をいじめる／全都來欺負我；②〔文〕（下接使役助動詞）使，令；☆彼をして勉強せしめる／令他用功；③經過，以後（＝へて、たって）；☆二三日して（から）帰る／過兩三天回來，兩三天以後回來；Ⅲ（修助）①而；☆言わずして知る／不言而喻；☆任重くして道遠し／任重而道遠；☆トルストイを読まずして文学を語るな／不讀托爾斯泰（的作品）就別談文學；②用以調整語氣（並無特別意義）；☆名前からして気に食わない／單說這名字吧，就令人討厭；③用以加強語氣；☆一瞬にして消える／轉眼消逝；☆今にして思い当たる／現在才尋思過去味兒來。◯

して【仕手】（名）①做的人，幹的人（＝するひと）；☆仕手が居ない／沒有幹的人；②〔能、狂言〕正角，主角；☆仕手を勤める／扮演主角；③〔經〕（進行大量投機的）大戶。◯②

しで【死出】（名）←死出の旅；死出の山；～のたび【死出の旅】（名）死去，死（＝しぬこと）。①

してい【子弟】（名）①兒子和弟弟；②〔文〕子弟，少年（＝わかもの）；☆子弟の教育に熱心な人／對子弟教育熱心的人。②

してい【私邸】（名）私人宅邸，私宅；☆私邸に訪問する／到家裏去訪問。◯

してい【姉弟】（名）〔文〕姉弟，姐姐和弟弟。②

*してい【指定】（名・他サ）指定；☆日を指定する／指定日期；☆指定の場所／指定地點；☆指定席／預定席，對號的座位。◯

してい【師弟】（名）師生，師傅和徒弟；☆師弟の関係を結ぶ／結成師生（師徒）關係。②

じてい【自邸】（名）自己的家；☆自邸にこもる／閉居家中。◯

しでか・す【仕出かす】（他五）〔俗〕做出來，幹出來；☆今度は何をしでかすか分からない／下次還不知道（他）搞出什麼來。③

してからが（連語）〔俗〕用…にしてからが的語形〕首先；連；；☆この私にし

てからが信じていたんだから、皆が騙されるのも無理はない／我首先就（連我都）信以為眞了，難怪大家受騙。②

してき【指摘】（名・他サ）指出；☆弱点を指摘する／指出弱點。◯

してき【史的】（形動ダ）歴史性的，歴史上的；☆両国の関係を史的に観察する／從歷史上來看兩國關係；～ゆいぶつろん【史的唯物論】（名）歷史唯物論。◯

してき【私的】（形動ダ）私人的，個人的；☆私的な事／私事；☆私的感情／私人的感情。◯

してき【詩的】（形動ダ）含有詩意的；☆この光景は実に詩的だ／這個光景（場面）眞是富有詩意的。◯

じてき【自適】（名・自サ）舒暢，自在；☆悠悠自適する／悠閒自在。◯

*してつ【私鉄】（名）私營鐵路；←→こくてつ（国鉄）。◯

しても（連語・修助）〔用…にしても，…としても的語形〕縦令…（也），即便…（也）（＝でも）；☆それにしても／縦令是那樣（也）；☆たとえ君が間違っていないとしても／縦令你沒有錯（也）；☆あるにしても／即便有（也）；☆相談がまとまるにしても急には行くまい／縦令談判能以達成協議，也不會很快的。

してや・る【為て遣る】（他五）〔俗〕①吃＝（たべる）；②（為旁人）做，給…做（＝やってやる）；☆君に代わって返事をしてやる／替你回答（他）；③欺騙（＝だます）；☆してやられた／受了騙；☆千円してやられた／被騙去了一千元；☆「してやったり」とほほえんだ／心裏微笑着說：我算把他騙得不亦樂乎。

してわ（―い）（連語・修助）〔用…にしては…としては的語形〕照…，照…看來（＝のわりには）；☆七月にしては涼しい／照七月說來倒很涼爽。

*してん【支店】（名）分社，分號（＝でみせ）；分行；☆支店を開設する／開設分號；☆第一銀行横浜支店／第一銀行横濱分行；☆（銀行の）支店長／分行經理◯

してん【支点】（名）〔理〕支點。◯

してん【死点】（名）〔機〕死點（＝デットポイント）。②

してん【視点】（名）①〔畫〕（遠近法的）視點（視線與畫面成直角的地平線上的假定點）②觀點；☆視点をかえて別の面か

し

ら論ずる／改變觀點從旁的方面論述 [0] [2]

しでん【市電】（名）←市營電車。 [0]

じてん【次点】（名）①（選擧居）得票居第二位（的人）；☆次点で当選する／以（得票占）第二名當選；②後補人選。 [0]

じてん【字典】字典，辭典（＝じびき）；☆字典を引く／查字典。 [0]

じてん【自転】（名）①自行轉動；②〔天〕自轉；～しゃ【自転車】（名）自行車，脚踏車；～しゅうき【自転周期】（名）〔天〕自轉週期。

じてん【時点】（名）時間經過的某一點 [0]

じてん【事典】（名）辭典，☆百科事典／百科全書（＝エンサイクロペディア） [0]

***じてん**【辞典】（名）辭典，辭書，☆その辞典が世に出て以來／自從那部辭典問世以後。 [0]

じでん【自伝】（名）自傳（＝じじょでん）；☆自伝を書く／寫自傳。

してんのう【四天王】（名）①〔佛〕四大天王；②〔轉〕（部下門人中最出色的）四大金鋼。 [4]

しと【使徒】（名）①〔宗〕使徒（基督的十二弟子）；②使者；☆平和の使徒／和平使者。 [2]

しと【使途】（名）（金錢的）開銷（＝つかいみち）；☆金の使途が明らかでない／錢是怎樣花的不淸楚。 [2]

しど【視度】（名）〔理〕視度。

しとう【至当】（形動ダ）最適當，最合理；☆そうするのが至当だ／那麼辦最適當；☆至当な値段／最合理的價錢。 [0]

しとう【死闘】（名・自サ）死戰，決死戰，死死的戰鬥；☆死闘を続ける／繼續殊死的戰鬥；☆失地奪回を目ざして死闘する／爲奪回失地而進行殊死的戰鬥。 [0]

しどう【市道】（名）市建道路。 [0]

しどう【始動】（名・自他サ）始動，開動；～そうち【始動装置】（名）始動裝置。 [0]

***しどう**【指導】（名・他サ）指導，指教，領導；☆宜しく御指導下さい／請您指教；☆指導の任に当たる／擔任領導。

じとう【地頭】（名）〔文〕①該地，現地；②（封建時代管理莊園的）莊頭；③〔江戶時代〕（領有一萬石以下領地的）幕府僚臣；（各藩擁有領地的）家臣；（役使農奴的）地主；～しき【地頭職】（名）

①莊頭職務；②莊頭份額；◇泣く子と地頭には勝てない／對於哭鬧的孩子和莊頭是不可以理喻的。 [2] [0]

***じどう**【自動】（名）①自動；②〔語法〕自動；～きろくき【自動記録器】（名）自動記錄器；～し【自動詞】（名）〔語法〕自動詞；～しゃ【自動車】（名）汽車；～しょっき【自動織機】（名）自動織布機（經線斷時自動停止，緯線斷時自動補充）；～てき【自動的】（形動ダ）自動的；～的に動く／自動的；～でんわ【自動電話】（名）自動電話；～ドア【自動 door】（名）自動門；～ばかり【自動秤】（名）自動秤，彈簧秤；～はんばいき【自動販売機】自動售貨機；～まき（うでどけい）【自動巻（腕時計）】（名）自動錶；～れんけつつき【自動連結器】（名）〔鐵〕自動連接器，自動掛鈎。

***じどう**【児童】（名）兒童（こども、わらべ）；～が【児童画】（名）兒童畫；～げき【児童劇】（名）兒童劇；～はんざい【児童犯罪】（名）兒童犯罪，少年犯罪；～ぶんがく【児童文学】（名）兒童文學。 [1]

***じどうしゃ**【自動車】（名）汽車；～おきば【自動車置場】（名）車庫；停車場。

しとうしん【四等親】（名）〔法〕四等親屬（如高祖父母、兄弟姐妹的孫子等）。

じとく【自得】（名・他サ）①自悟，自己體會；☆自然に自得した技術／由自己自然體會來的技術；②自己滿足，自得，得意；③自受；☆自業自得（じごうじとく）／自做自受。 [0]

じとく【自瀆】（名・自サ）手淫（＝しゅいん、オナニー）。 [0]

しどけな・い（形）①雜亂的，蓬鬆的，不整潔的（＝だらしない）；☆しどけない恰好（かっこう）／不整潔的樣子；②幼小的（＝いとけない、おさない）；☆しどけない子供／幼童；図しどけし（形ク）。 [4]

しと・げる【為遂げる】（他下一）做完，完成；☆大事業をしとげる／完成大事業；図しとぐ（下二）[3]

しとしと（副）①（雨）靜靜地（下）；☆雨がしとしと（と）降る／雨靜靜的下；②潮濕，濕潤；☆海苔（のり）がしとしととになってしまった／紫菜潮了。 [2]

じとじと（副・自サ）濡濕，濕透；☆靴の中がしとじとする／鞋子裏濕透了；☆しとじとと湿（しめ）る／濡濕，濕透。①

しとど（に）（副）〔文〕①重起地，用力，痛；☆したたかに、はなはだしく；☆しとど打つ／痛打；☆濕淋淋（＝ひどくぬれる）；☆雨にしとどに濡れる／雨淋得濕淋淋的。⓪

シドニー【Sidney】（名）〔地名〕雪梨。①

しとね【茵・褥】（名）〔文〕褥子；褥墊兒；☆草を褥にして寝る／舖草而臥。⓪

しとみ【蔀】（名）〔文〕（遮蔽風雨用的）板窗；☆蔀を上げる／吊起板窗。②①

しと・める【仕留める】（他下一）（用槍等）殺死；射中（飛鳥等）；☆猪（いのしし）を仕留める／（用槍）打死野猪；図しとむ（下二）。③

しとやか【淑やか】（形動ダ）安詳，穩靜，沉靜，優雅；☆淑やかに歩く／安步；☆淑やかな女／舉止安詳性情溫柔的女人；☆物腰（ものごし）が淑やかである／舉止安詳。②

しと・る【湿る】（自五）濕，濕潤；☆温った紙／濕了的紙。⓪

しどろ（形動ダ）亂，混亂，雜亂，蓬亂；☆髪がしどろに乱れる／頭髪蓬亂；～もどろ（形動ダ）亂七八糟，雜亂無章；☆言うことがしどろもどろであった／說的是牛頭不對馬嘴；☆質問されて彼はしどろもどろの態だった／他被質問得狼狽不堪（不知如何回答）。⓪

シトロン【citron】（名）①〔植〕香櫞，甘橘類之一；②檸檬水（清涼飲料）。②

─しな（接尾）表示…時；☆帰りしなに／臨回來（去）的時候；☆寝しなに一杯飲む／臨睡時喝一杯酒。

*しな【品・料】（名）東西，貨品（＝しなもの）；☆店に品が多い／商店裏貨品多；☆品が切れる／東西賣光了，貨脫售了；☆品が手薄になる／缺貨；②（貨品的）質量，（人的）品質，人品；☆一番品のいい葡萄酒／質量最好的葡萄酒；☆品が落ちる／質量降低（低劣）；③種類（＝たぐい）；☆その手にはふた品ある／那種東西（貨品）有兩種；④情形（＝ことがら、ようす）；☆所変われば品変わる／一個地方一個情形，各處有各處的鄉俗，隔道不下雨，十里不通風；⑤嬌態；

☆料を作る／作態；☆彼女はいやに科を作って物を言う／她說話時特別裝模作樣的。

しない【竹刀】（名）（練習撃劍用的）竹劍。①②

*しない【市内】（名）市内；～ばん【市内版】（名）（報紙的）市内版；～ゆうびん【市内郵便】（名）市内郵件。①

じない【寺内】（名）寺院内；☆寺内に墓地がある／寺院内有墓地。①

しな・う【撓う】（自五）①（柔軟而）彎曲；☆君の手はよく撓うね／你的手眞柔軟；☆竹はよく撓う／竹子易於彎曲；②順隨（＝したがう、なびく）。⓪

しなうす【品薄】（名・形動ダ）貨品缺乏；☆品薄となった／缺貨了。⓪

しなおし【為直し】（名・自サ）重做，再做，另做（＝やりなおし）；☆掃除の為直しをさせられる／被命令（吩咐）重新打掃。⓪

しなお・す【為直す】（他五）重做，另做，再做；☆初めからしなおす／從頭重作。③

しながら【品柄】（名）貨物的質量，貨品。⓪

しなぎれ【品切】（名）（貨物）賣光，售罄，脫銷；☆品切になる／賣光了，脫銷了；☆目下品切に付御注文に応じ兼ねる／因目前無貨礙難接受訂購。⓪

しなさだめ【品定め】（名・他サ）品評，評定（質量，優劣）；☆若手作家の品定めをする／品評青年作家。③

しなしな（副・自サ）①非常柔軟，顫顫巍巍（＝しなやか）；②不慌不忙，穩穩當當（＝いそがずに、しずかに）。①

しなじな【品品】（名）①各式各樣的貨品（東西）；☆必要な品品を買い揃える／買齊所需要的各樣東西；②各式各樣，形形色色。②

しなだ・れる【撓垂れる】（自下一）①彎曲而下垂；☆柳が撓垂れる／柳枝下垂；☆雨に撓垂れる／被雨打得彎曲而下垂；②偎倚，偎靠；☆女が恋人に撓垂れている／女人偎倚着情人。⓪④

しな・びる【萎びる】（自上一）枯萎，乾瘠，衰癟；☆花が萎びた／花枯萎了；☆萎びた顔／枯瘦的臉；☆萎びた豆／乾癟的豆粒；図しなぶ（上二）。⓪

*しなもの【品物】（名）東西，物品，貨物

；☆品物を仕入れる／薑購貨物；☆品物で払う／用貨支付。⓪

しなやか【撓（嫋）やか】（形動ダ）①柔軟；☆嫋やかな手／柔軟的手；②顧顧巍巍；☆撓やかに曲る釣竿（つりざお）／顧顧巍巍的釣竿；⑤優美，溫柔；☆撓やかな起居振舞／優美的擧止；〜さ（名）；☆彼女には撓やかさが足りない／她不太溫柔。②

じならし【地均し】（名・自サ）①弄平地面，平地，壓平地面；☆地均しをする／弄平地面；②壓地輥子（＝ローラー）②

じなり【地鳴り】（名・自サ）地盤鳴動，地動；☆地鳴りがして山崩れが始まった／地動而山開始崩裂了。③⓪

シナリオ【scenario】（名）①電影脚本；②戲劇說明書；〜ライター【scenario writer】（名）電影脚本作者。②⓪

しな・れる【為慣れる】（自下一）做慣，熟練；☆しなれた仕事／熟練的工作；因しなる（下二）。③

しなわけ【品別】（名・他）選別貨品；分門別類；☆取れた魚を品別する／把捕獲的魚（按大小、種類）分開。⓪

しなん【指南】（名・他サ）①指示；教導；☆指南を受ける／受教；②←指南車；〜しゃ【指南車】（名）（中國上古的）指南車；〜じょ【指南所】（名）教授所；〜ばん【指南番】（名）〔封建時代〕（各諸侯府任用的）武術教師，教官。①

しなん【至難】（形動ダ）極難，最難；☆至難な業／極難的事情；☆この問題を解決するのは至難だ／解決這個問題極困難。①⓪

じなん【次男】（名）次子；〜ぼう【次男坊】（名）次子。①

シナントロプス・ペキネンシス【Sinanthropus Pekinensis】(名)〔考古〕（在周口店發現的）北京猿人，中國猿人。⑤─③

しにがお【死顔】（名）死時的面容。⓪

しにかか・る【死に懸る】（自五）快要死，將死；☆死にかかった人／將死的人，差一點溺死的人。④

しにかけ【死懸】（名）瀕死，垂死。

しにがね【死金】（名）①棺材本；②一味累積而不活用的錢，死錢。⓪④

しにがみ【死神】（名）死神，追命鬼，勾魂鬼；☆死神につかれている／叫勾魂鬼迷住了。⓪

シニカル【英・形 cynical】（形動ダ）犬儒學派的，冷嘲的，譏誚的；☆シニカルな言い方／譏誚的說法。①

しにかわ・る【死に変わる】（自五）①死後容貌改變；②死了重新託生，輪廻。④

しにぎわ【死際】（名）臨死，臨終；☆死際の遺言／臨終的遺囑；☆死際に懺悔（ざんげ）する／臨終懺悔。⓪

しにく・い【為悪い】（形）難做的，難辦的；☆しにくい仕事／難做的工作；☆勉強がしにくい／難以用功，用不下功去。②

しにざま【死様】（名）臨死的樣子；死的方式；☆見にくい死様をする／死得不體面；☆何と言う死様だ／死得多麼窘迫！死得多麼窩囊！☆あいつの死様が見たいものだ／我要看他怎麼死，他是不會得好死的。⓪

しにしょうぞく【死装束】（名）①切腹，自殺時的服裝；②白壽衣；☆知人が寄り合って死装束を縫う／親友們集到一起（給死者）縫壽衣。③

しにせ【老舖】（名）（多年的）老舖子；☆あの店は九代続いた老舖だ／那個舖子是繼續了九代的老舖子。⓪

しにぞこない【死損（い）】（名）①尋死沒死了（的人），自殺未遂（者）；②（咒罵老人語）老而不死（者），該死而不死的東西；☆死損い／這個老該死的東西。

しにぞこな・う【死に損う】（自五）①尋死沒死了，自殺未遂；②該死不死，活得過久；沒能死掉；☆四十過ぎた頃大病をして死に損ってから非常に達者になった／四十多歲時患了重病沒死，爾來身體非常健康。⑤

しにた・える【死に絶える】（自下一）死絕；☆あの一家は死に絶えた／那一家人都死絕了；因しにたゆ（下二）。④

しにどき【死時】（名）死時，該死的時候；☆今が死時だ／現在是該死的時候了⓪

しにどころ【死処】（名）死處；☆死処を得た／死得其所。③

しにば（しょ）【死場（所）】（名）死處（＝しにどころ）；☆死場所を探す／尋求死處；☆ここを死場所とする積りだ／我決心死在這裏；這個工作我願意幹一輩子。⓪

しには・てる【死に果てる】（自下一）①死掉（＝しんでしまう）；☆この大木は

已に死に果ててしまった／這個大樹已經完全死了；②死絕，死盡（＝しにたえる）；図しにはつ（下二）。④

しにばな【死花】（名）臨死的榮譽，死後的榮譽；光榮的死；☆死花が咲く／死得光榮，光榮犧牲。⓪

しにみず【死水】（名）臨死喝的一口水，◊死水を取る／（在嚥氣前）給喝得最後一口水，送終。④⓪

しにめ【死目】（名）臨終，臨死（＝しにぎわ，まつご）；☆残念にも母の死目に会えなかった／很遺憾沒有趕上母親嚥氣。⓪

しにものぐる・い【死物狂い】（名）殊死，拼死，不顧死活，☆死物狂いになる／豁出命來。⑤

しによう【死様】（名）①臨死的樣子（＝しにざま）；②死的方式（＝しにかた）⓪

しにわか・れる【死に別れる】（自下一）死別，☆両親に死に別れる／父母去世，図しにわかる（下二）。⑤

しにん【死人】（名）死人，死者（＝しにびと）；☆その衝突で沢山の死人が出た／那次撞車死了不少人，◊死人に口なし／死人不能争辯（作證）。⓪①

じにん【自任】（名・自サ）①（以…）為己任；②以…自居；☆民族革命家を以って自任する／以民族革命家自居。⓪

じにん【自認】（名・自サ）自己承認，悪かった事を自認する／自己承認錯誤（不是）。⓪

じにん【辞任】（名・自）辭職，☆責任を負って辞任する／引咎辭職。⓪

＊し・ぬ【死ぬ】Ⅰ（自ナ）〔文〕死；Ⅱ（自五）①死，☆国のために死ぬ／為國捐軀；☆死ぬほどつらい／難過得要命；②無生氣，不生動，☆この絵は死んでいる／這幅畫沒有生氣；☆そうすると文が死んでしまう／那樣一來文章就不生動了；③沒有效果，糟蹋，☆それでは金が死んでしまう／那麼作就把錢白糟蹋了；☆折角の絵もこんな所に掛けては死んでしまう／這麼好的畫掛在這裏簡直是糟蹋了；④〔圍棋〕死；⑤〔棒球〕死，出局；◊死んで花実（はなみ）がなるものか／捨命最愚蠢。

しぬ・く【為抜く】（他五）作盡，作完，幹到底（＝しつくす，やりぬく）；☆悪事をしぬく／無悪不作；☆この仕事をし

ぬくまでは死ねない／在我有生之日，非把這個工作做完不可。②

じぬし【地主】（名）地主，☆因業（いんごう）な地主／殘忍的地主。⓪

じねつ【地熱】（名）地熱。⓪

シネマ【法cinéma、英cinema】（名）〔←シネマトグラフ〕電影；☆シネマを見る／看電影。①

シネマスコープ【Cinema-scope】（名）寬銀幕電影。⑤

シネラリヤ【cineraria】（名）〔植〕千里光屬，瓜葉菊；〔俗〕千日蓮（＝サイネリヤ）。③

しの【篠】（名）①叢生的矮竹；②（棉、毛、絲紡過程中紡成線以前拉成條狀的）纖維帶；③←しのぶえ；篠を突く（雨）／大雨傾盆。①②

しのうこうしょう【士農工商】（名）〔文〕士農工商。①

しのぎ【凌】（名）〔しのぐ〕的名詞形；☆一時の凌ぎをつける／暫時彌縫，敷衍一時；☆凌ぎがつかない／無法應付，一籌莫展。①③

＊しの・ぐ【凌ぐ】（他五）①冒着（＝おかす、おしわける）；☆暴風を凌いで進む／冒着暴風前進；②凌駕，超過（＝すぎる、こえる）；☆山頂雲を凌ぐ／山峯凌雲；☆人口に於て東京を凌ぐ／在人口方面超過東京；☆同僚を凌ぐ／超過同事；③忍耐，忍受（＝たえる、しのぶ）；☆寒気を凌ぐ／凌寒，耐寒；☆暑さも凌ぎよくなった／酷暑已消退了，炎熱的天氣也凉爽起來了；④闖過，擺脱（＝きりぬける）；☆年末を凌ぐ／闖過年關；☆やっとその日を凌いで行くだけだ／僅能勉強糊口；☆このパンで今日だけは凌げる／有了這塊麵包今天一天可以應付過去了；⑤躲避（＝ふせぐ）；☆木の下で雨を凌ぐ／在樹下避雨；☆暑さを凌ぐ／避暑；⑥欺凌，誣蔑，輕視（＝あなどる、いやしめる）；☆長者を凌ぐ／欺凌長輩。②

しのこ・す【為残す】（他五）（工作等）沒有做完，☆来客のためとうとう仕事を為残してしまった／因為來了客人工作終於沒有做完。③⓪

じのし【地伸し】（名・他五）（在裁剪前）熨平（衣料）；☆地伸しをしないと出来た後で恰好が崩れる／若不把衣料熨平做

好以後會走様子。③

しのだけ【篠竹】（名）矮竹，叢生竹（＝しの）。②

しののめ【東雲】（名）拂曉（＝あけがた，あかつき）；☆東雲の光／曙光。⓪

しのば・せる【忍ばせる】（他下一）①偸偸、悄悄地行事；☆足音を忍ばせて敵に近づく／悄悄地向敵人摸上去；①暗藏，偸偸携帶；☆懐にナイフを忍ばせる／懷裏暗藏刀子。⓪

しのび【忍】（び）（名）①〔しのぶ〕的名詞形；②偸偸，悄悄；③隱身術；潛入；☆忍びの術／隱身術；④間諜，奸細（＝スパイ）；☆忍びの者／奸細；☆忍びを出す／派出奸細；⑤←しのびあるき；～あい【忍び逢】（名）（男女）幽會，密會；～あし【忍び足】（名）躡足；☆忍び足で歩く／躡足而行；～あるき【忍び歩き】（名）悄悄地走，躡足而行；～い・る【忍び入る】（自五）潛入，偸偸進入；～ごえ【忍び声】（名）小聲；☆忍び声で話す／小聲說話，私語；～ごと【忍言】（名）私語；～こ・む【忍び込む】（自五）潛入，悄悄進入；～しのび【忍び忍び】（副）偸偸地，悄悄地；～なき【忍び泣き】（名・自）偸偸地哭泣，飲泣；～ね【忍び音】（名）①小聲；②（四月初的）杜鵑啼聲；～やか【忍びやか】（形動ダ）偸偸，悄悄；～よ・る【忍び寄る】（自五）①偸偸貼近；②不知不覺到來；☆秋が忍び寄る／不知不覺秋天來到；～わらい【忍び笑い】（名・自サ）竊笑，偸偸地笑。⓪

*しの・ぶ【忍ぶ】Ⅰ（他五）①忍耐，忍受，容忍（＝たえる）；☆その惨状は見るに忍びない／那種惨狀目不忍睹；②隱匿，隱藏，躱避（＝くらます，かくす）；☆世を忍ぶ／遁世；☆人目を忍ぶ／躱避旁人眼目，偸偸，悄悄；Ⅱ（自五）①隱藏，躱避（＝かくれる）；☆木蔭に忍ぶ／躱（藏）在樹後面；②偸偸地（走、往還）；☆忍んで行く／偸偸地去；☆女の許に忍んで行く／偸偸到女人那裏去⓪②

しの・ぶ【偲ぶ】（他五）追憶，回憶，懷念，想念，緬懷；☆昔を偲ぶ／緬懷往昔；☆ありし日を偲ばせる／令人追念往昔☆；A氏を偲ぶ会／追念A氏的（座談）會。⓪

しのぶえ【篠笛】（名）竹笛；☆篠笛を吹く／吹竹笛。②③

しば【柴】（名）（山上野生的）矮樹；☆柴を刈（か）る／砍柴。⓪

*しば【芝】（名）（舖草坪用的）短草，矮草；☆芝を植える／舖草坪。⓪

じば【磁場】（名）〔理〕磁場。①②

*しはい【支配】（名・他サ）管理，管轄，統治，控制，支配；☆自然を支配する／控制自然；☆境遇に支配される／受環境支配；～けん【支配権】（名）控制權，管理權，支配權；～にん【支配人】（名）（商店、公司的）經理。①

しはい【賜杯】（名）（天皇、皇族等贈給體育比賽優勝者的）優勝杯。⓪

*しばい【芝居】（名）①戲劇；☆芝居を見に行く／看戲去；☆芝居がはねる／散戲；☆芝居の番付／戲報，戲劇節目單；☆芝居の一座／一個戲班（劇團）；②〔轉〕唱戲，假裝；花招；☆夫婦喧嘩は芝居だった／兩口子打架原來是唱戲；☆彼女は本当に泣いてるんじゃない、芝居だよ／她不是眞哭，假裝的；☆芝居を打つ／要花招；④戲院子，劇場；～ぎ【芝居気】（名）①（為博得喝彩）想要玩弄花招兒的心情；☆芝居気を出す／想要玩弄花招兒（表演一番）；☆芝居気たっぷりな人／好表演樣的人，好耍花招兒的人；②（為了博得好評在人前）裝模作樣；☆会長の挨拶には芝居気があって面白くない／會長的致詞有些假惺惺令人不愛聽；～ごや【芝居小屋】（名）戲院子，劇院⓪

しばいぬ【芝犬】（名）一種日本種小犬⓪

しばえび【芝蝦】（名）〔動〕青蝦。②

しばがき【柴垣】（名）（樹枝編的）籬牆，籬笆。②

しばかり【柴刈】（名・自サ）①砍柴；②打柴人，樵夫。④③

*じはく【自白】（名・他サ）坦白，供認；☆罪を自白する／認罪，供出罪狀；☆彼の自白は少し矛盾している／他的供詞有些矛盾。⓪

じばく【自縛】（名）自縛；☆自縄自縛（じじょうじばく）／自繩自縛，作繭自縛。⓪

じばく【自爆】（名・自サ）（駕駛飛機衝入敵陣）自己爆炸，（軍艦為避免遭受敵人捕獲而）自行炸沉；～こうげき【自爆攻撃】（名）（二次大戰時日本的）自殺攻擊隊。⓪

しばくさ【芝草】（名）矮草（＝しば）。[0]

しばし【暫し】（副）〔文〕暫時，不久，一會兒（＝しばらく）；☆拍手は暫し鳴り止まなかった／鼓掌聲持續了許久。[1]

*しばしば【屢屢】（副）〔文〕屢次，再三，每每（＝たびたび）；☆しばしば雨が降る／總下雨，老下雨；☆しばしばの失敗／再三的失敗。[1]

しはじ・める【為始める】（他下一）開始做，着手；図しはじむ（下二）。[4]

しはす【師走】（名）〔文〕〔しわす〕之訛。[0]

じはだ【地肌】（名）①大地的表面；②沒化粧的皮膚；☆地肌の荒れるのを防ぐ／防止皮膚變粗；③素地。[0][1]

しばたた・く【屢叩く・瞬く】（他五）屢次眨眼睛。[4]

しはつ【始発】（名）①（最初）出發；☆始発駅／出發站；☆大阪始発の急行／由大阪開的快車；☆——しゅうちゃく（終着）；②（電車等清晨）第一班車／（清晨）第一班電車；☆始発電車／（清晨）第一班電車；☆始発は午前四時／清晨四點鐘發車；↔しゅうはつ（終発）。[0]

しは・てる【為果てる】（他下一）做完，完成；図しはつ（下二）。[2]

しばふ【芝生】（名）矮草地，（庭園，公園內的）草坪；☆芝生を踏むべからず／不許踐踏草坪。[0]

じばら【自腹】（名）〔俗〕；☆自腹を切る／自己掏腰包。[0]

*しはらい【支払（い）】（名・他サ）支付，付款；☆支払を請求する／要求付款；☆支払を拒絶する／拒絕支付；☆お支払は、お出口で／請到出口付款。[0]

*しはら・う【支払う】（他五）支付，付款；☆手形を支払う／支付票據；☆支払うべき債務／應付債務；☆電話代を支払う／繳納電話費。[3]

*しばらく【暫く】（名・副）①暫時，姑且；☆暫く辛抱する／姑且忍耐一時；不久，一會兒；☆暫くしてから／過一會兒；☆暫くお待ち下さい／請稍候一會兒③半天，許久；☆暫くでした／久違，好久沒見；☆暫く待たされた／等了半天。[2]

しばり【縛り】（名）①〔しばる〕的名詞形；②束縛；期限；～あ・げる【縛り上げる】（他下一）綁上，捆上；～くび【縛り首】（名）把兩手背着綁上而斬首的一種刑法；～つ・ける【縛り付ける】（他下一）綁住，捆住；綁到…上；☆しっかり縛り付ける／緊緊綁住；☆自転車に縛り付ける／綁到自行車上；～め【縛（り）目】（名）綁的扣，繩扣。[3]

*しば・る【縛る】（他五）①綁，縛，捆，紮；☆犯人を縛る／綁住犯人；②縛って束にする／捆上；拘束，限制；☆規則で縛る／用章程限制；☆時間に縛られる／受時間限制。[2]

しはん【市販】（名・他サ）在市面上出售；市販の品物／市面上出售的貨品。[0]

しはん【師範】（名）①榜樣，師表；☆後世の師範／後世的師表；②師傅，先生；☆剣道の師範／撃劍教師；③師範學校；～がっこう【師範学校】（名）師範學校。[0]

じばん【地盤】（名）①地基；☆固い地盤／堅固的地基；☆地盤がゆるい／地基鬆軟；☆地盤を回復する／恢復地盤；②都市を地盤として／以城市為根據地。[0]

しはんぶん【四半分】（名）四分之一。[2]

ジバン【葡 gibão：襦袢】（名）貼身短襯衣（＝じゅばん）。[0]

しひ【私費】（名）自費，個人負擔費用；☆私費で留学する／自費留學。[0][1]

しひ【自費】（名）自費；☆自費で留学する／自費留學；～せい【自費生】（名）自費生。[0][1]

*じひ【慈悲】（名）①〔佛〕慈悲；②憐恤；☆人のお慈悲で生活する／靠旁人施捨為生；☆慈悲をたれる／垂憐。[0][1]

じび【耳鼻】（名）耳鼻；～いんこうか【耳鼻咽喉科】（名）耳鼻咽喉科，五官科；～か【耳鼻科】（名）耳鼻科。[1]

しびき【地引・地曳】（名）①（向岸上）牽曳下在海底的網；☆漁師（りょうし）が大勢（おおぜい）で地曳をしている／漁夫們在一齊曳網；②曳網；～あみ【地曳網】（名）曳網。[3][0]

じびき【字引】（名）字典，辭典；☆字引を引く／查字典；◇字引と首っ引き／手裏緊緊抓着字典一字一字查閲；～がくもん【字引学問】（名）只識其字而不會應用的學識，廣泛而膚淺的學識。[3]

じひつ【自筆】（名）親筆，親自書寫；☆

自筆で署名する／親自簽名；☆自筆の履歴書／親筆寫的履歴表。◯

じひびき【地響き】（名・自サ）①地動（＝じなり）；地面震動；☆大きな石が地響きをたてて落ちて来た／很大的石頭掉下來使地面轟轟震動。②

しひょう【指標】（名）目標，標識，標誌（めじるし）；☆この問題を指標として研究を行なう／拿這個問題作目標進行研究；☆砂糖の消費量は文化程度の指標になるといわれる／據說糖的消費量是文明程度的標識。◯

しびょう【死病】（名）絕症；☆死病に取り付かれる／患絕症。◯①

じひょう【次表】（名）下列的表；☆次表に掲げる／列在下列表内。①

じひょう【時評】（名）①當時的評論；②時事評論（述評）；☆新聞の時評／報紙的時事述評；～らん【時評欄】（名）時事述評欄。①

じひょう【辞表】（名）辭呈，辭職書；☆辞表を提出する／提出辭呈。◯

じびょう【持病】（名）①宿疴，老病；☆持病が起こった／老病發作；☆リューマチが彼の持病であった／風濕是他的老病；②老毛病；☆持病が直らぬ／老毛病改不了。①

しびょうし【四拍子】（名）①〔樂〕四拍子；②〔演唱日本歌謡時所用的〕笛、鼓、大鼓、小鼓四種主要樂器。②

しびれ【痺れ】（名）麻木；☆足に痺れが切れた／腿麻了；◊痺れを切らす／等得不耐煩；～ぐすり【痺れ薬】（名）麻藥，麻醉劑。③

*しび・れる【痺れる】（自下一）麻木；☆寒さで痺れる／凍麻；☆足が痺れた／腿（脚）麻了；図しびる（下二）。③

しぶ【渋】（名）①澀味；☆渋を引く（抜く）／除掉澀味；②柿核液（＝かきしぶ）；③〔古〕垢，銹（＝あか、さび）；④（由物滲出的）黑紅液。②

しぶ【支部】（名）支部；☆支部を開設する／設支部。①

しぶ【四部】（名）①四個部分；②〔樂〕四重唱（奏）之略。①

じふ【自負】（名・自サ）自負，自大，自傲；☆敢えて自負している次第ではない／我並不是在狂妄自負；～しん【自負心】（名）自負心；☆自負心が強い／自負心（太）強。◯①

じふ【慈父】（名）慈父。①

*しぶ・い【渋い】（形）①澀的；☆渋い柿／澀柿子；②不滑的（＝なめらかでない）；☆渋くて滑らない／發澀不滑動；③抑鬱的，快快不樂的；陰沉的；☆渋い顔／陰沉（不樂）的面色；④（花樣等不炫目而）雅緻的，古雅的；☆渋い柄／雅緻（雅素）的花樣；☆好みが渋い／趣味很古雅（別緻）；☆渋い色／雅素的顔色；☆芸が渋い／（演員的）演技很細緻（老練）；図しぶし（形ク）。◯

しぶうちわ【渋団扇】（名）塗上柿核液的茶色團扇。④③

しぶがき【渋柿】（名）①澀柿子；②〔轉〕不和藹的人；不明朗的人。②

しぶがっしょう【四部合唱】（名）〔樂〕四部合唱。③

しぶがっそう【四部合奏】（名）〔樂〕四部合奏，四重奏。

しぶがみ【渋紙】（名）塗柿核液的黏合紙（用於包裝等）；～づら【渋紙面】（名）黑紅的紙面。②◯

しぶかわ【渋皮】（名）果實的内皮；◊渋皮がむける／文雅（洗練、漂亮）起來（＝あかぬけする）；☆渋皮のむけた女／文雅（漂亮）的女人。

しぶき【繁吹・飛沫】（名）①〔しぶく〕的名詞形；②飛濺的水珠，飛沫；浪花；☆飛沫がかかる／濺上飛沫；☆飛沫を飛ばす／飛濺。③①

しふく【至福】（名）〔文〕非常幸福。◯

しふく【私服】（名）①便服；☆私服に着換える／換上便服；②便衣警察（特務）；☆私服の刑事／便衣特務；～けいじ【私服刑事】（名）便衣特務；～じゅんさ【私服巡査】（名）便衣警察。

しふく【私腹】（名）私囊；☆私腹を肥やす／肥己，貪污。◯

しふく【紙幅】（名）①紙的寬度；②〔轉〕紙面，篇幅；☆紙幅が尽（つ）きた／（規定的）紙面寫滿了；☆紙幅を増大する／（雜誌等）增加篇幅。①

しぶ・く【繁吹く】（自五）①（暴雨）挾風而降；☆雨の繁吹く中を駆けつける／冒着狂風暴雨跑來；②飛濺；☆浪が岩に当たってしぶく／浪撞巖石上而飛起浪花②

じぶくろ【地袋】（名）（壁龕下邊的）小壁櫥。②

ジプシー【Gipsy，Gypsy】（名）吉普賽〔轉〕流浪者。①

しぶしぶ【渋渋】（副）（不願意而）勉勉強強（＝いやいやながら）；☆渋渋承知した／勉勉強強地答應了。①⓪

しぶちゃ【渋茶】（名）味澁的茶，苦茶⓪

しぶつ【私物】（名）個人私有物；☆それは私の私物だ／那是我個人的私有物。⓪

ジフテリヤ【diphtheria】（名）〔醫〕白喉，～きん【diphtheria菌】（名）白喉菌。⓪

シフト【英 shift】（名）〔棒球〕隨進攻方式應變守備形態。①

しぶと・い（形）頑固的，頑強的，強項的（ごうじょうだ，かたいじだ），☆しぶとい男／頑固的人；囚しぶとさと（形ク）③

しぶぬき【渋抜】（名）除掉澁味；除掉澁味的柿子。④③⓪

しぶぬり【渋塗】（名）塗柿核液，塗成淡茶色；塗成柿核液的東西。

しぶみ【渋味】（名）①澁味，☆渋味がある／有澁味，發澁；②雅緻，古雅；蒼老，老練；☆彼の文章には渋味が出てきた／他寫文章的筆調老練起來了；☆渋味のある洋服／雅素的西服。③

しぶり【仕振り】（名）做法（＝しかた）；☆仕事の仕振り／工作的做法；☆そんな仕振りがあるか／有那種做法嗎？能那麼做嗎？⓪

しぶりばら【渋り腹】（名）蹲肚，結痢，裏急後重。③

しぶ・る【渋る】（自四）①發澀，執拗，不肯，不爽利，不痛快；☆答えを渋る／不痛痛快快回答；☆執筆を渋ってなかなか承知しない／不肯輕易答應執筆；②不流暢，不暢旺；☆筆が渋る／文筆不流暢，不順☆売れ行きが渋る／銷路不暢；③蹲肚，便秘；☆腹が渋る／蹲肚，裏急後重。⓪

しふん【私憤】（名）私憤；↔こうふん（公憤）；☆私憤を晴らす／洩私憤。⓪

しふん【脂粉】（名）〔文〕脂粉，化粧；☆脂粉の巷（ちまた）／烟花柳巷。①⓪

じぶん【時分】（名）①時刻，時候（＝とき）；☆もう寝る時分だ／已經是睡覺的時候了，該睡覺了；☆去年の今時分／去年的這個時候；②時機（＝おり）；☆時分を窺う／窺伺時機；☆時分はよし／正是好時機；～どき【時分時】（名）吃飯時刻（＝めしどき）；☆時分時だから蕎麦（そば）でも食おう／到吃飯的時候了，吃碗蕎麵條吧。⓪①

じぶん【自分】（名）Ⅰ（名）自己，自身；☆自分のことばかり考える／光爲自己打算；Ⅱ（代）我（＝わたくし，おのれ）；☆自分ながら愛想が尽きた／連我自己都討厭我自己了；☆自分としては賛成できない／我是不贊成；～かって【自分勝手】（形動ダ）自私；任性，隨便；☆あの人はよく自分勝手なことをする／他常常爲自己打算；☆自分勝手に振る舞う／獨斷獨行，擅專；～もち【自分持】（名）自己擔負（付款）。⓪

じぶんごれつ【四分五裂】（連語・名・自サ）四分五裂；☆党内は四分五裂している／黨內意見分歧；☆国は四分五裂のありさまだった／當時國家四分五裂。④

しぶんしょ【私文書】（名）私人文件；↔こうぶんしょ（公文書）。⓪

しべ【蕊】（名）〔植〕花蕊；☆蜂が蕊を分けて蜜を吸っている／蜂在開花蕊採蜜。①②

しべ【楷】（名）→わらしべ。①

しへい【紙幣】（名）〔經〕紙幣，鈔票；☆紙幣を発行する／發行紙幣；☆紙幣を贋造する／偽造紙幣；～らんぱつ【紙幣濫発】（名・連語）濫發紙幣。①

じべた【地べた】（名）；☆地べたに坐る／坐在地上。①

しべつ【死別】（名・自サ）死別（＝しにわかれ）；☆夫に死別する／丈夫死去⓪

シベリア【Siberia】（名）〔地〕西伯利亞。⓪

しへん【四辺】（名）①四下，附近（＝あたり）；②四面，四周；☆四辺の防備を固める／鞏固四面的防衛；☆四邊（形）；～けい【四辺形】（名）〔數〕四邊形。①

しへん【紙片】（名）〔文〕紙片（＝かみきれ）；☆紙片が散らばっている／碎紙散亂着。①

しべん【支弁】（名・他サ）①處理，措施（＝とりはからい）；②支付，付款（＝しはらい）；☆費用は国庫より支弁する／經費由國庫開支。⓪

じへん【事変】（名）事變，變故；☆不測の事変／不測的事件，意外變故。①

じべん【自弁】（名・他サ）自己負擔（費用）☆汽車賃は自弁のこと／火車費由個

人負擔。⓪

しぼ【思慕】（名・他サ）思慕，戀慕；懷念；☆思慕の念に堪えない／思慕不已 [1]

じぼ【慈母】（名）慈母；↔げんぷ【嚴父】。[1]

*__しほう__【四方】（名）①四方（東西南北）；☆四方から来る／從四面八方來；②四周，周圍；☆この山の頂上からは二十マイル四方が見える／從這座山頂可以看到二十哩周圍；③四海，天下；☆四方の諸侯／天下諸侯；～はっぽう【四方八方】（連語・名）四面八方；☆四方八方を探し回る／遍處尋找；☆四方八方から囲まれる／被從四面八方包圍上。[2]

しほう【司法】（名）司法；～かん【司法官】（名）司法公務員；～ぎょうせい【司法行政】（名）司法行政；～けいさつ【司法警察】（名）司法警察；～けん【司法權】（名）司法權。⓪

しほう【至宝】（名）極尊貴的寶物，珍寶；☆国家の至宝／國家的珍寶。⓪

しほう【私法】（名）私法（對公法而言，指民法、商法等）；☆私法を制定する／制定私法。⓪

しほう【子房】（名）〔植〕子房；☆子房が受精して果実となる／子房受精而成果實。⓪

*__しぼう__【死亡】（名・自サ）死亡；～しゃ【死亡者】（名）死者；～しんだんしょ【死亡診断書】（名）死亡診斷書；～とどけ【死亡届】（名）死亡報告；～りつ【死亡率】（名）死亡率；☆幼児の死亡率が高い／幼兒死亡率很高。⓪

*__しぼう__【志望】（名・他サ）志望，志願；☆軍人を志望する／志願當軍人；～しゃ【志望者】（名）志望者。⓪

*__しぼう__【脂肪】（名）〔理〕脂肪；～かたしょう【脂肪過多症】（名）〔醫〕脂肪過多症；～さん【脂肪酸】（名）〔化〕脂肪酸；～しつ【脂肪質】（名）脂肪質。⓪

じほう【時報】（名）①時時的報導；②報時；☆ラジオで十二時の時報が鳴った／無線電收音機報了十二點。⓪

じぼうじき【自暴自棄】（形動ダ）自暴自棄；☆失敗の結果自暴自棄に陥った／由於失敗而自暴自棄了。[4]

しぼつ【死没・死歿】（名・自サ）死亡，逝世；☆交通事故で死歿する者が年年減少する／由於交通事故而死亡的人年年

減少。⓪

しぼ・む【萎・凋む】（自五）枯萎，凋萎（＝しおれる）；☆花が萎んだ／花枯萎了。⓪

しぼり【絞（り）・搾（り）】（名）①〔しぼる〕的名詞形；②(擦乾的)濕毛巾；☆お客様にお絞りを上げる／給客人拿濕毛巾(擦臉)；③(花繡的)雜色，斑駁，斑點；☆絞りの朝顔／帶斑點的牽牛花；④→しぼりぞめ【絞染】；⑤〔照像〕光圈；☆うんと絞りをかける／盡量縮小光圈；～あ・げる【絞り上げる】（他下一）擦乾，擰（搾）淨；☆豆の油を絞り上げる／搾榨豆裏的油；②揭起，拉起（幕）；③勒索，強要（金錢等）（＝まきあげる，せびりとる）；④勉強發出（聲音，喊嘆）；☆うめき声を搾り上げる／勉強發出呻吟聲；⑤申斥，叱責；☆いたずらっ子を絞り上げる／叱責淘氣的孩子；～かす【絞り滓・搾り滓】（名）搾完的渣滓；～じる【搾り汁】（名）搾（擠）出的汁液；～ぞめ【絞（り）染】（名）將布紮緊或使成褶皺染後形成白色花紋的染法（＝くくりぞめ）～だし【搾（り）出し】（名）擠出（牙膏，繪畫顏料）；～だ・す【絞り出す・搾り出す】（他五）擠出，搾出；☆汁を搾り出す／搾出汁液；☆声を絞り出す／勉強發出高聲。[3]

*__しぼ・る__【絞（搾）る】（他五）①擰，搾，擠；☆手ぬぐいを絞る／擰毛巾；☆油を搾る／搾油；☆牛乳を搾る／擠牛奶；②剝削，勒索，敲詐；☆金を搾る／勒索金錢；☆その女にすっかり搾られた／被那個女人敲得乾乾淨淨；③拚命發出（高聲），搜索（枯腸），絞（腦汁），苦心（思索）；☆声を絞って救いを求める／拚命喊叫求救；☆頭を絞る／絞腦汁；☆智恵を絞る／苦心想法，盡量運用智慧；④引人（流淚）；☆観客の涙を絞る／引得觀衆流淚；☆袖を絞る／哭，流淚；⑤揭起（垂幕）；勒緊（袋口）；☆袋の口を絞る／勒緊袋口；⑥責備，申斥；☆なまけている者を搾ってやった／責備了懶惰的人；☆先生に搾られた／被老師先生申斥了一頓；⑦染出（斑駁花紋）；☆帯を鹿子（かのこ）に絞る／把衣帶染成白斑點花樣；⑧〔照像〕縮小(光圈)；☆レンズを絞る／縮小光圈；⑨集中（到一點）；☆問題をそこに絞って話す／把問題集

中到那一點上來談。②

*しほん【資本】（名）資本；☆資本の蓄積
と集中／資本的蓄積和集中；☆資本を
投じる／投資；～しゅぎ【資本主義】（
名）資本主義。◎

*しま【島】（名）①島嶼；☆島の人／島上
的居民；②遠地，異鄉；☆島に流す／流
放到遠地（孤島）；③（庭園泉水中的）
假山；◇取り付く島もない／（因態度不
和藹或心情不愉快等）難以接近，不好過
去談話（或造訪）；☆あの人は突っけん
どんで、取り付く島もない／他態度非常
冷淡，不好接近。②

*しま【縞】（名）①（布的）縱（橫）條紋，
格紋，花道兒；☆縞に織る／織出條紋；
☆縞のズボン／有橫條紋的褲子；②條紋
花樣。②

*しまい【仕舞】（名）①〔しまう〕的名詞
形；②終了，末尾，最後（＝おわり、は
て、すえ）；☆仕舞まで見る／看到最後
；☆仕舞ぎわに／臨到末尾；☆仕舞から
二番目／倒數第二；☆今日はこれでお仕
舞／今天到此為止；☆仕舞にはとうとう
喧嘩になった／最後終於打起架來了；☆
休暇も仕舞になった／休假也過完了；☆
人間もああなっちゃおしまいだ／人若是
沉淪到那步田地算完蛋了，人若是變成那
樣算無藥可救了；③停止，休止（＝や
めること）；☆もうおしまいにしよう／
就此停歇吧；④賣光（＝うりきれ、しな
ぎれ）；☆肉はもうお仕舞です／肉已經
賣光了；⑤〔能樂〕（不化粧、不帶伴奏
的）舞蹈。◎①

*しまい【姉妹】（名）①姉妹；②同一系統
、類型之物；～がいしゃ【姉妹会社】（
名）姉妹公司；～へん【姉妹編】（名）
（小說、戲曲等的）姉妹篇；～とし【姉
妹都市】（名）姉妹市。①

—じまい（連語）〔多用…ずじまい的語形〕
表示終於沒有，未得…；☆見ずじまい／
終於未得看見，☆大阪ではとうとう彼
に逢わずじまいだ／在大阪終於沒有見着
他。

*しま・う【仕舞う】Ⅰ（自五）完了，光了
，盡了（＝おわる）；Ⅱ（他五）①搞完
，做完，…完（＝おえる、すます）；②
收拾起來，放到…裏邊（＝かたづける、
なかにいれる）；☆品物を蔵にしまって
おく／把東西放到倉庫裏；☆着物をしま

う／把衣服收 拾起來；③關閉（＝とじ
る、やめる）；☆店を仕舞う／閉上商店
的門，收攤，打烊；Ⅲ（補動・五）〔用
…てしまう、…でしまう的語形〕①表示
完了，光了，盡了；☆すぐ読んでしまう
／馬上就讀完；☆金は皆使ってしまった
／錢都花光了；②表示不能恢復原狀；☆
財布を落としてしまった／把錢包丟了（
找不回來了）；☆死んでしまった／死了
；◇しまった（ことをした）／啊呀糟了
！這下子可糟糕了！◎

じま・う（補動五）〔俗〕＝…でしまう；
☆読んじまう／讀完。

しまうま【縞馬】（名）〔動〕斑馬。◎

じまえ【自前】（名）自己負擔費用，自己
出錢，自辦；☆弁当代は自前だ／飯錢要
自己負擔。◎

しまがくれ【島隠（れ）】（名・自サ）
隱沒在島後；☆船が島隠れに走って行く
／船在島後面航行；②避難在島後。③

しまかげ【島陰】（名）島嶼後邊，隱沒在
島後；☆船は島陰に入って見えなくなっ
た／船走到島後看不見了。③

しまがら【縞柄】（名）條紋花樣；☆この
縞柄が気にくわない／這種條紋不中意◎

じまく【字幕】（名）〔電影〕（名）（電
影）字幕。②

しまぐに【島国】（名）島國；～こんじょ
う【島国根性】（名）島國根性；☆島国
根性を捨てる／丟掉島國根性。②

しまじま【島島】（名）諸多島嶼。②

しまずたい【島伝い】（名・自サ）由一個
島嶼到另一島嶼，沿着各島。③

しまだ【島田】（名）（主要是指未婚婦女或
婚禮時的）一種日本婦女髮型。

*しまつ【始末】（名・他サ）①始末，顛末；
②原委，情形；☆事の始末はこうだ／情
形是這樣；☆こういう始末だから／由於
這種情形；③處理，應付；☆始末に負（
お）えない／始末に困，始末が悪い／
不好處理，難以應付，難對付；☆始末を
つける／處理；收拾，善後；☆後の始末
は私がする／由我來收拾殘局；☆始末に
困るほど金がある／錢多得不知道怎麼花
，有得是錢；④儉省，節約；☆始末のよ
い人／儉省的人；☆紙を始末して使う／
撙節使用紙張；⑤〔落得〕…樣子，情況
；☆こんな始末になってしまった／落得
這種樣子了，落到這步田地了；☆放蕩の

結果がこの始末だ／荒唐的下場就是這樣；～しょ【始末書】（名）（犯過失等時所寫的）悔過書；～や【始末屋】（名）撙節的人。①

しまった（連語・感）〔俗〕糟糕,糟了；☆やあ、これはしまった／唉呀！這下子可糟了；☆しまった、傘を持って来るのを忘れた／糟了,忘把傘帶來了；☆しまったことをした／糟了。②

しまながし【島流し】（名・他サ）（把罪人）流放（充軍）到孤島（遠方）；☆島流しにする／流放到孤島上；☆今度の転任は島流しだよ／這次調動簡直是流放。③

しまへび【縞蛇】（名）〔動〕茱花蛇。⓪

しまめぐり【島巡り】（名・自サ）①巡廻島嶼；②乘船遊覽各島；③在島上盤桓。③

しまり【締り】（名）①〔しまる〕的名詞形；②嚴謹,緊湊；☆締りがない／鬆懈,懈弛,不嚴謹；☆口に締りがない／嘴不嚴,嘴敞；☆締りのない文章／不簡練的文章；②拘管,管束（＝とりしまり）；③謹慎,節制,節約,撙節；☆締りのよい人／謹慎的人；撙節的人；④關門（＝とじまり）；☆戸に締りをする／關上門；☆締りは大丈夫かね／門都關好了嗎？⑤緊閉；☆締りのない筋肉／懈鬆的肌肉；～や【締り屋】（名）儉樸的人；吝嗇的人。①

*しま・る【締まる】Ⅰ（自五）①關閉,緊閉（＝とざされる）；☆戸が締まっている／門關着呢,門關上了；ⓒ（勒）緊；緊張起來；☆縄が締まった／繩子勒緊了；☆帯が締まらない／帶子勒不緊；☆締まって行こうぜ／（運動比賽等時）加起勁來！加油！☆肉が締まっている／肌肉緊繃繃的；☆締まった体格／（鍛鍊得）肌肉緊繃繃的體格；③（放蕩的行爲）收斂起來,持重起來,不再放蕩（＝おこないがよくなる）；☆もう締まってもいい年頃だ／已經到了應該老成持重的年歲了；④撙節起來,不再揮霍（＝けんやくする,ろうひしなくなる）；☆家庭を持ってから締まってきた／結了婚以後撙節起來了；☆金は使っても締まるところは締まる／錢花是花,可是應該撙節的地方就撙節；⑤精神緊張,注意周到,無懈可擊（＝ゆきとどく）；☆気持が締まる／

精神緊張起來；☆締まった人／無懈可擊的人；Ⅱ（他五）繫緊,勒緊；約束,拘管；☆規則で締まる／用規章加以約束。①

*じまん【自慢】（名・他サ）自滿,自誇,自大；☆自慢じゃないが／並不是自誇,☆家柄のよいのを自慢する／自誇門第富貴；☆余り自慢にもならない／沒有什麼可以自誇的,沒有什麼了不起的；◇自慢は智恵の行き詰り／驕傲自滿,妨礙進步；自慢高慢馬鹿の内／聰明人不自滿；～たらし・い【自慢たらしい】（形）得意洋洋的,覺得不錯似的。⓪

*しみ【染み】（名）①〔しみる〕的名詞形；②汚垢,汚點；☆着物に、しみがついた／衣服髒了；☆インキの染み／墨水的汚點；☆染みを洗い落とす／洗掉汚垢；③沾汚；☆名前に染みがつく／沾汚名聲。⓪

しみ【凍】（名）凍,冰凍；～どうふ【凍豆腐】（名）凍豆腐（＝こうやどうふ）⓪

しみ【衣魚・紙魚】（名）〔動〕蠹魚,衣魚。⓪

しみ【肝斑】（名）（皮膚上的）褐斑,雀斑；☆顔に肝斑がある／臉上有雀斑。⓪

*じみ【地味】（形動ダ）①樸素,質樸；不華美（＝はでやかでない）；☆地味な模様／素淡的花樣；☆地味に暮らす／生活質樸；☆地味な着物／樸素的衣服；②保守；☆考えが地味だ／思想保守；☆地味な人／保守的人；作風樸素的人；☆商売振りが地味だ／經營方法保守；☆地味に稼ぐ／老老實實工作。②

じみ【滋味】（名）①滋味,香味,好吃；☆滋味に富む／有滋味,好吃,香；②好吃的食品；有滋養的食品；③〔轉〕意味,滋味；☆滋味に溢れる話／極有意味的話。①

シミーズ【法 chemise】（名）襯裙。①

しみい・る【染み入る】（自五）滲入（＝しみこむ）。③

しみこ・む【染み込む】（自五）①滲入；☆水が地中に染み込んだ／水滲入地中；②染上,銘刻,深入；☆そのことが彼の頭に深く染み込んでいる／那件事深入了他的腦筋；☆偏見が染み込んでいる／偏見很深。③

*しみじみ（副・自サ）①痛切,深切（＝つくづく、つうせつに）；☆しみじみ感じ

る／痛感；☆外国語学習の必要性をしみじみ感じる／深深感覺到學習外國語的必要性；☆しみじみ嫌になる／煩透了，討厭極了；⑨親密（＝しんみり）；☆しみじみ話をする／親密交談，談心；⑧仔細，認眞（＝よくよく）；☆しみじみ考える／細想；☆しみじみ聴く／細聽，傾聽；☆しみじみ言い聞かす／好好地開導，諄諄規戒。③

しみず【清水】（名）清澈的泉水，清泉；☆清水を汲み上げる／汲取清澈的泉水⓪

じみち【地道】 Ⅰ（名）普通步伐，緩步（＝じのり）；☆地道を踏ます／使（馬）走緩步；Ⅱ（形動ダ）①勤勤懇懇，堅實；☆地道な職業／正當職業；☆地道に働いて暮らす／勤勤懇懇地工作度日；②＝じみ。⓪

しみつ・く【染み着く】（自五）染上，沾染上（＝そまりつく）；☆都会の悪風が染み着く／沾染上都市的悪習。③

しみつ・く【凍み付く】（自五）凍上，結凍（＝こおりつく）；☆地面に凍み付いて離れない／凍在地上拿不開。

しみったれ（名・形動ダ）〔俗〕①吝嗇；吝嗇鬼（＝けち；けちなひと）；②沒出息（的人）氣量狹小的人（＝いくじがない；いくじのないひと）；☆しみったれな男／吝嗇鬼；小心眼的人。⓪

しみとお・る【染み透る】（自五）①滲透；☆汗が上着まで染み透った／汗濕透了上衣；②銘刻；☆ありがたさが身に染み透る／銘感五内。③

しみぬき【染抜き】（名・他サ）①除垢劑；☆よくきく染抜き／很好用（有效）的除垢劑；②除掉（擦去）（衣服上的）汚垢；☆着物を染抜きにやる／把衣服送去洗染。④③

し・みる【凍みる】（自上一）①凍，結凍（＝こおる）；☆北風が強いから今夜は凍みるだろう／北風很強今晩要結凍；②（寒風）刺骨；☆夜風（よかぜ）が身に凍みる／夜裏的風刺骨。⓪

＊し・みる【染みる】（自上一）①染上，沾染，感染（＝そまる）；☆匂いが染みる／薫上氣味；☆悪習が身に染みた／染上了悪習；②（漿）（うるおう、ぬれとおる）浸；☆水が染みる／滲水；☆インキが滲みる／墨水滲（紙）；③銘刻（於心）；☆身に染みて有難く思う／非常感謝；☆彼の

親切が身に染みる／他人親切令人感激不已；④刺，痛（＝ひりひりする）；☆薬が染みる／藥螫得慌（刺痛）；☆寒さが身に染みる／寒氣刺骨；☆煙が目に染みて痛い／烟螫得眼睛疼；⑤接近，親密（＝したしむ）；因しむ（上二）。⓪

—じ・みる【染みる】（造語・上一型）看來好像，彷彿…（＝らしくみえる）；☆気違い染みる／瘋子似的，瘋狂一般。

＊しみん【市民】（名）①市民；②（西洋各國的）公民；⑨〔ブルジョア〕的譯語；**～かいきゅう【市民階級】**（名）資産階級（普通指中産階級），**～けん【市民権】**（名）公民權。①

し・む【染む】 Ⅰ（自五）＝しみる；Ⅱ（他下二）〔文〕染（色）；薫（香）；銘刻（於心）；戀慕。⓪

し・む【凍む】（自五）凍（＝しみる）。

＊じむ【事務】（名）事務；☆事務の才／（處理）事務的才幹；☆事務を執る／執公，辦公；☆事務を引き継ぐ／接交，交代；**～いん【事務員】**（名）辦事員，職員；**～かん【事務官】**（名）（行政機關的）科員；**～しょ【事務所】**（名）辦事處（＝オフィス）。①

ジム【gymnasium】（名）健身房。①

しむ・ける【仕向ける】（他下一）①待，處理，應付；☆親切に仕向ける／親切對待；☆彼がどういう風に仕向けて来るか見よう／却看他怎麼來應付；☆挑唆，挑撥（＝そそのかす）；（主動地）安排；☆仲違いをするように仕向けたのだ／是咬使（他們）失和，是故意讓（他們）不和睦的；☆否でも応でも辞職しなければならないように仕向けられた／（他）是被迫不得不辭職的，故意安排讓他不得不辭去；⑨發送（貨物）；☆貨物を仕向ける／發送貨物。③

しめ【標・注連】（名）①（圏圍地段的）標椿，標誌；☆注連を張って出入りを禁ずる／用標椿欄上禁止出入；②禁止出入；⑨＝しめなわ。②

しめ【締】（名）①〔しめる〕的名詞形；②合計，總共；☆締をする／合計；⑨日本紙十束（＝2,000張）；④（寫在書信封口的）類似「メ」字形的符號（意爲「緘」）②

＊しめい【氏名】（名）姓名；☆氏名を私す／不露姓名、隱匿姓名。①

*しめい【使命】（名）使命，任務；☆使命を受ける／接受任務；☆使命を果たす／完成使命。①

*しめい【指名】（名・他サ）指名，指定；☆議長に指名される／被指定為議長；～にゅうさつ【指名入札】（名）指名投標；～てはい【指名手配】（名・他サ）通緝。◎

じめい【自明】（形動ダ）自明，當然；☆全体が部分より大なるは自明の理である／全體大於部分是自明之理。◎

しめかざり【注連飾り】（名）（新年掛在門上的）稲草繩（裝飾）。◎

しめがね【締金】（名）（帯、繩末端上用以結束的）小鈎，卡子；☆ベルトの締金を緩（ゆる）める／鬆開帶卡子。②

しめきり【締切り】（名）〔（しめきる）的名詞形〕①封閉；☆戸を締切りにしておく／把門封閉上；②（期限，時間等）届満，截止；☆予約締切りは本月末日だ／預約是本月末截止；☆締切りまで、まだ一週間ある／到截止還有一星期。◎

*しめき・る【締め切る】（他五）①封閉，緊閉；☆表はいつも締め切ったままだ／前門總是關着不開；☆締め切った部屋（へや）／門窗緊閉的屋子；③（期限等）届満，截止；☆寄付募集を締め切る／（因到期限）結束募捐；☆八日で締め切る／八日截止。◎

しめくくり【締括り】（名）①〔しめくくる〕的名詞形；②結束；☆締括りをつける／結束，總結；☆締括りのない男／（工作等）拖泥帶水的人；③管束；☆少し口やかましく言わないと締括りがつかぬ／不嚴屬點兒說管不住。◎

しめくく・る【括め締る】（他五）①繋緊，紮緊；②管束，拘管；☆若い連中を締め括る／管束年輕的人們；③總結，結束；☆話の内容を短く締め括る／簡短地總結談話的内容。◎

しめこみ【締込】（名）〔角力〕兜檔布（＝ふんどし、まわし）。◎

しめころ・す【締め殺す】（他五）勒死；☆腰紐で締め殺す／用腰帶勒死。◎

しめし【示し】（名）〔しめす〕的名詞形；①示範；☆示しがつかない／不能示範；☆隊長がそんなことをしては部下に示しがつかない／隊長要做那種事就帶動不了部下了；～あわ・せる【示し合わせ

る】（他下一）①（提前）商定；合謀；☆かねて示し合わせておいた通り／按照事前商定那様；☆示し合わせた場所／（提前（約好的地點）；②互示意，図しめしあげる（下二）。◎

しめじ【湿地・占地】（名）〔植〕玉蕈。◎①

じめじめ（副・自サ）①潮濕，濕潤；☆じめじめした空気／潮濕的空氣；②陰鬱，苦悶；☆じめじめした家庭／陰鬱的家庭。①

*しめ・す【示す】（他五）①拿出來給…看；☆実物（じつぶつ）を示す／拿出實物來給人看；②表示；☆誠意を示す／表示誠意；☆模範を示す／垂範；③指示；☆方法を示す／指示方法；☆寒暖計は三十度を示した／寒暖鉉指着（升到了）三十度；④指教，開導（＝さしておしえる、さといいましめる）；☆方向を示す／指着告訴方向，指示方向；☆衆に示す／示衆；～へん【示偏】（名）〔漢字部首〕示部。◎

しめ・す【湿す】（他五）①弄濕；☆手ぬぐいを湿す／浸濕毛巾；②（把火）沕滅；☆火を湿す／把火沕滅。◎

しめた（連語・感）〔俗〕正中下懷，恰合心願，太好了；☆こりゃしめたぞ／這一下子可好極了；☆これならもうしめたもんだ／這樣一來，錯不了；這樣可隨心所欲了；☆技術の問題さえ解決すれば後はしめたものだ／只要技術問題解決了別的就有把握了；☆しめた、うまい方法を考えついた／好了，想出了個好主意來。①

しめだか【締高】（名）合計，共計；☆締高を出す／總計；☆締高は一万円になる／共計為一萬元。②◎

しめだし【締出（し）】（名・他サ）〔しめだす〕的名詞形；☆締出しを食う／嘗閉門羹，被關在門外（不讓進去）；☆締出しを食わせる／饗以閉門羹。◎

しめだ・す【締出す】（他五）把…關在門外，不讓…進去（屋）；☆夜遅く帰って、家の者に締め出されてしまった／夜間回來晚厂被家人關在門外了；☆学閥をつくって旁系の人を締め出す／結成學閥對穷系人實行關門主義。◎

しめつ【死滅】（名・自サ）死滅，死絕（＝しにたえる）。◎

じめつ【自滅】（名・自サ）①自然消滅，自然滅亡；②自取滅亡；☆自滅の政策／

自取滅亡的政策。[0]

じめつ・く（自五）〔俗〕潮濕，濕潤（＝じめじめする）；☆いやに、じめついた日ですね／天氣太潮啦！[0]

しめつ・ける【締め付ける】（他下一）①捆緊，勒緊，繫緊，☆胸を締め付ける／把胸部勒緊；☆胸を締め付けられるような感じがする／覺得心情不舒暢；②嚴加管束（＝きびしくとりしまる）。[0]

＊しめっぽ・い（形）〔俗〕①潮濕的，濕潤的（＝じめじめした）；☆しめっぽい天気／潮濕的天氣；②憂鬱的，抑鬱的；☆しめっぽくなる／抑鬱起來；☆しめっぽい話はやめて、歌でも歌おう／別再說陰鬱的話，唱個歌吧！[0][4]

しめて【締めて】（副）①合計，共計；☆締めていくらだ／一共多少？②緊張，加油；☆締めてかかる／全力以赴，加油[1]

しめなわ【注連繩】（名）（掛在神殿前表示禁止入內，或新年掛在門前取喜吉利的稻草繩（按三、五、七股向左捻合，間加紙修）☆注連繩を張る／張掛稻草繩[0][2]

しめやか（形動ダ）①蕭靜，寂靜（＝ひっそりと、しずか）；☆しめやかな夜／寂靜的夜；②冷清（＝静かで悲しげな）；☆しめやかに暮らす／冷冷清清地度日；③（小聲而）親密（＝しんみり、しみじみ）；☆しめやかに語る／親密地說，小聲私語。[2]

しめり【湿り】（名）①〔しめる〕的名詞形；②濕氣，潮濕，濕潤（＝しめりけ）；☆火薬に湿りがあって発火しなかった／火藥潮了沒有發火；③下雨，雨水；☆よいお湿りでございます／眞是好雨！今年の湿りは丁度いい加減だ／今年雨水調和；〜け【湿り気】（名）濕氣，水分(＝しっけ)；☆海苔（のり）に湿り気がきている／紫菜潮了。[0]

＊し・める【占める】（他下一）①占據，占有，占領；☆上座を占める／占上座；☆敵の城を占める／占領敵人城池；☆女性が三分の一を占める／女性占三分之一；②（只用特殊形）表示得意；☆これはしめたぞ／這可棒極了；☆しめしめ／好極了。[2]

＊しめ・る【湿る】（自五）①濕，濡濕，☆夜露（よつゆ）で湿っている／因夜間露水濕了；②（失火）熄滅。[0]

＊し・める【締める】（他下一）①繫結（＝

むすぶ）；☆帯を締める／繫帶子；②勒緊；☆縄を締める／勒緊繩子；☆三味線（しゃみせん）の糸を締める／繃緊三絃的絃；③關閉，合上，掩上（＝とざす、とじる）；☆戸を締める／關上門；☆びしゃりと締める／砰然關上（門）；☆本を締める／合上書；④管束，拘管（＝とりしまる）；☆この子は怠けるからきつく締めてやらねばならぬ／這個孩子懶惰，必須嚴加管束；⑤搾，搾（＝しぼる）；☆油を締める／搾油；⑥合計，結（算）；☆帳面を締める／結帳；⑦勒死；☆鶏を締める／勒死小鶏；⑧扼，勒（＝きびしくおさえる）；☆首を締める／扼脖頸，勒領子；吊死，勒死；⑨嚴責，教訓（＝なじる、とっちめる、こらす）；☆あいつは生意気（なまいき）だから一度締めてやろう／他太傲慢（不禮貌），應該教訓他一番（給他個厲害看看）；⑩縮緊，節約（＝けんやくする）；☆経費を締める／縮減經費；⑪（達成協議、祝賀上樑等時）拍手；因しむ（下二）。[2]

し・める（助動・下一型）〔文〕①表示使、命令他（人）做某種動作；☆人をして言わしめる／令（讓）旁人說；②（用しめられる、しめ給う等語形）表示尊敬（＝なさる）；☆速やかに医療を加えしめ給え／請急速就醫；因しむ（下二型）。

しめん【四面】（名）①四面、四周、周圍；☆四面に敵を受ける／四面受敵；☆四面環海の国／四面濱海的國家；②第四面；③（地面、房屋的寬長）相等，四方；☆十間四面の土地／六丈見方的一塊地；〜そか【四面楚歌】（連語）〔文〕四面楚歌；〜たい【四面体】（名）〔數〕四面體。[2]

しめん【紙面】（名）①紙幅，篇幅；☆限りある紙面／有限（度）紙面（篇幅）；☆紙面を節約する／節省篇幅；②書面，書信（＝てがみ）；☆いずれ紙面でお答えする／過幾天用信答覆您；③報紙上，雜誌上；☆工業に関する記事が紙面を賑（にぎ）わしている／報上登滿了有關工業的消息。

＊じめん【地面】（名）①地面，地上；☆地面に坐る／坐在地上；☆地面には雪が一メートルも積もっている／地上積有一公尺多深的雪；②（一塊）土地，地段；地皮；☆地面を借りる／租一塊地。[1]

しも【下】（名）①下，下邊，下面；☆下に列記する／列在下邊；☆下の如し／如下；②下游；☆河の下の方に橋がある／河的下游那邊有橋；③臣民，部下，佣人；☆下を哀れむ／憐恤部下；④身份低微；⑤下半身；☆下を採む／採下半身；⑥人的陰部；⑦（和歌的）最後兩句；⑧月經；☆下を見る／來月經；⑨大小便；☆病人の下の世話をする／給病人收拾大小便。②

＊しも【霜】（名）①霜；☆霜が下りる／下霜，降霜；☆霜でいためられた花／被霜打凋的花；②白髮；☆頭に霜を戴く年頃／頭髮變白的年紀。②

しも【修助】表示加強語氣；☆誰しも同じ／誰都一樣；☆折しも／恰巧，恰在那時；☆望みなきにしもあらず／並非沒有希望；☆必ずしも悪いとはいえない／未必能說不好。②

しもいちだんかつよう【下一段活用】（名）〔語法〕下一段活用〔動詞語尾在五十音圖「え」段變化的活用：如越（こ）える的活用是：え、え、える、える、えれ、えよ（ろ）〕。⑦

しもがれ【霜枯れ】（名・自サ）①（草木）因霜枯萎；②（多季的）蕭條，淒涼（景象）；☆霜枯の空／嚴冬的天空；☆霜枯の景色／淒涼（蕭條）景象；③（商業）蕭條；☆この頃は霜枯で赤字続きだ／最近蕭條一直在賠錢；④→霜枯時；～どき【霜枯時】（名）①草木因霜枯萎時；②商業蕭條時；☆今は霜枯時だ／現在是蕭條季節（淡季）。④⓪

しもが・れる【霜枯れる】（自下一）（草木）因霜枯萎；☆霜枯れた原野／荒涼的原野；図しもがる（下二）。④⓪

しもき【下期】（名）下半期（＝しもはんき）；☆下期の収入／下半期的收入。②

じもく【除目】（名）〔文〕（平安朝時代）任命大臣以外的臣下的儀式。⓪

しもごえ【下肥】（名）人糞肥料；☆下肥をやる／施人糞肥料。⓪

しもざ【下座】（名）下座；☆下座に坐る／坐在下座。⓪

しもじも【下下】（名）（中古社會的）平民；☆下下の事情に通じている／熟悉民情。②

しもたや【しもた屋】（名）①不再作買賣的人家，歇業住戶；②不作買賣的住戶，

商業區中的住戶。⓪

しもつき【霜月】（名）〔文〕農曆十一月②

しもて【下手】（名）①下邊，下游；☆河の下手／河的下游；②〔劇〕（由觀衆看）舞臺的左邊，☆舞台の下手より登場する／從舞臺左邊上場。③

じもと【地元】（名）①當地，本地；☆地元で名のある力士／當地有名的角力士；②自己所居之地。③

しもどけ【霜融け】（名）霜融化；☆霜融けの季節／霜化的季節。④⓪

しもにだんかつよう【下二段活用】（名）〔語法〕下二段活用〔語尾在五十音圖的「う」、「え」兩段變化的活用，如：得（う）的活用是え、え、う、うる、うれ、えよ〕。③

しものく【下の句】（名）·（和歌的）最後兩句（第四句和第五句）。③

しもばしら【霜柱】（名）（土中水分結凍而形成的）霜柱；☆庭一面に霜柱が立っている／滿院子都是霜柱。③

しもぶくれ【下脹れ】（名）①下部膨脹；②（臉）下部寬；☆あの女の顔は下脹れだ／那個女人臉部下部寬。③⑤

しもふり【霜降（り）】（名）①降霜；②〔紡〕兩色紗混紡的布；③深色帶白斑點的布；④川愛的生魚片；◇霜降の牛肉／上腦，夾有脂肪的牛肉。④⓪

しもべ【下部・僕】（名）①僕人；②使者③⓪

しもやけ【霜焼け】（名）〔醫〕（耳、手、足等的）凍傷；☆霜焼ができる、霜焼になる／受凍傷。⓪

しもよけ【霜除】（名）（覆在草木等上的）防霜物（多用草蓆）；☆木に霜除をする／給樹幹覆蓋上草蓆以防霜。④⓪

しもん【指紋】（名）指紋，指印；☆指紋を残す／留下指印；☆指紋を取る／令…取指紋。⓪

しもん【試問】（名・自サ）試問；口試；☆簡単な試問を経て／經過簡單口試；☆口頭試問（こうとうしもん）／口試。⓪

しもん【諮問】（名・自サ）諮問，諮詢；諮議，☆諮問に応じる／回答諮詢。⓪

じもん【地紋】（名）織物上織的（或染的）花紋；☆竜の地紋のある布地／織有龍形的布。⓪

じもん【自問】（名・自サ）自問；～じとう【自問自答】（連語・自サ）自問自答⓪

しゃ【社】（名）①祠；②神社；③公司；

報社；☆社の方（ほう）はお忙しいですか／公司（社）裏很忙嗎？☆僕の社の人です／是我公司的人。①

しゃ【紗】（名）紗,薄絹（＝うすぎぬ）；☆紗の喪章／薄紗的喪章。⓪

*しや【視野】（名）①視野；☆視野に入る／進入視野,看見；②眼界,眼光；☆視野が狭い／眼光狹小。①

じゃ（助動・特殊型〔＝だ型〕）〔文・方〕是（＝である、だ）；☆そうじゃ／是（＝そうだ）；☆わしは、いやじゃ／我不願意；我不幹。

じゃ（接）（俗）Ⅰ（接）那麼（＝それでは）；☆じゃ、さようなら／（那麼）再見；Ⅱ（修助）＝では；☆あるじゃないか＝あるではないか／不是有嗎？①

じゃ【蛇】（名）〔文〕①蛇；蟒；②酒豪；◇蛇の道は蛇（へび）／奸雄識奸雄,英雄識英雄,哪一行的人懂哪一行的事①

ジャー【jar】（名）熱水瓶。①

じゃあ　Ⅰ（接）（俗）那麼（就）（＝それならば　それでは）；☆じゃあ、明日まで待とう／那麼就等到明天吧；☆じゃあ、君はどうする／那麼你怎麼辦？Ⅱ（接助）是（＝では）；☆いやじゃあない／不是不願意。①

じゃあく【邪悪】（形動ダ）；☆邪悪な人／邪悪的人。①⓪

しゃあしゃあ（副・自サ）①恬不知恥；☆そんなことをしておきながら、しゃあしゃあしている／做出那種事情來還恬不知恥；②（注水聲）嘩嘩地。③

ジャーナリスト【journalist】（名）（新聞）記者；雑誌記者；（報紙、雑誌的）投稿人。④

ジャーナリズム【journalism】（名）①新聞（雑誌、廣播）事業（界）；②報紙（雑誌、廣播）的汎稱。④

ジャーナル【journal】（名）①日報；②雑誌；③（機）軸頸。①

シャープ【英・形・名sharp】Ⅰ（形動ダ）①銳,銳利；②敏銳；③高半音；Ⅱ（名）〔樂〕高半音符號,升記號（♯）；☆シャープをつける／加升記號；～ペンシル【sharp-pencil】（名）活心鉛筆。①

シャープナー【sharpener】（名）削鉛筆器。

ジャーマン【German】（名）德國的。①

シャーベット【sherbet】（名）果子露冰淇淋。

淋。①③

しゃい【謝意】（名）①謝意；②歉意；☆謝意を表する／表示謝意（歉意）。①

ジャイアント【giant】（名）①巨人；②偉人。①

しゃいん【社印】（名）公司圖章；社章；☆社印を捺（お）す／蓋上社章。⓪

しゃいん【社員】（名）①〔法〕（社團法人的）社員；②公司職員；（某社的）社員；☆共同通信の社員／共同通訊社的社員。①⓪

しゃうん【社運】（名）公司的命運；☆社運を賭けた難事業／以公司的命運孤注一擲的艱巨事業。①⓪

しゃえい【斜影】（名）斜影；☆校庭にポプラの斜影が映っている／學園裏白楊投着斜影。⓪

しゃえい【射影】（名・他サ）〔數〕投影；～きがく【射影幾何学】（名）投影幾何學。

しゃおん【謝恩】（名・自サ）謝恩,報答,酬謝；☆読者に謝恩サービスをする／對讀者進行酬謝服務；～かい【謝恩会】（名）謝師宴。⓪

しゃか【釈迦】（名）〔佛〕釋迦牟尼；～にょらい【釈迦如来】（名）〔佛〕釋迦牟尼的尊稱；～むに【釈迦牟尼】（名）〔佛〕釋迦牟尼。⓪①

ジャガー【jaguar】（名）〔動〕美洲虎①

*しゃかい【社会】（名）社會；（某）界；☆社会に貢献する／貢獻給社會；～うんどう【社会運動】（名）社會運動；～かがく【社会科学】（名）社會科學；～きょういく【社会教育】（名）社會教育；～じぎょう【社会事業】（名）社會事業；～しゅぎ【社会主義】（名）社會主義；～じん【社会人】（名）社會的一個成員；～せいさく【社会政策】（名）社會政策；～てき【社会的】（形動ダ）社會（性）的；☆社会的に見て／從社會見地；～ほしょう【社会保障】（名）社會保障；～もんだい【社会問題】（名）社會問題①

しゃがい【社外】（名）公司外部；社外；☆広く社外に人材（じんざい）を求める／由社外廣泛徵求人才。①

しゃがい【車外】（名）車外；☆車外の風景／車外的風景。①

*ジャがいも（名）〔植〕馬鈴薯,土豆。⓪

しゃが・む（自五）〔俗〕蹲下；☆物蔭（

ものかげ）に蹲む／蹲在背陰地方。⓪

ジャカルタ【Jakarta】〔地名〕雅加達②

しゃがれごえ【嗄れ声】（名）嘶啞聲，公鴨嗓兒；☆風邪を引いて嗄れ声になる／傷風嗓子啞了。④

しゃが・れる【嗄れる】（自下一）嘶啞（＝しわがれる）；☆声が嗄れるほどしゃべる／一直說得嗓子嘶啞。⓪

じゃき【邪気】（名）①（使人得病的）邪惡之氣；☆邪気を祓（はら）う／拔除邪惡之氣；②惡意（＝あくい）／邪気のない人／無惡意的人，純真的人。⓪

しゃきょう【写経】（名・自サ）寫經；☆念仏を唱えつつ写経する／一邊念佛一邊寫經。⓪

しゃく【勺】（名）①勺（一合的十分之一，約0.018公升）；②地積單位（一坪的百分之一，約0.033平方公尺）。

しゃく【尺】（名）①尺（十寸，約30.3糎）；②長度，尺寸（＝ながさ）；☆尺が足りない／長度不够；☆尺を取る／量長度；量身長；③尺（＝ものさし）；☆尺で高さを測る／用尺量高度。②

しゃく【杓】（名）勺；☆杓で水を汲む／用勺舀水。①

しゃく【笏】（名）笏☆笏を持つ／執笏①②

しゃく【酌】（名）斟酒；☆妻の酌で飲む／由妻子侍候喝酒。

しゃく【錫】（名）〔鑛〕①錫（＝すず）；②〔佛〕僧侶所持的杖。①

しゃく【爵】（名）①爵（一種飲器）；②爵位（分公、侯、伯、子、男）。①

しゃく【癪】（名）①（因胃痙攣等而發作的）胸部、腹部的激痛；②生氣、怒氣（＝かんしゃく、いかり）；☆癪に障る／生氣，發怒；令人生氣；☆癪の種／（令人）生氣的原因；☆癪に障るほど落ち着いている／（他的）沉着（不着急）令人冒火；③討厭；☆癪な男／討厭傢伙；☆あんな人が当選するなんて癪だ／那種人還當選了，真令人氣憤。⓪

しやく【試薬】（名）〔化〕試劑；☆試薬でヨード分の有無（うむ）を調べる／用試劑檢查有無碘的成分。①

じゃく【寂】（名）〔文〕①寂靜；☆寂として／寂靜；②〔佛〕圓寂。①

じゃく【弱】（名）①弱；☆強弱（きょうじゃく）／強弱；②〔數〕弱，不足；☆一マイル弱／一英里弱。①

しゃくい【爵位】（名）爵位。①②

しゃく・う【杓う】（他五）〔俗〕（用杓）舀（＝すくう）；☆水を杓い上げる／舀水。

じゃくおん【弱音】（名）弱音；～き【弱音器】（名）〔樂〕弱音器，消音器。⓪

しゃくぎ【釈義】（名）釋義，解釋意義；☆この語の釈義がはっきりしない／這個詞的釋義不明確。①

しゃくざい【借財】（名・自サ）借款，負債；☆借財がかさむ／債臺高築。

しゃくし【杓子】（名）杓子（＝しゃもじ）；☆杓子で掬う／用杓子舀；～じょうぎ【杓子定規】（名・形動ダ）①不正確的規尺；②〔轉〕死板的規矩，毫無通融餘地的規章；☆杓子定規の人／死腦筋的人，墨守成規的人；☆そう杓子定規には行かない／不能那麼死死板板（毫無通融）；～づら【杓子面】（名）凹摳臉。

じゃくし【弱視】（名）〔醫〕①視力衰弱；②（先天的）視力弱。①

じゃくしゃ【弱者】（名）弱者；☆弱者に味方する／祖護弱者。①

しゃくしゃく【綽綽】（形動タルト）綽綽（有餘）；☆綽綽として余裕がある／綽綽有餘；☆綽綽たる態度／從容不迫的態度；☆余裕綽綽／綽綽有餘。

しやくしょ【市役所】（名）市（辦公）廳②

じゃくしょう【弱小】（形動ダ）①弱小；☆弱小の国／弱小的國家；②年輕，年少；☆弱小の頃から／從少年時。⓪

じゃくしん【弱震】（名）〔地〕弱震（僅門窗響動的地震。）

しゃくぜん【綽然】（形動タルト）綽綽有餘；從容不迫；☆綽然たる態度／從容不迫的態度。⓪

しゃくぜん【釈然】（形動タルト）（經解釋、道歉後、疑念、隔閡、怨恨等）消除；釋然；☆釈然としない／（心裏）有疙瘩，還有隔閡，還想不通；☆釈然として悟る／恍然大悟。

じゃくたい【弱体】（名）①軟弱的身體；☆この弱体では何もできない／身體這麼軟弱，什麼也做不了；②〔轉〕（組織等）脆弱；☆その団体はやや弱体だ／那個團體有點兒脆弱。⓪

しゃくち【借地】（名・他サ）①租地；②租的地；☆借地をして家を建てる／租地蓋房；☆ここは借地だ／這裏是租的地；

　～ほう【借地法】（名）租地法。⓪

じゃぐち【蛇口】（名）龍頭。⓪

*じゃくてん【弱点】（名）①弱點（＝よわみ）；②缺點（＝けってん）；☆人の弱点に乗ずる／利用旁人的缺點；☆彼の弱点を握っている／抓住他的弱點。③

*しゃくど【尺度】（名）①尺度，基準；☆…を計る尺度になる／成爲衡量…的尺度；☆批判の尺度が違うから結論が反対になるのだ／因爲批判的尺度不同所以結論適得其反；②長度（＝ながさ）；☆球面になっている所は尺度を測りにくい／形成球面的地方難以測量長度；③尺（＝ものさし）；☆尺度を当てて長さを測る／用尺量長度。①

しゃくどう【赤銅】（名）紅銅（銅內攙金2～8％銀1％的合金）；～いろ【赤銅色】（名）紅銅色，黑紫色，赭色；☆日に焼けて赤銅色になる／皮膚被陽光曬成黑紫色。②①

しゃくとりむし【尺取虫】（名）〔動〕尺蠖。④

しゃくなげ【石南花】（名）〔植〕石南⓪

じゃくにくきょうしょく【弱肉強食】（連語・名）弱肉強食；☆戦国時代は弱肉強食の社会であった／戰國時代眥是弱肉強食的社會。⓪

しゃくねつ【灼熱】（名・自他サ）（名・自他サ）灼熱，曬熱，燒熱；☆灼熱した砂地／曬熱的砂地；☆灼熱の恋／熱戀⓪

じゃくねん【寂然】（副）〔文〕寂然，寂靜（＝せきぜん）。⓪

じゃくねん【弱年・若年】（年）①年輕，年少；☆弱年の友／少年的朋友；②（11～17歳的）少年，青年；～もの【弱年者】（名）年輕的人。⓪

じゃくはい【弱輩】（名）①年輕人；②經驗不足者；☆まだ弱輩ですからよろしく御指導下さい／我還年輕（沒有經驗）請您多多指導。⓪

しゃくはち【尺八】（名）簫，尺八（前四孔後一孔的）竪笛☆尺八を吹く／吹簫⓪

しゃくほう【釈放】（名・他サ）〔法〕釋放；☆刑期が満了したので釈放された／因爲刑期屆滿所以被釋放出來。⓪

しゃくま【借間】（名・自サ）租賃房間，租賃的房間。⓪

しゃくめい【釈明】（名・他サ）解釋，說明，辯明；☆一言（ひとこと）釈明させ

て下さい／請容我解釋一下；☆この問題については釈明する余地はない／關於這個問題沒有辯解的餘地。⓪

じゃくめつ【寂滅】（名・自サ）〔佛〕①解脱煩惱，涅槃；②死；☆眠るが如く寂滅した／安然逝世。⓪

しゃくもち【癪持ち】（名）（胸部，腹部）經常激痛的人，有胸部（腹部）經常激痛的宿疴的人。④

しゃくや【借家】（名）租房，借家に住む／租房住；☆借家を探す／找（出租的）房子；～ずまい【借家住い】（名・自サ）租房住，～にん【借家人】（名）房客，◇借家栄えて母屋（おもや）倒る／房客好了，房東垮了；〔喩〕喧賓奪主。⓪

しゃくやく【芍薬】（文）〔植〕芍藥。⓪

しゃくよう【借用】（名・他サ）借，借用，租賃；☆金の借用を申し込む／請求借錢；☆金五万円正に借用致しました／玆借到現款五萬元整（借據上的詞句）；しょうしょ【借用証書】（名）借據，借條⓪

しゃくり【吃逆】（名）→しゃっくり。①

しゃくりあ・げる【しゃくり上げる】（自下一）大抽大噎地哭；☆子供がしゃくり上げて泣いている／孩子大抽大噎地哭着；図しゃくりあぐ（下二）。⑤

しゃくりなき【しゃくり泣き】（名・自サ）大抽大噎地哭。⓪⑤

しゃくりょう【酌量】（名・他サ）斷酌，酌量；☆情状を酌量する／酌量情形☆酌量すべき事情／可以（值得）斷酌的情形⓪②

しゃく・る【杓る】（他五）①（爲使中間凹下）刓，摳（＝くる）；②舀（＝すくう）；③操縦（＝あやつる）；④唆使，嗾使（＝おだてる，そそのかす）。①

しゃく・る【しゃくる】（自五）（俗）①打噎兒；②大抽大噎地哭。②

しゃけ【鮭】（名）〔俗〕〔動〕〔さけ〕之訛。①

しゃけい【舎兄】（名）〔文〕家兄；☆舎兄を御紹介申し上げます／玆特介紹家兄趨謁（請予接見）。⓪

しゃけい【斜頸】（名）〔醫〕斜頸，歪脖⓪

*しゃげき【射撃】（名・自サ）射擊；☆射撃がうまい／射擊射得準。⓪

ジャケツ【jacket】（名）①上衣；☆サージのジャケツ／嘩嘰上衣；②毛衣；☆ジャケツ姿で散歩する／穿着毛衣散步。⓪

ジャケット【jacket】（名）唱片片套①②

しゃけん【車券】（名）自行車競賽的賭券
；☆車券を買う／買自行車競賽賭券。◎

じゃけん【邪険・邪慳】（形動ダ）刻薄，
心狠，殘酷，☆子供を邪慳にいじめる／
毒狠地虐待孩子；☆私を邪慳にする／冷
酷對待我。①

しゃこ【車庫】（名）車庫；（＝ガレージ）
☆車庫に入れる／放入車庫。①

しゃこ【蝦蛄】（名）〔動〕蝦蛄；◇蝦蛄
で鯛を釣る／以小本圖大利。①

しゃこ【鷓鴣】（名）〔動〕鷓鴣。①

じゃこ【雑魚】（名）①各種小魚（＝ざこ）
；②←だしじゃこ。①

*しゃこう【社交】（名）社交，交際が上手
だ／善於交際；～かい【社交界】（名）交
際界，社交界；～せい【社交性】（名）
社交性；☆社交性がある／好交際；～ダ
ンス【社交dance】（名）交際舞。◎

じゃこう【蛇行】（名・自サ）〔文〕蛇行◎

じゃこう【麝香】（名）麝香；～じか【麝香
鹿】（名）〔動〕麝。◎

しゃさい【社債】（名）〔經〕公司債；☆
社債を募る／募集公司債；～けん【社債
券】（名）公司債券。◎

*しゃざい【謝罪】（名・自サ）謝罪，道歉
；☆謝罪を要求する／要求道歉。◎

しゃさつ【射殺】（名・他サ）用槍打死◎

しゃし【斜視】（名）①斜視（＝よこめ，
ながしめ）；②斜眼（＝やぶにらみ）◎

しゃし【奢侈】（名）奢侈；☆奢侈にふけ
る／一味奢侈。①

しゃじ【匙】（名）匙（＝さじ）。②

しゃじ【謝辞】（名）①謝詞；②謝罪之詞
，道歉的話；☆謝辞を述べる／致謝詞，
道歉。①

しゃじく【車軸】（名）〔文〕車軸；◇車
軸を流す／大雨傾盆。◎

しゃじつ【写実】（名他サ）寫實；～しゅ
ぎ【写実主義】（名）寫實主義。◎

じゃじゃうま【じゃじゃ馬】（名）〔俗〕
①不聽駕御的馬，悍馬；②〔轉〕不聽丈
夫話的妻，悍（潑）婦。◎

しゃしゅ【社主】（名）（某）社的主人；
☆新聞社の社主／報社的主人。①

しゃしゅ【射手】（名）射手；☆機関銃の
射手／機槍射手。①

じゃしゅう【邪宗】（名）①邪教，迷門；
☆邪宗に惑わされるな／不要受邪門誘惑
；②〔江戸時代〕基督教。◎①

しゃしゅつ【射出】（名・他サ）①射出（
箭）；②發射出（子彈）；☆一分間に千
発の弾丸を射出する／一分鐘發射一千發
子彈；③〔軍〕（用射出機）射出（飛機）
；④放射；☆広告塔から光を八方に射出
する／由廣告塔向四面八方放射光線。◎

*しゃしょう【車掌】（名）（火車、電車、
公共汽車的）乘務員；售票員。◎

しゃじょう【車上】（名）車上；☆車上の
人となる／坐上（火）車。◎

*しゃしん【写真】（名）①寫真，寫實；②
照像，攝影；像片，照片；☆写真を撮
（と）る／照像；☆写真を現像する／顯影
，洗像片；～かんばん【写真乾板】（名）
照像乾板，照像玻璃板；～き【写真機】
（名）照像機；～そくりょう【写真測量】
（名）照像測量；～ちょう【写真帖】（
名）（黏貼相片的）相片簿（＝アルバム）
；～でんそう【写真電送】（名）傳真電
報；～どうばん【写真銅版】（名）〔印〕
照像（銅）版；～ばん【写真版】（名）
照像版；～や【写真屋】（名）照相館◎

じゃしん【邪心】（名）〔文〕邪惡的心；
☆邪心を抱く／懷抱邪心。◎

じゃしん【邪神】（名）〔文〕邪惡的神◎①

じゃしん【蛇心】（名）〔文〕狠毒，陰險
的心；～ぶっこう【蛇心仏口】（連語・
名）口蜜腹劍。

ジャス【JAS】（名）日本農林規格，農林
產品其加工品標準。

ジャズ【美jazz】（名）〔樂〕爵士樂；～
バンド【jazz-band】（名）爵士樂隊①

じゃすい【邪推】（名・他サ）往壞的方面
猜疑，胡亂猜疑；☆それは邪推というも
のだ／那是你胡亂猜疑；☆色色邪推され
るのはいやだ／我討厭人們的胡亂猜疑◎

ジャスト【英・副just】（名・副）恰，正
（＝ちょうど，きっかり）；☆今十時ジ
ャストだ／現在正十點鐘。①

ジャスミン【jasmine】（名）〔植〕茉莉；～
ティー【Jasmine tea】（名）茉莉茶◎①

*しゃ・する【謝する】Ⅰ（自サ）①告辭（
＝いとまごいをする）；②辭去（＝たち
さる）；Ⅱ（他サ）①道歉，謝罪；☆無
礼（ぶれい）を謝する／對失禮表示歉意
；②感謝（＝れいをいう）；☆厚意を謝
する／感謝厚誼；③謝絕，拒絕（＝こと
わる）；図しゃす（サ）。②

*しゃせい【写生】（名・他サ）寫生（畫）

（＝スケッチ）；☆写生に出かける／出去畫寫生畫；～が【写生画】(名) 寫生畫。⓪

しゃせい【射精】(名・自サ)〔醫〕射精⓪

しゃせつ【社説】(名) 社論；☆社説で論ずる／用社論論述。⓪

しゃぜつ【謝絶】(名・他サ) 謝絶，拒絶；☆面会を謝絶する／拒絶會客；☆茶代を謝絶する／不收小費。⓪

じゃせつ【邪説】(名) 邪説；☆邪説が流布（るふ）している／市井之間流傳著邪説⓪

しゃそう【社葬】(名) 公司葬；社葬。⓪

しゃそう【車窓】(名)（火車、汽車、電車的）窓；☆車窓に映る景色／由車窓望到的景色⓪

しゃたい【車体】(名) 車體（＝ボディー）；☆自動車が衝突して車体を大破（たいは）した／汽車撞車車體破壞得甚大。⓪

しゃだい【車台】(名)①（汽車等的）底盤；②車輛數；☆ラッシュアワーに車台をふやす／上下班（擁擠）時增添車輛⓪

しゃたく【社宅】(名) 公司職員住宅。⓪

しゃだつ【洒脱】(形動ダ) 灑脱，脱俗；☆洒脱な人／灑脱的人。⓪

しゃだん【社団】(名)〔法〕社團（一種私法人的團體）；～ほうじん【社団法人】(名) 社團法人。⓪

しゃだん【遮断】(名・他サ) 遮斷；☆敵の退路を遮断する／截斷敵人退路；～き【遮断器】(名)〔機〕遮斷器。⓪

しゃだんそう【斜断層】(名)〔地〕斜斷層。②

しゃち【鯱】(名)①〔動〕鯱；②（屋脊兩端的）魚形裝飾；～こば・る【鯱こ張る】，～ばりかえ・る【鯱張返る】～ば・る【鯱張る】(自五)（態度、姿勢等）拘板，拘謹，不自然，緊張起來：☆鯱こ張って坐る／拘板地坐著。①

しゃち【車地】(名) 卷揚機，絞車；☆車地で巻き揚げる／用卷揚機絞起。⓪

しゃちこば・る(自五) ＝しゃちばる；→しゃち。④

しゃちほこ【鯱】(名) ＝しゃち（鯱）；～だち【鯱立】(名・自サ)①倒立；②竭盡全力；☆鯱立ちしても彼には敵（かな）ない／怎麼也敵不過他；～ば・る【鯱張る】(自五) ＝しゃちばる；☆そんなに鯱張るな／別那麼拘板，不要過於緊張⓪

しゃちゅう【車中】(名) 車内，☆車中の

人となる／乘上（火）車；～だん【車中談】(名) 車内談話。①

しゃちょう【社長】(名) 社長；經理。⓪

・シャツ【shirts】(名) 襯衫；西服襯衣；☆シャツを着る／穿襯衣。①

じゃっか【弱化】(名・自他サ) 弱化；↔きょうか（強化）。⓪

しゃっかん【借款】(名)（國際間的）借款；☆借款を申し込む／聲請借款，要求借款。⓪

・じゃっかん【若干】(名・副) 某些，少許（＝いくらか）；☆若干の金は持っている／有一些錢，有少許錢。⓪

じゃっかん【弱冠】(名)〔文〕弱冠，二十歳；☆弱冠にして天下に名を馳（は）せる／弱冠而馳名於天下。⓪

しゃっかんほう【尺貫法】(名)（日本固有的）度量衡制（即長度用尺，重量用貫，容積用升的制度）↔メートル法。⓪

ジャッキ【jack】(名) 扛重機，千金頂；☆ジャッキで自動車の車体を持ち上げる／用千金頂把汽車車體頂起。①

しゃっきり(副・自サ)〔俗〕硬挺，支稜；☆しゃっきりして幅の狭い帯／支支稜稜的狭帶子。③

・しゃっきん【借金】(名・自サ)①借錢；②負債；☆借金の証文／借據；☆借金をこしらえる／負債，拉飢荒；☆借金を踏み倒す／不還借款，賴帳；☆借金は苦労のもと／無債一身輕；◇借金を質に置く／想盡方法借錢；～とり【借金取】(名) 要帳的人，討債的人。③

ジャック【jack】(名)（紙牌的）傑克 J；～ナイフ【jack-knife】(名) 大摺刀；（水兵用）小刀。①

しゃっくり【吃逆】(名・自サ) 打嗝兒；☆吃逆がでる，吃逆をする／打嗝兒。①

じゃっこう【寂光】(名)〔佛〕寂光；～じょうど【寂光浄土】(名) 佛居之地，浄土。⓪

じゃっこく【弱国】(名) 弱國；☆弱国を侵略する／侵略弱國。⓪

ジャッジ【judge】(名)〔judgement 之略〕①裁判員；②判斷。①

シャッター【shutter】(名)①百葉窗；②（照像機的）快門，瞬間開閉器；☆シャッターを切る／按快門。①

シャットアウト【shut out】(名・他サ)①關在門外；不讓進入；②〔棒球〕（使

對方未勝一分）戰勝對方。[4]

シャッポ【法 chapeau】（名）帽子；◊シャツポを脱ぐ／折服，投降，認輸。[1]

しゃてい【舍弟】（名）冷弟，我的弟弟[0]

しゃてい【射程】（名）〔軍〕射程；☆射程を決める／決定射程；☆射程内に入る／進入射程內。[0]

しゃてき【射的】（名）①射的，打靶；②氣槍射的遊戲；〜や【射的屋】（名）氣槍射擊遊戲場。[0]

しゃでん【社殿】（名）神殿。[1][0]

シャトー【法 château】（名）①宮殿；②邸宅，公館。[2]

しゃどう【車道】（名）車馬通行道路，車道；↔ほどう（步道）。[0]

じゃどう【邪道】（名）①不正之道，邪道，邪教，邪說；☆人を邪道に導く／引人走邪道（信邪說）；②不正當的方法（辦法）；☆それは邪道だ／那不是正當辦法。[0]

しゃない【車内】（名）車內；車內での喫煙は御遠慮下さい／車內請勿吸烟。[1]

しゃない【社內】（名）①神社內；②公司內；社內；☆社內一同に代り／代表公司全體同仁。[1]

しゃなりしゃなり（副・自サ）〔俗〕嫺雅，優美，裝模作樣；☆彼女はしゃなりしゃなりと歩いている／她裝模作樣地走着；她用優美的步伐走着。[1]-[1]

しゃにくさい【謝肉祭】（名）狂歡節（＝カーニバル）。[3]

しゃにむに【遮二無二】（副）胡亂，盲目，不管三七二十一地，死求百賴地（＝めちゃくちゃに，がむしゃらに，むやみやたらに）；☆遮二無二突進する／不管三七二十一地往前闖，盲目突進；☆遮二無二相手につっかかる／死求百賴地和對方爭辯。[1]

じゃねん【邪念】（名）邪惡念頭；☆邪念を払う／除掉邪惡念頭；☆邪念のない心／純正的心。[0][1]

じゃのめ【蛇の目】（名）①大環形；②←蛇の目傘；〜がさ【蛇の目傘】（名）上下黑色或藍色中間白色支開時在傘面上形成一個白圈的傘。[0]

しゃば【娑婆】（名）①〔佛〕人世，俗世；☆もう娑婆には用がない／活着也沒有意思了；②〔囚人語〕獄外的世界；☆もう一度娑婆の風に当たりたい／想擺脫監獄生活重新到社會上去；〜き，〜け【娑

婆気】（名）名利心；☆娑婆気が多い／名利心重。[0]

じゃばら【蛇腹】（名）①（照像機暗箱上可自由伸縮的）蛇腹；②（牆上裝飾用的）水平凸線；☆蛇腹をつける／塗上水平凸線。[0]

ジャパン【Japan】（名）日本；〜タイムス【Japan Times】（名）日本時報（東京發行的英文日報）。[2]

しゃひ【社費】（名）①神社的費用；②公司（社）的費用；☆社費で旅行する／用公司的錢作旅行。[0]

じゃびせん【蛇皮線】（名）〔樂〕（蟒皮蒙的）絃子，三弦。[0]

しゃふ【車夫】（名）（東）洋車夫。[1]

じゃぶじゃぶ〔擬聲〕嘩啦嘩啦（水聲）；☆河をじゃぶじゃぶと音を立てて渡る／嘩啦嘩啦地涉渡過河；☆風呂の水をじゃぶじゃぶ掻きまわす／嘩啦嘩啦地攪和澡盆的水。[0]

しゃふつ【煮沸】（名・他サ）〔文〕煮沸；☆煮沸して殺菌する／煮沸滅菌；〜き【煮沸器】（名）煮沸器。[0]

シャフト【shaft】（名）①長柄；②〔機〕軸，旋轉軸；③〔礦〕豎井，豎坑。[1]

しゃぶりつ・く（自五）〔俗〕含住（不放）；☆赤ん坊が乳房（ちぶさ）にしゃぶりついて乳を飲む／嬰兒含住乳頭吃奶。[4]

しゃぶ・る（他五）〔俗〕（含在嘴裏）吮吸，舐；☆乳をしゃぶる／吸乳，吃奶；☆飴をしゃぶる／含糖塊。[0]

しゃへい【遮蔽】（名・他サ）〔文〕遮蔽，掩蔽；〜まく【遮蔽幕】（名）遮蔽幕[0]

しゃべく・る（自五）〔俗〕＝しゃべる。[3]

しゃべり【喋り】（名）〔おー〕喋喋不休（的人），饒舌者；☆随分お喋りの女だなあ／好一個口若懸河的女人。[3]

＊しゃべ・る【喋る】（自五）〔俗〕①說，講（＝はなす，いう）；☆うっかり喋る／無意中說出；☆何を喋ってもよい／說什麼都可以；②饒舌，多言，喋喋不休，多嘴多舌；☆三時間立て続けに喋った／一口氣說了三個鐘頭；☆喋らせておくと切りがない／讓他說起來沒有完；☆のべつ幕なしに喋る／滔滔不斷的說，口似懸河地說；③善於說項，巧於辭令；☆実によく喋る／真能說。[2]

シャベル【shovel】（名）鐵鍬；☆シャ

ベルですくう／用鏟撮。①

しゃへん【斜辺】（名）①傾斜的邊；②〔數〕斜邊；☆斜辺に垂線を下ろす／在斜邊上畫垂直線。①

シャボテン（名）〔植〕仙人掌（＝サボテン）。①

シャボン【葡sabao】（名）肥皂（＝せっけん）；☆シャボンを塗る／擦肥皂；～だま【sabao玉】（名）①肥皂泡；☆シャボン玉を吹く／吹肥皂泡；⑧〔喻〕忽然出現馬上消滅的脆弱物，曇花一現的東西⓪

*じゃま【邪魔】（名・他サ）①〔佛〕邪魔，惡魔，②妨礙，攪擾，打攪，累贅；☆仕事を邪魔する／妨礙工作；☆邪魔にならない所に置け／放在不礙事的地方吧；☆木が邪魔で月が見えない／樹擋着看不見月亮；☆お邪魔しました／打擾了；☆そのうちお邪魔に上がります／過幾天去打擾您去；～だて【邪魔立て】（名・他サ）妨礙，打攪；～もの【邪魔者】妨礙物；累贅；討厭鬼，眼中釘；☆私を邪魔者にしている／把我當作討厭鬼（眼中釘）。⓪

しゃみ（せん）【三味（線）】（名）三絃，絃子（＝さみせん）。⓪

ジャム【jam】（名）果醬。①

しゃむしょ【社務所】（名）神社（廟）辦事處。②

シャムのふたご【Siam の双子】（名）連體嬰。

しゃめい【社名】（名）神社名；公司名；（某）社名。⓪

しゃめい【社命】（名）公司的命令；社命；☆社命を受けて海外に駐在する／奉社命駐在國外。⓪

しゃめん【赦免】（名・他サ）赦免；☆人を赦免する／赦免犯人。⓪

しゃめん【斜面】（名）①傾斜面；②〔理〕斜面。①

シャモ【軍鶏】（名）〔siam之訛〕〔動〕鬥鷄。①

しゃもじ【杓文字】（名）①杓子；②飯匙；☆しゃもじで飯をよそう／用飯匙盛飯①

じゃもん【蛇紋】（名）蛇紋；～せき【蛇紋石】（名）〔礦〕蛇紋石。⓪

しゃよう【社用】（名）①神社的事務；②公司的事務；☆社用で出張する／因公司的事情出差；～ぞく【社用族】（名）〔諧〕〔斜陽族〕的同音詞〕假借爲公司辦事而大肆揮霍以揩油的人們。⓪

しゃよう【斜陽】（名）〔文〕斜陽，夕陽（＝ゆうひ）；～ぞく【斜陽族】（名）（第二次世界大戰後）沒落的上層人們（此詞出自太宰治的小說「斜陽」。⓪

しゃらく【洒落】（形動ダ）瀟落，庸俗（＝あっさりしてわだかまりがない，さっぱりしている）；☆洒落な画風（がふう）／庸俗的畫風。⓪

しゃらくさ・い【洒落臭い】（形）〔俗〕傲慢的，自大的；☆洒落臭いことを言うな／少說廢話；別那麼臭美吧；☆おれをなぐるつもりか洒落臭い／要打我？你還了得啦！④

じゃらじゃら（副・自サ）〔俗〕①叮噹聲，嘩啷聲；☆じゃらじゃら鳴らす／使（錢幣）嘩啷嘩啷響；②輕賤，賣弄風情（＝いろっぽくていやらしいさま）；☆あの女はじゃらじゃらしている／那個女人輕賤；③過於華麗，妖豔。①

じゃら・す（他五）〔俗〕逗弄，戲弄；☆猫をじゃらす／逗弄貓。②

じゃらつ・く（自五）①賣俏，賣弄風情；②廝混，調情（＝たわむれる，じゃれる）；☆男と女がじゃらついている／男人和女人在調情（拉拉扯扯）。⓪

しゃり【舍利】（名）①〔佛〕舍利；②火葬後的骨灰；☆舍利を拾う／撿骨；④米粒；米飯；～とう【舍利塔】（名）舍利塔。①

*じゃり【砂利】（名）砂石，碎石，砂礫；～ば【砂利場】（名）堆放砂石場。⓪

*しゃりょう【車輛】（名）①車，車輛；☆鉄道の車輛／鐵路車輛；②（數車輛的單位）輛；☆二十車輛／二十輛車。①

*しゃりん【車輪】（名）車輪；☆車輪の下じきになる／被車輪壓過去。⓪

しゃ・る（助動・五型）Ⅰ〔方〕＝せられる；Ⅱ（助動・下二型）〔文〕＝せられる。

*しゃれ【洒落】（名）①打趣話，俏皮話；詼諧話；☆洒落を言う／說俏皮話；☆うまい洒落だ／漂亮的俏皮話；☆洒落の落ち／俏皮話的妙處；②〔お一〕漂亮服裝，華麗裝束；☆お洒落をする／漂亮打扮；☆彼女はお洒落だ／她好打扮；～っけ【洒落っ気】（名）①好打扮的（心情）；☆老人なのに洒落っ気がある／雖然上了年紀可是好打扮；②好詼諧，好說俏皮話；☆なかなか洒落っ気のある人／很好詼

事而大肆揮霍以揩油的人們。⓪

諧的人；⑨好出風頭。⓪

*しゃれい【謝礼】（名）（表示謝意的）致謝詞；禮物，報酬；☆弁護士の謝礼／律師的報酬；☆謝礼を言う／致謝，道謝⓪

しゃれき【社歴】（名）（某）公司的歷史。⓪

しゃ・れる【洒落る】（自下一）①（漂亮）打扮；☆彼女は洒落ている／她打扮很漂亮；②說俏皮（詼諧）話；③有風趣，有意思；☆この話はなかなか洒落ている／這番話別有風趣。⓪

じゃ・れる【戯れる】（自下一）①貓狗等和人）鬧着玩兒；☆猫が女の子に戯れる／貓跟女孩子耍鬧；②（男女）調情，拉拉扯扯。

じゃろん【邪論】（名）不正的論說，邪辟之見。⓪①

シャワー【shower】（名）①驟雨；②→シャワーバス；～バス【shower bath】（名）淋浴；☆シャワー（バス）を浴びる／洗淋浴。①

ジャンク【junk＝：戎克】（名）（中國）帆船，舢板。②

ジャングル【jungle】（名）密林，（熱帶的）原始林。①

ジャングルジム【jungle gym】（名）猴子架，一種鐵架子製的兒童遊戲器材。⑤

じゃんけん【じゃん拳】（名）（屈伸手指來猜的）石頭、剪子、布拳；☆じゃん拳で決める／划拳決定；☆じゃん拳に勝った／划拳贏了；～ぽん（名・感）①＝じゃん拳；②（划拳時的吆喝聲）剪刀、石頭、布！⓪

シャンソン【法 chanson】（名）法國式或有法國味道的小歌曲，民歌；☆シャンソンをロずさむ／低唱民歌。①

シャンデリア【法 chandelier】（名）（頂棚垂掛的）枝狀燈架；☆天井には華やかなシャンデリアが耀いている／頂棚上彩燈輝煌。③

しゃんと（副・自サ）〔俗〕①直，端正；☆しゃんとする／直立；端坐；☆しゃんとなる／直起身腰來，端正起來；②（老人等）身板挺直（不彎腰）；☆七十だが腰も曲がらずしゃんとしている／七十歲了，可是腰也不彎，身板挺直。①

ジャンパー【jumper】（名）①運動上衣；作業上衣；夾克；②（女學生等穿的）無袖連衣裙，學生裙（＝ジャンパースカー

ト）；③跳躍者，跳躍選手。①

ジャンプ【jump】（名・自サ）①〔運動〕跳躍（跳遠、跳高等）；②暴漲；～ターン【jump-turn】（名・自サ）〔滑雪〕跳躍廻轉。①

シャンプー【shampoo】（名・他サ）洗髮精（粉）；☆毎日シャンプーする／每天洗頭髮。①③

シャンペン【champagne＝：三鞭酒】（名）香檳酒（＝シャンパン）；～サイダー【champagne cider】（名）①碳酸水；②一種蘋果酒。

ジャンボ【Jumbo】（名）巨人；巨象；～き【jumbo機】（名）巨無覇噴射機。①

ジャンボリー【jamboree】（名）（美國的風俗）童子軍大會。①

ジャンル【法 genre】（名）①種類，部類；②（文藝作品的）體裁，風格，形式①

しゅ【朱】（名）①朱色，朱紅色（＝あか）；②硃砂；③朱墨（＝しゅずみ）；◇朱に交われば赤くなる／近朱則赤；顔に朱を注ぐ／（生氣或用力時）滿臉通紅；朱を入れる／用紅筆批改（文章、詩歌）⓪

しゅ【主】（名）①主人（＝ぬし，あるじ）；②主君，主公（＝きみ）；☆主と仰ぐ／尊爲主公；③主腦人物，首領；主體，中心；☆主になる／成爲主腦人物；成爲中心；☆主になって働くものがない／工作沒有領導人；④主要之點，主眼；☆主たる目的／主要目的；☆主となす／爲主；☆商売は儲けるのが主だ／作生意主要是賺錢；⑤〔宗〕（耶穌教）主，神，基督；☆主の祈り／主的祈禱。①

しゅ【種】（名）①種類；☆この種の人間／這種人；②〔生〕（動植物分類的）種；③種子；☆種の起原／種的起源。①

しゅい【首位】（名）首位，第一位；☆首位を占める／居首位。①

しゅい【趣意】（名）趣旨，宗旨；目的；☆事業の趣意を明らかにする／闡明事業的趣旨；☆来訪の趣意を告げて辞去する／說明來訪目的而告辭；☆この文の趣意はよく汲み取れない／這篇文章的意義不太清楚；～しょ【趣意書】（名）趣旨書。①

しゅいろ【朱色】（名）朱紅色。⓪

しゅいん【手淫】（名）手淫（＝オナニー）⓪

しゅいん【主因】（名）〔文〕主要原因；☆貿易不振の主因は生産不足だ／貿易不

振的主要原因是生產不足。⓪

しゅいん【朱印】（名）①紅色官印（戳記）；②（室町、織豐、江戸時代）用於公文的官印；印有紅色官印的公文（＝ごしゅいん【朱印】）：～ぶね【朱印船】（名）（江戸時代）領有紅色官印許可證從事國外貿易的船隻。⓪

*しゅう【州・洲】（名）州，洲。１

*しゅう【週】（名）週；☆一週間／一個星期，一週；☆週の前半は家にいる／前半個星期在家。１

しゅう【衆】（名）①衆人；☆衆を頼む／恃衆；☆衆を率いる／率衆；②一伙人（＝なかま）；☆若い衆／年輕的人們。１

しゅう【集】（名）（詩歌等的）集；☆詩集（ししゅう）／詩集；☆歌を集にまとめる／把歌編成歌集。１

しゅう【醜】（名）①醜，醜陋；☆容貌の美と醜を問わぬ／不論容貌美醜；②醜惡；③〔文〕恥辱；☆大衆の前に醜を曝（さら）す／在衆人面前出醜。１

しゅう【市有】（名）市有；☆市有にする／改爲市有；～ざいさん【市有財産】（名）市有財産。⓪

しゅう【私有】（名・他サ）私有；☆土地の私有／土地的私有；～ざいさん【私有財産】（名）私有財産。⓪

しゅう【雌雄】（名）①雌雄；☆鶏の雛の雌雄を鑑別する／鑑別鷄雛的雌雄；②優劣勝負；☆雌雄を決す／決勝負；～いしゅ【雌雄異株】（名）〔植〕雌雄異株；～どうしゅ【雌雄同株】（名）雌雄同株。１

じゅう─【重】（造語）①表示重、艱苦等義；☆重労働（じゅうろうどう）／艱苦工作，重活；②〔化〕重…；☆重炭酸ソーダ／重碳酸鈉；☆重クロム酸／重鉻酸；③表示重、再等義；☆重犯（じゅうはん）／重犯；☆重版（じゅうはん）／再版。

*ーじゅう【中】（造語）表示全部、整一…之義；☆世界中またとない／全世界獨一無二；☆夏中軽井沢（かるいざわ）にいた／在輕井澤呆了一夏；☆家中捜した／家裏全都找遍了；☆一晩中眠れなかった／一夜沒睡覺。

ーじゅう【重】（接尾）重，層；☆五層（ごじゅう）／五重，五層；☆五重の塔／五層塔。

じゅう【十】（數）十；☆一を聞いて十を知る／聞一知十；☆一から十まで／從頭到尾，一五一十，全部；☆十中の八九まで／十有八九。１

じゅう【住】（名）居住；住処（すみか，すまい）；☆衣食住（いしょくじゅう）／衣食住。１

じゅう【柔】（名）〔文〕柔；☆柔よく剛を制す／柔能克剛。１

じゅう【重】（名）〔おー〕→じゅうばこ【重箱】。１

じゅう【従】（名）①從者，扈從；☆主從の関係／主從關係；②從屬，次要；☆主でなくて従である／不是主要而是次要。

*じゅう【銃】（名）步槍；☆銃を担う／荷槍；☆銃に剣をつける／上刺刀；☆銃を執れ／（口令）操槍！戰鬥準備！１

じゆう【自由】（名・形動ダ）自由，隨意，隨便；☆言論の自由／言論自由；☆自由に意見を述べる／隨便發表意見；☆この馬は私の自由にならない／這匹馬不聽我駕馭；☆さあ御自由に（なさい）／請隨便吧，請不要拘泥；～がた【自由型】（名）〔游泳〕自由式（＝クロール）；～かって【自由勝手】（形動ダ）隨便，放縱，任性；～きょうそう【自由競争】（名）自由競争；～けい【自由刑】（名）〔法〕自由刑（拘束犯罪者自由的刑罰，指徒刑，監禁等）；～けいざい【自由経済】（名）自由經濟；～けっこん【自由結婚】（名）自由結婚；～こう【自由港】（名）自由港；～し【自由市】（名）（中世歐洲的）自由市；～じざい【自由自在】（名・形ダ）自由自在；～しそう【自由思想】（名）自由思想；～しゅぎ【自由主義】（名）自由主義（＝リベラリズム）；～しょくぎょう【自由職業】（名）自由職業（指藝術家、著作家、宗教家等）；～せかい【自由世界】（名）（指自由民主的集團）自由世界；～とうぎ【自由討議】（名）自由討論；～ぼうえき【自由貿易】（名）自由貿易；～ほうにん【自由放任】（名）①放任不加拘束；②〔經〕（國家）不加限制（干涉）。２

じゆう【事由】（名）事情的緣由；理由；☆事由を述べる／述說緣由；☆いかなる事由ありとも／無論有任何理由。１

しゅうあく【醜悪】（形動ダ）醜惡；醜陋；☆醜悪な利権争い／醜惡的爭權奪利；

☆醜悪な容貌／醜陋的容貌。⓪

じゅうあつ【重圧】（名）重壓；強力壓迫。⓪

*しゅうい【周囲】（名）①周圍，四周（＝まわり）；☆周囲に花を植える／周圍栽上花；②周圍的人，環境；☆周囲の影響を受ける／受環境影響；☆彼らは周囲から祝福を受けた／他們倆受到周圍的人的祝福。①

しゅうい【拾遺】（名）〔文〕①拾遺；②諫官；侍從；⑨薫香名。①

じゅうい【重囲】（名）重圍；☆重囲に陥る／陷入重圍；☆敵の重囲を脱する／脱出敵人重圍。①

じゅうい【獣医】（名）獸醫；～がく【獣医学】（名）獸醫學。①

しゅういつ【秀逸】（名・形動ダ）①優秀，出衆；☆かれの芸は秀逸だ／他的技藝出衆；②優秀作品；☆この油絵（あぶらえ）は秀逸の部にはいる／這幅油畫可以說是傑作。⓪

しゅういん【衆院】（名）衆議院。⓪①

じゅういん【充員】（名・他サ）補充人員；☆不足数を充員する／補充不足人員⓪

しゅうう【秋雨】（名）〔文〕秋雨（＝あきさめ）。①

しゅうう【驟雨】（名）驟雨，暴雨（＝にわかあめ，ゆうだち）；☆驟雨が来そうだ／要下驟雨的様子。①

しゅうえき【収益】（名）收益；☆収益を挙げる／獲得收益；～ぜい【収益税】（名）收益税。⓪①

じゅうえき【汁液】（名）〔文〕汁液；☆果物（くだもの）の汁液／水果的汁液（＝ジュース）。⓪

しゅうえん【周縁】（名）〔文〕周邊（＝まわり，ふち）；☆都市周縁の農村／都市四周的農村。⓪

しゅうえん【終演】（名・自サ）演完，演出完畢，散戲；☆本日（ほんじつ）は八時終演の予定／今天預定八點鐘演完。⓪

しゅうえん【終焉】（名）①臨終，臨死（＝さいご）；☆ここが英雄の終焉の地である／這裏是英雄絶命之處；②老年生活，度晩年；☆ここを終焉の地として落ち着く／定居在這裏以度晩年。⓪

じゅうえん【重縁】（名）親戚聯婚，親上加親；☆親属の娘を嫁にもらうので重縁になるわけだ／因爲娶親戚的姑娘作媳婦，

所以是親上加親。⓪

しゅうお【羞悪】（名・他サ）〔文〕羞慚；羞慚而憎惡。①

じゅうおう【縦横】（名）①縱横；☆縦横に線を引く／縱横劃線；②四面八方；☆縦横に走る鉄道網／四通八達的鐵路網；③隨意，盡量；☆問題を縦横に論ずる／縱談問題；～むじん【縦横無尽】（連語・名）①自由自在，隨意，盡量；☆縦横無尽に批判する／隨意批判；②四通八達；☆縦横無尽の地下鉄／四通八達的地下鐵路。③⓪

しゅうか【衆寡】（名）衆寡，多數和少數；☆衆寡敵せず／寡不敵衆。①

しゅうか【集荷】（名・自他サ）各地物産登市，集聚各地物産；☆林檎の集荷がはかどらない／蘋果登市的情況不見進展①

じゅうか【銃火】（名）（小槍、機槍的）火力；☆敵の銃火を冒して／冒着敵人的槍彈；☆敵と銃火を交える／同敵人開火。①

*しゅうかい【集会】（名・自サ）集會（＝よりあい，あつまり）；☆集会の自由／集會的自由。⓪

しゅうかいどう【秋海棠】（名）〔植〕秋海棠。①③

*しゅうかく【収穫】（名・他サ）收穫，收割；☆一年に二度の収穫がある／一年收穫兩次；☆その努力はあまり収穫がなかった／那種努力並沒有取得什麼收穫；～き【収穫期】（名）收季；～だか【収穫高】（名）收穫量。⓪

しゅうがく【就学】（名・自サ）就學，進入小學；～じどう【就学児童】（名）就學兒童；～りつ【就学率】（名）就學率。⓪

しゅうがく【修学】（名・自サ）修學，學習；～りょこう【修学旅行】（名）修學旅行，畢業旅行。⓪

*しゅうかん【習慣】（名）習慣；習癖（＝しきたり，ならわし，くせ）；☆習慣がつく／成爲習慣，成癖；☆悪い習慣を改める／矯正惡習；◇習慣は第二の天性である／習慣乃第二天性。①

しゅうかん【週刊】（名）週刊；～し【週刊誌】（名）週刊（雜誌）；每週一次發行的刊物。⓪

しゅうかん【週間】（名）①（舉行某種運動的）週間；☆貯蓄週間（ちょちくしゅ

うかん）／儲蓄週間；②一個禮拜；☆ここに来て今日で四週間になる／來到這裏到今天已經四個禮拜了。⓪

じゅうかん【重患】（名）重病（的病人）⓪

じゅうかん【縦貫】（名・自サ）縱貫，南北貫通；～てつどう【縦貫鉄道】（名）縱貫鐵路。⓪

じゅうがん【銃丸】（名）步槍子彈；☆銃丸が雨霰（あめあられ）と飛んで来る／步槍子彈雨點似地飛來。⓪

じゅうがん【銃眼】（名）鎗眼。⓪

しゅうき【周忌】（名）（死者的）週年忌念日（＝かいき）；☆祖父の三周忌／祖父的三週忌日。

しゅうき【秋気】（名）〔文〕秋氣；秋景；秋意；☆秋気を含む風／帶秋意的風；☆山に秋気が満ち溢れている／遍山呈現出秋意。①

しゅうき【秋季】（名）秋季。

しゅうき【臭気】（名）臭氣，臭味（＝くさみ）；☆臭気がむっと鼻を突く／臭氣衝鼻；☆臭気を抜く／除臭。①

しゅうき【終期】（名）①末期；☆国会も終期に近ずいた／國會已臨말期了；②〔法〕終期（法律行爲失效期）；期限屆滿，滿期；☆契約の終期を待って立ち退（の）きを要求する／等待合同滿期後要求搬走。

*しゅうき【周期】（名）週期；☆太陽の黒点は十一年を周期として増減する／太陽上的黑点以十一年爲週期而増減；～すいせい【周期彗星】（名）〔天〕週期彗星；～てき【周期的】（形動ダ）週期的；～りつ【周期率】（名）〔化〕週期率①

しゅうぎ【宗義】（名）〔佛〕宗門的敎義。①

しゅうぎ【祝儀】（名）①慶祝儀式；☆祝儀を行なう／擧行慶祝儀式；②祝辭；☆祝儀を述べる／致賀辭；③（表示賀意的）贈品，賀禮；④小費，紅包（＝こころづけ、はな、チップ）；☆あとで祝儀をやる／完了給小費；～うた【祝儀唄】（名）祝賀歌，喜歌；～ばな【祝儀花】（名）慶祝儀式上的插花。

じゅうき【什器】（名）什器，什物，家常用具。①

しゅうぎ【衆議】（名）衆人合議；☆衆議一決した／大家商定了；～いん【衆議院】（名）衆議院；～いんぎいん【衆議院議

員】（名）衆議院議員；～とうさい【衆議統裁】（連語・名）衆議後由主席決定（不按多數決定）。①

じゅうきかんじゅう【重機関銃】（名）重機槍。④

しゅうきゅう【週休】（名）一週休息一日。⓪

しゅうきゅう【週給】（名）週薪；～せいど【週給制度】（名）週薪制度。⓪

しゅうきゅう【蹴球】（名）〔運動〕①足球（＝フットボール）；☆蹴球の試合／足球比賽；②足球、橄欖球的總稱。

*じゅうきょ【住居】（名）住所，住宅（＝すまい、すみか）；☆住居を侵害する／侵犯（他人）住宅；☆住居を定める／定居（在某處）。①

*しゅうきょう【宗教】（名）〔宗〕宗教；☆宗教を信じる／信教；～か【宗教家】（名）宗教家；～かいかく【宗教改革】（名）（1517年的）宗教改革；～げき【宗教劇】（名）宗教劇。①

しゅうぎょう【修業】（名・自サ）①修業，學習學業（技術）；☆医学を修業する／學醫，②學完（學校規定的課程）；☆修業した証明／修業證明。⓪

しゅうぎょう【就業】（名・自サ）就業；上班作事；☆今年の卒業生は全部就業した／今年的畢業生全部都就業了；～じかん【就業時間】（名）工作時間；～りつ【就業率】（名）就業率。⓪

しゅうぎょう【終業】（名・自サ）①做完業務；☆今日は八時に終業する／今天八點鐘完活；學完（一學期或一學年的）課程；～しき【終業式】（名）（學期末或學年末的）結業式。⓪

しゅうぎょう【従業】（名）工作，幹活；☆この仕事に従業する者は少ない／從事這種工作的很少；～いん【従業員】（名）員工。⓪

しゅうきょく【終曲】（名）〔樂〕①（交響曲、奏鳴曲、協奏曲、組曲的）最末樂章；②（歌劇各幕的）終曲（＝フィナーレ）。⓪

しゅうきょく【終局】（名・自サ）①〔圍棋〕終局；②結局；☆終局を告げる／告終。⓪

しゅうきょく【終極】（名）最後，末了（＝はて、おわり）；☆ついに終極の時は来た／終於到了最後。⓪

しゅうぎょとう【集魚灯】（名）集魚燈，捕魚燈；☆集魚灯をともして漁（りょう）をする／點集魚燈捕魚。⓪

しゅうきん【集金】（名・自サ）收款，催收的錢；☆集金がはかどらない／款收不回來；☆集金に回る／到各處去收款；～にん【集金人】（名）收費員，催收人⓪

じゅうきんぞく【重金属】（名）〔鑛〕重金屬。③

しゅうぐ【衆愚】（名）〔文〕一羣愚人；～せいじ【衆愚政治】（名）愚民政治①

じゅうく【重苦】（名）〔文〕沉痛的苦惱；☆人民は税金の重苦に堪え切れない／人民受不了捐税的重壓。①

シュークリーム【法 chou à la crème】（名）雪糕（一種油餡點心），奶油泡夫。④

ジュークボックス【juke box】（名）自動點唱機，投幣電唱機。④

じゅうぐん【従軍】（名・自サ）從軍；☆通訳官として従軍する／以翻譯員資格從軍；～きしゃ【従軍記者】（名）戰地記者。⓪

しゅうけい【集計】（名・他サ）合計，總計；☆集計を出す／算出總數。⓪

じゅうけい【銃刑】（名）槍斃；☆銃刑に処する／處以槍決。⓪

じゅうけい【従兄】（名）堂兄，叔伯哥哥，表哥（＝いとこ）。⓪

*しゅうげき【襲撃】（名・他サ）襲擊；☆不意に襲撃する／奇襲，偷襲。⓪

じゅうげき【銃撃】（名・他サ）用槍射擊；☆飛行機が急降下しながら銃撃して来た／飛機一邊俯衝下來一邊用槍射擊。⓪

しゅうけつ【終結】（名・自サ）①終結，完結；☆争議が終結した／爭執議論束了；②歸結；☆次のような終結になる／歸結如下。⓪

しゅうけつ【集結】（名・自他サ）集結；☆兵力を集結する／集結兵力。⓪

じゅうけつ【充血】（名・自サ）〔醫〕充血；☆充血した目／充血的眼睛。⓪

しゅうけん【集権】（名）集中權力；☆中央集権（ちゅうおうしゅうけん）／中央集權。⓪

しゅうげん【祝言】（名）①祝詞，賀詞（＝しゅくじ）；☆祝言を述べる／致賀詞；②喜事；③婚禮；☆祝言の客／賀喜的客人；☆祝言を済まして新婚旅行に出か

ける／行完婚禮就去蜜月旅行。①

じゅうけん【銃剣】（名）刺刀。①③

しゅうこう【周航】（名・自サ）〔文〕乘船周遊；☆世界を周航する／（乘船）周遊世界。⓪

しゅうこう【修交】（名・自サ）〔文〕親善，友好；～じょうやく【修交条約】（名）友好條約。⓪

しゅうこう【就航】（名・自サ）（船）下水，就航；☆太平洋航路に就航する／在太平洋航路航行。⓪

しゅうこう【醜行】（名）〔文〕醜惡行爲，猥褻行爲；☆醜行を摘発する／揭露醜惡行爲。⓪

*しゅうごう【集合】（名・自他サ）集合，會合；☆明朝七時学校に集合することになっている／規定明天早晨七點鐘在學校集合；～ばしょ【集合場所】（名）集合地點；～めいし【集合名詞】（名）〔語法〕集合名詞。⓪

じゅうこう【重厚】（形動ダ）（態度）鄭重，篤實；（性質）穩重；☆年を取るにつれて重厚となる／年齡越大越穩重起來⓪

じゅうこう【銃口】（名）槍口，槍嘴；☆銃口を向けて金を奪う／（向…）對上槍口刼財。⓪

じゅうこうぎょう【重工業】（名）重工業；☆重工業を先に興す／先發展重工業③

じゅうごや【十五夜】（名）①陰曆十五日夜晚；☆十五夜の月／十五日晚的月亮；②陰曆八月十五日夜晚。⓪

じゅうこん【重婚】（名・自サ）〔法〕重婚；～ざい【重婚罪】（名）重婚罪；☆重婚罪を犯す／犯重婚罪。⓪

ジューサー【juicer】（名）搾汁機。①

しゅうさい【秀才】（名）①秀才；②有才華的人，有天分的人，腦筋好的人；☆彼は我が校の秀才だ／他是我們學校的高材生；☆あの一家は秀才ぞろいだ／那一家人全都有天分。⓪

じゅうざい【重罪】（名）重罪；☆重罪を課す／課以重罪。⓪

しゅうさく【習作】（名・他サ）（繪畫、雕刻等的）練習作品（＝エチュード）⓪

じゅうさつ【重殺】（名・他サ）（棒球）使兩個跑者出局（＝ダブルプレー）。⓪

じゅうさつ【銃殺】（名・他サ）槍斃，槍決。⓪

しゅうさん【集散】（名・自他サ）（產品

的）集散；～ち【集散地】(名)集散地⓪

じゅうさんや【十三夜】(名)①陰暦十三日的夜晚；②陰暦九月十三日的夜晚。③

しゅうし【収支】(名)収支；☆収支が償(つぐな)わない／入不敷出；☆収支のバランスがとれている／収支保持着均衡①

しゅうし【宗旨】(名)①（某宗教的）中心教義,宗旨；☆宗旨が簡単で分りやすい／教義簡単易懂；②（某宗教内的）派別,宗派；☆あの家と私の家は宗旨が違っている／那家和我家所信仰的不是一個宗派；③〔轉〕（對職業、主義、趣味等的）愛好；☆あの人は物理だし,私は文学だし全く宗旨が違う／他學物理,我學文學趣味完全不同；◊宗旨をかえる／改宗；改行,改換趣味。⓪

しゅうし【修士】(名)碩士；☆修士の学位をもっている／擁有碩士學位。①

しゅうし【終止】(名・自サ)終止；結束；～けい【終止形】(名)〔語法〕終止形（動詞、形容詞、助動詞語尾變化的第三段,如「花咲く」的「咲く」）；～ふ【終止符】(名)①句點（＝ピリオド）；②終結,歸結；☆終止符を打つ／完結,結束。⓪

しゅうし【終始】(副・自サ)①末了和起首；②從頭到尾,始終,一貫；☆終始善戦した／始終頑強戰鬥到底；☆彼は革命家をもって終始した／他一生從事於革命,他把一生貢獻給了革命；～いっかん【終始一貫】(名・連語・副・自サ)終始一貫；☆終始一貫して主義を守る／始終一貫忠實於主義。①

しゅうじ【習字】(名)習字（＝てならい）；☆習字が上手だ／字寫得好（多半指毛筆字）。⓪

しゅうじ【修辞】(名)修辭；☆修辞に工夫(くふう)を凝らす／在修辭上大下功夫；～がく【修辞学】(名)修辭學；～ほう【修辞法】(名)修辭法。⓪

*じゅうし【重視】(名・他サ)重視,認爲重要；☆重視するに足りない／不足重視；☆語学教育を重視する／重視語學教育⓪

じゅうじ【十字】(名)①十字；☆十字を切る／（祈禱時）劃十字；②十個字；全部で十字だ／一共十字；③十字形；④十字路（＝よつつじ）；～か【十字架】(名)十字架；～（か）か【十字（花）科】(名)〔植〕十字花科；～ぐん【十字軍】

（名)〔史〕十字軍；～ろ【十字路】(名)十字路（＝よつつじ、よつかど）；☆十字路に立つ／站在十字路口；不知所向。①

じゅうじ【十時】(名)十點鐘；☆十時きっかりに／在整十點鐘；☆家に帰ったのは、十時であった／回到家時已經十點鐘了。①

*じゅうじ【従事】(名・自サ)作,從事；☆著作に従事する／從事寫作。①

じゅうしちもじ【十七文字】(名)俳句④

*しゅうじつ【終日】(名・副)整天,終日（＝ひねもす）；☆終日待ち続けていた／等了一整天；☆終日なす所もなく／終日無所事事。⓪

*じゅうじつ【充実】(名・自サ)充實；☆内容が充実している／内容充實；☆国防の充実をはかる／設法充實國防。⓪

じゅうしまい【従姉妹】(名)叔伯姊妹；表姊妹（＝いとこ）。③

じゅうしまつ【十姉妹】(名)〔動〕十姊妹（燕雀目）。③

しゅうしゃ【終車】(名)當日最後一次的電車,公共汽車等,末班車；☆駅に駆けつけた時は終車の出た後だった／跑到火車站時最後一次電車已經開過了。⓪

じゅうしゃ【従者】(名)隨從人員,隨員；☆従者を引き連れる／帶領隨員。①

しゅうしゅう【収拾】(名・他サ)收拾,整頓；☆収拾がつかない状態／不可收拾的局勢。⓪

しゅうしゅう【収集・蒐集】(名・他サ)收集,蒐集；☆郵便切手の蒐集／集郵；～へき【蒐集癖】(名)蒐集癖。⓪

しゅうしゅう【擬聲】嗦嗦,嗊嗊；☆しゅうしゅうと湯気（ゆげ）が出る／嗊嗊地冒熱氣；☆汽車がしゅうしゅうと音を立てて停車場（ていしゃば）を出て行く／火車嗊嗊地噴出蒸汽而開出站了。①

しゅうしゅく【収縮】(名・自他サ)收縮；☆膨脹した通貨を収縮する／收縮膨脹了的通貨；～けいすう【収縮係数】(名)收縮係數；～せい【収縮性】(名)收縮性。⓪

しゅうじゅく【習熟】(名・自サ)熟習,熟練；☆基本技術に習熟する／掌握基本技術。⓪

じゅうじゅつ【柔術】(名)柔道（日本式的一種武術）。⓪①

じゅうじゅん【柔順】（形動ダ）柔和，温順，馴順，老實（＝おとなしい，しとやか，すなお）；☆柔順な子供／聽話的孩子；☆柔順に人の言うことを聴く／老老實實地聽人話。⓪

じゅうじゅん【従順】（形動ダ）順從聽話⓪

しゅうじょ【醜女】（名）〔文〕面貌醜的女人。①

じゅうしょ【住所】（名）住所，住址（＝すみか）；☆左記の住所に転居した／搬到左列住址；☆住所と氏名を書き込んで下さい／請寫上住址和姓名；～のふかしん【住所の不可侵】（名・連語）住所的不可侵犯；～ろく【住所録】（名）住址冊①

しゅうしょう【就床】（名・自サ）就寝，上床睡覺。⓪

しゅうしょう【周章】（名・自サ）周章，狼狽，慌張；～ろうばい【周章狼狽】（名・連語・自サ）周章狼狽，驚慌不知所措⓪

しゅうしょう【愁傷】（名・自サ）①愁傷，悲傷，②可憐（＝きのどく）；☆御愁傷さま／（弔唁語）我很同情您的悲傷⓪

じゅうしょう【重唱】（名・他サ）〔樂〕重唱（如二重唱）。⓪

じゅうしょう【重症】（名）病狀嚴重；☆彼の水虫は重症だ／他的香港脚很嚴重；～かんじゃ【重症患者】（名）病狀厲害的患者。⓪

*じゅうしょう【重傷】（名）重傷；☆重傷を負う／負重傷。⓪

しゅうしょく【秋色】（名）〔文〕秋色；☆箱根の秋色を探る／探箱根的秋色。①

しゅうしょく【愁色】（名）〔文〕憂色，愁容；☆愁色を湛（たた）えた面持（おももち）／愁眉不展。⓪

しゅうしょく【修飾】（名・他サ）修飾，裝飾，潤飾；☆修飾を施す／加以修飾（潤飾）；～ご【修飾語】（名）〔語法〕修飾語。⓪

*しゅうしょく【就職】（名・自サ）就業，找到工作；☆就職の世話をしてやる／給…找工作；☆就職ができない／找不到工作；～あっせん【就職斡旋】（名・他サ）職業介紹；～ぐち【就職口】（名）工作（處所）；☆就職口を探す／找工作；～なん【就職難】（名）就業困難，難以找到工作。⓪

じゅうしょく【住職】（名）住持；住持的職務；☆寺の住職／住持佛寺的和尚。①

じゅうしょく【重職】（名）責任重大的職務，重任，要職；☆会長の重職に就く／任會長的要職。⓪

しゅうじょし【終助詞】（名）〔語法〕終助詞，感動助詞（用於語句末尾的助詞，表示疑問、禁止、感嘆等，か，なむ，がな，かな，かし（文語用）等，口語用有な，ぞ，とも，よ，か等）。③

しゅうしん【修身】（名）修身。①

しゅうしん【就寝】（名・自サ）就寝，睡覺；☆もう就寝の時間だ／該睡覺了。⓪

しゅうしん【終身】（名）終身，一生；☆終身独身で過ごした／終身沒有結婚；～かいいん【終身会員】（名）永久會員；～ちょうえき【終身懲役】（名）〔法〕無期徒刑；～ほけん【終身保険】（名）死亡保險。①⓪

しゅうしん【終審】（名）〔法〕終審，最後審判；☆終審で無罪の判決を受けた／在終審時被宣判無罪。⓪

しゅうじん【囚人】（名）犯人，囚犯。⓪

しゅうじん【衆人】（名）〔文〕衆人，許多人；☆衆人環視の下／衆目環視之下⓪

じゅうしん【重心】（名）〔理〕重心；☆重心を失う／失掉重心；☆重心を保つ／保持重心。⓪

じゅうしん【重臣】（名）重臣。⓪

シューズ【shoes】（名）皮鞋（＝くつ，たんぐつ）。①

ジュース【deuce】（名）〔網球、桌球〕平；～アゲン【deuce again】（連語）再平。①

*ジュース【juice】（名）汁液；☆オレンジジュース／橘子汁；☆パイナッルのジュース／鳳梨汁。①

じゅうすい【重水】（名）〔化〕重水。⓪

じゅうずめ【重詰】（名）盛在多層食盒裏（的菜肴）；☆おせち料理を重詰にする／把年菜盛在多層食盒裏。⓪④

しゅうせい【習性】（名）習性，習癖，習慣成性；☆動物の習性を観察する／観察動物的習性；☆夜ふかしの習性がつく／染上熬夜的習慣。⓪

しゅうせい【終生・終世】（名・副）終身，一生；☆終生の事業／終身事業；☆終生忘れない／一生不忘。①⓪

じゅうせい【銃声】（名）槍聲；☆銃声が聞こえる／聽到槍聲。⓪

じゅうせい【獣性】（名）獸性；☆獸性を

むき出しにする／暴露出獸性。⓪

しゅうせき【集積】（名・他サ）集積，集聚；～かいろ【集積回路】（名）集積回路（IC）。⓪

じゅうせき【重責】（名）重大責任；☆重責を負う／擔負重大責任。⓪

しゅうせん【周旋】（名・自他サ）①周旋（＝たちいふるまい）；②斡旋，推薦，介紹（＝とりもち，せわ）；☆友人の周旋によって／賴友人的斡旋；☆…に地位を周旋する／給…斡旋職位；③〔文〕旋轉（＝ぐるぐるまわる）；～にん【周旋人】（名）介紹者；經紀人；～りょう【周旋料】（名）介紹費。⓪

しゅうせん【終戦】（名）停戦；～ご【終戦後】（名）停戦後，☆終戦後の日本／第二次大戰後的日本。⓪

しゅうぜん【修繕】（名・他サ）修繕，修補，修理；☆この家は修繕の必要がある／這所房子需要修繕；☆時計を修繕する／修理鐘錶。⓪

じゅうせん【縦線】（名）縱線，豎線；☆紙に縦線を引く／在紙上劃縱線。⓪

じゅうぜん【十全】（名・形動ダ）①十全十美，完善；☆十全の首尾／完全成功；②安全，萬全；☆十全の施設／萬全的設備。⓪

じゅうぜん【従前】（名・副）從前，以前；☆従前の通り／一如從前地。⓪

しゅうそ【秋霜】（名）〔文〕秋霜；◇秋霜烈日（れつじつ）の如し／〔喻〕刑罰嚴明。⓪①

しゅうぞう【収蔵】（名・他サ）〔文〕①收藏；☆佐藤氏の収蔵する珍本／佐藤氏收藏的珍本；②秋收多藏；☆秋になって米を収蔵する／秋季收藏稻米。⓪

しゅうぞう【修造】（名・他サ）修造，修繕，修理；☆社殿を修造する／修造神殿。⓪

じゅうそう【重奏】（名・他サ）〔樂〕重奏（如三重奏，四重奏）。⓪

じゅうそう【重曹】（名）〔化〕重碳酸鈉⓪

じゅうそう【縦走】（名・自サ）〔登山〕（沿山脊）縱行。⓪

しゅうしゅう【収集】（名・他サ）①收集；②結束；☆事件を収集する／結束事件⓪

しゅうぞく【習俗】（名）習俗（＝ならわし）；☆地方の習俗／地方的習俗。①⓪

じゅうそく【充足】（名・自他サ）充足，

充裕；補充；☆欠員を充足する／補充缺額。⓪

しゅうたい【醜態】（名）醜態；☆醜態を演じる／出醜，丟臉。⓪

じゅうたい【重体・重態】（名）（病）危篤；☆重体に陥る／病危（篤）。⓪

じゅうたい【渋滞】（名・自サ）滯塞，遲滯；☆事務が渋滞する／工作遲遲不進；☆渋滞のない文章／流暢文章。⓪

じゅうたい【縦隊】（名）縱隊。⓪

じゅうだい【十代】（名）①十代；②第十代；③（teenage的譯語）從十三歲至十九歲的少年時代；☆十代で死ぬ／十幾歲時死亡；☆十代の少女／十幾歲的少女①

*じゅうだい【重大】（形動ダ）①重大；☆重大な責任／重大的責任；②嚴重；☆事が重大になってきた／事情嚴重化了；☆重大な結果／嚴重後果；③重要；☆重大な問題／重要問題。⓪

しゅうたいせい【集大成】（名・他サ）集大成。【

*じゅうたく【住宅】（名）住宅；☆この建物（たてもの）は住宅には向かない／這所建築物作住宅不合適；～なん【住宅難】（名）房荒；～りょう【住宅料】（名）房費，住宅津貼。⓪

しゅうだつ【収奪】（名・他サ）奪取，掠奪；☆土人から土地を収奪する／從土人的手裏奪取土地。⓪

*しゅうだん【集団】（名）集團，集體；～あんぜんほしょう【集団安全保障】（名）集體安全保障；爲保障世界上某一整個地區的集體安全所做的措施；～けっこん【集団結婚】（名）集體結婚。⓪

じゅうたん【絨毯】（名）地毯；☆絨毯を敷く／鋪地毯。①

じゅうだん【銃弾】（名）槍彈；☆銃弾に倒れる／被槍打死。⓪

じゅうだん【縦断】（名・自サ）縱斷；☆大陸を縦断して山脈が走っている／山脈縱貫大陸；～めん【縦断面】（名）縱斷面。⓪

じゅうたんさんソーダ【重炭酸曹達】（名）〔化〕重碳酸鈉，重曹。⑦

しゅうち【周知】（名）周知；☆周知の如く／如衆周知；☆これは周知のことだ／這是衆所周知的事。①⓪

しゅうち【羞恥】（名）羞恥；☆羞恥の念がない／不知羞耻；～しん【羞恥心】（

名）羞恥心。[1]

しゅうちく【修築】（名・他サ）修築，修繕建築。[0]

しゅうちゃく【終着】（名）（火車等的）終點；最後開到；☆終着の列車／最後開到的列車；～えき【終着駅】（名）終點站。[0]

*しゅうちゃく【執着】（名・自サ）貪戀，留戀，迷戀（＝しゅうじゃく）。[0]

*しゅうちゅう【集中】（名・自サ）集中；☆全力を集中する／集中全力；～ごうう【集中豪雨】（名）局部性豪雨；～せいさん【集中生産】（名）集中生產；～ばくげき【集中爆撃】（名）集中轟炸；～ほうか【集中砲火】（名）集中砲火。[0]

しゅうちょう【酋長】（名）酋長，頭目[1]

じゅうちん【重鎮】（名）①重鎮；②（某界的）首腦，巨頭，權威，泰斗；☆著作界の重鎮／著作界的泰斗。[0]

しゅうてい【舟艇】（名）艇；☆上陸用の舟艇／登陸艇。[0]

しゅうてい【修訂】（名・他サ）修訂，改訂；☆絶版していた本を修訂して発行する／把絕版書加以修訂後出版。[0]

じゅうてい【従弟】（名）〔文〕叔伯弟，堂弟，表弟（＝いとこ）。[0]

しゅうてき【衆敵】（名）〔文〕衆多的敵人；☆衆敵たりとも恐れず少敵たりとも侮（あなど）らず／敵衆亦不懼敵少亦不侮。[0]

しゅうてん【終点】（名）①終點；②終點站；☆基隆（キーロン）が終点だ／基隆是終點站。[0]

しゅうでん【終電】（名）（當天的）最後一次電車；末班車；☆終電に乗りおくれる／沒趕上末班車。[0]

じゅうてん【充填】（名・他サ）填充，填補；☆虫歯（むしば）を充填する／填補蛀牙。[0]

*じゅうてん【重点】（名）重點；☆…に重点を置く／偏重點於，着重…；☆平和産業に重点をおく／把重點放在和平產業上；～しゅぎ【重点主義】（名）重點主義；～てき【重点的】（形動ダ）重點的；☆重点的に配給する／重點地配給。[0]

じゅうでん【充電】（名・他サ）充電；～き【充電器】（名）充電器。[0]

しゅうでんしゃ【終電車】（名）（當日的）最後一次電車，末班車。[3]

しゅうと【姑】（名）①丈夫的母親，姑，婆婆；②妻子的母親，岳母；～ご【姑御】（名）婆婆（岳母）的敬稱。[0]

しゅうと【舅】（名）①丈夫的父親，舅，公公；②妻子的父親，岳父。[0]

シュート【shoot】（名・他サ）①〔棒球〕（投球飛到打者面前）轉換方向；②〔籃球〕投籃；③〔足球〕射門；④〔網球〕急射，抽球；⑤攝影；⑥（滑送礦石、貨物的）槽；⑦發射，射擊。[1]

しゅうとう【周到】（形動ダ）周密，綿密；☆周到な用意／綿密的準備。[0]

じゅうとう【充当】（名・自他サ）充作；撥充；填補；☆一千万円をその仕事に充当する／對那項工作撥出一千萬元；☆利益は昨年度の赤字に充当する／收益填補去年的虧空。[0]

じゅうどう【柔道】（名）柔道（注重身體鍛練和精神修養的日本武術）；～ぎ【柔道着】（名）柔道用衣；～せいふくじゅつ【柔道整復術】（名）柔道整骨術。[0]

しゅうどういん【修道院】（名）修道院，僧院。[3]

しゅうどうじょ【修道女】（名）修女。[3]

しゅうとく【拾得】（名・他サ）拾得；☆拾得した品物を警察に届ける／把拾得的東西送交警察；～しゃ【拾得者】（名）（遺失物之）拾得者；～ぶつ【拾得物】（名）拾得物。[0]

*しゅうとく【修得】（名・他サ）〔文〕學習；學會，掌握；☆技術を修得する／學會技術。[0]

*しゅうとく【習得】（名・他サ）學習；學會，掌握。[0]

しゅうとめ【姑】（名）①丈夫的母親，婆婆，岳母；☆姑に仕える／侍奉婆婆；②妻子的母親，岳母（＝しゅうと）；～ご【姑御】（名）婆婆（岳母）的敬稱。[0]

じゅうなん【柔軟】（形動ダ）柔軟（＝しなやか）；☆筋肉を柔軟にする／使肌肉柔軟；～たいそう【柔軟体操】（名）柔軟體操。[0]

*じゅうにがつ【十二月】（名）十二月。[5]

じゅうにきゅう【十二宮】（名）〔天〕十二宮。

じゅうにし【十二支】（名）十二支〔子（ね）、丑（うし）、寅（とら）、卯（う）、辰（たつ）、巳（み）、午（うま）、未（ひつじ）、申（さる）、酉（

とり）、戌（いぬ）、亥（い）〕。③

じゅうにしちょう【十二指腸】（名）十二
指腸。④

じゅうにぶん【十二分】（形動ダ）十二分
（＝たっぷり）；☆十二分に満足する／
十二分満意；☆御馳走は十二分に頂戴し
ました／飽餐盛饌。⓪③

＊しゅうにゅう【収入】（名・他サ）①収入
；②所得；☆僅かな収入／微末的収入；
☆国庫の収入／國庫收入；☆収入と支出
／收入和支出；～いんし【収入印紙】（
名）印花稅票；～やく【収入役】（名）
（市、鎮、村的）會計員。⓪

＊しゅうにん【就任】（名・自サ）就任，就
職；☆就任のあいさつ／就職演說；☆大
臣に就任する／就大臣職。⓪

じゅうにん【住人】（名）居住的人；住在
當地的人，居民。⓪①

じゅうにん【重任】（名）重要任務；☆
重任を引き受ける／承擔重任；☆このよ
うな重任には堪えない／不勝如此重任；
②連任；☆重任と決定する／決定連任⓪

じゅうにんといろ【十人十色】（連語・名）
（嗜好、思想等）人各不同、十個人十樣
，百人吃百味；☆人の考えは十人十色だ
／人的想法各自不同。①─①

じゅうにんなみ【十人並】（形動ダ）（才
幹、容貌等）普通，☆十人並の器量／普
通的姿色；☆腕は十人並だ／能力普通⓪

しゅうねん【執念】（名）①〔佛〕固執之
念；②記仇心；～ぶか・い【執念深い】
（形）執拗（＝しつこい）；愛記仇①⓪

しゅうのう【収納】（名・他サ）收納；☆
国庫に収納する／收入國庫。⓪

じゅうのう【十能】（名）煤鏟子，火鏟；
☆十能で火を他の火鉢に移す／用火鏟把
火移到另外火盆裏。③

しゅうは【周波】（名）〔理〕周波（＝サ
イクル）；～すう【周波数】（名）周波
數；～すうへんちょう【周波数変調】（
名）FM。①

しゅうは【宗派】（名）①宗派；☆宗派の
争い／宗派之爭；②流派。①

しゅうは【秋波】（名）秋波；☆秋波を送
る／送秋波。①

しゅうはい【集配】（名・他サ）收集和遞
送；～にん【集配人】（名）（郵局之）
收集遞送員。⓪

じゅうばこ【重箱】（名）（盛食物用的）

疊層方木盒；～づら【重箱面】（名）方
臉；～よみ【重箱読（み）】（名）兩個
漢字上一個按音讀，下一個按訓讀的讀
法。⓪

じゅうはちばん【十八番】（名）①第十八
號；②〔歌舞伎〕市川家傳的拿手戲；③
〔轉〕拿手好戲，最得意的事物（＝おは
こ）；☆あれはあの人の十八番だ／那是
他最得意（擅長）的事。④

しゅうはつ【終発】（名）（電車等）末班
的發車。⓪

じゅうばつ【重罰】（名）重罰；☆重罰を
加える／加以重罰。⓪

しゅうばん【終盤】（名）〔將棋、圍棋〕
接近決定勝負的局面，殘棋。⓪

しゅうばん【週番】（名）按週輪流的值班
（員）；☆ここの当番は週番になってい
る／這裏的值班是按週輪流。⓪

じゅうはん【重犯】（名）①重的犯罪；重
罪人；☆重犯を護送する／押送重罪人；
②重犯，再犯，重犯者；☆前科六犯の重
犯／以前犯過六次罪的重犯。⓪

じゅうはん【重版】（名・他サ）①重版，
再版；☆この本は重版又重版という有様
だ／這本書左一版右一版地再版；②翻
印。⓪

しゅうび【愁眉】（名）〔文〕愁眉；☆愁
眉を展（ひら）く／展開愁眉。①

じゅうひ【獣皮】（名）獸皮；☆獸
皮を鞣（なめ）す／鞣獸皮。①

しゅうひょう【衆評】（名）衆人批評。⓪

しゅうひょう【週評】（名）週間大事評論
，週評；☆新聞の週評／（報紙上的）週
間大事評論。⓪

＊じゅうびょう【重病】（名）大病；～かん
じゃ【重病患者】（名）患大病的病人⓪

しゅうぶん【秋分】（名）〔天〕秋分；～
てん【秋分点】（分）〔天〕秋分點。⓪

しゅうぶん【醜聞】（名）醜聞（＝スキャン
ダル）；☆醜聞が広まった／傳出醜聞⓪

＊じゅうぶん【十分・充分】（形動ダ）十分
，充分，足夠；☆自分の力を充分発揮す
る／充分發揮自己的力量；☆金は十分あ
る／錢足夠；☆充分な理由／充分的理
由。③

しゅうへき【習癖】（分）〔文〕習癖；☆
悪い習癖を直す／矯正不好的習癖。⓪①

シューベルト【F. P. Schubert】〔人
名〕舒伯特（作曲家）。③①

*しゅうへん【周辺】（名）〔文〕周邊，四周；☆東京及びその周辺／東京及其四周。◯1

しゅうほう【週報】（名）週報；每週的報導；☆週報を発行する／發行週報。◯1◯0

しゅうぼう【衆望】（名）衆望；☆衆望を荷う（負う）／負衆望。◯0

じゅうほう【銃砲】（名）槍砲。1

じゅうぼく【従僕】（名）從僕，僕從（＝げなん，しもべ）。◯0

シューマイ【焼売】（名）〔烹飪〕燒賣◯0

しゅうまく【終幕】（名・自サ）〔劇〕①最後一幕；最後場面；☆終幕の情景／末場的情景；②散戲，☆終幕は十時だ／十點鐘散戲；③閉幕，☆終幕近き国連総会／接近閉幕的聯合國大會。◯0

しゅうまつ【終末】（名）煞尾，完結（＝おわり，しまい）。◯0

しゅうまつ【週末】（名）週末（＝ウィークエンド）；☆週末を箱根（はこね）で過ごす／在箱根度週末。☆週末旅行／週末旅行。◯0

じゅうまん【充満】（名・自他サ）充滿；☆ガスが坑内に充満した／瓦斯充滿了礦坑。◯0

しゅうみ【臭味】（名）臭味，氣味，派頭；☆官僚の臭味がある／有官僚氣味1◯3

しゅうみつ【周密】（名・形動ダ）周密，縝密；☆周密な破壊計画／周密的破壞計劃；☆観察を周密に行なう／仔細觀察◯0

*じゅうみん【住民】（名）居民；～ぜい【住民税】（名）（市鎮村對居民課的）居民税；～ひょう【住民票】（名）（市、鎮、村備置的）居民姓名住址卡片。3◯0

しゅうめい【襲名】（名・自サ）（演員等）繼承藝名，繼承師名。1

じゅうめん【渋面】（名）愁眉苦臉（＝しかめづら）；☆渋面を作る／作愁眉苦臉。3◯0

じゅうもう【絨毛】（名）①〔解〕絨毛；☆腸内の絨毛／腸內絨毛；②〔植〕柔毛。◯0

しゅうもく【衆目】（名）〔文〕衆目；☆衆目の的（まと）となる／成爲衆目所視的目標；☆それは衆目の見る所だ／這是有目共睹的。◯0

じゅうもつ【什物】（名）①什物，日常用具；☆什物を買い整える／買齊什物；②寶物；☆寺の什物を公開する／展覽佛寺

的寶物。◯0

しゅうもん【宗門】（名）①〔宗〕宗派；②僧人。◯0◯1

じゅうもんじ【十文字】（名）①十字形；☆十文字の槍（やり）／十字形矛；②交叉，☆道が十文字になっている／道路交叉著。◯0

しゅうや【秋夜】（名）〔文〕秋夜。◯1

しゅうや【終夜】（名・副）一夜，徹夜（＝よどうし，よもすがら）；☆電車は終夜運転する／電車整夜開動。1

しゅうやく【集約】（名・他サ）總括，彙集；☆多方面の研究を集約して一書にまとめる／把各方面的研究集成一書；～のうぎょう【集約農業】（名）集約農業，細耕農業；↔そほうのうぎょう（粗放農業）。◯0

じゅうやく【重役】（名）①重要職位，重任；重任者；②（公司的）董事和監查人的通稱。◯0

じゅうゆ【重油】（名）〔化〕柴油，重油；～きかん【重油機関】（名）柴油機

しゅうゆう【周遊】（名・自サ）周遊；☆世界を周遊する／周遊世界。◯0

*しゅうよう【収容】（名・他サ）①収容；☆罹災者（ひさいしゃ）を収容する／収容災民；②〔法〕監禁，収監；☆不良少年を収容する／監禁青年流氓；～じょ【収容所】（名）収容所。◯0

しゅうよう【修養】（名・他サ）修養；☆修養が足りない／修養不够；☆修養につとめる／致力修養。◯0

じゅうよう【重用】（名・他サ）重用；☆インテリを重用する／重用知識分子。◯0

*じゅうよう【重要】（形動ダ）重要；☆重要な地位／重要地位；☆それほど重要でない／並不（特別）重要；～し【重要視】（名・他サ）重視，注重；☆大いに重要視する／非常重視；～せい【重要性】（名）重要性；～ぶんかざい【重要文化財】（名）國家指定要保護的文化遺產◯0

しゅうらい【襲来】（名・自サ）襲来，攻来；☆敵が襲来する／敵人攻来；☆津波（つなみ）の襲来を受ける／遭受海嘯的侵襲。

じゅうらい【従来】（名・副）從來，以前，直到現在；☆従来こんな問題は起きたことがない／從來沒有發生過這種問題；☆従来のしきたりを守る／遵守以前的

慣例。[1]

しゅうらく【集落・聚落】（名）村落；☆山の麓に小さい聚落がある／山下有一個小村落。[0][1]

*しゅうり【修理】（名・他サ）修理；修繕；☆ラジオを修理に出す／把收音機拿去修理；☆家を修理する／修理房屋。[1]

しゅうりょう【収量】（名）收穫量；☆収量の多い芋／收穫量多的甘薯。[3]

しゅうりょう【修了】（名・他サ）學習完了（一定課程）；☆高校二年課程を修了した／學習完高中二年級的課程。[0]

*しゅうりょう【終了】（名・自他サ）①終了，完了；☆二学期が終了した／第二學期完了；②做完；☆重要任務を終了した／執行完了重要任務。[0]

じゅうりょう【十両】（名）①十兩；②〔角力〕（十名到二十名以内的）幕下力士[3]

じゅうりょう【重量】（名）重（＝おもさ）；☆重量を計る／量重量；～あげ【重量挙げ】（名）〔運動〕舉重。[3]

じゅうりょく【重力】（名）〔理〕重力；☆重力によって物体が落下する／物體因重力而下落。[1]

じゅうりん【蹂躙】（名・他サ）①蹂躪；☆国土を敵の蹂躪に任せてはおかれない／不能容許被人任意蹂躪國土；②侵犯；☆人権を蹂躪する／侵犯人權。[0]

じゅうるい【獣類】（名）〔動〕獸類（＝けだもの、よつあし）；☆熱帯には珍しい獣類が多い／在熱帶珍奇獸類多。[1]

シュール（レアリズム）【法 sur（réalisme）】（名）（否認現實是創造泉源的）超現實主義。[6]

しゅうれい【秋冷】（名）〔文〕秋凉；☆秋冷の季節／秋凉季節。[0]

しゅうれい【秀麗】（形動ダ）秀麗；☆眉目（びもく）秀麗な青年／眉清目秀的青年。[0]

じゅうれつ【縦列】（名）①縱隊；☆人々は縦列をつくって開場を待つ／人們排成縱隊等待開門入場；②〔軍〕（運輸彈藥、糧秣的）縱隊，輜重隊。[0]

しゅうれっしゃ【終列車】（名）末班列車[3]

しゅうれん【収斂】（名・自他サ）①收敛；☆この薬は血管を収斂させる力がある／此藥有收斂血管的效力；②收縮；③苛徵（捐税），聚斂；④〔理〕收斂，集束；～ざい【収斂剤】（名）〔醫〕收敛

剤。[0]

しゅうれん【修錬・修練】（名・他サ）練習，鍛錬；☆多年の修練の成果を挙げる／舉出多年鍛錬的成效。[0]

じゅうろうどう【重労働】（名）重勞動（指土木、建築、搬運、採煤等）；↔けいろうどう（軽労働）。[3]

しゅうろく【収録】（名・他サ）①蒐集，收錄；刊載，刊登；☆この辞書には沢山の新語が収録されている／這部辭典蒐集了許多新詞；②（廣播電臺・電視臺在他處）錄音，錄影；☆演芸番組を劇場で収録する／在劇場進行演劇節目的錄音。[0]

じゅうろくミリ【十六 milli】（名）使用十六公釐小型膠片的電影（攝影機）；☆十六ミリで撮影する／用十六公釐膠片攝影。[4]

じゅうろくや【十六夜】（名）陰暦十六日夜晚（＝いざよい）。[4]

じゅうろくらかん【十六羅漢】（名）〔佛〕十六羅漢。[5]

しゅうろん【衆論】（名）〔文〕衆人的意見，輿論。[1][0]

しゅうわい【収賄】（名・他サ）受賄；☆収賄の嫌疑で検挙された／因受賄嫌疑被檢舉了；～ざい【収賄罪】（名）受賄罪[0]

しゅえい【守衛】（名）（機關，學校，公司，工廠等的）守衛，警備員；☆守衛を置く／置警備員；～しょ【守衛所】（名）守衛室，警備亭。[0]

じゅえき【受益】（名・自サ）受到利益；☆この法案によって受益する者／因此法案而受到利益者。[1]

ジュエル【Jewel】（名）珠寶。

*しゅえん【主演】（名・自サ）主演；☆映画に主演する／在電影中擔任主角；～はいゆう【主演俳優】（名）演主角的演員[0]

しゅえん【酒宴】（名）酒宴（＝さかもり）；☆酒宴を催す／設宴。[0]

じゅか【儒家】（名）〔文〕儒家；儒者之家；☆儒家に生れた／生在儒者之家。[1]

じゅか【樹下】（名）〔文〕樹下；☆樹下に憩（いこ）う／在樹下休息。[1]

シュガー【sugar】（名）砂糖。

じゅかい【受戒】（名・自サ）〔佛〕受戒[0]

じゅかい【樹海】（名）〔地〕樹海；無邊的森林。[0]

しゅかく【主客】（名）①主人和客人，賓主；☆主客は酒を汲み交して歓談する／

賓主交杯暢談；②主體和客體；③〔語
法〕主語和賓語；主格和賓格；④主要和
次要；☆主客を顚倒している／把主要和
次要搞顚倒了。[2]

しゅ-かく【主格】（名）①〔語法〕主格；
②主體。[2][0]

じゅ-がく【儒学】（名）儒學；孔孟之學[1]

しゅ-かん【手簡・手翰】（名）〔文〕書信
；☆手簡を認（したた）める／寫信。[0]

しゅ-かん【主幹】（名）主任,主持者,主
腦人物；☆雑誌編輯の主幹／雜誌的主
編。[0]

しゅ-かん【主管】（名・他サ）①主管；☆
この業務は彼の主管に属する／這個業務
歸他主管；②主管者；☆主管は誰ですか
／主管人是誰？[0]

*__しゅ-かん【主観】__（名）〔哲〕主觀；☆個
人の主観を避ける／避免個人的主觀；☆
主観のみに頼っては公平な判断はできな
い／只憑主觀不能作出公平的判斷；~てき
【主観的】（形動ダ）主觀的；☆主観的
に見る／主觀地觀察；~てきかんねんろ
ん【主観的観念論】（名）主觀唯心論[0]

しゅ-かん【首巻】（名）〔文〕第一卷；☆
首巻より終巻まで読破した／從第一卷通
讀到最末卷。[0][2]

しゅ-がん【主眼】（名）主要之點（＝かな
め）；☆教育の主眼／教育的着重點。[0]

しゅ-き【手記】（名）手記,親手記錄；☆
身体障害者の手記／殘障者的手記。[1][2]

しゅ-き【酒気】（名）①酒氣,酒味；②醉意；☆
酒気を帯びる／帶酒氣；有醉意。[1][2]

*__しゅ-ぎ【主義】__（名）主義；主張；☆僕は
帽子をかぶらない主義だ／我向來不戴帽
子；☆主義主張を貫（つらぬ）く；貫徹
自己的主張；☆主義を曲げる／改變主義
（主張）；~しゃ【主義者】（名）抱定
一定主義的人。[1]

じゅ-きゅう【需給】（名）〔經〕需求和供
給；☆需給の均衡が取れている／保持着
供求的均衡。[0]

しゅ-きょう【酒興】（名）〔文〕①酒興,
醉意；☆酒興に乗じて無礼を働く／乘着
酒興做不禮貌的事；②酒席間的興致,酒
興；☆手品（てじな）をして酒興を添え
る／耍戲法以助酒興。[0]

*__しゅ-ぎょう【修行】__（名・自サ）①〔佛〕
修行；托鉢,巡禮；②修(學)；習（武）
；（為研究、鍛鍊而）遊歷；☆剣道を修

行する／學習擊劍；☆まだ修行が足りな
い／學習得還不够,功夫還不到。[0]

しゅ-ぎょう【修業】（名・自サ）修（學）
,學習（學業、技術）；☆師に就いて修
業する／從老師學習。[0]

*__じゅ-ぎょう【授業】__（名・自サ）授課,教
授,教課；☆学校で授業を受ける／在學
校聽課；~りょう【授業料】（名）學費[1]

しゅ-ぎょく【珠玉】（名）〔文〕①珠玉,
珍珠和玉石；②（喩）詞藻華麗的詩文
；☆この小説は近代文学の珠玉と言われ
ている／這部小說被稱爲近代文學的傑
作。[1]

しゅく【宿】（名）①宿,宿下；止宿處,
宿舍；☆宿につく／來到宿店；☆一宿一
飯の恩義／一宿一飯的恩（情）；②驛站
（＝しゅくば）；☆品川の宿／品川驛[2]

じゅく【塾】（名）塾,私塾；☆英語の塾
に通う／上英語補習班。[1]

しゅ-ぐう【殊遇】（名）特別待遇,優遇；
☆殊遇を受ける／受到特別待遇。[0]

*__しゅ-くが【祝賀】__（名・他サ）慶賀；☆祝
賀の会を催す／開慶祝會。[2]

しゅ-くがん【宿願】（名）宿願；☆宿願を
果す／償宿願。[0]

しゅ-くげん【縮減】（名・他サ）縮減,削
減；☆予算は一割方縮減された／預算
（被）削減了一成左右。[0]

じゅ-くご【熟語】（名）成語,（由兩個以上
的漢字合成的）詞（如言語,芳香）。[0]

しゅ-くさい【祝祭】（名）慶祝和祭祀；~
じつ【祝祭日】（名）（政府規定的）節
日。[0]

しゅ-くじ【祝辞】（名）祝詞；☆祝辞を述
べる／致祝詞。[0]

じゅ-くし【熟思】（名・他サ）熟慮,再三
考慮；☆熟思の結果、理工科を受けるこ
とにした／經再三考慮決定投考理工科[0]

じゅ-くし【熟視】（名・他サ）凝視,注視
；☆相手の顔を熟視する／仔細看對方的
面孔。[1]

しゅ-くじつ【祝日】（名）（政府規定的）
節日。[0]

しゅ-くしゃ【宿舎】（名）投宿處；宿舍；
旅館；☆静かなホテルに宿舎をきめる／
決定宿在幽靜的旅館；☆一行（いっこ
う）は到着後直ちに宿舎にはいった／一
行人員到達後馬上就進入投宿處。[2]

しゅ-くしゃ【縮写】（名・他サ）（用照像

方法）縮小（地図、書籍等）；☆地図を縮写する／縮小地図；☆原本の二分の一の縮写を作る／製原書二分之一的縮版 [0]

しゅくしゃく【縮尺】（名）縮尺；☆この地図は五万分の一の縮尺だ／這幅地圖的縮尺是五萬分之一。[0]

しゅくしゅく【粛粛】（形動タルト）〔文〕①蕭静；☆粛粛として馬を進める／蕭静驅馬前進；②嚴肅；☆粛粛たる行進／嚴肅的行進。[0]

*しゅくじょ【淑女】（名）淑女，女士（＝レディー）；☆紳士淑女諸君／各位先生和女士。[2]

しゅくしょう【祝勝】（名）慶祝勝利；～かい【祝勝会】（名）慶祝勝利會。[0]

しゅくしょう【宿将】（名）宿将，老将，富有經驗者。[0]

*しゅくしょう【縮小】（名・自他サ）縮小，縮減；☆計畫を縮小せざるを得ない／不得不縮小原計劃。[0]

しゅく・す【祝す】（他五）慶祝，慶賀；☆優勝を祝す／慶祝優勝，図しゅくす（サ）。[2]

しゅく・す【宿す】（自五）止宿（＝やどる，とまる）；図しゅくす。[2]

しゅくず【縮図】（名）縮圖；☆原画の三分の一の縮図／原畫三分之一的縮圖；☆人間世界の縮図／人間的縮圖。[0]

じゅく・す【熟す】Ⅰ（自五）①成熟（＝よくみのる，うれる）；☆熟していない果物／沒熟的水果；②熟練（＝たくみになる）；☆会計に熟した人／對會計工作熟練的人；③（時機等）成熟；☆機が熟した／時機成熟了；④（某個詞）說熟，普遍使用固定下來；☆この言葉は未だ熟していない／這個詞還沒有固定下來；図じゅくす。[2]

じゅくすい【熟睡】（名・自サ）熟睡，酣睡；☆疲れていたので熟睡した／因爲疲乏了所以睡得很熟。[0]

しゅく・する【祝する】（他サ）祝慶，慶賀；☆誕生を祝する／祝壽，做生日。[3]

*じゅく・する【熟する】（自サ）→じゅくす（熟す）。[3]

しゅくせ【宿世】（名）〔佛〕前世；☆宿世の縁／前世因緣。[0][2]

しゅくせい【粛正】（名・他サ）振刷；肅行；☆綱紀を粛正する／振刷綱紀。[0]

じゅくせい【熟成】（名・他サ）①（技術

等）熟練，成熟；☆弟子の熟成するのを待って隠退する／待徒弟學成後退休；②〔化〕釀成。[0]

*しゅくだい【宿題】（名）①功課，課外作業；☆夏休みの宿題／暑假的作業；②有待將來解決的問題；☆将来解明すべき学界の宿題／須待將來解明的科學界問題。[0]

じゅくたつ【熟達】（名・自サ）熟練，精通，嫻熟；☆一芸に熟達する／熟練一種技藝。[0]

じゅくち【熟知】（名・他サ）熟悉；☆この地方の事情を熟知している／熟悉本地的情形；☆彼と僕とは熟知の間柄だ／我同他彼此很熟。[1]

しゅくち【宿地】（名）〔文〕熟悉的地方；↔せいち（生地）。

しゅくちょく【宿直】（名・自サ）値宿；値宿員；☆昨日の宿直は誰だ／昨天是誰值宿啦？[0]

しゅくてき【宿敵】（名）宿敵，多年來的敵人；☆宿敵を倒す／打倒宿敵。[0]

しゅくてん【祝典】（名）慶祝儀式；☆盛大な祝典を挙行する／舉行盛大的慶祝典禮。[0]

しゅくでん【祝電】（名）賀電；☆祝電を打つ／拍賀電。[0]

じゅくどく【熟読】（名・他サ）熟讀，精讀；☆この文は熟読する価値がある／這篇文章值得熟讀。[0]

しゅくば【宿場】（名）宿驛，驛站；☆東海道の宿場／東海道上的驛站。[3]

しゅくはい【祝杯・祝盃】（名）慶祝的酒杯；☆祝杯を挙げる／舉杯慶祝。[0]

*しゅくはく【宿泊】（名・自サ）止宿，投宿；☆宿泊する場所／投宿的地方；～りょう【宿泊料】（名）旅館錢，宿費。[0]

しゅくはずれ【宿外れ】（名）驛站的近邊。

*しゅくふく【祝福】（名・他サ）祝福；☆成功を祝福する／祝福成功。[0]

しゅくほう【祝砲】（名）禮砲；☆祝砲を打つ／鳴禮砲。[0]

しゅくぼう【宿望】（名）宿願，多年來的志願。[0]

しゅくめい【宿命】（名）宿命，註定的命運；☆宿命と思って諦（あきら）める／認命而死心塌地；～ろん【宿命論】（名）宿命論。[0]

じゅくりょ【熟慮】（名・他サ）熟慮；☆熟慮した上で返答する／經熟慮後答覆；～だんこう【熟慮断行】（連語・自サ）熟慮後斷然實行。[1]

*じゅくれん【熟練】（名・自サ）熟練；☆仕事に熟練している／對工作熟練；～こう【熟練工】（名）熟練工人。[0]

しゅくん【主君】（名）主人，主公；☆主君に仕える／事君，事主。[2]

しゅくん【殊勲】（名）特殊（卓越）功勳；☆殊勲を立てる／樹立卓越的功勳。[0]

しゅけい【主計】（名）會計（員）；☆主計を担当する／擔任會計。[2][0]

しゅげい【手芸】（名）手工藝（指刺繡、編織等）；☆手芸の内職／手工藝的家庭副業。[1]

じゅけい【受刑】（名・自サ）受刑，服刑[0]

しゅけん【主権】（名）〔法〕主權；～ざいみん【主権在民】（連語・名）主權屬於人民。[0][2]

しゅげん【修験】（名）〔佛〕①←修験者；②←修験道；～じゃ【修験者】（名）修験道的修行者（＝やまぶし）；～どう【修験道】（名）修験道〈密教之一派〉[0]

*じゅけん【受験】（名・自サ）投考，應試；☆大学を受験する／投考大學；～せい【受験生】（名）投考生；～び【受験日】（名）考試日期；～ひょう【受験票】（名）准考證。[0]

しゅご【主語】（名）①〔語法〕主語；②〔邏輯〕主辭。[1]

しゅご【守護】（名・他サ）①守護，保護；☆人間を守護すると言われる神／據説是保護人類的神　②←守護職；～しょく【守護職】（名）〔文〕〈鎌倉、室町時代〉掌管兵馬、刑罰的官職；～じん【守護神】（名）守護神，保護神。[1]

しゅこう【趣向】（名・自サ）①趣旨，應向（＝おもむき，こころざし）；②（特別）動腦筋；下工夫；☆ウィンドーの飾り付けに趣向を凝らす／對於陳列窗裝飾特別下工夫。[2][0]

しゅごう【酒豪】（名）酒豪（＝おおざけのみ）。[0]

じゅこう【受講】（名・自サ）聽講，受訓；☆夏期講習を受講する／在夏季講習班受訓。[2]

しゅこうぎょう【手工業】（名）手工業；☆高級家具は、手工業製品の一つである／高級傢具是手工業產品之一。[2]

しゅさい【主宰】（名・自他サ）主宰，主持；☆雑誌を主宰する／主持辦雜誌；～しゃ【主宰者】（名）主持者；☆会の主宰者／會議主持人。[0]

しゅさい【主催】（名・他サ）擧辦，主辦；☆新聞社が主催する座談会／報社擧辦的座談會；☆…の主催で／由…擧辦，在…擧辦之下。[0]

しゅざい【取材】（名・自サ）（藝術作品、記事等的）取材；☆現地で取材したニュース／由當地採訪的新聞報導；☆源氏物語に取材した小説／取材於源氏物語的小説；～きしゃ【取材記者】（名）採訪記者。[0]

しゅざん【珠算】（名）〔文〕珠算。[0]

じゅさん【授産】（名・自サ）（給失業者、婦女等）找工作；～じょ【授産所】（名）（爲使失業者、婦女就業）講授技術、介紹職業的社會設施。[0]

しゅし【主旨】（名）主旨，主要趣旨。[1]

しゅし【種子】（名）種子（＝たね）；☆草木の種子を採取する／採集草木的種子[1]

*しゅし【趣旨】（名）趣旨，意思；☆御趣旨はよく分りました／您的意思我全明白了。[1]

しゅじ【主治】（名）主治；主持治療；～い【主治医】（名）主治醫師。[1]

しゅじ【主事】（名）（機關、學校中在首長下）主持事務者，主任；☆学校の主事／學校的主任。[1]

じゅし【樹脂】（名）〔文〕樹脂；☆樹脂を採取する／採取樹脂；☆合成樹脂（ごうせいじゅし）〔化〕合成樹脂。[1]

しゅじく【主軸】（名）〔數〕〔機〕主軸[0]

しゅしゃ【取捨】（名・他サ）〔文〕取捨；☆取捨に迷（まよ）う／在取捨上拿不定主意，不知何取何捨；☆候補者を取捨する権利は有権者にある／選擧人對候選人有取捨之權。[1]

しゅしゅ【守株】（名・自サ）〔文〕①守株待兎，株守；②墨守成規；☆老人は守株することのみを考える／老人只想墨守成規。[1]

*しゅじゅ【種種】（副・形動ダ）種種，各種，多種，多方；☆種種雑多（ざった）の物／各種各樣的東西；☆種種慰める／多方安慰；～そう【種種相】（名）各種現象，各種表現，不同的方面；☆社会の

種種相／社會上的各種現象。[1]

じゅ・じゅ【授受】（名・他サ）授受；☆金銭の授受／金錢的授受。[1]

しゅ・う【主従】（名）主從，主僕；☆二人は主従の関係だ／兩個人是主僕的關係。[1]

*しゅ・じゅつ【手術】（名・他サ）〔醫〕手術；☆盲腸炎の手術を受ける／接受盲腸炎的開刀治療，割闌尾。[1]

しゅ・しょう【主唱】（名・自他サ）主張，（做中心人物）提倡；☆彼の主唱する新文学運動／他所主張的新文藝運動。[0]

しゅ・しょう【首唱】（名・自他サ）首倡，首先提倡；☆生産方法の改善を首唱する／首先提倡生產方法的改善。[0]

*しゅ・しょう【主将】（名）①（軍中的）主將；②〔運動〕（球隊等的）隊長。[0]

*しゅ・しょう【首相】（名）首相，（內閣的）總理大臣。[0]

しゅ・しょう【殊勝】（形動ダ）值得欽佩，值得稱讚；☆殊勝な心がけだ／其志可欽；☆あの貧しい人まで寄付するとは殊勝な事だ／連那個窮人都要捐獻眞是值得稱讚的事情；◊殊勝らしい／一本正經的樣子，很有志氣的樣子。[0]

じゅ・しょう【受賞】（名・自サ）受賞，獲賞，獲獎；～しゃ【受賞者】（名）獲賞者，獲獎者；☆ノーベル賞受賞者／諾貝爾金獲獎者。[0]

じゅ・しょう【授賞】（名・自サ）授賞，授予獎賞；☆三等までの者に授賞する／對第三名以上的人授予獎賞。[0]

*しゅ・しょく【主食】（名）主食（品）；☆米を主食とする／以大米爲主食；↔ふくしょく（副食）。[0]

しゅ・しょく【酒色】（名）酒色；☆酒色にふける／沉湎於酒色。[1]

しゅ・しん【主神】（名）（神社裏供的）主神。[0]

しゅ・しん【主審】（名）〔運動〕首席裁判員。[0]

*しゅ・じん【主人】（名）①主人，雇主，店主；東家；☆店の主人／商店的老闆；☆主人から暇（ひま）を取る／向東家請假（請辭）；②家長，丈夫；☆御主人はどちらにお勤めですか／您先生在哪兒高就？☆うちの主人／我先生；～こう【主人公】（名）（小說等的）主人翁，故事的中心人物；～やく【主人役】（名）東道主；☆主人役を勤める／作東道。[1]

じゅ・しん【受信】（名・他サ）①（郵件、電報等的）接收，接受；②〔無電〕受信，收聽；～き【受信機】（名）〔無電〕受信機；收音機；～にん【受信人】（名）收信人。[0]

じゅ・しん【受診】（名・自サ）〔醫〕受診[0]

じゅ・ず【数珠】（名）〔佛〕念珠；☆数珠をつまぐる／（用手指）捻念珠，數念珠；～つなぎ【数珠繋ぎ】（名）綁成一串，聯成一串；☆数珠繋ぎの囚人／綁成一串的犯人。[2]

じゅ・すい【入水】（名・自サ）〔文〕投河，投水自殺。[0]

しゅ・せい【守勢】（名）守勢；☆守勢を取る／採取守勢。[0]

しゅ・せい【酒精】（名）〔化〕酒精（＝アルコール）；☆酒精分（ぶん）の多い飲み物／酒精成分多的飲料，酒類。[0]

しゅ・ぜい【酒税】（名）酒税。[0]

じゅ・せい【受精】（名・自サ）〔生物〕受精；～らん【受精卵】（名）受精卵。[0]

じゅ・せい【授精】（名・自サ）〔生物〕授精☆人工的に授精する／用人工方法授精[0]

しゅ・せいぶん【主成分】（名）主要成分；☆本剤はヨードを主成分とする／此藥以碘爲主要成分。[2]

しゅ・せき【首席・主席】（名）①首席；第一位；☆首席で卒業する／畢業時考第一；②主席；☆共和国政府の主席／共和國政府的主席。[0]

しゅ・せんど【守銭奴】（名）守財奴。[2]

じゅ・そ【呪詛】（名・他サ）詛咒。[1]

しゅ・ぞう【酒造】（名）造酒；～か【酒造家】（名）造酒者。[0]

じゅ・ぞう【受像】（名・他サ）〔電視〕受像。[0]

しゅ・ぞく【種族】（名）種族；～めんえき【種族免疫】（名）〔醫〕種族免疫，自然免疫。[1]

しゅ・たい【主体】（名）主體；☆音楽家が主体となって組織された団体／音樂家爲主體而組織的團體；～せい【主体性】（名）主體性，獨立性，自主性；主人翁態度。[0]

*しゅ・だい【主題】（名）①主要題目；②（小說、音樂等的）主題；☆雕刻家の生活を主題として劇を書く／以彫刻家的生活爲主題寫劇本。[0]

じゅ・たい【受胎】（名・自サ）受胎，受孕 ⓪

じゅ・だい【入内】（名・自サ）〔文〕（皇后在册立以前）進入大内。⓪

じゅ・たく【受託】（名・他サ）受託（受人委託、囑託、寄託、信託等）。⓪

じゅ・だく【受諾】（名・他サ）承諾，接受，承擔；☆義務を受諾する／承擔義務；☆受諾の返事を出す／回信表示接受。⓪

しゅ・たる【主たる】（連體）主要的（＝おもな）；☆事故の主たる原因／事故的主要原因。①②

*しゅ・だん【手段】（名）手段，辦法；☆できる限りの手段を尽す／盡一切可能的手段；☆手段を講じる／講求手段，想辦法；☆目的を達するために手段を選ばない／為了達到目的而不擇手段。①

しゅ・ち【趣致】（名）趣致（＝おもむき）①②

しゅ・ちく【種畜】（名）〔農〕種畜；〜じょう【種畜場】（名）〔農〕種畜場。⓪

しゅ・ちゅう【手中】（名）手中；…の手中に帰する／落在…的手中；☆政権を手中に握る／把政權掌握在手中。②

じゅ・ちゅう【受注（註）】（名・他サ）接受訂貨；↔はっちゅう（発註）。⓪

しゅ・ちょう【主（首）長】（名）首長。②

*しゅ・ちょう【主張】（名・他サ）主張；☆自分の主張を通す／貫徹自己的主張；☆主張を曲げる／讓步；☆弁護士は被告の無罪を主張する／律師主張被告無罪；☆どこまでも主張する／主張到底。⓪

しゅ・ちょう【主潮】（名）基本傾向，主要思潮。⓪

しゅ・ちょう【主調】（名）〔樂〕主調，基調。⓪

じゅ・つ【術】（名）①技術；技藝；②方術，手段；法術；☆もはや施（ほどこ）す術が無い／已經無術可施；☆術を授（さず）ける／授術；③魔術；☆術を使う／施魔術。②

*しゅ・つえん【出演】（名・自サ）出演，露演，登臺；☆初めて出演する／初次露演，初登舞臺；〜しゃ【出演者】（名）參加演出的人。⓪

しゅっ・か【出火】（名・自サ）發生火災，起火；☆出火の原因を調べる／調査起火的原因；☆昨夜山田氏宅から出火した／昨夜山田先生的家中發生火災了。⓪

しゅっ・か【出荷】（名・他サ）（用車，船）裝出貨物；（往市場）運出貨物；☆野菜を出荷する／（往市場）運出蔬菜；☆今日は出荷が少ない／今天上市的貨少。⓪

しゅ・つが【出芽】（名・自サ）〔植〕發芽②⓪

しゅっ・かい【述懐】（名・自サ）①談心，敍述感想；②追述往事（的話），懷舊（之談）；☆当時を述懐する／追述當時的往事。⓪

しゅっ・かん【出棺】（名・自）出殯。⓪

しゅつ・がん【出願】（名・自他サ）提出請求，申請，聲請；☆旅券の発給を出願する／申請發給出國（國）護照。⓪

*しゅっ・きん【出勤】（名・自サ）上班；☆八時に出勤する／八點上班；〜ぼ【出勤簿】（名）簽到簿。⓪

しゅっ・け【出家】（名・自サ）〔佛〕①出家；②出家人，和尚。⓪

しゅつ・げき【出撃】（名・自サ）出撃；☆基地から出撃する／由基地出撃。⓪

しゅっ・けつ【出欠】（名）出席和缺席；☆学生の出欠を取る／點學生的名，記學生的出席和缺席。⓪

*しゅっ・けつ【出血】（名・自サ）①出血；☆負傷して出血する／因負傷而出血；☆出血が止まらない／出血不止；②〔轉〕犧牲血本；☆出血大サービス／犧牲血本大減價（供應）；〜じゅちゅう【出血受注】（名）〔商〕犧牲血本接受訂貨；〜ぼうえき【出血貿易】（名）〔商〕犧牲血本的出（進）口。⓪

*しゅつ・げん【出現】（名・自サ）出現；☆新独立国の出現／新獨立國的出現；☆新製品が出現した／新産品出現了。⓪

じゅつ・ご【述語】（名）①〔語法〕謂語，述語；☆この形容詞は述語として用いてある／這個形容詞是當謂語用的；②〔邏輯〕賓辭。⓪

じゅつ・ご【術語】（名）術語，專門用語，專門詞彙；☆術語を他の著者のと一致させる／把術語同別的作者統一起來。⓪

しゅっ・こう【出向】（名・自サ）〔文〕前往；赴；☆ロンドンへ出向を命ずる／派赴倫敦。⓪

しゅっ・こう【出港】（名・自サ）（船隻）出港；☆船は朝八時に横浜港を出港した／船在早晨八點開出了橫濱港。⓪

しゅっ・こう【出航】（名・自サ）（船）開船，（飛機）起飛；☆飛行機は十時に成田（なりた）空港を出航する／飛機在十點鐘由成田機場起飛。⓪

じゅっこう【熟考】（名・他サ）熟慮，仔細考慮；☆熟考の上、返事する／仔細考慮之後答覆；☆熟考を重ねる／反覆熟慮[0]

しゅっこく【出国】（名・自サ）出國；☆国際会議出席のため出国する／為出席國際會議而出國。

しゅつごく【出獄】（名・自サ）出獄。[0]

しゅっさつ【出札】（名・自サ）售票（給乘客）；☆午前 四 時から出札する／由上午四點開始賣票；～がかり【出札係】（名）（火車站等）售票員；～ぐち【出札口】（名）售票的窗口；～じょ【出札所】（名）售票處。

*しゅっさん【出産】（名・自他サ）分娩，生嬰兒，生産；～りつ【出産率】（名）出生率。[0]

しゅっし【出仕】（名・自サ）〔文〕（在機關）供職；☆軍令部出仕となる／被派在軍令部供職。[0][1]

しゅっし【出資】（名・自サ）出資；☆彼はその会社に大分出資している／他在那家公司出資很多。

しゅっしゃ【出社】（名・自サ）（到公司等）上班；☆八時に出社する／八點（到公司）上班。[0]

しゅっしょ【出所】（名・自サ）①出處；☆このうわさの出所はわからない／這個傳說的出處不明；②（滿刑後）出獄；☆出所を許される／被釋出獄。[0][1]

しゅっしょう【出生】（名・自サ）①出生；②出生地；～ち【出生地】（名）出生地。[0]

しゅつじょう【出場】（名・自サ）（參加競賽等的）出場；☆選手が出場する／選手出場。[0]

しゅっしょく【出色】（形動ダ）出色；☆出色の出来栄（ば）えを示した／表現了出色的成績。[0]

*しゅっしん【出身】（名）①原籍，籍貫；☆九州出身である／九州出生，籍貫是九州；②出身；☆軍閥出身の大臣／軍閥出身的大臣；③畢業；☆あの人は台湾大学の出身だ／他是臺灣大學畢業的；～こう【出身校】（名）母校。[0]

しゅつじん【出陣】（名・自サ）①出征，上陣；②〔轉〕出場（比賽）；☆全国大会に出陣する／參加全國大會。[0]

しゅっすい【出水】（名・自サ）發（大）水，漲水；☆連日の雨で川は非常な出水

だ／因為連日陰雨河裏漲了大水。[0]

しゅっすい【出穂】（名・自サ）〔農〕出穂，甩穂；☆天候の加減で稲がなかなか出穂しない／因為天氣的關係稻子遲遲不出穂。

*しゅっせ【出世】（名・自サ）①〔佛〕出世，出俗；②〔文〕出生，降生；③（在社會上）成功，出息，發跡；☆出世が早い／發跡得快，地位昇得快；～がしら【出世頭】（名）最成功的人，最發跡了的人；☆同期生の中では彼が出世頭だ／在同班同學中他是最有出息的人。[0]

しゅっせい【出生】（名・自サ）＝しゅっしょう。

しゅっせい【出征】（名・自サ）出征，上戰場；☆召集を受けて出征する／應徵上戰場。

*しゅっせき【出席】（名・自サ）出席；☆出席を求める／請求出席；☆出席を取る／（學校等的）點名；☆出席簿／點名簿。[0]

しゅったい【出来】（名・自サ）①完成（＝できあがる）；②發生（＝おこる）；☆これは困った事が出来した／這一下可糟了；☆一大事が出来した／發生了一件大事。[0]

しゅつだい【出題】（名・自サ）出題；☆出題する範囲が非常に狭い／出題的範圍非常窄。

しゅったつ【出立】（名・自サ）出發，動身，登程（＝しゅっぱつ）；☆今晩台北方面の旅行へ出立する／今天晚上出發到臺北方面旅行。[0]

しゅっちょう【出張】（名・自サ）①出差；☆彼は出張している／他出差去了；②前往；☆ピアノの出張教授をする／到學生家去教鋼琴。[0]

しゅっちょう【出超】（名）（貿易）順差，出超；☆今年上（かみ）半期の貿易は出超になっている／今年上半期的（對外）貿易是出超；↔にゅうちょう（入超）[0]

しゅってい【出廷】（名・自サ）出庭，到法院；☆出廷しない時は欠席裁判を行なう／如不出庭即行缺席裁判。

しゅってん【出典】（名）（典故的）出處，出典；☆出典を示す／標出典故的出處

しゅつど【出土】（名・自サ）（造物等）出土；☆遺跡から土器が出土する／土器從遺跡出土。[0]

しゅっとう【出頭】（名・自サ）①報到，出席，出頭；☆長官の所へ出頭する／到長官處報到；☆本人の出頭を要する／需要本人出面；②出人頭地。◎

しゅつどう【出動】（名・自サ）出動；☆軍隊を出動させる／命令軍隊出動。◎

しゅつにゅう【出入】（名・自サ）①出入，來往（＝でいり）；☆一般人の出入を禁じる／禁止一般人的出入；②収支；☆年末は金銭の出入が激しい／年末金錢的收支頻繁。◎

しゅつば【出馬】（名・自サ）①（親自）出場，（親自）出動；☆社長がみずから出馬する／社長親自出馬；②参加競選，當候選人；☆選挙に出馬する／参加競選。◎

*しゅっぱつ【出発】（名・自）出發，動身，啓程；☆私は明日東京へ出発する／我明天動身到東京去；☆出発に際して，出発間際（まぎわ）に／在臨出發時，臨走的時候；～てん【出発点】（名）出發點；☆君の議論は出発点を誤っている／你的議論把出發點弄錯了。◎

しゅっぱん【出帆】（名・自サ）開船；☆汽船は正午に出帆する／輪船在正午開船。◎

*しゅっぱん【出版】（名・他サ）出版；☆出版を引き受ける／接受出版；☆その本は出版されたばかりである／那本書剛出版不久；～ぶつ【出版物】（名）刊物。◎

*しゅっぴ【出費】（名・自サ）破費；☆家族がふえたので色々出費が多くなった／因為家裏添了人各種開支就增加了；☆…に出費をかけない／不使…破費。◎

しゅっぴん【出品】（名・自サ）展出作品，展出產品；☆博覧会に出品する／在展覽會展出產品；☆かなりの出品がある／展出的作品（產品）很多。◎

しゅっぺい【出兵】（名・自サ）出兵；☆侵略を防ぐために出兵する／為了防止侵略而出兵。◎

しゅつぼつ【出没】（名・自サ）出没；☆沿岸地方に海賊が出没している／在沿岸地方有海盗出没。◎

しゅっぽん【出奔】（名・自サ）出奔，逃跑；☆郷里を出奔する／由故郷出奔。◎

しゅつもん【出門】（名・自サ）出門。◎

しゅつらん【出藍】（名）〔文〕出藍，青出於藍而勝於藍；◇出藍のほまれ／出藍之譽，青出於藍而勝於藍。◎

しゅつりょう【出漁】（名・自サ）（漁船）到船上去捕魚；☆悪天候を押して出漁する／冒着險惡的天氣出海捕魚。◎

しゅつりょく【出力】（名）（電機、馬達等的）馬力；☆このモーターは出力が大きい／這個馬達馬力大。②

しゅつるい【出塁】（名・自サ）〔棒球〕進一壘。◎

しゅてん【主点】（名）主要點，要點；☆法案の主点を検討する／研究法案的主要點。◎

じゅでん【受電】（名・自サ）接受電力；接收電報。◎

*しゅと【首都】（名）首都。②①

しゅとう【種痘】（名・自サ）〔醫〕種痘，接種牛痘；☆種痘を受ける／（被）種痘；☆種痘すると跡が残る／種了痘就留下疤痕。◎

しゅどう【手動】（名）〔文〕以手開動；～ポンプ【手動pump】（名）手押抽水機。◎

しゅどう【主動】（名）主動；～てき【主動的】（形動ダ）主動的。◎

しゅどう【主導】（名）主導，主動；～けん【主導権】（名）主導權，主動權；☆主導権を握る／首倡，倡導，領頭；～せい【主導性】（名）主導性，主動性，主動精神。◎

じゅどう【受動】（名）受動，被動；～てき【受動的】（形動ダ）被動的；☆受動的な立場（たちば）に立つ／站在被動的立場。◎

じゅどう【儒道】（名）〔文〕①儒道，孔孟之道；②儒教和道教。①

しゅとく【取得】（名・他サ）取得；☆占有権を取得する／取得占有權；☆博士号を取得した／取得了博士學位。◎

しゅとして【主として】（副）主要是；☆それは主として気候の変化による／那主要是由於氣候的變化。①②

じゅなん【受難】（名・自サ）①受苦難；②〔宗〕（基督的）受難。◎

ジュニア【英・形・名junior】（名）年少者；☆ジュニア向きの本／適合少年少女的書籍。①

しゅにく【朱肉】（名）朱色印泥。◎

じゅにく【酒肉】（名）酒肉。◎

じゅにゅう【授乳】（名・自サ）授乳，餵奶；☆乳児に授乳している母／給嬰兒吃

奶的母親。[0]

しゅにん【主任】（名）主任；☆三年生の主任をしている／擔任三年級的主任。[0]

ジュネーブ【Geneva】〔地 名〕日内瓦[2]

しゅぬり【朱塗】（名）朱漆，漆成朱色（的東西）；☆朱塗の門／朱漆的門，☆朱塗にする／漆成朱色。[0]

しゅのう【首（主）脳】（名）首腦，首領，領導人物；～ぶ【首（主）脳部】（名）首腦部，領導的人們。

じゅばく【呪縛】（名・他サ）〔文〕用咒語束縛住，念咒把…鎮住；☆呪縛された人／被咒語鎮住的人。[0]

しゅはん【主犯】（名）〔法〕主犯，正犯；☆主犯はその場で逮捕された／主犯當場被逮捕了。[0]

ジュバン【葡 gibão＝襦袢】（名）（貼身穿的）襯衫，汗衫。[0]

しゅひ【種皮】（名）〔植〕種皮；☆種皮に覆（おお）われている種子／被種皮包覆着的種籽。[1]

*__しゅび__【守備】（名・他サ）守備，防備；☆守備を厳（げん）にする／嚴加防備；☆水も漏らさぬ守備／水泄不通的防備[1]

しゅび【首尾】（名・自サ）①首尾；始終；☆首尾一貫した主張／首尾一貫的主張；②結果，成績；☆首尾を案じる／掛念（事情的）結果；③（事情進行的）情形，情況；☆首尾はいかがですか／情況怎樣？☆万事上首尾（じょうしゅび）です／一切都很順利；～よく【首尾よく】（副）順地地，成功地；☆事が首尾よく逃（はこ）ぶ／事情順利進展。[1]

じゅひ【樹皮】（名）〔文〕樹皮；☆樹皮を剥（は）ぐ／剝樹皮。[1]

ジュピター【Jupiter】（名）〔羅馬神話〕最高至上之神（＝ゼウス）。[1]

しゅひつ【主筆】（名）主筆；☆新聞の主筆／報紙的主筆。[0]

しゅびょう【種苗】（名）種苗；☆種苗を育成する／育成種苗。[0]

じゅひょう【樹氷】（名）樹冰，樹掛，霧冰。[1][0]

しゅひん【主賓】（名）①主人和客人；②主要的客人，主賓；☆…を主賓として宴を張る／以…爲主賓而設宴。

しゅびん【溲瓶】（名）夜壺，溺器；☆溲瓶で病人の小便を取る／用溺器替病人接尿。[0]

*__しゅふ__【主婦】（名）（家庭的）主婦，女主人；☆主婦となる／作主婦；☆一家の主婦として忙しく立ちはたらく／作爲一家的主婦忙碌地工作。

しゅふ【首府】（名）首都。[1]

しゅぶ【主部】（名）〔文〕①主要部分；☆機械の主部／機器的主要部份；②〔語法〕主語部分（主語及其修飾語）。[1]

シュプール【德 Spur】（名）〔滑雪〕滑雪板的痕跡。[0]

シュプレヒコール【德 Sprechchor】（名）①合唱形式的朗誦；②口號的高呼（或其標語）。[5]

しゅぶん【主文】（名）①（判詞等的）主文；☆裁判長が主文を読み上げる／審判長宣讀（判詞的）主文；②〔語法〕主句。

じゅふん【授粉】（名・自サ）〔植〕傳粉（作用）。

しゅへい【守兵】（名）〔文〕守兵，守備兵；☆守兵を率（ひき）いて防戦する／率領守兵進行防戦戰。[0][1]

しゅへき【酒癖】（名）〔文〕酒癖，酒後的毛病（＝さけぐせ）；☆あの人は酒癖が悪い／他酒後無德。[0]

*__しゅべつ__【種別】（名・他サ）類別，分類，按種類區分；☆採集した植物を種別する／把採集的植物按種類加以區別。[1]

しゅほう【手法】（名）（藝術上或文學上的）手法，技巧；☆新作に新しい手法を試（こころ）みる／在新作品中試用新的手法。[0][1]

しゅほう【主峰】（名）（一山脈中最高的）主峰。

しゅぼう【首（主）謀】（名）主謀；～しゃ【首（主）謀者】（名）主謀人。[0]

*__しゅみ__【趣味】（名）①風趣，情趣，趣味；☆趣味のある庭／富有情趣的庭園；☆田園生活の趣味を味（あじ）わう／欣賞田園生活的情趣；②愛好，嗜好，嗜尚；☆音楽は私の趣味に合う／音樂合乎我的嗜好；☆彼は詩に趣味がない／他不愛好詩；☆趣味は人によって違う／人之嗜尚各有不同；☆趣味の人／風雅的人；③興趣；☆この本は趣味と実益とを兼ねている／這本書既有興趣又有實益。[1]

シュミーズ【法chemise】（名）〔縫紉〕女人襯衣，裙襯。[2]

しゅみゃく【主脈】（名）（山脈、礦脈等

的）主脈。◎

*じゅみょう【寿命】（名）壽命，（物的）耐用期限；☆寿命で死ぬ／壽終正寢；☆寿命が長い／壽命長；☆内閣の寿命はもう知れている／内閣不久即將垮臺了；☆困苦欠乏で彼は寿命を縮（ちぢ）めている／他被困苦貧窮折磨得要死；☆自動車の寿命／汽車的耐用期限。◎

じゅめい【受命】（名）〔文〕①接受命令，受命；②受命（於天）。

しゅもく【種目】（名）項目；☆あの会社は広い種目に亘（わた）って取引きをしている／那家公司的營業項目很廣；☆競技の種目／比賽的項目。[1]◎

じゅもく【樹木】（名）樹木；☆樹木の茂（しげ）った山／樹木繁茂的山。[1]

しゅもん【朱門】（名）朱門，紅門。◎

じゅもん【呪文】（名）咒文，咒語；☆呪文を唱える／唸咒。

*しゅやく【主役】（名）〔劇〕主角；☆主役を勤める／演主角；〔轉〕當主要人物◎

じゅよ【授与】（名・他サ）授與；☆奨金を授与する／授與奨金。[1]

*しゅよう【主要】（形動ダ）主要；☆主要な役割（やくわり）／主要的作用；主要的任務。◎

しゅよう【須要】（形動ダ）〔文〕必須，必要。◎

しゅよう【腫瘍】（名）〔醫〕腫瘍。◎

*じゅよう【需要】（名）需要，需求；☆読者の需要を満（み）たす／滿足讀者的需要。◎

しゅよく【主翼】（名）〔航空〕（飛機的）主翼。[1]

しゅら【修羅】（名）〔佛〕←あしゅら（阿修羅）；～ば【修羅場】（名）（戲劇或唱故事中的）戰闘的場面。[1]

ジュラルミン【duralumin】（名）硬鋁[3]◎

しゅらん【酒乱】（名）酒後狂暴；☆あの男は酒乱だ／那個人酒後無德，耍酒瘋◎

じゅり【受理】（名・他サ）受理；☆裁判所が事件を受理する／法院受理（訴訟）案件；☆十月十日以後の願書は受理しない／十月十號以後的申請書不予受理。[1]

じゅりつ【樹立】（名・自他サ）樹立；☆計画を樹立する／樹立計劃。◎

しゅりゅう【主流】（名）主流；☆揚子江の主流／長江的主流；☆この学説が学界の主流となった／這個學説成了學術界的主流。◎

しゅりゅうだん【手榴弾】（名）〔軍〕＝てりゅうだん。[2]

*しゅりょう【狩猟】（名・自サ）狩獵，打獵，打圍；☆狩猟に出掛ける／打獵去；～き【狩猟期】（名）狩獵期，獵期；～ほう【狩猟法】（名）〔法〕狩獵法。◎

しゅりょう【首領】（名）首領，頭目（＝かしら）；☆一方の首領となる／當一方的首領；☆盗賊の首領／盗賊的頭目。◎

しゅりょう【受領】（名・他サ）收領，領受；☆一等賞を受領する／領一等獎，獲得頭獎；～しょう【受領証】（名）收據。[1]

しゅりょく【主力】（名）①主力，主要力量；☆…に主力を注（そそ）ぐ／把主要力量放在…上；②主力軍；☆敵の主力は我が左翼に迫った／敵人的主力軍迫近了我方左翼；～かん【主力艦】（名）〔軍〕主力艦。[1]

*しゅるい【種類】（名）種類；☆種類が違う／種類不同；☆あらゆる種類の花／各種花；☆一種類三つずつもらいましょう／每一種我要三個。[1]

シュルレアリズム【法 surréalisme】（名）超現實主義。[5]

じゅれい【樹齢】（名）樹齢；☆年輪で樹齢を調べる／根據年輪查樹齢。[1]◎

しゅれん【手練】（名）燗熟，熟練，靈巧；☆手練の早業（はやわざ）／神速的技巧；奇術。[1]

しゅろ【棕櫚】（名）〔植〕棕櫚；～ちく【棕櫚竹】（名）〔植〕棕櫚竹。◎

じゅわ【受話】（名）接電話；～き【受話機】（名）（電話的）聽筒；☆受話機を取る（はずす）／拿起聽筒來；☆受話機を耳に当てる／把聽筒拿到耳邊；☆受話機を置く（おろす）／放下聽筒。[1]

*しゅわん【手腕】①腕；②〔轉〕才能，本領；☆手腕のある（ない）人／有（沒有）才幹的人；☆手腕を振（ふ）るう／發揮本領～か【手腕家】（名）有才幹的人[1]◎

しゅん【旬】（名）（魚類、蔬菜、水果等大批上市味最鮮美的）季節；☆荔枝（レイシ）は今が旬だ／目下正是吃荔枝的季節；☆旬の野菜／季節的蔬菜。◎

*じゅん【旬】（名）①旬，十天；②十年；☆齢（よわい）七旬に余る／年齢七十有餘。[1]

じゅん【純】（形動ダ）純，純潔，純眞，

純粋，天眞；☆彼の心は純だ／他の心是
純潔的；☆純な少女／天眞的少女。①

*じゅん【順】（名）①順序，次序，輪班；
☆ＡＢＣ順に並べる／按ＡＢＣ順序排列
；☆順が狂った／次序亂了；☆列を作っ
て順を待つ／站排等候輪班；☆順に中に
入る／依次往裏面走；②（順利的）順⓪

じゅん【醇】（形動ダ）〔文〕醇；☆醇な
酒／醇酒。①

じゅんあい【純愛】（名）純潔的愛情。⓪

じゅんい【順位】（名）順序，位次，席次
，等級；☆順位を争（あらそ）う／爭位
次。①

しゅんえい【俊英】（名）〔文〕俊材，英
俊（的人）；☆俊英雲の如く集まる／俊
材雲集。⓪

じゅんえき【純益】（名）〔商〕純益；☆
純益百万円をあげる／獲純益一百萬日
圓。⓪①

じゅんえつ【巡閲】（名・他サ）〔文〕巡
閲；☆長官が指揮下の部隊を巡閲して歩
く／長官巡閲屬下部隊。⓪

じゅんえん【巡演】（名・他サ）〔文〕巡
廻上演。⓪

じゅんえん【順延】（名・他サ）依次延期
，依次推遲；☆雨天の場合は順延する／
遇雨依次延期。⓪

じゅんおう【順応】（名・自サ）＝じゅん
のう。⓪

じゅんおくり【順送り】（名・他サ）依次
傳遞；☆レンガを順送りに運ぶ／傳遞運
磚。③

しゅんが【春画】（名）春畫，春宮畫。⓪

じゅんか【純化】（名・他サ）純化；☆国
語を純化する／使國語純化；☆生徒の気
風を純化する／純化學生的氣質。⓪①

*じゅんかい【巡回】（名・自サ）巡廻；☆
農村を巡回して映画を見せる／巡廻農村
放映電影；～としょかん【巡回図書館】
（名）流動圖書館。⓪

じゅんかいいん【準会員】（名）準會員。

しゅんかしゅうとう【春夏秋冬】（連語・
名）春夏秋冬，四季；☆春夏秋冬の自然
の移り変り／春夏秋冬的自然變遷。①

じゅんかつゆ【潤滑油】（名）〔機〕潤滑
油；☆潤滑油を機械に差（さ）す／往機
器上加潤滑油。④

*しゅんかん【瞬間】（名）瞬間；☆彼はそ
の光景を見た瞬間に思い出した／他一看

見那景象立刻就想起來了；☆一瞬間も猶
予（ゆうよ）はできない／一瞬間也不容
遲疑；～ゆわかしき【瞬間湯沸し器】（
名）熱水器。⓪

じゅんかん【旬刊】（名）旬刊，十日刊（
的雜誌、報紙等）。⓪

*じゅんかん【循環】（名・自サ）循環；☆
血液の循環をよくする／促進血液循環
；～き【循環器】（名）〔解〕循環器（指
心臟、血管、淋巴管等）；～ろんしょう
【循環論証】（名）〔邏輯〕循環論證；
～ろんぽう【循環論法】（名）循環論
證。⓪

しゅんぎく【春菊】（名）〔植〕①春菊；
②茼蒿菜。①⓪

*じゅんきゅう【準急】（名）〔鐵〕準急行
列車，準快車。⓪

じゅんきょ【準拠】（名・自サ）準據，標
準；☆…に準拠して／以…爲依據；☆準
拠すべき規定がない／沒有可以作爲標準
的規定。①

しゅんぎょう【春暁】（名）〔文〕春曉⓪

じゅんきょう【殉教】（名・自サ）殉教⓪

じゅんぎょう【巡業】（名・自サ）（劇團
、角力、馬戲團等）巡廻公演，旅行演
出。⓪

じゅんきん【純金】（名）純金。⓪

じゅんぐり【順繰り】（名）順次，依次，
輪班，輪流；☆順繰りに唱う／依次唱歌
，輪流唱歌。⓪

じゅんけつ【純潔】（名・形動ダ）純潔；
☆心の純潔な人／心地純潔的人；☆純潔
な少女／純潔的少女，處女；☆…の純潔
を汚（けが）す／玷汚…的純潔（貞操）
；～きょういく【純潔教育】（名）純潔
教育（對青少年授以正確的性知識供其保
守身心純潔的教育）。⓪

じゅんけつ【純血】（名）純粹的血統。⓪

じゅんけっしょう【準決勝】（名）複賽③

しゅんけん【峻嶮（険）】（名・形動ダ）
嶮峻，險峻；☆峻嶮な山道を登る／攀登
險峻的山路。⓪

じゅんこ.【醇（純）乎】（形動タルト）〔
文〕純粹；☆醇乎たる民族文化を発揚す
る／發揚純粹的民族文化。①

しゅんこう【竣工（功）】（名・自サ）竣
工；☆校舎の建築が竣工した／校舎的建
築竣工了。⓪

じゅんこう【巡航】（名・自サ）巡航，遊

弋，巡洋；☆軍艦は巡航中である／軍艦
正在海上巡洋；～そくど【巡航速度】（
名）（飛機、船隻等最節省燃料的）經濟
速度。⓪

じゅんこく【殉国】（名）〔文〕殉國，爲
國捐軀；☆殉国の精神／殉國的精神；☆
殉国の士となる／爲國捐軀。⓪

*じゅんさ【巡査】（名）警察；☆巡査を呼
ぶ／喊警察，叫警察；☆巡査をする／當
警察；～はしゅつしょ【巡査派出所】（
名）警察派出所。①⓪

しゅんさい【俊才】（名）俊才，（學校的）
高材生；☆このクラスには俊才が多い／
在這一班中高材生很多。⓪

じゅんし【巡視】（名・他サ）巡視；☆工
場内を巡視する／在工廠内巡視。⓪

じゅんし【殉死】（名・自サ）殉死，殉葬

じゅんじ【順次】（副）①順次，依次（＝
じゅんぐり）；②逐漸（＝だんだんと）
；☆生産力が順次に高まる／生産力逐漸
提高。①

じゅんしゅ【遵守】（名・他サ）〔文〕遵
守；☆法律を遵守する／遵守法律。①

しゅんじゅう【春秋】（名）①春和秋；☆
春秋二季に運動会を開く／在春秋兩季舉
行運動會；②歳月；年齡；☆七十の春秋
を重ねる／年已七十；☆春秋に富む／年
紀還輕，前途大有可爲；③（五經之一）
春秋；☆春秋の筆法（ひっぽう）／春秋
的筆法，把間接原因表現爲直接原因的筆
法；～じだい【春秋時代】（名）春秋時
代（公元前770─470）。①

*じゅんじゅん【順順】（名）順次，次序，
逐漸；☆仕事を順順にかたづける／把工
作依次做完。③

じゅんじゅん【諄諄】（形動タルト）〔文〕
諄諄；☆諄諄として説く／諄諄教誨。⓪③

*じゅんじょ【順序】（名）①順序，次序，
秩序；先後；☆順序よく（正しく）／有
條不紊地，按照次序地；☆記名の順序で
／按簽名的順序；☆順序不同、順序が不
同である／沒有一定次序／不按次序；☆
長幼の順序に座る／序齡入座；☆順序を
立てて研究する／有系統地進行研究；☆
時の順序から言って／按時間的前後而言
；☆順序が狂った／次序亂了；②（一定
的）手續，經過，過程；☆物事には順序
というものがある／做事情要有一定的手
續；☆まず彼の意見を聞くのが順序であ

る／照理（論手續）應該先聽一聽他的意
見；☆そういう結論に達した順序を話し
てみよう／我談一談得出這個結論的過程
；☆そんな事を私に訴えるのは順序が違
う／那樣事情向我來發牢騷是不對頭的①

しゅんしょう【春宵】（名）〔文〕春宵①⓪

じゅんじょう【純情】（名・形動ダ）純情
，天眞爛漫；☆純情の乙女（おとめ）／
天眞的少女。⓪

じゅんしょく【殉職】（名・自サ）殉職，
因公犧牲；☆警官が子供を助けようと
して殉職した／警察爲了拯救小孩而殉職
了。⓪

じゅんしょく【潤色】（名・他サ）潤色，
渲染；☆事実を潤色して発表する／把事
實加以渲染而發表。⓪

じゅん・じる【殉じる】（自上一）①殉，
爲…而犧牲；☆国難に殉じる／殉國難
；②〔喻〕殉，採取同樣行動；☆大臣に殉
じて次官も辞職した／次長也跟着大臣一
併辭職了；図しゅんず（サ）。⓪

じゅん・じる【準じる】（自サ）①準照，
按照，以…爲標準；☆会費は収入に準じ
る／會費按照收入交納；☆以下これに準
じる／以下准此；☆室の大小に準じて
照明を調節する／按照屋子的大小調節照
明；②按…看待，向…看齊（＝なぞらえ
る）；☆会員に準じる／按會員看待。⓪

*じゅんしん【純真】（形動ダ）純眞，純潔
；☆純真な心／純潔的愛情。⓪

*じゅんすい【純粋】（形動ダ）純粋；☆彼は
純粋の江戸っ子だ／他是道地的東京人；
～りせい【純粋理性】（名）〔哲〕純粋
理性，純理。⓪

しゅんせい【竣成】（名・自サ）竣成，告
竣；☆新造船が竣成した／新造的船竣工
了。⓪

しゅんせつ【浚渫】（名・他サ）疏浚（河
底海底等）；～せん【浚渫船】（名）疏
浚船。⓪

じゅんぜん【純然】（形動タルト）純然，
純粋，完全；☆彼は純然たる詩人だ／他
是一個純粋的詩人；☆これは純然たる個
人の問題だ／這完全是個人的問題。⓪③

しゅんそく【駿足】（名）①駿足（喻跑得
快）；②駿馬，快馬；③〔轉〕俊才，高
材生。⓪

じゅんそく【準則】（名）準則；☆会員の
守るべき準則をきめる／規定會員所應遵

守的準則。[0]

じゅんたく【潤沢】（形動ダ）①潤澤，光潤；②利潤，利益；豐富，寬裕；☆そこは石炭が潤沢だ／那裏煤很豐富。[0]

*じゅんちょう【順調】（名・形動ダ）①順利；☆万事順調に運んでいる／一切事情順利地進着；☆仕事が順調に行かない／工作進行得不順利；②（天氣、病勢等）良好；☆順調な天候／良好的天氣；☆病人の経過が順調だ／病人的情況良好。[0]

じゅんど【純度】（名）純度；☆このアルコールは純度が高い／這個酒精的純度高[1]

*じゅんとう【順当】（形動ダ）①理當，應當；☆そうあるのが順当です／理當那樣，那樣是應當的；☆君が彼の後を継ぐのが順当です／你接他的後任是理所當然的；②正常；☆順当に行けば彼は今大学を卒業している筈（はず）です／在正常情況下他現在應該念大學畢業了。[0]

じゅんなん【殉難】（名・自サ）〔文〕殉難，遇難；☆勇士らがいさぎよく殉難した／勇士們從容就義了。[0]

じゅんに【順に】（副）依次；逐漸；→じゅん（順）。[0]

*じゅんのう【順応】（名・自サ）順應，適應；☆境遇に順応する／順應環境；☆大勢（たいせい）の趨（おもむ）く所に順応する／順應大勢所趨；～せい【順応性】（名）適應性。[0]

しゅんば【駿馬】（名）〔文〕駿馬（＝しゅんめ）。[1]

じゅんばく【純白】（形動ダ）純白；☆純白のシーツ／純白的床單。[0]

*じゅんばん【順番】（名）輪班，輪流；☆順番の来るのを待つ／等待輪到自己的班；☆どうか順番に願います／請輪班；☆順にはたらく／輪班工作。[0]

*じゅんび【準備】（名・他サ）準備，預備；☆すっかり準備ができている／準備妥當；☆まさかの時の準備をしておく／準備萬一不時之需；☆戦争の準備を進める／備戰；☆食事の準備が出来ました／飯預備好了，開飯了；☆準備委員会／籌備委員會。[1]

しゅんぷう【春風】（名）〔文〕春風；～たいとう【春風駘蕩】（連語）〔文〕春風駘蕩。[0][3]

じゅんぷう【順風】（名）順風；☆順風に帆を上げて走る／（船）在順風中揚帆而航；◇順風に帆を上げる／一帆風順[3][0]

*しゅんぶん【春分】（名）（三十四節氣之一）春分。[0]

じゅんぶん【純分】（名）（金銀的）純度，成色。[0]

じゅんぶんがく【純文学】（名）純文學[3]

しゅんべつ【峻別】（名・他サ）嚴正的區別；嚴加區別；☆公私を峻別する／把公私嚴加區別。[0]

じゅんぽう【遵法】（名）守法，遵守法律；☆遵法は民主国家の国民の一番重要な義務です／遵守法律是民主國家國民最重要的義務。[0]

じゅんぽう【遵奉】（名・他サ）遵守；☆国法を遵奉する／遵守國法；☆師の教（おし）えを遵奉する／遵奉師教。[0]

じゅんぼく【淳（醇）朴】（形動ダ）醇朴，純樸；☆淳朴な田舎（いなか）の老人／純樸的鄉村老人。[0]

しゅんみん【春眠】（名）〔文〕春眠；☆春眠暁（あかつき）を覚えず／春眠不覺曉。[0][1]

しゅんめ【駿馬】（名）駿馬。[1]

じゅんめん【純綿】（名）純綿；☆純綿のアンダーシャツ／純綿的内衣。[0]

じゅんもう【純毛】（名）純毛；☆純毛の靴下／純毛的襪子。[0]

じゅんゆう【巡遊】（名・自サ）〔文〕巡遊，周遊；☆欧州を巡遊する／周遊歐洲[0]

じゅんよう【準用】（名・他サ）①作為標準；②〔法〕準用，引用；☆その場合には本条の規定を準用する事が出来る／那種場合可以引用本條的規定。[0]

じゅんようかん【巡洋艦】（名）巡洋艦[3][0]

しゅんらい【春雷】（名）〔文〕春雷[1][0]

しゅんらん【春蘭】（名）〔植〕春蘭。[1]

じゅんり【純利】（名）純益。[1]

じゅんりょう【純良】（形動ダ）純良；☆純良な牛乳／純良的牛奶。[0]

じゅんりょう【純量】（名）純量。[0]

じゅんりょう【順良】（形動ダ）恭順善良[0]

じゅんれい【巡礼】（名・自サ）（到各處）朝上拜廟，參禮聖地。[3]

じゅんれき【巡歴】（名・自サ）遊歷；☆諸国を巡歴して見聞を広（ひろ）める／遊歷各地（國）以廣見聞。[0]

しゅんれつ【峻烈】（形動ダ）峻烈，嚴烈；☆峻烈な批判／嚴烈的批評。[0]

じゅんれつ【順列】（名）①〔數〕排列；

②順序，次序。⓪

じゅんろ【順路】（名）順路，正常的路線，不繞遠的道路；☆これは…への順路です／這是到…去的正常的路線。⓪

しょ—【初】（造語）初（次）；☆初対面（たいめん）／初次會面。

しょ【書】（名）〔文〕①書，書籍；②書法，筆蹟；☆書を習う／練習書法；☆書がうまい／長於書法；☆これは王義之の書です／這是王義之的眞蹟；③書信⓪①

しょ【署】（名）①署，官署；②署名，簽署；③警察署；☆署に連行する／帶到警察署去。①

しょ【暑】（名）〔文〕①暑熱；②〔農曆〕大暑小暑的總稱；③伏天（指秋前的十八天）。①

しょ【緒】（名）〔文〕端緒，頭緒；☆事業が緒に就（つ）く／事業就緒。①

しよ【賜与】（名・他サ）賜與。①

じょ【女】①女子，女兒；☆…の第三女／…的第三女。①

じょ【序】（名）①序，序文；☆友人の著書に序を書く／爲友人的著作寫序；②秩序；☆長幼序あり／長幼有序；③〔劇〕序幕；☆序から大詰（おおづめ）まで通しでやる／從序幕到尾聲一氣演完；④開始，開端；☆序の口（くち）から珍らが飛び出した／（宴會等）一開始就出現了新奇的餘興節目。⓪

じょい【女医】（名）女醫師，女大夫。①

じょい【叙位】（名・自サ）敍位。①

しょいこみ【背負込み】（名）〔背負込む〕的名詞形；☆立（た）て替（か）えただけ背負込みになる／墊的錢一個也沒有收回來。

しょいこ・む【背負込む】（他五）①揹起（重物等）；☆三十キロの荷物を背負こむ／揹起三十公斤的貨物；②〔俗〕擔負起來，承擔起來（損失、麻煩事等）③

しょいなげ【背負投げ】（名）①〔柔道、角力等的着數〕將對方揹起來摔在地下；②〔轉〕背信；☆彼は土俵（どひょう）ぎわで背負投げを食わせた／他在最後的關頭（對我）背了信。⓪

しょいん【所員】（名）所員；☆研究所の所員になる／成爲研究所的所員。①⓪

しょいん【書院】（名）①書院（常指私塾）；書店；②書齋；③客廳；～づくり【書院造り】（名）在十六世紀完成而一直流傳到現代的典型的日本住宅建築方式。⓪

しょいん【署員】（名）（警察署、税務署等的）署員；☆署員を配置して警戒に当たらせる／佈置署員進行警備。①

しょ・う【背負う】（他五）〔俗〕①揹，負，☆重い物を背負ってよろよろする／揹起重東西來搖搖提提；②承擔，擔負；☆罪を背負う／承擔罪名；◇背負っている／自負，自命不凡。⓪

—しょう【相】（造語）大臣，相；☆運輸相（うんゆしょう）／運輸大臣，運輸相。

—しょう【性】（造語）表示性質、體質、性格；☆あぶら性／出油汗的體質；☆心配性／好擔心的性格。

—しょう【勝】（造語）勝，例：三勝二敗。

—しょう【傷】（造語）傷；☆擦過（さっか）傷／擦傷。

しょう【松】（名）常綠的針葉樹(=まつ)。

しょう【生】（名）〔文〕生，生命；☆生あるうちに／有生之日。①

しょう【妾】Ⅰ（名）妾（＝めかけ）；☆妾を蓄（たくわ）える／蓄妾；Ⅱ〔文〕（舊時女子自稱）妾（＝わらわ）。①

しょう【小】（名）小；☆小の月／小月（三十日）。①

しょう【抄】（名）①抄；②拔萃。①

しょう【性】（名）〔佛〕性，萬物的本體；②性體，性情，性質；☆性が合わないのでとうとう離婚した／因爲性情不合終於離婚了；☆ぜいたくは彼の性に合わない／奢侈不合他的性格；☆性が合う友人／意氣相投的朋友；③質量，成色；☆この銀は性が悪い／這個銀子成色不好；④〔星相〕性（分金木水火土）。①

*しょう【省】（名）①（古時日本太政官的中央官署）省；②（現在日本內閣的各部）省，部；☆外務省／外交部。

しょう【商】（名）①商，商業；☆商を営（いとな）む／經商；②商人；☆私は呉服商です／我是綢緞商人；③〔數〕商；④（五晉之一）商。①

しょう【将】（名）將；☆敗軍の将／敗軍之將。①

しょう【称】（名）稱；☆彼は仲間から…の称で呼ばれる／他被伙伴們稱爲…。①

*しょう【章】（名）①（章節的）章；☆この論文は三つの章に分かれている／這篇論文分爲三章；②徽章。①

しょう【笙】（名）〔樂〕笙；☆笙を吹く

／吹笙。①

しょう【荘】（名）①←しょうえん（荘園）②荘，別墅。①

しょう【頌】（名）〔文〕①頌，頌詩；②歌頌。①

しょう【衝】（名）①衝；☆…の衝に当る／當…之衝；②〔天〕衝。①

*しょう【賞】（名）賞，獎，獎金；☆賞を出す／授予獎金；懸賞；☆ノーベル賞を獲得する／獲得諾貝爾獎。①

しょう【簫】（名）（古樂器）排簫。①

しょう【証】（名）證明，證據；☆…の証として／作爲…的證據；☆證明書。①

しょう【仕様】（名）①方法，辦法，なんとも仕様がない／毫無辦法；☆住所が分からないので連絡の仕様がない／因爲不知道住處所以沒有方法連絡；☆面白くてしようがない／十分有趣，有趣得不得了；②工作方法，做法；☆仕様によっては…／要看做法，以做法如何爲根據；～がき【仕様書】（名）①工序說明書，設計書，做法說明書；②（商品等的）規格明細書。⓪

*しよう【私用】（名）①私用，個人使用；☆私用に供する／供個人使用；②私事；☆私用でアメリカに行く／因私事赴美國。⓪

*しよう【使用】（名・他サ）使用，利用；☆使用に供する／供使用；☆使用に耐えない／不耐用，不能用；☆使用できる／可以使用，可以利用；☆時間を有効に使用する／有效地利用時間；☆使用を許す（禁じる）／許可（禁止）使用；☆使用済みの切手／使用過的郵票，廢郵票；～にん【使用人】（名）傭人。⓪

しよう【枝葉】（名）①枝葉；②〔轉〕枝葉，末節☆枝葉の問題／不重要的問題①⓪

しよう【試用】（名・他サ）試用；☆どうぞ御試用ください／請您試用。⓪

しよう【飼養】（名・他サ）〔文〕飼養（＝かう）；☆羊を飼養する／養羊；～じょう【飼養場】（名）（家畜的）飼養場⓪

じょうー【定】（造語）①表示固定，一定；☆定宿（やど）／經常住的旅館；☆定得意（とくい）／老主顧；②表示定期。

ーじょう【丈】（接尾）對演員的敬稱；☆菊五郎丈／菊五郎老闆，菊五郎先生。

ーじょう【帖】（接尾）①計算幕幔的助數詞（兩塊幕幔爲一帖）；②計算屏風，楮等的助數詞；③計算紙張等的助數詞（「半紙」20張爲一帖，洋紙24張爲一帖，紫菜10張爲一帖）。

ーじょう【条】（接尾）計算帶子，幕等的助數詞。

ーじょう【錠】（接尾）計算藥片的助數詞；☆一回三錠ずつ飲む／每次服三片。

ーじょう【嬢】（接尾）①小姐；☆山田嬢／山田小姐；②表示女性；☆交換嬢／（電話的）女接線員。

ーじょう【城】（造語）城；例：大阪城，白鷺（しらさぎ）城。

ーじょう【畳】（接尾）計算日本蓆（たたみ）的助數詞；☆六畳の部屋／舖六塊日本蓆的房間。

じょう【上】（名）①上；②上等；☆上の上／上上；☆彼の成績は上の部です／他的成績是比較好的；③←じょうしょう（上声）；④…的關係；☆一身上の都合で退職する／因私事辭職。①

じょう【丞】（名）〔文〕〔古〕＝ほうがん（判官）

じょう【定】（名）①〔文〕一定，定；②果然；☆案の定／果如所料，果然不出所料；③〔佛〕禪定☆定に入る／入定⓪①

じょう【状】（名）〔文〕①書面，書信，文件；☆この状持參の者にお渡し願います／請交持信的人；②情形，情況，狀況。⓪①

じょう【条】（名）①條，道；☆一条の光線／一道光線；②條，項，款；☆一条を追って討議する／逐條討論。①

じょう【場】（名）場，場所；☆場を圧する／壓場。①

*じょう【情】（名）①情，感情；同情；☆親子（おやこ）の情／父子之情，母子之情；☆その情哀（あわ）れむべきものがある／其情可憫；☆情において忍（しの）びない／於情不忍；☆情の激（はげ）しい人／感情激烈的人；脾氣大的人；☆情に支配される／受感情支配；☆情に脆（もろ）い／富於同情；心軟；☆情をこめて／充滿感情；☆こんな書き方では情がうつらない／這樣寫法不能表達感情；②愛情，情慾；☆（…に）情を立てる／忠實於愛情；☆情を燃（も）やす／燃起情慾；☆男と情を通ずる／與男人通情，發生關係；☆夫婦の情がうつらない／夫妻間沒有愛情；③情，私情，眞情；☆情

を明かす／説明眞情；④性情；☆情を張る／任性，堅持己見；⑤常情，情理；☆快楽を求めるのは人の情だ／追求快楽是人之常情。⓪

*じょう【錠】（名）①鎖頭，鎖；☆錠が掛けてある／上着鎖，鎖着；☆錠がかからない／此門鎖不上；☆錠をこじあける／把鎖頭弄開（偷東西等）；②藥片，錠⓪

*じょう【嬢・娘】（名）①姑娘，處女；☆お嬢さん／小姐；②女孩；☆坊（ぼ）っちゃんですか，お嬢ちゃんですか／是男孩還是女孩？⓪

じよう【次葉】（名）〔文〕次頁。①

じよう【滋養】（名）滋養，營養；☆滋養になる／有營養；～ぶん【滋養分】（名）養分；☆滋養分の多い食物／養分多的食品。⓪

じょうあい【情愛】（名）情愛，愛情；☆情愛の深い／愛情深厚的。⓪

しょうあく【掌握】（名・他サ）〔文〕掌握；☆政権を掌握する／掌握政權。⓪

しょうあん【硝安】（名）〔化〕硝酸銨；～ばくやく【硝安爆藥】（名）硝酸銨炸藥。⓪

しょうい【小異】（名・自サ）小異；☆この二つは大同小異だ／這兩個大同小異；☆小異を捨てて大同につく／捨小異以就大同。①

しょうい【少尉】（名）〔軍〕少尉。①

しょうい【傷痍】（名）傷痍，負傷；～ぐんじん【傷痍軍人】（名）受傷軍人，榮軍。①

しょうい【焼夷】（名）焼夷；～だん【焼夷弾】（名）〔軍〕燒夷彈；☆焼夷弾を投下する／投下燒夷彈。①

じょうい【上位】（名）上位；☆彼は高校の成績は上位の方だった／他念高中的時候成績都佔上位。①

じょうい【上意】（名）①（君主的）旨意；②上位的意思，命令。①

じょうい【情意】（名）情意；～とうごう【情意投合】（連語・自サ）情投意合①

じょうい【攘夷】（名）攘夷，排外；～ろん【攘夷論】（名）〔江戸幕府末期主張與外國斷交實行鎖國的〕攘夷論。⓪

じょうい【譲位】（名・自サ）（君主）讓位，禪位。①

しょういん【証印】（名・自サ）（加蓋）證明的印。⓪

しょういん【勝因】（名）致勝之因。⓪

じょういん【上院】（名）上院，參議院⓪

じょういん【冗員・剰員】（名）冗員，浮餘的人員；☆冗員を淘汰する／淘汰冗員。⓪

しょうう【小雨】（名）〔文〕小雨（＝こさめ）。①

しょううん【商運】（名）商運，商業上的運氣；☆商運に恵（めぐ）まれる／商運亨通。⓪

しょううん【勝運】（名）〔文〕勝運，勝利的運；☆勝運に見放（みはな）される／勝運已盡，註定敗北。⓪

*じょうえい【上映】（名・他サ）〔電影〕放映，上映；☆その映画は目下（もっか）上映中です／那部電影目前正在上映。⓪

しょうえき【小駅】（名）①〔古〕小驛站；②〔鐵〕小站；☆急行は小駅には止まらない／快車在小站不停車。⓪

しょうえん【小宴】（名）〔文〕小宴，小酌；☆小宴を張（は）る／設小宴。⓪

しょうえん【荘園】（名）莊園（＝そうえん）。⓪

しょうえん【消炎】（名）〔醫〕消炎。⓪

しょうえん【硝煙】（名）硝烟，火藥的烟；～だんう【硝煙弾雨】（連語・名）硝烟彈雨，槍林彈雨。⓪

じょうえん【上演】（名・他サ）上演；☆オセロを上演する／上演奧賽羅；☆その劇は上演を禁止された／那個劇不准上演了。⓪

じょうえん【情炎】（名）〔文〕情慾的火燄；☆情炎を燃（も）やす／燃起情慾的火燄，慾火中燒。⓪

しょうおう【照応】（名・自サ）（前後的）照應，呼應；☆首尾が照応している／首尾互相照應着。⓪

しょうおう【蕉翁】（名）〔文〕松尾芭蕉（江戸前期俳句詩人的敬稱）。①

しょうおく【小屋】（名）〔文〕①小房屋；②〔轉〕自己家的謙稱。⓪

しょうおん【消音】（名）消音，滅音；き【消音器】（名）滅音器；～ピストル【消音pistol】（名）裝上滅音器的手鎗⓪

じょうおん【常温】（名）正常溫度，平常溫度，常溫；☆地下三十メートルの所では常温が保（たも）たれている／在地下三十公尺的地方保持着常溫；☆この薬は常温保存が可能だ／此藥可以在平常溫度下保存。⓪

しょうか【昇華】(名・自サ)〔化〕昇華 ⓪

*しょうか【消化】(名・他サ)①消化；☆消化し易い／容易消化；☆消化を助ける／幫助消化；☆これは消化が悪い（よい）／這個不好(好)消化；②〔轉〕理解，掌握；☆そんなにがむしゃらに読んでも、なかなか消化できるもんじゃない／(你)那麼生吞活剥地讀也是不可能理解的；③〔轉〕容納，消費；☆国内だけではこれらの製品をとても消化し切れない／僅僅在國內這些產品是推銷不完的／～き【消化器】(名)〔解〕消化器官／～ふりょう【消化不良】(名)消化不良。 ⓪

しょうか【消火】(名・自サ)①熄滅燈火；②消防，撲滅火災／～き【消化器】(名)滅火器；～せん【消火栓】(名)消防用自來水龍頭，消火栓。 ⓪

しょうか【商科】(名)商科(的學校) ①

しょうか【商家】(名)商家，商人，商店；☆大阪の商家に生まれた／出生於大阪的商人之家。 ①

しょうか【娼家】(名)〔文〕娼家，妓院 ①

しょうか【頌歌】(名)〔文〕頌，頌歌 ①

しょうが【小我】(名)〔佛〕小我；☆小我を抑(おさ)える／抑制小我。 ①

しょうが【生薑(姜)】(名)〔植〕薑；～じょうゆ【生薑醬油】(名)薑汁醬油 ⓪

じょうか【上下】(名)①上下；②上下兩院，參議院和衆議院。 ①

じょうか【城下】(名)①城下；②＝じょうかまち；～まち【城下町】(名)(以諸侯的居城爲中心發展起來的)城邑，城市；☆金沢(かなざわ)は旧加賀(かが)侯の城下町だ／金澤是舊加賀侯的城邑 ①

じょうか【浄化】(名・他サ)淨化；☆肺は血液を浄化する／肺能淨化血液；☆下水の浄化設備／污水的淨化設備。 ⓪

じょうか【情火】(名)〔文〕情火，情慾的火燄；☆情火を燃(も)やす／燃起情火，慾火中燒。 ①

じょうか【情歌】(名)①情歌，戀歌；②＝どどいつ(都都逸)。 ①

しょうかい【商会】(名)商行，公司 ⓪①

しょうかい【商界】(名)商界；☆商界の事情／商界的情形。 ⓪①

*しょうかい【紹介】(名・他サ)介紹；☆友人を紹介する／介紹友人；☆紹介にあずかる／被介紹；☆自己紹介をする／介紹自己；☆その方に紹介して下さい／請您把我介紹給那個人；☆トルコの事情を日本に紹介する／把土耳其的情形介紹到日本去／～じょう【紹介状】(名)介紹信。 ⓪

しょうかい【照会】(名・自サ)照會，詢問，函詢；☆詳細については事務所宛(あて)に御照会下さい／詳情請洽辦事處；☆本人の身元(みもと)について国元(くにもと)に照会中／關於本人的身份正向其原籍查询。 ⓪

しょうかい【詳解】(名・他サ)詳解，詳細解釋；☆その点については、後に詳解する／關於那一點在後面詳細解釋。 ⓪

*しょうがい【生涯】(名)①生涯，生活；☆芸術家の生涯／藝術家生活；②一生，一輩子，終生，畢生；☆生涯独身で暮らす／一生獨身，過一輩子獨身生活；☆七十年の生涯を終える／了卻七十年的一生；☆生涯の事業／畢生的事業。 ①⓪

しょうがい【渉外】(名)對外連繫，外交；☆渉外事務を担当する／擔任對外連繫事務；☆外務省は渉外の任に当る／外交部擔任外交。 ⓪

しょうがい【傷害】(名・他サ)使受傷，傷害，加害；☆傷害罪で告発される／以傷害罪被控；～ほけん【傷害保険】(名)〔經〕傷害保險(由於外在原因肉體上受傷時取得保險金的保險)。 ⓪

*しょうがい【障碍・障害】(名)①障礙，☆障碍にぶつかる／遇到障礙；☆障害を突破(とっぱ)する／突破障礙；②毛病；故障；☆呼吸器の障礙／呼吸器官的毛病；☆先天的な身体障害／先天性的殘廢；③〔運動〕跳欄（＝ハードル）；～きょうそう【障害競走】(名)〔運動〕跳欄賽跑；～ぶつ【障害物】(名)障礙物；☆障害物を一掃する／清除障礙物。 ⓪

じょうかい【常会】(名)定期的會，例會。 ⓪

じょうがい【場外】(名)①場外，會場以外；☆聴衆(ちょうしゅう)が場外にあふれた／聽衆擠滿到會場外了；②〔經〕(交易所的)場外；～とりひき【場外取引】(名)〔經〕場外交易。 ⓪

しょうかく【昇格】(名・自サ)昇格；☆大学に昇格する／(專門學校等)昇格爲大學；☆公使館を大使館に昇格させる／把公使館昇格爲大使館。 ⓪

しょうがく【小学】(名)小學校；～せい

【小学生】（名）小學的學生。⓪

しょうがく【少（小）額】（名）小額；☆小額の紙幣／小額紙幣。⓪

しょうがく【商学】（名）商業科學，商學①

しょうがく【奨学】（名）奬學；～きん【奨学金】（名）奬學金；☆奨学金を受けている学生／領奬學金的學生；～しきん【奨学資金】（名）奬學資金。⓪

じょうかく【城廓】（名）〔文〕①城廓；②〔轉〕隔閡；☆彼は人に接するに城廓を設けない／他對人坦率，沒有隔閡。⓪

じょうかく【城閣】（名）〔文〕城樓。⓪

じょうがく【上顎】（名）〔解〕上頷。⓪

＊しょうがつ【正月】（名）①正月；②新年；☆お正月の飾り／新年的裝飾，☆お正月を祝う／慶祝新年；◇目の正月をする／飽眼福。④

＊しょうがっこう【小学校】（名）小學（校）；☆小学校を出ただけだ／僅僅是小學畢業。③

しょうかん【召喚】（名・他サ）召喚，傳喚；☆法廷に召喚される／被傳到法院⓪

しょうかん【召還】（名・他サ）〔文〕召回，召還；☆本国へ召還される／被召回本國。⓪

しょうかん【昇官】（名・自他サ）昇官，提級；☆少尉から中尉に昇官する／由少尉昇爲中尉。⓪

しょうかん【商館】（名）（外國貿易商人經營的）商行，洋行。⓪

しょうかん【償還】（名・他サ）償還；☆公債を償還する／償還公債。⓪

しょうがん【賞翫】（名・他サ）①玩賞，欣賞，珍賞；☆絵画を賞翫する／欣賞繪畫；②品嘗，玩昧，玩味；☆山海の珍味を賞翫する／吃山珍海味。

じょうかん【上官】（名）上司，上級（的官）；☆上官の命令に服する／服從上司的命令。⓪

じょうかん【情感】（名）〔文〕情感；☆あわれっぽい情感を掻（か）き立てる／引起憐憫的情感。⓪

しょうき【小器】（名）〔文〕①小器，氣量狹小；☆あんな小器では成功しない／那樣氣量狹小是沒有出息的；②小人物，器量小的人。①

＊しょうき【正気】（名・形動ダ）①意識；☆正気を失う／昏過去，人事不省；☆正気付（づ）かせる／使清醒過來；②健全

精神，清醒頭腦，理智；☆正気を失わずにいる／頭腦還清醒，還有理智；☆正気にかえってみると、事の重大さにびっくりした／清醒過來才對於事情的嚴重性大吃一驚；☆正気のさたとは思えない／不能想像那是精神正常的人幹的☆あの人正気かしら／眞不知道他是否還有理智①⓪

しょうき【詳記】（名・他サ）〔文〕詳細記載；☆欠席の理由を詳記する／詳細寫上缺席的理由。①

しょうき【鍾馗】（名）鍾馗（驅邪之神）；☆鍾馗の様な顔をしている／其貌可怕①

しょうぎ【商議】（名）商議，諮議；～いん【商議員】（名）諮議員。①

しょうぎ【娼妓】（名）娼妓，妓女；☆娼妓を救助する／解救娼妓。①

しょうぎ【将棋】（名）將棋（類似中國相棋而有所不同）；☆将棋を差（さ）す／下將棋；☆将棋のこま／將棋棋子（人字牆形）；～だおし【将棋倒し】（名）一個壓一個地倒下去；☆急停車して乗客が将棋倒しになる／由於緊急停車乗客一個壓一個地倒下去。⓪①

じょうき【上気】（名・自サ）①（由於血液往上衝而）臉上發燒，面紅耳赤；☆風呂上（ふろあ）がりの上気した顔／浴後兩頰發紅的臉；②沖昏頭腦，發昏。⓪

じょうき【上記】（名）上述，上面所擧；☆上記の人々／上面列擧的人們；☆上記の如く／如前所述。⓪

じょうき【条規】（名）條文的規定；☆憲法の条規により／按照憲法的規定。①

じょうき【常軌】（名）常軌；☆彼の行動は常軌を逸（いっ）している／他的行動逸出常軌。①

＊じょうき【蒸気】（名）①蒸汽；☆蒸気を起こす／使發生蒸汽；②汽船；～あつ【蒸気圧】（名）蒸汽壓力；～がま【蒸気罐】（名）汽罐，鍋爐；～きかん【蒸気機関】（名）蒸汽機；～きかんしゃ【蒸気機関車】（名）火車頭；～せん【蒸気船】（名）汽船，輪船；～タービン【蒸気turbine】（名）蒸汽透平，蒸汽渦輪機；～トラップ【蒸気trap】（名）凝汽瓣；～ポンプ【蒸気喞筒】（名）汽泵，蒸汽喞筒；～よく【蒸気浴】（名）蒸汽浴。①

じょうぎ【定規（木）】（名）①（木工、石工等使用的）尺，規尺；☆定規を当（あ）てて断つ／用尺量着截斷；②〔轉〕

尺度，標準；☆どの人も一つ定規に当てようとするな／不要用一個尺度來衡量所有的人；☆定規を当てたような人／合乎標準的人；一本正經的人。①

じょうぎ【情誼】（名）情誼，友誼，友情；☆彼ら二人の間にはきわめて厚い情誼がある／他們兩個人之間有着極為深厚的友誼；☆彼は情誼において欠ける所がある／他缺乏人情。①

じょうぎ【情義】（名）情義；☆人に対して情義を尽す／對人做到情至義盡。①

じょうきげん【上機嫌】（名・形動ダ）情緒很好，心情愉快，非常高興，興高彩烈；☆彼は上機嫌で家に帰った／他興高彩烈地回了家。③

しょうきゃく【正客】（名）主賓，主要客人；☆正客は上座に坐る／主賓坐在上座。◯

しょうきゃく【銷（消）却】（名・他サ）①删掉，註銷；☆名簿から彼の名を銷却する／從名單上註銷他的名字；②消費；☆一日に百トンの石炭を銷却する／一天消費一百噸煤；③（分期）償還；☆十箇月で銷却する／分十個月償還。◯

しょうきゃく【焼却】（名・他サ）焚燒，燒掉；☆塵芥（ごみ）を焼却する／焚燒垃圾；～しょうどく【焼却消毒】（名）焚燒消毒。◯

しょうきゃく【償却】（名・他サ）①償還；☆公債を償却する／償還公債；②攤提，折舊；～減価償却／折舊；～つみたてきん【償却積立金】（名）折舊公積金；減債基金。◯

じょうきゃく【上客】（名）①主賓；②好主顧；☆上客を逃（に）がさないようにする／不讓好主顧跑掉。◯

じょうきゃく【常客】（名）常客；老主顧；☆その方は店の常客です／那位是（我們）舖子的老主顧。◯

*****じょうきゃく**【乗客】（名）乗客；旅客；☆バスの乗客が増加する／搭巴士的乗客增加了。◯

しょうきゅう【昇級】（名・自サ）提級，升級；☆課長から局長に昇級する／由科長升為局長。◯

しょうきゅう【昇給】（名・自サ）提薪，增加工資；☆一年に一回昇給する／一年提薪一次。◯

*****じょうきゅう**【上級】（名）①上級，高級；☆上級裁判所に上訴する／向上級法院上訴；②（學校的）上班，上級；☆彼は僕の二年上級だ／他比我上兩班。◯

しょうきょ【消去】（名・自他サ）①消失，消去，塗掉；☆文字を消去する／把字塗抹掉；②〔數〕消去，相消；☆通分（つうぶん）によって消去する／用通分法消去。◯

*****しょうぎょう**【商業】（名）商業；☆商業に就事している／從事商業；～がっこう【商業学校】（名）商業學校；～びじゅつ【商業美術】（名）商業美術；～ほうそう【商業放送】（名）商業廣播（節目）①

*****じょうきょう**【上京】（名・自サ）晉京，到東京去；☆彼は目下（もっか）上京中です／他現在到東京去了。◯

*****じょうきょう**【情況・状況】（名）情況，狀況（＝ありさま）；☆情況によって判断する／根據情況判斷；☆目下の状況では今月中に竣工はおぼつかない／按目前情況本月内很難竣工。◯

しょうきょく【小曲】（名）小曲，短歌；☆小曲を演奏する／演奏小曲。◯

*****しょうきょく**【消極】（名）消極；～てき【消極的】（形動ダ）消極的；☆彼のやる事はすべて消極的だ／他搞的全都是消極的。◯

しょうきん【賞金】（名）①賞金；☆賞金をかける／懸賞；②獎金；☆このメダルには一万円の賞金がつく／這個獎牌附帶一萬元的獎金。◯

しょうきん【奨金】（名）獎金；☆奨金を受ける／獲得獎金。◯

じょうく【冗句】（名）〔文〕冗句；不必要的句子；☆冗句を削（けず）る／删去冗句。◯①

じょうくう【上空】（名）上空，高空，天空；☆五百メートルの上空で／在五百公尺的上空；☆上空に舞い上がる／飛上天空。◯

しょうぐん【将軍】（名）①（陸海空軍將官）將軍；②〔幕府時代〕征夷大將軍（幕府的主宰者）；～け【将軍家】（名）〔史〕征夷大將軍之職。◯

*****じょうげ**【上下】（名・自サ）①上下；☆戸棚（とだな）を上下に仕切（しき）る／把櫥櫃隔成上下（兩層）；☆上下の別なく／不分（身分的）；☆エレベーターが上下する／電梯一上一下；②（行市的）漲落；☆物価の上下がひどい／物

慣漲落得很厲害；⑨上卷和下卷；☆上下
二巻もの／（分爲）上下兩卷的書。[1]

しょうけい【小計】（名・他サ）小計，一部
分的合計；☆小計五十円／（一部分的）
小計五十日圓；☆十五日までの支出を小
計する／把十五日以前的支出小計一下[0]

しょうけい【小径（逕）】（名）小徑，小
道；☆山中の小径をたどる／沿山中的小
徑而行。[0]

しょうけい【少憩】（名）少憩；☆少憩を
取る／小憩，休息一下。[0]

しょうけい【承継】（名・他サ）（文）承
繼，繼承（＝そうけい）；☆革命の伝統
を承継する／繼承革命的傳統。[0]

しょうけい【象形】（名）象形；～も（ん）
じ【象形文字】（名）象形文字。[0]

しょうけい【憧憬】（名・自サ）（文）憧
憬（＝どうけい）。[0]

*__じょうけい【情景】__（名）①情和景；☆情
景をあわせて叙（の）べる／一面敍情一
面敍景，情景並敍；②情景，光景；☆悲
愴な情景／悲惨的情景。[0]

*__しょうげき【衝撃】__（名）①衝撃，衝撞；
☆粒子（りゅうし）の衝撃／〔理〕粒子
的衝撃；②（精神上的）打撃，衝動；☆
息子の死を聞いて彼は大いに衝撃を受け
た／他聽說兒子死了受了很大的打撃；③
〔醫〕休克，震盪。[0]

しょうけん【商権】（名）商業上的權利；
商業上的覇權；☆商権を握る／操商業上
的覇權。[0]

しょうけん【証券】（名）①〔經〕（有價）
證券；～しじょう【証券市場】（名）股
票市場；～とりひきじょ【証券取引所】
（名）證券交易所；②〔法〕證書，證
文。[0][1]

*__しょうげん【証言】__（名・他サ）證言，作
證；☆証人は自分の知っていることを証
言しなければならない／證人必須就自己
所知作證。[3][0]

しょうげん【詳言】（名・他サ）（文）詳
言，詳述；☆この点については改めて詳
言する／關於這一點另加詳述。[3][0]

*__じょうけん【条件】__（名）條件；☆条件を
付ける（付する）／附加條件；☆…を条
件とする／以…爲條件；☆条件として
は…／看條件如何，看情形；☆彼がむ
ずかしい条件を持ち出したから話が成立
しなかった／因爲他提出了麻煩的條件所

以沒有談妥；～つき【条件付】（名）帶
條件，有條件；☆条件付で承諾する／帶
條件地應允；☆我々は賛成するが，但し
条件付だ／我們贊成，但是有條件的；～
はんしゃ【条件反射】（名）〔生物〕條件
反射。[3][0]

じょうげん【上弦】（名）〔天〕上弦；☆
上弦の月／上弦的月。[0]

しょうこ【尚古】（名）〔文〕尚古；～し
ゅぎ【尚古主義】（名）尚古主義，古典
主義，保守主義。[1]

しょうこ【称呼】（名）〔文〕稱呼，名稱
；☆学者によって称呼がまちまちだ／名
稱因學者而各異。[1]

*__しょうこ【証拠】__（名）證據；☆証拠を挙
げる／舉出證據；☆証拠をつかむ／抓住
證據；～だ・てる【証拠立てる】（他下
一）證明，提出證據。[0]

*__しょうご【正午】__（名）正午；☆正午の時
報／正午的報時。[1]

じょうご【漏斗】（名）漏斗；☆漏斗を使
って瓶の中に酒を詰める／用漏斗往玻璃
瓶裏裝酒。[1]

じょうご【上戸】（名）能飲酒（的人）；
☆彼は上戸の方です／他是能喝酒的；☆
君は上戸か下戸（げこ）か／你會不會喝
酒？◇後引（あとひき）上戸／喝起酒來
沒完的人；↔げこ（下戸）。[1]

しょうこう【小康】（名）〔文〕小康，暫
時平穩；☆彼の病気は一時小康を得たが
再び危険状態に陥（おちい）った／他的
病勢一段時期平穩了但是又陷入了危険
狀態。[0]

しょうこう【昇降】（名・自サ）昇降；～
き【昇降機】（名）電梯（＝エレベータ
ー）；～ぐち【昇降口】（名）（車船等
的）入口，門口。[0]

しょうこう【症候】（名）〔醫〕症候，症
狀，病狀；☆結核の症候が現われる／現
出結核的症狀。[0]

しょうこう【商工】（名）商工；～ぎょう
【商工業】（名）工商業。[1][0]

しょうごう【照合】（名・他サ）對照，對
證，查對，核對（帳目等）；☆原簿と照
合する／與底帳核對。[0]

しょうこう【焼香】（名・自サ）燒香，焚
香；☆霊前で焼香する／在靈前燒香。[0]

しょうごう【商号】（名）商號，商店的名
稱。[0]

しょうごう【称号】（名）稱號，頭銜；☆博士の称号／博士稱號。◎

じょうこう【上皇】（名）太上皇。③①

じょうこう【条項】（名）條項，條款，項目；☆契約の条項に規定する／列舉於合同條款內。③◎

じょうこう【乗降】（名）（車船的）乗降；～じょう【乗降場】（名）站臺，乗降場。◎

じょうこう【情交】（名・自サ）①交情，友誼；☆情交を温（あたた）める／溫舊交；☆情交を結ぶ／結交；②（男女的）肉體關係，性交；☆情交を結ぶ／（男女）發生關係；☆情交を迫る／要求發生關係。◎

しょうこうねつ【猩紅熱】（名）〔醫〕猩紅熱。③

じょうこく【上告】（名）〔法〕（對第二審判決不服的）上訴；☆最高裁判所に上告する／向最高法院上訴；～しん【上告審】（名）〔法〕第三審，最高法院的審判。◎

しょうこと【為う事】（名）（應）作的事；辦法；☆しょう事なしに引き受ける／出於無奈才承攬過來。④◎

しょうこり【性懲り】（名）（由於痛苦的經驗教訓而）忌憚，厭忌；懲前毖後；☆性懲りもなくよくよそんなことをするね／怎麼毫不厭忌地還去幹那種事呢。④③

しょうこん【性根】（名）毅力，耐性。◎

しょうこん【商魂】（名）商業精神，搞企業的魄力。◎

しょうさ【小差】（名）小差，小的差別；☆小差で勝つ／（比賽）以小差獲勝。①

しょうさ【少佐】（名）〔軍〕少校。◎

じょうざ【上座】（名）上座，首席（＝かみざ）；☆上座にすえられる／被讓到上座。◎

しょうさい【小才】（名）〔文〕小才；☆小才を誇（ほこ）る／誇示小才。◎

しょうさい【商才】（名）商業才能；☆商才にたけている／長於經商。◎

*しょうさい【詳細】Ⅰ（形動ダ）詳細（＝つまびらか）；☆詳細に述べる／詳細敍述；Ⅱ（名）詳細情形；☆詳細は追って発表する／詳細情形容後發表。◎

じょうざい【浄財】（名）（捐給寺院、慈善團體的）捐款；☆浄財を集める／募捐◎

じょうざい【錠剤】（名）〔藥〕藥片；☆錠剤を飲（の）む／吃藥片。◎

じょうさく【上作】（名）①傑作，卓越作品；②豐收；☆今年は例年にない上作です／今年是例年所沒有的豐收。◎

じょうさく【上策】（名）上策；☆これより上策はない／沒有比這再好的計策了◎

じょうさし【状差】（名）書信夾子（通常掛在壁上）；☆状差に手紙をさしておく／把信插在書信夾子裏。④③

しょうさっし【小冊子】（名）小冊子，小書（＝パンフレット）；☆小冊子として出す／作為小冊子出版。◎

じょうさま【上様】（名）（收據、帳單等上面的通用上款）顧客先生臺照。①

しょうさん【消散】（名・自他サ）〔文〕消散；☆雲霧の如く消散する／雲消霧散。◎

*しょうさん【称（賞）讃（贊）】（名・他サ）稱讚，讚賞；☆口をきわめて称讃する／口吻稱讚；☆博得稱讚；☆彼の作品は大いに称讃されるべきだ／他的作品是很值得稱讚的。◎

しょうさん【勝算】（名）勝算，得勝的機會；☆敵に対して勝算がある／對敵人有勝算；☆味方（みかた）に勝算がある／我方有勝算；☆殆んど勝算がない／幾乎沒有得勝的機會。◎

しょうさん【硝酸】（名）〔化〕硝酸；～アンモニューム【硝酸 ammonium】（名）〔化〕硝酸銨；～えん【硝酸塩】（名）〔化〕硝酸鹽；～カリ（ューム）【硝酸加里】（名）〔化〕硝酸鉀；～せんいそ【硝酸繊維素】（名）〔化〕硝化纖維素；～ナトリューム【硝酸 natrium】（名）〔化〕硝酸鈉。◎

じょうさん【蒸散】（名・自サ）〔化〕蒸發，蒸散。◎

しょうし【笑止】（形動ダ）可笑；可憐；☆彼が外交を論ずるとは笑止の至りだ／他（居然）談起外交來眞是可笑至極；～せんばん【笑止千万】（形動ダ）實在可笑；實在可憐。①

しょうし【焼死】（名・自サ）燒死；☆危（あやう）く焼死を免（まぬが）れる／險些被燒死。◎

しょうじ【小事】（名）小事，細故；☆小事にあくせくする／拘泥於小事；☆小事に拘泥しない／不拘泥細節；◇小事は大事／小事也可能釀成大事（要防微杜漸）①

しょうじ【商事】（名）商務，商業；～がいしゃ【商事会社】（名）商業公司。①

*しょうじ【障子】（名）（日本式房屋的木框糊紙的）拉窗；☆障子を張る／糊拉窗；～がみ【障子紙】（名）窗戶紙。⓪

じょうし【上司】（名）上司，上級；☆上司の許可を得る／取得上級的許可。①

じょうし【上肢】（名）〔解〕上肢；☆上肢を上に伸（の）ばす／上肢向上伸；～たい【上肢帯】（名）〔解〕肩胛帶（肩胛骨、鎖骨、烏啄骨的總稱）。①

じょうし【上梓】（名・他サ）〔文〕付梓，出版；☆彼の著書は来春上梓する予定だ／他的著作預定明年春季出版。①

じょうし【情史】（名）〔文〕情史。⓪

じょうし【情死】（名・自サ）（男女）因戀愛而自殺，殉情（＝しんじゅう）；☆その晩不幸な二人は情死した／那天晩上一對不幸情侶自殺了。⓪

じょうじ【常時】（名・副）經常，時常（＝ふだん，へいぜい）；☆常時海上を警戒する／經常警戒海上。①

じょうじ【情事】（名）情事，戀愛，男女關係（＝いろごと）；☆友人の情事を耳にする／聽到友人搞男女關係的事。①

しょうじい・れる【請じ入れる】（他下一）請入，請進；☆来賓を食堂に請じ入れる／把來賓請進飯廳；図しょうじいる（下二）。⑤

*しょうじき【正直】（名・形動ダ）①正直，率直，老實；☆善良で正直な人／善良而正直的人；☆子供は正直だ／孩子是率直的（不會掩飾）；☆正直に白状する／老老實實坦白；②測錘（＝さげふり）；◇正直の所，正直に言えば／老實說；☆正直の所（正直に言えば）私はちょっと驚いた／老實說我真有點兒驚了；☆神佛保祐正直人／神佛保祐正直人；～いっぺん【正直一遍】（連語）一味正直（沒有別的才能）；～こうべ【正直頭】（名）正直性格。④③

*じょうしき【常識】（名）常識；☆彼は常識のある人だ／他是一個有常識的人；☆常識にはずれている／不合乎常識，反常；☆常識で判断する／用常識判断；☆常識を欠く／缺乏常識；☆常識を少しはたらかせば分る／多少運用一點常識就會明白；～てき【常識的】（名・形動ダ）根據常識說來；☆それはきわめて常識的

な解決法だ／那是非常合乎常識的解決方法。⓪

しょうしつ【消失】（名・自サ）消失；☆権利が消失する／權利消失，失效。⓪

しょうしつ【焼失】（名・自他サ）燒失，燒燬；☆家財道具のすべてを焼失する／燒燬一切家具什物。⓪

しょうしみん【小市民】（名）小市民，中産階級；☆小市民的な考え方／小市民的想法，思想。③

しょうしゃ【商社】（名）商社，商行，貿易公司；☆外国の商社と取引する／同外國的商行進行交易。①

しょうしゃ【照射】（名・自他サ）照射；☆レントゲンの照射をする／照X射線，照愛克司光。⓪

しょうしゃ【勝者】（名）勝者；☆勝者となる／戰勝。①

しょうしゃ【瀟洒（洒）】（形動ダ・タルト）瀟灑，漂亮；☆瀟洒な服装をしている／穿一套瀟灑的服裝；☆瀟洒な洋館／漂亮的洋房。①

しょうじゃ【生者】（名）〔佛〕生者；～ひつめつ【生者必滅】（連語・名）〔佛〕生者必滅。①

しょうじゃ【盛者】（名）〔佛〕盛者；～ひっすい【盛者必衰】（連語・名）〔佛〕盛者必衰。①

・じょうしゃ【乗車】（名・自サ）①乗車，上車；②乗的車；～けん【乗車券】（名）車票；～ちん【乗車賃】（名）車費。⓪

じょうしゅ【城主】（名）〔文〕①一城之主，守城之將；②〔江戸時代〕有城廓的諸侯（是諸侯一種資格）。①

じょうしゅ【情趣】（名）情趣，風趣；☆情趣に富む／富有情趣。①⓪

・じょうじゅ【成就】（名・他サ）成就，成功，完成，實現；☆事業は全く成就した／事業完全成功了；☆彼は革命の大業を成就するにあずかって力があった／他對於革命事業的完成起了很大作用。①

しょうしゅう【召集】（名・他サ）召集；☆臨時国会を召集する／召開臨時國會；☆召集に応じる／應徵（入伍）。⓪

しょうじゅう【小銃】（名）步槍，來福槍；☆小銃を肩に担（かつ）ぐ／把步槍扛在肩上。⓪

じょうしゅう【常習】（名）常習，習以為常（的事情）；～はん【常習犯】（名）

慣犯。◎

じょうじゅう【常住】（名）①〔佛〕常住；②經居住，長期居住；☆常住人口が二十万人と数えられている／固定人口計有二十萬人；③平常，時常，經常；☆常住考えていること／經常想念的事；~がが【常住坐臥】（名・副）經常，不斷，行動坐臥。◎

じょうじゅつ【詳述】（名・他サ）詳述；☆この点に就いては章を改めて詳述しよう／關於這一點將在另一章裏詳述。◎

*じょうじゅつ【上述】（名・他サ）☆上述の如く／如前面所述。◎

じょうしゅび【上首尾】（名）成功，良好結果；☆会は上首尾でした／會開得非常成功；☆万事（ばんじ）上首尾に行った／一切都得到好結果；☆上首尾，上首尾／很好，很好！↔ふしゅび（不首尾）③

じょうじゅん【上旬】（名）上旬；☆今月上旬／本月上旬。◎①

しょうしょ【詔書】（名）詔書；☆詔書を煥発する／頒發詔書。◎

しょうしょ【証書】（名）證書，字據，文契；☆証書を作成する／寫成字據，立字據；☆証書に調印する／在文契上蓋章；~めん【証書面】（名）證書，字據等的字樣、內容。◎

しょうじょ【小序】（名）〔文〕小序，小引，短序；☆小序を書く／寫一個小序①

*しょうじょ【少女】（名）少女。①

じょうしょ【上書】（名・自サ）上書，上疏；☆農地改革について上書する／關於農地改革上書。◎

じょうしょ【情緒】（名）→じょうちょ①

じょうしょ【浄書】（名・他サ）繕寫，謄清；☆原稿の浄書を人に頼む／求人謄清原稿。◎

じょうじょ【乗除】（名・他サ）〔數〕乗除。①

*しょうしょう【小小・少少】（副）少許，一點，一些；☆砂糖を少少下さい／給我一點糖；☆それでは少少困る／那可有點不好辦；☆少少お待ち下さい／請稍候一會兒。①

しょうしょう【少将】（名）①〔軍〕少將；②〔古〕近衞府的次長。①

しょうしょう【悄悄】（名）〔文〕悄悄（＝すごすご）。◎

じょうじょう【小乗】（名）〔佛〕小乘；

~てき【小乗的】（形動ダ）小乘的，短見的，自己本位的；☆小乗的な見方（みかた）／小乘的見解。◎

しょうじょう【症状】（名）〔醫〕症状；☆これらの症状から医者は結核と診断した／由於這些症狀醫師診斷爲結核。◎

しょうじょう【猩猩】（名）①〔動〕猩猩；②善飲酒者，酒量大的人。①

しょうじょう【賞状】（名）賞状；☆賞状を授（さず）ける／授予獎狀。◎

じょうしょう【上声】（名）〔文〕上聲（四聲之一）。①

*じょうしょう【上昇】（名・自サ）上昇；☆物価指数が絶えず上昇する／物價指數不斷上昇。◎

じょうじょう【上上】（名）上上，非常好；☆試験の成績は上上だ／考試的成績非常好。◎③

じょうじょう【上乗】（名・形動ダ）①上乗，上等；☆それは少年文学としては上乗のものです／那作爲少年文學來說屬於上乘；②〔佛〕上乘。◎

じょうじょう【情状】（名）狀況，情況，情形；~しゃくりょう【情状酌量】（連語・名・自サ）〔法〕量情，酌量情形（而減輕刑罰）；☆その惨酷な所業は情状酌量の余地がない／那種慘酷的罪行沒有量情減刑的餘地。◎

しょうしょく【少（小）食】（名）少食，飯量小；☆君は少食だね／你的飯量很小。◎

しょうしょく【小職】（代）〔文〕卑職（官吏的自稱）；☆小職の監督不行届（ふゆきとど）きのため事故を起こしましたことは遺憾です／由於我監督不週造成事故不勝遺憾。①

じょうしょく【常食】（名・他サ）常食；☆米を常食とする／以大米爲常食。◎

*しょう・じる【生じる】Ⅰ（自上一）發生；☆火災によって生じた損害／因火災而發生的損害；☆エンジンに故障が生じた／引擎發生了毛病；☆無から有は生じない／無不能生有；Ⅱ（他上一）產生；造出；☆好結果を生じる／產生良好結果；☆根を生じる／生根；☆新たな環境は新しい生活様式を生じる／新環境產生新的生活方式；図しょうず（上二）◎

しょう・じる【請じる】（他上一）請；☆客を座敷（ざしき）に請じる／把客人請

到客廳裏；図しょうず（サ）。⓪

じょう・じる【乗じる】Ⅰ（自上一）①乗
；☆機会に乗じて／乘機；☆勝に乗じて
総攻撃を始める／乘勝開始進攻；②利
用（＝つけこむ）；☆巧みに敵の弱点に
乗じる／巧妙地利用敵人的弱點；Ⅱ（他
上一）〔數〕乗；☆五に三を乗じる／五
乗三；図じょうず（サ）。⓪③

しょうしん【小心】（形動ダ）①膽小；②
小心，慎重；～よくよく【小心翼翼】（
形動タルト）小心翼翼；☆小心翼翼とし
て／小心翼翼地。⓪

しょうしん【正真】（名）眞正；～しょう
めい【正真正銘】（連語・名）眞正；☆
正真正銘の保守主義者／道道地地的保守
主義者；☆正真正銘の気狂い／眞正的瘋
子。⓪

しょうしん【昇進】（名・自サ）昇進，進
級，高昇；☆少将に昇進する／昇爲少将
；☆昇進が早い／昇得快，進級快。⓪

しょうしん【焦心】（名・自サ）焦慮，焦
急；☆出世しようとして焦心している／
想要往上爬而焦慮。⓪

しょうしん【傷心（神）】（名・自サ）①
傷心，悲痛；☆子の安否（あんぴ）を気
づかって傷心する／擔心兒子是否無恙而
傷心；②悲傷的心；☆傷心をいだいて
郷里に帰る／懷着一顆悲傷的心回到故郷
去。⓪

しょうじん【消尽】（名・他サ）〔文〕耗
盡，消耗罄盡；☆精力（せいりょく）を
消尽した／把精力耗盡了。⓪

しょうじん【精進】（名・自サ）①〔佛〕
精進；②齋戒，淨身愼心；③吃素，不吃
葷；④專心致志；☆文学の研究に精進す
る／專心研究文學；～あけ【精進明】（
名）吃素期滿（＝しょうじんおち）；～
あげ【精進揚】（名）油炸蔬菜；～おち
【精進落ち】（名）＝しょうじんあけ；
～けっさい【精進潔斎】（名）齋戒；～
もの【精進物】（名）素菜。①

しょうじん【焼尽】（名・自他サ）〔文〕
燒盡；☆猛火は全市を焼尽した／猛火燒
毀了全市。⓪

じょうしん【上申】（名・自サ）呈報，☆
詳細を上役（うわやく）に上申する／把
詳細情形呈報上司。⓪

じょうじん【常人】（名）常人，普通人；
☆彼女は理智においては常人と異る所が

ない／她在理智方面與常人無異；☆それ
は常人の企て及ぶ所ではない／那不是普
通人所能辦得到的。

しょう・す【称す】＝しょうする。①

*じょうず【上手】（名・形動ダ）①某種技
術好，高明，能手；☆彼はドイツ語が上
手だ／他德語很好；☆彼女は料理が上手
だ／她烹飪高明；☆文章を上手に書く／
文章寫得好；好好寫文章；②善於奉承（
＝おじょうず）；☆ほんとにお上手です
こと／你眞會奉承，眞會奉承；◇上手の
手から水が漏る／高明的人也有時候犯錯
誤；上手の猫が爪を隠す／有實力的人不
表現於外；～もの【上手者】（名）善於
交際者，會說（奉承）話的人。③

しょうず【上図】（名）〔文〕上圖；☆上
図に掲げた如く／如上圖所表示。①

しょうすい【小水】（名）小水，尿；☆小
水を検査する／驗尿。⓪

しょうすい【将帥】（名）〔文〕將帥；☆
三軍の将帥となる／統率三軍。⓪

しょうすい【憔悴】（名・自サ）憔悴；☆
憔悴した顔／憔悴的面容。⓪

しょうずい【祥瑞】（名）瑞祥，吉兆；☆
祥瑞が現われる／吉兆出現。⓪

じょうすい【上水】（名）①自來水管（的
水）；②上水；③淨水；～せつび【上水設
備】（名）自來水設備；～どう【上水道】
（名）上水道，自來水管；↔げすい（ど
う）（下水道）。⓪①

じょうすい【浄水】（名）①淨水，清水；
②（廁所的）洗手水。⓪

しょうすう【小数】（名）①小數目；②〔
數〕小數；～てん【小数点】（名）〔數〕
小數點；☆小数点三位以下は切り捨て／
小數點三位以下捨去。③

*しょうすう【少数】（名）少數；☆才能あ
る少数の人々／少數有才能的人；☆雨天
のため来会者は少数であった／因爲下雨
到會的人很少；～とう【小数党】（名）
〔政〕少數黨，少數派。③

じょうすう【常数】（名）①定數，註定的
運命；☆こうなるのは言わば常数だ／這
樣結果可以說是命中註定；②一定數量；
③〔理〕〔數〕常數。⓪

じょうすう【乗数】（名）〔數〕乘數。③

*しょう・する【称する】（他サ）①稱；☆
山田と称する男／一個叫山田的（男）人
；一個自稱爲山田的（男）人；☆人口七

万と称する/據稱人口有七萬;☆真に教育家と称すべきものは極めて少ない/眞正可以稱爲教育家的人是很少的;②假稱，僞稱;☆病と称して/稱病;☆ダイヤモンドと称するガラス玉/假稱鑽石的玻璃珠;②稱讚（＝ほめる）;囡しょうす（サ）。

しょう・する【頌する】（他サ）歌頌，歌功頌德;☆英雄の功績を頌する/歌頌英雄的功績;囡しょうす（サ）。③

しょう・する【誦する】（他サ）誦，朗讀;☆李白の詩を誦する/誦李白的詩;囡しょうす（サ）。③

しょう・する【証する】（他サ）①證明;☆…を証する書面/證明…的書面;②保證（＝うけあう）;囡しょうす（サ）③

しょう・する【賞する】（他サ）①賞，欣賞;☆花を賞する/賞花;②稱讚，讚賞;☆賞するに足る/值得稱讚;囡しょうす（サ）。③

しょう・ずる【生ずる】（自・他サ）＝生じる。⓪③

しょう・ずる【請ずる】（他サ）＝請じる⓪③

じょうずる【乗ずる】（自・他サ）＝乗じる。⓪③

しょうせい【小生】 Ⅰ（名）小生，後生; Ⅱ（代）自謙之稱;☆小生も無事勉強しております/我也在平安無事地學習着①

しょうせい【招請】（名・他サ）☆各国選手を招請する/招請各國選手。⓪

じょうせい【上声】（名）〔文〕（四聲的）上聲（＝じょうしょう）。①⓪

じょうせい【上製】（名）精製，特製,☆上製の靴/特製的皮鞋;～ぼん【上製本】（名）精製本;↔なみせい（並製）。⓪

*****じょうせい【情勢】**（名）情勢;☆情勢の変化/情勢的變化;☆情勢がよくなれば…/情勢如果轉好…;☆現下の情勢にかんがみて/鑑於目前的情勢。⓪

しょうせき【硝石】（名）①〔礦〕硝，硝石;☆チリーの硝石/智利的硝石;②〔化〕硝酸鉀。①⓪

じょうせき【上席】（名）①上座（＝かみざ）;☆食卓の上席に坐る/坐在飯桌的上座;②高職位（的人），直接上司。⓪

じょうせき【定石】（名）①〔圍棋〕一定的着法;☆定石を覚える/背棋譜;②〔轉〕法則，一般規律;☆それは犯人捜査の定石に過ぎない/那只是搜查犯人的一

般手法。⓪

じょうせき【定席】（名）①固定的座位;②曲藝劇場，茶園;☆はなし家の定席/經常說評書的茶園。⓪

じょうせき【定跡】（名）〔將棋〕棋譜，棋式。⓪

*****しょうせつ【小説】**（名）小説;☆小説を書く/寫小説;☆小説を脚色（きゃくしょく）する/把小說改編成劇本;☆私（わたくし）小説/以第一人稱寫的小說;～か【小説家】（名）小說家;～てき【小説的】（形動ダ）小説的，小說一般的;☆小説的な生涯/小說一般的一生,富於波瀾的一生。⓪

しょうせつ【小節】（名）①小節;☆小節に拘（かか）わる/拘泥小節;②〔樂〕小節。⓪

しょうせつ【詳説】（名・他サ）詳細說明，詳細迹說;☆この問題については次に詳説する/關於這個問題在下面詳細說明。⓪

じょうせつ【常設】（名・他サ）常設;☆委員会を常設する/設常務委員會;～いいん（かい）【常設委員（会）】（名）常務委員（會）;～かん【常設館】（名）（專演電影的）電影院。⓪

じょうぜつ【饒舌】（名・形動ダ）饒舌（＝おしゃべり）;☆饒舌な（の）人/饒舌的人。⓪

しょうせっかい【消石灰】（名）消石灰，熟石灰。⓪

しょうせっこう【焼石膏】（名）熟石膏③

しょうせん【商船】（名）商船;☆商船に乗り組（く）む/（當船員）搭乘商船⓪

しょうせん【商戦】（名）〔文〕商戰，商業上的競爭;☆年末を迎えて商戦が激化する/到了年關商戰激烈化起來。⓪

しょうぜん【悄然】（名）悄然，失望，沮喪;☆彼は悄然として帰って行った/他失望而歸。⓪③

しょうぜん【蕭然】（形動タルト）蕭然，寂寞，凄凉;☆蕭然たる荒野/凄凉的荒野。⓪③

*****じょうせん【乗船】**（名・自サ）乘船，搭船;☆アメリカへ向かう客船に乗船する/乘前往美國的客船;②搭乘的船;☆代表団の乗船/代表團所搭乘的船。⓪

じょうそ【上訴】（名・自サ）①向上級申訴;②〔法〕上訴;☆上訴を取り下げる

／撤回上訴。[0][1]

しょうそう【少壮】（名・形動ダ）少壮；
☆少壮気鋭の人／少壮而朝氣蓬勃的人[0]

しょうそう【尚早】（名・形動ダ）（時機
等）尚早；☆時機尚早／時機尚早。[0]

しょうそう【焦躁】（名・自サ）焦躁（＝
いらいらする）；☆こんども入学試験に
落第したので彼は焦躁しきっている／因
爲這次也沒有考上學校所以他非常焦躁[0]

*__しょうぞう__【肖像】（名）肖像；☆肖像を
画かせる／使人（替自己）畫像；~が【
肖像画】（名）畫像；☆油絵の肖像画／
油畫的畫像。[0][3]

じょうそう【上奏】（名・他サ）上奏；☆
水害の被害情況を上奏する／上奏水災的
災情。[0]

じょうそう【上層】（名）①上層；☆上層の
気流／上層的氣流；②（一般社會中的）
上層，上流；☆社会の上層を占める階級
／占社會上層的階級。[0]

じょうそう【情操】（名）〔心〕情操，情
感，情趣；☆高尚な情操／高尚的情趣；
☆美的情操を高める／提高審美的情操[0]

じょうぞう【醸造】（名・他サ）醸造，醸
製；☆ビールを醸造する／醸造啤酒；☆
醤油を醸造する／製造醤油；~しゅ【醸
造酒】（名）醸製的酒（有別於蒸餾的酒）
；~もと【醸造元】（名）醸造家，醸造
廠。[0]

*__しょうそく__【消息】（名）消息，信息；
その後消息が絶えた／以後斷絶了消息；
☆彼は内部の消息に通じている／他深通
内部消息；☆あの人から久しく消息がな
い／他很久沒有信息；~し【消息子】（
名）〔醫〕探針；~すじ【消息筋】（名）
消息靈通方面；~つう【消息通】（名）
消息靈通人士。[0]

しょうぞく【装束】（名）①装束；②服装
（特指禮服、盛装）；☆装束をつける／
着盛装。[0][4]

しょうたい【正体】（名）①原形，眞面目
，本来面目；☆正体を現わす／現原形；
☆それがあの男の正体だ／那就是那個人
的眞面目；②意識，神志；☆正体がなく
なるまで飲む／（喝酒）喝到人事不省的
程度；☆正体なく眠る／沉沉大睡，睡得
像死人一般。[1][3]

*__しょうたい__【招待】（名・他サ）邀請；☆
晩餐に招待する／請吃晩飯；☆外賓を招

待して園遊会を開く／邀請外賓舉行園遊
會；☆招待を断る（に応じる）／辭退（
接受）邀請；~けん【招待券】（名）招
待券；~じょう【招待状】（名）請帖。[1]

じょうたい【上体】（名）上身，上半身；
☆上体の運動／上身的運動；☆上体を前
へ曲げる／把上半身向前彎屈。[0]

じょうたい【上腿】（名）〔解〕大腿（由
骨盤至膝）；☆上腿に負傷した／在大腿
上受了傷。[0]

*__じょうたい__【状（情）態】（名）狀態，情
形；☆今の状態で進んで行けば三ケ年計
画は二ケ年で完成する／按現在情形進行
下去三年計劃可以二年完成；☆両国は戦
争状態にある／兩國處在戰爭狀態中。[0]

じょうたい【常態（体）】（名）常態；☆
常態に復する／恢復常態。[0]

じょうだい【上代】（名）上代，上古，古
代。[1]

しょうたく【沼沢】（名）〔文〕沼澤，澤
沼。[0]

*__しょうだく__【承諾】（名・他サ）承諾，應
允，允許；☆快（こころよ）く承諾する
／欣然應允；☆二つ返事で承諾する／馬
上應允；☆辞職を承諾する／允許辭職；
☆…の承諾を得て／取得…的允許。[0]

*__じょうたつ__【上達】（名・自サ）（學術技
藝等）進歩，長進，上進；☆彼の日本語
は上達が早い／他學日語進歩快；☆相当
に上達した／有相當的進歩。[0]

しょうだん【昇段】（名・自サ）昇段（段
是武術、棋藝等的等級，通常分爲九段）
；☆初段から二段に昇段する／由初段昇
爲二段。[0]

しょうだん【商談】（名・自サ）商業上的
談判，講買賣；☆商談をとり決める／談
定交易，講妥買賣。[0]

じょうたん【上端】（名）上端；☆竿（さ
お）の上端に旗を掲（かか）げる／把旗
掛在（竹）竿的上端。[0][3]

じょうだん【上段】（名）①上格，上排，
上層；☆上段の寝台／（火車的）上層臥
舗；②高臺上的座位，高座，高臺；③〔
劍術〕舉劍過頂的姿勢。[0][1]

*__じょうだん__【冗談】（名）戯言，詼諧，笑
話，玩笑；☆冗談を言う／說笑話，開玩
笑；☆冗談はよせよ／別開玩笑，不要鬧
着玩；☆冗談ですか、それともか本気な
んですか／你是說笑話還是說正經的呢？

☆冗談じゃない／（這可）不是鬧着玩的；（你）別開玩笑了；☆冗談にもほどがある／這個玩笑太過火了；開玩笑也要有個分寸；☆冗談どころではない／哪裏開玩笑；☆御冗談でしょう／別開玩笑了；☆冗談まじりに，冗談半分に／一半詼諧（一半正經）；☆冗談はさておき／且莫說笑話；☆冗談あしらいにする／視爲戲言，當笑話對待；☆冗談めかして／彷彿開玩笑一般；～ぐち【冗談口】（名）詼諧，笑話；☆冗談口をたたく／說笑話，開玩笑；～ごと【冗談事】（名）玩笑；☆冗談事じゃない／不是鬧着玩；～ばなし【冗談話】（名）閒聊天，無謂的話；笑話。③

**しょうち【招致】（名・他サ）招致，羅致；☆楽団の指揮者を外国から招致する／由外國招請樂團的指揮（者）。①

**しょうち【承知】（名・他サ）①應允，同意；☆無理に承知させた／強迫使他同意；☆互に承知の上で／在彼此同意之下；②知道，知悉；☆承知しました／知道了；☆御承知の通り／如你（們）所知；☆百も承知している／深知，明明地知道；☆損を承知で売る／明知道賠錢而賣；③允許，答應，寬恕；☆私は留学したいが母が承知しない／我希望出國留學可是母親不允許；☆謝罪しなければ承知せんぞ／不道歉我可不能答應；☆悪口を言うと承知せんぞ／罵人可不行；④（用於否定）非…不行；☆いっしょに行くと言って承知しない／（他）堅持非一起去不行；☆何でも思う通りにやらないと承知しない／什麼事情都非按自己所想的那樣做不行；～ずく【承知尽】（名）彼此同意，互相諒解；～のすけ【承知之助】（名）（俗）（諧）知道了。①

じょうち【常置】（名・他サ）〔文〕常設，經常設置。①①

しょうちくばい【松竹梅】（名）松竹梅（歲寒三友，在日本作爲吉慶之物，用於喜事的點綴）。④

じょうちゃん【嬢ちゃん】（名）（對於女孩的敬稱）小姐，小妹妹；☆お嬢ちゃんお幾（いく）つですか／這位小妹妹幾歲了

しょうちゅう【掌中】（名）〔文〕掌中；☆掌中の玉といつくしむ／愛如掌上珠；☆…の掌中に陥る／落入…的掌中。①①

しょうちゅう【焼酎】（名）燒酒，一種蒸

餾酒。③

じょうちゅう【常駐】（名・自サ）常駐，經常駐在。①

じょうちゅう【条虫】（名）〔動〕條蟲（＝さなだむし）。①

じょうちゅう【蟯虫】（名）〔動〕＝ぎょうちゅう。

じょうちょ【情緒】（名）〔（じょうしょ）之訛〕情緒，情趣，風趣；☆纏綿（てんめん）たる情緒／纏綿悱惻之情；☆情緒豊（ゆた）かな町／富有情趣的街市。①

しょうちょう【小腸】（名）〔解〕小腸①

しょうちょう【消長】（名・自サ）〔文〕消長，榮枯，興衰；☆幾多（いくた）の消長を経る／經過幾番的榮枯；☆国運の消長に関係する／有關國運的興衰。①

*しょうちょう【象徴】（名・他サ）象徴；～し【象徴詩】（名）象徴詩；～しゅぎ【象徴主義】（名）象徴主義；～てき【象徴的】（形動ダ）象徴的，象徴性的①

じょうちょう【冗長】（形動ダ）冗長；☆手紙の文は冗長にならないようにせよ／書信的文章不要寫得冗長。①

じょうちょう【情調】（名）情調，情趣，風趣；☆あのレストランにはフランス情調がある／那個餐廳有法國情調。①

しょうちょく【詔勅】（名）詔書和動書；☆詔勅を賜う／頒發詔書（和動書）。①

しょうちん【消（銷）沈】（名・自サ）消沉，銷沉；☆意気消沈する／意氣消沉①

じょうっぱり【情っ張り】（名・形動ダ）固執，倔強（的人）。⑤

じょうてい【上程】（名・他サ）提到議程上，（向議會）提出；☆減税案を上程する／把減税方案提到議程上。①

しょうてき【小（少）敵】（名）小敵；寡敵；☆小敵たりとも侮（あなど）るな／小敵也不可輕侮。①

じょうでき【上出来】（形動ダ）①成績良好，非常成功；☆この絵は上出来だ／這張畫畫得很好；☆あの男にしては上出来だ／他能做到這個地步已經算是了不起了；☆彼は英語は上出来だったが数学は不出来でした／他英語的成績很好但是數學的成績不佳；②長得好，結得好；☆上出来の西瓜／又好又大的西瓜。①

しょうてん【昇天】（名・自サ）①昇天；②〔宗〕死，昇天；☆彼は安（やす）らかに昇天した／他安靜地昇天了，死了。

*しょうてん【商店】（名）商店，商號；☆本日は、商店も会社も皆休みです／今天商店和公司都放假。[1]

*しょうてん【焦点】（名）①〔理〕焦點；☆焦点を定める／定焦點；☆焦点を合わせる／對焦點；②〔轉〕焦点，目標；☆世人の注目の焦点となる／成爲世人注目的焦點；～きょり【焦点距離】（名）〔理〕焦距。[1]

しょうでん【昇殿】（名・自サ）昇殿，上殿；☆昇殿を許される／被允許上殿。[0]

しょうど【焦土】（名）焦土；☆焦土と化す／化爲焦土；～せんじゅつ【焦土戦術】（名）焦土戰術。[1]

しょうど【照度】（名）〔理〕照度。[1]

じょうと【讓渡】（名・他サ）讓與，讓渡（＝ゆずりわたす）。[1]

じょうど【浄土】（名）〔佛〕淨土，極樂淨土；～しゅう【浄土宗】（名）〔佛〕淨土宗（日本佛教的一個派別）；～しんしゅう【浄土真宗】（名）→眞宗。

しょうとう【消灯】（名・自サ）熄燈；☆消灯ラッパを吹く／吹熄燈號。[0]

しょうどう【衝動】（名・他サ）①衝動；☆一時の衝動にかられて／由於一時的衝動；②精神上的打擊，震驚；☆衝動を受ける／精神上受打擊，受震驚。[0]

じょうとう【上棟】（名）〔建〕上梁（＝むねあげ）；～しき【上棟式】（名）上梁的儀式。[0]

*じょうとう【上等】（名・形動ダ）①上等，高級；☆これは上等の品（しな）です／這是高級品，上等貨；②很好；☆これで上等だ／這已經很好。[0]

じょうとう【常套】（名）常規，老一套，舊例；☆常套を脱する／擺脫常規；☆常套手段／老一套。

じょうどう【常道】（名）〔文〕常道；☆常道をふみはずす／越出常道；☆道の道とすべきは常道にあらず／道可道非常道（老子）。[0]

しょうどく【消毒】（名・他サ）〔醫〕消毒，殺菌；☆消毒を行なう／實行消毒；☆日光で消毒する／用日光消毒。[0]

じょうとくい【上得意】（名）上好的顧客，大主顧。[3]

*しょうとつ【衝突】（名・自サ）①撞上，衝撞（＝つきあたる）；☆自動車が電車に衝突する／汽車撞在電車上；☆正面衝突／迎面相撞；②衝突；☆あの男はだれとでも衝突する／他跟誰都發生衝突；⑧矛盾；☆感情の衝突／感情的矛盾；☆両者の利益が衝突した／彼此的利益發生了矛盾；④戰鬥，接觸；☆斥候の衝突／偵察兵的接觸；⑤互撞，相撞（＝かちあう）[0]

じょうない【場内】（名）場內；☆場内は人でごった返している／場內因爲人多亂成一團。[1]

しょうなん【湘南】（名）（東京的鄰縣）神奈川縣內的海岸地帶（鎌倉、江の島就在這裡）。

しょうに【小児】（名）〔文〕小兒，幼兒；～か【小児科】（名）〔醫〕小兒科；～びょう【小児病】（名）①〔醫〕小兒科病，小兒特有的病（例如百日咳等）；②〔轉〕幼稚病；～まひ【小児麻痺】（名）〔醫〕小兒麻痺。[1]

しょうにゅう【鍾乳】（名）〔礦〕←しょうにゅうせき；～せき【鍾乳石】（名）〔礦〕鐘乳石；～どう【鍾乳洞】（名）鐘乳巖洞。[0]

しょうにん【小人】（名）〔文〕小孩，小人；☆入場料は大人百円、小人五十円／門票大人一元，兒童五十元。[0]

しょうにん【上人】（名）〔佛〕上人（對高僧的敬稱）。[1]

しょうにん【昇（升）任】（名・自他サ）昇級。[0]

*しょうにん【承認】（名・他サ）承認，認可；☆承認を得る／取得承認；☆独立を承認する／承認獨立；☆承認しない／不認可；☆これは局長の承認を得なければならない／這必須得到局長的同意。[0]

*しょうにん【商人】（名）商人；☆商人の手を経て買い集める／通過商人收買。

しょうにん【証人】（名）①證人；☆…を証人に立てる／以…爲證人；②擔保人（＝うけにん）。[0]

しょうにん【聖人】（名）〔佛〕高僧，有德之僧。[1]

じょうにん【常任】（名・自サ）常任，常務；～いいんかい【常任委員会】（名）常務委員會。[0]

しょうね【性根】（名）①根性，本性；☆性根の卑しい人間／根性卑劣的人；☆性根を入れ換える／革面洗心，重新作人；②理智，理性；☆酒を飲んで性根を失う／喝酒喝得失去理性。[3]

しょうねつ【焦熱】（名）①焦熱；②〔佛〕焦熱地獄。◎

*じょうねつ【情熱】（名）熱情；情火；☆燃えるような情熱／火燄一般的熱情；～てき【情熱的】（形動ダ）熱情的。◎ ①

*しょうねん【少年】（名）少年；～だん【少年団】（名）童子軍（＝ボーイスカウト）。◎

じょうねん【情念】（名）情念。①

しょうのう【小農】（名）小農；小農業◎

しょうのう【小脳】（名）〔解〕小腦。◎

しょうのう【笑納】（名・他サ）笑納；☆御笑納下さい／請笹笑納。◎

しょうのう【樟脳】（名）樟腦，潮腦；☆衣類に樟脳を入れてタンスにしまう／往衣服裏放入樟腦收在衣櫥裏；～チンキ【樟脳丁幾】（名）〔藥〕樟腦酊劑。①

しょうのつき【小の月】（名）小月，小進（陽曆的二、四、六、九、十一月）。①

しょうのふえ【笙の笛】（名）笙。①

しょうは【小派】（名）小黨派，小派別；☆画壇は多くの小派に分かれている／繪畫界分成很多的小派別。①

しょうは【小破】（名・自他サ）〔文〕輕微的破壞；☆自動車が電柱に衝突して小破した／汽車撞到電線桿稍微撞壞。①

じょうば【乗馬】（名）①騎馬；☆乗馬で行く／騎馬去；②騎的馬，馬☆彼の乗馬は白毛の駒（こま）だ／他騎的是白馬◎①

*しょうはい【勝敗】（名）勝敗，勝負；☆勝敗を決する／決勝負；☆そこが勝敗の分れめだ／那就是勝敗的分歧點；☆勝敗は時の運だ／勝敗是一時的運氣。◎

しょうはい【賞杯（盃）】（名）賞杯，獎杯，優勝杯；☆優勝者に賞杯が贈られる／對優勝者贈以獎杯。◎

しょうはい【賞牌】（名）獎牌，獎章（＝メダル）；☆入賞者に賞牌を授与する／對選手授與獎牌。◎

*しょうばい【商売】（名・自サ）①買賣，商業，營業；☆商売繁盛／生意興隆；☆商売でもうかる／做買賣 賺錢；☆引き合う（引き合わない）商売／合算（不合算）的買賣；☆商売が上がったりになる／買賣垮臺，沒有買賣；☆商売をする／做買賣，經商；☆商売になる（ならない）／有利（無利）可圖；☆商売が暇（ひま）です／買賣清淡，蕭條；②職業，行業；☆彼の商売は何ですか／他是什麼

行業？他的職業是什麼？☆彼の商売は大工（だいく）です／他的行業是木匠；☆商売を替える／改行，改變職業；☆彼は二十年来この商売をしている／他二十年來就特這一行業；③〔俗〕專門；☆彼はあら探しを商売にしている／他專門找（別人的）毛病；～かたぎ【商売気質】（名）商人氣質，商人特性；～がたき【商売敵】（名）商敵，商業上的競爭對手；☆商売敵はあわぬものだ／同行是寃家；～がら【商売柄】（名）①商業的性質，商業的種類；②職業上的關係，專業上的本能；☆流石（さすが）商売柄で抜目がない／畢竟是由於行道關係絕不放過機會；～ぎ【商売気】（名）①生意經，贏利心；☆商売気を出す／想賺錢，打算贏利；②專業的意識；☆新聞記者らしく商売気を出して事件の現場に駆けつけた／發揮新聞記者的專業意識急忙跑到出事的現場；～どうぐ【商売道具】（名）①營業用具，專業的工具；②〔轉〕謀生的手段，吃飯的傢伙；～にん【商売人】（名）①商人，買賣人；②内行，專家；☆商売人もはだしだ／甚似内行；③妓女，藝妓。①

しょうばつ【賞罰】（名）賞罰；☆賞罰を明らかにする／賞罰分明；☆功罪に準じて賞罰を行なう／按照功罪加以賞罰。①

*じょうはつ【蒸発】（名・自サ）〔理〕蒸發，汽化；☆水は蒸發して雲となる／水蒸發為雲；☆アルコールが蒸発した／酒精汽化了；②突然不知去向；☆突然夫が蒸発する／先生突然不知去向。◎

しょうばん【相伴】（名・自サ）①作陪，（當）陪客；☆お相伴をする／作陪（客）；②〔轉〕陪伴；☆銀行がつぶれてお相伴を食った／銀行倒閉跟着一齊受了損失。◎

じょうはんしん【上半身】（名）上半身；☆上半身を写してもらう／照半身的像③

*しょうひ【消費】（名・他サ）消費；☆砂糖の消費が増える／糖的消費（量）増加；～くみあい【消費組合】（名）供銷合作社；～ざい【消費財】（名）〔經〕消費資料；～だか【消費高】（名）消費量◎

しょうび【焦眉】（名）〔文〕燃眉；☆焦眉の問題／急待解決的問題；～のきゅう【焦眉の急】（名・連語）〔文〕燃眉之急。①

しょうび【賞美】（名・他サ）欣賞，賞識，讚美；☆景色を賞美する／欣賞風景；☆酒の肴（さかな）として賞美される／作爲酒肴頗受讚美。①

じょうひ【上皮】（名）〔生物〕外皮，表皮；☆トマトの上皮／蕃茄的外皮。①

じょうひ【冗費】（名）浪費，不必要的開支；☆冗費を省（はぶ）く／節約不必要的開支。①①

じょうび【常備】（名・他サ）常備；～ぐん【常備軍】（名）常備軍；～やく【常備薬】（名）常備藥。①

しょうひょう【商標】（名）商標；☆商標を付ける／加以商標；☆登録商標／註冊商標；～けん【商標権】（名）商標權。①

しょうびょう【傷病】（名）傷病，負傷和疾病；～へい【傷病兵】（名）〔軍〕傷病兵。①

*しょうひん【小品】（名）①小品，小物品；②小品文；③（彫刻、繪畫等的）小作品。①

*しょうひん【商品】（名）〔經〕商品，貨品；☆商品を仕入れる／進貨；☆あの店はこの種の商品を取り扱う／那家商店經銷這類商品；～きって【商品切手】（名）＝しょうひんけん；～けん【商品券】（名）商品券，禮券。①①

*しょうひん【賞品】（名）賞品，獎品；☆賞品をもらう／得獎品。

*じょうひん【上品】（形動ダ）①高尚，文雅，雅致，優雅，清秀；☆上品な人／文雅的人，有禮貌的人；☆上品な目鼻だち／眉目清秀；☆上品に部屋を飾る／把室內裝飾雅致；☆彼は上品な言葉を使う／他說話文雅，有禮貌；☆これは、ごく上品な柄です／這塊（料子的）花樣很雅致；☆上品ぶる／假裝文雅；②高級品，上品；☆この店は上品だけを扱（あつか）う／這家舖子專賣高級品。③

しょうふ【娼婦】（名）娼婦，妓女；☆娼婦に身を落（お）とす／淪落爲娼。①

しょうぶ【尚武】（名）尚武；☆尚武の気象／尚武精神。①

*しょうぶ【勝負】（名）①勝負，勝敗；☆勝負を決する／決勝負；☆勝負がつかない／不分勝負；②比賽，競賽；☆いい勝負／勢均力敵的比賽；☆勝負にならない／勢力懸殊不足一賽；③＝しょうぶごと；～ごと【勝負事】（名）①比賽，競賽；②賭博；～なし【勝負無(し)】（名）不分勝負，平局。①

しょうぶ【菖蒲】（名）〔植〕菖蒲；～ゆ【菖蒲湯】（名）（端午節）浸以菖蒲的洗澡水或浴池。①

じょうふ【上布】（名）上等麻布。①

じょうふ【情夫】（名）情夫；☆情夫をこしらえる／（女子）有外遇，有情夫①①

じょうふ【情婦】（名）情婦；☆捨てられた情婦／被遺棄的情婦。①①

じょうぶ【上部】（名）上部，上面，上側；上層；表面。①

*じょうぶ【丈夫】（形動ダ）①（身體）健康，壯健；☆体を丈夫にする／使身體健壯起來；☆丈夫でいる／（身體）健康；②堅固，結實；☆丈夫にできた靴／做得結實的鞋子；☆この織物は丈夫で、ながもちする／這個料子結實耐用。①

しょうふう【松風】（名）〔文〕松風。①

しょうふだ【正札】（名）①標記價格的紙簽，價目牌；☆千円と言う正札がついている／帶着一個一千圓的價目牌；②定價，明碼；～つき【正札付】（名）①明碼，定價；☆店にある品は皆正札付です／舖子裏的貨品都是明碼（不二價）；②〔轉〕惡名昭著；名符其實；☆正札付の山師（やまし）／名符其實的騙子，有名的騙子。④①

じょうぶつ【成仏】（名・自サ）〔佛〕①成佛；②死。

しょうぶぶん【小部分】（名）小部分。③

*しょうぶん【性分】（名）稟性，性情，性格，天性；☆持って生まれた性分／天生的稟性；☆性分に合わない／與性情不合；☆あの男は頑固（がんこ）な性分だ／他性格頑固；☆冷淡な性分の人／天性冷淡的人。①①

じょうぶん【上文】（名）〔文〕上文，前文；☆上文の如く／如前文（所述）。①

じょうぶん【条文】（名）條文；☆憲法の条文を引用する／引用憲法條文。①

しょうへい【招聘】（名・他サ）招聘，延聘，聘請；☆招聘に応じる／應聘。①

しょうへい【哨兵】（名）〔軍〕哨兵①①

しょうへい【将兵】（名）將校和士兵；☆前線の将兵を慰問する／慰問前線的將兵。①

しょうへい【傷兵】（名）傷兵，傷患，榮軍；☆傷兵を慰問する／慰問傷兵。①①

しょうへき【障壁】（名）①障壁，壁壘；②〔轉〕隔閡；☆障壁を設ける／建起障壁，造成隔閡。⓪

じょうへき【城壁】（名）城牆；☆城壁によじ登る／爬上城牆。⓪

しょうへん【小片】（名）小片；☆小片に切り刻（きざ）む／切成小片。③⓪

しょうべん【小便】（名）小便，尿；☆小便をする／撒尿，小便；☆小便を漏（も）らす／遺尿。③

*じょうほ【譲歩】（名・自サ）譲歩；☆事件は双方の譲歩で落着（らくちゃく）した／事件由於雙方的譲歩而解決了。①

しょうほう【商法】（名）①經商的方法；②〔法〕商法。①

しょうほう【勝（捷）報】（名）捷報；☆勝報相次（つ）いで至る／捷報相継傳來⓪

しょうほう【詳報】（名）詳報，詳細報告，詳細報導；☆まだ詳報に接しない／還未接到詳細的報告。⓪

*しょうぼう【消防】（名・他サ）消防；☆消防に努める／努力救火。～ふ【消防夫】（名）消防員；～じどうしゃ【消防自動車】（名）消防車；～しょ【消防署】（名）消防署；消防隊。⓪

じょうほう【上方】（名）①上方，上邊；☆森の上方を飛行機が飛んで行く／飛機従樹林的上方飛過去；②上部，上端；☆電柱の上方にトランスを取り付ける／在電線桿上部按上變壓器。⓪③

じょうほう【定法】（名）〔文〕①一定的法則；一定的規則；②一般通用（普通）的方法；☆バントで二塁に送るのが定法だ／〔棒球〕用球棒輕輕把跑者送到二壘是通用的方法。⓪

じょうほう【常法】（名）〔文〕常法，不變之法。⓪

じょうほう【乗法】（名）〔較〕乗法；☆乗法を習う／學習乗法。①

*じょうほう【情報】（名）情報，消息；☆情報を集める／蒐集情報；☆確かな筋の情報によれば／據可靠方面得到的消息；☆情報を漏らす／洩漏消息；☆情報に明るい（暗い）／消息靈通（不靈通）；☆情報を握（にぎ）る／掌握情報。⓪

しょうほん【正本】（名）①正本，正文；☆正本と副本／正本和副本；②〔劇〕導演脚本，劇本。①⓪

しょうほん【抄（鈔）本】（名）①抄本；

抄件；②節本，摘録本。⓪

じょうまえ【錠前】（名）鎖（＝じょう）；☆錠前をつける／按上鎖，装上鎖；☆錠前をこじあける／把鎖頭撬開；☆錠前がきかない／鎖頭不好用。⓪

しょうみ【正味】（名）①實質，内容，淨剩的部分；☆頭や骨や小骨を取ると正味は半分にもならない／去了（魚的）頭，骨和刺淨剩的部分還不够一半；②淨重；實數；☆正味五キロ／淨重五公斤；☆一日正味八時間はたらく／一天實際工作八個小時；☆正味二千円儲（もう）けた／純益賺了兩千元；③實價，不折不扣；☆正味の値段／不折不扣的價錢。①

しょうみ【賞味】（名・他サ）①欣賞滋味，領略滋味；②愛吃，喜歡吃；☆父は鮎を賞味した／父親（生前）愛吃香魚。①

じょうみ【情味】（名）①情趣；☆生活の情味／生活的情趣②人情味；☆情味のあるはからい／體貼人情的安排（措施）①③

じょうみゃく【静脈】（名）〔解〕静脈；☆静脈に注射をする／往静脈裏注射①

しょうむ【商務】（名）商務；☆商務に追われる／忙於商務。①

じょうむ【常務】（名）①通常的事務，日常的事務；日常工作；②←じょうむとりしまりやく；～とりしまりやく【常務取締役】（名）（公司的）常務董事（理事）①

じょうむ【乗務】（名・自サ）在交通工具上工作，乗務；～いん【乗務員】（名）交通工具上的駕駛員和服務員的總稱，乗務員。①

*しょうめい【証明】（名・他サ）證明；☆無罪を証明する／證明無罪；☆医者の証明を要する／需要醫師證明；☆幾何（きか）の問題を証明する／證明幾何問題；～しょ【証明書】（名）證明書，證件。⓪

*しょうめい【照明】（名・他サ）照明；☆舞台の照明を担当する／擔任舞臺的照明。⓪

しょうめつ【生滅】（名・自サ）〔文〕生滅，生死；☆万物は生滅する／萬物有生有滅。⓪①

しょうめつ【消滅】（名・自他サ）①消滅；☆その問題は自然に消滅した／那個問題自消自滅了；②變爲無效，失效；☆契約が消滅する／契約失效。⓪

*しょうめん【正面】（名）①正面；☆建物（たてもの）の正面／建築物的正面；☆正面から見るより横の方が良い／從旁面

看比從正面看好看；☆正面から攻撃する
／從正面進攻；☆正面衝突／迎面相撞；
②對面；☆僕の正面に陳さんが坐ってい
る／我的對面坐着陳先生。③

じょうめん【上面】（名）上面，表面；☆
沸騰すると上面に泡が立って来る／一沸
騰在表面就冒起泡來。◎③

しょうもう【消耗】（名・自他サ）消耗，
消費；☆一日に莫大な量の米を消耗する
／一天消費大量的糧米；☆精力を消耗す
る／消耗精力；～ひん【消耗品】（名）
消耗品。◎

じょうもく【条目】（名）條項，條款；☆
条目ごとに審議する／逐條審議。◎

じょうもの【上物】（名）上等物品，高級
品；☆うちは上物ばかりを扱っています
／本店專賣高級品。◎

しょうもん【証文】（名）證書，字據，文
據，契紙；☆証文を書く（作る）／寫字
據，作字據；☆証文を入れて金を借りる
／憑借據借錢。◎

じょうもん【定紋】（名）（每個家族用於
衣服或器物上的）一定的花紋，紋章；☆
定紋付きの提燈（ちょうちん）／繪有紋
章的燈籠。◎

じょうもん【城門】（名）城門；☆城門に
は番兵が立っている／城門上有哨兵在站
崗。◎

しょうや【庄屋】（名）〔江戸時代〕村長
，莊頭。◎③

しょうやく【抄訳】（名・他サ）〔文〕節
譯；☆「戦争と平和」の抄訳／節譯的「
戰爭與和平」。◎

*じょうやく【条約】（名）條約；☆条約を
結ぶ／簽訂條約；☆条約に調印する／在
條約上蓋印；☆条約を廃棄する／廢棄條
約。①◎

じょうやとう【常夜灯】（名）常夜燈，常
明燈。◎

しょうゆ【醬油】（名）醬油；☆醬油で味
をつける／用醬油調味。◎

しょうよ【賞与】（名・他サ）①獎賞，（
發）獎金；②獎金（＝ボーナス）；☆年
末の賞与／年末的獎金。①

じょうよ【剰余】（名）剩餘；～かち【剰
余価値】（名）〔經〕剩餘價值。◎

じょうよ【譲与】（名・他サ）出讓，讓與
，轉讓；☆土地を譲与する／出讓土地；
☆権利を譲与する／轉讓權利。①

しょうよう【小用】（名）①小事；②小便
，小解（＝しょうべん）；☆小用に行く
／小便去。◎

しょうよう【従容】（形動タルト）〔文〕
從容；☆従容として死（し）につく／從
容就義。◎

しょうよう【商用】（名）①商務，商業上
的事；☆商用でアメリカへ行く／因商赴
美國；②商業上使用。◎

しょうよう【逍遥】（名・自サ）逍遙；☆
森を逍遥する／在林中逍遙。◎

じょうよう【常用】（名・他サ）常用，經
常使用；☆酔眠薬を常用する／常用安眠
藥；～ご【常用語】（名）日常用語。◎

じょうようしゃ【乗用車】（名）乘用的車
，載客的車；小汽車；☆乗用車を乗り回
（まわ）す／駕駛小汽車兜風。③

じょうよく【情欲（慾）】（名）情欲；☆
情欲に支配される／受情欲的支配；☆情
欲を満たす／滿足情欲。◎①

しょうらい【招来】（名・他サ）①招致，
導致；☆この問題は紛争を招来するであ
ろう／這個問題勢將導致糾紛；②邀來；
☆外国の芸術家を招来する／邀來外國的
藝術家。◎

しょうらい【松籟】（名）〔文〕松籟，松
風；☆松籟を聞く／聽松籟。◎

*しょうらい【将来】（名・副・他サ）①將
來，未來；前途；☆過去をもとに将来を
判断する／根據過去判斷將來；☆近き将
来において／在最近的將來；☆その作家
は将来がある／那位作家有前途；☆将来
気を付けなさい／以後要多小心，以後要
注意；②帶來，招致。①◎

じょうらく【上洛】（名・自サ）〔古〕（
由地方）到京都去☆九州から上洛する／
由九州到京都去。◎

じょうらん【照覧】（名・他サ）〔文〕照
覽，照鑑；☆神も照覧あれ／神亦照鑑◎

しょうり【小利】（名）小利；☆目前の小
利に迷う／迷於眼前的小利。①

*しょうり【勝利】（名・自サ）勝，勝利；
☆勝利を得る（占める）／得勝，占勝①

じょうり【条理】（名）條理，道理；☆条
理のある（立った）話／有條理的話；有
道理的話；☆条理にかなう／合乎道理◎

じょうり【常理】（名）常理，普通的道
理。①

じょうり【情理】（名）情理，人情和道理

；☆情理を尽して説（と）いたが彼は一向（いっこう）に聞き入れなかった／雖然對他說盡了情理，但是他根本不聽。[1]

*じょうりく【上陸】（名・自サ）上陸，登陸，登岸；☆台風が上陸した／颱風登陸了。[0]

しょうりつ【勝率】（名）勝率，勝算，致勝的機會。[0]

*しょうりゃく【省略】（名・他サ）省略，從略；☆省略し得る／可以省略；☆以下省略する／以下從略；～ご【省略語】（名）略語，簡語；～ふ【省略符】（名）略號。[0]

しょうりゃく【商略】（名）商業上的策略；☆それぐらいの事は商略上やむを得ないことだった／像這樣的事情是由於商業上的策略不得已而爲的。[0][1]

じょうりゅう【上流】（名）①（河川的）上流，上游；☆川の上流に瀧（たき）がある／在河川上游有瀑布；②（有學識有地位的）上流（人士）；☆上流の人々／上流人士；～しゃかい【上流社会】（名）上流社會；☆上流社会に出入（でい）りする／出入於上流社會，與上流社會的人爲伍。[0]

じょうりゅう【蒸留（溜）】（名・他サ）蒸餾；☆海水を蒸留して真水（まみず）を取る／蒸餾海水以取得淡水；～しゅ【蒸留酒】蒸餾酒；～すい【蒸留水】（名）蒸餾水。[0]

しょうりょ【焦慮】（名・自サ）焦慮，焦急（＝あせる）；☆仕事がはかどらなくて焦慮する／因爲工作沒進展而感覺焦慮。[1]

しょうりょう【少量】（名）少量；☆紅茶に少量の砂糖を入れる／在紅茶裏加入少量的糖。[0][3]

しょうりょう【小量】（名）量小，狹量，氣量小；☆小量の（な）人間／氣量小的人。[0][3]

じょうりょく【常緑】（名）常綠；～じゅ【常緑樹】（名）〔植〕常綠樹。[0]

じょうるり【浄瑠璃】（名）淨瑠璃（一種以三絃伴奏的說唱曲藝或其說唱的故事）；☆浄瑠璃を語（かた）る／演唱淨瑠璃[0]

*しょうれい【奨励】（名・他サ）獎勵，鼓勵；☆運動を奨励する／獎勵運動。[0]

じょうれい【条例】（名）條例；☆条例を発布する／頒布條例。[0]

じょうれい【常例】（名）慣例，常例；☆

常例に従う／遵照慣例。[0]

じょうれん【常連】（名）常客，經常來的人們；☆彼はその料理店の常連だ／他是那個飯館的常客。[0]

じょうろ【如雨露】（名）噴壺（＝じょろ）；☆如雨露で庭木に水をやる／用噴壺給院中的樹木澆水。[1]

しょうろう【鐘楼】（名）鐘樓；☆鐘楼に登って鐘を撞（つ）く／上鐘樓撞鐘。[0]

じょうろう【上臈】（名）〔古〕①高貴的人，高僧；②（宮中的）二位或三位的女官；③貴婦。[0]

しょうろく【抄録】（名・他サ）抄錄；摘錄；☆当時の日記を抄録する／抄錄當時的日記。[0]

しょうろく【詳録】（名・他サ）詳錄，詳細記錄；☆会議の内容を詳録する／詳細記錄會議的內容。[0]

しょうろん【詳論】（名・他サ）詳論；☆詳論するいとまがない／不遑詳論。[0]

しょうわ【小話】（名）小話，小故事。[0]

しょうわ【笑話】（名）笑話；☆子供のための笑話を集める／收集爲小孩寫的笑話，收集說給小孩聽的笑話。[0]

しょうわ【唱和】（名・自サ）唱和，一唱一和；☆上代には男女の唱和による歌が多い／古代男女一唱一和的詩歌很多。[1]

じょうわ【情話】（名）①情話，談情的話（＝むつごと）；②情史，戀愛故事。[0]

しょうわる【性悪】（名・形動ダ）根性不良，性情惡劣；☆あの子は性悪で，小さい子をいじめてばかりいる／那個孩子根性很壞專愛欺負小孩。[0]

ショー【show】（名）①展示，展覽；②展覽會，陳列會；③展覽品，陳列品；④〔劇〕短劇；⑤〔美俗〕電影；～ウィンドー【show-window】（名）商品陳列窗，櫥窗；～ケース【show-case】（名）商品陳列櫥；☆自動車ショー／汽車展覽會。[1]

ジョーカー【joker】（名）①滑稽的人，詼諧者，丑角；②（撲克牌）混子，百搭，飛牌，可任意代替他牌的牌。[1]

ジョーク【joke】（名）詼諧，笑話。[1]

ジョーゼット【法 georgette】（名）薄綢紗。[3]

ショーツ【short】（名）運動短褲。[1]

ショート【英・形・名 short】Ⅰ（連体）短；Ⅱ（名）〔棒球〕游擊手；Ⅲ（名・

自サ）（←shortcircuit）〔電〕短路；
〜ケーキ【short-cake】（名）花蛋糕 [1]

ショール【shawl】（名）圍巾，披巾，披肩
；☆肩にショールを掛ける／把披巾披在
肩上。

しょか【初夏】（名）初夏，孟夏。[1]

しょか【書架】（名）書架（＝ほんだな）
；☆書架に本を並べる／把書擺在書架
上。[1]

しょか【諸家】（名）諸家，各家；☆この点
はすでに諸家によって論じ尽されている
／關於這一點各家已經徹底地論過了 [1]

しょが【書画】（名）書畫；☆書画骨董を
ひねくる／擺弄書畫骨董；☆書画をよく
する／善於寫字和繪畫。[1]

しょかい【所懐】（名）〔文〕所懷，所感
；☆所懐の一端（いったん）を述べる／
略述所懷。[0]

しょかい【初回】（名）初次，第一回。[0]

しょかい【初会】（名）①初次會面；☆初
会から気が合って友人になる／初次會面
就投緣而成為友人；②第一次會；☆本日
は初会なので準備不足です／今天因為是
第一次的會所以準備得不够好。[0]

*じょがい【除外】（名・他サ）除外，免除
；不在此限；☆未成年者は除外される／
未成年者除外（不在此限）。[0]

しょがかり【諸掛（かり）】（名）各種費
用，雜費；☆諸掛かり買手（かいて）持
ち／雜費由買方負擔；☆諸掛かりをすま
して千円残った／開付各種費用之後剩下
一千元。[2]

しょがく【初学】（名）初學（的人）；☆
初学の人むきの参考書／適合初學者使用
的參考書。[1]

*じょがくせい【女学生】（名）女學生；☆
セーラー服を着た女学生／穿水兵服的女
學生。[0]

しょかつ【所轄】（名・他サ）所管，所轄
；該管；☆それぞれ所轄の官庁に報告す
る／分別呈報各該管官署。[0]

じょがっこう【女学校】（名）①女子的學
校；②女子中學；☆娘を女学校に入れる
／叫女兒入女子中學讀書。[0]

しょかん【所感】（名）所感，感想；☆所
感を述べる／陳述感想。[0]

しょかん【所管】（名・他サ）所管，該管
；☆…の所管に属する／屬於…所管；ち
ょう【所管庁】（名）該管官署，主管官

署。[0]

しょかん【書簡（翰）】（名）書信，尺牘 [0]

じょかん【女官】（名）（宮中的）女官。[0]

*しょき【初期】（名）初期；☆民権主義の
初期／民權主義的初期；☆癌（がん）は
初期の内に治療を受ければ治る／癌在初
期接受治療是可以治好的。[1]

*しょき【所期】（名・他サ）〔文〕所期，期
待，預期；☆所期の如く／正如所期；☆
所期の成績をあげる／取得預期的成績 [1]

しょき【書記】（名）①（官廳、法院等的）
書記，錄事，辦事員；秘書；②（政黨的）
書記；〜かん【書記官】（名）書記官，
秘書官；〜せい【書記生】（名）（使館
、領事館等的）書記生，館員。[1]

しょき【書紀】（名）←日本書紀（日本最
古正史）。[1]

しょき【暑気】（名）暑氣；☆暑気に負け
る／傷暑，受暑；〜あたり【暑気中り】
（名）中暑，患日射病；〜ばらい【暑気
払い】（名）消暑。[1]

しょきゅう【初級】（名）初級；☆ドイツ語
講習の初級クラス／講習德語的初級班[0]

しょきゅう【初給】（名）最初的工資額，
最初的薪金；☆初給は六千円です／最初
的工資是六千元。[0]

じょきゅう【女給】（名）（餐廳、咖啡館
、酒吧等的）女服務員。[0]

じょきょ【除去】（名・他サ）除去，去掉
；☆手術によって卵巣を除去する／行手
術割掉卵巢；☆障礙を除去する／除去障
礙。[1]

しょぎょう【所業】（名）所作所為，行為
（＝おこない，ふるまい）。[0][1]

じょきょう【助教】（名）代用教員。[0]

じょきょうじゅ【助教授】（名）副教授[2]

じょきょく【序曲】（名）〔樂〕序曲；☆
ベートーベンのエグモント序曲を演奏す
る／演奏貝多芬的哀格蒙序曲。[0]

ジョギング【jogging】（名）跑步。[0]

─しょく【職】（造語）表示某種職業、行
業的人；☆たたみ職／製蓆工人。

しょく【食】（名）①食餐；飯食，飲食；
☆食を取る／吃飯進餐；☆日に三食を取
る／一日三餐；②食慾；☆食が進む／食
慾好；③〔天〕（日蝕、月蝕的）蝕 [1]

しょく【燭】（名）〔文〕①燈燭；②〔電〕
燭光；☆十燭の電球／十燭光的灯泡。[1]

*しょく【職】（名）①職業，工作；☆職に

ついている人々／有工作的人們，有職業
的人們；☆職を失った人／失職的人；☆
職を見つける／找工作；②職務；☆職に
つく／就職；☆職を免ぜられる／被免職
；☆職にとどまる／留職；③手藝；☆職
を覚える／學手藝；☆手に職があればま
さかの時にたしになる／要是會手藝在萬
一的時候有用處（有幫助）。[0][2]

しよく【私欲（慾）】（名）私慾；☆私欲
に走る／追求私慾；☆私欲に目がくらむ
／私慾衝昏頭腦，利令智昏；☆私欲を満
たす／利慾薰心。[1]

しょくあたり【食中り】（名・自サ）①食
物中毒；②傷胃。[3][5]

しょくあん【職安】（名）←公共職業安定
所；輔導職業技術或介紹職業的機構。[0]

しょくいき【職域】（名）職域，工作崗位
，職業，行業；☆職域別に候補者を立て
る／按行業分別推舉候選人。[2][0]

しょくいん【職員】（名）職員；☆職員は
二十名いる／一共有二十位職員；～ろく
【職員録】（記載現職公務人員的
姓名、職務等的）職員錄。[2]

しょぐう【処遇】（名・他サ）處置和待遇 [0]

しょくえん【食塩】（名）食鹽；☆食塩を
一つまみ入れる／加入一撮食鹽。[2]

＊しょくぎょう【職業】（名）職業；☆彼の
職業は弁護士です／他的職業是律師；☆
それは趣味としてはよいが職業にはなら
ない／那作爲消遣則可，但是不能當作正
業；☆…を職業とする／以…爲職業；☆
職業をかえる／轉業，改行；～あんない
【職業案内】（名）（報紙的）介紹職業
廣告欄；～いしき【職業意識】（名）職
業意識；☆彼は何かと言うとすぐ職業意
識を出す／他三句不離本行；～てき【職
業的】（形動ダ）職業的，職業上的；職
業性的；～やきゅう【職業野球】（名）
職業棒球（＝プロ野球）。

しょくげん【食言】（名・自サ）食言。[0]

しょくご【食後】（名）食後，飯後；☆食
後，☆食後の果物（くだもの）／飯後的
水果；☆食後三十分に服用／（藥）飯後
三十分鐘服用。[0]

しょくざい【贖罪】（名・自サ）贖罪；☆
贖罪の祈り／贖罪的祈禱。[0]

しょくさん【殖産】（名）發展生産，增加
生産；☆殖産に努める／努力發展生産 [0]

しょくし【食指】（名）〔文〕食指；☆食

指しきりに動く／食指頻動，極爲垂涎 [1]

＊しょくじ【食事】（名）飯，餐，飲食；☆
輕い食事／簡單飯食，快餐；☆小吃；☆食
事をする／用飯，進餐；☆控目（ひかえ
め）に食事を取る／吃八分飽；☆食事の
あと片付けをする／飯後收拾器物；☆食
事を抜かす／少吃一頓飯；☆五人分の食
事を用意する／預備五人份的飯；☆外（
そと）から食事を取る／向外邊飯館叫飯
；☆食事中である／正在吃飯；☆お食事
は（お済みですか）？／您吃飽了嗎？[0]

しょくじ【食餌】（名）〔醫〕食物，飲食
；～りょうほう【食餌療法】（名）〔醫〕
食物療法。[0]

しょくじ【植字】（名・自サ）〔印〕排字
；☆植字の誤（あやま）り／排字的錯誤 [0]

しょくしゅ【触手】（名）〔動〕觸手；◇
触手を伸ばす／伸出魔掌；進行拉攏。[1]

しょくしゅ【職種】（名）職業的種類，工
作的種類；☆職種を問（と）わず早く就
職したい／不論什麼工作都行希望早日就
業。[0]

しょくじゅ【植樹】（名・自サ）〔文〕植
樹，種樹；～さい【植樹祭】（名）植樹
節。[0]

しょくじょ【織女】（名）〔文〕①織布的
女子；②織女星（＝たなばた）。[1]

しょくしょう【食傷】（名・自サ）①傷食
，吃得過飽；食物中毒；②〔轉〕厭膩，
膩煩。[0]

しょくしん【触診】（名・他サ）〔醫〕觸
診，手治法。[0]

しょくず【食酢】（名）食用的醋；☆食酢
で味をつける／用醋調味。[0]

しょく・する【食する】（自他サ）吃，食
，以…爲食；☆肉類を食する／吃肉類，
以肉類爲食；☆害虫を食する鳥／吃害蟲
的鳥；図しょく・す（す）。[3]

しょくせき【職責】（名）職責；☆職責を果
（は）たす／盡職責；☆それは課長とし
ての職責である／那是科長應盡的職責 [0]

しょくぜん【食前】（名）飯前；☆食前に
服用する／飯前服用。[0]

しょくぜん【食膳】（名）飯桌，餐案；☆
食膳につく／就席，入席；☆食膳にの
ぼるようになる／（指某種食品）開始上
市，開始上菜單、上飯桌；☆食膳をにぎ
わす／使飯桌豐富多彩，增添新菜。[0]

しょくだい【燭台】（名）燭臺，蠟臺 [1]

*しょくたく【食卓】（名）飯桌，餐桌；☆食卓につく／就席；☆食卓を共にする／一同進餐；☆食卓をにぎわす／使飯菜豐富多彩。回

しょくたく【嘱託】（名・他サ）①嘱託；☆学校の校医を嘱託する／嘱託學校的校醫；②（接受嘱託而辦某事的）特約人員回

しょくちゅうしょくぶつ【食虫植物】（名）〔植〕食蟲植物。6

しょくちょう【職長】（名）領班，工長；☆職長が現場の監督をする／領班在現場監督工作。3回

しょくつう【食通】（名）講究飲食的人；☆食通の推賞する料理屋／講究吃的人所欣賞的飯館子。回

*しょくどう【食堂】（名）食堂，餐廳；～しゃ【食堂車】（名）〔鐵〕餐車；☆この列車には食堂車がついている／這列車有餐車。回

しょくどう【食道】（名）〔解〕食道；☆食物は食道を通って胃に達する／食物通過食道到胃裏。回

しょくにく【食肉】（名）①肉食，吃肉；②食用的肉；～しょくぶつ【食肉植物】（名）〔植〕食肉植物。回

*しょくにん【職人】（名）手藝人，工匠，工人；☆仕立（したて）屋の職人／裁縫舖的手藝人；☆あのペンキ屋では職人が足りない／那家油漆工程行工人不够；～かたぎ【職人気質】（名）手藝人脾氣，手藝人的特性。回

しょくのう【職能】（名）①業務能力；☆職能を検査する／檢查業務能力；②（某種職業在社會中的）機能，職業機能，職業；～くみあい【職能組合】（名）行業工會，職業工會；～だいひょうせい【職能代表制】（名）職能代表制（以行業為單位實行選舉的代議制度）。2回

*しょくば【職場】（名）工作場所，工作崗位；☆職場を守る／守住工作崗位；☆我々は職場結婚です／我們是因在同一個公司（或工廠）上班而認識結婚的。3回

しょくばい【触媒】（名）〔化〕觸媒，催化（劑）。回2

しょくはつ【触発】（名・他サ）〔文〕觸發。回

しょくパン【食パン】（名）（不加味的）麵包，吐司麵包；↔コッペ。回3

しょくひ【食費】（名）飯費，膳費；☆毎

月食費として三千元支払う／每月支付膳費三千元。回

しょくひ【植皮】（名・自サ）〔醫〕植皮，移植皮膚。回

*しょくひん【食品】（名）食品。回

*しょくぶつ【植物】（名）植物；☆植物の分布を研究する／研究植物的分布；～えん【植物園】（名）植物園；～かい【植物界】（名）植物界；～がく【植物学】（名）植物學；～にんげん【植物人間】（名）植物人；～ゆ【植物油】（名）植物油。2

しょくぶん【職分】（分）職務，任務，天職，本分；☆職分を尽す／盡職。2

しょくべに【食紅】（名）食品用紅色顏料；☆食紅でお菓子に色を付ける／用紅顏料給點心加上顏色。回

しょくみん【植（殖）民】（名・自サ）殖民；～ち【植（殖）民地】（名）殖民地；☆植民地を開く／開闢殖民地。回

*しょくむ【職務】（名）職務；☆職務を執行する／執行職務；☆職務を怠（おこた）る／怠慢職務。1 2

しょくめい【職名】（名）①職業的名稱；②職務的名稱，職銜。回2

しょくもく【嘱目】（名・自サ）〔文〕屬目，注目；☆嘱目に値（あたい）する／值得注目；☆彼の言動は万人の嘱目するところである／他的言行是萬人所屬目的。回

しょくもたれ【食靠れ】（名・自サ）停食，存食，消化不良☆餅（もち）は食靠れする食べものだ／年糕是不易消化的食品3 5

*しょくもつ【食物】（名）食物，食品；☆滋養のある食物をとる／吃有滋養的食品；☆食物を制限する／限制吃東西，限制飲食。2

しょくやすみ【食休み】（名・自サ）飯後的休息；☆食休みに新聞を読む／在飯後休息時看報。3

しょくよう【食用】（名）食用；☆食用に供する／作食品用；～がえる【食用蛙】（名）食用蛙，田鷄；～きん【食用菌】（名）食用菌，蘑菇類。回

しょくよく【食欲（慾）】（名）食慾；☆食慾が旺盛である／食慾旺盛；☆食慾をそそる／引起食慾；☆病人は食慾が出てきた／病人有了食慾。回2

*しょくりょう【食料】（名）①食品，食品

的原料；②飯費；～ひん【食料品】（名）
食品。[2] [0]

しょくりょう【食糧】（名）食糧,糧食：
☆食糧を仕入れる／買入食糧；☆食糧を
たくわえる／儲備糧食。[2] [0]

しょくりん【植林】（名・自サ）植林,造
林。☆防風のために植林する／為了防風
而植林。[0]

しょくれき【職歴】（名）（職業的）經歷
，職歷,資歷；☆学歴のあとに職歷を書
く／在學歷後面寫資歷。[0]

*しょくん【諸君】（代）諸位,各位；☆諸
君の御尽力を俟（ま）つの外はありませ
ん／只有依靠各位的努力（幫助）了。[1]

じょくん【叙勲】（名・自サ）受勲,敍勳
；領受勳章；☆功労により叙勲される／
因功受勳。[0]

しょけい【処刑】（名・他サ）處刑；☆現
場で処刑する／就地處刑。[0]

しょげい【諸芸】（名）各種技藝,各種技能
；☆諸芸に通じている／精通各種技藝[1]

じょけい【女系】（名）〔文〕女系,母系
；☆女系の親族／母系的親屬。[0]

しょげかえ・る（自五）〔俗〕完全垂頭喪
氣,十分頹喪；☆成績が意外に悪かった
のでしょげかえる／因為（考試）成績分
外不好而十分頹喪。[0] [3]

しょげこ・む（自五）〔俗〕＝しょげかえ
る。[0] [3]

しょけつ【処決】（名・他サ）①決定,裁
決；②決心,辭職（的決心）；☆処決を
促（うなが）す／要求（某人）辭職。[0]

じょけつ【女傑】（名）女傑,巾幗鬚眉；
☆昔は女傑と言われた人／當年被稱爲巾
幗鬚眉的人。[0]

しょげ・る（自下一）〔俗〕（因失望、失敗
等）頹喪,垂頭喪氣；☆入学試験に失敗
したのですっかりしょげている／（他）
因為沒有考上學校現在非常頹喪。[2]

しょけん【所見】（名）①所見,意見,看
法；☆所見を述べる／敍述意見；②印象
，見聞。[0]

しょげん【緒言】（名）〔文〕緒言,序言
；☆緒言に研究の経過を述べる／在序言
中敍述研究的經過。[0]

じょけん【女権】（名）女權；☆女権の
拡張／女權的提高；～うんどう【女権運
動】（名）女權運動（＝ウーマンリブ）[0]

じょげん【序言】（名）序言,序文（＝ま

えがき）；☆他人の著書に序言を書く／
給別人的著作寫序。[0]

*じょげん【助言】（名・自サ）①忠告,建
議；☆助言を求める／徵求意見；☆人の
助言を聞かない／不聽旁人的忠告；②從
旁教導,出主意；☆横から助言してはい
けない／不可在一旁出主意（例如下棋時
對第三者說）。[0]

しょこ【書庫】（名）書庫。[1]

しょこう【曙光】（名）曙光；☆東の空に
曙光がさしてきた／東方的天空有了曙光
；☆紛争も解決の曙光が見え始めた／糾
紛也開始有了解決的曙光了。[0] [1]

しょこう【初校】（名）〔印〕初校,第一
校。[0]

しょこう【諸侯】（名）諸侯（＝だいみょ
う）。[1]

じょこう【女工】（名）女工,女工人；☆
妹は紡績工場の女工をしている／妹妹在
紡紗廠當女工。[0]

じょこう【徐行】（名・自サ）徐行,慢行
；☆列車がホーム近くになって徐行した
／火車在接近車站時開得慢了。[0]

しょこく【諸国】（名）①（世界）各國；
☆欧米諸国を旅行する／旅行歐美各國；
②（國內的）各地方；☆諸国を流浪（る
ろう）する／流浪國內各地。[1]

しょこん【初婚】（名）初婚,初次結婚；
☆相手は初婚ですか、再婚ですか／對方
是初婚還是再婚？☆彼女は三十五歳で初
婚だった／她三十五歲才初次結婚。[0]

しょさ【所作】（名）①舉止,舉動（＝ふ
るまい）；☆落ち着いた所作／鎭靜的舉
止。②〔劇〕（舊劇中有節奏的）動作；
舞蹈；～ごと【所作事】（名）〔劇〕（
歌舞伎或其他舊劇中的）有節拍的動作,
舞蹈。[2] [1]

しょさい【所載】（名）（報紙、雜誌等）
所載,登載；☆昨日の新聞に所載の論文
／昨天報紙上登載的論文；☆前号所載の
通り／如前期（雜誌）所載。[0]

*しょさい【書斎】（名）書齋,書房；☆書
斎にとじこもっている／閉居在書齋裏
～じん【書斎人】（名）讀書人,學者,
學究。[0]

しょざい【所在】（名）①下落；（建築物
等的）坐落；☆船の所在が不明になった
／船的下落不明了；☆彼は所在をくらま
した／他躲藏起來了；②所在；☆責任の

所在を明らかにする／弄清責任之所在；③〔文〕到處，處處；④所作所爲；～ち【所在地】（名）所在地；☆県庁の所在地／縣政府的所在地；～ない【所在無い】（形）無事可做的，無聊的；～なさ【所在無さ】（名）無聊，無所事事，無事可做；☆所在無さに／由於無聊。[0]

じょさい【如才】（名）〔用於否定〕疏忽，失策，馬虎；☆あの男は如才がない／（他）那個人很圓滑，很會辦事，絕不疏忽；☆如才ない事を言う／說話委婉；～ない【如才無い】（形）圓滑的，周到的，機敏的；☆如才なく立ちまわる／應對有方，辦事周到；☆彼は如才なく口実をこしらえておいた／他很機敏地準備好了託辭。[0]

しょさく【諸作】（名）諸作，各個作品；☆川端康成（かわばたやすなり）の諸作を次次に訳出する／把川端康成的各個作品依次翻譯出來。[1][0]

しょさん【初産】（名）初產，頭產（＝ういざん）；☆彼女は初産で男の子をもうけた／她頭一胎就生一個男孩。[0]

しょさん【所産】（名）所產，果實；☆労働の所産／勞動的果實。[0]

じょさん【助産】（名・他サ）〔醫〕助產；～ぶ【助産婦】（名）助產士。[0]

しょし【初志】（名）初志，初衷；☆初志をつらぬく／貫徹初衷。[0]

しょし【所思】（名）〔文〕所思；☆所思を述べる／敍述所思。[1]

しょし【庶子】（名）庶子，非婚生子。[1]

しょし【諸氏】（代）諸位，諸位先生；☆田中、福田（ふくだ）、佐藤（さとう）諸氏の御協力でこの事業は完成した／在田中、福田、佐藤諸位先生的協力之下完成了這個事業。[1]

しょじ【所持】（名・他サ）所持，所擁，攜帶；☆その旅行者は大金を所持していた／那個旅客當時攜帶着巨款；～きん【所持金】（名）隨身攜帶的錢；～にん【所持人】（名）攜帶人；☆所持人払（ばら）いの小切手（こぎって）／見票即付的支票，不記名的支票；～ひん【所持品】（名）攜帶品，隨身物品。[1]

しょじ【諸事】諸事，各事；～ばんたん【諸事万端】（名）種種事情，一切事情；☆諸事万端ぬかりの無いように気をつける／一切事情多加小心以免疏忽。[1]

しょし【女子】（名）①女子，婦女；②女孩；☆女子大出身／女子大學畢業。[1]

じょし【女史】Ⅰ（名）女士；Ⅱ（代）女士，她；☆女史は婦人代表として国際会議に参加した／她以婦女代表的身份參加了國際會議。[1]

じょし【助士】（名）助手，助士。[0]

じょし【助詞】（名）〔語法〕助詞（て、に、を、は等）；☆いつも他の語について使われ、その語と他の語との関係を示し、また、意味を添えることばを助詞と言う／經常與別的詞一起使用，表示該詞與他詞的關係並添加意義的詞叫作助詞。[1]

じょし【序詞】（名）①序言，前言；②（和歌等的）序詞，冒頭詞。[0]

じょじ【女児】（名）女孩；☆女児を分娩する／生一個女孩。[1]

じょじ【助字】（名）〔語法〕（漢文中的）助字，助詞（如：焉、哉、乎、耶）[1]

じょじ【助辞】（名）①＝助詞；②＝助字[0]

じょじ【叙事】（名）敍事；～し【叙事詩】（名）敍事詩。[0]

しょしき【書式】（名）公文程式，格式；☆この願書は書式がちがっている／這份呈請書格式不對。[0]

しょしき【諸式（色）】（名）①日用品，生活必需品，各種物品；☆ここは諸式が高い／此地日用品貴；②物價；☆以前より諸式が五割方高くなった／物價比以前約漲了百分之五十。[1]

しょしゃ【諸車】（名）各種車輛；☆諸車の通行を禁止する／禁止各種車輛通行[1]

じょしゅ【助手】（名）①助手；☆君には誰か助手がなくてはいけない／你沒有一個助手不行；②助教。[0]

しょしゅう【初秋】（名）〔文〕初秋，早秋。[1]

しょしゅう【諸宗】（名）〔佛〕各宗派[1]

じょしゅう【女囚】（名）女犯人；☆女囚を収容する刑務所／監禁女犯人的監獄。[0]

じょじゅつ【叙述】（名・他サ）敍述；☆細（こま）かく叙述する／詳細敍述；☆叙述の形式を取る／採取敍述形式。[0]

しょしゅん【初春】（名）〔文〕初春，早春。[0]

しょじゅん【初旬】（名）初旬，上旬；☆学校は九月初旬に始まる／學校在九月上旬開學。[0]

しょしょ【諸処】（名）各處。[1]

しょしょ【処処・所処】（名・副）處處，各處；到處；某些地方；☆市内の所処に火災が起こった／市内各處發生丁火災；☆所所方方を流れ渡る／到處流浪；☆所所の学校／某些學校，有些學校。①

しょじょ【処女】（名）處女；☆処女で通す／一生不嫁；◊初めは処女のごとく終りは脱兎（だっと）のごとし／靜如處子動如脱兎；～こうかい【処女航海】（名）（新船）初次航海；～さく【処女作】（名）處女作，第一個作品；～ち【処女地】（名）處女地，荒地；～まく【処女膜】（名）〔解〕處女膜。①

じょじょ【徐徐】（形動タルト）徐徐，緩慢；☆その進歩は実に徐徐たるものだ／其進步實在是很緩慢的；～に【徐徐に】（副）徐徐，徐緩，緩緩，漸漸；☆徐徐に下降する／徐徐下降；☆徐徐に順を追って進む／徐徐循序前進；☆徐徐に水量が増加する／水量漸漸增加。①

じょしょう【女将】（名）（飯館、旅舘等的）女主人，女掌櫃（＝おかみ）。⓪

じょしょう【序章】（名）序章，序論部分。⓪

じょじょう【抒（叙）情】（名・自サ）抒情；☆この作家は叙情にすぐれている／這位作家擅長抒情；～し【抒情詩】（名）抒情詩；～てき【抒情的】（形動ダ）抒情的，有抒情味的。⓪

じょしょく【女色】（名）女色；☆女色にふける／耽溺於女色。⓪

しょしん【所信】（名）所信，信念；☆所信を披瀝する／說出自己的信念；☆所信をつらぬく／貫徹信念。⓪

しょしん【書信】（名）書信（＝たより）；☆故郷よりの書信を受け取った／收到由故郷寄來的書信。

しょしん【初心】（名・形動ダ）①初志，初衷；☆初心をいだき続ける／繼續抱定初衷；②初學，沒有經驗；☆初心の者に手ほどきする／對初學的人加以指導；～しゃ【初心者】（名）初學的人。⓪

しょしん【初診】（名）〔醫〕初診，初次診察；～の患者／初診的患者。⓪

しょしん【初審】（名）〔法〕初審，第一審；☆初審で有罪の判決を受けた／在初審時被判爲有罪；～さいばんしょ【初審裁判所】（名）初級法院。⓪

じょすう【除数】（名）〔數〕除數；☆除

數に8を立てる／以8爲除數。②

じょすうし【序数詞】（名）〔語法〕序數詞（如：第一，二番目）。②

じょすうし【助数詞】（名）〔語法〕助數詞（如：一枚，二台等的枚，臺。）②

しょ・する【処する】（名・他サ）①處，處理，應付；☆難局に処する／應付難局，處理難局；①處罰；☆死刑に処する／處死刑；☆五日間の拘留に処せられる／被處罰五天的拘留；図しょ す（サ）。②

じょ・する【恕する】（他サ）恕，寬恕，容恕；☆恕すべき欠点／可以容恕的缺點；☆罪を恕する／恕罪；図じょす(サ)②

じょ・する【除する】（他サ）〔文〕①免除（官職等）；②除去，消除（＝のぞく）；③〔數〕（＝わる）除；☆二十を五にて除せ／以五除二十；図じょす（サ）②

じょ・する【叙する】（他サ）①敍（爵、勳位等）；☆男爵に敍せられる／被封爲男爵，敍男爵；②敍述（＝のべる）；図じょ す（サ）。②

じょ・する【序する】（他五）①作序言，作序；②規定次序；図しょ す（サ）②

しょせい【処世】（名）處世；☆処世の術につたない／不善於處世，缺乏處世之術。⓪

しょせい【初生】（名・自サ）①初生，誕生不久；②初次發生，初次產生；～じ【初生児】（名）〔醫〕初生嬰兒（指生後兩星期以內的嬰兒）。⓪

しょせい【書生】（名）①書生；學生；☆彼は書生肌のところがある／他有一股書生氣，他個性豪放，不修邊幅；②（寄食人家代爲照料家務而求學的）寄食學生，學僕；☆父の友人の所に住みこむ／住在父親的友人家中当寄食學生；～ろん【書生論】（名）書生之論，不合實際的空論。⓪

じょせい【女生】（名）〔文〕女生，女學生。⓪

じょせい【女声】（名）〔樂〕女聲；～がっしょう【女声合唱】（名）〔樂〕女聲合唱。⓪

じょせい【女性】（名）〔文〕①女性，婦女，女子；☆ドイツの女性／德國的婦女；☆女性らしくない行為／不像一個女人的行爲；☆一人の美しい女性が彼を訪（たず）ねた／一個美麗的女子訪問了他；②〔語法〕陰性；～かん【女性観】（

名）女性観，對婦女的觀點；～てき【女性的】（形動ダ）女性的，陰性的；如同女子的；～び【女性美】（名）女性美；～ホルモン【女性hormone】（名）女性荷爾蒙；～めいし【女性名詞】（名）〔語法〕陰性名詞。[0]

じょせい【女婿（壻）】（名）女婿，婿；☆彼は田中教授の女婿だ／他是田中教授的女婿。[0]

じょせい【助成】（名・他サ）助成，助長，促進，推進；☆…の実現を助成する／促進…的實現；～きん【助成金】（名）津貼，獎金，補助金。[0]

じょせいと【女生徒】女學生，女生；☆小学校の女生徒／小學校的女生。[2]

*しょせき【書籍】（名）書籍，圖書；☆書籍を販売する／賣書。[1]

じょせき【除籍】（名・他サ）①除籍；☆軍艦を除籍する／註銷艦籍，使軍艦退出現役；☆生徒が除籍される／學生被開除校籍；②撤銷戶口，開除戶籍。[0]

しょせつ【所説】（名）〔文〕所說，主張，說；☆所説をひるがえす／改變主張[0]

しょせつ【諸説】（名）諸說，種種意見[1]

じょせつ【序説】（名・自サ）序論，緒論[0]

じょせつ【除雪】（名・自サ）除雪；～かんしゃ【除雪機関車】（名）〔鐵〕除雪機車。[0]

じょせつ【叙説】（名・自サ）敍說；解說，說明；☆音楽についての叙説／關於音樂的解說。[0]

しょせん【所詮】（副）歸根到底，結局（＝とうてい，けっきょく）；☆君の恋は所詮かなわぬ恋だ／你的戀愛歸根到底是達不到目的的；☆所詮助からぬと思った／（當時我）認為反正性命是難保了。[0]

しょせん【緒（初）戦】（名）戰鬥的開始，頭一仗，頭一場比賽；☆緒戦を得る／頭一場比賽得勝了。[0]

じょせん【女専】（名）←女子専門學校[0]

しょぞう【所蔵】（名・他サ）所藏，收藏；☆古今名画を所蔵する／收藏古今名畫；☆太田教授が所蔵する貴重な資料／太田教授所收藏的珍貴資料。[0]

じょそう【女装】（名・自サ）①女服，女子服裝；②（男扮）女裝；☆女装している男／男扮女裝的人。[0]

じょそう【助走】（名・自サ）〔運動〕（跳高、跳遠前的）助跑。[0]

じょそう【助奏】（名・自サ）〔樂〕助奏；☆バイオリンの助奏で始まる／以小提琴的助奏開始。[0]

じょそう【序奏】（名・自サ）〔樂〕序奏[0]

じょそう【除草】（名・他サ）〔農〕除草，鏟除雜草；～き【除草器】（名）除草器，除草機。[0]

*しょぞく【所属】（名・自サ）所屬；☆私の所属はまだ決まっていない／我的所屬尚未一定，我的職務尚未一定；☆自民党に所属する議員／屬於自民黨的議員[0]

しょぞん【所存】（名）主意，打算（＝かんがえ）；☆来月帰国する所存です／（我）打算下月回國；☆彼はどういう所存なのかわからない／不知道他打的什麼主意。[0]

じょそんだんぴ【女尊男卑】（連語・名）女尊男卑。[4]

*しょたい【所（世）帯】（名）①身家，財産；②家庭；☆所帯を持つ／成家，成立家庭；☆あの家は所帯が大きい／那一家是個大家庭，家裏人多；☆あの女は所帯の持ち方を知らない／她不善於管理家務，不會持家；☆所帯を畳（たた）む／散夥，解散家庭；☆あの家は男所帯だ／那一家是光棍堂，沒有女人；☆結婚したばかりの新所帯（しんじょたい）／剛剛結婚的新家庭；～くずれ【所帯崩れ】（名）新婦因操持家務而風姿漸損；～じ・みる【所帯染みる】（自上一）慣於考慮柴米油鹽等事；帶出為家事操勞的神氣；～どうぐ【所帯道具】（名）家庭用具，鍋碗瓢盆；～ぬし【所帯主】（名）戶主；是男人，沒有女人；～もち【所帯持】（名）養家帶口的人，有家庭（負擔）的人。[2][1]

しょたい【書体】（名）書體，字體；☆この字は彼の書体に似ている／這個字很像他的字體。[0]

しょだい【初代】（名）初代，第一代，開基立業的人；☆この家の初代は偉い人だった／這家的開基立業者是一個了不起的人物☆初代の社長／第一任總經理[0][1]

じょたい【除隊】（名・自サ）〔軍〕退伍；☆除隊の際に軍人に職業を与える／軍人退伍時為他找工作。[0]

しょたいめん【初対面】（名）初次見面；☆初対面のあいさつをする／作初次見面的寒喧；☆その時は初対面でした／那回是初次見面。[2]

しょ‐だな【書棚】（名）書架，書櫃；☆書棚にシェークスピア全集が並べてある／書架上擺着莎士比亞全集。⓪

しょ‐だん【初段】（名）初段（武術、圍棋、將棋等專家中最低的一個等級）；☆彼の将棋は初段の腕前（うでまえ）がある／他的將棋有初段的本領。⓪

*****しょ‐ち**【処置】（名・他サ）①處置，處理；措施；☆処置よろしきを得る／處理得當；☆処置に窮する／無法處理；☆必要な処置をとる／採取必要的措施；☆処置なしだ／毫無辦法！無法可施！②〔醫〕處理，治療；☆処置済の虫歯（むしば）／已治療過的蛀牙。①

しょ‐ちゅう【書中】（名）書中，信中；書信的內容；☆書中を以て厚く御礼申し上げます／特在函中深表謝忱。①⓪

しょ‐ちゅう【暑中】（名）暑中，炎暑之中（特指三伏）；～きゅうか【暑中休暇】（名）暑假（＝なつやすみ）。⓪

じょ‐ちゅう【女中】（名）女傭人；（飯館等的）女服務員；☆女中を置く／僱用女傭人；☆女中にあがる／去當女佣人。⓪

じょ‐ちゅうぎく【除虫菊】（名）〔植〕除蟲菊。②

じょ‐ちょう【初潮】（名）〔生〕最初的月經；☆十四歳の時初潮があった／十四歳時天癸至。⓪

しょ‐ちょう【所長】（名）所長；☆研究所の所長／研究所的所長。⓪

しょ‐ちょう【署長】（名）署長；（常指）警察署長。⓪

じょ‐ちょう【助長】（名・他サ）助長，促進；☆そんなことをすると反って彼らの悪事を助長する／那樣做反而助長他們做壞事；☆農業の発達を助長する／促進農業的發達。⓪

しょっ‐かく【食客】（名）食客，寄食者（＝いそうろう）；☆友人の家へ食客として入りこむ／到友人家裏當食客。⓪

しょっ‐かく【触角】（名）〔蟲〕觸角；☆昆虫の触角／昆蟲的觸角。⓪

しょっ‐かく【触覚】（名）觸覺；☆指先（ゆびさき）の触覚は鋭敏だ／指尖觸覺銳敏。⓪

*****しょっ‐き**【食器】（名）食器，餐具；～だな【食器棚】（名）餐具櫥。⓪

しょっ‐き【織機】（名）織機，織布機。①⓪

ジョッキ【jug 之訛】（名）①有把手的水

罐；②有把手的大玻璃杯；☆ジョッキに一杯のビール／一大杯啤酒。①

ジョッキー【jockey】（名）（賽馬的）騎師，騎手。①

しょっ‐きり【初切】（名）①〔角力〕第一場比賽；②開端，起始；☆しょっきりから負け続けだ／從一開始就ー直吃敗仗。⓪

ショッキング【shocking】（形動ダ）使人驚駭的，令人毛骨悚然的，可怕的；☆ショッキングなできごと／使人驚駭的事情。①

*****ショック**【shock】（名）衝擊，衝動；打擊，震驚；☆ショックをあたえる／給與打擊，使震驚；☆電流のショックで死ぬ／電死，被電流衝擊而死。①

しょっ‐けん【食券】（名）飯票，餐券。⓪

しょっ‐けん【職権】（名）職權；☆職権を濫用する／濫用職權；☆人の職権を侵（おか）す／侵害別人的職權。⓪

しょっ‐こう【燭光】（名）①（光度單位）燭光，燭；☆五十燭光の電球／五十燭的燈泡；②蠟燭之光；☆蠟燭をたよりに暗がりを進む／靠着蠟燭之光在黑暗處前進。⓪

しょっ‐こう【職工】（名）工人，勞動者；☆鉄工場の職工／鐵工廠的工人；～くみあい【職工組合】（名）工會。⓪

しょっ‐ちゅう【始終・初中終】（副）〔俗〕經常（＝いつも、つねに）；☆あの家はしょっちゅうもめている／那一家經常起糾紛；☆私はしょっちゅう人の名を忘れる／我老是忘掉別人的名字。①

しょっ‐てる【背負ってる】（連語）〔俗〕自負，自命不凡，自滿（＝うぬぼれる）；☆あの人、ずいぶんしょっている／那個人真够得上自命不凡了。

ショット【shot】（名）①發射，射擊；②〔運動〕打擊；打出的球；③〔電影〕拍照，拍攝。①

しょっ‐ぱ・い（形）〔俗〕①鹹的；②〔轉〕吝嗇的；☆お前の親爺（おやじ）はしょっぱいなあ／你的父親真吝嗇啊；③〔轉〕費力氣的，難過的；☆しょっぱい顔をする／作苦臉。③

しょっ‐ぴ・く（他五）〔俗〕①硬拉，強拉；☆来（こ）ないと言うならしょっぴいて来い／（他）要是說不來（你）就把他硬拉來；②扭送到警察署，拉到警察署；

☆不良を片(かた)っぱしからしょっぴいて来い／把流氓全拉到警察署來。③

ショッピング【shopping】（名）購物。①

ショップ【shop】（名）①商店。①

しょてい【所定】（名）所定，規定，☆所定の時間を超過する／超過規定的時間；☆所定の位置に集合する／在規定的位置集合。⓪

じょてい【女帝】（名）女皇帝，女帝。⓪

*しょてん【書店】（名）書店，書舖（＝ほんや），☆書店に本を注文する／向書店訂購書。①⓪

しょてん【諸点】（名）諸點，各點；☆以上の諸点を綜括すれば／綜合以上各點；☆イロハニの諸点を通って出発点に戻(もど)る／經過甲乙丙丁各點回到出發點①

じょてんいん【女店員】（名）女店員，女售貨員，☆彼女はデパートで女店員をしている／她在百貨公司當女店員。②

しょとう【初冬】（名）〔文〕初冬；☆初冬の頃は寒さもさほど強くない／初冬的時候還不太寒冷。⓪

しょとう【初等】（名）初等；～きょういく【初等教育】（名）小學教育。⓪

しょとう【初頭】（名）〔文〕初，始，☆本年の初頭に／在今年年初；☆十九世紀初頭の出来事(できごと)／十九世紀初所發生的事件。⓪

しょとう【蔗糖】（名）蔗糖，甘蔗糖；☆蔗糖を精製する／把蔗糖加以精製。⓪

しょどう【書道】（名）書法；☆彼は書道の大家(たいか)だ／他是大書法家①⓪

じょどうし【助動詞】（名）〔語法〕助動詞。②

*しょとく【所得】（名）所得，收入；☆年百万円の所得がある／一年有百萬元的收入；～ぜい【所得税】（名）所得税。⓪

しょなのか【初七日】（名）〔佛〕＝しょなのか。

しょなのか【初七日】（名）〔佛〕（死後）第七日，首七；☆今日は初七日にあたる／今天是（死人的）首七。②

じょなん【女難】（名）女禍；☆彼は女難の相があると、占いに言われた／算卦的說他犯桃花。⓪

しょにち【初日】（名）（常指演劇、電影等上演的）第一天，☆あの映画は初日からずっと満員だ／那部影片從上映的第一天起一直滿座。⓪

しょにんきゅう【初任給】（名）初次任職時的薪金。②

じょにん【叙任】（名・他サ）任命，叙任（官職）。⓪

しょねつ【暑熱】（名）暑熱，炎熱，☆山に行って暑熱を避ける／到山裏去避暑①

しょねん【初年】（名）①第一年；②初期；☆明治の初年に／在明治的初期。⓪

じょのくち【序の口】（名）①開始，起始（＝はじめ）；☆これくらいの暑さは、まだ序の口に過ぎない／這樣炎熱還不過是剛剛開始（往後還要更炎熱呢）；②〔角力〕最低的等級。⓪

しょは【諸派】（名）諸派，各個派別；☆国会の諸派／國會中的各個派別。①

しょはつ【初発】（名）①〔文〕起始，開始；②〔病〕初發。⓪

しょばつ【処罰】（名・他サ）處罰，懲罰；☆交通違反で処罰される／因違反交通規則受罰；☆処罰されずに済む／免於受罰。①⓪

しょはん【初犯】（名）初犯，初次犯罪（的人）；☆初犯のため執行猶予になった／因為初犯所以執行感到猶豫。⓪

しょはん【初版】（名）初版；☆あの本は初版で三千部売れた／那本書初版賣了三千部。⓪

しょはん【諸般】（名）各種，種種；☆諸般の準備を整(ととの)える／作好各種準備；☆諸般の情勢／種種情勢。①

しょひ【諸費】（名）諸費，各費，各種費用，各種經費；☆軍事関係の諸費を削(けず)る／削減軍事關係的各種經費。①

しょびょう【諸病】（名）各種疾病；☆この薬は脳神経系統の諸病に効力がある／此藥對腦神經系統的各種疾病有效。①

しょふう【書風】（名）字的風格。⓪①

しょふく【書幅】（名）字畫；☆壁(かべ)に名人(めいじん)の書幅が掛かっている／壁上掛著名人的字畫。⓪

*しょぶん【処分】（名・他サ）處分，處理，處置；☆寛大に処分する／寬大處理；☆処分を受ける／受處分；☆土地を処分する／處理土地，出售土地；☆がらくた道具は全く処分に困る／破爛傢具實在不好處理。①

じょぶん【序文】（名）序文；☆序文を書く／寫序文。⓪

しょへき【書癖】（名）①讀書癖；藏書癖

；書狂；②寫字的毛病（＝かきぐせ、ふでぐせ）。①

*しょ　ほ【初歩】（名）初步；☆日本語を初歩から習う／從初步起學習日語；☆私の研究はまだ初歩だ／我的研究（工作）還在初步階段。①

しょ　ほう【処方】（名）①〔罕〕處理方法；②〔醫〕處方；☆処方によって調剤する／按照處方配藥；☆この薬は医者の処方がなければ手にはいらない／這個藥沒有醫生的處方買不到／～せん【処方箋】（名）〔醫〕處方，處方箋。①

しょ　ほう【諸方】（名）各方（＝ほうぼう）①②

しょ　ほう【諸法】（名）〔佛〕諸法，包羅萬象。①

しょ　ほう【書法】（名）書法；☆毛筆の書法を学（まな）ぶ／學習毛筆的書法①①

しょ　ぼう【書房】（名）①書房，書齋；②書店。⓪

じょ　ほう【除法】（名）〔數〕除法（＝わりざん）。①

しょぼしょぼ（副）濛濛，濛濛；☆雨がしょぼしょぼ（と）降っている／雨濛濛地下著；②（被雨）淋濕，濕淋淋；☆雨にしょぼしょぼ（と）濡れて歩いて行く／被雨淋淋著走去；③（眼）睜不開，矇矓，惺忪；☆目をしょぼしょぼさせる／眼睛睜不開的樣子，眼睛矇矓著；④衰弱無力貌；☆老人がしょぼしょぼ（と）歩いている／老人衰弱無力地走著。①

しょぼつ・く（自・他サ）（因睜不開而）眨（眼），（眼睛）朦朧，惺忪。⓪

しょぼぬ・れる【しょぼ濡れる】（自下一）（被雨等）濕透，淋透（＝そぼぬれる）④

じょ　まく【序幕】（名）①〔劇〕序幕；②〔轉〕開端，開始；☆世界大戦の序幕／世界大戦的開端。⓪

じょ　まく【除幕】（名）（銅像、紀念碑等的）除幕，揭幕；～しき【除幕式】（名）除幕禮，揭幕禮；☆銅像の除幕式を行う／舉行銅像的揭幕典禮。⓪

しょ　みん【庶民】（名）庶民，廣大人民，普通平民。①

しょ　む【処務】（名）〔文〕處理事務；～きてい【処務規定】（名）辦事規程。①

しょ　む【庶務】（名）庶務，總務；～がかり【庶務係】（名）庶務股，總務股，總務（人員）。①

しょ　めい【書名】（名）書名。⓪

*しょ　めい【署名】（名・自サ）署名，簽名；☆契約に署名する／在合同上簽名；☆署名のない手紙／未署名的信；☆百万人の署名を集める／號召一百萬人簽名。⓪

じょ　めい【助命】（名・自サ）①救命，饒命；☆彼に助命の沙汰（さた）があった／有命令免除了他的死刑；②〔喻〕撤回免職命令，留職；☆我々は首になった田中君の助命を局長に懇願した／我們請求局長撤消罷免田中的命令。⓪

じょ　めい【除名】（名・他サ）開除，除名；☆会員を除名する／開除會員；☆自由党は彼の除名を決議した／自由黨通過了開除他的決議。⓪

しょ　めん【書面】（名）①書面；☆書面又は口頭にて／用書面或用口頭；②書信；☆書面のやりとりをする／通信；☆御書面の趣（おもむき）承知致しました／來函敬悉。⓪①

しょ　もう【所望】（名・他サ）①希望；☆所望の品品（しなじな）／所希望的一些物品；☆御所望とあらば差し上げます／您如果希望就送給您；②要求，請求；☆彼は更に一曲を所望した／他要求再演奏（唱）一曲。①⓪

*しょ　もつ【書物】（名）書，書籍；☆書物として出す／作為一本書出版；☆書物をたくさん持っている／藏書很多；☆日本に関する書物／關於日本的書籍；☆書物を読む／讀書。⓪

しょ　や【初夜】（名）①〔古〕初更；②（新婚等的）初夜，第一夜。①

じょ　や【除夜】（名）除夕；☆除夜の鐘（かね）／除夕的鐘（聲）。①

じょ　やく【助役】（名）（市長、村長、站長等的）副手、助手、助理（人員）。⓪

*しょ　ゆう【所有】（名・他サ）所有；☆この家は彼の所有だ／這所房子是他的；☆その品は今では私の所有になっている／那個東西現在歸我所有；～けん【所有権】（名）〔法〕所有權；☆所有権を持っている／保有所有權；～ぬし【所有主】（名）所有者，物主；☆所有主のない品／沒有主的東西。

じょ　ゆう【女優】（名）女演員。⓪

しょ　よう【所用】（名）事情，事務（＝ようじ）；☆所用で外出する／因事外出⓪

しょ　よう【所要】（名）所要，所需；必要；☆所要の時間／所需的時間；☆所要の

手続（てつづ）き／必要的手續。⓪

*しょり【処理】（名・他サ）處理；☆薬品
で処理する／用藥品處理；☆それは君が
適宜（てきぎ）に処理したまえ／那件事
你適當地處理吧。①

しょりゅう【諸流】（名）①諸流，各流派
；②諸河流，各河流；☆大小の諸流が合
して大河となる／大小的各河流滙合起來
成爲大河。

じょりゅう【女流】（名）女流；☆彼女は
有名な女流作家だ／她是有名的女作家①

しょりょう【所領】（名）所領有的土地，
領地；☆所領を没収する／没收領地⓪①

*じょりょく【助力】（名・自サ）幫助，協
助，援助；☆私は君の助力がほしい／我
需要你的幫助。①⓪

*しょるい【書類】（名）文件；☆書類に目
を通す／看文件。①

ショルダー【shoulder】（名）①肩；②〔
縫紉〕（服裝的）肩部。①

ショルダーバッグ【shoulder bag】（名）
掛在肩上的皮包；掛肩提包。⑤

じょろ【如露】（名）噴壺（＝じょうろ）①

じょろう【初老】（名）初老（指四十歳）⓪

じょろう【女郎】（名）①〔文〕女郎；②
妓女；☆女郎を受け出す／替妓女贖身；
～や【女郎屋】（名）妓館。

しょろん【書論】（名）書法論。⓪①

じょろん【緒論】（名）緒論（＝ちょろん）
；☆緒論に大綱を述べる／在緒論裏敍述
大綱。⓪①

じょろん【序論】（名）序論；☆序論で研
究の大要を述べる／在序論中敍述研究的
概要。⓪①

しょんぼり（副・自サ）〔俗〕悄然，寂寞
，孤單；垂頭喪氣，無精打彩（＝しおし
お）；☆しょんぼり立っている／無精打
彩地站着；☆しょんぼりしている／垂頭
喪氣。③

しらー【白】（造語）表示白、素、不加彩
色的意思；例如：白魚（しらうお）。

しら（感助）〔女〕與「か」字連用，表
示不確定的推測）不曉得，說不定（＝し
らん）；☆どこへ行ったのかしら／不曉
得到哪裏去了；☆それは真実かしら／不
曉得那是否真實。

しら【白・不知】（名）◊しらを切る／佯
作不知，假裝不知道（＝しらばくれる）①

しらあえ【白和】（名）〔烹飪〕用白芝麻

和豆腐拌和蔬菜。②⓪

じらい【地雷】（名）〔軍〕地雷；☆敵の
地雷を発見する／發現敵人的地雷；～か
【地雷火】（名）地雷（＝じらい）；☆
地雷火をしかける／埋地雷。①⓪

じらい【爾来】（副）〔文〕爾来，以來；
自…時候起，以後；☆爾来彼の消息はな
い／自那以後他就沒有消息了。①

しらいと【白糸】（名）①白線②生絲②⓪

しらうお【白魚】（名）①〔動〕白魚；☆白
魚のような指／纖纖的細指。②

しらうめ【白梅】（名）〔植〕白梅。②

しらが【白髪】（名）白髮，白頭髮；☆白髪
になる／變成白髪；☆白髪を染める／染
白頭髮；☆めっきり白髪がふえた／白頭
髮顯然變多了；☆ともに白髪の生（は）
えるまで／（但願）百年偕老，白頭到老
；～ぞめ【白髪染】（名）烏髮（藥）；
☆白髪染をする／烏髮，染髮；☆白髪染
にかぶれる／因染髮藥而皮膚中毒。③

しらかば【白樺】（名）〔植〕白樺。②⓪

しらかべづくり【白壁造り】（名）外牆塗
抹白泥的建築物。⑤

しらき【白木】（名）（不塗顏色的）白木
；☆白木の柱／白木柱子；～づくり【白
木造】（名）（不塗顏色的）白木製成①

しらぎ【新羅】（名）〔史〕新羅（韓國半
島上的古國名）。①

しらぎく【白菊】（名）〔植〕白菊。②

しらくも【白雲】（名）①白雲；②〔醫〕
白癬；☆頭に白雲ができている／頭上生
着白癬。⓪②

しらくも【白癬】（名）〔醫〕白癬。②⓪

しら・ける【白ける】（自下一）①變成白
色；②掃興，不歡；☆座が白ける／冷
場；③顯出敗勢，占下風；図しらく（下
二）。③

しらこ【白子】（名）①〔動〕（雄魚腹中
的）塊狀精液，魚精；☆白子を持った魚
／帶魚精的魚；②〔醫〕白化病人，生而
髮膚蒼白者，患色素缺乏症者。②

しらさぎ【白鷺】（名）〔動〕白鷺。②

しらじ【白地】（名）①（瓦、陶器等未燒
前的）素坯；②（紙的）空白，白地；③
未染的布；④〔俗〕處女（＝きむすめ）⓪

しらしめゆ【白絞油】（名）白絞油，
精製菜油。④

しらしら【白白】（副・自サ）〔東方〕發
白，微明；～あけ【白白明け】（名）黎

明，拂曉（＝あかつき）。③ ①

しらじら【白白】（副・自サ）①掃興，冷場；②伴作不知；～し・い【白白しい】（形）①顏色發白的，看起來發白的；②伴作不知的，假裝不解的；☆よくも白々しくそんな事が言えたものだ／他居然繃着臉皮（以爲人家不知道）能說出那樣話來③顯而易見的，瞞不了人的；☆白々しい嘘（うそ）をつく／睜着眼說瞎話，當面撒謊；④掃興的，使人敗興的；囚しらじらし（形シク）。③

しらす【白州（洲）】（名）①白砂洲；②〔古〕法院，法庭；☆白洲に引き出される／被拉到法院（受審）；☆白洲の罪人となる／成爲法庭上的罪人。

しらす【白子】（名）〔動〕沙丁魚的幼魚；～ぼし【白子乾し】（名）曬（煮）乾的沙丁魚。① ①

しら・す【知らす】I（他五）〔古〕〔敬語〕知；②〔古〕統治；③→しらせる；II（他下二）〔文〕→しらる。①

しらず【知らず】（連語）〔文〕不知，不知道；☆ほかの人なら知らず限って疑う節（ふし）はない／別人我不知道，唯有他是沒有什麼可疑的地方；～しらず【不知不識】（副）不知不覺，☆しらずしらず悪い事をするようになる／不知不覺地做起壞事來。①

じら・す【焦らす】（他五）使焦急，使着急；☆焦らさないで早く教えてくれ／不要使我着急，快告訴我；☆じれるだけ焦らしてしまった／讓他盡量着急好了。②

しらすな【白砂】（名）白砂。①

*しらせ【知らせ】（名）①〔しらせる〕的名詞形；☆知らせがあり次第出かけるつもりです／我準備一接到通知就去；②預兆，前兆；☆これは何かの知らせですよ／這可能是一個什麼預兆。①

*しら・せる【知らせる】（他下一）通知，告知，使…得知；☆暗に知らせる／暗中通知；☆前もって知らせる／預先通知；☆その事は世間に知らせてはいけない／那件事不可讓社會上知道；◇虫が知らせる／預感，囚しらす（下二）。①

しらたき【白滝】（名）①（白色的）瀑布；②粉條（特指用「こんにゃく」製的）②

しらたま【白玉】（名）①白球石，②〔文〕珍珠；③糯米粉糰；～こ【白玉粉】（名）糯米粉；～つばき【白玉椿】（名）〔植〕

白山茶（花）。①

しらちゃ・ける【白茶ける】（自下一）〔俗〕褪色，褪色變成淡茶色；☆白茶けたズボン／褪了色的西服褲子。④

しらつゆ【白露】（名）白露；☆草葉（くさば）に白露が置いている／草葉上沾着白露。②

しらとり【白鳥】（名）①白色的鳥，②〔動〕天鵝（＝はくちょう）。②

しらなみ【白波（浪）】（名）①白浪；☆白波が立つ／翻起白浪；☆船首に白波を上げて走っている／船破浪前進；②〔文〕賊，盜賊；小偸；～跡（あと）白波と消え失（う）せる／逃之夭夭，一去不知下落。⓪

しらに【白煮】（名）〔烹飪〕（不用其他佐料只用鹽的）白煮；☆鯛（たい）の白煮／白煮大頭魚。③

しらぬい【不知火】（名）（夏夜在九州八代灣海上出現的）神秘火光（據說是釣烏賊的漁火）。②

しらぬかお【知らぬ顔】（名・連語）＝しらんかお。

しらは【白羽】（名）白羽，白翎；◇白羽の矢を立てる／①（在許多人中）指定，選中（某人）；☆外務大臣の椅子は彼に白羽の矢が立った／他被選中擔任外交大臣這個職位；②〔神話〕指定（某人）爲犧牲者。⓪②

しらば・くれる（自下一）〔俗〕佯作不知，假裝不知；☆しらばくれて聞いてみた／佯作不知問了一下；☆いくら聞いてもしらばくれて何も言わない／怎麼問他他也假裝不知什麼也不說。⑤

しらはた【白旗】（名）白旗。⓪

しらばっ・くれる（自下一）〔俗〕＝しらばくれる。⑥

しらひげ【白髭】（名）白鬍鬚。②

しらびょうし【白拍子】（名）①〔古〕（平安朝末期）妓女的一種歌舞；作這種歌舞的妓女；②藝妓，舞妓。③

しらふ【素（白）面】（名）不喝酒時，不借酒氣；☆素面では言いにくい／不借點酒氣不好意思說；☆彼は素面の時はおとなしい／他不喝酒時很規矩。①

ジラフ【giraffe】（名）〔動〕長頸鹿。①

シラブル【syllable】（名）〔語法〕音節；☆シラブルに切る／分爲音節。①

*しら・べ【調べ】（名）①調查，審查；檢查

；調べが行き届（とど）く／調査周密；
☆調べを受ける／受調査，受審査；☆税
関の調べ／税關的檢查；☆調べがつく／
調査清楚（有了結果）；②調子，曲調，
音調；演奏；☆妙（たえ）なる調べ／美
妙的樂曲；☆琴の調べ／古琴的演奏，琴
調；～もの【調べ物】（名）研究，調査
（的對象），調査工作；☆調べ物をする
／作調査工作。③

*しら・べる【調べる】（他下一）①調査，
審査，檢查，翻閱，研究（文件等）；☆
原因を調べる／調查原因；☆被告を調べ
る／審查被告；☆ポケットの中を調べる／檢
查衣袋；☆書類を調べる／研究文件；②
調整音律，演奏（某種樂器）；☆このピ
アノは調子が悪いから調べて下さい／這
架鋼琴調子不對，請你調整一下；☆琴
を調べる／調琴，奏古琴；図しらぶ（下
二）。③

しらほ【白帆】（名）白帆；☆沖（おき）
に白帆が見える／海上遠遠望見白帆②⓪

しらみ【虱】（名）〔動〕虱；☆虱がわく
／生虱子；☆虱を取る／抓虱子；☆虱を
つぶす／捏死虱子；～つぶし【虱潰し】
（名）〔喩〕一一處理，一個不漏；☆虱
潰しに捜査する／一個挨着一個全部加以
搜查；☆虱潰しに逮捕する／一個不漏全
部逮捕。⓪

しら・む【白む】（自四）①變白，發白；
☆（天空）發亮，漸白；☆東の空がだん
だん白んできた／東方的天空漸漸發亮了
；⑨（聲音等）衰弱。②

しらやき【白燒】（名・他サ）〔烹飪〕（
不加佐料）乾烤（的魚等）。④⓪

しらゆき【白雪】（名）白雪；～ひめ【白
雪姫】（名）白雪公主。②

しらん【知らん】（感）＝しらぬ。

しらんかお【知らん顔】（連語・名）〔俗〕
佯作不知的樣子，若無其事的樣子；☆人
の困るのを見て知らん顔をしている／看
見別人為難而佯作不知；☆呼んでも知ら
ん顔をしている／叫他他也假裝沒聽見的
樣子。②

*しり【尻】（名）①尻，屁股，臀部；②〔
轉〕（器物的）底部，下部；（衣裙等的）
後裾；☆鍋（なべ）の尻／鍋的底部；☆
尻をまくる／撩起後衣襟；〔轉〕表示要
打架，挑戰；☆尻をからげる／（為了行
路方便）把後衣襟掖起來（掖在腰帶裏）

；③〔轉〕末尾，後頭，尻から五番目／
倒數第五；☆人の尻について行く／跟在
別人後頭走；④〔轉〕後果，餘波，事後
的責任；☆子供がいたずらをしたので隣
から尻が来た／因爲孩子淘氣（惹下禍）鄰
居前來追究責任；☆彼はいつも息子の尻
を拭わされている／他經常替兒子收拾殘
局；☆今更尻の持っていく場所がない／事
到如今沒有人負責了，無處去追究責任了
；◇尻が暖まる／在某處（某職位上）久
居，住慣；尻が重い／懶惰，遲鈍，不活
潑；尻が軽い／敏捷，活潑；（女子）輕
浮；尻が据（す）わらぬ／呆不住，居不
久；尻が長い／（指客人）久坐不去；尻
から抜（ぬ）ける／過就忘，記不住；
尻から焼けて来るよう／驚慌失措貌；尻
に敷（し）く／（妻）嚴壓（丈夫）；尻
につく／當尾巴，跟從在後；尻に火がつ
く／迫切，迫急；尻を端折（はしお）る
／掖起衣襟；〔轉〕省去末尾，簡略，省
略。②

しり【私利】（名）私利；☆私利を図る人
／貪圖私利的人。①

─じり【尻】（造語）表示帳尾，尾數的意
思；☆貿易尻／貿易尾數，差額。

じり【事理】（名）事理，道理；☆彼は事
理をわきまえている／他懂得事理，懂得
道理；☆事理明白にして疑いを入れない
／道理顯明不容懷疑。①

*しりあい【知合い】（名）①相識，結識，
認識；☆通り一遍の知合い／一面之識，
普通的相識；☆知合いになる／結識，成
爲相識；☆あの方とお知合いですか／你
跟他認識嗎？②相識的人，熟人，朋友；
☆知合いが多い／交遊很廣，熟人很多；
☆長年の知合い／多年以來的熟人，老朋
友。⓪

*しりあ・う【知り合う】（自五）相識，結識
；互相知曉；☆お互いに気心（きごころ）
を知り合った仲です／（他們）是彼此知
心的朋友。③

しりあがり【尻上（が）り】（名）（前低）
後高，末尾高，越往後越高；☆尻上がり
に物を言う／用前低後高的語調說話；☆
相場は尻上がりの傾向だ／行情有越來越
高的傾向。⓪

しりあて【尻当】（名）（日本單衣服或西
服褲子等）屁股的墊布；☆ズボンに尻当
をつける／在褲子的屁股處墊上襯布②⓪

シリーズ【series】（名）①連續，連串，一系列；②叢書，集子；③（以同一人物為主人公的）一套影片；④〔棒球〕連續比賽。①

しりうま【尻馬】（名）①（二人同乘一匹馬時）乘在別人的身後；②〔轉〕盲從，附和雷同；☆尻馬に乗る／盲從，附和雷同。④〇

しりえ【後方】（名）〔文〕後方。②〇

しりおし【尻押（し）】（名・他サ）①推屁股，由後面推；②〔轉〕撐腰，（作）後盾；幕後煽動的人；☆君の尻押しは誰か／誰是你的後盾，誰給你撐腰？この事件には尻押しがあるにちがいない／這件事一定有幕後煽動的人。④③

しりおも【尻重】（名・形動ダ）遅鈍，動作不活潑，不靈敏（的人）；☆尻重の人／動作遅鈍的人。〇

しりかくし【尻隠し】（名）掩飾過失，隱瞞過失。③

しりがる【尻軽】（形動ダ）①動作敏捷，活潑；②輕浮，輕佻，☆尻軽な女／輕佻的女子。〇

*じりき【自力】（名）自力；☆自力で立身した人／憑自己力量出息起來的人；～こうせい【自力更生】（連語・名）自力更生。〇

しりきれ【尻切れ】（名）①斷尾，沒有尾巴；②（腳跟處穿破了的）破草鞋；～とんぼ【尻切（れ）蜻蛉】（名）有頭無尾；☆あの人の話は尻切れとんぼだ／他的話有頭無尾／交渉は尻切れとんぼになった／交渉停了，沒有下文了。④③

しりこそば（ゆ）・い【尻擽い】（形）（心中有愧而）忐忑不安的，難為情的，羞得無以自容的；☆あまり褒（ほ）められて尻擽い思いをした／因為受到過分的誇獎而覺得難為情了。⑥

しりごみ【後込み】（名・自サ）①後退，倒退；②躊躇（＝ためらい）；☆いざとなると彼はいつも後込みをする／一到緊要關頭他就躊躇不前。④③

しりご・む【後込む】（自五）①後退，倒退；②躊躇（＝ためらう）；☆皆後込んで手を出さない／大家躊躇而不動手。③

シリコン【silicone】（名）〔化〕硅，矽①

しりさがり【尻下がり】（名）①（前高）後低，末尾低，越來越低；☆成績が尻下がりに悪くなって行く／成績越來越壞；

②＝しりごみ。③

しりすぼまり【尻窄まり】（名）①越來越窄，越來越細；☆尻窄まりの壺（つぼ）／大口小底的罐子；②〔轉〕每況愈下；☆経営が尻窄まりに悪くなって行く／營業情況越來越壞。③

*しりぞ・く【退く】（自五）退；☆一歩退く／後退一步；☆退いて守る／退守；☆進むことを知って退くことを知らない／知進不知退；☆お辞儀をして退く／行禮後退出去；☆職を退く／退職。③

しりぞ・ける【退ける・斥ける】（他下一）①斥退；☆悪人を退ける／斥退壞人；②拒絶；☆私は彼の要求を退けた／我拒絶了他的要求；③撤銷（職位）；☆無能の役を退ける／撤銷無能的官員；④使退，使後退；使退下；☆敵軍を退ける／把敵軍撃退；☆随員を退けて密談する／使随員退下進行密談；図しりぞく（下二）④

じりだか【じり高】（名）〔經〕（行市）逐漸提高，漸漲；↔じりやす。〇

しりつ【市立】（名）市立；☆市立の図書館／市立的圖書館。①

しりつ【私立】（名）私立；☆その大学は私立です／那所大學是私立的。①〇

しりつ【而立】（名）〔文〕而立，三十歳①

じりつ【自立】（名・自サ）自立，獨立；☆自立し得る／能够自立；☆彼は自立して働いている／他在獨立工作。〇

じりつ【自律】（名・自サ）自律；～しんけい【自律神経】（名）〔解〕自律神經，植物性神經；～せい【自律性】（名）自律性。①〇

しりつき【尻付】（名）①臀部的様子；☆尻付の豊（ゆた）かな女／臀部肥大的女子；②追随（別人的身後）。

しりとり【尻取（り）】（名）接尾令（一種遊戲，用前一個人所説的末尾一字起造一個句子，依次接連下去，例如：あたま－まり－りんご…）③④

しりぬ・く【知り抜く】（他五）洞悉，深知，徹底知道；☆相手の計略を知り抜いている／洞悉對方的策略。③

しりぬぐい【尻拭い】（名・自サ）①擦屁股，②〔轉〕替別人善後，處理麻煩事；☆借金の尻拭いをする／替別人還債③

しりぬけ【尻抜け】（名・自サ）①健忘，沒記性；☆あれは尻抜けだから沢山用事は言いつけられない／他聽了就忘所以不

能吩咐他過多的事情；②（做事）有首無尾，有始無終；☆あの男は何をやっても尻抜けだ／他那個人幹什麼事都有始無終。④

じりひん【じり貧】（名）〔俗〕越來越窮；越來越少。◎

しりふり【尻振り】（名）搖擺屁股；☆ハワイ人の尻振りダンス／夏威夷人的搖屁股舞（草裙舞）。④③

しりめ【尻（後）目】（名）斜楞眼睛，斜視（表示輕蔑，頭部不動眼珠往旁看）；☆人を尻目にかける／斜楞眼睛看人，瞧不起人。③◎

しりめつれつ【支離滅裂】（形動ダ）支離破碎，雜亂無章；（話等）不一貫，不合邏輯；☆彼の言うことは支離滅裂だ／他說的話毫無條理。①─◎

しりもち【尻餅】（名）坐倒，屁股着地跌倒；☆尻餅をつく／屁股着地摔倒。③④

じりやす【じり安】〔經〕（行市）越來越低，逐漸低落；☆このごろ株価はじり安を続けている／近來股票行市一直是越來越低。◎

しりゅう【支流】（名）支流；☆ここから支流が分れている／從這裏分出一條支流◎

じりゅう【時流】（名）①時尚，潮流；☆時流におもねる／迎合時尚；☆時流に従う／追隨潮流；②時人，一般人；☆識見が時流を抜いている／見識出衆，見識超過時人。◎

シリュースせい【Sirus 星】（名）〔天〕天狼星（＝シリウス）。

*__しりょ__【思慮】（名）考慮，智慮；☆思慮を欠く／欠考慮，不够謹慎；☆思慮をはたらかす／動腦筋，愼重；☆思慮の深い人／智慮深的人。①

しりょう【史料】（名）史料，歷史材料；☆史料を蒐集する／蒐集史料。①

しりょう【試料】（名）〔冶〕試料；☆試料を分析する／化驗試料。①

*__しりょう__【資料】（名）資料；☆資料を提供する／提供資料。①◎

しりょう【飼料】（名）〔農〕飼料；☆家畜に飼料をやる／給家畜飼料吃。①◎

しりょく【死力】（名）最大努力；☆死力を尽す／盡最大努力，拼命。①

しりょく【視力】（名）視力；☆視力を失う／失明；☆視力が衰える／視力衰弱①

じりょく【磁力】（名）〔理〕磁力；☆磁力がはたらく／磁力起作用。①

しりん【史林】（名）〔文〕史林，（很多的）歷史書籍。◎

シリンダー【cylinder】（名）①圓柱體；圓筒；②〔機〕汽缸，汽筒。②

*__しる__【汁】（名）①汁液，漿；☆汁の多い果物／多汁液的水果；☆汁をしぼる／搾出汁液；②菜汁，調味汁；☆肉に汁をかける／肉上澆汁；③湯；（特指）醬湯（＝みそしる）；☆汁を吸（す）う／喝湯；④〔轉〕（借別人的力量而得到的）好處，利益；☆うまい汁をすう／得利益，佔便宜，揩油。①

*__し・る__【知る】Ⅰ（自下二）〔文〕→しれる；Ⅱ（他五）①知道，得知，曉得；☆よく知っている／知道得清楚；☆私の知っている限りでは…／據我所知；☆知らないと言い張る／堅持説不知道；☆私が知っている訳がないでしょう／我哪裏知道哪；☆…については、あまり知らない／關於…知道得不多；☆今朝新聞でそのニュースを知りました／今天早上看了報紙才知道那件事；②認識，熟識；☆知らない顔／不認識的人，生人；☆私の知っている外人（がいじん）／我熟識的一個外國人；☆誰でも知っている台湾の昔話／家喩戶曉的臺灣民間故事；☆みんなの知っている顔／大家所熟悉的面孔；③懂得；☆法律をあまり知らない／不諳法律；☆世間を知らない／不懂世故；☆知った顔をする／裝懂；☆彼はスペイン語も多少知っている／西班牙文他也多少懂得一點；④理解，識別；☆私を真に知ってくれるのは君だけだ／眞正了解我的只有你一個人；☆人の善悪はその交る友で知れる／人的善惡可以從他的交遊識別出來；⑤感覺，感到，發覺，發現；☆危険を知る／感到危險；☆恩を知る／感恩；☆昨夜の地震を君は知っていたか／昨夜的地震你感覺到了嗎？☆家に帰ってはじめて知った／回到家裏才發覺；☆道をまちがえたことを知った／發現走錯了路；⑥推測，察知；☆その口振りから計画はうまく行っていないことを知った／從他的口吻推測出來計劃的進行不太順利；☆彼の年配から保守的であることが容易に知れる／從他的年齡很容易察知他是個保守派；☆他は推して知るべし／其他可推想而知；⑦有關，管；☆私の知ったこ

とじゃない／我不管，與我無關；☆君の
したことは私は知らない／你做的事我不
管，與我無關，我不負責；◊知らざるを
知らずとせよ，是(これ)知れるなり／不
知爲不知是知也；知らぬが仏(ほとけ)
／眼不見(耳不聞)心不煩。⓪

シルエット【法silhouette】（名）剪影，
黑色畫像。③

シルク【silk】（名）絲，蠶絲，絲綢；～
ロード【silk road】（名）絲道；～ハッ
ト【silk hat】（名）大禮帽，高筒禮帽①

しるこ【汁粉】（名）年糕小豆湯。③⓪

ジルコン【zircon】（名）〔礦〕硅英石，
硅石(風信子石)。①

しるし【印】（名）印(=いん)；図おしで⓪

しるし【記】（名）〔(しるす)的名詞形〕
記錄。

しるし【徵・驗】（名）①徵兆，徵候(＝き
ざし)；☆雪は豊年の徵と言う／據說雪
是豊年的徵兆；②效驗，效力(＝ききめ)
；☆薬の徵があらわれた／藥奏效了。⓪

しるし【印・標】（名）①符號，記號；徽
章；☆星の印をつける／加上星形符號；
☆しるしにそのページを折っておく／把
那一頁折叠上作爲記號；☆会員の印をつ
けている／佩帶着會員的徽章；②表徵，
象徵；☆松は操(みさお)の印である／
松樹是節操的象徵；③證據，證明；☆彼
に金を渡したのは信任の印を示すものだ
／把錢交給他那就是表示信任的一個證據
；④紀念(品)；☆阿里山に行った印に
ステッキを買う／爲作遊阿里山的紀念買
一根手杖；⑤表示；☆愛の印として／作
爲愛情的表示；☆ほんの御礼の印として
／作爲謝意的一點表示；⑥商標，牌；☆
松印の醬油／松牌的醬油；～ばかり【印
許り】（名・副）微少；☆印ばかりの品
／一點點的東西；小意思；～ばんてん【
印半纏】（名）在衣領和背上印有商號、
姓名等的一種日本外衣，短外袖。⓪

*しる・す【記す】（他五）①寫，書寫；☆
姓名を記す／寫上姓名；②記述，記載；
☆特に記すべきこともない／沒什麼特別要
記述的事情；☆その事は歷史に記してい
ない／那件事史無記載；③記住，記憶；
☆胸に記して忘れない／記在心裏不忘⓪

*しる・す【印す】（他五）作記號，加上符
號；☆赤鉛筆で印しておく／用紅筆畫上
記號。⓪

しるのみ【汁の実】（名）〔烹飪〕湯中的
肉、菜等固體物。

ジルバ【jitter-bug之訛】（名）美國的一
種交際舞名，一種阿飛舞，吉特巴。①

シルバー【silver】（名）①銀；②銀色；
③銀器；～グレー【silver gray】（名
）銀灰色；～フォックス【silver fox】
（名）〔動〕銀狐，玄狐。①

しるべ【導】（名・他サ）〔文〕指南，嚮
導；☆地図を導として登山する／以地圖
爲嚮導而登山。⓪

しるべ【知辺】（名）熟人，親友；☆知辺
もない孤児／無依無靠的孤兒；☆彼は知
辺を頼(たよ)って台北へ出た／他投靠
親友到臺北去了。⓪

しるべ【知るべ】（連語）知道的方法；線
索；☆彼の住所も知ろうにも知るべがな
い／他的住處(想知道也)無法知道。⓪

しるもの【汁物】（名）〔烹飪〕湯羹，燴
菜。②

しれい【司令】（名・他サ）〔軍〕司令；
～かん【司令官】（名）〔軍〕司令官；
～ぶ【司令部】（名）〔軍〕司令部。⓪

*しれい【指令】（名・他サ）指令；☆指令
を出す／發出指令。⓪

じれい【事例】（名）事例，前例；☆この
ような事例は稀有(けう)である／這樣
事例是很少有的。⓪

じれい【辞令】（名）①辭令，措辭；☆辞
令に巧(たく)みである／巧於辭令；☆
外交辞令を弄(もてあそ)ぶ／玩弄外交
辭令；②任免證書；任免命令；☆辞令が
下りた／委任狀(發)下來了；☆解職の
辞令／解職的證件。⓪

ジレー【法gilet】（名）①（西服的）背心
；②（女子用）胸飾，胸衣。①

しれごと【痴れ言】（名）蠢話，胡說；☆
痴れ言を言うものではない／不要說蠢話
不要胡說。②⓪

じれこ・む【焦れ込む】（自五）〔俗〕焦
急(＝せきこむ)。⓪

しれつ【熾烈】（形動ダ）熾烈，激烈，熱
烈；☆熾烈な競争／激烈的競爭。⓪①

じれった・い【焦れったい】（名）〔俗〕令
人焦急的，惹人着急的；☆見るだけで
触(ふ)れられないのは焦れったいもの
だ／只能看不能摸眞令人着急(覺得不過
癮)；☆焦れったそうに／焦急的樣子，
不耐煩的樣子。④

じれったげ【焦れったげ】（名）感覺焦急（的様子）；☆じれったげにしている／焦急的様子。④

ジレッタント【dilettante】（名）業餘的藝術愛好者。②

*し・れる【知れる】（自下一）①被…知道，為…所知；被察覺；☆その事がもう父に知れた／那件事已經被父親知道了；☆それは新聞に出たので世間に知れた／那件事因為報紙登出來了所以已為世人所知；☆それないようにする／保守秘密；☆それが知れては困るんだ／那若是洩露了可就糟了；②明白，判明；☆死因はいまだに知れない／直到現在死因還不明白；☆居所（いどころ）が知れない／下落不明；☆うわさはうそと知れた／判明了傳言是假的；③〔知れた〕（作形容詞用）不說自明的，不問可知的，當然的；（數目等）有限的，沒什麼了不起的；☆知れた事さ／當然，那還用說；☆収入と言っても知れたものです／雖然說有收入，但並不多；☆学者と言っても知れたものさ／他雖說是學者但是沒什麼了不起的；图しる（下二）。⓪

じ・れる【焦れる】（自下一）焦燥，焦急，煩惱；☆うまく行かなかったので彼は大いに焦れた／因為沒有成功他非常焦燥；☆詰（つ）まらない事に焦れる／為了小事而煩惱。⓪

しれん【試練（煉）】（名）考驗；☆試練を受ける／接受考驗；☆人生のあらゆる試練に堪（た）える／經得起人生的一切□

ジレンマ【dilemma】（名）①進退維谷，二者選一，抉擇，窮境；☆ジレンマに陥（おちい）る／進退維谷，左右為難；②〔邏輯〕雙關論法，雙刀論法。②

しろ【代】（名）〔文〕①材料，原料；②代替；③代價；④水田。⓪

*しろ【白】（名）①白，皎白；②白色的東西，（比賽時紅白兩隊的）白隊，（圍棋的）白子；☆白が勝った／白隊（白子）勝了；③〔轉〕潔白，無罪；☆白とも黒とも判然しない／還不曉得是無罪還是有罪□

*しろ【城】（名）城，城堡；☆城を築（きず）く／築城；☆城を攻めおとす／攻陷城堡。⓪

──しろ【助】不管～也好～也好☆勉強にしろスポーツにしろ、やるなら専心してやりなさい／不管念書也好運動也好，要做

就専心做吧。⓪

しろあと【城跡（址）】（名）（古城的）城址；☆城跡は、今、公園になっている／古城城址現在改為公園了。⓪③

しろあり【白蟻】（名）①〔動〕白蟻⓪②

しろあん【白餡】（名）白色豆餡。⓪

*しろ・い【白い】（形）①（顔色）白的；☆雪のように白い／雪一般的；☆白いものが降ってきた／下起雪來了；☆頭が白くなりかけた／頭髮漸白了；②空白的；☆白い所へ書き入れる／往空白處填寫；③乾淨的，潔白的；☆白い敷布（しきふ）／乾淨的床單；④〔轉〕無罪的；☆出る所へ出て白い黒いを決めよう／到說理的地方（法院）辨明一下黑白吧；～め【白い目】（連語・名）白眼，冷視；☆白い目にあう／遭到白眼。②

しろいと【白糸】（名）白線；白絲。⓪

しろいもの【白い物】（連語・名）①雪；☆白い物が降り出した／下起雪來了；②白頭髮（＝しらが）；☆白いものが増えた／白頭髮増多了；③（化粧用的）白粉；☆白い物をごってり塗（ぬ）った顔／抹了很厚一層白粉的臉。②

しろう【脂漏】（名）〔醫〕脂漏，皮脂漏⓪

じろう【痔瘻】（名）〔醫〕痔瘻（＝あなじ）。⓪

*しろうと【素人】（名）①外行（非專家）；☆素人にも見分けがつく／外行也辨別得出來；☆この方面ではずぶの素人です／在這方面是完全外行，一竅不通；②（業餘的）愛好者，非專業的人；☆素人向きの本／以業餘愛好者為對象的書；☆彼の画は素人の域を脱している／他的繪畫超出了業餘愛好者的程度；③良家婦女，非妓女出身；☆彼女は素人とは見えない／她看起來不像一個良家婦女；～くろうと（玄人）；～くさ・い【素人臭い】（形）外行一般的，外行氣十足的；☆やり方が素人臭い／作法顯出是個外行；～かんがえ【素人考え】（名）外行的想法；～げき【素人劇】（名）業餘的演劇；～しばい【素人芝居】（名）＝しろうとげき；☆素人芝居に出る／業餘演劇，票戲；～のどじまん【素人喉自慢】（名）（廣播節目中）業餘歌唱競賽；～ばなれ【素人離れ】（名・自サ）不像外行，專家一樣；☆彼女の舞踊は素人離れしている／她的舞蹈和專家的舞蹈一樣；～め【素

人目】(名)外行的眼光，非專家的看法①

しろうま【白馬】(名)白馬。⓪

しろうり【白瓜】(名)〔植〕越瓜（可作鹹菜）。②

しろかき【代掻】(名)〔農〕①（水稻）苗田的翻土；②水稻田的翻土，撥土②③

しろがね【銀】(名)〔文〕①銀，銀色；☆銀造りの器（うつわ）／銀器；②銀幣⓪

しろく【四六】(名)①四與六；②〔印〕＝しろくばん；③＝しろくぶん；～じちゅう【四六時中】(名・副)一天到晚，經常；～ばん【四六判】(名)〔印〕①印刷用紙的舊規格之一（78.8×109.1 公分）；②（書籍的舊規格之一）三十二開本（13×29公分，接近新規格Ｂ６列本）；～ぶん【四六文】(名)駢儷文，四六駢體文。⓪①

しろくま【白熊】(名)〔動〕白熊，北極熊。⓪

しろくろ【白黒】(名・他サ)①黑白；☆目を白黒させる／（因驚懼、痛苦等）翻白眼，眼珠上下翻；②〔轉〕是非，曲直，皂白；☆白黒を明かにする／辨明是非；③（照相、電燈等）黑白，非五彩；☆白黒の映画／黑白的影片，非五彩的影片；☆しろくろのテレビとカラーテレビ／黑白電視機和彩色電視機。①⓪

しろごま【白胡麻】(名)〔植〕白芝蔴。⓪

しろさ【白さ】(名)白（的程度）；☆白雪姫の膚は、雪のような白さだった／白雪公主的皮膚雪一般白。①

しろざけ【白酒】(名)白色的日本酒。⓪

しろざとう【白砂糖】(名)白糖，細白糖③

しろじ【白地】(名)①白色衣料（＝しろきじ）；②白地，素地。⓪

しろしめ・す【知ろし食す】(他五)〔古〕〔敬語〕①知；②治，統治。④

しろしょうぞく【白装束】(名)白色服裝；☆白装束である／穿一身白；☆花嫁（はなよめ）が白装束を着る／新娘穿一身白色服裝。③

しろじろ【白白】(副)很白，雪白；☆壁を白白と塗り上げる／把牆壁塗得雪白③

じろじろ【耵耵地】(看)☆彼がじろじろ見るので私はきまりが悪かった／他耵耵地看我使我覺得不好意思。①

しろぜめ【城攻め】(名・自サ)攻城。⓪

しろたえ【白妙（栲）】(名)〔文〕①白布；②白色，白；☆白妙の富士／白色的

富士山峰，積雪的富士山峰。②⓪

シロップ【syrup】(名)菓子露，糖汁①②

しろっ・ぽい【白っぽい】(名)帶白色的，發白的。⓪

しろつめくさ【白詰草】(名)〔植〕三葉草，馬草，苜蓿（＝クローバー）。①④

しろバイ【白バイ】(名)（警察機關的）警戒用白色摩托車。⓪

しろば・む【白ばむ】(自五)①帶白色，發白；②＝しらむ。③

しろびかり【白光り】(名・自サ)（發）白光；☆月光に白光りする屋根／月光下發白光的屋頂。③

シロフォン【xylophone】(名)〔樂〕木琴（＝シロホン）；☆シロフォンの独奏をする／獨奏木琴。

しろぼし【白星】(名)①白點；②（比賽時）得勝的符號，得勝（＝かちぼし）；☆今日は白星だ／今天（的比賽）勝了②

シロホン【xylophone】(名)〔樂〕木琴（＝シロフォン）。①

しろまめ【白豆】(名)〔植〕一種大豆（製醬油、豆腐等用）。⓪

しろみ【白身】(名)①木材的白色部分，白木質；②蛋青，卵白；③（魚肉、鶏肉等的）白色部分，白肉。①②

しろみ【白味】(名)白色；☆白味が勝つ／白色比別的色多，顯得發白。③

しろみそ【白味噌】(名)白醬。⓪

しろむく【白無垢】(名)裏外一身白的服裝。⓪

しろめ【白目（眼）】(名)白眼珠；〔解〕鞏膜；☆白目勝ちの目／白眼珠（比黑眼珠）大的眼睛☆白目を出す／翻白眼①②

しろもの【代物】(名)①商品，物品；②（俗）〔表卑〕人；物；☆やつは困った代物だ／那傢伙真是個無可救藥的東西；☆この絵は大した代物じゃない／這幅畫算不了什麼了不起的畫。⓪④

じろり(副)目光銳利地；☆彼は私をじろりと見た／他目光銳利地看了我一眼。②

じろん【持論】(名)一貫的主張；☆…と言うのが私の持論だ／…是我的一貫主張；☆持論を曲げない／堅持一貫的主張⓪

じろん【時論】(名)〔文〕時論，輿論；☆この問題について時論の一般を知りたい／關於這個問題我想知道輿論的大概情形。⓪

*しわ【皺・皴】(名)皺紋，皺摺，摺痕；

☆年をとると顔に皺がよる／年紀大了臉上就有皺紋；☆額に皺を寄(よ)せる／皺起眉頭；☆皺だらけの服／滿是皺摺的西服；☆皺になる／弄出皺紋；☆皺をのばす／熨平，去掉皺紋；☆皺をつける／使起皺紋。⓪

しわ・い【吝(嗇)い】（形）吝嗇的（＝けちな）；囚しはし（形シク）。②

しわが・れる【嗄れる】（自下一）（聲音）嘶啞；☆声が嗄れるほどしゃべる／說得聲音嘶啞；→しゃがれる。⓪

しわくちゃ【皺くちゃ】（形動ダ）皺紋累累，滿是皺紋；☆皺くちゃ婆(ばば)／滿臉皺紋的老太婆；☆皺くちゃにする／弄得滿是皺紋。⓪

しわけ【仕訳・仕分け】（名・他サ）①區別，區分，分類；☆品物の仕分けをする／把東西加以分類；②〔簿記〕分科目。⓪

しわ・ける【仕分ける】（他下一）①區分，區別，分門別類；☆良いのと悪いのとに仕分ける／分成好的和壞的；②〔簿記〕分科目。③

しわざ【仕業】（名）所做的事情，行為；☆これは誰の仕業だ／這是誰做出來的事情？☆彼の仕業にちがいない／一定是他幹的；☆それは泥棒の仕業だ／那是小偸幹的勾當；☆神の仕業／神力所爲，奇蹟，鬼斧神功。⓪

しわす【師走】（名）〔文〕十二月，臘月；☆師走の十四日／臘月十四；☆師走も押し詰(つ)まって来た／年關已到，歲已雲暮。⓪

しわのばし【皺伸ばし】（名・自サ）①熨平皺紋，弄平皺摺；②〔轉〕（老人的）消遣，散心，解悶，休養；☆温泉に行って皺伸ばしをして来る／到温泉去休養一下。③⑤

しわぶき【咳】（名）〔文〕咳嗽，清清嗓子（＝せき，せきばらい）；☆場内は咳一つ聞こえない／場内鴉雀無聲。②⓪

しわ・く【咳く】（自五）〔文〕咳嗽，清清嗓子。

しわほう【指話法】（名）指語，指話法（以手指作各種形狀代替字母以表達意思的方法）。②

しわほう【視話法】（名）視話法（把發音時的口形用圖式符號表示出來用以教授口吃者，發音障礙患者等學習發音的方法）。⓪

しわ・む【皺む】Ⅰ（自五）發生皺紋，出

折皺；☆坐っても皺まない生地(きじ)／（盤腿）坐着也不起皺紋的衣料；Ⅱ（他下一）〔文〕＝しわめる。②

しわよせ【皺寄せ】（名・他サ）（經濟上，財政上的）不良影響波及到其他方面；☆緊縮予算の皺寄せが社会保障費の予算を削ることとなって現われた／受縮減預算的不良後果使社會保障費預算被削減了④⓪

しわ・る【皺寄る】（自五）產生皺紋，出摺皺。

じわり【地割】（名）土地分配，土地劃分⓪

じわれ【地割れ】（名）（因地震等而發生的）地裂。⓪

しわんぼう【吝坊】（名）吝嗇鬼（＝けちんぼう）；☆あんなしわん坊は見たことがない／沒見過那樣的吝嗇鬼。②①

*しん【心】（名）①心，衷心，内心；☆心は良い人だ／（他）内心是個好人，☆私は心からお前が可愛いのだ／我打心眼裏頭愛你；☆僕は心からおわびします／我衷心向你道歉；②心，核心，中央部分；（燈、蠟燭的）芯；果仁核；（鉛筆的）内襯布（鉛筆的）心；☆このボールは心が鉛だ／這個球是鉛心的；☆あの木は心まで腐っている／那棵樹連心都朽爛了；☆この飯は生炎(なま)えで心がある／這飯沒炎熟有生心子；☆鉛筆の心／鉛筆心；③骨髓，精神力，生活力；☆寒くて寒くて心まで凍る様だ／（我）冷得彷彿凍透了骨髓；☆あの人は心が強い／他的生命力强，身子骨强；④＝しんうち（心打）。①

*しん【芯】（名）芯；☆ランプの芯／燈芯。①

しん【臣】Ⅰ（名）〔文〕臣；Ⅱ（代）臣①

*しん【真】（名）眞，眞正，眞實；☆真の友(とも)／眞正的友人；☆この肖像は真に迫っている／這幅肖像很逼眞。①

しん【清】（名）〔史〕清（朝）。①

しん【新】（名）①新；☆新を追う／追求新奇，追逐時尚；②新曆，陽曆；☆新のお正月／陽曆新年。①

しん【親】（名）①親近，親密；②親，父母；③親屬，親戚。①

―じん【尋・仭】（接尾）尋（在日本＝六尺）；☆深さは六尋ある／深度有六尋；☆千仭の谷／千仭的山澗。

じん【仁】（名）①仁；☆身を殺して仁を成す／殺身成仁；②人；☆尊敬すべき仁

/可尊敬的人。①

じん【陣】（名）陣；☆報道陣にとり囲まれた／被一羣記者們包圍；☆背水の陣をしく／擺下背水之陣；〔喩〕採取最後一招；☆陣を撤去する／撤資，收陣。①

じん【腎】（名）〔解〕腎。①

ジン【gin】（名）杜松子酒。①

しんあい【親愛】（名・自他サ・形動ダ）親愛；☆親愛なる諸君／親愛的各位。⓪

じんあい【仁愛】（名）仁愛；☆仁愛の心／仁愛之心。⓪

しんあん【新案】（名）新的設計，新的創作，新的圖案；☆新案の万年筆／新設計（新樣式）的自來水筆；☆新案特許／新案專利。⓪

しんい【心意】（名）〔文〕心意。①

しんい【真意】（名）①眞意，本心；☆彼の真意が分らない／他的眞意不明；②眞正的意思；☆彼は「自由」の真意を履（は）きちがえている／他把「自由」的眞意理解錯了。①

しんい【深意】（名）〔文〕深意，深遠的意思；☆学説の深意を説（と）く／解釋學說的深意。①

じんい【人為】（名）人爲，人工，人力；☆それは到底人為をもっては遂（と）げ得ない事である／那絕對不是人力所能辦得到的事情；～てき【人為的】（形動ダ）人爲的，造製出來的。①

しんいり【新入り】（名）新來的人；☆新入りの選手／新參加的選手。⓪

しんいん【真因】（名）眞因，眞正原因；☆真因が不明である／眞正原因不明。⓪

じんいん【人員】（名）人員，人數；☆人員を調べる／調查人數；☆人員を整理する／裁員。⓪

じんう【腎盂】（名）〔解〕腎盂；～えん【腎盂炎】（名）〔醫〕腎盂炎。①

しんうち【心（真）打（ち）】（名）〔曲藝〕最後演出者，演壓軸者；☆真打ちを勤める／演壓軸。①⓪

しんえい【新鋭】（名・形動ダ）新銳，強有力的新人；☆新鋭をよりすぐる／選拔強有力的新人。⓪

しんえい【親衛】（名）〔文〕親衛，禁衛；～へい【親衛兵】（名）禁衛兵。⓪

じんえい【陣営】（名）陣營；☆敵の陣営を脅（おびや）かす／威脅敵人的陣營⓪

しんえん【深淵】（名）深淵；☆深淵に臨（のぞ）むがごとし／如臨深淵。⓪

しんえん【深遠】（形動ダ）深遠；☆彼の思想は深遠にしてとらえがたい／他的思想深遠難以捉摸。⓪

じんえん【人煙】（名）〔文〕人烟；☆人煙まれなる僻地／人烟稀少的僻地。⓪

しんえん【腎炎】（名）〔醫〕腎炎。⓪

しんおう【深奥】（名・形動ダ）①深奧，蘊奧；☆深奥の学理を明（あき）らかにする／闡明深奧的學理；②深處；☆森の深奥を探（さぐ）る／探查森林的深處⓪

じんおく【人屋】（名）〔文〕人家；☆この辺は人屋がまばらだ／這一帶人家稀少⓪

しんおん【心音】（名）〔醫〕心音，心臟鼓動的聲音。⓪

しんか【臣下】（名）臣下（＝けらい）①

しんか【神化】（名・自他サ）〔文〕①神的德化；②變爲神，神化；③神秘的變化。⓪

しんか【神火】（名）〔文〕①聖火；②神秘的火。①

しんか【真価】（名）眞價；☆真価を認める／認識眞價。⓪

しんか【進化】（名・自サ）進化，演進；☆人間は猿が進化したものだ／人類是猴進化的；☆進化の過程を辿（たど）る／歷經進化的過程；～ろん【進化論】（名）（達爾文的）進化論。①

じんか【人家】（名）人家；☆その地方は人家が極まれである／那個地方人家極爲稀少。①⓪

シンガー【singer】（名）〔樂〕歌唱家，聲樂家。①

しんかい【深海】（名）深海（深達200公尺以上的海）；～ぎょ【深海魚】（名）棲息在深達500 公尺以上的海底之魚類⓪①

しんかい【新開】（名）新開，重新開設，重新開闢；～ち【新開地】（名）新開闢的街市。⓪

しんがい【心外】（名・形動ダ）①意外；☆心外な負け方をした／（比賽等）敗得出乎意料之外；②（因出乎預料而感覺）遺憾；☆彼の態度を心外に思う／他的態度使我感覺遺憾。①

しんがい【侵害】（名・他サ）侵害；☆権利を侵害する／侵害權利。⓪

しんがい【震駭】（名・自サ）〔文〕震駭，驚駭，震驚；☆世人を震駭させた事件／使世人震駭的事件。⓪

じんかい【人界】（名）人間，人類世界；
☆人界を離れて仙界にでも行きたい／（
我）想離開人間到仙界去才好。0 1

じんがい【塵外】（名）〔文〕塵世以外☆塵
外に超然としている／超出塵世之外。1 0

しんがお【新顔】（名）（名）新參加者，
初次見面的人，新的面孔；☆彼等の中に
は新顔も，ちらほらと見えた／在他們中
間也有一些新參加者。0

しんかく【神格】（名）神格，神的地位0

しんがく【神学】（名）〔宗〕（基督教）
神學。0

しんがく【進学】（名）升學；☆大学に進
学する／升入大學。0

*じんかく【人格】（名）人格；☆人格の立
派な人／人格高尚的人；☆人格を尊重す
る／尊重人格；～か【人格化】（名・自
他サ）人格化，擬人，看做人；☆花を人
格化する／把花加以擬人化，把花看做人
；～し【人格者】（名）有人格的人；人
格高尚的人；～しゅぎ【人格主義】（名）
〔哲〕人格主義，人格的唯心論；～ぶん
れつ【人格分裂】（名）〔心〕人格分裂
，意識分裂。0

じんがさ【陣笠】（名）①〔古〕（兵卒所
戴的草笠形）盔（革製或鐵片製塗漆）②
〔轉〕普通士兵；③〔俗〕小人物：～ぎ
いん【陣笠議員】（名）（無足輕重的）
普通議員，沒有勢力的議員。

しんがた【新型（形）】（名）新形，新型
；☆これは新型の自動車だ／這是新型的
汽車。0

しんがっこう【神学校】（名）〔宗〕（基
督教）神學校。3

シンガポール【Singapore】（名）〔地〕
新加坡。4

しんから【心から】（副）衷心，從心裏（
＝こころから）；☆心から可愛い／從心
裏感覺可愛。0

しんがら【新柄】（名）（衣服等的）新花
樣；☆夏物の新柄／夏季衣料的新花樣；
新花樣的夏季衣料。0

しんがり【殿】（名）①殿軍；☆殿を勤（
つと）める／作殿軍，殿後；②最後，末
尾；最後的人；☆殿から二番めの成績だ
／倒數第二的成績。0 4

しんがん【神官】（名）〔宗〕神官（神道
的僧侶）（＝かんぬし）。0 1

しんかん【森（深）閑】（形動タルト）寂

靜，萬籟無聲；☆あたりは森閑としてい
た／附近一帶鴉雀無聲。0 3

しんかん【新刊】（名・他サ）新刊，新出
版；☆新刊の書物／新出版的書籍。0

しんかん【新患】（名）〔醫〕新患（者）0

しんかん【新館】（名）（在原有的建築物
之外增建的）新建築物，新樓；☆本館の
隣りが新館だ／在原來的樓房邊是新館0

しんかん【震撼】（名・自他サ）震撼；☆
敵軍を震撼させる大攻撃／使敵軍震驚的
大進攻。0

しんがん【心眼】（名）慧眼，洞察，洞視
；☆心眼を開く／睜開慧眼。0

しんがん【心願】（名）（對神佛的）祈
願（＝がん）☆心願を立てる／許願；②
心願；☆多年の心願がかなった／多年的
心願得償了。1 0

しんがん【真贋】（名）真贋，真偽，真假
；☆真贋を見分ける／識別真偽。0 1

しんき【心悸】（名）心悸，心臟的鼓動，
～こうしん【心悸亢進】（名）〔醫〕心
悸亢進，心動過速。1

しんき【心機】（名）心機；☆心機一転す
る／心機一轉。1

しんき【新奇】（名・形動ダ）新奇（的事
物）；☆新奇を好む／嗜好新奇；☆新奇
な物／新奇的東西。1

しんき【新規】（名・形動ダ）①新，從新；
☆新規の事務員／新（來的）職員；☆新
規に仕事を始める／新開始做工作；②
〔文〕新規則，新規定；◇新規蒔（ま）
き直（なお）し／重新開始，從頭做起1

しんき【心木】（名）①軸；②〔轉〕軸心
，中心。1

しんぎ【信義】（名）信義；☆信義を守る
／守信義。1

しんぎ【真偽】（名）真偽，真假；☆うわ
さの真偽を確（たし）かめる／調査傳言
的眞偽；☆事の真偽は保（ほ）しがたい
／事情的眞偽不敢肯定。1

*しんぎ【審議】（名・他サ）審議；☆法案
を審議に付する／把法案付諸審議，☆審
議を重ねる／反覆審議。1

じんぎ【仁義】（名）①仁義；☆仁義の軍（
いくさ）を起す／發動仁義的戰爭，發動
人道主義和正義的戰爭；②（交往上的）
情義；（舊時幫間間的）義氣；☆仁義を
立てる／盡應盡的情義，表示義氣；③（
舊時賭徒、流氓、行商等幫間間初次見面

時的）寒喧話；☆仁義を切る／講幫夥間的寒喧話。①

じんぎ【神祇】（名）天神與地神，天神地祇。①

じんぎ【神器】（名）①神傳的寶器；②〔文〕神器，帝位。①

しんぎく【新菊】（名）①新發芽的菊，新菊；②〔しゅんぎく〕之訛。①

しんきじく【新機軸】（名）新方法，新形式，新花樣；☆宣伝に新機軸を出す／在宣傳上搞出新的花樣。③

ジンギスカンなべ【成吉思汗鍋】（名）〔烹飪〕烤羊肉。⑦

しんきゅう【進級】（名・自サ）進級；☆二学年に進級する／進級爲二年生；☆大佐に進級する／進級爲上校。⓪

しんきゅう【新旧】（名）①新舊；☆新旧思想の衝突／新舊思想的衝突；②新曆和舊曆。①

しんきゅう【鍼灸】（名）鍼灸；☆鍼灸で病気をなおす／用鍼灸治病。⓪

しんきょ【新居】（名）新房，新住宅；☆新居を構（かま）える／建立新居；☆新居に移（うつ）る／遷入新居。①

*しんきょう【心境】（名）心境；☆心境の変化をきたす／心境發生變化；☆彼のそうした心境には同情する／（我）同情他的那種心境。⓪

しんきょう【信教】（名）信教，宗教信仰，信奉宗教；☆信教の自由を保障する／保障信教的自由。①⓪

しんきょう【新教】（名）〔宗〕（基督教）新教。①⓪

しんきょう【進境】（名）進境，進步的程度；☆一段の進境を示す／表示大有進步；☆何らの進境も認められない／看不出有什麼進步來，毫無進境。⓪

しんぎょうそう【真行草】（名）①楷書行書草書；②〔轉〕（插花、俳句、造園等的術語）端正、豪放及兩者之間。③

しんきょく【新曲】（名）新曲；☆作曲家が新曲を発表する／作曲家發表新曲。⓪

しんきろう【蜃気楼】（名）海市蜃楼；幻想。③

しんきん【心筋】（名）〔解〕心肌。⓪

しんきん【親近】（名・自サ）①親近；☆日ごろ尊敬する人に親近することができた／同平素尊敬的人得到親近（的機會）；②親戚（＝みより）；☆親近に見送ら

れて出発する／在親戚們送別之下出發；③親信（的人）。⓪

しんぎん【呻吟】（名・自サ）呻吟；☆…の圧制下に呻吟する／呻吟於…的壓制之下；☆病床に呻吟する／在病床上呻吟，臥病。⓪

しんく【辛苦】（名・自サ）辛苦；☆辛苦を嘗（な）める／備嘗辛苦，歷經辛苦☆辛苦して子を育てる／辛辛苦苦扶養孩子①

しんく【深（真）紅】（名）深紅。①

しんぐ【寝具】（名）寝具，被褥床單枕頭之類；☆寝具をたたむ／拾褥床舖，叠被子。①

じんく【甚句】（名）一種民間歌謠（由七、七、七、五字組成）。①

ジンク【zinc】（名）鋅。

*しんくう【真空】（名）〔理〕眞空；☆真空を生じる／發生眞空（狀態）；☆真空にする／使成爲眞空；～かん【真空管】（名）〔理〕眞空管，電子管；☆テレビ受像器の真空管／電視收像機的電子管；～ほうでん【真空放電】（名）〔理〕眞空放電；～ポンプ【真空喞筒】（名）〔機〕（製造電燈泡、真空管等用的）眞空喞筒，排氣泵。⓪

しんぐう【新宮】（名）〔宗〕新神宮，新建的神宮。③⓪

じんぐう【神宮】（名）〔宗〕神宮（祀神的廟）；☆神宮に参拝（さんぱい）する／參拜神宮；～じ【神宮寺】（名）〔宗〕附屬於神宮的寺院。

ジンクス【jinx】（名）不祥的人（或物），倒霉的東西。①

シングル【英・形名single】（名・造語）表示單的意思；①〔網球〕單打（シングルス）；②〔大飯店〕單舖房間；③單身漢；④＝シングルブレスト；～シーター【single-seater】（名）①單座飛機；②單座汽車；～ス【singles】（名）〔網球〕單打；～はば【single幅】（名）（紡織品）單幅；～ヒット【single hit】（名）〔棒球〕一壘打；～ブレスト【single-breast】（名）〔縫紉〕單排鈕扣（的西服）；～ベッド【single bed】（名）單人牀。①

シンクロ（ナイズ）【synchronize】（名・自他サ）〔機〕聯動化，〔電〕同步化，整步；☆フラッシュライトとシャッターをシンクロナイズさせる／〔照相〕使

閃光燈和快門同步化，使聯動。⑤

シンクロナイズドスイミング【synchron-
ized swimming】(名)水中芭蕾舞①⓪

しんぐん【進軍】(名・自サ)進軍；☆進
軍ラッパを吹く／吹進軍號；☆科學に向
かって進軍する／向科學進軍。⓪

*しんけい【神経】(名)①〔解〕神經；☆
神経を抜く／拿神經，去掉神經；☆神経
をしずめる／使神經鎮定；☆神経にさわ
る音／刺耳的聲音；☆この仕事は非常に
神経にこたえる／這個工作非常累神經；
②神經，感覺；☆神経の鋭い(とがっ
た)／神經銳敏的，敏感的；☆神経が太
(ふと)い／感覺遲鈍，不拘小節，臉皮
厚；☆神経を起こす／神經過敏，犯神經
；☆お前の病気は全く神経さ／你的病完
全是神經過敏；～か【神経家】(名)神
經過敏的人；～しつ【神経質】(名)神
經質；☆極めて神経質な人／非常神經質
的人；～すいじゃく【神経衰弱】(名)
〔醫〕神經衰弱；☆神経衰弱にかかる
／患神經衰弱；～せん【神経戦】(名)〔
醫〕神經戰；～つう【神経痛】(名)〔
醫〕神經痛；☆神経痛を病(や)む／
患神經痛；～びょう【神経病】(名)〔
醫〕神經(系統的)病。①

しんげき【進撃】(名・自サ)進攻，進擊
；☆敵の進撃を阻(はば)む／阻止敵人
的進擊。⓪

しんげき【新劇】(名)新劇；☆新劇の俳
優／新劇演員。⓪

しんけつ【心血】(名)〔文〕心血；☆心
血を注(そそ)いだ作品／傾注了心血的
作品。①⓪

*しんけん【真剣】Ⅰ(名)眞刀，眞劍；Ⅱ形
動ダ)嚴肅認眞，一本正經；☆真剣に考
える／嚴肅認眞地考慮；☆真剣になって
はたらく／一本正經地工作；～しょうぶ
【真剣勝負】(名)①以眞刀比賽，(拼
刀)相交；②〔轉〕拼命；～さ，～み(名)
嚴肅認眞；☆真剣みに乏(とぼ)しい，
真剣さが足りない／不夠嚴肅認眞。⓪

しんけん【親権】(名)〔法〕親權，父母
的權利(教育、監護子女的權利)；☆親
権を行(おこ)なう／執行親權。⓪

しんげん【森厳】(形動ダ)森嚴；☆森嚴の
気が人を襲(おそ)う／森嚴之氣襲人。⓪

しんげん【進言】(名・他サ)進言，建議
，提意見；☆進言を入れる／採納建議，

接受意見。⓪③

しんげん【箴言】(名)箴言；☆ソロモン
の箴言／所羅門的箴言。⓪③

しんげん【震源】(名)震源，地震的發源
地。③⓪

しんけん【人件】(名)人件；～ひ【人件
費】(名)人件費；☆予算の六十パーセ
ントを人件費に当(あ)てる／以預算的
百分之六十充作人件費。⓪

じんけん【人絹】(名)人造絲；☆人絹の
ワイシャツ／人造絲的西服襯衣。⓪

*じんけん【人権】(名)人權；☆人権を護
(まも)る／保護人權；☆人権を蹂躙
(じゅうりん)する／蹂躪人權，侵犯人
權。⓪

しんげんぶくろ【信玄袋】(名)(橢圓形
底的)一種手提口袋，布製提囊。⑤

しんこ【糝粉】(名)①米粉；②〔←しん
こもち〕米粉糰；米粉蒸糕。⓪

しんご【新語】(名)①新詞；☆新語を造
る／創造新詞；②生詞；☆教科書の新語
／教科書裏的生詞。⓪

しんご【人後】(名)〔文〕人後；☆愛国心
では人後に落ちない／愛國心不落人後①

じんご【人語】(名)〔文〕①人語；☆人
語を解する猿／懂得人語的猴；②人的語
聲。①

*しんこう【信仰】(名・他サ)(對宗教的)
信仰；☆仏教を信仰する／信仰佛教；☆
信仰を捨てる／不再信仰；☆彼の信仰が
ぐらついた／他的信仰動搖了。①

しんこう【振興】(名・自他サ)振興；☆
産業の振興を図(はか)る／設法振興工
業。⓪

*しんこう【進行】(名・自他サ)進行；進
展；推進；☆交渉を進行する／進行交涉
；☆会議は進行中である／會議正在進行
；☆仕事の進行がはかばかしくない／工
作進展得不理想；☆予定通り計画を進行
させる／按預定推進計劃；☆彼のガン
は進行している／他的癌症正在發展(惡
化)。⓪

しんこう【進攻】(名・他サ)〔文〕進攻
；☆…に向かって進攻する／向…進攻；
☆敵の進攻をくい止める／阻止住敵人的
進攻。⓪

しんこう【進講】(名・他サ)〔文〕進講
，侍講；☆陛下に哲学を進講する／對陛
下進講哲學。⓪

しんこう【新香】（名）①新醃的鹹菜；②
鹹菜，泡菜。◎

しんこう【新興】（名）新興；～かいきゅう【新興階級】（名）①（因社會情勢或經濟情勢的變化而興起的）新興階級，新興資產階級；②小市民階級。◎

しんこう【親交】（名）深交，親密的交情；☆…と親交がある／與…有親密的交情，有深交。◎

*しんごう【信号】Ⅰ（名）信號；☆信号に注意する／注意信號；☆信号で知らせる／用信號通知；☆遭難信号を発する／發出求救信號（SOS）；Ⅱ（自サ）發出信號；～えん【信号煙】（名）（飛機與船隻或地上連絡用的）信號烟；～き【信号機】（名）〔鐵〕信號機；～しゅ【信号手】（名）信號員。

*じんこう【人工】（名）人工；人造；☆人工を加える／加人工；☆自然界には人工では到底模倣し得ないものが沢山ある／在自然界中有很多無論如何用人工不能模倣的東西；～えいせい【人工衛星】（名）人造衛星；～えいよう【人工栄養】（名）人工營養；～しんじゅ【人工真珠】（名）養珠；～てき【人工的】（形動ダ）人工的；☆人工的に／人工的。

*じんこう【人口】（名）人口；☆その都市は人口が増えた／那個都市的人口增加了；②人言；☆人口に膾炙（かいしゃ）する／膾炙人口。◎

しんこきゅう【深呼吸】（名・自サ）深呼吸；☆深呼吸をする／作深呼吸。③

*しんこく【申告】（名・他サ）申報，報告，呈報；☆税関に申告する／向海關申報；☆所得を申告する／申報所得◎

*しんこく【深刻】（形動ダ）深刻；嚴重；深切；☆深刻な社会問題／深刻的社會問題；☆この小説にはどこか深刻な所がある／這篇小説有些地方寫得深刻。◎

シンコペ（ーション）【syncopation】（名）〔樂〕切分音；切分法。④

しんこん【身魂】（名）身魂，身與魂；☆身魂を投（な）げ打って国に尽す／以身報國，全心全意爲國家服務。①

しんこん【心魂】（名）心魂；☆仕事に心魂を傾（かたむ）ける／全心全意地工作；☆心魂に徹して忘れない／在心中銘記不忘。①

しんこん【新婚】（名・自サ）新婚；☆新

婚そうそう／剛結婚不久。◎

しんごんしゅう【真言宗】（名）〔佛〕眞言宗。③

*しんさ【審査】（名・他サ）審查；☆審査の結果を報告する／報告審查的結果；☆審査に合格する／審查合格，審查通過①

しんさい【震災】（名）震災，地震的災害；☆震災にあう／遭受震災。◎

じんさい【人才】（名）人才，人材；☆人才を登用する／任用人材。

じんさい【人災】（名）人災，人禍。◎

じんざい【人材】（名）人材；☆人材を抜擢（ばってき）する／拔擢人材。◎

しんさく【新作】Ⅰ（名）新作品；☆新作を発表する／發表新作品；Ⅱ（他サ）從新創作，從新製作。◎

*しんさつ【診察】（名・他サ）〔醫〕診察；☆医者の診察を受ける／請醫生診察；☆立合（たちあい）診察を行なう／實行會診；～けん【診察券】（名）（醫院）掛號證。◎

しんさん【心算】（名）打算，計劃（＝つもり）。◎

しんさん【辛酸】（名）辛酸；☆つぶさに辛酸をなめる／備嘗辛酸。①◎

しんざん【深山】（名）深山；☆深山幽谷に入る／進入深山幽谷。①

しんざん【新参】（名）新來（的人）；☆彼は社内では新参の方だ／他在公司裏算是新來的；～もの【新参者】（名）新來的人。①◎

しんし【信士】（名）①守信之士；②〔佛〕信士（用於按佛教儀式殯葬的男子的戒名之下）。①

*しんし【紳士】（名）①（有學識有地位的）紳士，君子，體面人；☆田舎（いなか）紳士／郷紳，土紳士；☆それは紳士にあるまじき行為だ／那是紳士所不應有的行爲；☆彼は紳士だから失礼なことはしない／他是一個體面人不做無禮貌的事；②（在一般上層社會泛指）男子；～きょうてい【紳士協定】（名）君子協定；～ふく【紳士服】西服；～ぶ・る【紳士ぶる】（自五）假裝紳士，擺紳士架子；～もの【紳士物】男士用的（手錶、眼鏡、鞋子…等）；～ろく【紳士録】（名）記載名人的職業、經歷、住址等的書册。①

しんし【真摯】（形動ダ）眞摯（＝まじめ）；☆真摯な学究の徒／眞摯的科學研究者①

しんじ【心（芯）地】（名）〔縫紉〕襯布，墊布。◯

じんじ【人事】（名）①人事；人的行為／人事を尽して天命を待つ／盡人事以聽天命；②人事（工作）／☆彼は人事を担当している／他擔任人事工作；～いどう【人事異動】（名）調任；調動；～ふせい【人事不省】（名）人事不省；☆人事不省に陥（おちい）る／陷入人事不省狀態。①

じんじ【仁慈】（名）〔文〕仁慈。①

しんしき【神式】（名）〔宗〕神道儀式；☆婚礼は神式による／婚禮按神道儀式舉行。◯①

*しんしき【新式】（形動ダ）新式；☆新式にする／使成為新式的；☆新式のカメラ／新式的照相機。◯

シンジケート【syndicate】（名）〔經〕辛迪加（企業的聯合組織）；～ぎんこうだん【syndicate 銀行団】（名）〔經〕辛迪加銀行團。④

しんしつ【心室】（名）〔解〕心室。◯

しんしつ【寝室】（名）寝室，臥室。◯

しんじつ【信実】（名）誠意，真心；信實；☆信実のこもった言葉／充滿了誠意的話語；☆口先のうまい者は信実がない／花言巧語的人沒有真心。①

*しんじつ【真実】（名・副・形動ダ）真實，事實，實在；☆…の真実なることを証明する／證明…是真實；☆真実の所は…／老實說…事實是…；☆真実彼がいやになった／（我）實在討厭他了；☆真実を言う／說真情實話；～せい【真実性】（名）；☆…の真実性を疑う／懷疑…的真實性；～み【真実味】（名）真實性。①

しんしゃ【深謝】（名・他サ）深謝，感謝；☆誠懇謝罪，深表歉意☆不始末（ふしまつ）を深謝する／對於過失表示歉意①

しんしゃ【新車】（名）新車；☆新車を運転する／駕駛新車。◯

*しんじゃ【信者】（名）信者，信徒；☆キリスト教の信者／基督教的信徒。①③

じんじゃ【仁者】（名）仁者；☆知者は水を楽しみ仁者は山を楽しむ／智者樂水仁者樂山。①

*じんじゃ【神社】（名）〔宗〕神社（＝やしろ）；☆神社に参（まい）る／參拜神社。①

ジンジャー【ginger】〔植〕野薑花，薑

；～エール【ginger ale】薑汁汽水①

しんしゃく【新釈】（名）新的解釋；新的註釋；☆万葉集（まんようしゅう）の新釈／對萬葉集的新的解釋。◯

しんしゃく【斟酌】（名・他サ）①體量，考慮，☆事情を斟酌する／體量情況，考慮情況；☆年が行かないという点を斟酌せねばならない／必須考慮（他的）年紀幼小；☆何の斟酌もなく処罰する／毫不體量地加以處罰；②斟酌；☆あの人の話は斟酌して聞かないとひどい目に遇（あ）う／他的話如果不打折扣地聽一定會上當。◯

しんしゅ【神酒】（名）神酒，供神的酒（＝みき）。①

しんしゅ【進取】（名）進取；☆進取の気に富んでいる／富於進取的精神。①

しんしゅ【新酒】（名）新酒。①

*しんじゅ【真珠】（名）珍珠；☆真珠の頸飾（くびかざ）り／珍珠頸鍊；～がい【真珠貝】（名）〔動〕珍珠貝（＝あこやがい）。◯

しんじゅ【親授】（名・他サ）①親手授與；②御賜，親賜；☆元首から勲章を親授される／蒙元首親賜勳章。①

*じんしゅ【人種】（名）人種，種族；☆人種から言えば彼らは蒙古人である／按人種而言他們是蒙古人；～あらそ（あらそ）い／種族敵對，種族鬥爭；～がく【人種学】（名）人種學；～てき【人種的】（形動ダ）人種的，☆人種的に／在人種上。◯

じんじゅ【人寿】（名）〔文〕人壽；☆人寿を全（まっと）うする／善終。①

しんしゅう【真宗】（名）〔佛〕真宗（佛教之一派。◯

しんじゅう【心中】（名・自サ）①〔古〕守信義；②〔古〕愛情的證據（如剪髮、切指、紋身等）；③男女（因愛情）一同自殺，殉情；☆心中の約束をする／男女訂約實行自殺，殉情；☆そのホテルに心中があった／那個旅館裏發生了殉情事件；☆無理（むり）心中／一方強迫另一方的殉情；④〔轉〕二人以上的自殺；☆親子（おやこ）心中／母子（父子）一同自殺。◯

しんしゅく【伸縮】（名・自他サ）伸縮；☆鉄は温度によって伸縮する／鐵因溫度（不同）而伸縮；～じざい【伸縮自在】

（名・形動ダ）伸縮自如；☆ゴムは伸縮自在だ／橡皮可以伸縮自如。◎①

しんしゅつ【侵出】（名・自サ）向外侵略，向外侵占。◎

しんしゅつ【浸出】（名・他サ）〔文〕浸出，泡出；☆過マンガン酸カリを水に浸出させる／用水把過錳酸鉀泡出。◎

***しんしゅつ**【進出】（名・自サ）進入，侵入；（向…）發展；出動，參加，登場；☆国産品が世界市場に進出する／國産品打進世界市場；☆共産主義の中近東への進出／共產主義向中近東的侵入；☆ガラス工業の…への進出／玻璃工業向…的發展；☆婦人が政治方面に進出する／女子參加政治；☆文壇に進出する／走上文壇，在文藝界登場。◎

しんしゅつ【新出】（名・自他サ）新出，新出現。◎

しんしゅつ【滲出】（名・自サ）滲出，外滲；～**せいたいしつ**【滲出性体質】（名）〔醫〕滲出性體質。◎

しんじゅつ【心術】（名）心術。①

しんじゅつ【鍼術】（名）〔醫〕鍼術；☆鍼術で神経痛を治療する／用鍼術治療神經痛。①

じんじゅつ【仁術】（名）仁術，醫術。①

しんしゅつきぼつ【神出鬼没】（連語・名）〔文〕神出鬼没；☆神出鬼没の行動／神出鬼没的行動。①─◎

しんしゅん【新春】（名）新春，新年。◎

しんじゅん【浸潤】（名・自サ）①浸潤，滲透；☆雨水が地に浸潤する／雨水浸潤土地；☆民主主義が国民の間に浸潤する／民主主義滲透到民衆之間；②〔醫〕浸潤。◎

しんしょ【心緒】（名）〔文〕心緒，情緒。①

しんしょ【信書】（名）〔文〕書信（＝てがみ）；☆信書の往復を待つ／通信。①

しんしょ【新書】（名）①新出版的書；②新書。◎①

しんしょ【親書】（名・他サ）①親筆（書寫）；☆紹介状を親書する／親筆寫介紹信；②親筆信。①

しんしょう【心証】（名）①〔法〕（審判官在審理中所得到的）確信，心證；☆心証を得る／得到確信；②心情，情緒，感情；☆人の心証を害する／傷害別人的感情，給人以不愉快的印象。◎

しんしょう【身上】（名）①身世（＝みのうえ）；②財産（＝しんだい）；☆身上のよい人／有財産的人，有錢的人；☆身上をつぶす／破産，把財産浪費掉；③家産（＝しょたい）；☆身上を持つ／成家，安家立業；④（個人的）長處，優點（＝しんじょう）；～**もち**【身上持ち】（名）①有財産的人，有産者（＝かねもち）；②家政，持家之道；☆身上持ちの良い妻／持家有道的妻子，善於管理家政的妻子；③有家庭的人（＝しょたいもち）①

しんしょう【辛勝】（名・自サ）〔俗〕（比賽等）勉強得勝，險勝；☆二対一で辛勝した／以二比一險勝。◎

しんじょう【心情】（名）心情；☆彼の心情実に哀（あわれ）むべきものがある／他的心情實在令人同情。◎

しんじょう【身上】（名）①＝しんしょう（上身）；②演員、藝人等的薪金；③長處，優點；☆そこが彼の身上だ／那一點是他的長處，可取之處。①◎

しんじょう【信条】（名）①信念；②〔宗〕信條；☆堅く信条を守る／堅守信條。◎

しんじょう【真情】（名）①眞情，眞實感情；☆その手紙には彼の真情がこもっている／那封信裏充滿了他的眞實感情；☆真情を吐露す／吐露眞情；②實情，眞實情況。◎

しんじょう【進上】（名・他サ）贈送，奉送（＝しんてい）；☆お祝（いわ）いの品を進上する／贈送慶祝的禮品。◎

じんしょう【人証】（名）〔法〕人證；☆人証と物証の前に彼はやむなく自分の犯罪を認めた／在人證和物證的面前他不得不承認自己的犯罪了。◎

じんじょう【尋常】（形動ダ）①尋常，普通，通常；☆彼にはどこか尋常でない所がある／他那有些地方不尋常，與人不同；☆あんな男は尋常の手段では白状しまい／他那種人用普通的手段恐怕不會招認的；②堂堂正正，☆尋常に勝負する／堂堂正正地比賽，決勝負；③老老實實，馴服，乖；☆尋常に縄（なわ）にかかれ／（你）要老老實實地就擒！☆尋常に白状しろ／老老實實招認吧！④溫和，柔和；☆尋常に言って聞かせる／柔和地說服；～**しょうがっこう**【尋常小学校】（名）普通小學校（舊制的名稱）。◎

しんしょうひつばつ【信賞必罰】（連語・名）信賞必罰，賞罰分明。◎

しんしょうぼうだい【針小棒大】（連語）
誇張，渲染，有一點誇多大；☆事を針小
棒大に言う／把小事加以誇大。◎

しんしょく【神色】（名）〔文〕神色（＝
かおいろ）；☆神色自若（じじゃく）と
して／神色自若（地）。①

しんしょく【神職】（名）〔宗〕神道的僧
職（＝かんぬし）。①

しんしょく【浸（侵）蝕（食）】（名・他
サ）浸蝕；☆岩石が風雨の浸蝕を受ける
／巖石受風雨的浸蝕；～さよう【浸蝕作
用】（名）浸蝕作用。◎

しんしょく【寝食】（名）寢食；☆寢食を
忘れる／廢寢忘食；☆寝食を共（とも）
にする／寢食與共。①

*しん・じる【信じる】（他上一）①信，相
信；☆固く信じて疑わない／堅信不疑；
☆容易に信じない人／不肯輕易相信的人
；☆彼が死んだとはどうしても信じられ
ない／怎麼也不能相信他已經死了；②信
賴；☆君を信じてこの仕事を任せる／我
信賴你，把這件事交給你去辦；☆彼は人
を信じ過ぎる／他過於信賴別人；☆信ず
べき報道によれば／根據可靠的報導；③
信仰；☆仏教を信じる／信仰佛教；図し
んず（サ）。◎③

しん・じる【進じる】（他上一）贈送，奉
送（＝あたえる）；図しんず（サ）。◎

*しんしん【心身・身心】（名）心身，心與
身，精神與肉體；☆心身共に健全である
／心身健全；☆仕事に心身を委（ゆだ）
ねる／全心全意搞工作。①◎

しんしん【心神】（名）心神，精神；～そ
うしつ【心神喪失】（名）〔法〕心神喪
失，精神錯亂（由於精神障害對法律上的
意志行爲不能負責）。①◎

しんしん【津津】（形動タルト）〔文〕津
津；☆興味津津たるものがある／津津有
味。◎

しんしん【深深】（副）深深；☆夜は深深
と更（ふ）けていく／夜越來越深了◎③

しんしん【森森】（副）①（樹木茂密狀）
森森；②森嚴。◎③

しんしん【新進】（名）新進（的人物）；
☆新進の作家／新進的作家；☆新進だけ
の座談会／新進人物清一色的座談會。◎

しんじん【信心】（名・他サ）信心，信仰
（心）；☆神様（かみさま）を信心する
／信神；☆信心がない／沒有信仰心；◇

鰯（いわし）の頭も信心から／心誠則靈
；～か【信心家】（名）篤信（神佛）的
人。③①

しんじん【新人】（名）新人；☆画壇で新
人が活躍する／新人在繪畫界活躍。◎

じんしん【人心】（名）人心；☆人心をお
さめる／收攬人心；☆人心の向かう所を
察知する／察知人心之所向。◎

じんしん【人身】（名）人身；～こうげき
【人身攻撃】（連語・名）人身攻撃；～
ばいばい【人身売買】（連語・名）人身
買賣，買賣人口。◎

しんすい【心酔】（名・自サ）醉心；☆西
洋文明に心酔する／醉心於西洋文明。◎

しんすい【浸水】（名・自サ）浸水，水浸
；☆船が浸水して沈没する／船因浸水沉
沒；☆浸水家屋は二千戸以上に及んだ／
淹水房屋達兩千戸以上。◎

しんすい【進水】（名・自サ）（船）進水
，下水；☆新しい船が進水する／新船下
水；～しき【進水式】（名）（船）下水
典禮。◎

しんすい【薪水】（名）〔文〕薪與水，〔
喩〕炊事☆薪水の労を取る／効薪水之勞
，（替人）作勞苦的工作。①◎

しんずい【心髄】（名）心髓；心底。◎③

しんずい【真髄】（名）眞髓，精髓；☆キ
リスト教の真髄／基督教的眞髓。◎①

しんずい【神髄】（名）①精神與骨髓；②
（事物的）深奧意義，蘊奧；☆音楽の神
髄を味（あじ）わう／欣賞音樂的深奧意
義。◎①

じんずう【神通】（名）〔佛〕神通；～り
き【神通力】（名）〔佛〕神通力（＝じ
んつうりき）；☆神通力を得ている／有
神通力，神通廣大。◎

しん・ずる【信ずる】（他サ）→しんじる
；図しんず（サ）。◎③

しんせい【申請】（名・他サ）〔文〕申請
，聲請；☆政府に許可を申請する／向政
府申請許可；～しょ【申請書】（名）申
請書，聲請書。◎

しんせい【辰星】（名）①〔文〕星辰；②
〔天〕水星。◎

しんせい【真正】（名・形動ダ）眞正；☆
真正の三民主義を打ち立てる／建立眞正
的三民主義。◎

しんせい【真性】（名）①眞性，天資；②
〔醫〕眞性；☆真性コレラにかかる／感

染眞性霍亂。[0]

*しんせい【神聖】（形動ダ）神聖；☆労働
の神聖／勞動的神聖；☆神聖にして犯（お
か）すべからず／神聖不可侵犯。[0]

しんせい【新生】（名・自サ）新生；～じ
【新生児】（名）新生兒，初生的嬰兒[0]

しんせい【新星】（名）①〔天〕新星；②
新人物；⑧新電影演員。[0]

しんせい【親政】（名）（君主）親政，
自執政。[0]

*じんせい【人生】（名）；☆人生は四
十から／人生從四十歲開始；☆人生とは
こういうものだ／人生就是這麼一回事；
～かん【人生観】（名）人生觀；☆私は
君と人生観を異にしている／我和你的人
生觀不同。[1]

じんせい【仁政】（名）仁政；☆仁政を施
（ほどこ）す／施行仁政。[0]

しんせいだい【新生代】（名）〔地質〕新
生代。[3]

しんせかい【新世界】（名）①新世界；新
天地；②新大陸，美洲。[3]

しんせき【臣籍】（名）臣籍,當臣的身分
☆臣籍に降下する／（皇族）下降爲臣[0][1]

しんせき【真跡（蹟）】（名）眞跡，眞蹟；
☆宋代名家の真跡／宋代名家的眞跡。[0]

しんせき【親戚】（名）親戚（＝みうち）
；☆彼は私の遠い親戚に当る／他跟我有
點親戚關係,他是我的遠親。[0]

じんせき【人跡】（名）人跡；☆人跡まれ
な山中／人跡罕到的山中。[1][0]

しんせつ【深雪】（名）深雪；☆深雪に埋
もれる／埋在深雪中。[0]

しんせつ【新設】（名・他サ）新設；☆新
設の学校／新設的學校；☆郵便局（ゆう
びんきょく）を新設する／新設郵局。[0]

しんせつ【新雪】（名）新雪；☆新雪を踏
んで行く／踏着新降的雪而行。[0]

しんせつ【新説】（名）①新說，新學說
☆新説を立てる／建立（提出）新學說；
②新的說法；☆この問題について新説が
出た／關於這個問題有了新的說法。[0]

*しんせつ【親（深）切】（名・形動ダ）親
切，懇切，好意；☆一寸（ちょっと）し
た親切／一點的好意；☆親切にする／懇
切相待；☆人から親切を受ける／受人好
意,受人懇切相待；☆彼は親切にそう言
ったのだ／他說邪話是出於一番好意；☆
親切に甘（あま）える、親切につけこむ

／利用人家的好意；乘着人家懇切相待而
不客氣起來；☆人の親切を無（む）にす
る／辜負人家一番好意；～ぎ【親切気】
（名）懇切心，好意；☆彼には親切気が
ない／他毫不懇切。[1]

しんせっきじだい【新石器時代】（名）新
石器時代。[6]

*しんせん【新鮮】（形動ダ）新鮮；☆新鮮
な空気を吸う／吸新鮮空氣；～み【新鮮
味】（名）新鮮，新鮮的地方；新鮮的成
分；☆新鮮味に乏しい／不够新鮮；☆新
鮮味が感じられない／令人感覺不到有什
麼新鮮之處。[0]

しんせん【新撰】（名）新撰，新編。[0]

しんぜん【神前】（名）神前；☆神前にぬ
かずく／跪在神前叩頭；～けっこん【神
前結婚】（名）（按神道儀式）在神社結
婚。[0]

しんぜん【親善】（名）親善,友誼；☆両
国親善の実をあげる／促進兩國的親善，
在兩國的親善方面做出成績來；☆両国の
親善を促進する／促進兩國的友誼；☆親
善訪問団／友好訪問團。[0]

じんせん【人選】（名・自サ）人選；☆目
下人選中です／目前正在進行人選；☆困
難は人選にある／困難在於人選。[0]

しんぜんび【真善美】（名）真善美。[3]

*しんそう【真相】（名）眞相；☆真相を明
らかにする／查明眞相；☆真相をうがつ
／揭穿眞相；☆だんだん真相が分かって
きた／眞相漸白。[0][1]

しんそう【深窓】（名）深窗，深閨，深宅
大院；☆深窓に育つ／在深宅大院中成長
（不染世俗）；☆深窓の佳人／深閨的佳
人，大家閨秀。[0]

しんそう【新装】（名）①新的裝潢,新的
外觀；☆新装を凝（こ）らす／裝潢一新
，使煥然一新；②新的裝訂；新的設備[0]

*しんぞう【心臓】（名）①〔解〕心,心臓
；☆心臓の鼓動が止まる／心臓的跳動停
止；☆彼は心臓を悪くしている／他患心
臓病；②〔諧〕厚臉皮；勇氣；☆彼は心
臓にも、一文（いちもん）なしで喫茶店
（きっさてん）へ入った／他竟厚着臉皮
一文沒有就進了咖啡店；☆ずいぶん心臓
だね／臉皮眞厚；☆君はもっと心臓を強
くしなけりゃだめだ／你要有些勇氣才
行☆心臓が強い（弱い）／臉皮厚（薄）[0]

しんぞう【新造】I（名・他サ）從新建造,

新造；☆新造の船／新造的船；Ⅱ（名）
〔古〕①結婚前的（二十歳上下的）年輕
女子；②年輕的妻子，少婦；少奶奶。◻

じんぞう【腎臓】（名）腎臓。◻

*じんぞう【人造】（名）人造，人工製造
；〜かわ【人造革】（名）人造革，人造皮
；〜ゴム【人造護謨】（名）人造橡膠；
〜せんい【人造繊維】（名）①人造纖維
；②＝スフ；〜にんげん【人造人間】（
名）機械人（＝ロボット）。◻

しんぞく【親族】（名）親屬（＝みうち，
しんるい）；〜かいぎ【親族会議】（名）
親屬會議。◻

じんそく【迅速】（形動ダ）迅速，☆あの
新聞は報道が迅速だ／那家報紙的報導迅
速，☆迅速に行動をとる／迅速地採取行
動。◻

しんそこ【心（真）底】（名）①心底，内
心，☆心底を打ち明ける／說出内心的話
來，吐露心事；②最低下，最下層。◻◻

しんそつ【真率】（形動ダ）率真，☆真率
な態度／率真的態度。◻◻

じんた（名）〔俗〕（為馬戲團或其他商店
作廣告宣傳由少數人組成的）吹奏樂團◻

*しんたい【身体】（名）身體（＝からだ）
；☆身体の自由を失う／身體失去自由，
動轉不靈，成殘廢；☆身体を検査する／
搜査身體（的健康狀態）；☆身体を鍛（
きた）える／鍛鍊身體；〜けい【身体刑】（名）肉刑；〜けんさ【身体検査】（名）①身體檢查，健康檢查；②搜査身體；〜しょうがいしゃ【身体障害者】（名）殘障者；〜はっぷ【身体髪膚】（名・連語）〔文〕身體髪膚（指整個肉體）。◻

しんたい【神体】（名）〔宗〕神體，崇拜的對象；☆この神社の御神体は蛇です／這個神社供的是蛇。◻◻

しんたい【進退】（名・自サ）①進退；☆進退谷（きわ）まる／進退維谷；②行動；態度；☆進退を共にする／進退與共，採取共同行動；☆進退を決する／決定進退，決定態度；③去留，辭職或留職；☆この問題は彼の進退に関する／這個問題影響到他的去留；④舉止；☆進退が優雅だ／舉止優雅；〜うかがい【進退伺】（名）(屬下犯錯誤時或因其他原因向上司)請示去留(的簽呈)，試探性的辭呈；〜りょうなん【進退両難】（連語）進退兩

難。◻

しんたい【新体】（名）新體，新的體裁；〜し【新体詩】（名）新體詩（明治初期七五格律的詩）。◻

しんだい【身代】（名）財產，私產（＝しんしょう）；☆身代をつくる（きずく）／發財，致富；☆身代を使い果（は）たす／蕩產；☆彼は百ドルの身代だ／他有百萬的財產。◻

しんだい【深大】（形動ダ）〔文〕深大。

*しんだい【寝台】（名）床，床舖，（火車的）臥舖；☆寝台で寝（ね）る／在床上睡，☆寝台を申し込む／預約（火車的）臥舖；〜けん【寝台券】（名）（火車的）臥舖票；〜しゃ【寝台車】（名）（火車的）臥車。◻

じんたい【人体】（名）人體，☆人体に害がある／對於人體有害；☆人体の構造を説明する／說明人體的構造。◻

じんだい【神代】（名）神代，神話時代（在日本指神武天皇即位以前）（＝かみよ）◻

じんだい【甚大】（形動ダ）甚大，很大，非常大；☆その損害たるや甚大なるものがある／其損害很大。◻

じんだいこ【陣太鼓】（名）陣鼓；☆陣太鼓を打ち鳴らす／擊陣鼓。◻◻

じんだいめいし【人代名詞】（名）〔語法〕人稱代詞。◻

しんたいりく【新大陸】（名）新大陸（特指南北美洲和澳洲）；☆新大陸に渡って開拓に従事する／航渡到新大陸去從事開墾。◻

しんたく【信託】（名・自サ）信託，委託，託管；☆財産を信託する／把財產委託（信託公司等）管理；〜がいしゃ【信託会社】（名）〔經〕信託公司；〜とうち【信託統治】（名）委任（聯合國）統治，託管。◻

しんたく【神託】（名）神諭，神的啓示，天啓；☆夢に神託を蒙る／在夢中得到天啓。◻

しんたく【新宅】（名）①新居，新房；☆新宅に移（うつ）る／遷入新居；②（由本家分出的）新家；☆新宅を構（かま）える／另立新家。◻

しんたん【心胆】（名）〔文〕心胆；☆心胆を寒からしめる／使膽戦心寒。◻◻

しんたん【薪炭】（名）薪炭；〜ひ【薪炭費】（名）薪炭費，燃料費。◻◻

*しんだん【診断】（名・他サ）〔醫〕診断
；☆肺炎と診断した／診斷爲肺炎；☆医
者には私の病気の診断がつかなかった／
大夫没有診斷出來我是什麼病；☆一年に
一回、人間ドックに入って健康診断をす
る／一年一次在健康診所做全身檢查；～
しょ【診断書】（名）診斷書。◎

じんち【人知（智）】（名）人智；☆人智
の発達は、とどまるところがない／人智
的發達沒有止境；☆人知の及ぶところで
はない／非人智所能及。◎

じんち【陣地】（名）陣地；☆陣地を死守
する／死守陣地。①

しんちく【新築】（名・他サ）①新修，從
新建築；☆家を新築する／新建房屋；②
新建的房屋；☆新築中の家屋（かおく）
／新建中的房屋。◎

じんちく【人畜】（名）人畜，人和家畜；
☆人畜には被害がなかった／人畜都沒受
到損害。◎①

しんちしき【新知識】（名）新知識；☆科
学の新知識を吸収する／吸收科學上的新
知識。③

しんちゃ【新茶】（名）新茶；☆初夏に新
茶が出る／初夏新茶上市。①◎

しんちゃく【新着】（名・自サ）新到，新
運到（的東西）；☆新着の洋書／新到的
外文書籍。◎

*しんちゅう【心中】（名）心中，内心；☆
心中ひそかに思う／心中暗想；☆心中を
打ちあける／傾吐内心，吐露心事；☆人
の心中を推察する／體諒別人的内心。①

しんちゅう【真鍮】（名）黄銅（銅與鋅的
合金）。◎

しんちゅう【進駐】（名・自サ）〔軍〕進
駐，進入，外國駐紮；☆外国に進駐する
／（軍隊）進入外國駐紮；～ぐん【進駐
軍】（名）〔軍〕進駐軍，占領軍。◎

じんちゅう【陣中】（名）陣中，戰陣之中
；☆敵の陣中に突入する／闖入敵人的陣
中；☆陣中に没（ぼっ）する／陣亡。①

しんちょ【新著】（名）新著，新的著作；
☆新著を出版する／出版新的著作。①

*しんちょう【身長】（名・自サ）☆身長を
測（はか）る／量身高；☆身長不足で不
合格となる／因爲身高不夠而不合格；☆
二身長で勝つ／（賽馬）以兩個身長之差
而得勝。◎

しんちょう【伸長】（名・自他サ）〔文〕
伸長，延長；☆脚立（きゃたつ）を伸長
させる／把脚凳子接長（墊高）；☆国力
の伸長を図る／圖謀國力的發展。◎

しんちょう【清朝】（名）清朝。①

*しんちょう【慎重】（名・形動ダ）慎重，
小心謹慎；☆慎重な態度を採る／採取慎
重的態度；☆何事をするにも慎重である
／做什麼事都小心謹慎。◎

しんちょう【新調】（名・他サ）①（衣履
的）新製；☆服を新調する／新定做西服
；☆新調の靴／新做的皮鞋；②新調，新
的曲調。◎

じんちょうげ【沈丁花】（名）〔植〕丁香
（花）。③

しんちょく【進捗】（名・自サ）進展（＝
はかどる）；☆交渉が進捗する／交渉有
進展。◎

しんちんたいしゃ【新陳代謝】（名・自サ）
①〔生〕新陳代謝；☆人体は常に新陳代
謝している／人體不斷地新陳代謝著；②
〔轉〕新舊交替；☆あの会社では新陳代
謝が盛んに行なわれている／那家公司的
人員頻繁地更動着。⑤

しんつう【心痛】（名・自サ）①擔心，憂
慮；☆子供の病気に心痛する／爲孩子的
病擔心；☆心痛の色が見える／面帶愁容
；②心痛。◎

じんつう【陣痛】（名）①〔醫〕（分娩時
的）陣痛；☆陣痛が起こる／開始陣痛，
陣痛起來；②〔轉〕（事等）開始時的苦
悶（困難）；☆長い陣痛を経て内閣がつ
いに誕生した／經過很長一段困難內閣終
於成立了。◎

しんてい【心底】（名）内心，本心，眞心
；☆相手の心底を見透（す）かす／看破
對方的内心。①◎

*しんてい【進呈】（名・他サ）奉送，贈送
；☆見本（みほん）を進呈する／奉送樣
本。◎

しんてい【新定】（名・他サ）新定，從新
規定。◎

しんてい【新訂】（名・他サ）新訂，重新
修訂；☆教科書を新訂する／重新修訂教
科書。◎

しんてき【心的】（形動ダ）心的；～げん
しょう【心的現象】（連語）心的現象，
心理上的現象；↔ぶってき（物的）◎①

じんてき【人的】（形動ダ）人的；～かん
けい【人的関係】（連語）人的關係，人

與人的關係；↔ぶってき（物的）。⓪

シンデレラ【Cinderella】（名）〔童話〕
灰姑娘。③

しんてん【伸展】（名・自他サ）伸展，擴
展，發展；☆事業を伸展する／伸展事業
，使事業擴展。⓪

しんてん【進展】（名・自他サ）進展；☆
戰局の進展と共に／隨着戰局的進展。⓪

しんてん【親展】（名）（信書、電報等的）
親展，親拆，親披。⓪

しんでん【神殿】（名）神殿；☆神殿を營
造する／營造神殿，修建神殿。⓪

しんでん【親電】（名）國家元首所發的電
報。⓪

しんでん【寢殿】（名）①（宮中的）寢殿
；②（宮殿式建築的）正殿；～づくり【
寢殿造】（名）（中古貴族住宅的）宮殿
式建築。⓪

しんと【信徒】（名）信徒；☆キリスト教
の信徒／基督教的信徒，基督徒。①

しんと【新都】（名）新都；☆新都を東京
に定める／奠定新都於東京。①

しんど【深度】（名）深度；☆海の深度を
測る／測量海的深度。①

しんど【進度】（名）進度；☆進度が速い
／進度快；☆各組の進度を揃（そろ）え
る／使各組的進度一致。①

しんど【震度】（名）〔地震〕震度。①

しんど・い（形）〔方〕辛苦的，疲勞的，
費勁的；☆しんどい仕事／費力的工作③

しんとう【心頭】（名）〔文〕心頭；☆怒
り心頭に発する／怒上心頭，火上心頭；
◇心頭を滅却すれば火もまた涼し／滅却
心頭火亦涼。①⓪

しんとう【神道】（名）〔宗〕神道（日本
民族的傳統的信仰）；惟神の道。①

しんとう【浸透】（名・自サ）滲透；☆雨
水が地に浸透する／雨水滲入地中；☆三
民主義思想が人民の間に浸透する／三民
主義思想滲透到人民中間。⓪

しんとう【親等】（名）親等（表示親屬關
係親疎的單位，以父子爲一等親）。⓪

*しんどう【振動】（名・自サ）①振動；☆
窓ガラスが振動する／窗玻璃振動；②〔
理〕擺動；☆振子（ふりこ）の振動／（
鐘）擺的擺動。⓪

しんどう【神童】（名）神童；☆モーツァ
ルトは幼時は神童と呼ばれた／莫札特在
幼時就被稱爲神童。⓪①

しんどう【神道】（名）→しんとう。①

*しんどう【震動】（名・自他サ）震動；☆
地震で家が震動する／房子由於地震而震
動。⓪

じんとう【人頭】（名）〔文〕①人頭；人
數；☆人頭割（わり）で費用を分担する
／按人數分攤費用；②人口；～ぜい【人
頭税】（名）人頭税。⓪

じんとう【陣頭】（名）①前線；隊伍的最
前列；☆陣頭に立つ／站在隊伍的最前列
；帶頭；②〔轉〕（各種活動的）最前列
，第一線；☆何をしても彼は陣頭に立つ
ことなく常に影武者（かげむしゃ）とし
て活躍する／不論做什麼事他都不是站在
前頭而是在幕後活動。⓪

*じんどう【人道】（名）①人道；☆人道に
そむく（もとる）／違背人道；☆人道に
かなった行爲／合乎人道的行爲；②人行
道；☆人道を歩く／在人行道上走；～し
ゅぎ【人道主義】（名）人道主義；☆人
道主義の作家／人道主義的作家；～てき
【人道的】（形動ダ）人道的，合乎人道
的；☆捕虜を人道的に取り扱（あつか）
う／對俘擄給以人道的待遇。①⓪

じんどう【仁道】（名）仁道。⓪

じんとく【人徳】（名）品德；☆皆に好（
す）かれるのは彼の人徳のせいだ／大家
都喜歡他是由於他的品德。⓪

じんとく【仁徳】（名）〔文〕仁德；☆仁
德の高い君子／高仁德的君子。⓪①

じんとり【陣取】（名）①〔陣取る〕的名
詞形；②一種兒童遊戲（分爲兩組搶奪陣
地）。③④

じんど・る【陣取る】（自五）①占據陣地
；☆敵は山の上に陣取った／敵人在山上
占據了陣地；②〔轉〕占據位置，占座位
；☆二階に陣取って酒宴を始めた／占據
樓上的座位開始了酒宴。③

シンナー【thinner】（名）（漆油類的）
調薄劑。⓪

しんない【新内】（名）一種說唱曲藝〔淨
瑠璃（じょうるり）的一派〕；～ながし
【新内流し】（名）沿街說唱「新内」（
的人）。⓪

しんなり（副・自サ）〔俗〕柔軟（＝しなや
か）；☆暑さで庭の草花がしんなりとし
ている／院子裡的花草因爲暑熱而蔫了；
☆しんなりする程にゆでる／煮到發軟③

しんに【真に】（副）眞地，眞正（ほんと

うに）；☆真に国を愛する者は国のため
に身を捨てても惜しくない／眞正愛國的
人爲國捐軀也在所不惜。①

しんにち【親日】（名）親日；～か【親日
家】（名）愛好日本的人士。⓪

しんにゅう【辶・廴】（名）〔漢字部首〕
辶；☆しんにゅうをかける／誇大，
加甚，加以渲染。⓪

*_**しんにゅう【侵入】**（名・自サ）侵入，闖
入；☆敵国の侵入を防ぐ／防備敵國的侵
入；☆隣にどろぼうが侵入した／盜賊闖
入了隣家。⓪

しんにゅう【進入】（名・自サ）〔文〕進
入。⓪

しんにゅう【新入】（名）新加入，新來
（的人）（＝しんいり）；～せい【新入生】
（名）〔學校〕新生，（大學的）新鮮人⓪

しんにょ【信女】（名）〔佛〕信女（用於
按佛教儀式殯葬的女子的戒名之下）。①

しんにょ【真如】（名）〔佛〕眞如。①

しんにょう【辶・廴】（名）→しんにゅう⓪

しんにん【信任】（名・他サ）信任；☆信
任を得る／取得信任；☆信任を裏切（う
らぎ）る／辜負信任；☆内閣を信任する
／信任内閣；～じょう【信任状】（名）
國書；☆信任状を捧呈する／呈遞國書①

しんにん【新任】（名）新任；☆新任の校
長／新到任的校長；☆新任の挨拶（あい
さつ）を述べる／作新到任的致詞。⓪

しんねん【信念】（名）信念，信心；☆ゆ
るぎなき信念／不動搖的信念，堅定的信
念；☆信念を失う／失掉信心；☆信念を
持つ／具有信心。①

*_**しんねん【新年】**（名）新年；☆新年おめ
でとう／恭賀新年；☆新年を迎える／迎
接新年。①

しんのう【親王】（名）親王。③

しんぱ【新派】（名）①新派；☆歌壇の
新派を代表する／代表歌壇的新派；②〔
劇〕（明治中期以後對抗舊劇而興的）新
派劇，新劇。①

シンパ（名）→シンパサイザー。①

じんば【人馬】（名）人和馬；☆人馬もろ
とも倒（たお）れる／人馬一齊裁倒。①

*_**しんぱい【心配】**（名・形容動ダ・自他サ）
①擔心，憂慮，不安，害怕；☆試験の結
果が非常に心配だ／（我）擔心考試的結
果；☆これで心配がなくなった／這樣一
來就沒有可憂慮的了；☆彼はそれを聞い

て大層心配している／他聽到那話非常不
安；☆心配そうな顔をしている／面帶不
安的神色；☆その人は盗まれるのが心配
で金を地中へめておく／那個人害怕他的
錢被人偸去他把錢埋在地裏，②操心，張
羅；介紹；☆家事上の心配／家務上的操
心；☆友人のために金を心配する／替朋
友張羅錢（籌款）；☆転任するので適当
な家を心配してほしい／因爲（我）要調
動工作希望（你）給（我）介紹一所適當的房
子；☆就職の心配をする／（替人）介紹
職業；☆いらぬ心配／多管閑事，杞憂⓪

じんばおり【陣羽織】（名）古時在陣中穿
在甲冑上的一種披肩。①③

シンパサイザー【sympathizer】（名）①
同情者；②賛成者。（＝シンパ）。④

シンバル（ズ）【cymbals】（名）〔樂〕
鐃鈸。①

しんばん【新盤】（名）新出的唱片，新唱
片；☆新盤を買う／買新出的唱片。⓪

*_**しんばん【審判】**（名・他サ）→しんぱん⓪

しんぱん【侵犯】（名・他サ）〔文〕侵犯
；☆敵の侵犯を防ぐ／禦防敵人的侵犯
；☆人の権利を侵犯する／侵犯別人的權
利。⓪

しんぱん【新版】（名）①新出版（的書籍
等）；②新版（舊版之對）；☆新版は
旧版より紙がよろしい／新版比舊版的紙
好。⓪①

*_**しんぱん【審判】**（名・他サ）①審判；☆
審判を受ける／受審判；②〔運動〕裁判
（員）；☆野球の審判をする／當棒球的
裁判員。⓪

しんび【審美】（名）〔文〕審美；～がく
【審美学】（名）美學；～てき【審美
的】（形動ダ）審美的，美學上的；☆審
美的に見る／審美地觀察。①

しんび【真否】（名）眞否；☆事の真否を
確（たし）かめる／查對事情是否眞實①

*_**しんぴ【神秘】**（名・形動ダ）神秘；☆神
秘に包まれている／籠罩着一付神秘的外
衣；☆神秘を探る／探查神秘；～しゅぎ
【神秘主義】（名）神秘主義；～てき【
神秘的】（形動ダ）神秘的；☆あの山は
何となく神秘的だ／那座山有點神秘。①

しんぴょう【信憑】（名・自サ）信憑，憑
信；☆信憑するに足る報道／足以憑信的
報導；～せい【信憑性】（名）可靠性；
☆その記事は信憑性に乏（とぼ）しい／

那一條新聞可靠性很小。[0]

しんぴん【新品】（名）新（製）品，新貨；☆このカメラは新品と同様です／這架像機和新的一様。[0]

じんぴん【人品】（名）①人品，人格；②風度，外表；☆人品卑（いや）しからぬ人／風度不俗的人；～こつがら【人品骨柄】（連語・名）人品和外表，風度[1][0]

しんぷ【神父】（名）〔宗〕（天主教的）神父。[1]

しんぷ【新婦】（名）新婦（＝はなよめ）；↔しんろう（新郎）

しんぷ【新譜】（名）新譜；新譜的唱片

しんぷ【親父】（名）〔文〕親父，父親（＝ちちおや）；☆御親父さまによろしく／請代問令尊大人安好。[1]

しんぷう【新風】（名）新風氣；☆画壇に新風を吹き込（こ）む／向繪畫界灌輸新風氣。[0]

シンフォニー【symphony】（名）〔樂〕交響樂→シンホニー。[1]

しんぷく【心服】（名・自サ）心服，敬服；☆人から心服されている／受別人敬服；☆部下（ぶか）を心服させる／使部下心服。[0]

しんぷく【信服（伏）】（名・自サ）信服；☆議論で相手を信服させる／在議論中使對方信服。[0]

しんぷく【振幅】（名）〔地〕振幅；☆振子（ふりこ）の振幅を計る／測量擺的振幅。[0]

しんぷく【震幅】（名）〔地震〕震幅；☆今の地震は震幅が大きかった／這次地震的震幅很大。[0]

しんぶつ【神仏】（名）①神佛；☆神仏に祈る／向神佛祈禱②神道和佛教。[1]

*****じんぶつ【人物】**（名）①人，人物；☆その人物をここへ連れて来い／把那個人領到這裏來；☆あの男は危険な人物だ／他是一個危険人物；☆世界的な人物／世界人物；②人品，人格；為人；☆人物を試験する／考驗人品；☆あれは人物がよくない／那個人人格不好；☆この事実から彼の人物をややうかがい知ることができる／從這一個事實就可以稍微明白一些他的為人；③人材，有用的人；☆今の外交界には人物が非常に多い／現在的外交界眞是人材濟濟；④（小説、劇本中的）人物；☆この小説は人物がよく描いてある／

這篇小説的人物描寫得很好；～が【人物画】（名）人物畫。[1]

シンプル【simple】（形動ダ）①質樸，樸素；☆田舎（いなか）娘はシンプルな感じがする／郷下姑娘給人一種質樸的印象；②單純，簡單；☆シンプルなデザインの服／款式簡單的西服。[1]

*****しんぶん【新聞】**（名）報紙，報章，新聞；☆新聞を発行する／發行報紙；☆新聞記事／新聞報導；☆新聞種（だね）／報導的材料；☆新聞代／報費；☆新聞を配達する／送報；☆新聞配達／送報生；☆新聞によると／據報紙所載；☆新聞に出る／在報紙上刊登出來；☆新聞の切抜きをする／剪報；☆新聞を取る／訂閱報章；～がみ【新聞紙】（名）（作包裝等使用的舊）報紙；☆新聞がみで包む／用（舊）報紙包上；～きしゃ【新聞記者】（名）（報社的）新聞記者；☆新聞記者と会見する／接見新聞記者；～し【新聞紙】①報，報紙；②＝しんぶんがみ；～しゃ【新聞社】（名）報社，報館；～や【新聞屋】（名）①賣報的（店舗或人）；②〔表卑〕新聞記者。[0]

じんぶん【人文】（名）〔文〕人文；人類的文化；☆最近半世紀における人文の発達は実にめざましいものがある／最近半世紀中人文的發達是非常顯著的；～かがく【人文科学】（名）人文科學，社會科學；～ちりがく【人文地理学】（名）人文地理學。[0]

じんぶん【人糞】（名）人糞；☆人糞を肥料にする／用人糞作肥料；～にょう【人糞尿】（名）〔農〕人糞尿（＝しもごえ）。[0]

しんぺい【新兵】（名）新兵；☆新兵を訓練する／訓練新兵。[0]

じんぺい【甚平】（名）一種無袖的夏季和服外衣（無袖的「はおり」類）。[1]

しんぺん【身辺】（名）〔文〕身邊；☆身辺に危険を感ずる／身邊感覺危險；☆身辺を気づかう／擔心某人的安全。[1][0]

しんぺん【新編】（名）新編；☆新編の教科書／新編的教科書。[0]

*****しんぽ【進歩】**（名・自サ）進步；☆長足の進歩を示す／表示長足的進步；☆進歩が早い（おそい）／進步快（慢）；☆一段と進歩している／大有進步；☆これに関して彼は中中進歩した考えを持ってい

る／關於這一點他有很進步的思想；～て
き【進步的】（形動ダ）進步的；☆進步
的な学者／進步的學者。①

しんぼう【心房】（名）〔解〕心房。

しんぼう【心棒】（名）軸；☆車の心棒が
折れた／車軸折斷了；☆独楽（こま）の
心棒／陀螺的軸。①

*しんぼう【辛抱】（名・自サ）①忍，忍受
，忍耐，忍耐力，耐心；☆私はもう辛抱
しきれない／我已經忍不住了；☆不幸を
辛抱する／忍受不幸；☆もう一，二日辛
抱して下さい／請你再忍耐一兩天；☆辛
抱のよい／有忍耐力的；☆辛抱が足りな
い／耐心不够（的）；☆もう少しの辛抱
だ／再忍耐一下就過去了，就好了；②（
在同一處所）耐心工作，耐；☆もう三年
辛抱すれば独り立ちさせてやる／你再（
在這裏）耐上三年我就能使你獨立謀生了
；☆あの男はどこへ行っても辛抱できな
い／他到哪裏去也不能耐心工作，不長
；～づよ・い【辛抱强い】（形）有耐心
的，忍耐力强的；☆辛抱强い人／有耐心
的人；～にん【辛抱人】（名）有耐心的
人；耐心工作的人。①

しんぼう【信望】（名）信用和聲望，信譽
；☆世間（せけん）の信望を得る／在社
會上享有信譽。⓪

しんぽう【信奉】（名・他サ）信奉；☆唯
心論（ゆいしんろん）を信奉する人／信
奉唯心論的人。⓪

しんぽう【新法】（名）〔文〕①新的法令
；②新的方法；☆結核治療の新法が発見
された／發現了治療結核病的新法。⓪

じんぼう【人望】（名）人望，聲望，愛戴
；☆あの先生は生徒に人望がある／那位
老師很受學生歡迎；☆彼は町内で人望が
ある／他在市區裏有聲望。⓪

しんぼく【神木】（名）神樹；☆神社境内
（けいだい）の御神木／神社院内的神
樹。①⓪

しんぼく【親睦】（名・自サ）親睦；☆相
互の親睦を図る／促進彼此的親睦。⓪

シンポジウム【symposium】（名）①（
關於同一個問題的）論文集；②討論會，
座談會。④

しんぼとけ【新仏】（名）〔佛〕指死後不
久的人。3

シンホニー【symphony】（名）〔樂〕交
響樂（＝シンフォニー）。

シンボル【symbol】（名）①象徵；☆綠
色は希望のシンボルだ／綠色是希望的象
徵；②符號。①

しんぽん【新本】（名）①新版本；☆その
本は戦後新本で出た／那部書在戰後出了
新的版本；②新書。①

じんぽんしゅぎ【人本主義】（名）人本主
義，人道主義。⑤

しんまい【新米】（名）①新米；②新手，
生手；☆新米の若い記者／乍出茅蘆的青
年記者。⓪

じんましん【蕁麻疹】（名）蕁麻疹。③

しんみ【新味】（名）新奇，新穎（＝あた
らしみ）；☆この詩には新味がある／這
首詩很新穎。①③

しんみ【親身】（名・形動ダ）①親人，骨
肉至親；☆親身も及ばない世話（せわ）
／勝過骨肉至親的照顧；☆何と言っても
そこは親身だね／無論怎麼說（到緊要關
頭）最親的還是骨肉；②（情same骨肉的）
親密，懇切；☆親身の交際をする／親密
相交；☆親身の意見／懇摯的告誡。①

*しんみつ【親密】（形動ダ）密切，親密
；☆親密な友達／親密的朋友；☆親密にな
る／親密起來。⓪

しんみょう【神妙】（形動ダ）①神妙，奇
妙（＝ふしぎ）；②值得稱讚（＝しゅし
ょう）；☆神妙な青年／可誇的青年；③
老老實實，乖；☆神妙に勤める／老老實
實地服務；☆神妙に縄（なわ）にかかる
／乖乖的就擒，（束手就縛）。①⓪

しんみり（副・自サ）靜悄悄，悄然，沉靜
（＝しみじみ、しめやか）；☆しんみり
と話をする／靜靜地（傾心而）談；☆彼
の死を聞いて皆しんみりした／聽說他死
了大家都沉靜下來了。③

じんみん【人民】（名）人民。3

しんめ【新芽】（名）新芽；☆茶の新芽を
摘（つ）む／採茶的新芽。

しんめい【身命】（名）〔文〕生命，身體
和性命；☆身命を擲（なげう）って国に
尽（つく）す／捨身報國。①

しんめい【神明】（名）〔文〕神明；☆神
明に誓って嘘を言わない／對神明起（誓
我）絕不（是）撒謊；☆神明の加護を祈
る／祈禱神明的加護。①⓪

じんめい【人名】（名）人名；☆人名と住
所を記入する／寫上人名和住址。⓪

じんめい【人命】（名）〔文〕人命；☆人

命にかかわる／人命攸關；☆尊い人命を
犠牲にする／犧牲寶貴的人命。◎

シンメトリー【symmetry】（名）勻稱，
均齊，對稱，左右相稱。③

しんめんぼく【真面目】（名）→しんめん
もく。③

しんめんぼく【新面目】（名）→しんめん
もく。③

しんめもく【真面目】（名）〔文〕①眞正
面目，眞正本領，眞正個性；☆彼は油絵
において真面目を発揮した／他在油畫方
面顯出（發揮）了眞正本領；②一本正經
，認眞，實事求是（＝まじめ）；☆真面
目の態度／認眞的態度。③

しんめんもく【新面目】（名）〔文〕新面
目；☆駅は改築して新面目を呈するに至
った／車站由於改修而面目一新了。③

しんもつ【進物】（名）贈品，禮物；☆進
物にする／作爲禮品，作爲禮物。◎

しんもん【審問】（名・他サ）審問；☆係
官（かかりかん）の審問を受ける／受該
管官員的審問。◎

じんもん【人文】（名）→じんぶん。◎

じんもん【尋（訊）問】（名・他サ）詰問
，訊問，盤問；☆挙動不審（ふしん）の
者を尋問する／盤問舉動可疑的人。◎

*しんや【深夜】（名）〔文〕深夜，深更（
＝よふけ）；☆深夜に戸を叩（たた）く
／深夜敲門；～ぎょう【深夜業】（名）
深夜勞動，深夜做工，☆婦女子の深夜業
を禁止する／禁止婦女的深夜勞動；～ほ
うそう【深夜放送】（名・他サ）無線電
臺和電視深夜播出（的節目）。①

しんやく【新約】（名）〔宗〕←新約聖書
；～せいしょ【新約聖書】（名）〔宗〕
新約聖經。◎

しんやく【新訳】（名・他サ）新譯，重新
翻譯的版本；☆「罪と罰」の新訳が
出た／「罪與罰」的新譯本出版了。◎

しんやく【新薬】（名）新藥；☆結核の新
薬／治結核的新藥。◎

しんゆ【新湯】（名）（浴池的）新水，清
水（＝あらゆ）；☆新湯にはいる／洗清
水澡，洗頭一回水。◎

*しんゆう【親友】（名）摯友，親密的朋友
；☆二人は親友の間柄（あいだがら）だ
／兩個人是親密的朋友。◎

しんよ【神輿】（名）〔文〕→みこし。①

*しんよう【信用】Ⅰ（名）信用，信譽，信

任，信賴；☆信用のある店／有信用的商
店；☆世間に信用がある／在社會上有信
譽；☆信用を得る／取得信任；☆信用さ
れる／被信用；☆信用を失う／失去信用
；☆信用で金を借りる／憑信用借款；☆
信用で物を買う／賒購物品；Ⅱ（他サ）
信，信任，信賴；☆彼の言うことを信用
してはいけない／不可信他的話；☆信用
すべからざる人を信用する／信任不可信
任的人；☆母は私を信用している／母親
信賴我；～がし【信用貸】（名）信用貸
款；憑信用賒給物品；～かへい【信用貨
幣】（名）〔經〕信用貨幣（指本位貨
幣以外的輔幣、紙幣、票據等）；～きか
ん【信用機関】（名）〔經〕金融機關；
～くみあい【信用組合】（名）〔經〕信
用合作社，金融合作社；～じょう【信用
状】（名）〔經〕信用狀，活支信滙（＝
ＬＣ）；～とりひき【信用取引】（名）
〔經〕信用交易。

しんようじゅ【針葉樹】（名）〔植〕針葉
樹；↔広葉樹。③

じんよう【陣容】（名）陣容；部署；☆堂
堂たる陣容／堂堂的陣容；☆陣容をたて
なおす／重新部署，重整旗鼓。◎

*しんらい【信頼】（名・他サ）信賴；☆人
の信頼に副（そ）う／不辜負別人的信賴
；☆信頼を裏切（うらぎ）る／辜負信賴
，違背信用；☆信頼するに足（た）る／
可以信賴。◎

しんらい【新来】（名）〔文〕新來；☆新
来の患者／新來的病人。◎

しんらつ【辛辣】（形動ダ）辛辣，挖苦，
尖刻；☆辛辣な皮肉（ひにく）／辛辣的
諷刺；☆辛辣を極める／極其挖苦；☆辛
辣にこきおろす／尖刻地批評。◎

しんらばんしょう【森羅万象】（連語・
名）包羅萬象，萬物，萬有，宇宙；☆古
代人は森羅万象のなかに神を認めた／古
代人認爲在宇宙萬物中都有神。①－◎

*しんり【心理】（名）心理；☆彼の心理は私
には分からない／他的心理我不明白；☆
人間の複雑な心理を描（えが）く／描寫人
類的複雜心理；～がく【心理学】（名）
心理學；～てき【心理的】（形動ダ）心
理的，心理上的，關於心理的；☆心理的
效果を狙（ねら）う／追求心理上的效果①

*しんり【真理】（名）眞理；☆永久不変の
真理を探究する／探求永恒不變的眞理；

☆君の言う事には一面の真理がある／你說的話有一面眞理。[1]

しんり【審理】（名・他サ）審理，審判；☆審理を受ける／受審判。[1]

じんりき【人力】（名）①〔文〕人力；②←じんりきしゃ；～しゃ【人力車】（名）人力車，洋車，黄包車；☆人力車を引く／拉洋車。[1][4][3]

*　**しんりゃく**【侵略】（名・他サ）侵略；☆他国を侵略する／侵略他國；～てき【侵略的】（形動ダ）侵略的，侵略性的。[0]

しんりょう【診療】（名・他サ）診療，☆病人を診療するのが医者の務（つと）めだ／診療病人是醫生的職務；～じょ【診療所】（名）診療所。[0]

しんりょく【深緑】（名）〔文〕深緑；☆深緑の山／深緑的山。[0]

しんりょく【新緑】（名）新緑；☆新緑の林／新綠的樹林。[0]

じんりょく【人力】（名）人力；☆到底人力の及ぶところではない／絕對不是人力所能及的；☆人力に余（あま）る仕事／人力做不到的事情。[1]

*　**じんりょく**【尽力】（名・自サ）盡力，努力，幫忙；☆尽力の甲斐（かい）もなく仕事は不成功に終わった／白白努力了事情没有成功；☆彼の尽力によって事が都合（つごう）よく運んでいる／由於他的幫忙事情進行得很順利；☆御尽力を願います／希望你幫忙。[1]

*　**しんりん**【森林】（名）森林；☆森林から木を伐（き）り出す／由森林採伐木材。[0]

じんりん【人倫】（名）〔文〕人倫；☆夫婦は人倫の始めである／夫妻是人倫之始；☆人倫に悖（もと）る行為／背逆人倫的行爲。[0]

しんるい【進塁】（名・自サ）〔棒球〕進壘。[0]

*　**しんるい**【親類】（名）①親屬，親戚；☆あの人は私の遠い親類にあたる／他是我的一個遠親；②〔喩〕同類，相親似的東西；☆猫は虎の親類だ／猫和虎是類似的東西；～がき【親類書】（名）記載親戚姓名住址的冊子；～づきあい【親類付合い】（名・自サ）①走訪親戚，親戚來往；②親戚一般的交際。[1][0]

・　**じんるい**【人類】（名）人類；☆人類の幸福を計る／謀求人類的幸福。[1]

しんれい【心霊】（名）心靈，靈魂，☆心霊の存在を認める／承認靈魂的存在；～がく【心霊学】（名）心靈學。[0][1]

しんれい【神霊】（名）神靈；☆神霊の加護／神靈的保佑。[0]

しんれき【新暦】（名）新暦，陽暦；☆新暦の正月／陽暦的新年；↔きゅうれき（旧暦）。[0]

しんろ【針路】（名）〔船〕（羅盤所指的）針路，航向；☆北へ北へと針路を取る／（船）一直駛向北方；☆針路を失う／（船）迷失航路。[1]

しんろ【進路】（名）〔文〕進路，前進的道路；☆人生の進路を誤（あやま）る／走錯人生的道路；☆人の進路を妨（さまた）げる／妨礙別人前進的道路。[1]

しんろう【心労】（名・自サ）操心，勞心（＝こころづかい）；惦念，懸念（＝しんぱい）；☆母が心労するのが気の毒だ／捨不得使母親操心。[0]

しんろう【辛労】（名・自サ）辛勞，辛苦，勞苦；☆辛労の余り病気になる／積勞成疾。[0]

しんろう【新郎】（名）新郎（＝はなむこ）；↔しんぷ。[0]

じんろく【甚六】（名）〔俗〕傻瓜，低能（常指長子）◇総領（そうりょう）の甚六／不諳世事的長子，長子常是傻瓜。[0]

しんわ【神話】（名）神話；～じだい【神話時代】（名）神話時代。[0]

しんわ【親和】（名・自サ）①親睦，和睦；☆友達間の親和を図る／促進朋友間的親睦；②〔理〕親和；～りょく【親和力】（名）〔理〕親和力。[0][1]

す①五十音圖「さ行」第三音；發音爲su；②〔字源〕平假名是〔寸〕字的草體，片假名時〔須〕字右半邊的草體。◎

す【素】（造語）①表示本來的、不加修飾的意思／☆素顔（すがお）／不施脂粉的臉；②表示一無所有／☆素手（すで）／赤手空拳；③表示不體面，卑下。①

す【州・洲】沙洲／沙灘（=なかす）／☆洲に乗り上げる／（船）擱淺；☆洲を離れる／（船）離開沙洲；☆川口近くに洲が出來た／近河口處出現沙灘。◎

＊す【巣】（名）①巢，穴，窩；☆鳥の巣／鳥巢；☆蜂の巣／蜂房；☆蜘蛛の巣／蜘蛛網；☆雌鳥（めんどり）が巣につく／母鷄孵卵（抱窩）②〔轉〕巢穴，賊窩；☆この森は泥棒の巣になっている／那個森林成了賊窟；③〔轉〕家庭；☆二人は東京で愛の巣を営んでいる／兩人在東京建立了愛的家庭。◎①

す【酢・醋】（名）醋；☆料理に酢をきかせる／菜裏加醋調味；☆野菜を酢漬けにする／醋漬青菜；◊酢が利き過ぎた／過度，過火。①

す【簀】（名）簾，蓆；☆竹の簀／竹簾；竹蓆；☆葦の簀／葦簾，葦蓆；☆簀を巻き上げる／捲起簾子。◎

す【鬆】（名）（蘿蔔等的）空心；☆鬆の通った大根／空了心的蘿蔔；糠蘿蔔。◎

ず「す」的濁音，發音爲zu。

ず（づ）「つ」的濁音；在標準語中現在和「ず」相同。

ず（助動・特殊型）〔文〕（接在用言及某種助動詞的未然下表示否定）①=ぬ，ない；☆無用の者入るべからず／閒人免進；②=ないで。

＊ず【圖】（名）①圖，繪圖，圖表；☆圖で説明する／用圖說明；②地圖；☆君の家の付近の図を書いてくれ／請把你家附近畫個圖；③〔轉〕情況，光景；☆よそでは見られない図だ／是在別處看不到的光景；☆あまり結構な図じゃない／不是什麼體面的情景；◊図に当（あ）たる／如願以償，恰中心意；図に乗る／得意忘形，逞能逞強。◎

ず【頭】（名）〔文〕頭（=あたま）；◊頭が高い／高傲，無禮。◎

すあえ【酢韲・酢和】（名）醋拌涼菜②◎

すあし【素足】（名）光腳；☆素足に靴を穿く／光腳穿皮鞋。①◎

すあま【素甘】（名）白糖年糕。◎

＊ずあん【図案】（名）圖案；☆図案を募集する／徵求圖案；☆ポスターの図案を考える／構想一個廣告畫的畫案。②◎

す・い【酸い】（形）酸的（すっぱい）；☆私は酸いのが好きです／我愛吃酸的；◊酸いも甘いも噛（か）みわけた人／飽嘗酸甜苦辣的人；久經世故的人；图すし（形ク）。①

すい【水】（名）星期三；☆火、水、木は忙しい／星期二、三、四忙；←すいようび（水曜日）。◎

すい【粋】（名）（名・形動ダ）①精粹，精華；☆技術の粋を集めて豪華な建築をする／集合技術的精粹建造豪華的建築；東西文化の粋／東西（洋）文化的精粹；②瀟灑，俏皮；☆粋な装いをしている／打扮得瀟灑。①

ずい【蕊】（名）〔植〕蕊。①

ずい【髄】（名）①〔解〕髓，骨髓；②木髓；③精髓奧義；◊骨の髄まで／徹頭徹尾，徹底；☆彼は骨の髄まで腐っている／他壞透了，他腐敗透頂。①

すいあげ【吸上げ】（名）吸上，抽上，抽出；☆吸上げポンプ／抽水泵。◎

すいあ・げる【吸い上げる】（他下一）往上吸，吸上來；抽上來；☆ポンプで水を吸い上げる／用水泵抽水；☆植物は養分を地中から吸い上げる／植物由地裏吸取養分；图すいあぐ（下二）。④

すいあつ【水圧】（名）〔理〕水壓；☆水にもぐると体（からだ）が水圧を受ける／潛水時身體感受水壓；～かん【水圧管】（名）〔機〕水壓管；～き【水圧機】（名）〔理〕水壓機；～きかん【水圧機関】（名）〔理〕水壓機，水力機；水壓發動機；～しけん【水圧試験】（名）〔理〕水壓測驗；～つうふう【水圧通風】（名）〔理〕水壓通風。◎

すいい【水位】（名）〔地〕水位；☆大雨のため水位が増大した／因大雨水位增高了；～けい【水位計】（名）〔理〕水位計。①

すいい【推移】（名・自サ）推移，變遷；☆時代の推移／時代的變遷；☆情勢は目まぐるしく推移する／局勢變遷得很快①

*ずいい【随意】（名）隨意，隨便；☆随意に処理する／隨便辦理；～きん【随意筋】（名）〔解〕隨意肌，横肌。⓪①

すいいき【水域】（名）水域。⓪

ずいいち【随一】（名）第一；☆杭州は中国随一の名勝地である／杭州是中國的第一名勝地。①⓪

スイート【suite】（名）（大飯店等的）套房。

スイート【sweet】（名）①甜，甜美；②芳香；②可愛；④愉快，快樂；～ハート【sweet heart】（名）愛人，情人；～ピー【sweet pea】（名）香豌豆花；～ホーム【sweet home】（名）（新婚的）快樂家庭；～ポテト【sweet potato】（名）甘薯，白薯；烤甘薯泥；～メロン【sweet melon】（名）香瓜。②

ずいいん【随員】（名）〔文〕隨員；☆大使には一人も随員がなかった／大使一個隨員也沒帶。⓪

すいうん【水運】（名）水運。⓪

*すいえい【水泳】（名）游泳；☆水泳をする／游泳；☆水泳を習う／學游泳；～ぼう【水泳帽】（名）游泳帽。⓪

すいえん【水煙】（名）〔文〕①水面上濃厚的蒸氣；②水花，水霧；④佛塔尖上的火燄形裝飾。⓪

すいえん【炊煙】（名）〔文〕炊烟；☆炊煙が立ち昇る／炊烟上昇。⓪

すいおん【水温】（名）水（的）溫度；☆プールの水温は二十四度／游泳池的水溫是廿四度。⓪

すいか【水火】（名）〔文〕①水和火；②洪水和大火；②水深火熱；☆彼の為なら水火の中も厭（いと）わぬ／爲了他赴湯蹈火也在所不辭；④〔喻〕冰炭；☆水火の仲／冰炭不相容。①

すいか【水瓜・西瓜】（名）〔植〕西瓜。

すいか【水禍】（名）水災；☆水禍に会う／遭受水災。①

すいか【水化】（名）〔化〕水化，水和作用。⓪

すいがい【水害】（名）水害，水災；☆水害を蒙る／遭受水災。⓪

すいかく【酔客】（名）〔文〕醉客，醉漢（＝よっぱらい）。⓪

すいかずら【忍多】（名）〔植〕〔藥〕忍多，金銀花。③

すいがら【吸殼】（名）①烟灰；☆吸殼をはたく／磕出烟灰；②烟頭，烟蒂；☆煙草のすいがらを棄てる／扔烟頭。⓪

すいかん【水管】（名）水管。⓪

すいかん【吹管】（名）〔化〕吹管；～ぶんせき【吹管分析】（名）〔化〕吹管分析。⓪

すいかん【酔漢】（名）〔文〕醉漢，醉鬼。⓪

ずいかん【随感】（名）隨感，感想；☆日記に今日の随感を書きそえた／把今天的隨感寫在日記裏了；～ろく【随感録】（名）隨感錄。⓪

すいき【水気】（名）①濕氣，潮氣；②水烟，水蒸氣；⑧〔醫〕水腫（＝すいしゅ）；☆脚に水気が来た／脚浮腫起來了。⓪①

ずいき【芋茎】（名）芋頭莖。⓪

すいきゅう【水球】（名）〔運動〕水球（＝ウォーターボロ）。⓪

すいぎゅう【水牛】（名）〔動〕水牛③⓪

すいきょ【推挙】（名・他サ）推舉；☆会長に推挙する／推舉會長。①

すいぎょ【水魚】（名）魚和水；◇水魚の交（まじ）わり／魚水之交。①

すいきょう【水郷】（名）水郷，水國；（＝すいごう）☆水郷の景色を見てまわる／遊覽水郷的景色。⓪

すいきょう【粋狂・酔狂】（名・形動ダ）①好奇，好奇心；想入非非；☆寒中水泳とは粋狂な人だ／在三九天要游泳眞是個好奇的人；②醉後發狂，酒瘋。①

すいぎょく【翠玉】（名）〔礦〕→エメラルド。⓪

すいぎん【水銀】（名）〔礦〕汞；水銀；～かんだんけい【水銀寒暖計】（名）水銀寒暑表；～ざい【水銀剤】（名）〔藥〕汞劑；～ちゅうどく【水銀中毒】（名）〔醫〕汞中毒；～とう【水銀灯】（名）〔醫〕水銀燈；～なんこう【水銀軟膏】（名）〔藥〕汞製軟膏。⓪

すいくち【吸口】（名）①嘴子；②烟袋嘴；⑧〔紙烟〕烟嘴；④〔烹飪〕加在湯裏的芳香佐料。⓪

すいけい【推計】（名・他サ）①推算；②推測和計劃；～がく【推計学】（名）〔數〕推計學。◎

すいげん【水源】（名）水源；～ち【水源地】（名）水源地。◎③

すいこう【水耕】（名）〔農〕水耕。◎

すいこう【推考】（名）〔文〕推想；推察；推理思考。◎

すいこう【推敲】（名）〔文〕推敲；☆推敲の余地がある／有待推敲；有推敲的餘地。◎

すいこう【遂行】（名・他サ）完成，貫徹，執行到底；☆事業を遂行する／完成事業；☆職務を遂行する／執行職務。◎

すいごう【水郷】（名）〔文〕→すいきょう。◎

ずいこう【随行】（名・自サ）；①随行（的人），随員，②随從，跟隨；☆彼は大使に随行してロンドンに行った／他随從大使到倫敦去了；～いん【随行員】（名）随員。◎

すいこ・む【吸い込む】（他五）吸入，吸進，吸收；☆酸素を吸い込んで炭酸ガスを吐き出す／吸入氧氣吐出碳氣；☆海綿が水を吸い込む／海棉吸水；☆彼の姿が闇の中に吸い込まれた／他的影子在黑暗中消失了。③

すいさい【水彩】（名）水彩（畫）；☆この水彩はよくかけている／這張水彩畫畫得很好；～が【水彩画】（名）水彩畫。◎

すいさつ【推察】（名・他サ）①推察，推測，猜想；☆僕の推察通りだった／正如我所推測的那様；②諒察，體諒，同情；☆人の心を推察する／諒察別人的心。◎

すいさん【水産】（名）水産；～ぎょう【水産業】（名）水産業，漁業；～ぶつ【水産物】（名）水産物。◎

すいさん【推算】（名・他サ）推算；☆当日の参列者は約二千人と推算される／當天的参加者估計約有二千人。◎

すいさんかぶつ【水酸化物】（名）〔化〕氫氧化物。⑤

すいし【水死】（名）溺死（＝できし）◎

すいし【垂死】（名）〔文〕垂危，臨危（＝ひんし）。◎

*すいじ【炊事】（名・自サ）炊事，烹調；～いん【炊事員】（名）炊事者，厨師傅；～ば【炊事場】（名）厨房。◎

ずいじ【随時】（副）〔文〕随時（＝いつ

でも）；☆随時入学を許す／准許随時入學；☆代り合って随時に食事をする／随時替換進餐。①

すいしつ【水質】（名）水質（飲用水的成分）；水性（軟或硬）。◎

ずいしつ【髄質】（名）〔解〕髄質；↔ひしつ（皮質）。◎

すいしゃ【水車】（名）（以水爲動力的）水車，水磨（＝みずぐるま）。①

すいじゃく【垂迹】（名・自サ）〔佛〕垂迹（佛菩薩爲普渡衆生而現身）。◎

*すいじゃく【衰弱】（名・自サ）衰弱；☆病気で衰弱する／因病（身體）衰弱；☆彼女は衰弱がひどくて手術が出来ない／她身體衰弱得得屬害不能施手術。◎

すいしゅ【水腫】（名）〔醫〕水腫；浮腫（＝むくみ）。◎

すいしゅ【水手】（名）水手，船員。①

ずいじゅう【随従】（名・自サ）〔文〕①聽從，順從；☆他人の言に随従する／聽從人言；②随員，随從；☆随従する者は十名であった／随從者有十人；☆随従をつれて視察に向かう／帶随員去觀察。◎

*すいじゅん【水準】（名）①〔文〕水準器（＝みずもり）；②水平，水準；☆水準を高める／提高水準。◎

ずいじゅん【随順】（名・自サ）〔文〕順從，遵守；☆政府の指示に随順する／遵守政府的指示。◎

ずいしょ【随処・随所】（名）随處，到處；☆国内の随処に見られる／國内到處可以看到。①

すいしょう【水晶】（名）〔礦〕水晶；～たい【水晶体】（名）〔解〕水晶體。①

すいしょう【推奨】（名・他サ）〔文〕推薦；☆多くの学者が推奨する本／許多學者所推薦的書；☆某君を推奨する／推薦某君。◎

すいしょう【推賞・推称】（名・他サ）〔文〕欽佩稱讚；推崇；☆口を極めて推称する／滿口稱讚。◎

すいじょう【水上】（名）水面；☆ボートを出して水上を警備する／開出汽艇去警備水面；～き【水上機】（名）水上飛機；～きょうぎ【水上競技】（名）〔運動〕水上比賽；～けいさつ【水上警察】（名）水上警察；～スキー【水上 ski】（名）滑水。◎

すいじょう【錐状】（名）錐狀；～たい【

錐状体】（名）〔数〕錐狀體。

ずいしょう【瑞祥・瑞象】（名）〔文〕祥瑞，吉兆。瑞祥が現れる／現出吉兆③⓪

すいじょうき【水蒸気】（名）〔化〕水蒸氣。☆空気中の水蒸気が凝結して露となる／空氣中的水蒸氣凝結爲露水。③

すいしょく【水蝕】（名・他サ）〔地〕水蝕。⓪

すいしん【水深】（名）水深度。☆水深十五メートルの運河／水深十五公尺的運河⓪

*****すいしん**【推進】（名・他サ）推進。☆活動を更に一歩推進する／把工作更推進一步。～き【推進器】（名）推進機；螺旋槳。→プロペラー。⓪

すいじん【水神】（名）〔文〕水神。⓪

すいじん【粋人】（名）①風流人，雅士。☆絵も書くし俳句もできるし，あの人はなかなか粋人だ／他善於書畫詩詞，可稱爲風流雅士。②體貼人情的人，☆若い人の気持もよくわかる粋人／理解青年人心情的人。⓪③

ずいしん【随身】（名・自サ）①随身携帶；②随従（的人）；侍従（的）人。⓪①

スイス【法 suiss】（名）〔地〕瑞士。①

すいせい【水生】（名）〔文〕水生；～しょくぶつ【水生植物】（名）〔植〕水生植物。⓪

すいせい【水星】（名）〔天〕水星。⓪

すいせい【水棲】（名）水棲；～どうぶつ【水棲動物】（名）〔動〕水棲動物。⓪

すいせい【衰勢】（名）〔文〕衰勢，頹勢；☆顔ぶれを刷新（さっしん）して衰勢を挽回する／更換全班人員以挽回頹勢⓪

すいせい【彗星】（名）〔天〕彗星。⓪

すいせいがん【水成岩】（名）〔礦〕水成岩。③

すいせん【水仙】（名）〔植〕水仙。⓪

すいせん【水洗】（名・他サ）①水洗，水沖，☆水洗式便所／水沖式廁所；②用水洗，用水沖，☆現像（げんぞう）したフイルムを水洗する／沖洗已經現像的膠卷。⓪

すいせん【垂線】（名）〔数〕垂線。①

*****すいせん**【推選・推薦】（名・他サ）推薦；☆彼をクラス委員に推薦する／推薦他爲班長。⓪

すいそ【水素】（名）〔化〕氫；～ばくだん【水素爆弾】（名）氫彈。①

すいそう【水草】（名）水草。⓪

すいそう【水葬】（名）水葬；☆戦死者の死体を国旗に包んで水葬にする／將陣亡者的屍體裹以國旗進行水葬。

すいそう【水槽】（名）水槽，貯水槽。⓪

すいそう【水藻】（名）水藻。⓪

すいそう【吹奏】（名・他サ）吹奏；☆行進曲を吹奏する／吹奏進行曲；☆国歌吹奏のうちに国旗が掲揚される／在國歌吹奏中升起國旗。⓪

すいぞう【膵臓】（名）〔解〕胰。⓪

ずいそう【瑞相】（名）吉兆；福相。③⓪

ずいそう【随想】（名）随感。⓪

*****すいそく**【推測】（名・他サ）推測；☆戦争はたぶんおこらないだろうと推測する／（我）推測大概不會發生大戰。⓪

すいぞくかん【水族館】（名）水族館④③

すいたい【衰退】（名・自サ）衰退；☆衰退の一途（いっと）をたどる／一直衰退下去。⓪

すいたい【衰頽】（名・自サ）衰落，衰頹。⓪

すいたい【酔態】（名）醉態。⓪

すいだし【吸出（し）】（名）①吸出；拔出；②→すいだしこうやく；～こうやく【吸出膏薬】（名）拔膿膏。⓪

すいだ・す【吸い出す】（他五）吸出來；吮出來；☆ゴム管で膿（うみ）を吸い出す／用橡皮管把膿吸出來；☆口で吸い出す／用嘴吸吮。③

すいだん【推断】（名・他サ）推斷；判斷；☆現象（げんしょう）から真相（しんそう）を推断する／從現象推斷眞相。⓪

すいちゅう【水中】（名）水中；☆水中に飛び込む／躍入水中；☆水中に棲（す）む動物／棲於水中的動物，水棲動物；～よくせん【水中翼船】（名）水翼船，船底設有水翼在高速度之下能浮上水的高速船。

すいちゅう【水柱】（名）〔文〕水柱（＝みずばしら）。⓪

ずいちょう【瑞兆】（名）〔文〕瑞兆；吉兆。⓪③

*****すいちょく**【垂直】（名・形動ダ）垂直；☆二線が垂直に交わる／兩線垂直相交；～せん【垂直線】（名）〔数〕垂直線⓪

すいつ・く【吸い付く】（自五）①吸着；☆蛸（たこ）は吸盤（きゅうばん）で吸い付く／章魚用吸盤吸着；②糾纏不離；☆あの子は甘えっ子で母親に吸い付いて

離れない／他是個嬌孩子糾纏 母 親 不 離 開。③

すいつ・ける【吸い付ける】（他下一）①吸い付ける（＝すってつける）；☆磁石（じしゃく）は鉄を吸い付ける／磁石吸鐵。②吸烟點火；☆タバコに火を吸い付ける／點紙烟；③吸慣（某牌）紙烟；図すひつく（下二）。④

*スイッチ【switch】（名）①〔電〕電門，開關；②〔鐵〕路閘；～バック【switch-back 】（名・自サ）①火車作Z字形上陡坡；②利用下坡的惰力上坡；～ボード【switch-board】（名）配電盤。

すいてい【水底】（名）水底；☆水底に沈む／沉入水底。⓪

*すいてい【推定】（名・他サ）①推定；☆本日の参加者は五十万人と推定される／今天的参加者推測有五十萬人；②〔法〕推定；☆有罪と推定する／推定爲有罪⓪

すいてき【水滴】（名）水滴；☆水蒸気は上空で水滴になる／水蒸氣在上空變成水滴。⓪

すいでん【水田】（名）水稻田（＝みずた）；☆この地方は水田が多い／這地方水稻田多。⓪

すいとう【水痘】（名）〔醫〕水痘。⓪

すいとう【水筒】（名）水筒。⓪

すいとう【水稲】（名）水稻。⓪

すいとう【出納】（名・他サ）〔文〕出納；☆出納を司（つかさど）る／管理出納；～がかり【出納係】（名）①出納股；②出納員。⓪

*すいどう【水道】（名）①自來水；☆水道の施設を完備する／使自來水的設施完備；②航路；③河道；④〔地〕海峽；☆豊後（ぶんご）水道／豐後海峽；⑤自來水和下水道的總稱。⓪

すいとりがみ【吸取紙】（名）吸墨紙。④

すいと・る【吸い取る】（他五）①吸取；☆養分を吸い取る／吸取養分；②吸收；☆吸取紙でインキを吸い取る／用吸墨紙吸墨水；③搾取；☆貧乏人の汁を吸い取る／搾取窮人的血汗。③

すいなん【水難】（名）①（船舶沉沒或溺死等）水上遇遇的災難；☆突風（とっぷう）の為とんだ水難に遭った／因突來的風水上遭到意外的災難；②水災。⓪

ずいのう【髓腦】（名）腦髓，腦漿。⓪

すいのみ【吸飲み・吸吞み】（名）鴨嘴壺（臥病時餵水、藥用的長嘴壺）。⓪

すいばく【水爆】（名）氫彈；←すいそばくだん（水素爆彈）。⓪

すいはん【垂範】（名・自サ）〔文〕垂範，示範；☆率先（そっせん）垂範する／率先示範。⓪

すいばん【水盤】（名）水盤（插花或盆景用的浅盤）。⓪

ずいはん【随伴】（名・自サ）〔文〕①跟隨，陪伴，陪同；☆部長に随伴して渡欧した／陪同部長到歐洲去了；②隨同，伴隨；☆この問題に随伴して起こる新しい困難／随着這個問題而發生的新的困難。⓪

すいび【衰微】（名・自サ）〔文〕衰微；☆衰微の極に達する／衰微已極。①⓪

*ずいひつ【随筆】（名）随筆，漫筆（＝そぞろがき）。⓪

すいふ【水夫】（名）海員，水手。①

*すいぶん【水分】（名）水分（＝みずけ）；☆この蜜柑は水分が多い／這個橘子水分多。①

*ずいぶん【随分】（副・形動ダ）①（表示事物的程度）相當厲害（＝なかなか）；☆今日は随分暑い／今天相當熱；☆随分歩いた／走了相當遠的路； ☆あの人の事は随分話に聞いている／關於他（的事情）我聽人講得很多；②〔女〕（心）壊（＝いじわる）；☆あら随分だわ／你（他）太壊了；☆知らないふりをするなんて随分だわ／你假裝不知道，壊透了！①

*すいへい【水平】（名）水平；☆地面を水平にならす／壓平地面；☆鉄棒の上で体を水平に支える／在單槓上把身體支成水平；☆物を水平に置く／把東西放平；～どう【水道】〔地〕 水平動（地震時震力從地底以斜線而出好像是從橫面來的，又叫波動）；～き【水平器】（名）〔理〕水準器； ～きょり【水平距離】（名）〔理〕水平距離；～せん【水平線】（名）水平線（水平面上的直線，卽地平線）；～めん【水平面】（名）〔理〕水平面（和靜水面平行的平面，也就是地平面）。

すいへい【水兵】（名）〔軍〕海軍士兵；～ふく【水兵服】（名）水兵服（＝セーラーふく）；～ぼう【水兵帽】（名）水兵帽。①

すいほう【水泡】（名）①水泡；②泡影

☆水泡に帰す／化爲泡影。⓪

すいほう（しん）【水疱（疹）】（名）〔醫〕水皰。③

すいぼう【衰亡】（名・自サ）〔文〕衰亡⓪

すいぼく（が）【水墨（画）】（名）水墨畫（＝すみえ）。⓪

すいま【睡魔】（名）〔文〕睡魔（＝ねむけ）；☆睡魔におそわれる／被睡魔所襲，昏昏欲睡。①

すいまつ【水沫】（名）〔文〕水沫（＝みずのあわ，みずしぶき）。⓪

すいみつ【水密】（名）〔理〕〔文〕水密，不透水；～かくへき【水密隔壁】（名）〔船〕水密間壁。

すいみつとう【水蜜桃】（名）〔植〕水蜜桃。⓪

すいみゃく【水脈】（名）①水脈，地下水流；☆水脈を掘り当てる／挖掘水脈；②水路（＝すいどう）。⓪

*すいみん【睡眠】（名・自サ）睡眠（＝ねむり）；～りょうほう【睡眠療法】（名）〔醫〕睡眠療法；☆睡眠不足で疲れる／因睡眠不足而感覺疲勞。

スイミングプール【swimming pool】（名）游泳池。

すいめん【水面】（名）水面；☆鯉は時時水面に浮かび上がる／鯉魚時常浮到水面上來。③⓪

すいもの【吸物】（名）〔烹飪〕湯；清湯（＝おすまし）；☆客に吸物を出す／給客人端上一碗湯來。⓪

すいもん【水門】（名）水閘；☆水門を開いて水を流出させる／打開水閘把水放出⓪

すいよう【水溶】（名）水溶，水解；～えき【水溶液】（名）〔化〕水溶液。⓪

*すいよう【水曜】（名）星期三；☆水曜には運動会がある／星期三有運動會；～び【水曜日】（名）星期三。⓪③

すいようえき【水樣液】（名）①〔解〕水樣液（眼球内的無色透明液體）；②和水一樣的無色透明的液體。③

すいよく【水浴】（名・自サ）凉水浴（＝みずあび）；☆川に入って水浴（を）する／洗河水浴。⓪

すいよ・せる【吸い寄せる】（他下一）吸聚，吸集；吸引；☆客を吸い寄せる／吸引顧客；☆人人が吸い寄せられるようにビルにはいって行く／人們被吸引似地進入大樓。④

すいり【水利】（名）①水運，舟楫之便；☆この都市は水利の便が悪い／這個都市水運不便；②（灌漑用）水利；用水；☆水利の便が悪く消火が困難である／用水不便消防困難。①

すいり【推理】（名・他サ）〔哲〕推理；☆確実な資料に基き推理を進める／根據確實的資料進行推理；～しょうせつ【推理小説】（名）偵探小說的別稱。①

ずいり【図入（り）】（名）帶揷圖；☆図入りの参考書／帶揷圖的參考書。⓪

すいりく【水陸】（名）水陸；☆地球における水陸の分布／地球上水陸的分布；☆水陸両棲の動物／水陸兩棲動物。①

すいりゅう【水流】（名）水流（＝ながれ，みずのながれ）；☆ダムを築いて水流をせきとめる／築堤擋住水流。⓪

すいりゅう【垂柳】（名）〔文〕垂柳（＝しだれやなぎ。）⓪

すいりょう【水量】（名）水量；☆貯水池の水量が増した／水庫的水量增加了③⓪

すいりょう【推量】（名・他サ）推量，推測；☆それは推量に過ぎない／那不過是個推測；☆君の推量は当たった／你猜對了。③⓪

すいりょく【水力】（名）水力；☆水力を利用して工業を盛んにする／利用水力發展工業；～がく【水力学】（名）水力學，水能學；～でんき【水力電気】（名）水力電。①⓪

すいれい【水冷】（名）用水冷却，水冷；☆このエンジンは水冷式になっている／這個引擎是水冷式的；↔くうれい（空冷）⓪

すいれん【睡蓮】（名）〔植〕睡蓮。①

すいろ【水路】（名）①水路，水渠；☆灌漑のために水路を構築する／爲了灌漑修築水渠；②航路；☆海には網の目のように水路が開けている／海上開闢的航路像蜘蛛網一般。①

すいろん【推論】（名・他サ）①推斷；☆これらの資料に基づき私は次のように推論する／根據這些資料我做如下的推斷；②〔哲〕推理（＝すいり）。⓪①

スイング【swing】（名・他サ）①振動；②〔棒球〕揄球棒；③〔拳擊〕橫擊；④〔滑雪〕轉換方向法；⑤搖擺樂（＝スイング・ミュージック）。

*す・う【吸う】（他五）①吸，吸入；☆タバコを吸う／吸烟；☆新しい空気を吸う

ために窓をあける／爲吸新鮮空氣開窗戶；②嗳；吮；☆口で血を吸う／用嘴吮血；③吸收；☆吸取紙でインクを吸う／用吸墨紙吸收墨水；④吸引；☆磁石が鉄を吸う／磁石吸鐵。⓪

*すう【数】（名）①數，數目，數量；☆数をかぞえる／計數；☆数においてまさる／在數量上占優勢；②定數，運命（＝まわりあわせ）；☆こうなったのは自然の数である／落到這般結果乃是自然的定數；③〔数〕數（自然數、整數、分數、有理數の總稱）。①

スウィート【sweet】→スイート。②

スウェーター【sweater】（名）毛織上衣（＝セーター）。

スウェーデン【Sweden】（名）〔地〕瑞典。②

*すうがく【数学】（名）〔数〕數學；☆数学を研究する／研究數學。⓪

すうかげつ【数か月】（名）幾個月。

すうき【枢機】（名）〔文〕樞機，機要；〜かん【枢機官】（名）〔宗〕羅馬天主教的僧職名；選擧或輔佐敎皇的樞機卿①

すうき【数奇】（名・形動ダ）〔文〕不幸，不遇（＝ふしあわせ）；☆数奇の生涯を送る／坎坷一生。①

すうけい【崇敬】（名・他サ）崇敬，崇拜；☆君の崇敬する人物はだれだ／你所崇拜的人物是誰。⓪

すうこ【数個】（名）數個（＝いくつか）。

すうこう【崇高】（名・形動ダ）崇高；☆崇高な人格／崇高的人格。⓪

すうこう【趨向】（名）〔文〕趨向。⓪

すうこうせい【趨光性】（名）趨光性（植物趨向太陽光、昆蟲類趨向燈光的性質）。

すうこく【数刻】（名）〔文〕數刻，幾小時。⓪

すうし【数詞】（名）〔語法〕數詞。⓪

*すうじ【数字】（名）①數字；☆予算を数字で示す／把預算用數字表示出來；②阿拉伯數字；算學用數字。⓪

すうじ【数次】（名）數次；☆会合は数次にわたった／會開了好幾次。①

すうじく【枢軸】（名）①樞軸；②要處，樞要；③政治中心。⓪

すうじつ【数日】（名）幾天，若干日子⓪①

*ずうずうし・い【図図しい】（形）厚顏的；無恥的（＝あつかましい）；☆彼はずうずうしくも又やって来た／他居然厚着

臉皮又來了；☆図図しい奴だ／不要臉的傢伙。⑤

ずうずうべん【ずうずう弁】（名）〔表单〕日本東北地方（福島、宮城、巖手、青森、山形、秋田等縣）人特有的口音。

すうせい【数声】（名）〔文〕數聲，幾聲。

すうせい【趨勢】（名）〔文〕趨勢（＝なりゆき、おもむき）；☆世論の趨勢を打診する／刺探輿論的趨勢。⓪

すうた【数多】（名）〔文〕多數，許多（＝あまた、たくさん）；☆あの会社は数多の小会社を有する／那家公司擁有許多小公司。①

ずうたい【図体】（名）個子☆図体が大きい／個子大。①

すうち【数値】（名）〔数〕數值；得數；☆この式の数値を出す／求出這個算式的得數。①

ずうち【頭打】（名）〔經〕（行市）漲到極限（＝あたまうち）。③

スーツ【suit】（名）①衣服；②一套西服；〜ケース【suit case】旅行用（裝西服的）皮箱。

すうにん【数人】（名）數人，幾個人⓪①

すうねん【数年】（名）數年，幾年。⓪①

スーパー（名）①超級市場（＝スーパーマーケット）；②←スーパーインポーズ①

スーパーインポーズ【superimpose】（名）〔電影〕叠印（字幕）。⑦

スーパーウーマン【superwoman】（名）超級女性。

スーパーカー【super car】（名）賽車。

スーパーソニック【supersonic】（名）超音速。⑤

スーパーマン【superman】（名）超人③

*すうはい【崇拝】（名・他サ）①崇拜；②信仰。⓪

スープ【soup】（名）〔西餐〕湯；〜ストック【soup stock】（名）高湯。①

ズーム・レンズ【zoomlens】（名）變焦距鏡頭。④

すうよう【枢要】（名・形動ダ）樞要，機要；☆政府の枢要な地位に任ぜられる／被任命居政府樞要的地位。⓪

すうり【数理】（名）〔文〕數理，數（學）理（論）；☆彼は数理に明るい／他精通數理。⓪

すうりょう【数量】（名）數量。③

すうれつ【数列】（名）數列；數行。⓪

*すえ【末】（名）①末；☆三月の末ころ／三月底前後；②末端，頭；☆元も末も同じ太さだ／頭和末尾一樣粗；③無關緊要的事，小事一段，末節；☆君の論は末に走るというものだ／你的說法可以說是捨本求末了；☆そんなことは末の問題だ／那是無關緊要的問題；④將來，前途；☆末のある若者／有前途的青年；☆あの男は末の事を少しも考えない／那個人一點也不想將來的事；☆末頼もしい／前途有為的；⑤結局，最後；☆彼はさんざんまわり道をした末に自分の進むべき道をみつけた／他繞了一大圈終於找到了自己該走的路；☆十分考えた末／充分考慮之後；⑥子孫，後裔；⑦（兄弟姐妹中）最年輕；☆これが一番末です／（兄弟中）數他最年輕；⑧亂世，末世；⑨暮年，晚年。◎

スエード【法 suède】（名）羔皮。

すえおき【据置】（〔（すえおく）的名詞形〕①安置，擱置；②（存款等的）定期；～ちょきん【据置貯金】（名）定期存款。◎

すえお・く【据え置く】（他五）①安置；☆机の上に電話を据え置く／桌上裝電話；②擱置，放置，置之不理；☆懸案は来年度まですえおく／把懸案推到下年度；③（在一定期限內）不動；☆預金を据え置く／把存款存放一定期間不取。③◎

すえおそろし・い【末恐ろしい】（形）將來可怕的；前途不堪設想的；☆末恐ろしい子供／前途不堪設想的孩子。⑥◎

すえこ【末子】（名）最年輕的孩子，晚年得子；晚年得女（＝すえっこ），幼子（女）。◎

すえずえ【末末】（名・副）①將來，後來（＝のちのち）；☆末末までも幸福でありますように／但願（你）永遠幸福；②子孫；☆末末の繁栄を図る／圖謀子子孫孫的繁榮；③〔舊〕老百姓，庶民（＝しもじも）；☆末末にも恩恵を与える／對老百姓也施以恩惠。②

すえぜん【据膳】（名）①現成的飯菜，擺好的飯菜；一切預備好的事物，預備好了的東西；◇据膳食わぬは男の恥／〔喻〕女子已經有意而男子退縮不前是男子的恥辱。②

すえつけ【据付け】（名）〔（すえつける）的名詞形〕安裝，安設；☆機械の据付けを終える／把機器安裝完畢。◎

すえつ・ける【据え付ける】（他下一）安裝；安設；☆機械を据え付ける／安裝機械；図すゑつく（下二）。④

すえっこ【末っ子】（名）最年輕的孩子，老年得兒女（＝すえこ）。◎

すえのよ【末の世】（連語・名）①後世；☆末の世までの語り草となる／被後世傳說；②末世，澆薄之世。◎

すえひろ【末広】（名）①扇子（＝せんす）；②←すえひろがり。◎

すえひろがり【末広がり】（名）①逐漸開展（擴張）；☆町は駅を中心にすえひろがりに広がっている／市鎮以車站為中心逐漸地擴張；②逐漸繁榮（興盛）；③扇子。③◎

*す・える【据える】（他下一）①安設，擺置，☆机の上に花瓶を据える／案上擺設花瓶；②擺列，擺放；☆膳を据える／擺飯；③使…坐在…；給…地位、職位；☆彼を校長に据える／使他當校長；④沉着不動；☆目を据えて見る／凝視；⑤灸治；☆灸を据える／灸治；⑥蓋章；☆判を据えてください／請蓋章；図すう（下二）。◎

す・える【饐える】（自下一）腐敗，餿；☆御飯がすえてしまった／飯餿了；図す（下二）。◎

*ずが【図画】（名）圖畫；☆学校で図画を習う／在學校學習圖畫。①

*スカート【skirt】（名）裙子。②

スカーフ【scarf】（名）圍巾；領結。②

スカイ【sky】（名）天空；～ブルー【sky-blue】（名）天藍色；～ライン【sky-line】（名）①地平線；②（山、大厦等）空中輪廓。②

ずかい【図解】（名・他サ）圖解；☆図解を入れた教科書／帶圖解的教科書。◎

ずがい【頭蓋】（名）〔解〕顱；～こつ【頭蓋骨】（名）〔解〕顱骨。①

スカウト【scout】Ⅰ（名・動）為了把優秀運動員或技術人員發掘出來或由別的公司拉攏過來而做偵察（的人）；Ⅱ←ボーイ（ガール）スカウト。①

すがお【素顔】（名）不施脂粉的臉，淨臉；☆彼女は素顔の方がいい／她不施脂粉好看。①

すがき【素描】（名・他サ）素描；水墨畫◎

すかさず【透かさず】（連語・副）立刻，馬上，緊跟着，間不容髪地（＝すぐに）

；☆透かさず機会に乗ずる／馬上抓住機會；☆透さず追及する／緊跟着追問；☆間を透かさずに並べる／緊挨着擺放。◎

すかし【透かし】（名）〔（すかす）的名詞形〕①間隙，空隙；②透瓏，透亮；☆この織物には透かしがある／這個織物透亮（稀薄）；③（紙的）水印；☆透しのはいった紙／有水印的紙；④〔角力〕閃躲而使對方撲空；**～おり【透かし織】**（名）羅，紗，薄絹；**～ぼり【透かし彫り】**（名）透瓏鏤刻；**～もよう【透かし模様】**（名）閃光，透花；**～もん【透かし門】**（名）透瓏的門，由外部可以看見内部的門。◎

*__すか・す【透かす】__（他五）①留開縫隙，留出空隙，留出間隔（＝すきまをつくる）；☆戸を少し透かしておく／把門留開個小縫；☆板を透かして打ち付ける／把板子隔開釘上；②間伐，間抜（まばらにする）；☆庭の立木を透かす／間伐庭園的樹木（使稀開）；☆枝を透かす／剪去一部分樹枝；③透過（…看），迎亮（看）（＝とおしてみる）；☆卵を透かして見る／迎亮檢查鷄蛋；☆木の間（ま）を透かす／透過樹間看；④空着（肚子）；☆腹を透かす／餓肚子（不吃東西）；⑤〔俗〕放悶屁；☆誰か透かした／有人放悶屁了。

__すか・す【賺す】__（他五）①（用好話）哄，勸（＝なだめる）；☆子供が泣いているから賺してやりなさい／孩子哭了去哄哄他吧；☆おどしたり賺したりする／連嚇帶哄；②哄騙；☆賺して金を取る／騙錢。◎

__すがすが【清清】__（副・自サ）清爽；**～しい【清清しい】**（形）清爽的（＝さわやかだ）；☆清清しい気持になる／感到神清氣爽；図すがし（形シク）。③

__ずかずか__（副）無禮貌地，魯莽地，不經傳達地（走進某處）；☆彼は何処へでもずかずか入って来る／他不論到什麼地方都毫無禮貌地走進來。①

*__すがた【姿】__（名）①姿態，姿勢，身段（＝からだつき）；☆優美な姿／優美的姿態；☆姿の美しい人／身段好看的人；☆山の姿がいい／山容美麗；②風采，態度，擧止（＝ふうさい，みなり）；☆立派な姿／漂亮的風采；③身子（＝からだ）；☆犯人は姿をくらました／犯人躱藏起

來了；☆今日は彼の姿を見なかった／今天沒看見他，今天他沒露面；④面貌；情形，形態（＝ありさま，なりゆき）；☆世の姿／社會的情形；☆昔の姿／往昔的面貌；☆変わり果てた姿／完全改變了的面貌；☆孤立の姿／孤立狀態；**～かたち【姿形】**（名）姿態，容貌，姿容；☆彼女は姿形が全くよい／她的姿容眞美麗；**～み【姿見】**（名）穿衣鏡。①

スカッシュ【squash】（名）水果汁加炭酸水的一種飲料。②

__すが・む【眇む】__（自五）瞇縫一隻眼睛看（眇）。

__すがめ【眇】__（名）①斜視（＝やぶにらみ）；②偏盲（＝かため）。①

__すが・める【眇める】__（他下一）瞇縫着一隻眼睛看（眇）；図すがむ（下二）。③

__─すがら__（造語）①自始至終；☆夜もすがら／徹夜；②就便，順便（＝ついでに）；☆道すがら／一邊走着（一邊…）。

__ずがら【図柄】__（名）（紡織品的）圖案，花樣；☆この織物は図柄がよい／這個紡織品花樣好。◎

__すが・る【縋る】__（自五）①扶，拉，靠，凭倚；抱住；糾纏住；☆首にすがる／摟住脖子；☆子供がすがりついて離さない／小孩纏住不放；☆杖に縋る／拄着手杖；②〔轉〕依，依賴；☆人の慈悲に縋るな／別依賴別人賑濟；☆私は縋る人がない／我沒有可依靠的人，我沒有可以求援的人；◇溺れんとする者は藁にも縋る／溺水者攀草求援。◎

スカンク【skunk】（名）〔動〕臭鼬鼠②

__ずかんそくねつ【頭寒足熱】__（連語・名）頭凉足熱（一種健康法）。①

__すかんぴん【素寒貧】__（名・形動ダ）〔俗〕赤貧；赤貧者；☆素寒貧になる／窮得精光。④

*__すき【好き】__（名・形動ダ）①好，愛好，喜好，嗜好；☆登山が好きだ／喜好登山；☆私の好きな人／我喜愛的人；②愛；☆彼は好きでその女と結婚したのだ／他因爲愛她才和她結婚了；③隨便，任意；☆好きなことを言う／隨便說；☆じゃ，好きなようにしなさい／那麼你隨便吧；④好色（＝いろごのみ）；◇すきこそ物の上手なれ／（技術）有了愛好才盡努力才能做到精巧。②

__すき【犂】__（名）犁；☆犁に馬をつける／

把馬套到犂上。⓪

*すき【透・隙】（名）①間隙，縫兒（＝すきま）；☆戸の隙／門縫兒；②空處，餘地（＝よち）；☆割り込む隙がない／没有擠進去的餘地；③空兒，餘暇，工夫（＝ひま）；☆仕事の際を見て送りにかけつける／乘着工作的餘暇前來送行；④空兒，機會，可乘之機（＝ゆだん）；☆隙を見て脱走する／乘隙跑掉；☆隙を狙う／伺機；☆隙に乘ずる／乘隙；☆敵はなかなか隙を見せない／敵人警戒森嚴（無懈可撃）。⓪

すき【漉】（名）〔（すく）的名詞形〕抄紙。⓪

すき【鋤】（名）〔農具〕窄双鍬，槳狀鍬。⓪

すき【数寄（奇）】（名・形動ダ）①風流，風雅；☆数寄な人／風流人士；②愛好風雅，愛好「茶道」、「和歌」；☆数寄を好む／愛好風雅；◇数寄を凝（こ）らす／〔建築物、用具等的設計〕考究，講究風雅；～や【数寄屋】（名）茶室。⓪

*─すぎ【過ぎ】（造語）①表示超過的意思；☆三時五分過ぎ／三點四十分；☆十二時過ぎには電車がない／過了十二點就没有電車了；②表示過度的意思；☆食べ過ぎた／吃多了。

すぎ【杉・椙】（名）〔植〕杉。⓪

─ず（づ）け【付】（造語）①表示附帶的意思；☆条件づきで引き受けた／附帶條件接受了；②表示附屬、隨從的意思；☆彼は大使館付武官です／他是大使館的武官。

*スキー【ski】（名）①滑雪；②滑雪鞋，滑雪板；～じょう【スキー場】（名）滑雪場地；～リフト【ski lift】（名）滑雪場裡設置的吊椅。②

すぎいた【杉板】（名）杉木板。⓪③

スキーヤー【skier】（名）滑雪運動家；愛好滑雪的人。②

すきいれ【漉入れ】（名）①（抄紙時）抄上（文字、樣等）；②抄上花樣（文字）的紙。⓪

すきいろ【透色】（名）（織物等）迎亮看的顏色。⓪

すきおこ・す【鋤起す】（他五）（用窄双鍬）挖土，翻土。④

すぎおり【杉折】（名）薄杉木板盒（盛點心、飯菜等用）。⓪

すきかえ・す【鋤き返す】（他五）（用窄

刃鍬）挖土，翻土，☆畑（はたけ）を鋤き返す／翻起旱田的土。③

すきかげ【透影】（名）①透過縫隙看見的影子；☆木の間から乙女（おとめ）の透影がちらと見えた／透過樹枝隱約看見少女的影子；②迎亮看見的影子，由暗處向明處看見的影子；☆山の端に二人の透影が見える／看見山邊上有二個人影。③

すききらい【好き嫌い】（名）①好惡，喜好和憎惡；☆人にはそれぞれ好き嫌いがある／人各有好惡；②挑剔；☆食物の好き嫌い／挑揀食物。②③

すきぐし【梳櫛】（名）篦子；☆梳櫛で髪をすく／用篦子梳頭。

すきこのみ【好き好み】（名）愛好，嗜好；☆人は皆それぞれ好き好みが違う／人各有所好。③⓪

すきこの・む【好き好む】（他五）愛好，喜好；☆僕はこんなことを好き好んでいるわけではない／我並不喜好這種事；☆好き好んで言っているのではない／我並不願意說。④

すきずき【好き好き】（名）（各人）不同的愛好；☆各人の好き好きによってデザインをかえる／按照各人不同的愛好改換圖案；◇蓼（たで）食う虫もすきずき／嗜好各有不同；一貨售一主。②

ずきずき（副・自サ）抽痛貌；☆傷がずきずき（と）して眠れない／傷口抽疼睡不着。①

すきっぱら【空っ腹】（名）〔俗〕空腹（＝すきはら）；☆空っ腹では働けない／空着肚子不能幹活；☆空っ腹で酒を飲むとよくまわる／空肚子喝酒醉得快。⓪

スキップ【skip】（名・自サ）（左右腿交替地）跳着走。②

すぎど【杉戸】（名）杉板門。②⓪

すきとお・る【透き徹る】（自五）①透明，透過去；☆透き徹ったガラス／透明的玻璃；☆印刷が裏に透き徹って見える／印的字透過背面；②清澈；☆水が透き徹っている／水很清澈；③清脆；☆女の透き徹った声／女人的清脆的語聲。③

すぎな【杉菜】（名）〔植〕筆頭菜，問荊⓪

*すぎない【過ぎない】（連語）（只）不過；☆それはただ口実にすぎない／那不過是口實；☆私は只為すべきことを為したにすぎない／我只不過是做了應該做的事情而已；☆会員は十名に過ぎない／會員

只有十名。

すきはら【空腹】（名）空腹；◇**空腹にま**
ずいもの無し／飢者易食爲食。[0]

すきほうだい【好き放題】（名・形動ダ）
任性，爲所欲爲；☆好き放題な事をする
／爲所欲爲；☆好き放題に遊ばせる／使
玩個盡興。[3]

***すきま**【透間・空間・隙間】（名）①縫兒
，間隙；☆戸の空間から雪が吹き込む／
由門縫吹進來雪花；②閉工夫，閒暇；☆
透間を見ては勉強する／只要有工夫就用
功；③際；☆透間を狙って逃げ出す／乘
隙逃跑；～**かぜ**【隙間風】（名）賊風[0]

すきやき【鋤焼】（名）〔烹飪〕鷄素燒（
類似牛肉火鍋）。[0]

スキャンダル【scandal】（名）①醜聞，
醜名；☆二人の関係についてスキャンダ
ルが飛んでいる／傳說（他們）兩個人之
間有男女關係；②醜事；☆（日本の）政
界のスキャンダル／（日本）政界的醜事[2]

すぎゆ・く【過ぎ行く】（自五）①走過去
；☆過ぎ行く人は皆振り返る／走過去的
人全都回頭看；②（時間）過去；☆過ぎ
行く月日（つきひ）は実に早いものだ／
歳月過得眞快。[3][1]

***す・ぎる**【過ぎる】Ⅰ（自上一）①過，經
過，通過；☆汽車は駅駅を過ぎて行く／
火車通過各站；②（時間）經過，逝去；
☆約束の時間を過ぎても来（こ）ない／
過了約定時間還不來；☆月日は夢のよう
に過ぎて行く／歲月如夢般地逝去；③過
度，過分；☆少し贅沢が過ぎるようだ／
有些過於奢侈；☆彼には過ぎた妻だ／他
不配娶這樣一個妻子；他的妻比他好得多
；Ⅱ（補動，上一）表示過度、過分、過
多的意思；☆食べ過ぎた／吃過多了；☆
言い過ぎる／說得過分（過火）；◇**過ぎ**
たるは（猶）及ばざるが如し／過猶不及
；**図すぐ**（上二）。[2]

スキン【skin】（名）①皮膚；～**ダイビン**
グ【skin diving】（名）（備上潛水器具
的）潛水;～**ローション**【skin lotion】
（名）美顔水，化粧水；②牛皮的一種[2]

ずきん【頭巾】（名）頭巾；☆頭巾を被る
／戴頭巾。[2]

す・く【好く】（他五）喜好，愛好（＝こ
のむ）；☆あいつはどうも好かぬ男だ／
那個傢伙眞討厭。[1][2]

***す・く**【梳く】（他五）梳；☆髪を梳く／

梳頭。[0]

***す・く**【透く・空く】（自五）①有空隙，
有間隙，有縫兒；☆間が透かないように
並べる／緊密排列中間不留空；②透過…
看見；☆レースのカーテンを通して向う
が透いて見える／透過織花窗簾可以看見
那面；③空間；有工夫；☆今、手が透い
ている／現在有工夫；☆電車が空いてい
る／電車有空位（乘客少）；④（肚子）
空；☆腹が空いた／肚子餓了；⑤（心地
等）開朗，痛快起來；☆胸が空く／心地
開朗，感覺痛快；⑥疏忽，天意（＝ゆだ
んする）。[0]

す・く【漉く】（他五）抄（紙）；☆紙を
漉く／抄紙。[0]

す・く【鋤く】（他五）（用窄刃鍬）挖（
地）；☆畑を鋤く／挖地，翻地。[0]

***すぐ**【直ぐ】Ⅰ（名・形動ダ）〔文〕①直
；☆直ぐな道／直道；②正直；☆直ぐな人
／正直的人；Ⅱ（副・名）①馬上，立刻
（＝ただちに、さっそく）；☆直ぐ行く
／馬上就去；☆彼が来たら直ぐ知らせて
くれ／他若來了馬上告訴我；②容易，輕
易（＝たやすく）；☆直ぐ毀れる／很容
易壞；☆蟬（せみ）は直ぐ取れる／蟬一
抓就抓住；③（距離）很近；☆学校は直
ぐそこです／學校就在那裏（距此很近）
；☆歩いて直ぐです／幾步就到。[1]

ーず（づ）く【尽く】（造語）①表示專憑、單靠…
的意思；☆腕尽くで勝ったのだ／是全憑力
氣取勝的；☆相談尽くで話をきめる／全憑
協商來決定問題；☆金尽くでやる／豁出錢
來幹；②表示以…爲唯一的目的、只圖…
的意思；☆欲得尽くで人とつきあう／專爲
圖利和人交往。

ず（づ）く【付く】（造語・自五）表示加添、
帶有的意思◇元気付く／精神起來；☆産
気（さんけ）付く／將要分娩。

すくい【救い】（名）救，救助，拯救；☆
救いを求める／求救；～**ぬし**【救い主】
（名）①救人的人；②〔宗〕救世主。[0]

すくい【抄・掬】（名）撈取，撇取，抄取
；☆泥鰌（どじょう）掬いに出かけた／
出去抓泥鰍去了；～**あみ**【掬い網】（名）
撈魚袋網；捕蟲網。[0]

スクイズ（プレー）【squeeze-(play)】
（名）〔棒球〕（打者用球棒把球輕輕一
碰使壘上的跑者乘機跑回本壘的）強取戰
略。[2]

＊すく・う【救う】（他五）①救，拯救；☆命を救う／救命；☆溺れた人を救う／拯救落水的人；②救済，賑恤；☆罹災者（ひさいしゃ）を救う／救済災民；③挽救；☆あの男はもう救われない／他已經不可救薬了。⓪

すく・う【抄（掬）う】（他五）①抄取，撈取，掬取，捧；☆浮いた油を掬う／撈出浮油；☆魚を掬う／撈魚；☆水を手で掬って飲む／用手捧水喝；②下絆子或用手抄起對方的脚（使跌倒）；☆足を掬って倒す／抄起（對方的）脚使之跌倒，把（對方）絆倒。⓪

すく・う【巣くう】（自五）①築巣，搭窩；☆鳥が巣くう／鳥築巣；②（壊人等）棲居。②

スクーター【scooter】（名）①（小孩一隻脚着地一隻脚踩上滑行的）踏板車；②一種輕便機器脚踏車。②

スクープ【scoop】（名・他サ）①杓子，戽斗；②【新聞】（搶在別家報紙以前登出的）特快消息，特訊；☆内閣の改造をスクープする／把内閣改組的消息搶先登出。②

スクーリング【schooling】（名）（函授學校，空中補校等的）面授。②

スクール【school】（名）①學校；②學派；③←スクールフィギュア；～バス【school bus】（名）校車；～フィギュア【school-figure】（名）（花式溜冰的）基本型。②

スクエアダンス【square dance】（名）（八人列成四角形的）一種集體舞。⑤

すぐさま【直様】（副）馬上，立刻（＝ただちに；すぐ）；☆知らせを聞いて直ぐさま駆けつける／聞報立即趕到；☆音がしたのは光を見てからすぐさまのことだった／看見火光之後馬上就發出響聲了①

－ず（づ）くし【尽（し）】（造語）表示俱全，所有的意思；☆国尽し／所有各國，萬國；☆苗字づくし／百家姓；②表示盡心的意思；☆心づくしのもてなし／竭誠的款待。

すくすく（副）（長得）很快；☆子供がすくすく（と）生長する／孩子很快就長大；☆杉の木がすくすくと伸びる／杉樹長得快。⓪

すくせ、すぐせ【宿世】（名）〔佛〕前生，前世，前世因締；☆宿世の業（ごう）／前生的業。⓪

＊すくな・い【少ない・尠い】（形）少，不多；☆人数が少ない／人數不多；☆年は少ないが考えがしっかりしている／雖然年幼但很有主見；☆彼に負うところが少なくない／藉助於他的地方很多；☆少なく見積もっても十万円はかかる／往少裏估計也需要十萬圓。図＝すくなし（形ク）；～げ（形動ダ）；☆少なげな顔をする／表示嫌少；～さ（名）；☆聴衆の少なさと言ったら実に近来（きんらい）稀（まれ）な事である／聽衆之少是近来罕有的事情。③

すくなからず【少なからず】（連語・副）〔文〕很多，不少；不小，非常（＝はなはだ）；☆あの方には少なからず御世話（おせわ）になった／承他照顧的地方很多，得到了他的很多照顧；☆少なからず驚かされた／（被）嚇了一大跳。④

＊すくなく（と）も【少なく（と）も】（副）至少，最低，最小限度；☆この時計は少なくとも一万円はする／這隻錶至少也值一萬日圓；☆少なくともこれだけは覚えてください／至少也要把這點記住。②

すぐに【直ぐに】（副）①〔文〕直（＝まっすぐに）；正直（しょうじきに）；②馬上，立刻（＝ただちに）；→すぐ。⓪

すくま・る【竦まる】（自五）〔俗〕竦縮，竦懼。

すくみあが・る【竦み上がる】（自五）竦縮起來，嚇得縮成一團；☆おどされて竦み上がる／被嚇得縮成一團。⑤

すく・む【竦む】（自五）竦縮，竦懼；畏縮，縮成一團；☆蛇（へび）を見たら足がすくんでしまった／一發現蛇嚇得縮成一團。⓪②

－ず（づ）くめ【尽くめ】（造語）表示清一色、完全的意思；☆上から下まで絹づくめの服装／從上到下全是綢子的服裝。

すく・める【竦める】（他下一）縮，竦縮；☆肩を竦める／聳肩；☆体を竦める／縮成一團。⓪③

すくよか（形動ダ）①健壯，康泰（＝すこやか）；☆すくよかになるように祈る／祝你康泰；②（成長）迅速；☆すくよかに伸びる／很快地長大。②

スクラップ【scrap】（名）①碎片，碎屑；②剪下的報紙；☆新聞のスクラップを作る／剪報；③←スクラップアイアン；

～アイアン【scrap iron】(名)碎鐵，廢鐵；～ブック【scrap book】(名)報紙雜誌剪貼簿。③

スクラム【scrum】(名)①互相挽臂；☆スクラムを組んで行進する／(隊列)挽臂前進；②〔橄欖球〕斯克蘭，扭奪(兩方前鋒全體密集扭奪地上的球)；☆審判(しんばん)がスクラムを命ずる／裁判員命令扭奪。②

一ず(づ)くり【作り・造り】(造語)①表示・…造的意思；☆粘土ずくりの人形／黏土做的偶人；②表示……樣式的意思；☆西洋づくりの建物／西洋式的建築物。

スクリーン【screen】(名)①〔印〕(照相製版用的)網；②(膠板印刷用的)粗絹；③〔電影〕銀幕；☆スクリーンに写し出す／照在銀幕上；④電影；～プロセス【screen process】(名)〔電影〕背景放映。③

スクリプト【script】(名)電影脚本，廣播稿。③

スクリュー【screw】(名)①螺旋；螺釘②〔船〕螺旋槳。③②

すぐ・る(他五)選擇，選拔，挑選(＝えりぬく)；☆名選手をすぐったチーム／選拔名星選手而組成的球隊。②

*すぐ・れる【優・勝れる】(自下一)①出色，優越，卓越；☆他のものにすぐれている／比別人(別的東西)優越；☆勝れた技術／出色的技術；②(用否定形)不佳；☆天気が勝れない／天氣不佳；☆気分が勝れない／心情不佳，感覺不舒服；図すぐる(下二)。③

一すけ【助】(造語)〔俗〕①表示具有某種特徵的人(有時含卑視意味)；☆飲み助／酒鬼，酒徒；☆ちび助／矮個子，小矮子。

すけ【助】(名)①幫助(＝たすけ)；☆助を頼む／求人幫忙；②(曲藝團體中給挑班演員充當配角和作輔助工作的)重要配角。②

すげ【菅】(名)〔植〕薹，菅茅，蓑衣草⑩

一ず(づ)け【漬】(造語)表示醃、漬、鎮的意思；☆味噌漬大根／醬蘿蔔；☆塩漬キャベツ／鹽醃洋白菜。

ずけい【図形】(名)①圖，圖樣；☆図形で表わす／用圖表示；②〔數〕圖形。⑩

スケーター【skater】(名)〔運動〕溜冰者，滑冰者。②

*スケート【skate】(名)①冰鞋，冰刀；②滑冰，溜冰；☆スケートをする／溜冰；～ぐつ【skate 靴】(名)溜冰鞋；～リンク【skating-rink】(名)溜冰場。

スケール【scale】(名)①(尺秤上刻的)分度；②〔樂〕音階；③尺寸，尺度；比例尺；④等級，階梯；⑤規模；☆スケールの大きい計画／規模宏大的計劃；⑥水銹，鍋垢；⑦稱盤，天平盤；秤，天平②

すげか・える【すげ替える】(他下一)另按，另繫，另裝(＝つけかえる)／☆傘の柄(え)をすげかえる／另裝一個傘柄；図すげかふ(下二)。④

すげがさ【菅笠】(名)薹笠(草帽)。③

スケジュール【schedule】(名)①一覽表；②時間表；③日程，預定表；☆旅行のスケジュールを組む／排定旅行的日程。③

ずけずけ(副)〔俗〕毫不客氣，直言不諱，破除情面；☆ずけずけ(と)物を言う／直言不諱。①

すけそうだら【助宗鱈】(名)〔動〕狹鱈(＝すけとうだら)。③⑤

すけだち【助太刀】(名・自サ)①報仇或決鬥時的)幫手；②(轉)幫助；幫手；☆助太刀を頼む／懇求幫忙；☆人に助太刀する／助人一臂之力。⑩

スケッチ【sketch】(名・他サ)①草圖，畫稿，略圖；②寫生畫；③短曲；小品文；獨幕劇；～ブック【sketch-book】(名)①寫生簿；②小品文集。②

すげな・い(形)冷淡的，冷酷的，沒有情面的；☆すげない返事／冷淡的回答；☆すげなく断る／毫無情面地拒絕，乾脆拒絕；☆人にすげなくする／待人冷淡；図すげなし(形ク)。③

すけべえ【助平・助兵衛】(名・形動ダ)〔俗〕色迷，色鬼；☆助平な話をする／說猥褻的話；☆あいつは助平だ／他是個色鬼。②

す・ける【助ける】(他下一)〔俗〕①幫助，幫忙(＝てつだう)；☆友人の仕事をすける／幫助朋友做工作；②分擔(一部分費用)；☆経費の一部をすける／分擔經費的一部分。

す・げる(他下一)按上，插入，穿入；☆靴の紐をすげる／穿入鞋帶；☆人形の首をすげる／按上偶人的頭。⑩

一ず(づ)・ける【付ける】(造語)①增加，建

立；☆元気ずける／提起精神；☆関係ず
ける／建立關係；②安排，給予，賦予（
＝あたえる）；☆位置ずける／安排位置
；☆性格ずける／賦予性格。

スケルツォ【意・scherzo】（名）〔樂〕
諧謔曲。②

スコア【score】（名）①〔樂〕總樂譜；②
〔運動〕得分（記錄）；〜ブック【score-
book】（名）得分表；〜ボー（ル）ド【
score-board】（名）〔運動〕得分記錄
板，比賽經過紀錄板。②

*すご・い【凄い】（形）①可怕的，令人害
怕的（＝おそろしい）；☆凄い顔／可怕
的面孔；☆凄い笑い／獰笑；②〔俗〕驚
人的，好得很的（＝すばらしい）；☆凄
い腕前／驚人的才幹；☆これは凄い小説
だ／這部小說好得很；③〔俗〕厲害的，
很甚的（＝はなはだしい）；☆凄い暑さ
／酷暑；☆凄い埃（ほこり）だ／好厲害
的灰塵；図すごい（形ク）。②

ずこう【図工】（名）①製圖工；☆図工に
設計図を複写させる／叫製圖工複寫設計
圖；②製圖和工作，圖畫和手工；〜か【
図工科】圖畫手工科。⓪

スコール【squall】（名）（特指南洋海上
的）狂風，急風；驟雨。②

*すこし【少し・些し】（副）少，少許，少
量，稍微，一點（＝わずか，いささか，
やや）；☆パンが少し残っている／還剩
有少許麵包；☆あいつは頭が少し変だ／
那個傢伙有點精神不正常；☆もう少しだ
がんばれ／只剩一點了，加油！☆もう少
しで自動車にはねられるところだった／
差一點沒被汽車撞了；☆少しのことで腹
を立てる／爲了一點瑣事而生氣；☆少し
たてばお昼になる／等一會就嚮午了；〜
も【少しも】（副）（下接否定語）一點
也（不），絲毫也（不）（＝ちっとも，
いささかも）；☆少しも間違わない／一
點也不差（錯）；☆少しも利目（ききめ）
がない／絲毫沒有效驗。②

*すご・す【過ごす】（他五）①度，過；☆
空（むな）しく月日をすごす／虛度歲月
；☆愉快に一日を過ごした／愉快地度過
了一天；②生活，過活；☆その日その日
を過ごす／一天一天地過活；③過度，過
量；☆少し酒を過ごした／酒有點過量了
；④（接其他動詞連用形）過去，放過，
不管；☆知らぬ間に通り過ごした／不知

不覺地走過去了；☆人の失敗を見過ごす
／坐視別人失敗。②

すごすご（副）沮喪地，垂頭喪氣地；☆こ
とわられて，すごすご帰って行った／碰
了釘子垂頭喪氣地回去了。①

スコッチ【Scotch】（名）蘇格蘭產威
士忌酒；☆蘇格蘭呢（一種男用斜紋軟
呢）。②

スコットランド【Scotland】（名）〔地〕
蘇格蘭。⑤

スコットランドヤード【Scotland-Yard】
（名）倫敦市警察廳。⑧

スコップ【荷 schop】（名）（鏟煤等用
的）鏟，鍬；☆スコップで石炭をすくう
／用煤鏟子撮煤。②

すこぶる【頗る】（副）非常，頗，很；☆
頗るおもしろい番組（ばんぐみ）／非常
有趣的（電視，廣播等）節目。③

すごみ【凄味】（名）可怕，驚人（的樣子
或程度）；☆凄味のある男／令人可怕的
人；（才幹）驚人的人；☆凄味を言う／
說嚇人的話；☆凄味を利（き）かせる／
嚇唬人。③

すご・む【凄む】（自五）〔俗〕威嚇，恐
嚇；☆弱い相手の前で凄んで見せる／在
弱者面前進行威嚇。②

すごもり【巣籠り】（名・自サ）伏窩；☆鳥
が巣籠りする／鳥伏窩。⓪④

すごも・る【巣籠る】（自五）①伏窩；☆
鶏（にわとり）が巣籠る／雞伏窩；②入
蟄；☆蛇は冬になると巣籠る／蛇到冬天
就入蟄。③

すこやか【健やか】（名・形動ダ）健壯，
健全；☆健やかな体／健康的身體；☆健
やかに育つ／發育得健全。②

すごろく【双六】（名）〔遊戲〕（黑白子
各十五個的）雙六，陞官圖。④⓪

すさ・ぶ【荒ぶ】（自五）＝すさむ。

*すさまじ・い【凄まじい】（形）①可怕的
驚人的（＝ものすごい，おそろしい）；
☆凄まじい光景／可怕的光景；☆凄まじ
い音を立てる／發出驚人的響聲；②厲
害的，猛烈的；☆火が凄まじく燃えてい
る／火燒得很厲害，火勢很兇；☆人気が
凄まじい／轟動一時；大受歡迎；③〔反
語〕非常糟糕的，壞透的；☆これでも公
園とは凄じい話だ／這也叫個公園，可真
精透了；図すさまじ（形シク）。④

すさ・む【荒む】（自五）①荒蕪，荒亂，

荒廃（＝すさぶ）；☆荒んだ心／荒亂的心；☆荒んだ生活をする／生活散漫；☆彼の學問は荒んで来た／他的學業荒廢起來了；②（風雨等）猛烈，狂暴起来；☆風が吹き荒む／風勢猛烈；☆耽溺に；☆酒色に荒みふける／耽溺於酒色。回

すさ・る【退る】（自五）向後退，退却，退縮（＝しりぞく）。②回

ずさん【杜撰】（名・形動ダ）①杜撰；☆この本は杜撰な所が多い／這本書有許多杜撰的地方；②粗枝大葉，漫不經心，不仔細，不周密（＝いいかげん，そこつ）；☆杜撰な考え方／粗枝大葉的想法；☆杜撰な計劃／不周密的計劃。回

すし【寿司・鮨・鮓】（名）①醋拌生魚片；②（日本特有的一種點心）把米飯先用醋和少許的鹽糖調味，然後再拌上或捲上魚蝦肉、或海苔等而製成的食品。②①

すじ【筋】（名）①筋；☆筋がつる／抽筋；☆首の筋をちがえた／扭了脖筋；②血管；☆額（ひたい）に筋を立てて怒った／氣得腦門的血管直跳；③線，條，道；☆一筋の希望／一線之望；☆二筋の紐／兩條帶子；☆紙に筋を引く／在紙上劃道；④（紡織品的）條紋；☆縦筋の柄／豎條紋的花樣；⑤血統，遺傳；☆あの家は筋が悪い／那家的血統不好；⑥紋理；☆手の筋を見る／相手紋，看手相；⑦條理，道理；☆君の話は筋が立たない／你的話沒有條理，不合邏輯；☆事の筋を糺（ただ）す／究明事理；☆筋の通った要求／合理的要求；⑧官署，當局；方面；☆その筋の達しにより…／根據當局的命令…；☆確かな筋からの情報／從可靠方面得來的情報；⑨（故事的）梗概，情節；☆この芝居の筋はおもしろくない／這齣戲的情節乏趣；⑩（植物的纖維質）筋；☆莢隱元（さやいんげん）の筋を取る／掐去四季豆的筋；☆このさつま芋は筋が多い／這個甘薯筋多；⑪田畦，壟（＝あぜ，うね）。①

ずし【図示】（名・他サ）圖解；以圖指示；☆会場の位置を図示する／用圖指示會場的地址。①

ずし【厨子】（名）①櫥子；☆厨子から和書を取り出す／由書櫥裏取出日本書；②神龕；☆お厨子のなかに観音（かんのん）を安置する／把觀音像供在神龕裏。①

すじあい【筋合い】（名）理由，道理（＝おもむき，わけあい）；☆僕が引き受ける筋合いではない／不應該由我來承擔。回

すじかい【筋交】（名）①斜對過（＝すじむかい）；☆僕のうちと彼のうちは道路を隔てて筋交になっている／我的家跟他的家隔着一條路斜對着；②交叉；☆材木を筋交に組む／把木材交叉地搭起來。③

すじがき【筋書】（名）①梗概，情節，概要；☆オペラのすじがきをプログラムに印刷する／把歌劇劇情印到節目表上；☆脚本の筋書を書く／寫劇本的梗概；②計劃，預想；☆筋書通りに行く／（事情）按着預想的步驟進展。回

すじがね【筋金】（名）①（為使堅固而鑲嵌的）金屬條，鐵筋；②〔轉〕經過鍛錬而變堅强的人或物；☆すじがね入りの男／經過千錘百錬的人；☆金門から筋金入りの戦士になって帰る／鍛錬成為堅強的戦士從金門回來。回

*****ずしき【図式】**（名）①圖表（＝グラフ）；☆事件の全貌を図式に書いて示す／把事件的全貌作圖來表示；②〔哲〕圖式；☆学説を図式化して説明する／把學説作成圖式來加以説明。回

すじこ【筋子】（名）鹹鮭魚子（＝すずこ）。②③

すしず（づ）め【鮨詰】（名）擠滿，塞緊☆満員鮨詰の電車／乘客擁擠滿滿的電車。

すじちがい【筋違い】（名・形動ダ）①扭筋，錯筋；☆筋違いになった足は腫れ出した／扭了筋的脚腫起來了；②不合理，不相當；☆筋違いのお願い／不合理的要求；☆筋違いの話／不合理的話；③不對路，不對頭，不合手續；☆その申請をここに持って来るのは筋違いだ／那個申請拿到這裏來是不對頭的。③

ずして（連語）〔文〕①接於動詞，表示否定（＝ないで）；☆戦わずして勝つ／不戦而勝；☆問（と）わずして明らかだ／不問即明；②接於形容詞，表示否定（＝なくて）；☆久しからずして又会える／不久可再相會。

すじば・る【筋張る】（自五）①肌肉横生；☆筋張った腕／肌肉横生的胳臂；②青筋暴露；☆筋張った手／青筋暴露的手；③拘板，生硬；☆筋張った話／生硬的話。③

すじぼね【筋骨】（名）①筋骨；☆疲れて

筋骨が抜かれたようだ／累得骨酸肉疼；②軟骨。④④

すじまき【筋播】（名）〔農〕分條播種。⓪

*****すじみち**【筋道】（名）①條理，道理；☆筋道正しい話／有條理的話；☆筋道の立った意見／合情合理的意見；②（應履行的）手續，程序，步驟；☆筋道を踏んで議事を進める／按照程序進行討論。①②

すじむかい【筋向かい】（名）斜對面，斜對過；☆その家はこの筋向かいです／那一家就在這斜對面；☆道の筋向かいに交番がある／馬路斜對面有派出所。③

すじめ【筋目】（名）①折痕，印痕；☆すじめの真直ぐなズボン／褲線挺直的西服褲；☆すじめ通りに畳む／照着原印兒折疊；②血統，門第；☆筋目の正しい家柄／正經門第；③＝すじみち。②③

すしめし【鮨飯】（名）（以鹽醋調味的）醋飯。⓪②

すじもみ【筋揉み】（名）按摩。②④

すしや【鮨屋】（名）賣醋飯的舖子；→すし。⓪

すじょう【素生・素姓・素性】（名）①出身，血統（＝うまれ）；☆素姓が卑しい／出身卑賤；☆素生のよい犬／血統純的犬；②來歷，經歷（＝ゆいしょ）；☆素姓の分からない人／來歷不明的人，陌生人；☆素姓を調べる／調査身份（血統）。⓪

ずじょう【頭上】（名）頭上；☆蝶々が頭上を舞っている／蝴蝶在頭上飛舞。⓪

すす【煤】（名）①（室内積落的）塵土；☆煤を払う／掃塵，掃除；②煤炱，煤烟子，黑烟子；☆工場の煤が飛んで来る／工廠的黑烟子飛來。①

すず【鈴】（名）鈴，鈴噹；☆鈴をつける／掛上鈴噹。⓪

すず【錫】（名）①〔礦〕錫。①

ずず【数珠】（名）〔佛〕唸珠，佛珠（＝じゅず）。②

すずかけのき【篠懸の木・鈴掛の木】（名）〔植〕篠懸木，法國梧桐。⑥

すずかぜ【涼風】（名）涼風。②

すすき【薄・芒】（名）〔植〕芒，狗尾草，蘆葦（＝おばな）。⓪

すすぎ【濯ぎ】（名）①清洗；☆濯ぎは少なくても三回必要／清洗最少要三次；②洗脚（熱）水。⓪

すずき【鱸】（名）〔動〕鱸。⓪

すす・ぐ【濯（漱・雪）ぐ】（他五）①（

用水）刷，濯；☆洗濯物（せんたくもの）をよく濯いで石鹼を落とす／用水好好漂洗衣服以除掉油的肥皂；②漱口；☆口を漱ぐ／漱口；②〔轉〕洗刷，雪；☆恥を雪ぐ／雪恥；☆不名譽（ふめいよ）を雪ぐ／洗刷污名。⓪

すず（づ）け【酢漬】（名）醋漬，醋漬食品③⓪

すす・ける【煤ける】（自下一）煙薰，煤煙薰污；☆天井（てんじょう）が煤けて真黒だ／頂棚被煤烟薰得得漆黑。図すすく（下二）。③

すずご（名）→すじこ。②③

*****すずし・い**【涼しい】（形）①涼快的，涼爽的；☆涼しい風／涼風；☆夏の高原（こうげん）は涼しい／夏天的高原涼快；☆涼しい季節／涼爽的季節；☆朝晩（あさばん）涼しくなる／朝晚開始涼了；②明亮的，清澈的；☆涼しい目／清亮的眼睛；②涼しい顔／若無其事的樣子，蠻在乎的神色；~げ【涼しげ】（形動ダ）涼爽（的樣子）；☆河畔に人々が涼しげに休んでいる／人們在河邊涼涼快快地休息着；~さ【涼しさ】（名）涼爽（的程度）；☆涼しさを覚（おぼ）える時節（じせつ）となった／到了涼爽的季節。③

すずなり【鈴生り】（名）①（果實）結得滿枝，成串；☆庭の柿が鈴生りになっている／院子的柿子結滿了枝；②（電車門旁）擠滿乘客。⓪

すすはき【煤掃】（名・他サ）＝すすはらい。②③

すすば・む【煤ばむ】（自五）因薰變色；☆タンスが煤ばんだ／衣樹薰變色了③

すすはらい【煤払い】（名・自サ）掃塵，掃除（＝すすはき）；☆年末に煤払いをして正月を迎える／年底掃除，迎接新年。③

すすほこり【煤埃】（名）塵埃。③

すずみ【涼み】（名）乘涼，納涼；☆涼みに出る／出去納涼；☆川へ涼みに行く／往河邊去乘涼；~だい【涼台】（名）（夏天在院中）乘涼用的長凳。③

*****すす・む**【進む】（自五）①進，進前；☆一歩進む／前進一步；☆時代と共に進む／跟着時代前進；②進步；☆進んだ技術／先進的技術；文化の進んだ国／文化進步的國家；③進展；☆工事が進む／工程進展；☆交渉がうまく進まない／交涉不能順利進展；④自願地做…，主動地做…

；☆自（みずか）ら進んで従軍（じゅうぐん）を申し出る／自己主動申請從軍；☆進んで人のいやがる事をする／主動地做旁人不願做的事；⑤進級，昇級；☆位（くらい）が進む／職位昇進；⑥（病）加重，惡化；☆病気が進む／病勢加重；⑦（食慾）増進；☆食慾が進む／食慾增進；⑧（鐘錶）快；☆この時計は一日に五分ほど進む／這隻錶一天快五分鐘左右；⑨（志願）在於…方面，打算走…道路；☆文学方面へ進む／打算搞文學；◇気が進まない／不願意，不高興；進まない顔／不願意（高興）的樣子。⓪

すず・む【涼む】（自五）乘涼，納涼；☆皆、外（そと）で涼んでいる／大家都在外面乘涼呢；☆川端（かわばた）に行って涼む／到河邊去納涼。②

すずむし【鈴虫】（名）〔動〕金鐘兒，金琵琶。⓪

すずめ【雀】（名）〔動〕①麻雀，家雀；②喋喋不休的人；☆雀のさえずる様な人くる女だ／是個喋喋不休的女人；◇雀の涙／點點，少許；☆雀の涙程の同情心もない／一點同情心都沒有；◇雀百まで踊り忘れぬ／生性難改，天性難移；〜ばち【雀蜂】（名）〔動〕大胡蜂。⓪

＊＊すす・める【進める】（他下一）①使前進，向前移動；☆将棋（しょうぎ）の駒（こま）を前へ進める／向前走棋子；②昇，昇級；☆功績（こうせき）ある職員の階級を進める／提昇有功的職員；③推進，開展，進行（交渉，談判等）；☆交渉を進める／進行交渉，使交涉有進展；④撥快；☆時計を三分（さんぷん）進める／把錶撥快三分鐘；因すすむ（下二）。⓪

＊すす・める【勧（奨）める】（他下一）①勧，勧告；☆タバコをやめるように勧める／勧戒烟；☆酒を勧める／勧（喝）酒；②勧誘；☆旅行に一緒に来るように勧める／勧誘一同來旅行；因すすむ（下二）⓪

すす・める【薦める】（他下一）推薦；☆候補者として某君を薦める／推薦某君爲候選人；因すすむ（下二）。⓪

すずらん【鈴蘭】（名）〔植〕君影草。②

すずり【硯】（名）硯；〜ぶた【硯蓋】（名）硯臺蓋。③

すずりあ・げる【啜り上げる】（自下一）啜泣，抽搭；☆すすり上げて泣く／抽抽搭搭地哭；因すすりあぐ（下二）。⑤

すすりな・く【啜り泣く】（自五）啜泣；抽抽搭搭；☆彼女は啜り泣きしながら寝入った／她抽抽搭搭地睡著了。④

すす・る【啜る】（他五）①喝，飲；☆粥（かゆ）を啜る／喝粥；②抽吸；☆鼻を啜る／抽鼻涕。⓪

＊すそ【裾】（名）①（衣服的）底襟，下裾；☆ズボンの裾をまくる／捲起褲脚；②山麓；☆山のすそに村がある／山下有村莊；④（河的）下游；⑤下部，末端；⑥（靠近頸部的）頭髮。⓪

すその【裾野】（名）〔地〕火山下坡緩慢的原野，☆富士の裾野／富士山下的原野。⓪

すそもよう【裾模様】（名）①衣服底襟的花樣；②（日本女子服裝）底襟帶花的衣服；☆裾模様の晴着（はれぎ）／底襟帶花的漂亮衣服。③

スター【star】（名）①星；②〔劇〕〔電影〕主角；名演員，名星。②

スターター【starter】（名）①（比賽或火車開出時）發信號者；②起動機。②

＊スタート【start】（名・自サ）出發（點）；☆新しい生活へスタートする／走上新的生活；〜ライン【start-line】（名）〔運動〕出發線。②

スターリング【sterling】（名）〔經〕英國貨幣，英鎊（＝ポンド）；〜ブロック【sterling bloc】（名）〔經〕英鎊區。②

ーず（づ）たい【伝い】（造語）接於名詞之下，表示順着、沿着的意思；☆川づたいに行けば海に出る／沿着河邊走去就走到海；☆猫が屋根づたいに逃げた／小猫順著屋頂逃跑了。

スタイリスト【stylist】（名）①琢磨文體的人；②重視體面的人，愛漂亮的人。④

スタイル【style】（名）①文體；②特異なスタイルの文章／文體特殊的文章；②樣式，形態；☆イギリス・スタイルの背広／英國式的西服；③風采，姿勢；☆スタイルの良い人／姿勢好看的人；〜ブック【stylebook】（名）時裝設計書。②

すだ・く（自五）①〔古〕羣集；②〔轉〕蟲鳴；☆秋の野に虫がすだく／秋野蟲聲唧唧。

すたこ（副）〔俗〕急急忙忙，慌慌張張（走開、逃跑）（＝すたすた）；☆すたこら（と）逃げ出す／急急忙忙逃跑，拔腿就跑。②

スタジアム【stadium】（名）①運動場；②棒球場。②③

スタジオ【studio】（名）①藝術家工作室；②照像館，攝影室；③製片廠；③（廣播電臺的）播音室。①②

ずたずた（副）稀碎，零碎；☆ずたずたに切る／切碎；☆ずたずたに裂（さ）く／撕碎。①

すだち【巣立ち】（名・自サ）①出窩，出飛；☆巣立ちの小鳥／出飛的鳥；②（離開父母或由學校畢業而）自立。③①

すだ・つ【巣立つ】（自五）①出窩，出飛；☆小鳥が巣立った／小鳥出飛了；②（由學校）畢業；（離開父母而）自立；☆明春（みょうしゅん）巣立つ大学生／明年春季畢業的大學生。②

スタッカート【意staccato】（名）〔樂〕斷音（的音符）；（↔レガート）。②

スタッフ【staff】（名）①〔軍〕幕僚；②班底，工作人員；職員；☆有力なスタッフを揃（そろ）える／湊齊一個強有力的班底；③（球隊等的）陣容；☆堂堂たるスタッフで出場する／以堂堂陣容出場（比賽）。②

スタッフ【stuff】（名）①原料，材料；②〔烹飪〕（西餐的）填塞菜品（如鴨子去腔填蔬菜）。①

スタミナ【stamina】（名）精力、體力。①

すた・る【廃る】（自五）〔文・方〕→すたれる。①

すだれ【簾】（名）①（竹、簾葦編的）簾子；☆簾を掛けて日よけにする／掛簾子遮太陽；②橫條紋的紡織品。①

*すた・れる【廃れる】（自下一）①成爲廢物，變成無用，廢除；②過時，不再流行；③衰微；☆そのような流行はもう廃れた／那種風氣已衰；☆男が廃れる／丟臉，現眼；因すたる（四・下二）。①

スタンダード【standard】（名・形動ダ）標準（的），本位（的）。④

スタント【stunt】（名）絕技，妙技。

スタンド【stand】（名）①立場，地位；②售貨臺，櫥臺；③（球場等的）看臺，觀覽席；④（站着進飲食的）小賣店，飲食柔營業亭；☆スタンドでオレンジ・ジュースを飲む／在小賣店喝橘汁；⑤檯燈；～プレー【stand play】（名）力求觀衆喝釆的動作，表現自己的行爲。①

スタンドイン【stand-in】〔電影〕（專門

替演員演危險動作的）替身演員。⑤

スタンバイ【stand-by】（名）〔航海〕準備。①

スタンプ【stamp】（名）①（常指圓形膠皮）戳子；（特指）郵戳；☆十月十日付けのスタンプのある郵便／蓋有十月十日郵戳的郵件；②紀念戳；～インキ【stamp-ink】（名）（蓋膠皮戳用的）墨油；～てがた【stamp 手形】（名）〔經〕（隨時可以到日本銀行抵押借款的）蓋戳票據，優待票據。②

スチーム【steam】（名）①蒸汽；②暖房設備，蒸汽暖房；☆部屋にスチームが通る／屋子裏通上暖氣。②

スチール【steal】（名・他サ）〔棒球〕偷壘。②

スチール【steel】（名）①鋼鐵；②鋼鐵製的辦公桌椅傢具等器具。②

スチール【still】（名）〔電影〕劇照；（影片某一鏡頭的）照片。②

スチュワーデス【stewardess】（名）空中小姐。

スチュワード【steward】（名）空中少爺③

*－ずつ【宛】（接尾）接在表示數量的單詞後面表示均攤的意思；☆一人に三つ宛分ける／分給每人各三個；☆一人百元宛出す／每人各出一百元；☆每日二時間宛練習する／每天練習兩個小時；☆少し宛入れる／一點一點地放進去。

*ずつう【頭痛】（名・自サ）①頭痛；☆割れる樣な頭痛／頭痛得像要裂了似的；②煩惱，苦惱；☆それが私の頭痛の種（たね）だ／那就是我煩惱的原因。①

すっからかん（名）空空洞洞，空空如也☆魔法瓶（まほうびん）がすっからかんになった／熱水瓶裏一滴水也沒有了／☆サイフが、すっからかんである／錢包裏空空如也。⑤

*すっかり（副）全，完全，全部（＝まったく、ことごとく、みな）；☆すっかり忘れた／完全忘了，一點也想不起來了；☆すっかり準備を整（ととの）えた／全都準備好了；☆あなたにすっかりお任せします／一切都委託您了，一切都由您來處理。

すっきり（副・自サ）（心情）舒暢，暢快，輕鬆，（裝束）整潔；☆すっきりした気持／心情舒暢；☆仕事を全部終えて、すっきりした／工作全部做完感到輕鬆愉

快；☆すっきり（と）したスタイル／整潔的裝束。③

ズック【荷 doek】（名）麻布，帆布；☆ズックの靴／帆布鞋。①

すったもんだ【擦った揉んだ】（名・副）〔俗〕吵架，爭吵，糾紛（＝もんちゃく）；☆すったもんだの挙句（あげく）、とうとう離縁になった／經過一場糾紛，結果終究離婚了；☆擦った揉んだの騒ぎ／鬧得天翻地覆。③

すってんてん（名）〔俗〕一文不名，赤貧；☆火事ですってんてんになった／被火燒得一貧如洗。⑤

すっと（副）①（動作等的）迅速貌；☆すっと通る／飛地走過去；☆すっと入って来る／飛快地走進來；②爽快貌，痛快貌；☆言いたいだけ言って気持がすっとした／把肚子裏的話全説出來心裏痛快。①⓪

*ずっと（副）①（比…）…得多，…得很；☆姉より妹の方がずっと綺麗だ／妹妹比姐姐漂亮得多；☆この方がずっとよい／這個好得多；☆こちらがずっと多い／這方面多得很；②遠遠，很（＝よほど，ずいぶん）；☆ずっと以前に／在很久以前☆ずっと昔のことだ／是老早以前的事情；☆ずっと北の方に／在很遠的北邊；☆ずっと向こうの方に家がある／在遙遠的那邊有房屋；⑧（從…）一直，始終…☆ずっと今まで待っていた／一直等到現在；☆その間ずっと一緒に行動した／其間始終一起活動了；☆あれからずっと、ここに住んでいる／從那時起一直住在這裏；☆この道をずっとおいでになると駅に出られます／這條路一直走去就能走到火車站。⓪

すっとんきょう【素っ頓興・素っ頓狂】（形動ダ）〔俗〕→とんきょう。③

*すっぱい【酸っぱい】（形）酸（＝すい）；☆酸っぱい牛乳／酸牛乳；☆酸っぱい味がする／有酸味，發酸；◇口が酸っぱくなる／舌敝唇焦；〜が・る【酸っぱがる】（他五）覺酸，嫌酸；〜さ（名）酸的程度；〜み（名）酸味。③

すっぱぬ・く【素破抜く】（他五）〔俗〕①揭發，暴露，出賣（あばく）；☆内幕をすっぱ抜く／揭發內幕；☆仲間を素破抜く／出賣夥伴；②占先，搶先（＝だしぬく）☆他人を素破抜く／搶在別人的前

頭。④

すっぱり（副）断然，乾脆；☆西瓜（すいか）をすっぱり（と）切る／把西瓜一切兩半；☆すっぱりと思い切る／乾脆斷念。③

すっぽか・す（他五）〔俗〕①撂下不管，置之不顧；☆仕事をすっぽかして釣に行く／扔下工作去釣魚去；②爽約，使人落空；☆昨日は彼女にすっぽかされた／昨天叫我等了一個空。④

すっぽぬ・ける【すっぽ抜ける】（自下一）①掉下，脱落；☆靴がすっぽ抜けてしまった／鞋掉了；②忘掉；☆いくら教えても片っぱしからすっぽ抜ける／無論怎樣教給（他），也一邊學一邊忘；②（偷愉）溜走，溜出；☆会場（かいじょう）からすっぽ抜けて映画を見に行く／從會場溜出來去看電影。⓪

すっぽり（副）蒙上（頭）；☆蒲団をすっぽりとかぶって寝る／把被蒙到頭上睡；②完全脱落貌；☆人形の首がすっぽり抜けた／偶人的頭掉下來了；③完全吻合貌；☆すっぽり嵌まる／恰好按上。③

すっぽん（名）〔動〕鼈，甲魚，元魚；◇月とすっぽん／雪壤之別。⓪

すで【素手】（名）空手空拳，赤手空拳；☆素手で魚を捕える／空手捕魚；☆素手で帰る／空手回去；☆今日素手では帰れない／（討帳等時）今天可不能空手回去②①

すていし【捨石】（名）①（日本式庭園爲了點綴在各處散放的）石頭；☆庭に捨石をおく／庭園裏散放一些石頭；②興建土木工程時投入水底的；⑧（圍棋）棄子，犧牲的棋子；②暫時不能生利的投資等；☆捨石のつもりで投資する／就當作暫時扔掉而投資。⓪

スティック【stick】（名）①手杖（＝ステッキ）；棒狀的東西；②（只要油炸就能吃的）冷凍半加工食品。②

すてうり【捨売】（名・他サ）蝕本賣，甩賣；☆捨売りにしても千円の値打（ねうち）はある／就是賠本賣也値千元。⓪

ステーキ【steak】（名）〔烹飪〕牛肉扒（＝ビーフステーキ，テキ）牛排。⓪

ステージ【stage】（名）①舞臺；☆ステージに立つ／登上舞臺；②等級，程度；〜ダンス【stage-dance】（名）舞臺舞；↔しゃこうダンス（社交ダンス）。②

ステーション【station】（名）①火車站

；②所，局，站；☆サービス・ステーション／服務站。[0]

ステートメント【statement】（名）聲明（書）；陳述，☆ステートメントを発表する／發表聲明。[2]

ステープルファイバー【staple fibre】（名）人造纖維，人造棉（＝スフ）。[6]

すてお・く【捨て置く】（他五）置之不理，捨棄，擱置起來；☆そのまま捨て置くわけにはいかない／不能對那樣置之不理☆当分の間（あいだ）そのままにして捨て置きましょう／暫時就那樣放着吧[3][0]

すてがね【捨金】（名）①浪費的錢，白扔的錢；こんなことに投資するのは捨金に等（ひと）しい／對這種事業投資等於白扔錢；②呆帳款（根本無收囘希望的貸款）；☆捨金だとあきらめて貸（か）す／認爲是放呆帳而貸款。[0][4]

すてき【素敵】（名・形動ダ）蚯好，絕妙，極漂亮，（＝すばらしい）；☆あなたのドイツ語は素敵だ／你的德語好極了；☆素敵な思いつき／絕妙的想法（主意）；☆素敵な美人／絕色的美人；～に【素敵に】（副）非常地，異常地（ひじょうに）；☆天気が素敵に好い／天氣非常好。[0]

すてご【捨子】（名）①棄兒，棄嬰；☆捨子を自分の子として育（そだ）てる／把棄嬰當作自己的孩子抱養；②被抛棄的孩子；子が泣いている／被遺棄的孩子在哭着；～へん【捨子偏】（名）〔漢字部首〕子字旁，孑。[0]

すてぜりふ【捨台詞】（名）①（演員在登場或退場時）臨時抓的臺詞；☆役者が捨台詞を残して引っ込んだ／演員抓了一句臺詞退場了；②〔轉〕臨時說的話（常指恐嚇性的或不負責的話）；☆覚えていろと捨台詞を残して出て行った／臨走時說了一聲；你等着吧，我跟你沒完。[3]

ステッカー【sticker】（名）貼紙。[2]

ステッキ【stick】（名）①手杖（＝つえ）；②排字盤（＝スティック）。[2]

ステッチ【stitch】（名）縫，縫綴。[2]

ステップ【step】（名）①步，步調，步伐；②臺階，塔磴。[2]

ステップ【steppe】（名）（西伯利亞等的）草原（地帶）。[2]

すててこ（名）（比褌又稍長的）短襯褲。[2]

すてどころ【捨て所】（名）抛棄的場所（時期）；☆ここが命の捨て所だ／要死就死在這裏；現在是該豁出命的時候☆ごみの捨て所がない／沒有倒垃圾的地方[0][3]

*__すでに__【既（已）に】（副）已經，業已；☆已に述べたように／如已經說過那樣；☆已にやってしまった／已經做完了；☆時既（ときすで）に遅し／爲時已晚，☆既に溺れんとしていた／已經快要淹死了[1]

すてね【捨値】（名）極賤的價錢，白扔似的價錢；☆捨値で品物（しなもの）を売却（ばいきゃく）する／一文不值半文地甩賣東西；☆捨値で買って来た／用白揀似的價錢買來了。[0]

すてばち【捨鉢】（名・形動ダ）破罐拌，自暴自棄，絕望（＝やけくそ）；☆捨鉢な気持／自暴自棄的心情；☆捨鉢な態度をとる／採取自暴自棄的態度。[0]

すてみ【捨身】（名）捨命，拼命；☆捨身の戦法／拼命的戰術；☆捨身でぶつかって行く／拼命地衝上去；☆捨身になって斬り込む／奮不顧身地殺進去。[0]

*__す・てる__【捨てる・棄てる】（他下一）①抛棄，扔掉；☆ごみを棄てる／扔掉垃圾；☆それは金を棄てる様なものだ／那等於白扔錢一樣；②不顧，不理；☆泣く子は捨てておけ／哭孩子不要理；③遺棄；☆男に棄てられる／被男子遺棄；図すつ（下二）。[0]

ステレオ【stereo】①立體的；②立體聲唱機。[0]

ステンシル【stencil】（名）鏤花模板，空印板；～ペーパー【stencil paper】（名）臘紙。[2]

ステンドグラス【stained glass】（名）色玻璃。[5]

ステンレス【stainless】（名）不銹；～スチール【stainless steel】（名）不銹鋼。[2]

*__スト__（名）←ストライキ。[2]

ストア【store】（造語）商店。

ストイック【Stoic】（名・形動ダ）①斯多噶學派的人（信徒）；②禁慾主義者；③恬淡的人。[2]

すどおし【素通し】（名）①沒有度數的眼鏡；②透明。[2]

*__ストーブ__【stove】（名）火爐，暖爐；～リーグ【stove league】（名）①（關於棒球的）爐邊漫談；②（棒球比賽季節後的）職業棒球選手的拉奪。[2]

ストーム【storm】（名）①暴風雨；②騒動，風潮。②

すどおり【素通り】（名・自サ）過而不入；☆友人の家を素通りする／走almost朋友家門不入；☆名古屋は素通りで大阪まで直行（ちょっこう）した／名古屋不下車一直坐到大阪。②

ストーリー【story】（名）①故事，小説；②歴史，軼事；③經歴，閲歴；④（小説或劇本的）結構，情節。②

ストール【stole】（名）〔縫紉〕①女人長外衣，女人長圍襟；②〔宗〕（主教或助祭所穿的）法衣。②

ストッキング【stocking】（名）過膝襪，長襪。②

ストック【stock】（名）①存貨，庫存品；②股份，股票；公債；③資本，本錢；④〔烹飪〕湯料。②

ストック【德Stock】（名）〔シュトック之訛〕滑雪用手杖。②

ストップ【英・動・名 stop】（名・自・他サ）①止，停止，中止；☆ストップをかける／命令止；②停止信號；☆ゴー・ストップの信号／交通信號燈；~ウォッチ【stop-watch】（名）跑錶，計秒錶②

すどまり【素泊り】（名）（投宿旅館等時不吃飯）光住。②

ずとも【連語】〔文〕＝なくても；☆投げずとも…／不扔也…。

ストライキ【strike】（名・自サ）罷工，罷課；~やぶり【strike破り】（名）破壞罷工者，工賊。③

ストライク【strike】（名）①〔棒球〕好球；②〔保齡球〕首擲保齡球將十個瓶子都擊倒。③

ストリート【street】（名）街道，市街③

ストリップ（ショー）【strip（show）】（名）脱衣舞。⑥

ストリング【string】（名）①細線，細繩，細帶；②〔樂〕（絃樂器的）絃；絃樂器。③

ストレート【straight】（名）①直，一直；②直球；③連勝；連敗；④清純的；☆ウィスキーのストレート／清純的（不加冰水的）威士忌；☆入學考試沒遭到失敗而順利地進入上級學校；☆ストレートで東大に合格した／第一次考試就考取了東京大學。

ストレス【stress】（名）〔醫〕過度緊張

或精神上的壓力等（或這些因素所引起的身體内部的一種防禦反應）。⓪

ストレッチャー【stretcher】（名）（醫院的）推車。

ストレプトマイシン【streptomycin】（名）〔藥〕鏈黴素。⑥

ストロー【straw】（名）①麥稈；②喝飲料用的吸管；~ハット【straw hat】麥稈草帽。②③

ストローク【stroke】（名・他サ）①打，打擊；一擊；②〔賽艇〕一划；③〔游泳〕一扒；☆ワン・ストロークの差／一扒（一划）之差。③

ストロベリー【strawberry】（名）〔植〕草莓，楊莓。④

ストロボ【strobo】〔攝影〕電子閃燈⓪

ストロンチウム【strontium】（名）〔化〕鍶。⑤

***すな【砂・沙】**（名）沙；砂を噛ます／〔角力〕拌倒對方；砂を噛むよう／味如嚼蠟；図い lさご。②

すなあそび【砂遊び】（名・自サ）玩沙子；☆子供が砂遊びをしている／孩子在玩沙子。

***すなお【素直】**（名・形動ダ）①純樸，天眞；☆素直な子供／天眞的小孩；②坦率；老實實；☆素直に友人の忠告に従（したが）う／老老實實聽從朋友的忠告；☆素直に白状（はくじょう）する／老老實實地坦白出來。①

すなけむり【砂煙】（名）沙塵；☆砂煙が上がる／沙塵飛揚。③

すなじ【砂地】（名）沙地，沙土地；☆砂地に落花生を植える／在沙土地上種花生。⓪

スナック【snack】（名）小吃；小吃店②

スナップ【snap】（名）①（衣服上的）子母扣；☆スナップを止める／扣上子母扣；②〔棒球〕急投；③〔←スナップショット（snap-shot）〕快拍；拍快；☆公園でスナップをとる／在公園照快像；④〔電影〕（某一時事或人物的）一個鏡頭；☆国民代表大会のスナップ／國民代表大會的一個鏡頭；⑤（簡短的）記事文；☆競技会のスナップ／體育比賽的記事短文。②

すなどけい【砂時計】（名）沙計時器，沙漏。

すなば【砂場】（名）①兒童玩沙的地方；

沙池；☆砂場で砂遊びをする／在沙池裏
玩沙子；②有沙地方，沙灘；☆砂場に行
って砂をとる／到沙灘去取沙子。0

すなはま【砂浜】（名）海濱沙灘；☆砂
浜に寝ころんで休む／躺在海濱沙灘上休
息。0

すなはら【砂原】（名）沙灘，沙地；☆
砂原でかけっこして遊ぶ／在沙原上賽跑
玩。0

すなぶくろ【砂袋・砂嚢】（名）①沙袋；
☆砂袋を重ねてバリケードをつくる／堆
起沙袋做防寨；②〔動〕沙囊。

すなぼこり【砂埃】（名）沙塵；☆風が吹
くと砂埃が立つ／一颳風就起沙塵。30

すなみち【砂道】（名）沙子路；舖沙子的
道路。20

すなやま【砂山】（名）沙丘；☆砂山を造
る／築成沙丘。0

*すなわち【即ち】（副）①即；☆二キロ
即ち二トン／兩千公斤即二噸；②即是，
就是，正是；☆これが即ち私の望（のぞ）
んでいたものだ／這就是我所盼望的。2

ずぬ・ける【図抜ける】（自下一）〔常用
（ずぬけて）〕特別，出衆，超羣；☆ず
ぬけて背が高い／身子特別高；☆あの生
徒はクラスの中でずぬけてよく出来る／
那個學生在班上成績特別好。3

すね【脛】（名）脛，脛部，骨脛；◇親の
臑を嚙（かじ）る／靠父母養活；**すねに**
傷持つ／内心有隱疚。2

すねかじり【臑嚙り】（名）靠父母供給學
費（生活費）的人；☆彼は親の臑嚙りだ
／他是靠父母供給生活費的人。3

す・ねる【拗ねる】（自下一）乖戻起來，
彆扭起來；☆すねて親の言うことを聞か
ない／彆扭不聽父母 母 話；☆あの男はち
ょっと拗ねた所がある／他的性情有點彆
扭。2

スノー【snow】（造語）雪；**～ドロップ**【
snow-drop】（名）〔植〕雪花（一種球
莖植物）；**～ボート**【snow boat】（
名）船型救生橇，雪地救生艇。

*ずのう【頭脳】（名）①腦（樋）；②頭腦
，腦筋，腦力；☆頭腦明晰な人／頭腦清
楚的人；☆頭腦の仕事／腦力工作；③首
腦，領導人；☆県の頭腦といわれる人／
被稱爲縣裏首腦的人。10

すのこ【簀子】（名）①竹簾；②＝すのこ
えん；**～えん**【簀子緣】（名）板條式的

外廊地板。02

すのもの【酢の物】（名）醋拌涼菜；☆酢
の物で酒を飲む／以醋拌涼菜上酒。2

スパーク【spark】（名・自サ）① 火花；
②電花，閃光。2

スパート【spurt】（名・自サ）（賽跑、賽
艇等時的）最後加油，拼命划；☆ゴール
に近ずいてスパートする／接近決勝點拼
命跑（衝刺）。2

*スパイ【spy】（名・他サ）間諜，偵探，
密探；特務；☆敵情をスパイする／偵探
敵情。2

スパイク【spike】（名・他サ）①鞋底釘
；②←スパイクシューズ；③〔運動〕用
釘子鞋踩傷；☆足がスパイクされた／脚
被釘子鞋踩 傷了；**～シューズ**【spike
shoes】（名）〔運動〕釘子鞋。2

スパイス【spice】香料。2

スパゲッティ【意spaghetti】（名）義
大利麵。3

すばこ【巣箱】（名）鶏窩箱，鳥巢箱；蜂
巢箱。01

すばし（っ）こ・い（形）（行動）敏捷的
，腦筋靈活的；☆非常にすばしこい人だ
／是個非常敏捷的人。5

すばすば（副）①敏捷，爽快；☆すばすば
（と）処理する／爽爽快快地處理；②一
口接一口地（吸烟）；☆すばすばと葉卷
を吸う／一口接一口地吸雪茄。2

ずばずば（副）毫不客氣，破除情面；☆ず
ばずば（と）物を言う／拉下臉來說話1

すはだ【素膚・素肌】（名）①（不施脂粉
的）皮膚，本來的皮膚；☆素膚がきれい
だ／皮膚長得美；②裸體（＝すはだか）
；☆素肌になる／把衣服脱光，赤身露體
；③不穿襯衣，不穿貼身衣；☆素肌に和
服をきる／不穿襯衣直接穿上日本衣服1

すはだか【素裸】（名）裸體，赤身露體；
☆素裸になる／把衣服脱光。2

スパナ【spanner】（名）蝶絲紺，蝶絲扳
子。2

スパニッシュ【spanish】（名）西班牙式
，西班牙語。

ずばぬ・ける【ずば抜ける】（自下一）〔
常用（ずばぬけて）〕超羣，出衆，出類
拔萃；☆彼は学校でもずばぬけて好く出
来る／他在學校裏成績也特別好。4

すばや・い【素早い】（形）飛快，極快，
敏捷；☆素早く準備をする／飛快地做準

備；☆素早く時流（じりゅう）に乗る／
緊緊趕上時潮；～さ（名）。③

*すばらし・い【素晴らしい】（形）極好的
，非常好的，極美的，極優秀的；盛大的
；☆素晴らしい天気／極好的天氣；☆素
晴らしい景気／非常繁榮；☆素晴らしい
美人／絶色的美人；☆素晴らしい成績／
極優秀的成績；☆素晴らしい歓迎にあず
かった／受到盛大的歡迎；☆素晴らしく
暑い日／極熱的天；～さ（名）。④

ずばり（副）①（用刀）卡嚓一聲（切斷）
；☆刀でずばりと切り落とす／用刀卡嚓
一聲切下；②（說話）擊中要害，一言道
破：☆ずばりと言ってのける／一言道破
；☆ずばり、ずばり物を言う／一句一句
針針見血地說；◇そのものずばり／直截
了當，不兜圈子。②③

すばる【昴】（名）〔天〕昴宿星團。①

スパルタきょういく【sparta 教育】（名）
斯巴達式教育。⑤

スピーカー【speaker】（名）①談話者，
演講者；②擴音器（＝ラウドスピーカ
ー）。②

スピーチ【speech】（名）話；演說，致詞
；☆宴会でスピーチをする／在宴會上致
詞。②

スピーディー【英・形 speedy】（形動ダ）
快速，敏速；☆スピーディーな処理／敏
捷的處理。②

*スピード【speed】（名）①迅速；②速度
；☆スピードを出す／加快；～アップ【
speed-up】（名・自サ）増加速度；☆ス
ピード違反でつかまった／因超速被取締
；☆スピードをおとす／減低速度。②

すびき【巣引（き）】（名・自サ）（飼養
的禽鳥）築巢，伏窩。③

スピッツ【德 Spitz】（名）德國產的一種
尖嘴犬；絲毛狗。②

ずひょう【図表】（名）圖表；☆国勢を図
表にして解説する／把國家的人口，資源
、產業等情況作成圖表來加以解說。⓪

スピリット【spirit】（名）①靈魂；②精
神；③酒精。②

スピロヘータ【拉丁 spirochaeta】（
名）〔動〕螺旋體；～パリダ spirocha-
etapallida】（名）〔醫〕梅毒螺旋体④

すぶ（造語）完全；徹頭徹尾；☆ずぶの素
人（しろうと）／完全外行。

スフィンクス【sphinx】（名）①（埃及的）

人面獅身像。②

スプーン【spoon】（名）匙，杓；～レー
ス【spoon-race】（名）〔運動〕持球競
走。②

ずぶずぶ（副）①濕透貌；☆雨に濡（ぬ）
れて、ずぶずぶになる／被雨淋得濕透；
②陷入泥中貌；☆沼の底に、足がずぶず
ぶともぐる／兩脚陷入泥沼底下。①

ずぶと・い【図太い】（形）（俗）①大膽
的；☆図太い人／大膽的人；②厚顏無恥
的；☆図太い奴／厚臉皮的傢伙；☆思い
切って図太く出てやった／我下狠心拉厚
了臉皮～さ（名）；☆彼の図太さには全
（まった）くあきれた／他那種厚顏無恥
眞令人吃驚。③

ずぶぬれ【ずぶ濡れ】（名）〔俗〕淋透，
濕透；☆雨でずぶ濡れになった／被雨淋
透，成落湯鷄了。⓪

スプリング【spring】（名）①泉；②春
天；③青春；④彈簧；⑤跳躍，彈力；～
コート【spring-coat】（名）夾大衣，
風衣；～ボード【spring-board】（名）
跳板。②

スプリンクラー【sprinkler】（名）灑水
器。⓪

スプリンター【sprinter】（名）〔運動〕
短距離（賽跑）選手。③

スプレー【spray】（名）噴霧器。③

スプン【spoon】（名）匙。

すべ【術】（名）〔文〕方法，手段；☆も
はや施（ほどこ）す術もない／已毫無辦
法了。②①

スペア【spare】（名）預備品，備用品；
☆スペアタイア／預備胎；☆スペアイン
ク／卡式墨水管。

スペイン【Spain】（名）〔地理〕西班牙②

スペース【space】（名）①時間；②空間
，場所；③篇幅；④餘地，餘白；⑤〔
印〕間隔字間，行間。②

スペード【spade】（名）〔撲克牌〕黑桃②⓪

スペクタクル【spectacle】（名）①景象
，奇觀，壯觀；②觀覽物，展物；③（電
影、演劇等的）豪華場面。

スペクトル【spectre】（名）〔理〕光譜②

ずべこう（名）不良少女。③

スペシャリスト【specialist】（名）專家④

スペシャル【special】（名・造語）①特
殊，特別；②專門；③臨時（列車），專
車；④新聞號外；⑤特製。②

すべすべ（副・自ザ）〔俗〕光滑貌；☆大理石の壁がすべすべしている／大理石的牆壁光滑。①

＊すべて【凡て・総て】Ⅰ（名）①總共，共計；②一切，全部；☆すべてを国家の為に献げる／把一切獻給國家；☆応募者のすべてを採用することはできない／不能把應徵者全都採用，Ⅱ（副）全部，一切，無餘；☆問題はすべて解決した／問題全都解決了；☆すべて、この調子でやれ／一切都要照這樣辦。①

すべらぎ【皇】（名）〔文〕天皇（＝すめらぎ）。⓪

すべら・す【滑らす】（他五）使滑走；☆氷の上に橇（そり）を滑らす／在冰上滑雪橇；☆足を滑らして転ぶ／脚踩空栽倒，滑倒；◇口を滑らす／話說溜嘴，說出不該說的話。③

すべり【滑り・辷り】（名）〔すべる〕的名詞形；①滑；☆戸の滑りが悪くなった／拉門不滑了；②被褥；～い・る【滑り入る】（自五）①滑進來；②溜進來；～こみ【滑り込み】（名）〔棒球〕溜進；～だい【滑り台】（名）滑梯；；～だし【滑り出し】（名）開始滑起，始動。③

スペリング【spelling】（名）〔語法〕拼字，拼法；☆その単語のスペリングを忘れた／忘了那個單詞的拼法。②

＊すべ・る【滑る・辷る】（自五）①滑行；☆氷の上を滑る／滑冰；②滑溜溜；☆道が滑るから気をつけなさい／路滑，請小心；③〔足〕踩空；☆足が滑って転びそうだった／脚一空差一點拌倒了；④〔俗〕不及格，考不上；☆試験に滑った／沒考上。②

す・べる【統べる・総べる】（他下一）①統一；②統轄，統率；☆全軍を統べる／統率全軍；図すぶ（下二）。②

スペル【英・動 spell】（名）拼字（＝スペリング）。②

スポイト【荷・spuit】（名）（一端帶橡皮囊的）吸液體玻璃管。⓪

スポイル【spoil】（名・他サ）①損壞，弄壞；②寵壞，慣壞，縱壞。②

スポークスマン【spokesman】（名）發言人。⑤

＊スポーツ【sports】（名）①娛樂，遊戲；②（戶外）運動，體育；～いがく【sports 医学】（名）體育（運動）醫學；～ウー

マン【sportswoman】（名）女運動家；～ウェア【sportswear】（名）運動衣；～シャツ【sports-shirt】（名）運動用短上衣；～センター【sportscenter】（名）設備完善的大體育館；～マン【sportsman】（名）運動家；～マンシップ【sportsmanship】（名）運動家風度，運動家精神。②

スポーティ【sporty】（名・形動ダ）（服装）輕便，輕快；☆スポーティなブラウス／輕便的上衣；↔ドレッシー。②

ずぼし【図星】（名）①鵠的，靶心；☆図星に当たる／中鵠；②〔俗〕（某人的）企圖，心事；☆図星を指す／猜對企圖，說中心事；☆それは図星だ／你說的正對；☆どうです、図星でしょう／怎樣，我猜着了吧。⓪①

スポット【spot】（名）①污點；②點，黑點；③斑點；④地點，地方；～アド【spot ad.】（名）（劇院或電影院幕間的）幻燈廣告；～アナウンス【spot announce】（名）（廣播中間插入的）簡短節目；～ライト【spot-light】（名）〔劇〕〔照相〕聚光燈。②

すぼま・る【窄まる】（自五）縮窄；縮小，越來越尖（＝すぼむ）；☆先が窄まる／越來越尖。⓪③

すぼ・む【窄む】（自五）①（中空的東西）縮小，縮窄；☆先のすぼんだズボン／褲管越往下越細的褲子；②萎縮（＝ちちむ）。⓪

すぼ・める【窄める】（他下一）使窄小，收縮；折攏；☆傘をすぼめる／摺攏傘；☆狭い道を彼は身をすぼめて通った／他縮着身子走過狹窄的路；図すぼむ（下二）。⓪

ずぼら（名・形動ダ）〔俗〕懶惰，懶散，吊兒郎當；☆ずぼらな人／吊兒郎當的人；☆ずぼらにやる／馬馬虎虎搞。⓪

＊ズボン【法jupon之訛】（名）西服褲；～した【ズボン下】（名）襯褲。②

スポンサー【sponsor】（名）資金援助者；廣告客戶；

スポンジ【sponge】（名）①海棉；②海棉狀的橡皮擦子（洗滌用）；③←スポンジボール；～ケーキ【sponge cake】（名）鬆糕；～ボール【sponge ball】（

名）〔棒球〕軟球。◯

*スマート【smart】（形動ダ）瀟灑（的），漂亮（的），時髦（的）；☆スマートなからだつき／苗條的身材；☆やりかたがスマートだ／手法漂亮。◯

*すまい【住まい】（名）①居住；☆アパート住まいをする／住公寓；②住址；☆お住まいはどちらですか／您住在哪裏②①

スマイル【smile】（名）微笑。②

すま・う【住まう】（自五）＝すむ；囡すまふ（四）。②

すまし【澄まし】（名）①〔（すます）的名詞形〕澄清；②←すましじる；③裝模作樣，假裝正經；～じる【澄まし汁】（名）〔烹飪〕清湯；～や【澄まし屋】（名）裝模作樣的人，假裝一本正經的人③

すま・す【澄ます】Ⅰ（他五）①使（液體）澄清；☆濁り水を澄ます／使濁水澄清；②〔轉〕集中……的注意力；☆心を澄ます／沉下心；☆耳を澄まして聞く／注意傾聽；Ⅱ（自五）①裝模作樣，假裝一本正經；擺架子，板起面孔；☆澄まして通り過ぎる／裝模作樣地過去；☆彼女はからかわれて、つんと澄ましてしまった／人家跟她一開玩笑她就板起面孔來了；②裝作若無其事的樣子；☆いくら催促（さいそく）しても彼（は）澄ましたものだ／儘管怎麼催他，他也是若無其事的樣子；Ⅲ（補助・五型）接在其他動詞下面表示充分地完成這個動詞所表示的動作；☆彼は局長になりすましている／他完全變成一個局長了，他已經成為一個十足的局長。②

*すま・す【済ます】（他五）①弄完，搞完，辦完；☆用事を済まして安心した／把事情辦完安心了；☆食事を済ましてから行く／吃完了飯去；☆このままでは済まされない／（事情）就這樣不能算完；②償清，還清；☆借金を済ます／還清欠債；③對付，將就；☆月に十万円もあれば済ますことが出来る／一個月有十萬元就能應付過去。②

スマッシュ【smash】（自サ）〔網球〕猛烈扣殺，扣球。②

*すみ【炭】（名）木炭。②

*すみ【角・隅】（名）角，隅，角落，偏僻處；☆荷物を部屋の角におく／把東西放在屋角；☆隅から隅まで捜したが見付からない／各個角落都找遍了可是沒有找到

；◇隅には置けない人／不可輕視的人，有些本領的人。①

すみ【墨】（名）①墨；墨汁；☆墨をする／研墨；☆墨を筆につける／往筆上蘸墨；②〔木工〕墨繩，墨線；☆墨を打つ／打墨線；③（章魚體内的）墨液；④黑色；◇雪と墨／〔喻〕（性格）完全不同。②

すみ【済（み）】（名）〔（すむ）的名詞形〕①完結；②（價款）付訖。②

すみ【酸味】（名）酸味（＝すっぱいあじ、さんみ）②

一ずみ【済（み）】（造語）表示已完的意思；☆検査済み／驗訖。

すみえ【墨絵】（名）水墨畫。②

すみか【住処・住家】（名）①住處，家（＝すまい）；②巢穴。①②

すみがき【墨描き】（名）①水墨畫，墨筆畫；②（着色以前用墨筆畫的）畫稿；☆下絵を墨描きする／用墨筆打畫稿②（人4）

すみこ・む【住み込む】（自五）（工人）住在（雇主的家裏）傭工；☆主人の家に住み込んで働く／住在雇主家裏做工；～み【住み込み】（名）「すみこむ」的名詞；☆すみこみのお手伝いさん／住在雇主家裡的女傭人。◯

すみずみ【隅隅】（名）各個牆角，各個角落；☆すみずみまで捜す／找遍各個角落。①②

すみそ【酢味噌】（名）以醋糖等調味的醬，加醋的醬（拌涼荣用）；☆酢味噌で野菜のあえものをする／以醋醬拌蔬荣。②

すみぞめ【墨染】（名）①染成黑色；②黑僧衣，黑道袍；③灰色的孝服。◯

すみだわら【炭俵】（名）稻草編的炭包③

すみつき【墨付き】（名）①掛墨的程度；☆この紙は墨付が好い／這個紙很掛墨；②筆跡；☆墨付のあと美しい手紙／筆跡美麗的信；③〔室町・江戶時代〕下行公文；下行公文上蓋的黑色官印（＝おすみつき）。②④

すみつ・く【住み着く】（自五）住穩，安居，住慣；☆よそから入って来た猫が、とうとう住み着いてしまった／從外邊來的野貓終於在家裏住下來了。◯

すみっこ【隅っこ】（名）＝すみ。①

すみながし【墨流し】（名）以墨汁或顏料滴在水面上把它吹成各種波紋花樣，再把它移在紙或布上的一種波紋花樣染法。③

すみな・れる【住み慣（住み馴）れる】（自下一）住慣；☆住み慣れた土地は離れにくいものだ／故土難離。⓪

すみび【炭火】（名）炭火；☆炭火にあたる／烤炭火，☆炭火で魚を焼く／用炭火烤魚。②

すみません【済みません】（連語）抱歉；☆すみませんが／麻煩您…。④

すみやか【速やか】（名・形動ダ）快，迅速；☆速やかな処置が必要だ／必須採取迅速的措施；☆速やかに返答（へんとう）する／迅速回答。②

すみやき【炭焼】（名）①燒炭（的人）；☆山で炭焼をする／在山上燒炭；②〔烹飪〕炭烤（＝あみやき）。④

すみれ【菫】（名）〔植〕香菫，紫花地丁；**～いろ**【菫色】（名）藍紫色。⓪

すみわた・る【澄み渡る】（自五）晴朗，萬里無雲；☆澄み渡った青空／萬里無雲的天空。⓪④

＊す・む【住む】（自五）①居住；☆田舎に住む／住在郷間；②棲；☆水に住む動物／水棲動物；◊ **住めば都**／地以久居為安。①

＊す・む【澄む】（自五）①清澈，澄清；☆水が底まで澄んでいる／水清澈到底；☆今夜は月がよく澄んでいる／今晚的月亮分外光明；②清靜；☆澄んだ心／清靜的心。①

＊す・む【済む】（自五）①（事情）完，終了，結束；☆映画が済んだ／電影演完了；☆無事に済む／平安了事；☆済んだ事は仕方がない／事情過去了就無法挽回了；②可以解決，辦得到；☆メイドさんがいなくても済む／沒有女佣人也行；☆金で済むことならいくら出してもよろしい／要是用錢可以解決的話出多少都可以；③（良心上）過得去，對得起（人）；☆それで済むと思うか／你以為那樣能對得起人嗎？☆まことに済みません／實在對不起。①

スムーズ【smooth】（形動ダ）①圓滑，順利；☆スムーズに事が運（はこ）ぶ／事情進行得很順利；②流暢；☆スムーズな会話／流暢的會話。

ーず（づ）め【詰】（造語）①表示裝、填、塞的意思；☆箱詰の果物／裝箱的水果；☆綿詰にする／填塞棉花；②表示擁擠的意思；☆すし詰の電車／擁擠不堪的電車；③

表示專一的意思；☆理窟詰／專門講理；④表示工作地點；☆派出所詰の巡査／在派出所工作的警察；⑤表示一直不變的意思；☆汽車に立ち詰で行った／在火車上一直站到下車。

ずめん【図面】（名）畫圖；（土木、建築、機械等的）設計圖；☆家の設計の図面／房屋設計圖。⓪①

すもう【相撲・角力】（名）角力，摔跤；◊ **相撲にならない**／不是對手（力量相差太遠）；**～とり**【相撲取】（名）角力者，力士。⓪

スモーキング【smoking】（名）①吸烟（室）；②＝タキシード。②

スモーク【smoke】（名）①煙，灰色②煙燻的；☆スモークサーモン／燻三文魚②

スモック【smock】（名）①〔縫紉〕縫褶，揢褶；②（婦女、小孩、畫家等穿的）寬罩衣。②

スモッグ【smog】（名）（smoke 和 fog 的合成語）煙霧。②

すもも【李】（名）〔植〕李子。⓪

ずや（連語）〔文〕＝ないか；☆聞かずや／沒聽見嗎？

すやき【素焼】（名）（不掛釉子的）素陶器；☆素焼の鉢／瓦盆。③⓪

すら（修助）〔文〕連，尚且（＝さえ，まで）；☆君すら知らない事を僕は知るものか／連你都不知道的事情我怎會知道呢／☆文章はおろか名前すら書けない／別說寫文章連名字還不會寫呢。

ーず（づ）ら【面】（造語）〔罵〕臉，面孔，相；☆あいつは紳士面をしてやがる／他裝出一副君子面孔。

スラー【slur】（名）〔音樂〕連音符。①

スライス【slice】（名）①薄片，一片；②切薄片，③（運動）（高爾夫的）曲打；（網球的）輕削球。②

スライダー【slider】（名）〔棒球〕滑球②

スライディング【sliding】（名）①滑，滑過，滑走；②滑入，滑進；**～システム**【sliding system】（名）〔經〕物價計酬法；**～スケール**【sliding-scale】（名）〔經〕①計算尺；②＝スライディングシステム。②

スライド【slide】（名・自サ）①滑，②〔棒球〕滑進，滑入；③放映裝置，幻燈；幻燈片；☆スライドで説明する／用幻燈片來說明；④計算尺。②⓪

ずらか・る（自五）〔俗〕開小差，溜走（＝にげる）；☆遠足の途中（とちゅう）から、ずらかって映画に行く／在郊遊的途中開小差去看電影。③

*ずら・す（他五）①挪一挪，蹭一蹭；☆机を右へずらす／把桌子往右邊挪一挪（蹭一蹭）；②錯一錯，錯開；☆日取りを一日ずらす／把日子錯開一天。②

すらすら（副）痛快地，流利地，順利地；☆すらすらと話す／說得流利；☆仕事がすらすらと運ぶ／工作進行得順利。①

スラックス【slacks】（名）寬鬆長褲。②

スラブ【Slav】（名）斯拉夫（民族）。①

スラム【slum】（名）貧民街。①

すらり（副）①身材苗條；☆すらりとした美人／身材苗條的美人；②順利（地）；☆すらりと事が運ぶ／事情進行得順利；③颺（一下）；☆すらりと刀を抜く／颺的一下拔出來刀。②③

ずらり（副）〔俗〕一大排；☆ずらりと並ぶ／排一大排；☆写真をずらりと並べる／擺一大排照片。②③

スラング【slang】（名）①俚語；②行話，黑話。

スランプ【美 slump】（名）①（股票市價）暴落，暴跌；②一時的不起色，一時的不順調。②

.すり【刷】（名）印刷（的效果）；☆この本はすりが悪い／這本書印刷不好。

*すり【掏摸】（名）扒手，小綹；☆すりを働く／當小綹；☆すりを捕える／捉小綹。①

ずりあが・る【ずり上がる】（自五）滑上去，竄上去，（一點一點）向上滑，向上竄；☆腹巻がずり上がる／圍腰布往上（往腹部以上）滑。⓪

すりあし【摺足】（名）脚擦地（的走法）；☆すりあしをして近づく／蹋足接近②

スリー【three】（名）三；～ラン【美 three-run】〔棒球〕（包括打者在內）跑者三人；三人得分。②

スリーブ【sleeve】（名）〔縫紉〕袖。②

すりえ【摺餌】（名）磨碎的鳥食。②

ずりお・ちる【摩り落ちる】（自上一）滑落，竄下來；☆汗で眼鏡がずり落ちる／眼鏡因汗往下滑落。⓪④

すりか・える【摩り替える】（他下一）頂替，偷換；☆外（ほか）の物とすり替える／偷換別的東西／☆偽物（にせもの）と摩り替える／以假物頂替。⓪

すりガラス【磨硝子】（名）磨砂玻璃，毛玻璃；☆窓に磨ガラスを入れる／窗戶鑲上毛玻璃。③

すりきず【擦疵・擦傷】（名）擦傷；☆転んで脛（すね）に擦傷をこしらえた／摔倒擦傷了腿。

すりきり【摺切り】（名）①（用斗刮等）刮平，②〔烹飪〕盛得平平一碗（一匙等）；☆匙にすりきり一杯の塩／鹽平平一匙；☆茶碗にすりきり一杯の飯／盛得平平一碗飯。↔やまもり。⓪

すりき・る【擦り切る】（他五）磨斷；☆縄を擦り切った／把繩子磨斷。⓪

すりき・れる【擦り切れる】（自下一）磨破；☆ズボンの裾が擦り切れる／褲脚磨破。⓪

すりこぎ【摺粉木】（名）研磨棒（做菜泥時用的木棒）。③

すりこ・む【摺り込む・擦り込む】Ⅰ（自五）諂媚，奉迎；Ⅱ（他五）①擦上去；☆クリームを皮膚にすりこむ／把雪花膏擦上（揉上）皮膚；②研磨進去；☆塩の中に胡麻をすりこむ／把芝麻研進鹽裏去。⓪

ずりさが・る【ずり下がる】（自五）滑落；☆靴下がずりさがる／襪子滑落下去。

すりつ・ける【摩り付ける】（他下一）①摩蹭；塗搽；☆犬が顔をすり付けて来る／狗用臉摩摩蹭；☆薬をすり付ける／塗藥；②磨，擦。

スリット【slit】（名）〔縫紉〕衣叉。②

スリッパ【slipper】（名）拖鞋。②①

スリップ【slip】（名・自サ）①滑；②一種女子西服襯衣，長襯裙。②

すりつぶ・す【磨り潰す】（他五）①磨碎，研碎；☆胡麻をすりつぶす／把芝麻磨碎；②耗盡，折本；☆元手（もとで）をすりつぶした／把本錢耗盡了。

すりぬ・ける【摺り抜ける】（自下一）①擠過去；☆群衆（ぐんしゅう）の間をすり抜けて前へ出る／從人羣間擠到前面；②鑽跑，潛逃。⓪

すりばち【摺鉢】（名）研鉢（＝あたりばち）。②

すりひざ【摩膝】（名）膝行（日本人在草蓆上跪着往前蹭）。②

すりみ【摺身】（名）磨碎的魚肉。③

すりむ・く【擦り剝く】（他五）擦破，蹭

破；☆転んで膝を擦り剝く／拌倒把膝蓋
擦破。③

すりむ・ける【擦り剝ける】（自下一）（
皮膚）擦破；囚すりむく（下二）。④

すりもの【刷物】（名）印刷物，印刷品，
刊物；☆講演の内容を刷物にする／把講
演内容做成印刷品。②

すりゃ（接）〔方〕〔すれば〕之轉；＝それ
れなら；そうすれば；そんなら；さて
は。

ずりょう【受領】（名・自サ）〔古〕①繼
任視事；②地方長官；→じゅりょう。⓪

すりよ・る【擦り寄る】（自五）①貼近，
靠近；☆擦り寄ってひそひそ話をする／
靠近喳喳地說話②一點一點地蹭近／少し
ずつ擦り寄って来る／一點一點地蹭到跟
前。⓪

スリラー【thriller】（名）驚險讀物，緊
張，恐怖，驚險的小說、劇本、影片等②

スリリング【thrilling】（形動ダ）驚險的②

スリル【thrill】（名）驚險，毛骨悚然的
感覺；☆この小説はスリルがあって面白
い／這部小說有驚險的情節很有趣。②①

す・る【剃る】（他五）〔そる〕之訛；→
そる。①

＊する【為る】Ⅰ（自サ）①作，發生，有（
某種感覺）；☆物音（ものおと）がする
／作聲，有聲音，☆寒けがする（身
上）發冷，（感覺）有點冷；②（價）值
；☆このカメラは五千元する／這個照相
機值五千元；Ⅱ（他サ）①做，搞，幹，
辦；☆仕事をする／做工作；☆話をする
／說話；☆何もしない／什麼也不幹；☆
それをどうしようと僕の勝手（かって）
だ／那件事怎麼辦是隨我的便；☆私の言
いつけた事をしたか／我吩咐的事情你辦
了嗎？②充當；☆世話役（せわやく）を
する／當幹事；☆学校で先生をする／在
學校當教員；③使…充當；☆子供を医者
にする／使孩子當醫生；④作成，使…變
成（某種狀態）；☆品物を金にする／把
東西變（賣）成錢；☆借金を棒引（ぼう
びき）にする／把欠款一筆勾消；◇する
事なす事／所作所爲的事，一切事；囚す
（サ）

＊す・る【刷（摺）る】（他五）印刷；☆輪
転機で新聞を刷る／用輪轉機印刷報紙；
☆年賀状を刷る／印賀年片。①

す・る【摩る・擦る・磨る・擂る】Ⅰ（自

下二）〔文〕→すれる；Ⅱ（他五）①摩
擦；☆タオルで背中を擦る／用毛巾擦背
；②磨碎，研碎；☆擂鉢で胡麻を擂る／
用研鉢把芝麻磨碎；☆墨をする／研墨；
③擦☆マッチを摩る／擦火柴；④損失，
貼，輸；☆競馬（けいば）で金をすって
しまった／買馬票把錢輸光；◇ごまをす
る／拍馬屁，阿諛；**擦った揉**（も）んだ
／糾紛。①

＊す・る【掏る】（他五）扒竊；☆すりにさ
いふを掏られた／被扒手（小綹）把錢包
偷去了。①

ずる（名）狡猾，圓滑（的人）；鬼把戲；
☆ずるで休む／偸懶休息；◇ずるをきめ
る／存心耍滑頭。①

ず・る【摩る】（自五）＝ずれる。①

ずる・い【狡い】（形）狡猾的，奸狡的，耍滑頭的
；☆あれはずるい男だ／他是一個狡猾
人；☆彼はずるく構（かま）えて，仕事
をしない／他耍滑頭不幹活。②

するうち（に）（連語・接）〔俗〕正當其
時，同時（＝するあいだに）；☆皆が話
をしているうちに彼がやって来た／大家
正在說話的時候來了；☆トランプする
うちに夕飯の支度（したく）も出来た／
在玩撲克牌的同時晚飯也準備好了。

ずるがしこ・い【ずる賢い】（形）乖巧⑤

ずる・ける（自下一）耍懶，偸懶；☆今日
はずるけて一日休んでしまった／今天偸
懶休息了一天。③

するする（副）順當地，痛快地，順利地；
☆旗がするするとマストに掲げられた／
旗子很快地升上了旗桿；☆するすると仕
事が運ぶ／工作順利進行。①

ずるずる（副・スル）①拖拖拉拉地，☆帯
をずるずると引きずる／拖拉着帶子；☆
鼻をずるずると垂す／搭拉着鼻涕；②滑
溜；③拖延不決；☆約束の仕事はずるず
る延びて，まだ片づかない／約定的工作
拖延很久還沒完成；～べったり（連語・
名）糊里糊塗拖延下去。①

ズルチン【dulcin】（名）〔化〕①衞矛（
巳六）醇；②對（位）乙氧基笨脲；甘
素。①②

すると（接）①（表示事物發生的繼續）於是
就；☆すると桃の中から子供が生まれた
／於是就從桃子裏生出來個小孩；②（
表示事物的推測＝それでは）那麼說，這
麼說；☆するとあなたは犯人の顔を見た

わけですね／那麼說你是看見了犯人了⓪

*する ど・い【鋭い】（形）①尖銳的；☆先の鋭い槍／鎗頭尖利的扎鎗；☆鋭い批評／尖銳的批評；②鋒利的,快的；☆鋭い小刀／很快的小刀；③劇烈的；☆鋭い攻撃を受ける／受到劇烈的攻擊；図するどし（形ク）。③

スルフォン（アミド）【德 Sulfonamid】（名）〔醫〕磺醯胺。

するめ【鯣】（名）乾魷魚。⓪

─ず（づ）れ【連れ】（造語）表示率領、同伴的意思；☆道づれ／旅伴；☆子供づれの客／領着小孩的客人；☆親子づれで旅行する／父子同伴旅行。

ずれ（名）①〔ずれる〕的名詞形；②參差不齊,不吻合,分歧；☆印刷の色の重なりにずれがある／〔印〕套色套得不準確；☆両者の見解にずれがある／兩人的見解有分岐。

すれあ・う【擦れ合う】（自五）①互相磨擦；☆肩と肩とがすれあう／擦肩摩背（擁擠不堪）；②反目,不和,☆彼と彼女はすれ合っている／他們倆在鬧意見。⓪

スレート【slate】（名）①石,石板；②石板瓦,黏板機。⓪②

すれからし【擦れ枯し】（名）①枯盡；☆擦れ枯しになった晩秋／樹木殆已枯盡的深秋；②〔久經世故的〕油條；沒羞沒耻（的人）；☆ひどい擦れ枯しで手が付けられない／是個老油條不好對付；☆すれからしの女／沒羞沒耻的女人。⓪

すれすれ（名）①幾乎接觸,差一點兒碰上；☆自動車がすれすれの所を通り過ぎた／汽車從剛剛能開過去的地方開了過去；②幾乎接近,逼近；☆定刻「ていこく」すれすれに到着した／在剛要到點的時候來到；☆給料は十万円すれすれだ／工資差一點兒十萬日圓。⓪

*すれちが・う【擦れ違う】（自五）交錯,錯過去；☆町で彼とすれ違った／（我）在街上跟他擦肩而過；☆汽車は新竹で擦れ違う／（兩列）火車在新竹錯車。⓪

すれば（接）〔古〕那麼說（＝そうすれば）；☆すればその時お前はあそこにいたのか／那麼說,當時你是在場的了。②

す・れる【磨れる】（自下一）磨損,磨破；☆袖口が磨れてしまった／袖口磨破了。②

す・れる【摩れる・擦れる】（自下一）①

摩擦；☆木の葉が擦れる音／樹葉（摩擦）沙沙的聲音；②閱歷很多,久經世故；☆擦れた男／油條；図する（下二）②

*ず・れる【摩れる】（自下一）①移動,離開原來位置；☆机の位置がずれている／桌子的位置移動了；②離題,不對頭；☆君の考えは少しずれていやしないか／你的想法是不是有點不對頭啊？②

スロー【slow】（名・形動ダ）①緩慢；②遲鈍；～ダウン【slow down】減低速度；～ボール【slow-ball】〔棒球〕緩球；～モーション【slow-motion】（名・形動ダ）①緩慢的動作；②〔電影〕快速攝影（映時動作緩慢）。⓪

スローガン【slogan】（名）標語,口號；☆スローガンを（かか）げる／提出標語②

ズロース【drawers】（名）女人用的短褲叉。②

スロープ【slope】（名）①斜,傾斜；②斜坡,斜面。⓪②

すわ（感）〔文〕（表示緊張、驚訝時脫口而出的聲音）唉呀（＝そら）；☆すわ一大事がもちあがった／唉呀！發生了大事了。①

すわや（感）〔文〕＝「すわ」的加重語氣的說法。①

すわり【座り・坐り】（名）①〔すわる〕的名詞形〕坐；☆坐り場所／坐的地方；☆その椅子は坐り心地が好いかね／那個椅子坐着舒服嗎？②安定,穩定；☆この花瓶は坐りが悪い／這個花瓶放不穩；☆こう置くと坐りが良い／這樣放就穩定；～だこ【座胼胝】（名）（因為跪坐而脚背上生的）胼胝。⓪

すわりこみ【坐り込み】（名）〔すわりこむ〕的名詞形；～せんじゅつ【坐り込み戦術】（名）坐下不動戰術。⓪

すわりこ・む【坐り込む】（自五）①坐下不動；②到旁人家中坐下不走。④

*すわ・る【座る・坐る】（自五）①坐,跪坐；☆楽に坐る／隨便坐；☆日本流に坐る／照着日本風俗跪坐；②居某種地位,占一席；☆課長の椅子に坐る／當上了科長,坐上科長的椅子；③鎮定,安定不動；☆目が坐る／眼睛發直；☆胆（きも）が坐る／壯起膽子；☆値段が坐る／行市穩定；④匀整；⑤（船）擱淺；☆舟が坐る／船擱淺。⓪

スワン【swan】（名）鵠,天鵝,白鳥。①

すん【寸】（名）①寸；☆一尺八寸です／一尺八寸；②〔俗〕長短，尺寸；☆寸が詰まる／不夠尺寸（尺寸短）。①

すんい【寸意】（名）→すんし。①

すんいん【寸陰】（名）〔文〕寸陰；☆寸陰を惜しむ／當惜寸陰。①

すんか【寸暇】（名）〔文〕寸暇，片刻的閒暇；☆多忙で寸暇もない／忙得沒有片刻閒暇；☆寸暇を盗んで読書する／抓緊工夫讀書。①

ずんぎり【寸切り】（名）①（把圓形而長的東西）切成圓片（＝わぎり）；☆大根をずんぎりにする／把蘿蔔切成片。①④

ずんぐり（副・自サ）矮胖，短粗胖；☆ずんぐりした人／矮胖子；〜むっくり（副・自サ）短粗胖；矮多瓜。③

すんげき【寸劇】（名）短喜劇。⓪

すんげき【寸隙】（名）〔文〕寸隙；☆これは寸隙を利用して書いたものです／這是（我）利用一點工夫寫的。⓪

すんげん【寸言】（名）〔文〕寸言；寸而意味深長的話；☆寸言の中に深い思想を蔵（ぞう）している／寸言之中藏着深刻的思想。⓪③

すんこく【寸刻】（名）〔文〕片刻；☆寸刻もおろそかにせず勉強する／不忽略片刻地學習。①⓪

すんし【寸志】（名）①寸意，寸心；②非薄的禮品；☆寸志ですがお納め下さい／不成敬意請您收下吧。①

すんず（づ）まり【寸詰】（名・形動ダ）不夠尺寸，短尺寸；☆寸詰まりの洋服／短小的衣服；☆ズボンが寸詰まりになる／褲子短了。③

ずんずん（副）①（進度）迅速貌（＝どんどん、ぐんぐん）；☆工事がずんずん進む／工程迅速進展；☆彼は私を放（ほう）っておいてずんずん行ってしまった／他拋下了我，不停步地走去；②抽痛貌（＝ずきんずきん）；⑧（重物）響震

貌。①

すんぜん【寸前】（名）①（距離某地）很近的（地方）；☆ゴール寸前で抜かれる／在眼看就到了決勝點的地方被別人趕過去；②（距離某時）很近（的時間）；☆高とび寸前の犯人を捕える／逮捕了眼看就要遠走高飛的犯人。⓪③

すんたらず【寸足らず】（名）不夠尺寸；☆寸足らずの人／矮人。③

すんだん【寸断】（名・他サ）寸斷；☆洪水（こうずい）で鉄道が寸断された／洪水把鐵路沖得寸斷。⓪

すんてつ【寸鉄】（名）〔文〕①寸鐵；☆身に寸鉄も帯（お）びずに出かける／身上不帶寸鐵而出去；②〔喻〕警句；◇寸鉄人を刺す／寸鐵殺人。①⓪

すんでのことに（副）差一點，幾乎；☆すんでのことに僕は溺死（できし）するところだった／我差一點沒淹死。③

すんでのところで（副）差一點，幾乎；☆すんでのところで命を取られるはずだった／差一點喪了命。⑦

すんど【寸土】（名）〔文〕寸土；☆寸土を守る／保衛寸土。①

ずんと（副）〔俗〕遠，多（＝ずっと）；☆こちらの方がずんと良い／這個好得多☆あれよりずんとよい／遠比那個好①⓪

ずんどう【寸胴】（形動ダ）①←ずんどぎり；②〔俗〕（身材）上下一般粗。⓪

すんなり（副・自サ）（身材）苗條；☆すんなりした美人／身材苗條的美人。③

すんびょう【寸秒】（名）〔文〕極短的時間；☆寸秒の時間を争う／爭取分秒的時間；分秒必爭。⓪

すんぴょう【寸評】（名・他サ）短評；☆新聞の寸評／報上的短評。⓪

*すんぽう【寸法】（名）①尺寸，長短；☆洋服の寸法をはかる／量西服的尺寸；②計劃；☆ちゃんと寸法は出来ているんだ／（我）已經胸有成竹。⓪

せ・セ　ぜ・ゼ

せ①五十音圖「さ行」第四音；發音爲se；②〔字源〕平假名是「世」字的草體，片假名也是「世」字草體而來。[1]

せ【兄・夫】（名）〔古〕女人對男人的愛稱。[1]

**せ【背・脊】（名）①脊背，後背（＝せなか）；☆背を伸ばす／伸（挺）腰；☆背を壁にもたせかける／把後背靠在牆壁上；②後方，背景（＝うしろ、うら）；☆青島（チンタオ）は山を背にしている／青島背後是山，☆塔を背にして写真を撮る／以塔爲背景攝影；③身高，身材，個子（＝せい、せたけ）；☆背が伸びる／身材長高，高個兒；☆背が高（低）い／身材高大（矮小）；④山脊，嶺巓（＝おね）；☆山の背を伝って登る／沿着山脊向上攀登；◇背に腹は換えられぬ〔喻〕爲了更大的利益只好犧牲小的利益；背を見せる／轉身逃走；背を向ける／①（轉過身子）背向；②（對於某事物）裝作不知道；③背叛（自己人）。[0][1]

せ【畝】（名）畝（土地面積單位，約合100平方公尺）。[0]

せ【瀬】（名）①河水淺處，淺灘（＝あさせ）；☆瀬を渡る／涉過淺灘；②水流急處，急端（＝はやせ）；☆この川の瀬は荒いか／這條河的水流急麼？③〔轉〕時機，機會（＝おり、ばあい）；☆浮かぶ瀬がない／沒有出頭（轉運）的機會；④立足點，立場（＝たちば）；☆立つ瀬がない／沒有立足點（立場）。[0]

せ【世】（名）→せい（世）。[1]

ぜ「せ」的濁音，發音爲ze。

ぜ（感助）（接use言等之後，加強語氣，促使對方注意）啊（＝ぞ）；☆危いぜ／危險啊；☆風邪（かぜ）を引くぜ／會感冒的啊！

ぜ【是】（名）〔文〕是；☆是を是とし非を非とする／是爲是，非爲非，是非分明↔ひ（非）；◇是が非でも（＝ぜひとも）／無論如何，務必；☆是が非でも一遍来てほしい／請務必來一趟。[1]

せい【背・脊】（名）身長，身材（＝せたけ、せ）；☆背を測る／量身高；☆背が

高（低）い／身材高大（矮小）；☆背が伸びる／身材長高，高個兒；☆背の立たない所へ行く／到沒頂的地方（深水裏）去。[世]

せい【世】（名）①世（三十年）；②世，代；☆五世の孫／五世孫；☆ナポレオン三世／拿破崙第三；③一生一世，一輩子（＝しょうがい）；④時代（＝じだい）；⑤一個王朝統治期間，朝代。[1]

*せい【正】（名）①正，端正，正確，正道，正義；②〔理〕正電；正數；☆正の電荷／正電荷；☆加え算的結果，符號是正になる／加法的得數（的符號）是正數↔ふ（負）；③正，正面，主要；☆契約書は正副二通必要だ／合同要有正副兩份↔ふく（副）；④首長，主任（＝おさ）；⑤正統，標準↔じゅん（閏）；⑥（書籍的）正編（＝せいへん）；↔ぞく（續）；⑦訂正，更正，修正（＝なおすこと）。[1]

せい【生】Ⅰ（名）①出生，誕生；☆生年月日（せいねんがっぴ）／出生年月日，生辰；②生，人生，生活；生命（＝いのち）；☆生の喜びを感ずる／感到人生的樂趣；☆この世に生を享（う）ける／生在這個世界；☆生を全（まっと）うする／保全生命；③生業，生活之道（＝すぎわい）；Ⅱ（代）附加在男人姓氏之下構成謙稱（書函文）；例：内田生（うちだせい）。[1]

せい【制】（名）〔文〕法制，制度（＝せいど）。[1]

*せい【姓】（名）①〔古〕族姓（＝かばね）；②姓氏（＝みょうじ）；☆姓は井上という／姓井上；☆姓を変える／改姓；☆姓を名乗（なの）って下さい／請告訴我你的姓氏；☆母方の家を継いで太田姓を名乗る／繼承外祖家（改）姓太田。[1]

*せい【性】（名）①性，本性；☆人間の性は善である／人的本性是善的；②生性，本質（＝さが、たち）；☆性が愚鈍である／生性愚笨；③生命，生命（＝いのち）；④性別；☆性の区別なく／不拘性別，不分男女；⑤性（性感、性交等）；

☆性の問題／性的問題；☆性に目覚める／情竇初開；⑥〔語法〕性；☆屬性（＝ぞくせい）。①

せい【聖】（名）①聖人，聖哲（＝ひじり）；☆聖ガンジー／聖雄甘地；②在某一方面出類拔萃（不世出）的人物；例：歌聖（かせい）／楽聖（がくせい）；③從前時候對皇帝的敬稱；例：聖旨（＝せいし）；④〔宗〕神聖（＝しんせい）；例聖地（＝せいち）。①

せい【勢】（名）①勢，威勢，勢力（＝いきおい）；②隊伍，兵力（＝ぐんぜい）；☆敵の勢／敵人的兵力；☆睾丸（＝こうがん）；例：去勢（きょせい）。①

*　**せい**【精】（名）①精緻，精細，精詳（＝こまかいこと、くわしいこと）；②精純，純粹；③精華（＝えりぬき）；☆精を取る／採取精華；④精煉，精巧；⑤精良，精銳；⑥精氣，元氣，精力（＝こんき）；☆精が尽きる（切れる）／精力耗盡；☆精を付ける／養精，壯陽；⑦精神，靈魂（＝こころ、たましい）；⑧精靈，妖精（＝ゆうれい、もののけ）；☆森の精／森林的精靈；☆水の精／水裏的妖精；⑨精液（＝せいえき）；⑩〔藥物等的〕精質（＝エキス）；◊精が出る／有勇氣；☆お精が出ますね／你眞幹啊！精を出す／努力，賣力氣，鼓起勇氣；☆仕事に精を出す／努力做工作。①

せい【静】（名）〔文〕静，静止。①

*　**せい**【所為】（名）①原因，影響；結果；☆…のせいにする／歸因於…；☆頭がふらふらするのは熱のせいだ／頭暈是因為發熱；☆彼は頭痛がするのを天気のせいにしている／他認爲頭痛是受了天氣的影響；☆勝ったのは皆が努力したせいだ／勝利是大家努力的結果；②咎，過失；☆人のせいにする／怪別人；☆僕等が遅刻したのは全く君のせいだ／我們遲到全怪你；☆誰のせいでもない／誰也不怪；◊気のせい／心理作用，神經過敏；☆何だか病気になりそうだ──それは気のせいだ／像要得病似的──那是神經過敏。①

ぜい【税】（名）捐税，租税（＝みつぎもの、ねんぐ）；☆税が掛かる／須要納税，有税；☆税を納める（払う）／納税，繳納税款；☆税をかける／課税；☆税を取り立てる／徴税，徴收税款。①

ぜい【贅】（名）贅，浪費，奢侈（＝むだ）

；☆贅を尽（つく）す／極盡奢侈（舖張浪費）之能事。①

せいあい【性愛】（名）（男女間的）性愛①⓪

せいあく【性悪】（名）性惡；〜せつ【性悪説】（名）〔哲〕性惡説（荀子的主張）。⓪

*　**せいい**【誠意】（名）誠意，眞心（＝まごころ）；☆誠意がある／有誠意；☆誠意を示す／表示誠意，開誠；☆誠意を疑う／懷疑是否有誠意；☆誠意を欠（か）く／不够誠實；☆誠意を以て／誠心誠意地，開誠布公地。①

せいい【星位】（名）〔天〕星位（恒星的位置）。①

せいいき【声域】（名）〔樂〕聲域；☆声域が広い（狭い）／聲域寛（窄）。⓪

せいいき【聖域】（名）【文】①聖城（聖人的境界）；②神聖的地區；☆聖域を汚（けが）すことは許されない／神聖地區不容褻瀆。⓪①

せいいく【生育】（名・自他サ）①生育，生生化育；☆地球上に生育する動物は非常に多い／在地球上生育的動物非常多；②生長，繁殖。⓪

せいいく【成育】（名・自サ）成長，發育；☆十歳台の子供は成育が非常に速い／十幾歲的孩子發育得非常快。⓪

せいいたいしょうぐん【征夷大将軍】（名）〔史〕①日本中古時期爲攻打「蝦夷（えぞ）」而設的臨時性的軍事長官；②源頼朝（みなもとのよりとも）以後，掌握軍政實權的幕府將軍的職銜。①－③

*　**せいいっぱい**【精一杯】（名・副）①竭盡全力，鼓足勇氣（＝こんかぎり）；☆精一杯（に）働く／竭盡全力工作；②最大限度；☆これ位（ぐらい）頑張（がんば）るのが僕にとって精一杯だ／做（堅持）到這種程度，對我來說已經到家了③

せいいん【正員】（名）〔文〕正式成員⓪

せいいん【成因】（名）成因，産生（造成）的原因；☆蜃気楼（しんきろう）の成因を調べる／研究海市蜃樓産生的原因。⓪

せいいん【成員】（名）成員（＝メンバー）；☆有能な成員を揃（そろ）える／羅致有能力的成員。⓪

せいう【晴雨】（名）晴雨，晴天和下雨；☆晴雨兼用の傘／晴雨兩用的傘；☆試合（しあい）は晴雨に拘らず行なう／比賽不論晴天下雨如期舉行；〜けい【晴雨計】

（名）氣壓計（＝バロメーター）。①

セイウチ【海象】（名）〔動〕海象。⓪

せいうん【青雲】（名）①青雲，青天（＝あおぐも，あおぞら）；②〔文〕高官，高位；〜のこころざし【青雲の志】（連語・名）〔文〕凌雲之志，想作高官的志願；☆青雲の志を抱く／抱青雲志；〜のし【青雲の士】（連語・名）〔文〕①青雲之士；②作高官的人。⓪

せいうん【星雲】（名）〔天〕星雲。⓪

せいうん【盛運】（名）〔文〕好運，鴻運；☆盛運に向かう／走鴻運。⓪

せいえい【清栄】（名）〔文〕平安，健康（用於書函文）；☆貴下（きか）益益清栄の段お喜び申し上げます／祝賀你越來越健康和幸福。⓪

せいえい【精鋭】（名・形動ダ）精鋭，精幹，幹練，精明強幹（的部隊或人員）；☆わが軍の精鋭は攻撃を開始した／我軍的精鋭部隊開始進攻了。⓪

せいえき【精液】（名）〔解〕精液（＝せい）；☆精液を分泌する／分泌精液。①

せいえん【声援】（名・他サ）吶喊，助威；☆応援団は声を限りに声援する／啦啦隊聲嘶力竭地吶喊助威；聲援，支持⓪

せいえん【盛宴】（名）〔文〕盛宴；☆盛宴を張る／設盛宴，大擺酒宴。⓪

せいえん【製塩】（名）製鹽。⓪

*__せいおう__【西欧】（名）①西歐；②西洋，西方；☆西欧諸国（しょこく）／西方各國。⓪

せいおん【清音】（名）①〔文〕清音，清脆的聲音；②〔語言〕清音，無聲音；③〔語言〕日本語五十音圖中屬於「か」、「さ」、「た」、「は」各行的音。⓪

せいおん【静穏】（名・形動ダ）安穩平静；☆極めて静穏な空気が漂（ただよ）っている／充満着極其平静的氣氛。⓪

せいか【正価】（名）定價，實價。①

せいか【正貨】（名）〔經〕正幣，本位貨幣；☆発行された紙幣の金額と同じだけの正貨を持つ／保有同於發行紙幣額的正幣；〜じゅんび【正貨準備】（名）正幣準備；〜ゆそう【正貨輸送】（名）〔經〕運送正幣，現金外運；〜ゆそうてん【正貨輸送点】（名）〔經〕正幣運送點。①

せいか【正課】（名）正課，正規課程；☆外国語を正課にする／把外國語列為正課；☆音楽は正課になっていない／音樂未

列為正課。①

せいか【生花】（名）〔文〕①挿花（＝いけばな）；②鮮花；（↔造花）；☆生花の花輪（はなわ）を贈る／贈送鮮花的花圈。①

せいか【生家】（名）〔文〕出生的家庭，娘家（＝じっか）☆ゲーテの生家／歌德所出生的家；☆生家を出て他家（たけ）へ嫁（か）す／離開娘家嫁到別人家⓪①

*__せいか__【成果】（名）〔文〕成果；☆立派な成果を挙げる／獲得卓越的成果；☆所期（しょき）の成果を収（おさ）め得（え）なかった／沒有得到預期的成果。⓪

せいか【声価】（名）〔文〕聲價，名聲，聲譽（＝きこえ）；☆声価を高める／提高身價；☆声価を失墜する／貶損身價，降低聲譽。①

せいか【盛夏】（名）〔文〕盛夏，炎暑（＝まなつ）。①

せいか【聖火】（名）〔文〕聖火；☆聖火をリレーする／（用接力的方式）傳遞聖火。①

せいか【聖歌】（名）①神聖的歌曲；②〔宗〕讚美上帝的歌曲，讚歌。①

せいか【精華】（名）〔文〕精華（＝きっすい）；☆中国文化の精華／中國文化的精華。①

せいか【製菓】（名）製造餅點（糖菓）⓪

せいか【青果】（名）〔文〕蔬菜和水果①

せいかい【正解】（名・他サ）①正確的解釋（注解）；②正確的解答（答案）；☆この問題の正解は次号に載せる／這個問題的正確解答載在下期（雜誌）上；〜し *【正解者】（名）正確答案者。⓪

せいかい【政界】（名）政界，政治舞臺；☆政界の動き／政界的動態；☆政界に乗り出す／進入政界，登上政治舞臺；☆政界を退（しりぞ）く（去る）／退出政界（政治舞臺）。⓪

せいかい【盛会】（名）盛會；☆パーティーは盛会であった／宴會開得很盛大。⓪

せいかい【精解】（名・他サ）〔文〕詳解，詳細注解；☆墨子を精解する／詳細注解墨子。⓪

せいかいけん【制海權】（名）制海權；☆制海権を握る／掌握制海權；☆制海権を失う（取り戻す）／失掉（奪回）制海權③

せいかく【正格】（名）①正確的規則；②〔語法〕日本語動詞的有規則的詞尾變化

；↔へんかく（變格）；～かつよう【正格活用】（名）日本語動詞的有規則的詞尾變化。⓪

＊せいかく【正確】（形動ダ）正確，準確；☆正確な判断／正確的判斷；☆正確に答える（発音する）／正確地回答（發音）；☆この時計は正確だ／這隻錶很準確。⓪

＊せいかく【性格】（名）①性格，性質，性情，脾氣；☆強い（弱い）性格／堅強（懦弱）的性格；☆性格が合う／性情投合；☆性格が違う／性情（脾氣）不同；☆性格が現われている／很好地表現出來性格；☆性格を作る（環境等）創造性格；☆性格だからしかたがない／性格如此沒有辦法；②性質，特性，特殊性；☆この二つの問題は性格を異（こと）にしている／這兩個問題性質不同；～はいゆう【性格俳優】（名）善於深刻有力地表現人物性格的演員；～びょうしゃ【性格描写】（名）性格描寫。

せいかく【政客】（名）政客，政界人；☆彼の家は政客の出入（でい）りがはげしい／他家裏政界人士出入頻繁。⓪

せいかく【精確】（名・形動ダ）〔文〕精確，正確；☆精確を極める／極端精確；☆精確な報道／正確的報導；☆精確に調査を行なう／精確地進行調查。⓪

せいがく【声楽】（名）〔樂〕聲樂；↔きがく（器楽）；～か【声楽家】（名）聲樂家。⓪

＊せいかつ【生活】（名・自サ）生活，生計；☆規則正しい生活／有規律的生活；☆生活を営（いとな）む／過生活；☆工具の生活を改善する／改善員工們的生活；☆生活を豊かにする／讓生活豐富起來；☆生活を保証する／保證生活；☆生活の心配がない／生活上沒有憂慮，不用擔心生活；☆生活に不自由がない／生活費用充足；☆月給で生活する／靠月薪生活；～きょうどうくみあい【生活協同組合】（名）（生活）消費合作（消費者和生產者建立直接關係，排除中間剝削，以降低生活費）；～く【生活苦】（名）生活困苦，貧困；☆生活苦に堪えられない／忍受不了生活困苦；～なん【生活難】（名）生活困難；☆生活難に陥る／陷入生活困難。⓪

せいがっか【声楽家】（名）〔文〕聲樂家；☆声楽家を志望する／志願作聲樂家⓪

せいかっこう【背恰好】（名）身體的樣子，身材（＝すがた）；☆その人は君位（きみくらい）の背恰好だ／那人和你身材差不多。③

せいかぶつ【青果物】（名）〔文〕疏菜和水果。③

せいかん【生還】（名・自サ）①生還，活着回來；☆生還を期する／指望生還；②〔棒球〕生還，得分（＝ホームイン）⓪

せいかん【性感】（名）〔生〕性交時的感覺。⓪

せいかん【盛観】（名）壯觀，大觀，雄壯宏偉的光景；☆盛観を極める／極其壯觀。⓪

せいかん【精悍】（形動ダ）精悍；☆精悍な目付をしている／眼神顯得精悍。⓪

せいかん【静観】（名・他サ）靜觀；☆事態を静観する／靜觀事態的演變）；☆静観の態度を取る／採取靜觀的態度。⓪

せいがん【青眼】（名）青眼（表示歡迎的眼色）；↔はくがん（白眼）⓪

せいがん【誓願】（名）〔文〕誓願，起誓，許願（＝がん，がんかけ）；☆神に誓願をかける／在神前發誓。⓪

せいがん【請願】（名・他サ）①（屬員向首長）請求，申請；☆出張旅行を校長に請願する／向校長申請出差；②（人民向政府或國會請願）；☆請願を聴取（却下）する／聽取（駁回）請願；☆国会に請願する／向國會請願。⓪

ぜいかん【税関】（名）〔法〕海關；☆税関で検査を受ける／受海關檢查；～わたし【税関渡し】（名）〔商〕海關交貨⓪

せいかんれんらくせん【青函連絡船】（名）日本本州北端的青森和北海道的函館之間的聯絡船。⓪

＊せいき【世紀】（名）①年代，時代（＝じだい）；②世紀（百年）；③百年一週（現）；☆世紀の大傑作／百年出現一部的大傑作；～まつ【世紀末】（名）世紀末（十九世紀末葉的頹廢風氣）。①

せいき【正規】（名・形動ダ）正規，正式規定（章）；☆正規の課程を履修する／履修正規的課程；☆正規には外出は許されていない／按照正式規章是不准外出的。①

せいき【生気】（名）生氣，朝氣，生機（＝かっき）；☆天地は生気に満ちている／天地間充滿着生機；☆生気溢れる若人

（わこうど）／朝氣蓬勃的青年。[1]

せいき【性器】（名）〔醫〕生殖器（＝せいしょっき）／☆牛馬の性器からホルモンを取る／從牛馬的生殖器裏取荷爾蒙。

せいき【盛期】（名）〔文〕旺盛期；☆盛期を過ぎた／過了旺盛期。[1]

せいき【精機】（名）←せいみつきかい（精密機械）。[1]

せいぎ【正義】（名）①正義，道義；☆正義の戦（たたか）い／正義的戰爭；☆正義の為に戦う／爲正義而戰（戰鬪）；☆正義は我にあり／正義在我方。[1]

せいきゅう【性急】（名・形動ダ）性急，急性，急躁（＝きみじか，せっかち）；☆性急な人は失敗し易（やす）い／性急的人容易失敗（出錯）；☆性急に結論を出そうととするのは危険だ／想要過早地得出結論是危險的。[0]

せいきゅう【請求】（名・他サ）①請求，要求（＝こいもとめること）；☆請求に応じる／答應要求；☆請求を容（い）れる（断る）／聽從（拒絕）請求；☆請求を撤回（てっかい）する／撤回請求；②索討，索取；☆支払（しはらい）を請求する／要求付錢；☆目録は御請求次第お送り致します／備有目錄承索即寄；～しょ【請求書】（名）①請求書，申請書；②付款通知單，賬單（＝かんじょうがき）；☆請求書を出す／提出請求書（賬單）。[0]

せいきょ【逝去】（名・自サ）逝世，☆…の御逝去を悼（いた）む／哀悼…的逝世。[1]

せいぎょ【生魚】（名）〔文〕①活魚；②鮮魚；⑧生魚；☆日本人は生魚を食べる／日本人吃生魚。[1]

せいぎょ【制御】（名・他サ）控制，駕馭，操縱，支配（＝しはい）；☆馬の制御はやさしい／駕馭馬容易；☆慾望を制御する／抑制慾望。[1]

せいきょう【政況】（名）〔文〕政界的情況，政局。[0]

せいきょう【盛況】（名）盛況；☆展覧会は空前の盛況だ／展覽會呈現空前的盛況。[0]

せいぎょう【生業】（名）生業，職業（＝なりわい，すぎわい）；☆生業に勤（いそし）む／辛勤從事生業。[0]

せいぎょう【正業】（名）正業，正當職業

；☆正業を営（いとな）む／從事正業，務正；☆やくざの生活から足を洗って正業につく／放棄流氓生活歸到正業。[0]

せいきょういく【性教育】（名）性教育，有關性知識的教育；☆性教育をする／實行性教育。[3]

せいきょうと【清教徒】（名）〔宗〕清教徒（＝ピューリタン）。[3]

せいぎょき【盛漁期】（名）漁民大批出海捕魚時期，漁業的盛季。[3]

せいきょく【政局】（名）政局，☆政局の動き／政局的動向；☆政局に当（あ）たる／當政，執政。[0]

せいきょく【世局】（名）社會潮流，時代趨勢；☆世局を無視（むし）することは出来ない／不能無視時代的趨勢。[0]

せいぎょく【青玉】（名）青玉，藍寶石（＝サファイア）。[0]

せいきん【精勤】（名・自サ）①勤奮，勤勉；②辛勤工作（或學習）；☆彼の精勤ぶりには感心する／他的辛勤學習（服務）讓我欽佩；～しょう【精勤賞】（名）發給辛勤工作的人的獎賞。[0]

ぜいきん【税金】（名）稅款，捐稅；☆税金がかかる／（需要）上稅；☆税金を納める／納稅；☆税金をごまかす／逃（漏）稅；☆税金を逃れようとする／企圖逃稅。[0]

せいく【成句】（名）成語，諺語（＝ことわざ）。

せいくうけん【制空権】（名）制空權；☆制空権を握る／掌握制空權；☆敵から制空権を奪う／從敵人手裏奪取制空權。[3]

せいくらべ【背比べ】（名・自サ）比身高（＝たけくらべ）；☆妹と背比をする／和妹妹比個子；◇団栗（どんぐり）の背比べ／（其平庸程度）全都差不多，沒有突出的。[3]

せいくん【正訓】（名）〔文〕正確的讀音[0]

せいけい【正系】（名）〔文〕嫡系，正支，正統；☆正系の出身／嫡系出身；↔ぼうけい（傍系）。[0]

せいけい【正経】（名）〔文〕①正經，正道；②儒家的經書。[0]

せいけい【生計】（名）生計，生活（＝くらし）；☆生計が豊かである／生活富裕；☆生計が苦しい／生活艱難；☆生計を立てる／謀生。[0]

せいけい【成型】（名・自他サ）型造，用模型壓製；～がた【成型型】（名）製造陶磁器的模型。⓪

せいけい【政経】（名）政經，政治和經濟；☆大学の政経学部にはいる／入大學的政經學院。⓪

せいけい【整形】（名・他サ）〔醫〕整形；☆胸部のふくらみを整形して大きくする／施行整形手術使胸部鼓起来；～げか【整形外科】（名）〔醫〕整形外科；～しゅじゅつ【整形手術】（名）〔醫〕整形手術。⓪

*せいけつ【清潔】（名・形動ダ）清潔，潔淨，乾淨，清秀；☆清潔を保つ／保持清潔；☆衣服を清潔にする／把衣服弄乾凈；☆清潔な感じのする女／（顯得）清秀的女人。⓪

せいけん【政見】（名）政見，政治上的見解；☆政見の一致（いっち）を見る／取得政見的一致；☆政見を発表する／發表政見；☆政見を異（こと）にする／政見不同，持有不同政見。⓪

せいけん【政権】（名）政權；☆政権を握る／掌握政權；☆政権を失う（離れる）／失掉政權，下野；☆政権を争う／爭奪政權；◇政権の盥回（たらいまわし）／（政黨之間私相授受的）輪流執政。

せいけん【勢権】（名）〔文〕勢力和權柄，權勢。

*せいげん【制限】（名・他サ）限制，限度，界限；☆時間に制限がある／時間上有限制；☆会員の資格には男女年齢の制限はない／會員的資格没有性別、年齡的限制；☆制限を加える／加以限制；☆制限を超える／超出限度；☆産児を制限する／節制生育，節育。③

せいげん【誓言】（名・自サ）誓詞，宣誓，發誓。

ぜいげん【税源】（名）〔文〕税源。⓪③

せいけんよく【政権欲】（名）想要取得政權的欲望；☆政権欲に燃えている官僚／一心一意想取得政權的官僚。

せいご【正誤】（名・他サ）①正確和錯誤；☆解答の正誤は自分には分らない／解答得對不對自己不知道；②更正錯誤，勘誤；☆正誤を要する箇所／需要勘誤的地方；～ひょう【正誤表】（名）勘誤表①

せいご【生後】（名）生後，出生以後；☆生後三ケ月の幼児／生後三個月的嬰兒；☆生後一週間で死んだ／出生一個星期就死了。①⓪

せいご【成語】（名）〔文〕①成語（＝じゅくご），②典故。⓪

ぜいご（名）鯵魚側腹上長的類似刺的一列黃鱗。

せいこう【正攻】（名）①從正面進攻；②正攻（不用智謀策略，堂堂地進攻）；↔きしゅう（奇襲）。⓪

せいこう【生硬】（名・形動ダ）生硬，死板，不圓滑；☆生硬な態度／生硬的態度；☆極めて生硬な翻訳／非常生硬的譯文；☆絵はうまく描けているが、まだ幾分（いくぶん）生硬な感じがする／畫是畫得不錯，不過多少還有些生硬之處。⓪

*せいこう【成功】（名・自サ）①成功，成就（＝できあがり，できばえ）；☆相当（そうとう）の成功／相當大的成功；☆成功の見込みがある（ない）／有（没有）成功的希望；☆御成功を祈る／祝您成功；☆会は大成功だった／會開得很成功；②成功立業，功成名就（＝しゅっせ）；☆田舎（いなか）から出て刻苦（こっく）数十年遂に成功した／從鄉間出來，辛苦了幾十年終於成功名就了；～だん【成功談】（名）成功的經驗談。⓪

せいこう【性行】（名）性質和操行；☆性行を調べる／調查性質和行爲。⓪

せいこう【性交】（名・自サ）性交。⓪

せいこう【性向】（名）性格傾向，性情，個性；☆彼の性向は明るい方（ほう）だ／他的性格比較開朗。⓪

せいこう【政綱】（名）政綱，政治綱領；☆新しい政綱を決定する／制訂新的政綱。⓪

せいこう【精巧】（形動ダ）精巧，精密；☆精巧な機械／精密的機器；☆この時計は精巧に出来ている／這隻錶作得精巧⓪

せいこう【製鋼】（名・自サ）煉鋼，煉成的鋼；☆鉄材を集めて製鋼する／收集鐵料來煉鋼；～じょ【製鋼所】（名）煉鋼廠。⓪

せいごう【整合】（名・自他サ）〔文〕整合，調整合適；☆歯の不揃（ふぞろ）いを整合する／矯正牙列不整。⓪

せいこううどく【晴耕雨読】（連語・名・自サ）晴耕雨讀，隱居田園；☆晴耕雨読してその日を送る／過晴耕雨讀的生活⑤

せいこつ【整骨】（名・自サ）〔醫〕整骨

せ

，接骨（＝ほねつぎ）；☆脱臼（だっきゅう）したのですぐ整骨してもらった／因爲脱臼了，馬上請醫生給整骨來了。⓪

ぜいこみ【税込】（名）包括税款在内，税込で一万五千円／包括税款在内共計一萬五千元。④⓪

せいこん【成婚】（名・自サ）〔文〕完婚，結婚，☆御成婚を祝う／謹祝花燭之喜。⓪

せいこん【精根】（名）元氣，精力（＝こんき）；☆精根を尽（つく）す／竭盡一切精力，☆仕事に精根を打ち込む／把全副精力投到工作中，全心全力從事工作；☆精根尽き果（は）てて敗退（はいたい）した／精疲力盡而敗退了。①

せいざ【正坐（座）】（名・自サ）端坐（＝たんざ）；☆書斎に正坐して本を読む／端坐在書齋裏看書。⓪①

せいざ【星座】（名）〔天〕星座。⓪

せいざ【静坐（座）】（名・自サ）静坐，打坐☆静坐して瞑想する／静坐瞑想。⓪①

せいさい【生彩】（名）〔文〕生動，活潑；☆生彩を放つ／生氣勃勃，活潑有力；☆今日の講演は生彩を欠いていた／今天的演講不生動。⓪

せいさい【精彩】（名）①精彩，色彩鮮艷，富麗多彩；☆この絵は精彩に満ちている／這幅畫畫得色彩鮮艷；②生動，精神；☆精彩がない／不生動，無精打采。⓪

せいさい【正妻】（名）正室（＝ほんさい）。⓪

＊せいさい【制裁】（名・他サ）制裁（＝しおき）；☆制裁を加える／加以制裁；☆法律の制裁を受ける／受法律的制裁。⓪

せいさい【精細】（名・形動ダ）深入而詳細，仔細，精詳；☆精細に研究する／仔細（深入）地研究；☆きわめて精細な研究報告／非常精詳的研究報告。⓪

せいざい【製材】（名・自サ）製材，鋸木成材；～しょ【製材所】（名）製材廠，鋸木廠。⓪

せいさく【制作】（名・他サ）①製定，製作；②〔美〕創作；作品；☆某氏制作の彫刻／某人創作的雕刻；☆新傾向の工芸品を制作する／創作新傾向的工藝品。⓪

＊せいさく【政策】（名）政策，☆政策を立てる／製定政策。⓪

＊せいさく【製作】（名・他サ）製作，製造（的成品）；☆機械を製作する／製造機器。⓪

せいさん【正餐】（名）正餐；正式的（午）晩餐（＝ほんぜん）；☆正餐は晩にすることが多い／正餐多半是在晩上。⓪

＊せいさん【生産】（名・他サ）①生業，職業（＝なりわい）；②〔經〕生産；☆生産を高める／提高生産；☆商品を生産する／生産商品；～くみあい【生産組合】（名）生産合作社；～だか【生産高】（名）產量；～ひ【生産費】（名）生産成本；～ようしき【生産様式】（名）生産方式；～りょく【生産力】（名）生産力⓪

せいさん【成算】（名）成算；☆事業を始めたが全く成算がない／雖然已經把事業搞起來了，但是胸中一點勝算也沒有。⓪

せいさん【青酸】（名）〔化〕氰酸；～カリ【青酸加里】（名）〔化〕氰酸鉀。⓪

せいさん【凄惨】（名・形動ダ）凄惨；☆凄惨な情景／凄惨的情景。⓪

せいさん【清算】（名・他サ）①清算，結賬；②〔法〕（企業、團體結束後）清理財產；☆負債を清算して会社を解散する／清理債務解散公司；③結束，了結；☆過去の生活を清算して新生活に入る／結束以往的生活開始新生活。⓪

せいさん【精算】（名・他サ）精算，細算；☆乗り越したので車掌（しゃしょう）に精算してもらう／因爲坐過了站請乗務員算出（追加車費）；↔がいさん（概算）。⓪

せいざん【青山】（名）〔文〕①青山；②墓地（＝はかば）。①

せいし【正使】（名）正使；↔ふくし（副使）。①

せいし【正視】（名・他サ）正視，☆事態を正視する／正視事態，☆正視するに忍（しの）びない／不忍正視。①

せいし【生死】（名）生死，死活（＝いきしに）；☆生死に拘る問題／有關死活的問題；☆生死を共にする／同生同死，生死與共。①

せいし【制止】（名・他サ）制止，阻攔；☆人の制止を聞かない／不聽別人的制止；☆会場に侵入しようとするのを制止する／制止侵入會場。⓪

せいし【精子】（名）〔醫〕精子，精蟲（＝せいちゅう）。①

せいし【製糸】（名）①製絲，繰絲；②紡紗；～ぎょう【製糸業】（名）製絲業⓪

せいし【製紙】（名）造紙；～こうば【製

紙工場】（名）造紙廠。◎

せいし【誓詞】（名）〔文〕誓詞。①

せいし【静止】（名・自サ）静止；☆静止の状態／静止状態；☆地球は静止することなく常に回っている／地球不停地轉動着。◎

せいし【静思】（名・自サ）〔文〕静思①

せいじ【青磁】（名）青瓷。◎

*せいじ【政治】（名）政治；☆国家の政治／國家的政治；～か【政治家】（名）政治家；～てき【政治的】（形動ダ）政治上的，政治性的。◎

せいじ【盛時】（名）〔文〕①盛時，年輕力壯的時期，黄金時代；②全盛時期，繁榮時期；☆広大な宮殿（きゅうでん）の跡（あと）は盛時を思（しの）ばせる／廣大的宮殿遺跡使人追憶當年的全盛時期。①

*せいしき【正式】（名・形動ダ）正式，正規（＝ほんしき）；☆正式の手続／正式的手續；☆正式な学校教育を受ける／受正規的學校教育；☆正式に願い出る／正式提出申請；↔りゃくしき（略式）。◎

せいしつ【正室】（名）①正室（＝ほんさい）；↔そくしつ（側室）；②〔文〕世子，嫡子（＝よつぎ）；③〔文〕主房，客廳（＝おもてざしき）。◎

*せいしつ【性質】（名）①性質，性格，天性，性情，脾氣（＝たち）；☆温和（乱暴）な性質／温和（粗暴）的性情；☆性質が合わない／性情不合；☆持って生まれた性質／生就的性格，天性；②（事物所獨具的）性質，特性（＝とくせい）；☆鉄と銅とは性質が異なる／鐵和銅性質不同；☆そういう性質の問題／那種性質的問題；～づ・ける【性質付ける】（他下一）賦與性質（格）。◎

*せいじつ【誠実】（名・形動ダ）誠實，眞誠（＝まごころ，まじめ）；☆誠実を欠く／缺乏眞誠，不誠實；☆誠実を旨（むね）とする／以誠實爲宗旨；☆誠実な人間／誠實的人。◎

せいじゃ【正邪】（名）正邪，是非曲直；☆事の正邪を弁（わきま）えない／分辨不清事情的是非曲直；☆人の正邪を見分けるのは難しい／辨別好壞是一件難事①

せいじゃ【聖者】（名）①聖者，聖人（＝せいじん）；②〔宗〕聖者，聖徒。①

せいしゃえい【正射影】（名）〔數〕正射影。③

せいじゃく【静寂】（名・形動ダ）寂静，沉寂；☆死の如き静寂／死一般的沉寂；☆夜の静寂を破る／打破夜的沉寂。◎

ぜいじゃく【脆弱】（形動ダ）脆弱，薄弱；☆脆弱な論拠／脆弱的論據。◎

せいじゃひっすい【盛者必衰】（連語・名）〔佛〕盛者必衰（＝しょうじゃひっすい）。①

せいしゅ【清酒】（名）①清酒；②日本酒。◎

ぜいしゅう【税収】（名）税收；☆タバコと酒による税収／烟酒的税收。◎

せいしゅく【静粛】（形動ダ）肅静；☆静粛にして下さい／請肅静。◎

*せいじゅく【成熟】（名・自キ）成熟；☆リンゴが成熟する／蘋果成熟；☆心身共（しんしんとも）に成熟する／心身全都發育成熟；☆機運（きうん）が成熟した／機運成熟了。◎

せいしゅつ【正出】（名）〔文〕嫡出。◎

*せいしゅん【青春】（名）青春；☆青春を謳歌（おうか）する／歌頌青春；～き【青春期】（名）青春期，春情發動期◎①

せいじゅん【背順】（名）身高的順序；☆背順に並ぶ／按照身高的順序排列。◎

せいじゅん【清純】（形動ダ）清純，純潔；☆清純な少女／純潔的少女。◎

せいしょ【清書】（名・他サ）謄清；☆原稿を清書する／謄清原稿。◎

*せいしょ【聖書】（名）①聖人寫的書；②〔宗〕（基督教的）聖經（＝バイブル）①

せいしょ【誓書】（名）〔文〕宣誓書，誓文（＝せいし）。①

せいしょう【斉唱】（名・他サ）①齊聲喊唱；☆スローガンの斉唱／一齊喊口號；②〔樂〕齊唱；☆校歌を斉唱する／齊唱校歌。◎

せいしょう【青松】（名）〔文〕翠綠的松樹。◎

せいしょう【清祥】（名）〔文〕健康，起居萬福（書信用語）；☆貴下ますます御清祥のことと拝察申し上げます／伏維貴體日益康健。◎

せいしょう【清勝】（名）〔文〕健康（書信用語）；☆貴下ますます清勝の段賀し奉り候／謹祝貴體（日益）康健。◎

*せいじょう【正常】（名・形動ダ）正常；☆正常な心理状態／正常的心理状態；☆

正常に戻る／恢復正常；↔いじょう（異常）。◎

せいじょう【性状】（名）性質，特性；性情和品行；☆人の性状を観察する／觀察人的性情和品行；☆この薬品は特異な性状を示す／這種藥品具有特殊性質。◎

せいじょう【性情】（名）性情，性質，性格，脾氣（＝せいしつ，きだて）。◎

せいじょう【政情】（名）〔文〕政界的情況，政局；☆政情の安定／政局穩定；☆政情に通（つう）じている／通曉政界情況。◎

せいじょう【清浄】（名・形動ダ）清淨，潔淨，純潔；☆清浄な空気を吸う／吸清新的空氣。◎

せいじょうき【星条旗】（名）星條旗（美國國旗）。③

せいしょうねん【青少年】（名）青年和少年（自十二歲至二十五歲左右）。③

せいしょく【生色】（名）〔文〕人色；活潑的神色；☆生色を失う／面無人色◎①

せいしょく【生食】（名・他サ）〔文〕生食，生吃；☆野菜（やさい）の生食は体によい／生吃青菜對身體好；☆日本人は魚肉（ぎょにく）を生食する／日本人吃生魚。◎

*せいしょく【生殖】（名・自サ）生殖，繁殖；☆鼠は生殖する力が盛んである／老鼠繁殖力強；～さいぼう【生殖細胞】（名）〔解〕生殖細胞；～せん【生殖腺】（名）〔解〕生殖腺。◎

せいしょく【声色】（名）〔文〕①聲音和面色；☆声色を柔（やわら）げる／和顏悅色；②聲色，音樂和女色。◎①

せいしょく【聖職】（名）①神聖的職務；②〔宗〕（基督教的）聖職；☆聖職に携（たずさ）わる／擔任聖職。◎

せいしょっき【生殖器】（名）〔解〕生殖器。③

せいしん【清新】（形動ダ）清新；☆沈滞（ちんたい）した文壇に清新な気を吹き込む／向消沉的文藝界灌輸清新氣息。◎

*せいしん【精神】（名）精神，意識，思想，心（＝こころ，たましい）；☆肉体と精神／肉體和精神；☆精神は確かだ／意識正常；☆精神に異状がある／精神失常；☆立派な精神／崇高的精神；☆仕事に精神を打ち込む／集中精神（全心全意）做工作；☆人を誹謗（ひぼう）するよう

な精神は毛頭（もうとう）ない／絲毫沒有毀謗別人的意思；◇精神一到何事か成らざらん／精神一到何事不成；～てき【精神的】（形動ダ）精神（上）的；～ねんれい【精神年齢】〔心〕精神年齢（為表示心理發育的程度而規定的年齡）；～はくじゃく【精神薄弱】（名・形動ダ）精神薄弱（心理發育低下，近於白痴的狀態）；～びょう【精神病】（名）〔醫〕精神病；～ぶんせき【精神分析】（名）精神分析（＝サイコアナリシス）；～ぶんれつしょう【精神分裂症】（名）〔醫〕精神分裂症，早老性癡呆（＝そうはつせいちほうしょう）；～ろうどう【精神労動】（名）腦力勞動；～ろん【精神論】（名）〔哲〕①唯心論；②（主張精神可以獨立的）精神論。①

せいしん【誠心】（名）誠心，誠意（＝まごころ）；☆誠心誠意事（こと）に当たる／誠心誠意做工作。①◎

*せいじん【成人】（名・自サ）①成年人（＝おとな）；②長大成人；☆残された三人の子は立派に成人した／遺留下的三個孩子都很好地長大成人了；③成長，長大（＝せいちょう）；☆少年たちは日に日に成人する／孩子們一天天地成長起来；～きょういく【成人教育】（名）成人教育；～のひ【成人の日】（連語・名）成人節（１月15日，在這一天慶祝年滿廿歲的男女青年人自立）。①◎

せいじん【聖人】（名）聖人（＝ひじり）；☆聖人と仰がれる／被尊爲聖人。①

せい・す【制す】Ⅰ（他五）→せいする；Ⅱ（他サ）〔文〕→せいする。①

せいず【星図】（名）〔天〕星圖；☆星図を頼りに航海する／靠星圖航海。◎

せいず【製図】（名・他サ）製圖，繪圖；☆自動車の設計図を製図する／繪製汽車設計圖。◎

せいすい【清水】（名）〔文〕清水，淨水（＝しみず）；☆清水を凍結させて氷を作る／凍結淨水製冰；◇清水に魚棲（す）まず／水清則無魚；〔喻〕持身過潔人們不接近。◎

せいすい【盛衰】（名）盛衰，興衰；☆国の盛衰に係（かかわ）る大事件／關係到國家興衰的大事件。◎

せいすい【精粋】（名）〔文〕精粹，精華；☆ここに選ばれた詩文は現代文学の精

粋である／這裏選的詩文都是現代文學的精華。⓪

せいずい【精髄】（名）精華；☆源氏物語（げんじものがたり）は日本文学の精髄である／「源氏物語」是日本文學的精華。①⓪

せいすう【正数】（名）〔數〕正數。③

せいすう【整数】（名）〔數〕整數。③

*せい・する【制する】（他サ）①制定（＝さだめる、きめる）；②制止（＝おさえる、とどめる）；☆大衆を制することができなくなる／制止不住大衆；③控制；☆議会で過半数（かはんすう）を制する／在議會裏控制過半數；☆先んずれば人を制す／先發則能制人；④節制，控制自己；☆情欲（じょうよく）を制する／節制情欲；☆彼は自分を制することができない／他控制不住自己；图せいす（サ）。③

せい・する【製する】（他サ）製造，作（＝つくる、こしらえる）；☆麦藁（むぎわら）で帽子を製する／用麥稭作帽子；图せいす（サ）。③

せいせい【生生】（名・副・自サ）〔文〕①活潑，生氣勃勃（＝いきいき）；②生生不已，不斷生長壯大；☆万物（ばんぶつ）が生生してやまない／萬物生生不已；③不斷運動（變化）；～する【生生発展】（名・自サ）不斷發展壯大；☆生生発展する新興国家／不斷發展壯大的新興國家；～るてん【生生流転】（名・自サ）不斷發展變化。③⓪

せいせい【青青】（名・副）〔文〕青青（＝あおあお）。⓪③

せいせい【清清】（名・副・自サ）清爽，爽快，痛快（＝きよらか、さっぱり）；☆冷水で顔を洗うと清清する／用凉水洗臉感覺清爽；☆言うだけのことを言ったから気が清清した／想說的話都說了，所以心裏很痛快。③

せいせい【精製】（名・他サ）精製，精心製造；☆砂糖を精製する／精製砂糖；☆原油から精製したもの／從原油裏精煉出來的東西；～ひん【精製品】（名）精製品⓪

せいぜい【精精】（副）①盡量，盡可能，盡最大努力（＝できるだけ、つとめて）；☆精精勉強しておきます／盡可能少算價錢；②最大限，充其量（＝たかだか）；☆三十ページぐらい読むのが精精なところです／最多也只能讀三十頁左右；☆あの人がやったって精精半分ぐらいしか出来ないだろう／即使他做，最多也不過完成一半；☆あとで抗議を申し込むぐらいが精精だろう／充其量不過事後提出抗議罷了。①

ぜいせい【税制】（名）稅制，捐稅制度；☆税制を改革する／改革稅制。⓪

せいせいどうどう【正正堂堂】（形動タルト）正正堂堂，正大光明，光明磊落；☆正正堂堂たる試合態度／正大光明的比賽態度。⓪③—③

*せいせき【成績】（名）成績，成果，成效（＝できばえ、できぐあい）；☆成績が上がる（下がる）／成績上升（下降）；☆成績が良い（悪い）／成績好（壞）；☆すばらしい成績を上げる／做出非凡的成績；～じゅん【成績順】（名）成績順序；☆成績順に排列する／按照成績的順序排列；～ひょう【成績表】（名）成績單。⓪

せいぜつ【凄絶】（形動ダ）非常激烈（凶猛）；☆凄絶な戦い／非常激烈的戰鬥⓪

せいせっかい【生石灰】（名）生石灰。⓪

せいせん【生鮮】（名）〔文〕新鮮；～しょくりょうひん【生鮮食料品】（名）新鮮副食品。⓪

せいせん【精選】（名・他サ）精選；☆良書を精選して読者に推薦する／精選好書向讀者推薦。⓪

せいせん【性腺】（名）〔解〕性腺，生殖腺（＝せいしょくせん）。⓪

せいぜん【生前】（名）生前；☆遺骸（いがい）は生前の遺志により解剖に付せられた／遺體根據生前的遺囑付諸解剖了；↔しご（死後）。⓪③

せいぜん【性善】（名）性善；↔せいあく（性悪）；～せつ【性善説】（名）〔哲〕性善說。⓪

せいぜん【整（井）然】（形動タルト）井然，整整齊齊，有條不紊；☆整然たる秩序／秩序井然；☆整然と並ぶ／排得整整齊齊；☆井然とした町並（まちなみ）／整齊的街道。⓪③

せいそ【清楚】（形動ダ）整潔，清秀；☆清楚な百合（ゆり）の花／清秀的百合花；☆清楚な服装をした女学生／服装整潔的女學生。①

せいそう【正装】（名・自サ）正式的服裝，禮服；☆正装をつける／穿禮裝；☆正装した男女が居並（いなら）んでいる／穿着禮服的男女坐成一排。⓪

せいそう【成層】（名）成層，形成層次；～がん【成層岩】（名）〔地質〕沉積岩；～けん【成層圏】（名）〔天〕平流層，同温層。⓪

せいそう【星霜】（名）〔文〕星霜，年頭，歳月（＝としつき）；☆十年の星霜を閲（けみ）する／經歷十年的時光；☆幾星霜を経（へ）て再会する／經過多少年後重又會面。⓪

せいそう【清掃】（名・他サ）清掃，灑掃，打掃；☆道路の清掃／道路的清掃；☆部屋を清掃する／清掃屋子。⓪

せいそう【清爽】（形動ダ）〔文〕清爽（＝さわやか）；☆清爽な空気／清爽的空氣。⓪

せいそう【悽愴】（形動ダ）〔文〕悽愴，悲慘，凄慘（＝いたましい、ものさみしい）。⓪

*せいそう【盛装】（名・自サ）盛装；☆盛装で出かける／穿着盛装出門；☆人人は盛装して町を歩いている／人們穿着盛装在街上走。⓪

*せいぞう【製造】（名・他サ）①製作（＝つくる）；②〔經〕製造（成品）；☆原料を加工して商品を製造する／對原料進行加工製造商品。⓪

せいそく【生息】（名・自サ）〔文〕①生活（＝いきる）；☆寒冷区には動物はほとんど生息していない／寒冷地帶幾乎沒有動物；②生息，繁殖（＝はんしょく）；☆ますます生息する／越發繁殖起來。⓪

せいそく【正則】（名・形動ダ）〔文〕正規，正則；☆正則の教育を受ける／受正規教育；↔へんそく（変則）。⓪

せいそく【棲息】（名・自サ）〔文〕棲居，生活（＝すむ）；☆水中に棲息する動物／棲於水裏的動物。⓪

せいぞろい【勢揃い】（名・自サ）①集合的大軍；②（多數人）集合；☆村中（むらじゅう）の若者（わかもの）が勢揃いした／全村的青年人集合了；③聚集在一起；☆高級自動車の勢揃い／多數高級汽車排列在一起。③

せいそん【生存】（名・自サ）生存（＝いきながらえる、いきのこる）；☆火星にも人間が生存していると言われている／據說火星上也有人（在生存）；～きょうそう【生存競争】（名）生存競爭；～けん【生存権】（名）〔法〕生存權；☆生存権を脅かされる／生存權受到威脅；～しゃ【生存者】（名）生存者，幸存者；☆生存者僅（わず）か二名（にめい）であった／幸存（未死）者僅僅兩名。⓪

せいぞん【生存】（名・自サ）→せいそん⓪

せいたい【生体】（名）〔文〕①生物，活物（＝いきもの）；②活動物的身體；☆動物の生体を解剖する／解剖動物的身體。⓪

せいたい【生態】（名）〔文〕生活狀態；☆野鳥の生態を観察する／觀察野鳥的生活狀態。⓪

せいたい【声帯】（名）〔解〕聲帶；☆声帯を痛める／聲帶受傷；～もしゃ【声帯模写】（名自サ）模仿著名演員或鳥獸的聲音，口技（＝こわいろ）。⓪

せいたい【政体】（名）政體；☆民主政体を取る／採取民主政體。⓪

せいたい【青黛】（名）①青黛（深青色的染料，古代用以畫眉），深青色；②〔文〕眉黛（＝まゆずみ）。⓪

せいたい【静態】（名）〔文〕靜態；↔どうたい（動態）。⓪

せいたい【臍帯】（名）〔解〕臍帶（＝ヘそのお）。⓪

せいだい【正大】（形動ダ）〔文〕正大光明；☆選挙は正大にやるべきだ／選舉應該正大光明地進行。⓪

*せいだい【盛大】（形動ダ）盛大；☆盛大な歓迎会／盛大的歡迎會；☆祝賀会は盛大に行なわれた／慶祝會盛大地舉行了。⓪

せいたか【背高】（名・形動ダ）身材高，個子大；☆背高の（な）男／身材高大的男人。⓪

せいだく【清濁】（名）①清濁；☆暗いので水の清濁が判らない／因爲很暗看不出水的清濁；②（人的）正邪，好壞；③清

音和濁音；◇**清濁併**（あわ）**せ吞**（の）
む／不分好人壞人一概容納，有雅量[1][0]

* **ぜいたく**【贅沢】（名・形動ダ）奢侈，奢
華，浪費，舖張；奢望；☆贅沢な生活／
奢侈的生活；☆身分（みぶん）不相応（
ふそうおう）の贅沢をする／過分奢侈浪
費；☆これ以上望むのは贅沢だ／如果再
提出進一步要求那便是奢望了；☆贅沢を
言えばきりがない／奢望起來沒有止境；
～ひん【贅沢品】（名）奢侈品；☆贅沢
品を買う／買奢侈品。[4][3]

せいたけ【背丈】（名）身高，身材，個子
（＝せい、せたけ）；☆背丈が伸びる／
高個兒。[1]

* **せいだ・す**【精出す】（他五）鼓足勇氣，
努力，賣力氣／精出して働く／努力工作
，鼓足勇氣來工作。[1]

せいたん【生誕】（名・自サ）〔文〕誕生
（＝たんじょう）；☆御令息（ごれいそ
く）の御生誕をお祝い申し上げます／敬
祝弄璋之喜（書信用語）。[0]

せいだん【政談】（名）有關政治的談論[0]

せいだん【星団】（名）〔天〕星團。[0]

せいだん【清談】（名）〔文〕清談；☆友人
と清談に時を過ごす／和朋友閒談消遣[0]

せいち【生地】（名）①出生地，原籍；☆
御生地はどちらですか／您原籍是什麼地
方？；②陌生的地方。[0]

せいち【聖地】（名）聖地；☆革命の聖地
／革命的聖地。[1]

せいち【精緻】（形動ダ）細緻，詳細，縝
密；☆極めて精緻な造り／非常細緻的構
造。[1]

せいち【整地】（名・自サ）整平土地（＝
じならし）。[0]

ぜいちく【筮竹】（名）占卜用的筮竹，竹
籤。[0]

せいちゅう【成虫】（名）〔動〕成蟲。[0]

せいちゅう【精虫】（名）〔醫〕精蟲，精
子（＝せいし）。[0]

せいちょう【正調】（名）正確的調子。[0]

* **せいちょう**【生長】（名・自サ）生長，發
育（＝おいそだつこと）；☆生長を促す
（早める）／促進（加速）生長；☆庭の
木がすくすくと生長する／院子裏的樹長
得很快。[0]

* **せいちょう**【成長】（名・自サ）成長（＝
そだつこと）；☆成長が速い／成長得快
；☆子供はどんどん成長する／孩子很快

地成長起來。[0]

せいちょう【声調】（名）〔文〕聲調（＝
しらべ、ふし）。[0]

せいちょう【性徴】（名）〔生物〕性別的
特徴，性徵。[0]

せいちょう【清澄】（形動ダ）〔文〕清澄
，清澈，清淨（＝きよくすむ）；☆高山
の清澄な空気／高山上的清澄的空氣。[0]

せいちょう【清聴】（名・他サ）〔敬語〕
聽；☆暫く御清聴を煩（わずら）わした
く存じます／請大家靜聽一會兒。[0]

せいちょう【整調】（名・自サ）①調整，
調節；②〔賽艇〕（緊挨舵手的）調整手
；☆整調を漕ぐのは難しい／當調整手可
不容易。[0]

せいちょう【静聴】（名・他サ）靜聽；☆
暫らく御静聴下さい／請大家安靜地聽一
聽。[0]

せいつう【精通】（名・自サ）精通；☆彼
は古典文学に精通している／他精通古典
文學。[0]

せいてい【制定】（名・他サ）制定；☆法
律の制定に当たる／擔任法律制定工作；
☆会の規約を制定する／制定會的章程[0]

せいてき【性的】（形動ダ）①性的，性別
（上）的；☆性的特徴（とくちょう）／
性別上的特徵，性欲（上）的；②☆
☆性的にルーズな女／貞操觀念薄弱的女
人。[0]

せいてき【政敵】（名）政敵，政治上的對
手；☆政敵を倒す／打倒政敵。[0]

せいてき【静的】（形動ダ）靜的，靜態的
，不動的（＝しずかな、うごかない）；
☆静的な描写／靜態的描寫。[0]

せいてつ【聖哲】（名）〔文〕聖哲，哲人[1][0]

せいてつ【製鉄】（名）煉鐵；**～じょ**【製
鉄所】（名）煉鐵廠。[0]

せいてん【青天】（名）〔文〕青天，晴朗
的天空（＝あおぞら）；**～のへきれき**【
青天の霹靂】（連語・名）晴天霹靂，突
然的事變或打擊；☆彼の死は私にとって
青天の霹靂だった／他的死對我來說眞是
晴天霹靂；**～はくじつ**【青天白日】（連
語・名）〔文〕①青天白日，光天化日；
②光明磊落；☆悪い事をしないから心は
常に青天白日だ／因爲不做壞心裏總是
坦坦蕩蕩（問心無愧）；☆**青天白日の身**
となる／冤枉被洗雪，判明無罪。[3]

* **せいてん**【晴天】（名）晴天；☆晴天が續

く／連續晴天。③⓪

せいてん【盛典】〔文〕盛典，隆重的儀式
；☆十月十日国慶式の盛典が台北で行な
われた／紀念十月十日國慶日的盛典在臺
北舉行了。⓪

せいてん【聖典】（名）〔文〕〔宗〕聖經
，經典；☆キリスト教の聖典／基督教的
聖經。⓪

せいでん【正殿】（名）①正殿（＝おもて
ごてん）；②神社的大殿（＝ほんでん）⓪

せいでんき【靜電気】（名）〔理〕靜電③

*　**せいと**【生徒】（名）（特指小學和初中的）
學生；☆受持（うけもち）の生徒／教師
所擔任班級的學生。①

せいと【征途】（名）〔文〕征途，行程，
旅途；☆オリンピック選手団は征途に上
（のぼ）った／參加奧林匹克代表隊出發
了。①

せいと【聖徒】（名）①〔宗〕基督教信徒
；②（天主教的）聖者（＝せいじゃ）①

*　**せいど**【制度】（名）制度（＝おきて、の
り）；☆ドイツの制度にならう／仿照德
國的制度；☆制度を設（もう）ける／建
立制度。①

せいど【精度】（名）〔文〕精確度；☆精
度のよい計器／精確度高的計器；☆この
望遠鏡は精度が悪い／這架望遠鏡精確度
差。①

*　**せいとう**【正当】（名・形動ダ）正當合理
，理所當然，公正（＝ただしいこと）；
☆正当な理由／正當的理由；君の方が正
当にしても、そんなことを言うものじゃ
ない／即使你有理，也不該說那種話；～
ぼうえい【正当防衛】（名）〔法〕正當
防衛，自衛；☆正当防衛で人を殺す／由
於自衛而殺人。⓪

せいとう【正答】（名・自サ）〔文〕正確
的回答。⓪

せいとう【正統】（名・形動ダ）〔文〕正
統；☆彼の家が一族の中で一番正統だ／
他家在族中算是最正統；～は【正統派】
（名）正統派；☆正統派の説／正統派的
學說。

*　**せいとう**【政党】（名）政黨；☆政党を組
織する／組織政黨；☆政党に籍を置く／
參加政黨；～せいじ【政党政治】（名）
政黨政治；～ないかく【政党内閣】（名）
政黨內閣（由政黨成員組成的內閣）。⓪

せいどう【正道】（名）正道，正確的道路

（＝ただしいみち）；☆正道に導く／引
導上正道；☆正道に立ち帰らせる／使…
回到正道上來；☆正道を踏みはずす／離
開正道（走入邪道）。⓪

せいどう【制動】（名・他サ）制動（＝ブ
レーキ）；☆制動が利（き）かなくなっ
て、自動車が坂道から顛落（てんらく）
した／制動器失靈，汽車從坡路翻下去了
；～き【制動機】（名）制動器，閘（＝
ブレーキ）。⓪

せいどう【政道】（名）政治（之道）。⓪

せいどう【青銅】（名）①青銅；②銅錢（
＝ぜに）；～きじだい【青銅器時代】（
名）①〔考古〕青銅器時代；②〔轉〕發
祥時代。⓪

せいどう【聖堂】（名）①聖廟（祭祀孔子
的）廟；②〔宗〕基督教的教堂。⓪

せいとう【青鞜】（名）〔文〕①藍色的襪子
；②女文學家；③提倡女權運動的女子⓪

せいとうは【青鞜派】（名）①十八世紀以
後英國爭取婦女參政權運動的一派；②二
十世紀初期以平塚明子爲首的日本女文學
家的一派。⓪

せいとく【生得】（名）生就，生來（＝う
まれつき、しょうとく）；☆音楽の才能
は生得のものだ／音樂才能是生來的。⓪

せいどく【精読】（名・他サ）細讀，精讀
；☆本を精読することは非常に大切だ／
精讀書籍是非常重要的。⓪

*　**せいとん**【整頓】（名・自他サ）整頓，整
理，收拾；☆部屋の中を整頓する／收拾
屋子；☆隊列を整頓する／整隊，排好隊
伍；☆ちゃんと整頓している／收拾得整
整齊齊。⓪

せいなん【西南】（名）西南（＝にしみな
み）。⓪

せいにく【生（精）肉】（名）〔文〕生肉
（＝なまのにく）。⓪

ぜいにく【贅肉】（名）①贅疣，肉瘤（＝
こぶ）；②肥肉；☆運動不足のため贅
肉がついた／因不常運動而長了肥肉（胖
了）。⓪

せいねん【成年】（名）成年，成丁（的年
齡）；☆成年に達する／達到成年，成丁
；☆成年に達しないうちは扶養族（ふよ
うかぞく）として認められる／尚未成年
時算作扶養家屬。⓪

*　**せいねん**【青年】（名）青年，年輕人（＝
わかもの）；血気盛んな青年／熱情的青

年；～き【青年期】（名）青年時期，青春期；☆青年期は人生の朝である／青春期是人生的早晨。[0]

せいねん【盛年】（名）〔文〕盛年，年富力強的時期；☆盛年重ねて来らず／盛年不再来。[0]

せいねんがっぴ【生年月日】（名）生年月日，生日。[5]

*せいのう【性能】（名）性能，效能，效率；☆このカメラは性能が良い／這架照像機性能很好，☆高性能の飛行機／具有高度性能的飛機。[0]

せいは【制覇】（名・自サ）〔文〕①稱霸；制威定霸；☆世界制覇を企（たくら）む／企圖稱霸世界；②〔俗〕（在運動比賽上）優勝；得冠軍；☆全国大会で制覇する／在全國大会上獲得冠軍。[1]

せいは【政派】（名）政黨内部的派系。[1]

せいはい【成敗】（名）〔文〕成敗，成功與失敗；☆成敗如何（いかん）に拘らず／不論成功與失敗。[1]

せいばい【成敗】（名・他サ）①審判，裁判（＝さばき）；☆理非を明らかにして成敗を行なう／明辨是非直來審判案件；②懲罰，懲辦（＝こらしめ）；☆悪人を成敗する／懲罰壞人；③〔文〕處斬，斬首（＝きりすて，うちくび）；☆喧嘩両成敗（けんかりょうせいばい）／打架的雙方都不對；有理十三無理十四。[1]

せいはく【精白】（名・他サ）①純白，雪白；②（對稻米等的）精白加工；☆玄米を精白する／把糙米碾成白米；～まい【精白米】（名）精白米。[0]

せいばく【精麦】（名）精白麥米。[0]

せいはつ【整髪】（名・自サ）〔文〕理髮（＝りはつ）。[0]

せいばつ【征伐】（名・他サ）①征伐，征討；☆征伐に行く／出征；②驅除，消滅。[1]

せいはん【製版】（名・自サ）〔印〕製版；☆大至急製版する／火急製版。[0]

せいはんたい【正反対】（名）正相反，完全相反；☆目的と正反対の方向に進む／朝着和目的完全相反的方向前進；☆彼の性格は私と正反対だ／他的性格和我正相反。[3]

せいひ【成否】（名）成否，成功與否；☆成否を問わない／不問成功與否；☆成否の程は保証しかねる／成功與否不敢保證

；☆事業の成否は今度の計画によってきまる／事業能否成功就看這次計劃。[1]

せいひ【正否】（名）正確與否，對不對；☆行為の正否をよく考える／細想行為的對與不對。[1]

せいび【精美】（名・形動ダ）〔文〕①精巧而美觀；②精純而美好。[1]

*せいび【整備】（名・自他サ）整備，配備，備齊；☆人員を整備する／配備人員；☆工場の消火設備はよく整備している／工廠的防火設備很齊全（完善）。[1]

せいひょう【製氷】（名・自サ）製冰；☆アンモニアを使って製氷する／利用氨製造冰。[0]

せいびょう【性病】（名）性病，花柳病（＝かりゅうびょう）；☆性病にかかる／得花柳病。[0]

せいひれい【正比例】（名・自サ）〔數〕正比；☆価値は品質に正比例する／價值和質量成正比；↔はんぴれい（反比例）。[3]

せいひん【清貧】（名・形動ダ）清貧；☆清貧に安んずる／安於清貧，安貧。[0]

*せいひん【製品】（名）製（成）品；☆ゴム製品／橡膠製品；☆製品を市場（しじょう）に出す／把成品送到市場。[0]

せいふ【正負】（名）〔數〕①正號和負號；②正數和負數。[1]

*せいふ【政府】（名）①政府；☆新しい政府を樹立する／成立新政府；②内閣（＝ないかく）；☆時の政府／當時的内閣；☆長続きしない政府／短命的内閣。[1]

せいぶ【西部】（名）西部；☆アジアの西部／亞洲的西部；～げき【西部劇】（名）美國以開闢西部大陸爲題材的戲劇或電影。[1]

せいふう【西風】（名）①西風（＝にしかぜ）；②〔文〕秋風，金風（＝あきかぜ）。[0][3]

せいふう【清風】（名）〔文〕清風（＝すずかぜ）[3][0]

せいふく【正副】（名）正副；☆正副二名の委員が選ばれた／選出正副委員二人；☆契約書は正副二通必要だ／合同需要具備正副兩份。[1]

*せいふく【制服】（名）（機關、學校等的）制服；☆制服を着る／穿制服。[0]

*せいふく【征服】（名・他サ）①征服；☆自然を征服する／征服自然界；②克服（

き別れて継母に養われる／和親娘生別了，由繼母撫養。①

せいぶつ【生物】（名）生物；☆地球上には無数の生物が棲む／地球上有無數的生物；～かい【生物界】（名）生物界；～がく【生物学】（名）生物學。①⓪

せいぶつ【静物】（名）①静物，無生物；②←せいぶつが；～が【静物画】（名）静物畫。⓪

せいふん【製粉】（名・自サ）製粉，磨成粉末，磨製麺粉；☆大豆（だいず）を製粉する／把大豆磨成粉；～じょ【製粉所】（名）製粉廠。⓪

せいぶん【成分】（名）①組成部分；②成分；☆薬の成分／藥的成分；☆空気の成分を分析する／分析空氣的成分；③〔語法〕（句的）成分，☆文の成分には主語、述語、修飾語などがある／句的成分有主語、謂語、修飾語等。①

せいぶん【成文】（名・自サ）寫成文章或條款；☆条約はほぼ協議が終わり成文することになった／條約已大致達成協議就要寫成條款；～ほう【成文法】（名）〔法〕成文法；↔ふぶんほう（不文法）；～りつ【成文律】（名）〔法〕成文法。⓪

せいへい【精兵】（名）精兵，☆精兵を率（ひき）いて征途に上る／率領精兵出征。⓪①

せいへき【性癖】（名）悪習，毛病（＝くせ）；☆あの子は嘘（うそ）をつく性癖がある／那個小孩有撒読的毛病，他愛撒読。⓪

せいべつ【生別】（名・自サ）生別（＝いきわかれ）；☆兄とは二十年前に生別したきりだ／和哥哥在二十年前一別以來一直沒再見面；↔しべつ（死別）。⓪

***せいべつ**【性別】（名）性別；☆氏名の下に性別を記入すること／在姓名下面要填寫性別。⓪

せいへん【正編】（名）（書籍等的）正編，正集；☆正編には論文を入れ続編には資料や図表を入れる／把論文列入正編，資料和圖表列入續編；↔ぞくへん（続編）。①⓪

せいへん【政変】（名）政變；☆政変が起こる／發生政變；☆政変によって新内閣ができた／經過政變成立了新内閣。⓪

せいぼ【生母】（名）〔文〕生身母，親娘（＝うみのはは、じつぼ）；☆生母に生

せいぼ【聖母】（名）①聖人的母親；②〔宗〕聖母瑪利亞（＝マリヤ）。①

せいぼ【歳暮】（名）①歳暮，年終（＝としのくれ、くれ）；☆歳暮大売り出し／年終大減價；②年終送禮（禮品）；☆友人にお歳暮を届ける／年終給朋友送禮（送到家裡頭去）；☆歳暮の印（しるし）までにさしあげます／敬贈薄物作為年終禮品。⓪

せいほう【製法】（名）〔文〕製法，做法（＝つくりかた）；☆菓子の製法を教える／敎做點心的方法。⓪

せいほう【声望】（名）〔文〕聲望，聲譽，名望（＝ほまれ）；☆声望を高める／提高聲望；☆声望のある人物／有聲望的人。⓪

せいホルモン【性hormone】（名）〔醫〕性荷爾蒙。③

せいほん【正本】（名）①〔法〕根據判決的原本繕製的文件（與原本完全相同，並具有同等效力）；②（抄本或副本的底本的）正本；☆条約の正本は両国政府が保管する／條約的正本由兩國保存之。⓪

せいほん【製本】（名・他サ）裝訂；☆論文を製本する／把論文裝訂起來；☆印刷を終えて製本にまわす／印刷完畢送去裝訂；～や【製本屋】（名）裝訂社。⓪

せいまい【精米】（名）白米（＝はくまい）；☆精米にはビタミンBが少ない／白米裏乙維他生素少；～じょ【精米所】（名）輾米廠。⓪

***せいみつ**【精密】（名・形動ダ）精密，精確，細密；☆精密な地図／精密地圖；☆精密に検査する／細密檢査；～かがく【精密科学】（名）精密科學；～きかい【精密機械】（名）精密機械。⓪

せいみょう【精妙】（名・形動ダ）〔文〕絶妙，精巧。⓪

せいむ【政務】（名）①政務；☆政務多端の時／政務繁忙的時候；☆政務を見る（執る）／執行政務，辦公；②政策（＝せいさく）；～じかん【政務次官】（名）（輔佐大臣參與制定方針、政策、計劃的）政務次長。①

ぜいむ【税務】（名）税務；～しょ【税務署】（名）税務局。①

***せいめい**【生命】（名）①生命，性命；壽

命（＝いのち）；☆生命もおぼつかない／性命難保；☆生命にかかわる／生命攸關；☆人の生命をあずかる／負責保護別人的生命；☆生命をなげうって革命に尽す／獻出生命爲革命服務；②〔轉〕最寶貴的東西，命根子；☆音楽は彼の生命だ／音樂是他的生命；～せん【生命線】（名）生命線；～ほけん【生命保険】（名）人壽保險。[1][3]

せいめい【声名】（名）〔文〕聲名，聲譽，聲望（＝きこえ、ほまれ）；☆声名が、頓（とみ）に上がった／聲望驟然提高了[0]

*せいめい【声明】（名・自サ）聲明；☆声明を発表する／發表聲明；☆中立を声明する／聲明中立。[0]

せいめい【姓名】（名）姓名（＝しめい）；☆姓名を名乗る／說出姓名，自我介紹；☆姓名を詐称（さしょう）する／用化（假）名；～はんだん【姓名判断】（名）根據姓名算命。[1][3]

せいめい【清明】（名）〔文〕①清明；②清明節。[0]

せいめい【盛名】（名）〔文〕盛名；☆盛名を歌われる／享盛名；☆御盛名はかねがね承（うけたまわ）っておりました／久仰大名。[0]

せいめん【製麺】（名）製造麵條；～じょ【製麺所】（名）製造（蕎）麵條的工廠[0]

せいもく【井目】（名）〔圍棋〕①圍棋盤上的九個黑點；②讓九個子。[0]

ぜいもく【税目】（名）〔文〕捐稅的項目。[0]

せいもん【正門】（名）正門（＝おもてもん）；☆正門からはいる／從正門進去[0]

せいや【星夜】（名）〔文〕星夜，星光明亮的夜晚（＝ほしづきよ）。[1]

せいや【聖夜】（名）聖誕前夕（＝クリスマス イブ）。[1]

せいやく【成約】（名・自サ）〔經〕成立契約，訂立合同。[0]

せいやく【制約】（名・他サ）①必要條件；☆入学するには二ケ国語に精通せねばならぬという制約がある／爲了入學必須具備精通兩種語言這一條件；②制約，限制（＝せいけん）；☆制約を受ける／受制約（限制）；☆英国政府は色々な法規によって独立運動を制約する／英國政府用種種法律來限制（阻撓）獨立運動。[0]

せいやく【誓約】（名・他サ）誓約，起誓

，盟誓；☆絶対に嘘（うそ）を言わないと誓約する／立誓絕對不撒謊；～しょ【誓約書】（名）誓約書，誓文。[0]

せいゆ【製油】（名）製油，煉油；～じょ【製油所】（名）製油廠，煉油廠。[0]

せいゆう【西遊】（名・自サ）西遊，到西方（洋）旅行（＝さいゆう）。[0]

せいゆう【声優】（名）廣播劇演員。[0]

*せいよう【西洋】（名）西洋，西方，歐美；～か【西洋化】（名・自サ）歐美化；☆西洋化した町／歐化了的街市；～が【西洋画】（名）洋畫；～がし【西洋菓子】（名）西式糕點；～かぶれ【西洋かぶれ】（名）崇拜西方（文化），模仿歐美；☆西洋かぶれした意匠／模仿歐美的設計（圖案）；～かみそり【西洋剃刀】（名）西式剃刀（＝レーザー）；～かん【西洋館】（名）洋房（樓）；～し【西洋紙】（名）西洋紙（＝ようし）；～じん【西洋人】（名）西洋人（＝おうべいじん）～りょうり【西洋料理】（名）西餐。[1]

*せいよう【静養】（名・自サ）靜養；☆病後の静養に温泉へ行く／爲了病後的靜養到溫泉去；☆家で静養する／在家裏靜養。[0]

せいよく【制欲（慾）】（名・自サ）〔文〕節欲。[0]

せいよく【性欲（慾）】（名）性欲；☆性欲が起きる／發生性欲。[1][0]

せいらい【生来】（名・副）①生來，生就，天生（＝うまれつき）；☆生来の病気／生就的疾病；☆生来体が弱い／生來身體就弱；②有生以來，從來；☆彼は生来怒るということを知らない／他從來就不知道什麼叫生氣。[0]

*せいり【生理】（名）①生理；☆昆虫の生理を研究する／研究昆蟲的生理；②〔文〕生計，生活之道（＝すぎわい、なりわい）；③←せいりがく；～がく【生理学】（名）生理學；～きゅうか【生理休暇】（名）職業婦女在月經期中應得的休假；～てき【生理的】（形動ダ）生理（上）的；～てきしょくえんすい【生理的食塩水】（名）〔醫〕生理食鹽水。[1]

*せいり【整理】（名・他サ）①整理，整頓，收拾；☆遺稿を整理する／整理遺稿；②清理，處理（廢物等）；☆残品（ざんびん）を整理する／清理存貨；☆家財を

整理する／清理（變賣）無用的傢俱；③
淘汰，裁減（人員）；☆工場の人員を整
理する／裁減工廠的人員；～だんす【整
理簞笥】（名）五斗櫃。①

ぜいり【税吏】（名）〔文〕税吏，税局的
官吏。①

****せいりつ**【成立】（名・自サ）成立，告成
；☆予算が成立する／預算成立（通過）
；☆両者の間に協約が成立した／兩者之
間達成了協議；☆その縁談は成立しなか
った／那椿婚事沒有（談）成。⓪

ぜいりつ【税率】（名）税率；☆税率を引
き上げる／提高税率；☆贅沢品（ぜいた
くひん）には税率を高くする／對於奢侈
品要訂高税率。⓪

せいりゃく【政略】（名）①政治策略；☆
一時的（いちじてき）政略から出た措置
（そち）／出於一時策略的措施；☆政略
としては極めてまずい／作爲政治策略極
不高明；②策略，手段，手腕（＝はかり
ごと、かけひき、ほうべん）；☆政略を
用いる／使用策略，耍手腕。①⓪

せいりゅう【清流】（名）清流，清溪（＝
きよいながれ）；☆宿は清流に臨（の
ぞ）んでいる／住處臨着清溪。⓪

せいりゅう【整流】（名・他サ）〔理〕整
流；～き【整流器】（名）整流器。⓪

せいりょう【清涼】（名・形動ダ）清涼，清
爽；☆山上には清涼の（な）気が満ちて
いる／山上充滿着清爽之氣；～いんりょ
うすい【清涼飲料水】（名）清涼飲料；
～ざい【清涼剤】（名）①清涼剤（散）
，去火的藥劑；☆清涼剤を飲む／吃退火
劑；②〔轉〕清涼散；☆彼の行動は我我
に一服（いっぷく）の清涼剤を与えたと
言える／他這一舉可以說是給我們吃了一
服清涼散。⓪

せいりょう【声量】（名）聲量，音量（＝
おんりょう）；☆彼は声量が豊かだ／他
聲音洪亮。⓪

****せいりょく**【勢力】（名）①勢力，權勢，
威力，實力（＝いきおい、ちから）；☆
勢力の均衡を保つ／保持勢力的均衡；☆
陸海軍の勢力／陸海軍的（威）力；☆
勢力を張る／擴張勢力；②〔理〕力，能
（＝エネルギー）；～あらそい【勢力争
い】（名）爭權奪勢；～けん【勢力圏】
（名）勢力範圍；～はんい【勢力範囲】
（名）勢力範圍（＝なわばり）；☆勢力

範囲を拡げる／擴大勢力範圍。①

****せいりょく**【精力】（名）精力，元氣（＝
こんき、げんき）；☆精力が強い（盛ん
である）／精力旺盛；☆精力が溢れるば
かり／精力充沛；☆精力が尽きる／精疲
力盡；☆精力を回復する／恢復元氣；～
か【精力家】（名）精力充沛的人；～ぜ
つりん【精力絶倫】（連語・形動ダ）精
力過人，精力特別充沛。①

せいるい【声涙】（名）〔文〕聲淚（＝こ
えとなみだ）。①⓪

せいれい【生霊】（名）〔文〕①生靈，人
民（＝たみ）；②靈魂（＝たましい）⓪

せいれい【制令】（名）〔文〕制度和法令
，規章制度（＝おきて）。⓪

せいれい【政令】（名）〔法〕政令，條例
；☆新しい政令を公布する／公布新的政
令。⓪

せいれい【精励】（名・自サ）勤奮，奮勉
（＝つとめはげむこと）；☆自分の職務
に精励する／勤奮於自己的職務。⓪

せいれき【西暦】（名）西曆，公曆。⓪

せいれつ【整列】（名・自他サ）整隊，排
隊，排列；☆人々は道路の両側に整列し
て国賓を見送った／人們列在馬路兩側歡
送國賓。⓪

せいれん【清廉】（名・形動ダ）清廉；☆
清廉な官吏／清廉的官吏；～けっぱく【
清廉潔白】（名・形動ダ）清廉潔白，廉
潔。⓪

せいれん【精練】（名・他サ）①（清除動
物植物纖維中的雜質）精製；②精練；☆
軍隊を精練する／苦心操練軍隊。⓪

せいれん【精錬】（名・他サ）①精煉；☆
粗銅を精錬して純銅とする／把粗銅煉成
純銅；②煉成。⓪

せいれん【製煉】（名・他サ）冶煉，熔煉
；☆鉱石から金属を製煉する／從礦石裏
冶煉金屬；～じょ【製煉所】（名）冶煉
廠。⓪

せいろ（う）【蒸篭】（名）蒸籠，籠屜 ③

せいろん【正論】（名）正論，正確的言論
；☆正論を述べる（吐く）／發表正確言
論。⓪

せいろん【政論】（名）政論，有關政治問
題的言論；☆政論を闘わす／關於政治問
題進行論戰。⓪

せいろん【世論】（名）輿論（＝せろん、
よろん）；☆世論に訴（うった）える／

訴諸輿論。[0]

ゼウス【Zeus】（名）〔希臘神話〕宙斯神。[1]

*セーター【sweater】（名）毛衣，毛線上衣。[1]

セーフ【英・形 safe】（名）①安全（＝あんぜん）；②〔運動〕活着；（球）未越界。[1]

セーフティー【safety】（名）安全（＝あんぜん）；~バント【safety bunt】（名）〔棒球〕打手可以安全進到一壘的安打；~バンド【safety band】（名）（汽車、飛機座位的）安全帶（＝セーフティーベルト）；~レザー【safety razor】（名）安全刮臉刀，保險刀。[1]

セーラー【sailor】（名）①海員，船員（＝ふなのり）；②水兵（＝すいへい）；③←セーラーふく；~ズボン【sailor ズボン】（名）＝セーラーパンツ；~パンツ【sailor pants】（名）①水兵褲；②褲脚肥大的褲子；~ふく【sailor服】（名）（婦女、孩子穿的）水兵服。[1]

セール【sale】（名）販賣，大減價（＝うりだし，やすうり）。[1]

セールスマン【salesman】（名）〔商〕推銷員。[4][5]

せおいなげ【背負投（げ）】（名）→しょいなげ。

*せお・う【背負う】（他五）①揹（＝しょう）；☆子供を背負った婦人／揹着孩子的女人；②〔轉〕擔負，擔當（＝おう）；☆いやな仕事を背負う／擔當一件討厭（頭痛）的工作；☆国家の将来を背負う若人（わこうど）／擔負着國家未來的年輕人。[2][0]

セオリー【theory】（名）理論，學說（＝がくせつ）。[1]

*せかい【世界】（名）①〔哲〕宇宙（＝うちゅう）；②〔佛〕一切衆生所居之地；③世界，寰宇，天下，世界各國；☆世界に類のない／舉世無雙的；☆世界を家とする人／以天下爲家的人；☆世界を一周する／環繞世界一周；④人世，人間（＝よのなか，せけん）；☆広い世界に只一人の身／在廣大的人世間只是孤單單的一個人；⑤特定（人或生物）的社會；☆月の世界／月亮的世界，月球；☆理想の世界／理想世界；☆昆虫の世界／昆蟲的世界；☆子供の世界／兒童的世界；

◇世界を股（また）に掛ける／走遍世界（天下）；~かん【世界観】（名）〔哲〕世界觀，宇宙觀（＝うちゅうかん）；☆民生史観は中華民族の世界観である／民生史觀是中華民族的世界觀；~きろく【世界記録】（名）世界記錄；~たいせん【世界大戦】（名）世界大戰。[1][2]

せかいてき【世界的】（形動ダ）①有關全世界的，世界範圍的；☆世界的な大問題／有關全世界的大問題；☆世界的に見て／從全世界範圍來看；☆世界的に有名な人物／在全世界著名的人物；②世界聞名的；☆世界的な音楽家／世界聞名的大音樂家。[0]

せか・す【急かす】Ⅰ（他五）＝せかせる；Ⅱ（他下二）〔文〕→せかせる。[2]

せか・せる【急かせる】（他下一）催促（＝いそがせる、せきたてる）；☆そんなに急かせるな／別那麼催我；図せかす（下二）。[3]

せかせか（副）急急忙忙地，慌慌張張地；☆せかせかした人／慌慌張張的人；☆太った人がせかせか（と）部屋に入って来た／一個胖胖的人急急忙忙進屋子裏來了。[1]

せかっこう【背恰好】→せいかっこう。[2]

せがみた・てる（他下一）死乞百賴地請求不休（＝せびりたてる）；☆時計を買ってくれと、せがみたてる／死乞百賴地要求給買一隻錶図せがみたつ（下二）[0][5]

せが・む（他五）央求，死乞百賴地請求（＝ねだる）；☆母にせがんで靴を買ってもらう／央求母親給買一雙鞋。[2]

せがれ【伜・悴】（名）①（對自己兒子的謙稱）小孩子，犬子；☆これが私の伜です／這是我的小孩子；②（對他的兒子或少年的蔑稱）兒子；☆あのひょろ長い男が社長の伜か／那個細高個的傢伙就是社長的兒子麼？。[0]

セカンド【second】（名）①第二（＝にばんめ）；②〔棒球〕二壘，二壘手；③（拳擊、決鬪的）監人；④秒，秒針（＝セコンド）；~ハンド【second hand】（名）舊貨，半新不舊的貨品（＝ちゅうぶる、セコハン）；~ベース【second base】（名）〔棒球〕二壘；~ラン【second run】（名）〔電影〕第二輪上演；二輪電影院。[1][0]

*せき【咳】（名）咳嗽；☆咳が出る／咳を

せ

する／咳嗽；☆咳を止める／制止咳嗽，止咳；☆咳に噎（む）せる／咳嗽得喘不過氣來；◇しわぶき。②

*せき【堰】（名）攔河壩，堰堤；☆堰を築く／修築攔河壩；◇堰を切る（切って落とす）／打破水閘，洪水奔流；☆観衆は堰を切ったように場内になだれ込んだ／觀衆像潮水一般湧進了會場；☆堰を切って落としたように泣き出す／突然放聲大哭起來了。①

せき【関】（名）關。①

*せき【席】（名）①〔文〕蓆，坐墊（＝むしろ、しきもの）；②座坐（＝ざせき）；☆席の取り合いをする／爭（搶）座位；☆席に着（つ）く／就座；☆席を明ける／空出座位，虛席；☆席を取っておく／占座位；☆憤然と席を蹴って去（さ）る／忿然站起來走開，拂袖而去；③聚會場所的座上，宴席；☆この（公開の）席では言えない／在這個（公開的）會上不能講；☆席を設（もう）けて御馳走（ごちそう）する／設筵招待（您）；④茶社，曲藝場（＝よせ）；☆今晩は方方（ほうぼう）の席を回らねばならない／今晩必須去好幾處曲藝場（演出）；☆お笑いを一席申し上げます／讓我給各位說一段相聲；◇席の暖まる暇（いとま）もない／席不暇暖。

せき【積】（名）①積累，累積（量）（＝つもること、つむこと）；②土地面積；③〔數〕積；☆二と五の積は十である／二乘五的積是十。①

*せき【籍】（名）戶籍，戶口（＝こせき）；☆籍を入れる（抜く）／上（退）戶口；☆台北に籍がある／在臺北有戶口；◇籍を置く／隸屬，作爲成員；☆大学に籍を置いている／隸屬於大學，是大學的一名成員。①

─ぜき【関】（接尾）附在摔跤力士的名下構成敬稱，例：玉錦（たまにしき）関。

せきあ・げる【咳き上げる】（自下一）①咳嗽不止（呼吸困難）（＝せきこむ、むせかえる）；☆父が喘息（ぜんそく）で咳き上げる／父親患氣喘咳嗽不止（呼吸困難）；②嗚咽，哽咽，抽噎着哭（＝しゃくりあげる）；☆妹はいつまでも咳き上げていた／妹妹抽噎着哭個不休；⊠せきあぐ（下二）。④

せきいん【石印】（名）①石印（石刻印鑑）；②〔印〕石印；～ぼん【石印本】（名）石印本，石印的書籍。⓪

せきうん【積雲】（名）〔天〕積雲。⓪

せきえい【石英】（名）〔礦〕石英。②

せきえいぐん【赤衛軍】（名）赤衛軍（蘇俄軍隊的前身）。③

せきがいせん【赤外線】（名）〔理〕紅外線。③⓪

せきがえ・す【咳き返す】（自五）喘不過氣兒地咳嗽；☆老人が頻（しき）りに咳き返す／老人不斷地咳嗽。⓪③

せきがく【碩学】（名）〔文〕碩儒，大儒⓪②

せきかっしょく【赤褐色】（名）〔文〕紅褐色。

せきがはら【関が原】（名）決定勝負（命運）的一戰，決戰；生死關頭；☆こんどの試合がいよいよ関が原だ／這次比賽是最後一場決戰；～のたたかい【関が原の戦】（名）〔史〕關原之戰（德川家康與石田三成爭奪天下的戰役）。③

せきぐん【赤軍】（名）蘇俄軍隊。⓪

せきこ・む【急き込む】（自五）着急（＝あせる）；☆そんなに急き込まないで…／別那麼着急呀；☆彼は使（つか）いの者に急き込んで尋（たず）ねた／他焦急地問送信的人。⓪

せきこ・む【咳き込む】（自五）喘不過氣兒地咳嗽；☆かぜを引いて咳き込んでばかりいる／傷了風不斷地咳嗽。⓪

せきさい【積載】（名・他サ）〔文〕裝載（＝つみのせる）；☆貨車に石炭を積載する／往貨車上裝煤；～りょう【積載量】（名）裝載量；☆積載量五トンのトラック／裝載量五噸的卡車。⓪

せきざい【石材】（名）（建築、土木工程用的）石料。⓪

せきさん【積算】（名・他サ）累計；☆支出額を毎日積算する／每日累計支出款額；～でんりょくけい【積算電力計】（名）〔電〕電表。⓪

せきじ【席次】（名）①座次；☆会議の席次をきめる／規定會議的座次；②（成績的）次第；☆成績表に席次が書いてある／成績單上寫着成績的次序。⓪

せきじつ【昔日】（名）〔文〕昔日，往昔（＝むかし、いにしえ）；☆彼は昔日の面影（おもかげ）がない／他已經沒有往日的風度了。⓪

せきじつ【赤日】（名）赤日，火一般的太

陽。◎

せきじゅうじ【赤十字】（名）紅十字；～しゃ【赤十字社】（名）紅十字會。③

せきじゅん【席順】（名）座次（＝せきじ）；☆席順をきめる／安排座次。◎

せきしょ【関所】（名）關卡，關口（＝せき）；☆関所を越(こ)える／過關（口）；～てがた【関所手形】（名）〔古〕關卡通行證；～ふだ【関所札】（名）〔古〕關卡通行證；～やぶり【関所破り】（名）〔古〕蒙混過關（罪）。③

せきじょう【席上】（名・副）①座位上，席上；②會上；☆歓迎会の席上で挨拶(あいさつ)をする／在歡迎會上致辭。◎

せきしょく【赤色】（名）紅色；～リトマス【赤色Litmus】（名）〔化〕石蕊試紙（試驗酸性或鹼性反應用）。◎

せきずい【脊髄】（名）〔解〕脊髓；～えん【脊髄炎】（名）〔醫〕脊髓炎；～しんけい【脊髄神経】（名）〔解〕脊髓神經。②

せきせいいんこ【脊黄青鸚哥】（名）〔動〕阿蘇兒（鸚鵡類的小鳥）。⑤

せきせき【寂寂】（形動タルト・副）〔文〕靜寂，寂然。◎

せきせつ【積雪】（名）〔文〕積雪；☆積雪一メートルに達した／積雪達到一公尺。◎

せきぜん【積善】（名）〔文〕積善；◇積善の家には必ず余慶あり／積善之家必有餘慶，積善之家有餘。◎

せきぞう【石造】（名）石造（＝いしづくり）；☆石造の住宅／石建的住宅；～びじゅつ【石造美術】（名）石彫美術（品）◎

せきぞう【石像】（名）石像（＝いしのぞう）。◎

せきだい【席代】（名）座位錢；會場租用費（＝せきりょう）。②◎

せきた・てる【急き立てる】（他下一）催促，催逼，催（＝いそがせる，うながす）；☆彼を急き立てなければ駄目だ／不催他是不行的；☆仕事に急き立てられる／被工作逼上；図せきたつ（下二）。◎

*￼**せきたん**【石炭】（名）〔礦〕煤；～えきか【石炭液化】（名）煤的液化；～ガス【石炭瓦斯】（名）煤氣；～がら【石炭殻】（名）煤渣（＝アス）；～かんりゅう【石炭乾溜】（名）煤的碳化；～き【石炭紀】（名）〔地質〕石炭紀；～さん

【石炭酸】（名）〔化〕石炭酸，煤酸（＝フェノール）；～さんじゅし【石炭酸樹脂】（名）〔化〕→ベークライト；～そう【石炭層】（名）石炭層，煤層；～ター【石炭tar】（名）煤焦油（＝コールタール）。③

せきちく【石竹】（名）〔植〕石竹；～いろ【石竹色】（名）淡紅色，石竹色，桃色（＝ピンク）。◎

せきちゅう【脊柱】（名）〔解〕脊柱。◎

せきちん【赤沈】（名）〔醫〕赤血球沈降速度。◎

せきつい【脊椎】（名）〔解〕脊椎；～えん【脊椎炎】（名）〔醫〕脊椎炎；～カリエス【脊椎Karies】（名）〔醫〕脊骨瘍；～こつ【脊椎骨】（名）脊骨；～どうぶつ【脊椎動物】（名）脊椎動物；～わんきょく【脊椎彎曲】（名）脊椎彎曲。③◎

せきてっこう【赤鉄鉱】（名）〔礦〕赤鐵礦。②

せきとう【石塔】（名）①石塔；②石碑，墓石（＝はかいし）。◎③

***せきどう**【赤道】（名）〔天〕赤道；～むふうたい【赤道無風帯】（名）赤道無風地帯；☆赤道直下（ちょっか）の島／正在赤道上的海島。◎

せきとして【寂として】（副）〔文〕靜寂地；☆寂として声なく／靜寂無聲。①

せきと・める【塞き止める】（他下一）堵住，攔住；防止；☆川を塞き止めて発電所をつくる／攔住河流建設發電站；☆流行感冒を塞き止める／防止流行感冒；図せきとむ（下二）。◎

せきとり【関取】（名）①〔角力〕大關（僅次於「横綱」的最高級力士）；②〔角力〕力士（的敬稱）。④③

***せきにん**【責任】（名）責任，職責；☆責任がある／有責任；☆重い責任／重大的責任；☆責任をのがれる／推卸責任；～かん【責任感】（名）責任感；☆責任感が強い／責任感很強；～しゃ【責任者】（名）負責人；☆責任者は誰だ／誰是負責人？◎

せきねん【昔年】（名・副）〔文〕往昔，昔年。◎

せきねん【積年】（名）積年，多年；☆積年の望(のぞ)み／多年的願望。◎

せきのやま【関の山】（名）最大限度；充

其量，至多（＝せいぜい）；☆彼の力で
は七十点が関の山だろう／按他的能力説
来最多也不過七十分；☆借金をせずにい
るのが関の山だ／只能勉強不負債而已。◎

せきはい【惜敗】（名・自サ）（比賽）輸
得可惜；☆延長戦で一点の差で惜敗した
／在延長比賽時可惜竟以一分之差敗了。◎

せきばく【寂寞】（名・形動タルト）寂寞
；淒凉，冷清；☆寂寞たる光景／淒凉景
象；☆寂寞を感じる／感覺寂寞。◎

せきばらい【咳払い】（名・自サ）清清嗓
子，咳嗽（＝こわづくり）；☆えへんと
咳払い（を）する／嗯一聲清清嗓子。◎

せきはん【赤飯】（名）（用小豆攙大米或
糯米做的）小豆飯（＝おこわ）；☆赤飯
を炊（た）いて卒業を祝う／炆小豆飯慶
祝畢業。③◎

せきばん【石版】（名）〔印〕石版術；石
印，石版印刷；～が【石版画】（名）石
版畫。◎

せきばん【石盤・石板】（名）①板石，石
板（＝スレート）；②（石筆寫字用的）
石板；～ぶき【石板拭き】（名）石板擦
子。◎

せきひ【石碑】（名）①石碑，紀念碑（＝
いしぶみ）；②墓石，墓碑（＝はかいし）；☆石碑を建てる／立碑。◎

せきひつ【石筆】（名）石筆；☆石筆で石
盤に字を書く／用石筆在石板上寫字。◎

せきひん【赤貧】（名）〔文〕赤貧；◇赤
貧洗うが如し／赤貧如洗。◎

せきぶつ【石仏】（名）石佛（＝いしぼと
け）。◎

せきぶん【積分】（名・他サ）〔數〕積分
；～ほうていしき【積分方程式】（名）
〔數〕積分方程式。◎②

せきへい【積弊】（名）〔文〕積弊；☆多
年の積弊を除（のぞ）く／除掉多年的積
弊。◎

せきべつ【惜別】（名）惜別；☆惜別の情
にたえない／不勝惜別。◎

せきぼく【石墨】（名）〔礦〕石墨（＝グ
ラファイト）；～へんがん【石墨片岩】
（名）〔礦〕石墨片岩。◎

せきむ【責務】（名）責任，任務（＝せわ、
つとめ）；☆世界の平和を守るのは我々
の責務だ／保衛世界和平是我們的任務。①

せきめん【石綿】（名）〔礦〕石綿（＝い
しわた）；～し【石綿糸】（名）石綿線

；～スレート【石綿 slate】（名）石綿
板，石綿瓦。◎

*****せきめん**【赤面】（名・自サ）臉紅，害羞
，難爲情；☆赤面の至（い）たり／實在
難爲情；☆人の前で赤面する／在人前丟
醜。◎

*****せきゆ**【石油】（名）〔礦〕石油；～いど
【石油井戸】（名）油井；～エーテル【
石油 ether】（名）揮發油，精油（＝ガ
ソリン）；～エンジン【石油 engine】
（名）石油發動機；～こんろ【石油焜炉】
（名）煤油爐子；～にゅうざい【石油乳
剤】（名）石油乳剤；～ピッチ【石油
pitch】（名）瀝青，柏油；～ベンジン【
石油 benzine】（名）扁蘇油，揮發油（
＝ベンジン）；～ランプ【石油 lamp】
（名）煤油燈。◎

せきら（ら）【赤裸（裸）】（形動ダ）〔
文〕①赤裸裸，赤身（＝あかはだか）；
②毫不隱瞞，坦率（＝そっちょく，むき
だし）；☆赤裸裸に申し上げます／坦率
地向您說；☆赤裸裸な告白／毫無隱瞞的
坦白。◎

せきらんうん【積乱雲】（名）〔氣象〕積
雨雲。③

せきり【赤痢】（名）〔醫〕赤痢；～アメ
ーバ【赤痢 amoeba】（名）〔醫〕赤痢
阿米巴；～きん【赤痢菌】（名）赤痢菌①◎

せきりょう【席料】（名）座兒錢，房間（
會場）租賃費（＝せきだい）；☆席料を
取る／要座兒錢（房間租賃費）。②◎

せきりょう【寂寥】（形動タルト）〔文〕
寂寥；寂寞，冷清；☆寂寥たる場面（ば
めん）／寂寥的情景。◎

せきりん【赤燐】（名）〔化〕赤燐。◎

せきれい【鶺鴒】（名）〔動〕鶺鴒。②①

せきろう【石蠟】（名）〔化〕石蠟（＝パ
ラフィン）。◎

せきわき【関脇】（名）〔角力〕地位次於
「大關」，高於「小結」的力士。◎

せきわけ【関脇】＝せきわき。◎④

せ・く【急く】Ⅰ（自五）①急，着急（＝
いそぐ，いらだつ）；気が急く；著急
；☆急いては事を仕損（しそん）ずる／
欲速則不達；☆そう急くな／別那麽着急
；☆息が急く／喘吁；Ⅱ（他五）催促（
＝うながす）。①

せ・く【咳く】（自五）咳嗽（＝しわぶく）
；☆しきりに咳く／不斷地咳嗽。①

せ・く【塞(堰)く】(他五)①堵住,堵塞,擋住(＝おさえる);☆流れを塞く／(用壩)擋住水;②攔阻,妨礙,☆親にせかれた恋／被父母攔阻的戀愛。[1]

セクショナリズム【sectionalism】(名)地方派系主義,宗派主義。[5]

セクション【section】(名)①區域,分區,區劃;②部門,科;③(報紙的)面,欄;☆ホームセクション／家庭version;～ペーパー【section paper】(名)方眼紙。[1]

セクト【sect】(名)①宗派;②學派;③黨派;～しゅぎ【sect主義】(名)宗派主義;～てき【sect的】(形動ダ)宗派主義的。[1]

せくらべ【背比べ】(名)比身量,比個兒(＝せいくらべ);◇背比べなら横(よこ)で来い／比個兒的話横着來比吧(喻身材矮而胖)。[2]

*せけん【世間】(名)①世上,社會(＝せのなか);☆世間を知っている／懂得世故;☆世間を知らない／不諳世故;②社會上的人們;人們的嘴;☆世間の口がうるさい／人言可畏;☆世間を憚(はばか)る／怕人們説長道短;☆そんなことは世間が許さない／那種事社會上不容許;◇世間が狭(せま)い／①交遊少;②吃不開;世間が広(ひろ)い／①交遊廣;②吃得開,熟悉世事;世間に鬼は無し／社會上不見得全是壞人;世間は広いようで狭い／世界似乎很大其實很窄(常用於在意外的地方偶然遇到熟人等);世間晴れて／公開地(＝おおっぴらに);世間を狭(せま)くする／失掉(信用等)弄得越發吃不開;～さわがせ【世間騒がせ】(名)擾(鬧)得人們不安(的人);～しらず【世間知らず】(名)不懂世故(的人),閱歷淺(的人),沒見過世面(的人);☆彼は世間知らずだ／他是個沒見過世面的人;～ずれ【世間擦れ】(名・自サ)變圓滑(詭譎,滑頭);～てい【世間体】(名)面子,體面;☆世間体が悪い／(叫人看着)不體面,不光彩;～なみ【世間並】(名)普通,一般(＝ふつう,なみ);☆世間並のことをする／按一般人那麼做;☆世間並の服装が無難(ぶなん)だ／最好穿普通的衣服;～ばなし【世間話】(名)閑話,張家長李家短(＝よもやまばなし);☆老人と世

間話をする／和老人聊天;～ばなれ【世間離れ】(名)與衆不同,奇特超俗;☆あいつは全く世間離れがしている／那傢伙奇特得很。[1]

せこ【世故】(名)世故;☆世故に疎(うと)い／不懂世故;☆世故にたける／通達世故,善於處世。[1]

せこう【施工】(名・他サ)施工(＝しこう);～きめん【施工基面】(名)(鐵路的)路基;～ず【施工図】(名)施工圖。[0]

セコハン(名)〔俗〕舊貨(＝セコンドハンド);☆セコハンのカメラを買う／買舊照相機。[0]

セコンド【second】(名)①第二(＝セカンド);②秒;☆セコンドを刻(きざ)む／鐘錶滴答滴答地走;～ハンド【second hand】(名)＝セカンドハンド。[0]

せじ【世事】(名)①世事,世務;☆世事に通じている／通達世務,閱歷深;☆世事に疎(うと)い／閱歷淺;②＝せじ(世辞)。[1]

せじ【世辞】(名)巴結,奉承;☆世辞を言う／奉承,巴結;☆(お)世辞がうまい／會巴結,會奉承;～もの【世辞者】(名)會奉承的人。[0]

せし・める(他下一)〔俗〕①順利完成(＝しとげる);②攫爲己有,搶奪(＝うばいとる);☆彼に千円せしめられた／被他搶去了一千元;☆とうとう彼にせしめられてしまった／到底被他給搶去了[3]

せしゅ【施主】(名)〔佛〕①施主;②喪家,治喪者;(佛事的)舉辦者。[0][1]

せしゅう【世襲】(名・他サ)世襲;～ざいさん【世襲財産】(名)世襲財産。[0]

せじょう【世情】(名)世路,人情;☆世情に通ずる(暗い)／(不)熟悉世故人情。[0]

せじん【世人】(名)〔文〕社會上的人,世人;☆彼の行動は世人の注目の的(まと)になっている／他的行動成了世人注目的目標。[1]

せすじ【背筋】(名)脊樑;☆寒けがして背筋がぞくぞくする／冷得脊樑直打顫;②〔縫紉〕(衣服的)脊縫。[0][1]

ゼスチュア【gesture】(名)姿勢;手勢(＝みぶり,てまね,ジェスチュア)[1]

ぜぜ【世世】(名)世世代代。[1]

ぜぜ(名)〔おー〕〔兒〕錢(＝ぜに)[1]

せせい【是正】（名・他サ）〔文〕訂正，更正☆前説の誤（あやま）りを是正する／更正前説的錯誤。⓪

せせこまし・い（形）〔俗〕①窄小的，悶人的；☆せせこましい部屋／窄小的房間；②心胸（氣度）狹隘的，不開朗的；☆せせこましい人／心胸狹隘的人；～さ（名）。⑤

せせらぎ（名）浅溪，溪流聲☆小川のせせらぎが聞こえる／聽到溪流聲。⓪

せせらわらい【──笑い】（名・自サ）冷笑，嘲笑（＝あざわらい）；☆あいつのせせらわらいが気になる／那條伙的冷笑令人嘔咕。④

せせらわらう（他五）嘲笑，冷笑（＝あざわらう）；☆人をせせらわらう癖（くせ）がある／好嘲笑人，有嘲笑人的毛病。⑤

せせ・る【挵る】（他五）弄，掏，掘（＝いじる，つつく，つつきほる）；☆揚子（ようじ）で歯の間をせせる／拿牙籤剔牙縫兒。②

せそう【世相】（名）世態，社會情況☆世相を反映する／反映社會情況。⓪②

せぞく【世俗】（名）①世間，社會（＝よのなか，せけん）；②世俗，社會風俗；③世人；☆世俗に媚（こ）びる／阿世◇世俗にとらわれない／不爲世俗所拘束；～てき【世俗的】（形動ダ）世俗的，俗氣的；庸俗的；一般的。⓪①

せそん【世尊】（名）〔佛〕（佛的尊稱）世尊。①

せたい【世代】（名）→せだい。①

せたい【世帯】（名）→しょたい。②①

せたい【世態】（名）世態☆世態も人情もずいぶん変わった／世態人情都大變了①⓪

せだい【世代】（名）世代，同時代的人（＝ゼネレーション）；☆若い世代／年青的一代；～こうたい【世代交替】（名）〔生物〕異配生殖，世代交流。①⓪

せたけ【背丈】（名）身長，身量（＝せい，せ）；☆背丈が伸びる／身量長大。①

セダン【sedan】（名）轎車。①

せち【世智】（名）處世之才，處世之道☆世智にたけた人／善於處事的人，老江湖。①

せちがしこ・い【世智賢い】（形）善於處世的；鬼頭鬼腦的；☆世智賢い人／善於處世的人，鬼頭鬼腦的人。⑤

せちがら・い【世智辛い】（形）①日子不好過的；生活艱苦的；☆世智辛い世の中／（人人自私自利競爭激烈、人情淡薄的）生活艱苦的社會；②利己的；狡猾的（＝ずるい）；☆世智辛い人間／利己主義的人；図せちがらし（形ク）。④

せつ【切】（形動ダ）〔文〕①懇切，誠懇（＝ねんごろ）；☆御健康を切に祈ります／敬祝健康；☆切な勧告／誠懇的勧告；②迫切，痛切☆切にその必要を感ずる／痛切感到它的必要。①

*せつ【説】（名）①意見，主張；☆僕は彼の説に賛成だ／我贊成他的意見；②學說；☆新しい説／新學說；③傳說（＝うわさ）；☆一説によれば…／據某種傳說…。①

*せつ【節】（名）①季節，節氣，節令；②時候（＝おり，ころ，とき）；☆その節／那時候，☆お暇（ひま）の節は…／您有空兒的時候…；③（文章、詩等的）節；☆詩の一節／詩的一節；④（文章的）段落，☆第三章第一節／第三章第一節；⑤節操（＝みさお）；☆節を守る／守節；⑥〔語法〕短句（雖有主語、謂語但不能獨立，只能構成句子的一部分的不完整句）。①

せつあく【拙悪】（形動ダ）〔文〕拙劣（＝へた）。⓪

せつえい【設営】（名・他サ）①建築，設立；☆宿舎を設営する／建築宿舎；②〔俗〕準備（開會等）。⓪

ぜつえん【絶縁】（名・自サ）①断絶關係；☆彼はとうとう親類と絶縁した／他終於和親戚斷絶了關係；②〔電〕絶縁，隔電；～たい【絶縁体】（名）〔電〕絶縁體；～ぶつ【絶縁物】（名）〔理〕絶縁物。⓪

ぜつおん【舌音】（名）〔語言〕舌音②⓪

ぜっか【絶佳】（形動ダ）〔文〕絶佳（＝すばらしい）；☆風光絶佳の地／風景絶佳之地①

せっかい【切開】（名・他サ）切開，動手術；☆すぐに切開する必要がある／必須馬上動手術。①⓪

せっかい【石灰】（名）石灰；～えき【石灰液】（名）石灰水；～か【石灰華】（名）〔礦〕灰華；～がん【石灰岩】（名）石灰石；～さつざい【石灰擦劑】（名）〔藥〕石灰擦藥（治燙傷、皮膚糜爛）；～そう【石灰層】（名）〔地質〕石灰層；～にゅう【石灰乳】（名）（消毒殺菌用）石灰乳劑；～ひりょう【石灰肥料】

（名）〔化〕石灰肥料；～モルタル【石灰mortar】（名）灰泥，膠泥。①

せっかい（名）管閑事，多嘴多舌（＝おせっかい）；☆余計なせっかいは、やめてくれ／少管閑事。①

せつがい【雪害】（名）〔文〕雪災。⓪

ぜっかい【絶海】（名）遠海，遠離陸地的海；☆絶海の孤島／遠海的孤島。⓪

*****せっかく**【折角】Ⅰ（形動ダ）特意，好容易，煞費苦心；☆折角の努力が水泡に帰する／煞費苦心的努力歸於泡影；☆折角の好意を無（む）にする／辜負一番好意；☆折角だがお断（ことわ）りだ／（對不起）您的美意不能接受；Ⅱ（副）①特意（＝わざわざ）；☆折角来たのに居留守（いるす）を使（つか）うとはあんまりだ／特意來了可是竟假說不在家太不像話了；☆折角勉強したのに試験が中止になった／好容易用功了一番，偏偏又不考了；②好好地；拼命地（＝せいぜい、いっしょうけんめい）。⓪

せっかち（名・形動ダ）急躁，性急（＝きみじか）；☆せっかちな人／急性的人①

せっかっしょく【赤褐色】（名）〔文〕紅褐色。③

せっかん【折檻】（名・他サ）①規戒，痛斥；☆不良（ふりょう）の息子（むすこ）を折檻する／痛斥不肖的兒子；②打罵，責打；☆いたずらっ子を折檻する／責打淘氣的孩子。①

せっかん【摂関】（名）〔文〕攝政和關白。①⓪

せつがん【切願】（名・他サ）〔文〕央求，懇求；☆彼の懇求が聞き届（とど）けられた／他的懇求被接受了；☆肥料の配給を切願する／懇求配售肥料。⓪

ぜつがん【舌癌】（名）〔醫〕舌癌。②⓪

せつがんきょう【接眼鏡】（名）〔理〕目鏡，接眼鏡；↔たいぶつ きょう（対物鏡）。⓪

せつがんレンズ【接眼lens】（名）〔理〕接眼鏡。⓪

せっき【石器】（名）石器；～じだい【石器時代】（名）〔史〕石器時代。⓪

ぜつぎ【絶技】（名）絕技（＝はなれわざ）①

せっきゃく【接客】（名・サ）〔文〕（旅館、飲食店的）對客服務；～ぎょう【接客業】（名）（對客）服務業。⓪

せっきょう【説教】（名・自サ）①說教，

☆牧師の説教／牧師的說教；②教誨，規戒；☆倅（せがれ）に説教する／教訓兒子；③（諷）（長輩、朋友等的）規勸，勸告；☆お説教はもう沢山だ／您的指教我已經聽夠了。③①

せっきょう【説経】（名・自サ）〔佛〕①講經。⓪

ぜっきょう【絶叫】（名・自サ）〔文〕大聲喊叫；☆救（すく）いを求（もと）めて絶叫する／大聲喊叫求救。⓪

せっきょく【積極】（名）積極；☆彼の態度には積極性がない／他的態度不積極；↔しょうきょく（消極）；～てき【積極的】（名・形動ダ）積極；☆積極的に援助（えんじょ）する／積極地援助。⓪

*****せっきん**【接近】（名・自他サ）接近；☆両者の意見が次第（しだい）に接近する／兩方面的意見逐漸接近。⓪

せっく【節供・節句】（名）（三月三日、五月五日、七月七日等的）節日；☆端午の節句が近づく／端午節快到了；～ばたらき【節句働き】（名）節日休假還趕工作（平日工作忽鬆忽緊）；◇なまけ者の節句働き／懶人節日工作忙。③⓪

せつ・く【責付く】（他五）〔俗〕催，催促，趕，催逼（＝いそがせる、せつつく）；☆いくらせついたって今日じゅうにはできない／無論怎麼催，今天算做不出來。②

ぜっく【絶句】Ⅰ（名）（漢詩中的）絕句；Ⅱ（自サ）（演說、演劇等時）忘詞兒；☆彼は初日（しょにち）に三回も絶句した／他在頭一天忘了三次臺詞。⓪③

セックス【sex】（名）①性，性別；☆セックスがちがう／不同性別；☆セックス上の問題／性別的問題；②性慾；☆セックスに目覚（めざ）める／懂得性慾，情竇初開；～アピール【sex-appeal】（名）（吸引異性的）性的魅力。①

せっくつ【石窟】（名）〔文〕石窟，巖窟（＝いわや、いわあな）。⓪

せっけ【摂家】（名）有擔任攝政、〔關白（＝かんぱく）〕資格的門第（自鎌倉時代起，藤原氏的近衛、九條、二條、一條、鷹司等五家稱五攝家）。①

*****せっけい**【設計】（名・他サ）①（機械、建築上的）設計；☆新しい機械を設計する／設計新機械；②計劃，規劃（＝もくろみ）；☆新生活の設計／新生活的計劃

；～ず【設計図】（名）設計圖。◎

せっけい【雪渓】（名）（夏季不消的）積
雪山谷。◎

ぜっけい【絶景】（名）絶景，絶勝，☆天
下の絶景／天下絶景。◎

せっけっきゅう【赤血球】（名）〔解〕紅
血球；～ちんこうそくど【赤血球沈降速
度】（名）〔醫〕血液沉降率。③

*せっけん【石鹼】（名）肥皂（＝シャボン）
；☆顔に石鹼を塗る／往臉上抹肥皂。◎

せっけん【接見】（名・他サ）〔文〕接見
，引見，會見，☆大統領は諸外国大使に
接見した／總統接見了各國大使。◎

せつげん【切言】（名・他サ）〔文〕懇切
的勸告；忠告，☆彼の切言もむなしかっ
た／他的忠告也白費了。◎

せつげん【雪原】（名）〔文〕雪原／冰原◎

ゼッケン【德Zeichen】（名）背號（布）①

せつげん【節減】（名・他サ）節減，節省
；☆雑費（ざっぴ）を節減する／節省雑
費。◎

ぜつご【絶後】（名）①絶後，☆空前にし
て絶後の成績／空前絶後的成績；↔くう
ぜん（空前）。①②

せっこう【石膏】（名）〔礦〕石膏（＝ギ
プス）；～がた【石膏型】（名）石膏模
型だ；～ざいく【石膏細工】（名）石膏工
藝品。◎

せっこう【拙稿】（名）〔文〕拙稿，敝稿◎

せつごう【接合】（名・自他サ）①接合，
接上（＝つぎあわす）；～離（はな）れ
ないようにしっかり接合させる／好好地
接上不叫它斷開；②〔生物〕接合；☆生
殖細胞の接合／生殖細胞的接合；～ざい
【接合剤】（名）接合劑（膠、漿糊、焊
藥等）。◎

ぜっこう【絶交】（名・自サ）絶交，☆彼
とは今絶交の状態にある／目前和他處於
絶交状態中。◎

ぜっこう【絶好】（名）極好，最好，☆絶
好のチャンスを逃がした／錯過了最好的
機會。◎

せっこく【石刻】（名）〔文〕石刻。◎

せっこつ【接骨】（名）接骨（ほね
つぎ）。◎

ぜっこん【舌根】（名）①舌根（＝したの
ね）；②〔佛〕舌（六根之一）。◎

せっさ【切磋】（名・自サ）〔文〕切磋；
～たくま【切磋琢磨】（名・自サ）〔文〕

切磋琢磨；☆切磋琢磨の甲斐（かい）あ
って、めでたく合格した／沒白動學苦練
到底光榮地考中了。①

せっさい【切妻】（名）〔文〕拙荆，内人◎

せっさく【切削】（名・他サ）（金屬的）
切削；☆高速度切削法（こうそくどせっ
さくほう）／高速切削法。◎

せっさく【拙作】（名）〔文〕①拙劣的作
品；②〔表謙〕拙作。◎

せっさく【拙策】（名）①拙策，拙笨辦法
；②〔表謙〕我的計劃。◎

ぜっさん【絶賛】（讃）（名・他サ）非常
稱讚，無上的稱讚；☆彼の絵を絶賛する
／非常稱讚他的畫；☆絶賛を博す／博得
無上的讃許。◎

せっし【切歯】（名・自サ）〔文〕①咬牙
（＝はがみ，はぎしり）；②切歯；～や
くわん【切歯扼腕】（連語・自サ）〔文〕
切歯扼腕，咬牙切齒；☆切歯扼腕してく
やしがる／懊悔得不得了。◎

せっし【摂氏】（名）攝氏（寒暑錶度數）
；～かんだんけい【摂氏寒暖計】（名）
〔理〕攝氏寒暖表；↔かしかんだんけい
（華氏寒暖計）。①

せつじつ【切実】〔形動ダ〕迫切，痛切；
非常要緊，關鍵；☆われわれにとって切
実な問題だ／對我們來說是迫切的問題；
☆切実に感ずる／痛感。◎

せっしゃ【拙者】（代）〔文〕（舊時的俗
語，也用於「候文」的書信中）鄙人；☆
そんなむずかしいことは拙者にはわから
ん／那樣難題鄙人不懂。◎

せっしゅ【拙守】（名・自サ）〔棒球等〕
拙笨的守備。①

せっしゅ【窃取】（名・他サ）〔文〕竊取，
偸（盜）；☆情報を窃取する／竊取情
報。①

せっしゅ【接種】（名・他サ）〔醫〕接種
，注射；種痘，☆病原体を接種する／接
種病原體；～予防接種／預防接種。①

せっしゅ【摂取】（名・他サ）攝取，吸取
吸收；☆栄養を摂取する／攝取營養；
☆他人の長所を摂取する／吸取別人的長
處；☆日本は古くから中国文化を摂取し
て来た／日本從古時就吸取中國文化。①

せっしゅ【節酒】（名・自サ）〔文〕節酒
，減少飲酒量；☆君の健康のためには節
酒が第一だ／爲了你的健康首先要節酒◎

せっしゅう【接収】（名・他サ）（強制）

接收，徴用；没收；☆占領軍が多数のビルディングを接収した／占領軍強制接收了許多大樓。◯

せつじょ【切除】（名・他サ）〔醫〕切除；☆肺の一部を切除する／切除肺的一部分。①

せっしょう【折衝】（名・自サ）折衝，交渉，談判；☆相手国と折衝する／和對手國交渉；☆組合は会社側との折衝を打ち切った／工會停止了對公司方面（資方）的談判。①

せっしょう【殺生】Ⅰ（名・自サ）殺生；☆殺生はやめなさい／別殺生；Ⅱ（形動ダ）残酷，残忍（＝むごい）；☆殺生なことはするな／別做残酷的事。①

せっしょう【摂政】（名）摂政。①

ぜっしょう【絶唱】（名）優秀詩歌，絶唱；☆白楽天の長恨歌は古今の絶唱だ／白居易的長恨歌是古今的絶唱。◯

ぜっしょう【絶勝】（名）〔文〕絶勝，風景絶佳；☆西湖は絶勝の地だ／西湖是風景絶佳的地方。◯

*__せっしょく__【接触】（名・自他サ）①接觸☆高圧線に接触すると危険だ／接觸高壓線可危險；②來往，交際；☆外国との接触／和外國的來往。◯

せっしょく【節食】（名・自サ）〔文〕節食，節制飲食；☆胃が悪いので節食する／因為胃不好節制飲食。◯

せつじょく【雪辱】（名・自サ）雪辱，報仇；恢復名譽。◯

ぜっしょく【絶食】（名・自サ）絶食（＝だんじき）；☆胃をこわして一日絶食した／傷了胃一天沒吃東西。◯

せっすい【節水】（名・他サ）節約用水◯

*__せっ・する__【接する】Ⅰ（自サ）①接到，遇上，碰見（＝あう，でくわす）；☆朗報に接する／接到好消息；②接近，來往まじわる，こうさいする）；☆不良に接するな／別和壞蛋來往；③接連，連續（＝つづく）；☆何十台という自動車が相（あい）接して走（はし）っている／幾十輛汽車接連着開駛；④靠近，挨靠（＝ちかよる）；☆川に接した家／靠河的房子；⑤接待，應對（＝おうたいする）；☆客に接する／接待客人；Ⅱ（他サ）①接合，接上（＝つなぐ，あわせる）；☆両端を接する／把兩頭兒接上；②挨，靠（＝ちかづける）；☆額（ひたい）を接

して密談する／交首密談；図せっす（サ）。◯③

せっ・する【節する】（他サ）①節制，減少分量；☆酒を節する／節酒；②節約，儉省；☆浪費を節して貯蓄する／節約儲蓄；図せっす（サ）。◯③

ぜっ・する【絶する】Ⅰ（自サ）①絶，断（＝たえる）；②超越，少有（＝こえる，すぐれる）；☆想像に絶する／不可想像，☆古今に絶する名作／空前絶後的名作；☆言語に絶する辛苦をなめた／備嘗無法形容的艱辛；Ⅱ（他サ）＝たつ；図ぜっす（サ）。◯③

せっせい【摂生】（名・自サ）〔文〕攝生，養生，注意健康☆摂生する人は長命（ちょうめい）だ／注意健康的人能長壽◯①

せっせい【節制】（名・自サ）節制，控制；☆何事も節制が肝心／甚麼事都需要節制；☆すべての欲望を節制する／節制一切欲望。◯

ぜっせい【絶世】（名）〔文〕絶世；☆絶世の美人／絶代佳人。◯

せつせつ【切切】（名・形動タルト）〔文〕①痛切，深刻；☆悲（かなし）みは切切と胸に迫（せま）る／悲痛的情緒痛切地湧上心頭，心裏感到非常悲痛；②誠懇，股切（＝ねんごろ）；☆切切たる願（ねがい）／股切的願望；☆切切の情に打（う）たれる／為精誠所打動◯④

せっせと（副）〔俗〕一個勁兒地，盡力量，拼命；☆せっせと働（はたら）く／一個勁兒地工作。①

せっせん【拙戦】（名・自サ）〔文〕拙笨的比賽。◯

せっせん【接戦】（名・自サ）①接戦，短兵相接；②〔運動〕難分勝負；☆彼我互に接戦する／彼此打得難分勝負。◯

せっせん【接線】（名）〔文〕切線；☆弧に接線を引（ひ）く／在弧上畫一切線①

ぜっせん【舌戦】（名）〔文〕舌戦，辨論；☆両派に間に激（はげ）しい舌戦が展開された／兩派間展開了激烈的辯論。◯

せっそう【節操】（名）節操，操守，貞節（みさお）；☆節操を守る／節守；☆節操がない／沒有節操。◯

せっそく【拙速】（名）拙速，只管快不管好；↔こうち（巧遲）；~しゅぎ【拙速主義】（名）拙速主義，只管快不管好的作法（主張）。◯

せつぞく【接続】（名・自他サ）（名）連接，接連，連續；☆川は海に接続している／河川連接着海；～えき【接続駅】（名）換車車站；～し【接続詞】（名）〔語法〕連接詞（如：そして、また等）；～じょし【接続助詞】（名）〔語法〕連接助詞（接於動詞、形容詞、助動詞後的助詞，表示、條件、並列等意，如ば、ど、が、のに、から、けれど等）。◯

せっそくどうぶつ【節足動物】（名）〔動〕節肢動物。⑤

*せったい【接待】（名・他サ）①接待，招待（＝もてなし）；②免費供應（＝ほどこし，ふるまい）；☆麦茶の接待をする／免費供應麥茶；～いん【接待員】（名）招待員；～ちゃ【接待茶】（名）免費供應來往行人的茶水。①

せつだい【設題】（名・自サ）〔文〕出題目；出的題；☆設題の意味をよく考えて答（こた）えよ／仔細想想題目的意思再回答。◯

*ぜったい【絶対】（名・副）絶對；☆絶対と相対（そうたい）／絶對和相對；☆絶対の真理／絶對眞理；☆絶対に反対だ／絶對反對；☆絶対間違いない／絶對沒錯兒；～しゅぎ【絶対主義】（名）專制主義；～ち【絶対値】（名）〔數〕絶對値；～てき【絶対的】（形動ダ）絶對的；☆絶対的に必要だ／絶對必要。◯

ぜつだい【絶大】（形動ダ）絶大；☆絶大なる御支援をお願いします／希望給予大力支援。◯

ぜったいぜつめい【絶体絶命】（名・形動ダ）一籌莫展，無可奈何，窮途末路；☆絶体絶命の窮地に陥（おちい）る／陷於一籌莫展的絶境。◯

せったく【拙宅】（名）〔文〕鄙宅，舍下◯

*せつだん【切断・截断】（名・他サ）切斷，割斷，截斷；割去；☆右足を切断する／割去右脚；～めん【切断面】（名）斷面。◯

せっち【設置】（名・他サ）①設置；安裝；☆エレベーターを設置する／安裝電梯；②設立；☆委員会を設置する／設立委員會。◯

せっちゃく【接着】（名・自他サ）黏（上），黏在一起（＝くっつく，くっつける）；☆乾（かわ）くと綺麗に接着する／一乾了就綺麗黏上了；☆糊（のり）で両面

を接着する／用漿糊把兩面黏在一起；～ざい【接着剤】（名）接合劑。◯

せっちゅう【折衷・折中】（名・他サ）折中，折衷；☆和洋折衷の住宅／日西合璧的住宅；～しゅぎ【折衷主義】（名）折衷主義。◯

せっちゅう【雪中】（名）〔文〕雪中；☆雪中を行く／冒着雪走。①◯

せっちょ【拙著】（名）〔文〕拙著。①

*ぜっちょう【絶頂】（名）①（山的）最高峰（＝いただき，てっぺん）；☆山の絶頂／山的最高峰；②極點，盡頭（＝きょくど）；☆絶頂に達した／達到極點。③

せっちん【雪隠】（名）〔（せついん）的促音化〕（舊時俗語）廁所；～づめ【雪隠詰め】（名）①〔將棋〕把老將逼到一個隅角去；②逼得無處可逃；☆雪隠詰めにあう／被逼得走投無路。◯

せっく【せっく】（他四）〔俗〕＝せっく。③◯

せってい【設定】（名・他サ）設立，設置；制定；☆事務所を設定する／設立辦公處；☆規則の設定を急ぐ／趕緊制定規章。◯

せってん【接点】（名）〔數〕切點。①

せつでん【節電】（名・自サ）節省用電，節電；☆節電に協力する／響應節省用電。◯

*セット【set】（名・自サ）①一組，一套（餐具）；☆コーヒー・セット／一套咖啡用具；☆三つでセットになっている／三件一套；②〔網球・乒乓球等〕一盤；☆三セットの試合（しあい）／三盤比賽；③無線電收音機（收機）④〔劇〕舞臺裝置，大道具；〔電影〕佈景；☆火事の場面のセット／失火場面的佈景；⑤定；☆目覚まし時計を六時にセットする／把開鐘定時六點鐘；⑥（電燙頭髮後的）梳整髮型；☆セットした髪／梳整好的燙髮。◯

せつど【節度】（名）①規則，標準（＝のり，さだめ）；☆節度にかなう／合乎規則；②指揮，命令（＝さしず）；☆節度に従（したが）う／服從指揮，遵守命令；③適度，節制（＝ほどあい）；☆節度ある行（おこな）い／適度（有節制）的行動。①②

せっとう【窃盗】（名）竊盜；小偷；☆窃盗をする（働く）／偷竊，行竊。③◯

ぜっとう【絶倒】（名・自サ）〔文〕絶倒；☆捧腹（ほうふく）絶倒／捧腹大笑，

笑得前仰後翻。⓪

ぜっとう【絶島】（名）孤島；☆絶島に棲息する鳥類／棲於孤島上的鳥類。⓪

せっとうご【接頭語】（名）〔語法〕接頭詞〔不能單獨使用，只能附加於其他單詞之上，用以調整語調、加強語勢或構成新的意義的詞，如（そらとぼける）、（か弱い）、（真夜中）、（取り扱う）、（不都合）等的（そら）、（か）、（真）、（取り）、（不）等〕；↔せつびご（接尾語）。⓪

*せっとく【説得】（名・他サ）説服；勧導；☆国へ帰るよう説得する／勧他 歸 國；☆説得力のない文章／没有説服力的文章。⓪

せつな【刹那】（名）刹那，瞬間，頃刻（＝しゅんかん）；☆飛行機が墜落した刹那爆発が起こった／飛機墜落的刹那發生了爆炸；～しゅぎ【刹那主義】（名）只顧目前快樂的主義，一時快樂主義；～てき【刹那的】（形動ダ）刹那的，瞬息的；☆刹那的の歓楽／瞬息的歡樂。⓪

せつな・い【切ない】（形）①鬱得慌、喘不過氣兒來的（＝いきぐるしい）；☆坂道（さかみち）を上るのが切ない／走上坡路端不過氣兒來；②（因寂寞、悲傷等）難過的，苦悶的（＝つらい，やるせない）；☆切ない胸のうち／難受的心情；～が・る【切ながる】（自五）；～げ【切なげ】（形動ダ）；☆切なげに語る／苦訴；～さ【切なさ】（名）；☆私の胸の切なさよ／我内心好苦悶！③

せつに【切に】（副）熱切，一再（＝ねんごろに，ぜひ）；☆切に頼む／一再拜託。①

せっぱく【切迫】（名・自サ）①逼近，迫近（＝さしせまる）；☆試験の期日（きじつ）が切迫してきた／考期逼近了；②緊迫，吃緊，極其緊張；☆形勢（けいい）が切迫する／形勢緊迫。⓪

せっぱつま・る【切羽詰まる】（自五）逼得無可奈何，走投無路，萬不得已（＝さしせまる）；☆切羽詰まってやったのだ／萬不得已才幹的；☆切羽詰まった時の役に立つ／可時有用處。①

せっぱん【折半】（名・他サ）折半，平分，分成兩份（ふたつわけ）；☆経費を折半する／把経費平均分擔。①⓪

ぜっぱん【絶版】（名・他サ）絶版；☆あ

の本は絶版になっている／那本書已經絶版了。⓪

*せつび【設備】（名・他サ）設備，設置，準備（＝ようい，したく）；☆電灯の設備がない／没有電燈設備；☆設備のととのった学校／設備完善的學校；～しきん【設備資金】（名）（事業的）設備資金①

せつびご【接尾語】（名）〔語法〕接尾詞〔不能單獨使用，只能附加於其他單詞之下，構成新的單詞，添加某種意義或賦與該單詞某種資格的詞，如（親しげ）、（寒さ）、（彼ら）、（丸み）等的（げ）、（さ）、（ら）、（み）等〕；↔せっとうご（接頭語）。⓪

ぜっぴつ【絶筆】（名）絶筆，最後的筆跡；☆この作品が彼の絶筆となった／這個作品成了他的絶筆。⓪

ぜっぴん【絶品】（名）絶品，最好的東西；☆天下の絶品／天下的絶品。⓪

せっぷく【切腹】（名・自サ）剖腹自殺（＝かっぷく）。⓪

せつぶん【拙文】（名）①拙劣的文章；②〔表謙〕拙作。⓪

せつぶん【節分】（名）①立春（立夏、立秋、立冬）的前一日；☆節分の豆まき／立春前日撒豆驅邪；②季節轉換期。⓪

せっぷん【接吻】（名・自サ）接吻（＝キッス）。⓪

ぜっぺき【絶壁】（名）絶壁，斷崖；☆絶壁をよじ登（のぼ）る／攀登斷崖。⓪

せっぺん【切片】（名）①〔文〕碎片（＝きれはし）；②〔物理〕（顕微鏡用）切片（試料）。①

せつぼう【切望】（名・他サ）渇望，切盼；☆彼の出馬（しゅつば）を世間（せけん）は切望している／一般人殷切盼他出來參加競選。⓪

せっぽう【説法】（名・自サ）①〔佛〕説法，講經；②勧説，規勧（＝せっきょう）；◇釈迦（しゃか）に説法／聖人門前賣孝經；班門弄斧。①③

*ぜつぼう【絶望】（名・自サ）絶望，無望；☆彼の容態は絶望の状態にある／他的病已經没法治了。⓪

ぜつみょう【絶妙】（形動ダ）絶妙；☆絶妙のプレー／絶妙的演技（球技）。⓪

ぜつむ【絶無】（名）絶對没有，完全没有；☆そんなことは絶無といっていい／那種事可以説是絶對没有；☆蠅の発生が絶

無になる／絶不會再生蒼蠅。①②

*せつめい【説明】（名・他サ）說明，解釋
；☆説明が足りない／說明不够(不充分)
；☆説明のできない／不能說明的；～し
ょ【説明書】（名）說明書。⓪

ぜつめい【絶命】（名・自サ）絶命，斷氣
；☆手当（てあて）の甲斐（かい）もな
く彼はついに絶命した／醫治也沒治好他
終於死了。⓪

*ぜつめつ【絶滅】（名・自他サ）滅絶，根
絶，連根拔除；☆害虫が絶滅する／害蟲
滅絶。⓪

せつもん【設問】（名・自サ）出（的）問
題（＝もんだい）；☆設問の意味をよく
考えなさい／好好想一想題目的意思。⓪

*せつやく【節約】（名・他サ）節約，節省
（＝けんやく）；☆今月は節約しよう／
這個月份（我）要省。⓪

せつり【摂理】（名）〔宗〕〔基督教〕神
意；☆神の摂理を信じる／信仰神意。①

*せつりつ【設立】（名・他サ）設立，成立
；☆勧業銀行を設立する／成立勧業銀
行。⓪

ぜつりん【絶倫】（形動ダ）絶倫，無比；☆
精力絶倫に見える／看着像似精力絶倫⓪

セツルメント【settlement】（名）（設在
貧民住宅區的）貧民救濟機構（或救濟工
作）。①

せつれつ【拙劣】（形動ダ）拙劣，拙笨；☆
きわめて拙劣な演技／極其拙劣的表演

せつろん【拙論】（名）〔文〕①拙劣的議
論；②我的愚見，愚論。⓪

せつわ【説話】（名）①故事；②童話，
神話、傳奇的總稱；～ぶんがく【説話文
学】（名）童（神）話文學；故事（體）
文學。⓪

せと【瀬戸】①（窄的）海峽，海腰；②（
緊要）關頭（＝わけめ）；③陶磁器（＝
せともの）；～ぎわ【瀬戸際】（名）①
海峽與海的境界；②〔轉〕緊要關頭；☆
今が大事の瀬戸際だ／現在正是緊要關頭
；～もの【瀬戸物】（名）陶磁器。①

せな【背】（名）脊背（＝せ、せなか）⓪

*せなか【背中】（名）①脊背，脊背；☆背
中を向（む）ける／轉過身子去；☆背中
を流す（沐浴時）搓背；②背後；～あ
わせ【背中合わせ】（連語）①（二人）
背靠背；☆背中合わせに坐る／背靠背地
坐着；②不和睦；☆背中合わせの両人／

不和（關係不好）的兩個人。⓪

ぜに【銭】（名）①貨幣；②錢（＝おか
ね）；☆銭がない／沒錢；◇安物買いの
銭失い／買便宜貨結果吃虧。①

セニョリータ【西班牙 señorita】（名）
小姐（＝おじょうさん）。③

ぜにん【是認】（名・他サ）認爲對，同意
，肯定，承認；☆民主党の政策を是認
する／同意民主黨的政策；↔ひにん（否
認）。⓪

ゼネスト（名）←ゼネラルストライキ。②

ゼネラルストライキ【general strike】（
名）大罷工，總罷工。⑦

ゼネレーション【generation】（名）一
代；世代（＝ジェネレーション）。③

セパード【shepherd】（名）〔動〕→シェ
パード。②

せばま・る【狭まる】（自五）（間隔、距
離）接近，縮短；☆一着と二着の差が、
だんだん狭まる／跑第一和跑第二的距離
漸漸接近。③

せば・める【狭める】（他下一）（把距離
、範圍等）縮小，縮短；☆試験の範囲を
狭めて下さい／請縮小考試範圍；図せば
む（下二）。③

セパレート（コース）【separate(course)】
（名）分開的跑道。⑥

せばんごう【背番号】（名）①運動服背上
的號碼；②書脊上的號碼。⓪

せひ【施肥】（名・他サ）〔農〕施肥；☆
麦に施肥を行なう時期になった／到了給
麥子施肥的時期了。①

*ぜひ【是非】Ⅰ（名・他サ）是非，好歹；
☆もう是非の分別もつく年だ／已到了能
辨別是非的年紀了；☆男女共学の是非に
ついて討論する／討論男女合校的好壞問
題；Ⅱ（副）①務必，一定（＝きっと、
どうしても）；☆ぜひ来たまえ／請務必
來；☆ぜひあの人に会いたい／一定要見
見他；◇是非に及ばず／不得已，沒辦法
；～とも【是非とも】（副）＝ぜひ；☆
ぜひともお出でください／請您務必來；
図ぜひなし（形）。①

セピア【sepia】（名）暗褐色，烏賊墨色
（的顏料）。①

せひょう【世評】（名）社會上的評論；一
般人的傳說；☆世評を気にする／擔心社
會上的評論；☆世評によれば／據一般傳
說。⓪

せびらき【背開き】（名）（魚）從背開膛[2]

せび・る（他五）央求，死求百賴地要（＝ねだる、せがむ）；☆お小遣いをせびる／央求零錢花。

せびれ【背鰭】（名）〔動〕脊鰭。[1]

せびろ【背広】（名）〔civil clothes 之略〕男子普通西裝。[0]

せぶみ【瀬踏み】（名・自サ）①用胸試水的深淺；②〔轉〕試探，刺探（＝ためし、こころみ）；☆彼が行動を共にするかどうかを瀬踏みする／試探他是否能够採取共同行動。[3][0]

せぼね【背骨・脊骨】（名）脊（梁）骨；☆背骨が痛い／脊梁骨疼。[0]

*せま・い【狭い】（形）狹窄的；☆部屋が狭い／屋子小；☆狭い道／窄道兒；☆彼は交際が狭い／他交遊的範圍窄；図せまし（形ク）；〜が・る（自五）；〜げ（形動ダ）；〜さ（名）。[2]

せまくるし・い【狭苦しい】（形）非常狹窄的，擠得慌的；☆狭苦しい所／非常狹窄的地方；〜が・る（自五）；〜げ（形動ダ）；〜さ（名）。[5]

*せま・る【迫る・逼る】（自他五）①逼近，迫近，臨近（＝せばまる）；☆距離が迫る／距離靠近；☆夜が迫る／快到夜晚；☆眼前に迫った危険／臨到眼前的危險；②窮，困；☆貧に迫る／陷於貧困；③緊迫；④強迫（＝しいる）；☆辞職を迫る／迫令辭職。[2]

セミコロン【semi-colon】（名）半支點，分號（；）。[3]

せみしぐれ【蟬時雨】（名）聒耳的蟬聲[3]

ゼミナール【德 Seminar】（名）專題討論；課堂討論（＝セミナリー）。[3]

セミプロ（フェッショナル）【semi-pro（fessional）】（名）半職業性（選手）。[0]

せむし【傴僂】（名）傴僂病，羅鍋兒[3][0]

せめ【責】（名）①〔せめる〕的名詞形〕責備，責難；☆ひどい責を食った／大受申斥；②責任（＝つとめ）；☆責を負って辞任する／引咎辭職。[2]

せめあ・う【攻め合う】（自五）互攻，相攻。[0][3]

せめあ・う【責め合う】（自五）互相責難（＝なじりあう）；☆互（たが）いに相手の非を責め合う／互相責難對方的不是。[0]

せめあぐ・む【攻め倦む】（自五）攻得疲倦，攻得沒有效果。[0][4]

せめい・る【攻め入る】（自五）攻入，攻進（＝うちいる）；☆敵陣に攻め入る／攻入敵陣。

せめおと・す【攻め落とす】（他五）攻取，攻陷；☆城を攻め落とす／攻陷敵城[0]

せめおと・す【責め落とす】（他五）責備使人折服，逼人承認；☆母を責め落として時計を買ってもらった／逼得母親答應給買了一隻錶。

せめこ・む【攻め込む】（自五）攻進去（＝せめいる）；☆敵地に攻め込む／攻進敵陣。[0][3]

せめさいな・む【責め苛む】（他五）痛加申斥，百般折磨。[5]

せめた・てる【責め立てる】（他下一）①一再指責；☆彼の非行を責め立てる／一再指責他的不正行爲；②一再催促；☆借金取りに責め立てられる／被討債人一再催逼；図せめたつ（下二）。[0]

せめつ・ける【責め付ける】（他下一）嚴屬申斥；☆そんなに人を責め付けるものではない／不要那麼嚴屬申斥別人。[0]

*せめて（副）（雖然不够滿意但）至少，最低；哪管；哪怕；☆せめてお茶だけでも召し上がってください／（不吃飯也成但）至少也喝點兒茶吧；☆せめて葉書（はがき）でもくれれば安心するのに／（即便不寫信）哪怕來張明信片叫人也好放心；〜も（副）①〔せめて〕的加強語氣詞；②還算差強人意；☆死に目に会えたのがせめてもの慰（なぐさ）めだ／能够臨終見面總算是一點安慰。[1]

せめほろぼす【攻め滅ぼす】（他五）征服[0][5]

せめよ・せる【攻め寄せる】（自下一）向…攻來，攻到…附近；☆城の間近（まじか）に攻め寄せる／攻到城下；図せめよす（下二）。[0]

*せ・める【攻める】（他下一）攻，攻打；☆戦（たたか）いは攻める方が楽だ／戰鬥是進攻容易；図せむ（下二）；↔まもる（守る）、ふせぐ（防ぐ）。[2]

*せ・める【責める】（他下一）①責，責備，責難（＝なじる）；☆彼の非を責める／責備他的不正行爲；②申斥，規戒（＝せっかんする）；☆あまり責めるのは止（や）めなさい／不要過分申斥他；③催促，逼（＝せがむ）；☆早くセーターを

編み上げてくれと母を責める／催促媽媽
快把毛衣給織出來；図せむ（下二）。②

セメント【cement】（名）水泥；～コンク
リート【cement concrete】（名）水泥
混凝土；～モルタル【cement mortar】
（名）灰泥。

せもつ【施物】（名）〔文〕施捨的東西①

せやく【施薬】（名）〔文〕施捨的藥。◎

せよ【施与】（名・他サ）〔文〕施與，捨
給。①

ゼラチン【gelatine】（名）明膠（食用或
藥用，＝ゲラチン）。②◎

ゼラニウム【geranium】（名）〔植〕天
竺葵。③

せり【芹】（名）〔植〕水芹。②

＊せり【競】（名）①競賽（＝せりあい）；
②拍賣（＝せりうり）；☆競に出す／拿
出拍賣。②

せり（連語・ラ型）〔文〕表示動作的完結
（＝した）；☆終了せり／終了。

せりあい【競り合い】（名・自サ）〔（せ
りあう）的名詞形〕競爭；☆物すごい競
り合いを展開する／展開激烈的競爭。◎

せりあ・う【競り合う】（自五）互相競爭
；☆ゴール寸前（すんぜん）で競り合う
／在決勝點前互相搶先。◎

せりあ・げる【迫り上げる】（他下一）
（從下往上）推；☆舞台（ぶたい）で大道
具（おおどうぐ）を迫り上げる／在舞臺
上向上推大道具；図せりあぐ（下二）◎

せりあ・げる【競り上げる】（他下一）
（拍賣時）哄擡價錢；☆買手が互（たが）
いに競り上げる／買主互相哄擡價錢；図
せりあぐ（下二）。◎

ゼリー【jelly】（名）果子凍（＝ジェリ
ー）。①

せりいち【競市】（名）拍賣市場。③

せりうり【競売】（名・他サ）拍賣；☆家
具を競売に出す／把傢俱拿去拍賣。◎

せりおと・す【競り落とす】（他五）拍買
到手；☆無理をして競り落とす／勉強出
大價拍買到手。◎

せりだし【迫り出し】（名）〔（せりだす）
的名詞形〕①推出，挬出；②〔劇〕（把
演員或大道具）從舞臺的活板門推出（的
裝置）；～ぶたい【迫出舞台】（名）有
活板門可以推出演員或大道具的舞臺。◎

せりだ・す【迫り出す】（他五）①往上推
，推出；☆舞台で館（やかた）を迫り出

す／在舞臺上把（佈景的）房子推上去；
②向前突出；☆中年になるにつれて腹が
迫り出す／到了中年漸漸地發福起來（肚
子突出來）。◎

せりふ【台詞・科白】（名）①〔劇〕臺詞
，道白；☆台詞をまちがえた／說錯臺詞
；②〔轉〕說話，說詞（＝いいぐさ）；
☆あいつの台詞が気にくわない／他那種
說法令人生氣；～まわし【台詞回し】（
名）〔劇〕說臺詞的技巧；☆台詞回しが
うまい／臺詞說得熟練。◎②

せ・る【競る】（他五）①競爭（＝あらそ
う）；☆激しく競る／激烈地競爭；②（
拍賣時買主爲搶購而）爭出高價；☆千円
に競ったが売らなかった／加價到一千元
，可是沒有賣。①

せる（助動・下一型）〔在語法上和（させ
る）同爲（使役助動詞），接五段動詞
的未然形下〕表示〕使，讓，叫；☆字を
書かせる／讓人寫字；☆歌を歌（うた）
わせる／叫人唱歌。

セル（名）〔（セルジ serge）之略〕斜紋
嗶嘰。①

セルフ・サービス【self-service】（名）
自助式（商店、餐廳等）。④

セルフタイマー【self-timer】（名）（照
像機的）自拍裝置，自動開關裝置。④

セルロイド【celluloid】（名）賽璐珞。③

セルローズ【cellulose】（名）〔化〕纖維
素。③

セレクション【selection】（名・他サ）選
擇，挑選，選拔。②

セレナーデ【德 Serenade】（名）〔樂〕
小夜曲（＝セレナード）。③

セレモニー【ceremony】（名）儀式，典
禮。①

セロ【cello】（名）①〔樂〕→チェロ；②
←セロハン。◎

＊ゼロ【法 zero】（名）①零（＝れい）；☆
差引ゼロ／出入相抵是零；②完全沒有；
☆彼の人格はゼロだ／他毫無人格。①

セロテープ【cello tape】（名）〔商品名〕
膠紙。③

セロハン【cellophane】（名）玻璃紙。◎

セロリー【celery】（名）〔植〕芹，荷蘭
鴨兒芹（＝セルリー）。①

＊せろん【世論】（名）世論，輿論；☆世論
に耳を傾（かたむ）ける／關心輿論；～
ちょうさ【世論調査】（名）民意調査①◎

*せわ【世話】（名・他サ）①幫助，援助；☆彼女の世話をする／幫助她；☆大層お世話になりました／多承您幫忙；②幹旋，介紹；☆就職（しゅうしょく）の世話をする／介紹就業；☆彼を出版会社（しゅっぱんがいしゃ）に世話する／介紹他到出版社去（工作）；③照料，照拂，照管；☆病人の世話をする／照料病人；自分の世話を自分でする／自己照應自己；☆いらぬお世話だ／少管閒事！用不着你操心！☆それが一番世話のない案だ／那是最省事（簡單）的方案；☆世話の焼ける人達だ／眞是一些給人添麻煩的人；④俗語；通俗；◇世話が焼ける／麻煩人；世話になる／受人幫助；☆彼には大層世話になった／得到他很大的幫助；世話を焼く／幫（援）助；照管；☆彼は何にでも世話を焼きたがる／他什麼閒事都愛管；大きなお世話だ／拒絕別人幫助或意見時／不要多管閒事；☆どうしようと大きなお世話だ／我怎麼辦，用不着你管；～ずき【世話好き】（形動ダ）好管閒事；好幫助人；☆世話好きな人／好管閒事的人；～にょうぼう【世話女房】（名）能幹的妻子；～にん【世話人】（名）幹旋人；發起人；☆組合設立の世話人を決める／決定設立公（工）會的發起人；～もの【世話物】（名）當代（特指江戶時代）劇，（以實人實事為題材的）新劇；☆世話物の主人公は町人（ちょうにん）が多い／新劇裏的主角多為商人；↔じだいもの（時代物）；～やき【世話焼き】（名）好幫別人忙的人；好管閒事的人；～やく【世話役】（名）＝せわにん。②

せわし・い【忙しい】（形）①忙的（＝いそがしい）；☆ずいぶん忙しそうな男だ／看着像很忙的人；②忙叨叨的；急忙的，焦急的（＝せかせかする）；☆忙しい人だね、まあお坐りなさい／眞是個忙人，坐一坐吧；図せはし（形シク）；～がる（自五）；～げ（形動ダ）；☆あの人はずいぶん忙しげに見える／那人看來很忙似的。③

せわしな・い【忙しない】（形）忙的，忙碌的（＝せわしい、いそがしい）；☆彼はいつも忙しない／他總是忙叨叨的；図せはしなし（形ク）。④

*せん【先】（名）①先，以前（＝さき、まえ）；先から知っていた／老早就知道了；☆先の事／以前的事情；②領先，在前（＝さきがけ）；⑧祖先；◇先を越（こ）す／佔先，先下手；☆買おうと思ったらあの人に先を越された／剛想要買，却被那個人先買去了。①

*せん【栓】（名）①栓，塞子；☆コルクの栓／軟木塞；☆ビールの栓を抜く／拔啤酒瓶的塞子；②（自來水等的）龍頭；☆水道の栓をあける／擰開自來水的龍頭；☆樽（たる）に栓をつける／在桶上安一個水龍頭；③堵塞物；☆耳に綿で栓をする／拿棉花把耳朵塞上。①

せん【詮】（名）①益處，效驗（＝かい、ききめ）；☆言っても詮のないことだが…／雖然說也是白說；②方法，辦法（＝しかた、せんかた、すべ）；◇詮なし、詮もなし／沒辦法。①⓪

せん【銭】（名）①錢（＝ぜに、かね）；②一分錢（一圓的百分之一）。①

*せん【線】（名）①いとすじ）；細い線／細線兒；②〔數〕線；☆平行線を引く／畫平行線；③線路，鐵路線；☆新幹線（しんかんせん）／新幹線（鐵路）；④電線；☆市外線／市外電線；◇線の太い／粗線條的；氣魄大的；☆線の太い政治家／氣魄大的政治家。①

─ぜん【然】（接尾・形動タルト型）像…的樣子；☆学者然としている／像學者似的樣子。

─ぜん【膳】（接尾）①（飯等的）碗數；☆けさは御飯（ごはん）を三膳もたべた／今天早上吃了三碗飯；②一雙（筷子）；☆お箸（はし）を二膳ください／給我兩雙筷子。

*ぜん【善】（名）善，善行，好事；◇善は急（いそ）げ／好事要快做，打鐵趁熱。①

ぜん【漸】（名）〔文〕漸；☆漸を逐って…／逐漸…。⓪

ぜん【膳】（名）①（吃飯時放飯菜的）方盤，食案（＝おぜん）；☆膳を引く／撤去食案；②擺在食案的飯菜；☆今日のお膳はたいへん結構でした／今天的飯食太豐富了。⓪

ぜん【禅】（名）〔佛〕①禪；☆禅を修業する／修禪；②←ぜんしゅう（禅宗）；⑧打坐；☆禅を組む／坐禪，打坐。①

ぜんあく【善悪】（名）善惡；☆善悪を分（わ）かつ／分別善惡。①

*せんい【繊維】（名）①〔生物〕纖維；②（製織物用的）纖維；～こうぎょう【繊維工業】（名）纖維工業；～そ【繊維素】（名）纖維素（＝セルローズ）。[1]

*ぜんい【善意】（名）善意，好意；☆善意に解釈する／善意地解釋；↔あくい（悪意）。[1]

せんいつ【専一】（名・形動ダ）專一，一心一意；特別注意；☆学生が勉強を専一にする／學生專心用功；☆気候不順の折柄御自愛専一に／時下氣候不調請特別保重。[1][0]

*せんいん【船員】（名）船員。[0]

ぜんいん【全員】（名）全體人員；☆生徒が全員運動会に参加する／全體學生參加運動會。[1][0]

せんえい【尖鋭】（形動ダ）①尖鋭；②思想進步；☆尖鋭分子／激進份子；～か【尖鋭化】（名・自サ）尖鋭化，深刻化[0]

ぜんえい【前衛】（名）①〔軍〕前鋒；☆前衛部隊／先鋒部隊；②走向進步與改革時的領導者；☆三民主義の前衛としてたたかう／作爲三民主義的先鋒隊而戰鬥；③〔足球・網球〕前鋒；☆バレーの前衛／排球隊的前鋒；～は【前衛派】（名）→アバンギャルド。[0]

せんえき【戦役】（名）〔文〕戰役，戰爭[1][0]

せんえつ【僭越】（名・形動ダ）潛越，冒昧，放肆；☆僭越ながら…／冒昧得很…；☆僭越な態度／放肆的態度。[0]

せんおう【専横】（形動ダ）專橫（＝わがまま、ほしいまま）；☆きわめて専横なふるまい／極其專橫的態度；☆専横な決定／專橫的決定。[0]

ぜんおう【全欧】（名）全歐，歐洲全體[0]

ぜんおんかい【全音階】（名）〔樂〕全音階。[3]

せんか【戦火】（名）①戰火，戰爭；☆戦火が町に迫った／戰火逼近了城鎮；②戰爭所引起的火災；兵火；☆戦火のために全く焼け野原（のはら）と化（か）した／被戰火完全燒成了一片焦土。[1]

せんか【戦果】（名）〔文〕戰果；☆赫赫（かくかく）たる戦果をあげる／獲得輝煌戰果。[1]

せんか【戦禍】（名）〔文〕戰禍；☆戦禍に荒れ果てた都市／因戰禍而荒凉不堪的都市。[1]

せんか【選科】（名）選科，選修。[1]

せんか【選歌】（名・他サ）①選擇詩歌；②選的詩歌。[1]

せんが【線画】（名）線畫；☆線画の肖像／線畫的肖像。[0]

ぜんか【全科】（名）全部學科；☆彼は全科平均してよくできる／他全部學科平均都很好。[1]

ぜんか【前科】（名）以前被判過徒刑；☆前科がある／以前被判過徒刑，有前科；～もの【前科者】（名）犯過罪的人，有前科的人。[1]

せんかい【旋回】（名・自他サ）①旋迴，旋轉；☆敵機が艦上を旋回する／敵機在船艦上空旋迴；②（飛機）變更航向，轉彎；☆敵機は旋回して飛び去った／敵機轉彎飛走。[0]

せんがい【選外】（名）未入選；☆選外になる／落選；☆選外佳作／未入選的佳作。[1][0]

ぜんかい【全会】（名）全會，集會的全體人員；☆全会こぞって彼を議長に推薦した／會上全體人員一推選他爲主席。[1]

ぜんかい【全快】（名・自サ）痊癒；☆すっかり全快する／完全痊癒。[0]

ぜんかい【全開】（名・自サ）（門、塞子等）完全打開；☆ガスの栓を全開（に）する／把煤氣的開關完全打開。[0]

ぜんかい【全壊・全潰】（名・自サ）〔文〕全壞，全部毀壞；☆台風の為家屋（かおく）が全潰した／因遭受颱風房屋全部毀壞了；☆全壞家屋／完全壞了的房屋。[0]

ぜんかい【前回】（名）上次，上回；☆前回の講義／上回的講義。[1]

せんがき【線描】（名）用線描繪（日本畫的畫法）。[0]

せんかく【先覚】（名）①先知，先覺者；②有學問、見識的前輩。[1][0]

せんがく【浅学】（名）淺學，☆私は浅学非才の者であります／我是才疏學淺的人。[0]

ぜんがく【全額】（名）全額，全數；☆貯金の全額を払（はら）い戻（もど）す／提出全部存款。[0][1]

ぜんがく【前額】（名）前額（＝ひたい）；☆前額に裂傷を負（お）った／前額負了裂傷。[0]

せんかくばんらい【千客万来】（名）→せんきゃくばんらい。[1]─[0] [0]

せんかた【為ん方・詮方】（名）方法，辦

法（＝しかた、せんすべ）；～な・い【
詮方無い】（形）沒辦法的（＝しかたな
い）；図せんかたなし（形ク）；～なげ
【詮方なげ】（形動ダ）☆詮方なげに黙
している／感覺沒有辦法而默默不語[10]

せんかん【潜艦】（名）〔軍〕→せんすい
かん（潜水艦）。[0]

せんかん【戦艦】（名）〔軍〕①戦艦；②
戦闘艦、主力艦。[0]

せんがん【洗顔】（名・自サ）〔文〕洗臉[0]

せんがん【洗眼】（名・他サ）洗眼。[0]

ぜんかん【全巻】（名）全巻，整巻。[10]

ぜんかん【全館】（名）整個建築物。[01]

せんき【疝気】（名）〔醫〕疝氣；◊他人
の疝気を頭痛に病（や）む／替別人擔憂
；～もち【疝気持ち】（名）患疝氣（的
人）。[0]

せんき【戦機】（名）戦機；☆戦機の熟す
るのを待つ／等待戦機成熟。[1]

せんぎ【詮議】（名・他サ）審議，討論
；☆詮議中の件／審議中的案件；②偵査
，追究，審問；☆きびしい詮議の目をの
がれる／逃避嚴峻的追究；☆殺人犯を詮
議する／審問殺人犯。[1][3]

ぜんき【前記】（名・自サ）前述，上述；
☆その時の情況は前記した通りである／
當時的情況就像上述那樣；☆前記の如（
ごと）き理由で私はこの案に反対する／
根據上述理由我反對這個方案。[1]

ぜんき【前期】（名）前期，上期；☆前期
における総収入／前期的總收入；～くり
こしきん【前期繰越金】（名）上期滾存
金。[1]

せんきゃく【先客】（名）先來（到）的客
人，☆友人の家では先客があったので玄
関で挨拶して帰ってきた／因爲朋友家裏
有（先來的）客人，所以只在門口致了意
就回來了。[0]

せんきゃく【船客】（名）乘船的旅客，船
上的乘客。[0]

せんきゃくばんらい【千客万来】（連語・
名・自サ）客人絡繹不絕；☆千客万来で
、すっかり疲労する／因爲客人接連不斷
地來訪感覺勞累不堪。[1-0]

せんきゅう【選球】（名・自サ）〔棒球〕
選球（打手對投來的球作打或不打選擇）
；☆選球がへただ／不會選球；～がん【
選球眼】（名）選球的眼力；☆選球眼が
ある／有選球的眼力。[0]

せんきょ【占拠】（名・他サ）占據，占領
；☆我が軍は敵の牙城（がじょう）を占
拠した／我軍占領了敵人的大本營。[1]

せんきょ【選挙】（名・他サ）選舉，推選
（＝えらびだすこと）；☆選挙を行なう／
（進行）選舉；☆代表を選挙する／選舉
代表；☆委員は選挙による／委員是由選
舉而產生的；～うんどう【選挙運動】（
名）競選活動；～けん【選挙権】（名）
〔法〕選舉權；～たちあいにん【選挙立
会人】（名）監選人。[1]

せんぎょ【鮮魚】（名）鮮魚。[1]

せんきょう【仙境（郷）】（名）①仙境；
②遠離人烟、風景幽美的地區。[0]

せんきょう【宣教】（名・自サ）〔文〕宣
傳宗教，傳教（道）；～し【宣教師】（
名）〔宗〕傳道師，教士。[0]

せんきょう【戦況】（名）戦況；戦局；☆
戦況を報告する／報告戦況；☆戦況は有
利だ／戦局有利。[0]

せんぎょう【専業】（名）〔文〕①専業；
☆医を専業とする／以行醫爲專業；②
壟斷經營專營；～のうか【専業農家】（
名）専業農家，專門作農的農家。[0]

せんきょく【戦局】（名）戦局；☆戦局は
有利に展開しつつある／戦局正在有利地
發展中。[0]

ぜんきょく【全曲】（名・副）全曲，整個
曲子；☆全曲を演奏する／演奏全曲[0][1]

せんぎり【繊切（り），千切（り）】（名）
（把蘿蔔等蔬菜）切成細絲；☆大根（だ
いこん）を千切りにする／把蘿蔔切成細
絲。[4][0]

せんきん【千金】（名）〔文〕①千金（千
兩黃金）；②大量金錢；☆命は千金にも
代えがたい／生命是多少錢也不能換的
；③價值極貴；☆千金の値（あたい）が
ある／價值千金。[0][3]

せんきん【千鈞】（名）①千鈞（每鈞合三
十斤）；②非常有分量；☆彼の一言には
千鈞の重みがある／他一言九鼎。[0]

ぜんきん【前金】（名）預付款（＝まえき
ん、まえばらい）；☆前金で支払う／預
付，先交（價）款。[0]

せんく【先駆】（名・自サ）①先驅，先導
（＝さきがけ）；☆革命運動の先駆／革
命運動的先導；②前dri★，走在前面開道（
＝ぜんく）；～しゃ【先駆者】（名）先
驅，先行者。[1]

せんぐ【船具】（名）船具（指舵、櫓、帆、錨等）。①

せんくん【先君】（名）①先王（帝）；②先父（＝せんぷ）。①①

せんぐん【千軍】（名）〔文〕千軍，衆多的軍隊；～ばんば【千軍万馬】（連語・名）①千軍萬馬；②戰鬪經驗豐富，身經百戰；☆千軍万馬の勇士／身經百戰的勇士。①①

ぜんぐん【全軍】（名）①全軍，全體部隊；☆全軍に号令する／號令全軍，向全軍發布命令；☆全軍が敵に突撃を敢行した／全軍勇敢地向敵人衝鋒了；②（體育隊的）全隊；☆全軍の先頭（せんとう）に立って活躍する／站在全隊的前列大顯身手。①①

ぜんけい【全景】（名）全景；☆その丘（おか）の上から町（まち）が見える／從那個崗上能够看見市街的全景；☆次は全景の撮影にかかる／下次（接着）拍攝全景。①

ぜんけい【前掲】（名・他サ）上列；上述；☆前掲の条項／上列項目；☆理由は前掲の通りである／理由就像上列那様。①

せんけつ【先決】（名・他サ）〔文〕先決，首先決定；～もんだい【先決問題】（名）先決問題；☆設備が先決問題だ／設備是先決問題。①

せんけつ【鮮血】（名）鮮血（＝いきち）；☆鮮血がほとばしる／鮮血迸流。①

*せんげつ【先月】（名）上月；☆先月の十五日／上月十五日；☆先月に来たばかりです／是上月才来的。①

ぜんげつ【前月】（名）①前幾個月；②上月（＝せんげつ）。①

*せんけん【先見】（名・他サ）先見，預見；◇先見の明（めい）／先見之明；☆先見の明がある／有先見之明。①

せんけん【先賢】（名）〔文〕先賢，前賢；☆先賢の教え／先賢的遺教。①

せんけん【浅見】（名）〔文〕淺見，短見①

せんげん【千言】（名）〔文〕千言，許多話；～ばんご【千言万語】（連語・名）千言萬語；☆千言万語を費（ついや）す／費盡千言萬語。①

*せんげん【宣言】（名・他サ）宣言，發表宣言，宣布；☆宣言を発する／發表宣言；☆内外に独立を宣言する／向國内外宣布獨立～しょ【宣言書】（名）宣言（文）

☆各国の代表が宣言書に署名（しょめい）する／各國代表在宣言上簽字①③

ぜんけん【全権】（名）①一切權力；☆全権を握（にぎ）っている／掌握一切權力，全權在握；☆全権を委任する／委以全權；～いいん【全権委員】（名）（一國的）全權委員；～たいし【全権大使】（名）〔法〕←特命全權大使。①

ぜんげん【前言】（名・他サ）①前言，以前說過的話；☆前言を翻（ひるがえ）す／推翻前言；☆前言した如く／像前面（以前）說的那様；②〔文〕前人的話③①

ぜんげん【漸減】（名・自サ）〔文〕漸減，逐漸減少；↔ぜんぞう（漸増）。①

せんこ【千古】（名）〔文〕①太古，遠古（＝おおむかし）；②千古，萬古，永遠（＝えいきゅう）；千古の謎／亙古以来的謎；～ふえき【千古不易】（連語・名）千古不易，永恆不變；☆千古不易の真理／永恆不變的眞理。①

*せんご【戦後】（名）戰後；～は【戦後派】（名）→アプレ・ゲール。①①

ぜんこ【全戸】（名）①全家（＝うちじゅう）；②所有住戸，家家戸戸。①

*ぜんご【前後】（名・自サ）①（空間或時間上的）前後（＝まえとうしろ、まえとあと）；☆前後を見回（みまわ）す／瞻前顧後，四下張望；☆前後に敵を受ける／腹背受敵；☆食事の前後／飯前飯後；②（某時的）前後，左右；☆十時前後に来てくれ／十點左右來吧；☆独立前後に生まれた子供／獨立前後出生的孩子；☆三十才前後の婦人／三十歳左右的婦人；③周圍的情況；（事情的）前因後果；☆前後をわきまえずに行動してはいけない／不可不考慮周圍情況而貿然從事；☆前後を顧みる／考慮前因後果；☆前後を忘れる／忘掉所處環境，貿然從事；④前後，相繼（＝あいつづくこと）；☆二人は相前後して入って来た／二人一前一後（脚跟脚地）進來了；⑤（次序）顛倒，錯亂（＝あとさきになる）；☆話が前後する／話說得沒有次序，語無倫次。①

ぜんご【善後】（名）善後；～さく【善後策】（名）善後對策（辦法）；☆水害に対する善後策を講ずる／研究水災的善後對策；～そち【善後措置】（名）善後措施；☆善後措置を取る／採取善後措施。①

せんこう【先考】（名）〔文〕先考，先父（＝せんくん）。◯

せんこう【先行】（名・自サ）①先行，走在前面（＝さきだつこと）；☆時代に先行する／走在時代的前面；☆先行の二人（ふたり）は霧（きり）の中に見えなくなった／先走的兩個人影子消逝在霧裏看不見了；②領先，嚮導（＝あんない、てびき）；③先辦。◯

せんこう【先攻】（名・自サ）〔運動〕先攻，首先進攻；☆試合（しあい）は我が方の先攻で開始された／比賽以我方先攻而開始了；↔せんしゅ（先守）。◯

せんこう【穿孔】（名・自サ）〔文〕①穿孔，鑿洞；②鑿開的孔；～き【穿孔機】（名）鑽孔機。◯

せんこう【閃光】（名）閃光；☆閃光を放つ／放射閃光；～でんきゅう【閃光電球】（名）（照相用的）閃光燈。◯

せんこう【専攻】（名・他サ）專攻，專門研究（的科門）；☆あなたの御専攻は何ですか／你專門研究哪一門科？；☆原子物理学を専攻する／專攻原子物理學。◯

せんこう【浅紅】（名）〔文〕淺紅，桃紅（＝うすくれない）；～しょく【浅紅色】（名）〔文〕淺（桃）紅色。◯

せんこう【銓（詮）衡・選考】（名・他サ）銓衡，銓選，選拔登用（人才）；☆多数の中から厳重に銓衡する／從多數人中嚴格選拔。◯

せんこう【線香】（名）①線香，細香；☆線香を立てる／上香；～はなび【線香花火】（名）→せんこはなび。◯

せんこう【戦功】（名）戰功；☆戦功を立てる／立戰功。◯

せんこう【潜行】（名・自サ）①（在水裏）潜行；☆彼の平泳（ひらおよぎ）は潜行の時間が長い／他做蛙泳時，在水裏潜行的時間長；②潜伏（＝しのびあるくこと）；☆犯人は市内に潜行していると思われる／犯人可能在市内潜伏著；③暗地活動，地下活動；☆潜行を続ける／繼續進行地下活動；～うんどう【潜行運動】（名）秘密活動，地下活動（＝ちかうんどう）。◯

せんこう【潜航】（名・自サ）①潜航；在水中航行；☆潜航の新記録を作る／樹立潜航的新記録；☆潜水艦は何時間ぐらい潜航することができるか／潜水艇能在水裏航行幾小時？～てい【潜航艇】（名）潜水艇（＝せんすいかん）。◯

せんこう【鮮紅】（名）〔文〕鮮紅；～しょく【鮮紅色】（名）鮮紅色。◯

ぜんこう【全校】（名）全校；☆全校の生徒／全校學生；☆全校で遠足に行く／全校出去旅行（郊遊）。①

ぜんこう【前項】（名）前項，列前的一項；☆前項の理由／前（一）項理由。①

ぜんこう【善行】（名）善行，懿行，功德；☆善行を積む／行善積德；☆善行を表彰する／表揚善行。①

ぜんごう【前号】（名）前一期（刊物）；☆前号より続く／上接前期，續前。③

せんこく【先刻】（名・副）①方才，剛才（＝さきほど、さっき）；☆先生は先刻お見えになりました／老師剛到一會見了；②已經，早就（＝すでに、とっくに）；☆そんなことは先刻御承知（ごしょうち）のはずだと思っていた／那一點我以爲你早已知道了。◯

*せんこく【宣告】（名・他サ）①宣告（＝いいわたすこと）；☆彼は医者から死の宣告を受けた／醫生說他將不久於人世；②〔法〕宣布判決，宣判（＝いいわたし）；☆死刑の宣告を下す／宣判死刑；☆十年の懲役を宣告する／宣判十年徒刑。◯

せんごく【戦国】（名）①戰國（羣雄割據的局面）；↔せんごくじだい；～じだい【戦国時代】（名）〔史〕戰國時代（在日本史上指自應仁之亂（おうにんのらん）至豊臣秀吉（とよとみひでよし）統一全國的年代）。①

*ぜんこく【全国】（名）全國（各地）（＝くにじゅう）；☆その放送は全国に中継された／那次播音曾轉播到全國各地。①

せんごくぶね【千石船】（名）可載運一千石糧米的大型木船。⑤

せんこはなび【線香花火】（名）①（以紙捲包火藥的）滴花，小火花；②〔轉〕五分鐘熱度；☆何をやっても線香花火のように長続きしない／不論做什麼總是五分鐘熱度。

ぜんごふかく【前後不覚】（連語・名）迷迷糊糊，昏迷不醒；☆前後不覚に寝ている／昏迷不醒地躺著；☆前後不覚の高鼾（たかいびき）／酣睡中如雷的鼾聲①—◯

ぜんこん【善根】（名）〔佛〕善根，善因

，善行；☆善根を積む／積善。◎③

ぜんざ【前座】（名）（演藝場中在主角出臺以前配合演出的）助演；☆前座を勤める／擔當助演；↔しんうち（真打）。◎

せんさい【先妻】（名）先妻（＝ぜんさい）；前妻（＝已死或離了婚的前妻）；☆先妻の子／前妻所生之子；↔ごさい（後妻）。◎

せんさい【浅才】（名）〔文〕疏才，庸才◎

せんさい【戦災】（名）戰爭災害，戰禍；☆戦災を蒙（こうむ）る／遭受戰爭災害；～こじ【戦災孤児】（名）因戰爭而喪失父母的孤兒；～しゃ【戦災者】（名）遭受戰爭災害者，戰爭災民。◎

せんさい【繊細】（形動ダ）①纖細；☆彼女は繊細な手をしている／她的手纖細（十指尖尖）；②（感情）細膩，微妙（＝デリケート）；☆繊細な感覚／細膩的感覺。◎

せんざい【千載（歳）】（名）〔文〕千載，千年，千秋（＝ちとせ）；☆名を千載に残す／留名千載；～いちぐう【千載一遇】（名）〔文〕千載難逢；☆千載一遇の好機／千載難逢的好機會。◎①

せんざい【洗剤】（名）洗衣粉或洗潔精等◎

せんざい【潜在】（名・自サ）潜在，潜伏，隱藏（＝ひそみかくれていること）；☆そこに彼を成功に導いた原因が潜在していた／在這一點上潜在着使他得以成功的原因；～いしき【潜在意識】（名）〔心〕潜在意識；～りょく【潜在力】（名）潜在力量，潜力；☆潜在力を発揮（はっき）する／發揮潜力，挖潜力。◎

ぜんさい【前菜】（名）前菜，冷盤，小吃（＝オードブル）。◎

ぜんざい【善哉】（名）①善哉，很好（用於誇獎別人）；☆汝（なんじ）の行（おこ）ないたるや，善哉，善哉／你的行為很好很好；②〔烹飪〕加黏糕片的甜小豆湯。③◎

*****せんさく**【穿鑿】（名・他サ）①鑿穿，鑿通（＝ほりがつこと）；☆岩石を穿鑿する／鑿通岩石；②（深入地）鑽研，探索（＝ほじくりさがすこと）；☆底の底まで穿鑿する／鑽研到底，徹底鑽研透；③穿鑿，附會（＝こじつけ）；④吹毛求疵，挑剔毛病（＝とやかくいいたてること）；☆他人の事を穿鑿しても仕方（しかた）がない／淨挑剔別人的毛病也沒有什麼意思（用處）；⑤調查，考查（＝し

らべ）。◎

せんさく【詮索】（名・他サ）查索，探考，探討（＝しらべともとめる、たずねさがすこと）。

ぜんさつ【禅刹】（名）〔文〕禪刹，禪宗的寺院（＝ぜんじ）。◎

せんさばんべつ【千差万別】（連語・名）千差萬別；☆同じ人間でも性格は千差万別だ／同是人，而性格却是千差萬別①─◎

せんし【先史】（名）先史，史前（＝しぜん）；～じだい【先史時代】（名）〔史〕先史時代，史前時代。①

せんし【戦士】（名）①戰士；☆無名戦士の墓（はか）に詣（もう）でる／參拜無名戦士墓；②（從事某種運動或事業的）戰士，闘士，活動家；☆独立運動の戦士／獨立運動的戰士。①

せんし【戦死】（名・自サ）陣亡，犧牲；☆名誉の戦死を遂げる／光榮犧牲。◎

せんし【先志】（名）遺志。

せんじ【宣旨】（名）〔文〕①宣讀皇詔勅；②記寫日皇意旨的公文。①

せんじ【戦時】（名）戰時，戰爭時期；☆戦時中は物資が不足した／戰爭時期物資缺乏；↔へいじ（平時）。①

ぜんし【全姿】（名）全身形像，全影。①

ぜんし【全市】（名）全市，全城；☆全市を挙げて抵抗した／全市人民都起來抵抗。①

ぜんし【全紙】（名）①整個紙面，滿紙；②（未經剪裁的）原大紙面；☆写真を全紙に引き伸ばす／把照片放大到全紙那麼大；③（報紙的）一版全面；☆全紙大統領選挙の記事で一杯だ／整個版面滿是有關總統選舉的記事；④（報紙的）所有版面；☆全紙が充実した記事で満たされている／所有版面全部登載着內容充實的消息。①

ぜんじ【全治】→ぜんち①

ぜんじ【善事】（名）①〔文〕好事（＝よいこと）；②喜慶事（＝めでたいこと）①

ぜんじ【漸次】（副）逐漸，漸漸（＝だんだん）；☆結核の死亡率は漸次減少している／結核病的死亡率正在逐漸地減少①

せんじぐすり【煎じ薬】（名）湯藥；☆煎じ薬を飲む／吃湯藥。④

せんしつ【船室】（名）船室，客艙（＝ケビン、キャビン）；☆豪華（ごうか）な船室／豪華的客艙；☆三頭船室／三等艙◎

せんじつ【先日】（名・副）前幾天，前些日子（＝せんだって、このあいだ）；☆先日来の暑さ／幾天以来的炎熱；☆先日お送りした品／前幾天寄給您的東西☆先日は失礼しました／那一天很對不起◯4

ぜんじつ【全日】（名）〔文〕全日，整天（＝いちにちじゅう）。◯

*ぜんじつ【前日】（名）前日，前一天（＝まえのひ、せんじつ）；☆選挙の前日／選舉的前日。4 0

せんじつ・める【煎じ詰める】（他下一）①徹底煎熬；薬草をよく煎じ詰める／把草藥熬透；②徹底分析；☆煎じつめれば、彼の失敗は努力が足りなかったからだ／歸根究底他的失敗是由於努力不够5

せんしゃ【戦車】（名）〔軍〕坦克（＝タンク）。1

せんしゃ【撰者】（名）撰者，作者，撰稿人。1

せんしゃ【選者】（名）選者，評選家人（從許多作品中）選拔優秀作品的人。1

ぜんしゃ【前車】（名）前車；◇前車の覆（くつがえ）るは後車の戒（いましめ）／前車之鑑。1

*ぜんしゃ【前者】（名）前者；☆前者は後者と全く性質を異にする／前者和後者性質完全不同；↔こうしゃ（後者）。

せんじゃく【繊弱】（形動ダ）①繊細，苗條（＝しなやか）；☆繊弱な体つき／苗條的身材；②繊弱，瘦弱（＝かぼそい、かよわい）；☆繊弱な体質／繊弱的體質。◯

ぜんしゃく【前借】（名・他サ）預借，預支（＝まえがり）；☆前借が積む／預支累積（増多）；☆月給の一部を前借する／預支一部分月薪。◯

せんしゅ【先守】（名・自サ）〔棒球〕先守；☆我が方の先守で試合が始まった／以我方先守開始打比賽；↔せんこう（先攻）。1

せんしゅ【先取】（名・他サ）〔文〕先得，先取得；☆二点を先取する／先得兩分。1

せんしゅ【船首】（名）船首（＝へさき）1

*せんしゅ【選手】（名）①選拔出來的人；②〔運動〕選手，健將；☆オリンピックの選手に選ばれる／當選爲參加奧林匹克的選手；～けん【選手権】（名）優勝者，冠軍（的資格）；☆選手権を争う／爭

奪冠軍（的資格）；☆選手権を獲得（かくとく）する／獲得冠軍的資格。1

せんしゅう【千秋】（名）〔文〕千秋，千年；☆一日千秋の思いで待つ／殷切地等待；～らく【千秋楽】（名）①〔劇〕角力）最後一天表演（比賽），閉幕演出；②〔轉〕煞尾，最後階段。0 1

*せんしゅう【先週】（名）上週，上星期（＝ぜんしゅう）；☆先週の土曜日／上星期六。◯

せんしゅう【撰修】（名・他サ）〔文〕撰録，編修。◯

せんしゅう【選（撰）集】（名）（詩歌等的）選集。◯

せんじゅう【先住】（名）①原住，原先居住；②〔佛〕以前的住持；～みんぞく【先住民族】（名）原住民族。◯

せんじゅう【専従】（名・自サ）專門從事，專搞；☆八名の委員が商業事務に専従する／八名委員從事商務工作。◯

ぜんしゅう【全州】（名）①各州；②整個州；全州。◯

ぜんしゅう【全集】（名）全集。◯

ぜんしゅう【禅宗】（名）禪宗。◯

ぜんしゅう【前週】（名）上週，上星期（＝せんしゅう）。◯

せんじゅかんのん【千手観音】（名）千手觀音（具有二十七個頭四十隻手）。4

せんしゅつ【選出】（名・他サ）選出，選拔出來（＝えらびだすこと）；☆クラス委員を選出する／選出班長；☆当市（とうし）選出の代表／本市選出的代表。◯

せんじゅつ【先述】（名・他サ）前述，上述（＝ぜんじゅつ）。◯

せんじゅつ【撰述】（名・他サ）〔文〕撰述，著述，著書立說。◯

せんじゅつ【戦術】（名）戰術，策略，手段；☆巧妙な戦術／巧妙的戰術（策略）；☆新しい戦術に出る／採取新的戰術（策略）。0 1

ぜんじゅつ【前述】（名・自サ）前述，上述（部分）；☆前述の通り／如同上述那樣；☆前述の件、宜しくお願いします／上述的那件事請多分神。◯

せんじょ【仙女】（名）女仙，仙女（＝せんにょ）。1

ぜんしょ【全書】（名）全書。1

ぜんしょ【善処】（名・自サ）妥善處理；☆時局に善処する／妥善地應付時局。1

せんしょう【先勝】（名・自サ）①（在比賽時）先勝，領先；②←せんしょうにち；～にち【先勝日】（名）（陰陽家所謂宜於辦急事、訴訟的）吉日。◎

せんしょう【先蹤】（名）〔文〕前人的事蹟，前例（＝ぜんれい）；☆先蹤を踏む／循例，墨守成規；☆先蹤を追っていては、新しいものは生まれない／只步前人後塵，就產生不出來新的東西。◎

せんしょう【戦勝・戦捷】（名・自サ）戰勝，勝利；☆戦勝を祝う／慶祝戰勝（勝利）。◎

せんしょう【戦傷】（名・自サ）在戰鬥中負傷，掛彩；☆戦傷を受ける／在戰鬥中負傷；～し【戦傷死】（名・自サ）因在戰鬥中負傷而死，因掛彩而犧牲；～しゃ【戦傷者】（名）傷員。◎

せんじょう【洗浄】（名・他サ）〔文〕洗淨（＝あらいきよめること）。◎

せんじょう【洗滌】（名・他サ）（本讀「せんでき」洗滌（＝あらいきよめること）；☆患部を薬品で洗滌／用藥水洗傷患處。◎

せんじょう【線条】（名）〔文〕線（＝せん、すじ）。◎

せんじょう【煽情】（名・自サ）挑逗情慾；～てき【煽情的】（形動ダ）挑逗情慾的，挑情的；☆煽情的な場面／挑逗情慾的場面。◎

せんじょう【戦場】（名）戰場；☆戦場に臨（のぞ）む／上戰場；☆戦場と化する／變成戰場；☆戦場の露（つゆ）と消える／死在戰場，陣亡。◎

ぜんしょう【全章】（名）全章，整章。①

ぜんしょう【全勝】（名・自サ）全勝，大勝，連戰皆捷；☆全勝のチームは無かった／沒有一個隊獲得全勝。◎

ぜんしょう【全焼】（名・自他サ）全部燒毀（＝まるやけ）；☆昨日の火事で三十戸全焼した／由於昨天的火災三十戸全部燒毀了；～かおく【全焼家屋】（名）全部燒燬的房屋。◎

ぜんしょう【前章】（名）前（一）章①①

せんしょく【染色】（名・自他サ）①染色，着色；②染上的顏色（＝そめいろ）；☆色の褪（あ）せた服を染色する／把褪了色的衣服重新染上顏色；～たい【染色体】（名）〔生〕染色體。◎

せん・じる【煎じる】（他上一）煎熬（＝にだす）；☆薬を煎じる／煎藥；図せんず（サ）。◎③

せんしん【先進】（名）①先進；②前輩，先輩（＝せんぱい）；☆先進の言に耳を傾ける／傾聽前輩的話；↔こうしん（後進）；～こく【先進国】（名）先進國◎

せんしん【線審】（名）（網球、足球等的）巡邊員；↔しゅしん（主審）。◎

せんしん【専心】（名・自サ）專心，一心一意，全心全意（地從事）；☆勉学に専心する／專心學習；☆何事も専心しなければ成功はおぼつかない／無論做什麼，如果不能全心全意就很難成功。◎

せんしん【潜心】（名・自サ）〔文〕潛心，心靜而專一，埋頭（＝ぼっとう）。◎

せんじん【千尋・千仞】（名）〔文〕千尋，千仞；☆千仞の谷／千仞之谷，深谷◎

せんじん【先人】（名）〔文〕①先人，前人，先輩（＝ぜんじん）；☆先人の跡を迪（たど）る／步前人的後塵；②祖先；先父；☆先人の残した業蹟／祖先遺留的業蹟。◎

せんじん【先陣】（名）①前陣，前鋒，先鋒（＝さきて）；②（最先衝進敵人的堡壘、據點等的）先登者，突擊隊（＝さきがけ）；☆先陣を争う／爭取做突擊隊；⑨先驅，領先者（＝さきがけ）。◎

*ぜんしん【全身】（名）全身，渾身，遍體（＝からだじゅう）；☆全身泥まみれ／渾身滿都是泥；☆全身に火傷を受けた／全身被火燒傷；☆全身を耳にして聞こうとする／一心要全神貫注地聽；～ますい【全身麻酔】（名）全身麻醉；～ぜんれい【全身全霊】（名）整個身心，全心全力。◎

ぜんしん【前身】（名）①〔佛〕前身；②前身，以往的身分、經歷，歷史；☆本大学の前身／本大學的前身；☆あの人の前身はいかがわしい／他的過去可疑；◇前身を洗う／查清以往的經歷。◎

ぜんしん【前進】（名・自サ）①前進；②進步，長進，提高；☆彼の作品は一歩（いっぽ）前進した／他的作品提高了一步。◎

ぜんしん【善心】（名）①善心，好心；☆善心に立ち帰る／恢復理性，醒悟過來，反悔；②〔佛〕菩提心（＝ぼだいしん）③

ぜんしん【漸進】（名）漸進；↔きゅうしん（急進）；～てき【漸進的】（形動ダ）

漸進的；☆国力を漸進的に回復させる／
逐步恢復國家的元氣。⓪

ぜんじん【前人】（名）〔文〕前人，先人
（＝せんじん）；☆前人未踏（みとう）
の境地を開拓する／開闢前人未到達的地
方。③⓪

せんす【扇子】（名）扇子（＝おうぎ）；
☆扇子で煽ぐ／用扇子煽。⓪

センス【sense】（名）①官能，感覺，靈
機（＝かん）；②辨別力，判斷力（＝し
りょ ぶんべつ）；☆彼はセンスがない／
他沒有辨別（判斷）力；☆生まれつき音
楽的センスがないとあきらめる／自己以
爲沒有音樂細胞而死心。①

せんすい【泉水】（名）（庭前的）水池；
☆泉水に鯉（こい）を放した／把鯉魚放
到水池裏。⓪

せんすい【潛水】（名・自サ）潛水；☆海
底深く潛水する／深深潛入海底；**～かん
【潛水艦】**（名）〔軍〕潛水艦（＝せん
こうてい）；**～ふ【潛水夫】**（名）潛水
員；**～ふく【潛水服】**（名）潛水衣；**～
ぼかん【潛水母艦】**（名）〔軍〕潛水母
艦。⓪

せん・する【宣する】（他サ）宣布，宣告
（＝のべる、つげる）；☆開会を宣する
／宣布開會；図せんす（サ）。③

せんずるところ【詮ずる所】（連語・副）
歸根結底，一言以蔽之（＝つまり、けっ
きょく）；☆詮ずる所、彼はオポチュニ
ストだ／歸根結底他是個機會主義者。③

ぜんせ【前世】（名）〔佛〕前世，前生（
＝ぜんせい、すくせ）；☆こうなるのも
前世からの約束事（やくそくごと）だ／
落到這步田地也是前生註定的。①

***ぜんせい【先生】**Ⅰ（名）①年長者，長輩
；②精通某一學術、藝術的人，專家；☆
彼は書道にかけては中国一の先生だ／論
書法，他是中國首屈一指的大家；③先生
，老師，師傅；☆お花の先生／插花的老
師；④教員，教師；☆中学の先生／中學
教員；⑤（含親熱或嘲弄語氣）老兄，先
生；☆この先生／這位老兄（先生）；Ⅱ
（代）①（對教師、師傳的敬稱）老師；
②（對教員、醫師、律師、學者、藝術家
的敬稱）先生；③〔蔑稱〕傢伙（＝やっ
こさん）。③

せんせい【宣誓】（名・他サ）宣誓，盟誓
，誓言（＝ちかうこと）；☆宣誓を行な

う／宣誓；☆宣誓を破る／背棄誓言；☆
法庭で証人が宣誓する／證人在法庭上宣
誓。⓪

せんせい【專制】（名・形動ダ）專制，獨
裁；☆…の専 制に対して不 満を抱（い
だ）く／對…的專制作風感到不滿。⓪

ぜんせい【全盛】（名）全盛，極盛，鴻運
；☆全盛を極める／興盛到極點，極盛；
☆彼の全盛は過ぎた／他的鴻運已經過去
了；**～き【全盛期】**（名）全盛期，黄金
時代；☆全盛期を過ぎる／極盛期已過，
走下坡路。①

ぜんせい【前世】（名）①〔佛〕前世，前
生（＝ぜんせ）；②往昔，從前（＝むか
し）。①

せんせいじゅつ【占星術】（名）占星學③

せんせいりょく【潛勢力】（名）潛在力量
，潛力；☆底知れない潛勢力を持ってい
る／蘊藏着無限的潛力。③

センセーショナル【sensational】（形動
ダ）動人的，聳人聽聞的，轟動社會的，
投時好的，煽動情感的；☆センセーショ
ナルな宣伝／動人（煽動人心）的宣傳；
☆センセーショナルな事件／轟動社會的
事件。③

センセーション【sensation】（名）①感覺
；②感動，轟動；☆一大（いちだい）セ
ンセーションを巻き起こす／轟動社會，
聳人視聽；③聳人聽聞的事物，大事件③

***ぜんせかい【全世界】**（名）全世界，全球
；☆全世界から集まる／從全世界來到；
☆全世界に有名な人／世界聞名的人。③

せんせき【泉石】（名）〔文〕（院子裏的）
泉石，泉水和巖石。⓪①

ぜんせつ【前說】（名）〔文〕①前面（上
述）的學說，前一學說；②前人（以前）
的學說，舊說；☆前説をくつがえす／推
翻舊說。⓪

せんせん【宣戦】（名・自サ）宣戰；☆布
告なき宣戦／不宣而戰；☆アメリカは日
本に宣戦布告した／美國向日本宣戰了；
～ふこく【宣戦布告】（名）宣戰布告⓪

せんせん【閃閃】（形動ダルト）〔文〕閃
閃，閃爍（＝きらきら）；☆閃閃ときら
めく／閃閃發光。⓪

せんせん【戦線】（名）戰線，前線；☆戰
線に立つ／上前線；在戰（前）線上，臨
陣；☆敵の戦線を突破する／突破敵人的
戰（防）線；☆戦線を視察する／視察前

線；②革命戰線。⓪

*せんぜん【戦前】(名)戰前，戰爭(開戰)
以前；☆戦前の標準に達する／達到戰前
標準；～は【戦前派】(名)戰前派(＝
アバンゲール)。⓪③

ぜんせん【全線】(名)①全線，全部戰線
；☆全線にわたって一斉に攻撃を開始し
た／全部戰線一齊開始了進攻；②全部線
路；☆全線電化の計画を立てる／制定全
線電氣化的計劃。⓪

ぜんせん【前線】(名)①前線，前方，第
一線(＝だいいっせん)；☆前線の将兵
を慰問する／慰問前方的將士；↔じゅう
ご(銃後)；②〔氣象〕冷鋒(暖鋒)；
～めん【前線面】(名)鋒面。⓪

ぜんせん【善戦】(名・自サ)善戰，健鬪
，英勇戰鬪；☆善戦する兵士たち／英勇
善戰的士兵們；☆善戦も空(むな)しく
敗れた／雖然進行了英勇戰鬪但終於失敗
了。⓪

*ぜんぜん【全然】(副)①(下接否定語)
全然，絲毫(不)(＝まったく、まるで)
；☆全然知らない／絲毫不知道；☆全然
興味がない／絲毫不感興趣；②〔俗〕(
下接肯定語)完全，十分地(＝まったく)
；☆全然気に入った／完全滿意了；☆そ
れは全然間違いだ／那完全是錯誤。⓪

せんせんきょうきょう【戦戦兢兢】(形動
タルト)戰戰兢兢，心驚膽顫(＝びくび
く、こわごわ)；☆叱られはしないかと
戦戦兢兢としている／戰戰兢兢地怕受申
斥；☆伝染病の蔓延に市民は戦戦兢兢た
る有様(ありさま)だ／傳染病的蔓延使
市民們緊張得心驚膽顫。⓪

せんせんげつ【先先月】(名)大上月。③
せんせんしゅう【先先週】(名)大上週(
星期)。③

*せんぞ【先祖】(名)①始祖；②祖先，先
人；☆彼の家は先祖代代百姓(ひゃくし
ょう)だ／他家世代務農。①

*せんそう【戦争】(名)戰爭，戰事，會戰
(＝たたかい、いくさ)；☆戦争をしか
ける／挑戰，挑釁；☆永久に戦争を放棄
する／永遠放棄戰爭；☆戦争に勝つ／戰
勝；☆戦争に巻き込まれる／被捲入戰爭
的旋渦裏；☆戦争に介入しない／不介入
戰爭；～ごっこ【戦争ごっこ】(名)戰
爭遊戲，打仗玩；～はんざいにん【戦争
犯罪人】(名)戰爭罪犯，戰犯。⓪

ぜんそう【前奏】(名)①〔樂〕前奏；②
序幕；(＝はじまり)；☆事件の前奏／
事件的序幕；～きょく【前奏曲】(名)
〔樂〕前奏曲，序曲(＝プレリュード)⓪

ぜんぞう【漸増】(名・自サ)〔文〕漸增
，逐漸增加；☆我が国の人口は漸増しつ
つある／我國的人口逐漸增加；↔ぜんげ
ん(漸減)。⓪

せんぞく【専属】(名・自サ)專屬；☆專
屬の俳優／基本演員。⓪

ぜんそく【喘息】(名)〔醫〕氣喘；☆喘
息に罹る／患氣喘；☆小児ゼンソク／小
兒氣喘。⓪

*ぜんそくりょく【全速力】(名)全速，最
大速度(＝フルスピード)；☆全速力を
出す／開足馬力；☆全速力で走る／盡快
地跑。④③

ぜんそん【全村】(名)全村，整個村莊(
＝むらじゅう)；☆全村こぞって豊年祭
りに参加した／村民們全都參加了豐收祭
典。⓪

ぜんそん【全損】(名)①全部損失(＝ま
るぞん)；②〔法〕(海上保険物)完全
損失。⓪

センター【center】(名)①中央，中心
；②〔野球〕中堅手；〔足球、籃球〕中
鋒；～ライン【center line】(名)①
〔運動〕(球場的)中央線；②(公路上
的)中央線。①

せんたい【船体】(名)船身。①⓪

せんたい【戦隊】(名)〔軍〕(艦隊的)
支隊，小型艦隊。①⓪

せんだい【先代】(名)①前代；②前(
上)一代主人；☆当家(とうけ)の先代
は偉い人でした／這家上一代主人是個了
不起的人物。⓪

*ぜんたい【全体】Ⅰ(名)①全身，渾身
(＝ぜんしん)；☆全体の凝(こ)りをほ
ぐす／推拿開渾身的僵硬(鬱結)；②全
體，總體，全部；☆全体に行きわたる／
普及到全體(面)；☆全体の意見をまと
める／總結全體的意見；☆全体から見る
と／從整體看來；Ⅱ(副)①根本(＝も
ともと)；☆喧嘩になったのは全体お前
がずるいからだ／所以打起架來是因爲你
狡猾；②究竟，到底(＝いったい)；☆
全体あんなものを何にするだろう／到底
那樣東西是做什麼用的？～しゅぎ【全体
主義】(名)全體主義，極權主義。⓪①

ぜんだい【前代】（名）前代，舊時代，從前（＝ぜんだい）；☆人力車（じんりきしゃ）なんて前代の遺物だ／黃包車這種東西是舊時代的遺物；～みもん【前代未聞】（連語・名）前所未聞，從來沒聽說過；☆前代未聞の珍事／前所未聞的稀罕的事（奇聞）；☆今年の増産ぶりは前代未聞だ／今年的増産達到了前所未聞的程度。①

*せんたく【洗濯】（名・他サ）洗濯，洗衣服（＝あらいきよめること）；☆洗濯の利く布／耐洗的料子；☆自分の物は自分で洗濯する／自己的東西自己洗；◇命の洗濯／（爲恢復精神而）休養，消遣；～き【洗濯機】（名）洗衣機；～いた【洗濯板】（名）洗衣板；～せっけん【洗濯石鹼】（名）洗衣肥皂；～もの【洗濯物】（名）洗濯衣物；～や【洗濯屋】（名）洗衣店。⓪

*せんたく【選択】（名・他サ）選擇（＝えらぶこと）；☆選択を誤まる／選錯；☆選択に迷う／不知選哪個好；☆選択宣しきを得る／選擇得（恰）當；～かもく【選択科目】（名）選修課。⓪

せんだつ【先達】（名）①先達，前輩，先輩（＝せんぱい）；☆史學界の先達／史學界的前輩；②嚮導，帶路人（＝あんないにん）；☆山登りなら，僕が先達になってやろう／要是爬山，我來做嚮導。①

*せんだって【先達て】（名・副）前幾天，那一天（＝さきごろ，せんじつ）；☆先達ての話はどうなりましたか／前幾天談的那件事怎麼樣了？☆先達てはお世話になりました／那一天多承關照。⑤⓪

ぜんだて【膳立て】（名）〔おー〕①擺餐桌（準備開飯）；②準（預）備飯菜，做飯菜（＝ぜんごしらえ）；☆夕飯のお膳立てをする／準備晚飯；③準備工作，事先的布置（＝ようい）；☆会議のお膳立てをする／做會議的準備工作，布置開會；☆膳立てはちゃんと出来ている／準備工作早已做好。④⓪

ぜんだま【善玉】（名）好人；☆善玉と悪玉（あくだま）が入り乱れて争う小説／好人和壞人互相鬪爭的小説；↔あくだま（悪玉）。⓪

*せんたん【先端】（名）尖端，頂端（＝さき，はし）；☆旗竿の先端／旗竿的頂端。⓪

せんたん【尖端】（名）①尖端；☆剣の尖端に毒を塗る／在劍尖上塗上毒藥；②先端，最前面（＝せんとう、さきがけ）；☆時代の尖端を行く／走在時代的最前面。⓪

せんだん【栴檀】（名）〔植〕①棟，苦楝（＝おうち）；②→びゃくだん；◇栴檀は双葉（ふたば）より芳（かんば）し／栴樹一萌芽就香，〔喩〕偉大人物自幼就出色。⓪

せんち【戦地】（名）①戰場，戰爭地區（＝せんじょう）；②作戰的地方，前方；☆戦地へ向け出発する／動身地方去；☆戦地の夫から便りが来る／在前方的丈夫來信。①

センチⅠ（名）←センチメートル；Ⅱ（形動ダ）〔女〕←センチンメタル。①

ぜんち【全治】（名・自サ）〔文〕全癒（＝ぜんじ）；☆全治一週間の傷／需要一星期才能全癒的傷。①

ぜんち【全知】（名）全知，無所不知；～ぜんのう【全知全能】（連語・名）無所不知無所不能；☆全知全能の神／全知全能之神。①

ぜんちし【前置詞】（名）〔語法〕〔歐語的〕前置詞。③

センチメートル【centimetre＝糎＝cm】（名）公分，厘米。④

センチメンタリスト【sentimentalist】（名）感傷主義者，多愁善感的人，熱情的人。⑦

センチメンタリズム【sentimentalism】（名）感傷主義，多愁善感。⑦

センチメンタル【sentimental】（形動ダ）①感情的，多愁善感的；②感傷的（＝センチ）；☆センチメンタルな曲／感傷的曲調。④

せんちゃ【煎茶】（名）煎茶（用水煎煮的茶水或這種茶葉）。⓪

せんちゃく【先着】（名・自サ）先到達，先來到；☆先着は誰ですか／先到來的是誰？☆先着の方（かた）から順序よくお乗り下さい／請按照來到的先後順序上車。⓪

せんちゅう【船中】（名）船裏，船上；☆沖縄に行く船中で会った／在去琉球的船上週見了。①

せんちゅう【戦中】（名）〔文〕戰爭期中；～は〔戦中派〕（名）戰中派。⓪①

*せんちょう【船長】（名）①船長；②〔文〕船的長度。①①

ぜんちょう【全長】（名）全部長度，共長；☆全長五十メートルの地下道／全長五十公尺的地下道。①

*ぜんちょう【前兆】（名）徵兆，預兆（＝きざし、まえじらせ）；☆地震の前兆／地震的預兆；☆これは将来にとって好い前兆だ／這對將來是個好的預兆。①

せんつう【疝痛】（名）〔醫〕疝氣，腹絞痛。①

ぜんつう【全通】（名・自サ）全線通車；☆いよいよ全通の運びになる／眼看快要全線通車了；☆線路復旧工事（せんろふっきゅうこうじ）が進み、今日から全通する／線路的修復作業進展迅速，從今天起全線通車。①

せんて【先手】（名）①先下手，着先鞭，佔先；②〔戰鬥、下棋等〕先發制人，占優勢，主動；☆先手を打つ（取る）／先發制人；☆君に先手を打たれてしまった／被你搶先佔了優勢；③〔圍棋、將棋〕先下（的人）；☆先手で打つ／〔圍棋〕先下，先放子。①

せんてい【先帝】（名）〔文〕先帝。①

せんてい【船底】（名）〔文〕船底（＝ふなぞこ）。①

せんてい【選定】（名・他サ）選定；☆教科書を選定する／選定教科書。①

せんてい【剪定】（名）〔農〕（對茶、桑、果樹等）剪枝，修剪（＝かりこみ）；☆果樹の剪定をする／給果樹剪枝。①

ぜんてい【前庭】（名）〔文〕前面的院子（＝まえにわ）。①①

*ぜんてい【前提】（名）前提，出發點；☆彼の所論は絶対平和が可能だとの前提に立っている／他的論點是站在有可能絶對和平這一基礎上；②〔邏輯〕前提；☆この推論は前提そのものがまちがっている／這一推論前提本身就錯了。①

せんでき【洗滌】（名・他サ）洗滌（＝あらいそそぐこと）；☆患部を洗滌する／洗患部。①

せんてつ【先哲】（名）〔文〕先哲；☆先哲の教え／先哲的教訓；☆先哲に学ぶ／向先哲學習。①①

せんてつ【銑鉄】（名）銑鐵，生鐵。①①

ぜんでら【禅寺】（名）禪宗寺院。①

せんてん【先天】（名）①先天，出生以前；↔こうてん（後天）；〜てき【先天的】（形動ダ）①先天（性）的，生就的；☆先天的な病気／先天性的疾病；☆先天的に音楽の才がある／生來就具有音樂的才能。①

*せんでん【宣伝】（名・他サ）①〔文〕宣講，傳告（＝のべつたえる）；②宣傳；☆自分の主張を宣伝する／宣傳自己的主張；③誇大宣傳，吹噓，鼓吹；☆盛んに宣伝する／大肆宣傳；☆大々的（だいだいてき）に宣伝する／大吹大擂；☆宣伝に乗る／上了誇大宣傳的當；☆宣伝の裏をかく／揭露誇大宣傳的底；〜カー【宣伝 car】（名）宣傳車；〜ひ【宣伝費】（名）宣傳費。①

ぜんてん【全店】（名）①所有商家（號）；②整個店舗，闔號。①①

センテンス【sentence】（名）〔語法〕句，句子（＝ぶん）。①

せんと【遷都】（名・自サ）遷都。①

セント【cent】（名）（美元的百分之一）仙，分。①

セント【Saint, St. S.】（名）聖徒，聖者（＝せいと）；〜バーナード【Saint Bernard】（名）〔動〕（原產於瑞士的一種狗）聖伯納。①

せんど【先度】（副）前幾天，前些時候（＝さきごろ、せんだって）。①①

せんど【鮮度】（名）〔文〕①（蔬菜、鮮魚等）新鮮程度；☆鮮度が高い／非常新鮮；☆魚の鮮度を見分ける／判斷魚的新鮮度；☆鮮度を保つ／保持新鮮；②（顏色、明暗的）鮮明度。①

ぜんと【全都】（名）①全首都；全城，全市（＝みやこじゅう）；②整個東京都。①

*ぜんと【前途】（名）①前程（＝ゆくさき）；☆これから頂上までは、まだまだ前途遼遠だ／從這裏到頂峰還有很遠的路程；②前途，將來，出息（＝しょうらい）；☆前途がある／有前途；☆前途を誤る（ダメにする）／斷送前途；☆前途に横たわる数々の困難を克服する／克服前進道路上的許多困難。①

ぜんど【全土】（名）①全土，全國，全部國土，全國範圍（＝ぜんこく）；☆中国全土に亘（わた）って／遍及全中國，整個中國；②（一地區的）全部，全境；☆東北全土が大吹雪（おおふぶき）に見舞われた／東北全區遭受了暴風雪。①

*せんとう【先頭】（名）先頭，排頭，最前面（列）；☆先頭を切る／搶（跑）在前面；☆先頭は既（すで）に河を渡った／先鋒部隊已經過河了。◎

*せんとう【戦闘】（名・自サ）戰闘（＝たたかうこと）；☆戦闘を開始する／開始戰闘；☆激しく戦闘する／激烈地戰闘。◎

せんとう【銭湯・洗湯】（名）營業澡堂，公共澡堂（＝ゆや，ふろや）。１

せんどう【先導】（名・自他サ）先導，嚮導，帶路（＝あんない）；☆案内者が先導する／嚮導帶路。◎

せんどう【船頭】（名）①船上的領導人，船老大（＝ふなおさ）；②船夫，划船的人；☆**船頭多くして船山に上る**／木匠多蓋歪房子，人多反誤事。３

せんどう【煽動】（名・他サ）煽動，鼓動，蠱惑挑唆，撮弄鼓吹（＝すすめそそのかす，おだてること）；☆人民を煽動する／煽惑民心，挑撥愚衆，鼓動人心；**～てき【煽動的】**（形動ダ）煽動性的；☆煽動的な演説／煽動性的演講。◎

ぜんどう【善導】（名・他サ）〔文〕善導，教導向善；☆罪を犯した少年を善導する／教導犯了罪的少年學好。◎

ぜんどう【蠕動】（名・自サ）①〔文〕蠕動（＝うごめくこと）；②〔解〕腸胃運動，蠕動。◎

せんとく【先徳】（名）〔文〕①祖先的德，祖德；②有德望的前輩。◎

ぜんとく【善徳】（名）〔佛〕行善積累的功德。◎

セントラルヒーティング【central heating】（名）中央系統暖氣。⑥

せんない【船内】（名）（輪）船内部；☆船内を捜査（そうさ）する／捜査輪船的内部。１

ぜんなん(し)【善男(子)】（名）〔佛〕善男(子) 歸依佛法的男人；**～ぜんにょ【善男善女】**（名）〔佛〕善男信女。３

ぜんに【禅尼】（名）〔佛〕尼姑。１

せんにく【鮮肉】（名）（新）鮮肉。◎

せんにゅう【先入】（名）〔文〕先入，先進脳子裏；**～かん【先入観】**（名）先入為主，成見；☆先入観を除く／破除成見；☆先入観に，とらわれる／拘於成見。◎

せんにゅう【潜入】（名・自サ）潜入，溜

進（＝しのびこむ）；☆スパイが国内に潜入する／間諜潜入國内。◎

せんにょ【仙女】（名）〔文〕仙女（＝せんじょ）。１

せんにん【千人】（名）①（一）千人；②衆多的人；**～づか【千人塚】**（名）千人塚，萬人墳（埋葬陣亡，受刑，受災等死於非命者的墳）；**～ばり【千人針】**（名）千人針（日本一種迷信，在一塊布上由一千個女人每人各縫一針，贈給出征的人，以祝平安）；**～りき【千人力】**（名）千人之力；強有力的支援（靠山）。◎１

せんにん【仙人】（名）仙人，神仙。３

せんにん【先任】（名・自サ）〔文〕①前任（＝ぜんにん）；☆先任の課長／前任科長；②（同等地位）先任職的人。◎

せんにん【専任】（名）專任，專職（人員）；☆専任の人／專職人員。◎

せんにん【選任】（名・他サ）〔文〕選任，選拔任命；☆財政部長を選任する／選任財政部長。◎

ぜんにん【前任】（名）〔文〕①前任（＝せんにん）；☆前任の人／前任（的人）↔こうにん（後任）；②以前的職務，前職；**～しゃ【前任者】**（名）前任（的人）；**～ち【前任地】**（名）以前任職的地方；☆前任地での彼の評判（ひょうばん）はよかった／他在以前任職地方上的風評很好。◎

ぜんにん【善人】（名）①好人；☆今度こそ改心（かいしん）して善人になります／逐次一定改過做好人（自新）；↔あくにん（悪人）；②大好人，心地善良的人（＝おひとよし）；☆君は全く善人だよ／你眞是個大好人啊。３

せんぬき【栓抜き】（名）（拔瓶塞的）螺絲錐，塞鑽。４３

せんねん【先年】（名・副）前幾年，那一年（＝ぜんねん）；☆先年の大雪に劣（おと）らぬ程（ほど）積もった／這次雪下得不亞於前幾年的大雪；☆先年来た時も雨でした／那一年我來的時候也是下雨。◎

*せんねん【専念】（名・他サ）①一心一意地想念（＝おもいこむ）；☆病気平癒を専念する／一心一意想念病癒；②專心從事（致力），埋頭搞（＝ぼっとう）；☆研究に専念する／專心從事研究；☆療養に専念する／一心一意地養病。◎

ぜんねん【前年】（名）①上年，去年（＝

さくねん）；☆今年は前年に比べて豊作
だ／今年比去年收成好；②前幾年，那一
年（＝せんねん）。

ぜんのう【前納】（名・他サ）預先，先繳
；☆家賃（やちん）の一部を前納する／
預付一部分房租。0

ぜんのう【全納】（名・他サ）完納，繳齊
；☆税金を全納する／完納税款。0

ぜんのう【全能】（名）全能，萬能，☆全
能の神／全能的神。

ぜんば【前場】（名）〔經〕（交易所一天有
兩場交易時的）前場交易（多在上午）0

ぜんぱ【全波】（名）所有波長（包括長波
、中波、短波）；→オールウェーブ。1

せんばい【専売】（名）①包銷，獨家經銷
；☆当家（とうけ）の専売薬／本號的専
賣藥；☆愛国心は、君の専売じゃない／
並不是只許你一個人愛國；②専賣，☆酒
やタバコは政府の専売だ／恭酒等歸政府
専賣；～こうしゃ【専売公社】（名）公
賣局；～とっきょ【専売特許】（名）専
利→とっきょ（特許）。0

せんぱい【先輩】（名）①（老）前輩；②
（在學業、技能、經驗上的）先輩，先進
，老學長；☆大学の先輩／大學的前輩；
☆彼は私より二年先輩だ／（在學校）他
在我上兩班；☆釣（つり）にかけては僕
の方が先輩だ／要論釣魚我比他（你）有
經驗。0

ぜんぱい【全敗】（名・自サ）完全失敗；
每戰皆敗；☆全敗のチーム／每戰皆敗的
體育隊；☆対校試合（たいこうじあい）
に全敗した／參加校際比賽每場都輸了0

ぜんぱい【全廃】（名・他サ）全部廢除，
完全撤銷；☆漢字を全廃することは不
可能ではない／完全廢除漢字並不是不可
能。0

せんぱく【浅薄】（形動ダ）淺薄，膚淺（
＝あさはか）；☆浅薄な人／淺薄（膚
淺）的人；☆浅薄な知識を振り回す／賣
弄膚淺的知識。0

せんぱく【船舶】（名）〔文〕船舶，船隻
（＝ふね）；☆輸出を盛んにするには、
船舶を多く持たねばならぬ／爲了增加出
口必須多多保有船隻。1

せんばつ【選抜】（名・他サ）選拔，挑選
，抽選（＝よりぬき）；☆公費留学生の
選抜に漏（も）れる／選拔公費留學生時
沒選上；☆志願者百名の中から選抜する

／從志願者一百人裏選抜。0

せんぱつ【先発】（名・自他サ）先出發，
先動身；②先発の部隊／先出發的部隊；
☆幹事二名が先発する／幹事兩名先動身
；～たい【先発隊】（名）先出發的部隊0

せんぱつ【染髪】（名・自サ）〔文〕染
（頭）髪。0

せんぱつ【洗髪】（名・自他サ）洗（頭）
髪（＝かみあらい）。0

せんばづる【千羽鶴】（名）千隻鶴（用紙
疊成許多隻鶴，然後用線繋在一起）；☆
千羽鶴を折る／疊千隻鶴；②有許多隻鶴
的花様；☆千羽鶴の花嫁衣裳／帶千隻鶴
花様的新娘禮裝。4

ぜんばらい【前払（い）】（名・他サ）預
付，預繳（＝まえばらい）。3

せんばん【千万】（名）①〔文〕成千上萬
，極多；②百般，多方（＝いろいろ、さ
まざま）；☆千万心を砕（くだ）く／多
方費心機；☆千万手を尽す／百般設法；
③萬分，非常；☆千方かたじけない／萬
分感激；☆遺憾（いかん）千万な話／萬
分遺憾的事。1

せんばん【旋盤】（名）切削機床，旋床，
車床；☆旋盤を回す／開動車床；☆旋盤
にかける／拿到車床上切削（車削）；～
こう【旋盤工】（名）車工。0

せんばん【先般】（名・副）前幾天，上次，
前些日子（＝せんだって、このあいだ）
；☆先般申し上げました件／前幾天跟您
談的那件事；☆先般のお申（もう）し出
（で）／上次您提出的意見（要求）；☆
先般来調査致しておりました／從前些日
子就一直進行了調査。1

せんぱん【戦犯】（名）戰犯；←せんそう
はんざいにん（戦争犯罪人）。0

ぜんはん、ぜんぱん【前半】（名）前半，
上半（＝まえはんぶん）；☆前半の経過
／前半場的經過情形；☆試合の前半は、
両方共五分五分（ごぶごぶ）の成績であ
った／比賽的前半場雙方的成績不相上下
；↔こうはん（後半）。0

ぜんぱん【全般】（名）全般，全面，全體
（＝ぜんたい）；☆全般の作柄（さくが
ら）は良い／全般收成都好；☆今度の成
績は全般によくない／這次成績全面地（
都）不好；☆農業問題の全般に亘（わ
た）って研究する／全面地研究農業問
題。0

ぜんはんき【前半期】(名)(分一年爲兩期的)前半期,上半年;☆前半期の結果／上半期的結果;↔こうはんき(後半期)③

ぜんはんせい【前半生】(名)前半輩(大致指四十歳以前);☆母親は前半生を子供の養育(よういく)に捧(ささ)げる／作母親把自己的前半輩奉獻在撫養子女上。③

せんび【船尾】(名)〔文〕船尾(=とも);☆船尾に旗を立てる／在船尾上掛旗;↔せんしゅ(船首);~とう【船尾灯】(名)船尾燈。①

せんび【先非】(名)〔文〕前非,以往的錯誤(=ぜんび);☆先非を悔(く)い改(あらた)める／悔改前非。①

ぜんび【前非】(名)前非,以往的錯誤或罪惡(=せんび);☆前非を悟(さと)る／覺悟前非;☆前非を悔(く)いて自首(じしゅ)する／悔悟前非而自首。①

せんびき【線引き】(名)直尺。0④

せんびょう【腺病】(名)〔醫〕腺病,瘰癧;~しつ【腺病質】(名)〔醫〕容易感染腺病的體質;☆腺病質の子供／容易感染腺病的孩子。0

せんびょう【線描】(名)線描,用描線描繪(=せんがき)。0

せんひょう【選評】(名・他サ)〔文〕評選;☆応募作品を選評する／評選應徵作品;②選後的評語。0

ぜんぴょう【前表】(名)〔文〕①前表,前面的表格;☆具体的(ぐたいてき)な数字は前表の如し／具體數目字見前表;②預兆(=ぜんちょう)。①

せんびん【先便】(名)→ぜんびん(前便)。0

ぜんびん【前便】(名)前信,前函(=せんびん)。0①

せんぶ【先負】(名)陰陽家認爲不宜訴訟或辦急事的凶日(=さきまけ)。0①

せんぶ【先父】(名)先父(=ぼうふ);☆先父の命日(めいにち)／先父的忌日①

せんぷ【先夫】(名)→ぜんぷ(前夫)①

せんぷ【宣布】(名・他サ)〔文〕宣布①

*ぜんぶ【全部】(名・副)①全部(=すべて、ぜんたい);☆全部でおいくらですか／總共多少錢?;☆全部揃った／全都備齊了;②(書籍的)全部,整套;☆全部揃って十二冊です／全套共十二册。①

ぜんぷ【前夫】(名)前夫(=せんぷ);☆前夫の子供を育てる／撫養前夫的孩子①

せんぷう【旋風】(名)①〔地〕旋風(=つむじかぜ);☆旋風で家が倒れる／房屋被旋風颳倒;②風波,風潮;☆文壇に一大旋風が巻き起こった／文學界起了一場大風波。③0

せんぷうき【扇風機】(名)風扇,電扇;☆扇風機をかける／開電扇;☆扇風機に当たる／到電扇旁邊乘涼。③

せんぷく【船幅】(名)〔文〕船的(最寬)幅度。0

せんぷく【船腹】(名)①船隻(的貨艙);☆船腹の不足／船隻(的貨艙)不足;☆船腹の過剰／貨艙過剰,裝不滿載;☆輸出は自国の船腹による／出口貨由本國船隻運載;②船隻的載運量。0

せんぷく【潜伏】(名・自サ)①潜伏,躱藏(=かくれしのぶこと);☆敗残兵がジャングルに潜伏する／殘兵潜伏在密林裏;②(病菌)潜伏;☆猩紅熱(しょうこうねつ)は潜伏期間がかなり長い／猩紅熱潜伏期間相當長。0

ぜんぷく【全幅】(名)①全幅,整幅;☆布の全幅／布的全幅;②所有一切,百分之百,完全(=ありったけ);☆全幅の賛意／完全贊同;☆全幅の力を注ぐ／傾注全力;☆全幅の信頼を寄せる／完全信任;☆全幅の支持を与える／(給與)完全支持。0

せんぶり【千振】(名)〔植〕當藥。0

ぜんぶん【全文】(名)全文,通篇文章;☆全文を引用する／引用全文。0

ぜんぶん【前文】(名)①(本文前的)序文,序言,緒言,前言(=まえがき);☆憲法の前文／憲法的序言;②(書信前段的)客套話。0①

せんべい【煎餅】(名)(用模烤製的)酥脆餅乾;~ぶとん【煎餅布団】(名)又薄又硬的被子;☆煎餅布団にくるまって寝る／裹在小薄被子裏睡。①

ぜんべい【全米】(名)①全美洲,汎美;②全美(國);~かいぎ【全米会議】(名)汎美會議。0

せんべつ【選別】(名・他サ)〔文〕選別,挑選。0

せんべつ【餞別】(名)(臨別贈給的)金錢或禮物,臨別紀念(=はなむけ);☆餞別を贈る／贈送臨別紀念;☆お餞別の

印（しるし）までに差し上げます／敬贈薄禮作為臨別紀念。⓪

ぜんぺん【全編・全篇】（名）全篇，通篇；☆全篇（編）を通（つう）じて／全篇，通篇；☆この小説は全編が美しい抒情詩だ／這個小說從頭至尾是一篇美麗的抒情詩。①⓪

ぜんぺん【前編・前篇】（名）前編，前篇，前集，上集；☆前編の方がおもしろい／上集（比下集）有意思；↔こうへん（後編）。

せんぺんいちりつ【千篇一律】（連語・名）千篇一律；☆千篇一律の内容／千篇一律的内容；☆彼の言うことは千篇一律だ／他的話千篇一律。①─⓪

せんぺんばんか【千変万化】（連語・名・自サ）千變萬化；☆千変万化の景色／千變萬化的景色；☆世相（せそう）は千変万化する／社會現象千變萬化。⓪

せんぼう【羨望】（名・他サ）羨慕，艶羨（＝うらやむこと）；☆羨望の的（まと）となる，他人の羨望を集める／成為別（衆）人羨慕之的；☆羨望に堪（た）えない／不勝羨慕。⓪

*せんぽう【先方】（名）①那方面，那裏，目的地（＝むこう，ゆくさき）；☆先方へ着く／到達那裏；②對方，那一方面（＝あいて）；☆先方の言い分（ぶん）／對方的理由；☆先方の意思を尊重（そんちょう）する／尊重對方的意見；☆先方の出ようひとつだ／一切要看對方的態度如何了。⓪

せんぽう【戦法】（名）①作戦方法，戰術☆積極的な戦法に出て敵を撃滅する／採取積極的作戰方式來消滅敵人；②戦闘（比賽）的方式；☆戦法を変える／改變戰術；☆最後の五十メートルで追い抜く戦術を取る／採取在最後五十公尺處趕過去的方法。①⓪

ぜんぽう【全貌】（名）全貌，整個情況，全部内容；☆暗殺事件の全貌を明らかにする／查清暗殺事件的全貌；☆これは事件の全貌を尽くしていない／這個（文件）沒有完全說明事件的整個情況。⓪

ぜんぽう【前方】（名）①前方，前面；☆前方へ一歩出る／向前走出一步；☆百メートル前方に線路がある／前方一百公尺處有鐵路線；②〔文〕前方（前面是方形）。⓪

せんぼつ【戦没】（名・自サ）陣亡，犧牲（＝せんし，うちじに）；☆日露戦争で戦没した／在日俄戰爭時犧牲了。

ぜんまい【発条・撥条】（名）發條，彈簧（＝ばね）；☆ゼンマイが弛む／彈簧鬆弛，☆ゼンマイを巻く／上弦；～ばかり【発条秤】（名）彈簧秤。⓪

せんまいどおし【千枚通し】（名）（可以扎透多層紙的）錐子。⑤

せんまん【千万】（名・副）①一千萬；②＝せんばん（千萬）；～むりょう【千万無量】（連語・名）①無數；②無量，無限；☆千万無量の思い／無限感慨，感慨無量。③

せんむ【専務】（名）①專職，擔任專務；②↔せんむとりしまりやく；～とりしまりやく【専務取締役】（名）（公司的）常務董事（＝じょうむとりしまりやく）①

*せんめい【鮮明】（名・形動ダ）鮮明；☆鮮明を欠く／不够鮮明；☆鮮明な色彩／鮮明的色彩。⓪

ぜんめつ【全滅】（名・自他サ）全滅，全殲，完全消滅；☆蚊を全滅する／消滅蚊子；☆敵が全滅した／敵人完全消滅了⓪

せんめん【洗面】（名・自サ）洗臉；☆洗面を済ます／洗完臉；☆朝起きたらまず洗面する／早晨一起來首先洗臉；～き【洗面器】（名）洗臉盆；～だい【洗面台】（名）裝在牆上的西式臉盆。⓪

せんめん【扇面】（名）扇面。③⓪

*ぜんめん【全面】（名）全面，一切方面（部門）；☆規約を全面に互って修正する／全面地修改章程；～てき【全面的】（形動ダ）全面的；☆全面的に賛成する／全面地贊成。③

ぜんめん【前面】（名）前面；☆前面が石で飾（かざ）ってある／前面用石頭裝修着（鑲着石頭）。③

せんもう【旋毛】（名）〔文〕旋渦狀的毛髮，旋兒，卷毛（＝つむじ）。⓪

せんもう【繊毛】（名）①〔文〕細毛；②〔生物〕繊毛；～ちゅう【繊毛虫】（名）繊毛蟲。

*せんもん【専門】（名）專門，專業；☆彼の専門は古典文学の方だ／他的專業是古典文學方面；☆私は数学を専門にやっている／我專門搞（專攻）數學；～か【専門家】（名）專家。⓪

ぜんもん【禅門】（名）①禪宗；②歸依佛

門的男人。[0]

ぜんや【前夜】（名・副）①昨夜（＝さくや）；②前幾天夜晩（＝せんや）；③前夜，前夕，前一天晩上／☆クリスマスの前夜／聖誕節前夜。[1]

せんやく【仙薬】（名）〔文〕長生不老之藥，仙丹（＝せんたん）。[0][1]

せんやく【先約】（名）①以前的諾言，前言；☆先約を実行してほしい／請履行諾言；②先前的約會，前約；☆今晩は先約があって行けない／今晩另有一個先前約定的約會去不了。[0]

せんやく【煎薬】（名）湯藥（＝せんじぐすり，せんざい）。[1][0]

ぜんやく【全訳】（名・他サ）全譯，全部譯出（的譯文）；☆源氏物語の全訳／源氏物語的全譯（本）；☆原書を全訳する／把原書全部譯出。[0]

せんゆう【占有】（名・他サ）①占有，據爲己有；☆土地を占有する／占有土地；②〔法〕占有。[0]

せんゆう【戦友】（名）戰友；☆戦友たちが激励しあう／戰友們互相鼓勵。[0]

せんよう【宣揚】（名・他サ）〔文〕宣揚，顯揚；☆国威を宣揚する／顯揚國家的威望。[0]

せんよう【専用】（名・他サ）專用；☆老人専用のシート／老人專用座位；☆歩行者専用道路／行人專用道。[0]

ぜんよう【全容】（名）〔文〕全貌，全部内容。[0]

ぜんよう【善用】（名・他サ）善用，很好地利用，用於正途；☆知恵を善用する／很好地利用智慧；把智慧用於正途；☆毒も善用すれば薬になる／就是毒藥，如果用得適當也可以治病。[0]

ぜんら【全裸】（名）〔文〕全裸體，一絲不掛，赤身露體（＝まるはだか）；☆全裸のモデル／全裸體的模特兒；☆全裸になる／赤身露體，一絲不掛。[1]

せんらん【戦乱】（名）戰亂，戰爭動亂；☆戦乱の巷（ちまた）／戰亂的場所，戰場；☆戦乱が起こる／發生戰亂。[0]

せんり【千里】（名）一千里；☆千里の路も一歩より始まる／千里之行始於一步；②千里，遠程，遠處；（恋する 者には）千里も一里／去會情人走多麼遠也不嫌遠；～がん【千里眼】（名）①千里眼；②〔心〕透視力；☆彼は千里眼だ／他

是個千里眼，他能看透人的靈魂深處；～のこま【千里の駒】（連語・名）千里駒，千里馬。[1]

せんり【戦利】（名）①戰爭勝利；②戰爭的繳獲（＝ぶんどり）；～ひん【戦利品】（名）戰利品；☆戦利品の山／堆成山的戰利品。[1]

せんりつ【旋律】（名）〔樂〕旋律（＝メロディー）；☆静かな旋律が流れる／蕩出靜靜的旋律。[0]

せんりつ【戦慄】（名・自サ）戰慄，發抖（＝ふるえおののくこと）；☆戦慄すべき光景／令人戰慄的情景；☆戦慄が体を襲（おそ）う／渾身戰慄不已。[0]

ぜんりつせん【前立腺】（名）〔解〕前列腺。[0]

せんりゃく【戦略】（名）①（政治鬥爭的）策略、計策；②〔軍〕戰略；☆戦略を立てる／制定戰略；☆戦略を誤る／戰略上犯錯誤，失策；～ばくげき【戦略爆撃】（名）戰略轟炸；～ぶっし【戦略物資】（名）戰略物資。[1][0]

ぜんりゃく【前略】（名）①（文章的）前略；②（書信的）前略（省去前面的問候恭維語）。[1]

せんりゅう【川柳】（名）川柳（由十七個假名組成的詼諧、諷刺的短詩）。[1][0]

せんりょう【千両】（名）①（一）千兩；②價值千金；特別出色；～やくしゃ【千両役者】（名）①優秀的（舊劇）演員，名角；☆千両役者の芝居（しばい）／優秀演員的戲，名角戲；②本領高強的人，能手。[0]

*

せんりょう【占領】（名・他サ）①〔軍〕占領攻占；☆広い地域を占領する／占領廣大地區；②占據，☆二人分の座席を占領する／（一個人）占兩個人的座位；☆一人で広い部屋（へや）を占領している／一個人占一間大屋子。[0]

せんりょう【染料】（名）染料，顏料。[3]

ぜんりょう【全量】（名）全部重量（體積）[3][0]

*

ぜんりょう【善良】（形動ダ）善良，正直（＝すなお）；☆善良な人々／善良（正直）的人們。[0]

せんりょく【戦力】（名）軍事力量（包括兵力、武器的生產力等）；☆戦力の維持／軍事力量的保持；☆戦力を増強する／增強軍事力量。[1]

*

ぜんりょく【全力】（名）全力，全部力量

；☆全力を尽す／竭盡全力；☆全力をあげて闘う／拿出全力進行戰闘。◎[1]

せんれい【先例】（名）①先例，慣例（＝しきたり）；☆先例にならって行なう／按照先例辦理；☆それが先例になると困る／那件事要是成爲先例可不好；②範例，模範，榜樣；☆好い先例を作る／做一個良好的榜樣（範例）；③前例（＝ぜんれい）；☆こういう先例もある／也有這樣的前例；☆歷史上、先例がない／史無前例。◎

せんれい【洗礼】（名）①〔宗〕洗禮，浸禮；☆洗礼を施す／施行洗禮；☆洗礼を受ける／接受洗禮，領洗；②〔轉〕洗禮，經驗，考驗，鍛錬；☆砲火の洗礼を受ける／受砲火的洗禮。◎

ぜんれい【全霊】（名）全心，全副精神[1]

ぜんれい【前例】（名）前例（＝せんれい）；☆前例がある／有前例。◎

せんれき【戦歴】（名）〔文〕戰闘經驗；☆幾多の戦歴を有する軍人／有許多戰闘經驗的軍人。◎

ぜんれき【前歴】（名）經歷，履歷，以往的職業；☆前歴は教員だ／從前的職業是教員。◎

せんれつ【戦列】（名）①戰爭的隊伍，戰闘部隊；☆戦列を離れる／離開戰闘部隊；②革命戰闘的隊伍；☆民族独立の戦列に加（くわ）わる／參加民族獨立戰闘的行列（隊伍）。◎

ぜんれつ【前列】（名）前列，前排；☆前列の右から三番目／前排從右數第三個（人）。[1]

せんれん【洗煉・洗練】（名・他サ）①洗煉，精煉，千錘百煉，琢磨，推敲（＝ねりあげける）；☆洗煉された文章／經過推敲的文章；☆洗練された人／千錘百煉（人格圓滿）的人；②考究，講究；☆洗煉された趣味／高尙的趣味；☆洗煉された服装／講究的服装。◎

•せんろ【線路】（名）①（火車、電車、公共汽車的）線路（＝みちすじ）；②軌道；☆線路を敷設（ふせつ）する／舖設軌道，修築線路；☆線路を横断する／横越鐵路線；☆線路の上を走る／在鐵路上行駛；～こうふ【線路工夫】（名）鐵路工人。◎

せんろっぽん【千六本】（名）（把蘿蔔等切成）細長的絲；☆人参（にんじん）を千六本に切る／把胡蘿蔔切成細絲。[3]

そ・ぞ　ソ・ゾ

そ①五十音圖「さ行」第五音；發音爲so，②〔字源平假名是「曾」字的草體，片假名是「曾」的上部〕。

そ【十】（數）〔古〕十（=とお、じゅう）①

そ【其・夫】（代）〔古〕=それ。①

そ【租】（名）〔文〕①租税；②田賦。①

そ【祖】（名）①祖父；②祖先；☆人類の祖／人類的祖先；③鼻祖，☆我国洋学の祖／我國西學之祖；④開始，原始（=はじめ、もと）。①

そ【粗】（形動ナリ）〔文〕粗，粗糙，草率，不綿密，不周詳。

そ【疎・疏】（名・形動ナリ）〔文〕①稀，稀薄；☆人口密度が疎である／人口稀薄；②疏，疎遠；③疎忽，草率。①

ソ（名）〔地〕蘇俄。①

ソ【sol】〔樂〕音階第五音。①

ぞ「そ」的濁音，發音爲zo。

ぞ I（感助）①〔古〕表示強烈質問語氣；☆何事ぞ／什麼事！②〔接在用言、助動詞的終止形下〕表示促使對方注意、說給自己聽或強烈的主張；☆あぶないぞ／危險啊！☆はて、これはおかしぞ／嗯，這可有些奇怪！☆そら投げるぞ／喂我可要扔啦！☆今度しくじったら承知しないぞ／這回若再失敗了可不答應你；II（修助）①〔接在推量助動詞下〕表示反語的意思（舊時的說法）；☆何人（なんびと）がこの大仕事をなしとげられようぞ／誰能完成這項巨大任務呢；②〔接在表示疑問的代名詞下〕表示不確定、有疑問（舊時的說法）；☆さっきどこそへ出て行ったが／方才出去的不知往哪裏去了；③〔文〕特別加強語氣表現某一事物；☆これぞ望みの品物／這才是我夢寐以求的東西。

そあく【粗悪】（形動ダ）〔質量〕壞，差；☆品質粗悪な品物／質量差的東西。⓪

—ぞい【沿・添（い）】（造語）沿，順；☆線路沿いに行く／順着鐵路走，☆川沿いの家／沿河的房子（人家）。

そいじゃ（接）〔俗〕那末（=それじゃ、それでは）。

そいつ【其奴】（代）〔俗〕①那個東西〔

比（それ）稍微粗野些〕；☆そいつを見せてくれ／把那個東西給我看一看；②那個傢伙；☆そいつの素行（そこう）をもっと詳しく調べて来い／把那個傢伙的行徑更詳細地調查一次。

そいと・げる【添い遂げる】（自下一）①偕老；☆仲睦（むつ）まじく添い遂げる／和睦偕老；②正式結婚，結成夫婦，☆どんな反対に会っても添い遂げる／無論誰來反對也要結婚；図そいとぐ（下二）④

そいね【添い寝】（名・自サ）在旁邊陪着睡；☆母が添い寝してやると子供はすやすやと眠る／母親在旁邊陪着睡孩子就能睡得穩靜。⓪

そいん【素因】（名）①原因，起因；☆成功の素因／成功的原因；②〔醫〕病原；☆病気の素因を調べる／檢查病原。⓪

*そ・う【沿う】（自五）①沿，順；☆川に沿って上る／沿河而上；☆鉄道は海岸に沿って走っている／鐵路沿着海岸鋪設着；②按照；☆既定方針に沿って行なう／按既定方針進行。⓪

そ・う【副う】（自五）副，符合；☆名実相副う／名實相符；☆御希望に副うように努力します／一定設法使您達到希望⓪

そ・う【添う】（自五）①跟隨，不離；☆影の形に添うように二人は何時も一緒だ／兩個人形影不離；②加上，外加（=くわわる。）；☆画面に光が添う／畫面添上光；③結成夫婦，結婚；☆何時になっても添うことができない／總也不能配成夫妻。⓪

**そう【然う】I（副）那麼，那樣（=そのように、そんなに）；☆私もそう思う／我也那麼想，我也認爲是那樣；☆そうとは知りませんでした／並不知道是那樣的；II（感）是；是麼；☆そう、それはよくやった／是麼？那太好了；☆そう（だ）、その通り／是的，就是那樣。⓪①

そう【宗】（名）宗；☆宗家（そうけ）／本家。①

そう【相】（名）①相姿；☆浮世の相を表わす／表現塵世之相；②相貌；☆円満の相／豊満的相貌；③☆相を見る／看相。①

そう【草】（名）①〔植〕草（＝くさ）；②草稿（＝したがき）；③草書。①

そう【想】（名）①思想，思考（＝おもい、かんがえ）；②構想；☆想を練（ね）る／構想。①

そう【僧】（名）〔佛〕僧人，出家人。①

そう【箏】（名）〔文〕箏。①

*そう【層】（名）①地層；☆石炭層／煤層；②層，層次；☆層を成す／成層；☆雲の層にはいる／進入雲層；③階層；☆社会の中堅層／社會的中堅階層。①

そう【装】（名）〔文〕①装，服装；化粧；☆装を新たにする／裝飾一新，換裝；②裝訂；☆装を改めて再版を出す／改裝再版。

*ぞう【象】（名）〔動〕象；☆象狩りに行く／去捉象去。①

ぞう【像】（名）①像，姿態；☆人間のさまざまな像を写す／描畫人的種種姿態；②肖像；畫像；☆神様（かみさま）の像／神的畫像。①

ぞう【増】（名）増加；☆収入が百万円の増となる／收入增加一百萬元；↔げん（減）。①

ぞう【蔵】（名）収蔵；☆法隆寺蔵の国宝／法隆寺收藏的國寶。①

そうあい【相愛】（名・自サ）相愛；☆相愛の仲／情侶。⓪①

そうあたり【総当り】（名）①和全體人員競賽；☆大相撲（おおずもう）は総当り戦になった／拝跤大會進入全體人員總比賽的階段；②没有空彩；☆空籤なしの総当り大景品付き／通通有奬的大贈送。③

そうあん【草案】（名）〔文〕草案，草稿；☆報告書の草案をつくる／寫報告的草稿。⓪

そうあん【創案】（名・他サ）發明；☆この二重鍋は彼の創案したものだ／這個雙層鍋是他發明的。

*そうい【相違】（名・自サ）相差，不同（＝ちがい）；☆両者の意見の相違が甚しい／雙方意見相差很遠；☆相違点／不同處，不同點。①

そうい【創意】（名）獨創的見解，創見；☆創意に満ちた作品／充滿獨創見解的作品。①

そうい【総意】（名）全體意見；☆選挙は国民の総意を反映する／選擧會反映出全國人民的意見。①

そういん【総員】（名）全體人員（＝ぜんいん）；☆このクラスは総員五十名だ／這一班共五十人。⓪①

ぞういん【増員】（名・自サ）増加人員；☆警察官を増員する／増加警察人員。⓪

そううつびょう【躁鬱病】（名）〔醫〕躁鬱症（精神病之一種）。⓪

そううん【層雲】（名）層雲。⓪

ぞうえい【造営】（名・他サ）〔文〕營造，興建（神社，佛寺等）。⓪

ぞうえん【造園】（名）〔文〕營造庭園；☆日本の造園術は発達している／日本的造園術很發達。⓪

ぞうお【憎悪】（名・他サ）憎惡；☆激しい憎悪の念を抱（いだ）く／心裏非常憎惡。①

そうおう【相応】（自サ・形動ダ）適應，相稱（＝つりあう、ふさわしい）；☆この問題は彼の力に相応している／這個試題對於他的力量很相稱；☆身分相応な暮らし／適合身分的生活。⓪

そうおん【騒音】（名）騒音，噪音；☆都会の騒音からのがれる／躲開都市的噪音。①

そうか【挿花】（名）〔文〕挿花（＝いけばな）。①

ぞうか【造化】（名）①造化，造物主；☆造化の妙に感嘆する／感嘆造化之妙；②天地萬物，自然界。①

ぞうか【造花】（名）人造花，假花，紙花，綴帶花；☆造花を作る／製作人造花。⓪

*ぞうか【増加】（名・自他サ）増加；☆人口が増加する／人口増加；☆予算を増加する／増加預算。⓪

そうかい【壮快】（形動ダ）雄壯而暢快；☆壮快なヨット・レース／雄壯而暢快的遊艇比賽。⓪

そうかい【爽快】（形動ダ）爽快；☆爽快な朝／爽快的早晨；☆気分が爽快だ／精神爽快。⓪

そうかい【総会】（名）大會，總會；☆株主（かぶぬし）総会／股東大會。⓪

そうがい【霜害】（名）〔農〕霜害，霜災；☆東北一帯に霜害があった／東北一帶遭受了霜害。⓪

そうがかり【総掛り】（名）全體人員一齊動手；☆総掛りで大掃除をする／一齊動手大掃除。③

そうかく【総画】（名）〔文〕一個漢字的

總畫數。◎

そうがく【總額】（名）總額，全額；☆總額十万円に達する／總額達十萬日圓◎①

ぞうがく【增額】（名・他サ）增額，增加；☆人件費（じんけんひ）を增額する／增加人事費。◎

そうかつ【總括】（名・他サ）總括；☆クラスの意見を總括する／總結本班的意見；☆總括的に言って、今年は氣溫が低い／總括來說，今年氣溫低。◎

そうかん【壯觀】（名）壯觀；☆壯觀この上もない景色（けしき）／極其壯觀的景緻。◎

そうかん【相姦】（名・自サ）相姦。◎

そうかん【相關】（名・自サ）相關，互相關連；☆栄養と健康とは相關しているものである／營養與健康是互相關聯的；～かんけい【相關關係】（名）相互關係◎

そうかん【送還】（名・他サ）送還，遣返；☆捕虜（ほりょ）を送還する／送回俘虜。◎

そうかん【創刊】（名・他サ）創刊；☆雜誌を創刊する／創刊雜誌。◎

そうがん【双眼】（名）雙眼，兩隻眼；～きょう【双眼鏡】（名）雙筒望遠鏡；☆双眼鏡で芝居（しばい）を見る／用望遠鏡看戲。◎

ぞうかん【增刊】（名・他サ）增刊；☆夏季特大号を臨時增刊する／臨時增刊夏季特大號。◎

ぞうがん【象眼，象嵌】（名・他サ）①鑲嵌；☆象嵌細工／鑲嵌工藝；②〔印〕挖版；☆再版の際、幾分象嵌を施（ほどこ）した／再版時挖了一些版。◎③

そうき【早期】（名）早期，提前；☆早期發見早期治療／（疾病等）早發現早治療。①

そうぎ【争議】（名）勞資糾紛，爭議，工潮；☆争議を起こす／發動工潮；～こうい【争議行為】（名）（勞資雙方）在工潮中的對抗行動；～やぶり【争議破り】（名）破壞工潮的行為。①

そうぎ【葬儀】（名）葬禮；☆葬儀を執り行なう／殯葬；～や【葬儀屋】殯儀社。①

ぞうき【雜木】（名）雜樣樹木，不成材的樹木；☆雜木を伐る／砍伐不成材的樹木；～ばやし【雜木林】（名）雜樹林，雜樹叢。◎

ぞうき【臓器】（名）內臟器官；☆臓器の疾病（しっぺい）／內臟病；～きせいちゅう【臓器寄生虫】（名）內臟寄生蟲；～せいざい【臓器製剤】（名）〔藥〕器官製劑，荷爾蒙劑；～りょうほう【臓器療法】（名）〔醫〕器官療法，器官製劑療法。①

そうきゅう【早急】（名・副）迅速，趕快；☆早急に解決する／趕快解決；☆早急の問題／緊急問題。◎

そうきゅう【送球】（名・自サ）①一種投球遊戲（＝ハンドボール）②〔棒球〕傳球；☆一塁から二塁へ送球した／從一壘把球傳給二壘。①

ぞうきゅう【增給】（名・自サ）增薪，加薪；☆三千円增給になった／增薪三千元。◎

そうきょ【壯擧】（名）壯擧；☆アルプス征服の壯擧／攀登阿爾卑斯山的壯擧。①

そうぎょう【早曉】（名）〔文〕黎明，拂曉（＝あけがた）；☆早曉、頂上へ向かって出發した／清早向山頂出發了。◎

そうぎょう【創業】（名・自サ）創業，創立；☆1890に創業した会社／1890年創立的公司。◎

そうぎょう【操業】（名・自サ）作業，操作；☆一日八時間操業する／一天操作八小時；～たんしゅく【操業短縮】（名・連語）（爲避免生産過剩而）縮短作業時間。◎

ぞうきょう【增強】（名・他サ）增強，加強；☆兵力を增強する／加強兵力。◎

そうきょく【箏曲】（名）箏曲，琴曲；☆箏曲千鳥（ちどり）を演奏する／演奏箏曲「千鳥」。①

そうきょくせん【双曲線】（名）〔數〕雙曲線；～めん【双曲線面】（名）〔數〕雙曲面。④

そうぎり【總桐】（名）完全用桐木製的；☆總桐の簞笥（たんす）／完全用桐木製的衣櫃。◎

そうきん【送金】（名・自サ）匯款；☆送金を受け取る／領取匯款；～かわせ【送金為替】（名）票匯；～てがた【送金手形】（名）（銀行的）匯票。◎

ぞうきん【雜巾】（名）抹布；☆雜巾で拭く／用抹布擦。◎

そうぐ【裝具】（名）①武裝用具（如佩刀，彈囊等）；☆裝具を付けた軍人／全副

武装的軍人；②用具；☆登山の装具／爬
山用具；☆馬に装具を付ける／給馬備上
鞍轡嚼環；③化粧用具。①

そうぐう【遭遇】（名・自サ）遭遇；☆苦
難に遭遇しても屈しない／遇到艱苦也不
屈。⓪

そうぐくり【総括り】（名）總括，總計③

そうくずれ【総崩れ】（名）總崩潰，總敗
退；☆味方の攻撃に敵は総崩れになった
／由於我方總攻擊敵軍完全崩潰了。③

そうくつ【巣窟】（名）巢穴，賊巢；☆密
輸団の巣窟を急襲（きゅうしゅう）する
／突襲走私集團的巢穴。⓪

そうけ【宗家】（名）〔文〕本支，本家（
＝ほんけ，いえもと）；☆三井宗家／三
井本家；↔ぶんけ（分家）。①

＊ぞうげ【象牙】（名）象牙；～いろ【象牙
色】（名）乳白色；～のとう【象牙の塔】
（連語・名）象牙之塔；☆象牙の塔の學
問／不切合實際的學識；☆象牙の塔に
籠もる／悶在象牙塔裏，脫離實際；～ぼ
り【象牙彫り】（名）象牙彫刻；～やし【
象牙椰子】（名）〔植〕象牙椰子。③⓪

そうけい【早計】（名）過早，過急，輕率
；☆早計の（な）話／性急的說法；☆そ
う推斷するのは少し早計だ／那樣推測有
些輕率。⓪

＊そうけい【総計】（名・他サ）總計；☆一
箇月の支出を総計する／總計一個月的開
支。⓪①

そうげい【送迎】（名・他サ）送迎；☆外
国使節を送迎する／送迎外國使節。⓪

ぞうけい【造形・造型】（名・自サ）造型
；☆大理石の上に造形する／在大理石上
造型；～びじゅつ【造形美術】（名）造
型藝術。⓪

ぞうけい【造詣】（名）造詣；☆歴史学
に対する造詣が深い／對於歷史學造詣很
深。⓪

そうけだ・つ【総毛立つ】（自五）毛骨悚
然；☆その場面を見て思わず総毛立った
／看見那個場面不由得毛骨悚然。④

ぞうけつ【造血】（名・自サ）〔醫〕造血
；☆人間は脊髄（せきずい）で造血する
／人是由脊髓造血。⓪

ぞうけつ【増血】（名・自他サ）增加血液。

ぞうけつ【増結】（名・他サ）加掛（車廂）
；☆日曜の東京行きは三輛増結する／星
期天開往東京的火車臨時加掛三廂；～し

ゃ【増結車】（名）加掛的車廂。⓪

そうけん【双肩】（名）〔文〕雙肩；☆祖
国の運命を双肩に担（にな）う／雙肩擔
起祖國的命運。⓪

＊そうけん【壮健】（形動ダ）健壯（＝じょ
うぶ，たっしゃ）；☆いつも御壮健で結
構です／您總是很健壯、太好了。⓪

そうけん【送検】（名・他サ）〔法〕送交
檢察署；☆犯人を送検する／將犯人送檢
察署。⓪

そうげん【草原】（名）草原（くさはら）
；☆草原を駆けまわる／在草原上馳騁⓪

ぞうげん【造言】（名・自サ）流言，謠言
；☆造言蜚語（ひご）／流言蜚語。③⓪

ぞうげん【増減】（名・自サ）增減；☆利
益（りえき）は月によって増減がある／
利益按月有增有減。⓪

＊そうこ【倉庫】（名）倉庫，貨棧；～しょ
うけん【倉庫証券】（名）〔經〕倉庫證
券，棧單，倉單。①

そうご【壮語】（名・自サ）壯語，豪語；
☆大言壮語する人／作豪言壯語的人。①

＊そうご【相互】（名）相互，彼此，雙方（
＝たがい）；☆相互の連絡を緊密にする
／加緊彼此的聯繫；☆相互の利益の為／
爲了彼此利益；～がいしゃ【相互会社】
（名）〔經〕相互公司（會員以相互救濟
爲目的非營利主義的公司）；～ほけん【
相互保険】（名）相互保險（會員以相互
救濟爲目的的保險）。①

ぞうご【造語】（名）（用現有的單詞）創造新詞
；創造複合詞；（所創造的）新詞複合詞
；如：人工衛星；石油ショック；社会科
学（しゃかいがく）。⓪

そうこう【然う斯う】（副・自サ）這個那
個，這樣那樣（＝かれこれ，とやかく）
；☆そうこうする内に時がたってしまっ
た／不知不覺地時間就過去了。①

そうこう【壮行】（名）壯行，送行；☆壮
行会を催す／設宴餞行。⓪

そうこう【奏功・奏効】（名・自サ）奏效
；成功；☆今度のおどかしは奏効したら
しい／這次的威嚇似乎奏效了；☆彼の説
得（せっとく）は奏功した／他的動說成
功了。⓪

そうこう【草稿】（名）草稿，原稿（＝し
たがき，げんこう）；☆演説の草稿を作
る／寫演說草稿。③⓪

そうこう【操行】（名）操行，品行（＝お

こない，ひんこう）；☆操行が悪い／品行不好。③

そうごう【相貌】（名）腋色（＝かおつき）；◇**相好を崩（くず）す**／喜笑顔開，笑容満面；☆孫が誕生した知らせに相好を崩す／聽說生了孫子高興得不得了。③

*そうごう**【総合・綜合】**（名・他サ）總合，綜合；☆意見を総合する／把意見綜合起來；～**だいがく【総合大学】**（名）綜合大學，～**てき【総合的】**（形動ダ）總合的，綜合的；☆綜合的に調査する／進行綜合調査。⓪

ぞうごう【贈号】（死後追贈的）稱號，追諡。③

そうこうげき【総攻撃】（名・他サ）總攻擊；羣起而攻，☆総攻撃を行なう／實行總攻擊。③

そうこく【相剋】（名・自サ）①相剋；☆五行の相剋／五行相剋；↔**そうしょう（相生）**；②互相剋制；矛盾；☆新旧思想の相剋／新舊思想的矛盾，☆理性と感情の相剋に悩（なや）む／為理性與感情的矛盾而苦惱。⓪

そうこん【早婚】（名・自サ）早婚；↔**ばんこん（晚婚）**。⓪

*そうごん**【荘厳】**（名・形動ダ）莊嚴；☆荘厳を極（きわ）める／極為莊嚴，☆荘厳な音楽／莊嚴的音樂。⓪

そうさ【捜査】（名・他サ）①捜査（犯人；罪證等）；☆犯人を捜査する／捜査犯人；②査訪，尋找；☆家出娘（いえでむすめ）を捜査する／尋找離家出走的女兒。①

*そうさ**【操作】**（名・他サ）①操縦，駕駛；☆機械を操作する／操縦機器；②安排，周轉；☆資金をうまく操作する／善於周轉資金。①

ぞうさ【造作】（名）費事，麻煩（＝てす，めんどう）；☆何の造作もない／一點兒也不費事，☆今日は大変（たいへん）造作をおかけしました／今天太麻煩您了；～**ない【造作無い】**（形）容易的，簡單的，不費事的；☆造作なく戸があいた／沒有費事門就開了。⓪③

そうさい【相殺】（名・他サ）①〔法〕（債權債務）相抵；②抵銷，扣除（＝さしひき）；☆利害（得失）相殺する／利害（得失）相抵，☆この間の貸しは給料から相殺しておくよ／上次的借款要從工資

裏把你扣除喔。⓪

そうさい【葬祭】（名）〔文〕殯葬和祭祀⓪

そうさい【総裁】（名）總裁。⓪

そうざい【総菜】（名）（家庭做的）日常的菜，飯菜；☆お総菜をこしらえる／做下飯的菜；～**りょうり【総菜料理】**（名）家常菜。③

*そうさく**【捜索】**（名・他サ）捜査，捜索；☆家宅を捜索する／捜査住宅。⓪

*そうさく**【創作】**（名・他サ）①創作，創造；☆創作に従事する／從事創作，☆便利な家庭用器具を創作する／創造方便的家庭用具；②寫小說，☆創作に専心する／専心寫小說；③捏造（＝つくりごと）；☆その話は彼の創作だよ／那番話是他捏造的。⓪

ぞうさく【造作】（名・他サ）①修葺，修建；☆台所を造作する／修建廚房；②室內的裝修；傢俱；☆家を造作する／裝修房屋內部，☆造作付きの貸家／帶傢具的出租房屋；③面孔，容貌（＝めはなだち）；☆造作が整（ととの）っている／五官端正。④③

そうさつ【相殺】（名・他サ）＝**そうさい（相殺）**。⓪

ぞうさつ【増刷】（名・他サ）加印，増印；☆五千部増刷する／増印五千册。⓪

そうざん【早産】（名・自サ）早産，早生；☆早産した子は弱い／不足月生的孩子軟弱。①

ぞうさん【増産】（名・他サ）増産；☆食糧を増産する／増産食糧；☆石炭の増産計画／煤炭増産計劃。⓪

そうし【相思】（名）相思，相憶；☆相思の仲／情侶；～**じゅ【相思樹】**（名）〔植〕相思樹。⓪

そうし【草紙・草子・双紙】（名）①訂好的書册②舊時帶圖的小說；③練習簿⓪①

そうし【創始】（名・他サ）〔文〕創始，首創～**しゃ【創始者】**（名）創辦人①⓪

そうじ【相似】（名）〔文〕相似；☆この三角形とあの三角形とは相似だ／這個三角形同那個三角形相似；～**けい【相似形】**（名）相似形。⓪

*そうじ**【掃除】**（名・他サ）①打掃，掃除；☆庭の掃除をする／打掃院子，☆部屋を掃除する／打掃屋子；②掏出（厠所的）糞尿；③清除（毒害等）；☆虫下（むしくだ）しでおなかの掃除をする／用

打蟲藥清理腸胃；～や【掃除屋】（名）掏糞的，清厠夫。◎

ぞうし【増資】（名・自サ）増加資本；☆十万円を百万円に増資する／由十萬元増加資本爲一百萬元。◎

*そうしき【葬式】（名）葬禮，殯儀；☆葬式を行なう（営む）／舉行葬禮。◎

そうじしょく【総辞職】（名・自サ）全體辭職；☆内閣が総辞職する／内閣全體辭職。③

そうしつ【喪失】（名・他サ）喪失（＝うしなう）；☆権利の喪失／權利的喪失；☆自信を喪する／失掉自信。◎

そうして【然して】（接）而，又，而且；然後（＝そして，それから）；☆山に登りました。そうして、蝶蝶（ちょうちょう）を追いかけて遊びました／登上了山，然後追捕蝴蝶玩了。◎

そうじて【総じて】（副）總括説來，一般説來；（＝すべて，がいして）；☆婦人や子供は総じて甘（あま）いものが好きだ／婦女和小孩一般説來都愛吃甜的。①◎

そうじまい【総仕舞】（名・他サ）①全部賣光，全部買光；☆夏物（なつもの）を総じまいする／夏服全部售完；②全部搞完，結束；☆年末の総じまい／年末結束一切工作。③

そうじめ【総締】（名）①總計，總和；②總監督。④◎

そうしゃ【壮者】（名）〔文〕壯者，壯年人；☆老人でも壮者をしのぐ元気だ／雖然是老年人但是精神不弱於壯年人。①

そうしゃ【走者】（名）①〔棒球〕跑者；②〔田徑賽〕賽跑的人。①

そうしゃ【掃射】（名・他サ）掃射；☆機関銃で掃射する／用機槍掃射。①

そうしゃ【操車】（名・自サ）〔鐵〕調配車輛；☆事故により臨時のダイヤで操車する／因發生事故暫按臨時行車表調配車輛；～じょう【操車場】（名）調車場◎

ぞうしゃ【増車】（名）増加車輛；☆ラッシュアワーにはもっと増車して欲しい／（上下班）擁擠時間希望再多出一些車◎

そうじゅ【送受】（名・他サ）收發，發報和收報。①

ぞうしゅ【造酒】（名）〔文〕釀酒，製酒◎

そうしゅう【総収】（名）總收入。◎

*そうじゅう【操縦】（名・他サ）①駕駛；☆飛行機を操縦する／駕駛飛機；②駕御

；☆夫を操縦する／駕御丈夫；～し【操縦士】（名）（飛機）駕駛員；航空員◎

ぞうしゅう【増収】（名・自サ）増加收入；☆増収分を貯金する／把増加的收入儲蓄起來。◎

そうじゅく【早熟】（名・形動ダ）早熟；☆早熟な児童／早熟的兒童；☆この桃の品種は他より一月程（ひとつきほど）早熟です／這種桃子比别的品種大約早熟一個月。◎

そうしゅん【早春】（名）早春，初春。◎

そうしょ【草書】（名）草書；☆草書で書く／用草書寫，寫草書。◎

ぞうしょ【蔵書】（名）藏書；～か【蔵書家】（名）藏書家。◎

そうしよう【双子葉】（名）〔植〕雙子葉；～しょくぶつ【双子葉植物】（名）〔植〕雙子葉植物。

そうしょう【宗匠】（名）（和歌，俳句，茶道等的）師傅，先生。①

そうしょう【相称】（名）相稱，對稱；☆左右相称の…／左右相稱的…。◎

そうしょう【創傷】（名）〔文〕創傷（＝きず）。◎

そうしょう【総称】（名・他サ）總稱；☆これらを総称して両棲類と言っている／這些總稱之曰兩棲類。◎

そうじょう【奏上】（名・他サ）〔文〕上奏。◎

そうじょう【相乗】（名・他サ）〔數〕相乗；～せき【相乗積】（名）〔數〕積，積數。◎

そうじょう【層状】（名）層狀。◎

そうじょう【僧正】（名）①〔宗〕主教；②〔佛〕僧正，大法師。①

そうじょう【総状】（名）〔植〕總狀；～かじょ【総状花序】（名）總狀花序。◎

ぞうしょう【蔵相】（名）財政部長，財政大臣。◎

そうしょく【草食】（名・自サ）〔動〕吃草；↔にくしょく（肉食）；～どうぶつ【草食動物】（名）草食動物。◎

*そうしょく【装飾】（名・他サ）裝飾（＝かざり，よそおい）；☆装飾を施（ほどこ）す／加以裝飾；☆装飾に用いる／用來裝飾；～ひん【装飾品】（名）裝飾品◎

ぞうしょく【増殖】（名・自他サ）（財産等的）増加，増多；（生物的）繁殖；☆資金を増殖する／以資本追逐利潤；☆魚

類の増殖をする／繁殖魚類。◻0

そうしれいかん【総司令官】(名)總司令◻3

そうしん【送信】(名・自サ)〔無電〕發報；廣播；☆暗号電文を送信する／拍發密電；☆新設のテレビ局が送信を始めた／新建的電視局開始廣播了；～き【送信機】(名)發報機；↔じゅしんき(受信機)。◻0

そうしん【痩身】(名)〔文〕身體瘦。◻0

そうしん【総身】(名)〔文〕全身(＝そうみ，ぜんしん)。◻0

*ぞうしん【増進】(名・他サ)增進，增加；☆食慾を増進する／增加食慾。◻0

そうしんぐ【装身具】(名)(帶在身上的)裝飾品；☆装身具をつける／帶裝飾品◻3

そうず【挿図】(名)挿圖(＝さしえ)◻0

ぞうすい【増水】(名・自サ)水量增加，漲水；☆台風のために各河川(かくかせん)が増水した／因有颱風各河水量都漲了。◻0

ぞうすい【雑炊】(名)菜粥，雜燴粥；☆雑炊をすする／喝菜粥。◻0

そうすう【総数】(名)總數；☆人口の総数／人口的總數。◻3

そう・する【草する】(他サ)起草，寫草稿；☆憲法を草する／草擬憲法；図そうす(サ)。◻3

ぞう・する【蔵する】(他サ)藏，貯藏；☆書籍を蔵する／藏書；図ぞうす。◻3

そうせい【双生】(名)雙生，雙胎(＝ふたご)；～じ【双生児】(名)孿生兒◻0

そうぜい【総勢】(名)①全軍；☆連合軍は総勢十万を越える／聯軍總數超過十萬；②(球隊等的)全隊；全體；☆総勢九人が必死に敵の守備陣を乱(みだ)そうとする／全隊九人拼命攻進擾亂對方守勢。◻1◻0

ぞうぜい【増税】(名・他サ)增稅，加稅；↔げんぜい(減稅)。◻0

そうせき【僧籍】(名)僧籍，僧人身份；☆僧籍に入る／入空門。◻0

そうせつ【創設】(名・他サ)創設，創立◻0

そうぜつ【壮絶】(形動ダ)非常壯烈；☆壮絶な光景／非常壯烈的光景。◻0

ぞうせつ【増設】(名・他サ)增設；☆勤労婦人の為に託児所を増設する／為了工作婦女增設託兒所。◻0

そうぜめ【総攻め】(名)總攻撃。◻0

そうぜん【蒼然】(形動タルト)〔文〕蒼然；☆古色蒼然たる道具／古色蒼然的器具，古色古香的器具。◻0

そうぜん【騒然】(形動タルト)〔文〕騷然；☆議場は一時騒然となった／會場一時陷於混亂，會場一時為之騷然。◻0◻3

ぞうせん【造船】(名・自サ)造船；～じょ【造船所】(名)造船廠。◻0

そうせんきょ【総選挙】(名)總選舉，大選；☆総選挙に備える／準備大選。◻3

そうそうⅠ(副)老是，總是(「そう」的加強語，下接否定語)；☆そうそういつまでもお邪魔してはいられない／我不能一味在這裏打擾你了；Ⅱ(感)①(想起忘了的事情時)是的是的；☆そうそう，あしたは私の誕生日だ／是的是的，明天是我的生日啊；②(表示同意對方意見時)是，對；☆そうそう，そうですとも／是的一點也不錯。◻1

そうそう【匆匆】(名)＝そうそう(草草)◻0

そうそう【早早】(名・副)①急忙，趕緊(＝さっそく，いそいで)；☆彼はどなられて早々(に)退却した／他被痛喝了一聲趕緊就走開了；②剛剛(就)…，馬上就…；☆開店早々の店(みせ)／剛開市的舖子；☆入学早々寝込(ねこ)んでしまった／剛一入學就病倒了。◻0

そうそう【草草】(名・副)①簡單，簡略；☆用件だけ伝(つた)えて草草に切り上げた／只把事情簡單傳達後就結束了談話；②簡慢，慢待(謙虛辭)；③草草，不盡欲言(書信末尾附加語)☆まずは御礼まで，草草／先此致謝，不盡欲言◻3◻0

そうそう【錚錚】(形動タルト)〔文〕錚錚佼佼，傑出；☆錚錚たる人物／傑出人物。◻0◻3

**そうぞう【創造】(名・他サ)創造。◻0

**そうぞう【想像】(名・他サ)想像；☆未来を想像する／想像未来；☆想像をたくましくする／隨便想像，胡思亂想；～りょく【想像力】(名)想像力。◻0

そうそうきょく【葬送曲】(名)〔樂〕送葬曲。

**そうぞうし・い【騒騒しい】(形)吵鬧的，嘈雜的，喧囂的(＝さわがしい)；☆機械の音が騒々しい／機器聲嘈雜；図そうぞうし(形シク)。◻5

そうそく【総則】(名)總則，總章。◻0

そうぞく【装束】(名)裝束(＝しょうぞく)。◻1

そうぞく【相続】（名・他サ）繼承；☆父の遺産を相続する／繼承父產；～にん【相続人】（名）繼承人。[0] [1]

そうそつ【倉卒・怱卒】（名）〔文〕倉卒，慌慌張張；匆忙；☆倉卒として去る／倉卒而走；☆怱卒の間（かん）にきめる／倉卒之間決定。[0]

そうそふ【曽祖父】（名）曾祖父（＝ひいじじ）。[3]

そうそぼ【曽祖母】（名）曾祖母（＝ひいばば）。[3]

*そうだ（助動・形動ダ型）①〔接動詞、形容詞、形容動詞終止形下〕據說，傳聞；☆あるそうだ／聽說有；②〔接動詞連用形、形容詞、形容動詞詞幹下〕像，彷彿；似乎，像要…；☆ありそうだ／像有；☆おもしろそうだ／像很有趣；☆雨が降りそうだ／像要下雨。

そうたい【早退】（名・自サ）早退（＝はやびき）；☆病気のため早退する／因病早退。[0]

そうたい【相対】（名）相對；☆左と右、上と下とは相対の関係にある／左和右、上和下是處於相對關係的；↔ぜったい（絶対）；～せいげんり【相対性原理】（名）相對論；～てき【相対的】（形動ダ）相對的；☆時間と空間は相対的である／時間和空間是相對的。[0]

そうたい【総体】Ⅰ（名）總體，全體，全局；☆総体に気を配る／注意全局；Ⅱ（副）①一般說來，總體說來；☆今の子供は総体に賢（かしこ）い／現在的孩子都聰明；☆総体に言えば／總體來說；②本來，原來（＝がんらい、ぜんたい）；☆総体、お前が学者などになれると思うのが間違いだ／本來，你認為可以當學者就是錯誤的。[1] [0]

そうだい【壮大】（形動ダ）雄壯，宏大；☆壮大な建築／宏大的建築。[0]

そうだい【総代】（名）全體的代表；☆卒業生総代／畢業生代表。[0]

*ぞうだい【増大】（名・自他サ）增大，增多；☆失業者が増大の一途をたどる／失業者一天天地增加。[0]

そうだか【総高】（名）總額；☆一日の売り上げ総高／一天的售貨總額。[0] [3]

そうだち【総立ち】（名・自サ）（聽衆、觀衆）因感動或激憤全體站起；☆聴衆（ちょうしゅう）一同総立ちとなって騒いだ／全體聽衆站起來鬧了一通。[0]

そうだつ【争奪】（名・他サ）爭奪；☆政権を争奪する／爭奪政權。[0]

そうたん【操短】（名・自サ）（為減低生產）縮短作業時間，☆工場では五割の操短を行なっている／工廠只開動一半機器。[0]

*そうだん【相談】（名・他サ）商量，商談；☆相談がまとまった／商量好了；☆友達と相談する／與朋友商量；☆相談を持ちかける／拿出（問題）來商量；☆相談に乗る／參與商談；◊できない相談／辦不到的事；～やく【相談役】（名）顧問[0]

ぞうたん【増反】（名・自サ）〔農〕增加耕種面積，☆荒地を開墾して増反する／開墾荒地增加耕種面積↔げんたん（減反）。[0]

そうち【草地】（名）草地，草原。[0]

*そうち【装置】（名・他サ）①裝置，裝備；設備；☆爆薬を装置する／安裝作業；☆暖房（だんぼう）装置／暖氣設備；②舞臺裝置。[1]

ぞうちく【増築】（名・他サ）增建，擴建房屋；☆増築に取りかかる／開始增建[0]

そうちゃく【早着】（名・自サ）早到，提前到達；☆汽車は五分程早着した／火車提前五分鐘開到。[0]

そうちょう【早朝】（名・副）清晨；☆早朝のラジオ体操／清晨的廣播體操。[0]

そうちょう【荘重】（形動ダ）莊重；☆荘重な音楽／莊重的音樂。[0]

そうちょう【曹長】（名）（舊制）陸軍上士。[1]

そうちょう【総長】（名）綜合大學校長[1]

ぞうちょう【増長】（名・自サ）①（壞的毛病）越發加甚；☆わがままが増長する／越發任性起來；②自大起來；傲慢起來；☆一度誉（ほ）められたら、すぐ増長してしまう／一受到表揚，馬上就自大起來；☆増長が過ぎて人に嫌（きら）われる／太驕傲了討人厭。

そうで【総出】（名）全都出來，全體出動；☆巡査は総出で警戒します／警察全體出動戒備；☆家中総出で花火（はなび）を見に行く／全家出去看烟火。[0]

そうてい【送呈】（名・他サ）〔文〕送呈，送上；☆拙著を一冊送呈する／送上拙著一部。[0]

そうてい【想定】（名・他サ）估計，假想

；☆…と言う想定の下（もと）に／在…
的假定之下；～てきこく【想定敵国】（
名）假想敵國。⓪

そうてい【装訂・装丁】（名・他サ）裝釘
，裝幀；☆装訂が立派（りっぱ）／裝幀
漂亮。⓪

そうてい【漕艇】（名）划船。⓪

ぞうてい【贈呈】（名・他サ）贈呈；☆記
念品を贈呈する／贈送紀念品。⓪

そうてん【争点】（名）〔文〕爭論點；☆
哲学上の争点／哲學上的爭論點。①

そうてん【総点】（名）總分數，得分總計⓪③

そうでん【相伝】（名・他サ）〔文〕世代
相傳，家傳；☆某家相伝の宝刀／某家祖
傳的寶刀。⓪①

そうでん【送電】（名・自サ）送電；☆工
場に送電する／向工廠送電。⓪

そうと【壮途】（名）壯途，踴躍出發；☆
世界一周飛行の壮途に上る／踏上環飛世
界一週的壯途。①

そうと（副）＝そっと。

そうとう【双頭】（名）〔文〕①雙頭，兩
個頭；☆双頭の蛇／雙頭蛇；②兩個頭目
，兩個領導。⓪

*そうとう【相当】Ⅰ（自他サ）①適合，適
稱；☆自分の力に相当した職業／適合自
己能力的職業；☆身分に相当する暮らし
／合乎身分的生活；②等於，相當於；☆
三個月分（さんかげつぶん）の給料（き
ゅうりょう）に相当するボーナス／相當
於三個月工薪的獎金；③值得，應該；☆
その罰は彼に相当している／他應該受到
那種懲罰；Ⅱ（形動ダ）①相當好，過得
去；☆相当な家庭／相好的家庭；☆相
当の身なりをしている／穿得很像樣；②
相當，頗，很；相當多，充分；☆相当な
自信を持っている／頗有自信；☆本を相
当持っている／有許多書；☆ここも相当
に暑い／這兒也相當（很）熱；☆あの
男も相当な者だ／那傢伙也頗有一套（本
領）。⓪

そうどう【僧堂】（名）〔佛〕禪堂。⓪

*そうどう【騒動】（名・自サ）騷動，擾亂
，鬧事，暴亂；☆騒動は治（おさ）まっ
た／騷動平息了。①

ぞうとう【贈答】（名・他サ）贈答，交換
禮品（信件、詩歌等）。⓪

そうどういん【総動員】（名）總動員；☆
一家総動員で大掃除する／全家總動員大

掃除。③

そうとう（しゅう）【曹洞（宗）】（名）
〔佛〕曹洞宗〔日本佛教禪宗之一派，始
祖爲道元〕。③

そうどうめい【総同盟】（名）「日本労働
組合総同盟」的簡稱。③

そうとく【総督】（名）總督。⓪

そうとも（感）對，誠然；☆そうとも、全
くおっしゃる通りです／誠然，您說的一
點兒也不錯。①

そうトン（すう）【総噸（数）】（名）①
總噸（數）；②總積載量。①⓪

そうなめ【総嘗め・総舐め】（名・他サ）
①（損失等）波及全部，使全體遭受損失
；☆火事で商店街は総なめにされた／火
災燒毀了整個商店街；②一一擊敗；☆A
チームは相手の三チームを総なめにした
／A隊把對方三隊一一擊敗。⓪

*そうなん【遭難】（名・自サ）遇難；遇禍
；☆火山の爆発で五名遭難した／因火山
爆發，有五人遇難；☆危なく遭難を免（
まぬが）れた／險些遇難；～しゃ【遭難
者】（名）遇難者。⓪

ぞうに【雑煮】（名）煮年糕（菜肉年糕等
合煮的一種食品）；☆元日に雑煮を食べ
る／元旦吃煮年糕。③⓪

*そうにゅう【挿入】（名）〔文〕挿入；☆
契約文に一句を挿入する／合同裏挿入一
句。⓪

そうにょう【走繞】（名）（漢字首部）走
字旁。⓪

そうねん【早年】（名）〔文〕青年時代；
↔ばんねん（晩年）。⓪

そうねん【壮年】（名）壯年；☆壮年に達
（たっ）する／達到壯年。⓪

そうは【争霸】（名）①爭霸；②奪
錦標；～せん【争霸戦】（名）錦標賽①

そうは【走破】（名・自サ）跑完；跑過；
☆百メートルを十秒で走破した／用十
秒一跑一百公尺；☆沙漠（さばく）をジ
ープで走破する／用吉普車穿過沙漠。①

*そうば【相場】（名）①（商品的）市價，
行市；☆米の相場が上がった／稻米行市
漲了；②投機，買空賣空；☆相場に手を
出す／搞起投機買賣；③（俗）常例，老
規矩；☆夏は暑いものと昔から相場がき
まっている／夏天從來就熱；④評價；☆
あの人の相場は下がった／他的身價降低
了；～し【相場師】（名）投機業者。⓪

ぞうはい【増配】（名・他サ）①増加配售量；☆来月から増配されるそうだ／據說自下月起增加配售量；②増加分紅，増付股息；☆B会社の株は昨年より一割の増配となった／B公司股票的股息決定比去年増付一成。⓪

そうはく【蒼白】（形動ダ）蒼白；☆顔が蒼白になる／臉色變蒼白。⓪

そうはつ【双発】（名）雙引擎；～ていさつき【双発偵察機】（名）雙引擎偵察機。⓪

そうはつ【早発】（名・自サ）①提前開車；②〔醫〕由青年起生病；～せいちほうしょう【早発性痴呆症】（名）〔医〕早發性痴呆。⓪

ぞうはつ【増発】（名・他サ）加開（車次）；☆臨時列車を増発する／加開臨時列車。⓪

そうばん【早晩】（副）早晩，遅早（＝おそかれはやかれ）；☆早晩総辞職ということになる／遅早會全體辭職的。⓪

そうび【装備】（名・他サ）〔軍〕装備；☆軍隊を近代的に装備する／用近代武器装備軍隊。①

そうふ【送付】（名・他サ）送，寄；☆金を送付する／送錢，匯款。①

ぞうふ【臓腑】（名）内臓，臓腑（＝ぞうもつ、はらわた）；☆魚の臓腑を出す／取出魚的内臓。①⓪

そうふう【送風】（名・自サ）送風，吹風；☆換気のため地下室に送風する／爲了換空氣往地下室裏送風；～き【送風機】（名）吹風機。⓪

そうふく【双幅】（名）〔文〕雙幅畫，對聯。⓪

ぞうぶつ【臓物】（名）臓物，臓品（＝ぞうひん）。⓪

ぞうぶつしゅ【造物主】（名）造物主。

そうへい【僧兵】（名）僧兵。⓪①

そうへい【造兵】（名）製造兵器；～しょう【造兵廠】（名）兵工廠。⓪

ぞうへい【造幣】（名）造幣；～きょく【造幣局】（名）造幣廠。⓪

ぞうへい【増兵】（名・自サ）増兵，増加兵力。⓪

そうへき【双璧】（名）雙璧，雙珠二者並美；☆楽壇の双璧／音樂界的雙璧。⓪

そうべつ【送別】（名・自サ）送別；☆送別の辞／送別辭。⓪

そうべつ【総別】（副）〔文〕總的，大概，大致（＝おおよそ、そうじて）。①⓪

そうほう【双方】（名）雙方，兩方；☆双方の意見をきく／聽取雙方的意見。①

そうほう【走法】（名）〔運動〕（選手的）跑法。①

そうほう【奏法】（名）演奏方法；☆バイオリンの奏法は実にむずかしい／小提琴的演奏實在難。①

そうぼう【双眸】（名）〔文〕雙眸，雙眼⓪

そうぼう【相貌】（名）①相貌，容貌（＝かおたち）；☆見るからに恐しい相貌／一看就令人害怕的相貌；②様子，情況；☆末期的（まっきてき）な相貌／臨到末期的情況，垂死的相貌。⓪

そうほん【草本】（名）①〔植〕草本；②〔文〕草稿。①⓪

そうほん【送本】（名・自サ）發送書籍；☆出版元（しゅっぱんもと）から各小売店（かくこうりてん）へ送本する／由發行處向各零售店發書。①

そうほんけ【総本家】（名）本宗，本家③

そうほんざん【総本山】（名）〔佛〕（某宗統轄各寺院的）總寺院。③

そうまとう【走馬灯】（名）〔文〕走馬燈（＝まわりどうろう）；☆走馬灯のように変転する／像走馬燈那樣變幻。⓪

そうみ【総身】（名）全身（＝ぜんしん）；☆総身に力をこめる／渾身使勁；◇大男（おおおとこ）総身に知恵がまわりかね／個子大而腦筋遅鈍。⓪①

そうむ【総務】（名）總務；☆総務に希望を申し出る／向總務提出希望；～か【総務課】（名）總務科。①

そうめい【聡明】（形動ダ）聡明；☆聡明な子供／聡明的孩子。⓪

そうめいきょく【奏鳴曲】（名）〔樂〕奏鳴曲。③

そうめん【索麺・素麺】（名）壽麵；細麵①

そうもく【草木】（名）〔植〕草木。①

ぞうもつ【臓物】（名）（鶏、魚、猪、牛等的）内臓。⓪

そうもよう【総模様】（名）（衣服）全身有花紋；☆総模様の花嫁（はなよめ）衣裳／全身有花紋的新娘服裝。③

そうもん【桑門】（名）〔佛〕僧人，沙門；☆桑門に入る／入佛門，當僧人。⓪①

そうゆう（連體）那樣的（＝そんな）；☆そうゆう物は見たことがない／我從來沒

有見過那樣東西。

ぞうよ【贈与】（名・他サ）贈與，捐贈；
☆記念品を贈与する／贈送紀念品。①

そうよく【双翼】（名）〔文〕（鳥、飛機
等的）雙翼。⓪

そうらん【総覧・綜覧】（名・他サ）①總
覧，全部看到；☆カードによって蔵書を
総覧する／根據卡片總覧書；②彙編。⓪

そうらん【騒乱】（名）擾亂，暴亂。⓪

*そうり【総理】（名）總理，内閣總理；～
だいじん【総理大臣】（名）内閣總理，
總理大臣。①

*ぞうり【草履】（名）草履；☆草履を穿く
／穿草履；～とり【草履取り】（名）〔
古〕（主人出門時給主人）携草履的侍僕⓪

そうりつ【創立】（名・他サ）創立；☆専
門学校を創立する／創立專門學校。⓪

そうりょ【僧侶】（名）僧侶。①

そうりょう【送料】（名）郵費，運費③①

そうりょう【総領】（名）〔文〕①頭生兒
，初生子女；☆総領が女なので…／因為
頭生是女孩…；②長子；～むすこ【総領
息子】（名）長子。⓪

ぞうりょう【増量】（名・自他サ）增加分
量；☆薬を増量する／增加藥量。⓪

そうりょうじ【総領事】（名）總領事。③

そうりょく【走力】（名）〔文〕跑的能力⓪

そうりょく【総力】（名）全力；☆国の総
力をあげて戦う／舉全國力量進行戰鬥；
～せん【総力戦】（名）總力戦。①⓪

ぞうりん【造林】（名）〔文〕造林；☆造
林に力を入れる／努力造林。⓪

ソウル【Seoul】〔地理〕漢城。①

そうるい【走塁】（名・自サ）〔棒球〕跑
壘，由一壘跑向另一壘。⓪

そうるい【藻類】（名）〔植〕藻類。①

そうれい【壮麗】（形動ダ）壯麗；☆目を
奪（うば）うような壮麗さ／壯麗奪目⓪

そうれい【壮齢】（名）〔文〕壯年。⓪

そうれい【葬礼】（名）喪禮，葬禮（＝そ
うぎ）；☆葬礼に参列する／參加喪禮⓪

そうれつ【壮烈】（形動ダ）壯烈；☆彼の
最期（さいご）は壮烈でした／他臨終時
很壯烈。⓪

そうれつ【葬列】（名）①參加葬禮者的行
列；☆葬列に参加して焼香した／參加葬
禮並敬香；②送殯行列；☆葬列は静かに
進む／送殯行列靜靜地前進。⓪

そうろ【走路】（名）（運動場的）跑道（

＝コース）；☆走路が雨のために軟かく
なって記録があがらない／跑道因為下雨
軟了記錄不能提高。①

そうろ・う【候】I（自四）〔文〕①伺候；在左
右（＝つかえる、はべる）；②「ある、
いる」的敬語；Ⅱ（補動五）表示謙恭的
敬語（＝ます）；☆参り候＝参ります；
；～ぶん【候文】（名）候文〔用（候）
代替（ます）的文言型信體〕；～よし【
候由】（連語）〔文〕據說，聽說（…ま
すそうで，…とのことで，…ございまし
たそうで）。③

そうろう【早老】（名）早老；☆早老を防
ぐ方法／防止早老的方法。⓪

そうろう【早漏】〔醫〕射精過早。⓪

そうろん【争論】（名・自サ）①爭論，辯
論；☆争論を展開する／展開辯論；②爭
吵；☆家庭内での争論が絶えない／家裏
不斷吵架。①⓪

そうろん【総論】（名）總論；↔かくろん
（各論）。①⓪

そうわ【挿話】（名）插話（＝エピソード）
；☆聴衆を退屈させないように挿話をさ
しはさむ／為了不使聽衆厭倦夾雜一些插
話。⓪

そうわ【送話】（名・自サ）用電話通話，
通電話；☆送話が聞き取りにくい／電話
聽不清楚；☆海を隔てた外国へ送話する
／向隔着海的外國通電話；～き【送話
器】（名）發話器，話筒。⓪

そうわ【総和】（名・他サ）總和，總計；
☆一から十までの総和を出す／求出一至
十的總和。①⓪

ぞうわい【贈賄】（名・自サ）行賄；☆十
万円贈賄する／行賄十萬元；↔しゅうわ
い（收賄）；～ざい【贈賄罪】（名）行
賄罪。⓪

そえ【添え】（名）①添，加；②幫助，輔
佐。⓪

そえがき【添書】（名・自サ）（書信或文
件末尾的）追加字句；☆手紙に添書（
を）する／在書信末尾加上又啓。⓪

そえぎ【添え木】（名）支柱，支棍；☆風
が吹くから茄子（なす）に添え木をしよ
う／因為颳風給茄秧綁上支棍兒吧；☆骨
の折れた腕に添え木をあてる／給折了骨
頭的胳膊攔上托板。⓪

そえもの【添え物】（名）①附加物；附錄
；☆あの本を買ったら、これも添物をし

て買わされた／一買那本書附帶把這個也
賣給我了；⑧贈品（＝けいひん）。◎

そ・える【添える】（他下一）①添,加（
＝くわえる,ます）；☆景品を添える／
加上贈品；②附加,配帶（＝つける）；
☆肉に野菜を添える／肉裏配上一些青菜
；⑧使陪伴,使跟隨；☆兄を添えて幼稚
園にやる／連哥哥一起送到幼稚園；図そ
ふ（下二）。◎

そえん【疎遠】（形動ダ）疏遠。◎

ソーシャル【social】(造語)①社會的；②社
交的；～ダンス【social dance】社交舞

ソース【sauce】（名）調味料,（平常 指
西餐用的香黑醋）。①

ソーセージ【sausage】(名)西式香腸①③

ソーダ【soda・曹達】（名）〔化〕碱,碳
酸鈉,蘇打。①

ゾーン【zone】(造語)地帶,地域；☆ゼブ
ラゾーン／斑馬線（行人優先横道道）。

そか【楚歌】（名）〔文〕楚歌。①

そかい【疎開】（名・自サ）〔除形〕散
開；☆疎開の隊形をとる／採取散開隊形
；遷徙,撤走；☆都市計画でこのマー
ケット街は疎開することになった／因都
市計劃關係這一條商店街決定遷移了；⑧
（戰時城市人口向郷間）疏散；☆郷里へ
疎開する／疏散到故郷去住。◎

そがい【阻害・阻碍】（名・他サ）〔文〕
阻碍,障礙；☆産業の発展を阻害する／
阻礙産業的發展。◎

そがい【疎外】（名・他サ）〔文〕疏遠,
不理睬；☆友人に疎外される／被朋友疏
遠。◎

そかく【組閣】（名・自サ）〔文〕組閣,
組織內閣；☆組閣に着手（ちゃくしゅ）
する／着手組閣。◎

そが・れる【殺がれる】〔（そぐ）的被動
形〕（他下一）①（被）削減；②（被）
削弱☆気勢をそがれる／氣勢被削弱了③

そぎと・る【削ぎ取る】（他五）削薄◎③

—そく【足】（接尾）①表示…雙；☆靴下
一足／襪子一雙；②表示…步（計算走路
或跳躍時的 脚步）； ☆一足飛び／一躍
…。

—そく【束】（接尾）束,把捆；☆薪（ま
き）一束／薪柴一捆。

そく【即】（接）〔文〕即（＝すなわち）
；☆色（しき）即是空（ぜくう）／色即
是空。①

そ・ぐ【殺ぐ・削ぐ】（他五）①削薄；薄
薄削去一層；☆指の皮を庖丁で殺ぐ／用
菜刀削去指上一層薄皮；②削尖；☆竹の
先を削いで槍をつくる／削尖竹梢見作長
矛；⑧削掉；☆鼻を削ぐ／削掉鼻子；④
削減,減少；☆経費を削ぐ／削減經費；
☆興味を殺ぐ／掃興。①

ぞく【俗】（名・形動ダ）①通俗,通常；
☆これが俗に言うおたふく風邪（かぜ）
だ／這就是一般所說的腫炸頸；②鄙俗,
低級；☆俗な人間／俗不可耐的人；⑧（
僧人所說的）俗人,在家人；☆俗の世界
／俗世。◎①

ぞく【賊】（名）①賊,盜賊；②〔古〕叛
賊,叛變者。◎

ぞく【族】（名）①（某）一族（＝やから）
；②（某）一種族（民族）。①

ぞく【続】（名）①繼續（＝つぎ、つづき）
；②續,續編；☆続の方が先に出版され
た／續編先出版了；↔せい（正）。①

ぞく【属】（名）①附屬,附屬物；②屬下
,部下；⑧〔生〕屬。①

ぞくあく【俗悪】（名・形動ダ）庸俗惡劣
,低級； ☆俗悪な趣味／低級趣味； ☆
だんだん俗悪になる／逐漸的變爲庸俗惡
劣。◎

そくあつ【側圧】（名）〔理〕側面壓力,
側壓。◎

そくい【即位】（名・自サ）即位；☆先帝
のあとを受けて即位する／承先帝之後即
位～しき【即位式】（名）即位典禮①②

ぞくうけ【俗受け】（名・自サ）受一般大
衆歡迎；☆俗受けのする歌／受羣衆歡迎
的歌。◎

そくえい【即詠】（名・他サ）即席做詩,
即詠。◎

ぞくえい【続映】（名・他サ）〔電影〕繼
續放映,重映； ☆あの映画は五週 間も
続映された／那部影片連續放映了五個星
期。◎

そくえん【測鉛】（名）測錘,測鉛,測深
器；☆測鉛で深さを測る／用測深器測量
水的深度。◎

ぞくえん【続演】（名・他サ）繼續上演,
續演；☆好評により更に一週間続演する
／由於觀衆歡迎再繼續上演一星期。◎

そくおう【即応】（名・自サ）適應,順應
；☆事態に即応して処置をとる／適應情
況處理。◎

そくおん【促音】（名）日語裡的一種不發聲的發音；像是がっこう（gakko），きっぷ（kippu），けっこん（kekkon）等的「っ」就是促音；～びん【促音便】（名）有些四段活用型動詞的連用形的促音化；例如買う十た→買いた→買った、洗う十て→洗いて→洗って。②

そくが【側臥】（名）〔文〕側臥，歪着身子躺着。⓪

ぞくが【俗画】（名）〔文〕俗畫，通俗的畫。⓪

ぞくがく【俗学】（名）〔文〕世俗的學問⓪

ぞくがく【俗楽】（名）〔文〕①世俗的音樂（三絃樂、箏曲、俗謠之類）；②低級音樂。⓪

ぞくがん【俗眼】（名）俗見，俗眼。⓪

そくぎん【即吟】（名・他サ）即吟，即席吟詠（＝そくえい）。⓪

ぞくぐん【賊軍】（名）賊軍，敵軍。⓪

ぞくけ【俗気】（名）俗氣，俗情；☆あの人は俗気がない／他沒有俗氣。③⓪

ぞくげん【俗言】（名）①俗語；②世俗之言，傳說。⓪

ぞくご【俗語】（名）①俗語；②口語，白話。⓪

そくざ【即座】（名）馬上，立刻，即刻；☆即座にむずかしい問題を解く／立刻解答難題；☆即座の返答は致し兼ねます／難以立刻回答。①

そくさい【息災】（名）①消災；②平安無病；☆無病息災なのが一番よい／最好是無病無災；☆息災で暮らす／無災無病的過日子；～えんめい【息災延命】（名）平安長壽；☆父親の息災延命を祈る／祈禱父親平安長壽。③

ぞくさい【俗才】（名）俗才，長於俗事的才能；☆俗才に長（た）けている／長於俗才。⓪

ぞくざい【贖罪】（名・他サ）贖罪（＝しょくざい）。

そくし【即死】（名・自サ）當場死亡；☆即死を遂げる／當場死亡。⓪

＊そくじ【即時】（名・副）即時，立即；☆即時に御返答（ごへんとう）いただきたい／希望即刻回答；☆両軍は即時撤退（てったい）を開始した／兩軍即刻開始撤退；～つうわ【即時通話】（名）直接撥號（電話）。①

ぞくじ【俗字】（名）俗字；↔せいじ【正字）。⓪

ぞくじ【俗事】（名）俗事，瑣事；☆俗事に追われて研究がはかどらない／爲瑣事所纏研究工作遲遲不進。⓪

そくしつ【側室】（名）〔文〕側室，妾⓪

そくじつ【即日】（名・副）即日，當日（＝とうじつ）；☆投票が即日開票される／投票當天開票。⓪

そくしゃ【速射】（名・他サ）〔文〕快速射擊，速射；☆機関銃を速射する／用機關槍快射。⓪

ぞくしゅう【俗臭】（名）俗氣，粗俗；☆彼の作品はどこか俗臭を帯びている／他的作品有些俗氣。⓪

ぞくしゅう【俗習】（名）世俗的習慣，世俗的風氣；☆日常生活では俗習に従わなければならぬこともある／日常生活中有時也不得不從俗。⓪

ぞくしゅつ【続出】（名・自他）續出，不斷發生；☆暑さで自動車事故が続出する／由於天熱不斷發生車禍。⓪

ぞくじょ【息女】（名）〔文〕女兒（＝むすめ）。①

ぞくしょう【俗称】（名）俗稱；☆警察官のことを俗称おまわりさんと言う／警察俗稱巡警。⓪

＊そくしん【促進】（名・他サ）促進；☆工事の促進を図る／設法促進工程的進展⓪

ぞくじん【俗人】（名）①俗人；②粗俗的人，不解風雅的人；☆俗人にはこの趣（おもむ）きが分らない／粗人不懂得這種情趣；③膚淺的人，庸俗的人；☆あいつは金でどちらにでもつくような俗人だ／那傢伙是個受金錢指使的庸俗的人。⓪

ぞくじん【俗塵】（名）〔文〕塵俗，紅塵⓪

ぞく・す【属す】Ⅰ（自サ）〔文〕＝ぞくする；Ⅱ（自五）＝ぞくする。②

そく・する【即する】（自サ）就，適應；☆実際に即して考える／就實際情況加以考慮；☆相手の気持に即した答（こたえ）をする／適應對方的心情作回答；图そくす（サ）。③

そく・する【則する】（他サ）準據（＝のっとる）；☆学校の規則に則して行動する／準據學校規章行動；图そくす（サ）③

＊ぞく・する【属する】（自サ）屬；☆彼は民主党に属している／他屬於民主黨；☆人間は哺乳類に属する／人屬於哺乳類；图ぞくす（サ）。③

そくせい【即製】（名）立即製成。◎

そくせい【促成】（名・他サ）促成，人工加速培育；☆トマトを促成する／加速培育蕃茄；〜さいばい【促成栽培】（名）〔農〕人工加速栽培。◎

そくせい【速成】（名・自他サ）速成。◎

ぞくせい【俗世】（名）俗世，塵世。◎

ぞくせい【属性】（名）屬性；☆言語を理解する力は人間の属性である／理解語言的能力乃是人類的屬性。◎

ぞくせい【簇生】（名・自サ）叢生；☆笹（ささ）が簇生している／細竹子叢生着◎

そくせき【足跡】（名）①足跡（＝あしあと）；☆未開の山野に足跡を印する／在未開發山野中印上足跡；②事蹟，經過，☆民族獨立についての過去の足跡を振り返る／回顧有關民族獨立的過去事蹟；③業蹟，成就。◎

そくせき【即席】（名）①即席，即刻，毫無準備；☆即席で演説をする／毫無準備地演説；☆即席の料理にしてはうまい／臨時張羅的菜餚够好的了；②沒下工夫，湊合，勉強應付；☆この絵は即席だから駄目だ／這張畫是勉強應付畫的所以不行。◎

ぞくせけん【俗世間】（名）俗世，世上；☆俗世間では、そんな理想主義は通用しない／一般社會裏那種理想主義是行不通的。③

ぞくせつ【俗説】（名）世俗之說，傳說；☆俗説によると／據一般傳說。◎

そくせん【側線】（名）①（鐵路的）側線，岔線；②〔動〕（魚類及兩棲動物身體兩側察覺水流、水壓等的感覺器官）側線。◎

そくせんそっけつ【速戦即決】（連語・名・自サ）速戰速決；☆速戦即決の戦法でいく／採取速戰速決的戰略；採取當時解決的辦法。◎

*ぞくぞく【続々】（副）陸續，繼續；☆見物人が続々と詰めかける／看熱鬧的陸續擠來。①

ぞくぞく（副・自サ）①身上感覺發冷；☆熱があるので背すじがぞくぞくする／因爲發燒背上感覺發冷；②因高興而心情動盪；☆皆に褒められてぞくぞくした／被大家誇獎得心情動盪。①

そくたい【束帯】（名）平安時代以後天皇和文武官在朝廷內所穿的正式服裝。◎

そくだく【即諾】（名・他サ）即諾，立即

應允。◎

*そくたつ【速達】（名・自他サ）①快遞；☆手紙を速達で送る（速達にする）／用快遞寄信（＝そくたつゆうびん）；②快信；〜ゆうびん【速達郵便】（名）快信；〜りょう【速達料】（名）限時郵資。◎

そくだん【即断】（名・他サ）立斷，立即決定；☆こんな時には即断する勇気が必要だ／這個時候須要有當機立斷的勇氣。◎

そくだん【速断】（名・他サ）①從速決定，速決判斷；☆速断を要する／須要從速決定（判斷）；②輕率的判斷；☆もう助からないと思うのは速断である／認爲已經無法挽救是輕率的判斷。◎

そくち【測地】（名・自サ）測量土地；☆売買のために測地する／爲了買賣而量地◎

ぞくち【属地】（名）①附屬的土地；②〔法〕屬地；〜しゅぎ【属地主義】（名）①屬地主義（以地為基礎而規定法律支配關係的主義）；②出生地主義（以出生地址爲基礎而決定其國籍的主義）；↔ぞくじんしゅぎ（属人主義）。◎

ぞくちょう【俗調】（名）俗調，平凡的音調。◎

ぞくっぽい【俗っぽい】（形）低級的，庸俗的，迎合羣衆心理的；通俗的；☆俗っぽい流行歌／低級的流行歌；☆俗っぽい言い方をする／說話庸俗；用通俗的方式講。④◎

*そくてい【測定】（名・他サ）測定；☆全国の耕地面積の測定を行なう／測定全國耕種面積。◎

ぞくでん【俗伝】（名）俗傳，社會上的傳說；☆この史料は俗伝と一致（いっち）する／這個史料與俗傳一致。◎

*そくど【速度】（名）速度；〜きごう【速度記号】（名）〔樂〕速度記號；〜けい【速度計】（名）（汽車等的）速度表①

そくど【測度】（名・他サ）〔理〕量度；測量（度數）。◎

ぞくと【賊徒】（名）賊徒，賊黨。①

そくとう【即答】（名・自サ）即刻回答；☆是非（ぜひ）即答してくれ／務必即刻回答。◎

そくとう【速答】（名・自サ）〔文〕速答，快答。◎

ぞくとう【賊党】（名）〔文〕賊黨，賊衆◎

ぞくとう【続騰】（名・自サ）續漲；☆株

価が続騰する／股票價繼續上漲；↔ぞく
らく（続落）。⓪

ぞくに【俗に】（副）世俗，普通，一般；
☆これが俗に言う美人局（つつもたせ）
だ／這就是一般所説的美人計。⓪

そくねつ【足熱】（名）脚熱；☆頭寒（ず
かん）足熱／頭冷脚熱（的健康法）。⓪

ぞくねん【俗念】（名）俗念；☆俗念を去
らなければ真の悟りは得られない／不去
掉俗念就不能得到眞的覺悟。⓪

そくのう【即納】（名・他サ）立即交納；
☆注文を受けて即納する／接了訂貨立即
交貨。⓪

そくばい【即売】（名・他サ）當場出售；
☆古書を豊富に陳列、即売も致しており
ます／陳列很多古書並當場出售。⓪

ぞくはい【俗輩】（名）〔文〕俗輩，庸俗
之輩。⓪

*そくばく【束縛】（名・他サ）束縛；限制
；☆束縛を受ける／受束縛；☆言論の自
由を束縛する／限制言論自由。⓪

そくはつ【束髪】（名・他サ）梳成西式的
頭髪；☆束髪の女／梳西式髪髻的婦女；
☆束髪に結（ゆ）う／把頭髪梳成西式⓪

ぞくはつ【続発】（名・自サ）連續發生；
☆事故の続発を防止する／防止連續發生
事故。⓪

ぞくばなれ【俗離れ】（名・自サ）脱離俗
塵，不平凡；☆彼は俗離れした人間だ／
他是個不平凡的人；☆この和尚（おしょ
う）の絵は、下手（へた）だが俗離れし
ている／這幅和尚的畫兒雖然不好可是沒
有俗氣。③

ぞくぶつ【俗物】（名）俗物，俗人；☆上
役（うわやく）にとりいる事しか知らな
い俗物だ／（他）是一個只會奉承上級的
俗人。⓪

ぞくへん【続編】（名）續編；↔せいへん
（正編）。⓪

そくほう【速報】（名・他サ）速報，快報
；☆開票結果を速報する／速報宣布開票
結果。⓪

ぞくほう【続報】（名・他サ）繼續報告；
繼續報導。⓪

そくみょう【即妙】（名）頓智，機智；☆
当意即妙の（な）答だ／隨機應變的回答
，機智的回答。⓪②

ぞくめい【俗名】（名）俗名（＝ぞくみょ
う）。⓪

*そくめん【側面】（名）側面，旁面；～か
ん【側面観】（名）側面観，客観，旁観
；～こうげき【側面攻撃】（名）側面攻
撃。③⓪

ソクラテス【Soqrates】（人名）蘇格拉底。③

ぞくよう【俗謡】（名）民謡，流行歌曲⓪

ぞくらく【続落】（名・自サ）〔經〕續跌
；↔ぞくとう（続騰）。⓪

そくりょう【測量】（名・他サ）測量；☆
土地を測量する／測量土地。⓪②

ぞくりょう【属領】（名）屬地，☆オース
トラリアは英国の属領であった／澳大利
亞曾經是英國的屬地。⓪

*そくりょく【速力】（名）速力，速度（＝
はやさ）；☆速力をあげる／增加速度，
加快，☆速力をおとす／減速。②

そくろう【足労】（名）〔敬語〕勞步；☆
度々（たびたび）御足労をかけてすみま
せん／屢次叫您勞步很對不起，☆御足労
を願います／勞您駕來（去）一趟。⓪

ぞくろん【俗論】（名）俗論，庸俗的議論
；☆あんな俗論の相手になっていられな
い／沒有閑工夫理睬那庸俗議論。⓪

そけい【粗景】（名）〔文〕（商店對自己
贈品的謙稱）非薄的贈品，小贈品。⓪

そけいぶ【鼠蹊部】（名）〔解〕腹股溝②

そげき【狙撃】（名・他サ）狙撃；～へい
【狙撃兵】（名）狙撃兵，狙撃射手。⓪

ソケット【socket】（名）①孔，洞，承口
；②〔電〕插口，插座。

そ・げる【殺（削）げる】（自下一）①削
下一片去；☆指先がそげて血が出る／指
尖削掉一片肉出了血；②尖端被削掉；☆
岩角が風雨にそげて丸くなる／岩角被風
雨削掉成了圓形。①

*そこ【底】（名）①底；☆桶の底／桶底；
☆靴の底／鞋底；②地下；水底；☆地の
底／地底下；☆海の底／海底；③最低處
，限度；☆物価が底を突（つ）いた／物
價落到最低限度了；④最下面，最下層；
☆荷物が底積みになって傷（いた）んだ
／貨物堆到最下面被壓壊了；⑤内心；☆
心の底が分らない／居心莫測；☆心の底
を打ち明ける／説出内心話；◇底知れな
い／摸不着邊際，莫測高深；☆底の知れ
ない人／莫測高深的人，莫名其妙的人；
底を入れる／①喝酒；②落到最低限度的
價錢；底を叩（たた）く／用盡，用光；
☆米櫃（こめびつ）の底を叩く／把米吃

得一乾二淨；**底を払（はら）う**＝底を叩く；**底を割（わ）る**①表明内心；☆底を割って話す／推心置腹地說；②〔經〕跌落最低大關。◎

そこ【其処】（代）①〔表示距離聽者較近的場所，比（ここ）遠些，比（あそこ）近些〕那裏，那兒，那邊；☆そこの書棚に辞書がある／在（你）那邊的書架裏有辭典；②（接前邊的話，表示所提到的）那一點，那個地方；☆そこに疑問がある／就在那一點上有疑問；☆そこに家を建てるつもりだ／就打算在那裏蓋房子；☆あ、そこだ／這話你說得正對，問題正在那裏；☆そこまでは考えなかった／我就沒有想到那一點；☆そこが彼のよい所だ／那一點正是他的長處；③指不定的地點；☆そこ迄一緒に行こう／我跟你一塊兒走吧；☆どちらへ？――なあに一寸そこまで／往哪兒去――閒走；④（表示談話中所談到的時間）這時候；☆何をか一時間も待ったかね、そこへ彼がやって来たんだ／大概等了有一個鐘頭吧，這時候他來了。◎

そご【齟齬】（名・自サ）〔文〕齟齬，不一致（＝くいちがい）；☆計画と実践とは齟齬しやすい／計劃與實踐容易發生齟齬。①

そい【底意】（名）〔古〕內心，衷心，真心；☆彼の底意が分らない／不知他的真意如何；☆底意なく／暢所欲言；開誠布公地說。②

そこいじ【底意地】（名）心眼兒，心裏的主意；☆底意地が（の）悪い人だ／壞心眼兒的人；**～わる・い【底意地悪い】（形）**心眼兒不好的。◎

そこいら【其処いら】（代）〔俗〕那邊兒，那兒（＝そこら）；☆そこいらにマッチがないかしら／那邊兒有火柴沒有。②

そこう【素行】（名）素行，品行，操行；☆素行が悪い／品行壞。◎

そこきみ【底気味】（名）一種說不出來的內心感覺；**～わる・い【底気味悪い】（形）**覺得可怕的，令人毛骨悚然的；☆底気味（の）悪い笑いを浮かべている／臉上現出令人毛骨悚然的獰笑。◎

そこく【祖国】（名）祖國；☆祖国のために身を捧（ささ）げる／以身許國，把身體獻給祖國。①

そこぢから【底力】（名）①深厚的力量，潛力，隱藏着的力量；☆彼が底力を出せば誰もかなうまい／他若是把潛力拿出來恐怕沒有人敵得過；☆底力のある声／深沉的聲音。◎③

そこずみ【底積（み）】（名）最下層的貨，放到最下層；☆荷物を底積みにする／把貨物放到最下層。◎

そこそこ（副）①草草了事，慌慌張張；☆食事もそこそこに出かけた／慌慌張張地吃了飯就出門了；②（接尾）大約，左右；☆四百円そこそこしかない／只有四百元左右。◎

そこつ【粗忽】（形動ダ）①疏忽，馬虎；☆粗忽な人だ／疏忽的人；②（由於不留神而造成的）錯誤，過失（＝そそう）；☆とんだ粗忽を致しました／（我）太不小心了（道歉語）。◎

そこで【其処で】（接）因此，於是，所以（＝それで）；☆あなたは写真にお詳しいですね。そこで教えていただきたいのですが、カメラはどのように選んだらよいのですか／我知道您對攝影很內行，因此我想向您請教如何選擇好的照相機。◎

そこな・う【損う】（他五）①傷，害；☆食器（しょっき）を損わないように扱（あつか）え／請小心使用碗碟不要損壞；☆胃腸を損う／傷害腸胃；☆自尊心を損う／損傷自尊心；②（接其他動詞連用形下表示）失敗，沒有成功；☆逃げ損う／沒有逃掉，逃跑失敗了。③

そこなし【底無し】（名）沒有底兒，無限度；☆底無しの沼／沒有底兒的池沼；☆食べさせれば底無しに食べる／若讓他吃他就吃個不休。◎

そこぬけ【底抜け】（名）①掉底，沒有底；☆底抜けの柄杓（ひしゃく）で水は汲（く）めない／用沒有底兒的杓子打不上來；②沒有頭兒，不知止境，海量；☆底抜けの大酒飲み／海量的大酒鬼；☆底抜け相場／跌落不已的行市；③（屢教不改的）吊兒郎當的人；☆底抜け野郎／吊兒郎當的傢伙。◎

そこね【底値】（名）〔經〕最低價，限價；☆棉布も今月あたりが底値（そこね）だろう／布匹恐怕這個月是最賤的了。◎

そこ・ねる【損ねる】（他下一）損傷，損害（＝そこなう）；☆おじいさんの機嫌（きげん）を損ねた／得罪了爺爺，使得爺爺不高興了。③

そこのけ【其処退け】（接尾）比不上；☆彼
の写真術は写真屋そこのけだ／他的攝影
術比照相館都高明，照相館都比不上。

そこはかとない（形）說不出的，難以形容
的；☆そこはかとない悲（かな）しみが
こみあげて来る／心頭湧起了一種說不出
的悲哀；☆かおりがそこはかとなく漂（
ただよ）う／有一股說不出的香味兒在飄
蕩着。

そこばく【若干】（副）〔文〕若干，多少
（＝いくつか、いくらか）。⓪

そこひ【底翳】（名）〔醫〕白內障；綠內障
（青光眼）。⓪

そこびえ【底冷え】（名・自サ）嚴寒徹骨
，透心涼；☆霜が降る夜はひどく底冷え
（が）する／下霜的夜裏冷得透骨。⓪

そこびかり【底光り】（名・自サ）暗中發
光，烱烱的光；☆底光りのする目／烱烱
有光的眼睛。⓪

そこびきあみ　【底引（曳）網】（名）
拖網（＝トロール）。④

そこまめ【底豆】（名）（脚掌上磨出來的）
水泡；☆底豆が出来て歩けない／脚上磨
出來了水泡不能走路。⓪

そこもと【其処許】（代）〔文〕①那裏，
那兒（＝そこ）；②你（＝そなた、あな
た）。②

そこら【其処ら】（代）〔俗〕那一帶，那
裏（＝そのへん、そこいら）；☆其処ら
をよく捜して御覧／請好好地在那一帶找
一找看。②

そさい【蔬菜】（名）〔文〕蔬菜，青菜⓪

そざい【素材】（名）①原材料；☆家を建
てるのにも色色な素材が必要だ／蓋房子
也需要種種的材料；②（文藝美術上的）
題材；☆小説の素材／小說的題材。⓪

ソサエティー【socity】（名）①交遊，交
際；②社會，社交界；③協會，學會。②

そざつ【粗雑】（形動ダ）粗糙，馬虎（＝
ざつ）；☆粗雑な頭／頭腦馬虎；☆粗雑
に扱う／粗枝大葉地對待，馬馬虎虎地處
理。⓪

そさん【粗餐】（名）〔文〕〔表謙〕便飯
，便餐；☆粗餐を呈（てい）したく存じ
ます／敬備便餐。⓪

*そし【阻止】（名・他サ）阻止；☆敵の侵
入を阻止する／阻止敵人入侵。①

そじ【素地】（名）①質地，底子；☆素地
が悪いからいくら塗料を塗ってもざらざ
らしている／由於質地不好怎樣油漆也是
不光滑，②基礎，根基；☆日本語の素地
が出来ている／已有日語的基礎。⓪

*そしき【組織】（名・他サ）①組織，機構
；☆社会の組織／社會組織；☆内閣を組
織する／組閣；②〔生物〕組織；☆人体
の組織／人體組織；～ろうどうしゃ【組
織労働者】（名）有組織的工人。①

そしたら（接）〔俗〕如果那樣，若是那樣
（＝そうしたら、すると）；☆そした
ら、どんなにいいかしら／若是那樣，該
多好。⓪

そしつ【素質】（名）①素質，本質；☆彼
はいい素質を持っている／他本質很好；
②資質，天分；☆彼は音楽の素質がある
／他有音樂的天分。⓪①

そして（接）＝そうして。⓪

そしな【粗品】（名）〔表謙〕粗東西，不
值錢的東西；☆粗品でございますがお納
（おさ）めください／這是一點粗東西
（小意思）請你收下。

そしゃく【租借】（名・他サ）租借；～ち
【租借地】（名）租借地。⓪

そしゃく【咀嚼】（名・他サ）①咀嚼；☆
咀嚼が悪いと胃をこわす／要是咀嚼得不
够好會傷胃的；②〔轉〕理解，體會；☆原
書の意味をよく咀嚼する／想要充分理解原
文書籍的意義必須
有外語基礎。⓪

そしゅ【粗酒】（名）〔文〕粗酒；便酒⓪①

*そしょう【訴訟】（名・自サ）訴訟，起
訴。⓪

そじょう【俎上】（名）〔文〕俎上；☆俎
上の魚／俎上肉，網中魚；☆ここまで追
いつめれば俎上の魚同然だ／已經逼到這
裏就和落網的魚一樣了；◇俎上に載せる
（上す）①置於俎上；②提出來批評或
討論；☆人気作者を俎上に載せる／把流
行作家提出來加以評論。⓪

そじょう【訴状】（名）〔法〕狀子，起訴
書。⓪①

そしょく【粗食】（名）粗食。⓪

そしらぬかお【素知らぬ顔】（連語・名）
假裝不知道的樣子；☆隠しておきながら
素知らぬ顔をしている／把東西藏起來可
是裝作不知道的樣子。

そしらぬふり【素知らぬ振り】（連語・名）
＝そしらぬかお。

そしり【誹り】（名）〔（そしる）的名詞

形）毀謗；☆悪人の誹りを受ける／受到壞人的毀謗。③

そし・る【謗（譏）る】（他五）毀謗，罵人；☆陰(かげ)で人を謗る／背地裏毀謗諺人。①

そすい【疏水】（名）排水，疏水。⓪

そすう【素数】（名）〔數〕素數，質數（除不開的數）。②

そせい【粗製】（名）粗製的東西；～ひん【粗製品】（名）粗製品，粗貨；～らんぞう【粗製濫造】（連語・名）粗製濫造。⓪

そせい【組成】（名・他サ）組成，構造；☆幾つかの要素から組成される／由若干要素組成。⓪

そせい【蘇生】（名・自他サ）蘇醒，回生，再生；☆溺死者を蘇生させる／使溺死者蘇醒；☆朝顔の苗(なえ)が露を受けて蘇生する／牽牛花的幼苗受到露水又活過來了。⓪

そぜい【租税】（名）租稅，稅款；☆租税を納める（徴収する）／交納（徴收）稅款。⓪①

そせき【礎石】（名）〔文〕基石，柱脚石；基礎（＝いしずえ）。①

*そせん【祖先】（名）祖先；☆祖先を崇拝する／崇拜祖先。①

そそ【楚楚】（形動タルト）〔文〕楚楚；☆楚楚とした姿／楚楚之姿。①

そそう【沮喪】（名・自サ）沮喪，頽喪；☆意気(が)沮喪する／意氣沮喪。⓪

そそう【粗相】（名）粗忽，疏失，差錯；☆粗相(を)して茶碗をこわした／由於疏忽將飯碗打碎了；☆粗相がないように注意しなさい／留神不要出差錯。①

そぞう【塑像】（名）塑像；☆塑像を造る／製造塑像。⓪

*そそ・ぐ【注ぐ】（自五）①注入，流入；☆川の水が海に注ぐ／河水流進海裏；②（雨或雪）下降；☆雨がしとしとと降り注ぐ／雨靜靜地下；③（瀑布之類）流下來，落入；☆滝壺(たきつぼ)に数千丈(すうせんじょう)の滝(たき)が注ぐ／數千丈的瀑布落入深潭；④引入，灌入；☆田に水を注ぐ／往田裏引水；⑤灑澆；☆鉢植えに水を注ぐ／往花盆裏澆水；⑥倒入，盛入；☆コップに水を注ぐ／杯子裏盛上水；⑦集中，貫注；☆目を注ぐ／注目，注視；☆注意を注ぐ／集中注意。⓪②

そそくさ（副）慌慌張張；☆着替えをしてそそくさと出かけて行った／換上衣服慌慌張張地就出門了。①

そそっかしい（形）舉止慌張的，冒失的，輕率的；☆自分の家をまちがえるなんてそそっかしい人だ／連自己的家都弄錯了（認不清）眞是個冒失鬼；～さ（名）⑤

*そそのか・す【唆（嗾）す】（他五）唆使，引誘；☆女学生を唆してダンスホールへ行く／引誘女學生到舞廳去。④

そそりた・つ【聳り立つ】（自五）聳立（＝そびえたつ）；☆五重の塔がそそり立つ／五重的塔高高聳立；☆そそり立った険(けわ)しい山／高高聳立的險峻的山。④②

そそ・る（他五）引起（某種感情、慾望等）；☆興味をそそる本／引人入勝的書；☆涙をそそる／引起眼淚，勾起眼淚；☆食慾をそそる料理／引起食慾的菜。⓪

そぞろ【漫ろ】（形動ダ・副）不知不覺地，不由地；☆そぞろに悲しくなる／不由地悲從來來；☆漫ろに涙をもよおす／不知不覺地落淚；～あるき【漫ろ歩き】（名）漫步，閒走；～ごころ【漫心】（名）毫無來由的心情（念頭）；～ごと【漫ろ言】（名）閒談；～なみだ【漫ろ涙】（名）無緣由流的淚；～め【漫ろ目】（名）要看不看的眼神。⓪

そだい【粗大】（形動ダ）〔文〕粗大。⓪

そだち【育ち】（名）①生長，☆稲の育ちが悪い／稻子生長得不好；②教育，教養；撫養；☆育ちのよい子／教育好的孩子，撫養得好的孩子；③出身；長大成人；☆僕は東京生れの東京育ちだ／我是在東京出生本東京長大的；☆貴族育ちの人／貴族出身的人。③

*そだ・つ【育つ】（自五）①發育，成長；☆苗(なえ)が育つ／秧苗發育；②長進，成長；☆彼の音楽の才能はすくすくと育った／他的音樂才能很快地成長起來了。②

そだて【育て】（名）〔（そだてる）的名詞形〕養育，撫養；☆育ての親／撫養者，養父（母）。③

そだてあ・げる【育て上げる】（他下一）培養起來，教育起來，撫養起來；☆女手(おんなで)一つで子供を育て上げる／只憑女子一雙手將孩子撫養起來。⓪

*そだ・てる【育てる】（他下一）①養育，
撫養；☆子供を育てる／養育小孩；②教
育；☆教員が生徒を育てる／教員教育學
生；図そだつ（下二）。③

そち【其新】（代）〔文〕①那邊兒（＝そ
っち、そちら）；②你，汝（＝なんじ、
そなた、おまえ）。⓪①

そち【措置】（名・他サ）處理，措施，處
理辦法；☆臨機応変の措置をとる／採取
臨機應變的措施；☆適当に措置する／適
當處理。①

そちこち【其方此方】（代・副）這邊那邊
，各處（＝そっちこっち）；☆そちこち
にガラスの破片が散っている／這邊這처
都有玻璃碎片兒；☆そちこちに友人がい
る／各處都有朋友。③

そちゃ【粗茶】（名）〔表謙〕粗茶；☆粗
茶を一つ…／請喝（一杯粗）茶…⓪①

そちら【其方ら】（代）①（指示方向）那
邊兒；☆そちらの茶碗を取って来て下さ
い／請你把那邊兒的碗拿來；②（指示所
在地）府上，貴處；☆そちらへ伺います
／到府上去，到貴處去；③寶眷，家屬；
☆そちら様にもお変りございませんか／
貴寶眷也都好嗎？⓪

そつ【卒】（名）①兵士；②畢業的簡稱；
☆東大卒／東京大學畢業。①

そつ（名）（因不注意而發生的）過失，錯
誤；玩忽失事；☆何をやらせてもそつの
無い人間だ／叫他做任何事都不會玩忽出
錯的人；◇そつが無い／無懈可撃；圓滑
周到。⓪

そつう【疎（疏）通】（名・自サ）疏通，溝通
☆意志の疎通を図る／設法加強互相的理
解。⓪

そっか【足下】（名）①脚底下；☆揚子江
の流れが足下に見おろされる／在脚底下
看得見揚子江的河流；②〔文〕足下；☆
足下の御忠告有難く拝受致し候／感謝足
下的忠告並謹接受。①

ぞっか【俗化】（名・自サ）庸俗化，俗化
；☆古都の俗化を防ぐ／防止古都的庸俗
化。⓪

ぞっかい【俗界】（名）俗世，塵俗世界；
☆俗界の衆生（しゅじょう）／俗世衆
生。⓪

*そっき【速記】（名・他サ）①（運用速記
術的）速記；☆演説を速記する／把演說
速記下來；②一般的聽寫筆記；☆張教授

の講義は速記しやすい／張教授的講義容
易記筆記。⓪

そっき【測器】（名）〔文〕觀察氣象的器
具。①

そっきゅう【速急】（形動ダ）〔文〕急
速。

そっきゅう【速球】（名）〔棒球〕快球；
☆速球を投ずる／擲快球。⓪

そっきょう【即興】（名）卽興；☆即興の
歌を作る／做卽興的歌；～し【即興詩】
（名）卽興詩。⓪

*そつぎょう【卒業】（名・自サ）畢業；☆
中学を卒業する／初中畢業；～しき【卒
業式】（名）畢業典禮；～しょうしょ【
卒業証書】（名）畢業文憑；畢業證書⓪

ぞっきょく【俗曲】（名）俗曲，俗謠。⓪

そっきん【即金】（名）現錢，現款；☆お
買い物はすべて即金で願います／買東西
請一律付現款。⓪

そっきん【側近】（名）親信；☆彼は首
相側近の一人だ／他是首相親信人之一；
②左右；☆王様の側近に侍（はべ）る／
侍於王之左右。⓪

ソックス【sock(s)】（名）短襪子。①

*そっくり（副）一模一樣，酷似；☆父にそ
っくりの（な）叔父（おじ）／跟父親一
模一樣的叔叔；②全部；☆有り金をそっ
くり出せ／把錢全部拿出來；③原封不動
；☆家は焼けたが金庫はそっくり残って
いた／房子燒掉了可是金庫（保險櫃）原
封未動。③

そっくりかえ・る【反っくり返る】（自五）
〔俗〕①把身子向後仰（＝そくりかえる）
；☆反っくり返って倒れる／向後跌倒；
②〔轉〕擺臭架子；☆成り上がり者のく
せにそっくりかえっている／一個暴發戶
却擺起臭架子來了。③⑤

ぞっけ【俗気】（名）俗氣，俗野。③⓪

そっけつ【即決】（名・他サ）立刻決定，
立刻裁決；☆事態が差し迫っているので
即決を要する／因情況緊迫需要立刻決定
☆議案を即決する／立刻表決議案。⓪

そっけつ【速決】（名・他サ）速決，快決
定。⓪

そっけな・い【素気無い】（形）冷淡的，
不客氣的；☆こんなに頼んでいるのに素
気無い返事しかしてくれない／那樣央求
他可是僅僅冷淡的回答而已；☆そっけな
く断る／毫不客氣地拒絕。④

そっこう【即効】（名）立即生效，立刻見效；☆この薬を飲めば即効がある／喝下這付藥後立見功效。⓪

そっこう【即行】（名・他サ）〔文〕①立刻去；②立刻執行。

そっこう【速攻】（名）（戰爭和運動比賽的）速攻，立刻進攻；☆敵に対して速攻戦術をとる／對敵人採取速攻戰術。⓪

そっこう【測候】（名）（氣象的）観測；～じょ【測候所】（名）氣象臺，氣象站，氣象観測站（設在地方的観測氣象，預報氣候或警報之處）。⓪

ぞっこう【続行】（名・他サ）繼續執行；☆戦争を続行する／繼續進行戰爭；☆工作続行を指令する／命令繼續工作。⓪

ぞっこう【続稿】（名）續稿；草稿的繼續。⓪

そっこく【即刻】（副）時刻，即時，立刻；☆即刻返答せよ／要即刻回答，立即答覆。⓪

ぞっこく【属国】（名）屬國。⓪

ぞっこん（副）〔俗〕迷戀貌；☆彼の腕前にぞっこん惚（ほ）れ込んでいる／他的能力使我從心眼裏喜愛；☆彼はあの女にぞっこんだ／他迷上那個女子了。⓪

そっせん【率先】（名・自サ・副）率先，領頭，帶頭；☆学校のために率先して寄付（きふ）を集める／為了學校領頭募集捐款。⓪

そつぜん【率然・卒然】（副）①突然；☆率然（と）悟る／突然覺悟；②翻然；☆率然として悔（く）い改める／翻然悔改。⓪

そっち（代）＝そちら。③

そっちのけ（副）扔在一邊兒，拋開；☆勉強をそっちのけにして遊びまわる／把唸書扔在一邊兒到處遊玩；☆今は忙しいからそんな事はそっちのけだ／現在很忙邪個事先擺一邊吧。⓪

そっちゅう【卒中】（名）〔醫〕中風，腦溢血。③

*そっちょく【率直・卒直】（形動ダ）率直，爽直，坦率；☆率直に言うと，もう彼は助からない／率直的說，他已經無救了；☆彼は率直で大胆だ／他爽直而大膽⓪

*そっと（副）①安静地，悄悄地；☆赤ん坊をそっと寝かせる／讓嬰兒安静地睡；②偷偷地，暗中；☆そっと部屋を出る／偷偷地走出屋子；☆そっと金を握らせる／

暗中給錢，偷偷行賄。⓪

ぞっと（副・自サ）（因爲寒冷或驚懼而）毛骨悚然；打寒顫；☆冷水をあびせられたようにぞっとした／被冷水澆了似的打了一個寒顫；☆ぞっと身にしむ夜風（よかぜ）／夜風寒冷徹骨。⓪

そっとう【卒倒】（名・自サ）昏倒，暈倒；☆息子（むすこ）の死を聞くと母親はその場に卒倒してしまった／聽見兒子死了母親當場昏倒。⓪

そっぱ【反っ歯】（名）暴牙，露齒（＝でば）。⓪

そっぽ【外っぽ】（名）〔俗〕外邊，旁邊；◇そっぽを向く／扭向一旁，不加理睬；☆怒ると，そっぽを向いて答えない／一生氣就扭向一旁不答；☆援助を求めたのにそっぽを向かれる／我向他請求幫助可是他沒有理睬。①

*そで【袖】（名）① 袖子；☆袖をつける／縫上袖子；☆その着物は袖を通さずにしまってある／那件衣服一次也沒有上身；②（書桌等的）兩側，（房屋等的）兩翼；◇袖にする／抛棄，遺棄，甩，袖に裾（すが）る／求助，乞憐；袖になる／被抛棄，被甩；袖振り合うも他生（たしょう）の縁／人世上的一切事情都有一定的因縁；袖を引く／①引誘，勾引；②偷偷提醒；袖の乾かぬは女の身／女人好哭⓪

ソテー【法 sauté】（名）〔烹飪〕油炸，油煎。①

そでぐち【袖口】（名）〔縫紉〕袖口。⓪

そでたけ【袖丈】（名）〔縫紉〕袖長。②

そでだたみ【袖畳】（名）折疊和服的方法之一（從簡的折疊法）。③⓪

そてつ【蘇鉄】（名）〔植〕蘇鐵，鳳尾松。⓪

そでつけ【袖付け】（名）〔縫紉〕抬肩，抬掮。②

そでなし【袖無し】（名）坎肩兒，背心；無袖（的衣服）；（＝ノースリーブ）☆袖無しをつくる／裁製坎肩兒。⓪

そでのした【袖の下】（名）賄賂；☆袖の下を使う（取る）／行賄（收賄）。⑤

*そと【外】（名）①外面；☆外を赤く塗った缶（かん）／外面塗紅色的鐵罐；②外頭，家外，☆外で遊ぶ／在外頭玩兒；③別處，別的地方；☆外へ出かける／到別的地方去，到別處去；☆外から帰る／由別處回來；◇家を外にする；外を家に

する／常常在外，不回家。①

そとうみ【外海】（名）外海，大洋；☆外海に出ると波が荒い／到了大洋裏浪濤就大了。③

そとがこい【外囲い】（名）外圍；☆外囲いをつくる／築外圍。③

そとがまえ【外構え】（名）（建築物的門牆等）外部結構；☆外構えの立派（りっぱ）な家／門面華麗的住宅，外部結構考究的住宅。③

そとがわ【外側】（名）外面，外邊；☆塀（へい）の外側を歩く／在牆的外面走。⓪

そとぎらい【外嫌い】（名）不願出門；↔うちぎらい（内嫌い）。③

そとづら【外面】（名）〔俗〕①外面，外表；②對待外人的態度；↔うちづら⓪④

そとのり【外法】（名）外徑，外口。⓪

そとば【卒塔婆】（名）〔佛〕①塔；☆卒塔婆を立てる／修塔；②（立在墳墓後面，上寫梵文經句的）塔形木牌。②

そとぼり【外壕】（名）（設在城外的）護城河。⓪

そとまご【外孫】（名）外孫。⓪

そとまわり【外回り】（名）①周圍；☆屋敷の外回りを掃除（そうじ）する／打掃房屋周圍；②（商社的）外勤，外務員；☆外回りは疲れてつらい／幹部勤非常吃苦。③

そとみ【外見】（名）外表，從表面看；☆外見は悪くない／外表不壞。⓪

そなえ【供え】（名）①貢，獻；②←そなえもの；～もち【供え餅】（名）敬神年糕；～もの【供物】（名）敬神佛用的供物。③②

*そなえ【備え】（名）①設備，裝備；☆大きな建物には非常口の備えがいる／凡是大建築物都需要有太平門的設備；②準備；☆実験には万全（ばんぜん）の備えを必要とする／為了試驗須要萬全的準備；③防備，警備；戒備；☆空襲に対する備え／對空襲的警備；☆備えを立て直す／重整戒備。③②

*そな・える【備える】（他下一）①備置，裝置；☆部屋にテレビを備える／屋裏裝置電視機；②預先準備，防備；☆年末年始の混雑に備えて列車を増発（ぞうはつ）する／為了防備歲末年初的混雜情況增開火車次數；③生來具備，原來具備；☆彼は商才（しょうさい）を備えている

／他生來具備着商業才能；図そのお（下二）。③

*そな・える【供える】（他下一）①（對神佛）上供；☆お神酒（みき）を供える／供神酒，供應；②供給，供應；☆書物を一般の人々の閲覧（えつらん）に供える／將書籍供給大衆閲覽；図そのお（下二）。③

そなた【其方】（代）〔文〕①這兒，那兒；②你，汝。①②

ソナタ【sonata】（名）〔樂〕奏鳴曲。①

ソナチネ【意 sonatine】（名）〔樂〕小奏鳴曲。②

*そなわ・る【備（具）わる】（自五）具備，備有；☆暖房裝置が備わっている／設有暖房裝置；☆文学の才が具わっている／具有文學的才能。③

ソネット【sonnet】（名）十四行詩，短詩。②

そねみ【嫉み】（名）嫉妬（＝ねたみ）；☆人の嫉みを受ける／受人嫉妬。③

そね・む【嫉む】（他五）嫉妬（＝ねたむ）；☆彼女の美貌（びぼう）は多くの女性から嫉まれている／她的美貌受到了多數女子的嫉妬。②

その【園】（名）〔文〕園，花園；☆園に咲きほこる秋の花／園裏盛開的秋天的花。①

*その【其の】（連体）①〔表示距離聽話者較近的事物，比（この）近，比（あの）近〕那個；☆その本を取って下さい／請把那本書遞給我；②指上面所説的事物；☆彼は釣（つり）に行って，その帰りに私の家へ寄った／他去釣魚去了，回頭到了我的家；☆十人及第（きゅうだい）したが私もその一人だ／考中十個人我也是其中的一個；☆その日は留守（るす）だった／那一天我没在家。⓪

その（感）在語塞時用以調整語調；☆そう言われると，その，誠に困るのですが／你這麼一説，我可就實在為難…。⓪

*そのうえ【其の上】（副）又，而且，加之，兼之（＝かつ）；☆値段も安く，そのうえ品もよい／價錢既便宜東西又好；☆学問がありそのうえ才能がある／既有學問而且還有才幹；☆天気もいい，そのうえ天気もいい／是禮拜天又兼天氣好。④⓪

*そのうち【其の内】（副）過幾天，不久；☆其の内また伺います／改天再來拜訪；☆其の内に病気もよくなるでしょう／過

些日子病也會好吧。[0]

そのかわり【其の代り】(副)雖然…可是…；☆今日は行けない。その代り明日連れていってあげましょう／今天不能去，可是明天帶你去；☆彼女は美人ではない、そのかわり心がきれいだ／她並不漂亮、可是她的心地却善良。[0]

そのくせ【其癖】(連語・副)儘管…可是(＝それなのに)；☆金は沢山持っているが、その癖けちんぼうで、なかなか無駄遣いをしない／儘管他很有錢、可是非常吝嗇不肯亂花。[0]

*そのご【其の後】(連語・副)其後、嗣後、後來；☆彼は涙を流して皆と別れた。その後彼の行くえを知るものは誰もいない／他流着淚向大家告別了、後來沒有人知道他的下落；☆其の後お変りも御座いませんか／別後無恙？[0]

そのころ【其の頃】(副)當時；☆私はその頃学生だった／我當時是學生。

ソノシート【sono-sheet】(名)紙或塑膠製的唱片。

そのじつ【其の実】(連語・副)其實、實際上；☆彼は本当にすまないと言っているが、其の実何とも思っていやしないんだ／他嘴上說眞對不起、其實心裏一點也不覺怎樣。[0]

そのすじ【其の筋】(連語・名)①該管的官廳、當局；②警察；☆其の筋に届ける／呈報警察；③那方面；☆其の筋の専門家に言わせると、これは宋の時代のものだそうだ／據那方面的專家說這個東西是宋朝時代的。[3]

そのせつ【其の節】(連語・副)彼時、其時；☆其の節はお世話になりました／彼時承您關照了。[2]

そのた【其の他】(連語・名)其他、另外、以外；☆AからHまでは第一班、其の他は第二班とする／由A到H爲第一班、其他爲第二班；☆食費其の他で三百元要(い)る／飯費和其他共要三百元。[2]

そのて【其の手】(連語・名)那種手段、那樣策略；☆其の手で他人を騙(だま)すのだ／用那種手段欺騙人；☆その手は食(く)わない／那樣花招騙不了我、我不上那個當；◇その手は桑名(くわな)の焼き蛤(やきはまぐり)／(俏皮話)這一招騙不了我、我不上你的當〔桑名是地名、烤蛤子是其名產、(くわな)音同

(くわない)，雙關語〕。[3]

*そのとおり【其の通り】(形ダ)正是你說的那樣；對對。[3]

そののち【其の後】(連語・副)其後、那次以後(＝そのご)；☆其の後おりもございませんか／從那次見面以後您身體很好嗎？別後無恙嗎？[40]

そのば【其の場】(連語・名)①當場、就地；☆その場に居合わせた人々は取り調べを受けた／當時在場的人們都被審訊了；②當下、當時；☆其の場で契約する／當下訂合同；～かぎり【其の場限り】(連語・名)只限於當時、只限於當場；臨時、一時；☆その場限りの答弁／(指會議上的)敷衍一時的答覆、權宜之計的辯解；☆あの話はその場限りにする約束だった／關於那件事我們約定的是哪說哪了(不足爲外人道)；☆彼の決心は何時もその場限りだ／他的決心常常是一時的衝動；～のがれ【其の場遁れ】(連語・名)敷衍一時、權宜之計。[0][3]

そのはず【其の筈】(連語・名)應當、理所當然；☆彼女の歌はすばらしい。それもその筈、彼女の家は一家揃って音楽的才能に恵まれているのだ／她唱歌唱得太好了、可是這也難怪、因爲她們家一家子都具有音樂的才能。[0]

そのひ【其の日】(連語・名)當天、那一天；☆其日帰りの旅／當天來回的旅行；☆その日のうちに／那一天之內、當天裏；～ぐらし【其の日暮らし】(連語・名)當天掙當天花；☆その日暮らしの生活／過着當天掙當天花的生活。[3]

そのひと【其の人】(名)(你說的)那個人；☆私はその人を知っています／我認識那個人。[42]

そのへん【其の辺】(連語・名)〔俗〕①〔表示距離聽話者較近的地方、比(あのへん)近、比(このへん)遠〕那邊、那一帶、那附近；☆其の辺に空家(あきや)はないか／那一帶有沒有空房？②指不定的地點(＝そこ)；☆其の辺まで御一緒に参りましょう／我陪您走一走吧；③(指大略的數量、程度等)那些、那樣程度(＝そのぐらい)；☆重さは五キロかその辺だ／重量差不多有五公斤上下；☆その辺で両方が歩み寄った方がいい／雙方差不多就那樣互相讓步才好；④那一點、那方面；☆僕にもその辺の事情がよ

くわからない／關於那方面的情形我也不大了解。⓪

そのほう【其の方】（連語・代）汝，爾（＝おまえ）／☆その方ごときが知る処ではない／你不要管，你沒有資格打聽。③

そのほか【其の他】（連語・名）＝そのた（其の他）。

そのまま【其の儘】（連語・名・副）①就那樣，照原樣／☆机の上はそのままでいい／桌子上就那樣好了，桌子上不要動；②仍舊，原封不動（＝そっくり）；☆五百年前の家屋や庭がそのまま残っている／五百年前的房子和庭院仍舊還遺留着。④⓪

そのみち【其の道】（連語・名）那方面，那一行，那一業／☆其の道の人でなければわからない／不是内行不能了解，非專家不知道。⓪

そのむかし【其の昔】（連語・名）昔日，舊時，從前（＝むかし）／☆其の昔に返る／回到從前；☆私は其の昔の私ではない／我已不是舊日的我了。⓪

*****そのもの【其の物】**（連語・代）①那個東西；②那個東西本身；☆テレビそのものが悪いわけではない／電視本身並不是個壞東西；③加強前面一個單詞的詞意；☆彼は誠実そのものだ／他非常誠實；☆彼の仕事振（ぶ）りは熱心そのものだ／他幹起活來非常熱心。④③

そのよう【其の様】（連語・形動ダ）那麼，那樣（＝さよう，そんな）；☆其の様には考えられない／不可能那樣想；☆其の様な見方もあろう／也可能有那樣看法。③⓪

*****そば【側・傍】**（名）①側，旁邊兒／☆私の側にいらっしゃい／請您到我旁邊兒來；②附近；☆私の家の側には肉屋がない／我家附近無肉舖；◇側から／一邊…一邊，隨…隨；☆覚える側から忘れてしまう／隨記隨忘。①

そば【蕎麦】（名）①〔植〕蕎麥；☆そば麦を植える／種蕎麥；②〔烹飪〕蕎（麥）麵條；☆そば麦に汁（しる）をかける／蕎麵條上澆湯；～**がき【蕎麦掻】**；～**かす【蕎麦滓】**（名）①蕎麥皮，蕎麥殼（＝そばがら）；②雀斑；～**こ【蕎麦粉】**（名）蕎麵；～**や【蕎麦屋】**（名）蕎麥麵條舖。①

そばずえ【傍杖・側杖】（名）牽連，連累；殃及池魚；☆喧嘩（けんか）の側杖を食って警察へ引っ張られた／受了打架的連累被警察帶走了。③⓪

そばだ・つ【峙つ】（自五）峙立，聳立；☆雪の日本アルプスが峙っている／帶雪的日本阿爾卑斯山聳立着。③

そばだ・てる【欹てる・側てる】（他下一）欹，側；☆耳を欹てる／側耳而聽，傾聽；☆目を側てて見る／注視；図そばだつ（下二）。④

そば・く【側向く】（自五）扭轉身子，把臉扭向一旁。

そば・める【側める】（他下一）使人側目；☆人が目を側めるような乱行（らんぎょう）ぶりだ／使人側目的胡作非爲，使人憤慨的狂暴行爲；図そばむ（下二）③

ソビエト【Soviet】（名）蘇俄。②

*****そび・える【聳える】**（自下一）峙立，聳立；☆山が両側に聳える／山聳立於兩旁（左右）；図そびゆ（下二）。③

そびやか・す【聳やかす】（他五）聳起；☆肩を聳やかして歩く／聳起肩膀走，擺着架子走。④

そびょう【素描】（名・他サ）素描。⓪

そび・れる（自下一）（接在動詞的連用形下，表示）失掉機會，錯過機會；☆言いそびれる／錯過說的機會，未得機會說。

そひん【粗品】（名）←そしな（粗品）⓪

*****そふ【祖父】**（名）祖父；図じじ。①

ソファ（ー）【sofa】（名）沙發椅；☆ソファーに横になる／躺在沙發椅上。①

ソフィスト【sophist】（名）①詭辯家；②好辯論的人。②

そふく【粗服】（名）〔文〕粗服，粗衣裳①⓪

ソフト【soft】（名）①柔軟；②呢帽；☆ソフトを目深（まぶか）にかぶる／呢帽深深地戴着，呢帽戴得齊眉；～**カラー【soft collar】**（名）（西服襯衣的）軟領；～**クリーム【soft cream】**（名）霜淇淋；～**ドリンク【soft drink】**（名）不含酒精的飲料；～**フォーカス【soft focus】**（名）〔照相〕軟焦點（的照片）；～**ぼう【soft帽】**（名）呢帽（＝ソフト）；～**ボール【softball】**（名）〔運動〕壘球（使用大而軟的球，類似棒球）。①

そふぼ【祖父母】（名）祖父母。②

ソプラノ【意soprano】（名）〔樂〕女高音；☆ソプラノを歌う／唱女高音；～かしゅ【soprano歌手】（名）〔樂〕女高音歌唱家。◯

そぶり【素振り】（名）態度，舉止，樣子，表情，☆素振りに見せる／在態度上表現出來，☆私を嫌っていることは彼の素振りで分る／由他的一舉一動就可以看出來他討厭我，☆いやな素振りも見せない／毫無不願意的表情。◯◯

*そぼ【祖母】（名）祖母。◯

そほう【粗放・疎放】（形動ダ）粗放，疏放；↔しゅうやく；～のうぎょう【粗放農業】（名）〔農〕粗放農業。◯

そぼう【粗暴】（形動ダ）粗暴；☆彼は粗暴な人間だ／他是粗暴的人。◯

*そぼく【素朴（樸）】（形動ダ）①素樸，樸直；☆農村の人々の素朴さに打たれる／被農村人民的樸素所感動；②簡單，單純；☆素朴な考え方／單純的想法。◯

そぼく【粗樸】（形動ダ）粗樸，粗糙簡單，粗糙，樸素。

そぼ・つ（自四）〔文〕①潤濕，濡濕（＝ぬれる）；☆霧雨（きりさめ）に濡れそぼつ／被細雨濡濕；②〔古〕（雨）微降。◯

そぼぬ・れる【そぼ濡れる】（自下一）（被雨等）濕透。◯

そぼふ・る【そぼ降る】（自五）（細雨）微降；☆そぼ降る雨に柳の葉がしっとり濡れている／蕭蕭的細雨淋濕柳葉。◯

そぼろ（名）①〔文〕蓬亂，紊亂；②（食品）魚肉鬆（＝おぼろ）；～がみ【そぼろ髪】（名）亂髮，蓬亂的頭髮。◯

*そまつ【粗末】（形動ダ）①粗糙，不精緻；☆粗末な時計はすぐとまってしまう／粗糙的錶用不久就會停擺②粗忽；☆一針（ひとはり）でも粗末に縫ってはいけない／就是一針也不可以粗忽的縫；◇粗末にする／漫不經心地對待；浪費；簡慢（待人）；☆お金を粗末にする／濫用錢◯

そま・る【染まる】（自五）①（布）が綺麗に染まる／布染得很好；②沾染；☆悪い思想に染まる／沾染了壞思想。◯

そ・む【染む】Ⅰ（自五）①染上；☆シャツに赤い色が染む／襯衣染上紅色；②沾染；☆悪習に染む／沾染惡習；Ⅱ〔文〕（他下二）→そめる。◯

*そむ・く【背く】（自五）①背着；☆太陽に背いて立つ／背着太陽站立；②違背，不遵從；☆父の意見に背いて小説家になる／違背父親的意思成爲小說家；☆上官（じょうかん）の命令に背く／不遵從上官的命令；③背叛；④離開（出家）脫離，背離；☆世に背く／離開世俗；☆愛人（あいじん）に背かれる／被愛人拋棄。◯

そむ・ける【背ける】（他下一）（把臉等）背過去，（把身子）扭轉過去；☆顔を背けて泣く／把臉背過去哭；☆目を背ける／不忍正視，把視線移開。◯

そめ【染め】（名）①〔（そめる）的名詞形〕染；☆セーターを染めに出す／把毛衣送去染；②染的顏色；染的結果；☆染が綺麗に上がった／染的顏色很美麗。◯

ぞめ【初】（造語）接在動詞連用形後面表示一年之中的第一次；☆書き初め／試筆（年初開始寫）。

そめあがり【染め上がり】（名）染的結果；☆染め上がりがすばらしい／染得好看。◯

そめいろ【染色】（名）染色，染得了的顏色；☆紫の染色が実によく出た／紫顏色染得很漂亮。◯

そめかえ【染更え】（名）重染，回染；☆染更えに出す／重新去染；☆染更え（を）する／重染。◯

そめかえ・す【染め返す】（他五）重染，回染；☆もう染め返さないと大分（だいぶ）色が褪（あ）せて見苦（みぐる）しい／已經褪色了，若不回染就太難看◯

そめだ・す【染め出す】（他五）染出（色）來☆花模様を染め出す／染出花紋來。◯

そめつけ【染付】（名・他サ）①染上，染上顏色；☆浴衣（ゆかた）の染付けをする／浴衣染上顏色；②染上藍色花紋的布；③藍釉的磁器。◯

そめつ・ける【染め付ける】（他下一）①（布類）染上花紋；☆扇面模様を染め付ける／染上扇面的花紋；②（陶磁器）塗上花色；☆壺（つぼ）を美しく染め付ける／把瓶子塗上美麗顏色。◯

そめなおし【染直し】（名・他サ）染過，重染；☆染直しの着物／染過的衣服；☆染め直し（を）する／重染一下。◯

そめぬ・く【染め抜く】（他五）①充分地染，染透；②留下花紋部分其餘全染，染出白色花紋。◯

そめもの【染物】（名）①染的東西，染的布，②染上顏色和花紋；☆染物をする／染布；〜や【染物屋】（名）染房。[0]

そめもよう【染め模様】（名）染出來的花紋；☆しだれ柳の染め模様／染的垂楊柳的花紋。[3]

*そ・める【染める】（他下一）①染上顏色；☆毛糸（けいと）を染める／把毛線染上顏色；②塗上顏色；☆爪を赤く染める／把指甲塗上紅顏色。[0]

そめわけ【染分け】（名・他サ）染上（塗上）不同的顏色；☆帯（おび）を黄色と黒の染分けにする／把腰帶分別染上黄色和黑色。[0]

そめわ・ける【染め分ける】（他下一）染上（塗上）不同的顏色；☆白地の布を赤と黄に染め分ける／白布上分別染上紅色與黄色；図そめわく（下二）。[4]

そも【抑】（接）〔文〕原來。

そもそも【抑抑】Ⅰ（接）①說起來，蓋（＝いったい）；☆そもそも約束を守らないのがいけないのだ／說起來，不守約就是不對；☆そもそも明治維新とは日本国の近代化の起点である／蓋明治維新乃是日本國家近代化的起點；②究竟，畢竟；☆そもそもこれは何を意味するか／究竟這意味着什麼呢？Ⅱ（名）最初，起始，開端；☆クラス会が僕が酒を飲み始めたそもそもだ／同窗會就是我喝起酒來的開端；☆そもそもの始まり／最初，開始[1]

そや【粗野】（名・形動ダ）粗野，俗野，粗魯；☆粗野な人間／粗野的人；☆粗野にふるまう／擧動粗魯。[1]

ぞや（連語・感助）〔文〕①＝なのだぞ；②＝であるか；③＝のか。

そやつ【其奴】（代）〔文〕〔表卑〕他，那傢伙，那小子（＝そいつ）。[1][0]

そよ（副）風微吹貌；☆風がそよともしない／連一點微風也沒有；☆そよ（と）吹く風／微風吹動的風。[1]

そよう【素養】（名）修養，素養；☆彼は漢文の素養がある／他在漢文上有修養，他有漢文的素養。

そよが・す【戦がす】（他五）搖撼，使…搖動；☆朝風が木の葉をそよがす／晨風吹動樹葉。[3]

そよかぜ【そよ風】（名）微風；☆そよ風が頬を撫でる／微風拂面。[2]

そよぎ【戦ぎ】（名）〔（そよぐ）的名詞形〕動，搖動；☆木の葉のそよぎが聞こえる／聽見風吹動樹葉的聲音。[3]

そよ・ぐ【戦ぐ】（自五）（微風吹樹木等）動，搖動；☆風にそよぐ葦（あし）／被風吹動的葦草。[2]

そよそよ（副・自サ）微風吹動貌；溜溜地；☆風がそよそよ（と）吹く／風微微吹動。[1]

*そら【空・虚】（名）①天，天空，空中；☆太陽が空に輝く／太陽在天空上照耀着；☆飛行機が空を飛ぶ／飛機在空中飛；②天氣（＝そらもよう）；☆今にも降り出しそうな空／欲雨的天氣；③方向；☆遠く祖国の空をしのぶ／遙念祖國；☆旅の空で誰に頼ることもできない／在旅途沒有可以依靠的人；④季節，天（單獨不用）；☆この寒空（さむぞら）にセーターも着ていない／這樣寒天連毛衣都沒有穿；⑤茫然；心不在焉（＝うわのそら）；☆ややもすれば心は空になって人の言う事を聞き漏（も）らす／動不動就心不在焉聽不見別人的話；☆空飛ぶ円盤／飛碟；◊空で／憑記憶；☆空で読む／背誦；☆空で覚える／憑腦子記住；◊空飛ぶ鳥も落とす／勢力很大；空吹く風と聞き流す／充耳不聞，假裝聽而不見；空を使う／假裝不知。[1]

そらー【空】（造語）①表示，虛偽，假的意思；☆空泣き／假哭；②表示沒有根據；☆空恐ろしい／覺得非常可怕的，不知爲什麼而害怕的；③表示空、徒勞無益的意思；☆空頼み／空指望。

そらⅠ（代）那；☆そら私は知りません／那我不知道；Ⅱ（感）（用以促起對方注意）喂，瞧；☆そら急げ／喂，快走；☆そら，田中さんが来た／瞧，田中先生來了；☆そら，危ないぜ／危險。[1]

そらあい【空合い】（名）①天，天氣（＝そらもよう）；☆空合いが悪くなった／天陰起來了；②〔轉〕形勢，局勢，氣氛；☆交渉が破談（はだん）になりそうな空合いだ／交涉有決裂的形勢。[3][0]

そらいろ【空色】（名）①天青色；②天氣（＝そらもよう）。

そらうそぶ・く【空嘯く】（自五）①故作鎮靜，假裝不在乎；②假裝不理，故作不知；☆せっかく意見したのに空嘯いて聞きもしない／一片好心規勸他，可是他故意不加理睬；☆警察の調べにも空嘯いて

白状しない／警察訊問他可是他假裝不知道不肯交代；③若無其事地說，揚言；☆そんな事は知らんと空嘯く／若無其事地揚言說不知道那件事。⑤

そらおそろし・い【空恐しい】（形）覺得非常可怕的。⑥

そらごと【空言】（名）虚偽的話，假話；☆空言を言ってその場（ば）を繕（つく）っても、今にばれる／說假話雖然可以敷衍一時，很快就會露出馬脚。⑳

*そら・す**【反らす】（他五）把…弄彎，竹を反らして輪をつくる／把竹子弄彎做一個圈子；◇身体を反らす／挺起胸來，身子往後仰。②

*そら・す**【逸す】（他五）①使…離開，移開；☆子供から目を逸らすな／要好好看着孩子，不要往旁處看；②逸失，錯過；☆好機を逸らす／錯過好機會；☆話を逸らす／把話岔開，轉一個話題；◇人を逸らさない／不得罪人，待人周到。②

そらぞらし・い【空空しい】（形）①分明是假的，顯然是虚偽的；☆空空しい嘘（うそ）をつく／撒顯而易見的謊，顯然撒謊；☆空空しい世辞（せじ）を言う／說虚偽的奉承話；☆知っているくせに知らないなんて空空しい人だ／明明知道却說不知道，顯然是個虚偽的人；②假裝不懂的，佯作不知的；☆空空しい顔つきをする／裝作不知道的樣子；裝作若無其事的樣子。⑤

そらたかく【空高く】（連語）在空中高高地；☆空高く舞い上がる／昇到高空。

そらだのみ【空頼み】（名）空指望，瞎盼望；☆この旱天（かんてん）に雨を待つなんて空頼みだ／這樣旱天等待下雨眞是瞎盼望。

そらとぼ・ける【空惚ける】（自下一）假裝不知道；☆空惚けてもちゃんと証拠があるから駄目だよ／已經有了證據假裝不知道也不行。⑤

そらなき【空泣き】（名・自サ）裝哭，假哭；☆空泣き（を）して騙（だま）す／裝哭騙人。②

そらなみだ【空涙】（名）流假淚，假淚；☆よくもあんなにうまく空涙が流せるものだ／居然能那樣煞有介事地流起假眼淚來。③

そらに【空似】（名）（人的相貌）偶然的相似，沒有血統關係而相似；☆他人の空似／陌生人的相貌相似。②③

そらね【空寝】（名・自サ）裝睡，假睡；☆いやな人が来ると空寝（を）して知らん顔をする／討厭的人來了就裝睡不理。

そらはずかし・い【空恥ずかしい】（形）不由得害羞的，說不出來地害羞的。⑥

そらまめ【空豆・蚕豆】（名）〔植〕蠶豆。

そらみみ【空耳】（名）①聽錯；☆昨日来ると言ったように思ったが空耳だったかな／昨天好像聽說他來，是不是我聽錯了呢；②假裝聽不見；☆具合の悪い時には空耳を使う／不方便的時候就假裝聽不見。②⓪

そらめ【空目】（名）①看錯；☆闇のなかをすっと UFO（ユーフォー）が飛んだと思ったが空目だったかも知れない／彷彿看見在黑暗中飛過去一個不明飛行物，可能是我看錯了；②假裝沒看見。②

そらもよう【空模様】（名）①天氣，天空的樣子；☆空模様がおかしいから夕立（ゆうだち）が来るかもしれない／天陰起來了，也許要下一場驟雨；②〔轉〕形勢，空氣，氣氛；☆談判は険悪な空模様だ／談判的形勢很緊張。③

そらよろこび【空喜び】（名）空歡喜，白高興；☆一時病気がよくなるかと思ったのも空喜びでした／一時以爲病好了那知是空歡喜。③

そらわらい【空笑い】（名）假笑，裝笑；☆空笑いをして上役（うわやく）の機嫌（きげん）を取る／假笑以諂媚上級。③

そらん・じる【諳じる】（他上一）→そらんずる。④

そらん・ずる【諳ずる】（他サ）默記，背誦，強記；☆英語のリーダーを諳んずるまで読む／把英語讀本讀到能够背誦下來④

そり【反り】（名）①〔（そる）的名詞形〕彎曲；☆木の反りを利用する／利用木頭的彎度；②〔轉〕傾向，脾氣，性格；☆あの夫婦は反りがあわぬ／那一對夫妻脾氣不合。②⓪

そり【橇】（名）橇，雪橇；☆橇に乗る／乘雪橇。①

そり【剃(刀)】（名）剃刀。（＝かみそり）②

そりかえ・る【反り返る】（自五）①（向後）彎曲；（向後，向外）彎曲，翹曲；☆日なたに置くと本の表紙が反り返ってしまう／把書放在陽光底下書皮就翹起來了；②挺起腰板，挺起胸脯；☆議員に当

選すると、すぐ反り返る／一當選爲議員馬上就挺起胸脯來了。◯

ソリスト【法soliste】(名)〔樂〕獨唱家，獨奏家。②

ぞりぞり (名・副)①剃頭髪鬍鬚的聲音；☆ぞりぞり(と)髪の毛を剃り落されてしまった／頭髪嗤嗤地被剃掉了；②剃頭髮。①

そりはし【反り橋】(名)拱橋。②

そりみ【反身】(名)腆胸凸肚，挺起胸脯；☆得意気に反身になって話す／揚揚得意地挺起胸脯說話。③②

そり ①(名)那，這，這(「それ」的俗語)；②(感)〔俗〕→そら。◯

そりゃく【粗略・疎略】(名・形動ダ)疏忽，疏慢，鹵莽；☆大切(たいせつ)な預り品を粗略にしてはいけない／重要的寄存物在保管上不可疏忽；☆客を粗略に扱う／待客疏慢。◯

そりゅうし【素粒子】(名)〔理〕素粒子，原質點。②

*そ・る【反る】(自五)①(向後、向外)彎，彎曲，翹曲；☆板が日に当たると反ってしまう／板面被太陽一曬就翹曲；②身子向後彎，挺起胸脯，腆胸脯；☆もっと反って胸を張って歩け／你要再挺起點胸來走步。①

そ・る【剃る】(他五)剃；☆髭を剃る／剃鬍鬚；☆頭を剃る／剃頭；☆顔を剃る／刮臉。①

*それ【其(れ)】(代)①〔指距離聽話者較近的東西，比(これ)遠，比(あれ)近〕那個，那個東西；☆それよりもこれが良い／這個比那個好；☆それは何ですか／那(個東西)是什麼？②(指前面話中提到的或爲聽話者所知的事物、時間、地點等)那，那時，那裏；☆それは本当か／那是眞的嗎？☆手紙を見たが、それには何も変わった事は書いてなかった／(我)看了信，那裏面沒有提到什麼新的事情；☆先月病気に倒れて、それからずっと休んでいる／上月病倒了，從那時起一直休養；☆それまでは少しも知らなかった／到那時爲止，一點也不知道；☆それとこれとは別(べつ)問題だ／那個和這個是兩個問題(不能混爲一談)；☆それもそうだ／說的也是，那也有理；③那樣；☆それで結構／那樣就很好；☆それには及ばない／用不着那樣(做)；

☆私の子供もそれなんです／我的孩子也是那樣；◇あ、それそれ／啊，對、對！啊，就是那樣！那就對了(表示贊成)；それにしても／話雖如此，即便是那樣，儘管那樣；それはそれとして／那且不說，那且不管；それはそれは／①那太對了(表示贊成)；那可不敢當，那太感謝了；②非常；☆それはそれは寒い日だった／那一天可太冷了；☆それはそれはおもしろかった／那可太有趣了；それはともあれ／那且不說(＝それはさておき)◯

それ (代)〔文〕某(＝それがし)。

それ (感)喲，喲，そりゃ；☆それまた叱られるぞ／哎呀，又要被申斥了；☆それ球を投げるぞ／喂，擲球了。①

それかあらぬか (連語)不知是不是那個緣故；☆彼は喀血(かっけつ)したそうだが、それかあらぬか顔色(かおいろ)が大変悪かった／聽說他喀血了，不知是不是那個緣故，臉色很不好看。◯—②

それがし【某】(代)某，某人，某某；☆某という人の書いた「山」という小説／某甲寫的一篇題名爲「山」的小說；②我(＝われ)(現代人很少用)☆某はこのあたりに住む僧にて候／我就是住在附近的僧人。②

*それから (接)①其次，還有；☆私は鰻(うなぎ)が大好きで、それからビフテキも好きだ／我最愛吃鰭魚還有(煎)牛排也愛吃；☆御飯を食べて、それから出掛けた／吃了飯，然後出門了；☆それからそれと話が尽きなかった／談了這個談那個談個不休；②然後，從那時起，從那裏起；☆それから一週間たって／從那時起過了一個星期；☆大阪まで電車で、それから船に乗る／乘坐電車到大阪，然後(從那裏起)乘船；③(用於催促對方的談話時)請談下去，往下講，後來又怎樣。◯

それきり・それぎり【其れ限り】(連語・副)①只有那些，以那些爲限(＝それかぎり)；☆彼はそれきり何も言わなかった／此外他就一言不發了；②只有那一次，只限那一次(＝それっきり)／以後一次也未遇見他；③沒有下文(＝それでおわり)；☆話はそれきりになった／談到那裏就完了，沒有下文了。◯④

それくらい・それぐらい【其れ位】(連語・名・副)那麼些，那樣程度；☆それ位のことは私も知っている／那樣程度的事

我也知道；☆それ位の高さなら誰でも飛べる／那樣的高度誰都能跳（過去）。⓪

それしき【連語・副】那麼一點點（小事）；☆それしきの事が我慢できなくてはだめだ／那麼一點小事都不能忍受可不行啊。⓪

それじゃ【接】麼，那樣（＝それでは）；☆それじゃ行って来ます／那麼（我）就去一下；☆それじゃ失礼します／那麼（我）就失陪了（不客氣）。③

それそうおう【其れ相応】（連語・名）恰如其分；☆講師にはそれ相応の謝礼を出さなければならない／對於演講的人要給以恰如其分的報酬；☆子供にもそれ相応の慾がある／小孩也有小孩的慾望。⓪

＊それぞれ【其れ其れ・夫れ夫れ】（名・副）各，分別；各各，每個；☆卒業するとそれぞれ職場がちがってしまう／畢業後每個人的工作就都不同了；各人それぞれの理想がある／每個人都有不同的理想；☆皆それぞれ部署（ぶしょ）についていた／大家都分別走上了工作崗位。②

それだから【接】所以，因爲那個，☆彼は病気です。それだから今日の会にも出席できません／他生病了，所以今天的會不能參加；☆それだから私の言った通りにすればよかったのです／所以（當初）照我所說的做就好了（就對了）。③

＊それだけ【其れ丈】（名・副）①那些，那麼多（＝それくらい）；☆それ丈出せば良い時計が買える／出那麼多錢就能買到好錶；②只有那麼些（＝それきり）；☆私が要（い）るのはそれだけだ／我所需要的只有那麼些；☆砂糖はもうそれだけだ／糖只有那個，唯獨那個；☆それだけは言わずに置いた／唯有那一點沒有說（別的都說了）；☆それだけは真平（まっぴら）だ／那可不行（別的什麼都行）；◇…すればそれだけ／…多少就…多少；☆一日休めばそれだけの損になる／休息一天就有一天的損失。⓪

それだのに【接】（俗）→それなのに。③

それだま【逸れ弾】（名）流彈（＝逸れ弾に当たって思わぬ怪我（けが）をする／中流彈而意外受傷。④⓪

それっきり【其れっ限り】（副）→それきり。⓪

＊それで【連語・接】①因此，所以（＝それだから）；☆金がなかった。それで買わ

ずに帰った／當時沒有錢，所以沒有買就回來了；②用以承前啓後；☆それで今日は少し相談があって参ったのです／今天特來跟您商量一件事；③用以催促對方繼續下去；☆それでどうしましたか／後來怎麼樣了？⓪

それでも【接】雖然那樣，儘管如此（＝それにもかかわらず）；☆今日も雪だ。それでも通勤の人は朝早く出かけて行く／今天又是下雪，儘管如此，上班的人還是一清早就從家裏出來。③

それでは【接】①那麼，那麼說☆それでは、これから二学期の授業を始めます／那麼從現在起就開始第二學期的授課；☆それでは、あの話はもう皆言ってしまったのですね／那麼說那些話已經都說了；②如果那麼，要是那樣的話（＝それなら）；☆それでは私も賛成しましょう／如果那樣，我也贊成；☆それでは私が困ります／要是那樣的話，我很爲難。③

それとなく【連語・副】暗中，不露痕跡地，委婉地（＝とうまわしに）☆それとなく人の心を探（さぐ）る／旁敲側擊，不露痕跡刺探別人的心；☆それとなく警告する／暗中警告；☆それとなく言う／委婉地說。④

それとも【連語・接】或者，還是（＝あるいは）；☆船で行くか、それとも汽車で行くか／搭船去還是乘火車去呢？③

それとわ（は）なしに（連語・副）＝それとなく、それとなしに。③

それなのに【接】儘管那樣，雖然那樣（＝それにもかかわらず）；☆詳しく説明してやった。それなのに彼は一向（いっこう）分らない／給他做了詳細的說明，但是他一點也不懂。③

それなら（連語・接）如果那樣，要是那樣，那麼（＝しからば）；☆それなら気をつけて行っていらっしゃい／那麼你就保重吧；那麼你就去吧，多加小心；☆それならこれで失礼します／那麼再見吧。③

それなり（連語・副）①就那樣（＝そのまま）；☆事件はそれなりになっている／事情後來沒有任何發展，沒有下文；②恰如其分（＝それそうおうに）；☆不十分ではあるがそれなりに（の）役目は果たしている／雖然不太好但也恰如其分地發揮了作用。⓪

それに【接】①更兼，而且（さらに）；☆

頭が痛い。それに風邪気味だ／頭痛，而且有些感冒；②儘管那樣，但是（＝それなのに）／今日は熱がある。それなのに働けと言う／（我）今天發燒了，可是還叫我勞動。⓪

それほど【其れ程】（連語・副）①那麼，那樣（程度）；☆それ程きたけりゃ行かしてあげる／（你）那麼想去就讓你去吧；☆それ程ひどい病気でもない／也並不是那麼厲害的病。⓪

それゆえ【其れ故】（連語・接）因爲那個，所以（＝それだから）；☆彼は音楽学校の出身だ。それ故、ピアノが弾ける／他是音樂學校畢業的，所以能彈鋼琴⓪

そ・れる【逸れる】（自下一）①脱離正軌，歪向一旁；☆話が逸れる／離開話題；☆弾丸が逸れる／子弾打歪，没有打中；②不和諧子，走調；☆歌がピアノから逸れる／歌的調子與鋼琴不和，走調；③走向一旁，避開；☆彼は私を避けるように露路（ろじ）へそれてしまった／他好像故意躲避我走進一條小胡同裏去了。②

ソれん【ソ連】（名）蘇聯；（＝ソビエト連邦）。①

ソロ【solo】（名）〔樂〕獨唱，獨奏。①

そろい【揃い】（名）①套，組；一套，一副，一組；☆着物一（ひと）揃い／一套衣服；☆茶器を二（ふた）揃い買う／購買兩套茶盅茶碗；②成套，成副，成組；一致，一樣；☆揃いの着物／成套的衣服；☆上衣（うわぎ）と揃いのズボン／跟上衣一致的褲子；☆この本は三冊で一揃いです／這書三冊成爲一套；③（多數人）聚在一起；☆皆様御揃いでどちらへ御出でですか／你們大家（湊在一起）預備到哪裏去呀？②

-ぞろい【揃い】（造語）接在體言下面表示都是、各個一樣的意思；☆彼の作品は傑作揃いだ／他的作品都是傑作。

そろ・う【揃う】（自五）①齊，齊全，齊一致；☆高さが揃わぬ／高度不齊；☆色が揃っている／顔色一致；☆もう一冊あると全部揃う／再有一册就齊全了；☆子供の入学用品が揃った／孩子入學校的用品齊備了；☆よく揃った夫婦／匹配的夫妻；②聚齊，湊在一起；☆会のメンバーが揃った／會的成員齊了；☆揃って訪問する／（大家）一起去拜訪；☆あのクラスには優等生が揃っている／那一班裏

都是優秀的學生；③成雙，成對；☆箸（はし）が揃っていない／筷子不成雙；☆揃っていない靴／不成對的鞋；一致，諧和；☆全員の考えが揃う／大家的意見一致；☆歌の調子が揃わない／歌的調子不諧和；◊揃いも揃って…ばかり／毫無例外，全是…；☆揃いも揃ってノッポばかりだ／全是高高瘦瘦的人。②

そろう【疎漏】（名・形動ダ）疏忽，疏失，潦草，不周到；☆校正は疎漏で誤植が多い／校正潦草排錯的字很多。⓪

そろえ【揃え】（名）①〔そろえる〕的名詞形；②＝そろい。②

そろ・える【揃える】（他下一）①使…一致；☆高さを揃える／使高矮一致，使之一般高；☆色を揃える／使顔色一致，使成爲一個顔色；☆声を揃える／使聲音諧和；②使…齊備，備齊，湊齊；☆数を揃える／把數目湊齊；☆商品を揃える／備齊（各種）商品；③使…成雙，成對；☆靴を揃える／把兩隻鞋擺在一起。③

そろそろ（副）①慢慢地，徐徐；☆そろそろと歩く／慢慢地走；②漸漸，逐漸；☆そろそろ暑くなって来た／漸漸熱起來；③就要，不久（＝まもなく）；☆そろそろ出来上がるころだ／不久就要成功了①

ぞろぞろ（副）①（多數的人或蟲子）一個跟着一個，絡繹不絶；☆猿回（さるまわ）しのうしろに子供がぞろぞろついて行く／一大堆孩子跟在耍猴的後面；☆木の幹（みき）に毛虫（けむし）がぞろぞろ爬っている／一大堆毛蟲咕咕容容地在樹幹上爬；②後面拖着長東西跑；☆帯をぞろぞろ引きずっている／（她）把帶子（在後面）長長地拖拉着。①

そろばん【十露盤・算盤】（名）①算盤；☆そろばんをはじく，算盤を寄せる／打算盤；②〔轉〕利害得失；☆そろばんが合わない／不合算，划不來；③〔轉〕如意算盤；☆世の中は算盤通りには行かない／世事不能盡如人意。⓪

そわ・せる【添わせる】（他下一）①使其適應適合；②〔古〕使結婚，配成夫婦；☆あの二人を早く添わせてやれ／使他們兩個人早點結婚吧。⓪

そわそわ（副・自サ）不鎮靜，慌張，心不在焉；☆何となくそわそわした様子をしている／他彷彿有點慌張的様子；☆彼はそわそわしていてこっちの話も耳に入ら

ぬらしかった／他心不在焉的樣子，連我的話好像也沒有聽見似的。①

そわつ・く（自五）慌張，不鎮靜，心不在焉；☆そわついて失敗ばかりしている／慌慌張張弄得只有失敗一途。⓪

*****そん【損】**（名・自サ）①損失，賠錢；☆この取引で二百万円の損をした／在這次交易上賠了二百萬元；☆損して得を取る／先賠後賺；②不合算，吃虧，不利；☆この品物（しなもの）を買うと損をする／買這個東西不合算，吃虧；☆損な役回りをする／擔任吃虧的角色；☆それは君のために損だ／那對你不利。①

そんい【尊意】（名）〔文〕〔敬語〕尊意，貴意，高見。①

そんえき【損益】（名）損益，盈虧；**～けいさんしょ【損益計算書】**（名）〔簿記〕損益計算書，盈虧計算表。

*****そんがい【損害】**（名・自サ）損失，損害，損傷，損耗；☆三十万円の損害／三十萬元的損失；☆洪水（暴風）による損害／洪水（暴風）引起的損害；☆甚大（じんだい）な損害を被（こうむ）る／蒙受很大的損失；**～ほけん【損害保険】**（名）損失保險；**～ばいしょう【損害賠償】**（名）損失賠償。⓪

ぞんがい【存外】（副・形動ダ）意外；☆この菓子は存外にうまい／這個點心意外好吃；☆存外利口だ／意外地聰明。①⓪

ソング【song】（造語）歌。

*****そんけい【尊敬】**（名・他サ）尊敬，恭敬，敬仰；☆先生に尊敬を払（はら）う／對老師尊敬；☆彼は尊敬に値（あたい）する人物（じんぶつ）だ／他是值得尊敬的人物。⓪

そんげん【尊厳】（形動ダ）尊嚴；☆尊嚴を保つ／保持尊嚴。⓪③

*****そんざい【存在】**（名・自サ）①存在；☆結果のある所には必ず原因が存在する／有其結果必有其原因；②存在，人物；☆彼は哲学界で実に大きな存在だ／他在哲學界是一個重要人物；☆存在を認められる／受到重視。⓪

*****ぞんざい（形動ダ）**①粗糙，草率，潦草；☆字をぞんざいに書く／寫字草率；②粗魯無禮；☆ぞんざいな言葉遣（ことばづか）い／說話粗魯。③

そんじ【損じ】（名）損傷，損壞；☆損じのない立派（りっぱ）な品／沒有受損傷

的好東西（物）；☆書き損じの紙／寫壞了的紙。③

ぞんじ【存じ】（名）知道；了解；☆あの話は御存じですか／那件事情您知道嗎？☆存じの外（ほか）／意外。⓪

*****そんしつ【損失】**（名・自サ）①損害；☆海賊による艦船の損失は大きい／輪船由於遇到海賊而受的損失是很大的；②虧損；☆損失を蒙（こうむ）る／受到虧損；③損失；☆彼の死は学界の大きな損失だ／他的死是學術界的一大損失。⓪

そんしょう【損傷】（名・自サ）損傷，損壞；☆自動車が衝突して車体が損傷した／汽車衝撞，車箱損壞了☆損傷を与える／使受損傷。⓪

そんしょう【尊称】（名・自サ）尊稱，敬稱；☆尊称を奉る／奉以尊稱。⓪

そんしょく【遜色】（名）遜色；☆外国製品と比べて遜色（ひけ）のない品（しな）／與外國產品比較沒有遜色的貨品。⓪①

そんじょ そこら（名）〔俗〕隨便什麼地方，到處；☆あんな立派な男はそんじょ そこらにはいない／那樣了不起的人物不是到處都有的；☆そんじょ そこらにある代物（しろもの）とは違う／這東西是與衆不同的。⑤

そん・じる【損じる】Ⅰ（自上一）損壞，損傷，損耗；☆この家は大分（だいぶ）損じている／這棟房屋嚴重損壞了；☆機械が損じている／機器壞了；Ⅱ（他上一）損壞，使受損傷；☆茶器を損じる／損壞茶具；☆名声（めいせい）を損じる／損壞名譽；Ⅲ（補動・上一）失錯，失敗；☆書き損じる／寫錯図そんず（サ）。⓪③

ぞん・じる【存じる】（自上一）〔表謙〕①想，打算，認為（＝かんがえる）；☆明日出発しようと存じます／我打算明天動身；☆大変結構だと存じます／我認為很好；②知道，認識（＝しる，おぼえる）；☆その方なら存じております／要是那個人我認識；☆それは存じも寄らぬ事です／那事我一點也不知道；☆いい洋服屋を御存じですか／您知道哪裏有一個好西服店沒有？図ぞんず（サ）。③⓪

そん・する【存する】（自サ）存在；☆軍国主義の存する限り戦争は絶えない／軍國主義存在一天戰爭是不會消滅的；☆寺の礎石は今も存する／廟的基石現在還存

在着。③

そん・ずる【損する】（自・他サ）→そんじる。③

ぞん・ずる【存する】（他サ）→ぞんじる③

そんぞく【存続】（名・自サ）繼續存在，永存；☆旧制度が改革されたのちも旧思想は依然として存続する／舊的制度改了之後，舊思想依然繼續存在着。⓪

そんだい【尊大】（名・形動ダ）尊大，驕傲自大；☆まだ若造（わかぞう）のくせに尊大な態度をとる／年紀還小可是妄自尊大；☆尊大ぶる／驕傲自大。⓪

そんたく【尊宅】（名）貴宅，尊宅，府上；☆明朝（御）尊宅に伺ってよいでしょうか／明早到府上拜訪可以嗎？⓪①

そんちょう【村長】（名）村長；☆村長を選挙する／選舉村長。①

*そんちょう【尊重】（名・他サ）尊重，重視；☆人格の尊重／尊重人格；☆伝統を尊重する／重視傳統。⓪

そんとく【損得】（名）損益，得失，利害；☆損得を考えたらこの仕事は出来ない／要考慮到得失這項工作就沒法做了；☆差引損得なし／旣不賺錢也不賠錢。①

**そんな（連體）那樣的（＝そのような）；☆そんな事を言っても仕方（しかた）がない／你說那樣話也是白說；☆そんな人は知らない／我不認識那樣的人。⓪

そんなに（連體）那麼樣（＝そのように）；☆そんなに寒いのか／那麼樣冷嗎？⓪

そんなら（接）→それなら。③

そんのう【尊皇・尊王】（名）尊王；～じょうい【尊王攘夷】（日本明治維新以前主張擁護日皇抵抗西方侵略的口號）。⓪

そんぱい【存廃】（名）〔文〕存廢，保留和取消；☆旧制度の存廃について議論する／議論舊制度的保留和取消問題。⓪

そんぴ【存否】（名）〔文〕①存否，生存與否；☆遭難者の存否を聞く／打聽遇難人還存在否；②存廢，保存和取消；☆公娼制度の存否を議論する／討論公娼制度的存廢；③健在與否；☆遭難機の乗員の存否は不明である／遇難飛行人員的健在與否還不明確。①

そんぷ【尊父】（名）〔文〕令尊；☆御尊父様もお変りございませんか／令尊還健康嗎？①

そんぶん【孫文】（名）孫文，國父　孫中山先生。

ぞんぶん【存分】（副）①盡量，充分，隨便；☆存分にたべてくれ／請多吃，請盡量吃②思う存分遊んだ／盡興地玩了③⓪

そんぼう【存亡】（名）〔文〕存亡；☆国家の存亡を決する戦い／決定國家存亡的戰爭；☆危急存亡の時／危急存亡之秋⓪

ぞんめい【存命】（名・自サ）生存，健在，在世；☆父母とも存命しております／父母都在世；☆父の存命中はお世話になりました／父親在世時多承關照。①⓪

そんらく【村落】（名）村子，村落；☆村落が点在（てんざい）している／村落分散着。①⓪

そんりつ【存立】（名・自他サ）存立存在；☆国家の存立があやぶまれる／國家能否存在有了危險。⓪

そ

た・タ　だ・ダ

た①五十音圖「た行」第一音；發音爲ta；②〔字源〕平假名是「太」字的草體，片假名是「多」字的上半。

た一（接頭）冠於動詞、形容詞上，加強語氣：例。たやすい，たばかる。

た一【他】（造語）別的，另外的（＝ほかの，よその）；☆他方面／別的方面；☆他市／別的市。

た一【多】（造語）多的（＝おおくの）；☆多人數／許多人；☆多方面に亘る／涉及多方面。

た（助動・特殊型）〔接動詞的連用形，表示過去及完了〕①表示動作、作用已經過去；☆昨日は寒かった／昨天很冷喔；☆父に叱（しか）られた／被父親申斥了；②表示（某一動作已經）完了；☆練習は今終（お）わった／練習剛做完；☆一時間で書き上げた／用一個鐘頭寫好了；③（用連體形，起形容詞作用）表示現在的狀態（＝ている）；☆曲（ま）がった針／彎釘子；☆尖（とが）った帽子／尖帽子；☆痩（や）せた顔／瘦臉兒；④表示堅強的決心、斷言、回憶等；☆よし買った／好，買定了；☆君だったのか／還（原來）是你呀！⑤表示命令；☆どいた，どいた／躲開躲開；☆早く歩いた，歩いた／快走快走！図たり（ラ型）。

＊た【田】（名）田（＝たんぼ）；☆田に水を引く／往田裏引水；☆田を耕（たがや）す／耕田。図

＊た【他】（名）他，另外其他（的人、地點、事物等）（＝ほか）；☆數學のできる學生は他の學科の成績もよい／數學好的學生其他課程的成績也好；☆他に例を求める／另外找個例子；☆顧みて他を言う／顧（左右）而言他；☆彼さえ出來ないのだから他は推して知るべしだ／連他都辦不到呢，別人就可想而知了；☆他に行くところがない／沒有別的地方可去。図

た【多】（名）〔文〕多；◊多とする／認爲不少，予以重視（用以表示感謝）；☆その勞を多とする／認爲（他的）功勞很大（值得感謝）。図

だ「た」的濁音，發音爲da。

だ（助動・特殊型）〔指定助動詞〕是；☆今日は土曜日だ／今天是星期六；☆あれは山だ／那是山；☆君が悪いのだ／是你不對；因なり（ラ型）。

だ【打】（名）〔棒球〕打，打球；☆彼は投打両面でチームの中心となっている／他在投球打球兩方面都是球隊的中堅；②←だすう（打數）。

ダーウィン【Charles Robert Darwin】〔人名〕達爾文。図

ターキー【turkey】（名）〔動〕火雞。図

ダーク【dark】（名・形動ダ）①暗，黑暗（＝くらい）；②愚暗，蒙昧；③祕密，隱密（かくれた）；④暗夜；～スーツ【dark suite】（名）深藍色的西裝；～ホース【dark horse】（名）①〔賽馬〕實力不明而可能跑第一的馬；②〔選舉時〕實力不明的生力軍（競爭者）。図

＊―ダース【打】（接尾）ダズン dozen 之訛）打，十二個；☆ビール半ダース／半打啤酒；☆二ダース入りの箱／裝兩打的箱（盒）子。

ターニング【turning】（名）①轉，旋轉；彎曲，曲折；②轉過去，繞過去；～ポイント【turning point】（名）轉折點；分歧點；～ミル【turning mill】（名）豎型鏇床。図

ターバン【turban】（名）①（印度、阿拉伯等國穆斯林的）頭巾；☆ターバンを巻（ま）く／（頭上）纏頭巾；②（19世紀流行的）頭巾裝束的婦女髮型；③頭巾式的帽子。図

ダービー【Derby】（名）①英國 Surrey 州 Epsom 市每年舉行的大賽馬；②其他國家的大賽馬。図

タービン【turbine】（名）〔機〕透平 渦輪機；☆タービン汽船／渦輪機船；☆蒸気タービン／蒸氣透平。図

ターミナル【terminal】（名）①（鐵路的）終點；②〔電〕端，端鈕，接頭。図

タール【tar】（名）〔化〕瀝，焦油；煤瀝。図

ターン【turn】（名・自サ）①轉，旋轉；②改變路線；③（游泳）折回；～テープ

ル【turn table】（名）（留聲機的）轉盤。①

*たい【対】（名）①相反的東西，反意詞；②同等，對等；☆対の力／不相上下的能力；③對比；☆三対一の得点で勝つ／以三比一得勝；④對立；☆台湾大学対政治大学のフットボール試合／臺大對政大的足球賽。①

─たい【体】（接尾）（計算佛像的單位）尊；☆観音像一体／觀音像一尊。

たい【鯛】（名）〔動〕棘鬣魚，鯛（俗稱家吉魚、大頭魚）；◇腐っても鯛／瘦死駱駝大於牛，鯛の尾より鰯（いわし）の頭／寧爲雞首不爲牛後。

*たい【度い】助（動・形型）〔希望助動詞〕想，打算，願意；☆百まで生きたい／想活到百歲；☆行きたくない／不想去；☆私も買いたかった／我也想買來着；☆お茶が飲みたい／想喝茶；☆行きたければ行くがよい／想去你就去吧；図たし（形ク型）。

たい【体】（名）①身體（＝からだ）；☆体を交（か）わす／把身子躱開，閃躲；②體裁，形式；☆体を成さぬ／不成樣子；③〔文〕體，本質。①

たい【隊】（名）①隊，軍隊，部隊；②隊伍；☆隊を組んで進む／列隊前進。①

たい【胎】（名）胎。①

たい【他意】（名）其他的想法，他意；☆他意はない／別無他意。

タイ【tie】（名）①紮，繫，綁；②（「ネクタイ」之略）領帶；③〔樂〕連結線；④〔運動〕得同分，不分勝負。①

タイ【Thailand】〔地理〕泰國。①

─だい【大】（造語）①大小（＝…のおおきさ）；☆三尺大／三尺大小；☆鶏卵大の石／鶏蛋般大的石頭；②大學；☆東大／東京大學。

*だい【大】（名）①（大小的）大；☆サイズを大、中、小に分ける／把尺寸（號碼）分爲大、中、小；☆卵（たまご）大の電（ひょう）／鶏蛋大的電子；②〔用（大の）的語形〕很，極；☆二人は大の仲よしだ／兩個人很要好（有交情）；☆大の好物（こうぶつ）／頂喜歡吃的東西；③大月；☆今月は大だ／本月是大月；◇大なれ小なれ／不管大小，無論大小；大は小を兼ねる／大能兼小，大的能代替小的（使用）。①

─だい【台】（接尾）①接在數詞下面，表示大致的程度、範圍；☆四十台の男／四十多歲的男子；☆相場が暴騰して五百円台を割る／行市暴漲突破五百元大關；②（計算車輛、機器等的單位）輛，架，臺；☆バス三台／三輛公共汽車；☆カメラ五台／五架照相機。

*だい【代】（名）①代，一代，一輩；☆この家は祖父の代から三代続いている／這一家從祖父那一代起已經繼續了三代；②代價（＝だいきん）；☆リンゴ代／蘋果錢；☆バス代値上り／（車）票價上漲。⓪

*だい【台】（名）①樓臺，高臺（＝ものみ）；②飯桌，大発；③臺架，座；☆花瓶の下に台をおく／花瓶下面墊上一個座；④臺地，高崗。①

だい【題】（名）①題，題目，問題；☆題を出す／出題；②標題；☆題をつける／加標題。①

ダイアグラム【diagram】（名）①〔理〕圖，線圖；②〔鐵〕行車時間表（＝ダイヤ）。

たいあたり【体当り】（名・自サ）①（以自己的身體）衝撞，撞倒（對方，亦轉用於空戰時以飛機衝撞飛機）；☆体当りを食わせる／用身體衝撞；②〔轉〕拼命幹，全力以赴；☆入学試験に体当りする／拼命準備考學校。③

タイアップ【tie up】（名・自サ）聯合，合作，協作（＝ていけい）；☆某社とタイアップする／與某公司合作；☆タイアップで事業をやる／聯合擧辦事業。③

ダイアモンド【diamond】（名）①〔礦〕鑽石，金剛石；②（撲克牌的）方塊（＝ダイヤ）；③〔棒球〕內野。④

ダイアリー【diary】（名）日記。①

ダイアル【dial】①〔天〕日晷；②（電話機的）撥號盤；③（收音機、各種儀器的）標度盤（鐘錶上的）字盤；☆受話器をはずしてからダイアルをまわす／摘下聽筒後再撥撥號盤；☆ダイアルを九百八十サイクルに合わせる／把標度盤對在九百八十率上。⓪

た

たいあん【大安】（名）大安。⓪

たいい【大意】（名）大意（＝あらすじ）；☆大意をかいつまんで書く／拈要地寫。

たいい【大尉】（名）〔軍〕上尉（海陸軍官制，尉官中的最上級）。①

たいい【体位】（名）①體格標準；☆体位
の向上をはかる／謀求提高體格標準；②
身體的位置、姿勢。①

たいい【退位】（名・自サ）①（帝王）退
位；②〔文〕辭官。

たいいく【体育】（名）體育；～かん【体
育館】（名）體育館。①

*だいいち【第一】Ⅰ（名）①第一；☆朝起
きたら第一に顔を洗う／早晨起來首先洗
臉；②首要的東西、最重要的東西；☆成
功には堅忍不抜が第一だ／爲了成功最重
要的是堅忍不抜；Ⅱ（副）首先；☆第一
あの顔が気にくわない／首先他那副面孔
我就討厭；☆彼は第一率直である／（別
的不說）首先他爲人率直；～いんしょう
【第一印象】（名）第一印象、最初印象
；☆彼は第一印象が大変よい／他給人的
第一個印象很好；～ぎ【第一義】（名）
最主要；☆それは第一義的な問題ではな
い／那不是最主要的（最根本的）問題；
～にんしゃ【第一人者】（名）第一人、
第一人、首屈一指的人；☆彼は現代作家
の第一人者だ／他是現代作家中首屈一指
的人；～にんしょう【第一人称】（名）
〔語法〕第一人稱；～りゅう【第一流】
（名）第一流、頭等；☆第一流の音楽家
／第一流的音樂家。①

だいいっせん【第一線】（名）①（戰場上
的）最前線；☆第一線の将兵を慰労する
／慰問最前線上的將士們；②最前列；☆
映画界の第一線で活躍する／活躍在電影
界的最前列。①

たいいん【退院】（名・自サ）（病人）出
院；☆退院も間近（まぢか）になった／
不久即可出院了。⓪

たいえき【退役】（名・自サ）（軍人）退
伍；☆退役して農耕に従事する／退伍歸
農；～ぐんじん【退役軍人】（名）退伍
軍人。⓪

*たいおう【対応】（名・自サ）①相對、對
立；☆上下、左右、前後などは対応した
関係にある概念だ／上下、左右、前後等
等是相對的概念；②調和、適應；☆カー
テンの色と壁の色がよく対応している／
窗簾的顏色和牆的顏色很調和；③看人行
事，見機行事、應付；☆時局に対応する
／應付時局；☆交通の頻繁化に対応する
／應付交通的頻繁化。⓪

たいおう【大黄】（名）①〔植〕大黄；②

黄色染料。③⓪

だいおうじょう【大往生】（名・自サ）無
疾而終，無痛苦而死；☆八十六歳で大往
生を遂げた／八十六歳無疾而終。③

*たいおん【体温】（名）①體溫；☆体温が
上がる（下がる）／體溫上升（下降）；
～けい【体温計】（名）體溫表。⓪①

たいか【大火】（名）大火災。⓪①

*たいか【大家】（名）①大房子；②大門第
（＝たいけ）；③大家，權威者；☆音楽
の大家／音樂界的權威者。①

たいか【大過】（名）〔文〕大過，大錯誤
；☆大過なく三十年勤（つと）めた／沒
犯大錯誤工作了三十年。①

たいか【耐火】（名）耐火；～けんちく【
耐火建築】（名）耐火建築；～ざい【耐
火材】（名）耐火建築器材；～ざいりょ
う【耐材料】（名）耐火器材；～れんが
【耐火煉瓦】（名）耐火磚。⓪

たいか【退化】（名・自サ）退化（＝あと
もどり）。①

たいか【滞貨】（名・自サ）①滯銷貨；☆
滞貨の処理／處理滯銷貨；②積壓的貨；
☆駅に滞貨が山積した／車站裏沒運走的
貨堆積如山。①

たいが【大我】（名）①〔哲〕大我；②〔
佛〕佛。①

たいが【大河】（名）〔文〕大河；☆揚子
江は世界でも大河に属する／揚子江在世
界上也屬於大河。①

*だいか【代価】（名）①（物品的）代價
（＝ねだん）；☆代価を支払う／付價款
；②〔轉〕損失，犧牲；☆如何なる代価を
払っても…／即使付出任何代價…。⓪

タイガー【tiger】（名）虎（＝とら）。①

たいかい【大会】（名）大會；☆大会を開
く／開大會。⓪

たいかい【大海】（名）〔文〕（＝おおう
み）；◇井の中の蛙（かわず）大海を知
らず／坐井觀天。⓪③

たいかい【退会】（名・自サ）〔文〕退會
；☆退会の届（とどけ）を出す／提出退
會申請書。⓪

*たいがい【大概】Ⅰ（名）①大部分；☆大
概の会員は会則を守る／大部分會員遵守
會章；②適當，差不多；☆勉強もよいが
大概にして置きなさい／用功是好的，但
要適可而止；Ⅱ（副）多半，差不多；
☆日曜には大概映画を見に行く／星期天

多半去看電影。◎

たいがい【対外】（名）對外（國）；↔た
いない（対内）；〜かんけい【対外関係】
（名）對外關係；〜しゅけん【対外主権】
（名）對外主權；〜ぼうえき【対外貿易】
（名）對外貿易。◎

たいがい【体外】（名）體外；〜じゅ
せい【体外受精】（名）〔生物〕（水棲動物
的）體外受精；↔たいないじゅせい（体
内受精）。①

*　**たいかく**【体格】（名）體格（＝からだつ
き）；☆立派な体格をしている／體格魁
偉；〜けんさ【体格検査】（名）〔醫〕健
康檢查，體格檢查。◎

たいがく【退学】（名・自サ）退學；☆病
気のため退学する／因病退學。◎

*　**だいがく**【大学】（名）①大學；☆大学に
はいる／進大學；☆大学を出る／由大學
畢業；②（四書之一的）大學；〜いん【大
学院】（名）大學研究院；〜せい【大
学生】（名）大學生；〜で【大学出】（名）
大學畢業（的人）；〜びょういん【大
学病院】（名）大學醫學院附屬醫院◎

たいかくせん【対角線】（名）〔數〕對角
線；☆対角線を引く／畫對角線。④

ダイカスト【die casting之略】（名）〔
冶〕壓鑄。③

だいかぞく【大家族】（名）①大家庭；②
（傳統的）大家族；〜しゅぎ【大家族主
義】（名）大家族主義。③

だいがわり【代替り】（名）①（帝王）換
代；②更換戶主，更換東家；☆前の主人
は失敗してあの店は代替りになった／以
前的東家失敗了，那個舖子換了東家。③

たいかん【大観】（名・他サ）①通觀，概
觀；☆1980年度のスポーツを大観する／
通觀1980年度的體育界；②（風景的）壯
觀；☆ベルサイユ宮殿の大観に目を奪（
うば）われる／爲凡爾賽宮殿的偉觀而感
到眼花撩亂；③（知識的）集成，大觀；
☆日本料理大観／日本烹飪大全。◎

たいかん【耐寒】（名）〔文〕耐寒。◎

たいかん【退官】（名・自サ）告退（官職）
；☆病気のため退官する／因病告退。◎

たいかん【戴冠】（名・自サ）加冕；〜
しき【戴冠式】（名）加冕禮；☆英女王の
戴冠式が行なわれた／英國舉行了女王加
冕典禮。◎

たいがん・だいがん【大願】（名）①巨大

願望；☆大願が成就（じょうじゅ）した
／巨大願望實現了；②〔佛〕拯救衆生的
願望。◎③

たいがん【対岸】（名）對岸；☆対岸に渡
（わた）る／渡到對岸去；◇対岸の火事
／對岸的火災，隔岸觀火（喻事不關己）。◎

だいかん【大寒】（名）〔天〕①嚴多；②
（季節）大寒；↔しょうかん（小寒）；
☆大寒に入る／進入大寒。③◎

だいかん【代官】（名）①代行官職的人②
〔江戸時代〕幕府直轄領地的地方官①◎

たいき【大気】（名）〔地〕〔天〕大氣
；②空氣；☆大気に触れる／接觸空氣，
晾；③〔文〕度量大；〜けん【大気圏】
（名）〔地〕大氣圈；〜さ【大気差】（
名）〔天〕蒙氣差，大氣折射。①

たいき【大器】（名）①大的容器；②有才
幹（的人），英才；〜ばんせい【大器晚
成】（連語・名・自サ）大器晚成。①

たいき【待機】（名・自サ）待機，等待時
機；待命。①◎

たいぎ【大義】（名）〔文〕大義；☆大義
に悖（もと）る／違悖大義。①

たいぎ【大儀】Ⅰ（名〔文〕隆重儀式，
大典，Ⅱ（名・形動ダ）①費力，吃力；
疲勞，辛苦；☆大儀な仕事／費（吃）力
的工作；②感覺吃力，厭倦；☆この頃は
歳のせいか、朝起きて体操するのも大儀
になった／不知是由於年齡的關係，近來
早晨起床之後連體操都嫌得做了。

だいぎ【台木】（名）①（插入接木的）臺
木；②木製的底座；椿，柱，托柄，銷托
等。③◎

*　**だいぎし**【代議士】（名）國會議員，衆議
院議員；☆代議士に当選する／當選爲衆
議院議員。③

だいきち【大吉】（名）大吉，上上；☆お
み籤（くじ）は大吉と出た／抽的籤是個
大吉。◎④

だいきぼ【大規模】（名）大規模。③

*　**たいきゃく**【退却】（名・自サ）①（戰爭
或比賽的）退卻；☆敵は退却を始めた／
敵人開始退卻了。◎

たいきゅう【耐久】（名）耐久（＝ながも
ち）；〜りょく【耐久力】（名）耐久
力。◎

だいきゅう【代休】（名）〔文〕補假；☆
代休を与える／給予補假。◎

たいきょ【大挙】（名・自サ）①〔文〕大

企圖，大計劃（＝おおきなくわだて）；②大擧，多數人一擧而上；☆大擧して攻擊する／大擧進攻。1

たいきょ【退去】（名・自サ）退去，退出，離開；☆退去を命じる／命令離開（某地），驅逐（出境）。1

たいきょう【胎教】（名）胎教。0

たいぎょう【大業】（名）〔文〕大業，大事業；☆大業を成し遂げる／完成大事業；☆世界平和の大業に献身する／獻身於世界和平的偉大事業。0

たいぎょう【怠業】（名・自サ）〔文〕怠工（＝サボタージュ）；☆工場全員が怠業する／工廠全體員工進行怠工。0

だいきょう【大凶】（名）大凶。0 3

たいきょく【対局】（名・自サ）對局，下棋。0

たいきょく【大局】（名）①大局，全體的形勢；☆大局に目をつける／在大局上着眼；②〔圍棋〕全盤的局勢。0

だいきらい【大嫌い】（形動ダ）最討厭，頂不喜歡；☆甘いものが大嫌いだ／頂不喜歡吃甜的；☆私の大嫌いな人／我最討厭的人↔だいすき（大好き）。1

タイきろく【tie 記録】（名）〔運動〕（和向來的最高記錄）相等的記錄（＝タイレコード）。3

*たいきん【大金】（名）巨款；☆銀行に大金を預（あず）ける／把巨款存到銀行裏。0

たいきん【退勤】（名・他サ）〔文〕下班；☆午後五時に退勤する／下午五點下班。0

*だいきん【代金】（名）價款，貨款；☆代金を支払う／付貨錢；☆代金と引換えに品物を渡す／錢貨兩交，一手錢一手貨；～ひきかえゆうびん【代金引換え郵便】（名）郵局代收貨價（郵件）。0

たいく【体軀】（名）體格（＝からだ）；☆堂堂たる体軀の持ち主／體格魁偉的人。1

だいく【大工】（名）木匠，木工；木匠活；☆大工を頼む／雇木工；☆日曜なので朝から大工をする／因爲是星期天從早晨就（在家裏）作木匠活兒；～どうぐ【大工道具】（名）木工的工具。0

たいくう【対空】（名）〔文〕對空，對抗空襲；↔たいち（対地）；～しゃげき【対空射撃】（名）對空射擊；～ほうか【

対空砲火】（名）對空砲火。0

たいくう【滞空】（名・自サ）〔文〕（飛機）在空中繼續飛行；☆滞空飛行の世界記録を作った／創造了在空中繼續飛行的世界記録。0

*たいぐう【待遇】（名・自サ）待遇；☆軍人の待遇を改善する／改善軍人的待遇；☆冷たい待遇を受ける／受到冷淡的待遇。0

*たいくつ【退屈】（名・自サ・形動ダ）無聊，寂寞，倦怠，發悶；☆退屈な日常生活／無聊的日常生活；☆退屈そうな顔をしている／露出無聊的神情；☆どうも御退屈様でした／讓您久等了；～しのぎ【退屈凌ぎ】（名・連語）消遣，解悶兒；☆退屈凌ぎに本を読む／爲消遣而看書0

たいぐん【大軍】（名）大軍；☆大軍を率（ひき）いる／率領大軍。0

たいぐん【大群】（名）大羣；☆蝗（いなご）の大群が押し寄せた／一大羣蝗蟲飛來。0

たいけ【大家】（名）大家，富貴之家；☆大家の坊っちゃん育ち／富貴之家的闊少爺出身。1

たいけい【大兄】（代）〔文〕仁兄。0

たいけい【体刑】（名）①〔古〕體刑，肉刑；②＝じゆうけい（自由刑）。0

*たいけい【体系】（名）體系，系統，組織；☆完全な体系をなしている／形成完整的體系；～てき【体系的】（形動ダ）有系統地（システマティック）☆体系的に説明する／有系統地加以說明。0

たいけい【体型】（名）〔文〕（瘦、胖等的）體型。0

*たいけつ【対決】（名・自サ）①對質，對證；☆被告と原告を対決させる／讓被告和原告對質；②辨明誰是誰非。0

たいけん【大圏】（名）〔地〕（圍繞地球一周的）大圈；～コース【大圏course】（名）大圈航路，兩地點間最短的航路0

*たいけん【体験】（名・他サ）體驗，經驗；☆労働生活を体験する／體驗（體力）勞動生活。0

たいけん【帯剣】（名・自サ）佩刀，帶刀；☆帯剣を許す／允許帶刀；②腰刀0

たいげん【大言】（名・自サ）①大言，大話；☆大言を吐（は）く／說大話；②誇張的話；～そうご【大言壮語】（連語・名・自サ）說大話；豪言壯語；☆大言壮

語をする人／豪言壯語的人。③〔0〕

たいげん【体言】（名）〔語法〕體言（指日語中能作主語用的名詞、代詞、數詞等沒有詞尾變化的單詞而言）；↔**ようげん**（用言）。①

たいげん【体現】（名・他サ）〔文〕體現，具體表現；☆理想を体現する／把理想具體表現出來。〔0〕

だいげん【代言】（名・自サ）①〔文〕代言，代人辯論（是非）；②←**だいげんにん**；～**にん**【代言人】（名）〔舊〕律師。①

たいこ【太古】（名・副）〔文〕太古，上古；～**だい**【太古代】（名）〔地質〕太古代。①

＊たいこ【太鼓】（名）①鼓；☆太鼓を打ち鳴らす（叩く）／打鼓；②←**たいこもち**；◇**太鼓を叩く**／逢迎，奉承；吹噓；～**ばし**【太鼓橋】（名）（中間高兩頭兒低的）羅鍋兒橋；～**ばら**【太鼓腹】（名）鼓起的大肚子；～**ばん**【太鼓判】（名）①大圖章；②〔轉〕可靠的保證，☆太鼓判を押す／絕對保證；～**もち**【太鼓持ち】（名）①拿鼓的人；②（說笑話、演餘興等以助酒興的）藝人，幫閒；③阿諛者，奉承者；☆あいつは社長の太鼓持ちだ／他專拍總經理的馬屁。〔0〕

たいご【大悟】（名・自サ）①大悟，深深醒悟；②〔佛〕看破紅塵。①

たいご【対語】（名）①面談，對談，促膝談心；②對詞，相對的詞，反義詞。〔0〕

だいこ【大根】（名）〔俗〕〔植〕→**だいこん**。〔0〕

だいご【大悟】（名）＝**たいご**（大悟）①

だいご【醍醐】（名）〔文〕醍醐；～**み**【醍醐味】（名）①醍醐；②（醍醐一般的）妙味；妙趣；②〔釣（つり）の醍醐味／垂釣的妙趣；③〔佛〕最上的佛法。〔0〕

たいこう【大功】（名）大功，大功勳（＝**おおきなてがら**）☆大功を立てる／立大功。〔0〕

たいこう【大綱】（名）〔文〕大綱（＝**おおもと**）；☆規約の大綱については異議がないが、細目については問題があるようだ／對於規約的大綱沒有異議，但是對於細目似乎還有問題。〔0〕

たいこう【太閤】（名）①攝政或「太政大臣」的敬稱；②〔俗〕豐臣秀吉。①

たいこう【体腔】（名）〔動〕體腔(指胸腔、腹腔等)。〔0〕

＊たいこう【対抗】（名・自サ）對抗，抗衡；☆僕は学力では彼とは対抗が出来ない／在學力方面我不能跟他抗衡。〔0〕

たいこう【対校】（名・他サ）①學校對學校；☆野球の対校試合を行なう／舉行學校對學校的棒球比賽；②校訂；☆源氏物語の写本を対校する／校訂源氏物語的抄本。〔0〕

たいこう【退行】（名・自サ）①退行，向後退（＝**あとじさり**）；②〔醫〕器官退化。〔0〕

だいこう【代行】（名・自サ）代行，替別人做；☆事務を代行する／代行職務。〔0〕

だいこう【代講】（名・自サ）替人演講或講書（的人），代講（者）；☆B助教授が代講する／由B助理教授代講。〔0〕

たいこうし【大公使】（名）大使和公使③

たいこうたいこう【太皇太后】（名）太皇太后。⑤

たいこうぼう【太公望】（名）①〔史〕「呂尚」的別名；②〔俗〕釣魚人；☆太公望が待ちかねた鮎解禁日／愛釣魚人所盼望的香魚解禁日。③

だいこく【大国】（名）大國，強國；☆中米の二大国／中美兩個大國。〔0〕

だいこく【大黒】（名）①←**だいこくてん**；②〔俗〕僧人之妻；～**てん**【大黒天】（名）（日本七福神之一）財神；～**ばしら**【大黒柱】（名）①頂樑柱；②〔轉〕柱石，棟樑，主要支柱；☆国の大黒柱／國家的棟樑。④〔0〕

だいこん【大根】（名）〔植〕蘿蔔；～**おろし**【大根卸】（名）①蘿蔔泥；②擦蘿蔔的用具（＝**おろしがね**）；～**あし**【大根足】（名）　像蘿蔔那樣又白又粗的脚；～**やくしゃ**【大根役者】（名）拙笨的演員。

たいさ【大佐】（名）〔軍〕上校。〔0〕

たいさ【大差】（名）顯著的不同；☆大差がない／沒有顯著的不同。①

たいざ【対座・対坐】（名・自サ）對坐，相對而坐；☆客と火鉢を挾（はさ）んで対坐する／和客人隔着火盆相對而坐。〔0〕

たいさい【大祭】（名）①大祭；↔**れいさい**（例祭）；②國家的祭祀。

＊たいざい【滞在】（名・自サ）旅居，逗留；☆一週間の滞在／逗留一禮拜。

だいざい【大罪】（名）大罪，重罪；☆大

罪を犯す/犯重罪。⓪

だいざい【題材】（名）（文藝作品、著述等的）題材，主題；☆小説の題材を求める/找小說的題材。⓪

たいさく【大作】（名）大作品，巨作；偉大作品；☆トルストイの「戦争と平和」は世界的大作だ/托爾斯泰的「戰爭與和平」是世界的偉大作品。⓪

＊**たいさく**【対策】（名）對策，應付的方法；☆対策を講じる/研究對策。⓪

だいさく【代作】（名・他サ）代作，代筆，代寫（的東西）；☆卒業論文を代作する/代寫畢業論文；～しゃ【代作者】（名）代筆人。⓪

たいさん【退散】（名・自サ）①紛紛逃走；逃走；☆退散させる/驅散②散去，解散；☆即刻退散を命じた/命令立即解散；☆群衆は穏やかに退散した/羣衆沒有鬧什麼事就散去了。⓪

たいざん【大山】（名）大山（＝おおやま）；～ぼく【大山木・泰山木】（植）木蓮，玉蘭；◇**大山鳴動して鼠一匹**/雷聲大雨點稀，虎頭蛇尾。①

たいし【大志】（名）〔文〕大志；☆大志を抱く/懷大志。①

＊**たいし**【大使】（名）大使；☆大使を特派する/特派大使；～かん【大使館】（名）大使館。①

たいし【太子】（名）太子，皇太子。①

たいじ【対峙】（名・自サ）〔文〕①（高山、高樓的）對峙，相對；☆二つの山が対峙する/二山對峙；②對峙，對抗；☆相対峙して下らない/相持不下。①

たいじ【胎児】（名）〔醫〕☆妊婦は胎児のために営養をとる必要がある/孕婦有必要為胎兒攝取營養。①

＊**たいじ**【退治】（名・他サ）①征服，討伐，掃蕩；☆山賊を退治する/掃蕩匪賊；②撲滅，消滅；☆ねずみを退治する/撲滅老鼠。⓪

だいし【第四】（名）第四（＝よんばんめ）。①

だいし【台紙】（名）（襯托像片、圖畫等的）硬板紙，硬紙；☆台紙なしの写真/無硬板紙的像片。⓪

＊**だいじ**【大事】Ⅰ（名）①大事；☆国家の大事/國家大事；②大事業，大計劃；☆大事を企（くわだ）てる/計劃大事業；⑧危險，不得了的事情；☆火事は大事に至らずして鎮火した/火災沒有擴大就撲滅了；☆それは一大事だ/那可不得了啊；◇**大事の前の小事**①想成大事，不能忽略小事；②為了成大事，不妨放棄小事；**大事を取る**，做事小心；☆彼は非常に大事をとる人だ/他是個小心謹慎的人；Ⅱ（形動ダ）①重要，要緊，寶貴；☆大事な万年筆/寶貴的自來水筆；☆それが一番大事な点だ/那是最要緊的一點；②〔慣用「大事になる」的語形〕保重，愛惜；☆身体を大事にする/愛惜身體，☆御道中御大事に/一路保重。③①⓪

だいじ【題字】（名）（卷頭的）題字。⓪

だいじ【題辞】（名）〔文〕（卷頭的）題詞。⓪

ダイジェスト【digest】（名・他サ）文摘，摘要；☆ダイジェストをつくる/作摘要。①

だいしきょう【大司教】（名）〔宗〕（舊的）大主教。③

だいしぜん【大自然】（名）大自然。③

＊**たいした**【大した】（連體）①了不起的；☆大した人数/為數眾多的人；☆大した腕（うで）/了不起的才幹（本事）；☆大した学者/了不起的學者；②下接否定語、表示「不值得特別提起的」，「沒什麼了不起的」等意；☆大した病気ではない/不是什麼大病；☆大した心配はいらない/用不着怎樣擔心；☆それは大したことではない/那不是什麼了不得的事。①

たいしつ【体質】（名）體質；☆体質が弱い/體質弱。⓪

たいして（副）（下接否定語）並不那麼了不起（＝さほど）；☆たいして寒くもない/並不那麼嚴冷。①

たいしゃ【大赦】（名）〔法〕大赦，特赦；☆大赦に会って出獄する/遇到大赦出獄。①

たいしゃ【代謝】（名・自サ）〔文〕（新陳代謝）；～きのう【代謝機能】（名）代謝機能。①

たいしゃ【退社】（名・自サ）①從公司辭職；☆病気のため退社する/因病辭職；↔にゅうしゃ（入社）②（企業，公司等的）下班；☆六時に退社する/六點（由公司）下班。⓪

だいじゃ【大蛇】（名）〔動〕大蛇，蟒（

＝うわばみ）。①

たいしゃく【貸借】（名・他サ）①借貸（＝かしかり）；☆貸借をはっきりする／把借貸弄清楚；②〔經〕貸方和借方。①

だいしゃりん【大車輪】（名）①大的車輪；②〔運動〕（器械體操的）大車輪；③〔轉〕拼命幹；☆大車輪で勉強する／拼命地用功。③

たいしゅ【大酒】（名・自サ）喝大酒；☆大酒すると身體に悪い／喝大酒對身體有害～か【大酒家】（名）酒量大的人⓪①

たいしゅ【大樹】（名）大樹；☆大樹の蔭（かげ）に休む／在大樹底下休息；◇寄らば大樹の蔭／歇涼要選大樹；〔轉〕要挑可靠的去依靠。①

*たいしゅう【大衆】（名）大衆，群眾；☆大衆の言葉／大衆語言；～か【大衆化】（名・自サ）大衆化；☆科学の大衆化／科學的大衆化；～しょうせつ【大衆小説】（名）（以一般大衆爲讀者的）大衆性小説；以淺近的筆法描寫社會現狀，迎合大衆心理的小説；～ぶんがく【大衆文学】（名）大衆文學；～むき【大衆向き】（名）以大衆爲對象，面向大衆；☆大衆向きの劇／以大衆爲對象的劇。⓪

たいしゅう【体臭】（名）①體臭；身體的氣味；☆男の体臭／男人的體臭；②獨特的氣氛或風格；☆この作品は彼の体臭が感じられる／這作品中有他獨特的風格。⓪

たいじゅう【体重】（名）體重；☆体重が減（へ）る／體重減少。⓪

たいしゅつ【退出】（名・自サ）退出，離開；退下；☆退出を命じる／命令離開；☆宮中を退出する／從宮中退下。⓪

たいしょ【大暑】（名）①酷暑，炎暑；☆五十年来の大暑だ／五十年來未有的酷暑；②（節氣）大暑；↔しょうしょ（小暑）。⓪①

*たいしょ【対処】（名・自サ）處理；應付；☆困難に対処する手腕／應付困難的手腕。①

だいしょ【代書】（名・他サ）①代書，代筆；②←だいしょにん；～にん【代書人】（名）代筆人，代書；～や【代書屋】（名）代書事務所。⓪

たいしょう【大正】（名）「大正天皇」時代的年號（1912—1926）；～ごと【大正琴】（名）大正琴。⓪

たいしょう【大笑】（名・自サ）大笑（＝おおわらい）。⓪

たいしょう【大将】Ⅰ（名）①〔軍〕大將，上將；②〔俗〕頭目，首領；☆あのグループではあいつが大将だ／在那一幫人中間他是頭目；③〔俗〕主人；☆大将いるか／主人在家嗎？Ⅱ（代）〔暱稱〕①你，老朋友（＝おまえ）；☆おい大将、どうしてるか／喂，老朋友，你好嗎？；②他，那傢伙（＝あいつ）；☆大将は今朝聊（いささ）か御機嫌が悪い／那傢伙今天早晨有點不高興，彆扭。①

たいしょう【大勝・大捷】（名・自サ）大勝大捷，大勝利；☆大勝を博する／獲得大勝；☆五対零の大勝／五比零的大勝。⓪

たいしょう【対称】（名）①對稱，相稱（＝つりあうこと）；②〔數〕對稱（＝シンメトリー）～りつ【対称律】（名）〔數〕對稱律。⓪

たいしょう【対照】（名・他サ）對照，對比；☆訳文を原文と対照する／把譯文同原文對照一下；☆黒と白の強い対照／黑與白的鮮明對比。⓪

*たいしょう【対象】（名）對象；☆少年少女を対象とした雑誌／以少年兒童爲對象的雑誌；☆認識の対象／認識的對象。⓪

たいしょう【隊商】（名）（沙漠地帶的）商隊（＝キャラバン）。⓪

たいじょう【退場】（名・自サ）退場，退席；☆傍聴者を退場させる／令旁聽者退席；☆お静かに御退場下さい／請安靜地退出會場。⓪

たいじょう【帯状】（名）〔文〕帶狀。⓪

*だいしょう【大小】（名）①大與小，大小；☆大小様々（さまざま）の／大的小的、各種大小的。①

*だいしょう【代償】（名）①替別人賠償；②賠償。⓪

だいじょう【大乗】（名）〔佛〕大乘；↔しょうじょう（小乘）；～てき【大乗的】（形動ダ）①〔佛〕合乎大乘精神的；②從大局着眼的；～てきけんち【大乗的見地】（名）從大局着眼的觀點。⓪

だいじょうだん【大上段】（名）〔劍術〕高高揮起刀來摟頭砍下的架式；☆大上段の構え／揮刀下劈的姿式。③

たいしょうてき【対症的】（名・形動ダ）對症的；頭痛醫頭脚痛醫脚的。⓪

た

だいじょうふ【大丈夫】（名）〔文〕大丈夫，英雄好漢（＝ますらお）。③

*だいじょうぶ【大丈夫】（名・形動ダ）①不要緊，靠得住，沒錯兒／大丈夫だよ！／加油幹吧，沒錯兒／☆大丈夫うまく行くよ／不要緊，一定能行／☆大丈夫明日は天気だ／明天是好天兒；②安全放心，☆そのことは彼に任せておけば大丈夫だ／那件事交給他辦就大可以放心／☆この建物は地震になっても大丈夫だ／這所房子卽使有地震也安全。③

たいしょく【大食】（名・自サ）吃得多，大飯量（＝おおぐい）／☆大食してはいけない／吃多了不好，別多吃／～か【大食家】（名）飯量大的人。◎

たいしょく【退（褪）色】（名・自サ）退色，掉色／☆退色し易い色／容易退色的顔色。◎

たいしょく【退職】（名・自サ）退職，退休／☆六十歳で退職する／六十歳退職／↔しゅうしょく（就職）／～きん【退職金】（名）退職金／～てあて【退職手当】（名）退職津貼，退休金。◎

だいじり【台尻】（名）槍托，槍橺子④◎

たいしん【耐震】（名）〔文〕耐（地）震；～けんちく【耐震建築】（名）〔建〕耐地震建築物（如鋼筋洋灰的建築等）◎

たいじん【大人】（名）大人，成人（＝おとな）／②巨人，身量大的人；③長者，德高的人／☆彼は悠揚（ゆうよう）迫らず大人の風がある／他從容不迫的有長者之風；④大人（對師長、學者等的尊稱）。◎

たいじん【対人】（名）〔文〕對人，對別人／～かんけい【対人関係】（名）對人關係／～しんよう【対人信用】（名）〔經〕對人信用／↔たいぶつしんよう（対物信用）。◎

たいじん【対陣】（名・自サ）（作戰或運動比賽時的）對陣，各占一方／☆川を挾（はさ）んで対陣する／夾河對峙。◎

たいじん【退陣】（名・自サ）①（由陣地）撤退／☆食糧の補給路を絶（た）たれて退陣する／因糧食被斷而撤退／②（轉）退出公職／☆内閣の退陣を要求する／要求內閣辭職。◎

だいしん【代診】（名・他サ）代診，臨時代理醫師診病（的人）／☆今日は院長が不在なので私が代診します／今天院長不在所以由我來代診。◎

*だいじん【大臣】（名）大臣／☆大臣の椅子を狙（ねら）う／想當當大臣。①

だいじん【大尽】（名）〔お─〕財主，富豪，大富翁／～かぜ【大尽風】（名）擺闊，揮金如土／◇大尽風を吹かす／擺闊，揮金如土。①

だいじんぐう【大神宮】（名）伊勢（いせ）大神宮。①③

だいしんさい【大震災】（名）大震災（特指1923年日本關東地方的大地震）。③

ダイス【dice】（名）①骰子（＝さいころ）／②擲骰子賭博（＝とばく）。①

ダイス【dies】（名）①雄螺鏇模；②鑄模①

だいず【大豆】（名）〔植〕大豆，黄豆；～あぶら【大豆油】（名）豆油。◎①

たいすい【退水】（名・自サ）〔文〕水退◎

たいすい【耐水】（名）〔文〕能耐水分或濕氣。◎

たいすい【滞水】（名）積水，存着的水◎

*たいすう【対数】（名）〔數〕對數（＝ロガリズム）／～ひょう【対数表】（名）〔數〕對數表。③

だいすう【代数】（名）①代（輩）數；②〔數〕→代数学／～がく【代数学】（名）〔數〕代數學／～しき【代数式】（名）〔數〕代數式／～ほうていしき【代数方程式】（名）代數方程式。③

だいすき【大好き】（形動ダ）最喜歡，頂喜好／☆甘い物が大好きだ／最愛吃甜的；☆君の大好きな（の）俳優はだれ？／你最喜歡的演員是誰？①

タイスコア【tie score】（名）〔運動〕（比賽）得同分／☆四対四のタイスコアであった／得分相同四比四。④

たい・する【帯する】（名・他サ）佩帶（＝おびる）／☆サーベルを帯する／佩帶軍刀／図たいす（サ）。◎

*たい・する【対する】（自サ）①對，面向（＝むきあう）／☆丘に対する建物／面對小山的建築物；②對於，對待／☆親に対して口答えする／跟父（母）親頂嘴；③相反／☆黒は白に対する色だ／黑是白的相反色／☆明に対して暗がある／明的反面有暗；④對比／☆百票に対する百五十票／一百票對一百五十票／☆九の三に対するは三の一に対すると等しい／九比三等於三比一／図たいす（サ）。③

たい・する【体する】（他サ）體會，體貼

，理解；☆人情を体する／體貼人情；図たいす（サ）。③

だい・する【題する】（他サ）題（字、書）；☆ダーウィンは進化論と題する本を著（あら）わした／達爾文寫了一部以進化論爲題的書；図だいす（サ）。③

たいせい【大成】（名・自他サ）①徹底完成（＝しあげる）；☆事業を大成する／完成事業；②集大成；③大成就；☆彼は今に大成する／他不久將有很大的成就⓪

たいせい【大勢】（名）大勢，大局；☆大勢に順応する／順應時勢；☆大勢は既に定まった／大局已定。⓪

たいせい【体制】（名）體制；☆戦時体制を取る／施行戰時體制。⓪

*__たいせい__【体勢・態勢】（名）體勢，姿勢，態度（＝かまえ）；☆見送りの態勢を持続する／繼續採取觀望態度；☆戦闘の態勢を取る／採取戰鬥姿勢；☆受入れ態勢／接受的準備。⓪

たいせい【胎生】（名）〔動〕胎生；↔らんせい（卵生）；～かじつ【胎生果実】（名）〔植〕胎果；～どうぶつ【胎生動物】（名）〔動〕胎生動物。①

たいせい【頽勢】（名）〔文〕頽勢，衰勢；☆頽勢を挽回する／挽回衰勢。⓪

たいぜい【大勢】（名）多數的人，人數衆多（＝おおぜい、たぜい）。③

たいせいよう【大西洋】（名）〔地理〕大西洋。③

たいせき【体積】（名）〔數〕體積；☆体積を求める／求體積。①

たいせき【退席】（名・自サ）退席，離席，退場；☆途中で退席した／中途退席了⓪

たいせき【堆石】（名）①堆積的石頭；②〔地質〕冰堆石（＝モレーン）。⓪

たいせき【堆積】（名・自他サ）堆積，積累；☆ごみの堆積を処分する／處理堆積的垃圾；☆停車場には貨物が堆積している／車站上堆積着貨物；～がん【堆積岩】（名）〔地質〕堆積岩；～さよう【堆積作用】（名）〔地質〕堆積作用；～へいや【堆積平野】（名）〔地質〕堆積平原。⓪

たいせき【滞積】（名・自サ）（貨物的）積壓，積存；☆鉄道運送がストで停滞したために貨物が滞積している／因爲罷工鐵路運輸停頓了貨物積壓起來。⓪

*__たいせつ__【大切】（形動ダ）①要緊，重要；☆ここは大切な箇所（かしょ）だ／這兒是要緊的地方；☆外国語を学ぶには不断の練習が一番大切だ／學外語最要緊的是經常練習；②保重，愛惜，珍視；☆時間を大切にする／愛惜時間；☆体を大切にする／保重身體；☆それではどうぞ御大切に／那麼就請您好好保重吧。⓪

たいせつ【大雪】（名）①大雪（＝おおゆき）；②（節氣）大雪。⓪

たいせん【大戦】（名）①大戰爭；②世界大戰；☆第二次大戦／第二次世界大戰⓪

たいせん【対戦】（名・自サ）①對戰；②競爭，比賽；☆昨年の覇者と対戦する／與去年的冠軍進行比賽。⓪

たいぜん【泰然】（形動タルト）泰然；☆泰然たる態度／泰然的態度；☆泰然自若（じじゃく）としている／泰然自若⓪③

だいせんきょく【大選挙区】（名）大選擧區（以一縣爲一個選擧區之謂）。⑤

だいぜんてい【大前提】（名）〔邏輯〕大前提；↔しょうぜんてい（小前提）。③

たいそう【大宗】（名）〔文〕輸出的大宗を占める／占輸出的大宗。⓪

たいそう【大層】（副・形動ダ）①很，非常（＝たいへん、ひどく）；☆今日は大層暑い／今天很熱；☆今度の演出は大層な人気だ／這一次的演出很受歡迎；②誇張（＝おおげさ、ぎょうさん）；☆彼は（御）大層なことを言うが余程割引して聞かなければならぬ／他說得雖然很厲害但是要打很大的折扣來聽；～らし・い【大層らしい】（形）〔俗〕彷彿不得了似的，誇大其詞的；☆大層らしく言う人だ／他是個誇大其詞的人。①

*__たいそう__【体操】（名）①體操；☆体操をする／做體操；☆美容体操／美容體操；☆徒手体操／徒手操；②體育課。⓪

だいぞうきょう【大蔵経】（名）〔佛〕大藏經。⓪

だいそうじょう【大僧正】（名）〔宗〕大僧正（僧位最高的僧侶）。③

だいそれた【大それた】（連體）無法無天的，不知天多高地多厚的；不安分守己的；☆大それた考え／狂妄的念頭；☆大それた奴／無法無天的東西。③

たいだ【怠惰】（形動ダ）怠惰，懶惰；怠惰な（の）習慣をつけるとなかなかなおらない／有了懶習慣就很難改。①

だいだ【代打】（名・他サ）〔棒球〕代打⓪

た

*だいたい【大体】（名・副）①概要，大略；☆大体を述べる／略述概要；☆大体から言えば／大體説來；②大致，差不多（＝およそ）；☆大体次の通り／大致如下；☆事件は大体片づいた／事情大致解決了；③根本，本來（＝もともと）；☆そんなことを言うのは大体君が間違っている／你説那樣話根本就是你的錯誤。◯

だいたい【大隊】（名）〔軍〕大隊，營。◯

だいたい【大腿】（名）〔文〕大腿（＝ふともも）。◯

だいだい【橙】（名）〔植〕臭橙；～いろ【橙色】（名）橙黃色，桔色（＝オレンジいろ）。③

*だいだい【代代】（副）世世代代，歷代，輩輩（＝よよ）；☆その家は代代医者である／那家歷代都是醫生。①

だいだいてき【大大的】（形動ダ）大大的；大規模的；☆大大的に宣伝する／大肆宣傳。◯

だいだいと【大大と】（副）（俗）大貌，大大地（＝おおきく）；☆大大と寝そべっている／伸胳膊摺腿地躺着。

だいだいり【大内裏】（名）〔古〕皇宮，大内。③

*だいたすう【大多数】（名）大多數；☆大多数を占める／占了大多數。③④

たいだん【対談】（名・自サ）對談（＝たいわん，はなしあい）。◯

*だいたん【大胆】（形動ダ）①大膽，有勇氣；☆大胆に事に当たる／大膽從事；☆大胆に発言する／大膽地發言；②厚顏無恥；☆母親に嘘をつくなんて大胆な子だ／對母親撒謊真是個放肆的孩子；～ふてき【大胆不敵】（形動ダ）旁若無人，厚顏無恥。③

だいち【大地】（名）大地；☆大地に生きる／生活在大地上。①

だいち【代置】（名・他サ）〔文〕更換，替換；☆Ｘのところに６を代置する／用６代替Ｘ。◯

だいち【台地】（名）臺地，高地；☆川向こうは台地になっている／河對岸是高地；～げんぶがん【台地玄武岩】（名）〔地質〕臺地玄武巖。◯

たいちゅう【胎中】（名）〔文〕胎內。◯

たいちょう【体長】（名）〔動〕（動物的）體長，身長。◯

たいちょう【退庁】（名・自サ）（從國家

機關）下班；☆退庁時刻は六時です／下班時間是六時。↔とうちょう（登庁）◯

たいちょう【退潮】（名）〔文〕①退潮，落潮（＝ひきしお）；②〔轉〕衰退趨勢；☆退潮の兆（きざし）が見える／呈現出衰退之兆。◯

だいちょう【大腸】（名）〔解〕大腸；～カタル【大腸 katarrh】（名）〔醫〕腸炎；～きん【大腸菌】（名）〔醫〕大腸菌。①

だいちょう【台帳】（名）①（商家的）總帳，底帳；②原始帳薄；③〔歌舞伎〕劇本（＝きゃくほん，だいほん）。①

タイツ【tights】（名）（雜技團員等所穿的）緊身衣，緊箍在身上的衣服。①

**たいてい【大抵】（副）①大抵，大都，大概，大體上，差不多；普通；☆この病気に罹った人は大抵死ぬ／得了這種病的人大抵死亡；☆夏目漱石の小説は大抵読んだ／夏目漱石的小説差不多都看過；☆大抵の人は映画が好きだ／普通的人都愛看電影；☆そう選（よ）り好みせずに大抵なところで我慢するがいい／不要那麼挑剔差不多就算了吧；②（下接否定語）普普通通，容容易易（＝なみたいてい）；☆物事は大抵の努力では成し遂げられない／事情不是普普通通的努力就能成功的；☆これだけの家族を養うのは大抵じゃない／養活這麼一大家人口不是那麼容容易易的。◯

たいてき【大敵】（名）①大敵，人數衆多的敵人；☆大敵に包囲された／被大敵包圍了；②勁敵；☆Ａチームはわがチームの大敵だ／Ａ隊是我們球隊的勁敵。◯

たいてん【大典】（名）〔文〕①大典，大禮，重大儀式；☆憲法発布の大典／頒布憲法的大典；②非常重要的法律。◯

たいでん【帯電】（名・自サ）〔理〕帶電；☆ガラス棒を絹布でこすると帯電する／玻璃棍用綢布一擦就生出電來；～たい【帯電体】（名）〔理〕帶電體。◯

だいてん【大篆】（名）大篆，籀文。◯

タイト【tight】（名・形動ダ）①緊的；☆タイトスカート／緊貼身的裙子；②↔タイトスクラム【tight scrum】（名）〔橄欖球〕由雙方前鋒組成的斯克蘭（雙方前鋒互相交臂扭成一團以腳奪取當中的球）。◯

**たいど【態度】（名）①態度；☆反抗的な

態度をとる／採取反抗的態度；☆態度を改める／改變態度；②舉止，舉動；☆態度が怪しい／舉止可疑。[1]

たいとう【擡（台）頭】（名・自サ）①擡頭；勢力增強；☆今度の選擧では保守勢力の台頭が目立った／這次選擧中保守力量的擡頭是很顯著的；②（寫文章時）另起行，另擡頭。[0]

*****たいとう【対等】**（形動ダ）同等；平等；☆男女を対等に扱う／男女同等待遇；～じょうやく【対等条約】（名）平等條約[0]

たいとう【帶刀】（名・自サ）佩刀；佩帶的刀。

たいどう【胎動】（名・自サ）①〔醫〕（母體中的）胎動②〔轉〕前兆，苗頭，醞釀；☆民族自決の胎動が感じられる／醞釀着民族自決。

だいとう【大刀】（名）大刀（＝たち）；☆大刀を腰に差す／腰佩大刀。[3][0]

だいどう【大同】（名・自サ）①大同；②大致相同；～しょうい【大同小異】（連語・名）大同小異；～だんけつ【大同団結】（連語・名自サ）大同團結，大家合作。[0]

*****だいどう【大道】**（名）①大道，大街（＝おおどおり）；☆大道商人／攤販；☆大道で説教する／在大街上説教；②大道理，道義。[3][0]

だいどうみゃく【大動脈】（名）〔解〕大動脈。[0]

*****だいとうりょう【大統領】**（名）總統。[3]

だいとかい【大都会】（名）大都市。[3]

たいとく【体得】（名・自サ）（親身）體驗，體會（＝えとく）；☆自分で小説を書いてみて始めて小説の難しさを体得した／自己寫小説才體驗到寫小説的難。[0]

たいどく【胎毒】（名）胎毒。[1]

だいどく【代読】（名・自サ）代讀，替（人）唸；☆市長の祝辞を助役が代読する／副市長代讀市長的賀辭。[0]

*****だいどころ【台所】**（名）①厨房；☆冷蔵庫を台所に据える／把冰箱安放在厨房裏；②〔轉〕財政，家庭的經濟狀況；☆会社のお台所は火の車だ／公司的財政非常困難。[0]

タイト・スカート【tight skirt】（名）窄裙。[5]

タイトル【title】（名）①標題；☆タイトルをつける／加標題；②〔電影〕字幕；

⑨官銜；☆いかめしいタイトルを持っている人／帶有很了不起的官銜的人；～ページ【title page】（名）（書的）標題頁；～マッチ【title match】（名）〔運動〕選手權賽。

たいない【体内】（名）體內；～じゅせい【体内受精】（名）〔生物〕體內受精；↔たいがいじゅせい（体外受精）。[1]

だいなごん【大納言】（名）①〔古〕（明治四年以前，內閣稱爲太政官時的）副首相。[3]

*****だいなし【台無し】**（名）弄壞，糟蹋；☆花を台無しにした／把花弄壞了；☆折角のお休みも台無しになった／大好的假日也白白地過去了。[0]

ダイナマイト【dynamite】（名）〔化〕炸藥；☆ダイナマイトで岩を爆破する／用炸藥炸開巖石。[4]

ダイナミック【dynamic】（形動ダ）①有力的，有生氣的；☆ダイナミックな現代バレー／有生氣的現代舞蹈；②力學（上）的。[4]

ダイナモ【dynamo】（名）〔理〕發電機[0]

ダイナモメーター【dynamometer】（名）〔理〕測力計，功率計。[5]

*****だいに【第二】**（名）第二（＝にばんめ），其次，次要；☆第二の故郷／第二故郷；☆容貌などは第二の問題だ／容貌等等是次要的問題；～ぎ【第二義】（名）第二義；☆第二義的な／問題／次要的問題；～じせかいたいせん【第二次世界大戦】（名）二次世界大戰；～しゅゆうびんぶつ【第二種郵便物】（名）國內普通郵件之一（明信片）；～にんしょう【第二人称】（名）〔語法〕第二人稱，對稱（あなた、きみ、おまえ等）；～バイオリン【第二Violin】（名）交響團的第二小提琴群。[1]

たいにち【対日】（造語）對日；☆中国の対日外交方針／中國的對日外交方針。

たいにち【滞日】（名・自サ）在日本逗留；☆滞日中の所感／在日本逗留期間的感想。[0]

だいにちにょらい【大日如来】（名）〔佛〕大日如來佛，（語梵）摩訶毘盧遮那。[5]

たいにん【大任】（名）重要任務；☆大任を果す／完成重要使命。[4]

たいにん【退任】（名・自サ）卸任退職；☆フランス大使は退任して帰国の途についた／

法國大使卸任啓程歸國了。◎

だいにん【代任】（名・他サ）〔文〕代理，代辦（的人）。◎

ダイニング・キッチン【dining kitchin】（名）廚房兼餐廳。6

たいねつ【耐熱】（名）①耐熱；②耐暑；〜ごうきん【耐熱合金】（名）耐熱合金◎

だいの【大の】（連體）很，非常；☆大の好物（こうぶつ）／非常喜歡（吃）的東西；☆大の仲良し／最要好的朋友。1

たいのう【滞納・怠納】（名・他サ）〔文〕（稅款等的）拖欠；〜しょぶん【滞納処分】（名）（稅款的）拖欠處分。◎

だいのう【大脳】（名）〔解〕大腦──ひしつ【大脳皮質】（名）〔解〕大腦皮質◎1

だいのう【大農】（名）①（使用機械的）大規模農業，大農；②富農。◎

だいのう【代納】（名・他サ）①替人繳納；☆僕の授業料は叔父が代納してくれた／叔父替我繳了學費；②繳納實物以代錢租；☆小作料の代納として籾（もみ）を納める／繳納稻穀以代地租。◎

だいのじ【大の字】（連語・名）伸胳膊摺腿（地）；伸開四肢（成大字形）；☆大の字になって寝る／伸胳膊摺腿地睡（躺）着。3

たいは【大破】（名・自他サ）大破，大壞；☆暗礁に乗り上げて船は大破した／觸礁後船體大破。◎

たいはい【大杯（盃）】（名）大杯；☆大杯をぐっと一息に飲み乾（ほ）す／一口氣兒喝乾了一大杯。◎

たいはい【大敗】（名・自サ）大敗（＝おおまけ）；☆Aチームは Bチームに大敗を喫した／甲隊大敗於乙隊。◎

たいはい【頽廃】（名・自サ）①荒廢；②頽廢，萎靡，腐朽；〜てき【頽廃的】（形動ダ）頽廢的；☆頽廃的な音楽／頽廢的音樂；〜は【頽廃派】（名）（十九世紀末期的）頽廢派文學藝術（＝デカダン）◎

だいばかり【台秤】（名）臺秤，磅秤。3

たいばつ【体罰】（名）體罰；☆体罰を加える／加以體罰。1

*たいはん【大半】（名・副）大半，過半；大致（＝おおかた，だいぶぶん）；☆大半の仕事は終（お）わった／大部分的工作做完了；☆夏休みの宿題は大半片づいた／暑假的作業差不多都已做好了。3◎

たいばん【胎盤】（名）〔解〕胎盤。◎

だいばんじゃく【大盤石】（名）①大而平的巖石；②〔轉〕盤石。3

たいひ【対比】（名・他サ）對比，對照；☆二国の生活水準を対比する／把兩個國家的生活水準加以對比。◎

たいひ【待避】（名・他サ）廻避和等待；躲避；☆道路の両側に待避する／在道路的兩旁躲避；〜えき【待避駅】（名）〔鐵〕會讓站，錯車小站；〜じょ【待避所】（名）①〔鐵〕（在橋上，山澗內設的）避車處；②避難所。1◎

たいひ【退避】（名・他サ）疏散，躲避，☆婦女子や病人を退避させる／把婦女和病人加以疏散。◎◎

たいひ【堆肥】（名）〔農〕堆肥（＝つみごえ）；☆堆肥を作る／製造堆肥。◎1

たいひ【貸費】（名）〔文〕①貸款；②貸給學費；〜せい【貸費生】（名）借學費的學生。◎

たいひ【大悲】（名）〔佛〕①（佛的）慈悲心；②観世音菩薩。1

タイピスト【typist】（名）打字員。3

だいひつ【代筆】（名・自サ）代筆，代書；代寫的東西；☆手紙を代筆する／代（別人）寫信。◎

たいびょう【大病】（名・自サ）大病，重病；☆大病に罹（かか）る／得重病；◇大病に薬無し／病入膏肓無藥可治；〔喻〕事到極端無計可施。1

*だいひょう【代表】（名・他サ）代表；〜けん【代表権】（名）代表權；〜さく【代表作】（名）代表作品；〜てき【代表的】（形動ダ）代表的，有代表性的。◎

タイピン【tie pin】（名）〔←ネクタイピン〕領帶別針。3

だいひん【代品】（名）代用品。◎

ダイビング【diving】（名・自サ）〔游泳〕①跳水；②潛水；③（飛機的）俯衝。1

たいぶ【大部】（名）①（册數或頁數多的）大部頭；☆全三十巻に及（およ）ぶ大部の全集／全部達三十卷的大部頭的全集；②大部分；☆水害のため町の家屋の大部は流失した／因爲水災鎮上的房屋大部分沖跑了。1

*タイプ【type】（名）型；典型；類型；☆小説中の人物は一つのタイプを表わしていないと生きてこない／小說裏的人物如果不表現出一個典型來就不能生動；☆彼は芸術家タイプの人だ／他是一個藝術家

たいやく【大役】（名）重大任務（使命）；☆大役を遂行（すいこう）する／完成重大任務。[0]

たいやく【対訳】（名）對譯；☆この英文学叢書は英和対訳になっている／這一套英國文學叢書是英日對譯的。[0]

だいやく【代役】（名・自サ）〔劇〕代演，替角；☆代役をする（勤める）／代演，當替角。[0]

たいよ【貸与】（名・他サ）出借，借給，貸給；☆無料で貸与する／免費出借。[1]

たいよう【大要】（名・副）要點，大要，摘要（＝あらまし，おおむね）；☆大要を説明する／說明要點。[0]

たいよう【大洋】（名）大洋，大海。[0]

*たいよう【太陽】（名）日，太陽；☆太陽が昇る（上る）／出太陽；～ぎ【太陽儀】（名）〔天〕量日儀；～けい【太陽系】（名）〔天〕太陽系；～こくてん【太陽黒点】（名）〔天〕太陽黑子，日斑；～れき【太陽暦】（名）〔地〕陽曆。[1]

*だいよう【代用】（名・他サ）代用，替代使用；☆米の代りに小麦粉を代用する／用麵粉代大米；～きょういん【代用教員】（名）（小學的）臨時教員；～ひん【代用品】（名）代用品。[0]

*たいら【平ら】（名・形動ダ）①平，平坦；☆平らな道／平坦的道路；☆筵を平らにしく／把蓆子舖平；②（山間的）平地，平原；☆松本平／松本平原；③平靜，平穩，鎮定；☆心の平らな人／心境平靜的人。[0]

たいら・ぐ【平らぐ】Ⅰ（自五）①平穩，鎮定（＝おさまる）；②和睦，和好；Ⅱ（他下二）〔文〕→たいらげる。[3]

*たいら・げる【平らげる】（他下一）①平定，征服（＝おさめる，しずめる），戡定賊匪；☆賊を平らげる／平定賊匪；②吃光，吃完；☆御飯を六杯平らげた／吃了六碗飯；⊠たひらぐ（下二）。[4][0]

だいり【内裏】（名）①皇居(的舊稱)；②←だいりびな；～さま【内裏様】（名）＝だいりびな；～びな【内裏雛】（名）（取形日皇和皇后的）一對古裝偶人。[1]

*だいり【代理】（名・自サ）①代理；☆社長の仕事を代理する／代理社長辦事，代理人；☆父の代理で伺いました／我是作爲家父的代理人來的；～てん【代理店】（名）經售店，代理店。[0]

だいりき【大力】（名）大力，膂力大；☆大力無双の勇士／大力無雙的勇士。[4][0]

*たいりく【大陸】（名）①大陸；☆ユーラシア大陸／歐亞（兩洲）大陸；☆南アメリカ大陸／拉丁美洲大陸；②（英國指）歐洲大陸；～かんだんどうだん【大陸間弾道弾】（名）洲際彈道飛彈；～てき【大陸的】（形動ダ）①大陸性的，大陸上所特有的；②氣量大的，不拘小節的；～だな【大陸棚】（名）大陸棚，；～てききこう【大陸的気候】（名）大陸性氣候。[0]

だいりせき【大理石】（名）〔礦〕大理石（＝マーブル）。[3]

*たいりつ【対立】（名・自サ）對立，對峙；☆アメリカとソ連との対立が激化してきた／美國和蘇俄的對立激烈起來了；☆対立した意見／對立的意見。[0]

たいりゃく【大略】Ⅰ（名）〔文〕①大略，宏謀；☆英才大略の人／英才大略之人；②概略，摘要；☆経過の大略を説明する／說明經過的概略；Ⅱ（副）大概，大致，大約（＝おおよそ）。[0]

たいりゅう【対流】（名）〔理〕（熱、電氣的）對流；～けん【対流圏】（名）〔氣象〕對流圈。[0]

*たいりょう【大量】（名）①〔文〕寬宏大量；②大量，大批；☆蜜柑が大量に入荷した／大批的橘子運到了；～せいさん【大量生産】（名）大量生產。[3][0]

たいりょう【大漁】（名）漁業豐收，大量捕獲魚蝦。[0]

たいりょう【大猟】（名）獵獲很多鳥獸；☆今日の兎狩は大猟だ／今天兔子打得可不少。[0]

*たいりょく【体力】（名）體力；☆体力が衰（おとろ）える／體力衰弱；☆体力をつける（養う）／增強體力。[1]

たいりん【大輪】（名）大朵（花）；☆大輪の朝顔（あさがお）／大朵的牽牛花。[0]

タイル【tile】（名）花磚，瓷磚；☆タイルを張（は）る／舖瓷磚，鑲上瓷磚。[1]

たいるい【苔類】（名）〔植〕蘚苔類。[1]

ダイレクトメール【direct mail】（名）廣告信件。[6]

タイレコード【tie record】（名）〔運動〕＝タイきろく。

たいれつ【隊列】（名）行列，隊伍（＝れつ、ならび）；☆隊列に加わる／加入隊

伍。⓪①

たいろう【大老】（名）〔文〕①年高有德的賢者；②〔史〕（江戸幕府）最高執政長。①⓪

だいろっかん【第六感】（名）第六感，直感；☆警官の第六感で、すぐこれは臭いとにらんだ／由於警察特有的直感馬上就認爲這個有些可疑。①

*__たいわ__【対話】（名・自サ）談話，對話；☆ドイツ語で対話する／用德語對談；～しゃ【対話者】（名）對談者。⓪

たいわんぼうず【台湾坊主】（名）①禿頭病（＝とくとうびょう）②〔動〕雷魚⑤

たう【多雨】（名）〔農〕多雨；☆日本では五、六月が一番多雨の季節だ／在日本五六月是最多雨的季節。①

たうえ【田植】（名・自サ）〔農〕插秧（＝うえつけ）；☆田植をする／插秧；～うた【田植歌】（名）插秧歌。③

たうち【田打】（名）〔農〕（初春時期的）翻田土。①

タウン【town】（造語）城市；☆ダウンタウン／商業地區；☆タウンウェア／適合上街時穿的衣服。

ダウン【down】（名・自サ）①下降；②被擊倒。①

たえ【妙】（名・形動ナリ）〔文〕妙，美妙；☆妙なる笛の音が聞こえて来る／傳來美妙的笛聲。①②

たえい・る【絶え入る】（自五）〔古〕①斷氣，死（＝しぬ）；②暈過去；☆絶え入るばかりに泣く／哭得幾乎暈過去（死去活來）。⓪③

たえがた・い【堪え難い】（形）難於忍受的，忍耐不了的，受不了的（＝しのびがたい）；☆難き堪い侮辱を受ける／遭受難於忍受的侮辱；☆堪え難い暑さ／受不了的暑熱；～さ（名）；図たへがたし（形ク）。④

だえき【唾液】（名）〔生〕唾液，唾沫（＝つば）；～せん【唾液腺】（名）〔解〕唾腺。①⓪

たえしの・ぶ【堪え忍ぶ】（自五）忍住，忍受（＝こらえる）；☆悲しみを堪え忍ぶ／忍住悲哀；☆他人の嘲笑を堪え忍ぶ／忍他人的嘲笑。①④

*__たえず__【絶えず】（副）不斷，經常（＝つづいて、いつも）；☆絶えず活動している／不斷地在活動着；☆絶えず熱心に練

習する／經常熱心地練習。①

たえだえ【絶え絶え】（副・形動ダ）斷斷續續，忽斷忽續，越來越微弱；☆話し声が絶え絶えに聞こえる／斷斷續續地聽見說話聲；☆文通も絶え絶えになった／通信也越來越少了；☆息が絶え絶えになる／幾乎斷氣，奄奄一息。③⓪

たえて【絶えて】（副）〔下接否定語〕一點兒也（不），完全（不），總也（沒）（＝まったく、すこしも、いっこう）；☆そんな噂（うわさ）は絶えて聞いたことがない／那樣的消息（傳說）向來沒聽說過；☆その後は絶えて彼に会いません／以後總也沒見過他。①

たえは・てる【絶え果てる】（自下一）①完全斷絶；☆その一家は今では絶え果てた／那一家子現在完全絶戸了；☆人通りも絶え果てた／完全沒有行人了；②斷氣；☆虫の息で病院にかつぎ込まれたが、間もなく絶え果てた／在奄奄一息的情況下被擡到醫院，不一會兒就斷了氣了；図たえはつ（下二）。⓪④

たえま【絶え間】（名）空隙，間隔，間斷（＝たゆま、きれま）；☆朝から客の絶え間がなかった／從早晨起不斷地有客人；☆雨が絶え間なく降る／雨不停地下。③

*__た・たる__【絶える】（自下一）絶，斷；☆息が絶える／斷氣；☆あの家には病人が絶えない／那一家子不斷地有病人；図たゆ（下二）。②

*__た・える__【耐（堪）える】（自下一）堪耐；勝任；☆貧窮に耐える／忍耐貧窮；☆悪の誘惑に堪える／經得起邪惡的誘惑；☆湿気に耐える／能耐濕；☆任に堪える／勝任；図たふ（下二）。②

だえん【楕（橢）円】（名）①橢圓形；②〔數〕橢圓。⓪

*__たお・す__【倒す】（他五）①放倒，弄倒；☆傘は倒さないで立て掛けておくこと／傘不要放倒要立着放；②倒，打倒，推翻；☆内閣を倒す／倒閣；☆足搦（あしがらみ）をかけて人を倒す／使絆子把人拌倒；③賴帳，賴債（＝ふみたおす）；☆あいつに一万円ばかり倒された／那傢伙賴了一萬來元的債（他欠我一萬來塊錢壓根不還了）。

たお・す【殪す・斃す】（他五）整死，弄死；☆暗殺によって敵将をたおす／用暗

殺手段刺死敵將　⓪②

たおやか（形動ダ）〔古〕婀娜，優美；☆たおやかな乙女（おとめ）／婀娜的女郎。②

たおやめ【手弱女】（名）〔文〕①婀娜的女子；②女子。⓪

たお・る【手折】〔古〕（他五）折取；☆枝を手折る／折枝。②

*** **タオル**【towel】（名）①毛巾；②毛巾料；☆タオルのねまき／毛巾料的睡衣；～ケット【towel＋blanket】（名）棉毯。

*** **たお・れる**【倒れる】（自下一）①倒，場；☆本が倒れた／書倒了；☆風で家が倒れた／房子被風颳倒（場）了；☆石に蹟（つまず）いて倒れる／被石頭絆倒；②倒臺，崩潰；☆保皇党政府が倒れる／保皇黨政府倒臺；③倒閉；☆銀行が倒れる／銀行倒閉；④病倒，病倒；☆彼は重い病に倒れた／他患了重病；☆激務によって倒れる／因工作繁忙累倒；图たふる（下二）。③

たお・れる【仆れる・斃れる】（自下一）死（＝しぬ）；☆コレラで仆れる／因霍亂而死；图たふる（下二）。③

たか【高】（名）①高；上漲；☆今日の相場は五円高（だか）／本日行市上漲五元；②數量；☆一日の売り上げの高を総計する／總計一天的賣款額；☆今年の米の収穫の高を見積（みつも）る／估計今年的稻穀產量；③〔古〕俸祿；☆高十万石を領する／領祿米十萬石；④最多，最大限度；☆高が百円ばかりのものだ／至多不過是百十來元的東西；☆高が二三人の相手にびくびくすることはない／對方最多不過兩三個人用不着害怕；◇高が知れる／沒什麼了不起的，有限的；☆貯金はあるが高の知れたものだ／雖然有存款，但是很有限；高を括（くく）る／瞧不起，輕視，認爲沒什麼了不起。①②

たか【鷹】（名）〔動〕鷹；◇鷹は饑えても穗をつまず／節義之士雖貧不貪無義之財。⓪

たか【多寡】（名）〔文〕多寡，多少；☆金額の多寡にかかわらず御寄付を歓迎します／不論錢數多少歡迎捐助。①

たが【箍】（名）箍；☆箍をかける／箍箍兒；☆箍を掛け代える／換箍；◇箍が緩（ゆる）む／①箍兒鬆了；②年老不中用

，老朽；☆あの男ももう箍が緩んだ／他已經老朽無用了；箍をはずす／免去一切拘束；☆箍をはずして騒ぐ／狂歡，大鬧。②

たが【誰が】（連語）〔文〕①誰（＝だれが）；②誰的（＝だれの）。①

—だか【高】（造語）①量；☆生産だか／生産量；②金額；☆売上げ高／賣款額，賣價。

*** **だが**（接）但是，可是，雖然…可是（＝しかし，けれども）；☆君は頭がいい。だが，健康に恵（めぐ）まれていない／你腦筋好，但是身體不佳；☆明日は遠足。だが、天気はどうかな／明天去郊遊，可是天気怎樣（不得而知呢）？①

ダカーポ【意・da capo】（名）〔樂〕從頭反覆一遍，反覆記號（略號 D. C.）。②

*** **たか・い**【高い】（形）①高的；☆高い山／高山；☆背（せ）の高い人／身材高的人；②高貴的，崇高的；☆身分（地位）の高い人／身分（地位）高的人；☆人格の高い人／人格高尚的人；③（價錢）貴的；☆値が高い／價錢貴；☆物が高くなった／東西貴了；④（聲音）大的，高的；☆高い声で話す／大（高）聲說話；☆高い声が出ない／發不出高聲兒來；⑤非（名）的，有（名）的；☆評判が高い／著名；⑥（緯度）多的，高的；☆緯度が高いほど寒い／緯度越高就越冷；◇お高くとまる／妄自尊大，看不起人；高いものにつく／費錢；图たかし（形ク）；～さ【高さ】（名）高（度）；☆高さを測（はか）る／測量高度，量高低。②

たかい【他界】（名・自サ）逝世，去世；☆祖父は先年他界した／祖父前幾年去世了。⓪

*** **たがい**【互い】（名）互相，相互，雙方，兩方；☆お互いが気をつけよう／雙方都注意吧；☆互いの利益を図る／謀取相互的利益；☆お互い様です／彼此彼此；～ちがい【互い違い】（名）交替，交錯（＝かわるがわる）；☆白糸と赤糸を互い違いに編む／用白線和紅線相交錯着編織；～に【互いに】（副）交替；相互；☆互いに助け合う／互相幫助。⓪

だかい【打開】（名・他サ）〔文〕打開；☆局面の打開に努力する／努力打開局面；☆難局を打開する／打開難局。⓪

たかいびき【高鼾】（名）大鼾聲；☆高鼾をかく／打大鼾。③

たが・う【違う】（自五）〔古〕①不同，錯，不一致（＝ちがう）；☆列車が一分も違わず入って来た／列車一分鐘也不差（準時）進站；②違反，違背（そむく）；☆人情に違う／違反人情；☆道徳に違う行ない／違反道徳的行爲。②

たが・える【違える】（他下一）①違，違背；☆約束を違える／違約；②使不一致，錯開；☆兄弟の洋服の色を違える／把哥哥弟弟的西裝顏色分別錯開；因たがふ（下二）。

たかく【多角】（造語）多角；～てき【多角的】（形動ダ）多角的，多方面的；☆農業は穀物の作作だけでなく、もっと多角的に経営すべきだ／農業不應營僅限於耕種糧穀，而應當更加多角地進行經營；～けいえい【多角経営】（名）多角經營。

*たがく【多額】（名・形動ダ）多額，巨額；☆多額の寄付／巨額的捐款；～のうぜいしゃ【多額納税者】（名）多額納稅者。⓪

たかさご【高砂】（名）①（一種喜慶時歌唱的）能樂曲名；②臺灣；～ぞく【高砂族】（名）（臺灣的）高山族。⓪

だがし【駄菓子】（名）粗（糙）點心；～や【駄菓子屋】（名）粗點心舖。⓪②

たかしお【高潮】（名）①滿潮（＝みちしお）；②海嘯（＝つなみ）。⓪

たかしまだ【高島田】（名）髮髻高聳的一種女子髮型。③①

たかじょう【鷹匠】（名）〔文〕鷹匠，鷹把式（＝たかがい）。⓪

たかだい【高台】（名）①高地；高岡；②（交易所裏的）高櫃臺。⓪

たかだか【高高】（副）①高高地，特別高地；☆高高と差し上げる／高高地舉起；②大聲地，☆声高高と朗誦する／大聲朗誦；③至多，頂多，充其量（＝せいぜい）；☆高高二千円くらいの損だろう／（我想）至多不過賠上二千多元。③⓪

たかちょうし【高調子】（名）①調子高；高嗓門；☆高調子にしゃべりまくる／抬高嗓門兒談個不休②〔經〕行市看漲③①

たかつき【高杯】（名）高脚木盤，高座兒漆碟。②

だがっき【打楽器】（名）〔樂〕打擊器，擊樂器。②

たかっけい【多角形】（名）〔數〕多角形，多邊形。②

たかとび【高跳び・高飛び】（名）①〔運動〕跳高（＝ハイジャンプ）；☆棒高飛び／撑竿跳高；②〔俗〕逃跑，遠走高飛；☆犯人が高飛びする／犯人逃跑④⓪

たかな・る【高鳴る】（自五）①發出大音響；☆鐘が高鳴る／鐘聲大鳴；②（心）跳動；☆それを考えただけでも私の胸は高鳴るのです／衹要一想起那件事我的心就跳動起來；☆若い血潮が高鳴る／青年的熱血沸騰。③

たかね【高値】（名）高價，貴價，價錢貴；☆高値に吹っ掛ける／要高價錢；↔やすね（安値）。②

たかね【高嶺・高根】（名）高峯；～おろし【高嶺颪】（名）從高峯颳下來的風；◇高嶺の花／高不可攀的東西，可望而不可即的東西。⓪

たがね【鏨・鏨】（名）鋼鏨，鏨刀⓪①

たが・ねる【綰ねる】（他下一）束在一起（＝つかねる）。③

たかのぞみ【高望み】（名）過分的希望，奢望。③

たかひく【高低】（名）①高低；☆背の高低によって席をきめる／按着身材高低來定座次；②凹凸不平；崎嶇（＝でこぼこ）。①⓪

たかびしゃ【高飛車】（形動ダ）高壓；強硬；☆高飛車なやり方／高壓手段。⓪

たかぶ・る【高ぶる】（自五）①興奮；☆神経が高ぶって寝られない／神經興奮睡不着覺；②高傲，驕傲，自滿（＝おごる、ほこる）；☆成功したとて高ぶるな／不要因爲成功而驕傲。③

たかぼうき【高箒】（名）長把兒笤箒③

たかまがはら【高天が原】（名）①〔神話〕（諸神所居的）天國；②〔神道〕天國，上天。④③

たかまくら【高枕】（名）①高枕頭；☆日本髪に結ったから高枕で寝る／因爲梳了日本頭所以要睡高枕頭；②〔轉〕高枕（無憂）；☆高枕で寝る／無憂無慮地睡。②

たかまり【高まり】（名）〔（たかまる）的名詞形〕提高，高漲；高潮；☆民族意識の高まり／民族意識的高漲。⓪

*たかま・る【高まる】（自五）越來越高，提高，升高，高漲，增高；☆名声が高ま

る／聲譽提高；☆非難の声が高まる／責
難之聲越來越高；☆感情が高まる／興奮
起來。③

たかみ【高み】（名）高處；◇高みの見物
／坐山觀虎鬥，作壁上觀，袖手旁觀。①

たかめ【高目】（形動ダ）高一些，較高；
☆高目な机／高一些的桌子；☆高目に塀
（へい）をつくる／高高地築起牆來。③

*たか・める【高める】（他下一）提高，使
高（＝たかくする）；☆程度を高める／
提高程度；☆声を高める／把聲音放高；
図たかむ（下二）。③

たかもり【高盛】（名）滿滿地盛；盛得滿
滿的食品。◎

*たがや・す【耕す】（他五）耕，耕作；☆
田を耕す／耕（水）田；図たがへす。③

たかようじ【高楊子】（名）①飯後用牙籤
剔牙的樣子；②〔轉〕吃飽了的樣子；◇
武士は食わねど高楊子／武士窮得沒飯吃
還假裝吃飽；〔喻〕甘守清貧。③

*たから【宝】（名）①寶，財寶；☆金、銀
、珠玉の宝を山と積（つ）む／金銀財寶
堆積如山；②寶貝，寶貴的（事物）；☆
子は宝だ／孩子是寶貝；☆正直は宝だ／
誠實是最寶貴的；③錢（＝かね）；☆お
宝がなくて困っている／沒錢正在為難哪
；◇宝の持ち腐（ぐさ）れ／①有好東西
不利用或不會利用；②有才能不去施展或
不能施展；宝の山に入りながら、手を空
（むな）しくして帰る／入寶山空手而歸
；～くじ【宝籤】（名）彩票；～ぶね【
宝船】（載有七福及各種財寶的吉祥畫）
寶船圖；～もの【宝物】（名）寶物。③

*だから（接・接助）因此，所以；☆彼は誠
実だ。だから皆に好かれる／他人很誠實
所以大家都喜歡他；☆だからと言って行
かずにも居られぬ／儘管如此還是不能不
去。①

たからか【高らか】（形動ダ）大聲，高聲
；☆声高らかに読みあげる／大聲朗讀②

たからがい【宝貝】（名）〔動〕寶貝。③

たかり（名）〔（たかる）的名詞形〕①集
聚，圍成羣；☆人だかりがする／圍上一
羣人；②敲詐，勒索（的人）；☆たかり
を警察へ突き出す／把敲詐犯扭到派出所
去。◎

たか・る【集る】（自五）①圍成一羣，聚
集（＝よりあつまる）；☆子供がたかっ
ている／圍上一羣小孩子；②（昆蟲等）

落滿，爬滿；☆ありが砂糖にたかる／糖
菓爬滿螞蟻；☆蠅が食物の上に集る／蒼
蠅聚在食物上面；③勒索，敲詐；☆不良
にたかられる／被流氓敲詐；☆迫使請客
；☆月給日に後輩たちにたかられた／發
薪那一天被年輕的同事們逼著請了客。◎

*たが・る（助動・五型）想，希望（＝…し
たいとおもう）；☆見たがる／想看；☆
妹もその小説を読みたがっている／妹妹
也希望看一看那本小說。

たかわらい【高笑い】（名・自サ）大笑，
哄笑，☆高笑いの声が聞こえる／傳來大
笑聲。③

だかん【兌換】（名・他サ）兌換。◎

たかんしょう【多汗症】（名）〔醫〕多汗
症。②

*たき【滝】（名）①〔古〕急流，奔流（＝
はやせ）；②瀑布（＝ばくふ）；☆滝が
落ちる／瀑布下落。◎

たき【多岐】（名・形動ダ）〔文〕①岐路
很多，多方面；②多方面；☆話が多岐にわたる／
話涉及到許多方面。①

だきあい【抱き合い】（名）〔（だきあう）
的名詞形〕互相擁抱。◎

だきあ・う【抱き合う】（他五）互相擁抱
；☆二人は抱き合って泣いた／兩個人相
抱而哭了。③

だきあ・げる【抱き上げる】（他下一）抱
起，抱著舉起；図だきあぐ（下二）。④

たきあわせ【炊き合わせ】（名）把單煮的
魚、青菜合盛在一個容器裏。◎

だきあわせ【抱き合わせ】（名）（把不好
銷的貨同好銷的貨）搭配著賣；☆抱き合
わせで売る／搭配著賣。◎

だきあわ・せる【抱き合わせる】（他下一）
使之互相擁抱；☆いやがる二人を無理に
抱き合わせる／硬叫都不高興的兩個人互
相擁抱在一起；図だきあはす（下二）。⑤

だきおこ・す【抱き起こす】（他五）抱起
；☆倒れた者を抱き起こす／抱起摔倒的
人。④

だきかか・える【抱き抱える】（他下一）
抱（在懷裏）；☆子供を抱きかかえる／
抱孩子；図だきかかふ（下二）。⑤

たきぎ【薪】（名）柴，薪（＝まき）；☆
薪を割る／劈劈柴；◇薪に油を添える／
火上加油。◎

だきこみ【抱き込み】（名）〔（だき
こむ）的名詞形〕拉攏，籠絡；☆抱き込

みがうまく成功した／順利地 拉 攏 過 來
了。◎

たきこ・む【炊き込む】（他五）（把飯與
菜）炆在一起。③

だきこ・む【抱き込む】（他五）①拉攏，
籠絡過來；☆賄賂（わいろ）を使って人
を抱き込む／行賄籠絡人／☆彼は反対党
のために抱き込まれた／他被反對黨拉攏
過去了；②摟在懷中；③〔轉〕牽連在
內。③

タキシード【tuxedo】（名）（男子的）晚
禮服，無尾禮服。③

たきし・める【焚き染める】（他下一）用
香燻（衣服）；困たきしむ（下二）。④

＊だきし・める【抱き締める】（他下一）抱
住，抱緊；☆わが子を抱き締める／緊緊
抱住自己的孩子；困だきしむ（上二）④

たきすく・める【抱き竦める】（他下一）
抱住不讓動；☆乱暴者をうしろから抱き
竦める／把動野蠻的人從後面緊緊抱住；
困だきすくむ（下二）。⑤

たきだし【焚き出し】（名・自サ）（發生
火災、大水災等意外災害時）給許多人炊
飯；向災民施飯；☆災害地に直ちに焚き
出しが行なわれた／災區立即設置了施飯
處。◎

だきつ・く【抱き着く】（自五）摟住，抱
住（＝とりつく）；☆首に抱きつく／摟
住脖子。◎

たきつけ【焚付】（名）引柴，劈柴，引火
物；☆かんな屑を焚き付けにする／用鉋
花兒作引柴。◎

たきつ・ける【焚き付ける】（他下一）①
燃（＝もやす）；☆ストーブに火を焚き
つける／燒火爐；②〔轉〕挑撥，煽動
（＝おだてる）；☆けんかを焚きつける／
挑撥人吵架；☆彼は誰かに焚き付けられ
てやったに相違ない／他一定受誰煽動才
做了的；困たきつく（下二）。④

たきつぼ【滝壺】（名）瀑（布）潭。◎③

だきと・める【抱き留める】（他下一）抱
住不放，死抱着；☆彼はうしろから抱き
留められた／他被人從後面緊緊抱住了；
困だきとむ（下二）。④

たきび【焚火】（名・自サ）篝火（＝かが
りび）；②爐火；為取暖在室外籠的火
；☆落葉をかき集めて焚火をする／搜集
落葉籠火。◎

たきもの【焚物】（名）劈柴，柴（＝たき

ぎ、まき）；☆多になる前に焚物の用意
をする／在入冬以前準備劈柴。◎

たきもの【薫物】（名）①香，薰香（＝ね
りこう）；②點薰香。◎

だきゅう【打球】（名）〔棒球〕打（的）
球。◎

たきょう【他郷】（名）他鄉，異鄉；☆他
郷に流離（さすら）う／流浪他鄉。①

たぎょう【タ行】（名・自サ）タ行，五十
音圖的第四行。①

＊だきょう【妥協】（名・自サ）妥協，和解
（＝はなしあい、おれあい）；☆妥協の
余地がない／無妥協餘地。◎

たぎらか・す【滾らかす】（他五）使（水）
滾開，燒開；☆湯を滾らかす／把水 燒
開。

たぎら・せる【滾らせる】（他下一）使（
水）滾開，使（熱情）高漲；☆情熱を滾
らせる／使熱情高漲。

たぎ・る【滾る】（自五）①（水）滾開，
沸騰（＝にえたつ）；☆湯が滾っている
／水沸騰着；②（河水）翻滾，☆滾り落
ちる急流／翻滾而下的急流；③（感情、
情緒等的）高漲，澎動；☆情熱が滾る／
熱情高漲。②

＊た・く【焚く】（他五）①燃（＝もやす）
；☆火を焚く／燒火；☆薪を焚く／燒柴
；②用火點（＝くべる）；☆風呂（ふろ）
をたく／燒洗澡水；③焚（＝くゆらす）
； ☆香をたく／燒香； ④炙，燒（＝に
る）；☆飯をたく／炙（燒）飯。◎

たく【宅】（名）①住宅，家（＝すまい）
；☆お宅／府上，您的家裏；☆お宅はど
ちらですか／府上是哪兒？；☆お宅の坊
っちゃんはお幾つですか／您的男孩幾歲
了？☆宅の子供は六つです／我們的孩子
六歲；②（婦女對別人稱自己的丈夫）我
的先生；☆宅も参ります／我先生也去◎

たく【卓】（名）〔文〕桌子（＝つくえ、
テーブル）；☆卓をたたく／拍桌子。①

＊だ・く【抱く】（他五）①抱；☆子供を抱
く／抱孩子；②孵；☆卵を抱かせる／叫
母雞伏窩；③懷抱；☆大きな望みを抱く
／懷很大的希望在心；困いだく（四）◎

たくあつかい【宅扱い】（名）〔鐵〕（限
十五公斤以內的貨物由發件人家中取來直
接運到收件人家中的）管取管送的零件運
輸辦法。③

たくあん【沢庵】（名）（用米糠醃的）黃

蘿蔔鹹菜；〜づけ【沢庵漬】（名）＝た
くあん。[2]

たぐい【類・比】（名）①類，同類；☆こ
の類のまちがいはよくあることだ／像這
類的錯誤是常有的事；②比類，比擬；☆
それは世に類がないものだ／那是世上少
有的東西☆類稀な名器／罕有的珍品[2]0

たくえつ【卓越】（名・自サ）卓越；☆彼
は卓越した創造力の持主だ／他是個具有
卓越創造力的人。0

だくおん【濁音】（名）〔語言〕濁音（在
「假名」上加濁點表示的音）；五十音圖
ガ、ザ、ダ、バ各行的音。0

*たくさん【沢山】（副・形動ダ）①許多，
很多，好些（＝あまた）；☆たくさんの
用事がある／有好多事；☆時間がたくさ
んある／有很多時間；☆たくさん召し上
がれ／請多吃些；②足够，太多（＝じゅ
うぶん、けっこう）；☆六時間寝れば沢
山です／睡六小時足够了；☆もうたくさ
んだ／已經足够了，再也不需要了；☆
字を書くのはもうたくさんだ／再也不願
寫字了。0[3]

たくしあ・げる（他下一）挽起，捲起；☆
ワイシャツの袖をたくしあげる／挽起襯
衣袖子。5

*タクシー【taxi】（名）出租小汽車，計程
車；☆タクシーを拾（ひろ）う／（在街
頭）雇小汽車。1

たくじしょ【託児所】（名）託兒所；☆託
兒所に子供を預（あず）ける／把孩子託
到託兒所。3

たくしゅつ【卓出】（名・自サ）傑出；☆
卓出した画才／傑出的畫才。0

たくじょう【卓上】（名）桌上；☆卓上演
説／（宴會、聚餐、集會時的）席上致辭
（＝テーブルスピーチ）；〜でんわ【卓
上電話】（名）桌上電話；〜にっき【卓
上日記】（名）桌上日記。0

たくしょく【拓殖】（名・自サ）〔文〕開
墾和殖民。0

たくしん【宅診】（名）〔醫〕（開業醫師）
門診；☆午前宅診、午後往診／午前門診
，午後出診。0

だくすい【濁水】（名）濁水，渾水。0

*たく・する【託（托）する】（他サ）①託，
委託，寄；（＝たのむ、あずける、まかす）
；☆友人に託して贈る／託友人送去；②
藉口，托詞（＝かこつける）；☆病気に

托して欠席する／藉口有病缺席；因たく
す（サ）。3

だく・する【諾する】（他サ）應諾，答應
；因だくす（サ）。3

だくせ【濁世】（名）〔普通讀「じょくせ」〕
〔佛〕①汚濁世界，塵世；②現世，紅
塵。

だくせい【濁世】（名）＝だくせ。0

たくせつ【卓説】（名）卓見，卓越的主張
；☆卓説を吐く／發表卓見。0

たくぜつ【卓絶】（名・自サ）卓越，卓絕
；☆古今に卓絶した作品／卓絕古今的作
品。0

たくそう【託送】（名・他サ）託運；☆荷
物を託送する／託運貨物；〜てにもつ【
託送手荷物】（名）〔鐵〕託運行李；〜
でんぽう【託送電報】（名）用電話託電
報局打的電報。0

だくだく（副・自サ）①（流汗、流血貌）
如注；☆汗がだくだくと流れる／汗流如
注；②（心）撲通撲通地（跳）（＝どき
どき）。1

たくち【宅地】（名）住宅用地，地皮。0

だくてん【濁点】（名）濁點，表示濁音的
符號〔 ゛〕。3 0

タクト【tact】（名）①機智，圓通，周到
；☆タクトを心得ている／周到，知道分
寸；②〔樂〕拍子；指揮棒；☆タクトを
取る／打拍子；指揮（樂隊）。1

たくはつ【托鉢】（名・自サ）〔佛〕托鉢
，化緣。

たくばつ【卓抜】（名・自サ・形動ダ）卓越
，傑出；☆卓抜した才能／卓越的才能0

だくひ【諾否】（名）答應與否；☆諾否御
一報下さい／是否應允請函告爲荷。1

たくほん【拓本】（名）拓本；☆拓本を取
る／搨取拓本。0

たくま【琢磨】（名・他サ）〔文〕琢磨；
☆切磋（せっさ）琢磨する／切磋琢磨1

*たくまし・い【逞しい】（形）①（體格）
魁偉的；健壯的；☆逞しい若者／健壯的
小伙子；②（精神）剛毅的，大膽的；☆
逞しい精神／堅強（不屈不撓）的精神；
③任意而爲；☆想像（空想）を逞しくす
る／異想天開，胡思亂想；因たくまし（
形シク）。4

たくみ【工・匠】（名）木匠（＝だいく）0 1

たくみ【巧み】（名・形動ダ）①巧，巧妙
（＝じょうず）；☆巧みな手段／巧妙手

段；☆日本語を巧みにあやつる／日語說
得流暢，②技巧，矯揉造作；☆彼の言葉
には巧みがない／他的話很老實，③詭計
，陰謀（＝たくらみ）；☆巧みを見抜（
みぬ）く／看破詭計。◻1

たく・む【巧(工)む】(他五)①動腦筋，費心
思；施技巧；☆農家の娘の工まぬ美しさ
／農村姑娘的自然美，②搗鬼，玩弄詭計
（＝たくらむ）；☆巧んだ嘘（うそ）を
吐（つ）く／撒一套想好了的謊。2

たくらみ【企み】(名)〔(たくらむ)的
名詞形〕陰謀，搗鬼（＝くわだて）；☆
企みのある人間／詭計多端的人；心懷叵
測的人；☆暗殺の企み／暗殺的陰謀4◻0

たくら・む【企む】(他五)陰謀；搗鬼（
＝くわだてる）；☆謀叛を企む／陰謀造
反；☆彼らは私をおとし入れようと前
から企んでいた／他們從老早就搗鬼陷害
我。3

たくりあげ・る【たくり上げる】(他下一
)捲起，挽起；☆袖をたくり上げる／捲
起袖子。◻5

たぐりあげ・る【手繰り上げる】(他下一)
繞上來，拉上來；☆井戸の中から釣瓶（
つるべ）を手繰り上げる／從井中把吊桶
拉上來；図たぐりあぐ（下二）。◻◻25

たぐりこ・む【手繰り込む】(他五)拉到
身邊，拉近；☆糸を手許へ手操り込む／
把線繞到手邊。24

だくりゅう【濁流】(名)濁流。◻0

たぐりよせ・る【手繰り寄せる】(他下一)
拉近，拉到身旁；☆綱を手繰り寄せる／
把繩子往裏裏續。5

たく・る(他五)①搶，奪（＝ひったくる）
；②捲，翻（＝まくる）；☆着物の裾（
すそ）をたくる／捲起衣襟。2

たぐ・る【手繰る】(他五)①拉，繞；☆
糸を手繰る／纏線，②追溯；☆記憶を手
繰る／追溯記憶。2

*たくわえ【蓄(貯)え】(名)①儲蓄，儲存
，儲藏；☆蓄えの食料品／儲存的食品；
②存款；☆一円の蓄えもない／一塊錢的
存款也沒有。3◻0

*たくわ・える【蓄(貯)える】(他下一)
①儲藏，存（＝ためる）；☆食糧を蓄え
る／儲糧；②儲備，保留；☆力を貯える
／儲備力量；③留；☆口髭を蓄える／留
鬍子；図たくはふ（下二）。4◻0

たくわん【沢庵】(名)＝たくあん。2

*たけ【丈】(名)①身長（＝たかさ）；☆
丈が高い／身材高，②尺寸，長短（＝な
がさ）；☆上着の丈を取る／量上身的尺
寸；③整儘所有（＝ありたけ）；☆思い
の丈を打ち明ける／傾訴心事。2

*たけ【竹】(名)①〔植〕竹子；☆竹が生
える／長竹子，生竹子；②（絲竹的）竹
，竹製樂器；◇竹を割ったよう／心直口
快的，乾脆的；☆竹を割ったような男
／心直口快的人；竹のカーテン／竹幕（
蘇俄共產集團與自由國家之間有鐵幕，中
國大陸的匪偽政權和自由國家之間有竹
幕）。◻0

たけ【岳】(名)〔文〕高山，山岳；☆浅
間の岳／淺間山。2

たけ【茸】(名)〔植〕蘑菇，菌類。◻0

たけ【他家】(名)別人的家，他家（＝よ
そのうち）；☆他家へ嫁（とつ）ぐ／出
嫁。◻1

*だけ【丈】(副助)①表示限定於某種範圍；
☆夏の間だけ開く／祇在夏季開放；☆君
にだけ打ち明ける／只說給你一個人，☆
聞くだけで十分（じゅうぶん）／祇聽一
聽就夠了，②表示限定於某種程度；☆出来
るだけやってみる／儘量地做一做看；◇
だけに、だけあって／無怪乎，不愧；正
因為；☆値が高いだけに物もよい／無怪
價錢貴，東西也好；☆革命家だけあって
彼はита容として死に就いた／不愧是一個
革命家，他從容就義了。

たげい【多芸】(名・形動ダ)多藝；☆多
芸多才の人／多才多藝的人；◇多芸は無
芸／樣樣精通樣樣稀鬆。◻0

たけうま【竹馬】(名)竹馬；☆竹馬に跨
（また）がる／騎竹馬。◻0

たけがき【竹垣】(名)竹籬笆，竹牆2◻0

たけかんむり【竹冠】(名)〔漢字部首〕
竹字頭。3

*だげき【打撃】(名)打擊，衝擊；☆敵に
大打擊を与（あた）える／給敵人嚴重的
打擊；☆精神的に強い打擊を受けた／精
神上受了強烈的打擊。◻0

たけぎれ【竹切れ】(名)竹片兒；竹子頭
兒。◻0

たけくらべ【丈比べ】(名・自サ)①（小
孩子們）互比身量（＝せいくらべ）；②
比高低。2

たけざいく【竹細工】(名)用竹子做的工
藝品，精緻竹器。3

たけざお【竹竿】（名）竹竿；☆竹竿に洗濯物を干(ほ)す／在竹竿上晾洗的衣服 [0]

たけずっぽう【竹筒】（名）〔俗〕＝たけずつ。[0]

たけだけし・い【猛猛しい】（形）①兇猛的；☆猛猛しい獣／兇猛的野獣；②厚臉皮的；無恥的（＝ずうずうしい）；☆猛猛しいやつ／無恥的東西；図たけだけし（形シク）。[5]

たけつ【多血】（名）①多血；②易於激動，富於感情，～しつ【多血質】（名）〔心〕多血質（性急、好怒、易衝動、缺乏忍耐性的類型）。[0]

だけつ【妥結】（名・自他サ）妥協，商量好，☆交渉が妥結した／交渉妥協了。[0]

だけど（も）（接）〔俗〕〔（だけれども）之略〕然而，可是；☆私も行きたいわ。だけどね、母さんが許してくれないの／我也想去，可是媽媽不答應呀。[1]

たけとんぼ【竹蜻蛉】（名）竹蜻蜓（兒童用竹片做的玩具）。[3][5]

たけなわ【酣・闌】（名・形動ダ）酣，闌，正盛，方酣（＝さいちゅう）；☆酒宴が酣になる／酒宴方酣；☆夜の闌になるまで話す／談到夜深；☆試合は今正に酣だ／比賽現在正是高潮；☆秋色正に闌である／秋色方闌。[0]

たけのかわ【竹の皮】（名）①竹皮，竹殼，籜；～づつみ【竹の皮包】（名）用竹皮包包的食品。[5][0]

たけのこ【竹の子・筍】（名）筍，筍；◇雨後の筍／雨後春筍；～せいかつ【筍生活】（名）（如同一層一層剝落筍皮一般）出賣衣服度日，出賣日用家具維持生活 [0]

たけばし【竹箸】（名）竹箸，竹筷子。[3]

たけばしご【竹梯子】（名）竹梯。[3]

たけばやし【竹林】（名）竹林（＝たけやぶ）。[0]

たけべら【竹箆】（名）竹壓刀，竹子片 [0]

たけぼうき【竹箒】（名）竹箒。[3]

たけやぶ【竹藪】（名）竹林，竹叢（＝たかやぶ）。[0]

たけやり【竹槍】（名）竹(子做的)札槍 [0]

たけりた・つ【哮り立つ】（自五）咆哮 [2][4]

たけ・る【哮る】（自五）咆哮，吼，怒號；☆猛虎のたける声／猛虎的吼聲。

たけ・る【猛る】（自五）①雀躍，猛衝（＝いさみたつ）；☆スタート前に猛る心をしずめる／在開跑之前鎮定雀躍的心情；②暴跳，發兇（＝あばれまわる、あれくるう）；☆猛る獅子／發兇的獅子；☆猛り狂う荒波／洶湧的怒濤。[2]

た・ける【長・闌】（自下一）①長於，擅長；☆世才に長けた人／長於世故的人；②年老，☆齢長けて後／老後；③闌，酣；☆秋も闌けた／秋色已濃；図たく（下二）。[2]

だけれど（も）（接）〔俗〕→だけど。[1]

たけん【他見】（名・他サ）〔文〕給別人看，別人看；☆他見を憚（はばか）る秘密の書類／不能給別人看的密件。

たげん【他言】（名・他サ）〔文〕洩漏，對別人說（＝たごん）；☆他言するな／別向別人說。[0]

たげん【多元】（名）〔文〕多元；↔いちげん（一元）；～てき【多元的】（形動ダ）多元的；～ろん【多元論】（名）〔哲〕多元論。[0]

たげん【多言】（名・自サ）多言，多嘴，多舌（＝むだぐち）；☆多言はわざわいのもとだ／禍從口出；☆多言を要しない／無需多說。[0]

たこ【凧】（名）風箏；☆凧をあげる／放風箏。[1]

たこ【蛸・章魚】（名）①〔動〕章魚；②夯，撞槌；☆たこでつく／打夯；☆たこあし配線／一個插座掛很多插頭；◇たこの友食い／同類相殘；～がいしゃ【蛸会社】（名）（本來沒有紅利可分）動用資本金分紅的公司；～はいとう【蛸配当】（名・自サ）（像章魚吃自己的脚那樣）動用資本金分紅（＝たこはい）。[1]

たこ【胼胝】（名）胼胝，繭皮，繭子；☆たこができる／長繭子；◇耳にたこができる／聽膩；☆もう沢山、耳にたこができそうだ／好了好了，我聽直聽膩了。[1]

たご【担桶】（名）①（裝水、肥料的）桶；②糞桶（＝こえたご）。[2][1]

たこう【多幸】（形動ダ）多幸，多福；☆将来の御多幸を祈る／祝(你)將來幸福；～たふく【多幸多福】（名）多福多幸 [0]

だこう【蛇行】（名・自サ）①蛇行，曲折地走；☆デモ隊が蛇行する／遊行隊伍蜿蜒前進；②〔地〕河川曲折地流（＝メアンダー）。[0]

たこく【他国】（名）①他鄉；②他國。[1]

たこにゅうどう【蛸入道】（名）〔俗〕①〔動〕章魚（＝たこ）；②禿頭的人。[3]

た

たごん【他言】（名・他サ）〔文〕洩漏，對別人說（＝たげん）；☆この話は他言無用だ／這話別對別人說；☆妄（みだ）りに他言するな／不要隨便洩漏。⓪

たさい【多才】（名）〔文〕多才；☆多芸多才の人／多才多藝的人。⓪

たさい【多妻】（名）〔文〕多妻；☆多妻の風習／多妻的風俗。⓪

たさい【多彩】（名・形動ダ）豐富多彩⓪

だざいふ【太宰府】（名）太宰府〔古時設於築前（＝ちくぜん）的官廳，管理九州、壹岐（＝イキ）、對馬（＝ツシマ）,兼任當地國防、外交等事務〕。②

たさいぼうせいぶつ【多細胞生物】（名）〔生物〕多細胞生物；↔たんさいぼうせいぶつ（單細胞生物）。⑥

たさく【多作】（名・他サ）著作多，作品多；☆多作で有名な作家／以著作繁多而著名的作家。⓪

ださく【駄作】（名）拙劣的作品，沒價值的作品；☆この小説は駄作だ／這篇小說寫得不好。⓪

たさつ【他殺】（名）被殺；☆他殺の疑いがある／有被殺的嫌疑；↔じさつ（自殺）。⓪

たさん【多産】（名）多產，生殖力旺盛；☆多産のレグホン／產卵多的來亨雞。⓪

たざん【他山】（名）①別的山，他山；②其他的寺院；◇他山の石とする，他山の石以て玉を攻（おさ）むべし／他山之石可以攻錯。①⓪

ださん【打算】（名・他サ）算計，盤算（＝みつもり）；～てき【打算的】（形動ダ）打小算盤的；自私自利的；☆打算的な人／自私自利的人。⓪

たし【足し】（名）〔（たす）的名詞〕①補，貼補，補助；☆生活費の足しに内職をする／為了貼補生活搞副業；☆不足分の足しにする／用以補助不足；③幫助，好處；☆そんなに勉強したって何の足しになるのか／即使那樣用功又有什麼好處呢。⓪

たし【度し】（助動・形ク型）〔文〕＝たい；☆映画は見たし金は無し／想看電影可是沒錢；☆この家売りたし／此房（打算）出售。

たし【他紙】（名）〔文〕①別的報紙；②別的紙。①

たし【他誌】（名）〔文〕別的雜誌。①

たじ【他事】（名）①他事，別的事；☆他事を顧みる暇がない／無暇顧及他事；②與己無關的事，瑣事（＝よそごと）；☆家内一同無事ですから他事ながら御安心ください／舍下全體無恙（雖係瑣事）請釋錦懷。①

たじ【多事】（名）①事情多，忙（＝せわしい）；☆この二三日多事で休む暇もない／這兩三天忙得很連休息的時間都沒有，②多事，屢屢發生事件；☆国家多事の時／國家多事之時；～たたん【多事多端】（名）①忙；☆多事多端でやりきれない／忙得不可開交；②多事，變故多；☆多事多端の生涯／波瀾縱橫的一生①

だし【出し】（名）①←だしじる（出し汁）；②利用，工具；☆慈善を出しに（して）私腹を肥（こ）やす／假藉慈善以肥私囊；◇だしに使う／利用，當作工具；☆人をだしに使う／利用人，巧使別人②

だし【山車】（名）廟會或節日裝滿各種彩飾的花車（＝さんしゃ）。②

だしあい【出し合い】（名）〔（だしあう）的名詞形〕互相拿出，大家拿出（錢、物等）；☆出し合いで買う／湊錢買；☆この費用は出し合いにしよう／這項費用由大家公攤吧。⓪

だしあ・う【出し合う】（他五）互相拿出，大家拿出（錢，物等）；☆出し合って五十万円こしらえた／湊了五十萬元；☆酒を出し合って宴会を開く／大家出酒設宴。③

だしいれ【出し入れ】（名・他サ）取送，取出和放入；☆銀行への金の出し入れ／向銀行存取款；☆この財布は金の出し入れに不便だ／這錢包拿錢放錢不方便；☆始終出し入れする引出し／經常拉開關進的抽屜。①②

だしおき【出し置き】（名）拿出來放在外面；☆漬物の出し置きはまずい／鹹菜拿出來總放着不好吃。⓪

だしおくれ【出し後れ】（名）過期，晚拿出來；☆年賀状はもう出し後れだ／寄賀年片已經晚了。⓪

だしおく・れる【出し遅れる】（自下一）①錯過拿出的機會，拿晚了；☆お土産（みやげ）を出し遅れてとうとう持って帰って来た／沒得把禮品拿出來終於又帶回來了；②難於啓齒，不好說出；図だしおくる（下二）。⓪④

だしおしみ【出し惜しみ】（名）〔（だし
おしむ）的名詞形〕捨不得拿出來；☆金
の出し惜しみをする／捨不得拿出錢來。⓪

だしおし・む【出し惜しむ】（他五）捨不
得拿出；☆千円の寄付を出し惜しむ／捨
不得捐出一千元來。⓪④

*たしか【確か】Ⅰ（形動ダ）①確切，切實
，確實；☆確かな証拠／確實的證據；☆
そりゃ確かだ／那是確實的；②可靠，靠
得住；☆あなたの時計は確かですか／您
的錶準嗎？☆確かな筋（すじ）から聞い
た／從可靠的方面聽到；☆確かな店／可
靠的舖子；Ⅱ（副）大概（＝たぶん，お
そらく）；☆確か昨日の八時過ぎだった
と思います／我想大概是昨天八時鐘以後
；☆確か一万円受け取ったはずです／記
得好像收到了一萬塊錢；〜に【確かに】
（副）的確，一定，確實（＝きっと，か
ならず，まちがいなく）；☆確かに受け
取りました／的確收到了；☆月末までに
は確かにお返しします／到月末一定還給
您；☆確かに私がしました／確實是我幹
的。①

*たしか・める【確かめる】（他下一）弄清
，查明；☆相手の意向を確かめる／弄清
（探詢）對方的意圖；☆真偽を確かめる
／查明真假；☆事実を確かめる／把事實
弄清楚；因たしかむ（下二）。④

だしがら【出し殻】（名）①煮湯後剩的渣
子；②泡過後的乏茶葉（＝がら）。⓪

だしき・る【出し切る】（自五）全部拿出
；☆もう自分の力は出し切ってしまった
／自己的力量已經全部使出來了。③

だしこ（ん）ぶ【出し昆布】（名）當佐料
用的海帶。③⓪

だししぶ・る【出し渋る】（他五）捨不得
拿出，拿得不痛快；☆税金を出し渋る／
捨不得納稅。⓪

だしじる【出し汁】（名）用海帶、柴魚片
煮出的湯汁（日本料理用的高湯）。③

たじたじ（副・自サ）①搖搖，蹣跚，打趔
趄；☆殴（なぐ）られてたじたじとなる
／被打得直打趔趄；②（因受壓力等而）
退縮，畏縮；☆彼女の弁舌には男もたじ
たじの体（てい）だ／她那種詞鋒就連男
子也招架不住。⓪①

たしつ【多湿】（形動ダ）〔文〕多濕，濕
度重；☆高温多湿の気候／高溫多濕的氣
候。⓪

たじつ【他日】（名・副）他日，改日（＝
いつか，ごじつ）；☆他日の再会を約す
／約定他日再會。①

たしっこ【出しっこ】（名）競相拿出，大
家拿出（錢、物等）。②

だしっぱなし【出しっ放し】（名）（東西）
拿出後不收起來，用完不收起來；☆本を
出しっ放しのまま外出する／把書拿出來
不收起就出去了；☆蒲団を昼も出しっ放
しだ／被子白天也不疊起來；☆水道を出
しっ放しにする／用完自來水不關上。⓪

たしなみ【嗜み】（名）①嗜好（＝すき，
このみ）；☆嗜みが上品だ／嗜好高尚；
☆文芸の嗜み／愛好文藝；②謹慎，謙恭
（＝つつしみ）；☆嗜みのないふるまい
／不謹慎的擧止，不謙恭的行為；③才
藝，技能，教養；☆お茶の嗜みがある／
有茶道修養；④留心，用心（＝こころが
け）；☆彼は嗜みのよい人だ／他是個很
用心的人。④⓪

たしな・む【嗜む】（他五）①嗜，愛好（
＝このむ）；☆音楽を嗜む／愛好音樂；
②謹慎；謙恭（＝つつしむ，こころがけ
る）；☆少し嗜みなさい／你要謙恭一點
；③熟習；通曉（某種技藝等）；☆和歌
を嗜む／好寫和歌。③

たしな・める【窘める】（他下一）規戒，
責備；（＝しかる，いましめる）；☆不
行儀（無作法）をたしなめる／規戒（
他）沒規矩（沒禮貌）；因たしなむ（下
二）。④

だしぬ・く【出し抜く】（他五）搶先，先
下手；欺，瞞；☆この記事で朝日新聞は
他社を出し抜いた／在這個消息的報導上
朝日新聞比其他報社搶了先；☆友人を出
し抜いてこっそり受験勉強をする／瞞着
朋友自己悄悄地準備考試。⓪

だしぬけ【出し抜け】（形動ダ）突然，冷不
防，出其不意（＝いきなり，とつぜん）
；☆出し抜けに戻（もど）る／突然回來
；☆あまり出し抜けだったのでどぎまぎ
した／因為太突然了弄得手忙腳亂。⓪

たしまえ【足前】（名）補足，補足的金額
（＝おぎない，たし）；☆いくら足前
を出せばいいのかね／再補上多少就行了
呢？⓪

だしもの【出し物・演物】（名）演出節目
（＝レパートリー）；☆来月のオペラ座
の出し物は、お蝶夫人だ／下月歌劇院的

節目是蝴蝶夫人。②

たしゃ【他社】（名）其他公司、報社、神社等。①

たしゃ【多謝】（名・自サ）①多謝，深謝；☆御好意を多謝する／多謝盛意；②極抱歉，道歉；☆不注意から失火したことを多謝する／因疏忽而失火特表歉意。①

だしゃ【打者】（名）〔棒球〕打手（＝バッター）。①

だじゃれ【駄洒落】（名）拙劣的詼諧，無聊的笑話；☆駄洒落を飛ばす（いう）／說無聊的笑話。⓪

たしゅ【多種】（名）多種，種類多；～たよう【多種多様】（形動ダ）多種多様，各式各様；☆内容多種多様である／内容豐富；☆多種多様の辞典／各式各様的辭典。①

たしゅ【多趣】（名）〔文〕興趣多，很有興趣。①

だしゅ【舵手】（名）舵手，掌舵人（＝かじとり）。①

だじゅん【打順】（名）〔棒球〕打球次序⓪

たしょ【他所】（名）別的地方（＝よそ）；☆他所へ移転する／遷移到別處。①

たしょう【他生】（名）〔佛〕①由其他原因而生；②他生，前世，來世；↔こんじょう（今生）；◇他生の縁／〔（多生の縁）之訛〕〔佛〕前世因緣。⓪

たしょう【他称】（名）〔語法〕人稱代詞的第三人稱，他稱。⓪

＊**たしょう**【多少】I（名）多少，多寡；☆多少にかかわらず／不拘多寡；II（副）多少，稍微（＝いくらか，すこしは）；☆多少英語が話せる／多少會說點英語；☆今日は昨日より多少暑いかな／今天彷彿比昨天稍微熱一些。⓪

たしょう【多生】（名）〔佛〕①生（＝輪廻）許多次；②使多數活下去；☆一殺（いっさつ）多生／殺一活衆；◇多生の縁／〔佛〕前世因緣。⓪

たじょう【多情】（形動ダ）①多情，好色，水性楊花；☆あれは多情な女だ／她是個多情的女人；②多情善感，容易激動，易動感情；☆多情な青年時代／多情善感的青年時代；～たこん【多情多恨】（連語・形動ダ）多情多恨。①

だじょうだいじん【太政大臣】（名）太政大臣（明治維新初期「太政官」的最高長官）。④

たしょく【多食】（名・他サ）多食，吃得多（＝たいしょく）。⓪

たしょくずり【多色刷】（名）三色以上的印刷品。⓪

たじろぎ（名）〔（たじろぐ）的名詞形〕畏縮，退縮；躊躇不前；☆彼の態度にたじろぎが見える／他的態度顯出畏縮④⓪

たじろ・ぐ（自五）①退縮，畏縮；向後退；☆野党側の舌鋒に与党側もたじろいだ／對於在野黨的攻勢，政府黨方面也退縮了；☆二足三足たじろぐ／後退兩三步；②躊躇，打趔趄（＝よろめく）；☆顎（あご）下巴挨了一撃を受け思わずたじろいだ／下子不由地打了個趔趄。③

たしん【他心】（名）〔文〕他心，他意⓪

だしん【打診】（名・他サ）①〔醫〕叩診，敲診；☆胸や背中を打診する／敲診胸部和背部；②〔轉〕試探，探詢；☆相手の意向を打診する／試探對方的意向；～き【打診器】（名）敲診器（如敲診板，敲診槌等）。⓪

たしんきょう【多神教】（名）〔宗〕多神教；↔いっしんきょう（一神教）。⓪

た・す【足す】（他五）①加（＝くわえる）；☆二に四を足すと六になる／二加四得六；②添，補（＝おぎなう）；☆不足の分は私が足しておく／不够的我添上⓪

タス【Tass】（名）蘇俄通訊社、塔斯社①

だ・す【出す】I（他五）①拿出，取出；☆名刺を出す／拿出名片；②伸出，挺出；☆手を出す／伸出手；③探出；☆窓から首を出す／探出頭來；④救出；☆火事で何も出せなかった／着了火什麼也沒救出來；⑤露出；☆腕を出す／露出胳膊；⑥陳列，展覽；☆展覽会に絵を出す／把畫送展覽會上展出；⑦寄，發；☆手紙を出す／發信；⑧發刊；登載；☆新聞を出す／發刊報紙；☆雑誌に小説を出す／在雑誌上發表小説；⑨發表；☆私の名を出さないで下さい／別發表我的名字；⑩掛，懸（旗）；☆旗を出す／懸旗；⑪供應，給；☆酒は出さない／不供應酒，不給酒喝；⑫開，航行；☆暴風で船が出せない／有暴風不能開船；⑬產生，有；☆多数の死傷者を出した／出了許多傷亡者；⑭出錢，資金を出す／投資；II（補動・五）…起來，出來（＝はじめる）；☆泣き出す／哭起來；☆雪が降り出した／下起雪來了；囚いだす（四）。①

*たすう【多數】（名）①多數，許多（＝また）；☆多數の労働者／許多工人；☆多數の書物がある／有許多書；②許多人；☆多數の参加を得た／得到多數人参加；☆多數のために少数を犠牲にする／爲了多數而犠牲少数；～けつ【多數決】（名）多數表決，多數決定；☆多數決できめる／按多數表決決定；☆多數決にする／採多數表決辦法。[2]

*たすか・る【助かる】（自五）①得救，免於難脱險；☆助かった人々／得了救的人們；☆あの病人はもう助かりません／那位病人已經保不住（性命）了；②省（勞力、費用）；省事；☆これで時間や労力が助かる／這就省了時間和勞力了；③得幇助；☆そうして下さればたいへん助かります／那麼做對我太有幇助了；☆母が子供を看てくれるので、とても助かります／母親替我照顧小孩對我很有幇助。[3]

たすき【襷】（名）①（日人在勞作時爲了掛起和服的長袖，斜繫在兩肩上而在背後交叉的）帶子；☆襷をかける／肩上繫上帶子；②斜掛在肩上的窄布條；☆立候補者が名前を書き入れた襷を掛けて車上から挨拶（あいさつ）する／候選人肩上掛斜着寫着名字的布條從車上（向選民）講話；◇帶（おび）に短し襷に長し／，比上不足比下有餘做什麼用都用不上，不成材料，高不成低不就；～がけ【襷掛け】（名）肩上斜掛着帶子；辛勤地；☆襷掛けで働く／辛勤地幹活兒。[0][3]

たず（づ）くり【田作り】（名）①耕田（的人）；②（作肥料用的）魚粉。[2]

*たすけ【助け】（名）〔（たすける）的名詞形〕助，幇助，援助，救濟，救助；☆助けを求（もと）める／求助，求救；☆助けになる／（對…）有幇助，有助於…；☆助けを呼ぶ／呼救；☆命ばかりはお助けを／請饒了我的命吧！～ぶね【助け船】（名）①救生船；救援船；☆大至急助け船を出す／火急地派遣救援船；②幇助，幇忙（＝たすけ）；☆父に叱（しか）られると母が助け船を出してくれる／一受父親申斥，母親就出來給解圍；☆助け船を求める／求助。[3]

*たす・ける【助ける】（他下一）①救，救助；☆病人の命を助ける／救病人的命；☆危（あや）ういところを助けられた／在危險的時候得救；②助，幇助，助長；

☆消化を助ける／助消化；☆助けて降（お）ろしてやる／幇助（某人）下車；☆発明は人類の進歩を助ける／發明助長人類的進步；☆肥料をやって苗（なえ）の生長を助ける／加肥料幇助苗的生長；③救濟，資助；☆困（こま）っている者を助ける／救濟貧困的人；因たすく（下二）。[3]

たずさ・える【携える】（他下一）①携，拿，帶；☆杖を携える／拿手杖；☆大金を携える／携帶巨款；②偕同，帶同（＝ともなう、つれだつ）；☆妻子を携えて外遊する／偕同妻子出國；因たづさふ（下二）。[4]

*たずさわ・る【携わる】（自五）参與，有關係；☆教育に携わる人々／從事教育工作的人們；☆政治に携わる／参與政治。[4]

ダスター【duster】（名）①撢子（＝はたき）；②抛棄垃圾裝置；③（殺蟲劑等的）撒粉器，噴粉器；④（ダスターコートの略）風衣、避灰外衣。[1]

たず（づ）な【手綱】（名）繮，韁繩☆手綱を取る／拉韁繩；☆手綱を控（ひか）える／收緊韁繩，勒住馬；☆手綱を緩める／放鬆韁繩；給以自由。[0]

たずねあわ・せる【尋ね合わせる】（他下一）打聽，尋問（＝といあわせる）；☆電話で尋ね合わせる／用電話打聽；因たずねあはす（下二）。[0][6]

たずねびと【尋ね人】（名）失踪的人，尋找的人；☆尋ね人の広告／（報紙的）尋人啓事。[3]

たずねもの【尋ね物】（名）尋找的東西；☆尋ね物のありかが分った／尋找的東西有了下落了。[5][4]

*たず・ねる【尋ねる・訪ねる】（他下一）①尋，找（＝さがす）；☆どこを尋ねても見えない／到處找也沒有；②詢問，打聽（＝とう）；☆うるさく尋ねる／嘮嘮叨叨地問；☆道を尋ねる／打聽道路，問路；③訪問（＝おとずれる）；☆出しぬけに訪ねる／突然造訪；☆農事試験場を尋ねる／訪問農業試驗場；④探尋，探求（眞理）；☆真理を尋ねる／探求眞理；因たづぬ（下二）。[3]

だ・する【堕する】（自サ）墮，墮落，陷於（＝おちる、おちいる）；☆彼の絵は優美に過ぎて柔弱に堕するおそれがある／他的畫過於優美有墮於柔弱的危險；因

だす（サ）。②

たぜい【多勢】（名）多數人，人數衆多（＝おおぜい）；☆敵は多勢だ／敵人衆多；◇多勢に無勢（ぶぜい）／寡不敵衆。②

だせい【惰性】（名）①〔理〕惰性，慣性；☆電車が止（と）まると惰性で身体が前へのめる／電車一停，人的身子因慣性就向前撲；②習慣；☆一度始めると惰性がついてやめられない／一搞起來就成爲習慣不好改了；**～てき【惰性的】**（形動ダ）惰性的，慣性的。⓪

たせん【他薦】（名・他サ）〔文〕第三者推薦；↔じせん（自薦）。⓪

だせん【唾腺】（名）〔解〕唾（液）腺⓪

たそう（助動・形動ダ型）像似想要…的樣子☆彼女も行きたそうだ／她也像似要去的樣子。

たそがれ【黄昏】（名）黄昏，傍晚。⓪

だそく【蛇足】（名）畫蛇添足，多餘；☆それは蛇足だ／那是多餘。⓪

たた【多多】（副）多多（＝たくさん）；☆それくらいのことは世間に多多あることだ／那樣事社會上多得很。①

ただ【只】（名）不要錢，免費，白（＝むりょう）；☆只で上げます／白奉送；☆只でもいらない／白給也不要；☆只で働く／不要報酬工作；☆只で入場できる／可以免費入場。①

＊ただ【徒・只】 Ⅰ（名）①白，空；☆そんな悪口（わるぐち）を言うとただではおかないぞ／那麼罵人可不能白饒你；☆こりゃ、ただでは済（す）まされない／（おごれ）／這可不能白拉倒（請客吧）；②普通，平凡，平常；☆彼はただの人ではない／他不是個平常人；☆ただの体ではない／不是正常的身體（有孕了）；Ⅱ（副）空，白（＝むなしく、むだに）；☆ただで骨折らせはしないよ／不會平白費力氣的；☆あの男はあたら命をただ捨（す）てた／那傢伙可惜白送了命。①

ただ【唯・只】（副）①只，只是；☆語学の修得は、ただ練習あるのみ／要學好語言只有練習；②爭，光（ひたすら）；☆ただ金もうけばかり考える商人／唯利是圖的商人；☆ただ泣いてばかりいる／光是哭；☆帰ってただ一人残（のこ）った／都回去了只剩下一個人；☆友人と言えばた

だ一人君だけだ／提到朋友只有你一個人。①

だだ【駄駄】（名）（小孩）撒嬌，磨人；☆駄駄をこねる／撒嬌；**～っこ【駄駄っ子】**（名）撒嬌（磨人）的孩子。①

ただい【多大】（名・形動ダ）很大，極大；☆多大の成果をおさめた／收到了很大的成果。⓪

だたい【堕胎】（名・自サ）〔醫〕墮胎，打胎。⓪

ダダイズム【Dadaism】（名）達達派（文學和藝術上的一種極端形式主義）。③

＊ただいま【只今】 Ⅰ（副）①現在，目下（＝いま）；☆ただ今9時です／現在是八點鐘；②剛剛，剛才；☆只今お出かけになったところです／剛才出去，剛剛出門；③這就，馬上（＝いますぐ）☆只今見えます／（他）馬上就來；Ⅱ（感）（日俗從外邊回到家中時照例說的話）我回來了：☆お父さん、只今――おかえり／爸爸，我回來了――您回來了！。②④

たた・える【湛える】（他下一）①裝滿，充滿（液體等）（＝ためる）☆桶に水を湛える／桶裏裝滿水；☆目に涙を湛える／眼裏充滿淚水；②（面）帶；☆満面に笑（え）みを湛える／滿面堆笑，因たたふ（下二）。③⓪

たた・える【称える】（他下一）稱，稱讚，讚揚（＝ほめる）；☆彼の勇敢を称える／稱讚他的勇敢，因たたふ（下二）③⓪

＊たたかい【戦い・闘い】（名）①戰（爭），戰爭（＝せんそう、いくさ）；☆戦いを挑（いど）む／挑戰；☆戦いに勝つ／戰勝；②爭鬪；☆両方の戦い／雙方（兩方面）的爭鬪；③競賽，比賽（＝しあい、しょうぶ）；☆ＡＢ両チームの戦いはいよいよ開始された／ＡＢ兩隊的比賽開始了⓪

＊たたか・う【戦う・闘う】（自五）①戰，戰爭，戰鬪；☆侵略者と戦う／跟侵略者作戰；☆手榴弾を投げ合って戦う／互擲手榴彈戰鬪；②競賽，比賽；☆母校の名誉をかけて戦う／爲母校的名譽而競賽（進行競賽）；③爭鬪；☆土人が白人と戦う／土人和白人間發生爭鬪；☆貧困と戦う／跟貧困作鬪爭。⓪

たたき【叩（き）・敲（き）】（名）①たたくの名詞形；②把鰹、墨魚等的肉、腸加鹽後搗碎所製的食品；③**～たたきつち；～あ・げる【叩き上げる】** Ⅰ（他

下一）敲打着敲出來 II（自下一）鍛錬成爲；鍛錬出來；☆小さい時から棟梁（とうりょう）のもとで叩き上げた腕（うで）だ／是從小在木匠師傅身旁鍛錬出來的手藝；〜うり【叩き売り】（名）①攤（販的）叫賣；②廉售，減價賣（＝おおやすうり）；〜おこ・す【叩き起こす】（他五）①敲門叫起；☆真夜中に電報に達叩き起こされた／半夜三更被送電報的給叫起來了；②從睡中叫起；☆眠っている人を叩き起こす／把睡着的人叫起來；〜ころ・す【叩き殺す】（他五）打死，搥死；☆あまり吠（ほ）えると叩き殺すぞ／（對狗說）再號叫就搥死你；〜こわ・す【叩き毀す】（他五）①敲碎，打碎；☆窓ガラスを叩き毀す／把窗玻璃打碎；②〔（こわす）的加強語氣詞〕毀掉，拆掉；☆こんな家なんか叩き毀してしまえ／這樣破房子把它拆掉了吧；〜だいく【叩き大工】（名）不熟練的木匠；〜だ・す【叩き出す】（他五）①敲打起來（＝たたきはじめる）；②趕走，趕出；☆出て行かないと叩き出すぞ／不出去就把你趕出去；☆泥棒猫を叩き出す／把偷東西吃的猫趕出去；〜つ・ける【叩き付ける】（他下一）①打倒，摔倒；☆相手を地上に叩き付ける／把對方摔到地上；②用力敲摔；☆うどん粉を練（ね）って板の上に叩き付ける／和好麵粉往面板上摔；③扔，投；☆辞表を叩き付けて去る／把辭職書一扔而去；☆札束（さつたば）を叩き付ける／丟給（他）一打鈔票；〜つち【叩土・叩土】（名）三和土；〜ふ・せる【叩き伏せる】（他下一）①打倒；☆猛犬を叩き伏せる／打倒猛犬；②（用力）制服，壓服；☆三寸の舌で敵を叩き伏せる／憑三寸不爛之舌壓服敵人；図たたきふす（下二）。③

*たた・く【叩（敲）く】（他五）①叩敲；☆戸を叩く／敲門；②打（＝なぐる，ぶつ）；☆人の頭を叩く／打別人的頭；③詢，問（＝しつもんする）；☆専門家の意見を叩く／徵詢專家的意見；④還價，駁價（＝ねぎる）；☆これ以上叩かれては、もうけにならない／若是再駁價，就沒有賺頭了；⑤攻擊，駁斥；☆彼の論点は新聞でひどく叩かれた／他的論點在報上遭到了嚴厲的攻擊；⑥拍，鼓（掌）；☆手を叩く／拍手，鼓掌；⑦說，講（＝

いう）；☆無駄口（むだぐち）を叩く／說廢話。②

ただごと【徒事】（名）平常的事，小事；☆徒事ではない／不是平常的事，非同小可。⓪

ただし【但し】（接）但，但是；☆これだけは聞いて知っている。但し真偽の保証はできない／這一點我是聽說了的，但難以保證是否真實；☆彼はよく決心はするが、但し続（つづ）かない／他很能下決心但不能持久。①

ただしがき【但し書】（名）但書，例外的條款；☆但し書を加える／附加但書。⓪

*ただし・い【正しい】（形）①正的，正直的，正當的，☆正しい人／正人，正直的人；☆正しいやり方／正當的做法；☆正しい行ない／正當的行為；②正確的，☆正しい答（こたえ）／正確的回答答案；☆あなたの言うことは正しい／您說的正確；☆正しく発音する／正確地發音；③端正的，周正的；☆正しい姿勢／端正的姿勢；☆品行が正しい／品行端正；図ただし（形シク）；〜げ【正しげ】（形動ダ）；〜さ【正しさ】（名）。③

*ただ・す【正す】（他五）①正，端正；☆姿勢を正す／端正姿勢；②改正，訂正（＝あらためる，なおす）；☆次の文の文法上の誤りを正せ／把文中語法上的錯誤改正過來；③矯正，糾正；☆人の誤りを正す／糾正別人的錯誤；④辨別；☆物事の是非を正す／辨別事物的是非。②

*ただ・す【糺（質）す】（他五）①（質す）詢問，質問（＝たずねる，きく）；☆専門家に質す／詢問專家；☆不審の個所を質す／質問可疑之點；②（糺す）盤查，追究（＝とりしらべる）；☆真偽を糺す／追究眞偽；☆身元を糺す／調查身分②

ただずまい【佇い】（名）樣子，狀態（＝ようす，ありさま）；立着的樣子；☆庭木（にわき）のたたずまいも優雅だ／庭園樹木的姿勢也很優美。③

ただず・む【佇む】（自五）①佇立，站住；☆庭（花の下）に佇む／佇立庭園（花下）；②徘徊，閒蕩（＝さまよう，ぶらつく）。③

ただただ【只只・唯唯】（副）〔（ただ）的加強語氣詞〕只有，惟有；☆ただただ感謝するばかりです／只有感謝不盡；惟有感謝而已；☆熟練はただただ一所懸命

にやることからなる／欲求熟練只有拼命去做才成。[1]

*ただちに【直ちに】（副）①直接，親自（＝じかに）；☆直ちに本人と談判（だんぱん）する／直接和本人談判；☆家の裏（うら）は直ちに小川に接している／房子後邊緊靠着小河；②立刻，立即（＝すぐに，じきに）；☆直ちに返事することはできない／不能立即回答。[1]

だだっぴろ・い【徒っ広い】（形）〔俗〕（特別）敵的，大的，空曠的（＝だだぴろい）；☆だだっぴろい庭／空曠的院子；☆だだっぴろい顔／大臉盤兒；〜さ（名）。[5]

ただでさえ（連語・副）本来就（已經）；☆ただでさえ困っているのに，病人ができちゃ，さぞ大変でしょう／本来就很困難，有了病人一定更吃不消了；☆ただでさえ寒いのに，雪が降っちゃ，たまらない／本来已經很冷，再下雪更受不了[1]

ただなか【直中】（名）①中間，正中（＝まんなか）；☆大洋の直中に浮かぶ小島／位於大洋當中的小島；②正當…之際；☆酒宴の直中に乱暴者が暴れ込んできた／正在酒宴的時候暴徒闖進来了。[2][0]

ただならぬ【啻（徒）ならぬ】（連體）不尋常的，非一般的；☆犬猿（けんえん）も啻ならぬ仲（なか）／水炭不相容的關係；☆啻ならぬ音がした／響了一個嚇人（不尋常）的聲音；☆啻ならぬ仲にある／非一般的關係；戀愛關係；☆啻ならぬ体／不平常的身子；身懷有孕。[4]

ただのり【只乗り】（名・自サ）（不付錢）白坐車（船），坐蹭車；☆電車の只乗りをする／白坐電車。[0]

だだばたらき【徒働き】（名）①（沒報酬）白幹活；②幹得沒有效果，白費勁（＝むだばたらき）。[3]

だだびろい【徒広い】（形）空曠的，特別寬敞的（＝だだっぴろい）。[4]

たたま・る【畳まる】（自五）堆積，折疊（＝がさなる，つもる）；☆ボタンを押すと自動的に足が畳まる／一按開關（電鈕），腿兒就自動地折疊起来。[3]

*たたみ【畳】（名）①（日本房屋舖在地板上的）草墊，草蓆；②（木履，草履上的）草襯墊；◇畳の上で死ぬ／善終，壽終正寝；〜あ・げる【畳み上げる】（他下一）疊起，疊好；☆布団を畳み上げる／疊起被；図たたみあぐ（下二）；〜い

す【畳み椅子】（名）折疊椅；〜おもて【畳表】（名）（用藺草莖編的草墊的）蓆面；〜がえ【畳替】（名）換草墊的蓆面（＝おもてがえ）；☆畳替をする／換蓆面[0]

たたみか・ける【畳み掛ける】（自下一）連二接三地説，説個不停；☆畳み掛けて質問する／一個勁兒追問；図たたみかく（下二）。[5]

たたみこ・む【畳み込む】（他五）①折疊起来；②放在心裏；藏在心深處；☆今日の言葉をよく胸に畳み込んでおけ／把今天的話好好記住吧；⑧＝たたみかける[0]

たたみめ【畳目】（名）折痕；☆着物の畳目／衣服的折痕。[0]

*たた・む【畳む】（他五）①折，疊；☆紙を四つに畳む／把紙折成四折；②疊起；☆テントをはずしてたたむ／拆下帳幕疊起；③收束，關門；☆店をたたむ／關舖子，歇業；☆家を畳んで引っ越す／收拾家當搬家；④合上；☆本（刀）を畳む／合上書（小刀）；⑤〔俗〕殺，結果（＝ころす）；⑥隠，藏（在心裏）；☆万事（ばんじ）胸に畳んでおく／什麼事都藏在心裏。[0]

たた・める【畳める】（自下一）能疊，疊得起；☆このベッドは畳める／這個床能折疊起来。[0]

ただもの【只者・徒者】（名）普通（尋常，平凡）的人（＝ただびと）；☆ただものではない／並非尋常人。[0]

ただもの【只物】（名）普通（尋常）的東西；☆この皿は，ただものではなさそうだ／這碟子好像不是尋常的東西。[0]

*ただよ・う【漂う】（自五）①漂，飄蕩；漂流；☆海に漂う小舟／漂在海上的小舟；☆空に漂うアドバルーン／飄蕩在空中的廣告氣球；☆部屋中に線香の煙が漂う／整個房間裏蕩漾着香的煙霧；②洋溢；☆不安な空気が漂っている／瀰佈着不安的氣氛；③露出；☆彼の顔に不安の影が漂った／他的臉上露出不安的神色；☆口辺に微笑を漂わせて…／嘴邊露着微笑…。[3]

ただよわ・す【漂わす】（他五）使漂浮；泛浮；☆舟を漂わす／泛舟；☆香水の香を漂わす／發散香水的香味；☆顔に笑いを漂わす／面帶笑容。[4]

ただよわ・せる【漂わせる】（他下一）→ただよわす。[5]

たたり【祟】（名）①祟；☆悪魔の祟／魔鬼作祟；②報應，做壞事的結果；☆飲み過ぎの祟で胃病になる／因飲酒過度而鬧胃病；☆そんなことをすると後の祟が恐ろしいぞ／你那麼幹後果可不得了啊；◇**さわらぬ神に祟なし**／（不觸犯鬼神，鬼神就不見怪）；〔喻〕少管閒事免得麻煩；**～め**【祟目】（名）①鬼作祟的時候；②倒霉的時候；☆弱（よわ）り目に祟目／禍不單行，越悖運越倒霉。①

たた・る【祟る】（自五）①作祟；②得惡果，遭殃；☆怠けたのが祟って落第した／因爲懶結果沒考查（留級）；☆無理をしたのが祟って病気になった／由於過分勞累結果病倒了。②

ただれ【爛れ】（名）爛，糜爛，潰爛；**～め**【爛れ目】（名）爛眼。①

ただ・れる【爛れる】（自下一）爛，糜爛；☆傷が爛れている／傷口糜爛；因たたる（下二）。①

たたん【多端】（名・形動ダ）〔文〕事情多；☆多事多端の毎日／每天事情繁多①

たち─【立ち】（接頭）接動詞上以加強語氣；例：たち勝（まさ）る；たち到（いた）る；たち交（まじ）る。

─たち【達】（接尾）（表示複數）們，等；☆子どもたち／小孩子們；☆私たち／我們。

*　**たち**【質】（名）①性質，天性；☆兄弟でも全然質がちがう／雖然是兄弟，性質却完全不同；☆のんきな質／樂觀的天性（脾氣）；②體格，體質；☆疲れやすい質／容易疲勞的體質；③品質；☆質のよい品物／質量好的東西；☆質の悪い人／品質惡劣的人。①

たち【太刀】（名）〔古〕大刀。①②

たちあい【立合・立会】（名・自サ）①〔たちあう〕的名詞形；②會同，到場，列席；☆立会診察をする／會診；☆証人立会の上で裁判する／在證人列席下審判；③（交易所）開市；☆前場の立会／早市，前場；④←たちあいにん（立会人）；**～えんぜつ**【立会演説】（名）（不同意見的人在同一場所舉行的）競爭演説；**～にん**【立会人】（名）見證人，作證人。①

たちあ・う【立ち合う・立ち会う】（自五）①遇見，碰見（＝ゆきあう）；②會同，到場；☆参考人として立ち会う／作爲參考人到場；☆会見に立ち会う／參加會見；☆選挙の開票に立ち会う／選舉開票時到場（監票）；☆格闘／比賽；☆剣を抜いて立ち会う／拔刀相鬥。①

たちあがり【立上り】（名）①站起，起立；②開始，下手，着手；☆立ち上がりがおそかった／下手晩了。①

*　**たちあが・る**【立ち上がる】（自五）①起立，站起來；☆椅子から立ち上がる／從椅子站起來；☆よろよろ立ち上がる／幌幌蕩蕩地站起來；☆〔角力時雙方力士拉好架式後〕站起來交手；☆両力士立ち上がりました／兩個力士站起來交手了（廣播用語）；②開始，着手；☆水害地救援のために立ち上がる／爲救濟水災地區而開始工作；③出羣，超衆（＝たちまさる）；⑤奮起。①

たちい【立居・起居】（名）坐卧，起居動作；☆起居が不自由である／起居不自由；**～ふるまい**【起居振舞】（名）動作，舉止；☆起居振舞がしとやかだ／舉止安詳。②①

たちいた・る【立ち至る】（自五）到，至（＝なる，いたる）☆重大な階段に立ち至った／已進到了重大階段。①

たちいり【立入り】（名）〔（たちいる）的名詞形〕進入 ☆立入り禁止／禁止入內。①

*　**たちい・る**【立ち入る】（自五）①進入；☆芝生（しばふ）に立ち入ることお断（ことわ）り／禁止進入草坪；☆立ち入るべからず／禁止入內；②干與，干涉，管；☆他人の喧嘩（けんか）に立ち入る／干與別人吵架；☆私の一身上のことに立ち入る必要はないでしょう／您沒有必要干涉我個人的私事；③追根問底，深入；☆あまり立ち入ったお話は差し控（ひか）えたい／我不願意太追根問底（深入）地説了。①

たちうお【太刀魚】（名）〔動〕刀魚、帶魚。②

たちうち【太刀打ち】（名・自サ）①拿大刀交戰；②競爭，爭勝負；☆中小企業は大企業にとても太刀打ちできない／中小企業簡直不能和大企業競爭。①④

たちうり【立売り】（名・他サ）①站着賣，走着賣；☆新聞を立売りする／站着賣報；②小販。②

たちえり【立襟】（名）豎領；☆立襟の

洋服／豎領西服，制服；↔おりえり（折襟）。

たちおうじょう【立往生】（名・自サ）①站着死；②進退維谷，爲難；☆演壇に立往生する／在講臺上爲難；③不能轉動，進退不得，拋錨；☆列車は吹雪（ふぶき）のため立往生した／火車因大風雪而拋錨了。③

たちおくれ【立ち後れ】（名）耽誤，錯過機會；☆立ち後れになる／耽誤了。◎

たちおく・れる【立ち後れる】（自下一）①晩動身，晩走；☆号令で皆一斉に立つ時、わざと立ち後れる／在號令下一齊行動的時候，故意晩走；②晩，錯過機會；☆立ち後れたので立候補をやめる／因爲錯過時機，停止競選；③落後（＝おくれる）；劣於（＝おとる）；☆日本の文化は西欧に立ち後れているとは言えない／日本文化可以説並不亞於西歐；図たちおくる（下二）。◎

たちおよぎ【立泳ぎ】（名・自サ）立泳，踩水泳。③

たちかえ・る【立ち返る】（自五）回來，返回（＝かえる，もどる）；☆本論に立ち返る／回到本題上來。◎

たちかか・る【立ち掛かる】（自五）剛要站起來；☆夕飯の支度をするため立ち掛かったら客が来た／爲了預備晩飯剛一站起來，就來了客人。◎

たちかた【裁ち方】（名）裁剪法；☆裁ち方がいいから体によく合う／裁剪的好，很合身。③④

たちがれ【立ち枯れ】（名・自サ）（樹木）枯萎；☆立ち枯れした木／枯了的樹；～びょう【立枯病】（名）〔農〕（作物的）枯萎病。◎

たちが・れる【立ち枯れる】（自下一）枯萎；図たちがる（下二）。◎

たちかわり【立ち代わり】（名）替換，交替；～いれかわり【立ち代わり入れ代わり】（副）接連不斷，陸續，一個接着一個；☆立ち代わり入れ代わり客が来る／客人一個接着一個來。◎

たちぎえ【立ち消え】（名・自サ）①（物）燃燒不盡而滅；☆この薪（まき）は乾（かわ）きが悪いから立ち消えする／這個劈柴没乾透，燃到半路就滅；②中斷，自消自滅，没有下文；☆その計画は立ち消えになった／那個計劃自消自滅了。◎

たちぎき【立聞き】（名・他サ）偸聽（＝ぬすみぎき）；☆壁を隔（へだ）てて立聞きする／隔牆偸聽。◎

*たちき・る【断ち切る・截ち切る】（他五）①截斷，割斷，切開，切斷（＝きりはなす）；☆紙を二つに截ち切る／把紙截成兩半；②割斷，斷絶；☆関係を断ち切る／斷絶關係；③遮斷，杜絶；☆敵の補給路を断ち切る／截斷敵人的糧道。◎

たちぐい【立ち食い】（名・他サ）站着吃；在街頭飯攤上吃。◎

たちくたびれ【立ち草臥】（名）（長時間）站立疲乏，結果。◎

たちぐらみ【立ち暗み】（名・自サ）站起時頭發暈，站着發暈，暈眩。③

たちげいこ【立稽古】（名・自サ）〔劇〕（對臺詞台後的）研究動作，排練。◎

たちこ・める【立ち込める】（自下一）（雲、烟）籠罩，遮掩，覆蓋（＝たてこめる）；☆朝霧の立ちこめた村々／籠罩在朝霧裏的村莊。◎

たちさき【太刀先】（名）①刀尖；②〔轉〕舌鋒；詞鋒。④◎

たちさ・る【立ち去る】（自五）走開，離開（＝たちのく）；☆站は勇ましく故郷を立ち去った／他勇敢地離開了故郷。◎

たちしょうべん【立小便】（名）〔俗〕隨地小便。③

たちすがた【立姿】（名）①立着的姿勢；②舞姿。③

たちすく・む【立ち竦む】（自五）（因恐懼而）呆立不動；☆猛犬に吠え立てられて立ち竦む／被猛犬吼得呆立不動。◎④

たちたかとび【立高飛び】（名）〔運動〕站定跳高（無助跑的跳高）。③④

たちつく・す【立ち尽くす】（自五）始終站立，站到最後（＝たちとおす）；☆映画が終わるまで立ち尽す／一直站到電影散場。◎

たちつづ・ける【立ち続ける】（自下一）始終站立，站到最後；☆二時間も立ち続けるのは骨だ／一直站兩個鐘頭可很吃力；図たちつづく（下二）。◎

たちどおし【立ち通し】（名）一直站立，始終站立；☆電車が込んで立ち通しで来た／因爲電車擁擠一直站到下車。◎

たちどころに【立ち所に】（副）立刻，立即，馬上（＝すぐさま，ただちに）；☆たちどころに痛みが去った／立刻止

痛。③⓪

たちどま・る【立ち止まる】（自五）站住，站下，止步（＝とまる）；☆店先（みせさき）に立ち止まる／在店舗前面停步。⓪

たちなお・る【立ち直る】（自五）①恢復原狀，康復（＝なおる）；☆突（つ）かれてよろめいたが辛（から）くも立ち直った／被推得打了個趔趄，好容易就站住了；☆敵に立ち直る暇を与えない／不給敵人喘息的時間；②〔經〕（行市）回升，好轉；☆景気は、まだなかなか立ち直るまい／景氣一時還不能好轉。⓪

たちなや・む【立ち悩む】①站着感覺難受；②（事情）擱淺，停頓。⓪④

たちなら・ぶ【立ち並ぶ】（自五）①站排，排列；☆道の両側に立ち並ぶ／排在道路兩旁；②並肩；比較；☆立ち並ぶ者がない／沒有人比得上。⓪

たちのき【立退き】（名）撤退，走開（現在的地方）；搬出（現住的房子）；☆家主から立退きを迫られる／被房東逼迫搬家；～さき【立退き先】（名）①新住址；②撤退的地點；～りょう【立退き料】（名）遷移費，搬家費；☆立退き料を要求する／要求遷移費。⓪

たちの・く【立ち退く】（自五）撤退，走開，離開；搬出；☆借家人を立ち退かせる／叫房客搬家；☆区画整理の為この辺一帯は立ち退くことになった／因爲整理街道這一帶決定遷移。⓪

たちのぼ・る【立ち上る】（自五）冒起，上昇；☆煙が立ち上る／冒烟。⓪

たちば【立場】（名）①立脚地；☆部屋の中が立場もないほどどちらかっている／屋子裏面亂七八糟沒有下脚的地方；②處境；☆板挾みの苦しい立場に追い込まれる／陷於左右爲難的苦境；③立場，觀點；☆同じ立場に立つ／站在一個立場上。③

たちばさみ【裁鋏】（名）裁衣用的剪子③

たちはだか・る【立ちはだかる】（自五）①叉開兩腿站立；②（在人前）阻擋（去路）；☆彼は両手を広げて私の前に立ちはだかった／他伸開兩臂在我前邊擋住。⓪⑤

たちはたら・く【立ち働く】（自五）①站着工作；②工作，勞動，幹活兒；☆台所で立ち働く／在厨房裏幹活。⓪

たちばな【橘】（名）〔植〕柑桔（的古名）②

たちばなし【立ち話】（名・自サ）站着閒談（的話）；☆道で立ち話をする／在路上站着閒談；☆立ち話を他人に聞かれる／站着談的話被別人聽去。③

たちはな・れる【立ち離れる】（自下一）離，離開（＝はなれる、とおざかる）；因たちはなる（下二）。⓪⑤

たちはばとび【立幅飛び】（名）〔運動〕立定跳遠（無助跑的跳遠）。③

たちばん【立ち番】（名・自サ）站崗，放哨（的人）；☆立ち番の警察に訊問（じんもん）される／被站崗的警察盤問；☆泥棒の一人が入口で立ち番している／一個小偸在門口放哨。②

たちふさが・る【立ち塞がる】（自五）阻站，擋住；☆入口に立ち塞がる／堵住門口；☆子供をかばって暴漢の前に立ち塞がる／爲了保護小孩擋住暴漢。⓪

たちふるまい【立ち振舞】（名）擧止，態度，動作；☆立ち振舞がしとやかだ／擧止安詳。③

たちぶるまい【立ち振舞】（名）臨行時宴客，起程前的宴會（＝りゅうべつ）。③

たちまじ・る【立ち交じる】（自五）攙雜在内；混入（＝まじる、くわわる）；☆男に立ち交って働く／攙雜到男子裏邊工作。⓪④

たちまち【立待】（名）①（不睡覺地）坐待；②←たちまちづき；～づき【立待月】（名）陰曆十七晚上的月亮。⓪

＊たちまち【忽ち】（副）①不大工夫，轉瞬間，立刻（＝すぐに）；☆忽ち平らげる／一會兒工夫就吃光；☆忽ちもの内に売り切れてしまった／不大工夫就賣完了；☆忽ち見えなくなる／立刻看不見了；②忽然，突然（＝きゅうに、とつぜん）；☆忽ち起こる万歳の声／突然喊起萬歲。⓪

たちまよ・う【立ち迷う】（自五）（烟雲）密布，瀰漫；☆煙が立ち迷う／烟氣瀰漫。⓪

たちまわり【立ち回り】（名・自サ）①〔劇〕（武戲中的）武打，武行（＝ちゃんばら）；☆立ち廻りを演ずる／演武打；②打架（けんか）；☆立ち廻りをする／打架；③〔能劇〕主角隨着場面的吹打在臺上續行。⓪

たちまわ・る【立ち回る】（自五）①走來走去，轉來轉去；☆あちこち立ち回ってやっと金を集めた／轉來轉去才把錢（攬）

収齊；②奔走，鑽營；☆社會ではうまく
立ち回ると早く出世（しゅっせ）する／
在社會上若能巧於鑽營就可以早出頭；⑧
〔劇〕武打，格闘；☆舞台狭（せま）し
と立ち回る／武打的場面演得很火熾；④
（逃犯）中途到，順便到（＝たちよる）
；☆犯人は友人の家へ立ち回った所を張
込（はりこ）みの刑事に捕（とら）えら
れた／犯人中途到朋友家裏的時候就被埋
伏的警探給抓住了。◎

たちみ【立ち見】（名・他サ）站着看（熱
鬧）；☆叩き売りが立ち見の客を相手に
口上（こうじょう）を述べている／叫賣
的小販正在對着看熱鬧的人宣傳貨色；☆
京劇の立ち見をする／站着看京戲；～せ
き【立ち見席】（名）〔劇〕站座，看完
一幕就交一次費的觀覽席。◎③

*たちむか・う【立ち向かう】（自五）①前
往；☆前線に立ち向かう／前往前線；②
對抗，頂撞（＝てむかう）；☆弟は気が
強くて，すぐ兄に立ち向かって行く／弟
弟倔性強，好跟哥哥頂撞；③應付，對待
；☆難局に立ち向かう政府の方針／政府
應付難局的方針。◎

たちもど・る【立ち戻る】（自五）回到，
回來（＝もどる）；☆本題に立ち戻る／
回到本題；☆忘物（わすれもの）をして
家に立ち戻る／忘了東西又返回家中。◎

たちもの【裁ち物】（名）剪裁（布，紙等）；
☆裁物をする／剪裁；～いた【裁物板】
（名）裁衣案板。②

たちゆ・く【立ち行く】（自五）〔文〕①
過，經過（＝すぎる）；☆一日二日と立
ち行く／一天兩天地過去；②維持；☆不
景気で店が立ち行かない／市面蕭條舖子
不能維持；③過日子；☆暮（くら）しが
立ち行かない／日子過不了（不好過）①◎

だちょう【鴕鳥】（名）〔動〕鴕鳥。◎

*たちよ・る【立ち寄る】（自五）①靠近，
走近（＝ちかよる）☆木のそばに立ち寄
る／靠近樹旁邊兒；②順便到；中途落脚
；☆学校の帰りに図書館に立ち寄る／從
學校回來順便到圖書館；☆台北へ行く途
中台中に二日立ち寄る／在往臺北去的途
中到臺中逗留兩天。◎

たちわか・れる【立ち別れる】（自下一）
分手，離別（＝わかれる）；☆友人と立ち別
れる／同朋友分手；図たちわかる（下
二）。◎⑤

だちん【駄賃】（名）①運費，脚力錢（＝
うんちん）；②〔轉〕（對於勞力等的）
報酬，小費；☆駄賃が少ないと，いやな
顔をする／小費給得少表示不滿意；◇行
きがけの駄賃〔慣〕臨走時順便；☆泥棒は
行きがけの駄賃に窓ガラスを三枚こわし
て逃げた／小偷臨走時還把窗玻璃打破了
三塊。◎

たちんぼう【立ちん坊】（名）①（在路旁
等候雇用的）小工，零工，卯子工；②一
直站着；☆車内に二時間立ちん坊をした
／在車裏一直站了兩個鐘頭。◎

たつ【竜】（名）龍（＝りゅう）；～のお
としご【竜の落とし子】（名）海馬。◎

*た・つ【立つ】Ⅰ（自五）①立，站；☆立
って演説する／站着演說；☆道しるべが
立っている／立着路標；②冒，升；☆煙
が立つ／冒烟；☆湯気（ゆげ）が立つ／
冒熱氣；③離開；☆席（座）を立つ／離
座，退席；④出發；☆旅に立つ／出遠門
；☆基隆を立って香港へ行く／從基隆出
發去香港；⑤奮起，（行動）起來；☆祖
国のために立つ／為了祖國而奮起；☆立
つべき時が来た／到了行動起來的時候了
；⑥飛走；☆鳥が立つ／鳥飛走；☆立つ
鳥は跡を濁（にご）さす／〔諺〕君子絕
交不出惡言；⑦刺，扎戳；☆足に刺（と
げ）がたつ／脚上扎了刺；☆矢が彼の肩
に立った／他的肩上中了箭；☆喉（の
ど）に骨が立った／喉嚨裏卡住了骨頭（
魚刺）；⑧顯，露；傳出；☆目に立つ／
顯眼；☆噂（うわさ）が立つ／傳出風聲
；⑨關；☆戸が立たない／門關不上；⑩
位於，處於；☆人の上に立つ／居於人上
；☆苦境に立つ／處於苦境；⑪充當；☆
証人に立つ／作證人；⑫開，開始；☆市
（いち）が立つ／開市；⑬起，生；☆風
が立つ／起風；☆波が立つ／起浪；⑭
明確，昭然；☆証拠が立つ／證據分明，
有據可憑；⑮激昂，激動；☆気が立つ／
心情激昂；⑯保住，保持；☆面目が立つ
／保住面子；有面子；☆義理が立つ／盡
了情分；⑰維持得住，站得住脚；☆暮（
くら）しが立つ／日子過得來，能糊口；
☆売れ行きが少なくて店が立たない／賣
項少，舖子維持不住；☆おかげでこの身
が立ちます／承您幫忙，我站得住脚了
；⑱堪用；☆役に立つ／有用，中用；⑲成
立；☆理屈が立たない／不成理由；☆君

の理論は立たない／你的理論講不通；⑳商數／☆九を三で割れば三が立つ／以三除九得三；㉑（油、炭等）燒盡／☆炭火が立った／炭火滅了；◇角（かど）が立つ／生硬，有稜角，腹が立つ／生氣；筆が立つ／文章寫得好；立つ瀨（せ）がない／沒有立場，處境困難；立てば步（あゆ）めの親心（おやごころ）／（表示父母期待子女成人之切）會站了又盼望會走；Ⅱ（他下二）〔文〕→たてる。①

た・つ【建つ】（自五）建，蓋；☆このあたりは家がたくさん建った／這一帶蓋了許多房子。①

た・つ【裁つ】（他五）裁，剪（布、紙等）；☆ブラウスを裁つ／裁（女子用短上衫）；☆用紙を裁ち揃（そろ）える／把用紙裁齊。①

た・つ【絕つ・斷つ】（他五）①切（＝きる）；☆二つに斷つ／切成兩段；②絕，斷絕；☆交際を絕つ／絕交；☆彼との関係を絕つ／與他斷絕關係；③忌，戒；☆酒を絕つ／忌酒；☆茶を斷って願（がん）を掛ける／忌茶許願；④裁斷，遮斷；☆敵の退路を斷つ／斷敵退路；☆連絡を斷つ／斷絕聯絡；⑤斷絕，消滅；☆禍根を斷つ／斷絕禍根；☆紛爭の根を絕つ／消滅糾紛的根源。①

た・つ【經つ】（自五）經，過；☆時の経つのを忘れる／忘了時間的過去；☆日が段々経つ／日子漸漸過去；☆一時間経ってからまたおいで／過一個鐘頭再來吧。①

だつい【脫衣】（名・自サ）〔文〕脫衣；☆脫衣場で脫衣する／在脫衣場脫衣①①

だっかい【脫会】（名・自サ）〔文〕退（出）會；☆研究会を脫会する／退出研究會。①

だっかい【奪回】（名・他サ）奪回，奪還；☆陣地を奪回する／奪還陣地。①

たっかん【達観】（名・他サ）〔文〕達觀；☆彼はすべてに達観した人だ／他是個什麼都看得開的人。①

だっかん【奪還】（名・他サ）奪回，收復①

だっきゃく【脫却】（名・他サ）〔文〕①逃出；☆危機を脫却する／逃出危機；②擺脫，抛棄；☆旧思想を脫却する／抛棄舊思想。①

たっきゅう【卓球】（名）乒乓球（＝ピンポン）。①

だっきゅう【脫臼】（名・自サ）〔醫〕脫臼，脫骱；☆手頸が脫臼する／手腕脫臼。①

タック【tuck】（名）〔縫紉〕褶裥；☆タックを入れる／加裙兒。①

ダッグアウト【dugout】（名）①獨木舟；②〔軍〕防空壕；掩蔽壕；③〔棒球〕（球場的）選手休息處。④

タックル【tackle】（名・自サ）〔橄欖球〕抱住或扭倒（拿着球奔跑的對方球員以奪其球）。①

たっけ（感助）〔（たりけり）之轉〕接動詞連用形後，表示回想過去忘記了的事情；☆有ったっけ／有過的。

だっけ（感助）接體言、準體言後，表示恍惚憶起過去的事實；☆そうだっけ／可不是麼。

たっけん【卓見】（名）卓見，卓識；☆卓見がある／有卓見。①

たっけん【達見】（名）〔文〕達見，達識①

だっこ【抱っこ】（名・他サ）〔兒〕抱（小孩）。①

だっこう【脫稿】（名・他サ）〔文〕脫稿，完稿；☆その著作は既に脫稿した／那項著作已經脫稿。①

だっこく【脫穀】（名・自サ）〔農〕脫粒，脫穀；～き【脫穀機】（名）脫粒機，脫穀機；☆麦を脫穀機で脫穀する／用脫穀機打麥子。①

だつごく【脫獄】（名・自サ）〔文〕越獄；～しゅう【脫獄囚】（名）越獄犯。①

たっし【達し】（名）①（機關等發出的）指示，命令，通知；☆今日午後二時市役所に出頭せよという達しが来た／來了個通知叫今天午後兩點到市政府去；②（首長的）指示，訓令；☆遅刻しないようにお達しがあった／有指示不得遲到。①

だっし【脫脂】（名・自サ）脫脂；～にゅう【脫脂乳】（名）〔醫〕（病人、小孩喝的）提出奶油的牛乳，脫脂乳；～めん【脫脂綿】（名）〔醫〕脫脂棉，藥棉花①

だつじ【脫字】（名）漏字，掉字；☆二字脫字がある／掉了兩個字。①

たっしゃ【達者】（名・形動ダ）①精通的人，高手；☆彼は囲棋（いご）の達者だ／他是圍棋的高手；②壯健，健康（＝じょうぶ）；☆では、お達者に／祝你健康；☆彼は運動するから年はとっているが、達者だ／因爲他常運動所以雖然年紀

高但很健壯；⑤精通，熟練
者／精通英文；☆口の達者な男／能説善
道の人。⓪

だっしゅ【奪取】（名・他サ）〔文〕奪取
；☆陣地を奪取する／奪取陣地。①

ダッシュ【dash】（名・自サ）①突進，猛
衝；☆ダッシュする／猛衝；②破折號
☆ダッシュをつける／加破折號；③數學
、化學的「・」符號；④〔拳擊〕（向對
手）猛擊。①

だっしゅう【脱臭】（名・自サ）〔化〕除
臭，脱臭；～ざい【脱臭剤】（名）除臭
剤。⓪

だっしゅつ【脱出】（名・自サ）逃出，逃
亡，逃脱；☆国外に脱出する／逃亡國
外。⓪

だっしょく【脱色】（名・自サ）〔化〕脱色
，去色，漂白；～ざい【脱色剤】（名）
去色剤。⓪

たつじん【達人】（名）①精通者，高手；
②達觀的人。⓪

だっすい【脱水】（名・自サ）〔化〕去水
，脱水；～き【脱水機】（名）去水機⓪

たっ・する【達する】（自他サ）①到，達
到（＝いたる）；☆目的地に達する／到
目的地；☆天文学的数字に達する／達到
天文學的數字；☆彼の力量は専門家の域
に達した／他的實力已經達到了專家的水
準；②通達；☆書道に達する／通達書法
；☆武芸に達する／精通武藝；③達到，
完成，（＝やりとげる）；☆目的を達する
／達到目的；④通知，指示；☆交通違反
者を厳重処分する旨（むね）達する／指
示嚴重處分違反交通規則者；图たっす（
サ）。⓪③

だっ・する【脱する】（自他サ）①逃出，逃
脱，☆死地を脱する／逃出死地；②脱離
，離開；☆党を脱する／退黨；☆隊列を
脱する／掉隊；③脱落，漏掉；☆誤って
一行（いちぎょう）脱して写した／弄錯
了漏寫了一行；图だっす（サ）。⓪③

たつせ【立つ瀬】（名）處境，立場，立脚
地（＝たちば）；☆それじゃ私の立つ瀬
がないじゃないか／那麼，不是叫我進退
兩難嗎。①

たっせい【達成】（名・他サ）〔文〕達成
，成就，完成（＝なしとげる）；☆三民
主義建設を達成する／完成三民主義建
設。⓪

だつぜい【脱税】（名・自サ）偷稅，漏稅
；☆二重帳簿で脱税する／用兩套帳的方
法偷稅；～こうい【脱税行為】（名）偷
税行為；～ひん【脱税品】（名）漏税貨
，走私貨。⓪

だっせん【脱線】（名・自サ）①（火車、電
車）出軌，脱軌，出轍；☆列車が脱線す
る／火車出軌，②（行動、言論）離開本
題，脱離常軌；☆議論が脱線する／議論
離開本題；☆あの先生はよく脱線する／
那位老師講話常常扯得很遠（話不對題）⓪

だっそう【脱走】（名・自サ）逃脱，逃跑
，逃亡，私逃；☆兵営を脱走する／從兵
営逃走；～へい【脱走兵】（名）逃兵⓪

だつぞく【脱俗】（名・自サ）〔文〕脱俗
，超俗；☆彼の字には脱俗の風（ふう）
がある／他的字有超俗的風格。⓪

たった【唯】（副）〔（ただ）的促音化〕
〔俗〕只，僅（＝ただ、わずか）；☆た
った五分のちがいで乗り後れた／只差五
分鐘就誤了上車；～いま【唯今】（副）
剛剛，剛才（＝ただいま、いましがた）
；☆たった今出かけたところだ／剛剛才
出去的。⓪

だったい【脱退】（名・自サ）脱離，退出
；☆組合を脱退する／退出公會（工會）
；～しゃ【脱退者】（名）退出者，退黨
者。⓪

タッチ【touch】（名・自サ）①渉及，接
觸；☆問題にタッチする／談到問題上；
②（畫畫的）筆道，筆紋，筆力；☆繊細
なタッチの絵／筆道細緻的畫；③（繪畫
、照片的）修整；④（鋼琴的）彈奏，（
打字機的）敲打；☆みごとなタッチでピ
アノを弾く／以巧妙的指法彈鋼琴；～ア
ウト【touch out】（名・他）サ〔棒球〕
刺殺；～ダウン【touch down】（名・
他サ）〔橄欖球〕觸地得分；～ライン【
touch line】（名）（橄欖球兩旁的）界
線。①

だっちょう【脱腸】（名・自サ）〔醫〕疝
，赫尼亞（＝ヘルニア）；～たい【脱腸
帯】（名）〔醫〕赫尼亞帶（醫療器具名）⓪

たって【達て】（副）強，硬，死乞百賴（
＝ぜひ、しいて、むりに）；☆たっての
お筆（のぞ）みとあれば、御覧に入れま
す／如果您一定要看，就給您看看；☆た
ってやめろというわけではない／並不是
硬叫你辭職（作罷）；☆たっての仰（お

お）せですから有難く頂戴しましょう／
您既然這麼懇切地說，我就收下了（謝謝
您）。①

たって（接助）〔俗〕雖然；縱然說是…；
即使…；☆大きいたって知れている／雖
然說大也有限；☆いくら忠告したって
駄目です／盡管怎樣勸告也是枉然；☆見
たって何にもならない／看也沒有什麼用
處。

＊だってⅠ（接）①接前面一句話，表示申述
理由；☆けさは寝坊してしまった。だっ
てゆうべおそかったから／今天早晨起晚
了，（因為）昨天睡得晚嘛；②（表示反
對、反覆對方的話或表示不可能的意思）
但是，話雖如此（＝でも）；☆勉強しな
さい──だって眠いんですもの／你怎麼
不用功呢──可是我睏得很（怎麼能用功
呢）；Ⅱ（接助）〔表示限定〕即便是，
就連（＝も）；☆えらい人だってまちが
うことはある／即使是一個了不起的人也
有時犯錯誤；☆子供だってできる／連
小孩也做得到；☆どこへだって行ける／
任何地方都能去；☆だれだって本気にし
ない／誰都不會相信；☆一度だって勝っ
た例（ためし）がない／連一次也沒有勝
過。①

だっと【脱兎】（名）〔文〕脱兔；非常快
☆脱兎の如く逃げ去った／像脱兔一般地
逃跑；☆脱兎の勢で駆け出した／飛一般
地跑去。①

たっと・い【尊（貴）い】（形）①貴重的
，珍貴的，寶貴的（＝とおとい）；☆金
に積れないほど貴い品／不能以金錢計算
的珍貴品；②高貴的，尊貴的；☆貴いお
方／高貴的門第；図たっとし（形ク）③

だっとう【脱党】（名・自サ）〔文〕退黨
；↔にゅうとう（入党）。⓪

ダットサン【Datsun】（名）（日本產）小
型汽車（牌名）。③①

たっと・ぶ【尊（貴）ぶ】（他五）①尊重
，崇尚，尊貴（＝とうとぶ）；☆金より
も名誉を貴ぶ／看名譽比金錢還貴重；②
尊敬，欽佩；☆尊ぶべき人格／叫人欽佩
的人格。③

たつのおとしご【竜の落し子】（名）〔動〕
龍落子，海馬（＝うみうま）。⑥

だっぴ【脱皮】（名・自サ）①（昆蟲、蛇
等的）脱皮，（甲殼類的）蛻殼；②〔

轉〕轉變，脱胎換骨，打破因襲；☆敗戦
によって日本は一つの脱皮を成し遂げた
／通過戰敗，日本達到了一個新的轉變⓪

たっぴつ【達筆】（名・形動ダ）①善書，
善於寫字；☆彼はなかなか達筆だ／他寫
字寫得很好；②善於寫文章；☆彼の文
面はなかなか達筆だ／他的文章寫得很流
暢。⓪

タップ【tup】（名）①陰螺模，螺絲公；
②嘴子水龍頭（＝じゃぐち）；③←タッ
プダンス；~**ダンス**【tap dance】（名）
踢躂舞；☆タップダンスを踊る／跳踢躂
舞。①

＊たっぷり（副）①充分，足够，多（＝じゅ
うぶん，たくさん）；☆物がたっぷりあ
る／物資多得很；☆丼（どんぶり）にた
っぷりと飯を盛（も）る／大碗裏滿滿地
盛上飯；☆たっぷり二十キロ／足有二十
公里；②寬綽，綽綽有餘；☆たっぷりし
た着物／肥肥大大的衣裳；☆寸法をたっ
ぷり取る／把尺寸量大一點兒。③

たつぶん【達文】（名）〔文〕通暢的文章
，流暢的文章。⓪

だつぶん【脱文】（名）〔文〕漏掉的文句⓪

たつべん【達弁（辯）】（名）能說，善辯
；☆達弁の人／雄辯家，有口才的人。⓪

だつぼう【脱帽】（名・自）①脱帽；☆教
室にはいったら脱帽せよ／一進教室就要
脱帽；②甘拜下風；服輸（＝こうさんす
る）；☆君にはとてもかなわない、脱帽
するよ／簡直比不了你，我算服了。⓪

だっぽう【脱法】（名）逃避法律，鑽法律
的漏洞；~**こうい**【脱法行為】（名）逃
避法律的行為。⓪

たつまき【竜巻】（名）大旋風；☆竜巻に
家が巻き上げられる／房屋被大旋風掀起
來。⓪

たつみ【巽・辰巳】（名）（方向）東南⓪

だつもう【脱毛】（名・自他サ）〔醫〕脱
毛（＝ぬけげ）；（美容上）拔不必要的
毛；~**ざい**【脱毛剤】（名）脱毛劑；~
しょう【脱毛症】（名）頭髮脱落症，禿
頭症。⓪

だつらく【脱落】（名・自サ）①脱（掉）
落；☆この本はページの脱落がある／這
本書有掉頁的地方；②脱離；☆グループ
から脱落した／脱離了小組。⓪

だつり【脱離】（名・自サ）脱離，剝落（
＝ぬけはなれる，はがれる）。①⓪

だつりゃく【奪掠・奪略】（名）掠奪；搶扨（＝りゃくだつ）；～けっこん【奪掠結婚】（名）（原始時代的）掠奪婚姻◎

－たて【立】（造語）接動詞連用形上，表示該動作剛剛完畢，☆焼き立ての魚／剛烤好的魚；☆取り立ての葡萄／剛摘下的葡萄。

たて【盾・楯】（名）①盾，擋箭牌；☆盾で矢を防ぐ／以擋箭牌來擋箭；②〔轉〕後盾；☆権力を盾に取る／以權勢爲後盾，倚仗權勢；◇盾に取る／藉口，作擋箭牌；盾の半面／事情的一面，片面；盾を突く／反抗。①

☆たて【縦】（名）〔文〕縱，豎，長；☆縱二フィート、横一フィート／二英尺長一英尺寬；☆ナスを縱に二つに割る／把茄子豎着切成兩塊；↔よこ（横）。①

たて【殺陣】（名）（戲劇、電影裏的）武打的場面，亂鬥的場面（＝たちまわり）①

－たて【立】（造語）〔接形容詞語幹、名詞、動詞連用形後以加強語氣或表示〕
・故意，特意；☆隠（かく）し立てする／故意隱瞞；☆庇（かば）いだてする／特意庇護；②〔表示套在車上的牛馬數〕套；☆二頭立ての馬車／兩套馬的馬車；⑧〔表示船上的櫓數〕隻；☆八挺だて／八隻櫓；④（電影的）部；（戲劇的）本，齣；☆二本立／兩部（電影）；兩齣（戲）。

だて【伊達】（名・形動ダ）①俠氣，義氣（＝おとこだて）；☆伊達な若い衆／有俠氣的小伙子；②（指日本服裝）服裝華麗；服裝華麗的打扮；☆元祿時代の浮世絵に見られるような伊達な女／如同元祿時代的風俗版畫中出現的那樣服裝華麗的女人；③〔用「だてに」的語形〕爲了漂亮，爲了俏皮，爲了虛榮；☆だてに眼鏡（めがね）をかける／爲了漂亮而戴眼鏡；☆伊達には英語を勉強していない／（我）學英語不是爲了玩票；◇伊達の薄着（うすぎ）／俏皮人不穿棉；～すがた【伊達姿】（名）（指穿日本服裝的）服裝華麗的打扮，俊俏的風姿②◎

たてあな【縦穴・豎穴】（名）〔考古〕豎坑。

たていた【立板】（名）立着的木板；◇立板に水／説話流利，口若懸河；☆立板に水を流すようにしゃべる／口若懸河般地

説。②

たていと【縦糸・経糸】（名）經線（＝たて）；↔ぬきいと（緯糸）、よこいと（横糸）。③◎

たてかえ【立替え】（名・他サ）墊付（的款）；☆立替えを返す／還代墊的錢；～きん【立替え金】（名）墊款。◎

たてか・える【立て替える】（他下一）墊付（款項）；☆友達のために本の代金を立て替える／替朋友墊付買書的錢；文たてかふ（下二）。◎

たてか・える【建て替える】（他下一）重建，翻蓋，重蓋；☆この家は建て替えなければならない／這棟房子得翻蓋了；文たてかふ（下二）。◎

たてか・ける【立て掛ける】（他下一）（靠…）支撐起來☆傘を壁に立て掛ける／把傘靠牆支撐起來文たてかく（下二）◎

たてがみ【鬣】（名）鬣，鬃毛（＝うながみ）；☆鬣のある獣／有鬃毛的獸。②

たてき・る【立て切る・閉て切る】（他五）①隔開（＝しきる）；②（把門窗等）關緊，緊閉；☆寒いので戸や窓を閉て切る／因爲冷把門窗緊閉；③一件事幹到底（＝おしとうす）。◎

＊たてぐ【建具】（名）〔建〕（日本房屋的）裝修（指門、拉門、隔扇等）；☆よい建具を入れると部屋が引き立つ／裝修好屋子就顯得美觀。②

たてごと【豎琴】（名）〔樂〕豎琴（＝ハープ）。②

たてこ・む【立て込む】（自五）①擁擠（＝こみあう）；☆乗客の最も立て込む時／乘客最擁擠的時候；②事情多，繁忙；☆ただ今立て込んでおりますのでお仕立てかかりで／目前正忙您的衣服需要十天左右才能做好。◎

たてこ・む【建て込む】（自五）（房屋）蓋得密；☆この辺は家が建て込んでいる／這一帶房屋蓋得密。◎

たてこ・める【立て込める・閉て込める】（他下一）關閉（門窗、隔扇等）；☆障子を閉て込めて外に出ない／關上隔扇不出去；文たてこむ（下二）。◎

たてこも・る【立て籠る】（自五）①呆在屋子裏（不出去）；☆一日中家に立て籠って勉強する／整天呆在家裏用功；②據守，固守；☆要害に立て籠って敵をくい

とめる／據守要害擋住敵軍。⓪

たてし【殺陣師】（名）〔劇〕教授武打的教師。②

たてじま【縱縞】（名）豎條紋；↔よこじま（橫縞）。⓪

たてたし【建て足し】（名）（在原有的主房外）添蓋（的房子）。⓪

たてた・す【建て足す】（他五）添蓋。⓪

たてつ・く【楯突く】（自五）反抗，抵抗，對…反嘴；☆目上に楯突く／反抗長輩；☆親に楯突くのはよくない／向父母反嘴是不好的。

たてつけ【立て付け】（名）①（窗等）開關的情形；☆この戸は立て付けが悪い／這個門關不緊；②繼續，接連（＝たてつづけ）。⓪

たてつ・ける【立て付ける】（他下一）①關緊（門窗）；②連接着做；因たてつく（下二）。⓪④

たてつづけ【立て続け】（名）接連不斷；☆立て続けにしゃべる／接連不斷地說；☆立て続け三度勝つ／連勝三次。⓪

たてつぼ【建坪】（名）建築物所占面積的坪數（每坪約為六平方尺）；↔のべつぼ（延坪）；じつぼ（地坪）。②

たてとお・す【立て通す】（他五）（把某種態度）堅持（貫徹）到底；☆自說を立て通す／把自己的意見堅持到底；☆後家（ごけ）を立て通す／守寡守到底。⓪

たてなおし【立て直し】（名）〔（たてなおす）的名詞形〕重整，復興，革新；☆財政の立て直し／改革財政。⓪

たてなお・す【立て直す】（他五）改變，重做，重搞（＝やりなおす）；☆予算案を立て直す／重編預算草案；☆外交政策を立て直す／重定外交政策；☆心を立て直す／轉變心情。⓪

たてなお・す【建て直す】（他五）改建，翻蓋；☆古くなった家を建て直す／翻蓋舊房子。⓪

たてひざ【立膝】（名・自サ）支起一條腿坐着，半蹲半坐；☆女の立膝するのはみっともない／女人半蹲半坐着的樣子不好看。②

たてふだ【立札】（名）告示牌，佈告（＝こうさつ）；☆立入り禁止の立札が花壇のまわりに立っている／花壇的周圍立着禁止遊人入內的佈告。②④

*__たてまえ__【立前・建前】（名）①〔建〕建成房架，上梁（＝むねあげ）；②主義，方針，主張，原則；☆現金取引きの建前を取る／採取現錢交易的方針。⓪

だてまき【伊達巻】（名）①（日本婦女繫在寬腰帶下面的）窄腰帶；②（新年時食用的一種菜肴名）魚肉捲。⓪

たてまし【建増し】（名・他サ）增建，添蓋（＝そうちく）；☆二間（ふたま）建増する／添蓋兩間。⓪

たてまつ・る【奉る】Ⅰ（他五）①奉，獻上（＝さしあげる）；☆神に御供えを奉る／給神上供；②尊敬，恭維，捧；☆彼は奉っておけばよく仕事をする／若是恭維他，他就賣力氣幹；☆彼を社長に奉っておくと便利だ／捧他當經理是有好處的；Ⅱ（補動・四）〔文〕接動詞連用形下表示謙遜，恭敬；☆頼み奉る／奉託。④

*__たてもの__【建物】（名）房屋，建築物②③

たてやくしゃ【立役者】（名）①重要演員；☆中心人物；☆彼が今度の会員大会の立役者だ／他是這次大會中的主要角色③

─だてら（接尾）表示不相稱，不應該的意思；☆女だてらに徹夜運転をする／一個女人竟徹夜開車。

*__たて・る__【立てる】Ⅰ（他下一）①立，立起；☆道しるべを立てる／立路標；②冒，揚起；☆埃（ほこり）を立てる／揚起塵土；☆湯気（ゆげ）を立てる／冒熱氣；③扎；☆棘（とげ）を立てる／扎刺；④立定；☆志を立てる／立志；☆願（がん）を立てる／許願；⑤燒開，燒熱；☆風呂を立てる／燒洗澡水；⑥使別人知道，傳播；☆噂を立てる／傳播謠言；⑦關，閉；☆戸を立てる／關門；⑧派，遣；☆使者を立てる／派使者；⑨放，安置；☆彼を証人に立てる／叫他作證人；☆矢面（やおもて）に立てる／使…首當其衝；⑩候補を立てる／推選候選人；☆波を立てる／掀起波浪；⑪颳起；☆風を立てる／起風；⑫明確提出；☆証拠を立てる／提出證據；⑬保全；☆面目（顔）を立てる／保全面子；⑭用，使之有用；☆役に立てる／使之有用；⑮訂立，制訂，起草；☆計画を立てる／定計劃；☆案を立てる／起草方案；⑯標榜；☆新学説を立てる／標榜新學說；⑰樹立；☆手柄（てがら）を立てる／立功；⑱尊敬；☆兄分と立てる／尊為兄長；⑲維持；☆生計を立てる／維持生計；⑳揚起；響

起；☆声を立てる／大聲喊叫；㉑弄尖
（＝とがらす）；☆鋸（のこぎり）を立て
る／把鋸銼快；㉒點（茶）；☆茶を立て
る／點茶；◇角を立てる／態度生硬；腹
を立てる／動怒，生氣；Ⅱ（補動下一）
接其他動詞連用形下以加強語氣，例：騒
ぎ立てる；書き立てる；困たつ（下二）②

た・てる【建てる】（他下一）①樹立，
建造；☆家を建てる／蓋房子；☆碑を建
てる／立碑；②創立；建立；☆学校を建
てる／開辦學校；☆国を建てる／建國；
困たつ（下二）。②⓪

だでん【打電】（名・自サ）〔文〕打電報
，拍電報；☆兄へ打電する／給哥哥拍電
報。⓪

たとい【仮令・縦令】（副）→たとえ（仮
令）。②

たとい【譬・喩】（名）→たとえ（譬）②

たどう【他動】（名）〔語法〕他動；↔じ
どう（自動）；～し【他動詞】（名）〔
語法〕他動詞，及動物詞；↔じどうし
（自動詞）。⓪

だとう【打倒】（名・他サ）〔文〕①打倒
；☆敵を打倒する／打倒敵人；②＝ノッ
クアウト。⓪

*だとう【妥当】（自サ・形動ダ）妥當，妥
善；☆妥当な方法を取る／採取妥當的方
法。⓪

たとえ【仮令・縦令】（副）縱使，縱然，
即使，哪怕（＝かりに，よしや，よしん
ば，たとい）；☆たとえどんな事があっ
ても／即使（縱然）發生任何事；☆君の
為ならたとえ火の中水の中でも…／為了
你哪怕是赴湯蹈火也…；☆たとえいやで
も、しなければならない／即使不願意也
得做。⓪②

*たとえ【譬・喩】（名）①譬喻，比喻，寓
言，常言；☆壁に耳ありという譬もある
／常言說得好，隔牆有耳；②例子；☆譬
を引いて話す／舉例來說。②

*たとえば【例えば】（副）譬如，例如（＝
たとえ）；☆例えば、さくらやりんごは
、バラ科の植物です／譬如櫻花樹和蘋果
樹等都是屬於薔薇科的植物。②

*たと・える【譬（喩）える】（他下一）比
喻，比方；☆人生はしばしば航海に喩え
られる／人生常常被比作航海；☆その美し
さは譬えようもない／其美麗是無法比喻
的；困たとふ（下二）。③

たどく【多読】（名・他サ）〔文〕多讀，
粗讀，博覽（羣書）。⓪

たどたどし・い【辿辿しい】（形）（步伐）
不穩的；（動作）不敏捷的；☆たどたど
しい足取り／蹣跚的步伐；☆筆の跡もた
どたどしい／字跡拙笨；～げ（形動ダ）
；～さ（名）。⑤

たどりつ・く【辿り着く】（自五）好容易
走到；摸索找到，掙扎走到；☆けわしい
山路をようやくに辿り着いた／好容易才
沿着險峻的山路走到。⓪②

たどりよみ【辿読み】（名）一個字一個字
結結巴巴唸；☆六歳の妹が絵本の文章を
辿読みする／六歲的小妹妹結結巴巴地唸
兒童書上的字兒。⓪

*たど・る【辿る】（他五）①邊走邊找；☆
地図を辿ってやっと友人の家を捜し当て
た／邊看地圖邊找才找到了朋友的家；②
走難行的路；☆山道を辿る／踏難行的山
路；③追尋；☆記憶を辿る／追憶。②

たどん【炭団】（名）①蜂窩煤；②〔角
力〕（俗）（表示失敗的）黑點；☆今場
所は不調で炭団が並んだ／這期角力比
賽中因爲條件不利連日失敗。⓪

たな【店】（名）①店，舖，商店（＝みせ）
；☆店を出す／開舖子；②租的房子；☆
店を借りる（貸す）／借（租）房子。⓪

*たな【棚】（名）①（放置東西的）擱板；
☆棚を釣（つ）る／（在牆上）釘擱板；
②（葡萄蘿蔔的）棚，架；◇棚からぼた
餅／從天上掉下元寶來，福自天來；棚に
上げる／①佯做不知；②置之不理，擱
下。⓪

たなあげ【棚上げ】（名・他サ）①暫時存
起不賣；☆商品の一部を棚上げする／把
一部分商品暫時存起來；②擱置，暫不處
理，作爲懸案；☆計画は当分は棚上げになっ
た／計劃暫時擱起來（不實行）。④⓪

たなおろし【店卸し】（名・他サ）①〔商〕
盤貨，盤點存貨；☆店卸しにつき休業／
因盤貨停止營業；②〔轉〕――批評缺點
；☆人の店卸しをする／――批評別人的
缺點。⑤③

たなこ【店子】（名）（舊時的說法）租房
人，房客。⓪

たなごころ【掌】（名）〔文〕掌，手掌
（＝てのひら）；☆掌を返すように／易如
反掌；◇掌の中／掌中；掌を指す／瞭如
指掌，無疑問。③⑤

たなざらえ【棚浚え】（名）清理貨底賤賣；☆棚浚え大売出し／清理貨底大甩賣。③

たなざらし【店晒し】（名）陳貨，店裏擺的舊存貨；☆こういう品は店晒しになりがちです／這種東西不易賣；☆店晒し品だから値引きする／因爲是陳貨所以減價。⑤③

たなばた【七夕】（名）①織機（＝はた）；②七夕，乞巧日；③←織機祭；～ひめ【棚機津女；七夕津女】（名）①織女；②〔天〕織女星；～まつり【七夕祭】（名）乞巧節，七夕。⓪

たなび・く【棚引く】（自五）（雲、霞）靉靆；（煙）拖長；☆汽車の煙が棚引いている／火車的煙拖得很長。③

たなぼた【棚牡丹】（名）〔俗〕意料不到的幸運；☆話が棚ぼたで、うますぎる／話兒活像從天上掉下元寶來似的有些難以相信。⓪

たなん【多難】（名・形動ダ）多難；☆国家多難の時／國家多難的時候。⓪

***たに**【谷】（名）①谷，山澗，谿谷；☆山を越え谷を越えて／翻山越谷；②〔地〕丘陵地帶中的地溝，盆地；③〔理〕波谷。②

だに【壁蝨】（名）〔動〕壁蝨；☆あの男は、だにのようなやつだ／那傢伙是一個沒皮沒臉的壞蛋。⓪

だに（修助）〔文〕連，也，尚且（＝だけでも、さえ）；☆夢にだに知らない／作夢也未想到；☆星一つだに見えず／連一個星星都沒有。

たにあい【谷間】（名）山澗，峽谷，谿谷（＝たにま）。⓪

たにがわ【谷川】（名）溪流。⓪

たにく【多肉】（名・形動ダ）〔植〕果肉多，肉質多；☆このメロンは、とても多肉だ／這個甜香瓜果肉多。⓪

たにし【田螺】（名）〔動〕田螺，螺螄。①

たにぞこ【谷底】（名）谷底，山澗底。⓪

たにぶところ【谷懐】（名）山坳。③

たにま【谷間】（名）①＝たにあい；②〔轉〕貧民區（指大都市高層建築中不見太陽的角落）。⓪

***たにん**【他人】（名）①（沒有血統關係的）外人，陌生人；☆遠い親類より近くの他人／遠親不如近鄰；☆赤の他人／毫無關係的人；②別人；☆他人はいざ知らず／別人怎樣姑且不論；③（沒關係的）局外者；☆他人は口ばしを入れるな／局外人別插嘴（干渉）；～あつかい【他人扱い】（名）當外人看待；～ぎょうぎ【他人行儀】（名）（形動ダ）像客人般的客氣，多禮☆他人行儀は止してください／請（您）別客氣；◊他人の疝気を頭痛に病（や）む／爲別人的事情擔心；他人の空似（そらに）／（不是親人）偶而相貌酷似；他人の飯を食う／抛家在外，歷經艱苦。⓪

たにんず（う）【多人数】（名）多數人，許多人（＝おおぜい）；☆多人数の意見に従う／服從多數人的意見。②

たぬき【狸】（名）①〔動〕狸；②〔轉〕騙子，狡猾的人；☆たぬきじじい／狡猾的老頭子；③←たぬきねいり；～おやじ【狸親父・狸爺】（名）老猾頭；～ね【狸寝】（名）←たぬきねいり；～ねいり【狸寝入】（名・自サ）假寐，假睡（＝そらね）／☆狸寝入をする／假裝睡；～ばば【狸婆】（名）狡猾的老太婆。①

***たね**【種】（名）①（植物的）種籽；☆種を蒔（ま）く／播種②（果實的）核，果核（＝さね）；☆スイカの種／西瓜子兒；☆りんごの種／蘋果核兒；③（動物的）種，品種；☆優秀な種／優良品種；④原因（＝おこり）；☆不和の種をまく／造成不和睦的原因；⑤原料，材料（＝もと）；☆菓子の種／點心的原料；☆パンの種／發酵粉，麵肥；⑥（新聞的）材料；（談話的）話題；☆新聞の種をあさる／搜索新聞材料；☆話の種が尽きた／話題已盡，沒再說的了；⑦秘密；☆種を握っている／掌握了秘密；☆種のない手品は使えない／戲法若無秘密；☆蒔かぬ種は生（は）えぬ／不種其因不得其果。①

たね【胤】（名）父方的血統；☆胤違いの兄弟／異父同母的兄弟；☆彼らは胤は同じだが腹が違う／他們同父不同母；☆Ａの胤を宿す／懷孕Ａ的孩子；☆因果の胤／非婚生子。①

たねあかし【種明かし】（名・自サ）揭穿秘密；說出內幕；☆種明かしをすれば何でもないことだ／一揭穿秘密並沒有什麼。

たねあぶら【種油】（名）荣籽油。③

たねいも【種芋】（名）做種用的芋頭、馬鈴薯、白薯等。⓪

たねうし【種牛】（名）〔農〕種牛。②

たねうま【種馬】（名）〔農〕種馬。②⓪

たねがわり【種変り・胤変り】（名）異父同母（＝たねちがい）。③

たねぎれ【種切れ】（名・自サ）種籽用盡；（寫作）沒材料；☆もう話が種切れです／已經沒有談話材料（無話可說）了⓪

たねちがい【種違い】＝たねがわり。③

たねつけ【種付】（名・自サ）（家畜的）良種交配。④

たねとり【種取り】（名）①（植物、蔬菜的）採種籽，留種；☆種取りをする／留種；②（繁殖而留的）種兒；③採訪（報紙、雜誌的）新聞材料；☆新聞の種取りに歩く／採訪新聞；④訪員。②

たねなし【種無し】（名）①無核；☆種無し乾ぶどう／無核葡萄乾；②〔轉〕虧本，蝕本；☆種無しになる／大蝕本。⓪

たねほん【種本】（名）（編寫書籍、講義的）參考書，藍本；☆あの講義の種本を見つけた／找到那本講義的藍本了。⓪

たねまき【種蒔】（名・自サ）播種；☆八十八夜（はちじゅうはちや）前後に種蒔をする習慣だ／習慣上五一（立春後八十八天）前後播（稻）種。②

たねもの【種物】（名）①種籽；②有炸魚、炸蝦、蛋等的湯麵（有別於素湯麵）；③加菓子露、小豆等的冰水（有別於普通冰水）。②

たねん【他念】（名）別的心思；◇他念なし／沒有他念，專心；☆他念なく勉強する／專心用功。⓪

たねん【多年】（名）多年；☆多年の希望を達する／達到多年的宿願；～せいしょくぶつ【多年生植物】（名）〔植〕多年生植物；～せいそうほん【多年生草本】（名）多年生草本（如菊、百合等）。⓪

だの（修助）〔一般作爲「並列助詞」，用以表示事物的羅列〕等等，之類，什麼的；☆私は犬だの猫だのが好きです／我喜歡狗啦貓啦之類的（動物）。

たのう【多能】（名・形動ダ）多能，多藝；☆多能の人／多藝的人。⓪

＊たのし・い【楽しい】（形）快樂的，愉快的；高興的；☆楽しいお正月／快樂的新年；☆楽しく一日を過ごす／愉快地渡過一天，図たのし（形シク）；～がる（自五）；☆子供は楽しがって雪のなかをはねまわる／孩子高高興興在雪裏蹦來蹦去；～げ（形動ダ）；～さ（名）。③

＊たのしみ【楽しみ】（名）①樂，愉快，樂趣；☆…を楽しみとする／以…爲樂；☆楽しみのない人／無（人生）樂趣的人；②消遣，安慰，興趣；☆楽しみに本を読む／爲消遣而讀書；☆子弟の教育を唯一（ゆいいつ）の楽しみとする／以教育子弟爲唯一的安慰；③希望，期望；☆その子は両親の只一つの末の楽しみであった／那孩子是他父母晚年唯一的期望；～なべ【楽しみ鍋】（名）（自煑自吃的）火鍋兒；◇楽しみ尽きて哀しみ来る／樂極生悲。④③

＊たのし・む【楽しむ】（自・他五）①樂，快樂，享受；☆名画を見て楽しむ／欣賞名畫；☆目を楽しませる／悅目；☆釣を楽しむ／以釣魚爲樂；②期待，以愉快心情盼望；☆孫の成長を楽しむ／盼望孫子長大成人。③

たのし・める【楽しめる】（自下一）能享樂，能享受，能欣賞；☆十分楽しめる劇／十分有趣的劇；☆千円あれば一日楽しめる／有一千元錢就可以玩樂一天；☆なかなか難しい音楽なので素養のない人はとても楽しめない／那個音樂很深奧沒有修養的人不能欣賞。

だのに（接）〔俗〕雖然…可是（＝…なのに、それなのに）；☆今日は雪が降っている、だのにあまり寒くはない／今天下着雪，可是並不冷。①

＊たのみ【頼み】（名）①請求，懇求；☆頼みがある／有事相求；☆頼みを聞く（に応じる）／答應（別人的）請求；②信賴，依靠；☆頼みになる友人／可以信賴的朋友；☆一家の頼みとする人／一家所靠的人；～い・る【頼み入る】（他五）懇求，一再請求；～こ・む【頼み込む】（他五）一再懇求，☆ぜひ応援してくれと頼み込む／一再請求務必給予支援；～すくな・い【頼み少ない】（形）希望少的，不可靠的；沒有什麼依靠的（＝おぼつかない）；☆頼み少ない身の上／沒有依靠的境遇。①③

＊たの・む【頼む・恃む】Ⅰ（他五）①請求，懇求（＝ねがう）；☆秘密にしておいてくれと頼む／請求保守秘密；②托，委托；☆ちょっと頼みたいことがある／有點事想托一托你；③仗，靠（＝たよる）；☆父親の勢力を頼んで勝手なことをする／仗着父親勢力任意胡行；④請，雇；

☆大工（だいく）を頼む／請（雇）木匠；Ⅱ（感）〔文〕藉光（＝たのもう）②

たのもし【頼母子】（名）←たのもしこう；～こう【頼母子講】（名）會（一種由若干人組成按月存款輪流借用的互助組織）；☆頼母子講を作る／組會；☆頼母子講に入る／入會。⓪

＊たのもし・い【頼もしい】（形）①可靠的，靠得住的；☆頼もしい人／靠得住的人；②有望的，有出息的；☆頼もしい音楽家／前途有為的音樂家；図たのもし（形シク）；～が・る（自五）；～げ（形動ダ）；～さ（名）。④

＊たば【束】（名）把，捆；◊束になって掛かる／大家打一個人；羣起而攻之。①

だは【打破】（名・他サ）打破，破除；☆因襲を打破する／破除因襲。①

だば【駄馬】（名）①駄馬，駄東西的馬；②駑馬。①

タバコ【葡 tabaco＝煙草】（名）〔植〕菸，煙草；②煙，煙葉；香煙；☆タバコはお吸いになりますか／你抽煙嗎？☆タバコをふかす／吸煙；☆タバコを一服（いっぷく）やる／吸（抽）支煙；～いれ【煙草入れ】（名）煙捲兒盒；～ぼん【煙草盆】（名）（裝火柴、烟灰碟等的）烟盤。⓪

＊たはた【田畑・田畠】（名）農田，水稻田及旱田；☆田畑を耕す／耕地。①

たはつ【多発】（名）①〔醫〕經常發生；②（飛機）多引擎（有三個以上引擎）⓪

たば・ねる【束ねる】（他下一）①包，捆，紮束；☆髪を束ねる／束髪；☆薪（まき）を束ねる／捆柴；②管理，治理；☆町内を束ねている／管理街政；図たばぬ（下二）。③

＊たび【度】（名）次，回，度；☆彼らは顔を合わせる度に喧嘩する／他們每一見面就吵嘴；☆スキーも度を重ねるごとに上達する／滑雪（雖然難）只要反覆練習就能一次比一次進步。②

たび【足袋】（名）日本式的布襪子；☆足袋を履（は）く／穿襪子。①

＊たび【旅】（名）旅行，遠出；☆旅に立つ／出去旅行；☆退屈な汽車の旅／單調乏味的火車旅行；◊旅は道連れ、世は情／要出門伙伴互相照顧，處世要互助。②

だび【茶毘】（名）〔佛〕火葬；☆だびに付する／火葬。①

たびかさな・る【度重なる】Ⅰ（自五）反覆，回數增多，再三；☆無心（むしん）も度重なるといやになる／求助揶借若是回數多了也令人討厭；Ⅱ（連語・連體）反覆的，再三再四的；☆度重なる失敗／再三再四的失敗。⑤⓪

たびがらす【旅烏】（名）①習於旅行的人；②沒有固定住處流浪外鄉的人；③〔表卑〕外鄉人。③

たびげいにん【旅芸人】（名）到外鄉巡廻演出的演員；出外賣藝的藝人。③

たびごころ【旅心】（名）①旅心，旅懷，旅愁；②想旅行的心情，旅興；☆秋の雲を見ていると旅心が湧く／一見秋雲就想出外旅行（旅興大發）。③

たびごと【度毎】（副）每次；☆来る度毎に／每次來時；☆試みる度毎に力量が増す／每試一次就增加力量。②③

たびさき【旅先】（名）①旅行目的地；☆旅先から便りがあった／收到他由旅次來的信；②旅行的途中；☆弁当（べんとう）は旅先で何とかなる／吃的在旅行途中會有辦法的。④⓪

たびじ【旅路】（名）①旅途，☆旅路で思わぬ災難にあう／在旅途碰到意外的災難；②旅行；☆長い旅路を終（お）える／結束了長途旅行。②

たびじたく【旅支度】（名）①準備旅行；☆旅支度に大童（おおわらわ）だ／忙於準備旅行；②行裝；☆旅支度を揃える／備齊行裝。③

たびすがた【旅姿】（名）旅裝。③

たびだち【旅立】（名・自サ）出發，起身，動身（＝しゅったつ）；☆フランスへ単身（たんしん）旅立をする／單身去法國。④

たびだつ【旅立つ】（自五）出發，起程；☆選手一行は空路ブラジルへ旅立った／選手們坐飛機出發到巴西去了。③

＊たびたび【度度】（副）屢次，屢屢，再三（＝しばしば）；☆彼には度々会う／常常碰到他；☆度々お手数を掛けて済みません／屢次麻煩您對不起。⓪

たびづかれ【旅疲れ】（名）旅行的疲勞（＝たびくたびれ）。③

たびにん【旅人】（名）遊俠，走江湖的人。③

たびのそら【旅の空】（名・連語）他鄉，旅次（＝たびのさき）；☆旅の空に病む／

在他鄉病倒。[4]

たびびと【旅人】(名)旅客；行路的客人[0][2]

たびまわり【旅回り】(名)到各處旅行(的人)。[3]

たびやくしゃ【旅役者】(名)巡廻演出的藝人。[3]

たびょう【多病】(名・形動ダ)多病，易病；☆多病な人／多病的人。[0]

タフ【tough】(形動ダ)強靱的；很有精神(＝がんじょう)；☆全くタフな男だ／眞是個硬漢子。[1]

タブー【taboo，tabu】(名)①〔宗〕(認爲神聖而)不可侵犯的東西，禁忌的言行等；☆タブーを犯すと神の呪(のろ)いを受ける／如犯禁忌就會遭神明的降災；②〔轉〕避諱的事情；☆婚礼の席で「もどる」、「かえる」という言葉はタブーだ／在婚礼席上忌諱「返」、「回」這樣的字眼。[2][1]

だぶだぶ(副・自サ)①肥肥大大；☆だぶだぶのズボン／又肥又大的西服褲；②(人)肥肥胖胖(肌肉鬆懈)；☆だぶだぶに太った中年の婦人／肥胖的中年女子；③(液體)滿，盈，蕩漾；☆お醬油をだぶだぶにつぐ／(往菜裏)把醬油澆得滿滿的。[1]

だぶつ・く(自五)①＝だぶだぶ①②；☆このズボンは、だぶついて穿き心地(ごこち)が悪い／這條褲子太寬大，穿着不合適；②(商品、資金)過剩，充斥，過多；☆市場(しじょう)には資金がだぶついている／市場游資充斥；③(水滿而)蕩漾；☆桶(おけ)の水がだぶついて、こぼれそうになる／桶裏的水蕩漾要溢出來。[0]

だぶや【だぶ屋】(名)黄牛(以黑市價格賣票的人)。[2]

たぶらか・す【誑かす】(他五)騙，詭騙(＝だます，あざむく)；☆人をたぶらかして金を巻き上げる／寃人騙錢。[4]

ダブル【double】(名・造語)①二重；②二倍；③←ダブルはば；～キャスト【double cast】(名)(戲劇)一個角色由兩個演員輪流担任；～スチール【double steal】(名)〔棒球〕雙盗壘；～はば【double幅】(名)雙幅；↔シングル幅；～フォールト【double fault】(名)〔網球〕失誤兩次；～プレー【double play】(名)〔棒球〕雙殺；～ブレスト

【double breast】(名)兩排鈕，對襟的(上衣，大衣)；～ベース【double bass】(名)〔樂〕(奏最低音的)倍大提琴；～ベッド【double bed】(名)雙人床；↔シングルベッド。[1]

ダブ・る(自五)〔俗〕〔double 的動詞化〕①重複；☆同窓会と慰安旅行がダブる／同窗會和公司旅行趕在一天；②留級；☆一年ダブる／留級一年③〔排球、網球、桌球等〕發球兩球失誤。[2]

ダブルス【doubles】(名)(網球・桌球)雙打；↔シングルス。[1]

タブレット【tablet】(名)①牌子，門牌；額，扁額；②藥片；③〔鐵〕路簽，路牌。[1][3]

タブロイドがた【tabloid 型】(名)(普通報紙的)對開型，半頁型。[0]

たぶん【他聞】(名・自サ)別人聽見；☆他聞を憚(はばか)る／怕人聽見。[0]

＊たぶん【多分】Ⅰ(名)多，厚；☆多分の御土産をいただきました／承蒙厚賜；◊ **多分にある**／很有……；☆多分に疑わしいところがある／很有可疑的地方；Ⅱ(副)〔下接推量語〕大概，或許(＝おそらく，おおかた)；☆彼は多分来ないだろう／他大概不來吧。[1]

だぶん【駄文】(名)拙文，無聊的文章[0]

たべかけ【食べ掛け】(名)吃到半途，吃一半兒；☆食べかけのところへ人が来た／正吃着飯來了人。[0]

たべか・ける【食べ掛ける】(他下一)剛吃，開始吃。[0][4]

たべかた【食べ方】(名)①烹法，做法；☆魚の食べ方／魚的做法；②吃法，吃的規矩；☆洋食の食べ方／西餐的吃法；☆食べ方が悪い／吃餐沒規矩。[3][4]

たべかす【食べ滓】(名)①吃剩下的東西(＝たべのこし)；②在嘴裏嚼的渣子[3]

たべごろ【食頃】(名)吃的季節；正適於吃的時候；☆蟹(かに)は今が食べ頃だ／吃螃蟹現在正是時候。[3]

たべざかり【食べ盛り】(名)正能吃，胃口正好；☆食べ盛りの子供／正能吃的小孩。[3]

たべすぎ【食べ過ぎ】(名)〔(たべすぎる)的名詞形〕吃多；☆お腹(なか)が痛い─それは食べ過ぎだよ／肚子疼一那是吃多了。[0]

たべずぎらい【食べず嫌い】(名・形動ダ)

わる／賞賜勳章。③

たみ【民】（名）〔文〕民，人民。①

ダミー【dummy】（名）①〔橄欖球〕假做遮球勢以驅敵人；②〔電影〕假人；③（商店橱窗裏的）廣告假人；④同一個企業爲了某種方便而設立的替身公司。①

だみごえ【濁声】（名）①嘶啞的聲音；☆濁声で老人がどなっている／老人用嘶啞的聲音喊叫着。③②

だみん【惰眠】（名）睡懶覺；懶惰；◇惰眠をむさぼる／貪睡懶覺。③

ダム【dam】（名）攔河壩，堰堤；☆濁水渓にダムを造る／在濁水溪上建攔河壩。①

たむけ【手向】（名）①奉獻（給神佛），供；☆霊前に手向の花を上げる／在靈前供上花；②餞別（＝はなむけ）；☆卒業する生徒達に手向の言葉を送る／向應屆畢業生作臨別贈言。③

たむ・ける【手向ける】（他下一）①供獻給（神佛）；☆霊前に花を手向ける／向靈前獻花；②餞行；因たむく（下二）③

たむし【田虫】（名）〔醫〕頑癬，金錢癬③①

たむろ【屯】（名・自サ）集合；集合的地方；☆あちこちに学生が屯している／學生們三三五五地集合着。①

*ため【為】（名）①利益；☆子の為を思う／爲孩子（的利益）着想；☆為になる本を読む／閱讀有益的書；②因爲，由於；結果，☆病気の為に休む／因病休息；☆それは気候の為だ／那是因爲氣候的關係；③目的；☆入学試験のために勉強する／爲了入學考試而用功；☆幸福な社会の建設のために尽す／爲建設幸福社會（的目的）而努力；☆念のために言っておく／爲了慎重說一下；◇為になる／有好處；有用處；☆学生のためになる本を書く／編寫對學生有益的書；☆そんなことをすると為にならんぞ／那麼作對你可沒有好處。②

*だめ【駄目】（名・形動ダ）①〔圍棋〕在雙方地盤之間所屬未定的地方；空眼；☆駄目を詰（つ）める／塡空眼；②無用，無望（＝むだ）；☆いくら忠告したって駄目／怎樣勸告也白費；☆駄目とあきらめる／認爲沒有指望；③（表示禁止）不行，不可以（＝いけない）；☆笑っては駄目です／不要笑；☆もっと早起きしなければ駄目だ／不再早些起來不行；◇駄目を押す／①〔圍棋〕塡空眼；②叮問，

間明白；☆一応は充分駄目を押してみよう／再好好地叮問一下看看吧。②

ためいき【溜息】（名・自サ）嘆氣，長吁短嘆；☆ほっと溜息をつく／長嘆了一聲。①

ためいけ【溜池】（名）貯水池。①

ためおけ【溜桶】（名）①肥料桶；②糞桶；③酒桶，醬油桶。①

だめおし【駄目押し】（名・自サ）吩咐，叮囑；☆今日は必ず返金するよう駄目押しして来た／方才吩咐他今天一定要還錢；②（已經够了）外搭上；☆駄目押しの一点を追加して、六対一で勝った／另外又加上了一分以六対一得勝。①

ためこ・む【溜め込む】（他五）攅下，存下；☆大分（だいぶ）溜め込んだらしい／好像攅下了不少（錢）。③

ためし【試し】（名）試，嚐試，企圖（＝こころみ）；☆物は試しだ、一つやってみよう／先試一下再說；～ぎり【試し斬り】（名）〔文〕爲試刀劍的利鈍而砍人，試刀；～ざん【試し算】（名）〔數〕驗算，核算；～に【試しに】（副）試試；☆試しにやってみる／作一作試試。③

ためし【例】（名）〔文〕①例，實例，先例；☆そんな例は聞いたことがない／沒聽說過那樣的例子；☆彼はうそをついた例がない／他從未撒過謊；②經驗；☆ドイツ語を教えたためしがない／從來沒有教過德文。③

*ため・す【試す】（他五）試，試驗（＝こころみる）；☆実力を試す／試一試實力；☆試してみたがなかなかよい／試驗的結果很好。②

*ためら・う【躊躇う】（自五）躊躇，猶豫，躊躇不前（＝ぐずぐずする）；☆はっきりした返事をためらう／躊躇不肯明確答覆。③

*ため・る【溜める】（他下一）①存，積，蓄，集攅；☆切手を溜める／收集郵票；☆溜めた金／積攅的錢；☆水を溜める／存水；②停滞；☆大分仕事を溜めてしまった／好多工作都積壓下來了；因たむ（下二）。①

た・める【矯める】（他下一）①弄直；☆曲がった脊柱を矯める／把彎了的脊椎弄直；②矯正；☆悪癖を矯める／矯正壞毛病；③弄彎；☆弓をためる／彎弓；☆松の枝をためる／把松枝弄彎（以使美觀）

；④枉，歪曲；☆法を矯めて行なう／枉法而行；図たむ（下二）。②

ためん【他面】（名・副）①他面，另一方面；☆物事の一面だけを見て他面を顧みないと偏見に陥る／只看事物的一方面而不顧另一方面就會陷於偏見；②在另一方面，從另方面來看；☆彼は勇敢だが他面涙脆（なみだもろ）いところがある／他很勇敢，但在另一方面有時感情很脆弱②①

ためん【多面】（名）〔文〕許多平面，多面；～たい【多面体】（名）〔數〕多面體；～てき【多面的】（形動ダ）多方面的／多方面的活動。⓪

たも・う【給う】（助動・五型）①〔接動詞連用形表示高度的敬意〕=なさる，あそばす；☆恵（めぐ）み給う／惠賜；②以動詞連用形＋「たまえ」的語形，表示客套的命令；→たまえ。

たも・つ【保つ】Ⅰ（自五）保住，保存住（=もつ）；Ⅱ（他五）①守，保；☆城を保つ／守城；②保持，維持，支持，☆信用を保つ／保持信用；☆百年の齢を保つ／享壽百年；☆平和を保つ／保衞和平。②

たもと【袂】（名）①「和服」的袖子；☆袂の長い着物／長袖子的衣服）②山脚（=ふもと）；☆山の袂に家を建てる／在山脚下蓋房子；③旁，側（=そば，かたわら）；☆橋の袂に佇（たたず）む／佇立橋旁；◇袂を分かつ／①斷絕關係；②分袂，離別。③

だもの（感助）〔俗〕表示堅決的肯定、確認的語氣；☆だって、知らないんだもの／可是，我並不知道呀。

だもんだから（接）〔俗〕=それだから②

だもんで（接）〔俗〕=それで。②

たや・す【絶やす】（他五）①絕滅，根絕，消滅，☆ねずみを絶やす／撲滅老鼠；②使滅絕，斷，☆火を絶やさないようにする／使經常有火。②

たやす・い【容易い】（形）易的，容易的，不難的（=やすい）；☆たやすい御用／（回答別人的懇求等）那容易辦，算不了什麼；☆そう容易くはできない／不那麼容易；☆たやすく承知はしまい／恐怕不會輕易答應吧；図たやすし（形ク）；～げ（形動ダ）；～さ（名）。③①

たゆう【大夫・太夫】（名）①〔古時官名〕大夫；②（演戲劇、雜技的）藝人；③頭

等妓女；④〔歌舞伎〕旦角。①

たゆた・う【揺蕩う】（自五）〔文〕①搖蕩，提蕩（=ゆらゆらする）；☆波にたゆたう紅葉／飄蕩在波浪上的紅葉；②躊躇，猶豫（=ためらう）；☆たゆたう心を奮（ふる）い起こして修業を続ける／振奮不堅決的心情繼續學習。③

たゆみ【弛み】（名）弛緩，鬆懈；☆弛みなく熱心に研究する／緊張不懈地學習研究。③

たゆ・む【弛む】Ⅰ（自五）弛緩，鬆懈（=ゆるむ，おこたる）；☆倦（う）まず弛まず勉強する／勤勤懇懇（孜孜不倦）地用功；Ⅱ（他下二）〔文〕使之鬆懈②

たよう【多用】（名・形動ダ）事多，很忙繁忙；☆御多用のところ恐縮に存じますが……／繁忙中（來打攪您）很抱歉…⓪

たよう【多様】（形動ダ）多種多樣，各式各樣（=いろいろ，さまざま）；☆多種多様の宣伝ポスターが張ってある／貼着各式各樣的海報。⓪

たよく【多欲・多慾】（名・形動ダ）多欲，貪婪；☆多欲は身を滅（ほろぼ）す／多欲則亡身。⓪

たより【頼り】（名・自サ）①依靠，仗恃；☆息子（むすこ）を頼りに暮らす／依靠兒子生活；②藉助的東西；☆提灯（ちょうちん）の火を頼りに夜道を歩く／藉燈籠的光走夜路。①

たより【便り】（名）信，音信，消息（=おんしん，てがみ）；☆息子から便りが来た／從兒子那裏來信了；☆折々（おりおり）便りをよこす／常常寄信。①

たよりな・い【頼りない】（形）①無人可依靠的；☆頼りない孤児の身の上／無依無靠的孤児的境遇；②不可靠的，不放心的；☆頼りない返事／不可靠的回答；☆彼では頼りない／若叫他幹可靠不住；☆頼りない英語／不濟事的英語；図たよりなし（形ク）。④

たよ・る【頼る】（自五）①仗，靠，倚靠，仰賴；☆人に頼らないのが彼の主義だ／他一向不倚靠旁人；☆地図を頼って友人の家を捜（さが）す／憑靠地圖尋找朋友的家；☆柱（=すがる）；☆杖に頼って山を登る／拄着拐杖上山。②

たら【鱈】（名）〔動〕鱈魚。

たらⅠ（助動）①〔表示假定〕若是…；☆向こうに着いたら早く知らせて下さい／

你若是到了那裏，請趕快通知我；②…的結果才發現…，才知道，原來是…；☆よく調べてみたらそれは誤植でした／仔細一查才知道，原來是印錯了；Ⅱ(感助)①不是說…麼(＝てば)；☆いやだったら／不是說不喜歡麼！②〔女〕好不好，如何？；可不可以(＝…してはどうですか)；☆お出かけになったら？／您去一趟好不好。

たらい【盥】(名)盥，盆；☆盥に水を汲(く)み込む／把水打在盆裏；**～まわし【盥い回し】**(名・他サ)循環轉；②政黨私相授受政權。

ダライ・ラマ【達頼喇嘛】(名)〔宗〕達賴喇嘛。④

だらく【墮落】(名・自サ)墮落，走下坡路；☆人格の墮落／人格的墮落；☆彼は墮落して博打(ばくち)ばかりしている／他墮落得光賭錢。⓪

ーだらけ(接尾)滿，淨；☆泥だらけの自動車／滿是泥的汽車；☆傷だらけの手／全是傷的手；☆埃(ほこり)だらけの本／滿是塵土的書；②多，很多；☆彼は欠点だらけだ／他缺點很多。

だら・ける(自下一)①疲倦，憊(＝なまける)；☆暑さで体がだらける／因爲天熱身子疲倦(發憊)；☆あまりだらけるな／不要太憊；②鬆懈，零亂(＝だらしなくなる)；☆だらけた足どり／憊洋洋的步伐；☆だらけた字／不整齊的字⓪③

たらこ【鱈子】(名)鹹鱈魚子。②

*****だらしない【だらし無い】**(形)不檢點的，意志不強的，散漫的，邋遢的，衣冠不整的(＝しまりがない)；沒有規矩；☆だらしない女／邋遢女人；☆だらしない風(ふう)をする／衣冠不整。④

たらし・い(接尾・形型)帶着…樣子的；☆貧乏(っ)たらしい人／窮嗖嗖的人；☆嫌味(っ)たらしい人／看着令人討厭的人。

たら・す【垂らす】(他五)①垂，吊(＝たれさげる)；☆幕を垂らす／放下幕來；☆髮を背に垂らしておく／把頭髮披散在背後；②滴，流(＝したたらす)；☆目薬をたらす／滴眼藥；☆鼻をたらす／流鼻涕。②

たら・す【誑す・蕩す】(他五)〔俗〕哄，欺，騙，勾引，引誘；☆女を蕩す／勾引婦女。②

たらたら(副)①滴滴嗒嗒地，☆汗がたらたら(と)流れる／汗滴滴嗒嗒地流；②呶呶不休，(牢騷等)不絕於口；☆不平たらたら帰って行った／發一大頓牢騷回去了。①

だらだら(副・自)①滴滴嗒嗒地〔比(たらたら)語氣強〕；☆血がだらだら(と)流れる／血滴滴嗒嗒地直流；②冗長，呶呶不休；☆会議がだらだら(と)長引(ながび)く／會議開得冗長乏味；☆だらだらとしゃべる／呶呶說個不休；③坡度小而漫長地；☆坂がだらだらと続いる／斜坡的坡度小而漫長。①

タラップ【荷・trap】(名)(上下船的)舷梯；登機梯；☆タラップを降りる／走下舷梯。②

たらばがに【鱈場蟹】(名)〔動〕松葉蟹③

たらふく【鱈腹】(副)〔俗〕(吃)飽，(喝)足(＝はらいっぱい)；☆たらふく食う／吃得飽飽的；☆たらふく飲む／喝個够。②③

たらり(副)＝だらり。②③

だらり(副)鬆弛無力貌；☆手がだらりと垂(た)れている／手鬆弛無力地搭拉着；☆帯をだらりと締(し)める／鬆鬆地繫帶子。②

た・り(接助，語法上也有稱爲「並列助詞」的)①(用以表示列舉)又…又…；☆行ったり来たりする／走來走去；來來往往；②(用以表示舉例)…之類，…等等；☆笑ったりしてはいけない／不要笑啦等等的；☆人の悪口を言ったりするな／不要說別人的壞話什麼的。

だり(接助)〔(たり)接バ、ナ、マ等行動詞連用形下時的音便〕；☆飛んだり跳(は)ねたり大喜びだ／又蹦又跳高興得不得了。

ダリア【dahlia】(名)〔植〕大理花，天竺牡丹。①

たりき【他力】(名)①外力，他人之力；☆他力に頼る／借助他人之力；②〔佛〕如來的願力；↔じりき(自力)；**～ほんがん【他力本願】**(名)①〔佛〕依賴佛的願力成佛；②依靠外力；☆他力本願では向上しない／(自己不努力)依靠外力是不會有進步的。⓪

たりつ【他律】(名)〔文〕〔倫理〕他律，不能自律(一切行動由於外力的強迫而非由本性之謂)；☆他律的な人間は自覚

に乏しいものである／不能自律的人缺乏
自覺；↔じりつ（自律）。◎

だりつ【打率】（名）〔棒球〕打擊率。◎

たりない【足りない】（形）①不够；☆力
が足りない／力量不够；②〔轉〕低能的
，腦筋遅鈍的；☆あの男は少し足りない
／邪傢伙有點兒低能。

たりゅう【他流】（名）他派，別派，異派
；～じあい【他流試合】（名）和別派比
武。◎

*たりょう【多量】（名・形動ダ）〔文〕多
量，數量多；☆鉄分を多量に含んでいる
／含有多量鐵分。◎

だりょく【惰力】（名）慣性；☆惰力で走
る／憑慣性往前跑。◎

*た・りる【足りる】（自上一）①足，够；
☆二千トンもあれば足りる／有兩千噸左
右就够了；②滿足；☆いくらあっても
足りない／有多少也不滿足；因たる
（四）。◎

*たる【樽】（名）（帶蓋）木桶。◎②

た・る【足る】（自四）〔文・方〕＝たり
る。◎

だる・い（形）慵倦的，傭慵的；☆身体が
だるい／全身慵倦；因だるし（形ク）；
～げ（形動ダ）；～さ（名）。②

たるいり【樽入り】（名）裝桶（的東西）
；☆樽入りの葡萄酒／桶裝的葡萄酒◎

だるま【達磨】（名）①〔佛〕達摩；②（
玩具）不倒翁；③圓形（的東西）；☆だ
るまストーブ／圓火爐。◎

たるみ【弛み】（名）鬆，弛緩；☆弛みの
ない／緊張的；☆心の弛みを直せ／把鬆
懈的精神振作起來吧。◎

*たる・む【弛む】（自五）①鬆弛；☆縄が
弛んでいる／繩子鬆了；②下彎，下沉；
☆天井が弛んだ／天花板沉下來了；③（
精神）不振，鬆懈；☆試験が済んだら弛
んでしまった／考試一完精神就鬆懈了◎

たれ【垂】①下垂（的東西）；②輓簾；③
佐料汁。②

*だれ【誰】（代）誰；☆その話は誰に聞い
たのですか／那話是從誰那兒聽來的？
☆誰がしたと君は思うか／你以為這是誰
幹的？◇誰一人…（下接否定語）／誰也
不…；☆誰一人来ない／誰也不來；誰も
彼（かれ）も／誰都；☆誰も彼も知って
いる／誰都知道。①

だれかれ【誰彼】（名）誰，誰和誰，某人

和某人；☆友人の誰彼に相談する／和朋
友們商量；～なしに【誰彼なしに】（連
語・副）不分誰和誰，不論是誰；☆誰
彼なしに入場させる／不論是誰都允許入
場。①

だれぎみ【気味】（名・形動ダ）①有些
鬆懈，不太緊張；②（交易）行情趨疲③◎

たれこ・める【垂れ籠める】（自下一）①
垂簾（幕）不出外，閉戶不出；☆独り深
窓に垂れ籠める／獨自深居；②（煙霧
等）佈滿；☆松林に夕霧（ゆうもや）が
たれこめている／松林裏晚霞迷漫着；因
たれこむ（下二）。◎④

たれさが・る【垂れ下がる】（自五）下垂
，搭拉下來；☆幕が垂れ下がっている／
幕（簾兒）搭拉着。◎

だれしも【誰しも】（連語・副）不論誰（
＝だれでも）；☆誰しも同じことだ／不
論誰都是一樣。①◎

だれしらぬ【誰知らぬ】（連語）誰也不知
道；☆誰知らぬものがない／沒有人不知
道。①◎

だれそれ【誰某】（代）誰，某某。①

だれだれ【誰誰】（代）（指兩個以上不定
的人）誰和誰，哪幾個人；☆誰誰が行っ
たのか／誰和誰（哪幾個人）去了呀①

たれながし【垂れ流し】（名）隨地便溺；
☆猫が小便を垂れ流しにする／貓隨地小
便。◎

だれひとり【誰一人】（連語）〔下接否定
語〕誰也（＝だれも、ひとりも）；☆誰
一人として喜ばぬものはない／沒有一個
人不喜歡的。①④◎

だれもかも【誰も彼も】（連語・名）誰都
，所有的人（＝みな）；☆誰も彼も反対
する／誰都反對。①④

*た・れる【垂れる】Ⅰ（自下一）①垂懸（＝
さがる）；☆耳の垂れた犬／垂着耳朵的
狗；☆実が沢山なって枝が垂れている／
結果很多，枝子都垂着；②滴，流（＝し
たたる）；☆雨滴が軒からたれていた／
雨水從屋簷滴下來了；☆鼻水（はなみ
ず）が垂れる／流鼻涕；Ⅱ（他下一）①
使下垂，懸掛（＝さげる、つるす）；☆
幕を垂れる／懸掛幕幔；☆頭を垂れる／
垂頭；②垂；☆範を垂れる／垂範；☆名
を後世に垂れる／名垂後世；因たる（下
二）。②

た・れる（他下一）〔俗〕①便溺；☆小便

をたれる／撒尿；②放屁；☆屁（へ）を
たれる／放屁；囡たる（下二）。②

だ・れる（自下一）①倦意，懶倦，鬆弛（
＝だらける）；☆話がだれてきた／話越
說越沒勁兒了；☆彼の長演
說に聽衆がだれてきた／聽衆對他的冗長
演講感覺厭煩了。②

タレント【talent】（名）①才能，才幹，
技倆；②（＝テレビ・タレント）多才多
藝的電視演員、歌星、節目主持人等。①

タロいも【taro芋】（名）〔植〕芋頭（＝
さといも）的一種。⓪

たろう【太郎】（名）〔文〕①長子；②最
大的東西，最優秀的東西之意。①

たろう（連語・助動）…了吧（＝たであろ
う）；☆彼は昨日君の家を訪問したろう
？／他昨天到你家訪問去了吧？；☆とて
も面白かったろう？／很有意思吧？

*だろう（連語・助動）（表示推測）是…吧
，許…吧；是…呢？☆雨が降るだろう／
要下雨吧；☆これは何だろう／這是什麼
呢？ ☆小麦（こむぎ）だろう／是小麥
吧。

タワー【tower】（名）塔，塔樓；☆東京
タワー／東京鐵塔。①

たわいな・い〔為了加強語氣，也說（たわ
いのない、たわいもない）〕（形）①無
聊的，無謂的，不足道的；☆たわいもな
い事に笑う／對無謂的事發笑；☆たわい
のない事を言う／說廢話；☆たわいのな
い議論／不足取的論據；②天真的，孩子
氣的；☆たわいもない子供の言葉を気に
する／把天真的孩子的話也放在心裏（耿
耿於懷）；☆たわいもない愚痴をこぼす
／發孩子氣的牢騷； ③容易的； ☆たわ
いなく勝負がついた／一下子就分出了勝
負；☆たわいもなく勝つ／（比賽等）容
容易易地戰勝；④不老成的，不懂世故的
；⑤不省人事的；☆たわいもなく酔う／
醉得不省人事；☆たわいなく眠っている
／酣睡。④

たわけ【戯け・白痴】（名）①蠢事，愚蠢行
為；☆たわけを言うな／別說蠢話；②＝
たわけもの；〜もの【たわけ者】（名）
〔罵〕蠢才，渾蛋（＝ばかもの）。⓪③

たわ・ける【戯ける】（自下一）做蠢事，
做愚蠢的行動，說蠢話；☆たわけるのも
ほどほどにしろ／少說蠢話吧；囡たはく
（下二）。③

たわごと【戯言】（名）①蠢話，胡說；☆
閑人（ひまじん）のたわ言など聞いてい
られない／沒工夫聽那些閒人的胡說八道
；②囈語，夢話（＝うわごと）。⓪②

たわし【束子】（名）棕刷。⓪

たわ・む【撓む】Ⅰ（自五）①彎，曲（＝
まがる）；☆りんごの重みで枝がたわん
でいる／由於蘋果的重量樹枝頭都墜彎了
；②鬆弛（＝たゆむ、よわる）；Ⅱ（他
下二）→たわめる。②

たわむれ【戯れ】（名）①戯言，玩笑，笑
話（＝じょうだん）；☆戯れを言う／說
笑話，開玩笑；②玩耍，嬉戲（＝あそ
び）；③惡作劇；淘氣；☆戯れに背負
ってみる／背着玩兒試試看。④⓪

たわむ・れる【戯れる】（自下一）①遊戲
，玩耍（＝あそぶ）；☆子供が横ちょう
で戯れている／小孩在巷子裡玩； ②耍
笑，鬧着玩（＝おどける、ふざける）；
☆女学生が三人で戯れながら歩いている
／三個女學生邊玩笑邊走； ③調戲； ☆
女に戯れる／調戲婦女；囡たはむる（下
二）。④

たわ・める【撓める】（他下一）使彎曲，
弄彎；☆枝を撓める／把樹枝弄彎；囡た
わむ（下二）。③

たわら【俵】（名）（裝米、木炭等的）稻
草包。③

たわわ（形動ダ）彎彎的；☆枝もたわわに
蜜柑がなっている／桔子結得（多）連枝
兒都壓彎了。⓪①

たん【段・反】（名）①距離單位名（＝36
尺）；②地積單位名（＝991.7平方公尺）
；③布疋單位（＝長2丈8尺，寬9寸）①

たん【短】（名）〔文〕①短；②不足，缺
點；◇短を捨て長を取る／捨短取長。①

たん【痰】（名）〔醫〕痰；☆痰を吐く／
吐痰；☆痰が詰まる／痰堵住喉嚨。①

たん【嘆・歎】（名）〔文〕①嘆氣，嘆息
（＝なげき）；☆嘆を発する／嘆息；②
慨嘆（＝いきどおり）；③讚歎。①

たん【端】（名）端，頭兒（＝はし、さき）
；☆両端／兩頭兒。①

タン【tongue】（名）〔文〕（食用的）
牛舌肉；☆タンシチュー／燉牛舌。①

だん【男】（名）①男子（＝おとこ）
；☆男女の別問わず／不分男女之別；↔
じょ（女）；②（舊時的說法）兒子（＝
むすこ）；③男爵。①

*だん【段】（名）①層，格兒；☆上の段に花瓶を置く／在上層放花瓶；②樓梯，臺階（＝かいだん）；☆段を上がる（下りる）／上（下）臺階（樓梯）；③（印刷品的）段，排，欄；☆二段組にする／分兩欄排版；④（一篇文章的）段落；☆この文章は全体を三つの段に分けることができる／這篇文章可以分成三段；⑤（戲劇的）一幕，一場；☆忠臣蔵（ちゅうしんぐら）一力茶屋の段／「忠臣蔵」中「一力茶屋」那一場；⑥（武術、圍棋、象棋等的）段，☆柔道初段／柔道初段；⑦（能力、質量的）等級，程度；☆この生地（きじ）とあの生地とは段が違う／這件料子和那件料子質量不同；☆先生と私では段が違う／我的程度可比老師差得多；⑧（書信用語）點，地方；☆御無沙汰の段平（ひら）に御許し下されたく候／久疎間候（之點、之處）尚乞原宥是盼；⑨時候（＝ばあい、だんかい）；☆読むことはできても話す段になるとなかなか口がきけられない／即使會唸了，可是到了真的要說的時候却甚難開口；⑩（五十音圖的横列）段；↔ぎょう（行）①

だん【暖・煖】（名）〔文〕暖（＝あたたまり）；☆暖をとる／取暖；☆寒暖の差が激（はげ）しい／寒暖的溫度差很大；↔かん（寒）。①

だん【談】（名）談，話，談話；☆同日の談でない／不可同日而語。①

*だん【壇】（名）①壇，臺；☆壇に上がる／登壇（臺）；☆壇を降りる／下臺，從臺上下來；②（文藝界的）團體，界；例：文壇（ぶんだん）；画壇（がだん）①

だん【断】（名）①果斷；堅決執行（＝けっこう）；②最後決定（＝さいけつ）；☆最後の断を下す／做最後的決定。①

たんあたり【反当・段当り】（連語・副）每一「段」地；☆段当り十俵／每十公畝的地產稻穀十袋。③

*だんあつ【弾圧】（名・他サ）鎮壓；壓制，壓迫；☆軍閥政府が民主運動を弾圧する／軍閥政府鎮壓民主運動。⓪

*たんい【単位】（名）①單位；☆貨幣の単位／貨幣的單位；☆単位をきめる／定單位；☆人口は千単位で示している／人口是以千爲單位來表示的；②學分；☆四単位のフランス語／四學分的法語。①

たんいつ【単一】（名・形動ダ）①單一（＝ひとつ、ひとり）；☆キリスト教は単一の神を崇拝する宗教だ／基督教是崇拜一個神的宗教；②單獨；☆単一の会社を組織する／組織單獨的公司；③（構造）簡單；☆単一機械／簡單機器。⓪

だんいん【団員】（名）團員。⓪①

たんおん【短音】（名）短音；↔ちょうおん（長音）；～かい【短音階】（名）〔樂〕小音階。①

たんか【担架】（名）擔架，救傷床；☆担架で運ぶ／用擔架擡。①

たんか【炭化】（名・自サ）〔化〕碳化；～カルシウム【炭化calcium】（名）〔化〕碳化鈣；～すいそ【炭化水素】（名）〔化〕碳化氫，烴；～ほう【炭化法】（名）〔紡織〕碳化法。⓪

たんか【単価】（名）〔文〕單價，單位價值。①

たんか【単科】（名）單科；～だいがく【単科大学】（名）單科大學；學院；↔そうごうだいがく（綜合大学）。①

たんか【短歌】（名）三十一字的日本詩歌，短歌。①

たんか【啖呵】（名）；☆啖呵を切る／大聲吆喝；大聲吵罵；☆啖呵を切っておどかす／大聲吵罵着威脅。⓪①

だんか【檀家】（名）〔佛〕施主。⓪

タンカー【tanker】（名）（運）油輪；☆タンカーで原油を運ぶ／用油輪運原油。①

*だんかい【段階】（名）①階段，堦磴兒，梯級；②階段，時期，步驟；☆まだ発表の段階に達していない／還未到發表的時期；③等級；☆給与にはいくかの段階がついている／工資分成若干等級。⓪

だんがい【弾劾】（名・他サ）彈劾，責問。⓪

だんがい【断崖】（名）懸崖，斷崖（＝きりぎし、がけ）。⓪

たんがん【嘆願】（名・自サ）請願；哀求；～しょ【嘆願書】（名）請願書。⓪

*だんがん【弾丸】（名）①（弾弓的）彈丸；②槍砲彈；～れっしゃ【弾丸列車】（名）特別快車。⓪

たんき【単軌】（名）〔文〕單線（鐵路）；↔ふっき（複軌）。①

*たんき【短気】（名・形動ダ）沒耐性，性急（＝せっかち）；☆短気な男／性急的人；☆短気を起こす／發脾氣；急躁；◇

短気は損気／急性子吃虧。①

たんき【短期】（名）短期；↔ちょうき（長期）；～かしつけ【短期貸付】(名)短期放款；～こうさい【短期公債】(名)短期公債；～だいがく【短期大学】（名）短期大學；～てがた【短期手形】（名）短期票據。①

だんき【暖気】（名）暖和的氣候；☆立春が過ぎると暖気が日増しに感じられる／一過立春就感到一天比一天暖了。①

だんぎ【談義】（名・自サ）①〔文〕講經理；②〔佛〕講經；說教；③訓話；長篇大論的談話；☆お談義が長くて閉口した／訓（談）話太長人真受不了。③①

たんきかん【短期間】（名）短期間；☆短期間に仕上げる／短期間內完成。③

たんきゅう【探求】（名・他サ）探求，尋求；☆真理を探求する／探求真理。⓪

*たんきゅう【探究】（名・他サ）探討,研究；☆学理の探究／學理的研究。⓪

だんきゅう【段丘】（名）〔地〕臺地、沿川湖地帶的階段狀地形。⓪

たんきょり【短距離】（名）①短距離；☆短距離の旅行／短途旅行；②短距離競賽；～きょうえい【短距離競泳】（名）〔運動〕50-200公尺的游泳競賽；～きょうそう【短距離競走】（名）〔運動〕50-200公尺的賽跑。⓪

たんきり【痰切】（名）袪痰（的藥）；～あめ【痰切飴】（名）關東糖,糖瓜；～まめ【痰切豆】（名）〔植〕麗藤。④③

たんく【短軀】（名）〔文〕短軀,短小的身軀；☆瘦身短軀の貧弱な男／身材痩小其貌不揚的人；→ちょうく（長軀）。①

*タンク【tank】（名）①（裝水、油、氣體等的）大桶,大槽；②〔軍〕戰車,坦克車；～しゃ【tank 車】（名）設有油槽裝備的車皮,油槽車。①

タングステン【tungsten】（名）〔化〕鎢；～こう【tungsten 鋼】（名）〔冶〕鎢鋼；～でんきゅう【tungsten 電球】（名）鎢絲燈泡。③

たんぐつ【短靴】（名）皮鞋；↔ながぐつ（長靴）；↔あみあげぐつ（編上靴）。⓪

だんけい【男系】（名）男系；～しん【男系親】（名）男系親屬。⓪

*だんけつ【団結】（名・自サ）團結；☆団結を固くする／加強團結。⓪

たんけん【探検・探険】（名・自サ）探險,

探索，探查；～か【探険家】（名）探險家；～しょうせつ【探検小説】（名）探險小說。

たんけん【短見】（名）〔文〕淺見,見識短。⓪

たんけん【短剣】（名）①短劍；匕首；②（鐘錶）短針。⓪

たんげん【単元】（名）①〔哲〕單子,單元；②〔教〕（教學上的）單元（ユニット）；～がくしゅう【単元学習】（名）單元學習。①⓪

たんげん【端厳】（名・形動ダ）〔文〕莊嚴,莊重；☆端厳な姿／莊重的姿態。⓪

だんげん【断言】（名・自サ）斷言,斷定；☆成功するかどうか断言できない／能否成功不敢斷言。③

たんご【単語】（名）單詞；☆私の知っている英語の単語はいくらもない／我知道的英語單詞沒有多少。⓪

たんご【端午】（名）端午,端陽；～のせっく【端午の節句】（名）端午節；～ののぼり【端午の幟】（名）端午節時掛的鯉魚旗（五月五日凡有男孩的家都掛鯉魚旗）。①

タンゴ【tango】（名）探戈舞。①

だんこ【断固・断乎】（形動タルト）斷然,果斷,決然,堅決；☆断乎として拒絕する／斷然加以拒絕；☆断乎たる処置に出る／採取斷然的處置。①

だんご【団子】（名）米粉糰；☆肉団子／肉丸子；～ばな【団子鼻】（名）蒜頭鼻。⓪

たんこう【炭坑】（名）煤礦；～ふ【炭坑夫】（名）煤礦工人。⓪

たんこう【探鉱】（名）勘查,勘探。⓪

だんこう【断交】（名・自サ）〔文〕①絕交；②斷絕國交；☆両国は今断交状態にある／兩國目前處於斷絕國交狀態。⓪

だんこう【断行】（名・他サ）斷然實行,堅決實行；☆値下げを断行する／堅決實行減價。⓪

だんごう【談合】（名・自サ）商量,商議,協議（＝はなしあい）；☆皆で談合したらいい考えが出る／大家一塊兒商量能想出好辦法來；～づく【談合尽】（名・副）全憑協商；☆談合尽でしたことを今更苦情は言えないじゃないか／既然是商量好了的事,現在怎還能有意見呢。③

たんこうしき【単項式】（名）〔數〕單項

式。③

たんこうぼん【単行本】（名）單行本。◎

たんこぶ（名）瘤子（＝たんこぶ）；☆たんこぶを取る／割瘤子；◇目の上のたんこぶ／眼中釘，障礙物（特指地位、技能高於自己對自己有妨礙的人）。③

だんこん【弾痕】（名）子彈打過的痕跡，彈孔。◎

だんこん【断魂】（名）斷魂，悲慟。◎

たんざ【単座】（名）①一個人坐；獨坐；②（飛機等）單座位。◎

たんざ【端座】（名・自サ）端坐，正坐；☆書斎に端坐して本を読む／在書房裏端坐讀書。①

ダンサー【dancer】（名）①舞女；☆ダンサーと踊（おど）る／同舞女跳舞；②舞蹈家。①

たんさい【淡彩】（名）淡彩色；～が【淡彩画】（名）淡彩畫。◎

たんさい【単彩】（名）單色，一色；～が【単彩画】（名）單色畫，單彩畫。◎

たんざい【炭材】（名）〔文〕做木炭的木柴。◎

たんさいぼう【単細胞】（名）〔生物〕單細胞；～しょくぶつ【単細胞植物】（名）〔植〕單細胞植物；～せいぶつ【単細胞生物】（名）〔生物〕單細胞生物；～どうぶつ【単細胞動物】（名）〔動〕單細胞動物。③

たんさく【単作】（名）〔農〕種一季（＝いちもうさく）；☆単作地帯／種一季的地區。◎

たんさく【探索】（名・他サ）探索，搜索；☆犯人の行くえを探索する／搜索犯人的下落；☆史料を探索する／搜尋史料◎

たんざく【短冊・短尺】（名）①詩箋；短冊に句を書く／把詩句寫在詩箋上；②長方形（＝たんざくがた）；☆大根を短冊に切る／把蘿蔔切成長方塊兒；～がた【短冊形】（名）長方形。④③

たんさん【炭酸】（名）〔化〕碳酸；～アンモニウム【炭酸 ammonium】（名）〔化〕碳酸銨；～えん【炭酸塩】（名）〔化〕碳酸鹽；～ガス【炭酸瓦斯】（名）〔化〕二氧化碳；～カリ【炭酸加里】（名）〔化〕碳酸鉀；～カリウム【炭酸 kalium】（名）〔化〕＝炭酸カリ；～カルシウム【炭酸 calcium】（名）〔化〕碳酸鈣；～し【炭酸紙】（名）〔化〕

複寫紙（＝カーボンペーパー）；～すい【炭酸水】（名）〔化〕碳酸水，汽水；～せん【炭酸泉】（名）〔醫〕溫泉，礦泉；～ソーダ【炭酸曹達】（名）〔化〕碳酸鈉；～マグネシウム【炭酸 magnesium】（名）碳酸鎂。◎

たんし【端子】（名）〔電〕接頭（＝ターミナル）。①

だんし【男子】（名）①男孩子；☆男子を生む／生男孩子；②男子；男性；☆男子の生徒／男生；③男子漢（＝ますらお）；☆男子として恥ずかしくない行動／不愧為男子漢的行動。①

だんじ【男児】（名）男兒，男孩子；↔じょじ（女児）。①

たんしあい【単試合】（名）〔網球〕單打（＝シングル）；↔ふくしあい（複試合）。③

タンジェント【tangent】（名）〔數〕切線，正切。◎

たんじかん【短時間】（名）短時間。③

たんしき【単式】（名）〔文〕①簡單形式；②單一形式；↔ふくしき（複式）；～かざん【単式火山】（名）〔地〕簡單圓錐狀的火山；～ぼき【単式簿記】（名）單式簿記。◎

だんじき【断食】（名・自サ）斷食，絕食；☆断食をやる／實行絕食。④

たんしつ【炭質】（名）〔文〕煤質。◎

だんじて【断じて】（副）〔下接否定語〕絕（不）；☆断じてそんな事はしない／（我）絕不做那樣事；②絕對，一定，准（＝きっと）；☆断じて勝つ／一定勝；☆僕は断じてやりおおせる／我絕對能做好（完）。①

だんしゃく【男爵】（名）男爵。◎④

だんしゅ【断酒】（名・自サ）忌酒，戒酒。◎

だんしゅ【断種】（名・自サ）（施行手術使失去生殖能力）絕育；☆断種手術を行なう／行絕育手術。◎

たんしゅう【反収・段収】（名）每「段」地的收穫（量）。◎

たんじゅう【胆汁】（名）〔解〕膽汁；～しつ【胆汁質】（名）〔心〕膽汁質，（沈着冷靜，忍耐力強的性質）。◎

たんしゅく【短縮】（名・自他サ）縮短，縮減，☆飛行機は世界の距離を短縮した／飛機縮減了世界的距離；☆労働時間の

短縮を要求する／要求減縮工作時間。◎

*たんじゅん【単純】（名・形動ダ）單純，簡單；☆頭が単純だ／頭腦簡單；～か【単純化】（名・自他サ）單純化，簡單化；～さいせいさん【単純再生産】（名）〔經〕單純再生產；～せん【単純泉】（名）〔醫〕只含少量鹽類的溫泉；～りん【単純林】（名）〔林〕純林。◎

*たんしょ【短所】（名）短處，缺點；☆短所を補う／補短；☆ビニールの短所は熱に弱い点だ／聚乙烯（一種尼龍）的缺點是不耐熱。①

*たんしょ【端緒・端初】（名）〔文〕端緒，頭緒，開端（＝いとぐち、てがかり）；☆端緒を攝（つか）む／抓住頭緒；得了竅門；☆それが改革の端緒となった／那成了改革的開始。①

*だんじょ【男女】（名）男女；～きょうがく【男女共学】（名）男女同校；～どうけん【男女同権】（名）男女同權。①

たんしよう【単子葉】（名）〔植〕單子葉；↔そうしよう（双子葉）；～しょくぶつ【単子葉植物】（名）〔植〕單子葉植物；↔（双子葉植物）。

たんしょう【探勝】（名・自サ）〔文〕探勝；☆探勝にでかける／探訪名勝。◎

たんしょう【嘆賞・歎賞】（名・他サ）讚嘆，嘆賞；☆嘆賞に値する／值得讚嘆◎

*たんじょう【誕生】（名・自サ）①誕生，出生；☆男児が誕生した／生了個男孩子；②成立；☆村に新しく診療所が誕生した／村裏新成立了診所；～び【誕生日】（名）生日，生辰，☆お誕生日おめでとう／祝你生日快樂。◎

だんしょう【談笑】（名・自サ）談笑；☆両巨頭の会談は談笑裏に終わった／兩巨頭的會談在談笑中結束了。◎

だんじょう【壇上】（名）壇上，臺上；☆壇上に現われる／上講臺。◎

たんしょうとう【探照灯】（名）探照燈（＝サーチライト）。◎

たんしょく【単色】（名）〔文〕①單色，一色；②原色；～が【単色画】（名）單色畫；～こう【単色光】（名）單色光◎

だんしょく【男色】（名）男色，男子同性愛，鶏姦（＝なんしょく）；↔じょしょく（女色）。

だんしょく【暖色】（名）〔繪畫〕暖色（指紅、黃等色）；↔かんしょく（寒色）◎

たん・じる【嘆じる】（自上一）〔文〕①慨嘆，嗟嘆（＝なげく）；☆不運な身の上を嘆じる／慨嘆際遇的不佳；☆議会の腐敗を嘆じる／嗟嘆議會的腐敗；②欽佩，嘆賞（＝ほめる）；図たんず（サ）◎

だん・じる【談じる】（自上一）〔文〕①說，談（＝はなす）；☆懐旧談を談じ合う／互談往事；②商議，協商；☆ひとつ社長に談じてみよう／跟社長商議；③談判（＝なじる）；④責問，抗議（＝なじる、せめる）；☆隣家へ談じ込む／向隣家抗議；図だんず（サ）。◎

だん・じる【弾じる】（他上一）〔文〕彈，奏（＝ひく、かなでる）；☆琵琶（びわ）を弾じる／彈琵琶；図だんず（サ）◎

だん・じる【断じる】（他上一）①斷定，判斷（＝きめる）；☆軽率に断じ難い／難於輕易斷定；②判，判定（＝さばく）；☆罪を断じる／判罪；図だんず（サ）◎

たんしん【単身】（名）單身（＝ひとりみ）。◎

たんしん【短針】（名）（鐘錶的）短針◎

ダンシング【dancing】（名）跳舞，舞蹈。①

*たんす【箪笥】（名）五斗櫃，衣樹。◎

*ダンス【dance】（名・自サ）跳舞；～パーティー【dance party】（名）舞會；～ホール【dance hall】（名）①收費舞廳；②跳舞場。①

たんすい【炭水】（名）①煤與水；②〔化〕碳化氫；～かぶつ【炭水化物・carbohydrate】（名）〔化〕醣；～しゃ【炭水車】（名）（附在機車後的）煤水車（＝テンダー）。◎

たんすい【淡水】（名）淡水（＝まみず）；～ぎょ【淡水魚】（名）〔動〕淡水魚；～こ【淡水湖】（名）〔地〕淡水湖◎

だんすい【断水】（名・自他サ）（水流、來水等）斷水，停水；☆水道が断水する／自來水停水。◎

たんすう【単数】（名）單數；↔ふくすう（複數）。③

たん・ずる【嘆（歎）ずる】（自サ）〔文〕＝嘆じる。◎③

だん・ずる【談ずる】（自サ）〔文〕＝談じる。◎③

だん・ずる【弾ずる】（他サ）〔文〕彈じる。◎③

だん・ずる【断ずる】（他サ）〔文〕＝断

じる。◎③

たんせい【単声】（名）〔樂〕單聲；～がっしょう【単声合唱】（名）單聲合唱◎

たんせい【丹精】（名・自サ）竭力，盡心；☆丹精をこめる／竭力，盡心；☆丹精して描いた絵（え）／費盡心思畫的圖。①

たんせい【単性】（名）〔植〕單性；只有雄蕊或雌蕊；～か【単性花】（名）〔植〕單性花；↔りょうせいか（両性花）；～せいしょく【単性生殖】（名）〔植〕單性生殖，無性生殖。◎

たんせい【端正】（名・形動ダ）端正，端莊，端方；☆端正な顔つき／端正的臉型。◎

たんせい【嘆声・歎声】（名）〔文〕嘆息，慨歎，讚歎；☆嘆声を漏（も）らす／發出嘆聲。◎①

たんせい【端整】（形動ダ）端整，端正◎

だんせい【男生】（名）〔文〕男學生。◎

*だんせい【男性】（名）①男性；↔じょせい（女性）；②男子的性質；～てき【男性的】（形動ダ）男性的，男的（＝おとこらしい）；☆男性的な女／男子似的女子；～び【男性美】（名）男性美；～ホルモン【男性 hormone】（名）男性荷爾蒙。◎

だんせい【男声】（名）〔樂〕男聲；～がっしょう【男声合唱】（名）男聲合唱◎

だんせい【弾性】（名）彈性，彈力；☆ゴムは弾性がある／橡膠有彈性；～りつ【弾性率】（名）彈性率。◎

たんせき【旦夕】（名）〔文〕①朝夕，早晚，經常，☆旦夕師に仕（つか）える／早晚侍奉老師；②旦夕，時機迫切；☆命（めい）旦夕に迫（せま）る／命在旦夕，危在旦夕。①◎

たんせき【胆石】（名）〔醫〕膽石；～しょう【胆石症】（名）膽石病。◎

たんせき【痰咳】（名）①痰和咳嗽；②痰咳；☆痰咳にきく薬／對痰咳有效的薬①

だんぜつ【断絶】（名・自他サ）斷絕；絕滅；☆国交を断絶する／斷絕國交。◎

たんせん【単線】（名）（鐵路）單線，單軌；↔ふくせん（複線）；～きどう【単線軌道】（名）單軌。◎

たんぜん【丹前】（名）便衣綿袍（＝どてら）。③①

たんぜん【端然】（形動タルト）端然（＝

きちんと）；☆端然とすわる／端然而坐。◎③

たんぜん【坦然】（形動タルト）坦然。

だんせん【断線】（名・自サ）〔電〕線斷；☆電線が断線した／電線斷了。◎

*だんぜん【断然】（形動ダ）①斷然，斷乎（きっぱり）；☆断然拒絶する／斷然拒絕；②絕對；☆断然傑出している／絕對卓越；③一定，絕然，☆断然タバコをやめる／一定戒烟；④〔下接否定語〕絕（不）；☆そんな事は断然しない／決不做那様事。◎

タンゼント【tangent】（名）〔數〕切線，正切線。

たんそ【炭素】（名）〔化〕碳；～いんがほう【炭素印画法】（名）〔照相〕碳紙印像法；～かんこうし【炭素感光紙】（名）〔照相〕碳素印相紙；～せん【炭素線】（名）（燈泡用）碳絲；～ブラシ【炭素 brush】（名）〔電〕碳刷；～ぼう【炭素棒】（名）碳精棒。①

たんそう【炭層】（名）煤層；☆炭層の深い炭坑／煤層深的煤井。◎

たんそう【端荘】（名）端莊。

たんぞう【鍛造】（名・他サ）〔文〕鍛造；～きかい【鍛造機械】（名）鍛造機械。◎

だんそう【男装】（名・自サ）女扮男裝；☆男装の麗人／男裝美人；↔じょそう（女装）。◎

だんそう【断層】（名）〔地〕斷層；～がい【断層崖】（名）〔地〕斷層崖，懸崖；～かいがん【断層海岸】（名）〔地〕斷層海岸；～さんみゃく【断層山脈】（名）〔地〕斷層山脈；～めん【断層面】（名）〔地〕斷層面。◎

だんそう【弾奏】（名・他サ）彈奏（樂器）；☆ピアノを弾奏する／彈鋼琴；～き【弾奏楽器】（名）〔樂〕絃樂器◎

たんそく【嘆息・歎息】（名・自サ）嘆息◎①

たんそく【探測】（名）探測（敵情、風向）；～ききゅう【探測気球】（名）〔氣象〕探測氣球。◎

だんぞく【断続】（名・自サ）斷續，間斷，間歇；☆砲声が断続して聞こえる／斷續地聽見砲聲。◎①

だんそんじょひ【男尊女卑】（名）男尊女卑。◎

たんだ【単打】（名・自サ）〔棒球〕單打

（シングルヒット）。①

たんたい【単体】（名）〔理〕（再不能分解的）單體，單純物體；☆金屬はすべて単体である／金屬都是單體；↔化合物◎

たんだい【短大】 Ⅰ（名）←短期大學；Ⅱ（形動ダ）〔文〕短而大。◎

だんたい【暖帯】（名）〔地〕亞熱帶；～りん【暖帯林】（名）〔林〕亞熱帶森林◎

だんたい【団体】（名）團體，集體；☆団体を組んで旅行に行く／組團去旅行；～きょうぎ【団体競技】（運動）以團體爲單位的對抗競賽；～きょうやく【団体協約】（名）（特指）集體合同；～こうしょう【団体交渉】（名）雙方團體間各派出代表的交涉；～せいしん【団体精神】（合）集體精神；～ほう【団体法】（名）〔法〕規定集體組織活動的各種法規；～ほけん【団体保険】（名）團體保險。◎

たんたん【坦坦】（形動タルト）〔文〕①坦坦然；☆坦坦たる大道／平坦的大道；②無變化，平穩；☆坦坦たる半生／平穩的半生。◎③

たんたん【淡淡】（形動タルト）①淡泊，不介意；☆淡淡たる心境／淡泊的心境；②（色彩、味道）清淡；☆川魚の淡淡としだ味／河魚的清淡味道。◎③

たんたん【眈眈】（形動タルト）〔文〕眈眈；☆虎視眈眈として王座を狙（ねら）う／虎視眈眈覬覦王位〔覇權〕。◎③

＊だんだん【段段】 Ⅰ（名）①（俗）臺階，樓梯；Ⅱ（副）漸漸；☆段々と夜が明けていく／天漸漸亮了；☆話が段々面白くなって来た／話兒越說越有意思了①◎

たんち【探知】（名・他サ）探知，發覺，☆彼の秘密を探知する／探知他的秘密；～き【探知器】（名）〔無電〕檢波器，〔電〕檢電器。①◎

だんち【段ち】（名）（俗）↔だんちがい①

だんち【暖地】（名）温暖地方。①

だんち【団地】（名）社區。◎

だんちがい【段違い】（名）差得遠，懸殊；☆段違いに強い／特別強；☆段違いの実力／懸殊的實力，（俗）略→だんち①

だんちがいへいこうぼう【段違い平行棒】〔體操〕高低桿。⑧

だんちゃ【磚茶】（名）磚茶。①

たんちょ【端緒】（名）〔文〕〔たんしょ〕之訛。①

たんちょう【短調】（名）〔樂〕小調（＝マイナー・モール）；☆イ短調／A小調；↔ちょうちょう（長調）。①

＊たんちょう【単調】（形動ダ）平調，單調；沒有變化；☆単調な演説／無聊的演講；☆色彩が単調でおもしろくない／色彩單調無味。◎

だんちょう【団長】（名）團長。◎①

だんちょう【断腸】（名）斷腸，悲慟萬分；☆断腸の思いがする／感到萬分悲慟。◎

たんつば【痰唾】（名）痰和唾沫。◎③④

たんつぼ【痰壺】（名）痰筒痰盂。③④

たんてい【短艇・端艇】（名）①舢板（＝はしけ）；②小船（ボート）。◎

たんてい【探偵】（名・他サ）①偵探，探子，包探；②奸細，特務（＝スパイ）；～しょうせつ【探偵小説】（名）偵探小說；～もの【探偵物】（名）以偵探案件爲題材的小說、戲、電影。◎

＊だんてい【断定】（名・他サ）斷定，判斷；☆断定を下す／下判斷；☆彼を犯人と断定する／斷定他是犯人。◎

ダンディー【dandy】（名）講究服裝的男人；花花公子。①

たんてき【端的】（形動ダ）①直率，直截了當，正面；☆端的に言えばこの作品は第二流のものだ／直截了當地說這個作品是二流作品；②立刻，眼看（＝めのまえ，てきめん）；☆端的に影響する／立刻（直接）發生影響。①◎

たんでき【耽溺】（名・自サ）耽溺；沉湎於…；☆酒色に耽溺する／耽溺於酒色。◎

たんでん【炭田】（名）煤田。◎

たんと（副）〔俗〕多，許多（＝たくさん，どっさり）；☆たんとおあがり／請多吃些；☆酒がたんと飲める／能喝很多酒；有很多酒喝。◎

たんとう【短刀】（名）短刀。③

＊たんとう【担当】（名・他サ）擔當，擔負，擔任（＝うけもち）；☆ニュースのアナウンスを担当する／擔任播報新聞。◎

たんとう【単刀】（名）①單刀；②一人揮刀；～ちょくにゅう【単刀直入】①（連語・名）①單刀匹馬入敵陣，②〔轉〕乾脆，直截了當；☆単刀直入に話すがいい／最好直截了當地說。◎

だんとう【断頭】（名）〔文〕斬首；～だい【断頭台】（名）斷頭臺（＝ギロチ

ン）。◎

だんとう【暖冬】（名）〔文〕溫暖的冬天◎

*たんどく【単独】（名）單獨，獨自，單身；☆単独で事を運ぶ／單獨做事；～こうい【単独行為】（名）〔法〕單獨行為；～こうどう【単独行動】（名）單獨行動；☆単独行動を取る／採取單獨行動；～ひこう【単独飛行】（名）單獨飛行。◎

たんどく【耽読】（名・他サ）耽讀；☆探偵小説を耽読する／耽讀偵探小說。◎

だんどり【段取り】（名）安排，程序，打算，手續方法；☆僕が一つうまく段取りをしてみよう／我來好好安排一下吧；☆どんな段取りでやるんだね／按着怎樣程序做呀？④◎

だんな【檀那・旦那】（名）①〔佛〕施主，檀越；②（雇傭者稱的）主人；老爺；☆旦那はいまお出かけになるところです／主人外出了；③（妻妾稱丈夫時用語）丈夫；④稱別人的丈夫；☆旦那様はお元気でいらっしゃいますか／您先生好嗎？⑤（買賣人的）（男）主顧；☆旦那、お安くしておきます／先生，便宜賣給您吧。◎

たんなる【単なる】（連體）〔文〕僅，只（＝ただの）；☆単なる噂（うわさ）に過ぎない／只不過是謠言罷了；☆単なる空想だ／僅僅是空想。①

たんに【単に】（副）〔下接「だけ」「のみ」等語〕僅，只，單；☆単に君のみの問題ではない／那不僅是你一個人的問題；☆それは単に人まねにすぎない／那只不過是模仿而已；☆単に聞いてみただけだ／只不過是打聽一下罷了。①

たんにん【担任】（名・他サ）擔任，擔當（＝うけもち）；☆このクラスは林先生の担任です／這一班是林先生擔任的；☆三年の英語を担任する／擔任三年級的英語。◎

タンニン【tannin・単寧】（名）〔化〕丹寧；～さん【単寧酸】（名）〔化〕丹寧酸，鞣酸。◎

だんねつ【暖熱】（名）暖熱。◎

だんねつ【断熱】（名・自サ）斷熱。◎

たんねん【丹念】（名）精心，細心；☆丹念に作る／精心細做；☆本を丹念に読む／細心看書。①

だんねん【断念】（名・他サ）斷念，死心；絕念；☆見込のないことは早く断念し

なさい／沒指望的事趕快死了心吧。◎

たんのう【堪能】Ⅰ（形動ダ）〔（かんのう）之訛〕長於擅長；☆語学に堪能である／長於語學；Ⅱ（自サ）十分滿足，盡情地做…；☆フランスでは美術館に行って、堪能するまであらゆる芸術品を鑑賞した／在法國參觀美術館盡情地欣賞了所有的藝術品。◎①

たんのう【胆嚢】（名）〔解〕膽囊，膽胞◎

たんぱ【短波】（名）〔無電〕短波；☆短波で連絡する／用短波連絡；↔ちょうは（長波）；～ちょう【短波長】（名）〔無電〕短波波長。①

たんぱく【淡泊】（形動ダ）①（色彩、味道）淡素，☆淡泊な食物／清淡的食品；②直率，坦率；☆淡泊な男／坦率的人；③淡然，冷淡，恬淡；☆金銭に淡泊である／對金錢恬淡。①◎

たんぱく【蛋白】（名）①蛋白（＝らんぱく）；②類似蛋白質；～しつ【蛋白質】（名）〔化〕蛋白質；☆蛋白質に富む／富於蛋白質；～せき【蛋白石】（名）〔礦〕蛋白石（＝オパール），（半透明的）乳色玻璃；～にゅう【蛋白乳】（名）蛋白乳；～にょう【蛋白尿】（名）〔醫〕蛋白尿。◎

だんばしご【段梯子】（名）①寬幅梯子；②梯子。③①

たんぱつ【単発】（名）〔文〕①單引擎；②單發；～き【単発機】（名）單引擎飛機；～じゅう【単発銃】（名）單發槍；↔れんぱつじゅう（連発銃）。◎

だんぱつ【断髪】（名・自サ）剪髮（＝ざんぱつ）；☆断髪娘（むすめ）／剪髮的女孩；（婦女髮型之一）短髮；☆断髪にしている／剪短髮。①

だんばな【段鼻】（名）鼻梁彎曲的鼻子，鈎鼻。①

タンバリン【tambourine】（名）〔樂〕（鼓身裝有小鈴的）小手鼓，鈴鼓①③

だんぱん【談判】（名・自サ）談判，交涉，協商；☆談判はうまく進行している／談判順利進行着；☆談判して損害を賠償させる／經過交涉使（對方）賠償損失。①

たんび（助動）〔俗〕（たび）的撥音化〕毎逢…時，☆行くたんびに／毎逢去時…。③

たんび【耽美】（名）〔文〕耽美，唯美；～しゅぎ【耽美主義】（名）唯美主義；

〜は【耽美派】（名）唯美派。[1]

たんび【嘆美】（名・他サ）嘆美，讚嘆[1]

たんぴょう【短評】（名）短評；☆短評を載せる／登載短評。[0]

ダンピング【dumping】（名・他サ）①〔經〕傾銷；☆国内で売れない品をダンピングで出す／把在國内賣不出的東西用傾銷方法出口；②大廉賣，甩賣；☆ダンピングをやる／大甩賣。[1]

─たんぶ【反歩・段歩】（接尾）以「反（段）」爲單位計算土地面積的用語；☆五段歩の畠／五「段」的旱田；→たん（反）。

ダンプ・カー【dumpcart】（名）傾倒車

だんぶくろ【段袋】（名）①旅行布袋；大口袋；☆がらくたを段袋に入れる／把零七八碎兒裝在大口袋裏；②肥洋服褲子；☆段袋を穿（は）く／穿肥褲子。[1][3]

タンブラー【tumbler】（平底）大玻璃杯[1]

タンブラン【法 tambourin】（名）①手鼓（＝タンバリン）②法國的手鼓舞[1][3]

タンブリング【tumbling】（名）（由數人携手或登上肩膀等作出各種形式的）一種集體體操。[1]

たんぶん【短文】（名）短文；↔ちょうぶん（長文）。[0]

たんぶん【単文】（名）①簡單的文；②〔語法〕簡單句；☆「花が咲く」は単文である／「花開」這個句子是個簡單句；↔ふくぶん（複文）。[0]

たんべつ【反別・段別】（名）①每一「段」田；②土地面積的名稱；町、段、畝（せ）、歩（ぶ）；〜わり【段別割】（名）按「段」計算的地捐。[0][1]

たんべん【単弁】（名）〔植〕單瓣（＝ひとえ）；↔じゅうべん（重弁）；〜か【単弁花】（名）〔植〕單瓣花；↔じゅうべんか（重弁花）。[0]

たんぺん【短篇・短編】（名）短篇；↔ちょうへん（長篇）；〜えいが【短篇映画】（名）短篇電影；〜しょうせつ【短篇小説】（名）短篇小説。[0]

だんぺん【断片】（名）片斷，部分（＝きれはし）；〜てき【断片的】（形動ダ）片斷的，部分的；☆断片的な記憶／部分的記憶。[3][0]

たんぼ【田圃】（名）田地，莊稼地；〜みち【田圃道】（名）田地裏的小路。[0]

たんぽ【担保】（名）〔法〕抵押（＝てい

とう）；☆担保を入れる／交抵押；☆家を担保にして金を借りる／抵押房子借款；〜しゃ【担保者】（名）保証人；〜ひん【担保品】（名）抵押品。[1]

たんぼう【探訪】（名・他サ）採訪；〜きしゃ【探訪記者】（名）訪員，採訪記者[0]

だんぼう【暖房】（名）把房子弄暖（的裝備）；〜そうち【暖房装置】（名）暖房裝備。[0]

ダンボールばこ【ダンボール箱】（名）瓦楞紙箱；瓦楞浪紙製的紙箱。

たんぽぽ【蒲公英】（名）〔植〕蒲公英[1]

タンポン【德 Tampon】（名）〔醫〕（藥棉或紗布做的）止血塞子

たんほんい【単本位】（名）〔文〕（貨幣的）單本位；↔ふくほんい（複本位）[3]

だんまく【段幕】（名）紅白布相間的幕[0][1]

だんまつま【断末魔】（名）〔佛〕臨終（＝しにぎわ）；☆断末魔の苦しみ／臨終的痛苦；☆断末魔に迫る／靠近臨終。[3]

たんまり（副）〔俗〕很多，許多（＝たくさん・たんと・どっさり）；☆たんまりとお礼をもらう／受了許多謝禮；☆たんまり楽しむ／充分地欣賞。[3]

だんまり【黙】（名）〔（だまり）之撥音化〕無言，沉默；☆だんまりではお前の気持が分らない／你不作聲可沒法知道你的心思。[0]

たんめい【短命】（名・形動ダ）短命（＝わかじに）；↔ちょうめい（長命）。[0]

だんめん【断面】（名）斷面，截面；☆幹の断面／（樹）幹的截面；☆家庭生活の一断面／家庭生活的一個斷面；〜ず【断面図】（名）斷面圖。[3]

たんもの【反物】（名）①做衣服的布料；②綢緞，布匹。[1][0]

だんやく【弾薬】（名）彈藥，子彈，火藥[0]

だんゆう【男優】（名）男演員。[0]

たんよう【単葉】（名）①〔植〕單葉↔ふくよう（複葉）；②單翼（飛）機；〜き【単葉機】（名）單翼機。[0]

だんらく【段落】（名）段落；☆段落に分ける／分成段落；☆これで仕事も一段落ついた／工作這才告一段落。[0][4]

だんらん【団欒】（名・自サ）團欒，團圓；☆一家団欒の楽しみ／一家團圓之樂。[0]

たんり【単利】（名）〔經〕單利；↔ふくり（複利）。[1]

だんりゅう【暖流】（名）〔地〕暖流。[0]

たんりょ【短慮】（名）①急性子（＝せっかち）；②浅慮，浅見。[1]

たんりょく【胆力】（名）膽力；☆胆力のすわった人／有膽力的人。[1]

*だんりょく【弾力】（名）彈力，彈性，伸縮力。[1][0]

たんれい【端麗】（名・形動ダ）端麗；☆容姿端麗な女／容姿端麗的女子。[1][0]

たんれん【鍛練・鍛錬】（名・他サ）鍛錬；☆心身を鍛錬する／鍛錬身心。[1]

だんろ【暖炉・煖炉】（名）洋爐（＝ストーブ）。[1]

だんろん【談論】（名・自サ）談論，言談；☆談論風発する／談論風生。[0]

*だんわ【談話】（名・自サ）談話（＝はなし，かいわ）；☆電話で談話する／用電話交談；☆談話の形式で発表する／用談話的形式發表。[0]

ち①五十音圖「た行」第二音；發音為 chi 或 ti；②〔字源〕平假名是「知」字的草體片假名是「千」字的變體。

ち【千】〔文〕Ⅰ（造語）多數；Ⅱ（數）千。

*ち【血】（名）①血，血液；☆血を吐（は）く／吐血；☆血にまみれる／沾滿血跡；☆顔に血の気がない／臉上沒有血色；血統（＝ちすじ）；☆血がつながっている／有血緣關係；③血脈（＝ちのみち）；◊血が上る／血充上面，暈眩；血で血を洗う／①骨肉相殘；②以血洗血；血に飢える／想要殺人，充滿殺機；血の雨を降（ふ）らす／血肉橫飛；血の出るような金／命根子似的錢，血汗；血の廻（めぐ）り／①血液循環；理解力；血も涙もない／冷酷無情；血もあり涙もある／富有人情味；血を吐く思い／沉痛，痛心；血を分（わ）ける／至親骨肉，有血統關係；☆彼らは血を分けた兄弟だ／他們是親兄弟；血湧き肉躍る／磨拳擦掌，躍躍欲試。⓪

ち【家】（名）〔俗〕家（＝うち）；☆おれんち／我家。

ち【乳】（名）①乳，奶（＝ちち）；②乳房；☆乳をまさぐる／（小孩）玩（母親的）奶頭；③（旗、幕等上用以穿繩的）小環；☆旗の乳／旗上的繩子。①

*ち【地】（名）〔文〕①地，大地，地球；☆天と地ほどの開き／天地之差；②土，土壤（＝つち）；☆地の中に埋める／埋在土裏；③地表，地上；☆どんぐりの実が地に落ちる／橡子落到地面上；④陸地（＝りく，おか）；☆地の果て／天涯海角；⑤地方，處所，地點；☆思い出の地／懷念的地方；⑥地區；☆当地の名物／當地的特産；⑦地面，餘地；☆地を占める／佔地面；☆立錐（りっすい）の地もない／無立錐之地；⑧地位，立場；☆双方地を変えて考えてみる必要がある／雙方應該設身處地替對方考慮一下；⑨（對上面而言的）下面；☆天地無用（てんちむよう）／（寫在貨物包裝表面上）請勿倒置；⑩領土；☆フランスとドイツは地を接している／法國和德國領土相連；◊地

に落ちる／墜地，衰落；☆名声は地に落ちた／聲譽掃地；地の利を得る／得地利；地を払う／完全消失，一掃而光；☆道義地を払う／道義掃地，完全不講道義①

ち【治】（名）〔文〕①治，治世，太平；☆治乱興亡の跡を尋ねる／考察治亂興亡的歷史；②治，勵精治理，政治修明；☆開元の治／開元之治。①

ち【知・智】（名）①知，理知；☆知に働けば角が立つ／光憑理智就顯得不够圓滑；②知識；☆学界の知を集める／集合學界的知識；③智力，智慧（＝ちえ）；☆知を磨く／磨練智力；④智謀，計策（＝はかりごと）；☆智をめぐらす／出謀劃策，策劃，定謀；⑤熟人，朋友；☆旧知に会う／遇故知；⑥聰明（人），明智（人）。①

ちあい【血合】（名）稍微發黑的魚背上的肉。⓪

チアノーゼ【德Zyanose】〔醫〕發紺，青紫。③

ちあん【治安】（名）治安；☆国家の治安を維持する／維持國家的治安；～ぼうがい【治安妨害】（名）妨害治安。①⓪

*ちい【地位】（名）地位，職位，（工作）崗位；☆地位のある人／有地位的人；☆地位は低いが腕はある／職位雖低却有能力；☆高い地位を占める（求める）／居（追求）高位；☆かつて生糸は日本の輸出品のなかで重要な地位を占めていた／生絲曾經在日本輸出品中佔着重要地位①

*ちいき【地域】（名）地域，地區；☆各地域を代表する選手／代表各地區的選手；～だんたい【地域団体】（名）地域團體（指村、鄉、縣地方團體）；～てあて【地域手当】（名）地區津貼。①

ちいく【知育・智育】（名）智育。①

チーク【teak】（名）〔植〕麻栗樹。①

チークダンス【cheek-dance】（名）臉貼臉的跳舞。④

*ちいさ・い【小さい】（形）①小的，微小的，渺小的；☆小さいお盆／小的托盤；☆小さい会社／小公司；②微少的；☆損害が小さい／損害微少；③幼小的；☆小

さい子供／幼小的孩子；④瑣細的，不重要的；☆小さい事柄／瑣事，小事，細節；⑤（度量）狹小的；☆心の小さい人／心胸狹小的人，人物（じんぶつ）が小さい／人物小；⑥（聲音）低的；☆小さい声で話す／用小聲說話；⑦細小的，零碎的；☆小さく切る／細切；☆金を小さくくずす／把錢換成零錢；☆小さい金／零錢；⑧跼蹐的，畏縮起來的；☆犬が隅に小さくなっている／狗在屋角縮成一團；⑨自卑的，卑下的，低聲下氣的；☆彼は叱られて小さくなっている／他被申斥得擡不起頭來；☆人前で小さくなっている／在人前低聲下氣；⑦ちひさし（形ク）；〜げ（形動ダ）。③

ちいさな【小さな】（連體）小，微小（＝ちいさい）；☆小さな声で話す／用小聲說話。①

チーズ【cheese】（名）乾酪。①

チータ【cheetah】（名）〔動〕（非洲或印度產的）獵豹。

チーフ【chief】（名）頭目，頭領；〜メート【chief mate】（名）〔航〕一等大副。①

チーム【team】（名）①組，團體；②〔運動〕隊；☆東京チーム／東京隊；☆蹴球のチームを作る／成立足球隊；〜レース【team race】（名）團體賽跑；〜ワーク【team work】（名）①（體育隊員之間的）合作；②協作。①

ちいん【知音】（名）〔文〕①知音，知己，知心朋友；☆彼は僕にとって得がたい知音の一人だった／他是我難得的知音之一；②熟人（＝しるべ）；頼るべき知音もない／沒有可依靠的親友。◎①

ちうみ【血膿】（名）膿血；☆血膿が出る／出膿血。◎

ちえ【千重】（名）〔文〕千層，許多層，重重疊疊。②①

ちえ【知恵・智慧】（名）智慧，智能，腦筋，主意；☆年を取ると知恵が付く／長大就有了智慧；☆知恵を付ける／給…出主意，灌輸思想；煽動；☆知恵を借りに行く／去求別人出主意；☆知恵を貸して下さい／請給我出個主意；☆無い知恵を絞る／絞盡腦汁，搜索枯腸；◇三人寄れば文殊の知恵／三個臭皮匠頂一個諸葛亮。②

ちぇ（感）（表示失望、不滿意）哼，嘘，

呸，哎；☆ちぇ、何を言ってるんだ／哼（呸），說的什麼話；☆ちぇ、残念／哎哎，可惜。

チェーン【chain】（名）①鏈條；鏈條，連鎖；☆鉄のチェーンで猛獣を繋（つな）ぐ／用鐵鏈鎖住猛獸；②束縛；③（統一經營下的）一系列的商店（或劇院）；聯號，院線；☆松竹チェーン劇場／松竹連鎖劇院；④（英國的長度單位）測鏈（約合20.12公尺）；〜ストア【chain store】（名）聯號，連鎖商店。①

チェコ（スロバキア）【Chechoslovakia】〔地理〕捷克。①⑤

ちえしゃ【知恵者】（名）智囊，足智多謀的人。②

チェス【chess】（名）西洋棋。①

チェック【check】（名・自サ）①（國際象棋的）將軍；②支票（＝こぎって）；☆トラベラーズチェック／旅行支票；③（領取衣物等的）號碼牌，號牌；④校對記號，查對標記；⑤核對，查對；⑥阻止，抑制；⑦（衣料的）方格花紋。①

チェックアウト【check out】（名・自サ）向航空公司或旅行社辦妥出境手續。④

チェックイン【check in】（名・他サ）向航空公司或旅行社辦妥離境手續；☆チェックインは済みましたか／已經辦妥離境手續了嗎？④

ちえねつ【知恵熱】（名）小兒長牙時的突然發燒。②

ちえのわ【知恵の輪】（名）①〔玩具〕九連環；②連環錯綜的花紋。③

ちえば【知恵歯】（名）智齒。②

ちえぶくろ【知恵袋】（名）①全部智慧；☆知恵袋を絞る／絞腦汁，想主意；②智囊，謀士。②

ちえまけ【知恵負（け）】（名・自サ）由於智謀過多反遭失敗，聰明誤。④

チェリー【cherry】（名）〔植〕①櫻桃（＝さくらんぼ）；②櫻樹。①

チェリスト【cellist】（名）〔樂〕大提琴演奏者。②

チェロ【cello】（名）〔樂〕大提琴。①

ちえん【遅延】（名・自サ）延遲，耽擱，遲緩，誤點；☆大層遅延してすみません／太晚了，對不起；☆崖崩れのため列車が三十分ほど遅延した／由於山崖崩塌火車誤了半小時。◎

チェンジ【change】（名・自他サ）①交換

，兌換；☆一万円札を小銭にチェンジする／把一萬日圓鈔票換成零錢；②更換，變更；☆コートをチェンジする／更換球場；③〔棒球〕（攻守兩方的）調換。①

*ちか【地下】（名）①地下；☆地下に埋没された死体／埋在地下的屍體；②地下，陰間；☆地下に眠る／長眠於地下，死去；③秘密地方；☆地下組織をつくる／建立地下組織；☆地下に潜（もぐ）る／潛入地下；～うんどう【地下運動】（名）地下工作，秘密活動；～がい【地下街】（名）地下道裏的商店街；～けい【地下茎】（名）地下莖；～ケーブル【地下cable】（名）地下電纜（＝ちかせん）；～しげん【地下資源】（名）地下資源；～しつ【地下室】（名）地下室；～すい【地下水】（名）地下水；～てつ【地下鉄】（名）地下鐵道；～どう【地下道】（名）地下道，坑道。②

ちか【地価】（名）地價，土地價格。②

*ちかい【誓い】（名）誓，盟，盟誓，誓言；（對神佛）發誓，許願；☆誓いを立てる／起誓；☆禁酒の誓いをする／立誓戒酒；～ごと【誓い言】（名）〔文〕誓言。①②

*ちか・い【近い】（形）①近的，接近的，挨近的，靠近的；☆学校は山に近い／學校靠近山；☆郵便局は此処から近い／郵局離這裏不遠；☆もう十二時に近い／快十二點了；☆近い中に…／不久…；②（血統）近的；☆近い親戚／近親；③親近的，親密的，密切的（＝したしい）；☆近い間柄（あいだがら）／關係密切；④近似的，相似的；近乎…的；☆青に近い色／近似藍色；☆猿は人間に近い／猿猴像人；☆詐欺に近い行為／近乎欺詐的行為；⑤近視的；☆目が近い／眼睛近視；図ちかし（形ク）；～さ【近さ】（名）近度；☆百メートルという近さ／一百米的近度。②

ちかい【地階】（名）樓房的地下樓；☆デパートの地階は食料品売場（うりば）になっている／百貨公司的地下樓是賣食品的地方。⓪

*ちがい【違い】（名）①差異，差別，區別；☆田中と私とは七つ違いです／田中和我差七歲；☆二人の性質は大違いです／二人的性格相差很遠；☆三分の違いで汽車に乗り損なう／差三分鐘沒有趕上火車

；②差錯，錯誤；☆文字の違いが沢山ある／錯字很多；☆あの人に違いない／一定是他；◇雪と墨ほどの違い／天壤之別。⓪

ちがいほうけん【治外法権】（名）〔法〕治外法權。④

*ちか・う【誓う】（他五）起誓，發誓，發願，宣誓；☆禁酒を誓う／立誓戒酒；☆私は誓って言う／我向你起誓（保證）；☆誓ってこの仇を返す／誓報此仇⓪②

*ちが・う【違う】（自五）①不同，不一樣；☆大きさが違う／大小不同；☆私の考えは違う／我的想法不一樣；☆原文と違うところがある／有和原文不同的地方；②錯誤（＝まちがう）；☆計算が違う／算得不對；☆道が違った／路走錯了；③違背，相反；不符，不對頭；☆約束と違う／與原約不符；☆まるで当てが違った／和預料完全相反；④扭（筋），錯（骨縫）；☆筋が違った／扭了筋。⓪

ちがえ【違え】（名）＝ちがい。

ちが・える【違える】（他下一）①更改，改變，變換（＝かえる）；☆道を違えて行く／走另一條路；②弄錯，搞錯（＝まちがえる）；☆字を違える／寫錯字；③挑撥離間（＝そむかせる）；☆二人の仲を違える／離間二人的關係；④交錯，交叉；☆紐を十字に違えて結ぶ／把帶子繋成十字；⑤扭（筋），錯（骨縫兒）；☆足の筋を違えた／扭了脚筋；図ちがふ（下二）。⓪

ちかく【地殻】（名）〔地〕地殼。⓪②

ちかく【知覚】（名・他サ）①覺察，認識；☆外界の事物を知覚する／認識外界的事物；②〔心〕知覺；～しんけい【知覚神経】（名）〔解〕知覺神經；～まひ【知覚麻痺】（名）〔醫〕知覺麻痺。⓪

ちがく【地学】（名）①地理學；②地學（地球科學的總稱）。①

*ちかごろ【近頃】（名・副）①近來，近日，這些日子（＝このごろ）；☆つい近頃の事です／是最近的事情；☆近頃芝居を見たか／這些日子看戲了嗎？②萬分，非常（＝はなはだ）；☆近頃迷惑な話だ／眞是非常討厭（麻煩）的事。②

ちかし・い【近しい】（形）親密的，親近的，密切的（＝したしい）；☆心置きなく近しい人／毫無隔閡（無話不談）的人。③

ち

ちかちか（副・自サ）①燦爛，閃爍；☆宝石がちかちかと光る／寶石閃閃發光；②晃眼，刺眼；☆目がちかちかする／（光線太強）刺眼睛。②

ちかぢか【近近】（名・副）不久，過幾天（＝ちかく）；☆近々日本からお客さんがある／過幾天有客人從日本來；☆結婚式は近々の予定です／預定不久就結婚。⓪②

ちかづき【近付き】（名）熟人，相識（＝しりあい）；☆近付きになる／熟識，認識；☆お近付きになれて嬉しいです／能夠跟您認識感到高興。⓪④

*ちかづ・く【近付く】（自五）①接近，靠近，臨近，迫近；☆だんだん岸に近付く／漸漸地靠近岸；☆試験が近付いて来た／考期臨近了；☆近付いて見る／走到跟前去看；②接近，交往，來往；☆近付きにくい人／不易接近的人。③⓪

*ちかづ・ける【近付ける】（他下一）使挨近，使接近，使靠近（＝ちかよせる，したしむ）；☆子供を危険な場所に近付けないようにする／不讓孩子靠近危險地方；☆彼は人を近付けない／他不讓人接近他；図ちかづく（下二）。④

ちかって【誓って】（副）誓必，一定，堅決（＝かならず、けっして）；☆誓ってそんなことはしない／我一定不做那種事；☆誓って御期待に添う覚悟であります／一定不辜負您的期待。⓪②

ちかてつ【地下鉄】（名）地下鐵道（電車）。⓪

ちかどう【地下道】（名）地下道。⓪②

ちかまわり【近回り】（名・自サ）①走近路，抄近道；☆近回りして先につく／走了近路先到；②附近，近處。⓪

*ちかみち【近道・近路】（名）近路，捷徑；☆公園へ行く近道／上公園去的近路；☆英語上達（じょうたつ）の近道／英文進步的捷徑。②

ちかめ【近目・近眼】（名）①近視眼（＝きんがん）；☆近視の人は眼鏡をかける／近視眼的人戴眼鏡；②浅薄，膚淺；淺見；☆彼の考えは近眼だとしか思われない／他的看法只能認為是膚淺之見。②③

ちかよ・せる【近寄せる】（他下一）使接近，使挨近（＝ちかづける）；☆灰皿を近寄せる／把烟碟拉過來；☆子供を悪い人に近寄せない／不叫小孩接近壞人；図

ちかよす（下二）④⓪

ちかよ・る【近寄る】（自五）接近，挨近，走近，靠近（＝ちかづく）；☆近寄って見る／走到跟前看；☆不良には近寄らない方がいい／不要接近壞人。⓪③

*ちから【力】（名）①力量，力氣，勁頭；體力；☆衰弱して歩く力もない／衰弱得連走路的力氣都沒有；☆もっと力を入れなさい／再加一把勁；☆力が抜（ぬ）けてしまった／沒有勁兒了；☆力を出す／用力；②〔理〕力；☆電気の力／電力；☆力の方向と強さを線で表わす／用線表示力的方向和強度；③權力，勢力，威力；暴力；☆力を振るって土人を押さえ付ける／拿出權力來壓制土人；④精神力，勁頭；☆その言葉に力を得る／受到那句話的鼓舞；☆力を落とした／灰心，洩氣；⑤氣力，語氣；筆力；☆力を入れて言う／加重語氣；☆力のある文章／有力量的文章；⑥効力，效果，作用（＝ききめ）；☆マスコミに力が大きい／大衆傳播的（影響）力很大；⑦努力，盡力，出力；☆皆の力で成功した／由於大家的努力而成功了；⑧依靠的力量，憑藉，靠山；☆お互いに力になる／互相幫助；☆力になってやる／幫助；⑨能力，學力，財力；☆語学の力／外語的能力；☆子供に教育を受けさせるだけの力がない／沒有能力（錢）讓子女接受教育；⑩耐力，拉力；☆この糸は力がない／這線沒有拉力；◇力及ばず／力不從心；～いっぱい【力一杯】（副）竭盡全力；☆力一杯働く／盡力工作；～おとし【力落とし】（名・自サ）灰心，洩氣；☆さぞかしお力落としでございましょう／想您一定很灰心的。～こぶ【力瘤】（名）①（使勁時）臂上隆起的筋肉疙瘩；②使勁，賣力氣；☆事業に力瘤を入れる／竭盡心力搞事業；～しごと【力仕事】（名）體力勞動，力氣活；～づく【力尽く】（名）①用盡一切力量，極力；☆力づくでがんばる／極力堅持；②專憑力量（暴力，強力）；☆力づくでやる／憑暴力搞；～づ・く【力付く】Ⅰ（自五）來勁，起勁；復元，恢復；☆薬を飲んだら力付いて来た／吃了藥以後有元氣了；Ⅱ（他下二）〔文〕＝ちからづける；～づ・ける【力付ける】（他下一）鼓勵，鼓舞，打氣，提精神；☆逆境にいる人を力付ける／鼓

勵處於逆境中的人；~づよ・い【力強い】（形）①有信心的，有仗恃的（=こころづよい）；☆君が側にいると力強い／你在旁邊就覺得有仗恃；②強有力的；☆力強い演技／強有力的表演；~ぞえ【力添え】（名・自サ）援助，支援；☆お力添えを願います／請您幫助；~だめし【力試し】（名）試驗體力（能力）；☆力試しにやってみる／做一下試試自己的能力；~まかせ【力任せ】（形動ダ）盡力，竭盡全力；☆力任せに引っ張る／盡力拉；~まけ【力負け】（名・自サ）用力過猛而失敗；~もち【力持ち】（名）有力氣（的人）；◇縁の下の力持ち／在背地裏支援，作無名英雄；~わざ【力業】（名）體力勞動，力氣活（=ちからしごと）。③

ちかん【弛緩】（名・自サ）〔文〕弛緩，鬆弛。⓪

ちかん【痴漢】（名）〔文〕流氓，色情狂⓪②

ちかん【置換】（名・他サ）〔數・理〕置換，調換，取代（=おきかえ）。⓪

ちき【知己】（名）①知己，知心朋友；☆知己を得る／遇到知己；②熟人，相識（=しりあい）。②①

ちき【稚気・稚気】（名）稚氣。②①

*ちきゅう【地球】（名）地球；~ぎ【地球儀】（名）地球儀。⓪

ちぎょ【稚魚】（名）〔動〕魚苗，魚秧①

ちぎょう【知行】（名）①統治；②〔史〕領地，封土，采邑；③俸祿；④知與行①

ちぎり【契】（名）〔文〕①約定，盟約，契約；☆契を結ぶ／締約；②宿緣，因緣；③婚約；☆夫婦の契を結ぶ／結為夫婦。③⓪

一ちぎ・る（造語・五型）（用以加強語氣）；例：誉めちぎる／極力讚揚。

ちぎ・る【契る】（他五）誓約，約定；訂婚；☆固く契った恋人／海誓山盟的情人；☆契ったことを果たす／履行誓約。②

ちぎ・る【千切る】Ⅰ（自下二）=ちぎれる；Ⅱ（他五）①撕碎，揪碎，切成小段（塊）；☆米の粉をねって親指の先ぐらいの大きさに千切る／採和米粉捏成大拇指尖那麼大的小塊；②摘取，揪下（=もぎとる）；☆桃をちぎる／摘桃子。②

ちぎれぐも【断雲】（名）断雲，浮雲④

ちぎれちぎれ（名・副）碎片；破碎成片；一片一片，斷斷續續☆着物がちぎれちぎ

れになった／衣服破爛不堪（稀碎）；☆ちぎれちぎれに話す／斷斷續續地說。④

ちぎ・れる【千切れる】（自下一）①破碎，變成碎片；☆本の表紙が千切れた／書皮碎了；②被撕掉，被揪下；☆寒くて耳がちぎれそうだ／耳朵凍得像被揪下來似的那麼痛；囚ちぎる（下二）。③

チキン【chicken】（名）①雛鶏；②鶏肉；~カツレツ【chicken cutlet】（名）〔烹飪〕炸鶏排；~ライス【chick rice】（名）〔烹飪〕鶏肉炒飯。②

ちく【地区】（名）地區。②①

ちくいち【逐一】（副）①逐一，一個一個地；☆逐一述べる／一一逑說；②詳盡地，仔細地；☆逐一調べる／詳細調查⓪②

ちぐう【知遇】（名）〔文〕知遇；☆知遇に感ずる／感激知遇之恩；☆知遇を得る／受到知遇。⓪①

ちくおんき【蓄音機】（名）留聲機；☆蓄音機をかける／開留聲機。③

ちくご【逐語】（名）〔文〕（翻譯）逐字逐句；☆逐語的に訳する／逐字逐句地翻譯；~やく【逐語訳】（名）逐語翻譯，直譯。⓪

ちぐさ【千草】（名）〔文〕各様花草。①

ちくざい【蓄財】（名・自サ）攢錢，積蓄錢財；☆蓄財の道にたける／善於攢錢；~か【蓄財家】（名）愛攢錢的人。⓪

ちくさん【畜産】（名）畜產；☆農家の畜産を奨励する／獎勵農民飼養牲畜。⓪

ちくじ【逐次】（副）〔文〕逐次，依次，按照次序；☆逐次番号を書き入れる／按照次序填上號碼（編號）。②

ちくじ【逐字】（名）〔文〕逐字。⓪

ちくしょう【畜生】（名）①畜類，動物，獸；②〔罵〕畜生；☆畜生、覚えていろ／畜生，我跟你沒完！~どう【畜生道】（名）①〔佛〕畜生道；②亂倫；~ばら【畜生腹】（名）雙胎，多胎。③

ちくじょう【築城】（名・自サ）〔軍〕築城，修築堡壘。⓪

ちくせき【蓄積】（名・他サ）積蓄，積攢，儲備；☆戦力を蓄積する／積蓄戰闘力，養精蓄銳。⓪

ちくぞう【築造】（名・他サ）〔文〕修築，營造。⓪

ちくちく（副）①連續刺扎貌；☆ちくちくと針で刺す／接二連三用針扎；②刺痛貌；☆背中がちくちく痛む／脊背像針扎似

地痛；⑨尖銳地，尖刻地，刻薄地；☆ち
くちくと皮肉を言う／尖刻地挖苦。[2]

ちくてん、ちくでん【逐電】（名・自サ）
逃亡，逃跑，亡命；☆公金を横領（おう
りょう）して逐電する／侵呑公款潛逃[0]

ちくでん【蓄電】（名）蓄電；〜き【蓄電
器】（名）蓄電器；〜ち【蓄電池】（名）
電池。[0]

ちくねん【逐年】（副）〔文〕逐年。[0]

ちくのうしょう【蓄膿症】（名）〔醫〕蓄
膿症。[0]

ちくば【竹馬】（名）〔文〕竹馬；〜のと
も【竹馬の友】（名）〔文〕竹馬之交。[2]

ちぐはぐ（名・形動ダ）①（兩個東西）不
成雙，不一樣，不一致；☆ちぐはぐな靴
下／不成雙的襪子②（事物）不調和，不
協調，不對路；☆話がちぐはぐになる／
話說得不連貫；☆物事がちぐはぐに行く
／事物發生齟齬。[1][0]

ちくび【乳首】（名）奶頭。[2]

ちくり（副）①少量，微少；②尖物刺扎貌
；☆針でちくりと刺す／用針一扎；☆ち
くりと痛む／刺痛。[2][3]

ちくわ【竹輪】（名）攪碎後抹在竹籤上烤
成圓筒狀的魚肉加工品。[0]

ちけい【地形】（名）地形，地勢；☆そこ
の地形は水力發電に適する／那裏的地勢
適於水力發電。[0]

チケット【ticket】（名）票，券（＝きっ
ぷ）；☆ダンスホールのチケット／舞廳
的票。[2]

ちけむり【血煙】（名）冒鮮血，鮮血飛濺
；☆血煙を立てて倒れる／冒出鮮血倒下
來。[2]

ちご【稚兒】（名）①嬰兒；②小孩，兒童
；⑨相公。[0][1]

ちこう【治効】（名）〔醫〕治療的效果，
療效。[0]

ちこく【治国】（名）〔文〕治國；〜へい
てんか【治国平天下】（連語・名）〔文〕
治國平天下。[0][2]

*__ちこく__【遅刻】（名・自サ）遲到；☆今朝
（けさ）は遅刻の生徒が多い／今天遲到
的學生多；☆約束の時間に遅刻する／誤
了約定時間。[0]

ちこつ【恥骨】（名）〔解〕恥骨。[2]

ちさ【萵苣】（名）〔植〕萵苣（＝ちし
ゃ）。[0]

ちさい【地裁】（名）←ちほうさいばんし
ょ（地方裁判所）。[0]

ちし【地史】（名）〔地〕地球的歷史；〜
がく【地史学】（名）地球歷史學。[1]

ちし【地誌】（名）地誌；〜がく【地誌学】
（名）地誌學。[1]

ちし【致死】（名）〔文〕致死；〜りょう
【致死量】（名）〔醫〕致死量；☆催眠
薬の致死量を飲んで自殺を図る／呑了致
死量的安眠藥企圖自殺。[1]

ちぢ【千千】（名）種種，形形色色，各種
各樣；☆心が千々に乱れる／心亂如麻[1]

ちじ【知事】（名）①知事；②都、道、府
、縣的首長。[1]

ちしお【血潮（汐）】（名）流出的血；☆
血潮を浴びる／滿身是血。[0]

ちぢ(ぢ)かま・る【縮まる】（自五）〔俗〕
蜷曲（＝ちぢかむ）；☆縮かまって寝る
／蜷曲着睡。[0]

ちぢ(ぢ)か・む【縮かむ】（自五）（身體或四
肢）踡蜷，抽縮，蜷曲；☆寒くて手が縮
かむ／手凍得踡蜷；☆怖くて縮かむ／嚇
得縮成一團。[0]

*__ちしき__【知識】（名）知識；☆科学の知識
に乏しい／缺乏科學知識；〜かいきゅう
【知識階級】（名）知識分子階層（＝イン
テリゲンチャ）；〜ぶんし【知識分子】
（名）知識份子。[1]

ちじく【地軸】（名）〔地〕地軸。[1]

ちぢ(ぢ)く・れる【縮くれる】（自下一）＝ち
ぢれる。[0]

ちぢ(ぢ)こま・る【縮こまる】（自五）抽縮，
蜷曲（＝ちぢかまる）；☆猫がストー
ブの横に縮こまっている／貓蜷蜷曲在洋爐
旁。[0]

ちしつ【地質】（名）〔地〕地質；〜がく
【地質学】（名）〔地〕地質學；〜じだ
い【地質時代】（名）〔地〕地質時代；
〜ちょうさ【地質調査】（名）〔地〕地
質調査；地質探勘。[0][1]

ちぢ(ぢ)ま・る【縮まる】（自五）①縮短，縮
小，收縮；抽縮（＝ちぢむ）；☆靴が縮
まる／鞋小了；☆風船玉がちゅっと縮ま
る／氣球噗哧一聲收縮了；☆命が縮まる
様な気がする／覺得要少活十年似的；☆
身が縮まる程寒い／凍得身體抽縮；②減
少，縮減；☆生産が縮まる／生產減縮；
⑨起縐，出褶。[0]

ちぢ(ぢ)み【縮み】(名)①縮小，縮短；緊縮，抽縮；畏縮，退縮；☆ゴムの様に伸び縮みする／像橡皮那様(能)伸縮；②縐綢，縐布；~あが・る【縮み上がる】(自五)①抽縮得厲害，縮小很多；☆洗濯したら縮み上がった／一洗就縮水了；②畏縮，惶恐，退縮，痙攣；☆痛くて(叱られて)縮み上がる／疼得身體痙攣(受到申叱惶恐萬分)；~こ・む【縮み込む】(自五)①縮進去，縮回去；②非常惶恐；~おり【縮み織】(名)縐綢，縐布○

*ちぢ(ぢ)・む【縮む】I(自五)①縮，縮小，抽縮☆洗濯すると縮む／一洗就縮水；②起縐，出褶，乾縮；☆皮膚が縮む／皮膚起縐；③畏縮，退縮；☆隅に縮んでいる／縮在屋角；④縮回去，縮進去；☆かたつむりの角(つの)が縮んだ／蝸牛角縮回去了；II(他下二)図=ちぢめる。○

*ちぢ(ぢ)・める【縮める】(他下一)①縮短，縮小；☆期限を縮める／縮短期限；②首を縮めて／縮着脖子；②截短，弄小；☆紙の寸法を縮める／把紙的尺寸裁小；☆着物を五寸ばかり縮める／把衣服截短五寸；③踡曲，縮回；☆足を縮めて飛び下りる／踡着腿跳下；☆舌を縮める／縮回舌頭；④減少，削減；☆経費を縮める／削減經費；⑤使起縐，弄縐；☆眉の間を縮める／縐起眉頭；図ちぢむ(下二)。○

ちしゃ【知者・智者】(名)〔文〕①精通某事者；☆彼は歴史方面の知者だ／他是精通歴史的人；②足智多謀者；☆小勢(こぜい)で大敵を悩ます智者／以寡兵使大敵無法對付的足智多謀者。②①

ちしゃ【萵苣】(名)〔植〕萵苣(=ちさ)。○

ちしょう【知将・智将】(名)〔文〕智將，足智多謀的大將。○

*ちじょう【地上】(名)地上；~きんむいん【地上勤務員】(名)地勤員；~けん【地上権】(名)〔法〕地上權；~ひょうしき【地上標識】(名)〔航空〕地上標誌。○

ちじょう【痴情】(名)痴情，色情；☆痴情がもとで傷害事件を起こす／由於爭風吃醋而鬧(砍)傷害事件。○

*ちじょく【恥辱】(名)恥辱；☆大衆の面前で恥辱を受ける／當衆受辱。○

ちぢ(ぢ)ら・す【縮らす】I(他五)卷曲，使起縐褶；☆髪を縮らす／使頭髮卷曲；II

(他下二)図=ちぢらせる。○

ちぢ(ぢ)ら・せる【縮らせる】(他下一)使卷曲(=ちぢらす)。○

ちぢ(ぢ)れ【縮れ】(名)折縐，卷曲；☆髪の縮れをなおす／修整頭髮上的卷兒；~げ【縮毛】(名)卷毛，卷髮。○

ちぢ(ぢ)・れる【縮れる】(自下一)卷曲，起縐，出褶；☆髪が縮れている／頭髮卷曲着；☆アイロンで、縮れている布を伸ばす／用熨斗把褶縐的布熨平；図ちぢる(下二)。○

*ちじん【知人】(名)相識；熟人；☆知人を頼って上京する／進京去投靠熟人。○

ちじん【痴人】(名)〔文〕痴人；◇痴人夢を說く／痴人說夢話，不足憑信。○①

*ちず【地図】(名)地圖；☆地図を頼りに友人の家を探す／憑地圖尋找朋友的家①

ちすい【治水】(名・自サ)〔文〕治水；☆治水工事に取りかかる／着手治水工程。○

ちすじ【血筋】(名)①血脈，血管；②血統；☆血筋のよい馬／良種的馬；☆あの人とは血筋は引いていない／和他沒有血統關係。○

ち・する【治する】I(自サ)穩定，太平(=おさまる)；II(他サ)①治理，統治(=おさめる，ととのえる)；②醫治，治療(=なおす)。○

ちせい【知性】(名)智力，智能；☆知性がある／聰明；~てき【知性的】(形動ダ)聰明的，有智慧的；☆知性的な顔／聰明的面孔。②○

ちせい【地勢】(名)地勢；☆地勢が険しい／地勢險阻。○

ちせい【治世】(名)〔文〕①治世，太平盛世；②治理，統治；③在位期間；☆治世三十年にして位(くらい)を譲る／在位三十年後讓位。○

ちせいがく【地政学】(名)地理政治學(謂一國政治受其地理條件支配的一種地理學說)。②

ちせつ【稚拙】(名・形動ダ)幼稚而拙劣；☆稚拙な絵／拙劣的畫；☆きわめて稚拙な意見／極其幼稚的意見。

ちそ【地租】(名)〔法〕土地稅；☆地租を割合てる／賦課土地稅。②

ちそう【地層】(名)〔地〕地層。○

*ちそう【馳走】(名・他サ)〔ご─〕①款待，招待；請客；☆山本さんのところで

御馳走になった／在山本先生的家裏被請吃飯；☆中華料理を御馳走しましょう／請你吃中國菜吧；☆御馳走様（でした）／我吃飽了；謝謝您的招待；②好吃的東西，美味，珍饈，酒宴；☆今日は何も御馳走がない／今天沒有什麼好吃的；☆大変な御馳走が出た／擺上來很多好菜。◯

ちそく【遅速】（名）〔文〕快慢；☆仕事の遅速を争う／比工作的快慢，爭取先做完。②◯

ちぞめ【血染】（名）血染，血污；☆血染のワイシャツが発見された／血污的襯衫被人發現。◯

ちたい【地帯】（名）①地帯；②地域◯②

ちたい【痴態】（名）〔文〕痴態，醜態；☆酔っぱらいが痴態を演ずる／醉漢做出醜態。◯

ちたい【遅滞】（名・自サ）遅緩，遅延，延緩；☆本件は遅滞を許さぬ／這件事不容許拖延；☆事務が遅滞して困る／工作遅遅不進眞糟糕。◯

ちだるま【血達磨】（名）全身是血；血人；☆二人は血達磨になって喧嘩している／兩人嘶打得渾身是血。②

*****ちち**【父】（名）①父親；②〔基督教〕上帝。◯

*****ちち**【乳】（名）①奶水；☆乳を吸う（飲む）／吃奶；②乳房（＝ちぶさ）；☆乳のふくらみ／乳峰。②

ちち【遅遅】（形動タルト）〔文〕遅遅；☆仕事は遅遅として進まない／工作遅遅不進；☆計画の実現は遅遅たるものだ／計劃實現不能實現。①②

ちちうえ【父上】（名）（對自己父親的敬稱）父親。②

ちちうし【乳牛】（名）乳牛，牝牛。◯②

ちちおや【父親】（名）父親。◯

ちちかた【父方】（名）父族，屬於父方血統；☆父方の伯父／伯父。◯

ちちぎみ【父君】（名）〔文〕＝ちちうえ。

ちちくさ・い【乳臭い】（形）①乳臭的；☆赤ちゃんの乳臭いにおい／嬰兒的乳臭味；②〔罵〕有乳臭的，幼稚的；☆乳臭い小僧／毛孩子，黃口孺子。④

ちちくび【乳首】（名）＝ちくび。②

ちちくりあ・う【乳繰り合う】（自五）（男女）狎戯，幽會，私通。⑤

ちちなしご【父無子】（名）①（無父的）孤兒；②非婚生子。④

ちちはは【父母】（名）父母。②

ちちゅう【地中】（名）地中，地下；☆地中に埋める／埋在地下。◯②

ちつ【膣】（名）〔解〕陰道；～えん【膣炎】（名）〔醫〕陰道炎。②

チッキ【check】（名）寄存物件牌；行李票（＝チェック）；☆チッキを出して品物を受け取る／拿出寄存牌來領東西；☆チッキで送る／〔鐵〕作爲行李運輸。①

ちっきょ【蟄居】（名・自サ）閉居，悶在家裏；☆蟄居して読書に耽ける／閉居家中埋頭讀書；②（動物）入蟄，冬眠；③〔江戸時代〕禁閉（令閉居一室的一種刑罰）。①

チック【名）髮臘。①

*****ちつじょ**【秩序】（名）秩序，次序；☆秩序正しく並べる／擺得整整齊齊；☆社会の秩序を乱す／擾亂社會秩序。②

ちっそく【窒息】（名・自サ）窒息；☆ガスで窒息して死んだ／被煤氣燻死；☆窒息死／悶死；～せいガス【窒息性瓦斯】（名）窒息性毒氣。◯

ちつづき【血続き】（名）（有）血緣關係，屬於同一血統。②

ちっと（副）稍微，一點兒（＝すこし，ちょと）；☆もうちっとのところで落第するところだった／差一點考不上；☆ちっとばかし大工もやる／還能打一點木匠活；～やそっと（副）〔俗〕一點點，一星半點；☆ちっとやそっとの事では驚かない／一星半點的事滿不在乎。◯

ちっとも（副）（下接否定語）①一點兒（也不），毫（無），總（不）；☆ちっとも知らない／一點兒也不知道；☆ちっとも飲まない／一點兒也不喝；☆ちっとも遇わない／總也遇不見；②一會兒（也不）；☆昨夜はちっとも眠れなかった／昨晩一會兒也沒有睡着。③

チップ【tip】（名）①酒錢，小費；☆チップをやる／給酒錢（小費）；②〔棒球〕（球）擦過球棒。①

ちっぽけ（形動ダ）〔俗〕極小；☆ちっぽけな工場／小工廠。③

ちてい【地底】（名）〔文〕地底。◯

ちてき【知的】（形動ダ）智慧的，聰明的，理智的；☆知的な仕事／腦力勞動。◯

ちてん【地点】（名）地點；☆甲地点から乙地点へ地下鉄をひく／由甲地點到乙地點修建地下鐵道。②◯

ちと（副）①稍微，有點兒（ちっと）；☆彼はちと神経質すぎる／他有點兒神經過敏；☆あまり高いからちと負けなさい／這個太貴讓一點吧；☆ちとお話にいらして下さい／有工夫請您來閒談閒談；②一會兒；☆ちとお待ち下さい／請稍候一會兒。⓪

ちとせ【千歳】（名）〔文〕①千年；②永遠；☆松は千歳の緑を保つ／松樹千年常青。②

ちどめ【血止】（名）止血（藥）。⓪③

ちどり【千鳥】（名）①〔文〕很多的鳥；②〔動〕千鳥，白鴴；③←ちどりあし；④←ちどりがけ；～あし【千鳥足】（名）（醉後等）脚步幌幌蕩蕩，步伐蹣跚；☆千鳥足で歩く／幌幌蕩蕩地走路；～がけ【千鳥掛（け）】（名）〔縫紉〕鋸齒形針脚；羽狀針脚；☆千鳥掛に縫う／（針脚）縫成鋸齒形。①

ちどん【遅鈍】（名・形動ダ）遲鈍，愚笨；☆生まれつき遅鈍な男／生來遲鈍的人。⓪

ちなまぐさ・い【血腥い】（形）①血腥的；②流血的；☆血腥い事件／血腥事件，流血事件。⓪⑤

ちなみ【因】（名）〔文〕因緣，關係（＝ゆかり、えん）；☆何の因もない人／毫無關係的人；～に【因に】（接）順便，附帶（＝ついでに）；☆因に言う／附帶說明。③

ちな・む【因む】（自五）（同…）有因緣，有關聯；由來於…，來自；☆地名に因んで名をつける／因地命名；☆これは仏教に因んだものである／這是和佛教有因緣的，這是由來於佛教的。②

ちねつ【地熱】（名）〔地〕地熱。⓪

ちのあめ【血の雨】（連語・名）大量的流血；☆血の雨を降らす／大量屠殺，血肉横飛。②

ちのいけ【血の池】（連語・名）〔迷信〕（地獄中的）血池。④

＊ちのう【知能・智能】（名）智能，智力，智慧；☆知能程度の低い児童／智力差的兒童；～けんさ【知能検査】（名）智力檢查；～しすう【知能指数】（名）智商；～はん【知能犯】（名）〔法〕智能犯；運用智慧的犯罪，如詐欺、偽造罪等，對殺人罪，強盜罪等而言）。①⓪

ちのう【智嚢】（名）〔文〕智嚢（＝ちえぶくろ）。①⓪

ちのみご【乳飲（呑）子】（名）乳兒，吃奶孩子。③

ちのみち【血の道】（連語・名）①血脈；②〔俗〕〔醫〕婦科病。⓪

ちのり【血糊】（名）黏血；☆兇器には血糊がついている／兇器上帶着黏血。⓪

ちのり【地の利】（連語・名）①地利；☆地の利を得る／得地利；②土地的財富①

ちはい【遅配】（名・他サ）〔文〕配（售）誤期。⓪

ちばし・る【血走る】（自五）①冒血；②（眼球）充血（發紅）；☆徹夜で血走った眼の受験生もいる／也有因爲熬夜眼球充血的考生。③

ちはつ【遅発】（名）（火車等）晩開；☆列車は二十分遅発した／火車晩開了二十分鐘。⓪

ちばなれ【乳離れ】（名・自サ）斷奶；☆乳離れした子／斷了奶的孩子。②

ちば・む【血ばむ】（自五）（皮膚）渗血，發紫；☆胸が打たれて血ばんでいる／胳膊被打（撞）得發紫。②

ちび【名】〔俗〕①矮個子；②幼小。①

ちびちび（副）〔俗〕一點一點地；☆ちびちび飲む／一點一點地喝。①

ちひょう【地表】（名）地表，地球表面⓪

ちびりちびり（副）一點一點地（＝ちびちび）；☆酒をちびりちびり飲む／一點一點地喝酒。

ち・びる【禿びる】（自上一）（筆尖等）磨禿了。②

ちひろ【千尋】（名）①千尋；②不可測（無底）的深度；☆千尋の海に沈む／沉到萬丈深的海底。①

ちぶさ【乳房】（名）〔解〕乳房。①

チフス【德 Typhus】（名）〔醫〕傷寒①

＊ちへい【地平】①大地的平面；②〔地〕地平面；～せん【地平線】（名）〔地〕地平線。⓪

チベット【Tibet】〔地理〕西藏。②

ちへん【地変】（名）①土地的變動；②地變（如地震等）。①⓪

＊ちほう【地方】（名）①地方，地區；☆あの地方はコレラが流行している／那個地方正鬧霍亂；②（對中央而言的）地方；☆地方の人が東京に出て来る／地方的人到東京來；～ぎかい【地方議会】（名）地方議會（如府、縣的議會）；～さいば

んしょ【地方裁判所】（名）地方法院；
～じち（だん）たい【地方自治(団)体】
（名）地方自治（團）體；～しょく【地
方色】①地方色彩；②地方色的豊か
な土地／富有地方色彩的地方；～ばん【
地方版】（名）（中央報紙的）地方版[2]

ちほう【痴呆】（名）白痴。[0]

ちま・う（助動・五型）〔俗〕〔てしまう〕
的轉音；☆見ちまう／看完；☆読んぢま
う／讀完；←ちゃう。

ちまき【粽】（名）粽子。[1][0]

ちまた【巷】（名）〔文〕①歧路，岔道；
②街道；③地方；☆戦炎の巷／戰場；④
境界；☆生死の巷をさまよう／徘徊於生
死之境；⑤社會，民間；☆政治家は巷の
声を聞くことが大切だ／政治家要聽羣衆
的興論。[0][1]

ちまちま（副・自サ）〔俗〕小而圓（貌）
；☆ちまちまとした顔／小圓臉。[1]

ちまつり【血祭】（名）血祭，釁；☆血祭
にあげる／（出陣前）殺敵人祭旗；〔喻〕
犠牲。[2][4]

ちまなこ【血眼】（名）充了血的眼睛；☆
血眼になる／紅眼，拼命；☆血眼になっ
て捜す／拼命尋找；☆つまらない事に血
眼になって騒ぐ／爲一點小事而拼命地吵
嚷。[2][0]

ちまみれ【血塗れ】（名・形動ダ）滿身是
血，沾滿鮮血（＝ちみどろ，ちだらけ）
；☆血塗れになる／弄得渾身是血。[4][2]

ちまめ【血豆】（名）紫疱，紫斑；☆足の
上に石が落ちて血豆ができた／石頭掉在
脚上磕出個紫疱。[0]

ちまよ・う【血迷う】（自五）（因激憤、
悲痛等）發瘋，狂亂，顛狂，不能自制；
☆血迷った群衆／激昂的羣衆。[3]

ちみ【地味】（名）土地的肥瘠，土質；☆
地味が肥えて（痩せて）いる／土地肥沃
（磽瘠）；☆地味が米作に適しない／土
質不適於種稻。[1]

ちみち【血道】（名）血脈，血管；◇血道
を上げる／迷戀異性，神魂顛倒。[0]

ちみつ【緻密】（形動ダ）①細緻的，精密
的；☆緻密な布地／細緻的布料；☆緻密
な細工／精緻的工藝品；☆緻密な頭／緻密
的頭腦；☆緻密な観察／細緻的觀察；☆緻密な描
写／細膩的描寫；②周密的，縝密的，周
詳的；☆緻密に考える／縝密地考慮；☆

緻密な計画を立てる／制定周密計劃。[0]

ちみどろ【血みどろ】（形動ダ）①沾滿鮮
血，血汚（＝ちまみれ）；②〔轉〕拼命
，不顧死活；☆貧苦と血みどろの苦闘を
続ける／同貧困作生死的戰鬪；☆血みど
ろの努力／奮不顧身。[0][2]

ちめい【地名】（名）地名。[0]

ちめい【知名】（形動ダ）有名，出名；☆
知名の士／知名之士。[0]

ちめい【知命】〔文〕知命（五十歳）[1]

ちめい【致命】（名）〔文〕①致命，致死；
②獻出生命；～しょう【致命傷】（名）
致命傷；☆胸の傷が致命傷だった／胸部
受的傷是致命傷；☆汚職問題が内閣の致
命傷となる／貪污案成了內閣的致命傷；
～てき【致命的】（形動ダ）要命的，致
命的；☆敵に致命的な打撃を与えた／給
了敵人致命的打擊。[1][0]

ちゃ（接助）〔俗〕〔ては〕的轉音；☆見
ちゃいけないよ／不許看啊。

*ちゃ【茶】（名）①茶樹；☆山に茶を植え
る／在山上種茶樹；②茶葉；☆茶を摘む
／採茶；③茶水；☆茶をつぐ／倒茶，斟
茶；☆茶を入れる／泡茶，沏茶；☆茶を
出す／獻茶；☆茶をたてる／點茶；④（
日本式的）茶會（＝ちゃのゆ）；⑤茶話
會（＝ティー・パーティー）；／お茶に
招かれる／應邀出席茶話會；⑥茶色（＝
ちゃいろ）；☆茶のオーバー／茶色大衣
；⑦〔轉〕嘲弄，愚弄，戲弄；☆人を茶
にする／嘲弄人；◇お茶の子／容易得很
，算不了一回事；☆綱わたりなどはお茶
の子だ／走繩索算不了什麼；お茶の子さ
いさい／容易得很；お茶を濁（にご）す
／混場，蒙混，打岔；☆いい加減にお茶
を濁しておく／胡亂地蒙混過去；お腹（
なか）で茶を沸（わか）す／可笑至極，
笑死人，（令人）笑破肚皮。[0]

チャージ【charge】（名・他サ）①〔橄欖
球〕以身體衝撞抱着球的對方；②充電；
③料金，負擔。[1]

チャーシュー【叉焼】（名）〔中餐〕叉燒
肉（＝やきぶた）；～メン【叉焼麵】（
名）叉燒麵。[3]

チャーター【charter】（名・他サ）僱船
，租船，包租飛機，租巴士，租直昇機；
☆大型バスを一台チャーターする／租一
輛大型巴士；☆チャーター機で南極に行
く／搭乘包機飛往南極。[1]

チャーチ【church】（名）教堂。①

チャーハン【炒飯】（名）〔中餐〕炒飯（＝やきめし）。

チャーミング【charming】（形動ダ）有魅力的，迷人的；☆彼女はなかなかチャーミングな目をしている／她的眼睛很迷人。①

チャーム【charm】（名・他サ）①魔力，魅力，吸引力（＝みりょく）；②迷人，誘惑人，吸引人；☆美しさにチャームされる／被美（貌）吸引住。①

チャールストン【Charleston】（名）却爾斯登舞蹈。④

チャイナ【China】（名）①中國；②陶磁器；～タウン【China town】（名）唐人街。①

チャイム【chime】（名）①〔樂〕（音調諧合的）一套鐘；②諧音（鐘聲）。①

ちゃいれ【茶入】（名）茶葉罐。④①

*ちゃいろ【茶色】（名）茶色。

ちゃう（助動）〔俗〕〔（てしまう）的轉音，（でしまう）時作（じゃう）〕；☆車を前へやっちゃうか／把車開到前面去嗎？☆早く飲んじゃう／趕快喝了。

ちゃうけ【茶請】（名）喝茶時吃的點心。⓪

ちゃか【茶菓】（名）茶點（茶和點心）；☆茶菓でもてなす／以茶點招待。

ちゃかい【茶会】（名）茶會；☆茶会を催（もよお）す／舉行茶會。⓪①

ちゃがし【茶菓子】（名）＝ちゃうけ。②

ちゃ・す【茶化す】（他五）〔俗〕①逗笑，開玩笑；☆彼は何を言ってもすぐ茶化してしまう／無論跟他說什麼他總是開玩笑（沒有正經的）；②挖苦，嘲弄（＝ひやかす）；☆人をあまり茶化すものではないよ／可不要嘲弄人；③蒙混，支吾，搪塞，欺騙（＝ごまかす）；☆彼の真意を聞こうとしたがうまく茶化して逃げられてしまった／本想問問他的真意，他却巧妙地支吾過去了。②

ちゃかっしょく【茶褐色】（名）棕色，褐色。②

ちゃがま【茶釜】（名）（日本茶道用的）燒水的（鐵）鍋。③②

ちゃがら【茶殻】（名）＝ちゃかす（茶滓）。⓪

ちゃき【茶気】（名）①對於「茶道」的素養；②風雅，倜儻；③愛開玩笑，詼諧；☆茶気をやる／開玩笑；☆茶気満満たる

人／愛開玩笑的人。①

ちゃき【茶器】（名）茶具。①

ちゃきちゃきⅠ（名）①得意，得勢（的人），紅人；②文壇のちゃきちゃき／文壇的紅人；②純粋，道地，正牌；☆江戸っ子（えどっこ）のちゃきちゃき／道地的東京人；Ⅱ（副）用剪刀剪物聲。⓪

ちゃきん【茶巾】（名）〔茶道〕擦茶碗的布。⓪②

−ちゃく【着】（接尾）①（計算衣服的單位）套；☆洋服一着／一套西裝；②（計數順序或到達順序的助數詞）着，名；☆第二着／（賽跑等的）第二名；③〔圍棋〕着；☆数着／幾着。

ちゃく【着】（名）到達，抵達；☆六時東京着の列車／六點到東京的列車。①

ちゃくい【着衣】（名・他サ）〔文〕穿的衣裳；☆着衣に血がにじんでいた／身上衣服滲着血。①②

ちゃくい【着意】（名・自サ）〔文〕①注意，留意；②著意，着想（＝ちゃくそう）。①②

ちゃくえき【着駅】（名）〔鐵〕到達站；☆着駅ごとに盛んな出迎えを受ける／每到一站都受到熱烈歡迎。⓪

ちゃくがん【着岸】（名・自サ）〔文〕靠岸，攏岸。⓪

ちゃくがん【着眼】（名・自サ）着眼（點），眼光；☆農業に着眼する／注意農業；☆着眼が鋭い／眼力高；～てん【着眼点】（名）着眼點。⓪

ちゃくざ【着座】（名・自サ）〔文〕落座，就席；☆一番末席に着座する／坐在末座。⓪①

ちゃくさい【嫡妻】（名）〔文〕元配，正室（＝ちゃくしつ）。⓪

ちゃくし【嫡子】（名）嫡子。①

ちゃくしつ【嫡室】（名）＝ちゃくさい〔

*ちゃくじつ【着実】（名・形動ダ）踏實，牢靠，穩健；☆着実な性格／踏實的性格；☆着実に仕事を進める／踏踏實實地進行工作。⓪

*ちゃくしゅ【着手】（名・自サ）着手，下手，動手，開始；☆仕事する／動手工作①〔

ちゃくしゅつ【嫡出】（名）嫡出；～し【嫡出子】（名）〔文〕嫡出子。

ちゃくしょく【着色】（名・自サ）着色上顏色；☆この花瓶は着色がくどすぎる／這個花瓶的顏色太刺眼；☆このたく〔

んは着色してある／這個鹹蘿蔔有假色；
～ざい【着色剤】（名）着色劑。⓪

ちゃくすい【着水】（名・自サ）〔航空〕
降落到水面上；☆水上飛行機が、みごと
着水した／水上飛機成功地降到水面上⓪

*ちゃくせき【着席】（名・自サ）就座，入
席（＝ちゃくざ）；☆皆さん、御着席を
願います／諸位，請入席。⓪

ちゃくそう【着想】（名）立意，構想（＝
ちゃくい）；☆彼の文章は着想がよい／
他的文章立意好／☆すばらしい着想が
胸に浮かぶ／腦子裏浮現出一個絕妙的構
想。⓪

ちゃくちゃく（と）【着着（と）】（副）
着着，穩步而順利地；☆仕事が着々と進
行している／工作穩步而順利地進行着⓪

ちゃくでん【着電】（名・自サ）〔文〕（
電報）收到；來電。⓪

ちゃくに【着荷】（名・自サ）〔俗〕→ち
ゃっか。⓪

ちゃくにん【着任】（名・自サ）到任，上
任；☆新任駐華大使は昨日着任した／新
任駐華大使昨天到任了。⓪

ちゃくひつ【着筆】（名・自サ）〔書法〕
着筆，下筆。⓪

ちゃくふく【着服】（名・他サ）①穿衣服
；穿的衣服；②私呑，侵呑；☆公金を着
服する／侵呑公款。⓪

ちゃくもく【着目】（名・自サ）着眼，看
中（＝ちゃくがん）；☆彼は常に新しい
事業に着目する／他經常着眼於新事業⓪

ちゃくよう【着用】（名・他サ）〔文〕穿
；☆登校の際制服を着用すべし／上學時
必須穿制服。⓪

*ちゃくりく【着陸】（名・自サ）〔航空〕
着陸。⓪

ちゃくりゅう【嫡流】（名）〔文〕①嫡流
，正支；☆源氏（げんじ）の嫡流／源氏
的正支；②嫡派，嫡系。⓪

チャコ【chalk】（名）〔縫糿〕粉筆。①

ちゃこし【茶漉】（名）茶葉篦子。⓪③

ちゃさじ【茶匙】（名）茶匙。⓪

ちゃじ【茶事】（名）〔文〕關於「茶道」
的事。⓪

ちゃしつ【茶室】（名）茶室，舉行茶會的
屋子。⓪

ちゃしぶ【茶渋】（名）茶垢。⓪

ちゃしゃく【茶杓】（名）〔茶道〕茶杓⓪

ちゃじん【茶人】①講究喝茶的人；精通「

茶道」的人；②風流（雅）的人。⓪

ちゃせき【茶席】（名）茶室。⓪

ちゃせん【茶筅】（名）〔茶道〕攪和茶葉
末使起泡沫的圓竹刷。⓪②

ちゃだい【茶代】（名）①茶錢；②小費，
酒錢（＝チップ）。⓪

ちゃたく【茶托】（名）茶托。⓪

ちゃだんす【茶簞笥】（名）茶櫥，食器櫥⓪

ちゃち（形動ダ）〔俗〕粗糙，簡陋，貧乏
，不值錢／☆ちゃちな家／偸工減料的房
子；☆ちゃちな議論／沒有價值的議論①

ちゃちゃ【茶茶】（名）〔俗〕①妨礙，搗
亂（＝じゃま）；☆ちゃちゃを入れる／
搗亂；②【方】茶。①

ちゃっか【着荷】（名・自サ）〔文〕貨物
運到；到貨（＝ちゃくに）；☆着荷次第
（しだい）お届け致します／貨到即送；
～ばらい【着荷払（い）】（名）貨到付
款。⓪

ちゃっかり（副・自サ）〔俗〕不吃虧，能
幹，老練，老奸巨猾；☆隣りの奥さんは
ずいぶんちゃっかりしている／隔壁的那
位太太非常能幹（很會打算盤）。③

ちゃっきん【着金】（名・自サ）款送到，
款匯到。⓪

チャック【chuck】（名）①（車床上的）
卡子，揢子；②拉鏈（＝ファスナー）；
☆チャックの付いた財布（さいふ）／帶
拉鏈的錢包。①

ちゃづけ【茶漬】（名）用茶水泡（的）飯⓪

ちゃっこう【着工】（名・自サ）〔文〕動
工，開工；☆来春早早着工する／明年一
開春就動工。⓪

ちゃつみ【茶摘み】（名）採茶。③

ちゃどうぐ【茶道具】（名）茶具。②⓪

ちゃのき【茶の木】（名）〔植〕茶樹②③

ちゃのま【茶の間】（名）①（家庭的）飯
廳；②＝ちゃしつ（茶室）。⓪

ちゃのみ【茶飲】（名）①愛喝茶的人；②
茶碗；～ちゃわん【茶飲茶碗】（名）茶
碗；～ともだち【茶飲友達】（名）①茶
友；②老夫婦，老伴兒；～なかま【茶飲
仲間】（名）茶友；～ばなし【茶飲話】
（名）閑話，談天。③⓪

ちゃのゆ【茶の湯】（名）茶道；品茗會⓪

ちゃばしら【茶柱】（名）（浮在茶水上的）
茶葉梗；☆茶柱が立つ／茶葉梗立起來（
日本人信爲吉兆）。④②

ちゃばたけ【茶畑】（名）茶田，茶園。②

ちゃ　ばなし【茶話】（名）茶話，閒談。[2]

ちゃ　ばら【茶腹】（名）喝一肚子茶；◇茶腹も一時（いっとき）／①喝足了茶也可充飢於一時；②有勝於無。[0]

ちゃ　ばん【茶番】（名）①烹茶的人，茶房；②餘興，滑稽劇（＝ちゃばんきょうげん）；☆茶番をやる／演滑稽劇；～きょうげん【茶番狂言】（名）滑稽劇；餘興。[0]

ちゃ　びん【茶瓶】（名）茶壺；☆茶瓶にお湯を入れる／往茶壺裏倒開水；☆禿げ茶瓶／禿頭。[0]

チャ　プスイ【雑砕（chop-suey）】（名）〔中餐〕炒雑砕。[1]

ちゃ　ぶだい【卓袱台】（名）矮脚食桌。[0]

チャ　ベル【chapel】（名）禮拜堂。[1]

チャ　ボ【矮鶏】（名）〔動〕矮脚鶏，短脚鶏（玩賞用的一種小鶏）。[1]

ちやほや（副・自サ）①溺愛孩子貌；②捧，奉承；☆あまりちやほやされるので気味が悪い／（他們）過於奉承（我）有點討厭。[1]

ちゃ　ぼん【茶盆】（名）茶盤。[0]

ちゃ　みせ【茶店】（名）茶館，茶棚；☆茶店で休んで行こう／在茶棚休息一下吧[0]

ちゃ　め【茶目】（名・形動ダ）好詼諧，愛開玩笑（的人）；好惡作劇（的人）；☆茶目をする（言う）／惡作劇（開玩笑）；茶目な子／愛逗人笑的孩子；☆あの子はお茶目で仕方がない／那個孩子是個小淘氣鬼。[1]

ちゃ　めし【茶飯】（名）用醬油和少許的酒炙的飯。[0]

ちゃ　や【茶屋】（名）①茶葉舖；②茶館；③妓院；④（劇院的）飲茶室。[0]

ちゃ　らちゃ　ら（副）①〔擬聲〕（錢幣等的）叮噹聲；②搔首弄姿地走貌。[1]

ちゃ　らんちゃ　らん（副）〔擬聲〕（鈴等的）叮噹聲；☆ちゃらんちゃらんと鳴る／叮噹響。[7]

ちゃ　り【茶利】（名）滑稽的詞句（動作）；☆茶利を入れる／插進一句笑談。[1]

チャ　リティーショー【charity show】（名）義演；慈善公演。[5]

チャ　ルメラ【葡 charamela＝哨吶】（名）〔樂〕葡萄牙的七孔喇叭。[0]

ちゃ　わ【茶話】（名）〔文〕茶話，閒談（＝さわ）。[1]

*ちゃ　わん【茶碗】（名）①茶杯；☆茶飲み茶碗／茶碗；②飯碗；☆飯を茶碗に盛（も）る／把飯盛到飯碗裏④；③陶瓷器；～むし【茶碗蒸】（名）〔烹飪〕蒸鶏蛋羹。[0]

－ちゃ　ん（接尾）（「さん」的轉音，表示親愛）☆兄ちゃん／哥哥；☆華子ちゃん／阿華。

ちゃ　ん【爺】（名）〔俗〕父親。[1]

*チャ　ンス【chance】（名）（好）機會；☆絶好のチャンス／絶好的機會，良機；☆チャンスを逃がした／坐失良機。[1]

ちゃんちゃ　らおかし・い（形）〔俗〕可笑極了，滑稽之至；☆彼が作家になるって？ちゃんちゃらおかしい／他要當作家，簡直笑死人。[7]

ちゃんちゃ　ん（副）金屬物互撞聲；～こ（名）兒童的棉坎肩；～ばらばら（名）〔俗〕①（刀劍交鋒聲）鏗鏘；②武戲；③亂鬪。

*ちゃ　んと（副）①正，端正，規規矩矩；☆ちゃんと坐る／端坐；☆ちゃんとした職業／正當職業；☆もう少しの間ちゃんとして下さい／（照像等時）請再保持一會這個姿勢（別動）；②按期，如期，不拖不欠；☆家賃をちゃんと払う／（每月）按期付房租；③整潔，整整齊齊；☆ちゃんと着物を着る／衣服穿得整潔；☆部屋はちゃんと片付いている／房間收拾得整整齊齊；④全然，完全；老早；☆あなたが何をしたか私はちゃんと知っている／你做了什麼事，我完全知道；☆ちゃんと証拠が上がっている／早就掌握了證據；☆用意はちゃんとできている／完全準備好了；⑤的確，確鑿；☆ちゃんと私が見たのだ／我的的確確看見的；☆ちゃんと机のに置いたのだ／我的的確確放在桌子上了；⑥安全，安然無事；☆犬はちゃんと先に帰っていた／狗已安然無事地先回來了；⑦明顯，顯然；☆恥ずかしさがちゃんと顔に現われていた／臉上顯然露出害臊的樣子；⑧好好地，牢牢實實；☆戸をちゃんとしめなさい／把門好好關上；☆それはちゃんとしまってある／那件東西已經好好保存起來。[0]

チャ　ンネル【channel】（名）①水路海峡；②頻道；☆その番組は何チャンネルでやるのですか？／那個節目由那一家電視臺播出呢？[1]

ちゃ　んばら（名）〔俗〕武鬪（＝ちゃんち

ゃんばらばら）。⓪

チャンピオン【champion】（名）①勇士，好漢；②冠軍，優勝者；～シップ【champion-ship】（名）冠軍。①③

ちゃんぽん（副）〔俗〕摻混，攙和；☆酒とビールをちゃんぽんに飲む／把酒和啤酒摻在一起喝，同時既喝酒又喝啤酒。①

ちゆ【治癒】（名・自サ）〔文〕治癒，治好，痊癒；☆盲腸炎は手術後一週間で治癒する／闌尾炎開刀後一星期就痊癒。①

*─ちゅう【中】（造語）①在…之中，在…裏邊；☆クラス中で一番だ／在班裏數一（考）第一；☆来月中に上京する／下月裏將進京；②正在…，正在…中，☆学校は今冬休み中です／學校正在放寒假。

ちゅう（修助）〔古・方〕＝という。

ちゅう【中】（名）①中央，當中（＝まんなか）；②中庸，中間；☆二派の中を取る／採取兩派的中間；③中等；☆成績は中程度の／成績中等；④內部，國內，☆中外に声明する／向中外聲明；⑤射中，打中；⑥〔交易所〕←ちゅうぎり（中限）；⑦〔棒球〕←ちゅうけん（中堅）；⑧←ちゅうがっこう（中学校）。①

ちゅう【忠】（名）①忠實，忠誠，☆職務に忠である／忠於職務，認眞工作；②忠心；☆国家に忠を尽す／爲國盡忠。①

ちゅう【宙】（名）①空中，☆宙に浮かぶ／浮在空中，☆宙を飛んで帰って来た／飛一般地跑回來了；②背誦，☆この文を宙で言えるようにしなさい／這篇文章要念得能夠背誦。①⓪

ちゅう【注・註】（名）注解，注釋，☆注を入れる（付ける）／加注。⓪①

ちゆう【知友】（名）〔文〕知己，知心朋友。⓪①

ちゆう【知勇・智勇】（名）〔文〕智勇；☆智勇兼ね備えた名将／智勇兼備的名將。①

ちゅうい【中位】（名）①中等；☆中位の成績／中等成績；②當中。①

*ちゅうい【注意】（名・自サ）注意，留神，當心，小心，仔細，謹慎，提醒，警告；☆注意して見る／仔細看；☆注意して聞く／注意聽；☆夜道は物騒だから注意して行きなさい／夜路不安靜要小心；☆警察から注意を受けた／受到警察的警告；☆注意が足りない／注意不足；☆人の注意を引く／引起別人注意；☆風邪を引

かないように注意しなさい／小心別着涼；～がき【注意書き】（名）（藥品等的）說明書；～じんぶつ【注意人物】（名）受警察監視的人；～ほう【注意報】（名）氣象臺的警報。

ちゅうい【中尉】（名）〔軍〕中尉。①

チューインガム【chewing-gum】（名）口香糖（＝ガム）；☆チューインガムは、嚙めばかむほど味がなくなる／口香糖愈嚼愈沒味道了。③⑤

*ちゅうおう【中央】（名）中央，中心；首都；中樞；☆部屋の中央にテーブルを据（す）える／把桌子放在屋子中央；☆繁華街（はんかがい）が市の中央をなしている／繁華街成爲市的中心；☆中央から遠く離れた地方／遠離首都的地方；～アジア【中央亜細亜】（名）〔地〕中央亞細亞；～アメリカ【中央亜米利加】（名）〔地〕中美；～いちば【中央市場】中央市場；～しゅうけん【中央集権】（名）中央集權。③

ちゅうおん【中音】（名）①〔樂〕中音；②不高不低的聲音。⓪

ちゅうか【中華】（名）中華；～みんこく【中華民国】（名）中華民國；～なべ【中華鍋】炒鍋；～そば【中華蕎麦】（名）中國式麵條；～りょうり【中華料理】（名）中國菜；～りょうりてん【中華料理店】（名）中國菜館（＝中華料理屋）

ちゅうかい【仲介】（名・他サ）①居間，從中介紹（＝なかだち）；☆売り家の仲介をする商人／介紹買賣房產的商人；②〔法〕居間調停。⓪

ちゅうかい【注解】（名・他サ）注解；☆注解を付ける／加注解。⓪

ちゅうがい【中外】（名）中外，國內外；☆中外に声明する／向國內外聲明。①

ちゅうがい【虫害】（名）〔農〕蟲害；☆麦の虫害を予防する／預防麥子的蟲害⓪

ちゅうがえり【宙返り】（名・自サ）翻觔斗（＝とんぼがえり）；☆宙返りのうまい飛行士／善於翻觔斗的飛機駕駛員。③

ちゅうかく【中核】（名）〔文〕，核心；☆事件の中核／事件的核心。⓪①

ちゅうがく【中学】（名）初（級）中（學）；～せい【中学生】初中學生①

ちゅうがくねん【中学年】（名）小學三、四年級。④

ちゅうがた【中形】（名・形動ダ）中型；

☆中形の鍋（なべ）／中型的鍋子。⓪

*ちゅうがっこう【中学校】（名）初級中學 ③

*ちゅうかん【中間】（名）①中間，二者之間；☆橇（そり）は木と木の中間を縫って滑る／雪橇從樹木中間滑過；☆私の家は駅と学校の中間にある／我的家在學校和車站之間；②（事物進行的）中途；～さくしゅ【中間搾取】（名）中間剝削；～し【中間子】（名）〔理〕中子；～しけん【中間試験】（名）期中考。⓪

ちゅうき【中気】（名）中風，攤瘓；☆中気にかかった／中了風；～やみ【中気病み】（名）中風症。⓪

ちゅうき【中期】（名）①中期，中葉；☆江戸中期の文学／江戸中葉的文學；②〔經〕＝ちゅうぎり。①

ちゅうぎ【忠義】（名・形動ダ）忠義；☆忠義な人／忠義的人；～だて【忠義立て】（名・自サ）盡忠；假裝忠義。①

ちゅうきゃく【注脚・註脚】（名）〔文〕注脚。⓪

ちゅうきゅう【中級】（名）中級。⓪

ちゅうきょう【中共】（名）中共（共匪）①⓪

ちゅうきょう【中京】（名）〔地〕名古屋（なごや）的別稱。①⓪

ちゅうきょり【中距離】（名）〔運動〕（田徑的）中距離；～きょうそう【中距離競走】（名）中距離賽跑。③

ちゅうぎり【中限】（名）〔經〕在交易成立的下月末交割現貨的交易。⓪④

ちゅうきん【忠勤】（名）忠勤，忠實勤奮；☆忠勤を励む／勤奮，孜孜從事。①⓪

ちゅうくう【中空】（名）〔文〕①空中，半懸空；☆中空に聳え立つ／聳立在空中；②中空，內部空虛；☆この柱は中空になっている／這根柱子內部是空的。⓪

ちゅうぐう【中宮】（名）①正宮（皇后、皇太后、太皇太后的總稱）；②皇后（的宮殿）。③

ちゅうぐらい【中位】（名）中等，適中；☆中位の声で話す／用不高不低的聲音說話。⓪

ちゅうくん【忠君】（名）〔文〕忠君；～あいこく【忠君愛国】（連語・名）忠君愛國。⓪

*ちゅうけい【中継】（名・他サ）〔文〕①中繼；②轉播（＝ちゅうけいほうそう）；～きょく【中継局】（名）（電報）中繼局；～ほうそう【中継放送】（名）〔無

電〕轉播。⓪

ちゅうけん【中堅】（名）①中堅，骨幹；主力；☆中堅作家／中堅作家；☆敵の中堅を衝（つ）く／攻擊敵人的主力；②〔棒球〕中鋒（＝センター）。⓪

ちゅうげん【中元】（農曆7月15日）中元節（贈禮）；☆お中元の贈り物／中元節的禮品；☆中元大売り出し／中元節大賤賣。⓪①

ちゅうげん【忠言】（名・自サ）〔文〕忠言，忠告；◊忠言耳に逆（さから）う／忠言逆耳。⓪③

ちゅうこ【中古】（名）①中古；②半舊，半新（＝ちゅうぶる）；☆中古品／半舊貨。①

ちゅうこう【忠孝】（名）忠孝。①

ちゅうこう【鋳鋼】（名）鑄鋼。⓪

*ちゅうこく【忠告】（名・自サ）忠告，勸告；☆人の忠告を受け入れる／接受旁人的忠告；☆勉強するようにと忠告する／勸他用功。⓪

*ちゅうごく【中国】（名）①〔文〕國家的中央；②中國；③〔文〕〔地〕中國（指日本山陽、山陰兩道）；～ちほう【中国地方】（名）〔地〕中國地方（指日本岡山、廣島、山口、島根、鳥取五縣）。⓪

ちゅうごし【中腰】（名）彎腰，欠身；☆中腰を長く続けたので腰が痛い／腰彎得時間長了感覺疼痛。⓪

ちゅうさ【中佐】（名）〔軍〕中校。⓪

ちゅうざ【中座】（名・自サ）（會議、談話等時）中途退席；☆途中で中座する／中途退席。⓪

*ちゅうさい【仲裁】（名・他サ）①調停，說和，勸解，從中排解；☆喧嘩を仲裁する／勸架；☆仲裁に立つ／從中說和；②〔法〕仲裁。⓪

ちゅうざい【駐在】（名・自サ）①〔文〕駐在；☆海外に駐在する外交官／駐在國外的外交官；②警察派出所；派出所的警察；～いん【駐在員】（名）駐外員；☆商社のタイペイ駐在員／商社（貿易公司）的駐臺辦事員；～しょ【駐在所】（名）警察派出所。⓪

ちゅうさん【中産】（名）〔文〕中產；～かいきゅう【中産階級】（名）中產階級，中等資產。⓪

*ちゅうし【中止】（名・他サ）中止，停止進行；☆今日の試合は雨のため中止にな

った／今天的比賽因雨中止了；～けい【中止形】（名）〔語法〕中止形（如「字を書き、本を読む」、「山は高く、水は深い」中的「書き」和「高く」）。[0]

ちゅうし【注視】（名・他サ）〔文〕注視，注目。[0]

ちゅうじ【中耳】（名）〔解〕中耳；～えん【中耳炎】（名）〔醫〕中耳炎。[1]

ちゅうじく【中軸】（名）〔文〕①軸，貫穿中心的軸；②中心（人物）。[0]

*ちゅうじつ【忠実】（名・形動ダ）忠實，誠實（＝まめやか）；☆忠実な人／忠實的人☆忠実に勤務する／忠實地服務[0][1]

*ちゅうしゃ【注射】（名・他サ）注射，打針；☆ビタミンの注射をする／注射維他命；☆カルシュームを注射する／注射鈣；☆皮下注射／皮下注射；～き【注射器】（名）注射器。[0]

ちゅうしゃ【駐車】（名・自サ）停車；☆ここに駐車してはいけない／此處不准停車；～いはん【駐車違反】（名）停車違規；～きんし【駐車禁止】不准停車；～じょう【駐車場】（名）停車處，停車場。[0]

ちゅうしゃく【注釈・註釈】（名・他サ）註釋，註解☆注釈をつける／加註釋[0][4]

ちゅうしゅう【中秋】（名）〔文〕中秋；☆中秋の名月を見る／中秋節賞月。[0][1]

ちゅうしゅう【仲秋】（名）〔文〕仲秋[0]

ちゅうしゅつ【抽出】（名・他サ）抽出，提取；☆大豆より油を抽出する／從大豆裏提取油；☆両者の共通性を抽出する／抽出二者的共同性（點）。[0]

ちゅうしゅん【仲春】〔文〕仲春。[0]

ちゅうじゅん【中旬】（名）中旬；☆三月中旬に結婚式を挙（あ）げる／在三月中旬舉行婚禮。[1][0]

ちゅうしょう【中傷】（名・他サ）中傷，毀謗；☆他人を中傷する／中傷別人；ひどい中傷を受ける／受到惡毒的中傷[0]

*ちゅうしょう【抽象】（名・他サ）抽象；☆抽象画／抽象畫；～てき【抽象的】（名・形動ダ）抽象的。[0]

ちゅうじょう【中将】（名）〔軍〕中將[1]

ちゅうしょうきぎょう【中小企業】（名）中小企業。[5]

*ちゅうしょく【昼食】（名）午餐（＝ひるめし）。[0]

ちゅうじろ【中白】（名）潮白糖，次白糖。[0]

*ちゅうしん【中心】（名）①中心，當中；②中心，焦點，要點；☆論議の中心がはっきりしない／議論中心不明確；③中心，中心人物；☆世界金融の中心／世界金融的中心；☆この会の中心になるのは彼だ／本會的中心人物是他；④〔數〕中心；⑤〔理〕重心。[0]

ちゅうしん【忠心】（名）〔文〕忠心[1][0]

ちゅうしん【忠臣】（名）忠臣；～ぐら【忠臣蔵】（名）「忠臣藏」古典戲劇名[0][1]

ちゅうしん【注進】（名・他サ）緊急報告，☆急を報ずる注進が相次いで至った／告急的報告雪片飛來；☆いちはやく注進に及ぶ／趕緊打報告。[1][0]

ちゅうしん【衷心】（名・副）〔文〕衷心；☆衷心より同情する／衷心表示同情[0]

ちゅうすい【虫垂】（名）〔解〕闌尾，蚓突；～えん【虫垂炎】（名）〔醫〕闌尾炎。[0]

ちゅうすい【注水】（名・自サ）注水，灌水，澆水；☆消防隊が盛んに注水する／消防隊大力地澆水。[0]

ちゅうすう【中枢】（名）①中樞，中心；☆東京の中枢／東京的中心；②樞紐，關鍵；☆政治の中枢／政治的樞紐；～しんけいけい【中枢神経系】（名）〔解〕中樞神經系統。[0]

ちゅうせい【中世】（名）〔史〕中世。[1]

ちゅうせい【中正】（形動ダ）〔文〕中正，公正；☆中正の（な）意見／公正的意見。[0]

ちゅうせい【中性】（名）中性；☆塩は中性である／鹽是中性的；☆あれは男でも女でもない、中性だ／那傢伙不男不女是個中性；～し【中性子】（名）〔理〕中子；～はんのう【中性反応】（名）〔化〕中性反應。[0]

ちゅうせい【忠誠】（名・形動ダ）〔文〕忠誠；☆忠誠を尽す／竭盡忠誠。[0]

ちゅうぜい【中背】（名）中等身材，身材適中，不高不矮；☆すらりとした中背／挺拔的中等身量。[0]

ちゅうせいだい【中生代】（名）〔地質〕中生代。[3]

ちゅうせき【柱石】（名）〔文〕柱石，棟梁；☆国家の柱石となる／成爲國家的柱石。[0]

ちゅうせき【沖積】（名・自サ）〔地質〕

沖積；～そう【沖積層】（名）〔地質〕
沖積層；～ど【沖積土】（名）〔地質〕
沖積土。回

ちゅうせつ【忠節】（名）〔文〕忠誠；☆
国家に忠節を尽す／爲國盡忠。①回

ちゅうぜつ【中絶】（名・自他サ）①杜絶
，中断；☆病気の為、研究を中絶した／
因病沒有繼續研究；☆外国との交際が中
絶された／同國外的交往 中斷 了；②墮
胎。

*ちゅうせん【抽選・抽籤】（名・自サ）抽
籤（＝くじびき）；～しょうかん【抽籤
償還】（名）（公債的）抽籤還本；☆抽
選で当たった／抽中了。回

ちゅうぞう【鋳造】（名・他サ）鑄造；☆
活字を鋳造する／鑄（鉛）字。回

ちゅうそつ【中卒】（名）初中畢業生。回

ちゅうたい【中退】（名）中途退學。回

ちゅうだん【中段】（名）①中段，中層；
☆靴箱の中段に靴を入れる／把鞋放在鞋
箱的中層；②〔劍術〕平擧。

*ちゅうだん【中断】（名・自他サ）中断；
☆交渉が中断した／交涉中斷了。回

ちゅうたんぱ【中短波】（名）〔無電〕中
短波。③

ちゅうちゅうⅠ（名）〔兒〕①麻雀（＝すず
め）；②老鼠（＝ねずみ）；Ⅱ（副）〔
擬聲〕①麻雀、老鼠的鳴叫聲，嘰嘰；②
喝湯聲。①

*ちゅうちょ【躊躇】（名・自サ）躊躇（＝
ためらう）；☆実行を躊躇する／躊躇不
肯實行；☆躊躇なくその点を認めた／毅
然承認那點。①

ちゅうてつ【鋳鉄】（名）生鐵，鑄鐵①回

ちゅうてん【中天】（名）〔文〕中天，空
中（＝なかぞら）；☆月が中天に昇った
／月亮昇到空中。③

ちゅうてん【沖天】（名）〔文〕衝天，昇
天；☆沖天の勢い／旭日衝天之勢。回

ちゅうと【中途】（名）中途，半途，半路
；☆飛行機は中途から引き返した／飛機
中途折回了；☆計画は中途で挫折した
／計劃中途受到挫折；～はんぱ【中途半
端】（名・形動ダ）中途而廢，沒有完成
，不夠完善（齊整）；☆中途半端な仕事
／半途而廢的工作；☆中途半端なやり方
／不徹底的做法，姑息養奸的辦法；☆中
途半端な物／不完整的東西；☆中途半端
な人間／高不成低不就的人；半吊子，半

瓶醋。回

ちゅうとう【中東】（名）〔地〕中東。回

ちゅうとう【中等】（名）中等，中級；☆
中等の品物／中級品；～きょういく【中
等教育】（名）中等教育。回

ちゅうとう【柱頭】（名）〔文〕柱頭，柱
頂。回

*ちゅうどく【中毒】（名・自サ）中毒；☆
夏は食物の中毒が多い／夏天食物中毒的
多；☆ガスに中毒して死ぬ／因煤氣中毒
而死；被煤氣熏死；☆彼はもう中毒にな
ってしまった／他已經中毒了；～しん【
中毒疹】（名）〔醫〕因中毒身體上出現
的斑疹。①

ちゅうとん【駐屯】（名・自サ）駐屯，駐
紮；☆国境地帯に軍隊が駐屯している／
在邊境地區駐着軍隊。回

ちゅうなごん【中納言】（名）〔史〕太政
官的次官。

ちゅうにかい【中二階】（名）①比一般兩
層樓低的兩層樓；②一樓與二樓之間的一
層樓，夾層。③

ちゅうにく【中肉】（名）①不胖不瘦；☆
中肉中背（ちゅうぜい）の人／不胖不瘦不
高不矮的人；②中等質量的肉；☆牛の
肉を一斤下さい／給我來一斤中等牛肉回

ちゅうにち【中日】（名）①〔佛〕春分；
秋分；②中國和日本。①

ちゅうにち【駐日】（名）〔文〕駐日，駐
在日本。回

ちゅうにゅう【注入】（名・他サ）〔文〕
注入，灌輸；☆水を試験管に注入する／
把水注入試驗管裏；☆知識を注入する／
灌輸知識。回

ちゅうねん【中年】（名）中年；☆中年の
人／中年人。回

ちゅうのり【宙乗り】（名・自サ）（雜技
團等的）空中雜技表演。回

ちゅうは【中波】（名）〔無電〕中波。①

チューバ【tuba】（名）〔樂〕大銅喇叭①

ちゅうばいか【虫媒花】（名）〔植〕蟲媒
花。③

ちゅうはん【昼飯】（名）午飯（＝ひるめ
し）。回

ちゅうばん【中盤】（名）①〔棋〕比賽中
競爭最激烈的時候（高潮）；☆中盤のう
まい棋士／善於在中局時制勝的棋手；↔
じょばん（序盤）；しゅうばん（終盤）
；②〔轉〕（爭勝負的）中間階段、高潮

階段；☆選挙戦もいよいよ中盤戦にはいった／競選（活動）已進入高潮階段。⓪

ちゅうび【中火】(名)文火；中火；☆中火で肉を焼く／用文火烤肉。

ちゅうぶ【中部】(名)中部。①

チューブ【tube】(名)①管，筒(＝くだ)；☆歯磨のチューブ／牙膏筒；②管楽器①

ちゅうぶ(う)【中風】(名)〔醫〕中風，癱瘓(＝ちゅうき)；☆中風にかかる／患中風症；～しつ【中風質】(名)中風體質。⓪

*ちゅうふく【中腹】(名)半山腰；☆山の中腹に滝がある／在半山上有瀑布。⓪

ちゅうぶらりん【宙ぶらりん】(名・形動ダ)①半懸空，吊着，懸着；☆木の枝に宙ぶらりんになっている／吊在樹枝上；②〔轉〕不上不下；懸而未決，停頓；☆宙ぶらりんの人間／高不成低不就的人，半瓶醋；☆校舎増築問題は経費の点で行き詰まって宙ぶらりんの状態だ／増建校舍問題因經費無着陷於停頓狀態；☆その話は宙ぶらりんのままだ／那件事仍然懸而未決。⓪

ちゅうぶる【中古】(名)半舊，半新；☆中古の写真機を買う／買半新的照像機⓪

ちゅうへい【駐兵】(名・自サ)駐軍，駐紮軍隊。⓪

ちゅうべい【中米】(名)〔地〕中美。

ちゅうべい【駐米】(名)〔文〕駐美。

ちゅうへん【中篇】(名)中篇；☆雑誌に中篇小説を発表する／在雜誌上發表中篇小説。⓪

ちゅうぼく【忠僕】(名)忠僕。⓪

ちゅうみつ【稠密】(名・形動ダ)稠密；☆人口稠密の都市／人口稠密的都市。⓪

*ちゅうもく【注目】(名・自他サ)注目，注視；☆国旗を注目する／注視國旗；☆世界の注目を浴びる／受到全世界的注目；☆注目に値する／値得注目；☆なりゆきに注目する／觀看趨勢。⓪

*ちゅうもん【註文・注文】(名・自他サ)①定，叫，定做，定購，定貨；☆料理を註文する／叫菜；☆註文して作った洋服／定做的西服；☆東京の本屋へ本を註文する／向東京的書店定購書；☆註文が殺到(さっとう)する／定貨應付不暇；②希望，要求；☆世の中の事は註文通りには行かない／天下事不能盡如人意；☆むずかしい註文をつける／提出無理的要求

；☆どんな御註文にも応ずる／我可以答應你的任何要求；～しょ【注文書】(名)訂單；～とり【註文取】(名)(向顧主)徵索定貨；(＝注文聞き)；～ながれ【註文流(れ)】(名)定貨後買主不來提取(的貨物)。①⓪

ちゅうや【昼夜】Ⅰ(名)晝夜，白天和晚上；☆映画は昼夜二回上映する／電影白天和晚上上演兩場；Ⅱ(副)日夜，經常；☆世の親は子供のために昼夜心を砕く／天下父母為子女日夜操心；～ぎんこう【昼夜銀行】(名)晝夜營業的銀行；～けんこう【昼夜兼行】(連語・名・自サ)晝夜不停；☆昼夜兼行で働く／晝夜兼行地工作；～ふう【昼夜風】(名)晝夜風向轉變的風。①

ちゅうゆ【注油】(名・自サ)〔文〕上油，加油；☆ミシンに注油する／給縫紉機上油。⓪

ちゅうよう【中葉】(名)〔文〕中葉，中世。⓪

*ちゅうりつ【中立】(名・自サ)中立；☆交戦中の二国に対して中立を守る／對交戰兩國保持中立；☆中立的立場をとる／採取中立的立場；～こく【中立国】(名)中立國；～ちたい【中立地帯】(名)中立地帯。⓪

チューリップ【tulip】(名)〔植〕鬱金香。①③

ちゅうりゃく【中略】(名・他サ)中間略去一部分；☆中略して次に移る／中間略去一部分，轉入下段。⓪

ちゅうりゅう【中流】(名)①中游；☆川の中流／河的中游；②中等(階層)；☆この学校の生徒は中流の家庭のものが多い／這所學校的學生中等家庭的子弟居多。⓪

ちゅうりゅう【駐留】(名・自サ)〔軍〕短期駐軍，留駐。⓪

ちゅうれい【忠霊】(名)〔文〕忠魂。⓪

ちゅうろう【中老】(名)中年人，五十歳左右的人。⓪

ちゅうろう【中﨟】(名)〔史〕宮中女官名。⓪

ちゅうわ【中和】①〔化〕中和；☆酸とアルカリを中和させる／使酸與鹼中和；②〔理〕平衡。⓪

チューベローズ【tuberose】〔植〕夜來香④

ちゅんちゅん(副)麻雀叫聲，啾啾。

ちょ【緒】(名)〔文〕〔(しょ)之訛〕；端緒，開始，☆仕事が緒に就く／工作就緒。①

ちょ【著】(名)著作，寫作，著述。①

ちよ【千代】(名)〔文〕千年，萬年，永遠(＝ちとせ)；☆松は千代の緑を保つ／松樹保持萬年常青；～がみ【千代紙】(名)(手工玩具之一種)花紙。①

ちょいちょい Ⅰ(副)有時，時常，往往(＝ときどき、たびたび)；☆ちょいちょい学校を休む／時常請假不到校；Ⅱ(感)歌曲的幫腔。

ちょいとⅠ(副)〔俗〕稍微，有點兒(＝ちょっと)；☆ちょいと値段が高すぎる／價錢稍高一點；Ⅱ(感)〔文〕喂；☆ちょいと、お前さん／喂！您哪。⓪①

一ちょう【丁】(接尾)①(線裝書的)頁；②(豆腐的)塊，☆豆腐三丁／三塊豆腐；⑧(食品若干)碗，碟，☆天どん二丁／炸蝦飯兩碗。

一ちょう【張】(接尾)①(數弓、琴等的單位)張，☆一張の琴／一張琴；②(數帳、幕等的單位)頂，架，☆蚊帳を一張買う／買一頂蚊帳。

一ちょう【挺】(接尾)①(數墨、臘等細長物的單位)塊，杆，枝，☆銃三挺／三枝槍；②(數人力車、轎子的單位)輛，頂，☆二挺の駕籠／兩頂轎。

ちょう【丁】(名)①(偶數，雙數)；②(線裝書的)一頁，☆本の丁数を数える／計算書的頁數。①

ちょう【兆】Ⅰ(名)①兆頭，徵兆(＝きざし)；☆デフレの兆が見える／已有通貨緊縮的兆頭；②極多；Ⅱ(數)兆(一萬億)。①

ちょう【疔】(名)〔醫〕疔。

ちょう【町】(名)①(市街區劃單位)街，巷，胡同；②(介於市與村之間的自治團體)鎮；③町(距離單位，約合109公尺)；④町(面積單位，約合9,918平方公尺)。①

*ちょう【長】(名)①長，首領；☆一家の長となる／成為一戸之長；②嫡子，長子；③年長的人，☆長幼の別／長幼之別；④長輩；⑤長處；⑥長的東西，☆長短さまざまの幟(のぼり)／長長短短各種各樣的旗子；⑦長度，☆全長千メートル／總長一千公尺。①

*ちょう【腸】(名)〔解〕腸。①

ちょう【朝】(名)〔文〕①朝廷；②王朝；③朝代；④國，☆仏教は西域を経てわが朝に伝来した／佛教經西域傳到我國；⑤政府，☆朝野の名士／朝野(各界)知名之士。

ちょう【徵】(名)〔文〕徵兆；前兆(＝きざし)；☆インフレの徵が見える／已經出現通貨膨脹的徵兆。①

*ちょう【蝶】(名)〔動〕蝴蝶。①

ちょう【寵】(名)〔文〕寵愛，寵遇；☆上役(うわやく)の寵を得る／受到上司的寵愛。①

ちょうあい【寵愛】(名・他サ)寵愛；☆親の寵愛を受ける／受到父母的寵愛；☆長男を寵愛する／寵愛長子。①

ちょうい【弔意】(名)〔文〕哀悼；☆謹んで弔意を表する／謹表哀悼。①

ちょうい【弔慰】(名・他サ)〔文〕弔問，弔唁；～きん【弔慰金】(名)莫儀。①

ちょういん【調印】(名・自サ)〔文〕簽字，蓋印；☆講和条約の調印を終えた／媾和條約簽字完畢；☆契約書に調印する／在合同上簽字；～しき【調印式】(名)簽字儀式。⓪

ちょうえい【町営】(名)鎮營(的企業等)。⓪

ちょうえき【懲役】(名)〔法〕徒刑；☆無期懲役に処す／判處無期徒刑；☆懲役十年の判決が下った／判決徒刑十年。①

ちょうえつ【超越】(名・自サ)超越，超絕，超出；超脱，達觀；☆人力を超越する／非人力所能辦到；☆世俗を超越する／超俗；☆あの人はとても超越している／他非常達觀。⓪

ちょうおん【長音】(名)〔發音〕長音(韻母比短音長一倍)；～ぷ【長音符】(名)長音符號「ー」(用以表示外來語的長音)例：コカコーラ(可口可樂)。①

ちょうおんかい【長音階】(名)〔樂〕長音階。③

ちょうおんき【聴音器】(名)助聽器；聽音器。③

ちょうおんぱ【超音波】(名)〔理〕超音波。⓪

ちょうか【弔歌】(名)〔文〕輓歌；☆弔歌一首を友の霊前に捧げる／以輓歌一首獻於亡友靈前。①

ちょうか【町家】(名)①街上的房子；☆この辺は町家が立て込んでいる／這一帶房子蓋

得緊密；②商家。①

ちょうか【長歌】（名・自サ）〔文〕①長歌；②和歌の一種體裁。①

*ちょうか【超過】（名・自他サ）〔文〕超過；☆予定時間を超過する／超過預定時間；～きんむてあて【超過勤務手当】（名）加班費。⓪

ちょうかい【町会】（名）①〔法〕鎮議會；②街道的集會（＝ちょうないかい）⓪

ちょうかい【朝会】（名）（學校早晨在開課前舉行的）早會。①

ちょうかい【懲戒】（名・他サ）〔文〕懲戒懲罰；☆懲戒処分を受ける／受懲戒處分；☆不良学生を懲戒する／懲罰壞學生⓪

ちょうかく【弔客】（名）〔文〕弔客，弔唁者；☆弔客が次々と訪れる／弔唁者陸續到來。⓪

ちょうかく【頂角】（名）〔數〕頂角。①

ちょうかく【聴覚】（名）〔解〕聴覚；☆鳥は聴覚が人間以上に発達している／鳥的聴覺比人類的還發達。⓪

ちょうカタル【腸加答兒】（名）〔醫〕腸炎。③

ちょうかん【長官】（名）①長官，機關首長；☆長官の命に服する／服從首長的命令；②←ちほうちょうかん（地方長官）⓪

ちょうかん【鳥瞰】（名・他サ）〔文〕鳥瞰；☆機上から市街を鳥瞰する／從飛機上鳥瞰市區；～ず【鳥瞰図】（名）鳥瞰圖，概觀圖；～てき【鳥瞰的】（形動ダ）鳥瞰的，概觀的，概括的；☆文学史を鳥瞰的に書く／概括地寫文學史。⓪

ちょうかん【朝刊】（名）（對晚報而言的）早報；晨報；☆朝刊の記事／早報的消息。（；↔夕刊）⓪

ちょうき【弔旗】（名）弔旗；☆弔旗を掲げる／掛弔旗。①

ちょうき【長期】（名）長期；☆長期の旅行を計画する／計劃作長期旅行。①

ちょうぎ【朝議】（名）「文」朝議，朝廷的議論或會議。①

ちょうきゃく【弔客】（名）〔文〕＝ちょうかく。⓪

ちょうきゅう【長久】（名）〔文〕長久；☆国家長久の策／國家長久之策。⓪

ちょうきょう【調教】（名・他サ）調練，訓練；☆象（馬）を調教する／調練象（馬）。⓪

ちょうきょり【長距離】（名）長距離；～

でんわ【長距離電話】（名）長途電話③

ちょうきん【彫金】（名）彫金，鏤金。⓪

ちょうく【長軀】（名）長軀，高個子。①

ちょうく【長駆】（名・自サ）〔文〕長驅；☆ナポレオンの軍隊は長駆イタリアに侵入した／拿破崙的軍隊長驅侵入意大利。①

チョーク【chalk】（名）①粉筆（＝はくぼく；☆チョークで黒板に字を書く／用粉筆在黑板上寫字；②白堊。①

ちょうけい【長兄】（名）長兄，大哥①①

ちょうけし【帳消し】（名・他サ）①勾賬，銷賬；☆双方帳消しにする／雙方把賬勾掉；②清償；☆一万円を払えば帳消しになる／付一萬元賬就清了；③頂賬，兩清，互相抵消；☆今日おごってもらったから、これで帳消しだよ／今天吃了你我們算兩清了；◇死ねば帳消し／一死萬事休。⓪④

ちょうけん【長剣】（名）①〔文〕長剣；②（鐘錶的）大針。⓪

ちょうげんじつしゅぎ【超現実主義】（名）超現實主義（＝シュルレアリズム）。⑦

ちょうこう【兆候・徴候】（名）〔文〕徴候，前兆，苗頭；跡象；☆悪性感冒の流行する徴候が顕著だ／已經有預示惡性感冒將要流行的明顯徴兆。⓪

ちょうこう【長考】（名・自サ）〔文〕長時間考慮；☆長考三時間に及んだ／考慮了三小時之久。⓪

ちょうこう【長講】（名）〔文〕長時間的演講或談話；☆長講五時間にわたる／足足講了五小時。⓪

ちょうこう【聴講】（名・他サ）聴講，旁聴；☆阿部（あべ）先生の講義を聴講する／聽阿部先生講課；～せい【聴講生】（名）旁聴生。⓪

ちょうごう【調合】（名・他サ）〔藥〕調劑，配藥；☆風邪薬を調合する／配傷風藥。⓪

ちょうこうそくど【超高速度】（名）超高速（度）。⑤

*ちょうこく【彫刻】（名・他サ）彫刻；☆仏像（ぶつぞう）を彫刻する／彫刻佛像⓪

ちょうこっかしゅぎ【超国家主義】（名）極端國家主義。⑥

*ちょうさ【調査】（名・他サ）調査；☆人口調査を行なう／舉行人口調査；～ようし【調査用紙】（名）調査表。①⓪

ちょうざい【調剤】（名・自サ）〔醫〕調
剤，配薬；☆医師の処方箋に従って調剤
する／根據醫生的處方配藥。⓪

ちょうざめ【蝶鮫】（名）〔動〕蝶鮫，鱘
魚。①

ちょうさんぼし【朝三暮四】（連語・名）
〔文〕朝三暮四。⑤

ちょうし【銚子】（名）①長把酒壺；②酒
瓶或瓶裏盛的酒（＝とくり）☆銚子のお
代り／再要一瓶酒。⓪

*ちょうし【調子】（名）①〔樂〕音調，調
子，調（＝しらべ）☆ピアノに調子を
合わせて歌う／隨着鋼琴的調子唱；☆調
子が高い／音調高；☆調子を上げる／提
高音調；②聲調，語調（＝くちょう）；
☆声の調子が高い／聲調高；☆言葉の調
子が強過ぎる／語調太強；③風格，格調
；☆原文の調子をこわさないように古典
を現代語に訳する／盡量保持原文風格來
把古典譯成現代語；④狀態，情況；☆か
らだの調子がよい／身體（健康）的情況
好；☆ミシンの調子が悪い／縫紉機不好
用（有毛病）；⑤勢頭，勁頭（＝はずみ
，いきおい）；☆その時の調子で出来不
出来がある／要看當時的勢頭有時做得好
有時做不好；☆仕事の調子が出て来た／
工作的勁頭來了；☆調子に乗ってやりす
ぎると失敗する／過於得意忘形就會失敗
；◇調子を合わせる／順着對方的意思說
（不加反駁），打幫腔；～づ・く【調子
付く】（自五）①得勁兒，來勁兒；☆や
ればやるほど調子づいて来る／越做越來
勁兒；②得意，稱心如意；～はずれ【調
子外れ】（名）荒腔，走板；☆調子外れに
歌う／唱走調了。⓪

ちょうじ【丁子】（名）①〔植〕丁香；②
用丁香製的藥品或香料，③丁香油；～あ
ぶら【丁子油】（名）丁香油。①

ちょうじ【弔辞】（名）〔文〕弔辭，悼辭
；☆霊前で弔辞を読む／在靈前念悼辭⓪

ちょうじ【寵児】（名）〔文〕寵兒（＝い
としご）；☆末子はわが家の寵児である
／小尾子是我們家裏最受寵愛的孩子；②
紅人，寵兒；☆喜劇界の寵児／喜劇界的
紅人。①

ちょうしし【聴視者】（名）電視觀衆。③

ちょうしぜん【超自然】（名）〔文〕超自
然。③

ちょうしゃ【庁舎】（名）官署的房舍。①

ちょうじゃ【長者】（名）①富豪，富翁（
＝かねもち）；☆百万長者／百萬富翁；
～ばんづけ【長者番付け】（名）富翁名
單；②年長者；☆長者を敬う／尊敬長
者。⓪

ちょうしゅ【聴取】（名・他サ）〔文〕聽
取，收聽；☆当時の情況を聴取する／聽
取當時的情況；☆ラジオの聴取料／廣播
收聽費。①

ちょうじゅ【長寿】（名）〔文〕長壽；☆
長寿を保つ／保持長壽。①

ちょうしゅう【徴収】（名・他サ）徴収，
☆税金を徴収する／徴稅。⓪

ちょうしゅう【徴集】（名・他サ）徴集，
徴募，徴収；☆兵士を徴集する／徴兵，
徴募士兵；☆戦時中金属製品はほとんど
政府に徴集された／戰時金屬製品大部被
政府徴收去了。⓪

*ちょうしゅう【聴衆】（名）聽衆；☆聴衆
が騒ぎ出す／聽衆鬧起來。⓪

ちょうじゅう【鳥獣】（名）〔文〕鳥獸；
☆鳥獣でさえ親子の情はある／鳥獸也有
母子之情。⓪

*ちょうしょ【長所】（名）長處，優點；☆
彼の長所は忍耐強いことだ／他的長處是
能堅忍。①

ちょうしょ【調書】（名）〔文〕（調査事
項的）記録，報告書。①

ちょうじょ【長女】（名）長女。①

*ちょうしょう【嘲笑】（名・他サ）嘲笑；
☆世の嘲笑を買う／遭受一般人的嘲笑
；☆俗人を嘲笑する／嘲笑俗人。⓪

ちょうじょう【長城】（名）①長城；②堅
強的防禦；③萬里長城。⓪

*ちょうじょう【頂上】（名）①頂峰，山巓
；☆ヒマラヤの頂上を征服する／征服（
登上）喜馬拉雅山的頂峰；②極點，頂點
；☆彼の人気も今が頂上だ／他的鴻運已
達極點。⓪

*ちょうしょく【朝食】（名）早飯（＝あさ
めし）；☆朝食をとる／吃早飯。⓪

ちょうじり【帳尻】（名）①眼尾；☆帳尻
が合わぬ／眼尾不符；②決算的結果；☆
貿易の帳尻／貿易的差額。④⓪

ちょう・じる【長じる】（自上一）①成長
，長大（＝おいたつ）；☆長じて中学校
の教員となった／長大做了中學教員；②
長於，擅長（＝すぐれる，まさる）；☆
絵画に長じている／長於繪畫；③（年歳）

大，年長；☆弟より三歳長じている／比
弟弟大三歳；図ちょうず（サ）。◎

ちょうしん【長身】（名）高個子，身材高
；☆長身の男／身材高的人，大個子。◎

ちょうしん【長針】（名）（鐘錶的）長針
，分針。◎

ちょうしん【朝臣】（名）〔文〕朝臣。◎

ちょうしん【寵臣】（名）〔文〕寵臣◎③

ちょうしん【聴診】（名・他サ）〔醫〕聴
診；☆胸部を聴診する／聴診胸部；～き
【聴診器】（名）〔醫〕聴診器。◎

ちょうじん【超人】（名）超人，傑出人物
☆彼は超人の名に価する／他堪稱爲超人
；～てき【超人的】（形動ダ）超人的，
出色的，非凡的，非比尋常的；☆王選手
の超人的な記録／王貞治的非凡的記錄。

ちょうしんけい【聴神経】（名）〔解〕聴
神経。③

ちょうず【手水】（名）〔お─〕①洗臉、
洗手（水）；☆水を使う／洗臉（手）
；②〔女〕厠所；☆お手水に行く／上厠
所；③解手，如厠；☆手水を済ませる／
解完手；～どころ【手水所】（名）（神
社等門内的）洗手處；～ば【手水場】（
名）①厠所内的洗手處；②厠所。①

ちょうすいろ【長水路】（名）50公尺長的
游泳池。③

ちょうづ（づ）め【腸詰】（名）臘腸，灌腸，香
腸。④③

ちょう・する【弔する】（他サ）〔文〕弔
唁，弔喪（＝とむらう）；図てうす（
サ）。③

ちょう・する【徴する】（他サ）①徴收（
＝とりたてる）☆税金を徴する／徴税；
②徴集，徴求（＝もとめる）；☆意見を
徴する／徴見；図ちょうす（サ）。◎

ちょう・する【寵する】（他サ）寵，寵愛
（＝かわいがる）；図ちょうす（サ）。③

ちょう・ずる【長ずる】（自サ）＝ちょうじ
る；図ちょうず（サ）。◎③

ちょうせい【長逝】（名・自サ）〔文〕長
逝，逝世；☆祖母は今朝長逝した／祖母
今早逝世。◎

ちょうせい【調製】（名・他サ）製作，製
造；☆注文に応じて調製する／製造定
貨。◎

*ちょうせい【調整】（名・他サ）調整，調
節；☆価格を調整する／調整價格；☆ラ
ジオの音量を調整する／調節收音機的音
量。◎

ちょうぜい【町税】（名）鎮税。◎

ちょうぜい【徴税】（名・自サ）徴税，徴
收税款；☆徴税の成績が悪い／税款的徴
收成績不佳；☆税務署員が徴税してまわ
る／税務局人員到各處收税。◎

ちょうせき【長石】（名）〔礦〕長石。①

ちょうせき【朝夕】〔文〕Ⅰ（名）朝夕，早
晩；☆朝夕はめっきり寒くなった／早晩
冷多了；Ⅱ（副）經常（＝いつも）；☆
朝夕仕事に励む／經常勤奮工作。①

ちょうせき【潮汐】（名）潮汐，早潮和晩
潮；☆潮汐干満の度がはげしい／潮水漲
落（之間相差）很大。①

*ちょうせつ【調節】（名・他サ）調節，調
整；☆衣服で体温を調節する／用衣服調
節體温；☆ガスの火を調節する／調節
煤氣火力；☆調節がきかない／沒法調
節。◎

ちょうぜつ【超絶】（名・自サ）超絶；☆
彼の偉業は古今に超絶している／他的偉
績超絶古今。◎

*ちょうせん【挑戦】（名・自サ）挑戰；☆
優勝者に挑戦する／向冠軍挑戰；☆挑戰
に応ずる／接受挑戰。◎

ちょうせん【腸線】（名）〔醫〕腸線（用
羊腸等做的線）。◎

ちょうぜん【超然】（形動タルト）〔文〕
超然，滿不在乎；☆彼は他人に悪口を言
われても超然としていた／他就是挨了罵
也滿不在乎；～しゅぎ【超然主義】（名）
超然主義◎

ちょうせんにんじん【朝鮮人蔘】（名）〔
植〕高麗人蔘⑤

ちょうそ【彫塑】（名・自サ）雕塑。①

ちょうぞう【彫像】（名）雕像。◎

ちょうそく【長足】（名）〔文〕長足；☆
人工繊維は長足の進歩を遂げた／人造繊
維有了長足的進步。◎

ちょうぞく【超俗】（名）〔文〕超俗；☆
名誉心のない超俗的な人／不好名的超俗
人。◎

ちょうそん【町村】（名）鎮與村；～やく
ば【町村役場】（名）鎮村公所。①

ちょうだ【長打】（名）〔棒球〕長打（＝
三壘打或本壘打）。①

ちょうだ【長蛇】（名）〔文〕長蛇；☆長
蛇の陣を張る／擺長蛇陣；◇**長蛇を逸す**
／（把難得機會等）失之交臂。①

ちょうだい【頂戴】（名・他サ）①〔（もらう）的敬語〕領取，收到；受到，☆賞状を頂戴しました／領到獎狀；☆お勘定はまだ頂戴しませんが…／您的眼款還没有收到；☆お小言（こごと）を頂戴した／受到申斥；②〔（たべる）的敬語〕吃；☆十分頂戴致しました／吃了很多；☆さあ頂戴しよう／我們來吃吧；③請…；請賞給，賜給，贈給（＝ください）；☆お菓子を頂戴／請給我點心；☆御返事を頂戴したい／請賞個回信；☆早くして頂戴／請快點兒做；☆それを貸して頂戴／請把那個借給我；～もの【頂戴物】（名）領受的東西，旁人贈給的東西。◦

ちょうたつ【調達】（名・他サ）①籌措（金錢）；☆旅費を調達する／籌措旅費；②供給，供應，辦置（貨品等）；☆注文通りに調達する／依照定貨的要求供應；☆御入用のものは何でも調達して来ます／凡是您需要的貨品都可以籌辦奉上。◦

ちょうだつ【超脱】（名・自他サ）〔文〕超脱；☆世俗を超脱する／超脱世俗。◦

ちょうたん【長短】（名）①長短；☆長短さまざまな帯／各種長長短短的帯子；②長短，長度；☆物の長短を測る／量東西的長度；③長短，長處和短處，優點和缺點；☆人にはそれぞれ長短がある／人各有長短；☆多餘和不足；☆社会は長短相補って成立している／社會是互相取長補短以成立的。①◦

ちょうたん【長歎】（名・自サ）長歎；☆絶望して長歎する／絶望而長歎。◦

ちょうたんぱ【超短波】（名）〔無電〕超短波。③

ちょうチフス【腸チフス】（名）〔醫〕傷寒；～きん【腸チフス菌】（名）〔醫〕傷寒菌。③

ちょうちょう【町長】（名）鎮長。①

ちょうちょう【長調】（名）〔樂〕長調，大調。①

ちょうちょう【蝶蝶】（名）〔動〕蝴蝶。～むすび【蝶蝶結び】（名）蝴蝶結◦①

ちょうちん【提灯】（名）①提燈，燈籠；☆提灯をつける／點燈籠；②〔俗〕鼻涕泡；◇提灯に釣鐘／（彼此）不相稱，分量懸殊；～ぎょうれつ【提灯行列】（名）提燈隊伍；～もち【提灯持ち】（名・自サ）①打燈籠（的人）；②（替旁人）捧揚，吹噓（的人）。③

ちょうつがい【蝶番】（名）①(門窗上的)合葉；鉸鏈；☆戸に蝶番をつける／在門上安合葉；②關節的，連接處；☆顎（あご）の蝶番がはずれた／下巴掉了。③

ちょうてい【朝廷】（名）朝廷。◦③

*ちょうてい【調停】（名・他サ）調停；☆争議を調停する／調停（勞資）糾紛；☆調停役を買って出る／出来作調停人。◦

ちょうてき【朝敵】（名）〔文〕國賊，叛逆。◦

*ちょうてん【頂点】（名）①〔數〕頂點；②頂點，最高處；☆山の頂点／山頂；③極點，絶頂；☆人気の頂点／紅（受歡迎）到極點；☆喜びが頂点に達した／高興到極點。①

ちょうでん【弔電】（名）弔電，唁電；☆弔電を打つ／發弔電。◦

ちょうと【長途】（名）長途；☆長途の旅行から帰る／長途旅行後歸來。①

*ちょうど【丁度】（副）①整，正（＝きっちり）；☆今、十二時丁度だ／現在十二點正；☆丁度十人いる／整十個人；②正好，恰好（＝おりよく）；☆丁度よいところへ来た／來得正好；☆丁度間に合った／恰好趕上了；③剛，纔；☆丁度今帰ったところだ／正好才回來；☆丁度電話しようと思っていたところだ／剛要打電話；④好像，正像（＝まるで、さながら）；☆桜が散って、丁度雪のようだ／櫻花飄落得好像下雪一樣；☆丁度そっくりだ／一模一樣。◦

ちょうど【調度】（名）日用器具；家具；☆家具調度を整える／備置家具器具；☆嫁入りの調度品／嫁粧；②〔文〕弓。①

ちょうとう【長刀】（名）①長刀；②長柄大刀（＝なぎなた）。◦

ちょうとっきゅう【超特急】（名）①超級特別快車；☆時速200キロの超特急／每小時200公里的超快速列車；②特快，飛快；☆超特急で仕上げる／飛快地完成③

ちょうない【庁内】（名）官署内部。

ちょうない【町内】（名）同一條街道内；☆町内に住む者の会／街道上的會；☆町内一の美人／全街道裏最漂亮的人。①

ちょうなん【長男】（名）長子。③①

ちょうにん【町人】（名）〔江戸時代〕商人（＝あきんど）。◦

ちょうネクタイ【蝶 necktie】（名）（領帶）蝴蝶結。③

ちうねんてん【腸捻転】（名）腸扭結 ③

ちょうは【長波】（名）〔理〕長波。①

ちょうば【帳場】（名）眼房；☆帳場で勘定（かんじょう）を払う／在眼房付款（交費）。③

ちょうはつ【長髪】（名）（男子的）長髮；☆長髮の学生／長頭髮的學生。⓪

ちょうはつ【挑発】（名・他サ）①〔文〕挑起；☆戦争を挑撥する／挑起戦争；②挑逗色情；～てき【挑発的】（形動ダ）挑釁性的；挑逗色情的。⓪

ちょうはつ【調髪】（名・自サ）理髪；☆床屋へ調髪しに行く／上理髮店理髮去 ⓪

ちょうはつ【微発】（名・他サ）徵用，徵集；☆馬を徵発する／徵用馬匹；☆戦争中微発を受けて工場に行った／戦時被徵到工廠去（勞動）。⓪

ちょうばつ【懲罰】（名・他サ）懲罰☆規則違反者を懲罰する／懲罰犯規的人①⓪

ちょうはん【丁半】（名）①（骰子的）單雙數；②〔賭博〕骰子賽；☆丁半を賭（か）ける／押骰子寶。①

－ちょうぶ【町歩】（接尾）（以「町」計算面積時的用語）町步；☆三百町歩の田畑／三百町步的田地；→ちょう（町）。

ちょうふく【重複】（名・自サ）重複；☆会議の通知が重複して二度も来た／會議的通知重複地來了兩次（份）。⓪

ちょうぶく【調伏】（名・他サ）〔佛〕調伏。⓪①

ちょうぶつ【長物】（名）〔文〕①長物，長的東西；②無用之物；☆無用の長物／無用的東西。⓪

ちょうぶん【弔文】（名）祭文。⓪

ちょうぶん【長文】（名）長篇文章；☆長文の手紙／長信。⓪

ちょうへい【徴兵】（名・自サ）徵兵；☆徵兵に出る／去服兵役。⓪

ちょうへん【長編・長篇】（名）長篇；☆長篇の詩／長詩；～しょうせつ【長篇小説】（名）長篇小説。⓪

ちょうぼ【帳簿】（名）眼簿，眼本；☆帳簿をつける／記眼。⓪

ちょうぼ【微募】（名・他サ）〔文〕徵募，招募；☆兵士を徵募する／招兵。①

ちょうほう【重宝】Ⅰ（名）〔文〕寶貝；Ⅱ（名・形動ダ）便利，方便，適用；☆重宝な辞書／方便適用的辞典；Ⅲ（他サ）珍視，愛惜，心愛；☆いい物を頂いて重

宝しています／人家送了一件好東西非常心愛。①

ちょうほう【調法】（名・形動ダ）方便，便利，適用；☆調法な台所道具を買う／買適用的厨房用具。①

ちょうほうが・る【重宝がる】（自五）珍視，重視，器重（＝おもんじる）；☆あの男はどこへ行っても重宝がられる／他到哪裏都受人器重。⑤

ちょうぼう【眺望】（名・他サ）〔文〕眺望，展望；☆眺望のきく高台（たかだい）の家／便於眺望的居高臨下的住宅。⓪

ちょうほうけい【長方形】（名）〔數〕長方形，矩形。③⓪

ちょうほん【張本】（名）①張本；根源，原由；②禍首，罪魁，主犯；☆張本は彼だ／禍首是他；～にん【張本人】（名）罪魁禍首，肇事者；☆事件の張本人／肇事者，事件的禍首。⓪

ちょうみ【調味】（名・自サ）調味；☆胡椒で調味する／用胡椒調味；～りょう【調味料】（名）調味料，佐料。①

ちょうみつ【稠密】（形動ダ）〔文〕稠密（＝ちゅうみつ）。

ちょうみん【町民】（名）鎮上的居民。⓪

ちょうむすび【蝶結び】（名）蝴蝶結，蝴蝶扣；☆リボンを蝶結びにする／把髪帶繫成蝴蝶結。③

ちょめ【丁目】（接尾）（街道的區劃單位）第幾條街。

ちょうめい【町名】（名）街名。⓪

ちょうめい【長命】（名・形動ダ）長命，長壽；☆長命な人／長壽的人；☆長命の血統／長壽的血統。①

＊ちょうめん【帳面】（名）筆記本，眼簿；☆帳面につける／記帳；～づら【帳面面】（名）眼面（上的數字）；☆帳面面をごまかす／僞造（篡改）帳面上的數字；☆帳面面はいいが一向（いっこう）儲かっていない／帳面很漂亮，可是一點也沒賺錢。③

ちょうもん【弔問】（名・他サ）〔文〕弔唁，弔慰；☆遺族を弔問する／弔唁遺族。⓪

ちょうもん【聴聞】（名・自サ）〔法〕＝ちょうもん（聴聞）。⓪

ちょうもん【聴聞】（名・他サ）①〔佛〕聽説法；②〔法〕（行政機關執行某種行政措置時向利害關係人）徵詢意見。⓪

ちょうや【朝野】（名）①朝野；☆朝野の名士／朝野（各界）的名流；②全國；☆朝野をあげての歓迎／全國各界一致歡迎。①

ちょうやく【調薬】（名・自サ）調劑。⓪

ちょうやく【跳躍】（名・自サ）①跳躍；②〔田徑賽〕跳高，跳遠；③〔滑雪〕跳下。①

ちょうよう【長幼】（名）長幼；☆長幼の序（じょ）を守る／遵長幼之序。⓪①

ちょうよう【重陽】（名）〔文〕重陽；☆重陽の節句／重陽節。⓪

ちょうよう【徴用】（名・他サ）徴用。⓪

ちょうらく【凋落】（名・自サ）①凋落，凋謝，凋零，枯萎；☆秋は草木の凋落する候である／秋天是草木凋零的季節；②〔喻〕衰敗，沒落，衰亡；☆凋落の道をたどる／走上衰亡的道路。⓪

ちょうり【調理】（名・他サ）①〔文〕調理，②烹調，做（菜）；☆野菜を調理する／把青菜做成菜；～だい【調理台】（名）厨房的料理臺；～にん【調理人】（名）厨師；～ほう【調理法】（名）烹調法。①

ちょうりつ【調律】（名・他サ）〔樂〕調準（音調）；☆ピアノを調律する／調準鋼琴的音調；☆調律師／調音師。⓪

ちょうりゅう【潮流】（名）①潮流；☆海峡は潮流が速い／海峽潮流快；②時潮，趨勢；☆時代の潮流に従う／順應時代的潮流。⓪

ちょうりょく【張力】（名）〔理〕張力。①

ちょうりょく【聴力】（名）聽力；☆老人の聴力は鈍い／老人的聽力遲鈍。①

ちょうれい【朝礼】（名）（學校的）早會；☆朝礼を行なう／擧行早會。⓪

ちょうれいぼかい【朝令暮改】（連語・名・自サ）〔文〕朝令夕改。⓪

ちょうれん【調練】（名・他サ）訓練；操練；☆練兵場で新兵を調練する／在操場訓練新兵。①

ちょうろう【長老】（名）①長老，耆宿，老前輩；☆画壇の長老／畫界的老前輩；②〔佛〕高僧；方丈；③〔宗〕長老；～きょうかい【長老教会】（名）〔基督教〕長老會。⓪

ちょうろう【嘲弄】（名・他サ）嘲弄，嘲笑；☆皆わしを馬鹿だと思って嘲弄する／都當我是傻子來嘲弄我。⓪

ちょうわ【調和】（名・自サ）調和；（聲音）和諧；（顔色）配合；（彼此）和睦；☆音が調和しない／聲音不和諧；☆夫婦の間に調和を保つ／夫婦間保持和睦；☆セーターとスカートの色がよく調和している／毛衣和裙子的顔色很調和。⓪

ちょうわき【聴話器】（名）（聾人用的）助聽器。③

ちょき（名）〔猜拳〕剪刀。①

ちょきん【貯金】（名・自サ）①存款，儲蓄（＝よきん）；☆貯金を引き出す、貯金をおろす／提取存款；☆毎月千円ずつ貯金する／毎月儲蓄一千元；☆貯金がたまった／積存了很多錢；②←ゆうびんちょきん（郵便貯金）；～つうちょう【貯金通帳】（名）存款簿，存褶。⓪

ちょく【勅】（名）〔文〕詔勅。①

ちょく【猪口】（名）①小碟酒杯；☆猪口に酒をつぐ／往酒杯裏斟酒；②（酒杯形的）小菜碟；☆酒の肴（さかな）を猪口に盛りつける／把酒菜盛在小碟裏（＝ちょこ）。①

ちょくえい【直営】（名・他サ）直接經營。⓪

ちょくげん【直言】（名・他サ）直言，直説；☆直言を容（い）れる／接受直言。⓪

ちょくご【直後】（名・副）剛…之後，…之後不久，緊跟着，緊接着；☆朝飯直後の出来事／剛吃完早飯就發生的事；☆事件発生直後に現場付近を通った／事件剛發生後不久從事發地點通過了。①②

ちょくご【勅語】（名）詔勅，勅書。⓪

ちょくさい【直裁】（名・他サ）〔文〕①立刻裁決；②親自處理；☆社長に直裁してもらいたい／希望社長親自處理。⓪

ちょくし【直視】（名・他サ）①直視，注視，盯着看；☆前方を直視する／注視前面；②正視；☆現実を直視する／正視現實。⓪

ちょくし【勅使】（名）〔文〕欽差。⓪

ちょくしゃ【直射】（名・他サ）①（從正面）照射，直射，直照；☆日光の直射を受ける／受日光直射；☆西日（にしび）が直射してまぶしい／偏西的太陽迎面照得晃眼；②〔軍〕直射，低射。⓪

ちょくしょ【勅書】（名）〔文〕（對皇室内部的特定的人或特定的機關所發的）勅旨。①⓪

ちょくじょう【直情】（名）〔文〕直情，眞實的感情；～けいこう【直情径行】（

連語・名・形動ダ）〔文〕直情径行。◎

ちょくしん【直進】（名・自サ）一直地前進；☆船が目的地へ向かって直進する／船向目的地前進。◎

ちょくぜい【直税】（名）〔法〕←ちょくせつぜい（直接税）。◎

*__ちょくせつ【直接】__（副・形動ダ）直接；☆直接に談判する／直接談判；☆魚を直接火にかける／直接在火上烤魚；～こうどう【直接行動】（名・自サ）直接行動；暴力；～ぜい【直接税】（名）〔法〕直接税；～せんきょ【直接選挙】〔法〕直接選挙；～てき【直接的】（形動ダ）直接的；☆直接的な取引き／直接交易。◎

ちょくせつ【直截】（形動ダ）直截（了当）（＝ちょくさい）；☆直截に言えば／直截了當地説，直截了當地説；☆表現が直截簡明だ／表現得直截而簡潔。◎

ちょくせん【直線】（名）直線；☆学校から家までの直線距離を測る／測量學校和家之間的直線（最近）距離；☆直線を引く／劃直線；～けい【直線形】（名）〔數〕多邊形；～び【直線美】（名）直線美。◎

ちょくせん【勅撰】（名・他サ）〔文〕奉勅撰集；☆勅撰の本／勅撰的書。◎

ちょくぜん【直前】（名）眼看就要…的時候；即將…之前；☆出発の直前に病に倒れた／正要出發的時候病倒了；☆崩壊直前の状態だ／處於即將崩潰的狀態；②勇往直前。◎

ちょくそう【直送】（名・他サ）〔文〕直接輸送；☆産地から消費者へ直送する／由出産地直接運送給消費者。◎

ちょくぞく【直属】（名・自サ）直屬；☆直属の機関／直屬機關。◎

ちょくちょう【直腸】（名）〔解〕直腸③

ちょくちょく（副）〔俗〕時常，往往（＝ちょいちょい）；☆この近くでちょくちょく見かける人だ／時常在這附近碰到的人。①

*__ちょくつう【直通】__（名・自サ）①直達（中途不停）；☆この汽車は台北まで直通する／這趟火車直達臺北；②直通；☆重役室（じゅうやくしつ）直通の電話／直通董事室的電話；～でんわ【直通電話】（名）直接撥號電話。◎

ちょくとう【直答】（名・自サ）〔文〕①

直接回答；☆社長に直答する／直接回答總經理；②立刻（當場）回答；☆彼はこの事について直答を避けた／對於這件事他回避立刻答覆。◎

ちょくどく【直読】（名・自サ）〔文〕（日本人讀漢文時不按他們的習慣讀法而按漢文詞序從上而下）直讀下來。◎

ちょくばい【直売】（名・他サ）（由生産者向消費者）直接銷售。◎

ちょくひつ【直筆】（名・他サ）①〔書法〕直筆；②直書，直率地寫。◎

ちょくほうたい【直方体】（名）〔數〕長方體，直六面體。◎

ちょくめい【勅命】（名）〔文〕勅命，聖旨。◎

*__ちょくめん【直面】__（名・自サ）面臨，面對；☆難局に直面する／面臨難局。◎

ちょくやく【直訳】（名・他サ）直譯；☆この文章は直訳したら一寸まずい／這篇文章要是直譯了不太好。◎

ちょくゆ【直喩】（名）〔修辞〕直喩法①

ちょくゆしゅつ【直輸出】（名・他サ）（不通過其他國家的中間商人）直接輸出；☆直輸出した方が利益が多い／直接輸出利潤大。③

ちょくゆにゅう【直輸入】（名・他サ）（不通過其他國家的中間商人）直接輸入；☆外国から原料を直輸入する／從外國直接輸入原料。③

ちょくりつ【直立】（名・自サ）①直立，聳立，矗立；☆直立不動の姿勢／直立不動的姿勢；☆海面から直立すること三千メートル／高出海面三千公尺；②垂直◎

ちょくりゅう【直流】（名・自サ）①〔文〕直流；②嫡系；③〔電〕直流；～はつでんき【直流発電機】（名）直流發電機◎

ちょげん【緒言】（名）〔文〕緒言（＝しょげん）。◎

ちょこ【猪口】（名）＝ちょく。①

チョコ（名）←チョコレート。①

ちょこざい【猪口才】（名・形動ダ）〔俗〕賣弄小聰明，愛多嘴；不知深淺，冒冒失失；☆猪口才なことを言う男だ／這傢伙專愛賣弄小聰明。②◎

ちょこちょこ（副）①邁小步走路銳；☆子供がちょこちょこ歩く／小孩邁小步走；②急忙，匆忙，慌張，不從容；☆朝から晩までちょこちょこ歩きまわる／從早到晩總是匆匆忙忙地到處奔走；～あるき【

ちょこちょこ歩き】（名）邁小步走；（小孩）提提蕩蕩地走；～ばしり【ちょこちょこ走り】（名）邁小步跑，小跑；☆和服の女がちょこちょこ走りをする／穿着和服的女人邁小步跑。①

ちょこ（な）んと（副）〔俗〕孤零零零地；☆蛙が蓮の葉の上にちょこなんと乗っている／一隻青蛙孤零零零地在荷葉上呆着。⓪

ちょこまか（副・自サ）〔俗〕急急（匆匆）忙忙，慌慌張張（＝ちょこちょこ）；☆いつもちょこまかしている／總是慌慌張張的。①

チョコレート【chocolate】（名）①巧克力；②巧克力色。③

ちょさく【著作】（名・自他サ）著作，著述；☆著作に従事する／從事著述（寫作）；～か【著作家】（名）作家；～けん【著作権】（名）〔法〕著作權；版權；～ぶつ【著作物】（名）作品。⓪

*ちょしゃ【著者】（名）著者，作者。①

ちょじゅつ【著述】（名・自他サ）著述，著作，著書；☆彼は著述が多い／他著作多。⓪

ちょしょ【著書】（名）著述，著作；☆著書を出す／出版著作。①

ちょすい【貯水】（名・自サ）蓄水，積水；☆発電のため川を堰いて止めて貯水する／為了發電，把河築止來蓄水；～ち【貯水池】（名）水庫，貯水池。⓪

ちょせん【緒戦】（名）〔軍〕戰爭的序幕（第一回合）。⓪

*ちょぞう【貯蔵】（名・他サ）儲藏，儲存；☆食糧を貯蔵する／儲存食糧。⓪

ちょたん【貯炭】（名）存煤，儲煤；儲存的煤；☆貯炭量が激減した／存煤量大減。⓪

*ちょちく【貯蓄】（名・他サ）儲蓄；☆将来に備えて貯蓄する／儲蓄以備將來。⓪

ちょっか【直下】（名・副・自サ）①正下面；眼底下（＝ました）；☆西湖を直下に見おろす／俯覽下面的西湖；☆赤道直下の島／正在赤道上的海島；②直下，筆直降下；☆雲雀（ひばり）が空から矢のように直下する／雲雀從天空像箭一樣筆直地降下；☆直下三百メートルの断崖／筆直下垂三百公尺的懸崖。①

ちょっかい（名）〔俗〕①（猫）用前爪抓物；②管閒事，多嘴（＝おせっかい）；

☆変にちょっかいを出すと承知しないぞ／你要是多管閒事我可不答應。①

*ちょっかく【直角】（名）〔數〕直角；～さんかくけい【直角三角形】（名）〔數〕直角三角形。⓪

ちょっかく【直覚】（名・他サ）直覺，（不經思考）立即感覺（覺察）到；☆電報と言う声に受験に合格したと直覚した／一聽到喊「電報」立即覺察到已經考上了；～てき【直覚的】（形動ダ）直覺的，不經思考的；☆直覚的に事故が起こったことを知った／立即覺得是發生了事故。⓪

ちょっかつ【直轄】（名・他サ）直轄，直屬；☆文部省直轄の学校／教育部直屬學校。①

ちょっかっこう【直滑降】（名・自サ）〔滑雪〕（從斜坡）一直滑下。③

*ちょっかん【直感】（名・他サ）直覺，直接覺察到；☆直感で分る／憑直覺就可以了解（知道）；☆これは駄目だとすぐ直感した／立刻感覺到事情糟了。⓪

ちょっかん【直観】（名・他サ）直觀（力）；☆直観が鋭い／直觀力敏銳；～てき【直観的】（形動ダ）直觀的；☆直観的なつかみ方をする人／憑直觀了解事物的人。⓪

チョッキ【jack之訛】（名）西裝背心。⓪

ちょっきゅう【直球】（名）〔棒球〕直球。⓪

ちょっくら（副）〔俗〕＝ちょっと；～ちょっと（副）〔俗〕＝ちょっと。③

*ちょっけい【直系】（名）直系；☆直系の子孫／直系子孫；☆三井直系の会社／三井直系的公司。⓪

ちょっけい【直径】（名）〔數〕直徑。⓪

ちょっけつ【直結】（名・自他サ）直接結合，直接聯繫；☆生活必需品の値上げは家庭生活に直結した問題だ／生活必需品的漲價是直接關係到家庭生活的問題；☆消費組合は生産者と直結して品物を安く手に入れる／供銷合作社和生產者建立直接關係，廉價購進貨品。⓪

ちょっこう【直行】（名・自サ）①（中途不停）一直去，不繞彎；☆兄は本屋に寄ったが学校へ直行した／哥哥到書店繞了個彎，我一直上學校去了；②〔車船〕直達；☆この列車は東京まで直行する／這班火車直達東京；③坦率，正直；☆直行の士／正直的人。⓪

ちょっこう【直交】（名・自サ）〔數〕正交。⓪

ちょっこう【直航】（名・自サ）〔文〕（船舶・飛機）直達；☆この船は神戸（こうべ）へ直航する／這隻船直達神戶。⓪

*ちょっと【一寸】（副）①一會兒，暫且；☆一寸待って下さい／請等一會；☆一寸の間の辛抱だ／暫且忍耐一下；②一點，稍微；☆一寸足りない／稍微不足；☆一寸考えてもわかるはずだ／稍加考慮就會明白的；☆一寸聞くと変だ／乍一聽來很奇怪；③（下接否定語）不大容易…，不太…，一時難以…；☆一寸直らない／（病）不大容易好；（物）不大容易修理好；☆一寸見当がつかない／不大容易估計；☆そんなことは一寸考えられない／難以想像（不會）是那樣；☆一寸返事ができなかった／我一時沒能回答上來；④頗，相當；☆一寸綺麗な家だ／挺漂亮的房子；☆一寸した財産／相當多的財產⓪

ちょっとみ【一寸見】（名）乍看，初看；☆ちょっと見にはわからない／乍看不明白（看不出來）☆ちょっと見がよい／初看不錯。⓪

ちょっぴり（副）〔俗〕＝すこし、わずか③

チップ【chop】（名）①排骨肉；②〔網球〕削球；③〔角力〕用掌側像砍似地打。①

ちょとつ【猪突】（名・自サ）〔文〕莽撞，冒進，蠻幹；☆猪突猛進する／盲目猛進。⓪①

ちょび（名小）；～ひげ【ちょび髭】（名）（鼻上的）小鬍子；☆ちょび髭をはやす／留小鬍子；～すけ（名）矮子，小個子。

ちょぼ（名）點，逗點（＝ぼち）；☆ちょぼを打つ／點點。①

ちょぼちょぼ（名・副）①密點，一行點；☆ちょぼちょぼを打って注意すべき所を示す／點上一行點，表示需要注意的地方；②點點，星星點點地；☆野原のあちこちにちょぼちょぼ（と）青草が萌え出して来た／野原上星星點點地長出青草。

ちょめい【著名】（形動ダ）著名，有名，出名；☆著名な人物／著名人物。⓪

ちょりつ【佇立】（名・自サ）〔文〕佇立；☆夕闇のなかに佇立する人影／佇立在黃昏中的人影。⓪①

ちょろ・い（形）〔俗〕輕而易舉的（＝てっとりばやい）。②

ちよろず【千万】（名）〔文〕千千萬萬，無數。②

ちょろまか・す（他五）〔俗〕①偷竊；②蒙騙，蒙混；☆金をちょろまかす／偷錢；騙錢。④

ちょろん【緒論】（名）〔文〕緒論⓪①

ちょん（名・副）①切物貌；②一星半點，稍微；③〔俗〕（稍微）愚蠢（的人），傻瓜；☆ばかでもちょんでも／無論混蛋或傻瓜；④〔劇〕（開閉幕時的）梆子聲；⑤〔誰〕完結；☆ちょんになる／結束；⑥（用作記號的）點（＝ちょぼ）。①

チョンガー【朝鮮語】（名）獨身漢。①

ちょんぎ・る（他五）〔俗〕①（隨隨便便毫不費力地）切，砍；☆棒の先をちょんぎる／把棍子尖砍下來；②解雇，開除；☆不景気で首をちょんぎられる者がふえてきた／由於市況蕭條被解雇的人逐漸增加了。③

ちょんまげ【丁髷】（名）（明治維新以前男的）髮髻；～もの【丁髷物】（名）以明治維新以前的時代為背景的小說（戲影）。⓪

*ちらか・す【散らかす】（他五）（到處，亂扔，亂撒（＝ちらす）；☆部屋に紙屑（かみくず）を散らかす／扔得一屋子碎紙。⓪

*ちらか・る【散らかる】（自五）零亂，放得亂七八糟，到處都有（＝ちらばる、ちらる）；☆部屋が散らかっている／屋裏弄得亂七八糟；☆街路にビラが散らかっている／街上到處都是傳単。⓪

ちらし【散らし】（名）①〔ちらす〕的名詞形）散開；②（撒散的）廣告単（＝ビラ）；☆散らしを撒（ま）く／撒廣告単；③←ちらし書き；～がき【散らし書】（名）（把詩歌的句子）分散開寫；～がみ【散らし髪】（名）披散開的頭髮；～ずし【散らし鮨】（名）〔烹飪〕上面撒着青菜、魚蝦肉等的醋飯；～もよう【散らし模様】（名）零散的花樣，碎花。⓪

*ちら・す【散らす】Ⅰ（他五）①把…分散開，趕散，驅散；☆兵を四方に散らす／把兵向四面分散開；☆群衆を散らす／驅散人群；☆髪を散らす／把頭髮散開／撒散，吹散；☆花を散らす／撒花；☆風が花を散らす／風把花吹散；③散布，傳播（＝いいふらす）；☆噂（うわさ）を散らす／散布傳言（消息）；④（使不化

膿而）消（腫）；☆膿（うみ）を散らす
薬／（使不至化膿的）消腫藥；⑤使零亂
，把…弄亂（＝ちらかす）；⑥（使精神）
渙散，散漫；☆気を散らす／精神渙散，
注意力不集中；⑦分配（牌等）；Ⅱ＝（くば
る，わける）；☆カルタの札を散らす／
分配紙牌；Ⅱ（補動・五）（接在動詞連
用形上，表示胡亂…）；☆食い散らす／
亂吃一陣；吃得亂七八糟，☆悪口を言い
散らす／漫罵一通。⓪

＊**ちらちら**（副・自サ）①紛紛地，霏霏地；
☆花がちらちら落ちる／花紛紛地落；☆
雪がちらちらして来た／雪霏霏地（開始）
下；②一閃一閃地；☆ダイヤの指環が
ちらちらと光る／鑽石戒指一閃一閃地發
光；③一見一見地，時隱時現地；斷斷續
續地；☆彼の噂（うわさ）をちらちら耳
にする／（有時）聽到一些有關他的消息
的斷片；☆遠くの白帆がちらちら見える
／遠方的白帆時隱時現；☆スカートの裾
からレースがちらちらのぞく／裙子下襬
若隱若現地露出（襯裙的）花邊來。①

ちらつ・く（自五）①紛紛地落，霏霏地下
；☆雪がちらつく／雪花飄；②（若隱若
現地）浮現（在眼前）（＝ちらちらする）
；☆眼前に母の面影（おもかげ）がちら
つく／母親的音容恍如在眼前。⓪

ちらと，ちらっと＝（副）一閃，一見，☆ち
らっと横目で見る／用斜眼瞰一下；☆
垣根（かきね）の隙間（すきま）から
ちら（っ）と人影が見えた／從籬笆縫兒
一閃一閃地看見了人影。②

ちらば・る【散らばる】（自五）①分散，
分布；☆支店は全国に散らばっている／
全國到處都有支店；②零散，零亂；☆机
の上が散らばっている／桌上散亂七八糟⓪

ちらほら（副・自サ）（這裏那裏）星星點
點地，稀稀落落地；☆梅の花がちらほら
（と）咲き始めた／梅花稀稀落落地開了
；☆公園に外国人がちらほらする／公園
裏星星點點地有幾個外國人。①

＊**ちらり**（副）①一閃，一見（＝ちらと）；
☆ちらりと過ぎた／一閃過去了；☆ちら
りと見て取った／一見看見了；②略微（
＝ちらほら）；☆ちらりと聞いた／略微
聽到一點；～ほらり（副）②，③

ちり（名）（火鍋的一種）把魚肉，豆腐，
青菜等放鍋裏煮好蘸佐料吃（＝ちりな
べ）。

＊**ちり**【塵】（名）①塵土，塵埃，塵垢，垃
圾（＝ほこり，こみ）；☆机の上に塵が
積もる／桌上一層塵土；☆塵は塵箱に捨
てる／垃圾要倒在垃圾箱裏；②俗世，塵
世，紅塵；☆浮世の塵を逃れる／拋棄紅
塵；③骯髒，污垢（＝けがれ）；☆都会
の塵を洗い落とす／洗掉都市的污垢；④
紛亂，混亂（＝みだれ）；⑤微小，微不
足道；☆塵の身／區區之身；⑥少許，絲
毫；☆彼は塵程も私心がない／他沒有一
點私心；**塵も積（つ）もれば山となる**／
積少成多。⓪

＊**ちり**【地理】（名）地理；☆地理を研究す
る／研究地理；☆東京の地理に暗い／不
熟悉東京的街道。①

チリ【Chile】〔地理〕智利。①

ちりがみ【塵紙】（名）①用楮樹皮造的粗
紙；②手紙。⓪

ちりし・く【散り敷く】（自五）落滿，舖滿
；☆花が庭に散り敷く／院子落滿了花⓪

ちりちり（副・自サ）①縮縮，卷曲；☆ち
りちりに縮んだ髪の毛／卷着的頭髮；
②畏縮；③毛髮等被火燒的卷曲貌；☆絹
糸を燃やすと，ちりちりと縮んで玉にな
る／絲線一燒就縮成個團。①

＊**ちりぢり**【散り散り】（名）四散，分散，
離散；☆一家がちりぢりになる／一家離
散（妻離子散）；☆ちりぢりばらばらに
なって逃げる／四散奔逃。⓪

ちりとり【塵取】（名）土簸箕。④③

ちりなべ【ちり鍋】（名）←ちり。③⓪

ちりのこ・る【散り残る】（自五）尚未凋
謝。④

ちりば・める【鏤める】（他下一）鑲嵌；
☆宝石をちりばめた冠／鑲着寶石的冠；
因ちりばむ（下二）。④

ちりはらい【塵払い】（名）撣子（＝はた
き）。②

ちりほこり【塵埃】（名）塵埃，灰塵（＝
ちりあくた）；☆風の強い日は塵埃がこ
とにひどい／風大的日子塵埃特別多⓪③

ちりめん【縮緬】（名）縐綢；～じゃこ【
縮緬雑魚】（名）①小乾白魚；②〔動〕
白子魚；～じわ【縮緬皺】（名）小縐紋⓪

ちり・む【知略・智略】（名）〔文〕智略
，智謀；☆将軍は智略にたけている／將
軍足智多謀。③

＊**ちりょう**【治療】（名・他サ）治療，醫治
；☆目を治療する／醫治眼睛；☆治療が

行き届く／百般醫療。◎

ちりょく【知力・智力】（名）〔文〕智力
；☆子供は身体の発育とともに智力も増
して来る／孩子身體一發育智力也增長①

ちりれんげ【散蓮華】（名）蓮花瓣形的小
磁藥匙。③

*__ち・る__【散る】（自五）①謝，落；☆花が
散る／花落；②散，離散，分散；☆観客
は三三五五と散って行った／觀客三三五
五地散去了；③傳播，傳遍（＝ひろま
る）；☆噂（うわさ）が町じゅうに散る
／消息傳遍全城；④消散；☆雲が散っ
て青空になる／雲彩消散露出藍天；⑤
（腫）消，（熱）退；☆腫（は）れが散る
／腫消了；⑥滲（＝にじむ）；☆悪い紙
はインクが散る／壞紙墨水滲；⑦渙散，
散漫，不專一；☆気が散る／精神渙漫，
心不專；⑧零亂，紛亂，到處都是（＝ち
らばる）；☆紙屑が散る／到處是碎紙◎

ちわ【痴話】（名）情話，枕邊話；**～げん
か**【痴話喧嘩】（名・名サ）因爭風吃醋
的（而）吵架。◎①

ちん－【珍】（造語）珍奇，稀奇，古怪
；☆珍現象（ちんげんしょう）／稀奇的現
象；☆珍客（ちんきゃく）／稀客；☆珍
答案（ちんとうあん）／怪答案；妙答。

－ちん【賃】（造語）報酬，費用；☆手間
（てま）賃／工資；☆船（ふな）賃／船
錢；☆家（や）賃／房租，☆運賃／運
費。

ちん（副）①擤鼻涕聲；☆鼻をちんとかむ
／擤鼻涕；②鈴聲；③沉着，安靜不動貌
；☆ちんと坐る／一動不動地坐着。①

ちん【狆】〔動〕巴狗，狆。①

ちん【珍】（名）珍奇（物），稀奇（物）
；☆そんなものは珍とするに足りない／
那樣東西不足爲奇。①

ちん【朕】（代）〔文〕朕。①

ちんあげ【賃上げ】（名・自サ）提高工資④◎

ちんあつ【鎮圧】（名・他サ）鎮壓；☆騷
乱を鎮圧する／鎮壓騷亂。◎

ちんうつ【沈鬱】（名・形動ダ）〔文〕抑
鬱，沉悶；☆沈鬱な表情／抑鬱的表情◎

ちんか【沈下】（名・自サ）沉降，下沉
☆地盤が沈下する／地基下沉。◎

ちんか【鎮火】（名・自他サ）①撲滅火災，
救火；☆消防車が出動して鎮火に努め
る／救火車出動盡力救火；②火災消滅；
☆火事は三十分のちのち鎮火した／火事經

過三十分鐘熄滅了。◎

ちんがい【鎮咳】（名）〔醫〕止咳；**～ざ
い**【鎮咳劑】（名）止咳藥。◎

ちんかく【珍客】（名）〔文〕稀客（＝ち
んきゃく）。

ちんがし【賃貸】（名・他サ）出賃，出租
；☆衣裳を賃貸する／出租服裝。◎

ちんがり【賃借】（名・他サ）租賃；☆ピ
アノの賃借り／租賃鋼琴。◎④

ちんき【珍奇】（名・形動ダ）珍奇，稀奇
；☆珍奇な魚／稀奇的魚。①

チンキ【丁幾】（名）〔藥〕（荷 tinctuur
之略）酊劑。①

ちんぎ【珍技】（名）〔文〕奇特的演藝①

ちんきゃく【珍客】（名）稀客。①

*__ちんぎん__【賃金】（名）①賃費，租金；②
工資（＝ちんぎん）。①

ちんぎん【沈吟】（名・自サ）①低吟，低
唱；②沉思，沉吟◎

*__ちんぎん__【賃銀】（名）工資；☆賃銀を支払
う／發給工資；**～ベース**【賃銀　base】
（名）〔經〕工資基數。

チンク【德 Zinc】（名）①鋅（＝ジンク）
；②〔醫〕硫酸鋅。

ちんこ〔兒〕陰莖。①

ちんご【鎮護】（名・他サ）保衞，保佑；
～こっか【鎮護国家】（名）〔佛〕保衞
國家。①

ちんこう【沈降】（名・自サ）〔文〕沉降
，下沉；☆土地が沈降する／土地下沉◎

ちんころ（名）小巴狗，小狗。③

ちんこん【鎮魂】（名・自サ）〔文〕安魂
；**～きょく**【鎮魂曲】（名）〔宗〕安魂
曲。◎

ちんざ【鎮座】（名・自サ）①供有…神佛
；②〔喻〕端坐；擺在；☆顔の真中に
鎮座するだんご鼻／擺在臉中央的蒜頭鼻
子。①

ちんし【沈思】（名・自サ）沉思；☆書斎
で沈思する／在書齋沉思。①

ちんじ【珍事・椿事】（名）①稀奇事，離
奇事；☆男の四つ子が生れるという珍事
が起こった／發生了一胎生四個男孩的稀
奇事；②偶發事故，奇禍；☆鉄道の大椿
事が起きた／發生了嚴重的鐵路事故。①

ちんしごと【賃仕事】（名）家庭副業；☆
母は刺繍の賃仕事をする／母親在家搞繡
花的副業。③

ちんしゃ【陳謝】（名・自サ）道歉；☆返-

金の遅延について陳謝する/對拖欠不還表示歉意。①

ちんじゅ【鎮守】（名）①〔文〕鎮守，防守；②守護寺院的神；②當地的守護神；☆村の鎮守の神様/村的守護神。⓪

ちんじゅつ【陳述】（名・他サ）①陳述，述說；②〔法〕口供，供詞；供稱；☆彼の陳述するところは大体事実に近い/他所供述的大體接近事實。⓪

ちんじょう【陳情】（名・他サ）陳情；☆陳情書を提出する/提出陳情書。⓪

ちん・じる【陳じる】（他上一）〔文〕陳述；☆詳しく事情を陳じる/詳細陳述情況；図ちんずる（サ）。⓪

ちんすい【沈水】（名）〔文〕①沉入水中；②沉香（＝じんこう）。⓪

ちんず（づ）き【賃搗】（名・他サ）收費代人搗；☆米を賃搗してもらう/出錢委託搗米；☆餅の賃搗承（うけたまわ）ります/承搗糯米做餅糕。⓪

ちんせい【鎮静】（名・自他サ）平静，鎮静，鎮壓下去，平定；☆騒乱を鎮静する/平定騒亂；～ざい【鎮静剤】（名）〔醫〕鎮静劑。⓪

ちんぜい【鎮西】（名）〔文〕〔地〕「九州」的古稱。①⓪

ちんせき【沈積】（名）沉積；～がん【沈積岩】〔地質〕沉積岩。⓪

ちんせつ【珍説】（名）奇説，妙論。⓪①

ちんせん【沈潜】（名・自サ）〔文〕①沉下，潛入（水中）；☆潜水艦は海底に沈潜して敵を襲う/潛水艦沉入海底襲擊敵人；②沉心鑽研；☆文学研究に沈潜する/悉心鑽研文學。⓪

ちんぞう【珍蔵】（名・他サ）〔文〕珍藏；☆珍蔵している書画/珍藏的書畫。⓪

ちんたい【沈滞】（名・自サ）①沉滯，呆滯，不振，不活潑；☆沈滞した市場/蕭條的市場；☆歌壇の沈滞した空気を破る/打破歌詠界的沉滯的空氣；②停滯，停留，久不昇遷；☆彼はまだ平社員（ひらしゃいん）で沈滞している/他還是個普通職員（沒有升進）。⓪

ちんだん【珍談】（名）＝ちんせつ（珍説）。⓪

ちんちくりん（名・形動ダ）①〔諧〕矮子，小個子；②過短的衣服（＝つんつるてん）；☆ちんちくりんの着物を着ている/穿着過短的衣服。④

ちんちゃく【沈着】（名・形動ダ）沉着；☆沈着な態度/沉着的態度；☆沈着に事を処する/沉着應付。①⓪

ちんちょう【珍重】（名・形動ダ・他サ）①貴重，寶貴；☆珍重なものを拝見する/瞻仰珍貴的物品；②珍重，珍視；☆張大千の絵が珍重される/張大千的畫受到珍視。①⓪

ちんちょうげ【沈丁花】（名）〔植〕瑞香，露甲。③

ちんちんⅠ（名・自サ）①吃醋（＝やきもち）；②〔兒〕陰莖；③（狗伸直前腿用後腿的姿勢）拜拜；Ⅱ（副）①鈴響聲；☆鈴がちんちんと鳴る/鈴噹噹地響；②開水聲；☆お湯がちんちんと沸いている/水開得嘩嘩的。①

ちんつう【沈痛】（形動ダ）沉痛；☆沈痛な声で戦死の模様を語る/以沉痛的聲音述說陣亡的情況。⓪

ちんつう【鎮痛】（名）〔醫〕止痛；～ざい【鎮痛剤】（名）止痛藥。⓪

ちんてい【鎮定】（名・自他サ）平定，鎮壓下去；☆乱を鎮定する/平定叛亂；☆東北一帯はすっかり鎮定した/東北一帶完全平定了。⓪

ちんでん【沈澱】（名・自サ）沉澱；☆雨水に流された土砂が川底に沈澱する/雨水衝下的泥沙沉澱在河底。⓪

ちんとう【珍答】（名）奇妙的回答。⓪

ちんどんや【ちんどん屋】（名）（竄街奏樂的）化粧廣告人（隊）。⓪

ちんにゅう【闖入】（名・自サ）〔文〕闖進；☆賊は裏口から闖入した/賊從後門進來了。⓪

ちんば【跛】（名）①跛脚，瘸子（＝びっこ）；☆跛になる/腿瘸了；②不是一雙；☆この靴は跛だ/這雙鞋不是一雙；☆跛の靴下/兩隻不一樣的襪子。①

チンパニー【意timpani】（名）〔樂〕大鼓（ティンパニー）。①

チンパンジー【chimpanzee】（名）〔動〕黑猩猩（＝くろしょうじょう）。③

ちんぴら（名）〔俗〕①〔表卑〕小崽子，黃口孺子；☆ちんぴらのくせに生意気（なまいき）なことを言うな/小崽子還說什麼大話；②流氓少年（女），阿飛；☆町のちんぴらに脅迫された/受到街上流氓少年的恐嚇。⓪

ちんぴん【珍品】（名）珍品。⓪

ちんぷ【陳腐】（形動ダ）陳腐，腐朽；☆陳腐な考え／陳腐的思想。①

ちんぶん【珍聞】（名）稀奇消息。⓪

ちんぷんかん（ぷん）（名・形動ダ）〔俗〕糊裏糊塗，莫名其妙，沒法理解；☆ちんぷんかんな答弁／莫名其妙的答辯。⑤

*ちんぼつ**【沈没】（名・自サ）①沉没；☆嵐（あらし）のために船が沈没した／船遭到風暴沈沒了；②〔俗〕（出門辦事中途）到咖啡館等處冶遊（到妓院冶遊）。⓪

ちんまり（副・自サ）小而端正；少而舒適（緊湊）；☆彼女の鼻はちんまりとしている／她的鼻子小而端正；☆ちんまりとした部屋／舒適的小房間。③

ちんみ【珍味】（名）好吃的食品；☆山海の珍味／山珍海味。①

ちんみょう【珍妙】（形動ダ）稀奇古怪，別緻；☆珍妙な考え／古怪的想法；☆珍妙な顔をして人を笑わせる／作鬼臉逗人笑。①⓪

*ちんもく**【沈黙】（名・自サ）沉默；☆沈黙を守る／保持沉默。⓪

ちんもち【賃餅】（名）收費代人搗米做年糕。①

ちんもん【珍問】（名）〔文〕奇問，怪問⓪

*ちんれつ**【陳列】（名・他サ）陳列；☆商品を陳列する／陳列商品；～まど【陳列窓】（名）櫥窗。（＝ウィンドー）⓪

つ①五十音圖「た行」第三音；発音爲 tsu
；②「字源」平假名是「川」字的草體，
片假名據説也是「川」字的草體。

ツァー【tour】（名）①周遊；②小旅行 [1]

ツァーリズム【czarism，tsarism】（名）
沙皇（的專制）政治，沙皇制度。[3]

－つい【対】（接尾）（接在數詞下，爲計
算數量的助數詞）對，雙，付；☆手袋が
一対／手套一付；☆花瓶が二つい／兩對
花瓶。

つい【対】（名）①對，成對；☆大小で対
になっている夫婦（めおと）茶碗／一大
一小成爲一對的鴛鴦飯碗；②相同，同樣
（的東西）。[0]

*つい【終】Ⅰ（名）〔文〕①終（＝おわり）
；②最後，最終（＝さいご）；☆終の別
れ／最後的離別；Ⅱ（副）①不知不覺地
，無意中（＝きづかずに）；☆切手を貼
るのをつい忘れた／無意中忘了貼郵票；
☆あまり忙しくて、ついお伺い致しませ
んでした／因爲太忙就沒有去拜訪您；②
表示時間、距離等相隔不遠（＝すぐ，わ
ずか，ちょっと）；☆それはついこの間
の事です／這就是最近的事情；☆つい今
しがた出て行った／剛剛出去。[1]

ツイード【tweed】（名）花呢。[2]

ついおく【追憶】（名・他サ）追憶，回憶
，懷想；☆往事を追憶する／追憶往事。[0]

*ついか【追加】（名・他サ）追加，補加，
添補；☆会員名簿に新入会員を追加する
／把新入會員追加在會員名簿裏。[0]

ついき【追記】（名・他サ）補記，補寫。[0]

*ついきゅう【追及】（名・他サ）〔文〕追
及，追上，趕上；追溯；☆往事を追及し
て／溯及往事。[0]

*ついきゅう【追求】（名・他サ）追求；☆
幸福を追求する／追求幸福。[0]

*ついきゅう【追究】（名・他サ）追究；☆
事件の真相を追究する／追究 事情 的 眞
相。[0]

ついきゅう【追窮】（名・他サ）〔文〕追
究，窮究；☆真理を追窮する／窮 究 眞
理。[0]

ついく【対句】（名）對句；☆対句を成す

／成爲對句。[0]

ついげき【追撃】（名・他サ）追撃；☆敵
を追撃中である／正在追撃敵人。[0]

ついこう【遂行】（名・他サ）〔すいこう〕
之訛；→すいこう。

ついごう【追号】（名）〔文〕（死後）追
加稱號，謚。[3] [0]

ついし【墜死】（名・自サ）〔文〕拝死；
☆飛行機事故で墜死した／因飛機失事而
拝死。[0]

ついじ【築地】（名）瓦頂板心泥牆（以木
板爲牆，表面塗以灰泥，上面以瓦加蓋簷
頂）。[0]

ついしけん【追試験】（名）補考。[4]

ついしゅ【堆朱】（名）雕漆；☆堆朱の菓
子器／雕漆的點心盒。[0]

ついじゅう【追従】（名・自サ）〔文〕①
追隨，追從；迎合；☆観客に追従するば
かりでは映画の進歩はない／僅僅迎合観
衆，電影就不能進步；②做仿，倣法；步
後塵；☆古典文学に追従するのみで新し
さがない／一味倣法古典文學沒有新的東
西。[0]

ついしょう【追従】（名・自サ）奉承諂媚
，逢迎；☆お追従を言う／説奉承話。[3] [0]

ついしん【追伸】（名）再啓。[0]

ついずい【追随】（名・自サ）①追隨；☆
彼の演技は他の追随を許さない／他的演
技有獨到之處；②做仿，倣法；步後塵。[0]

ツイスト【twist】（名）扭扭舞。[2] [0]

ついせき【追跡】（名・他サ）追蹤。[0]

ついぜん【追善】（名・他サ）〔佛〕①爲
死人（祈福）行善；②（於死者的週年等
所做的）佛事（＝ついふく）。[0]

ついぞ【終ぞ】（副）（下接否定語）從未
；☆ついぞ行った事はない／從未 去 過
；☆ついぞ見たことのない人だ／他是（
我）從未見過的人。[1]

ついそう【追想】（名・他サ）〔文〕追想
，追憶，回想。[0]

ついぞう【追贈】（名・他サ）〔文〕（死
後）追贈（官位等）。[0]

ついそうきょく【追走曲】（名）〔樂〕→
カノン。[3]

ついたち【朔・朔日・一日】（名）朔日，每月的初一。④③

ついたて【衝立】（名）屏風，☆衝立を立てる／立屏風。◎④

ついちょ・う【追弔】（名・他サ）〔文〕追悼；～え【追弔会】（名）追悼會。◎

ついちょう【追徵】（名・他サ）〔法〕追加徵收，追徵；☆租税を追徵する／追徵租税；～きん【追徵金】（名）追徵金，～ぜい【追徵税】（名）追徵税。◎

ついて【就（付）いて】（連語）〔用（に就いて）〕①關於…，就…而言（＝にかんして）；☆この問題については異議がない／關於這個問題沒有異議；②每（＝ごとに）；☆一ダースに付いて四十円／每一打是四十元；～は【就いては】（接）關於（上述的）這件事，這一點；因此；☆今日中にお会いしたく存じます。就いては三時までにお出（い）で下さいませんか／我想在今天跟你見一面。因此希望你能在三點以前到我這裡來。①

ついで【序】（名）①順序；次序；秩序；☆序を立てて事をする／按次序做事；②順便，就便，得便；☆序があれば／如果得便；☆序があり次第お送りしましょう／一得便就給您寄去；～ながら【序ながら】（副）順便，就便；☆序ながら申し上げます／順便說一下；～に【序に】（副）順便，順手；☆序にこの手紙を出して下さい／就便請把這封信送出去；☆台北へ行った序に桃園を見てこよう／藉赴臺北之便，到桃園去看看。◎

ついで【次いで】（接）接着，隨後；☆代表団の歓迎会があり、次いで遊園会がひらかれた／舉行了代表團的歡迎會，隨後開始了遊園會。◎

ついと（副）動作的迅速、突然貌；☆ついと立って行く／站起來就走；☆ついと通り過ぎる／迅速地走過去。①◎

ついとう【追討】（名・他サ）〔文〕追討討伐；掃蕩。◎

ついとう【追悼】（名・他サ）追悼（＝ついちょう）；～かい【追悼会】（名）追悼會。◎

ついとつ【追突】（名・自サ）從後面撞上；☆列車が追突する／列車相撞。◎

ついに【遂に・終に】（副）終究，終於，畢竟；☆終に約束を果たさなかった／終於沒有踐約；☆ついにどうすることもで

きなかった／終於毫無辦法。①

ついのう【追納】（名・他サ）追繳，補繳◎

ついば・む【啄む】（他五）啄食；☆鳥が木の実を啄む／鳥啄樹上的果實。③

ついひ【追肥】（名）〔農〕追肥。◎

ついほう【追放】（名・他サ）①放逐，驅逐出境；☆外国に追放する／驅逐到外國去；②流放，充軍；③革職，開除；☆学校から追放する／從學校中開除。◎

ついや・す【費す】（他五）①費，花費，使用；☆生活に費す金／用於生活上的金錢；②消耗費；☆それでは労力を費するのみだ／那樣祇是消耗勞力而已；③白費，浪費；☆無益に金を費す／浪費錢，☆無駄に時間をついやす／白費時間。◎③

ついらく【墜落】（名・自サ）墜落，墜下，掉下；☆真逆様（まっさかさま）に墜落する／頭朝下墜落。◎

――つう【通】（接尾）（用以計算、書信等）封，件，紙，☆手紙一通／書信一封。

つう【通】（名）①通，暢通；②精通，在行，行家，有專門研究；☆彼は日本通だ／他是個日本通，☆彼は芝居にかけてはなかなかの通だ／關於戲劇他很內行；③通曉人情世故；體貼人情（尤指男女間的愛情）；☆彼の通な計らいで二人は結婚することができた／由於他的體貼（人情）的安排兩個人終於能夠結婚了。①

ツー【two】（名）二，兩個；～ステップ【two step】（名）（一種圓舞）兩步舞；兩步舞舞曲；～ピース【two piece】（名）分爲上衣和裙子的女西服；～ラン【two run】（名）〔棒球〕二人得分。①

つういん【通院】（名・自サ）到醫院去接受定期治療。◎

つういん【痛飲】（名・他サ）痛飲，暢飲◎

ツウィン【twin】（名）孿生子；～ベッド【twin bed】（名）成對相似的床；☆ツウィンの部屋／（大飯店等的）雙人房。

つううん【通運】（名）運送，運輸；～がいしゃ【通運会社】（名）運輸公司◎①

つうか【通家】（名）①通家，精通某事的專家，大家；②世交，通家（之好）。①

つうか【通貨】（名）通貨，流通的貨幣；～しゅうしゅく【通貨収縮】（名）〔經〕通貨收縮（＝デフレーション）；～せいさく【通貨政策】（名）〔經〕貨幣政策；～ぼうちょう【通貨膨脹】（名）〔經〕通貨膨脹（＝インフレーション）。①

*つうか【通過】（名・自サ）①通過，經過
；☆通過旅客／過境旅客；②（議案、考
試等）通過；☆試驗を通過する／考試合
格；～えき【通過驛】（名）不停站；～
かぶつ【通過貨物】（名）過境物資；～
ぜい【通過税】（名）過境税；～ほう
【通過報】（名）船舶經過通報；～ぼうえき
【通過貿易】（名）轉口貿易。◎①①

つうかい【痛快】（名・形動ダ）痛快，愉
快；☆痛快に感じる／感覺痛快；☆痛快
に批評する／痛加評論。◎

*つうがく【通学】（名・自サ）通學；☆自
宅から通学させる／使（他）從家裏通學
；～せい【通学生】（名）通學生。◎

つうが・る【通がる】（自五）表示（自己）
是内行，裝内行，裝精通。③

つうかん【通観】（名・他サ）全面觀察；
☆国際情勢を通観する／全面觀察國際形
勢。◎

つうかん【痛感】（名・他サ）痛感；☆改
善の必要を痛感する／痛感有改善的必
要。◎

つうかん【通関】（名・自サ）通過海關◎

つうき【通気】（名）通氣，通空氣；通風
；☆通気をよくする／使空氣暢通。①◎

つうぎょう【通暁】（名・自サ）〔文〕精
通，通曉；☆日本歴史に通暁する／精通
日本歴史。◎

つうきん【通勤】（名・自サ）上下班；☆
毎日家より役所に通勤する／每天從自己
家裏到公司（或機關）去上班。◎

つうげき【痛撃】（名・他サ）痛撃，嚴重
打撃；☆敵に痛撃を加える／痛撃敵人◎

*つうこう【通行】（名・自サ）通行，往來
；☆オートバイの通行を禁ずる／禁止機
車通行；☆通行が出来ない／不能通行；
☆右側を通行して下さい／請靠右走；～
きんし【通行禁止】（名）禁止通行；～
けん【通行券】（名）通行證，出入證，
門證；～ぜい【通行税】（名）通行税；
～にん【通行人】（名）行人。◎

つうこう【通航】（名・自サ）〔文〕通航
，航行；☆パナマ運河を通航する／從巴
拿馬運河航行。◎

つうこく【通告】（名・他サ）通告，通知
；☆通告を発する／發出通告，發出通知
；～しょぶん【通告処分】（名）通告處
分。◎

つうこん【痛恨】（名・他サ）痛心，非常

悔恨，遺恨；☆このような惨事を引き起
こしたのは痛恨に堪えない／造成這樣慘
劇令人不勝痛心。◎

つうさん【通産】（名）→つうしょうさん
ぎょうしょう【通商産業省】；～しょう
【通産相】（名）通商産業大臣。◎

つうさん【通算】（名・他サ）總計；☆一
年間の出席日数を通算する／總計一年的
出席日數。①◎

つうし【通史】（名）通史。①

つうじ【通じ】（名）①通，流通（＝とお
り）；☆通じの悪い溝（みぞ）だ／不暢通
的溝；②感應，理會，覺悟（＝わかり，
さとり）☆いくらほのめかしても彼には
通じがない／怎麼拿話來暗示他，他也不
能領會③大小便，（特指）大便☆通じが
ない／大便不通，沒有大便；☆通じを付
ける／吃瀉藥，使通大便；～ぐすり【通
じ薬】（名）〔醫〕瀉藥（＝げざい）。◎

つうじて【通じて】〔副〕〔常用「を通じ
て」的形式〕①在整個期間内，在整個範
圍内；☆この仕事は彼の一生を通じて最
も困難な仕事だった／這個工作是他一生
中最困難的工作；☆この法律は全国を通
じて適用する／這個法律適用於全國範圍
内；②總計起來，總說起來；☆滞在期間
は通じて十日を過えてはいけない／逗留
期間總共不得超過十天。◎

つうしょう【通称】（名）①俗稱；②通稱
，一般通用的稱呼。◎

つうしょう【通商】（名・自サ）通商貿易
；～きょうてい【通商協定】（名）通商
協定；貿易協定；～さんぎょうしょう【
通商産業省】（名）通商産業省（掌管商
業貿易輕重工業等）（＝通産省）。◎

*つうじょう【通常】（名）通常，普通，平
常；☆明日からは、通常の通り授業を行
ないます／從明天開始照常上課；☆労
働時間は通常八時間です／勞動時間通常
是八小時；～かわせ【通常為替】（名）
普通匯兌。◎

*つう・じる【通じる】Ⅰ（自上一）①通（
＝とおる，かよう）；☆故障のため電車
が一時通じなくなった／因爲事故電車暫
時不通了；☆この道は陽明山に通じてい
る／這條路通到陽明山；☆台北と基隆の
間に電話が通じている／臺北和基隆之間
通電話；☆敵に通じてスパイ行為をする
／通敵作間諜行爲；☆洪と宏とは音が通

じる／洪字與宏字的音相通；②私通，☆亭主のある女と通じる／與有夫之婦私通；②〔意思等〕被理解，通；☆私の話が一向相手（あいて）に通じない／我的話對方始終不了解；☆私の気持が通じた／我的心思被（對方）理解了；④通曉，精通（＝くわしくしる）；☆土地の事情に通じている／通曉當地的情況；☆英語に通じている／通英語；⑤（大小便）暢通；☆便が通じる／有大小便；Ⅱ（他上一）①通，使之通，開通（＝とおす）か，かよわす）；☆電流を通じる／通上電流；☆道を山頂まで通じる／使道路通到山頂；☆名刺を通じる／遞名片，通刺；②使理解，打通（＝わからせる）図つうず（サ）。回

*つうしん【通信】（名・自サ）①通信，通音信；☆飛行機から基地に通信する／從飛機上向基地通信；②通信がとだえる／通信杜絶，音信不通；②通訊，☆東京の通信によれば／據東京的通訊；～いん【通信員】（名）（報社雑誌社等的）通訊員；～きかん【通信機関】（名）通信工具（指郵、電、無線電等）；～きょういく【通信教育】（名）函授（教學）；～し【通信社】（名）（報社雑誌社等）通訊社；～はんばい【通信販売】（名）郵購服務；～ぼ【通信簿】（名）（學校的）通知簿；～もう【通信網】（名）通信網通信連絡網；～や【通信屋】（名）以預測市場行情爲業的通信人；～らん【通信欄】（名）通信欄。回

つうじん【通人】（名）①通人，博學多聞的人；深通世事的人；萬事通②熟悉烟花柳巷的情事的人，烟花柳巷的老在行③回

つう・ずる【通ずる】（自他サ）〔文〕→つうじる。回③

つうせい【通性】（名）通性，共同性回1

つうせき【痛惜】（名・他サ）痛惜，非常惋惜。回

つうせつ【痛切】（名・形動ダ）痛切，深切；☆彼の発言は甚だ痛切である／他的發言甚爲痛切；☆原子力管理の必要を痛切に感ずる／痛切地感到有管制原子能的必要。回

つうせつ【通説】（名）①共同的論調，一般的說法；☆学界の通説になっている／已成爲科學界一般的說法了；②通解，全盤的解說。1回

つうそく【通則】（名）〔文〕一般的規則，通用的規則；☆通則に従う／遵照一般的規則；☆右側通行が通則になっている／靠右邊走是一般的規定。回1

つうぞく【通俗】（名・形動ダ）通俗；～か【通俗化】（名）通俗化；～しょうせつ【通俗小説】（名）通俗小說；～てき【通俗的】（形動ダ）通俗的；☆通俗的な文学／通俗的文學。回1

つうたつ【通達】（名・自サ）①通達，深通，熟悉；☆外国の事情に通達している／熟悉外國的情形；②通知，通告，傳達☆役所の通達／政府機關的通告。回1

*つうち【通知】（名・他サ）通知，知會，報知；☆通知を出す（発する）／發通知；☆通知を受ける／接通知；☆計画変更を通知する／通知改變計劃；☆通知のあり次第／通知一到…；～しょ【通知書】（名）通知書；～ぼ【通知簿】（名）通知簿（學生成績通知簿）。回

つうちょう【通帳】（名）帳，摺子；☆貯金（ちょきん）の通帳／存款摺子。回

つうちょう【通牒】（名・他サ）通牒；☆最後の通牒／最後通牒。回

つうどく【通読】（名・他サ）通讀，從頭到尾讀一遍；☆一寸（ちょっと）通読しただけだ／只是通讀了一遍；☆二十四史を通読した人は少ない／廿四史很少有人從頭到尾讀完的。回

つうねん【通念】（名）一般的觀念；共同的想法。1

つうふう【通風】（名・自サ）①通風，通氣，透風，透氣；☆この家は通風が好い／這房子空氣流通。回

つうふう【通風】（名）〔醫〕痛風（關節炎之一種，關節腫脹而作痛）；☆痛風にかかる／患痛風病。回③

つうぶん【通分】（名・他サ）〔數〕通分回

つうほう【通報】（名・他サ）通報，通知，知會；☆現地の模様を通報して来た／把當地情況通報來了。回

つうやく【通約】（名・他サ）〔數〕通約回1

*つうやく【通訳】（名・自サ）（口頭）翻譯；翻譯者，譯員；☆日語を通訳する／口頭翻譯日語；☆日本語の通訳をする／當日本語的譯員。1

*つうよう【通用】（名・自サ）①通用；通行；☆そんな考えは今の世の中には通用しない／那種主張（觀點）現在的社會上

已經行不通了；②兼用；☆この傘は晴雨いずれの場合でも通用する／這種傘可以雨旱兩用；②通用，有效常用；☆通用門／經常走的門；～きかん【通用期間】（名）票的有效期間。①⓪

つうよう【痛痒】（名）①痛和癢；②痛癢；☆痛痒を感じない／無關痛癢。⓪

つうらん【通覧】（名・他サ）通盤看；綜覽；普遍觀察。⓪

ツーリスト【tourist】（名）觀光客，遊客，旅行者；～ビューロー【tourist bureau】（名）旅行社。③

つうれい【通例】（名・副）通例，常例，慣例；☆彼は通例晩は在宅だ／他照例晚上在家；☆銀行は通例四分の利子です／銀行通常是四釐利息。⓪①

つうれつ【痛烈】（形動ダ）激烈，猛烈；☆痛烈に攻撃する／猛烈地攻撃。⓪

*つうろ【通路】（名）通路，通行的道路；去路；☆通路を塞ぐ／堵住去路，☆通路を開く／打通道路。①

つうろん【通論】（名）①通論；②公論，定論；☆世の通論／社會上的公論。⓪

つうわ【通話】（名・自サ）（電話）通話；☆通話中だ／（電話）正在說話，占着線；☆通話が利かない／電話打不通；～りょう【通話料】（名）（打電話）電話費。⓪

*つえ【杖】（名）①手杖；拐杖，棍子；☆杖をつく／拄拐杖；②〔轉〕依靠，靠山；◇杖とも柱とも頼む／非常依賴；☆彼は杖とも柱とも頼む一人息子であった／他是唯一依仗的獨生子；**杖ほどかかる子はない**／比拐杖還可靠的兒子是少有的；**杖を停める**／止步，停步。①

つか【柄】（名）把，柄，把手；☆刀の柄／刀把。⓪

つか【塚】（名）①（作標記用）土堆兒，土臺；②塚，土塚，墳塚，墳墓。②

*つかい【使（遣）（い）】（名）①〔（つかう）的名詞形〕使用；☆使いが激しいので間もなくこわれてしまった／因為使用得太厲害不久就壞了；②打發去的人，派去的人；☆使いを走らせる／派人，打發人去；☆子供を使いやる／打發孩子去（辦事）；☆お使いの方にお渡し致しました／已交給您派來的人了；◇使いに行く／（被打發出去）買東西，辦事；～かた【使い方】

（名）用法；☆人の使い方／用人法；☆筆の使い方／筆的使用法；☆金の使いが荒い／花錢大筆大筆；～こな・す【使いこなす】（他五）運用自如，掌握，操縱；☆彼は英語を完全に使いこなす／他能充分運用英語；☆この機械を使いこなせる人は少ない／能操縱（使用）這部機器的人不多；～こみ【使い込み】（名）〔（つかいこむ）的名詞形〕私用，盜用（公款等）；☆公金使い込みの廉（かど）で首になる／因為盜用公款而被開除；～こむ【使い込む】（他五）①私用，盜用（公款等）；☆組合の金を使い込む／竊用合作社的款子；②用慣，用熟；☆使い込んだ道具は使い易い／用慣了的器具用起來好用；③花費過多，超出預算；～さき【使先】打發（出）去的地方，去辦事的地方；☆使い先で油を売る／在打發去的地方閒聊，偷懶；～す・ぎる【使い過ぎる】（他上一）用過量；用過度，用過分；☆頭を使いすぎる／用腦過度；☆金を使い過ぎる／花錢過多；☆体を使い過ぎる／過於勞累；～つく・す【使い尽す】（他五）→つかいはたす；～て【使い手】（名）①使用者，用主；☆使い手がない／沒有用主，沒有人用；②浪費者，好花錢的人；☆彼はなかなか使い手だ／他是很能花錢的人；③會使的人；會用的人；善於使用的人；☆槍（やり）の使い手／善於使扎鎗的人；～なら・す【使い慣らす】（他五）用慣，用熟；～な・れる【使い慣れる】（自下一）用慣，用熟；☆使い慣れたペン／用慣了的鋼筆；～はた・す【使い果たす】（他五）用盡，花光（金錢等）；☆金を使い果たす／把錢花光；～みち【使い途】（名）①用法；②用處，用途；☆使い途がある／有用處；☆物にはそれぞれ使い途がある／物各有用；～もの【使い物】（名）可用的東西；有用的東西；☆使い物にならない／沒有用；不能用；～もの【遣い物】①禮，禮物；☆遣い物にする／用作禮物；☆それは友人へ遣い物にするのだ／那是送給朋友的禮物；☆遣い物をする／②行賄，賄賂；☆あの男は遣い物がきく／那傢伙受賄；☆～よう【使い様】（名）→つかいかた；～りょう【使い料】（名）①用的東西，用品；☆自家の使い料にとっておく／留下自己用；②使用費；～わけ【使い分け】（名・他サ）

靈活運用，分別使用；掌握；☆三ケ国語
を使い分けできる人／掌握三國語言的人
；～わ・ける【使い分ける】(他下一)靈
活運用，分別使用；掌握；☆各地の方言
を使い分ける／能說各地的方言。◻0

つがい【番】①(名)雌雄，一對公母；☆一
番／雌雄一對；☆番の小鳥／公母一對鳥
；②夫婦；～どり【番鳥】(名)雌雄一
對鳥；～め【番目】(名)①關節；②連
接部分。◻0

*つか・う【使う】(他五)①使，用；☆機
械を使う／使用機器；☆頭を使う／動腦
筋，使用腦力；☆時間を活かして使う／
有效地使用時間；②雇用，使用；☆店員
を使う／雇用店員；☆私を(漢文の教師
に)使って頂きたい／希望能用我(做漢語
教員)；③消費；花費；☆金を使う／花
錢；☆月にどの位使いますか／每月花多
少錢？④使，用，耍(法術、方法、手段、
魔術等)；☆手品(てじな)を使う／變
變法；☆留守(るす)を使う／裝不在
家；☆色目を使う／眉目傳情；⑤吃，洗
(澡)；☆弁当を使う／吃飯盒的飯；☆
湯を使う／洗澡；◇気を使う／費心機；
勞神；操心。◻0

つかえ【支(閊)え】(名)妨礙，阻礙；
故障。◻2◻3

つかえ【痞】(名)〔(つかえる)的名詞
形〕(心中)懣悶；☆胸の痞がおりる／
心情舒暢。◻3◻2

*つか・える【支(閊)える】(自下一)①
發生障礙，有人使用；☆電話は今支えて
いる／電話佔着線呢；②堵塞不通，礙事
；☆溝が泥で支えている／溝因泥堵塞不
通了；☆電車が先に支えている／電車堵
在前面；☆今日は仕事が支えるから行け
ない／今天有事去不了；④停滯，滯銷；
☆市場が支えて荷がはけない／市場貨物
充斥銷不出去。◻3

つか・える【仕える】(自下一)①(對長
上)服侍，伺候，侍奉；☆父母に仕える
／侍奉父母；☆師に仕える／侍奉老師；
②做官；③服務；☆国に仕える／爲祖國
服務。◻0

つか・える【痞える】(自下一)(胸口)
堵塞，(心中)懣悶；☆胸が痞える／胸
口堵塞；囚つかふ〔下二〕。◻3

つか・える【使える】(自下一)能使，能
用，可以用；☆この部屋は事務室に使え

る／這個房間可以用作辦公室。◻0

つが・える【番える】(他下一)①結合，
接上；☆はずれた関節を番える／把脫臼
的關節接上；②(把箭)搭在弓弦上；☆
矢を番える／把箭搭在弦上；囚つがふ(
下二)。◻0

つかさど・る【司(掌)る】(他五)掌管，
管理，擔任；☆国政を司る／掌管國政；
☆事務を掌る／主持事務。◻4

つかつか(副)①無體貌地(直出直入)，
隨便(出入)；☆人の家につかつか入って
ゆく／(不經傳達)無禮貌地走進別人的
家中；②不客氣地(說)；梗直地(說)
；☆つかつかとものを言う／說話梗直◻2

つかぬこと【付かぬ事】(連語・名)冒然
的事，突如其來的事；☆つかぬ事をお尋
ねいたしますが／對不起，我打聽您一件
事。◻2

つかのま【束の間】(名)一會兒工夫，轉
瞬之間；☆うれしく思ったのもほんの束
の間であった／歡喜也不過是轉瞬之間◻0

*つかま・える【摑(捉・捕)まえる】(他
下一)①揪住，抓住；☆捉まえて離さな
い／抓住不放；②捉拿，捕捉；☆泥棒を
捉まえる／捉賊。◻0

つかまつりそうろう【仕り候】(連語)〔
文〕(舊書簡用語)＝します，しました
；☆委細(いさい)承知仕り候／敬悉一
切。

*つかま・る【摑まる・捉まる・捕まる】(
自五)①被捉拿，被捕獲；☆犯人はまだ
捉まらない／犯人尚未捉住，尚未就擒；
☆あの人に捉まったら逃げられない／如
果被他捉住就跑不掉了；②揪住，抓住；
☆吊革(つりかわ)に捉まる／抓住(電
車上的)吊環；☆私にしっかり捉まって
おいで／抓緊了吧。◻0

つかみ【摑み】(名)①〔つかむ〕的名詞
形；②〔建〕房山(頭上的)板；～あい
【摑み合い】(名)揪打，扭打；～あ・
う【摑み合う】(自五)扭打，揪打；～か
か・る【摑み掛かる】(自五)揪起來；
～だ・す【摑み出す】(他五)①抓出；
☆ポケットから百円札を摑み出す／從衣
袋裏抓出一張百元的鈔票；②揪出去，推
出去；☆さっさと帰らないと摑み出すぞ
／如不趕快回去就把你揪出去！～どり【
摑み取り】(名)①大把抓取，盡量抓取；
☆大売り出しの景品は栗の摑み取りで

す／在大拍賣期間讓顧客抓取栗子（一把能抓多少給多少）作爲贈品；②抓，抓取；☆摑み取り（を）しないで箸で取りなさい／不要用手抓要拿筷子挾；☆濡れ手で栗（あわ）の摑み取り／〔喻〕不費力氣賺大錢。③

*つか・む【摑む】（他五）抓，抓住，揪住；☆髪を摑んで引き倒す／揪住頭髮拉倒（在地）；☆チャンスを摑む／抓住機會；☆文の大意を摑む／抓住文章的大意；◇溺れる者は藁をも摑む／溺水者攀草求援；雲を摑むよう／不着邊際。②

つか・る【漬かる】（自五）①淹，泡（＝ひたる）；☆大水が出て家が漬かる／發大水房子淹了；②醃透；醃好；☆漬物が漬かったか／鹹菜醃好了嗎？③洗澡；湯につかる／入浴；☆海へ行って塩水に浸かる／到海裏去洗海水澡。⓪

*つかれ【疲れ】（名）疲乏，疲倦；☆疲れが出る／感覺疲倦；☆疲れが抜ける／疲乏恢復過來。⓪

*つか・れる【疲れる】（自下一）①累，乏，疲倦，疲勞；☆身体が疲れて動けない／身體累得不能動彈；☆へとへとに疲れる／精疲力盡；☆この仕事は大へん疲れる／這個工作很累人；☆暗い灯火で読書すると目が疲れる／用黑暗燈光看書累眼睛；②（東西）用舊，破敵；不中用；☆この洋服は大分疲れている／這套西服穿得太舊了；☆疲れた現像液（げんぞうえき）／失效的顯影液；☆疲れた油／用了數次以後混濁的食用油；図つかる（下二）。③

つか・れる【憑かれる】（自下一）〔迷信〕（狐，魔等）附體，纏身；被迷上；☆狐に憑かれる／被狐狸迷上；☆憑かれたように仕事に熱中（ねっちゅう）する／像着了迷似地熱衷於工作。③

つかわ・す【遣わす】Ⅰ（他五）①派，遣，打發；☆使者を遣わす／派遣使者，派人；②〔古〕給，賞給，賜；☆金を遣わす／賞錢；Ⅱ（補助・五）〔文〕〔用（…してつかわす）的形式〕給（＝てやる）；許して遣わす／饒恕你；☆ほめて遣わす／給以表揚。②

つき【付】（名）①附，黏；☆付きの悪い糊／不易黏的漿糊；②（火）燃燒，着；☆この薪（まき）は付きがよい／這劈柴很好燒。②

一つき【付】（造語）①樣子，樣式；☆顔付／相貌；神色；表情；☆手つき／手的姿勢；②跟隨，附屬；☆司令官付の通訳／跟隨司令官的翻譯；③帶，附帶；☆水道付の貸家／帶自來水的招租房。

つき【付（就）き】（接助）①〔用（につき）的形式〕關於（＝について）；☆これにつき／關於這件事；☆社会問題に就き研究を始める／開始研究有關社會問題；②因爲（＝のゆえに，のために）；☆病気につき／因病；☆雨天につき／因爲下雨；③毎（＝ごとに）；☆一個に付き五元／毎一個五元；☆一軒に付き五百円ずつ／毎戶五百塊錢。

*つき【月】（名）①月亮；☆月が出た／月亮出來了；☆月が雲に隠れる／月光被雲遮住了；②月光；☆月が差し込む／射入月光；③月份；☆月満ちて男の子を生んだ／月份滿了生了個男孩；☆月足らずの子／不够月的孩子（早產）；☆船が月に二回出る／毎月開船兩次；◇月とすっぽん／天壤之別；◇月に叢雲（むらくも）花に風／好事多磨，好景不常；月のもの／月經。②

つき【坏】（名）〔古〕陶坏（食器）。②

つき【突】（名）①〔（つく）的名詞形〕推，撞；☆一突（ひとつき）で倒す／一下子堆倒；②〔劍術〕刺（以竹刀刺咽喉）；☆突を一本取る／刺中（對方的咽喉）⓪

つき【尽】（名）盡；☆運の尽／劫數已到，惡貫滿盈；☆警官に会ったのがあの泥棒の運の尽きだ／遇到了警察，活該那個小偷惡貫滿盈。⓪

つき【搗】（名）搗；☆この米は搗が十分でない／這米還沒有搗好。②

*つぎ【次】（名）①（順序）下次，下囘；其次，第二；接着；☆次の日／第二天；☆次の問題／下一個問題；☆次の停留所／（巴士）下一站；☆次のごとし／如下；☆次から次に出て来る／一個接一個地出來；☆お次の方（かた）どうぞ／下一位，請…；②（等級）次，第二等；☆上等がなければ次の品でもいい／沒有好的次一等也行；☆次の一着は君です／第一名是你，次のは他の人です／第一名是你，第二是他；③隔壁；☆次の間（ま）に誰がいるか／誰在隔壁呢？④〔古〕驛；☆東海道五十三次〔江戸時代〕（由東京到京都中間的）五十三個驛站。②

つぎ【継ぎ】（名）①継續；連接；補；②補釘；☆継ぎをあてる／打補釘；☆継の当たった上衣／補着補釘的上衣。⓪

*つきあい【付き合い】（名・自サ）①交際，來往；☆付き合いが広い／交際廣；☆親戚の付き合い／親戚的來往；☆付き合（い）をする／交際；②陪，陪伴，作陪；③應酬，勉强應付；☆飲みたくもないのにお付き合い（を）する／不想喝勉强應酬。⓪

つきあ・う【付（き）合う】（自五）①結合；②交際，交往，來往，共事；☆あの連中とは付き合わぬ方がよい／最好別和那些人來往；③陪，奉陪，作陪；☆私も付き合いましょう／我也奉陪吧。③

つきあ・う【突き合う】（自五）衝突，對頂，對撞，對碰；☆二頭の牛は角で突き合った／兩頭牛用犄角對頂。③

つきあかり【月明かり】（名）月光，明月；☆月明かりで本を読む／借月光讀書；☆故郷の山が月明かりのなかに浮かんでいる／故郷的山浮現於月影中。③

つきあ・ける【突き明ける】（他下一）①整開，鑿穿；②推開。

つきあ・げる【築き上げる】（他下一）砌上，壘起；☆塀を築き上げる／壘墻。③

つきあたり【突き当り】（名）①〔つきあたる〕的名詞形；②（道路的）盡頭；☆この路地（ろじ）の突き当りが私の家です／對着這條胡同的盡頭就是我的家。⓪

つきあた・る【突き当たる】（自五）①衝突，撞，碰；☆自動車が電信柱（でんしんばしら）に突き当たった／汽車碰到電線桿上了；②走到（道路的）盡頭；☆突き当たって左へお曲がりなさい／走到盡頭向左拐；③〔轉〕遇到，碰上；☆最後に経費の問題に突き当たった／最後碰到了経費問題；◇壁に突き当たる／碰壁；遇到阻礙。④

つきあ・てる【突き当てる】（他下一）①撞，碰；☆頭を柱に突き当てた／把頭撞在柱子上了；②中（彩），猜中；③找到，尋找；☆泥棒の隠れ家（が）を突き当てる／找到小偸的秘密巢穴；◇つきあつ（下二）。④

つきあわ・す【突き合わす】Ⅰ（他五）＝つきあわせる；Ⅱ（他下二）〔文〕＝つきあわせる。④

つきあわ・せる【突き合わせる】（他下一）①使（彼此）對面；☆膝と膝を突き合わせて談ずる／促膝談心；②對質，對證，査對；☆品物を送り状と突き合わせる／把物品按發貨單査對一下。⑤

つぎあわ・せる【継ぎ合（接ぎ合）わせる】（他下一）①接上，鉚上，黏上，銲上；☆二本の縄を継ぎ合わせる／把兩根繩子接上；☆二つに割れた茶碗を継ぎ合わせる／把壞兩半的茶碗鉚上；②縫上，補上；☆布片を継ぎ合わせる／把碎布縫在一起；◇つぎあわす（下二）。⑤

つきい・れる【突き入れる】（他下一）（用力）插入；扎進去；☆杙（くい）を地中に突き入れる／把椿子插進地裏去。④

つきおくれ【月後れ・月遅れ】（名）①過期（的雜誌等）；☆月後れの雜誌は安い／過期的雜誌便宜；②晚一個月，遲一個月；☆田舎（いなか）は月後れの正月で大にぎわいだ／郷下正過春節很熱鬧。③

つきおとし【突き落とし】（名）①〔つきおとす〕的名詞形；②〔角力〕（相撲的招數之一）推倒；☆突き落としで勝った／把對方推倒而獲勝。⓪

つきおと・す【突き落とす】（他五）①推下，推掉；☆崖から人を突き落とす／從山崖把人推下去；②〔角力〕（相撲）推倒；☆相手を突き落とした／把對方推倒了④

つきかえ・す【突き返す】（他五）→つっかえす。③

つきかげ【月影】（名）月光；月影。②③

つきがけ【月掛】（名）月月交錢；按月付錢；☆月掛貯金／（按固定數目）月月存款；☆月掛け払（ばら）いで払う／以按月付款方式付款。④⓪

つきがた【月形】（名）月牙形，半圓形⓪

つきがわり【月代わり】（名）①換班；☆明日からは月代わりで五月になる／從明天起五月了；②一個月一交班，每月一換班。③

つぎき【接木】（名・他サ）接木，接枝⓪

つききず【突傷】（名）刺傷，扎傷④②

つきぎめ【月極め】（名）包月，按月；☆新聞の月極めの読者／按月訂報的讀者（閲戶）

つききり【付き切り】（名）片刻不離左右，老在旁邊伺候；☆傍に付き切りで介抱する／片刻不離在旁伺候；☆一日中付き切りで看病する／終日不離地看護病人⓪

つきき・る【突き切る】（他五）刺透，刺

破（＝突っきる）；②穿過，横穿；☆林を突き切る／穿過樹林子；☆道路を突きる／穿越馬路；③衝；冒；頂着；☆風波を突き切って港につく／突破風浪（船）航進港口；☆雨を突き切って進む／冒雨前進。③

つぎきれ【継切】（名）補補綻的零碎布塊⓪

つきくず・す【突き崩す】（他五）①推倒，推垮；☆高く積み上げた本を突き崩す／把堆得很高的一堆書推倒；②擊破，擊潰；突破；③〔くずす〕的加強語氣詞⓪

つきくだ・く【搗き砕く】（他五）把（麥子等）搗碎，搗爛；☆米を搗き砕いて粉にする／搗米成粉；☆薬材を搗き砕く／把薬材搗碎。⓪④

つきごと【月毎】（名）每月，月月；☆月毎に一回出版する／每月出版一次。②③

つきこ・む【突き込む】（自・他五）→つっこむ。③

つぎこ・む【注ぎ込む】（他五）①把（液體）灌入，倒入，注入；☆急須（きゅうす）に湯を注ぎ込む／往茶壺裏灌入開水；②花掉（金錢等），投入（資本等）；☆全財産を子供の教育に注ぎこんだ／把所有財産都用在小孩的教育上了。③

つきころ・す【突き殺す】（他五）刺死，扎死；☆槍で突き殺した／拿扎槍扎死了④

つきころば・す【突き転ばす】（他五）衝倒，撞倒；☆自転車が小児を突き転ばした／自行車把小孩撞倒了。⑤

つきさ・す【突き刺す】（他五）①扎；刺；插；扎進；扎透；☆槍で突き刺す／用扎槍扎；☆短刀を胸に突き刺す／把短刀刺進胸膛；☆竿を地に突き刺す／把竹竿插在地上；②刺痛，打動；☆彼の言葉は私の胸を突き刺した／他的話刺痛了我的心。③

つきじ【築地】（名）（由池沼、海等）填起來的地；☆築地だから地盤が弱い／是填起來的地，所以地基不堅固。⓪

つきずえ【月末】（名）月末，月底（＝げつまつ）；☆月末までには出来上がる／月底以前可以完成；☆月末に香港へ行く／月底到香港去。③⓪

つきそい【付き添い】（名・自サ）①（對小孩、病人等）服侍，伺候；☆病人に付き添いの看護婦／伺候病人的護士；②服侍的人；看護人；☆付き添いに万事（ばんじ）任せる／把一切事情都託給護理人；

～にん【付添人】（名）跟隨的人；服侍的人；☆付添い人がないと安心が出来ない／没有人跟着放心不下。⓪

つきそ・う【付き添う】（自五）隨侍左右；跟隨照管；☆病人に付き添う／隨侍病人（左右）；☆母親が子供の遠足に付き添って行く／母親陪小孩去遠足。⓪

つきたお・す【突き倒す】（他五）撞倒，推倒，衝倒；☆不意に私を突き倒した／冷不防地把我衝倒了。④

つきだし【突き出し】（名）①〔つきだす〕的名詞形；②乍出茅蘆，初次做事；☆突き出しから高給をとる／開始做事就領高薪；③（宴會等主菜之前的）小菜，簡單的下酒物。⓪

*** つきだ・す【突き出す】**（他五）①推出去；☆家の外に突き出す／推出門外；②伸出，探出；挺起；☆手を突き出す／伸出手去；☆窓から顔を突き出す／從窗子往外探頭；③扭送（到公安機關、法院等）；☆万引（まんびき）は警察に突き出された／小偸被扭送到派出所去了。③

つぎた・す【継ぎ足す】（他五）補上，添上，加上，續上，接上；☆油を継ぎ足す／添上油；☆縄を継ぎ足す／接上繩子③

つきた・つ【突き立つ】（自五）①扎上；☆棘（とげ）が突такった／扎上刺了，②直立，聳立；☆絶壁（ぜっぺき）は屏風（びょうぶ）のように突き立っている／斷崖像屏風似地聳立着。③

つきた・てる【突き立てる】（他下一）①插上，樹立起，戳住；扎上；☆竿を地に突き立てる／把竹桿戳在地上；②猛進，猛衝，猛撞。④

つきたらず【月足らず】（名）（胎兒）不足月，早産；不足月的胎兒；☆月足らずで生まれる／不足月就生下來了。③

つきづき【月月】（名）月月，每月；☆月月の生活費／每月的生活費。②

*** つぎつぎに【次次に】**（副）①接連不斷地，絡繹不絶地；☆次々に客が来る／客人絡繹不絶；②一個接一個地；☆次々に試験場へ呼ばれた／一個接一個被叫進試驗場去了；③按次序地；☆次々に渡す／按次序地往下傳；④陸續，相繼；☆有望な新人が次々と（に）現われる／有希望的新人相繼出現。⓪

つきつ・ける【突き付ける】（他下一）①擺在眼前；放在眼前；☆ピストルを突き

付けて脅かす／端着槍威脅；☆証拠をつ
きつけて責める／擺出證據責問；②以強
硬態度提出；☆抗議文を突き付ける／提
出強硬抗議；☆辞表をつきつける／強硬
地提出辭呈。④

つきつ・める【突き詰める】Ⅰ（他下一）
①追究到底；☆根本まで突き詰める／挖
根，追究到底；Ⅱ（自下一）（一件事）
左思右想，反覆考慮；想來想去想不通；
☆あまり突き詰めて考えると神経衰弱に
なる／過於窮思苦想弄得神經衰弱。④

つきとお・す【突き通す】（他五）扎透，
刺透，扎通，刺通，穿通；☆弾丸が鉄板
を突き通した／子彈把鐵板穿透了。③

つきとお・る【突き通る】（自五）扎穿，
刺（扎）透（＝つきぬける）；☆堅くて
通らない／硬得扎不透。③

つきとば・す【突き飛ばす】（他五）撞倒
，推倒；推出去，猛撞；☆いきなり後か
ら突き飛ばす／突然從後面猛撞；☆牛が
人を突き飛ばす／牛把人頂倒。④

つきと・める【突き止める】（他下一）追
究，查明；☆行方をつきとめた／查明去
處；☆噂の出所（でどころ）をつきとめ
る／追究傳說的出處；☆居所をつきとめ
る／查明住處，図つきとむ（下二）。④

つきなか（ば）【月中（半）】（名）月
半，月中；☆一月の月中ば頃に／在一月
月中前後。③④

つきなみ【月並】（名）普通，一般，平平凡
凡；陳腐；☆月並な訓示／陳腐的訓示⓪

*つぎに【次に】（副）接着，其次；下面；
下頭；下次；第二次；☆次に大事なこと
は…／第二重要的是…；☆その次に／其
次；☆この次にしましょう／下次再說吧
；☆次から次に出てくる／繼續不斷地出
來；一個接一個出來。②

つきぬ・く【突き抜く】（他五）打通，穿
通，扎通（＝つきとおす）；☆山を突き
抜いて道を付ける／穿山開道；☆弾丸が
壁を突き抜く／子彈打穿牆壁。③

つきぬけ・る【突き抜ける】Ⅰ（他下一）
＝つきぬく；☆焼夷弾が天井（てんじょ
う）を突き抜ける／燒夷彈穿透房頂；Ⅱ
（自下一）穿過，通過；☆表から裏側
へ突き抜けて出られる／可以從前門穿過
後街去，図つきぬく（下二）。④

つきの・ける【突き除ける】（他下一）推
開，排擠開；☆人を突き除けて先へ進む

／把別人推開走到前面去；☆肱（ひじ）で
突き除ける／用胳膊排擠開，図つきのく
（下二）。④

つぎのま【次の間】（名）隔壁的房間；套
房；☆次の間に下がる／退到隔壁的房間
去。②

つきのもの【月の物】（名）〔女〕月經（
＝げっけい、メンス）。⑤

つきのわ【月の輪】（名）①月亮，月輪；
②月圓形；③熊的喉部所生的月牙形的白
毛。③

つぎはぎ【継ぎ接ぎ】（名）①縫補；☆継
ぎ接ぎだらけの着物／滿是補釘的破衣服
；②東拼西湊；～ざいく【継ぎはぎ細工
】（名）拼湊細工。⓪

つきはじめ【月初め】（名）月初，月頭；
☆月初めに集金に来る／月初來收款。③

つきは・てる【尽き果てる】（自下一）淨盡
，無餘；☆兵糧が尽き果てた／軍糧用盡
了／方法が尽き果てた／用盡方法。③

つきはな・す【突き放す】（他五）①推開
；☆縋（すが）る手を突き放す／把扶過
來的手推開；②甩開，撇開，拋棄；☆彼
はまだ一本立ちできない中に突き放され
た／他nstill還不能獨立生活時就被拋棄了④

つきばらい【月払い】（名）每月支付；分
月支付；月末支付；☆月払いで背広を買
う／分月付款買西服；☆月払いの家具／
分月付款的傢俱。③

つきひ【月日】（名）①月亮和太陽；②光陰
，歲月，時光；☆月日の立つのは実に早
い／光陰過得真快；③月日，日期；☆論
文の終りに完了した月日を記入する／論
文的末尾記上寫完的日期；④生活，日
子；☆さびしい月日を送る／過寂寞的日
子。②

つきびと【付き人】（名）〔文〕跟隨人，
伺候人。②

つきべつ【月別】（名）月別；按月；每月
；☆月別の売り上げ高／按月售款額。⓪

つぎほ【接穂】（名）①接樹的木苗；接枝
；☆だい木に接穂をつぐ／往臺木上接樹
苗；②（把話）接着講下去的機會（＝つ
ぎは）；☆話の接穂がない／沒有接話的
機會。⓪

つきましては【就きましては】（接）＝つ
いては。③

つきまと・う【付き纏う】（自五）纏住，
纏繞，糾纏；☆子供が母親に付き纏う／

小孩科纏母親；☆病魔が付き纏う／病魔
纏身；☆刑事に付き纏われる／被特務跟
上。④⓪

つきみ【月見】（名）賞月，觀月；☆月見
をする／賞月；☆月見の宴を張る／擺筵
賞月；**～づき**【月月】（名）桂月，陰
曆八月；**～そう**【月見草】（名）〔植〕月
見草。③

つきめ【尽き目】（名）盡頭，窮盡的時候
；☆運の尽き目／惡貫滿盈的時候。③

つぎめ【継目】（名）接縫；接口；銲口
；☆継目のない…／無接縫的…；☆継目
なしの鉄管／無縫鋼管；☆継目が離れた
／接口開了；☆継目をつぐ／（紙）糊縫
；（板）接縫；（金屬等）銲縫。⓪

つきもど・す【突き戻す】（他五）＝つき
かえす。④

***つきもの**【付き物】（名）附屬品；離不開
的東西，避免不了的事情；☆硯に墨は付
き物だ／有硯就得有墨；☆海外生活にあ
る種の不自由は付き物だ／國外生活在某
些方面難免有不方便的地方。②

つきもの【憑物】（名）附體，着魔；附體
的邪魔，靈魂；☆彼には何か憑き物がし
ている感じだ／他似乎邪魔附體了。②

つぎもの【継ぎ物】（名）補釘；補補釘；
☆継物をする／補補釘。

つきやとい【月雇い】（名）月工；做月工的
人；☆月雇いで雇い入れる／按月工僱人③

つきやぶ・る【突き破る】（他五）①扎破
，戳破，撞破，頂破；☆雛は卵の殻を突
き破って出る／雛鷄啄破蛋殼而出；☆ガ
ラス戸を突き破る／撞破玻璃門；②突破
；☆重囲を突き破って逃げる／突破重圍
而逃。④

つきやま【築山】（名）（庭園内的）假山；
☆築山に松を植える／在假山上種松樹⓪

つきゆび【突き指】（名・自サ）扭傷（的）
手指；☆球を受けそこねて突き指（を）
した／由於接球沒接好把手指扭傷了。⓪

つきよ【月夜】（名）月夜；☆月夜に散歩
する／月夜散歩；↔やみよ；◇ **月夜に提
灯**／〔喩〕不必要，多餘，畫蛇添足。②

っきり（修助）→きり（修助）。

***つ・きる**【尽きる】（自上一）①盡，完（
＝なくなる，おわる）；☆精力が尽きる
／精力耗盡；☆金が尽きる／錢已用完；
②完了，結束，到頭，滿期；☆一時間ほ
ど歩くと林は尽きた／走一小時左右樹林

就走到頭了。⓪②

つきロケット【月＋rocket】向月球發射
的太空火箭。

つきわり【月割】（名）①每月平均；☆税
金は月割りだ／税金每月平均約五百元；
☆五百円ぐらいだ／税金每月平均約五百元；②按月分期付款（＝げっぷ
）；☆ミシン代を月割で支払う／按月分
期支付縫紉機的價款。④⓪

―つ・く（接尾）（五型）表示上面所接的
詞的動作、狀態等；☆机ががたつく／桌
子提提悠悠地不穩；☆べたつく／黏，往
上黏。

***つ・く**【付（着・就・点）く】（自五）①
沾，沾上；附，附上；☆血の付いた着物
／沾上血的衣服；☆油が手につく／油沾
上手；②接觸，達到；☆ひざの上まで水
がつく／水深沒膝；☆頭が天井につく／
頭頂到頂棚；③到，到達；☆汽車は三時
につく／火車三點到；☆彼が最初に着い
た人だ／他是最先到的；④就（席、座
等），到，登；☆席につく／就席；☆座
につく／就座；☆食卓につく／（坐到飯
桌前面）就餐；☆講壇につく／登上講壇
；⑤生，長，長進，提高；☆肉がつく／
長肉；☆利息がつく／生息；☆知恵がつ
く／長智慧；☆語学の力がつく／語學進
步了／語學的實力增加了；⑥就，從事；
☆職業につく／就業；☆任につく／就任
，上任；⑦就師，從師；☆外人の先生に
ついて語学を習う／跟外國老師學語學；
⑧跟，跟隨，伴同，侍候，護衛，看護；
☆看護婦がついている／有護士跟着哪；
☆親について旅行する／跟隨父母旅行；
⑨從屬，同黨；☆娘は母に付く／女兒跟
媽媽；☆勢につく／趨炎赴勢；☆敵につ
く／倒戈，投敵；☆味方につく／合伙，
左袒，歸順我方；☆人の下につく／附屬
人下；⑩連，接，連接，接連；☆この列
車には食堂車がついている／這班列車帶
（有）餐車；⑪就道，起身，起程；☆帰
途についた／已就歸途；起程回家了；☆
飛行の途につく／起飛就道；⑫紮根；☆
根がつく／紮根；⑬點燈，點火，起火；
☆電気がつく／點着電燈；☆タバ
コは火がつかなかった／香烟沒點着；
☆このマッチはつかない／這個火柴劃不
着；☆隣の家に火がついた／鄰家失火了
；⑭值，當，頂，相當於；☆全部で三千
円につきます／總共值三千元；☆一個五

円についている／一個合五元錢；⑮染；☆色がついた／染上顏色了；⑯聚集；☆甘いものに蟻がつく／甜東西上聚螞蟻；⑰順着，沿着；☆川について行く／順着河走；⑱印上，留下；☆足跡がついた／印上腳印了；⑲纏，迷；☆狐がつく／狐狸附體了；⑳能，得到；☆思案がつく／想出來；☆判断がつく／能判斷，判斷出來；☆見込がつく／有指望；㉑結實，結果；結苞；☆実がつく／結實；☆牡丹に大分蕾がついている／牡丹結很多苞了；㉒生蟲；☆虫がつく／生蟲；㉓長銹；☆錆がつく／長銹；㉔顯眼；☆目につく／顯眼；㉕有眉目，有頭緒；☆目鼻がつく／有眉目／☆話に目鼻がつく迄／在事情有眉目以前；☆あの談判は、まだ目鼻がつかない／那項談判還沒有頭緒。①②

*つ・く【吐く】（他五）①呼吸，出氣，嘆氣；☆溜息（ためいき）を吐く／長歎，嘆長氣；②說；☆嘘をつく／說谎。①

*つ・く【突（衝）く】（他五）①扎，刺；戳，撞，頂；☆針でつく／拿針扎；☆棒で突く／拿棒子撞；☆角で突く／用犄角頂；☆咽喉をつく／扎（刺）咽喉；☆肱（ひじ）をついて本を読む／支着胳膊肘托着腮唸書；☆玉をつく／撞球，打臺球；☆敲，撞；☆鐘をつく／撞鐘；②衝，冒，頂；☆雨をついて帰る／冒雨歸來；☆激浪が天をつく／巨浪沖天；☆臭気が鼻をつく／臭氣衝鼻子；④闖，衝，攻擊；☆敵陣をつく／攻打敵陣。①

つ・く【搗（舂）く】（他五）搗，舂，☆米を搗く／舂米；☆搗いて餅にする／搗成年糕。①②

*つ・く【漬く】（自五）①〔古〕淹，漬；☆水に漬いている／淹在水中；②（鹹菜）漬透，醃透。①②

つ・く【築く】（他五）砌，壘，修築；☆庭内に小山を築く／在院裏築小山。①

つ・く【憑く】（自五）〔迷信〕（狐妖鬼魔等）附體；☆狐が彼に憑いた／他被狐狸迷住了。①②

つ・く【次ぐ】（自五）次於，亞於；☆大阪は東京に次ぐ大都会である／大阪是次於東京的大都市。①

つ・ぐ【注ぐ】（他五）①注入，灌入；☆鉄瓶に水を注ぐ／把水灌入水壺；②斟（茶、酒）；☆杯に酒を注ぐ／往酒杯裏斟酒；③〔與「接ぐ」通用〕添加；☆火鉢

に炭を注ぐ／往炭火盆裏添炭；☆御飯を注ぐ／添飯。①

*つ・ぐ【継（接）ぐ】（他五）①繼續；☆夜に日を継いで働く／日以繼夜地勞動；②繼承，襲，嗣；☆王位を継ぐ／繼承王位；☆父の家業を継ぐ／繼承父親的職業；③接，拼在一起；接上；☆骨を接ぐ／接骨；☆膠（にかわ）で板を接ぐ／用膠把板黏上；☆糸を接ぐ／接線；④補足，添加；☆炭を継ぐ／接炭，添炭；☆御飯を継ぐ／添飯。①

つくえ【机】（名）桌子；書案，書桌。①

つくし【土筆】（名）〔植〕筆頭荣；→すぎな。①

*つく・す【尽す】（他五）①盡，盡力，竭，竭力，効，効力；☆人事を尽す／盡人事；☆国家のために尽す／為國効力；☆一言にして尽せば／一言以蔽之，總而言之；☆言葉を尽して諫める／費盡唇舌規勸，百般規勸；☆この文章はよく意味を尽している／這篇文章把意思都說盡了；②（接其他動詞連用形起助動詞作用）盡，完；☆財産（精力）を使い尽す／蕩盡家産（耗盡精力）；☆殺し尽す／殺絕，殺光；☆掘り尽された鉱山／挖完了的礦山；☆言い尽されぬ／說不完。②

つくだに【佃煮】（名）一種食品（以醬油、糖等煮炙的小魚、小蝦等）。①

*つくづく【熟熟】（副）①痛切地（＝つうせつに）；深刻地（＝ふかく）；☆つくづく考える／深刻地（一再地）想，熟思熟慮；②細，仔細（＝ねっしんに）；十分注意地（＝ちゅういして）；☆つくづく眺める／仔細地看；③完全，眞，很（＝まったく、おおいに）；☆その仕事がつくづくいやになった／那個工作我眞厭了；☆有切膚之痛地，☆貧乏の辛さをつくづく感じた／我已飽嘗貧苦的辛酸滋味。③

つくつくぼうし（名）〔動〕寒蟬。⑤

つぐない【償い】（名）①〔つぐなう〕的名詞形；②補償，賠償；☆金を払って償いをする／付出金錢作爲補償。③①

*つぐな・う【償う】（他五）①補償，賠償，抵償；☆損失を償う／賠償損失；②贖罪，抵罪；☆金で罪を償う／用錢贖罪；☆功を立てて罪を償う／立功贖罪。③

つくね・る【捏ねる】（他下一）捏；☆土を捏ねて人形を造る／捏泥傲泥人兒。③

つくねんと（副）呆然，發呆；☆つくねん
と，一人でそこに坐っている／一個人呆
呆地坐在那裏。[0]

つぐの・う【償う】（名）→つぐなう。[3]

つくばい【蹲い】（名）①〔つくばう〕的
名詞形；②設在房簷下或庭園中的石製洗
手盆（因須蹲下洗手故名）；☆蹲いの水
を換える／換洗手盆的水。[3][0]

つくば・う【蹲う】（自五）①蹲；②卑躬
屈節；☆上役の前で這い蹲う／在上司面
前卑躬屈節。[3]

つぐ・む【噤む】（他五）緘（口），噤（
口）；☆口を噤む／閉口不言。[2]

つくり【旁】（名）漢字的右旁（如「時」
的「寺」、「機」的「幾」等）。[3]

─づくり【造り】（造語）→ずくり。

つくり【造（作）り】（名）①〔つくる〕
的名詞形；②構造；☆造りが丈夫だ／構
造結實；☆洋風のつくり／洋式的建築（
構造）；打扮，化粧；☆つくりがうま
い／打扮得好；④〔おつくり〕＝さしみ
；⑤裝做；假裝；☆つくり泣き／假哭；
〜か・える【作り替える】（他下一）改
作；改編；改寫；改造；另作；新作；☆
小説を劇に作りかえる／把小説改寫為劇
本；☆靴屋にくつを作りかえてもらう／
請鞋店把鞋子重做一下；〜がお【作り
顔】（名）假面孔；（演員）化粧的臉；
〜かた【作り方】（名）①作法；☆作り
方がうまい／作法好；②構造，建築；☆
文章の作り方／文章的作法；文章的結構
；〜ごえ【作り声】（名）假聲；學旁人
的聲音；☆女の作り声をする／裝女人聲
音；☆作り声で話す／用假嗓説話；〜ごと
【作り事】（名）虚構，假事；☆彼がそ
の時旅行に行っていたなんて作り事だ／
説他當時去旅行是假話；☆この小説は作
り事ではない／這部小説不是想像，是事
實；〜ごと【作り言】（名）虚言，假話
；〜ざかや【造り酒屋】（名）造酒廠；大
酒店；〜じ【作り字】（名）①倭字，日
本仿漢字所造的字（如「辻」「畑」等）
；②別字，白字；〜たて【作り立て】（
名）①剛剛作成；②裝置；〜た・てる【
作り立てる】（他下一）①作成；②大加裝
飾，濃粧；☆こってり作り立てる／濃粧
；〜つけ【作り付け】建築物與結構連在
一起的；☆作り付けの本棚／固定的書架
；〜ばなし【作り話】（名）①假話；編造

的話；☆作り話だから感じが薄い／是編
造的話所以不動人；〜み【作り身】（名）
①切成塊的魚肉；②〔方〕→さしみ；〜
もの【作り物】（名）①人造品；手工製
品；②玩具；③假東西；④農産品；⑤祭
祀用的擺設；⑥能樂用的道具；⑦玩弄物
；〜わらい【作り笑い】（名）假笑。[3]

つく・る【造（作）る】（他五）①創造；
☆時代は人間を作る／時代創造人；②製
，作，造，製造；☆あの工場は何を作っ
ているのですか／那個工場製造什麼？☆
木で紙をつくる／拿木材造紙；☆メリケ
ン粉をつくる／製造麵粉；☆米で酒をつ
くる／用米釀（造）酒；③（詩歌文章等
）作，寫；☆文章を作る／作文章；☆草
稿をつくる／寫草稿；④建造，築；☆大
工（だいく）は家をつくる／木匠蓋房子
；☆船をつくる／造船；⑤鑄造；☆大砲
をつくる／造大砲；☆貨幣を造る／造貨
幣；⑥（形成）隊列組織，組成；☆列を
作って歩く／排隊歩走；☆楽しい家庭を
作る／建立快樂的家庭；☆新内閣をつく
る／組織新內閣；☆学校をつくる／創辦
學校；⑦耕種，栽培；☆田を作る／種田
；☆野菜を作る／種菜；☆米をつくる／
種米；⑧培養，養成，育成；☆良い習慣
をつくる／養成良好習慣；⑨化粧，打扮
；☆顔をつくる／梳洗打扮；化粧；☆若く
作る／打扮成年輕樣；⑩修飾，修理，修
整；☆体裁（ていさい）を作る／修飾外表
；⑪虚構；假裝；☆作った話／假話，托
詞；⑫做飯，做菜；☆ご飯を作る／炆飯
，做飯；⑬（鶏）報（時）；☆鶏が時を
作る／鶏報曉；⑭賺得，掙；☆身代（財
産）をつくる／賺得財産；⑮定，立；制
定；☆規則を作る／制定規則；☆憲法を作
る／制憲；⑯樹立，製造；☆敵を作る／
樹敵；⑰造；☆罪を作る／造罪；造孽[2]

つくろい【繕い】（名）〔つくろう〕的名
詞形；☆繕いをする／＝つくろう；☆繕
いがきく（きかない）／能（不能）修理
；能（不能）彌縫；☆あの屋敷はもう繕
いがきかない／那座房屋已經不能修（修
也無用）了。[3]

つくろ・う【繕う】（他五）①修理；修補
；☆着物の綻（ほころび）を繕う／縫衣
服綻線的地方　②彌縫，敷衍；☆事を
一時繕っておく／把事情敷衍一時；☆缺
陷を繕う／彌縫缺點；☆その場を繕う／

敷衍一時；把場面敷衍過去；③整理，整頓；修飾；☆みなりを繕う／修飾外表 ③

一つけ【付け】(造語)(接動詞連用形下表示)習慣；經常；☆買い付けの店／買慣東西的舖子，熟舖子；☆行き付けの所／常去的地方。

つけ【付け】(接助)〔文〕起因 (=ことよせる)；☆雨風につけても子を思う／每逢興風下雨都會想起兒子。

つけ【付け】(名)①〔つける〕的名詞形；②眼，眼單；☆付けで買う／賒買；☆付けにする／掛賬；☆付けを払う／付賬；☆付けを持って来なさい／請把眼單拿來。②

つげ【告げ】(名)天啓神諭；☆神のお告げを受ける／得天啓，接受神諭。⓪

つげ【黄楊・柘植】(名)〔植〕黄楊；☆黄楊の櫛 (くし)／黄楊木梳。⓪

つけあが・る【付け上がる】(自五) 放肆起來，得意起來；驕傲起來；☆ほめるとすぐ付け上がる／一讚揚就驕傲起來；☆人がおとなしくしていると彼は付け上がって勝手なことをする／如果人家忍讓他他一定放肆起來任意而爲。⓪

つけあわせ【付け合わせ】(名)配合，搭配，配置；配置物，配合物；☆肉に野菜の付け合わせ／肉配上青菜。⓪

つけあわ・せる【付け合わせる】(他下一) 配合；☆肉に野菜を付けあわせる／肉配上青菜。⓪

つけい・る【付け入る】(自五)①利用機會，乘人之危 (=つけこむ)；☆相手の弱みに付け入る／抓住對方的弱點；☆敵の虚に付け入る／乘敵人之虚；②乘機奉承，拍馬；☆上役に付け入って出世する／奉承上司而飛黃騰達。⓪

つけおち、つけおとし【付け落とし】(名) (眼簿、文書等)漏寫，遺漏；☆勘定書に付け落しがある／眼單上有漏寫的。⓪

つけか・える【付け替える】(他下一)換上；☆電球を付け替える／換上電燈泡；☆ペン先を付け替える／換上鋼筆尖。⓪④

つけぐすり【付け薬】(名)外用藥，塗藥；☆化膿 (かのう)にきく付け薬を下さい／請賣給我治化膿的外用藥。

つげぐち【告げ口】(名・自サ)傳舌，告密，撥弄是非。⓪

つけくわ・える【付け加える】(他下一) 補充，添加，附加；☆一言 (ひとこと)付け加えておきます／補充一句話。⓪

つけこみ【付け込み】(名)①利用機會，乘勢鑽營；☆あいつは付け込みがうまい／那個傢伙善於鑽營；②記眼；☆帳簿の付け込みを終わる／記完了眼。

つけこ・む【付け込む】(自五)①乘人之危，利用機會 (=つけいる)；☆人の弱みに付け込んで暴利を貪る／抓住人家的弱點而貪圖暴利；②記眼，上眼，記上眼；☆忘れないように帳簿に付け込みなさい／記到帳上吧，免得忘了。⓪

つけこ・む【漬け込む】(他五)漬醃好多鹹菜；☆色々の漬物を漬け込んでおく／漬上好多樣的鹹菜。③

つけだし【付け出し】(名)眼單 (=かんじょうがき)；☆付け出しをおくれ／請給我眼單。⓪

つけたり【付けたり】(名)附帶的東西；☆海外視察は付けたりで本当は遊びに行ったのだ／所謂海外視察不過是附帶而已，實際上是遊山逛景去了。⓪

つけつけ(副)〔俗〕毫不客氣地，惡狠狠地，露骨地 (=ずけずけ)；☆つけつけと小言 (こごと)を言う／毫不客氣地加以申斥；☆人前も憚 (はばか)らずつけつけ言う／在旁人面前也毫無顧忌地直言無隱。⓪

つけどころ【付け所】(名)；☆目の付け所／應該着眼的地方；☆僕と君とは目の付け所が違う／我和你眼的地方不同；☆手のつけどころ／應該着手的地方；☆手のつけ所がない／無從着手。③

つけとどけ【付け届け】(名)①(爲了致謝，托人情等而贈送的)禮物，禮品；☆盆暮 (ぼんくれ)の付け届け／年節的禮品；②〔轉〕賄賂。⓪

つけね【付け根】(名)根兒；☆耳の付け根／耳根；☆股の付け根／大腿根；☆山の付け根／山根底下。②⓪

つけねら・う【付け狙う】(他五)(跟在某人後面)伺機(加害)，伺便(行事)；☆すりに付け狙われる／被扒手跟上；☆殺そうと付け狙う／企圖窺機殺害。⓪

つけび【付け火】(名)放火，縱火。②

つけひげ【付け髭】(名)假鬍子；☆付け髭をする／按假鬍子。②

つけびと【付け人】(名)①隨從的人，跟隨服侍的人；②監視人。②

つけぶみ【付け文】(名・他サ)情書，寄

情書；☆付け文をする／寄情書；☆知らない人から付け文されたことがある／曾有不認識的人寄來過情書。[2]

つけまつげ【付け睫毛】（名）假睫毛。[3]

つけまわ・す【付け回す】（他五）到處跟隨，尾隨不離；走到哪裏跟到哪裏；☆記者達が時の人のあとを付けまわす／記者們跟在新聞人物後面不離開。[0]

つけめ【付け目】（名）①目的，目標；☆金が付け目の結婚／目的在金錢的結婚；②可乘的機會；☆彼がおこりっぽいのがこちらのつけ目だ／他好動火是我們可乘之機。[3]

つけもの【漬物】（名）鹹菜；☆漬物を漬ける／醃鹹菜。[0]

つけやき【付け焼き】（名）（魚肉等塗上醬油）烤；☆魚の切り身を付け焼きにする／烤魚（肉厚片）。[0]

つけやきば【付け焼刃】（名）①（刀刃上）加鋼，加上鋼刃；②〔轉〕臨陣磨槍，拾人牙慧；借來的知識，借來的智慧；☆いくら付け焼刃をしてもすぐぼろを出す／盡管怎樣臨陣磨槍，也馬上就會露出破綻的。[3]

*つ・ける【付（着）ける】（他下一）①連接，連上；安上；☆ペン軸にペンをつける／把筆尖插在鋼筆桿上；☆のりで付ける／用漿糊黏上；②穿；☆燕尾服をつけて出る／穿上大禮服出去；☆記上，寫上；☆日記につける／記在日記上；☆帽子に名前をつける／把姓名寫在帽子上；④定價；給價；☆値段をつける／定價；給價；⑤塗；擦；上；☆香水（油）を頭につける／往頭上擦香水（油）；☆薬をつける／上藥；☆パンにバターをつける／往麵包上塗奶油；◇醬油をつけて食べる／沾醬油吃；⑥（車船等）靠，開到；拉到；☆ボートを岸につける／使小艇靠岸；☆自動車を門につけた／汽車開到門口了；⑦點燃；☆電灯をつける／開電燈；☆タバコ（瓦斯、火）をつける／點烟（瓦斯、火）；⑧使…隨從；使…跟隨；☆子供に家庭教師をつける／為小孩請家庭教師；⑨尾隨，在後面跟着；☆彼の後をつけて行く／跟他後邊走；☆探偵につけられている／被特務跟上了；⑩註上，加上；☆漢字にふり仮名をつける／漢字註上假名；⑪附加；☆景品をつける／附加贈品；☆手紙をつけて物を送る／附函送禮；

⑫（車、馬、船等）裝載；☆貨物をつけた列車／裝載貨物的列車；⑬打分數；☆点（数）をつける／打分數；☆百点をつける／給一百分；⑭命名；取名；☆子供に名をつける／給孩子取名；☆ニックネームをつける／取外號；⑮使…養成（習慣）；☆好い習慣をつける／使養成好習慣；☆悪い癖をつけないように／注意不使養成壞毛病；⑯取得諒解；☆話をつける／接洽，治談；⑰（接其他動詞連用形）慣；熟；☆歩きつける／走慣；☆使いつける／用慣；☆聞きつけた声／聽慣了的口音；⑱其他動詞接連用形表示加強語氣；☆投げつける／扔，投；☆押さえつける／壓上；◊気をつける／注意；目をつける／着眼；味噌をつける；→みそ。[2]

つ・ける【漬ける】（他下一）①泡，浸；☆着物を水に漬ける／把衣服泡在水裏；②醃；☆キュウリを塩に漬ける／拿鹽醃黃瓜；◊つく（下二）。

*つ・げる【告げる】（他下一）①告訴，通知；☆この話を彼に告げて下さい／請把這話告訴他；②報告，宣告；☆議長は開会をつげた／議長宣佈開會了；③〔文〕告；☆終りを告げる／告終；☆一段落をつげる／告一段落；④教；講。[0]

*つごう【都合】（名・自サ）①（某種）關係，（某種）理由，（某種）情況（＝わけ）；☆家庭の都合により退学する／由於家庭的關係而退學；☆経費の都合上購入を見あわせる／由於經費上的理由暫不購買☆都合によっては飛行機で行くかも知れない／看情況如何也許乘飛機前去；②〔都合が良い（悪い）〕方便（不方便），合適（不合適）（＝ぐあい）；☆双方に都合のいい所に集まる／在雙方都方便的地點會合；☆今日は都合が悪いから明日来て下さい／今天不方便請你明天來；☆彼はいつも自分に都合のよい事ばかり考える／他總是考慮怎樣對自己方便；☆この家は私にとっては大変都合が良い／這所房子對我非常合適；③安排（時間）等，通融（款項等），借用（房屋、車輛等）；☆明日の会議は何とか都合して是非出席して下さい／明天的會議請你設法安排一下時間務必出席；☆金を少し都合してくれないだろうか／能否通融給一些錢；☆トラックの都合がついた／卡車通融好了，借好了；④預定；⑤〔都合よく

（わるく）〕順利（不順利），恰巧（不恰巧）（＝しゅび）；. ☆都合よく行けば明日完成する見込です／假如順利的話明天大概可以完成；☆都合わるく彼は不在だった／不恰巧他也没有在家；⑥〔作副詞用〕總共，共計；☆全部合わせると都合二千円になる／加在一起總共是二千元；◇都合つき次第／一有機會，情況一允許；（と言う）都合になっている／是（這樣）安排的，情況是（這樣）；☆来月香港へ行く都合になっている／我安排好了下月到香港去；☆彼が僕の代理をする都合になっている／已經安排好由他来代理我。⓪⒈

つじ【辻】（名）①十字路口，十字街；☆四つ辻に立っている／站在十字路口；②街頭，路旁；☆辻に立って花を売る／在街頭賣花。⓪

つじぎり【辻斬】（名・自サ）〔古〕試刀殺人，試刀殺人的人（舊時武士爲了試驗刀劍銳鈍或武術的高低夜晚在街上出其不意的暗殺行人）。⓪

つじごうとう【辻強盗】（名）〔文〕路劫，劫盗；☆辻強盗に遇う／遇到路劫了。⒊

つじぜっぽう【辻説法】（名）街頭講道⒊

つじつま【辻褄】（名）條理，道理；☆つじつまが合う／合乎邏輯，有道理；☆つじつまの合わない話／前言不符後語的話；☆勘定（かんじょう）のつじつまを合わせる／使賬目合攏，使賬目對得起來。⓪⒈

つずうらうら【津津浦浦】（連語）→つつうらうら。⒉─⓪

つずき【続き】（名）①〔つづく〕的名詞形②繼續的部分；～あい【続間・続合】（名）親屬，親戚，血族關係；☆あの人とどういうお続合いになっていますか／和他是什麼親戚？；～がら【続柄】（名）→つづきあい；～もの【続き物】（名）連續刊載（的小説等），連續放映（的電影等）；☆その小説は朝日に続き物で出た／那篇小説在朝日新聞上連續登載了。⓪

＊つず・く【続く】（自五）①繼續不断，連續；☆行列（ぎょうれつ）は一キロも続いた／隊列連接不断有一公里多長；☆一週間も降り続いた／（雨）繼續下了一個星期；②接着，跟着；☆軽い震動に続いて強い震動があった／（地震）輕震之後

緊接着起了強震；③連着，接着，相連，相接；☆この小道は牧場に続いている／這條小徑通到牧場；☆接續，繼續，繼承；☆心臓外科では彼に続く者はない／在心臓外科方面他的後繼無人。⓪

つずけざま【続け様】（名）接連不断，連續☆続け様に五回勝つ／連勝五次；☆四五日続け様に客を招いて御馳走した／一連四五天備酒宴客。⓪

＊つず・ける【続ける】（他下一）①接連不断；不停；☆回転を続ける／繼續旋轉，旋轉不停；☆演説を三時間続ける／接連不断地演説三個小時；②接連在一起；☆台所と風呂場を続ける／把厨房跟浴室接連在一起；③繼續；☆食事が終わると彼はまた仕事を続けた／吃完了飯他又繼續工作了。⓪

つずま・る【約る】（自五）①縮小，縮短，縮化；☆この文章は三分の二に約る／這篇文章可以縮箇爲三分之二。

＊つずみ【鼓】（名）①鼓；②小鼓（近似中國的腰鼓）；☆鼓を打つ／打鼓。⒊

つず・める【約める】（他下一）①縮小，縮短，減少；緊縮；☆期限を約める／縮短期限；☆経費を約める／減少經費；②簡單化，簡略；☆約めて言えば／簡單地說，簡言之。⒊

つずら【葛籠】（名）（用葛藤，竹子等編的）箱子，柳條箱。⓪

つずらおり【葛折・九十九折】（名）羊腸小徑，曲折的彎路。⓪

＊つずり【綴り】（名）①〔つづる〕的名詞形②つづれ；③拼字，拼音，綴字（＝スペリング）；☆綴りをまちがえる／拼字拼錯了，寫錯字母了；～あわ・す【綴り合わす】（他五）＝つづりあわせる；～あわ・せる【綴り合わせる】（他下一）拼到一起；綴到一起；～かた【綴り方】（名）綴法，造句，作文。⓪⒊

＊つず・る【綴る】（他五）①拼音；綴字☆お名前はどう綴るのですか／您的名字怎麼拼？②作文；③裝訂，縫，連綴；☆書籍などを綴っておく／裝訂書籍⓪⒉

つた【蔦】（名）〔植〕常春藤。⒉

つた・う【伝う】（自五）順，沿；☆崖を伝って下りる／順着崖下來。⓪

つたえ【伝え】（自五）①〔つたえる〕的名詞形；②傳言，傳說，傳聞，口碑；☆昔からの伝え／古來的傳説；～う・ける

【伝え受ける】（他下一）傳受，繼承；
〜きく【伝え聞く】（他五）傳聞。⓪

＊つた・える【伝える】（他下一）①傳，傳
達；告訴，轉告；☆命令を伝える／傳達
命令；☆言葉を伝える／傳言；☆宜しく
伝えて下さい／請代爲問候；②傳授；☆
知識を伝える／傳授知識；③傳給；讓給
；☆後世（こうせい）に伝える／傳於後
世；④傳導；☆電流を伝える／傳導電流
；⑤（從海外）傳入，傳播；☆キリスト
教を日本に伝える／往日本傳播基督教；
図つたふ〔下二〕。⓪

つたな・い【拙い】（形）①拙的，不高明
的，不佳的（＝へたな）；☆芸が拙い／
技藝不高明；②運氣不好的，命運不佳的
；☆運が拙い／運氣不好；③〔用以自謙
〕愚鈍的，不敏的；☆拙い私を親切に導
いて下さった／（他）對於我這樣愚鈍的
人也給予了懇切的指導。③

＊つたわ・る【伝わる】（自五）①流傳；☆
代々伝わる／代代相傳；☆この宝剣は
祖先から伝わって来た／這個寶劍是祖先
傳下來的；②傳，傳播，傳送，傳佈；☆
手から手へと伝わる／從一個人傳到另一
個人；☆花の香が風に伝わって来た／花
的香味從風裏傳來；☆名声天下に伝わる
／聲名傳於天下；③沿，順；☆河を伝わ
って行く／沿河而去；④傳來，傳入；☆
宗教が伝わる／宗教傳來。⓪

＊つち【土】（名）①土，泥，泥土；☆黒い
土／黑土；☆土の中に埋める／埋在土裏
；②地，土地；☆祖国の土をふむ／踏上
祖國的土地；③不值錢的東西；◊土がつ
く〔角力〕（相撲）輸，敗；◊土にな
る／死；☆異郷の土と（に）なる／死於
他郷；土一升金一升〔喻〕土地昂貴②

つち【槌】（名）（金屬的或木頭的）槌；
☆槌で釘を打つ／用槌子釘釘子。②

つちあそび【土遊び】（名・自サ）玩土，
弄土（＝つちいじり）；☆子供が土遊び
をしている／小孩正在玩土。③

つちいじり【土弄り】（名）→つちあそび
（土遊）。③

つちいろ【土色】（名）土色；☆健康がす
ぐれないせいか顔が土色をしている／大
概是因爲不健康而呈土色。⓪

つちか・う【培う】（他五）培養，培植，
栽培；☆愛国心を培う／培養愛國心。③

つちくさ・い【土臭い】（形）①土味，土

腥味的；②郷氣的，土氣的。④

つちくれ【土塊】（名）土塊；☆土塊を砕
く／打碎土塊。④⓪

つちけ【土気】（名）①土味，土氣，土
；☆岩ばかりで土気が少ない／竟是岩石沒
有一點土；②郷氣，土氣。③

つちけむり【土煙】（名）塵土，飛塵；☆
土煙を揚げて走る／跑得塵土飛揚。③

つちつかず【土付かず】（名）〔角力〕（
相撲）未被摔倒，勝；☆彼は土付かずだ
った／他一次未輸。③④

つちならし【土均し】（名）耙平土地，平
土的農具。③

つちのえ【戊】（名）（天干中的第五位）戊③

つちのと【己】（名）（天干中的第六位）己③

つちふまず【土踏まず】（名）①脚掌心（
不着地的部分）；②〔俗〕（出門時坐車
或乘船）一步也不走，脚不踏地。③

つちへん【土偏】（名）〔漢字部首〕土字
旁。⓪

つちぼこり【土埃】（名）塵土，沙土；☆
土埃がする／塵土飛揚；☆今日は土埃が
ひどい／今天塵土很大。③

＊つつ【筒】（名）①筒；☆竹の筒／竹筒；
☆竹はなかが筒になっている／竹子的中
間是空的；②砲筒，槍筒；③〔文〕〔
轉〕槍，砲；④井腔。⓪②

つつ（接助）（接於動詞第二變化下）①一
面……一面……且……；☆飲みつつ語る／且
飲且談；☆歩きつつ新聞を読む／一邊走
路一邊看報；②雖然，可是；☆遅いと知
りつつ出掛けた／明知道晚了可是還是去
了；③（表示繼續進行態）；正在…；☆
雨が降りつつある／正在下雨。

つつうらうら【津津浦浦】（名）全國各個
角落，各處，到處，家家戶戶；☆津津
浦浦に知れわたる／家諭戶曉，到處皆
知。②一⓪

つっかい【突っかい】（名）放，頂，撑，
支柱；☆入口の戸に突っかいをする／把
大門頂上；〜ぼう【突っかい棒】（名）
頂棍，支棍；支柱。⓪

つっかえ・す【突っ返す】（他五）①推回
，推回去，往回推；☆力を入れて突っ返
す／用力推回去；②贈物を突っ返す／把
贈物退回去；☆納品が不合格
で突っ返された／交的貨不合格，被退回
來了。③

つっか・える（自下一）〔俗〕＝つかえる④

つっか・る【突っ掛かる】(自五)〔(つき
かかる的音便〕①以粗言暴語對待(＝く
ってかかる)；☆彼は怒りっぽくてだれ
にでも突かっ掛って行く／他性情急躁對
誰都好粗言暴語；衝撞，猛撲；☆いき
なり突っ掛かって来る／突然猛撲過來；
③撞上，碰上(＝ひっかかる)；☆敷居に
突っ掛かってころぶ／絆在門檻上拌倒[4]

つっか・ける【突っ掛ける】(他下一)〔(つ
きかける)的音便〕①拖拉(鞋等)；☆
靴を突っ掛けて歩く／拖拉著鞋走；②突
然碰上；猛撞；☆自転車に突っかけられ
て怪我(けが)した／被自行車猛撞受了
傷；囮つきかく(下二)。[4]

つつがな・い【恙無い】(形)①無恙的，
無病的；②平安的；☆恙なく帰国した／
平安歸國了；囮つつがなし(形ク)。[4]

つつぎり【筒切り】(名・他サ)〔(圓長物)
橫切，切成圓片(＝わぎり)；☆鯉の筒
切り／把鯉魚切成段。[0]

つっき・る【突っ切る】(他五)〔(つき
きる)的音便〕①撞破，捅破，戳破；☆
指先で突っ切る／用指頭戳破；②橫斷，
橫過，穿過；☆林を突っ切る／穿過樹林
；☆畑を突っ切る／穿過田地去；③頂，
冒；突破；☆風波を突っ切って港につく
／突破風浪進入港口；☆風雨を突っ切っ
て進む／頂着風雨向前進。[3]

つつ・く【突つく】(他五)①(用手指等)捅
，戳；☆誰かが背中を突つくのを感じた
／覺到有人在背後捅了一下；☆蜂の巣を
突つく／捅馬蜂窩；②(鳥等用嘴)啄；☆
鳥が嘴(くちばし)で突つく／鳥用嘴啄；
③虐待，欺負，折磨；☆姑が嫁を突つく
／婆婆折磨媳婦；④挑唆，唆使；挑撥；
☆誰かが陰でつついている／有人在背後
挑唆；⑤挑毛病，吹毛求疵；☆どこから
もつつかれないように書くのはむずかし
い／很難寫得挑不出一點毛病來；⑥用筷
子挾東西吃；☆すきやきをつつく／吃鷄
素燒。[2]

つっけんどん【突慳貪】(形動ダ)(說話
等)粗暴，刻薄，不和藹(＝ぶあいそう)
；☆突慳貪にものを言う／說話刻薄；
突慳貪な返事をする／回答得很不和藹；
☆つっけんどんにあしらう／粗暴對待[3]

つっこみ【突込み】(名)①〔つっこむ
的名詞形〕；②〔俗〕一包在內，整個地；
☆突っ込みで買うと安くつく／一包在內

買下來價錢便宜；③深入；☆研究の突っ
込みが足りない／研究得不夠深入。[0]

＊つっこ・む【突っ込む】I(自五)〔(つき
こむ)的音便〕①抓住旁人弱點(＝つけ
いる)；②入，進入；☆人込の中に突っ
込む／鑽入人羣；③闖進，突進，突擊；
☆敵陣に突っ込んで敵を破った／突擊攻
破敵人；④深入；☆突っこんだ話をする
／深入地談；II(他五)①插進，投入
；☆両手をポケット突っこむ／把雙手挿
進衣兜裏；②刺入，③…に(へ)頭を突っ
こむ／干涉，參與；☆政界に頭を突っこ
む／投身政界(在政界渾事)；☆何事に
でもやたらに首を突っこむ／什麼事他都
參與。[3]

つっころば・す【突っ転ばす】(他五)〔
(つきころばす)的音便〕撞(衝)倒(
＝つきたおす)。[5]

つつさき【筒先】(名)①筒口；②槍口，
砲口；☆筒先を揃えて発射する／許多砲
口一齊發射③操縱消防水管的消防員[0][4]

つつじ【躑躅】(名)〔植〕杜鵑。[2]

つつしみ【慎しみ】(名)〔(つつしむ)
的名詞形〕謹言慎行，謙虛；禮貌；☆友
達だとつい慎しみを忘れる／因爲是朋友
不知不覺就忘了禮貌；～ぶか・い【慎
しみ深い】(形)十分謙虛的，很有禮貌
的。[4][0]

＊つつし・む【慎(謹)しむ】(他五)①謹
慎，小心，愼重；☆言行を慎しむ／謹言
愼行；☆以後慎しみますから今回は御勘
辨を願います／以後多加注意這次請你原
諒(道歉語)；②謙虛，有禮貌；☆愼し
まずにべらべらしゃべる／毫不謙遜地誇
大其談；③節制，抑制(慾望、感情等)
；☆病気中は酒を慎しみなさい／病中你
要節制飲酒。

つつしんで【謹しんで】(副)〔(つつしみ
て)的音便〕敬，謹；☆謹んで新年を賀
し奉ります／謹賀新年。[3]

つったちあが・る【突っ立ち上がる】(自
五)猛然站起，跳起來；☆突っ立ち上が
って答えた／猛然起立作答。[3][0][6]

つった・つ【突っ立つ】I(自五)直立，
聳立；☆煙突が突っ立っている／煙筒聳
立着；☆ぼんやり突っ立っている／茫然
直立；II〔文〕(下二)→つったてる[3]

つっ・く【突っ突く】(他五)〔俗〕→
つつく。[3]

つつっと（副）急歩前進貌；☆つつっと進む／急歩前進。[2]

つっと（副）動作的迅速貌；☆つっと家のなかへ姿を消した／突然就進到屋裏去；☆つっと人の前に立ち現われる／忽然間出現在人們的面前。[0][1]

つつぬけ【筒抜け】（名）〔原義是空筒，喻毫無阻隔〕①穿過，穿堂而過；②（秘密等）完全洩露；（隔壁的話聲等）清楚可聞；☆味方の情報が敵に筒抜けだ／我方的情報完全洩露給敵人了；☆鄰の部屋の話が筒抜けに聞こえる／隔壁房間的話聲聽得很清楚；☆いくら小言（こごと）を言っても右の耳から左の耳へ筒抜け／給他提多少意見總是耳邊風。[0]

つっぱ・ねる【突っ撥ねる】（他下一）①撞開，推開（＝つきとばす）；②〔轉〕拒絕（對方的要求）；（＝つきかえす）；☆会社側の案を突っぱねる／拒絕公司方面的提案。[4]

つっぱ・る【突っ張る】（他五）①頂住，支住，撐住；支持，支撑；②用力猛推；☆突っ張って襖を外した／用力把紙隔扇取下來；③堅持己見，猛烈反駁；☆自分の意見を最後まで突っ張っている／把自己的意見堅持到底以反對對方；④刺痛，劇痛；☆横腹が突っ張る／脇下刺痛。[3]

つっぷ・す【突っ伏す】（自五）突然伏下，臉朝下倒下去；☆突っ伏して泣き出した／伏下就哭起來了。

つつまし・い【慎ましい】（形）①謙虛的，樸實的；☆慎ましい生活をする／生活樸實；②彬彬有禮的，低聲下氣的，謙恭的，腼腆的；☆慎ましく礼を言う／彬彬有禮地致謝。[4]

つつましやか【慎ましやか】（形動ダ）彬彬有禮，恭謹；☆慎ましやかな態度／恭謹的態度；☆慎ましやかにお辞儀をする／恭恭敬敬地點頭敬禮。[4]

*つつみ【包み】（名）包，包裹，包袱；☆友人の家に本の包みを忘れて来た／把一包書忘在朋友家中了；☆包みを広げる／打開包裹。[3]

つつみ【堤】（名）①堤，壩；☆洪水で堤が切れた／堤被大水衝壞了；②貯水池。

つつみかくし【包み隠し】（名）〔（つつみかくす）的名詞形〕；☆彼は包み隠しの出来ない人だ／他是一個不會隱瞞的人。[0]

つつみかく・す【包み隠す】（他五）隱瞞；☆身元を包み隠す／隱瞞身分；☆思った事を包み隠さずに言う／把心裏想的事情不加隱瞞地說出。[5][0]

つつみがみ【包み紙】（名）包東西（用）的紙，包裝紙。[3]

+つつ・む【包む】（他五）①包，包裹；☆着物を風呂敷に包む／把衣服包在包袱裏；②蒙，蔽，遮；☆濃霧に包まれた山／被濃霧遮起的山頭；③包圍；☆山々が、この小さな村を包んでいる／山圍繞着這個小村莊；④敵軍を包む／包圍敵軍；④隱藏，隱瞞；☆包まずに白状した／不加隱瞞地供認了。

って（助動）①＝と；☆来るって言った／他說他要來的；②即使，縱然（＝とて）；☆行ったってだめだ／即使去也不行；③〔俗〕＝かって（表示疑問）；☆誰が行くって／誰去呀（我才不去呢）。

つて【伝・伝手】（名）①中間人，媒介者；門路，引線（＝てびき、てづる）；☆伝手を求める／找門路，找人介紹；☆よい伝がない／沒有好引線；②傳聞，傳說（＝ことずて、ひとずて）；☆伝手に聞く／風聞，聽人說。[2]

つと【苞】（名）（裝東西的）草包，蒲包；☆苞に入れる／裝在草包裏。[2][0]

つと（副）①突然，忽然；☆つと立ち止まった／忽然站住了；②一動不動地（＝じっと）；②仔細地；認真地，深入地（＝つくづく）。[0][1]

つど【都度】（名）每次，每回；每逢（＝たびに、ごとに）；☆上京の都度、彼は私の所に泊まる／每次來京，他都住在我這裏；☆数回やってみたが、その都度失敗した／做了幾次，每次都失敗了。[1]

つどい【集い】（文）〔（つどう）的名詞形〕集會，聚會（＝あつまり）；☆学生の集い／學生的集會；☆食後の集い／飯後的團聚。[2][0]

つど・う【集う】（自五）聚會，會合，集合（＝あつまる）；☆多くの人が集う／很多人集合。[2]

つど・える【集える】（他下一）集合，會合（＝あつめる）；☆同志を集えて／集合同志，図つどう（下二）。

つとま・る【勤まる】（自五）能擔任，勝任；☆彼には教師は勤まらない／他當不了教師；☆体の丈夫な人でないと、あ

の仕事はとても勤まらないでしょう／若不是身體健康的人那個工作恐怕很難勝任。③

*つとめ【務（勤め）】（名）①〔つとめる〕的名詞形；②任務；本分；本務；義務；☆兵士の務／士兵的任務；☆国家に対する務め／對於國家的義務；③職務，業務，工作，差事，事情；☆お勤めはどちらですか／你在什麼地方工作？☆勤めをはげむ／努力工作；☆つとめを果たす／完成任務；☆勤めに出る／上班工做去；執行任務去；④〔佛〕修行，功課，唸經；☆朝の務めをする／唸經。～さき【勤め先】（名）工作崗位，工作地點；☆お勤め先はどこですか／您在哪工作？；☆勤め先をしくじる／失業，被解雇；～て【勤（勉・努）めて】（副）盡量，竭力，盡可能（＝できるだけ）；☆相手の前で努めて不快の情を見せまいとする／在對方面前竭力不表露不愉快的感情；～にん【勤め人】（名）靠薪水生活者（＝サラリーマン）

つとめて（副）〔文〕①清早，清晨，拂曉；②翌日，次晨。②

*つと・める【勤（努・務・勉）める】（他下一）①服務，工作，做事，當；做；☆会社につとめる／在公司工作；☆学校の教師につとめる／做（學校的）教員；☆通訳をつとめる／當翻譯；②努力，盡力，為…而奮鬥；☆極力努める／極力奮鬥；☆世界平和のために努めねばならぬ／必須為世界和平而奮鬥；③扮演（某種角色）；☆ハムレットを勤める／扮演哈姆雷特；☆主役をつとめる／扮演主角；☆案内役を勤める／當嚮導；④（妓女等）陪酒，陪客；☆芸者がお座敷をつとめる／藝妓陪酒；⑤〔佛〕修行；☆效勞，效力；〔轉〕讓價；☆これでも君のためには随分勤めたつもりだ／我覺得我已經替你效了很大的勞了；☆十円だけ勤めましょう／少算你十塊錢吧；⑦努力忍耐；☆人の前で涙を見せまいと努める／在人前忍住眼淚。③

*つな【綱】（名）①（鐵絲、蔴等編的）纜，粗繩，索；☆綱で括る／拿粗繩子捆，②〔轉〕命脈，依靠，保障；☆命の綱／命根子；☆頼みの綱／唯一的依靠。②

*つながり【繫がり】（名）①〔つながる〕的名詞形；②關係，聯繫；☆繫がりがある／有關係；有關聯；☆あの人とは何の繫がりもない／我和他毫無關係；③臍帶。⓪

*つなが・る【繫がる】（自五）①連繫，接連（＝つらなる）；排列（＝ならぶ）；☆南北アメリカはパナマ地峡で繫がっている／南北美洲以巴拿馬地峽連繫着；②繫上，拴上，接上；☆船が岸につながる／船繫在岸上；③有血緣關係，有親戚關係；☆彼と私とは血が繫がっている／他和我有血緣關係；④被綁（在繩索上）；☆沢山の犯人が数珠（じゅず）のように繫がっている／很多的犯人被綁成一串。⓪

つなぎ【繫ぎ】（名）①〔つなぐ〕的名詞形；②〔經〕追加押金繼續買賣；③填，補，（臨時）增加；補做；補場；☆幕合の繫ぎ／換幕時的補場；～あわ・せる【繫合わせる】（他下一）結合，連上，接上；☆糸を繫ぎ合わせる／接線；～め【繫目】（名）→つぎめ。

*つな・ぐ【繫ぐ】（他五）①繫，拴，結；☆馬を馬車に繫ぐ／把馬拴在馬車上；☆船を岸に繫ぐ／把船拴在河岸；②連起，接起，串起；☆糸をつなぐ／接線；☆なわを繫いで長くする／把繩子接長；☆秘書室に繫いで下さい／（叫電話）請你把電話接到秘書室；☆手を繫ぐ／手拉手；③維繫（生命）；☆露命を繫ぐ／湊合活着；④下獄；☆獄に繫ぐ／下獄，繫獄。⓪

つなひき【綱引・綱曳】（名・自サ）①拉縴；②〔運動〕拔河比賽；☆綱引して遊ぶ／拔河。④②

つなみ【津波・津浪】（名）海嘯；☆津波に襲われる／遭受海嘯。⓪

つなわたり【綱渡り】（名・自サ）①走綱絲，走繩索；②〔轉〕冒險；☆危い綱渡りをやる／做冒險的事。③

*つね【常】（名）①常，平常；☆常なら五十円以上の品だ／若是平時這個東西要值五十多元；☆常と変って今日はひどく機嫌がよい／（他）與平常不同今天特別高興；②常事；常情；☆このごろ朝寝するのが常になった／近來睡早覺成為常事了；☆こわいものを見たがるのは人の常だ／越害怕越想看是人的常情；③平常，普通；☆世の常の人／（社會上的）平常人，普通人；◇常ならぬ／非常，不平常；

常なき／無常。①

つねず(づ)ね【常常】(名・副)平常，素日，平素，常常(＝ふだん、へいぜい)；☆常常要心する／經常留意；☆常常言い聞かしたのはこの事だ／平日常勸(他)的就是這件事。③⓪

つねに【常に】(副)常，常常，時常；經常；☆それは常にある事だ／那是常有的事；☆常に頭痛がする／經常頭痛。①

つね・る【抓る】(他五)掐，搯(＝つめる)；☆股(もも)を青あざの出るほどつねる／把大腿搯出青瘀。②

*つの【角】(名)①(動物的)犄角，角；☆牛は角がある／牛有犄角；②(昆蟲的)觸覺；☆角を引っ込める／把觸角縮進去；◇角を矯(た)めて牛を殺す／矯角殺牛；角を生(は)やす／(女子)嫉妬，吃醋。②

つのかくし【角隠し】(名)①拜廟時婦女的蒙頭絹(白面紅裏)；②〔轉〕新婦婚禮時的蒙頭絹。

つのざいく【角細工】(名)(用獸角做的)手工藝品，手工角製品。③

つのだ・つ【角立つ】(自五)①生出犄角；②(說話等)有稜角，不圓滑，不委婉(かどだつ)；③顯著，露鋒芒(＝きわだつ)。③

つのつき【角突き】(名)①用犄角頂，頂犄角；②鬪牛；③←つのつきあい；──あい【角突き合い】(名)衝突，抵觸，打架；☆二人は何時も角突き合いをしている／二個人經常衝突。④

つのぶえ【角笛】(名)號角。②③

つの・る【募る】Ⅰ(自五)越來越厲害；☆暴風が吹き募る／暴風越颳越大；Ⅱ(他五)①招，募，招募；☆生徒を募る／招生；☆資金を募る／募集資金；②徵，徵求；☆懸賞文を募る／懸賞徵文；☆意見を募る／徵求意見。②⓪

つば【唾】(名)唾液，唾沫；☆唾を吐く／吐唾沫；☆人に唾をひっかける／啐某人一口唾沫。②①

つば【鍔・鐔】(名)①(刀劍的)護手；☆刀の鍔／刀的護手；②帽簷；☆鍔の広い帽子／帽簷寬的帽子。

**つばき【唾】(名)→つば。③

つばき【椿】(名)〔植〕山茶；～あぶら【椿油】(名)山茶油。①

つばくろ【燕】(名)〔動〕→つばめ。⓪

*つばさ【翼】(名)①翼，翅，翅膀；☆翼を広げる／張開翅膀；☆虎に翼を添える／爲虎添翼；②(飛機的)翼。⓪①

つばぜりあい【鍔競り合い】(名・自サ)白刃相交，激烈衝突；☆議場で与党と反対党の議員が互いにつばぜりあいを演じている／議會上，執政黨與反對黨的議員進行你死我活的衝突。③

*つばめ【燕】(名)〔動〕燕，◇若い燕／年青的男朋友(情夫)。⓪

*つぶ【粒】(名)①(穀物的)粒；☆米の粒／米粒；☆胡麻(ごま)粒／芝麻粒；②顆粒，圓粒；☆粒の大きい米／顆粒大的米；☆算盤の粒／算盤珠；☆粒が揃う／一個賽過一個。①

つぶさに【具に・備に】(副)〔文〕具，全，備；☆一切(いっさい)具に備っている／一切俱全；☆備に辛苦を嘗む／備嘗辛苦；②詳細；☆具に述べる／詳細敍述。①

つぶし【潰し】(名)①〔つぶす〕的名詞形；②廢料；☆この鉄器はつぶしにする値段でしか売れない／這個鐵器只能當作廢料賣；◇潰しがきく／①(人)到什麼時候都有辦法，有本領；②(物)作爲廢料也值錢。⓪

*つぶ・す【潰す】(他五)①弄壞，弄碎，弄得不成樣子；☆果物を潰す／把水果擠壞；☆家が倒れて中にいる者が潰された／房子倒塌把裏面的人壓死了；②消費，浪費；☆時間を潰す／浪費時間；打發時間；☆暇をつぶす／消閒；③破產；☆家を潰す／敗家，拆房子；☆財産をつぶす／破產；④宰殺；☆鶏(牛)を潰す／宰鷄(牛)；⑤鎔化；☆吊鐘を潰して銭を鋳る／鎔化吊鐘鑄錢；⑥(接其他動詞連用形)糟塌，弄壞；☆目を泣きつぶす／把眼睛哭壞；☆推し潰す／壓壞，擠壞；☆鋳(い)つぶす／鎔化；⑦(把窟窿)堵上，堵死；☆網の目を潰す／把網眼堵死；◇顔をつぶす／使…丟臉；面目をつぶす／使丟臉；肝(きも)をつぶす／嚇破膽。⓪

つぶぞろい【粒揃い】(名)齊整，一個賽一個；☆あの大学は教授が粒揃いだ／那所大學的教授一個賽一個。

つぶつぶ【粒粒】(名・自サ)(很多的)粒狀物；疙瘩；☆糊の粒粒をなくす／使漿糊裏沒有疙瘩；☆粒粒した物／疙疙瘩

瘩的東西。◎①

つぶて【飛礫】（名）（投擲的）石子，飛石，石頭鏢；☆飛礫が飛んでくる／石子飛過來；☆雪飛礫を投げる／擲雪球◎③

つぶやき【呟】（名）嘟噥，嘟噥的話；☆わけのわからぬ呟きをもらす／嘟噥着莫名其妙的話。④◎

つぶや・く【呟く】（自五）嘟噥，發牢騷；☆彼は一人で呟いている／他一個人在嘟噥。③

つぶより【粒選】（名）精選，選拔；精選（選拔）出來的東西（人）；☆粒よりの野球選手／選拔出來的棒球選手；☆このりんごは粒選の上等品だ／這蘋菓是精選出來的頭等貨。◎

つぶら【円】（形動ダ）圓；☆円な月／一輪明月；～か【円か】（形動ダ）同上。①

つぶ・る【瞑る】（他五）閉眼，瞑；☆目を瞑って知らないふうをする／閉上眼睛裝不知道；◊目をつぶる／①佯裝不知；②死，瞑目。◎

*つぶ・れる【潰れる】（自下一）破，壞，塌，毀，垮，壓垮，壓壞；☆玉子が潰れる／鷄蛋破了；☆地震で家が潰れる／因地震房子塌了；②破產，倒閉，垮臺；☆銀行が潰れた／銀行倒閉了；③磨平，磨光，磨鈍；☆刀の刃が潰れた／刀刃磨光了；④（耳目）聾，瞎；☆彼は目が潰れた／他的眼睛瞎了；☆耳が潰れた／耳朶聾了；☆肝が潰れた／膽碎了；⑤（時間）浪費掉◊日曜日は家の手伝いで一日潰れてしまった／星期天在家裏幫忙浪費了一天；◊顔が潰れる／丟臉，丟人；図つぶる（下二）。◎

つべこべ（副）強辯，講歪理，反唇頂撞；☆つべこべとよく口を出す女だ／那個女人專好講歪理；☆つべこべ言うな／住嘴，不要亂說亂道。①

ツベルクリン【德 Tuberkulin】（名）〔醫〕（診斷結核用的）結核菌素。④

つぼ【坪】（名）①土地面積單位（三十六平方尺）；②體積單位（六尺立方）；③平方形。◎

*つぼ【壺】（名）①壺，罐，罇；☆砂糖つぼ／糖罐；☆茶壺／茶葉罐；②要點；③窪坑；☆滝壺／瀑潭；◊思う壺にはまる／恰如所願，正中下懷。◎

つぼあたり【坪当り】（連語・名）每坪；

→つぼ。③

っぽい（接尾・形）→ぽい。

つぼすう【坪数】（名）坪數（以六尺平方為單位的面積數）；☆坪数はどれ程ありますか／面積有多少坪？③

つぼね【局】（名）〔文〕①宮殿中獨立的一所房屋；②有獨立房屋的宮女；③妓女。◎

つぼま・る【窄まる】（自五）①→つぼむ；②〔俗〕縮成一團，縮頭縮尾；萎縮；☆隅の方につぼまって坐る／縮縮縮尾地坐在一角；☆あの事件以来家でつぼまっている／自從那個事件發生後困居在家中不再參加活動。◎

*つぼみ【蕾】（名）①花苞，花蕾，花骨朶兒；☆蕾がつく／（花）長花苞兒；②〔轉〕未達成年之前；☆蕾のうちに死んだ／沒成年就死了。③

つぼ・む【窄む】（自五）①縮窄，越來越窄；☆先の窄んだズボン／褲管越往下越窄的西服褲；②（花）凋閉；☆花が窄んだ／花凋萎了。◎

つぼ・む【蕾む】（自五）（花）打苞，含苞；☆梅が蕾んで来た／梅花含苞了②◎

つぼ・める【窄める】（他下一）收攏，閉上，合上，縮窄；☆傘を窄める／合上傘；☆羽根を窄める／合起翅膀；☆口を窄めて笑う／抿着嘴笑；☆袋の口を窄める／攏上口袋嘴；図つぼむ（下二）。◎

つぼやき【壺焼】（名・他サ）①罐燜，烤（番薯）；☆壺焼のさつまいも／烤番薯；②放在殼裏烤（海螺等）；☆さざえを壺焼にする／把海螺放在殼裏烤。◎

つま【夫】（名）〔文〕夫，夫丈（＝おっと）。①

*つま【妻】（名）①妻；☆妻をむかえる／娶妻；↔おっと；②〔烹飪〕（配在生魚片等上的）配菜，配頭；☆さしみの妻／生魚片的配頭；③〔建〕＝きりづま（切妻）。①②

つま【端】（名）①邊，邊緣（＝へり、はし）；②頭緒，端緒；線索（＝てびき、いとぐち）。②

つま【褄】（名）（和服）長衣襟的兩端；☆褄を取る／提起衣襟；〔轉〕當妓女。②

つまおと【爪音】（名）①（以指甲）彈琴的聲音；☆琴の爪音を聞く／聽琴聲；②馬蹄聲。◎

つまこ【妻子】（名）妻和子；妻子；☆妻子の身を案じる／掛念妻子。①

つまごい【妻恋】（名）①想念妻子或丈夫；夫婦相互戀慕；②（動物）牝牡相戀。①

つまさき【爪先】（名）脚尖；爪先で踊る／用脚尖舞蹈；☆頭のてっぺんから爪先まで／從頭頂到脚尖；全身；〜あがり【爪先上がり】（名）①上坡；慢坡，上坡路；②脚尖往上擡。①

つまさ・れる（自下一）①〔為恩情、愛情〕感動，牽住，絆住，累住；☆恋につまされて…／為情絲所累…；②引起身世的悲傷；☆あの唄を聞くと身につまされる／一聽那首歌就引起了身世悲傷；[反]つまさる（下二）。①

つまし・い（形）儉省的，節省的；樸素的；☆つましい暮し／樸素的生活；☆つましく暮す／節儉度日；[反]つまし（形ク）③

つまずき【躓き】（名）①〔つまずく〕的名詞形；②失敗，受挫，挫折；☆ちょっとした躓きから…／由於小小的挫折…。①

*つまず・く【躓く】（自五）①絆倒，跌倒；☆石に躓いてころんだ／絆在石頭上摔倒了；②〔轉〕〔遇到阻礙〕失敗，受挫；☆彼は収賄事件に連座して一生を躓いた／他因牽連在貪汚案件之內而斷送了一生。①

つまだ・つ【爪立つ】Ⅰ（自五）用脚尖站立，墊脚；☆爪立って歩く／墊着脚走；☆爪立って漸く届くような窓だ／墊着脚才够得着的窗子；Ⅱ（他下二）〔文〕→つまだてる。③

つまだ・てる【爪立てる】（自下一）用脚尖站立，墊脚；☆爪立てて待つ／尖脚等待；佇立以待；[反]つまだつ（下二）④

つまはじき【爪弾き】（名・自サ）①彈指；②〔轉〕厭惡，嫌棄，藐視，輕蔑；☆皆に爪弾きされる／被大家厭惡。③

つまびく【爪弾く】（他サ）用指甲彈奏（吉他等）。

つまびらか【詳（審）らか】（形動ダ）〔文〕詳細，清楚；☆詳らかに調べる／詳細調査；☆その本の著者の名は詳らかでない／那本書的作者的名字不詳。

つまみ【撮・摘・抓】（名）①〔つまむ〕的名詞形；②（數量）撮；☆一つまみの塩／一撮鹽；③（器物的）紐，把手；☆鉄瓶の蓋のつまみ／壺蓋上的紐；〜ぐい【撮み食い】（名・他サ）用手抓着吃，

偸吃；〜もの【撮み物】（名）〔お─〕〔烹飪〕小吃，簡單酒菜。①

つまみだ・す【撮み出す】（他五）①掲出，揀出；☆小石を撮み出す／把小石子揀出來；②〔轉〕轟出去，揎出去；☆静かにしないと撮み出すぞ／肅靜些，不然把你轟出去。④

*つま・む【撮（摘・抓）む】（他五）①捏，撮；☆鼻を撮む／捏鼻子；☆指で撮んで食べる／用手抓着吃；☆お気に召したら一つお撮み下さい／您若愛吃就請嘗一個；②摘；☆要点を（かい）撮んで話す／摘要述說；☆狐に撮まれたよう／被狐狸迷住了一樣，如墮五里霧中。①

つまようじ【爪楊枝】（名）牙籤。③

*つまらな・い【詰まらない】（形）①不値錢的，無價值的；☆つまらないものですが（お受け取り下さい）／這是一個不值錢的東西請收下（表謙語）；②無聊的，無趣的；☆この小説はつまらない／這篇小說沒意思，寫得平淡無奇；☆私だけ留守番だなんてつまらない／我一個人看家真無聊；③無用的，沒有效果的；☆あくせく働いてもつまらない／兢兢業業地勞動也沒用；④不足道的，無謂的；☆つまらない事を気にかける／把一件小事放在心上。③

つまらぬ（ん）【詰まらぬ（ん）】（連語）→つまらない。

つまり（副）①終於，終究（＝ついに）；☆とどのつまり破産した／最後終於破產了；②究竟，到底，總之（＝ようするに）；☆つまり誰が間違ったのですか／究竟是誰錯了呢？☆これはつまり君のためめです／總之這是為了你；③就是說；☆この時代に、つまり戦後の数年間に／在這個時代，也就是說在戰後的幾年裏③①

*つま・る【詰まる】（自五）①堵，塞，不通；☆風邪を引いて鼻が詰まった／傷風鼻不通了；☆下水がすっかりつまっている／下水溝完全堵住了；②充滿，擠滿，塞滿；☆鞄は一杯詰まっている／皮包裏裝得滿滿的；☆会場はぎっしり詰まっている／會場擠得滿滿的；③縮短，緊小；☆秋は夜が延びて日が詰まる／秋天夜長日短；☆命が詰まる／減壽；☆この靴は爪先のところが詰まって足が痛い／這雙鞋子脚尖緊小穿着脚痛；☆その生地（きじ）は洗うと詰まる／那塊料子一洗就

縮；④窮困，窘迫；☆金に詰る／缺錢；
☆返答に詰まる／回答不上來；無言可對
；⑤停頓，擱淺；行不通；☆談判が詰ま
ってしまった／談判停止了；☆演説の最
中に詰まってしまった／演説到中間講不
下去了。②

つまるところ【詰まる所】（連語・副）→
つまり（詰り）。②

****つみ**【罪】（名・形動ダ）①（宗教，道德
上的）罪，罪過，罪惡，罪孽；☆罪が深
い／罪孽深重；②（法律上的）犯罪；罪
；☆罪に処する／處刑，處罰；☆罪に問
う／問罪；☆罪をおかす／犯罪；③壞事
，歹事，惡事；☆罪な事をする／做壞事
；④過失，過錯，罪責，咎；☆この失敗
は誰の罪か／這種失敗是誰之錯？◇罪は
私にある／其罪在我，是我的錯；◇罪の
ない／無害處的，天眞爛漫的；☆罪のな
い事を言う／說沒有惡意的話；☆罪のな
い顔／天眞的表情；罪の子／私生子，非
婚生子；【罪がない】（連語）
無罪，天眞的，無惡意的。①

つみあ・げる【積み上げる】（他下一）①
堆起來，堆上；☆山のように積み上げる
／堆積如山；②堆好，堆完；図つみあぐ
（下二）。④

つみいれ【摘み入れ】（名）〔烹飪〕氽魚
肉丸子。⓪

つみおくり【積み送り】（名・他サ）（貨
物）運送，發送，載運；☆積み送り品／
發送的貨物；☆積み送り人／發貨人。⓪

つみおろし【積卸し】（名）裝卸，裝貨和
卸貨；☆積卸しをする／裝卸。⓪

つみかえ【積み替え】（名）〔（つみかえ
る）的名詞形〕倒載，轉載貨物；☆荷物
の積み替えを済ます／把貨物倒裝完畢⓪

つみか・える【積み替（換）える】（他下
一）①（由某一個車船）改裝（到另一個
車船），載運，倒載；☆荷物を船から貨
車に積み替える／把貨物從船上卸下來改
裝到貨車上；②重新裝載。④

つみかさな・る【積み重なる】（自五）堆
壘，累積，一個壓在另一個上面；☆積み
重なって高くなる／堆壘得高起來；☆人
が積み重なって倒れた／人一個壓一個地
倒下。⑤

つみかさ・ねる【積み重ねる】（他下一）
把…堆起來，壘起來；☆山のように積み
重ねてある／堆積如山；☆商品を倉庫に

積み重ねる／把商品堆在倉庫裏；図つみ
かさぬ（下二）。⑤

つみかた【積み方】（名）裝貨的方法，堆
積的方法；☆積み方が違っている／裝貨
的方法不對。⓪

つみき【積木】（名）〔玩具〕積木；☆積
木をして遊ぶ／擺積木玩。⓪

つみきん【積金】（名・他サ）〔經〕①積
存錢，積存的錢，儲蓄的錢，存款；☆俸
給の一部を積金する／把部分薪金存起來
；②（銀行的）準備金，公積金。⓪

つみくさ【摘み草】（名）春季郊遊，踏青
；春季野外採花摘草；☆摘み草に行く／
踏青去；郊遊採花去。⓪

つみこ・む【積み込む】（他五）（往車船
裏）裝載（貨物）；☆船に貨物を積み込
む／往船上裝貨。③

つみだし【積出し】（名）〔（つみだす）
的名詞形〕裝出（貨物）；☆貨物の積
出しを済ます／裝完貨物；～こう【積出
港】（名）裝貨港。⓪

つみだ・す【積み出す】（他五）把（貨物）
裝出，發送；☆船で積み出す／用船裝出
；☆貨物を積み出す／裝運貨物。③

つみたて【積立】（名）①〔つみたてる〕
的名詞形；②←つみたてきん；～きん【
積立金】（名）①（銀行的）準備金；②
積存的錢，儲蓄的錢；③公積金；☆積立
金に繰り入れる／加入公積金裏。⓪

つみた・てる【積み立てる】（他下一）積
累，積存，積蓄；☆毎月千円ずつ積み立
てる／每月積蓄一千元；☆穀物を積み立
てて不時（ふじ）の用に備える／積存糧
食以備不時之需；図つみたつ（下二）④

つみつくり【罪作り】（名・形動ダ）犯罪
；罪過，作惡，做壞事；☆罪作りなことをする／造孽。③④

つみに【積荷】（名）裝載的貨物；～あん
ない【積荷案内】（名）發貨通知；～う
けとりしょ【積荷受取書】（名）託運單⓪

つみびと【罪人】（名）①（宗教、道德上的）
罪人；②（法律上的）罪犯，罪人。⓪

つみほろぼし【罪滅ぼし】（名・自サ）贖
罪；☆過去の罪滅ぼしをする／贖過去的
罪惡。

つむ【紡錘】（名）〔俗〕紗綻。①

つ・む【詰む】（自五）①窮，窘，行不通
（＝つまる）；☆理に詰む／理窮；②稠
密，緊密，密實；☆目の詰んだ網／眼稠

つ

的網；③〔將棋〕將死（老將）；☆王が詰んだ／老將將死了。[1]

*つ・む【摘む】（他五）摘，捏，採；☆花を摘む／摘花；☆茶を摘む／採茶。[0]

*つ・む【積む】Ⅰ（自五）堆，積，壘；☆雪が積む／積雪；Ⅱ（他五）①堆積起來；積壘（＝つみかさねる）；☆山のように積む／堆積如山；☆石を積む／堆石頭；☆功をつむ／用功，下功夫；②載，裝載；☆荷物を車に積む／把貨物裝在車上；③存儲，積蓄，積累；☆金を積む／攢錢，存錢；☆経験をつむ／積累經驗；☆練習をつむ／經常練習。[0]

つむぎ【紬】（名）捻線綢。[3][0]

つむ・ぐ【紡ぐ】（他五）紡（紗）；☆棉を糸に紡ぐ／紡棉爲紗。[2]

つむじ【旋毛】（名）①(頭髪上的)旋兒；②←つむじかぜ；～まがり【旋毛曲り】（名)性情乖僻，彆扭；乖僻的人，彆扭的人☆彼は旋毛曲りの人だ／他是很乖僻的人。[0]

つむじかぜ【旋風】（名）旋風；☆旋風に捲き上げられる／被旋風捲起來。[3][5]

つむり【頭】（名）〔文〕頭，腦袋（＝あたま）；☆坊やの頭を撫でる／摸孩子腦袋；☆頭を丸める／剃光頭。[3]

つむ・る【瞑る】（他五）〔方〕＝つぶる[0]

*つめ【爪】（名）①(動物的)爪；(人的)指甲，趾甲；☆爪の垢／指甲泥；②(彈琴的)指套；③(用具上的)鈎子；◇爪に火をとぼす／吝嗇鬼；爪で拾って箕(み)でこぼす／滿地檢芝蔴大寶灑香油；爪の垢ほど／一點點，極少。[0]

つめ【詰】（名）①包裝，裝；☆一箱二ダース詰のビール／一箱裝兩打的啤酒；②盡頭；☆橋の詰／橋頭；③〔將棋〕將軍，將死；☆後一手で詰になる／再走一步就將死了；④勤務，工作；☆目下（もっか）本店詰です／目前在總店工作。[2]

つめあと【爪痕】（名）指甲印；爪抓的傷痕，爪痕。[0]

つめえり【詰襟】（名）立領（西服）；☆詰襟の洋服／立領的西服，制服；☆学生服は普通詰襟にする／學生服一般都做立領。[0]

つめか・える【詰め替える】（他下一）改裝，換裝；重新裝；☆酒を瓶に詰め替える／酒改裝瓶子。[4][3]

つめか・ける【詰め掛ける】（自下一）①擁上來，往前擠，擠到近旁；☆蜂擁而來（去）；☆大勢で一緒に詰め掛けてゆく／大家蜂擁前往；②擁擠；☆この店には毎日客が詰め掛けている／這舖子客人每天都是擠得滿滿的，図つめかく（下二）[0]

つめがた【爪形】（名）①指甲印；②爪痕[0]

つめきり【爪切り】（名）←つめきりばさみ；～ばさみ【爪切鋏】（名）剪指甲的剪刀。[4][3]

つめき・る【詰め切る】（自五）經常在那裏，繼續不斷地在一個地方工作；☆病人が重態で医師は詰め切っている／病勢嚴重醫生經常在那裏守著；☆友達の家に詰め切って手伝う／一直在朋友家裏幫忙[0]

つめき・る【詰め切る】（他五）①裝完；②裝滿。[0]

つめこみしゅぎ【詰め込み主義】（名）〔諷〕填鴨式的教學方法，強迫學生死記的教學方法。[5]

つめこ・む【詰め込む】（他五）①填入，裝入；多裝；裝滿，塞滿；☆詰め込めるだけ詰め込む／盡量裝，能裝多少裝多少；②多吃；☆腹一杯詰め込む／肚子填吃得滿滿的；③死記；☆むやみに詰め込む／拼命硬記。[0]

つめしょ【詰所】（名）①（守衛等的)守候室；②（工作人員的)辦公室。[2][3]

つめしょうぎ【詰め将棋】（名）〔將棋〕棋式。[3]

*つめた・い【冷たい】（形）①冷的，涼的，冰涼的；☆冷たい水／冰水；☆冷たい風／冷風；☆手足が冷たい／手足冰涼；②無情的，冷淡的；☆冷たい人／無情的人；冷淡的人；☆冷たい心／冷酷心；～せんそう【冷たい戦争】（名）冷戰。[0]

つめばら【詰腹】（名）①被迫剖腹自殺；②被迫辭職，強迫辭職；☆詰腹を切らされた／被迫辭職。[0]

つめもの【詰物】（名）①（爲防止物品的損壞、摩擦等填在中間的)填塞物；☆隙間の詰物は薬がよい／用稻草作填塞物很好；②〔烹飪〕（填塞在鷄、魚等腹內的)填塞食品。[2]

つめよ・せる【詰め寄せる】（自下一）近逼，緊逼；☆敵を囲んでじりじりと詰め寄せた／圍着敵人步步逼近；図つめよす（下二）。[0]

つめよ・る【詰め寄る】（自五）逼近，往前逼，往前擠；緊逼；☆彼は私をにらみ

つけながら詰め寄って来た／他逼上前來了；☆返答（へんとう）如何（いかん）と詰め寄る／緊逼着問答應不答應。◎

*つ・める【詰める】Ⅰ（自下一）守候；☆控所に詰める／守候在傳達室；☆病人のそばに一晩中詰めていた／在病人身旁守了一夜；②工作，上班；☆役所に詰める／在官廳上班；Ⅱ（他下一）①塡，塡塞；☆鼠のあけた穴に石を詰めて入れないようにする／老鼠掏的洞，塡上石頭讓他進不去；②裝，裝入（＝いれこむ）；☆トランクに衣服を一杯に詰める／箱子裏裝滿了衣服；③挨，挨靠，挤緊；☆奥の方がすいていますから詰めてください／裏邊空着請往裏挨一挨；④縮短；☆着物の丈を詰める／縮短衣服的身長；⑤節約；☆詰めた暮しをする／過節約生活；⑥〔將棋〕將死老將；☆先に王を詰めた者が勝ちになる／先將死老將的算贏；⑦停止呼吸；☆息を詰める／停止呼吸，噤氣兒。②

*つもり【積り・心算】（名）①意圖，打算，動機；☆彼はどういうつもりなのかさっぱり分らない／他是什麼意圖不得而知；☆私はどうしてもそうする積りです／我無論如何也打算那樣做；☆悪い積りでそう言ったのではない／（我）那樣說動機並不是壞的；☆明日行く積りです／（我）打算明天去；②估計，預算；☆今度は成功させる積りです／估計這次可以成功；☆僕の積りが外れた／我的估計落空了；☆君の積りではどれほど費用がかかるか／據你估計要花多少錢？③（宴會時）最後一瓶酒；☆もうこれでおつもりですよ／只此一瓶酒了（喝完就沒有了）／◇その積りになる／下決心；その積りで（いなさい）／等着吧；☆明日行くからその積りで／我明天去看你，你等着吧。◎

*つも・る【積もる】Ⅰ（自五）①積，堆積；☆雪が三尺積もった／積雪三尺；☆机の上に沢山ちりが積もっている／桌子上積好些塵土；②累積，積攢，存下，積存；☆負債が積もる／債臺高築；☆積もる苦労で病気になる／積勞成疾；Ⅱ（他五）①估計；☆高く積もっても百円の値打はない／往多估計也不值一百元；②（按錢數）計算；☆この

山林を金に積もると相当な財産になる／這個山林以錢數計算是很大一筆財産◎②

*つや【艶】（名）①光滑；光潤；光亮；☆艶のある顔色／潤澤的面孔；☆靴を磨いて艶をだす／把皮鞋擦亮；☆艶を消す／去掉光亮；②興趣，精彩；☆そんな艶のない話はやめよう／不要說那些沒趣的話了；③艷事，風流事；☆艶物語／艷史◎

つや【通夜】（名・自サ）①（佛堂）坐夜；②（靈前）守夜（＝つうや）；☆通夜をする／（在靈前）守夜。①

つやがみ【艶紙】（名）有光紙。

つやけし【艶消し】（名・自サ）①消光；消去亮光，去掉光澤；☆艶消しにする／去光；☆艶消し電球／磨光燈泡；☆艶消し写真／暗光紙照片；②掃興；☆それは艶消しな話だ／那員是掃興的話；③→つやけしガラス；～ガラス【艶硝子】（名）磨光玻璃。④◎

つやごと【艶事】（名）艷事，風流事；☆あの人には艶事がたえない／他風流趣事多得很（不斷）。◎

つやだし【艶出し】（名）磨光，磨亮，磨滑；☆艶出しをする／磨光，擦出亮光來。◎

つやつや【艶艶】（副・自サ）光溜溜地，光潤，光滑，亮亮地；☆髪がつやつやとしている／頭髪油光光的；☆皮膚がつやつやする／皮膚光潤。①③

つやつや（副）〔文〕＝まったく，いっさい，いささかも。

つやぶきん【艶布巾】（名）（擦木器使發光的）油抹布；☆艶布巾をかける／用抹布擦。③

つやめ・く【艶めく】（自五）①有光澤，開始發光；②含情，帶媚氣；☆艶めいて話す／帶着媚氣說話。◎

つややか【艶やか】（形動ダ）有光澤；光潤；☆艶やかな美しい髪／有光澤而美麗的頭髪。②

*つゆ【梅雨】（名）①梅雨（＝ばいう，さみだれ）；☆梅雨で物がかびる／梅雨天東西發霉；②梅雨期，黃梅天；☆梅雨になる（はいる）／入梅雨期；～あけ【梅雨明け】（名）梅雨期終了；出梅；～（の）いり【梅雨（の）入り】（名）進入梅雨期；～ばれ【梅雨晴】（名）＝つゆあけ。◎②

つゆ【液】（名）①汁液；☆この果物は

液が少ない／這個水果的水分很少；②湯，羹湯；☆つゆを吸う／喝湯。①

*つゆ【露】（名）Ⅰ①露水，露；☆露が下りる／下露水；☆露の玉／露珠；②〔文〕淚；☆目に露を宿す／目中含淚；③〔文〕暫短；☆露の命／短暫的生命；Ⅱ（副）一點也（不）（＝すこしも）；☆あなたに御兄弟がおありとは、つゆ知りませんでした／（我）一點也不知道你有弟兄①

つゆくさ【露草】（名）〔植〕鴨跖草。②

つゆどき【梅雨時】（名）梅雨時，梅雨季節；☆梅雨どきは、かびやすい／梅雨時節容易發霉。◎

つゆのま【露の間】（名）〔文〕片刻；☆露の間もこのことを忘れぬ／此事片刻不忘。①

つゆはらい【露払い】（名・自サ）①開道，前驅；②演出頭一個節目，演開場戲③

つゆほど【露程】（副）一點，絲毫；☆そうとは露程も思いがけなかった／毫未料到是那樣；☆露ほども疑っていない／毫未懷疑。①

*つよ・い【強い】（形）①強的，有勁的，有力量的；☆力が強い／力量大；☆強い国／強國；②強壯的；健壯的；結實的；堅固的；☆体が強い／身體健壯；☆強い織物／結實的布；③強硬的，硬漢的；☆強いうちにも優しいところがある／強硬之中也有柔和之處；②強烈的，屬害的，堅強的；☆強い風／強風；☆強い酒／烈酒；☆匂いが強い／氣味強烈；☆強い意志／堅強的意志；☆強い印象／強烈的印象；図つよし（形ク）。②

つよが・る【強がる】（自五）①逞強，好強；☆口ばかり強がったことを言う／只是嘴裏説逞強的硬話；②裝強，裝硬漢；☆弱い者に限って強がる／越是弱者越是逞強。③

つよき【強気】（名）①烈性，逞強；☆むやみに強気に出ると損をする／一味逞強就要吃虧；②〔經〕行情看漲，買風很盛。③

つよごし【強腰】（名）強硬態度；☆強腰に出る／採取強硬態度；☆急に強腰になる／態度突然強硬起來。◎

つよさ【強さ】（名）強度；☆電流の強さを測る／量電流的強度。①

つよみ【強み】（名）①強，強度；☆彼の参加で、この組は強みを増した／由於他

的参加使這一組力量加強了；②優點，長處；☆あの人の強みは外国語が自由にしゃべれることだ／他的長處是外國語説得很流暢。③

*つよ・める【強める】（他下一）加強，増強；☆体を強める／強健身體；☆語気を強める／加強語氣；図つよむ（下二）③

つら【面】（名）①〔俗〕面孔，臉面（＝かお）；☆まずい面／醜臉；☆学者面をする／擺出學者的面孔來；②表面，面；☆川の面／河面；☆活字の面／鉛字的表面；☆面から火が出る／羞愧得面紅耳赤；面で人をきる／驕傲自大；☆面を膨らす／（不高興時）板起面孔；どの面下げて／有什麼臉面；面あ見ろ／活該！②

つらあて【面当て】（名）①諷刺，指桑罵槐；☆面当てを言う／説諷刺話，指桑罵槐；②賭氣，洩憤；☆夫への面当てに家出する／爲了跟丈夫賭氣離家出走；☆彼は僕に面当てにそんな事をしているのだ／他做那個是爲了跟我賭氣。④

*つら・い【辛い】（形）①苦的，痛苦的；難過的，難受的，難當的；吃不消的；☆辛い経験／痛苦的經驗；☆辛い生活／艱苦的生活；☆辛い立場にいる／處於難堪（左右爲難）的立場；②刻薄的，苛刻的；☆継子（ままこ）に辛く当たる／苛待繼子；③（接動詞連用形下）難…的；不便…的；不好…的；☆聞き辛い／聽不清的；☆読みづらい／難讀的；☆言い辛い／難説的，不便説的；～め【辛い目】（連語）苦頭，艱苦的事情；☆辛い目にあう／吃苦。◎

つらがまえ【面構え】（名）〔表卑〕面貌，長相；☆獰猛（どうもう）な面構えのブルドッグ／長相猙獰的鬥犬。③

つらだましい【面魂】（名）〔表卑〕相貌，神氣；☆大悪無双の面魂をしている／顯出一副窮兇惡極的面相。③

つらつら【熟熟】（副）好好地，仔細地；☆つらつら考える／仔細地想；☆つらつら眺める／仔細地看。①

つらな・る【連なる・列なる】（自五）①成列，成排，成行；☆兵士が二列に連なる／兵士排成二行；②連接，連到；☆山脈は南北に連なっている／山脈貫通南北；③關連，牽連；☆この事は双方に連なっている／這件事關連雙方；④列，列席；参加行列；☆私も会員の一人に連なっ

ている／我也列為會員之一；☆彼の結婚
式に連った／參加了他的婚禮。③

つらにく・い【面憎い】（形）〔表卑〕面
貌可憎的；☆面憎い奴／面相可憎的傢
伙。④

*つらぬ・く【貫ぬく】（他五）①貫通，穿
過，穿透；☆弾丸が鉄板を貫ぬく／槍子
穿透了鐵板；②運河がその町を貫ぬいて
いる／運河穿過那條市街；②貫徹，達到
；☆私の意志を貫ぬいた／貫徹了我的意
志；☆目的を貫ぬく／達到目的。③

つら・ねる【連（列）ねる】（他下一）①
排列；②連接，連上；☆船を連ねる／把
船連上；②伴同，會同，連；☆名前を連
ねる／連名；☆袖を連ねて辞職する／連
袂辭職；☆百万言を連ねて弁解する／長
篇大論地進行辯解；図つらぬ（下二）③

つらのかわ【面の皮】（連語・名）〔表卑〕
臉皮，面皮；☆面の皮が厚い／老臉皮厚
，厚顏無恥；☆皮の面千枚張／厚顏無
恥，面の皮剝ぐ／揭破人的臉皮，叫人丟
人。⑤

つらよごし【面汚し】（名）丟臉，出醜；
☆彼の行為は一家の面汚しだ／他的行為
給全家丟臉。③⑤

つらら【冰柱】（名）冰溜，冰柱；☆軒から
冰柱が下がっている／房簷下掛着冰溜⓪

*つり【釣】（名）①（つる）的名詞形；②
吊繩；吊鈎；②釣魚；☆釣に行く／釣魚
去；④〔おー〕找的錢（＝つりせん）；
☆お釣を下さい／請找錢；☆おつりです
／這是找的錢；⑤〔角力〕相撲的招數之
一；⑥勾引，引誘。⓪

*つりあい【釣合】（名）①〔（つりあう）
的名詞形〕平均；均衡，適稱；☆釣合を
取る／保持均衡；②〔理〕平衡；☆体の
釣合を取る／使身體平衡；☆輸出と輸入
の釣合が取れない／出口和進口不平衡⓪

*つりあ・う【釣り合う】（自五）①平衡，
均勻；☆収入と支出を釣り合わせる／使
收支平衡；☆両方を釣り合わせる／使兩
方均勻；②勻稱，相稱，相配，適稱；☆
釣り合った夫婦／相配的夫婦；☆油絵は
日本間には釣り合わない／日本房間掛油
畫不適稱；☆釣り合わない緣／不相配的
婚姻；図つりあふ。③

つりあが・る【釣り上がる】（自五）①釣
上來；☆釣り上がったのは大きな鯉でし
た／釣上來的是一條大鯉魚；②吊，向上

吊；☆目尻が釣り上っている／眼梢往上
吊着。④

つりあ・げる【釣り上げる】（他下一）①
吊起來；②釣上來；☆大きな魚を釣り上
げた／釣上一條大魚；③抬高（物價）；
☆物価を釣り上げる／抬高物價。④

つりいと【釣糸】（名）①釣絲（線）；☆
釣糸を垂れる／垂下釣絲；②吊東西的
繩。⓪③

つりえさ【釣餌】（名）魚食，釣餌⓪

つりかご【釣籠】（名）魚簍，魚筐⓪

つりがね【釣鐘】（名）（廟宇等的）吊鐘
，大鐘；☆山寺の釣鐘が暮を告げる／山
寺鐘聲報日暮；～そう【釣鐘草】（名）〔
植〕開鐘形花的草本植物的總稱，如倒掛
金鐘等；～どう【釣鐘堂】（名）鐘樓⓪

つりかわ【釣革】（名）（電車・汽車等的）
拉手，吊帶；☆釣革に縋る／揪住拉手⓪

つりこ・む【釣り込む】（他五）①引誘，
騙人；圈進圈套；☆人を釣り込む／引誘
人；☆仲間に釣り込んだ／引誘入夥；②
吸引，迷住，入迷；☆話に釣り込まれる
／被話迷住。③

つりざお【釣竿】（名）釣魚竿。⓪③

つりさが・る【釣り下がる】（自五）垂懸
，垂掛，垂吊；☆天井に釣り下がる／吊
在天花板上；☆木から虫が釣り下がって
いる／蟲子從樹上垂吊下來。④

つりさ・げる【釣り下げる】（他下一）吊
，掛，懸掛；☆提灯を釣り下げる／掛燈
籠；図つりさぐ（下二）。④

つりせん【釣銭】（名）找的錢，找頭（＝
つり）；☆釣銭を出す／往外找錢；☆釣
銭お断り／（自備小票）不找零錢⓪②

つりだ・す【釣り出す】（他五）①開始垂
釣；②引誘出來，勾引出來，騙出來；☆
女を釣り出す／把婦女勾引出來。③

つりだな【釣棚】（名）擱板，吊板；☆釣
棚に花瓶を置く／把花瓶擺在擱板上。⓪

つりて【釣手】（名）①釣魚的人；②（蚊
帳的）吊繩，掛繩；☆蚊帳（かちょう）の
釣手をはずす／解蚊帳繩。⓪

つりどうぐ【釣道具】（名）釣魚用具（如
魚竿，魚鈎等）⓪

つりばし【吊橋】（名）吊橋，懸橋；☆吊
橋を懸ける／架吊橋。⓪

つりばり【釣針】（名）釣魚鈎；☆釣針に
えさをつける／魚鈎上安上魚餌。③⓪

つりぶね【釣船】（名）①釣魚小舟；魚船

；☆釣船を一艘雇う／雇一隻小魚船；②竹製的魚形花瓶；☆釣船に草花を活ける／在竹製的花瓶裏插花。⓪

つりほうたい【吊繃帯】（名）吊的繃帯；☆吊繃帯で腕を吊っている／用繃帯吊着胳膊。

つりぼり【釣堀】（名）（收費的）釣魚池⓪

つりめ【吊目（眼）】（名）吊眼，吊眼梢；☆吊目の女／吊眼梢的女人。⓪

つりわ【吊環】（名）〔體操〕吊環。⓪

つる【弦】（名）（樂器上的）弦；弓弦；☆弓の弦が切れた／弓弦斷了。⓪

つる【鉉】（名）①（鍋，茶壺等的）提把，提梁；②（方斗的）橫梁。②

*つる【蔓】（名）〔植〕①（爬蔓植物的）蔓，鬚；☆葡萄の蔓／葡萄藤蔓；☆蔓が這う／爬蔓；☆壁にしっかり蔓が巻き付く／蔓兒在牆上爬得很結實；②鑲脚；③系統；④引線，門路（＝てづる）；☆蔓を求める／找門路，找來路；☆來路／金の蔓が切れた／錢的來路斷了；⑥眼鏡架兒的掛耳部分；☆眼鏡の蔓が折れた／眼鏡架折了⓪

*つる【鶴】（名）鶴，仙鶴；☆鶴は千年亀は万年／千年鶴萬年龜。①

つ・る【吊る】Ⅰ（自五）①抽筋；☆筋が吊る／抽筋；②吊，往上吊；☆目尻が吊っている／吊眼梢，Ⅱ（他五）吊，懸，掛；☆蚊帳を吊る／掛蚊帳；☆首を吊る／上吊，懸梁；☆ランプを天井に吊る／把洋燈掛在天花板上；☆川に橋を吊る／河上吊橋。⓪

*つ・る【釣る】（他五）①釣（魚）；☆魚を釣る／釣魚；②〔轉〕引誘，勾引；☆子供を釣る／引誘小孩。⓪

つるおと【弦音】（名）（箭發射時的）弦音。④⓪

つるかめ【鶴亀】（名）①（吉祥的象徵）龜鶴；②用作吉利話或破除不吉祥之詞；☆ああ鶴亀鶴亀。死人の話なんかまっぴらだ／阿晦氣晦氣，可別講死人的事情了①

つるぎ【剣】（名）劍；～たち【剣太刀】（名）〔古〕劍；～のまい【剣の舞】（名）舞劍（＝けんぶ）；～のやま【剣の山】（名）〔迷信〕（地獄中的）刀山③

つるくさ【蔓草】（名）爬蔓的草，蔓草②⓪

つるくび【鶴頸】（名）①頸部細長花瓶酒壺等；②鶴頸的人；③起重機。②

つるし【吊】（名）①〔つるす〕的名詞形；②（刑罰）吊起來；③←つるしがき；

④西服估衣；西服既成品；☆つるしを求める／（買（找）一套西服估衣；～あげ【吊し上げ】（名）①吊起來，排起來；②羣衆爭議，羣衆責問；～がき【吊し柿】（名）柿餅。

つる・す【吊す】（他五）掛，懸，吊；☆提灯をつるす／掛燈籠。⓪

つるつる（名・副・自サ）滑，光滑，滑溜溜，亮光光；☆つるつるした禿頭／亮光光的禿頭；☆道が凍ってつるつる滑る／道路凍得一走一滑。①

つるのひとこえ【鶴の一声】（連語・名）〔轉〕權威者的一言；☆鶴の一声で一座は忽ち静かになった／權威者的一言使四座無聲。①—②

つるはし【鶴嘴】（名）鎬，鶴嘴鎬；☆ツルハシを振るう／揮鎬。②①

つるべ【釣瓶】（名）吊桶，吊水桶；☆釣瓶で水をくむ／用吊桶打水；～うち【釣瓶打ち】（名）（槍的）連發；☆釣瓶打ちに撃つ／接連不斷地發射；～おとし【釣瓶落し】（名）直落，急降；☆吊瓶落しの秋の日／秋天的太陽落得很快。⓪

つるりと（副）光滑貌（＝つるつる）；☆足がつるりと滑った／脚跐溜地一滑；☆つるりと指の間からぬける／從手指縫溜出去了。③②

*つれ【連れ】（名）①〔つれる〕的名詞形；②同伴，伙伴，伴侶；☆いい連れがある／有好伴兒；☆お連れさまが見えました／您的同伴來了；③〔能劇〕配角，掃邊角色。⓪②

つれあい【連れ合い】（名）①〔つれあう〕的名詞形；②配偶，夫妻；☆一生の連れ合い／一生的配偶；☆早く連れ合いに別れた／很早就喪偶了。②⓪

つれあ・う【連れ合う】（自五）①伴同，搭伴，☆連れ合って高雄へ行く／搭伴到高雄去；②婚配，結婚，☆連れ合ってから十年もたつ／結婚以來已有十年了。③

つれこ【連れ子】（名）（再婚時的）前夫（或前妻）的子女。⓪

つれこみ【連れ込み】（名）①〔つれこむ〕的名詞形；②帶情婦同宿，開房間；～やど【連れ込み宿】（名）帶情婦同住的旅館。⓪

つれこ・む【連れ込む】（他五）①伴同進入，引導進入；☆友達を連れ込む／陪同朋友進去；②帶着情人進入；☆公園へ恋

人を連れ込んだ／帶着情人進公園去了③

つれそ・う【連れ添う】（自五）婚配，匹
配，結婚；☆連れ添ってからもう三年も
たつ／結婚已經三年了；☆彼女は外国人
と連れ添っている／她和外國人結婚了；
因つれそふ（四）。

つれだ・す【連れ出す】（他五）帶出去；
☆散歩に連れ出す／帶出去散步；☆弟が
悪い人にそっと連れ出された／弟弟被壞
人偷偷地帶出去了。③

つれだ・つ【連れ立つ】（自五）一起出發
，同去；搭伴去；☆兄と連れ立ってヨー
ロッパへ行った／陪哥哥到歐洲去了；☆
二人連れ立って行く／兩個人結伴去。③

つれづ（づ）れ【徒然】（名・形動ダ）①
寂寞，閑來無事；☆徒然に花を育てる／
閑來無事玩花弄草；②幽閑；☆田舎暮
しのつれづれを愛する／愛郷村生活的幽
閑。⓪②

つれて【連れて】（連語）〔に連れて〕①
隨着，跟着，隨从；☆ピアノに連れて歌
い出す／隨着鋼琴開始唱；②隨着…越…
越…，由於，☆年を取るに連れて頑固
になった／年齡越大越頑固了；☆金の下
落（げらく）に連れて物価が高くなる／
金價越下跌物價越上漲。⓪

つれな・い（形）①冷淡的；☆つれなく断
る／冷淡地拒絕；②薄情的，無情的，狠
心的；☆つれない人だ／薄情的人；☆つ
れないことを言う／說無情的話；③假裝
不知道的；☆呼んでもつれなく通り過ぎ
る／呼喚他，他裝聽不見地走了過去。③

つれゆ・く【連れ行く】（他五）陪同去，
結伴去；帶去。

つ・れる【吊（攣）れる】（自下一）向上
吊；☆目尻が吊れている／吊眼梢；②吊
起來，掛起來；③抽筋，痙攣；☆足の筋
がつれて痛む／腿抽筋疼。⓪

*つ・れる【連れる】Ⅰ（自下一）跟隨，隨
从；☆音楽に連れて踊り出した／隨着音
樂跳舞起來了；Ⅱ（他下一）帶，偕（＝
ともなう）；☆子供を連れて行く／帶孩
子去；☆沢山のお供を連れている／帶着
很多同伴；因つる（下二）。⓪

つ・れる【釣れる】（自下一）（魚）上
鈎，釣着；☆魚が釣れた／魚釣着了；☆
一向釣れません／老釣不着；②能釣，容
易釣，好釣；☆魚がよく釣れる／魚很容

易釣（很好釣）；☆魚が居ても釣れない
／雖然有魚但不好釣。⓪

つわもの【兵】（名）〔文〕①武器，兵器
；②兵，軍人，戰士；③勇士，猛士，闘
士；☆兵を揃えて攻撃する／集齊勇士加
以攻擊；☆彼はその方面では兵だ／他在
那一方面是一個幹將。⓪

つわり【悪阻】（名）〔醫〕孕吐，喜病；☆
悪阻でしきりに吐いてる／因爲閙孕吐不
斷作嘔。⓪

つん【突】（接頭）〔（つき）的音便〕〔
俗〕用以加強語意；☆耳をつん裂（ざ）
くばかりの爆音／震耳欲聾的轟聲（飛機
或炸彈）

つんざ・く【擎く】（他五）震破，刺破，
衝破，裂開，劈開；☆肌を劈くような北
風／裂膚的北風；☆汽車は平野の暗やみ
を擎いて走った／火車衝破原野的黑暗向
前奔馳。③

つんつるてん（名）〔俗〕衣服短小貌；☆
坊やは伸びるのが早くて着物が皆つんつ
るてんになってしまった／男孩長得太快
衣服都短了。④

つんつん（副。自サ）→つんと。①

つんと（副・自サ）〔俗〕①驕矜貌；☆あ
の女はいつもつんとしている／她一向很
驕傲的樣子，經常擺架子；☆気にくわな
いとつんとする／一不如意就扳起面孔，
②表示強烈的刺激；☆彼の話につんと目
がしらが熱くなった／聽了他的話眼角忽
然發熱（流出淚來）；☆いやなにおいが
つんと鼻を衝く／討厭的氣味衝鼻子。⓪

つんどく【積読】（名）〔諧〕書籍放着不
讀，堆着不唸；☆彼は専らつんどく主義
だ／他專門是買書不讀的人。⓪

ツンドラ〔俄〕（名）〔地〕凍土地帶。⓪

つんの・める（自五）〔俗〕〔のめる〕的
加強語氣詞；→のめる。④

つんぼ【聾】（名）①聾；聾子；☆聾にな
る／聾了；☆聾にする／使人成爲聾子；
②嗅覺不靈；☆鼻聾／聞不到味；③煙袋
不透氣；④→つんぼさじき；～さじき【
聾桟敷】（名）①〔劇場最後邊或三四層
樓上聽不見唱詞的〕看臺；最遠的座位看
戲；②〔轉〕局外的地位，不重要的地位；
☆聾桟敷に置かれる／被當做局外人，被安
放在不重要的地位。①

て①五十音圖「た行」第四音；發音爲te；②〔字源〕平假名是「天」字的草體，片假名是「天」的簡體。

て－【手】（接頭）①表示用手拿或操縱的；☆手斧（ておの）／斧子；②表示用手做的；☆手編（てあみ）／用手編織；③表示親自動手做的，或外行人自己做的；☆手製のカメラ／自己做的照像機；☆手料理（てりょうり）／（某人）親手做的菜；④接在表示狀態等形容詞上加強語氣；☆手痛い（ていたい）／厲害的，嚴重的；☆手緩い（てぬるい）／過於寬大的；遲鈍的。

－て【手】（接尾）①接在動詞連用形下，表示作該動作的人；☆読み手（よみて）／閱讀的人，讀者；☆売手（うりて）／賣方；②表示位置、方向、狀態；☆左手（ひだりて）／左邊；☆行く手（ゆくて）／前邊，前途；③表示程度；☆厚手（あつで）／（紙等）厚的；④表示質量、種類；☆奥手（おくて）／晚開（的花）；晚收（的稻）；⑤表示代價；☆酒手（さかて）／酒錢。

＊＊て【手】（名）①手，臂，胳膊；手掌；☆標本に手を触れるな／不要用手摸標本；☆手に取って見る／拿到手裏看；☆手を挙げて答える／舉起手來回答；☆買物籠（かいものかご）を手に下げる／把菜籃跨在胳膊上；☆手を叩く／拍手，鼓掌；☆手の届く所／一伸手就搆着的地方；☆（爲爬蔓給植物搭的）架／朝顔に手を立ててやる／給牽牛花搭個架；③提梁，把；☆急須（きゅうす）の手が取れた／茶壺把掉了；④人手，人；☆手が足りない／人手不足；☆手が揃う／人手齊備；☆手を貸して下さい／請幫一下忙；⑤本領，能力，技能（≒ぎりょう）；☆手が上がる／本領長進；☆手を見せる／顯示身手；☆お手のもの／最擅長處；得意的傑作；⑥活，工作（≒しごと）；☆手があいている／手頭沒有工作；☆今手が離せない／現在騰不開手；⑦手續；工序（≒てすう）；☆手のかかる仕事／費事的工作；☆手の込んだ細工／細緻的工藝品；

☆手を省く／省事，偷工；⑧方法，手段，手法，詭計，計謀；☆うまい手がある／有好辦法，有竅門；☆新しい手を打つ／採取新辦法；☆色々手を尽す／用盡種種方法；☆敵の手に乗せられた／中了敵人的詭計；☆その手は食わぬぞ／少來那套把戲；⑨到…手，所有；☆名画を手に入れる／得到名畫；☆人の手に渡る／轉到旁人手裏，歸旁人所有；⑩關係（≒かかりあい）；☆悪友と手を切る／和壞朋友斷絕關係；☆多方面に手を拡げる／向多方面發展；☆事件から手を引く／從事件撤開手；⑪種類；☆この手の品物／這一類貨品；⑫方向，方位；☆山の手に住宅街がある／山脚下有住宅區；☆行く手をさえぎる／擋住去路；⑬筆跡，字跡，手筆；☆この字は彼の手に違いない／這字一定是他寫的；☆人の手をまねる／模仿旁人筆跡；⑭傷，負傷（≒きず）；☆手を負う／負傷；⑮（火等的）勢；☆火の手が上がる／火勢熊熊；⑯手勢；動作；☆舞の差す手引く手／舞蹈的一伸手一縮手；⑰（將棋、紙牌戲等時）手中的棋子（或牌）；☆手が悪いので勝てない／手裏的牌不好贏不了；☆お手は何ですか／您手裏有什麼？◇痒（かゆ）い所に手が届（とど）く／體貼入微，照顧得無微不至；**手が上がる**／本領提高；字筆進步；酒量增長；**手が後に回る**／被逮捕；**手がかかる**／費事，麻煩；**手が切れる**／關係斷絕；**手が込む**／手續複雜，手工精緻；**手がつく**／有人使用過（不是新的）；**手がつけられない**／（由於困難、危險等）無法下手，不敢動；☆**手のつけられない大火事**／（火勢太猛）無法撲救的大火災；**手が届く**／①力量達得到；買得起；②（措施、處理、考慮）周到；③（年齡）接近（一般稱的高齡）；☆八十に手が届く老人／年近八旬的老人；**手がない**／①人手不足；②沒有辦法；**手が長い**／好愛東西，三隻手；**手が鳴る**／有人拍手呼喚；**手がはいる**／警察前來逮捕；**手が離れる**／①（由於脫離關係或事情告一段落而）不再從事（搞）；②（孩子長

大）已不需要照料；**手が塞（ふさ）がる**
／占着手，不能接受新的工作；**手が回
る**／①考慮、處理得周密（到）；②（為
逮捕犯人）警察佈置人員；**手に汗を握る**
／捏一把汗，提心吊膽；**手に余る**（合わ
ない、負えない）／處理（解決、管）不
了；**手に入る**／①到手；②歸自己所有；②
熟練，純熟，到家；☆彼の声帯模写は手
に入ったものだ／他模仿聲音很到家（維
妙維肖）；**手に落ちる**（帰する、渡る）
／落到…手裏；**手に掛ける**／①親自動手
（處理、照料、侍弄）；②親自下手殺人
，手刃；**手にする**／拿在手裏；**手に付か
ない**／沉不下心，不能專心從事；**手に手
を取る**／①手牽（拉）着手；②並肩從事
，共同行動；**手に取るよう**／非常清楚（
明顯）；**手に乗る**／上當，中計；**手八丁
口八丁**（てはっちょうくちはっちょう）
，口も八丁手も八丁／又有本領又有口才
；既能說又能幹，**手も足も出ない**／一籌
莫展，毫無辦法；**手を上げる**／①掄起拳
頭要打人；②舉起手來表示投降（低頭認
輸）；**手を合わせる**／①合拿，合十；②
作揖，懇求；**手を入れる**／①（對已經完
成的東西）加以修改，補充，加工；②偵
察（犯罪）；**手を打つ**／①拍手，鼓掌；
②達成協議，採取必要措施、對策；**手
を変え品を変え**／採取各種辦法，用盡一
切手段；**手を変える**／改變手法，換新招
兒；**手を掛ける**／①用手摸東西；②照料
（別人），百般設法維護；**手を貸す**／幫
助別人；**手を借りる**／求別人幫助；**手を
切る**／斷絕關係；**手を下（くだ）す**／親
自動手，採取措施，自己（こまめ）く
／袖手（旁觀）；**手を締（し）める**／
交涉談判達成協議時拍手慶賀；**手を染め
る**／着手，開始；**手を出す**／①開始搞，
發生關係；②動手（打人）；**手を突く**
／兩手扶地或蓆子（表示請求或感謝）；
手を尽す／想盡一切辦法；**手を着ける**／
①使用，消耗（東西的一部分）；②着手
，開始搞；③發生關係；**手を取る**／①握
、拉（別人的）手；②盡心指教、指導；
手を握る／携手（共進）；**手を抜く**／潦
草從事，偷工減料；**手を濡（ぬ）らさず**
／（不沾手）不用自己動手；**手を延ばす**
／進一步做以往沒做過的事；**手を離れる**
／離開…的手（不歸…所有）；**手を引く**
／①牽着手引導；☆盲人の手を引く／牽

て

着盲人的手給引路；②斷絕關係，擺脫關
係；**手を拡げる**／擴張營業（業務）範圍
；**手を振る**／①擺手（拒絕）；②招手（
示意、打招呼）；**手を回す**／預先採取措
施（安排、佈置）；**手を焼く**／嘗到苦頭
（不想再嘗試）；束手無策，一籌莫展；
手を緩める／懈怠；**手を分つ**／①把工作
分配給多數人做，分頭進行）；②斷絕關係
；**手を煩わす**／請別人幫助（做），麻煩
旁人。①

てⅠ（接助）①用以連結上下語句；☆朝起
きて顔を洗う／晨起洗臉；②表示列舉；
☆おじいさんは山へ行って、おばあさん
は川へ行った／老頭到山上去，老太太到
河邊去了；☆赤くて大きな花／紅而大的
花；③表示原因、理由（＝ので）；☆う
るさくてねられない／吵鬧得睡不着覺；
☆暑くてやりきれない／熱得受不了；④
然而，但是；☆知っていて教えない／知
道不告訴；☆悪いと知っていて改めよう
としない／知道不對可就不想改；⑤構成
補助動詞「いる、くる、ゆく、やる、し
まう」等的補足語；☆立っている／站着
；☆一日で読んでしまう／一天就讀完；
⑥〔女〕表示請求、詢問或通知等；☆ち
ょっと待って（よ）／等一下；☆ここに
あってよ／這裏有啦；⑦→って；Ⅱ（格
助）①與と（格助）相同；☆なんて言っ
た？／說什麼？②〔俗〕所謂（＝という）
；☆人間てものは／所謂人這個東面；Ⅲ
（感助）①〔俗〕附於句尾表示輕蔑的感
動；☆そんなことでは駄目だて／那樣（
程度）可不行吧！②表示反語；☆だれが
行くって／哪裏有人去！

で【出】（名）①出外；☆今日は人の出が
多い／今天到外邊（街頭上）來的人很多
；②出勤，上班；③出現；☆日の出／日
出；④流出；☆この万年筆はインキの出
が悪い／這支鋼筆水常寫不出來；⑤（水
果等）上市；☆今年はいちごの出が早い
／今年草莓上市早；⑥開端，開頭；☆出
がよい／開端良好；②出生地，（
由某學校）畢業；☆彼は貴族の出だ／他
是貴族出身；☆盛岡出の人／盛岡人；
☆東大出の人／東京大學畢業的人；⑧出
場，上場；☆役者が出を待つ／演員等候
上場；⑨（茶的）泡出，沏開；☆このお
茶は出がよい／這種茶一沏就開；⑩：…
出がある／量多；夠勁；☆十万円もあれ

ば使い出がある／若有十萬塊錢可够花一陣子；☆この本はなかなか読み出がある／這部書可彀讀一陣子；☆殻付きの南京豆はない買わなければ出来出來就顧得少了；☆この料理は、かなり食べ出がある／這個菜碼可彀大；☆立川までは乗り出がある／（坐電車）到立川去可得坐一陣子（相當遠）。⓪

*で I（接）所以，那麼（＝それで、そこで）；☆で、どうしましょう／那麼，怎麼辦呢？☆で、私は買わなかった／所以我沒買；II（格助）①在，於；☆日本で／在日本で；☆庭で遊ぶ／在院内遊戲；②用，有；☆一か月でできる／（用）一個月就成；☆もう二週間で休暇になる／再有兩星期就放假；☆千円で買う／用一千元購買；③拿，用；☆鉛筆で書く／用鉛筆寫；☆棒で打つ／拿棍子打、☆英語で話す／用英語說；☆木で作る／用木頭做；☆船で行く／坐船去；④因為，因；☆病気で寝ている／因病臥床；☆肺病で死ぬ／因肺病而死去；⑤按照，依靠；☆時間で雇う／按鐘點僱用；☆私の時計で三時／按照我的錶是三點鐘；☆筆で飯を食う／靠筆桿吃飯；☆顔色で知る／從臉色可以看出；☆習慣は国で異（こと）なる／習慣因國而異；⑥表示狀態；☆二人で行く／兩個人去；☆三人で話し合う／三個人一起談。①

で（助動）〔指定助動詞「だ」的未然形，連用形〕；①〔接在（ある）、（ない）等上〕表示是…☆よいお天気でございます／天氣很好；☆彼は健康でない／他身體不健康；☆「吾輩は猫である」／「我是猫」；②に（＝であって）；☆正直で勤勉な人／正直而又勤勉的人；☆外国人で日本にいる人／外國人而住在日本的人。

てあい【手合（い）】（名）①〔稍帶輕蔑意味〕傢伙，東西；☆そういう手合にまじめに相手になるな／不要認眞地和那些傢伙周旋；☆ひどい手合い／混帳東西；②種類，類②⓪

であい【出合（い）】（名）〔（であう）的名詞形〕會合，遭遇；～がしら【出合頭】（名）迎面頭；迎頭碰上；☆出合頭に人にぶつかる／迎頭碰上人；☆出合い頭に君とは気がつかなかった／迎頭碰上時並沒想到是你。⓪

*であ・う【出合う】（自五）遇見，碰見；

☆学校への途上で友人に出合った／在上學的路上遇見朋友；☆意外のことに出合う／遇到意想不到的事。⓪②

てあか【手垢】（名）手垢；☆手垢がつく／沾上手垢；☆手垢で汚れた辞書／被手翻髒的辭書。③

てあし【手足】（名）①手足；☆手足がきかなくなる／手脚不好使；②股肱；宛如他人手足的人；唯命是從的人；☆部下を手足のように操る／對部下操縱自如；☆主人のために手足のように働く／爲主人勤勞懇懇地工作；◊手足を擂粉木（すりこぎ）にする／拼命奔走。①

であし【出足】（名）①開頭（的情況）；☆出足が速い／起頭很快；②人們的外出情況；☆展覧会の出足は大変よい／參觀展覽會的人很多。⓪

てあたり【手当り】（名）①手觸摸時的感觸（＝てざわり）；☆生地（きじ）がごわごわして手当りが悪い／質地摸着發硬；②手邊，手頭；～しだい【手当り次第】（副）順手摸着什麼便…；遇到什麼便…；不管什麼便…；☆手当り次第に打ち壊す／摸着什麼就打壊什麼；☆手当り次第に取る／遇到什麼拿什麼；～ばったり【手当りばったり】（副）（俗）隨便遇到什麼便…（＝てあたりしだい）；～ほうだい【手当り放題】（副）→手当り次第。②

てあつ・い【手厚い】（形）①懇懇的，熱情的；☆手厚いもてなし／親熱的款待；☆手厚い看護を受ける／受到懇懇的看護；②豐厚的；☆手厚い贈り物／豐厚的禮品；図てあつし（形ク）。②

*てあて【手当（て）】（名・他サ）①準備，預備；☆肥料を買う金の手当をする／準備買肥料的錢；②津貼；☆月々の手当／每月的津貼；☆出張手当／出差津貼；☆夜勤手当／夜班津貼；☆手当として千円出す／發給一千元津貼；③小費（＝こころづけ、チップ）；☆ボーイに手当をやる／給侍者小費；④醫療，醫治，治療；☆この病気は早速手当をしなければならない／這病要趕緊治療；☆応急の手当／應急治療。①

てあぶり【手焙】（名）手爐；☆手焙に手をかざす／把手伸到手爐上烤火。②

てあみ【手編】（名・他サ）手編，手織（的東西）；☆手編のセーター／手織的毛

衣。◎③

てあら【手荒】（形動ダ）粗魯的，粗暴的；☆そんなに手荒に扱うな／不要那様粗暴對待。◎

てあら・い【手荒い】（形）粗暴，粗魯；☆手荒い取扱（とりあつか）いを受ける／受到粗暴對待；☆相手は女だから手荒いことをするな／對方是個女人態度不要粗暴。◎

てあらい【手洗い】（名）①洗手；②洗手盆；③洗手用的水；④厠所；☆（お）手洗いはどちらですか／厠所在哪裏？；～ばち【手洗鉢】（名）洗手盆（＝ちょうずばち）。②

である（連語・五型）是，為（＝だ）；図なり，たり。

であるから（接）因此，所以（＝だから）；☆資源が欠乏している、であるから節約しなければならぬのである／資源缺乏因此必須節約。

であれ（連語）儘管是…，不管是…（＝であっても、であるにせよ）；☆それは何であれ／不管那是什麼；☆牛の肉であれ犬の肉であれ何でも食う／不管是牛肉或是狗肉什麼都吃。

てあわせ【手合わせ】（名・自サ）①（武術、遊戯等）比賽；☆彼とは手合わせ（を）する機会がなかった／沒有同他比賽過；☆碁のお手合わせを願います／我要和您下盤圍棋；②〔商〕成交，交易；☆手合わせ値段／成交價格；☆入荷は多いが手合わせが少ない／到貨很多但交易很少。②

－てい【亭】（接尾）①文人等對居室所起的雅稱；☆時雨亭（しぐれてい）；②文人、藝人等的雅稱；例：二葉亭四迷（ふたばていしめい）；③旅館、飯館等的字號；☆清風亭（せいふうてい）。

－てい【邸】（造語）府，邸，公館；☆総理大臣邸／總理大臣公館。

てい【丁】（名）〔文〕（甲、乙、丙、丁的）丁；☆甲、乙、丙までは及第で丁は落第だ／甲乙丙及格，丁不及格。①

てい【体】（名）①外表，様子，打扮；②情況，状態；☆事業は中止の体だ／事業陷於停頓状態；③（装作的）様子，外表；☆体よく断る／婉言拒絶；☆体のいい事を言う／說漂亮話；☆少しも狼狽（ろうばい）の体がない／絲毫沒有慌張的様

子。①

ていあつ【低圧】（名）①低氣壓；②低電壓；低壓力。◎

*ていあん【提案】（名・他サ）提案；建議；☆提案は満場一致で通過した／議案經全場一致通過；☆彼の提案は容（い）れられなかった／他的建議未被採納。◎

ティー【tea】（名）茶；～スプーン【tea spoon】（名）茶匙；～パーティー【tea pary】（名）茶會；～ルーム【tea room】（名）茶館，茶室。①

ティー【tee】（名・動）〔高爾夫球用語〕（發球時擱球的）球座。①

てい【帝位】（名）〔文〕帝位；☆帝位に即（つ）く／即帝位。①

ティーシャツ【T-shirts】（名）T恤。◎

ディーゼル（エンジン）【Diesel（engine）】（名）〔機〕柴油（發動）機，狄賽爾機。⑤

ディーゼルきかん【Diesel 機関】（名）＝ディーゼルエンジン。⑥

ティーンエージャー【teen-ager】（名）（從十三、四歳到十八、九歳的）少年少女。④

ていいん【定員】（名）定額，規定的人數；☆定員五百名の映画館／規定（最高）容納五百人的電影院；☆出席者が定員に達しないため会は延期になった／因爲出席者不足規定人數，會議延期了；☆定員を超過する／超過名額。◎

ていえん【庭園】（名）庭園；☆庭園を造る／造園。◎

ていおう【帝王】（名）帝王，皇帝；～しんけんせつ【帝王神権説】（名）〔法〕帝王神權説；～せっかい【帝王切開】（名）〔醫〕剖腹生産。③

ていおん【低音】（名）①〔樂〕低音（＝バス）；②低的聲音。◎

ていおん【低温】（名）〔理〕低温；☆低温で消毒する／用低温消毒。◎

ていおん【定温】（名）〔理〕定温，一定的温度；☆定温を保つように調節する／調節使保持一定温度。◎

*ていか【低下】（名・自サ）降低，低落，下降；☆品質の低下／質量的降低；☆気温が急激に低下して来た／氣温急劇降低；☆学生の読書力は少しも低下しない／學生的讀書能力一點也沒有低落。①◎

ていか【定価】（名）定價；☆当店の品は

すべて定価通りに売ります／本店一切商品均按定價出售。⓪

ていがく【定額】（名）定額，定量；☆定額の収入／一定數量的收入；☆定額に達しない／不足定額。⓪

ていがく【低額】（名）少額，低額；☆低額所得者／低收入的人。⓪

ていがく【停学】（名）停學；☆停学を命ずる／命令停學；☆停学処分を受ける／受到停學處分。⓪

ていがくねん【低学年】（名）（學校中）低年級（的學生）。③

ていかん【諦観】（名・他サ）〔文〕①冷静観察，仔細觀察，注視；☆世の成り行きを諦観する／注視社會的進展；②断念，想開；☆晩年の彼は諦観の境地にあった／到了晩年他的心境就達觀了。⓪

*ていき【定期】（名）①定期，一定的期限（期間）；☆旅客機は定期的に往復している／客機定期往返飛行；②←定期預金；⑧←定期取引；④←定期（乗車）券；～（じょうしゃ）けん【定期（乗車）券】（名）定期票，月票；～せん【定期船】（名）定期船；～とりひき【定期取引】（名）〔經〕定期交易；～よきん【定期預金】（名）定期存款。

ていき【提起】（名・他サ）提起，提出；☆再軍備について問題を提起する／提出重整軍備問題；☆離婚訴訟を提起する／提出離婚訴訟。①

ていぎ【定義】（名・他サ）定義；☆定義を下（くだ）す／下定義。③①

ていぎ【提議】（名・他サ）提議，建議，倡議，提出議案；☆…の提議に同意する／同意…的建議；☆講和を提議する／提議講和；☆彼の提議で／在他的倡議下①

ていきあつ【低気圧】（名）①低氣壓；☆この低気圧の中心は海上にある／這個低氣壓的中心在海上；②（精神）消沉，不高興；☆今朝、科長は低気圧だ／今天早上，科長不高興；③（情勢、氣氛）不穩，不安；☆両国の間に低気圧が低逃している／兩國間空氣緊張。

ていきゅう【低級】（名・形動ダ）低級，下等；☆低級な趣味／低級趣味。⓪

ていきゅう【定休】（名・自サ）（毎月的）定期休息（日）；☆デパートの定休日（び）／百貨公司的定期休息日。⓪

*ていきゅう【庭球】（名）網球（＝テニス）；☆庭球をやる／打網球。⓪

*ていきょう【提供】（名・他サ）提供，供給；☆資料を提供する／提供資料；☆安価に提供する／廉價供應；☆中央社提供のニュース／中央社供給的消息。⓪

ていきんり【低金利】（名）低利息。③

ていくう【低空】（名）低空；～ひこう【低空飛行】（名・自サ）低空飛行。⓪

ていけい【定型】（名）〔文〕定型，一定的規格；～し【定型詩】（名）有一定形式的詩。⓪

ていけい【定形】（名）定形，一定的形状；☆定形を保（たも）つ／保持定形。⓪

ていけい【提携】（名・自サ）協作，合作；☆…と提携して／與…合作。⓪

ていけつ【貞潔】（名・形動ダ）〔文〕貞潔；☆貞潔な（の）人／貞潔的人。⓪

*ていけつ【締結】（名・他サ）締結，簽訂；☆講和条約を締結する／簽訂和約。⓪

ていけん【定見】（名）定見，一定的見解；☆定見のない人／沒有定見的人。⓪

ていげん【低減】（名・自他サ）①降低，低落；☆人口の増加率は低減して来た／人口的増加率低落下來；②減低；☆運賃を大幅（おおはば）に低減する／大幅降低運費。⓪

ていげん【提言】（名・他サ）建議，提議；☆彼らは僕の提言を容れなかった／他們沒有採納我的建議。③⓪

ていげん【逓減】（名・自他サ）〔文〕逓減；☆人口の逓減／人口的逓減。⓪

*ていこう【抵抗】（名・自サ）①抵抗，反抗，抗拒；抗衡；☆抵抗を受けずに占領した／沒受到抵抗就占領了；☆弾圧に対して頑強に抵抗する／頑強地抵抗鎮壓；☆圧迫に抵抗する／抵抗壓迫；②〔理〕抵抗，阻力；☆空気の抵抗／空氣的阻力。⓪

*ていこく【定刻】（名）定時，準時；☆汽車が定刻に到着する／火車準時到達；☆定刻に十分おくれた／比規定時間誤了十分鐘；☆定刻通りに試合を始める／準時開始比賽。

ていこく【帝国】（名）帝國；～しゅぎ【帝国主義】（名）帝國主義；～だいがく【帝国大学】（名）帝國大學。①

*ていさい【体裁】（名）①様子，様式，外表，外形；☆この門は体裁がよい／這個門的様子好看；☆体裁を繕（つくろ）う

／修飾外表；裝飾門面；②體面，體統；☆おおぜいの前で転んだので体裁が悪かった／在許多人面前跌倒了，覺得不好意思（害羞）；☆体裁がよくない／不成體統，不體面；☆体裁のよしあしを言っていられない／也顧不得體面不體面了；☆体裁のいい事を言う／說體面話；③形式，局面，體裁；☆この会社は会社の体裁をなしていない／這家公司不够個公司的體面；☆奉承話；體面話；☆お体裁を言う／說奉承話；~ぶ・る【体裁振る】（自五）①擺架子，裝腔作勢，講究排場；☆あんな体裁ぶる人は嫌いだ／我討厭那種擺架子的人。◎

ていさつ【偵察】（名・他サ）偵察，偵探；☆敵状を偵察する／偵察敵情；☆先方の動静を偵察して来る／偵察對方的動靜去；~き【偵察機】（名）〔軍〕偵察機

＊ていし【停止】（名・自他サ）①停止，暫停，禁止；☆停止を命ずる／命令停止；☆新聞の発行が停止された／報紙發行遭到禁止；②（車馬等半途）停止，停住；☆電車が急に停止した／電車突然停止；③停頓；☆停電で仕事が一時停止した／因停電工作暫時停頓了。◎

ていじ【丁字】（名）丁字形；~けい【丁字形】（名）丁字形；~じょうぎ【丁字定規】（名）丁字尺。①

＊ていじ【呈示・提示】（名・他サ）〔文〕呈示，提示；☆守衛に身分証明書を提示する／拿出身分證給守衛看。◎

ていじ【定時】（名）規定時刻，定時，準時；定期；☆電車は定時に発車した／電車準時開了；~せい【定時制】（名）〔教育〕定時制（規定一年最低出席日數，利用農閒期、早、晚等授課的一種制度）；↔全日制。①

ていじ【遞次】（名）〔文〕逐次，依次①

ていしせい【低姿勢】（名・形ダ）向對方表示謙虛的態度。③

ていしつ【低質】（形動ダ）質量低；~たん【低質炭】（名）質量低的煤。◎

ていしつ【低湿】（形動ダ）低濕，又低又濕；☆この地方は低湿で健康に悪い／這個地方又潮濕對健康不好。◎

＊ていしゃ【停車】（名・自サ）停車；☆この列車の途中停車駅の名前を申し上げます／把這班列車途中停車的站名報告給大家；~じょう【停車場】（名）汽車停車

場；~ば【停車場】（名）火車站（＝えき）。◎

ていしゅ【亭主】（名）①〔文〕（旅館、茶館等的）主人，老闆；☆宿屋の亭主を呼んで町の様子を聞く／把旅館老闆找來打聽市內情況；②〔俗〕丈夫；☆あの女は亭主持ちだ／那個女人有丈夫；~かんぱく【亭主関白】（名）〔俗〕丈夫在家非常跋扈；↔かかあでんか；◇亭主の好きな赤烏帽子（あかえぼし）／一家之主的嗜好，無論如何稀奇古怪，家屬也應該忍耐順從；亭主を尻に敷く／（妻）欺壓丈夫。①

ていじゅう【定住】（名・自サ）①落戶，常住；定居；☆僕はこの都市に定住することにした／我決定長期住在這個都市；②定居；☆遊牧民は定住することなく草を追って放浪する／遊牧民族不在一處定居追逐牧草而流浪；☆姉は、アメリカに定住している／姐姐定居在美國。◎

ていしゅうにゅう【定収入】（名）固定收入。③

ていしゅうは【低周波】（名）〔理〕低周波（1萬至10萬周波）。③

ていしゅく【貞淑】（名・形動ダ）貞潔；☆彼女は貞淑の聞こえが高い／她以貞潔賢淑見稱。◎

＊ていしゅつ【提出】（名・他サ）提出；☆証拠を提出する／提出證據；☆政府提出の法案／政府提出的法案。◎

ていじょ【貞女】（名）貞女。①

ていしょう【提唱】（名・他サ）提倡，倡導；☆新学説を提唱する／提倡新學說◎

ていじょう【呈上】（名・他サ）奉上，呈獻（＝しんてい）。◎

ていしょく【定食】（名）客飯，份飯，快餐；☆昼食は定食で済ませる／午飯吃客飯；↔いっぴんりょうり（一品料理）◎

ていしょく【定職】（名）〔文〕一定的職業；安定的工作；☆定職のない人は生活が安定しない／沒有固定職業的人生活不安定。◎

ていしょく【停職】（名・自サ）停職；☆停職を命ずる／命令停職。◎

ていしょく【抵触】（名・自サ）抵觸，違犯；☆法律に抵触する／違法。◎

ていしん【廷臣】（名）〔文〕朝臣，朝廷之臣。◎

ていしん【挺身】（名・自サ）挺身；☆挺

身して難局に当たる／挺身承擔難局。◎

ていしん【艇身】（接尾）艇身，艇的長度；☆一艇身の差で勝った／以一艇身之差獲勝。

でいすい【泥水】（名）〔文〕泥水；☆雨上がりの泥水に足を突っ込（こ）む／把脚陷入剛下過雨的泥水中。◎

でいすい【泥酔】（名・自サ）酩酊大醉；☆昨夜は泥酔して、どうして家に帰ったのか覚えていない／昨天晚上喝得酩酊大醉，怎様回到家的不記得了。◎

ていすう【定数】（名）①定數，定額；☆出席者は定数に達しない／出席者不足定人數；☆議員定数に満たず散会した／（議會因為）議員不足法定人數散會了；②〔文〕定數，註定的命運。③

ディスカウントセール【discount sale】（名）折扣拍賣。7

ディスカッション【discussion】（名・自他サ）辯論，討論；☆ディスカッション（を）することによって相互の理解を深める／通過討論加深相互理解。③

ディスク【disk】（名）①圓盤；②（留聲機的）唱片；～ジョッキー【disk jockey】（名）一邊給聽眾聽唱片，一邊解說或提供一些有趣的話題的一種電臺節目。1

ディステンパー【distemper】（名）犬瘟熱病。

ディズニーランド【Disney land】（名）狄斯耐樂園。

てい・する【呈する】（他サ）①呈，呈送，呈遞；☆書を呈する／寄給…信；☆先生に愚問を呈する／向老師提個粗淺問題；②呈現，現出；☆活気を呈する／現出活躍氣象；☆惨状を呈する／現出悽慘情景；図ていす（サ）。③

*__ていせい【訂正】__（名・他サ）訂正；☆誤りを訂正する／訂正錯誤；☆訂正の上、再版を出す／訂正後再版。◎

ていせい【帝政】（名）〔文〕帝政；☆帝政ロシア／沙皇俄國。◎

ていせつ【定説】（名）定說，定論；☆この発見は従来の定説を覆（くつがえ）すものだ／這個發現要推翻從來的定論。◎

*__ていせつ【貞節】__（名・形動ダ）貞節；☆貞節を守る／守貞節。◎1

ていせん【停戦】（名・自サ）停戰。◎

*__ていそう【貞操】__（名）〔文〕貞操，貞節；☆貞操を重んずる／重視貞操；☆貞操

の堅い婦人／堅守貞節的婦女。◎

ていぞく【低俗】（形動ダ）鄙俗，下流，庸俗；☆低俗な流行歌／下流的流行歌曲；☆きわめて低俗な趣味／極其庸俗的趣味。

ていそくすう【定足数】（名）〔法〕法定人數，規定人數；☆定足数に達した／達到法定人數；☆定足数に満たない／不够法定人數。4

*__ていたい【停滞】__（名・自サ）①停滯，停頓；☆事業が停滞する／事業停頓；②（貨物）滯銷；☆不景気で貨物が市場に停滞している／因為蕭條，貨物在市場上滯銷；③〔醫〕（食物不消化）停滯（在胃裏）。◎

ていた・い【手痛い】（形）厲害的，嚴重的（＝きびしい、ひどい）；☆手痛い批評を受けた／受到嚴厲批評；☆手痛い損害を蒙（こうむ）った／蒙受重大損害3

ていたく【邸宅】（名）宅邸，公館（＝やしき）；☆郊外に大きな邸宅を構えている／在郊外有很大的住宅。◎

でいたん【泥炭】（名）〔礦〕泥煤。◎

ていち【低地】（名）低地，窪地。◎

ていち【定置】（名・他サ）〔文〕安置，安置在一定地方；～ぎょぎょう【定置漁業】（名）在一定水域内設網的漁業10

ていち【偵知】（名・他サ）〔文〕偵察，探知。◎

ていちゃく【定着】（名・自他サ）①定着，固定，定居；☆遊牧民が水辺に定着する／遊牧民定居於水邊；②〔照像〕定影，定像；～えき【定着液】（名）定影劑，定影液。◎

ていちょう【低調】（名・形動ダ）①低調，音調低；②不熱烈，不活潑，不暢旺；☆今年のお祭（まつり）は低調だ／今年的節日不够熱鬧；☆投票者の出足は低調だ／向投票所去投票的人並不踴躍；☆市場は低調だ／市場不够活潑，市面蕭條；☆低調な試合／不熱烈的比賽。◎

*__ていちょう【丁重・鄭重】__（形動ダ）很有禮貌，鄭重；懇摯，慇懃；☆丁重な態度をとる／採取謙恭的態度；☆丁重なもてなしを受けた／受到慇懃的招待；☆丁重に葬る／厚葬。◎

ていちょう【低潮】（名）低潮。◎

ティッシュ【tissue】（名）ティッシュペーパー之略；～ペーパー【tissue

paper】（名）紗紙；面紙（又細膩又強靱的紙張）。[1]

てっぱい【手一杯】（形動ダ・副）①竭盡全力,盡量；☆手一杯に営業を広げる／盡量開展營業；☆工場は手一杯に仕事をしている／工廠在開足馬力生產；②（工作很多）占滿時間,忙得沒有閒空；☆手一杯仕事がある／工作忙得不可開交；☆この品の生産だけで手一杯だ／只這一種貨的生產就忙不開。[2]

ディー・ディー・ティー【D.D.T.】（名）〔醫〕滴滴涕。

ていてつ【蹄鉄】（名）蹄鐵,馬掌；☆蹄鉄を打つ／釘馬掌。[0]

ていてん【定点】（名）〔數〕定點；☆直線上の一定点／直線上的一個定點。[1]

ていでん【停電】（名・自サ）停電；停止供電。[0]

ていど【低度】（形動ダ）〔文〕程度低；☆封建時代の工業技術は低度のものであった／封建時代的工業技術程度是很低的。[1]

*__**ていど**__【程度】（名）程度；適度；☆被害の程度／受害的程度；☆この本は中学生の程度を越えている／這本書超過了初中學生的程度；☆同一程度の学校／程度相同的學校；~**もんだい**【程度問題】（名）程度問題；☆酒を飲むのもよいが程度問題だ／飲酒也可以,但應適度。[1][0]

でいど【泥土】（名）〔文〕泥土,稀泥；☆洪水（こうずい）の翌朝,町は一面泥土の海と化した／漲大水的第二天早晨,街上變成一片泥海。[1]

ていとう【抵当】（名）抵押,擔保；☆家を抵当にして金を借りる／以房子作抵押借款；☆その金は土地が抵当になっている／那筆款是以土地作抵押的；~**けん**【抵当権】（名）〔法〕抵押權；~**ながれ**【抵当流れ】（名）（因不履行債務）押死,喪失抵押品贖回權；☆抵当流れの品／押死的東西。[0]

ていとう【低頭】（名・自サ）〔文〕低頭；☆平身低頭して謝（あやま）る／低頭認錯。[0]

ていとく【提督】（名）（海軍）提督,艦隊司令官。[0]

ていとん【停頓】（名・自サ）停頓；☆交渉は目下のところ停頓（の）状態にある／交涉目前處於停頓狀態。[0]

ディナー【dinner】（名）①正餐；②午餐；③晚餐；~**パーティー**【dinner-party】（名）午餐會；晚餐會。[1]

ていない【邸内】（名）〔文〕住宅裏,宅邸內；☆邸内に忍び込む／竄進住宅裏。[1]

ていない【庭内】（名）〔文〕庭園裏,院子裏；☆庭内の植木の手入れをする／拾掇院子裏的花木。[1]

*__**ていねい**__【丁寧】（形動ダ）①很有禮貌,恭恭敬敬,謙恭和藹；鄭重其事,非常懇切；☆丁寧な人／謙恭和藹的人；☆丁寧に物を言う／說話很有禮貌；☆丁寧にお辞儀をする／恭恭敬敬地行禮；☆彼は御丁寧にわざわざ自分で出かけた／他却鄭重其事地特意親自前往；☆どうも御丁寧に／謝謝您,您太也周到了；②小心謹慎,注意周到,非常細緻（慇懃）；☆答案を丁寧に読み直す／把答案仔仔細細地重看一遍；☆丁寧に取り扱う／小心謹慎地拿放（處理）；☆丁寧な看護を受ける／受到非常周到（慇懃）的護理；☆万事に丁寧である／對一切事情都很謹慎；☆丁寧に説明する／仔仔細細地說明；☆あの職人は仕事が丁寧だ／那個手藝人做活仔細。[1]

でいねい【泥濘】（名）泥濘；☆大雨のあと道路は泥濘の海と化した／大雨之後泥濘載道。[0]

ていねん【停年】（名）退休的年齡；☆六十歳で停年に達する／到六十歲就該退休；☆彼は今年停年だ／他今年該退休了。[0]

ていのう【低能】（形動ダ）低能；☆低能な子供／低能的孩子；~**じ**【低能児】（名）低能兒。[0]

ていはく【碇泊・停泊】（名・自サ）停泊,拋錨；☆港内に碇泊している／停泊在港口內；~**じょ**【碇泊所】（名）停泊所。[0]

ていはつ【剃髪】（名・自サ）〔文〕削髮,落髮；☆剃髪して尼になる／削髮為尼。[0]

ていひょう【定評】（名）定評,公認；☆良いという定評を得る／得到優良的評定；☆彼は作家として既に定評がある／他作為一個作家已有定評。[0]

ていへん【底辺】（名）〔數〕底邊；☆三角形の底辺／三角形的底邊；〔轉〕社會的下層。[1]

*__**ていぼう**__【堤防】（名）堤防,堤,壩；☆海岸に堤防を築く／在海岸築壩；☆堤防

が切れる／堤壩決口。[0]

ていまい【弟妹】（名）〔文〕弟弟和妹妹。[0]

ていめい【低迷】（名・自サ）①低垂，彌漫；☆暗雲（あんうん）が低迷している／暗雲低垂；〔喻〕空氣緊張，隨時可能發生事件；②沉淪，淪落；☆貧窮のどん底に低迷している／沉淪於貧窮的底層。[0]

ていめん【底面】（名）〔數〕底面；☆円錐（えんすい）体の底面／圓錐體的底面 [3]

ていやく【締約】（名・自他サ）〔文〕締約，締結條約（契約）；☆相互不可侵を締約する／締結互不侵犯條約。[0]

ていよう【提要】（名）〔文〕提要，簡明教程（主要用於書名）；☆自動車運転法提要／汽車駕駛術教程。[0]

ていらく【低落】（名・自サ）低落，降低，下跌；☆相場の低落／市價的下跌。[0]

ていり【定理】（名）〔數〕定理。[1]

ていり【低利】（名）〔經〕低利，利率低。[0]

*****でいり【出入り】**（名・自サ）①出入；☆校門を出入りする車／出入校門的車輛；②常來往；☆出入りの商人／常來往的商人；☆家（うち）の出入りの人／常到我家來的人；③收支，金錢出入；☆一ヶ月の金の出入りはどれ程か／一個月的收支有多少？④爭吵，糾紛，風波；☆与太者（よたもの）の間に出入りがあった／無賴個吵起來了；☆彼は女出入りの多い人だ／他是個男女關係搞得很複雜的人；⑤多些少些；☆人数は二、三の出入りかあるかも知れません／人數也許有二、三名出入；⑥凹凸，曲折；☆海岸線の出入りが少ない地方／海岸線出入曲折少的地方。[0]

ていりつ【低率】（名）①低率，比率低；低廉；☆低率の料金／費用低廉；☆投票者は半数にも満たない低率であった／投票者的比率竟沒達到一半；☆低率の税／稅率低的稅；②〔經〕低利率。[0]

ていりつ【定率】（名）〔文〕一定的比率，定率。[0]

ていりつ【鼎立】（名・自サ）〔文〕鼎立；☆当時三国は鼎立の姿であった／當時三國呈鼎立之勢。[0]

ていりゅう【底流】（名）①底流；②〔轉〕暗中的形勢；內心的感情。[0]

ていりゅう【停留】（名・自他サ）〔文〕

停留，停止，停住；～じょ【停留所】（名）（公共汽車）車站，巴士站。[0]

ていりょう【定量】（名）〔文〕定量；☆患者には定量の牛乳が与えられる／給病人定量的牛乳；～ぶんせき【定量分析】（名）〔理〕定量分析；↔ていせいぶんぜき（定性分析）。[3][0]

*****ていれ【手入（れ）】**（名・他サ）①修理，收拾，拾掇，修整保養；☆写真機の手入れをする／保養照像機；☆庭を手入れする／拾掇庭園（院子）；☆髪の手入れ／修整頭髮；②〔俗〕檢擧，搜捕，兜抄；☆賭博の手入れ／抄賭錢場，抓賭。[3]

ていれい【定例】（名）定例，慣例，常規；☆定例によって／按照定例；☆定例を打破（だは）した／打破常規的；～かくぎ【定例閣議】（名）內閣例會。[0]

ディレクター【director】（名）①（公司的）董事；②（電影・電視）導演。[2]

ていれつ【低劣】（形動ダ）低劣，低級；☆低劣な読み物／低劣的讀物；☆低劣な趣味／低劣的趣味。[0]

ディレッタンティズム【dilettantism】（名）愛好藝術，趣味主義。[6]

ディレッタント【dilettante】（名）文學、美術的愛好者，非專門的藝術家（＝ジレッタント）。[2]

ていれん【低廉】（形動ダ）〔文〕低廉，便宜。[0]

ディレンマ【dilemma】（名）→ジレンマ。[2]

ていろん【定論】（名）〔文〕定論。[0]

ティンパニー【意 timpani】（名）〔樂〕釜狀銅鼓。[1]

てうす【手薄】（形動ダ）缺乏，缺少，不足；☆所持金が手薄になった／帶的錢不多了；☆手薄な方面に人員を配置する／向缺人的方面配備人員。[0]

デウス【葡 Deus】（名）〔宗〕上帝，神[1]

デー【day】（造語）①白天；②一日；③（舉辦某種社會運動的）日子，日；☆六月四日は虫歯予防デー／六月四日是蛀牙預防日；☆防火デー／防火日。

デージー【daisy】（植）雛菊。[1]

データ【data】（名）①作為論證的事實論據；☆データが不足しているので推論が困難だ／因為事實根據不足，難以推論；②材料，資料；☆彼の不正に関するデータはたくさんあがっている／關於他舞弊

的資料已經掌握很多了。①

デート【date】（名）①日期，時日，年代
；②〔美俗〕（和異性的）約會（日）①

*テープ【tape】（名）①狹帶，線帶，布帶
；②（賽跑時）決勝線上的細繩；☆テー
プを切る／跑得第一名；③卷尺，帶尺
；④電報收報紙條；⑤錄音帶；～レコ
ーダー【taperecorder】（名）膠帶錄音
機。①

*テーブル【table】（名）①桌子，臺子；②
飯桌；②表，目錄；～かけ【table掛け】
（名）桌布，臺布；～クロス【table-
cloth】（名）→テーブルかけ；～スピ
ーチ【table-speech】（名）席上致詞；
～センター【table-center】（名）舖在
桌子中央的裝飾用的桌布或編織物；～マ
ナー【table manner】（名）席上禮節
，用餐禮節。□

テーマ【德 Thema】（名）①主題，作品
的中心思想內容；☆この小説は留学生の
愛国心をテーマとしている／這部小説是
以留學生的愛國心為主題的；②（論文等
的）題目；☆論文のテーマをきめる／決
定論文的題目；☆研究テーマ／研究題目
；③〔樂〕主題，主旋律。□

テーラー【tailor】（名）裁縫師。①

テール【tail】（名）尾；～テンラ【tail-
lamp】（名）（汽車等的）尾燈。①

ており【手負（い）】（名）負傷；受傷
的人或動物；☆戦争で手負になった／
因戰爭受了傷；☆手負いの猛獣／受傷的
猛獣。②

ており【手後れ】（名）為時已晚，耽誤
；☆病気が手後れになった／病治晚了；
☆今さら名誉を挽回しようとしても，も
はや手後れだ／現在想要挽回名譽，已經
晚了。②

ており【手桶】（名）提桶，帶梁的水桶；
☆手桶をさげて水汲みに行く／提着桶去
打水。◎

ており【手押し】（名）手推，手壓；☆手
押しの消火ポンプ／手壓救火機；～ぐる
ま【手押し車】（名）手車，手推車。①

ており【手落ち】（名）過失，過錯；☆不
注意から来た手落ち／由於疏忽而產生的
過失；☆それは私の手落ちだ／那是我的
過錯；☆万事手落ちなく準備した／一切
都安排妥當了。③◎

ており【手斧】（名）①斧子；②手斧。①

ており【手織】（名）手織，家織；～もめ
ん【手織木棉】（名）土布，家織布③◎

でか（名）〔俗〕警察；刑警。①

でか・い（形）〔俗〕大的（＝でっかい）
；☆ばかにでかい帽子だな／好大的帽子
啊！②

*てがかり【手掛かり】（名）①抓頭兒；☆
高い塀（へい）には手掛かりになるもの
は全くなかった／高牆上沒有一點抓頭兒
；②（偵察犯罪的）線索；☆何の手掛か
りもない／什麼線索也沒有；☆現場に残
っていた手袋を手掛かりにして捜査を進
める／以留在現場的手套作線索進行捜査
；☆手掛かりをつかむ／抓到線索。②

でかか・る【出掛かる】（自五）將要出門
；將要出來。◎③

でがけ【出掛け】（名）（要）出門時，臨
走時；☆朝出掛けに電報を受け取った／
早晨剛要出門收到了電報；☆これを出掛
けにポストにほうりこんでくれ／出門時
（順便）請把這個給投到信箱裏（註：這
句話是男人的口氣）。◎

てが・ける【手掛ける】（他下一）①親自
動手；☆この数年手掛けて来た仕事／數
年来親手搞的工作；②親自照料；☆この
生徒は一年の時から私が手掛けて来た子
供です／這個學生是從一年級起就由我培
養的孩子；図てがく（下二）。③

*でか・ける【出掛ける】（自下一）①出去
，出門，走；到…去；☆散歩に出掛ける
／出去散步；☆お天気だから，どこかへ
出掛けよう／天氣很好，到那兒去走走吧
；☆たまにはお宅へ出掛け下さい／請您有時
也到我家來玩玩；☆秋には海外へでかけ
るつもりです／秋天打算到國外去一下；
②要出去，要走；☆出掛けるところへ客
が来た／剛要出門客人來了；図でかく（
下二）。◎

てかげん【手加減】（名・自サ）①（處理
事物等時的）斟酌，照顧（＝てごころ）；
☆手加減を加える／斟酌；☆相手が子供
だから，質問は多少手加減してやった／
對方是個孩子，所以提問時加了一些照顧
；②技巧，手法，竅門；☆手加減さえ覚
えれば，そうむずかしいもんじゃない／
只要一懂得竅門就容易了；☆何事も手加
減一つだ／不論什麼事情都要看技巧如何
；☆手加減でどうにでもなる／只要手法
得當就能運用自如。②

てかご【手籠】（名）籃子，提籃；☆手籠を手にして買物に出かける／提起籃子出去買東西。①

でかした【連語・感】眞了不起！好極了！（＝よくやった）。②

てかず【手数】（名）①手續，周折（＝てすう）；☆大変お手数をかけました／太麻煩您了，叫您太受累了；☆手数のいる仕事／費事的工作；②〔將棋、圍碁〕着數。①②

でか・す【出来す】（他五）做出，闖出，搞出（＝する、しでかす、はたす）；☆大変な事を出来した／闖出大事來了；☆大失敗を出来した／造成很大的失敗。②

でかせぎ【出稼ぎ】（名・自サ）（在一定期間離鄉）出外做活，出外掙錢；☆農閑期に農家の男たちは都市へ出稼ぎに行く／在農閑期，農民們（農家的男子）到都市去做活。⓪

てがた【手形】（名）①（伸開手掌蘸墨打的）手印；②（用作證憑的）手押；③〔經〕票據；☆約束（やくそく）手形／期票；☆為替（かわせ）手形／滙票；☆割引（わりびき）手形／貼現票據；☆不渡（ふわたり）手形／拒付票據；☆手形を振り出す／發出票據；☆手形の支払を引き受ける／承付票據；☆手形を現金に替えてもらう／把票據兌成現款；☆手形の裏書（うらがき）／票據的背書；～こうかんじょ【手形交換所】（名)票據交換所；～わりびき【手形割引】（名）票據貼現。⓪

でかた【出方】（名）（談判等時的）態度；☆先方の出方を見た上でこちらの態度をきめる／看對方態度如何然後再決定我方的態度。③

てがた・い【手堅い】（形）①踏實的，堅實的，靠得住的；☆手堅い商売／堅實的買賣；②〔經〕（行情）穩定的，不會下跌的；☆手堅い相場／穩定的行市；図てがたし（形ク）；～さ【手堅さ】（名）。⓪③

デカダン【法 décadent】（名）（十九世紀末期法國的）頽廢派；②頽廢派藝術家。⓪

てかてか（副・自サ）光滑貌，溜光；☆額がてかてかしている／前額溜光；☆髪にポマードをてかてかとつける／頭髮用髮蠟打得溜光。①

でかでかと（副）大大地；☆新聞にでかでかと出た／報紙上大大地登出來了。③

＊てがみ【手紙】（名）書信，信函；☆手紙を書く／寫信；☆手紙のやり取りをしている／互相通信；☆手紙で知らせる／寫信通知；☆お手紙正に拝受いたしました／大札奉悉，來信收到。⓪

＊てがら【手柄】（名）功勞，功勳，勞績；☆戦争で手柄を立てる／在作戰中立功；☆手柄がある／有功；～がお【手柄顔】（名）居功自傲的神色；☆手柄顔に語る／居功自傲地說；☆手柄顔をする／居功自傲。③

でがらし【出涸らし】（名）（茶、咖啡等經煎泡後）乏味，變淡；☆出涸らしになる／（茶）變淡，乏了；☆出涸らしの茶／乏茶。⓪

てがる【手軽】（形動ダ）簡便，輕易，簡單；☆手軽な食事／便飯；☆手軽に引き受ける／隨隨便便承擔過來。⓪

てがる・い【手軽い】（形）簡便的，輕易的，簡單的；☆手軽く片づける／簡單處理；～さ【手軽さ】（名）。⓪

てき【的】（接尾・形動ダ）（接在名詞下）①表示「關於」或「對於」之意；☆科学的知識／（關於）科學的知識；②表示…一般似的；☆野獣的本能／野獸般的本能；☆悲劇的な生涯／（簡直是）悲劇的一生；③表示…狀態或性質；☆合法的活動／合法的活動；☆徹底的に捜査する／徹底（地）捜查；④表示…上的；☆教育的な見地／教育（上）的見地。

＊てき【敵】（名）①敵，敵人；仇敵（＝かたき、あだ）；☆人類の敵／人類的敵人；☆敵味方を見わける／分清敵我；②敵手，（競爭的）對手；☆彼らは僕の敵でない／他們不是我的對手；◇敵は本能寺にあり／眞正的意圖不在這裏；醉翁之意不在酒。⓪

テキ（名）←ビフテキ。①

＊でき【出来】（名）①（做出來的）結果，質量（＝できばえ）；☆出来の悪い品／質量低的貨品；②（考試、比賽等的）成績；☆試験の出来が悪い／考試的成績不好；☆今日の投手の出来はよかった／〔棒球〕今天投手投得好；③收成，年（＝さく）；☆今年は小麦の出来がよい／今年小麥的收成好；④現成（＝できあい）；⑤交易，買賣（＝とりひき）。⓪

*でき**あい**【出来合い】（名）①現成（不是定做）；☆できあいの服／現成的衣服；②姘居；☆できあいの夫婦／姘居的夫婦。0

でき**あがり**【出来上がり】（名）①做出來，做好；☆出来上がり迄あと三日かかる／還要三天才能做好；②做出來的質量（結果）；☆値段が高いだけあって出来上がりが立派だ／價錢不白貴，到底做得好；☆この洋服の出来上がりを見てくれ／請看這套西裝做得怎樣。0

*でき**あが・る**【出来上がる】（自五）①做完，做好；☆家はもう出来上がったか／房子已經蓋好了嗎？☆おいしいケーキが出来上がりました／可口的蛋糕做好了；②天性是…，天生就是…；☆嘘はつけないように出来上がっている／天生就不會撒謊。

*てき**い**【敵意】（名）敵意；☆敵意を抱く／懷敵意，敵視。1 2

*てき**おう**【適応】（名・自サ）適應，順應，適合；☆動植物は環境に適応する能力を持っている／動植物具有適應環境的機能；☆子供の能力に適応した教育を施す／施以適合兒童能力的教育；～しょう【適応症】（適於用某種藥劑、手術或其他治療法醫治的）病症；～せい【適応性】（名）適應性。0

てき**か**【滴下】（名・自他サ）〔文〕滴下；☆試験液を数滴滴下させる／滴下數滴試驗液。1

てき**か**【摘果】（名・自サ）〔農〕（爲防止結果過多）摘掉一部分果實。1

てき**がいしん**【敵愾心】（敵愾心）；☆敵愾心を抱（いだ）く／懷敵愾心。3

てき**かく**【適格】（名・形動ダ）適合法律等規定的資格；勝任的，適任的；☆教員として適格であるかどうかを審査する／審查是否有當教員的資格。0

てき**かく**【的確】（形動ダ）正確，準確，恰當；☆的確な表現／正確的表現；☆的確に訳す／恰當地翻譯。0

てき**がた**【敵方】（名）敵方，敵人方面；☆敵方の様子を探る／探聽敵方的動靜。0

てき**き**【手利（き）】（名）能手，好手；☆剣術の手利き／擊劍的能手。3 1

*てき**ぎ**【適宜】（副・形動ダ）①適宜，適當，合適（＝ほどよい）；☆適宜な（の）処置を講ずる／採取適當的措施；②隨意

，隨便（＝しかるべく）；☆適宜に見計らってやって下さい／隨便看着辦吧。1

てき**ぎょう**【適業】（名）適當的職業；☆適業を選ぶ／選擇適當的職業。

でき**ぐあい**【出来工合】（名）做的好壞，做出的成績；☆試験の出来工合はどうだい／考試的成績怎樣？3

てき**ぐん**【敵軍】（名）敵軍。0

てき**ごう**【適合】（名・自サ）適合，適宜，符合，相宜；☆目的に適合する／符合目的。0

てき**こく**【敵国】（名）敵國（＝てっこく）0

でき**ごころ**【出来心】（名）一時的衝動，偶發的惡念；☆つい出来心で盗みをした／由於一時衝動偷了東西。3

*でき**ごと**【出来事】（名）（偶發的）事件，變故；☆意外の出来事／意外的變故；☆社会の出来事／社會上發生的事件 2 0

てき**ざい**【適材】（名）適當的人才；☆彼は会長としてまさに適材だ／他當會長最適當；～てきしょ【適材適所】（連語）人地相宜，人得其位位得其人。0

てき**さく**【適作】（名）〔農〕適當的作物；☆適地適作／什麼地種什麼物。0

てき**し**【敵視】（名・他サ）敵視，仇視；☆彼らは互に敵視している／他們互相仇視。0

てき**じ**【適時】（名）適當的時機；☆適時に引き揚げる／在適當的時候走開（離去）。1

*でき**し**【溺死】（名・自サ）溺死，淹死0

てき**しゃ**【適者】（名）〔文〕適者，適於環境者；～せいぞん【適者生存】（連語・名）適者生存。1

てき**しゅ**【敵手】（名）①對手；☆好敵手を失った／失掉好的對手；②敵人，敵手；☆主要陣地の大半が敵手に陥った／主要陣地多半落於敵人手中。1

てき**しゅう**【敵襲】（名）敵人的襲擊；☆敵襲を受ける／受到敵人的襲擊。0

てき**しゅつ**【剔出】（名・他サ）剔掉，割下；☆卵巣を剔出する／割除卵巣。0

てき**しゅつ**【摘出】（名・他サ）摘出，剔出；☆からだにはいった弾丸を摘出する／剔出打進體內的子彈；☆次の文中から助詞を摘出せよ／從下文中摘出助動詞。0

てき**しょ**【適所】（名）〔文〕適當的地位；☆適材を適所に置く／把適當的人才安

置在適當的地位；適用人才。①

てきしょう【敵将】（名）敵將；☆敵将を捕虜にする／俘虜敵將。⓪

てきじょう【敵情】（名）敵情；☆敵情を探（さぐ）る／刺探敵情。⓪

てきじん【敵陣】（名）敵陣；☆敵陣に突入する／闖進敵陣；☆敵陣を抜く／攻下敵陣。⓪

てき・す【適す】（自五）→てきする。②

てきず【手創・手傷】（名）負傷，受傷；☆味方は多数手創を受けた／我方多數負傷；☆手創を負う／負傷。①

*　**テキスト**【text】（名）①原文；☆この翻訳はテキストを逐語的に訳している／這個譯文是按原文逐字譯出的；②教科書（＝テキストブック），講義；☆教授自ら執筆された本をテキストに使う／把教授親自執筆的書當作課本；☆新学年用のテキスト／新學年的教科書；**～ブック**【textbook】（名）教科書。⓪

てき・する【敵する】（自サ）①敵，敵對，敵抗；②匹敵，對抗；☆現在彼に敵するボクサーは一人もいない／現在沒有一個拳擊家能同他匹敵；困てきす（サ）③

*　**てき・する**【適する】（自サ）適宜，適合，適當；☆老人に適した運動／適於老年人的運動；☆この場合に適した訳語を選べ／選出適於這種情況的譯語；困てきす（サ）。③

てきせい【適正】（名・形動ダ）適當，恰當；☆適正の分配／適當的分配；☆米の適正価格／大米的公正（標準）價格。⓪

てきせい【適性】（名）適於…的性質，適合性；**～けんさ**【適性検査】（名）（升學或就職時個人的）適合性檢查，個性檢查。⓪

*　**てきせつ**【適切】（形動ダ）恰當，適當；☆如何にも適切な評だ／眞是恰如其分的評語；☆適切な訳語／適當的譯語。⓪

できそこない【出来損い】（名）①做壞，弄糟；☆出来損いの御飯／做壞了的飯；②殘廢（的人），有殘疾（的人）；☆出来損いの子／殘廢的孩子。⓪

てきたい【敵対】（名・自サ）敵對，作對；☆彼に敵対するのは損だ／同他作對划不來；**～こうい**【敵対行為】（名）敵對行爲。⓪

できだか【出来高】（名）①收穫量；☆今年度産米の出来高は平年より五分がたの増収である／今年大米收穫量比常年增加百分之五左右；②生産總量；③〔經〕成交額；☆株式の出来高／證券成交額；**～ばらい**【出来高払い】（名）計件付酬。②⓪

てきだん【敵弾】（名）敵人子彈；☆敵弾に倒れる／被敵人打死。⓪

てきち【適地】（名）〔農〕適宜的土地；☆砂地は落花生栽培の適地だ／沙土地適於種花生。①

てきち【敵地】（名）敵國領土，敵人占領地。⓪

てきちゅう【的中・適中】（名・自サ）中，射中，擊中；猜中；☆矢は的（まと）の真中に的中した／箭射中了靶子的正當中；☆僕の予想が的中した／我猜中了。⓪

てきちゅう【敵中】（名）〔文〕敵人中間；☆敵中に躍り込む／闖進敵陣中。①

*　**てきど**【適度】（形動ダ）適度，適當的程度；☆適度の温度を保つ／保持適宜的溫度；☆適度に飲食する／飲食有節制。①

*　**てきとう**【適当】（形動ダ）①適合，適當，合宜，適宜；☆病人に適当な食物／適於病人的食物；☆適当な運動／適當的運動；☆適当な例を挙げる／擧出適當的例子；②（俗）隨隨便便，馬馬虎虎（＝いいかげん）；☆適当にお世辞を言っておく／隨便奉承幾句；☆適当にあしらっておく／隨便應付應付。⓪

てきにん【適任】（形動ダ）（對某種工作）適合，勝任；☆彼はスポークスマンには適任だ／他適合作發言人。⓪

できばえ【出来映え】（名）①做出的成績；☆この絵は出来映えがよくない／這幅畫畫得不够好；☆今日の舞台は出来映えがよかった／今天這場戲演得好；②做得好，搞得好；☆どうだ、この出来映えを見てくれ／瞧，這搞得多漂亮！⓪

てきぱき（副・自サ）乾脆，爽快，敏捷；☆てきぱきした人／爽快（乾脆）的人；☆ぐずぐずしないでてきぱきしなさい／別慢呑呑的乾脆點！①

てきはつ【摘発】（名・他サ）揭發，暴露；☆汚職を摘発する／揭發貪污。⓪

てきひ【適否】（名）適當與否；☆今回の処置の適否について論ずる／論這次處置是否適當。①

てきびし・い【手厳しい】（形）厲害的，

嚴厲的；☆手厳しい攻撃／厲害的攻撃；
☆手厳しい批評／嚴厲的批評；図てきび
し（形シク）；～さ【手厳しさ】（名）
厲害，嚴厲。④

てきひょう【適評】（名）適當的批評，恰
當的評語；☆適評を下（くだ）した／下
了恰當的評語。⓪

できぶつ【出来物】（名）能幹的人，出色
的人物；☆彼はなかなかの出来物だ／他
是個相當出色的人物。⓪

てきふてき【適不適】（名）〔文〕適不適
當。①③

てきへい【敵兵】（名）敵兵；☆敵兵が降
服した／敵兵投降了。⓪

てきほう【適法】（形動ダ）〔法〕合法；
☆それは適法だ／那是合法的。⓪

てきめん【覿面】（形動ダ）眼前，立刻（
顯出效果或報應）；☆この薬は頭痛に
覿面に利（き）く／頭疼吃這藥立刻見
效。⓪

できもの【出来物】（名）疙瘩，腫疱，腫
瘡，癤子（＝はれもの、おでき）；☆顔
に出来物が出来た／臉上長了個疙瘩④③

てきや【的屋】（名）（賣假藥一類物品的）
騙人攤販，江湖商人。②

てきやく【適役】（名）適當的角色，適任
的人才；☆人事課長はAが一番適役だ／
當人事科長，A最適當。⓪

てきやく【適訳】（名）〔文〕恰當的譯語
；☆この語の適訳が見当らない／找不到
這個詞的恰當譯語。⓪

てきやく【適薬】（名）〔醫〕適宜的薬，
對症的薬。⓪

てきよう【摘要】（名）摘要，節略，提要
；☆条約の摘要／條約摘要。⓪

*てきよう【適用】（名・他サ）適用，應用
；☆この法則は広範囲に適用する／這個
法則廣泛適用。⓪

てきりょう【適量】（名）適當的分量；☆
薬の適量を過（す）ごすと害がある／用
藥過量有害。⓪

でき・る【出切る】（自五）全部出去；☆
もう意見も出切ったようだ／好像意見也
都提出來了。⓪

*で・きる【出来る】（自上一）①做好，做
完；☆食事が出来た／飯做好了；☆出来
たことは仕方がない／過去的事沒有辦法
；☆仕度ができた／準備好了；②做出來
，製成，建成；☆この辺に大分家が出来

た／這一帶修建了許多房子；☆この毛織
物で上着が出来る／用這塊毛料可做出一
件上衣；☆木で出来ている／木製的；③
形成，出現；☆雨で水溜りが出来た／因
爲下雨形成了水坑；☆かくて人工衛星が
出来た／於是出現了人造衛星；④產生，
發生，有；☆子供が出来る／有孩子；☆
用事が出来て行けなかった／有事沒能去
；⑤出產；☆米が出来る／出產稻米；☆
きのこは湿地によく出来る／蘑菇多產在
潮濕地；⑥能，會，辦得到；☆英語がで
きる／會說英語；☆私に出来ることなら
何でも致します／只要我辦得到，什麼都
做；☆出来れば借金はしたくない／可能
的話，不希望負債；☆自分で生活できる
／自己能够生活；☆人の力で出来ないこ
とはない／沒有人力辦不到的事；⑦（成
績）好；☆（よく）出来る子供／成績好
的孩子；☆数学が出来る／數學成績好，
擅長數學；☆どの学課もよく出来る／那
一門的成績都好；⑧有修養（閱歷）；☆
若いにしては出来た人だ／年輕輕的很有
修養；⑨（男女）搞到一起，搞上；☆あ
の二人はできたらしい／他們倆大概搞上
了；図いでく（上二）。②

てきれい【適例】（名）適當的例子，恰好
的例子；☆適例を思い出せない／想不起
來恰好的例子。⓪

てきれい【適齢】（名）適齡；☆結婚の適
齢期／合適結婚的年齡。⓪

てぎれい【手綺麗】（形動ダ）（做得）好
，漂亮；乾淨；☆料理を手綺麗につくる
／菜做得漂亮。②

てぎれきん【手切金】（名）（離婚的）贈
養費；☆手切金を出して別れる／出贈養
費而離婚。③⓪

てぎわ【手際】（名）①（處理事物的）手
法，技巧；☆手際がよい／手法好，做得
漂亮；☆手際よく事件を解決する／事件
解決得漂亮；☆手際の悪い男／不會辦事
的人；②手腕，本領；☆手際を見せる／
顯示身手；☆あっぱれなお手際／做得漂
亮！③做完的結果（成績）；☆すばらし
い手際だ／做得真好。③

でぎわ【出際】（名）正要出門，剛要出去
的時候（＝でがけ）；☆出際に電話が鳴
った／剛要出門，電話鈴響了。⓪③

てきん【手金】（名）定金定錢（＝てつけ
きん）；☆手金を打つ（渡す）／付定

銭。◎

でく【木偶】（名）木偶；☆でくを操（あや
つ）る／耍木偶；～のぼう【木偶の坊】
（名）①木偶，傀儡；②笨蛋，蠢貨，廢
物。①

テクシー（名）〔俗〕〔諧〕徒步，步行；
（仿「タクシー」發音，對「てくてく歩
くこと」的詼諧說法）；☆タクシー代が
値上がりしたからテクシーにしよう／計
程車費漲價了，還是用步行吧。①

てぐす【天蠶（糸）】（名）（釣魚用的）
天蠶絲，樟蠶絲；～さん【天蠶蠶】（
名）〔動〕天蠶，樟蠶。

てぐすね・く【連語・自五】摩拳擦掌，
做好準備（以待）；☆彼が来たら思いき
り罵倒（ばとう）してやろうとてぐすね
ひいて待っていた／摩拳擦掌想等他來的
時候痛罵他一頓。②—①

てくせ【手癖】（名）手不穩，有盜癖；☆
あいつは手癖が悪い／他好偷東西。③

でくせ【出癖】（名）好出去，在家裏呆不
住；☆出癖がついて家裏にじっとしていら
れない／經常出門成了習慣，在家裏呆不
住。③

てくだ【手管】（名）（騙人的）手腕，圈
套，詭計（＝てれん）。①

てぐち【手口】（名）（做壞事或犯罪的）
手法，方法，手段；☆手口が似ている／
手法相似。①

でぐち【出口】（名）出口，出路；☆出口
はこちらです／從此出門。①

てくてく（副）步行貌；☆てくてく歩く／
步行，一步一步地走。①

テクニカラー【Technicolor】（名）天然
色，彩色（影片）。④

テクニカル【technical】（形動ダ）①技術
的；②學術上的；～ターム【teohnical
term】（名）術語，專門名詞；～ノック
アウト【technical knockout】（名）
〔拳擊〕技術擊倒。①

テクニシャン【technician】（名）技術家
，專家。③

テクニック【technique】（名）技術，手法，
技巧；☆話しのテクニックを勉強する／
學習說話的技巧。①

てくばり【手配り】（名・自サ）部署，佈
置，分頭進行；☆ちゃんと手配りしてあ
る／已經佈置好了；☆歓迎の手配りをす
る／作歡迎的準備；☆八方へ手配りして

搜す／四面八方分頭搜尋。②

てくび【手首・手頸】（名）手腕子；☆手
首をぐっとつかまれた／被緊緊抓住手腕
子。①

てくらがり【手暗がり】（名）（工作時，
因光被自己的手遮住而出現的）陰影，手
影；☆スタンドを右の端に置くと手暗が
りになる／檯燈放在右邊就擋亮。②

デクレ（ッ）シェンド【意decrescendo】
（名）〔樂〕漸弱。③

てくわ・す【出会（出交）す】（自五）偶
然遇見，碰見（＝であう）；☆町で友人
に出くわす／在街上碰見朋友；☆思わぬ
ことに出くわす／碰到意外的事。①

でげいこ【出稽古】（名・自サ）到外邊去
教授，到學習者家裏去教授；☆母は毎日
お茶の出稽古に行く／母親每天到外邊去
教授茶道。②

てこ【梃子】（名）槓桿，撬，千斤槓；☆
梃子で持ち上げる／用千斤槓撬起來；◇
梃子でも動かぬ／（無論別人怎樣說　勸
等）一動也不動，堅持己見。

でこ【凸】（名）①突出額；☆お凸を柱に
ぶっつけた／前額撞到柱子上；②＝でこ
ぼう。①

てこいれ【梃入（れ）】（名・自サ）①〔
經〕（為維持商品或證券的價格）施某種
方策；②為了全體的水準提高或順利進行
而加強某種事情④①

てごころ【手心】（名）①斟酌，裁奪；要
領；☆子供を教えるには手心が必要だ／
教孩子需要有個要領；☆手心を用いる（
加える）／斟酌，酌量；☆手心が分らな
い／不得要領；②酌情處理；☆賄賂をや
って税金に手心を加えてもらう／行賄以
求酌減稅款。

てこず・る【手子摺る】（自五）棘手，為
難；☆あの事件にはてこずった／那件事
可把我難壞了；☆子供に泣かれててこず
った／被孩子哭得沒辦法。③

てごたえ【手答・手応え】（名）①（衝刺
或射箭等時）手裏受到的感覺；☆今の矢
は確かに手応があった／方才這支箭覺得
一定能射中；②反應，效應，勁兒；☆何
度叱っても手応えがない／申斥多少遍也
沒有反應；☆銃丸もワニの背には何の手
応もない／子彈對鱷魚背一點也不起作用
（打不進去）；☆君と勝負しても手応え
がないからつまらない／和你玩也不起勁，

沒意思。[2]

でこでこ（副・自サ）〔俗〕①滿滿地（盛
、裝）；☆御飯をでこでこに盛（も）る／
滿滿地盛飯；②刺目地，濃艷地（裝飾）
；☆でこでこに飾り立てる／濃艷地裝
飾。[1]

でこぼう【凸坊】（名）淘氣的孩子，淘氣
鬼；☆うちの凸坊は手に負えない／我們
這個淘氣鬼簡直沒辦法。[3]

でこぼこ【凸凹】（名・自サ）凹凸不平，
坑窪不平；☆凸凹した道／坑窪不平的道
路。[0]

てごま【手駒】（名）①部下，嘍囉；②〔
將棋〕手裏的棋子。[1]

てごめ【手込（め）】（名）①暴行；☆三
人の不良に手込めにされて金を奪われた／
遭到三個壞人的暴行，被搶走了錢；②強
姦；☆女を手込めにする／強姦婦女。[3]

デコレーション【decoration】（名）裝飾
，裝潢；～ケーキ【decoration cake】
（名）飾有由奶油或鮮奶油做的裝飾的蛋
糕。[3]

てごろ【手頃】（名・形動ダ）①（大小等）
合手；☆手頃な棒を拾って杖にする／拾
起一根合手的棍子當手杖；②（對自己的
經濟力量、身分等）適合，適稱；☆値段
の手頃な外套を見付けた／找到一件價錢
合適的大衣；☆四人家族には手頃な家だ
／四口人住正合適的房子。[0]

てごわ・い【手強い】（形）不易對付的，
不易擊敗的（敵人等）；☆手強い敵に出
逢った／遇到了勁敵；☆手強い鬪爭／艱
苦的鬪爭。[3]

デザート【dessert】（名）餐後的果品、點
心；～コース【dessert course】（名）
（正式西餐）餐後的果品和點心。[2]

てざいく【手細工】（名）手工藝品；☆手
細工のたばこ入れ／手工製的烟盒。[2]

デザイナー【designer】（名）①設計家
，圖案家；☆デザイナーに頼んで表紙を
画いてもらう／求設計家給畫封面；②服
裝設計家。[2]

デザイン【design】（名・自他サ）①設計
圖；②圖案，圖樣；③草圖；④設計，畫
圖案，畫草圖。[2]

でさかり【出盛（り）】（名）①〔でさか
る〕的名詞形；②正應時，正上市的時候
；☆今はいちごの出盛りだ／現在草莓正
應時。[0]

でさか・る【出盛る】（自五）①（季節性
的農產品等）大批上市；☆今は青豆の出
盛る時だ／現在是青豆大批上市的時候；
②（出來看熱鬧的人）多；☆人の出盛る
場所／人多的地方，熱鬧場。[0]

てさき【手先】（名）①手指尖兒；☆手先
を伸ばす／伸開手指頭；☆手先が器用だ
／手巧；②手下，部下，嘍囉；③爪牙，
傀儡；☆手先に使われる／被利用作爪牙
；④手邊。[3]

でさき【出先】（名）去處，前往的地方；
☆出先が分らぬ／去處不詳；～きかん【
出先機関】（名）（中央或本國的政府或
公司等）設在地方或外國的機構，駐外機
關。[3]

てさぐり【手探り】（名・他サ）摸索，摸
；☆手探りで捜す／摸索着找；☆真っ暗
な中で入口を手探りした／在黑暗裏摸索
着找門。[3]

てさげ【手提】（名）手提袋；手提包；提
籃；小提桶；～かばん【手提鞄】（名）
手提皮包；～きんこ【手提金庫】（名）
手提保險匣。[3]

てさばき【手捌き】（名）用手處理（的方
法或技巧）；☆あざやかな手捌きで紙幣
を数える／用俐落的手法數紙幣。[2]

てざわり【手触り】（名）摸物時的感覺
（＝てあたり）；☆手触りがざらざらしてい
る／手摸起來很粗糙；☆手触りが柔い／
手摸着柔軟。[2]

*でし【弟子】（名）弟子，門生，徒弟，學
徒；☆弟子になる／當學徒，當門生；
☆弟子を取る／收門徒，收徒弟；～いり
【弟子入り】（名・自サ）當學徒，拜
師。[2]

てしお【手塩】（名）①小碟，接碟（＝て
しおざら）；☆お菜を手塩に取る／把菜
夾到小碟裏；②親手扶養；☆手塩にか
けて育てた子／親手扶養大的孩子；～
ざら【手塩皿】（名）小碟，接碟，布碟
兒。[1][3]

でしお【出潮】（名）漲潮；☆出潮に乗っ
て船出する／趁着漲潮開船；↔いりしお
（入潮）。[0]

てぢ（ぢ）か【手近】（形動ダ）①手邊，眼前，
近旁，左近；☆手近な処／眼前，近旁，
左近；☆手近にある／就在眼前；☆手近
な材料でおいしい料理をつくる／用手邊
上的材料做可口的菜；②人人皆知，常見

，淺近；☆手近な例を挙げる／舉一個淺近的例子。⓪

てじ（ぢ）か・い【手近い】(形)①手邊上的，在眼前的；②淺近的；囻てぢかし（形ク）。③

てしごと【手仕事】(名)手工，手做的活；☆私は裁縫や料理などの手仕事が不得手（ふえて）だ／我搞不好縫紉、燒菜等工作。②

てした【手下】(名)手下，部下，嘍囉；☆手下が沢山居る／有很多部下；☆手下になる／當部下。③⓪

てじな【手品】(名)變戲法，魔術；☆手品の種（たね）を明（あ）かす／揭開戲法的底。①

てじゃく【手酌】(名・他サ)自酌；☆手酌で飲む／自酌自飲。⓪①

でしゃば・る【出しゃ張る】(自五)〔俗〕多管閒事，多嘴；突出自己，出風頭；☆子供がでしゃばる場所ではない／不是小孩子插嘴（多管閒事）的地方；☆余計なことだ、でしゃばるな／不干你事，少管閒事！。③

*てじゅん【手順】(名)（工作的）次序，層次，程序（＝てつづき、だんどり）；☆手順が狂う／程序弄錯（推遲）；☆手順を変える／改變程序。①⓪

てじょう【手錠・手錠】(名)手銬；☆手錠を嵌（は）める／戴上手銬。⓪①

でしょう【連語】〔「です」的未然形加上助動詞「う」〕表示推測，揣測；☆きっと来るでしょう／一定會來的。

てしょく【手職】(名)手藝，手工；☆手職があるから生活には困らない／因為有手藝，生活不發愁。①⓪

でじり【出尻】(名)臀部突出，大屁股①

デシリットル【decilitre】(名)〔數〕公合（＝1/10公升）。③

デシン(名)〔←クレープデシン〕法國綢綢。①

で・す(助動・特殊型)〔肯定助動詞「だ」的敬語形〕是，為；☆今日は日曜です／今天是星期日；☆それは本当です／那是真實的。

*てすう【手数】(名)手續，麻煩（＝てかず、めんどう）；☆病人の世話は手数がかかる／照顧病人麻煩；☆手数のいらない仕事／不費事的工作；☆お手数をかけて済みません／麻煩您對不起；☆お手数ですが、これを彼に渡して下さい／麻煩

您把這個交給他；～りょう【手数料】(名)①佣金；②手續費。②⓪

てず（づ）かみ【手摑み】(名)拿手抓；☆手づかみで食う／抓着吃。②

てずから【手ずから】(副)親手，親自；☆手ずからやって見る／親自動手做①

ですから(接)〔だから〕的敬語形；→だから。①

てすき【手透・手隙】(名)空閒，工夫；☆今お手隙ですか／現在有空嗎？☆一時間すると手隙になる／再過一小時就有空閒了。③

てすき【手漉】(名)用手抄製（紙）；☆手漉の紙／手抄紙。③

ですぎ【出過ぎ】(名)冒失，越分；～もの【出過ぎ者】(名)冒失鬼，多管閒事的人。⓪

でずき【出好き】(名)好出門（的人）③

です・ぎる【出過ぎる】(自上一)①太往前；☆この列の三番目が出過ぎている／這一排的第三個人太往前了；②越分，冒失，多管閒事；☆出過ぎた干渉／越分的干渉；☆出過ぎたことを言うな／別說冒失話；③（茶）過濃，過釅；☆茶が出過ぎて苦くなった／茶太濃，變苦了。⓪

デスク【desk】(名)①寫字臺，辦公桌；②（報社的）編輯部（部長、副部長），總編室。①

てず（づ）くり【手作り】(名)①自己做，親手做；手製；☆母親の手作りの料理／母親親手做的菜；☆手作りの果物酒／家釀的水果酒；②手織布，土布。②

デスコ【disco】(名)狄斯可舞。

てすさび【手遊】(名)遊戲，消遣（＝てあそび、てなぐさみ）；☆老後の手遊に絵をかく／老來畫畫消遣。②

てすじ【手筋】(名)①手紋，掌紋（＝てそう）；②（繪畫等的）筆法；☆手筋がいい／筆法好；③（彈奏等的）手法；☆琴の手筋がよい／彈琴的手法好。①

*テスト【test】(名・他サ)試驗，測驗，考試，檢查；☆学年末テスト／學年考試；☆機械の調子をテストする／檢查機器運轉情況；～パイロット【test pilot】(名)〔航空〕試飛員。①

てず（づ）な【手綱】(名)→たづな。

デスマスク【death mask】(名)（死後用石膏套取的）面型；☆デスマスクを取る／套取面型。③

てず(づ)ま・る【手詰まる】(自五)①拮据，手頭緊☆不景気で商売の方も手詰まって来た／因爲蕭條買賣也一籌莫展了；②〔將棋〕無步可走。③

てず(づ)め【手詰め】(名)催逼，緊逼☆手詰の談判(だんぱん)／緊逼的談判；☆手詰の催促(さいそく)／緊緊的催逼。③

てず(づ)よ・い【手強い】(形)強硬的，厲害的(＝てごわい、ていたい)；☆手強い反対／強烈的反對；因てづよし(形ク)。③

てすり【手摺】(名)扶手，欄杆；☆橋の手摺にもたれる／倚在橋的欄杆上。③

てずり【手刷(り)】(名・他サ)(不用大型機器)用手工印刷(的印刷品)；☆手刷の年賀状／手工印的賀年片。③ ⓪

てず(づ)る【手蔓】(名)①端倪，頭緒，線索(＝いとぐち、てがかり)；☆事件解決の手蔓をつかむ／找到解決問題的線索；②門路，人情；☆手蔓を求めて就職する／託人情找工作。①

てせい【手製】(名)自製，手製；☆手製のエプロン／自製的圍裙。⓪

てぜい【手勢】(名)手下的兵，部卒；☆手勢を率いて戦場に行く／率領部卒開往戦場。①

デセール【法 dessert】(名)①餐後茶點(＝デザート)；②小點心。⓪

てぜま【手狭】(形動ダ)狹窄；☆この家は手狭で困る／這所房子太窄；☆手狭な部屋／窄小的房間。⓪

てそう【手相】(名)手相，掌紋；☆手相を見る／看手相，相手；～み【手相見】(名)看手相的人。②

でぞめ【出初】(名)①初次出去；新年後第一次出門；②←出初式；～しき【出初式】(名)新年消防演習。⓪

でそろ・う【出揃う】(自五)來齊，到齊；出齊；☆皆出揃ったようだから会を始めよう／像是都來齊了，開會吧；☆稲の穂が出揃った／稻穗出齊了。⓪

てだし【手出し】(名・自サ)伸手，動手，挿手，干涉；☆彼は何事にもよく手出しをする／他甚麼事都愛管(挿手)；☆うっかり手出しできないぞ／不要輕易挿手；☆だれが先に手出しをしたのか／(吵架)誰先動手的？☆いらぬ手出しはよせ／少管閒事。①

でだし【出出し】(名)開始，開頭，最初

；☆何事も出だしが大切だ／甚麼事情都是開頭要緊。⓪

てだすけ【手助け】(名・他サ)幫，幫助；☆娘が母の手助けをする／女孩幫助媽媽；☆家事(かじ)の手助けをする／幫助料理家務。⓪

てだて【手立て】(名)方法，手段，辦法(＝しゅだん)；☆何とかよい手立はないだろうか／沒有什麼好法子嗎？①

でたて【出立て】(名)剛出來；☆出立ての、柔かい筍(たけのこ)／剛長出來的嫩筍；☆大学を出立ての社員／剛從大學畢業的公司職員。⓪

でたとこしょうぶ【出た所勝負】(連語・名)聽天由命，聽其自然；☆出た所勝負だ。何とかなるだろう／聽其自然，車到山前必有路。⑤

てだま【手玉】(名)①手上帶的玉；②(女孩遊戯用内盛小豆等的)小布袋；☆お手玉をとる／扔小布袋玩；◇手玉に取る／播弄人，任意擺佈人。③

*でたらめ【出鱈目】(名・形動ダ)胡說八道，胡扯；胡亂，荒唐；☆出鱈目な男／胡說八道的人；☆出鱈目に言う、出鱈目を言う／胡說八道，信口開河；☆出鱈目であてにならぬ／荒唐無稽不可靠；☆出鱈目に数える／亂數，胡數。⓪

てちがい【手違い】(名)差錯，弄錯；綿密に計画しないと手違いを生ずる／不周密計劃就要發生差錯；☆一寸した手違いからお待たせして済みません／因爲我的一點兒差錯，使您久等，對不起。②

てちょう【手帳・手帖】(名)筆記本，懷中記事冊，手冊；☆手帳に書きとめる／寫在筆記本上。⓪

てつ【鉄】(名)鐵；☆鉄を製錬する／煉鐵；☆鉄の意志／鋼鐵的意志。⓪

ついで【手序】(名)順便，順手兒，就手兒；☆どうせ手ついでだから一緒に買って来て上げましょう／反正是順便，就一塊兒給您買來吧。②

*てっかい【撤回】(名・他サ)撤回，撤銷；☆提出した議案を撤回する／撤回提出的議案，☆前言を撤回する／取消前言。⓪

でっか・い(形)(俗)大的(＝おおきい)；☆でっかい魚だ／好大的魚；☆でっかい音がした／發出極大的聲響。③

*てっかく【的確】(形動ダ)正確，確切，

準確；☆的確な表現／正確的表現；☆的確に判断する／準確的判断。◎

てっかく【適格】（名）→てきかく。◎

てっかく【適確】（形動ダ）→てきかく（的確）。◎

***てつがく**【哲学】（名）①〔哲〕哲學；☆哲学的な（の）問題／哲學的問題；②人生観，世界観；☆これが僕の哲学だ／這是我的人生觀。②◎

てつかず【手付かず】（名）（還）沒有使用，（還）沒有沾手；☆手つかずのノートがたくさんある／有很多還沒有使用的筆記本；☆お菜を手つかずで残す／菜一口也未吃。③②

てつかぶと【鉄兜】（名）鋼盔；☆鉄兜をかぶる／戴上鋼盔。③

てっかまき【鉄火巻】（名）〔烹飪〕用鮪魚片和海苔做的醋飯捲。◎

てっかん【鉄管】（名）鐵管子；☆水道の鉄管が寒さで破裂した／自來水管子凍裂了。◎

てっき【適期】（名）〔文〕適當的時期；☆適期に種を蒔（ま）く／在適當的時期播種。①

てっき【敵機】（名）敵機，敵人的飛機①

てっき【鉄器】（名）鐵器；☆上古の鉄器が発掘される／發掘出上古的鐵器。◎

てつき【手付】（名）①手的姿勢，手的動作；☆外国人が妙な手つきで箸（はし）を使う／外國人手勢笨拙地用筷子；☆あぶなっかしい手つき／手的動作不準確；②（紙牌「かるた」戲時）摸錯了牌；☆お手つき一枚／摸錯一張牌。①

デッキ【deck】（名）①（船）甲板；☆波がデッキを洗う／波浪衝上甲板；②火車車厢外的地板。◎

てっきょ【撤去】（名・他サ）撤去，撤退；撤除；☆駐留軍を撤去する／撤退駐軍；☆障碍物を撤去する／撤除障礙物。①

***てっきょう**【鉄橋】（名）鐵橋。◎

てっきり（副）一定，必定；果然（＝うたがいなく、きっと、あんのじょう）；☆てっきりそれに違いないと思った／我以爲一定是那樣。③

てっきん【鉄筋】（名）①鋼筋，鋼骨；②←鉄筋コンクリート；～コンクリート【鉄筋コンクリート】（名）鋼筋混凝土◎

テックス【tex】（名）〔←texture〕①織品，布料；☆耐水テックス／防水布；②（鑲嵌頂棚、牆壁用的）甘蔗渣壓製板。①

てつけ【手付】（名）定錢，定金，保證金（＝てつけきん）；☆手付を打つ／放定錢，付定金；☆手付流れになる／定錢白扔了；～きん【手付金】（名）定錢③

てっけん【鉄拳】（名）〔文〕鐵拳頭；☆鉄拳を食（く）わす／拳打；☆鉄拳制裁を加える／加以暴力制裁。◎

てっこう【手甲】（名）（工作等時掩護手背的布製或皮製的）手背套；☆手甲を掛ける／戴上手背套。③

てっこう【鉄工】（名）鐵工，鐵匠；～じょ【鉄工所】（名）鐵工廠。◎

てっこう【鉄鋼】（名）鋼鐵。◎

てっこう【鉄鉱】（名）〔礦〕鐵礦；～せき【鉄鉱石】（名）〔礦〕鐵礦，鐵砂◎

てっこつ【鉄骨】（名）鐵骨，鋼骨；☆鉄骨で組立てる／用鋼骨架成；～こうぞう【鉄骨構造】（名）鋼骨結構（構架）◎

てつざい【鉄材】（名）鐵材；☆架橋用の鉄材／架橋用的鋼材。◎②

てつざい【鉄剤】（名）〔醫〕鐵劑，含鐵補藥；☆貧血症の人は鉄剤を飲むとよい／患貧血症的人可以吃含鐵補藥。◎②

てっさく【鉄索】（名）①〔文〕鐵索，鐵繩；②架空索道（＝ケーブル）。◎

てっさく【鉄柵】（名）鐵柵欄；☆まわりに鉄柵がめぐらしてある／四周圍着鐵柵欄。◎

デッサン【法 dessin】（名）（繪畫、彫刻的）草圖，素描；☆デッサンを練習する／練習素描。①

てっしゅう【撤収】（名・自他サ）〔文〕撤收，撤去；②〔軍〕撤退，敗退；☆某地点から撤収する／從某地撤退。◎

てつじょう【鉄条】（名）鐵線，鐵絲；～もう【鉄条網】（名）鐵絲網，刺線；☆鉄条網を張る／佈下鐵絲網。◎

てっしん【鉄心】（名）①〔文〕鋼鐵意志；②〔理〕鐵心；～コイル【鉄心coil】（名）〔理〕鐵心線圈。◎

てつじん【哲人】（名）哲人☆ギリシアの哲人ソクラテス／希臘哲人蘇格拉底◎②

てつじん【鉄人】（名）〔文〕非常壯健的人，鐵漢（＝ふじみ）；☆アジアの鉄人楊伝広／亞洲鐵人楊傳廣。◎

***てつず（づ）き**【手続】（名）手續，程序☆入学の手続をする／辦理入學手續；☆正式

の手続を踏む／經過正式手續。②

てっ・する【徹する】（自サ）〔文〕徹，透徹，貫徹；☆夜（よ）を徹する／徹夜；☆寒氣骨に徹する／寒氣徹骨；☆御教訓肝身に徹して忘れられません／您的教導銘刻五中；☆愛国心に徹する／始終一貫地愛國。囻てっす（サ）。⓪③

てっ・する【撤する】（他サ）〔文〕撤去，撤下，撤退，撤回；☆案を撤する／撤回提案；☆兵を撤する／撤兵。⓪③

てっせい【鉄製】（名）鐵製，鐵造；☆鉄製の鍋／鐵鍋。⓪

てっせん【鉄泉】（名）〔地〕鐵礦泉；☆別府温泉は鉄泉だ／別府温泉是鐵礦泉⓪

てっせん【鉄線】（名）①鐵絲；②〔植〕鐵線蓮；～れん【鉄線蓮】（名）〔植〕鐵線蓮。⓪①

てっそう【鉄窓】（名）〔文〕①鐵窗；②監獄，監牢；☆無実の罪で鉄窓に繋（つな）がれる／以莫須有的罪名被監禁起來。⓪

てっそく【鉄則】（名）〔文〕不可動搖的規則，☆鉄則を作る／訂下鐵則。⓪

てったい【撤退】（名・他サ）〔軍〕撤退；☆敵は南方へ撤退し始めた／敵人開始向南方撤退。⓪

*てつだい【手伝い】（名・他サ）幫忙，幫助；幫手，幫忙者；☆人の手伝いをする／幫人家的忙；☆何かお手伝いすることがありますか／有什麼需要我幫忙的嗎？☆手伝いが要る／需要幫手。③

*てつだ・う【手伝う】（他五）①幫忙，幫助；☆手伝って着物を着せる／幫助穿衣服；☆先生の研究を手伝う／幫助老師的研究工作；②（表示在某種原因以外加上其他某些原因）；☆彼の今度の病気は過労が大分手伝っている／他這次的病和操勞過度有很大關係；☆色々な事情が手伝ってそういう事になったのだ／種種情形湊到一起結果才落得這樣。③

でっち【丁稚】（名）學徒，徒弟，徒工；☆丁稚上（あが）りの支配人／學徒出身的經理；～こぞう【丁稚小僧】（名）＝でっち。

でっちあげ【でっち上げ】（名）〔俗〕捏造；☆彼はでっち上げがうまい／他善於捏造。⓪

でっちあ・げる【でっち上げる】（他下一）〔俗〕捏造，編造；☆この話は彼のでっ

ち上げた作り話だ／這是他捏造出來的假話。⑤

でっちり【出っ尻】（名）臀部突出（＝でじり）；☆出っ尻の女／大屁股的女人①

てっつい【鉄槌】（名）大鐵鎚；☆鉄槌を振るう／掄鐵鎚。⓪

*てってい【徹底】（名・自サ）徹底，貫徹到底，透徹，普遍；☆彼は徹底した菜食主義者だ／他是個徹底的素食主義者；☆命令が徹底しない／命令不徹底；☆憲法の精神を国民全体に徹底させる／使全體國民徹底了解憲法的精神；～てき【徹底的】（形動ダ）徹底的；☆徹底的に消毒を行なう／進行徹底消毒。⓪

てっとう【鉄塔】（名）鐵塔；（架電線用的）塔狀的電桿；☆はるかにテレビ放送用の高い鉄塔が見える／遠處可以看見電視廣播的高高鐵塔。⓪

*てつどう【鉄道】（名）鐵路，鐵道；☆高架（こうか）鉄道／高架鐵路；☆鉄道を敷設する（敷く）／舖鐵路；☆鉄道が通っている／通火車；☆鉄道で旅行する／坐火車旅行；～うんちん【鉄道運賃】（名）鐵路運費；～せんろ【鉄道線路】（名）鐵道線；～びん【鉄道便】（名）火車托運；～もう【鉄道網】（名）鐵路網⓪

てっとうてつび【徹頭徹尾】（連語・副）徹頭徹尾，從頭至尾，自始至終，完完全全；☆徹頭徹尾反対する／徹頭徹尾反對⑤

デッドヒート【dead heat】（名）〔運動〕不分勝負的激烈比賽。④

デッドボール【dead ball】（名）〔棒球〕死球。④

てっとりばや・い【手っ取り早い】（形）①迅速的，俐落的（＝すばやい）；☆手っ取り早く片づける／迅速地做完；②簡單的，直截了當的；☆てっとり早く言えば，手っ取り早い話だ／簡單說來，就好比說。⑥

てつのカーテン【鉄の curtain】（連語・名）鐵幕。④

でっぱ【出っ歯】（名）①凸牙，前部上牙突出；②突牙子，凸牙的人。①

てっぱい【撤廃】（名・他サ）撤廢，撤銷，裁撤；☆統制を撤廃する／撤銷統制。⓪

でっぱ・る【出っ張る】（自五）（向面外）突出；☆外へ出っ張った窓／向外凸出的窗。⓪③

てっぱん【鉄板】（名）鐵板；～やき【鉄

板焼き】〔烹飪〕鐵板燒。◎

てっぴつ【鉄筆】（名）①（彫刻用）小刀
；②（寫複寫紙或蠟紙用）鐵筆；☆鉄筆
で原紙を切る／用鐵筆寫蠟紙；～ばん【
鉄筆版】（名）（寫蠟紙用的）鋼板，謄
寫版。◎

てつびん【鉄瓶】（名）鐵壺；☆鉄瓶に湯
がちんちんと沸いている／鐵壺中的水嘶
嘶地開了。◎

でっぷり（副・自サ）肥胖，胖嘟嘟；☆でっ
ぷりした中年の紳士／肥胖的中年紳士③

てつぶん【鉄分】（名）鐵分，鐵的成分；
☆この温泉は鉄分を多く含んでいる／這
個温泉的水含有許多鐵分。②

てっぺい【撤兵】（名・自サ）〔軍〕撤兵
；☆占領地から撤兵する／從占領地區撤
兵。◎

*てっぺん【天辺】（名）①頭頂上；☆頭の
てっぺんから足の先まで／從頭頂到脚底
；②最高峯，山頂；☆山のてっぺんに月
が出た／月亮從山頂上出來了；③塔のて
っぺんに登る／登到塔頂上。③

てつぼう【鉄棒】（名）①鐵棍，鐵條；☆鉄
棒で殴る／用鐵棍子打；②（運動用具）
單槓；☆鉄棒をする／練單槓。◎

*てっぽう【鉄砲】（名）①步槍，洋槍；☆
鉄砲を撃（う）つ／放槍；☆鉄砲の音／
槍聲；②槍砲；③（俗）河豚（＝ふぐ）
；④〔俗〕吹牛皮，說大話；⑤（劃「狐
拳」時的）拳頭；～だま【鉄砲玉】（名）
①槍彈，子彈；☆鉄砲玉が飛んで来る／
飛來槍彈；②〔喻〕一去不復返；☆出か
けると鉄砲玉で困る／一出去就總也不回
來，真沒辦法；③糖球；☆鉄砲玉をしゃ
ぶる／含糖球。◎

てつめんぴ【鉄面皮】（形動ダ）厚臉皮，
厚顔無恥。③

てつもん【鉄門】（名）鐵門。◎

*てつや【徹夜】（名・自サ）徹夜，通宵（
＝よどうし）；☆徹夜で勉强する／徹夜
用功；☆徹夜しないと仕事が片つかない
／不徹夜工作做不完。◎

てつり【哲理】（名）〔文〕哲理；☆哲理
を究（きわ）める／鑽研哲理。①②

てつろ【鉄路】（名）鐵路，鐵道（
＝てつどう）；☆鉄路の露と消える／被
火車軋死。①

てて【手手】（名）〔兒〕手，手掌；☆き
たないお手々だこと／好髒的手；☆お手

々をつないで幼稚園へ行く／拉着手到幼
稚園去。◎

ててなしご【父無し子】（名）〔俗〕①（
父親不明的）私生子；②孤兒；☆四つ
で父無子になった／四歲時父親就死
了。④

でどこ（ろ）【出所・出処】（名）①（事
物的）出處；☆噂（うわさ）の出所／風
聲的來源；☆この刀の出所が怪しい／這
把刀的出處可疑；②出口；☆あまり広い
駅で出所がわからない／車站太大，找不
到出口。②

てどり【手取（り）】（名）①用手（纏）
線；②（除掉稅款和各種費用後的）實收
額；實收工資額；☆手取一万円で売る／
按實收一萬元出售；☆手取九千五百円に
なる／實收額爲九千五百元。③

てどり【手捕り】（名）（不用器具）用手
捕捉☆兎を手捕りにする／手捉活兔。③

テトロン【Tetoron】（商品名）特多龍，
一種化學纖維。◎

てな（格助）〔俗〕＝というような；☆知
らぬてなことを言ってるぜ／還在說不曉
得哪！；「済みません」てなこと言う／
說什麼「對不起」。

テナー【tenor】（名）〔樂〕男高音，男高
音歌手（＝テノール）。◎

てなおし【手直し】（名）（工作完成後的）
修整，修改；☆手直しをする／加以修
整。②

でなお・す【出直す】（自五）①（一旦回
去後）再來，重來；☆又出直して参りま
す／我回去一下再來；②重新開始，重新
做起；☆家財道具も皆焼けたからもう一
度裸一貫から出直す／日用家具也都燒光
了，再一次從赤手空拳做起。④

てなが【手長】（名）①手長，臂長；②手
不穩，好偷（的人）；☆彼は手長だ／他
好偷東西；～ざる【手長猿】（名）〔動〕
長臂猿。◎③

でなかったら（連語・接）如果不是…，如
不然的話（＝そうでなかったら）。

てなぐさみ【手慰み】（名）①玩弄，玩意
兒；☆ハンカチを手慰みにする／玩弄手
帕；②消遣，解悶；☆手慰みに絵を描く
／畫畫兒解悶；③賭錢，賭博，耍錢（＝
ばくち）。②

*でなくても（連語・接）即使不…，縱令不
是…（＝そうでなくても、でなくとも）②

でなければ（連語・接）要不是…，如果不…（＝そうでなければ）。②

てなこと（連語）〔俗〕＝というようなこと；☆てなことおっしゃいましたかね／真的説了那様的話嗎？☆すぐお返ししますてなことを言って今だに返さない／（借時）説馬上就還，到現在還沒有還。

てなず・ける【手懐ける】（他下一）①馴服；☆猛獣を手懐ける／馴服猛獣；②使歸服，使依従，使就範；☆部下を手懐ける／使部下依従；図てなづく（下二）④

てなべ【手鍋】（名）帯提梁的鍋，手提鍋；☆手鍋下げてもいとやせぬ／（女對男説）就是粗茶淡飯 也甘心；～ぐらし【手鍋暮らし】（名）粗茶淡飯，過窮日子。①⓪

てなみ【手並】（名）本領，本事，能耐；☆僕の手並を見せてやる／讓你看看我的本領；☆お手並拝見／讓我来看看你的本領。①⓪

てならい【手習い】（名・自サ）①習字，練字，書法；②学習；☆六十の手習い／活到老，學到老；☆手習いは坂に車を押すごとし／學如逆水行舟不進則退。②

てな・れる【手慣・手馴れる】（自下一）用慣，做熟；☆手慣れた万年筆をなくした／把用慣的自来水筆弄丢了；☆三年来手慣れた仕事／三年来做熟的工作；☆手慣れた料理でもてなす／以做熟了的菜来招待；図てなる（下二）③

デニール【denier】（名）地尼爾（測量人造絲或生絲的粗度的単位，一地尼爾＝長450公尺，重0.05克）。②

*テニス【tennis】（名）網球；☆テニスの試合（しあい）をする／賽網球；～コート【tennis court】（名）網球場。①

てにてに【手に手に】（連語・副）各人手中，各自；☆手に手に小旗を振って歓迎する／人人手中揮動小旗歓迎。①

デニム【denim】（名）斜紋粗布。①

*てにもつ【手荷物】（名）随身携帯的東西，随身行李；☆手荷物で送る／作爲随身行李運輸；～とりあつかいしょ【手荷物取扱所】（名）〔鐵〕行李房。②

てにをは（名）助詞（的用法）；☆てにをはが合わぬ／助詞用得不對。⓪

てぬい【手縫い】（名）用手針縫（的東西）；☆手縫いのブラウス／手縫的罩衫。⓪

てぬかり【手抜かり】（名）疏忽，遺漏，

漏洞；☆手抜かりのないように準備する／進行周密的準備。②

てぬき【手抜（き）】（名・自サ）偸工；☆安物は手抜きがしてある／便宜貨是偸工減料的。③

*てぬぐい【手拭】（名）布手巾；↔タオル；☆手拭を絞る／擰手巾；☆手拭で顔を拭く／用手巾擦臉；～かけ【手拭掛】（名）掛手巾的架子。⓪

てぬる・い【手緩い】（形）①太寛鬆的，不嚴厲的；☆そんな手緩い叱り方ではこたえない／那様温和的申斥没有效験；②遅鈍的，遅緩的；☆何をしても手緩い／做甚麼都遅鈍；図てぬるし（形ク）⓪③

てのうち【手の内】（名）①手掌；②手腕，本領（＝うでまえ）；☆おれの手の内を見せてやる／叫你看看我的本領；③勢力（達到的）範囲，掌中物；☆…の手の内にある／在…掌中；④心底，内心；☆手の内を見すかされる／被看透内心深處；◇手の内に丸め込む／巧妙籠絡，随意操縦。②①

てのうら【手の裏】（名）手掌（＝てのひら）；◇手の裏を返す／（態度等）忽然改變，變得截然不同；☆手の裏を返すように変わる／馬上變得截然不同；☆手の裏を返したように薄情になる／馬上就翻臉無情。④①

テノール【tenor】（名）→テナー。②

てのこう【手の甲】（名）手背。②

てのひら【掌】（名）手掌，手心；☆掌に載せて持つ／放在手掌上托着。②①

デノミ（ネーション）【denomi(nation)】（名）貨幣貶值。④

てのもの【手の物】（連語・名）擅長的事，拿手好戯；☆そんなことをするのは彼のお手の物です／那是他的拿手好戯。②①

てのもの【手の者】（連語・名）手下，部下；☆手の者をやる／派遣部下。②①

てば（感助）〔女〕〔←といえば〕我不是説…（＝というのに）；☆いやだってば／我就是不願 意吗！☆来いってば／讓你來你就來吧！☆いいってば／我説行就行！

でば【出歯】（名）暴牙，凸牙子。①

でば【ぼうちょう】【出刃（庖丁）】（名）（切魚或切肉用的）莱刀。③

*デパートメント【department】（名）①部，部門；②局，科；～ストア【depa-

rtment store】（名）百貨公司（＝デ
パート）。[2]

*てはい【手配】（名・自他サ）①籌備，安
排；☆記念式の手配はすっかり整った／
紀念典禮的籌備工作全部做好了；②（警
察爲逮捕犯人的）部署，佈置；☆捜索方
を全国に手配した／通令全國各地搜查；
☆要所要所に手配する／在各重要地點佈
置人員。[2][1]

デはい【デ杯・デ盃】（名）臺維斯盃（→
デビスカップ）。[1]

ではいり【出入り】（名・自サ）①出入（
＝でいり）；☆人の出入りが激しい／人
的出入很頻繁；②差额；☆人数は二、三
人出入りがあるかもしれない／人數也許
有三、二名出入。[0]

てばこ【手箱】（名）（装飾品等的）匣子
；☆首飾りを手箱にしまう／把項鍊放到
匣子裏。[0][1]

てばしこ・い【手捷い】（形）伶俐的，敏
捷的（＝てばやい）；☆手捷い男／敏捷
的人。[4]

てはじめ【手初め】（名）起首，起頭，開
端；☆これを仕事の手初めとする／把這
作爲工作的開端；☆それを手初めに彼は
数々（かずかず）の悪事を働いた／以此
爲開端，他搞了許許多多的壞事。[2]

ではじめ【出初め】（名）剛上市；☆出初
めの果物は値段が高い／剛上市的水果價
錢貴。[0]

てはず【手筈】（名）①程序，計劃；☆手
筈が狂（くる）った／程序搞亂了；②卒
業式当日の手筈をきめる／決定畢業典禮
那天的程序；②（事前的）準備；☆手筈
が整った／準備好了。[1]

ではず・れる【出外れる】（自下一）離開
，走出（村鎮）；☆町を出外れると一面
のたんぼだ／一離開城鎮就是一片稻田[0]

てばた【手旗】（名）①手中的小旗；☆手
旗を振って歓迎する／手裏搖着小旗歓迎
；②打旗語用的紅白小旗；～しんごう【
手旗信号】（名）旗語。[0]

ではな【出端】（名）①剛一出門，剛要出
去；☆出端に客とばったり会って、また
家へ引き返した／剛一出門就遇到客人，
於是又折回家來；②剛一開始；☆出端に
失敗する／剛一開始就失敗；☆相手の出
端る挫（くじ）く／一開始就對方潑--
盆冷水。[0]

でばな【出花】（名）新沏的茶；☆出花を
一つ召し上がれ／請喝一杯新沏的茶；◇
鬼も十八、番茶も出花／妖精årligt精輕也好看
，粗茶新沏也好喝。[0][3]

でばな【出鼻】（名）①突出部分，突角；
☆船は伊豆半島の出鼻をまわった／船繞
過伊豆半島的突角；②剛開始，開頭（＝
出端）。[3][0]

てばなし【手放し】（名）①撒開手，放手
；☆手放しで自転車に乗る／放開手騎自
行車；②（讓孩子）離開父母（家庭），
不加照料；☆子供を手放しにしておく／
讓孩子離開父母，對孩子不加照料；③無
拘無束，漫不經心；☆手放しで喜ぶ／歓
喜得不得了；☆手放しの楽観を許さない
／不能一味地樂觀。[2]

*てばな・す【手放す】（他五）①撒開手，
鬆開手，放手；撂下，不加照料；☆見送
りのテープを手放す／撒開送行的紙帶；
☆手放しにくい仕事／撂不下的工作；☆
もうあの子は手放しても大丈夫だ／那個
孩子已經可以撒開手了（不需要照料了）
；②賣掉，贈給別人；☆屋敷まで手放し
てしまった／連住宅都賣掉了；☆秘蔵の
軸を手放す／把秘藏的畫贈給旁人；③讓
（孩子）離開（父母到遠方去）；跟…分
手；捨棄；☆娘を手放す／讓女兒離開家
庭（到某地去讀書等）；☆離縁になって
もこの子は手放せない／就是離了婚也捨
不得這個孩子；☆この辞典は手放せない
／這部辭典可離不開。[3]

てばなれ【手離れ】（名・自サ）離手，不
需照料；☆この子は手離れが早い／這個
孩子手離得早。[2]

てばや【手早・手速】（形動ダ）敏捷，伶
俐；☆手早に片づける／處理得俐落。[0]

てばや・い【手早い・手速い】（形）俐落
的，敏捷的；☆手早く支度（したく）を
する／敏捷地做好準備；図てばやし（形
ク）。[3]

ではら・う【出払う】（自五）全都出去；
☆家の者は出払ってだれもいない／家裏
人全出去了，誰也不在家；☆自動車は皆
出払った／汽車全開出去了。[0]

でば・る【出張る】（自五）①（向外、向
前）凸出，突出；☆この門はすこし出張
っている／這個門有些向外突出；②到…
去，出差（＝しゅっちょうする）；☆客
引が駅に出張っている／攬客員到火車站

去（攬客）。[0][2]

でばん【出番】（名）①〔輪流〕上班，值班；☆今日から夜の出番だ／從今天起上夜班；②〔劇〕出場；☆楽屋で出番を待つ／在後臺等待出場。[2]

てびかえ【手控え】（名・他サ）①記下來；備忘錄；☆帳面に手控えをする／記在本子上；☆手控につける／記在備忘錄上；②推遲，延緩；☆値下がりを予想して買い付けを手控えする／預想落價，延遲進貨。[2]

てびか・える【手控える】（他下一）推遲，延緩；☆買方を手控える／推遲進貨[4]

てびき【手引（き）】（名・他サ）①教導（初學者），啓蒙；☆英語学習の手引きをする／指導初學者學習英語；②入門，初階；☆便利な料理法の手引／簡便烹飪法入門；③引薦，介紹，門路；☆先生の手引で就職する／蒙老師推薦找到工作；④領導，引路，嚮導；☆悪者の手引をする／給壞人領路。[1]

デビスカップ【Davis cup】（名）臺維斯盃（美國D.F. Davis先生捐給國際網球比賽的銀盃）。[4]

てど・い【手酷い】（形）①厲害的，劇烈的（＝ひどい）；☆手酷い攻撃を受ける／受到激烈的攻擊；②毫不客氣的，嚴厲的（＝こっぴどい）；☆手ひどく批判する／嚴厲批判。[3]

デビュー【法 début】（名・自サ）①初次登臺，初出茅蘆；☆彼はこの小説で花々しく文壇にデビューした／他以這部小說轟轟烈烈地登上了文壇；②初次問世，首次流行；☆パリモードの新型海水着がデビューした／巴黎樣式新型游泳衣首次出現。[1]

てびょうし【手拍子】（名）拍板（以明節奏）；☆手拍子を取る／拍板。[2]

てびろ・い【手広い】（形）①寬的，寬廣的，寬綽的，寬敞的；☆手広い庭がある／有寬敞的院子；☆家が手広い／房子寬綽；②廣泛的，範圍廣的；☆手広く調査する／廣泛調查；☆商売が手広い／買賣做得路子寬。[3]

でぶ（名）〔俗〕胖子，胖人；☆ずいぶんでぶだなあ／好一個大胖子！☆向こうから女のでぶが来る／對面走來一個胖女人。[1]

てふうきん【手風琴】（名）〔樂〕手風琴

（＝アコーディオン）。[2]

デフォルマシオン【法 déformation】（名）（在美術創作上對題材或對象作有意識的）變形。[5]

てふき【手拭】（名）手巾（＝てぬぐい）；☆手洗所に手拭を備える／洗手間預備擦手用手巾。[3]

*てぶくろ【手袋】（名）手套；☆皮の手袋／皮手套；☆手袋をはめる／戴上手套；☆手袋を取る（脱ぐ）／脱下（摘下）手套。[2]

てぶそく【手不足】（形動ダ）人手不足；☆人を頼んで農繁期の手不足を補う／請人來補充農忙期的人手不足。[2]

てふだ【手札】（名）①名籤；☆カバンに手札をつける／皮包上拴上名籤；②〔紙牌戲〕手牌；～がた【手札形】（名）〔照像〕四寸像片（長四英寸又四分之一，寬二英寸又四分之一）。[1][0]

でふね【出船】（名）①開船；☆出船の時刻が近づく／快到開船的時間；②開出的船，出港的船；↔いりふね；☆出船入り船の絶え間ない港／出入船隻接連不斷的港口。[0]

てぶら【手ぶら】（形動ダ）空着手，赤手空拳；☆手ぶらで旅行する／空手（什麼行李都不帶）旅行；☆手ぶらで友人の家を訪問する／空着手（什麼禮品都不帶）訪問朋友的家；☆釣に行ったお父さんは夕方手ぶらで帰ってきた／釣魚去的父親傍晚空着手回來了。[0]

てぶり【手振（り）】（名）手勢，手式（＝てつき、てまね）；☆手振りよろしく喋る／比手劃脚地說。[2]

デフレ（─ション）【deflation】（名）〔經〕通貨收縮，通貨緊縮；↔インフレーション。[3]

でべそ【出臍】（名）肚臍突出，鼓肚臍，氣肚臍。[1]

テヘラン【Teheran】〔地名〕德黑蘭[1]

てへん【手偏】（名）〔漢字部首〕提手，手字旁。[0]

でほうだい【出放題】（形動ダ）信口（開河），胡說八道；☆出放題にまくしたてる／信口開河。[2]

てほどき【手解き】（名・他サ）教導（初學者），啓蒙；初階，入門；☆踊りの手解きをする／教給初步的舞蹈；☆英文学手解き／英國文學入門。[2]

*てほん【手本】（名）①法帖，字帖；畫帖；☆習字の手本／字帖；☆手本を習う／看着字帖寫；②模範，榜樣；☆彼は学生のよい手本だ／他是學生的好榜樣；☆良い手本を示す／做出良好的榜樣；③標準，範例；☆これを手本にして作る／拿這個作標準來做。②

*てま【手間】（名）①（工作需要的）努力或時間，工夫；☆手間がかかる／費工夫，費事；②工錢（＝てまちん）；③（＝てましごと）；～しごと【手間仕事】（名）①費事的工作；②（木瓦匠等用手做的）計件工作，散工，件子活；～だい【手間代】，～ちん【手間賃】（名）工錢，手工錢，☆手間賃を貰う（払う）／領（付）工錢；～ど・る【手間取る】（自五）費事，費工夫；☆途中で買物に手間取ったので帰りがおそくなった／因為路上買東西耽誤了工夫，所以回來晚了；☆案外仕事が手間取った／工作分外費事；～ひま【手間隙】（名）〔俗〕工夫；☆手間隙のかからない仕事／不費工夫的活兒②

デマ（名）謠言，蠱惑宣傳；☆デマを飛ばす／散布謠言，進行蠱惑宣傳；☆デマに乗るな／不要上謠言的當。①

*てまえ【手前】（名）①自己的面前（眼前）；②這邊兒，靠近自己這方面；☆名古屋の一つ手前の駅で降りる／在名古屋前一站下車；☆川の手前／河的這邊；③（茶道）禮法；☆茶の手前／茶道的禮法；④（當着…的）面，（對…的）體面；由於，鑑於，考慮到…；☆客への手前怒るわけにも行かない／當客人面前也不好發脾氣，因為有客人也不好發脾氣；☆誓いの手前酒を飲まない／因為起過誓所以不喝酒；☆世間の手前が恥かしい／沒臉見人，☆世間の手前もある／也得考慮體面，（那樣做）要受社會指責；⑤生活，生計；☆手前が不如意で…／因為生活不充裕…；Ⅱ（代）①〔謙稱〕我；☆手前の父／我的父親；☆手前共（の）／我們（的）；☆手前の不注意で何とも申し訳ありません／由於我不小心，十分對不起；②〔卑稱〕你；☆手前の知ったことじゃない／這不干你的事；～がって【手前勝手】（形動ダ）自私自利，只顧自己，隨自己的便（＝じぶんがって）；☆手前勝手な男だ／自私自利的人；☆手前勝手なことをする／隨着自己的便做；～みそ【

手前味噌】（名）自己做的醬；②〔轉〕自己吹嘘，自吹自擂，自誇；☆手前味噌を並（なら）べる／自誇，老王賣瓜自賣自誇。◎

でまえ【出前】（名）（飯館往外）送菜，送外賣；☆出前は致しません／（茶）不外送；～もち【出前持ち】（名）送菜的伙計。◎

でまかせ【出任せ】（名・形動ダ）信口，隨便；☆出任せを言う／隨便說說，信口開河；☆出任せの嘘／隨便撒謊。◎

てまくら【手枕】（名）枕着胳膊，曲肱為枕；☆手枕で（をして）寝る／枕着胳膊睡。②

でまど【出窓】（名）向外凸出的窗②◎

てまね【手真似】（名）手勢，手式；☆啞（おし）は手真似で話す／啞吧用手勢談話；☆手まねで呼ぶ／招手喚人。①

てまねき【手招き】（名・他サ）招手，用手招呼；☆人を手招きして呼び入れる／招手叫人進來。②

てまめ【手まめ】（形動ダ）①不辭勞苦，勤勤懇懇；☆家の店員は手まめに働く／我家雇的店員勤勤懇懇地工作；②手巧，手勤，☆手まめな人だ／是個手勤的人。

てまり【手鞠・毛鞠】（名）①拍着玩的球，用線紮的球，小皮球；☆手鞠をつく／拍球；☆拍球玩；☆手鞠をして遊びましょう／拍球玩吧。①

てまわし【手回し】（名）預備，籌備，預先備辦；佈置；☆旅行の手回しをする／做旅行的準備；☆手回しが良い／準備得又快又完善。②

てまわり【手回り】（名）①身邊，手邊；②隨身携帶的東西；☆手回りの荷物をまとめる／收拾隨身携帶的東西；～ひん【手回り品】（名）隨身携帶的物品。②

でまわ・る【出回る】（自五）（出產品）上市；☆地方のりんごが盛んに出回って来た／地方的蘋果大量上市了。◎

てみじか【手短か】（形動ダ）簡單，簡略；☆手短かに言えば／簡略地說，簡言之。◎

でみせ【出店】（名）①分號，分店；☆各地に出店をつくる／在各地設分店；②攤販，貨攤；☆夜になると出店が並ぶ／一到夜晚擺出一排攤販。◎

デミヌエンド【意 diminuendo】（名）

〔樂〕漸弱。④

てみやげ【手土産】（名）隨手携帶的禮物，簡單禮品。②

てむかい【手向い】（名・自サ）反抗，對抗，抵抗；☆手向い（を）するな／不要抵抗。②

でむかい【出迎い】（名）〔俗〕迎接（＝でむかえ）。②

てむか・う【手向かう】（自五）抵抗，對抗，反抗。③

でむかえ【出迎え】（名）迎接；迎接的人；☆飛行場に国賓を出迎えに出る／前往機場迎接國賓；☆多数の出迎えが来ていた／来了許多迎接的人。⓪

でむか・える【出迎える】（他下一）迎接；☆父を駅に出迎える／到車站迎接父親。⓪

でむ・く【出向く】（自五）前往，前去；☆こちらから出向きます／你不用来我到你那裏去。⓪

でめ【出目】（名）凸眼，凸眼珠（的人）；**～きん【出目金】**（名）凸眼金魚。①

*ても（接助）雖然…，盡管…，即使…縱使…（也）；☆雨が降っても行きます／即使下雨也去；☆何を言っても無駄だ／盡管説什麼也沒用；☆君はいいとしても僕が困る／你雖然沒關係，我可受不了；☆何遍読んでも意味がわからない／雖然讀了好幾遍，意思還是不懂；☆行っても行かなくてもよい／去不去都可以，去也罷不去也罷；☆有っても無くても同じ事だ／有没有都一樣。

*でも（修助）①（舉出極端例子，表示其他也會一樣）就連…也；☆一年生（に）でもできる問題／連一年級學生都能解答的問題；☆聖人でも欠点はある／聖人也有缺點；②（概括地説）無論，不拘；☆誰でも知っている／無論誰都知道；☆いつでもよい／不管什麼時候都行；☆どこにでも行く／不管哪裏也去；☆うそでも本当でも／假的也罷，眞的也罷；③（舉例地説）譬如，或者是；☆酒がないからお茶でも飲もう／因爲没有酒，（或者是）喝點茶吧；☆先生にでも相談してみたらどうですか／或者同老師商量一下怎樣？☆映画でも見ようか／（或者是）看看電影吧；④即便…，縱令，盡管（也）；☆雨天でも行なわれる／即便下雨也舉行；☆今からでもおそくはない／就是從現在

起也不晚；⑤〔文〕不…也（＝なくても）；☆書かでも／即使不寫也…。

*でも（接）①話雖是那麼説，可是，不過（＝それでも、しかし）；☆でもそんな管はない／（話雖是那麼説）不過絕不會那様；☆勉強した。でも成績は悪かった／用功了。可是成績並不好；②（表示辯白）但是（你要知道）（＝だって）；☆学校サボったね？──でも頭が痛かったんだもの／你逃學了吧？──（你要知道）我是因爲頭痛了。①

*デモ（名）（←デモンストレーション）示威，示威運動，遊行示威；☆デモの行列／遊行隊伍。①

デモクラシー【democracy】（名）①民主，民主主義；②民主政治；③民主政體；☆デモクラシーの精神にのっとる／根據民主精神。④

てもち【手持（ち）】（名）①手提，手拿，隨身携帶；②手中保存，手頭有；☆手持（品）がない／手頭没有（存貨）；☆ここに手持（の金）が千円ある／這裏有手頭的現款一千元；**～ひん【手持品】**（名）隨身物資，手頭存貨。

てもちぶさた【手持無沙汰】（形動ダ）①閑得無聊；☆仕事がなくて手持無沙汰だ／無事可做，閑得無聊；②（手裏没有東西）覺得發窘，覺得彆扭；☆たばこがないと、客と話す時手持無沙汰で困る／在同客人談話時手裏没有一隻煙，就覺得發窘，覺得有點彆扭。④

てもと【手元・手許】（名）①手邊，手頭，手底下，手裏（＝てぢか）；☆手元にある本／手邊的書；☆今手元にない／現在手邊没有；☆お手元にお届けします／送到您的手上（家裏）；☆手元が不如意（ふにょい）だ／手頭拮据；②眼前，身邊（＝ひざもと）；☆娘を手元に置く／（爲了照料）把女兒留在家裏（不使她外出）；③（工作時）手的動作；☆手元が狂って手を切った／一手發慌把手切了；④手頭的現款（＝てもときん）；⑤〔俗〕〔おー〕筷子；**～きん【手許金】**（名）手頭的現款。③

でもどり【出戻り】（名）①半途又折回来；②離婚回娘家（的女人）；☆彼女は出戻りだ／她是離婚又回到娘家。⓪

てもなく【手も無く】（副）〔俗〕容易，簡單，不費事；☆手も無く勝った／没費

事就赢了。①

でもの【出物】（名）①疙瘩，腫瘤（＝できもの）；②出賣品，（出賣的）舊貨；☆出物の家具を買う／買舊家具；③〔俗〕放屁（＝おなら）◇**出物腫物**（はれもの）**所嫌わず**／放屁生瘡不擇地方③⓪

てもり【手盛（り）】（名）①自己盛；☆手盛りで飯を食う／自己盛飯吃；②如意算盤，自家方便（＝おてもり）；☆お手盛り案／爲了自己方便的計劃，本位主義的方案。③

デモンストレーション【demonstration】（名）示威（運動）；→デモ。⑥

てやわらか【手柔か】（形動ダ）小心（拿放）；溫和（對待）；☆こわれ物ですから手柔かに願います／因爲易碎請小心拿放；☆始めてのお手合わせ、お手柔かに願います／初次和您比賽請您手下留情④

デュエット【duet】（名）〔樂〕二重奏（唱）；二重奏（唱）曲。②

てよ（連語）〔女〕表示懇求；☆これを見てよ／你看看這個；☆待っててよ／等一等。

でよ（連語・感助）〔女〕表示懇求；☆早く読んでよ／快點唸吧。

でよう【出様】（名）①（對待的）方式，態度（＝でかた）；☆先方の出様によってこちらも態度を変える／看對方的態度如何，我方也改變態度；☆敵の出様を見る／注視敵方的行動；☆流出情況，☆血の出様がひどい／血流得厲害。

*てら【寺】（名）①佛寺，寺院；☆寺に参る／拜佛；☆（お）寺の和尚（おしょう）さん／寺裡的和尚；②賭博場抽頭錢（＝てらせん。②

てら（あ）（感助）〔←ているは〕〔俗〕啦，啊；☆やあ、泣いてら／嗳呀，（在）哭啦！

でら（あ）（感助）（→でいるは）〔俗〕啦，啊；☆さわいでら／吵嚷着哪！

てら・う【衒う】（他五）炫耀，誇耀，顯示；☆学問を衒う／炫示自己的學問；☆新奇を衒う／標新立異；☆少しも衒うところがない／絲毫不炫耀自己。⓪②

テラコッタ【意 terra cotta】（名）赤土陶器，陶瓦，陶瓦小像。③

てらこや【寺子屋】（名）（江戶時代多半由僧侶辦的）私塾。⓪

てらしあわ・せる【照らし合わせる】（他下一）核對，對照，查對；☆数字を照ら

し合わせる／核對數字；☆彼らの陳述を照らし合わせると全く符合している／對照他們的供詞，完全相符。⓪

*てら・す【照らす】（他五）①照，照耀；☆太陽が地球を照らす／太陽照耀地球；☆探海灯で海上を照らす／用探海燈照海面；②對照，按照，參照；☆法律に照らして処分する／按照法律處分；☆先例に照らして／參照先例。②

テラス【terrace】（名）①平屋頂；②陽臺，涼臺，曬臺；③臺地，高臺；④（庭園內的）花壇，草壇。①

てらせん【寺錢】（名）（賭博場）抽頭錢，頭錢；☆寺銭を出す／給賭頭。②⓪

デラックス【deluxe】（名・形動ダ）豪華的。②

テラマイシン【terramycin】〔西蘇〕土黴素③

てり【照（り）】（名）①〔（てる）的名詞形〕照，曬；☆夏の照りは強い／夏天陽光强（曬得厲害）；②晴天，旱天，☆照りが続く／連日晴天；③（主指食物上的）光澤；☆餡（あん）は煉るほど照りが出て来る／（豆沙）餡子是越攪越發亮；④〔飪烹〕（用蜜酒、糖、醬油熬的）糖色；☆魚に照りをつける／把魚沾上糖色②

テリア【terrier】〔動〕獚，一種英國的小狗。①

てりあ・う【照り合う】（自五）①互相對照；②互相對應。⓪

てりかえし【照り返し】（名）①〔（てりかえす）的名詞形〕反照，反射；☆照り返しで暑い／因爲（日光的）反射很熱⓪

てりかえ・す【照り返す】（他五）反射，反照；☆日光を照り返す／反射陽光。⓪

てりかがや・く【照り輝く】（自五）照耀，輝煌照耀；☆大食堂に無数のシャンデリアが照り輝く／大飯廳中無數的枝形吊燈輝煌照耀。⓪⑤

デリカシー【delicacy】（名）①優美，優雅；②精巧，細緻；③微妙；④體貼。②

デリケート【delicate】（形動ダ）①美味的，鮮美的；②細緻的，精巧的；③微妙的；☆国際政局の動きは極めてデリケートである／國際局勢的動向極其微妙；④敏感的；☆デリケートな問題／敏感問題③

デリシャス【delicious】Ⅰ（名・形動ダ）甘美的；Ⅱ（名）一種蘋果。

てりつ・ける【照り付ける】（自下一）（

陽光）毒曬；☆真昼の日射しが激しく照りつける／中午的陽光非常毒；図てりつく（下二）。◎

てりは・える【照り映える】（自下一）映照；☆雪の山が夕日に照り映える／雪山映照在夕陽中；図てりはゆ（下二）。◎

てりやき【照焼】（名）〔烹飪〕沾糖色烤（的魚）；☆まぐろの照焼／沾糖色烤的鮪魚。◎

てりゅうだん【手榴弾】（名）手榴弾。②

てりょうり【手料理】（名）（主人或主婦）親手做的菜；家做的菜。②

てる（補動・下一）→ている；☆立ってる／站着。

*__て・る__【照る】（自五）①照，照耀，曬；☆日が照る／太陽曬；②晴天；☆降っても照っても行く／無論下雨或晴天都去，晴雨無阻。①

で・る【出る】（自下一）①出，出去，出來；☆月が出た／月亮出來了／☆部屋を出る／出房間；☆涙が出る／流淚，落淚；②脱出，突出；☆釘が出ている／釘子露在外面；③出現，發現，現出；☆悪い癖（くせ）が出た／壞毛病暴露出來；☆盗まれた時計が出た／被偸去的錶找到了；☆新人が出る／出現新人；④（道路）通到；來到；☆ここをまっすぐ行くと駅の前へ出る／從這裏一直走就可以走到車站前邊；⑤開，出發；☆大阪行き急行は十時に出る／開往大阪的快車十點鐘開；☆船が出た／船開了；☆旅行に出る／動身去旅行；⑥退出，辭退，離開；☆上司と喧嘩をして会社を出る／同上司吵架，離開公司；☆さっさと出て行け／趕快滾出去！；⑦畢業；☆学校を出る／從學校畢業；⑧上班，出勤，出席，出場；參加；在…工作；☆会社へ出る／到公司上班去；☆運動会に出ている／參加運動會；☆市役所に出ている／在市政府工作；☆会議に出る／出席會議；⑨投身，入；☆政界に出る／投身政界；☆実業界へ出る／入實業界；⑩生，發生；☆病気が出る／生病；☆火事が出た／發生火災；⑪出產，生產；☆この山から鉄が出る／這座山產鐵；☆静岡から茶が出る／靜岡產茶；⑫得出，得，得；☆四を二で割ると二が（と）出る／四用二除得二；⑬來自，出自；☆この情報は信ずべき筋から出ている／這個消息來自可靠方面；☆平家は桓武天皇から

出た／「平家」的祖先是桓武天皇；⑭刊登，出刊，出版；☆新聞に出ている／報紙上登出來了；☆私の新著は来月出る／我的新作下月出版；☆雑誌の三月号が出た／三月號的雑誌出（版）了；☆この本はよく出る／這部書銷路很好；☆よく出る品／暢銷貨；⑯超出，超過；☆高くても五十円を出ない／最貴也不過五十元；☆四十を出た年配（ねんぱい）／四十出頭的年紀；⑰支出，開銷；☆今月はずいぶん出た／本月開銷很多；⑱（給客人等）拿出；（菜）上來；☆お菓子や果物が出る／拿出點心和水果；☆料理が出た／菜上來了；⑲出頭露面，出風頭；☆君の出る幕ではない／不是你出風頭的時候；⑳採取…態度；☆彼がどう出るか見ものだ／却要看他態度如何；☆全くこっちの出よう一つだ／完全看我們態度如何了；◇__出る杭（くい）は打たれる__／樹大招風，出頭的椽子先爛；__出る所__／講理的地方，法院；☆出る所へ出てきまりをつけようじゃないか／（咱們）到講理的地方去解決吧。①

で・る（補助・下一）→でいる；☆読んでる／讀着。

デルタ【delta】（名）〔地〕三角洲；☆川が二股（また）に分れてデルタ地帯をつくる／河水分為兩股形成三角洲地帯。①

てるてるぼうず【照照坊主】（名）掃晴娘（為祈禱天晴掛在簷下的小紙人）。◎

てれかくし【照れ隠し】（名）遮羞，掩飾難為情；☆照れ隠しに大声で笑う／大聲笑以遮羞。③

てれくさ・い【照れ臭い】（形）害羞的，難為情的（＝きまりがわるい）；☆おおぜいの前で話をするのは照れ臭い／在大家面前講話有點不好意思。④

テレスコープ【telescope】（名）望遠鏡④

テレタイプ【teletype】（名）打字電報機③

でれつ・く（自五）＝でれでれ。◎

でれでれ（副・自サ）①貪色貌；迷戀；☆でれでれした男／癡情漢；②懶散貌，慵懶樣子☆でれでれした恰好で町を歩く／慵懶散散地在街上走；③癡呆貌，傻頭傻腦；☆でれでれしないで、もっとはきはき仕事をしろ／別癡呆呆的乾脆俐落地幹活！①

テレパシー【telepathy】（名）心電感應，心心相傳。②

*テレビ（ジョン）【television】（名）電視；☆テレビを看る／收看電視廣播；～ばんぐみ【テレビ番組】（名）電視節目①

テレビンゆ【terebene油】（名）松節油①

て・れる【照れる】（自下一）害羞，羞怯，害臊；☆美しい女の人の前ですっかり照れてしまった／在漂亮的女人面前覺得十分難爲情②

テロ（名）←テロリズム。①

テロップ【telop】（名）〔電視〕字幕。②

テロリスト【terrorist】（名）恐怖份子，暴力主義。③

テロリズム【terrorism】（名）恐怖主義，暴力主義，恐怖政治。③

てわ（は）（接助）（由接續助詞「て」和格助詞「は」構成）①（以不如意或後果不好的事物爲假定時）如果…就…；☆雨が降っては困る／如果下雨就糟了／☆見ては いけない／看可不行，不許看；☆返さなくては気が済まない／不還，覺得過意不去②（表示既定條件）既然…就…；☆そう褒められてはおごらざるを得ない／既然受到這樣誇奬我就只好請客了；③（表示反覆某種動作）又，覆；☆降っては止み、降っては止み／（雨）下了又停，下了又停；☆ちぎっては投げ、ちぎっては投げ／一邊撕一邊扔；④（特別提出某種動作）倒是；☆考えてはいるが／想ома是在想…；☆書いてはみたが／寫倒是寫了…。

でわ（は）（接助）①＝てわ／読んではいけない／不許讀，讀可不行；☆転んでは起き、転んでは起き／跌倒又爬起，跌倒又爬起；②（如果…）可就…（＝ならば，であっては）；☆これでは困る／這樣可不好辦；☆雨天ではできない／下雨可就不行了。

でわ（は）（接）（←それでは）那麼（就）☆では、その理由を詳しく話してごらん／那麼，（就）請詳細說說那個理由吧；☆では、これで失礼します／那麼，我要告辭了。①

てわけ【手分（け）】（名・自サ）分手做，分頭搞；☆手分けして仕事をする／分頭工作；☆皆で手分けして探す／大家分頭尋找。③

てわざ【手業】（名）手工，手藝（＝てしごと）。③①

てわたし【手渡し】（名）親手交給；☆この手紙を彼に手渡しをして下さい／請把

這封信親手交給他。②

―てん【点】（接尾）①（評分的）分；☆五点／五分；☆百点／一百分；☆満点／滿分；②件；☆衣類を三点盗まれた／被偸去三件衣服；③點；地點；☆沸騰点（ふっとうてん）／沸點；☆出発点（しゅっぱつてん）／起點，出發點。

*てん【天】（名）①天，天空，蒼天；☆天を仰ぐ／仰天；☆天に昇る／上天，昇天；☆天高く馬肥ゆ／秋高馬肥；☆天から降る／從天而降；②（宗教上的）天國，天堂；☆天にましますわれらの父／我們在天之父；③天道，天理；☆天に逆（さか）らうものは滅びる／逆天者亡；④天命，運命；☆運を天に任（まか）せる／聽天由命；☆事を図るは人に在り、事を為すは天に在り／謀事在人成事在天；⑤上天，上蒼，上帝；☆天に祈る／禱告上蒼；⑥〔裝訂〕天頭；◊天は自ら（みずか）ら助くる者を助く／天助自助者，天不負苦心人；天に唾（つばき）す／害人反害己；天知る地知る／（莫謂無人知曉）天知道，地知道。①

てん【貂】（名）〔動〕貂。⓪

てん【篆】（名）篆（體字）。⓪

*てん【点】（名）①點（＝ぽち、ちょぼ）；☆点を打つ／點點兒；☆点と線／點和線；②標點（＝とうてん）；斑點，花點，汚點；③（評分的）分數；☆今度の試験は点がよかった／這次考試的分數好；☆点をつける／判分，給分；☆あの先生は点が辛（から）い／那位老師給分苛；④（運動比賽的）得分；☆点を入れる／得分；☆点にならない／不算得分；⑤缺點；☆点の打ちどころがない／無瑕可指；⑥（某）點，論點，觀點；☆その点は同意できない／這一點我不能同意；☆値段の点で折合がつかない／在價錢上不能達成協議；☆すべての点に於て／在各方面；☆少しも偽善者らしい点は見えない／一點兒也看不出來像僞善者。⓪

テン【ten】（名）十，十個。

―でん【電】（造語）①電；☆発電（はつでん）／發電；②電車之略稱；☆市電（しでん）／市營電車；③電報；☆ウナ電／急電。

でん【伝】（名）①傳說；②傳記；☆英雄伝を読む／讀英雄傳。①

でんあつ【電圧】（名）〔理〕電壓；☆電

圧が高（低）い／電壓高（低）。◯

てんい【天意】（名）〔文〕天意；☆天意
測るべからず／天意叵測。①

てんい【転位】（名）①〔文〕移位，轉移
位置；②〔醫〕轉位，倒轉術。①

てんい【転移】（名・自他サ）移轉，挪動
；☆胃ガンが肝臓に転移する／胃癌轉到
肝上。①

てんいむほう【天衣無縫】（連語・名・形
動ダ）天衣無縫，完美無缺，☆天衣無縫
の傑作／天衣無縫的傑作。①─◯

てんいん【店員】（名）店員；☆デパート
の店員／百貨公司的店員。◯

てんうん【天運】（名）天命，命運☆こう
なるのも天運だ／落得這樣也是天命①◯

でんえん【田園】（名）田園；☆田園生活
に憧れる／嚮往田園生活（農村生活）；
～とし【田園都市】（名）（在城郊地帶
建設的）田園式都市。◯

*てんか【天下】（名）①天下，世界；宇内
，國内；☆天下に敵なし／天下無敵；☆
天下に名をとどろかせる／天下馳名；☆
天下を取る／掌握政權，一統天下；②（
幕府的）將軍；☆天下樣（さま）／將軍
大人；～いっぴん【天下一品】（連語・
名）天下第一；～とり【天下取（り）】
（名）一統天下，掌握政權；～ばれて【
天下晴れて】（連語・副）公開地，公然
；☆天下晴れて夫婦となる／公開地結成
夫婦；～わけめ【天下分目】（連語・名
）決定你死我活的關頭，☆天下分目の戦
い／你死我活的鬥爭。①

てんか【点火】（名・他サ）〔文〕點火，
☆ガソリンを掛けて点火する／澆上汽油
點火。◯

てんか【転化】（名・自サ）轉化，轉變；
☆戦争は長期戦に転化した／戰爭成長期
戰。◯①

てんか【添加】（名・自他サ）添加，加上
；☆添加物の入っていない醬油／無加添
加物的醬油。◯

てんか【転訛】（名・自サ）〔文〕轉訛；
☆言葉の音が転訛する／語音轉訛。①

てんか【転嫁】（名・他サ）轉嫁，推諉；
☆責任を部下に転嫁する／把責任推卸給
部下。①◯

てんが【典雅】（形動ダ）典雅，雅緻，斯
文，嫻雅；☆典雅な美人／嫻雅的美人；
☆典雅な服装／雅緻的服裝。①

でんか【殿下】（名）〔文〕①殿堂的階下
；②（對皇族的敬稱）殿下；☆殿下は今
日旅行に出られた／殿下今天旅行去了①

でんか【電化】（名・自他サ）電氣化，電
化；☆家庭を電化する／使家庭設備電氣
化。◯

でんか【電荷】（名）〔理〕電荷。①

*てんかい【展開】（名・自他サ）①展開，
展開；☆舞台では花やかな場面が展開さ
れる／舞臺上展開華麗的場面；☆敵前近
くなって隊は展開して前進する／隊伍接
近敵人時散開前進；☆局面が迅速に展開
した／局面迅速開展了；②〔數〕（函數
的）展開。◯

てんかい【転回】（名・自他サ）廻轉，轉
向。◯

てんがい【天外】（名）〔文〕天外，宇宙
之外；☆奇想天外より落つ／異想天開；
☆魂（たましい）天外に飛ぶ／魂飛天外①

てんがい【天涯】（名）〔文〕天涯，天邊
；☆天涯の孤客／天涯孤客；～ちかく【
天涯地角】（名）〔文〕天涯海角①◯

でんかい【電界】（名）〔理〕電場（＝で
んじょう）。◯

てんかく【点画】（名）〔文〕（構成漢字
的）點與畫，筆畫；☆点画の少ない字／
筆畫少的字。◯

てんがく【転学】（名・自サ）轉學，轉校◯

でんがく【田楽】（名）①〔文〕插秧時的
一種民間歌舞；②田樂豆腐；～ざし【田
楽刺（し）】（名）（把許多東西）穿成一
串；～どうふ【田楽豆腐】（名）〔烹飪〕
醬烤串豆腐。◯

てんから【天から】（副）壓根兒，根本，
全然，簡直（＝てんで）；☆てんから間
違っている／壓根兒就錯了；☆てんから
問題にしない／根本不當一回事。①

てんかん【転換】（名・自他サ）轉換，轉
變，調換；☆方針を転換する／轉變方針
；☆方向転換して敵の背後へ迂回（うか
い）する／轉換方向到敵人背後。◯

てんかん【癲癇】（名）〔醫〕羊癇瘋，癲
癇；☆癲癇を起こす／發羊癇瘋。◯③

てんがん【点眼】（名・自サ）點眼藥，上
眼藥。◯

*てんき【天気】（名）①天氣，天；☆好い
天気／好天氣；☆明日の（お）天気は悪
いそうだ／據說明天天氣不好；②晴天，
好天氣；☆明日は（お）天気かしら／不

曉得明天是否晴天？⑧〔喻〕（人的）心情；☆今日はお父さんのお天気が悪い／今天爸爸不高興；～よほう【天気予報】（名）天氣預報。①

てんき【転記】（名・他サ）過帳，轉記☆必要事項は新しい帳簿に転記した／必要事項已轉記到新帳上。◎

てんき【転機】（名）〔文〕轉機，轉捩點；☆これを転機として新生活に切り換える／以此爲轉機開始新生活；☆生涯の転機／一生的轉捩點。①

てんぎ【転義】（名）〔文〕轉義。①◎

でんき【伝奇】（名）傳奇；☆いつの時代にも伝奇物語は好まれる／不論什麼時代，傳奇小說都受歡迎。①

*でんき【伝記】（名）傳，傳記；☆国軍英雄の伝記を書く／寫國軍英雄的傳記。◎

*でんき【電気】（名）①電，電氣；☆電気に触れて死ぬ／觸電而死；☆この針金には電気が通じている／這個鐵絲有電；☆電気を起こす／發電；②電燈（＝でんとう）；☆電気をつける／扭開電燈，開燈；☆電気を消（け）す／熄燈，關燈；～アイロン【電気iron】（名）電熨斗；～かいろ【電気回路】（名）〔理〕電路；～がま【電気釜】（名）電鍋；～じしゃく【電気磁石】（名）〔理〕電磁石；～スタンド【電気stand】（名）桌燈；～せんたくき【電気洗濯機】（名）洗衣機；～そうじき【電気掃除器】（名）吸塵器；～ぶんかい【電気分解】（名・他サ）〔理〕電解；～れいぞうこ【電気冷蔵庫】（名）電冰箱。①

でんき【電機】（名）電機，電動機。①

てんきゅう【天球】（名）〔天〕天球，天體；～ぎ【天球儀】（名）〔文〕天球儀。①

でんきゅう【電球】（名）電燈泡；☆電球を取り換える／換燈泡。①

てんきょ【典拠】（名）典據，正確的根據；☆ちゃんとした典拠／可靠的典據。①

*てんきょ【転居】（名・自サ）遷居，搬家（＝ひっこし）；☆今般左記へ転居しました／現已遷往左記地址；☆彼の転居先（さき）は不明だ／他所搬的地址不詳◎

てんぎょう【転業】（名・自サ）轉業，改行。◎

でんきょく【電極】（名）〔理〕電極。◎

てんきん【転勤】（名・自サ）轉職，調工作，調動；☆転勤を命ずる／調…的工作◎

てんく【転句】（名）〔文〕轉句，漢詩絶句的第三句。◎

てんぐ【天狗】（名）①天狗（一種想像上的妖怪，人形有兩翼，臉紅鼻高）；②自誇，自負，吹牛，大言不慚（的人）；☆彼は釣の天狗だ／他對釣魚很自負；☆天狗になる／自負起來。◎

てんくう【天空】（名）〔文〕天空，蒼穹；☆高山が天空に聳（そび）え立っている／高山聳立天空。③◎

てんぐさ【天草】（名）〔植〕石花菜（＝ところてんぐさ）。◎①

でんぐりがえ・す【でんぐり返す】（他五）①翻斛斗；☆子供の手をつかんで，でんぐり返してやる／抓住孩子的手讓他翻斛斗；②顚倒過來，扭轉過來；☆形勢をでんぐり返す／把局勢扭轉過來。⑤

でんぐりがえ・る【でんぐり返る】（自五）①（雜技團演員等）翻斛斗；②（立場，局勢等）顚倒，翻轉；天翻地覆；☆敵味方の形勢はでんぐり返ってしまった／敵我我的形勢完全顚倒過來了；☆家の中はでんぐり返るような騒ぎだった／家中鬧得天翻地覆。⑤

*てんけい【典型】（名）〔文〕典型，模範（＝てはん）；☆彼の描き出した人物は近代人の典型だ／他所描寫出來的人物是現代人的典型；☆彼女は典型的な日本婦人だ／她是典型的日本婦女。◎

てんけい【点景・添景】（名）〔文〕（風景畫或照片上爲點綴而添加的）人物或動物；☆田舎（いなか）の風景の点景に牛を連れた子供を描く／爲點綴鄉村風景，畫上個牽牛的孩子。◎

でんげき【電撃】（名）〔文〕①電撃；☆電撃を受ける／受電撃；②閃電式；迅雷不及掩耳；☆電撃的の攻撃する／閃電式地進攻；☆電撃（作）戰／閃電戰，閃電攻擊。◎

てんけつ【転結】（名）〔文〕（漢詩絶句的）轉句和絶句。◎

*てんけん【点検】（名・他サ）檢點，檢查；☆服裝を点検する／檢查服裝；☆車の点検を受ける／受車檢。◎

でんげん【電源】（名）電源；☆峽谷地帶に電源を開発する／在峽谷地帶開闢電源。◎

てんこ【点呼】（名）點名；☆参加者が揃ったかどうかを点呼して調べる／點名檢

査参加者是否到齊。①

てんご【転語】（名）〔文〕轉化詞。◎

でんこ【電弧】（名）〔理〕電弧，弧光①

てんこう【天工】（名）〔文〕天工。☆天工の美景／天然美景。◎

*てんこう【天候】（名）天氣；☆このごろの天候は不順（ふじゅん）だ／最近天氣反常。◎

てんこう【転向】（名・自サ）①轉變方向；②（思想）轉變；☆彼は唯物論から観念論へ転向した／他從唯物主義轉向了唯心主義；☆共産党から転向した／背叛了共産黨。◎

てんこう【転校】（名・自サ）轉校，轉學◎

でんこう【電光】（名）電光，閃電；☆夜空（よぞら）に電光がひらめく／黑夜空中電光閃耀；～せっか【電光石火】（連語・名）極快，極敏捷；☆電光石火の如く／如同閃電一般，一眨眼；☆電光石火の早業（はやわざ）／做得非常伶俐；～ニュース【電光news】（名）電光快報（用許多燈泡組成文字報導新聞）。◎

てんこく【篆刻】（名・他サ）篆刻，刻字；～し【篆刻師】（名）刻字匠。◎

*てんごく【天国】（名）天國，天堂；☆ここは子供の天国だ／這裏是兒童的天堂①

*でんごん【伝言】（名・自他サ）傳話，口信；帶口信；☆伝言を頼む／託人帶口信☆王君からの伝言／老王託帶的口信◎③

てんさ【点差】（名）（比賽時）分數之差；☆点差が開く／分數相差很大。①

*てんさい【天才】（名）天才；☆天才的な作曲家／天才作曲家。◎

てんさい【天災】（名）天災；☆天災に見舞われる／遭到天災；～ちへん【天災地変】（連語・名）天災地禍。◎

てんさい【甜菜】（名）〔植〕甜菜，大頭菜，糖蘿蔔（＝さとうだいこん）；～とう【甜菜糖】（名）甜菜糖。◎

てんさい【転載】（名・他サ）轉載，轉登，轉錄；☆無断（むだん）で転載する／擅自轉載；☆無断転載を禁ずる／禁止擅自轉載。◎

てんざい【点在】（名・自サ）散在，散布；☆広い平野に農家が点在している／農家散布在廣闊的平原上。◎

てんさく【添削】（名・他サ）刪改，修改；☆作文を添削する／修改作文；☆添削を乞う／敬請斧正。◎

てんさん【天蚕】（名）〔動〕樟蠶，天蠶（＝てぐすさん）；～し【天蚕糸】（名）樟繭絲，天蠶絲。◎

*てんし【天子】（名）天子，日皇。①

*てんし【天使】（名）天使，安琪兒（＝エンゼル）。①

てんし【展翅】（名・自サ）（製作標本時使昆蟲）展開翅膀。◎

てんじ【点字】（名）點字，凸字；☆盲人（もうじん）が手で点字を読む／盲人用手指摸讀點字。◎

*てんじ【展示】（名・他サ）〔文〕展示，陳列；☆機械の見本を展示する／展示機器樣品。◎

てんじ【篆字】（名）篆字，篆體字。◎

*でんし【電子】（名）〔理〕電子；～けいさんき【電子計算機】（名）電算機；～けんびきょう【電子顕微鏡】（名）電子顕微鏡；～レンジ【電子range】（名）電子微波爐；～ろん【電子論】（名）〔理〕電子論。①

でんじ【電磁】（名）〔理〕電磁；～き【電磁気】（名）〔理〕電磁；～は【電磁波】（名）〔理〕電磁波，電波。①

てんじく【天竺】（名）①天竺國，印度；②天空，高空；③頂點，高峰；④天邊，外國；～あおい【天竺葵】（名）〔植〕天竺葵；～ねずみ【天竺鼠】（名）〔動〕豚鼠；～ぼたん【天竺牡丹】（名）〔植〕大麗花（＝ダリヤ）；～もめん【天竺木棉】（名）厚布，洋際布，漂白布。①

でんじしゃく【電磁石】（名）〔理〕電磁石，電磁鐵。③

てんしゃ【転写】（名・他サ）〔文〕臨摹，描繪；②抄寫，謄寫；☆転写する間に原本の面影（おもかげ）がなくなった／在幾次抄寫中失去了原書的本來面貌；～し【転写紙】（名）謄寫紙。◎

*でんしゃ【電車】（名）電車；☆電車に乗る／坐電車☆電車で行く／坐電車去①◎

てんしゃく【転借】（名・他サ）〔文〕轉借；☆転借の本を直接持ち主に返す／把轉借的書直接還給原主。◎

てんしゅ【天主】（名）〔宗〕天主，上帝；～きょう【天主教】（名）〔宗〕天主教（＝カトリックきょう）。①

てんしゅ【天守】（名）城樓；←てんしゅかく；～かく【天守閣】（名）城樓；☆城の本丸（ほんまる）に天守閣が聳（そ

び）えている／城樓聳立在城的中央。⓵

てんしゅ【店主】（名）店主人，老闆。⓵

てんじゅ【天授】（名）〔文〕天與，天賜⓵

てんじゅ【天寿】（名）天壽，天年；☆天寿を全（まっと）うする／享盡天年，老死。⓵

でんじゅ【伝受】（名・他サ）〔文〕接受傳授。⓵⓪

でんじゅ【伝授】（名・他サ）傳授；☆秘密を伝授する／傳授秘密；☆伝授を受ける／接受傳授。⓵

てんじゅう【転住】（名・自サ）〔文〕遷居，搬家（＝てんきょ）。⓪

てんじゅう【填充】（名・他サ）〔文〕填充，裝滿；☆むし歯を填充する／填充蛀牙。⓪

てんしゅつ【転出】（名・自サ）①（由中央向地方）調職，調出；②（向外省外縣）遷出。⓪

てんしょ【篆書】（名）篆書，篆字。⓪

でんしょ【伝書】（名）〔文〕①世代相傳的書籍；②傳授祕法的書籍；③傳遞書信；～ばと【伝書鳩】（名）傳信鴿。⓪

てんじょう【天上】（名・自サ）①天空，天上；☆雲雀（ひばり）は天上へ上って行く／雲雀向天上飛去；②〔佛〕天上世界；③昇天，死去；☆彼は親兄弟に見守られながら天上した／他在父母兄弟看護下死去；～てんげ【天上天下】（名）〔文〕天上天下，宇宙之間。⓪

*てんじょう【天井】（名）①頂棚，天花板；☆天井を張（は）る／鑲頂棚，鑲天花板；☆天井から電灯がぶら下がっている／電燈從頂棚上懸垂着；☆飾り天井／天棚；②物體內部最高處；③〔經〕（物價上漲的）頂點，最高限度；☆物価は天井知らずに上った／物價沒有止境地上漲。⓪

てんじょう【殿上】（名）①宮殿之上；②宮中清涼殿之一室；③被許可上殿的貴族；～びと【殿上人】（名）被許可上殿的貴族。⓪

でんしょう【伝承】（名・他サ）口傳，代代相傳，傳說；☆田舎には昔から伝承されている話が多い／在鄉村有很多從古時口傳的故事；☆民間に残っている伝承を採集する／蒐集留在民間的傳說。⓪

てんしょく【天職】（名）天職；☆私はこの仕事を天職と思っている／我把這項工

作看成是天職。⓵

てんしょく【転職】（名・自サ）〔文〕轉業，改行；☆教師から会計士に転職した／從教師轉業爲會計師。⓪

てん・じる【点じる】（他上一）→てんずる（点ずる）。⓪

てん・じる【転じる】（自他上一）→てんずる（転ずる）。⓪

てんしん【天真】（名・形動ダ）天眞；～らんまん【天真爛漫】（連語・名・形動ダ）天眞爛漫。⓪

てんしん【点心】（名）〔文〕茶點，點心⓪

てんしん【転身】（名・自サ）改變身份（或職業）。⓪

てんじん【天神】（名）①祭祀菅原道眞（すがわらのみちざね）的 天滿宮；☆あの社は天神様を祭っている／那所廟供着菅原道眞。⓪

*でんしん【電信】（名）電報，電信；☆電信で現地と連絡する／用電報和現地聯繫；～き【電信機】（名）電報機，電信機；～ばしら【電信柱】（名）電線桿。⓪

てんすう【点数】（名）（評分的）分數；☆点数をつける／記分，判分；☆合格の点数に達する／達到及格的分數。⓷

てん・ずる【点ずる】（他サ）①點點兒；☆朱を点ずる／點紅點兒；②點〔茶〕；③滴，點；☆目に薬を点ずる／點眼藥；④點〔火〕，點〔燈〕；☆街灯を点ずる／點路燈；⑤點驗，點數；⑥加批點；図てんず（サ）。⓪⓷

てん・ずる【転ずる】（自・他サ）轉變，改變，轉換；☆道を転ずる／改道；☆方向を転じて左へ前進した／轉換方向向左前進；☆志を転ずる／改變志向；☆敗を転じて勝となす／轉敗爲勝；☆話題を転ずる／改變話題；☆居を転ずる／遷居；☆形勢がよい方に転じた／情勢好轉了；図てんず（サ）。⓪⓷

てんせい【天成】（名）①天性；②天然形成；☆この山岳地帯は天成の要塞となっている／這個山嶽地帯形成天成要塞⓵

てんせい【天性】（名）天性，秉性；☆のんびりしているのは彼の天性だ／從容不迫是他的天性；☆習慣は第二の天性なり／習慣爲第二天性。⓵

てんせい【展性】（名）〔理〕展性；☆金は展性に富む／金富於展性。⓪

てんせい【転成】（名・自サ）轉變，轉變

て

成爲；☆品詞の転成／品詞的轉變。[0]

てんせき【転籍】（名・自サ）遷移戶口；
☆婚姻のため東京へ転籍した／因爲結婚
把戶口遷往東京。[0]

*でんせつ【伝説】（名・自サ）傳說，口傳；☆伝
說によると富士は一夜にして出来たの
そうだ／據傳富士山是在一夜之間形成
的。[0]

てんせん【点線】（名）點線。[0]

*でんせん【伝染】（名・自サ）傳染；☆こ
の病気は伝染するから危険だ／這種病傳
染所以危險；☆悪い習慣は伝染する／壞
習慣傳染；壞習慣會有傳染性；〜びょう
【伝染病】（名）〔醫〕傳染病。[0]

でんせん【伝線】（名自サ）襪子抽絲。[0]

でんせん【電線】（名）電線，電燈；☆電
線を張る（引く）／架電線，安電線；☆
電線が切れた／電線斷了。[0]

てんそう【転送】（名・他サ）轉送，轉寄
，轉遞；☆郵便を転居先宛転送する／把
郵件轉寄到新遷地址。[0]

でんそう【電送】（名・他サ）電傳，電報
傳眞，無線電傳眞；☆写真を電送する／
電傳像片；〜しゃしん【電送写真】（名）
電傳像片。[0]

てんそく【纏足】（名）纏足；☆纏足をす
る習慣はなくなった／纏足風習現在已經
沒有了。[0]

てんだ（連語）〔俗〕①＝というんだ；☆
あるかってんだ＝あるかというんだ；②
＝て（い）るんだ；☆何してんだ＝何し
ているんだ。

てんたい【天体】（名）〔天〕天體；☆天
体の変化を観測する／觀測天體的變化[0]

てんだい【天台】（名）〔仏〕←天台宗；
〜しゅう【天台宗】（名）〔佛〕天臺宗
「佛教的一宗，日本天臺宗以最澄（＝さ
いちょう）法師爲始祖」。[0]

てんたく【転宅】（名・自テ）遷居，搬家
；☆今度左記へ転宅しました／現已遷往
左記地址（＝てんきょ）。[0]

でんたつ【伝達】（名・他サ）傳達，轉達
；☆この指令は下部組織へ文書で伝達し
た／這項命令已用書面傳達給基層組織
了。[0]

てんたん【恬澹・恬淡】（形動タルィ）恬
淡，淡泊；☆恬淡たる態度／恬淡的態度
；☆恬淡としている／恬淡。[0][3]

*てんち【天地】（名）①天壤；☆両者の間

には天地の差がある／二者之間有天壤之
別；②天地，世界；☆新しい天地を求め
て旅立つ／動身去尋求新天地；③（書畫
等的）上下；☆天地をあける／上下留出
空白；〜かいびゃく【天地開闢】（名（
開天闢地）；〜むよう【天地無用】（名・
連語）（寫在貨物包裝皮上）不可倒置[1]

てんち【転地】（名・自サ）遷地，換地方
；〜りょうよう【転地療養】（名）遷地
療養；☆青島へ転地療養に行く／爲遷地
療養到靑島去。[0]

でんち【田地】（名）田地（＝でんじ）[1]

でんち【電池】（名）〔理〕電池；☆電池
を取り付ける／裝上電池。[1]

でんちく【電蓄】（名）電動留聲機（←電
氣蓄音機）。[0]

でんちゅう【電柱】（名）電線桿（＝でん
しんばしら）。[0]

てんちょう【天頂】（名）〔文〕天頂；〜
ぎ【天頂儀】（名）〔天〕天頂儀[3][0]

てんちょう【転調】（名・自サ）〔樂〕轉
調，換調；☆ハ長調からト長調に転調す
る／從C大調轉爲G大調。[0]

てんで（副）絲毫，根本（＝まるで，
まったく）（下接否定語）；☆てんで相
手にしない／根本不理睬；☆てんで問題
にならぬ／簡直不像話；☆てんで分らぬ
／絲毫不懂。[0]

てんてき【天敵】（名）〔農〕〔生物〕
殺死某種生物害蟲的）天然敵人。[0]

てんてき【点滴】（名）〔文〕點滴；☆点
滴石を穿（うが）つ／點滴穿石；〜ちゅ
うしゃ【点滴注射】點滴注射。[0]

てんてこまい【天手古舞】（名・自サ）（
忙得）不可開交，手忙脚亂；☆家中が天
手古舞だった／全家手忙脚亂；☆今日は
天手古舞の忙しさだ／今天忙得不亦樂乎
；☆注文が殺到して天手古舞する／各方
面紛紛前來訂貨，弄得手忙脚亂。[4]

てんでに【手手に】（副）各自，各個，分
別；☆てんでに勝手なことをする／各自
爲所欲爲；☆でんでに思い思いのことを
言う／各說各話。[3][0]

てんてん【点点】（名）點點，滴滴；☆空
には星が点々として輝いている／滿天星
斗閃耀着；☆雨垂（あまだ）れが点々
と落ちる／（簷頭）雨點一滴一滴地滴
落。[3][0]

てんてん【輾転】（名・自サ）〔文〕輾轉；

☆床のなかで輾転して煩悶（はんもん）する／在被裏輾轉煩悶。⓪

てんてん【転転】（名・自サ）①轉來轉去，轉了又轉，變了又變；☆住居を転々と変える／左一次右一次地搬家；☆この品物は転々して又私の手に帰った／這個東西轉來轉去又回到我的手裏了；②滾轉；☆まるい石が河中に転々している／卵石在河裏滾動。③⓪

てんでんに（副）→てんでに。⓪

でんでんだいこ【田田太鼓】（名）（兒童玩具）撥浪鼓。③⑤

てんでんばらばら（形動ダ）各自隨便行動（散去），你東我西；☆てんでんばらばらに勝手な行動をする／各自隨便行動；☆隊員の行動がてんでんばらばらで困る／隊員的行動毫不統一，没辦法。⑤

でんでんむし（名）〔動〕蝸牛（＝かたつむり，まいまいつぶり）。③

テント【tent】（名）帳棚，帳篷，布棚；☆テントを張る／搭帳棚，紮營。①

てんとう【天道】（名）①天道，上帝；②太陽；☆お天道様／太陽；☆お天道様がちゃんと見て知っていらっしゃる／老天爺有眼。

てんとう【店頭】（名）〔文〕舖面；樹窗；☆店頭を飾り付ける／裝飾樹窗；☆店頭に晒された品物／舖面上擺的陳貨。⓪

てんとう【点頭】（名・自サ）〔文〕點頭（＝うなずく）。⓪

てんとう【顛倒】（名・自他サ）跌倒；☆仰のけに顛倒した／仰面朝天地跌倒了，跌個四脚朝天；☆つまずいて顛倒した／絆倒；②顛倒；☆本末を顛倒する／顛倒本末；輕重倒置；③（嚇得）神魂顛倒，顛三倒四，狼狽不堪；☆驚いて気が顛倒する／嚇得神魂顛倒。⓪

てんどう【天道】（名）①天道，天理；☆天道に背（そむ）く／違背天理；②〔天〕（天體運行的）軌道。①

*でんとう【伝統】（名・他サ）傳統；☆古来の伝統を守る／遵守古來的傳統；☆伝統を誇る学校／具有光輝傳統的學校；☆伝統を破る／打破傳統。⓪

*でんとう【電灯】（名）電燈；☆電灯を取り付ける／安裝電燈；☆電灯をつける／開電燈；☆電灯を消す／熄電燈；☆懐中（かいちゅう）電燈／手電筒；☆電灯の笠（かさ）／（電）燈傘。⓪

でんどう【伝道】（名・自他サ）傳道，傳教，佈道；☆農村に伝道（を）して歩く／到農村各地傳道；～し【伝道師】（名）傳道師，教士。⓪

でんどう【伝導】（名・他サ）〔理〕傳導；☆綿、毛糸は熱を伝導する速度が遅い／棉、毛線傳熱的速度慢；～たい【伝導体】（名）〔理〕導體。⓪

でんどう【殿堂】（名）①殿堂；☆学問の殿堂／學府；②佛殿；神殿。⓪

でんどう【電動】（名）電動；～りょく【電動力】（名）〔理〕電勢。⓪

てんどうせつ【天動説】（名）〔天〕天動說；（↔地動説）。③

てんとうむし【天道虫・瓢蟲】（名）〔動〕瓢蟲。③

てんとり【点取（り）】（名）①爭取分數；②得分；☆この遊びは点取ゲームです／這個遊戲是靠得分定勝負的；③計分的人；☆僕は点取りをするよ／我來計分；～むし【点取虫】（名）〔卑〕（一味爭取分數的）書獃子。④③

てんどん【天丼】（名）〔烹飪〕炸蝦大碗蓋飯。⓪

てんない【店内】（名）〔文〕店舖內部；☆店内は広くて明るい／舖子裏面寬綽而敞亮。①

てんにゅう【転入】（名・自サ）①遷入（某地）；☆台中から台北へ転入する／把戶口從臺中遷往臺北；②轉入（某學校）；☆新学期に転入を希望する者に対して試験を行なう／對於新學期希望轉入本校的人進行考試；～せい【転入生】（名）轉校來的學生。

てんにょ【天女】（名）天女，天仙；☆天女のような美人／天仙般的美人。①

てんにん【天人】（名）①〔佛〕天女；②美女，天仙。③

てんにん【転任】（名・自サ）轉任，調職，調工作；☆横浜領事館に転任を命ぜられる／奉命調往横濱領事館工作。

でんねつ【電熱】（名）電熱；～き【電熱器】（名）電熱器，電爐。⓪

*てんねん【天然】（名）天然，自然；☆天然の美／自然美；～きねんぶつ【天然記念物】（名）（某種動植礦物因數量稀少勢將絕滅而用法律指定加以保護的）天然紀念物；～パーマ【天然パーマ】（名）（生來的）捲髮。①⓪

てんねんしょく【天然色】（名）天然色；
～えいが【天然色映画】（名）彩色影片
；～しゃしん【天然色写真】（名）彩色
照片。③

てんねんとう【天然痘】（名）〔醫〕天花
（＝ほうそう）。◎

てんのう【天王】（名）①〔佛〕天王，牛頭
天王；②天子；～ざん【天王山】（名）
〔轉〕決定勝負的關鍵（＝せきがはら）
；～せい【天王星】（名）〔天〕天王星③

てんのう【天皇】（名）日皇；☆皇太子が天
皇の位に即（つ）く／皇太子即日皇位③

*でんぱ【電波】（名）〔理〕電波；☆電波
に乗せて海外に送る／向海外廣播；～た
んちき【電波探知器】（名）雷達（＝レー
ダー）。①

でんぱ【伝播】（名・自サ）①流傳，傳布
；☆デマが国民の間に伝播している／民
間流傳着謠言；②〔理〕傳導，傳播；☆
熱の伝播／熱的傳導，☆音響の伝播／音
響的傳播。①

てんばい【転売】（名・他サ）轉賣，轉售
；☆闇（やみ）で買った米を転売する／
轉賣從黑市買來的米。◎

でんぱた【田畑】（名）水稲田和旱田（＝
たはた）；☆洪水で田畑が水浸しになっ
た／因為漲大水，水稲田和旱田都淹了①

てんばつ【天罰】（名）天罰，天誅，報應
；☆お前が失敗したのは天罰だ／你的失
敗是上天的懲罰；☆うそをついた天罰だ
／那是撒謊的報應；☆天罰覿面（てきめ
ん）／報應不爽。①

てんぱん【典範】（名）〔文〕典範，模範①◎

てんパン【天＋pan】（名）西餐用烤爐的
鐵盤。◎

てんぴ【天日】（名）太陽光（或熱）；☆
天日に曬（さら）す／曝曬。①

てんぴ【天火】（名）西餐用的烤爐（＝オ
ーブン）；☆天火で肉を焼く／用烤爐烤
肉。①

てんびき【天引】（名・他サ）先扣除，上
扣；☆月給は立て替えを天引（に）
渡される／發薪先扣除墊款；☆利子を天
引（に）する／上扣利息。④◎

てんびょう【点描】（名・他サ）〔文〕①
點畫（法）；☆点描の肖像画／點畫的肖
像畫；②描寫一部分；☆日常生活を点描
する／描寫一部分日常生活。◎

てんびょう【天平】（名）〔史〕日本聖武

天皇時代的年號（729－749）。◎

でんぴょう【伝票】（名）傳票；☆伝票を
切る／開傳票；☆振替（ふりかえ）伝票
／轉眼傳票。◎

てんびん【天秤】（名）①天秤，天平；☆
天秤に掛ける／用天秤秤；〔喻〕衡量雙
方利害得失；踩兩隻船，耍兩面派；②←
てんびんぼう；～ぼう【天秤棒】（名）扁
擔；☆天秤棒で担（かつ）ぐ／用扁担挑
（抬）。◎

てんぷ【天賦】（名）天賦，天稟；☆天賦
の才がある／有天賦才能。①

てんぷ【添付】（名・他サ）添上，附上；
☆願書（がんしょ）に写真を添付して出
す／把志願書附上相片提出。①◎

でんぶ【田麩】（名）魚肉鬆；☆鯛（たい）
田麩／鯛魚肉鬆；☆豚でんぶ／肉脯①

でんぶ【臀部】（名）〔文〕臀部，屁股
；☆臀部に打撲傷（だぼくしょう）を負う
／臀部受到毆傷。①

*てんぷく【転覆・顛覆】（名・自他サ）顛
覆，推翻，傾覆；☆汽車が脱線して顛覆
した／火車脱軌翻倒了；☆革命によって
旧政府は顛覆された／由於革命舊政府被
推翻了；☆政府の顛覆を謀る／企圖顛覆
政府。◎

てんぷら【天麩羅】（名）炸蝦（魚）；☆
天麩羅をあげる／炸蝦（魚）。◎

*てんぶん【天分】（名）天分，天資；☆彼
は音楽にすぐれた天分を持っている／他
具有卓越的音樂天才。①◎

でんぶん【伝聞】（名・自サ）〔文〕傳聞
，聽說；☆伝聞したところによると、彼
は新発明を完成したそうだ／據傳聞，他
完成了一項新發明。◎

でんぶん【電文】（名）電文；☆電文が簡
単なので事情は詳しくはわからない／電
文簡單，所以詳細情況不了解。◎

でんぷん【澱粉】（名）〔理〕澱粉；☆さ
つまいもから澱粉を取る／從番薯中取澱
粉。◎

てんぺん【天変】（名）天變；～ちい【天
地異】（連語・名）天地的變異，自然界
的激變；極大的變革。◎①

てんぺん【転変】（名・自サ）轉變；☆転
変恒（つね）なし／轉變無常。◎

てんぽ【店舗】（名）店鋪，鋪子，商店①

てんぽ【塡補】（名・他サ）〔文〕塡補，
補充，彌補；☆欠員を塡補する／補充空

額；☆欠損を塡補する／彌補虧損。①

テンポ【意 tempo】（名）〔樂〕（樂曲
的）速度，拍子；☆テンポの速い（拍
子快的樂曲）；②（局勢或動作等的）速度
；發展速度；☆テンポがはや過ぎる／速
度太快。①

てんぼう【手棒】（名）〔俗〕胳膊殘廢（
的人）。①

*てんぼう**【展望】（名・他サ）展望，眺望
，瞭望平原；☆今年のスポーツ界を展望
する／展望今年的體育界；～しゃ【展望
車】（名）〔鐵〕展望車。

*でんぽう**【電報】（名・自サ）電報；☆電報
を打つ／打電報；～がわせ【電報為替】
（名）電匯；～ようし【電報用紙】；～ら
いしんし【電報頼信紙】（名）電報紙 ⓪

でんま【伝馬】（名）①驛馬；②←てんま
せん；～せん【伝馬船】（名）（運貨用
的）大舢板，划子（＝てんまぶね）；☆
伝馬船で石炭を運ぶ／用舢板運煤。⓪

デンマーク【Denmark】〔地理〕丹麥。③

てんまく【天幕】（名）帳棚（＝テント）
；☆天幕を張る／搭帳棚。①

てんまつ【顚末】（名）（事情的）始末，
一五一十；☆事件の顚末を語る／敍述事
件的始末。⓪①

てんまど【天窓】（名）天窗；☆天窓をあ
けて部屋を明かるくする／打開天窗使房
間光亮。⓪③

てんめい【天命】（名）〔文〕①天命，命
運；☆人事を尽して天命を待つ／盡人事
聽天命；☆これが天命だと諦（あきら）
める／認為這是命運而斷念；②天年。①

てんめい【店名】（名）〔文〕商店的字號
；☆店名入りのタオル／印有商店字號的
毛巾。①

てんめつ【点滅】（名・自他サ）乍明乍暗
，忽亮忽滅；☆広告塔の電光が夜空に点
滅している／廣告塔的電光在暗夜天空中
忽亮忽滅。⓪

てんめん【纏綿】（形動タルト）〔文〕①
纏綿；☆情緒纏綿たる場面／一往情深（
難捨難離）的場面；②糾纏；☆纏綿たる
事件で容易に解決ができない／事情糾纏
不清不易解決。⓪

てんもん【天文】（名）天文，天文學；～が
く【天文学】（名）天文學；☆天文学の数
字に達する／達到天文數字；～だい【天
文台】（名）天文臺。⓪

てんや【店屋】（名）①商店，舖子；②小
飯館，飯舖；☆昼飯は店屋物（もの）で
済ませる／午飯叫飯舖叫。

でんや【田野】（名）〔文〕田野；☆山の
上から見れば見渡す限り田野である／從
山上一看是一望無邊的田野。①

てんやわんや（副）〔俗〕混亂，天翻地覆
，亂七八糟；☆てんやわんやになる／弄
得天翻地覆；☆町中（まちじゅう）てん
やわんやの大騒ぎだ／全街鬧得天翻地
覆。④

てんよ【天与】（名）〔文〕天賦，天賜；
☆天与の才能を思う存分発揮する／充分
發揮天賦的才能。①

てんよう【転用】（名・他サ）轉用，挪用
；☆施設費を人件費に転用する／把設備
費移作人事費；☆予算の転用は許されな
い／禁止預算的挪用。⓪

てんらい【天来】（名）〔文〕天來，來自
天上；☆天来の妙音を奏（かな）でる／
奏出天來的妙音。①⓪

でんらい【伝来】（名・自サ）①（從外國）
傳來，傳入；☆仏教は六世紀に日本に伝
来した／佛教在第六世紀傳入日本；②（
從祖先）留傳，世襲；☆父祖伝来の名刀
／祖先留傳的寶刀。⓪

てんらく【転落・顚落】（名・自サ）①滾
下，掉下；☆進行中の列車から転落する
／從行駛中的火車上掉下來；②墮落，淪
落；☆夜の女に転落した／淪為賣淫婦⓪

でんらん【電纜】（名）〔理〕電纜，電線
（＝ケーブル）。⓪

*てんらんかい**【展覧会】（名）展覽會。③

てんり【天理】（名）〔文〕天理；☆天理
に背（そむ）く／違背天理；～きょう【
天理教】（名）天理教（神道宗派之一，
創始人爲中山美伎）。

でんり【電離】′（名・自サ）〔理〕電離，
電解。⓪①

*でんりゅう**【電流】（名）〔理〕電流；☆
電流の強さ／電流強度；☆電流を通ずる
／通上電；～けい【電流計】（名）電流
計，電鏢。⓪

でんりょく【電力】（名）電力，電；☆今
月は電力の消費量が多かった／本月電（
力）消費量多；～けい【電力計】（名）
電力鏢，瓦特鏢。①⓪

てんれい【典例】（名）〔文〕典據的先例
；☆典例を古代に求める／尋典例於古

代。⓪①

てんれい【典礼】（名）〔文〕典禮，儀式。⓪

でんれい【伝令】（名）傳令兵；☆本部からの伝令が命令を持って来た／從本部來的傳令員帶來了命令。⓪

でんろ【電路】（名）〔理〕電路。①

*でんわ【電話】（名・自サ）電話；電話機；☆電話を引く／裝電話；☆会社へ電話（を）する／向公司打電話；☆電話を掛ける／打電話；☆電話はお話中（はなしちゅう）です／電話佔着線呢；☆お電話です／您來電話了；☆電話が遠い／電話聽不清楚；☆電話が切れた／電話斷了；

☆電話を切る／把聽筒掛上；☆電話をつなぐ／（接線員）接通電話；☆李さんを電話口（ぐち）まで呼んで下さい／請找李先生來接電話；☆長距離電話（ちょうきょりでんわ）／長途電話；☆電話に出る／接電話；☆電話一本で用が足りる／一通電話可辦完事；☆電話を下さい／請打電話給我；☆親子電話を引く／（家庭内）分裝電話；～き【電話機】（名）電話機；～きょく【電話局】（名）電話局；～こうかんしゅ【電話交換手】（名）電話接線員；；～ちょう【電話帳】（名）電話簿。⓪

と①五十音圖「た行」第五音爲to；②〔字源〕平假名是「止」字的草體，片假名是其略體。

と【十】〔數〕十，十個（只用於數數時，＝とお）。①

**と【戸】（名）①門；大門；☆戸から出入（ではい）りする／從大門出入；②門（扉）；☆戸を開ける（閉める）／開（關）門；◇人の口に戸は立てられない／人嘴是封不住的。⓪

**と I（格助）①接見る、聞く、言う、思う、名付ける等動詞，表示指定之義；☆いやだと言った／說不願意；☆そうだろうと思う／（我）想大概是那樣吧；☆名を芳子（よしこ）とつけた／取名芳子；②表示「…と言って」「…と思って」的意思；☆何だろうと明けて見ると／以爲是什麼呢，打開一看…；③（「という」的略語）説（＝って）；☆何だと／你說什麼？用以構成副詞；☆しっかりと結ぶ／結結實實地繫住；☆楽楽（らくらく）と持ち上げた／毫不費力地舉起來了；⑤（表示事物的結果、歸着）成，當；☆学生となる／成（當）了學生；☆我が物とする／當作自己的東西；⑥作爲，是（＝として）；☆男と生れた以上／既然生而爲男子大丈夫；⑦像，如；☆山と積（つ）もる／堆積如山；☆花が雪と散る／花像雪似地飄落；⑧同，與，和（とともに）；☆友人と行く／同朋友一塊兒去；☆困難と戦（たたか）う／和困難做鬪爭；⑨（列舉事物）和；☆父と子／父子；☆水と空気と栄養／水和空氣及營養；☆独立と自由と民主／獨立自由和民主；Ⅱ（接助）①（表示假定）若是，倘若；☆早く来てくれるといいね／若能快點兒來才好哪；②（表示條件）一…就；☆酒を飲むとくだをまく／一喝酒就胡說；☆雨が降ると道がぬかる／一下雨就泥濘載道；③立即，馬上；☆火事と聞くとび起きた／聽說失了火馬上就跳起來了；④也，都（＝とも）；☆だれが何と言おうと／不管誰說什麼也…；☆行こうと行くまいと僕の勝手だ／去

與不去隨我的便；⑤（上接未來助動詞う、よう下接する、思う等動詞，表示意志或決心）要，想；☆一度尋ねようと思っている／正想去訪問一次；☆今帰ろうとしたところだ／現在正要回去呢；Ⅲ（接）那麼（＝すると）；☆と、君はまだ独身だね／那麼，你還沒結婚哪。

と【斗】（名）①斗（一升的十倍約合18公升）；②（量米量用的）斗（＝とます）①

と【徒】（名）〔文〕徒，輩（＝ともがら、なかま）；☆不逞の徒／不逞之徒。①

と【途】（名）〔文〕途，路（＝みち）；☆渡欧の途にある／在旅歐途中；☆赴任の途につく／首途赴任。①

**と【都】（名）①〔文〕都，京城（＝みやこ）；②東京。①

ト（名）〔樂〕G調，G音。①

ど「と」的濁音，發音爲do。

ーど【所・処】（造語）場所，地方（＝ところ）；例：あてど（当所）；ふみど（踏所）。

ど（接助）〔文〕雖，然而（＝ども）；☆呼べど答えず／呼而不應；☆雨降れど行かむ／雖降雨亦去。

ど【土】①土（五行之一）；②星期六（＝どようび）；③〔地〕←トルコ。①

**ど【度】（名）①長，長度（＝ながさ）；（尺）度（＝ものさし）；②程度；限度；☆度を過ぎては毒だ／過度就有害；③法則，規矩；④回，次（＝たび）；☆一二度見たことがある／看見過一兩次；⑤態度，器量；☆度を失う（うしな う）／失態，慌神；⑥〔數〕角度；☆四十五度の角／四十五度角；⑦〔地〕（經緯）度；☆北緯五十一度にある／在北緯五十一度；⑧〔理〕溫度單位；☆温度は九十度に上った／溫度達九十度；☆体温は三十六度八分に下がった／體溫下降到三十六度八分；⑨（眼鏡的）光度；☆眼鏡の度を合わせる／驗光；☆度が進む／光度增進。⓪

ド【意do】（名）〔樂〕長音階的第一音，主音。①

**ドア【door】（名）門，扉；☆ドアをあけ

る（しめる）／開（關）門；☆ドアに鍵をかける／鎖上門；～エンジン【door engine】（名）（電車、公共汽車等用氣壓）開閉車門的裝置。①

どあい【度合】（名）程度，火候兒（＝ほど）；☆濃淡の度合／濃淡程度。◎

とあみ【投網】（名）撒網；☆投網を投げる（打つ）／撒網。◎

とある I（連體）某，一個（＝ある）；☆とある村に泊（と）まった／宿在一個村莊裏；II（連語）寫着；據說是；☆五千円とある／（上面）寫着五千元。②

*とい【問】〔（とう）的名詞形〕①質問，提問；☆問をかける／提問；②問題；☆問に答える／答問。◎

とい【樋】（名）①（引導屋頂雨水下流的）落水管；☆雨水が樋を伝って落ちる／雨水通過落水管流下；②（竹等製的）導水管；☆樋で水を引く／用竹管引水。①

といあわせ【問い合わせ】〔（といあわせる）的名詞形〕問い合わせの手紙を出す／發信去打聽。◎

といあわ・せる【問い合わせる】（他下一）問，打聽，詢問，照會；☆相場を問い合わせる／打聽行情；☆問い合わせても返事がない／問（照會）也沒有回答；☆詳しいことは係の人に問い合わせて下さい／詳情請問負責人；図とひあはす（下二）。⑤

といい【と言い】（連語）（用於並提兩種以上事物時）…也好，無論…（＝も）；☆識見と言い人物と言い申し分がない／無論見解和人品都很好；→いう。

といかえ・す【問い返す】（他五）①重問，再問；☆よくわからないので二度も問い返した／因為不大明白重問了兩回；②反問；☆意外な返事にこちらから問い返す／對於意外的回答，這方面又加以反問。③

といか・ける【問い掛ける】（他下一）①問，質問；☆矢継早（やつぎばや）に問い掛ける／接二連三地問；②開始問；☆問い掛けて止めた／剛要問又不問了；図とひかく（下二）。④

といき【吐息】（名・自サ）嘆氣，吐出氣（＝ためいき）☆吐息をつく／嘆氣。◎①

といし【砥石】（名）磨刀石；☆砥石で研（と）ぐ／用磨刀石磨。◎

といた【戸板】（名）門板；☆負傷者を戸板で運（はこ）ぶ／用門板抬受傷者。◎

といただ・す【問い質す】（他五）①問，詢問；質疑；☆わかるまで問い質す／問個明白；②盤問，叮問；☆昨日の足どりを問い質す／盤問昨天的行踪。④

どいつ【何奴】（代）〔卑〕哪個東西；哪個（＝どのやつ，どれ）；☆どこのどいつのやった事だ／是哪個混帳東西幹的？☆どいつでもいいから早く持って来い／哪個都行 趕快拿來；～こいつ【何奴此奴】（代）〔卑〕這個東西那個東西（＝たれかれ）；☆どいつこいつの容赦はない／不管是誰（都不饒恕）。①

どいっき【土一揆】（名）〔史〕（室町時代連年發生於近畿一帶的）農民作亂。②

**ドイツ【荷Duitsch(land)】（名）德國①

といつ・める【問い詰める】（他下二）追問，逼問；☆私は問い詰められて返事に窮（きゅう）した／我被追問得無話可答；図とひつむ（下二）。

といや【問屋】（名）〔經〕批發商，發莊；☆彼は病気の問屋だ／〔喩〕他三天兩頭鬧病；◇そうは問屋が卸さない／沒有人上你的當；你的如意算盤算錯了。◎

トイレ　トイレットルーム的略下。①

トイレット【toilet】（名）①化粧室；②厠所；～ペーパー【toilet paper】（名）手紙；～ルーム【toilet room】（名）盥洗室；厠所。①③

といわず【と言わず】（連語）①不要說，別再說（＝ということなく）；☆明日と言わず今すぐ／別再說明天，現在馬上就…；②（「やら」的加強語氣的說法）；☆顔と言わず背中（せなか）と言わず一面に…／臉上啦，背上啦，滿都…。

─とう【一頭】（接尾）牲畜的計數詞。

とう【刀】（名）〔文〕刀（＝かたな）①

とう【当】（連体）①本，此（＝この）；當，該（＝その）；☆当劇場（とうげきじょう）／本劇院；☆当の本人は少しも心配していなかった／他（該）本人一點兒也沒有發愁；②現在；☆当二十一才／現年二十一歲。①

とう【当】（名）〔文〕正當；☆当を得ない／不得當；☆当を失する／失當。①

とう【唐】 I（名）〔史〕唐（朝）；II（造語）中國（的）；外國（的）；☆唐本（とうほん）／中國書；唐風（とうふう）／唐代樣式。①

*とう【党】（名）黨；☆党にはいる／入黨；☆党を組（く）む／組黨；☆党を脱退する／脱黨，退黨。①

とう【盗】（名）①盗，竊（＝ぬすみ）；②賊（＝ぬすびと）。①

*とう【塔】（名）塔／☆五重の塔／五層塔①

とう【薹】（名）〔植〕莖，薹，梗；◇薹が立つ①生薹，長梗；☆薹が立って固くなった油菜／長了薹的老油菜；②過時；年事已長；☆あの役者もそろそろ薹が立って来た／那個演員眼看快要過時了①

とう【籐】（名）〔植〕籐；☆籐で編（あ）む／用籐子編；☆籐椅子／籐椅。①

*と・う【問う】（他五）①問，打聽；☆安否（あんぴ）を問う／問安，問候；☆道を問う／問路；②顧，管；☆勝負は問わない／不管勝負；☆事の成否（せいひ）を問わない／不問事之成敗；③問罪；☆殺人罪に問われる／被控殺人罪；◇問うは一時の恥、問わぬは末代の恥／問爲一時之恥不問爲一生之恥。①

と・う【訪う】（他五）訪，訪問（＝おとずれる）；☆友を訪う／訪友；☆紹介状を持って訪う／帶着介紹信訪問。①

どう-【同】（造語）①同（＝おなじ）；☆同時刻（どうじこく）／同一時間；②該（＝その）；☆同社では大量生産を計画している／該公司正在計劃大量生產①

*どう【如何】（副）如何，怎樣（＝いかに，いかが）；☆今日はどうかね／（對病人等）今天怎樣啊？☆君はあの男をどう思う／你看那人如何？☆どうだ、もう帰ろうではないか／怎樣，咱們同去吧；☆どうしたらいいだろう／怎麼辦才好呢；☆それはどうにもならない／那已經毫無辦法了；☆どうだ、参ったか／怎樣，你服了嗎？①

どう【同】（名）同（爲避免重寫上面已見過的同樣字句而代用的字＝おなじく）；☆1958年六月及同七月／1958年六月及同年七月；☆湯川秀樹（ゆかわひでき）氏と同夫人／湯川秀樹先生及其夫人。①

*どう【胴】（名）①（除去頭部和四肢以外的）軀幹；☆胴が長い／軀幹長；②（物體的）中間部分；☆（着物）胴が短い／（衣服的）身腰短；③（鼓、三絃的）共鳴箱，膛；④船腹；⑤〔劍術〕胸鎧，護胸；（對胸部的）一擊；☆胴を一擊入れる／擊中胸部一劍。①

どう【動】（名）〔文〕動；☆動中静あり／動中有静。①

どう【堂】（名）①殿堂，堂宇；②祠堂，佛堂；③會堂；④堂，室；◇堂に入る／（技藝等）達到高度標準，深得其妙；☆彼の演説は堂に入ったものだ／他的演説非常熟練。①

どう【道】（名）①道路；②往昔地方的區劃名，例：東海道（＝とうかいどう）；②同於府縣的現在地方區劃名，只有北海道（＝ほっかいどう）一地。①

*どう【銅】（名）銅（＝あかがね）。①

とうあ【東亜】（名）東亞（亞洲東部）①

とうあげ【胴揚げ】（名・他サ）（爲表示慶祝，歡迎）衆人抬起一人來；☆彼は凱旋者のように何遍も生徒たちに胴揚げされた／他body像凱旋者一般被學生們抬起來好幾次。④ ③

とうあつせん【等圧線】（名）〔氣象〕等壓線。⓪

*とうあん【答案】（名）卷子，試卷；☆答案を出す／交卷；☆答案を調（しら）べる／看卷子。⓪

どうあん【同案】（名）①相同的方案，意見；②該案，該意見。①

とうい【等位】（名）〔數・理〕①等級，品位；②等位。①

とうい【糖衣】（名）〔醫〕糖衣；～じょう【糖衣錠】（名）糖衣劑；☆丸藥に糖衣を施（ほどこ）す／藥丸裹上糖衣。①

どうい【同位】（名）〔文〕同位；～かく【同位角】（名）〔數〕同位角；～げんそ【同位元素】（名）〔理〕同位素 ⓪

*どうい【同意】（名・自サ）①同義；②相同的意見；③同意，贊成；☆同意を得る／取得同意；☆同意を表する／表示同意；☆提案に同意する／贊成提議。⓪

とういす【籐椅子】（名）籐椅。①⓪

どういたしまして【どう致しまして】（連語）（對方道謝、道歉時，用以表示謙遜）哪兒的話，不敢當，豈敢豈敢；☆昨日はありがとうございました──いえ、どう致しまして／昨天謝謝您。──唉，那兒的話。①

*とういつ【統一】（名・他サ）統一；☆統一を図る／謀求統一；☆思想を統一する／統一思想；☆天下（てんか）を統一する／統一天下。⓪

*どういつ【同一】（形動ダ）同樣，同等，

相同；☆甲と乙とを同一に視る／對甲乙同樣看待；～し【同一視】（名・他サ）同樣看待；☆国産品と同一視出来ない／不能同國貨同樣看待。0

とういん【当院】（名）本（醫）院。1

どういん【動因】（名）〔文〕直接原因，動機；☆大戦勃発（ぼっぱつ）の動因／引起大戰的原因。0

どういん【動員】（名・他サ）動員；☆軍隊を動員する／動員（調動）軍隊；～れい【動員令】（名）動員令。0

どういん【同音】（名）＝どうおん。0

どうう【堂宇】（名）〔文〕堂，殿堂。1

とうえい【投影】（名・他サ）投影，投射陰影；☆塔の姿が池の面に投影している／塔影射在水池面上；～が【投影画】（名）投影畫；～ほう【投影法】（名）投影法；～めん【投影面】（名）投影面0

とうえい【倒影】（名）〔文〕倒影；☆湖面に映る山の倒影／照在湖面上的山的倒影。0

とうえい【東瀛】（名）東瀛，東海。0

とうえい【灯影】（名）燈影。0

とうおう【東欧】（名）東歐，歐洲東部；↔せいおう（西欧）・ちゅうおう（中欧）。0

とうおん【唐音】（名）宋、元以後傳到日本的漢字音，如：普請（ふしん），行灯（あんどん）之類；↔かんおん（漢音）・ごおん（呉音）。1

どうおん【同音】（名）同音；～ご【同音語】（名）同音詞，同音異義詞；如：「雨」和「飴」、「孝行」和「航行」之類。0

とうか【投下】（名・他サ）①投下，扔下；☆爆弾を投下する／投下炸彈；②投入（資本）；出資；☆地方工業に資本を投下する／向地方工業投資。10

とうか【当下】（副）當前，目下（＝ただいま、もっか）。

とうか【灯下】（名）〔文〕燈下。1

とうか【灯火】（名）燈火，燈光；☆灯火親しむべき候（こう）となった／到了燈火新凉書可親的時候；～かんせい【灯火管制】（名・自サ）〔軍〕燈火管制。0

とうか【糖化】（名・自他サ）（澱粉等）變成糖粉，糖化。0

とうが【冬瓜】（名）冬瓜（＝とうがん）3

*どうか（副）①請（＝どうぞ）；☆どうか

よろしくお願いします／請多關照；②什麼辦法（＝なんとか）；☆一万円いるのだが、どうかなりませんか／我要用一萬塊錢，有什麼辦法沒有？；～こうか（副）將就，勉勉強強，好好歹歹（＝やっと、どうにか、こうにか）；☆どうかこうか暮らせる／勉強糊口；～・するⅠ（自サ）發生故障（毛病）；有些奇怪，和尋常不同；☆時計がどうかした／鐘出了毛病；☆あいつはどうかしている／那傢伙有些奇怪（不正常）；Ⅱ（他サ）想法，設法；☆どうかして進学したい／想法子升學；☆自分でどうかするだろう／自己會想辦法吧；～すると（連語・副）①有時，偶爾；☆どうかするとうまく行く時もある／也有時很順利；②動不動，往往（＝ややもすると）；☆われわれはどうかすると他人に迷惑を掛けがちだ／我們往往好給別人添麻煩；◇どうかと思う／不以為然，很難同意；感覺有點那個；☆私はどうかと思うね／我很難同意；☆二十の娘が六十歳の老人と結婚するなんてどうかと思う／二十歳的姑娘同六十歳的老頭兒結婚真有點那個（沒法兒贊成）1

どうか【同化】（名・自出サ）同化；～さよう【同化作用】（名）〔生物〕同化作用；～そしき【同化組織】（名）〔植〕同化組織。0

どうか【道家】（名）〔文〕①道教；②道士。1

どうか【銅貨】（名）銅幣。10

どうか【導火】（名）〔文〕①導火，引火；②事件の起源；～せん【導火線】（名）引線，引信，導火線；☆導火線に火を付ける／點引線；☆戦争の導火線となる／成了戰爭的導火線。0

どうが【童画】（名）〔文〕①童畫，兒童畫；②兒童畫報。0

とうかい【東海】（名）①東海；②〔地〕↔とうかいどう；～どう【東海道】（名）①〔史〕東海道（舊行政區劃八道之一）；②〔地〕東京到京都的沿海公路；～どうごじゅうさんつぎ【東海道五十三次】（名）江戸時代由江戸日本橋至京都三條大橋間的五十三個驛站；～どうほんせん【東海道本線】（名）東京神戸間的鐵路線。0

とうかい【倒壊・倒潰】（名・自サ）倒塌；☆塀が倒潰する／牆倒。0

とうがい【当該】（連體）該；☆当該官庁に申し出る／向該官廳申報。①

とうがい【凍害】（名）〔農〕霜害；☆晩霜による凍害が甚しい／因晚霜而發生的霜害很嚴重。①

とうがい【等外】（名）等外，不合某一等級（規格）；☆等外品は安い／淘汰品便宜。①①

とうがい【頭蓋】（名）頭蓋；～こつ【頭蓋骨】（名）〔解〕頭蓋骨。①

どうかい【同会】（名）〔文〕該會。①

とうかく【倒閣】（名・自サ）倒閣，打倒内閣；～うんどう【倒閣運動】（名）倒閣運動。①

とうかく【頭角】（名）頭角；☆頭角をあらわす／顯露頭角。①

とうかく【等角】（名）〔數〕等角；～さんかっけい【等角三角形】（名）等角三角形；～せん【等角線】（名）等角線①

どうかく【同格】（名）同格，同等資格；☆主語と同格の言葉／與主語同格的詞①

どうがく【同額】（名）同額，數額相同；☆同額の報酬／數額相同的報酬。①

どうがく【同学】（名）同學，同窗；☆同学の誼（よしみ）／同學之誼。①

どうがく【道学】（名）道學，宋學（江戸時代的）心學；道教；～てき【道学的】（形動ダ）道學的；不近人情的。①

とうかつ【統括】（名・他サ）總括；☆主語は述語に統括される／主語由謂語來總括。①

とうかつ【統轄】（名・他サ）統轄。①

どうかっしゃ【動滑車】（名）〔機〕動滑車。①

どうがね【胴金】（名）（刀鞘、槍桿中間箍的）銅（鐵）環，銅（鐵）箍。①④

とうから【疾うから】（副）〔疾（と）くから的音便〕老早就…（＝はやくから）☆疾うから彼に会いたいと思っていた／老早就想見他，☆その事なら疾うから知っていた／那件事早就知道了。①

とうがらし【唐辛子】（名）〔植〕辣椒①

とうかん【当館】（名）本館；☆当館二階で催しています／在本館二樓舉辦。①

とうかん【投函】（名・他サ）投入郵筒，發（信）；☆葉書（はがき）を投函する／發明信片。①

とうかん【盗汗】（名）〔醫〕盗汗（＝ねあせ）。①

とうかん【等閑】（名）〔文〕等閒，忽視（＝おろそか，なおざり）；☆等閑に付する／等閒視之；忽視；☆それは等閑に付すべきでない／那可不容忽視。①

とうがん【冬瓜】（名）〔植〕冬瓜。③

どうかん【同感】（名・自サ）同感，同樣想法，同一見解；贊同；☆全く同感です／看法完全相同；我也那樣想；☆彼の意見に大いに同感した／我非常贊同他的意見。①

どうかん【導管】（名）〔文〕①導水管；②〔植〕導管。①

どうがん【童顔】（名）童顔，兒童一般的面貌。①

どうかんすう【導函数】（名）〔數〕導數③⑤

とうき【冬季】（名）冬季；☆冬季休暇／寒假。①

とうき【冬期】（名）冬天，冬季；☆この湖は冬期には氷がはる／這湖冬天結冰①

とうき【当期】（名）〔文〕本期。①

とうき【投機】（名）①投機；☆投機的な（の）事業／投機事業；②投機買賣①①

とうき【党紀】（名）黨紀，黨的紀律。①

とうき【党規】（名）黨章，黨的規章。①

とうき【登記】（名・他サ）〔法〕登記，註冊；☆登記を済ます／登記完了；～しょ【登記所】（名）登記處，註冊處①

*とうき【陶器】（名）陶器（＝せともの、やきもの）。①

とうき【騰貴】（名・自サ）〔經〕騰貴，上漲；☆物価が騰貴する／物價上漲①①

とうぎ【党議】（名）①黨的意見；②黨的決議；☆党議によって決まる／根據黨的決議而定。①

とうぎ【討議】（名・他サ）討論；☆討議に付する／提出討論；☆対策を討議する／討論對策。①

とうぎ【闘技】（名）〔文〕鬥技，比賽；☆闘技に勝つ／比賽得勝。①

どうき【同期】（名）①同期；同時期；☆ほぼ同期に世に出た作品／差不多在同一時期問世的作品；②同年級；☆僕達は大学で同期だった／我們在大學是同年級①

どうき【同機】（名）〔文〕①該機械（＝そのきかい）；②該飛機。①

どうき【動悸】（名・自サ）悸動，（心）跳動，心跳；☆坂を上ると動悸がする／一上高坡心就跳；☆動悸が激（はげ）しい／心跳得厲害。①

*どうき【動機】（名）動機；～ろん【動機論】（名）動機論；↔けっかろん（結果論）。[0][1]

どうき【銅器】（名）銅器；～じだい【銅器時代】（名）〔考古〕銅器時代。[1]

どうぎ【同義】（名）〔文〕同義；～ご【同義語】（名）同義詞（＝シノニム）[0]

どうぎ【胴着・胴衣】（名）（穿在外衣和襯衣中間的）棉背心，小裸，☆綿入れの胴着／小棉襖。[3]

どうぎ【動議】（名・自サ）（臨時）動議；☆動議を提出する／提出動議。[1]

*どうぎ【道義】（名）道義；☆道義に背く／違背道義；☆道義を重（おも）んずる／尊重道義。[1]

とうきび【唐黍】（名）〔植〕①←もろこし；②←とうもろこし。[3]

とうきゅう【投球】（名・自サ）〔棒球〕投球；☆三塁へ投球する／向三壘投球[0]

*とうきゅう【等級】（名）等級，等次，位次（＝くらい，しな）；☆級を付ける／定出等級。[0]

とうぎゅう【闘牛】（名）①使牛與牛鬪（＝うしあわせ）；②闘牛（人和牛鬪）；☆闘牛はスペインの国技だ／闘牛是西班牙的國技；③闘牛用的牛。

どうきゅう【同級】（名）①同班，同年級；～せい【同級生】（名）同班同學；②同等級；同階層。[0]

とうぎょ【統御】（名・他サ）統御，統治[1]

どうきょ【同居】（名・自サ）①同居；☆夫婦は同居する／夫婦同居；②同住，住在一起；☆一軒に三所帯が同居している／三家住在一所房子裏。[0]

どうきょう【同郷】（名）同郷；☆同郷の先輩／同郷前輩。[0]

どうきょう【道教】（名）道教。[1]

どうぎょう【同業】（名）同行，同業（的人）；～くみあい【同業組合】（名）同業公會；～しゃ【同業者】（名）同業者。[0]

とうきょく【当局】（名）①〔文〕對坐下棋；②当局；③該局。[1]

どうきょく【同局】（名）〔文〕該局。[1]

とうぎり【当切・当限り】（名）〔經〕（限該月末交貨的）定期交易。[0][4]

とうく【倒句】（名）倒裝句；～ほう【倒句法】（名）倒裝句法。[0][1]

*どうぐ【道具】（名）①〔佛〕修行用的道具；②工具；☆職人は道具を大切にする／手藝人愛惜工具；③家庭用具，家具；☆新所帯で道具が揃（そろ）っていない／新家庭家具還不齊全；④〔劇〕道具；⑤應具備的東西；☆顔の道具が悪い／五官不整；⑥手段，工具；☆言語は思想伝達の道具だ／言語是傳達思想的工具；☆人を道具に使う／拿人當工具使；利用人；～かた【道具方】（名）〔劇〕道具管理員；～だて【道具立て】（名）①備好必需的用具；②〔轉〕各種準備，☆道具立てがうまく行かない／準備工作搞不好；～ばこ【道具箱】（名）工具箱，（特指）木匠工具箱；～や【道具屋】（名）舊家具舖。[3]

とうぐう【東宮】（名）①〔文〕皇太子的宮殿；②皇太子。[0]

とうくつ【盗掘】（名・他サ）〔文〕①私自開採（礦産）；②盗掘（古墳）。[0]

どうくつ【洞窟】（名）洞穴（＝ほらあな）。[0]

どうくん【同君】（名）該人，他。[1]

とうけ【当家】（名）本家，我家；☆当家の長男はまだ学生です／我家長子還是學生。

*とうげ【峠】（名）①山頂，嶺；☆峠の茶屋／山頂上的茶館；②頂點，絶頂；☆寒さも峠を越した／大冷已過；☆病状も峠を越した／病情已過險期；☆物価騰貴ももう峠を越したろう／物價不會再上漲了吧。[3]

どうけ【道化】（名）滑稽（＝おどけ）；丑角；～ざる【道化猿】（名）〔動〕懶猴；～し【道化師】（名）演滑稽劇的人，丑角；～しばい【道化芝居】（名）滑稽劇；～もの【道化者】（名）演滑稽戲的人；戲謔者；～やくしゃ【道化役者】（名）滑稽演員，丑角。[3]

とうけい【東経】（名）〔地〕東經。[0]

*とうけい【統計】（名・他サ）統計；☆統計を取る／做統計；～がく【統計学】（名）統計學；～ずひょう【統計図表】（名）統計圖表；～てき【統計的】（形動ダ）（根據）統計的。

とうけい【闘鶏】（名）闘鶏（＝けあい，とりあわせ）。[0]

とうげい【陶芸】（名）陶器藝術。[0]

どうけい【同形】（名）〔文〕同形，同樣形狀。[0]

どうけい【同型】（名）〔文〕同型。◯

どうけい【同系】（名）〔文〕同一系統。◯

どうけい【同慶】（名）同慶，同喜；☆御同慶の至りです／不勝同慶，我衷心給您道喜。◯

どうけい【憧憬】（名・自他サ）憧憬，眷戀（＝あこがれ）；☆都会生活を憧憬する／憧憬都市生活；〔正確的唸法是しょうけい）。◯

とうけつ【凍結】（名・自他サ）①上凍，結冰；☆冬期はこの川は凍結する／多天這條河結冰；②〔經〕（資金等）凍結；☆外国資産を凍結する／凍結外國資產。◯

とうげつ【当月】（名）本月；～ぎり【当月限】（名）〔經〕→とうぎり。①

どうけつ【洞穴】（名）〔文〕洞穴（＝ほらあな）；☆敗残兵が洞穴に潜（ひそ）んでいる／敗兵隱藏在洞穴裏。◯

どうげつ【同月】（名）①同月②該月。◯①

どう・ける【道化る】（自下一）開玩笑，戲謔（＝おどける、ふざける）；☆道化ているのかまじめなのかわからない／不知是開玩笑還是真的。③

とうけん【刀剣】（名）刀劍。◯③

とうげん【凍原】（名）〔地〕苔原，凍土地帶（＝ツンドラ）。◯

どうけん【同権】（名）同權。◯

どうけん【洞見】（名・他サ）〔文〕洞察，看透。◯

とうげんきょう【桃源郷】（名）〔文〕世外桃源，桃花源。◯

とうげんしつ【糖原質】（名）〔化〕肝醣（＝グリコーゲン）。③

とうこう【刀工】（名）〔文〕刀匠（＝かたなかじ）。◯

とうこう【投光】（名）〔理〕投光，照明；☆投光装置／照明設備。◯

とうこう【投降】（名・自サ）投降（＝こうさん）。◯

とうこう【倒行】（名）〔文〕倒行；～げきし【倒行逆施】（名）倒行逆施。◯

とうこう【投稿】（名・自サ）投稿；☆雑誌に中篇小説を投稿する／向雑誌投稿中篇小説。◯

*とうこう【登校】（名・自サ）上學，到校。◯

とうこう【陶工】（名）〔文〕陶匠。◯

とうごう【投合】（名・自サ）投合，相投；☆意気投合する／意氣相投。◯

とうごう【等号】（名）〔數〕等號。◯

*とうごう【統合】（名・他サ）統一，合併；☆二つの学校を統合して綜合大学をつくる／合併兩校建立綜合大學。◯

どうこう（副）那個這個（＝どうのこうの、ああだこうだ、とやかく）；☆どうこう言う／說三道四。①

どうこう【同好】（名）同好，嗜好相同；☆同好の士／同好者。◯

*どうこう【同行】（名・自サ）同行，一同走；☆同行の一人／同行中的一人；☆御同行させて下さい／讓我同您一塊兒走吧。◯

どうこう【同校】（名）①同一學校；②該校。①

どうこう【動向】（名）動向（＝うごき）；☆現代文学の動向を探る／探求現代文學的動向。◯

どうこう【瞳孔】（名）〔解〕瞳孔（＝ひとみ）；～はんしゃ【瞳孔反射】（名）瞳孔反射。◯

どうこういきょく【同工異曲】（名）異曲同工。◯

とうこうせん【等高線】（名）〔地〕（地圖上的）等高線。◯

とうごく【投獄】（名・他サ）下獄；關到獄裏；☆投獄される／被關到獄裏。◯

どうこく【同国】（名）①同國；該國；②同鄉。◯

どうこく【慟哭】（名・自サ）〔文〕慟哭；☆父の遺骸の前で慟哭する／在父親遺體前慟哭。◯

とうこん【刀痕】（名）〔文〕刀痕；刀傷；☆眉間（みけん）に刀痕がある／眉間有刀痕。◯

とうこん【闘魂】（名）〔文〕鬥志，奮鬥精神；☆両軍とも闘魂を漲（みなぎ）らせている／兩軍都充滿了鬥志。◯

とうこん【当今】（名）當今，目前，現在（＝いま）；☆当今の娘は活発だ／現在的女孩子活潑。①

とうさ【等差】（名）①差別（＝ちがい、わかち）；☆貧富の等差によって課税する／按貧富之差課税；②〔數〕等差；～きゅうすう【等差級数】（名）〔數〕等差級數。①◯

とうさ【踏査】（名・他サ）查勘，實地調查；☆史蹟を踏査する／實地調查史蹟①

とうざ【当座】（名）①當前，眼前；☆千

円あれば当座の間に合う/若有一千塊錢
就能應付目前;②一時,暫時;☆来た当
座はおとなしかった/剛来的時候很老實
来着;③卽席;當場;④活期(存款)
～あずかり【当座預り】(名)(銀行方
面所説的)活期存款;～あずけ【当座預
け】(名)(存戶方面所説的)活期存款
;～がし【当座貸】(名)活期貸款;～
かしこし【当座貸越】(名)(銀行方面
所説的)透支;～かしつけ【当座貸付】
(名)活期放款,活期貸款;～かりこし
【当座借越】(名)(存戶方面所説的)
透支;～こぎって【当座小切手】(名)
(活期存戶開的)支票;～しのぎ【当座
凌ぎ】(連語・名)應付一時,暫時湊合
(=まにあわせ);☆これだけあれば当
座凌ぎがつく/有這麽一些就能暫時應付
下去;～づけ【当座漬】(名)酶一兩天就
吃的鹹菜;～のがれ【当座逃れ】(名)
當場矇混過去,一時廻避責任;～よきん
【当座預金】(名)活期存款。[0]

*どうさ【動作】(名)動作,☆動作が敏捷
(びんしょう)だ,(のろい)/動作敏
捷(遲鈍)。[1][0]

どうざ【同座】(名・自サ)①同一劇團;
②同席,同座(=どうせき);☆彼と同
座した/與他同席。[0]

とうさい【当歳】(名)①〔文〕當年生的
,一歲;☆当歳の駒(こま)/一歲駒
;②今年,本年。[1]

*とうざい【東西】(名)①東和西;☆この
森は東西一キロある/這個林子東西有一
公里長;②東洋和西洋;☆東西文化の粋
(すい)を集(あつ)める/集東西文化
的精華;③東西(的方向);方向;☆東
西も知らぬ幼児/連方向都不懂的幼兒;
④～とうざいとうざい(東西東西);～
とうざい【東西東西】(感)請各位注意
!請各位安靜一下!(開演前促觀衆安靜
的呼籲聲);～なんぼく【東西南北】(
名)①四方;②方向。[1]

どうざい【同罪】(名)同罪;☆両人とも
同罪だ/兩個人是同罪。[0]

とうざいく【籐細工】(名)籐製工藝品[3]

とうさく【盗作】(名・他サ)抄襲。[0]

どうさつ【洞察】(名・他サ)洞察;☆物
の本質を洞察する/洞察事物的本質。[0]

とうさま(さん)【父様】(名)父親,爸
爸(=おとうさま)。[1]

とうさん【倒産】(名・自サ)〔文〕①〔
醫〕横産(=さかご);②破産,倒閉;
☆会社が倒産した/公司倒閉了。[0]

とうざん【当山】(名)①本山;②本寺
;☆私が当山の住職です/我是本寺的住
持。[1]

どうさん【動産】(名)〔法〕動産;↔ふ
どうさん(不動産)。[0]

どうざん【銅山】(名)銅礦山。[1]

*とうし【投資】(名・自サ)投資;☆新企
業に投資する/向新企業投資。[0]

とうし【凍死】(名・自サ)凍死(=こご
えじに)。[0]

とうし【唐詩】(名)〔文〕①漢詩;②唐
詩。[1]

とうし【透視】(名・他サ)透視;☆レン
トゲンで透視する/用X射線透視;～が
ほう【透視画法】(名)透視畫法,配景
法。[0]

とうし【闘士】(名)〔文〕①戰鬥的士兵
;②闘士;☆独立運動の闘士/獨立運動
的戰士。[1]

とうし【闘志】(名)闘志;☆闘志満満/
闘志旺盛。[1]

とうじ【冬至】(名)冬至。[0]

*とうじ【当時】(名・副)①〔俗〕現在,
目前(=いま);②當時,那時(=そのと
き);☆当時は飛行機もなかった/那時
候連飛機還沒有呢。[1]

とうじ【悼辞】(名)〔文〕悼辭,弔辭;
☆悼辞を読む/讀悼辭。[0]

とうじ【湯治】(名・自サ)温泉療養;～
きゃく【湯治客】(名)到温泉療養的
人。[0]

とうじ【答辞】(名)答辭;☆答辞を読む
/讀答辭。[0]

とうじ【統治】(名・他サ)統治,統御(
=とうち)。[1]

とうじ【蕩児】(名)〔文〕浪子,蕩子[1]

─どうし【同志・同士】(造語)彼此之間
,們;☆男同士/男人們;男人和男人,
男人彼此之間;☆従兄弟(いとこ)同士
/叔伯(表)兄弟彼此之間(的關係);
☆隣(とな)り同士/接隣;鄰居之間;
鄰人們。[0]

どうし【同氏】(名)同氏,該氏。[1]

どうし【同市】(名)該市。[1]

*どうし【同志】(名)①同志,志同道合(
的人);②同仁;～うち【同志打・同士

討】（名）同室操戈。[1][0]

どうし【同旨】（名）〔文〕同一趣旨。[1]

どうし【同視】（名・他サ）同一視之，一様看待。[0]

どうし【動詞】（名）〔語法〕動詞。[0]

*どうじに【同時に】Ⅰ（連語）①同時，一個時候；☆同時に二つのことをやってはいけない／不要同時做兩樣事；②也，又（＝とともに）；☆品質が良好であると同時に安価だ／品質好，價錢也便宜；Ⅱ（接）同時，並且；☆それとともに；☆彼の長所は認めるが同時に弱点もわかる／我承認他的優點，並且也知道他的缺點。[1][0]

どうじ【童子】（名）〔文〕童子，兒童（＝わらべ、こども）。[1]

とうしき【等式】（名）〔數〕等式，相等。[0]

とうじき【陶磁器】（名）陶瓷器（＝やきもの）。[3]

とうじしゃ【当事者】（名）〔法〕當事者，當事人。[3]

とうしつ【等質】（名）〔文〕成分、性質相等。[0]

とうじつ【当日】（名・副）當天（＝そのひ）；☆当日限り通用の切符／限當天有效的票。[1][0]

どうしつ【同室】（名）同室（的人）；☆同室に数人で寝る／幾個人在同一房間睡。[0]

どうしつ【同質】（名）同質，性質、成分相同；☆同質の石鹼だが泡立ちが違う／肥皂的成分相同，但是起沫並不一樣。[0]

どうじつ【同日】（名・副）①同日；②當月，那天。[0][1]

*どうして【如何して】Ⅰ（副）①如何地，怎樣地（＝どんなふうにして、いかにして）；☆どうしてよいか、私は途方にくれた／我不知怎樣才好；☆これはどうしてするのですか／這個怎麼搞呀？②為什麼（＝なぜ）；☆どうして泣くのだ／為什麼哭呀；☆どうして間違ったのだ／為什麼弄錯了啊；③（表示強烈感情）唉呀；☆どうして、たいしたもんですよ／唉呀，簡直了不起；Ⅱ（感）〔強烈否定對方的話〕哪裏，遠不是那樣（＝それどころか）；☆ふところが暖かいだろう──どうして、どうして／你手頭兒很充裕吧──哪裏，不然不然；☆もう済んだでしょう？──どうして、今始めたばかりだ／已

經弄完了吧──哪裏，剛才動手。[1]

*どうしても【如何しても】（連語・副）①怎麼也，無論如何也；☆どうしてもわからない／怎樣也不懂；☆そんなことをするのはどうしてもいやだ／無論如何我也不願做那樣事；②一定，必定（＝かならず、ぜひとも）；☆どうしても勝たなければならぬ／一定要取勝；☆どうしても白状させて見せる／我一定叫他招認出來給你看看。[4]

とうしゃ【当社】（名）①本公司；②本神社。[1]

とうしゃ【投射】（名・他サ）①〔理〕入射；②〔文〕投射；～かく【投射角】（名）入射角；～こうせん【投射光線】（名）入射線。[0]

とうしゃ【透写】（名・他サ）透寫，映寫，複寫（＝トレース）；～し【透写紙】（名）透寫紙，複寫紙，描寫紙（＝トレーシングペーパー）。[0]

とうしゃ【謄写】（名・他サ）謄寫；～ばん【謄写版】（名）謄寫版。[0]

どうしゃ【同社】（名）①同一公司（神社）；②該公司（神社）。[0]

どうしゃ【同車】（名）同車，同乘一車；☆社長と同車で会場へ行く／與社長（經理）同車到會場去；☆駅まで同車する／一同坐到車站。[0]

とうしゅ【投手】（名）〔棒球〕投手（＝ピッチャー）。[1]

とうしゅ【当主】（名）現在的戶主。[1]

とうしゅ【党首】（名）黨的首領。[1]

とうしゅ【頭首】（名）首腦（＝かしら）[1]

どうしゅ【同種】（名）①同一種類；②同（一人）種；↔いしゅ【異種】；～どうぶん【同種同文】（名）同文同種。[0]

とうしゅう【踏襲】（名・他サ）承襲，繼承；☆前内閣の政策を踏襲する／承襲前内閣的政策。[0]

どうしゅう【同舟】（名）同舟（的人）；☆同舟相（あい）救う／同舟共濟。[0]

とうしゅく【投宿】（名・自サ）投宿，住店；☆一流の旅館に投宿する／在頭等旅館投宿；～しゃ【投宿者】（名）旅客。[0]

どうしゅく【同宿】（名・自サ）同住一旅店（的人）。[0]

とうしょ【投書】（名・自サ）投稿（不滿，意見等）；☆新聞社に投書する／向報

社寫信；☆犯人を知っている旨（むね）投書して来た／有人寫匿名信説知道誰是犯人。⓪

とうしょ【当所・当処】（名）①此處（＝ここ）；②本事務所（辦事處）。①

とうしょ【当初】（名）當初，最初（＝はじめ）。①

とうしょ【島嶼】（名）島嶼（＝しま）①

どうしょ【同所】（名）①同一處；②該處，那裏（＝そこ）；③該事務所（辦事處）。⓪①

どうじょ【童女】（名）〔文〕童女，女孩①

とうしょう【刀傷】（名）刀傷（＝かたなきず）。⓪

とうしょう【凍傷】（名）〔醫〕凍傷，凍瘡（＝しもやけ）。⓪

とうじょう【搭乗】（名・自サ）〔文〕搭乘，坐上（飛機、艦）；☆旅客機に搭乗する／搭乘客機。⓪

*とうじょう【登場】（名・自サ）①登場，登臺演出；☆女主人公が登場する／女主角登場；②出現；☆汚職事件に与党の大物が続々登場する／政府黨的頭面人物陸續在貪汚案中出現；～じんぶつ【登場人物】（名）〔戲・小説〕登場人物。⓪

どうじょう【同上】（名）同上。⓪

どうじょう【同乗】（名・自サ）同乘；☆トラックに同乗する／一同坐卡車。⓪

**どうじょう【同情】（名・自サ）同情；☆同情を寄せる／寄予同情；☆同情に堪えない／不勝同情。⓪

どうじょう【道場】（名）①〔佛〕修行的地方，道場；②練武藝地方。①③

とうじょうか【頭状花】（名）〔植〕頭狀花。③

とうじょうか【筒状花】（名）〔植〕筒狀花，管狀花。③

どうしょく【同色】（名）同色，同一顏色；～ぞめ【同色染】（名）染成一色。⓪

どうしょくくみあい【同職組合】（名）同業公會。⑤⑥

どうしょくぶつ【動植物】（名）動植物④

とう・じる【投じる】〔文〕I（自下一）①投，乘（＝つけいる、じょうずる）；☆機に投じて儲（もう）ける／投機發財；☆意気相投じる／意氣相投；☆世人の好（この）みに投じる／投世人之所好；②投靠（＝たよる）；☆敵方に投じる／投敵；③投宿，住（＝とまる）；☆宿舍

に投じる／投宿；II（他上一）①投，扔（＝なげる）；☆列車に石を投じる／向列車投石；②投入；☆海に身を投じる／跳海；☆獄に投じる／投獄，關到牢裏；③投下（＝おろす、つぎこむ）；☆大金を投じて工場を開く／投巨資開工廠；☆その仕事に投じた労力／為那個工作付出的勞力；図とうず（サ）。⓪③

どう・じる【動じる】（自上一）（感情）動搖；心慌，驚慌；☆物に動じる気色（けしき）がない／沒有驚慌的樣子；図どうずる（サ）。

とうしん【投身】（名・自サ）跳海（河），跳火山口（＝みなげ）；☆彼女は橋から投身自殺をした／她從橋上跳河自殺了。⓪

とうしん【答申】（名・自サ）〔文〕對上級回答，回答上級的諮詢；☆部長に答申する／回答部長諮詢。⓪

とうしん【等身】（名）等身，和身長相等的高度；☆この肖像は等身大です／這個肖像和身長相等。⓪

とうしん【等親】（名）〔法〕等親，親族遠近的等別。⓪

とうじん【唐人】（名）①〔古〕中國人（＝からびと）；②（江戸時代説的）外國人；③〔罵〕不懂道理的人；◇唐人の寝言（ねごと）／説的什麼令人不懂③⓪

どうしん【同心】（名）①同心；☆同心協力する／同心協力；②心同，意見一致；☆この三人は同心の人々だ／這三個人是意見一致的；③〔文〕古時的最下級士兵；④〔數〕同心；～えん【同心円】（名）〔數〕同心圓；～いったい【同心一体】（名）一體同心。⓪

どうしん【童心】（名）兒童的感情，童心（＝おさなごころ）；☆童心を傷つける／傷害兒童的感情。⓪

どうじん【同人】（名）①同人（＝どうにん）；☆同人雑誌をつくる／辦同人雜誌；②志同的人，伙伴（＝ともだち、なかま）；③該人。⓪

どうじん【同仁】（名）同仁；☆一視（いっし）同仁／一視同仁。⓪

とうすい【陶酔】（名・自サ）陶醉；☆美酒に陶醉する／陶醉於美酒；☆バレーの美しさに陶醉する／陶醉於芭蕾舞的優美。⓪

とうすい【透水】（名）〔地〕透水，滲水

；～そう【透水層】（名）透水層，滲透地下水的地層。⓪

とうすい【統帥】（名・他サ）統帥；～けん【統帥權】（名）統帥權。⓪

どうすい【導水】（名）導水；～かん【導水管】（名）導水管；～きょ【導水渠】（名）導水渠；～てい【導水堤】（名）導水堤。⓪

とうすう【頭數】（名）（動物的）頭數，隻數；☆頭数を数（かぞ）える／數（牛羊的）頭數。③

どうすう【同數】（名）同數；☆賛成と反対が同数になった／贊成與反對數目相同。③

とう・する【党する】（自サ）〔文〕黨；偏袒；依附；囚とうす（サ）。

とう・ずる【投ずる】（他自・他サ）〔文〕＝とうじる。

*どうせ（副）①橫豎，反正，歸終，無論如何；☆どうせしなければならぬことだ／橫豎是必須做的事；☆人間はどうせ死ぬのだ／人終歸是要死的；☆あわてることはない、どうせ我々が勝つにきまっている／不要慌，反正我們一定贏的；②〔表示自暴自棄〕反正；☆どうせ、わたしは馬鹿ですよ／反正我是個笨人。

とうせい【当世】（名）當今，當代，現在；☆そんな古い考えは当世ははやらない／那種舊想法現在已不流行了；～ふう【当世風】（名）時樣，時派，時髦；☆当世風でない／不時髦。①

とうせい【陶製】（名）陶製。⓪

**とうせい【統制】（名・他サ）統制；☆主食の売買を統制する／支配主食品的買賣；～けいざい【統制経済】（名）〔經〕統制經濟。⓪

どうせい【同性】（名）①性質相同；②同性；↔いせい（異性）；～あい【同性愛】（名）同性戀。⓪

どうせい【同棲】（名・自サ）同住一家；男女同居；☆同棲十年になる／已同居十年。⓪

どうせい【同姓】（名）同姓；～どうめい【同姓同名】（名）同姓同名。⓪

どうせい【動静】（名）①〔文〕動靜，情況；②動態，消息（＝うごき）；☆御動静をお知らせください／請示知近況。⓪

どうぜい【同勢】（名）同行的人們；同行的人數；☆同勢六人が旅行に出発する／

同行者六人首途旅行。①

とうせき【投石】（名・自サ）投石。⓪

とうせき【党籍】（名）黨籍；☆党籍より除く／開除黨籍。⓪

どうせき【同席】（名・自サ）同席，同座；☆私も同席した／我也一同在座。⓪

とうせつ【当節】（名）現今，現時（＝いま）☆当節の若人は実に溌剌たるものだ／現時的青年人眞活潑極了。①

どうせつ【同説】（名）①一樣的説法；☆その問題については私は君と同説だ／關於那個問題我同你的見解相同；②該學説。⓪①

*とうせん【当選】（名・自サ）當選，中選⓪

*とうせん【当籤】（名・自サ）中籤，中獎；☆一等に当籤する／中頭獎。⓪

*とうぜん【当然】（形動ダ・副）當然，理所當然；☆借りた物を返すのは当然だ／借的東西當然要還；☆彼は当然罪になるべきだ／他當然是有罪（判罪）的。⓪

とうぜん【陶然】（形動タルト）〔文〕陶然；☆陶然と酔（よ）う／陶然而醉；☆陶然たる酔い心地／陶然微醉的心情。⓪

とうぜん【蕩然】（形動タルト）〔文〕蕩然；☆蕩然として地を払う／不留一點痕跡。⓪

どうせん【同船】（名・自サ）①同乘一船（的人）；②同船；③該船。⓪①

どうせん【銅線】（名）銅絲。⓪

どうせん【銅銭】（名）銅幣。⓪

どうせん【導線】（名）〔電〕導線。⓪

どうぜん【同前】（名）同前。⓪

どうぜん【同然】（名）同樣，一樣；☆彼はこじきも同然だ／他簡直和乞丐一樣；☆これは拒絶も同然だ／這就等於拒絶⓪

*どうぞ【何卒】（副）請，務請（＝どうか、なにとぞ）；☆どうぞこちらへ／請到這邊；☆どうぞ召し上がってください／您請吃（喝）吧；☆どうぞよろしく／請多關照，請多幫忙。①

とうそう【凍瘡】（名）凍瘡（＝しもやけ）⓪

とうそう【逃走】（名・自サ）逃走，逃跑；☆逃走を企てる／企圖逃跑。⓪

とうそう【痘瘡】（名）〔醫〕天花（＝ほうそう）；囚もがさ。

*とうそう【闘争】（名）鬪爭（＝あらそい、たたかい）；☆貧困と闘争をする／同貧困作鬪爭；不屈服於貧困。⓪

どうそう【同窓】（名）同窗，同學；☆同窓

の友人／同學的朋友；～かい【同窓会】（名）同窓會（＝クラス会）。⓪

どうぞう【銅像】（名）銅像；☆銅像を建てる／立銅像。⓪

とうそく【頭足】（名）頭足；～こう【頭足綱】（名）〔動〕頭足綱，頭足類。⓪

とうぞく【盗賊】（名）賊盗（＝ぬすびと）。⓪

どうぞく【同族】（名）同族，一族；～たい【同族体】（名）〔化〕同族體。⓪

どうぞく【同属】（名）〔文〕同屬，同種。⓪

どうそじん【道祖神】（名）守路神（＝さえのかみ）。③

とうそつ【統率】（名・他テ）統率；☆一軍を統率する／統率一軍。⓪

とうた【淘汰】（名・他サ）淘汰；☆競争力がないものは淘汰される／沒有競爭力的會被淘汰。①

とうだい【東大】（名）（國立）東京大學。⓪

とうだい【当代】（名・副）①現代，當代；☆当代の大音楽家／現代大音樂家；②當前的戶主；☆当代は先代の養子だ／現戶主是前戶主的養子。①

*とうだい【灯台】（名）①〔文〕燈架，燭臺；②（水路、交通的）指向標，燈塔；◇灯台下（もと）暗し／丈八燈臺照遠不照近；燭臺的旁邊反倒看不清（喻身旁的事物往往弄不清）；～もり【灯台守】（名）燈塔看守人。⓪

どうたい【同体】（名）①同樣，同形狀；②一體；☆一心（いっしん）同体／一心一體。⓪

どうたい【胴体】（名）體軀，軀幹；☆飛行機の胴体／飛機的機身。①

どうたい【動態】（名）動態；↔せいたい（静態）；☆人口の動態／人口動態。⓪

どうたい【導体】（名）〔理〕（熱、電等的）導體。⓪

どうたく【銅鐸】（名）銅鐸。⓪

*とうたつ【到達】（名・自サ）到達，達到；☆目的地に到達する／到達目的地。⓪

とうだん【登壇】（名・自サ）登講壇；↔こうだん（降壇）。⓪

どうだんつつじ【満天星】（名）〔植〕滿天星

とうち【倒置】（名・自サ）〔文〕倒置，倒裝；☆前の句を倒置して文意を強める／把前句倒裝過來以加強文意（如：「如かず、行かんには」）。⓪

とうち【当地】（名）當地，本；☆当地においての節は是非お立ち寄り下さい／您到此地來的時候務必請到舍下。①

*とうち【統治】（名・他サ）統治，統御；☆戦後アメリカの統治下にあった日本／戰後美國統治下的日本；～きかん【統治機関】（名）統治機關；～けん【統治権】（名）統治權；～しゃ【統治者】（名）統治者。①

とうちゃく【到着】（名・自サ）到，到達；☆無事に目的地へ到着した／平安到達目的地；～えき【到着駅】（名）到站；～ねだん【到着値段】（名）（商品）到達（買主手中的）價格，抵岸價格。⓪

*どうちゃく【同着】（名）同時到（決勝的）終點；☆二人は同着で二位にはいった／兩人同時到終點，同爲第二名。⓪

どうちゅう【道中】（名）旅途中；☆道中の憂（う）さを紛（まぎ）らす／排解旅悶；～き【道中記】（名）①紀行，旅行日記；②旅行指南。①

とうちょう【登庁】（名・自サ）上班 ☆毎朝八時に登庁する／每天早八點上班；↔たいちょう【退庁】。⓪

とうちょう【登頂】（名・自サ）爬到山頂。⓪

とうちょう【頭頂】（名）〔文〕頭頂。⓪

どうちょう【同調】（名・自サ）①同一步調，贊成；☆相手の提案に同調する／贊同對方的提案；②調音；☆ダイヤルをまわして東京放送に同調させる／撥動指針對好東京廣播。⓪

とうちょう【盗聴】（名・他サ）偸聽；☆ラジオの盗聴者／偸聽無線電者。⓪

とうちょく【当直】（名・自サ）（假日或晚上）值班；值夜班（的人）；☆当直を引き渡す（継ぐ）／交（接）班。⓪

とうつう【疼痛】（名）〔醫〕疼痛；☆疼痛を感ずる（覚える）／感覺疼痛。⓪

どうで（副）＝どうせ；～も（副）〔俗〕無論如何（＝どうしても）；☆どうでも今日中に仕上げたい／無論如何想要今天之內做完。⓪

*とうてい【到底】（副）（下接否定語）無論如何也，怎麼也（＝とても、どうしても）；☆それは到底不可能だ／那無論如何也是不可能的，那絕辦不到；☆彼がそんなことをするとは到底信じられない／他會做那樣事，怎麼也難以令人相信。⓪

上二萬元的支票。⓪

どうふく【同腹】（名）〔文〕①同胞，同母兄弟姉妹；☆同腹の兄弟／胞兄弟；②同類，同伙；☆彼も同腹に違いない／他一定也是同伙。

*どうぶつ【動物】（名）動物；～えん【動物園】（名）動物園；～かい【動物界】（名）動物界；～がく【動物学】（名）動物學；～しつ【動物質】（名）①動物體中的組織物質；②動物性的食品；～たい【動物体】（名）動物體；～てき【動物的】（形動ダ）動物性的；↔にんげんてき（人間的）

どうふぼ【同父母】（名）〔文〕同父母；同胞。

*とうぶん【当分】（副）目前，暫時；☆当分雨はあるまい／目前恐怕不會下雨，今後я天不會下雨吧；☆当分ここに住むつもりだ／打算暫時就住在這裏。⓪

とうぶん【等分】（名・他サ）①平均分；☆費用を等分して負担する／平均分攤費用；②相等的分量；☆酢と砂糖を等分に入れる／放入一樣分量的醋和糖；☆財産を等分に分ける／平分財産。⓪

とうぶん【糖分】（名）糖分；☆尿に時々糖分が出る／尿裏時常有糖分。①

どうぶん【同文】（名）①同文，文字相同；②同一篇文章；～でんぽう【同文電報】（名）同文的電報；～どうしゅ【同文同種】（名）同文同種。

どうぶんぼ【同分母】（名）〔數〕同分母。

とうへき【盗癖】（名）偷竊的毛病，盗癖（＝ぬすみぐせ）；☆盗癖のある子／有偷東西毛病的小孩。⓪

とうへん【等辺】（名）〔數〕等邊；～さんかっけい【等辺三角形】（名）等邊三角形；～たかっけい【等辺多角形】（名）等邊多角形。⓪

とうべん【答弁】（名・自サ）答辯，回答；☆答弁がうまい／巧於答辯。①

とうへんぼく【唐変木】（名）〔俗〕〔罵〕蠢貨，糊塗蟲（＝まぬけ）；☆この唐変木／這個蠢貨。③

とうぼ【登帳】（名）登帳；～トンすう【登簿順数】（名）純順數。①

どうぼ【同母】（名）〔文〕同母；↔いぼ（異母）。⓪

とうほう【当方】（名）①我（們）；☆当方は無事に暮しております／我們平安

地生活着；②這邊兒，我方（＝こちら、こっち）；☆運賃は当方で負担する／運費由我方負擔。①

とうほう【東方】（名）①東方；②近東地方；～きょうかい【東方教会】（名）〔宗〕東方教會。⓪

とうぼう【逃亡】（名・自サ）①逃亡；②出奔（＝かけおち）；～ざい【逃亡罪】（名）〔法〕逃亡罪；～はんざいにん【逃亡犯罪人】（名）①逃犯；②流亡外國的犯罪者。⓪

どうほう【同胞】（名）同胞（＝はらから）。⓪

*とうほく【東北】（名）①東北；②〔地〕東北地方（即福島、宮城、岩手、青森、山形、秋田等縣）。⓪

とうほん【搨本】（名）拓本。⓪

とうほん【謄本】（名）〔文〕①副本，抄本，謄本，繕本；②戸口簿（之略）⓪①

とうほんせいそう【東奔西走】（連語・名・自サ）東奔西走，到處奔走。

どうまき【胴巻】（名）（纒在腰上放錢的）圍腰帶，錢兜子；☆胴巻をしっかり肩に巻き付けておく／把錢兜子緊緊圍在身上。④⓪

どうまごえ【胴間声】（名）喇叭嗓子，粗野而低啞的嗓音（＝どうごえ）；☆応援団長が胴間声を張り上げる／啦啦隊長打開了喇叭嗓子。④

どうまわり【胴回り】（名）腰身，腰的周圍；☆胴回りの寸法を計る／量腰身。③

どうみゃく【動脈】（名）〔解〕動脈；↔じょうみゃく（静脈）；～けつ【動脈血】（名）〔醫〕動脈血；☆動脈血に化する／化為動脈血；～こうかしょう【動脈硬化症】（名）〔醫〕動脈硬化症。①

とうみょう【灯明】（名）（供神佛前的）明燈（＝みあかし）。⓪①

とうみん【冬眠】（名・自サ）〔動〕冬眠；☆営業は目下冬眠状態だ／〔轉〕營業目前正處於蕭條狀態。⓪

とうみん【島民】（名）島上居民。⓪

どうみん【道民】（名）北海道的居民。⓪

とうむ【党務】（名）①對於政黨說來必須完成的事情；②政黨的事務。①

とうめい【党名】（名）黨名。⓪

とうめい【唐名】（名）中國式的名稱。⓪

*とうめい【透明】（名・形動ダ）透明；◊無色透明な人間／公平中立的人；～しつ

【透明質】（名）〔生〕透明質；～じゅし【透明樹脂】（名）透明樹脂，尿素樹脂；～たい【透明体】（名）透明體；～ど【透明度】（名）（湖、海水深的）透明度；☆半透明な／半透明的。⓪

*どうめい【同盟】（名・自サ）同盟，☆三国が同盟を結んだ／三國締結了同盟；～こく【同盟国】（名）盟國；～じょうやく【同盟条約】（名）同盟條約；～ひぎょう【同盟罷業】（名・自サ）同盟罷工（＝ストライキ）。

とうめん【当面】（名・自サ）當前，目前；面臨，☆当面の急務／當前的急務；☆政府は重大政局に当面している／政府正面臨着嚴重的政局。③⓪

*どうも（副）①（下接否定語）怎麽也（＝どうしても）；☆どうもよくわからない／怎麽也不大明白；②實在，眞（＝いかにも、まことに）；☆どうもありがとう／實在謝謝你；☆今日はどうも寒い／今天可眞冷；③總覺得（＝どことなく）☆彼の言うことは、どうも嘘らしい／總覺得他的話似乎是謊言。①

どうもう【獰猛】（形動ダ）獰猛，兇猛；☆獰猛な虎／兇猛的老虎。⓪

とうもく【頭目】（名）（強盜等的）頭目，頭子（＝かしら）。①

どうもく【瞠目】（名・自☆）〔文〕瞠目；☆瞠目に値（あたい）する出来事／值得驚人的事件；☆観衆を瞠目させる／使観衆瞠目。⓪

どうもと【胴元・筒元】（名）＝どうおや④

どうもり【堂守】（名）看廟的人。①

とうもろこし【玉蜀黍】（名）〔植〕玉蜀黍，玉米。③

どうもん【同門】（名）①同門；②同窗，同事一師（＝あいでし）。⓪

どうもん【洞門】（名）〔文〕洞門（＝ほらあな）。⓪

とうや【陶冶】（名・他サ）陶冶，薰陶，☆品性を陶冶する／陶冶性情；～せい【陶冶性】（名）陶冶性，可塑性。①

とうや【当夜】（名・副）①當夜，該夜；②今夜。①

とうやく【投薬】（名・自サ）〔醫〕下藥；給藥，☆患者に投薬する／給病人下藥。⓪

どうやく【同役】（名）同様職務的人，同事。⓪

どうやら（副）①好歹，好容易才（＝やっと、どうにか）；☆どうやら試験に合格した／好歹考及格了；②彷彿，多半，大概（＝なんだか）；☆どうやら晴れそうだ／多半要轉晴；～こうやら（副）好歹，勉強，好容易（＝どうにかこうにか）；☆どうやらこうやら食べて行く／好歹湊合着糊口。①⓪

とうゆ【灯油】（名）①燈油；②石蠟油⓪

どうゆう（連體）〔寫作（どういう）〕什麽様的（＝どんな）；☆それは一体、どういう事ですか／那倒底（究竟）是怎麽回事呀？☆どういう事があっても必ず勝つ／無論發生什麽様的事也一定戰勝。①

とうよ【投与】（名・他サ）〔醫〕下（藥），給（配）藥；☆粉薬（こなぐすり）を二日分投与する／給兩天的藥粉。①

*とうよう【東洋】（名）東洋；東方；☆東洋の文化を発揚する／發揚東方的文化。①

とうよう【登用】（名・他サ）〔文〕任用，錄用；☆人材を登用する／錄用人材。⓪

とうよう【登庸】（名・他サ）＝とうよう（登用）。⓪

とうよう【当用】（名）現用；目前所需用；☆当用の必需品／目前所需用的必需品；～かんじ【当用漢字】（名）目前日文中日常所限用的漢字（共1,850字）；～にっき【当用日記】（名）每日記事的日記。⓪

とうよう【盗用】（名・他サ）〔文〕盜用，竊用；☆私印を盗用する／竊用私章；☆電気を盗用する／偸電。⓪

とうよう【灯用】（名）〔文〕燈火用；☆灯用ガス／點燈用煤氣。⓪

*どうよう【同様】（形動ダ）同様，一様；☆君も私と同様無経験だ／你也和我一様沒有經驗；☆私も御同様の境遇です／我也和您境遇相同；☆男生も女生も同様な服装をしている／男生女生都穿着同様的服装。⓪

*どうよう【動揺】（名・自他サ）①搖動，搖擺，☆電車が動揺するので本が読めない／因爲電車搖擺所以不能看書；②動搖，不安，☆人心が動揺する／人心動搖。⓪

どうよう【童謡】（名）童謠，☆子供達がかわいい声で童謡を歌う／孩子們用可愛

的聲音唱童謠。[0]

どうよく【胴欲・胴慾】（形動ダ）〔古〕貪婪，殘酷，冷酷；☆胴欲な高利貸し／貪婪（冷酷的）高利貸。[1]

とうらい【到来】（名・自サ）①（時機等）來到；☆いよいよ危機が到来した／危機已經到來；②（別人）送來；～もの【到来物】（名）（別人送來的）禮。[0]

とうらく【当落】（名）當選或落選；☆当落は明日判明する／明日即可知道當選或落選。[1]

どうらく【道楽】（名・自サ）①（業餘的）愛好，癖好，嗜好，玩票；☆私の道楽は釣だ／我的（業餘）愛好是釣魚；☆彼の絵は、道楽で始めて本職になったのだ／他畫畫是從業餘的愛好開始而成爲專業的；☆私は道楽に働いているのではない／我做工不是爲了玩票；②吃喝嫖賭，放蕩，不務正業；☆道楽を始める／（生活）開始放蕩；開始搞女人☆道楽を仕尽す／吃喝嫖賭無所不爲；～むすこ【道楽息子】（名）敗家子，不務正業的兒子；～もの【道楽者】（名）①不務正業的人，浪子；酒色之徒；②賭徒。[4][3]

どうらん【胴乱】（名）〔植〕（鐵葉製的）植物採集箱；☆ドーランを肩に植物採集に行く／背植物採集箱去採集植物。[0]

どうらん【動乱】（名・自サ）騒擾，騷動，動亂；☆動乱を鎮圧する／鎮壓騒動[0]

とうり【桃李】（名）〔文〕①桃李；②門生；◇桃李門に満（み）つ／桃李滿門[1]

**どうり【道理】（名）道理；☆道理にかなう／合乎道理；～で【道理で】（副）怪不得（＝なるほど）；☆道理でうれしい顔をしている／怪不得露出高興的神氣；～はずれ【道理外れ】（名）不合道理，不合情理。[3]

どうりつ【同率】（名）同樣比率，同一的百分率；☆利益は出資者が同率に分ける／利益由投資者按同一比率分紅。[0]

とうりゅう【逗留】（名・自サ）逗留，盤桓；☆約一個月逗留する予定だ／打算逗留一個來月。[0]

どうりゅう【同流】（名・自サ）〔文〕①同一河流；②合流；③同一派別；④該派。[0][1]

とうりゅうもん【登竜門】（名）登龍門，飛黃騰達的門徑；☆この雑誌は文壇への登竜門だといわれている／這個雜誌被稱

爲作家成名的門徑。[3]

とうりょう【棟梁】（名）〔文〕棟梁（＝かしら）；①一国の棟梁／一國的棟梁；②木匠師傅；☆あの棟梁は腕がいい／那位木匠師傅手藝好。[1]

とうりょう【等量】（名）〔文〕等量，同量，份量相等；☆三杯の醬油に等量の酒を加える／三杯醬油加上同量的酒。[0]

とうりょう【頭領・統領】（名）首領，頭目；統率者（＝かしら、おさ）。[1]

どうりょう【同僚】（名）同僚，同事。[0]

*どうりょく【動力】（名）動力，原動力；☆動力で精粉機を動かす／用動力推動製粉機；～けい【動力計】（名）動力表；～しげん【動力資源】（名）動力資源[1]

とうるい【盗塁】（名・自サ）〔棒球〕盗壘（＝スチール）。[0]

どうるい【同類】（名）①同類，同種類；☆同類の植物を集める／蒐集同種類的植物；②同伙（＝なかま）；☆僕はあの連中の同類ではない／我不是他們一伙兒的；～こう【同類項】（名）〔數〕同類項[0]

どうれ（感）→どれ。[1]

とうれい【答礼】（名・自サ）還禮，回禮；☆生徒の敬礼に対して答礼をする／對學生的敬禮還禮。[0]

どうれつ【同列】（名）①同列，同排；②同等地位（程度）；☆年長者と同列に扱われた／和長輩受同樣的對待；③一起；☆御夫婦同列でおいでください／請您夫婦倆一起來。[0]

*どうろ【道路】（名）道路；☆道路工事をする／修道路；～ひょうしき【道路標識】（名）交通標誌。[1]

とうろう【灯籠】（名）燈籠；～ながし【灯籠流し】（名・自サ）（盂蘭會的末日）放河燈。[0]

*とうろく【登録】（名・他サ）登記；…を会員として登録する／把…登記爲會員；～しょうひょう【登録商標】（名）〔法〕註冊商標。[0]

*とうろん【討論】（名・自サ）討論；☆報告が終わったあと、それについて討論する／報告完後，就該報告進行討論。[1]

どうわ【童話】（名）童話；～さっか【童話作家】（名）童話作家。[0]

とうわく【当惑】（名・自サ）困惑，爲難；☆どうしていいのか当惑した／不知怎樣才好，感覺爲難；☆どうおこたえした

ら宜しいのか当惑致します／不知道如何
回答您才好。[0]

どうわすれ【胴忘れ】（名・自サ）一時想
不起來（＝どわすれ）；☆何という名前
だったか胴忘れしてしまった／叫什麼名
字來着，一時想不起來啦。[3]

とえい【都営】（名）東京都經營；☆都営
住宅／東京都經營的住宅。[0]

とお【十】（名）①十；☆十まで数える／
數到十；②十個；☆卵を十下さい／給我
十個雞蛋；③十歳；☆今年十です／今年
十歳。[1]

とお・い【遠い】（形）①（距離）遠的；☆会社は
ここから遠い／公司距此很遠；②（時間）長
久。③遠親；④關係疏遠；⑤（性質、内容）相
差懸殊；☆…と言うに遠い／離…還差得
遠；⑥遲鈍；☆耳が遠い／重聽；気が遠く
なる／神志昏迷；不知如何是好；◇遠い親
戚より近くの他人／遠親不如近鄰；◇遠く
て近きは男女の仲／千里姻緣一線牽。[2]

とおか【十日】（名）①十天；②初十，十
號。[0]

とおさ【遠さ】（名）遠（的程度）；☆こ
こからどの位の遠さですか／離這兒有多
遠？[0]

とおざか・る【遠ざかる】（自五）①遠起
來，遠離；☆船は次第に遠ざかって行っ
た／船漸漸走遠了；②疏遠；☆あまり会
わないでいるうちに二人は全く遠ざかっ
てしまった／兩人不常見面於是就完全生
疏起來了；③不用；☆久しく酒から遠ざ
かる／好久不飲酒了。[4]

とおざ・ける【遠ざける】（他下一）①躱
遠；☆人を遠ざけて密談する／躱開人密
談；②節制，禁忌；☆酒を遠ざける／忌
酒；③疏遠，遠（＝うとんじる）；☆小
人を遠ざける／遠小人；図とほざく（下
二）。[4]

***とおし**【通し】（名）①請進；☆客を奥へ
お通しする／請客人到裏邊；②直達；☆
通し切符／通票；③（正式茉以前的）小
茉，簡單茉（＝つきだし）；④長本大戲
；～きっぷ【通切符】（名）①（火車的）
通票；②通用幾場場的戲票；～きょうげん
【通し狂言】（名）長本大戲；～ぎり
【通し錐】（名）圓錐子；～ふなにしょうけ
ん【通し船荷証券】（名）聯運提貨單[3]

─どおし【通し】（造語）〔接動詞連用形
下〕表示一直做該動作；☆一日中立ち通

しの仕事／整天站着的工作；☆一日歩き
通しでたいそう疲（つか）れた／走了一
整天太累了。[3]

トースター【toaster】（名）烤麵包器；☆
トースタでパンを焼く／用烤麵包器烤麵
包。[1]

トースト【toast】（名）烤麵包，吐司（＝
やきパン）；☆朝食はトーストにコーヒ
ーです／早餐是烤麵包和咖啡。[1]

とおせんぼう【通せん坊】（名）①（兒童）
張開兩手擋住行人的遊戲）；②走不過
去，停止通行；☆ここから先は道路工事
で通せん坊になっている／前邊道路正在
施工停止通行。[3]

トータル【total】（名）總計，合計。[1]

とおで【遠出】（名・自サ）①到遠處去；
☆遠出をして田舎（いなか）の空気を吸
う／到郊外去吸農村的空氣；②出遠門，
遠行；☆主人は遠出して当分留守（る
す）です／主人出遠門了，暫時不在家[0]

トーテム【totem】（名）圖騰；☆この人
形はアメリカインディアンのトーテムで
ある／這個偶人是印第安人的圖騰。[1]

とうと・い【尊（貴）い】〔形〕①尊貴的
；☆尊いお方／尊貴的人；②貴重的，寶
貴的；☆貴い国宝／貴重的國寶；☆貴い
資料／寶貴的資料；図たふとし（形ク）
；～さ（名）。[3]

とうと・ぶ【尊（貴）ぶ】（他五）①尊敬
（＝うやまう）；☆年長者を尊ぶ／尊敬
年長者，敬老；②尊重，重視；☆少数の
意見も尊ぶ／也重視少數的意見。[3]

とうと・む【尊（貴）む】（他五）＝とお
とぶ。

ドーナッツ【doughnut】（名）炸麵圈；
☆ドーナッツを揚げる／炸麵圈。[1]

トーナメント【tournament】（名）錦標
賽；☆トーナメントに出場する／參加錦
標賽。[1]

とおなり【遠鳴り】（名）從遠處傳來的雷
、浪等的聲音；☆潮（しお）の遠鳴りが
聞こえる／聽見遠處的潮聲。[0]

とおね【遠音】（名）遠處的聲音；☆蛙の
遠音が聞える／聽見遠處的蛙聲。[0]

とおの・く【遠退く】Ⅰ（自五）①遠，遠離
（＝とおざかる）；☆足音は次第に遠退い
て行った／脚步聲逐漸地遠了；②疏遠；
☆卒業以来、彼とも遠退いてしまった／
畢業後和他也疏遠了；③間歇，**斷斷續續**

；☆砲声は次第に遠退いた／砲聲漸遠；
Ⅱ（他下二）〔文〕→とおのける。③

とおの・ける【遠退ける】（他下一）遠避
，疏遠（＝とおざける）；☆他人を遠退
ける／遠避別人（同別人不接近）；図と
ほのく（下二）。④

とおのり【遠乗り】（名・自サ）乗馬（或
車）遠行；☆遠乗りに出かける／乗馬遠
行；乘車到遠處兜風。⓪

とおび【遠火】（名）①遠處的火；②〔烹
飪〕離火遠一點兒／遠火で焼く／離火
遠一點兒烤。⓪

とおぼえ【遠吠】狗在遠處叫（的聲音）；
☆犬の遠吠が聞こえる／聽見狗在遠處
叫。⓪

とおまき【遠巻】（名）遠遠地圍住；☆城
を遠巻にする／遠遠地把城圍住。⓪④

とおまわし【遠回し】（名）①拐彎抹角，
②委婉；☆遠回しに言う／委婉地説話，
拐彎抹角地説法；☆遠回しに忠告する／
委婉地勸告。③⑤

＊**とおまわり**【遠回り】（名）繞遠；☆そっ
ちへ行くと遠回りになる／往那邊走就繞
遠了。③

とおみ【遠見】（名）①遠眺，眺望；☆遠
見のきく高台に登る／登上可以遠眺的高
臺；②從遠處看；☆遠見にはよく見える
／從遠處看好看；③望樓；瞭望員；④（
戲劇布景的）遠景。⓪

ドーム【dome】（名）圓頂，圓蓋；鐘形
頂蓋；☆教会のドームが見える／看得見
教會的圓屋頂。①

とおめ【遠目】（名）①從遠處看，遠望；
☆遠目にはよく見える／從遠處看很好看
；②遠視眼；能看到遠處；☆彼は遠目が
きく／他能看得很遠；③離遠一點兒；☆
客から少し遠目に置いた方がよい／最好
擱在離客人遠一點的地方。⓪

ドーラン【徳 Dohran】（名）〔Dohran
爲德國化粧品公司名〕舞臺化粧用冷霜，
油底子。⓪

－とおり【通り】（接尾）套，種，種類（
＝くみ，そろい）；☆教科書を一（ひと）
通り買う／買一套教科書；☆問題の解き
方は幾（いく）通りある／問題的解釋方
法有好幾種。

＊**とおり**【通り】（名）①大街，馬路（＝み
ち，どうろ）；☆通りに面した家／臨街
的房子；②來往（＝ゆきき）；☆車の

通りの少ない場所／車輛來往少的地方；
☆人通りが多い／行人多；③通，流通；
☆この下水は通りが悪い／這兒的下水溝
不流通；④（聲音）響亮；☆君の声は通り
がよい／你的聲音響亮；⑤人緣（＝きう
け）；☆上にも下にも通りのよい人物／
無論上下，人緣都好的人；⑥（多數人）
知曉，通用；☆僕はペンネームの方が世
間に通りがよい／社會上知道我的筆名的
人倒多些；⑦原樣；照…樣（＝まま，よ
う）；☆命令通りに実行せよ／按照命令執
行！☆こわれた茶碗は元通りにはならぬ
／碎了的碗不能復原；**～あめ**【通り雨】
（名）小陣雨；**～いっぺん**【通り一片（
遍）】（形動ダ）膚淺的，泛泛的；☆通
り一遍の説明があっただけだ／只作了些
膚淺的説明；☆通り一遍のつきあい／泛
泛之交；☆通り一遍の客／沒有深交的客
人；**～がかり**【通り掛かり】（名）①路
過；☆通り掛かりの人に道を聞く／向路
過的人打聽道兒；②路過順便（＝とおり
がけ）；☆通り掛かりに寄る／路過順便
到了一下；**～がけ**【通り掛け】（名）路
過順便（＝とおりすがり）；☆通り掛け
に友人の家に寄る／路過順便到朋友家；
～こす【通り越す】（自五）①走過；越
過；☆考え事をしていたら家の前を通り
越してしまった／心裏一想事情就走過了
家門口完了；☆難関を通り越す／越過難
關；②過，超過；☆冷たさを通り越して
痛くなって来た／已經不是感覺冷而是感
覺疼了；**～ことば**【通り言葉】（名）一
般通用的話；行話；**～すがり**【通りすが
り】（＝とおりがけ）；**～そうば**【通
り相場】（名）①公認的行市；普通的價
錢；②一般的評價；☆けちん坊だと言う
のが彼の通り相場だ／一般都説他是吝嗇
鬼；**～な**【通り名】（名）通稱；**～ぬけ**
【通り抜け】（名）穿行；可以穿行的路
；☆通り抜けが出来る／能够穿行；☆通
り抜け無用／禁止穿行；**～ね**【通り値】
（名）＝とおりそうば；**～ま**【通り魔】
（名）過路的妖魔；神出鬼没；☆通り魔
のような強盗／神出鬼没的強盗；**～みち**
【通り路】（名）通行路；經過的路③①

＊**－どおり**【通り】（接尾）①街（路）；☆
千代田（ちよだ）通り／千代田街；②左
右（＝くらい）；☆建築は九分通り出来
上がった／建築完成九成多了；③樣子，

形狀；☆もと通り／原來的樣子；④照…
樣，…如…樣；☆注文通り／照訂貨（要
求）那樣；☆予想通り／如預想那樣。

**＊とお・る【通る】（自五）①通過；☆山道
を通る／通過山路；☆山地門の前を通る
／走過山地門前；②透，透徹；響亮；☆
雨が膚まで通る／雨濕透了衣服；☆彼の
声がよく通る／他的聲音很響亮；☆合格
，及格；☆入学試験に通る／在入學考試
中及格；④知名，聞名；☆名が四方に通
る／四方馳名；☆彼は「田舎の専門家」
で通っている男だ／他是以「土專家」聞
名的；⑤進（入）☆応接間に通る／（客
人）進客廳；⑥通過，被承認；☆僕の主
張が通った／我的主張通過了；☆願が通
る／如願；⑦通行，通用；☆そんなわが
ままは通らない／那麼任性是行不通的；
⑧明白，了解（＝わかる）；☆この文で
は意味が通らない／這樣文句令人看不懂
；☆この説明では筋が通らない／那種解
釋不合理。[1]

とお・る【透る】（自五）①通，透氣；☆
このパイプはよく透らない／這支烟斗不
大透氣；②透光，透明（＝すきとおる）
；☆膚まで透って見える絹（きぬ）の下
着（したぎ）／能够透出皮膚的綢汗衫[1]

トーン【tone】（名）①調子，音調；②色
調。[1]

トおんきごう【ト音記号】（名）〔樂〕高
音譜記號。[4]

とか（修助）①〔表示舉例〕…啦…啦；☆
米とかメリケン粉とか色々な物／米啦麵
啦等等的東西；☆蠅（はえ）とか蚊（か
）とかいった害虫／蒼蠅啦蚊子啦之類的害
蟲；②〔表示不確實的傳聞〕什麼；據說
；☆明日は雨だとか言っていました／據
說明天要下雨；☆田中とかいう男／叫作
田中什麼的人。

とか【都下】（名）①首都內；②東京都內
；③東京都内各區周圍的市鎮。[1]

とが【咎】（名）〔文〕①過錯，錯誤（＝
あやまち）；☆人の咎を許す／饒恕別人
的過錯；②罪，罪過（＝つみ）；☆われ
はわが咎を知る／自己知道自己的罪過[1]

とかい【都会】（名）都市（＝みやこ）；
☆都会に住む／住在都市。[0]

どがい【度外】（名・他サ）〔文〕①範圍
以外，②置之度外，無視；〜し【度外
視】（名・他サ）置之度外；☆利益を度

外視する／把利益置之度外，犧牲利益[0]

とがき【ト書】（名）（劇本中的）舞臺指
示。[0]

＊とかく【兎角】（副・自サ）①這個那個，
種種（＝あれこれ，なんとかかんとか）
；☆あの人には兎角の噂がある／關於他
有種種（不好的）傳說；☆子供について
とかく言う前に親が反省すべきだ／在責
難孩子以前，大人首先應該反躬自問；②
好，動不動（＝ややもすれば，ともすれ
ば）；☆若い者にはとかくありがちなこ
とだ／這在青年人中是常有的事情；☆と
かく健康がすぐれない／動不動身體就鬧
毛病；③不大工夫；☆とかくする内に日
も暮れた／不大一會兒天也黑了。[0]

とかげ【蜥蜴】（名）〔動〕蜥蜴。[0]

＊とか・す【梳かす】（他五）梳整（頭髮）
☆鏡の前で髪を梳かす／在鏡前梳頭。[2]

＊とか・す【解（溶）かす】（他五）溶解；
溶化；融化；☆氷を解かす／融化冰。[2]

＊とか・す【熔（鎔）かす】（他五）鎔化（
金屬等）；☆鉛を鎔かす／鎔化鉛。[2]

どかた【土方】（名）土工，土木工程工人[0]

どかっ（副）〔俗〕①（物價）驟然（漲落）
；☆ドルの価値がどかっと下がった／美
金的價值驟然下跌了；②（重物）撲通地
（落下）；☆どかっと尻をおろす／撲通
一聲坐下來。[2]

どかと（副）＝どかっ。

どかどか（副・自サ）①〔多數人粗暴的脚
步聲〕咕咚咕咚，撲通撲通；☆どかどか
（と）音をさせて憲兵がはいって来た／
憲兵咕咚咕咚地走進來了；②〔多數人一
齊行動貌〕闖地，一個跟一個地；☆食堂
に学生がどかどか（と）はいって来た／
學生們闖地擁進了飯廳。[1]

とがにん【咎人】（名）罪人，犯人（＝ざ
いにん）。[0]

とがめ【咎】（名）①申斥，責難；☆良心
の咎／良心的呵責；☆世間の人から咎を
受ける／受到社會上的責難；②咎，罪；
☆咎を引く／引咎；〜だて【咎立て】（
名・他サ）挑剔，吹毛求疵；☆あまり咎
立てをするな／別過分吹毛求疵。[3]

＊とが・める【咎める】（他下一）①責難，
挑剔（＝なじる，ひなんする）；☆自分
でも悪いと思っているようだからあまり
咎めるな／他自己也似乎認為不對了，不
要過於申斥吧；☆気が咎めるのでこれ

以上続けられない／因為過意不去,不能再繼續下去；②盤問／夜遅く歩いていたら交番で咎められた／深夜在街上走路受到派出所盤問；③（傷等）紅腫,發炎；☆針を刺したあとが咎めて化膿した／扎針的地方發炎化膿了；囚とがむ（下二）。③

とがらか・す【尖らかす】（他五）〔俗〕＝とがらす。④

とがら・す【尖らす】（他五）①磨利,磨尖,削尖；☆鉛筆を尖らす／把鉛筆削尖；☆口を尖らして不平を言う／噘着嘴嘮叨；②〔轉〕抬高（嗓門子）；提高（警惕心）；☆声を尖らして叱る／提高嗓門子申斥；☆精神を尖らして…／神經過敏地…。③

とがら・せる【尖らせる】（他下一）＝とがらす。④

とがり【尖り】（名）尖（頭兒）；☆錐の先の尖り／錐子尖兒；～がお【尖り顔】（名）噘着嘴的不高興面孔；～ごえ【尖り声】（名）尖嗓門兒；～ばな【尖り鼻】（名）鷹（鈎）鼻子。

*とが・る【尖る】（自五）①尖；☆教会の尖った屋根／教堂的尖屋頂；☆爪先（つまさき）の尖った靴／尖頭皮鞋；②過敏,敏銳；☆都会に住むと神経が尖る／一住在都市神經就敏銳；③不高興；生氣②

どかん【土管】（名）（黏土燒的）缸管；☆下水の土管を埋める／埋下水道的缸管。②

どかん（副）①（東西下落、倒下或破碎時的響聲）撲通地；叭噠地；☆どかんと音がした／叭噠地響了一下；☆どかんと腰をおろす／撲通地坐下；②驟然,倏地；☆株がどかんと上がる／股票倏地上漲了。②

*とき【時】（名）①時,時間；☆時のたつのも気がつかない／連時間的逝去都沒覺出來；☆それは、ただ時の問題だ／那衹是時間問題；②時候（＝ころ）；☆私の若い時はまだ飛行機がなかった／我年輕的時候還沒有飛機；☆家を出た時は雨が降っていなかった／從家裏出來的時候還沒下雨；③有時（＝ばあい、おり）；☆時には勝つこともある／有時也贏；☆時として失敗に終わることもない／並不是一次也沒有失敗過的；④時刻,鐘點（＝じかん、じこく）；☆時計が時を知ら

せる／鐘錶報時；⑤（古時的）時辰；☆昔の一時は今の二時間／往昔的一個時辰等於現在的兩小時；⑥季節（＝きせつ）；☆今は時がよいから早起きも楽だ／現在季節好起早也容易；⑦時機,機會（＝じせつ）；☆時を待つ／等待機會；☆今こそ時だ／目前正是好時機；⑧當時；☆時の政府は軍閥政権だった／當時的政府是軍閥政權；⑨報曉；☆鶏が時をつくる／鶏鳴報曉；⑩〔語法〕時態；◇時と場合／①時間和場合；②一時一時的情形；☆臨機應變；時にあう／碰到好時機；時に従う／順應時勢；時の氏神（うじがみ）／正在節骨眼兒上出來和解的人；時の人／轟動一時的人,紅人；時は金なり／時者金也；時を移（うつ）さず／立刻,立即；時を稼（かせ）ぐ／爭取時間；時をかわさず／立即,馬上。②

とき【鬨】（名）（戰爭時的）吶喊；☆兵士は鬨をあげて敵陣になだれ込んだ／兵士們一聲吶喊殺入敵陣。②

とき【斎】（名）〔佛〕齋。②

とき【伽】（名）〔お一〕①晚間服侍老人、小孩（的人）；☆一晚中老人のお伽をさせられた／服侍老人服侍了一晚上；②侍候就寢,陪伴就寢（的人）；③看護病人（的人）。①

とぎ【研】（名）①磨,研磨；☆研の悪い剃刀（かみそり）／磨不快（不好磨）的剃刀；②鋏を研に出す／把剪刀拿出去磨；☆磨刀（剪）匠。②

どき【土器】（名）土器,陶器（＝かわらけ）。①②

どき【怒気】（名）〔文〕怒氣；☆怒気を含んだ言葉／含有怒氣的言辭。①

ときあか・す【説（解）き明かす】（他五）說明,說清；☆事件の内容を解き明かしてやる／向他說明事情的内容。④②

ときおり【時折】（副）有時,偶爾（＝ときどき）；☆時折小雨がぱらつく／偶爾下小雨。②

とぎかい【都議会】（名）東京都議會；～ぎいん【都議会議員】（名）都議會議員。②

ときかた【解き方】（名）①說明（解釋）的方法；☆問題の解き方がわからない／不懂問題的解釋方法；②〔數〕解題法；③〔縫級〕拆法。③④

ときき・せる【説き聞かせる】（他下一）

說給…聽；☆生徒に説き聞かせる／說給
學生聽。[0]

ときぐし【解き櫛】（名）寬齒梳子。[2]

ときしも【時しも】（副）〔文〕正在那時
（＝おりしも）；☆時しも春の半（なか
）ば／時正仲春；～あれ【時しもあれ】
（副）就在那個時候。[2]

ときすす・める【説き勧める】（他下一）
勸說；囡ときすすむ（下二）。[0][5]

とぎすま・す【研ぎ澄ます】（他五）①磨
快；☆研ぎ澄ました刀／磨快了的刀；②
擦亮；☆研ぎ澄ました鏡のような月／像
擦亮了的鏡子一般的月亮；③〔轉〕使敏
銳；☆研ぎ澄ました神經／敏銳的神經[0]

とぎたて【研ぎ立て】（名）剛磨過（的東
西）；☆研ぎ立ての剃刀（かみそり）／
剛磨過的剃刀。[0]

ときたま【時偶】（副）有時，偶爾（＝と
きどき、おりおり、たまに）；☆ときた
ま映画を見に行く／有時去看電影。[0]

どぎつ・い（形）非常強烈的，給人以強烈
印象的；☆どぎつい化粧／濃粧；☆どぎ
つい色合いの洋服／顏色刺目的西裝。[0]

どきつ・く（自五）心跳，心嘭嘭地跳；☆
気が弱いから僅かのことにすぐ胸がどき
つく／因為膽子小有一點小事就心裏嘭嘭
地跳。[0]

ときつ・ける【説き付ける】（他下一）說
服，勸說；☆入会するように説き付ける
／勸說入會；囡ときつく（下二）。[0]

*ときどき【時時】Ⅰ（名）每個季節（時期）
；☆時々の草花／每個季節的花草；Ⅱ（
副）時常，常常（＝おりおり）；☆時々
彼と会う機会がある／常有和他見面的機
會。[4][0]

どきどき（副・自サ）（心）撲通撲通地跳
；忐忑不安；☆心臓がどきどきする／心
撲通撲通地跳；☆初めて舞台に出たので
胸がどきどきした／因為初次登臺心撲通
撲通地跳。[1]

ときとして【時として】（副）偶爾，有時
（＝たまに）；☆丈夫そうに見えるが時
として病気になることもある／看來像很
結實但有時也生病。[2]

ときなし【時無し】（名）①沒有準時候，
總（＝いつも）；②←ときなしだいこん
；～だいこん【時無大根】（名）〔植〕
（四季都能種的）細白蘿蔔。[0]

ときならぬ【時ならぬ】（連體）〔文〕意
外的；不合季節的；☆時ならぬ物音に一
同はっとした／發出意外的響聲大家嚇了
一跳；☆時ならぬ時に来るから驚いたよ
／因為在意外的時候來了所以嚇了一跳[4]

*ときに【時に】（接）〔談話中途另換話題
時〕可是（＝ところで）；☆ときに彼は
近頃元気ですか／可是，他近來好嗎？☆
時に一件はどんなことになっていますか
／可是，那件事怎樣了？[2]

ときのうん【時の運】（連語・名）時運，
運氣。[4]

ときのこえ【鬨の声】（連語・名）吶喊聲
（＝とき）；☆鬨の声をあげる／發出吶
喊聲。[4]

ときのま【時の間】（名）〔文〕一會兒，
瞬間；☆彼は時の間も休まない／他一會
兒也不休息；☆試合の情勢は時の間に逆
転した／比賽的情況轉瞬間就倒過來了[0]

ときはな・す【解き放す・解き離す】（他
五）解開，放開；☆犬は解き放してはい
けない／別把狗放開。[0]

ときふ・せる【説き伏せる】（他下一）說
服，駁倒；☆人に説き伏せられる様な人
じゃない／不是能叫人說得服的人；囡と
きふす（下二）。[0][4]

どぎまぎ（副・自サ）慌張，慌神；☆どな
りつけられてどぎまぎする／挨了罵慌神
了。[1]

ときめか・す（他五）興奮，緊張，（用於
興奮、緊張等）（心）撲通撲通地跳；☆
胸をときめかして開幕を待つ／心撲通撲
通地等待拉幕。[4]

ときめき（名）（心）跳動；☆胸のときめ
きを覚える／覺得心跳。[4][0]

ときめ・く【時めく】（自五）顯耀一時，
當權；時運亨通；☆今を時めく政治家／
當權的政治家。[0]

ときめ・く（自五）激動，心跳；☆入学の
喜びに胸がときめく／因為入學的歡喜而
心情激動。[3]

どぎも【度胆】（名）膽（＝きも）；◇度
胆を抜く／使大吃一驚，嚇破膽子；☆敵
の度胆を抜く／嚇破敵人的膽子。[0]

ドキュメンタリー【documentary】（名）
〔電影〕記錄片。[3]

ドキュメント【document】（名）記錄，
文件。[1]

どきょう【度胸】（名）膽量；☆男は度胸
／男人要有膽量；☆度胸のある（坐っ

た）人／有膽量的人；～だめし【度胸試し】（名）試膽量。[1]

どきょう【読経】（名・自サ）〔佛〕唸經；☆読経する声が聞こえる／聽見唸經聲。[1]

ときょうそう【徒競走】（名）賽跑（＝かけっこ）。[2]

どきり（副）→どきん。[2][3]

とぎれ【跡切れ】（名）中斷，間斷；☆音楽のとぎれめに解説が行なわれる／音樂中止時進行解說；☆車の往来のとぎれを見て道を横断する／乘着沒有汽車通行時横穿馬路；～とぎれ【跡切れ跡切れ】（名・副）斷斷續續地；☆脈が跡切れ跡切れに打った／脈斷斷續續地跳。[3]

とぎ・れる【跡切れる】（自下一）中斷；☆談話が跡切れる／談話中斷；図とぎる（下二）。[3]

ときわ【常磐】（名）〔文〕永恒不變；～ぎ【常磐木】（名）（松柏類的）常綠樹。[0]

ときわ・ける【解き分ける】（他下一）梳開，分開；☆髪をきれいに解き分ける／把頭髮分得整整齊齊；図ときわく（下二）。[4]

ときん【鍍金】（名・自サ）鍍（＝めっき）；☆銀で鍍金した食器／鍍銀的餐具。[0]

どきん（副）嚇一跳（＝どきり）；☆胸がどきんとした／嚇了一跳。[2]

***と・く**【溶く】Ⅰ（自下二）〔文〕→とける；Ⅱ（他五）溶解，化（＝とかす，ゆるめる）；☆小麦粉を水で溶く／用水合麵☆絵の具を油で溶く／用油溶解顔料[1]

***と・く**【解く】Ⅰ〔文〕（自下二）→とける；Ⅱ（他五）①解，解開（＝ほどく）；☆靴の紐（ひも）を解く／解開鞋帶兒；②拆，拆開；☆着物を解いて洗い・張りする／拆衣服漿洗；③解除；☆戒厳令を解く／解除戒嚴令；④廢棄；☆保険の契約を解く／廢棄保險契約；⑤解職；☆出張所長の任を解く／解除（撤銷）辦事處長職務；⑥解答，釋明；☆この式を解きなさい／解答這個算式；⑦解釋；☆弁明して誤解を解くべきだ／應該說明把誤會解釋開；⑧梳，梳頭；☆髪を解く／梳頭。[1]

と・く【熔く・鎔く】Ⅰ〔文〕（自下二）→とける；Ⅱ（他五）熔化（＝とかす）；☆高熱で鉄鉱を鎔く／用高熱化鐵。[1]

***と・く**【説く】（他五）説明；☆理由を説く／說明理由；☆詳しく説く／細說；②勧説，説服（＝さとす）；☆人を説いて承知させる／勸說叫他答應；③宣傳，提倡；☆彼はいつでも運動と新鮮な空気のよいことを説いていた／他常常宣傳運動和新鮮空氣的好處。[1]

とく【疾く】（副）〔文〕早，快；趕緊（＝はやく、きゅうに）；☆私は疾くから来て待っている／我早就等着呢；～に【疾くに】（副）老早，早就（＝すでに、はやく）；☆僕は疾くに来た／我早就來了；☆御芳名は疾くに承っております／久仰大名。[1]

とく（補動五）〔俗〕…起，…下，…起來（＝ておく）；☆取っとく／收下，收起（＝とっておく）；☆置いとく／放置（＝おいておく）；☆買っとく／買下。

***とく**【得】（名・自他サ）①賺頭，利益（＝もうけ）；☆得するばかりで損はない／只會賺錢不會賠錢）；②便宜，合算，有利；☆こっちの道を行く方が近い／走這條路近。[0]

とく【徳】（名）①德；☆徳の高い人／德高的人；②恩惠，恩惠；☆彼の徳にあずかった者は少なくない／有不少人受過他的恩德；③利益，便宜。[0]

***と・ぐ**【研ぐ・磨ぐ】（他五）①擦亮；☆銅の鏡を磨ぐ／擦亮銅鏡；②磨快；☆小刀を磨ぐ／磨小刀；③淘；☆米をとぐ／淘米。[1]

ど・く【退く】Ⅰ（自五）躲開，讓開，走開（＝のく）；☆そこをどいてくれ／躲開那裏；Ⅱ（他下一）〔文〕→どける[0]

***どく**【毒】（名）①毒，有毒；☆酒は飲みすぎると毒になる／喝酒過多有害；②毒藥；☆毒を飲む／服毒；☆毒を盛る／下毒；③病毒；☆傷口から毒がはいった／從傷口進了毒；④毒害，無益；☆この本は子供には毒だ／這本書對小孩無益，小孩不宜看此書；◊毒にも薬にもならぬ／既無害也無益；毒を食わば皿まで／一不做，二不休；毒を以って毒を制す／以毒攻毒。[2]

どく【独】（名）①〔文〕獨身（＝ひとりもの）；②〔地〕德國（＝ドイツ）；☆独和辞典／德日辭典。[1]

ど・く（補動・五）〔俗〕…起，…起來（＝でおく）；☆積んどく／堆起（＝つんでおく）。

とくい【特異】（形動ダ）①異常，特別；☆特異な体質／特別的體質；②非凡，卓越；☆特異な才能を持つ／有非凡的才幹。[0]

*とくい【得意】（名・形動ダ）①得意，心滿意足；☆彼は今得意の絶頂にある／他現在得意到極點了；↔しつい（失意）；②揚揚得意，趾高氣揚；☆彼は褒められてすこぶる得意になっている／他受到誇獎後很揚揚得意；③拿手，有把握（えて）；☆得意の隠し芸をやる／表演拿手玩藝兒；☆彼は数学が得意だ／他對數學有把握；④主顧，顧客；☆長年のお得意／多年的主顧；☆あの家はうちの店のお得意です／那一家是我們的店的お得意です；〜がお【得意顔】（名）得意的面孔，滿面春風；〜げ【得意げ】（形動ダ）揚揚得意的樣子；☆得意気に成功談をする／很得意的樣子談成功的經過；〜さき【得意先】（名）主顧，顧客；〜まんめん【得意満面】（連語・名）非常得意的樣子。[2][0]

どくえき【毒液】（名）毒液。[2][0]

どくえい【独泳】（名・自サ）自己一個人游泳。[0]

どくえん【独演】（名・自サ）一個人演出；☆落語（らくご）を独演する／說單口相聲；〜かい【独演会】（名）單獨演出會。[0]

どくが【毒牙】（名）①〔文〕毒牙；②毒手，惡毒手段；☆毒牙にかかる／遭受毒手（陷害）。[2][1]

どくが【毒蛾】（名）〔動〕毒蛾。[2]

とくがく【篤学】（形動ダ）篤學，好學；☆篤学の士／篤學之士。[0]

*どくがく【独学】（名・自サ）獨自學習，自學，自修；☆独学して大卒同等の資格を得た／自學取得了大學畢業同等的資格；☆独学でドイツ語を学ぶ／自學德語[0]

どくガス【毒瓦斯】（名）毒氣，毒瓦斯；〜だん【毒瓦斯弾】（名）毒氣彈。[0]

とくがわじだい【徳川時代】〔史〕←えどじだい（江戸時代）。[5]

とくがわばくふ【徳川幕府】（名）〔史〕←えどばくふ（江戸幕府）。[5]

どくがん【独眼】（名）〔文〕一隻眼（＝かため）；〜りゅう【独眼竜】（名）〔文〕①獨眼英雄；②伊達正宗（＝だてまさむね）的綽號。[0]

とくぎ【特技】（名）特別技能（技術）；☆特技を持つ／有特別技能。[1]

とくぎ【徳義】（名）道義；☆徳義上の問題／道義上的問題；〜しん【徳義心】（名）道義心。[2][1]

どくぎん【独吟】（名・自サ）〔文〕①一人吟誦；②獨自作詩。[0]

どくぐち【毒口】（名）惡毒的話；☆毒口をきく／說惡毒的話。[2]

どくけ【毒気】（名）①有毒成分；☆ガスの毒気に当たって気絶した／中煤氣毒而昏倒；②病毒；☆毒気のあるからだ／有病毒的身體；③討人嫌，惡意；☆毒気のない人／不討厭的人；☆毒気を含んだ言い方／含有惡意的説法。[3]

どくけし【毒消し】（名）解毒劑。[4][3]

どくご【読後】（名）〔文〕讀後；☆この本の読後の印象はいかがですか／您讀完這本書後印象如何了？[0]

どくご【独語】（名・自サ）①自言自語，☆ぶつぶつと独語する／嘟嘟囔囔地自言自語；②德語（＝ドイツご）。[0]

どくざ【独坐】（名・自サ）〔文〕獨坐；☆独坐して瞑想に耽（ふけ）る／獨坐瞑思。[1]

どくさい【独裁】（名自サ）①獨斷，獨行；☆独裁ではうまく行くはずがない／獨斷獨行絕好不了；②獨裁，專政；☆軍人の独裁／軍人專政。[0]

とくさく【得策】（形動ダ）有利的方策，上策；☆その方法が得策と思う／我認為那種方法是上策。[0]

どくさつ【毒殺】（名・他サ）毒殺，毒害；☆ソクラテスは毒殺された／蘇格拉底是被毒死的。[0]

とくさん【特産】（名）特產；〜ぶつ【特産物】（名）特產品。[0]

とくし【特使】（名）特使；☆外国へ特使を派遣する／派遣特使到外國去。[0]

とくし【篤志】（名）①慈善心，仁慈心；☆あの人は篤志家だ／他是個慈善家；②熱心協助；☆篤志の方の御協力を願います／請熱心之士予以幫助。[0][1]

*どくじ【独自】（形動ダ）獨自，個人；☆独自の見解／獨自（個人）的見解[1][0]

とくしつ【特質】（名）特質，特徵；☆日本文化の特質を研究する／研究日本文化的特徵。[0]

とくしつ【得失】（名）得失，利害；☆得失を考える／考慮得失。[0]

とくじつ【篤実】（形動ダ）篤實；誠實；☆温厚（且つ）篤実の（な）青年／温厚（而且）誠實的青年。◎

とくしゃ【特赦】（名・他サ）〔法〕特赦；恩赦；☆特赦により出所する／因特赦出獄。①◎

とくしゃ【特写】（名・自サ）〔文〕特別拍照（的相片）。◎

*どくしゃ【読者】（名）讀者（＝よみて）；☆この雑誌は読者層が広い／這份雜誌讀者的範圍很大。①

どくじゃ【毒蛇】（名）〔動〕毒蛇；◇毒蛇の口／〔喩〕災難臨頭。①

どくしゃく【独酌】（名・自サ）自酌自飲；☆独酌で酒を飲む／自斟自飲。◎

*とくしゅ【特殊】（名・形動ダ）特殊；特別；☆特殊の方法／特殊的方法；☆特殊な措置／特殊的措施；～いんしょくてん【特殊飲食店】（名）有女招待的飲食店；～こう【特殊鋼】（名）特種鋼～とりあつかいゆうびん【特殊取扱郵便】（名）特別郵件（如掛號信、快信、代收價款等）①◎

とくしゅ【特種】（名・形動ダ）特別類型；特種的頭痛／特別類型的頭痛。◎

とくじゅ【特需】（名）特需,軍事方面的需要；☆特需景気／因特殊軍需所引起的市面繁榮。①

どくしゅ【毒手】（名）①毒手；☆敵の毒手にかかって死ぬ／被敵人弄死；②毒辣手段；☆悪漢の毒手に陥る／陷入悪漢的毒計。①

どくしゅ【毒酒】（名）〔文〕毒酒。◎

とくしゅう【特集・特輯】（名・他サ）專刊,專集；☆スポーツ番組（ばんぐみ）を特集する／特輯運動比賽節目（表）◎

どくしゅう【独修】（名・他サ）〔文〕自己練習；☆ギターを独修する／自己練習吉他。◎

どくしゅう【独習】（名・他サ）〔文〕自學；☆ドイツ語を独習する／自學德文◎

とくしゅつ【特出】（名・自サ）出衆,超羣；☆彼の声は多くの人のなかで特出している／他的聲音出衆。◎

とくしょ【読書】（名・自サ）→どくしょ◎

*どくしょ【読書】（名・自サ）看書,閲讀；☆静かに読書する／靜靜地看書。①◎

とくしょう【特賞】（名）特奬；☆福引の特賞が当たった／中了彩票的特奬。◎

どくしょう【独唱】（名・自サ）獨唱（＝ソロ）；↔がっしょう（合唱）。◎

*とくしょく【特色】（名）特色,特徵；特點；☆各人の特色を発揮する／發揮各自的特點；～づ・ける【特色づける】（他下一）賦予特點,使突出。◎

とくしん【得心】（名・自サ）徹底了解；満足,同意；☆得心の行くまで／直到徹底了解爲止；～ずく【得心尽く】（名）經過（雙方）同意；☆得心ずくで離婚する／經雙方同意後離婚。◎③

*どくしん【独身】（名）獨身,單身（＝ひとりもの）；☆一生独身で暮らすつもりです／打算終身不結婚。◎

とくしんじゅつ【読唇術】（名）讀唇術,視話,觀唇識意，（看說話人的唇動而理解其所說的話的一種方法）。③

どくず（づ）・く【毒突く】（自五）大罵, 狠罵,咒罵；☆ごろつきが毒突いて帰って行った／流氓咒罵了一頓回去了。③

とく・する【得する】（自五）賺,上算,佔便宜（＝もうける）；☆得しようと損しようと構わない／（我）上算不上算都沒關係；☆早く準備をしていて得した／因爲早就作好準備佔了便宜；図とくす（サ）①

どく・する【毒する】（他サ）〔文〕毒害；☆このような小説は青年を毒するものだ／這種小說毒害青年；図どくす（サ）③

とくせい【特性】（名）特性（質）；☆この品は熱に強いという特性がある／這種東西的特性是耐熱。◎

*とくせい【特製】（名・他サ）特製；☆注文（ちゅうもん）により特製した品です／是根據訂貨特製的東西；☆本社特製の化粧品／本公司特製的化粧品。◎

とくせい【徳性】（名）德性；☆徳性を養う／涵養德性。◎

とくせい【徳政】（名）①德政；☆徳政を行なう／施行德政；②（鎌倉末期至室町時期所行的）債務豁免令。◎

どくせい【毒性】（名）毒性,毒質。◎

とくせつ【特設】（名・他サ）特設；☆特設売り場／特設售貨處。◎

どくぜつ【毒舌】（名）挖苦話,刻薄話；☆毒舌を振るう／大肆挖苦話。◎

とくせん【特選】（名・他サ）特別選出（的東西）；☆特選した新柄を展覧する／展覧特選的新花樣的布料。◎

どくせん【独占】（名・他サ）①獨佔（＝ひとりじめ）；☆一室を独占している／

獨占一間屋子；②〔經〕壟斷；☆独占資本主義／壟斷資本主義；〜じぎょう【独占事業】（名）壟斷事業；〜てき【独占的】（形動ダ）獨占性的，壟斷性的。◎

どくぜん【独善】（名）〔文〕①自私；☆その考えは独善過ぎる／那種想法過於自私；②自以為是（＝ひとりよがり）；☆彼は独善に陥っている／他犯了自以為是的毛病；〜しゅぎ【独善主義】（名）自以為是主義。◎

どくせんじょう【独擅場】（名）只顯一個人的場面（＝ひとりぶたい）；☆その芝居（しばい）は彼の独擅場である／那齣戲數他演得好；☆この研究発表会は彼の独擅場の感がある／這次研究報告會大有被他一人獨占之慨。

どくそ【毒素】（名）〔文〕毒素；腐敗毒素；☆腐った肉の毒素により中毒を起こす／由於腐肉的毒素而（引起了）中毒①

どくそう【毒草】（名）毒草；☆毒草を見わける／辨別毒草。

どくそう【独奏】（名・他サ）獨奏（＝ソロ）；☆ピアノを独奏する／獨奏鋼琴；↔がっそう（合奏）。◎

*どくそう【独創】（名・他サ）獨創；☆独創性に富んだ工芸作品／富於獨創性的工藝品；〜てき【独創的】（形動ダ）獨創性的。◎

どくそう【独走】（名）一個人跑；☆最後の一周は彼の独走の観があった／（因其他選手遠遠落在後邊）最後的一圈大有他一人在跑的情形；☆一路独走を続ける／一路領先。◎

とくそく【督促】（名・他サ）催促；☆借金を支払うように督促する／催促還債；☆督促の手紙を書く／寫催促信。◎

ドクター【doctor】（名）①博士；〜コース【doctor coarse】（名）博士課程，②醫生（＝ドクトル）；〜ストップ【doctor stop】（名）選手遭受嚴重打擊時裁判得請醫生提供意見。醫生認定不能繼續比賽時裁判裁定對方獲勝；☆酒は、ドクターストップがかかっている／醫生禁止我喝酒。①

とくたい【特待】（名・他サ）〔文〕（享受免費等）特別待遇，優待；〜せい【特待生】（名）優待生。

とくだい【特大】（名）特別大（的東西），特大號；☆特大の帽子を買う／買特大

號的帽子。◎

どくたけ【毒茸】（名）毒菌，毒蘑菇②③

とくだね【特種】（名）特別消息；特訊，特稿（＝スクープ）；☆特種を出す（載せる）／登載特別消息。

どくだみ【蕺菜】（植）蕺菜。◎

どくだん【独弾】（名）〔樂〕鋼琴獨奏；↔れんだん（連弾）。◎

どくだん【独断】（名・他サ）獨斷，擅專；☆独断で決める／擅自決定；〜せんこう【独断専行】（名・自サ）獨斷獨行◎

どくだんじょう【独壇場】（名）〔文〕〔どくせんじょう〕之訛。

とぐち【戸口】（名）房門口；☆戸口に立つ／站在門口。①◎

どくち【毒血】（名）毒血。◎③

*とくちょう【特長】（名）特長，優點；☆彼の特長は理解力がある点だ／他的特長是理解力強。◎

*とくちょう【特徴】（名）特徵，特色。◎

*とくてい【特定】（名・他サ）特別指定；☆特定の個人に宛てた手紙／寄給特別指定的個人的信。◎

とくてん【特典】（名）①特典；②特權；☆学生には図書借り出しの特典がある／學生享有借書的特權。◎

とくてん【得点】（名）（學習、競賽等的）得分；☆試験の得点が気になる／擔心考試的分數；☆両軍の得点の差が大きくなった／兩隊的得分大見懸殊起來。◎③

とくでん【特電】（名）專電；☆中央通信社特電／中央社專電。◎

とくと【篤と】（副）好好地，認真地；審慎地（＝よくよく、とっくり）；☆篤と考える／好好地考慮。①

とくど【得度】（名・自サ）〔佛〕出家；☆彼は若くして得度した／他年紀輕輕的出了家。①

とくとう【禿頭】（名）禿頭（＝はげあたま）；〜びょう【禿頭病】（名）禿頭病◎

とくとう【特等】（名）特等；☆特等（の）席／特等座。◎

とくとく（副）嘩嘩地（液體從小口容器向外滾流貌）；☆酒樽（さかだる）の栓を抜くと、とくとく（と）酒が出る／一拔開酒桶的塞子酒就往外嘩嘩地流。①

とくとく【得得】（形動タルト）得意地，揚揚得意地；☆外遊談を得々と話す／得意揚揚地談出國旅行的情形；☆彼は得々

と

としている／他揚揚得意。◎④

*どくとく【独特・独得】（形動ダ）獨特；
☆独特の方法／獨特的方法；☆日本酒の
独特の風味／日本酒的獨特風味。◎

どくどく（副）咕嚕咕嚕；☆傷口から血が
どくどく（と）流れ出ている／血從傷口
咕嚕咕嚕地流出來（…流得很多）。①

どくどくし・い【毒毒しい】（形）①似乎
有毒的☆この茸（きのこ）はいかにも
毒毒しい／這個蘑菇好像有毒；②悪毒的
，兇惡的；充滿悪意的（＝にくにくしい）
；☆毒毒しい物の言い方をする／說話惡
毒；☆毒毒しい顔付／兇狠的面貌；③（
顔色）濃艶的（＝けばけばしい、しつこ
い）；☆毒毒しい色の口紅（くちべに）
／過於鮮艶的口紅；図どくどくし（形シ
ク）；～げ【毒毒しげ】（形動ダ）兇狠
的，悪毒的；☆毒毒しげに笑う／獰笑；
～さ【毒毒しさ】（名）悪毒，兇狠。⑤

ドクトリン【doctrine】（名）①教義，教
理；②主義；☆アイゼンハワードクトリ
ン／艾森豪威爾主義。

ドクトル【徳Doktor】（名）＝ドクター①

*とくに【特に】（副）特，特別（＝とりわ
け、ことさら）；☆特にこの事に注意し
てもらいたい／請特別注意此事。①

とくのう【篤農】（名）熱心於農業生産的
人。◎

とくは【特派】（名・他サ）特別派遣；☆
海外に記者を特派する／向國外特派記者
；～いん【特派員】（名）特派員；～ぜ
んけんこうし【特派全権公使】（名）特
派全権公使；～ぜんけんたいし【特派全
権大使】（名）特派全権大使。◎

どくは【読破】（名・他サ）讀完（＝よみ
とおす）☆上下二巻を今読破した／現在
看完了上下二巻。①

*とくばい【特売】（名・他サ）①賣給特別
指定的人；②特別賤賣；☆特売品売り場
／廉價品售貨處。◎

どくはく【独白】（名・自サ）（副）獨白
，自言自語（＝ひとりぜりふ、モノロー
ク）；☆ハムレットの独白は有名だ／哈
姆雷特的獨白是有名的。◎

*とくひつ【特筆】（名・他サ）特書，特別
寫；☆この点は大いに特筆する価値があ
る／這一點值得大書特書。◎

どくひつ【毒筆】（名・他サ）悪毒的筆鋒
；悪毒的文章；☆毒筆をふるう／玩弄悪

毒的筆鋒。◎

とくひょう【得票】（名・他サ）得票；☆
得票数を計算する／計算得票數。◎

どくぶつ【毒物】（名）毒物，毒藥；☆酒
に毒物を混（こん）じて毒殺を企（たく
ら）む／放毒藥於酒內企圖謀害。◎

とくぶと【特太】（名）特別粗（的東西）◎

*とくべつ【特別】（形動ダ）特別，格外；
～あつかい【特別扱い】（名）特別辦理
（待遇）；～きゅうこう【特別急行】（
名）特別快車。◎

どくへび【毒蛇】（名）毒蛇（＝とくじゃ）③

とくほう【特報】（名・他サ）特別報導；
☆オリンピックのニュースを特報する／
特別報導奧林匹克的消息。◎

とくぼう【徳望】（名）德望；☆徳望の高
い人／有德望的人。◎

どくぼう【独房】（名）單身牢房；☆女囚
を独房に入れる／把女犯人關在單身牢房
裡。◎

とくほそ【特細】（名）特別細（的東西）
（＝ごくほそ）。◎

とくほん【読本】（名）讀本；☆英語の読
本／英語讀本。◎

ドグマ【dogma】（名）①教義，教理；☆
キリスト教のドグマ／基督教的教義；②
獨斷，專斷；☆君はドグマに陥っている
／你在犯獨斷的毛病。①

どくみ【毒味・毒見】（名・他サ）①試毒
，預先嘗食是否有毒；②嘗嘗（菜的）鹹
淡，☆ちょっと毒味する／稍微嘗嘗鹹
淡。③

とくむ【特務】（名）〔文〕特別任務；～
きかん【特務機関】（名）特務機關；～
じゅんさ【特務巡査】（名）特務警察；
（刑警，保安隊的警察等）。①②

どくむし【毒虫】（名）毒蟲；☆毒虫に刺
された／被毒蟲螫了。◎

とくめい【特命】（名）〔文〕特別命令，
特別任命；☆首相の特命を受けて渡欧す
る／接受總理的特別命令到歐洲去；～ぜ
んけんたいし【特命全権大使】（名）特
命全権大使，特使。◎

とくめい【匿名】（名）匿名；☆匿名の手
紙／匿名信。◎

とくめん【特免】（名・他サ）特別允許，
特別批准；特別免税；～ひん【特免品】
（名）特別免税品。◎

どくや【毒矢】（名）毒箭。②

とくやく【特約】（名・自サ）特約，特別
約定；☆製作所と特約して一手販売する
／和製造廠訂下特約包銷。[0]

どくやく【毒薬】（名）毒薬；☆毒薬を飲
んで自殺する／服毒自殺。[0]

とくゆう【特有】（形動ダ）特有；☆特有
の本能／特有的本能；☆特有の風味／特
有的風味；～せい【特有性】（名）特性[0]

とくよう【特用】（名）特別（特殊）使用
；～さくもつ【特用作物】（名）（食用
以外的）特種作物（指烟、茶、桑、棉
等）。[0]

とくよう【徳用】（名・形動ダ）價廉而適
用，經濟；☆こちらの品の方が徳用だ
／這一路貨經濟；～ひん【徳用品】（名）
經濟貨品，實用號。[0]

とくり【徳利】（名）①酒壺（＝とっくり）
；☆徳利で燗（かん）をつける／用酒壺
燙酒；②〔俗〕不會游泳的人（＝かなづ
ち）；☆僕は徳利だ／我不會游泳。[0]

*どくりつ【独立】（名・自サ）獨立；～か
おく【独立家屋】（名）孤立房屋，獨門
獨院的房屋（＝いっこだち）；～こく【
独立国】（名）獨立國；～どっぽ【独
立独歩】（名）①獨立自主；②卓越，超
羣。[0]

*どくりょく【独力】（名・副）單獨；☆独
力でやる／獨幹。[0]

とくれい【特例】（名）①特別的例子，例
外；②特別的條例。[0]

とくれい【督励】（名・他サ）督促，鼓勵
，激勵；☆部下を督励して仕事を急がす
／鼓勵部下加緊工作。[0]

とぐろ（名）①〔蛇〕盤繞，捲成一團；
☆蛇がとぐろを巻いてじっとしている／
蛇盤成一團一動也不動；②〔壊人等〕盤
據；☆街の不良どもが駅前でとぐろを巻
いている／街道的流氓們盤據在火車站
前。[3][0]

どくろ【髑髏】（名）髑髏，骷髏（＝され
こうべ）；☆海賊船が髑髏のマークをつ
けている／海盜船上畫着骷髏標記。[1]

*とげ【刺・棘】（名）①〔植〕刺；☆サボ
テンの刺／仙人掌的刺兒；②刺；☆指に
刺が刺さった（立った）／手指上扎了刺
兒；③〔轉〕（說話）尖酸；☆刺のある言
葉／帶刺兒的話。[2]

とけあ・う【解け合う】（自五）①融洽；
☆互の心が解け合う／彼此融洽；②（互

相協商）解除契約；☆双方で解け合って
解約した／雙方協商後解除了契約。[0]

*とけい【時計】（名）鐘，錶；☆時計のね
じを巻く／上錶（絃）；☆腕（懐中）時
計／手（懐）錶；☆杜時計（はしらどけ
い）／掛鐘；☆オルゴール時計／音樂
鬧鐘；☆めざまし時計／鬧鐘；☆時計を
合わせる／對時。[0]

とけいそう【時計草】〔植〕西番蓮（＝パ
ッションフラワー）。[0]

どげざ【土下座】（名・自サ）跪在地下，
坐在地下；☆土下座をして殿様（とのさ
ま）のお通りを迎えた／跪在地下迎接王
爺通過。[0]

とげだ・つ【刺立つ】（自五）①扎刺；②
說話有稜角，話裏帶刺兒。[3]

とけつ【吐血】（名・自サ）吐血。[0]

とげとげし・い【刺刺しい】（形）（說話）
帶刺兒的，不和藹的；☆店員が刺刺しい
口調で応答した／售貨員用帶刺兒的口氣
回答；～さ（名）。[5]

*と・ける【溶ける】（自下一）溶化；☆塩
は水に溶ける／鹽在水中溶化；図とく（
下二）。[2]

*と・ける【解ける】（自下一）①解，開（
＝ほどける）；☆靴の紐が解ける／鞋帶
兒開了；②消；☆怒りが解けた／氣兒消
了；③解除；☆明日限りで契約が解ける
／合同現了明天就失效了；☆禁が解ける
／禁令解除；④解決；☆難しい問題が解
けた／難問題解決了；☆謎（なぞ）が解
けた／謎兒猜着了；図とく（下二）。[2]

*と・ける【融（解）ける】（自下一）融化
；☆雪が融けた／雪化了；☆口に入れる
と溶ける／放入嘴裡就化図とく（下二）[2]

*と・ける【鎔（熔）ける】（自下一）（金
屬等）熔化（＝とろける）；☆鉛は熱す
ると鎔ける／鉛一加熱就化；図とく（下
二）。[2]

*と・げる【遂げる】（他下一）達到，完成
（＝なしはたす）；☆望みを遂げる／達
到希望；☆戦死を遂げる／陣亡；図とぐ
（下二）。[2]

と・ける【退ける】（他下一）挪開，移開
（＝のける）；☆車が通るからそこの荷
物をどけてくれ／車要過了，把那裏的東
西挪開吧；図どく（下二）。[0]

どけん【土建】（名）土木建築；～ぎょう
【土建業】土木建築業；☆土建業をやっ

ている／搞土木建築。◎

一とこ【所】（造語）所，處，☆二（ふた）とこ／兩處。

*とこ【床】（名）①寢床，被窩（＝ねどこ）；☆床につく／就寢；②病倒，病臥；☆床をとる／舖被；☆床をたたむ／，床をあげる／疊起被褥；②地板（＝ゆか）；③（草蓆的）襯墊（＝たたみのしん）；☆この畳は床が悪い／這蓆子的襯墊不好；④河床；☆河川の床を掘り下げる／挖河床；⑤苗床（＝なえどこ）；⑥←とこのま（床の間）。

とこ【所】〔（ところ）的略語〕地方（＝ところ）；☆あぶらの多いとこを下さい／（買肉時）我要肥的。②

*どこ【何処】（代）何處，哪裏。①

とこあげ【床上げ】（名）（病癒或産後的）起床；☆医者から許しが出て床上げをする／得到大夫許可可起床；☆床上げの祝いに赤飯を配る／祝産後起床分送小豆飯。◎

どこいら【何処いら】（代）〔俗〕哪裏（＝どこら）；☆この学校の生徒はどこいらへんから通（かよ）って来ますか／這所學校的學生是從哪一帶來上學？①

とこいり【床入り】（名・自サ）①就寢；②（新婚夫婦）入洞房，圓房。◎

とこう【渡航】（名・自サ）〔文〕出洋，出國；☆ヨーロッパへ渡航する／往歐洲去；☆渡航手続き／出國手續。◎

どごう【土豪】（名）〔文〕土豪。◎

どごう【怒号】（名・自サ）〔文〕怒號，怒吼；☆群衆が怒号している／大衆怒喊。◎

とこかざり【床飾り】（名）壁龕裝飾；☆お正月が来るので床飾りをする／因為新年快到了，把壁龕裝飾一下。③

とこし（な）えに（副）〔文〕永遠，永久；☆諸君の幸福がとこしえに続くように祈ります／祝諸位永遠幸福。◎

とこずれ【床擦れ】（名・自サ）〔醫〕（因久病生的）褥瘡；☆腰が床擦れして痛がる／腰長了褥瘡（病人）叫疼；☆床擦れが出来る／長褥瘡。◎

とこだたみ【床畳】（名）舖在壁龕地板上的蓆子。③

とことこ（副）撲通撲通地（急步快走貌）；☆とことこと歩いて来た／撲通撲通地走來。①

どことなく【何処と無く】（副）（不能明確指出，但）總覺得，總有些，好像似（＝なんとなく）；☆どことなく憂いを含んでいる顔／看來似乎愁眉不展的樣子；☆あの娘はどことなく愛嬌がある／那個女孩子長得很撩人（可愛）。④

とことん（名）〔俗〕最後，底（＝どんづまり）；☆とことんまでやる／幹到底，徹底做；☆とことんまでやらないと気がすまない／不到黄河心不死。③

とこなつ【常夏】（名）①（四季）常夏；☆常夏の国ハワイ／常夏之國──夏威夷；②〔植〕石竹（的一變種）。

とこのま【床の間】（名）（日本式客廳裏面靠牆處地板高出，以柱隔開，用以陳設花瓶等裝飾品，牆上掛畫的一塊地方）壁龕；☆床の間に菊を生ける／在壁龕裏擺上插有鮮菊花的花瓶。◎

とこばしら【床柱】（名）壁龕的柱子。③

とこばなれ【床離れ】（名・自サ）①起床；☆床離れの悪い子／懶得起床的孩子；②（病癒後）起床；☆病人が床離れする／病人起床。③◎

*とこや【床屋】（名）理髮廳；理髮匠；☆床屋へ散髪に行く／到理髮廳去理髮。◎

どこやら【何処やら】（副）不知哪裏，不知甚麼地方，有一個地方（＝どことなく）；☆体がどこか悪いようだ／似乎身體有個地方不舒服；☆どこやらで歌声がする／有地方在唱歌。①

どこら【何所ら】（代）哪兒，哪裏（＝どこいら）；☆あの船は今ごろどこら（へん）を走っているかしら／那隻船現在也不知道開到哪兒了。①

*ところ【所・處】I（名）①處所，地點，位置；☆その店のある所を教えてくれ／請告訴我那個舖子在哪裏；②地方，地區；☆この地方は、りんごの取れる所だ／這個地方是盛產蘋果的地方；③當地，鄉土；☆所の物知りに聞いて見よう／問一問當地的萬事通吧；④住處，住所；☆明日君の所へ行くよ／明天到你那裏去啊；☆所番地を教えて下さい／請告訴我你的住址門牌；⑤家，家庭；☆兄の所に泊まっている／住在哥哥家裏；⑥處，點，部分；☆この小説は終わりの所が面白い／這部小說結尾處有趣；☆彼女にもなかなかいい所がある／她倒也有很可取之處；⑦程度；☆これ位の所で許して下さい

／請原諒，我只能做到這種程度，對不起，我再也無能爲力了；⑧（正當）…時候；☆門を出ようとする所へ郵便屋が書留（かきとめ）を持って来た／剛要走出大門郵差先生送來了掛號信；☆丁度彼も今来た所だ／恰巧他也剛來；☆今の所平穏状態を持続している／現在還維持着平穩狀態；⑨所…；事情；☆彼の言う所は正しい／他所說的對；☆聞く所によれば／據聞，☆私の知る所ではない／非我所知，我哪裏曉得，我可不知道；⑩（只用作連用語）；☆早い所頼む／請快點兒（＝早く頼む）；Ⅱ〔用「…所となる」形表示被動〕；☆人のねたむ所となった／遭人嫉妬；Ⅱ（接助）（意義近似「しかるに、だが」）；☆昨日ピクニックへ行った所、雨に降られて大困りでした／昨天郊遊去遇上了雨，糟透了；☆病人に花を持って行って上げた所大変喜ばれた／給病人送去了（一束）花，把他樂壞了；◇所変われば品変わる／隔道不下雨，十里不同風百里不同俗；一個地方一個樣，所嫌わず／不拘哪裏，到處，所を得る／得其所；〜えがお【所得顔】（名）〔文〕洋洋得意；〜がき【所書き】（名）①記載住址；②住址；☆この所書きは違っている／這個住址（寫得）不對；☆君の所書きを教えてくれ／請把你的住址告訴我；〜がら【所柄】（名）（某）處所、場面的情形、性質；☆所柄を辨えない言動／不適合場面的言行；〜せま・い【所狭い】（連語・形）①地點狹小；②狹窄；〜ちがい【所違い】（連語・名）弄錯地址；☆友人を訪れたが所違いをしたため会えなかった／去訪問友人，只因弄錯了住址未能見省；〜どころ【所所】（名・副）處處，這兒那兒，有些地方（＝あちこち，ここかしこ）；☆店が所所に散らばっている／商店到處散佈着，這兒那兒都有商店；☆警官が所所の町角に立っている／警察在各街角上站着，各個街角上站着警察；☆所所違っている／有些地方錯了；〜ばんち【所番地】（名）地址門牌；☆君の会社の所番地を教えてくださいませんか／請把你的公司的地址門牌告訴我。⓪③

ーどころ【所】（造語）①表示…處，地方；☆つかみどころ／抓頭，抓住的地方；☆まんなかどころ／當中，中間；②產…

的地方；☆米所（こめどころ）／產米的地方。⓪③

どころ【所】（接助）（表示與估計、預料相差很遠或完全相反）（常用「どころか」）①別說…（就連…）；不但…（反倒）；豈止…；☆百円どころか一円もない／別說一百元，就連一文錢也沒有；☆褒められるどころかあべこべに叱られた／不但沒有被誇獎，反倒換了一頓申斥；☆それどころじゃない／豈止是那樣；☆泣くどころの騒ぎではない／豈止哭號起來；②焉能，哪兒能；☆芝居どころか試験前で忙しい／哪裏談到看戲，眼看快要考試，忙得很。

ところえ（へ）【所へ】（接助）正當…時候，剛要…時候；☆出かけようとする所へ／剛要出門的時候。

*ところが【所が】Ⅰ（接）可是，不過（＝しかるに）；☆新聞は軽く扱っていたようだね。所がこれは大事件なんだ／報紙似乎沒有作爲重要消息來登載，不過，這是一件大事；Ⅱ（接助）（雖然…）可是；☆忠告した所が却って恨まれた／勸告了他，可是反倒遭怨了；☆確かめて見た所が、やっぱりそうだった／查對了一番，果然就是那種情形；☆行った所が居なかった／我去了，可是（他）不在。③

*ところで【所で】Ⅰ（接）（突然轉變話題時用之）可是（＝それはそうとして）；☆所で諸君に一つ相談がある／可是我有一件事要和你們商量一下；Ⅱ（接助）縱令，即便；☆損をした所で／縱令賠了錢，即使不合算；☆早く歩いた所で疲れるだけだ／縱令快走，也不過是多累一點（沒有別的好處）。③

ところてん【心太】（名）涼粉，洋粉；〜ぐさ【心太草】（名）〔植〕石花菜。⓪

とさ（感助）據說是（＝ということだよ）；☆あったとさ／據說是有了。

とさいぬ【土佐犬】（名）土佐犬（日本犬和西洋犬雜交的一種猛犬）。⓪

どざえもん【土左衛門】（名）〔俗〕溺死的人；☆土左衛門が上がった／淹死鬼撈上來了。

とさか【鶏冠】（名）〔動〕鶏冠。⓪

どさくさ（名・自サ）忙亂；☆火事のどさくさに紛れて物を偸む人がいる／有人趁着失火忙亂偸東西；〜まぎれ【どさくさ

紛れ】（連語・副）趁着忙亂，趁火打刼；☆どさくさ紛れに悪事を働く／趁着忙亂搞壞事。⓪

とざ・す【鎖す】（他五）①關閉，鎖上；☆門を鎖す／關門，鎖門；②封閉，☆氷に鎖された海／被冰封上的海。②⓪

とさつ【屠殺】（名・他サ）屠殺，宰殺，屠宰；☆牛を屠殺する／宰牛。⓪

とざま【外様】（名）①（武士統治時代）非將軍同族或「譜代」的諸侯，旁系諸侯；②〔轉〕旁系；☆僕は外様だから出世がおそい／我是旁系所以升得慢。⓪

どさまわり【どさ回り】（名）（沒有固定演出場所）在地方巡廻演出的劇團；☆どさ回りの役者／地方巡廻演出的演員。③

とざん【登山】（名・自サ）登山；☆アルプス登山をする／登阿爾卑斯山；～か【登山家】（名）登山專家；～てつどう【登山鉄道】（名）登山鐵路。①⓪

＊とし【年・歳】（名）①年，歲；☆年が暮れる／歲已雲暮，來到年底；☆年を越す／過年；②年齡；☆歲を取る／上年紀；☆年は幾つ／幾歲；☆年のせいで目がよく見えなくなった／由於年齡關係眼睛有點兒不好用了；☆年にしてはふけて見える／按年齡說看來面老；☆八十まで生きれば年に不足はない／若活到八十歲壽命就不算短了；③歲月，光陰；☆年がたつ／歲月變遷，光陰消逝；④年頭，時代；☆こんな年に生れた人／生在這個時代的人；⑤毎年；☆年に一回／毎年一次；⑥〔文〕除夕（＝おおみそか）；☆年の夜／除夕；☆年を守る／守歲；⑦年號；☆年改まる／改元，換年號；來到新年。②

とし（連語・助詞）〔文〕「と」的加強語氣說法。

とし【杜詩】（名）〔文〕杜甫的詩。

＊とし【都市】（名）都市；～けいかく【都市計画】（名）都市計劃；～こっか【都市国家】（名）（古代希臘的）都市國家①

とじ【綴】（名）①〔（とじる）的名詞形〕；②訂（書）；訂的本；☆綴がゆるんだ／訂的本鬆了；☆横綴（よことじ）／橫訂。②

とじ・て【途次】（副）途中（＝みちすがら）；☆上京の途次静岡に立ち寄る／在進京途中到静岡下車（過靜岡時下一下車）①

どじ（名）〔俗〕失策，失敗（＝へま，まぬけ）；☆どじを踏む／失策，搞糟。①

＊としうえ【年上】（名）年長，歲數大；☆彼は私より五つ年上である／他比我大五歲；☆年上の人／年長的人，長輩④

としおとこ【年男】（名）本命年的男子；辦理新年點綴的人；立春前夕撒豆的人；☆兄が年男で豆を撒いた／今年是哥哥的本命年，他撒了打鬼豆（日本人在立春前夕撒豆以驅鬼迎福）。③

としがい【年甲斐】（名）；☆年甲斐もない／（簡直）白活（那麼大歲數）；☆年甲斐もなく喧嘩早くて困ります／白活那麼歲大，動不動就打架，眞沒辦法。③⓪

としかさ【年嵩】（形動ダ）①年長，☆二つ年嵩の兄／大兩歲的哥哥；②年老，上年紀；☆おばあさんは、よほどの年嵩に見えます／老太太看來年紀很高。④⓪

としかっこう【年恰好】（名）大約的年紀；☆四十位の年恰好の男／四十歲左右的人。③

としご【年子】（名）差一歲的孩子，挨肩兒的孩子。②

としこし【年越し】（名・自サ）①過年；☆郷里で年越しをする／在家鄉過年；②除夕；～そば【年越し蕎麦】（名）除夕吃的蕎麵條。④⓪

としごと【年毎】（名・副）毎年，逐年；☆年毎に弱って来る／一年比一年地衰弱起來。②③

とじこみ【綴込み】（名）①〔（としこむ）的名詞形〕；②合訂本；☆新聞の綴込みをつくる／把報紙訂在一起。⓪

とじこ・む【綴じ込む】（他五）①合訂，訂在一起；☆新聞を綴じ込んでおく／把報紙合訂起來；②訂上；☆うしろに白紙を二枚綴じ込む／在後面訂上兩張白紙⓪

とじこ・める【閉じ込める】（他下一）①關在裏面（不讓出來）；☆狂人を閉じ込める／把瘋子關起來；②關在家裏（不能出門）；☆雨で一日中家に閉じ込められた／因爲下雨在家待了一整天，図とじこむ（下二）。⓪④

とじこも・る【閉じ籠もる】（自五）悶坐（家、屋中）；☆家に閉じ籠もってばかりいないでたまには外で遊びなさい／別總悶在家裏，有時也要到外邊玩玩。⓪

としごろ【年頃】（名）①〔文〕多年（以來）；②大約的年齡；☆年頃（は）四十五六の人／四十五六歲的人；☆遊びたいの年頃／貪玩的年齡；②妙齡；☆年頃の

娘／妙齢女郎。◯2

*としした【年下】（名）年幼，（比…）年少；☆姉より三つ年下だ／比姐姐小三歳；☆年下の者をいじめるな／不要欺負年幼的人。◯4

としじろ【綴代】（名）①為了裝訂用而餘出的邊；②裝訂費。4◯2

どしつ【土質】（名）〔文〕①土質；☆土質の悪い畑／土質不好的旱田；②土内含的物質成分；☆土質を検査する／検查土内含的物質（成分）。◯

としつき【年月】（名）①年和月；②歳月，光陰；☆あれから十年の年月が流れた／那時以来經過了十年的歳月。2

*として（連語・格助）①作為…，以…資格；☆学生として待遇する／作為学生看待；②姑且不論（＝さておいて）；☆それはそれとして／那事姑且不論；③〔下接否定語〕沒有（不…）的；☆一人として泣かないものはない／沒有一個人不哭的；☆一つとして満足なものがない／沒有一個令人満意的；④假如（＝…とかいて）；☆行くとしていくらかかるか／假如去的話需要多少錢；⑤想要，剛要（＝…とおもって）；☆渡ろうとしている／想要渡過去

としどし【年年】（名・副）每年，一年一年地；☆世の中が年々に変わって行く／社會一年一年地變化。2

どしどし（副・自サ）①（按着次序）順利（進行），迅速（進展）（＝どんどん）；☆仕事がどしどし（と）片付いて行く／工作順利地進展；②很多；☆どしどし売れる／暢銷；☆本をどしどし読ますがよい／最好讓他多多看書；③毫不客氣，盡管；☆私の悪い所をどしどし言って下さい／請不客氣地提我的缺點；☆どしどし質問する／一個接一個地質問，紛紛發問；④撲咚撲咚（大的胸步聲）；☆どしどし足音を立てて入って来る／撲咚撲咚地走進來。1

*としと・る【年取る】（自五）長歳數；上年紀；☆新年になると一つ年取る／過年長一歳；☆わしも年取ったものだ／我也老了。3

としなみ【年波】（名）（把「年寄り」喻作「波寄る」的說法）上年紀，老；☆寄る年波に額の皺（しわ）もふえる／上了年紀額頭紋也增多。◯2

としのいち【年の市】（連語・名）年貨市；☆町は年の市で大騒ぎだ／街上擺出来年貨攤，很熱鬧。4

としのうち【年の内】（連語・名）①本年内；☆年の内には工事も完成するだろう／年内工程會竣工的；②一年内。◯

としのくれ【年の暮れ】（連語・名）年末，年底；☆年の暮はどこでも多忙（たぼう）だ／年底哪裏都忙。◯

としのこう【年の功】（連語・名）年高經驗多，閲歷深；◇亀の甲より年の功／閲歷最寶貴。4

としのせ【年の瀬】（名）年底，年關；☆年の瀬が越せそうもない／大有過不去年關的情形。◯

としは【年端】（名）年齡，歳數（多用以表示幼小）；☆年端も行かぬ子を働きに出す／令未成年的孩子出去作工。3◯

とじぶた【綴蓋】（名）鋸上（修理了）的鍋蓋；◇破鍋（われなべ）に綴蓋／破鍋配破蓋；〔喻〕癩漢配醜妻。◯2

としま【年増】（名）（三十至四十歳）半老（的女人）；☆年増の女／半老徐娘；☆いい年増になった／已經徐娘半老了◯

とじまり【戸締り】（名・自サ）關門，鎖門；☆戸締り（を）して外出する／鎖上門出去；☆戸締りを厳重にする／牢實鎖門，門禁緊嚴。2◯

としまわり【年回り】（名）〔迷信〕流年；☆今年は年回りが悪い／今年流年不好。3

とじめ【綴目】（名）訂上的地方；訂線；☆本の綴目ははずれた／書的訂線綻開了。3

としゃ【吐瀉】（名・自サ）〔醫〕吐瀉，連吐帶瀉；☆中毒して激しく吐瀉する／中毒了吐瀉得很厲害；～ざい【吐瀉剤】（名）吐瀉劑。1

どしゃ【土砂】（名）土和砂，砂土；☆川底の土砂を浚（さら）う／疏濬河底的砂土；～ぶり【土砂降り】（名）（大雨）如注傾盆；☆土砂降りに降る／大雨傾盆；☆帰りに土砂降りに逢った／歸途遇上了傾盆大雨。1

としゅ【徒手】（名）〔文〕①徒手，赤手（＝からて，せきしゅ）；②沒有資本，全靠己力；☆徒手で巨万の財産を築いた／赤手空拳積累了百萬財富；～くうけん【徒手空拳】（連語・名）赤手空拳；～

たいそう【徒手体操】（名）徒手體操（不用器械的體操）。[1]

*としょ【図書】（名）圖書，書籍；☆図書を出版する／出版書籍；～かん【図書館】（名）圖書館。[1]

とじょう【途上】（名）〔文〕道上，途中；☆帰宅の途上で友人に出会った／在回家途中遇上了朋友；☆建設の途上にある国々／正在建設過程中的國家；～こく【途上国】（名）正在建設過程中的國家，開發中國家。[0]

どじょう【土壌】（名）土壤；土地；☆この平野は土壌が肥えている／這個平原土地肥沃。[0]

どじょう【泥鰌】（名）①〔動〕泥鰌；②鬍鬚稀少的人；～すくい【泥鰌掬】（名）①撈泥鰌；②一種舞蹈；～ひげ【泥鰌髭】（名）鬍鬚稀少（的人）。[0]

としょうじ【戸障子】（名）門和紙窗，門窗。[2]

どしょうぼね【土性骨】（名）〔俗〕劣根性，賤骨頭；☆土性骨を叩き直してやる／矯正他的劣根性。[0][5]

としょく【徒食】（名・自サ）〔文〕坐食；☆徒食の徒／坐食之徒，無所事事之徒。[0]

*としより【年寄】（名）①老人；☆年寄をいたわる／關照老年人；②〔文〕（江戸幕府的）老中；（各藩的）家老；（村鎮的）耆老；③〔角力〕顧問；☆引退して年寄となる／隱退後當顧問；④顧問；◇年寄の物忘れ、若い者の物知らず／年老人好忘事年輕人不懂事。[4][3]

としよ・る【年寄る】（自五）上年紀，老；☆年寄ると意気地（いくじ）がなくなる／上了年紀就沒志氣了。[3]

*と・じる【閉じる】Ⅰ（自上一）關閉；☆戸が閉じたまま開かない／門老關着也不開；Ⅱ（他上一）關門，閉（會等）；☆戸を閉じる／關門；☆目を閉じる／閉上眼睛；☆蓋を閉じる／蓋上蓋；☆これで会を閉じることにします／就此閉會。[2]

*と・じる【綴じる】（他上一）①訂綴，訂上；☆ノートを綴じる／把筆記本訂上；②（把衣服裏面）絎在一起；☆裏を綴じ合わせる／把裏外絎在一起；図とつ（上二）。[2]

としわか【年若】（名・形動ダ）年輕；☆年若の者から順に並ぶ／由年輕人打頭順

序排列。[0]

としわすれ【年忘れ】（名）忘却一年的辛勞，忘年；忘年會；☆年忘れに飲んで騒ぐ／爲了忘却一年辛勞飲酒作樂。[3]

としん【都心】（名）都市中心；☆官庁、会社のビルが都心に集まっている／官署、公司的大樓集中在都市中心。[0]

どじん【土人】（名）①土著，當地人；②土人，未開化人；☆南洋の土人／南洋的土著。[0]

トス【toss】（名）①〔棒球〕向上輕擲；〔排球〕托球；②擲錢（視其表裏而決定某事）。

どす（名）〔俗〕短刀；☆どすで人を刺す／用短刀扎人；☆どすを呑んでいる／懷裏藏着短刀。[1]

どすう【度数】（名）①回數，次數；☆欠席の度数を数える／計算缺席次數；②度數；☆三角形の各角の度数を測る／測量三角形各角的度數；☆寒暖計の度数がぐんぐん上がる／寒暑表的度數眼看著上升。[2]

どすぐろ・い【どす黒い】（形）烏黑的，紫黑的；☆どす黒い顔／黑而發紫的臉；☆どす黒い血／黑紫色的血。[0][4]

トスバッティング【toss batting】（名・自サ）〔棒球〕打球練習（打輕輕擲來的球）。[3]

と・する【連語】①〔用（…うとする）的句形〕將要…；剛要…；☆行こうとする／剛要去；②假定；☆ここに一人の男がいるとする／假定這裏有一個人。

と・する【賭する】（他サ）〔文〕豁出來（＝かける）；☆命を賭して城を守る／豁出命來守城，死守城池。[2]

とすれば（接）如果那樣的話（＝そうだとすれば）；☆とすれば彼はその時ここに居なかったことになる／如果是那樣，他當時就沒有在這裏了。

─とせ【年・歳】（造語）〔文〕表示若干年；☆いくとせ／多少年。

とせい【渡世】（名）①度世，生計（＝よわたり）；②（維持生計的）職業；☆大工を渡世にしている／靠做木工爲生。[1]

とせい【都政】（名）東京都的行政。[0]

とせい【土星】（名）〔天〕土星。[0]

どせい【土性】（名）①（五行說之）土性；②土質；～ず【土性図】（名）土質圖，土壤分佈圖。[0]

とせい【怒声】（名）〔文〕怒声；☆怒声を発する／發出怒聲。◎

とぜつ【途絶・杜絶】（名・自サ）杜絶，停止；☆密輸入が杜絶した／走私進口杜絶了。◎

とそ【屠蘇】（名）①屠蘇酒；新年喝的酒；☆未だ屠蘇機嫌が抜けない／（他）好像新年（春節）還没有過完；②←屠蘇散；～さん【屠蘇散】（名）（用山椒、橘皮、肉桂皮、小豆等調製，用以浸酒的）屠蘇散。①

とそう【塗装】（名・自サ）〔文〕塗飾◎

どそう【土葬】（名・他サ）土葬；☆田舎では土葬（に）することが多い／郷間多實行土葬。◎

どぞう【土蔵】（名）（泥灰牆的）倉庫；☆土蔵を建てる／建築倉庫。②

どそく【土足】（名）①穿着鞋，不换鞋，不脱鞋；☆土足のまま座敷に上がる／穿着鞋就上炕；②跣足，光脚（＝はだし）。◎

*どだい【土台】Ⅰ（名）基座，地基；☆この家は土台がしっかりしている／這所房屋地基很鞏固；②基礎；☆土台をつくっておく／打下基礎；☆土台が固まった／基礎鞏固了；Ⅱ（副）①本來，根本（＝もともと）；☆土台無理な要求だ／本來要求就不合理（過分）；②完全（＝まったく）；☆土台なっていない／完全不成樣子。☆土台本就不行。◎

とだ・える【跡絶（止絶）える】（自下一）①（交通等）断絶，杜絶；☆大雨で交通が跡絶えた／因爲下大雨交通杜絶了；☆人通りが跡絶える／來往行人斷絶；②中断；☆息子からの便りが跡絶えた／兒子的音信斷了；☆輸入が跡絶える／輸入中断；⊠とだゆ【下二】。③

どたぐつ【どた靴】（名）〔俗〕走起來呱嗒呱嗒作響的難看的鞋。

どたどた（副）（重脚步聲）呱嗒呱嗒；☆廊下をどたどたと歩く／在走廊呱嗒呱嗒走。①

とだな【戸棚】（名）（放各種東西的）橱櫃；壁橱；☆食器を入れる戸棚／放餐具的橱櫃，餐具橱。

どたばた（副・自サ）（亂暴或格鬥時的聲）噼噼啪啪；（重脚步聲）呱嗒呱嗒；☆どたばた（と）走り回る／呱嗒呱嗒地到處跑；☆部屋の中でどたばたするな／不要在屋裏噼噼啪啪的；～きげき【どたばた喜劇】（名）全武行的喜劇。①

とたん【途端】（名）恰當…時候，剛…時候；☆犯人が旅館から出た途端（に）警官に捕えられた／犯人剛一走出旅館就被警察抓住了；☆倒れた途端に頭を打った／跌倒的時候把頭撞了。◎

とたん【塗炭】（名）〔文〕塗炭；☆塗炭の苦しみ／塗炭之苦。◎

トタン【葡 tutanaga】①鋅；②鍍鋅薄鐵板；☆トタンで屋根をふく／用鋅鐵葺屋頂。◎

どたん【土壇】（名）①土壇；②（斬首用的）土臺；～ば【土壇場】（名）①刑場，法場；②〔轉〕最後，末了；千鈞一髮之際，一籌莫展之境；☆土壇場で勢いを盛り返した／最後才挽回了頽勢；☆土壇場に追い込む／逼到一籌莫展之境；☆土壇場で背負投（せおいなげ）を食わせた／臨末了把對方拌倒了；到最後關頭背棄了對方。◎

*とち【土地】（名）①土地；☆土地を耕す／耕地；☆土地を借りる／租地；②土壌；☆肥えた土地／肥沃的土壌（土地）；③當地；☆土地に明るい／熟悉當地情形；☆土地の訛（なま）り／當地口音；☆土地の人／當地的居民；④地區；☆繁華な土地／繁華地區；⑤領土；☆土地割讓（とちかつじょう）／領土割讓。◎

とちかた【何方】（代）〔文〕＝どっち。

とちがら【土地柄】（名）當地的風俗、習慣、情形等；☆土地柄がよくない／此地風氣不好；☆ここは、昔、城下町だったので土地柄が上品だ／這裏往昔是諸侯的居城所以一切很講究。◎

とちなまり【土地訛り】（名）當地口音，方言；☆言葉には土地土地で土地訛りがある／語言是各地都有各地的方言。◎

どちゃく【土着】（名・自サ）土著；定居（在某處）；☆土着の民／當地的原住民。◎

*とちゅう【途中】（名）中途，途中；☆途中まで見送る／送到半道上；☆話の途中で座を立つ／話還未説完就離席；☆途中で下車する／中途下車。◎

どちゅう【土中】（名）〔文〕土中；☆土中から石器を掘り出す／由土中掘出石器◎

とちょう【徒長】（名・自サ）〔農〕徒長（農作物光長莖葉，結實很少）。◎

とちょう【都庁】（名）東京都廳；☆都庁へ陳情に行く／往東京都廳請願去。①

トちょう【ト調】（名）〔樂〕G調。①

どちょう【怒張】（名・自サ）〔醫〕（血管）怒張。◎

*どちら【何方】（代）①（表示方向）哪邊，哪面；☆どちらへ行ったか／往哪邊去了？②哪裏（＝どこ）；☆どちらにお住いですか／您在哪裏住？；③哪一個（＝どれ）；☆梨と桃とどちらがお好きですか／梨和桃哪個喜歡哪個？④哪一位（＝どなた）；☆失礼ですが、どちら様でいらっしゃいますか／對不起，您是哪一位①

とち・る（自五）〔俗〕（因着慌）說不出口，說錯；☆彼は上がって台詞（せりふ）をとってばかりいた／他慌了把臺詞都說錯了（說得巴巴結結）。②

とっか【特価】（名）特價，特別廉價；☆特価で投げ売る／按特價拍賣。◎

とっか【徳化】（名）徳化，以道德教化◎

どっか（副）〔俗〕某處，任何地方（＝どこか）；☆どっかへ行ってみたい／想出去走走（不管什麽地方）。◎

とっかかり【取っ掛り】（名）〔（とりかかり）的音便〕抓頭，頭緒；☆何か取っ掛りがないとやる気が起こらない／若是沒有一個頭緒就鼓不起勇氣來。◎

とっかく【突角】（名）〔文〕①突出角；②突出的特色。◎

どっかと（副）①沉甸甸地（放下什麽東西）；☆どっかとリュックをおろす／沉甸甸地放下背囊；②（屁股）沉甸甸地（坐下）；☆どっかと腰をおろす／（屁股）沉甸甸地坐下。③

どっかり（副）①沉甸甸地（放下東西、坐下）；☆どっかりとリュックサックをおろす／沉甸甸地放下背囊；☆回転椅子にどっかり（と）腰をおろす／沉甸甸地坐到轉椅上；②突然（急劇）增減（或塌陷）；☆病気で目方がどっかり減った／因爲患病體重大減了；☆爆弾の落ちた跡にどっかり大きな穴があいた／落炸彈處塌了大坑；③（許多事物）一時集聚貌。③

とっかん【突貫】（名・自他サ）①刺穿，刺透；②一氣呵成，突擊；③〔俗〕（向敵陣）衝鋒；☆敵前へ突貫する／向敵前衝鋒；～こうじ【突貫工事】（名）突擊工事（工程）；☆突貫工事で防堤を築く／以突擊方式築堤。◎

とっき【突起】（名・自サ）突起。◎

とっき【特記】（名・他サ）大書特書；☆特記に値する／值得大書特書；☆文壇で特記すべき傑作／在文壇上值得大書特書的傑作。

どっき【毒気】（名）①毒氣；☆ガスの毒気にあたる／瓦斯中毒；②悪意，壞心眼（＝わるぎ、どくけ）；☆毒気のない人／沒有壞心眼的人；◊ 毒気を抜かれる／（被）嚇破膽，被嚇得目瞪口呆。③

とっきゅう【特急】（名）①特別快車；②火速，趕快；☆靴を特急でなおしてくれ／請趕快把鞋給修理一下。◎

とっきゅう【特級】（名）特級，最上等；～しゅ【特級酒】（名）特級酒。◎

とっきょ【特許】（名・他サ）①特別許可；☆鉄道を施設するには特許を得る必要がある／敷設鐵路須請得（政府）特別許可；②（政府給公司、銀行等的某種）特權；☆特許会社／特種公司；③（政府對發明等授與的）專利（權）；☆特許を申請する／申請授與專利權；～けん【特許権】（名）（對發明等授與的）專利權。◎

どっきょう【読経】（名・自サ）讀經（＝どきょう）。◎

どっきん【独禁】（名）〔經〕←獨占禁止；～ほう【独禁法】（名）壟斷禁止法。

とっく（副）〔（とく）的轉音〕老早（以前）；☆とっくの昔の出来事／老早以前的事情；☆とっくに出来上がっている／老早就弄好了。◎

とつ・ぐ【嫁ぐ】（自五）出嫁；☆娘を嫁がせる／使女兒出嫁。②

ドック【dock】（名）船塢；☆船が修理のためドックに入る／船爲修理開進船塢①

とっくと（副）〔俗〕好好地，仔細（＝とくと）。③

とっくのむかし【疾っくの昔】（連語・名）老早以前，早先年。③◎

とっくみあい【取っ組み合】（名・自サ）（打架時）揪在一起，扭在一起。◎

とっくみあ・う【取っ組み合う】（自五）揪在一起，扭在一起；☆兄弟が取っ組み合って喧嘩する／兄弟二人揪在一起打架。

とっく・む【取っ組む】（自五）揪在一起，扭在一起，揪住；☆喧嘩の相手に取っ組む／揪住打架的對方，同打架的對方揪

在一起。③

とっくり（副）好好地，仔細地（＝とくと）
；☆とっくり考えてから返事しなさい／
仔細想想再回答。③

とっくり【徳利】（名）酒瓶（＝とくり）⓪

とっけ【毒気】（名）＝どくけ。

とっけい【特恵】（名）〔文〕特恵，特別
優惠；～かんぜい【特恵関税】（名）優
惠關税。⓪

とつげき【突撃】（名・自サ）衝鋒；☆敵
陣に突撃する／向敵人陣地衝鋒。⓪

*とっけん【特権】（名）特權；☆軍令部の
特権／軍令部的特權；～かいきゅう【特
権階級】（名）特權階級。⓪

どっこい（感）①（用力時或搬運重物時的
吆喝聲）哼嗨；☆うんとこどっこいと持
ち上げる／哼地一聲（一猛勁）擧起來；
②（阻攔對方言語、行動時的感嘆詞）慢
來！☆どっこい，そうは行かない／慢來
！那可不行；慢來！不那麼簡單；～しょ
（感）①（搬起重物等的吆喝聲）哼嗨；
（どっこいしょと石を持ち上げる／哼地
一聲（一猛勁）搬起石頭；②（坐下時所
發的聲）；☆やれやれ疲れた。どっこい
しょ／可累壞了（坐下歇一歇）；～どっ
こい（形動ダ）（實力等）不相上下；不
分優劣；☆どっこいどっこいの実力／不
相上下的實力。③

とっこう【特攻】（名）〔軍〕特別攻擊，
敢死；～たい【特攻隊】（名）敢死隊⓪

とっこう【特効】（名）〔醫〕特效；☆結核
に特効のある薬／對肺結核有特效的藥；
～やく【特効薬】（名）特效藥。⓪

とっこう【篤行】（名）〔文〕德行，善行⓪

とっこう【徳行】（名）〔文〕德行；☆徳
行の士／有德之士。⓪

どっこう【独行】（名）〔文〕自主；☆独
立独行の精神／獨立自主的精神。

とっさ【咄嗟】（名）瞬間，俄頃；☆咄嗟
の間に考えをめぐらした／一轉眼想出了
主意。⓪①

どっさり（副）①（重物落下聲）噗咚；☆
金貨の袋をどっさりと地面に置く／把金
幣口袋噗咚一聲放到地上；②很多，好些
；☆どっさりお土産を下さった／給我很
多禮物。③

ドッジボール【dodge ball】（名）躱避球④

とっしゅつ【突出】（名・自サ）突出來；
☆崖の一部分が突出している／石崖的一

部分突出着。⓪

とつじょ【突如】（副）突然；☆突如文壇
に現われた天才／突然在文藝界出現的天
才。①

とつじょう【凸状】（名）凸狀。⓪

どっしり（副・自サ）①沉重，有分量；☆
財布がどっしり（と）重い／錢包沉甸甸
的；②穩重，莊重；☆どっしりとした態
度／莊重的態度；☆どっしりとして威嚴
がある／莊重而有威嚴。③

とっしん【突進】（名・自サ）突進；☆敵
艦に向かって突進する／向敵艦突進。⓪

*とつぜん【突然】（副）突然（＝だしぬけ，
にわか）；☆彼は突然やって来た／他突
然來了；☆突然問われると，ちょっとお
答えができない／您突然一問，我有點答
不上來。⓪

とったん【突端】（名）突出的一端；☆半
島の突端に灯台がある／在半島的盡頭有
一個燈塔。⓪

*どっち【何方】（代）哪一個，哪一方面（
＝どちら，どのほう）；☆どっちが好き
ですか／你喜歡哪一個？☆どっちがどっ
ちだか見分けがつかぬ／看不出來哪個是
哪個；☆どっちにしようかな／要哪個呢
？挑選哪一方面呢？◎どっちかと言えば
／説起來…，毋寧說是…；～つかず【何
方付かず】（連語・名）搖擺不定；不倫
不類，非牛非馬，不明確，曖昧；☆どっ
ちつかずの態度／搖擺不定的態度；☆ど
っちつかずの返事／不明確的回答；～み
ち【何方道】（副）無論怎麼說，總而言
之；☆どっちみちやっかいな話だ／總之
是個麻煩事兒。①

ドッチボール（名）〔ドッジボール〕之
訛。④

とっち・める【取っ締める】（他下一）嚴
加戒備（申斥）（＝きびしくいましめる
；やっつける，やりこめる）；☆あいつ
生意気だから取っ締めてやろう／那個傢
伙太不禮貌，來好好教訓他一頓。⓪④

とっつかま・える【取っ摑まえる】（他下
一）〔俗〕抓住（＝つかまえる）；☆泥
棒を取っ摑まえる／抓住小偷。⓪⑥

とっつき【取っ付き】（名）〔俗〕①開始
，起首；☆取っ付きから失敗している／
一開頭就失敗了；②第一個，頭一個；☆
廊下を曲がって取っ付きの部屋／拐走廊
頭一個房間；③初次遇到的印象，第一印

象；☆取っ付きの悪い人／第一印象就不好的人。⓪

とっ・つ・く【取っ付く】（自五）〔俗〕＝とりつく（取り付く）；☆子供が取っ付くのでうるさい／孩子糾纏不休，討厭☆取っ付きやすい人／易於接近的人。⓪

*とって【取って】Ⅰ（副）（數歲歲時）算上（今年）；☆当年取って二十歳／算上今年整二十歳；Ⅱ（連語）〔用（に取って）的語形〕對…說來；☆私に取って一大事だ／對我說來是一件大事。①

とって【取っ手・把っ手】（名）把手；☆引出しの取っ手が取れた／抽屜的把手掉了☆鍋の取っ手を持つ／拿鍋的把手③⓪

*とっておき【取って置き】（名）珍藏（之物）；☆珍客がみえたのでとっておきのブランデーを出す／因為來了貴客拿出珍藏的白蘭地來。⓪

とってかえ・す【取って返す】（自五）（走到中途）趕緊回去，返回；☆忘れ物に気がついて、ホテルに取って返す／想起忘了東西趕緊返回旅館。④

とってつ・ける【取って付ける】（連語）（言動等）虚假，極不自然；☆取って付けたようなお世辞を言う／說假惺惺的奉承話。①⑤

とっても（副）〔俗〕＝とても。⓪

とってん【凸点】（名）〔文〕凸出點。⓪

どっと（副）①哄然，哄堂；☆皆がどっと笑う／大家哄然大笑；②（突然）病重（臥床不起）；③（水）咕嘟（流出）；☆どっと流れ出る／咕嘟地流出；④（人、物等）雲集；一時集聚很多；☆トマトがどっと市場へ出回る／蕃茄忽然大量上市；☆希望者がどっと集まる／志願者雲集；☆暑さでどっと海へ押しかける／因為天熱人們都跑到海邊去（戲水）。①⓪

とっとき【取っとき】（名）〔俗〕珍藏（＝とっておき）。⓪

とつとして【突として】（副）〔文〕突然（＝だしぬけに、にわかに）。

とつとつ【咄咄】（副）①咋舌聲（＝ちょっ、ちょっ）；②驚訝貌；◇とつとつ人に逼（せま）る／咄咄逼人。

とつとつ【訥訥・吶吶】（形動タルト）訥訥，話不流暢；☆訥々と話す／訥訥而言。⓪

とっとと（副）〔俗〕趕快，趁早；☆とっとと出て行け／趕快滾出去！①③

とつにゅう【突入】（名・自サ）突入，衝進，毅然進入；☆敵陣に突入する／衝進敵人陣地。

*とっぱ【突破】（名・他サ）①突破，衝破；☆敵の戦線を突破する／突破敵人戦線；②闖過；☆難関を突破する／闖過難關；③超過，打破；☆募集人員は五千人を突破した／募集人員超過了五千名；☆記録を突破する／打破紀録。①⓪

トッパー【topper】（名）〔縫紉〕婦女寛敞短外衣。①

とっぱつ【突発】（名・自サ）突然發生；☆突発した事件／突然發生的事件；～てき【突発的】（形動ダ）突然發生的；☆突発的な災害／突然發生的災害。⓪

とっぱな【突端】（名）〔俗〕突出的尖端⓪

とっぱん【凸版】（名）〔印〕凸版；～いんさつ【凸版印刷】（名）凸版印刷。

とっぴ【突飛】（形動ダ）出人意料，離奇，古怪；☆突飛な考え／離奇的想法；☆突飛な計画／奇特的計劃；☆突飛な男／古怪的人。⓪

トップ【top】（名）①尖端，前頭；☆トップを切る／走在（時代、隊列等）前頭；領頭；②首位，第一；☆トップで卒業する／畢業考第一；③（報紙的）第一欄；☆トップニュース／頭條新聞；◇船首；～コート【top coat】（名）大衣，短外衣；～ハット【top hat】（名）大禮帽；～レベル【toplevel】（名）最高水準（的人或物），一流水準。①

とっぷう【突風】（名）突然颳起的暴風；轉瞬即息的風。③⓪

とっぷり（副）；☆日がとっぷりと暮れた／天太黑了，已入黄昏了。③

どっぷり（副）；☆筆に墨をどっぷり（と）つけて書く／筆飽飽地蘸上墨寫。③

とつべん【訥弁】（名）笨嘴笨舌，不善談吐；☆訥弁の人／笨嘴笨舌的人；☆訥弁で思っていることの半分も言えない／說話很笨，想說的話連一半也說不出來。

どっぽ【独歩】（名・自サ）〔文〕①獨自步行；②自力，自主；☆独立独歩して今日の基礎を築いた／靠自己力量打下了今天的基礎；③無可倫比，無二；☆古今独歩の名手／古今無雙的名手。①

とつめん【凸面】（名）〔文〕凸面；～きょう【凸面鏡】（名）〔理〕凸（面）鏡⓪

とつレンズ【凸lens】（名）〔理〕凸鏡③

と

とて（接助）①說（＝…といって）；☆散歩に行くとて出かけた／說是散步去出去了；②打算，想要（＝…とおもって、…ようとして）；☆水を汲むとて井戸へ落ちた／想要汲水却掉入井裏了③縱令…也…；即使…也…（＝したとても、としても）（下接否定語）；☆いまさら悲しんだとて仕方がない／現在悲痛也沒有辦法了；☆喧嘩に勝ったからとて偉くはない／就是打架打勝了也沒什麼了不起的；④（表示原因、理由）由於，因爲（＝…であるので、ゆえに）；☆慣れぬこととて忽ち失敗した／由於沒經驗，馬上就失敗了；⑤（表示同於其他並非例外）也…；☆そのことについては僕とて（も）考えないわけではなかった／關於那一點我也並不是沒有考慮。

どて【土手】（名）①土堤，堤埧，河堤；☆川の両岸に土手を築く／在河的兩岸修築土堤；②（作生魚片的）大魚的背肉塊。

とてい【徒弟】（名）①門人；②徒弟（＝でし、でっち、こぞう）；☆大工の徒弟にはいる／去當木匠徒弟，到木匠那裏去當學徒；～せいど【徒弟制度】（名）徒弟制度。[0]

とてシャン【德 schön】（名）〔俗〕非常美麗；非常漂亮的美人。

とてつ【途轍】（名）；☆とてつもない①極不合理，毫無條理；不知深淺；☆途轍もないことを考える／妄想毫無道理的事情；②（多得、大得）出人意料，駭人聽聞；☆途轍もない数量の入荷で捌（さ）き切れない／貨物到得太多了，一時銷不出去。[0]

どてっぱら【土手っ腹】（名）〔俗〕肚子；☆土手っ腹を蹴破（けやぶる）るぞ／踢破你的肚子！☆土手っ腹に風穴（かざあな）をあける／把肚子挖了一個窟窿[0]

*とても（副）①（下接否定語）無論如何也…，怎麼也…（＝どんなにしても、どうしても、なんとしても）；☆とてもそんなことはできない／那種事怎麼也辦不到；☆とても三十歲とは見えない／怎麼也不象三十歲（＝はなはだ、すこぶる）②很，極，非常（＝はなはだ、すこぶる）；☆とても面白い本／非常有趣的書；☆とてもよくきく薬／非常靈驗的藥；☆とても好い／好極了。[0]

どてら【褞袍】（名）（室內穿的）棉袍；☆宿屋に着いて、どてらでくつろぐ／到

了旅館，換上棉袍舒服舒服。[0]

とでん【都電】（名）東京都營電車。[0]

とと【父】（名）〔兒〕爸爸；☆ととさま／爸爸。[1][2]

とと【魚】（名）〔兒〕魚；☆きんとと／金魚。[0]

どどいつ【都都逸】（名）（主要用口語以七、七、七、五格律共二十六音歌唱男女愛情的）一種俗曲。[2]

ととう【徒党】（名）黨徒，（企圖掀起亂事的一伙人）；☆徒党を組む／聚衆，結黨，結伙。[2]

どとう【怒濤】（名）狂潮，大浪；☆怒濤逆（さか）巻く大海／狂濤洶湧的大海[0]

とどうふけん【都道府県】（名）（日本的行政區劃）都，道，府，縣。[5]

*とど・く【届く】Ⅰ（自五）①達，及，構；☆頭が鴨居（かもい）に届く／頭頂到上門框；☆手が届かない／手搆不著；②到達，達到；☆手紙が届いた／信寄到了；☆電報は一日で届く／電報一天就到；③周到，周密；☆あの人は実に届いた人だ／他眞是個周到人；☆私の届かない所は十分御注意を願います／我所注意不到的地方請您多多關照；④（心願）得償，（希望）達到；☆長年の思いが届いた／多年的心願得償了；☆私の願いが届いた／我的希望達到了；Ⅱ（他下二）〔文〕→とどける。[2]

*とどけ【届】（名）①〔（とどける）的名詞形〕②申報（書）；☆届を出す／申報；☆転居届／遷居報告；～いで【届出】（名）申報，呈報；～さき【届け先】（名）投遞處，投送地點；☆この手紙の届け先はどこすですか／這封信送到哪裏呢？～しょ【届書】（名）申報書；☆出生届書／出生申報書；～ずみ【届済】（名）業經呈報；☆建築願届済／業經呈請建築許可；～で【届出】（名）呈報，申報；☆届出がおくれると処罰される／拖延呈報要受處罰；～で・る【届け出る】（他下一）呈報，申報；☆欠席した者は必ず届け出ること／缺席者必須申報。[3]

*とど・ける【届ける】（他下一）①送到，遞送（信件、物品等）；☆注文品をすぐ届けて下さい／請把訂購物品馬上送來；☆この手紙をA君に届けてくれ／請把這封信送給A君；②（向上級）申報，呈報；☆欠勤の理由を届ける／呈報缺席理由

；☆盗難を警察に届ける／向派出所申報
失竊。③

とどこおり【滞り】（名）遅誤，拖延；☆
滞りなく／無阻，順利；☆式は滞りなく
済んだ／儀式順利舉行完畢；☆税金の滞
り分／拖欠的税款。⓪

とどこお・る【滞る】（自五）①遅滞，遅誤
，拖延；☆事務が滞った／工作遅誤了；
☆交渉が滞って進まない／交渉遅遅不進
；②拖欠，過期不繳；☆家賃が三ヶ月（さ
んかげつ）滞っている／房租拖欠三個月⓪

*__とと**の・う**【調う】（自五）①齊整；端正
；☆隊形が調っていない／隊形不整齊；
☆調った顔／端正面貌；②齊備，完備
；俱備；☆何もかも調っている／一切俱
備；☆材料が調わない／材料不齊備；☆
会の準備が調った／會的準備作好了；③
達成（協議等），談好；商妥；☆協議が
調った／達成協議；☆縁談が調った／婚
事談好了；④調和，諧和；☆調子が調う
／諧調。④

*__ととの・える**【整（調）える】（他下一）①
整理，整頓；☆服装を整える／整頓服装
；☆部屋を整える／把屋子收拾整潔；②
備齊，備置下，買齊；☆道具を整える／
把用具備齊；☆来週一週間分の食糧を整
える／備置下一個禮拜的食糧；③準備，
預備；☆旅費を整える／準備旅費；☆夕
食の用意を整える／準備做晩餐；☆試験
の準備を整える／準備考試；④調和，調
整；☆調子を整える／定（樂器的）弦，
使音調諧和；図ととのう（下二）。④

とどのつまり（名・副）結局，歸根究底，
☆とどのつまり（は）人がなければ何も
できない／結局是沒有人什麽也辦不了；
☆とどのつまり免職ということになった
／結局撤職了。①

*__とどま・る**【止（留）まる】（自五）〔文〕
①停下，停止，止住；☆会議の進行が止
まる／會議停頓；☆物価の騰貴は止まる
所を知らない／物價上漲沒有止境；②停
留，留下；☆私と母は郷里に留まること
になった／我和母親決定留在郷間；☆現
職に留まる／留在現在職位上，留職；③
止於，限於；☆彼の悪事はこれのみに止
まらない／他做的壞事不止於此；☆単に
希望を述べたに止まる／只是陳述了希望
而已。③

とどめ【止め】（名）①〔とどめる〕的名

詞形；②（殺人後）刺咽喉（以断其氣息）
；◇止めを刺す／①（殺人後）刺咽喉（
以断其氣息）；②加以最後一撃（使不能
再起）；☆重要地点を占領して敵の止め
を刺す／占領重要據點置敵人死命；③抓
住最重要之點（使過後不能翻案）；☆あ
とで文句のでないように止めを刺す／把
關鍵問題弄清楚；免得以後發生異議；④
最好，登峯造極☆花のかおりは薔薇に止
めを刺す／花的香味要數薔薇花最好③⓪

どどめ【土留】（名）防止土壌崩潰所設的
柵欄。③

*__どど・める**【止（留）める】（他下一）①
停下，停住；阻攔，阻止；☆足を止めて
空を見上げる／停下脚步仰望天空；☆血
を止める／止血；☆話を中途で止める／
中途把話停下；②留下，留住；☆客を留
める／留客；☆家族を郷里に留めて単身
赴任する／把家屬留在郷間自己走上工作
崗位；③止於（某限度）；☆大略を述べ
るに止める／只是叙述概略。③

とどろか・す【轟かす】（他五）①使轟鳴
；☆爆音を轟かす／（使）起爆炸聲；②
（名聲）響震，震嚇；☆大名声を天下に轟
かす／名震天下；③（心房）激動，☆希
望に胸を轟かす／因希望而心房跳動，満
懐希望。④

とどろき【轟き】（名）〔とどろく〕的名
詞形；②轟響；☆大砲の轟きが聞こえる
／聽見大砲的轟響；③（心房的）激動，
☆胸の轟きを抑える／抑止心房的跳動④

とどろ・く【轟く】（自五）①轟鳴，☆砲
声が轟く／砲聲轟鳴；②（名聲）響震，
震嚇；☆彼の名声は天下に轟いている／
他名聲響震天下；③（心房）跳動；☆轟
く胸を静める／抑止心房的跳動。③

とな・える【唱える】（他下一）①（有節
奏地）念，誦；☆念仏を唱える／唸佛；
②高呼；☆万歳（ばんざい）を唱える／
高呼萬歳；③提倡，倡導；☆新説を唱え
る／提倡新（學）説；④聲明；☆不服を
唱える／聲明不服。③

とな・える【称える】（他下一）稱呼，叫
做；☆これを現実主義と称える／把這叫
做現實主義。③

トナカイ【蝦夷語 tonakkai＝馴鹿】（名）
〔動〕馴鹿。②

*__どなた**【何方】（代）①哪方（＝どちら）
；②哪位（＝だれ）；☆この方（かた）

は、どなたですか／這位是哪位？①

どなべ【土鍋】（名）砂鍋；☆土鍋でおかゆを煮る／用砂鍋煮稀飯。②0

*となり【隣】（名）①芳鄰，隣居，隔壁；☆隣の部屋／隔壁的屋子，隣室；②隣家，隣人；☆隣の子が遊びに来た／隣家的孩子來玩；③隣近地方；隣國；☆フランスの隣はドイツだ／法國的隣國是德國；～あ・う【隣り合う】（自五）結隣；☆隣り合った家／緊隣的房屋；☆隣り合って坐る／並肩而坐；～あわせ【隣合わせ】（名）結隣，比隣；☆隣合わせに住む／比隣而居；～きんじょ【隣近処】（名）四隣；隣近地方；☆隣近所の噂（うわさ）になる／成為四隣的話柄；～ぐみ【隣組】（名）隣組（軍國主義者在二次大戰期間強迫日本人民成立的一種保甲組織，以十戶左右爲一組）。0

どな・る【怒鳴る】（自五）①大聲叫嚷（喊叫）；☆いくら怒鳴っても出て来ない／怎麼嚷也不出來；②大聲申斥，叱責；☆父に怒鳴られた／被父親申斥了一頓②

*とにかく【兎に角】（副）〔罕〕這樣那樣，說三道四（＝とかく，なにやかや）；☆兎に角の批評は免れない／冤不了有說三道四的；②無論如何，不拘怎樣；好歹；總之；☆兎に角，昼まで待ってみよう／總之等到午間看看吧；☆兎に角現物を見てからの話だ／無論如何要到實物再說；☆兎に角一つやってみよう／好歹先幹一下看看吧；☆僕は兎に角（として）君は困るだろう／我倒無所謂（如何均可）你怎麼辦呢。①

トニック【tonic】（名）①補養藥；☆ヘヤートニック／養髮劑；②〔藥〕主調音，主音（＝トニカ）

とにもかくにも【兎にも角にも】（副）無論如何，不拘怎樣，總之；☆兎にも角にも健康が回復しなければ仕方がない／總而言之，健康若不恢復是沒有辦法①─②

とにゅう【吐乳】（名・自サ）〔醫〕（嬰兒）吐奶。0

とねり【舎人】（名）〔文〕①（日皇、皇族的）近侍者；②（牛車（＝ぎっしゃ）的）御者；（乘馬的）執繮者。

との【殿】Ⅰ（名）①王侯貴族的宅邸；②貴族的敬稱；③主公的敬稱；④妻對丈夫的敬稱；⑤男人的敬稱；⑥攝政的尊稱；Ⅱ（代）主公的尊稱。①

─どの【殿】（接尾）接在姓名下或官衙下的一種敬稱，通常用於公文。

*どの【何の】（連体）哪個；☆どの人／哪個人？☆どの花が好きですか／你喜愛哪個花？☆どの辺／哪裏？☆どの辺に住んでいますか／您住在哪裏？☆どの位／多麼（大小、遠近等），多少？☆どの位大きいか／多麼大☆どの位時間がかかるか／要用多少時間？ここからどの位あるか／離這裏多遠？①

とのがた【殿方】（名）（女人對男人的敬稱）男人們；☆殿方はこちらへどうぞ／男子們請到這邊來；☆殿方用手洗所／男廁。0②

とのさま【殿様】（名）①〔敬稱〕老爺，大人；②〔江戸時代〕「大名」和「旗本」的敬稱；☆殿様に仕える／侍候老爺（大名、旗本）；③〔諧〕老爺；☆彼は殿様だからそんな俗事は分るものか／他是個大老爺，哪裏曉得那世俗勾當；～ぐらし【殿様暮し】（名）闊綽（豪華）生活；～そだち【殿様育ち】（名）大老爺出身

どのみち【何の道】（副）總之，結局；左右，橫竪（＝どっちみち，どうせ，いずれにしても）；☆何の道しなくてはならない事なら早くしてしまおう／若是總之非做不可的事情就趕快做完吧；☆何の道一度は行かねばならない／總之必須去一趟；☆何の道失敗に定っている／總之一定要失敗；☆何の道やっかいな話だ／總之是個麻煩事兒。0

どのよう【どの様】（形動ダ）如何，怎樣（＝どんな）；☆どの様に叱られても怒らない／怎樣挨申斥也不生氣；☆どの様にしようか／怎麼做呢？怎麼辦呢？①③

トパーズ【topaz】（名）〔礦〕黃玉，黃青玉（一種珍貴寶石）。①

とばく【賭博】（名）賭博（＝ばくち）；☆賭博で身産を失う／因賭博輸掉財産0

とばくち（名）〔方〕入口。

とばしり（名）①飛濺的水點，飛沫（＝しぶき，ひまつ）；☆とばしりがかかる／濺上水點；②連累，牽連（＝まきぞえ）；☆事件のとばしりを食って調べられた／受到事件的連累，被調查了。40

*とば・す【飛ばす】（他五）①使飛；☆飛行機を飛ばす／開飛機；☆鳩を飛ばす／放鴿子；②〔風〕吹走，吹掉；☆風に帽子を飛ばされた／風把帽子颳跑了；③迸

，飛濺；☆自動車が泥を飛ばす／汽車濺泥；④驅（車、馬）奔馳，☆馬を飛ばす／策馬疾馳；☆くるまを飛ばす／駕駛汽車飛跑；⑤跳過，越過，☆第二章を飛ばして第三章を読む／跳過第二章唸第三章；⑥（到處）散布，傳播；（向各方面）派遣；☆急使を飛ばす／派遣急使；⑦放（箭、風箏等）；☆凧を飛ばす／放風箏；☆矢を飛ばす／放箭，射箭；⑧（踢）開；（賣）掉；☆蹴飛ばす／踢開，丟掉；☆家を売り飛ばす／把房子賣掉。

どはずれ【度外れ】（名）超出限度，非常，特別；☆度外れの大声／特別大的嗓音；☆度外れに大きい体／高得出衆的大個子。②

とばっちり（名）〔俗〕＝とばしり。⓪

どばり【帳・帷】（名）〔文〕帳，帷，幕；◇夜の帳／夜幕。

とび【鳶】（名）①〔動〕鳶；②←とびいろ；③←とびぐち；④消防員（＝とびのもの）；◇鳶が鷹を生む／〔喩〕子勝於父；鳶に油揚を取られたよう／因遭受意外損失而發呆。①

とびあが・る【飛び上がる】（自五）①飛上天空，☆飛行機が飛び上がる／飛機起飛，☆鳥が飛び上がる／鳥飛上天空；②躍起，跳躍；☆飛び上がって喜ぶ／樂得跳起來；☆びっくりして飛び上がった／嚇得一跳；③職等升進，☆二階級飛び上がって少佐に進級した／跳了兩級升爲少校。④

とびある・く【飛び歩く】（自五）到處走；☆職を捜して毎日飛び歩く／爲了找工作每天到處跑。④

とびいし【飛石】（名）（稀有間隔的）踏（脚）石；☆飛石伝いに庭に出る／踩着踏石到庭園裏去。⓪

とびいた【飛板】（名）〔游泳〕踏板（＝スプリングボールド）。⓪

とびいり【飛入り】（名・自サ）①（局外者）突然加入，中途加入（的人）；☆喉自慢に飛び入りする／臨時加入唱歌比賽會（表演）；☆飛び入りが三人もいた／中途加入的竟有三人；②顔色斑駁，雜色（的花）。⓪

とびうお【飛魚】（名）〔動〕文鰩魚。②

どびおり【飛下り】（名・自サ）跳下；☆飛下りは危険だ／（車還未停）跳着下可危険！⓪

とびお・りる【飛び下りる】（自上一）（由高處或行駛中的車輛）跳下；☆崖（がけ）から飛び下りる／由崖上跳下；☆列車から飛び下りる／由（行駛中的）列車上跳下。④

とびか・う【飛び交う】（自五）（許多昆蟲等）飛來飛去，亂飛；☆螢（ほたる）が飛び交う／螢火蟲來飛去。③

とびかか・る【飛び掛かる】（自五）猛撲上去；☆猫が鼠に飛び掛かる／猫猛撲老鼠；☆いきなり飛び掛かって組み伏せる／突然撲上去（把他）扭倒。④

とびかけ・る【飛び翔る】（自五）飛翔；☆鷲が大空を飛び翔る／鷲在天空飛翔④

とびきり【飛切り】（名・副）①跳起來砍殺（敵人）；②最好，頂好；☆飛切りの品／頂好的貨品；☆この学年では飛切りの生徒／這一學年的同學中最優秀的學生；③最，極；☆飛切り安い／極便宜，☆飛切り上等の品／最好的貨品。⓪

とびこ・える【飛び越える】（他下一）跳過去；☆壁を飛び越える／跳過牆去；図とびこゆ（下二）。④

とびこ・す【飛び越す】（他五）①跳過去；☆溝を飛び越す／跳過溝去；②越級升進，竄等升級；☆級を飛び越して昇進する／越級升進。

とびこみ【飛込み】（名）①（とびこむ）的名詞形；②〔游泳〕（由跳臺上）跳入水中（＝タイビング）；☆飛込みの優勝者／跳水的優勝者；～じさつ【飛び込み自殺】（名）向馳過來的火車（電車）跳去的自殺（法）；～だい【飛び込み台】（名）〔游泳〕跳臺。

とびこ・む【飛び込む】（自五）①跳進去，跳入；☆飛び込み台から水中に飛び込む／由跳臺上跳入水中；☆噴火口に飛び込む／跳進噴火口裏（自殺）；②突然闖進；☆見知らぬ男が飛びこんで来た／一個陌生人突然進來了；☆群衆の中に飛び込んで喧嘩を仲裁する／闖進人堆裏調解鬪毆；③（主動地）參加，投入；☆事件の渦中に飛び込む／投入事件的漩渦裏。③

とびしょうぎ【飛将棋】（名）跳棋（雙方各執九個棋子排成三行，一步走一格，遇到雙方棋子卽可跳過，以全部棋子先送達對方陣地爲勝）。③

とびしょく【鳶職】（名）江戸時代的消防員；（平時當土木工程的）工人（＝とび

のもの）。②

とびだ・す【飛び出す】（自五）①飛起來，起飛；☆飛行機が飛び出す／飛機起飛；②跳出，飛出；☆池のなかから蛙が飛び出す／水池中跳出蛙來；③跑出去；☆地震に驚いて飛び出す／因地震吃驚而跑到外邊；④凸出，鼓出；☆目が飛び出している／眼睛鼓着；⑤突然出現；☆折あしく邪魔者が飛び出した／偏巧來了一個搗亂鬼；⑥（因口角等）出走，辭掉（公司工作等）；☆父と口論して家を飛び出す／因與父親口角由家出走；☆会社を飛び出して失職した／辭掉公司工作而失業了。③

とびた・つ【飛び立つ】（自五）①飛起來，飛上天空；☆鳩が一斉に飛び立つ／鴿子一齊飛起；②飛去，飛走，飛散；☆一羽残らず飛び立ってしまった／（鳥）一隻也沒剩全部飛走了；③（感情）激動，（樂得）跳起來；☆合格と聞いて飛び立つ思いだった／聽到考上了樂得幾乎要跳起來。③

とびち【飛地】（名）〔文〕散在各處的領土，和本國不毗連的領土。⓪

とびちが・う【飛び違う】（他五）①飛來飛去，亂飛；☆田の上をとんぼが飛び違う／蜻蜓在水稻田上飛來飛去；②（摔跤時雙方）撲空（位置調換起來）；☆飛び違って相手の足をすくう／撲空而抄起對手的腿。④

とびち・る【飛び散る】（自五）①飛散；☆銃声に驚いて雀が飛び散る／麻雀聽到槍聲而飛散；②（花、葉等）飄落，零落；☆散り落ちた花びらが風に飛び散る／落花因風飄舞，四散；☆「別れ」の合図で生徒が飛び散った／學生聽到「解散」口令而四散了。③

とびつ・く【飛び付く】（自五）①撲奔過來；☆玄関を開けると子供が飛びついて来た／一開門孩子就撲奔上來了；☆犬が飼主に飛びつく／狗向主人撲上來；②（被吸引得）跑過來；☆この値段なら誰でも飛びついて買う／若是這個價錢（這麼便宜）誰都搶着買。③

トピック【topic】（名）①題目；②話題；小標題；☆トピックを捜す／尋求話題①

とび・でる【飛び出る】（自下一）①跑出去；☆地震と開いて飛び出た／一聽地震就跑出去了；②跑起來；☆ピストルが鳴

らないのにスタートから飛び出る／槍還沒響就從起跑線跑起來；③凸出，鼓出；☆目が飛び出る／眼睛凸出，鼓起；◇目の玉が飛び出る／（價錢）駭人。⓪

とびどうぐ【飛道具】（名）弓矢，槍；☆相手は飛道具を持っているから気をつけろ／對方拿着槍呢，可要加小心。③

とびとび【飛び飛び】（副）①（不接連而）分散，散開；☆石を飛び飛びに置く／這一塊那一塊地放置石頭；中間留出間隔放置石頭；②不按次序，隔三跳四；☆本を飛び飛びに読む／隔三跳四地讀書⓪②

とびの・く【飛び退く】（自五）閃開，閃躲；☆飛び退きざまに相手に斬りつける／向旁一閃隨即砍了對方一刀。③

とびのり【飛び乗り】（名・自サ）跳着乘上（行駛中的電車等）；☆飛び乗りは危険だ／跳上（電車）危險；☆馬の飛び乗り／一躍騎上疾馳的馬。⓪

とびの・る【飛び乗る】（自五）①一躍而騎上；☆馬に飛び乗る／一躍而騎上馬；②跳上（行駛中的電車等）；☆発車した汽車に飛び乗る／跳上已經開動的火車③

とびばこ【飛箱】（名）跳箱；☆飛び箱を飛ぶ／跳跳箱。⓪

とびはな・れる【飛び離れる】（自下一）①跳離開；②遠離，懸隔；③遠遠超出（一般水準）；☆とびはなれて好い品／特別好的東西。⑤

とびひ【飛火】（名・自サ）①（飛散的）火星子；☆飛火を防ぐ／防止飛火星；②（因飛散的火星而）起火；☆川向うまで飛火した／河的對岸都因飛火星而起火了；③（事件等）擴展，牽連；☆事件は意外な方面に飛火した／事件牽連到想不到的方面；④〔醫〕天泡瘡，水泡疹；☆隣の子の飛火が移った／由鄰家孩子傳染上天泡瘡。⓪

とびまわ・る【飛び回る】（自五）①（到處）飛翔；☆鳥が大空を自由に飛び回る／鳥任意在天空飛翔；②（到處）跳躍；☆うさぎが山を飛び回る／兔子滿山跳；③跑來跑去；☆子供が雪の上を飛び回る／孩子在雪上跑來跑去；④東奔西走，（到處）奔走；☆金策に飛び回る／為籌款東奔西走。④

どひょう【土俵】（名）①土袋子；☆土俵を積んで洪水を防ぐ／堆積土袋以防洪水；②〔角力〕（相撲）摔跤場；☆力士（

りきし）が土俵に上がる／力士走上了摔
跤場；〜いり【土俵入】（名・自サ）力
士進入摔跤場的儀式；〜ぎわ【土俵際】
（名）①摔跤場的界限；②〔轉〕（決定
成敗的）緊要關頭。◎

とびら【扉】（名）①門扉，門；☆扉をあ
ける／開門；②（書的）扉頁；（雜誌本
文前的）第一頁；☆扉の字は著者の自筆
だ／扉頁上的字是著者親筆寫的；〜え【
扉絵】（名）扉頁圖。◎

とびわた・る【飛び渡る】（自五）①飛渡
去；☆鳥が空を飛び渡る／鳥飛過天空；
②跳渡過來，☆溝を飛び渡る／跳過水
溝。④

どびん【土瓶】（名）（陶壺的）茶壺，水
壺；☆土瓶で茶を入れる／用茶壺泡茶；
〜むし【土瓶蒸】（名）〔烹〕把松磨片、
魚、鷄肉片、靑菜等連湯放入陶壺裏後蒸
而成的一種湯；〜わり【土瓶割】（名）
〔動〕枝尺蛾。

とふ【塗布】（名・他サ）塗敷，搽；☆ペ
ニシリン軟膏をガーゼに塗布し、患部に
当てる／把盤尼西林軟膏塗於紗布上敷於
患處；〜ざい【塗布劑】（名）塗敷劑①

*と・ぶ【飛ぶ】（自五）①飛，飛行，飛翔
；飛揚；☆鳥が飛ぶ／鳥飛；☆飛行機が
空を飛ぶ／飛機在天空飛行；☆埃が飛ぶ
／塵土飛揚；②快跑（＝かける、はし
る）；☆遲刻しそうなので学校へ飛んで
行く／因為眼看要遲到往學校跑去；③跳
，跳躍（＝はねる）；☆天井に手が届く
まで飛ぶ／跳得手能搆着頂棚；☆蚤が飛
んだ／蚤跳跑了；④跳過去，☆飛箱を
飛ぶ／跳過箱；☆溝を飛ぶ／跳過溝去
；⑤（順序、號碼等）不啣接，不接連；越
級（升進），跳過去；☆十ページから十
五ページへ飛ぶ／從十頁跳到十五頁；☆
この辺は番地が飛んでいる／這一帶門牌
號不挨着；☆二階級も飛んで少佐になる
／跳了兩級升爲少校；⑥逃走，跑掉（＝
にげる）；☆犯人は大阪へ飛んだらしい
／犯人似乎逃到大阪去了；⑦（消息、指
令、傳言等＝ひろまる）傳播（＝ひろまる）；☆噂
（うわさ）が四方に飛ぶ／傳言流傳到各
處；☆指令が各支部に飛ぶ／指令傳到各
支部；⑧飛濺（＝とびちる、はねる）；
☆泥が飛ぶ／泥飛濺；⑨飄飛，飄零，飄
落，☆木の葉が風に吹かれて飛ぶ／樹葉
被風吹而飄落；◇飛んで火に入る夏の虫

／飛蛾投火，自投羅網。◎

どぶ【溝】（名）水溝；髒水溝，下水道；
☆どぶが詰まる／下水道堵塞。◎

どぶねずみ【溝鼠】（名）①〔動〕（棲在
下水道裏的）溝鼠；②〔轉〕有盜竊的佣
人，背地裏作壞事的佣人。③

どぶろく（名）（未濾過的）濁酒；☆田舍
でどぶろくを飮む／在鄉間喝濁酒。◎

とべい【渡米】（名・自サ）到美國去。◎

どべい【土塀】（名）土牆；☆土塀をめぐ
らした旧家／周圍有土牆的古宅。◎

*とほ【徒歩】（名・自サ）徒步，步行；☆駅まで
徒步で十分ほどかかる／走到車站約需十
分鐘左右。①

*とほう【途方】（名）①手段，方法，辦法
（＝だて）；☆途方に暮れる／想盡了
辦法，沒有辦法，迷失方向；②條理，道
理（＝すじみち）；☆途方もないことを
言う／說毫無道理的話。

どぼく【土木】（名）土木；〜ぎし【土木
技師】（名）土木工程師；〜こうじ【土
木工事】（名）土木工程。①

とぼけ（名）①〔とぼける〕的名詞形；②
發呆，假裝不知；☆とぼけ面（づら）を
する／呆着面孔，假裝不知，硬裝懞懂；
〜もの【とぼけ者】（名）①呆子；②腦
筋遲鈍的人；老糊塗的人；③假裝不知（
不懂）的人；④裝瘋賣傻的人；舉止滑稽
可笑的人。③

とぼ・ける【惚ける】（自下一）①發呆；
遲鈍；☆年を取って頭が惚ける／上了年
紀腦筋遲鈍；②假裝不知（不懂）；☆惚
けちゃ困る、それは僕の物だ／別裝懞懂
那是我的東西；☆惚けてもこちらには証
拠がある／假裝不知也不行，我這裏有証
據；③做滑稽（愚蠢）言行；☆惚けたこ
とを言って人を笑わせる／說滑稽話引人
發笑。③

*とぼし・い【乏しい】（形）①缺乏，不足
；☆金が乏しい／缺錢；☆経験が（に）
乏しい／缺乏經驗；②貧困；☆乏しい生
活／貧困的生活；〜さ（名）。◎③

とぼ・す【点す】（他五）點（燈）（＝と
もす）

とぼとぼ（副）（步伐）蹣跚，腳步沉重；
慢慢吞吞；☆老婆がとぼとぼ（と）歩い
て行く／老太太沒有力氣地向前走着；☆
後からとぼとぼ付いて行く／在後邊步伐
沉重地跟着走。①

とほほ（ほ）（感）抑制哭泣聲；要哭起來的聲。

とぼ・る【点る】（自五）（燈火）點着（＝ともる）；☆ランプが点った／燈點着了②

どま【土間】（名）①土地（沒舖地板）的房間；☆土間で縄をなう／在土地房間裏搓繩；②（舊式戲院正面的）觀覽席，池座。②

とまつ【塗抹】（名・他サ）〔文〕①塗上，塗抹；☆絵の具を画面に塗抹する／把油畫顏料塗到畫面上，②塗掉，抹去；☆文字を塗抹する／把字塗去。⓪

トマト【tomato】（名）〔植〕蕃茄；～ケチャップ【tamato katchup】（名）蕃茄醬；～ピューレ【tomato puree】（名）蕃茄純濃汁。①②

とまどい【戸惑い・途惑い】（名・自サ）①（夜間起來）迷失方向；睡迷糊；☆地下道の出口が分らなくて戸惑いする／迷失方向,不知道地下道的出口在哪一邊；②找不着大門，找不着自己的房門，不知道哪個門對；☆旅館の部屋へ戻る廊下をまちがえて戸惑いする／旅館裏走錯了走廊找不着自己的房間（不知進哪個門）對；③〔轉〕慌慌張張，無所措手足；☆何を戸惑いしているのだ／你在那裏慌慌張張地幹什麼呢？④躊躇,不知如何是好；☆どう話していいか戸惑いする／不知怎麼說才好。③⓪

とまり【泊り】（名）①住宿,過夜；☆一晩泊りで台北へ行く／到臺北去玩預定在那裏住一宿,以住一宿的計劃到臺北去玩；☆今日は別府（べっぷ）泊りときめた／今天決定住在別府；②住宿處,旅館；☆泊りを換える／換旅館；③值宿；☆今日は泊りで学校にいる／今天值宿我在學校；④碼頭,停泊處；～がけ【泊り掛け】（名）（在前往處）住一宿（或盤桓幾天）,預定住一宿（或幾天）；☆この次は泊り掛けでおいで下さい／下次再來在我這裏住幾天吧（別當天來就當天走）；☆泊り掛けで出かけた／預定住上幾天而回來了（不當天回來）；～ばん【泊り番】（名）值宿班。⓪

とまり【留・止り】（名）①〔とまる〕的名詞形；②停留的處所；③到頭,再也走不過去；☆この路次（ろじ）は先が止りになっている／這條巷子前面走不過去；☆課長の俸給は十万円が止りだ／科長薪

俸最高是十萬元；☆次官に進めば止りだ／升到副部長就到頭了。⓪

とまりぎ【止り木】（名）①鳥籠裏的鳥棲木；②酒吧櫃檯前的高櫈；☆カナリアが止り木にとまって鳴く／金絲雀停在棲木上啼。⓪③

*とま・る【泊まる】（自五）①（船）停泊；☆港に泊まっている船／停在碼頭的船；②止宿,投宿,住下；☆旅館に泊まる／宿在旅館；☆今晩上住在朋友家裏；③值宿；☆交替で会社に泊まる／輪流在公司裏值宿⓪

*とま・る【留（止）まる】（自五）①停止,停下,停住；☆時計が止まった／鐘停了；☆汽車はこの駅に何分（なんぷん）止まるか／火車在這個車站停幾分鐘？②停息,止住；☆痛みが止まった／疼痛止住了；☆脈が止まった／脈停了；③堵塞,不通；☆洪水で汽車が止まった／因為漲水火車不通了；④（因堵塞等）走不過去；☆この路次（ろじ）は先が止まっている／這條巷子前面走不過去（是死胡同）；⑤（鳥、蟲等）停在,棲於（…上）；☆鳥が木に止まっている／鳥停在樹上；☆蠅が止まった／蒼蠅停住了；⑥固定住,箍住；釘住；☆桶側は箍（たが）で止まっている／木桶的外面用箍箍着；☆釘で止まっている／被釘子釘住；⑦留下,剩下；☆説教を聞いても耳に留まらない／挨一頓說也只是耳邊風；⑧抓住；☆吊り革（かわ）に止まる／抓住（電車的）吊環。⓪

とまれ（副）〔文〕無論如何,不論怎說（＝ともあれ、いずれにしても、とにかく）；☆とまれ、彼は一流の学者と言えよう／不論怎說他够得上一個一流學者了；～かくまれ（副）無論如何,不論怎說（＝ともあれかくもあれ、いずれにしても、とにかく）；☆とまれかくまれやるだけはやって見る／不論怎樣,做還是要做的。①

どまんじゅう【土饅頭】（名）墳墓；☆土饅頭に花を捧げる／在墳墓前獻花。②

とみ【富】（名）①〔とむ〕的名詞形；②財富,財產；☆昔の封建社会では富の分配が不平等であった／在古代封建社會裏財富的分配是不平等的；③富源,資源；☆海の富に恵まれている／海產豊富；④彩票（＝とみくじ）；☆富を買う／買彩

票。[1]

とみくじ【富籤】（名）彩票；☆富籤を買う／買彩票；☆富籤にあたる／中彩[0][2]

と・みに【頓に】（副）〔文〕頓然，馬上（＝きゅうに，にわかに）；☆人口が頓に増加した／人口馬上増加了；☆頓に活気ずく／馬上活躍起來；☆頓に前非（ぜんび）を悔ゆ／頓改前非。[1]

とみん【都民】（名）東京市民。[1]

どみん【土民】（名）〔文〕①土著，當地居民；②農民；☆土民が一揆（いっき）を起こす／農民作亂。[0]

*と・む【富む】（自五）①富，有錢；☆国が富む／國家富足；②富有，豊富；☆中国は資源に富んでいる／中國資源豊富；☆経験に富む／富有經驗。[1]

とむらい【弔】（名）①弔喪；☆弔の言葉を述べる／弔喪；②殯儀；☆弔に参列する／参加殯儀；～がっせん【弔合戦】（名）（爲安死者之靈而進行的）復仇戦。[0]

*とむら・う【弔う】（他五）①弔喪；☆遺族の家を弔う／到遺族家裏去弔喪；②（爲死者）祈冥福；☆出家（しゅっけ）して、亡き人のあとを弔う／出家以安死者之靈。[0][3]

とめ【留・止】（名）①〔とめる〕的名詞形；②完結，終了（＝しまい、おわり）[0]

とめお・く【留め置く】（他五）①留下（不讓回去）；☆警察に留め置かれる／被警察留下，被押在警察局裏；②留在（郵局不投遞）；☆受取人不在につき電報を留め置く／因收信人不在把電報留在局裏；③記上（＝かきつけておく）；☆手帳に留め置く／記在記事本上；④終結（＝おわりにする）；☆話はここで留め置く／話就說到這裏爲止。[0]

とめがね【止め金・留め金】（名）（把兩個部分揹在一起的）金属卡子；☆ハンドバッグの止め金／手提包口上的卡子。[0]

とめそで【留袖】（名）〔縫紉〕普通長度的婦女（和服）衣袖；↔ふりそで（振袖）。[0]

とめだて【留め立て】（名・他サ）阻攔，制止；☆留め立ては無用だ／不用阻攔，不要制止；☆いらぬ留め立てはするな／別多管閑事來制止。[0]

とめど【留処・止処】（名）限度，止境；☆しゃべり出したら止処がない／説起話來就沒有止境(完)；☆涙が止めど（も）

なく流れる／涙流不止。[0]

とめゆ・く【尋め行く】（自五）〔文〕尋找去。[3]

*と・める【止（留・停）める】（他下一）①停下，停止，停住；☆電車を停める／把電車停下；☆足を止める／止步，站下；②止住；☆痛みを止める／止痛；③關上，關住；☆ガスを止める／把煤氣關上；☆把…固定住，（釘）住，（別）住；☆釘で板を止める／用釘把板釘住；⑤抑制，制止，阻止；☆喧嘩を止める／制止打架；⑥禁止；☆通行を止める／禁止通行；⑦勸阻；☆止めるのも聞かずノ勤也不聽；☆辞職を止める／勸不要辞職；⑧留下，留住；☆客を留める／留下客人；☆警察に留められた／被警察留下，被押在警察局；⑨留（心），注（目）；☆心を留めて見る／留心觀看；☆目を留める／注目；⑩留在（心上）；☆記憶に止める／留在記憶裏，記住；☆気に留めない／不在意，不介意；図とむ（下二）[0]

*とも一【共】（造語）①表示一起，共同之義；☆ともかせぎ／夫婦共同工作；②表示質量，材料相同；☆ともうら／和衣面一様的裏子。

*とも【友】（名）友人，朋友（＝ともだち）[2]

*とも【伴】（名）〔文〕①同伴；伴侶；☆主人のお伴をする／給主人作伴，伴隨主人；☆お伴致しましょう／我給您作個伴吧，我同您一同去吧；②伙伴；☆伴に加わる／加入伙内。[2][1]

*とも【供】（名）從者，尾從，隨從人員；☆供をつれて行く／帶着從者去。[1]

*ともＩ（修助）①表示全部，全都…；☆三人ともみな合格した／三個人全都考上了；②表示包括…在内；☆送料とも百円／包括郵資在内共一百日圓；③（表示推測、估計等）至（少）；最（強）；☆少なくとも千円ある／至少有一千日圓；☆遅くとも十時までには帰る／至晩十鐘點以前回來；☆多少（なり）とも常識のある人なら分るはずだ／只要稍微具有常識的人不會不懂的；Ⅱ（接助）無論，不拘，盡管，縦令，即使（…也）；☆誰が何と言おうとも構わない／無論誰説什麼也不管它；☆できなくともいい／即使辦不到也可以；Ⅲ（感動）（表示斷然肯定之義）當然，一定；☆行くとも／一定去，哪能不去；☆そうだとも／誠然，可不是麼；

☆それでいいとも／就那樣就行（蠻好）
；Ⅳ（連語）表示加強格助詞「と」的語
氣；☆うんともすんとも言わない／也不
說是也不說是，一聲也不響；☆何処へ
ともなく立ち去った／也不知到哪裏去了
；☆大学教授ともあろう者が…／一個堂
堂的大學教授（竟…）。

ーども【共】（接尾）①表示多數（＝たち、
ら）；☆私ども三人です／我們是三個人
；☆家来（けらい）どもに申し付ける／
告訴僕人們；②（接在第一人稱下）表示
謙遜；☆手前（てまえ）どもでは、☆私
どもでは原価に近いお値段で奉仕して居
ります／敝號是以接近成本的價錢對顧客
服務的。

ども（接助）〔文〕①雖然（＝けれども）
；☆天気晴朗なれども／天氣雖然晴朗；
②雖…也／☆見れども見えず／看也看不
見／☆飲めども酔わず／雖飲亦不醉；☆
行けども行けども人っ子一人見えない／
走了一程又一程，也看不見一個人影。

ともあれ（連語）〔文〕無論如何，不論怎
說（＝とまれ、どうでもあれ、いずれに
しても、とにかく）；☆何はともあれ先
方と会ってほしい／不論怎樣，還是希望
和對方見一面。□1

ともえ【巴】（名）巴字圖案（以一個或數
個巴字形組成一個圓形的圖案，類似陰陽
魚）；☆三つ巴の紋章／圓內有三個向同
一方向旋轉的巴字形徽記；☆雪が万字巴
と降りしきった／大雪旋飛；☆万字巴
と入り乱れて戦う／敵我混在一起亂殺亂
砍。□0

ともがき【友垣】（名）〔文〕友人（＝と
もだち）。□2

*ともかく【兎も角】（副）①姑且不論；☆
費用の点は兎も角のこととして、第一、
時間がない／費用多寡姑且不論，根本就
沒有時間；☆冗談は兎も角どうする積り
だ／開玩笑是開玩笑，你究竟打算怎麼辦
？☆食事は兎も角、まあ、お茶を一杯／
吃飯不吃飯的再說，先請喝杯茶吧；②無
論如何，不論怎樣，總之，好歹；☆兎も
角やってみよう／不論怎樣，做做看吧，
好歹試試看；☆兎も角ご飯を食べないと
／總之不吃飯不行；～も【兎も角も】（副）
不論怎樣，無論如何，總之，☆兎も角も
本人に聞いてみよう／總之還是問一問本
人吧。□1

ともかせぎ【共稼ぎ】（名・自サ）（夫婦）
共同工作；☆共稼ぎの夫婦／共同工作的
夫婦；☆この頃は共稼ぎが多い／最近夫
婦倆都出去工作的人多。③5

ともがら【輩】（名）〔文〕某些人，某種
人，儕，輩；☆かかる輩を相手に芸術を
論ずることはできない／不能够以這種人
爲對象來談論藝術。④0

ともぎれ【共切れ】（名）同樣的布；☆共
切れで継ぎをする／用同樣的布補上□0

ともぐい【共食い】（名・自サ）①同類相
殘；☆かまきりは共食いをする／螳螂同
類相殘；②兩敗俱傷；☆殖民地争奪戦で
イギリスとフランスが共食いをしている
／英國和法國在争奪殖民地上互相殘殺0

とも・し【乏し】（形シク）〔古〕①缺乏
，不足，②貧乏，貧困；③珍奇；④羨慕
；～さ（名）。□2

ともしび【灯火】（名）燈火；☆家家の灯
火が見える／看見家家戶戶的燈火③0

とも・す【点す】（他五）點（燈）；☆提灯
（ちょうちん）に火を点す／點着燈籠0□2

ともすると（副）時常，往往，每每，動輒
（＝ともすれば、ややもすると、どうか
すると、よく）；☆まわりが騒がしいの
でともすると計算を間違える／因爲左右
吵鬧得慌，往往算錯。□1

ともすれば（副）時常，往往，每每，動輒
（＝ともすると、どうかすると、よく）
；☆ともすれば誤りがちである／一來就
弄錯。□1

ともだおれ【共倒れ】（名）兩敗俱傷；☆
悪性競争で同業者が共倒れになる／同業
者因悪性競争同歸於盡。□0□5

*ともだち【友達】（名）朋友，友人；☆学
校の友達／學校的同學；☆頼みにならぬ
友達／靠不住的朋友；☆友達甲斐（が
い）がない／不夠朋友。□0

ともづな【纜】（名）船纜；☆纜を解く／
解纜，開船。□0

ともづり【友釣】（名）把活鮎魚繫在釣鈎上
引誘其他鮎魚的一種釣魚法。□0

ともども【共共】（副）共同，互相，彼此
；☆共々に励まし合う／互相勉勵②0

ともない Ⅰ（連語）不願意（＝…たくもな
い）；☆はなしたくもない／不願意離開；
Ⅱ（連語）並未想…（＝…というわけで
もない、…といしきしたわけでもない）
；☆行くともなく行った／並沒想去而去

了。

*ともな・う【伴う】（自・他五）①伴同，隨；☆教育の進歩に伴って／隨著教育的進步；②（同時）發生，有；☆この手術は危険が伴う／這種手術有危險性；③權利は義務を伴う／有權利就有義務；☆不摂生には病気が伴う／不注意健康就會得病；③按照，比照；☆収入に伴った生活／與收入相稱的生活；④伴同，帶領；☆母を伴って上京する／帶領母親進京。③

*ともに【共に】（副）①共同地，一同；☆事を共にする／共事；☆共に学び共に遊ぶ／一同學習一同遊玩；②跟，同；☆父と共に田舎へ行く／跟父親下鄉去；③全，均；☆寒暑共にはげしい／寒暑均甚劇烈；④既…又…，☆卒業して学校を去るのは嬉しいと共にさびしい／畢業離開學校，既欣喜又覺孤寂。[0][1]

ともね【共寝】（名・自サ）同床共枕，同衾。[0]

ともばたらき【共働き】（名）夫妻兩都（出去）工作（＝ともかせぎ）。[0]

ともびき【友引】（名）〔迷信〕不宜出殯之日（陰陽家謂此日出殯死者將拉替身）。[0]

どもり【吃り】（名）①口吃，結巴；☆吃りはなおる／口吃可以矯正過來；②口吃的人；☆この人は吃りだ／這個人是個結巴。[1]

どもり【度盛】（名・自サ）（寒暑表等的）分度，度數；☆分度計の度盛を数える／計算分度計的度數。[3]

とも・る【点る】（自五）（燈火）點着；☆港に灯が点る／碼頭上點起燈火[0][2]

ども・る【吃る】（自五）口吃，結巴；☆吃らないように落ち着いて話しなさい／慢慢說吧，免得結巴。[2]

とや【鳥屋】（名）①家禽窩；鶏窩；☆鶏の鳥屋／鶏窩；☆鳥屋を掃除する／打掃鶏窩；②〔歌舞伎〕演員上場前的休息室；◇鳥屋に就（つ）く／（鶏）進窩產卵[0]

とやかく（副）這個那個地，種種（＝なんのかの、かれこれ）；☆とやかく（と）身の周りの世話をする／多方照顧身邊瑣事；◇とやかく言う／說三道四。[1]

どやき【土焼】（名）陶器，瓦器（＝つちやき、すやき）。[0]

どや・す（他五）〔俗〕打，①揍；②高聲罵人；☆兄貴（あにき）にどやされた／被哥哥揍了；☆どやしつけてやる／揍[2]

どやどや（副）（許多人同時）闖進，蜂擁而來，一擁而入；☆警官がどやどや（と）部屋に入ってきた／許多警察忽地一聲都闖進屋子裏來了。[1]

とゆう【と言う】（連語）①稱呼，叫做；☆東京と言う所／叫做東京的地方；東京這個地方；②（表示同格）像，☆君と言う親友がなければ…／若沒有像你這樣的親近朋友…；③（表示屬於…的全部）所有；☆舟と言う舟／所有的船；～ことは【と言うことは】（連語，接）這就是說，這就意味着（＝つまり）；～のも【と言うのも】（連語・接）這也就是說；其理由也就是；～のは【と言うのは】（連語；接）這就是說，原因就是（＝というわけ）。

とよあしはら【豊葦原】（名）〔古〕日本的美稱。[4]

どよう【土用】（名）〔文〕立春、立夏、立秋、立冬前十八天；特指立秋前十八天；☆夏の土用／立秋前十八天；～なみ【土用波】（名）立秋前十八日間的大浪；～ぼし【土用干し】（名）在立秋前十八日間曬衣服以防蟲蝕（＝むしぼし）[2][0]

*どようび【土曜日】（名）星期六。[2]

どよめき（名）①〔どよめく〕的名詞形；②響聲；（衆人的）喊聲；☆万歳のどよめき／萬歳的歡呼聲。[0]

どよめ・く（自五）①響動，響徹；☆歓声が空にどよめく／歡聲響徹雲霄；②（衆人）吵嚷，騷然；☆彼の登壇に聴衆がどよめく／他一登臺聽衆為之騷然。[3]

*とら【虎】（名）①〔動〕虎；☆虎を生け捕りにする／生擒老虎；②〔俗〕醉鬼；☆大酒を飲んで虎になる／喝大酒喝成了個醉鬼；虎の威を借る狐／狐假虎威[0]

とら【寅】（名）①寅（十二支之一）；②寅時（午前四點鐘）；③東北方。[0]

どら（名）（俗）荒唐，遊惰；荒唐者；～むすこ【どら息子】（名）荒唐的兒子，敗家子。[1]

どら（感）（想起某事時等所發的聲）喂（＝どれ、どりゃ）；☆どら、こちらに出してこらん／喂，拿到這邊來看看；☆どら、出かけるとしようか／走吧！[1]

どら【銅鑼】（名）鑼；☆銅鑼を鳴らす／鳴鑼；☆出帆の銅鑼が鳴り響いた／開船的鑼響了；◇銅鑼をうつ／蕩盡財産[0][1]

どらやき【銅鑼焼】（名）中間夾豆餡的圓

形烤餅。[0]

とらい【渡来】（名・自サ）〔文〕①由外國）輸入進來；☆鉄砲は外国から渡来したものだ／槍是從外國輸入進來的；②（由外國）乘船來到。[0]

トライ【try】（名）①試，試行；②〔橄欖球〕（在敵方大門線内）使球接地。[2]

ドライ【dry】①乾的；②乾燥無味的，乏趣的；③不喝酒的；不含酒精的；～アイス【dry ice】（名）乾冰；～クリーニング【dry-cleaning】（名）乾洗；～ミルク【dried milk】（名）奶粉。[2]

トライアングル【triangle】（名）〔樂〕三角鐵。[4]

ドライバー【driver】（名）①改錐，螺絲撷子；☆ドライバーで、ねじを締める／用改錐撷緊螺絲；②〔高爾夫球〕球棒（＝クラブ）；③駕駛人。[2]

ドライブ【drive】（名・自サ）①（駕駛汽車，馬車）遊玩，兜風；☆昨日は箱根までドライブした／昨天駕駛汽車到箱根玩了一趟；②〔高爾夫球〕用力打球；③〔網球〕猛打，抽球；☆ドライブのかかった球／猛打的球，抽打的球；～イン【drive-in】（名）開車休息站；～ウェー【dri-ve-way】（名）汽車路。[2]

ドライヤー【dryer】（名）乾爆器；吹風機。[2]

＊とら・える【捕える】（他下一）抓住，逮住，擒住，摁住（＝つかまえる）；☆犯人を捕える／逮住犯人；☆袖を捕えて放さない／抓住袖子不放手；☆真相を捕える／抓住眞相。[3]

トラクター【tractor】（名）拖拉機；☆トラクターで開墾する／用拖拉機開墾。[2]

どらごえ【どら声】（名）粗惡聲；☆どら声を張り揚げる／發出粗惡聲。[3][0]

トラコーマ【trachoma】（名）〔醫〕砂眼（＝トラホーム）。[3]

ドラゴン【dragon】（名）龍（＝りゅう）；～ボート【dragon boat】（名）龍舟[2]

トラスト【trust】（名）〔經〕托辣斯；☆トラストを形成して独占する／組成托辣斯進行壟斷。[2]

とら・せる【取らせる】（他下一）讓…拿去，給，賜與；☆家来に褒美（ほうび）を取らせる／賞給手下人等獎賞。[3]

＊トラック【track】（名）〔運動〕徑，跑道；徑賽；☆トラックを一週する／沿跑道跑一圈；☆トラックの選手／徑賽選手；②動物的足跡。[2]

＊トラック【truck】（名）①卡車，運貨汽車；☆トラックで荷物を運ぶ／用卡車運東西；②〔鐵〕無蓋貨車，敞車；③手車，手推車（＝トロッコ）。[2]

ドラッグ【drug】（名）藥品，藥材，藥料；～ストア【美 drug store】（名）（出售藥品、書籍、飯食、茶點的）小型百貨店。

どらねこ【どら猫】（名）〔俗〕野貓；☆どら猫に魚を取られた／野貓把魚偸跑了。[0]

とらのい【虎の威】（名）虎威；☆虎の威を借（か）る狐／狐假虎威。

とらのこ【虎の子】（名）極端珍愛的東西，秘藏之物；☆虎の子の壺を割ってしまった／把極端珍愛的罎子打碎了。[0]

とらのまき【虎の巻】（名）①秘傳的兵書；②秘傳的書；③講義的藍本；拡要而易懂的參考書；☆数学の虎の巻を買った／買了一本極好的數學參考書。[0]

トラピスト【Trappists】（名）〔宗〕特拉比斯特教會。[0]

ドラフト【draft】①草稿；②草圖；③選拔。[2]

トラブル【trouble】（名）紛擾，煩惱，麻煩；艱難，困苦；☆家庭にトラブルが絶えない／家裏不斷有糾紛；☆試合中にトラブルが起こった／在比賽時發生了糾葛。[2]

トラベラーズ・チェック【travellers check】（名）旅行支票。[7]

トラベル【travel】（名）旅行。

トラホーム【德 Trachom】（名）〔醫〕砂眼；☆トラホームにかかる／患砂眼[3]

ドラマ【drama】（名）①劇，戲劇，演劇；☆ラジオドラマ／廣播劇；②劇本；☆ドラマを書く／寫劇本。[1][2]

ドラマチック【dramatic】（形動ダ）戲劇性的，動人的；☆ドラマチックな場面／動人的場面。[4]

ドラム【drum】（名）①〔樂〕鼓；☆ドラムを叩く／擊鼓；②鼓形物；～かん【drum 缶】（名）（盛汽油等的）圓桶[1]

とらわれ【囚われ】（名）被擒，被俘；☆囚われの身となる／當俘虜；當囚犯。[0]

＊とらわ・れる【囚われる】（自下一）①被擒住，被逮住，被俘；☆警察に囚われた

／被警察抓住了；②受拘束；☆古い学説
に囚われては進歩がない／一受舊學說的
拘束就沒有進步。④⓪

トランク【trunk】（名）①皮箱；☆衣類
をトランクに詰める／把衣服裝在皮箱裏
；②車後廂。②

トランシーバー【trans-ceiver】（名）〔
無電〕携帯用收發兩用機，携帶對講機④

トランジスター【transistor】①電晶體；
②電晶體收音機。

トランス【trans】（名）〔（trans-form-
er)之略〕變壓器；～レス【transless】
（造語）無（需）變壓器的。②⓪

トランプ【trump】（名）紙牌，撲克牌；
☆トランプで遊ぶ／玩撲克牌。②

トランペット【trumpet】（名）〔樂〕小
喇叭，號。④

トランポリン【trampoline】（名）〔體
操〕彈簧墊。②

とり―【取り】（接頭）冠於動詞上加強詞
義；☆取り調べる／調査；☆取り片づけ
る／收拾。

とり【酉】（名）①酉（十二支之一）；☆
酉の年／酉年；②酉時（午後六點鐘）；
③西方。⓪

とり【取り】（名）①〔とる〕的名詞形；②
（雑技場的)最後演出；③〔俗〕大軸戲②

*とり【鳥】（名）〔動〕①鳥；②鶏（＝に
わとり）。⓪

とりあい【取り合い】（名・他サ）①互相
爭取；②爭奪；☆遺産の取り合いを演ず
る／爭奪遺産。⓪

とりあ・う【取り合う】（他五）①互相拉
手，互相牽手；☆手を取り合って喜ぶ／
互相拉着手高興②爭奪，奪取；☆陣地を
取り合う／奪取陣地③理睬，搭理；☆
あんな人に取り合ってはいられない／沒
工夫搭理那種人；☆何と言っても取り合
わないがいい／（他）說什麼也不要理睬
（他）。⓪

*とりあえず【不取敢】（副）①急忙，趕快
，匆匆忙忙；☆取るものも取りあえず／
急忙，匆匆忙忙；②（姑且）首先，暫且
；☆取りあえず学校に連絡した／首先同
學校取得了聯繫。③

とりあげ【取り上げ】（名）〔とりあげる〕
的名詞形；～ばば【取り上げ婆】（名）
助産士，穩婆，收生婆；☆昔は助産婦の
ことを取り上げ婆と言った／往昔助産士

曾叫穩婆。⓪

*とりあ・げる【取り上げる】（他下一）①
拿起來，擧起；☆箸を取り上げる／拿起
筷子來，擧箸；②受理，採納；☆建議は
取り上げられなかった／建議沒被採納；
③奪取，剝奪；☆相手の振り上げた棍棒
を取り上げた／奪下了對方拿起來的棒子
；☆官位を取り上げられる／被剝奪官職
；④沒收；☆財産を取り上げる／沒收財
産；⑤徵收（捐稅）；☆農民は年貢を取
り上げられる／農民被徵收賦，☆租稅
を取り上げる／徵稅；⑥接生，助産；☆
この子はあの産婆さんに取り上げてもら
った／這個孩子是那位助産士給接生的；
⑦提出，提起（話題等）；☆取り上げて
言うほどのことでもない／並不值得（特
別）提的事，図とりあぐ（下二）。⓪

*とりあつかい【取扱い】（名）辦理，處理
，操縱；對待；☆この機械は取扱いが簡
單だ／這個機器容易操縱，☆婦人も男子
と同様の取扱いを受ける／婦女也享受和
男人一樣的待遇；～じょ【取扱所】（名）
經辦處；～にん【取扱人】（名）辦理人
，經手人。⓪

*とりあつか・う【取り扱う】（他五）①辦理
，處理；☆事務を取り扱う／辦理事務；
☆この事は誰が取り扱ったのか／這事是
誰經手辦的？☆この種の犯罪は取り扱い
にくい／這種犯罪不好處理；②操縱，使
用；☆この機械は取り扱いにくい／這個
機器不好操縱；☆丁寧に取り扱わないと
壊れる／不小心使用會壞的；③對待，接
待；☆外国使節を国賓として取り扱う／
把外國使節當作國賓來接待；☆客を取り
扱うのが下手（へた）だ／不會接待客人
；④（在郵局等窗口）受理，　☆この局
では電報は取り扱わない／此局不受理電
報。⓪

とりあつ・める【取り集める】（他下一）
集，收集；☆人々の意見を取り集める／
收集各人的意見。⑤

とりあわせ【取り合わせ】（名）配合；☆
この模様の色の取り合わせは美しい／這
個花樣的顏色搭配得很美麗。⓪

とりあわ・せる【取り合わせる】（名）（
他下一）①配合；☆色を取り合わせる／
配合顏色；☆季節の野菜を取り合わせて
サラダをつくる／配合各種應時的蔬菜做
沙拉；②收集，蒐集；☆新進作家の作品

を取り合わせて小説集をつくる／蒐集新作家的作品編成小説集；図とりあはす（下二）。⓪⑤

ドリアン【durian】（名）〔植〕榴槤。①

とりい【鳥居】（名）（神社前的）華表，牌坊。⓪

トリートメント【treatment】（名・他サ）處理，保養頭髮。

とりい・る【取り入る】Ⅰ（自五）奉承，獻諂，拍馬，巴結，討好；☆人に取り入るのが上手だ／善於巴結；☆目上の人に取り入る／巴結上級；Ⅱ（他下二）＝とりいれる。⓪

とりいれ【取り入れ】（名）①（由外處）採用；☆外国技術の取り入れ／外國技術的採用；②收穫；☆稲の取り入れで忙しい／因收割水稻很忙。⓪

*とりい・れる**【取り入れる】（他下一）①（由外處）採用，輸入；☆外国の技術を取り入れる／採用外國技術；②收穫；☆稲を取り入れる／收割水稻；③拿進來；☆かわいた洗濯物を取り入れる／把曬乾的衣物拿進來；図とりいる（下二）。⓪

トリウム【thorium】（名）〔化〕釷。⓪

とりえ【取柄・取得】（名）長處，優點；☆何の取柄もない人／毫無長處的人。③

トリオ【意trio】（名）①〔樂〕三重唱；三重奏；中間部；②三人組。①

とりおこな・う【執り行なう】（他五）舉行，舉辦，執行；☆慰霊祭を執り行なう／舉行追悼會；☆政務を執り行なう／執行政務。⓪

とりおさ・える【取り抑える】（他下一）①逮捕，捉獲；☆スリの現行犯を取り抑える／逮住扒手的現行犯；②抑止，扼止，制止；☆暴れ馬を取り抑える／抑制悍馬；図とりおそう（下二）。⓪⑤

とりおとし【取落し】（名）丟掉，漏下；☆急いだので取り落しがあるかも知れない／因為匆忙或許有漏掉的也未可知。⓪

とりおと・す【取り落とす】（他五）①（沒拿住）丟掉，落掉；☆食器を取り落として割ってしまった／沒拿住食具掉了摔碎了；②遺漏，漏掉；☆名簿に三人の名を取り落した／名冊上漏掉了三個人的名字。⓪

とりかえ【取り替え】（名）〔とりかえる〕的名詞形；☆お買い上げ品のお取り替えは御容赦願います／賣出之貨,恕不退換⓪

とりかえし【取り返し】（名）①〔とりかえす〕的名詞形；②挽回，挽救；☆取り返しのつかぬことをしでかした／幹了件無法挽救的事。⓪

とりかえ・す【取り返す】（他五）①取回來，要回來；☆友人にあげた写真を取り返す／把贈給朋友的照片要回來；②挽回，挽救，恢復；☆権利を取り返す／挽回權利；☆名誉を取り返す／恢復名譽。⓪

*とりか・える**【取り替える】（他下一）①換，交換；☆友人と帽子を取り替える／和朋友換帽子；☆品物が悪ければ取り替える／東西不好可以退換；②更換（新的）；☆車の部品を取り替える／把汽車的零件更換新的。⓪

とりかか・る【取り掛かる】（自五）①着手，開始；☆仕事に取りかかる／下手幹活,幹起活來；②憑倚，靠（＝すがる，よりかかる）。⓪

とりかご【鳥籠】（名）鳥籠。⓪

*とりかこ・む**【取り囲む】（他五）圍（＝かこむ）；☆新聞記者に取り囲まれる／被新聞記者圍上；☆ストーブを取り囲んで談笑する／圍着火爐談笑。⓪

とりかじ【取舵】（名）①（使船向左的）操舵法；②左舷（＝さげん）；↔おもかじ（面舵）。②

とりかたづけ【取り片付け】（名）收拾，整理（＝かたづけ）；☆部屋の取り片付けが終わる／收拾完屋子。⓪

とりかたづ・ける【取り片付ける】（他下一）收拾，整理；☆食卓の上を取り片付ける／收拾飯桌上面；図とりかたづく（下二）。⓪⑥

とりかわし【取り交し】（名）交換，互換；☆結納（ゆいのう）の取り交しが済む／已經交換了訂婚禮物。⓪

とりかわ・す【取り交わす】（他五）交換，互換；☆契約書を取り交わす／交換合同,簽訂合同。⓪④

とりきめ【取り決め】（名）規定，商定，締結；☆規約の取り決めは明日に延期す／規章延至明日商定。⓪

とりき・める【取り決める】（他下一）①定，規定，決定；☆会の日取りを取り決める／決定開會日期；②商定，締結（協約）；☆支払の期日を取り決める／商定付款日期；☆縁談を取り決める／說妥親事；図とりきむ（下二）。⓪

とりくず・す【取り崩す】（他五）拆毀，

拆掉；☆家を取り崩す／拆毀房子。⓪

とりくち【取口】（名）〔角力〕相撲的手法。②

とりくみ【取組】（名）①〔とりくむ〕的名詞形；②〔角力〕（對手的）配合；☆明日の相撲は好取組が多い／明天相撲有很多組配合得很好；③（競賽雙方的）配合；☆あの二人はいい取組だ／那兩個人配得很好（能力不相上下）。⓪

*****とりく・む【取り組む】**（自五）①（二人互相）扭住；☆二人は取り組んだ／兩個人扭住了；②（競賽時同…）作對手，同…比賽；☆明日は強敵と取り組むことになった／明天要同硬敵進行比賽，明天的對手很厲害。⓪

とりけし【取消し】（名・他サ）取消，作廢，收回；☆新聞に取消しの記事を出す／在報紙上刊登取消（某條新聞的）聲明⓪

*****とりけ・す【取り消す】**（他五）取消，作廢，收回；☆決定を取り消す／取消決定；☆前言を取り消す／收回前言；☆予約を取りけす／取消預約。⓪

とりこ【虜】（名）①俘虜；☆戦いに敗れて虜となる／戰鬥被俘；②〔轉〕俘虜；☆恋の虜／戀愛的俘虜。③⓪

とりこ【取り粉】（名）撒在黏糕表面以防黏手的）浮麵；☆取り粉をつけて餅を丸める／撒上浮糰團黏糕。②③

とりこしぐろう【取越苦労】（名・他サ）杞憂，自尋苦惱；☆余計な取越苦労はしない方がいい／不要無謂地自尋苦惱。⑤

とりこ・す【取り越す】（他五）提前（日期）（＝くりあげる）；☆誕生祝を取り越してする／提前慶祝誕辰（作生日）⓪

トリコット【tricot】（名）（毛、絲的）手編織物，類似手織的織物。③

とりこみ【取り込み】（名）①收割，收穫（＝とりいれ）；☆農家は取り込みで忙しい／農家忙於收割；②（因事故等）忙亂（＝ごたごた）；☆取り込みがあって学校を休んだ／因爲忙亂曠課了；③騙取（金錢等）；**～さぎ【取込詐欺】**（名）（大量進貨而不付貨款的）欺詐。

とりこむ【取り込む】Ⅰ（自五）忙亂；☆先日は取り込んでいて、お目にかかからず失礼しました／前幾天因爲忙亂失禮了對不起；☆不幸があって取り込んでいる／因辦喪事很忙亂；Ⅱ（他五）①拿進來；☆洗濯物を取り込む／把洗的衣物拿進來；

②騙取；☆主人の金を取り込む／騙主人的錢；③籠絡，拉攏（＝まるめこむ）；☆自分の仲間に取り込む／拉攏入夥。⓪

とりこ・める【取り籠める】（他下一）①監禁起來，禁閉起來；☆気違いを座敷牢に取り籠める／把瘋子關在禁閉室裏；②圍起來。⓪

とりごや【鳥小屋】（名）鷄窩，鷄舍。⓪

とりこわし【取毀し】（名）拆毀；☆不法建築物の取毀しを命ずる／命令拆毀非法建築物。⓪

とりこわ・す【取り毀す】（他五）拆毀☆バラックを取り毀す／拆毀臨時板房⓪④

とりざかな【取り肴】（名）（盛在大食器內由桌上各人分取的）菜，酒菜。③

とりさげ【取り下げ】（名）撤回，撤銷；☆請願の取り下げを申し出る／申請撤回請願書。⓪

とりさ・げる【取り下げる】（他下一）撤回，撤銷；☆議会に提出した請願を取り下げる／撤回提到國會的請願書；⮣とりさぐ（下二）。⓪

とりざた【取沙汰】（名・自サ）傳說，談論；☆近所で取沙汰している／附近議論紛紛；☆世人の取沙汰を気にする／擔心社會上的輿論。②

とりさば・く【取り捌く】（他五）處理，調處（訴訟等）；☆年寄に取り捌いてもらう／讓老年人給調處。⓪

とりさ・る【取り去る】（他五）除去，除掉；☆注射で痛みを取り去る／用注射止痛。⓪

とりしき・る【取り仕切る】（他五）一手承擔，獨自處理。⓪

とりしまり【取締り】（名）①〔とりしまる〕的名詞形；②管束，拘管，取締；☆厳重な取締りをする／嚴加管束（取締）；③←取締役；**～やく【取締役】**（名）（公司的）董事。⓪

*****とりしま・る【取り締まる】**（名）（他五）管束，拘管，管理，監督；取締；☆部下の行動を取り締まる／監督部下的行動；☆警察が場内を取り締まる／警察維持場內秩序；☆交通違反を取り締まる／取締違反交通規則，監督交通規則的遵守情形。⓪

とりしらべ【取調べ】（名）調查；☆証人を呼び出して取調べを行なう／傳來證人進行調查；☆原因の取調べをはじめる／

開始調査原因。◎

とりしら・べる【取り調べる】（他下一）
調査，審問；☆被害状況を取り調べる／
調査受害状況；☆本人を取り調べる／審
問（了解）本人；図とりしらぶ（下二）◎

とりすが・る【取り縋る】（自五）偎靠，
緊靠；☆夫に取り縋って泣く／偎靠着丈
夫啼哭。◎

とりす・てる【取り捨てる】（他下一）捨
去，除掉；☆不要なものを取り捨てる／
扔掉用不着的東西；図とりすつ（下二）◎

とりすま・す【取り澄ます】（自五）假裝
一本正經，裝模作樣；☆取り澄ました顔
／裝模作樣的面孔。◎

とりそろ・える【取り揃える】（他下一）
備齊，湊齊，準備齊全；☆炊事用具を取
り揃える／備齊厨房用具；☆出發の間際
（まぎわ）になって慌てぬように荷物を
取り揃えて慌く／把行李準備整齊以免臨
到起身時發慌；図とりそろう（下二）◎

とりだか【取高】（名）①收入，所得；☆
昨年の取高／去年的收入；②收穫量，收
成；③工資額，體祿額；④（分得的）份
額；☆皆で分けると一人当ての取高は少
なくなる／大家一分每人所得的份額就少
了。②◎

とりだ・す【取り出す】（他五）拿出，掏
出，抽出；☆袋から菓子を取り出す／從
袋子裏拿出點心；☆ポケットから時計を
取り出す／由衣袋掏出錶；図とりいだす
（四）；とりいづ（下二）。◎

とりたて【取立て】（名）①徴收；催收；
☆税金の取立て／徴税；☆借金の取立て
／催收欠款；②拔擢，提拔；☆上司の取
立てで出世（しゅっせ）する／頼上司的
提拔而升進。

とりたて【取り立て】（名）剛剛摘下（捕
得）；☆取り立てのトマト／剛剛摘下的
番茄；☆取り立ての蝦／剛剛捕得的蝦◎

とりた・てる【取り立てる】（他下一）①
徴收；催收；☆税を取り立てる／徴税；
☆掛（かけ）を取り立てる／催收賒欠
②拔擢，提升，拔擢；☆社長に取り立て
られて課長になる／被總經理提升爲科長
；③（特別）提出，提及；☆取り立てて言
うほどのことはない／沒有什麼値得特別
提的；図とりたつ（下二）。◎

*とりちが・える**【取り違える】（他下一）
弄錯，搞錯；拿錯，穿錯；聽錯，記錯；

☆人の靴と取り違えた／和旁人穿錯了鞋
，錯穿了旁人的鞋；☆話の意味を取り違
える／聽錯（誤解）話的意義；☆取り違
え違えた／記錯了日子；図とりちがふ（
下二）。◎5

とりちら・す【取り散らす】（他五）弄得
亂七八糟；☆部屋を取り散らす／把屋子
弄得亂七八糟。◎

とりつ【都立】（名）東京都立。①

とりつき【取付】（名）①〔とりつく〕的
名詞形；起首，最初；☆取付から失敗
してしまった／一開頭就失敗了；☆取付
は骨が折れるが慣れれば何でもない／起
初很吃苦，慣了就沒有什麼了；③最初（
接觸時）的印象；☆取付の悪い人／不易
接近的人；④（進入某處的）入口；☆町
の取付の家／進胡同裏頭一家。◎

とりつぎ【取次】（名）①〔とりつぐ〕的
名詞形；②傳達，轉達，回話；☆秘書が
取次に出る／秘書出來傳達；☆取次を頼
む／請求傳達；③代辦，代購，代銷；經
售；☆あの店に本の取次を頼む／委託那
個舖子代購（銷）書；〜てん【取次店】
（名）代銷所；代銷店；經銷處；〜はん
ばい【取次販売】（名）代售，經銷◎

とりつ・く【取り付く】Ⅰ（自五）①偎靠
，抱住（＝たよる，とりすがる）；☆
子供が母に取り付いて喜ぶ／孩子抱住母
親歡喜；②開始，着手（＝しはじめる）
；☆新しい研究に取り付く／開始新的研
究；③找到（職業、工作）；☆仕事に取
り付いた／有了工作；④（魂靈、狐狸等）
迷住，（病魔）纏住；☆病気に取り付かれ
る／被病魔纏住；☆狐に取り付かれる／
被狐狸迷住；☆自分が大した者だという
考えに取り付かれた／被自己不起的想
法迷住，總以爲自己了不起；◊ **取り付く
島がない**①沒有依靠（着落、辦法）；
②（因對方不加理睬等）無法接近；Ⅱ（他
下二）→とりつける。◎

トリック【trick】（名）①騙人的奸策，詭
計；☆トリックに引っ掛かる／受騙，上
當；②〔電影〕特技，假景；☆この地震
の場面はトリックだ／這個地震的鏡頭是
特技攝影。②

とりつ・ぐ【取り次ぐ】（他五）①傳達，轉
達，回話；☆こちらの意見を彼に取り次
いでもらう／委託把這方面的意見轉達給
他；☆女中が主人に取り次ぐ／女僕傳達

給主人；②代辦；代購；代銷；☆出張所に資材購入を取り次いでもらう／委託辦事處給代購材料；③轉交；☆この手紙を彼に取り次いで下さい／請把這封信轉交給他。[0]

とりつくろ・う【取り繕う】（他五）①修理；補縫；☆着物の破れを取り繕う／把衣服破綻處補縫上；②掩飾（過言），粉飾；☆少しも取り繕わない／絲毫不加掩飾；☆人前を取り繕うだけでは駄目だ／只在人們面前偽裝是不行的，只粉飾表面是不妥的。[0][5]

とりつけ【取付け】（名）①〔とりつける〕的名詞形；②安裝；☆機械の取付け／機械的安裝；③常從固定的舗子買東西；☆取付けの店／熟舗子；④〔經〕擠兌；☆銀行が取付けに遇った／銀行遭受擠兌了。[0]

とりつ・ける【取り付ける】（他下一）①安裝（機器等）；☆玄関にベルを取り付ける／正門安上電鈴；②（常從固定舗子）買東西☆料理はこの店から取り付けている／菜經常從這個館子叫。[0]

とりで【砦】（名）〔文〕城寨，城堡；☆山の頂上に砦を築く／在山頂設寨。[0][3]

とりてき【取的】（名）〔角力〕相撲最下級的力士。[0]

とりどく【取り得】（名）拿到就算便宜，多拿多占便宜；☆それだけでも取ったが取り得だ／即便只那麼一點還是拿到就算便宜。[0][2]

とりどころ【取り所】（名）長處，可取之處；☆何の取り所もない人／毫無可取之處的人。[3]

とりとめ【取り留】（名）〔とりとめる〕的名詞形；☆取り留が（の）ない／不得要領，不着邊際；捕風捉影；☆取り留のない話／不得要領的話；☆取り留のない雑談／無所聊的漫談；☆取り留のない空想／捕風捉影的空想；☆取り留のないことを考える／想一些不着邊際的事。[0]

とりと・める【取り留める】（他下一）保住（命）；☆一命（いちめい）を取り留めた／保住了一條命；図とりとむ（下二）。

とりどり【形動ダ】①（意見等）紛歧；☆意見がとりどりで纏まりがつかない／意見紛歧不能取得一致；②（顏色等）繁多；各式各様；☆色とりどりの服裝を

した少女たち／穿着各種顏色服裝的少女們。[2][0]

とりなおし【取り直し】（名）①〔とりなおす〕的名詞形；②〔角力〕（相撲）重新比賽，重摔一次。[0]

とりなお・す【取り直す】（他五）①改換拿法；☆刀を取り直して敵に向う／調過刀鋒指向敵人；②改變，轉換（心情等）；☆気を取り直してがんばる／轉變過心情來加油幹；③〔相撲〕重新比賽，重摔一次，☆相撲を取り直す／重新角力一次。[0]

とりなし【執り成し】（名）①〔とりなす〕的名詞形；②說和，調停，調解；☆執り成しを頼む／委託…調解；③說項，勸解；☆執り成しの上手な人／善於說項的人；善於周旋的人；④推薦，周旋，幹旋；☆よろしくお執り成しを願います／請您好好幹旋一下；**～て【執り成し手】**（名）調停者；勸解者；周旋者；☆仲直りの執り成し手を頼む／委託和解的調停人。[0]

とりな・す【執り成す】（他五）①說和，調停，調解；☆色々と執り成して仲直りをさせる／設法調停使言歸於好；☆両人の間を執り成してやる／給兩個人說和（使和睦起來）；②說項，勸解；☆勘当されかけた息子を執り成してやる／替要被父親攆出去的孩子說情；③周旋，關說，幹旋；☆何もかも私が執り成して上げます／一切都由我來給您幹旋；④舉薦，介紹；☆執り成して役につける／舉薦使就負責地位；⑤應酬，接待；☆客を執り成す／應酬客人。[0]

とりにが・す【取り逃がす】（他五）（沒能抓住而）使…跑掉，錯過；☆逮捕寸前に取り逃がしてしまった／眼看要逮住却（使他）跑掉了；☆機会を取り逃がす／錯過機會。[0]

とりのいち【酉の市】（名）大鳥神社每年十一月酉日的廟會。[3][4]

とりの・ける【取り除ける】（他下一）①除掉，挪開；☆往来の石を取り除ける／把路上的石頭挪開；②（特別）留下；拿出來（放到一旁），作爲例外；☆特別のものは取り除けておく／把特別的東西拿出來（放到一旁）；☆後の日の為に取り除けておく／為了日後留起來（放到一旁）図とりのく（下二）。[0]

とりのこ【鳥の子】（名）〔文〕①鶏卵；②雛鶏；③←鳥の子紙；④←鳥の子餅；～がみ【鳥の子紙】（名）一種上等日本紙；～もち【鳥の子餅】（名）卵形年糕（分紅白二色）。⓪

とりのこ・す【取り残す】（他五）剩下，留下；☆青い柿は取り残しておく／青柿子留下（不摘）；☆私一人が取り残された／只剩下了我一個人。⓪

*とりのぞ・く【取り除く】（他五）除掉；去掉；拆掉；☆庭の隅の小屋（こや）を取り除く／把院子角落的棚子拆掉。⓪

とりはからい【取り計い】（名）處理，照顧；☆特別の取り計い／特別照顧；☆万事お取り計いにお任せします／一切任憑您處理。⓪

とりはから・う【取り計う】（他五）處理，照顧；☆適当に取り計う／適當地處理；☆しかるべく取り計いましょう／我來酌量處理吧。⓪

とりはずし【取り外し】（名・他サ）摘下，卸下；☆取り外しのできる装置／可以卸下來的装置。⓪

とりはず・す【取り外す】（他五）①摘下，卸下；☆戸を取り外す／把門卸下來；☆機械を取り外す／把機器卸下來；②沒有抓住，錯過；☆機会を取り外す／錯過機會。⓪

とりはだ【鳥肌・鳥膚】（名）①鶏皮疙瘩；☆鳥肌が立つ，鳥肌になる／起鶏皮疙瘩；☆寒さで全身に鳥肌が立つ／凍得渾身起鶏皮疙瘩；②粗糙的皮膚，鶏膚（＝さめはだ）／鳥肌の人／皮膚粗糙的人⓪

とりはな・す【取り離す】（他五）①＝はなす；②（把手中所持之物）鬆開，放開③＝とりはずす。⓪

とりはらい【取り払い】（名）撤除，拆掉；☆家の取り払いにかかる／開始拆掉房子。⓪

とりはら・う【取り払う】（他五）撤除，拆除；☆不法建築物を取り払う／拆除非法建築的房屋。⓪

*とりひき【取引】（名・自サ）交易；☆外国商社と取引（を）する／同外國商行進行交易；～じょ【取引所】（名）交易所⓵⓶

とりひろ・げる【取り広げる】（他下一）①擴展，擴充，展寬；☆宣伝区域を取り広げる／擴展宣傳地區；☆道を取り広げる／展寬道路；②（滿處）舗開，擺滿；

☆部屋中に書物（しょもつ）を取り広げる／屋裏擺滿書籍。⓪

とりふだ【取札】（名）（玩紙牌「かるた」時）搶的牌；↔よみふだ（読札）；☆取札を並べる／擺開搶的牌。⓶

ドリブル【dribble】（名・他サ）①〔足球〕盤球，溜球；②〔籃球〕帶球，運球；③〔棒球〕把球撞入球臺袋内。⓶

トリプルクラウン【triple crown】（名）〔棒球〕三冠王。⓺

とりぶん【取り分】（名）所取之份，分得之份；☆取り分が多い／分得多。⓶

とりほうだい【取り放題】（名）隨便拿取（不加限制）；☆菓子を子供たちの取り放題にする／讓孩子們隨便拿點心。⓷

とりまえ【取り前】（名）所取之份，分得之份；☆僕の取り前は多くない／我分的少（我的一份不多）。⓶

とりまかな・う【取り賄う】（他五）＝まかなう。⓪⓹

とりまき【取り巻き】（名）①〔とりまく〕的名詞形；②圍着有錢有勢者跑前跑後的人，捧場的人；☆彼は某代議士の取り巻きの一人だ／他為某議員的捧場人之一；～れんちゅう【取り巻き連中】（名）圍着某有錢有勢者跑前跑後的一幫人，一幫捧場的人。⓪

とりまぎ・れる【取り紛れる】（自下一）①紛亂，混亂（＝まぎれる）；②忙亂，忙碌；☆多忙に取り紛れてつい御無沙汰しました／由於太忙以致久未奉函問候；図とりまぎる（下二）。⓪

*とりま・く【取り巻く】（他五）①圍，包圍；☆敵の城を取り巻いて攻める／包圍敵人城池而進攻，圍攻敵人城池；②圍着有錢有勢者跑前跑後，包圍；☆変な連中に取り巻かれて、いい気になっている／被一幫不三不四的人捧得洋洋得意起來⓪

とりま・ぜる【取り混ぜる】（他下一）攙混，放在一起；☆よい品と悪い品とを取り混ぜて売る／把好貨和壞貨攙在一起賣；☆各種の見本を取り混ぜて送る／把各種貨樣一起寄去；図とりまず（下二）⓪

とりまと・める【取り纏める】（他下一）①集合在一起，匯在一起；☆辞表を取り纏めて提出する／把大家的辭呈匯在一起提出；☆各人の意見を取り纏める／綜合各個人的意見；②排解，調處；☆紛争を取り纏める／排解糾紛；図とりまとむ（

下二）。⓪

とりまわし【取り回し】（名）①〔とりまわす〕的名詞形；②處理，辦理；☆家事の取り回しがうまい／善於處理家務；③接待，應酬。⓪

とりみだ・す【取り乱す】（他五）①弄亂，弄得亂七八糟，東拋西擲；☆部屋を取り乱している所へ客が来た／正把屋子弄得亂七八糟的時候來了客人；②（失掉理智而）發慌，失措；☆子供の災難を知って母は取り乱してしまった／聽到孩子遇到災難，母親慌張失措了；☆取り乱した様子もなく／並沒有慌張失措，很鎮靜地。⓪

とりむす・ぶ【取り結ぶ】（他五）①締結，訂立；☆両会社の間に契約が取り結ばれた／兩公司間訂立了合同；②（居間）撮合；☆二人の間を取り結ぶ／給兩個人撮合；③〔文〕蓋（房），結（廬）；☆庵を取り結ぶ／結廬。⓪

とりめ【鳥目】（名）〔醫〕夜盲症；☆ビタミンＡの不足で鳥目になる／因缺乏維生素Ａ而患夜盲症。⓪

とりもち【取り持ち】（名・他サ）①〔とりもつ〕的名詞形；②周旋，應酬，照應；☆取り持ちのうまい人／善於周旋的人。⓪

とりも・つ【取り持つ】（他五）①拿，握（＝もつ，にぎる）；☆手に弓を取り持つ／手裏拿着弓；②應酬，接待（＝もてなす）；☆客を取り持つ／接待客人；③周旋，斡旋，調停；調處；☆酒の座を取り持つ／在宴會席上周旋；☆二人の間を取り持つ／給二人進行調處；☆縁組を取り持つ／作媒；④舉薦，推舉；⑤承擔過來（＝ひきうける）。⓪

とりもど・す【取り戻す】（他五）取回，收回，拿回；☆貸した本を取り戻す／把借出的書取回來；☆陣地を取り戻す／奪回陣地。⓪

とりもなおさず【取りも直さず】（連語・副）即（是），就（是）簡直（是）（＝そのまま，ただちに，すなわち）；☆それは取りも直さず詐欺だ／那簡直是欺騙；☆彼を怒らせたら取りも直さずこっちの破滅だ／若惹惱了他咱們可就完蛋了⑤①

とりもの【捕物】（名）〔文〕逮捕犯人；**～ちょう**【捕物帳】（名）（江戸時代捕的）記事冊。②

どりゃ（感）〔俗〕喂，嗳（＝どれ，いざ，さあ）；☆どりゃ，出かけるとしようか／喂！走吧。①

とりやめ【取り止め】（名）中止，停止；☆雨のため遠足は取り止めになった／因爲下雨郊遊不去了。⓪

とりや・める【取り止める】（他下一）中止，停止；☆運動会は雨のため取り止める／運動會因雨停止（舉行）。⓪

とりょう【塗料】（名）塗料；☆塗料を壁に塗る／往牆上塗料。⓪

どりょう【度量】（名）〔文〕①度量；②胸襟，氣度；☆あの人は度量が大きい／他度量大；**～こう**【度量衡】（名）度量衡；**～こうき**【度量衡器】（名）度量衡器。①⓪

***どりょく**【努力】（名・自サ）努力，奮勉；☆努力のたまもの／努力的所得（結果、成績）；☆努力の甲斐（かい）がない／白費力。①

とりよ・せる【取り寄せる】（他下一）令寄來，令送來，函購；☆見本を取り寄せる／函索樣本；☆給仕を呼んで書類を取り寄せる／叫工友把文件取來；☆イギリスから本を取り寄せる／從英國郵購書籍；図とりよす（下二）。⓪

ドリル【drill】（名）①鑽，穿孔器；☆ドリルで鉄板に孔をあける／用穿孔器在鐵板上穿孔；②訓練，練習，反覆練習。①

とりわけ【取分け】Ⅰ（名）①〔とりわける〕的名詞形；②〔角力〕平局；Ⅱ（副）特別，尤其；☆とりわけ体を大事にする／特別保重身體；☆今年はとりわけ寒さがきびしい／今年冷得特別厲害；**～て**【とりわけて】（副）特別，尤其（＝とりわけ）；☆今日はとりわけて暑い／今天特別熱。①

とりわ・ける【取り分ける】（他下一）①（把盛在大盤等的東西）分開，撥開；☆鉢に盛った果物を皿に取り分ける／把盛在大碗裏的水果分到小碟裏；②（從大堆裏把…）選別出來，區分開；☆このなかから不良品を取り分けてくれ／請把壞的從這裏挑出來；図とりわく（下二）。⓪

ドリンク【drink】（名）飲料。

***と・る**【取る・執る・採る・捕る・撮る・摂る】（他五）①取，拿，握，拉；☆取って来る／取來；☆手に取って見る／拿到手裏看；☆筆を執る／執筆；☆手を取

る／拉手，牽；☆あの本を取って下さい／請把那本書拿來（遞給我）；②扔，抓，採；☆魚を捕る／捕魚；☆鼠を捕る／捕鼠；☆柴を取る／打柴；☆山に入って薬を採る／上山採藥，③（用手）使，操縱；☆舵（かじ）を執る／操舵，使舵④除掉；（用手）拔去，刪除；☆草を取る／拔草，薅草；☆その石が邪魔だから取ってくれ／那塊石頭礙事，請給搬走；☆この言葉は取った方がいい／這個詞最好刪去；⑤脱去，摘下（穿戴之物）；☆眼鏡を取る／摘下眼鏡；☆帽子を取る／脱帽；☆外套を取る／脱下大衣，⑥奪取；偸盜；☆財布（さいふ）を取る／偸錢包；☆おどして金を取る／威嚇而搶錢；⑦消去，消除，止（痛）；☆熱を取る／去熱；☆痛みを取る／止痛；⑧辦理，處理，執（公）；☆事務を執る／辦公，執公；☆政務を執る／處理政務；☆攫取，占據；占領；☆席を取る／占座位；☆天下を取る／取天下；☆城を取る／占領城池；⑩收（養子等）；娶（妻）；☆養子を取る／收養子；☆弟子を取る／收徒弟；☆嫁を取る／娶妻；⑪聘請（教授技藝的教師）；☆長唄（ながうた）の師匠を取る／聘請教歌謠的教師；⑫（妓女等）留，掛（客）；☆客を取る／留客，掛客；⑬（由飯館）叫（飯食），購買（日用品等）；☆電話を掛けてうどんを取る／掛電話叫麵條；☆いつもあの店から取る／經常從那個舖子買，⑭訂閲（報紙、雜誌等），訂購；☆新聞を取る／訂閲報紙；☆週刊雑誌を取る／訂閲週刊雜誌；☆子供の為に牛乳を取る／給小孩訂牛奶；⑮訂下，預約下（座席等）；☆旅館を取っておく／訂下旅館；☆芝居の席を取る／預約下劇場的座席；⑯課，徵（稅）；☆税金を取る／課稅，徵稅；⑰收，要（費用）；☆使用料を取る／收使用費；☆月謝を取る／要學費；⑱耗費（時間，金錢等），占去（地方等）；☆この仕事は大変手間を取る／這項工作非常費工夫；☆この荷物は場所を取る／這件行李占地方；☆食費として月に三万円取られる／每月要花伙食費三萬日圓⑲取得，領取；☆学位を取る／取得學位；☆免許証を取る／領取許可證；⑳攝取；吃；☆栄養を摂る／攝取營養；☆日に三食を取る／一天吃三頓飯；☆御遠慮なくお取り下さい

／請不客氣地吃；㉑承擔；☆斡旋の労を取る／承擔斡旋之勞，代爲斡旋；㉒選擇，挑選；☆この中から一つ取る／從這裏選擇一個；☆私に選ばせたらドイツ語を取る／若是讓我來挑我就選定德語；☆富と名誉のどちらを取るか／名和利你取哪一個？㉓採用，錄用；☆試験の結果三人だけを採る／考試結果只錄用三名；☆人の説を採る／採取旁人的見解；㉔採，採取，採取；☆光を採る／採光；☆茸を採る／採蘑菇；☆処置を採る／採取措施，採るべき道は只一つだ／可以採取的方策只有一個；㉕提取，製取；（照樣）取（型）；☆米糠（こめぬか）からビタミンを取る／從米糠裏提取維生素；☆酒は米から取る／酒是從稻米製取的；☆靴の型を取る／取下鞋樣，畫下鞋型；㉖照（像），攝（影）／寫真を撮る／照像，攝影；㉗抄寫，記下；☆ノートを取る／寫筆記；☆書類の控えを取る／把文件抄下來；☆記録を取る／作記錄；㉘理解，解釋；☆文字通りに取る／按照字面領會；☆それは色々に取れる／那話可以作種種解釋；☆悪く取ってくれるな／不要理解是惡意，不要往壞的方面解釋；☆変に取られては困る／你可不要領會到別的上；不要胡猜亂想；㉙測定（時間等）；診（脈）；☆タイムを取る／測定時間；☆脈を取る／診脈，☆数を取る／數數；㉚要（帳），催收（賒欠）；☆勘定を取る／要帳，算帳；☆掛（かけ）を取る／催收賒欠；㉛賺取；☆働いて小遣錢を取る／工作賺取零用錢；☆十万円の月給を取る／賺十萬日圓的月薪；㉜舖（床）；☆床を取る／舖床；㉝摔（跤）；☆相撲を取る／摔跤；☆さあ一番取ろう／來吧，摔一跤；㉞玩（紙牌）；☆かるたを取る／搶紙牌玩；㉟〔…に取って〕對…說來；☆私に取っては一大事だ／對我說來是一椿大事；㊱〔…に取れば〕比作；☆人体に取れば琵琶湖は臍の孔／（把日本）若比作人體，琵琶湖是肚臍；◇命を取る／要命，害命；仇（かたき）を取る／報仇，固く執って譲らない／固執不讓；機嫌を取る／奉承，取悅，詔媚；休暇を取る／請假；決を取る／表決；手に取るように（聞こえる）／（聽得）很眞切（清楚）；歳を取る／長歲數；上年紀；取るに足らぬ／不足道，沒有價値；取るものも取り

あえず／匆匆忙忙，急忙；暇を取る／請假，辭職。[1]

とる（助動）〔方〕〔←ておる〕＝…ている；☆見とる／在看。

ドル【dollar】（名）①美元；②錢；～かい【ドル買】（名）買美元；～ばこ【ドル箱】（名）①錢櫃，金庫；②〔轉〕出錢的人，財東；搖錢樹；☆あの人はわれわれのドル箱だ／他是我們的財東（搖錢樹）。[1]

トルコ【葡 Turco ＝土耳其・土耳古】（名）〔地〕土耳其；～だま【土耳古玉】（名）土耳其玉；藍寶石；～ぶろ【土耳古風呂】（名）土耳其澡堂，蒸浴；～ぼう（し）【土耳古帽（子）】（名）土耳其帽，圓筒帽。[1]

ドルメン【dolmen】（名）〔考古〕巨石文化所遺留下來的墓，桌石。[1]

*どれ【何れ】Ⅰ（代）①哪一個（＝どちら）；☆この中で、どれが気に入ったか／這裏你喜歡哪一個呢！②（要）哪一個呢！？誰（＝だれ）；Ⅱ（感）（想要做某事，感到疑惑、或督促時之）嗳，喂；☆どれ、もう一仕事するとしようか／嗳，再幹一會兒工作吧；☆どれ、見せてごらん／喂，給我瞧瞧[1]

*どれい【奴隷】（名）①奴隷；☆奴隷を買売する／販賣奴隷；☆奴隷を解放する／解放奴隷；☆金銭の奴隷／金錢的奴隷；②〔古〕奴僕；～せいど【奴隷制度】（名）奴隷制度。[0]

トレー【tray】（名）淺盤；洗像盤。[2]

トレーサー【tracer】（名）透寫工。[2]

トレーシングペーパー【tracing paper】（名）謄寫紙，透寫紙。[7]

トレース【trace】（名・他サ）①描繪，畫輪廓；②謄寫，透寫。[2]

トレード【trade】（名・他サ）交易，貿易；～マーク【trade mark】（名）商標[2]

トレーナー【trainer】（名）練習指導員[2]

トレーニング【training】（名）訓練，鍛錬；～パンツ【training pants】（名）運動（長）褲。[2]

トレーラー【trailer】（名）拖車，曳車[2]

ドレス【dress】（名）①衣服；②婦女服；③婦女禮服；～メーカー【dress maker】（名）婦女服裁縫師。[1]

ドレッシー【dressy】（名・形動ダ）〔縫紉〕盛裝用的，講究的；↔スポーティ

一。[2]

ドレッシング【dressing】（名）①服裝，服飾；②裝飾；③〔烹飪〕一種調味汁；例：サラダドレッシング／清沙拉油；～ルーム【dressing room】（名）（兼作寢室的）化粧室。

トレパン【training pants】（名）運動長褲。[0]

どれほど【何程】（副）①多少，幾許（＝どのくらい、いかほど）；☆勘定は全部でどれ程になるか／一共多少錢？②多麼，何等（＝どんなに）；☆どれ程つらかったか分らない／不知有多麼苦惱。

ドレミ【do.re.mi.】（名）〔樂〕音階[0]

トレモロ【意 tremolo】（名）〔樂〕震音，顫音。[0]

*と・れる【取れる】（自下一）①能取；能以採取，出產；☆貸した金が取れない／借出的錢要不回來；☆この地方は石炭が取れる／這個地方產煤；②被解釋爲…，被理解爲…；可理解爲…；☆彼のあの言葉は逆の意味にも取れる／他的那番話也可以理解爲相反的意思；☆そういう風に取れると困る／要是理解爲那樣可不太好；③脱落，掉下；☆ドアの取っ手が取れた／門把手掉了；→とる（取る）。[2]

とろ【瀞】（名）河水深處；溪流深處；河水緩流（處）。[1]

とろ（名）〔烹飪〕鮪魚的脂肪多的部分，☆とろの刺身／鮪魚的肥生魚片；☆中（ちゅう）とろ／鮪魚中段。[1]

とろ【吐露】（名・他サ）〔文〕吐露；☆衷情を吐露する／吐露衷曲。[1]

*どろ【泥】（名）①泥；☆着物に泥がつく／衣服濺上泥；②←どろぼう；☆こそ泥／小偷；☆火事場泥／趁火打劫的小偷；◇泥を吐く／供出罪狀；顔に泥を塗る／給…丟臉；敗壞…名譽。[1]

どろあし【泥足】（名）泥脚；☆犬が泥足で家に上がった／狗滿腿是泥進了屋子[2]

トロイカ【法 troika（來自俄語）】（名）三套馬車的車（雪橇）。[2]

とろう【徒労】（名）徒勞，白費力；☆努力が徒労に終わった／努力結果白費了[0]

どろうみ【泥海】（名）混水的海（泥塘）；☆洪水で市街地は泥海と化した／因爲漲大水市街地區變成了泥海。[3]

ドローイング【drawing】（名）繪畫，製圖。[2]

トロール【trawl】（名）拖網，括網；～せん【trawl 船】（名）拖網漁船。②

とろか・す【蕩かす】（他五）①熔化（金屬）；②迷蕩，使銷魂；☆人的心を蕩かすような音楽／令人心蕩神馳的音樂③ ⓪

どろくさ・い【泥臭い】（形）①有土腥味的；②土氣的，鄉間的；不雅致的；☆土臭い洒落／土氣的俏皮話。④

とろ・ける【蕩ける】（自下一）①（固體）熔化，融化；☆蠟燭が暑さで蕩けた／蠟因熱融化了；②銷魂，心蕩神馳；☆美しい音楽で心が蕩けるようだ／聽了美好的音樂簡直心蕩神馳了；図とろく（下二）⓪

どろじあい【泥試合】（名・自サ）（互相），揭短，揭發醜事；☆泥試合を繰り返す／再三互相揭短。③

トロッコ【truck】（名）（土木工程用在軌道上行駛的）手推車；☆トロッコで土を運ぶ／用手推車運土。② ①

トロット【trot】（名）①（馬的）疾步，速步；②←フォックストロット。

ドロップ【drop】（名・自サ）①水果糖；☆ドロップを口に入れる／把水果糖放到嘴裏；②落下；③〔棒球〕（投球在接近打手時）突然下落（的球）；☆投げた球がドロップする／投的球在接近打者時突然落下。② ①

とろとろ（副・自サ）①（固體溶化後）黏糊糊；☆とろとろの飴，とろとろした飴／黏糊糊的糖飴；☆ジャムが煮えてとろとろになる／果子醬熬開變成黏糊糊的；②打盹，瞌睡；☆とろとろしているうちに車は家に着いた／似睡未睡時車已到家了；☆とろとろ眠る／打盹，瞌睡；③（火勢）微弱；☆とろとろと竈（かまど）の火が燃えている／爐竈裏的火很微弱地燃着；④＝だらだら。

どろどろ（副・自サ）①（雷、砲在遠方的）轟鳴；☆遠雷がどろどろと聞こえる／遠處雷聲轟嗒嗒；②〔劇〕（幽靈出場時的）鼓聲；☆どろどろと太鼓の音がして幽霊が現われた／鼓聲鏨鏨一響幽靈上場了；③弄得滿都是泥；☆靴がどろどろになる／鞋弄得滿都是泥；☆小麦粉をどろどろに溶かす／把麵粉和成糊狀☆どろどろと流れ出る／黏糊糊地淌出來。①

どろなわ【泥縄】（名）〔←泥棒を見て縄をなう〕臨渴掘井，臨時抱佛脚；☆泥縄

式の勉強／臨陣磨槍的用功。⓪

どろぬま【泥沼】（名）泥沼，泥潭；☆泥沼にはまりこむ／陷入泥潭裏。⓪

とろび【とろ火】（名）文火，微弱的火；☆とろ火で豆を煮る／用文火煮豆。⓪

トロフィー【trophy】（名）優勝杯；☆優勝者にトロフィーを贈る／贈給優勝者優勝杯。② ①

*どろぼう【泥坊・泥棒】（名・他サ）小偷，賊，偷盜；☆泥棒を捕える／捉賊；☆自転車を泥棒する／偷自行車；◊泥棒を見て縄をなう（＝どろなわ）／臨渴抱佛脚，臨渴掘井。

どろまみれ【泥塗れ】（名）滿都是泥；☆泥塗れの着物／滿都是泥的衣服。③

どろみず【泥水】（名）泥水；☆自動車が泥水をはねかす／汽車迸濺泥水。②

どろみち【泥道】（名）泥路，泥濘載道；☆雨上りの泥道／雨後的泥路。②

どろよけ【泥除け】（名）（汽車輪上的）擋泥板（刷）；☆泥除けを車に取り付ける／車上安上擋泥板。④ ③

とろり（副）①打盹，瞌睡；☆とろりとするうちに夢を見た／剛一打盹做了一個夢；②（濃汁）黏糊糊；☆油がとろりとたれる／油黏糊糊地滴下。② ③

どろり（副）泥似地，黏糊糊；☆片栗粉を入れてどろりとさせる／加入太白粉使成糊狀。② ③

トロリー【trolley】（名）①手推車（＝トロッコ）；②（電車、無軌電車上接觸架空線的）觸輪～バス【trolley bus】（名）無軌電車（＝トロバス）。①

とろろ【薯蕷】（名）←とろろじる；～いも【薯蕷芋】（名）作山藥汁的山藥；～じる【薯蕷汁】（名）〔烹飪〕山藥汁（把生山藥擦成糊狀 調 以醬、清湯、泡飯吃）。⓪

とろろこんぶ【とろろ昆布】（名）刀削的薄海帶。④

とろん（副）（因睏、醉等）睡眼惺忪；☆とろんとして前方を見る／睡眼惺忪地看前面；☆目をとろんとさせる／睡眼惺忪。②

どろんＩ（名・自サ）跑掉，逃之夭夭，出奔；☆恋人と一緒にどろん（を）する／和愛人一起跑掉；☆金を持ってどろんしてしまった／帶着錢跑掉了；☆どろんをきめこむ／跑掉，逃之夭夭；Ⅱ（副）（

眼睛）無神；☆どろんとした目で見る／用無神的眼睛看。[2]

ドロンゲーム【drawn game】（名）〔運動〕平局,不分勝負；☆審判はドロンゲームを宣した／裁判員宣佈平局。[4]

どろんこ【泥んこ】（名）〔俗〕泥；滿身是泥；☆泥んこの道／泥路；☆雨の中を泥んこになって試合する／在雨中弄成泥猴似地（還在）比賽。[0]

トロンボーン【trombone】（名）〔樂〕大喇叭,伸縮喇叭。[4]

ドロンワーク【drawn work】（名）（用作桌布等的）抽花手工品（抽去織物的線使成花紋）。[4]

とわ(は)いえ【とは言え】（連語・接）雖然那麼說（＝そうはいうものの、そうはいっても）；☆とは言え、彼は全然不服でもないのだ／雖然那麼說,他並不是完全不滿意；☆病気とは言え、彼は気がしっかりしていた／他雖然有病,但還很有精神；☆彼は物事をあまりに単純に考え過ぎる、とは言え、そこが彼のいい所でもある／他把事情想得過於簡單。雖然那樣,這也正是他的長處。[1]

とわずがたり【問わず語り】（名）沒人間而說出；不知不覺地說出（洩漏）；☆問わず語りに身の上を話す／沒有人間就自言自語地談出自己的身世。[4]

どわすれ【度忘れ】（名・自サ）（一時）想不起 來，蒙 住；☆あの人の名を度忘れしてしまった／一時想不起來他的名字了。[2]

とわに（副）〔文〕永久,永遠；☆君の幸福が、永久（とわ）に続くよう祈る／祝你永遠幸福。[1]

とわ(は)ゆうものの【とは言うものの】（接）雖然那麼說（＝とはいえ）。

とん【豚】（名）〔動〕猪,猪肉；－カツ【豚 cutlet】（名）炸猪排。[1]

トン【ton＝噸・吨】（名）①噸（重量單位,＝1,000公斤）②噸（按排水量計算的船的重量單位）；☆一万トンの船／（排水量）一萬噸的船；③噸（容積單位＝100立方呎）。[1]

－どん（接尾）〔（どの）的音便〕接在僕人,屬下名字下的稱呼；☆竹蔵どん／竹藏。

どんⅠ（名）〔正午報時的〕午砲；Ⅱ（接尾）＝どんぶり；☆天どん／炸蝦大碗蓋

飯；Ⅲ（副）①轟隆；☆どんと大砲の音がした／大砲轟隆響了一聲；②（用力撞,打聲）砰然；☆テーブルをどんと叩く／砰然一聲敲打桌子。[1]

どん【鈍】（名・形動ダ）（腦筋）遲鈍,愚鈍；☆鈍な奴／腦筋遲鈍的傢伙；☆頭が鈍になる／腦筋遲鈍。[1]

どんか【鈍化】（名・自サ）〔文〕鈍化,變遲鈍。[0]

どんかく【鈍角】（名）〔數〕鈍角；↔えいかく（鋭角）。[0][1]

トンカチ【馬來語 tongkat】（名）鐵槌[1]

とんカツ【豚カツ】（名）炸猪排（＝ポークカツレツ）。[1]

とんがらか・す【尖らかす】（他五）〔俗〕噘起（嘴）（＝とがらす）；☆お八つが少ないと言って口を尖らかす／（孩子）說點心少就噘起嘴來。[5]

とんがらか・る【尖らかる】（自五）〔俗〕＝とがる、とんがる。[5]

とんが・る【尖る】（自五）①＝とがる；②快快不樂；不高興；☆今日は彼女はいやに尖っている／今天她特別不高興[3]

どんかん【鈍感】（名・形動ダ）感覺遲鈍；☆鈍感な人／感覺遲鈍的人；☆悪口にも慣れて鈍感になった／壞話聽慣了感覺已經遲鈍了。[0]

どんき【鈍器】（名）〔法〕不快的刀；無刃凶器；☆死体に鈍器で毆った跡がある／屍體上有被無刃凶器毆打的痕跡。[1]

とんきょう【頓狂】（名）突然瘋狂,☆頓狂な声を出す／突然發出瘋狂的叫聲；☆あの頓狂の振舞を見てごらん／請看那種瘋癲的擧止。[1]

どんぐり【団栗】（名）①〔植〕橡樹；②橡實；橡子；◇どんぐりの背競（せいく ら）べ／（其平庸程度）不相上下,半斤八兩；～まなこ【団栗眼】（名）大圓眼睛,圓而醜的眼睛。[0][1]

どんこう【鈍行】（名）〔俗〕普通列車,慢車；↔きゅうこう（急行）；☆鈍行で旅行する／坐慢車旅行。[0]

とんコレラ【豚虎列拉】（名）〔農〕猪霍亂,猪瘟。[3]

とんざ【頓挫】（名・自サ）①〔文〕頓挫；②停頓；☆頓挫をきたす／頓挫,停頓；☆物価の暴落で事業は頓挫した／由於物價暴跌事業停歇了。[1]

どんさい【鈍才】（名）（腦筋）遲鈍・愚

策；☆自己の鈍才を悲観する／對自己的腦筋遲鈍感到悲觀。◎

とんし【頓死】（名・自サ）驟亡，突然死去。◎

とんじゃく【頓着】（名・自サ）①放在心上；介意；☆つまらぬ事に頓着するな／不要對瑣事介意；②講究；☆服装にはちっとも頓着しない／對於服装一點也不講究。①

とんしゅ【頓首】（名・自サ）（書信結尾語）頓首。①

どんじり（名）〔俗〕最後，末尾☆どんじりに大物が控えている／大頭在後頭呢◎④

どんす【緞子】（名）緞子。①

トンすう【ton（噸数）】（名）噸數；（軍艦的）排水噸數；（商船的）裝載噸數③

とんせい【遁世】（名・自サ）①遁世，遁入空門；②隱居。◎

とんそう【遁走】（名・自サ）逃跑，跑掉；☆敵は一戦をも交えないで遁走した／敵人一戰也沒戰就跑掉了；～きょく【遁走曲】（名）〔樂〕賦格曲（＝フーガ）

どんぞこ【どん底】（名）底層，最下層；☆貧乏のどん底に落ちる／淪爲赤貧。◎

とんだ（連語）萬沒想到，意外；☆とんだ災難／意外的災禍，☆とんだ目に逢う／遇上萬萬想不到的災難。◎

とんち【頓智】（名）機智；☆頓智のある人／有機智的人。①

とんちき【頓痴気】（名）〔俗〕呆子，傻子，混蛋（多用於罵人）；☆この頓痴気め／你這個混蛋！◎

とんちゃく【頓着】（名・自サ）＝とんじゃく。①

どんちゃん（名）敲鑼打鼓，喧鬧；～さわぎ【どんちゃん騒ぎ】（名・自サ）敲鑼打鼓的喧鬧；☆酒を飲んでどんちゃん騒ぎをする／喝酒喧鬧。①

どんちょう【緞帳】（名）①帶花的厚幕；☆舞台の緞帳があがる／舞臺的厚幕揭開；②捲揚的垂幕。①◎

とんちんかん【頓珍漢】（名・形動ダ）〔俗〕①前後不符；言前不符後語；毫無道理；☆トンチンカンなことを言う／説得前言不符後語；②痴愚（的人）；☆僕はトンチンカンな事ばかりする／我淨做傻事。③

どんつう【鈍痛】（名）鈍痛，隱隱作痛；☆鈍痛を覚える／覺得隱隱作痛。◎

どんづまり【どん詰まり】（名）〔俗〕最後，末尾；☆選挙もどん詰まりになった／選擧也接近尾聲了。◎

＊とんでもない（連語・形）①出乎意外，不合情理；☆とんでもない時に年賀状が舞い込んできた／在萬萬沒想到的時候寄來了賀年信／毫無道理；☆全くとんでもない話だ／眞眞豈有此理；③毫無辦法，不可挽救；☆とんでもないことになった／這下子可糟了；④（用以加強語氣反駁對方）哪裏話；☆なかなか景気がいいようだね──とんでもない、赤字続きだ／看來買賣很好啊！──哪裏話，一直在賠錢。⑤

とんでん【屯田】（名）〔文〕①屯田；②〔古〕皇室領地。◎

どんてん【曇天】（名）陰暗的天空③◎

どんでんがえし（名）完全翻過來；完全顚倒過來；☆試合は後半になってどんでんがえしになった／比賽到了後半場完全顚倒過來了。◎

とんと（副）完全，一點兒（也不）（＝まったく、すこしも）；☆君との約束はとんと忘れていた／和你約的約會我忘了個乾乾淨淨；☆彼から手紙がとんと来なくなった／他那裏杳無音信了，他一封信也不來了／他一封信也不來了；☆法律のことはとんと判らない／法律我是一點兒也不懂。◎①

どんど【爆竹】（名）正月十五日焚燒門前所飾松枝、稻草繩的儀式。◎

とんとん（副）①（敲打聲）咚咚；☆ドアをとんとん（と）叩く者がある／有人咚咚地敲門；②順利，順順當當；☆交渉がとんとんと運ぶ／談判順利地進展；③（雙方）相等，不相上下；☆損益がとんとんになった／損益相等了，不賠不賺了；☆二人の実力はとんとんで、互いに好敵手だ／二人的能力不相上下，彼此是個好對手；～びょうし【とんとん拍子】（名）順順當當，一帆風順；☆とんとん拍子（びょうし）に出世（しゅっせ）する／一帆風順地升進。①③

＊どんどん（副・自サ）①（炮、鼓等連續不斷的聲音）咚咚；☆太鼓がどんどんと聞こえて来る／傳來鼕鼕的鼓聲；②（水急流聲）嘩啦嘩啦；☆水がどんどん流れる／水嘩啦嘩啦地流；③順順當當，乾淨俐落；（接續次序）很快地；☆仕事をどんどん片付ける／乾淨俐落地處理工作；☆

どんどん売れて行く／非常暢銷；④接連不斷；☆雪がどんどん降り積もる／雪不停地下。①

*どんな（連体）哪樣的，什麼樣的，怎樣的，如何的（＝どのような）；☆どんな本が読みたいのか／你想讀什麼樣的書？☆どんな苦労も厭わない／不辭任何勞苦；☆この問題はどんなふうにして解くのか／這個問題如何解答？①

どんなに（副）怎樣，如何（＝どのように）；☆どんなに勧めても聞き入れない／怎麼勸也不聽；☆どんなに苦しいか経験のない者には分るまい／如何苦惱沒有經驗的人是不會理解的。①

**トンネル【tunnel＝隧道】（名・他サ）·①隧道；☆トンネルを掘る／鑿隧道；②〔棒球〕球由兩腿中間滾過（沒接住）。①

とんび【鳶】（名）〔動〕鳶（＝とび）①

ドンファン【Don Juan 西班牙】唐璜，風流蕩子。③①

どんびゃくしょう【どん百姓】（名）〔蔑〕莊稼漢。③

とんぷく【頓服】（名・他サ）〔醫〕①一次服下，頓服；☆鎮静剤を頓服する／一次服下鎮静劑；②一次服下的藥劑；～やく【頓服薬】（名）頓服劑（多為解熱劑）⓪

どんぶり【丼】（名）①（深底厚磁）大碗；☆丼にうどんを盛る／把麵條盛到大碗

裏；②大碗蓋飯；☆鰻丼（うなぎどんぶり）／鰻魚蓋飯☆親子丼（おやこどんぶり）／鶏肉鶏蛋蓋飯；～ばち【丼鉢】（名）大碗。⓪

どんぶり（副）（物落入水中聲）噗咚；☆どんぶりと音がして大石は水に落ちた／噗咚一聲大石頭落到水裏；☆どんぶり（と）風呂につかる／噗咚一聲跳入浴池③

*とんぼ【蜻蛉・蜻蜓】（名）①〔動〕蜻蛉；②翻觔斗；☆蜻蛉を切る／翻觔斗；～がえり【蜻蛉返り】（名・自サ）翻觔斗⓪

とんま【頓馬】（名・形動ダ）〔文〕愚儍，痴呆（＝まぬけ）；☆頓馬な男／痴呆漢。①

ドンマイ（連語）【don't mind 之訛】不必介意，不必擔心，不要緊（＝しんぱいするな、だいじょうぶ）。

*とんや【問屋】（名）①批發商（＝といや）；②〔喩〕專搞某事的人；☆そうは問屋が卸（おろ）さない／不會那樣隨心所欲的。⓪

どんよく【貪欲・貪慾】（名・形動ダ）貪婪，貪慾；☆貪慾な男／貪婪的人①⓪

どんより（副・自サ）①陰沉沉；☆どんよりした空／陰沉沉的天空；②（眼睛、色度等）混濁，暗淡；☆目がどんより（と）曇っている／眼睛不清亮。③

な①五十音圖「な行」第一音，發音爲na；②〔字源〕平假名是「奈」字的草體；片假名是「奈」字上部的簡寫。

な【名】（名）①名，名字，名稱（＝なまえ）；☆名をつける／起名；☆私は果物と名の付く物なら何でも好きだ／凡是叫做水果的我全都愛吃；②（人）名，姓名；☆名を変える／改名換姓，化名；☆名を指す／指名；③名分；④名聲，名譽（＝きこえ）；☆名を後世に伝える／名垂後世；☆名を揚げる／揚名；☆名を成す／成名；⑤名義，名目；口實，藉口；☆会社の名において／以公司名義；☆慈善の名に隠れて／假冒慈善之名；☆社会改革を名として／以改革社會爲名（藉口）；◇名を売る／賣名；名に（し）負う／①名實相符；②負盛名；**名を残す**／留名；**人は一代名は末代**／人死留名。[0]

な【汝】（代）〔古〕汝，爾，你（＝なんじ）。[1]

な【菜】（名）〔值〕①蔬菜，青菜；②←あぶらな（油菜）；③→とうな（唐菜）[1]

なⅠ（感）表示感動，叮嚀囑咐的語氣；☆な，いいだろう／喂，可以吧（成吧）！Ⅱ（感助）①表示禁止；☆行くな／不要去；☆枝を折るな／不要折枝；②〔文〕表示感動；③＝なあ；☆うれしいな／（眞）高興呀！④表示命令；☆早く行きな／快走吧！⑤〔文〕表示勸誘；☆いざ行かな／呀，去吧！⑥接在〔ください、いらっしゃい、ちょうだい〕等詞下表示勸誘；☆黙っていて下さいな／你可別說呀；☆それでいいな／那樣就行啦；用以表示叮嚀囑咐；☆わかったな／你懂了吧。[1]

*****なあ**Ⅰ（感）（用於呼喚或叮嚀囑咐）喂；☆なあ君，そうだろう／喂，你說是不是？☆なあ兄貴／喂，哥哥！Ⅱ（感助）用以表示感動，讚嘆，和「ねえ」相同，但語氣沒有「ねえ」柔和；☆美しいなあ／眞美麗呀！☆よく食うなあ／眞能吃啊！☆ずいぶん早いなあ／眞够早啊！[1]

な（あ）【七】（數）七，七個（＝ななつ）（用於數數時）。

なあて【名宛】（名）收信（件）人姓名住址（＝あてな）；☆手紙に名宛を書く／信上寫上收信人的姓名住址；~にん【名宛人】（名）收信人，收件人。[0]

なあにⅠ（代）〔（なに）的延長，小孩用語〕什麼；☆お父さん，あれはなあに／爸爸，那是什麼？Ⅱ（感）（用於否定對方的話時）不，沒什麼，哪裏；☆なあに，かまいません／哪裏，沒有關係。

なあんて（感）〔女〕（用以否定前邊的話），說的；☆なあんて，うそよ／說的，是假話啊。

*****な・い【無い】**（形）①無，沒有（＝そんざいしない、いない）；☆金がない／沒有錢；☆あの人は子がない／他沒有小孩；☆する事がない／無事可做；②死，亡（＝なくなる）；③無比的（＝またとない）；◇**無い袖は振られぬ**／巧婦難爲無米之炊；**無くて七癖**（有って四十八癖）／任何人多少都有毛病；因milk [ク活]）[1]

ない（助動）（接在動詞，助動詞的未然形下表示否定）不；☆本を読まない／不讀書；☆見せられない／不能讓（你）看[1]

ないい【内意】（名）①内心（的想法）；☆内意を漏らす／說出心裏話；②秘密的意旨；☆内意を受ける／接受密旨。[1]

ナイーブ【naive】（形動ダ）天眞，純樸（＝むじゃき）。[2]

ないえん【内縁】（名）非正式的婚姻，姘居；☆内縁の妻（夫）／女（男）姘頭[0]

ないか【内科】（名）〔醫〕内科；☆内科の権威／内科權威；~い【内科医】（名）内科醫生。[1][0]

ないかい【内海】（名）内海（＝うちうみ、いりうみ）；☆内海を航行する船舶／航行内海的船隻。[0]

ないがい【内外】Ⅰ（名）①内外，裏外（＝うちそと）；☆市の内外に／在市内外；②國内外；☆内外の情勢／國内外的情勢；☆内外多事である／内外多事；☆内外の人／本國人和外國人；Ⅱ（接助）内外，左右，上下；☆一週間内外／一星期左右；☆五十円内外／五十元上下；☆百人内外の人が入れる部屋／能容納百人

上下的屋子。①

*ないかく【内閣】（名）〔法〕内閣，政府；☆内閣を組織する／組閣；☆内閣を倒す／倒閣；～そうりだいじん【内閣総理大臣】（名）内閣總理大臣。①

ないがしろ【蔑ろ】（形動ダ）輕視，蔑視，輕蔑，瞧不起（＝ばかにする）；☆人を蔑ろにする／輕視人，瞧不起人；☆人の意見を蔑ろにする／不重視別人的意見。③⓪

ないきん【内勤】（名・自サ）〔文〕内勤，室内勤務；～いん【内勤員】（名）内勤人員；～じゅんさ【内勤巡査】（名）内勤警察；↔がいきん（外勤）。⓪

ないこう【内向】（名）〔心〕内向；☆内向型の人／内向性格的人；～せい【内向性】（名）内向性。⓪

ないこう【内攻】（名・自サ）〔醫〕内攻；☆病気が内攻する／疾病内攻。⓪

ないこう【内訌】（名）〔文〕内訌（＝うちわもめ）；☆内訌がおさまった／内訌平息了；～がいかん【内訌外患】（名）内憂外患。⓪

ないさい【内妻】（名）姘婦，非正式結婚的妻（＝ないえんのつま）。⓪

ないざい【内在】（名・自サ）内在，存在於内部；☆反対の声が内在する／内部有人反對。⓪

*ないし【乃至】（接）①乃至（＝より…まで）；☆百円乃至百五十円かかる／需要一百元乃至一百五十元；②或，或者（＝あるいは、または）；☆父乃至母には当然知らせるべきだ／當然要通知父親或母親；～は【乃至は】（接）或者。①

ないじ【内示】（名・他サ）暗地指示，秘密指示（＝ないし）；☆任務を内示する／暗中指派任務。⓪①

ないじ【内耳】（名）〔解〕内耳；～えん【内耳炎】（名）〔醫〕内耳炎；↔がいじ（外耳）。①

ないしゃく【内借】（名・他サ）①預借，預支（＝まえがり、うちがり）；②秘密借款。⓪

ないじゅ【内需】（名）〔經〕國内需要；☆生産が少なくて内需を満たせない／生產少，不能滿足國内需要。①

ないしゅうげん【内祝言】（名）（不招待客人）有少數親人參加舉行的婚禮。③

ないしゅっけつ【内出血】（名・自サ）内出血。③

*ないしょ【内証（所・緒）】（名）①秘密；☆内証の貯金／私下存款；☆内証にする／保密；☆これは絶対に内証だよ／這要絕對保密；～ごと【内証事】（名）②秘密事；③内部的事（＝ないしょう）；～ばなし【内証話】（名）秘密的話，吱吱喳喳。③⓪

ないじょ【内助】（名・自サ）①内助，妻子幫助丈夫；☆彼の成功は夫人の内助の功が大きい／他的成功多虧了夫人的内助；②〔文〕妻，愛人（＝かない）。①

ないじょう【内情】（名）内情，内部情況；☆内情を暴露する／暴露内幕；☆内情を探る／探聽内部情況。⓪

ないしょく【内職】（名・自サ）①副業，業餘（工作）；②搞副業（業餘）；☆内職に翻訳をやる／業餘搞翻譯；☆母は毎晩遅くまで内職している／母親每天晚上搞副業搞得很晚。⓪

ないしん【内心】（名）内心，心中（＝しんちゅう）；☆内心ではどう思っているか分らない／心裏怎麼想不知道；☆彼は内心私の愚を笑った／他心裏笑我愚蠢。⓪③

ないしん【内申】（名・自サ）非正式的呈報，小報告；～しょ【内申書】（名）①非公式的呈文；②根據「内申制度」提出的報告書；～せいど【内申制度】（名）（上級學校憑畢業學校報來在校成績進行入學銓衡的）内申制度。⓪

ないしん【内診】（名・他）〔醫〕内診，診察婦女生殖器（子宮）。⓪

ないしんのう【内親王】（名）皇女，公主（＝こうじょ）。⑤

ナイス【nice】（感・造語）精彩，絕佳，好（＝うまい、すきて、みごと）。①

ないせい【内政】（名）内政；☆内政に干渉しない／不干涉内政。⓪

ないせい【内省】（名・他サ）①反省，自省；☆今日一日の行いを内省する／反省今天一天的行為；②〔心〕内省（＝ないかん）。⓪

ないせん【内線】①内線，内部的線；②某機關（公司）内部的電話分線；☆内線の十番／分機十號。⓪

ないせん【内戦】（名）内戰，國内戰爭。⓪

ないそう【内争】（名）〔文〕内訌，内部糾紛（＝うちわもめ、ないこう）；☆家

庭の内争／家庭内部糾紛。⓪

ないぞう【内蔵】（名・他サ）暗藏，潛伏；☆内戦の危機を内蔵している／潛伏着内戦的危機。⓪

***ないぞう**【内臓】（名）内臟；☆蛙の内臓を調べる／解剖蛙的内臟。⓪

ナイター【美 nighter】（名）〔棒球〕夜間比賽。①

ないだく【内諾】（名・他サ）私下答應，非正式的允許（同意）；☆内諾を得る／取得非正式的許可；☆内諾を与える／非正式地允許（同意）。⓪

ないだん【内談】（名・自サ）①秘密談話；②私下商談；☆内談が…と決まった／秘密（暗地）商定…；☆内談があって来た／我來有私事相商。⓪

***ないち**【内地】（名）①本國（對殖民地而言）；②内地，距海岸遠的地方；③國内。①

ナイチンゲール【Florence Nightingale】（人名）南丁格爾。⑤

ナイチンゲール【nightingale】（名）〔動〕夜鶯。⑤

ないつう【内通】（名・自サ）①内通，通敵（＝うらぎり）；☆敵方に内通して秘密書類を持ち出した／勾通敵人把秘密文件偷出去了；②〔文〕男女私通。①

ないてい【内偵】（名・他サ）秘密偵察，暗中調查；☆敵情を内偵する／秘密偵察敵情。⓪

ないてい【内定】（名・自サ）内定，非正式的決定，暗中決定；☆彼の後任は木村に内定した／内定木村接他的後任。⓪

ないてき【内的】（形動ダ）〔文〕①（事物之）内在的；☆それとこれとは同じように見えるが何も内的な関連はない／那個和這個看來相同，但並沒有什麼内在的聯繫；②精神方面的；☆これは彼の内的生活を知る一つの材料になろう／這個可以作為了解他的精神生活的一個材料。⓪

ナイト【knight】（名）①騎士，武士；②（英國的）爵士，勳爵士。①

ナイト【night】（名）夜，夜間；～キャップ【night cap】①睡帽；②睡前酒；～クラブ【night club】（名）夜總會。①

ないない【内内】（名・副）暗地，秘密（＝こっそり、ないみつ）；☆私が内々で調べよう／我暗地調查一下吧；☆内々で

やったことだが遂にばれてしまった／秘密搞的，但終於暴露了。⓪③

ないねん【内燃】（名）〔理〕内燃；～しき【内燃式】（名）内燃式；～きかん【内燃機関】（名）内燃機。⓪

***ナイフ**【knife】（名）小刀（＝こがたな）①

***ないぶ**【内部】（名）内部，裏面（＝うちわ）；☆家の内部／屋（子）内（部）；☆彼は内部の事情を知っている／他知道内部情形；↔がいぶ。①

ないふく【内服】（名・他サ）〔醫〕内服；☆この薬は皮下注射しても内服してもよい／這藥皮下注射也可内服也可；～やく【内服薬】（名）内服藥。⓪

ないふん【内紛】（名）〔文〕内部糾紛（紛爭）；内亂；☆他党の内紛を利用して自党の勢力を拡げる／利用其他黨的内部糾紛，擴張自己黨的勢力。⓪

ないぶん【内分】（名）秘密，不公開（＝ないみつ）；☆この事は彼には内分に願います／這件事請不要告訴他；☆内分にする／不公開，不聲張。⓪

ないぶん【内聞】（名・他サ）①秘密聽到；☆内聞の話／秘密的話；☆内聞する所によれば／根據我私下聽到的…；②秘密不公開；☆内聞に済ます／暗中了結。⓪

ないぶんぴ【内分泌】（名）〔解〕内分泌。⓪

ないほう【内報】（名・他サ）秘密報告，非正式報告；内部消息；☆事件の詳細について内報があった／事件詳情已得到非正式的報告。⓪

ないまく【内幕】（名）内幕（＝うちまく）；☆内幕をあばく／揭穿内幕。⓪

ないみつ【内密】（名・形動ダ）秘密（＝ないしょ）；☆この事は内密に願います／這件事請你保密。⓪

ないめん【内面】（名）①内部，裏面（＝うちがわ）；☆箱の内面に紙を貼る／箱子裏面糊紙；②精神（心理）方面；☆この小説は内面描写がすぐれている／這本小説心理描寫很好；～せいかつ【内面生活】（名）精神生活。③⓪

ないものねだり【無い物ねだり】（連語・名）死乞百賴地要沒有的東西；☆この子はどうも無い物ねだり（を）して困ります／這個孩子老是死皮賴臉地要沒有的東西眞沒辦法。⑤

ないや【内野】（名）〔棒球〕内野（＝イ

ンフィールド）；～しゅ【内野手】（名）
内野手。⓪

ないやく【内約】（名・自サ）默契，秘密
（暗中）約定，密約；☆彼等二人の間に
は何か内約があるらしい／他們二人之間
似乎有什麼默契。⓪

ないゆう【内憂】（名）〔文〕①内心憂愁
，内心之憂；②（國家的）内憂；～がい
かん【内憂外患】（名）内憂外患。⓪

ないよう【内用】（名）①秘密事；②〔醫〕
内服；☆一日三度、食後に内用する／一
天三次飯後服用；～やく【内用薬】（名）
内服薬。⓪

＊ないよう【内容】（名）内容（＝なかみ）
；☆内容は良いが文章が気に食わない／
内容很好，文章不討人喜歡；☆この映画
には内容がない／這部電影缺乏内容（沒
意義）。⓪

ないらん【内乱】（名）内亂；☆内乱が起
こる／發生内亂；☆内乱を鎮める／平定
内亂。⓪

ないりく【内陸】（名）内地；大陸；～う
んゆ【内陸運輸】（名）内地運輸；～が
【内陸河】（名）内河。①

ないりん【内輪】（名）〔文〕内輪，裏圈⓪

ナイロン【nylon】（名）尼龍；☆ナイロ
ンのくつした／尼龍褲子。①

ナイン【nine】（名）①九；②九人組；棒
球隊。①

な・う【綯う】（他五）搓，捻（＝まぜ
てよる、あぎなう）；☆縄を綯う／搓
（捻）繩子；◇盗人（ぬすっと）を見て縄
を綯う／臨渴掘井。①

なうて【名うて】（名）有名，著名（＝ゆ
うめい）；☆名うての悪漢／有名的壞
蛋。⓪③

＊なえ【苗】（名）①苗，秧苗；☆トマトの
苗／蕃茄秧苗；☆木の苗／樹苗；②稻秧
；☆稲の苗を植える／挿秧；～しろ【苗
代】（名）（稻）秧田。①

なえぎ【苗木】（名）樹苗，小樹栽子③⓪

なえどこ【苗床】（名）〔農〕秧床，苗圃
，秧池子；☆野菜の苗床／菜畦；☆草花
の苗床／花池子。⓪

な・える【萎える】（自下一）①萎，枯萎
（＝しおれる）；☆花が萎えた／花枯萎
；②萎靡，無力，沒精神（＝ちからがな
くなる）；☆手足が萎える／四肢無力；
③變軟；因なゆ（下二）。②

＊なお【尚・猶】（副）①猶，尚，還，仍然
，依然（＝やはり、まだ）；☆彼の言葉
は今尚耳底にある／他的話還在我的耳朵
裏；②更，還，再（＝さらに）；☆尚一
層悪いことには／更糟利的是…；☆尚大切
なことには／更重要的是…；☆尚二三の
例を上げる／再擧兩三個例子；⑧〔文〕
猶，猶如（＝あたかも、まるで）；☆葉
の草木におけるは猶肺の動物におけるが
ごとくである／葉之於草木猶肺之於動
物。①

なおかつ【尚且】（連語・副）①更，而且
，並且（＝なおそのうえ）；☆彼は礼儀
正しい尚且つ頭もよい／他很有禮貌而且
聰明；②仍然，還是（＝それでもまだ、そ
れでもまだ）；☆彼女は笑わないでも尚
且つ愛敬（あいきょう）がある／她盡管
不笑，仍然和藹可親。①

なおさら【尚更】（副）更加，越發（＝ま
すます、いっそう）；☆それは尚更困難
です／這更困難了；☆彼は学問もないが
，経験は尚更ない／他沒有學問，更沒有
経験；☆あの絵もうまいが、これは尚更
うまい／那幅畫很好，這幅更好。⓪①

なおざり【等閑】（名・形動ダ）馬虎，忽
視（＝おろそか、いいかげん）；☆職務
をなおざりにする／疏忽職守，不認員工
作；☆なおざりはできない／不容忽視，
不能等閑視之。⓪

なおし【直し】（名）①修正，改正，修理
；修正（改正、修理）的人；☆靴を直し
にやった／鞋拿去修理了；☆原稿の直し
／修改草稿；②（婚禮後新娘）換裝（＝
おいろなおし）。③

なおし【直し】（形ク）〔文〕①直，筆直
（＝まっすぐだ）；②平，平正（＝ひら
たい）；③平常，普通（＝なみである）
；④公正，光明正大（＝ただしい）。①

＊なお・す【直す】Ⅰ（他五）①改，改正，
矯正（＝あらためる）；☆癖を直す／改
正毛病；☆どもりを直す／矯正結巴；☆
人の振り見てわが振り直せ／看別人，
來改正自己，借鏡，他山之石；②改正，
復元；☆仲を直す／和好如初，言歸於好
；☆機嫌を直す／恢復情緒）快活起來；
③修理，收拾（＝つくろう）；☆時計を
直す／修理鐘錶；☆道路を直す／修路
；④訂正，修改（文章）（＝てんさくする）
；☆作文を直す／改作文；⑤醫治，治療

；☆病気を直す／治病；☆この病気を直す薬はない／沒有能治這病的藥；⑥變更，更改；☆時間割を直す／改時間表；☆日本語を中国語に直す／把日語譯為中文；⑦換算，折合；☆トンをポンドに直す／把噸折成磅；☆一里をメートルに直すと幾らか／一里合多少公尺？Ⅱ（補動五）（接動詞連用形下，表示）重做，改做；☆建て直す／重建；☆言い直す／重說。②

なおもって【尚以って】（連語・副）更，更加（＝なおさら）。

*__なお・る【直る】__（自五）①改正過來，矯正過來（＝あらたまる）；☆どもりが直った／口吃矯正過來了；☆間違いが直った／錯誤糾正了；②修理好，收拾好（＝つくろわれる）；☆時計が直った／鐘錶修理好了；③（病）癒，醫好；☆風邪が直る／傷風痊癒；☆傷が直った／傷好了；④復舊，復原（＝もとどうりになる）；☆直れ／〔口令〕（看操後）向前看！（手放下！）⑤（地位、位置）更換，改過來。②

なおれ【名折れ】（名）丟臉，丟人，名譽掃地；☆学校の名折れになる／給學校丟臉，有損學校名聲；☆お前などは男の名折れだ／像你這種人眞給男子丟人。③ ⓪

*__なか【中】__（名）①裏邊，内部（＝うち）；☆カバンの中から本を取り出す／從皮包裏拿出書來；☆中に何が入っているか／裏面裝了什麼？☆戸は中から開いた／門由裏邊開了；②（事物進行之中）（＝さなか）；☆雨の中に立って彼を待った／佇立在雨中等他；☆雪の中を歩いて帰る／冒著雪走回來；③（許多事物）之中，其中；☆中で一番いい子／其中最好的一個孩子；☆多多（たた）ある中の一例だ／很多之中的一個例子；④中間（＝あいだ）；☆中一日置いて／中間隔一天；☆中に立って／居中（經手）；☆森の中を通って行く／穿通森林；⑤（弟兄三人時排行）老二；☆中の息子は戦死した／二兒子陣亡了；⑥中等；⑦一半，中途（＝なかば）；◇中を取る／折中，採取中庸之道。①

*__なか【仲】__（名）交情，關係（＝まじわり，あいだがら）；☆仲のいい友人／親密的朋友；☆仲が違（たが）える／失和；二人は犬と猿との仲だ／他二人水火不相

容；◇仲を裂く／離開，使不和睦；◇仲直る／言歸於好。①

なが【汝が】（連語）〔古〕①你（表主格）（＝おまえが）；②你的（＝おまえの）；☆汝が心／你的心。

ながあみ【長編】（名）（鈎針編織）長針。⓪

ながあめ【長雨】（名）霖雨；☆長雨が続く／霖雨連綿。③

*__なが・い【長（永）い】__（形）①長的；☆長い顔／長臉；☆日が長くなった／天長了；②長久的（＝ひさしい）；☆時間が長い／時間長；☆長く交際する／交往多年；☆長くお目に掛りません／久違；③（身材）高的；☆背丈（せたけ）が長い／個子高；④遠的（＝とおい）；☆道が長い／路遠；◇長い物には巻かれよ／胳膊扭不過大腿，長い目で見る／放長了看（不光看眼前）。②

ながい【長居】（名・自サ）久坐；☆長居してはいけませんよ／可別坐得太久了；☆長居（を）しないで早くお帰り／不要久坐，早些回來。②③

*__ながいき【長生き】__（名・自サ）長生，長壽；☆女は男よりも長生きする／女人比男人壽長。④③

ながいす【長椅子】（名）長椅子（＝ソファー）。⓪

ながいも【長薯】（名）〔植〕家山藥（＝やまのいも）。⓪

ながいり【中入】（名・自サ）〔角力〕（相撲、演劇等的）幕間休息。④⓪

ながうた【長唄】（名）配合三弦、笛子等唱的一種歌曲，（常與「歌舞伎」舞蹈等配合演出）。⓪

ながえ【長柄】（名）長柄，長襦；☆長柄のきせる／長桿煙袋。⓪

なかおもて【中表】（名）〔縫級〕把面折回做裏。③

なかおれ【中折】（名）①中央折疊（或凹下）；②←中折帽子；~ぼうし【中折帽子】（名）禮（呢）帽（＝ソフトハット）；☆中折を被る／戴禮帽。⓪④

なかがい【仲買】（名・他サ）〔經〕①經紀，掮客；②居間，介紹買賣；☆仲買をして生活する／靠作掮客爲生；~てすうりょう【仲買手数料】（名）佣金，經紀費；~にん【仲買人】（名）經紀，掮客，中間商。②⓪

なかぎり【中限】（名）〔經〕下月末交貨的一種定期交易。[0]

ながぐつ【長靴】（名）長筒靴；☆長靴を履く／穿長筒靴子；☆ゴム長靴／高筒橡皮靴子。[0]

なかくぼ【中凹】（名）中央凹（低）[4][0]

なかごろ【中頃】（名）（某期間的）中間；☆この月の中頃には梅の花が咲く／本月中旬左右梅花開放。[2][0]

*ながさ【長さ】（名）長，長度；☆長さはどれ程か／長度若干？多慶長？☆これはあの長さの二倍ある／這個有那個二倍長。[1][0]

ながし【流し】（名）①流，沖；②厨房（或井旁）洗物槽；③澡堂内沖洗身體處；④（藝人）竄街賣藝（唱曲）；⑤（出租汽車、按摩者）竄街攬客；～いた【流し板】（名）①厨房洗物槽舖板；②澡堂洗身體處；～ば【流し場】（名）澡堂沖洗身體處。[3][1]

ながしめ【流し目】（名）秋波，流盼；眼神，目示；☆二人の男は時々流し目を使いながらうなづき合った／兩個人不時地使着眼色互相點頭；☆街角の女が流し目を使う／街角女人向人送秋波。[4][3]

ながじゅばん【長襦袢】（名）日服的長襯衣。[3]

ながじり【長尻】（名）屁股重，久坐（＝ながい）。[4]

なかす【中洲】（名）河中沙洲。[0]

*なが・す【流す】（他五）①使…流，使流動；☆水を流す／使水流，放水；②流放，流送（＝ただよわせる）；☆筏（いかだ）を流す／流放木筏；③流（出）（＝したたるようにする）；☆涙を流す／流涙；④流放，放逐；☆彼は八丈島へ流された／他被流放到八丈島；⑤當死亡，質物を流す／（在限期内不贖）使東西當死；⑥不放在心上；☆過去の事は水に流す／過去的事付之流水；⑦流傳；☆浮名（うきな）を流す／流傳艷聞；⑧洗去（汚垢），搓背；☆一風呂（ひとふろ）浴びて汗を流す／洗一下澡沖沖汗；⑨（藝人，按摩者，汽車等）竄街攬客；☆さかり場を流してまわる／竄各娛樂場；☆タクシーが街を流す／計程車竄街攬客；⑩墮（胎）；☆胎兒を流す／墮胎；⑪（使音樂等）聲音一直放着。[2]

－なかせ【泣かせ】（接尾）使…沒有辦法，使…為難；☆親泣かせの不孝者／氣死父母的不孝子。

ながそで【長袖】（名）長袖；長袖衣服[4][0]

なかぞら【中空】（名）半懸空，空中[3]

なかだか【中高】（名）中部高出；☆中高の顔／中部凸起的面孔。

なかたがい【仲違い】（名・自サ）感情破裂，失和；☆兄弟二人は最近仲違いをした／哥倆個最近失和了。[3]

なかだち【仲立】（名・自サ）①居中介紹，媒介；☆結婚の仲立をする／作媒人；②〔經〕居間，當經紀；☆取引の仲立／介紹買賣。[4][0]

ながたび【長旅】（名）長途（長期）旅行；☆長旅に出る／出遠門，作長途（長期）旅行；☆長旅を終えて帰る／長途（期）旅行後歸來。[4][2]

ながたらし・い【長たらしい】（形）很長的，冗長的；☆長たらしい演説／冗長的演講；☆長たらしく話す／説話沒完沒了。[5]

なかだるみ【中弛み】（名・自サ）中間（中部）鬆弛（鬆懈）；☆あの芝居は長過ぎてちょっと中弛みした／那齣戲太長，中間有一些不緊湊。[3]

ながだんぎ【長談義】（名・自サ）講話沒完沒了，長篇大論，囉囉嗦嗦；☆下手の長談義／老太婆的裹脚布（又臭又長）；☆叔母さんは家へ来るといつも長談義（を）する／嬸嬸一來總是喋喋不休。[3]

*なかつぎ【中継】（名・自サ）①接上，轉達，轉播；☆竿を中継する／接上竿子；☆中央からの命令を中継する／轉達中央的命令；☆放送の中継をする／轉播；②（在繼承人成人以前）臨時繼承（家産）。[4][0]

ながつき【長月】（名）〔文〕陰曆九月的別稱。[2]

ながったらしい【長ったらしい】（形）→ながたらしい。[6]

ながっちり【長尻】（名）→ながじり[5][0]

ながつづき【長続き】（名・自サ）持久，堅持下去；☆何をやらせても彼は長続きしない／讓他做什麼，他也不能堅持下去。

ながっぽそい【長っ細い】（形）細長的；☆胴の長っ細い人／軀幹細長的人。[5]

なかなおり【仲直り】（名・自サ）和好，言歸於好；☆子供たちは喧嘩をしたがす

ぐ仲直りした／小孩們打架了但立刻又和
好了；②（久病臨終前）稍見好轉，廻光
返照。③

*なかなか【中中】Ⅰ（副）①頗，很，非常
（＝すこぶる、ずいぶん）／很，相當
／很熱；☆彼は中々の勉強家だ／他非常
用功；☆中々時間がかかる／頗費時間；
②（下接否定語，有時亦可把否定語省略
下去）輕易，容易，簡單；☆中々怒らな
い／不輕易生氣，☆この仕事を仕上げる
のは中々だ／完成這項工作可不簡單；③
（下接否定語）怎麼也…；絶（不）（＝
どうしても）／☆戸が中々あかない／門
怎麼也打不開；☆彼は中々うんと言わな
い／他怎麼也不答應(不同意)；Ⅱ（名）
〔古〕①半途，中途；②不徹底（＝なま
なか、なまじい）；Ⅲ（感）〔文・方〕
是，誠然（＝そうです、いかにも）⓪②

*ながなが【長長】（副）非常長，冗長；☆
長々と話す／談個沒完沒了；☆長々お世
話になりました／久承關照，☆～し・い
【長長しい】（形）非常長的，☆長長しい
行列／很長的隊伍；図ながながし（形
ク）。③

なかに【中に】（副）其中，之中。

なかには【中には】（副）（許多）之中，
其中；☆中には良い本も悪い本もある／
其中也有好書也有壞書；☆君たちの中に
は…／在你們之中…。

なかにも【中にも】（副）特別是（＝とり
わけ、そのうちでも）／☆皆うまかった
が、中にもすばらしかったのは彼の演技
だ／全部很好，尤其出色的是他的表演①

なかにわ【中庭】（名）中庭，裏院（＝う
ちにわ）；☆学校の中庭に美しい芝生が
ある／學校院中有很美的草坪。⓪④

なかぬり【中塗】（名・他サ）（第一遍和
最後一遍之間的）油漆。④⓪

ながねん【長年・永年】（名）多年，多年
以來，漫長的歲月；☆長年の研究／多年
的研究；☆彼とは長年のつきあいです／
和他是多年的交往，和他是老朋友；☆長
年着ふるした洋服／多年穿着了（穿過多
年已經舊了）的西服。⓪

ながの【長の】（連體）長的，長久的；☆
長の別れ／久別。①⓪

なかのま【中の間】（名）（一所房屋之）
中央的房間。①

*なかば【半ば】（名）①半，一半（＝はん

ぶん）；☆半ば新式，半ば旧式の家庭／
半新半舊的家庭；☆半ば無意識的に／半
無意識地；②中央，中間（＝まんなか）；
☆来月の半ばごろ／下月月中前後；☆人
生の半ばを過ぎる／過了半生（半輩子）
；③（在…）當中，中途（＝とちゅう、
さいちゅう）／☆試験半ばに病気になる
／在考試中途生了病；☆話の半ばに席を
立つ／在談話中途離席。②③

なかばたらき【仲働き】（名）兼辦內房（
上房）和廚房雜務的女佣人。③

ながばなし【長話】（名・自サ）長談，久
談；☆ここでは長話もできない／在這裏
不能暢談；☆近所の人と道で長話（を）
する／和街坊在路上長談起來。③

なかびく【中低】（名・形動サ）中間低（
窪）（＝なかくぼ）。⓪

ながび・く【長引く】（自五）拖長，拖延
（＝ながくつづく、おそくなる）；☆病
気が長引く／久病不癒；☆裁判が長引く
／談判拖長。③

ながひばち【長火鉢】（名）（帶抽屜等的）
長方形火盆／☆長火鉢の前にあぐらをか
く／盤腿坐在長方形火盆前邊。③

なかほど【中程】（名）①中間，半途，中
途（＝なかば、なかごろ）；☆試合（し
あい）の中程で雨が降り出した／比賽到
半途下起雨來了／☆名古屋は東京と大阪
の中程にある／名古屋大致在東京和大阪
的中間；②中等／☆成績はクラスの中程
です／成績在班裏算中等；③裏邊；☆ど
うぞ中程へ願います／請往裏走一走②⓪

*なかま【仲間】（名）伙伴，一伙；同事，
同僚（＝くみ、とも）；☆仲間にはいる
／入伙；☆仲間を裏切る／出賣伙伴；☆
我々は同じ仲間だ／我們是一家人；～い
り【仲間入り】（名・自サ）參加，入伙
；☆禁煙家の仲間入りをする／跟戒烟的
人在一起戒烟；☆その仲間入りは御免
だ／我可不參加那一夥；～われ【仲間割
れ】（名・自サ）分裂，斷絶關係，絶交
；☆長い間親しくしていた友達と、とう
とう仲間割れしてしまった／終於和多年
的好友絶交了；☆政党内で仲間割れを生
ずる／政黨內發生分裂（現象）。③

なかみ【中身・中味】（名）①裝在裏邊的
東西（＝なかのもの）；☆財布は中身が
なかった／錢包原來是空的；②內容；☆
彼の演説は中味が豊富だ／他的講演内容

豊富。②

なかみせ【仲店・仲見世】（名）（神社、寺院中的）商店（街）。⓪

***ながめ**【眺め】（名）①細看,定睛看（＝みつめること）；②眺望,瞭望（＝みわたすこと）；③風景,景緻（＝けしき）；☆春の眺め／春天的景致；☆この部屋は眺めがいい／這個房間窗外景好好。③

ながめ【長目】（名・形動ダ）稍長,長一點；☆少し長目に切る／剪得長一些；☆頭髪を長目に刈る／頭髪理得長一點；☆長目のズボンを買う／買長一點的褲子③

***なが・める**【眺める】（他下一）①熟視,凝視,（定睛）注視（＝みつめる）；☆母の写真を眺める／凝視母親像片；☆じっと眺める／定睛凝視；②眺望,遠眺（＝みわたす）；☆山に登って下を眺める／上山向下眺望；☆我々は美しい景色を眺めながら歩いた／我們一面眺望着美麗風景一面走。③

***ながもち**【長持ち】（名・自サ）耐久,持久,經久,耐用（＝ながくもつ）；☆この花は長持ち（が）する／這個花開得長；☆彼の禁酒は長持ちはしない／他的酒忌不長；☆今の内閣は長もちすまい／現在的内閣長不了；②長方形帶蓋的衣箱；☆晴れ着を長持にしまう／把衣服放在箱子裏。④③

ながや【長屋】（名）①長條房屋；②（許多戸同住的）簡陋房屋,大雜院；☆長屋に住む／住在大雜院内。⓪

なかやすみ【中休み】（名・自サ）中間休息；中途休息；☆ちょっと中休（を）して疲れを休めよう／中間休息一下歇歇乏③

ながやみ【長病み】（名・自サ）久病,宿疾,陳疴（＝ながわずらい）。④⓪

ながゆ【長湯】（名・自サ）洗澡時間長；☆あまり長湯（を）したので、のぼせてしまった／洗澡時間過長,頭暈了。②

なかゆび【中指】（名）中指。②

なかよし【仲良・仲好】（名）相好,親密；相好的人；☆彼は誰とでも仲良しだ／他和誰都處得來；☆僕の仲好し／我的好朋友。②

***ながら**（接助）①原樣,原封不動（＝そのまま）；☆生まれながらの詩人／天生的詩人；②邊…邊…,一面…一面（＝するとどうじに）；☆歩きながら話す／邊走邊談；③雖然（＝とはいえ、ではあるが）

；就連…；☆悪いと知りながらうそをつく／明知不對還撒読；☆どうしていいか我ながら分らない／怎辦才好,連自己也不知道；☆全、都（＝とも）；☆彼は経験と学問と、二つながら持っている／他既有經驗又有學問；☆一如、像…那樣；☆いつもながら／一如往常；☆昔ながらのしきたり／一如往昔的慣例。

***ながら・える**【長らえる】（自下一）生存；活下去；長生。④

ながらく【長らく】（副）長久（＝ながく）；☆長らく御無沙汰しました／久未通信（問候）；☆長らくお目に掛けません／久違久違。②

なかりせば【無りせば】（連語）〔文〕假如没有（＝ないなら、なかったなら）②

なかれ【莫・勿れ】（助）〔文〕別,不要（表示禁止之意）；☆ゆめゆめ疑うこと勿れ／絲毫不要懷疑。②①

─ながれ【流れ】（接尾）面（計數旗幟的單位）。③

***ながれ**【流れ】（名）①流,水流；☆この川は流れが速い／這條河水流急；☆人の流れ／行人的來往；②流水,河流（＝かわ）；☆流れに沿って道を行く／沿着河走去；③（旁人）杯中的殘酒；☆お流れを頂戴する／請把您的杯中酒先賞給我（宴會上互相敬酒時的客套話）；④血統,譜系（＝つづき）；☆源氏の流れをひいている／是源氏的後裔；⑤流派,派別（＝りゅうは）；☆…の流れを汲む／繼承…派；⑥傾向,演變（＝かたむき）；☆古代からの思想の流れを研究する／研究從古至今的思想演變；⑦（當的東西）當死；⑧（屋頂的）坡度；⑨流産,小産；⑩（妓女的）身世,境遇；⑪中止,停止,作罷；☆香港（ホンコン）行の計画はお流れになった／去香港的計劃作罷了；☆会がお流れになる／流會；**～ある・く**【流れ歩く】（自五）流浪,飄泊（＝さすらいあるく）；**～い・る**【流れ入る】（自五）流入,注入；**～さぎょう**【流れ作業】（名）流水作業,一貫作業；**～づくり**【流れ造り】（名）屋頂前坡比後坡長；**～だま**【流れ弾】（名）流彈；**～ぼし**【流れ星】（名）流星；**～や**【流れ矢】（名）流矢。③

***なが・れる**【流れる】（自下一）①流；☆川が市中を流れる／河流經市内；②滴（

=したたる）；☆汗が流れる／滴汗，流汗；⑧衝走，漂浮（＝うかぶ）；☆橋が流れた／橋漂（被水衝）走了；④推移，逝去，變遷（＝うつりゆく）；☆月日が流れた／歲月流逝；⑤錯（離）開目標（＝それる）；☆流れた弾に当たる／中流弾；⑥流傳，散布（＝ひろまる）；☆風評が流れる／風聲傳出；⑦巡行，巡遊（＝めぐる）；⑧漂泊，流浪（＝さすらう）；☆流れ流れて日本へ来た／流浪來流浪去最後流浪到了日本；⑨傾向（＝かたむく）；☆粗末に流れる／流於粗暴；⑨感情に流れる／愛動感情；感情用事⑩下（＝くだる）；⑪當死；☆質に入れた時計が流れた／當的錶當死了；⑫流産，小産；⑬作罷（＝やめになる）；☆会が流れた／流會了；囡ながる（下二）。③

ながわずらい【長患い】（名・自サ）久病，長年患病；☆長患い（を）したので，すっかり体が弱った／因爲長年臥病，身體衰弱極了。④

なかんずく【就中】（副）特別，尤其；☆どれもこれも奇麗だったが，就中最後のが一番美しかった／全都很漂亮，尤其最後一個最好看。②

***なき【泣き】**（名）哭，哭泣；☆泣きの涙で別れる／灑淚而別；◇泣きを入れる／哭着道歉；哀求饒恕。

なき─【亡き】（造語）已故；☆亡き母をしのぶ／想念故去的母親；☆亡き父の志をつぐ／繼承先父之志。①

なぎ【凪】（名）風平浪靜，無風無浪；☆凪は暴風雨の前兆だ／風平浪靜是暴風雨的前兆。②

なきあか・す【泣き明かす】（他五）哭一夜，（由夜裏）哭到天明；☆一夜を泣き明かした／哭了一夜。④

なきあと【亡き後】（造語・名）死後；☆我が亡き後／我死之後；☆亡き後の事を頼む／託付身後事。①

なきい・る【泣き入る】（自五）痛哭。③

なきおとし【泣き落とし】（名）哭訴，哀求（以達到目的）；☆泣き落としの手を使う／使用哭訴（哀求）手段；～せんじゅつ【泣き落とし戦術】（名）哭訴（哀求）戦術。⓪

なきおと・す【泣き落とす】（他五）哭訴，哀求（以達到目的）。④

なきがお【泣き顔】（名）正哭或要哭的面

孔；☆泣き顔を見せる／被人看見正在哭。⓪③

なきかず【亡き数】（連語・名）死亡者（的數目）；☆亡き数に入る／名登鬼籍①

なきがら【亡骸】（名）屍首，屍體，遺體（＝しかばね）；☆彼の亡骸は郷里に葬られた／他的遺體被安葬在故鄉。⓪

なきくず・れる【泣き崩れる】（自下一）慟哭，放聲大哭；☆わっと泣き崩れる／哇的一聲大哭 起來；囡なきくづる（下二）。⑤

なきくら・す【泣き暮らす】（他五）整天哭，天天哭，終日以淚洗面。④

なきごえ【泣き声】（名）哭聲；要哭的聲音；☆泣き声をあげる／放聲哭；☆泣き声が聞こえる／聽到哭聲。③

なきごえ【鳴き声】（名）（鳥、獸、蟲的）鳴叫聲；☆羊の鳴き声／羊的鳴叫聲；☆鳥の鳴き声／鳥的啼叫。③

なきごと【泣き言】（名）①哭訴之言；②牢騷話（＝ぐち）；☆泣き事ばかり言っている／老發牢騷；☆彼の泣き事を辛抱して聞いてやった／我耐心地聽了他的牢騷話。⓪

なきこ・む【泣き込む】（自五）①哭着進來；②（哭着）哀求，哀懇。③

なぎさ【渚・汀】（名）水邊，水濱，岸邊（＝なみうちぎわ）；☆渚に立って沖の舟を眺める／在海邊上眺望海上船隻③⓪

なきさけ・ぶ【泣き叫ぶ】（自五）大聲哭，哭喊，哀號；☆泣き叫ぶ子供／哭喊的小孩。④

なきしき・る【鳴き頻る】（自五）鳴啼不已。④

なきしず・む【泣き沈む】（自五）低頭痛哭；哭得神志沮喪；☆彼女はひどく泣き沈んでいて，何を言っても答えない／她哭得神志沮喪，跟她說什麼也不答言 ④

なきじゃくり【泣きじゃくり】（名）嗚咽，抽抽嗒嗒地哭。⓪

なきじゃく・る【泣きじゃくる】（自五）抽抽嗒嗒地哭；☆叱られていつまでも泣きじゃくる／挨了申斥就抽抽嗒嗒地哭個不停。④

なきじょうご【泣き上戸】（名）一醉就愛哭（的人）；☆泣き上戸の男／醉後好哭的（男）人。③

なきすが・る【泣き縋る】（自五）哀求（＝なきつく）。④

なきたお・す【薙ぎ倒す】（他五）（横着）砍倒，割倒；打倒，掃平；☆草を薙ぎ倒す／把草割倒；☆強豪（きょうごう）を次々と薙ぎ倒して一躍有名になった／把勁敵一一撃敗一躍而成名。◎4

なきだ・す【泣き出す】（自五）哭起來；◇泣き出しそうな空模様／（濃陰）欲雨的天氣。3

なきつ・く【泣き付く】（自五）①哭（着央）求；☆子供に泣き付かれて玩具を買わされた／小孩哭着要玩具，不得已給他買了；②哀求，央求；☆巡査に泣き付いて放免してもらう／哀求警察把他釋放吧。3

なき（っ）つら【泣き（っ）面】（名）哭臉（＝なきがお）；◇泣き面に蜂／倒霉鬼遇見雷撃木，禍不單行。◎

なきなき【泣き泣き】（副）哭着…（＝なきながら、なくなく）；☆死んだ息子（むすこ）のことを泣き泣き語る／哭着叨念死去的兒子。

なぎなた【長刀】（名）長柄大刀；☆長刀を振りまわす／拿起大刀。4 3

なきにしもあらず【無きにしも非ず】（連語）〔文〕並非（不是）沒有，有一點（＝ない（わけ）でもない）☆多少の不満無きにしも非ず／並非沒有一點不滿。1─1

なきぬ・れる【泣き濡れる】（自下一）涕淚沾襟，哭得鼻涕一把淚一把；☆泣き濡れた少女の顔／滿臉是淚的少女的面孔。因なきぬる（下二）。4

なきね【泣き寝】（名）〔文〕哭着睡覺

なきねいり【泣き寝入り】（名・自サ）①哭着睡着；☆母の背中（せなか）で泣き寝入りする／在母親的背上哭着睡着；②忍泣吞聲；☆結局泣き寝入りになる／只得忍泣吞聲。◎5

なきのなみだ【泣きの涙】（連語・名）①哭泣，啼哭；☆泣きの涙で別れる／哭泣而別；②非常痛心（難過）。4

なぎはら・う【薙ぎ払う】（他五）橫掃，橫着砍倒。◎4

なきはら・す【泣き腫す】（他五）哭腫（眼泡兒）；☆彼女は両眼を泣き腫していた／她把兩眼哭腫了。4

なきひと【亡き人】（名）〔文〕死者，已故的人（＝こじん）。1

なきふ・す【泣き伏す】（自五）哭倒（＝なきしずむ）；☆悲報を聞いて、よよと泣き伏した／聽到凶信抽嗒了一聲就哭倒了。3

なきまね【泣き真似】（名・自サ）假哭，裝哭（＝そらなき）；☆泣き真似が上手だ／善於裝哭。◎

なきまね【鳴き真似】（名）摹倣動物鳴叫，口技；☆これから蛙の鳴き真似をします／我們在來學一學蛙鳴。◎

なきみそ【泣き味噌】（名）〔俗〕愛哭鬼（＝なきむし）。◎

なきむし【泣き虫】（名）愛哭的人（小孩），淚窩淺的人；☆彼女は泣き虫だ／她愛哭。3 4

なきやむ【泣き止む】（名）停止哭泣，不再哭。3

なぎょう【ナ行】（名）五十音圖的第五行；～へんかく【ナ行変格】（名）〔語法〕ナ行變格活用（例：「死ぬ」）。1

なきりぼうちょう【菜切庖丁】（名）切菜刀。◎

なきわかれ【泣き別れ】（名・自サ）哭着分手（離別）。◎5

なきわらい【泣き笑い】（名・自サ）邊哭邊笑，又哭又笑；☆チャプリンの映画を見て泣き笑いする／看卓別林的電影令人又哭又笑。3

＊な・く【泣く】（自五）哭泣，涕泣，啼哭；☆よよと泣く／抽抽嗒嗒地哭；◇泣いても笑っても／不管想什麼辦法（怎麼辦）；☆泣いても笑ってもあと今日一天きりだ／不管怎樣也只有今天一天了。◎

＊な・く【鳴・啼く】（自五）（鳥、獸、蟲）鳴叫；☆鳥が鳴く／鳥啼；◇鳴く猫は鼠を捕らぬ／好叫的貓不捉耗子。◎

な・ぐ【凪ぐ】（自五）風息，風平浪靜起來；☆昼ごろになると風が急に凪いできた／到了午間風突然息了；☆海が凪いできた／海上風平浪靜了。1

な・ぐ【和ぐ】（自五）平靜（＝しずまる）1

な・ぐ【薙ぐ】（他五）橫割，橫砍；☆鎌で草を薙ぐ／用鎌刀割草。1

＊なぐさみ【慰み】（名）①消遣，解悶，遣懷（＝きばらし、うさはらし）；☆慰みに音楽をやる／為消遣搞音樂；②樂事，娛樂；開心事（＝たのしみ、おもしろみ）；☆碁を打つのが私の一番の慰みです／下棋是我的最大樂事；③玩，遊戲（＝もてあそび）；☆ただ慰みに魚や鳥を殺すのはよくないことだ／只是為了玩而

殺害鳥魚是不應當的；④賭博（＝ばくち）；～はんぶん【慰み半分】（名）一半爲了玩（消遣）；☆慰み半分に俳句を作る／一半爲了消遣而作俳句；～もの【慰み物】（名）①消遣物，消遣品；②供人消遣的人，玩物；☆慰み物になる／成爲玩物；被人愚弄。⓪

なぐさ・む【慰む】Ⅰ（自五）①欣快，安慰，快活（＝きがはれる）；②消遣，取樂（＝たのしみあそぶ）；Ⅱ（他五）①玩弄；②調戲；Ⅲ（他下一）〔文〕→なぐさめる。⓪③

なぐさめ【慰め】（名）安慰，消遣，樂事（＝なぐさみ）；☆慰めを求める／尋求安慰；☆読書は私の唯一の慰めだ／讀書是我的唯一消遣（樂事）；～がお【慰め顔】（名）同情的面孔。⓪

*なぐさ・める【慰める】（他下一）①使愉快，安慰，寬慰；☆目を慰める／悦目；☆退屈を慰める／消遣，遣懐；②勸慰，安撫，無慰（＝なだめる，すかす）；☆母を慰める／勸慰母親；③慰問，慰勞（＝ねぎらう）；反なぐさむ（下二）⓪④

なく・す【亡くす】（他五）死，喪（＝しなせる，うしなう）；☆子供を亡くす／死了小孩，喪子。⓪

*なく・す【無くす】（他五）喪失，失掉，丟失（＝うしなう）；☆自信を無くす／喪失信心；☆特色を無くす／失掉特色⓪

なくなく【泣く泣く】（副）哭着…，一面哭一面…（＝なきなき，なきながら）；☆泣く泣く別れる／哭着離別☆泣く泣く郷里を後（あと）にする／哭着離鄉⓪②

なくな・す【亡くなす】（他五）＝なくす⓪

なくな・す【無くなす】（他五）＝なくす⓪

なくな・る【亡くなる】（自五）①滅亡（＝ほろびる）；②死，死掉（＝しぬ）；☆彼の父が亡くなった／他父親死了。

*なくな・る【無くなる】（自五）①丟失，遺失；☆帽子が無くなった／帽子丟了；②盡，罄盡（＝つきる）；☆米櫃（こめびつ）に米が無くなる／米櫃裏沒有米了。⓪

なくもがな【無くもがな】（連語）〔文〕沒有倒好，有不如無；☆無くもがなと思われる句がかなりある／有許多似乎可以（應該）去掉的句子。①

なぐり【擲り】（名）〔（なぐる）的名詞形〕打，揍；～がき【擲り書き】（名・

他サ）潦草地寫；☆手紙を擲り書きする／潦草寫信；～つ・ける【擲りつける】（他下一）揍，痛打。③

*なぐ・る【殴（擲）る】（他五）打，揍，毆打（＝うつ，たたく）；☆めちゃくちゃ殴る／毒打一頓；☆横つらを殴る／打嘴巴。②

なげ【投】（名）①投，扔（＝なげること）；②〔角力〕（抓住對方兜襠布）摔倒；③＝なげやり；④〔經〕抛（售）。②

なげ【無気】（名・形動ダ）似乎沒有；☆あたりに人も無気（な）ふるまい／旁若無人的舉止；☆事も無気に打ち笑う／若無其事地發笑。②①

なげいれ【投入】（名）←なげいればな；～ばな【投入花】（名）投入挿花法（花道之一派，盡量保存花的自然樣式的一種挿花法）。⓪

なげう・つ【擲（抛）つ】（他五）①投，抛棄（＝なげすてる）；☆手紙を床に擲つ／把信扔在地板上；②犧牲，豁出（＝なげすてる）；☆彼はすべてを擲ってそれに従事した／他犧牲一切去搞那件事；☆国のために命を擲つ／爲國捐軀③⓪

なげうり【投売】（自・他サ）抛售，賤賣（＝すてうり）；☆冬物一掃のため方々の店は投売（を）している／爲了清理多貨，各商店在進行抛售。⓪

なげか・ける【投げ掛ける】（他下一）①投，投擲（＝なげつける）；☆太陽が窓に光を投げ掛ける／陽光照射窗戶；②披上；反なげかく（下二）。⓪

なげかわし・い【嘆かわしい】（形）可嘆的；☆風紀が乱れているのは誠に嘆かわしい／風紀紊亂，實屬可嘆。⑤

*なげき【嘆（歎）き】（名）〔なげく〕的名詞形；①嘆息（＝ためいきをつくこと）；②悲傷，憂愁（＝しんぱいしてかなしむこと）；☆嘆きに暮れる／終日憂愁（悲傷）；③氣憤（＝いきどおること）；☆君、歎きを感じないか／你不感到氣憤嗎？～あか・す【嘆き明かす】（他五）終夜嘆息。③

なげキッス【投げkiss】（名・自サ）飛吻③

*なげ・く【嘆（歎）く】（自五）①嘆息，嘆氣（＝ためいきをつく）；②悲傷，憂愁（＝うれえかなしむ）；☆友の死を嘆く／爲友之死而悲傷；③氣憤，憤慨（＝いきどおる）；☆世の腐敗を嘆く／感

嘆社會的腐敗；④〔文〕哀求（＝あいがんする）。②

なげくび【投首】（名）歪着頭（思考）→しあん（思案）。②

なげこ・む【投げ込む】（他五）投入，擲入（＝なげいれる）；☆ポストに葉書を投げ込む／把明信片投入郵筒。⓪

なげす・てる【投げ棄てる】（他下一）①抛，棄，扔掉（＝うっちゃる）；☆紙屑を投げ棄てる／扔掉亂紙；②丟開；棄置不顧；☆中途で仕事を投げ棄てた／把工作中途丟開了；☆職務を投げ棄てて選舉運動を手伝う／放棄職守爲候選人拉票；囡なげすつ（下二）。⓪

なげだ・す【投げ出す】（他五）①抛出，投出（＝ほうりだす）；☆足を投げ出す／伸出脚（腿）；☆自動車から投げ出された／從汽車甩出來了；②豁出去；放棄；☆命を投げ出す／豁出命來；☆仕事を中途で投げ出す／中途放棄工作；③投入，拿出；☆大金（たいきん）を投げ出して事業を助ける／拿出巨款支援事業。⓪

なげつ・ける【投げ付ける】（他下一）投，投擲；☆犬に石を投げ付ける／投石打狗；☆相手を床に投げ付ける／把對方摔到地板上；☆人に悪口を投げ付ける／（當面）罵人；囡なげつく（下二）。⓪④

なげとば・す【投げ飛ばす】（他五）扔出去，甩出去；☆汽車に投げ飛ばされた／被火車甩出去（來）；☆相手を土俵の外に投げ飛ばす／〔角力〕（相撲）把對方摔出沙場圈（界）外。⓪

なけなし（名）僅少，一點點（＝ほとんどないこと）；☆なけなしの知恵／一點小聰明；☆なけなしの金／一點點錢。⓪①

なげなわ【投縄】（名）套索。⓪

なげやり【投げ遣り】（名・形動ダ）①投（扔）過去（＝なげておくること）；②扔下，放棄（＝すてておくこと）；☆仕事を投げ遣りにする／丟開工作，放棄工作；③忽視，玩忽，等閑視之（＝なおざりにすること）；☆勉強を投げやりにする／不重視功課。⓪

*な・げる【投げる】（他下一）①投，抛，扔，擲（＝ほうる）；☆ボールを投げる／扔球；②摔；☆相手を床に投げる／把對方摔在地板上；③跳入；☆川に身を投げる／投河；④放棄，絕望，斷念（＝あきらめる）；☆試験を投げる／放棄考試

；◊匙を投げる／①（醫生認爲病人）不可救藥；②（認爲事情沒有希望而）撤手（斷念）。

なければならない（連語）①必須，總得；☆行かなければならない／非去不可；②一定，必然（是）。

なこうど【仲人】（名）媒人，介紹人，月下老人（＝ばいしゃく）；☆仲人をする／作媒。②

なご・む【和む】Ⅰ（自四）穩靜（＝たおやかになる，なぐ）；☆緊張した空気が和んだ／緊張的氣氛被緩和起來了；Ⅱ（他下二）〔文〕緩和（＝やわらげる）②

*なごやか【和やか】（形動ダ）穩靜；溫和，溫柔；和睦，舒適（＝おだやか，のどか）／☆和やかな家庭／和睦的家庭；☆和やかな空気／和睦的氣氛，快活的氣氛；☆和やかな生涯／平順的一生。②

*なごり【名残り】（名）①離愁，分袂（＝わかれ，けつべつ）；☆名残りを惜しむ／惜別；☆名残りの盃を汲み交す／臨別舉盃暢飲；②惜別，依戀，留戀；☆名残りの涙／惜別之淚；☆何時まで話しても名残りは尽きない／說到什麼時候還是戀戀不捨；③（臨別）紀念（＝おもいで）；☆お名残りにこれを上げる／給你這個作爲紀念；☆お名残りに一言お話して下さい／請說幾句話作爲臨別紀念；④遺蹟，遺跡，殘餘（＝のこり）；☆古代文明の名残り／古代文明的遺跡；☆名残りを留める／留下遺痕；⑤後裔，子孫；～おし・い【名残惜しい】（形）惜別的；依依（依戀）不捨的；囡なごりをし（形シク）；～のつき【名残の月】（連語・名）①殘月；②九月十三日的月亮。③⓪

ナサ【NASA】（名）美國國家航空暨太空總署。①

－なさ（接尾・名）不，無，沒有（＝ないこと）；☆足りなさ／不足；☆いくじのなさ／沒有志氣（骨氣）。

*なさけ【情】（名）①同情心，慈悲心（＝あわれみ）；☆人に情をかける／憐恤，表同情；☆情のある人／富於同情心的人；☆人の情で暮らす／靠旁人憐恤維持生活；☆お情で進級する／靠（老師）憐恤而進級；②人情，情義；☆あの人は本当に情知らずだ／他眞是個不懂人情的傢伙；☆情容赦（ようしゃ）もなく／絲毫不講情面；③（男女）感情，戀情（＝こいご

ころ）；☆情を知る年頃／知春的年紀；◇情は人の為ならず／你同情旁人，將來旁人也會同情你；～ごころ【情心】（名）同情心，慈悲心；多情（＝なさけ）；～しらず【情知らず】（名）不懂人情（的人）；無情（的人）；～な・い【情無い】（形）①無情的，沒有仁慈心的（＝つれない）；☆彼は情無い人だ／他是個無情的人；②可憐的，悲慘的（＝みじめな）；☆何という情無い一生だ／多麼可憐的一輩子；③可恥的，沒出息的（＝はずべき）；☆試驗に不正をやるとは情無い／考試作弊多麼可恥；図なさけない（形ク）；～ぶか・い【情深い】（形）仁慈的，心腸熱的；☆情深い人／心腸熱的人；～ようしゃ【情容赦】（名）情面；☆情容赦もなく家から追い出す／毫不留情地趕出家中。①

なざ・す【名指す】（他五）指名（＝しめいする）；☆はっきりと名指してください／請你清清楚楚地指出名來。⓪

なさそう【無さそう】（形動ク）似乎沒有；☆成功する見込はなさそうだ／似乎沒有成功的希望；☆からだは大きくても、力は無さそうだ／個子雖大似乎沒有力氣。

なさ・る【為さる】（他五）〔（なす）的敬語〕為，做；☆先生どうぞ御心配（を）なさらないで下さい／老師，請您不要擔心。②

＊なし【梨】（名）〔植〕梨。②

なじかは（副）〔文〕①怎能（＝どうして）；②爲何（＝なぜ）。①

なしくずし【済し崩し】（名）①零星還賬，分期零還；☆借金を済し崩しに返済する／零星還借款；②一點一點地做；☆こんなに沢山では済し崩しにやって行くほかあるまい／這麼多恐怕只好一點一點地做。⓪

なしじ【梨子地】（名）（漆器或織物表面）類似梨皮的花樣。⓪

＊なしと・げる【為し遂げる】（他下一）完成；☆目的を為し遂げる／達到目的；☆研究を為し遂げる／完成研究。

なしのつぶて【梨の礫】（連語・名）去信後接不到回信，音信杳然；☆何度も手紙を出したが梨の礫に終わった／去過多次信，結果如石沉大海（杳無回信）。⓪

なじみ【馴染】（名）①熟人，熟識；☆お馴染ですから安くします／因爲您是熟人少算點吧；②小さい頃からの馴染／竹馬之交；②（男女）親密，肉體關係；情人／馴染の客／（妓女的）熟客。②

なじ・む【馴染む】（自五）①熟識（＝したしくなる）；☆この子はだれにでもすぐ馴染む／這個孩子無論和誰立刻就熟；☆馴染んだ土地を離れるのはつらい／離開待熟了的地方很難過；②溶化，溶合爲一；☆この石鹸は硬水には馴染まない／這種肥皂不溶於硬水。②

ナショナリズム【nationalism】（名）國家主義，民族主義。④

なじ・る【詰る】（他五）質問，責備，責難（＝せめとう，とがめとう）；☆彼ばかりを詰るのはよくない／不應該只責備他；☆人を面と向かって詰る／當面責問人。②

−なす（接尾）（連體）〔文〕似…的（＝のような）；☆山なす大波／如山的巨浪。

なす【茄子】（名）〔植〕茄子（＝なすび）①

な・す【生す】（他五）〔文〕生，產生（＝うむ）；☆子を生す／生子。①

＊な・す【成す】（他五）①形成，構成（＝こしらえる，つくる）；☆天然の良港を成す／形成天然良港；☆形を成していない／不成形；☆産を成す／治下財産；②完成，達到目的（＝しとげる）；☆志を成す／完成志願；達到目的；☆大事を成す／完成大業；◇色を成す／（臉）變色。①

な・す【為す】（他五）①做，爲（＝おこなう，する）；☆善（悪）を為す／爲善（作悪）；☆為すところなく暮らす／無所事事地度日；☆為す所を知らず／不知所措；②製造，作（＝つくる）。①

な・す【済す】（他五）〔文・方〕還，歸還（＝すませる，かえす）；☆借金を済す／還債。①

なず（づ）け【名付】（名）命名，起名；～おや【名付親】（名）給孩子起名的人；☆叔父（おじ）に名付親になってもらう／請叔父給孩子起個名。③

なず（づ）け【菜漬】（名）鹽醃（油）菜③

なず（づ）・ける【名付ける】（他下一）①命名，起名；☆長女を華子（はなこ）と名付ける／給長女取名叫華子；②稱爲，叫作；☆本会を榕樹會と名付ける／本會稱爲榕樹會；図なづく（下二）。③

なすこん【茄子紺】（名）絳紫色。[0]

なず・む【泥む】（自五）①拘泥（＝こだわる）／☆古に泥む／泥古，食古不化。②停滞（＝とどこおる）／☆仕事が泥んではかどらない／工作停滞不進。[2]

なずら・える【準える】（自下一）＝なぞらえる；図なづらふ（下二）。[4]

なすりつ・ける【擦り付ける】（他下一）①塗上（＝こすってつける）／☆泥を壁に擦り付ける／往牆上塗泥；②嫁（禍），轉嫁，☆責任を人に擦り付ける／把責任推到別人身上。[2][5]

なす・る【擦る】（他五）①塗上（＝すりつける）／☆顔に墨を擦る／臉上塗墨；②轉嫁（＝おわせる）／☆罪を擦る／嫁罪於人。[2]

***なぜ**【何故】（副）爲何，何故，爲什麼（＝なにゆえ）／☆何故泣いているのか／你爲什麼哭呀。[1]

なぜか【何故か】（副）不知爲何，無緣無故（＝どういうわけか，なんとなく）／☆何故か日暮れになると涙が出て来る／不知爲什麼，天一黑就流淚。

なぜなら（ば）【何故なら（ば）】（接）因爲，原因是（＝なぜかというと，そのわけは）／☆考え直しなさい。なぜならあまりにも無理な望みだから／你重新想一想，因爲（你的）要求也太過分了。[1]

なぜに【何故に】（副）爲何，何故，爲什麼（＝なぜ）／☆何故に世の人は私に冷たいのか／爲何世人對我冷淡？[1]

な・ぜる【撫ぜる】（他下一）〔方〕撫摸（＝なでる）。[2]

なぞ（修助）＝など。

***なぞ**【謎】（名）①謎（＝なぞなぞ）／☆謎を掛ける／出謎；②續着彎說，暗示，指點（＝とうまわしにいう）／☆謎を掛けたが彼には通じなかった／（我）暗示給他了可是他沒有懂；③〔轉〕謎，莫名其妙的事物；☆あの人の生活は全く謎に包まれている／那個人的生活完全是個謎。[0][2]

なそう（接尾・形動ダ）似乎不，好像不（＝いように）／☆知らなそうだ／似乎不知道。

なぞなぞ【謎謎】（名）謎（＝なぞ）／～**あそび**【謎謎遊び】（名）猜謎遊戲。[0]

なぞら・える【準える】（他下一）①比喻，比作（＝くらべる）／☆人生を旅に準

える／將人生比作旅行；②倣照，模擬（＝にせる，まねる，なずらえる）／☆外国の流行に準えた洋服／倣照外國流行樣式的西服；図なぞらふ（下二）。[4]

なぞ・る（他五）描（字等）／☆手本をなぞって書いたりしてはいけない／不可在字帖上描。[2]

なた【鉈】（名）厚刀刃／☆鉈を振るって薪を割る／拿起厚刀刃劈劈柴。[0]

なだ【灘】（名）①波濤洶湧的海面；②河川的急湍。

なだい【名題・名代】（名）①名目，名義（＝めいもく）；題名；②著名（＝なだかい）／☆名題の東海道／有名的東海道。[0]

***なだか・い**【名高い】（形）有名的，著名的，卓絕的／☆世界に名高いパリの凱旋門／聞名世界的巴黎凱旋門；☆西湖は風景をもって名高い／西湖以風景著稱；図なだかし（形ク）。[3]

なだたる【名だたる】（連體）有名的，著名的（＝ゆうめいな）。[3]

なたね【菜種】（名）油菜籽；～**あぶら**【菜種油】（名）菜籽油。[2]

***なだ・める**【宥める】（他下一）①撫慰，安撫（＝やわらげしずめる）／☆泣く子を宥める／安撫哭的孩子；②饒恕，寬宥；③調停，勸解（＝とりなす）／☆双方を宥めて仲直りさせる／勸解雙方使言歸於好；図なだむ（下二）。[3]

なだらか（形動ダ）①平穩，順利（＝おだやか）☆交渉がなだらかに進む／交渉順利進行；②慢（坡），坡度小；☆なだらかな勾配／慢坡；③流暢，☆なだらかな日本語／流利的日語。

なだれ【雪崩】（名）①（積雪）傾倒，崩頹；②蜂擁；☆雪崩を打って押し寄せる／蜂擁而來；～**こ・む**【雪崩込む】（自五）（許多人）蜂擁而入；☆群衆は、我さきに会場へ雪崩込んだ／大衆爭先恐後地擁進了會場。[3]

なだ・れる（自下一）①傾斜；☆地震で屋根がなだれた／因爲地震屋頂歪了；②（雪、砂）崩塌，傾倒；☆雪がなだれて小屋が埋まった／積雪崩塌埋沒了小房；図なだる（下二）。[3]

ナチ（ス）【德 Nazis】（名）納粹黨，希特勒德國的國家社會主義黨。[1]

ナチズム【Nazism】（名）納粹主義。[2]

ナチュラリズム【naturalism】（名）自然主義。4

*なつ【夏】（名）夏，夏天，夏季；☆夏が来る／夏天到來；◇飛んで火に入る夏の虫／飛蛾投火。2

なついん【捺印】（名・自サ）蓋章；☆証文に捺印する／在證件上蓋章。0

*なつかし・い【懐かしい】（形）①親近的，親睦的（＝むつまじい）；☆故国にいると同郷の人が懐かしい／在外覺得同鄉分外親近；②依戀的，戀慕的，思慕的，懐念的（＝したわしい）；☆懐かしい故郷／令人依戀的故郷；☆昔が懐かしい／懐念舊時；③可愛的（＝かわいらしい）；因なつかし【形シク】；～が・る（自五）懐念，依戀；☆亡き母を懐かしがる／懐念亡母；～げ【懐かしげ】（形動ダ）親近，依戀；☆懐かしげに見る／依依不捨地看；～さ【懐かしさ】（名）懐念，依戀之情；～む【懐かしむ】（他五）思慕，想念；☆故郷を懐かしむ／思念故郷4

なつがれ【夏枯れ】（名）夏季淡月；☆夏枯れでさっぱり客が来ない／因是夏季淡月，顧客簡直不上門。0

なつぎ【夏着】（名）夏服；汗衫。0

なつ・く【懐く】Ⅰ（自五）①親密，接近（＝なじむ）；☆あの人は自然と子供が懐くような人だ／他是個小孩自然而然愛接近的人；②馴服；☆犬が懐いて来た／狗馴服了；Ⅱ（他下二）〔文〕→なつける。2

なつくさ【夏草】（名）夏日繁茂的草。0

ナックル【knuckle】（名）指關節；～ボール【knuckle ball】（名）〔棒球〕把指尖叩在球面上而投的球。1

なつ・ける【懐ける】（他下一）使親密（接近、馴服）（＝なつかせる）；☆彼は人を懐けることがうまい／他善於使人和他親密；☆犬を懐ける／使狗馴服；因なつく（下二）。3

なつこだち【夏木立】（名）夏季繁茂的樹木；☆夏木立の茂るなかを散歩する／在夏日繁茂的樹林中散步。0

なつさく【夏作】（名）〔農〕夏季作物；☆今年の夏作はよく出来る／今年夏季作物收成好。0

なつじかん【夏時間】（名）夏季時間（＝サマータイム）。3

なつぞら【夏空】（名）夏日炎熱的天空3

なってない〔俗〕不像話，不成個樣子。

ナット【nut】（名）①〔植〕堅果，果核；②〔機〕螺絲帽。1

なっとう【納豆】（名）蒸後醱酵的大豆（食品之一）。3

*なっとく【納得】（名・他サ）理解，領會；同意；認可（＝のみこむ）；☆納得の行くように説明する／解說得（使人）能够了解；☆納得が行かない／不能理解；☆納得ずくで／經取得同意。0

なつば【夏場】（名）夏季；☆夏場は本の売れ行きが悪い／夏季書賣得很少。0

なっぱ【菜葉】（名）（油）菜葉；～ふく【菜葉服】（名）藍色工作服；☆菜葉服を着た職工／穿工作服的工人。1

なつばしょ【夏場所】（名）①夏季繁華的場所；②〔角力〕（每年五月舉行的）角力大賽。0

なつまけ【夏負け】（名・自サ）苦夏；☆夏負けして食欲がなくなる／苦夏食欲減退。0 4

なつみかん【夏蜜柑】（名）〔植〕一種柚子。3

なつむき【夏向き】（名）適宜於夏季；☆この家は夏向きに出来ている／這房蓋得適宜於夏天居住；☆夏向きの着物／夏季衣服，夏裝。0

なつめ【棗】（名）①〔植〕棗；②棗子形的末茶茶瓶。0

なつもの【夏物】（名）夏季用品；夏季衣服；☆夏物一掃の大売り出し／清理夏季貨品大拍賣。0

なつやすみ【夏休み】（名）暑假（＝しょちゅうきゅうか）；☆夏休みが始まる／暑假開始。0

なつやせ【夏瘦せ】（名・自サ）苦夏；☆今年は夏瘦せしないで済んだ／今年沒有苦夏就過來了。0

なつやま【夏山】（名）夏季攀登的山；↔ふゆやま（冬山）。0

なであ・げる【撫で上げる】（他下一）攏上去；☆指で髪を撫で上げる／用手把頭髮攏上去。4

なでおろ・す【撫で下ろす】（他五）由上向下撫摸；☆ほっと胸を撫で下ろした／吐出一口氣放了心。4

なでがた【撫肩】（名）溜肩膀兒；☆撫肩の少女／溜肩膀兒的少女；↔いかりがた（怒り肩）。2

なでしこ【撫子】（名）〔植〕瞿麥；☆大和（やまと）撫子／日本婦女。②

なでつ・ける【撫で付ける】（他下一）①撫按（＝なでておさえつける）；②（向上）梳攏（頭髮）（＝かきあげる）；☆髮を撫で付ける／把頭髮梳光；☆くしで撫で付ける／用梳子梳頭；図なでつく（下二）⓪

*な・でる【撫でる】（他下一）①撫摸，摸弄；☆小児のあごを撫でてあやす／摸弄小孩的下巴；②撫慰（＝いたわる）；図なづ（下一）。②

*など【等・杯】（修助）①等（用於列舉事物）；☆草や木など／草木等等；☆彼は絵や音楽などを習った／他學了繪畫音樂等；②（許多事物中只舉出一件最重要的來說）云云；☆彼は自殺するなどと言っている／他說要自殺云云；③緩和斷定的語氣；☆猫などはお好きですか／您喜歡貓（什麼的）嗎？④（加強否定的語氣）；☆彼はうそなど言ったことはなかった／他從來未說過謊；⑤表示輕蔑或謙虛之意；☆君などの出る幕ではない／不是你這種人出風頭的時候，☆私のことなど心配しないでください／請不要為我勞神；☆どうせ僕などは…／反正像我這樣的…。

ナトー【NATO】（名）北大西洋公約組織①

などて（副）〔文〕為何，為什麼（＝なぜ）①

なとり【名取り】（名）①（學習日本舞踊、曲藝者被師傳允許）襲用（師傳的）藝名；襲用藝名的人；②著名，有名（的人）。③⓪

ナトリウム【natrium】（名）〔理〕鈉（＝ソジューム）。③

なな【七】（數）七，七個，第七（只用於數數時）。①

なないろ【七色】（名）①七色，七種顏色；☆虹の七色／虹的七色；②七類，七種；〜とうがらし【七色唐辛子】（名）／（搗碎辣椒、陳皮、花椒等製成的）五香粉（＝しちみ）。②

ななえ【七重】（名）①七層；②多層；◇七重の膝を八重に折る／卑躬折節地央求或賠罪。②

ななくさ【七草】（名）①七種，七類，七套（＝ななとおり）；②春天的七種花草（薺，芹等）；③秋天的七種花草（萩，女郎花等）；〜がゆ【七草粥】（名）正月初七放入春天的七種花草做成的粥。②

ななころびやおき【七転八起】（連語・名・自サ）①浮沉無定；☆世の中は七転八起だ／人世浮沉無定；☆七転八起の生涯／波瀾縱橫的一生；②百折不回，不屈不撓；☆七転八起の努力／百折不回③─①

ななし【名無し】（名）無名；〜のごんべえ【名無しの権兵衛】（名）〔俗〕無名小卒。⓪

ななつ【七つ】Ⅰ（名）〔古〕午前（或午後）四點鐘；Ⅱ（數）七，七個；七歲；☆数え年七つ／虛歲數七歲；〜どうぐ【七つ道具】（名）①〔古〕武士臨陣所帶的七種武具；②（轉）經常携帶的種種用具；〜のうみ【七つの海】（名）世界七大洋。⓪

ななひかり【七光り】（名）餘蔭，（父親、主人的）勢力；☆親の七光で銀行の頭取になる／借老子的光當上銀行經理②

ななふしぎ【七不思議】（名）七種不可思議的現象。②③

ななまがり【七曲り】（名）（道路等）曲折，蜿蜒；彎彎曲曲；☆七曲りの道／曲折的道路☆車は七曲りの難所（なんしょ）に差しかかる／車子走上曲折難行的地方③②

*ななめ【斜め】（名）①傾斜；②斜，歪（＝はす）；☆帽子を斜めにかぶる／歪戴帽子；☆日が斜めにさす／日光斜射；⑧（日）傾，過午。②

*なに【何】Ⅰ（代）（不定稱代詞）什麼；☆何から話してよいか分らない／不知從何說起；☆何がほしいか／你要什麼？☆着物も何もない／衣服也沒有，什麼也沒有；Ⅱ（副）①（驚愕反問時用語）什麼；☆何、学校が火事だって／什麼，學校失火了？②（用以否定對方的話）沒有什麼，無關緊要，哪裏；☆仕事が多くて疲れるだろう──何、平気です／工作很多够累了吧──哪裏，一點不累；⑧（感到憤怒而反駁時用之）你說什麼；☆何、もう一度言って見ろ／你說什麼？再說一遍①

*なにか【何か】Ⅰ（副）不知為什麼（＝どうしてか）；☆何か訳があって／不知為什麼；Ⅱ（代）（不定稱代詞）什麼；☆馬鹿か何かでなくてはあの仕事は勤まらない／不是傻瓜什麼的，做不了那種工作；☆何か御用ですか／您有什麼事嗎？〜しら【何か知ら】（副）不知為何，總有些（＝なにかしらぬが、なんとなく）；☆何か知ら胸騒ぎがする／不知因為什麼

，覺得心慌；～しらず【何か知らず】（連語・副）不知爲何（＝なにかしら）；～なしに【何か無しに】（連語・副）不知爲何，無意中，不知不覺（＝なにがなしに）；☆ここへ來ると何かなしに悲しくなる／一到這裏就不由得傷心；～につけ【何かに付け】（連語・副）各方面，一切；☆君が隣の席についてくれれば何かにつけ便利だ／你若坐在旁邊，一切都方便。①

なにが【何が】（副）①何事（＝なにごとが）；②哪裏，怎麼（＝どうして）；☆何ができるもんか／怎麼能行呢。①

なにがし【某】（代）①某某，某人；☆山田某とか聞いたが思い出せない／總說是山田某某，想不起來了；②某些（款額）；☆この事業には私も某という資本を投じているのです／對這個事業我也投入了一些資本；☆一万円某の金を落とした／丟了一萬塊左右③我（＝わたくし）①②③

なにかと【何彼と】（副）這個那個地，諸所，事事（＝あれこれ，いろいろ）；☆近頃何かと忙しい／近來這個那個很忙；☆何彼とお世話になります／事事都請您關照。⓪

なにがなし（に）【何が無し（に）】（連語・副）不知爲何，不知不覺地，無意中，總覺得，不由得（＝なんとなく）⑤⓪

なにかは【何かは】（副）〔文〕（反語）哪能…，爲什麼會…（＝どうして…か）；☆何かは苦しかるべき／爲什麼要難受呢，有什麼可痛苦的呢。①

なにくそ【何糞】（感）〔俗〕（用於興奮發怒時）什麼，他媽的。①

なにくれ【何呉】Ⅰ（代）某（＝なにがし）；Ⅱ（副）這個那個，樣樣，事事，各方面（＝あれこれ，なにかと，いろいろ）；☆何くれ（と）人の面倒を見る／多方照料別人；～と（なく）【何呉と（なく）】（連語，副）這樣那樣地，事事，多方（＝なにやかや，あれこれ）；☆何くれと（なく）世話をやく／事事都照料，各方面都照料。①⓪

なにくわぬかお【何食わぬ顔】（連語・名）若無其事的面孔，假裝不知道的樣子（＝そしらぬかお）；☆彼は何食わぬ顔でそう言った／他裝作若無其事地這樣說了。④

なにげな・い【何気ない】（形）若無其事的；無意的（＝さりげない）；☆彼は何気ない風をしてそれを手に取った／他若無其事地把那個拿起來了；☆彼は何気ない様子で座についた／他若無其事地坐下了；☆何気無く言ってしまって，あとで悪かったと思った／我無意中說了，後來覺得不對。④

*なにごと【何事】（名）①何事，什麼事情（＝どんなこと，なんということ）；☆あの音は一体何事だろう／那個聲音到底是怎麼回事？☆何事か起こったに相違ない／一定是發生了什麼事；②（表示責備）怎麼回事；☆そんなことをするとは何事だ／怎麼能做那種事。⓪

なにしおう【名にし負う】（連語・連體）〔文〕負盛名的，著名的（＝なにおう）。④

なにしに【何しに】（副）爲了什麼；☆何しに来たか／（你）來幹什麼？①

なにしろ【何しろ】（副）①無論怎麼說，不管怎樣，反正，總之（＝とにかく）；☆何しろ先立つものは金ですからね／無論怎麼說，凡事全是錢當先囉；②因爲；☆何しろあれだから手のつけようもない／因爲是那樣所以沒有辦法；☆何しろ近頃忙しいものですから／因爲近幾天很忙。①

なに・する【何する】（自サ）①做什麼（＝なにをする）；②（故意不明確說出動作）弄，搞，☆これを何してくれ／你把這個給我弄一弄。①⓪

なにせ【何せ】（副）無論怎麼說，總之（＝なにしろ）。①

なにせんに【何せんに】（連語）〔古〕有何用處。（＝なにになろう）。

なにとぞ【何卒】（副）①設法，想什麼辦法（＝どうにかして，なんとかして）；②請（＝どうぞ，どうか，ぜひ）；☆何卒お許し下さい／請您寬恕，原諒；☆何卒よろしく願います／請多關照。⓪

なにとなく【何と無く】（連語・副）＝なんとなく。

なになに【何何】Ⅱ（代）（用於列舉許多不明的事物）什麼什麼，云云，等等；☆何々の事は役所で許可しない／某某事情官署不准；Ⅱ（感）什麼什麼（＝なにごとが，なんだなんだ）；☆何々，戦争が始まったって／什麼什麼，打起仗來了？①②

なにぶん【何分】（副）①請（＝どうぞ）；☆何分よろしく願います／請多關照；②某種；某些；☆何分の御寄付を願います／請您捐助一些（多少不拘）；☆何分の処置をする／採取某種處置；③（用於辯解）只是因爲，無奈（＝なにしろ，なんといっても）；☆何分道が悪いので遅れた／只因路不好走來晚了；☆何分年を取って居りますので…／無奈年邁…。◎

なにほど【何程】（副）多少，若干（＝どのくらい，どれだけ）；☆皆で何程ですか／一共有多少？☆何程の道のりでもない／並不多遠。◎

なにも【何も】（副）①（不接否定語）什麼也；☆私はもう何も言うことはない／我再無話可說了；②（下接否定語）並（不…）；又何必…（＝べつに）；☆それには何も不思議はない／那並沒有什麼奇怪；☆何もそう怒ることはない／用不着那樣生氣；☆労働といっても何も肉体労働とは限らない／勞動也並不限於體力勞動；～かも【何も彼も】（連語）一切，全（＝すべて，みんな）；☆何も彼も承知した／一切全答應了；☆何も彼も白状した／全部招認；☆何も彼も忘れてしまいたい／（我）希望忘掉一切。①◎

なにもの【何者】（名）誰，什麼人（＝だれ，どんなひと）；☆あれは何者か／他是什麼人？☆何者かが忍び込んだらしい／似乎偸偸進來個人。◎

なにもの【何物】（名）什麼東西（＝どんなしなもの，なに）；☆彼は道義の何物たるかをわきまえない／他不懂道義是什麼；☆愚物以外の何物でもない／完全是個蠢貨（傻瓜）。◎

なにやかや【何や彼や】（連語・副）種種，這個那個（＝いろいろ，なにかと）；☆何や彼やで月十万円かかります／這個那個地每月需要十萬日元；☆何や彼や（と）俗用があって忙しい／這個那個閒事多，很忙。①

たにゆえ【何故】（名・副）何故，爲何（＝なぜ）；☆何故（に）われわれは敗れたのか／我們爲什麼敗了呢？◎①

＊なにより【何より】（名・副）`比什麼（都好），最好（＝このうえもない）；☆これは何より結構です／這比什麼都好；☆何よりも先、この癖を直さないといけない／首先要改掉這個毛病；☆新鮮な野菜が何よりの御馳走です／新鮮青菜是最好的菜肴。①

なには【何は】（連語）種種，這個那個（なにやかや，なにか）；～さておき【何は扨置き】（連語・副）其他暫且莫論，首先…；☆何はさておき飯にしよう／別的暫且不說，先吃飯吧；～ともあれ【何はともあれ】（連語・副）無論如何，不管怎樣，總之，反正（＝ともかくも）；☆何はともあれ、まず電報で問い合わせてみよう／總之，先打個電報問一問吧；☆何はともあれ、人は正直（しょうじき）でなければならない／反正，人是非正直不可。

なにわぶし【浪花節】（名）浪花節（以三弦爲伴奏的一種民間說唱的歌曲，類似我國鼓詞）。◎

なぬか【七日】（名）①七日，七號；②七天，一星期（＝いっしゅうかん）；～しょうがつ【七日正月】正月初七（吃七種菜做的粥的節日）。③◎

なぬし【名主】（名）〔文〕〔古〕里正◎

なのか【七日】（名）七日，七號（＝なぬか）。③◎

なのり【名乗】（名・自サ）①自報姓名，自我介紹；☆名乗をあげる／自報姓名；②〔古〕（公卿、武士子弟成年後在通稱外起的）本名，名；③〔能樂〕（登場人物）自己報名。③◎

なの・る【名乗る】（自五）①自報姓名；☆彼は名乗ることを拒んだ／他拒絕說出姓名；②自稱；☆刑事だと名乗る男／自稱是刑警的人。◎②

なびか・す【靡かす】（他五）使屈服，誘惑；☆金の力で靡かす／用金錢使屈服；☆女を靡かす／誘惑女人。

なび・く【靡く】（自五）①風靡，隨風起伏；☆柳が風に靡いている／柳條隨風搖曳（擺）；②服從，屈服；☆金力に靡く／屈服於金錢的力量。②

ナプキン【napkin】（名）①餐巾，揩嘴布；②衛生棉。①

なふだ【名札】（名）名牌，姓名牌；☆名札を裏返す／（上下班等時）把名牌翻過來。◎

ナフタリン【德 Naphthalin】（名）萘球，石腦油精。③

なぶり【嬲】（名）〔なぶる〕的名詞形；～ころし【嬲殺し】（名・他サ）玩弄死

，折磨死；☆猫が鼠を嬲殺しにする／猫把老鼠玩弄死；☆嬲殺しにされた死体／被嬲磨死了的屍首；～もの【嬲物】（名）玩物，被愚（玩）弄者；☆お人よしの男を嬲物にする／把老實人當作玩物，玩弄老實人。③

なぶ・る【嬲る】（他五）①欺凌，折磨（＝さいなむ）；☆弟を嬲る／欺負弟弟；②嘲笑，愚弄（＝ひやかす）；③玩弄，擺弄（＝もてあそぶ）。②

*なべ【鍋】（名）鍋；☆鍋を火に掛ける／把鍋擺在火上。①

なべずみ【鍋墨】（名）鍋底上的墨烟子②⓪

なべて【並べて】（副）〔文〕一切（＝すべて）。①

なべもの【鍋物】（名）把大鍋菜在飯桌上邊煮邊吃的菜；大鍋菜（＝鍋料理）。②

なべやき【鍋焼き】（名）①（鶏、魚、牛肉青菜合燉的）火鍋；②←なべやきうどん；～うどん【鍋焼饂飩】（名）砂鍋麵條②

なへん【ナ変】（名）〔語法〕←ナ行変格活用（なぎょうへんかくかつよう）。①

ナポレオン【Napoleon】〔人名〕拿破崙⓪

*なま【生】（名・形動ダ）①（未經煮、烤等的）生的；☆にんじんを生のままでかじる／生啃胡蘿蔔；②（未經加熱、殺菌的）鮮的；☆生の牛乳／鮮牛奶；☆生ビール／生啤酒；③未加工，（水果）未熟；（木柴）未乾；④不充分，不透徹；☆生悟り／未徹底了解☆生ええ／未爽熟；⑤經驗不足，不熟練；☆腕が生だ／技術不熟練本領差。①

なまあくび【生欠・生欠伸】（名）沒完全打出來的呵欠；☆生欠を嚙み殺す／把呵欠嚥回去。③

なまあげ【生揚】（名）①炸得欠火；②略炸一層的油豆腐塊。③⓪

なまあたたか・い【生温かい】（形）微温的，微暖的；☆生温かい風が吹いてきた／微暖的風吹來。⑥⓪

なまあたらし・い【生新しい】（形）新的；☆生新しい死体／剛死的屍首。⑥⓪

なまあん【生餡】（名）尚未加糖的小豆餡⓪

なまいき【生意気】（名・形動ダ）驕傲，傲慢，自大，狂妄；裝蒜；☆生意気を言うな／別吹牛；☆子供の癖に生意気だ／一個小孩子竟這樣狂妄；☆彼が生意気なのでしかりつけた／他裝蒜我申斥一頓。⓪

*なまえ【名前】（名）姓名，名字，名稱；☆名前は何と言うの／你的名字叫甚麼？☆物に名前をつける／給東西起名字；～まけ【名前負け】（名・自サ）名不符實，徒有其名。⓪

なまがし【生菓子】（名）帶餡的日本點心③

なまかじり【生嚙り】（名・他サ）①未十分嚙爛；②一知半解（＝ききかじること）；☆生嚙りの知識をふりまわす／賣弄一知半解的知識。③⓪

なまがわき【生乾き】（名）半乾，未乾透；☆生乾きのシャツを着る／襯衫未乾就穿上。③

なまき【生木】（名）未枯乾（還活着）的樹；剛砍下未乾的樹（木材）；◇生木を裂く／棒打鴛鴦。③⓪

なまきず【生傷】（名）新創傷；☆この子は乱暴で生傷が絶えない／這孩子愛打架總帶着新傷。②④

なまぐさ【生臭】（名・形動ダ）腥臢；腥臢物；～ぼうず【生臭坊主】（名）不守清規的僧人；～もの【生臭物】（名）魚、肉類。⓪

なまぐさ・い【生臭い】〔形〕①腥的，臢的；☆生臭い匂いがする／有腥臢氣味；②血腥的；☆風も生臭い戦場／充滿血腥氣味的戰場；③（出家人）帶世俗氣味的；図なまぐさし（形シク）。④

なまくび【生首】（名）剛砍下來的人頭；☆生首を晒（さら）す／梟首示衆②④

なまクリーム【生＋cream】（名）鮮奶油④

なまけもの【怠け者】（名）懶漢，☆あの怠け者にも困ったものだ／對那個懶漢也眞沒辦法；◇怠け者の節句働き／〔喩〕平素偷懶，落得年節窮忙。⑤⓪

なまけもの【樹懶】（名）〔動〕樹懶⑤⓪

*なま・ける【怠ける】（自下一）懶惰（＝おこたる）；☆学課を怠ける／不用功；☆学校を怠ける／逃學；☆今日は一日怠けてしまった／今天閒了一天。③

なまこ【生子・海鼠】（名）①〔動〕海參；②生鐵塊。③

なまざかな【生魚】（名）生魚；☆生魚を食う／吃生魚。③

なまじ（副・形動ダ）①勉勉強強（しいて）；②不徹底，半瓶醋，潦潦草草，馬馬虎虎；☆なまじの（な）練習はやめるがよい／不徹底的練習，莫若不練習；☆なまじ泳ぎを知っていたのが溺れる原因だっ

た／因為只會一點游泳所以淹死了；⑧多
餘，用不着，大可不必；☆なまじ口を出
したのがいけなかった／錯誤就在於多嘴
多舌。⓪

なまじっか（副・形動ダ）＝なまじ，なま
じい；☆なまじっかな知識では分らない
／一知半解的知識是不能理解的；☆なま
じっか口を出すとひどい目にあう／多嘴
多舌要吃大虧。⓪

なまじろ・い【生白い】（形）①微白的；
②煞白的，雪白的；図なまじろし（形
ク）。④

なます【膾・鱠】（名）〔烹飪〕①醋浸鮮
魚肉絲；②醋浸（胡）蘿蔔絲。③⓪

なまず【鯰】〔動〕鯰；～ひげ【鯰髭】（
名）細長鬍子；細長鬍子的人。⓪

なまたまご【生卵】（名）生鷄蛋；☆生卵
を飲む／喝生鷄蛋。③④

なまち【生血】（名）鮮血（＝いきち）②③

なまっちろ・い【生っ白い】（形）煞白的
（＝なまじろい）。⑤

なまつば【生唾】（名）（饞或覺酸時的）
唾液，涎，口水；☆生唾を飲み込む／嚥
下唾液。②

なまづめ【生爪】（名）指甲；◊生爪に火
をともす／吝嗇。②

なまなま【生生】（名・副）①極不成熟；
②非常新鮮；～し【生生しい】（形）
①非常新的；☆生生しい記憶／記憶猶新
；☆生生しい血痕／新的血痕；☆生生し
い描写／生動描寫；☆まだ記憶に生生
しい事件／記憶猶新的事件；②極不成熟
的；図なまなまし（形シク）。③

なまにえ【生煮え】（名）①半熟，未煮熟；
☆生煮の肉／半熟的肉；②不清楚，曖昧
；☆生煮えの返事をする／回答得曖昧⓪

なまぬる・い【生温い】（形）①微溫的（
＝すこしぬるい）；☆生温いお茶／微溫
的茶；②不徹底的，馬馬虎虎的；☆そん
な生温いやり方ではだめだ／那種不徹底
的作法不成。⓪

なまはんか【生半可】（名・形動ダ）不徹
底，馬馬虎虎；☆生半可な学問をするく
らいなら，しない方がよい／一知半解地
學習倒不如不學習；☆私は生半可はきら
いだ／我討厭做事不徹底。⓪③

なまビール【生麦酒】（名）生啤酒。③

なまびょうほう【生兵法】（名）①一知半
解的軍事知識；②〔轉〕一知半解的知識

；☆生兵法を振りまわす／賣弄一知半解
的知識；◊**生兵法は大怪我（おおけが）
の基**／一知半解吃大虧。③

なまフィルム【生＋film】（名）未撮過的
膠卷。③

なまぶし【生節】（名）煮熟後曬半乾的鰹
魚。⓪

なまへんじ【生返事】（名・自サ）曖昧的
回答；☆生返事（を）する／回答曖昧不
清。③

なまぼし【生乾】（名・他サ）曬半乾（魚
等）。⓪

なまみ【生身】（名）有生命的身體。②

なまめかし・い【艶しい】（形）①艶麗的
，美麗的（＝あでやかだ，うつくしい）
，☆艶しい黒髪／美麗的黑髮；②妖冶的
，妖艶的，嬌媚的（＝いろっぽい）；☆
なまめかしい姿／嬌態；☆なまめかしい
話／艶聞；③安詳的，文雅的，斯文的（
＝しとやかだ）；図なまめかし（形シ
ク）；～さ（名）。④

なまめ・く【生めく】（自五）①顯得年輕
貌美；②變成艷麗、美麗；③妖艷，妖冶
，嬌媚（＝いろめく）；☆生めいた女の
姿／妖艷女人姿態；④秀雅，文雅（＝
じょうひんだ）。③

なまもの【生物】（名）①生的食品（主要指
生魚等）；☆生物だから早く処理した方
がよい／因為是生的要及早處理才好。②
；因為是生的要及早處理才好

なまやけ【生焼け】（名）未烤熟，烤半熟
；☆生焼けの牛肉／烤得半熟的牛肉。⓪

なまやさし・い【生易しい】（形）①稍微
容易的（＝すこしやさしい）；②（下接
否定語）極容易的（＝たやすい）；☆生易
しい努力ではできない／不鼓足勇氣可做
不了；☆生易しい事ではない／不是容易
事；図なまやさし（形シク）。⓪①

なまゆで【生茹】（名）未煮熟（的東西）⓪

なまり【訛】（名）①訛；☆なまりを矯正
する／矯正訛音；②鄉音，土音；☆あの
人の言葉には訛がある／他說話帶有鄉音
；☆田舎訛／鄉下語調；☆フランス訛の
英語／法國腔調的英語。③⓪

なまり【鉛】（名）①頭が鉛のように
重い／腦袋沉得像鉛一般；☆鉛のように
曇った空／烏雲漫漫的天空。⓪

なま・る【訛る】（自五）帶土音，發鄉音
；☆東京の下町の人は火箸（ひばし）を
しばしと訛る／東京商人區的人把「ひば

し」唸成「しばし」。②

なま・る【鈍る】（自五）①變鈍，不快（切不動）；☆小刀が鈍る／小刀鈍了；②志氣消沉；③（談話的勁頭）衰微，（語調）低沉。

─**なみ**【並】（造語）①每（＝ごと）；☆月並（つきなみ）／每月／軒並（のきなみ）／每戸，每家；②一般，同等（＝どおり）；☆世間並（せけんなみ）／社會一般，普通；☆人並（ひとなみ）／普通，和一般人一樣；☆調子／☆足並（あしなみ）／步伐。⓪

***なみ**【並】（名）①並列，排列（＝ならび）；②普通，一般，平常（＝あたりまえ）；☆並でない／不尋常，☆並の品物／普通（中等）的東西。⓪

***なみ**【波】（名）①波，波浪，波濤；☆波が荒い／波濤洶湧；☆波が静まる／（風平）浪靜；☆船が波を切って進む／船破浪前進；☆平地に波を起こす／平地起風波；②（皮膚的）皺紋（＝しわ）；☆老の波／老年期人的皺紋；③〔理〕（電波等的）波，④起伏；☆山の波／山嶺起伏；⑤〔喻〕潮流；☆人の波／人潮，☆時代の波／時潮；◇波にも磯（いそ）にもつかぬ心地／心情忐忑不安；波に乗る／跟上潮流；波を打つ／起波浪。②

なみあし【並足】（名）〔軍〕常步，普通步伐；☆並足で進む／常步走。⓪

なみ・いる【並居る】（自上一）並坐，並列而坐；☆彼の話は並居る人々に深い印象を与えた／他（說）的話給全場（在座）的人們以深刻的印象。③

なみうちぎわ【波打際】（名）水邊，水濱，岸邊（＝なぎさ）；☆波打際に立って沖を見る／站在岸邊眺望海上。⓪⑥

なみう・つ【波打つ】（自五）①起波浪；☆強風に波打つ湖／烈風起波浪的湖；②起伏，波動（＝でこぼこになる）；☆その消息を聞いて誰の胸も激しく波打った／聽到那個消息誰的胸裏都激動了；☆稲の穂が波打つ／稻浪起伏。③

なみがしら【波頭】（名）浪頭，浪花；☆白い波頭が砕け始める／白色的浪頭開始翻滾。③

なみかぜ【波風】（名）①風浪；☆波風の荒い海／風波險惡的海；②〔轉〕風波，糾紛（＝あらそい，もめごと）；☆波風の絶えない家庭／糾紛不絕的家庭。②

なみがた【波形】（名）波浪狀。⓪

なみき【並木】（名）街樹，街道兩旁的樹木；☆~みち【並木路】／林蔭路。⓪

***なみだ**【涙】（名・自サ）①眼淚，淚；☆目から涙があふれ出る／淚奪眶而出；☆涙が出るほど笑う／笑得流淚；☆涙を一杯ためた目／滿眼含淚；②哭泣，同情，憐憫；☆涙のこぼれる話／令人同情的事；☆血も涙もない／冷酷無情；◇涙に暮れる／悲痛欲絕；涙に沈む／非常悲痛，涙にむせぶ／放聲哭泣；涙を飲む／飲泣（吞聲）；~あめ【涙雨】（名）微雨；~がち【涙勝ち】（名）愛哭，好哭；~きん【涙金】（名）（斷絕關係時給的）很少的錢（退職金、贍養費等）；☆涙金で緣を切る／給少許贍養費而離婚；~ぐまし・い【涙ぐましい】（形）（令人可憐、感佩而）欲流淚的；☆涙ぐましい努力／令人感動的努力；図なみだぐましい（形シク）；~・む【涙ぐむ】（自五）含淚；☆話の中途で涙ぐむ／說到中途眼淚汪汪的；~ごえ【涙声】（名）含淚欲哭的聲音；~・する【涙する】（自サ）流淚，哭，☆戦友の遺骸を見て涙する／看到戰友的遺骸而落淚；~もろ・い【涙脆い】（形）淚窩淺的，心軟愛流淚的；☆年を取ってから涙脆くなった／年紀大了愛掉起眼淚來。①

なみたいてい【並大抵】（形動ダ）普通一般（＝ひととおり，おおかた）；☆並大抵でない困難／非常困難；☆子供を育てるのは並大抵のことではない／撫養小孩不是件容易的事。⓪

なみだ・つ【波立つ】（自五）①起波浪；☆波立つ海／波濤起伏（洶湧）的海；②起風波，發生爭吵；☆家庭が波立つ／家庭起風波。③

なみなみ（副）滿滿地，滿得要溢出來；☆なみなみと酒を注ぐ／滿滿地斟酒。③

なみなみ【並並】（名）普通，一般，平常（＝ひととおり，ふつう）；☆並々ならぬ苦心をする／費了非同小可的苦心，煞費苦心。⓪

なみのはな【波の花】（連語・名）①浪花；②鹽；☆波の花をまく／撒上鹽。⑤

なみのり【波乗り】（名）（海水浴時利用木板）乘浪（向岸滑動的遊戲）。④③

なみはずれ【並外れ】（名）不尋常，非凡，卓越；☆並外れの成績／卓越的成績③

なみはず・れる【並外れる】（自下一）不尋常，不平凡，卓越非凡；☆彼は並外れた処がある／他有過人之處；☆彼は並外れて大きい／他異常高大（魁偉）。◎

なみはば【並幅】（名）〔紡織品〕普通的幅度；↔ひろはば。◎

なみま【波間】（名）①波浪之間；☆波間に漂う／漂在波浪中；②不起浪時，（風平）浪静時。③

なみまくら【波枕】（名）〔古〕①舟中；②枕邊聽到波濤聲。③

なむあみだぶつ【南無阿弥陀仏】（名）〔佛〕南無阿彌陀佛。⑤①

なむさん【南無三】（感）（失敗時説的話）天呀（＝しまった）。①◎

なむみょうほうれんげきょう【南無妙法蓮華経】（名）〔佛〕南無妙法蓮華經①⑨

なめくじ【蛞蝓】（名）〔動〕蛞蝓。④③

なめこ【滑子】（名）〔植〕屬於擔子菌類的一種食用菌（濕了會黏）。③◎

なめしがわ【鞣皮・鞣革】（名）鞣皮，熟皮。◎

なめ・す【鞣す】（他五）鞣，熟（皮子）；☆豚の皮を鞣す／熟猪皮。②

なめ・る（自五）〔古〕滑（＝すべる）②

*な・める【嘗める】（他下一）①舐（＝ねぶる）；☆犬が私の手を嘗める／狗舐我的手；②嘗（味）（＝あじわう）；☆薬を嘗めてみる／嘗一嘗藥；☆一寸なめて塩加減をみてくれ／你嘗一嘗鹹淡；③嘗受，經歷；☆辛酸を嘗める／（備）嘗辛酸；④輕視，欺負，小看（＝あなどる）；☆若いからといって嘗めるな／不要以為年輕就欺負；☆相手を嘗める／瞧不起對方；⑤燒光，燒盡（＝やきつくす）；☆たちまちの中に数棟（すうむね）を嘗め尽くした／（火）轉瞬之間燒光了好幾棟房子；図なむ（下二）。②

なや【納屋】（名）貯藏室，庫房（＝ものおきごや）；☆農具を納屋から出す／從庫房裏拿出農具來。◎①

なやまし・い【悩ましい】（形）①難過的，難受的，痛苦的，苦惱的（＝くるしい，つらい）；☆事業に失敗して悩ましい日々を送る／由於事業失敗，日日苦惱；②悩人的，令人神魂顛倒的；☆悩ましい場面／（電影的）令人神魂顛倒的鏡頭；図なやまし（形シク）。④

*なやま・す【悩ます】（他五）使煩惱，使苦惱；折磨（＝くるしめる）；☆頭を悩ます／傷腦筋。③

*なやみ【悩み】（名）煩惱，苦惱，痛苦；☆心の悩み／内心的痛苦；☆青春の悩み／青春期的煩惱；☆母親の悩み／（作）母親的苦惱。③

*なや・む【悩む】Ⅰ（自五）①煩惱，憂愁，苦惱；☆生活問題に悩む／愁生活問題；☆彼らはこの問題で悩んでいる／他們為這個問題發愁；②感覺痛苦（＝いたみくるしむ）；☆歯痛に悩む／害牙痛；Ⅱ（他下一）〔文〕使苦惱（＝なやます）②

なよたけ【弱竹】（名）①細竹；②幼竹，嫩竹（＝わかたけ）。②

なよなよ（副・自サ）柔軟，軟弱，婀娜，纖弱；☆なよなよとしていて頼りない／軟綿綿地有點經不住。

なよやか（形動ダ）〔文〕纖弱，嬌弱（＝しなやか）。②

*なら Ⅰ（接）那麼（＝それなら）；Ⅱ（助動詞）〔「だ」的假定形或形容動詞假定形的語尾〕如果（是）；☆私ならそうしません／如果是我就不那樣做；☆やれるならやって見ろ／你要是能做就試試看；☆もう少し静かならいいが／再稍静些就好了。①

ならい【習い】（名）①學習；②習慣，習氣，風習（＝ならわし）；☆これは読書人の習いだ／這是讀書人的習慣；③常例，常態（＝つね）；☆世の習い／人世之常；☆艱難は世の習いだ／人生一定會遇到困難；◊習い性と成る／習慣成性（自然）。◎

*なら・う【倣う】（自五）摹倣，倣效，倣照，效法，學（＝まねる）；☆人の例に倣う／倣照別人的例子；☆人の長所に倣う／學別人的長處；☆先例に倣う／仿照前例，循例；☆以下これに倣う／以下准此；◊右へ倣え／〔口令〕向右看齊！②

*なら・う【習う】（他五）①練習，學；☆ピアノを独りで習う／自己練習鋼琴；☆学んで時に之を習う／學而時習之；②學習，研究（＝まなぶ）；☆ドイツ語を習う／學德語。②

ならく【奈落】（名）①地獄；②舞臺下面（的地下室）；～のそこ【奈落の底】①地獄的最下層；②無底深淵；③永久不能翻身的境遇；☆奈落の底に落ち込む／墜入十八層地獄。[1][0]

ならし【均し】Ⅰ（名）平均（＝へいきん）；Ⅱ（副）平均（＝ならして）；☆彼は均し二十万円の月収がある／他平均每月有二十萬日圓收入；☆客は均し一日十人です／客人每天平均（有）十位。[1]

ならし・める（連語）〔文〕使…（＝にさせる）／空虚ならしめる／使成空虚。

なら・す【均す】（他五）①弄平，攤平，軋平（＝たいらにする）；☆ローラーでテニス・コートを均す／用輾子壓平網球場；②平均；☆均して月に500ドルの収入となる／平均起來每月有500美元收入[2]

*なら・す【馴（慣）らす】（他五）①馴養，調馴；☆猛獣を馴らす／調馴猛獣；②使習於，使習慣；☆身体を寒さに馴らす／使身慣於受冷（抗寒）。[2]

なら・す【生らす】（他五）使（植物）結果實（＝みのらせる）；☆手入れをよくしてたくさん実を生らす／好好管理使多結果實。[2]

*なら・す【鳴らす】（他五）①鳴，弄出聲音；☆鐘を鳴らす／鳴鐘；打鐘；②使周知，☆罪を鳴らす／宣布罪狀；☆名を天下に鳴らす／名震天下；③出名，馳名；☆彼はかつてはスポーツ選手として鳴らしたものだ／他曾以運動選手著稱；④叫罵；☆不平を鳴らす／鳴不平；⑤放響屁；☆鼻を鳴らす／小孩（女人）撒嬌。[0]

ならずして（連語）〔文〕不到…，不足…，☆一年ならずして分れた／不到一年就分別了。[1]

ならずもの【破落戸】（名）流氓，無賴，惡棍，地痞（＝ごろつき、わるもの）；☆ならずものに因縁（いんねん）を付けられる／被流氓訛上。[0]

ならちょう（じだい）【奈良朝（時代）】（名）〔史〕奈良朝（時代）（公元710―784，凡七十五年）。[5]

ならづけ【奈良漬】（名）糟醃甜醬菜。[0]

*ならない（連語）①（表示禁止）不可，不准（＝いけない）；☆見てはならない／不准看；②必須，一定；☆しなければならない／必須做；☆行かなければならない／一定得去；③不禁，不由得（＝きん

じえない）；☆そのように思えてならない／不由那樣想；☆悲しくてならない／不禁感到悲傷，悲傷得不得了；④不能（＝できない）；☆もう我慢がならない／已經忍無可忍；⑤不成，不行；☆この石は重くてどうにもない／這塊石頭重，毫無辦法。[2]

ならぬ（連語）不可，不能；不成，不禁（＝ならない）；☆外出してはならぬ／不准外出；☆勘弁ならぬ／不能饒恕。[2]

ならぬ（助動）〔文〕非，不是（＝でない）；☆思わぬ時に客が来た／在意想不到的時候來客人；☆神ならぬ身の知る由もない／凡人無從得知。[2]

ならび【並び】（名）①行，列，排（＝なみ、れつ）；☆歯の並びが悪い／齒列不整齊；☆一並びの木／一行樹；☆この並びの角から三軒目の家だ／由這排房子拐角處數第三家；②類，比（＝たぐい）；～な・い【並び無い】（形）無比的，出類拔萃的（＝たぐいない）；☆世に並びない画家／舉世無雙的畫家；～に【並びに】（接）〔文〕及，和，與（＝および、あわせて）；☆姓名並びに職業を記入すること／要填寫姓名和職業。[0]

*なら・ぶ【並ぶ】（自五）①成行，排成行列；☆一列に並ぶ／排成一行；②相並，相等；☆彼に並ぶ者はない／沒有人比得上他。[0]

ならべ【並べ】（名）排列（的様子）；～た・てる【並べ立てる】（他下一）排列，列舉，羅列（＝ならべつらねる）；☆手柄を並べ立てる／列舉（自己的）功勞；☆人の欠点を並べ立てる／列舉旁人的短處。[0]

*なら・べる【並べる】（他下一）①排列，擺，陳列（＝つらねる）；☆食卓に並べる／擺在飯桌上；☆机を二列に並べる／把桌子擺成兩行；☆一つ置きに並べる／隔一個擺一個；②列舉，羅列；☆欠点を並べる／列舉缺點；③比較（＝くらべる）；☆これと並べると見劣りする／和這個比起來，相形見絀；④說，叨絮（＝いろいろという）；☆不平を並べる／發牢騒；◊肩を並べる／並肩，並駕齊驅；▣ならぶ（下二）。[0]

ならわし【習わし】（名）習氣，風習，習慣，慣例（＝しきたり）；☆この地方には奇妙な習わしがある／此地有個怪習慣

；☆毎月十日に集まる習わしになっている／照例毎月十號碰頭（聚會）。④回

ならわ・す【習・慣わす】Ⅰ（他五）使學習（＝ならわせる）；☆子供にピアノをならわす／讓小孩學鋼琴；Ⅱ（補動五）習慣於（＝いつもそうである）；☆呼び習わす叫慣；☆外人と付き合うので外国語は言い慣わしている／因和外國人來往，說慣了外國語。③

—なり（接尾）①表示形狀，樣子（＝かたち、ようす）；☆三日月（みかづき）なりに／月芽兒似地；②表示相應，適合的程度、狀態；☆子供には子供なりの考えがある／小孩有小孩的想法；③表示唯命是從；☆父親の言いなりになる／對父親唯命是從。

なり【也】（助動ラ型）〔文〕①（表示斷定）是（＝だ、である）；☆千円也／一千元正；②在（＝ある）；☆大和（やまと）なる法隆寺／在大和地方的法隆寺；③名叫，叫作（＝という）；☆顔回なる者あり／有（名叫）顔回者；④（接詞終止形下）1.表示感動語氣（＝わい）☆鹿が鳴くなる／鹿鳴う；2.表示推測、聽說之意（＝ようだ）；☆いたくさやげりなり／聽說（好像）非常吵鬧。

なりⅠ（接助）①☆帰って来るなり寝てしまった／回來馬上就睡下了；☆見るなり立ち上がった／一看見就站起來了；②表示，原樣不動（＝ままで）；☆行ったなり帰らない／一去不復返；☆寝たなり起き上がれない／躺下就起不來了；Ⅱ（修助）（列舉事物表示任何均可）或是…或是…，…也好（＝でも、なり）；☆山へなり海へなり／或是登山，或是到海濱去；☆書面でなり口頭でなり申し込みなさい／請以書面或是口頭報名；☆行くなり帰るなり勝手にしろ／去也好，回來也好，隨你的便；☆どこへなりとお供致します／我可以陪您到任何地方去。

なり【生】（名）生，生長，結（果）；☆生がよい／（果實）結得好。②

*なり【形】①體形，身材（＝かたち）；☆形が小さいが力がある／身體雖小有力氣；②服裝，打扮，裝束（＝ふくそう）；☆この形では人前へ出られない／這個打扮見不得人；☆こんなひどい形で行くと馬鹿にされる／這樣寒酸打扮，去

了會受人輕視；③樣子，情況（＝ようす）；④唯命是聽（＝するとおり）；☆言うなりになる／唯命是從，任憑擺佈②

なり【鳴り】（名）聲，響；☆満座はしばらく鳴りを静めた／全場一時鴉雀無聲；☆鈴の鳴りがよい／鈴的音好。回

なりあがり【成り上がり】（名）〔嘲〕發跡，飛黄騰達，闊綽起來（的人）；～もの【成上がり者】（名）一步登天的人，暴發戶。回

なりあが・る【成り上がる】（自五）發跡，升官發財，飛黄騰達，驟然顯貴，暴富；☆職員から支配人に成り上がる／由職員一步昇爲經理；↔なりさがる。回

なりかか・る【成り掛かる】（自五）快要成爲（變成）（＝なりかける）；☆暗くなりかかった／天快黑了；☆それを聞いて彼女は気狂いになりかかった／她聽了那話就幾乎發狂了。④

なりたち【形姿】（名）服裝，裝束，打扮（＝みなり、なり、ふくそう）；☆形姿の美しい人／服飾華麗的人；☆彼は形姿に構わない／他不修邊幅。③②

なりかわ・る【成り代わる】（自五）代替，代表，代理（＝かわる）；☆人になり代わって詫びる／代表別人道歉。回

なりきん【成金】（名）①〔將棋〕進入對方陣地後，變成「金將」的棋子；②暴發戶，乍富的人；☆戦争成金／戰争暴發戶，發戰爭財的人。回

なりさが・る【成り下がる】（自五）落魄，沒落（＝おちぶれる）；☆彼はパンの為に筆を執るまでに成り下がった／他落魄到靠賣文爲生；↔なりあがる。回

なりすま・す【成り済ます】（自五）完全成爲…完全變成…；☆学生に成り済まして人を騙す／完全打扮（僞裝）成學生來騙人；☆服装や態度まですっかり中国人に成り済ましている／連服裝態度都完全變成了中國人。回

なりたち【成立ち】（名）①成立；☆成立ちが遅れる／遲遲不成立；②（成立的）過程，程序；☆ここに到るまでの成り立ちを説明する／說明到此以前（以往）的過程；③構成要素，成分；☆国家の成り立ち／（構成）國家的要素。回

*なりた・つ【成り立つ】（自五）①成立（＝できる）；☆両者の間に契約が成り立つ／二人（兩者）之間成立契約；☆君の

説は成り立たない／你的說法不成立；☆計画が成り立った／計劃成立了；②構成，形成（=できいる）；☆水は水素と酸素から成り立つ／水由氫和氧構成；③可能（=ありうる）；☆そういう考えも成り立つ／也可能那樣想。◎

なりたて【成り立て】（名）剛剛當上；☆教師になりたてのほやほや／剛剛當上教師的人。◎

なりて【為手】（名）擔任…職務者；☆あんな嫌な役目にはなりてがあるまい／那樣討厭的職務，不見得有人擔任。③

なりどし【生り年】（名）果實豐收的年頭②

なりと（も）（副助）①不管（什麼、哪裏、誰、哪個、何時等）；☆何なりとも／不管什麼（也好）；☆だれなりと／不管誰；☆どこなりと行ってしまえ／你愛去哪裏就去哪裏吧；②（表示最低限度的希望）哪怕…也好；☆写真でなりと（も）見たいものだ／那怕像片也好想看看；☆母に一目なりとあいたい／想和母親見一面。

なりは・てる【成り果てる】（自下一）落魄，沒落，淪落（=おちぶれる）；☆意志の弱さからついに泥棒に成り果てた／由於意志薄弱終於淪為盜賊；☆彼は見る影もなく成り果てた／他沒落得不復當年了；因なりはつ（下二）。

なりひび・く【鳴り響く】（自五）①響徹…；☆砲声は天に鳴り響いた／砲聲震天；②（天下）馳名，聞名；☆彼の名声は全国に鳴り響いた／他馳名全國。④

なりふり【形振り】（名）①服裝，裝束，外表（=みなり、かっこう）；☆彼は形振りには構わない／他不修邊幅（服飾）；②形勢。②

なりもの【生物】（名）①（田地的）收穫；②果實，水菓（=くだもの）。②

なりもの【鳴り物】（名）①響器；②樂器（指笛、鼓、鈴、鑼等）；**～いり【鳴り物入り】**（名）①（歌舞、演出）鳴奏樂器；②大張旗鼓，大事宣傳；☆鳴り物入りで宣伝する／大張旗鼓地宣傳。◎

***なりゆき【成行き】**（名）趨勢，演變，推移，變遷；結果，收場；☆自然の成り行き／自然趨勢；☆成り行きに委せる／聽其自然；☆こういう成り行きになろうとは思わなかった／（我）沒想到落到這般結果；☆今後の成り行きが注目される／今後的演變

值得注意；**～ちゅうもん【成行き注文】**（名）〔經〕（事先不講定價格）按時價付款的定貨；**～ねだん【成行値段】**（名）〔經〕依市場情況形成的價格。◎

なりわた・る【鳴り渡る】（自五）①響徹；☆サイレンが球場に鳴り渡る／電笛聲響徹全球場；②馳名，聞名；☆勇名天下に鳴り渡る／威名震天下。④

なる〔「なり」の連體形〕〔文〕①的；☆偉大なる／偉大的；②→なり。

***な・る【生る】**（自五）結（果）（=みのる）；☆今年は柿がよく生った／今年柿子結得很好。①

***な・る【成る】**（自五）〔文〕①成功，完成（=できあがる）；☆工事がなる／竣工；☆なるもならぬも君次第だ／成敗全看你了；☆なせばなる、なさねばならぬ／做就能成，不做就不能成；②構成（=なりたつ）；☆この論文は十二章からなる／這篇論文由十二章構成；☆水は水素と酸素からなる／水由氫和氧構成；◇成っていない／不成個樣子，糟糕極了①

***な・る【為る】** Ⅰ（自五）①變成，成為；當上；☆癖になる／成癖；☆偉くなる／發跡；☆盲目になる／失明；☆金持になる／變成富翁，有錢；☆病気になる／有病；☆母となる／當母親；☆液体が気体になる／液體變成氣體；☆合計すると一万円になる／合計共為一萬元；②到（某時刻、季節等）；☆春になった／春天到來了；☆入梅になった／到了梅雨期；☆もう十二時になる／已經到了十二點鐘；☆年頃になると美しくなる／（女人）一到十七八就漂亮起來；③有益，有用，起作用（=やくにたつ）；☆甘やかすと為にならない／嬌生慣養沒有益處；☆苦労が薬になる／艱苦能鍛鍊人；☆この杖は武器になる／這個棍子可當作武器用；④可以忍受，可以允許（=がまんできる）；☆負けてなるものか／輸了還了得；☆悪いことをしてはならない／不准做壞事；☆ならぬ勘忍するが勘忍／容忍難以容忍的事，才是眞正的容忍；⑤開始…起來（=しはじめる）；☆好きになる／喜好起來／タバコを吸うようになった／吸起烟來了；☆子供を持つようになったら親の愛が分るようになるだろう／有了孩子就會理解父母的愛；⑥（將棋）（棋子進入敵陣後）變成「金將」；Ⅱ（補助動）

（用「お…になる」形，構成敬語）；☆
先生がお呼びになる／老師招喚；◇なら
ぬ中が楽（たの）しみ／事情未成之前使
人懷着期待，比起事成之後反而有樂趣①

*な・る【鳴る】（自五）①響鳴，發聲☆雷
が鳴る／雷鳴；☆ベルが鳴っている／鈴
響着；☆もう食事に行く時刻だ。私の腹
は鳴っているよ／到吃飯的時候了，我肚
子叫了；☆耳が鳴る／耳鳴；②著名，聞
名（＝きこえる）；☆風景をもって鳴る
／以風景美麗見稱；◇腕がなる／躍躍欲
試，技癢。⓪

なるたけ（副）務，盡可能（＝なるべく）
；☆なるたけ出席して下さい／務請出席
；☆なるたけ彼の感情を害さないように
しなさい／盡可能別傷他的感情。⓪

*なるべく（副）務，盡可能，盡量（＝なる
たけ、できるだけ）；☆なるべく早くし
てあげなさい／盡可能早（快）些給他辦
吧；☆なるべくならその方がいい／可能
的話，還是那樣做好。⓪

*なるほどⅠ（副）誠然，的確，果然（＝ま
ことに、いかにも、げに）；☆なるほど
私が悪かった／的確是我錯了；☆なるほ
どいい方法だが実行が困難だ／誠然是個
好方法，但是難以實行；☆なるほど、良
い本だ／果然是本有意義的書；Ⅱ（感）
（用於肯定對方的話）誠然，的確，可不
是；☆なるほど、御尤もだ／的確，你說
的真對。⓪

なれ【汝】（代）〔古〕你（＝なんじ、お
まえ）。①

なれ【慣れ】（名）習慣；熟習；☆何事に
も慣れが必要だ／凡事都需要熟習。②

なれあい【馴合い】（名）①合謀，通謀，
勾通；☆馴合いで人を騙す／合謀騙人；
②←なれあいふうふ；←なれあいそう
ば；～ふうふ【馴合い夫婦】（名）自由
戀愛結合的夫婦；非正式結婚的夫婦，姘
居的夫婦。⓪

なれあ・う【馴れ合う】（自五）①串通，
共謀，同謀（＝ぐるになる）；☆馴れ合
って人を騙す／合夥騙人；②（男女）私
通。⓪

ナレーション【narration】（名）〔廣播・
戲〕敘述；旁白。②

ナレーター【narrator】（名）主講人，擔
任旁白工作者。②

なれそめ【馴初め】（名）（特指男女）開

始認識（親密）；☆そもそもの馴初め
は、かるた会であった／最初認識是在玩
牌的時候。⓪

なれそ・める【馴れ初める】（自下一）（
特指男女）開始認識（親密）；☆二人は
音楽会で馴れ初めたのだ／兩個人是在音
樂會上認識的。⓪

なれっこ【慣れっこ】（名）習以為常，習
慣；☆土地の人はこのような光景は慣れ
っこになっているから驚かない／這種光
景當地人已經看慣了毫不驚異；☆母の愚
痴には慣れっこになっている／母親的牢
騷已經聽慣了。②

なれど（も）Ⅰ（接）〔文〕雖然（＝けれ
ども）；Ⅱ（連語）雖然是…（＝である
が）；☆花なれど（も）／雖然是花。①

なれなれし・い【馴れ馴れしい】（形）熟
頭熟腦的，毫不生疏的，非常親密的；放
肆的；☆馴れ馴れしい態度／熟頭熟腦的
態度；☆知らない人が馴れ馴れしく話か
けた／有個陌生人很不客氣地（過來）搭
了話。⑤

なれのはて【成れの果て】（連語・名）落
魄的下場，末路；☆ナチスの成れの果て
／納粹黨的下場。⑤⓪

*な・れる【狎れる】（自下一）①狎暱，過
於親密；②輕侮，侮慢（＝あなどりかろ
んじる）；☆生徒が先生に狎れる／學生
跟老師嘻皮笑臉；因なる（下二）。②

な・れる【為れる】（自下一）能成為…（
＝なることができる）；☆作家になれな
い／成不了作家。②

*な・れる【馴（慣）れる】（自下一）①親
密，馴然（＝したしみなつく）；☆猫
は私によく馴れている／貓和我很馴熟；
②習慣，習以為常（＝めずらしくなくな
る）；☆この土地には慣れていない／（
我）對此地不習慣；③（接動詞連用形表
示慣於…）☆使い慣れた万年筆／使（用）
慣了的自來水筆；☆筆で書き慣れる／用
毛筆寫慣了；因なる（下二）。②

*なわ【縄】（名）繩，繩索；☆縄を引く／拉
繩；☆縄で縛る／用繩綁上；☆縄を綯う
／搓繩，製繩。②

なわしろ【苗代】（名）秧田。⓪②

なわとび【縄跳び】（名・自サ）跳繩；☆
縄跳びで遊ぶ／作跳繩遊戲。③④

なわのれん【縄暖簾】（名）①（商店的）
垂繩門簾；②小飯舖；小酒館。③

な

なわばしご【繩梯子】（名）繩梯，軟梯③

なわばり【繩張】（名）①圈繩定界；圈繩劃定建築面積，☆人が通らないように繩張りがしてある／攔着繩子不讓人通行；②（博徒、把頭）勢力範圍（＝りょうぶん）；☆人の繩張を荒らす／侵犯別人的勢力範圍；〜あらそい【繩張争い】（名）爭奪地盤。④⓪

なわめ【繩目】（名）①繩結兒，繩扣兒；☆繩目を解く／解繩子扣兒；②被縛，被綁；☆繩目の辱（はずか）しめを受ける／受綁縛之辱；☆繩目にかかる／被縛③⓪

なん一【何】（造語）多少，若干，幾（＝いく）；☆何日（なんにち）／多少天，幾天；☆何人（なんにん）／多少人，若干人；☆何万（なんまん）／多少萬，幾萬。

なん【何】（代）何，什麼（＝なに）；☆何の事はない／毫不費力，沒什麼奧妙；☆何に使うのだ／作什麼用？☆何たるありさまだ／什麼樣子！☆何かちょうだい／給我點兒什麼；☆何とか勝ちたい／一心想要取勝，百般設法取勝；☆あの男は何だ／他是何人？①

なんⅠ（連語）（完了助動詞「ぬ」的未然形「な」加推量助動詞「む」）〔文〕①で…しまうだろう；②…てしまおう；Ⅱ（感助）接動詞未然形表示對對方的要（請）求，☆行かなん／去吧（＝行ってほしい）／Ⅲ（修助）①（接在他詞下表示「不是別的」「就是這個」之意）；☆これなん都鳥（みやこどり）／這就是鷗鶘；②（接在句末添加餘額）；☆無くもがな／實在是多餘呀。

*なん【難】（名）①災難，災禍（＝わざわい）；☆難を避ける／避難；☆難を免れる／免於遭難；②缺點（＝きず）；☆強いて難を言えば背が少し低い／如果硬要挑毛病的話，就是身材稍矮些；☆難のつけどころがない／無可非難之處；③困難；☆難なくやりとげた／毫不費力地完成了。⓪

なんア【南ア】（名）南非共合國。①

なんい【難易】（名）難易，困難與容易；☆難易の差はあるが、どれも大切だ／雖然難易不同，可是哪個都重要。①

なんか（修助）之類（＝など）；☆君なんかに出来るものか／你（這種人）哪能辦到呢；☆幽霊なんかあるものか／哪裏會

有鬼（這種東西）呢。

なんか【何か】（副）什麼（＝なにか）①

なんか【軟化】（名・自他サ）軟化，變軟；☆硬水を軟化する／使硬水變軟，各国の態度が軟化した／各國態度軟化了。⓪

なんが【南画】（名）（中國的）國畫（特指南宗）。⓪

なんかい【難解】（名・形動ダ）難解，難懂，☆この小説は難解だ／這本小說難懂。⓪

*なんかん【難関】（名）難關；☆難関に逢着する／遇上難關；☆入学試験の難関を突破した／闖過了入學考試的難關。⓪

*なんぎ【難儀】（名・形動ダ）①困難（＝むずかしいこと）；☆難儀を忍ぶ／忍受困難；②困苦，苦惱（＝くるしみ、なやみ）；☆彼は随分難儀だったに相違ない／他一定很困苦；③麻煩（＝めんどう）；☆儀難を掛ける／（給人）添麻煩。③

なんきゅう【軟球】（名）①（網球、棒球等所用的）軟球；②（球面上有突起的）橡皮球→スポンジ・ボール；↔こうきゅう（硬球）。⓪

なんぎょう【難行】（名）①〔佛〕苦修；②〔轉〕堅苦學習（技藝）。①

なんきょく【南極】（名）①南極；②〔理〕南極（磁針指南的一端）；☆南極探険に出かける／去南極探險；〜けん【南極圈】（名）南極圈；〜せい【南極星】（名）南極星；↔ほっきょく（北極）⓪

なんきょく【難曲】（名）難曲子，難以了解和難以演奏的曲子；☆巧みに難曲をひきこなす／嫻熟地演奏難曲。⓪

なんきょく【難局】（名）〔文〕難局面，困難局面；☆何とか難局を打開する／設法打開難局。⓪

なんきん【南京】（名）①南京；②稀奇，嬌小可愛的東西；〜さん【南京樣】（名）中國人；〜まめ【南京豆】（名）〔植〕落花生，花生；〜むし【南京虫】（名）〔動〕臭蟲；☆南京虫に刺された／被臭蟲咬了。①

なんきん【軟禁】（名・自サ）軟禁；☆一室に軟禁する／軟禁在一間屋子裏。⓪

なんくせ【難癖】（名）缺點，毛病；☆難癖をつける／挑剔♦彼はいつも人に難癖をつけたがる／他總愛找人家的毛病④⓪

なんけん【難件】（名）〔文〕難以處理的

事件，棘手的事情。⓪③

なんご【喃語】（名）〔文〕（男女間）喃
喃私語。①

なんこう【軟膏】（名）〔醫〕軟（藥）膏
；☆でき物に軟膏をつける／往瘡子敷藥
膏。①

なんこう【難航】（名・自サ）①困難的航
海（行）；☆暴風雨で船が難航する／遇
到暴風雨船隻航行困難；②（交渉等）難
以進展，遲遲不進；☆連日連夜、会議は
難航を続ける／會議連日連夜舉行，仍然
遲遲不見進展。

なんこうふらく【難攻不落】（連語・名）
①難以攻陷；☆難攻不落の要塞／難以攻
下的要塞；②（轉）說不動，固執。⑤

なんごく【南国】（名）南國，南方各地；
☆南国的な顔立ち／南方人的臉型；↔ほ
っこく（北国）。⓪

なんこつ【軟骨】（名）〔解〕軟骨，脆骨
；〜ぎょるい【軟骨魚類】（名）軟骨魚
類。⓪

なんざん【南山】（名）①南山；②〔地〕
（中國的）終南山；③（日本）高野山①

なんざん【難産】（名・自サ）①（胎兒）
難產；☆初めてなので難産した／因是頭
胎，所以難產了；②〔轉〕難產；☆今度
の組閣は中々の難産だった／這次組閣眞
是難產。①

なんじ【汝（爾）】（代）〔文〕你（＝おま
え）。⓪①

なんじ【何時】（名）幾點鐘（＝なんどき、
いくじ）；☆何時の汽車にしましょうか
／（咱們）坐幾點的火車走呢；☆今、何
時ですか／現在幾點鐘？①

なんじ【難事】（名）〔文〕難事，難問題
；☆一大難事に直面する／面臨一件非常
困難的事。①

なんしき【軟式】（名）軟式，使用軟球；
〜やきゅう【軟式野球】（名）軟式棒球
；↔こうしき（硬式）。⓪

なんしつ【軟質】（名）〔文〕柔和性質，
軟性。⓪

なんじゃく【軟弱】（名・形動ダ）（體格
、態度）①軟弱な（の）からだを
運動で鍛える／用運動來鍛錬軟弱的身體
；☆政府の軟弱な態度を責める／責備政
府的軟弱態度；〜がいこう【軟弱外交】
（名）軟弱外交。⓪

なんじゅう【難澁】（名・自サ・形動ダ）

①難澁，遲遲不進；☆交渉が難渉を極め
る／交渉萬分難澁（遲遲不進）；②困難，
困苦，吃力（＝なんぎ）；☆どうも道
が悪くて難渉した／道路不好可吃力了⓪

なんしょ【難所】（名）難行處，難關（＝
けわしいところ）；☆いよいよ難所に差
しかかる／眼看來到難關；☆やっと難
所を通り抜ける／好容易走過了難走的地
方。③

なんしょう【難症】（名）〔醫〕難症，難
治之症；☆これはなかなかの難症だ／這
是疑難過之症。⓪

なんしょく【難色】（名）〔文〕難色，不
同意的表情；☆A案について皆が難色を
示した／對A案全有難色。⓪

なんすい【軟水】（名）〔理〕軟水。⓪

なんせい【南西】（名）西南；☆南西の風
／西南風；☆南西に向かって進む／向（
着）西南前進。⓪

なんせん【難船】（名・自サ）①船隻遇難
（破損、傾覆）；☆大波に揉（も）まれ
て難船する／船被大浪所捲而遇難；②遇
難船，☆難船を救う／搭救遇難船。⓪

ナンセンス【nonsense】（名・形動ダ）
無謂，無聊；☆彼の言うことはどうもナ
ンセンスだ／他說的話非常無聊；☆ナン
センスな話／無聊的話。

なんせんほくば【南船北馬】（連語・名・
自サ）〔文〕①南船北馬；②〔轉〕旅行
各地。⑤

なんぞ【何ぞ】（副）〔文〕①哪，豈，焉
（＝どして）；☆何ぞ知らん／焉知，詎
料，哪裏知道；②什麼也好，什麼也可以
（＝なにか）；☆何ぞないかね／沒有什
麼嗎；〜というと【何ぞと言うと】（連
語）動輒，…就…；☆彼女は何ぞと言う
と泣く／她動不動就哭。

なんだい【難題】（名）①難題，難問題；
☆難題を持ち出す／提出難題；☆うむ、
これは難題だ／嗯，這是個難題②誣賴
，訛賴（＝いいがかり）☆難題を吹っか
ける／故意誣賴。③

*なんだか【何だか】（副）（不知爲什麼）
總有點，總覺得，不由得；☆何だか恐し
い／總覺得可怕；☆何だか気にかかる／
總覺得不放心。①

なんちゅう【南中】（名・自サ）中天，天
體經過子午線；☆太陽が南中する時刻を
正午とする／太陽中天算作中午。⓪

なんちょう【南朝】（名）〔歴〕①（中國南北朝的）南朝（420—589）；②日本吉野朝（＝よしのちょう）的舊稱。①⓪

なんちょう【難聽】（名）〔醫〕聽力衰減 ⓪

なんて【何て】（副）多麼，何等（＝なんと）；☆何て奇麗な花だろう／多麼美麗的花呀。①

なんて（修助）①＝などと；②表示感到意外的語氣；☆あの人が俳優だなんて／（據説）他還是一個演員哩（我看不配）。

なんで【何で】（副）何故，爲什麼（＝なぜ）；☆何でそんな事をしたんだろう／爲什麼做那樣的事呢；☆こうするのが何でいけないのだ／這樣做爲什麼不成呢 ①

＊なんでも（副）①無論什麼，不管什麼，一切，任何（＝すべて）；☆何でも食う／什麼都吃；☆欲しいものは何でもやる／你想要的不管什麼都給你；☆面白い書物なら何でもよろしい／只要是有趣的書，什麼都成；②無論怎樣（どうしても，どうでも）；☆何が何でもやり通す／不管怎樣，一定做到底；☆何でもいいから一緒に来たまえ／不管怎樣一塊來吧；③據説是，多半是（＝たぶん）；☆彼女は何でも外国人と結婚するということです／據説她要嫁給外國人；～や【何でも屋】（名）什麼都想幹的人；什麼都能幹的人，多面手。①

なんてん【難点】（名）〔文〕①難點，困難之點；☆難点を説明する／説明困難之點；②缺點（＝けってん）；☆どこにも難点を見出だせない／哪裏也找不出缺點。③⓪

＊なんと【何と】　Ⅰ（感）①怎樣，如何（＝どうだ）；☆何とこの本を私に譲ってはくださるまいか／怎麼樣，這本書可否讓給我呢？さあさあ、何と／喂喂，怎麼樣？②你説（表示驚異、讚嘆）呀，嗳呀；☆何とこれはたまげた／哎呀，嚇了我一跳；Ⅱ（副）①什麼（＝なにものと）；☆英語で何と言うか／英文叫什麼？②如何，怎樣（＝どう，どのように）；☆それでは何としたらよかろう／那麼，怎樣辦才好呢；③多麼，有多麼（＝まあ、なんという、なんて）；☆何と奇麗な花だろう／多麼美麗的花呀。①

なんど【何度】（名）①多少次，幾次（＝いくど）；☆何度やってもだめ／做多少次，也不成；☆何度読んだか／讀了幾次

？②多少度，幾度；☆この角は何度か／這個角是多少度？①

なんど【納戸】（名）儲蓄室；藏衣室。⓪

なんとう【南東】（名）東南；☆南東に向かって進む／向着東南前進。⓪

＊なんとか【何とか】（副）①不管怎樣，總得設法（＝どうにか）；☆何とかしなければならない／總得想個辦法；☆何とかして下さい／請給想個辦法☆何とかなりませんか／有什麼辦法沒有？何とかしてやって行く／設法（勉强）對付；☆何とかなるだろう／總會有辦法；☆何とか間にあいます／勉强够用（好使）；②種種，多方（＝いろいろと）；☆何とか勝手な事を言ってるよ／亂説些不負責任的話呢；☆何とかとかとか世話をやく／多方照料。①

なんとなく【何となく】（副）①（不知爲什麼）總覺得，不由地（＝どことなく、なんだか）；☆何となく泣きたくなる／不由地要流涙；☆何となく重大な事が起こりそうな気がする／總覺得好像要發生重大事件；②無意中；☆何となく口をすべらした事が問題になる／無意中説的話成了問題。④

なんとなれば【何となれば】（接）因爲（＝なぜかというと）；☆その結論は誤りだ。何となれば前提がまちがっているから／那個結論是錯誤的，因爲前提錯了 ①④

＊なんとも【何とも】（副）①眞地（＝ほんとうに、まったく）；☆何とも大変な事になった／眞地不得了了；☆何とも申訳ありません／眞地對不起；②（下接否定語）是什麼（怎樣）（＝なんであるか）；☆何とも言えない／很難説；☆何とも言えない美しさ／無法形容的美麗；③（下接否定語）表示無關緊要；☆何とも思わない／毫不介意，滿不在乎；☆ころがったが、何ともなかった／摔倒了，可是並沒受傷；☆痛くも何ともない／不痛不癢。①⓪

なんとやら（副）①叫什麼（＝なんとか）；☆なんとやらいう人／一個（想不起來）叫什麼的人；②不由地（＝なんとなく）。①

なんなく【難なく】（副）很容易地，不費勁兒地；輕而易舉地（＝たやすく）；☆難なく目的を遂げた／很容易地達到了目的；☆難なく賊を取り押さえた／不費勁

地捉住了賊。①

なんなら【何なら】（副）如果必要，可能
的話，如果你需要的話（＝できれば、の
ぞみなら）；☆何なら明日もう一度行き
ましょう／必要的話，明天再去一次吧；
☆何ならこれを差し上げましょうか／如
果你需要的話，就把這個給你吧。③

なんなりと（も）（連語・副）無論什麼（
＝なんでも）；☆お望みのものをなんな
りと差し上げます／您需要的東西，什麼
都給您；☆疑問の点はなんなりと申し出
なさい／疑問之處盡管提出來。①

なんなんと・する【垂んとする】（自サ）
〔文〕垂，將及（＝なろうとする）；☆
五十歳に垂んとする／將及五十歲。③

なんにち【何日】（名）①幾日；幾號（＝
いくにち）；☆何日経ったらできるか／
過幾天能做好呢？☆今日は何日ですか／
今天幾號？②哪一天（＝どのひ）；☆ピ
クニックに行ったのは何日でしたか／郊
遊是哪天來著？①

なんじょ【男女】（名）〔文〕男女（＝だ
んじょ）。①

なんにん【何人】（名）多少人；→いくに
ん。①

なんねん【何年】（名）①多少年（＝いく
ねん）；☆あれから何年になりますか／
從那時起有幾年了？②哪一年；☆憲法は
何年に発布（はっぷ）されたのか／憲法
是哪一年公布的？①

*****なんの**【何の】Ⅰ（副）①少許，一點（＝
どれほどの、すこしの）；☆何の役にも
立たない／沒有一點用處；☆何の苦もな
く／毫不費力；②什麼；☆五月一日は何
の日か／五月一日是什麼日子？彼の言
うことは何のことか分からない／他說的是
什麼不懂；Ⅱ（感）（對方道歉時）表示
不必放在心上；☆何の、これくらいの事
／這有什麼了不起的；**～かの（と）**【何
の彼の（と）】（連語）這樣那樣地，這
個那個地（＝あれこれと、いろいろ）；
☆何の彼のと世話をやく／多方照料；☆
何の彼のと口実をつけて逃げる／左右支
吾搪塞地推辭；**～その**【何のその】（連
語）沒有什麼（＝なんでも
ない）；☆こんな傷ぐらい何のその／這
一點傷算不了什麼。①⓪

なんぱ【軟派】（名）①（意見、主張）軟
弱的黨派；②專愛讀戀愛小說的人；③專

跟女人廝混的人。①

なんぱ【難破】（名・自サ）船隻（遭遇暴
風雨）失事，破損；☆太平洋で暴風のた
めに難破した／在太平洋遭遇暴風而失事
；**～せん**【難破船】（名）（因暴風雨而）
失事的船隻。⓪

ナンバー【number】（名）①數；數字；號
數，號碼；☆カードにナンバーを打つ／
把卡片編上號；☆自動車のナンバーを調
べる／查汽車的號碼；②（雜誌等）的某期
，號數；**～プレート**【number plate】
（名）（車子）牌照；**～ワン**【number
one】（名）①第一號；②第一，第一
名。①

ナンバリング（マシン）【numbering (-
machine)】（名）號碼機。①

なんばん【南蛮】（名）①〔古〕南蠻，南
方野蠻人；②〔史〕（泰國、爪哇、馬尼
拉等）南洋地方（的人）；③由南洋（或
通過南洋）輸入的文物、技術；④〔植〕
辣椒（＝とうがらし）。⓪

なんびと【何人】（名）〔文〕〔（なにびと
と）的音便〕誰，什麼人（＝どういうひ
と）；☆一体彼は何人であろうか／他究
竟是何許人？⓪

なんびょう【難病】（名）難治之症，疑難
之症；☆癌は難病の一つとされている／
癌症被認爲是難治之一。①⓪

なんぴょうよう【南氷洋】（名）〔地〕南
冰洋。③

なんぶ【南部】（名）①南部（地方）；☆
関東の南部／關東南部；②〔地〕岩手縣
的盛岡（＝もりおか）一帶。①⓪

なんぷう【南風】（名）①南風；②夏季的
風。①③

なんぶつ【難物】（名）難以處理（對付）
的人或事物；☆あの男は、なかなか難物
です／那傢伙實在難對付；☆僕にとって
数学は難物だ／我最怕數學。⓪

なんぶん【難文】（名）〔文〕難解的文章⓪

なんべい【南米】（名）〔地〕南美。⓪

なんべん【何遍】（名・副）幾遍，幾次，
幾回（＝いくど、いくたび）；☆何遍も
くりかえす／反覆若干遍；☆何遍やれば
よいか／要做多少次呢？①

なんぼ（副）〔俗〕①多少（錢、個）（＝
どれほど、いくら）；☆この蜜柑一箱な
んぼですか／這桔子一箱多少錢？②怎
樣地，如何地（＝どんなに）；☆なんぼ

な

やってもだめだ／怎麼做也不成。[1]

なんぼなんでも（副）無論如何（＝いくらなんでも）；☆なんぼなんでもこのままでは帰れない／無論如何也不能就這樣就回去。[1]-[1]

なんぼく【南北】（名）南北；☆磁針が南北を指す／磁針指南北；～**せんそう【南北戦争】**（名）（美國的）南北戦争；～**ちょう【南北朝】**（名）〔史〕①中國的南北朝；②日本吉野朝（＝よしのちょう）之舊稱。[1]

なんまいだ（名）〔佛〕→なむあみだぶつ[5]

なんみん【難民】（名）難民；～**きゅうさい【難民救済】**（名）救濟難民。[3][0]

なんもん【難問】（名）難問題，難以回答的提問，難題；☆難問を出す（解く）／

出（解）難題。[0]

なんやく【難役】（名）艱巨的任務。[0]

なんよう【南洋】（名）〔地〕南洋，南洋羣島，馬來羣島之總稱。[0]

なんようび【何曜日】（名）星期幾。[3]

****なんら【何等】**（代）絲毫，任何（＝すこし，すこしも，なにも）；☆何等必要のない事／絲毫不必要的事情；☆それは私とは何等関係がない／那和我沒有任何關係；～**か【何等か】**（副）稍微，某些，一點（＝なにか，いくらか）；☆何等かの報酬を差し上げます／給您一點報酬；☆何等かの理由で／以某些理由。[1][0]

なんろ【難路】（名）〔文〕難路，難行的道路，險路；☆難路に差しかかる／走到難走的地方。[1]

な

に ニ

に①五十音圖「な行」第二音；發音為ni；②〔字源〕平假名是「仁」的草體，片假名是「二」的楷書。

ーに【似】（造語）像；☆お父さん似／像爸爸。

に【尼】（名）尼僧，尼姑。（＝あま）。①

*に【格助】①表示動作，作用所進行的地點、時間；☆東京に住（す）む／住在東京；☆マイクの前に立つ／站在擴音器的前邊；☆怒（いか）りを顔に表（あら）わす／面現怒容；☆十時に始（はじ）まる／十點鐘開始；☆試合（しあい）に勝（か）つ／比賽得勝；☆出発に際して…／當出發的時候；②表示比例；☆一日に三回／一天三次；☆十人に一人／每十人有一個人；③表示動作、作用的方向、歸着點；☆香港に着（つ）く／抵香港；☆中に入れる／裝到裏邊／限界に達する／達到界限；④表示動作、作用所向的目標；☆父に話す／對父親說；☆弟に万年筆を買ってやる／給弟弟買自來水筆；☆釣に行く／釣魚去；⑤表示動作、作用的原由、根據；☆病に悩（なや）まされる／為病所苦，苦於病；☆蚤（のみ）に刺される／被跳蚤咬了；☆天気予報によると明日は雨らしい／根據天氣預報明日似乎有雨；⑥表示變化，決定的結果；☆教師になる／當老師；☆水が湯になる／涼水變成熱水；☆私が先に行くことになった／決定我先去；⑦表示比較的標準；☆猿に似ている／像猴子／弟に劣（おと）る／趕不上弟弟；☆昨年に比して／同去年比較；⑧表示列舉，添加，配合等；☆新聞に雑誌／報和雜誌；☆たいにひらめ／鯛（大頭）魚和比目魚；☆黒ズボンに赤セーターの男／下身黑褲子上身紅毛衣的男人；⑨用以構成連用修飾語（副詞）；☆勉強もせずに…／連功也不用…；☆遠慮なしに言う／不客氣地說；⑩（表敬）婉轉地表示主語、主格；☆首相には昨日帰国せられた／首相昨日回國了；⑪夾於兩個相同動詞用以加強詞意；☆泣きに泣いた／哭了又哭；☆待ちに待ったお正月が来た／望眼欲穿的新年到了；☆言うに

言われぬ苦心／難以表達的苦心。

に（助動）〔形容動詞語尾「だ」的連用形〕；☆ありのままに言う（書く）／照實說（寫）；☆愉快に働く／愉快地工作；☆ようやく静かになった／好容易安靜了。

に【丹】（古）紅土；☆紅色。①

*に【荷】（名）①（携帶、運輸的）東西，貨物，行李；☆荷が着く／貨到；☆荷を運ぶ／搬東西；②負擔，累贅；☆荷が重過ぎる／負擔過重；☆子供が荷になる／小孩成了累贅；③責任，任務；☆やっと肩から荷をおろした／好不容易卸了責任 ◇荷が下りる／脫掉負擔，減去負擔；荷が勝つ／責任過重；負擔過重。①⑥

に【二・弍・貳】Ⅰ（名）第二，其次；Ⅱ（數）二，兩個；☆二足す二は四／二加二是四。①

に【煮】（名）煮；☆煮が足りない／沒有煮好。⓪

に（名）〔樂〕D調。①

にあい【似合い】（名）適稱合適；☆似合いの夫婦／相配的夫婦。

*にあ・う【似合う】（自五）適稱，合適（＝つりあう）；☆彼にはこの型の服がよく似合う／這樣衣服對他很適稱；☆ふだんの彼には似合わないやり方だ／這和他往常的做法不一樣。②

にあげ【荷揚げ】（名・自サ）起貨；卸貨；☆船から荷揚げする／從船上起貨；～にんそく【荷揚げ人足】（名）碼頭工人③

にあし【荷足】（名）壓艙貨（＝そこに）；☆荷足が重い／壓艙貨太重。⓪

にあつかい【荷扱い】（名）辦理貨運；☆ここは荷扱いをしない／這裏不辦貨運。②

にあわし・い【似合わしい】（形）合適的，適宜的，適稱的；☆首相に似合わしくない人物／不配當首相的人物；因にあはし（形シク）。④

にいさん【兄様】（名）①哥哥，姊夫（＝義兄）的敬稱；②對年輕男人的稱呼。①

にいづま【新妻】（名）（結婚不久的）新娘。⓪

にいにいぜみ【にいにい蟬・蟪蛄】（名）

〔動〕蟋蟀。③

にいぼん【新盆】（名）（死後初次的）盂蘭盆會。⓪

にいん【二院】（名）〔文〕兩院，上院和下院；參議院和衆議院；～せいど【二院制度】（名）兩院制。①

にうけ【荷受】（名）收貨，領貨；～にん【荷受人】（名）收貨人。③

にうごき【荷動き】（名）（車船運輸的）貨流。②

にえ【煮え】（名）煮；☆煮えが足りない／沒有煮好。⓪

にえあが・る【煮え上がる】（自五）煮好，煮透。④

にえかえ・る【煮え返る】（自五）①煮開，沸騰；☆煮え返った湯／煮開的水；②〔轉〕開鍋，沸騰；☆くやしくて腹の中が煮え返るようだ／悔恨得肚子裏亂翻亂滾。③

にえかげん【煮え加減】（名）煮的程度；☆煮え加減はどうですか／煮得怎樣？☆煮え加減が足りない／沒有煮好。③

にえきらな・い【煮え切らない】（形）曖昧不明的，猶豫不定的，不乾脆的；☆煮え切らない態度／猶豫不定的態度；☆煮え切らない返事／曖昧的答覆；☆煮え切らない男／不乾脆的人。④

にえくりかえ・る【煮え繰り返る】（自五）翻滾；沸騰；☆お湯が煮え繰り返る／水開得沸騰。⑤③

にえたぎ・る【煮え滾る】（自五）煮得翻滾，☆お粥が煮え滾る／粥煮得翻滾。④

にえた・つ【煮え立つ】（自五）煮開，沸騰；☆お湯が煮え立った／水開了。③

にえゆ【煮え湯】（名）開水；◇煮え湯をのまされる／被親信出賣。⓪

に・える【煮える】（自下一）①煮熟，煮爛；☆ぐたぐたに煮える／煮得稀爛；☆よく煮えていない／沒有煮好；②（水）燒開，図にゆ（下二）。⓪

*におい【匂い】（名）香味；☆香水の匂いをかぐ／聞香水的香味；☆匂いのよい花／香花。②

*におい【臭い】（名）臭味，氣味（＝くさみ）；☆腐った魚の臭いがする／有臭魚味②

*にお・う【匂う】①（自五）（顏色）顯得鮮艷（美麗）；☆朝日に匂う山桜花／旭日映漾得非常鮮艷的野櫻花；☆匂うばかりの美貌／閉月羞花之貌；②有香味；☆

梅の花が家の中まで匂う／屋裏都能聞到梅花香。②

*にお・う【臭う】（自五）發臭，有臭味；有臭味；☆ごみ捨て場がぷんぷん臭う／垃圾堆臭得燻人。②

におう【仁王】（名）〔佛〕哼哈二將；～だち【仁王立】（名）（像哼哈二將似地）叉着腿站立；～もん【仁王門】（名）山門。①

におくり【荷送り】（名・自サ）發送（貨物）；～にん【荷送り人】（名）發貨人②

におも【荷重】（形動ダ）①負荷過重；②責任過重。⓪

におやか【匂やか】（形動ダ）①芳香；②標緻。②

におわ・せる【匂わせる】（他下一）①（使）發香味；☆香水をぷんぷん匂わせる／香水的香味撲鼻；②暗示；☆明らさまに言うより匂わせるだけの方がよい／與其明顯説出，莫如暗示。④

におわ・せる【臭わせる】（他下一）使發臭味。④

*にかい【二階】（名）二層樓房；二樓；☆客を二階に通す／把客人領到樓上；～だて【二階建】（名）二層樓（的建築）；～バス【二階＋bus】（名）雙層巴士；～や【二階屋】（名）二層樓；◇二階から目薬／從二樓點滴眼藥水，不切實；隔靴掻癢。⓪

*にが・い【苦い】（形）①苦的；☆苦い薬を飲む／喝苦藥；②苦頭的；☆苦い経験を嘗める／嘗到苦的經驗；③不愉快的；不痛快的；☆弱点をつかれて苦い顔をする／被指出弱點面呈不悦；◇良薬口に苦し／良藥苦口，図にがし（形ク）。②

にがうり【苦瓜】（名）〔植〕苦瓜。①

にかえ・す【煮返す】（他五）再煮一次；☆冷えた汁を煮返して飲む／把涼了的湯再熱一次喝。②

にがお【似顔】（名）肖像畫；～え【似顔絵】（名）肖像畫。⓪

にがさ【苦さ】（名）苦味，苦的程度。①

*にが・す【逃がす】（他五）①放跑（＝にげさせる）；籠をあけて鳥を逃がす／打開籠子把鳥放跑；沒有抓住（＝のがす）；☆泥棒を逃がす／沒抓住小偸；③錯過（機會）；☆機会を逃がした／錯過了機會；◇逃がした魚は大きい／沒釣上來的魚是大魚。②

にかた【煮方】（名）煮法、烹調法。◎

＊にがつ【二月】（名）二月；図きさらぎ③

にがて【苦手】（名）①不好對付的人，棘手的對手；☆おしゃべりな人はどうも苦手だ／我最怕的就是喋喋不休的人；☆あのピッチャーはこっちには苦手だ／那個投手是我們的勁敵；②不擅長的事物；☆苦手な学科／不擅長的課目。③

にがにがし・い【苦苦しい】（形）令人不痛快的，令人討厭的；☆苦苦しい事実／痛心的事實；☆陰でこそこそいう者がいるが実に苦苦しい／有人背地裏說三道四，真討厭；図にがにがし（形シク）。⑤

にがみ【苦味】（名）苦味；☆苦味がある／有苦味；◇苦味のある顔／有男性美的面孔；～ばし・る【苦味走る】（自五）；☆苦味走った顔／面色微黑輪廓分明有男性美的臉型。③

にがむし【苦虫】（名）板着面孔的人，愁眉苦臉的人；☆苦虫を嚙みつぶしたような顔／表示極端不痛快的面孔。②

にかよう【似通う】（自五）相似；☆二人は似通った癖がある／二人有類似的毛病③

にがり【苦塩】（名）鹽滷（＝にがしお）③

にがりき・る【苦り切る】（自五）現出極不痛快的神色；☆仕事がうまく行かないので、苦りきっている／因為工作不順利，神色非常不悅。②④

にかわ【膠】（名）膠，骨膠；☆膠で付ける／用骨膠黏上。◎

にがわせ【荷為替】（名）〔經〕押滙。②

にがわらい【苦笑い】（名・自サ）苦笑；☆自分の考えを相手に見すかされて苦笑する／自己的内心被對方看穿而苦笑。③

にき【二季】（名）兩季，指春秋、夏冬或中元節和年末；☆授業料は二季に分けて納める／學費分兩季交納。

にきさく【二期作】（名）一年雙收（稻米）。②

にぎにぎ【握握】（名）〔兒〕（小孩的手）一伸一握；②＝にぎりめし。１

にきび【面皰】面皰，青春痘；☆面皰ができる／長青春痘。１

＊にぎやか【賑やか】（名・形動ダ）熱鬧，繁盛；☆賑やかな町／熱鬧街；☆彼がいると実に賑やかだ／有他在場真熱鬧。②

にぎり【握り】（名）①一拳；☆背が二握りちがう／身高差兩拳；②一把；☆一握りの米／一把米；③（用具的）把手；④飯糲（＝にぎりめし）；～こぶし【握り拳】（名）拳頭；～し・める【握り緊める】（他下一）緊握；☆手を握り緊めて放さない／緊緊握手不放；～ずし【握り鮨】（名）（捏成團加魚片等的）飯糲；～つぶ・す【握り潰す】（他五）①捏壞；☆玉子を握り潰す／把鷄蛋捏碎；②置之不理，擱置，束諸高閣；☆議案を握り潰す／擱置議案；☆意見を握り潰す／對所提意見置之不理；～めし【握り飯】（名）飯糲；～や【握り屋】（名）吝嗇鬼；守財奴。

＊にぎ・る【握る】（他五）①握，捏，抓；☆綱を握る／抓繩子；☆手を握る／握手；☆握り飯を握る／捏飯糲子；②掌握，抓住；☆政権を握る／掌握政權；☆証拠を握る／抓住證據；◇銭を握らせる／行賄。◎

にぎわい【賑わい】（名）熱鬧，興旺；☆村はお祭のような賑わいです／村裏像節日似的熱鬧。③◎

にぎわう【賑わう】（自五）熱鬧，興旺；☆国中（くにじゅう）国慶節で賑わう／全國上下因國慶節很熱鬧；☆大売出しで賑わっている店／因大賤賣顧客擁擠的舖子。③

にぎわ・す【賑わす】（他五）①使熱鬧；☆子供が家庭を賑わす／小孩給家庭添熱鬧；②賑濟；☆罹災者を賑わす／賑濟遭受災害者。

にぎわ・せる【賑わせる】（他下一）＝にぎわす。④

＊にく【肉】（名）①〔解〕肌肉；☆肉がつく／長肉；②肉類；☆鳥の肉／鳥肉；鷄肉；☆僕は肉の燒いたのが好きだ／我愛吃烤肉（或煎的肉）③果肉；☆種子が大きくて肉が少ない／核大肉少；④加工，潤飾；☆骨組はできたからこれに少し肉をつければよい／結構已成，再加潤飾一下就行了；⑤（物的）厚度；☆肉の厚い葉／厚的葉子；⑥印泥（＝いんにく）；⑦肉體；☆肉と霊／肉體和靈魂；⑧肉慾；性慾。②

－にく・い【悪い】（造語・造型）（接在動詞連用形下）表示困難，不易；☆食べ悪い／難吃；☆読み悪い／不好唸，難唸；図にくし（形ク型）。

＊にく・い【憎い】（形）憎恨的，憎惡的；図にくし（形ク）。②

にくが【肉芽】（名）①〔植〕珠芽；②〔醫〕肉芽☆肉芽が出来た／長出肉芽。[0][2]

にくがん【肉眼】（名）〔文〕肉眼；☆人工衛星は肉眼でも見える／人造衛星用肉眼也能看到。[0]

にくぎゅう【肉牛】（名）食用牛。[0]

にくきり【肉切り】（名）①切肉；②切肉刀（＝にくきりぼうちょう）。[4][3]

にくげ【憎気】（名・形動ダ）可憎，討厭；☆憎気がない／不討厭。[3]

にくさ【憎さ】（名）憎惡（的程度）；◇かわいさ余って憎さ百倍／愛之深而恨之痛；憎さも憎し／恨入骨髓。[1]

にくしつ【肉質】（名）①肉質；②肉多。[0]

にくしみ【憎しみ】（名）憎惡（＝にくみ）。[4][0]

にくしゅ【肉腫】（名）〔醫〕肉瘤。[0]

にくじゅう【肉汁】（名）肉湯，肉汁。[0]

にくしょく【肉食】（名）肉食，吃肉；（↔菜食）☆西洋人は肉食を好む／歐美人愛吃肉；～どうぶつ【肉食動物】（名）肉食動物。[0]

にくしん【肉親】（名）父子兄弟，骨肉；☆肉親の情／骨肉之情；☆肉親も及ばない親切（しんせつ）／比骨肉都親切。[0]

にくせい【肉声】（名）肉聲，直接的聲音；☆電波に乗せた声と肉声とは違う／廣播裏的聲音和直接聽的聲音不一樣。[0]

*にくたい【肉体】（名）肉體；（↔精神）～てき【肉体的】（形動ダ）肉體的。[0][3]

にくたらし・い【憎たらしい】（形）可憎的（＝にくらしい）。[5]

にくづき【肉月】（名）〔漢字部首〕月部。[2]

にくづき【肉付】（名）（身體的）瘦胖程度；☆肉付がよい／胖。[0][4]

にくづ・く【肉付く】（自五）胖起來。[3]

にくづけ【肉付け】（名・他サ）①加厚；②加工，潤飾，充實內容；☆構想はよいが肉付けが足りない／構思很好，但內容不够充實；☆あとは肉付けだけだ／只要再潤飾一下就行了。[4][0]

にくてき【肉的】（形動ダ）肉體上的。

にくにくし・い【憎憎しい】（形）非常討厭的；☆憎憎しい口のきき方／說話非常討厭，図にくにくし（形シク）；～げ憎憎しげ】（形動ダ）非常討厭。[5]

にくはく【肉薄・肉迫】（名・自サ）①肉薄，肉搏；☆敵陣に肉薄する／逼近敵陣

；②逼近；☆三番が二番に肉薄している／（賽跑時）第三名接近第二名；③逼近問。[0]

にくひつ【肉筆】（名）親筆；☆肉筆の手紙／親筆寫的信。[0]

にくぶと【肉太】（名・形動ダ）筆劃粗；☆肉太な字を書く／寫粗筆劃的字；↔にくぼそ。[0]

にくへん【肉片】（名）〔文〕肉片。[0]

にくぼそ【肉細】（名・形動ダ）（筆劃）細；☆肉細に書く／用細筆寫（繪）；↔にくぶと。[0]

にくまれぐち【憎まれ口】（名）招人厭惡的話，討厭的話；☆憎まれ口をきく／說討厭的話。[4]

にくまれっこ【憎まれっ子】（名）誰都厭惡的孩子，誰也不愛的孩子；◇憎まれっ子世にはばかる／討人厭惡的人到社會上反而有出息。[4]

にくまれやく【憎まれ役】（名）誰都不願意擔任的任務，招埋怨的任務；☆自分から憎まれ役を買って出る／主動擔任容易招怨的任務。[0][4]

にくみ【憎み】（名）憎惡。[3]

*にく・む【憎む】（他五）①憎惡，恨；☆敵を憎む／憎恨敵人；☆薄情な男を憎む／恨薄情的男人；②嫉妒；☆人の幸福を憎む／嫉妒別人的幸福。[2]

にくや【肉屋】（名）肉舖，肉攤；賣肉的人。[2]

にくよう【肉用】（名）〔文〕肉用；～しゅ【肉用種】（名）（牛、羊、鷄等的）肉用種。[0]

にくよく【肉慾・肉欲】（名）肉慾，情慾（＝しきよく）。[0]

*にくら・しい【憎らしい】（形シク）可憎的；可恨的，討厭的；☆憎らしい事をいう／說討厭的話。[4]

にぐるま【荷車】（名）載貨車，運貨車，排子車；☆荷車を曳く／拉排子車。[2]

＝グロ【Negro】（名）黑人。[1]

＝クロム【nichrome】（名）〔化〕鉻鎳合金。[1]

にげ【逃げ】（名）逃跑，逃遁；☆逃げを打つ（張る）／準備逃跑；找藉口推辭，逃避。[2]

にげあし【逃足】（名）逃跑（的速度）；☆逃げ足の早い男／逃得快的人；☆すぐ逃げ足になる／馬上就想逃跑。[2][0]

にげう・せる【逃げ失せる】（自下一）逃亡，跑掉；☆賊が山奥へ逃げ失せた／賊逃到山裏去了；図にげうす（下二）[0][4]

にげかくれ【逃げ隠れ】（名・自サ）逃避；☆決して逃げ隠れは致しません／絶不逃避。[0][3]

にげこうじょう【逃げ口上】（名）遁辭；☆それは逃げ口上にすぎない／那只是遁辭。[3]

にげごし【逃げ腰】（名）想要逃脱（逃跑）；☆強そうな相手と知って逃げ腰になる／一看對方很厲害就想逃脱。[2][0]

にげこ・む【逃げ込む】（自五）逃進，竄入；☆鼠が穴に逃げ込む／老鼠逃入洞裏[0]

にげじたく【逃げ仕度】（名）逃跑準備；準備溜走；☆逃げ仕度をしている／正在準備逃跑。[3]

にげだ・す【逃げ出す】（自五）逃出，溜走。[0]

にげの・びる【逃げ延びる】（自上一）逃脱；遠逃，逃之夭夭；☆やっとここまで逃げ延びた／好容易才逃到這裏；☆はるばる九州まで逃げ延びる／遠逃到九州。[0]

にげば【逃げ場】（名）逃避的地方☆全然逃げ場がない／簡直無處可逃。[3]

にげまど・う【逃げ惑う】（自五）（不知逃到哪裏才好）亂竄；☆突然の火事に人々が逃げ惑う／突然失火大家亂竄。[0][4]

にげまわ・る【逃げ回る】（自五）（到處）亂跑，亂竄。[0]

にげみち【逃げ路】（名）①逃脱的道路；☆逃げ路がなくなって逐に捕えられる／沒有逃路，終於就縛；②逃脱的途徑；☆前もって逃げ路を作っておく／預先準備好逃避的方法。[2]

*にげる【逃げる】（自下一）①逃跑，逃走；☆虎が逃げた／老虎逃跑了；☆敵はくもの子を散らすように逃げた／敵人四散奔逃；②逃避，躲避（責任等）；☆仕事の話を持ち出すと彼はすぐ逃げる／一提到工作，他立刻就把話叉開；図にぐ（下二）。[2]

にごう【二号】（名）〔俗〕妾，姨太太[1]

にご・す【濁す】（他五）①使混濁；☆水を濁す／把水弄濁；②含糊（其詞）；言葉を濁す／含糊其詞；◊お茶を濁す／支吾，搪塞。[2]

ニコチン【nicotine】（名）〔化〕尼古丁；～ちゅうどく【nicotine中毒】（名）尼古丁中毒，菸鹼中毒。[0][2]

にこつ・く（自五）笑嘻嘻，歡笑（＝にこにこする）；☆今日は，馬鹿ににこついているではないか／今天你怎麼這麼樂[0]

にこにこ（名・副・自サ）莞爾；喜笑貌；笑嘻嘻；☆にこにこ笑う／微笑；笑嘻嘻；☆彼はいつもにこにこしている／他總是笑容滿面。[1]

にこみ【煮込み】（名）熬，燉；燉的食品；☆もつの煮込み／燉雜碎；～おでん【煮込みおでん】（名）→おでん。[0]

にこ・む【煮込む】（他五）把許多東西煮在一起；熬；燉；☆大根を煮込む／燉蘿蔔。[2]

にこやか（形動ダ）笑容滿面；☆にこやかな顔／笑容滿面。[2]

にごら・す【濁らす】（他五）＝にごす[3]

にこり（名・副）喜笑貌，莞爾，嫣然一笑（＝にっこり）；☆彼女はにこりと笑った／她嫣然一笑；☆にこりともしないで澄ましている／笑也不笑板着面孔[2][3]

にごり【濁り】（名）①混濁，污濁；☆濁りに染まらない心／純潔的心；②污點；☆濁りがなかなか取れない／污點輕易去不掉；③〔佛〕邪念，煩惱；☆心ににごりがある／心中有邪念；④（假名的）濁音符號；☆にごりを打つ／打上濁音符號；～ごえ【濁り声】（名）啞嗓音。[3]

*にご・る【濁る】（自五）①變濁，不清；☆井戸の水が濁る／井水渾濁；☆空気が濁っている／空氣污濁；②（嗓音）變啞不清楚；☆風邪で声が濁る／因為傷風嗓音變啞；③不鮮明；☆色が濁っている／顔色不鮮明；④（假名）發濁音；☆この字は濁らないと間違いです／這個字不發濁音不對。[2]

にころばし【煮転ばし】（名）煮的芋頭、慈菇。[0]

にごん【二言】（名）〔文〕第二句話；說了不算，食言；☆二言を吐く／食言；☆このことについては二言はない／關於這件事沒有第二句話；☆君子に二言はない／君子一言為定。[0]

にざかな【煮魚】（名）（紅燒）燉魚，煮魚。[2][4]

にさばき【荷捌き】（名・自サ）銷貨；☆荷捌きがうまく行かない／貨物銷不動[2]

にさん【二三】（名）兩三個；☆二三の人／兩三個人。[1]

にさんか【二酸化】（造語）〔化〕二氧化；～たんそ【二酸化炭素】（名）二氧化碳；～マンガン【二酸化マンガン】（名）〔化〕二氧化錳。

*にし【西】（名）①西；②西風；☆西が吹く／颳西風；③〔佛〕西天，淨土。◎

にし（連語）〔文〕＝…てしまった；☆散りにし花／謝了的花；②助詞「に」的加強表現。

にし【二死】（名）〔棒球〕兩個出局（＝ツーダン）。①

*にじ【虹】（名）虹☆虹が出た／出虹②①

にじ【二次】（名）①第二位；第二次；要；②〔數〕二次；～かい【二次会】（名）（正式宴會後再次舉行的）宴會；～ほうていしき【二次方程式】（名）〔數〕二次方程式。①

にしき【錦】（名）①織錦；②美麗如錦之物，◇故郷に錦を飾る／衣錦還郷；～え【錦絵】（名）彩色版畫；「浮世繪」；～のみはた【錦の御旗】（名）錦旗；天皇旗；～へび【錦蛇】（名）〔動〕蟒蛇屬；錦蛇。①

にしじんおり【西陣織】（名）京都「西陣」產的織錦、綢緞。◎

にじっせいき【二十世紀】（名）①二十世紀；②一種甜而多汁的梨。④

にして（連語・接助）〔文〕是…而（＝であって・にて）；☆人にして人に非らず／是人而非人。

にしび【西日】（名）太陽西照；陽陽；☆強い西日が射し込む／強烈的西照陽光射進來。◎

*にじ・む【滲む】（自五）①（墨水等）滲，潤，☆インキが滲む／墨水潤；☆繃帶に血が滲む／繃帶上血滲出來；②（淚）湧出；☆涙が目に滲む／眼淚汪汪。②

にしむき【西向き】（名）朝西，向西；☆家が西向きになっている／房子朝西。◎

にしめ【煮染】（名）醬油煮（的肉或青菜）。◎

にし・める【煮染める】（他下一）（用醬油）煮（肉或青菜）；図にしむ（下二）②

にしゃ【二者】（名）〔文〕二者；～たくいつ【二者択一】（名）兩者選一。①

にしゅ【二種】（名）〔郵〕第二種郵件（即明信片）。①

*にじゅう【二重】（名）①兩層；☆二重に包む／包上兩層；②重覆；～けっこん【二重結婚】（名・自サ）重婚；～こくせき【二重国籍】（名）雙重國籍；～しょう【二重唱】（名）〔樂〕二重唱；～じんかく【二重人格】（名）雙重人格；～せいかつ【二重生活】（名）①日本式和西洋式相兼的生活方式；②兩種不同的生活方式；～そう【二重奏】（名）〔樂〕二重奏；～ばし【二重橋】（名）（日本皇宮前的）二重橋。◎

にじょう【二乗】（名）①〔佛〕大乘和小乘；②〔數〕自乘；～こん【二乗根】〔數〕平方根。

にじりよ・る【躙り寄る】（自五）坐着移動，雙膝靠近，悄悄貼近。②◎

にじる【煮汁】（名）〔烹飪〕煮出來的湯◎

にじる【躙る】Ⅰ（自五）膝行；側身而行；Ⅱ（他五）踩躙。②

にしん【鰊・鯡】（名）〔動〕鯡。①

にしん【二伸】（名）（書信的）又啓。

ニス（名）青漆，假漆，凡立水。

にすい【二水】（名）〔漢字部首〕冫部◎

にず（づ）くり【荷作り】（名・自サ）包裝；☆引越しの荷作りをする／因搬家包捆東西；☆荷作りができている／包裝好了。②

にず（づ）み【荷積】（名・自サ）裝貨。③

*にせ【贋】（名）假；假冒；☆贋の証明／假證件；☆にせの真珠／假珍珠。◎

にせ【二世】（名）今世與來世；今生與來生；～のちぎり【二世の契り】（連語・名）偕老之盟。◎①

にせい【二世】（名）①二世；☆ジョージ二世／喬治二世；②第二代（指出生在僑居地而取得當地的公民權的移民）；③〔俗〕（生下的）孩子；☆最近二世が生まれたそうだね／聽說你最近得個兒子。①

にせがね【偽金・贋金】（名）假錢。◎

にせさつ【偽札・贋札】（名）假鈔票。◎

にせもの【偽者・贋者】（名）假冒的人◎

にせもの【偽物】（名）假冒的東西，冒牌貨。◎

に・せる【似せる】（他下一）模仿，學；仿造，☆真珠に似せた首飾り／仿造珍珠的項鍊；図にす（下二）。

にそう【尼僧】（名）尼僧（＝びくに）。◎①

にそくさんもん【二束三文】（連語・名）一文不值；☆古本を二束三文で売った／一文不值地賣掉了舊書。④

にそくのわらじ【二足の草鞋】（連語・名）兩種職業；☆二足の草鞋を穿く／一身兼

任兩種職業。[1]─[0]

にたき【煮焚】（名・自サ）做飯；☆間借りでは煮焚にも不自由だ／租一間小屋做飯也不方便。[1]

にだし【煮出し】（名）①熬出；②（煮的）湯；～じる【煮出し汁】（名）〔烹飪〕用乾魚和海帶煮的湯。[0]

にた・つ【煮立つ】（自五）煮開；☆煮たったら火からおろして下さい／煮開時請從火上拿下來。[2]

にた・てる【煮立てる】（他下一）煮開；☆煮立ててから味をつける／煮開後再加佐料。[3]

にたにた（副・自サ）呆笑貌；☆気狂いがにたにた（と）笑う／瘋子支着牙笑。[1]

にたもの【似た者】（名）（性格等）相似者；☆似た者同士／性格相似的兩人；～ふうふ【似た者夫婦】（連語・名）性格相似的夫妻。[0]

にたり（副）呆笑貌（＝にたにた）。[2][3]

にたりよったり【似たり寄ったり】（連語）差無多少，大同小異，半斤八兩；☆似たり寄ったりの品物／差無多少的貨物。[4]

*にち【日】（名）①日本的簡稱；②星期日。

にちぎん【日銀】（名）←日本銀行。[0]

にちげん【日限】（名）日期；期限；☆定期券の日限が切れる／月票到期。[0]

にちじ【日時】（名）日期和時刻；☆会合の日時を知らせる／通知開會的日期和時刻。[2][1]

*にちじょう【日常】（名）日常；☆日常の行為を慎みなさい／你要注意日常的言行；～さはんじ【日常茶飯事】（名）毫不稀奇（的事），司空見慣（的事）。[0]

にちべい【日米】（名）日本和美國。[1]

*にちぼつ【日没】（名）日落。[0]

にちや【日夜】（名・副）日夜（＝ひるよる）；經常（＝いつも）；☆日夜考えにふける／無時不在沉思。[1][2]

*にちよう【日用】（名）日常使用；～ひん【日用品】（名）日用品。[0]

*にちよう【日曜】（名）星期日；～がっこう【日曜学校】（名）〔宗〕主日學。[0][3]

にちょう【二調】（名）〔樂〕D調。[0]

にちれんしゅう【日蓮宗】（名）〔佛〕日蓮宗（以日蓮爲教祖的一宗派）。[3]

にちろ【日露】（名）日本和俄國。[1]

にっか【日華】（名）日華。[1]

にっか【日課】（名）每天應做的事，日課；☆朝の体操を日課とする／規定每天做早操；～ひょう【日課表】（名）每日時間分配表。[0]

ニッカーボッカー【Knicker-bocker】（名）燈籠褲。[5]

につかわし・い【似つかわしい】（形）合適的（＝にあわしい）；☆彼に似つかわしい職業を捜す／給他找個合適的工作。[5]

にっかん【日刊】（名）日刊；～しんぶん【日刊新聞】（名）日刊報紙。[0]

にっかん【肉感】（名）肉感；☆肉感をそそるような描写／惹起肉感的描寫；～てき【肉感的】（形動ダ）令人起肉感的。[0]

にっかん【日韓】（名）日本和韓國。

*にっき【日記】（名）日記；☆三年間欠かさず日記をつける／三年不間斷地記日記；～ちょう【日記帳】（名）日記本；日記簿。[0]

にっきゅう【日給】（名）日薪。[0]

にっきょう【日僑】（名）日本僑民，日僑[0]

にっきょうそ【日教組】（名）←日本教職員組合。[3]

にっきん【日勤】（名）①每天上班；②白天班；↔やきん（夜勤）。[0]

につ・く【似付く】（自五）像；☆似ても似つかぬ顔／一點也不像的面孔。[2]

ニックネーム【nickname】（名）綽號，渾名（＝あだな）。[4]

につけ【煮付け】（名）熟菜；煮了的菜魚；燉，熬；燉菜，熬菜；☆野菜の煮付け／熬的蔬菜。[0]

にっけい【日系】（名）〔文〕日本血統；☆日系の米人／日系的美國人。[0]

にっけい【日計】（名）〔文〕一天的總計；每天的總計。[0]

につ・ける【煮付ける】（他下一）熬，燉；☆たけのこを煮付ける／熬（燉）筍。[3]

ニッケル【nickel】（名）鎳；～こう【nickel 鋼】（名）鎳鋼。[0][1]

*にっこう【日光】（名）日光，陽光；☆日光が差し込む／陽光射進來；～しょうどく【日光消毒】（名）〔醫〕陽光殺菌；～よく【日光浴】（名）〔醫〕日光浴[1]

にっこり（副・自サ）微笑貌；喜笑貌；微微一笑；☆にっこり（と）笑う／微微一笑；☆褒められてにっこり（と）した／受到誇獎後他面呈笑容。[3]

にっさん【日参】（名・自サ）①每日參拜

；☆神社へ日参する／每天拜廟；②（爲了某種目的）每天到固定地方去；☆陳情に市役所へ日参する／每天到市役所辦公廳去請願。①

にっさん【日産】（名）〔經〕日產，每日產量；☆日産一千台を越える自動車会社／日產超過一千輛的汽車廠。①

にっし【日誌】（名）日誌；☆日誌をつける／記日記。①

にっしゃ【日射】（名）〔文〕日照；☆強い日射をさける／躲避強烈的陽光；〜びょう【日射病】（名）〔醫〕日射病，中暑。①

にっしゅう【日収】（名）每日的收入；一天的收入。①

にっしょう【日照】（名）〔農〕日照；〜じかん【日照時間】（名）〔農〕日照時間。①

にっしょうき【日章旗】（名）日本國旗，太陽旗。③

にっしょく【日食・日蝕】（名）日蝕；☆日食を観測する／觀測日蝕。①

にっしん【日進】（名）〔文〕日日進步；〜げっぽ【日進月歩】（名・連語）〔文〕日新月異；☆日進月歩の世の中／日新月異的社會。①

にっすう【日数】（名）日數（＝ひかず）；☆相当な日数がかかる／需要相當日數。③

にっせき【日赤】（名）日本紅十字會。①

にっそ【日蘇】（名）日蘇，日本和蘇俄①

にっちもさっちも【二進も三進も】（連語・副）：☆二進も三進も行かない／一籌莫展，毫無辦法；☆難関にぶつかって二進も三進も行かなくなった／碰到了困難一籌莫展。①—①

にっちゅう【日中】（名）①日中，日本和中國；②晌午（＝ひるま）；白天（＝ひるま）；☆日中は暖かいが夜は寒い／白天暖而夜裏冷；〜ゆうこうきょうかい【日中友好協会】（名）中日友好協會。①

にっちょく【日直】（名・自サ）①每天値班；②白天的値班，日班；↔しゅくちょく。①

にってい【日程】（名）（旅行的）日程；（工作的）每天的預定；☆旅行の日程を立てる／計劃旅行的日程。①

にってん【日展】（名）日本美術展覽會①

にっと（副）（露出牙齒而不發聲的）微笑

貌；☆白い歯を見せてにっと笑う／露出白牙微笑。①

ニット【knit】（名）織的料子、衣服①

にっとう【入唐】（名）〔文〕（唐朝時）到中國來。①

にっとう【日当】（名）日薪（＝にっきゅう）。①

にっぽん【日本】（名）日本（＝にほん）；〜アルプス【日本 Alps】（名）日本阿爾卑斯山（橫斷日本中部的大山脈）；〜いち【日本一】（名）在日本屬第一；〜とう【日本刀】（名）日本刀；〜ばれ【日本晴れ】（名）長空無雲，十分晴朗；☆日本晴れの天気／長空無雲的天氣；〜やっきょくほう【日本薬局方】（日〔醫〕）日本藥典。③

につま・る【煮詰まる】（自五）（湯等）煮乾；☆味噌汁が煮詰まる／醬湯煮乾了③

につ・める【煮詰める】（他下一）（把湯、汁）煮乾，烘乾；☆砂糖を煮詰めて飴をつくる／熬糖做糖果；图につむ（他下二）。③

にて（格助）〔文〕＝で。

にてもつかない【似ても似つかない】（連語）一點也不像，毫無共同之處；☆似ても似つかない兄弟／一點也不像的弟兄。

にと【二兎】（名）〔文〕兩兎；◇**二兎を追う者は一兎をも得ず**／追二兎者不得一兎。①

にと【二途】（名）〔文〕兩條道路；☆言文二途に分れ／言文分開。①

にど【二度】（名・副）兩次；兩回；再；☆二度とない機会／再也沒有的機會；☆壁を二度塗る／把牆塗抹兩次；☆二度びっくり／又一次吃驚；☆二度と酒は飲まない／再也不喝酒；◇**二度あることは三度ある**／有第二回就有第三回；禍不單行〜ざき【二度咲き】（名）二次開花（＝かえりざき）；〜とふたたび【二度と再び】（連語・副）（下接否定語）再；☆二度と再び行くまい／以後絕不再去，再也不去。②

にとうしん【二等親】（名）〔法〕二等親（祖父母、兄弟、姐妹等）。①

にとうぶん【二等分】（名・他サ）分成兩份。①

にとうへんさんかくけい【二等辺三角形】（名）〔數〕二等邊三角形。⑨⑧

にとうりゅう【二刀流】（名）①使雙刀的流派；；②〔俗〕既好吃點心又好喝酒，既好甜的又好辣的。⓪

ニトログリセリン【nitroglycerin(e)】（名）〔化〕硝化甘油,甘油三硝酸酯。⓪

ニトロセルローズ【nitrocellulose】（名）〔化〕硝化纖維素；棉花火藥。⑥

*な・う【担・荷う】（他五）①擔（挑）；☆薪を担う/挑柴；②擔負,承擔；☆責任を担う/負擔責任。②

にぬし【荷主】（名）貨主；☆荷主の分らない品物/沒有貨主的東西；②發貨人。①⓪

にぬり【丹塗】（名）塗朱紅色。⓪

にねんせい【二年生】（名）①〔植〕二年生；②二年級學生。②⓪

にのあし【二の足】（名）；☆二の足を踏む/躊躇,猶豫不決（＝ためらう）。⓪

にのうで【二の腕】（名）上半截胳膊,上膊。④⓪

にのく【二の句】（名）第二句話；☆二の句が継げない/（因驚愕等）說不出第二句話來。③⓪

にのぜん【二の膳】（名）〔烹飪〕（每人一份主膳以外添配的）副肴；☆二の膳付きの御馳走/添配副肴的菜飯。②⓪

にのつぎ【二の次】（名）第二,其次；次要；☆儲かる儲からぬは二の次だ/賺錢不賺錢是次要問題。④

にのまい【二の舞】（名）；☆二の舞を演ずる（踏む）/重蹈覆轍,重演；☆人の二の舞を演じないように気を付けなさい/注意別蹈別人的覆轍。

にのまる【二の丸】（名）外城,外廓；↔ほんまる【本丸】。⓪

にばい【二倍】（名）兩倍。⓪

にはいず【二杯酢】（名）〔烹飪〕醬油醋②

にばん【二番】（名）①第二（位）；②←二番抵当；～せんじ【二番煎じ】（名）①煎第二次；☆二番煎じのお茶なので味が薄い/是沏了兩回的茶所以淡；②重覆；☆去年の二番煎じではお客の興味を引かない/還演去年舊節目的話無法叫座①

にびたし【煮浸し】（名）〔烹飪〕先烤後燉的香魚（鯽魚）等。②

にひゃくとうか【二百十日】（名）（從立春算起）第二百一十天（當在九月一日左右,常有颱風）；☆二百十日は無事に過ぎた/第二百一十日安全過了。⓪

にひゃくはつか【二百二十日】（名）（從立春算起）第二百廿十天（當在九月十一日左右,常有颱風）。⓪

ニヒル【nihil】（名・形動ダ）①虛無；②虛無主義；虛無主義者。①

にぶ【二部】（名）①兩部分；②第二部分；～きょうじゅ【二部教授】（名・自サ）（學校的）二部制；～さく【二部作】（名）由兩部組成的作品。①

*にぶ・い【鈍い】（形）①鈍的；☆小刀（こがたな）が鈍くて切れない/小刀不快切不動；②遲鈍的；☆頭が鈍い/腦子運鈍；③不強烈的；☆鈍い光/不強烈的光；～さ（名）；図にぶし（形ク）。②

にふだ【荷札】（名）貨籤,行李標籤；☆荷札をつける/拴上行李標籤。①

*にぶ・る【鈍る】（自五）①變鈍,不快；☆小刀の切れ味が鈍る/小刀不快了；②變遲鈍；☆年取って頭が鈍る/上了年紀腦子遲鈍；③變弱；☆決心が鈍る/決心發生動搖。②

にぶん【二分】（名・他サ）分作兩份；二分の一/二分之一；☆天下を二分する大勢力/平分天下的強大勢力。⓪

にべもな・い【連語・形】非常冷淡的；☆にべもない返事/非常冷淡的答覆；☆にべもなくことわる/冷酷地拒絕。②①

にぼし【煮干】（名）①乾魚,蘿蔔乾；②魚粉；～こ【煮干粉】（名）魚粉。⓪

*にほん【日本】（名）日本（＝にっぽん）；～が【日本画】（名）日本畫；～かいりゅう【日本海流】（名）〔地〕暖流（＝くろしお）；～がみ【日本髪】（名）日本婦女的傳統式髮型；～さんけい【日本三景】（名）〔地〕日本三景（指「天橋立」、「嚴島」、「松島」）；～し【日本紙】（名）日本紙；～しゅ【日本酒】（名）日本清酒；～のうえん【日本腦炎】（名）〔醫〕日本腦炎；乙性腦炎；～ふう【日本風】（名）日本風習；日本式；～ふく【日本服】（名）日本服裝,和服②

にほんざし【二本差】（名）〔俗〕腰佩雙刀（的武士）。⓪

にまいがい【二枚貝】（名）〔動〕雙殼綱的軟體動物〔如：蛤蜊〕。②

にまいじた【二枚舌】（名）撒謊,一口兩舌；☆二枚舌を使う/一口兩舌；撒謊②

にまいめ【二枚目】（名）①〔歌舞伎〕扮演美男子的演員,小生；☆二枚目（の役

に

）をやる／演美男子的角色；②〔轉〕美
男子；☆二枚目が来た／美男子來了。④

にまめ【煮豆】（名）炙的豆。◎

にもうさく【二毛作】（名）〔農〕一年雙
收（不同作物），收穫兩次。◎

にもかかわらず【にも拘らず】Ⅰ（連語）
雖然…可是，盡管（＝それなのに）；☆
雨天にも拘らず外出する／雖然下雨還出
門；☆勉強したにも拘らず成績が悪い／
雖然用功了，可是成績差；Ⅱ（接）（盡
管…）可是…；☆何度も注意した、にも
拘らず彼はそれをきかなかった／警告了
多少次，可是他沒有聽。

*にもつ【荷物】（名）①（運輸、携帶的）
行李，貨物，東西；☆荷物を持って集ま
る／携帶東西集合；☆荷物をほどく／解
開行李；☆荷物を預ける／把東西寄存起
來；②〔轉〕負擔，累贅；☆そんなもの
を持って行くと荷物になる／拿那個東西
去太累贅。◎

にもの【煮物】（名・自サ）①〔烹飪〕炙
，熬，燉；作菜；☆台所で煮物している
／在廚房作菜；②（熬、燉的）食品。◎

にゃ（連語）〔方〕①不得不…（＝ねば、
なければ）；☆行かにゃならん／不得不
去；②〔俗〕＝には；☆その時にゃ／在
那時候。

にやき【煮焼】（名）炙菜燒飯，烹調。①

にやく【荷役】（名・自サ）（船）裝貨卸
貨；☆荷役の人夫／裝卸工人；☆波止場
（はとば）の荷役／碼頭的裝卸。①

にや・ける（自下一）（男子）變柔弱；☆
にやけた青年／沒有男子氣概的青年。③

にやっかい【荷厄介】（名・形動ダ）①（
携帶東西過多等）感覺累贅；☆レーンコ
ートが荷厄介になる／多餘帶來雨衣；②
（擺脫不了，沒有辦法的）負擔。②

にやにや（副・自サ）①（想起高興、滑稽
事等時不發聲的）獨笑貌；☆どんないい
ことがあるのか、一人でにやにやしてい
る／也不知道有了什麼好事，一個人在獨
笑着；②（表示蔑視時的）嗤笑貌；☆露
着牙笑；☆にやにやと笑う／嗤笑。①

にやり（副）＝にやにや。

ニュアンス【法 nuance】（名）神韻、音
調、意義等的微細差別，微細表情；☆翻
訳では原文のニュアンスがうまく表わせ
ない／翻譯不能充分表現原文的神韻。②

ニュー【new】（名）①新的；②新發現的

；③最近的；④新鮮的。①

*にゅういん【入院】（名・自サ）①（和尚）
當住持；②住（醫）院；☆盲腸炎で入院
する／因患闌尾炎住院。◎

にゅうえき【乳液】（名）①乳色液體；②
乳液。◎

にゅうえん【入園】（名・自サ）進入公園
，幼兒園等。◎

にゅうか【入荷】（名・自サ）進貨，到貨
；☆あす、入荷する予定です／預定明日
到貨；↔しゅっか（出荷）。◎

にゅうか【乳化】（名・自他サ）乳化。◎

にゅうかい【入会】（名・自サ）入會參加
團體；☆婦人会に入会する／參加婦女
會。◎

にゅうかく【入閣】（名・自サ）參加內閣
，入閣；☆新内閣に入閣を予定される人
人／估計參加新內閣的人們。◎

*にゅうがく【入学】（名・自サ）入學；☆
小学校に入学する／入小學；～がんしょ
【入学願書】（名）入學申請書；～しき
【入学式】（名）入學典禮。◎

にゅうかん【入棺】（名・他サ）入殮。◎

にゅうがん【乳癌】（名）〔醫〕乳癌。①

にゅうぎゅう【乳牛】（名）〔動〕奶牛，
乳牛。◎

にゅうきょ【入居】（名・自サ）遷入；居
住在公寓的人；☆アパートの入居者／遷
入公寓的人。①

にゅうぎょう【乳業】（名）牛奶業；乳製
品業。◎

にゅうきん【入金】（名・自サ）①分付，
分償（一部分款）；☆残余は来月入金す
る／剩餘部分下月交款；②收入錢款，進
款；☆会計に入金がある／會計有進款。◎

にゅうこう【入港】（名・自サ）入港，進
港；☆午後三時に入港する／下午三時進
港。◎

にゅうこく【入国】（名・自サ）①（領主）
進入采邑；②進入外國；入國；☆入国の
手続を済ました／辦完入境手續。◎

にゅうごく【入獄】（名・自サ）入獄；☆
盗みをして三度入獄する／因竊盜進了三
次監獄。◎

にゅうざい【乳剤】（名）〔醫〕乳劑。①◎

にゅうさつ【入札】（名・自サ）投標；☆
入札に付する／投標。◎

にゅうさん【乳酸】（名）〔化〕乳酸；～
きん【乳酸菌】（名）〔化〕乳酸菌。◎

にゅうざん【入山】（名・自サ）〔文〕到
山裏去。⓪

にゅうし【入試】（名）入學考試。⓪

にゅうし【乳歯】（名）乳牙，乳齒。⓪

にゅうじ【乳児】（名）〔醫〕乳兒，嬰兒
（＝ちのみご）。①

ニュージーランド【New Zealand】（名）
〔地〕紐西蘭。⑤

にゅうしつ【入室】（名・自サ）入室，進
入室内；☆係員以外の者は入室を禁ず／
非工作人員禁止入室。⓪

にゅうしつ【乳質】（名）乳質。⓪

にゅうしゃ【入社】（名・自サ）進入公司
（工作）；☆貿易会社に入社した／進入
貿易公司工作。⓪

にゅうじゃく【柔弱】（名・形動ダ）柔弱，
軟弱；☆柔弱な精神／懦弱的精神；☆柔
弱な体／軟弱的體格。⓪

にゅうしゅ【入手】（名・他サ）取得；☆
珍しい物を入手した／得到了一件珍貴東
西☆入手困難の品／不易得到的東西。①⓪

にゅうじゅう【乳汁】（名）〔醫〕奶汁⓪

にゅうしょ【入所】（名・自サ）入所；☆
講習所に入所する／參加訓練班。⓪

にゅうしょう【入賞】（名・自サ）得獎；
☆一等に入賞した作品／得一等獎的作
品。⓪

にゅうじょう【入城】（名・自サ）①進城
；②入城，攻陷敵城；☆隊伍を整えて入
城する／整隊入城。⓪

＊にゅうじょう【入場】（名・自サ）入場；
☆八時に入場する／八點入場；～しき【
入場式】（名）入場儀式；～むりょう【
入場無料】（名）（連語）免費入場。⓪

にゅうしょく【入植】（名・自サ）〔文〕
遷到墾荒地區（殖民地）；☆南米へ入植
する／遷到南美去。⓪

にゅうしん【入信】（名・自サ）入教，開
始信仰某宗教。⓪

＊ニュース【news】（名）①消息，新聞；
新事；☆ニュースを伝える／傳達消息；
☆なにかニュースはありませんか／有什
麼新聞没有？☆ニュース解説／新聞評論
；②新聞影片（＝ニュースえいが）；（
電臺、電視的）新聞報告；☆八時のニュ
ース／八點鐘（開始）的新聞報導；～バ
リュー【news value】（名）新聞價值①

にゅうせいひん【乳製品】（名）乳製品③

にゅうせき【入籍】（名・自サ）入籍，加

入戸口；☆結婚により入籍する／因結婚
而入籍。⓪

にゅうせん【入選】（名・自サ）入選，當
選；☆作品が一等に入選した／作品以一
等入選。⓪

にゅうせん【乳腺】（名）〔解〕乳腺。⓪

にゅうたい【入隊】（名・自サ）入隊，入
伍；☆兄は去年入隊した／哥哥去年入伍
了；↔じょたい（除隊）。⓪

にゅうだん【入団】（名・自サ）入團，參
加某團體；☆弟はボーイスカウトに入団
した／弟弟加入了童子軍。⓪

にゅうちょう【入超】（名）入超；☆下半
期は入超だ／下半期是入超；↔しゅっち
ょう（出超）。⓪

にゅうてい【入廷】（名・自サ）〔法〕進
入法庭；☆被告が入廷する／被告入庭⓪

にゅうでん【入電】（名・自サ）來電；☆
東京からの入電／東京來電；☆休戦のニ
ュースが入電する／收到停戰電訊。⓪

にゅうとう【入党】（名・自サ）入黨；☆
民主党に入党する／加入民主黨。⓪

にゅうとう【乳糖】（名）〔化〕乳糖。⓪

にゅうどう【入道】（名・自サ）〔佛〕①
歸依佛教，入道；②高僧；③禿頭；禿頭
妖怪；～ぐも【入道雲】（名）（夏季的）
積亂雲。①

にゅうに【入荷】（名）〔にゅうか〕之訛。

にゅうねん【入念】（名・形動ダ）細心，
仔細，謹慎（＝ねんいり）；☆入念な指
導を受ける／受到細心的指導。①⓪

にゅうばい【入梅】（名）進入梅雨期；☆
もう入梅になった／已經到了梅雨期。⓪

にゅうはくしょく【乳白色】（名）乳白色③④

にゅうばち【乳鉢】（名）〔醫〕乳鉢。①

にゅうひ【入費】（名）（需要的）費用；
☆千円の入費を予定する／估計需要一千
元。⓪

ニューフェース【new face】（名）（電
影演員等的）新人。③

にゅうまく【入幕】（名）〔相撲〕昇為「
幕内」力士。⓪

ニューム（名）→アルミニューム。①

にゅうめつ【入滅】（名・自サ）圓寂①⓪

にゅうもん【入門】（名・自サ）①進入門
内；②投師；③入門書。⓪

＊にゅうよう【入用】（名・形動ダ）①需要
；☆是非とも入用な品／必需之物；☆今
入用ですから、すぐ届けて下さい／現在

等着用請趕快送來；②費用。◎

にゅうよう【乳用】（名）〔農〕乳用。◎

ニューヨーク【New York】（名）〔地〕紐約。③①

*にゅうよく【入浴】（名・自サ）沐浴，洗澡；☆毎日欠かさず入浴する／毎天一定洗澡。◎

にゅうらく【入洛】（名・自サ）〔文〕來到京都。◎

にゅうらく【入落】（名）入選和落選；☆発表がないので入落が分らない／因未發表，不知道入選或落選。◎

にゅうらく【乳酪】（名）〔農〕奶油・乾酪。◎

ニュールック【new look】（名）最新様式；☆ニュールックの帽子／最新様式的帽子。③

にゅうわ【柔和】（形動ダ）温和，和藹；☆きわめて柔和な人／非常温和的人；☆表面は柔和に見える／表面看來很和藹。◎

にゅっと（副）突然（探出）☆窓からにゅっと首を出す／從窓戸突然探出頭來。①◎

にょい【如意】（名）①〔文〕稱心，如意；②〔佛〕如意。①

にょう【尿】（名）〔解〕尿，小便；☆尿を検査する／検査尿。①

にょう【鏡】（名）〔樂〕鏡。①

にょうい【尿意】（名）〔文〕〔醫〕尿意；☆尿意をもよおす／要撤尿。①

にょうさん【尿酸】（名）〔化〕尿酸。◎

にょうそ【尿素】（名）〔化〕尿素。①

にょうどう【尿道】（名）〔解〕尿道◎

にょうどくしょう【尿毒症】（名）〔醫〕尿毒症。④③

にょうぼう【女房】（名）①〔文〕宮中女官；②〔文〕貴族侍女；③妻；老婆（＝にょうぼ）；☆女房をもらう／討老婆／～やく【女房役】（名）助手，幫手，輔佐者；☆女房役をつとめる／當助手。①

にょきにょき（副）（筍等）很快長出貌；☆竹の子がにょきにょきと伸びる／筍眼見得長大。①

にょごがしま【女護が島】（名）（沒有男子的）女人島。①③

にょじつ【如実】（名）①〔佛〕眞如；②眞實；☆その時の様子を如実に描く／眞實地描寫當時的情景。①◎

にょたい【女体】（名）〔文〕女人身體◎

にょにん【女人】（名）〔文〕婦女，女人；～きんせい【女人禁制】（連語・名）〔文〕禁止婦女進入；～けっかい【女人結界】（名）〔佛〕禁止女人進入的地區◎

にょらい【如来】（名）〔佛〕如來。①◎

にょろにょろ（副）（蛇等）爬行貌，蜿蜒；☆蛇がにょろにょろと這う／蛇蜿蜒爬行。①

にら【韮】（名）〔植〕韮菜。②◎

にらみ【睨み】（名）①（（にらむ）的名詞形）瞪眼，睨視；☆一睨みで相手を縮み上がらせる／一瞪眼就使對方發抖；②（制服旁人的）威力；☆睨みがきく／有威力，能制服人。③

にらみあ・う【睨み合う】（自五）互相瞪眼，敵視；☆二人は睨み合っている／二人互相敵視。◎

にらみあわ・せる【睨み合わせる】（他下一）比較，對照；☆費用と睨み合わせて旅程を決める／針對費用來決定旅程。◎

にらみつ・ける【睨み付ける】（他下一）瞪眼睛；☆大声で叱って睨み付ける／大聲申斥用眼睛一瞪，（下二）。②⑤

*にら・む【睨む】（他五）①瞪眼；☆山門の二王が目を剝いて睨んでいる／山門的哼哈二將瞪着大眼睛；②注視，仔細觀察；☆世界情勢を睨む／仔細觀察世界局勢；③意料，估計；☆怪しいと睨む／認爲可疑；④入場者は二千人と睨んでいる／估計入場者有兩千人；④盯上；☆あの人に睨まれたら最後だ／若是讓他盯上可就倒霉了。②

*に・る【似る】（自上一）像，似；☆娘は母親によく似ている／姑娘很像她媽媽。

*に・る【煮る】（他上一）煮，烹，煮，燉；☆肉を煮る／燉肉；☆魚を煮る／燉魚；◊煮ても焼いても食えない／非常狡猾、不好對付的人。◎

にるい【二塁】（名）〔棒球〕二壘（手）（＝セカンドベース）；～しゅ【二塁手】（名）二壘手；～だ【二塁打】（名）二壘安打。①

にろくじちゅう【二六時中】（名・副）日夜，晝夜；☆二六時中子供のことを心配する／晝夜擔心孩子。④

*にわ【庭】（名）①院子，庭園；☆庭に池をつくる／在庭園裏造個水池；☆庭を掃く／打掃院子；②〔文〕家庭；☆庭の訓

（おしえ）／庭訓。◯

にわいし【庭石】（名）庭園點景石，庭園
舖石。◯

*　**にわか**【俄】（形動ダ）①突然，遽然，忽
然；☆大雨が俄に降り出す／突然下起大
雨；☆俄にかけだす／突然跑起來；②立
刻，馬上；☆俄にそうとは断言できない
／不能馬上斷定是那樣；～あめ【俄雨】
（名）急雨，驟雨；～じこみ【俄仕込み】
（名他サ）臨時用功，惡補；～なりきん
【俄成金】（名）暴發戶。①

にわきど【庭木戸】（名）庭園的木門③◯

にわくさ【庭草】（名）庭園的草。◯

にわさき【庭先】（名）院子前面，庭前；
☆庭先の梅がさく／庭前梅花開；～そう
ば【庭先相場】（名）〔經〕（農產物的）
出產地價格。◯

にわし【庭師】（名）造園師；花匠。◯

にわずたい【庭伝い】（名）穿過院子，由
一個院子到另一個院子。◯

にわたし【荷渡】（名・自サ）交貨；☆荷渡
は二十五日にきめた／決定廿五日交貨。

にわつくり【庭作り】（名）造園（師）③④

にわとり【鶏】（名）〔動〕鶏。◯

*　**にん**【任】（名）〔文〕①任務；☆任に堪
えない／不勝任；☆任に就く／就任；☆
任を解く／解職；☆私はその任ではない
／我不勝任；②任期；☆任が満ちる／任
期届滿；◇任重くして道遠し／
任重而道遠。①

にんい【任意】（名・形動ダ）隨便，隨意
；☆任意に取りなさい／隨便拿吧；☆任
意な方法でやる／以任意方法做。①◯

にんか【認可】（名・他サ）許可，批准，
准許；☆認可が下りる／發下許可；☆認
可を申請する／申請許可。①◯

にんかん【任官】（名・自サ）任官；☆一
級官に任官する／任一等官。◯

*　**にんき**【人気】（名）①（某地方的）風氣
☆人気のよい土地／風氣良好的地方；②
人望，人緣；☆人気がよい／有人緣，人
緣好；☆人気をとる／博得人緣，討好；
～かぶ【人気株】（名）（人們爭購的）
紅股（票）；～ばい【人気商売】
（名）靠人緣維持的職業（演員，藝妓等）
；～とり【人気取】（名）討好；善於討好
的人；～もの【人気者】（名）受大家的歡
迎的人；～やくしゃ【人気役者】（名）
紅演員。◯

にんき【任期】（名）任期；☆三年の任期
が満ちる／三年的任期屆滿。◯①

にんきょ【認許】（名・他サ）〔文〕許可
，批准；☆営業を認許する／許可營業①

にんぎょ【人魚】（名）美人魚，人魚（人
身魚尾的想像上的動物）◯

にんきょう【仁侠】（名・形動ダ）俠義；
☆仁侠の徒／俠義之士。◯

*　**にんぎょう**【人形】（名）娃娃，偶人；☆
泥で人形をつくる／用泥作偶人；～しば
い【人形芝居】（名）木偶戲，傀儡戲；
～つかい【人形遣い】（名）操弄木偶的
人。◯

にんく【忍苦】（名・自サ）耐苦；☆忍苦
の生活／耐苦的生活。①

*　**にんげん**【人間】（名）①人類，人；☆人
間は考える動物だ／人是有思考的動物；
☆あの人は人間ができている／他有作爲
，他有修養；②社會；◇人間万事塞翁が
馬／吉凶禍福變幻無常，塞翁之馬；～ぎ
らい【人間嫌い】（名）不好交際，孤僻；
～せい【人間性】（名）人性；～てき【人
間的】（形動ダ）人類的，像人似的；～ド
ック【人間 dock】（名）一系列的健康檢
查；☆人間ドックに入る／去接受一系列
的全身健康檢查；～なみ【人間並】（名
・形動ダ）和一般人一樣；普通；☆人間
並な生活／普通的生活；☆人間並に取り
扱ってもらいたい／希望當做人看待；～
み【人間味】（名）人情味；☆全然人間味
がない／一點沒有人情味；～らしい【人
間らしい】（形）像人似的，有人情味的；
☆人間らしい生活／普通生活；☆人間ら
しい人間になりたい／希望成爲一個像樣
的人；～わざ【人間業】（名）人力，人
的技術；☆人間業ではない／非人力所能
及。◯

にんごく【任国】（名）①〔文〕〔古〕地
方官の任地②大（公）使出使的國家①◯

にんさんぷ【妊産婦】（名）〔醫〕孕婦和
產婦。③

*　**にんしき**【認識】（名・自サ）認識；☆現
実についての認識／對現實的認識；☆認
識が足りない／認識不足。◯

にんじゅう【忍従】（名・自サ）隱忍服從
；☆長い間，姑に忍従して来た妻／長期
對婆婆隱忍服從的妻子。◯

にんじゅつ【忍術】（名）隱身法。①

にんしょう【人称】（名）〔語法〕人稱◯

にんしょう【認証】（名・他サ）〔法〕證明，認證；☆行為を正常と認証する／認證行為爲正當；〜かん【認証官】（名）認證官（指國務大臣、最高法院長、最高檢察長等）。⓪

*にんじょう【人情】（名）人情（＝なさけ），常情；☆それは人情だ／那是常情；☆彼は人情がない／他没有人情味〜ぽん【人情本】（名）（江戸時代末期）描寫男女戀愛生活的小說；〜み【人情味】（名）人情味；☆人情味に乏しい／缺少人情味。①

にんじょう【刃傷】（名・他サ）〔文〕拿刀傷人；☆刃傷沙汰に及ぶ／動起刀來①

にん・じる【任じる】Ⅰ（自上一）擔任；擔負責任；Ⅱ（他下一）①任命；☆係長に任じる／任命爲股長；②使擔任；③自命；☆芸術家をもって任じる／自命爲藝術家；宿にんず（サ）。

にんしん【妊娠】（自上一）妊娠，懷孕；☆二度目の妊娠／第二次懷孕。⓪

にんじん【人参】（名）〔植〕①人參；②胡蘿蔔。⓪

にんずう【人数】（名）①人數；☆人数で圧倒する／以人制勝；②人員衆多。①

にん・ずる【任ずる】（自・他）＝にんじる。③⓪

にんそう【人相】（名）相貌；☆人相の悪い人／相貌醜惡的人；☆人相を見る／相面；〜がき【人相書】（名）（爲通緝犯人）畫影圖形；〜み【人相見】（名）觀相者，相面的人。①

にんそく【人足】（名）→にんぷ。①⓪

にんたい【忍耐】（名・自サ）忍耐；☆なにごとも忍耐が大切だ／任何事都需要忍耐；☆ひどい仕打ちをじっと忍耐する／一聲不響地忍受難堪的打擊。①

にんち【任地】（名）任地。①⓪

にんち【認知】（名・他サ）①明確認識；☆目前の現状を認知する／明確認識目前的現狀；②〔法〕承認，認領（非婚生子）。⓪

にんてい【認定】（名・他サ）〔文〕認定，認爲；☆受験資格があると認定する／認定爲有參加考試的資格。⓪

ニンフ【nymph】（名）〔神話〕寧芙（住在山林、水澤中的半人半神的少女）①

にんぷ【人夫】（名）搬運工人；做力氣活的工人（＝人足）①

にんぷ【妊婦】（名）孕婦。①

にんべん【人偏】（名）〔漢字部首〕人字旁。⓪

*にんむ【任務】（名）任務，職責（＝つとめ、やくめ）；☆自分の任務を怠る／怠忽職守。①

にんめい【任命】（名・他サ）任命；☆委員を任命する／任命委員。⓪

にんめん【任免】（名・自サ）任命和罷免；☆任免する権利を持つ／有任免權；〜けん【任免権】（名）任免權。⓪

にんよう【任用】（名・他サ）任用；☆嘱託を本官に任用する／把編制外職員任用爲正式職員。⓪

にんよう【認容】（名・自サ）〔文〕容認；☆認容し難い事／難以容認的事情。⓪

ぬ①五十音圖「な行」第三音；發音 爲 nu
；②〔字源〕平假名是「奴」字的草體，
片假名是「奴」字的右邊。

ぬ（助動）Ⅰ①〔（來自文語）否定助動詞「
ず」的終止形，有時寫成「ん」，接動詞
和一部分的動詞的未然形（否定形），表
示否定〕☆僕は行かぬ／我不去；☆親
が行かせぬ／父母不讓（准）去；☆あそ
こには何もありません／那裏什麼也沒有
；Ⅱ（助動）〔古〕接動詞的連用形表示
完了（完成），相當於口語的「た」「て
しまう」「てしまった」；☆庭の梅もは
や散りぬ／庭前的梅花已經凋謝了。

ぬい【縫（い）】①〔（ぬう）的名詞形〕
縫（紉）；☆縫がよい／縫得好；②縫的
縫兒（＝ぬいめ）；②刺繡，綉花（＝ぬ
いとり）；☆着物の袖に縫をする／在衣
服的袖子上刺繡（花 紋）；☆ハンケチ
の縁に縫がしてある／手帕的邊兒上綉着
花。①②

ぬいあげ【縫上（揚）げ】（名）（在孩子
衣服的肩和腰上）縫褶子，留餘份（以備
後日放大）（＝あげ）；☆縫揚げを下（
おろ）す／把褶子（餘份）放開。①

ぬいあわ・せる【縫い合わせる】（他下一）
縫合；☆傷を縫い合わせる／縫合傷口；
図ぬひあはす（下二）。⑤①

ぬいいと【縫糸】（名）（縫紉或刺繡用的）
（絲）線；☆縫糸がほころびる／縫的線
綻開了。①

ぬいかえし【縫返し】（名）拆了重縫（綉）
（＝ぬいなおすこと）。①

ぬいぐるみ【縫い包み】（名）（用布包裹
花）縫製（玩具等）；☆縫い包みの兎／
布縫（塡棉）的小兔。①

ぬいこみ【縫込（み）】（名）①〔（ぬい
こむ）的名詞形〕②窩邊兒（兩塊布縫合
時，折在裏面看不見的部分）；☆縫い込
みを出す／把窩邊兒放出來。①

ぬいこ・む【縫い込む】（他五）①縫進去
，縫在裏面；②窩邊兒（縫合兩塊布時，
將布邊兒折在裏面）；☆広く縫い込む／
寬些窩邊兒。①

ぬいしろ【縫代】（名）〔縫紉〕縫合布帛
時，窩邊兒部分的幅度；☆二センチの縫
代を取る／留出二公分的窩邊。②①

ぬいつ・ける【縫い付ける】（他下一）縫
上；☆ボタンをシャツに縫い付ける／把
鈕釦縫在襯衣上；図ぬひつく（下二）④

ぬいとり【縫取り】（名・他サ）刺繡；刺
繡的花 紋、圖案（＝ししゅう）；☆ハ
ンカチに縫取り（を）する／在手帕上綉
花。①

ぬいと・る【縫い取る】（他五）刺繡；☆
手で縫い取る／用手刺繡。①③

ぬいばり【縫針】（名）（縫紉或刺繡用的）
針；☆縫針に糸を通す／把線穿針針上，
紉針。①

ぬいめ【縫目】（名）①縫的針脚；☆縫目
が荒い／針脚縫得稀；②縫兒；☆縫目な
しの蚊帳（かや）／無縫蚊帳；☆縫目が
綻（ほころ）びた／縫兒開綻了。③

ぬいもの【縫物】（名）①縫紉（好了）的
東西；☆縫物を届ける／送交縫好了的衣
物；②縫紉，裁縫，針線活兒；☆縫物が
上手（下手）／針線活兒好（差）；③刺
繡品（＝ぬいとり，ししゅう）。③④

*ぬ・う【縫う】（他五）①縫綴，縫紉，縫
合；☆着物を縫う／縫（做）衣服；☆綻
（ほころ）びを縫う／把開綻處縫上；☆
傷（きず）は五針縫った／傷口縫了五針
；②刺繡（＝ぬいとる）；③曲折穿過；
☆群衆の中を縫って歩く／在人羣中（曲
折地）穿行。①

ヌード【nude】（名）①裸體（＝はだか、
らたい）；②裸體的畫像、照像或雕像①

ヌーボー【法 nouveau】（形動ダ）①＝ヌ
ーボーしき；②（動作等）遲鈍，笨手笨脚
；～しき【noveau 式】（名）（二十世紀
初在法國興起的）新藝術派的形式（以一
般粗的單調的線條繪製的圖案的形式）③

ぬか【糠】（名）米糠（＝こめぬか、もみ
ぬか）；◇糠に釘（くぎ）／往糠裏釘釘
子；〔喩〕無效，白費，徒勞。②

ぬか【額】（名）〔文〕前額（＝ひたい）②

ヌガー【法 nougat】（名）牛軋糖。①

ぬかあぶら【糠油】（名）米糠油。③

ぬかあめ【糠雨】（名）濛濛細雨，毛毛雨

（＝きりさめ）。③

ぬか・す【抜かす】（他五）①遺漏，漏掉（＝おとす、もらす）；☆大事な所を抜かした／把要緊的地方漏掉了；②跳過（＝とばす）；☆三行抜かして読む／跳過三行去往下看（唸）；③〔俗〕説，扯，聊（＝いう、しゃべる）；☆いらぬことを抜かすな／別説廢話，瞎扯什麼；◇腰を抜かす／（因病，驚懼等）癱軟直不起腰來。⓪

ぬかず・く【額突く】（自五）①稽首，叩頭；②鞠躬敬禮；☆烈士紀念碑に額ずく／向烈士紀念碑敬禮。③

ぬかづけ【糠漬】（名）用米糠拌鹽醃的小菜（＝ぬかみそづけ）。

ぬかばたらき【糠働き】（名）勞而無功，徒勞；☆糠働きをする／白費力氣，勞而無功，徒勞（＝むだぼねおり）。③

ぬかみそ【糠味噌】（名）拌了鹽的米糠（用以醃菜）；☆茄子（なす）を糠味噌に漬ける／把茄子放在米糠鹽裏醃；**～づけ【糠味噌漬】**（名）用鹽拌糠醃的小菜（＝ぬかづけ）。⓪

ぬかよろこび【糠喜び】（名）空（白）歡喜；☆糠喜びになる／白歡喜一場，好事落空。③

ぬかり【泥濘】（名）泥濘（＝ぬかるみ）⓪

ぬかり【抜かり】（名）遺漏，疏忽，差錯（＝ておち）；☆彼のやることにぬかりはない／他作事沒有差錯；☆ぬかりがあったらおわりだ／萬一有個差錯，可就精透了。⓪

ぬか・る【泥濘】（自五）泥濘難走；☆雪解（ゆき）どけで道がぬかる／因（積）雪融化而道路泥濘。⓪

ぬか・る【抜かる】（自五）因疏忽大意而發生差錯；☆抜かるな／不要疏忽大意。⓪

ぬかるみ【泥濘】（名）泥濘（＝ぬかり）；☆泥濘に踏み込む／陷進泥濘裏；☆泥濘にはいる／掉進泥潭裏（進退維谷）⓪

ぬき【抜（き）】（名）①抽去，去掉，取消；☆説明を抜きにする／省去説明，不作説明；☆冗談（じょうだん）は抜きにして本当のところはどうです／別開玩笑，實情是怎麼回事；☆朝飯抜きじゃ働けぬ／不吃早飯不能工作；②（運動比賽等）戰勝；☆五人抜き／戰勝五人；③＝せんぬき。①

ぬきあし【抜き足】（名）躡足；☆抜き足で忍び寄る／躡着脚悄悄地挨近；**～さしあし【抜き足差し足】**（連語・名・自サ）輕舉輕放的脚步；☆抜き足差し足で後（あと）を付ける／躡足（悄悄地）跟蹤⓪

ぬきうち【抜打ち】（名）①拔刀就砍；☆敵を抜打ちにする／拔出刀來馬上向敵人砍去；②〔轉〕冷不防地實行；☆抜打ちに試験をする／冷不防地實行考試。⓪

ぬきがき【抜（き）書（き）】（名・他サ）摘錄；☆要点を抜き書きする／把要點摘錄下來；☆本の抜き書きをつくる／作書籍的摘錄。⓪

ぬきかざ・す【抜き翳す】（他五）（把刀）拔出來舉在頭上。④

ぬきさし【抜差】（名）處理，安排；☆抜差ならぬ羽目（はめ）に陥る／陷於進退維谷的窘境；☆抜差がならぬ／進退維谷，一籌莫展。③⓪

ぬきす・てる【脱ぎ捨てる】（他下一）脱下來丟着不管；☆着物を脱ぎ捨てる／把衣服脱下來丟在那裏不管；図ぬぎすつ（下二）。⓪

ぬきだ・す【抜き出す】（他五）①拔出，提出，（＝ぬきとる）☆刀を抜き出す／拔出刀來；②挑選，選拔（＝よりだす、えらびだす）；☆必要なものを抜き出す／把必要的東西挑選出來；☆図ぬきいだす（下二）。⓪

ぬきて【抜手】（名）拔手泳（泳法之一，兩手交互從水裏高高地拔出來再插進去）；☆抜手を切る／作拔手泳。⓪

ぬきとお・す【貫き通す】（他五）貫通，貫穿（＝つらぬきとおす）。③

ぬきとり【抜取り】（名）抽竊（運送途中的貨物等）；☆抜き取り犯人／抽竊犯。⓪

ぬきと・る【抜き取る】（他五）①拔出，抽出，提出（＝ぬきだす）；☆歯を抜き取る／拔牙；②抽提，挑選（＝えらびとる）；☆よい物を抜き取る／抽選好的；③掏竊，竊取（＝ぬすみとる）；☆為替（かわせ）を抜き取る／竊取匯票。③

ぬきんで・る【抽（擢）んでる】（自・他下一）突出地優越（秀），特別高超（＝すぐれる、ひいでる）；☆クラスでは彼が断然抜んでいる／在班裏他突出地優秀，図ぬきんづ（下二）。④

ぬ・く【抜く】Ⅰ（自下二）〔文〕→ぬける；Ⅱ（他五）①拔出，抽出，提出（＝

ひきだす）；☆歯を抜く／抜牙；☆栓（
せん）を抜く／拔開瓶塞；☆ビールを抜
く／打開啤酒，喝啤酒；②抽選，選拔
（＝えらびだす）；☆おもしろい所だけを
抜く／光把有趣的地方抽選出來；③放出
，倒出；☆タイヤの空気を抜く／把輪胎
裏的空氣放出來；☆この酒は樽（たる）
から抜いたばかりだ／這是剛從酒桶裏
放(倒)出來的；④去掉，消除，刪去（＝
のぞく）；☆色を抜いて染め改す／去掉
顏色重新染；⑤省略，減少（＝はぶく）
；☆手を抜く／省事，偸工；☆説明を抜
く／省去説明，不作説明；⑥跳過（＝と
ばす）；☆三行抜いて先（さき）を読む
／跳過三行往下看（唸）；⑦超出，趕過
，勝過（＝おいこす，ぬきんでる）；☆
群を抜く／超羣，出衆；☆一頭地を抜い
ている／出人頭地；☆五人抜く／勝過五
個人；☆決勝点の間近（まじか）になっ
て抜かれた／在快到終點的時候被趕過去
了；⑧攻陷，奪取（＝せめおとす）；☆
敵陣を抜く／攻陷敵人的陣地；⑨貫穿，
穿透（＝つらぬく）；☆敵弾に鉄兜（て
つかぶと）を抜かれた／被敵人的子彈打
穿了鋼盔；⑩〔文〕欺騙（＝だます）；
Ⅲ（補動・五）接動詞連用形之下表示始
終一貫；☆引き抜く／幹到底；☆走り抜
く／跑到盡頭；☆苦労し抜く／始終一貫
地操勞（辛苦）。②□

*ぬ・ぐ【脱ぐ】Ⅰ（自下一）〔文〕→ぬげ
る；Ⅱ（他五）脱去，摘掉，蛻掉（動物
身上的東西）；☆着物（靴）を脱ぐ／脱
衣服（鞋）；☆帽子（手袋）を脱ぐ／摘
帽子（手套）；☆蛇が皮を脱ぐ／蛇脱皮
；☆肌（はだ）を脱ぐ／脱光膀子，赤背
；☆僕のオーバーを脱がせてくれ／請幫
我脱下大衣。①□

ぬく・い【温い】（形）暖和的，溫暖的（
＝あたたかい）；☆今日は大分温い／今
天很暖和，図ぬくし（形ク）。②□

ぬぐいおと・す【拭い落とす】（他五）擦
去，拭去，揩掉。

ぬぐいと・る【拭い取る】（他五）擦掉，
拭去（＝ふきとる）。④□

*ぬぐ・う【拭う】（他五）①拭擦，抹消，
揩掉，（＝ふく）；☆汗（涙）を拭う／
擦汗（眼涙）；②〔轉〕拭掉，消除（＝
きよめる）；☆一生拭うべからざる恥辱
／終生洗刷不淨的恥辱；◊口を拭う／

擦嘴；得了便宜裝做不知道（彷彿若無其
事）。②□

ぬくと・い【暖とい】（形）〔方〕溫暖的
，暖かい（＝ぬくい，あたたかい）。③□

ぬくぬく（副・自サ）①感覺溫暖（暖和）
，熱呼呼（地）；☆ぬくぬくしているお
弁当／熱呼呼的便當；②厚着臉皮，蠻不
在乎（＝ぬけぬけ）；☆よくもぬくぬく
とそんなことを言えたもんだね／（他）
居然恬不知恥地説出那様話來。①□

ぬくま・る【温まる】（自五）發暖，暖和
起來（＝あたたまる）；☆風呂にはいっ
て体が温まった（洗）（個）澡身子暖了③□

ぬくみ【温み】（名）溫暖，暖和氣（＝あ
たたかみ）；☆体の温み／體溫。③□

ぬく・める【温める】（他下一）暖，使…
溫暖（＝あたためる）；☆体をぬくめる
／暖身體；☆鶏が卵を温める／鶏孵蛋；
図ぬくむ（下二）。③□

ぬくもり【温もり】（名）溫暖，暖和氣（
＝ぬくみ）；☆日の温もり／太陽的溫
暖。④ ⓪

ぬくも・る【温もる】（自五）發暖，溫暖
起來（＝ぬくまる，あたたまる）。③□

ぬけあな【抜穴】（名）①（可以穿過的）洞
穴；②漏洞，缺口，缺陷；☆この法律に
は抜穴がある／這項法律有漏洞。⓪

ぬけがけ【抜け駈け（駆）け】（名・自サ）
搶先，先下手；☆抜け駈けの功名（こう
みょう）／搶先立的功勞（成績）。⓪

ぬけがら【抜殻】（名）①蛇、蟬等蜕下來
的皮（空殼）；②失了神（發呆）的人⓪

ぬけかわ・る【抜け替（代）わる】（自五）
舊的脱落新的生出來，新陳代謝；☆歯が
抜け替わる／換牙。④

ぬけげ【抜毛】（名）脱落的頭髮（＝ぬけ
がみ）。⓪

ぬけだ・す【抜け出す】（自五）偸偸地溜
出，潛逃（＝ぬけでる，しのびでる）；
☆抜け出そうと折（おり）を待つ／等待
機會想逃跑；☆鳥が籠から抜け出した／
鳥從籠子裏鑽出去了。③

ぬけで・る【抜け出る】（自下一）①離開
（＝はなれでる）；②高高地出現在其他
之上（外），聳（聶）立；☆塔が空に高
く抜け出る／塔高聳入空中；③優越，超
越（＝ぬきんでる）；☆一きわ抜け出
た秀才／出人頭地（高人一等）的高才生
；④偸偸地溜（鑽）出，潛逃（＝ぬけだ

す，のがれでる）；☆会場を抜け出る／
溜出會場。[3]

ぬけぬけ（名・副・自サ）厚臉皮，蠻不在
乎，若無其事；☆ぬけぬけと嘘を言う／
蠻不在乎地撒谎；☆ぬけぬけそんなこと
がよくも言えたね／（你）竟厚着臉皮説
出這樣話來；☆全くぬけぬけした人だ／
真是一個厚顔無恥的人。[1][3]

ぬけみち【抜道】（名・自サ）①抄道，間
道，走抄道（＝うらみち、かんどう）；
☆抜道を通る／走抄道；☆抜道して先回
りする／走抄道抢到前面；②後路，退
路（＝にげみち）；☆抜道を拵（こし
ら）える／留退路；③逃避責任的口實（
手段）（＝いいのがれ）；☆抜道を搜す
／尋找口實。[0]

ぬけめ【抜目】（名）①遺漏，脱漏（＝ぬ
け、おち）；☆その点は抜目がない／那
一點上沒有遺漏；②差錯，缺點，毛病（
＝ておち）；☆人の抜目ばかり見ている
／淨看別人的缺點（毛病）；③漏洞，破
綻，麻痺大意（＝てぬかり、ゆだん）；
☆金儲（かねもう）けにかけては抜目が
ない／對於賺錢上非常精明（有辦法）；
～なく【抜目なく】（副）周到地，圓滿
地，精明地，有警惕地；☆抜目なく気を
配（くば）る／用心周到，慮事周詳。[0]

*ぬ・ける**【抜ける】（自下一）①脱落，掉
（＝はなれおちる）；☆毛（歯）が抜け
る／掉毛（牙）；☆底が抜けた／底兒掉
了；☆この栓はどうしても抜けない／這
塞子怎麼也拔不下來；②脱離，脱出，溜
出（＝はなれでる）；☆指から抜ける／
從手指頭縫兒溜出去；☆困難を抜ける／
擺脱困境；③優越，超越（＝すぐれて
る）；④遺漏，缺短（＝もれる，たらな
い）；☆一字抜けている／缺少（短）一
個字；⑤逸失，消失（＝なくなる、きえ
る）；☆香（かおり）が抜ける／香味（
氣）消失，走味；☆力が抜けた／没有勁
兒（力氣）了；☆今度の風邪（かぜ）は
なかなか抜けない／這次感冒老也不好；
☆悪い癖（くせ）がつくと容易に抜ける
ものじゃない／一旦沾染上壞習氣很不容
易去掉；⑥逃脱，掙脱（＝のがれる）；
☆危い所を抜けて来た／逃出了險境；⑦脱
退，退出；☆会を抜ける／退會；⑧穿過
，走出（＝とおりぬける）；☆森を抜ける
と野原になる／穿過森林就是野地；⑨短

少，不滿（＝みたない）；☆一年に三日
だけ抜けている／只差三天就是（不滿）
一年；⑩聰明智慧不足，遲鈍，傻；☆あ
いつは少し抜けている／那像伙有點兒傻
；◇**腰が抜ける**／（因病或驚懼等）直不
起腰來，癱軟，囡**ぬく**（下二）。[0]

ぬ・げる【脱げる】（自下一）（穿在身上
的東西）脱落掉；☆この靴はなかなか脱
げない／這鞋不容易掉，囡**ぬぐ**（下二）[2]

ぬし【主】Ⅰ（名）①主人，物主，所有者
（＝もちぬし）；☆主のない家／沒有主
的房子；②丈夫（＝おっと）；☆主ある
女／有夫之婦；③相傳久住在山、湖、
森林等的一種有靈的動物；Ⅱ（代）①〔
俗〕（第二人稱的敬詞）您；②女人對男
人的愛稱。[1]

ぬすっと【盗人】（名）〔俗〕盗賊（＝ぬ
すびと）。[4]

ぬすびと【盗人】（名）盗賊，小偷（＝ど
ろぼう）；☆盗人を捕える／捉賊；**～
こんじょう**【盗人根性】（名）盗心，賊性
；◇**盗人猛猛**（たけだけ）し／作了壞事
而厚顔無恥；**盗人に追銭**（おいせん）／
賠了夫人又折兵；**盗人に鍵を預ける**／揖
盗入室；**盗人の逆恨**（さかうらみ）／盗賊
（壞人）被檢舉後反而怨恨檢舉的人；盗
人を捕えて見れば我が子なり／〔喻〕作
父母的對於自己的兒女也不應該疏忽大意
完全信任；（因事出意外）不好處理，進
退維谷；**盗人を見て縄を絇ふ**／　發現了
賊才搓繩子，臨渴掘井。[0]

ぬすみ【盗み】（名）偷盗，盗竊；☆盗み
にはいる／鑽進（人家）行竊；☆盗みを
働く（覚える）／行竊（學會偷盗）；**～
あし**【盗み足】（名）躡足，輕輕脚步；
☆盗足で忍び込む／躡着脚溜進去；**～き
き**【盗み聞き】（名・他サ）偷聽，竊聽
；☆電話の盗み聞き／偷聽電話；**～ぐい**
【盗み食い】（名・他サ）偷吃，背着人
吃；**～ごころ**【盗み心】（名）盗心，作
賊的念頭；**～み**【盗み見】（名・他サ）
偷看；**～よみ**【盗み読み】（名・他サ）
從旁邊偷看（書信、文件）；**～わらい**【
盗み笑い】（名・他サ）竊笑，暗笑。[3]

*ぬす・む**【盗む】（他五）①偷盗，盗竊；☆
金を盗む／偷錢；☆彼は時計を盗まれた
／他的錶被偷了；◇**人目を盗む**／瞞着別
人的眼睛，不讓別人看見，偷偷地；**暇を
盗む**／偷閑，抓時間；☆暇（ひま）を盗

んでやって来た／抓時間趕緊跑來了。[2]

ぬた【饅】（名）〔烹飪〕（以醬、酢、糖拌的）冷拌鮮魚肉絲（＝ぬたあえ）。[2]

ぬたく・る（自五）①打滾，痛苦而翻滾（＝のたくる）；②用筆亂寫，寫劣字。[3]

ぬっと（副）突然出現貌；☆ぬっと頭を突き出す／突然伸出頭來；☆闇（やみ）の中から黒い影がぬっと現れた／從黑暗裏猛然出現了一個黑影。[1]

*ぬの【布】（名）（各種織品的總稱）布，布匹；☆布を織る／織布。[0]

ぬのじ【布地】（名）布料（＝きれじ）[0]

ぬのめ【布目】（名）布紋；布紋式花紋；☆布目が判らぬほど汚れている／髒得連布紋都看不出來。[0]

*ぬま【沼】（名）沼澤，池沼。[2]

ぬめぬめ【滑滑】（副）光滑貌（＝すべすべ、つるつる）。[1]

ぬめり【滑り】（名）滑溜，光滑（＝ぬめること）；②黏液，黏汁。[3]

ぬめ・る【滑る】（自五）光滑，滑溜，發滑（＝ぬらぬらする、つるつるする、すべる）；☆苔（こけ）で岩が滑る／因為長着青苔巖石發滑。[2]

ぬらくら（副・自サ）①滑溜溜溜，〔轉〕奸滑，狡猾；☆鰻（うなぎ）がぬらくらくらする／鰻魚滑滑抓不住；☆☆ぬらくらで捉え所がない／太滑，捉握不住；☆ぬらくらした返事／滑頭的答覆；②吊兒郎當（地），游手好閒（地），鬼混（＝のらくら）；☆☆ぬらくらと閑（ひま）を潰（つぶ）す／鬼混度日，虛度光陰；～もの【ぬらくら者】（名）遊手好閑的人，懶蛋。[1]

*ぬら・す【濡らす】（他五）濡濕，沾濕，潤濕（＝うるおす）；☆手を水に濡らす／把手沾上水弄濕；☆着物を濡らしてはいけない／不要把衣服弄濕了；☆手を濡らさずに／不把手沾濕，不動手，不費事；◇袖を濡らす／落淚，哭泣；☆ひそかに袖を濡らす／（背着別人）偷偷地掉眼淚（哭）。[0]

ぬらぬら（副・自サ）滑溜溜（地）（＝ぬらくら、つるつる）；☆ぬらぬらして攝めない／滑溜溜的抓不住。[1]

ぬり【塗り】（名）塗抹，塗漆（＝ぬること）；☆ペンキの塗りが剝（は）げた／塗的油漆剝落了；☆このお盆（ぼん）は塗りがいい／這個托盤漆得好。[0]

ぬりあ・げる【塗り上げる】（他下一）塗抹（油漆）完畢；図ぬりあぐ（下二）[4]

ぬりか・える【塗り替える】（他下一）重新塗抹（油漆）；☆壁を塗り替える／重新油漆（粉刷）牆壁。[4]

ぬりかく・す【塗り隠す】（他五）①塗蓋，塗掉，抹去（＝ぬりけす）；☆染（しみ）を塗り隠す／把污點塗蓋上；②〔轉〕掩飾，掩蓋；☆自分の欠点を塗り隠すな／不要掩飾自己的缺點。[4]

ぬりぐすり【塗り薬】（名）塗劑，塗抹用的藥（藥水、藥膏）；☆塗り薬をつける／抹藥。[3]

ぬりけ・す【塗り消す】（他五）塗掉，抹去（＝ぬりかくす）；☆しみを塗り消す／塗蓋污點。[3]

ぬりこく・る【塗りこくる】（他五）塗了又塗，抹了又抹（＝ぬりにぬる）。[4]

ぬりたて【塗り立て】（名）剛油漆過不多時，☆ペンキ塗りたて／油漆未乾（請注意）。[0]

ぬりた・てる【塗り立てる】（他下一）①塗抹（油漆）得乾乾淨淨（漂漂亮亮）；☆店の前を塗り立てる／把舖面油漆粉飾得漂漂亮亮；②大事塗抹，塗個不休（＝ぬりこくる）；③厚厚地擦胭脂抹粉，濃粧艷抹。[4]

ぬりつ・ける【塗り付ける】（他下一）①塗上，抹上，鍍上（＝なすりつける）；☆顔に墨を塗り付ける／往臉上塗墨；②推諉（轉嫁）；☆罪を他人に塗り付ける／把罪責推給別人；図ぬりつく（下二）[4]

ぬりばし【塗箸】（名）塗漆的筷子。[3]

ぬりもの【塗物】（名）漆器（＝しっき）；～し【塗物師】（名）製造漆器的工匠（＝ぬりし）。[0]

ぬりわん【塗椀】（名）漆椀（木碗）。[0]

*ぬ・る【塗る】（他五）塗，抹，搽（＝ぬりつける）；☆漆（うるし）を塗る／塗漆；☆壁（かべ）を塗る／抹牆；☆バターを塗ったパン／抹上奶油的麵包；②〔轉〕推諉（轉嫁）罪責（＝なすりつける）；③厚厚地塗抹脂粉，濃粧艷抹；☆こてこてと白粉（おしろい）を塗る／厚厚地搽粉。[0]

ぬる・い【温い】（形）微温的，半涼不熱的；☆火（茶、風呂）が温い／火（茶、澡塘）不够熱；図ぬるし（形ク）[2]

ぬるぬる（副・自サ）溜滑，滑溜（＝ぬら

ぬら、ぬらくら）；☆鰻（うなぎ）はぬるぬるして摑みにくい／鱔魚溜滑難以抓住。[1]

ぬるび【微温火】（名）微火（＝とろび）；☆ぬる火で煮る／用微火燉。[0]

ぬるまゆ【微温湯】（名）微温水，温水；☆ぬるま湯を飲む／喝温水。[3]

ぬる・む【温む】（自五）變暖；變温（＝ぬるくなる）；☆水が温む頃／（河、海）水漸暖的時候。[2]

ぬる・める【温める】（他下一）把（水）弄温（不凉不熱）；☆水を温める／把水加熱到微温程度，温水；☆湯を温める／把熱水弄到微温程度（略温和）；区ぬるむ（下二）。[3]

ぬるり（副）溜滑，滑溜溜（＝ぬるぬる）[2][3]

ぬれえん【濡縁】（名）（日本建築）外窗以外窄廊。[2]

ぬれがみ【濡髪】（名）洗後未乾的頭髮[0]

ぬれぎぬ【濡衣】（名）①濕的衣服；②〔轉〕謠言，謠傳（＝うきな）；③〔轉〕

冤罪；☆濡衣を着せる／枉加罪名，冤枉好人☆濡衣を着る／受冤屈，揹黑鍋[3][0]

ぬれしょぼた・れる【濡れしょぼたれる】（自下一）＝ぬれそぼつ。[2][0]

ぬれそぼ・つ【濡れそぼつ】（自五）〔文〕濕透；☆ズボンが露に濡れそぼつ／褲子被露水濕透。[4]

ぬれて【濡手】（名）濕手；☆濡手で電灯にさわるな／別用濕手摸電燈；◇濡手で粟（あわ）／不勞而獲，容容易易地發財[0]

ぬれねずみ【濡鼠】（名）①濕老鼠，水耗子；②渾身濕透的人；☆濡鼠のようになる／渾身濕透像個落湯雞。[3][5]

ぬれば【濡場】（名）粉戲（艷情劇）的場面；☆濡場を演ずる／表演艷情的場面[0]

*ぬ・れる【濡れる】（自下一）濕濕，潤濕，沾濕（＝うるおう、しめる）；☆びっしょり濡れる／濕透；☆雨に濡れる／被雨淋濕；☆涙（なみだ）に濡れた目／被淚水潤濕了的眼睛，含着淚水的眼睛。[0]

ぬ

ね ネ

ね①五十音圖「な行」第四音；發音爲ne；
②〔字源〕平假名「袮」的草體，片假名
是「袮」字的左旁。

ね【子】（名）①〔十二地支之首〕子（＝
ねずみ）；②子時（夜裏十二點）；③正
北。◎

*ね【值】（名）價格，價錢（＝ねだん，あ
たい）；☆值が高い（安い）／價錢貴（賤）；☆值が上がる（下がる）／價錢漲
（落）；☆值を踏む／給價，估量價錢；
☆值が張る／價錢昂貴；☆值を決める／
定（作）價；☆值をつける／給價；☆好
い值に売れる／賣到好價錢。◎

ね【寢】（名）睡眠（＝ねむり）；☆寢が
足りない／睡眠不足。◎

ね【音】（名）聲音，音響，樂音，音色（＝おと，こえ）；☆鐘の音／鐘聲；☆音
が好い／音響好；☆音が出る／有響，作
聲；◇音を上げる／發出哀鳴，表示受不
了。◎

*ね【根】（名）①〔植物的〕根；☆根が生え
る（付く）／生根；☆根を下ろす（張る）
／扎根；☆根を絶つ／除根，根除；☆根
を掘る／刨根；☆根から抜く／連根拔
☆根まで腐る／連根爛；☆根が深い／根
子深；②根底（＝もと）；☆山の根／
山根；☆耳の根／耳根；☆腫物（はれも
の）の根／腫疙瘩的根；③根源，根據（＝
おこり，もとい）；☆根もない噂（う
わさ）／毫無根據的傳言（謠言）；④根
本；☆私は根からの商人ではない／我並
不是自幼就做生意（本來不是商人）；⑤
根性，本性，靈魂深處（＝こころね）；
☆根が正直な人／天性誠實的人；☆彼は
根からの悪人ではない／他並不是生來就
是壞人，他本質並不壞；◇根に持つ／懷
恨在心，記仇；☆つまらぬ事を根に持つ
／爲點小事兒記仇；根も葉もない／毫無
根憑，平空捏造（的）；根を切る／根治
，徹底治癒；徹底革除積弊（陋習）。①

ね（感・感助）①表示輕微的感嘆；☆いい
景色ですね／這景致眞不壞呀！②表示叮
問，叮囑，澄清疑問等；☆それじゃ、明
日は家に居ないんだね／那麼說你明天不

在家呀；☆お前は、ほかのおもちゃより
も、これがいいんだね／你是說別的玩具
都不喜歡，就喜歡這個，是不？☆ね、そ
うじゃありませんか／你說，對不對呀？
③表示徵求對方的同意；☆そうでしょう
ね／是那樣吧；☆今日は六月一日でした
ね／今天是六月一號了吧；④表示委婉的
質問；☆どうしてそんな事が分るんだね
／（你）怎麼知道那件事的？☆それでは
君、家へ帰るんだね／那麼說，你是要回
家嗎？☆心配していたんじゃないでしょ
うね／你並沒有擔心吧？⑤表示親密的口
氣；☆宅では遠慮はいらないからね／在
我家裏可用不着客氣呀；⑥隨便插在話中
的種種單詞下，以調整語調；☆しかしね
／不過；☆実はね／其實，老實說；☆僕
はね、どうも頭が悪くてね／我呀，腦子
壞得很呢；◇あのね／（用於句首，以促
使聽者注意）我說；☆あのね、散歩に行
かない／我說，散步去好不好；そう（だ
、です）ね／（用於答語的句首，表示有
所思量）好吧；是啊；☆そうですね、何
とかしましょう／好吧，我想想辦法吧；
ね（え）、あなた／（妻呼丈夫時用，表
示有所請求、徵求同意等）親愛的。①

*ねあがり【值上がり】（名）價格上漲，漲
價；☆食糧の値上がりは直接日常生活に
響く／糧價上漲直接影響日常生活；↔ね
さがり；～ぎみ【值上がり氣味】（名）
價格上漲趨勢，傾向上漲。◎

ねあげ【值上（げ）】（名・他サ）提高價
格，加價，加薪；☆水道料の値上げ／自
來水費加價；☆賃金の値上げを要求する
／要求提高工資；☆電車賃は五十円から
七十円に値上げになった／電車票價從五
十元提到七十元了。◎

ねあせ【寢汗・盜汗】（名）虛汗，盜汗；
☆寢汗をかく／出盜汗。◎

ねいき【寢息】（名）睡眠中的呼吸；☆子
供がすやすやと寢息を立てる／孩子呼呼
地睡（得很香）；☆寢息を窺（うかが）
って忽（しの）び込む／窺探睡覺的情況
（睡着沒有）然後溜進去。◎

ねいす【寢椅子】（名）〔文〕長條椅子，

長沙發（＝ながいす、ソファー）。◯

ねいりこ・む【寝入り込む】（自五）熟睡（＝よくねいる）。④

ねいりばな【寝入（り）端】（名）入睡時；☆寝入端を起される／剛入睡就被喊起◯

ねい・る【寝入る】（自五）①睡着，入睡（＝ねむりにつく）；☆子供が泣きながら寝入ってしまった／孩子哭着哭着睡着了；②睡得好，熟睡（ねいりこむ）；☆ぐっすりと寝入る／沉沉入睡。②

ねいろ【音色】（名）〔樂〕音色；☆優しい音色／優雅的音色；☆音色が違う／音色不同（對）；☆奇麗な音色の出る笛／音色美好的笛子。◯

*ねうち【値打】（名）①估價，評價，定價；②價格，價錢（＝ねだん、あたい）；☆値打を付ける／給價；☆値打がつく／講好價錢；③價值（＝かち）；☆値打が上がる（落ちる）／價值增高（降低）；☆値打がある／有價值；☆一万円の値打がある／値一萬元；☆その本は読む値打がある／那本書有看的價值（值得看）；☆一文（いちもん）の値打もない／一文不值；④身價，品格（＝ひん、ひんい）；☆値打を添える／提高身價；☆人間の値打は死んでみなければ分らない／人的身價不到死後看不出來，蓋棺而後論定◯

ねえ（形・助動）〔俗〕〔ない〕的變音；☆そんなこたあ（ことは）ねえ／沒有那種事；☆これはいけねえ／這個不行；糟糕。

ねえⅠ（感助）＝ね；Ⅱ（感）＝ね。①

ねえさん【姉様】（名）①〔敬稱〕姐姐；②對未婚的成年女子的稱呼；③對旅館、飯館等服務行業的女服務生的稱呼；～かぶり【姉様冠】（名）日本婦女用手巾裏頭的一種方式（把左右兩端裏成稜角）①

ネーブル【navel】（名）〔植〕廣柑。①

ネーム【name】（名）名字，名稱（＝なまえ）；☆外套にネームを入れる／在大衣上綉（寫）名字；☆ネーム入りのハンケチ／綉（寫）着名字的手絹；～プレート【name plate】（名）（附在物品或商品上的所有主或製造者的）名牌。①

ネオ―【接頭 neo】（接頭）新（しん、あたらしい）；～ロマンチシズム【neo-romanticism】（名）新浪漫主義。

ねおき【寝起き】（名・自サ）①睡醒，醒來（＝めざめ）；☆あの子は寝起きが悪い／那孩子睡醒後愛鬧；②躺下和起來（＝おきふし）；☆彼は寝起きにも不自由だ／他連起來躺下都不方便（不能）；③〔文〕起居，生活（＝ききょ）；☆私共は三年間も一緒に寝起きした／我們在一起生活了三年之久。①◯

ねおし【寝押し】（名・他サ）睡覺時把褲子等舖在褥子下面以便壓平；☆ズボンの寝押しをする／（睡覺時）把褲子放在褥子下面壓着。◯

ネオン【neon】（名）①〔理〕氖；②←ネオン・サイン；～サイン【neon sign】（名）霓虹燈；☆ネオンサインが瞬（また）たく夜の街／霓虹燈閃爍着的夜城①

ネガ【nega】（名）〔照相〕底片；↔ポジ①

*ねがい【願（い）】（名）〔ねがう〕的名詞形；①願望，意願，心願，志願，請求，申請，要求；☆一生の願い／終生的願望，最大的願望；☆達っての願い／熱切的請求（要求）；☆願いが叶（かな）う，願い通（どお）りになる／願望達成，如願以償；☆願いを聞く／接受請求；☆日頃（ひごろ）の願いを遂げる／實現平素的願望；☆一つお願いがある／我有一個請求，我想求你一件事；☆お願いですから殺さないで下さい／懇求你（千萬）別殺（他）；☆官を免ぜられた／辭官照准；②請求書，申請書，請願書（＝がんしょ）；☆願いを出す／提出申請書；☆願いを聞き届（とど）ける／批准申請（請願）；☆願いを却下する／駁回申請（請願）；～いで【願い出】＝ねがいで；～ごと【願い事】（名）心願，希望，祈求，許願；☆君の願い事を聞き届けてあげる／答應（滿足）你的心願；～さげ【願い下げ】（名）撤回申請（請願）；取消要（請）求；☆その役目は願い下げにしたい／那個任務我想要求撤消；～て【願い手】（名）申請者，請願人；～で【願い出】（名）申請，請願，提出申請（請願）；☆一部の者から願いがあった／一部分人提出了願い；☆願い出により休学を許可する／根據申請批准休學。②

ねがいで・る【願い出る】（他下一）（提出）申請；☆辞職を願い出る／申請辭職，提出辭呈；☆学校当局に願い出る／向學校當局提出申請；因ねがひいづ（下二）。◯

*ねが・う【願う】（他五）①請求，懇求，

懇請（＝こいのぞむ）；☆早速（さっそく）御返事を願います／請早回信；☆御願いしたいことがある／我想求求；☆どうぞ宜しく願います／請多關照（幫忙）；☆子供をお願い申します／請你照料我的孩子；☆お願い出来れば満足です／如果你肯答應（我的請求），那我太高興了；☆すみませんが、小林さんをお願いします／勞駕，請喚一下小林先生〔電話〕；②（向神佛）祈求，禱告，祈禱，許願（＝がんをかける）；③期望，指望，希望（＝あてにする）；④希冀，羨慕（＝ほしがる、うらやむ）；⑤提出申請書（請願）；◇願ってもない事／求之不得的幸運、好事，福自天來；願ったり叶ったり／事從心願，稱心如意。②

ねがえり【寝返り】（名・自サ）①（睡覺或躺着的時候）翻身；②〔轉〕背叛，叛變，倒戈，投敵，☆寝返りを打つ／背叛投敵。④⓪

ねが・える【寝返る】（自五）①（睡覺時）翻身；②背叛，投敵。②

ねがお【寝顔】（名）睡臉，睡時的面容；☆子供の無邪気な寝顔／孩子天真無邪的睡臉；☆寝顔に見惚（みと）れる／凝視着睡臉。⓪

ねか・す【寝かす】（他五）①使躺下，使睡覺；☆子守唄（こもりうた）を歌って子供を寝かす／唱着催眠曲哄孩子睡覺；②平放，放倒，☆箱を寝かす／把箱子放倒；③（賣不出去）存放着；☆品物は寝かしてある／貨品售不出去（存放着）；④使麴子等生霉發酵。⓪

ねか・せる【寝かせる】（他下一）＝ねかす。⓪

ネガチブ【negative】（名・形動ダ）①否定（的）；②消極（的）；③陰電（的）；④〔照相〕底片（的）；用他底片的膠卷，（＝ネガ）↔ポジチブ。①

ねから【根から】（副）根本，絲毫（＝ねっから、もとより、いっこう）；☆そんなことは根から知らない／我根本就不知道那回事。①⓪

ねがわくば【願わくば】（副）〔文〕＝ねがわくは。②③

ねがわくは【願わくは】（副）但願，希望（＝どうか）；☆願わくは成功されんことを／祝（願）你成功。②

ねがわし・い【願わしい】（形）所希望的

，所祈求的，所歡迎的，可喜的，最好的（＝のぞましい）；☆自分で調べることが願わしい／最好是自己來進行調查（考察）；図ねがはし（形クシク）。④

ねかん【寝棺】（名）臥棺（將屍體平放着盛殮的棺材）；☆遺骸を寝棺に納める／把遺體盛殮在臥棺裏。⓪

ねぎ【葱】（名）葱；～ばたけ【葱畑】（名）葱地。①

ねぎぼうず【葱坊主】（名）葱花（球狀）③

ねぎら・う【労う】（他五）犒勞，慰勞，慰問；☆部隊を労う／犒勞部隊；☆人の労を労う／慰勞別人的辛苦。③

ねぎ・る【値切る】（他五）講價，少給價；☆うんと値切る／狠狠地打價，就地還價；☆十元を八元に値切る／十元的東西給八元；☆十元値切って買う／少給十元買下。②

ねぎわ【寝際】（名）臨睡（的時候）；剛剛睡着；☆寝際に腹が痛み出した／臨睡時肚子痛起來了；☆寝際に起こされる／剛睡着就被喚醒。⓪

ネクタイ【necktie】（名）領帶；☆ネクタイを締める（解く）／繫（解開領帶）；～ピン【necktie pin】（名）領帶別針。①

ねくび【寝首】（名）睡着的人的頭部；◇寝首を掻（か）く／殺掉睡着的人的頭，騙人使上大當。⓪

ねぐら【塒】（名）鳥窩（巢）；☆塒を離れる／離開窩。⓪

ネグリジェ【法 négligé】（名）婦女用的睡衣，睡袍。③

ねぐるし・い【寝苦しい】（形）睡不着的，難以入睡的；☆寝苦しい一夜を過ごす／一夜未睡好（着）；図ねぐるし（形ク）。④

*ねこ【猫】（名）〔動〕貓；☆猫を飼う／養貓；◇猫に鰹節（かつおぶし）／令貓看守乾魚；〔喻〕隨時有被吃掉的危險；猫の目のように変わる／變化無常，貓に小判／投珠與豕，糟蹋好東西；猫の手も借りたい／〔喻〕忙得很，人手不足；猫も杓も（しゃくし）／不論張三李四，有一個算一個；猫の額／〔喻〕面積窄狹；猫をかぶる／假裝安詳，假裝老實；佯裝不知，故作不知。①

ねこいらず【猫いらず】（名）（以亞砷酸為主要成分的）殺鼠劑。③

ね

ねこかぶり【猫被（り）】（名）①偽装和善，假装安詳；☆猫被りの男／偽善的人；②佯作不知；☆猫被りがばれた／佯作不知的欺騙被揭穿了。③

ねこかわいがり【猫可愛がり】（名）〔俗〕胡亂地愛撫；☆子供を猫可愛がりにかわいがる／胡亂愛撫孩子。③

ねこぎ【根扱ぎ】（名）連根拔（掉）；☆花を根扱ぎにする／把花連根拔掉。③

ねごこち【寝心地】（名）躺（睡）着的感覺（＝ねごこち）；☆この床（とこ）は寝心地がいい／這張床躺（睡）着舒服；☆昨夜は誠に寝心地が悪かった／昨晩睡得太不舒服了。②0

ねこじた【猫舌】（名）怕（不敢）吃（喝）熱東西的舌頭（人）；☆彼は猫舌だ／他怕吃（喝）熱的。②0

ねこずき【猫好き】（名）喜愛貓的人。0

ねこぜ【猫背】（名）水蛇腰（的人）。②

ねこそぎ【根こそぎ】（副）全部地，乾淨地，一點不留地（＝ことごとく、そっくり）；☆ねこそぎ持って行く／全部拿走；☆根こそぎに害虫を退治する／徹底消滅害蟲。0

ねこっかぶり【猫っ被（り）】（名）＝ねこかぶり。④

ねごと【寝言】（名）①夢囈，夢話；☆寝言を言う／說夢話；②胡說，嘮叨（＝たわごと）；☆つまらぬ寝言を言うのはやめろ／別（作無謂的）嘮叨啦。0

ねこなでごえ【猫撫で声】（名）〔原義爲貓被人撫時所發的聲〕（哄人時的）諂媚聲，甜言蜜語的聲，令人肉麻的聲。⑤

ねこのひたい【猫の額】（連語・名）像貓前額那樣窄小，面積窄小（＝せまい、ちいさい）；☆猫の額程の土地／小塊土地。①

ねこばば【猫糞】（名）把拾得的東西藏起來◇猫ばばを極（き）めこむ／把拾得的東西藏起來（歸爲己有）。0

ねこ・む【寝込む】（自五）①睡下，入睡，熟睡（＝ねいる）；☆酔って寝込む／喝醉酒睡着；②臥床不起；☆病気で寝込んでいる／臥病在床（起不來）。②

ねこやなぎ【猫柳】（名）〔植〕水楊。③

ねごろ【値頃】（名）適當（不貴不賤）的價錢，價錢相應。0

ねころ・ぶ【寝転ぶ】（自五）橫臥，隨便躺下（＝よこになれる）；☆芝生（しばふ）の上に寝転ぶ／橫臥在草坪上；☆寝転んで休む／隨便躺着休息。③

ねさがり【値下がり】（名）價格跌落，落價；☆食料品の値下がり／食品落價；↔ねあがり。④0

***ねさげ【値下（げ）】**（名）減低價格，減價；☆物価は平均二割の値下げだ／物價平均減低二成。0

ねざけ【寝酒】（名）臨睡前喝的酒；☆寝酒を飲む／臨睡前喝酒。③0

ねざし【根差（し）】（名）①生根，扎根（＝ねざすこと）；☆根差しの深い（堅い）／根子扎得深（結實）的。③

ねざ・す【根差す】（自五）①生根，扎根；☆地中に深く根ざす／深深地在土裏扎根；②成爲原因，由來（＝もとづく）；☆その争いの根ざす所はかなり深い／那個紛爭的由來相當深遠；③露出徵兆，出現預兆（＝きざす）；☆開戦の危機が根ざし始める／戰爭的危機已經露出苗頭。②

ねざま【寝様】（名）睡相，睡的姿勢（＝ねぞう、ねすがた）；☆寝様が悪い／睡相難看。0

ねざめ【寝覚め】（名）睡醒（＝ねざめること）；◇寝覚めが悪い／夢寐不安（受良心苛責）。0

ねざや【値鞘】（名）〔經〕差價。

***ねじ【捻子・捩子・螺旋】**（名）螺絲（水龍頭等的）螺絲把柄；☆ネジを回す／轉（擰）螺絲（把柄）；☆ネジが緩む／螺絲鬆扣，〔轉〕精神懈懈（散漫）；☆ネジを緩める／鬆螺絲；◇ネジを巻く／上錄（的發條）；〔轉〕給…加油，鼓動，加以推動；～くぎ【捻（捩）子釘】（名）螺絲釘；～まわし【捻（捩）子回（し）】（名）改錐。②

ねじあ・ける【捩じ開ける】（他下一）扭開，掰開，撬開（＝こじあける）；☆錠（じょう）を捩じ開ける／把鎖扭開；区ねぢあく（下二）。0

ねじあ・げる【捩じ上げる】（他下一）用力扭（擰）上去；☆相手の腕をぐっと捩じ上げる／使勁把對方的胳膊反擰上去；区ねぢあぐ（下二）。④0

ねじき・る【捩じ切る】（他五）扭斷，擰斷；☆枝を捩じ切る／把樹枝扭斷。0

ねじく・る【捩じくる】（他五）扭轉，擰（＝れじる）。③

ねじく・れる【捩じくれる】（自下一）彎彎曲曲，歪歪扭扭（＝ねじける）。④

ね

ねじ・ける【捩ける】（自下一）①彎彎曲曲，歪歪扭扭（＝まがりくねる）；②（性情）彆扭起來，乖僻起來（＝ひがむ）；☆虐待で捩ける／由於（受）虐待，性情變得乖逆；☆捩けた子供／性情乖戾的孩子，図ねぢく（下二）。③

ねじこ・む【捩じ込む】（他五）①扭進；☆螺旋を捩じ込む／把螺絲扭進去；②塞進；☆雜誌をポケットに捩じ込む／把雜誌塞進衣袋裏；③提出嚴重抗議，責難，譴責；☆昨日の発言について友人から捩じ込まれた／關於昨天的發言，受到了友人的責難。③◎

ねじこ・める【捩じ込める】（自下一）能够擰（塞）進去（＝ねじこむことができる）。

ねしずま・る【寝静まる】（自五）睡靜，夜深人靜；☆皆が寝静まった時に火事（かじ）が起こった／在大家睡靜了以後起了火。④

ねじと・る【捩じ取る】（他五）擰掉（下來），扭掉（下來）。◎③

ねしな（名）〔方〕臨睡的時候（＝ねぎわ）。◎

ねじふ・せる【捩じ伏せる】（他下一）扭住胳膊按倒；☆相手を捩じ伏せる／把對方扭住胳膊按倒在地，図ねぢふす（下二）。④◎

ねじむ・く【捩じ向く】Ⅰ（自五）把身體扭向…；扭轉身子向…；Ⅱ（他下二）図＝ねじむける。◎③

ねじむ・ける【捩じ向ける】（他下一）把…扭向；☆子供の顔を自分の方へ捩じ向ける／把孩子的臉向自己；図ねぢむく（下二）。④◎

ねしょうべん【寝小便】（名）〔醫〕夜尿症，尿床；☆子供が寝小便をする／孩子尿床。④

ねじりはちまき【捩り鉢巻】（名）把布手巾擰成繩圍在頭上（表示加油幹）；☆捩り鉢巻の大工さん／把手巾圍在頭上（加油幹）的木匠師傅。⑤

ねじりひげ【捩（り）髭】（名）被撚得向上翹的鬍鬚。③

*ねじ・る【捩る】（他五）扭，擰，撚，扭轉（＝ねじくる、ひねる）；☆栓を捩って水を出す／擰開水龍頭放水；☆体を捩って恥ずかしがる／扭轉身子害羞。②

ねじれ【捩・（拗）れ】（名）①扭勁，彎

曲（＝ねじれること）；②扭勁彎曲而形成的形狀；☆ネクタイの捩れを直す／整理領帶的扭勁處。③

ねじ・れる【捩（拗）れる】（自下一）①彎彎扭扭（曲曲），宛轉曲折（＝くねりまがる、ねじくれる）；☆襟（えり）が捩れている／領子扭歪了；②（性情）變得乖僻（彆扭）（＝ひねくれる、ねじける）。③

ねじろ【根城】（名）主將所在的城池，根據地（＝がじょう）；☆…に根城を構える／在…建設根據地，把根據地建設在…。◎◎

ねず【鼠】（名）＝ねずみ（鼠）。①

ねすがた【寝姿】（名）睡覺的姿勢（樣子）（＝ねぞう）；☆寝姿が悪い／睡覺的姿勢（樣子）不好看。②

ねす・ぎる【寝過ぎる】（自下一）①睡得過多；②睡過了時間（誤點、遲到）（＝ねすごす）；☆寝過ぎて遅刻した／睡過了時間遲到了（上二）。③

ねず（づ）・く【根付く】（自五）（栽的樹）生根，成活。②

ねすご・す【寝過ごす】（自五）＝ねすぎる。③

ねずのばん【寝ずの番】（連語・名）通宵值班（的人）（＝ねずばん、ふしんばん）。③④

*ねずみ【鼠】（名）〔動〕老鼠，耗子；☆鼠の穴／鼠洞；☆袋の中の鼠／袋中之鼠，甕中捉鼈；☆鼠が暴れる／老鼠跳樑（鬧得凶）；☆鼠がこそこそ走る／老鼠溜竄；☆鼠が鳴く／老鼠叫；～いろ【鼠色】（名）（深）灰色（＝はいいろ、ねずいろ）；～ざん【鼠算】（名）按幾何級數增加的算法；☆鼠算式に人口がふえる／人口按幾何級數增加；～とり【鼠捕（り）】（名）①捕鼠器（＝ねずみおとし）；☆鼠捕りを仕掛ける／安排下捕鼠器；②殺鼠劑（＝ねずみころし）。◎

ねず（づ）もり【値積り】（名・自サ）估價，評價（＝ひょうか）☆いくら掛かるか値積りして見る／估計一下需要多少錢。②

ねず（づ）よ・い【根強い】（形）①根深蒂固的☆根強い習慣（偏見）／根深蒂固的習慣（偏見）；②堅忍不拔的，頑強的；☆その意見に根強く反対する／頑強地反對這一意見；図ねづよし（形ク）。③

ね・せる【寝せる】（他下一）＝ねさせる、

ねかす。◯

ねぞう【寝相】（名）睡覺的姿勢，睡相（＝ねざま、ねずまい）；☆寝相が悪い／睡覺的樣子難看。◯

ねそこな・う【寝損う】（自五）（因錯過入睡的時間而）失眠（＝ねそびれる）；☆昨夜は寝損った／昨晚失眠了。④

ねそび・れる【寝そびれる】（自下一）＝ねそこなう／図ねそびる（下二）。④

ねそべ・る【寝そべる】（自五）隨便躺臥；☆芝生（しばふ）にねそべっている／在草坪上躺着。③

ねた（名）〔（たね）的顛倒〕〔俗〕①新聞消息的材料（＝たね）；②證據（＝あかし）☆ねたが上がっている／有（掌握）了證據；③材料。◯

ねたまし・い【妬ましい】（形）感到嫉妒的，令人嫉恨的（＝うらやましくにくらしい）；☆人の成功を妬ましく思う／對別人的成功感到嫉妒（恨）；☆妬ましくて堪（たま）らない／嫉妒（恨）得不得了；／図ねたまし（形シク）；～さ【妬ましさ】（名）嫉妒的心情（程度）；☆妬ましさで胸が張り裂ける様だ／嫉妒得不得了。④

ねたみ【妬み】（名）嫉妒，嫉妒心；☆妬みを受ける／遭受別人嫉妒（恨）；☆妬みの強（深）い女／非常嫉妒（愛吃醋）的女人。③

*ねた・む【妬む】（他五）①嫉妒，吃醋（＝うらやみにくむ）；☆人の名声を妬む／嫉妒別人有名聲（聲望）；②嫉恨，憤恨（＝いかりうらむ）；☆ひどく妬まれている／被人深深地嫉妒。②

ねだ・る（他五）①死乞百賴地請求（給以錢、物）（＝せがむ）；☆子供がおもちゃをねだる／孩子鬧着要玩具；②勒索，強求（＝せびる）。◯

*ねだん【値段】（名）價格，價錢，行市（＝ね、あたい）；相当の値段／適当（貴）的價格；☆目の玉の飛び出るような値段／貴得驚人的價格；☆値段と相談で／看價錢（決定買不買）；☆値段が上がる（下がる）價格上漲（跌落）；☆値段を上げる（下げる）／提高（降低）價格；☆値段が張る／價錢太貴；☆値段が安い／價錢貴（賤）；☆値段はいくらですか／價值若干？値（賣）多少錢？その値段では損になる／要是賣那個價錢

就賠了。◯

ねちが・える【寝違える】（自下一）睡落枕；睡撐了筋；☆背中（せなか）を寝違えた／睡撐了筋後疼痛；図ねちがふ（下二）。

ねちねち（副）①黏貌（＝べとべと）；②（言行）不乾脆，黏黏叨叨；死乞百賴；☆話し方がねちねちする／說話黏黏叨叨；☆いつまでもねちねちと食い下がる／死乞百賴地不肯罷休。①

*ねつ【熱】（名）①熱，熱度；☆摩擦によって熱が生ずる／因摩擦而生熱；☆熱を加える／加熱；②（身體）發燒；☆熱が出る／發燒；☆熱が引く／退燒；③熱情，賣力（＝いきごみ）；☆仕事に熱を入れる／在工作上特別賣力；☆熱が冷める／熱情降低，冷淡下來；◊熱に浮かされる／因發高燒而說胡話；熱中，入迷；熱を上げる／入迷，熱狂；☆模型飛行機に熱を上げる／搞模型飛機入迷。②

ねつあい【熱愛】（名）熱愛，厚愛；☆祖国を熱愛する／熱愛祖國。◯

ねつい【熱意】（名）熱忱，熱情（＝いきごみ）；☆祖国建設の熱意に燃えている／燃燒着建設祖國的熱情。①

ねつエネルギー【熱＋Energie】（名）〔理〕熱能。⑤

ねつえん【熱演】（名・自サ）熱烈表演；賣力地表演；精彩表演；☆彼の熱演が喝采を博した／他的熱烈表演博得了喝彩。◯

ネッカチーフ【neckerchief】（裝飾或保溫用的）薄圍巾。④

ねっから【根っから】（副）〔俗〕根本，絲毫（也不）（＝ねから、ぜんぜん）；☆そんなことは根っから知らない／那件事我根本就不知道。

ねつがん【熱願】（名・他サ）熱切的願望（要求）；渴望；☆熱願を叶（かな）える／滿足渴望，答應懇求；☆熱願して止まぬ／不勝渴望。◯

ねつき【根付】（名）帶根（的植物）；☆根付の野菜／帶根的蔬菜。③

ねつき【寝付き】（名）入睡，睡着（＝ねつくこと）；☆寝付きが良い（悪い）／容易（難以）入睡。

ねっき【熱気】（名）①熱氣，高熱的氣體；②暑氣，炎熱之氣；③高體溫，高燒；④熱情，激動心情；～しょうどく【熱気

消毒】（名）高温消毒；～よく【熱気浴】
（名）〔醫〕烤電（治療神經麻痺等症
状）。⓵⓷

ねっきょう【熱狂】（名・自サ）狂熱，熱
狂；☆皆がこの試合（しあい）に熱狂し
た／大家都為這場比賽而熱狂了。⓪

ねつ・く【寝付く】（自五）①睡着，入睡
（＝ねいる）；☆あかちゃんを寝付かせ
る／哄嬰兒睡覺；☆なかなか寝付かない
子／躺下老半天也不入睡的孩子；②因病
臥床，病倒；☆昨日からとうとう寝付い
てしまった／從昨天起終於病倒了。⓶

ネック【neck】（名）①脖子，頸部（＝く
び）；②窄路，隘路（＝あいろ），瓶頸；
☆生産のネック／生産上的隘路、難關；
～ライン【ncek(line)】（名）〔縫釼〕
西服領子周圍的線條。⓵

ネックレス【necklace】（名）項鏈（＝く
びかざり）。⓵

ねつけ【熱気】（名）發燒的感覺；☆熱気
がある／（感覺）有點發燒。⓷

ねっけい【熱型】（名）〔醫〕熱型（體溫
升降的型）。⓪

ねっけつ【熱血】（名）①熱血（未涼的新
血）（＝いきち）；②熱血，血性，熱情
；☆熱血を注いで革命に尽す／傾注熱血
為革命事業服務；☆愛国者的熱血を沸か
す／使愛國者的熱血沸騰；～かん【熱血
漢】（名）熱血男兒。⓪

ねつげん【熱源】（名）〔文〕熱源（熱力
的供應來源）。⓶⓪

ねっこ【根っ子】（名）〔俗〕根，殘根，
樹椿（＝ね，きりかぶ）；☆根っこごと
引き抜く／連根拔掉；☆松の根っこに腰
掛ける／坐在松樹椿上。⓷

ねつさまし【熱冷し】（名）解熱，退燒
（的藥）；解熱劑；☆熱冷しを飲む／吃退
燒藥。⓷

ねっしゃびょう【熱射病】（名）〔醫〕中
暑；☆熱射病に罹った／中暑了。⓪

ねつじょう【熱情】（名）①熱烈的愛情；
②熱情，熱忱，熱心（＝ねっしん）；☆
熱情をこめた手紙／充滿着熱情的信；☆
熱情が溢（あふ）れている／熱情洋溢着
；☆仕事に熱情を打ち込む（傾ける）／
熱情地（從事）工作；～か【熱情家】（
名）有熱情的人；～てき【熱情的】（形
動ダ）熱情的；☆熱情的な女／熱情的女
人。⓪

ねつしょり【熱処理】（名）〔化〕熱處理
；☆金属の熱処理／金屬的熱處理。⓷

＊ねっしん【熱心】（名・形動ダ）熱心，熱
忱，熱誠，熱情；☆熱心（が）過ぎる／
過於熱心，太熱心；☆熱心が足りない／
熱情不足，不够熱心；☆熱心になる／熱
心起來；☆熱心な聴衆／熱心的聽衆；☆
熱心な顔付（かおつき）／熱誠（眞摯）
的面孔；☆熱心に聴く／集中精神（專
心）聽。⓵⓷

＊ねっ・する【熱する】Ⅰ（自サ）①熱（＝
あつくなる）；☆それは熱すると赤くな
る／那個東西一熱就紅；②激動，興奮，
熱中，起勁（＝ねっちゅう）；☆物に熱
する質（たち）／對事物容易熱中的性格
；☆熱し易い人は冷め易い／容易熱烈的
人容易冷淡；☆彼は物に熱し過ぎる／
他對事物過於熱中；Ⅱ（他サ）加熱，弄
熱（＝あつくする）；⓪図ねっする（サ）

ねっせん【熱戦】（名）酣戰（主要指熱烈
的比賽或競賽）；☆熱戦を繰り広げる／
展開熱烈的比賽。⓪

ねつぞう【捏造】（名・他サ）捏造，虚構，
造謠，無中生有（＝でっちあげること）
；☆その話はどうも捏造らしい／那話（
件事）很像是造謠。⓪

＊ねったい【熱帯】（名）〔地〕熱帯；～か
じつ【熱帯果実】（名）熱帯果品；～こ
ううりん【熱帯降雨林】（名）熱帯密林
（＝ジャングル）；～ぎょ【熱帯魚】（
名）熱帯魚；～しょくぶつ【熱帯植物】
（名）熱帯植物；～びょう【熱帯病】（
名）熱帯病；～りん【熱帯林】（名）熱
帯林。⓪

＊ねっちゅう【熱中】（名・自サ）①熱中，
専心致志；☆勉強に熱中する／専心用功
；☆事業に熱中して他を顧（かえり）み
ない／熱中於事業而不顧別的事情；②入
迷，沉緬（＝ふける）；☆物事（ものご
と）に熱中する質（たち）／對事物容易
熱中的性格；☆彼はその女に熱中してい
る／他正在迷戀着那個女人。⓪

ねっこ・い（形）→ねつこい。⓸

ねっぽ・い【熱っぽい】（形）①（感覺）
有點發燒；☆頭が重くて熱っぽい／腦袋
沉重好像有點發燒②熱情的。⓸

ネット【net】Ⅰ（名）①網（＝あみ）；②
婦女用的髮網（＝ヘヤネット）；☆頭に
ネットを被る／用網把頭髮罩上；③（網

球、排球的）球網；☆ネットを張る／掛上球網；④陷井，圈套（＝わな）；～イン【net in】（名・自サ）（球）碰網後落在對方界內；～プレー【net play】（名・自サ）〔網球〕在球網旁邊，不等來球落地逕直打過去；～ボール【net ball】（名）〔運動〕碰網後落入對方界內的球；～ワーク【net work】（名）①織網工藝（手工業）；②網一般的組織，廣播網；Ⅱ〔英・形〕（名）（重量等）淨的，純的（＝しょうみ）；～プライス【net price】（名）（不折不扣的）實價。①

ねつど【熱度】（名）①熱度；☆熱度を測る／測量熱度；②熱心（情）的程度；☆スポーツに対する熱度が高まる／對於體育活動的熱情高漲起來。①②

ねっとう【熱湯】（名）熱水，開水（＝にえゆ）；☆熱湯をかける（浴びせる）／澆開水；☆熱湯で火傷（やけど）する／被熱水燙傷；☆熱湯消毒をする／煮沸消毒。⓪

ねっとり（副・自サ）膠黏，黏黏糊糊（＝ねばねば）；☆ねっとりした薬を塗る／塗上黏藥。③

ねつびょう【熱病】（名）（發高燒的）熱病，熱性病（包括猩紅熱、肺炎、傷寒諸症）；☆熱病に罹（かか）る／患熱病②

ねっぷう【熱風】（名）熱風（＝あついかぜ）；☆砂漠に熱風が吹きまくる／沙漠熱風怒號；☆濡れた髪に熱風を吹き付ける／向濕頭髮吹熱風。③⓪

ねつふくしゃ【熱幅射】（名）〔理〕熱幅射。④

ねつべん【熱弁】（名）熱情的演講，熱烈的辯論；☆熱弁を振るう／滔滔不絕地進行演講（雄辯）。⓪

ねつぼう【熱望】（名・他サ）熱切地希望，渴望（＝せつぼう）；☆熱望に堪（た）えない／不勝渴望；☆先生の出席を熱望している／熱切希望老師出席。⓪

ねつもり【値積り】（名・自サ）估價（＝ねずもり、ねぶみ）。②

ねつりょう【熱量】（名）〔理〕熱量（＝カロリー）☆熱量の多い（少ない）／熱量多（少）的；～けい【熱量計】（名）熱量計。②

ねつるい【熱涙】（名）熱淚（＝あついなみだ）；☆熱涙を揮（ふる）う／灑

揮）熱淚。⓪

ねつれつ【熱烈】（名・形動ダ）熱烈，火熱，熱情；☆熱烈な場面／熱烈的場面；☆熱烈な言葉／熱情的話；☆熱烈な恋／火熱的戀愛；☆熱烈に歓迎する／熱烈地歡迎。⓪

ねつろん【熱論】（名・自サ）熱烈議論，熱心談論。⓪

ねてもさめても【寝ても覚めても】（連語・副）日日夜夜，經常不斷地，時時刻刻（＝ねてもおきても、つねに）；☆寝ても覚めてもその事ばかり考えている／時時刻刻想着那件事；☆あの事は寝ても覚めても忘れられない／那件事總是忘不了。②—①

*ねどこ【寝床】（名）睡舖，被窩；☆寝床にもぐり込む／鑽進被窩裏；☆寝床を離れる／離開被窩（起床）；☆寝床を拵える（取る、敷く）／舖被窩；☆寝床を上げる／把舖蓋收拾起來，疊被褥。⓪

ねとねと（副・自サ）黏黏糊糊（＝ねっとり、ねばねば）。①

ねとぼ・ける【寝惚ける】（自下一）睡迷糊（＝ねばける）；図ねとぼく（下二）④

ねとまり【寝泊（り）】（名・自サ）寄居（＝とまること）；☆彼は先生の家に寝泊りしている／他寄居在老師的家裏。②

ねと・る【寝取る】（他э）奪取別人的丈夫(情人)，跟別人的丈夫(情人)私通②

ねにく・い【寝にくい】（形）睡不着的（＝ねぐるしい）；図ねにくし（形ク）。

ねばつ・く【粘つく】（自五）發黏，黏；☆糊で指が粘つく／手指弄上漿糊發黏⓪

ねばな【寝端】（名）剛入睡時（＝ねいりばな）。⓪

ねばなら・ぬ（ない）（連語）（接動詞未然形）不可不，必須，應該（＝なければならぬ）；☆早速（さっそく）行かねばならぬ／必須趕緊去（走）；☆若い内によく勉強せねばならない／趁着年輕的時候應該好好用功。

ねばねば（名・副・自サ）黏，發黏，黏黏糊糊；黏性（發黏）的東西；☆口がねばねばする／嘴裏發黏；☆ねばねばした土／黏土。①

ねはば【値幅（巾）】（名）〔經〕①行市漲落的幅度；②差價；☆値幅が狭い／行市漲落不平（平穩）。⓪

ねばり【粘り】（名）黏，黏性，黏度（＝

ねばること）；☆粘りのある米／有黏性的大米；☆この切手は粘りがなくなった／這張郵票不黏了；～け【粘り気】（名）黏性；☆粘り気がある／有黏性；☆粘り気が多い／黏性大。③

ねばりつ・く【粘り付く】（自五）黏，黏上；☆ガムがズボンに粘り付いている／口香糖黏在褲子上。

ねばりず（づ）よ・い【粘り強い】（形）①黏性大的☆粘り強い餅／特黏的年糕；②柔靱的，柔而強的；☆粘り強い紙／柔靱的紙；③不屈不撓的，堅忍不拔的；死乞百賴的；☆粘り強く機会を待っている／不屈不撓地等待機會；図ねばりづよし（形ク）。⑤

ねばりぬ・く【粘り抜く】（自五）堅持到底；☆最後まで粘り抜いた／堅持到了最後。[0]④

***ねば・る**【粘る】（自五）①發黏；☆この糊はちっとも粘らない／這漿糊一點兒不黏；②堅持，堅忍，有耐性（＝がんばる）；☆最後まで粘れ／堅持到最後！②

ねはん【涅槃】（名）〔佛〕涅槃；涅槃に入る／圓寂；～え【涅槃会】（名）紀念釋迦牟尼逝世周年的法會。[1]⓪

ねびえ【寝冷え】（名・自サ）睡冷，睡眠時着涼；☆寝冷えで下痢を起こす／因受夜寒而瀉肚；☆布団（ふとん）を蹴って寝冷えした／睡覺時踢了被子受了涼。⓪

ねびき【値引】（名・他サ）減低價格，減價；☆一割値引する／減價一成。⓪

ねびき【根引】（名・他サ）連根拔除（＝ねこぎ）；☆松の木を根引する／把松樹連根拔出來。③

ねびらき【値開き】（名）（買賣價之間、行市之間的）差價（＝ねちがい）；☆値開きが大きい（少ない）／差價大（小）；☆多少の値開きは免れない／價錢難免稍有出入。②

ねぶか【根深】（名）〔植〕〔方〕大葱（＝ねぎ）；～じる【根深汁】（名）用葱做的醬湯（＝ねぎじる）。⓪

ねぶか・い【根深い】（形）①根深的；☆この松の木はなかなか根深い／這棵松樹根子很深；②〔轉〕根深蒂固的；☆根深い習慣／根深蒂固的習慣；図ねぶかし（形ク）。③

ねぶくろ【寝袋】（名）（露營用）口袋式鵝絨被。②

ねぶそく【寝不足】（名・自サ）睡眠不足；☆寝不足で気分が悪い／因為睡眠不足感到不舒服；☆寝不足するのは体に悪い／睡眠不足對身體不好。②

ねぶみ【値踏み】（名・他サ）估價，評價（＝ねつもり）；☆専門家（せんもんか）に骨董品の値踏みを頼む／請專家給古玩估價。⓪

ネフローゼ【徳 Nephrose】（名）〔醫〕腎硬變，萎縮腎。③

ねべや【寝部屋】（名）臥室，寢室（＝ねま）。⓪

ねぼう【寝坊】（名・自サ・形動ダ）睡早覺，貪睡晚起（的人）（＝ねぼすけ）；☆寝坊して学校に後れた／睡早覺上課遲到了。⓪

ねぼけ【寝惚け】（名）①睡迷糊（了的人）（＝ねぼけること）；②迷糊，發呆（＝ぼんやりすること）；～がお【寝惚け顔】（名）①睡迷糊了的面孔；②發呆的面孔；～づら【寝惚け面】（名）〔表卑〕＝ねぼけがお；～まなこ【寝惚け眼】朦朧睡眼；☆寝惚け眼をこする／搓睡眼③

ねぼ・ける【寝惚ける】（下一）睡迷糊（還未清醒過來）；☆寝惚けるな，それは僕の帽子だ／喂，別糊裏糊塗地，那是我的帽子啊！図ねぼく（下二）。③

ねぼすけ【寝坊助】（名）〔俗〕〔嘲〕愛睡早覺的人（＝ねぼう）。⓪

ねほり【根掘（り）】（名）挖根，刨根，挖（刨）根的人或工具；～はほり【根掘り葉掘り】（連語・名・自サ）追根問底；☆根掘り葉掘り聞く／刨根問底；☆そんなに根掘り葉掘りするものでない／不要那樣刨根問底。③

ねま【寝間】（名）臥室，寢室（＝ねや）[1]

ねまき【寝間着・寝衣】（名）睡衣，寢巻を着る／穿睡衣；☆寝巻のままで外へ飛び出した／穿着睡衣就跑了出去。⓪

ねまち【値待】（名・自サ）待價，等待合適的價格（買進或出售）。⓪

ねまわり【根回り】（名）樹根的周圍。②

ねみみ【寝耳】（名）睡中聽到；☆寝耳に聞いたので，確かだとは言えないが（我）是睡中聽到的可不敢肯定；◇**寝耳に水**／晴天霹靂，事出偶然。②

ねむ【合歓】（名）〔植〕＝ねむのき；～のき【合歓木】（名）〔植〕合歡木。[1]

***ねむ・い**【眠い】（形）睏的，睏倦的，想

睡覺的（＝ねむたい）；☆眠くなる／發睏，想睡覺；☆眠くてたまらぬ／睏得受不了；☆眠い講義／枯燥乏味、令人瞌睡的講授；図ねむし【形ク】；～が・る（自五）要睡覺；～さ（名）睏（的程度）

ねむけ【眠（睡）気】（名）睏，睏倦，睡意；☆眠気がさす（を催す）／發睏，想睡；☆睡気を催させる／使…發睏，☆眠気を醒ます／消除睏倦，清醒來；～ざまし【眠（睡）気醒まし】（名）消除睏倦，清醒頭腦（的手段）；☆睡気醒ましにコーヒーを飲む／爲了消除睡意喝杯咖啡 [0]

ねむた・い【眠たい】（形）睏的，睏倦的（＝ねむい）；図ねむたし（形ク）；～が・る（自五）想睡覺（＝ねむりたがる）；～さ（名）睏（的程度）（＝ねむさ）[0]

ねむら・す【眠らす】Ⅰ（他五）→ねむらせる；Ⅱ〔文〕（他下二）＝ねむらせる。[0]

ねむら・せる【眠（睡）らせる】（他下一）①讓（使）…睡着（入睡）；☆子守唄（こもりうた）を歌いながら子供を眠らせる／唱着催眠曲哄孩子睡覺；②（強盜等的隱語）整死，幹掉（＝ころす）；図ねむらす（下二）。[0]

ねむり【眠り・睡り】（名）①睡覺，睡眠（＝すいみん）；☆眠りが足りぬ／睡眠不足；☆眠りに就く／睡着，入睡；☆眠りから覚める／睡醒；☆永き眠りに就く／長眠，死亡；～ぐさ【眠草・含羞草】（名）〔植〕含羞草；～ぐすり【眠り薬】（名）①安眠藥；②麻醉藥；～ごえ【眠り声】（名）發睏的聲音；～め【眠り目】（名）發睏的眼色。[0]

ねむりこ・ける【眠りこける】（自下一）酣睡，熟睡。[5]

*ねむ・る【眠（睡）る】（自四）①睡覺，睡眠，☆よく睡っている／睡得很酣（香）；☆よく眠れる（眠る）／能睡着（覺）；☆ぐっすり眠る／熟睡；☆すやすやと眠る／睡得安靜（舒服）；②〔轉〕死；◇草木も眠る丑（うし）三つどき／深更半夜。[0]

ねむ・れる【眠（睡）れる】（自下一）能睡覺（着）（＝ねむることができる）[0]

ねもと【根本（元）】（名）①根；☆耳の根元まで赤くなる／紅到耳根；☆髪を根本から切る／把頭髮從根剪下來；②根本（＝こんぽん）。[3]

ねものがたり【寝物語】（名）睡着講（的）話，枕邊密語，私房話；☆夫婦の寝物語／夫妻之間的私房話。[4]

ねや【閨】（名）臥室，寝室（＝ねま）[1]

ねゆき【根雪】（名）長時間未融化的積雪[1]

*ねらい【狙い】（名）①瞄準（＝ねらうこと）；☆狙いが好い（悪い）／瞄得準（不準）；☆狙いが外れる（を外す）／瞄錯（偏）擊不中；☆狙いが定まらぬ／瞄不定方向（來回擺動）；舉棋不定；☆狙いを付ける（定める）／瞄定方向；☆よく狙いをつけて発砲する／好好瞄準再放（槍、砲）；②目標，目的（＝めあて）；☆僕の狙いはそこにある／我的着眼點就在那裏；～うち【狙い打（擊）】（名）瞄準射擊；☆敵の歩哨を狙い打ちにする／瞄準擊敵人的哨兵；～どころ【狙い所】（名）目標，着眼點；☆そこが議論の狙い所なんだ／所要論證的就在於那一點。[0]

ねらいすま・す【狙い澄ます】（他五）好好地進行瞄準，充分地對準目標；☆狙い澄ましてから撃つ／充分地瞄準了再放（打）。[5]

ねらいよ・る【狙い寄る】（他五）邊瞄準邊靠近。[4]

*ねら・う【狙う】（他五）①瞄準；☆的（まと）を狙う／瞄準靶子；☆雉を狙って一発（いっぱつ）放つ／瞄準野鷄開一槍；②〔轉〕把…作為目標，想把…弄到手；☆猫が鳥を狙う／貓想捕鳥；☆優勝を狙う／想要優勝，目的在於優勝；☆大臣の椅子を狙う／想把大臣這個職位弄到手；③〔轉〕伺機；☆留守を狙って忍び込む／乘家中無人而潛入；☆機会を狙っている／窺伺機會，伺機。[0]

ねり【煉】（名）（加火或攪拌以）弄成糊狀。

ねりある・く【練（邊）り歩く】（自五）（結成隊伍）遊行；☆青年節には生徒たちが市内を練り歩く／青年節學生在市内遊行。[0]

ねりあわ・せる【練り合わせる】（他下一）把幾種稀有的東西通過加熱攪拌，揉和等方法使之融合起來，熬煉，拌和；☆膏薬を練り合わせる／熬膏藥；☆セメントを練り合わせる／拌和水泥（混凝土），図ねりあはす（下二）。[0]

ねりあん【練餡】（名）豆沙餡。[0]

ねりうに【練雲丹】（名）海膽醬（用海膽的卵巣加鹽製成的醬，日本越後地方的名產）。3

ねりがし【練菓子】（名）把材料經過熬煉而後製成的點心。

ねりかた・める【練り固める】（他下一）經過熬煉或拌和使之凝結；図ねりかたむ（下二）。0

ねりぐすり【練薬】（名）〔醫〕丸藥，乾藥糖劑（＝れんやく）。3

ねりせいひん【練製品】（名）把魚肉磨碎加上其他材料製成的熟食品。3

ねりなお・す【練り直す】（他五）①重新（再度）〔ねる〕；②重新（仔細）思考，推敲；☆計画を練り直す／對計劃重新加以推敲。0

ねりはみがき【練歯磨】（名）牙膏。4

ねりまわ・る【練・邌り回る】（自五）結隊遊行；☆市内を練り回る／結隊在市內遊行。0 4

ねりもの【練物】（名）①熬煉而成的東西；②珊瑚，寶石等的模製品；③用豆沙等熬製的半固體點心。2

ねりもの【練（邌）物】（名）（日本風俗）在祭日或節日串街遊行的移動式舞臺，化粧遊行隊等。2

ねりゆ・く【練（邌）り行く】（自五）緩行，徐行緩步前進，整隊緩步遊行。3 1

ねりようかん【練羊羹】（名）用洋粉、糖、豆沙加水熬製的半固體點心。3

ね・る【練る】（他五）（加火或攪拌）使成糊狀；☆餡を練る／製豆沙餡。

***ね・る**【練る】（他五）①（用灰汁、肥皂等煑熬以）製造熟絲，製造熟絹；②（對詩文等）加以推敲，錘鍊；☆文章を練る／推敲文章；③鍛鍊，修養；☆胆力を練る／鍛鍊膽力；④整隊遊行；☆宣伝カーで町を練る／乘宣傳汽車在街上遊行。1

ね・る【錬る】（他五）鍛鍊（金屬）；☆鉄を錬り鍛える／鍛鍊鐵。1

****ね・る**【寝る】（自下一）①睡覺，就寝（＝ねむる）；☆もう寝る時刻だ／已經是（到了）睡覺的時候了；☆色色な事を考えてよく寝られなかった／思慮各種事情沒有睡好；②躺，臥（＝よこになる、ふす）；☆芝生（しばふ）の上に寝ている／躺在草坪上；☆寝て暮（くら）す／躺着度日，游手好閒；③臥病；☆風邪（かぜ）で寝ている／因患感冒而躺着；④（麴子）成熟；⑤（商品）滯銷；☆品物が店一杯寝ている／商品滯銷堆滿舖子；図ぬ（下二），いぬ（下二）。0

ネル（名）（一般指綿種的）法蘭絨；（毛織的叫「本ネル」；→フランネル）。1

ね・れる【練れる】（自下一）①「ねる」的可能式（＝ねることができる）；②經過磨練、考驗而成熟（老練），千錘百鍊；☆練れた人／成熟老練的人；☆気が練れている／經過磨練有氣度。2

ねわけ【根分（け）】（名・他サ）〔農〕分根移植（＝ぶんこん）；☆菊を根分けする／把菊花分根（移植）。3

ねわざ【寝業】（名）〔柔道〕躺着戰勝對手的招數。0

ねわら【寝藁】（名）家畜窩裏舖的乾草0

***ねん**【年】（名）①年，一年（＝とし）；☆年に一度／每年一次；☆年に五分の利息（りそく）／年利五釐；②（學徒或傭工的）年限（＝ねんき）☆年が明（あ）けた／滿徒，滿工。1

***ねん**【念】（名）①念頭，心情；觀念（＝おもい、かんがえ）；☆感謝の念に満ちる／充滿感謝的心情；☆不快の念を懐く／懷着不愉快的心情；②宿願，多年的心願（＝かねてののぞみ）；☆念が届（とど）く／宿願達成（實現）；③注意，用心（＝気をつけること）；◊**念が入る**／用心周到，考慮縝密；☆念の入った嘘（うそ）／挖空心思（撒）的謊言；☆念の入った細工（さいく）／精心製作的工藝品；**念には念を入れよ**／要再三地注意，要小心又小心；**念を入れる**／嚴加注意，留神，用心；☆念を入れて書け／要用心好好寫；◊**念を押（お）す**／叮問，叮囑；☆そのことについては息子（むすこ）に念を押しておいた／關於此事已經叮囑我的兒子。1

ねんあけ【年明け】（名）（學徒或傭工的）滿期（＝ねんきあけ）；☆僕は今日で年明けだ／我今天滿徒了（滿工了）。4 0

ねんいり【念入（り）】（形動ダ）周到，縝密，細致；☆念入りの細工／細致的工藝品；☆念入りな注意／嚴密（深切）的注意；☆念入りな選択をする／仔細加以選擇，嚴選；☆念入りに見る（調べる）／仔細觀察（詳細調查）；◊**念入りな間違い**／荒謬的錯誤，出奇的錯誤，無論如何也不應有的錯誤。4 3

ねんえき【粘液】（名）①黏汁；②〔解〕黏液；～しつ【粘液質】（名）黏液質（對刺激反應遲鈍，缺乏熱情與活力）；～せん【粘液腺】〔解〕粘液腺（黏膜上分泌黏液的腺）。①⓪

ねんが【年賀】（名）賀年，拜年（＝ねんし）；☆年賀の客／拜年的客人；☆年賀の挨拶（あいさつ）を交す／互相拜年；☆年賀に歩く／到各處拜年；～じょう【年賀状】（名）賀年片（信）；☆年賀状を出す／寄賀年片（信）；～ゆうびん【年賀郵便】（名）賀年郵件（被列為特別郵寄物之一，年終收受一律加蓋元旦的戳記並於元旦當天投遞）。①

ねんがく【年額】（名）年額；☆税金は年額一万円だ／一（每）年的税額為一萬日圓。⓪

ねんがっぴ【年月日】（名）年月日；☆年月日を記入する／寫上年月日。③

ねんがらねんじゅう【年がら年中】（連語・副）一年到頭，終年，經常（＝いつも、しょっちゅう）；☆年がら年中忙しい／一年忙到頭，經常忙。①－①

ねんかん【年刊】（名）年刊；☆年刊の学術雑誌／年刊學術雜誌。⓪

ねんかん【年間】（名）①年間，年代；☆明治（めいじ）年間／明治年間（代）；②一年（時間）；☆年間計画を立てる／制定一年的計劃；☆年間一億円の利益を上げる／一年獲利一億元。⓪

ねんかん【年鑑】（名）年鑑；☆年鑑を出す／出版年鑑。⓪

ねんがん【念願】（名・他サ）心願，願望，希望（＝ねがい、のぞみ）；☆念願を達成する／達成（實現）願望；☆長い間の念願が届いた／長時期的願望實現了；☆君の成功を念願している／希望着你的成功。③

ねんき【年忌】（名）每年的忌辰，逝世周年；☆三年忌／三周年忌辰。⓪

ねんき【年季】（名）①（學徒或僱工的合同規定的）年限；☆年季が明く（明ける）／滿徒，滿工；②←ねんきぼうこう；◇年季を入れる／學徒，學習，鍛練；～あけ【年季明け】（名）滿徒，滿工（＝ねんあけ）；～ぼうこう【年季奉公】（名）學徒，僱工（＝ねんき）；☆年季（奉公）にやる（出す）／送去當學徒（僱工）；～もの【年季者】（名）學徒

（僱工的）人。⓪

ねんきゅう【年給】（名）年俸，年薪（＝ねんぽう）。⓪

ねんきん【年金】（名）（每年交給一定額數的）養老金；☆年金で生活する／靠養老金生活；☆年金が付く／可以領取養老金。⓪

ねんぐ【年貢】（名）①年貢，錢糧，每年的貢物；②每年對房地産繳收的租（捐）税；③地租（＝こさくりょう）；☆年貢を納める／交納税款（地租）；☆年貢を取り立てる／徵收税款（地租）；☆年貢の納め時／惡貫滿盈的日子，惡人伏法的日子；～まい【年貢米】（名）租糧③⓪

ねんげつ【年月】（名）年月，光陰（＝としつき）；☆年月が経つにつれて／隨着時間的經過；☆長い年月を費（ついや）した／費了長久的年月（時間）；☆相当の年月がかかる／需要相當長的時期。①

ねんげん【年限】（名）年限；☆年限が切れる／年限滿了。③

ねんこう【年功】（名）①資歴，工齡，工作多年的勞績（功勞）；☆昇進は年功による／升級根據資歴；②多年工作的經驗，老經驗，老練；☆年功を積む／積累工作經驗；☆流石（さすが）は年功だ／到底不愧（還是）老經驗；～かほう【年功加俸】（名）根據工齡增加工資；～じょれつ【年功序列】（名）按照年齡或服務年限來做的地位的安排。③⓪

ねんごう【年号】（名）年號；☆年号を改める／更改年號，改元。③

ねんごろ【懇ろ】（形動ダ）①懇切，誠懇，慇懃（＝しんせつ、ていねい）；☆懇ろな態度／誠懇的態度；☆懇ろに教える／懇切地教導；☆懇ろに歓待する／慇懃地招待，款待；②勤勤懇懇，精心，仔細，縝密（＝ねんいりに）；☆懇ろに作る／精心製作；③親睦，親密（＝こんい）；☆懇ろな間柄（あいだがら）／親密的關係，好朋友。⓪

ねんざ【捻挫】（名・他サ）〔醫〕扭傷或挫傷（關節）；☆スキーで捻挫する／因滑雪而挫傷（關節）。①

ねんさん【年産】（名）一年的生産量，年産量。⓪

ねんし【年始】（名）①年初（＝としのはじめ）；②賀年，拜年（＝ねんが）。①

ねんし【撚糸】（名・自サ）①撚紗，撚線

；②撚成的紗或線。①

ねんじ【年次】（名）①年（齢）的次序，
長幼之序；②毎年，逐年；～けいかく【
年次計画】（名）年度計劃；～よさん【
年次予算】（名）年度預算。①

ねんしゅう【年収】（名）一年的收入（額）
；☆彼は年收一万ドルだ／他一年的收入
是一萬美元。⓪

*ねんじゅう**【年中】（名）①一年間；②一
年到頭，始終一貫，經常地（＝あけくれ
たえず）；☆この図書館は年中開いてい
る／這圖書館一年到頭開放著；～ぎょう
じ【年中行事】（名）一年間定例的節日
或活動（＝ねんちゅうぎょうじ）①

ねんしゅつ【捻出】（名・他サ）①擠出（
＝ひねりだすこと）；②想出（＝かんが
えだすこと）；☆新方法を捻出する／想
出新辦法；③籌措出來；☆財源を捻出す
る／想辦法開闢財源。⓪

ねんしょ【年初】（名）〔文〕歲首，一年
之初（＝ねんし，としのはじめ）。①

ねんしょう【年少】（名・形動ダ）年幼，
年輕；年輕人（＝わかもの）；☆年少な
がら実にしっかりしている／雖然年輕（
幼）卻十分老成（穩健）；～きえい【年
少気鋭】（連語・形動ダ）年輕有為，朝氣
蓬勃，☆年少気鋭の学者／年輕有為的學
者；～しゃ【年少者】（名）年輕人，未
成年人。⓪

ねんしょう【燃焼】（名・自サ）〔理〕燃
燒（＝もえること）；☆燃燒不充分で煙
が出る／因爲沒有完全燃燒所以冒烟。⓪

ねん・じる【念じる】（他上一）①思念，
思想（＝おもう）；②在心裡禱念，暗暗
祈禱；☆無事に帰ることを念じる／暗暗
祈禱能够平安地回來；③（在心裏）唸誦
，默誦；☆お経を念じる／在心裏默誦佛
經；図ねんず（サ）。⓪

ねんすう【年数】（名）年數，年頭（＝
としかず）；☆年数を経（へ）る／經過很
多年，年数が経（た）つに従って／隨
著年數增加；☆この樹は大分年数が経っ
ている／這棵樹已經歷了不少年頭（蓋有
年矣）。③

ねん・ずる【念ずる】（他サ）＝ねんじる③⓪

ねんせい【粘性】（名）〔理〕黏性。⓪

ねんだい【年代】（名）①年代；☆千九百
五十年代／二十世紀五十年代；②時代（
＝じだい）；～き【年代記】（名）年代

記，編年史。⓪

ねんちゃく【粘着】（名・自サ）〔文〕黏
着（＝ねばりつくこと）；☆粘着したま
ま離れない／黏着在上面再也不掉下來；
～りょく【粘着力】（名）①黏着力；②
堅忍性，堅持力，毅力（＝ねばり）；☆
粘着力がある（ない）／有（沒有）毅力⓪

ねんちゅうぎょうじ【年中行事】（名）＝
ねんじゅうぎょうじ。⑤

ねんちょう【年長】（名・形動ダ）年長，
年歲大；年長的人（＝としうえ）；～し
ゃ【年長者】（名）年長者，年歲大的
人。⓪

ねんてん【捻転】（名・自他サ）扭轉；捩
轉。⓪

ねんど【年度】（名）年度；☆年度が変わる
／年度更新；☆昨年度から今年度にかけ
て／從去年度到本年度（這一段時間裏）
；～がわり【年度替わり】年度更新（的
時候）；新舊年度之交。①

ねんど【粘土】（名）〔礦〕黏土（＝ねばつ
ち）；☆粘土で人形を作る／用黏土作泥
人，～しつ【粘土質】（名）黏土質。①

ねんとう【年頭】（名）歲首，年初；元旦
（＝ねんし）；☆年頭の挨拶／賀年詞。⓪

ねんとう【念頭】（名）心頭，心上（＝こ
ころ，おもい）；☆念頭にある／在心上
；☆念頭に置く／放在心上；☆念頭に置
かない／不放在心上，不加考慮；☆念頭
に浮かぶ／湧上心頭；☆その事は絶えず
念頭を去らない／那件事總是不離心頭（
忘不掉）。⓪

ねんない【年内】（名）年內，當年之內；
☆それを年内に仕上げねばならぬ／那項
工作必須年內完成。①⓪

ねんね（名・自サ）〔兒〕①睡覺（＝ねる
こと）；☆さあ、ねんねしましょう／來
睡覺吧；②嬰兒（＝あかんぼ）；☆かわ
いらしいねんねですこと／眞是個可愛的
小寶寶；③〔兒〕偶人（＝にんぎょう）①

ねんねこ（名）〔兒〕①貓（＝ねこ）；②
睡覺（＝ねること）；☆ねんねこよう／
睡覺吧；③←ねんねこばんてん；～ばん
てん【ねんねこ半纏】（名）揹嬰兒時穿
的肥棉套衣。③

ねんねん【年年】（名・副）〔文〕毎年，
逐年（＝としごと）；☆人口は年々増加
する／人口逐年增加；～さいさい【年々
歲々】（名副）〔文〕年年歲歲，年復一

年（地）（＝まいねん）；☆年々歳々同じ事をする／年復一年地傚着同様的事。⓪

ねんのため【念の為】（副）為了慎重；☆念の為、もう一度勘定してごらん／為了慎重見起見，你再數一數（算一算）；☆念の為、もう一度言っておく／為了慎重，再說一遍；☆念の為、自分が行って見て来た／為了慎重，（我）親自去看了一下。⓪

ねんぱい【年輩（配）】（名）①大致的年齢（＝としごろ）；☆六十年配の老人／六十來歳的老人；☆君等と同じ年輩の青年／和你們年歳相仿的青年；②（對某種要求）適當的年齢；☆年配の人が見つかった／找到了年歳合適的人；③相當大的年齢；☆年輩の婦人／年歳相當大的婦女。⓪

ねんぴょう【年表】（名）年表；☆年表を作る／編造年表。⓪

ねんぷ【年賦】（名）分年償付（＝ねんばらい）☆借金は十年の年賦で払う／（借款欠債）分十年償還；～きん【年賦金】（名）毎年償付的款額。⓪

ねんぷ【年譜】（名）年譜；☆年譜を調べる／査閲年譜。⓪

ねんぶつ【念仏】（名・自サ）〔佛〕念佛；☆念仏を唱（とな）える／口唸阿彌陀佛；☆念仏に日を送る／終日念佛。⓪

ねんぽう【年俸】（名）年俸，年薪（＝ねんきゅう）；☆年俸百万円を給する／給與年俸一百萬元；☆三十万元の年俸を取る／領三十萬元的年俸。⓪

ねんまく【粘膜】（名）〔生〕黏膜；☆鼻の粘膜に炎症を起す／鼻腔黏膜發炎。⓪

ねんまつ【年末】（名）年末，年終（＝としのくれ）；☆年末の大売出し／年終大減價（廉賣）；☆勘定は年末にする／年終算賬（結賬）；～しょうよ【年末賞与】（名）年終奬金（＝年末ボーナス）。⓪

ねんゆ【燃油】（名）〔文〕燃料油，柴油⓪

ねんらい【年来】（名・副）幾年（以）來（＝としごろ）；☆年来の希望／幾年來的希望；☆年来待ちかねた日がとうとう来た／幾年來渇望的日子終於到來了①⓪

ねんり【年利】（名）〔經〕年息；☆年利五分で銀行から金を借りる／按年五釐計息從銀行借款。①

ねんりき【念力】（名）意志力，精神力；☆念力は岩（いわ）をも通す／精誠所至金石爲開。④⓪

*ねんりょう【燃料】**（名）燃料；☆燃料が不足する／燃料短缺；～そう【燃料槽】（名）燃料槽；～べん【燃料弁】（名）燃料閥；～ポンプ【燃料唧筒】（名）燃料泵。③

ねんりょく【粘力】（名）黏力，黏性（＝ねばりづよさ）。①

ねんりん【年輪】（名）〔植〕年輪；☆年輪を数える／數年輪。⓪

*ねんれい【年齢】**（名）年齢，歳數（＝とし）；☆年齢の差／年齢之差；☆年齢だけに見える／面貌和年齢相符；☆年齢より余程（よほど）若く見える／比（實際）年歳顯得年輕得多；☆年齢を問わず／不問年齢。⓪

の①五十音圖「な行」第五音：發音爲no；②〔字源〕平假名是「乃」字的草體，片假名取自「乃」字的一撇。

*の【野】（名）①野地，原野（＝はら，のはら）；☆野の花／野生的花草，野花；②田野，田地；☆野に出て働く／到田地裏工作，下田；◇あとは野となれ山となれ／以後演成如何情形全然不管。①

**のI（格助）①（表示所有或所屬）的；☆私の本／我的書；☆兄の学校／哥哥的學校；②表示同格；☆息子（むすこ）の良雄／兒子良雄；☆会長の小林太郎／會長小林太郎；③表示屬性或狀態；☆金の時計／金錶；☆縞（しま）のズボン／帶條紋的褲子④關於…的，在…的（＝にかんする，における）；☆試験の発表／關於考試結果的公布（發榜）；☆東京の習慣／東京的習慣；⑤（表示連體修飾語即定語）的；☆歴史の本／歷史書籍；☆もう少しの辛抱／再少微忍耐（堅持）一下；⑥表示從屬關節（從屬子句）的主語；☆君の来る日／你要來的日子；☆ワシントンの言うこと／華盛頓所說的話⑦表示「ようだ」、「ごとし」（像以，如同）的補語；☆雪のような肌（はだ）／像雪一般的皮膚；☆彼の如き親孝行／像他那樣的孝行；⑧〔文〕像…一般地（＝のように）；☆夢の世／夢一般的人世；☆花の都／繁華的都市；⑨作為形式名詞相當於「ひと」、「もの」、「こと」等；☆今来たのは誰ですか／方才來的（人）是誰？☆大きいのはないか／大的有沒有？☆行くのをやめる／打消去意（改變主意不去了）；⑩把用言和指定助動詞「だ」、「です」連接起來，表示斷定語氣；☆とても偉いのだ／非常偉大呵；☆どうしても行くのです／無論如何也要去的；⑪表示有根據的疑問或推定；☆だめなの？／不成麼？君も行くのか／你也去麼？II（修助）表示並列（＝とか，だの）；☆好いの悪いの／好呀壞呀；☆何の彼のと言って、やろうとしない／光說這麼地那麼地，却不幹；III（感助）〔女，兒〕用以緩和斷定語爲；☆だめだったの／不行啦

☆あるのよ／有啊。

のあそび【野遊び】（名・自サ）①郊遊；②在野外打獵。②

のいばら【野薔薇・野茨】（名）〔植〕野薔薇（＝のばら）。②

ノイローゼ【德Neurose】（名）神經病③

のう【能】（名）①能力，才能，本領，專長（＝はたらき）；☆能がある／有能耐（本事）；☆能を尽す／竭盡所能；☆能を隠す／隱藏才能；☆飲み食いばかりが能ではない／光能吃喝算不了什麼能耐，人生有比吃喝更重要的事；②有才能（本領）的人，能人；☆技能，才藝（＝ぎげい）；④效能，效驗（＝きき め）；⑤←のうがく；◇能ある鷹は爪を隠す／〔喩〕眞正有能耐的人不露於外。①

*のう【脳】（名）①〔解〕腦；②頭腦，腦筋（子）（＝あたま）；☆脳を使う／用腦子；☆脳を休める／休息腦筋；☆適量の酒は脳を刺激しないで却って鎮める／適當量的酒不但不刺激腦子，反而會使腦子鎮靜下來；③腦力，記憶（思考）力；☆少し脳が悪い／腦力稍差，記憶力稍差；☆脳足りぬ男／傻瓜，笨蛋。①

のう【農】（名）①農業（＝のうぎょう）；☆農に従事する／從事農業，作莊稼；②農民。①

のう【膿】（名）〔醫〕膿（＝うみ）；☆膿を持つ／有膿；☆膿を出す／排（放）膿。①

のう【嚢】（感）〔文〕〔方〕（用於招呼人或央求人）喂；☆のう、ばあさんや／喂，老婆子。①

のう（感助）〔方〕〔老人用〕呀，啊（＝なあ）；☆熱いのう／眞熱呀。

のういっけつ【脳溢血】（名）〔醫〕腦溢血（＝のうしゅっけつ）；☆脳溢血で死んだ／因腦溢血而死。③

のうえん【脳炎】（名）〔醫〕腦炎（腦腦發炎症的總稱）。⓪

のうえん【農園】（名）栽培園藝作物的農場。⓪

のうえん【濃艶】（形動ダ）濃艶；☆濃艶

な美人／姿色濃艷的美人。⓪

*のうか【農家】（名）①先祖代代農家だった／祖先代代是農民；②農民の家；☆農家に一晩（ひとばん）泊まる／在農民家中住一宿。①⓪

のうかい【納会】（名）①〔文娛活動等〕年末最後一天表演會；②〔經〕（交易所）月末交易日。⓪

のうがき【能書】（名）①藥劑或其他商品的效能說明，說明書☆能書には何でも效くようになっている／說明書寫着什麼病都治；②宣傳（吹噓）效能的詞句，自我宣傳；☆能書をさんざん聞かされる／聽（別人）大吹大擂一陣。④⓪

のうがく【能楽】（名）能樂（日本的一種古典樂劇）；～し【能楽師】（名）能樂演員。⓪

のうがく【農学】（名）農學；☆農学を修（おさ）める／學農；～はくし【農学博士】（名）農學博士。①⓪

のうかすいたい【脳下垂体】（名）〔解〕腦垂體。④

のうかん【納棺】（名・他サ）入殮；☆納棺を済ませる／入殮完畢。⓪

のうかんき【農閑（閑）期】（名）農閒期③

のうき【納期】（名）交貨日期；繳款日期①

のうきぐ【農機具】（名）農業機器。③

のうきょう【農協】（名）←のうぎょうきょうどうくみあい（農業協同組合）。⓪

**のうぎょう【農業】（名）①農耕；②農業；☆農業に従事する／從事農業；～てがた【農業手形】（名）農業期票（農業合作社以對政府出賣農產物為擔保而發行的票據）；～ほけん【農業保険】（名）農業保險（對於農業災害的損失保險）①⓪

のうきょうげん【能狂言】（名）①能樂（のうがく）和狂言（きょうげん）；②夾在能樂中間演的狂言（喜劇）。③

のうきん【納金】（名・自サ）①繳款，付款；☆税の納金を済ませる／繳完稅款；②繳（付）的款。⓪

のうぐ【農具】（名）農具（＝のうき）；☆農具をよく手入する／修整農具。①

のうげい【農芸】（名）農藝，農業技術；☆農芸を習う／學習農藝；～かがく【農芸化学】（名）農藝化學。①⓪

のうこう【農耕】（名）業耕，種田。⓪

のうこう【濃厚】（形動ダ）①濃厚，濃艷；☆濃厚な色／濃厚的顏色；☆濃厚な美

人／濃艷的美人；☆戦争気分が濃厚になる／戦爭氣氛濃厚起來了。

のうこつ【納骨】（名・他サ）安放骨灰；～どう【納骨堂】（名）安放骨灰的靈室⓪

のうこん【濃紺】（名）深藏青色；☆濃紺の背広／深藏青色的西裝。⓪

のうさい【納采】（名）納彩（訂婚時男女雙方交換禮品）。⓪

のうさぎ【野兎】（名）〔動〕野兎。②

のうさく【農作】（名）農作，耕種；～ぶつ【農作物】（名）農作物；☆洪水で農作物に大きな被害があった／由於漲大水農作物遭受了嚴重的損害。

のうさつ【悩殺】（名・他サ）（使人）神魂顛倒；☆悩殺するような目付き／令人神魂顛倒的眼神。⓪

のうさんぶつ【農産物】（名）農產物；☆農産物に富む地方／農產豐富的地方。③

のうじ【農事】（名）農事，有關農業的事情，農民的工作；～きかい【農事機械】（名）農業～しけんじょう【農事試験場】（名）農事試驗場。①

のうじゅう【膿汁】（名）〔醫〕膿（＝うみ，うみしる）。⓪

のうじゅうけつ【脳充血】（名）〔醫〕腦充血；☆脳充血を起こす／患腦充血。③

のうしゅく【濃縮】（名・他サ）〔文〕濃縮；☆濃縮ウラン／濃縮鈾。⓪

のうしゅっけつ【脳出血】（名）〔醫〕腦出血，腦溢血（＝のういっけつ）。③

のうしょう【農相】（名）農林大臣的俗稱⓪

のうじょう【農場】（名）農場；☆農場を経営する／經營農場。③⓪

のうしんけい【脳神経】（名）〔解〕腦神經。①

のうしんとう【脳震蕩】（名）〔醫〕腦震盪；☆脳震蕩を起こす／引起腦震盪。③

のうずい【脳髄】（名）〔解〕腦，☆脳髄の機能に欠陥が起こる／腦的機能發生缺陷。①

のうぜい【納税】（名・自サ）納稅，繳納稅款；☆納税の義務がある／有納稅的義務；～しんこく【納税申告】（名）納稅申報。⓪

のうせきずい【脳脊髄】（名）〔解〕腦（和）脊髓；～まくえん【脳脊髄膜炎】（名）〔醫〕腦脊髓膜炎。④

のうそっちゅう【脳卒中】（名）腦溢血③

*のうそん【農村】（名）農村，鄉村。⓪

のうたりん【脳足りん】（名）傻瓜，渾蛋
（＝ばか）。[0][3]

のうたん【濃淡】（名）濃淡，深淺（＝濃い
薄いと）；☆濃淡をつける／（畫畫時）
使（顏色）有深有淺。[3][0]

のうち【農地】（名）農業用土地，耕地；
～かいかく【農地改革】（名）（從1945年
年末在駐日美軍總部指令下開始實行的）
「土地改革」。[1]

のうちゅう【脳中】（名）〔文〕腦子裏，
心裏（＝のうり）。[1]

のうてん【脳天】（名）頭頂，腦頂；☆棒
で脳天を殴りつける／用棍棒打頭頂。[3]

のうど【農奴】（名）農奴；～かいほう【
農奴解放】（名）農奴解放。[1]

のうど【濃度】（名）濃度；☆薬品の濃度
／藥品的濃度。[1]

のうどう【能動】（動，主動）（名）①能
動，主動（＝はたらきかけ）；②〔語
法〕主動；～たい【能動態】（名）〔語
法〕主動語態；～てき【能動的】（形動
ダ）能動的，主動的；↔じゅどうてき（
受動的）。[0]

のうなし【能無し】（名）無能，沒有技能
（的人）；無用（的人），廢才；☆あの
男は能なしだ／那傢伙是個廢物。[0]

のうにゅう【納入】（名・他サ）繳納，交
納（＝おさめいれること）；☆速く納入
しないと期限が切れる／不趕快繳納，就
要誤期；～こくち【納入告知】（名）（
稅局等的）繳納通知。[0]

のうのう（副）舒暢（地），逍遙自在，悠
然自得（＝のびのび）；☆草原で手足を
伸ばしてのうのうと寝そべる／在草地上
伸開腳舒暢地躺着。[3]

のうは【脳波】（名）腦波。[1]

のうはんき【農繁期】（名）農忙期。[3]

のうひつ【能筆】（名）擅長書法，工書（
＝のうしょ）；☆能筆の評判が高い／擅
長書法的名譽很高（以工書著稱）。[1][0]

のうびょう【脳病】（名）〔醫〕①腦病（
腦部疾病的總稱）；②神經病。[0]

のうひん【納品】（名・自サ）〔文〕繳納
（的）物品，交貨，交上的貨品；☆期日
までに納品を納める／在期限內交貨；☆
百貨店に納品する／向百貨公司交貨。[0]

のうひんけつ【脳貧血】（名）〔醫〕腦貧
血；☆脳貧血を起こす／發生（引起）腦
貧血；☆脳貧血で倒れた／因發生了腦貧

血而昏倒了。[3]

のうふ【納付】（名・他サ）〔文〕（向政
府機關）繳納（＝おさめいれること）；
☆税金を納付する／繳納稅款。[1][0]

*のうふ【農夫】（名）農夫，農民（＝ひゃ
くしょう）。[1]

のうふ【農婦】（名）農業婦女。[1]

のうぶたい【能舞台】（名）專門演「能樂」
的舞臺。[3]

のうべん【能弁】（名・形動ダ）善辯，雄
辯（＝ゆうべん）；～か【能弁家】（名）
雄辯家；☆立板（たていた）に水を流す
よな能弁家／口若懸河的雄辯家。[1][0]

のうまく【脳膜】（名）〔解〕腦膜；～え
ん【脳膜炎】（名）〔醫〕腦膜炎；☆脳
膜炎に罹（かか）る／得腦膜炎症。[1][0]

のうみそ【脳味噌】（名）〔俗〕腦子；☆
脳味噌の足りない男／頭腦愚笨的人，笨
蛋；◇脳味噌を絞る／絞盡腦汁，挖空心
思。[3]

*のうみん【農民】（名）農民，莊稼人（＝
ひゃくしょう）；～いっき【農民一揆】
（名）農民作亂。[0]

のうむ【濃霧】（名）濃霧；☆濃霧がこめ
て来た／起大霧了。[1]

のうめん【能面】（名）能樂用的面具；～
うち【能面打】（名）製作能樂面具的工
人。[0]

のうやく【農薬】（名）〔農〕農藥，農業
上用的藥品。[0]

のうやくしゃ【能役者】（名）能樂演員（
＝のうがくし）。[3]

のうり【脳裏（裡）】（名）〔文〕腦子裏
，心裏；☆脳裏に浮ぶ／浮現在腦海裏；
☆深く脳裏に印する／深深地印刻在腦子
裏；◇脳裏に閃（ひらめ）く／突然湧現
在心頭，忽然想起。[1]

*のうりつ【能率】（名）①效率；☆能率が
好（悪）い／能率強（差）；☆能率の高
い機械／效率高的機器；☆能率を高める
／提高效率；☆人数の多い割に仕事の能
率が上がらない／人數雖多，而工作效率卻
不那麼高；②勞動生產率；～きゅう【能
率給】（工資制度的一種）對於勞
動生產率超過一定標準者發給獎金的制度
；～ぞうしん【能率増進】（名）增進（
提高）效率；～てき【能率的】（形動ダ）
有效率的。[1][0]

のうりょう【納涼】（名・自サ）納涼（＝

すずみ）；～きゃく【納涼客】（名）到
外面納涼的人們。0

*のうりょく【能力】（名）①能力（=はたら
き）；☆能力を伸ばす／發展能力；☆そ
れは全く彼の能力以上のことだ／那件事
完全超過了他的能力（為他能力所不及）
；②〔心〕知、情、意的作用，心理作用
；③〔法〕（行爲）能力；～きゅう【能
力給】（名）根據每個工人的勞動生產率
、學歷、資歷等規定的工資。1

のうりょく【濃緑】（名）濃緑，深緑色（
=こいみどり）。0

のうりん【農林】（名）農林，農業和林業
；～しょう【農林省】（名）農林部；～
だいじん【農林大臣】（名）農林大臣。0

ノー【no】Ⅰ（名）否，否定；☆イエスか
ノーかはっきり言いたまえ；☆／你要說
准是同意還是不同意；Ⅱ（感）不（=いい
え）；Ⅲ（造語）①沒有，☆ノーストッ
キング／（女子）光着腿，不穿長褲；②
禁止；☆ノースモキング／禁烟。1

ノーカウント【no count】（名）〔運動〕
不算分。

ノーゲーム【no game】（名）〔棒球〕比
賽無效，勝負不算。3

ノーコメント【no comment】沒意見，不
作回答。3

ノーサンキュー【no, thank you】辭退或
謝絶時所說的話。

ノーストッキング【no stocking】（名）
（女子）光着腿，不穿長襪（=くつした
なし、すあし）。

ノーストップ→ノンストップ

ノースモーキング【no smoking】（名）
不准（請勿）吸烟（=きんえん）。4

ノータイ【no tie】（名）←ノーネクタイ30

ノーダ（ウン）【no down】（名）〔棒
球〕無死（攻方無一死者）。3

ノーチップ【no tip】（名）不收小費。

*ノート【note】（名・他サ）①記號（=し
るし）；②筆記，備忘錄（=おぼえが
き）；☆ノートを取る／記筆記；☆重要
事項をノートする／把重要事項記下來；
③注解，注釋（=ちゅう）；④〔樂〕音
符；⑤←ノートブック；～ブック【note
book】（名）筆記簿（本）。

ノーネクタイ【no necktie】（名）不繋
領帶（=ノータイ）。3

ノーブル【noble】（形動ダ）①尊貴的，

貴族的；②崇高的，高尚的；③富麗堂皇
的；④貴族（=きぞく）。1

ノーベルしょう【Nobel賞】（名）諾貝爾
獎金。4

ノーマル【normal】（形動ダ）①標準（
的）；正常（的）；☆ノーマルな精神状
態／正常的精神狀態；②常態。1

ノーラン【no run】（名）〔棒球〕未得
分。1

のがい【野飼い】（名）牧養（=はなしが
い）。0

のが・す【逃す】（他五）過失，錯過（=
にがす）；☆絶好の機會を逃した／把絶
好的機會錯過了。0

のがれこうじょう【逃れ口上】（名）=に
げこうじょう。4

*のが・れる【逃れる】（自下一）①逃跑，
逃遁，逃脱（=にげる）；☆死を逃れる
／死裏逃生；☆浮世（うきよ）を逃れる
／（從塵世）隱遁；☆危ない所を逃れる
／從危難中逃出來；②逃避，規避，避免
（=まぬかれる）；☆禍いを逃れる／免
受災禍；☆責任（職務）を逃れる／逃避
責任（義務）；☆法律を逃れる／逃避法
律制裁，図のがる（下二）。3

*のき【軒・檐・簷】（名）屋簷；☆軒を並
べる／房屋櫛比。0

のぎく【野菊】（名）〔植〕野菊。1

のきさき【軒先】（名）簷端（=のきば）0

のきした【軒下】（名）屋簷下面。0

ノギス【德Nonius之訛】（名）游標尺1

のきなみ【軒並】（名）屋簷櫛比；排成一
列的屋簷。0

のきば【軒端】（名）簷前，簷端（=のき
さき）；☆軒端の松／簷前的松樹。0

のぎへん【禾偏】（名）〔漢字部首〕禾字
旁。0

の・く【退く】Ⅰ（自五）①向後退，退後
（=しりぞく）；②退避，躲開（=たち
さる）；☆そこを退いて下さい／請從那
裏躲開；③退出（=ぬけでる）；Ⅱ（他
下二）〔文〕=のける。0

のぐさ【野草】（名）野草。1

ノクターン【nocturne】（名）〔樂〕夜
曲。3

のけぞ・る【仰け反る】（自五）（身子）
向後仰；☆仰け反る程に驚いた／嚇得倒
仰；☆仰け反って倒れる／仰面朝天地倒
下去。3

のけもの【除け者】（名）被排擠出去的人；☆除け者にされる／被排擠出來。[0]

*の・ける【退（除）ける】I（他下一）①向後推，推開（＝しりぞかせる）；☆少し椅子を除けて下さい／請把椅子向後推一推；②挪開，拿走（＝うつす）；☆机の上の本を除ける／把桌子上的書挪走；③除掉，去掉（＝のぞく）；☆邪魔物を除ける／去掉障礙（絆脚石）；④排出圈外，開除；II（補動・下一）①（表示行動的出色或精彩）；☆旨くやってのけた／（把難辦的事）很出色地完成了；②（表示勇敢或果敢）；☆言ってのけた／大膽地毅然決然地說出來了；図のく（下二）。[0]

のこ【鋸】（名）＝のこぎり。[1]

*のこぎり【鋸】（名）鋸；☆鋸の歯／鋸齒；☆鋸の目立てをする／伐鋸；☆鋸で挽（ひ）く／用鋸鋸（拉開）；～がま【鋸鎌】（名）鋸齒鎌刀；～くず【鋸屑】鋸屑。[3][4]

*のこ・す【残（遺）す】（他五）①留下，剩下，保留；☆書いたものを残して行った／留下條子就走了；☆残しておいて明日食べる／留著明天再吃；☆僕だけ残して皆行ってしまった／只剩我一個人留下來，（他們）大家都走了；②存留，積蓄（＝ためる）；☆金を残す／儲蓄（攢錢）；③死後遺留；☆死んだ後に妻を残す／死了拋下妻子；☆財産（借金）を残して死んだ／遺留下財産（債務）死去了；☆名を後世（こうせい）に遺す／垂名後世；☆悔（く）いを千載（せんざい）に遺す／遺恨千古。[2]

のこった【残った】（連語）〔角力〕（相撲）裁判員鼓勵力士的喚聲〔意謂距離沙場界限尚有餘地，勝負未定，應努力爭取〕[2]

のこのこ（副）蠻不在乎地，恬不知恥地（來去或出入）（＝なにげなく、へいきで、あつかましく）；☆会が済む時分（じぶん）になって、彼はのこのこやって来た／已經快到散會的時候，他蠻不在乎地才來；☆よくもこの家へのこのこ来たな／你居然恬不知恥地到我家來了；☆どうして、のこのこ帰って行かれましょう／我有何面目再回去呢。[1]

のこめへん【采偏】（名）〔漢字部首〕采字旁。[0]

*のこらず【残らず】（副）全部，乾淨，一個不剩地（＝すべて、ことごとく）；☆一銭も残らず／一文也不剩全花光；☆残らず打ち明ける／全部講出來；☆殆んど一人残らず戦死した／幾乎所有的人都陣亡了；☆これで残らずです／這就是全部（再沒有了）。[2]

*のこり【残（り）】（名）剩餘，殘餘（＝のこること、のこったもの）；☆財産の残り／殘餘的財産，淨剩的財産；☆残りの仕事／未處理完的工作；☆十から三引けば残りは七だ／十減三剩七；～おし・い【残り惜しい】（形）①遺憾的，可惜的；☆残り惜しい事をした／作了一件遺憾（抱歉）的事；☆残り惜しい思をする、残り惜しく思う／感到遺憾（可惜，捨不得）；②依戀的，難捨難離的（＝なごりおしい）；☆別れるのは残り惜しい／捨不得離別（分手）；☆残り惜しそうに立ち去った／戀戀不捨地別（走）了；～すくな【残り少な】（名）剩餘得少，所餘無幾；☆今學期も残り少なになった／本學期已經所餘無幾了；～な・く【残り無く】（連語・副）無餘，全部（＝のこらず）；～び【残り火】（名）着剩下的火，餘燼；～もの【残り物】（名）剩餘的東西（剩飯、剩貨、殘渣等）（＝ざんぶつ）；☆御馳走の残り物／殘湯剩菜；☆残り物なんか御免だ／剩貨（貨底子）我可不要；◊残り物には福がある／吃剩飯（鍋底）有福氣。

*のこ・る【残る】（自五）①留下不去，待着不走（＝あとにとどまる）；☆家に残る／留在家裏（不出去）；☆最後まで残る／待到最後（堅決不走）；②剩餘，殘餘（＝あまる、きえない）；☆金はいくら残っているか／錢剩了多少？☆無駄遣（むだづか）いするから、いくら働いても残らぬ／因爲浪費，所以怎樣賣力氣勞動（賺多少錢）也剩不下；☆十から六引けば四残る／十減六剩四；☆疱瘡（ほうそう）は痕が残る／（出）天花落瘢痕；☆遠山に雪が残っている／遠山上殘雪未融；③遺留，留傳（給後世）；☆彼の後には未亡人が残っている／他死後拋下了夫人（寡婦）；☆人は死んでも名が残る／人死留名；④勝負不分（未定）；→のこった。[2]

のさのさ（副）①蠻橫地，任意（性）地（＝かってに）；②蠻不在乎，無動於衷地

（＝へいきで）；⑨慢悠悠地（＝のその
そ）。[1]

のさば・る（自五）①横行霸道，任意妄為
，飛揚跋扈；（態度）蠻橫無理；☆あいつ
は少しのさばり過ぎだ／那傢伙有點兒
太跋扈（蠻橫）了；☆彼はこの頃のさば
り返っている／他近來簡直是跋扈飛揚（
蠻橫已極）；②（植物等）伸展，滋蔓（
＝はびこる）；☆松の木のさばってい
る／松樹枝幹伸展着。[3]

のざらし【野晒】（名）①（丟）在野地任
憑風吹雨打（的東西）；☆野晒にする／
丟在野地裏不管；②丟在野地的髑髏（頭
骨）（＝されこうべ）。[0]

のさり（副）＝のさのさ，のさり。

のし【熨・熨斗】（名）①熨斗；②乾鮑魚
片（＝のしあわび）；③附在禮物上的裝
飾品，禮籤（把方形的色紙叠成六角形上
寬下窄裏面包着乾鮑魚的細絲）；◇熨
をつける／情願贈送，無條件地奉送；☆熨
を付けて進上します／我情願奉送給你[2]

のじ【野路】（名）〔文〕原野的道路（＝
のみち）。[1]

のしあが・る【伸し上がる】（自五）①（
植物等）向上伸展，長高；②向上爬；☆
あの男はとうとう大臣にまで伸し上がっ
た／他終於爬上了大臣的地位；③跋扈起
來，嚚張起來；☆彼はこのごろのし上が
って来て、実に生意（なまいき）だ／他
近來越嚚張起來簡直傲慢極了。[4][0]

のしあわび【熨斗鮑】（名）乾鮑魚片（把
鮑魚剝成又薄又長的條兒，然後揍長曬乾
而成，可以用作酒肴，又從其伸展延長之
義，用作禮品的禮籤兒）；→のし（熨
斗）。[3]

のしいか【伸（熨斗）烏賊】（名）壓成薄
片的乾烏賊，乾烏賊片兒。[2]

のしかか・る【伸し掛かる】（自五）①（
身子）壓在…上，騎在…上，倚在…上（
＝のりかかる）；☆相手を押さえつけて
ぐっと伸し掛かる／把對方按住將身子用
力壓在對方的身子上；②（轉）表示高壓
態度（＝かさにかかる）；☆頭から伸し
掛かるような態度でしゃべる／（他）說
話的態度高傲彷彿騎在別人的頭上。[4][0]

のしがみ【熨斗紙】（名）印有禮籤的紙（
用以包裹禮品）。[2]

のしこんぶ【熨斗昆布】（名）壓成薄片的
乾海帶菜（可以代替乾鮑魚片作為慶祝性

禮品）。[3]

のしもち【伸餅】（名）扁平黏糕。[2]

のじゅく【野宿】（名・自サ）露宿；露營
（＝やえい）；☆宿（やど）がとれずに
野宿する／因為找不着旅店而露宿。[1]

の・す【伸す】Ⅰ（自五）①（地位、成績
等）長進，上進；☆彼の成績は最近ぐん
ぐん伸して来た／他的成績近來有了顯著
的長進；②發展；（行動、範圍等）擴展
（＝でかける）；☆遊び足りずに銀座ま
で伸す／（在小地方）嫌玩得不足跑到銀
座來玩；Ⅱ（他五）①伸，擴展，拚開（
＝のばす）；☆腰を伸す／伸腰；☆アイ
ロンで布を伸す／用電燙把布熨開；☆う
どん粉を伸す／把麵糰擀開；②伸展，發
揮；☆羽を伸す／展翅，發揮才能；③〔
俗〕打倒，打躺下（＝なぐりたおす）。[1]

の・す【熨す】（他五）熨平；☆着物を熨
す／熨衣服。[1]

のずえ【野末】（名）原野的盡頭（＝のの
はて）。[1][0]

ノスタルジー【法 nostalgie】（名）＝ノ
スタルジア。[3]

ノスタルジア【nostalgia】（名）鄉愁；
懷鄉病，思鄉病（＝ホームシック）。[3]

のず（づ）り【野釣】（名）在（野外的）河川湖
沼裏釣魚。[0]

ノズル【nozzle】（名）管嘴。[1]

***の・せる**【載（乗）せる】（他下一）①裝
載，載運（＝のらせる，つむ）；☆乘客
を乘せる／載運乘客，載客；☆野菜を載
せた車／載運着蔬菜的車；☆君の自動車
に乘せてくれ／讓我坐上你的汽車吧；②
放到高處，擺（放）上（＝うえにおく）；
☆本を机に載せる／把書放在桌子上；☆
品物を棚の上に載せる／把東西放在擱板
上；☆色々の御馳走をのせてある食卓／
擺着各種菜的飯桌；③記載，載入，寫進
，登載，刊載（＝かきしるす）；☆歴史
にのせる／載入史冊，寫在歷史上；☆新
聞に広告を載せる／在報紙上登廣告；☆
この本には面白い事が載せてある／這本
書裏載着有趣的事；④騙人，誘騙，陰謀
陷害（＝あざむく）；☆人を口車（くち
ぐるま）に乘せる／用花言巧語騙人（使
上圈套）；☆敵の奸計に乘せられた／中
了敵人的詭計；⑤隨和音樂的拍子、節奏
；☆ギターにのせて歌いだす／和着吉他
唱起來；⑥吸收參加（加入）（＝かにゅ

うさせる）；☆その仕事に僕も一口（ひとくち）のせてくれ／也讓我參加那項工作吧；図のす（下二）。⓪

のぞき【覗き】（名）①窺視；探望；往下望（＝のぞくこと）；②←のぞきめがね；〜あな【覗き穴】（名）可以窺視的窗窿；〜からくり【覗き機関】（名）＝のぞきめがね；〜めがね【覗き眼鏡】（名）①西洋鏡，洋片；②在匣底裝着玻璃或鏡片的透視鏡（用以透視海中或海底）（＝はこめがね）。⓪

*のぞ・く【除く】（他五）①除去，去掉，取消，削除，開除（＝とりのける、とりけす、なくする）；☆障礙物を除く／去掉障礙（絆脚石）；☆悪習を除く／革除陋習；☆雑草を除く／剷除雜草；②除外，除了（＝くわえない、いれない）；☆少数を除く／少數以外；☆彼を除いて外の人は、皆賛成だ／除了他以外，其餘的人都贊成。⓪

*のぞ・く【覗く】（他五）①窺視，探望，往下望（＝うかがう）；☆隙間（すきま）から覗く／從縫隙往裏望；☆塀の上から覗く／從牆頭上往下望；②輕輕看一眼，瞟視，少微看一點（不全看）；☆哲学の本を覗く／粗淺地看一眼哲學書；☆プロレスなんか覗いたこともない／職業摔跤比賽這玩藝兒一眼也沒瞅過；③從後面或遠處透露出來，☆月が木の間から覗き出した／月亮從樹間透露出來了；☆胸のポケットからハンケチを覗かせる／從衣兜裏露出手絹。⓪

のそだち【野育ち】（名）①在野地裏成長或長大，野生，放牧（＝はなしがい）；②不受教育或管教地成長（長大的人）；沒有教養（的人）。②

のそのそ（副・自サ）（動作遲鈍貌）慢吞吞（＝のっそり）；☆のそのそ歩く（入って来る）／慢吞吞地走路（進來）。①

*のぞまし・い【望ましい】（形）符合心願的，值得歡迎或高興的，可喜的（＝このましい、ねがわしい）；図のぞまし（形シク）。④⓪

*のぞみ【望（み）】（名）①眺望，張望，要求（＝ねがい）；☆多年（たねん）の望み／多少年來的希（願）望；☆望みをかける／指望；☆望みを遂げる／達成願望（心願）；☆望みを叶（かな）える／滿足（某人）願望（要求）；☆望み

が叶う／願望實現；如願以償；☆成功の望み／成功的希望；☆望みのある人／有希望的人；☆望みを捨てる（失う）／放棄希望，灰心失望；☆望みを嘱される人物／被囑望的人物；☆一縷（いちる）の望みを繋ぐ／寄一線希望；☆これで望みの綱（つな）が切れた／這一下算沒希望了；③人望，仰望（＝じんぼう）；☆天下の望みを一身に集む／集天下衆望於一身，一身負天下之望；〜しだい【望み次第】（連語・副）聽任或依照希望，隨心所欲；☆褒美（ほうび）の品は望み次第／獎品完全聽任受獎人的願望，受獎人願要什麼就發給什麼；〜どおり【望み通り】（連語・名）符合希望（願望、要求），如願，稱心如意；☆望み通りの結果／稱心如意的結果；☆望み通りに行かないことが多い／不隨心願（不如意）的事情占多數。⓪

*のぞ・む【望む】（他五）①眺望（＝ながめる）；☆遙かに泰山を望む／遙望泰山；②希望，願望，期望，指望、希求，要求（＝ねがう）；☆万一（まんいち）を望む／指望萬一；☆彼に大きなことは望めない／對於他不能期望（要求）過高；☆これでは回復は望めない／這樣的話，可沒有希望恢復健康了；③仰慕；景仰（＝あおぐ、したう）；☆その徳を望む／仰望其德；〜べくんば【望むべくんば】（連語）〔文〕如果可以希望（要求）的話，如果可以的話（＝のぞめるなら）；〜らくは【望むらくは】（副）希望，但願（＝どうぞ）。②⓪

のぞ・む【臨む】（自五）①面臨，面對（＝めんする）；☆岳陽楼は洞庭湖に臨んでいる／岳陽樓面臨着洞庭湖；☆その家は大通りに臨んで建っている／那所房子面臨大街；②瀕臨，臨到，遭逢（＝であう、およぶ）；☆最後に臨む／到達最後關頭（階段）；☆危機に臨む／瀕臨危機；☆別れに臨んでこう言った／臨別的時候這樣說了；③身臨，蒞臨，臨場（＝でる）；上戰場；☆部長は竣工式に臨んだ／部長蒞臨（出席）了竣工典禮；⑤君臨，統治，統御；☆壓制を以って土人（どじん）に臨む／用壓制對待土人；☆部下に臨むに寛大である／對下級寬大。②⓪

のそり（副）動作緩慢貌（＝のそのそ、のっそり）。②③

のたうちまわ・る（自五）〔痛苦得〕亂翻亂滾，滿地打滾（＝ころげまわる）；☆苦しさの余りのたうちまわる／痛苦不堪直打滾。③⑥

のたう・つ（自五）因痛苦而翻滾（亂動）；☆苦しくてのたうつ／痛苦得直打滾③

のたく・る Ⅰ（自五）蠢動（如蚯蚓等）；Ⅱ（他五）＝めたくる。③

のだて【野点】（名）在野地點茶。①

のたまわ・く【宣（曰）わく】（副）〔文〕（＝いわれるには）；☆子日わく／子曰。③

のたも・う【宣（曰）う】（自五）〔文〕〔（いう）的敬語〕＝おっしゃる。③

のたりのたり（副・自サ）緩慢地起伏，轉折或彎曲貌；☆波がのたりのたりする／波浪緩慢地起伏。②―②

のたれじに【野垂死】（名・自サ）橫屍，死在路旁（＝ゆきだおれ）；☆饑えて野垂死する／餓死在路旁。⑤①

*のち【後】（名）①後，後面，下面，次要（＝あと、うしろ、つぎ）；☆公益を先にし、私利を後にする／先公益而後私利；②過後，事後，以後，後來，將來，未來（＝しょうらい）；☆五日の後に／五天以後；☆それについては後に述べる／關於那一點以後講；☆後になって苦情を言う／事後意見表示不滿；☆それは又後のことにしましょう／那（這）件事以後再說吧；☆地震の後に大火があった／地震之後又發生了大火；☆後は後、今は今／將來是將來，現在是現在；未來的千金不如眼前的百文；⑤嗣，後代，子孫（＝しそん）；⑤死後，身後（世）（＝なきあと）；後の世／後世；☆後の事を託する／托付後事；☆後の人々の批判を待つ／等待後世的人們批判。②①

のちぞい【後添】（名）後妻（＝のちづれ）；☆後添を迎える／娶後妻，續絃。①

のちづれ【後連】（名）後妻（＝のちぞい）①

のちのち【後後】（名・副）將來，前途，久後，子孫後代（＝しょうらい、ぜんと）；☆後後の心配／對於將來的關懷（考慮）；☆後後の為／爲將來（後世子孫）打算；☆後々の備えをする／爲將來作準備，防備後來；☆御親切は後後まで忘れません／您的恩情（幫助）我一輩子（永遠）也忘不了。①

のちほど【後程】（副）回頭，過一會兒，隨後；☆後程詳しくお話し致します／容後詳細細明。①

ノッカー【knocker】（名）①（供來客敲叩的）門環，門鈕；②〔棒球〕（爲練習防守者）打球的人。①

ノッキング【knocking】（名・自サ）（内燃機的燃料在汽缸内）過早（不正常）的爆發。①

ノック【knock】（名・他サ）①敲打（＝たたく）；②（訪問者）敲門；③〔棒球〕爲練習準備而打球；～アウト【knock out】（名・他サ）①〔棒球〕經過猛打使對方更換投手；②〔拳擊〕打倒；③完全打敗（對方）。①

のっけに（副）①仰着臉，臉頰上（＝あおむけに、あおのけに）；②最初（＝はじめ）；☆のっけにしくじる／一開始就搞砸了（失敗）。①

のっ・ける【載（乗）っける】（他下一）〔俗〕＝のせる。①

のっそり（副）行動緩慢（＝のそのそ）；☆のっそり立ち上がる／慢慢地站起來；☆のっそりした感じの男／行動慢吞吞的人。③

ノット【knot＝節】（名）①海里（約1,852公尺）；②（船的速度單位）小時海里；☆二十ノット出る船／每小時航行20海里的船。①

のっと・る【則（法）る】（自五）法效，遵照，根據（＝したがう、ならう）；☆規則に則る／遵照規則；☆先例に則る／遵循前例，循例。③

のっと・る【乗っとる】（他五）〔俗〕＝のりとる。③

のっぴき【退引】（名）逃避，避免，躲閃（＝さけのくこと）；～ならぬ【退引ならぬ】（連語・連体）無法逃避，動彈不得，進退兩難；☆退引ならぬ用事／推脱不開的事；☆退引ならぬ場合に立ち到る／到了進退維谷的地步。①

ノブ【knob】（名）門上把手（＝ノブ、ひきて、とって）①

のっぺらぼう（名・形動ダ）①光滑溜平（的東西）；②光禿禿（的東西），光板；③不明事理、不知好歹（的人）呆板（的人）④個子高而沒有耳目口鼻的怪物③④

のっぺり（副・自サ）①平板而缺少變化（單調）；②（臉型）平板而無表情。③

のっぽ（名・形動ダ）個子高（而瘦），個子高（而瘦）的人，大高個子；☆とてものっぽで、1m90cm ある／是一個有1公尺90公分高的大個子。①

*ので（接助）（接用言的連體形，表示原因或理由，相當於「から」、「ために」）因為，由於；☆皆来るので僕も来た／因為大家都來，我也来了；☆よく勉強したのでよく出来た／因為認真地用功（學習）了，所以作出了好成績；☆今日は休みなので遅く起きた／今天因為是假日，所以起来晚了。①

のてん【野天】（名）沒有屋頂，露天（＝ろてん）；☆野天で勉強する／在野地用功（學習）；～ぶろ【野天風呂】（名）露天澡塘（盆）。⓪

*のど【喉・咽】（名）①〔解〕咽喉，喉嚨，嗓子（＝いんこう）；☆喉が乾く／嗓子乾，渴；☆喉の乾きを止める／止渇；☆喉を湿す／潤喉子，解渇；☆喉を締める／勒住咽喉；☆喉を鳴らす／使喉嚨作響（如貓等）；☆喉につかえる／卡在嗓子，噎住；☆薬が喉に通らない／嚥不下去藥；☆心配で食事が咽を通らぬ程だ／有愁（心）事，飯都吃不下，愁得飲食不進；②嗓音，歌喉；☆喉が好い／嗓子好；◇**喉が鳴る**／（看見好吃的東西）饞得要命；**喉から手が出る**／〔喩〕非常渇望得到手；☆喉から手が出る程欲しがっている／恨不得馬上就得到手事實。①

*のどか【長閑】（形動ダ）①悠閑，寧靜，恬靜（＝のんびり、ゆったり）；☆のどかな心／悠閑寧靜的心，胸懷恬靜；②（天氣等）晴朗；☆のどかな春の日／和暖的春日；～さ【長閑さ】（名）。⓪

のどくび【喉頸】（名）①咽喉和頸項，嗓子和脖子；②〔轉〕要緊的地方，要害（＝きゅうしょ）；☆あいつの喉頸はちゃんと押えている／我已經抓住了他的要害。②

のどじまん【喉自慢】（名）善歌（的人），嗓音好（的人）（＝こえじまん）；☆喉自慢大会／唱歌比賽大會。③

のどちんこ【喉ちんこ】（名）〔俗〕〔解〕小舌頭，懸壅垂（＝のどびこ）。③

のどぶえ【喉笛】（名）氣嗓，聲門。②③

のどぼとけ【喉仏】（名）喉核，喉節。③

のどもと【喉元】（名）喉嚨，嗓子；◇**喉元過ぎれば熱さを忘れる**／好了瘡疤忘了

痛。②⓪

のどわ【喉輪】（名）①鎧甲的附件之一，用以遮護頸部和胸部；②←のどわぜめ；～ぜめ【喉輪攻】（名）〔角力〕一種招術（用手端住對手的下顎推出去或推倒）⓪

のなか【野中】（名）野地裏；☆野中の一本杉（いっぽんすぎ）／原野中的一株杉樹，孤獨（苦）的人。①

*のに（接助）①（接用言的終止形或連體形，表示前後兩件事不相適應或後者不合邏輯）却，倒；☆雨が降るのに出かけた／外邊下着雨；（他）却出去了；☆安いのに買わなかった／價錢便宜，（他）倒沒買；☆静かなのに眠れない／（屋裏）很静，却睡不着；②（表示目的）為了，因為；☆本を買うのに金が掛かる／因為買書需要花錢；☆この問題を解決するのに随分苦心した／為了解決這個問題，費了不少心血；③（接在句尾表示遺憾或惋惜的語氣）；☆この部屋はもう少し広ければいいのに／這屋子再大一點兒就好啦（可惜太小啦）；☆そんなこと（を）せばよかったのに／不作那種事就好啦（可惜作了，真糟糕）；④（接在句尾表示強硬或強迫的語氣）；☆いかんと言うのに／我不是説不行嗎（你為什麼不聽）；☆速く行けと言うのに／叫你快去呢（為什麼不去）。

のねずみ【野鼠】（名）〔動〕野鼠。②

ののさま（名）〔兒〕神，佛，日，月。①

ののし・る【罵る】（自・他五）①大聲吵罵（喊叫）；大聲比責（＝どなる）；②罵，臭罵，醜詆；☆人を口汚く罵る／臭罵別人；☆彼は君を嘘つきだと罵った／他罵你是騙子。③

*のば・す【延(伸)ばす】（他五）①伸展，伸開，延長，拉長，放長（＝のす）；☆手を伸ばす／伸手；☆寿命を延ばす／延年益壽；☆髪を延ばす／留頭髮（不剪）；☆巻いた針金を伸ばす／把捲起來的鐵絲擰直（開）；☆皺の寄った紙を延ばす／把有皺紋（褶子）的紙舒展開；☆十メートルだけ延ばす／拉長（展寛）10公尺；②展延（日期），延緩，延遲，推遲，拖延（＝おくらせる）；☆期限を延ばす／延期；☆出発を二日間延ばす／把出發日期延遲兩天；☆返事を一日一日と延ばす／把答覆（回信）一天一天地拖延下去；☆今日出来ることは明日に延ばすな／

今天能辦的事不要拖到明天再辦；⑧發展，提高，施展，發揮；☆才能を伸ばす/發揮才能；☆驥足（きそく）を伸ばす/施展大才；④擴大，增多（財富）（＝ゆたかにする）；☆身代を伸ばす/增加資產；發財致富；⑤稀釋（＝とかす）；☆糊を延ばす/把漿糊加以稀釋；⑥打倒（＝うちたおす）。②

のばなし【野放し】（名）①（在野地）放牧，放養；☆野放しの牛/放牧的牛；☆豚を野放しにする/放養豬；②放任（孩子）不加管教；☆彼の子供は、まるで野放しだ/他對孩子太放任了。②

*のはら【野原】（名）原野，野地；☆野原で凧（たこ）を上げる/在野地放風箏。①

のばら【野薔薇】（名）〔植〕＝のいばら①

のび【伸び・延び】（名）①〔（のびる）的名詞形〕；②伸展延長、擴展、成長、進步等的程度；☆のびが早い/長得快，進步得快；☆のびの良いおしろい/能拍得均的臙粉；③伸懶腰；☆終業の合図で大きく伸びをする/一聽到下班的鈴聲就使勁伸一個懶腰。②

のび【野火】（名）野火。①

のびあが・る【伸（延）び上がる】（自五）蹺脚站起；☆伸び上がって物を取る/（蹺脚）挺身取東西。④０

のびちぢ（ぢ）み【伸び縮み】（名・自サ）伸縮（性）（＝しんしゅく）；☆伸び縮みが利かなくなる/失掉伸縮性。③０

のびなや・む【伸び悩む】（自五）①難以伸展（＝のびかねる）；②〔經〕行市呆滯（不上升）。④０

のびのび【延び延び・伸び伸び】（名・副・自サ）①生長暢旺，暢茂條達，欣欣向榮，☆草木が延び延びする/草木暢茂（欣欣向榮）；②拖延，拖拖拉拉，延遲，猶疑；☆借金の返還がのびのびになっている/借債遲遲不歸還；☆そう伸び伸びにされては誰だって怒るさ/老是那樣拖拖拉拉無論是誰也要惱火（憤慨）的；③舒展，悠然自得，輕鬆愉快（＝のんびり）；☆伸び伸びと横になる/舒暢地躺着；☆試験もすんで身が伸び伸びした/考試已試渾身輕鬆愉快。②

のびやか【延（伸）びやか】（形動ダ）①舒展，暢旺；☆延やかにすくすくと育つ/舒展暢旺地成長；②悠然自得，輕鬆愉快，快活；☆のびやかな空気の家庭/氣氛快活的家庭。②

のびる【野蒜】（名）〔植〕山蒜。①０

*の・びる【延（伸）びる】（自上一）①（時間、距離、長度等）延長，變長；☆昼が延びて夜が詰まる/晝間變長夜間變短；☆背が伸びる/個子長高；☆髪が延びる/頭髮長長；☆鉄道が国境まで伸びている/鐵路伸延到國境；☆期限が伸びる/期限延長；②（皺縮的東西）挷長，伸長；展開；☆ゴム紐は長く延びる/膠皮帶能伸長；☆皺（しわ）が延びる/皺紋展開；③（液體或半液體的東西）舖散開，變稀；☆おしろいがよく延びる/臙粉拍得均；☆絵の具がよく延びる/（繪畫的）顏色容易溶染，上得勻；☆糊（のり）が延びる/漿糊變稀；④（能力、勢力等）發展，進步（財富等）增多；☆学力がぐっとのびる/學力大有進步；☆貿易がめざましくのびる/貿易大見發展；☆時代がのびる/財產增多；⑤（因疲倦或被毆打等）倒下，不能動彈；☆徹夜してすっかりのびてしまった/徹夜不眠而疲倦得不能動彈；☆一撃の下に伸びてしまった/一下子就昏倒了。図のぶ（上二）。②

ノブ【knob】（名）把手（＝にぎり、ノッブ）。①

のぶし【野伏】（名）①＝のぶし（野武士）；②露宿在山野裏進行修行的僧人（＝やまぶし）。

のぶし【野武士】（名）〔古〕（非武士階級的）民間武士（戰時在山林野地扠奪戰敗武士的武器等的遊勇）。①②

のぶれば【陳者】（連語）〔文〕（用於「候文」書函）敬啓者。②

の・べ【延（べ）】（名）①〔のべる〕的名詞形；②總計；←のべじんいん、のべにっすう。②

の・べ【野辺】（名）①原野，野地（＝のはら）；②送葬，送殯（＝とむらい）；③火葬（＝かそう）；～（の）おくり【野辺（の）送り】（連語・名）送葬，送殯（＝とむらい）。①

のべがね【延金】（名）壓延金屬板。②

のべにんいん【延人員】（名）（參加某一工作的人員按每人工作一天爲一個人數計算的）總計人數。③

のべつ（に）（副）不斷地，陸（繼）續不斷地（＝たえず、ひっきりなしに）；☆

のべつに十時間／連續十個小時；☆のべ
つの小言／一個勁地老嘮嘆（抱怨）着；
～まくなし【のべつ幕無し】（連語）①
〔劇〕連臺演出（不休息）；②連續不斷
地（進行）；☆のべつ幕無しに喋る／連
續不斷（一口氣兒）地講下去。①

のべにっすう【延日数】（名）總日數。③

のべばらい【延べ払い】（名）〔經〕定期
付款（＝かけはらい）。③

のべぼう【延棒】（名）①壓延金屬條棒；
☆金の延棒／金條；②擀麵杖。①

の・べる【延（伸）べる】（他下一）①（
空間上）拉長，展寛，壓延（＝のばす）
；②（時間上）拖長，拖延，推遲（＝の
ばす）；③（把卷着的東西）放開，展開
（＝ひろげる）；☆床を延べる／放舖蓋
；図のぶ（下二）。②

*の・べる**【述（陳・宣）べる】（他下一）
（用口頭或寫文章）敍述，說明，發表，
談論，申訴，講解（＝とく、かたる、つ
げる、いう）；☆事實を述べる／敍述事
實；☆事情を述べる／說明情況；☆意見
を述べる／發表意見；☆滔滔と所見を述
べる／滔滔不絕地陳述自己的見解；☆そ
れは平易に述べてある／（書上）平易淺
顯地闡明（講解）了那個問題；図のぶ（下
二）。②

ノベル【novel】（名）（長篇）小說。①

のほうず【野方図】（形動ダ）①散漫放縱
，肆無忌憚，旁若無人，蠻橫無理，胡作
非爲；②無邊無岸，無窮無盡；☆野方
図に広がっている沼／無邊無岸的沼澤
。②

のぼ・す【上す】I（他五）＝のぼせる；
II（他下二）〔文〕＝のぼせる。⓪

のぼせ【逆上】（名）〔（のぼせる）的名
詞形〕頭部充血，上火，頭昏眼花（＝ぎ
ゃくじょう）；～め【逆上目】（名）因
上火發炎而眼球充血。⓪

のぼせあが・る【逆せ上がる】（自五）極
端地頭昏眼花，沖昏頭腦；☆怒って逆せ
上がる／氣得頭昏腦漲。⑤

のぼ・せる①頭部充血，上火；
☆のぼせて頭がぼおっとなる／上火頭暈
；②頭昏眼花，衝昏頭腦（＝ちまよう）
；☆成功でのぼせている／成功（勝利）
衝昏了頭腦；③熱中，迷醉，沉溺；☆女
にのぼせる／迷戀女人，沉溺於女色；図
のぼす（下二）。⓪

のほほん（副）遊手好閒（地），吊兒郎當
（地），蠻不在乎（地）；☆毎日のほほ
んと暮らしている／每天遊手好閒；☆何
を言われても、のほほんとしている／不
論別人怎樣說，總是那蠻不在乎。③

のぼり【上（登・昇）り】（名）①〔のぼ
る〕的名詞形；②上坡（路）（＝のぼり
ざか）；☆この道は上りがひどい／這條
路坡路陡；☆そこから道は上りになる／
從那兒起就是上坡路；③進京（的路上）
；④～のぼりれっしゃ～；～くだり【上り
下り】（名）上下，升降；～くち【上り
口・登り口】（名）（樓梯、山路等）開始
登上或攀登的地點（＝あがりくち）；～
ざか【上り坂・登り坂】（名）上坡（
路），上升；☆上り坂の選手／正在上升
進步的選手；～れっしゃ【上り列車】（
名）上行列車。⓪

のぼりつ・める【上り詰める】（自下一）
上到頂點，到達頂峰；図のぼりつむ（下
二）。⑤

*のぼ・る**【上（登・昇）る】（自五）①登
上，攀登，上升；☆山に上る／登山；☆
太陽が上る／太陽上昇；☆空に登る／騰
空；☆階段を登る／上樓梯；②逆流而上
，上溯（＝さかのぼる）；☆魚が川を上
る／魚泳向上游；③進京；☆東京に上る
／上東京；④升級，晉升（＝あがる）；
☆地位が上る／職位上升，升級；⑤熱中
（＝のぼせる）；⑥驕傲自大（＝おごり
たかぶる）；⑦（物價）上漲（＝あが
る）；☆物価が上り気味だ／物價趨向上
漲；⑧（數目或數量）達到，高達；☆
死傷者百人に上る／死傷者達數百人（之
多）；⑨被提出（到）；☆会議に上る／
被提到會議上；☆話題に上る／成爲話題
，被人們談論着。⓪

のみ【蚤】（名）〔動〕蚤，跳蚤；☆蚤に
食われる／被跳蚤咬。②

のみ【鑿】（名）鑿子；☆鑿で彫る／用鑿
子雕。①

のみ（修助）〔文〕只有，只是，光是，惟
有…而已（＝だけ、ばかり）；☆静かで
ただ波の音のみ聞こえる／寂靜得只能聽
到波浪聲。

のみあか・す【飲み明かす】（他五）通宵
飲酒；☆今夜は飲み明かそうじゃないか
／咱們今夜痛飲一夜吧。⓪

のみか（連語・助）豈止，不僅（＝ばかり

か、ばかりでなく）；☆我我は頭を下げないのみか最後まで戦わねばならない／我們不僅（豈止）不能認輸，還要堅決奮戰到底。

のみかけ【飲み掛け】（名）①喝（吸）到半途而中止（＝のみかけること）；☆飲み掛けで席を立つ／喝到半途就退席而去；☆飲み掛けの酒（煙草）／没有喝（吸）完的酒（烟）；②喝（吸）剩下的殘餘物（＝のみのこり）；☆それは僕の飲み掛けだ／那是我喝（吸）剩的。0

のみか・ける【飲み掛ける】（他下一）①開始喝（酒）（＝のみはじめる）；②喝到半途而中止不喝了；図のみかく（下二）。0

のみき・る【飲み切る】（他五）喝完，喝光（＝のみつくす）。

のみくい【飲み食い】（名・他サ）飲食，吃喝；☆盛んに飲み食いする／大吃大喝。1

のみぐすり【飲み薬】（名）内服藥；☆日に三回飲み薬を飲む／一天吃三次藥。3

のみくだ・す【飲み下す】（他五）呑下，嚥下。0

のみくち【飲み口】（名）①喝（吸）了的感覺；味道；☆この酒は飲み口が好い／這酒味道好；②喝（吸）時嘴的形状。2

のみぐち【呑口】（名）①木桶上專爲放出内盛酒、醬油等的咀子；☆呑口を付ける／按咀子；☆酒樽（さかだる）に呑口が付いている／酒桶上帶着咀子；②烟管的咀子；◇呑口上戸（じょうご）／喝醉酒好講道理的人。2

のみこみ【呑み込み】（名）〔のみこむ〕的名詞形；①呑下；嚥下；②領會，理解（＝なっとく）；☆呑込みが良い／善於領會；☆呑込みの速い子供／領會（悟）得快的孩子。0

***のみこ・む**【呑み込む】（他五）①呑下，嚥下；☆食物を呑み込む／嚥下食物；②領會，理解，了解，熟悉（＝なっとくする）；☆骨（こつ）を呑み込む／領會訣竅，摸着竅門；☆要点を呑み込む／（抓着）要點；☆性格を呑み込む／摸着脾氣；☆仕事をのみ込む／熟習業務；☆僕には君の言うことがよく呑み込めない／我不能完了了解你的話。0

のみしろ【飲み代】（名）酒錢，喝酒的錢（＝さかだい、さかて）。2

のみすぎ【飲み過ぎ】（名）飲酒過量。0

のみす・ぎる【飲み過ぎる】（他下一）喝（吸）得太多，喝（吸）過量；☆飲み過ぎて病気になる／飲酒過量而得病；☆催眠剤を飲み過ぎて死んだ／吃了過量（多）的安眠藥而死了。4

のみすけ【飲助】（名）〔俗〕好喝酒的人，酒鬼（＝のんだくれ）。2

のみたお・す【飲み倒す】（他五）喝了酒不付錢，白喝酒；☆ごろつきに飲み倒される／被流氓白喝酒。0

のみち【野道（路）】（名）原野上的道路（＝のじ）。1

のみつ・くす【飲み尽す】（他五）喝完，喝光（＝のみきる、のみほす）。

のみつ・ける【飲み付ける】（他下一）①使勁喝；②喝慣；（烟）吸慣（＝のみなれる）。0

のみつぶ・す【飲み潰す】（他五）①因喝酒而傾家蕩産；☆家屋敷（いえやしき）を飲み潰す／把房産喝光了；②喝酒消耗（浪費）時間；☆丸一日を飲み潰す／喝了一整天酒（什麼也沒幹）。0

のみつぶ・れる【飲み潰れる】（自下一）醉倒；☆駅のホームに飲み潰れている男／倒在站臺上的醉漢；図のみつぶる（下二）。0

のみて【飲み手】（名）愛喝酒的人，酒徒（＝さけのみ、じょうご）。3

のみとり【蚤取】（名）①捉跳蚤；②←のみとりこ、のみよけ；～まなこ（蚤取眼）（名）明察秋毫的眼睛；☆蚤取眼で捜す／全神貫注（聚精會神地）搜索（尋找）。34

のみなかま【飲み仲間】（名）酒友（＝のみともだち）；☆彼等は飲み仲間だ／他們是酒友。3

*__のみならず__ I（連語）〔文〕不但，不僅（＝ばかりでなく）；☆彼は詩人たる（である）のみならず又画家でもある／他不但是詩人而且是畫家；II（接）不但如此，不僅此也（＝そればかりでなく）；☆のみならず君の命の親だ／不但如此，你還是我的救命恩人。130

のみにげ【飲み逃げ】（名）①在酒館喝了酒不付錢就跑掉；②宴會未結束就私自走開，逃席。0

のみのいち【蚤の市】（名）舊貨市場（由來於每星期日在巴黎城外舉行的舊貨市

場）。④

のみのふうふ【蚤の夫婦】（連語・名）妻的身材大於其夫的一對夫妻。

のみほ・す【飲み干す】（他五）喝光，喝乾，喝淨；☆一息（ひといき）に飲み干す／一口氣喝乾，一飲而盡。◎

のみまわし【飲み回し】（名・他サ）傳杯而飲。◎

のみみず【飲水】（名）飲用水，可以喝的水；☆この井戸の水は飲水にならぬ／這口井的水不能喝。②

*****のみもの**【飲み物】（名）飲料（包括汽水、酒、茶等）；☆飲み物は何と何がありますか／飲料（喝的）都有什麼？②③

のみや【飲屋】（名）①酒館；②小飯館，小酒館（＝いざかや）。②

*****の・む**【飲（呑）む】（他五）喝，飲，呑，嚥（吃）；☆水を飲む／喝水；☆薬を飲む／喝（吃）藥；☆母の乳を飲む／吃母親的奶；☆一息に飲む／一口氣喝下去；☆一口（ひとくち）に呑む／一口呑下；☆波が船を呑んだ／波浪把船呑没了；☆酒を飲んでも酒に飲まれるな／人喝酒，不能讓酒喝了人；〔喻〕喝了酒不要狂亂；☆今日は飲まず食わずだ／今天一天也没吃也没喝；②喝酒或吸烟；☆さあ，一杯飲もうではないか／來，咱們喝一杯（酒）吧；☆一日一箱飲む／一天吸一包（盒）烟；③飲泣呑聲；☆涙を飲む／飲泣，☆恨を飲む／飲恨；④不放在眼裏，藐視（＝かろんずる）；☆敵を呑む／把敵人不放在眼裏；☆彼は君を呑んでかかっている／他根本就没瞧起你；⑤無可奈何地接受（＝うけいれる）；☆相手方（あいてがた）の要求を呑む／接受對方的要求；⑦〔經〕（證券商或經紀人）侵呑。→のみこうい。①

のめ・す（他五）①使…向前倒；②（作爲補助動詞，表示動作的有力進行或徹底）；☆食いのめす／一個勁兒地吃，吃個没有完；☆さんざんに打ちのめす／痛打一頓。②

のめ・る（自五）向前倒，向前傾斜；☆足を踏み外（はず）してのめった／脚踩跐（翻）了向前摔倒。②

のやま【野山】（名）①山野（＝さんや）①

のら【野良】（名）①原野，野地（＝のはら）；②山地（＝たはた）；～いぬ【野良犬】（名）野狗（＝やけん）；～ぎ【野良着】（名）農民的山間勞作服；～しごと【野良仕事】（名）在田地裏的勞動，田間勞作；～ねこ【野良猫】（名）野貓①②

のらくら（名・副・自サ）遊手好閒（的人），無所事事（的人）；☆のらくらして暇を潰す／遊手好閒虛度光陰；～もの【のらくら者】（名）遊手好閒的人，懶漢（蛋）（＝なまけもの）。①

のり【法・則】（名）①法則，道理（＝どうり）；②教導，教訓（＝おしえ）；③準則，法規，章程，規矩（＝おきて）；☆法を超えず／不違背準則，不逾矩；④標準，模範，榜樣（＝てほん）；⑤佛法，佛經（＝ぶっぽう）；☆法の道／佛法，佛教的教義；⑥傾斜度；⑦直徑（＝さしわたし）。②

*****のり**【糊】（名）漿糊；☆糊を付ける／抹漿糊，掛漿；☆糊で貼る／用漿糊黏貼；☆このハンカチは糊が利（き）いている／這手帕漿得好。②

のり【海苔】（名）①〔植〕海苔的總稱；②紫菜（＝あさくさのり）；③紫菜片；～まき【海苔巻】（名）用紫菜片捲裹的飯糰。②

のりあい【乗合】（名）①（大家）同乘（一輛車或一隻船）；→かしきり；②～のりあいじどうしゃ、のりあいばしゃ；～じどうしゃ【乗合自動車】（名）公共汽車（＝バス）；～ばしゃ【乗合馬車】（名）公共馬車。◎

のりあ・げる【乗り上げる】Ⅰ（他下一）把（船、車等）開到障礙物上；☆彼等は船を岩に乗り上げた／他們把船開上了礁石；Ⅱ（自下一）（船車等）開上障礙等；☆汽船が浅瀬（あさせ）に乗り上げてしまった／輪船開上了淺灘；図のりあぐ（下二）。④

のりあわ・せる【乗り合わせる】（自下一）共乘（一輛車或一隻船等）；☆ハワイ行の船で彼と乗り合わせた／去夏威夷時同他坐一隻船上；図のりあはす（下二）⑤

のりい・る【乗り入る】（自五）①乘（車、船）進入；②攻入，衝進（敵人的地盤）；☆敵地に乗り入る／衝進敵人的地盤；図＝のりいれる。③

のりいれ【乗り入（れ）】（名）①乘車等進入（＝のりいれること）；☆学内は乗り入れ禁止です／校園内禁止車輛開進；②鐵路等的線路延伸到城市的中心區域◎

のりい・れる【乗り入れる】（他下一）乘車馬等進入；☆自動車を校内に乗り入れる／坐着汽車開進校園裏；図のりいる（下二）。④

のりうつ・る【乗り移る】（自五）①換乘（＝のりかえる）；☆バスに乗り移る／換乘公共汽車；②心神傾向；③（神靈等）附體，附托（＝とりつく）；☆神様が巫女（みこ）に乗り移った／神仙附到巫婆身上來了。④

*のりおく・れる【乗り後れる】（自下一）①舩誤乘（車、船等）；☆汽車に乗り後れた／舩誤了火車，沒趕上火車；③比別人後坐上；図のりおくる（下二）。⑤

のりおり【乗り降り】（名）上下（車、船等）；☆電車の乗り降りに注意する／上下電車時留神；☆子供の乗り降りの世話を頼む／托付照顧孩子上下（車、船）②

のりかえ【乗換え】（名）換乘（＝のりかえること）；☆乗換えの時、汽車を間違えた／換車時坐錯了火車；☆この線で行くと乗換えが多い／從這條路線去，換車次數多。⓪

*のりか・える【乗り換える】（他下一）①換乘，改乘，轉車；☆汽車を下りてから船に乗り換える／下火車之後改乘船；☆屏東行は高雄で乗り換える／到屏東去在高雄換車；②倒換，掉換（＝とりかえる）；☆利回りのいい株に乗り換える／（把利潤小的股票）倒換爲利潤大的股票；図のりかふ（下二）。④

のりかか・る【乗り掛かる】（自五）①正要乘（騎）上；☆乗り掛かろうとする時に汽車が動き出した／正要上的時候火車開動了；②開始作，着手（＝しはじめる）；③乘（騎）在上面；☆乗り掛かって相手を押しつける／騎在對方的身上使勁按住；◇乗り掛かった船／既然開始了，也只好搞到底了。④

のりき【乗り気】（形動ダ）感興趣，起勁，熱心（＝きのり）；☆乗り気になる／感興趣，起勁；☆乗り気になって人の話を聞く／熱心（很感興趣）地聽別人講話；☆大して乗り気になれなかった／不那麼感興趣。⓪

のりき・る【乗り切る】（自五）①乘（車、馬、船等）走過或越過；☆彼等の船はもう海峽を乗り切ったろう／他們的船已經開過了海峽了吧；②乘（車、馬、

等）挺進，越過，突破（＝のりこえる）；☆軍鑑が暴風雨を乗り切った／軍鑑突破了暴風雨；☆渡過（難關等）；☆難局を乗り切る／渡過困難局面。③

のりくみ【乗組】（名）①共同乘坐（同一車、船等）；☆このボートの乗組は十人だ／這隻短艇能載十個人；②←のりくみいん；～いん【乗組員】（名）船員；☆この汽船の乗組員は何名ですか／這艘輪船共有多少船員？⓪

のりく・む【乗り組む】（自五）共乘（同一車、船等），在交通工具上服務或勤務（＝のりあう）；☆インドネシア通いのタンカーに乗り組んでいる／在跑印尼航油輪上服務；☆操縱者が二人乗り組んでいる飛行機／兩名駕駛員搭乘的飛機。③

のりこ・える【乗り越える】（自下一）①乘（車、馬等）越過；☆馬で山を乗りえる／騎着馬越過山；②越出，跨過，越過（＝すすみでる、とびこえる）；☆垣根を乗り越える／跨過籬笆；③走過，渡過（＝とおりこす）；☆難関を乗り越える／渡過難關；図のりこゆ（下二）。④

のりごこち【乗心地】（名）乘（騎）在上面的感覺；☆乗心地が良（悪）い／坐（騎）着舒服（不舒服）。③

のりこし【乗越し】（名）乘電車、火車、公共汽車等時）坐過站；～きゃく【乗越し客】（名）坐過站的乘客；～りょうきん【乗越し料金】（名）因坐過了站而追加的車費。⓪

のりこ・す【乗り越す】（他五）（乘坐火車、電車、公共汽車等）坐過站；☆居眠（いねむ）りをして一駅（ひとえき）乗り越した／打瞌睡坐過了（火車，電車的）一站。③

*のりこ・む【乗り込む】（自五）①乘（車、馬等）進入，開進（＝のりいれる）；☆自動車で校内に乗り込んだ／坐着汽車進入了校園；②（和大家）共同乘坐，搭乘（＝のりあう）；☆君はどこでこの列車に乗り込んだのか／你是在哪個站坐上了這班列車的？③（軍隊等）到達，進入（＝くりこむ）；☆米軍がまっ先にベルリンへ乗り込んだ／美軍首先開進了柏林；☆我がチームは張り切って球場へ乗り込んだ／我隊精神百倍地進入了球場。③

のりしろ【糊代】（名）粘貼紙張時抹刷漿

糊的地方（部分）。②④

のりすて【乗り捨て】（名）①下了車船把它丟棄不管；②被丟棄的車船等交通工具。⓪

のりす・てる【乗り捨てる】（他下一）①棄車，棄船，由交通工具下來；☆新公園でタクシーを乗り捨てる／在新公園下計程車；②抛棄（汽車，船等）；☆盗まれた自転車は公園に乗り捨ててあった／失竊的自行車被抛棄在公園。④

のり・する【糊する】（自サ）①用漿糊黏貼；②（對織品）上漿。②③

*****のりだ・す【乗り出す】**（自五）①乘（交通工具）出去（離開）；☆沖（おき）に乗り出す／坐船出海；②開始乘（騎）（＝のりはじめる）；☆自転車に乗り出してから一月（ひとつき）になった／開始騎自行車以來，已經過了一個月；③挨近，挺出，探出（＝すすみでる）；☆膝を乗り出す／把膝蓋挨近，促膝；☆窓から乗り出して外を見る／從窗戶探出身子往外望；④出頭，出馬，登上…舞臺；☆世の中に乗り出す／（初）出社會；☆学術界へ乗り出した／在學術界嶄露頭角。③

のりつけ【糊付】（名・他サ）＝のりづけ ④

のりづけ【糊付け】（名・他サ）①（用漿糊）黏貼（的東西）；☆袋の口を糊付けにする／把紙袋的口黏上；②（對紗布或洗過的衣、布等）漿，上漿（＝のりつけ）；☆布に糊付けする／漿布；☆糊付けが良い／漿得好。③④

のりつ・ける【乗り付ける】（自・他下一）①急忙乘坐（交通工具）趕到；☆自動車で乗り付けた／坐着汽車趕到了；②乘坐交通工具直到跟前；☆玄関まで乗り付ける／（坐着車）直開到大門口；③乘慣，騎慣（＝のりならす）；☆乗りつけた馬／騎馴服了的馬；☆自動車に乗り付けると歩くのがまだるっこくなる／坐慣了汽車，就會感覺步行慢得受不了；困のりつく（下二）。④

のりて【乗り手】（名）①乘（騎）的人，乘客，騎者（手）；☆馬が乗り手を落した／馬把騎者摔掉了；☆この線路は乗り手が少ない／這條鐵路乘客少；②擅長騎馬的人。

のりと【祝詞】（名）〔神道〕祈禱文；☆祝詞を上げる／誦讀祈禱文。⓪

のりと・る【乗り取る】（他五）①攻占，

攻取；☆敵の陣地を乗り取る／攻取（奪取）敵人的陣地；②奪取，侵占；☆人の位置を乗り取る／奪取別人的地位。③

のりなら・す【乗り馴らす】（他五）騎馴服（＝のりつける）；☆馬を乗り馴らす／把馬騎馴服。

のりにげ【乗り逃げ】（名・自サ）①乘（車、馬等）跑掉；☆人の自動車で乗り逃げする／開着別人的汽車逃跑；②乘坐車船等不付錢就跑掉；☆汽車の乗り逃げをする／坐火車不買票下車跑掉。⓪

のりぬき【糊抜き】（名・他サ）把新布下水擺掉漿子。③④⓪

のりば【乗場】（名）乘坐車船等的地點（如站臺、碼頭等）；☆電車の乗場／電車站；☆船の乗場／乘船的碼頭。⓪

のりまわ・す【乗り回す】（他五）乘（騎）車、馬等到處走，兜風；☆自動車で市内を乗り回す／坐着汽車到市內各處兜風④

のりまわ・る【乗り回る】（自五）乘交通工具到各處去；☆自動車で市内を乗り回る／坐着汽車到市內各處兜風。④

*****のりもの【乗物】**（名）乘坐物，交通工具（一般指車、馬、轎等）；☆乗物に乗る／乘坐交通工具；☆乗物の便（べん）が好いところ／交通方便的地方。⓪

*****の・る【乗る】**（自五）①乘坐，搭乘，坐上，騎（上）；☆車（船，エレベーター）に乗る／坐車（船，自動梯）；☆馬（自転車）に乗る／騎馬（自行車）；☆台北で汽車に乗った／在臺北上了火車；②登上（＝のぼる）；☆屋根へ乗る／上屋頂；③乘勢，趁機；☆調子に乗ってどんどん進む／乘勢不斷地前進；④隨和，附和（節奏，拍子）；☆唄が伴奏に乗らない／歌調跟伴奏不調和；⑤附着（＝つく）；☆白粉がのる／白粉附着（不落）；⑥參與，參加（＝あずかる，くわわる）；☆私も一口乗ろう／我也算一份兒吧；☆その相談には乗りたくない／不願意參與那個計劃；⑦增強，旺盛起來（＝ます）；☆油が乗る／上膘，肥起來；（幹得）起勁；⑧登載，記載（＝かかれる）；☆名前が新聞に乗る／名字登在報上；☆その単語は辞書にのっていない／那個詞辭典裏沒有；⑨上當，受騙（＝だまされる）；☆口車（くちぐるま）に乗る／聽信花言巧語而受騙；☆その手には乗るものか／我可不上那個當；⑩（「神靈」等）附托，

附體（＝のりうつる）。◯

ノルウェー【Norway】（名）〔地〕挪威 ①③

ノルマ【俄 norma】工作定額。①

のれん【暖簾】（名）①掛在商家門上，印（寫）着商號的多幅半截布簾；②〔轉〕商店的字號，信譽；☆暖簾が古い／字號老；☆暖簾を売る／出兌舖底；☆暖簾を汚す（に拘わる）／損傷（商號的）信譽；③〔簿記〕商譽（老舖號的無形財產，包括營業上的買賣關係、經營上的經驗、秘訣等）；④營業；◇暖簾に腕押（うでおし）／和布簾比腕力；〔喻〕沒有搞頭兒，毫無成效；暖簾を分ける／對於忠實服務多年的老店伙，允許其使用同一字號開業，賣助本錢，貸與商品等。◯

のろ【鈍】遲鈍（的人）（＝のろいこと，のろま）。①

のろい【呪・詛】（名）詛呪，呪罵（＝のろうこと）；☆呪を受ける／受到詛呪（呪罵）☆呪が掛かっている／被詛呪 ②◯

＊**のろ・い**【鈍い】（形）①緩慢的，遲緩的，遲滯的；☆鈍い汽車／緩慢的火車；☆足（話、仕事）が鈍い／走路（說話、作事）慢；☆決斷が鈍い／遲疑不決，優柔寡斷；②遲鈍的，愚蠢的；☆万事（ばんじ）に鈍い人／對任何事都不敏感（感覺遲鈍）的人；図のろし（形ク）。②

のろ・う【呪（詛）う】（他五）①詛呪，呪罵；☆人を呪う／詛呪別人；☆世を詛う／呪罵社會；☆呪われた運命／倒霉的運氣，命途乖舛；②憎恨別人希望他倒霉，幸災樂禍，嫉恨；☆彼は僕を呪っている／他希望我倒霉（嫉恨我）。②

のろくさ（副・自サ）〔俗〕緩慢，遲鈍（＝のろのろ）；☆のろくさしないでさっさとやりなさい／別那末慢吞吞的，趕快幹吧。

のろくさ・い【鈍臭い】（形）緩慢的，遲鈍的，令人着急或不耐煩的；☆このぼろ自動車は鈍臭い／這個破汽車真慢；図のろくさし（形ク）。④

のろけ【惚気】（名）①〔のろける〕的名詞形；②←のろけばなし；～ばなし【惚気話】（名）（談話者本人跟妻子或愛人的）戀愛故事。

のろ・ける【惚気る】（自下一）津津樂道地講自己跟愛人的事情；☆人前で手放しでのろける／在別人面前大談自己跟愛人的事情。③

のろし【狼煙・烽火】（名）狼煙，烽火；☆狼煙を上げる／燃起狼煙。③

のろのろ（副・自サ）緩慢，遲緩，慢吞吞地；☆のろのろ歩く（進む）／緩慢地走路（前進）；☆のろのろと喋（しゃべ）る／慢吞吞地講；☆のろのろした動作／遲緩的動作。①

のろま【鈍間】（名）①動作緩慢遲鈍（不敏捷）的人；☆仕事となるとあいつは全くの鈍間だ／一作起活兒來，他就慢吞吞的；②腦筋遲鈍（愚笨）的人，笨蛋（＝まぬけ）。◯

のわき【野分】（名）秋末初冬颳的大風 ①③

ノン【接頭non】（接頭）表示「不」「非」等意義；☆ノンストップ／中途不停車（直駛終點）。

ノン【法・副non】（名）不（是）（＝いいえ、いや、ノー）。

のんき【呑（暢）気】（形動ダ）①悠閒，安閒，閒散，無憂無慮（＝きらく）；☆呑気な顔／無憂無慮的面孔；☆暢気に暮す／悠閒度日，悠游歲月；☆独身生活は呑気なものだ／獨身生活逍遙自在（無掛慮）；②不拘小節，從容不迫（＝きがながいこと）；☆呑気に構えている／（態度）從容不迫，不着急；☆物事を暢気に考える／把事情看得簡單；③蠻不在乎，漫不經心，粗心大意，馬虎虎虎（＝むとんちゃく）；☆自分の年を知らないとは随分呑気な人だ／連自己的歲數都不知道，眞夠馬虎啦。①

ノンストップ【non-stop】（名）中途不停直達；☆この電車はノンストップで東京まで行く／這班電車中途不停直達東京 ④

のんだくれ（名）酩酊大醉（的人），醉漢；☆のんだくれが道に倒れている／醉漢倒在路上；②喝大酒的人，酗酒者（＝おおざけのみ）；☆彼はのんだくれで厄介者だ／他喝起酒來沒有眞完沒了（討厭）◯

＊**のんびり**（副・自サ）舒舒服服（地），自由自在（地），毫無拘束（地），悠然自得（地）（＝のびのび）；☆のんびりと寝る／舒舒服服地躺着；☆のんびりと育つ／自由自在地成長；☆彼はいつものんびりしている／他總是那麼悠然自得（逍遙自在）的。③

ノンフィクション【nonfiction】（名）基於事實而作的記錄影片，記錄文學等。③

ノンプロ【←ノンプロフェッショナル（no

nprofessional)】(名・形動ダ)非職業性
的（選手）；☆ノンプロ野球／非職業性
（業餘）的棒球。⓪
のんべえ【飲兵衛】(名)喝大酒的人，酗
酒者，酒鬼（＝のんだくれ、おおざけの

み）。①
のんべんだらり (副) 游手好閒（地），無
所事事（地）；☆のんべんだらりと日を
暮らす／游手好閒度春秋，虚度光陰。⑥

は・ハ ば・バ ぱ・パ

は①五十音圖「は行」第一音；發音爲ha；②〔字源〕平假名是「波」的草體；片假名是「八」的全部。

*は【刃】(名)刃,刀刃；☆小刀の刃がこぼれた(欠けた)／小刀的刃傷了；☆刃のついた刀／開了刃的刀。

*は【羽】(名)①羽,羽毛；②翅膀；③箭翎；◇羽がきく／有勢力。[0]

*は【葉】(名)葉；☆木の葉／樹葉；☆葉が落ちる／葉落。[0]

は【端】(名)①頭,邊；☆口の端／口邊；☆山の端／山頭；☆軒の端／簷頭；②零星物,零頭；→はすう(端数)；はもの(端物)。[1][0]

*は【歯】(名)①齒,牙；☆歯が生える(抜ける)／長牙(掉牙)；☆歯を磨く／刷牙；②(器物的)齒；☆櫛の歯／木梳齒；☆鋸の歯／鋸齒；③(木屐的)齒；☆下駄の歯／木屐齒；◇歯が浮く①(吃酸物時)牙倒；②(對輕佻言行感到)肉麻；◇歯が立たない①硬得咬不動；②不配敵比賽的對手；歯に衣(きぬ)を着せない／直言不諱；歯の抜けたよう／縴牙露齒,殘缺不全；◇歯を食いしばる／咬牙(忍恨、忍痛等)。[1]

は(感)①(笑聲)哈；☆は、は、は、と笑う／哈哈地笑；②(回答聲)是；☆は、すぐ行きます／是,馬上就去。

は【派】(名)流派；☆派がちがう／流派不同；☆一つの派を立てる／樹立一派；☆二つの派に分かれて争う／分成兩派爭執。[1]

は【覇】(名)①霸,頭；②(運動)冠軍；☆全国の覇を争う／爭奪全國的冠軍[1]

は(名)〔樂〕C調。[1]

ば「は」的濁音；發音爲ba。

ば(接助)〔口語接動詞假定形下,文語接動詞未然形下〕①表示假定條件；☆話せば分かる／一說就明白；☆好ければ始めよう／同意的話就開始吧；②(有某種條件即得某種結果時)表示該條件；☆風が吹けば埃(ほこり)りが立つ／一颳風就塵土飛揚；③表示並列；☆英語もできれば日本語もできる／既會英語又會日語；④(用「…ば…ほど」的語形)越…越…；☆見れば見るほど美しい／越看越好看；☆読めば読む程面白い／越唸越有趣兒。

ぱ「は」的半濁音；發音爲pa。

－パ【per】(接尾)每(=ずつ)；☆百円パ／每百元。

*ば【場】(名)①場所,地方；☆その場に居合わせる／當時在場；☆その場で書いて出す／當場寫完提出；②座席,位置；☆場を取っておく／占下座位；☆場をはずす／離席,躲開；③(戲劇的)場面；☆芝居の別れの場／劇裏離別的場面；④場合；☆その場／當場,當時；☆その場にのぞんで／臨到那時；☆その場に及んで逃げ出す／臨陣脫逃；☆その場はどうにかおさまった／當時好歹算完事了；☆これはこの場限りの話だ／這是我們彼此之間的話(不可爲外人道)；☆その場をごまかす／當時矇混過去；⑤〔經〕(股票的)市；☆場が立つ／(進行)交易；⑥〔理〕(作用的)場；☆磁力(じりょく)の場／磁場。

はあ(感)①(應答聲)是；☆はあ、かしこまりました／是,知道了；②(驚嘆聲)喝；☆はあ、すごいですね／喝,眞棒！②(疑問聲)啊；☆はあ、本当ですか／啊?眞的嗎？[1]

バー【bar】(名)①棒,桿；橫木；②酒吧。[1]

ぱあ(名)(划拳時)五指伸開。[1]

パー【par】(名)①等價；②〔經〕平價；額面價格；☆公債をパーで売り出す／以額面價格出售公債；③高爾夫球用語,各洞的標準桿數。[1]

*ばあい【場合】(名)場合,(某種)時候,情形；☆困った場合には／臨到困難的時候；☆雨の場合は中止／下雨時停止；☆それは時と場合による／那要看時候和情形；☆この場合何とも仕方がない／這種情形實在沒有辦法。

パーキング【parking】(名)停車(場)；～メーター【parking meter】(名)停車收費器。[1]

*はあく【把握】(名・他サ)充分理解，掌握；☆文の内容を十分（じゅうぶん）把握する／充分掌握文章的内容。[1][0]

パーク【park】(名・自サ)①公園；②停車場；③停車。[1]

バーゲン・セール【bargain-sale】(名)大賤賣。[5]

パーコレーター【percolator】(名)(有濾過裝置的)咖啡壺。[4]

パーサー【purser】(名)客機上督導空中小姐和空中少爺的事務長，機艙長。[1]

パージ【purge】(名)清洗，肅清。[1]

バージン【virgin】(名)處女。[1]

バースコントロール【birth-control】(名)節制生育。[7]

パーセンテージ【percentage】(名)百分比，百分率。[5]

パーセント【percent】(名)百分比，％；☆五パーセント／百分之五。[1][3]

パーソナリティー【personality】(名)人格，個性。[4]

バーター【barter】(名)換貨（貿易）；～せい【barter 制】(名)〔經〕換貨貿易。[1]

パーティー【party】(名)①(交際性的)集會（茶會、晚會、舞會等）；☆パーティーを開く／舉辦（晚）會；②黨派；③登山隊。[1]

バーテンダー【bartender】(名)酒吧間的服務員或管理員，配酒者（＝バーテン）。[3]

ハート【heart】(名)①心；②心臟；③(撲克牌的)紅心牌；～がた【heart 形】(名)心形。[1][0]

バード【bird】(造語)(小)鳥；～ウィーク【bird week】(名)愛鳥週。[1]

パート【part】(名)①部分；②份兒；③角色；④樂曲之一部。[1]

パートタイム【part-time】(名)臨時工。[4]

パートナー【partner】(名)①舞伴；②同伙，伙伴。[1]

ハードル【hurdle】(名)〔運動〕①欄；②←ハードルレース；～レース【hurdle-race】(名)跳欄賽跑。[1][0]

ハーフ【half】(名)①一半；②混血兒；③〔足球〕中衞（＝ハーフバック）；～コート【half-coat】(名)婦女 短上衣；～タイム【half-time】①(限定的)一半時間；②〔運動〕中間休息；～トーン

【half-tone】(名)①〔照像〕中間色調；②〔樂〕半音；～バック【half-back】(名)〔足球〕中衞。[1]

ハープ【harp】(名)〔樂〕豎琴。[1]

ハープシコード【harpsichord】(名)〔樂〕一種有鍵盤樂器（鋼琴的前身）。[5]

バーベキュー【barbecue】(名)烤肉；☆庭でバーベキューをする／在院子裏吃烤肉（野餐）。[3]

バーベル【barbell】(名)一種舉重用的體育器材；兩端有鐵輪的鐵桿。[1][0]

パーマ（ネント）【permanent】(名)←パーマネントウェーブ；～ウェーブ【permanent wave】(名)電燙髮；☆パーマをかける／燙頭髮。[1]

ハーモニー【harmony】(名)①調和，融洽；②諧調，和聲。[1]

ハーモニカ【harmonica】(名)口琴（＝ハモニカ）。[0]

パーラー【parlour】(名)①談話室；會客室；②(商店內)招待客人房間；小賣店。[1]

はあり【羽蟻】(名)〔動〕羽蟻。[0]

パール【pearl】(名)眞珠。[1]

バーレル【barrel】(名)①大琵琶桶；②一琵琶桶的容量〔通常爲36加侖；（＝バレル）〕。[1]

*はい【感】①(答應聲)有；到；是；☆山田君！はい／山田君！──有！到！☆はい、おっしゃる通りです／是的，您說得一點不錯；②(提醒注意)喂；☆はい、こちらを向いて／喂，請面向這邊；☆はい、これでよろしい／這就成了；②(驅馬聲)；☆はいはい、どうどう／駕駕[1]

*はい【灰】(名)灰；☆焼いて灰にする／燒成灰。[0]

はい【杯（盃）】(名)〔文〕杯（＝さかずき）；☆杯を挙げる／舉杯。[1]

*はい【肺】(名)〔解〕肺；☆肺が弱い／肺弱；☆肺で呼吸する／用肺呼吸；②肺病。[1][0]

ハイ【high】(造語)①高；②高級；高位；③高貴。

*ばい【倍】(名)一倍；☆三の倍は六／三的倍數是六；☆予算の倍も金がかかった／開支超過了預算的一倍。[1]

ばい(名・他サ)〔兒〕拋棄，扔掉。[1]

パイ【牌】(名)麻將牌。[1]

パイ【pie】(名)(肉或果實餡的)餡餅[1]

は

はいあが・る【這い上がる】（自五）爬上去。◎

*はいいろ【灰色】（名）①灰色；☆灰色の壁／灰色牆；②〔轉〕暗淡；☆灰色の人生／思想消極悲觀的）暗淡的人生；〔轉〕搖擺不定；☆灰色の議員／搖擺不定的議員。◎

はいいん【敗因】（名）〔文〕敗因，失敗的原因；☆敗因はどこにあったか／失敗的原因何在呢。◎

ばいう【梅雨】（名）〔文〕黃梅雨（＝つゆ）。①

ハイウェー【high way】（名）高速公路。◎

はいえい【背泳】（名）仰泳（＝バックストローク）。◎

はいえき【廃液】（名）〔文〕廢液；☆廃液を処分する／處理廢液。◎

はいえつ【拝謁】（名・自サ）〔文〕謁見；☆天皇に拝謁する／晉謁天皇。◎

はいえん【肺炎】（名）〔醫〕肺炎；☆肺炎にかかる／患肺炎。◎

ばいえん【梅園】（名）〔文〕梅園。◎

ばいえん【煤煙】（名）煤煙；☆煤煙で服がよごれる／衣服被煤烟弄髒。◎

バイオニア【pioneer】（名）先驅；開拓者。④

*バイオリン【violin】（名）〔樂〕小提琴。◎

バイオレット【violet】（名）〔植〕①紫羅蘭（＝すみれ）；②紫羅蘭色。◎

はいか【配下】（名）〔文〕屬下，部下；☆配下のものを引き連れて行く／帶着部下去。①

はいか【廃家】（名）〔文〕①沒有人住的破房；②〔法〕無繼承人的家系。①◎

はいが【胚芽】（名）〔植〕胚芽；～まい【胚芽米】（名）胚芽米。①

はいが【拝賀】（名）〔文〕①對尊長表示祝賀；②朝賀。①

ばいか【倍加】（名・自他サ）〔文〕①加倍；②大大增加；☆負担が倍加される／負擔倍增。◎

ハイカー【hiker】（名）徒步旅行者。①

はいかい【徘徊】（名・自サ）〔文〕徘徊；☆怪しいものが家の近くを徘徊している／有個可疑的人在房屋左近走來走去。◎

はいかい【俳諧】（名）①詼諧，戲謔（＝おどけ、たわむれ）；②一種帶滑稽趣味的和歌；③連句（れんく）、発句（ほっく）的總稱；俳句（＝はいく）。①◎

*ばいかい【媒介】（名・他サ）媒介；☆鼠はペスト菌を媒介する／老鼠 傳播鼠疫菌。◎

ばいがく【倍額】（名）加倍的金額；☆運賃は去年の倍額になる／運費增爲去年的二倍。◎

はいかぐら【灰神楽】（名）（有火的灰裏灑上水時）飛起灰塵；☆火鉢にやかんをひっくり返して、一面灰神楽になる／水壺在火盆裏翻倒了，弄得飛灰四起。③

はいかつりょう【肺活量】（名）肺活量；☆肺活量を測る／量肺活量；☆肺活量が多い（少ない）／肺活量大（小）。④

ハイカラ【high collar】（名・形動ダ）①高衣領；②洋氣十足的人；③時髦（的人）；☆ハイカラな家を建てる／蓋時髦的房子。◎

はいかん【拝観】（名・他サ）〔文〕〔敬語〕觀看；☆拝観を許す／准許參觀；～しゃ【拝観者】（名）參觀（博物館、古廟等）的人；～りょう【拝観料】（名）參觀費。◎

はいかん【廃刊】（名・他サ）停刊；☆雑誌が三号で廃刊になった／雜誌出了三期就停刊了。◎

はいかん【配管】（名・自サ）埋設自來水管、煤氣管。◎

はいき【排気】（名・自サ）排除空氣；☆完全に排気して真空をつくる／把空氣完全排出使成眞空。◎

はいき【廃棄】（名・他サ）〔文〕廢棄，廢除；☆条約の廃棄を宣言する／宣言廢除條約☆契約を廃棄する／廢除契約。①◎

ばいきゃく【売却】（名・他サ）〔文〕賣掉；☆蔵書を売却する／賣掉藏書。◎

はいきゅう【排球】（名）排球（＝バレーボール）。◎

はいきゅう【配給】（名・他サ）〔文〕配給，配售；☆砂糖を配給する／配給白糖。◎

はいきょ【廃墟】（名）〔文〕廢墟；☆戦争で町が廃墟と化す／城市因戰爭爲廢墟。①

はいぎょう【廃業】（名・自サ）①廢業，歇業；②〔藝妓〕從良，不再操舊業。◎

はいきん【拝金】（名）拜金，崇拜金錢；～しゅぎ【拝金主義】（名）拜金主義。◎

*ばいきん【黴菌】（名）黴菌，細菌；☆煮沸して黴菌を殺す／煮沸以滅菌。◎

*ハイキング【hiking】（名・自サ）徒步旅行，健行。①

バイキング【viking】（名）①八至十一世紀的北歐海盜；②←バイキング料理；〜りょうり【viking 料理】（名）一種北歐式自助餐。

はいく【俳句】（名）俳句〔由五、七、五共十七字組成的短詩（＝ほっく，はいかい）〕。①③

ハイク【hike】（名）→ハイキング。①

バイク【bike】（名）機器脚踏車。①

はいぐ【拝具】（名）〔文〕謹上〔寫在書函最後表示敬意〕。①

はいぐう【配偶】（名）配偶，夫婦；〜しゃ【配偶者】（名）配偶者。

*はいけい【背景】（名）〔文〕①背景；☆背景の色が悪い／背景的顔色不好；②佈景；☆豪華な背景をつくる／做豪華的佈景；③靠山，後盾；☆彼には経済的な背景がある／他有經濟後盾。⓪

はいけい【拝啓】（名）〔文〕（書信用語）敬啓者。①

はいげき【排撃】（名・他五）〔文〕抨擊，排斥；☆片寄った意見は断乎として排撃せねばならぬ／偏激的意見必須斷然罪擊。⓪

*はいけっかく【肺結核】（名）〔醫〕肺結核。③

はいけつしょう【敗血症】（名）〔醫〕敗血症。④

はいけん【拝見】（名・他サ）〔（みる）的敬語〕瞻仰，看；☆これを一寸拝見致します／請讓我看看這個；☆お手紙を拝見しました／大札拝悉。⓪

はいご【背後】（名）①背後；☆背後から斬りつける／從背後砍上去；②〔轉〕背地；☆背後に誰かが居て操っている／背地有人在操縱。①

はいこう【廃校】（名・他サ）學校停辦；☆入学応募者がなくて廃校になる／沒有報名投考者，因而學校停辦了。⓪

はいごう【配合】（名・他サ）配合；☆色の配合がよい／顔色配合得好；☆薬を配合する／配藥。⓪

はいごう【俳号】（名）俳句詩人的筆名③⓪

ばいこく【売国】（名）〔文〕賣國；☆売国行為をする／進行賣國；〜ど【売国奴】（名）賣國賊。

はいこつ【腓骨】（名）〔解〕〔ひこつ〕

之訛。

ばいざい【媒材】（名）〔文〕作媒介的材料。⓪

はいさつ【拝察】（名・自サ）〔文〕〔敬語〕推測；☆お悲しみのことと拝察致します／我想您很悲痛（深表同情）。⓪

はいざら【灰皿】（名）烟灰碟。⓪

はいざん【敗残】（名）①戰敗未死；☆敗残の将／敗軍之將；②零落；☆敗残の身／沒落的身世；〜へい【敗残兵】（名）殘兵。⓪

*はいし【廃止】（名・他サ）作廢，廢止，廢除；☆虚礼を廃止する／廢除虛禮。⓪

はいしゃ【敗者】（名）〔文〕敗者。

はいしゃ【歯医者】（名）牙醫，牙科大夫①

はいしゃく【拝借】（名・他サ）〔（かりる）的敬語〕借；☆金を五万円ほど拝借したい／請借給我五萬塊錢；☆ちょっとお智恵拝借／請您給拿個主意。

ばいしゃく【媒酌】（名・他サ）作媒，媒人；☆恩師の媒酌で／由於以前的老師的介紹；〜にん【媒酌人】（名）媒人，介紹人。⓪

ハイジャック【hijack】（名）刧持，刧機③

ハイジャンプ【high jump】（名）〔運動〕急行跳高（＝はしりたかとび）。③

はいじゅ【拝受】（名・他サ）〔文〕領受；接受；☆勲章を拝受する／領受勲章①

*はいしゅう【買収】（名・他サ）收買；建物を買収する／買房子；☆敵を買収する／收買敵人。⓪

はいしゅつ【排出】（名・他サ）〔文〕①排出，放出；☆膿を排出する／把膿排出；②排泄（＝はいせつ）。⓪

はいしゅつ【輩出】（名・自サ）輩出；☆英才が輩出する／人才輩出。⓪

ばいしゅん【売春】（名）〔文〕賣淫；☆売春を取り締まる／禁止賣淫；〜ふ【売春婦】（名）妓女。⓪

はいじょ【排除】（名・他サ）〔文〕排除，消除；☆邪魔物を排除する／消除障礙。①

はいしょう【拝承】（名・他サ）〔（きく）的敬語〕聽；☆かねがねお噂（うわさ）を拝承しておりました／久仰大名。⓪

はいしょう【拝誦】（名・他サ）〔文〕拝讀；☆御手紙拝誦致しました／大札奉悉。⓪

*ばいしょう【賠償】（名・他サ）賠償；☆

損害を賠償する／賠償損失；☆賠償を取る／索取賠償；～きん【賠償金】（名）賠款。◎

はいしょく【敗色】（名）〔文〕敗勢；☆敗色が濃い／大有敗北之勢。◎

はいしょく【配色】（名）顔色的配合；☆配色に工夫を凝（こ）らす／在配色上下工夫；☆配色のよい服装／顔色配合得好的服装。◎

はいしん【背信】（名）〔文〕背信棄義；違約（＝うらぎり）；☆背信行為を責める／責備背信棄義行為。◎

はいじん【俳人】（名）俳句詩人。◎

はいじん【廃人】（名）廃人；☆気が狂って全く廃人になった／精神失常完全成了廃人。◎

ばいしん【陪審】（名）〔法〕陪審；～いん【陪審員】（名）陪審員。◎

はい・す【拝す】Ⅰ（他五）→はいする；Ⅱ（他す）〔文〕叩拝。①

はい・す【廃す】Ⅰ（他五）→はいする；Ⅱ（自他サ）〔文〕廃止，廃除。①

はいすい【配水】（名・自サ）（用管向各處）供水；☆工事で配水がとまる／因為修建工程而断水；☆田に配水する／向田裏放水。◎

はいすい【排水】（名・自サ）排水；☆ポンプで排水する／用泵排水；☆排水量一万トンの客船／排水量一萬噸的客輪。◎

はいすい【背水】（名）〔文〕背水；～のじん【背水の陣】（名）〔文〕背水陣；☆背水の陣を敷く／擺下背水陣；〔喩〕決一死戦。◎

はいすい【廃水】（名）〔文〕廃水。◎

ばいすう【倍数】（名）倍數；☆六は三的倍数／六是三的倍數。③

*ハイスクール【high school】（名）①高等學校；②（美國的）中學校。④

ハイスピード【high speed】（名）高速度。④

はい・する【排する】（他サ）①推開；②排除；排斥；☆不正行為を排する／排斥不正行為；図はいす（サ）。③

はい・する【拝する】（自・他サ）①拝，禮拝；☆社頭に拝する／在神社前叩拝；②〔（みる）的敬語〕看，見；☆御元気な御姿を拝して／看到您精神很好；③拝受；☆組閣（そかく）の大命（たいめい）を拝する／受命組閣。③

はい・する【配する】Ⅰ（自サ）〔文〕配，匹敵；Ⅱ（他サ）①匹配；②配置，安置，安插；☆要所に人を配する／在重要地點安置下人員；☆庭に石を配する／庭園裏點綴一些山石；③配合；☆紺の背広に、えんじのネクタイを配する／用臙脂色領帯配合藍西服；図はいす（サ）。③

はい・する【廃する】Ⅰ（自サ）荒廃（＝すたれる）；Ⅱ（他サ）廃除，取消，作廃；☆一方だけを廃することは出来ない／不能偏廃；☆制度を廃する／廢除制度；☆君主を廃する／廢除君主；図はいす（サ）。③

ばい・する【倍する】（自・他サ）加倍；倍増；☆味方に倍する敵軍／比乃方多一倍的敵軍；☆旧に倍して御愛顧を願います／請比已往加倍照顧；図ばいす（サ）。

はいせき【排斥】（名・他サ）排斥；☆悪い風気は、排斥すべきだ／壊的風氣應該排斥。◎

ばいせき【陪席】（名・自サ）①陪坐；②〔法〕陪審員。◎

はいせつ【排泄】（名・他サ）排泄；☆排泄する器官／排泄器官。◎

はいせん【配線】（名・他サ）〔電〕佈線；架線；線路；☆ラジオの配線／收音機的線路。◎

はいせん【敗戦】（名・自サ）敗戦；☆敗戦後の日本の社会情况／敗戦後的日本社會状况。◎

はいぜん【配膳】（名・自サ）（給客人）擺上食案，擺上飯食。◎

はいそ【敗訴】（名・自サ）〔法〕敗訴；☆原告側の敗訴となった／原告敗訴了。①

ばいぞう【倍増】（名・自サ）〔文〕倍増。◎

はいぞく【配属】（名・自サ）（人員的）分配；☆配属がきまる／分配已定；☆総務課に配属する／分配到總務科。◎

ハイソックス（名）長到膝蓋左右的襪子。③

はいた【歯痛】（名）牙疼（＝しつう）；☆歯痛を起こす／牙疼起來。◎

はいた【排他】（名）排他，排斥旁人；☆排他的な行動はやめよう／不要排斥旁人吧。◎

はいたい【胚胎】（名・自サ）〔文〕胚胎；☆一切の悪弊はそこに胚胎している／一切弊端皆孕育於此。◎

はいたい【敗退】（名・他サ）敗退；敗戦；☆五対ゼロで敗退した／以五比零敗

了。◯

はいたい【廃頽】（名）頽廢；**～てき【廃頽的】**（形動ダ）頽廢的。◯

ばいたい【媒体】（名）〔理〕媒介物，介質。◯

はいだ・す【這い出す】（自五）爬出；☆洞穴（ほらあな）から這い出す／由洞裏爬出。◯

はいたたき【蠅叩き】（名）蠅拍。③⑤

*__はいたつ【配達】__（名・他サ）送，投遞；☆新聞(牛乳)を配達する／送報(牛奶)☆配達を止（や）める／停（止）送；☆配達不能の郵便物／無法投遞的郵件；☆お買い上げの品は、当日（とうじつ）配達致します／您購買的東西當天給您送上去；**～さき【配達先】**（名）收貨人；**～しょうめい【配達証明】**（名）〔郵〕雙掛號；**～にん【配達人】**（名）送貨人◯

バイタリティー【vitality】（名）活力③

はいだん【俳壇】（名）俳句界。◯

*__はいち【配置】__（名・他サ）配置；安置；☆席の配置が悪い／座席安排得不當；☆沿道に警官を配置する／沿路配置下警察。①◯

はいちょう【拝聴】（名・他サ）〔文〕〔（きく）的敬語〕拜聽；☆お話をおもしろく拝聴しました／您的話我聽得很有趣◯

ハイツ【heights】①高臺，高地；②高臺上的集體住宅。◯

はいつくば・う【這い蹲う】（自五）匍匐⑤

はいで・る【這い出る】（自下一）爬出；☆垣根（かきね）の破れから這い出る／從籬笆窟窿爬出；◊蟻の這い出る隙もない／水泄不通。◯

はいでん【拝殿】（名）〔文〕（神社的）前殿。①◯

はいでん【配電】（名・自サ）饋電，送電；**～しょ【配電所】**（名）饋電所。◯

ばいてん【売店】（名）（車站、劇場等內設的）小賣店。◯

バイト（名）←アルバイト。◯

*__はいとう【配当】__（名・他サ）①分配；☆一人二つずつ配当する／每人分給兩個；☆色々な仕事に時間を配当する／對各種工作分配時間；②〔經〕分紅；紅利；☆株に対する配当／股票的紅利；☆一割の配当をする／按一成分紅；**～おち【配当落】**（名）〔經〕分紅後的股票。◯

はいとく【背徳】（名）〔文〕違背道德；☆

それは背徳行為だ／那是不道德的行為◯

はいどく【拝読】（名・他サ）〔文〕拜讀；☆あなたの論文を拝読しました／我讀過您的論文。◯

ばいどく【黴毒・梅毒】（名）〔醫〕梅毒①◯

はいとり【蠅取り】（名）①捕蠅②蠅拍④③

パイナップル【pine-apple】（名）〔植〕波羅，鳳梨（＝パインアップル）。③

はいにち【排日】（名）排日；**～うんどう【排日運動】**（名）排日運動。◯

はいにょう【排尿】（名・自サ）〔醫〕排尿。◯

はいにん【背任】（名・自サ）〔法〕瀆職；**～ざい【背任罪】**（名）瀆職罪。◯

ハイネック【high-neck】（名）〔縫紉〕高領。◯

はいのう【背囊】（名）背囊；☆背囊を背負う／背背囊。◯

ハイハードル【high hurdle】（名）〔運動〕高欄（賽跑）。③

はいはい（感）〔（はい）的疊用〕；①（高興時的回答聲）是是；☆はいはい、さっそく持って参ります／是是，就拿來；②（不滿時的回答）是了是了；☆はいはい、わかりましたよ／好啦好啦，我懂了；③（使人讓路時的吆喝聲）喂，喂☆はいはい、そこどいてくれ／喂，喂，躲開那裏；④（驅馬聲）駕駕。①

はいはい【這這】 I（名・自サ）〔兒〕爬；☆はいはいしておいで／爬來；II（連語）一邊爬着，爬着爬着（＝はいながら）。①

*__ばいばい【売買】__（名・他サ）買賣；☆株を売買する／買賣股票。①

バイバイ【bye-bye】（名・感）〔俗〕再見（＝さようなら）。①

ぱいぱい（兒）奶（おっぱい）。①

バイ・パス【by-pass】（名）迂廻路。◯

はいび【拝眉】（名・自サ）〔文〕見面；會面；☆拝眉の上、詳しくお話しします／見面後再詳細和您說。①

ハイヒール【high heel】（名）高跟鞋③

ハイビスカス【hibiscus】（名）芙蓉。③

*__はいびょう【肺病】__（名）〔醫〕肺病，肺結核。◯

はいひん【廃品】（名）廢品；**～かいしゅう【廃品回収】**（名・連語）廢品回收◯

はいふ【配付】（名・他サ）〔文〕分發；☆試験問題を配布する／發試題。①◯

はいふ【配布】（名・他サ）〔文〕配布；
☆ビラを配布する／散發傳單單。[1][0]

はいぶ【背部】（名）〔文〕①背部；②背
後。[1]

パイプ【pipe】（名）①笛；管樂器；②管
，導管；③烟斗；烟嘴；～オルガン【
pipe organ】（名）〔樂〕管風琴。[1]

ハイ・ファイ【hifi】（名）原音收音，高度
傳眞性的。[3]

はいふく【拝復】（名）〔文〕（書信用語）
敬復者。[1]

はいぶつ【廃物】（名）廢物，廢品；☆廃
物の利用／廢物利用。[0]

バイブル【Bible】（名）〔宗〕聖經。[1]

バイブレーション【vibration】（名）震
動。[4]

バイプレーヤー【byplayer】（名）助演者
，配角。[4]

ハイフン【hyphen】（名）連字符（-）[1]

*はいぶん【配分】（名・他サ）分配；☆ま
とめて渡すから三人で適当に配分しなさ
い／一起交給你們，三個人隨便分一分
吧。[0]

はいべん【排便】（名・自サ）排除大便，
排便；☆三日も排便しない／三天沒有大
便。[0]

ハイボール【high ball】（名）威士忌蘇
打水。[3]

*はいぼく【敗北】（名・他サ）〔文〕敗北
，敗仗；☆みじめな敗北を喫する／遭受
慘敗。[0]

はいほん【配本】（名・自サ）①（把接受
預約而出版的書籍）分發給（預約讀者）
；☆三月下旬に配本する予定／預定在三
月下旬發書，②（把出版的書籍）發行給
（書店）；☆配本が少ないので売り切れ
た／因爲發來的册數少賣光了。[0]

はいまつ【這松】（名）〔植〕伏松，臥藤
松。[1][2]

はいまつわ・る【這い纏る】（自五）攀纏
；☆蔦（つた）が建物に這い纏る／常春
籐爬在房上。[5][0]

はいめい【拝命】（名・自サ）受命，接受
任命；☆カナダ大使を拝命する／被任命
爲駐加拿大大使。[0]

ばいめい【売名】（名）沽名釣譽；☆売名
を狙って表面に出る／爲了沽名釣譽而抛
頭露面。[0]

バイメタル【bimetal】（名）自動溫度調整
器。[3]

ハイヤー【hire】（名）（雇車時要叫的）
出租汽車；☆ハイヤーを雇う／雇出租汽
車。[1]

バイヤー【buyer】（名）（出口貿易的）
買方；☆バイヤーと交渉する／和買方商
洽。[1]

はいやく【配役】（名）〔劇、電影〕分配
角色；☆配役をきめる／決定角色。[0]

はいやく【背約】（名・自サ）背約；☆や
むなく背約する／不得已而背約。[0]

ばいやく【売約】（名・自サ）出售契約；
☆売約した商品／已售商品；☆売約済み
／已售。[0]

ばいやく【売薬】（名）（藥房賣的）成藥
；☆売薬で間に合わす／先吃一付成藥；
暫用成藥對付一時。[0]

バイヤス【bias】（名）斜紋布。[1]

はいゆ【廃油】（名）〔文〕廢油。[0]

*はいゆう【俳優】（名）〔劇、電影〕演員
；☆俳優になる／當演員；☆映画（えい
が）俳優／電影演員。[0]

ばいよう【培養】（名・他サ）〔文〕培養
，培植；☆細菌を培養する／培養細菌；
☆国力を培養する／培養國力。[0]

ハイライト【high light】（名）①光線最
強部分；②〔劇〕最精彩部分；③〔照像
、繪畫〕高光。[3]

はいらん【排卵】（名・自サ）〔生〕排卵[0]

はいりぐち【入り口】（名）入口（＝いり
ぐち）。[3]

はいりこ・む【入り込む】（自五）①進入
，進到裏面；☆奥へ入り込む／進到裏邊
去；②爬入，鑽入；☆猫が塀（へい）の
穴からなかへはいりこむ／貓從牆窟窿爬
進裏邊去。[0]

ばいりつ【倍率】（名）〔理〕放大率，放
大倍數。[0]

*はいりょ【配慮】（名・他サ）關懷，關照
，照料；☆御配慮に与かり有難うござい
ます／多蒙您關照謝謝；☆行き届いた配
慮／無微不至的照料；☆体の弱いことを
配慮して特別に取り扱う／照顧軟弱的身
體，特別對待。[1]

ばいりょう【倍量】（名）一倍的量。[3]

*はい・る【入る】（自五）①進入；☆玄関
から入る／從正門進入；☆汽船は明日港
に入る／輪船明天入港；☆梅雨にはいる／
進入梅雨期；☆はいってもいいでしょう

か／可以進去嗎？②闖進；☆盗みに入る
／入盗；☆昨夜泥棒がはいった／昨天夜
裏進來賊了；③加入，參加；☆軍隊に入
る／入伍；従軍；☆クラブにはいる／加
入倶楽部；☆会社にはいる／進公司裏
工作；④入（學）；☆まだ学校にはいら
ぬ／還未上學；☆大学にはいる／進入大
學；⑤放入，裝進；容納；☆この箱に入
る位の大きさ／這個箱子能容下的大小；
☆この財布には三百円はいっている／這
個錢包裏裝有三百塊錢；☆この室には百
人入る／這間房子能容納一百人；⑥包括
在内，含有；☆雑費（ざっぴ）も勘定に
はいっている／雜費也算在内了；☆私も
その中に入っている／連我也包括在内；
⑦収入；入手，得到；☆月に五千円入る
／每月收入五千元；☆私の手に入るのは
六万円ばかりだ／到我手的只是六萬日圓
上下；☆情報が入る／得到情報；☆風呂
に入る／洗澡；耳にはいらぬ／不入耳，
不聽；力がはいる／使勁上勁。①

パイル【pile】（名）絨毛。①

*はいれつ【排列】（名・他サ）排列；☆大
きいものから順に排列する／大的為首依
次排列。◎

パイロット【pilot】（名）①領港員；②飛
機駕駛員，飛行員。②

パイン【pine】（名）〔植〕①松；②←
パインアップル；～アップル【pine
apple】（名）〔植〕波羅，鳳梨。①

*は・う【這う】（自五）①爬；☆赤んぼう
が這うようになった／嬰兒會爬了；☆蛇
が庭を這う／蛇在院子爬；☆かぼちゃを
屋根にはわせる／使南瓜蔓往房上爬；②
趴；◇這えば立て、立てば歩め／（父母）
殷切盼望子女長大。①

ハウス【house】（造語）①房屋，住宅；～
キーパー【house keeper】（名）①房
屋管理人；②女管家；③主婦。①

パウダー【powder】（名）①粉，粉末；②
撲粉；香粉；③←ベーキングパウダー①

はうちわ【羽団扇】（名）羽毛扇。②③

バウンド【bound】（名・自サ）（球）進
，跳；☆よくバウンドするボール／跳得
很高的球；☆ワンバウンドでとめる／（
球）跳一次後截住。①◎

*はえ【蠅】（名）〔動〕①蠅（＝ハエ）；
☆蠅を追う／驅蠅；②〔轉〕渺小人物◎

はえ【映え・栄え】（名）〔文〕①〔はえ

る〕的名詞形；②光榮；☆栄えある優勝
を遂げる／獲得光榮的優勝。①②

はえぎわ【生え際】（名）（前額或後頸的）
髮際☆額（ひたい）の生え際が薄くなっ
ている／前額上的頭髮稀了，禿頂了④◎

はえなわ【延縄】（名）（一條幹縄上拴許
多鈎絲的）釣魚具。②◎

はえばえし・い【映映しい】（形）顯得華
麗，漂亮的；図はえばえし（形シク）⑤

は・える【映える】（自下一）①照，映照
；☆夕日に映える西の空／夕陽映照的西
方天空；②顯得美麗（漂亮）；顯眼；☆
彼はみすぼらしくて映えない男だ／他衣
服襤褸，其貌不揚；図はゆ（下二）。②

*は・える【生える】（自下一）生，長；☆
草が生える／長草；☆歯が生える／長牙
；◇蒔（ま）かぬ種は生えぬ／不播種籽
不長苗；黴が生えた／發霉，過於陳腐；
図はゆ（下二）。②

パオ【包】（名）蒙古包。①

はおと【羽音】（名）①振翅聲；②（箭射
出後箭尾的）羽聲。◎

はおり【羽織】（名）（和服外套的）短和
服，外掛；☆羽織を着る／穿外掛；～は
かま【羽織袴】（名）①外掛和（和服式）
裙子；②禮裝；☆羽織袴で出かける／穿
上禮裝出門。②

はお・る【羽織る】（他五）披上，罩上，
套上；☆マントを羽織る／披上斗蓬。②

はか【量・捗】（名）（工作等的）進度；
☆はかが行く／進展。②

*はか【墓】（名）墳，墓；☆先祖の墓／祖
先的墳；～まいり【墓参り】（名）上墳，
掃墓。②

*ばか【馬鹿・莫迦】（名・形動ダ）①愚蠢
，獣儍，糊塗（＝おろか）；☆馬鹿な行
ないをする／做糊塗事；☆馬鹿の骨頂／
愚蠢透頂，混蛋到家；②不合理，無價值
，無聊；☆馬鹿を言うな／別說廢話，別
胡說；☆そんな馬鹿な話はない／哪裏有
那麼不合理的事，豈有此理；③不好使，
不中用；☆風邪（かぜ）を引いて鼻が馬
鹿になった／因爲傷風鼻子不通了；☆芥
子（からし）が馬鹿になった／芥末不辣
了；④過度，非常；☆今年は馬鹿に暑い
／今年特別熱；☆雪が馬鹿に降る／雪下
得厲害；☆馬鹿な値段だ／過高的價錢；
⑤混蛋，儍瓜，糊塗蟲；☆そんなことに
賛成する馬鹿はない／沒有一個混人贊成

那種事；☆馬鹿につける薬はない／混人不可救藥；⑥←ばかがい；◇**馬鹿にする**／輕侮、瞧不起；☆人を馬鹿にするな／不要瞧不起人，一條道跑到黑，死心眼；**馬鹿の一つ覚え**／吃虧，上當，倒霉；☆正直者（しょうじきもの）が馬鹿をみることがある／正直人有時吃虧；☆こんな物に千円も出して馬鹿をみた／花一千塊錢買這樣東西眞不值得；～**がい**【馬鹿貝】（名）〔動〕馬珂；～**くさい**【馬鹿臭い】（形）愚蠢的，划不來的；無聊的（＝つまらない、ばからしい）；☆一所懸命に働いて叱られては馬鹿臭い／拼命幹反倒挨申斥，划不來；～**げる**【馬鹿気る】（自下一）顯得愚蠢、糊塗、無聊；☆実に馬鹿気た話だ／眞無聊；☆彼の行ないは全く馬鹿気ている／他的行爲糊塗透了；～**じから**【馬鹿力】（名）傻力氣；～**しょうじき**【馬鹿正直】（名・形動ダ）過於正直，死心眼兒；～**ていねい**【馬鹿丁寧】（名・形動ダ）過於恭敬，☆馬鹿丁寧なお辞儀／過於恭敬的鞠躬；～**に**【馬鹿に】（副）非常，特別；☆馬鹿に寒い／非常冷；☆馬鹿に疲れた／累得不得了；～**ばかしい**【馬鹿馬鹿しい】（形）①非常愚蠢的，非常無聊的，毫無價值的；☆ばかばかしくて話にならない／無聊得提不起來；②不合理的；☆ばかばかしい値段／不合理的價錢；～**らしい**【馬鹿らしい】（形）（顯得）愚蠢的，無聊的；☆ばからしい話はやめなさい／別說無聊的話；☆骨を折って叱られては、ばからしい／費力受申斥划不來；～**わらい**【馬鹿笑い】（名・自サ）傻笑，不值一笑而笑。①

****はかい**【破壊】（名・自他サ）破壊；☆建物を破壊する／破壊建築物；☆建設のための破壊／爲了建設的破壊。⓪

はがい【羽交】（名）①〔鳥〕左右兩翼交叉處；②羽翼（＝はね）；～**じめ**【羽交締】（名）從後面由對方兩腋下伸過手去，交叉着，由左右勒緊脖頜的一種制服對方的招數；☆人を羽交締にする／倒扭二臂。⓪

***はがき**【葉書・端書】（名）①記事箋；②明信片（＝ゆうびんはがき）；☆葉書を書く／寫明信片。⓪

はかく【破格】（名・形動ダ）破格，特別，破例；☆破格の昇進（しょうしん）をする／破格升進。⓪

ばかさわぎ【馬鹿騒ぎ】（名・自サ）胡鬧③

ばかし（修助）〔方〕＝ばかり；☆こればかしの傷、何でもない／這一點點傷傷沒什麼。

***ばが・す**【剝す】（他五）剝下，揭下；☆郵便切手をはがす／揭下郵票。②

ばか・す【化かす】（他五）迷；☆狐が人を化かす／迷信〕狐狸迷人。②

ばかず【場数】（名）場次，經驗次數；☆試合の場数を多くふんでいるので有利だ／因爲經歷多次比賽所以佔便宜。⓪

***はかせ**【博士】（名）①〔文〕博學之士；②〔古〕（「大學寮」、「陰陽寮」的官吏）博士；③博士（＝はくし）；☆博士になる／得博士學位。①

***はかど・る**【捗る】（自五）（工作）進展；☆工事がなかなか捗らない／工程遲遲不見進展。③

***はかな・い**【果敢ない・儚い】（形）①無常的，短暫的；☆人の一生（いっしょう）は果敢ないものだ／人的一生是短暫的；②虚幻的，靠不住的；☆はかない望みを抱く／懷抱幻想；図はかなし（形ク）；～**さ**（名）；～**む**【果敢なむ】（他五）認爲虚幻、無常；☆世を果敢なむ／厭世。③

はがね【鋼】（名）鋼。⓪

はかば【墓場】（名）墳地，塋地。③

ばかばか（副）馬蹄聲；☆ばかばかと馬が通る／馬吧噠吧噠地走過。①

はかばかし・い【捗捗しい】（形）〔下接否定語〕①（工作）迅速進展，順利進行；☆交渉がはかばかしく行かない／交涉不見進展；②如意，順手；☆彼の病気ははかばかしくない／他的病勢不佳；☆商売がはかばかしくない／買賣不順手。⑤

はかま【袴】（名）①（和服用的）裙子；☆袴を穿（は）く／穿（和服用的）裙子；②〔植〕葉鞘，苞顈；③酒瓶托。②③

はかまいり【墓参り】（名・自サ）上坟，掃墓。③

はかもり【墓守】（名）看坟人。

はがゆ・い【歯痒い】（形）（因遲鈍等）令人着急的，令人不耐煩的；（因事不從心）令人懊悔的；☆彼がぐずぐずしているのが歯痒い／他慢吞吞的急死人；☆彼のなまぬるいやり方を見て歯痒くてならない／看到他那種不徹底的作法令人非常

不耐煩；☆この度（たび）の失敗は実に
歯痒い／這次失敗令人萬分懊悔；図はが
ゆし（形ク）。③

**はからい【計らい】（名）①〔（はからう〕
的名詞形〕②處置，處理；☆穏当な計
らいを望む／希望穩當處理；③裁奪；幹
旋；☆彼の計らいに任せる／任憑他裁奪
；☆彼の計らいで万事好都合（ばんじこ
うつごう）に行った／由於他的幹旋，一
切都辦妥了。③⓪

*はから・う【計らう】（他五）①處置，處
理；☆適当に計らってくれ／請適當地處
理；②裁奪，考慮；☆何とか計らってみ
よう／考慮一下看看吧；☆私の一存では
計らいかねる／我一個人不能作主；③商
量；☆大衆に計らう／和衆衆商量。③

はからず（も）【図らず（も）】（副）不
料（＝いがいにも）；☆図らずも意見が
一致する／不料意見竟然一致。②

*はかり【秤】（名）秤；天平；☆秤に掛け
る／用秤稱；～ざお【秤竿】（名）秤桿
；～め【秤目】（名）①秤星兒；②分
量。③

*はかり【計（量）り】（名）①〔（はかる）
的名詞形〕稱，量，計量；②（計
量的）分量，秤頭；～うり【量り売り】
（名・他サ）論分量賣，量着賣；☆量り
売りのバター／稱着賣的奶油；～きり【
量り切り】（名）稱完不添。

*ばかり【許り】（修助）①（附於數詞下）
上下，左右（＝ぐらい，ほど）；☆五分
ばかり待ってくれ／請等五分鐘左右；☆
千円ばかり貸してくれ／請借給我一千塊
錢左右；②微小（＝わずか）；☆それば
かりのことで泣くな／不要爲那麼一點小
事哭；☆こればかりの金／這一點點錢；
③只，光，淨；☆力があるばかりで外（
ほか）に能がない／光有力氣沒有旁的能
耐；☆そればかりでなく／不僅如此，並
且；☆物価は上がるばかりだ／物價一個
勁兒漲；☆飯は，炊くばかりになってい
る／米淘好了，只剩炎了；☆学問ばかり
では成功できぬ／光靠學問不能成功；④
剛才，剛剛；☆今帰ったばかりです／剛
剛回來的；☆買ったばかりの万年筆を落
とした／把買來不久的自來水筆丢失了；
☆彼は学校を出たばかりだ／他剛出校門
；⑤快要，幾乎要，眼看就要…；☆もう
卒業するばかりになっている／眼看要

畢業了；☆二人は格闘するばかりだった
／兩個人幾乎要格鬬起來；☆橋が落ちん
ばかりだった／橋眼看要場；☆悲しみで
胸が裂けるばかりだった／悲痛得肝腸欲
斷；⑥只因；☆引き受けたばかりにひど
い目にあった／只因答應了，結果倒了大
霉；⑦用以加強語氣；☆どうとばかり倒
れた／撲通一聲倒了；⑧表示難未說出但
已表現出來；☆いやだと言わんばかりの
顔をする／滿臉不願意的神色；⑨認爲…
是機會；☆今だとばかり／以爲現在是良
機；☆恩返しはこの時とばかり／認爲此
時是報恩的機會；～か（接助）豈但，不
止（そればかりでなく）。

*はかりごと【謀】（名）①謀略，計謀；☆謀
をめぐらす／定計；②詭計；☆敵の謀に
陥る（引っ掛かる）／中敵人的詭計④⑤

はかりしれな・い【測り知れない】（連語
・形）不可測量的，不可估計的；☆彼は
計り知れない才能を持っている／他有不
可估計的才幹。⓪

*はか・る【計る・測る・量る】（他五）①
量（長短、輕重、多少等），稱，測量；
☆枡（ます）ではかる／用斗量；☆秤で
はかる／用秤稱；☆山の高さをはかる／
測量山高；☆ものさしで長さをはかる／
用尺量長短；☆熱をはかる／量體溫；②
計量；③推測，揣測，揣摩；☆彼の気持
を量る／揣摩他的心情。②

*はか・る【謀る・図る】（他五）①圖謀，
策劃；☆事を謀るは人にあり／謀事在人
；☆自殺を図る／企圖自殺；②謀算，欺
騙；☆人を謀って謀られる／騙人者反被
人騙；☆うまく謀られた／被人巧騙；③
意料；☆豈に図らんや／孰料，哪曾想
；④謀求；☆利益を謀る／謀利益；☆国家
の独立を謀る／謀求國家的獨立。②

*はが・れる【剝がれる】（自下一）剝落，
揭下；☆貼った紙が剝がれた／糊的紙揭
下來了。③

バカンス【法 vacances】（名）（在避暑
地等過的）假期。①②

はき【破棄】（名・他サ）〔文〕破棄，毀
棄；☆条約を破棄する／毀約（條約）①

はき【覇気】（名）覇氣，野心，雄心，銳
氣；☆覇気のある人／有抱負的人；☆チ
ームに全然覇気がない／球隊毫無銳氣①

はぎ【萩】（名）〔植〕胡枝子。⓪②

はぎ【接】（名）〔縫紉〕①縫補；☆着物

に接をする／補衣服；②縫補處，補釘；
☆外からはぎが見える／從外邊看出補
釘。①

はぎ【脛】（名）脛（＝すね）。②

はぎあわ・せる【接ぎ合わせる】（他下一）
接在一起，拼在一起（＝つぎあわせる）
；☆半ばの切れをはぎあわせて袋をつく
る／拼湊碎布縫成口袋，図はぎあわす（
下二）。⑤

はきくだし【吐き下し】（名・自サ）吐瀉
，上吐下瀉。③⓪

はきけ【吐き気】（名）要吐，噁心，☆吐
き気を催す／覺得噁心。③

はぎしり【歯軋り】（名・自サ）①咬牙；
☆夜中に歯ぎしり（を）する／夜裏咬牙
；②咬牙切齒；☆歯ぎしりしてくやしが
る／咬牙切齒地懊悔。②

はきそうじ【掃き掃除】（名・自サ）掃除
；（↔ふきそうじ）。③

はきだ・す【吐き出す】（他五）①吐出；
☆食べた物を吐き出す／把吃的東西吐出
；②冒出；☆突煙が煙を吐き出す／煙囪
冒煙。⓪

はきだ・す【掃き出す】（他五）掃出；☆ご
みを庭へ掃き出す／把塵土掃到院子去⓪

はきだめ【掃溜め】（名）垃圾堆（＝ごみ
だめ）；☆掃溜めへ捨てに行く／去倒到
垃圾堆裏。⓪

はきちが・える【履き違える】（他下一）
①穿錯；☆うっかりして人の靴と履き違
えてきた／沒有留心和旁人穿錯了鞋；②
想錯，張冠李戴；☆彼は自由と放縱（ほ
うしょう）とを穿き違えている／他把自
由誤爲就是放縱。⑤

はきはき（副・自サ）①活潑貌；☆はきは
きしている子供／活潑的孩子；②乾脆，
爽快；☆あの人ははきはきしない男だ／
那個人不乾脆；☆もっとはきはき（と）
行動しなさい／行動要更敏捷一些。①

*はきもの【履物】（名）脚上穿的東西，鞋
；☆履物をはく／穿鞋。⓪

ばきゃく【馬脚】（名）〔文〕馬脚；☆馬
脚をあらわす／露出馬脚。⓪

はきゅう【波及】（名・自サ）波及，影響
；☆事件の影響が全世界に波及する／事
件的影響波及到全世界。⓪

バキューム【vacuum】（造語）眞空；
〜カー【vacuum car】水肥車。

はぎょう【は行】（名）五十音圖的「は行」①

はぎょう【覇業】（名）〔文〕①覇業；②
〔運動〕冠軍；☆三年連續の覇業を成し
遂げる／連獲三年冠軍。①

はきょく【破局】（名）〔文〕悲慘的結局
；☆結婚生活の破局／結婚生活的悲慘的
結局。⓪

はぎれ【歯切れ】（名）①咬時的感觸；☆
はぎれの悪い漬物（つけもの）／變壞的
鹹菜②（說話的）發音，口齒；☆彼の話
しぶりはどうもはぎれが悪い／他的口齒
有些不清脆；☆言葉の歯切れがいい／發
音清脆。③

はぎれ【端切れ】（名）碎片。⓪

*は・く【吐く】（他五）①吐出；☆血を吐
く／吐血；☆痰を吐く／吐痰；☆食べた
ものを吐く／把吃的東西吐出來；②說出
，吐露；☆大言（たいげん）を吐く／說
大話；③冒出，噴出；☆煙を吐く／冒煙
；☆息を吐く／呼氣；☆泥を吐く／（被
逼無奈）招認出來。①

*は・く【掃く】（他五）①掃；☆庭を掃く
／掃院子；②（用刷子）塗抹；☆刷毛（
はけ）で掃く／用刷子塗。①

*は・く【穿く】（他五）（從脚下）穿；☆
ズボン（スカート、靴下）をはく／穿褲
子（裙子、襪子）。①

*は・く【履く】（他五）穿（鞋等）；☆靴
（スリッパ）を履く／穿鞋（拖鞋）。⓪

はく【箔】（名）箔；☆金の箔／金箔；◇
箔が付く／鍍上一層金。②⓪

はく【伯】（名）〔文〕①伯爵；②兄弟中
年長者，長兄；③伯父。①

は・ぐ【接ぐ】（他五）縫補（衣服等）。⓪

は・ぐ【剝ぐ】Ⅰ（自下一）〔文〕→はげ
る；Ⅱ（他五）①剝下；☆皮を剝ぐ／剝
皮；②揭下；☆掛け布団（ぶとん）を剝
ぐ／揭開被子；③搶奪去；☆着物を剝ぐ
／搶去（剝下）衣服；☆官位を剝ぐ／剝
奪官職。①

ばく【貘】（名）〔動〕貘。①

ばぐ【馬具】（名）馬具；☆馬具をつける
／套馬；備馬。⓪

はくあ【白堊】（名）〔正讀爲（はくあく）〕
①白土；②白牆；③〔地〕白堊。①

はくあい【博愛】（名）博愛。⓪

はくい【白衣】（名）白衣，白色衣服（多
指護士，傷病員）。①②

はくえん【白煙】（名）〔文〕白煙；☆白
煙をあげる／冒起白煙。⓪

は

ばくおん【爆音】（名）①爆炸聲；②（飛機發動機等的）呼呼聲；☆爆音をたてて飛ぶ／（飛機）發呼呼聲飛行。◎

はくが【麦芽】（名）麥芽。②◎

はくがい【迫害】（名・他サ）迫害，虐待◎

*はくがく【博学】（名・形動ダ）博學；☆彼はとても博学です／他很有學問。②◎

はくがん【白眼】（名）①白眼；②斜眼；～し【白眼視】（名・他サ）〔文〕白眼看待，冷淡對待；☆世間（せけん）の人に白眼視される／遭受世人白眼看待。◎

はぎ【歯茎】（名）〔解〕牙床，牙齦①

はぐく・む【育む】（他五）①（母鶏等）抱（雛）；☆鳩が雛をはぐくむ／鴿子抱雛；②養育；☆両親にはぐくまれて成長する／受到父母的養育成長起來；③培育，維護；☆自由を育んだ国／維護自由的國家。③

ばくげき【駁撃】（名・他サ）〔文〕駁斥；☆相手の所説を駁撃する／駁斥對方的說法。◎

ばくげき【爆撃】（名・他サ）〔軍〕轟炸；☆重要な都市を爆撃する／轟炸重要都市；～き【爆撃機】（名）〔軍〕轟炸機◎

はくさ【白砂】（名）白砂（＝はくしゃ）①

はくさい【白菜】（名）〔植〕白菜。③◎

ばくさい【爆砕】（名・他サ）〔軍〕炸碎◎

はくし【白紙】（名）①白紙；②空白紙；☆答案を白紙で出す／交白頭卷；☆日記はまだ白紙のままだ／日記還一字未寫；③事前沒有主見；☆白紙で会合に臨む／沒有準備而参加會議；④原狀；☆白紙に返す／恢復原狀。①◎

はくし【博士】（名）博士；～ごう【博士号】（名）博士稱號。①

はくし【薄志】（名）〔文〕意志薄弱；～じゃっこう【薄志弱行】（名・連語）意志薄弱行爲怯懦。①

はくじ【白磁】（名）白磁；☆白磁の香爐（こうろ）／白磁的香爐。◎

ばくし【爆死】（名・自サ）炸死；☆父は空襲に遭い、爆死した／父親遭到空襲炸死了。◎

はくしき【博識】（名・形動ダ）博識，博學；☆博識な（の）人／博識之士。◎

はくじつ【白日】（名）①晴天；②白晝；☆白日のもとに／在光天化日下；☆白日の夢／幻想，空想。◎

はくしゃ【白砂】（名）白砂（＝はくさ）；～せいしょう【白砂青松】（名・連語）（形容海濱風景的）白砂和青松。①

はくしゃ【拍車】（名）馬刺；☆拍車を入れる／用馬刺踢馬（馬）；◇拍車を掛（か）ける／加速，加快；☆没落（ぼつらく）に拍車をかける／加速走向没落。①

はくしゃ【薄謝】（名）薄禮，薄酬；☆お届けくださった方には薄謝を差し上げます／對送來者奉以薄禮。①

はくしゃく【伯爵】（名）伯爵。④◎

はくじゃく【薄弱】（名・形動ダ）①孱弱，軟弱；☆生まれつき薄弱な体／天生軟弱的身體；②薄弱，不堅定；☆意志薄弱の男／意志薄弱的人。◎

*はくしゅ【拍手】（名・自サ）拍手，鼓掌；☆拍手が鳴りやまない／掌聲不絕；☆一斉に拍手する／一齊鼓掌；～かっさい【拍手喝采】（名・自サ）拍手喝彩；☆聴衆の拍手喝采を受ける／受到聽衆拍手歡呼。①

ばくしゅう【麦秋】（名）〔文〕麥秋。◎

はくしょ【白書】（名）白皮書；☆英国保守党政府が白書を出した／英國保守黨政府發表了白皮書。①

*はくじょう【白状】（名・自サ）招供，招認，認罪；☆窓ガラスを破ったことを白状する／承認打破了窗玻璃；☆男らしく白状しなさい／乾脆招認了吧。①②

*はくじょう【薄情】（形動ダ）薄情，寡義；☆きわめて薄情な男／極其薄情的男人。◎

ばくしょう【爆笑】（名・自サ）大笑，放大聲笑；☆観客がどっと爆笑する／觀衆哄然大笑。◎

ばくしょう【爆傷】（名）〔醫〕炸傷；☆爆傷を受ける／受炸傷。◎

はくしょく【白色】（名）白色；～じんしゅ【白色人種】（名）白色人種；～テロ【白色テロ】（名）白色恐怖。◎

はくしん【迫真】（名）〔文〕逼真；☆名優が迫真の演技を示す／名演員作出逼真的表演。◎

はくじん【白人】（名）白種人。◎

ばくしん【幕臣】（名）幕府的臣（＝はたもと）。◎

ばくしん【爆心】（名）〔軍〕爆炸中心；☆爆心地から一キロばかり離れている／距轟炸中心約有一公里左右。◎

ばくしん【驀進】（名・自サ）勇往直前，向前猛進；☆汽車が驀進してくる／火車

飛似地開來；☆ゴールを目がけて驀進する／向着決勝點猛跑。

はく・する【博する】（他サ）①賭博，博得，取得，贏得；☆勝利を博する／得勝；☆喝采（人気）を博する／博得喝彩（人望）；囡はくす（サ）。③

ばく・する【駁する】（他サ）駁斥，反駁；☆唯物論を駁する／駁斥唯物論；囡ばくす（サ）。③

はくせい【剥製】（名・他サ）剥製（標本）；☆剥製の鷹／鷹的標本；☆死んだ鳥を剥製にして保存する／把死鳥作成標本保存起來。⓪

はくせつ【白雪】（名）〔文〕白雪。⓪

ばくせつ【駁説】（名）〔文〕反駁的論據（道理）。⓪

はくせん【白線】（名）白色線條。⓪

*ばくぜん【漠然】（形動タルト）〔文〕含混，籠統；暧昧，不明確；☆漠然とした話なのでよく分らない／因爲說得含混，不大明白；☆漠然と想像する／籠統地想像；☆漠然たる恐怖感／莫名其妙的恐怖感。③⓪

はくそ【歯屎】（名）牙垢。①

はくたい【白帯】（名）〔醫〕←はくたいげ；～げ【白帯下】（名）〔醫〕（婦女的）白帶。⓪

はくだい【博大】（形動ダ）廣大，廣博；☆博大な愛／博愛。⓪

ばくだい【莫大】（名・形動ダ）莫大；☆死傷者は莫大な数に上っている／傷亡者達到莫大的數目；☆莫大な金額を費す／花費巨大的款項。⓪

はくだく【白濁】（名・自サ）〔文〕白濁。⓪

はくだつ【剥奪】（名・自サ）剥奪，☆自由（権利）を剥奪する／剥奪自由（權利）。⓪

*ばくだん【爆弾】（名）〔軍〕炸彈；☆飛行機から爆弾を投下する／從飛機上投下炸彈；～せんげん【爆弾宣言】（名）彈式的宣言（聲明）。⓪

はくち【白痴】（名）白痴；☆白痴の人／白痴，傻子。①⓪

ばくち【博打】（名）賭博；☆博打を打つ／耍錢，賭；～うち【博打打ち】（名）賭徒。⓪

ばくちく【爆竹】（名）爆竹炮；爆竹を鳴らす／放鞭炮；☆爆竹の音がする／有爆竹聲。⓪

はくちゅう【白昼】（名）白天，白晝；☆泥棒が白昼人家（じんか）に忍び込む／小偸白天溜進人家裏；～む【白昼夢】（名）〔文〕空想，白日夢。⓪

*はくちゅう【伯仲】（名・自サ）〔文〕伯仲；不分上下；☆実力が伯仲する／實力不分上下。⓪

はくちょう【白鳥】（名）〔動〕天鵝。⓪

ばくちん【爆沈】（名・自他サ）炸沈；☆大音響を発して爆沈した／發出巨大音響而炸沈了。⓪

ばくつ・く（自他五）〔俗〕大口吃；☆遠慮なくばくつく／毫不客氣地大吃特吃；☆菓子をばくつく／大口吃點心。⓪

バクテリア【bacteria】（名）〔植〕細菌，黴菌。③⓪

ばくと【博徒】（名）賭徒。①

はくとう【白桃】（名）〔植〕白桃。⓪

はくどう【白銅】（名）〔理〕白銅。②⓪

ばくとして【漠として】（副）〔文〕遼闊貌；不明確貌；☆漠としてつかみどころがない性格／沒法捉摸的性格。

はくないしょう【白内障】（名）〔醫〕内障。③

はくねつ【白熱】（名・自サ）①〔理〕白熱；☆タングステン線が白熱する／鎢絲發白光；②〔轉〕最熱烈；☆試合が白熱する／比賽熱烈起來；～せん【白熱戦】（名）最激烈的戰闘（比賽）；～てき【白熱的】（形動ダ）最熱烈的，最激烈的；☆白熱的な戦い／最激烈的戰闘（比賽）。⓪

はくば【白馬】（名）〔文〕白馬。①

ばくは【爆破】（名・他サ）爆破，炸壞；☆建物を爆破する／炸毁建築物。①⓪

ばくばく（副・自他サ）①（嘴）一張一合貌；☆金魚が口をばくばくさせる／金魚把嘴一張一合；②大吃特吃；☆片っぱしからばくばく（と）食べてしまう／一個個全都吃光；③（接縫等）裂開，裂縫；☆靴がばくばくする／鞋用綻了。①

はくはつ【白髪】（名）〔文〕白髪；☆白髪の老人／白髪老人。⓪

*ばくはつ【爆発】（名・自サ）①爆炸；☆火薬が爆発する／火藥爆炸；②爆發；☆怒りが爆発する／怒氣爆發。⓪

はくび【白眉】（名）〔文〕最突出；最出色；☆本大会中白眉の一戦／這次大會中最出色的一次比賽。①

はくひょう【白票】（名）①白票，贊成票
；↔せいひょう（青票）；②〔未寫候選
人名的〕空白票；☆今度の選挙には白票
が多い／這次選舉廢票多。⓪

はくひょう【薄氷】（名）〔文〕薄冰；☆
薄氷を踏む思い／如履薄冰。⓪

ばくふ【幕府】（名）〔文〕①將軍的軍營
；②〔史〕幕府（日本源頼朝以後武士總
攬兵馬大權的中央政府）；☆源頼朝（み
なもとのよりとも）は鎌倉に幕府を開い
た／源頼朝設幕府於鎌倉。①⓪

ばくふ【瀑布】（名）瀑布（＝たき）；☆
ナイアガラ瀑布／尼加拉瀑布。①

ばくふう【爆風】（名）暴風；☆爆風で（
を受けて）窓ガラスが割れた／窗玻璃被
暴風颳碎了。⓪

*はくぶつ【博物】（名）博物；~がく【博
物学】（名）博物學（動物學、植物學、
礦物學和地質學的總稱）；~かん【博物
館】（名）博物館；~し【博物誌】（名）
博物誌。②

はくぶん【白文】（名）未加句讀、標音的
漢文；☆白文が読める／能讀不加句讀的
漢文。⓪

はくほうじたい【白鳳時代】（名）〔日本
美術史〕白鳳時代〔從大化元年（645年）
至和銅（709年）之間的年代〕

はくぼく【白墨】（名）粉筆（＝チョーク）
；☆黒板に白墨で字を書く／用粉筆寫在
黑板上。⓪

はくまい【白米】（名）細碾的大米，白米
；☆搗いて白米にする／碾成白米。②

ばくまつ【幕末】（名）江戸幕府末期；☆
幕末から明治維新にかけて…／自幕府末
期到明治維新。⓪

はくめい【薄明】（名）〔文〕黎明；薄暮⓪

はくめい【薄命】（名）〔文〕①薄命，不
幸，不遇；☆彼は薄命の詩人であった／
他是個不遇的詩人；②短命。②⓪

はくや【白夜】（名）（北極附近的）白夜①

ばくやく【爆薬】（名）〔化〕炸藥；☆爆
薬を扱う危険な仕事／處理炸藥的危險工
作⓪

はくらい【舶来】（名）①進口，舶來；☆
舶来の品物／進口物品；②進口貨；☆
これは舶来だ／這是進口貨；~ひん【舶
来品】（名）進口貨，舶來品。⓪

ばくらい【爆雷】（名）〔軍〕（攻撃潛水
艇的）水雷。⓪

はぐらか・す（他五）①跟同伴偷偷岔開
；☆友達をはぐらかして一人で帰る／跟朋
友偷偷岔開，一個人回來；②支吾，打岔
（＝いいまぎらす）；☆話をはぐらかし
てはいけない／不要打岔。④

はくらく【剥落】（名・自サ）〔文〕剥落
；☆剥落した壁画／剥落的壁畫。⓪

*はくらん【博覧】（名・他サ）〔文〕博覽
；☆博覧強記の人／博覽善記之人；~か
い【博覧会】（名）博覽會。⓪

はくり【薄利】（名）薄利；~ばい【薄
利多売】（名・連語・自サ）〔經〕薄利
多賣。①

はくり【剥離】（名・自他サ）〔文〕剥離①

ばくり（副）①（大口吃喝貌）狼呑虎嚥；
☆一口（ひとくち）にぱくりと食う／一
口呑下；②（裂縫等）大大張開貌；☆傷
口がぱくりとあく／傷口張開很大。②③

ばくりょう【幕僚】（名）（參與策劃的）
幕僚；☆幕僚を集めて作戦を練る／招集
幕僚研究作戰；☆幕僚と相談する／同幕
僚商権。⓪

はくりょく【迫力】（名）動人的力量；☆迫
力のある演技を示す／現出動人的演技②

はぐる（連語）沒能，失去機會；☆忙しく
て、ごはんも食べはぐる／忙得沒有時間
吃飯。⓪

はぐ・る（他五）捲起，翻過；☆カレンダ
ーをはぐる／把月暦翻過一張。②

ぱく・る（他五）〔俗〕張開大嘴吃。②

はぐるま【歯車】（名）〔機〕齒輪（＝ギ
ヤ）。⓪

はぐ・れる（自下一）跟同伴失散；☆親に
はぐれて迷子（まいご）になる／跟父母
走散成了迷失路途的孩子。③

ばくろ【暴露】（名・自他サ）①曝露，風
吹日曬；②暴露，揭露，洩露；☆陰謀を
暴露する／陰謀暴露；☆候補者の不正事
実を暴露する／揭露候選人的違法事實①

ばくろう【伯楽・博労】（名）①（善於相
馬的）伯樂；②馬醫；③馬販子。③⓪

ばくろん【駁論】（名・他）反駁，駁斥（
的言論）；☆駁論を加える／加以駁斥；
☆彼の論文に対する駁論を書く／寫一篇
文章駁斥他的論文。⓪

はくわ【白話】（名）白話（指現代漢語）①

*はけ【刷毛】（名）刷子；☆刷毛で服の塵
を払う／用刷子刷去衣服上的塵土。②

はけ【捌け】（名）①（水）流洩，排水；

は

☆水のはけが悪い／水排不出去；②銷售；☆この商品は、はけが悪い／這貨不好銷。②

はげ【禿】（名）①禿，禿頭；☆帽子で禿を隠す／用帽子遮掩禿頭；☆傷あとが禿になる／傷疤不長毛；②禿子，禿頭的人；☆はげの先生／禿頭的老師；③光禿，沒長樹木；☆はげやま／禿山。①

はげ【剝（げ）】（名）（油漆等）脱落，剝落（處）。②

はげあが・る【禿げ上がる】（自五）（頭頂）禿；☆禿げ上がった人／禿了頂的人。①

はげあたま【禿げ頭】（名）禿頭（的人）；☆禿げ頭を撫でる／摸禿頭。③

はげいとう【葉鶏頭】（名）〔植〕雁來紅②

はけぐち【捌け口】（名）①銷路；☆殆んどはけぐちのない品／幾乎沒有銷路的商品；②（水等）排洩口，洩水口；☆流しのはけぐちが詰まる／洗物槽的洩水口堵塞。②

***はげし・い**【激しい・烈しい・劇しい】（形）①激烈的，強烈的，劇烈的；☆風雨（ふうう）が激しい／風雨強烈；☆激しく打つ／痛打，打得厲害；☆はげしい口調（くちょう）／激烈的口吻；☆はげしい運動／劇烈的運動；②很甚的，厲害的；☆はげしい寒さ／嚴寒，冷得厲害；☆競争のはげしい入学試験／競爭很厲害的入學考試；~さ（名）。③

はげちょろ【剝ちょろ】（名）〔俗〕部分禿；爆花禿；部分脱毛；☆剝ちょろの頭／爆花禿。⓪

***バケツ**【bucket】（名）洋鐵或塑膠製的水桶。⓪

ばけのかわ【化の皮】（連語・名）假面具，鬼臉；☆化けの皮を剝（は）がす／揭穿假面具。⑤

はげまし【励まし】（名）〔（はげます）的名詞形〕鼓勵，激勵；☆先生の励ましによって振るい立つ／由於老師的鼓勵而振奮起來。④⓪

***はげま・す**【励ます】（他五）①鼓勵，激勵；勉勵；激發；☆わが子をはげまして勉強させる／鼓勵自己孩子使他用功；☆がっかりしている友達をはげます／勉勵灰心喪氣的朋友；②提高（聲音）；☆声をはげまして叱る／厲聲申斥。③

はげみ【励み】（名）〔（はげむ）的名詞形〕勉勵；鼓勵；☆不成績をとったのがよい励みになる／没取得好成績反成爲發奮的動力。③

***はげ・む**【励む】Ⅰ（自五）奮勉，勤勉；努力；☆仕事に励む／努力工作；☆勉強に励む／努力用功；Ⅱ（他五）勉勵。②

はけめ【刷毛目】（名）刷子的印兒。③

ばけもの【化け物】（名）①妖怪，鬼怪；☆化け物が出る／鬧鬼☆化け物の正（しょうたい）を見届ける／看清妖怪的眞面目③④

はげやま【禿山】（名）禿山。⓪

は・ける【捌ける】（自下一）①（水）流洩，排洩；☆雨水（あまみず）のよく捌ける運動場をつくる／修建一個洩水快的運動場；②（商品）銷售；☆品物がどんどん捌ける／貨物非常暢銷。②

は・げる【禿げる】（自下一）掉頭髮，禿；☆頭がつるつるに禿げる／頭禿得精光；☆山の中腹が禿げている／山腰沒有樹木。②

はげ・る【剝げる】（自下一）①剝落，☆ペンキが剝げる／油漆剝落；②顔色，☆着物の色がだんだん剝げる／衣服的顔色漸漸褪落。②

ば・ける【化ける】（自下一）①變；☆狐が娘に化ける／狐狸變成姑娘；②化装，改装，假装；☆坊さんに化けて旅をする／化装爲和尚旅行；☆警官に化ける／假装警察。②

***はけん**【派遣】（名・他サ）派遣；☆新聞社が記者をワシントンに派遣する／報社派遣記者到華盛頓去。⓪

はけん【覇権】（名）①覇權；②（運動的）冠軍；☆今年度の覇権を握る／奪得本年度的覇權（冠軍）；☆覇権を争う／爭奪冠軍（覇權）。⓪

ばけん【馬券】（名）（賽馬賭錢的）馬票；☆馬券を買う／買馬票。⓪

***はこ**【箱】（名）①箱；盒；匣；☆マッチの箱／火柴盒；☆菓子を箱に詰める（入れる）／把點心裝到盒裏；☆蜜柑を箱から出す／從箱裏拿出桔子；☆箱に蓋をする／蓋上箱蓋；②〔俗〕客車車廂；☆同じ箱に乗る／坐在一個車廂裏；③三絃琴；☆宴会に箱がはいって、いよいよにぎやかだ／宴會彈起三絃，越發熱鬧起來⓪

はごいた【羽子板】（名）拍毽子板，☆羽子板で羽根をつく／用毽子板拍毽子。②

はこいり【箱入】（名）①裝在箱裏；帶箱

；☆箱入の茶碗／裝在箱裏的茶碗；②←
はこいりむすめ／～むすめ【箱入り娘】
（名）大門不出二門不入的千金小姐，閨
秀；☆世間知らずの箱入り娘／不諳世故
的千金小姐。[0]

はこう【跛行】（名）〔文〕①跛行；②不
平衡；失去平衡；☆生産と消費の跛行／
生產與消費的不平衡。[0]

はこがき【箱書】（名・自サ）①（裝書畫
等物的箱上所寫的）字；②（鑑定書畫等
眞偽的）題字；☆箱書のある品／經過鑑
定的書畫。[0]

パゴダ【pagoda】（名）塔，寶塔。[1]

はごたえ【歯応え】①咬頭；☆歯応えがあ
る／有咬頭；☆柔らかくて歯応えのない
菓子／軟得沒有咬頭的點心；②（工作
等）令人起勁；☆もっと歯応えのある仕
事が欲しい／希望給我一些比較有幹頭的
工作。[2]

はこにわ【箱庭】（名）庭園式的盆景；☆
箱庭を作る／作庭園式的盆景。[0]

はこび【運び】（名）〔（はこぶ）的名詞
形〕①搬運；☆荷物運びを手伝う／幫助
搬東西；②（工作等的）進度；☆仕事の
運びが遅い／工作進展得很慢；③邁步，
進展；☆足の運びがおそい／脚步慢；☆
筆の運びに気をつける／一筆不苟地寫；
④程序，階段；☆仕事がいよいよ完成の
運びに至る／工作眼看到達完成的階段。[0]

*はこ・ぶ【運ぶ】Ⅰ（自五）進展；☆仕事
がすらすらと運ぶ／工作順利進展；Ⅱ（
他五）①運送，搬運；☆荷物を車で運ぶ
／用車運貨；②推進；☆会議をうまく運
ぶ／很好地掌握會議的進行。[0]

はこぼれ【刃毀れ】（名・自サ）卷刃，傷
刃；☆刃こぼれ（が）して切れなくなる
／傷了刀切不動。[0]

はごろも【羽衣】（名）羽衣。[0]

バザー【bazaar】（名）①（伊斯蘭教國家
的）集市；②義賣會。[1]

はざかい【端境】（名）青黄不接時期；☆
端境（の食糧不足）を外米でやりくりし
ている／用進口米渡過青黄不接（的食糧
不足）時期。[0]

はさき【刃先】（名）刀尖。[3]

はざくら【葉桜】（名）①花落後長出嫩葉
的櫻樹；②〔轉〕半老徐娘。[2][4]

ばさばさ（副・自サ）①（物觸動所發的聲）
嘩啦嘩啦；☆干し物が風でばさばさ（

と）いう／曬的衣物被風吹得嘩啦嘩啦響
；②（頭髮等）散亂，蓬亂；☆油気（あ
ぶらけ）がなくてばさばさの髪／沒有抹
油的蓬散的頭髮。[0]

ばさばさ（副・自サ）乾透（貌）；☆洗濯
物がすぐばさばさに乾く／洗的衣物馬上
就乾透；☆古いパンは、ばさばさしてい
てまずい／陳麵包發乾不好吃。[1]

*はさま・る【狭まる】（自五）①夾；☆両
国の間に狭まる／夾在兩國之間；☆着物
がドアに狭まる／衣裳夾在門縫裏；②居
間，當中；☆中に狭まって二人をなだ
めるのに苦労する／當中間人勸解雙方很
吃力。[3]

*はさみ【鋏】（名）剪刀，剪子；☆鋏がよ
く切れない／剪刀不快；☆車掌が切符に
鋏を入れる／車務員剪票。[3]

はさみ【螯】（名）螃蟹夾子。[3]

はさみうち【挟み撃ち】（名・他サ）夾撃
，夾攻；☆敵をはさみうちにする／夾撃
敵人。[3]

はさみき・る【鋏み切る】（他五）剪開，
剪斷。[2][4]

はさみしょうぎ【鋏み将棋】（名）一種棋
戲。[4]

*はさ・む【挟む】（他五）①隔；☆両軍、
川を挟んで睨み合う／兩軍隔河對峙；②
夾，插；☆栞（しおり）を本の間にはさ
む／把書籤夾在書裏；③☆人の話の途中で
言葉（口）をはさむ／在旁人正說時插嘴
；☆文の間に図表をはさむ／文章中間插
入圖表；④夾住；☆指にたばこをはさむ
／把紙烟夾在指間。[2]

はさ・む【鋏む】（他五）剪，鋏；☆髪（
枝）をはさむ／鋏剪髮（樹枝）。[2]

はさ・める【挟める】Ⅰ（自下一）夾得住
，夾得上；Ⅱ（他下一）夾住。

*はさん【破産】（名・自サ）破産；☆破産
を宣告する／宣告破産。[0]

はさん【破算】（名）①〔珠算〕去了重打
；☆御破算で願いましては…／去了重打
…清算（過去）；☆従来の研究方法を
御破算にして、新しく出直す／清算過去
的研究方法，重新起頭吧。[0]

はし【嘴】（名）〔文〕鳥嘴。[1]

*はし【端】（名）①端，頭；☆棒の端を切
る／把棍子端砍掉；②邊，緣；☆紙の端
を折る／折疊紙邊；☆コップを机の端に
寄せる／把玻璃杯推到桌邊；③片斷；☆

言葉の端をとらえて難癖（＝なんくせ）をつける／抓住話碴吹毛求疵；④（断開、剪下的）零頭；☆木の端／碎木頭；⑤開始，起頭；☆端から順に片づける／從頭依次收拾。◎

*はし【箸】（名）筷子，箸；☆竹の箸／竹筷子；☆箸を下す（つける）／下箸；☆箸を置く／放下筷子；◇箸の上げ下げにも小言（こごと）を言う／對一點瑣事也挑毛病；箸にも棒にも掛からない／無法對付（的人）。①

*はし【橋】（名）橋；橋梁；☆川に橋をかける／在河上架橋；☆橋を渡る／過橋；☆橋を渡す／架橋；〔轉〕作橋梁。②

*はじ【恥・辱】（名）恥，恥辱，丢臉；☆恥を知らない／不知恥；☆人前に恥を曝（さら）す／人前丢臉；☆恥を掻（か）く／丢臉，丢醜；◇恥の上塗り／再次丢臉；恥を雪（すす）ぐ／雪恥。②

はじ【端】（名）＝はし【端】。◎

はじい・る【恥じ入る】（自五）感覺非常羞恥；☆まちがいを指摘されて恥じ入る／被指出錯誤，感覺非常慚愧。③◎

はしか【麻疹】（名）〔醫〕麻疹；☆子供が麻疹にかかる／小孩患麻疹。③

はしがき【端書】（名）①序，序言，卷頭語；②〔文〕再啓；又啓。◎

はしから【端から】（副）從頭，依次；☆端から順に片づける／從頭依次收拾。◎

*はじ・く【弾く】Ⅰ（自下二）〔文〕→はじける；Ⅱ（他五）①彈；☆絃を弾く／彈絃；☆爪で弾く／用指甲彈；②打（算盤）；☆彼は算盤を弾くのが速い／他打算盤打得快；③进開，排拒；☆防水服が水を弾く／防水衣不透水；☆油類（あぶらない）は水を弾く／油和水不能調和。②

はしくれ【端くれ】（名）①零片，碎片；☆木材の端くれ／碎木片；②（某一行業中）地位低、能力差的人，☆教師の端くれ／勉強算作教師的人；☆役人の端くれ／小吏。◎

はしけ【艀（船）】（名）舢板，艀船；☆艀に乗って本船へ行く／乘舢板到大船上去。◎

はしげた【橋桁】（名）橋桁。◎

はじ・ける【弾ける】（自下一）裂開，蹦開；☆豆が弾ける／豆子裂開；☆実が弾けて種子が跳び出す／果實裂開種子蹦出來。③

*はしご【梯子】（名）①梯子；☆梯子をかけて屋根に上がる／架梯子上屋頂；②→はしござけ；☆～さけ【梯子酒】（名）這家喝到那家；☆昨日は梯子酒をして終電車で帰った／昨天這家那家喝了一圈，坐末班電車才回家；～だん【梯子段】（名）樓梯；☆二階の梯子段／二樓的樓梯；～のみ【梯子飲み】（名）→はしござけ◎

はしこ・い（形）敏捷的，快的；☆はしこくて、なかなかつかまらない／靈敏得很，抓也抓不住；図はしこし（形ク）。③

はじさらし【恥曝し】（名）丢醜；丢臉的人；☆いい恥曝しだ／活活丢人！③

はじしらず【恥知らず】（名・形動ダ）恬不知恥，厚臉皮；☆恥知らずなことをするな／不要做恬不知恥的事；☆お前のような恥知らずは見たことがない／沒見過像你這樣恬不知恥的。③

はした【端】（名）零數；☆端を切り上げる（切り捨てる）／把零數進上去(捨去)；☆端が出る／出零數；～がね【端金】（名）微少的錢；～な・い【端ない】（形）卑鄙的，下流的；☆端ないことを言う／說下流話；☆端ない振舞（ふるまい）を苦苦（にがにが）しく思う／下流的行為令人看不下去；図はしたなし（形ク）。◎

はしっこ【端っこ】（名）〔方〕邊上，邊緣（＝はし）；☆端っこにかしこまっている／在邊上規規矩矩地坐着。◎

はしっこ・い（形）→はしこい。④

ばじとうふう【馬耳東風】（名・連語）馬耳東風，耳邊風；☆親の言うことを馬耳東風と聞き流す／把父母的話當做耳邊風。①－◎

はしばし【端端】（名）微細之處；☆言葉の端端にまで気をつける／（說話時）對微末之處都留神；☆行為の端端にその人の性格が現われる／在行為微細處能表現出一個人的性格。②

はじまらない（連語）無用，白費；☆今更（いまさら）そんなことを言ってもはじまらない／事到如今說那種話也是白費；☆怒ってもはじまらない／生氣也無用！

はじまり【始（初）まり】（名）①開始，☆授業の始まりを知らせる鐘／上課的鐘；②起因；起源；☆喧嘩のはじまりはこうだ／吵架的起因是這樣。◎

*はじま・る【始まる】（自五）①開始，起

始；☆授業は八時に始まる／八時開始上課；☆戦争が始まる／戦爭開始了；②引起；☆この争いは、ちょっとしたことに（かち）始まったのだ／這個爭執是由一點小事起的；③犯（老毛病）；☆彼の自慢がまた始まった／他那自大的毛病又犯了。[0]

*はじめ【始（初）め】Ⅰ（名）①開始，開頭，起首；☆始めから終りまで／從開始到最後，從頭至尾；☆物事は初めが大切だ／事物開頭要緊；☆年の初め／年初；②起因，起源；☆演劇の始めについての研究／關於演劇起源的研究；③前者；☆後のより、始めの方がよい／後者不如前者好；Ⅱ（副）以前，原先，先前；☆初めはよく勉強した／原先學習很努力；☆初めそんな話はなかった／原先並沒那麼說；Ⅲ（接尾・連語）〔用「…を始め（として）」的語形〕以…為首；☆イギリス、アメリカをはじめ多くの民主義国家／英國和美國以及其他許多民主義國家；☆校長（を）はじめ（として）教職員一同（いちどう）／校長以及全體教職員；～て【始めて・初めて】（副）①初次，最初；☆生まれて始めての経験／有生以來第一次經驗；☆お目にかかります／初次見面，久仰久仰；☆始めてにしては、よく出来た／以第一次來說做得很好；☆そのことは、今になって始めて知った／那件事到現在才知道；②〔用「…てはじめて」的語形〕…之後才；☆病気になってはじめて健康が大切なことを知った／得了病以後才知道健康的重要。[0]

はじめまして【始めまして】（連語）初次會面時的寒喧語；☆はじめまして、山田です。どうぞよろしく／初次見面，我叫山田，請多關照。[4]

*はじ・める【始める】（他下一）①開始，創始；☆新事業をはじめる／創辦新事業；☆工事を始める／開工；②犯老毛病；☆例の癖をまた始めた／又犯了那種老毛病；③（接続動詞連用形下表示開始）；☆習いはじめる／開始學習；☆歩きはじめる／走起來。[0]

はしゃ【覇者】（名）①〔文〕稱覇者；☆戦国時代の覇者秀吉／稱覇於戰國時代的豐臣秀吉；②（體育競賽的）冠軍；☆百メートル競走で本年度の覇者となる／百米

賽跑獲得本年度的冠軍。[1]

*ばしゃ【馬車】（名）馬車。[1]

はしゃ・ぐ（自五）①風乾；乾，☆桶（おけ）がはしゃぐ／桶乾了；②喧鬧；歡鬧；☆遠足に行くのがうれしくて子供がはしゃぎまわる／孩子高興郊遊去樂得亂跳[0]

パジャマ【pajamas】（名）分上身下身的睡衣。[1]

はしゅつ【派出】（名・他サ）派出；派遣；☆付添人を病院に派出する／派人服侍到醫院去；～じょ【派出所】（名）警察派出所；～ふ【派出婦】（名）家庭臨時女工。[0]

*ばしょ【場所】（名）①地點，場所；☆以前何もなかった場所に工場が建った／在以前的空曠地方蓋起工廠來；☆場所もあろうに／（哪裏不好）偏偏在那個地方；☆場所が場所だからそれは言わなかった／因爲是在那種場面，所以我沒提那件事；②席位，座位；地方；☆坐る場所がない／沒有地方可以坐；☆この机はあまり場所をとる／這張桌子太占地方；☆場所をとっておく／占個座位；留底地方；③撲跤大會（相撲）的會期；☆場所の人気／撲跤大會開始前的盛況；☆春場所／春季撲跤大會；～がら【場所柄】（名）地點（的情形）；☆場所柄がよい（わるい）／地點好（壞）☆あの店は場所柄繁昌（はんじょう）する／那個舖子由於地點好，興旺；☆場所柄をわきまえない発言／不適合那種場面（氣氛的）發言；～わり【場所割】（名）分配地方；☆夜店の場所割／夜市攤販的位置分配。[0]

はじょう【波状】（名）①波狀；波狀的土地／波狀土地；☆波状をなす／形成波狀；②波浪式；☆波状攻撃／波浪式的攻擊。[0]

ばしょう【芭蕉】（名）①〔植〕芭蕉；②〔人名〕俳句詩人「松尾芭蕉」。[0]

ばじょう【馬上】（名）（騎在）馬上；☆馬上の花見／走馬看花。[0]

はしょうふう【破傷風】（名）〔醫〕破傷風。[0]

ばしょく【馬食】（名・他サ）〔文〕大吃特吃；☆牛飲馬食する／大吃大喝。[0]

はしょ・る【端折る】（他五）①（把衣裳下襟）披起來；☆着物を端折って浅瀬（あさせ）を渡る／披起衣襟涉淺灘；②省略；簡化；☆時間がないから説明を少し

端折ることにします／因為沒有時間把說
明簡化一些。[0]

─はしら【柱】（結尾）（計數遺骨、祭神
的用詞）尊，位；☆二柱の神をまつる／
供兩位神；☆五柱の遺骨（いこつ）が故
郷に帰る／五具遺骨回到家鄉。

*はしら【柱】（名）①〔建〕柱；②支柱；
☆テントの柱を立てる／支起帳棚的支柱
；③〔轉〕頂梁柱，靠山；☆一家の柱を
なくす／失去了一家的頂梁柱；～どけい
【柱時計】（名）掛鐘。[3][0]

はじらい【恥じらい】（名）害羞；☆恥じ
らいの色を見せる／現出害羞的樣子。[3]

はじら・う【恥じらう】（他五）害羞（＝
はずかしがる）；☆花も恥じらう風情（
ふぜい）／羞花之貌。[3]

はしらか・す【走らかす】（他五）＝はし
らす。[4]

はしら・す【走らす】Ⅰ（他五）①使跑，
開動；☆自動車を走らす／開汽車；②急
派…到…去；☆交番に女中を走らす／急
派婢母到派出所去；Ⅱ（他下二）〔文〕
＝はしらせる。[3]

はしら・せる【走らせる】（他下一）＝は
しらす。[4]

はしり【走り】（名）①〔はしる〕的名詞
形；②〔方〕洗物槽（＝ながし）；③初
上市〔剛下來的水果、鮮青菜、鮮魚等〕
（＝はつもの）☆莓（いちご）の走りが店
に現われる／舖子裏擺出剛下來的楊莓了
；～がき【走り書】（名・他サ）潦草書寫
；☆時間がなくて走り書する／因為沒有
時間潦草書寫；～たかとび【走高飛】
（名）〔運動〕（急行）跳高；～づかい
・～ずかい【走り使い】（名）跑腿兒的
；☆走り使いの役に甘んじている／甘於
跑腿兒的；～はばとび【走幅飛】（名）
〔運動〕（急行）跳遠。[3]

*はし・る【走る】（自五）①跑；急跑；☆
犬が走る／狗跑；②跳跑，逃走；☆戦い
に破れて南へ走る／敗戰之後向南逃走；
③奔流；☆水の走る音が聞こえる／聽到
水奔流聲；☆血が走る／血流出來；④（
道路）通向（河川）流向；☆道が南北
に走っている／道路通向南北；⑤偏向；
☆感情に走って理性を失なう／偏重感情
喪失理性；◇右翼に走る／偏右；當右
派。[2]

*は・じる【恥じる】（自上一）羞，害羞；

慚愧；☆今までの不勉強を恥じる／慚愧
過去不好好讀書；因はづ（上二）。[0]

はしわたし【橋渡し】（名・他サ）①架橋
；②作橋梁，當中人；☆両者の橋渡しを
する／給雙方當中人；③臨時的代理。[3]

はす【斜】（名）斜，歪斜；☆斜のつっか
い棒／斜支柱；☆標札（ひょうさつ）が
斜になっている／門牌歪了。[0]

はす【蓮】〔植〕蓮；☆蓮の花／荷花；☆
蓮の実／蓮子；☆蓮の糸／藕絲；☆蓮の
根，藕根。[0]

*はず【筈】（名）①＝やはず；②（表示當
然）應該，理應；☆父が行く筈のところ
急用ができたので私が行く／本來是父親
要去，因發生急事，所以我去；③（表示
確信）的確；☆そう言った筈だ／的確那
麼說了；④（表示預定）當，該；☆何か
急な用事が起こらない限り明日出発する
筈です／除非有急事明天該出發了；⑤道
理；☆そんな筈はない／沒有那樣道理，
不會是那樣；☆できる筈がない／沒有可
能作到的道理，不可能作到。[0]

ハズ←ハズバンド。[1]

バス【bass, base】（名）〔樂〕①男子最
低音（＝ベース）；②低音部；③低音器
；④←ダブルベース。[1]

バス【bath】（名）①西式澡塘；②洗澡；
～タオル【bath towel】（名）浴巾；～
タブ【bathtub】（名）西式浴缸；～ル
ーム【bath-room】（名）浴室。[1]

*バス【bus】（名）巴士，公共汽車；☆市
営のバス／市營公共汽車；☆バスの停留
所，バスストップ／（公共汽車）停車站
；～ガイド【bus guide】（名）（遊覽
車的）車掌小姐；◇バスに乗り後れる／
落伍，落後。[1]

*パス【pass】（名・自サ）①通過；②合格
；及格；錄及；☆試験にパスする／考試
及格（考中）；③免費入場券；免費乘車
票，定期票；☆パスを見せて入場する／
拿出票來入場；④〔運動〕傳球；☆パス
がうまい／球傳得好；☆すばやくパスす
る／迅速傳球；～ポート【passport】（
名）護照。[1]

はすい【破水】（名・自サ）〔解〕（分娩
時）（流出）羊水。[0]

はすう【端数】（名）零數；☆端数は切り
捨て／抹去零數。[2][0]

バスーン【bassoon】（名）〔樂〕巴松管

（＝ファゴット）。②

はずえ【葉末】（名）葉尖；☆葉末に宿る露／葉尖上的露水珠。⓪

ばすえ【場末】（名）關廂，（遠離繁華中心的）偏僻地區。⓪

はすかい【斜交】（名）斜（＝はす，ななめ）。⓪

はすかけ【斜掛け】（名）斜，側；☆斜掛けに坐る／斜坐。⓪

*__**はずかし・い**【恥ずかしい】（形）①沒臉見人的，於心有愧的；☆こんな成績では全く恥ずかしい／這種成績實在沒臉見人；☆だれに聞かれても恥ずかしくないことだ／被誰聽到也於心無愧；②害羞的，害臊的；☆そんなことして恥ずかしくないのか／做那類事不害羞麼？☆恥ずかしくて穴に入りたい心地（ここち）がする／羞得無地自容；⓪はづかし（形シク）；**～が・る**【恥ずかしがる】（自五）害臊，害羞；**～げ**【恥ずかしげ】（形動ダ）；☆娘が恥ずかしげに話す／姑娘羞羞答答地說；**～さ**【恥ずかしさ】（名）羞愧，害臊；☆恥ずかしさのあまり赤面する／羞愧面紅耳赤。④

はずかしめ【辱め】（名）〔（はずかしめる）的名詞形〕恥辱；☆ひどい辱しめを受けた／受到難堪的恥辱。⑤⓪

はずかし・める【辱しめる】（他下一）①羞辱，侮辱；☆人前（ひとまえ）で辱しめる／當衆侮辱；②玷汚，☆覇者の名誉を辱しめない成績をあげた／取得不愧為冠軍的成績；③姦侮（婦女）。⑤

はず（づ）き【葉月】（名）〔文〕陰曆八月。①

バスケット【basket】（名）①提籃；②（籃球的）籃；☆←バスケットボール；**～ボール**【basket-ball】（名）籃球。③

*__**はず・す**【外す】（他五）①取下，摘下；解開，☆戸を外す／把門解下來；☆眼鏡を外す／摘下眼鏡；②錯過；☆好機（こうき）を外す／錯過好機會；③避開，躲開；④退席，離（座）；☆席（場）を外す／退席（離座）。⓪

パスタ【德 Pasta】（名）①（作模型的）泥；②糊狀物（＝のり）；③〔醫〕軟膏（＝なんこう）。①

はすっぱ【蓮っ葉】（名・形動ダ）〔俗〕（女人）輕佻，輕浮；輕佻的女人；☆蓮っ葉な（の）娘／輕佻的姑娘；☆蓮っ葉

に見える／顯得輕佻。⓪

パステル【pastel】（名）彩色粉筆。①

バスト【bust】（名）①胸像；②（女子的）胸部。①

ハズバンド【husband】（名）夫，丈夫（＝ハズ）①

*__**はずみ**【弾み】（名）①〔はずむ〕的名詞形；☆弾みのいいボール／彈力大的球；②勢頭，興致勁頭；☆弾みがついてどんどん得点した／因為打得起勁連續得分；☆はずみがついているから車が止まらない／因為車跑得正起勁所以剎不住；☆はずみが抜ける／敗興，洩氣；③（偶然的）機會，（一時的）情勢；☆ちょっとしたはずみで／由於偶然的機會；☆物のはずみで／迫於當時的情勢；☆どういうはずみかそうなってしまった／不知為何一下子落得那樣；④（剛……的）剎那；☆自転車を避けようとするはずみに、ころんだ／剛一躲自行車就跌倒了；☆階段をおりるはずみに足を滑らした／剛一下樓梯脚踩跐了。⓪

*__**はず・む**【弾む】（自五）①跳，迸，蹦，反跳；☆球が弾まない／球不迸；②（興致）高漲，起勁；☆気分が弾む／高興起來；☆話が弾む／說得起勁；（聲音）激烈起來；（氣息）變粗；☆息が弾む／累得發喘；☆疲れて息がはずむ／累得發喘；☆声を弾ませて話す／抬高語聲說，厲聲而言；④（一狠心）拿出很多錢（買）；☆チップをはずむ／一高興給很多酒錢；☆金時計をはずむ／狠心買一隻金錶。⓪

パズル【puzzle】（名）①難題；②謎；☆一つ君にパズルを出そう／給你出個謎吧。①

はずれ【外れ】①〔はずれる〕的名詞形；☆この籤（くじ）は外れだ／這個籤沒有中；盡頭；☆町の外れ／市鎮的盡頭⓪

はずれ【葉擦】（名）（草木的葉因風）互相磨擦；☆葉擦の音／樹葉互相磨擦聲⓪

*__**はず・れる**【外れる】（自下一）①（鑲嵌物等）脫落，掉下，解開（＝とれる）；☆戸が外れる／門掉下來；☆犬の首輪が外れた／狗的頸圈掉下來了；☆ボタンが外れた／鈕釦開了；②不合（道理等）；（期待等）落空；（抽彩等）不中；☆道理に外れたことをする／作不合理之事；☆人情に外れる／不合乎人情；☆籤が外れた／彩沒有中；☆期待が外れる／期待落空

；☆天気予報は外れることもある／天氣
預報有時不對；図はづる（下二）。◎

バスローブ【bath robe】（名）浴衣。③

はぜ【沙魚】（名）〔動〕鰕虎。

はぜ【黄櫨】（名）〔植〕野漆樹；～うる
し【黄櫨漆】（名）〔植〕＝はぜ；～の
き【黄櫨の樹】（名）〔植〕野漆樹。①

はせい【派生】（名・他サ）派生；☆新し
い問題が派生する／枝生出新問題；～ご
【派生語】（名）派生詞。◎

ばせい【罵声】（名）罵聲；☆罵声
を浴びせられる／挨罵。◎

はせさん・じる【馳せ参じる】（自上一）
急馳而來，趕緊跑來；☆国家の一大事（
いちだいじ）とばかり馳せ参じる／認爲
是國家的一件大事趕緊跑來。◎

バセドーしびょう【Basedow 氏病】（名）
〔醫〕巴塞杜氏病。◎

はせもど・る【馳せ戻る】（自五）跑回
；☆近所が火事だと聞いて我家へ馳せ戻る
／聽説附近起火了，趕快跑回家來。◎

パセリ【Parsley】（名）〔植〕荷蘭芹，
巴西利（＝オランダぜり）。①

は・せる【馳せる】Ⅰ（他下一）驅（車、
馬）；☆車を馳せて会場に急ぐ／驅車馳
向會場；☆馬を馳せる／策馬奔馳；◇名
声を馳せる；Ⅱ（自下一）馳，跑
；図はす（下二）。◎

は・ぜる【爆ぜる】（自下一）裂開，爆裂
；☆栗がはぜる／栗子裂開，☆豆のはぜ
る音／爆豆聲。②

はせん【破線】（名）虚線，點線。◎

ばぞく【馬賊】（名）①盜馬的賊；②土匪。①

はそん【破損】（名・他サ）破損，破壞
；☆窓ガラスが破損した／窗戶玻璃破了；
☆船の破損した箇所（かしょ）を修理す
る／修理船隻破損部分。◎

はた【畑・畠】（名）旱田（＝はたけ）；
☆田畑で働く／在田地裏勞動。①②

はた【将】〔文〕Ⅰ（副）又，仍（＝また
，やはり）；Ⅱ（接）或者（＝あるいは）。①

はた【傍】（名）側，旁邊；☆傍から口を
出す／從旁挿嘴；☆傍で見るほど楽では
ない／不像從旁看的那麼容易；☆傍の人
／旁人。◎

はた【旗】（名）①旗；☆旗を掲げる／掛
旗；☆旗を振る／搖旗；②→たこ（凧）
；◇旗を掲げる／舉兵，發起新的事業。②

はた【端】（名）邊，端；☆爐のはた／爐

邊；☆池の端／池邊。◎

はた【機】（名）織布機；☆機を織る／織
布。②

はだ【膚・肌】（名）①肌膚，皮膚；☆膚
の美しい人／皮膚漂亮的人；②（土地等
的）表面；☆山の膚／山的表面；③風度
，氣質；☆彼は豪傑肌の人物だ／他是個
豪邁的人；☆学者肌の人／學者風度的人
；☆彼とはどうも膚が合わない／和他總
是合不來；④木理（＝きめ）；◇肌を許
す（女子）／以身相許。①

バタ（ー）【butter】（名）奶油；☆バタ
ーをつける／塗奶油；～くさ・い【バタ
臭い】（形）洋氣十足的，洋味的；☆あ
の人はバタ臭い／他洋氣十足；～くささ
【バタ臭さ】（名）洋味，洋氣。①

はだあい【肌合】（名）性質；氣質；☆さ
っぱりした肌合の人／性質坦率的人；☆
肌合のちがった人／氣質不同的人。③◎

はたあげ【旗揚げ】（名・自サ）①舉兵，
起兵，興兵；②發起（新事業）；☆劇団
を結成し明日旗揚げの公演を行なう／組
織劇團，明日舉行首次公演。④

はだあれ【肌荒】（名）皮膚變粗糙。④◎

パターン【pattern】→パタン。②

ばだい【場代】（名）（租會場等的）會場
費。◎

はたいろ【旗色】（名）（戰爭、比賽等的）
情勢，形勢；☆味方の旗色が悪い／我軍
情勢不佳（不妙）；☆旗色を窺う／觀望
情勢。④◎

はたおり【機織り】（名・自サ）織布；織
布的人，織匠；～め【機織女】（名）織
布的女人。③④

はだか【裸】（名）①裸體，赤身，露體；
☆服を脱いで裸になる／脱下衣服光起身
子；②沒有包覆物，赤裸；☆裸の電線／
沒有包覆外皮的電線；☆葉が落ちて木々
が裸になる／樹葉脱落只剩枯枝了；③精
光，身無一物；☆賭（かけ）に負けて裸
にされる／賭博輸個精光；☆裸で家出（
いえで）をする／光一個人從家跑出；④
（婦女結婚時）沒有嫁粧；⑤〔經〕（證券
買賣）不帶利息；～いっかん【裸一貫】
（名・連語）赤手空拳；☆裸一貫からあ
の地位に伸（の）し上がった／赤手空拳
爬到那種地位；～うま【裸馬】（名）無
鞍馬；☆裸馬を乗りこなす／騎慣無鞍馬
；～むぎ【裸麦】（名）〔植〕裸麥；黑

麥。[0]
はたがしら【旗頭】（名）①旗的上部；②諸侯盟首；③一方的首領；④首領，頭目。[3]
はだか・る（自五）①張開；☆裾がはだかってみっともない／衣服下擺張開了，不成體統；②叉開腿站立☆両手を広げて立ちはだかる／伸開兩手叉開兩腿站立[3][0]
はたき【叩】（名）①〔はたく〕的名詞形；②撣子；☆叩をかける／撣。[3]
はだぎ【肌着】（名）汗衫，貼身襯衣，內衣；☆肌着には木綿（もめん）がいい／做貼身襯衣最好是綿。[3]
はたぎょうれつ【旗行列】（名）持旗遊行的隊伍。[3]
はた・く【叩く】（他五）①撣；☆塵をはたく／撣塵土；☆はたきで叩く／用撣子撣；②拍；☆蠅を叩く／拍蒼蠅；③傾（囊）；☆財布の底をはたく／傾囊；☆有り金をはたいて株を買う／罄其所有買股票。[2]
はたぐも【旗雲】（名）〔文〕如旗的長雲[3]
はたけ【疥】（名）〔醫〕疥瘡。[0]
*はたけ【畠・畑】（名）①旱田，田地（＝はた）；☆畠を耕す／耕地；☆畑に野菜をつくる／田裏種菜；②專業的領域；☆外交畑（がいこうばたけ）の人が必要になる／需要外交界的專門人才；☆その問題は彼の畑だ／那個問題是屬於他的領域；～ちがい【畑違い】（名）不是專業，專門的領域不同；☆彼は畑違いの方面で活躍している／他在非專業方面活動着。[0]
はだ・ける（他下一）張開，敞開（衣襟等）；☆胸をはだけて赤ん坊に乳を飲ます／敞開懷給小孩吃奶；図はだく（下二）[3]
はたご【旅籠】（名）①〔古〕旅行時盛馬飼料的籃子；②〔古〕旅行用的籃子；③←はたごや；～や【旅籠屋】（名）客棧，旅店。[0]
はたざお【旗竿】（名）旗竿。[0]
はたさく【畑作】（名）旱田作物；耕種旱田；☆この辺は畑作が主だ／這一帶主要是種旱田。[0]
はださむ・い【膚寒い・肌寒い】（形）（肌膚）感覺冷的；☆肌寒い春風／微寒的春風；図はださむし（形）。[4]
はだざわり【膚触り・肌触り】（名）①觸及肌膚時的感覺；☆膚触りのよい布地／很柔軟的布料；②接觸、交往時的感覺；☆肌触りの柔かな人／很溫和的人。[3]
*はだし【跣】（名）①赤足，光脚；☆跣になって水にはいる／光起脚來進入水裏；☆跣で歩く／光着脚走；②〔轉〕敵不過；玄人（くろうと）はだし／專家也敵不過。[0]
はたしあい【果し合い】（名）決鬪；☆果し合いを申し込む／要求決鬪。[0]
はたしじょう【果し状】（名）要求決鬪書[3]
はたして【果して】（副）①果，果然；☆だめだと思っていたが果して失敗した／我原來就以爲不成，果然失敗了；☆果して私の言った通りになった／果然我的話應了；②果眞；☆果してその通りか、どうも怪しい／果眞是那樣麼，大有疑問[2]
はだジュバン【膚（肌）襦袢】（名）（穿和服時穿的）貼身襯衣，汗衫。[3]
はたじるし【旗標】（名）①旗號；②〔轉〕標誌；旗幟；☆自由の旗標を揚げる／擧起自由的旗幟。[3]
*はた・す【果たす】（他五）①完成；實行；☆務めを果たす／完成任務；☆望みを果たす／達到目的；☆約束を果たす／践約；②（接在其他動詞下表示完了、完全、等意）；☆金を使い果たす／把 錢 用盡。[2]
はたせるかな【果たせる哉】（連語）〔文〕果然（＝やっぱり）；☆うまく行くとは思っていたが、果せるかな大成功だった／我原來就以爲錯不了，果然取得極大的成功。[3]
はたち【二十】（數）①二十；②二十歲；☆来年は二十になる／明年就二十歲了[1]
はたち【畑地】（名）旱田；☆野原を開拓して畑地に（と）する／開墾野地造旱田。[0]
ばたっと【副】（物墜地或倒落聲）吧嗒；☆ばたっと倒れる（落ちる）／吧嗒一聲倒下（墜地）。[2]
ぱたっと（副）①（較輕的物倒落、墜地聲）吧嗒；☆ぱたっと落ちる／吧嗒一聲掉下；☆ぱたっと本をとじる／吧嗒一聲合上書；②忽然杜絕貌；☆ぱたっと来なくなる／忽然不來了。[2]
はたと（副）①叭喳；☆はたと膝を打つ／叭喳一聲拍膝蓋；②突然；☆はたと思いあたる／突然想到；③睨視貌；☆はたと相手を睨みつける／狠狠瞪對方一眼。[1]
はだぬぎ【肌脱ぎ】（名・自サ）光膀子，赤

は

背；☆肌脱になる／脱光膀子。③④

はタバコ【葉烟草】（名）烟葉。②

はたはた（副・自サ）（旗等飄動聲）嘩啦嘩啦；☆国旗がはたはたと風になびく／風吹國旗嘩啦嘩啦地飄動。①

ばたばた（副・自サ）①（觸碰物時所發的聲）吧嗒吧嗒；☆ばたばたと、はたきをかける／吧嗒吧嗒地撢塵土；☆風で戸がばたばたいう／風吹門吧嗒吧嗒響；②振翅聲；☆ばたばた羽ばたきする／吧嗒吧嗒地振翅；☆大きな蛾がばたばた（と）飛んでいる／大蛾吧嗒吧嗒地飛着；③脚步聲；☆ばたばたと歩き回る／吧嗒吧嗒地到處走；☆廊下をばたばた歩く／在走廊吧嗒吧嗒地走；④物連續落下、倒下聲；☆弾に当たってばたばた倒れた／（許多人）中彈相繼倒下；⑤事物迅速進展貌；☆ばたばた売れる／暢銷；☆用事をばたばた片付ける／爽爽快快清理許多事務。①

ばたばた（副・自サ）叭達叭達（地響）（比「ばたばた」聲音較輕）；☆雑誌の表紙が風に当たってばたばたする／風把雜誌的封面颳得嘩啦嘩啦響。①

はたび【旗日】（名）節日，升旗日子；☆五月（ごがつ）は旗日が多い／五月裏節日多。①②

バタフライ【butterfly】（名）①蝴蝶；②〔運動〕蝶泳。①

はたまた【将又】（接）〔文〕抑或，又將；☆将又何をか言わん／又將何言（還有什麼可說的）。①

はだみ【肌身】（名）身，身體；☆いつも肌身につけている／經常帶在身上；◇肌身離さず／不離身；☆肌身離さず大切に持つ／時刻不離地帶在身上。①②

はため【傍目】（名）旁觀者的眼睛，旁觀者的印象；☆傍目にもかわいそうな境遇／旁觀者都認為可憐的境遇；☆傍目を恐れて出歩かない／害怕旁人看不敢出去⓪

はため・く（自五）（旗等）隨風飄揚；☆国旗が風にはためく／國旗迎風飄揚。③

はたもと【旗本】（名）〔古〕①（大將所在的）本營；②大將麾下的將士；③〔江戸時代〕旗本（武士的一個等級，家祿一萬石以下五百石以上，有資格直接進見幕府將軍）。⓪

ばたや【ばた屋】（名）拾破爛的。②

はたらか・す【働かす】（他五）使勞動，使動作起來；☆叱って小僧を働かす／申

斥徒弟叫他幹活兒；☆工場の機械を全部働かす／把工廠的機器全部開動起來；☆知恵（頭）を働かす／動腦筋。⓪

*はたらき【働き】（名）①勞動，工作；☆一日の働きを終える／作完一天的工作；②作用，效用；☆薬のはたらき／藥的作用；☆…の働きをする／起…的作用；☆働きが鈍い／作用得很慢；③功勞；☆これが完成したのは彼の働きだ／這件工作的完成是他的功勞；④效力，功用，機能；☆頭の働きが鈍い／頭腦（的腦筋）遲鈍；☆胃腸の働きが悪い／胃腸機能不靈；⑤才幹，才能，智慧；☆働きのある人／有才幹的人；☆働きがない／沒有才能；⑥〔語法〕作用；☆副詞の働きをする言葉（ことば）／起副詞作用的詞彙；⑦〔語法〕語尾變化，活用；☆動詞の働きを調べる／查動詞的語尾變化；〜あり【働き蟻】（名）〔動〕工蟻；〜か・ける【働き掛ける】（自下一）①對…做工作，推動；☆先方に働きかけて事を円満に解決する／為對方做點工作使事情圓滿解決；②開始工作；〜て【働き手】（名）①能幹的人；善於勞動的人；☆彼は学校で評判の働き手だった／他是學校裏有名能幹的人；②一家的中堅力量，家庭生活所仰賴的人；☆働き手の息子が、急死する／全家生活所仰賴的兒子突然死去；〜ばち【働き蜂】（名）〔動〕工蜂。

*はたら・く【働く】（自五）①勞動，生活；☆この会社で二十年働いている／在本公司工作二十年了；☆汗を垂れて働く／辛勤勞動；②起作用；☆物を前に進める力が働く／推動物體前進的力量發生作用；③（身體的器官、才能等）活動，開動；☆頭がよく働く／很能活動腦筋；☆薬が働き過ぎる／藥力過大；⑤做（壞事）；☆事を働く／做壞事；⑥廉賣，格外從廉；☆十分働いてお安く致します／格外從廉賣給您；⑦〔語法〕語尾變化，活用；☆五段に働く／按五段活用，⓪

はたり（副）物體輕輕掉落的聲音。②③

ばたり（副）物體倒落或碰撞的聲音；☆辞書がばたりと倒れる／辭典叭達一聲倒了；☆ドアがばたりと締まる／門砰的一聲關上了。②③

ぱたり（副）①吧嗒；☆ノートをぱたりと落とす／把筆記本吧嗒一聲弄掉下去；②

突然停止貌；☆風がぱたりと止んだ／風
突然停止了。②③

はたん【破綻】（名・自サ）失敗，破產；
☆経営に破綻を生ずる／經營失敗；☆計
画に破綻を来たす／計劃失敗；☆物価の
暴落は会社に破綻を来たした／物價暴落
使公司破產了。⓪

はだん【破談】（名）①前約作廢，取消前
言；☆この間の話は破談にするよ／前幾
天那事可不算了啊；②解除婚約；☆先方
に破談を申し入れる／向對方提議解除婚
約。⓪

ばたん（副）①物體倒下、掉落或碰撞的聲
音；☆本が机からばたんと落ちる／書從
桌上吧嗒一聲掉在地上，☆戸がばたんと
締まる／門砰的一聲關上；②走路的聲音
；☆廊下をばたんばたんと歩く／咕咚咕
咚地走廊走。②

ぱたん（副）＝ばたん（但聲音較輕）；☆
戸がぱたんと締まる／門吧一聲關上了②

パタン【pattern】（名）①模；②型；③
樣本；④圖案（＝パターン）。①

＊はち【鉢】（名）①〔佛〕鉢；②大碗；③
（栽花木的）盆；☆庭に植木の鉢を並べる
／在院子裏擺上栽有花木的盆；④頭骨，
腦蓋骨；☆鉢合わせ／頭撞頭；☆頭の鉢
を割る／打碎腦蓋骨。

＊はち【蜂】（名）蜂；☆蜂に刺される／被
蜂子螫了，◇蜂の巣をつついたよう／像
撞了蜂子窩一樣，〔喻〕亂成一團。⓪

＊はち【八】（數）八。②

ばち【枹】（名）鼓棰；☆枹で叩く／拿鼓
棰打。②

＊ばち【罰】（名）①懲罰；②報應；☆そん
なことをすると罰が当たりますよ／作那
樣事要遭報應的。②

ばち【撥】（名）彈三絃、琵琶的撥子。②

ばちあたり【罰当り】（名）①遭報應（的
人）；☆罰当りの（な）ことを平気です
る／毫無忌憚地做壞事；②〔罵〕天殺的
；☆この罰当りめ／（你）這個天殺的③

はちあわせ【鉢合せ】（名・自サ）①頭碰
頭；☆子供が廊下の角（かど）で鉢合せ
（を）して泣き出した／（兩個）孩子在走廊
拐角上頭碰了頭哭起來了；②碰，撞；☆
ぼんやりしていて電信柱（でんしんばし
ら）と鉢合せする／迷迷糊糊地碰到電線
桿上；③偶然碰見；☆恩師のお宅で旧友
と鉢合せする／在老師家裏碰見老友。③

はちうえ【鉢植】（名）①盆栽；花盆；②
盆栽花草；☆鉢植を買う／買盆栽。③④

はちがい【場違い】（名）①不合時宜的，
不適合場面的；☆場違いの発言を非難さ
れる／不合時宜的發言受到批評；②不是
地道的，非著名產地的；☆場違いの蜜柑
／不是著名產地的桔子。②

＊はちがつ【八月】（名）八月；図はづき④

バチカン【Vatican】（名）①梵蒂崗；②
羅馬教廷的別名。⓪

はちき・れる（自下一）①塡滿，塞破；☆
袋にはちきれる程詰める／把袋子塞得滿
滿的（幾乎塞破）；☆たくさん食べて、
おなかがはち切れそうだ／吃得太多肚子
都要撐破了；②喜悅異常，精神百倍；☆
嬉しさにはちきれんばかり／歡喜欲狂④

はちく【破竹】（名）破竹；☆破竹の勢い
で勝ち進む／以破竹之勢乘勝追擊。⓪

ぱちくり（副・自サ）眨眼貌；☆驚いて目
をぱちくりする／嚇得直眨眼。①

はちじゅうはちや【八十八夜】（名）〔天〕
立春後第八十八天，五月一日前後，播種
的好時光。⑥

はちじょう【八丈】（名）①日本八丈島產的
八丈綢；②和八丈綢似的紡織品。①②

ぱちつか・せる（他下一）眨眼；☆まぶし
そうに目をぱちつかせる／（被光線）晃
得直眨眼睛。⓪

ぱちぱち（副）①（小）爆裂貌，②薪柴盛
燃貌；☆枯れ木がぱちぱちと燃え上がる
／枯木熊熊地燃燒起來；③拍手聲；☆ぱ
ちぱち手を叩く／吧吧地拍手；④眨眼貌
；⑤〔圍棋〕放棋子聲。①

はちぶ（ん）め【八分目】（名）八分，八
成，十分之八；☆瓶に八分目ほど水を入
れなさい／往瓶子裏裝八分的水，◇腹八
分目医者いらず／經常吃八分飽可以不鬧
病。⑤⓪

はちまき【鉢巻】（名・自サ）（用布巾等）
纏頭；☆手拭で鉢巻をする／用手巾纏
頭。②

はちまん【八幡】（名）〔神道〕①八幡大神
；②←はちまんぐう；～ぐう【八幡宮】
（名）八幡神社（供弓箭之神）。②③

はちみつ【蜂蜜】（名）蜂蜜。⓪

はちもの【鉢物】（名）①大碗盛的菜餚；
②盆栽。②

ばちゃばちゃ（副自サ）（拍水聲）噼嗱啪
嗱；☆岸の方でばちゃばちゃと泳ぐ／在

岸邊劈喳啪喳地游泳。①

ぱちゃぱちゃ（副・自サ）＝ばちゃばちゃ（聲音較輕）。①

はちゅう【爬虫】（名）〔動〕爬蟲；～るい【爬虫類】（名）〔動〕爬蟲類。⓪

はちょう【ハ調】（名）〔樂〕C調。①

はちょう【波長】（名）〔無電〕波長；☆波長を合わせる／對波長。⓪

ぱちん（副）①關門的聲音；②敲打聲；☆ぱちんと頬を叩く／吧的一聲打個嘴巴；③金屬卡扣合扣聲。②⓪

ぱちんこ（名）〔俗〕①（以叉木繫膠皮帶製成的）彈弓；☆ぱちんこで雀を狙（ねら）う／用彈弓打麻雀；②彈球盤（利用彈簧彈球，滾入盤上特定小孔時，則滾出許多球，可以換取奬品的一種遊戲）。⓪

はつ─【初】（造語）①表示最初、首次的意思；☆初登庁／履新；②表示新年後初次的意思；☆初売り／開市。

はつ【発】（接尾）（子彈）發；☆腿（もも）に二発の弾丸を受けた／腿上中了兩顆子彈。

はつ【初】（名）首次，最初；☆初の閣議を開く／舉行首次內閣會議。②

はつ【発】（名）①出發；開車；☆十時発／十點出發，十時開車；☆東京発の列車／由東京開的列車；②發信，發電報等；☆六月一日（大阪）発の電報／六月一日（由大阪）發出的電報。①

はっ（感）①對長上回答時所發的聲音；☆はっ、承知致しました／是，我曉得了；②吃驚時所發的聲音；☆はっ、これは大変だ／哎呀，可不得了。

ばつ（名）①〔ばつを合わせる〕迎合，順着（別人的話）講；☆彼はばつを合わせるのがうまい／他很會順着別人講話；☆あいつにばつを合わせるためにそう言っただけさ／我說那話不過是爲了迎合他而已；②〔ばつが悪い〕難爲情，尷尬，侷促不安；☆友人に顔を見られてどうもばつが悪かった／被朋友看見了，覺得很難爲情。⓪

*ばつ【罰】（名）罰；處罰；☆罰を与える／處罰；☆罰を受ける／受罰。①

─ばつ【発】（接尾）發；☆弾を三発打った／打出三發子彈。

はつあん【発案】（名・自他サ）①計劃出來，想出來；☆彼の発案した計画によって旅行する／按他所提的計劃旅行去；②

提案；☆発案の趣旨を述べる／陳述提案的意圖。⓪

はつい【発意】（名・自他サ）〔文〕發起，提議☆この事は彼の発意によって行なわれた／這件事是由於他的提議而做的①②

*はついく【発育】（名・自サ）發育；☆子供たちの健全な発育を望む／希望兒童能够健全地發育。⓪

はつうま【初午】（名）二月首次的午日，稻荷神社的廟會。⓪

はつえき【発駅】（名）①發貨的車站；☆発駅不明（ふめい）の荷物（にもつ）／發貨車站不詳的包裹；②出發的車站。⓪

はつえん【発煙】（名）發烟，冒烟。⓪

*はつおん【発音】（名・他サ）發音；☆日本語の発音を練習する／練習日語發音；☆発音が悪い／發音不好（不正確）。⓪

はつおんびん【撥音便】（名）〔語法〕撥音便〔日語口語中有一些助動詞連用形下接撥音動詞「た」（たり）、助詞「て」等時所發生的音便；如「死にて」變爲「死んで」；「読みた」變成「読んだ」等；發生撥音便後，助詞「て」或助動詞「た」等都變爲濁音「で」或「だ」〕。③

はっか【発火】（名・自他サ）發火；起火；☆二階の一室から発火して家が全焼する／從二樓一個房間起火房子完全燒毀⓪

はっか【薄荷】（名）〔植〕薄荷。⓪

はつか【二十日】（名）①二十日；☆一月の二十日／一月二十日；②二十天；☆二十日かかります／需要二十天；～ねずみ【二十日鼠】（名）〔動〕鼷鼠。⓪

はつが【発芽】（名・自サ）發芽；☆気候が寒くて発芽が後れる／因爲天寒發芽晚⓪

はっかい【発会】（名・自サ）①創立會，成立會；初次會議；☆発会の挨拶をする／致成立會的開會詞；②〔經〕交易所月初進行交易的日子。⓪

はっかく【八角】（名）①八個角，八角；②八角形；③〔烹飪〕八角。④

はっかく【発覚】（名・自サ）暴露，被發現；☆過去の犯罪が発覚する／過去的犯罪被發覺；☆陰謀が発覚してつかまる／陰謀洩露而被捕。⓪

バッカス【Bacchus】（名）〔羅馬神話〕酒神。

はつがつお【初鰹】（名）夏季初次上市的鰹。③

ばっかり（修助）→ばかり。

はっかん【発刊】（名・他サ）〔文〕發刊；出版；☆発刊が遅れる／出版遲誤；☆発刊の辞／發刊辭；☆雑誌を発刊する／發刊雜誌。◎

はっかん【発汗】（名・自サ）發汗，出汗☆熱さましを飲んだのでひどく発汗する／由吃了退燒藥發汗很厲害。◎

はっき【発起】（名・自サ）〔文〕→ほっき。

＊はっき【発揮】（名・他サ）發揮；施展；☆実力を発揮する／發揮實力；☆平素（へいそ）の力が発揮できない／平素的力量發揮不出來；☆革命の精神を発揮する／發揮革命精神。①◎

はつぎ【発議】（名・自サ）〔文〕提議，提議案；動議；☆発議をとり上げる／採納提議；～けん【発議権】（名）提議權①②

はっきゅう【発給】（名・自サ）發給，發與；☆旅券を発給する／發給護照。◎

はっきゅう【薄給】（名）低薪，低廉的工資；☆薄給の身（み）／低薪的身份；☆薄給に甘んずる／甘於低廉的工資。◎

はっきょう【発狂】（名・自サ）發狂，發瘋；☆大きなショックを受けて発狂する／受到嚴重的精神打擊而發瘋。◎

＊はっきり（副・自サ）①清楚，明白；不糊塗；☆遠くまではっきり見える／清清楚楚地看得很遠；☆はっきり聞こえない／聽不清楚；☆発音がはっきりしている／發音清楚（正確）；☆色がはっきりしている／顏色鮮明；☆何時（いつ）帰ってくるかはっきりわかりません／幾時回來還不清楚；②痛痛快快地，斬釘截鐵地，直截了當地；☆はっきり答える／明確地回答；☆はっきりことわる／堅決地拒絕③

はっきん【白金】（名）〔化〕鉑，白金◎

＊ばっきん【罰金】（名）①〔法〕罰款；☆600元以下の罰金に処する／處600元以下的罰款；②（一般的）罰錢，賠償；☆こわしたら罰金だぞ／打壞了可是要賠款的喲。◎

パッキング【packing】（名）①包裝；②填塞物。①

はっく【八苦】（名）〔佛〕（生老病死等）八苦；◇四苦八苦／非常痛苦。①

＊バック【back】（名・他サ）①背部；②背後；③背景；④〔運動〕後衛；⑤後承，後臺；⑥後退；☆バックする／倒車；～アップ【back-up】（名・自他サ）後盾

；～ストローク【backstroke】（名）背泳；～ナンバー【back number】（名）車號；～ネット【back-net】（名）〔棒球〕打手後邊的網；～ミラー【back mirror】（名）汽車司機臺左右向後看的鏡子，望後鏡。◎

バッグ【bag】（名）①手提包；袋子；②行囊。◎

パック【pack】（名）①貨物；☆パック入りのジュース／無菌盒裝的果汁；②防止皮膚衰老的一種美容術。①

はっくつ【発掘】（名・他サ）挖掘；☆遺跡を発掘する／挖掘遺跡；☆人材を発掘する／提拔人材。◎

バックル【buckle】（名）皮帶扣。①

ばつぐん【抜群】（名）拔羣，超羣；☆抜群の成績をあげる／取得超羣出衆的成績◎

はっけ【八卦】（名）①八卦；②占卜；卜者。①③

パッケージ【package】（名・他サ）包裝①

はっけっきゅう【白血球】（名）〔解〕白血球。◎

はっけつびょう【白血病】（名）〔醫〕白血病，白血球增多病。◎

＊はっけん【発見】（名・他サ）發現；☆コロンブスがアメリカ大陸を発見した／哥倫布發現了美洲大陸。◎

はっけん【発券】（名・他サ）〔經〕發行銀行券。◎

＊はつげん【発言】（名・自サ）發言；☆彼はしばしば良い発言をする／他時常有好的發言☆発言の機会を与える／給以發言的機會；～けん【発言権】（名）發言權；☆自分にも発言権がある／自己也有發言權；～しゃ【発言者】（名）發言者◎

はつご【初子】（名）頭生子，初生子。◎

はつこい【初恋】（名）初戀；☆初恋の思い出／初戀的回憶。◎

はっこう【発光】（名・自サ）發光，發亮；☆螢（ほたる）は自分で発光する動物だ／螢火蟲是能够自己發光的動物。◎

＊はっこう【発行】（名・他サ）（圖書、報紙、紙幣等的）發行；☆毎月一回発行する予定の全集／預定每月發行一册的全集；～び【発行日】（名）發行日；～ぶすう【発行部数】（名）發行額；～にん【発行人】（名）發行人。◎

はっこう【発効】（名・自サ）生效；☆本法律は四月一日より発効する／這條法律

は

自四一日起生效。◯

はっこう【薄幸（倖）】（形動ダ）〔文〕不幸，薄命。◯

はっこう【発酵】（名・自サ）發酵；☆ブドウが発酵する／葡萄發酵。◯

はつごおり【初氷】（名）初凍，初結冰③◯

はっこつ【白骨】（名）〔文〕白骨。◯

はっこん【発根】（名・自サ）生根，長根◯

ばっさい【伐採】（名・他サ）採伐，砍伐；☆山林を伐採する／砍伐山林。◯

ばっさり（副）①一刀斬（切）斷；☆ばっさりと首を切る／一刀砍下人頭；②掛着的衣服等落地下的聲音；☆ハンガーのズボンがばっさりと落ちる／掛在衣架上的褲子衣服吧的一聲掉下來了；③堅決地削去；☆予算をばっさり削る／堅決地削減預算。③

はっさん【発散】（名・自他サ）發散，消散；☆熱を発散する／發散熱；☆花がよいにおいをあたりへ発散する／花向四周放出香味。◯

はつざん【初産】（名）初生，初產。②

*ばっし【抜糸】（名・自サ）〔醫〕抽線；☆手術後一週間たって抜糸する／手術後一個星期抽線。◯

*ばっし【抜歯】（名・自サ）〔醫〕拔牙；☆抜歯して入れ歯にする／拔掉後鑲上假牙。◯

バッジ【badge】（名）徽章，證章；☆バッジをつける／佩帶徽章。①

はつしぐれ【初時雨】（名）第一次的秋雨（秋冬之交的雨）。③

はっしと（副）①硬東西碰撞時所發的聲音；②箭射中物體的聲音。①

はつしも【初霜】（名）初霜。◯

*はっしゃ【発車】（名・自サ）開車；☆東京駅を七時に発車する列車に乗る／坐東京站七時開車的列車；☆発車が五分後れる／開車遲誤五分鐘。◯

*はっしゃ【発射】（名・他サ）①射箭；②發射；☆弾丸を発射する／發射子彈。◯

はっしょう【発祥】（名・自サ）〔文〕發源，開端，開始；☆人類発祥の地を探る／探求人類的發源地；☆西洋の文化はギリシヤに発祥するといわれる／西洋的文化據說發源於希臘；～ち【発祥地】（名）發源地。◯

はつじょう【発情】（名・自サ）春情發動；☆犬や猫は一定の時期に発情する／貓

狗在一定時期發情；～き【発情期】（名）春情發動期。◯

ばっしょう【跋渉】（名・自サ）〔文〕跋涉；徒步走過；☆山野を跋渉する／跋涉山野。◯

パッション【passion】（名）①熱情；②愛情；③〔宗〕基督受難；～フルーツ【passion-fruit】（名）百香果，時計果①

はっしん【発信】（名・自サ）發信；發報；發出電報；☆機上から基地に発信する／從飛機上向基地發報；～ち【発信地】（名）發信或發報地；～にん【発信人】（名）寄信人；發報人。◯

はっしん【発疹】（名・自サ）〔醫〕出疹子，發疹；☆からだに発疹が見られる／身上有疹子；～チフス【発疹Typhus】（名）〔醫〕斑疹傷寒。◯

ばっすい【抜粋】（名・他サ）拔萃；摘錄；☆多くの作品から抜粋して文集をつくる／從許多作品中摘粹編成文集。◯

*はっ・する【発する】（自他サ）①發；☆揚子江は青海に源を発する／長江發源於青海；☆光を発する／發光；☆彼は一言も発しなかった／他一言未發；②出發；☆五時に東京を発して神戸に向かう／五點鐘由東京出發前往神戸；③發生，發散；☆バラは芳香を発する／薔薇發散芳香；図はっす（サ）。◯

ハッスル【hustle】（自）奮發。①

*ばっ・する【罰する】（他サ）①罰，責罰，處分；☆いたずらした生徒を罰する／處分犯過的學生；②定罪；判罪；☆詐欺罪（さぎざい）で罰せられる／被處以詐欺罪；図ばっす（サ）。③◯

はっすん【八寸】（名）①八寸高的食案（おぜん）；②日本正式宴席最後的一個菜。◯

*はっせい【発生】（名・自サ）發生；☆交通事故が発生する／發生交通事故；☆事件の発生を防ぐ／防止發生事故（件）；☆田畑に害虫が発生する／田地裏發生害蟲。◯

はっせい【発声】（名・自サ）①發聲，發音；☆発声を練習する／練習發聲；☆発声の器官を傷める／傷害發聲器官；②領唱，首唱；☆校長の発声で万歳を唱える／在校長領唱之下高呼萬歲。◯

ばっせき【末席】（名）末席，末座☆末席を汚（けが）す／忝陪末座。◯

はっそう【発走】（名・自サ）〔文〕①（賽跑的）起跑，起碼（＝スタート）；☆彼が二着になったのは発走がまずかったからだ／他所以跑了個第二名是由於起跑慢了；②（電車等）開走，開車。◎

はっそう【発送】（名・他サ）發送，逸出；☆荷物を発送する／發送行李包裹；☆発送した手紙が戻って来る／發出的信退回來了。◎

はっそう【発想】（名・他サ）①〔樂〕表情（演奏者表達樂曲的神情）；☆発想法を学ぶ／學習樂曲表情法；②表達思想；☆発想がまずい／思想表達得不好。◎

はっそく【発足】（名・自サ）①出發；出門，發脚；☆二日に発足して大阪に向かう／二日出發到大阪去；②（新成立的團體等）開始活動（工作）；☆〇〇会社は四日より発足する／某某公司四日起開始工作。◎

ばっそく【罰則】（名）處罰的規則，罰規；☆罰則を設ける（つくる）／設（定）罰規，☆罰則に照らして処罰する／按照罰規處罰。◎

はつぞら【初空】（名）〔文〕元旦的天空 ③

ばった【飛蝗】（名）〔動〕蚱蜢。◎

バッター【batter】（名）〔棒球〕打者 ①

はつたけ【初茸】（名）〔植〕蘑茸之一種 ①

*はったつ【発達】（名・自サ）發達，發展；☆筋肉が発達する／肌肉發達；☆文化が発達する／文化發展。◎

はったと【礑と】（副）①物體猛撞貌；②深受感動貌；③怒目而視貌；☆はったと睨（にら）む／怒目而視。① ③

はったり（名）①鬪殿，打架；②故弄玄虚，欺騙衆人耳目；☆はったりをかける／（爲欺瞞衆人耳目）故弄玄虚，虛張聲勢。◎

ばったり（副）①突然倒下貌；☆貧血を起こしてばったり（と）倒れる／因爲貧血突然倒地；②突然相遇貌；☆道で旧友とばったり会う／在路上突然碰上老朋友；③事物突然停止貌；☆交通がばったり（と）跡絶（とだ）える／交通突然斷絕；☆あの人は、ばったり来なくなった／那個人突然不來了。◎

ぱったり（名・副）→ばったり。③

ハッチ【hatch】（名）船艦的甲板昇降口 ①

はっちゃく【発着】（名・自サ）〔文〕出發和到達；☆汽車が正確に発着する／火

車準時開準時到。◎

はっちゅう【発注（註）】（名・他サ）〔文〕訂貨，預約；☆品目（ひんもく）を書いて直接本社に発注する／寫明品名直接向總廠訂貨。◎

はっちょう【八挺】（名）〔表卓〕能幹；巧；☆口も八挺、手も八挺／嘴也能說手也能幹，嘴也巧手也巧。①

ぱっちり（副・自サ）眼睛大而美貌；☆目がぱっちり（と）しているかわいい人形／大眼睛的可愛的偶人；☆目をぱっちりあける／眼睛睜得大大的。③

ばってい【末弟】（名）末弟，最小的弟弟 ◎

バッティング【batting】（名）〔棒球〕打（球）。① ◎

ばってき【抜擢】（名・他サ）拔擢，提拔，提升；☆新人を抜擢して主役にする／提拔新人當主角。◎

バッテリー【battery】（名）①〔棒球〕投手和捕手。① ◎②一組的電池。①

*はってん【発展】（名・自サ）①發展；擴展，伸展；☆事業が発展する／事業發展；☆工業都市として発展する／作爲工業都市而發展；②發跡，出息；☆彼は思うように発展ができなかった／他未能如願發展（出息）。◎

はつでん【発電】（名・自サ）①發電；生電；☆摩擦によって発電する／摩擦生電；②打電報；～しょ【発電所】（名）發電所，發電廠。◎

ばってん【罰点】（名）黑點，罰點。③

はっと（副・自サ）①突然想到或想起貌；☆やりかけて、はっと気がついた／剛一開始突然想起來了；②（因意外的事而）吃驚貌；☆子供が車にひかれそうになったのを見てはっとする／看見孩子幾乎被車壓着，嚇了一跳。① ◎

はっと【法度】（名）①（封建時代的）法令；②〔轉〕禁止，不許；☆博打（ばくち）はお法度だ／賭錢不行。① ◎

ハット【hat】（名）帽子。①

ぱっと（副・自サ）①突然燃起，呼地起火；☆火がぱっと燃え上がる／火呼地一下燃起來了；②物向四方擴展貌；☆雀がぱっと飛び立つ／麻雀向四方飛去；③含混，不明確；☆君の議論は、ぱっとして要領を得ない／你的言論含混混不得要領。① ◎

バット【bat】（名）①〔動〕蝙蝠；②〔

棒球〕球棒。[1]

バット【vat】(名)(洗像用)琺瑯質的盤[1]

*ぱっと (副・自サ)①忽然四散貌；☆空中
で火花がぱっと開く／燄火在空中忽然四
散；②情況忽然改變貌；☆電器がぱっと
消える／電燈一下子就滅了；③事物振備
人心貌；☆何かぱっとした話はないか／
有什麼振備人心的事嗎？☆彼の成績はど
うもぱっとしない／他的成績不太好[1][0]

パッド【pad】(名)〔服裝〕填塞物。[1]

はつどう【発動】(名・自他サ)發動；☆
兵力を発動する／發動兵力；☆情慾が発
動する／情慾發動；☆権力を発動する／
行使權力；～き【発動機】(名)①發動
機；②內燃機。[0]

はつなり【初生り】(名)初結的果實。[0]

はつに【初荷】(名)新年最初送出(的貨
物)；☆旗を立てた初荷の車／挿着旗子
的年初第一次送貨車／☆初荷が入る／第
一批貨物到了。[0]

はつね【初子】(名)初子，最初的子日[0]

はつね【初音】(名)(鶯等)初唱。[0]

はつね【初値】(名)〔經〕最初的行市[0]

はつねつ【発熱】(名・自サ)①發熱；☆
水に硫酸を混ぜると発熱する／水裏加硫
酸就發熱；②發燒；☆かぜを引いて発熱
する／因感冒發燒。[0]

はつのぼり【初上り】(名)首次進京，初
次到東京去。[3]

はっぱ【葉っぱ】(名)葉子(＝は)；☆
銀杏(いちょう)の葉っぱ／公孫樹的葉
子。[0]

はっぱ【八八】(名)八八，八乘八；☆八
八は六十四／八八六十四。[0]

はっぱ【発破】(名)(用炸藥)爆炸巖石
；☆発破を仕掛ける／裝炸藥以備爆炸巖
石；◇発破を掛ける／(激勵；警告；[0]

バッハ【Bach】(名)〔樂〕巴哈(作曲
家)。[0]

はつばい【発売】(名・他サ)發賣，發售
；☆発売してすぐ売り切れた／發售之後
立即賣完了；☆来月発売の予定／預定下
月發售；～きんし【発売禁止】(名)禁
止發售。[0]

ぱっぱと (副)①亮光閃耀貌；☆ぱっぱと
きらめく／亮光閃閃；②揮霍金錢貌；☆
金をぱっぱと使う／大手大脚地花錢；③
信口開河貌；☆思った通りをぱっぱと言
ってのける／心裏想什麼就信口說出；④

大口吸烟貌；☆絶えずぱっぱと煙草をは
く／不停地吸烟。[1]

はつはる【初春】(名)初春，新年；新春[3][0]

はつひ【初日】(名)元旦早晨的太陽。[0]

はっぴ【法被】(名)①〔古〕武士僕人所
穿的上衣；②(手藝人、工匠等所穿在)
領上或背上染有字號的半截日本外衣；→
しるしばんてん。[0]

ハッピーエンド【happy-end】(名)好收
場，好結果；大團圓。[5]

はつひので【初日出】(名)元旦的日出[3]

はつびょう【発病】(名・自サ)發病，得
病；☆旅先で発病して困り果てる／在旅
途得病困難萬分；☆発病後三日で死ぬ／
得病後三日而死。[0]

*はっぴょう【発表】(名・他サ)①發表，表
明；☆意見を発表する／發表意見；②
揭曉；☆入学試験の発表／入學考試的揭
曉。[0]

はっぷ【発布】(名・他サ)發佈，公佈；
頒佈；☆憲法を発布する／公佈憲法[1][0]

はつぶたい【初舞台】(名)①初登舞臺；
☆八歳で初舞台を踏む／八歲就首次登臺
表演；②首次出場；☆演説の初舞台／初
次登臺講演。[3]

はっぷん【発奮(憤)】(名・自サ)發奮
，振奮起来；☆不成績に発憤して勉強す
る／由於成績不佳發奮用功。[0]

ばつぶん【跋文】(名)〔文〕跋，跋文[0]

はつほ【初穂】(名)①初結的稻穗；②最
初結的果實等；③供神的稻穗；④供神佛
的供物；⑤〔轉〕少許的新鮮物。[0]

はっぽう【八方】(名)①八方；②四面八
方，各方面；～にらみ【八方睨み】(名)
①眼觀六路，各方全都注意；②畫像的眼
睛畫得似乎看者站在什麼地方它都在看你
；～びじん【八方美人】(名・連語)對
誰都討好的人；～ふさがり【八方塞り】
(名)到處碰壁，事事行不通；(因借錢
不還等)對誰都失去作用；☆八方塞りで
どうにもならない／到處碰壁一籌莫展[3]

はっぽう【発泡】(名・他サ)〔醫〕皮膚
生水皰。[0]

はっぽう【発砲】(名・自サ)開槍；開砲
；☆合図(あいず)があるまで発砲する
な／不見信號不要開槍(開砲)。[0]

はつまいり【初参り】(名・自サ)(當年
或有生以來)初次參拜神社。[3]

はつまご【初孫】(名)長孫。[0]

詞，以花喻意；☆薔薇の花詞は愛情／薔
薇花代表愛情的意思。③

はなざかり【花盛り】（名）①花盛開（的
季節）；☆桜の花盛り／櫻花盛開，櫻花
季節；②女子最漂亮的時期；☆年は二八
（にはち）の花盛り／年華正當二八。③

はなさき【鼻先】（名）①鼻子尖兒，鼻頭
；②眼前；目前；☆鼻先にある／就在眼
前；◇鼻先で人をあしらう／冷淡對待⓪

ーはなし【放し】（造語）放着；放着不理
；☆本を置きはなしにする／把書丟那裏
不理；☆野放しの馬／放在野地的馬。

＊はなし【話・咄】（名）①談話；☆話が上
手です／會説話，善談；☆一寸あなたに
話があります／我要跟你談一談；②商量
，商議；☆話がまとまらない／商議不妥
，雙方意見不一致；☆早く話をつけよう
／趕快商量一定吧；③話；☆話が尽きな
い／話説不完；④事理，道理；☆彼は全
く話のわからない男だ／他是個不懂道理
的人；⑤事情，事；☆それは別の話です
／那是另外一回事；⑥據説，聽説；☆彼
は合格したと言う話です／據説他被録取
了；⑦故事；☆面白い話を聞く／聽有趣
的故事；⑧單口相聲（＝らくご）；☆話
にならない／不像話，不成體統；不値一
提；☆彼の品行（ひんこう）と来てはお
話にならない／他的品行太不像話，太壞
；話に花が咲く／越談越熱鬧；話に実（
み）を入れる／越談越起勁；早い話が／
簡單説來；お話し中／正在談話（電話）
占線；耳寄りな話／好消息；ここだけの
話だが／這話可不能對外人講；～あい【
話合い】（名・自サ）商量，商議，協商
；☆両者の間で話合いがついた／兩者之
間達成協議了；☆話合いで決める／以協
商方式決定；～あいて【話相手】（名）
①談話的對方，對話的人；②協商者，共
同商談者；☆話相手がない／没有可以商
量的人；～あ・う【話し合う】（自五）
①對話；談話；☆友達と長い間話し合う
／和朋友談好久；②商量，商談，協商，
談判；☆皆と話し合ってきめる／和大家
商量之後再決定；③共謀，合謀；～か【
咄家】（名）説書的；講評詞的；説單口
相聲的；～がい【話し甲斐】（名）説的效
果；☆話甲斐がない／白説；～かた【話
し方】（名）説法；～かわって【話し変
わって】（連語・接）這且不表，却説…

；～ことば【話し言葉】（名）口語，會
話用語（↔かきことば）；～こ・む【話
し込む】（自五）只顧説話；☆友達と話
し込んで帰りが遅くなる／只顧和友人説
話，回家晚了；～はんぶん【話半分】（
名）説話誇大要打折扣；其實事實只有話
的一半。③

ーばなし【放し】（造語）→はなし（放し）
；☆置きっ放し／放起来不管。

はなぢ【鼻血】（名）鼻血，鼻子出血；☆
鼻血を出す／流鼻血。⓪

バナジウム【vanadium】（名）〔化〕釩
（＝バナジン）。③

はなしがい【放し飼い】（名）牧養，牧放③⓪

はなしごえ【話し声】（名）説話聲。④

はなじる【鼻汁】（名）鼻涕。⓪

はなじろ・む【鼻白む】（自五）顯出心虚
的神色，露出懦怯的表情；☆事実を突き
付けられて鼻白んだ／在事實面前顯出心
虚了。④

＊はな・す（他五）①説，談；告訴（＝い
う）；☆日本語で話す／用日語説；☆
ゆっくり話して下さい／請慢慢地講；☆
考えを人に話す／把想法（意見）講給旁
人；②商量；☆彼は話すに足りる人だ
／和他商量能解決問題；③講道理；☆話
せばわかる／如果講清道理是可以講得通
的。⓪

＊はな・す【離す】（他五）①使…離開；☆
吊り革から手をはなす／撒開（電車的）
吊帶；☆肌身（はだみ）離さず大切に持
つ／在身上緊緊地携帶着；②隔開；☆三
メートルずつ離して木を植える／每隔三
公尺種植一棵樹；☆机と机とをはなす／
把桌子拉開間隔；◇目をはなす／不照顧
，不加注意；☆子供から目を離すことが
出来ない／孩子是要時刻看着的。②

＊はな・す【放す】（他五）放，放開；撒開
；☆手をはなす／放（鬆，撒）手；☆鳥
をはなす／放鳥；☆今は手がはなせない
／現在還放不開手（分不開身）。②

はなすじ【鼻筋】（名）鼻架；☆鼻筋が通
っている／高鼻樑（通天鼻子）。

はなず（づ）ら【鼻面】（名）（馬等的）嘴臉
☆犬の鼻面を撫でる／撫摸狗的嘴臉。⓪

はな・せる【話せる】（下一）①能説，
會説；☆英語の話せる人を求める／找會
説英語的人②通情理，懂道理；☆彼は話
せる男だ／他是個通情理的人。③

はなぞの【花園】（名）花園。[0]

はなだい【花代】（名）給藝妓、歌妓等的錢。[2]

はなたかだか【鼻高高】（副）揚揚得意，趾高氣揚☆彼は鼻高高と賞状を出して見せた／他揚揚得意地拿出獎狀給人看[0]-[3]

はなたて【花立】（名）（供在佛前、靈前等的）花筒；花瓶。[4][2]

はなたば【花束】（名）花束，花把；☆お祝いに花束を贈る／送花束祝賀。[3][2]

はなだより【花便り】（名）花信，花卉開放的消息（特指櫻花）。[3]

はなたらし【洟垂らし】（名）①愛流鼻涕的（人）；☆はなたらし小僧／愛流鼻涕的孩子②幼稚無知的人（＝はなったれ）[5][0]

はなたれ【洟垂れ】（名）←はなたらし；☆四十、五十は洟垂れ小僧／四十歳五十歳還算是小孩子（不算老）。[0][4]

*はな・つ【放つ】（他五）放☆小鳥を森に放つ／把小鳥放入樹林；☆箭を放つ／放箭；☆光を放つ／放光；☆罪人を放つ／釋放罪人；☆家に火を放つ／放火燒房。[2]

はなつくり【花作り】（名）花匠，花把式[3]

はなっぱし【鼻っぱし】（名）表面看來的銳氣。[0]

はなっぱしら【鼻柱】（名）鼻梁；◇鼻柱が強い／固執己見；目中無人的。[0][6]

はなつまみ【鼻摘み】（名）（臭狗屎一般）討厭的人，討厭鬼；☆彼は近所の鼻つまみだ／他是街道上的討厭鬼。[5][0]

はなづまり【鼻詰り】（名）鼻子不通氣[5][0]

はなでんしゃ【花電車】（名）彩電車，花電車。[3]

*バナナ【banana】（名）〔植〕香蕉。[1]

はなのかんばせ【花の顔】（連語・名）美顏。

はなのさき【鼻の先】（名）①鼻子尖兒；②眼前；☆入学試験が鼻の先にぶらさがっている／入學考試迫在眼前；③近在咫尺。[0]

はなのした【鼻の下】（名）①上嘴唇，上唇；②（俗）嘴；☆鼻の下が乾上がる／生活無路，沒飯吃；◇鼻の下が長い／溺愛女人；好色。[5]

はなのみやこ【花の都】（名）繁華的都市（首都）。[0]

はなばさみ【花鋏】（名）（園藝用）剪花的剪子。[3]

はなばしら【鼻柱】（名）①鼻頭；②鼻梁；◇鼻柱がつよい／固執己見。[0][5]

はなはだ【甚だ】（副）甚，非常，很，極其☆成績が甚だ悪い／成績非常壞；☆彼は甚だ頭がよい／他腦筋非常好；〜し・い【甚だしい】（形）非常的，很大的；太甚的；☆甚だしい誤解／非常大的誤會；☆甚だしい差はない／沒有很大的差別；☆人を愚弄するも甚だしい／未免欺人太甚；☆甚だしきに至っては／甚至；図はなはだし（形シク）／〜さ（名）[0]

はなばたけ【花畑】（名）花田，花圃。[3]

はなばなし・い【花花しい】（形）①華麗的，華美的；☆花花しい服装／華麗的服裝；②光彩的，燦爛的，壯烈的；☆彼の一生は実に花花しかった／他的一生眞是光輝燦爛；☆花花しい最後を遂げる／壯烈犠牲性。[5]

*はなび【花火】（名）焰火，花炮；☆花火を打ち上げる／放焰火；〜せんこう【花火線香】（名）→せんこはなび。[1]

はなびら【花びら】（名）〔植〕花瓣[4][3]

はなぶさ【花房】（名）〔植〕花房。[2][0]

はなふだ【花札】（名）日本式的紙牌。[2]

はなふぶき【花吹雪】（名）飛雪般的落花；☆美しい花吹雪に見とれる／看雪般的落花看得出神。[3]

パナマぼう【Panama帽】（名）巴拿馬草帽。[3]

はなまがり【鼻曲り】（名）①歪鼻子；鼻子歪；②〔俗〕性情彆扭的人（つじむがり）。[0]

はなまつり【花祭】（名）浴佛節。[3]

はなみ【花見】（名）觀花，賞花；賞櫻花☆花見にゆく／賞櫻花去。[3]

はなみず【鼻水】（名）鼻涕。[0][4]

はなみち【花道】（名）①〔角力〕力士出場的道；②〔劇〕日本舊劇由舞臺旁側貫通觀衆席的演員上下場的一條通路（構成舞臺的一部分）；☆花道で見得（みえ）をきる／在花道上亮相。[2]

はなむけ【贐・餞】（名）餞別（＝せんべつ）

はなむけ【鼻向】（名）湊過鼻子（去聞）；☆臭くて鼻向もならぬ／臭得不敢把鼻子湊過去聞。[0]

はなむこ【花婿（壻）】（名）新郎，新姑爺。[3]

はなむしろ【花蓆】（名）花蓆。[3]

はなむすび【花結び】（名）（以絲帶等結成的）花結。3
はなめがね【鼻眼鏡】（名）夾在鼻梁上的眼鏡，夾鼻眼鏡。3
はなもじ【花文字】（名）①（西語中的）大寫字母；②英文花體字。0 2
はなもち【鼻持】（名）；☆鼻持がならない／臭得很，聞不得；☆彼は鼻持ならぬ男だ／他是令人討厭的卑鄙的人。0
はなもよう【花模様】（名）花樣，花的圖案；☆花模様の着物を着る／穿上帶花的衣服。3
はなや【花屋】（名）花店；賣花的。2
*__はなやか【華やか】__（形動ダ）①華麗；華貴；☆華やかな服装／華麗的服裝；②盛大，輝煌，漂亮；☆年取ってもなお華やかな活動を続ける／雖然上了年紀，還在繼續積極的活動。2
はなや・ぐ【花（華）やぐ】（自五）盛大起來；輝煌起來，熱鬧起來。3
はなやさい【花野菜】（名）花椰菜（＝カリフラワー）。3
はなよめ【花嫁】（名）新婦，新娘子。2
はなれ【離れ】（名）〔はなれる〕的名詞形；**～じま【離れ島】**（名）孤島；**～ばなれ【離れ離れ】**（名）分散，零零散散；☆一家が離れ離れになっている／一家人分散在各處；**～わざ【離れ技】**（名）絕技。1 3
**__はな・れる【離れる】__（自下一）①離，離開；分離；離遠；☆飛行機が地を離れる／飛機起飛；☆職場を離れる／離職；☆子供が母の側から離れない／孩子不離母親的身旁；☆夫婦が離れている／夫婦分居；夫婦分離；☆船がだんだん離れていく／船漸漸走遠了；②距離；☆町から十キロ離れた所／距離市鎮十公里的地方3
はなわ【花輪】（名）花圈；花環；☆花輪を首に掛ける／把花環套在脖子上；☆葬式の花輪／殯儀的花圈。2 0
はにか・む（自五）靦腆，羞怯；☆はにかまないで思いきって話しなさい／不要羞怯，有話盡管說吧。3
はにく【歯肉】（名）牙床子（＝はくき）1
ばにく【馬肉】（名）馬肉。0
バニシングクリーム【vanishing cream】（名）乾性雪花膏。7
パニック【panic】（名）〔經〕經濟恐慌1
バニティー・ケース【vanity case】（名）手提化粧箱。5
バニラ【vanilla】（名）〔植〕華尼拉，香草（一種熱帶產蘭科植物）；**～エッセンス【vanilla essence】**（名）香草精1
はにわ【埴輪】（名）（由日本古墳出土的人馬器物等形象的）一種土器。0
*__はね【羽・翅・羽根】__（名）①羽毛；☆羽が抜ける（生える）／（鳥）掉毛（長毛）；②〔文〕翅；③鳥或蟲的翅膀；翼；☆羽を広げる／展翅；張開翅膀；④機器器物等的羽形裝置；☆風車の羽／風車翅膀；⑤箭翎；⑥羽毛毽子；☆羽根をつく／拍毽子；◊**羽が生（は）えたよう**／（物品）暢銷。0
はね【跳ね】（名）①〔はねる〕的名詞形；②飛濺的泥；☆ズボンにハネがあがる／褲子濺上泥了；③散戲；☆ハネは十一時／在十一點散戲。2
はね【撥】（名）①〔はねる〕的名詞形；②（漢字筆畫）撇，鈎；☆この撥がまずい／這一撇寫得不好。2
*__ばね【発条】__（名）發條；彈簧；☆バネがきかなくなる／彈簧沒有彈力了；**～じかけ【発条仕掛け】**（名）彈簧裝置（＝ぜんまいじかけ）；**～ばかり【発条秤】**（名）彈簧秤。1
はねあが・る【跳ね上がる】（自五）跳；跳起來；☆跳ね上がって喜ぶ／高興得跳起來。0
はねお・きる【跳ね起きる】（自下一）（由床上）跳起；☆地震に驚いて跳ね起きる／由於地震從床上驚起。0 4
はねかえり【跳返り】（名）①〔はねかえる〕的名詞形；②跳跳躂躂年輕女子；輕浮的女子（＝おてんば）；☆この子ははねかえりで困ります／這孩子跳跳躂躂的不老成；③〔經〕反轉過來影響（物價等）；☆電力料金値上げの物価への跳返り／提高電費反轉過來對物價發生的影響。0
はねかえ・る【跳ね返る】（自五）①跳回，撞回，迸回；☆ボールが塀に当たって跳ね返る／球撞在牆上彈回來；②飛濺；☆水溜りに踏み込んで泥が跳ね返る／一脚踩到水坑裏，泥水飛濺；③亂蹦亂跳；☆跳ね返って喜ぶ／歡喜得亂蹦亂跳；④〔轉〕反轉過來發生影響；☆運賃値上げが物価に跳ね返る／提高運費反轉過來影響物價。0
はねか・ける【跳ねかける】（他下一）濺

は

；☆自動車が水を跳ねかけて通る／汽車
濺水而跑過；☆服に泥を跳ねかける／往
衣服上濺泥。⓪

はねぐるま【羽根車】（名）（水車、渦輪
等的）翼輪。⓪

はねっかえり【跳ねっ返り】（名）→はね
かえり。⓪

はねつき【羽根突き】（名）拍羽毛毽子；☆
正月に羽根突きをする／新年拍羽毛毽子
玩。④

はねつ・ける【撥ね付ける】（他下一）拒
絕；辭退；☆要求を撥ね付ける／拒絕請
求；☆贈り物を撥ね付ける／辭退禮物。⓪

はねつるべ【撥釣瓶】（名）桔槹（橫木的一
端繫有水桶他端用重物用以汲水者）。⓪

はねの・ける【撥ね除ける】（他下一）①
淘汰，挑出去；☆腐った果物を撥ね除け
る／把腐壞的果物挑出去；②推到一旁；
☆蒲団をはねのける／推開被子。⓪

はねばし【跳ね橋】（名）吊橋。②

はねぶとん【羽蒲団】（名）鴨絨被。③

はねぼうき【羽帚】（名）羽毛帚（製圖等
使用的小型帚）。③

はねまわ・る【跳ね回る】（自五）亂蹦亂
跳；☆子供がはしゃいで家のなかを跳ね
回る／孩子歡樂得在房子裏亂跳。⓪

ハネムーン【honey moon】（名）①蜜月
；②蜜月旅行。③

*は・ねる【跳ねる】（自下一）①躍起，跳
；☆馬が跳ねる／馬跳；②（演劇等）散
戲，終場；☆九時に芝居がはねる／九點
散戲；③濺；☆泥が跳ねる／濺泥；④（
炭）爆；☆炭が跳ねる／炭爆。②

*は・ねる【撥ねる】（他下一）①彈開；☆
爪の先で小虫を撥ねる／用指尖把小蟲彈
開；〔轉〕撞車；☆道路を横断中、トラ
ックに、はねられた／過馬路時被卡車撞
倒；②使（物的一端）翹起；撤，鈎（筆
畫）；☆ぴんとはねた口髭／兩頭往上翹
的鬍鬚；☆「汗」の縱棒を撥ねてはいけ
ない／汗字的一豎不能鈎上去；③淘汰，
不錄取；☆二十人ばかり撥ねられた／有
二十來個人被淘汰了，沒有錄取；④提成
，剝取；☆あたまを撥ねる／提成，抽頭
；⑤〔刎ねる〕砍掉；☆首を刎ねる／砍
頭。②

パネル【panel】（名）①嵌板（＝はめい
た）；②控電盤；③〔縫紉〕西服裙上的
裝飾用豎布條；④委員會或預定參加某一

會議的一羣人；☆パネルディスカッショ
ン／（由預定的五、六人舉行的）討
論會；⑤〔繪畫〕畫板；⑥〔法〕陪審員
；陪審員名簿。①

パノラマ【panorama】（名）①全景畫，
展望畫；②〔電影〕搖鏡頭；～さつえい
【panorama撮影】（名）〔電影〕搖鏡
頭（攝影）。⓪

*☆**はは**【母】（名）①母，母親；☆生みの母
／生身母；☆あの女は今では三人の子の
母になっている／她現在已經是三個孩子
的母親了；②〔轉〕母；☆必要は發明の
母である／必要是發明之母。①②

*☆**はば**【幅（巾）】（名）①寬，幅度；☆巾
の広い道路／路面寬廣的道路；☆ダブル
巾の布／雙幅的布；②〔轉〕勢力；威力
；☆巾が利（き）く／有勢力；☆彼はこ
の辺では大分（だいぶ）巾を利（き）か
している／他在這一帶很有勢力；③伸縮
餘地，幅度；☆規則にもう少し幅を持た
せたい／希望規則再稍有一些伸縮性；④
差價；☆値申び／（高價低價的）差價。②

ばば【屎】（名）①〔兒〕大便，屎；②髒
東西。②

ばば【婆】（名）①老太太；②乳母（＝う
ば）。①②

ばば【祖母】（名）祖母。①②

ばば【馬場】（名）跑馬場，練馬場。①②

パパ【papa】（名）〔兒〕爸爸。①

パパイヤ【papaya】（名）〔植〕木瓜。①

ははうえ【母上】（名）母親的敬稱。⓪

ははおや【母親】（名）母親。⓪

ははかた【母方】（名）母系；☆母方の親
類／母系親屬。⓪

はばかり【憚り】（名）①〔はばかる〕的
名詞形；②厠所；～ながら【憚りなが
ら】（副）①用於對長上說話時，表示謙
恭（＝きょうしゅくながら）；☆憚りなが
ら申し上げます／請勿見怪，容我向您講
一下；☆憚りながら、あなたの考えはま
ちがっていると思います／請勿見怪，我
認爲您的想法是錯誤的；②我這樣說，也
不是說大話；☆憚りながら僕はそんな人
間ではない／我敢這樣說，我並不是那種
人；☆憚りながら私は人樣（ひとさま）
に借金なそは、びた一文もありませんか
らね／也不是說大話，我一文錢也不欠別
人的呀。⓪

はばか・る【憚る】（他五）①避忌；忌憚，

顧忌；☆人目（ひとめ）を憚る／怕人看見，☆世間（せけん）を憚る／怕社會上知道，☆少しも憚ることはない／毫無顧忌的必要；②擴張，充滿。◇憎まれっ子世に憚る／討人厭惡的孩子到社會上反而有出息。③[0]

ははぎみ【母君】（名）母親的尊稱；↔ちちぎみ。[2]

はばたき【羽撃き】（名）振翅；☆羽撃きをする／振翅。[2]

はばた・く【羽撃く】（自五）振翅；☆鶏が鳴きながら羽撃く／鶏一邊啼一邊振翅[3]

はばつ【派閥】（名）派閥；派系；☆醜い派閥の争い／醜惡的派閥鬪爭。[0]

はばとび【幅飛】（名）跳遠；☆幅とびに新記録を出す／跳遠創新紀錄。[3][4]

ははのひ【母の日】（名）（一般民主國家的）母親節（五月第二個星期日）[1]

はばびろ【幅広】（名・形動ダ）寬幅。[0]

はば・む【阻む】（他五）①阻礙，阻止，阻擋；☆大岩が道を阻んでいる／大石頭擋住了道，☆Aチームの五連勝を阻む／阻止A隊的五次連勝。[2]

はびこ・る【蔓延る】（自五）①蔓延；☆畑に雑草がはびこる／田間長滿雜草；②橫行；跳梁；猖獗；☆悪人が世に蔓延る／壞人橫行於世；③彌漫；☆雨雲が空に蔓延る／陰雲彌漫天空。[3]

パピルス【papyrus】（名）①〔植〕紙莎草；②（古埃及人用紙莎草製造）紙莎草紙。[1]

はふ【破風】（名）〔建〕（日本房屋的）山形牆，山形牆上的人字板。[0]

パフ【puff】（名）（撲粉用的）粉撲；☆パフを出して化粧する／拿出粉撲來化粧[1]

はぶか・る【省る】（自五）能節省；☆労力の省る様な方法／能節省勞力的方法。

＊はぶ・く【省く】（他五）省略；滅去；精簡；☆手続（てすう）を省く／節省手續；省事；☆費用を省く／滅省費用；☆詳しい説明は省く／詳細的解釋從略；☆この一章を省いて次を講義します／這章略去，講下一章。[2]

はぶたえ【羽二重】（名）①紡綢；②（用作連體詞）細膩柔軟；☆羽二重肌／細膩柔軟的皮膚。[1]

バプテストきょうかい【Baptist 教会】（名）〔宗〕浸禮教會。[6]

ハプニング【happening】（名）意外的事情，偶發事件；☆演説中に、ちょっとしたハプニングがあった／在演説的時候發生了一點意外的事情。[1]

はブラシ【歯ブラシ】（名）牙刷。[2]

はぶり【羽振り】（名）①羽毛的樣子；②〔轉〕勢力；聲望；☆哲学界では非常に羽振りがよい（きく）／在哲學界很有聲望。[0]

パプリカ【paprika】（名）辣椒子。[2]

ばふん【馬糞】（名）馬糞；～し【馬糞紙】（名）馬糞紙，厚紙。[0]

はへい【派兵】（名・自サ）〔文〕派兵[0]

はべり【侍り】Ⅰ（自ラ）〔文〕①侍，侍候，陪；☆宴席に侍る／侍宴；②〔あり，おり〕的敬語；Ⅱ（補動・ラ）＝（ござい）ます。[2]

バベルのとう【Babel の塔】（名・連語）①〔聖經〕古巴比倫人建築未成的通天塔；②空想的計畫。[1]-[1]

はへん【破片】（名）破片，碎片，零碎[0]

はま【浜】（名）海濱，海邊；☆浜に立って海を眺める／站在海濱觀海。[2]

はまかぜ【浜風】（名）海邊上的風，海風[2]

はまき【葉巻】（名）←はまきたばこ；～たばこ【葉巻煙草】（名）雪茄烟（＝シガー）。[0]

はまぐり【蛤】（名）〔動〕文蛤。[2]

はまだらか【羽斑蚊】（名）〔動〕瘧蚊[4]

はまちどり【浜千鳥】（名）〔動〕濱千鳥。[3]

はまて【浜手】（名）海濱方向，海濱那一方。[3]

はまなす【浜茄子】（名）〔植〕一種野玫瑰（＝浜梨）。[3]

＊はまべ【浜辺】（名）海邊。[3]

はまや【破魔矢】（名）（迷信）驅妖箭，破魔箭。[2]

はまゆう【浜木綿】（名）〔植〕文珠蘭（＝はまおもと）。[2]

＊はま・る【嵌まる】（自五）①吻合，恰好合適；☆戸がうまく嵌まらない／門不能嚴實合縫地安上；☆指輪がうまく嵌まる／戒指戴上恰好；☆条件に嵌まる／恰合條件；☆彼はその役職によく嵌まる／他擔任那個職務恰好；②陷入；☆川に嵌まる／陷入河裏，☆敵の計略に嵌まる／陷入敵人的策略；③沉溺；☆女に嵌まる／沉溺於女色。[0]

はみがき【歯磨】（名）①刷牙；②牙粉；

⑧牙刷；～こ【歯磨粉】（名）牙膏。②

*はみだ・す【食み出す】（自五）①（由中間）溢出，擠出，露出；突出；☆中味のジャムがはみ出す／裏頭的果醬擠出來；蒲団から棉がはみ出している／被子露出棉花來；②超出限度，越出範圍；☆定員から十名はみ出す／超出定員十名。③⓪

はみ・でる【食み出る】（自下一）→はみだす。③⓪

ハミング【humming】（名）①鼻音；②〔樂〕哼唱，用鼻音唱。①

ハム【ham】（名）①火腿。～エッグス【ham and eggs之訛】（名）〔烹飪〕火腿蛋；②業餘無線局電務員。①

は・む【食む】（他五）吃，食（＝くう）；☆牛が草を食む／牛吃草。①

ーば・む【接尾・五型】接在各種詞下表示微有該詞的含義；☆木の葉が黄ばむ／樹葉微黄；☆からだが汗ばんで来る／身上微微出汗。

はむかい【歯向かい・刃向かい】（名・自サ）反抗，抵抗；☆おれに刃向かいする気か／你要反抗我嗎？②

はむか・う【歯向かう・刃向かう】（自五）①（狗等）張牙欲咬；（人）持刀欲殺；☆犬が歯向かって来る／狗張着牙來咬；②反抗，抵抗；☆権力家に刃向かう／對有權勢的人進行反抗。③

はめ【羽目・破目】（名）①板壁；②境地，地步；窘境，窘況；苦しい羽目に陥る／陷於窘境；☆承諾せねばならぬ羽目になった／陷於非答應不可的地步；◇羽目をはずして騒ぐ／盡情狂歡。②

はめこみ【嵌込（み）】（名）嵌入，鑲上；☆嵌込みのガラス／鑲上的玻璃。⓪

はめこ・む【嵌め込む】（他五）①安上，上上；鑲上；嵌上；☆窓にガラスを嵌め込む／把玻璃鑲在窗戶上；②放入；納入，填入。③

*はめつ【破滅】（名・自サ）滅亡，毀滅，敗破；☆家が破滅した／家庭敗落了；☆破滅のもと／滅亡之因；☆身の破滅／身敗名裂。⓪

*は・める【嵌（填）める】（他下一）①嵌，鑲；安上；☆戸をはめる／安門；☆ガラスを枠（わく）にはめる／把玻璃鑲在框子裏；②戴（戒指等）；☆手袋をはめる／戴手套；⑧使…陷入；☆策略にはめる／騙…上套。⓪

*ばめん【場面】（名）①場所，地方；☆場面が狭い／地方小；②場面，景況，情景；☆悲しい場面／悲哀的場面；⑨（電影戲劇的）場面。①⓪

はも【鱧】（名）〔動〕海鰻鱺。①

ハモニカ【harmonica】（名）口琴。⓪

*はもの【刃物】（名）（帶刃的東西）刀，劍等。①

*はもん【波紋】（名）①波紋；②影響；☆彼の行動は政界に大きな波紋を投じた／他的行動在政界引起很大的影響。⓪

はもん【破門】（名・他サ）（師傅）開除；☆弟子を破門する／把徒弟開除；☆破門になる／②〔宗〕逐出宗門，開除教籍。⓪

はや（感助）用於表示歉意；☆まことにはや、申し訳のないことで…／實實在在對不起…。

ばや（感助）〔文〕表示願望（＝たい）；☆聞かばやと思う／如果能聽見該多好呀（＝聞きたいと思う）。

はやあし【早足】（名）①走得快，快走；☆早足で使いに行って来る／快去快來地跑一趟差使；②快步；☆駆け足から早足に移る／由跑步改爲快步。②

*はや・い【早（速）い】（形）①快的，迅速的；☆足が速い／走得快；☆はやい船／快船；②早的，不到時候的；☆寝るにはまだ早い／現在睡覺尚早；⑧急的；☆流れがはやい／流急；☆気が早い／性急；☆早い話が／簡單說來；直截了當地說；～こと【早い事】（副）趕快，迅速；☆仕事は早いこと片づけてしまいましょう／把工作趕快完吧；～とこ（ろ）【早い所】（副）＝はやいこと；～ものがち【早い者勝ち】（名）捷足先登；☆席が少ないから早いもの勝ちにする／因爲座位少，誰先來誰就坐。

*はやおき【早起き】（名・自サ）（早晨）早早起來；☆早起きして散歩する／早早起來散步。②

はやがえり【早帰り】（名・自サ）①早歸；☆気分が悪いので早帰りする／因爲不舒服早點回去；②清晨歸來。③

はやがてん【早合点】（名・自サ）冒然斷定，實際上沒懂而認爲已懂，囫圇吞棗自以爲是；☆早合点して失敗する／因爲冒然斷定而造成錯誤。③

はやがね【早鐘】（名）〔文〕火警時連敲

的鐘；☆胸は早鐘を打つようだ／心裏亂跳。④◎

はやがわり【早変り】（名・自サ）搖身一變；☆彼は妙齡の処女に早変りした／他一轉身就變成妙齡少女了。③

*はやく【早く】（副）①早，早就；☆早くから知っていた／早就知道；☆何故早く言わないの／爲什麼不早說呢；②快，速；☆早く医者を呼んでこい／快請医生來！☆早く走れ／快跑！③先；☆どちらが早く着きました／誰先到了？①

はやく【端役】（名）配角；不重要的角色；☆端役を勤める／當配角。◎

はやく【破約】（名・他サ）毀約；☆一度請け合ったことを破約する／把已經答應的事情毀約了。◎

はやくち【早口】（名）嘴快，說得快；☆早口で、よく聞き取れない／說得太快，聽不清。②

はやことば【早言葉】（名）①＝はやくち；②繞口令。②

はやさ【速さ】（名）速度；☆進歩の速さ／進歩的速度；☆この速さで走れば二時間で行ける／按這樣速度跑（行車）兩小時可以到達。①

はやざき【早咲き】（名）先開，早開。◎

*はやし【林】（名）林，樹林。③

はやし【囃子】（名）（能樂、歌舞伎等的）伴奏，場面（以笛子、鼓、三絃等樂器組成）；～かた【囃子方】（名）同上伴奏者，擔任場面的人。③

はやじに【早死】（名）夭折。④◎

はやじまい【早仕舞】（名・自サ）提前收拾（工作、攤床等），提前停止（營業等）；☆嵐が来そうなので店を早じまいにする／因爲暴風雨要來，提前收攤。③

ハヤシ・ライス【 hash rice 】（名）蕃茄牛肉飯。④

はや・す【生やす】（他五）①使…生長；☆草木を生やす／生長草木；②留；☆鬍を生やす／留鬍子。②

はや・す【囃す】（他五）①爲（戯劇）伴奏；☆笛や太鼓で囃す／吹笛子打鼓伴奏；②（拍手、叫喊等）打拍子；☆皆で手を打ってはやす／大家拍手打拍子；③讚美，稱讚，捧揚；☆どっと囃し立てる／衆人齊聲歡歡呼稱讚；④大聲嘲笑；☆皆に囃されて泣き出した／被大家嘲笑哭了。②

はやせ【早瀬】（名）急流；☆早瀬に流さ

れる／被急流衝走。◎

はやて【疾風】（名）疾風，暴風；☆疾風に舟が流される／船被急風吹走。③◎

はやで【早出】（名）提前上班；☆今日は早出の日だ／今天是提前上班的日子；☆ほかへまわるので早出する／要到旁處轉一圈，所以提前早走。◎

はやてまわし【早手回し】（名）提前準備；事先準備；☆早手回しに用意する／提前好準備；☆もう計画を立てたとは早手回しだね／已經制定了計劃眞是下手下得早啊。④

はやね【早寝】（名・自サ）早睡，提前睡；☆疲れたので早寝（を）した／因爲疲倦了，提前上床了。②

はやのみこみ【早呑込み】（名・自サ）①理解得快；領會得快；②→はやがってん。③

はやば【早場】（名）早熟産區，收成早的地區；～まい【早場米】（名）早收稻米，早産米。◎

はやばや【早早】（副）①很早地，非常早地；☆早早と年賀状をありがとう／這麼早就寄來賀年信，多謝多謝；②很快地。③

はやばん【早番】（名）早班，早班工作。◎

はやびけ【早引け】（名・自サ）早退；早歸；☆学校を早引けした／從學校早退了。◎

はやぶさ【隼】（名）①〔動〕隼；②〔轉〕動作非常敏捷的人。◎

はやま・る【早まる】（自五）①（考慮不周而）冒然從事；（想不開而）尋短見；☆早まった事をしてくれるな／可不要冒然從事；☆早まって中出錯，因急誤事；☆早まって意味を取り違える／忙中造成誤會，把意思領會錯；③着急，急於…；☆確答を早まるな／不要急於明確答覆。③

はやみ【早見】（名）一看就懂的東西；☆早見表／一覽表。③

はやみち【早道】（名）①近路，抄道（＝ちかみち）；☆まっすぐ行くのは早道だ／一直走是近道；☆捷徑，☆直接話す方が早道だ／直接去說是最快（簡便）的辦法。◎

はやみみ【早耳】（名）聽得快，消息靈通；☆彼の早耳には驚いた／他的消息靈通令人吃驚；◇聾の早耳／①沒聽懂裝懂

②好話聽不見，壞話聽得快。②⓪

はやめ【早目】（名）提前；☆少し早目に行こう／稍爲提前去吧；☆早目に登校する／提前上學。③

はや・める【速める・早める】（他下一）①加快，加速；☆スピードを早める／加快速度；②提前；☆開会を早める／提早開會。③

はやり【流行】（名）①〔はやる〕的名詞形；②流行，時髦；時興；☆流行を追う／追求時髦；～うた【流行歌（唄）】（名）流行歌曲；～かぜ【流行風邪】（名）流行感冒（＝インフルエンザ）；～め【流行目】（名）流行性結膜炎；～もの【流行物】（名）時髦的東西，時興的東西③

＊はや・る【流行る】（自五）①流行，時髦；盛行；☆これは今はやっている言葉だ／這是一句最流行的話；☆近来この方法がはやり出した／近來這個方法盛行起來了；☆コレラが流行る／霍亂流行；②興旺，走時氣；走運氣；☆あの店は少しも流行らない／那個舖子一點也不興旺；☆あの医者は、よくはやる／那個大夫的病人很多。②

はや・る【逸る】（自五）着急（＝あせる）；☆馬がはやる／馬着急（要跑）；☆心がはやる／心急；☆血気に逸る人／性急的人，意氣用事的人。②

はやわかり【早分り】（名）①懂得很快；一説就懂；☆早分りの子／聰明孩子；②簡明的東西；☆国文法早分り／國語語法簡明圖表（手册）。③

はやわざ【早業】（名）神速的技藝，俐落的手法；☆目にもとまらぬ早業／令人看不見的神速手法。④⓪

はら【原】（名）①平坦的空地；②草原①

＊はら【腹】（名）①腹，肚子；☆腹が冷える／肚子着涼；☆腹がすく（減る）／肚子餓；②〔轉〕内心；☆相手（あいて）の腹を探る／刺探對方的内心；③心情；☆腹が立つ（腹を立てる）／生氣，發怒；④膽量；度量；☆腹が太い／度量大，膽量大；⑤母胎；☆一つ腹／一奶同胞；☆腹違いの子／異母所生，隔山兄弟；☆腹を痛めた子／親生子；◊指の腹／手指肚；**腹が下る（腹をこわす）**／瀉肚；**腹が脹（ふく）れる**／①吃飽；②有孕；③肚子胖；☆肚子裏憋着話；**腹が減って**は軍（いくさ）はできぬ／肚子餓不能打

伙；不吃飯什麼也幹不了；**腹に一物（いちもつ）**／心懷叵測；**腹に据え兼ねる**／忍無可忍；**腹を抱（かか）える**／捧腹大笑，**腹を切る**／①切腹；②自己出錢；**腹を据える**／下定決心；**腹を割る**／披瀝肝膽，説出眞話；**痛くない腹を探られる**／無故被人懷疑；**腹を極める**／下決心；**腹を合わせる**／①同心協力；②合謀；**腹が黒い**／黑心；**腹を拵（こしら）える**／吃飽飯；**腹を肥やす**／肥己。②

ばら【荊棘】（名）荊棘；帶刺的穗稱（＝いばら）。⓪

ばら【薔薇】（名）薔薇。⓪

ばら（名）零的，散的；☆ばらで売る／零售；☆ばら銭／零錢，散錢。①

はらあて【腹当て】（名）①〔文〕護胸的鎧甲；②腰圍子。②③

バラード【法 ballade】（名）①敍事詩；②〔樂〕敍事曲。

はらあわせ【腹合せ】（名）①〔縫紉〕（兩種布對縫做的女人用的）兩面用帶子；②相對，面對面；③協作；合謀。③

はらい【払い】（名）①〔はらう〕的名詞形；②付款，付錢；付薪；☆会費の払いはもう済ませた／會費已經交過；☆月給の払いが悪い／薪水發得不及時；～こみ【払込み】（名）繳納，交款；交股；☆払込期日／繳款日期；～さげ【払い下げ】（名・他サ）〔法〕政府出售，處理；☆払い下げになった物／（政府機關的）處理品。②

はらい【祓い】（名）〔神道〕①祓禊，祓除不祥；②祓禊時的誦詞。②

はらいあ・げる【払い上げる】（他下一）（横揮後）向上揮動；図はらひあぐ（下二）。⓪

はらいきよ・める【祓い清める】（他下一）〔神道〕祓禊，祓除不祥。⑥⓪

はらいこ・む【払い込む】（他五）繳納，☆税金を払い込む／繳納税金⓪

はらいせ【腹癒】（名）洩憤；☆やりこめられた腹癒に暴力に訴える／爲了發洩被人駁倒的憤氣動起武來。④

はらいた【腹痛】（名）腹痛；☆食べ過ぎて腹痛を起こす／吃多了肚子痛起來。⓪

はらいっぱい【腹一杯】（名・副）飽，滿腹；☆飯を腹一杯食う／把飯吃得飽飽的。③

はらいの・ける【払い除ける】（他下一）

①拂落，拂去；☆降りかかる雪を払い除ける／拂落身上的雪；②推開，撥開，扒拉開；☆すがる手を払い除ける／把（別人）扶來的手扒拉開。⑤⓪

はらいもどし【払い戻し】（名）⓪

はら・う【祓う】（他五）〔神道〕祓禊，祓除不祥。②

*　**はら・う**【払う】（他五）①拂，撢（灰土等）；☆机のほこりを払う／撢桌上的灰塵；②付錢；☆金を払う／付款；③還債；☆借金をはらう／還債，還錢；④拂；☆袖を払って去る／拂袖而去；⑤去（暑）；☆暑気を払う／去暑；⑥撩（淚）；☆涙をはらう／撩去眼淚；⑦驅逐，掃平；☆賊を払う／掃平賊寇；⑧〔文〕表示敬意をはらう／表示敬意；⑨出售廢品；☆本を屑屋（くずや）にはらう／把書賣給買破爛的；⑩附於其他動詞下表示散開之意；☆風が雲を吹き払う／風吹散雲彩；◇注意を払う／深加注意；地を払う／掃地，全無。②

バラエティー【variery】（名）①差異；②變化，各種各樣；☆バラエティーに富む／富於變化，樣數很多；③雜耍演藝會。②

はらおび【腹帯】（名）①圍腰子（＝はらまき）；②孕婦帶（＝いわたおび）；◇腹帯を締（し）めてかかる／作好精神準備，下定決心。③

ばらがき（名）（俗）（用指甲）渾身亂搔（的傷痕）⓪

はらがけ【腹掛け】（名）圍裙；兜肚；☆腹掛けをする／圍圍裙；☆赤ん坊に腹掛けをさせる／給嬰兒繫兜肚。⓪

はらぎたな・い【腹穢い】（形）心田不好的，心術不良的；☆彼は腹穢いから注意しろ／他心術不良要小心。④

はらきり【腹切り】（名）剖腹自殺。③④

はらぐあい【腹工合】（名）☆腹工合が悪い／肚子不舒服。③

はらくだし【腹下し】（名・自サ）①瀉肚；②瀉藥。③

はらくだり【腹下り】（名・自サ）瀉肚④

パラグラフ【paragraph】（名）（文章的）段落，節。①

はらぐろ・い【腹黒い】（形）心黑的；心地陰險的；☆彼は腹黒いから油断できない／他陰險必須提防。④

はらげい【腹芸】（名）①〔劇〕言語動作

以外的表情，內心的表情；②有膽有識，訥於言而敏於行；☆腹芸のできる人／有膽有識的人；③一種雜技（在腹部畫一人面使之做出種種表情）。②⓪

はらごしらえ【腹拵え】（名・自サ）吃飯；☆仕事に取りかかる前に、まず腹拵えをする／在開始工作以前首先吃飯。③

はらごなし【腹ごなし】（名・自サ）（幫助）消化；☆腹ごなしに一寸歩いてくる／為了助消化出去散散步。③

パラシュート【parachute】（名）降落傘③

パラショック【parashock】（名）防震③

はら・す【晴らす】（他五）解除，消除；雪除；☆疑いを晴らす／解除疑慮；☆長年の恨みをはらす／雪除多年的宿恨；☆気を晴らす／消愁解悶。②

はら・す【腫らす】（他五）使…腫；☆泣いて目をはらした／把眼睛哭腫了。⓪

ばら・す（他五）〔俗〕①弄得四零五散；☆箱をばらす／把箱子拆得四零五散；②殺死；☆こうなったら、敵を二三人ばらしてやろう／既然如此，把敵人殺掉兩三個好了；③揭穿，洩露；☆言う事を聞かないと君の秘密をばらすぞ／你要是不聽話，我可要揭穿你的秘密！②

はらず（づ）つみ【腹鼓】（名）→はらつづみ③

ばらず（づ）み【ばら積み】（名・他サ）（不用袋子等）散裝；☆石炭（穀物）のばら積み／散裝的煤（穀物）。⓪

ばらせん【ばら銭】（名）少數的錢，無幾的錢，零錢，散錢；☆そんなばら銭はいらないよ／那麼一點點的錢我不要。⓪

パラソル【parasol】（名）（婦女用）陽傘。①②

パラダイス【paradise】（名）天國，樂園。③

はらだた・い【腹立たしい】（形）可氣的，令人生氣的；☆彼の話し振りはどうも腹立たしい／他那講話的態度實在令人生氣；～げ【腹立たしげ】（名・形動ダ）生氣的樣子；☆腹立たしげな顔をしてそっぽを向く／氣衝衝地把臉扭向一旁；～さ【腹立たしさ】（名）生氣；☆腹立たしさのあまり席を立つ／氣憤之餘，離開座位。⑤

はらだ・つ【腹立つ】Ⅰ（自五）生氣；☆あれは腹立ちまぎれに言った話だ／那是我一時氣憤所說的話；☆よく腹立つ男／好生氣的男人Ⅱ（自下二）〔文〕→はら

だてる。③

はらだ・てる【腹立てる】（自下一）生氣，發怒；図（下二）。④

はらちがい【腹違い】（名）異母的弟兄、姊妹；☆腹違いの妹／異母妹。③

パラチフス【德 paratyphus】（名）〔醫〕副傷寒。③

バラック【barrack】（名）臨時的木板房①②

はらつづみ【腹鼓】（名）①鼓腹，飽食暖衣快樂安然；☆満腹して腹鼓を打つ／飽食鼓腹自慰；②相傳狸子把肚子當鼓打③

パラドックス【paradox】（名）反論，奇論，似是而非的議論。①

はらのうち【腹の中】（連語・名）①腹的內部，腹中；②內心；☆腹の中はとても優（やさ）しい人／內心非常柔和的人⓪

はらのかわ【腹の皮】（名）腹部的皮，肚皮；☆腹の皮が捩（よじ）れる／〔喻〕非常可笑。⑤

はらのむし【腹の虫】（名・連語）①〔動〕蛔蟲；☆腹の虫を駆除（くじょ）する／驅（打）蛔蟲；②〔喻〕怒氣；☆腹の虫がおさまらない／怒氣不息。⓪

はらばい【腹這い】（名）〔（はらばう）的名詞形〕①匍匐；☆赤ん坊が腹這いで進む／嬰兒匍匐前進；②俯臥；☆腹這いになって本を読む／俯臥讀書。⓪

はらば・う【腹這う】（自五）①匍匐；☆腹這って少しずつ進む／匍匐前進一點一點地前進；②俯臥；☆芝生（しばふ）に腹這って本を読む／俯臥在草坪上看書③

はらはら（副・自サ）①（樹葉、眼淚等）嗽嗽下落貌；☆木の葉がはらはらと落ちる／樹葉飄落；☆涙をはらはらと落とす／眼淚嗽嗽嗽嗽掉下來；②非常擔心貌；☆見ていてもはらはらする／看着都令人捏一把冷汗。①

ばらばら（副）①分散，七零八落；☆道具をばらばらに置く／把工具分散着放置；☆戦争で一家がばらばらになった／由於戦争一家逃得四零五散；☆ばらばら殺人事件／分屍案；②雨點、雹霰等降落貌；☆大粒（おおつぶ）の雨がばらばらと降り出す／大雨點巴達巴達地落下來；③幾個人突然出現貌；☆ばらばらと現われて一人を取り囲む／忽地從這兒那兒出來幾個人把一個人圍上了。①

*****ばらばら**（副）①（雨點、雹霰等）稀稀落落地降落貌；☆雨がばらばら降る／雨點

稀稀落落地降下；②翻閱書頁貌；☆ぱらぱらと本をめくる／一頁一頁迅速地翻書；③稀疏貌；☆見物人（けんぶつにん）が少なくてばらばらだ／觀衆稀稀落落的很少。①

パラフィン【paraffin】（名）石蠟，白蠟油。②⓪

はらまき【腹巻】（名）〔文〕圍腰子，纏腰的布；☆腹巻をして寝る／圍上圍腰子睡覺。②⓪

ばらま・く【ばら蒔く】（他五）①（稀疏地）撒，散布；☆豆をばら蒔く／撒豆子；☆ビラをばらまく／散發傳單；②撒錢，到處花錢；☆彼は選挙で大分ばらまいたらしい／他在選擧中彷彿在各處花了很多錢（運動費）。③

はら・む【孕む】（自・他五）①懷孕；☆猫が子を孕む／貓有孕；②孕育，包藏；☆嵐を孕んだ世界情勢／孕育着危機的世界形勢。②

バラライカ【balalaika】（名）〔樂〕俄羅斯三角形共鳴箱的（三絃琴）。③

はらり（副）①物輕落或輕動貌；☆はらりと髪が顔にかかる／頭髮披散到臉上；②把圖畫等捲上或展開的聲音；③輕披外衣貌；☆はらりと上衣をうちかける／把上衣輕輕披上。②③

ばらり（副）①物稀疏散亂貌；☆カードをばらりとまく／把紙牌（卡片）嘩地一撒；②一刀斬斷貌；☆ばらりと斬り落す／一刀砍掉；③＝はらり。②③

ぱらり（副）①物零落貌，散亂貌；☆木の葉がぱらりと散る／樹葉零落；②翻紙張貌或翻紙張的聲音；☆紙をぱらりとめくる／嘩嘩地翻紙張。②③

はらわた【腸】（名）①腸；②內臟；☆魚の腸を取り出す／拿出魚的內臟；③瓜瓤；④〔轉〕心；☆腸の腐った男／靈魂腐朽的人；◇**腸がちぎれる**／肝腸寸斷；**腸が煮えくり返る**／氣憤塡胸；**腸が見え透く**／內心畢露。③④

はらん【波瀾】（名）①波瀾；②風波，風潮；糾紛☆家庭內（かていない）に波瀾が起きた／家裏起了糾紛；③變化多端，起伏不平；☆彼の一生は波瀾に富んでいる／他的一生是變化很多的。①⓪

はらん【葉蘭】（名）〔植〕蜘蛛抱蛋①⓪

バランス【balance】（名）①天秤；②平衡，平均；相等；☆うまく体のバランス

をとる／掌握身體的平衡；☆収支のバランスが取れないとまずい／收支不能保持平衡可不好辦；～シート【balance sheet】（名）〔會計〕貸借對照表，平衡表。①

*はり【針】（名）①針；☆針に線を通す／往針上穿線；☆磁石の針／羅盤的針；☆時計のはり／鐘錶的針；②釣魚鈎；☆魚に針を取られる／釣魚鈎被魚咬走；③刺；☆ばらの針／薔薇的刺；④（蜂的）螫尾；☆蜂は敵を針で刺す／蜂用螫尾刺敵；⑤諷刺的話，陰險的話；☆針のある言葉（ことば）／帶刺的話；◇針の穴から天をのぞく／坐井觀天；針ほどの事を棒ほどに言う／把小事誇張得很大。①

はり【張り】（名）①〔はる〕的名詞形；②緊張有力；☆彼の声は張りがある／他的聲音有力；③起勁，勁頭兒（＝はりあい）；☆これでは張りが出ない／這樣的話，幹得沒勁兒。①

はり【梁】（名）房梁；橫梁。②

はり【鈎】（名）釣鈎（＝つりばり）。①

はり【鍼】（名）①鍼，針；針法；☆鍼を打つ／扎針。①

ーばり【張】（接尾）模倣；☆ピカソばりの絵をかく／畫模倣畢加索的畫。

バリ【Paris】〔地理〕巴黎。

はりあい【張合い】（名）①〔（はりあう）的名詞形〕競爭；☆両方の張合いが激しくなる／雙方的競爭越來越厲害；②起勁，有幹頭，有意義；☆張合いのある生活を送る／日子過得起勁；☆何を言っても黙っていては張合いがない／說什麼（他）都不答腔令人洩氣；☆働く張合いがある／工作有幹頭，有意義；☆忙しいほど張合いがある／越忙越起勁；☆張合いが抜ける／洩氣，敗興。◎

はりあ・う【張り合う】（自五）①競爭；☆互いに張り合う／互相競爭；②（為戀愛）競爭，爭風；☆たばこ屋の娘のために他人と張り合う／為了香烟舖的姑娘與別人爭風。③

はりあ・げる【張り上げる】（他下一）☆声を張り上げる／把聲音放大，喊叫；☆あらん限りの声を張り上げる／滿嗓子喊。④

はりい【鍼医】（名）鍼醫。②

ハリウッド【Hollywood】（名）好萊塢①③

バリウム【barium】〔化〕鋇。②

バリエーション【variation】（名）變化；變奏曲。③

はりかえ【張替】（名・他サ）重糊；重新糊。◎

はりがね【針金】（名）①鐵絲；金屬絲；②電線。◎

はりがみ【張紙】（名・他サ）①招貼，廣告，標語；☆貸し間の張紙を出す／貼出招租房間的廣告；②附箋；☆注意すべき箇所（かしょ）に張紙をつける／在應注意的地方貼上附箋。◎

バリカン【法 Bariquand】（名）理髮剪子，推子。◎

ばりき【馬力】（名）①〔理〕馬力；☆十馬力のモーター／十馬力的發動機；②〔轉〕精力，勁頭；☆馬力をかける／賣力氣做。◎

*はりき・る【張り切る】（自五）①拉緊，繃緊，挨緊；☆凧（たこ）の糸が張り切る／風箏線繃得緊緊的；②振作起來，鼓起精神，精神百倍；☆この工場の工具は皆張り切っている／這個工廠的員工全都精神百倍；☆張り切って練習する／精神百倍地練習；③緊張；☆張り切っていた気分が緩む／緊張的心情緩和下來。③

はりくよう【針供養】（名）忌針節（二月八日日本婦女忌針之日）。③

バリケード【barricade,barricado】（名）（街道上臨時設的）防禦，防柵。③

はりこ【張子】（名）紙糊的東西（＝はりぬき）；☆張子の虎／紙糊的老虎，紙老虎。◎

はりこみ【張込み】（名）〔（はりこむ）的名詞〕埋伏，暗中監視；☆張込みの警察につかまる／被埋伏的警察抓住了◎

はりこ・む【張り込む】（自五）①（警察，偵探等）埋伏，暗中監視（以備逮捕犯人）；☆マーケットに警察が張り込んでいる／警察埋伏在市場裏；②豁出錢來（購買貴物等）；☆上等なスーツを張り込む／豁出錢來買一套好西服；③振奮，振作（＝いきごむ）。③

バリコン【variable condenser】（名）可變電容器。②

はりさ・ける【張り裂ける】（自下一）（因膨脹而）破裂；迸裂；☆風船が張り裂ける／汽球迸裂了；☆喉も張り裂けんばかりに叫ぶ／幾乎把嗓子喊破；◇胸が張り裂けるよう／〔喻〕悲痛，憤怒達到極

點。④

はりさし【針刺】(名)針孔，插針的東西。

パリジェンヌ【法 parisienne】（名）巴黎女人。③

はりしごと【針仕事】（名）縫紉，針線活；☆針仕事をする／做針線活。③

パリジャン【法 parisien】(名)巴黎人②

はりたお・す【張り倒す】(他五)打倒；☆相手を張り倒す／把對方打倒。④

はりだし【張出し・貼出し】（名）①突出，鼓出；☆窓は張出しになっている／窗戶突出牆外；②佈告，廣告；揭示；☆揭示板（けいじばん）の貼出しを読む／讀揭示板上的佈告；☆絵が貼出しになる／（學生的）畫被貼出去（展覽）。⓪

はりだ・す【張り出(貼り出)す】(他五)①使…突出（於…之外）；☆庇（ひさし）を大きく張り出す／使房簷大大地向外伸出；②公佈，揭示；☆生徒の作品を張り出す／把學生的作品貼出去（展覽）；☆募集広告を貼り出す／貼出徵募廣告。③

はりつ・く【張り付く・貼り付く】(名)貼上，黏上；☆びったり貼り付いてなかなか剥がれない／貼得結結實實剝不下來③

はりつ・ける【張り付ける(貼り付ける)】（他下一）貼上，黏上；☆封筒に切手を貼り付ける／把郵票貼在信封上。④

ばりっと（副・自サ）①用漿糊黏貼的東西裂開的聲音，嘎吧；☆塀（へい）の張紙をばりっと剥がす／把牆上糊的紙嘎吧一聲揭下來；②紙等的破裂聲。②

ばりっと（副・自サ）嶄新而整齊貌；☆ばりっとした背広を着ている／穿一套嶄新的西服。②

はりつ・める【張り詰める】（自下一）①鋪滿；☆池に氷が張り詰める／池子裏凍滿了冰；②緊張；☆今迄（いままで）張り詰めていた気持が緩んだ／一直緊張的心情鬆弛下來了。④

はりて【張手】（名）〔角力〕（相撲）招數之一，用手打對方的臉。⓪

バリトン【barytone】(名)〔樂〕①男子中音；②中音歌唱者；③中音樂器。②⓪

ばりばり（副・自サ）①用指甲、爪等搔物的聲音或撕碎紙、布等的聲音；☆猫がばりばり（と）畳を引っ掻く／貓把席子撓（抓）得咯吱咯吱響；☆紙をばりばり破る（剥がす）／把紙嘩嘩地撕碎（揭掉）

；②用牙嚼碎硬物聲；☆たくあんをばりばり と噛む／咯吱咯吱地嚼鹹蘿蔔；③漿硬的衣服等的聲音；☆糊がきいて、ばりばりするワイシャツ／漿得過硬穿在身上嘩啦嘩啦作響的襯衣；④工作緊張積極貌；☆ばりばりと仕事を処理する／緊張積極地處理工作。①

ばりばり（副・自サ）①→ばりばり；②純粹貌；☆ばりばりの江戸っ子／地道的東京人；③（衣服等）嶄新貌；☆ばりばりの洋服／嶄新的西服；④（人）有才幹貌；☆彼は教育界のばりばりです／他是教育界的幹將。①

はりふだ【張札・貼札】(名)招貼，廣告；☆貸間の張札を出す／貼出出租房間的招貼；☆面会謝絶の張札をする／貼出謝絕會面的條子。④⓪

はりまわ・す【張り回す】(他五)①周圍張掛（＝はりめぐらす）；☆幕を張り回す／周圍掛上帳幕；②周圍貼滿。④

はりめ【針目】(名)針脚；☆針目が不揃だ／針脚不齊☆針目がほつれる／綻線②③

はりめぐら・す【張り巡らす】（他五）→はりまわす。⑤

はりもの【張物】（名）拆洗日本衣服時把洗完縫好的布塊貼在板上或用籤繃起來曬乾。

バリュー【value】(名)①價格；②明暗的效果。①

はる【春】(名)①春，春天；☆春になる／到春天；②〔轉〕青春；☆人生の春／人生的青春期；③〔轉〕春情，春心；☆春に目覚める／春情發動。①

は・る【貼る】(他五)貼，糊；☆壁に紙を張る／往牆上糊紙；☆ビラを張る／貼標語；☆膏薬をはる／貼膏藥。⓪

は・る【張る】Ⅰ（自五）①擴張，伸展；☆根が張る／扎根；②膨脹，脹；☆腹が張る／肚子發脹；☆乳が張る／乳房發脹；③覆蓋；☆氷が張る／覆上一層冰；④（肩膀）寬；☆肩幅（かたはば）が張る／肩膀子寬；⑤緊張；☆気が張る／精神緊張；⑥（價錢）貴；☆よい品は値段が張る／好東西就要貴，貨高價出頭；⑦（肩膀）發硬；☆肩が張る／肩膀發硬；⑧暗中監視；警戒；☆警察が表で張る／警察在門外監視；Ⅱ（他五）①張掛，展開，支開；☆幕を張る／張掛帳幕；☆網を張る／張網；☆肱（ひじ）を張る／展開

胳膊；②撑開，拉上(繩索等)；☆電線を張る/拉上電線；⑨使膨脹；☆腹を張る/使肚子膨脹；⑩鋪張，伸展；☆勢力を張る/伸張勢力；⑤〔文〕設；☆宴を張る/設宴；⑥設，置；☆店を張る/擺攤；☆警戒線を張る/設警戒線；⑦裝滿(水)；☆桶に水を張る/把桶水裝滿水；⑧提高(嗓音)；☆声を張り上げる/提高嗓音；⑨鋪平；☆床(ゆか)を張る/鋪地板；⑩堅持(己見)；貫徹(個人的主張)；☆意地(いじ)を張る/固執；⑪(俗)打，毆打；☆頬ぺたを張る/打嘴巴；⑫裝飾(外表)；☆見えを張る/講求外表，壯外觀，尚虛榮；⑬對抗；☆相手の向うを張る/跟對方對抗起來；⑭擺；☆陣を張る/擺陣；⑮紮；☆露營を張る/紮野營；⑯幪；☆太鼓を張る/幪鼓皮；⑰與「貼る」通。◇体(からだ)を張る/豁出身子來拼命幹。◇

─ば・る (接尾・五) 接體言下表示具有該體言的樣子，按該體言的意思行動；☆形式ばる/拘泥形式；☆四角ばる/有稜角，不圓滑。

バルーン【balloon】(名) 汽球。[2]

*はるか【遙か】(名・形動ダ) (在距離、時間和比較上) 遠，遙遠，遠遠；☆遙かかなたに煙が見える/在遙遠的遠方可以看見煙；☆遙か昔の話/遙遠的古時的故事☆こちらの方が遙かにすぐれている/這個(比那個)遠爲優越。[1]

はるがすみ【春霞】(名) 春霞。[3]

はるかぜ【春風】(名) 春風；☆暖かい春風が吹く/吹起和暖的春風。[2]

はるくさ【春草】(名) 春草。[3]

はるぐもり【春曇】(名) 春日的陰天。

はるごえ【春肥】(名)〔農〕春肥。[2][0]

バルコニー【balcony】(名) ①露臺，陽臺；②劇院的二樓，樓廳(=さじき)[3]

はるさき【春先】(名) 初春，春初。[4][0]

はるさく【春作】(名) 春天的農產物。[0]

はるさめ【春雨】(名) ①春雨；②粉絲[0]

はるつげどり【春告鳥】(名)〔文〕〔動〕鶯。[4]

はるのめざめ【春の目覚め】(名・連語) 春情發動。[1]

はるばしょ【春場所】(名)〔角力〕(相撲) 春季賽會。[0]

はるばる【遙遙】(副) 遠遠，遙遠；☆屋上(おくじょう)から四方(しほう)を遙遙見渡す/從樓頂上遙望四方；☆南洋から遙遙(と)東京に帰る/從南洋萬里迢迢地回到東京。[2][3]

バルブ【valve】(名)〔機〕閥，活門，舌門。

パルプ【pulp】(名) 紙漿。[1]

はるめ・く【春めく】(自五) 有春意；有春色，有春天的景象；☆一雨(ひとあめ)ごとに春めく/一場春雨一番春意。[3]

*はれ【晴(れ)】(名) ①晴，晴天；☆今日は西の風、晴/今天西風、晴；②盛大，隆重，公開，正式；☆晴れの卒業式/隆重的畢業典禮；☆晴れの場所に出る/出席隆重的場面；③盛裝；☆晴れの姿/身穿盛裝；④證明清白；☆晴れの身となる/證明了清白(無罪)，嫌疑消除[1][2]

はれ【腫れ】(名) ①〔はれる〕的名詞形；②腫；☆腫れが引く/消腫；☆腫れがひどい/腫得利害。[0]

ばれいしょ【馬鈴薯】(名) 馬鈴薯 (=じゃがいも)。[2][0]

はれいしょう【晴衣裝】(名) 好衣服，出門的衣服 (=はれぎ)。[4]

バレー【法 ballet】(名) 芭蕾舞。[1]

バレー(ボール)【volley (ball)】(名) 排球。[4]

はれがまし・い【晴れがましい】(形) (場面) 過於盛大的；(服裝) 過於鮮艷，花俏的；有點不好意思的；☆代表として晴れがましい場所へ出る/當代表出席盛大的場面；~さ (名)。[5]

はれぎ【晴着】(名) 好衣裳，禮服；盛裝[3]

パレス【palace】(名) ①宮殿；②大娛樂場。[1]

はれすがた【晴姿】(名) ①盛裝的姿態，盛裝；②出席盛大的，公開的場面的樣子；☆息子の晴姿を見て涙をこぼす/看見兒子出席盛大場面的樣子而感動落淚。[3]

*はれつ【破裂】(名・自サ) ①決裂；☆談判が破裂する/談判決裂；②破裂；☆水道管が破裂する/自來水管破裂；③爆發；☆怒りが破裂する/怒氣爆發；~おん【破裂音】(名)〔語法〕破裂音 (如p, t,k的音)。

パレット【palette】(名) ①(繪畫用的) 調色板；②某一畫家獨特的色彩。[2]

はれて【晴れて】(副) 公開地；正式地；☆晴れて二人は結婚した/二人正式結婚了。[1]

はれの【晴れの】（連體）→はれ（晴）。

はればれ【晴晴】（副・自サ）①晴朗，爽快，☆晴晴した天気／晴朗的天氣；②心情愉快，高高興興，☆誰の顔も晴晴する／每個人的表情都高高興興。③

はれま【晴間】（名）①（雨雪等）停時，晴時，☆晴間を見て出掛ける／趁着天晴出門。②③

はれもの【腫物】（名）腫疱，疙瘩（＝できもの）。◇腫物に触わるよう／提心吊膽，小心謹慎。⓪

はれやか【晴れやか】（形動ダ）（天氣、心情等）晴朗，明朗，☆晴れやかな笑顔（秋空）／明朗的笑顔（秋天）；☆気持が晴れやかになる／心情爽朗。②

バレリーナ【ballerina】（名）芭蕾舞女演員。③

*は・れる【晴れる】（自下一）①晴、雲（霧）散，☆空が晴れる／天晴；②（雨雪等）停止，☆雨が晴れる／雨停；③解消；開朗，☆疑いが晴れる／解疑了；☆心が晴れる／心情開朗；圆はる（下二）②

は・れる【腫れる】（自下一）腫，☆出来物が腫れた／疙瘩腫了。⓪

ば・れる（自下一）①破裂，暴露，敗露，☆秘密がばれる／秘密敗露。②

バレル【barrel】（名）一桶的容量（＝36加侖）。①

ハレルヤ【hallelujah】（名）〔宗〕阿利路亞！（讚美上帝）。②

ばれん【馬棟・馬連】（名）印製木版畫時用以按紙的一種用具（以皮製造，圓形）⓪

はれんち【破廉恥】（名・形動ダ）寡廉鮮恥，恬不知廉恥，☆破廉恥な行ない／寡廉鮮恥的行爲；☆破廉恥漢／無恥之徒。②

はろう【波浪】（名）〔文〕波浪；波浪が高い／波浪大。⓪

ハロー【hallo】（＝もしもし、おい）。①

バロックしき【法 baroque式】（名）十七、十八世紀的一種建築上、藝術上的風格（文藝復興末期以豐富的、奇異的裝飾予人以強烈刺激的樣式）。①

バロメーター【barometer】（名）①氣壓表；②晴雨表；③〔轉〕標誌，☆食欲は健康のバロメーターだ／食慾是健康的標誌。③

パワー【power】（名）①力；②權力，勢力；③兵力。①

ハワイ【Hawaii】（名）〔地〕夏威夷①

はわたり【刃渡り】（名）刀刃的長度；☆刃渡り三寸の小刀／三寸長刀刃的小刀②

はん【反】（名）反。①

*はん【半】（名）①一半；半；☆五時間半／五小時半；②奇數；↔ちょう（丁）。①

*はん【判】（名）①押記，畫押；②圖章，戳子；☆判を捺（お）す／蓋章；蓋印；③判定，判斷，☆判を下（くだ）す／判定（勝負等）。①

はん【版】（名）①木版，鉛版；②排好的版；③版次，☆版を重ねる／重版。①

はん【班】（名）組，班，☆五班に分ける／分成五班；☆班ごとに炊事（すいじ）する／各班分別做飯；☆第二班は明日出発する／第二班明天出發。①

はん【煩】（名）〔文〕煩，煩惱，☆煩をさけて／避煩；☆煩に堪えられない／不勝其煩。①

はん【範】（名）模範，規範，☆範をたれる／垂範，示範。①

はん【藩】（名）①藩，屏藩；②諸侯領地①

一ばん【番】（接尾）①（表示順序、等級）第…號，第…名；☆成績はクラスで二番／成績在班內是第二名；②號數，☆電話は二局二二三三番／電話是二局二二三三號。

一ばん【盤】（造語）表示唱盤的意思，☆ヒット盤／受大衆歡迎的唱盤。

ばん【判】（名）〔印〕（印刷用紙的規格）開數（以59.4×84.1cm的全紙爲A1判，其對開爲A2判，四開爲A3判，八開爲A4判；以下類推；以72.8×103cm的全紙爲B1判，其對開爲B2判，四開爲B3判以下類推）。①

*ばん【晩】（名）①晩，下晩，☆晩の御飯／晩飯；②夜，☆昨日の晩は暑くて眠れなかった／昨天夜裏熱得睡不着。⓪

*ばん【番】（名）①輪班，班，☆今度は私の番だ／這次是我的班兒了；☆番に当たる／值班；輪到班兒；②次序，☆番が狂った／次序亂了；③看守，☆番をする／看守；☆店の番を勤める／看守櫃檯，看守店舖。①

ばん【万】Ⅰ（數）萬；Ⅱ（副）無論如何；萬，☆万やむを得ずにやったことだ／萬不得已才做的；　☆万遺漏（ばんいろう）なきを期す／使之萬無一失；☆君なら失敗することは万あるまい／要是你可

能萬無一失。[1]

ばん【盤】（名）①棋盤；②唱盤。[1]

パン一【接頭 pan】（造語）汎；☆パンア
メリカ／汎美；☆パンクロ／汎色（膠
片）。

*パン【pan】（名）①平鍋；②〔電影〕搖
鏡頭（←パノラマ）。[1]

*パン【葡 pão＝麵麭】（名）麵包。[1]

パン【希 pan】（名）〔希臘神話〕牧羊神[1]

はんい【叛意】（名）〔文〕反叛之意。[1]

*はんい【範囲】（名）範圍，界限；☆私の
知っている範囲では／據我所知；☆範囲
が広い／範圍廣；☆できる範囲でやって
ください／請你盡可能地作一下。[1]

はんいご【反意語】（名）〔言語〕反意詞
，反義詞（＝アントニム）↔どういご[0]

*はんえい【反映】（名・自他サ）①（光）
反射；☆夕日が窓に反映する／夕陽反射
在窗戶上；②反映；☆親の態度が子に反
映する／父母的態度反映到子女身上。[0]

*はんえい【繁栄】（名・自サ）〔文〕繁榮[0]

はんえいきゅう【半永久】（名）半永久；
～てき【半永久的】（形動ダ）半永久（
性）的。[3]

はんえり【半襟】（名）女子和服襯衣上的
襯領。[0]

はんえん【半円】（名）〔數〕半圓，半圓
形；☆半円を描く／成（畫）一個半圓形[0]

はんおん【半音】（名）〔樂〕半音。[0]

はんか【反歌】（名）〔文〕（日本詩歌）長
歌後面的短歌（重覆或補充長歌的意思，
由一首或數首組成）（＝かえしうた）[1]

はんか【半価】（名）〔文〕半價。[1]

はんか【繁華】（名・形動ダ）繁華；☆繁
華街／繁華街。[1][0]

はんが【版画】（名）木版畫，木刻。[0]

ばんか【挽歌】（名）〔文〕輓歌。[1]

ハンガー【hanger】（名）衣架。[1]

ハンガーストライキ【hunger-strike】（
名）絕食罷工（＝ハンスト）。[7]

はんかい【半開】（名・自サ）〔文〕①半
開；☆桜はまだ半開だ／櫻花還在半開；
②半開化，未全開化；☆半開の国／半開
化的國家。[0]

はんかい【半壊】（名・自サ）〔文〕半壊
；☆半壊した家／半壞的房子。[0]

ばんかい【挽回】（名・他サ）挽回，收回
；得回；☆失地（形勢）を挽回する／收
復失地（挽回形勢）；☆三点挽回する／

得回三分。[0]

ばんがい【番外】（名）①節目以外；☆番
外の余興／外加的餘興；②例外；☆彼は
番外だ／他是例外。[0]

はんがく【半額】（名）半價；☆子供は半
額です／小孩半價；☆半額の割引券（わ
りびきけん）／半價優待券。[0]

ばんがく【晩学】（名）上學晚，較晚開始
求學。[0]

ばんがさ【番傘】（名）油紙製雨傘。[3][0]

ばんがた【晩方】（名・副）晚上，晚間；
☆晩方になると、ぐっと冷え込む／一到
晚上就涼得很。[0]

*ハンカチ（ーフ）【handkerchief】（名）
手帕，手絹；☆ハンカチーフを振る／揮
動手帕。[1][0]

はんかつう【半可通】（名・形動ダ）一知
半解，半通不通（＝なまかじり）。[3]

ばんカラ【蛮カラ】（名・形動ダ）〔諧〕
粗野；☆蛮カラな学生／粗野的學生；↔
ハイカラ[0]

バンガロー【bungalow】（名）有涼臺的
平房（合適夏季住的木屋）。[3]

*はんかん【反感】（名）反感；☆人の反感
をそそる／引人起反感。[0]

はんがん【半眼】（名）半眼；睜開一半[3][0]

はんがん【判官】（名）①〔文〕→ほうが
ん；②審判官。[1]

ばんかん【万感】（名）〔文〕萬感；☆万
感こもごも胸に迫る／萬感交集。[1][0]

*はんき【反旗・叛旗】（名）〔文〕叛旗；
反旗；☆反旗を翻えす／造反。[1]

はんき【半期】（名）①半年；☆1980年の
上半期／1980年上半年；②半期；☆半期
ごとに決算（けっさん）する／每半期結
賬一次。[1]

はんき【半季】（名）〔文〕半季；半年[1]

はんき【半旗】（名）半旗；☆半旗を掲げ
る／掛半旗（致哀）。[1]

ばんき【晩期】（名）晚期，晚年；☆ピカ
ソの晩期の作品／畢加索晚期的作品。[1]

はんぎゃく【反逆・叛逆】（名・自サ）叛
逆。[0]

はんきゅう【半球】（名）①〔地〕半球；
②〔數〕半球。[0]

はんきゅう【半休】（名）半休，半天辦公
半天休息。[0]

*はんきょう【反響】（名・自サ）①〔理〕
反響，回聲；☆この講堂は声が反響する

／在這個禮堂說話有回聲；②反應，回響；☆社会的に大きな反響を呼ぶ／社會上引起很大的反應；☆全然反響がない／（社會上）毫無反應。

はんく【半句】（名）半句；半語；☆一言（ごん）半句もおろそかにしない／連一言半語都不疏忽。[1]

パンク【puncture】（名）（輪胎）爆壞[0]

*ばんぐみ【番組】（名）（演劇、比賽等的）節目表（＝プログラム）；☆テレビ番組／電視節目（表）。[4][0]

ばんくるわせ【番狂わせ】（名）①打亂次序；②出乎意料；☆彼が負けたのは大きな番狂わせだ／他敗了，真是出乎意料之外；☆番狂わせが起こる／發生意想不到的事情。[3]

パンケーキ【pancake】（名）以平鍋焙的點心，薄餅。[3]

はんげき【反撃】（名・自サ）反攻；反擊；還擊；☆時機を見て反撃する／伺機反攻；☆意外な反撃にあう／遭到意外的回擊。[0]

はんげき【繁劇】（名）〔文〕繁劇，繁忙[0]

*はんけつ【判決】（名）①〔法〕判決；☆第一審の判決／第一審的判決；②裁判，公斷；☆公平な判決を下（くだ）す／下公平的斷語。[0]

はんげつ【半月】（名）①半月；②半月，月亮的一半；☆半月が空にかかっている／半月懸空。[1][0]

はんけん【版権】（名）〔法〕著作權，版權。[0]

はんげん【半減】（名・自他サ）減半，少一半；☆興（きょう）が半減する／減去一半興趣；☆負担を半減する／把負擔減去一半。[0]

ばんけん【番犬】（名）守門犬，看家犬；☆家に番犬をおく／家裏養一隻警犬。[0]

はんご【反語】（名）①反語，譏諷；②〔修〕反語法；反問法（例如爲了強調「できない」而說「どうしてできましょう」等）。[0]

パンこ【麵麭粉】（名）麵包粉。[3]

*はんこう【反抗】（名・自サ）反抗，對抗；☆命令に反航する／違抗命令。[0]

はんこう【反攻】（名・自サ）反攻；☆反攻に転ずる／轉入反攻。[0]

はんこう【犯行】（名）〔法〕罪行。[0]

はんごう【飯盒】（名）（行軍或登山用可

以代替飯鍋的）飯盒。[3][0]

ばんこう【蛮行】（名）〔文〕野蠻的行爲[0]

*ばんごう【番号】（名）號碼，號數，號頭；☆番号順に並ぶ／按號數排；☆電話番号／電話號碼。[3]

ばんこく【万国】（名）〔文〕萬國；～き万国旗】（名）世界各國國旗。[1]

はんこつ【反骨・叛骨】（名）〔文〕叛骨[0]

ばんごや【番小屋】（名）看守住的小屋[0]

はんごろし【半殺し】（名）打（殺）個半死；☆半殺しにされる／被打個半死[5][0]

*はんざい【犯罪】（名）犯罪；☆犯罪をおかす／犯罪。[0]

ばんざい【万歳】Ⅰ（名）①萬歲；☆万歳を唱える／呼萬歲；☆万歳を三唱する／三呼萬歲；②（高興時）萬幸，幸甚；☆成功したら万歳だが／能成功可好極了；Ⅱ（感）（表示慶祝）萬歲。[0]

ばんさく【万策】（名）〔文〕萬策，種種的策略；所有的方法；☆万策尽きて降参する／無計可施終於投降。[0]

はんざつ【煩雑】（名・形動ダ）煩雜；☆ますます煩雑になる／益加煩雜了。[0]

はんざつ【繁雑】（名・形動ダ）繁雜。[0]

ハンサム【handsome】（名）美男子。[1]

はんさよう【反作用】（名）〔理〕反作用；☆反作用が起こる／起反作用。[0]

*ばんさん【晩餐】（名）晚飯，晚餐；盛餐；☆晩餐に招待する／招待晚餐；～かい【晩餐会】（名）晚餐會。[0]

はんし【半紙】（名）一種日本紙（習字、寫信用）。[1]

はんし【反し】〔…に反し〕；相反地，反之；☆その主張に反し／和那個主張相反…。[1]

はんじ【判事】（名）審判官，審判員。[1]

*ばんじ【万事】（名）萬事；☆万事がうまく行きそうだ／看來一切都很順利；◇万事休（きゅう）す／萬事皆休。[1]

パンジー【pansy】（名）〔植〕三色菫，三色紫羅蘭。[1]

*はんしゃ【反射】（名・自他サ）折射，反射；☆光が鏡に反射する／光反射到鏡子上；～きょう【反射鏡】（名）反光鏡；～てき【反射的】（形動ダ）反射的。[0]

ばんしゃく【晩酌】（名）晚酌，晚餐所飲的酒；☆晩酌を楽しむ／愛喝晚酒。[0]

はんしゅ【藩主】（名）藩主，諸侯。[1]

ばんしゅう【晩秋】（名）①秋末，晚秋；

②陰曆九月。◎

はんじゅく【半熟】（名）①半熟，半生不熟；☆半熟の卵／半熟的鷄蛋；②不十分成熟。◎

ばんじゅく【晚熟】（名）晚熟；成熟得晚；☆晚熟の稲／晚熟稻。◎

はんしゅつ【搬出】（名・他サ）搬出，拿出；☆会場から絵を搬出する／由會場把畫搬出去。◎

ばんしゅん【晚春】（名）①晚春，暮春；②陰曆三月。◎

はんしょう【半焼】（名・自サ）半燒，燒一半；☆二棟全燒、一棟半燒／二幢房子全燒光，一幢房子燒一半。◎

はんしょう【半鐘】（名）火警時敲的小吊鐘。③◎

はんじょう【半畳】（名）舊時觀劇人坐的小蓆墊；◊半畳を入れる／①（觀衆對演員）喝倒彩；②打擾，奚落（旁人的話）；☆話しの途中で半畳を入れないで下さい／話沒說完中不要搗亂。③

*はんじょう【繁昌】（名自サ）繁榮，昌盛；☆店が繁昌する／生意興隆。①

ばんしょう【晚鐘】（名）〔文〕晚鐘。◎

ばんしょう【万象】（名）〔文〕萬象。◎

ばんしょう【万障】（名）〔文〕一切障礙；☆万障御繰り合わせの上、御出席下さい／務請撥冗惠臨。◎

バンジョー【banjo】（名）〔樂〕五絃琴①

はんしょく【繁殖】（名・自サ）繁殖，滋生；☆繁殖力が強い／繁殖力強；繁殖を助ける／促進繁殖。◎

ばんしょく【伴食】（名・自サ）伴食，陪食；☆伴食の大臣／當牌位的大臣。◎

はん・じる【判じる】（他上一）①判斷；☆事の是非を判じる／判斷事情的是非；②猜，☆夢を判じる／圓夢；囡はんず（サ）。③◎

はんしん【半身】（名）半身；上半身；～ふずい【半身不随】（名）〔醫〕半身不遂；☆脳溢血（のういっけつ）で半身不随になる／因腦溢血而半身不遂。③◎

ばんじん【蛮人】（名）蠻人，野蠻人③◎

ばんじん【蕃人】（名）①番人，土人；②外國人。◎

はんしんはんぎ【半信半疑】（名・連語）半信半疑；☆半信半疑で噂を聞く／半信半疑地聽謠傳。⑤

はんしんろん【汎神論】（名）〔哲〕〔宗〕汎神論；多神崇拜。③

はんすう【反芻】（名・他サ）①反芻；☆牛は食物を反芻する／牛反芻食物；②一再玩味；☆親の注意を反芻する／一再回味父母的告誡。◎

はんすう【半数】（名）半數；☆学生の半数は五十点をとる／有半數學生得五十分③

ばんず（づ）け【番付】（表示技術、能力的）順序表；☆番付に載る／寫在順序表上④◎

ハンスト（名）←ハンガーストライキ①◎

はんズボン【半ズボン】（名）短褲。③

*はん・する【反する】（他サ）①反，違反，相反；☆法律に反することをする／做違法的事；☆予想に反する／與預料相反；②造反，囡はんす（サ）。③

はん・ずる【判ずる】（他サ）→はんじる◎

はんせい【半生】（名）〔文〕半生。①◎

*はんせい【反省】（名・他サ）①反省，自省；☆自己の行為を反省する／反省自己的行為；②重新考慮；☆反省を促す／促請重新考慮。◎

ばんせい【晚成】（名）〔文〕晚成；☆大器は晩成する／大器晚成。◎

はんせん【反戦】（名）〔文〕反戰。◎

はんせん【帆船】（名）帆船。◎

はんぜん【判然】（名・他サ・形動タルト）〔文〕明顯；明確。◎

ばんぜん【万全】（名）〔文〕萬全；☆万全の策／萬全之計。③◎

ばんそう【伴奏】（名・自サ）〔樂〕伴奏；☆オルガンで伴奏する／以風琴伴奏◎

ばんそうこう【絆創膏】（名）〔醫〕橡皮膏，絆創膏。◎

*はんそく【反則】（名）〔運動〕違反規則，犯規。◎

はんそで【半袖】（名）半截袖。④◎

はんだ【半田・盤陀】（名）銲藥（錫和鉛的合金）；☆ハンダ付けにする／焊上。◎

パンダ【panda】（名）〔動〕貓熊。①

ハンター【hunter】（名）獵師，獵人。①

*はんたい【反対】（名・自サ）①相反，反對（＝あべこべ）；☆シャツを前と後と反対に着る／把襯衣前後倒穿上；☆反対の方向に進む／向相反的方向前進；②相對；☆反対の手／另一隻手；③反對；☆その説には反対する／反對那個主張。◎

はんだい【飯台】（名）飯桌（＝ちゃぶだい）。◎

ばんだい【番台】（名）照料店舖的人坐的

高臺。◎

はんだくおん【半濁音】（名）〔語法〕半濁音（日語的バ行音）。④

パンタグラフ【pantograph】（名）①放圖器，縮放儀；②（電車頂上的）導電弓架④

バンタム（ウエイト）【bantam weight】（名）〔拳擊〕輕量級（體重118磅以下的選手）。

パンタロン【pantaloon】（名）一種寬鬆的褲子，馬褲。①

*はんだん【判断】（名・他サ）判斷；☆判断を誤る／判斷錯誤，☆善悪を判断する／判斷善惡。①③

ばんたん【万端】（名）〔文〕一切，萬般；☆万端の準備が終わる／作完一切準備。①◎

ばんち【番地】（名）①住宅地區的號數；②住址；☆友人に番地を知らせる／把住址通知給友人。◎

パンチ【punch】（名）①剪票的剪子；☆パンチを入れる／剪票；②拳擊，拳打；☆顔面に鋭いパンチをくらわす／狠狠地往臉上一拳。

ばんちゃ【番茶】（名）粗茶。◎

はんちゅう【範疇】（名）範疇；☆範疇を異にする／範疇不同。◎

はんちょう【班長】（名）班長。①

ハンチング【hunting】（名）①狩獵；②便帽，鴨舌帽。①

パンツ【美pants】（名）①短褲；②内褲①

はんつき【半月】（名）半月；☆病気で半月程寝込む／因病臥床半個月之久。④

はんてい【判定】（名・他サ）判定，判斷；☆判定がむずかしい／難以判斷；～がち【判定勝】（名・自サ）裁判判定獲勝◎

パンティーストッキング【panty stocking】（名）褲襪。⑥

ハンディ（キャップ）【handicap】（名）①為了減少競賽者的優劣懸殊所加給優者的不利條件；②不利條件；☆一学期休んだことは大きなハンディキャップになる／休學了一個學期造成很大的不利條件④

はんてん【反転】（名・自他サ）①反轉，轉動；翻轉；☆反転して鯉が水面に浮き上がる／鯉魚翻了一個身浮上水面；②（方向）返回，折回；☆東進していたのが急に西へ反転する／正向東進着，忽然返回向西；③〔照相〕反轉（顧影）。◎

はんてん【半天・半纏】（名）①一種日本外衣（類似「羽織」，但沒有翻領）；②（工人、匠人等穿的）在領上和背後染出姓名、店名的一種外衣。③

はんてん【斑点】（名）斑點。③◎

はんと【半途】（名）中途，半途；☆半途で引き返す／中途而返；☆半途にして事業が挫折（ざせつ）する／事業中途受到挫折。①

はんと【叛徒】（名）〔文〕叛徒；☆革命の叛徒／革命的叛徒。①

はんど【礬土】（名）〔化〕矾土（＝アルミナ）。①

ハンド【hand】（名・自サ）①手；②〔足球〕手球犯規；～バッグ【hand-bag】（名）婦女用手提包；～ブック【hand-book】（名）手冊；～ボール【hand-ball】（名）〔運動〕一種球戲（每組十一人，將球傳入對方球門爲勝）。①

バント【bunt】（名・他サ）〔棒球〕軟打，以棒輕輕碰球。①◎

バンド【band】（名）①帶，皮帶；髮帶；②腰帶；③樂隊；～マスター【band-master】（名）〔樂〕樂隊指揮。◎

*はんとう【半島】（名）〔地〕半島。◎

*はんどう【反動】（名）反動；反作用；☆凡て運動には反動がある／凡運動都有反動；～りょく【反動力】（名）反動力、反作用的力量。◎

ばんとう【晩冬】（名）①晚冬；②陰暦十二月。

ばんとう【番頭】（名）①掌櫃的；②澡堂的搓澡人。◎

はんとき【半時】（名）①（舊時的）半個時辰（等於現在的一小時）；②少時，少許時間；☆もう半時の辛抱だ／再忍耐一會兒吧。①

はんどく【判読】（名・他サ）（因寫得不清楚而）猜着讀；☆手紙を判読する／猜着字句讀信。◎

はんとし【半年】（名）半年；☆半年前から準備する／從半年以前就準備。④

パントマイム【pantomime】（名）啞劇④

*ハンドル【handle】（名）①（門上的或其他的）把手（＝とって）；②（汽車的）舵輪，方向盤；◇ハンドルをとる／推動事物進展。◎

はんドン【半ドン】（名）星期六。◎

ばんなん【万難】（名）萬難；種種困難；☆万難を排し、やりとげる／排除萬難完

成任務。①⓪

はんにえ【半煮え】（名）（煑爛）半熟⓪

はんにち【半日】（名）半天，半日。④

はんにゃ【般若】（名）①〔佛〕般若；②面貌可怖的女鬼；**～とう**【般若湯】（名）〔佛〕〔隱語〕酒。①

はんにゅう【搬入】（名・他サ）〔文〕搬入；☆展覧会の会場に作品を搬入する／往展覽會場裏搬運作品（以備展出）。⓪

はんにん【半人】（名）半個人；☆半人前／半個人份。①

はんにん【犯人】（名）犯人，罪人；☆殺人事件の犯人がつかまる／殺人案的犯人被逮捕；☆このいたずらの犯人は誰だ／這是誰淘的氣？①

ばんにん【番人】（名）看守者。③

ばんにん【万人】（名）萬人；☆万人に喜ばれる贈り物／誰都歡迎的禮物。③⓪

はんね【半値】（名）半價；☆半値で買う／用半價買。①⓪

はんねん【半年】（名）半年（＝はんとし）①⓪

ばんねん【晩年】（名）晩年；☆晩年は寂しい日日を送った／晩年的生活很孤寂。⓪

はんのう【反応】（名・自サ）反應；☆おじぎ草は、さわるとすぐ反応を起こす／含羞草一觸動就起反應；☆叱っても全然反応がない／申斥他也不起作用；☆化学反応を起こす／起化學反應。⓪

はんのう【半納】（名・他サ）繳納一半⓪

ばんのう【万能】（名）萬能，全能；全才，無所不能；☆万能薬／萬靈藥；☆現代の社会は黄金万能の社会だ／現代的社會是金錢萬能的社會；☆万能選手／全能選手。⓪

はんば【飯場】（名）礦山或工地上的宿舍⓪

はんぱ【半端】（名・形動ダ）①不完全，不齊全（的東西）；☆半端な布／零布頭；☆中途半端なやりかた／不徹底的做法；②無用的人，廢物；⑧（錢數的）零數。⓪

ハンバーグ（ステーキ）【Hamburg steak】〔烹飪〕肉餅。③

はんばい【販売】（名・他サ）賣；出售；☆良書を販売する／賣好書。⓪

はんばく【反駁】（名・自他サ）反駁；駁倒辯駁。⓪

ばんぱく【万博】（名）←ばんこくはくらんかい（万国博覧会）。⓪

はんぱつ【反発】（名・他サ）①反撥彈回，排拒；☆磁極は互に反発する／磁極互相排拒；☆このボールは反発力が強い／這個球彈力很大；☆抗拒，不接受；☆先生の言うことに反発する／不聽老師的話；⑧反攻，反撲；反抗；☆あのチームは負けてもすぐ反発する／那個球隊雖敗也能馬上反攻。⓪

はんはん【半半】（名）一半一半，各半；☆菓子を半半に分ける／把點心分成兩半兒；☆二つの入れ物に半半に入れる／兩個容器裏各裝一半；☆水と湯を半半にする／涼水熱水各半。①③

ばんぱん【万般】（名）一切，各個方面；☆生活の万般にわたって人の世話になる／在生活各方面都依靠別人照顧。①

パンパン（名）（戰後在日本出現的）野妓，吉普女郎。①③

はんびらき【半開き】（名）半開；☆戸が半開きになっている／門半開着；☆半開きの花／半開的花。③⓪

はんぴれい【反比例】（名・自サ）〔數〕反比例；☆物価と購買力とは反比例する／物價和購買力成反比例。③

はんぷ【頒布】（名・他サ）①頒布；☆法令を頒布する／頒佈法令；②分發；☆広告を頒布する／分發廣告。①

はんぷく【反復】（名・他サ）反覆；☆反復して練習する／反覆練習。⓪

ばんぶつ【万物】（名）萬物；**～のれいちょう**【万物の霊長】（名・連語）萬物之靈，人類。①

パンフレット【pamphlet】（名）小冊子④

はんぶん【半分】（名）一半；二分之一；☆四の半分は二／四的二分之一是二；☆西瓜を半分に割る／把西瓜切成兩半。③

ばんぺい【番兵】（名）守衛；崗兵；☆番兵をおく／設崗。⓪

はんべつ【判別】（名・他サ）判別，辨別；☆ひよこの雌雄を判別する／辨別雛鷄的雌雄。⓪

はんぺん【半平】（名）〔烹飪〕魚肉山芋丸子。③

はんぼう【繁忙】（名・形動ダ）繁忙；☆繁忙を極める／極其繁忙。⓪

ハンマー【hammer】（名）槌，鐵槌（＝かなづち、きづち）；**～なげ**【hammer＋投】（名）投鐵球。①

はんめい【判明】（名・形動ダ・自サ）判明；了解清楚；☆彼の行方が判明した／

他有了下落；☆相手の考えが判明しない／不了解對方的意圖。◎

ばんめし【晩飯】（名）晩飯；☆友人と晩飯を一緒に食べる／跟友人共進晩餐。◎

はんめん【反面】（名）反面，另一面；☆その反面ではこうも考えられる／相反地也可以這樣想。③

はんめん【半面】（名）①臉面之半，半臉；☆左半面に火傷(やけど)の痕(あと)がある／左半臉有火傷瘢痕；②半面，片面；☆それは半面の真理でしかない／那不過是片面的眞理。③

はんも【繁茂】（名・自サ）〔文〕繁茂①

はんもく【反目】（名・自サ）反目，不和；☆何かにつけて二人は反目している／兩個人遇事就反目；☆両者の反目を利用する／利用兩個人的不和。◎

ハンモック【hammock】（名）（繩編的）吊床。③

はんもん【反問】（名・自他サ）反問；☆質問の意味が分らないので反問する／因所問意義不清，故而反問。◎

はんもん【斑紋】（名）斑紋；☆赤と白の斑紋／紅白的斑紋。◎

はんもん【煩悶】（名・自サ）煩悶；☆恋愛問題で日夜煩悶する／由於戀愛問題日夜煩悶。◎

パンヤ【panha】（名）（填枕頭等用的）木棉。①

はんやけ【半焼】（名）燒一半；半燒；↔

まるやけ。◎

ばんゆう【万有】（名）〔文〕萬有；～いんりょく【万有引力】（名）〔理〕萬有引力。◎

はんら【半裸】（名）半裸體。①

ばんらい【万雷】（名）萬雷；☆万雷の拍手／如雷的掌聲。①◎

＊はんらん【反乱】（名・自サ）叛亂，造反；☆反乱が起こる／發生叛亂。◎

＊はんらん【氾濫】（名・自サ）①氾濫；☆大水で河川が氾濫する／因洪水河川氾濫；②充斥，過多，氾濫；☆同じような辞書が店頭に氾濫している／類似的辭典充斥於書店。◎

ばんり【万里】（名）〔文〕萬里；很遠，☆万里の長城／萬里長城。　①

はんりょ【伴侶】（名）〔文〕伴侶；☆人生の好き伴侶を求める／尋求人生的好伴侶。①

はんれい【凡例】（名）凡例；☆凡例を読む／看凡例。◎

はんれい【判例】（名）判例，審判的實例◎

はんろ【販路】（名）銷路；☆新しい販路を開く／開闢新銷路；☆販路を拡げる／推廣銷路。①

はんろん【反論】（名・自他サ）〔文〕反對論。◎

はんろん【汎論】（名）〔文〕汎論，概論，總論。①◎

は

ひ・ヒ び・ビ び・ピ

ひ①五十音圖「は行」第二音；發音爲hi；
②〔字源〕平假名是「比」的草體；片假
名是「比」的一半。

ひ【一】（數）一個（只用於數數時；如：
ひ、ふ、み…）。

*ひ【日】（名）①太陽；☆日が昇る／太陽
升；②太陽的光熱；☆日に焼ける／被太
陽曬黑；☆日が弱い／太陽光弱；③白天
，畫間；☆冬の日は短い／冬季白天短；
☆日が長くなる／畫間變長；☆夜を日に
継いで／日以繼夜地；④日，一天，一畫
夜；☆雪の日／降雪天；☆日を暮らす／
度過一天；☆日に八時間働く／一天工作
八小時；⑤日子，日數；☆日が経つ／經
過許多日子；☆日が浅い／不多日子；⑥
日期，期限；☆日を延ばす／展期；☆日
を変える／改期；⑦時，時代；☆若き日
の思い出／童年的回憶；☆ありし日の姿
／當年的面貌；⑧時候，場合；☆うまく
いった日はすばらしい／碰巧（順利）的
話可棒極了；◇日が込む／需要時日；日
暮れて道遠し／日暮途遠；前途茫茫①⓪

*ひ【火】（名）①火；☆火が燃えている／
火燃着；☆火をつける／點火；放火；☆
火にあたる／烤火，取暖；☆鍋を火にか
ける／把鍋放在火上；②火燄（＝ほのお）
；☆ローソクの火／蠟燭的火焰；③燈光
，燈火（＝あかり）；☆火をともす／點
燈；☆炭火（＝すみび）；☆火を起こす
／升炭火；⑤火警，火災；☆火の見櫓
（やぐら）／火警瞭望塔；☆火の用心／小
心火燭；⑥憤慨，怒氣；☆胸の火／胸中
的激憤；☆火のように怒る／勃然大怒；
⑦狼烟，烽火（＝のろし）；◊火の消え
たよう／突然變得毫無生氣，非常寂靜；
火のない所に煙は立たぬ／無風不起浪，
火を吐く（①噴火；②激烈辯論；火を放
つ／放火，縱火；火を見るよりも明らか
だ／洞若觀火，非常明顯。①

ひ【檜】（名）〔古〕〔植〕＝ひのき。

ひ【樋】（名）①水門，水閘；②導水管；
（簷端的）承雨水管。①

*ひ【比】（名）①〔文〕比，倫比；☆世界
にその比を見ない／全世界沒有比得上的

；☆…の比でない／非…所能比；②〔
數〕比，比例；☆底辺と高さの比／底邊
和高度的比；③〔文〕比喻。①

ひ【妃】（名）〔文〕王妃，妃子。①

ひ【否】（名）〔文〕否定，不贊成；☆可
とする者十、否とする者八／贊同者十，
反對者八。①

ひ【非】（名）〔文〕①非；☆是（ぜ）と
非を見分ける／明辨是非；②過錯，缺點
，短處，毛病；☆非を暴（あば）く，非
を鳴らす／揭發短處；☆一点非の打ち所
がない／沒有一點短處（毛病）；☆非を
認める／承認不是（過錯、理屈）。①

ひ【秘】（名）①秘密；☆秘中（ひちゅう）
の秘／極端秘密；②蘊奧；☆海底の秘を
探る／探索海底的秘密。①

ひ【婢】（名）〔文〕女僕。①

ひ【脾】（名）〔解〕脾。①

ひ【碑】（名）〔文〕碑，石碑；☆碑を建
てる／立碑。⓪

ひ【緋】（名）緋紅，火紅。①

ひ【灯】（名）燈，燈火。①

び「ひ」的濁音；發音爲bi。

*び【美】①美，美麗；☆肉体の美／肉體美
；☆自然の美／自然的美；②味美；③美
好；④可嘉；☆有終の美を飾る／貫徹到
最後，作到有始有終。①

び【微】（名）微小，微細；☆微に入り細
（さい）を穿（うが）つ／分析入微，仔
細分析。①

ぴ「ひ」的半濁音，發音爲pi。

ひあい【悲哀】（名）悲哀；☆女の悲哀を
描く／描寫女人的悲苦境遇⓪

ひあが・る【乾上がる】（自五）①乾透；
☆地面が乾上がる／地面乾透；②涸乾；
☆池が乾上がる／水池涸乾；③無法生活
口が乾上がる，顎（あご）が乾上が
る／無以餬口。③⓪

ひあし【日脚】（名）畫間，白日；☆日脚
が延びる／畫間變長。⓪

ひあし【火脚】（名）火的延燒速度。⓪

ひあたり【日（陽）当り】（名）陽光照射
（處），向陽（處）；☆日当りのよい
部屋／向陽的屋子；☆日当りで休む／

在向陽處休息。④⓪

ひあそび【火遊び】（名）①玩火；☆子供の火遊び火事（かじ）のもと／小孩玩火容易引起火災；②戀愛玩火，輕佻的男女交際；☆うわついた火遊び／輕佻的男女交際。②

ピアニスト【pianist】（名）鋼琴家。③

***ピアノ**【piano】（名）鋼琴；☆ピアノを弾（ひ）く／彈鋼琴。①⓪

ひあぶり【火焙り】（名）〔古〕焙刑。

ひい【一】（數）一個（只用於數數時，如：ひい、ふう、みい…）。①

びい【微意】（名）〔文〕微衷；☆感謝の微意を表わす／略表謝忱。①

ピー・アール【P.R】（名・他サ）企業或政府機構的廣告或宣傳單。③

ピー・エーチ【PH, Ph】（名）〔化〕氫離子指數

ピー・エル【B/L】（名）(bill of lading)提貨單，運貨證書（＝ふなにしょうけん）。

ビーカー【beaker】（名）①〔化〕燒杯；②有座大酒杯。①

ひいき【晶屓】（名・自サ）①眷顧，照顧，提拔；☆晶屓にあずかる／承蒙眷顧（提拔）；☆御晶屓を願います／請多關照；②捧場（的人）；☆歌舞伎俳優の某を晶屓（に）する／捧某歌舞伎某演員；③偏袒，偏愛；☆それは晶屓だよ／那是偏袒；◇晶屓の引き倒し／過於庇護，反倒使人不上進；～**め**【晶屓目】（名）偏袒的看法；☆どう晶屓に見ても、いいとは言えない／怎麼偏著心眼也沒法說好。①

ピーク【peak】（名）山頂，頂峯；尖鋒（時間）。①

ビー・クラス【B class】（名）二等，二級，二流。③

ビー・シー【B.C.】（名）〔before Christ〕紀元前。③

ビー・シー・ジー【B.C.G.】（名）〔醫〕卡介苗。⑤

びいしき【美意識】（名）審美的意識，美的感受力；☆美意識を養う／培養審美的意識。②

ひいじじ【曽祖父】（名）曾祖父。①

ビーズ【beads】（名）①念珠（＝じゅず）；②有孔琉璃珠，串珠（＝ナンキンだま、じゅずだま）。①

ピース【peace】（名）①和平；媾和；②

一種香烟牌名。①

ヒーター【heater】（名）①暖房裝置；②加熱器；電爐；☆ヒーターで湯を沸かす／用電爐燒水。①

ビーだま（名）玻璃小彈珠（＝ガラスだま）。⓪

ピータン【皮蛋】（名）松花蛋。①

ビーチ【beach】（名）海濱；～**ガウン**【beach gown】（名）游泳衣上披的長袍；～**ハウス**【beach house】（名）海濱別墅；～**パラソル**【beach parasol】（名）海水浴休息時用的遮日傘。①

ひいて【延いて】（副）進而；～**は**【延いては】（副）＝ひいて；☆両国の平和、ひいては国際の平和に貢献したい／希望對於兩國和平進而對於國際和平作出貢獻。①⓪

ピー・ティー・エー【P.T.A.】（名）〔Parents and Teachers Association〕家長和教師的協作會。⑤

ひい・でる【秀でる】（自下二）優秀,卓越；長於；☆秀でた才能／卓越才幹；☆語学に秀でている／擅長外國語；図ひいづ（下二）。③

ビート【beet】（名）糖蘿葡，甜菜。①

ビーナス【Venus】（名）〔希臘神話〕維納斯，愛和美的女神。①

ピーナッツ【peanut】（名）〔植〕花生；～**バター**【peanut butter】（名）花生醬。①

ビーバー【beaver】（名）〔動〕海狸，海獺。①

ビーばん【B判】（名）JIS（日本工業標準）所規定的紙的尺寸之一。①

ぴいぴい I（擬聲）①（笛聲）滴嗒；☆笛をぴいぴい鳴らす／滴滴嗒嗒吹笛；②（鳥、蟲聲）啾啾；啁啁；☆雲雀（ひばり）がぴいぴいと鳴く／雲雀啾啾地叫；③（嬰兒泣聲）呱呱；☆むずかってぴいぴい泣く／（嬰兒）鬧人呱呱地哭；Ⅱ（名）乍出茅蘆；☆名高いどころか、ほんのぴいぴい／哪裏談到有名，只不過乍出茅蘆；Ⅲ（副・自サ）貧窮；☆彼はいつもぴいぴいしている／他總是窮個精光。①

ビーフ【beef】（名）牛肉；～**カツレツ**【beef cutlet】（名）炸牛排；～**ステーキ**【beef steak】（名）鐵扒牛肉。①

ビーフン（名）米粉。

ピーマン【法 piment】（名）青椒；圓辣椒。①

ひいらぎ【柊】（名）〔植〕枸骨。[1]

ヒール【heel】（名）鞋跟；☆ハイヒール／高跟（鞋）。[1]

***ビール**【荷・德Bier＝麦酒】（名）啤酒；☆コップにビールをつぐ／往玻璃杯裏倒啤酒；☆生（なま）ビール／鮮啤酒；☆ビール瓶／啤酒瓶。[1][0]

ビールス【德 Virus】（名）毒素；病毒[1]

ヒーロー【hero】（名）①英雄，勇士；②有人緣的人；③（小說、戲劇等的）男主人公；☆物語りのヒーロー／故事的男主人翁。[1]

びう【眉宇】（名）〔文〕眉間；☆決意のほどを眉宇に浮かべる／決意之堅現於眉宇。[1]

ひうち【火打（燧）】（名）①打火；②火鐮；**〜いし**【火打石・燧石】（名）燧石[3]

ひうん【非運】（名）厄運，不幸（＝ふしあわせ）；☆わが身の非運を嘆く／悲嘆自己命運多舛。[1]

ひうん【悲運】（名）悲苦的命運，苦命。

ひえ【冷え】（名）①冷，覺冷；☆冷えたため小用が近くなる／因爲冷小便頻多；②腰部以下發冷的病，寒症。[2]

ひえ【稗（䅘）】（名）〔植〕稗子，䅘[0]

ひえこ・む【冷え込む】（自五）①氣溫驟降；☆明日の午後からぐっと冷え込むだろう／大概從明天下午起氣溫要驟降；②（身體）覺冷，着凉；☆冷え込んで腹が痛む／身體着凉肚子痛。[0]

ひえしょう【冷え性】（名）（因血液循環關係等）身體發凉，寒症。[2][3]

***ひ・える**【冷える】（自下一）①變冷，變凉；☆御飯が冷えた／飯凉了；☆よく冷えたサイダー／冰凉的汽水；②覺冷，覺凉；☆少し冷えてきた／有點凉了；☆夜はなかなか冷える／夜間很凉；③變冷淡；図ひゆ（下二）。[2]

ピエロ【法 pierrot】（名）皮耶囉，（法國啞劇中穿白衣、搽白粉的）丑角。[1]

ひおい【日覆】（名）遮日幕；☆日覆をおろす／放下遮日幕。[3][0]

ひおうぎ【檜扇】（名）①絲柏骨的扇子（古時用以代笏者）；②〔植〕射干。[2]

ひおおい【日覆】（名）＝ひおい。[2][4]

ビオラ【viola】（名）〔樂〕中提琴。[1]

ビオロン【意・法violon】（名）〔樂〕提琴（＝バイオリン）；**〜チェロ**【violoncello】（名）〔樂〕大提琴（＝チェロ）[1]

びおん【鼻音】（名）鼻音（如ナ行、マ行假名的發音）。[0]

びおん【微温】（名）微溫，不够熱（＝なまぬるい）；**〜てき**【微温的】（形動ダ）不徹底的，不够勁的；☆微温的な処置／不徹底的措置。[0]

びおんとう【微温湯】（名）〔文〕溫和水，不太熱的熱水（＝ぬるまゆ）。[0]

ひか【皮下】（名）〔醫〕皮下；**〜ちゅうしゃ**【皮下注射】（名）皮下注射。[2]

ひか【悲歌】（名）悲歌，哀歌（＝エレジー）。[2]

びか【美化】（名・他サ）美化；☆都市の美化を図る／設法美化都市。[1]

***ひがい**【被害】（名）遭受災害，受害；☆洪水の被害がひどい／洪水的災害嚴重；**〜しゃ**【被害者】（名）遭受災害者，受害者；**〜ち**【被害地】（名）受害地區；**〜もうそう**【被害妄想】（名）〔醫〕被迫害妄想症。[1][0]

ぴかいち【ぴか一】（名）〔俗〕第一、最優秀者；☆彼はクラスのぴか一だ／他是班中第一名；☆歌手のぴか一／最卓越的歌唱家。[2]

ひかえ【控】（名）①副本，抄件，底子；筆記本；☆控を取る、控をつくる／留底子，製抄件，作副本；☆手帳の控を調べる／查看筆記本上的筆記；②等候；☆控の間（ま）／候客室；休息室；③備用；☆控の投手／候補投球手；**〜がき**【控書】（名）筆記；備忘錄；**〜しつ**【控室】（名）候客室，休息室；**〜しょう**【控性】（名）不肯出風頭，愐愧（＝うちき）；**〜め**【控え目】（名）保守；客氣；撙節；謹愼；☆控え目の見積り／保守的估計；☆食事を控え目にする／少吃飯，不吃到十分飽；☆控え目に言う／客氣地說；☆万事控え目にせよ／一切不要過火；☆控え目の態度をとる／採取謹愼（保守）態度；**〜りきし**【控え力士】（名）〔角力〕（相撲）等候上場的力士。[2][3]

ひがえり【日帰り】（名・自サ）當天回來；☆日帰りは無理だ／當天回來有困難；☆日帰りの旅行／當天就回來的旅行[4][0]

***ひか・える**【控える】Ⅰ（自下一）①在（近傍）；☆主人のうしろに控える／在主人後邊（侍候着）；②等候；☆次の室に控えさせる／令在鄰室等候；☆そこに控えていなさい／在那裏等一等；Ⅱ（他

動）①靠，臨☆うしろに山を控えている／後邊靠着山；②勒，☆馬を控える／勒馬；③節制，☆タバコを控える／節制吸烟，少抽烟；☆酒を控える／節酒；④打消…念頭，不想…；☆手紙を出すのを控える／暫先不發信；☆両方の言い分を聴くまで判断を控える／在沒聽到雙方的話以前不想下判断；記下（以備忘），☆話をノートに控える／把講的話記在筆記本上；⑤（在言行上）採取保守態度，力求不過分，☆実際より控えて報告する／把事件報告得不像實際那麼嚴重；☆言葉を控える／愼言，不多説話；⑥有，面臨，迫於（目前），☆選挙を間近（まぢか）に控えている／選挙迫在目前；☆私は急ぎの用事を控えている／我有急事；☆我々は幾多の難関を控えている／我們面前有許多難關，我們面臨着許多難關；☆目前に試験を控えている／考試迫於目前，眼看要考試了。区ひかふ（下二）。3

*ひか・く【比較】（名・他サ）比較；☆比較にならぬ／不能比，比不上；～てき【比較的】（形動ダ）比較的；☆比較的いい方だ／是比較好的。0

ひかく【皮革】（名）皮革；～せいひん【皮革製品】（名）皮革製品。20

びがく【美学】（名）美學。1

ひかげ【日影】（名）日影，陽光；☆日影が差し込む／陽光投射進來。0

*ひかげ【日陰・日蔭】（名）①背陰地方，陰涼地方；☆日陰で休む／在陰涼地方休憩；☆日陰になる／背陰；②埋沒，不能見聞於世；不見人，☆一生日陰の生活を送る／埋沒一生；一輩子也見不得人；～もの【日蔭者】（名）①埋沒的人，不能見聞於世的人；②見不得人的人；③妾，私生子。

ひがけ【日掛け】（名）〔經〕（為某種目的）每日存儲（一定數額的錢款）；～ちょきん【日掛け貯金】（名）每日存一定數額的存款。0

ひかげん【火加減】（名）火力的強弱，火候；☆火加減を見る／試看火力強弱；☆丁度よい火加減だ／火候正好。2

ひがさ【日傘】（名）遮日傘。0

ひかさ・れる【引かされる】（自下一）被…牽繫住，割捨不得，拘於…；☆人情に引かされる／拘於人情；☆子供に引かされて死ぬのを思いとどまる／割捨不得孩

子，因而又不想自殺了。0

*ひがし【東】（名）①東方，☆東に向く／面向東；②東風，☆東が吹く／颳東風；～かぜ【東風】（名）東風；～むき【東向】（名）朝東。0

ひがし【干菓子】（名）乾點心；↔なまがし（生菓子）。2

ひがしやまじだい【東山時代】（名）〔史〕東山時代〔室町時代將軍足利義滿（あしかがよしまさ）執政年代，1449—1473年，為日本文化昌盛時代〕。6

ひかず【日数】（名）日數；☆日数を重ねる／經過好些日子；☆大分（だいぶ）日数がかかる／需要好些日子。0

ひがた【干潟】（名）落潮後露出的沙灘0

びカタル【鼻加答児】（名）〔醫〕鼻卡他，卡他性鼻炎。2

ぴかどん（名）〔俗〕原子彈。2

ぴかぴか（名・副・自サ）光亮，閃閃發光；☆稲妻がぴかぴか（と）光る／閃電一閃一閃地發光；☆靴をぴかぴかに磨く／把鞋擦得通亮。2

ひがみ【僻み】（名）①〔ひがむ〕的名詞形；②乖僻，偏見，彆扭；妒羡，☆僻みを起こす／彆扭起來；☆それは君の僻みだ／那是你的偏見。3

ひが・む【僻む】（自五）變乖僻，彆扭，懷偏見；☆僻んだ目で世の中を見る／用偏頗的眼光觀察社會；☆差別扱いするのは子供の僻むもとだ／差別對待會使孩子性情變乖僻。

ひがめ【僻目】（名）①看錯（＝みまちがい）；偏見；☆失敗と見たのは私の僻目か／我認為是失敗，這難道是我的偏見不成？②斜眼（＝すがめ、やぶにらみ）；③乖僻，彆扭。23

ひがら【日柄】（名）日子的吉凶；☆今日は、いい日柄だ／今天是好日子；☆よい日柄を選んで結婚式を挙げる／擇個吉日舉行婚禮。0

ひから・す【光らす】（他五）使發光，使光亮；☆床（ゆか）を磨いてぴかぴかに光らす／把地板擦得通亮；☆目を光らして見守る／瞪着眼睛看守。3

ひか・びる【乾涸びる】（自上一）乾透，☆乾涸びた蛙の死骸／乾透了的死青蛙4

*ひかり【光】（名）①光，光線；☆光が弱い／光線弱；☆光を放つ／發光；☆星の光／星光；②發亮，發亮，☆磨いて靴に

光を出す／擦鞋使亮； ③視力； ☆外傷がもとで光を失う／因受外傷而失明； ④〔喻〕勢力，威力； ☆親の光で／沾父親的光，靠父親的勢力； ☆金の光／錢的威力。③

ぴかり（副）閃耀貌；☆稲妻がぴかりと光る／忽然打個閃。②③

*ひか・る【光る】（自五）①發光，發亮；☆星が光る／星光閃耀；☆剣が光る／劍光閃爍；☆床板が光る／地板通亮；②（才幹、容貌等）顯眼，出衆；☆彼が一段と光って見える／他特別出衆；☆彼は兄弟の中で断然光っている／他在弟兄行輩中特別優秀；◇光るもの必ずしも黄金ならず／亮的未必都是黄金。②

*ひかん【悲観】（名・他サ）悲観；☆前途を悲観する／對前途抱悲観；～てき【悲観的】（形動ダ）悲観的；☆悲観的な見方／悲観的看法；～ろん【悲観論】（名）悲観論。⓪

ひかん【避寒】（名・自サ）避寒；☆熱海（あたみ）に避寒する／在熱海避寒。⓪

ひがん【彼岸】（名）①春分、秋分加上前後各三天共七天的期間；②〔佛〕彼岸，涅盤；來世；～え【彼岸会】（名）〔佛〕在「彼岸」期間舉行的法會；～ざくら【彼岸桜】（名）〔植〕緋櫻，寒櫻；～な【彼岸花】（名）〔植〕石蒜。②

ひがん【悲願】（名）①〔佛〕大慈大悲的誓願；②悲壯的決心，誓必實現的心願；☆禁酒禁煙の悲願を立てる／發誓戒酒戒烟。①

びかん【美感】（名）美感；☆美感を欠く／缺乏美感。⓪

びかん【美観】（名）〔文〕美観；☆自然の美観／自然界的美；☆町の美観をそこねる／毀損市容。⓪

びがん【美顔】（名）①美容；②化粧；～じゅつ【美顔術】（名）化粧術。⓪

ーひき【匹・疋】（接尾）（數鳥、獸、魚、蟲等的單位）匹；☆貓五匹／五隻貓。

ひきー【引き】（接頭）冠於動詞，加強語氣；☆引き返す／返回；☆引き続く／繼續

ひき【悲喜】（名）〔文〕悲喜；☆悲喜こもごも至る／悲喜交集。①②

ーびき【引き】（接尾）塗上一層；☆ゴム引きのレーンコート／塑膠的雨衣。

ひきあい【引合い】（名）①〔ひきあう〕的名詞形；②〔經〕交易，買賣；講買賣

；詢價；～しょ【引合書】（名）詢價單；①引證，引爲證據；②☆彼がいつも引合に出すもの／他經常引作例證的東西；④見證人；☆事件の引合に出される／被拉去當事件的見證人；⑤連累，牽連（＝まきぞえ）；☆引合いを食う／受牽連；～にん【引合人】（名）〔法〕見證人。⓪

ひきあ・う【引き合う】（自五）①（互相）拉，扯；☆両方から縄を引き合う／從兩頭拉繩子；②（互相）牽手；☆手を引き合って歩く／互相牽着手走；③合算，夠本；☆引き合わない商売／不合算的買賣；☆これで怒られては引き合わない／這要是再被申斥一頓可就划不來了；④講妥（買賣），成交；☆引き合ってくれるとありがたいが／若是成了交可謝天謝地。③

ひきあげ【引上げ・引揚げ】（名）①〔ひきあげる〕的名詞形；②撈上；☆沈没船の引上げ／沉沒船隻的打撈；③撤回，歸來；☆故国への引揚げ／返回祖國；④提高，漲（價）；☆米価の引上げ／提高米價；⑤提升，提拔；～しゃ【引揚者】（名）（由海外）歸國者；（由某處）撤退者，撤離者。⓪

ひきあ・げる【引き上（揚）げる】（他下一）①（用船揚機等）捲揚；打撈；☆荷物を山へ引き上げる／把貨物捲揚到山上；☆沈没船を引き上げる／打撈沉船；②歸回，撤回，撤離；☆海外から本国へ引き揚げる／由海外返回本國；☆会場から引き揚げる／退出會場；☆戦区から引き揚げる／由戰區撤出；③提高，漲（價）；☆運賃を引き上げる／提高運費；④提升，提拔；☆一階級引き上げる／提升一級；☆人才を引き上げる／提拔人才；図ひきあぐ（下二）。④

ひきあ・てる【引き当てる】（他下一）①抽中（籤、彩等）；☆一等の時計を引き当てた／抽中頭彩的錶；②對證，比較；☆彼の言うところと引き当てる／和他說的對證（比較）一下；図ひきあつ（下二）。④

ひきあみ【引網・曳網】（名）曳網。⓪

ひきあわせ【引合わせ】（名）①〔ひきあわせる〕的名詞形；☆校正の引合わせをする／把校樣核對一下；②介紹，遇上；☆全く神戦のお引合わせです／眞是奇遇。⓪

ひきあわ・せる【引き合わせる】（他下一）
①校對，核對；☆原稿と校正刷とを引き
合わせる／按照原稿校對校樣；☆帳面を
引き合わせる／核對賬目；②比較；☆両
方を引き合わせて真偽を確める／把雙方
比較一下來確定眞假；③介紹，引見；☆
友達を母に引合きわせる／向母親引見朋
友；☆あの方にお引合きわせ致しましょ
う／我給你向他介紹一下吧；図ひきあは
せる（下二）。⑤

＊ひき・いる【率いる】（他上一）領，率領
；☆兵を率いて戦う／率領軍隊作戦。③

ひきい・れる【引き入れる】（他下一）①
拉進來；☆車を庭内に引き入れる／把車
拉進院裏；②引誘進來，拉攏進來；☆味
方（みかた）に引き入れる／拉攏到自己
這邊來，使…參加己方；図ひきいる（下
二）。④

＊ひきうけ【引受け】（名）①〔ひきうける〕
的名詞形；②〔經〕（滙票之）承兌；～
きょぜつ【引受拒絶】（名）〔經〕拒絶
承兌；～にん【引受人】（名）承兌人，
保付人。⓪

＊ひきう・ける【引き受ける】（他下一）①
承擔；保證；☆責任を引き受ける／承擔
責任；☆工事を引き受ける／包工；☆万
事は私が引き受ける／一切由我來承擔；
☆身元を引き受ける／保證身分，給…當
保證人；②〔經〕承兌，保付；承辦；認
購；☆手形の支払を引き受ける／承兌票
據；☆株を引き受ける／認股；③應付，
照應；☆子供は私が引き受ける／孩子由
我來照料；☆あとは俺（おれ）が引き受
けた／下餘一切由我來應付；④承受，繼
承；☆父の事業を引き受ける／繼承父業
；⑤接受；☆注文を引き受ける／接受訂
貨；☆できもしない仕事を引き受けるも
のではない／不可以接受（承攬）根本就
做不到的工作，図ひきうく（下二）。④

＊ひきおこ・す【引き起こす】（他五）①引
起，惹起；☆大問題を引き起こす／惹起
很大問題；☆持病を引き起こす／勾起舊
病；②拉起，扶起；☆倒れた電柱を引き
起こす／豎起倒下的電線桿子；☆酔っぱ
らいを引き起こす／扶起醉漢。④

ひきおろ・す【引き下す】（他五）拉下，
曳下；☆馬上から引き下す／由馬上拉下
來；☆旗を引き下す／把旗子拉下來。④

＊ひきかえ【引替（え）・引換（え）】Ⅰ（
名）①〔ひきかえる〕的名詞形；②交換
；☆手形と引換えに現金を支払う／憑票
付現；☆品物は代金と引換えで差し上げ
る／交了價款就給東西，一手交錢，一手
交貨；Ⅱ（副）相反，反之；☆これにひ
きかえ／與此相反，反之。⓪

＊ひきかえ・す【引き返す】Ⅰ（自五）返回
，折回；☆途中から引き返す／中途返回
；☆すぐ引き返したが間に合わなかった
／馬上就返回了，可是没有來得及；Ⅱ（
他五）①返復（＝くりかえす）；②反過
來，翻過來（＝はんたいにする）；③倒
回來（＝あとへもどす）。③

ひきか・える【引き替える】（他下一）①
換，兌換；☆小切手を現金に引き換える
／把支票兌成現款；②相反，不同；☆昨
年と引き換えて今年の冬はとても暖かい
／和去年相比，今年冬季非常暖和；図ひ
きかふ（下二）。④

ひきがえる【蟇蛙】（名）〔動〕蟾蜍（＝
がま）。③

ひきがし【引菓子】（名）（婚禮、法會等
時作爲贈品的）點心。③

ひきがね【引金】（名）（槍等的）引發機
，槍機；☆引金を引く／勾槍機。⓪

ひきこみせん【引込線】（名）①〔電線〕
室內線，〔天線〕天線引線；②〔鐵路〕
專用線。⓪

ひきこ・む【引き込む】Ⅰ（他五）①引進
來，拉進來；☆電線を家へ引き込む／把
電線拉到屋裏；②拉攏進來，引誘進來；
☆彼を仲間（なかま）に引き込む／拉他
入夥；③傷風，感冒；☆すっかり風邪を
引き込んだ／感冒得很厲害；Ⅱ（他五）
①悶居（家中）；☆家にばかり引き込ん
でいる／光在家裏悶居；☆家に引き込ん
で本を読む／在家裏閉門讀書；②隱退，
退居；☆田舎に引き込む／隱居鄉間；③
退縮；☆後に引き込む／向後退縮；☆隅
に引き込まないでこっちへ出て来い／別
縮在角落，到這邊來！☆出しゃばらずに
引き込んでいろ／別出風頭往後退一退！
你不要多嘴多舌！④塌陷，癟；☆痩せて
目が引き込んでいる／痩得眼殼塌了。③

ひきこ・める→ひっこめる。

ひきこも・る【引き籠もる】（自五）悶居
（家中），閉居；☆家に引き籠もって勉
強する／閉居家裏用功。④

ひきころ・す【轢き殺す】（他五）使轢死③

ひきさが・る【引き下がる】(自五) 退出，離開；☆客間から引き下がる／退出客廳；☆この辺で引き下がった方がよい／最好就此告退(撒手)；最好就此作罷(不再繼續要求、抗爭等)。[0]

ひきさ・く【引き裂く】(他五) 撕破，使(人與人之間)強迫疏遠。[3]

ひきさげ【引下げ】(名)①〔ひきさげる〕的名詞形；②減低，☆物価の引下げ／減低物價。[0]

ひきさ・げる【引き下げる】(他下一)①拉下來，減低；☆物価を引き下げる／減低物價，②使後退；☆前列を一歩(いっぽ)引き下げる／使前排向後退一步。提；携帶，率領(＝ひっさげる)；因ひきさぐ(下二)。[4]

ひきざん【引算】(名)〔數〕減法；↔よせざん(寄算)。[2]

ひきしお【引潮】(名)落潮；☆引潮を待つ／等待落潮；↔みちしお(満潮)。[0]

ひきしぼ・る【引き絞る】(他五)拉圓(弓)；☆弓を引き絞る／把弓拉圓；◊声を引き絞る／拼命叫喊。[4]

ひきしま・る【引き締まる】(自五)①緊閉，☆口元が引き締まっている／嘴形長得端莊；②(精神)緊張，不懈弛；☆心が引き締まる／精神緊張；☆引き締まった態度／嚴肅態度；③〔經〕(行市)見挺；☆相場が引き締まる／行市見挺。[4]

ひきし・める【引き締める】(他下一)①勒緊；☆手綱(たづな)を引き締める／勒緊韁繩；②使緊張，☆気を引き締める／振作精神；③緊縮，節儉；☆財政を引き締める／緊縮財政；☆家計(かけい)を引き締める／節儉家庭開支；因ひきしむ(下二)。[4]

ひぎしゃ【被疑者】(名)〔法〕嫌疑犯；☆被疑者を取り調べる／審訊嫌疑犯。[2]

ひきづな【引綱】(名)①拉纜；②練繩[0]

ひきず(づ)りこ・む【引き摺り込む】(他五)拉進來(去)，曳入；☆一室に引き摺り込んでリンチを加える／拉進一個屋子裏加以私刑。[3]

ひきずりだ・す【引き摺り出す】(他五)拉出去(來)，曳出；☆引き摺り出して殴り付ける／拉出去痛毆。[3]

ひきずりまわ・す【引き摺り回す】(他五)①到處拉，這裏那裏地拉；②領…到處走；☆お上(のぼり)さんを東京中引き摺り回す／領着郷下人在東京到處遊逛。[4]

ひきず・る【引き摺る】(他五)①拖，曳；☆(疲れて)足を引き摺る／(累得)曳足而行；②拖拉；☆長い裾(すそ)を引き摺る／拖曳長的衣襟；③強行拉去(來)，硬拉；☆泥棒を交番へ引き摺る／把小偸拉到派出所去；④拖長，拖延；☆仕事を引き摺る／拖延工作。[0]

ひきだし【引出・抽出(し)】(名)①〔ひきだす〕的名詞形；②抽出，提出；☆預金の引出し／提取存款；③抽屜；☆机の引出しにノートを入れる／把筆記本放到桌子抽屜裏；☆引出しをあける／拉出抽屜。[0]

ひきだ・す【引き出す】(他五)①拉出，曳出；抽出；引出；☆押入れから布団を引き出す／從壁櫥拉出被褥；☆繭から糸を引き出す／由繭抽絲；☆引出しを引き出す／拉出抽屜；☆話を引き出す／引出話題；②提出，提取；☆預金を引き出す／提取存款。[3]

ひきた・つ【引き立つ】(自五)(相形之下)顯眼；☆まわりの赤で緑色が引き立つ／由於周圍的紅色，綠色很顯眼；☆髪にリボンをつけると一段とひき立つ／頭髮一繫上髮帶就格外好看。[3]

ひきたて【引立】(名)①〔ひきたてる〕的名詞形；②提拔，關照，眷顧；☆引立を蒙る／承蒙照顧；☆上司の引立で出世する／由於上司的提拔而高升；～やく【引立て役】(名)①襯托(的人、物)；☆醜女(しこめ)は美人の引立て役／有醜女在旁襯托，美女顯得更美；②照料者；☆お嫁さんの引立て役／女儐相。[0]

ひきた・てる【引き立てる】(他下一)①提拔，照顧，關垂，眷顧；☆後進(こうしん)を引き立てる／提拔後進的人；☆引き立てて貰った恩人(おんじん)／承蒙照顧的恩人；②鼓勵；☆気を引き立てる／鼓勵，給…打氣；③使顯眼，使顯得…好看；☆掛け軸が部屋を引き立てている／掛畫點綴得屋子好看；④強行拉走；☆罪人を引き立てる／把犯人拉走；⑤關閉(拉門)；☆戸を引き立てる／關上拉門；因ひきたつ(下二)。[0]

ひきちゃ【碾茶】(名)茶葉末。[0]

ひきつぎ【引継(ぎ)】(名)①〔ひきつぐ〕的名詞形；②交卸，交接，交代；☆事務の引継を済ませる／辦完事務的交代。[0]

ひきつ・ぐ【引き継ぐ】（他五）（把事務等由前任者手中）接續來，接辦，繼承；☆仕事を引き継ぐ／把工作接過來；☆遺産を引き継ぐ／繼承遺産。③

ひきつけ【引付け】（名）①〔ひきつける〕的詞形②（陣發性的）痙攣；☆ひきつけを起こす／痙攣發作。⓪

*ひきつ・ける【引き付ける】Ⅰ（自下一）（小兒）痙攣發作，搐搦，抽筋；☆この子はよく引きつける／這個孩子時常抽筋；Ⅱ（他下一）①吸引，引誘，誘惑；☆磁石（じゃく）が釘を引きつける／磁石吸釘；☆引き付ける力／吸引力，誘惑力；☆人を引きつける／吸引人，誘惑人，奪人心目；②拉到近旁；☆車を戸口まで引きつける／把車拉到門口。図ひきつく（下二）。④

ひきつづき【引続き】（副）①繼續；☆引続き開会する／繼續開會；②連續；☆三回引続き／連續三次。⓪

ひきつづ・く【引続く】（自他五）①連續，接連不斷；☆引続く雨天／連日下雨；②繼續；☆これに引続いて講演がある／這個完了以後接着有講演。④

ひきつり【引攣】（名）①（燙傷等的）傷疤；☆火傷（やけど）のあとが引攣になる／燙傷後結成傷疤；②痙攣，抽筋；☆足に引攣を起こす／腿抽筋。⓪

ひきつ・る【引き攣る】（自五）痙攣發作，抽筋；☆足が引きつる／腿抽筋。③

ひきつ・れる【引き連れる】（他下一）領，帶領；☆子供を引き連れてピクニックに出かける／帶領孩子出去郊遊。図ひきつれる（下二）。④

ひきつ・れる【引き攣れる】（自下一）抽筋（＝ひきつる）。④

ひきて【引手】（名）（拉門、拉窗等上的）拉手（＝ノッブ）。⓪

ひきて【弾手】（名）（三絃、提琴、箏等的）彈奏者；☆曲もよいし、弾手もうまい／曲子也好，彈的也好。⓪

ひきでもの【引出物】（名）（宴客時）主人贈給客人的贈品。⓪

ひきど【引戸】（名）拉門；☆引戸を引き立てる／關上拉門。②⓪

ひきと・める【引き止める】（他下一）①留，挽留；☆客を引き止める／挽留客人；②制止，使…作罷；☆進入を引き止める／制止進內。図きとむ（下二）。④

*ひきと・る【引き取る】Ⅰ（自五）（由某處）退出，離去；☆一先（ひとま）ず引き取って考え直す／暫時回去重新考慮一下；Ⅱ（他五）①領取，領回；☆駅からトランクを引き取る／由車站取回皮箱；☆死体を引き取る／領屍；②領來照顧；☆子を引き取る／把孩子領來加以照顧；◇息を引き取る／嚥氣，死。③

ひきにく【挽肉】（名）〔烹飪〕絞碎的肉⓪

ひきにげ【轢き逃げ】（名・自サ）撞人而逃；～うんてんしゅ【轢き逃げ運転手】（名）撞人而逃之司機。⓪

ひきぬき【引抜（き）】（名）①〔ひきぬく〕的名詞形；②拔出，選拔；拉拔過來；☆大根の引抜き／拔蘿蔔；☆選手の引抜き／抽拔選手；把選手拉過來。⓪

ひきぬ・く【引き抜く】（他五）①拔出；☆大根を引き抜く／拔蘿蔔；②選拔；☆成績のよいものを引き抜いて留学させる／選拔成績好的派去留學；③拉攏過來；☆他社から映画女優を引き抜く／把別的電影公司的女演員拉攏過來。③

ひきのばし【引延（伸）し】（名・他サ）①〔ひきのばす〕的名詞形；②延長，拖延；☆会期の引伸し／延長會期；☆引伸し戦術に出る／採取拖拉戰術；③放大；☆写真の引伸し／放大照片；④放大的照片；☆これはライカの引伸しだ／這是由萊卡原版放大的照片。⓪

*ひき・のばす【引き延（伸）ばす】（他五）①拉長；☆文章を引き伸ばす／把文章寫長；②稀釋；☆糊（のり）を引き伸ばす／稀釋蝶糊；③〔照像〕放大；☆写真を引き伸ばす／照像放大④拖長，拖延，拖拉☆期日（きじつ）を引き伸ばす／延期④

ひきはが・す【引き剥がす】（他五）撕下，剝下；☆木の皮を引き剥がす／剝下樹皮；☆貼り紙を引き剥がす／把糊的紙張撕下來。④

ひきはな・す【引き離す】（他五）①拉開，使疏遠；☆二人の仲を引き離す／使兩人疏遠，離間二人；②（把後邊的人）拉下（很遠）；☆二着（にちゃく）を十メートル引き離して悠々と勝つ／把跑第二的拉下十公尺綽綽有餘地獲勝。④

ひきはら・う【引き払う】（他五）（由某處）遷出，搬走；☆名古屋を引き払って上京する／從名古屋搬到東京去住；☆家を引き払ってアパートに住む／騰出房屋

搬到公寓去住。④

ひきふね【引舟・引船】（名）拖船；☆巨
船が引舟に曳かれて波止場（はとば）に横
付けになる／大船被拖船拖到碼頭靠岸⓪

ひきまく【引幕】（名）〔劇〕（向左、右
拉的）幕；☆舞台に引幕をつける／舞臺
扯上拉幕。⓪

ひきまわし【引回し・引廻し】（名）①〔
ひきまわす〕的名詞；②指導；☆お引回
しを願います／請惠指導；③〔文〕（江
戸時代）（犯人問斬以前的）遊街。⓪

ひきまわ・す【引き回す】（他五）①領着
到處走（遊逛）；☆上京した親を東京中
（とうきょうじゅう）引き回す／領着來
京的父母遊逛東京各處；②（周圍）圍
上（帷幕等）；☆幕を引き回す／周圍上
帷幕；③指導，教導；☆十分引き回して
やれ／好好指導指導；④〔古〕（牽拉犯
人）遊街（然後問斬）。④

ひきもきらず【引きも切らず】（連語・副）
接連不斷，絡繹不絕☆客が引きも切らず
詰めかける／客人絡繹不絕地到來②－①

ひきもど・す【引き戻す】（他五）①拉回
；☆ボートを綱で引き戻す／用繩把小艇
拉回來；②領回，☆親戚から子を引き
戻す／從親戚那裏把孩子接回來（自己扶
養）。④

ひきもの【引物】（名）＝ひきでもの。⓪

ひきゃく【飛脚】（名）①使者，信使；☆飛
脚を立てる／派遣使者；②〔江戸時代〕
以郵遞信件、轉運貨物為業者。⓪

ひきゅう【飛球】（名）〔棒球〕高飛球⓪

びきょ【美挙】（名）可嘉的行為；☆小学
生の美挙を表彰する／表揚小學生的可嘉
行為。①

ひきょう【比況】（名）〔語法〕比況，比
較（用「ごとし」「ようだ」表示）⓪

*ひきょう【卑怯】（形動ダ）①懦弱，懦怯
；☆卑怯な男／懦怯的人；②卑鄙（無恥）
；☆卑怯なまねはよせ／不要做卑鄙無恥
的勾當；☆卑怯にも人を騙す／竟然卑鄙
無恥地騙人；～もの【卑怯者】（名）懦
怯的人；卑鄙的人。②

ひきょう【秘境】（名）〔文〕秘境；☆ヒ
マラヤの秘境を探る／探尋馬拉雅山的秘
境。⓪

ひきょう【悲況】（名）〔文〕悲慘狀況⓪

ひきょう【悲境】（名）〔文〕逆境，拂意
環境；☆悲境にあっても挫（くじ）けな

い／處逆境而不沮喪。⓪

ひぎょう【罷業】（名）罷工（＝ストライ
キ）；☆各地で罷業が起こる／各地發生
罷工。①⓪

*ひきわけ【引分】（名）①〔ひきわける〕
的名詞形；②平局，☆一対一の引分／一
對一的平局；☆引分になる／平局。⓪

ひきわ・ける【引き分ける】（他下一）①
拉開，排解；☆喧嘩を引き分ける／拉開
打架的人；②（比賽）平局，不分勝負；
☆日没（にちぼつ）のため引き分けた／
因為天黑沒分勝負就中止了；囡ひきわく
（下二）。④

ひきわたし【引渡し】（名）①〔ひきわた
す〕的名詞形；②交給，提交，交還；☆
引渡しを要求する／要求交還；☆罪人の
引渡し／引渡犯人。⓪

ひきわた・す【引き渡す】（他五）①引渡
（犯人）；☆人質（ひとじち）を引き渡
す／引渡人質；②交給，提交，交還；☆
落し物を落し主に引き渡す／把遺失物交
還失主；☆店を債権者に引き渡す／把鋪
子讓給債權人；③拉上；☆軒に針金を引
き渡す／房簷拉上鐵絲。④

ひきん【卑近】（名・形動ダ）淺近；☆卑
近な例を挙げる／舉個淺近例子；☆卑近
な言葉でいえば／用淺近的話說來。⓪

ひきんぞく【卑金属】（名）〔化〕卑金屬②

ひきんぞく【非金属（元素）】
（名）〔化〕非金屬（元素）⓪

*ひ・く【引く】（他五）①拉，曳，引；☆
綱を引く／拉繩；☆袖を引く／拉衣袖（
促使注意）；☆弓を引く／拉弓；反抗；
②引誘，招惹；☆人目（ひとめ）を引く
服装／惹人注目的服裝；☆客を引く／引
誘顧客，攬客；③查（字典等）；☆字引
（じびき）を引く／查字典；④抽（籤等）
；☆籤（くじ）を引く／抽籤；⑤引用；
☆格言（かくげん）を引く／引用格言；
☆例を引く／引例；⑥減去，扣除；☆五
から二を引く／由五減去二；☆家賃（や
ちん）を引く／扣除房租；⑦減（價）；
☆値段（ねだん）を引く／減價；☆五円
引きなさい／減價五元吧；☆一銭も引け
ない／一文也不能減；⑧（向前）拉，牽
☆車を引く／拉車；馬を引く／牽馬
；⑨領，拉（手）；☆手に手を引く／手
拉着手；☆子供の手を引く／拉孩子的手
；⑩掩，搭拉；曳（足）；☆裾を引く／

搭拉衣襟；☆びっこを引く／一瘸一瘸地走；⑪拖長，(拉絲等)；☆蜘蛛(くも)が糸(いと)を引く／蜘蛛拉絲；☆幕を引く／把幕拉上；☆声を引く／拉長聲；⑫塗上一層／床に油を塗る／地板上塗一層油；☆薬を引く／塗藥；⑬畫線；描繪；☆線を引く／畫線；☆眉を引く／描眉；☆図を引く／繪圖；⑭安設，安裝(電話、自來水等)；☆電話を引く／安裝電話；☆水道を引く／安設自來水⑮撤去；☆手を引く／撤手，不再染指(干預)；☆身を引く／不再參與；⑯拔出；☆大根を引く／拔蘿蔔；⑰(悄悄)拖走，偸去；☆ネズミが野菜を引く／老鼠把菜拖胞；⑱吸入；☆息を引く／抽氣；⑲提拔；☆身内(みうち)の者を引く／提拔親屬；◇風邪を引く／傷風，感冒；気を引く／引誘；刺探心意；血を引く／繼承血統；尾を引く／留下痕跡；不絕如縷；あとを引く／①(對好吃、好看的東西)吃不够看不够；②没完沒了。

ひ・く【退く】(自五)①退；☆あとへ退く／往後退；②辭去；☆役を退く／退職，退休；☆舞台を退く／退出舞臺生活；③減退；☆潮が引く／落潮；☆川の水が引いた／河水落下去了；☆腫れが引いた／腫消了。⓪

ひ・く【挽く】(他五)①拉(鋸)鋸；☆鋸で板を挽く／用鋸鋸木板；☆轆轤鉋(ろくろがな)で挽く／用鏇床鏇；⑧(向前)拉，挽；☆車を挽く／拉車⓪

ひ・く【弾く】(他五)彈，彈奏；☆バイオリンを弾く／拉提琴；☆ピアノを弾く／彈鋼琴。⓪

ひ・く【碾く】(他五)磨碎；☆臼で豆を碾く／用磨磨碎豆子。⓪

ひ・く【轢く】(他五)軋，壓；☆自動車が人を轢いた／汽車壓了人。⓪

び・く【魚籠】(名)魚籃。①

び・く【比丘】(名)〔佛〕比丘；～に【比丘尼】(名)比丘尼。①

*ひく・い【低い】(形)①低的，矮的；☆背が低い／身材矮小；☆温度が低い／温度低；☆低い声／低聲；②低賤的，低賤的；☆身分が低い／身分低賤；◇腰が低い／謙恭，和藹；図ひくし(形ク)②

ひくさ【低さ】(名)低；度。②

ひくいどり【火食鳥】(名)〔動〕食火鶏②

*ひくつ【卑屈】(名・形動ダ)卑鄙，卑屈

，沒志氣，沒出息；☆卑屈な根性／奴隸根性；☆卑屈な態度／不志氣的態度。⓪

びくつ・く(自五)害怕，膽顫心驚；☆これくらいのことでびくつくな／不要爲這麼一點小事害怕。⓪

ひくて【引手】(名)①拉攏的人，引誘者；②求婚者；☆引手あまたの娘／求婚者很多的姑娘。⓪

ピクニック【picnic】(名・自サ)郊遊；☆一家揃ってピクニックに出かける／全家出去郊遊。①③

ひくひく(副・自サ)微動，抽動；☆鼻をひくひくさせて、においを嗅ぐ／抽動鼻子聞味；☆手足をひくひく動かす／微動手足。②

びくびく(副・自サ)①害怕，提心吊膽，畏首畏尾，膽前顧後；(嚇得)發抖；☆恐しさにびくびくする／嚇得哆哆嗦嗦；☆始終びくびくしながら暮らす／經常提心吊膽地度日；②哆嗦；☆体をびくびく振わす／哆哆嗦嗦地顫動身體。①

ぴくぴく(副・自サ)微動，抽動；☆鼻をぴくぴくさせる／抽動鼻子；☆耳をぴくぴく(と)動かす／微動耳朵。②

ひぐま【羆】(名)〔動〕羆，赤熊。⓪

ひくま・る【低まる】(自五)變低，低下，降低(＝ひくくなる)；☆音が低まった／聲音變低了。③

ひくみ【低み】(名)低處，低的部分。③

ひく・める【低める】(他下一)使低，降低；☆温度を低める／降低温度。③

ひぐらし【日暮し】(副)〔文〕終日(＝ひねもす)。⓪

ひぐらし【蜩】(名)〔動〕茅蜩(一種蟬)⓪

びくり(副)震驚貌，驚動貌；☆物音にびくりとする／被響聲嚇一跳。②③

ぴくり(副)微動貌，抽動貌；哆嗦一下☆筋肉がぴくりとする／肌肉抽筋一下②③

ピクルス【pickle】(名)〔烹飪〕(鹽漬後用糖、醋等漬的西式)泡菜。①

*ひぐれ【日暮れ】(名)黃昏，☆日暮れになる／日暮，傍晚。⓪

びくん【微醺】(名)〔文〕微醉；☆微醺を帯びて帰宅する／微醺而歸。⓪

ひけ【引け】(名)①遜色，見細；☆誰にも引けを取らぬ／不落於任何人後，和誰都比得來；☆引けを取る／相形見絀，有遜色，落於人後，比不上。⓪

*ひげ【髭】(名)①鬍鬚；☆髭を剃(そ)

る／剃鬍子，刮臉；☆髭がのびる／鬍子
長長；☆鬚をのばす／留鬍子；②（動物
的）鬣；☆猫の髭／貓鬍子。0

ひげ【卑下】（名・自サ）自卑，過分的謙
虛；☆必要以上に卑下する／過分自卑 1

ピケ（名）←ピケット。2

ピケ【法 piqué】（名）燈芯絨，凸紋布 2

ひげき【悲劇】（名）悲劇；☆悲劇を得意
とする俳優／擅長悲劇的演員；☆父子生
き離れの悲劇／父子生別的悲劇；～てき
【悲劇的】（形動ダ）悲劇（性）的；☆
彼の最期は悲劇的だった／他死得很惨

ひけぎわ【引け際・退け際】（名）①臨完
；☆引け際が大切だ／臨完時要緊；②臨
下班；☆退け際に、客がどやどやと来た
／臨下班時來了一幫客人。0

ひけし【火消】（名）①把火弄滅，熄火；
救火，消防；②火事の火消を手伝う／幫
助救火；②救火者，消防員；～ぐみ【火
消組】（名）〔古〕消防組；～つぼ【火
消壼】（名）悶火罐。3 2

ひけそうば【引相場】（名）〔經〕（交易
所的）收盤。　3

ひけつ【否決】（名・他サ）否決；☆不信
任案を否決する／否決（反對黨的）不信
任提案；～かけつ（可決）。0

ひけつ【秘訣】（名）秘訣（＝おくのて）；
☆これには秘訣がある／這裏有個秘訣 0

ピケッティング【picketing】（名）（罷
工時）糾察，糾察隊。2

ピケット【picket・piquet】（名）（罷工
時的）糾察隊。2

ひげず（づ）ら【髭面】（名）〔俗〕長滿鬍子的
臉，髭面的男／大鬍子。0

ひけどき【引け時・退け時】（名）
下班時；☆退け時には電話がこむ／下班
時電話忙。0

ひけね【引け値】（名）〔經〕（交易所的）
收盤。0

ひけめ【引け目】（名）①短處，弱點；☆
引け目がある／有短處；②自卑感；☆仲
間に引け目を感ずる／在同仁中有自卑感
，覺得自己不如旁人。0

ひけらか・す（他五）〔俗〕顯示，炫耀；
☆知識をひけらかす／誇示學識；☆ダイ
ヤの指環をひけらかす／炫耀鑽石戒指 4

ひ・ける【引ける】（自下一）①下班；放
學，☆学校は三時に引ける／學校三點鐘
放學，②不好意思，拉不下臉；☆金を

惜りるのは気が引ける／不好意思張口借
錢。0

ひけん【比肩】（名・自サ）〔文〕倫比，匹
敵；☆比肩するものがない／無與倫比 0

ひけん【鄙見】（名）〔文〕愚見，拙見；
☆鄙見によると／據我看來。0

ひこ【曽孫】（名）曾孫（＝ひいまご）。0

ひご【籤】（名）（做燈籠等用的）竹籤 2

ひご【庇護】（名・他サ）庇護；☆庇護を
加える／加以庇護；☆弱小国を庇護する
／庇護弱小國家。1

ひご【卑語】（名）〔文〕下流話，粗野話
，俚言。1

ひご【蜚語】（名）流言蜚語；☆流言蜚語
に迷わされるな／不要聽信流言蜚語。1

ひごい【緋鯉】（名）〔動〕緋鯉。0

ひこう【非行】（名）〔文〕不正的行爲；
～しょうねん【非行少年】（名）犯罪的
少年。0

*ひこう【飛行】（名・自サ）飛行，航空；
☆大空を飛行する／在太空中飛行；～き
【飛行機】（名）飛機；～きぐも【飛行
機雲】（名）（飛機飛過時形成的）雲，
航跡雲；～し【飛行士】（名）航空士，飛
機駕駛員；～きじこ【飛行機事故】（名）
飛機失事；～じょう【飛行場】（名）（飛）
機場；～せん【飛行船】（名）飛艇；～
てい【飛行艇】（名）水上飛機。0

ひごう【非業】（名）〔佛〕不是前世業緣
；☆非業の最期（さいご）を遂げる／死
於非命。1

びこう【尾行】（名・自サ）尾隨，尾行；
☆刑事が尾行する／特務跟在後邊。0

びこう【備考】（名）備考；☆備考欄に書
き入れる／寫在備考欄內。0

びこう【微光】（名）〔文〕微光；☆微光
が漏れる／露出微光。0

びこう【鼻孔】（名）〔解〕鼻孔；☆鼻孔
が詰まる／鼻孔堵塞。0

びこう【鼻腔】（名）〔解〕鼻腔。0

ひこうしき【非公式】（名・形動ダ）非正
式，不公開；☆非正式の会見／非正式的
會見。2

ひごうほう【非合法】（名・形動ダ）不合
法，非法；☆非合法な手段／不合法的手
段。2

ひごうり【非合理】（名・形動ダ）不合道
理；☆そんな非合理な話ってないよ／那
也太不合理了。2

ひこく【被告】（名）〔法〕被告；☆被告
を呼び出す／傳喚被告。⓪

ひこくみん[非国民]（名）背叛祖國的人
；☆敵国のスパイとなって働く非国民／
當敵國間諜的叛徒。③②

ひこつ【腓骨】（名）〔解〕腓骨。①②

びこつ【尾骨】（名）〔解〕尾骨。①

びこつ【鼻骨】（名）〔解〕鼻骨。①

ピコット【picot】（名）（編織物的）環狀
突起，飾邊的小環。①

ひごと【日毎】（連語・名）每日；☆日毎
に丈夫（じょうぶ）になる／一天天地健
壯起來。①

ひこぼし【彦星】（名）牽牛星。②

ひごろ【日頃】（副・名）平素，素日；☆
日頃の夢／宿願，平素的希望；☆日頃
の恨み／宿怨；☆君に日頃注意したかっ
たのことだ／我平素提醒你的就是這點
。⓪

*ひざ【膝】（名）〔解〕膝；☆子を膝に載
せる／把孩子放在膝上；☆ズボンの膝／
褲子的膝蓋處；膝を打つ（忽然想起某
事或佩服某人等時）拍大腿，膝を屈（か
が）む／屈膝，屈服，膝を崩（くず）す
／舒服地坐，盤腿坐，膝を組む／盤腿坐
；膝を進める／坐着往前湊，膝を正（た
だ）す／正襟危坐，膝を交（まじ）える／促
膝（而談）。⓪

ビザ【visa】（名）（護照等的）簽證。①

ピザ【意pizza】（名）一種意大利酪餅①

ひさい【才・非才】（名）〔文〕沒有才
能，學識才淺；☆非才を顧みず引き受け
た／不顧才疏學淺而承擔過來了。②⓪

ひさい【被災】（名・自サ）遭受災害；～
しゃ【被災者】（名）災民；～ち【被災
地】（名）災區。⓪

*びさい【微細】（名・形動ダ）微細；☆微
細な点に注意する／注意微細之點。⓪

ひざおくり【膝送り】（名）（坐着的人們
爲了騰開地方）依次移動座位；☆膝送り
をして席をあける／依次移動騰開座位；
☆済みませんが、お膝送りを願います／
對不起，請往上升一升。③

ひざかけ【膝掛け】（名）（坐車等時的）
圍毯，包毯。④③

ひざがしら【膝頭】（名）膝蓋；☆転んで
膝頭を打った／跌倒把膝蓋碰破了。③⑤

ひさかたぶり【久方振り】（名）隔了好久
（＝ひさしぶり）；☆久方振りで故郷へ
帰る／好久也沒回故郷了，隔了好久纔回

故郷。⑥⓪

ひざかり【日盛り】（名）（一日中）陽光
最強時；☆この日盛りに帽子もかぶらず
にいる／太陽還麼大也不戴個帽子。④②

ひさご【瓠】（名）①〔植〕葫蘆；②葫蘆
（ひょうたん）。⓪

ひざこぞう【膝小僧】（名）膝蓋（＝ひざ
がしら）；☆膝小僧を出している／露着
膝蓋。③④

ひさし【庇・廂】（名）①房簷；②帽遮；
☆帽子の庇／帽遮；③（主房四周的）廂
房；◇廂を貸して母屋（おもや）を取ら
れる／租出廂房結果主房也被霸占，喧賓
奪主；恩將仇報。⓪

ひざし【日差し・陽射し】（名）陽光照射
；陽光；☆日差しが強い／陽光強，太陽
毒；☆窓が日差しを受けて輝く／窗戶被
陽光照得發亮。⓪

ひさし・い【久しい】（形）許久的，好久
的；☆久しく待つ／等待許久；☆久しい
間御無沙汰しました／久未通信。③

*ひさしぶり【久し振り】（名）（隔了）好
久，許久；☆久し振りで会う／好久沒見
面，隔了好久才見面；☆やあ、久し振り
ですね／啊呀，好久沒有的好天氣；☆久し振
好天気／好久也沒有的好天氣；☆久し振
りに酒を飲む／好久沒喝酒，隔了好久才
喝酒。⑤⓪

ひさず（づ）め【膝詰】（名）促膝☆膝詰で談
判する／面對面談判，當面要求。⓪

ひさびさ【久久】（名・副）（隔了）許久
，好久；☆久々の御無沙汰／久未通信（
問候）；☆久々に親に逢う／好久沒看見
父母隔了多年才看見父母。⓪②

ひざびょうし【膝拍子】（名）拍擊大腿打拍
子。③

ひざまくら【膝枕】（名）以旁人的大腿作
枕頭；☆子供が母の膝枕で寝込む／孩子
枕着母親的大腿睡着。③

ひざまず・く【跪く】（自五）跪下；☆仏
前に跪く／跪在佛前；☆跪いて懇願する
／跪下懇求。④

ひさめ【氷雨】（名）〔文〕霰，雹。⓪

ひざもと【膝元・膝下】（名）①身體近旁
；☆膝下にころがっているのに気がつか
ない／就在身體近旁就看不見；②膝下
；跟前；☆親の膝下を離れる／離開父母
膝下；③皇宮或幕府所在地；☆江戸は将
軍の膝下／江戸是將軍的所在地。⓪

ひさん【砒酸】（名）〔化〕砒酸；～えん，～なまり【砒酸鉛】（名）砒酸鉛。◎

ひさん【飛散】（名・自他サ）〔文〕飛散；☆粉があたりに飛散する／粉末向四周飛散。◎

*ひさん【悲惨・悲酸】（形動ダ）悲惨；☆悲惨な死を遂げる／死得悲惨；☆悲惨な光景／悲惨的光景。◎

ビザンチンしき【Byzantin 式】（名）拜占庭式。◎

ひし【菱】（名）〔植〕菱。◎

ひし【秘史】（名）〔文〕秘史；☆外交の秘史／外交秘史。◎

*ひじ【肘・肱】（名）①肘；☆肘を枕にする／曲肱為枕；②肘形物。②

ひし【秘事】（名）〔文〕秘密；☆人の秘事をあばく／揭發旁人的秘密。①

びじ【美辞】（名）〔文〕美言，巧言；～れいく【美辞麗句】（連語・名）〔文〕美麗辭句，花言巧語。①

ひじかけ【肘掛け】（名）①憑肘物；②（椅子的）扶手。④③

ひしがた【菱形】（名）菱形；☆菱形をした餅／菱形黏糕。◎

ひしき（名）〔植〕羊栖莱。①

ひし・ぐ【拉ぐ】Ⅰ（他五）①壓碎☆鬼をも拉ぐ勢い／不可當的氣勢；②挫敗；☆自満の鼻を拉ぐ／挫其傲氣；Ⅱ（下二）〔文〕→ひしげる。②

ひし・げる【拉げる】（自下一）①壓碎；☆拉げたマッチ箱／壓碎了的火柴盒；②（氣勢等）消弱下去。◎③

ひしつ【皮質】（名）〔解〕皮質；☆大脳（の）皮質／大腦皮質。①

ひじてつ【肘鉄】（名）→ひじでっぽう◎

ひじでっぽう【肘鉄砲】（名）①用肘撞人；嚴厲拒絕；☆肘鉄砲を食う／遭到嚴厲拒絕；☆肘鉄砲を食らわす／予以嚴厲拒絕。◎

ひしと【犇と】（副）①緊緊地；☆犇と抱きしめる／緊緊地摟抱；②深刻地；☆先生のお言葉が犇と身にこたえる／老師的話深刻地印入腦海。①

ビジネス【business】（名）①事務，工作；②商業；買賣；～センター【business centre】（名）商業中心；～マン【business man】（名）①生意人；實業家；②事務家，事務員。①

ひしひし【犇犇】（副）①緊緊地；☆ひし

ひしと詰め寄る／緊緊地擠在一起；②深刻地；☆犇々（と）身にこたえる／深刻地得到感受，深深地入入腦海；③（車等的輾軋聲）吱嘎；☆汽車が犇々と鳴る／火車吱吱嘎嘎地響。①②

びしびし（副）嚴厲，不容分說；☆びしびし叱る／嚴加申斥；☆びしびし（と）鍛える／嚴厲訓練。①

びしびし（名・副）①嚴厲，不容分說；☆びしびし（と）仕込む／嚴厲訓練；②（鞭打聲）啪嚓；☆鞭でびしびし打つ／用鞭啪嚓啪嚓地抽打。①②

ひじまくら【肘枕】（名・自サ）曲肱為枕；☆肱枕で昼寝する／曲肱為枕睡午覺③

ひしめ・く【犇めく】（自五）①（板等）吱嘎吱嘎音；☆重みで板が犇めく／板子壓得吱嘎吱嘎響；②擁擠；☆見物人が犇めく／觀衆擁擠。③

ひしもち【菱餅】（偶人節的）菱形黏糕②

ひしゃ【飛車】（名）〔將棋〕飛車（類似我國相棋的車）。◎

ひしゃく【柄杓】（名）柄杓；☆柄杓で湯を汲む／用柄杓舀熱水。◎

びじゃく【微弱】（名・形動ダ）微弱，微小；☆微弱な反応（はんのう）／微弱的反應。◎

ひしゃ・げる（自下一）壓碎，壓癟，壓扁；☆ひしゃげた帽子／壓癟的帽子。◎

ひしゃたい【被写体】（名）〔文〕拍照的景物。②

びしゃもん（てん）【毘沙門（天）】（名）〔佛〕毘沙門天王（四天王之一）。③

ぴしゃり（副）①砰然；☆不機嫌そうに戸をぴしゃりと締める／很不高興似地砰然關上門；②（掌擊聲）啪嚓；☆ぴしゃりと叩く／啪嚓打一巴掌；③（瞧不起對方的）威嚇、倨傲的口吻；☆ぴしゃりときめつける／正顏厲色地申斥一頓，嚴加指摘。②③

びしゅ【美酒】（名）〔文〕美酒。①

ひじゅう【比重】（名）〔理〕比重；☆銅の比重を測る／測定銅的比重；☆国防費の比重が大きい／國防費比例大。◎

びしゅう【美醜】（名）美醜，妍媸。◎

ひじゅつ【秘術】（名）秘訣；☆秘術を伝える／傳授秘訣。①

*びじゅつ【美術】（名）美術；☆奈良時代の美術／奈良時代的美術；～ひん【美術品】（名）美術品。①

ひじゅん【批准】（名・他サ）〔法〕（條約的）批准；☆講和条約を批准する／批准する／批准和平條約；☆政府の批准を待つ／等待政府批准。②

ひしょ【秘書】（名）〔文〕①祕書；大臣（だいじん）の秘書／大臣的秘書；②秘蔵的書籍；☆展示会に秘書を公開する／在展覽會上展出祕蔵珍本。②

ひしょ【避暑】（名・自サ）避暑；☆軽井沢（かるいざわ）へ避暑に行く／到輕井澤避暑去。

びじょ【美女】（名）〔文〕美人；☆絶世（ぜっせい）の美女／絕代美人。①

ひしょう【飛翔】（名・自サ）〔文〕飛翔 ⓪

*ひじょう【非常】（名・形動ダ）①緊急，緊迫；☆非常の場合／緊急情況；☆非常（の時）に備える／以備萬一；②非常，很，極，特別；☆非常な暑さ／非常炎熱；~ぐち【非常口】（名）太平門；~じ【非常時】（名）非常時，緊急時，危殆時；發生事變時；~しゅだん【非常手段】（名）非常手段；暴力；☆非常手段に訴える／採用暴力；~せん【非常線】（名）（火災、逮捕犯人等時的）戒嚴線，警戒線；~に【非常に】（副）非常，特別；☆非常に高い／非常高，非常貴；~ばしご，~かいだん【非常梯子，非常階段】（名）安全梯。⓪

ひじょう【非情】（名・形動ダ）無情；木石。⓪①

びしょう【美称】（名）〔文〕美稱。⓪

びしょう【微小】（形動ダ）〔文〕微小；☆微小な生物／微小的生物。⓪

びしょう【微少】（形動ダ）〔文〕微少，僅少；☆微少な金額／微少的款額。⓪

びしょう【微笑】（名・自サ）微笑；☆微笑を浮かべる／面泛微笑；☆こちらを向いて微笑する／面向這邊微笑。⓪

びじょう【尾錠】（名）（皮帶、鞋等上用以勒緊的）卡子，扣子；☆靴の尾錠をかける／扣上鞋扣。⓪

*ひじょうしき【非常識】（名・形動ダ）沒有常識，不合乎常理；☆非常識なことを言う／說沒有常識的話。

びしょうねん【美少年】（名）美少年；紅顔の美少年／紅顔的美少年。②

びしょく【美食】（名・自サ）美食，講究飲食；☆美食を好む／愛吃好東西；☆美食して胃をこわす／吃好東西而傷胃①⓪

びしょぬれ【びしょ濡れ】（名）濕透，濡濕；☆夕立に逢ってびしょ濡れになる／遇上陣雨而濕透；☆びしょ濡れの着物／濕淋淋的衣服。①

びしょびしょ（副）①（雨）連綿；☆連日雨がびしょびしょ降る／霪雨連綿；②濕透；☆汗でびしょびしょになる／被汗濕透；☆びしょびしょに濡れる／濕透。①

ビジョン【vision】（名）美景，展望。①

ひじり【聖】（名）〔文〕①天子；②聖人；③高僧；④（學識、技術）卓越者；☆歌の聖とたたえられる／被稱爲詩聖；⑤仙人。

びしん【微震】（名）〔地〕（靜止的人所能感到的）微弱地震。⓪

びじん【美人】（名）美人。①

ヒス（名）〔俗〕歇斯底里（＝ヒステリー）①

ひすい【翡翠】（名）〔文〕①〔動〕翡翠；②翡翠。②⓪

ひづけ【日付】（名）（文件等上的）年月日，日期；☆日付を書き込む／寫上年月日；☆五月一日の日付の手紙／五月一日的信。⓪

ビスケット【biscuit】（名）餅乾。③

ビスコース【viscose】（名）〔化〕黏液絲（人造絲的原料）。③

ヒスタミン【histamine】（名）〔醫〕組胺。③⓪

ヒステリー【德 Hysterie】（名）歇斯底里☆ヒステリーを起こす／癔病發作③④

ヒステリック【hysteric】（形動ダ）歇斯底里的，癔病的；☆ヒステリックな女／患歇斯底里的女人，癔病態的女人。④

*ピストル【pistol】（名）手槍；☆ピストルをつきつける／操起手槍（威脅）。⓪

ピストン【piston】（名）〔機〕活塞。①

*ひずみ【歪み】（名）①（ひずむ）的名詞形；②斜，歪，翹；☆歪みができた／歪斜了，翹曲了。

ひずむ【歪む】（自五）歪斜，翹曲；☆板が歪む／木板翹曲。⓪②

ひづめ【蹄】（名）蹄☆牛は蹄が二つに分かれている／牛蹄子分成兩片；☆蹄の音が聞こえる／聽見馬蹄聲。⓪①

ひする【比する】（他サ）〔文〕比較；☆他に比して見劣りする／相形見絀；図ひす（サ）。②

ひする【秘する】（他サ）隱秘；☆名を秘して明かさない／不說出姓名；図ひす

（サ）。②

びせい【美声】（名）美麗聲音；☆歌手の美声に聞き惚（ほ）れる／聽唱家的美麗聲音聽得心曠神怡。⓪

びせいぶつ【微生物】（名）〔生物〕微生物。⓪

ひせき【砥石】（名）〔礦〕信石。②

ひせき【碑石】（名）〔文〕①碑石；②石碑。⓪②

びせき（ぶん）【微積（分）】（名）〔數〕微積分。③

ひぜめ【火攻】（名）火攻（＝やきうち）③

ひぜめ【火責】（名）施火刑拷問。③

ひせん【卑賤】（名・形動ダ）〔文〕卑賤，下賤；☆卑賤の身／卑賤身分。⓪

ひせんとういん【非戦闘員】（名）〔軍〕非戦闘人員。④

ひせんろん【非戦論】（名）反戦論；☆非戦論を唱える／主張反對戦爭。②

ひそ【砒素】（名）〔化〕砷。①②

ひそう【皮相】（名・形動ダ）①表面，浮面；☆物事の皮相のみ見てはいけない／不可只看事物的表面；②膚淺；☆皮相な見解／膚淺的見解。⓪

ひそう【悲壮】（名・形動ダ）悲壯，壯烈；☆悲壮な決心／悲壯的決心，☆悲壮な最期（さいご）を遂げる／死得壯烈。⓪

ひそう【悲愴】（名・形動ダ）〔文〕悲慘，悲愴。⓪

ひぞう【秘蔵】（名・他サ）①秘藏，珍藏；☆名画を秘蔵する／秘藏名畫；☆秘蔵の書物／珍藏的書籍；②嬌養，珍愛；☆秘蔵の娘／嬌生慣養的女兒；☆秘蔵の弟子（でし）／心愛的弟子；**～っこ**【秘蔵っ子】（名）珍愛的兒子（學生等）；☆彼は教授の秘蔵っ子だ／他是教授最得意的學生。⓪

ひぞう【脾臓】（名）〔解〕脾。⓪

***ひそか**【密か】（形動ダ）秘密，暗中，偷偷，悄悄；☆密かな足音（あしおと）／悄悄的脚步聲；**～に**【密かに】（副）暗中；悄悄地；☆心中密かに喜ぶ／心中暗喜；☆密かに忍び込む／偷偷溜進來。②

ひぞく【卑俗】（形動ダ）卑俗，下流；☆卑俗な言葉／下流的話。⓪

ひぞく【匪賊】（名）土匪，強盗；☆匪賊に襲われる／遭受土匪搶劫。①

ひそひそ（副）偷偷，悄悄，暗中；☆ひそひそと話をする／悄悄私語；☆蔭でひそ

ひそ計画を立てる／暗中悄悄進行計劃；**～ばなし**【ひそひそ話】（名）私語，悄悄話。②

ひそま・る【潜まる】（自五）①隱藏起來（＝かくれる）；②肅靜起來（＝しずまる，ひっそりとなる）；③睡着（＝ねむる）。③

***ひそ・む**【潜む】（自五）①隱藏起來；☆じっと物蔭（ものかげ）に潜む／悄悄隱藏在暗處；②潜蔽；☆魚が水底に潜む／魚潜藏在水底下；☆潜んでいた意識が現われる／潜在的意識表現出來；☆事件の裏に犯罪が潜んでいる／事件的背後潜藏着罪行。⓪

ひそ・める【潜める】（他下一）①隱藏，潜藏；☆物蔭に身を潜める／把身子藏在暗處；☆内に潜めた力を現わす／表現出潜在力量；②消（聲）；☆声を潜める／消聲；☆なりを潜めてじっと見守る／悄悄地町視。③

ひそ・める【顰める】（他下一）皺（眉），蹙蹙；☆眉を顰める／皺眉。③

ひそやか【密やか】（形動ダ）①寂靜；☆密やかな真夜中（まよなか）の大通り／深夜寂靜的大街；②悄悄，偷偷；☆密やかに泣く／偷偷地哭。②

ひた─（接頭）表示只顧，一個勁地的意思；☆ひた走りに走る／／只顧跑，一個勁兒地跑；☆ひた謝りに謝る／一個勁兒地道歉。

ひだ【襞】（名）（衣服等的）褶，襞；☆襞をつける，襞を取る／加上衣褶，做出衣褶；☆山の襞／山襞。①

ひたい【額】（名）①額，天庭；☆額の広い人／前額寛的人；☆額に八の字を寄せる／皺眉；②〔文〕冠的前額部分；③（某些物體的）突出部分；◇**猫の額**〔喻〕非常狹小的地方；**額を集める**／集合大家在一起（商議）；**～ぎわ**【額際】（名）前額的髮際。⓪

ひだい【肥大】（名・自サ）〔文〕肥大；☆扁桃腺が肥大する／扁桃腺肥大。⓪

びたい【媚態】（名）〔文〕媚態；☆態媚を示す／現出媚態。⓪

びたいちもん【鐚一文】（名）一個禿大錢；☆お前なぞには鐚一文だってやらないよ／像你這樣的人我一文錢也不給。①－②

ひたおし【直押し】（名・他サ）一個勁地推；☆直押しに押す／一個勁地推；☆直

押しに攻める／一個勁地攻；☆直押しの一手で説服する／只是一個勁地勸說[0][4]

ひたごころ【直心】（名）〔文〕死心眼，一心一意。

*****ひた・す【浸す】**（他五）浸，泡；☆タオルを水に浸す／把毛巾浸在水裏。[2][0]

ひたすら【只管】（副）只顧，一味，一心一意地，一個勁地（＝いちずに）；☆たたすら弁解につとめる／一味地辯白☆ひたすらに勉強する／一個勁兒地用功[2][0]

ひたたれ【直垂】（名）〔文〕（方領帶胸釦的）一種武士禮服。[0]

ひだち【肥立】（名）①〔ひだつ〕的名詞形；②（嬰兒）長大；☆肥立の悪い子供／長得慢的孩子；③（產婦）康復，復元；☆產後（さんご）の肥立がよい／產後體力恢復得很快。[0]

ひたと（副）①緊緊地，沒有間隙，☆ひたと寄り添う／緊緊貼靠；②突然，☆ひたと止まる／突然停止。[2]

ひだね【火種】（名）火種；☆火種をつくる／留火種；☆火種をもらう／（向人）乞火種。[2][1]

ひたばしり【ひた走り】（名・自サ）只顧跑，一個勁跑；☆あとをも見ずにひた走りする／頭也不回一個勁跑；☆ひた走りに走る／一個勁跑。[0]

ひたひた（副）①（水）剛剛浸沒過來的樣子；☆米がひたひたになる位水を入れる／使水剛剛浸過米來；②（水）淺貌；☆浅くてひたひただ／（水）浅得很；③水拍擊貌；☆水が船べりをひたひた叩く／水嘩啦啦地拍擊船邊；④（漸漸）迫近；☆大軍がひたひたと押し寄せる／大軍漸漸地迫近。[2]

ひたぶる（形動ダ）〔文〕＝ひたすら。[0]

ひだま【火玉】（名）①火團，☆熔鉱炉から火玉が飛ぶ／由熔鐵爐飛出火團；②燐火；鬼火。[3]

ひだまり【日溜り】（名）向陽處，有陽光處；☆日溜りで縫物（ぬいもの）をする／在向陽處縫衣。[0][4]

ビタミン【vitamin】（名）〔醫〕維他命，維生素；☆蜜柑はビタミンCに富む／橘子含維生素C很多；**～ざい【vitamin剤】**（名）維他命藥。[0]

ひたむき【直向】（形動ダ）只顧，專心，一心一意；☆ひたむきな勉強を続ける／一心一意地繼續用功；☆山頂目がけて、

ひたむきに突き進む／指向山頭一個勁地往上爬。[0]

ひだら【乾鱈】（名）乾鱈。[1]

*****ひだり【左】**（名）①左邊，左面；☆左へ曲がる／往左拐彎☆君の左にある机／你左邊的桌子；☆左向け──左〔口令〕向左轉！②左手；☆左で投げる／用左手投；☆左が利く／左手好使；③喝酒（的人）；☆あなたは左ですか／你好喝酒嗎？☆左がきく／能喝酒；④左派，左翼；☆左に傾く／～うちわ【左団扇】（名）①左手使扇子；②安閒度日，不勞而食；**～がき【左書き】**（名）由左向右寫字；**～がわ【左側】**（名）左側，左邊；**～きき【左利】**（名）①左手好使；☆左利の人／左手好使的人，左撇子；②好喝酒的人；☆彼は左利だ／他好喝酒；**～ぎっちょ**（＝左きき）（名）左手好使的人，左撇子；**～て【左手】**（名）①左手；②左邊；☆左手にある建物／左邊的房屋；**～まえ【左前】**（名）①衣襟向左扣；☆左前に着る／衣服衣襟向左扣着（普通向右扣）；②（家運）衰落，倒霉；（運敗）；（生活）困難起來；☆どうもこのごろ左前でね／近來有點倒霉呢；☆あの家はますます左前だ／那家越來越衰落了；☆身代（しんだい）が左前になる／財產一天天地減少；**～まき【左巻（き）】**（名）①向左撚（捲）；②（俗）性情古怪（彆扭）的人；☆あいつは少々左巻だ／那個傢伙有點古怪（彆扭）；**～むき【左向】**（名）①向左；②衰弱，倒霉。[0]

ぴたり（副）①突然停止貌；☆機械がぴたりと止まった／機器突然停下了；②緊緊地，緊貼；☆戸をぴたりと締める／緊緊關上門；③恰合；☆計算がぴたりと合う／算得正對（一點不錯）；☆予言がぴたりと適中（てきちゅう）する／預言恰恰說中。[2][3]

*****ひた・る【浸る】**（自五）浸（在水裏），浸濕；☆畑が水に浸っている／田被水泡着，☆毎日酒に浸っている／每天喝大酒。[0]

ひたん【悲嘆・悲歎】（名・自サ）悲嘆；☆悲嘆にくれる／日夜悲嘆。[0]

びだん【美談】（名）美談；美談として伝えられる／傳為美談。[1]

びだんし【美男子】（名）美男子。[2]

ピチカート【意 pizzicato】（名）〔樂〕

撥奏。①

ぴちぴち（副・自サ）①活蹦亂跳；☆網に
かかった魚がぴちぴち（と）はねる／落
網的魚活蹦亂跳；②活潑，朝氣勃勃；☆
ぴちぴちと元氣よく遊ぶ子供／玩得很活
潑的孩子；☆ぴちぴちと張り切った体／
十分健壯的身軀。②①

ぴちゃぴちゃ（副・自サ）①濕透；☆服が
雨でぴちゃぴちゃになる／衣服被雨淋透
；②飛濺（泥，水），（在水，泥中）咕
嚕咕嚕（走）；☆ぴちゃぴちゃと泥水（
どろみず）をはねかえす／迸濺泥水；☆
長靴（ながぐつ）で雨の中をぴちゃぴち
ゃ（と）やって来る／穿着長靴冒着雨咕
嚕咕嚕地走來。①

ぴちゃぴちゃ（副・自サ）①（在泥，水中
行走聲）咕嚕咕嚕；☆雨降りの道をぴち
ゃぴちゃ（と）歩く／在泥濘的道上咕嚕
咕嚕走；②（水拍擊聲）嘩啦嘩啦；☆
波が舟ばたをぴちゃぴちゃと叩く／浪嘩
啦嘩啦地拍擊船幫；③（掌擊聲）吧嘰；
☆顔をぴちゃぴちゃとたたく／吧嘰吧嘰地
打嘴巴子；④（吃喝時的聲音）巴嗒巴嗒
；☆猫が牛乳をぴちゃぴちゃなめる／猫
巴嗒巴嗒地舔牛奶。②

ひちゅう【秘中】（名）；☆秘中の秘／極
秘，特別秘密。⓪

ひちりき【篳篥】（名）篳篥。②⓪

ひっ─【引っ】（接頭）〔俗〕冠於動詞，
加強語氣；☆ひっ掻く／搔；☆ひっつか
まえる／抓住。

ひつ【櫃】（名）①櫃，箱；②飯桶；☆ご
飯をお櫃に移す／把飯盛到飯桶裏。⓪

ひつう【悲痛】（形動ダ）悲痛；☆悲痛な
声／悲痛的聲。⓪②

ひっか【筆禍】（名）〔文〕筆禍；☆筆禍
を招く／招筆禍。①⓪

ひっかかり【引っ掛かり】（名）①關係；
☆ほんの少し引っ掛かりがある／略微有點
關係；☆引っ掛かりをつくる／拉關係；②
掛住的地方。⓪

ひっかか・る【引っ掛かる】（自五）①掛
上，掛住，剐上；☆凧（たこ）が木の枝
に引っ掛かる／風箏掛在樹枝上；☆着物
が釘に引っ掛かって破れた／衣服掛到釘
子上剐破了；②牽連，連累；☆厄介な事
に引っ掛かった／被麻煩事牽連上了；③
受騙；☆計略に引っ掛かる／中計，上
當。④

ひっかきまわ・す【引っ掻き回す】（他五）
①弄亂，翻亂；☆机の中を引っ掻き回す
／把桌子裏頭翻亂；②攪亂；☆一人で社
内を引っ掻き回す／一個人把公司内攪得
一塌糊塗。③⓪

ひっか・く【引っ掻く】（他五）搔，撓；
☆痒（かゆ）い所を引っ掻く／搔癢處；
☆猫に引っ掻かれた／被猫撓了。③

ひっかく【筆画】（名）〔文〕筆畫。⓪

ひっか・ける【引っ掛ける】（他下一）①
掛上，掛起來；☆服を釘に引っ掛ける／
把衣服掛在釘子上；②披上；☆外套を引
っ掛けて出かける／披上大衣出門；③欺
騙；☆女を引っ掛ける／騙女人；④（大
口）喝（酒）；☆酒を一杯引っ掛ける／
喝一杯酒；⑤鈎，釣；☆釣針で引っ掛け
る／用釣鈎釣；⑥（往某人身上）濺（水）
；吐（唾沫）；☆唾（つば）を引っ掛け
る／（往某人身上）吐唾沫；☆水を引っ
掛ける／（往某人身上）濺，濺水。④

ひっか・ぶ・る【引っ被る】（他五）（猛然）
蓋上；☆布団を引っ被って寝てしまう／
蓋上被就睡着。④

ひっき【筆記】（名・他サ）筆記；寫筆記
；☆講義を筆記する／聽講筆記。⓪

ひつき【火付】（名）引火；☆この炭は火
付がよい／這個炭一引就着；☆火付が悪
い／引火不易。③

ひつぎ【柩】（名）棺，柩；☆死体を柩に
納める／入殮；☆柩を運ぶ／運靈。②⓪

ひつぎ【日嗣】（名）〔文〕皇位；～のみ
こ【日嗣御子】（名）〔古〕皇太子。⓪

*ひっきりなしに【引切無しに】（副）接連
不斷地；☆引切り無しにしゃべる／不住
嘴地說。⑤

ビッグ【big】（造語）重大，重要；～ニュ
ース【big news】（名）重要消息。

ピックアップ【pick-up】（名・他サ）①
拾起；②選拔；③拾音器。①④

*びっくり【吃驚】（名・自サ）吃驚，嚇了
一跳；☆値（ね）を聞いてびっくりした
／一聽價錢嚇了一跳；～ぎょうてん【吃
驚仰天】（連語・名・自サ）大吃一驚；
☆吃驚仰天して口もきけない／大吃一驚
話都說不出來，嚇得目瞪口呆。③

ひっくりかえ・す【引っ繰り返す】（他五）
①弄倒；☆インキ壺をひっくり返す／把
墨水瓶弄倒；②使裏朝面，翻過來；☆カ
ードをひっくり返す／把牌子翻過來；③

使顛倒過來，推翻；☆負けていた試合を最後にひっくり返す／把已經輸了的比賽最後轉敗過來，最後轉敗爲勝；☆前回の決定をひっくり返す／推翻上次的決定[5]

ひっくりかえ・る【引っ繰り返る】(自五)①倒下，翻過來；☆コップがひっくり返った／玻璃杯倒了；☆舟が引っ繰り返った／船翻了；☆天地もひっくり返るような騒ぎ／鬧得天翻地覆(的騷亂)；②顛倒過來；☆形勢がひっくり返った／形勢轉變過來了。[5]

ひっくる・める【引っ括める】(他下一)包括在內；☆雑費(ざっぴ)まで引っ括めて五十円／包括雜費在內五十元；☆引っ括めて言えば／總括說來。[5]

ひつけ【火付】(名)放火(的人)，點火(的人)；☆火付をする／放火，點火；**～やく**【火付役】(名)點火者，肇事人；☆騒動の火付役／騷動的肇事人。[3]

***ひづけ**【日付】(名)日期。[0]

ひっけい【必携】(名)〔文〕必携；☆必携の品／必需携帶的東西。[0]

ピッケル【德Pickel】(名)登山用的鎬[1]

びっこ【跛】(名)①瘸子(=ちんば)；☆跛を引く／瘸，瘸着走，一瘸一點地走；②不成對，不成雙；☆靴が跛でおかしい／(鞋不成一雙)一隻鞋一個樣眞可笑；☆片方が一つこわれて跛になる／(成對的東西)壞了一個，不成對了。[1]

ひっこし【引越し】(名)搬家；遷居；☆引越しを手伝う／幫忙搬家；**～ぐるま**【引越し車】(名)搬家車，排子車；**～さき**【引越し先】(名)遷往處；新搬的住址；**～そば**【引越し蕎麦】(名)搬家後送給左右街坊的蕎麥條。[0]

ひっこ・す【引っ越す】(他五)搬家，遷居；☆郊外へ引っ越す／搬到郊外去住[3]

ひっこ・ぬく【引っこ抜く】(他五)=ひきぬく。[4]

ひっこみ【引(っ)込み】(名)①〔ひっこむ〕的名詞形；②撤回；☆どちらにも引込みがつかなくなる／欲罷不能，下不了臺；③〔劇〕(演員)退場，下場；**～がち**【引っ込み勝ち】(形動ダ)①常待在家裏，不常外出；☆病気で引っ込みがちだ／因爲有病常在家裏待着；②有些退縮(消極)；☆引っ込みがちで意見を言わない／有些消極不愛發表意見；☆引っ込みがちな人／畏首畏尾的人；**～じあん**【引

っ込み思案】(名)畏首畏尾，畏縮，保守，因循，消極；**～せん**【引込線】(名)(鐵路的)專用線；(電線的)室內線[0]

ひっこ・む【引っ込む】Ⅰ(自五)(不外出)退居(家中等)；(不出頭)退縮；隱退；☆家に引っ込んで本を読む／待在家裏看書；☆出しゃばらずにひっこんでいろ／別出風頭往後退一退！；縮入，凹入，塌陷；☆海岸線が引っ込んでいる／海岸線凹入着；☆痩せて目が引っ込んでいる／瘦得眼睛塌陷了；☆この家は道路から引っ込んでいる／這所房子距路邊縮進一些；③畏縮；Ⅱ(他五)①拉入；②拉攏；☆仲間に引っ込む／(把某人)拉入伙內；③(把電線、鐵路等)引入；☆鉄道を工場まで引っ込む／把鐵路線鋪到工廠裏。[3]

***ひっこ・める**【引っ込める】(他下一)①縮入，縮回；☆亀が頭を引っ込める／龜縮回頭；②抽回，撤回；☆意見を引っ込める／撤回意見；☆手を引っ込める／撤手；☆出した以上は引っ込める訳には行かない／既然提出就不能再撤回來；因ひっこむ(下二)。[4]

ピッコロ【意piccolo】(名)〔樂〕短笛[1]

ひっさ・げる【引っ提げる】(他下一)①提，携帶；②率領；☆手下(てした)数人を提げて現われた／領着幾名部下來了；③提出；☆賃銀値上げの要求を引っ提げて会社と衝所(せっしょう)する／提出提高工資的要求來和公司談判；因ひっさぐ(下二)。[4]

ひっさん【筆算】(名・他サ)①寫算；②筆算；☆次の問題を筆算せよ／筆算下列問題。[0]

***ひっし**【必死】(名)①必死；②殊死，拼命；☆必死の覚悟／殊死的決心；☆必死になって働く／拼命幹；**～に**【必死に】(副)殊死地，拼命地。[0][1]

ひっし【必至】(名)必至，一定到來；☆内閣の瓦解は必至だ／內閣一定要垮臺；☆解散は必至の情勢だ／看情形一定要解散。[0]

ひっし【筆紙】(名)〔文〕筆紙，筆墨；☆筆紙に尽し難い／筆墨難以形容；磬竹難書。[1][0]

ひつじ【未】(名)①(地支之一)未；②未時(午後二時)；**～ぐさ**【未草】(名)〔植〕睡蓮；**～さる**【未申・坤】(名)

〔文〕西南。⓪

*ひつじ【羊】（名）〔動〕羊，綿羊。⓪

ひっしゃ【筆写】（名・他サ）筆寫，抄寫；☆本を借りて筆写する／借書來抄寫。

ひっしゃ【筆者】（名）筆者，作者；書寫者；☆この文の筆者は女性である／這篇文章的作者是女性。①

ひっしゅ【必須】（名）〔文〕＝ひっす。

ひつじゅひん【必需品】（名）必需品。⓪

ひっしゅう【必修】（名・他サ）必修；☆必修の科目／必修科目。⓪

ひっしょう【必勝】（名）必勝；☆必勝を誓う／誓必勝。⓪

ひつじょう【必定】（名・副）〔文〕必定，一定；☆失敗は必定だ／一定失敗。

びっしょり（副）濕透；☆雨で服がびっしょりになった／衣服被雨濕透；☆びっしょり（と）汗をかく／汗流浹背。③

ひっす【必須】（名）〔文〕必須，必需；☆必須の条件／必須的條件。⓪

ひっせき【筆跡・筆蹟】（名）筆跡；☆筆跡を鑑定する／鑑定筆跡。⓪

ひつぜつ【筆舌】（名）〔文〕筆墨和言詞；☆筆舌の及ぶ所ではない／非筆墨言詞所能形容。⓪

*ひつぜん【必然】（名）〔文〕必然；☆必然の勢い／必然的趨勢；～せい【必然性】（名）必然性；～てき【必然的】（形動ダ）〔文〕必然的；☆必然的に次の結果が生ずる／必然產生如下的結果。⓪

ひっそり（副・自サ）寂靜，鴉雀無聲；☆あたりはひっそりと静まり返っている／四周鴉雀無聲地靜寂；☆子供が学校へ行って家の中がひっそりする／孩子上學了，家中靜悄悄的。③

ひったく・る【引っ手繰る】（他五）強奪，奪取；☆金を引っ手繰る／搶錢；☆帽子を引っ手繰って逃げた／搶了帽子就跑了。④

ひった・つ【引っ立つ】（自五）＝ひきたつ。③

ひった・てる【引っ立てる】（他下一）帶領；☆犯人を引っ立てる／押解犯人。

*ぴったり（副・自サ）①緊，緊密；☆ぴったり寄り添う／緊緊靠在一起；☆紙をぴったり（と）貼り付ける／把紙緊緊地黏上；②恰，正；☆ぴったり合う上着（うわぎ）／正合適的上衣；☆ぴったりあて

はまった語／正合適的詞；☆ぴったり言い当てた／正說中了。③

ひつだん【筆談】（名・自サ）筆談；☆啞の人と筆談する／和啞巴筆談。⓪

ひっち【筆致】（名）筆法，筆錄；☆軽妙な筆致／輕妙的筆錄。⓪

ピッチ【pitch】（名）①（船的）前後顛簸，縱搖；②〔棒球〕投球；③〔賽艇〕（划槳的）速度；☆早いピッチで漕ぐ／快划；④（作業的）效率；☆ピッチを上げる／加油；⑤〔樂〕音調，音律；⑥〔地〕傾斜度；⑦〔機〕螺距，齒節；⑧〔化〕瀝青；～ブレンド【pitchblende】（名）〔礦〕瀝青鈾礦。①

ヒッチハイク【hitch hike】（名・自サ）搭便車（做旅行）。④

ピッチャー【pitcher】（名）〔棒球〕投手。①

ひっちゅう【必中】（名・自サ）必中；☆予言が必中する／預言一定命中。⓪

ひっちゅう【筆誅】（名・他サ）筆誅；☆筆誅を加える／加以筆誅。⓪

ピッチング【pitching】（名・自サ）①（船）前後顛簸，縱搖；↔ローリング；②〔棒球〕投球。①⓪

ひっつか・む【引っ摑む】（用力，猛然）抓住；☆首筋を引掴む／抓住脖頸。④

ひっつ・く【引っ付く】（自五）黏住；☆歯にチューインガムが引っ付いた／口香糖黏到牙上了。③

ひっつ・ける【引っ付ける】（他下一）①黏上，貼上；☆糊（のり）で引っ付ける／用漿糊黏上；☆体を壁に引っ付ける／把身子貼到牆上；②拉到（身邊）；引誘；勾搭。④

ひっつめ【引詰】（名）垂髻。⓪

ひってき【匹敵】（名・自サ）匹敵，比得上；☆彼に匹敵するものはいない／沒有比得上他的；☆昔の一円は今の百円に匹敵する／（日本）過去的一元等於現在的一百円。⓪

ヒット【hit】（名・自サ）①打，打撃；②〔棒球〕安全打；☆センター前にヒットする／把球打到中衞前面；③大成功；☆今度の映画はヒットした／這次電影大大成功；～・エンド・ラン【hit and run】（名）〔棒球〕打球跑壘（打球者和跑壘者預先約好下次一打球立刻跑壘）。①③

ひっとう【筆頭】（名・自サ）①筆尖；②（排列姓名時）寫在前頭，第一名；☆筆頭に彼の名がしるしてある／他的名字列在第一名；☆彼は反対派の筆頭だ／他是反對派的頭目；③首席。⓪

ひつどく【必読】（名・他サ）必讀；☆必読の書／必讀的書。⓪

ひっとら・える【引っ捕らえる】（他下一）抓住，逮住；☆スリを引っ捕らえる／逮住扒手。⑤

ひっぱが・す【引っ剥がす】（他五）（用力）撕下，剥下。④

ひっぱく【逼迫】（名・自サ）緊迫，困窘；☆財政が逼迫する／財政困窘；☆生活が逼迫する／生活困難。⓪

ひっぱ・ぐ【引っ剥ぐ】（他五）〔俗〕撕下。③

ひっぱた・く（他五）打，揍；☆平手（ひらて）で顔をひっぱたく／批頰，打嘴巴子。④

ひっぱりだこ【引張凧】（名）①各方面互相爭搶；②（各方面互相爭搶的）受歡迎的人或物；☆人気（にんき）があって方々から引張凧の人／因有人緣被各方面互相爭搶的紅人。⑤

ひっぱ・る【引っ張る】（他五）①拉上，☆ゴールにテープを引っ張る／在終點線上拉上裁判線；☆境界の所に綱を引っ張る／邊界拉上繩子；②（用力）拉，曳；☆袖を引っ張る／拉衣袖；☆ぐいと引っ張る／使勁拉；③（不容分說）拉走；☆物も言わさずに引っ張って来る／不容分說就拉來；☆警察に引っ張って行く／揪到派出所去；④拉攏，拉進來；☆仲間に引っ張る／拉入伙中；⑤拖拉，拖延，拉長；☆語尾（ごび）を長く引っ張る／拉長詞尾；☆勘定（かんじょう）を引っ張る／拖拉欠款不付。③

ひっぽう【筆法】（名）①筆法，運筆；☆筆法を習う／練習運筆；②說法，做法，辦法；☆その筆法で行こう／就那麼辦（說）吧。⓪

ひつぼく【筆墨】（名）〔文〕筆墨。⓪

ひつめい【筆名】（名）筆名（＝ペンネーム）。⓪

ひつめつ【必滅】（名・他サ）〔文〕必定滅亡。⓪

＊ひつよう【必要】（名・形動ダ）必需，必要；☆必要な道具／必需的用具；☆鉛筆を必要とする／需要鉛筆；☆何も話す必要はない／沒有說什麼的必要；☆急ぐ必要がある／必須加快。⓪

ひつりょく【筆力】（名）筆力，筆勢。②

ひてい【否定】（名・他サ）否定；☆噂（うわさ）を否定する／否定謠傳，闢謠。⓪

びていこつ【尾骶骨】（名）〔解〕尾骨。②

ビデオ【video】（名）錄影機；閉路電視。①

びてきかんかく【美的感覚】（形動ダ）辨別美的能力。④

ひでり【日照り】（名）旱，乾旱；☆日照りが続いて田の水がなくなった／久旱不雨田裏的水乾了。⓪

ひでん【秘伝】（名）秘傳；☆秘伝の妙薬／秘方的靈藥。⓪

びてん【美点】（名）長處，優點；☆人の美点を学ぶ／學習旁人的長處。⓪

びでん【美田】（名）〔文〕肥沃田地。⓪

ひでんか【妃殿下】（名）皇族妃子的敬稱。②

ひと─【一─】（接頭）①表示一次、一下子、略一等義；☆一晩（ひとばん）／一晩上；☆一筆（ひとふで）で書いて下さい／請給寫一下；☆一目（ひとめ）見ただけで気に入る／一眼就看中了；②表示某一不確定的時期等；☆一頃（ひところ）／有個時期。

＊ひと【人】（名）①人類，人；☆人は火を使う動物である／人類是用火的動物；②一般人，旁人，他人；☆人の言うことを聞く／聽旁人話；☆人が何と言うだろう／旁人會怎麼說呢？☆人の口には戸が立てられぬ／人口堵不住；☆人もあろうに君がそんなことを言うとは／旁人還可，你總不該說那種話；☆人を馬鹿にする／愚弄人，欺騙人；☆人を人とも思わぬ／不拿人當人，驕傲；③人品；☆人が悪い／人品壞；④適當的人，有用的人，人才，人手；⑤成人，大人；☆叔父の手許で人となる／在叔父跟前長大；⑥〔法〕自然人；⑦丈夫；☆うちの人／我的丈夫；⑧意中人，愛人；☆いい人／心上人；☆人の噂（うわさ）も七十五日／傳說只是一陣風，說過就完；☆人の褌（ふんどし）で相撲（すもう）を取る／利用旁人東西謀求自己利益；☆人の瘡気（せんき）を頭痛に病む／自尋苦惱；☆人のふり見て我がふり直せ／借鏡他人矯正自己；☆人に

は添うてみよ馬には乗ってみよ／路遙知
馬力,日久見人心／**人は一代名は末代**／
人生一代名垂千古／**人を食う**／愚弄人,
目中無人。◯②

ひとあし【一足】（名）①一步;☆一足後
へ下がれ／往後退一步！／一足お先に失
礼します／我先走一步／☆一足違いで,
汽車に乗り遅れる／差一步没有趕上火車
／②極近;☆そこまではほんの一足です
／那裏離此不遠。②

ひとあし【人足】（名）來往的行人;☆通
りの人足が繁（しげ）くなる／街道上來
往行人多起來／☆まだ人足がまばらだ／
來往行人還很稀少。◯

ひとあせ【一汗】（名）出一身汗;☆体操
して一汗かく／做操出一身汗。②

ひとあたり【人当たり】（名）對待人的態
度;☆彼は人当たりが柔かい／他對人和
藹;☆人当たりがよい／對人態度好③⑤

ひとあめ【一雨】（名）下一次雨;☆一雨
毎に涼しくなる／一番（秋）雨一番涼;
◇**一雨ありそうだ**／空氣非常緊張,似乎
要有一場波瀾。②

ひとあれ【一荒】（名）①一場暴風雨;☆
この雲行きでは一荒ありそうだ／看這種
雲彩滾動情形似要來一場暴風雨；②〔
轉〕（因心情不快等）大鬧一場,一場波
瀾;☆彼の顔つきでは,今晩一荒ありそ
うだ／看他那種神情今天晚上似要大鬧一
場。②

ひとあわ【一泡】（名）;☆**一泡吹かせる**
／使人大喫一驚,把人嚇一跳。②

ひとあんしん【一安心】（名・自サ）姑且
放心;☆子供が大学にはいって,一安心
した／孩子進了大學暫且放了心。②③

***ひど・い【酷い】**（形）①殘酷的,無情的
,暴亂的,不講理的;☆何とひどい人だ
ろう／他有多麼殘酷（不講理）;☆酷い
ことをする人／不講理的人;☆それはあ
まり酷い／那太殘酷（不講理）了;②厲
害的,激烈的,嚴重的;☆酷い目に逢わ
せる／給（你）個厲害看;☆酷い暑さ／
酷暑;☆酷く叱る／嚴厲申斥;☆蚊が酷
くてやり切れない／蚊子太厲害受不了;
☆酷い病気にかかった／得了重病;☆彼
は酷いけちんぼうだ／他是個極端的吝嗇
鬼;図ひどし（形ク）;**～さ**（名）。②

ひといき【一息】（名）①一口氣;☆一息
に飲み込む／一口喝進去;☆一息に仕上

げる／一口氣做完;②歇一口氣;☆ほっ
と一息つく／歇一口氣,休息一會兒;③
一點努力,一把勁;☆**もう一息だ**／只差
一把勁;☆今一息のところだ／再加一把
勁做完了／功虧一簣。②

ひといきれ【人いきれ】（名）（因人多）
悶熱;☆電車の中は、人いきれでむっと
ている／電車裏人擠得悶熱。③

ひといちばい【人一倍】（名）比旁人加倍
;☆人一倍勉強する／比旁人加倍用功,
分外用功;☆人一倍の努力／比旁人加倍
努力,特別努力;☆人一倍気が弱い／比
旁人懦弱得多,特別懦弱。◯

ひといろ【一色】（名）①一個顔色;☆黒
一色で描く／用黑色一種顔色描繪;②一
種,一樣;☆昼食のおかずは卵一色だ／
午餐的荣抵鷄蛋一種。②

ひどう【非道】（名・形動ダ）不講道理（
情義）殘忍,殘暴;☆非道な仕打ち／殘
忍的幹法;☆極悪（ごくあく）非道な人
／獸不講理的的人;凶狠殘暴的人。①

びとう【尾灯】（名）（汽車、火車等的）
尾燈（＝テールライト）。◯

びどう【微動】（名・自サ）〔文〕微動,
略為搖搖;☆微動だもしない／一絲兒也
不動,毫不動搖;滿不在乎。◯

ひとうけ【人受け】（名）人緣;☆人受け
がよい／人緣好。◯

ひとうち【一打】（名・自サ）打一下,一
擊;☆一打で倒す／一下子打倒。②

ひとえ【一重】（名）①一重,一層;☆紙
一重の差／一紙之差,毫厘之差;☆壁一
重を隔てるだけだ／只隔一層牆; ②〔
植〕（花瓣）單瓣;☆一重の桜／單瓣的
櫻花。②

ひとえ【単】（名）〔縫紉〕單衣;☆こん
なに寒いのに単を着ている／這麼冷却穿
着單衣／**～もの【単物】**（名）單衣。②

ひとえに【偏に】（副）①專心,誠心誠意
;☆先日の失礼を偏にお詫び申し上げま
す／對前幾天的冒昧衷心表示遺憾;☆こ
の事につき御配慮のほど偏にお願い申し
上げます／關於這件事深望多多費心;②
完全（＝まったく、ひたすら）;☆これ
は偏に君たちの努力によるものだ／這完
全是你們努力的結果。②

ひとおじ【人怖】（名・自サ）（小孩等）
怕人;☆この子は人怖して困ります／這

個孩子怕人，誕生。◯

ひとおと【人音】（名）人聲；脚步聲。◯

ひとおもいに【一思いに】（副）一狠心，一咬牙；☆一思いにはね起きる／一咬牙跳起來；☆いっそ一思いに死んでしまいたい／莫如一狠心死了就得啦。②

ひとかい【人買】（名）販賣人口者，人販子；☆人買にさらわれる／被人販子拐跑。◯②

ひとがき【人垣】（名）（圍繞的）一羣人◯

ひとかげ【人影】（名）①人影；☆障子に映る人影／照在紙拉窗上的人影；②人；☆通りに全然人影がない／街道上連個人影也沒有。◯③

ひとかたならず【一方ならず】（連）非常，格外；☆彼の話には一方ならず驚かされた／聽到他的話大吃一驚；☆一方ならずお世話になりました／蒙您格外關照；☆一方ならず心配する／特別擔心。⑤

ひとかたまり【一塊】（名）一塊；☆一塊の肉／一塊肉。②③

ひとかど【一角・一廉】（名）①相當好，了不起，滿好；☆一廉の人物（じんぶつ）／了不起的人物；☆一廉の功績をあげる／樹立相當的功績；☆彼は自分で一廉の者と思っている／他自以爲很了不起；②一份，某些，相當；☆一廉の身代（しんだい）／一份財產，相當的財產；☆これが一廉のお役に立てば幸いです／這若能對你有一些用處，就再好沒有了。②◯

*****ひとがら【人柄】**（名）①人品，品格，品質；☆人柄がいい／人品好；☆人柄が悪い／品質惡劣；②人品好，好人；☆叔父さんは、お人柄ですね／伯伯眞是個大好人！◯

ひとかわ【一皮】（名）①一張皮；②（膚淺、虛僞的）表面；☆善人づらはしているが一皮剝（む）けば悪人だ／表面裝着大好人，骨子裏是個壞蛋。②

ひとぎき【人聞き】（名）名聲，傳聞；☆人聞きが悪い／名聲不好。◯

ひとぎらい【人嫌い】（名）嫌惡人，不愛見人。③

ひときり【一切】（名）①一段，一切／一段戲；②一時；☆彼も一切は盛んなものであった／他也曾得意一時。②

ひときれ【一切れ】（名）一塊，一片；☆パン一切れ／一片麵包。②

ひときわ【一際】（副）（比其他）高出一

等，格外；更進一步；☆中でも一際高い山／其中格外高的一座山；☆一際美しく見える／顯得格外好看；☆一際努力する必要がある／須要更進一步地努力。②

びとく【美徳】（名）美德。◯①

ひとくいじんしゅ【人食い人種】（名）嗜食人肉的種族。⑤

ひとくくり【一括り】（名）一捆；☆一括りにする／捆成一把。②

ひとくさり【一齣】（名）一段；☆落語の一齣を語る／說一段相聲。②

ひとくせ【一癖】（名）①一樣毛病；②（令人覺得有些）特別；☆一癖ある顔つき／相貌有些特別，不平常；☆一癖ありげな様子／有些特別的樣子。②

ひとくち【一口】（名）①一口，一點兒；☆一口に食う／一口喫下；☆一口食べた／吃了一口；☆ほんの一口いただきます／我祇吃（喝）一點（就行）；②一言，一句話；☆一口に言えばこうだ／簡單說來是這樣；☆一口も言わずに／一言不發地；☆一口に言い尽せない／一言難盡；☆一口にそうは言えない／不能那樣一概而論；③一段，一份；☆株に一口はいる／入上一股；一口乗ろう／我也算上一份；我也認上一股；**〜ばなし【一口話】**（名）簡短的笑話（故事）。②

ひとくろう【一苦労】（名）費一些力氣②③

ひとけ【人気】（名）人的聲息；☆全く人気のない寂しい道／一個人影也沒有的冷清的道路。◯

ひどけい【日時計】（名）日晷。②

ひとごえ【人声】（名）人聲，說話聲；☆小さい人声／很低的說話聲；☆ひそひそと人声がする／有喊喊喳喳的說話聲；☆がやがやいう人声／吵吵嚷嚷的聲音。◯

ひとごこち【人心地】（名）（活着、蘇醒過來的）心情；☆人心地がつく／甦醒過來；☆あまりの恐しさに人心地もなかった／（當時）嚇得要死。③⑤

ひとごころ【人心】（名）①人心；☆変り易きは人心／人心易變；②人情；◊人心がつく／甦醒過來。③

ひとこと【一言】（名）一言，一句話；☆一言も言わない／一言不發；☆一言言ってもらいたい／請讓我說一句話；☆一言で言えば／一言以蔽之。②

ひとごと【人事】（名）旁人的事；☆まるで人事のように言う／說得就像事不關己

似的；☆君は笑っているが人事ではない
のだぞ／你笑，要知道這可不是旁人的事
情呀。⓪

ひとこま【一齣】（名）一個場面；☆映画
の一齣／電影的一個鏡頭。②

ひとごみ【人込（み）】（名）（雑沓的）人
羣，人山人海；☆お祭で大変な人込みだ
／因爲是節日人山人海；☆人込みを押し
分けて歩く／在人羣裏擠着走；人込みに
紛れ込む／擠進人羣裏。⓪

ひところ【一頃】（名）曾有一時；☆彼は
一頃大阪に住んでいた／他曾在大阪住過
一個時期；☆一頃繁昌（はんじょう）し
ていた／曾繁盛一時。②

ひとごろし【人殺し】（名・自サ）①殺人
，行兇；殺人案；☆人殺しの犯人／殺人
犯；②殺人犯，兇手；☆彼は人殺しだ／
他是殺人犯。⑤⓪

ひとさし【一差・一指】（名）〔舞蹈〕一
回；〔將棋〕一局；☆一差舞って下さい
／請舞一回（日本舞蹈）。②

ひとさしゆび【人差指】（名）食指。④

ひとざと【人里】（名）村落，村莊；☆人
里遠く離れた家／離開村莊很遠的房屋⓪

ひとさま【人様】（名）〔敬稱〕旁人；☆
そんなことをすると人様に笑われますよ
／做那種事要被旁人耻笑；☆人様の物に
手をつけるな／不要動旁人的東西。②

ひとさわがせ【人騒がせ】Ⅰ（名）驚擾旁
人；☆とんだ人騒がせをして相済みませ
ん／驚擾大家實在對不起；Ⅱ（形動ダ）
驚擾旁人；☆人騒がせなことをする／做
無謂的紛擾。③

*ひとし・い【等しい】（形）相等的，相同
的，一樣的；☆長さを等しくする／使長
度相等；☆泥棒に等しい行い／等於竊盗
的行為。③

ひとしお【一入】Ⅰ（名）浸染一次；Ⅱ（
副）更加一層，格外（＝ひときわ）；☆
今一入の努力が必要だ／需要更進一步的
努力；☆末子だけに、一入かわいい／
因爲是小兒子所以更加喜愛；☆雨の中
の紅葉は一入美しい／雨中看紅葉越發美
麗。②

ひとしお【一塩】（名）〔烹飪〕撒上一層
鹽，鹽醃；☆一塩の鮭／鹽醃的鮭魚。②

ひとしきり【一頻り】（副）一陣；☆雨が
一頻り降った／下了一陣雨；☆一頻り盛
んだったが、すぐ衰えた／曾繁盛一陣，
但不久便衰落下去了。②

ひとじち【人質】（名）人質；☆人質とし
て送る／送去作爲人質。⓪

ひとしれず【人知れず】（副）暗中，背地
；☆部屋の隅で人知れず泣く／在房屋的
一隅暗中哭泣；☆人知れず悩む／暗中苦
惱。⓪

ひとしれぬ【人知れぬ】（連語）旁人不知
☆人知れぬ苦労／旁人不知道的辛勞④⓪

ひとず（づ）かい【人使い】（名）使用人（的
方法）☆彼は人使いが実にあらい／他使
用人太粗暴。⓪

ひとずき【人好き】（名）受人喜歡；☆人
好きのする顔／招人喜愛的面龐。⓪

ひとず（づ）き【人付き】（名）①（同旁人的）交
往；②人緣；☆人付きがいい／人緣好。⓪

ひとず（づ）きあい【人付合】（名）（同旁人的
）交往；相處☆人付合がへただ／不會交
往，不會相處；☆人付合のよい人／會相
處的人。③

ひとすじ【一筋】（名）①（繩、道等）一
條，一條；☆一筋の繩／一條繩子；☆道が一筋
走っている／有一條道；②專心，一心一
意；☆一筋に思い込む／一心一意地想。②

～なわ【一筋繩】（名）①一條繩子；②
〔轉〕普通的辦法；☆彼は一筋繩では
かぬ男だ／他是個用普通辦法不能使他就
範的人，他是個非常奸詐不易對付的人②

ひとず（づ）て【人伝】（名）通過旁人，間接
☆君の様子は人伝に聞いていた／你的情
況間接聽到了。⓪

ひとず（づ）ま【人妻】（名）①旁人的妻②妻
，已婚女子；☆彼女は去年人妻となった
／她去年結婚了。⓪

ひとずれ【人擦れ】（名・自サ）（因接觸
人多而）喪失天眞，變成世故；☆人擦れ
がしている女／世故的女人；☆人擦れし
ない／天眞的。⓪

ひとそろい【一揃】（名）一套；☆茶の道
具一揃／一套茶具。②

ひとだかり【人だかり】（名・自サ）集聚
許多人，人山人海；☆事故現場は大変な
人だかりだ／事故現場圍很多人。③⓪

ひとだのみ【人頼み】（名）依賴旁人，依
靠旁人；☆人頼みでは駄目だ／依靠旁人
是不行的。⑤⓪

ひとたび【一度】（副）〔文〕①一次，一
回（＝いちど）；☆年に一度の事／一年
一次的事情；②如果，一旦（＝もしも）

；☆一度事が起こったらすぐ知らせてくれ／如果發生事故請馬上通知我。[2]

ひとだま【人魂】（名）鬼火，燐火；☆人魂が飛ぶ／燐火飛動。[0]

ひとたまり【一たまり】（名）支持一時；☆一たまりもない／一會兒也支持不了，馬上就垮；簡直不是對手；☆彼にかかっては僕など一たまりもない／若是碰上他像我這樣的簡直不是對手；☆一たまりもなく投げ飛ばされた／（一會兒也沒能支持）一下子就被摔倒了；☆家々は猛火に一たまりもなく焼け落ちた／許多房屋刹那間就被猛烈火燄燒塌了。[2]

ひとちがい【人違い】（名・他サ）①認錯人；☆人違いをして恥をかく／認錯了人弄得難為情；☆それは人違いであった／那是認錯了人；②變得認不出來。[3]

*　**ひとつ【一つ】** Ⅰ（名）①一個；☆蜜柑を一つ下さい／給我一個橘子；☆一つとして悪いものはない／沒有一個是壊的；②一歳；☆今年は一つだが年を越せば二つになる／今年一歳過了年就兩歳；③相同，一様；☆表紙（ひょうし）は違うが内容は一つだ／封面不同內容一様；☆一つことを何べんも言う／同様的事説多少遍；④一方面；☆また一つにはこういう理由もある／另一方面還有這麼一種理由；☆一つには家のため、一つには国のため／一方面爲家，一方面爲國；⑤接在體言下面，以加強其語氣；☆すべては君の決断一つにかかっている／一切都單看你的決心了；☆手紙一つ満足（まんぞく）に書けない／連一封信都寫不好；Ⅱ（副）稍微，一次；試一試（＝ちょっと、ためしに、では）；☆一つ話してみよう／試一試吧；☆一つやってみよう／試一試看看；☆それでは一つお願いします／那麼就拜託吧；Ⅲ（數）一個；☆一つ二つ三つ／一個，兩個，三個；☆一つ穴の狢（むじな）／一丘之狢；**～おぼえ【一つ覚え】**（名）（因愚蠢）只記住一件事；☆馬鹿（ばか）の一つ覚え／混蛋一條道跑到黑；**～かま【一つ釜】**（名）①一個鍋；②吃一個鍋的飯；**～ばなし【一つ話】**（名）①常説的得意話；☆老人の一つ話／老頭常説的得意話；②珍奇的話，奇談；☆それは今でも我々の間で一つ話になっている／那是至今我們還當奇談來説；**～ひとつ【一つ一つ】**（副）一一地，一

個一個地（＝いちいち）；☆一つ一つ丁寧に見直す／一一地重新細看；**～み【一つ身】**（名）（縫紉）一兩歳嬰兒的日本衣服；**～や【一つ家】**（名）（孤立的）一所房，孤門戸。[2]

ひとつがい【一番】（名）（鳥等雌雄）一對。[2]

ひとっこ【人っ子】（名）人；☆人っ子一人いない／連個人影也沒有。[0]

ひとつぶ【一粒】（名）一粒；☆一粒の麦／一粒麥子；**～だね【一粒種】**（名）獨子（＝ひとりご）。[2]

ひとつまみ【一撮】①一撮；②〔轉〕一小撮，極少。[2][3]

ひとで【人手】（名）①旁人（的手）；☆田畑を人手に渡す／把田地賣給旁人；☆人手にかかって死ぬ／被旁人殺死；②人工；☆これが人手に成ったものとは思えない／這不像人手做出來的；③幫手；☆人手を借りる／求個幫手；④（工作的）人手，人員；☆人手が足りない／人手不足。[0]

ひとで【人出】（名）來到戸外的人羣；☆日曜日はたいした人出だ／星期日街上人多得很；☆人出の多い海岸／（前來洗海水浴的）人很多的海岸。[0]

ひとで【海星】（名）〔動〕海盤車。[0]

ひとでなし【人で無し】（名・形動ダ）不是人，畜牲。[0][5]

*　**ひととおり【一通り】**（副・名）①大概，大略（＝あらまし、だいたい）；☆一通り話した／説了個大概；☆先方（せんぽう）の話も一通り聞かねばならない／對方的説法也需要聽一聽；②普通，一般；☆心配は一通りでない／非常擔心；☆一通りの学問／普通的學識；③一種，一套；☆方法は一通りしかない／方法只有一個；☆スキー用具を一通り揃える／備齊一套滑雪用具。[0]

ひとどおり【人通り】（名）來往行人；☆人通りの多い道／行人多的街道；☆夜になると人通りがなくなる／一到夜晚就沒有行人了。[0][5]

ひととき【一時】（名・副）①一時，暫時（＝しばらく）；☆一時の辛抱だ／（需要）忍耐一時；②有個時候（＝あるとき）；③〔古〕〔文〕一個時辰（＝兩小時）。[2]

ひととせ【一年】（名・副）〔文〕①一年

（＝いちねん）；②某年，曾有一年（＝
あるとし）。②

ひととなり【人となり】（名）①稟性，天
性（＝うまれつき）；☆彼の大胆さに驚
くのは，その人となりを知らないからだ
／對於他的膽子大感到吃驚是因為不知道
他的稟性；②為人；☆この事は彼の人と
なりを示している／這件事說明他的為人
（如何）。◎

ひとなか【人中】（名）衆人中間，人堆，
人前；☆人中に出るのが恥ずかしい／到
人前去感覺害臊。◎

ひとなだれ【人雪崩】（名）擁擠的人羣；
☆人雪崩で怪我人（けがにん）が出る／
因為人羣擁擠有人受了傷。③⑤

ひとなつっこ・い【人懐っこい】（形）不怕
生人的；和藹可親的（＝ひとなっこい）；
☆この子は大層人懐っこい／這個孩子一
點兒也不怕生人。⑥

ひとなぬか【一七日】（名）（死後）第七
日，首七。②③

ひとなみ【人並】（名）普通，平常；☆人
並の器量の女／容貌普通的女人；☆人並
はずれた体格／特別高大的體格；☆人並
に暮らす／過普通人的生活。◎

ひとなみ【人波】（名）潮水般的人羣，人
潮；☆群衆は人波打って進んだ／人羣潮
水似地向前湧進。◎

ひとな・れる【人馴れる】（自下一）①慣
於交際；②（動物）馴熟；圧ひとなる（
下二）。◎④

ひとねいり【一寝入り】（名・自サ）睡一覺
；☆夕食まで一寝入する／在晚飯前睡一
覺。②

ひとねむり【一眠り】（名・自サ）睡一覺
，盹睡一會兒；☆電車のなかで一眠りす
る／在電車裏打一個盹兒。②

ひとばしら【人柱】（名）（舊時架橋、築
堤等時做為犠牲埋在水底的）人。③⑤

ひとはしり【一走り】（名・自サ）跑一跑
，跑一趟；☆薬屋（くすりや）まで一走
りしてくれ／請往藥舖跑一趟；☆一走り
で行けるよ／一跑就到，不遠。②

ひとはた【一旗】（名）☆一旗揚げる／
興辦事業；振作起來幹一場。②

ひとはだ【一肌】（名）☆一肌脱ぐ／幫
一把勁；☆友達のために一肌脱いでやる
／助朋友一臂之力。②

ひとはだ【人膚・人肌】（名）人的肌膚，

體溫；☆人肌に触れる／觸及肌膚。◎

ひとはな【一花】（名）①一枝花；②〔轉〕
一時的成功（榮耀）；☆一花咲かせる／
（使）榮耀一時；☆このへんで一花咲かせ
たい／但願這次能够成功；☆あれで一花
咲かせたこともある／他也曾榮耀一時②

ひとばらい【人払い】（名・自サ）①（密
談等時）喝退旁人，使旁人退出；☆人払
いして密談する／喝退旁人而進行密談；
②（貴人出門時）清道。③

ひとばん【一晩】（名）①一晚間；☆一晚
寝られなかった／一晚上沒睡着；②某一
晚上；☆一晚友達がたずねて来た／有一
天晚上朋友來了。②◎

ひとひ【一日】（名）〔文〕①一日，一天
（＝いちにち）；②有一天，某日（＝あ
るひ）；③（某月的）一日（＝ついた
ち）。②

ひとびと【人人】（名）①許多人，人們；
☆貧しい人々／窮人；②每個人；☆クラ
スの人々の意見を調べる／調查班裏每人
的意見。②

ひとひら【一片】（名）〔文〕一片，一張
（＝いちまい）（雪，葉子，雲等）。②

ひとふで【一筆】（名）①（中途不蘸墨）
一筆；☆一筆で書いた字／一筆畫下來的
字；②略寫一筆；☆手紙を一筆しるす／
請大筆一揮；☆一筆啓って下さい／
請大筆一揮；③（特寫某事）寫一筆；☆
紹介状を一筆お願いします／請給寫一封
介紹信。②

ひとま【一間】（名）一間屋子。◎

ひとまえ【人前】（名）①人前，旁人面前
；☆人前も憚（はばか）らずに泣きたて
る／當着人公然就哭起來；☆人前に出ら
れない／見不得人；☆人前で叱る／當着
人申斥；②外表；☆人前を繕（つくろ）
う／裝飾外表。◎

ひとまかせ【人任せ】（名・他サ）托靠旁
人，委諸他人；☆仕事を人任せにして遊
んでばかりいる／把工作丟給旁人作，自
己只顧玩。③⑤

ひとまく【一幕】（名）①〔劇〕一幕；②
（事物的）一個段落，一個場面，一個事
件；☆夫婦げんかの一幕があった／兩口
子打了一場；～もの【一幕物】（名）〔
劇〕獨幕劇。②

ひとまず【一先ず】（副）暫先，暫且；☆
一先ずやってみる／暫且試一試；☆これ

で一先ず安心と言うところだ／這麼一來可以暫且放心了。②

ひとまちがお【人待ち顔】（名・形動ダ）等待人的樣子；☆駅の前に人待ち顔で立っている人／站在火車站前面等人的人⓪

ひとまとめ【一纏め】（名）湊在一起；一括；一次；☆一纏めにして送る／一塊兒送去。②

ひとまね【人真似】（名・自サ）①摹倣人，學人；☆猿が人真似（を）する／猴子學人；②摹倣旁人；☆彼は人真似がうまい／他善於摹倣旁人。

ひとまわり【一回り】（名・自サ）①一周，一圈；☆運動場を一回りする／繞運動場一周；②（輪流）一圈；☆当番が一回りする／值班輪値一圈；☆これで皆一回り番が当たった／這就大家都輪到了；③（按地支數）十二年，一輪；☆年が一回り違う／歲數差一輪；④（大、小等相差）一格，一圈；☆一回り大きい（小さい）／大（小）一圈。②

ひとみ【瞳】（名）〔解〕瞳孔；◇瞳を凝（こ）らす／注視，審視。②⓪

ひとみごくう【人身御供】（名）①（獻給神的）活人的犧牲，犧牲活人；②（滿足旁人慾望的）犧牲者。④⑤

ひとみしり【人見知り】（名・自サ）（小孩）認生；☆この子は人見知りして困る／這個孩子認生，不好辦。⑤③

ひとむかし【一昔】（名）往昔，過去（普通指十年以前）；☆もう一昔の話だ／已經是過去的事；☆一昔も二昔も前の事だ／是老老年的事情；☆十年一昔／十年就有很大變遷。②

ひとむれ【一群】（名）一羣。②

ひとむね【一棟】（名）（房屋）一棟，一幢，一所。②

ひとめ【一目】（名）一眼，看一眼，一看；☆一目見て気に入る／一看就中意；一見鍾情；☆一目で相手を見抜く／一眼就看透對方；☆彼女に一目会いたい／希望和她見一面；☆山の上から町が一目で見渡される／從山上一眼可以看到全部市街。②

ひとめ【人目】（名）旁人眼目，旁人看見；☆人目を引く，人目に付く／惹人注目，顯眼；☆人目を忍ぶ（憚る）／怕旁人看見，不敢見人；☆人目を忍んで会う／偷偷會見，幽會／◇人目に余（あま）る

/（行爲、服裝等）令人看不慣，刺眼⓪

ひとめぐり【一巡り】（名・自サ）一周，巡迴一周。③

ひとやく【一役】（名）一個任務；◇一役買う／（主動地）承擔某一任務；幫忙②

ひとやすみ【一休み】（名・自サ）休息一會兒；短時間的休息。②

ひとやま【一山】（名）①一山，全山；②一堆；☆一山十元の蜜柑／一堆賣十元的橘子。②

ひとよ【一夜】（名・副）①一晚間（＝ひとばん、いちや）；某一晚上（＝あるばん）；⑧整一夜（＝よもすがら）；～づま【一夜妻】①只同床一夜的女人；②妓女。②

ひとよせ【人寄せ】（名・自サ）招集人；（爲招集人而進行的）演技；☆人寄せにチンドン屋を雇う／（商店）爲了招引顧客雇傭鑼鼓化裝廣告隊。⓪④

ひとり【独り】Ⅰ（名）①獨自一人，獨身，單身；☆独りの方が気楽だ／一個人輕鬆愉快；☆まだお独りですか／您還沒結婚嗎？Ⅱ（副）①獨自，單；☆これは独り君たちだけではなく、僕自身の問題でもある／這不單是你們的問題，也是我本人的問題；②憑靠自己，獨力；☆赤ん坊が独りで立てるようになった／小孩能自己站起來了（會站着了）；☆独りで着物を着る／自己穿衣服；☆打っちゃって置けば独りで帰って来るよ／不去管它，自己會回來的；～あるき【独り歩き】（名）①（沒有同伴、扶持者）一個人走；☆夜の独り歩きは危険だ／夜間一個人走危險；☆独り歩きができないほど体が弱った／身體衰弱得自己不能行動了；②獨立，自立；☆独り歩きができるようになった／能够自立了；～うらない【独り占い】（名）給自己占卜；自卜書；～がてん【独り合点】（名・自サ）自以爲已經明白（了然）；草率斷定；☆彼は独り合点しているが、聞いているほうは一向分らない／他自己覺得說明白了，可是人家一點也聽不懂；～ぎめ【独り決め】（名・自サ）獨斷；自己斷定；☆相談せずに独り決めするのは困る／不要不商量就獨自斷定；☆独り決めでやる／獨斷獨行；☆できないものと独り決めにしている／（他）獨自認爲辦不到；～ぐらし【独り暮らし】（名）一個人生活，單身生活；☆独り暮らしは

のんきでよい／單身生活逍遙自在；～っこ【独りっ子】（名）獨子；～ごと【独り言】（名）自言自語；☆彼はいつもぶつぶつ独り言を言っている／他經常唧唧噥噥地自言自語；～じまん【独り自慢】（名・自サ）自己覺得洋洋得意；～じめ【独り占め】（名・自サ）獨占，獨自霸占；☆広い部屋を独り占め（に）する／一個人霸占寬敞的屋子；～ずもう【独り相撲】（名）①一個人摔跤；②〔轉〕獨自抖擻精神，一個人賣力氣；☆誰も相手にしないので独り相撲に終わった／誰也不搭理，結果落得唱獨角戲；～だち【独り立ち】（名・自サ）①（小孩）會站立；☆独り立ちはまだできない／還不會站着；②（在經濟上）自立；☆息子はすでに独り立ちになった／兒子已經能自立了；～たび【独り旅】（名）獨自一人旅行；～ね【独り寝】（名）一個人睡，獨宿；～ぶたい【独り舞台】（名）①一個人表演，獨角戲；②一個演員壓倒其他演員；☆あの芝居はAの独り舞台だ／那齣戲A演得最好（顯不出別人）；③一人專擅，一人獨斷獨行，一個人的天下；☆音楽の話となれば彼の独り舞台だ／一談起音樂的事，就只聽他一個人的了；④沒有競爭對手；～ぼっち【独りぼっち】（名）孤獨一人；☆独りぼっちで留守番（るすばん）する／一個人孤單單地看家；～み【独り身】（名）獨身，單身；☆一生独り身で通す／一生不結婚；☆まだ独り身です／還沒結婚；～むすこ【独り息子】（名）獨子；～むすめ【独り娘】（名）獨女；～もの【独り者】（名）單身漢；～よがり【独り善がり】（名・形動ダ）自以為是；自我陶醉；☆それは独り善がりの考えだ／那是自我陶醉的想法；☆彼の独り善がりにはあきれる／他那種自以為是的作風令人吃驚。②

*ひとり【一人】（名）①一個人，一名；☆おてつだいさんを一人雇う／請一位女佣人；☆一人残らず検挙された／一個不漏地全都被檢舉了；☆一人として喜ばないものはない／沒有一個人不歡喜；②獨身，單身；☆まだ一人でいる／還沒結婚；～びとり【一人一人】（副）①各人，每一個人（＝めいめい）；☆一人一人しっかりやれば全体もよくなる／每個人都好好幹全體也就好起來；②每人，一名一

名地（＝ひとりずつ）；☆一人一人名前を呼び上げる／一個一個地叫名；☆一人一人に手渡す／一個人一個人地交給；～まえ【一人前】（名）一份；☆料理を一人前取る／叫一份菜；☆芸がまだ一人前にできない／（音樂、舞蹈等）還不能獨立表演。②

ひどり【日取り】（名）規定日期；規定的日期；☆日取りを定める／規定日期，定日子；☆結婚の日取り／結婚日期；☆日取りを変える／改變日期。②

ひとりでに（副）自然而然地，自然；自動地；☆車がひとりでに動き出す／車子自動地向前移動；☆ほっておいてもひとりでに直る／不去理它，自然也就會痊癒的；☆ローソクがひとりでに消えた／蠟自然而然地滅了。⓪

ひとわたり【一わたり】（名）①一次（＝いちど）；②大概，大略（＝いちおう，ひととおり）；☆一わたり目を通す／略看一遍，略過一目。②

ひな【雛】（名）①雛鷄；雛鳥；☆雛が孵（かえ）る／孵出鷄雛；②（女孩玩具的）古裝偶人（用土、紙製成，外飾衣服，三月三日，陳列架上）；☆雛の節句／女兒節，偶人節（三月三日）。①

ひなか【日中】（名）白天，晝間（＝ひるなか）；☆昼日中に／大白天裏。⓪

ひなが【日長】（名）晝長；↔よなが（夜長）。⓪

ひたがた【雛形】（名）①雛型，模型；☆雛形をつくる／做模型；②格式，様子；☆雛形にならって書く／照格式寫。②

ひなぎく【雛菊】（名）〔植〕延命菊。②

ひなげし【雛罌粟】（名）〔植〕麗春花②

ひなし【日済】（名）按日分還（欠債）；☆借金を日済に返す／按日還欠債；～し【日済貸し】（名）放印子錢；～がね【日済金】（名）印子錢。⓪

*ひなた【日向】（名）向陽（處），陽光照射（處）；☆日向に干す／曬在向陽處；～くさ・い【日向臭い】（形）①（衣服、被褥等）有曬過的氣味的；☆日向臭い布団／有曬過氣味的被褥；②鄉村風味的；～ぼっこ【日向ぼっこ】（名・自サ）曬太陽。⓪

ひなだん【雛壇】（名）①陳列偶人架；☆床（とこ）の間（ま）に雛壇をつくる／在壁龕設陳列偶人架；②〔歌舞伎〕（歌

唱奏樂組所坐的)上下二段座席；③（會場等內高出一段的)座席，☆閣僚が雛壇に並ぶ／閣僚列坐在高壇上。[2]

ひなどり【雛鳥】（名）①鶏雛；②雛鳥[2]

ひなにんぎょう【雛人形】（名）（三月三日陳列的）偶人。[3]

ひなのせっく【雛の節句】（名）女兒節，偶人節（三月三日）。[1]

ひなびた【鄙びた】（連體）鄉村風味的，質樸的。[2]

ひな・びる【鄙びる】（自上一）現出鄉村風味，變成鄉村樣子，變成粗俗；☆鄙びた趣がなくなった／沒有鄉村風味了。[3]

ひなまつり【雛祭り】（名）（三月三日）陳列偶人（的節日）。[3]

ひなわ【火繩】（名）火繩；～じゅう【火繩銃】（名）火繩槍。[0]

*ひなん【非難】（名・他サ）非難，責難；☆人の態度を非難する／責難旁人的態度；☆非難を浴びる／大受責難；☆非難の的（まと）になる／成為責難的對象。[1]

*ひなん【避難】（名・他サ）避難；～みん【避難民】（名）難民。[1]

びなん【美男】（名）美男子。[1]

ビニ（ー）ル【vinyl】（名）乙烯合成樹脂；～じゅし【vinyl 樹脂】（名）＝ビニール；～ぶくろ【vinyl＋袋】（名）塑膠袋；～ハウス【vinyl house】塑膠溫室

*ひにく【皮肉】（名・形動ダ）①皮和肉；②挖苦，譏諷，諷刺；☆皮肉を言う／說挖苦話，挖苦；☆辛辣（しんらつ）な皮肉をとばす／說惡毒的諷刺話；☆皮肉な言葉／挖苦話；☆皮肉な笑い／冷笑，訕笑，諷刺性的笑；☆皮肉な運命／啼笑皆非的命運；☆何たる皮肉なことだろう／這事多麼令人啼笑皆非呀！[0]

ひにく・る【皮肉る】（自・他五）〔俗〕挖苦，譏諷，說諷刺話；☆人をひにくる／挖苦人。[3]

ひにち【日日】（名）①日期；☆会の日々を決める／決定開會日期；②日數，時日；☆完成までは大分日々がかかる／達到完成還需相當時日。[0]

ひにひに【日に日に】（副）一天比一天，逐漸（＝ひをおって、ひごとに、だんだん）；☆日に日にひどくなる／一天比一天厲害，日甚一日；☆日に日に生長する／逐漸成長起來。[0][1]

ひにょうき【泌尿器】（名）〔解〕泌尿器[2]

ひにん【否認】（名・他サ）否認，☆犯行の事実を否認する／否認犯罪的事實[0]

ひにん【非人】（名）〔文〕①〔佛〕非人（指夜叉，惡魔）；②罪人，乞丐；③〔江戸時代〕（押解犯人赴刑場，埋葬刑屍的）被視當爲「賤民」的人。[0]

ひにん【避妊】（名・自サ）避孕；～きぐ【避妊器具】（名）避孕器具；～やく【避妊薬】（名）避孕藥。[0]

ひね（名）①陳舊的穀物或鹹菜；☆ひねしょうが／老薑；②早熟，世故。[1]

ひねく・る【捻くる】（他五）①（用手）擺弄；☆鉛筆を捻くりながら話す／一邊擺弄鉛筆一邊說；②玩弄，搞；☆骨董を捻くる／玩弄骨董；☆俳句を捻くる／搞俳句；☆理屈を捻くる／講歪理。[3]

ひねく・れる（自下一）①彎曲，歪斜；☆ネクタイがひねくれている／領帶歪着；②（性情）變乖戾，變乖張，彆扭；☆あの子は少しひねくれている／那個孩子有點兒乖僻；☆ひねくれた考え／彆扭（歪曲）的想法。[4]

びねつ【微熱】（名）①微熱；②〔醫〕稍微發燒（指37.2～37.3度）；☆微熱が出る／稍微發燒。[0]

ひねもす（副）〔文〕從早到晚，終日；☆ひねもす机に向かっている／終日坐在桌前工作。[0]

ひねり【拈り・捻り】（名）〔（ひねる）的名詞〕捻，扭；☆髭（ひげ）を一捻りして話し出す／捻一捻鬍子說起來；～だ・す【捻り出す】（他五）①想出（辦法）；☆一時間かかって解答を捻り出す／用了一小時想出解答；②籌出（款項）；☆やっと旅費を捻り出した／勉強籌出了旅費；～まわ・す【捻り回す】（他五）①（用手）擺弄，玩弄；☆人形を捻り回してこわす／把偶人玩弄壞；②（左思右想地）弄，搞；☆文章を捻り回す／（搜索枯腸）寫文章。[3]

*ひね・る【拈（捻）る】Ⅰ（自五）故意別出心裁，故意好奇；Ⅱ（他五）①扭，擰，捻，☆髭（ひげ）を捻る／捻鬍子；☆スイッチを捻る／扭開關；☆頬を捻る／擰腮蛋；②扭轉，☆体を捻る／扭轉身子；③擊敗，☆簡単に捻る／毫不費力地打敗；④〔棋球〕扭旋；◇首（頭）を捻る／扭過頭去（來）；（因爲不解而）左思右想。[2]

ひ・ねる（自下一）①變陳舊（＝ふるびる）
；☆ひねたキューリ／不新鮮的黄瓜；②
（孩子等）變世故，老成，☆あの子は大
分ひねている／那個孩子很世故。

ひのいり【日の入り】（名）日沒，日暮，
☆日の入りまで遊ぶ／玩到日暮。0

ひのえ【丙】（名）丙（天干之一）；～う
ま【丙午】（名）〔迷信〕①丙午年火災
多；②丙午年生的女人剋夫。0

ひのかみ【火の神】（名）火神。1

ひのき【檜】（名）〔植〕絲柏，扁柏；～
ぶたい【檜舞台】（名）絲柏板舗的舞
臺；②〔轉〕大顯身手的場所，☆いよい
よ檜舞台に登場する／馬上就要登上大顯
身手的舞臺。01

ひのくるま【火の車】（名）①〔佛〕（地
獄裏的）火焰車；②（生活）艱苦，☆火
の車の暮らし／艱苦的生活。0

ひのくれ【日の暮れ】（名）日暮，☆日の
暮れになる／日暮；☆日の暮れにやっと着
いた／天黑才到達。0

ひのけ【火の気】（名）火的暖和氣；☆火
の気のない部屋／沒有暖和氣的屋子，冰
冷的屋子。12

ひのこ【火の粉】（名）（飛散的）火星，
☆近所の火事で火の子が盛んに飛んで来
る／因爲附近發生火警，火星不斷地飛
來。1

ひのたま【火の玉】（名）①火團，火塊，
☆畳に火の玉を落とす／把炭火掉到草蓆
墊上；②（墓地的）火球，燐火。4

ひので【火の手】（名）①（火災時的）火
勢，☆火の手が強くなる／火勢猛烈起來
，火大起來；②〔轉〕（攻擊的）氣勢，
氣焰，☆内閣攻撃の火の手が盛んになっ
た／攻擊内閣的氣勢兇猛起來。12

ひので【日の出】（名）日出；☆日の出の
ような勢い／旭日昇天之勢。0

ひのと【丁】（名）丁（天干之一）。2

ひのばん【火の番】（名）火災警戒員；☆
火の番が見回って歩く／火災警戒員巡
邏。2

ひのべ【日延べ】（名・自・他サ）延期，
緩期，☆出発を日延べする／緩期出發；
☆会期を五日間日延べする／會期延期五
日。0

ひのまる【日の丸】（名）①太陽形；②日
本國旗，☆日の丸の旗／日本國旗；～べ
んとう【日の丸弁当】（名）飯的中央配

以紅酸梅的飯盒。0

ひのみ【やぐら】【火の見（櫓）】（名）
火警瞭望塔。4

ひのめ【日の目】（名）日光，陽光；☆日
の目を見ない／不見太陽；不見聞於世；
埋沒；（議案等）被束諸高閣；☆日の目
を見る／見太陽；出世，見聞於世；（議
案等）成立。30

ひのもと【日の本】（名）日本的美稱20

ひのもと【火の元】（名）①發生火災處，
起火的地點（＝ひもと）；②有火處；引
火物；火の元用心／小心火警。1

ひば【檜葉】（名）①〔植〕絲柏（＝ひの
き）；②絲柏葉。1

ひばいどうめい【非買同盟】（名）抵貨同
盟（＝ボイコット）；☆消費者が非買同
盟を結ぶ／消費者結成抵貨同盟。4

ひばいひん【非売品】（名）非賣品。2

ひばく【被爆】（名・自サ）〔文〕遭受轟
炸；～しゃ【被爆者】（名）受爆者；～
ち【被爆地】（名）遭受轟炸地區。0

ひばく【飛瀑】（名）〔文〕（由高處流下
的）瀑布。0

ひばし【火箸】（名）火筷子。1

ひばしら【火柱】（名）（向上直衝的）火
焰；☆火柱を吹き上げる／衝起如柱的火
焰。0

ひばち【火鉢】（名）火盆；☆火鉢に当た
る／烤火；☆火鉢に火を入れる／往火盆
裏裝炭火。1

ひばな【火花】（名）①火星；②〔理〕火
花；◇火花を散らす／①白刃相交，酣戰
；②激烈爭論。1

ひばり【雲雀】（名）〔動〕鷚，雲雀。

*ひはん【批判】（名・他サ）批判，批評；
☆A氏の著書を批判する／批評A的著作
；～てき【批判的】（形動ダ）批判（性）
的；☆批判的な態度／批判的態度。10

ひばん【非番】（名）不值班，開班，☆今
日は非番だから暇がある／今天是開班所
以有工夫。0

ひひ【狒狒】（名）〔動〕狒狒。1

ひび【皹】（名）（皮膚的）凍裂傷，輝；
☆輝が切れる／發生輝裂；☆輝だらけの
手／滿是輝裂傷的手。2

ひび【罅】（名）裂痕，墨；☆ガラスのひ
び／玻璃上的墨；☆壁にひびがはいる／
牆裂；◇ひびが入る／①裂墨；②（身體）
發生毛病；③（親密關係）發生裂痕。2

*ひび【日日】（名・副）每天，天天；☆日々の仕事／每天的工作。①

びび【微微】（形動タルト）〔文〕①微少；微微；☆微微たる増加／微少的増加；☆微微たるものだ／微不足道；②衰微；☆微微として振わない／衰微不振。①

ひびき【響（き）】（名）①音響，響聲；☆鐘の響きが静けさを破った／鐘聲打破了寂靜；②反響，回音；☆山々に伝わる銃声の響き／槍聲在羣山中發生的反響；③影響；☆物価の騰貴は生活への響きが大きい／物價上漲大大影響生活；④反應；☆社会への響きを気にする／擔心社會一般的反應。③

ひび・く【疼く】（自五）刺痛（＝うずく）②

*ひび・く【響く】（自五）①發生音響，響；☆サイレンがあたりに響く／汽笛響徹四周；②發出反響（回音）；☆トンネルの中で音ががんがん響く／在隧道裏聲音的反響很大；☆こう言えば妙に聞くかも知れないが／我說這話聽來也許很奇怪；③傳播振動；☆滝の音が体に響く／瀑布聲振動身體；④波及影響；☆米価（べいか）の騰貴は生活に響く／米價上漲影響生活；⑤傳播出去；☆名が響く／名聲傳出，出名；☆彼の名は全国に響いている／他的名震全國。②

*ひひょう【批評】（名・他サ）置評；☆書物の批評を書く／寫書評；☆作品を批評する／評論作品；～がん【批評眼】（名）批評的眼力。①

ひびょういん【避病院】（名）〔醫〕隔離醫院。②

ひびわ・れる【罅割れる】（自下一）出墨；☆茶碗がひび割れた／茶碗出裂痕了④

びひん【備品】（名）（機關等備置的）辦公用具（如文具、器具等）①

*ひふ【皮膚】（名）〔解〕皮膚；☆冷水摩擦で皮膚を丈夫にする／用涼水擦身使皮膚健康；～こきゅう【皮膚呼吸】（名）〔解〕皮膚呼吸；～びょう【皮膚病】（名）〔醫〕皮膚病。①①

ひぶ【日歩】（名）〔經〕（每一百元一日的）利息，日利；☆利息を日歩で計算する／按日利計算利息。①

びふう【微風】（名）微風（＝そよかぜ）；☆頬（ほほ）を撫でる快い微風／令人舒暢的拂面微風。①

ひふく【被服】（名）〔文〕被服，服装①

ひふく【被覆】（名・他サ）〔文〕被覆，包覆；☆絶縁体で被覆する／用絶縁體包覆上。①

ひぶくれ【火脹れ】（名・自サ）（被火）燒腫；燙腫；☆火脹れができる／燒腫，燙腫。②

ひぶた【火蓋】（名）（火繩槍的）火口蓋；◇火蓋を切る／開槍；開始戰鬥，開始；☆反攻の火蓋を切る／開始反攻，☆論争の火蓋を切る／辯論起來。①

ビフテキ【法 bifteck】（名）鐵扒牛肉①

ひふん【悲憤】（名・自サ）〔文〕悲憤；☆悲憤やる方なし／悲憤難消。①

ひぶん【碑文】（名）碑文。①

びぶん【美文】（名）詞藻華麗的文章。①

びぶん【微分】（名・他サ）〔數〕微分①

ひへい【疲弊】（名・自サ）疲弊；☆打ち続く不作で農村がすっかり疲弊した／由於連年歉收農村徹底疲弊了。①

ピペット【pipette】（名）〔化〕吸量管②

ひほう【秘方】（名）〔文〕秘密藥方，秘方。①

ひほう【秘法】（名）①秘密方法；②〔佛〕（眞言宗）秘密祈禱。①

ひほう【悲報】（名）〔文〕悲痛的信息，訃聞。①

ひぼう【非望】（名）非分的願望；☆非望を抱く／抱非分的野心。①

ひぼう【誹謗】（名・他サ）〔文〕誹謗；☆理由のない誹謗を受ける／遭受無緣無故的誹謗。①

びぼう【美貌】（名・形動ダ）美貌；☆美貌を誇る／誇耀美貌。①

びぼう【備忘】（名）〔文〕備忘；～ろく【備忘録】（名）備忘錄（＝メモ）。①

ひぼかんのん【悲母観音】（名）慈母觀音③

ひほけんしゃ【被保険者】（名）〔法〕被保険人。①

ひほけんぶつ【被保険物】（名）〔法〕被保険物。③

ひぼし【干乾（し）】（名）餓瘦；☆干乾になる／餓瘦。③

ひぼし【日乾（し）】（名）曬；☆蒲団を日乾にする／曬被褥。③

ひほん【秘本】（名）〔文〕①秘藏珍本；②秘密的書。①

ひぼん【非凡】（名・形動ダ）非凡，出衆，卓越；☆非凡な腕前（うでまえ）／卓越的能力。①

ひま【隙・暇】（名）①閒暇，閒工夫（＝すきま）；☆全然隙がない／一點閒工夫也沒有／暇を見つけて本を読む／抓空兒看書；②時間，工夫（＝あいだ）；☆暇をつぶす／消磨時間；☆大分暇がかかる／要費很多時間（很大工夫）；③休假（＝やすみ）；☆一ケ月の暇を貰う／請一個月假；④閒散；☆商売はこれから暇になる／買賣今後不忙了；◇暇を出す／①給假；②休妻，離婚；③解雇（用人）；**隙にあかす**／豁出閒工夫來（仔細加工等）。⓪

ひま【蓖麻】（名）〔植〕蓖麻；**～しゆ【蓖麻子油】**（名）蓖麻子油。①

ひまご【曽孫】（名）曾孫。①

ひまし【日増し】（名）①逐日增加（加甚）；②（蔬菜等）日子多不新鮮；**～に【日増しに】**（副）逐日，一天比一天；☆日増しに暑くなる／一天比一天熱起來。⓪③

ひまじん【閒人・暇人】（名）有閒工夫的人，閒人。①

ひまつ【飛沫】（名）〔文〕飛沫（＝しぶき）；☆飛沫をあげる／迸起飛沫。①⓪

ひまど・る【暇取る】（自五）費工夫，費時間；☆支度（したく）に暇取って約束の時刻に遅れる／打扮費了很長時間結果耽誤了約定時刻。③

ひまひま【暇暇】（名）（工作中間休息時的）閒工夫；☆仕事の暇々に小説を読む／在工作空閒時看小說。②⓪

ひまわり【向日葵】（名）〔植〕向日葵。②

ひまん【肥満】（名・自サ）肥胖；**～じ【肥満児】**（名）（過分）胖的兒童；**～しょう【肥満症】**（名）〔醫〕肥胖症。⓪

びみ【美味】（名・形動ダ）味美，好吃（＝うまい）；☆きわめて美味な菓子／非常好吃的點心。①

ひみつ【秘密】（名・形動ダ）秘密，暗中；☆秘密を守る／保密；☆秘密を漏らす／洩漏秘密；☆秘密にして下さい／請保密；**～せんきょ【秘密選挙】**（名）秘密選舉。⓪

びみょう【美妙】（名・形動ダ）美妙；☆美妙な調べ／美妙的音樂。⓪

びみょう【微妙】（名・形動ダ）微妙；☆微妙な国際関係／微妙的國際關係。⓪

ひむろ【氷室】（名）冰窖。①

ひめ【姫・媛】（名）①女子的美稱；②貴族的姑娘，小姐。①

ひめい【悲鳴】（名）悲鳴；☆首を締められる鶏の悲鳴／小鶏被勒脖子時所發的悲鳴；◇**悲鳴を揚げる**／①（因驚恐等而）喊叫，驚叫；②（痛くて悲鳴を揚げる）痛く て悲鳴を揚げる／痛得叫喊；③感到沒有辦法等時）說哀餒的話；感到束手無策；☆忙しくて悲鳴を揚げる／忙得叫苦連天；☆彼もついに悲鳴を揚げた／他也終於感到束手無策了，他也終於叫起苦來了。⓪

ひめい【非命】（名）非命，意外的災禍；☆交通事故で非命の最期を遂げる／因交通事故死於非命。⓪

ひめい【碑銘】（名）〔文〕碑銘。①⓪

びめい【美名】（文）美好名聲；☆寄付という美名に隠れて売名をたくらむ／打着捐贈的旗號企圖沽名釣譽。⓪①

ひめぎみ【姫君】（名）①（公卿的）長女的敬稱；②貴族小姐的敬稱；③（江戸時代）（嫁給諸侯的）將軍的女兒。②

ひめくり【日捲り】（名）日曆。②

ひめごと【秘め事】（名）①秘密事；②神秘事。②

ひめます【姫鱒】（名）〔動〕紅鱒。②

ひめゆり【姫百合】（名）〔植〕山丹。②

ひ・める【秘める】（他下一）隱秘起來；☆思いを胸に秘める／把心事藏在心裏，図ひむ（下二）。②

ひめん【罷免】（名・他サ）罷免；☆大臣を罷免する／罷免大臣；**～けん【罷免権】**（名）〔法〕罷免權。⓪

ひも【紐】（名）①（繫物等用的）帶，細繩；☆靴の紐／鞋帶；②（用以暗中操縱的）條件；☆紐つきの援助／附帶（政治）條件的援助；③〔隱語〕情夫；☆あの女は紐がついている／她有情夫。①

ひもかわ【紐革】（名）①皮帶，皮條；②←ひもかわうどん；**～うどん**（名）扁麵條（＝きしめん）。⓪

ひもく【費目】（名）經費項目，開支項目；☆支払伝票に費目を書く／在支付傳票上記上經費項目。⓪①

びもく【眉目】（名）〔文〕眉目，容姿；☆眉目秀麗な青年／眉清目秀的青年。①

ひもじ・い（形）餓的；☆ひもじくて死にそうだ／餓得要死；☆ひもじい時にまずいものはない／飢者易為食，図ひもじ（形シク）。③

ひもすがら【終日】（副）終日，整天（＝ひねもす）。⓪

ひもち【火持(保)ち】(名)(炭等)經燒程度
☆火持ちがいい／(炭等)經燒，耐燒③

ひもつき【紐付】(名)①有帶(的衣服等)
；②〔經〕附帶條件，☆紐付の経済援助
／有條件的經濟援助；③有情夫(的女
人)；☆紐付の女／有情夫的女人。①④

ひもと【火元】(名)①有火處；☆寝る前
に火元を見回る／在睡覺前查看火燭；②
起火處，☆火元の分らぬ火事／不知由哪
裏起的火災；☆火元は豆腐屋らしい／火
好像是由豆腐坊起的。③

ひもと・く【紐解く・繙く】(他五)〔文〕
翻開(書頁)，讀(書)；☆哲学書を繙
く／看哲學書。③

ひもの【干物・乾物】(名)醃後曬乾的魚
(貝)，☆干物を焼く／烤乾魚。③

ひもも【緋桃】(名)〔植〕開緋色花的一
種桃。⓪

ひや【冷や】(名)①涼酒，不熱的酒；☆
冷やで一杯飲む／不用燙喝上一杯，喝一
杯涼酒；②涼水，冰水；☆お冷やを一杯
下さい／請給我一杯冷水。①

ひやあせ【冷汗】(名)冷汗；☆冷汗をか
く／出冷汗，捏一把冷汗。③

ひやかし【冷かし・素見し】(名)〔(ひやか
す)的名詞形〕①(用冰、水)鎮，冷却
；②嘲弄，愚弄；③(在商店、攤床)只
間價錢而不買的客／只問價錢
而不買的顧客，打趣的顧客；☆冷かし半
分に／一半逗趣地。④③

ひやか・す【冷やかす】(他五)①(用冰
、水)鎮，冷却(＝ひやす)；②嘲弄，
愚弄；③(參觀商店、夜市攤販)只問價
錢而不買，打趣；☆露店を冷かす／和攤
販打趣。③

*ひゃく【百】(名)Ⅰ〔數〕一百；Ⅱ(名)
很多；◊百も承知／知道的很詳細；☆そ
の他のことは君は百も承知だ／其他的情
形你全是知道的；☆あぶないということ
とは、彼は百も承知の上だ／他何嘗不知
道危險。②

*ひやく【飛躍】(名・自サ)①跳躍，☆二
メートルも飛躍した／跳了足有兩公尺高
；②進步；☆技術が一大(いちだい)飛
躍を遂げた／技術完成了一大進步；③(
不按順序而)飛躍；☆君の議論には飛躍
がある／你的理論在邏輯上有空白點。⓪

ひやく【秘薬】(名)〔文〕①秘薬；☆家
伝の秘薬／家傳的秘薬；②妙薬；☆若返

りの秘薬／返老還童的妙薬。①⓪

びやく【媚薬】(名)〔醫〕催淫薬。⓪

ひゃくがい【百害】(名)〔文〕百害；☆
百害あって一利なし／有百害而無一利。⓪

ひゃくしゃくかんとう【百尺竿頭】(連語)
〔文〕百尺竿頭；☆百尺竿頭一歩を進む
／百尺竿頭更進一步。⓪

ひゃくしゅつ【百出】(名・自サ)〔文〕
百出；☆意見が百出する／意見百出；☆
議論百出でなかなかきまらない／議論紛
紛難以決定。⓪

ひゃくしょう【百姓】(名)農民；☆田舎
(いなか)で百姓をする／在郷下種地；
☆百姓になる／當農民；～いっき【百姓
一揆】(名)農民作亂。③

ひゃくたい【百態】(名)〔文〕種種狀態
；各種姿態。③⓪

びゃくだん【白檀】(名)〔植〕檀香，栴
檀；白檀。②

ひゃくど【百度】(名)①一百度；②一百
次；③〔おー〕←ひゃくどまいり；～ま
いり【百度参り】(名)〔迷信〕在神社
、佛寺内來回走一百次拜一百次。②

ひゃくにち【百日】(名)百日，一百天；
～ぜき【百日咳】(名)〔醫〕百日咳；
～そう【百日草】(名)〔植〕百日草④

ひゃくにんいっしゅ【百人一首】(名)(
由百名詩人作品中每人一首選出的)一百
首和歌，用一百首和歌所做的紙牌。⑤

ひゃくねんめ【百年目】(名)①第一百年；
②〔俗〕命數已盡，完蛋(＝おしまい)
；☆見つかったら百年目だ／若被人發覺
了可就算完蛋；☆ここで会ったが百年目
／在這裏碰見，活該你惡貫滿盈(再也跑
不掉了)；狹路相逢。⑤

ひゃくパーセント【百 percent】(名)百
分之百，十分，完全；☆投票率は百パー
セントであった／投票率爲百分之百；☆
君のやることならまず百パーセント大丈
夫だと思うが／若是你搞的，我想總會完
全可靠…。③⑤

ひゃくはちぼんのう【百八煩悩】(名)〔
佛〕一百零八種煩悩。⑤

ひゃくぶん【百聞】(名)〔文〕；☆百聞
一見に如(し)かず／百聞不如一見。⓪

ひゃくぶんりつ【百分率】(名)〔數〕百
分率(＝パーセンテージ)。③

ひゃくまんちょうじゃ【百万長者】(名)
百萬富翁。⑤

ひゃくめんそう【百面相】（名）一種化裝表情的雜技。⓪

ひゃくやく【百藥】（名）〔文〕一百種藥；～のちょう【百藥の長】（連語・名）酒的別稱。⓪

ひやけ【日焼（け）】（名・自サ）（皮膚）曬黑，曬焦；☆スキーで日焼けする／因滑雪皮膚曬黑。⓪

ひやざけ【冷酒】（名）涼酒。②

ひやし【冷やし】（名）涼，冰鎮；☆冷やしビール／冰鎮啤酒。③

ヒヤシンス【hyacinth＝風信子】（名）〔植〕風信子。

*ひや・す【冷やす】（他五）使涼，（用冰）鎮；☆氷でビールを冷やす／用冰鎮啤酒；◇胆（きも）を冷やす／（嚇得）膽戰心寒，提心吊膽。②

ビヤだる【beer 樽】（名）啤酒桶。⓪

ひゃっか【百花】（名）〔文〕百花。①

ひゃっか【百科】（名）百科；～じてん【百科辞典】（名）百科辞典；～ぜんしょ【百科全書】（名）百科全書。①

ひゃっか【百貨】（名）百貨；～てん【百貨店】（名）百貨公司（＝デパート）①

ひゃっかじてん【百科事典】（名）百科全書。④

ひゃっきやこう【百鬼夜行】（連語）①百鬼夜行；②一幫牛鬼蛇神肆無忌憚地胡作非為。①

ひやっこ・い【冷やっこい】（形）涼的；☆冷やっこい水／涼水。④

ひゃっぱつひゃくちゅう【百発百中】（名）①百發百中；②完全準確；☆僕の予言は百発百中だ／我的預言百發百中。⓪

ひゃっぱん【百般】（名・副）各方面；☆百般の事情／各方面的情形。③⓪

ひゃっぽう【百方】（名・副）百般，各方面；☆百方手を尽したがだめだった／百般設法終未辦到；☆百方奔走する／到處奔走。②

ひやとい【日雇い】（名）日工；☆日雇いを頼む／請日工。②

ひやひや【冷や冷や】（副・自サ）①涼；☆冷や冷やした風が吹いて来る／涼風吹來；②害怕，提心吊膽；☆サーカスを見ていて冷や冷やする／看（馬戲團的）雜技時提心吊膽。①

ビヤ・ホール【beer hall】（名）啤酒館③

ひやみず【冷水】（名）涼水；☆頭から冷水を浴びる／從頭澆涼水；◇年寄の冷水／老人不爭氣。②

ひやむぎ【冷麦】（名）涼麵條。③②

ひやめし【冷飯】（名）涼飯；☆冷飯で我慢する／用涼飯勉強充飢。⓪

ヒヤリング【hearing】（名）聽；聽取外國語（的練習）；☆カセットテープで英語のヒヤリングの練習をする／利用卡式錄音帶練習聽講英語。①

*ひゆ【譬喩・比喩】（名）比喻；☆適切な比喩／恰當的比喻。①

びゅうけん【謬見】（名）〔文〕錯誤見解，謬論。⓪

ヒューズ【fuse】（名）〔電〕保險絲；☆ヒューズが切れた／保險絲斷了。①

ビューティー【beauty】（名）美；美人；～パーラー【feauty parlour】（名）美容院。

ヒューマニスト【humanist】（名）人道主義者。④

ヒューマニズム【humanism】（名）〔哲〕人道主義。④

ヒューマニティ（ー）【humanity】（名）①人的屬性；人性；②人道；③人類；④仁愛，博愛。③

ピューリタン【Puritan】（名）①〔宗〕清教徒；②清教徒似的人，極端謹嚴的人。①

ビューロー【bureau】（名）①（機關的）局，部，科；②辦事處；編緝部。①

ヒュッテ【德 Hütte】（名）〔滑雪〕山中休息所；☆ヒュッテに泊まる／住在山中休息所。①

ビュッフェ【buffet】（名）火車裡頭或車站等所設置的簡易食堂。①

ぴょい（副）輕跳貌；☆ぴょいと垣根を跳び越える／颼地跳過牆去。⓪①

ひょいと（副）①突然，忽然；☆ひょいと車が横から出た／忽然從旁開出來一輛汽車；☆ひょいと身をかわす／忽然一閃躲；②輕輕地；☆ひょいと持ち上げる／輕輕舉起；③無意中；☆ひょいと下を見てびっくりする／往下邊一看大吃一驚。⓪

ひょいひょい（副）①時常；☆ひょいひょい顔を見せる／時常來（露面）；②輕輕地；☆ひょいひょいかつぎ上げる／輕輕

打起來（重物等）；③（兩脚一齊）跳。[1]

*ひょう【表】（名）①〔文〕表；上書；②表，表示工作計劃的表。☆仕事の計画を表にする／把工作計劃列成表。[0]

ひょう【票】（名）①小紙片；☆票を配って書き込ませる／分發紙片讓填寫；②票，選票；☆共和党に票を投ずる／投票選舉共和黨人。[1]

ひょう【豹】（名）〔動〕豹。[1]

ひょう【評】（名）批評；☆本の評を書く／寫書評。[0]

ひょう【雹】（名）〔天〕雹；☆鶏卵大の雹が降る／下鶏蛋大的雹子。[1]

*ひよう【費用】（名）費用，開支；☆費用を節約する／節省開支。[1]

*びょう【秒】（名）秒；☆タイムを秒まで測る／測時到秒。[1]

びょう【廟】（名）〔文〕廟。[1]

*びょう【鋲】（名）大頭釘；鞋釘；圖釘；☆靴底に鋲を打つ／鞋底上釘鞋釘；☆壁に地図を鋲で止める／用圖釘把地圖釘在牆上。[1]

びよう【美容】（名）美容；～いん【美容院】（名）美容院；～し【美容師】（名）美容師；～たいそう【美容体操】（名）美容操。

ひょういつ【飄逸】（名・形動ダ）飄逸；☆彼の句は飄逸の趣がある／他的詩句飄逸。[0]

ひょういもじ【表意文字】（名）表意文字[4]

*びょういん【病院】（名）醫院；病院にはいる／住院。[0]

ひょうおん【表音】（名）標音；～もじ【表音文字】（名）標音文字。

*ひょうか【評価】（名・他サ）評價；☆人を正しく評価する／對人加以正確評價[1]

ひょうが【氷河】（名）冰河；～じだい【氷河時代】（名）冰河時代。[1]

びょうが【病臥】（名・自サ）〔文〕病臥，臥病。[1]

びょうが【描画】（名・自サ）〔文〕描繪[0]

ひょうかい【氷海】（名）結冰的海面。[0]

ひょうかい【氷塊】（名）冰塊。[0]

ひょうかい【氷解】（名・自サ）〔文〕（疑問）徹底消除；☆疑問が氷解した／疑問徹底消除了。[0]

びょうがい【病害】（名）〔農〕病害。[0]

ひょうかん【剽悍】（名・形動ダ）剽悍；☆剽悍な男／剽悍的人。[0]

ひょうき【表記】（名・他サ）〔文〕①表面記載；☆表記の金額確かに受け取りました／表面所列款額已收訖無訛；②〔用文字〕表示，記載（語言）；☆日本語は漢字と仮名で表記する／日文是用漢字和假名來記載。[1][0]

ひょうぎ【評議】（名・他サ）計議，討論；☆問題を評議に付する／把問題提交討論；～いん【評議員】（名）評議員；～かい【評議会】（名）評議會，討論會[1]

*びょうき【病気】（名）①病，疾病；☆病気にかかる／患病；☆病気をなおす／治病；☆病気で死ぬ／病死；②毛病；☆また彼の病気が始まった／他那種毛病又患了。[0]

ひょうきん【剽軽】（名・形動ダ）滑稽，招人笑；☆彼はなかなか剽軽な男だ／他滑稽極了；☆剽軽なことを言う／說話滑稽可笑。[3]

びょうきん【病菌】（名）病菌。[0]

ひょうぐ【表具】（名）〔文〕裱糊；～し【表具師】（名）裱糊匠。[3]

びょうく【病苦】（名）病苦；☆病苦に耐える／忍耐病苦。[1]

びょうく【病軀】（名）〔文〕病身；☆病軀をおして会議に出席する／帶病出席會議。

ひょうけつ【氷結】（名・自サ）〔文〕結冰，凍冰；☆港が氷結して航行できない／港口封凍不能航行。[0]

ひょうけつ【表決】（名・他サ）表決。[0]

ひょうけつ【票決】（名・他サ）投票表決；☆票決に移る／開始投票表決。[0]

ひょうけつ【評決】（名・他サ）討論決定，評定。[0]

びょうけつ【病欠】（名）因病缺席（缺勤）[0]

ひょうげん【氷原】（名）〔地〕（南北極的）冰原。[0]

*ひょうげん【表現】（名・他サ）表現；☆自己の気持を表現する／把自己的心情表現出來；☆表現が下手（へた）だ／不善於表現。[3][0]

ひょうげん【評言】（名）〔文〕評語。[0]

びょうげん【病原】（名）〔醫〕病原；～きん【病原菌】（名）〔醫〕病原菌。[0][3]

ひょうご【評語】（名）①評語；②（成績的）評語；☆評語を優、良、可と定める／評語定為優、良、可三種。[0]

ひょうご【標語】（名）標語（＝キャッチ・

フレーズ）；☆標語を募集する／徵求標語。⓪

びょうご【病後】（名）病後；☆病後の保養が大切だ／病後的休養要緊。①

ひょうこう【氷厚】（名）〔文〕冰的厚度⓪

ひょうこう【標高】（名）〔地〕標高。⓪

びょうこん【病根】（名）〔文〕病根；☆病根を断つ／斷絕病根。⓪

ひょうさつ【表札】（名）門牌；（釘在門旁的）名牌；☆表札を出す／掛出名牌⓪

ひょうざん【氷山】（名）〔地〕冰山；◊氷山の一角／冰山的一角，〔喻〕整體的一小部分。①

ひょうし【拍子】（名）①〔樂〕拍子，節拍；☆拍子を取る／打拍子；☆拍子に合わせる／合拍子；②（當…）時候（＝はずみ）；☆滑った拍子に足を挫いた／一滑把脚挫了；☆ころんだ拍子に帽子が飛んだ／栽倒的時候帽子掉了；③機會（＝おり）；☆拍子がよいと…／僥倖的話…；〜ぎ【拍子木】（名）梆子；☆拍子木を打つ（ならす）／打梆子；〜ぬけ【拍子抜け】（名・自サ）敗興，洩氣，失望；☆雨で試合が中止となり拍子抜けした／比賽因雨停止，感到掃興。③⓪

*ひょうし【表紙】（名）書皮，封面；☆本の表紙／書皮；☆白い表紙の本／白皮的書。③

ひょうじ【表示】（名・他サ）〔文〕表示；☆製造月日を明確に表示する／明確表示製造日期。⓪

びょうし【病死】（名・自サ）病死，病故⓪

ひょうしき【標識】（名）〔文〕標識；☆青い標識をつけた飛行機／塗有藍標識的飛機；☆交通標識／交通標誌。⓪

びょうしつ【病室】（名）病房。⓪

*びょうしゃ【描写】（名・他サ）描寫，描繪；☆人物の心理を描写する／描寫人物心理。⓪

ひょうしゃく【評釈】（名・他サ）批評解釋，評解；☆源氏物語を評釈する／評解源氏物語。⓪

びょうじゃく【病弱】（名・形動ダ）病弱；☆病弱な体を鍛える／鍛鍊病弱身體⓪

*ひょうじゅん【標準】（名）標準；☆定まった標準がない／沒有一定標準；〜ご【標準語】（名）標準語，普通話。⓪

ひょうしょう【表象】（名・他サ）①〔心〕表象；心象；②象徵；☆鳩は平和の表象である／鴿子是和平的象徵。⓪

*ひょうしょう【表彰】（名・他サ）表彰，表揚；☆人命を救った青年を表彰する／表揚救人的青年。⓪

*ひょうじょう【表情】（名）表情；☆表情に富む／富於表情。③⓪

びょうしょう【病床】（名）病床；☆病床に横たわる／臥病在床。⓪

ひょうじょう【病状】（名）病狀，症狀；☆病状が思わしくない／病情不佳。⓪

びょうしん【病身】（名）病身☆病身なのに無理をする／身子有病還不好好休養⓪①③

ひょう・する【表する】（他サ）表示；☆敬意を表する／表示敬意，致敬。③

ひょう・する【評する】（他サ）批評；☆人物を評する／批評人物。③

びょうせい【病勢】（名）病勢，病情；☆病勢が改まる／病情嚴重起來，病危。⓪

ひょうせつ【氷雪】（名）〔文〕冰雪；☆氷雪に閉ざされる／被冰雪封閉。⓪

ひょうぜん【飄然】（形動タルト）〔文〕飄然；沒有目的（＝ぶらりと）；☆飄然と家を出る／信步走出家門。⓪

ひょうそう【表装・裱装】（名・他サ）裱褙；☆掛け軸を表装する／裱畫。⓪

びょうそう【病巣】（名）〔醫〕病竈；☆肺結核の病巣が拡がる／肺結核的病竈擴大。⓪

ひょうそく【平仄】（名）平仄。⓪

びょうそく【秒速】（名）每秒速度；☆秒速八キロの人工衛星／秒速八公里的人造衞星。⓪

ひょうだい【表題・標題】（名）標題；題目；☆面白い本だったが標題は忘れた／是一本很有趣的書，不過書名忘了。⓪

びょうたい【病体】（名）病身；☆病体を押して出席する／帶病出席。⓪

ひょうたる【渺たる】（連體）〔文〕渺小的。①

ひょうたん【瓢簞】（名）〔植〕葫蘆；◊瓢簞から駒が出る／〔喻〕①事出意外；②絕不可能，沒有道理；〜なまず【瓢簞鯰】①無法捉摸；②不得要領。③

ひょうだん【評壇】（名）評論界。⓪

ひょうちゃく【漂着】（名・自サ）〔文〕漂流到；☆小島に漂着する／漂流到小島上。⓪

ひょうちゅう【評注・評註】（名）評註⓪

ひょうちゅう【標柱】（名）〔文〕標柱；☆十字路に標柱を立てる／在十字路口立標柱。⓪

びょうちゅう【病中】（名）病中☆病中病後の栄養補給／病中病後的營養補品①⓪

びょうちゅうがい【病虫害】（名）〔農〕病蟲害。③

ひょうてい【評定】（名・自サ）評定；☆地価の評定をする／評定地價。⓪

ひょうてき【標的】（名）標的；☆弾丸が標的をそれる／子彈沒打中標的。⓪

びょうてき【病的】（形動ダ）病態的,不健全的；☆病的な思想／不健全的思想⓪

ひょうてん【氷点】（名）〔理〕冰點；～か【氷点下】（名）冰點以下，零下☆寒暖計は氷点下五度である／寒暑表是零下五度。①

ひょうてん【評点】（名）評分；☆評点が辛（から）い／評分嚴苛。⓪

ひょうど【表土】（名）〔農〕表土,上層土。①

びょうとう【病棟】（名）（醫院的）病房；☆第一病棟二号に入院している／住在第一排第二號病房。⓪

*びょうどう【平等】（名・形動ダ）平等；☆平等に取り扱う／平等對待。⓪

びょうどく【病毒】（名）病毒；☆病毒に感染する／感染上病毒。⓪①

*びょうにん【病人】（名）病人；☆病人を看護する／護理病人。⓪

ひょうのう【氷嚢】（名）〔醫〕冰嚢；☆氷嚢をあてる／放上冰嚢。⓪

ひょうはく【漂白】（名・他サ）漂白（＝さらす）。⓪

ひょうはく【漂泊】（名・自サ）〔文〕漂泊（＝さまよう）；☆各地を漂泊する／到處流浪。③

*ひょうばん【評判】（名）①（社會一般的）評論；評價；名聲；☆あの映画はなかなか評判がよい／大家對那部影片評價很高；☆評判が悪い／名聲不好②出名,有聲價；☆彼の画が評判になる／他的畫出了名；☆評判が出る／出名；☆評判を落とす／聲價降低；③風聞,傳聞（＝うわさ）；☆私もそんな評判を聞いた／我也聽到了那種傳聞；☆あの家には幽靈が出るという評判だ／據說那所房子鬧鬼。⓪

ひょうひ【表皮】（名）〔生物〕表皮。①

ひょうひょう【飄飄】（形動タルト）〔文〕

①飄動；☆落花飄々として舞う／落花飄舞；②信歩（而行）；☆飄々とさまよい歩く／信歩徘徊。⓪③

ひょうびょう【縹渺】（形動タルト）〔文〕①縹渺；☆芳香が縹渺と漂って来る／芳香縹渺；②遼闊；☆縹渺たる原野／遼闊的原野。⓪

びょうびょう【渺渺】（形動タルト）〔文〕遼闊渺茫。⓪③

びょうぶ【屏風】（名）屏風；☆屏風で仕切る／用屏風隔開。⓪

びょうへき【病癖】（名）惡癖,毛病；☆平気で嘘を言うのが彼の病癖だ／眨着眼睛撒読是他的毛病。

ひょうへん【豹変】（名・自サ）驟變,突然改變；☆君子は豹変す／君子驟變。⓪

びょうぼう【渺茫】（形動タルト）〔文〕渺茫,遼闊；☆渺茫たる大海／遼闊的大海；☆渺茫たる沙漠／一望無際的沙漠⓪

びょうぼつ【病没・病歿】（名・自サ）〔文〕病故,病逝。⓪

ひょうほん【標本】（名）①標本；☆昆虫の標本をつくる／製造昆蟲標本；②典型；☆彼は芸術家の標本だ／他是個典型藝術家。⓪

びょうま【病魔】（名）〔文〕病魔；☆病魔に侵される／患病。①

ひょうめい【表明】（名・他サ）〔文〕表明；☆態度を表明する／表明態度。⓪

びょうめい【病名】（名）〔醫〕病名；☆病名がはっきりしない／病名不明。⓪

*ひょうめん【表面】（名）表面；☆水の表面に浮かぶ／浮出水面；☆表面を飾る人／裝飾表面的人；～か【表面化】（名・自サ）表面化；☆問題が表面化する／問題表面化；～ちょうりょく【表面張力】（名）〔理〕表面張力。⓪

ひょうり【表裏】（名）表裏；☆紙の表裏を見分ける／分辨紙的表裏；☆表裏のある生活／表裏不一的生活。①

びょうり【病理】（名）〔醫〕病理。①

ひょうりゅう【漂流】（名・自サ）漂流；☆嵐（あらし）に遭って十日間漂流した（船）／遇到暴風,漂流了十天。⓪

びょうれき【病歴】（名）病歷；☆患者の病歴を聞く／問病人的病歷。⓪

ひょうろくだま【表六玉】（名）〔俗〕〔罵〕蠢蟲；笨蛋；☆この表六玉め／你這個笨蛋！⓪

ひょうろん【評論】（名・他サ）評論；批評；☆小説を評論する／評論小說；☆評論を書く／寫評論文章。⓪

ひよく【比翼】（名）〔文〕①比翼；②〔喻〕夫婦；～のとり【比翼の鳥】（連語・名）①比翼鳥；②〔喻〕熱戀的男女；～れんり【比翼連理】（連語・名）〔文〕如比翼鳥，如連理枝。⓪

ひよく【肥沃】（名・形動ダ）〔文〕肥沃；☆肥沃な土地／肥沃土地。①

びよく【尾翼】（名）（飛機的）尾翼。①

ひよけ【日除け】（名）①遮日；遮日幕；☆窓の日除けをおろす／放下窗上的遮日幕；②防止太陽曬黑；☆日除けにクリームを塗る／爲防止太陽曬黑抹雪花膏。⓪

ひよこ【雛】（名）①鳥雛；（特）指鷄雛（＝ひな）；②〔轉〕黃口孺子；☆あいつはまだ雛だ／他還是個黃口小兒。⓪

ひょっくり，ひょっこり（副）突然遇上；☆道でひょっくり学生時代の友人に逢う／在路上突然遇見學生時代的朋友；突然出現；☆戸口からひょっくり頭を出す／從門內突然伸出頭來。③

ひょっと（副）突然，偶然；☆横からひょっと手を出す／從旁突然伸出手來；☆ひょっと私の耳に入った／我偶然聽到了；～したら，～すると（連語・副）或許（＝もしかしたら，あるいは）；☆ひょっとしたらその評判は事実かも知れない／那種傳言說不一定就是事實；☆ひょっとしたら試験に合格するかも知れない／或許能考上也未可知；～して（連語）萬一；☆ひょっとして落としでもしたらどうしよう／萬一若丟了可怎麼辦呀。①

ひょっとこ（名）①（一隻眼小而口尖的）男人相貌的假面具；②罵男人的話；☆なんだ、このひょっとこめ！／什麼！你這個醜八怪！⓪

ひよどり【鵯】（名）〔動〕鵯。②

ひより【日和】（名）①天氣；☆よい日和／好天氣；②好天氣；☆暖かい春の日和／春季的和暖天氣；③形勢；☆日和を見きわめて態度をきめる／看清形勢決定態度；～み【日和見】（名・自サ）①天氣預測；②觀望形勢；☆日和見の態度／觀望態度；～みしゅぎ（しゃ）【日和見主義（者）】（名）機會主義（者）。⓪

ひょろつ・く（自五）步伐蹣跚；☆酒に酔って足がひょろつく／喝醉酒步伐蹣跚⓪

ひょろながい【ひょろ長い】（形）細長的；細高的；☆ひょろ長い足／細長的腿；☆ひょろ長い男／細高個子的人。⓪④

ひょろひょろ（副・自サ）①（步行）蹣跚，搖搖提提；☆足元がひょろひょろする／脚根不穩，步伐蹣跚；②（長得）纖細（而不壯）；☆日陰（ひかげ）に草がひょろひょろと伸びている／背陰地方草長得纖細。①

ひよわ・い【ひ弱い】（形）纖弱的，軟弱的；☆ひ弱い子供／軟弱的孩子。③⓪

ぴょん（副）跳躍貌；☆かえるが池の中へぴょんと跳び込んだ／青蛙跳進池塘裡①

ひょんな（連體）想不到的，奇怪的（＝いがいな，とんでもない）；☆ひょんなことになる／弄得很尷尬；☆ひょんな仲になる／（男女）勾搭上了。①

ひら【平】（名）①平；☆手の平／手掌；②普通；☆平（の）社員／普通職員。①

びら（名）①招貼，廣告；☆壁にびらを貼る／往牆上貼廣告；②傳單；☆びらをまく／撒傳單。⓪

ひらあやまり【平謝まり】（名）低頭道歉；☆平謝まりに謝まる／低頭道歉。③

ひらい【避雷】（名）〔理〕避雷；～しん【避雷針】（名）〔理〕避雷針；～ちゅう【避雷柱】（名）〔理〕避雷柱。⓪

ひらうち【平打】（名）①扁帶，絲子；②扁平金屬品；☆平打の指輪／平面戒指⓪

ひらおよぎ【平泳ぎ】（名）俯泳。③

ひらがな【平仮名】（名）平假名（由漢字草體創造的假名；↔かたかな）。④③

ひらき【開き】（名）〔（ひらく）的名詞形〕①開，☆開きの早い花／開得早的花；☆戸の開きが悪い／門不好開；②差，距離；☆両者の開き／兩者之差；☆相当の開きができる／有了相當的距離（＝ひらきど）；④（剖開魚腹的）乾魚；～ど【開き戸】（名）（使用折頁的普通的）門；↔ひきど（引戸）；～なお・る【開き直る】（自五）①端正儀容；②突然改變態度；☆開き直って尋ねる／忽然正顏屬色地訊問。③

＊ひら・く【開く】Ⅰ（自五）①開（＝あく，さく）；☆戸が開く／門開；花が開く／花開；②開朗；☆胸が開く／心情舒暢；③有間隔，有距離，有差別；☆先頭との間が開く／和隊頭脫離開，跟不上隊頭；☆AとBは大分値段が開く／A和B

價錢相差很大；II（他五）①開，打開；☆本を開く／打開書本；☆戸を開く／開門；②開設；☆店を開く／開設商店；③開墾，開荒；☆土地を開く／開墾土地，開荒；④開闢，打開；☆血路を開く／打開一條血路；☆昇進の路を開く／（爲後進者）開闢昇進之路；⑤開（會）；☆座談会を開く／開座談會；⑥啓（蒙），教導；☆知識をひらく／灌輸知識；⑦〔數〕開（方）；☆平方に開く／開平方；☆胸襟を開く／披瀝肝膽；愁眉を開く／展開愁眉。②

*ひら・ける【開ける】（自下一）①開化；☆この地方はまだ開けない／這個地方還沒開化；②（鐵路）開通；☆鉄道が開けた／鐵道通了；③（文化）進步；☆文化が開く／文化進步；④開明起來；☆なかなか開けた老人／非常開明的老頭；⑤（時運）轉來；☆運命が開く／時來運轉；⑥寬敞，敞亮；北側は山に遮ぎられているが南側はずっと開けている／北面被山遮擋着，但是南面非常敞亮；⑦（心情）舒暢，痛快；☆胸が開けた／心裏痛快了。③

ひらざら【平皿】（名）淺碟。◎

ひらた・い【平たい】（形）①平的；☆平たい地面／平的地面；②扁的；☆平たい石／扁的石頭；③易懂的；☆平たい言葉で述べる／用易懂的話敍；☆平たく言えば／簡單地說，図ひらたし（形ク）。◎

ひらて【平手】（名）巴掌；☆平手で叩く／打一巴掌。◎

ひらなべ【平鍋】（名）平鍋，淺鍋。③◎

ひらに【平に】（副）懇求貌，央求貌（＝ひたすらに，せつに，なにとぞ）；☆平に御許し下さい／請您高抬貴手；☆平にあやまる／一躬到地地道歉。①

ひらひら（副・自サ）飄動，飄蕩；☆旗がひらひらと翻（ひるがえ）る／旗幟飄動；☆桜がひらひら（と）散る／櫻花飄落①

ピラミッド【pyramid】（名）金字塔。③

ひらめ【平目・比目魚】（名）〔動〕比目魚。◎

ひらめか・す【閃かす】（他五）①使閃光，使閃爍；☆刀を閃かして切り込む／揮刀砍去；②（略微）顯示，誇示；☆才能を閃かす／顯示才幹。④

ひらめき【閃き】(名)①〔(ひらめく)的名詞形〕；②閃光；☆稲妻（いなづま）の閃き／閃電的光；☆才知の閃き／才智煥發。◎④

*ひらめ・く【閃く】（自五）①閃爍，閃耀；☆稲妻が閃く／發閃光；②閃現，忽然想起，忽然起…念頭；☆よい考えが（頭に）閃く／忽然想起好主意。③

ひらや【平屋】（名）單層房屋，平房；☆僕のうちは平屋だ／我家是平房；↔にかい。◎

ひらり（副）輕飄飄地，機敏地；☆ひらりと馬からおりる／翻身下馬；☆ひらりと身をかわす／輕輕一躲閃。②③

ひらわん【平椀】（名）淺碗。②◎

びらん【糜爛】（名・自サ）〔文〕糜爛◎

びり（名）〔俗〕末尾，最後一名，倒數第一；☆競走でびりになる／賽跑跑個倒數第一；☆成績がびりの生徒／成績倒數第一名的學生。①

ピリオド【period】（名）①時期，期；②句點；☆ピリオドを打つ／打上句點，〔轉〕完結；☆長い論争に、やっとピリオドを打った／長期以來的爭論終於完結了。①

ひりつ【比率】（名）比率；☆受験者と合格者との比率を調べる／統計一下投考者同合格者的比率。◎①

ひりつ・く（自五）①刺痛；②辣得慌（＝ひりひりする）。

ひりひり（副・自サ）①刺痛；☆すり傷がひりひりする／擦傷火辣地痛；②辣得慌；☆辛くて口の中がひりひりする／嘴裏辣得難受。①

びりびり（副・自サ）①（撕紙、布聲）克嚓克嚓；☆紙をびりびり裂く／把紙撕碎；②（震動聲）咯哩咯哩；☆火山の爆発で障子がびりびりする／火山爆發，震得紙窗咯哩咯哩響。①

ぴりぴりI（副・自サ）①刺痛；☆ぴりぴりと痛む／刺痛；☆やけどで皮膚がぴりぴりする／皮膚燙得刺痛；②辣得慌；☆口のなかがぴりぴりする／嘴裏辣得慌；③吹笛聲；II〔兒〕笛。①④

ビリヤード【billiards】（名）邊球（＝たまつき）。◎

びりゅう【微粒】（名）〔文〕微粒。◎

びりゅうし【微粒子】（名）微粒子。②

*ひりょう【肥料】（名）肥料；☆肥料を施（ほどこ）す／施肥。①◎

びりょう【鼻梁】（名）〔文〕鼻梁（＝は

なすじ）。⓪

びりょう【微量】（名）少量；☆微量の塩分を含む／含有少量鹽分。⓪

びりょく【微力】（名）〔文〕①勢力微弱；☆政界では彼は微力でだめだ／他在政界勢力小，不起作用；②力量微薄；☆微力ながら、できるだけやってみます／願盡棉薄。①

ひりん【比倫】（名）〔文〕倫比（＝たぐい）；☆比倫を絶する／絶倫。①⓪

ひる【昼】（名）①畫間，白天；☆昼が長い／畫長；②正午；☆昼の御飯／午飯，☆昼過ぎ／過晌，③午飯；☆昼は食べたか／吃過午飯了嗎？☆お昼にしよう／吃午飯吧。②

ひる【蛭】（名）〔動〕蛭。①

ひ・る【干る】（自上一）①乾；☆干潟（か）らびる／乾涸；②（潮）落；☆潮が干る／潮落。①

ひ・る【放る】（他五）放出，排出（體外）；☆屁を放る／放屁。①

─・びる（接尾・上一型）變成…様子；おとなびる／長成大人様，長大，☆田舎びる／有郷村風味。

＊ビル【bill】（名）①帳單；②證券；票據；～ブローカー【bill broker】（名）〔經〕證券經紀人。①

＊ビル（名）←ビルディング；～がい【ビル街】（名）大樓櫛比的大街。①

ひるあんどん【昼行灯】（名）〔俗〕愚蠢人，蠢蟲。①

ひるい【比類】（名）〔文〕倫比（＝たぐい）；☆世界に比類を見ない／世界上沒有倫比的；☆比類のない腕前／沒人比得上的本領。①

ひるがえ・す【翻す】（他五）①翻過來；☆掌を翻す／把手掌翻過來；②改變；☆心を翻す／變心，③使飄動；☆山頂に旗を翻す／在山頂上樹起旗幟，④跳躍；☆身を翻して飛び込む／一躍而跳入。③

ひるがえって【翻って】（副）反過來，回過頭來；☆翻って考えると…／反過來一想…。③

ひるがえ・る【翻る】（自五）①（旗等）飄動；☆旗が山頂に翻る／山頂上旗幟飄動；②翻過來。③

ひるがお【昼顔】（名）〔植〕旋花。⓪、

ひるげ【昼餉】（名）〔文〕午飯（＝ひるめし）。⓪

ひるさがり【昼下がり】（名）晌午過，午後二時左右；☆昼下がりのうだるような暑さ／午後二時左右如蒸的炎熱。③

びるしゃな【毘盧遮那】（名）〔佛〕毘盧遮那佛。②⓪

ひるすぎ【昼過ぎ】（名）下午，晌午歪；☆昼過ぎは暇（ひま）です／下午有空④③

ビルディング【building】（名）大樓，大厦；☆ビルディングが立ち並ぶ／大樓節比。①

ひるなか【昼中】（名）①畫間，白天；②中午，正午。⓪

ひるね【昼寝】（名・自サ）午睡；☆昼寝して体を休める／午睡休息一下。⓪

ひるひなか【昼日中】（名）大白日天（＝ひるま）；☆昼日中から酒を飲む／大白天裏就喝酒。③

＊ひるま【昼間】（名）畫間，白日；☆昼間のうちに宿題を片付ける／在白天裏做完功課（家庭作業）。③

ビルマ【Burma】（名）〔地〕緬甸。①

ひるまえ【昼前】（名）上午，午前；☆昼前に仕事を片付ける／上午做完工作。③

ひる・む【怯む】（自五）①〔文〕麻痺（＝しびれる）；②畏怯，害怕，嚇倒（＝よわる，たわむ）；☆困難に怯む／害怕困難，被困難嚇倒；☆少しも怯まずに／毫不畏懼地；☆押し寄せる大軍を見て彼等は怯んだ／他們看到排山倒海的大軍怯陣了。②

ひるめし【昼飯】（名）午飯；☆昼飯を食べる／吃午飯。⓪

ひるやすみ【昼休（み）】（名）午休；☆正午から二時までは昼休みです／從正午到兩點鐘是午休。③

ひれ【鰭】（名）〔動〕鰭。⓪②

ヒレ【法 filet】（名）裏脊肉。⓪

＊ひれい【比例】（名・自サ）〔數〕比例；☆比例をなす／成比例；☆比例が取れない／不成比例；☆出費がかさんで収入に比例しない／支出増多同収入不成比例；～だいひょうせい【比例代表制】（名）〔法〕比例代表制；～はいぶん【比例配分】（名）〔數〕比例分配，按分比例⓪

ひれい【非礼】（名・形動ダ）沒有禮貌；☆非礼な態度／沒有禮貌的態度；☆言葉遣いが非礼にわたる／措詞有失禮貌⓪①

ひれき【披瀝】（名・他サ）披瀝；☆肝胆を披瀝する／披瀝肝膽；☆胸襟を披瀝す

る／開誠布公。⓪ 1

*ひれつ【卑劣・鄙劣】（名・形動ダ）卑劣，卑鄙；☆卑劣な根性（こんじょう）／劣根性。⓪

ひれふ・す【平伏す】（自五）叩拜，跪拜；☆キリストの像の前に平伏す／叩拜基督像；☆足下に平伏して許しを乞う／跪倒腳下求饒。3

ひれん【悲恋】（名）悲劇的戀愛。1

ひろ【尋】（名）尋（兩臂左右平伸的長度約1.8公尺）。1

*ひろ・い【広い】（形）①寛廣的；☆広い部屋／寛敞屋子；☆幅を広くする／展寛；②寛濶的，遼濶的；☆眺望が広い／視界寛廣；③淵博的；☆広い知識／淵博的知識；④（心胸）寛敞的；☆心が広い／心寛，文ひろし（形ク）。2

ヒロイズム【heroism】（名）英雄主義；崇拜英雄。3

ヒロイック【heroic】（形動ダ）英雄的，英勇的，壯烈的。2

ひろいもの【拾い物】（名）①拾得物；②白撿的東西。⓪

ひろいよみ【拾い読み】（名・他サ）挑着念，跳着念；☆面白いところだけ拾い読みする／只跳着念有趣的地方。⓪

ヒロイン【heroine】（名）①女傑；②女主人公；☆ヒロインの役を勤める／扮演女主角。1

*ひろ・う【拾う】（他五）①拾撿；☆落穂（おちぼ）を拾う／撿落穂；②揀選；☆重要事件を拾って表をつくる／挑出重要事件造表；☆珍しい言葉を拾う／蒐集珍奇的詞；☆道のいい所を拾って歩く／挑選道路好的地方走；③在路上雇（汽車等）；☆タクシーを拾う／在街上雇一輛計程車；◇命を拾う／撿一條命。⓪

ひろう【披露】（名・他サ）宣布出來，發表出來，披露；☆披露の宴を張る／設披露宴；☆結婚披露宴／喜筵。1

*ひろう【疲労】（名・自サ）疲勢（＝つかれ）；☆心身共に疲労する／精神和身體都感覺累；☆疲労を感ずる／感覺勞累。⓪

びろう【尾籠】（形動ダ）（指語）有失體統；有失禮貌，粗野，猥褻；☆大変尾籠な話ですが……／請原諒我說一句粗野的話……。⓪

ビロード【天鵝絨】（名）「葡・西・ve-

ludo」之訛〕天鵝絨。⓪

ひろがり【広がり】（名）〔（ひろがる）的名詞形〕擴展，擴大；☆事件の広がりを心配する／擔心事件擴大；☆松の枝の広がりがみごとだ／松樹枝的擴散形狀眞美麗。

*ひろが・る【広がる】（自五）①變寬；②擴展，擴大；☆火が四方に広がる／火勢向四面擴展；☆噂（うわさ）が広がる／傳言越傳越廣；☆伝染病が広がる／傳染病蔓延起來。⓪

ひろく【秘録】（名）秘密紀錄。1

ひろくち【広口】（名）瓶口粗；口粗的瓶。

*ひろ・げる【広げる】（他下一）①擴展，拓寛；☆道路を広げる／拓寛道路；②打開；☆本を広げる／把書翻開；☆包みを広げる／打開包袱；③伸展，展開；☆両手を広げる／伸開雙手；文ひろぐ（下二）。⓪

ひろさ【広さ】（名）①寛度；幅度；☆広さ一メートル／寛度一公尺；②面積。1

ひろの【広野】（名）遼闊的原野；☆雪にうずもれた広野／被雪覆蓋上的遼闊原野。2 1

ひろば【広場】（名）廣場；☆広場に集まる／集合到廣場上。1 2

ひろびろ【広広】（名・自サ）寛廣，遼闊；☆広々とした野原／遼闊的原野；☆ものを片づけたので部屋が広々とする／因爲把東西收拾起來了，所以屋子顯得寛敞3

ひろま【広間】（名）寛敞房間，大廳；☆広間で会合を開く／在大廳開會；☆四十畳敷きの大広間／舖有四十張蓆子的寛敞房間。1 2

*ひろま・る【広まる】（自五）①變寛大，擴大；②勢力範囲が広まる／勢力範圍擴大起來；②傳播出去；流行起來；☆名が世界に広まる／世界馳名；☆ダンスが広まる／跳舞流行起來。3

*ひろ・める【広める】（他下一）①推廣，普及；☆知識を広める／普及知識；②弘布，宣傳；☆宗教を広める／布教，宣傳宗教；☆名を広める／傳名；文ひろむ（下二）。3

ひろやか【広やか】（剙・形動ダ）寛敞，寛寛綽綽（＝ひろびろしている）。2

ひわ【秘話】（名）〔文〕秘密故事，秘錄1

ひわ【悲話】（名）〔文〕悲慘的故事；☆

ひ

この土地については昔から幾多(いくた)の悲話が伝えられている／關於這塊土地自古就傳說有許多悲慘的故事。①

びわ【枇杷】〔植〕枇杷。①

びわ【琵琶】(名)〔樂〕琵琶。①

ひわい【鄙猥】(名・形動ダ)下流,猥褻；☆鄙猥な話をする／說下流的話。⓪

ひわだ【檜皮】(名)①絲柏皮；②←ひわだぶき；～ぶき【檜皮葺】(名)①用絲柏皮葺屋頂；②絲柏皮的屋頂。⓪

ひわり【日割り】(名)①按日(計算)；☆報酬を日割で貰う／按日領取報酬；☆日割で計算する／按日計算；②日程(表)；☆試驗の日割をきめる／規定考試日程。⓪

ひわれ【日割れ】(名)(木材)曬裂；裂紋。⓪

ひわ・れる【干割れる】(自下一)①(樹等)曬裂,乾裂；②出裂紋,裂開；図ひわる(下二)。③⓪

ひん【品】(名)品格；風度；☆品のよくない男／沒有品格的人；☆品の悪い言葉／下流的話；☆あの人は品がある／他品格高尚；☆品を下げる／失體統,丟人。⓪

ひん【貧】(名・自サ)〔文〕貧窮；窮人；◇**貧すれば鈍(どん)する**／人窮志短,**貧は世界の福の神**／窮能使人發奮。①

びん【便】(名)①方便；機會；☆便のあり次第(しだい)／一旦有機會；☆便があったら届けて下さい／得便請給捎來；②郵寄(的班次)；☆次の便で送る／下次寄去。①

*****びん**【瓶・壜】(名)瓶子；☆瓶をすすぐ／涮瓶子；☆瓶に詰める／裝到瓶裏。①

びん【鬢】(名)鬢髮；☆鬢を掻き上げる／梳攏鬢髮。①

*****ピン**【pin】(名)①扣針,別針；☆ピンで止める／用別針別上；②髮針；☆ピンで髪を押さえる／用髮針壓住頭髮；③〔機〕栓,軸針。①

ピン【葡 pinta 之略】(名)①(骰子等的)點；②開始；第一；◇**ピンからキリまで**／從開頭到末尾；從最好的到最壞的,各式各樣的；☆俳優にもピンからキリまである／演員也有好的和壞的,演員有三六九等；**ピンを撥(は)ねる**／揩油,抽頭,從中撈一把。①

ひんい【品位】(名)①品位；體面；☆品

位が下がる／喪失體面；☆品位を保つ／保持體面；☆品位を高める／提高品格；②(金、銀的)成分,成色；☆金貨の品位／金幣中所含純金成分。⓪

ひんかく【品格】(名)品格(=ひん)；☆品格を高める／提高品格；☆品格が下がる／喪失體面。⓪

びんかつ【敏活】(名・形動ダ)敏捷,靈活；☆敏活に頭を働かす／靈活地動用腦筋；☆敏活な動作／敏捷的動作。⓪

*****びんかん**【敏感】(名・形動ダ)感覺敏銳⓪

ひんきゃく【賓客】(名)〔文〕賓客。①

ひんきゅう【貧窮】(名)〔文〕貧窮,貧困；☆貧窮のどん底から立ち上がる／從赤貧的境遇裏爬起來。⓪

ひんく【貧苦】(名)貧苦,貧困；☆貧苦に打ち勝つ／克服貧困；☆貧苦に窶(や)つ)れる／因貧苦而憔悴。①

ピンク【pink】(名)①粉紅色；☆ピンクのセーター／粉紅色毛衣；②色情傾向的,性愛的。①

ひんけつ【貧血】(名・自サ)〔醫〕貧血；☆貧血を起こす／患貧血；～しょう【貧血性】(名)貧血性,貧血體質。⓪

ひんこう【品行】(名)品行,操行(=ふるまい)；☆品行方正の人／品行端正的人；☆品行がよい／品行好。⓪

ひんこん【貧困】(名・形動ダ)①貧困；☆貧困に耐える／忍受貧困；②非常缺乏；☆知識の貧困／知識的貧困。⓪

ひんし【品詞】(名)〔語法〕品詞,詞類〔名詞、代名詞、動詞、形容詞、助詞、助動詞、接續詞、感動詞、副詞、連體詞、形容動詞等〕。⓪

ひんし【瀕死】(名)瀕死；致命；☆瀕死の状態／瀕死狀態；☆瀕死の重傷を負う／負致命傷。⓪

ひんしつ【品質】(名)質量；☆最上の品質／最好的質量；☆品質がよい／品質好⓪

*****ひんじゃく**【貧弱】(名・形動ダ)①軟弱,瘦弱；☆貧弱な体格／瘦弱的體格；②貧弱,貧乏；☆貧弱な知識／貧乏的知識；☆内容の貧弱な本／内容貧乏的書；③(儀表等)遜色,(裝束等)破舊；☆風采の貧弱な男／其貌不揚的人；☆服装が貧弱に見える／服裝顯得窮寒。⓪

ひんしゅ【品種】(名)①種類(=たぐい)；②品種；☆馬の品種を改良する／改良馬的品種。⓪

ひんしゅく【顰蹙】（名・自サ）〔文〕皺眉，皺眉；☆顰蹙すべき行為／令人皺眉的行為。☆人の顰蹙を買う／惹人瞧不起。⓪

ひんしゅつ【頻出】（名・自サ）〔文〕層出不窮，屢次發生；☆事故が頻出する／屢次發生事故。⓪

ひんしょう【貧小】（形動ダ）貧乏；渺小。⓪

びんしょう【敏捷】（名・形動ダ）敏捷，機敏；☆敏捷な動作／敏捷的動作。⓪

びんしょう【憫笑】（名・他サ）〔文〕憐憫而笑（＝あわれみわらう）。⓪

びんじょう【便乗】（名・自サ）①就便坐乘（車等）；☆友人の車に便乗する／就便搭朋友的車；②就便利用；巧妙利用；☆世の風潮に便乗して名を売る／利用社會的潮流沽名釣譽。⓪

ヒンズーきょう【Hindu教】（名）〔宗〕印度教。⓪

ひん・する【瀕する】（自サ）瀕臨；☆危殆（きたい）に瀕する／陷於危殆；☆危機に瀕しても、落ち着いている／危機臨頭猶泰然自若；図ひんす（サ）。③

ひん・する【貧する】（自サ）貧窮；☆貧すりゃ鈍する／人窮志短；図ひんす（サ）。③

ひんせい【品性】（名）品質，品格；道德品質；☆品性が下劣である／品質惡劣；☆すぐれた品性を養う／養成高尚的道德品質。①

ひんせい【稟性】（名）〔文〕稟性，天性（＝うまれつき）。①

ピンセット【pincet】（名）小鉗子，竹鉗子，鑷子。③

ひんせん【貧賤】（名・形動ダ）貧賤；☆貧賤な家に生まれる／生在貧賤的家裏；☆貧賤を苦にしない／不以貧賤為苦⓪①

びんせん【便船】（名）可就便搭乘的船；☆便船あり次第出かける／一旦有船就起身。⓪

びんせん【便箋】（名）信箋，信紙（＝レターペーパー）。⓪

ひんそう【貧相】（名・形動ダ）貧相，貧氣，貧寒，（容貌）枯瘦；☆貧相な顔をしている／其貌不揚；☆貧相に見える／看來很貧寒（枯瘦）；☆貧相ななりをしている／服裝窮氣。①

びんそく【敏速】（名・形動ダ）敏速；☆敏速に事を片付ける／敏捷處理事物。⓪

びんた（名）①鬢；②嘴巴，批頰；☆一発びんたを食（く）らわす／打一個嘴巴①

ピンチ【pinch】（名）①危機；☆ピンチに際してもあわてない／臨到危機也不慌張，②〔棒球〕吃緊時；☆危なくピンチを切り抜ける／勉強突破危機；～ヒッター【pinch hitter】（名）①〔棒球〕吃緊時出場的代打手；②（為擺脫危機而）代理出頭的人。①

びんづめ【瓶詰】（名）瓶裝；☆漬物を瓶詰にする／把鹹菜用瓶裝上。④③

ヒント【hint】（名）暗示；☆ヒントを与える／暗示一下；☆人の話からヒントを得る／從旁人話裏得到暗示（啟發）。①

ひんど【頻度】（名）頻度；☆頻度の多い言葉／頻度多的單詞，常用詞彙。①

*ぴんと（副）①用指彈物體；☆指先で虫をぴんと撥ね飛ばす／用指尖把蟲子吧嗒一聲彈開；②物突然跳起或或向後翹曲貌；☆魚がぴんとはねる／魚猛然一跳；③繃直貌，挬緊貌；直翹貌；☆糸をぴんと張る／把絃繃緊；☆馬が耳をぴんと立てる／馬豎起耳朵來；④上鎖貌；☆倉にぴんと錠をおろす／卡嗒一聲鎖上倉庫；◇ぴんと来る／①打動心弦，感動；☆彼の言葉がぴんと来た／他的話打動了我的心弦；☆相手の悲しみがぴんと心に響く／對方的悲戚使我深受感動，②（馬上）明白，提醒；☆その一言でぴんと来た／那一句話提醒了我；☆この小説は私にはぴんと来ない／這部小說給我的印象很模糊。⓪

ピント【荷 punt】（名）①（照像機鏡頭的）焦點；☆ピントを合わせる／對焦點；☆ピントがはずれる／焦點不對；②中心，要點；☆彼の答えはいつもピントがはずれている／他的答覆總是不中肯⓪

ひんとう【品等】（名）〔文〕①品級；②（物品的）等級；☆品等によって値段に差をつける／按照等級規定不同的價錢。⓪

ひんのう【貧農】（名）貧農；☆その世界的な偉人は貧農の家に生まれた／那位世界偉人生在貧農家裏。⓪

ひんぱつ【頻発】（名・自）〔文〕屢次發生，再三發生；☆飛行機事故が頻発する／屢次發生空難事件。⓪

*ひんぱん【頻繁】（名・形動ダ）頻繁；☆頻繁な人の出入り／人的出入頻繁；☆往

来の頻繁な通り／交通量很多的街道。[0]

ひんぴょう【品評】（名・他サ）〔文〕＝評，評定；～かい【品評会】（名）（農産物等的）評賽會；☆じゃが芋の品評会を開く／開馬鈴薯的評賽會。[0]

ひんぴん【頻頻】（形動タルト）頻頻，屢次，再三；☆頻々と電話をかける／屢次打電話。[0][3]

ぴんぴん（副・自サ）①跳躍貌；☆魚がぴんぴん（と）はねる／魚活潑地跳躍；②壯健貌；☆彼は年取ってもぴんぴんしている／他雖然上了年紀可是還很壯健；☆ぴんぴんしていた人が突然死んだ／活潑亂跳的人突然死了。[1]

ひんぷ【貧富】（名）貧富；窮人和富人；☆貧富の差が甚しい／貧富懸殊。[1]

*びんぼう【貧乏】（名・形動ダ・自サ）貧窮；☆貧乏な家に生まれる／生在貧窮家庭；☆貧乏になる／變窮；◇貧乏暇（ひま）なし／越窮越忙，窮忙；☆貧乏者の子沢山／窮人孩子多；☆稼（かせ）ぐに追いつく貧乏なし／只要苦幹不會受窮；～がみ【貧乏神】（名）使人受窮的神；～くじ【貧乏籤】（名）①最不利的籤；②〔轉〕不走運，厄運，倒霉；☆貧乏籤をひいたのは結局彼であった／結局是他倒霉；～しょう【貧乏性】（名）窮命，受窮的命；☆貧乏性に生まれついている／天生的窮命；～にん【貧乏人】（名）窮人；～ゆすり【貧乏揺すり】（名・自サ）（大

腿等）神經質地不住搖動；搖波稜蓋兒[1]

ピンぼけ（名・形動ダ・自サ）①〔照相〕焦點不對，結像不實；☆ピンぼけの写真／照得模模糊糊的像片；②〔轉〕不中肯，不得要領；☆ピンぼけな答／不中肯的回答。[0]

ピンポン【ping-pong】（名）〔運動〕乒乓球；☆ピンポンをする／打乒乓球；☆ピンポンボール／乒乓球。[1]

ひんまが・る【ひん曲がる】（自五）〔俗〕〔（ひん）是加強語氣的接頭詞〕＝ひどくまがる。[4]

ひんま・げる【ひん曲げる】（他下一）〔俗〕〔（ひん）是加強語氣的接頭詞〕＝ひどくまげる。[4]

ひんみん【貧民】（名）貧民，窮人；～くつ【貧民窟】（名）貧民窟。[3]

ひんめい【品名】（名）物品名。[0]

ひんもく【品目】（名）〔文〕物品種類，品種。[0]

びんらん【紊乱】（名・自他サ）〔文〕紊亂，擾亂；☆秩序の紊乱／秩序紊亂；☆風紀を紊乱する／擾亂風紀。[0]

ひんるい【品類】（名）〔文〕種類，品種[1][0]

びんろうじゅ【檳榔樹】（名）〔植〕檳榔樹。

びんわん【敏腕】（名・形動ダ）（敏捷處理事務的）才幹，能辦事，能幹；☆敏腕を振るう／大顯身手；☆彼の敏腕に期待している／期望他能大幹一番。[0]

ふ①五十音圖「は行」第三音；發音爲fu；②〔字源〕平假名是「不」的草體；片假名是「不」字的略筆。

ふ一【不】（接頭）〔表示否定〕不；☆不慣（な）れ/不熟習，不習慣；☆不確（たし）か/不可靠，不確實。

一ふ【夫】（造語）表示男子工人、人員；☆清掃夫（せいそうふ）/清潔打掃人員；☆雜役夫（ざつえきふ）/勤雜人員。

一ふ【婦】（造語）表示女子工人、人員；☆炊事婦（すいじふ）/女炊事工；☆看護婦（かんごふ）さん/護士小姐。

ふ【二】（數）〔文〕（只用於數數時）二（＝ふたつ，ふう）；☆一（ひ）二（ふ）三（み）/一二三。

ふ【譜】（名）〔樂〕譜，樂譜。⓪

ふ【斑】（名）斑點，斑斕，斑紋（＝ぶち，まだら）；☆斑入りの朝顔/有斑紋的牽牛花。⓪

ふ【歩】（名）〔將棋〕兵，卒；☆歩を突（つ）く/進卒。⓪

ふ【府】（名）①府（行政區劃名）；☆京都（きょうと）府/京都府；②機關（＝やくしょ）；☆文教の府/文教機關；③（集中的）場所；☆學問の府/學府。①

ふ【訃】（名）〔文〕訃聞，訃音；☆父の訃に接する/接到父死的訃音。①

ふ【負】（名）〔數〕負，負數（＝マイナス）；↔plus。①

ふ【腑】（名）①内臟，臟腑（＝はらわた）；②心（＝こころ）；◊腑に落ちない/不能理解，不能領會；☆それはどうも腑に落ちない/那我可有點不懂；腑の抜けた人/精神不健全的人，呆子。⓪

ふ【賦】（名）〔文〕①賦；②賦稅。①

ふ【麩】（名）①麩子；②麩餅〔用白麺裏所含麩質製成的食品〕。⓪

ぶ「ふ」的濁音；發音爲bu。

ぶ一【不】（接頭）不；☆不器用/手拙，笨手笨腳。

ぶ一【無】（接頭）不；☆無愛想（ぶあいそう）/不和氣，簡慢。

一ぶ【部】Ⅰ（造語）部分；例：心臟部；Ⅱ（接尾）（接數詞下）…部，册，份；☆雜誌を五千部刷（す）る/印雜誌五千册。

*ぶ【分】（名）①十分之一，成；☆四分六分に分ける/按四六成分；②釐（一成的十分之一）；☆年四分の利率/年利四釐；③分（一寸的十分之一）；④厚薄（＝こうはく）☆分厚い本/厚本子的書；⑤（優劣的）形勢；☆分の悪い試合（しあい）/沒有勝算的比賽。⓪

ぶ【武】（名）〔文〕①武；②武力。①

ぶ【歩】（名）①步（地積單位，等於一「坪」，約合3.3平方公尺）；②分（＝ぶ）；③比率（＝ぶあい）。①

*ぶ【部】（名）①部，部分；☆五つの部に分ける/分成五部；②官廳、公司等組織上的機構名；例：調査部，編輯部；③事物、場所等的某一部分；☆上（じょう）の部/最好的部分；☆町の中心部/市街的中心區；④體育運動等的部門；⑤學校的社團；例：水泳部，コーラス部。①⓪

ぶ「ふ」的半濁音；發音爲pu。

ファ【意fa】（名）〔樂〕七音音階的第四音名。①

ファースト【first】（名）①第一，最初的；②〔棒球〕ファースト・ベース或ファースト・ベース・マン之略；~インプレッション【first impression】（名）第一印象；~クラス【first class】（名）頭等~ベース【first base】〔棒球〕第一壘；一壘手；~レディ【first lady】（名）總統夫人。①⓪

ぶあい【歩合】（名）①〔數〕率，比率，比值，百分率；☆利益の歩合を求める/求出利益率；②回扣，佣金；☆一割の歩合を出す/給百分之十的佣金。⓪

ぶあいそう【無愛想】（名・形動ダ）不和氣，簡慢（＝すげない）；☆無愛想な顔/板着的面孔；☆無愛想に物を言う/說話不和氣。②

ファイト【fight】（名）①戰鬥，格鬥；②戰鬥精神；☆もっとファイトを出せ/再加把勁兒！加油！①

ファイナル【final】（名）①最後；最終；

②大學的最後考試；③〔運動〕決賽。1

ファイバー【fibre】（名）①纖維，纖維質；纖維組織；②←ステーブルファイバー。1

ファイブ【five】（名）五。1

ファイル【file】（名）①紙夾，文件夾；②釘存文件，釘存報紙；~ブック【file book】（名）活頁筆記本。1

ファインダー【finder】（名）（照相機上的）探像鏡，檢像鏡。1

ファインプレー【fine play】（名）〔運動〕妙技；☆ファインプレーを見せる／表演妙技。5

ファウル【foul】（名）①〔運動〕違反規則，犯規；②〔棒球〕線外球。1 0

ファウンデーション【foundation】（名）〔美容〕油底子。

ファゴット【意fagotto】（名）〔樂〕低音簫（簧）（＝バスーン）。2

ファスナー【fastener】（名）拉鍊（＝ジッパー）。1

ぶあつ・い【分厚い・部厚い】（形）厚的，較厚的（＝あつい）；☆分厚い本／厚冊書。0

ファッシズム【意Fascism】（名）意大利法西斯黨的主義，法西斯主義。

ファッション【fashion】（名）①流行，時興（＝はやり）；②（西服的）型，樣子，剪裁樣式；☆ニューファッション／新樣式；~ショウ【fashion show】（名）時裝表演會；~ブック【fashion book】（名）時裝樣本（＝スタイルブック）；~モデル【fashion model】服裝摸特兒1

ファミリー【family】（名）家族，家庭1

ファン【fan】（名）①扇；抽風扇；②（運動、電影、戲劇等的）迷，熱烈的愛好者；☆映画ファン／電影迷。1

***ふあん【不安】**（名・形動ダ）不安，不放心；☆将来が不安になる／耽心將來；☆不安に思う／感到不安。0

ファンタジー【fantasy】（名）①空想，幻想；②〔樂〕幻想曲。1

ファンタスチック【fantastic】（形動ダ）①幻想的，異想天開的；②奇異的，古怪有趣的。1

ファンド【fund】（名）資金，基金。1

ふあんない【不案内】（名・形動ダ）不熟悉，不了解情况；☆不案内の（な）土地／不熟（生疏）的地方；☆こういうこと

には、どうも不案内でして…／我對這一方面的事不太熟悉…。2

ふい（名）〔一般只用在「ふいにする」、「ふいになる」兩種句形内〕空，白，泡湯；☆せっかく溜（た）めた物を火事でふいにした／好容易積攢下的東西，一場火都燒光了。1

***ふい【不意】**（名・形動ダ）意料外，想不到，突然（＝だしぬけ）；☆不意に聞かれて私はどぎまぎした／突然被他一問，我着了慌；☆不意のできごとにあわする／碰到意外的事情而手忙脚亂；~うち【不意打】（名）①冷不防的打擊；☆不意打を食う／遭到突然的襲擊；②突然，抽冷子；☆不意打ちにテストをする／突然的考試。0

ブイ【buoy】（名）①（港口、游泳地帶所設的）浮標；☆ブイより沖（おき）へ行くな／不要越過浮標到更遠的大海去；②救生圈；☆ブイを身に着ける／帶上救生圈。0

フィアンセ【法fiancé〔男〕；fiancée〔女〕（名）未婚夫（妻）（＝いいなずけ）；☆彼にはフィアンセがある／他有未婚妻。2

フィート【feet＝呎】（名）呎，英尺。1

フィールド【field】（名）①〔運動〕（跑道以内的）田賽運動場；賽球場；棒球場；②原野，田地、（野）；③〔理〕場，力場；~グラス【field glass】（名）（雙眼）望遠鏡；~ワーク【field work】（名）野外調査工作（野外測量，野外研究等）。1 0

フィギュア【figure】（名）①形，形狀；②←フィギュアスケーティング；~スケート【figure skating】（名）〔溜冰〕花式溜冰。1

フィクション【fiction】（名）虛構。1

ふいご【鞴】（名）風箱。1 0

ふいち【不一】（名）〔文〕草草不能盡言（書信用語）。1

***ふいちょう【吹聴】**（名・他サ）吹噓，宣傳；☆得意になって吹聴する／洋洋得意地吹噓；☆この事を世間へ吹聴されては困る／這事可別給宣揚出去。0

ふいつ【不一】（名）←ふいち。1

ふいと（副）突然，偶然（＝きゅうに、ふと）；☆ふいと立ち上がる／突然站了起來；☆ふいと用件を思い出す／偶然想起

了事情。[1]

ぶいと（副）不高興地；不耐煩地；☆ぷいと横を向く／不高興地把臉扭過去。[1]

フィナーレ【意finale】（名）①〔樂〕終節，終曲；☆力强いフィナーレ／堅强有力的終曲；②〔劇〕終場，結尾；☆花やかなフィナーレで幕を閉（と）じる／以豪華的終場閉幕。[2]

フィニッシュ【finish】（名）①完，完成，完結；②（比賽的）最後決賽。[1]

ブイヤベース【法 bouillabaisse】（名）（法國馬賽的有名的菜肴）燉魚。[3]

フィヨルド【fiord, fjord】（名）〔地〕峽灣。[2]

ブイヨン【法bouillon】（名）肉湯（＝スープ）。[1]

フィラメント【filament】（名）〔電〕（電燈泡內的）白熱絲，燈絲。[1]

ふいり【不入り】（名）（演劇、電影、雜耍等的）客少；上座少；☆意外の不入りで赤字を出す／因爲上座意外的少，虧了本。◎おおいり。[0]

ふいり【斑入り】（名）帶斑點（斑紋）；☆斑入りの朝顔（あさがお）／帶斑紋的牽牛花。[0]

フィリッピン【Philippines】（名）〔地〕菲律賓。[2]

フィルター【filter】（名）①濾器，濾淨器；②〔電〕濾波器；③〔理〕濾光器；〜つきたばこ【filter 付き煙草】（名）濾嘴香煙。[1]

フィルハーモニック【philharmonic】（名）音樂愛好（者）（常用作交響樂團名稱）。

フィルム【film】（名）①薄皮，膜；②〔照相〕膠片，軟片；③影片；〜パック【film pack】（名）〔照相〕盒裝軟片[1]

ふいん【訃音】〔文〕訃音，訃聞；☆友の訃音を聞く／接到友人的訃音。[0]

ぶいん【部員】（名）部員；☆野球部の部員／棒球部的部員。[0]

フィンガーボール【finger bowl】（名）（西餐後用的）洗指鉢。[5]

フィンランド【Finland】（名）〔地〕芬蘭。[3]①

－ふう【風】（造語）①風（＝かぜ）；☆季節（きせつ）風／季節風；②樣式；☆西洋風の家／西式的房子；③商人風の男／商人氣息的人。

ふう【二】（名）〔僅用於數數時〕二（＝ふ）；☆ひい、ふう、みい／一、二、三。[1]

ふう（感）①〔感動或感到茫然時發出的聲音〕哼，咦（＝ふん）；②〔喘息聲〕呼哧呼哧；☆ふうふう言いながら車のあと押しをした／呼哧呼哧地在車後邊幫着推。

ふう【封】（名）①封，封上；☆袋の封をする／封上（紙）袋兒；☆手紙の封を切る／拆開信；②封口（＝ふうじめ）。[1]

*ふう【風】（名）①樣子（＝ようす、ふり）；☆見ない風をする／假裝沒看見的樣子；②習慣，風俗（＝ならわし）；☆伝統の風に従（したが）う／遵照傳統的習慣；③傾向，趨向；☆とかくはっきり物を言わない風がある／（他）說話總是含糊糊的；④（這樣那樣的）樣（＝ぐあい）；☆私はこんな風に考える／我這樣想；☆そういう風に書くな／不要那樣寫；⑤外表（＝なりふり）；姿態（＝すがた）；☆みすぼらしい風をする／外表很寒酸，衣着襤褸。[1]

ふう【楓】（名）〔植〕楓〔注意，日本所謂楓（かえで）是槭樹〕。[1]

ぶう（名）〔俗、兒〕茶；開水；洗澡；☆おぶうをちょうだい／給我點喝的；☆おぶうに入りましょう／洗澡吧。[1]

ふういん【封印】（名・自サ）封印；在加封處（封口上）蓋印；☆封印を破る／開封。[0]

ふうう【風雨】（名）①風雨；☆風雨に晒（さら）す／暴露在風雨中；②大風雨，暴風雨（＝あらし）；☆烈しい風雨に見舞われる／遭到暴風雨。[1]

ふううん【風雲】（名）①風雲；②形勢，時勢；☆風雲正に急を告げる／形勢正在緊急；〜じ【風雲児】（名）風雲兒[0][1]

ふうか【風化】（名・自サ）①〔文〕教化；②〔地質〕風化；☆岩が風化しておもしろい形になる／岩石風化變成奇異的形狀。[0]

ふうが【風雅】（名・形動ダ）①風雅；☆風雅な人／風雅的人；②詩歌，書畫，文藝；☆風雅の道に長けている／长於詩歌（文藝）。[1]

フーガ【意fuga】（名）〔樂〕賦格（曲）[1]

ふうがい【風害】（名）風災。[0]

ふうかく【風格】（名）①風采，容貌；☆

堂々たる風格／一表非凡的風采；②風度，品格（＝ひとがら）；☆風格の立派な人／風度不凡的人；③風格（＝おもむき）；☆風格のある字を書く／寫字有風格。⓪

ふうがわり【風変り】（名・形動ダ）與衆不同，古怪，異常；☆風変りな（の）人（家）／奇特的人（房子）。③

ふうかん【封緘】（名・他サ）封緘，封信口；☆手紙を封緘する／封信；〜はがき【封緘葉書】（名）折叠封口明信片。⓪

ふうき【風紀】（名）風紀；☆風紀が乱れる／風紀紊亂。①

ふうき【富貴】（名・形動ダ）富貴；☆富貴の家／富貴之家。①

ふうきり【封切】（名・他サ）①開封；②（影片的）初次放映；☆「マイ・フェア・レディー」は明日封切りするそうだ／聽說明天初次放映「窈窕淑女」；〜かん【封切館】（名）首輪電影院。④⓪

ブーケ【法 bouquet】（名）花束。①

*ふうけい【風景】（名）①風景，景致（＝ながめ、けしき）；☆美しい風景／美麗的風景；②情景，狀況；☆一家団欒のほほえましい風景／一家團圓的美滿的情景。①

ふうげつ【風月】（名）〔文〕風月，清風明月；☆風月を友とする／以風月爲友，〔喻〕生活高雅。①

ブーゲンビリア【bougainvillaea】（名）〔植〕九重葛（＝イカダカズラ）。⑤

ふうこう【風向】（名）〔氣象〕風向，風位（＝かざむき）。⓪

ふうこう【風光】（名）〔文〕風光，風景；☆風光明媚（めいび）の地／風光明媚的地方。①

ふうこつ【風骨】（名）〔文〕風度，風彩①⓪

*ふうさ【封鎖】（名・他サ）①封鎖；☆敵の港を封鎖する／封鎖敵港；②凍結；☆預金封鎖の処置をとる／採取凍結存款的措施。⓪①

ふうさい【風災】（名）〔文〕風災，風害。⓪

*ふうさい【風采】（名）風采，相貌（＝すがた）☆風采の上がらぬ男／其貌不揚的人。⓪

ふうさつ【封殺】（名・他サ）〔棒球〕封殺。⓪

ふうし【風姿】（名）〔文〕風姿，風采，姿態。①

ふうし【風刺・諷刺】（名・他サ）諷刺；譏諷（＝あてこすり）；☆巧みな諷刺／巧妙的諷刺；〜が【諷刺画】（名）諷刺畫⓪

ふうじこめせいさく【封じ込め政策】（名）封鎖政策，遏阻政策（西方民主國家對鐵幕國家進行封鎖政策）。⑥

ふうじこ・める【封じ込める】（他下一）封入，封在裏面；因ふうじこむ（下二）⑤

ふうしつ【風湿】（名）〔醫〕（關節）風湿症（＝リューマチス）。⓪

ふうしゃ【風車】（名）風車（＝かざぐるま）；☆風車で粉（こな）を碾（ひ）く／用風車磨麵。①

ふうしゅ【風趣】（名）〔文〕風趣，風韻；☆冬の山もまた風趣がある／冬天的山也別有風味。①

ふうしゅう【風習】（名）風習，習慣（＝ならわし、しきたり）；☆珍しい風習／奇異的風習。⓪

ふうしょ【封書】（名）封着的書信；☆封書で通知する／以封緘通知。⓪

ふうしょく【風蝕】（名・他サ）〔地質〕風蝕，風化。⓪

ふう・じる【封じる】（他上一）①封，封上；☆手紙を封じる／封上信；②封門；③禁止用，使不得施展；☆自由な言論を封じる／封鎖言論自由；因ふうず（サ）⓪

ふうしん【風疹】（名）〔醫〕風疹。⓪

ふうじん【風神】（名）〔文〕風神，風伯（＝かぜのかみ）。⓪

ふうすいがい【風水害】（名）風災和水災③

ふう・する【諷する】（他サ）諷，譏諷③

ふう・ずる【封ずる】（他サ）＝ふうじる，因ふうず（サ）。⓪③

ふうせつ【風雪】（名）①風和雪；②風雪（＝ふぶき）；③〔文〕艱苦；☆世の風雪に耐える／忍受世間的艱苦。①⓪

ふうせつ【風説】（名）謠言，傳聞，傳說（＝うわさ、とりざた）；☆それは単なる風説にすぎない／那只不過是一種傳說⓪

ふうせん【風船】（名）①輕汽球，汽球；②←風船玉；〜だま【風船玉】（名）〔玩具〕（膠皮、紙製的）汽球；☆風船玉を飛ばす（上げる）／放汽球。⓪

ふうぜん【風前】（名）風前；〜のともしび【風前の灯】（名・連語）風前之燭；☆彼の命は風前の灯である／他的壽命有如風前之燭。⓪

ふうそう【風霜】（名）〔文〕①風霜；②

ふ

辛苦，艱苦；☆多年の風霜を凌（しの）いだ／經歷多年的辛苦。[0][1]

ふうそく【風速】（名）風速；☆最大風速三十メートルの暴風／最大風速30公尺的暴風／～けい【風速計】（名）風速計[0]

*ふうぞく【風俗】（名）①風俗；☆唐時代の風俗を研究する／研究唐代的風俗；②服裝，打扮（＝みなり）；☆特異な風俗をした少數民族／服裝新奇的少數民族；～しょうせつ【風俗小説】（名）風俗小說。[0]

ふうたい【風袋】（名）①（量東西時裝該物品的）袋，箱，皮；☆風袋ぐるみ／帶皮，毛重；☆風袋を差し引く／減去皮重；②外觀，外表。[1]

ふうたい【風体】（名）打扮，體態（＝みなり）；☆商人らしい風体の人／商人打扮的人。[1]

ふうち【風致】（名）〔文〕風致，風趣，雅致／～りん【風致林】（名）風景林[1]

ふうちょう【風潮】（名）〔文〕風潮，時勢，傾向，潮流；☆世の風潮に從う／順應時勢。[0]

ブーツ【boots】（名）長筒靴；馬鞋。[1]

ふうてん【瘋癲】（名）〔俗〕瘋癲（＝きちがい）；（罵人時也用此語）；☆この瘋癲野郎／這個瘋子。[0]

フート【foot＝呎（feet的單數）】（名）一呎，一英尺；↔フィート；～ポンド【foot pound，呎磅】（名）呎磅（功的單位）。[0]

*ふうど【風土】（名）風土，水土；☆風土に慣（な）れる／習慣於風土；～びょう【風土病】（名）（某地特有的）風土病，地方病。[1]

フード【hood】（名）①頭巾，（連在大衣上的）兜帽（＝ずきん）；②（鏡頭、汽車機件、打字機等的）罩子。[1]

*ふうとう【封筒】（名）信封，封套；☆封筒をあける／拆信；☆封筒に入れる／裝在封套（信封）裏。[0]

ふうどう【風洞】（名）（試驗飛機翼空氣力學性能的）風洞。[0]

ふうどう【風道】（名）（煤井、礦山等通氣用的）風道。[0]

プードル【poodle】（名）〔動〕獅子狗；鬈毛狗。[1]

ふうにゅう【封入】（名・他サ）封入，裝入，裝在信封裏；☆為替（かわせ）を封入して送る／把滙票裝在信內發出。[0]

ふうは【風波】（名）①風波；風浪；☆風波を冒（おか）す／冒風波；②不和，爭吵（＝もめごと）；☆家庭に風波が絶えない／家庭裏不斷起風波。[1]

ふうばいか【風媒花】（名）〔植〕風媒花[0]

ふうび【風靡】（名・他サ）風靡；☆全國を風靡する／風靡全國。[1]

ふうひょう【風評】（名）傳說，謠傳（＝うわさ）；☆彼についていろいろな風評が立つ／關於他有許多風言風語。[0]

*ふうふ【夫婦】（名）夫婦；☆夫婦になる／結爲夫妻；～きどり【夫婦気取】（名）裝做是夫婦；～げんか【夫婦喧嘩】（名）夫妻吵嘴；◇夫婦喧嘩は犬も食わぬ／夫妻吵嘴別人不用管；～づれ【夫婦連】（名）夫妻一起；☆夫婦連で旅行する／夫妻一塊兒旅行；～せいかつ【夫婦生活】（名）夫妻生活；～ともかせぎ【夫婦共稼ぎ】（名）夫婦都工作；～なか【夫婦仲】（名）夫妻關係；☆夫婦仲がよい／夫妻和睦。[1]

ふうふう（副）①呼哧呼哧（地喘）；☆ふうふう言って駆けつける／呼哧呼哧地跑去（來）；②忙得喘不過氣來；☆朝から晩まで仕事でふうふう言う／從早到晚因工作忙得喘不過氣來；③（縮攏嘴唇）呼呼地（吹）；☆熱いお茶をふうふうと吹いて飲む／呼呼地吹着熱茶喝。[1]

ぶうぶう（副）①發牢騷說（＝ぶつぶつ）；☆そうぶうぶう言うな／別那麼發牢騷吧；②（粗而低的音響）嗚嗚；☆自動車が警笛（けいてき）をぶうぶう（と）鳴らす／汽車嗚嗚地按喇叭。[1]

ぶうぶう（名）〔兒〕汽車。[1]

ふうぶつ【風物】（名）風物，風景；☆自然の風物に親しむ／愛接近自然風物。[1]

ふうぶん【風聞】（名・他サ）風聞，風傳，傳說，謠傳（＝うわさ，とりざた）[0]

ふうぼう【風防】（名）防風（＝かぜよけ）；☆風防ガラス／防風玻璃。[0]

ふうぼう【風貌】（名）①風彩，容貌（＝すがた，かたち）；☆堂々たる風貌／堂堂的風采；②風度，爲人；☆彼の風貌をよく伝える伝記／很好地表達了他的風度的一本傳記。[0]

ふうみ【風味】（名）風味，味道（＝あじ）；☆風味のよい菓子／味道好的點心[3][1]

ブーム【boom】（名）①〔經〕突然出現

的景氣，商情突然活躍(＝にわかげいき)
；☆熱潮；☆株式ブーム／股票交易突然
旺盛；☆出版ブーム／出版界的景氣。1

ふうもん【風紋】（名）〔地〕（砂土上顯
出的）風紋。

ふうらいぼう【風来坊】（名）來路不明的
人；流浪漢；無定性的人，不能安心工作
的人。3

ふうりゅう【風流】（名・形動ダ）風流；
優美；幽雅；☆風流な人／風流人；☆風
流な庭／幽雅的庭園。1

ふうりょく【風力】（名）風力，風速；☆
風力は二で快晴／風力二級，爽晴。1

ふうりん【風鈴】（名）風鈴，風鐸；☆風
鈴を吊す／掛風鈴。0

****プール**【pool】（名・他サ）①水坑，池子
；②許多人聚集處；☆タイピストプール
／打字室；③游泳池；☆プールで泳ぐ／
在游泳池游泳；④(同種企業間的)統一核
算，(集資的)統籌資金；☆資金をプールする／共同（合伙）
使用資金。

****ふうん**【不運】（名・形動ダ）不幸，倒霉（
＝ふしあわせ）；☆不運と諦（あきら）
める／認倒霉；☆彼は不運な男だ／他是
個不幸的人。1

ふうん（感）（表示佩服、懷疑、詫異的鼻
聲）哼；☆ふうん，それは本当かい／哼
，那是眞的嗎？

ぶうん【武運】（名）武運。1

****ふえ**【笛】（名）①笛子；②哨子（＝よび
こ）；◇笛吹けど踊らず／怎樣誘導也無
人響應。0

フェア【fair】Ⅰ〔英・形〕（形動ダ）①
美麗的，暢快的(＝うるわしい)；②公平
的，光明正大的；③〔棒球、網球〕合規
，(球) 未出界；～プレー【fair play】
（名）①光明正大的比賽；②光明正大的
態度；③光明正大的方法；④漂亮的表演
(＝ファインプレー)Ⅱ〔美・名〕博覽
會，商品展覽會，物產賽會。

フェース【face】（名）①臉，面孔；②面
表面；③〔商〕票面，額面；～バリュー
【face value】（名)(股票、票據的) 票
面價格。

ふえき【不易】（名・形動ダ）〔文〕不易
，不變。1

ふえき【賦役】（名）〔文〕賦役。10

フェザー【feather】（名）←フェザーウェ
ート；～ウェート【feather-weight】

（名）〔拳擊〕羽量級。1

ふえて【不得手】（名・形動ダ）不擅長，
不熟練，不會；不喜好；☆講演はどうも
不得手です／我實在不擅長演說；☆不得
手なことをする／做不擅長的事。1 2

フェニックス【拉 Phoenix, Phenix】（
名）①〔埃及神話〕不死鳥，長生鳥；②
〔植〕棗椰樹。2

フェノール【phenol】（名）〔化〕（苯）酚
，石炭酸；酚；～フタレーン【phenol-
phthalein】（名）〔化〕（苯）酚酞2

フェミニスト【feminist】（名）男女同
權主義者，女權擴張論者；〔轉〕崇拜女性
者。3

フェリーボート【ferry-boat】（名）渡船4

****ふ・える**【増（殖）える】（自下一）増多
，増加；☆人口が増える／人口増加；図
ふゆ(下二)。2

フェルト【felt】（名）氈，毛氈；☆フェル
ト帽／氈帽；～ペン【felt＋pen】（名）
氈心奇異筆。

ふえん【敷衍】（名・他サ）詳述，細說0

フェンシング【fencing】（名）〔西洋〕
擊劍。1

ぶえんりょ【無遠慮】（形動ダ）不客氣，
不拘泥；☆無遠慮に物を言う／不客氣地
（直率地）講。2

フォア【four】（名）①四，四個（＝よっ
つ）；②四人一組；③四槳艇。1

フォーカス【focus】（名）焦點；主要點1

フォーク【fork】（名）（西餐用的）叉，
肉叉（＝ホーク）。1

フォーク【folk】（名）①家族，一族；②國
民，民族；～ソング【folk song】（名）
民謠；民歌；～ダンス【folk dance】
（名）民族舞，民間舞；土風舞。

フォーム【form】（名）①形，型；姿勢；
☆鮮（あざや）かなフォームで水中に飛
び込む／以漂亮的姿勢跳水；②形態；③
形式。1

フォーム（名）〔←プラットフォーム〕→
ホーム。1

フォールト【fault】（名）〔運動〕（各種
球賽的）失敗，發錯球。1

フォックストロット【fox trot】（名）狐
步舞。6

フォト【photo】（名）照片；～スタジオ
【photo studio】(名)攝影場，照像館1

ぶおとこ【醜男】（名）醜男子。0

フォルテ【意 forte】（名）〔樂〕用強音，加強；〔略作f〕。①

フォルマリンすい【德 Formalin ＋水】（名）〔藥〕（消毒用的）甲醛液（＝ホルマリン）。

フォルモサ【Forosa】（名）美麗的臺灣。

フォロー【follow】（名・自サ）①繼續，跟隨；②〔電影〕移動攝影。①

フォワード【forward】（名）〔運動〕（排球、足球等的）前鋒。①

フォン【phone】（名）表示音量的單位。

ふおん【不穩】（名・形動ダ）不穩，險惡；☆形勢が不穩になる／形勢險惡。⓪

ぶおんな【醜女】（名）醜女。②

ふか【鱶】（名）〔動〕鯊魚；〜のひれ【鱶の鰭】（名）魚翅。⓪②

ふか【不可】（名）①不可，不行（＝いけないこと）；②不好，劣等；◇可もなく不可もない／不好也不壞，普通。②

ふか【付加】（名・他サ）附加；添加；☆規則に左の一項を付加する／在規章上附加左列一項；〜ぜい【付加税】（名）附加税。②

ふか【負荷】（名・他サ）①〔文〕擔，荷；負擔；裝載量；②〔理〕載荷，擔負；③〔電〕負載。②

ふか【孵化】（名・自他サ）孵化；☆雛（ひな）を孵化する／孵鷄雛；☆雛が孵化した／雛兒孵出來了。②

ふか【賦課】（名・他サ）賦課，徵收；☆税金を賦課する／課税，徵税。②

*ぶか【部下】（名）部下，屬下（＝てした）①

*ふか・い【深い】（形）①深的；☆川が深い／河深；☆底が深い／底深；☆深が深い／印象深；☆関係が深い／關係深；☆色が深い／顏色深；②深長的，深厚的；☆意味が深い／意味深長；☆深い愛情／深厚愛情；③很甚的，深遠的，深刻的；☆あの人は遠慮が深い／他很客氣；☆深く考える／深刻考慮；④（季節等）已深的，（夜）深的；☆夜が深い／夜闌；☆春が深い／春酣；（草木等）密茂的，深密的，；☆草が深い／草密茂；☆毛が深い／毛密；⑥（感情等）深重的；☆慾が深い／慾望深重；↔あさい；囚ふかし（形ク）。②

*ふかい【不快】（名・形動ダ）不愉快，不高興；☆不快な顏色／不高興的臉色；〜しすう【不快指數】（名）（受溫濕度的影響而感覺）不舒服的指數（＝T-Hinder）。②

ぶがい【部外】（名）〔文〕（機關公司等的）部門外；☆部外からも募集する／也從外部募集；☆部外者は立ち入り禁止／本部門以外的人禁止入內。①

ふがいな・い【腑甲斐ない】（形）不中用的，沒有志氣的，窩囊的，令人洩氣的（＝いくじがない、だらしがない）；☆あんな相手に敗けるなんて腑甲斐ない／敗給那樣的對手眞窩囊；囚ふがいなし（形ク）。④

ふかいにゅう【不介入】（名・自サ）不干預，不干涉。②

ふかいり【深入り】（名・自サ）①深入；☆敵地に深入りする／深入敵地；②過於干預，太接近；☆あの事に余り深入りしてはいけない／不要過於干預那件事④⓪

ふかかい【不可解】（名・形動ダ）不可解，難以理解，不可思議，神秘；☆それは全く不可解だ／那簡直令人費解；☆不可解な人物／神秘的人物。②

ふかく【不覺】（名・形動ダ）①失敗，失策，過失；☆これは確かに僕の不覺だった／這的確是我錯了；☆あんな人を良人（おっと）に持ったのが彼女の不覺です／她跟那樣人結婚根本就錯了；②不知不覺，不由得；☆不覺の涙を落とす／不由得落下淚來；③沒有知覺，失去知覺；☆前後不覺に眠る／昏睡；◇不覺を取る／失敗，☆油断して不覺を取るな／不要粗心大意搞失敗了。⓪

ふかくじつ【不確實】（名）不確實，不確切，靠不住；☆不確實な報道／不可靠的報導；☆不確實な商売／靠不住的買賣。②

ふかくだい【不拡大】（名）〔文〕不擴大；☆不拡大方針を取る／採取不擴大的方針。②

ふかくてい【不確定】（名・形動ダ）未確定；不明確。②

ふかけつ【不可欠】（名・形動ダ）不可缺少，必要，必需；☆これは不可欠の条件だ／這是不可缺少的條件；☆電気は現代生活に不可欠の（な）ものだ／電是現代生活中必需要的東西。②

ふかこうりょく【不可抗力】（名）不可抗力。③

ふかさ【深さ】（名）深（度）；☆海の深

さ/海的深度；☆深さの知れない/無底
的，無限的；深不可測的。②

ふかし【蒸（し）】（名）蒸，蒸的東西；
☆ふかし芋/蒸番薯；☆ふかし器/蒸鍋
，蒸籠；～たて【蒸し立て】（名）剛蒸
好（的東西）；☆ふかしたてのまんじゅ
う/剛蒸好的饅頭。③

ふかしぎ【不可思議】（名・形動ダ）不可
思議，奇怪，奇異，奇妙，神秘；☆不可
思議な事件/神秘的事件。②

ふかしん【不可侵】（名）〔文〕不可侵犯
；～じょうやく【不可侵条約】（名）互
不侵犯條約。②

ふか・す【蒸す】（他五）蒸；☆さつま芋
をふかす/蒸番薯。②

ふか・す【吹かす】（他五）吸（烟），噴
（烟）；☆たばこを吹かす/吸烟；☆た
だ吹かすだけで吸い込まない/只是往外
噴不往裏吸。②

ふか・す【更かす】（他五）熬（夜）；☆
本を読んで夜を更かす/讀書（熬夜）至
夜深。②

ふかぜい【付加税】（名）附加税；☆付加
税を課す/課附加税。②

ぶかっこう【不格好・不恰好】（名・形動
ダ）樣式不好，不好看；不漂亮，不精緻
，笨拙；☆不格好な服/（樣式、剪裁）
不合身的衣服；☆不恰好な手つき/笨手
笨脚，不靈活的手式；☆不恰好に見える
/看着笨（不漂亮）。②

ふかづめ【深爪】（名）指甲剪得短，指甲
剪得緊靠肉；☆深爪を切る/剪指甲剪得
短。②

ふかで【深手】（名）重傷；☆深手を負う
/負重傷；↔うすで，あさで。②⓪

*ふかのう【不可能】（名・形動ダ）不可能
，做不到；☆不可能にする/使不
可能變為可能；☆実現不可能の（な）計
画/不可能實現的計劃。②

ふかひ【不可避】（名）〔文〕不可避免；
☆両者の衝突は不可避である/雙方的衝
突是不可避免的。②

ふかふか（副・自サ）鬆軟貌；☆ふかふか
（と）した羽根（はね）蒲団/宣騰騰的
鴨絨被；☆ふかふかにふかした饅頭（ま
んじゅう）/蒸得宣騰騰的饅頭。②

ぶかぶか（副・自サ）①（西服褲等）肥大
不合體貌；☆ぶかぶか（と）したズボン
/肥大的褲子；②漂浮貌；☆ぶかぶかと

浮いている/飄飄搖搖地漂浮着。①

ぷかぷか（副・自サ）①吸烟貌；☆タバコ
をぷかぷかと吹かす/吞雲吐霧一般吸紙
烟；②（笛子、喇叭等）大吹特吹貌；☆
ぷかぷかどんどん/喇叭和大鼓齊鳴；③
＝ぷかぷか；☆浮き輪がぷかぷかと浮い
ている/救生圈飄飄搖搖地漂浮着；④＝
ふかふか。②

ふかぶかと【深深と】（副）深深地，厚厚
地；☆大気を深々と吸い込む/深深地吸
了一口空氣；☆夜具（やぐ）を深々とか
ぶる/厚厚地蓋上被。③

ふかぶん【不可分】（名・形動ダ）〔文〕
不可分，分不開，離不開；☆不可分な関
係/密切（不可分）的關係。②

ふかま・る【深まる】（自五）加深，深起
來；加強起來；☆愛情が深まる/愛情深
起來。③

ふかみ【深み】（名）①深（度），深淺；
☆その絵には深みがない/那張畫沒表現
出深度；☆この辺はどの位の深みでしょ
う/這一帶有多深；②深處；☆深みに落
ち込む（はまる）/陷入深處；③密切的
關係；☆ずるずると深みに落ち込む/一
來二去關係就密切了（往壞的關係）③②

ふかみどり【深緑】（名）深綠（＝こいみ
どり）。③

ふか・める【深める】（他下一）加深，加
強；☆印象（関係）を深める/加深印象
（關係）；☆理解を深める/加強理解，
図ふかむ（下二）。③

ふかん【俯瞰】（名・他サ）〔文〕俯瞰；
☆飛行機から俯瞰する/從飛機上俯瞰；
～ず【俯瞰図】（名）鳥瞰圖。⓪

ぶかん【武官】（名）武官；☆大使館付武
官に任命される/被任命爲駐大使館的武
官。①

ふかんしへい【不換紙幣】（名）〔經〕不
兌換紙幣。④

ふかんしょう【不感症】（名）①〔醫〕性
的冷淡，不感症；②感覺遲鈍。⓪

ふかんしょう【不干渉】（名）不干涉。②

ふかんせいゆ【不乾性油】（名）〔理〕（
橄欖油、蓖麻子油之類在空氣中）不結膜
的油，不乾油。②

*ふかんぜん【不完全】（名・形動ダ）不完
全，不完備，有缺點；☆不完全な答案/
不完備的答案。②

ふき【蕗】（名）〔植〕欸冬。⓪

ふき【不軌】（名）〔文〕不軌，謀反，叛變；☆不軌を企む／企圖叛變，圖謀不軌。[1][2]

ふき【不帰】（名）〔文〕①不歸，不再回②死，亡；◇不帰の客となる／死去[1][2]

ふき【付記】（名・他サ）附記，附註；☆著書の終りに感想を付記する／在著作的末尾附寫上感想。[1][2]

ふぎ【不義】（名）①不義；☆不義の金／不義之財；②私通（＝みっつう）；☆不義をする／（男女）私通。[1]

ふぎ【付議】（名・他サ）提在議程上，付諸討論；☆議案を委員会に付議する／把議案提到委員會上討論。[1]

*ぶき【武器】（名）武器；☆武器をとって戦う／拿起武器作戰；☆ペンが僕の生活の武器だ／筆（桿）是我生活的武器（工具）。[1][2]

ブギ（名）←ブギウギ。[1]

ふきあが・る【吹き上がる】（自五）①颳到空中，颳上去；②（水）噴出。[0][4]

ふきあげ【吹上げ】（名）噴泉，噴水泉[0]

ふきあ・げる【吹き上げる】（他下一）颳起，颳上；☆岸に吹き上げる／颳到岸上；図ふきあぐ（下二）。[4]

ふきあら・す【吹き荒らす】（他五）颳倒（房屋、樹林等），刮倒。[0][4]

ふきあ・れる【吹き荒れる】（自下一）風颳得劇烈，狂風大作（＝ふきすさぶ）；図ふきある（下二）。[0]

ふきい・れる【吹き入れる】（他下一）颳入，颳進（＝ふきこむ）；図ふきいる（下二）。[0]

ブギウギ【boogie woogie】（名）〔樂〕爵士音樂的一種（原爲黑人音樂，旋律很快，用作交際舞伴奏）。[1]

ふきおこ・す【吹き起こす】（他五）颳起（風），吹起（火）；☆大風を吹き起こす／颳起大風；☆火を吹き起こす／颳起火來，把火吹旺。[0][4]

ふきおと・す【吹き落とす】（他五）吹落，颳掉。[0][4]

ふきおと・す【拭き落とす】（他五）揩去，擦掉；☆汚れを拭き落とす／揩去污穢。

ふきおろ・す【吹き下す】（自五）颳下，往下颳。[0]

ふきかえ【吹き換え】（名）配音〔電影、電視〕以本國語配音代替外國片的原來的

發音。[0]

ふきかえ・す【吹き返す】（他五）①（風）把東西颳回來；②恢復呼吸，甦生；☆息を吹き返す／恢復呼吸，甦醒過來。[0]

ふきか・ける【吹き掛ける】（他下一）①吹氣，哈氣；☆指に息を吹き掛けて温（あたた）める／往手指頭上哈氣取暖；②誇大；要大價；③（風、雨）颳，淋，噴；☆胸に香水を吹き掛ける／往胸部噴香水；④挑釁，找碴兒（＝しかける，しむける）；☆喧嘩を吹き掛ける／找碴打架；図ふきかく（下二）。[0]

ふきき・る【吹き切る】（自五）①（風）完全停息；②（膿疱）腫破出膿。[0][3]

ふきけ・す【吹き消す】（他五）吹滅（火、蠟燭等）。[3]

ふきこみ【吹き込み】（名）錄音，灌音[0]

*ふきげん【不機嫌】（名・形動ダ）不高興，不樂，不開心；☆不機嫌な顔をする／露出不高興的表情。[2]

*ふきこ・む【吹き込む】I（自五）（雨、雪等）颳進；☆雨が吹き込むから窓を締めなさい／把窗戶關上吧，免得颳進雨來；II（他五）①注入，灌輸；☆悪い思想を人に吹き込む／對人灌輸壞思想；②教唆，唆使（＝そそのかす）；☆子供に悪知恵（わるぢえ）を吹き込む／教給小孩子壞主意；③灌，錄音；☆レコードに吹き込む／灌唱片，錄音。[0][3]

ふきこ・む【拭き込む】（他五）擦光，擦亮；☆よく拭き込んだ廊下／擦得光亮的走廊。[3]

ふきさらし【吹き曝し】（名）曝露在風雨中；☆機械が吹き曝しになっている／機器放在露天地裏；☆吹き曝しの停車場（ていしゃば）／露天的火車站。[0]

ふきすさ・ぶ【吹き荒ぶ】（自五）①颳大風，颳狂風；☆風の吹き荒ぶ野原を歩く／在颳着大風的原野裏走；②吹笛子等解悶；☆うさばらしに口笛を吹き荒ぶ／爲解悶而吹口哨。[4][0]

ふきそうじ【拭き掃除】（名・自サ）打掃擦拭；☆家の拭き掃除が行き届いている／屋子擦掃得十分乾淨。[3]

*ふきそく【不規則】（名・形動）不規則，零亂；☆不規則な生活をする／過着沒有規則的生活；☆不規則に食事をする／不按時吃飯；～どうし【不規則動詞】（名）〔語法〕不規則（變格）動詞。[2][3]

ふきたお・す【吹き倒す】(他五)①颳倒，吹倒；②説大話欺人。⓪

ふきだ・す【吹(噴)き出す】Ⅰ(自五)①颳起來；☆風が吹き出した／風颳起來了；②(水蒸氣、火、血等)冒出，噴出，迸出，湧出；☆傷口からどとっ血が噴き出す／從傷口味地冒出血來；☆湯気が噴き出す／冒出熱氣；③忍不住笑出，繃不住笑出；☆たまらなくなって、ぷっと噴き出す／忍不住噗哧地笑出來；Ⅱ(他五)①長瘡；流汗；冒烟；出芽；②吹起(笛子等)。囡ふきいだす(四)。⓪③

ふきだまり【吹き溜り】(名)被颳到一起的雪堆。⓪

ふきつ【不吉】(名・形動ダ)不吉(利)，不吉祥；☆不吉な前兆／不吉利的前兆。⓪

ぶきっちょ(う)【不器用】(名・形動ダ)拙笨，笨(＝ぶきよう)；☆不器用な手つき／笨手。②

ふきでもの【吹き出物】(名)腫疱，疙瘩；☆手に吹き出物が出ている／手上長着膿疙瘩。⓪

ふきとお・す【吹き通す】(自五)繼續颳風，☆風が一日中吹き通した／風一直颳了一天。③

ふきとば・す【吹き飛ばす】(他五)①颳跑；☆風が帽子を吹き飛ばす／風把帽子颳跑；②吹牛，説大話；☆法螺(ほら)を吹き飛ばす／吹大話，説大話。④⓪

ふきと・る【拭き取る】(他五)擦去，☆ハンカチで汗を拭き取る／用手帕擦汗③

ふきながし【吹流(し)】(名)風旛，燕尾旗。⓪

ふきぬ・く【吹き抜く】(自五)一直颳，繼續颳；☆一晩中吹き抜いて、翌朝はからりと天気になった／颳了一整晚上，第二天早晨變成好天了。

ふきはら・う【吹き払う】(他五)吹散，颳跑；☆ちりをふっと吹き払う／噗地一口吹去灰塵；☆風が雲を吹き払う／風把雲吹散。④⓪

ふきまく・る【吹き捲る】(他五)①颳起；颳散；☆木枯らしが吹き捲る／(多初的)寒風直颳；②誇大其談，説大話；☆盛んに法螺(ほら)を吹き捲る／大吹大揞。⓪④

ふきまわし【吹き回し】(名)①風向；②一陣風；☆どうした風の吹き回しで、こ

こに来たのだい／哪一陣風把你颳到這兒來的？⓪

ぶきみ【無(不)気味】(形動ダ)令人害怕，令人生懼；☆無気味に静まり返っている／寂静得令人害怕；☆不気味な物音(ものおと)がした／響起一聲可怕的響音。①②

ふきや・む【吹き止む】(自五)(風)停息；☆風が吹き止んだ／風息了。⓪③

ふきゅう【不休】(名)〔文〕不休息；☆不休で工事を進める／不休息地趕工程；☆不眠不休の努力／日以繼夜的努力。⓪

ふきゅう【不朽】(名)〔文〕不朽；☆名を不朽にとどめる／名垂不朽；☆不朽の功績／不朽的功績。⓪

ふきゅう【不急】(名・形動ダ)〔文〕不急；☆不急の品物は買わない／不買不急需的東西。⓪

＊ふきゅう【普及】(名・自サ)普及，普遍；☆教育の普及／教育的普及；☆科学的知識が民間に普及してきた／科學知識普及到了民間。⓪

ふきゅう【腐朽】(名・自サ)〔文〕腐朽，朽壞，朽爛。⓪

＊ふきょう【不況】(名)〔經〕不景氣，蕭條；☆取引きが不況である／交易蕭條；☆近来にない不況に見舞われる／遭到近來罕有的不景氣；↔こうきょう(好況)⓪

ふきょう【不興】(名)①無趣，掃興；②不高興，☆不興を買う／惹不高興；冒犯。⓪

ふきょう【布教】(名・自サ)傳道，傳教⓪

ぶきよう【不器用】(名・形動ダ)笨，拙笨；☆生れつき不器用の(な)たち／天生笨拙；☆やることが何でも不器用だ／做什麼都笨。②

ぶぎょう【奉行】(名)〔文〕〔江戸時代〕幕府中分擔某一部門政務的官職，長官①

ふぎょうぎ【不行儀】(名・形動ダ)沒禮貌，沒規矩。②

ふぎょうせき【不行跡】(名・形動ダ)行為不端，品行壞，不規矩，☆不行跡を働く／做壞事。②

ふきょうわおん【不協和音】(名)〔樂〕不諧和音。④

ふきょか【不許可】(名)不批准，不允許；☆請願は不許可になった／申請沒有批准。⓪

ふきょく【負極】(名)〔電〕負極，陰極

；↔せいきょ（正極）。⓪

ぶきょく【部局】（名）局、處、科（等的總稱）。①

ぶきょく【舞曲】（名）〔文〕舞曲；☆ハンガリア舞曲／匈牙利舞曲。①

ふきよ・せる【吹き寄せる】（他下一）吹（颳）到一起；☆風が吹き寄せた木の葉／風颳到一起的樹葉子；図ふきよす（下二）。④

ふぎり【不義理】（名・形動ダ）①不合情理，忘恩負義；☆友達に不義理をする／做對不起朋友的事；②違約，拖欠（債務）；☆不義理を重ねる／一再拖欠①②

ふきりつ【不規律】（名・形動ダ）無規律，無秩序，雜亂（＝ふしだら）；☆不規律の（な）生活／無規律的生活。②

ぶきりょう【不器量】（名・形動ダ）①無才，無能力；②醜，難看；☆あの女は不器量だが気立てはよい／她雖然醜但性情好。②

ふきわ・ける【吹き分ける】（他下一）①（用扇車）扇（米）；☆米と糠（ぬか）を吹き分ける／把糠扇出去；②分析，提煉；☆鉱石から鉄を吹き分ける／從礦石裏提煉鐵；図ふきわく（下二）。④⓪

ふきん【布巾】（名）〔撩食器類的〕抹布；☆茶椀を布巾で拭く／用抹布擦飯碗

ふきんしん【不謹慎】（名・形動ダ）不謹慎，輕率（＝ふまじめ）；☆不謹慎な行動／不謹慎（輕率）的行動。②

─ふく【服】（接尾）①（藥）…包；☆薬二服／藥二包；②（茶、烟）…杯，支；☆一服する／抽支烟；喝杯茶。

*ふ・く【吹く】Ⅰ（自五）①颳；☆大風が吹く／颳大風；②噴（出）；☆水が吹き出る／水噴出來；Ⅱ（他五）①吹；☆蠟燭を吹いて消す／把蠟燭吹滅；☆湯を吹いてさます／把開水吹凉；☆ラッパを吹く／吹喇叭（號）；②噴；☆火山が火を吹く／火山噴火；☆御飯が吹いている／飯（鍋）噴着氣；③（表面）現出；☆干柿（ほしがき）に粉（こ）が吹く／柿餅出丁霜；☆銅器に緑青（ろくしょう）が吹く／銅器上長了綠銹；④冒出；☆柳が芽を吹く／柳樹冒芽兒；⑤鑄造；☆鐘を吹く／鑄鐘；⑥吹牛，說大話；☆大法螺を吹く／大吹牛皮，☆随分吹く男だね／真是個吹的傢伙。①②

*ふ・く【拭く】（他五）擦；☆汗を拭く／

擦汗☆雑巾（ぞうきん）で机を拭く／用抹布擦桌子

ふ・く【葺く】（他五）葺，修理頂；☆屋根（やね）を葺く／葺房頂。⓪②

*ふく【服】（名）①衣服；②西服；☆服をあつらえる／定做西服。②

ふく【副】Ⅰ（名）①副；☆正と副と代表者を二人選ぶ／選正副代表二人；②副本，副件（＝ひかえ、うつし）；☆正副二通の書類／正副各一份文件；Ⅱ（接頭）①副職的；☆副級長／副班長；②附帶的；☆副産物／副產品。⓪

ふく【幅】Ⅰ（名）①寬（＝はば）；②掛的書畫；Ⅱ（接尾）（字畫）…幅；☆掛軸二幅／掛畫兩幅。②

ふく【福】（名）福，幸福，幸運（＝しあわせ、さいわい）；☆残り物には福がある／剩餘東西有福底兒；◊笑う門（かど）には福来たる／和氣致祥。②

ふく【複】（名）（網球）雙打（＝ダブルス）。②

ふぐ【河豚】（名）〔動〕河豚；◊ふぐは食いたし命は惜しし／想吃老虎肉又怕老虎咬；〔喻〕很想幹但是怕危險。①

*ふぐ【不具】（名）①不具備，不齊備；②殘廢（＝かたわ）；☆交通事故で不具になった／因交通事故變成殘廢；③〔文〕（寫在書信末尾）書不盡言；～しゃ【不具者】（名）殘廢者。①

ふくあん【腹案】（名）〔文〕腹稿；☆腹案を立てる／打腹稿；☆ちゃんと腹案ができている／心裏早就有了稿子了。⓪

ふくいく【馥郁】（形動タルト）〔文〕馥郁，芳香；☆馥郁たる（とした）香が、あたりに満ちる／芬芳四溢。⓪

ふくいん【復員】（名・自サ）〔軍〕復員；☆兄は二年前に復員した／哥哥在二年前復員了。⓪

ふくいん【福音】（名）〔文〕①福音，好消息；☆天来の福音／天上掉下來的好消息；②〔宗〕福音；☆福音を信ずる／信福音；～しょ【福音書】（名）〔文〕福音書。⓪

ふぐう【不遇】（名・形動ダ）〔文〕不遇，遭遇不佳；☆不遇の（な）作家／懷才不遇的作家；☆彼は生涯不遇であった／他一生遭遇很壞。⓪

ふくうん【福運】（名）幸運，幸福。②⓪

ふくえき【服役】（名・自サ）〔文〕①服

兵役；☆服役の義務／服兵役的義務；②
（犯人在獄中）服勞役；☆三年の服役
を終えて監獄を出る／服完三年勞役後出
獄。◻

ふくえん【復縁】（名・自サ）（離婚者）
恢復舊好；☆復縁を迫（せま）る／要求
恢復夫妻關係。◻

ふくが【伏臥】（名・自サ）〔文〕伏臥②

ふくがく【復学】（名・自サ）〔文〕（一
旦離校後）復學；☆二年で復学する／二
年後復學。◻

ふくがん【複眼】（名）〔動〕（節肢動物
由許多小眼構成的）複眼；↔たんがん（
單眼）

ふくぎょう【副業】（名）副業；☆農家の
副業として養鶏を勧（すす）める／推薦
養鶏爲農家副業；↔ほんぎょう（本業）◻

ふくげん【復元】（名・自他サ）復原，恢
復原狀；☆壁画の復元に努力する／設法
使壁畫復原。◻

ふくげん【復原】（名・自他サ）復原。◻

ふくごう【複合】（名・自サ）複合，合成
；～ご【複合語】（名）複合詞，合成詞
；☆二つ以上の単語が複合して一つの語
となったものを複合語という／二個以上
的單語合成一個詞的叫做複合詞；～たい
【複合体】（名）〔化〕綜合物，複體。◻

ふくさ【袱紗】（名）①（用以包禮品等的）
雙層或單層的方綢巾；②（茶道專用的）
小綢巾。③

*ふくざつ【複雑】（名・自サ・形動）複雑
；☆関係が複雑になる／關係複雜化起来
；☆複雑な問題／複雜的問題；☆これに
は種々複雑した事情がある／這裏有種種
複雜的情形。◻

ふくさよう【副作用】（名）〔醫〕副作用
；☆漢方薬は全然副作用がない／漢薬一
點副作用也没有。③

ふくさんぶつ【副産物】（名）副産品。③

ふくし【副詞】（名）〔語法〕副詞。◻

*ふくし【福祉】（名）〔文〕福利，福祉；
～しせつ【福祉施設】（名）福利設施②

ふくじ【服地】（名）西服料子；☆よい服
地で仕立てる／用好料子做。◻

ふくしき【複式】（名）①複式；②←複式
簿記；～かざん【複式火山】（名）〔地〕
複式火山；～がっきゅう【複式学級】（
名）〔教〕複式學級；～ぼき【複式簿記】
（名）複式簿記。◻

ふくしきこきゅう【腹式呼吸】（名）腹式呼
吸；↔きょうしきこきゅう（胸式呼吸）⑤

ふくしゃ【輻射】（名・他サ）〔理〕輻射
；～せん【輻射線】（名）輻射線；～ね
つ【輻射熱】（名）輻射熱。◻

ふくしゃ【複写】（名・他サ）①抄寫，謄
寫；☆原稿を複写する／抄原稿；②複寫
；☆カーボン紙で複写する／用複寫紙複
寫；～し【複写紙】（名）複寫紙（＝カ
ーボンペーパー）。◻

ふくしゅう【復習】（名・他サ）復習；☆
復習が足りない／復習做得不够；↔
よしゅう（予習）。◻

*ふくしゅう【復讐】（名・自サ）復仇（＝
かたきうち）；報復（＝しかえし）；☆
復讐の念に燃える／一心要報仇；☆敵に
復讐する／向敵人報復。◻

*ふくじゅう【服従】（名・自サ）服從；☆
命令に服従する／服從命令。◻

ふくじゅそう【福寿草】（名）〔植〕側金
盞花。◻

ふくしょう【副賞】（名）正獎外的附獎；
☆賞金は十万円、副賞として腕時計／獎
金十萬元外附獎手錶一隻。◻

ふくしょう【復誦】（名・他サ）復述，重
説；☆伝言（でんごん）を復誦する／把
傳言復述一遍（以免傳錯）。◻

ふくしょく【服飾】（名）服飾（①衣裳和
身上一切裝飾；②身上的裝飾）；～ひん
【服飾品】（名）服飾品。◻

*ふくしょく【副食】（名・自サ）〔文〕副
食品（＝おかず）；☆副食物に費用が多
くかかる／副食品的開支較大；↔しゅし
ょく（主食）。◻

ふくじょし【副助詞】（名）〔語法〕副助
詞。③

ふくしん【腹心】（名）〔文〕腹心，心腹
（的人）；☆腹心の友／推心置腹的朋
友。◻

ふくじん【副腎】（名）〔解〕副腎。◻

ふくじんづけ【福神漬】（名）什錦八寶醬
菜。◻

ふくすい【腹水】（名）〔醫〕腹水。②

ふくすう【複数】（名）複數；↔たんすう
（單数）。②

ふくすけ【福助】（名）①頭大身矮的偶人
，福神像；②頭大身矮的人；矮多瓜。②

ふく・する【服する】Ⅰ（自サ）①服從；
信服；☆命（めい）に服する／從命；☆

罪に服する／服罪；②從事；服務；☆任
務に服する／服務；☆喪（も）に服する
／服喪；Ⅱ（他サ）①使服從；☆德を以
て人を服する／以德服人；②服用，飲食
；☆毒を服する／服毒；図ふくす（サ）③

ふく・する【復する】（自・他）恢復，復
原；☆事態は正常に復した／情況恢復正
常了；☆元（もと）のからだに復する／
身體復原；図ふくす（サ）。③

ふくせい【複製】（名・他サ）①（書籍等
的）翻印；②倣製（美術品）；仿印（古
典書籍）。⓪

ふくせい【複成】（名）複成；〜かざん【
複成火山】（名）〔地質〕複（成）火山
；〜がん【複成岩】（名）〔地質〕複成
岩。⓪

ふくせいぶん【副成分】（名）（主要成分
以外的）副成分。③

ふくせき【復籍】（名・自サ）〔法〕（改
隸他家戶口者因離婚等而）恢復原來的戶
籍。⓪

ふくせん【伏線】（名）伏線；伏筆；☆後
日のため、今ちゃんと伏線を張っておく
方がよい／爲防備日後再出麻煩，最好現
在就打下個埋伏。⓪

ふくせん【複線】（名）複線，雙軌；↔た
んせん（単線）；〜きどう【複線軌道】
（名）雙軌路；↔たんきどう（単軌道）。⓪

*ふくそう【服装】**（名）服裝，服飾（＝み
なり、よそおい）；☆服装に凝（こ）る
／考究服裝。⓪

ふくそう【副葬】（名・他サ）〔史〕殉葬
（的東西）；〜ひん【副葬品】（名）殉
品。⓪

ふくぞう【腹蔵】（名）〔文〕隱諱，隱蔽
；☆腹蔵のない意見／坦率的意見；〜な
・い【腹蔵ない】（形）直率的，坦率的；
☆腹蔵なく批評し合う／互相坦率批評⓪

ふくそうさい【副総裁】（名）副總裁。③

ふくだい【副題】（名）副題，小標題（＝
サブタイトル）；☆論文に副題を付ける
／論文加上小標題。⓪

ふくちゃ【福茶】（名）加黑豆、海帶、酸
梅等煮的茶（除夕、元旦、立春前日等時
爲祝福而飲的）。②

ふくちゅう【腹中】（名）〔文〕①腹中，
肚裏；②心中；☆他人の腹中は計り兼（
か）ねる／別人的心事難以揣度；③度
量。②

ふくつ【不屈】（名・形動ダ）〔文〕不屈
；不屈不撓；☆不屈の意志／不屈不撓的
意志。⓪

ふくつう【腹痛】（名）腹痛；☆腹痛を起
こす／肚子痛起來。⓪

ふくど【覆土】（名・自サ）〔農〕①（播
種後）蓋土；②（爲防土乾燥而）蓋土土②

ふくどく【服毒】（名・自サ）〔文〕服毒
；☆服毒して死ぬ／服毒而死。⓪

ふくのかみ【福の神】（名）福神；☆福の
神が舞い込む／福神降臨。③

ふくびき【福引】（名）抽籤，抽彩；☆福
引が当たる／中籤，中彩。⓪

ふくびこう【副鼻腔】（名）〔解〕副鼻腔③

ふくぶ【腹部】（名）①〔解〕腹部，肚子
；②中部。②

ふくふく（副・自サ）鬆軟貌（＝ふかふか）
；☆ふくふくと暖かそうな布団／軟綿綿
地看來很暖和的被子。②

ふくふく【福福】（副・自サ）（臉）胖嘟
嘟地；〜し・い【福福しい】（形）有福
的；☆福福しい顔／福相；図ふくぶくし
（形シク）。③

ぶくぶく（副・自サ）①噗噗（冒泡貌）；
☆蟹（かに）がぶくぶく（と）泡を出す
（吹く）／螃蟹噗噗吐沫兒；☆泡がぶ
くぶく（と）浮き上がる／泡兒噗噗地往
上冒；②咕嘟咕嘟（下沉貌）；☆人がぶ
くぶく（と）溺（おぼ）れて沈む／人咕
嘟咕嘟地淹到水裏去；③鼓 彭彭（膨脹
貌）；☆ぶくぶくと太った人／胖得圓滾
滾的人。①

ふくへい【伏兵】（名）伏兵，埋伏的兵；
☆伏兵を置く／設伏兵。⓪

ふくほん【複本・副本】（名）副本；☆
副本をつくる／做副本；↔せいほん（正
本）。⓪

ふくまく【腹膜】（名）①〔解〕腹膜；②
→腹膜炎；〜えん【腹膜炎】（名）〔醫〕
腹膜炎。⓪

ふくまめ【福豆】（名）（立春前夕爲消災
而撒的）炒豆。②

ふくま・る【含まる】（自五）含，包含，
含有；☆この金額には色々な支出が含ま
っている／這筆款項裏面包括着種種的開
支。⓪

ふくみ【含み】（名）①〔（ふくむ）的名詞
形〕含，包含；含有；②含蓄；☆含みの
ある話／有含蓄的話；③伸縮餘地；☆決

定事項に含みを持たせる／使決定事項有
伸縮餘地；④知道，了解；☆この事はお
含みを願います／這事希望你知道一下；
〜ごえ【含み声】（名）含混的語聲；☆
含み声で聞きにくい／聲音含混聽不清；
〜わらい【含み笑い】（名）含笑。③

ふくみみ【福耳】（名）大耳垂的耳朵。②

*ふく・む【含む】Ⅰ（自五）①含，包含；
②（花）含苞，長咲染；Ⅱ（他五）①含
；☆口に水を含む／口裏含水；☆眼に涙
を含む／眼裏含淚；☆炭酸ガスを多量に
含んだ空気／含有大量碳氣的空氣；②了
解，記在心裏；☆この事はよく含んでお
いてください／這件事希望你很好地有所
了解；③帶，含；☆媚（こ）びを含んだ
目／含有媚氣的眼神；☆怒りを含んだ顔
つき／含怒的臉色。②

ふくむ【服務】（名・自サ）服務，工作；
〜きりつ【服務規律】（名）服務規則②

ふくめい【復命】（名・他サ）（完成接受
任命後）報告結果，（出差歸來後）交差
；☆調査の結果を復命する／報告調査的
結果。⓪

ふくめに【含（め）煮】（名）燉爛（的食
品）。⓪

*ふく・める【含める】（他下一）①包含；
☆チップを含めて一泊一万円／（店錢）
包括小費在內一天一萬日圓；②囑咐，告
知；☆よく含めてやったから大丈夫でし
ょう／已經再三囑咐了，不會出錯吧。③

ふくめん【覆面】（名）①覆面，蒙上臉；
☆覆面の盗賊／覆面強盗；②不出面，不
露名；☆覆面で評論を書く／不出名（匿
名）寫評論。⓪

ふくも【服喪】（名・自サ）〔文〕服喪，
戴孝；☆一月の間服喪する／戴一個月的
孝。②

ふくやく【服薬】（名・自サ）〔文〕服藥
，吃藥。⓪

ふくよう【服用】（名・他サ）〔醫〕服用
，吃（藥）；☆胃腸薬を毎日服用する／
毎日服腸胃藥。⓪

ふくよう【複葉】（名）〔植〕①複葉；②
雙翼（飛機）；↔たんよう（単葉）；〜ひ
こうき【複葉飛行機】（名）雙翼飛機②

ふくよか（形動ダ）〔文〕豐滿，鼓起；鬆
軟；☆ふくよかな胸／豐滿的胸脯。②

ふくらか（形動ダ）＝ふくよか。②

ふくらしこ【ふくらし粉】（名）發酵粉，

發粉，焙粉。⓪

ふくら・す【脹らす】（他五）鼓，☆怒っ
て頰を脹らす／生氣噘起嘴來。⓪

ふくら・せる【脹らせる】（他下一）＝ふ
くらます（下二）。⓪

ふくらはぎ【ふくら脛】（名）腓，腿肚（
＝こむら）。⓪③

*ふくらま・す【脹らます】（他五）弄鼓，
吹鼓，☆風船を脹らます／把汽球吹鼓；
◇懷（ふところ）を脹らます／腰纏累累
，身上帶許多錢；頰（ほほ）を、脹らま
す／（因不滿意）噘起嘴來；胸を脹ます
／充滿希望。⓪

ふくらみ【脹らみ】（名）〔（ふくらむ）
的名詞形〕膨脹，鼓起；☆胸の脹らみ／
胸部的鼓起處。⓪

*ふくら・む【脹らむ】（自五）膨脹，鼓起
（＝ふくれる）；☆腹が脹らむ／肚子鼓
起（吃飽）；☆脹らんだ財布／裝滿了錢
的錢夾子。⓪

ふくら・める【脹らめる】（他下一）鼓起
，使膨脹，因ふくらむ（下二）。⓪

ふくり【福利】（名）福利，利益；☆労働者
の福利を増進する／增進勞工福利；〜し
せつ【福利施設】（名）福利設施；☆福利
施設のない会社／沒有福利設施的公司②

ふくり【複利】（名）〔經〕複利；☆複利
で計算する／按複利計算；〜ほう【複利
法】（名）複利法。②

ふぐり（名）〔古〕陰囊，睪丸（＝きんた
ま）。①

ふくれっつら【脹れっ面】（名）（因生氣
、不滿意而）噘着嘴的臉；☆叱られると
すぐ脹れっ面をする／一挨申斥馬上就噘
起嘴來。⓪

*ふく・れる【脹れる】（自下一）①脹；腫
；☆虫に刺されて手が脹れる／手被蟲子
螫腫了；☆腹が脹れる／肚子飽；有孕；
②（因不高興、生氣）噘嘴；☆ちょっと
叱るとすぐ脹れる／稍微申斥就噘起嘴來
；因ふくる（下二）。⓪

*ふくろ【袋・囊】（名）①袋，口袋；☆米
を袋に入れる／把米裝在口袋裏；②荷包
（＝きんちゃく）；③果囊，水果的內皮
；☆蜜柑の袋／柑桔的內皮；④袋小路（
こうじ）／死胡同；◇袋（の中）の鼠／囊
中鼠；〜あみ【袋網】（名）袋狀魚網；
〜ぐま【袋熊】（名）〔動〕（澳洲產）
無尾熊；〜こうじ【袋小路】（名）死胡

ふ

同；死路；☆袋小路に入り込む／走進死胡同；～だたき【袋叩（き）】（名）羣毆，多數人圍打；☆袋叩きにする／大伙兒一齊打；～（と）だな【袋（戸）棚】（名）〔設在壁中的〕橱櫃；～もの【袋物】（名）①裝在袋裏的東西；②袋、盒、囊（等的總稱）。③

ふくろう【梟】（名）〔動〕鴞，梟，貓頭鷹（＝ふくろ）。③②

ふくろく【福禄】（名）〔文〕福祿；～じゅ【福禄寿】（名）〔文〕①福祿壽；②壽星老兒。⓪②

ふくわけ【福分】（名・他サ）轉贈收到的禮品。④

ふくん【父君】（名）〔文〕令尊。②

ふくん【夫君】（名）〔文〕丈夫。②

ぶくん【武勲】（名）〔文〕武功；☆武勲を立てる／建立武功。①⓪

ふけ【雲脂・頭垢】（名）頭皮屑，〔頭上的〕浮皮；☆フケが出る／長頭皮；☆フケ性（しょう）の男／好長頭皮的男人。②

ぶけ【武家】（名）①武士的門第；②武士〔指將軍、大名及其家臣〕；↔くげ（公家）；～じだい【武家時代】（名）〔史〕〔從鎌倉（＝かまくら）到江戸（＝えど）時代〕武士執政時代；↔おうちょうじだい（王朝時代）。⓪①

ふけい【不敬】（名・形動ダ）不敬，失敬，不禮貌；☆不敬な言を吐く／說失禮的話。②

*ふけい【父兄】（名）①父兄；②〔兒童、學生的〕家長；～かい【父兄会】（名）家長會（現名 P.T.A.）。②

ふけい【父系】（名）〔文〕父系；☆父系の叔母（おば）／姑母；↔ぼけい（母系）⓪

ぶげい【武芸】（名）武藝，武術；～【武芸者】（名）會武藝的人；長於武術的人。①

*ふけいき【不景気】（名・形動ダ）①不景氣，蕭索，蕭條；☆不景気になる一方だ／日趨蕭索；②沒精神，憂鬱；☆不景気な顔をしている／臉上無精打彩，面帶憂鬱。②

*ふけいざい【不経済】（名・形動ダ）不經濟，浪費；☆そんな事をするのは時間の不経済だ／幹那樣事是浪費時間。②

*ふけつ【不潔】（名・形動ダ）不潔淨，不乾淨，骯髒；☆不潔なシャツを着ている／穿着骯髒襯衫；↔せいけつ（清潔）。⓪

*ふ・ける【耽る】（自五）①耽於，沉迷，過於熱衷；☆毎日飲酒に耽る／每天沉湎於酒；②專心致志，埋頭於；☆夜おそくまで読書に耽る／埋頭讀書到深夜。②

ふ・ける【更ける】（自下一）〔秋等〕深〔夜〕闌，☆秋が更ける／秋深；夜が深ける／夜闌；図ふく（下二）。②

ふ・ける【老ける】（自下一）上年紀，老☆老けて見える／面老；☆彼は年齢よりも老けている／他比實在歲數看起來老図ふく（下二）。②

ふ・ける（自下一）①蒸；☆芋がよくふけた／白薯蒸透了；②發霉；☆米がふけた／米發霉了；③風化；☆石灰がふける／石灰風化；図ふく（下二）。②

ふけん【夫権】（名）〔法〕夫權；↔ぼけん（母権）。②

ふげん【不言】（名）〔文〕不言，緘默；～じっこう【不言実行】（連語・名）光幹不說；☆彼は不言実行の人だ／他是光幹不說的人；～ふご【不言不語】（連語・名）不言不語。②

ふげん【付言】（名・他サ）附言，附帶說〔的話〕；☆念のために付言しますが、これは私個人の意見です／為了慎重起見附帶聲明一句，這是我個人的意見。⓪

ふげん【普賢】（名）←ふげんぼさつ；～ぼさつ【普賢菩薩】（名）〔佛〕普賢菩薩。①

ぶげん【侮言】（名）〔文〕侮辱的話⓪①

ぶげん【誣言】（名）〔文〕汚蔑的話，毀謗的話。⓪①

ふけんしき【不見識】（名・形動ダ）沒有見識；輕率；☆不見識の（な）人／沒見識的人；☆そんな不見識なことはできない／我不能做那種輕率的事。②

ふこう【不孝】（名・形動ダ）不孝敬；☆親不孝／不孝敬父母；☆不孝な（の）子／不孝之子；↔こうこう（孝行）。②

*ふこう【不幸】（名・形動ダ）①不幸，倒霉（＝ふしあわせ）；☆親のない不幸な子供／沒有父母的不幸的小孩；②〔家族、親屬的〕死亡，喪事；☆親戚に不幸がある／親戚家有喪事。②

ふごう【負号】（名）〔數〕負號（＝マイナス）。⓪

ふごう【符号】（名）①符號，記號（＝しるし）；☆符号をつける／加上記號；②〔數〕（加減的）符號；☆移項すると符

号が変わる／一移項符號就變。⓪

ふごう【符合】（名・自サ）〔文〕符合，吻合；一致；☆想像していた事が事実とぴったり符合する／（預先）想像的事正符合了事實。⓪

ふごう【富豪】（名）〔文〕富豪，大財主（＝おおがねもち）；☆世界で屈指の富豪／世界上數得着的富豪。⓪

ぶこう【武功】（名）〔文〕武功，戰功；☆武功を立てる／立戰功。⓪⓵

ふごうかく【不合格】（名）不合（規）格；不及格；☆不合格の品／不合規格的東西；☆彼は体格検査で不合格となった／他檢查體格沒有及格。⓶

*ふこうへい【不公平】（名・形動ダ）不公平，不公正；☆不公平な（の）判定／不公正的裁定；☆処置が不公平に思われる／處置得似乎不公平。⓪

ふごうり【不合理】（名・形動ダ）不合理，不合邏輯；☆不合理な（の）制度／不合理的制度。⓶

ふこく【布告】（名・他サ）①（向一般民衆）公告，布告，公布；☆布告を出す／出布告；②宣告，宣布；☆宣戦を布告する／宣戰。⓪

ふこく【富国】（名）〔文〕①富國；②富裕的國家；～きょうへい【富国強兵】（連語・名）富國強兵。⓪

ふこころえ【不心得】（名・形動ダ）鹵莽，輕率，行爲不端，（道德上的）錯誤；☆不心得にも……竟然冒冒失失地…；☆不心得な事をするな／不要鹵莽，不要犯錯誤；☆不心得にも程がある／也太鹵莽了，行為也太不端正。⓶

ぶこつ【無骨】（形動ダ）①粗俗，粗魯，不禮貌；☆無骨な人／沒禮貌的人；②庸俗，不風雅；☆音楽のよさもわからない無骨の（な）人間／連音樂的優美也不懂的庸俗人。⓪

ふさ【総・房】（名）①繸，繸子；☆総のついた座蒲団（ざぶとん）／帶繸邊的墊子；☆帽子に総を垂らす／帽子上垂着繸子；②（花、水果等的）一串，一掛，一嘟嚕；☆葡萄（ぶどう）の一総／一串葡萄。⓶

ブザー【buzzer】（名）〔理〕蜂音器，（低音）信號器。⓵

ふさい【夫妻】（名）夫妻。⓶

*ふさい【負債】（名）負債，欠債；☆負債がある／有債務；☆負債ができる／負債。⓪

ふざい【不在】（名）不在家（＝るす）；☆不在にして失礼しました／沒在家太對不起了；☆父は不在です／我父親不在家；～じぬし【不在地主】（名）住在都市的地主；～しゃとうひょう【不在者投票】（名）因事不能在選舉當日投票者事先進行的投票；～しょうめい【不在証明】（名）〔法〕被告當時不在現場的證明（＝アリバイ）。⓪

ぶさいく【不細工】（名・形動ダ）①拙笨，不靈巧，粗笨；☆不細工な（の）箱／粗笨的盒子；☆不細工な人／笨蛋；②難看，醜陋；☆不細工な顔／難看的面孔。⓶

ふさかざり【房飾り】（名）裝飾的繸子。⓷

*ふさが・る【塞がる】（自五）①關，閉（＝しまる、とじる）；☆眠くて目が塞がる／睏得睜不開眼睛；☆あいた口が塞がらない／（驚訝，嚇得）目瞪口呆；②堵，塞（＝つまる）；☆息が塞がる／氣兒堵得慌；☆工事で道が塞がる／因爲施工道路不通；☆泥で管が塞がる／泥堵住了管子；③（有人）佔用，佔滿；☆どの部屋も塞がっている／哪間屋子都有人佔着；☆手が塞がっている／手騰不出來（沒工夫）；☆席が塞がった／沒有空座了⓪

ふさぎ【塞（ぎ）】（名）〔（ふさぐ）的名詞形〕堵，塞上（的東西）；☆塞ぎをする／堵上，塞上。⓪

ふさぎ【鬱ぎ】（名）鬱ぎの虫／精神鬱悶⓪

*ふさく【不作】（名）歉收，年成不好；☆今年は米が不作だ／今年稻穀歉收；↔ほうさく（豊作）。⓪

*ふさ・ぐ【塞ぐ】（他五）①閉（＝しめる）；☆目（口）を塞ぐ／閉眼（嘴）；②塞，堵（＝つめる、みたす）；☆耳を塞ぐ／堵耳；☆穴を塞ぐ／堵窟窿；☆紙で隙間（すきま）を塞ぐ／用紙塞上縫（空）兒；③佔（＝しめる）；☆席を塞ぐ／佔位置；④擋（＝さえぎる）；☆石が道を塞ぐ／石頭擋道。⓪

ふさぐ【鬱ぐ】（自五）鬱悶，不暢快；☆鬱いだ顔／悶悶不樂的樣子；☆何を鬱いでいるのだ／你幹麼悶悶不樂？⓪

*ふざ・ける（自下一）①開玩笑，戲謔；☆ふざけないでまじめに考えてくれ／別開玩笑認眞地想想；②愚弄人，戲弄人；☆ふざけると承知しないぞ／愚弄人可不成；③（男女）調戲，調情；☆人前もかま

わずふざける／在別人面前彎不在乎地調
戲着玩；④（小孩）瘋吵，歡鬧；☆子供
が外できゃあきゃあふざけている／孩子
在外邊呱呱咭咭地吵鬧着。③

ぶさた【無沙汰】（名・自サ）〔御一〕①
久未通信，久疏問候；☆御無沙汰しました
が、皆様お変わりありませんか／久疏間
候，府上都好嗎？②少見，久違；☆大変
御無沙汰申し上げました／久違久違。⓪

ふさなり【総生】（名・副）一簇簇，一排
排（＝すずなり）；☆葡萄が総生になって
いる／葡萄結得一掛掛的。⓪

ふさふさ（副・自サ）成簇；簇生，叢生；
☆ふさふさ（と）した髪／密厚的頭髮②

*ぶさほう**【無作法】（名・形動ダ）沒規矩
，沒禮貌，粗魯；☆無作法な（の）ふる
まい／粗魯的舉止；☆この子は無作法だ
／這孩子沒規矩。②

ぶざま【無様・不様】（名・形動ダ）難看
，不像樣子；抽笨；☆無様な坐り（すわ
り）方をする／不要沒有坐樣；☆無様な
身なり／衣冠不整。①⓪

*ふさわし・い**【相応しい】（形）適合的，
相稱的；☆彼に相応しい妻／和他相配的
妻子；☆それは彼に相応しい仕事だ／那
對於他是很適合的工作；区ふさはし（形
シク）。④

*ふし**【節】（名）①節，段；☆竹の節／竹
節兒；②關節，骨節；☆痛みで指の節が
曲（ま）がらない／疼得指頭節兒彎不過
來；③樹節子；☆節だらけの電柱／全是
樹節子的電線桿；☆節の多い材木／節子
多的木料；④曲調（＝メロディー）；☆
節の面白い歌／曲調很有趣的歌；☆歌に
節をつける／給歌詞配上譜；⑤地方，點
（＝かど，かしょ）；☆彼の話には、は
っきりしない節がある／他的話裏有含糊
的地方；⑥←かつおぶし。②

ふし【不死】（名）〔文〕不死，長生；～
ちょう【不死鳥】（名）〔神話〕不死鳥
（＝フェニックス）；～のくすり【不死
の薬】（連語・名）長生不老藥。①

ふし【父子】（名）〔文〕父子。①

ふじ【藤】（名）〔植〕紫藤；～いろ【藤
色】（名）淡紫色；～だな【藤棚】（名）
藤蘿架。⓪

ふじ【不二】（名）〔文〕無比；無雙。①

ふじ【不治】（名）〔文〕→ふち。①

ふじ【不時】（名）不時，意外，萬一；☆

不時の来客／沒想到的來客；～ちゃく（
りく）【不時着（陸）】（名・自サ）（
飛機）被迫降落。①

ぶし【武士】（名）〔文〕武士（明治維新
以前的統治階級）（＝さむらい）；◇**武
士は食わねど高楊枝**（たかようじ）／武
士吃不上飯還要擺臭架子；～どう【武士
道】（名）武士道（重倫義輕生死的精神）①

*ぶじ**【無事】（名・形動ダ）①平安，無變
故；太平無事；☆無事に旅から帰る／從
旅途平安歸來；②健康，☆御無事で（
に）お暮らしですか／您身體好嗎？③最
好，沒毛病（＝ぶなん）；☆出しゃばら
ない方が無事だ／最好別出風頭；④沒有
過失；☆三十年間無事に勤（つと）めた
／沒犯錯誤工作了三十年；⑤閒散，無
聊。⓪

ふしあな【節穴】（名）①（木頭上的）節
孔；☆塀（へい）の節穴から覗（のぞ）
く／從板牆的節孔窺視；②〔罵〕白眼瞎
；☆これが見えないとは節穴同然の目
だ／連這個都看不見，那眼睛簡直是白眼
瞎。⓪

ふしあわせ【不仕合せ】（名・形動ダ）
不幸，倒霉；☆不仕合わせな境遇／不幸
的境遇。②③

ふじいろ【藤色】（名）淺紫色。⓪

ふしおが・む【伏し拝む】（他五）①叩拜
；☆命の恩人を伏し拝む／叩拜救命恩人
；②遙拜。⓪④

*ふしぎ**【不思議】（名・形動ダ）難以想像
，奇怪，奇異；☆不思議な噂（うわさ）
／奇怪的傳說；☆その薬は不思議にきく
／那種藥特別靈驗；☆さっぱり音沙汰が
ないのは不思議だ／一點兒音信都沒有眞
是怪事；～が・る【不思議がる】（他五）
認爲奇怪；☆他人のすることをそう一々
不思議がればきりがないさ／別人做的事
若是一件一件懷疑起來那就沒完了；☆子
供が不思議がって見る／孩子用好奇的眼
光看。⓪

ふしくれ【節くれ】（名）節多的木料；～
だ・つ【節くれ立つ】（自五）①多節而
不光滑；☆節くれだった木／多節而不光
滑的樹；②骨節突起；肌肉發達；☆節く
れだった腕／滿是腱子肉的胳膊。⓪④

ふししず・む【伏し沈む】（自五）①俯臥
（＝ひれふす）；②沉悶；③悲嘆。④

ふしぜん【不自然】（名・形動ダ）不自然

，勉強，做作；☆不自然な笑い／做作的
笑；☆演技が不自然に見える／表演顯得
不自然；↔しぜん（自然）。②

ふしだら（名・形動ダ）①散漫，放蕩，任
性；☆ふしだらな生活／散漫的生活；☆
物事（ものごと）をふしだらにする／辦
事任性；②（行為）不檢點，不規矩；☆
ふしだらな女／不規矩的女人；☆ふしだ
らをする／行為不檢點。②

ふじつ【不実】（名・形動ダ）①不誠實；
不誠懇；☆不実な男／不誠實的男人；②
虚偽☆不実な申し立て／虚偽的陳述①⓪

ぶしつけ【不躾】（名・形動ダ）①不禮貌
；いきなり人の名を聞くとは不躾だ／
一開口就問人家姓名，也太不禮貌了；②
突然，冒失（＝だしぬけ）；☆ぶしつけ
に物を尋ねる／冒冒失失地打聽事情；☆
ぶしつけな言い方／唐突的說法。②⓪

ふしづけ【節付け】（名・自サ）（為詩歌
文章等）譜曲；☆歌詞に節付けをする／
為歌詞譜曲。④⓪

ふじづる【藤蔓】（名）藤蘿蔓。⓪

ふじばかま【藤袴】（名）〔植〕蘭草。③

ふしぶし【節節】（名）①許多關節，各各
關節；☆からだの節々が痛む／渾身骨關
節兒疼；②許多地方，各點（＝ところど
ころ）；☆疑わしい節々をただす／質問
可疑的各點。②

ふしまつ【不始末】（名・形動ダ）①不注
意，不經心；☆不始末のために教科書を
なくした／由於不經心把教科書弄丟了；
☆残り火の不始末から大火事になった／
由於不小心餘燼引起了大火災，②（行
為）不規矩，不檢點（＝ふらち）；☆不
始末をしでかす／搞出不檢點的事情來②

ふしまわし【節回し】（名）曲調，（聲音
的）抑揚；☆彼女は声量もあり節回しも
実にうまい／她既有聲量而抑揚頓挫也極
巧妙。③

ふじみ【不死身】（名・形動ダ）①鋼鐵般
的身體（的人）；②〔轉〕不向困難、失
敗、挫折低頭的人；☆不死身の人／不屈
不撓的人。⓪

ふしめ【伏目】（名）眼睛往下看；☆伏目
がちに話をする／說話不大擡眼睛；☆は
ずかしそうに伏目になる／羞答答地不擡
眼睛。③⓪

ふしめ【節目】（名）（木料的）節眼；☆
節目の多い板／節眼多的板子。③

ふしゅ【浮腫】（名）〔醫〕（由心臟衰弱
、腎臟故障、脚氣等病而引起的）浮腫（
＝むくみ）。①

ぶしゅ【部首】（名）（漢字的）部首。①

*ふじゆう【不自由】（名・形動ダ・自サ）
①不自由，不隨便，不如意；不充裕；☆
不自由を忍ぶ／忍受不自由；☆金に不自
由する／缺錢；☆不自由なく暮らす／生
活充裕；②（手脚）不好使；不聽用；☆
彼は右足が不自由だ／他右脚不聽用；③
不方便；☆乗物（のりもの）の不自由な
場所／坐車不方便的地方。②

ぶしゅうぎ【不祝儀】（名）不吉利，晦氣
；☆不祝儀が続いて陰気になる／倒霉事
接二連三地發生，害得心情不舒暢。②

*ふじゅうぶん【不十分・不充分】（名・形
動ダ）不充分，不完全；☆不十分な調査
／不完全的調查；☆まだ研究が不充分で
ある／研究還不夠徹底。②

ふしゅつ【不出】（名）〔文〕不出外；不
往外拿；☆門外不出の秘宝／不出門外的
秘寶，獨門兒。⓪

ぶじゅつ【武術】（名）武藝，武術。①

ふしゅび【不首尾】（名・形動ダ）①失敗
；結果不好；☆両者の会談は不首尾に終
わった／雙方會談結果失敗了；②人緣兒
不好；不投緣；☆上役（うわやく）に不
首尾になる／遭到上級的白眼。②

ふじゅん【不純】（名・形動ダ）不純，不
眞實；不純潔；☆不純な動機／不純的動機；☆不
純な心／不純眞的心；～ぶつ【不純物】
（名）不潔淨的東西，夾雜物。⓪

ふじゅん【不順】（名・形動ダ）不順，不
調，不正常；☆不順な気候／不正常的氣
候；☆月経が不順である／月經不調。⓪

ふじょ【扶助】（名・他サ）〔文〕扶助，幫
助；☆身寄りのない老人を扶助する／幫
助無依無靠的老人；～りょう【扶助料】
（名）恤金，贍養費。①

ぶしょ【部署】（名）工作（崗位）；☆め
いめい部署に就く／各就工作崗位。①

ふしょう【不肖】Ⅰ（名・形動ダ）〔文〕
不肖；☆彼は不肖の子だ／他是不肖之子
；Ⅱ（代）不肖，鄙人（我的謙遜語）；
☆不肖ながらできる限り努力してみます
／鄙人雖不才當盡量努力。

ふしょう【不承】（名・他サ）〔文〕①不
答應（＝ふしょうち）；②勉強答應；～
ぶしょう【不承不承】（名・副）勉勉強

強（＝いやいや，しぶしぶ）；☆不承不
承（に）引き受ける／勉強接受。◯

ふしょう【不祥】（名・形動ダ）〔文〕不
祥，不吉利；～じ【不祥事】（名）不幸
事件；醜聞。◯

*ふしょう【負傷】（名・自他サ）負傷，受
傷；☆交通事故で足を負傷する／因交通
事故脚部受傷；～しゃ【負傷者】（名）
負傷者，傷員。◯

ふじょう【不浄】（名・形動ダ）①〔文〕
不潔浄；汚穢；☆不浄の身を清める／洗
浄不潔浄的身體；☆不浄の財／不義之財
；②大小便；月經；③〔御一〕厠所；☆
御不浄はこちら／厠所在這邊。◯

ふじょう【浮上】（名・自サ）〔文〕浮上
；☆潜水艦が浮上する／潜水艇浮 出 水
面。◯

*ぶしょう【不精・無精】（名・形動ダ）懶
，懶惰，怠惰；☆生まれつき不精（な）
人／天生的懶漢；☆筆不精／懶於執筆；
不好寫信；～ひげ【不精髭】（名）懶惰
剃任其長長的鬍子。②

ぶしょう【武将】（名）〔文〕武將。①◯

ふしょうか【不消化】（名・形動ダ）不消
化。◯

ふしょうじき【不正直】（名・形動ダ）不
正直，不誠實；☆不正直な事を言う／撒
謊。②

ふしょうち【不承知】（名・形動ダ）不答
應，不贊同；☆不承知の旨（むね）を返
事する／回覆不同意。②

ふしょうにん【不承認】（名）不承認。

ふしょうふずい【夫唱婦随】（連語・名）
〔文〕夫唱婦隨。◯

ふしょく【扶植】（名・他サ）〔文〕扶植
；☆自己の勢力を扶植する／扶植自己的
勢力。◯

ふしょく【腐蝕】（名）〔農〕（名・自他
サ）腐蝕。◯

*ぶじょく【侮辱】（名・他サ）侮辱，凌辱
；☆侮辱を受ける／受辱；☆人を侮辱す
るな／別侮辱人。◯

ふしょくど【腐植土】（名）〔農〕腐植土③

ふじわらじだい【藤原時代】（名）〔史〕
藤原時代〔指平安初期弘仁（＝こうにん）
時代以後的270年間〕。⑤

ふしん【不信】（名・形動ダ）〔文〕①不
誠實，不守信用；☆友達の不信を責める
／責備朋友不守信用；②不相信；☆不信

を表明する／表示不相信；☆人を不信の
目で見る／用懷疑的眼光看人。◯

ふしん【不振】（名・形動ダ）〔文〕形勢
不佳，不興旺，蕭條；☆商売は非常に不
振だ／買賣非常蕭條。◯

*ふしん【不審】（名・形動ダ）①疑惑，懷
疑；☆不審を抱く／懷疑；☆不審そうな
様子／懷疑似的様子；②疑問，不明白（
的地方）；☆何か御不審がありますか／
有什麼不明白的地方嗎？☆不審の（な）
箇所をただす／詢問不明白的地方。◯

ふしん【普請】（名・他サ）①〔佛〕（普
遍徴求信徒勢力）修建寺，塔；②建築，
修繕，興工；☆土地を買って家を普請す
る／置地蓋房。◯

ふしん【腐心】（名・自サ）〔文〕絞腦汁
，煞費苦心；☆会社の立て直しに腐心し
ている／為整頓公司而煞費苦心。◯②

*ふじん【夫人】（名）（尊）夫人；☆夫人
同伴で出席する／和夫人一同出席。◯

*ふじん【婦人】（名）婦女，女子（＝おん
な）；～か【婦人科】（名）〔醫〕婦科
；～かい【婦人会】（名）婦女會；～け
いかん【婦人警官】（名）婦警；～さ
んせいけん【婦人参政権】（名）婦女參
政權；～のひ【婦人の日】（名）①國際
婦女節；②四月十日（為日本婦女取得選
舉權的紀念日）；～びょう【婦人病】（
名）〔醫〕婦科病；～よう【婦人用】（
名）婦女用；☆婦人用ソックス／婦女短
襪。◯

ふしんじん【不信心】（名・形動ダ）不信
仰（神佛）；☆不信心な（の）人／不信
神佛的人。◯

ふしんせつ【不親切】（名・形動ダ）不親
切，不懇切，冷淡；☆客に対して不親切
である／對客人不親切；☆不親切に扱う
／冷冰冰地對待。②

ふしんにん【不信任】（名）〔文〕不信任
；～あん【不信任案】（名）不信任案；
☆不信任案を出す／提出不信任案。②

ふしんばん【不寝番】（名）守夜（
的人），巡夜（的人），打更（的人）；
☆不寝番をする（に立つ）／擔任巡夜◯

ふしんよう【不信用】（名）沒有信用；☆
…に不信用である／在…上沒有信用。②

ふしんりゃく【不侵略】（名）〔文〕不侵
略；～じょうやく【不侵略条約】（名）
互不侵犯條約。②

ふ・す【伏す】(自五)①伏，藏（＝ひそむ，かくれる）；☆猫が物蔭（ものかげ）に伏して鼠を狙っている／貓躲在暗處要捕老鼠；②伏臥，趴下（＝うつむく）；☆がばと床に伏して泣き出した／突然趴到床上哭起來了；③躺，臥，仰臥；☆あおむけに伏す／仰面躺下；☆床（とこ）に伏す／躺在床上。①

ふずい【不随】(名)〔醫〕不遂，不自由；☆半身不随になる／得半身不遂。⓪

ふずい【付随】(名・自サ)〔文〕附隨，隨帶；☆Aの現象に付随してBの現象が起こる／隨着A的現象發生B的現象；☆付随の書類／附帶的文件。⓪

ぶすい【無粋・不粋】(名・形動ダ)不識風趣，不解人情，不風雅；☆無粋な（の）男／不識風趣的人。⓪

ふずいい【不随意】(名)不隨意，不如意；～きん【不随意筋】(名)〔解〕不隨意肌；↔ずいいきん（随意筋）。②

ふすう【負数】(名)〔數〕負數；↔せいすう（正数）。②

ぶすう【部数】(名)部數；冊數；☆雑誌の部数をふやす／增加雜誌的冊數。②

ふづ（づ）き【文月】(名)〔文〕陰曆七月（＝ふみづき），蘭月，巧月。①

ぶすぶす(副)①冒烟燃燒貌（或聲）；☆火事のあとがまだぶすぶす（と）くすぶっている／火災的現場還在冒着烟；②陷入聲；扎入聲；☆足が泥にぶすぶす入る／脚噗嗤嗤地陷進泥濘裏；☆紙にぶすぶす（と）穴をあける／在紙上噗嗤噗嗤扎出窟窿；③牢騷貌；☆陰（かげ）でぶすぶす言う／背地裏嘟囔。①

ふす・べる【燻べる】(他下一)①燒使冒烟；☆枯葉を燻べる／燒枯葉使冒烟；②(用烟)燻（＝いぶす）；☆蚊を燻べる／燻蚊子；③烟使變色（＝くすべる）；☆銀を燻べる／燻銀使變色；囝ふすぶ（下二）。③

ふすま【麩・麬】(名)麩子，麥糠。⓪

*ふすま【襖】(名)(兩面糊紙的)隔扇③⓪

ぶすり(副)扎在軟東西上的聲)噗哧；☆太い注射器を腕にぶすりと刺す／把粗的注射針噗哧一聲扎在胳膊上。②③

ぶすり(副)＝ぶすり（但比ぶすり聲音輕）；☆針で紙をぶすりと突き刺す／用針噗嗤地一聲把紙扎透。②③

ふ・する【付する】(他サ)①付，加（＝つける）；☆条件を付する／附加條件；☆図表を付して提出する／附上圖表提出；②交給，提交（＝まかせる）；☆問題を審議に付する／把問題提交討論；☆公判に付する／提出公判；◊不問に付する／置之不問；囝ふす（サ）。②

ふ・する【賦する】(他サ)〔文〕①賦(稅)；②賦（詩）；囝ふす（サ）。②

ふせ【布施】(名)〔佛〕布施；☆寺へお布施を上げる／向寺院施捨。②⓪

*ふせい【不正】(名・形動ダ)①不正，不正經，不正派；☆不正な行為／不正經的行為；②壞行為；☆不正を働く／做壞事，違法，犯規；貪污。⓪

ふせい【不整】(形動ダ)不整齊，不規則；☆脈が不整になる／脈搏不正常。⓪

ふせい【斧正】(名)〔文〕斧正；☆斧正を乞う／請斧正。⓪

ふぜい【風情】(名)①風趣，趣味（＝おもむき）；☆風情のある景色（けしき）／幽雅的風景；②樣子，情況（＝ありさま）；☆さびしげな風／好像憂鬱的樣子。①⓪

ぶぜい【無勢】(名)〔文〕人少，力量單薄；☆多勢に無勢でどうにもしようがなかった／寡不敵衆毫無辦法。①

ふせいかく【不正確】(名・形動ダ)不正確。②

*ふせいこう【不成功】(名・形動ダ)不成功，失敗；☆試みが不成功に終わる／試驗歸於失敗。②

ふせいしゅつ【不世出】(名)〔文〕罕見，希世；☆不世出の英雄／希世的英雄②

ふせいじょうしゃ【不正乗車】(名・自サ)不買票私乘火車，電車，公共汽車等。

ふせいせき【不成績】(形動ダ)成績不好；☆一学期の不成績を取り戻す／挽回第一學期的壞成績。②

ふせいとん【不整頓】(名・形動ダ)沒次序，紊亂；☆何もかもが不整頓だ／一切都是亂七八糟的。②

ふせいみゃく【不整脈】(名)〔醫〕不規則的脈搏。②

ふせいりつ【不成立】(名)不成立，沒通過；☆予算は不成立となった／預算沒能通過。②

ふせき【布石】(名)①〔圍棋〕布局；②〔文〕準備（的手段）布置；☆布石を誤（あやま）る／布置錯誤。⓪

ふ

ふせぎ【防ぎ】（名）〔（ふせぐ）的名詞形〕防禦，防守；☆こう方々から攻められては防ぎようがない／這樣各方面都來攻擊是無法防禦的。③

*ふせ・ぐ【防ぐ】（他五）〔文〕①防禦，防守，捍衛，防衛；☆侵略を防ぐ／防禦侵略；②預防；☆病気を防ぐ／預防疾病。②

ふせじ【伏字】（名）（刊物上用○×等符號排版以表示的）缺字；避諱的字；☆伏字のある本／有缺字的書。⓪

ふせつ【付設】（名・他サ）（文）附設⓪

ふせつ【浮説】（名）風傳，流言，謠言；☆巷間の浮説に迷わされるな／不要輕信街頭的謠傳。⓪

ふせつ【敷設】（名・他サ）〔文〕敷設，架設，安設；☆鉄道を敷設する／鋪修鐵路；☆地雷（じらい）を敷設する／埋地雷。⓪

ふせっせい【不摂生】（名）不注意健康，不衛生。②

ふせっせい【不節制】（名）沒有節制，放縱；☆不節制な生活をする／生活上沒有節制。②

*ふ・せる【伏せる】（他下一）①隱藏，隱瞞（＝かくす）；☆兵を伏せる／設伏兵；☆この話は伏せておく方がよかろう／這話最好不要聲張；②向下；☆目を伏せる／眼睛往下瞧；③翻，倒，叩（＝くつがえす）；☆皿を伏せる／把碟子叩過來；☆カルタを伏せる／叩起紙牌；図ふす（下二）。②

ふせ・る【臥せる】（自五）躺，臥；☆風邪（かぜ）で臥せっている／因為感冒正在躺着；図ふす（四）。②

ふせん【不戦】（名）〔文〕①不比賽；②不戰爭，不交戰；～しょう【不戰勝】（名）〔運動〕（因對方棄權等）不戰而勝⓪

ふせん【付箋】（名）附箋，飛簽；☆付箋をつける／加（黏）上飛簽。⓪

ふぜん【不全】（名）〔醫〕不完全，局部；☆不全麻痺／局部麻痺。⓪

ぶぜん【憮然】（形動タルト）〔文〕憮然；失望地；☆憮然として嘆ずる／憮然嘆息。⓪

ぶそう【武装】（名・自サ）①武装；☆武装を解く／解除武装；②戰鬥準備；～かいじょ【武装解除】（名）解除武装；～へいわ【武装平和】（名）武装和平；～ほうき【武装蜂起】（名）武装起義。⓪

ふそうおう【不相応】（名・形動ダ）不相稱，不合適；☆身分不相応に金を使う／花錢不合身分；☆身分不相応の（な）持物（もちもの）／與身分不相稱的携帶品②

*ふそく【不足】（名・形動ダ・自サ）①不够，不足；☆人手（ひとで）が不足する／人手不够；②不充分，缺乏；☆何（なに）不足のない生活／什麼也不缺（充裕）的生活；③不滿意（＝ふへい）；☆いろいろと不足を言う／說種種不滿意的話；☆不足そうな顔つき／不滿意似的神氣⓪

ふそく【不測】（名）〔文〕難以預料，不測；☆不測の事態が発生する／發生意外的事情；☆不測の災を招く／招不測之禍。⓪

ふぞく【付属】（名・自サ）附屬；☆学校に付属する図書館／附屬於學校的圖書館；～がっこう【付属学校】（名）附屬學校。⓪

ぶぞく【部族】（名）〔文〕部族。①

ふそくふり【不即不離】（連語・名）〔文〕不即不離；☆不即不離の関係を保つ／保持不即不離的關係。④

ふぞろい【不揃い】（名・形動ダ）不齊，不一致；☆不揃いの歯／不齊的牙齒；☆前後不揃いの事を言う／說得前後不一致。②

ふそん【不遜】（名・形動ダ）不遜，傲慢；☆不遜の（な）態度／傲慢的態度。⓪

ふた-【二-】（造語）二，雙；☆二親（ふたおや）／雙親；☆二間（ふたま）／兩個房間。

*ふた【蓋】（名）①（瓶、箱等的）蓋子；☆蓋の付いた鍋／帶蓋的鍋；☆蓋をする／蓋上；②（貝類的）蓋兒；☆栄螺（さざえ）の蓋／螺螄蓋兒；◇蓋をあける／①開始；②揭曉；☆蓋をあけてみると…／一經揭曉…；③開演，（戲劇等的）開幕；☆来月二日に蓋を開ける／下月二號開演；◇臭いものに蓋をする／遮掩醜事⓪

*ふだ【札】（名）①牌子，條子，標籤；☆荷物に（荷）札を付ける／行李拴上標籤；②告白板，揭示板（＝たてふだ）；☆いわれをしるした札を立てる／立一面說明由來的告白板；③護身符（＝まもりふだ）；④紙牌（＝かるた）；☆札を配る／分牌；⑤門票（＝きっぷ）；☆芝居の札／戲票。⓪

*ぶた【豚】（名）〔動〕猪；☆豚のように

太る／胖得像猪似的；◇**豚に真珠**／投珠
與家。⓪

ふたい【付帯】（名・自サ）〔文〕附帶，
隨帶；☆これに付帯する費用を見積る／
估計這項附帶的費用。⓪

ぶたい【部隊】（名）①部隊；☆部隊が出
動する／部隊出動；②羣，一伙人。①

*ぶたい【舞台】（名）舞臺；☆初めて舞台
に立つ／初登舞臺；☆外交の舞台で活躍
する／在外交界活躍；～うら【舞台裏】
（名）①後臺；②幕後；～かんとく【舞
台監督】（名）導演，舞臺監督；～げき
【舞台劇】（名）舞臺劇；↔えいがげき
（映画劇）；～そうち【舞台装置】（名）
舞臺裝置。①

ふたいろ【二色】（名）①兩種顏色；②兩
種（類）。④②

ふたえ【二重】（名）①雙層，雙重；☆二
重のまぶた／雙眼皮；②兩折；☆蒲団を
二重にたたむ／把被褥疊成兩折；～まぶた
【二重瞼】（名）雙眼皮。③②

ふたおや【二親】（名）父母，雙親；☆二
親の揃っている人／父母雙全的人；↔か
たおや（片親）。⓪

ふたく【付託】（名）託付，委託；☆議案
を委員に付託する／把議案託付給委員⓪

ふたご【二子・双子】（名）雙生子，孿生
子；☆あの兄弟は二子だ／他兄弟二人是孿生
生。⓪

ふたごころ【二心】（名）二心。③⑤

ふたことめ【二言目】（名）第二句話；老
說的話，口頭禪；☆二言目には勉強しろ
と言う／（他）一張口便說好好用功吧⑤

ぶたごや【豚小屋】（名）猪圈。⓪

ふたしか【不確か】（形動ダ）不確實，含
混，靠不住（＝あやふや）；☆不確かな
事を言うものではない／不要說含混話②

*ふたたび【再び】（副・他サ）再，又一次
；☆二度と再びこんな事はするな／下次
可不許再幹這種事啦。⓪

**ふたつ【二つ】（名）①二，兩個；☆二つ
に切る／切成兩個；☆世界に二つとない
／世界上沒有第二個；②兩歲；☆二つの
女の子／兩歲的女孩；③兩方；☆二つと
もよく出来た／兩樣都做得很好；④二則
，第二；☆一つには正直，二つには勇気
／一則要誠實，二則要有勇氣；◇二つに
一つ／二者居一；☆さあ金を
渡すか命をよこすか二つに一つだ／來吧

，你是給錢還是給命，要二者選一。③

ふだつき【札付】（名）①明價碼；☆札付
の物でないと安心して買えない／沒標明
價碼的東西可不敢買；②聲名狼籍，醜名
昭彰；☆札付の悪人／臭名昭彰的壞蛋④⓪

ふたつへんじ【二つ返事】（名）馬上答應
；☆二つ返事で引き受ける／馬上就答應
接受了。④

ふだどめ【札止め】（名）①（立揭示板）
禁止入內；②（演劇等）座滿停止售票；
滿座；☆連日来札止めの盛況を続ける／
連日滿座的盛況。④⓪

ぶたにく【豚肉】（名）猪肉。⓪

ふたば【二葉】（名）①剛出芽的嫩葉，子
葉；②（事物的）開端，萌芽；③（人的）
幼時；☆二葉の頃から育て上げる／從幼
小扶養成人；◇**栴檀（せんだん）は二葉
よりかんばし**／〔喻〕偉大人物幼時就與
衆不同。⓪

ぶたばこ【豚箱】（名）①裝猪的箱子；②
〔俗〕拘留所；☆二日間豚箱に入れられ
てひどい目に会った／在拘留所被關了兩
天，吃了一場苦頭。⓪

ふたまた【二股】（名）①叉，兩歧，分叉
；☆二股の竿／分叉的竹竿；②〔轉〕一
隻腳踏兩隻船；☆A学校とB学校に二股
をかけて受験する／在A、B兩校都投考
；③〔轉〕搖擺不定，三心二意；～こう
やく【二股膏薬】（連語・名）騎牆（派）
，機會主義（者）。⓪④

ふため【二目】（名）再看；☆火傷（やけ
ど）で二目と見られない顔になる／臉被
火燒得令人目不忍視。③②

*ふたり【二人】（名）兩個人；二人；☆世
に二人とない美人／舉世無雙的美人；☆
二人で分ける／兩個人分。③

*ふたん【負担】（名・他サ）①負，背（東
西、行李）；②（工作、金錢等的）負擔
；☆負担が重過ぎる／負擔過重；☆その
分は僕が負担する／那筆錢由我負擔。⓪

*ふだん【不断・普段】（名・副）〔文〕①
不斷；☆不断の努力が実を結ぶ／不斷的
努力收到結果；②平素，平常，平時；☆
不断から心掛けている／平常就注意著；
③（猶疑）不決；優柔不斷／優柔寡斷①

ふだんぎ【普断着】（名）便服。②

*ふち【縁】（名）①邊，緣，框（＝へり、
めぐり）；☆縁の付いた帽子／帶帽簷兒
的帽子；☆額（がく）の縁がこわれる／

畫框兒壞了；②傍側（＝そば、きわ）；
☆川の縁に立つ／站在河邊。[2]

ふち【淵】（名）①淵，水深處；☆淵に棲
（す）む魚／棲在深淵中的魚；②〔轉〕
深淵；☆絶望の淵に沈む／陷於絶望的深
淵。[0]

ふち【不治】（名）〔文〕不治，沒法治；
☆不治の病（やまい）／不治之病。[2][1]

ぶち【斑】（名）斑，斑紋（＝まだら）；
☆斑の猫／花貓。[1]

ぶちこ・む【ぶち込む】（他五）投入，扔
進；關在裏面；（＝うちこむ）；☆牢屋
（ろうや）にぶち込む／關在牢房。

ぶちこわ・す【ぶち壊す】（他五）①打碎
（＝うちこわす）；☆おこって茶碗をぶち
壊す／發怒砸碎飯碗；②破壞；☆計画を
ぶち壊す／打亂計劃。[0][4]

ぶちのめ・す（他五）打倒，打垮；☆自説
をくつがえされて、ぶちのめされたよう
に感じた／自己的主張被推翻之後，感到
如同被人家打垮了似的。

プチブル【法 petit bourgeois】（名）〔
プチブルジョア之略〕小資產階級；即中
間階級如小商人、手工業者、自耕農等
是。[0]

ぶちま・ける（他下一）①傾倒一空；☆箱
をぶちまけて物を捜す／把箱子裏面的東西
統統倒出來尋找東西；②（把不滿，秘密
等）傾吐一空；完全說出；☆内情をぶち
まけて友達に意見を求める／把真情統統
說出求得朋友的意見。[0][4]

ふちゃく【不着】（名）〔文〕不到；☆不
着の手紙／沒送到的信。[0]

ふちゃく【付着】（名・自サ）〔文〕附着
，黏着；膠着；☆糊（のり）が服に付着
する／漿糊黏在衣服上；〜りょく【付着
力】（名）附着力。[0]

ふちゅうい【不注意】（名・形動ダ）不注
意，疏忽；☆みんな君の不注意から起こ
った事だ／這都是由於你的疏忽而發生的
事情。[2]

ふちょう【不調】（名・形動ダ）①（談判
等）決裂，破裂，不成功，失敗；☆談判
が不調に終わった／談判結果決裂了；☆
取引きが不調に終わった／交易沒有成立
；②不順利，失常；☆このごろどうも不
調だ／近來有些不正常，不順利。[0]

ふちょう【符牒】（名）①符號，暗號；暗
碼；☆符牒をつける／記上暗號；②行話

，黑話（＝あいことば）；☆符牒で話す
／用黑話說。[0]

ふちょう【婦長】（名）護士長。[2]

ぶちょう【部長】（名）社團的社長；（公
司各部門的）部長；大學院長。[0][1]

ぶちょうほう【不調法】（名・形動ダ）①
（注意，招待等）不周；疏忽，過失；失
禮；☆どうも不調法ですみません／不周
到得很，對不起；☆とんだ不調法を致し
ました／我實在太疏忽了，請你原諒（對
過失的道歉語）；②（對於烟、酒等）不
會用，不能吃、喝；（對於遊戲等）不會
，玩不好；☆酒は どうも不調法で／我
不會喝酒；③策拙；沒有經驗；☆私は口
不調法で…／我的嘴很笨；☆不調法者で
すがどうぞよろしく／（他）是一個笨手
笨脚的人（毫無經驗的人）請你多多關照[2]

ふちょうわ【不調和】（名・形動ダ）不調
和，不和諧；☆洋服の色に不調和なネク
タイ／和西服的顏色不調和的領帶。[2]

ふちん【浮沈】（名・自サ）〔文〕①浮與
沉（＝うきしずみ）；②（人生的）盛衰，
榮枯，浮沉，變遷；☆人生は浮沈が激し
い／人生的變遷無常。[2][0]

ぶっ－【打－】（接頭）加在動詞之上表示「
打」的意思或加強語勢；例：ぶっころす
（ぶっ殺す）；ぶっとおす（ぶっ通す）。

ぶ・つ【打つ】（他五）①打，敲，擊（＝
うつ）；☆背中を打つ／擊背；②〔俗〕
做，搞，進行（＝する、おこなう）；☆
演説を打つ／講演；☆一席ぶつ／講演一
番。[1]

ふつう【不通】（名）①（交通線路的）不
通；☆大雪の為電車が不通になる／因降
大雪電車不通；②沒有音信；☆彼は全く
音信不通だ／他杳無音信；③不來往，不
交際。

ふつう【普通】（名）一般，通常，普通，
尋常（＝なみ）；☆起床は普通六時です
／通常是六點起床；☆彼は普通の人間と
ちがっている／他和普通人不一樣；☆多
にこの暖かさは普通ではない／多天這樣
暖和有些反常；〜かわせ【普通為替】（
名）郵滙；〜きょういく【普通教育】（
名）普通教育；↔せんもんきょういく（
專門教育）；〜せんきょ【普通選舉】（
名）普選；〜れっしゃ【普通列車】（名）
普通列車；↔きゅうこうれっしゃ（急行
列車）。[0]

ふつか【二日】（名）①兩天；☆二日眠り続ける／連續睡兩天；☆二日毎に／每隔一天；②初二，二號；☆来月の二日に会議がある／下月二號要開會；～よい【二日酔い】（名）宿醉；☆二日酔いで，まだふらふらしている／宿醉未醒，仍覺頭暈。◎

*ぶっか【物価】（名）物價，行市；☆物価が上がる／物價上漲；～しすう【物価指数】（名）〔經〕物價指數；～だか【物価高】（名）物價貴，高物價；～とうせい【物価統制】（名）統制物價；～ひきさげ【物価引下げ】（名）降低物價。◎

ぶっかきごおり【ぶっかき氷】（名）冰碴兒。

ぶっかく【仏閣】（名）〔文〕佛閣，佛堂（＝てら）；☆京都には神社（じんじゃ）仏閣が多い／京都多神社佛閣。◎

ふっかける【吹っ掛ける】（他下一）＝ふきかける。◎④

ぶっか・ける【打っ掛ける】（他下一）〔俗〕澆，潑，倒；☆頭から水をぶっ掛ける／從頭上澆水；図ぶっかく（下二）④◎

*ふっかつ【復活】（名・自他サ）①復活；☆キリストの復活／基督的復活；②恢復，復興，再生；☆焼けた映画館の最近復活した／燒毀的電影院最近恢復了；～さい【復活祭】（名）〔宗〕復活節（＝イースター）。◎

*ぶつか・る（自五）①碰，撞，遇（＝うちあたる，でくわす）；☆自動車と電車がぶつかる／汽車和電車撞上了；☆難関にぶつかる／遇上難關；②（直接）談判☆じかに先方へぶつかってみたらどうだ／直接跟對方談判一下如何？③正當，適逢（＝かちあう）；☆日曜と祭日とがぶつかる／星期日正趕上節日。◎

ふっかん【復刊】（名・他サ）〔文〕（報紙、雜誌的）復刊；☆休刊していた雑誌を復刊する／把已經停刊的雜誌復刊。◎

ふっき【復帰】（名・他サ）恢復，復職，復原；☆前にいた会社に復帰する／回到原來的公司復職。①◎

ぶつぎ【物議】（名）〔文〕物議；☆物議を醸（かも）す／引起物議。①②

ふっきゅう【復旧】（名・自他サ）恢復原狀；修復；☆復旧の見込みが立たない／沒有復原的希望；☆鉄道の復旧を急ぐ／加速修復鐵路。◎

ふつぎょう【払暁】（名）〔文〕拂曉，黎明（＝あかつき）。◎

ぶっきょう【仏経】（名）〔佛〕佛經。◎

ぶっきょう【仏教】（名）〔佛〕佛教；☆仏教を信仰する／信仰佛教；～かいが【仏教絵画】（名）佛教的繪畫；～と【仏教徒】（名）佛教徒～びじゅつ【仏教美術】（名）佛教美術。③①

ぶっきらぼう（名・他サ）〔俗〕唐突，恭撞；直率，生硬，不和氣；☆ぶっきらぼうな話し方／說話生硬，沒有和祥氣；☆あいつはぶっきらぼうで，ちっとも愛想がない／那傢伙作風生硬不會客氣。③④

ぶつぎり【ぶつ切り】（名）〔烹飪〕切成大塊（的魚肉等）；☆魚をぶつ切りにする／把魚切成大塊兒。◎

ぶっき・る【打っ切る】（他五）〔俗〕切，砍，劈，剁（＝たたききる，うちきる）◎③

ふき・れる【吹っ切れる】（自下一）①腫破出膿；②（風）暫時停息。④◎

フック【hook】（名）〔拳撃〕鈎撃（把胳膊彎成鈎狀由側面打撃）。①

ブック【book】（名）①書，書籍；②帳本，帳簿；～エンド【book ends】（名）挾書板，書擋；～ガイド【book guide】（名）新刊介紹，書評；～カバー【book cover】（名）書套；～ケース【book case】（名）書櫥，書箱。①

ぶつぐ【仏具】（名）〔佛〕佛具，做佛事用具。◎

ぶつくさ（副）（不高興地）嘮叨（＝ぶつぶつ）；☆ちょっとした事で，すぐぶつくさ言う／為了一點小事就嘮叨起來。①

ふっくら（副・自サ）＝ふっくり。◎

ふっくり（副・自サ）柔軟而膨脹貌；☆おまんじゅうがふっくり（と）蒸し上がる／饅頭蒸得軟忽忽地鼓起來；☆ふっくりとした頬（ほほ）／豊滿的臉蛋。③

*ぶつ・ける【打付ける】（他下一）①（往上）扔，擲，打（＝なげつける）；☆犬に石をぶつける／扔石頭打狗；②碰上，撞上（＝うちあてる）；☆暗く頭を戸にぶつける／因為黑暗把頭撞在門上。◎

ふっけん【復権】（名・自他サ）〔法〕復權，恢復權利。◎

ぶっけん【物件】（名）物件，物品（＝しなもの）；～ひ【物件費】（名）物件費；↔じんけんひ【人件費】。◎

ふっこ【復古】（名・自他サ）復古。◎

ぶっこ【物故】（名・自サ）〔文〕物故，死去；☆物故した同志の墓にお参りする／參拜故去的同志之墓。①⓪

ふっこう【復校】（名・自サ）復學；回到原校。⓪

ふっこう【復航】（名）回航，歸航；↔おうこう（往航）；～うんちん【復航運賃】（名）回頭船運費。⓪

ふっこう【復興】（名・自他サ）復興；☆目ざましい復興ぶり／令人驚訝的復興情況。⓪

ふつごう【不都合】（名・形動ダ）①不合適，不相宜，不妥，不便；☆遅れたからとて別に不都合の生ずるわけもあるまい／晩了也不至於發生什麼障礙吧；☆この処置には不都合な点がある／這個處置有些不妥當；☆万事不都合なく運んでいる／一切順利進行着；②行為不端，作風惡劣；☆彼には何一つ不都合はない／他無可非難；☆あの職員は不都合があったので免職された／那個職員因爲行為不端被開除了。②

ふっこ・む【吹っ込む】（他五）↔ふきこむ。

ぶっこ・む【打っ込む】（他五）（俗）①＝うちこむ；②＝なげこむ；③攙入（＝まぜる）；☆酒に水をぶっこむ／往酒裏攙水。⓪

ぶっころ・す【打っ殺す】（他五）〔俗〕＝ぶちころす。⓪④

ぶっさつ【仏刹】（名）佛刹，佛寺（＝てら）。

ぶっさん【物産】（名）物産，産品，産物⓪

*ぶっし【物資】（名）〔文〕物資（＝もの）；☆物資が足りなくなる／物資缺乏。①

ぶつじ【仏事】（名）〔佛〕佛事，法事；☆仏事を営む／做法事。⓪

ぶっしき【仏式】（名）〔佛〕佛教儀式；☆葬儀は仏式で執り行なわれる／殯儀按佛教儀式舉行；↔しんしき（神式）。⓪

*ぶっしつ【物質】（名）物質，物體，實體；～てき【物質的】（形動ダ）物質的，物質上的，物質方面的；☆物質的の援助／物質援助；↔せいしんてき（精神的）；～ぶんめい【物質文明】（名）物質文明。⓪

ぶっしゃり【仏舎利】（名）〔佛〕佛骨，舍利。⓪

ぶっしょう【物証】（名）〔法〕物證；☆犯人の自白だけで物証がなければ刑は課せられない／若沒有物證，只憑犯人的自供是不能處刑的。⓪

ぶつじょう【物情】（名）〔文〕世人的心情，人心；☆物情騒然とする／羣情騒然。⓪

ぶっしょく【物色】（名・他サ）①物的顔色；②尋找，物色；☆仕事に協力してくれる人を物色する／物色能够幫助工作的人。⓪

ぶっしん【物心】（名）〔文〕物質與精神，物與心；☆この事件で物心の両面に与えられた打撃は大きい／由於這一事件，在物質和精神兩方面所受的打撃很大。⓪

ぶつぜん【佛然】（形動タルト）〔文〕怫然；☆怫然として座を立つ／怫然離座（而去）。⓪

ぶつぜん【仏前】（名）佛前，（亡人的）靈牌前；☆仏前に花を供える／佛前供花；☆父の仏前に手を合わせる／在亡父靈牌前合掌（敬語）。⓪

ふっそ【弗素】（名）〔化〕氟。①

ぶっそう【仏葬】（名）佛教儀式的葬儀⓪

ぶっそう【物騒】（名・形動ダ）①騒然不安；☆世の中が物騒になる／社會上騒然不安；②危險（＝あぶないこと）；☆女の夜の一人歩きは物騒だ／女子一個人晚上走路是危險的。③

ぶつぞう【仏像】（名）〔佛〕佛像。③⓪

*ぶったい【物体】（名）物體；東西，物；☆物体は物質より成る／物體由物質形成⓪

ぶったお・す【打っ倒す】（他五）打倒（＝うちたおす）。⓪④

ぶったお・れる【打っ倒れる】（自下一）倒下（＝倒れる）。⑤⓪

ぶったぎ・る【打った切る】（他五）〔俗〕用力砍（切）；☆邪魔な枝を打った切る／砍掉礙事的樹枝。

ぶったく・る【打っ手繰る】（他五）〔俗〕①奪，硬搶；☆読んでいる本を打っ手繰る／把正看着的書硬給搶走；②盤剝暴利，敲竹槓；☆あの飲み屋でひどくぶったくられた／在那家酒館被敲了一下竹槓④

ぶったま・げる（自下一）大吃一驚；☆あの元気な人が死んだと聞いてぶったまげた／聽説那麼壯健的人死了，使我大吃一驚。⑤

ぶつだん【仏壇】（名）（擺放佛像和亡人靈牌的）佛龕；☆仏壇の前で経を読む／在佛龕前唸經。⓪

ぶっ **ちがい**【打っ違い】（名）交叉（＝う
ちちがい）；☆木を打っ違いに打ち付け
る／把木頭交叉着釘上；☆打っ違いに置
く／交叉着放。0

ぶっ **ちょうづら**【仏頂面】（名）苦臉，哭
喪臉，不和悦的面孔，板起的面孔，☆仏
頂面をして側に立っている／哭喪着臉站
在一旁。0

ふつ **つか**【不束】（名・形動ダ）①粗魯，
没有礼貌，不周到；②不才，不敏，無能
；☆不束ながらできるだけやってみます
／我雖無能，但必盡力而爲。2

ぶっ **つけ**【打っ付け】（名）〔俗〕①最初
，起頭（＝はじめ）；☆打っ付けに結論
を述べる／一開頭就說出結論；②不客氣
；☆打っ付けに話す／不客氣地說；③突
然；☆それではあんまり打っ付けで失礼
だ／那太突然了，有失禮貌。0

ぶっつ・**ける**【打っ付ける】（他下一）→
ぶつける。0

ぶっ **つづけ**【打っ続け】（名・副）繼續不
斷；☆一日じゅう打っ続けで仕事をした
／整天繼續不斷地工作。0

ふっ **つり**（副）①切斷東西的聲音，東西兩
斷的聲音；☆ふっつり（と）糸が切れる
／線嚓咻地斷了；②斷然停止貌；☆ふっ
つり酒をやめた／斷然戒酒了。3

ぶつ **つり**（副）①→ふっつり；②嘮叨（＝
ぶつぶつ）。0

ぶっ **つり**（副）①←ふっつり；②針刺的聲
音；☆針をぶっつり（と）突き刺す／把
針嚓咻地扎進去。3

ふっ **てい**【払底】（名・自サ）〔文〕缺乏
，拂底（＝しなぎれ、たねぎれ）；☆紙
の払底で本の出版がおくれる／由於紙張
缺乏，書的出版延遲了；☆人物が払底す
る／人才缺乏。0

ぶっ **てき**【物的】（名）〔文〕物質的；☆
物的証拠をあげる／拿出物證；☆彼は
物的に恵まれない生活をしている／他過
着物質上不富裕的生活；↔しんてき（心
的）。0

ふっ **てん**【沸点】（名）〔理〕沸點，沸騰
點；☆沸点に達する／達到沸點；↔ひょ
うてん（氷点）。13

ぶっ **てん**【仏典】（名）〔文〕佛典，佛經
，佛書。0

ぶつ **でん**【仏殿】（名）〔佛〕佛殿。0

ふっ **と**（副）①忽然（＝ふと）；☆ふっと

思い付く／忽然想起；②嘆地（吹口氣）
；☆ふっとランプを吹き消す／嘆地把洋
燈吹滅。10

ぶっ **と**（副）嘆咻地（笑出）；☆あまりお
かしくて、ついぶっとふき出した／因爲
實在可笑，忍不住嘆咻一聲笑了出來。1

*ふっ **とう**【沸騰】（名・自サ）沸騰；☆水
が沸騰する／水滾開；☆議論が沸騰する
／議論沸騰；～てん【沸騰点】（名）〔
理〕沸點。0

ぶつ **どう**【仏堂】（名）〔佛〕佛堂，佛殿
（＝てら）。20

ぶつ **どう**【仏道】（名）〔佛〕佛教。20

ぶっ **とおし**【打っ通し】（名）〔（ぶっと
おす）的名詞形〕連續不斷，☆朝から打
っ通しに仕事をしてへとへとになった／
從早晨一直連續不斷地工作，累得精疲力
盡了。0

ぶっとお・**す**【打っ通す】（他五）→とお
す。0

ぶっとば・**す**【打っ飛ばす】（他五）〔俗〕
①→とばす；②大甩賣（＝うりとばす）
；變賣。40

ふっと・**ぶ**【吹っ飛ぶ】（自五）〔俗〕①
（被風）颳跑；☆強風で帽子が吹っ飛ん
だ／帽子（因大風）吹跑了；②化爲烏有
；☆一万円が一晩で吹っ飛ぶ／一萬元在
一夜之間就化爲烏有了。30

ぶっと・**ぶ**【打っ飛ぶ】（自五）〔俗〕→
とぶ。30

フットボール【foot ball】（名）〔運動〕
足球（＝しゅうきゅう）；☆フットボー
ル試合（しあい）／足球比賽；☆フット
ボールをやる／踢足球。4

フットライト【foot lights】（名）〔劇〕
脚光。2

フットワーク【foot work】（名）（足球
、拳擊等的）脚的技巧。4

ぶつ **のう**【物納】（名・自サ）〔文〕以實
物（物品、土地等）繳納（租稅）。0

ぶっぱな・**す**【打っ放す】（他サ）〔俗〕
射出，發射；☆ピストルを打っ放す／放
手槍。04

*ぶつ **ぶつ**（副・名）①嘟噥，嘮叨；〔陰
（かげ）で〕ぶつぶつ言うな／別背地裏嘟嘟
噥；②麦沸貌；☆御飯がぶつぶついって
いる／（鍋裏的）飯煮得翻滾；③顆粒狀
物、小疙瘩；起很多粒狀物貌；☆皮膚に
ぶつぶつが出来る／皮膚上出了很多小疙

搭。[1]

ぶつぶつ【物物】（名）〔文〕①物與物；②各種東西；～こうかん【物物交換】（連語）〔經〕以物物換物；☆物物交換をする／物物交換，以貨易貨。[0]

ぶつぶん【仏文】（名）①法文，法文寫的文章；☆和文を仏文に直す／把日文譯成法文；②法國文學；研究法國文學的學科。[0]

ぶつめつ【仏滅】（名）①釋迦牟尼逝世；☆仏滅後千年／佛逝後千年；②（諸事不宜的）大凶日；☆仏滅を避けて式を挙げる／避開凶日舉行儀式。[0]

ぶつもん【仏門】（名）〔佛〕佛門，佛道；☆髪を剃（そ）って仏門に入る／剃髮爲僧。[0]

ふつやく【仏訳】（名・他サ）譯成法文；法文譯本。[0]

ぶつよく【物欲・物慾】（名）〔文〕物欲，（對金錢財物的）貪慾；☆物慾にとらわれる／爲物慾所迷。[0][2]

ふつり（副）（線、絲等的）斷聲；☆糸がふつりと切れた／線喀嗤地斷了。[2][3]

ぶつり【物理】（名）①〔文〕事物的道理；②〔理〕物理學；～がく【物理学】（名）〔理〕物理學；～こうがく【物理光学】（名）〔理〕物理光學；～へんか【物理変化】（名）〔理〕物理變化；↔かがくへんか【化学変化】；～りょうほう【物理療法】（名）〔醫〕物理療法，理療。[1]

ぶつり（副）線等的斷聲。[2][3]

ふつりあい【不釣合】（名・形動ダ）不相稱，不均衡，不配合；☆不釣合の（な）縁談（えんだん）／（身份家世、學識等）不相配的婚姻。[2]

ぶつん（副）（線、絃等的）斷聲；☆ぶつんと紐（ひも）が切れた／喀嗤地帶子斷了。[2]

ふで【筆】（名）①毛筆（＝もうひつ）；☆筆で字を書く／用毛筆寫字；②（用毛筆）寫的字，畫的畫兒；☆これは雪舟の筆だ／這是「雪舟」畫的；③文章；☆筆の立つ人／善於寫文章的人；☆筆を入れる／刪改文章；筆を下す／寫文章，下筆；筆を加える／刪改文章，添寫；筆を捨てる（断つ）／停筆不寫；筆を染（そ）

める／初次寫作；試筆；筆を執る／執筆；筆を走らせる／寫得快；筆を揮（ふる）う／大筆一揮，揮毫。[0]

ふてい【不定】（名・形動ダ）〔文〕不定，不一定。[0]

ふてい【不貞】（名・形動ダ）〔文〕不貞，不忠貞；☆不貞の妻／不貞的妻子；☆夫に不貞を働く／對丈夫不忠貞。[0]

ふてい【不逞】（形動ダ）〔文〕①不順從，不馴順，不法；☆不逞の輩（やから）／不法之徒；②不滿意，不快，不逞。[0]

ふていき【不定期】（名）不定期；～こうろ【不定期航路】（名）不定期航路；～せん【不定期船】（名）不定期船。[2]

ふていさい【不体裁】（名・形動ダ）不體面，不好看；不成體統，不像樣子；☆不体裁の服装／不像樣子的服裝；☆人の前で欠伸（あくび）をするのは不体裁だ／在人前打呵欠有失體統。[2]

ふでいれ【筆入】（名）筆筒；鉛筆盒[4][3]

プディング【pudding】（名）布丁（＝プリン）。[1]

ふてき【不敵】（名・形動ダ）①大膽，勇敢；☆不敵な奴（やつ）だ／大膽的東西；②無恥，老臉厚皮，目中無人（＝ずうずうしい）；☆不敵の振舞（ふるまい）／目中無人的舉止。[0][2]

ふてき【不適】（名・形動ダ）〔文〕不適當，不合適；☆私には不適の仕事だ／對我來說是不合適的工作。[0]

ふでき【不出来】（名・形動ダ）做得不好，（收成）不好；☆不出来の（な）料理／做壞了的菜；☆作物の出来不出来／莊稼收成的好與不好；↔じょうでき【上出来】。[1]

ふてきとう【不適当】（名・形動ダ）不適當，不合適；☆着物には不適当の（な）模様／不適合於（日本）衣服的花樣。[2]

ふてきにん【不適任】（名）不適任，不勝任；☆私はその地位には不適任だ／那個地位對我是不合適的。[2]

ふてぎわ【不手際】（名・形動ダ）（做得）不漂亮，不精致；☆不手際な細工（さいく）だ／不精致的手藝活兒；☆処理が不手際だった／處理得不恰當，不漂亮。[0]

ふてくさ・る【不貞腐る】（自五）（因為心中不平而）彆扭起來，嘔氣，破罐破摔；☆彼はちょっと叱るとすぐ不貞腐る／一申斥他，他就跟你嘔氣。[0]

ふでさき【筆先】（名）①筆尖；筆頭；②筆墨；☆筆先で世人をごまかす／以筆墨歪曲事實（欺騙世人）；③〔おー〕寫的字或文（特指某一宗派的教祖的筆蹟）[0]

ふでたて【筆立】（名）筆架。[4][3]

ふでづかい【筆遣い】（名）①使筆法，筆法；②寫法。[3]

ふてってい【不徹底】（名・形動ダ）不徹底；☆不徹底なやり方／不徹底的作法[2]

ふてね【不貞寝】（名・自サ）（因嘔氣、耍彆扭而）躺下不起來工作；☆思い通りにならないで不貞寝をする／因爲不如意而嘔氣躺着不起來。[0]

ふでばこ【筆箱】（名）鉛筆盒；☆筆箱にペンを入れる／把鋼筆裝進鉛筆盒裏。[0]

ふでぶしょう【筆不精】（名・他サ）①懶於執筆寫文章（的人）；☆筆不精なので作文は苦手です／由於懶於寫東西，對於作文感覺頭疼；↔ふでまめ；②不好寫信（的人）；☆筆不精で、ちっとも返事をくれない／（他）不好寫信，總也不來回信。[3]

ふでまめ【筆まめ・筆忠実】（名・形動ダ）手下勤快，勤於寫作（文章、書信）；☆彼は筆まめに次々と論文を書く／他勤於寫作，一篇接着一篇地寫論文；☆筆まめな人／好寫書信的人；↔ふでぶしょう（筆不精）。[0]

ふ・てる（自下一）→ふてくさる。[2][0]

*ふと（副）①忽然；②偶然，無端（＝はからず、おもいがけず）；☆ふと思い出した／忽然想起來了；◊ふとした事から／由於偶然的一點小事情，☆ふとした事から知り合った／由於偶然的機會而認識。[0]

*ふと・い【太い】（形）①粗的，惡的；☆腕がふとい／胳膊粗；☆太い縄／粗繩子；②胖的；↔ほそい（細い）；③（俗）可惡的，臉皮厚的，無恥的；☆太い奴（やつ）／無恥的東西；反ふとし（形ク）。[2]

ふとう【不等】（形動ダ）〔文〕不同，不齊；～ごう【不等号】（名）〔數〕不等號；～しき【不等式】（名）〔數〕不等式。[0]

*ふとう【不当】（名・他サ）不正當；不合道理；☆不当な要求を押し付ける／硬提無理要求。[0]

ふとう【埠頭】（名）碼頭。[0]

ふどう【不同】（名・形動ダ）①不同，不一樣，不齊；②（次序等）混亂；☆順序が不同である／没有一定次序，不按一定次序。[0]

ふどう【不動】（名）①不動，不可動搖，堅定；☆不動の決意／堅定的決意；②〔佛〕←不動明王；～さん【不動産】（名）〔法〕不動產；～みょうおう【不動明王】（名）〔佛〕不動明王。[0][1]

ふどう【浮動】（名・自サ）〔文〕浮動，不定；☆相場が浮動する／行情不定。[0]

ぶとう【舞踏】（名・自サ）舞蹈（＝まいをまうこと、ダンス）。[0]

ぶどう【武道】（名）①武藝，武術；②（日本的）武士道。[1]

**ぶどう【葡萄】（名）〔植〕①葡萄；②←葡萄色；～いろ【葡萄色】（名）深紅紫色；～しゅ【葡萄酒】（名）葡萄酒；～じょう（きゅう）きん【葡萄狀（球）菌】（名）〔醫〕葡萄狀球菌；～とう【葡萄糖】（名）〔醫〕葡萄糖（＝グルコース）。[0]

ふどうい【不同意】（名・形動ダ）不同意，不贊成。[2]

*ふとういつ【不統一】（名・形動ダ）不統一，没系統；☆前後不統一の（な）話／前後不統一的話。[2]

ふどうたい【不導体】（名）〔理〕不良導體，絕緣體。[0]

ふとうめい【不透明】（名・形動ダ）不透明；☆不透明になる／成爲不透明的。[2]

ふどき【風土記】（名）〔文〕風土記，地方誌。[2]

ふとく【不徳】（名）①没有德望，無能；☆かような事件が起こりましたのは全く私の不徳の致す所でございます／所以發生這樣事件，完全是由於我領導（教導）無方；②不道德，違背道德。[0]

ふとくい【不得意】（名・形動ダ）不擅長；不精，☆英語は不得意です／英文（我）不擅長。[2]

ふとくぎ【不徳義】（名・形動ダ）違反道義，不道義；☆不徳義を働く／幹違反道義的事。[2]

ふとくさく【不得策】（名・形動ダ）〔文〕不是良策,不利的辦法（＝ためにならぬこと）；☆不得策の（な）事をする／做對自己不利的事。②

*ふところ【懐】（名）①懷,胸；☆母の懐に抱かれる／被母親抱在懷裏；②四周被包圍的地方；☆山の懐／山坳；③心裏想的,心事；☆人の懐を見透かす／看透別人心事；④腰包,腰中攜帶的錢；☆懐具合（ぐあい）がよくない／手頭拮据；☆懐が暖い／腰包富裕,手頭富裕；☆懐が寒い（淋しい）／腰中無錢,錢少；☆懐にする／暗藏在懷裏,**懐を暖める（肥やす）**/肥私囊,**懐を痛める**/花錢,破鈔；掏腰包；～かんじょう【懐勘定】（名）心裏打算盤（＝むなざんよう）；～ぐあい【懐工合】（名）手頭充裕與否；☆懐工合がよい（悪い）／手頭富裕（拮据）；～つごう【懐都合】（名）＝ふところぐあい；～で【懐手】（名）①兩手揣在懷裏；☆懐手のままぶらりと出かける／揣着手信步走出；②遊手好閒；袖手；☆懐手で暮らす／遊手好閒。①

ふとして（副）＝ふと。

ふとっちょ【太っちょ】（名）〔表卑〕胖子。②

ふとっぱら【太っ腹】（名・形動ダ）①大肚皮；②度量大,豁達。⑤

ふとどき【不届き】（名・形動ダ）①（招待・服務等）不周到；☆まことに不届きで申し訳ありません／（招待等）不周到實在抱歉；②沒有禮貌；不法（＝ふらち）。②

ふとまき【太巻】（名）①粗支的香烟；粗卷；②粗卷的紫菜卷飯。③

ふともも【太股】（名）大腿肚子。⓪③

*ふと・る【太（肥）る】（自五）①胖（＝こえる）；☆このごろ大分（だいぶ）太った／近來胖得多了；②成長,長大；☆芋が太る／甘薯長大；③增加,增多；☆財産が太る／財産增加。②

*ふとん【蒲団】（名）〔文〕①蒲團,用蒲葉編的、圓半塾；②被褥、坐塾等的總稱；☆蒲団を掛ける／蓋被；☆蒲団を上げる（畳む）／疊被。⓪

ふな【鮒・鯽】（名）〔動〕鯽魚。①

ぶな【橅・山毛欅】（名）〔植〕山毛欅,椈。①

ふなあし【船足・船脚】（名）①（船的）

吃水（＝きっすい）；☆船足が浅い／船吃水浅；②（船的）速度；☆船足の速い船／速度快的船。⓪②

ふなあそび【船遊び】（名・自サ）乘船遊逛；☆船遊びに行く／划船遊去。③

ぶない【部内】（名）〔文〕（機關、公司的）內部；部內；（大學學院、社團等的）內部。①

ふないた【船板】（名）①木船的船板（＝あげいた）；②（造木船用的）木板。⓪

ふなうた【舟歌・船歌】（名）船歌；☆ボルガの舟歌／伏爾加的船歌。②

ふなおろし【船卸し】（名）①（新船初次）進水；②卸下船貨。③

ふなかた【船方】（名）船方,船家,水手（＝ふなのり、せんどう）。④

ふなじ【船路】（名）〔文〕航路；☆遙（はる）かな船路／遙遠的航路。②⓪

ふなぞこ【船底】（名）①船底（＝せんてい）；②底部成弓形的器具。⓪

ふなだいく【船大工】（名）造船工人,船匠。③

ふなちん【船賃】（名）船錢；船票價；☆船賃を払う／付船錢。②

ふなつきば【船着場】（名）船停泊（處）；碼頭。⓪

ふなづみ【船積み】（名・他サ）（往船上）裝貨,裝載；☆注文品を船積みで発送する／把訂貨裝船發出；☆船積案内状（あんないじょう）／裝運通知單。④⓪

ふなで【船出】（名・自サ）開船；☆横浜（よこはま）を船出する／從橫濱開船。③⓪

ふなどこ【船床】（名）舖在船板上的竹蓆⓪

ふなに【船荷】（名）（船舶上）裝載的貨物；☆船荷を揚げる（下ろす）／裝貨（卸貨）；～しょうけん【船荷証券】（名）提貨憑單,運貨憑書（＝B/L）。②

ふなぬし【船主】（名）船主（＝せんしゅ）②

ふなのり【船乗り】（名）船員,船夫。②

ふなばた【船端・舷】（名）船邊,舷。⓪

ふなびと【船人】（名）〔文〕①乘船人；②船夫,水手。②⓪

ふなびん【船便】（名）通船,有通航的船；海運（郵件）；☆船便があり次第送る／一有船就運去；☆その島へは船便がない／那個島不通船,沒有船開往那個島。②

ふなべり【船縁】（名）舷,船邊（＝ふな

ばた）；☆船縁を踏みはずす／踩空船邊（落水）。⓪

ふなむし【船虫】（名）〔動〕海蛆。②

ふなよい【船酔】（名・自サ）暈船；☆船が荒くて、皆船酔いに悩まされた／波浪很大，大家都暈船而苦。②

ふなれ【不慣れ・不剛れ】（名・形動ダ）不習慣，不熟練；☆不慣れの（な）仕事なので非常に疲れる／因爲是不熟練的工作，所以非常疲勞。①

ふなわたし【船渡し】（名・自サ）①渡口，擺渡；②〔經〕離岸價格（＝F.O.B.）。③

***ぶなん**【無難】（名・形動ダ）①無災無難，平安（＝ぶじ）；②沒有缺點，無可非難；☆この程度ならまず無難だ／能做到這個程度就大致說得過去了。①

ふにあい【不似合】（名・形動ダ）不相稱，不適合，不適當；☆この帽子は君には不似合だ／這頂帽子你戴不合適。⓪

ふにゃ ふにゃ（副）軟貌（＝ぐにゃぐにゃ）①

ふにょ い【不如意】（名・形動ダ）①不如己意；☆たとえ不如意なことがあってもへたばるな／縦令有不如意的事也不要氣餒；②拮据，貧困；☆このごろ暮らしが不如意になった／近來家計困難起來了；☆手元（てもと）不如意である／手頭拮据。②①

ふにん【不妊】（名）〔醫〕不育，不孕，無生殖能力；～しょう【不妊症】（名）〔醫〕不生育症，不孕症。⓪

ふにん【赴任】（名・自サ）赴任，上任；☆福岡（ふくおか）へ赴任する／到福岡去上任。⓪

ふにんじょう【不人情】（名・形動ダ）冷酷無情，不體貼人情；☆不人情な男／冷酷無情的人。②

ふぬけ【腑抜け】（名）沒有志氣，不爭氣，沒出息；窩囊廢，笨蛋，呆子（＝まぬけ、ばか、とぼけ）。③⓪

***ふね**【船・舟】（名）①舟，船；☆船に乗る／乘船；☆船で行く／坐船去；☆船に弱い／暈船；②（盛水、酒的）槽，盆；☆湯ぶね／熱水槽，澡盆；③（盛魚類的）淺底木槽；◇船を漕ぐ／打盹兒；打瞌睡；船に乗りかかった／騎虎難下；船に酔う／暈船。①

ふねへん【舟偏】（名）〔漢字部首〕舟字旁。⓪

ふねっしん【不熱心】（名・形動ダ）不熱心；☆そう不熱心では何事もできまい／要那麼不熱心的話，就什麼事也做不成②

ふねん【不燃】（名）〔文〕不燃；☆不燃性のゴミ／不燃性的廢物。⓪

ふのう【不能】（名）〔文〕①不能；☆列車の運行が不能になる／火車不能開動；②無能，沒有才能。⓪

ふのう【富農】（名）富農；☆富農に生まれる／生於富農之家；↔ひんのう（貧農）。⓪

ふのり【布海苔】（名）〔植〕海蘿。⓪

ふはい【不敗】（名）〔文〕不敗，沒有敗過；☆不敗の陣容を誇る／誇耀不敗的陣容；☆不敗の記録／沒有敗過的記錄。⓪

***ふはい**【腐敗】（名・自サ）〔文〕①腐敗，腐壞；☆暑さで肉が腐敗する／肉因天熱而腐敗；②〔轉〕腐敗，墮落，頽墮，萎疲；☆士気腐敗した／士氣墮落。⓪

ふばい【不買】（名）〔文〕不買；～どうめい【不買同盟】（名）抵制，抵貨（＝ボイコット）；☆主婦の不買同盟／家庭主婦抵貨運動。⓪

ふはく【浮薄】（名・形動ダ）①輕薄，輕浮，輕率；☆浮薄に流れる／流於輕浮；②（人情）淡薄；☆人情が浮薄な（の）大都会／人情淡薄的大都市。⓪

ふはつ【不発】（名）（槍等）不發火；☆引金（ひきがね）を引いたが不発に終わった／扣了槍機，可是（子彈）沒有發火；～だん【不発弾】（名）不發火的子彈，臭子彈。⓪

ふばつ【不抜】（名・形動ダ）〔文〕不拔；不可動搖；☆堅忍不拔の精神／堅忍不拔的精神。

ふばらい【不払い】（名）不支付，不發給；拒付；☆給料の不払い／不發工資；☆小切手が不払いになる／支票被拒付。②

***ふび**【不備】（名・形動ダ）①不完備，不完全；☆計画が不備の（な）ために混乱する／由於計劃不周而發生混亂；②〔文〕（書信用語）不一，不盡欲言。①

ふびじん【不美人】（名）醜女（＝ぶおんな）。②

ふひつよう【不必要】（名・形動ダ）不必要；非必需；☆不必要な（の）品物／不必要的東西。③

ふひょう【不評】（名）聲譽不佳，名譽壞；☆不評を蒙（こうむ）る／受到不好的

ふ

評論；☆それは新聞紙上では不評であっ
た／那在報紙上受到了批評；↔こうひょ
う〈好評〉。◎

ふひょう【付表】（名）〔文〕附表；附錄
；☆付表が多い歴史の本／有許多附表的
歴史書。◎

ふひょう【浮標】（名）①浮標（＝ブイ）
；②（漁網等的）浮子。◎

ふひょうばん【不評判】（名・形動ダ）聲
譽壞，名譽不好；☆近所で不評判の人／
在四鄰名譽不好的人。◎

ふびん【不憫】（名・形動ダ）可憐（＝かわ
いそう）；☆母のない子だと思うと余計
に不憫だ／一想到是一個無娘的孩子就越
發覺得可憐；～が・る【不憫がる】（自
五）覺得可憐；☆幼くて両親に死別した
子を不憫がる／覺得從小就喪了父母的孩
子可憐。[1]

*ぶひん【部品】（名）零件（＝ぶんひん）
；☆自転車の部品／自行車的零件。◎

ふひんこう【不品行】（名・形動ダ）行爲
不良，品行不端；☆不品行の（な）人／
品行不端的人。[2]

ふぶき【吹雪】（名）暴風雪；☆吹雪を冒
（おか）して進む／冒着暴風雪前進。[1]

*ふふく【不服】（名・形動ダ）①不服；☆
命令に服を唱える／對命令表示不服；
②異議；☆不服がある／有異議；③不滿
意；☆私は不服を言うほどの事はない／
我沒有什麼不滿意的。◎

ふぶ・く【吹雪く】（自五）①（風）颳得
猛烈；②風雨（雪）交加。[2]

ふふん（感）①表示輕視對方的口氣；☆ふ
ふん、君などにわかるものか／哼，你哪
裏能懂事呢？☆ふふん、どうせそんな事
だろうと思った／哼，我早就料到你搞不
好，我早就料到你一定搞得那樣亂七八糟
；☆ふふんといった顔をする／表示瞧不
起的神氣；②表示疑問或不滿意；☆ふふ
ん、それはほんとうかい／噢，那是眞的
嗎？[2]

ふぶん【不文】（名）〔文〕①不成文；②
不學，沒學問；③不好的文章，拙劣的文
章；～ほう【不文法】（名）＝ふぶんり
つ；～りつ【不文律】（名）不成文法◎

*ぶぶん【部分】（名）（一）部分；☆その
部分は金属で出来ている／那一部分是用
金屬製成的；～しょく【部分食】（名）
〔天〕（日、月的）部分蝕；～てき【部

分的】（形動ダ）部分的；☆部分的には
わかる／部分地明白；～ひん【部分品】
（名）零件；☆ラジオの部分品／無線電
的零件。[1]

*ふへい【不平】（名・形動ダ）不平，不滿
意；牢騒；☆不平を言う／表示不滿，發
牢騒。◎

ぶべつ【侮蔑】（名・他サ）侮蔑，輕視；
☆人を侮蔑する／侮蔑人。◎

ふへん【不偏】（名）〔文〕不偏；～ふと
う【不偏不党】（連語・名）不偏不黨，
不偏不倚。◎

ふへん【不変】（名）〔文〕不變；☆不変
の真理／不變的眞理。◎

*ふへん【普遍】（名）〔文〕普遍，☆普遍性
を持つ／有普遍性；↔とくしゅ（特殊）
；～だとうせい【普遍妥当性】（名）〔
哲〕普遍妥當性；～せい【普遍（性）の】
動ダ）普遍妥當性；～てき【普遍的】（形
動ダ）普遍的；☆普遍的な
事柄（ことがら）／普遍性的事情。◎

*ふべん【不便】（名・形動ダ）不便，不方
便；☆電車に不便な所に住む／住在坐電
車不方便的地方。[1]

*ふぼ【父母】（名）父母（＝ちちはは）；
☆父母を失う／喪父母。[1]

ふほう【不法】（名・形動ダ）不法，違法
；☆不法な行為／不法行為。◎

ふほう【訃報】（名）〔文〕訃音，訃聞；
☆友人の訃報に驚く／接到朋友的訃聞吃
一驚。◎

ふほんい【不本意】（名・形動ダ）非本意
，非情願，不願意；☆不本意ながら引き
受ける／無可奈何地接受。[2]

ふま・える【踏まえる】（自下一）①踏，
踩；用力踏；☆鬼を踏まえた四天王の像
／脚踏小鬼的四天王像；☆両足を踏まえ
て大石を持ち上げる／兩脚用力踏地擧起
大石頭；②〔轉〕依據，根據；☆この句
は有名な漢詩を踏まえている／這個句子
出自有名的漢詩；図ふまふ（下二）。[3]

ふまじめ【不真面目】（名・形）不誠實
；☆ふまじめな態度／不誠實的態度。[2]

*ふまん【不満】（名・形動ダ）不滿（意）
；☆不満に思う／感到不滿（意）。◎

ふまんぞく【不満足】（名・形動ダ）不滿
（意）；☆不満足な結果／不滿意的結
果。[2]

ふみ【文】（名）①文章；②書籍；⑧信箋
（＝てがみ）；☆文を差し上げる／寄信

，呈上一封信；④學問。①②

ふみあら・す【踏み荒す】（他五）用脚踩得亂七八糟；☆花園を踏み荒す／把花園踩得亂七八糟。④

ふみいし【踏石】（名）①（日本房屋門前的）踏石,踏脚石；☆踏石に履物（はきもの）を揃える／把鞋履整整齊齊地擺在踏脚石上；②脚踩石（＝とびいし）。◎

ふみいた【踏板】（名）踩板,踏板。◎③

ふみえ【踏絵】（名）〔江戸時代〕①刻馬利亞像、耶穌十字架像於木板或銅板,使人踐踏,以試其是否為信徒；②刻有馬利亞、耶穌像的木板或銅板。◎

ふみきり【踏切】（名）①〔鐵路的〕岔口，道口；鐵路平交道；☆踏切を渡る／過道口；②〔運動〕（跳高跳遠的）起跳點；☆踏切がまずい／起跳（姿勢不好）；③〔角力〕脚踩出圈外；④〔轉〕決心（＝ふんぎり）；☆なかなか踏切がつかない／很久不定決心。◎

ふみこ・える【踏み越える】（自下一）踩過；図ふみこゆ（下二）。④

ふみこた・える【踏み堪える】（他下一）①〔角力〕叉開脚站穩（挺住對方的推搡）；②〔轉〕忍耐住；☆困難を踏み堪える力に乏しい／缺乏忍耐住困難的力量。⑤

ふみこ・む【踏み込む】（自五）①踩陷下去,☆泥に踏み込む／踩陷泥裏去；②闖入；☆警察が踏みこむ／警察闖入；③〔轉〕深入考慮；☆事件の核心に踏みこむ／深入考慮事件的中心問題。③

ふみしだ・く【踏み拉く】（他五）〔文〕用脚踩得亂七八糟（＝ふみにじる）；☆野原の草花が踏みしだかれている／原野裏的草花被踩得七倒八歪。④

ふみし・める【踏み締める】（他下一）①用力踩；☆一歩一歩踏み締めて斜面を登る／一步一步用力踏上斜坡；②踩結實；☆盛った土を踏み締める／把堆起來的土用脚踩結實；図ふみしむ（下二）。④

ふみだい【踏台】（名）①脚搭子,凳子；☆踏台に乗って物を取り下ろす／登上發子取下東西；②墊脚石,利用的手段；☆他人を踏台にする／拿別人作墊脚石。◎

ふみたお・す【踏み倒す】（他五）欠帳不還,賴帳；☆借金を踏み倒す／賴帳，欠債不還。④

ふみだ・す【踏み出す】（他五）①邁出,邁步；☆一歩踏み出す／邁出一步；②出

發；進入；☆文壇に踏み出す／進入文藝界；③着手,進行（＝やりはじめる）；☆土地開拓に踏み出す／着手進行開荒。③

ふみだん【踏段】（名）（梯子等的）磴兒；臺階；☆石の踏段／石臺階。◎

ふみつ・ける【踏み付ける】（他下一）①踩住；☆しっかり踏み付ける／用力踩住；②〔轉〕藐視,輕視,小看；欺侮；☆それは人を踏み付けた仕打だ／那是欺侮人的做法；図ふみつく（下二）。④

ふみとどま・る【踏み止（ど）まる】（自五）①用力站住不動；☆ずるずる滑（すべ）ったが、中途で踏み止まった／跐蹓跐蹓地滑了下來,可是在半途裏站住了；②剩下，留下；盡力盡到底；☆皆帰ったが一人踏み止まって仕事をやりあげる／大家全回去了,只剩一個人把工作做完；☆最後まで踏み止まる／堅持到最後。⑤

ふみなら・す【踏み鳴らす】（他五）用脚踩響；☆床（ゆか）を踏み鳴らす／把地板踩得亂響。④

ふみなら・す【踏み均す】（他五）踩平；☆土（道）を踏み均す／把土（道路）踩平。④

ふみにじ・る【踏み躙る】（他五）踩躪；☆草花を踏みにじる／把花草踩得亂七八糟；☆面目を踏みにじる／糟蹋別人的面子；☆約束を踏みにじる／爽約。④

ふみはず・す【踏み外す】（他五）踩錯,跐,失足；☆足を踏み外して階段から落ちる／脚踩跐了從樓梯上掉了下來；☆正しい道を踏み外す／誤入岐途。④

ふみわ・ける【踏み分ける】（他下一）〔文〕分開（草叢等）前進；☆深い草むらを踏み分ける／披開草叢前進；☆道なき道を踏み分ける／尋路前進；図ふみわく（下二）。④

ふみん【不眠】（名）不睡,不眠；**〜しょう**【不眠症】（名）〔醫〕失眠症；☆不眠症にかかる／患失眠症；**〜ふきゅう**【不眠不休】（連語・名）〔文〕不眠不休；☆不眠不休で捜索する／不眠不休地捜索行。①

ふむ（感）哼（＝ふん）。①

＊ふ・む【踏（履）む】（他五）①踩,踏,踐踏；踩脚；☆人の足を踏む／踩別人的脚；☆芝生（しばふ）を踏むな／不要踐踏草坪；②去,走,踏入（＝ゆく、ある

く）；☆初めてこの土地を踏んだ／初次來到這個地方；⑧實踐；☆初舞台を踏む／初登舞臺；④履行；⑤估（價）；☆値を踏む／估價；☆これは踏めるよ／這可以出好價兒；⑥押（韻）；☆韻（いん）を履む／押韻；⑦經歷，經過；☆大学の課程を履む／學完大學的課程；☆手続きを履む／履行手續；⑧遵守；☆人の踏み行なうべき道／人應該遵循的道路；◇踏んだり蹴（け）ったり／又踩又踢；欺人太甚；☆彼女かまるで踏んだり蹴ったりだ／這簡直是欺人太甚。

ふむき【不向き】（名・形動ダ）不適合，不相稱；☆子供には不向きの品／對孩子不合適的東西；☆彼は企業家には不向きだ／他不適於作一個企業家。①

*__ふめい__【不明】（名・形動ダ）①不明，不詳，不清楚；☆行くえが不明になる／去向不明；②〔文〕無能；☆全く私の不明の致す所です／這完全由於我的無能所致。

ぶめい【武名】（名）〔文〕武名；武勇之臣；☆武名をあげる／武名遠揚。①

ふめいよ【不名誉】（名・形動ダ）不名譽，名聲不好；不體面；☆不名誉な話だ／不體面的事情。②

ふめいりょう【不明瞭】（名）不明瞭，不明確；☆不明瞭な発音／不清楚的發音②

ふめつ【不滅】（名）〔文〕不滅，不朽；☆不滅の名を残す／留芳千古。⓪

ぶめん【部面】（名）方面；☆この部面での彼の活躍が期待される／他在這方面的活躍是值得期待的。①

ふめんもく【不面目】（名・形動ダ）→ふめんぼく。②

ふめんぼく【不面目】（名・形動ダ）不名譽，不體面；☆こんな不面目な事はない／沒有這麼不體面的事情了。②

ふもう【不毛】（名）〔文〕不毛；☆不毛の土地を開拓する／開墾不毛之地。⓪

*__ふもと__【麓】（名）山麓，山脚；☆山の麓にある家／在山脚下的房子。③

ふやかす【他五】泡漲；☆豆を水にふやかして置く／把豆子用水泡上（使漲）③

ふやじょう【不夜城】（名）不夜城，繁華市街。②

*__ふやす__【殖す】（他五）繁殖，增殖，增加；添；☆人数（にんずう）をふやす／增加人數；☆資本をふやす／增添資本②

ふゆ【冬】（名）冬天；☆冬になる／入冬；☆冬を越す／過冬。②

ふゆう【浮遊・浮游】（名・自サ）浮游；～せいぶつ【浮游生物】（名）〔動〕→プランクトン。

ふゆう【富裕】（名・形動ダ）富裕；☆富裕の家に生まれる／生於富裕之家。①⓪

ぶゆう【武勇】（名）武勇。①

*__ふゆかい__【不愉快】（名・形動ダ）不愉快，不高興；不痛快；☆不愉快に感ずる／感到不愉快；☆不愉快な人／討厭的人②

ふゆがれ【冬枯れ】（名）①冬日草木枯萎②冬日的淒涼景色；☆冬枯れの景色／冬日的淒涼景色；③〔經〕冬季的商業蕭條⓪

ふゆぎ【冬着】（名）冬衣。⓪

ふゆきとどき【不行届】（名・形動ダ）招待不周，疏忽；☆不行届の点は幾重（いくえ）にも御容赦を願います／疏忽之處敬希原宥。②

ふゆくさ【冬草】（名）冬天的枯草。⓪

ふゆごもり【冬籠り】（名・自サ）①過冬；☆冬籠りの支度（したく）をする／做過冬準備；②冬眠，蟄居，蟄伏；☆蛇（へび）や蛙（かえる）は冬籠りをする／蛇蛙等冬蟄居。③

ふゆごもる【冬籠る】（自五）冬季在家內蟄居。④

ふゆさく【冬作】（名）〔農〕冬季作物⓪

ふゆしょうぐん【冬将軍】（名）蘇俄嚴冬的異稱。③

ふゆぞら【冬空】（名）冬天的天氣。③

ふゆび【冬日】（名）冬天的太陽。⓪

ふゆもの【冬物】（名）冬季（的服裝、布料等）用品；☆冬物が出まわる／冬季用品上市。③

ふゆやすみ【冬休み】（名）①冬季休假；②寒假☆あと十日で寒休みになる／再過十天就放冬假了。③

ふゆやま【冬山】（名）①冬季的荒山；②冬季的登山。⓪

ふよ【付与】（名・自サ）〔文〕授給；☆権利を付与する／授權。①

ふよ【賦与】（名・自サ）〔文〕賦予，給與；☆才能を賦与される／天賦才能。①

ぶよ【蚋】（名）〔動〕蚋（＝ぶゆ、ぶと）①

*__ふよう__【不用】（名・形動ダ）不用，不要；☆不用になった物／不需要（無用）的東西。⓪

ふよう【不要】（名・形動ダ）不需要，不

必要；☆不要な本があったら借してくれ
ないか／若有不需要的書可否借給我。[0]

ふよう【扶養】（名・他サ）扶養；☆親を
扶養する義務／扶養父母的義務。[0]

ふよう【芙蓉】（名）〔植〕芙蓉花。[0]

ぶよう【舞踊】（名）舞踊，舞蹈（＝まい、
おどり）；☆舞踊を習う／學習舞蹈。[0]

ふようい【不用意】（名・形動ダ）①没準
備，☆不用意のまま会を開く／没有準備
就開會；②不經考慮，不小心；☆不用
意にしゃべった言葉／没加考慮説出來的
話。[0]

ふようじょう【不養生】（名・形動ダ）不
講衛生，不注意健康；☆医者の不養生／
醫生反而不注意健康。[4][2]

ぶようじん【不用心】（名・形動ダ）警惕
不够，粗心大意；☆家を明けっ放しにし
て何という不用心なことだろう／把門大
開大敞，是多麼大意呀；☆塀（へい）が
なくて不用心な家／没有院牆的不嚴緊的
住宅。[2]

ぶよぶよ（副・自サ）柔軟肥胖貌。（比「
ぷりぷり③」更軟）。[1]

*__フライ__【fry】（名）油炸魚・肉・青菜等☆えび
フライを揚げる／炸（用麵包粉裹的）蝦
；**～パン**【frying pan】（名）炸東西的
鍋，平鍋。[2][0]

フライ【fly】（名）①飛；②〔棒球〕飛球
；**～ウェート**【fly weight】（名）〔拳
擊〕（體重112磅以下）最輕級拳擊選
手，蠅量級；**～ホイール**【fly wheel】
（名）〔機〕飛輪。[2]

ぶらいかん【無頼漢】（名）〔文〕無頼漢
；流氓（＝ならずもの、ごろつき）。[0]

フライング【flying】（名・自サ）賽跑
或游泳賽時在發令鎗以前開始起跑或游泳
，盜跑。

プライス【price】（名）①價格，代價；②
市價。[2]

プライズ【prize】（名）獎賞，獎品。

フライト【flight】（名）①飛行；②〔運
動〕（滑雪）跳躍；跳（欄）。[0]

プライド【pride】（名）①驕傲，自傲；
②自尊，自豪，得意。[2]

プライバシー【privacy】（名）私生活[2]

プライベート【private】（形動ダ）個人
，私人；☆プライベートの（な）用事／
私事。[2]

ブラインド【blind】（名）百葉窓（＝ひよ

け）。[2]

ブラウス【blouse】（名）婦女孩童的寬濶
短罩衫；☆白いブラウスに紺のスカート
／白罩衫配藍裙子。[2]

ブラウンかん【Braun 管】（名）〔無電〕
布勞恩管。[0]

プラカード【placard】（名）標語牌；☆
プラカードを手に手に持ってデモ隊が町
を行進する／遊隊伍舉着標語牌在街上
遊行。[3]

フラグ【flag】（名）旗；國旗。[1]

ぶらく【部落】（名）小居民群，村莊；☆
山間の小さな部落／山裏的小村。[1]

プラグ【plug】（名）〔電〕插消，插頭[1]

プラグマチズム【pragmatism】（名）〔
哲〕實用主義。[5]

ブラケット【brackets】（名）〔印〕括弧
［ （ ）， 〔 〕 ， ｛ ｝ ］。[3]

ぶらさが・る【ぶら下がる】（自五）①垂
，吊，懸，搭拉（＝さがる）；☆葡萄が
ぶら下がっている／葡萄搭拉着；②眼看
到手；☆目の前に工場長の地位がぶら下
がっている／眼看廠長的職位就弄到手[0]

ぶらさ・げる【ぶら下げる】（他下一）①
佩帶，懸掛；☆胸に勲章をぶら下げる／
胸佩勲章，②提；☆酒を一瓶ぶら下げて
来た／提來一瓶酒。[0]

*__ブラシ__【brush】（名）刷子（＝はけ）；☆
洋服にブラシを掛ける／用刷子刷西服[1]

ブラジャー【法 brassière】（名）奶罩，
胸罩。[2]

ブラジル【Brazil】（名）〔地〕巴西。[0]

ふら・す【降らす】（他五）使降；☆人工
的に雨を降らす／以人工使降雨；◊血の
雨を降らす／（鬪爭等）打得頭破血流[2]

*__プラス__【plus】（名・自サ）①〔數〕加號
（＋）；②正數；☆プラスの数／正數。
③加；④陽的；☆検査の結果プラスと出
た／檢驗結果是陽；⑤有益；**～アルフ
ァ**【plus alha】加上某些未知的；**～マ
イナス**【plus-minus】（名）①加減；②
零；☆プラスマイナス、ゼロになる／一
加一減等於零。

フラスコ【葡 frasco】（名）①長頸瓶；
②〔化〕燒瓶。[0]

プラスチックス【plastics】（名）塑膠，可
塑物（＝かそぶつ）。

ブラスバンド【brass band】（名）吹奏樂
團，管樂團。[4]

プラズマ【plasma】(名)〔醫〕血漿（＝けっしょう）。[2]

プラタナス【platanus】(名)〔植〕篠懸木。[3]

フラダンス【hula dance】(名) 夏威夷的草裙舞。[3]

ふらち【不埓】(名・形動ダ) 豈有此理，不講道理；可惡已極；沒有禮貌。[1]

プラチナ【荷・英 platina】(名)〔理〕鉑，白金（＝はっきん）。[0]

ブラック【black】(名)①黑，黑色；②（不放牛奶的）咖啡；⑨黑體字；～リスト【black list】(名) 黑名單；☆ブラッククリストに載る／登上黑名單。[2]

ふらつ・く(自五)①〔脚步〕不穩，蹣跚；☆酔って足がふらつく／醉後步伐蹣跚；②信步而行，踉蹌；☆ちょっとその辺をふらついてくる／我到那邊蹓躂一會兒去。[0]

*ぶらつ・く(自五)①晃蕩，搖晃；②垂，吊，懸（＝ぶらさがる）；☆瓢箪（ひょうたん）がぶらつく／葫蘆懸垂；⑨信步而行，踉蹌；☆友達と公園をぶらつく／和朋友在公園裏散步；④（沒有工作）賦閑；☆大学を卒業してまだぶらついている／大學畢業了業還在賦閑。[0]

フラッシュ【flash】(名)①一閃（＝ひらめき）；②鎂光，閃光（＝せんこう）；☆フラッシュを焚（た）く／點鎂光；☆カメラマンのフラッシュを浴びる／受到攝影記者們的包圍。[2]

ふらっと(副) 信步，隨隨便便地（來，去）（＝ふらり）；☆ふらっと家を出る／信步走出家門。[2]

フラット【flat】(名)①平，平面；②〔樂〕降音，降音符〔b〕；⑨〔運動〕整，沒有小數；☆十一秒フラット／十一秒整。[2]

プラットホーム【platform】(名)＝ホーム；①高臺；②（車站的）月臺☆汽車がプラットホームに滑（すべ）り込む／火車開進月臺。[5]

プラトニック【platonic】(形動ダ)①柏拉圖的；②純精神的；～ラブ【platonic love】(名) 精神戀愛。[4]

プラネタリウム【德 planetarium】(名) 天象儀，天象館。[5]

フラノ【flano】(名)〔フランネル之訛〕法蘭絨。[1]

*ふらふら(副・自サ)①蹣跚，搖晃，晃蕩；☆ふらふらした足どり／蹣跚的步伐；☆頭がふらふらする／頭暈；②信步而行，踉蹌；☆ふらふらと歩きまわる／到處閑晃蕩；⑨猶豫不定；☆ふらふらしないで，さっさと決心しなさい／別猶豫不定，趕快下決心吧；④馬馬虎虎，翔里糊塗；☆ついふらふらと始めてしまう／馬馬虎虎地就開始了。[1]

*ぶらぶら(副・自サ)①晃蕩，搖晃；☆絲瓜（へちま）が風でぶらぶらする／絲瓜因風搖晃；②信步而行，踉蹌；☆ぶらぶら（と）歩く／閑踉蹌；⑨（沒有工作）賦閑；☆もう二年間もぶらぶらしている／已經賦閑二年了；④（病）拖長，纏綿；☆それ以来まだぶらぶらしている／從那時以來還是病病歪歪的。[1]

ブラボー【bravo】(感)（喝彩聲，叫好聲）好啊（＝うまいぞ，すてきだ）。[2]

フラミンゴ【flamingo】〔動〕紅鶴，火鶴。[3]

プラム【plum】(名)〔植〕李子，李樹[1]

プラモデル【plastic model】(名) 塑膠模型（玩具）。[3]

ふらり(副)①〔脚步〕不穩，晃晃蕩蕩；☆ふらりと倒れかかる／晃晃蕩蕩要倒下；②隨隨便便，信步，偶然，突然；☆ふらりと外出する／隨便出去踉蹌；☆ふらりと現われる／突然出現。[3]

ぶらり(副)①懸垂貌；☆絲瓜（へちま）がぶらりと下がっている／絲瓜搭拉着；②信步（而行），隨隨便便（去，來）；☆ふだん着のままぶらりと出かける／穿着便服隨隨便便出去了；⑨閒散貌；☆手持ち無沙汰（ぶさた）でぶらりとしている／無事可做閒散度過。[2]

ふら・れる【振られる】(自下一) 被拒絕，碰釘子，被甩；☆ガールフレンドに振られた／被女朋友甩了；☆頼み込んだがあっさり振られた／再三懇求，但被無情地拒絕了。[0]

ふらん【孵卵】(名・自サ)〔文〕孵卵[0]

ふらん【腐爛】(名・自サ)〔文〕腐爛（＝くされただれる）。[1]

フラン【法 franc】(名) 法郎（法國貨幣單位）。[2]

ぶらん(副) 懸垂貌；☆ぶらんと下がる／懸垂。[2]

プラン【plan】(名)①設計圖，平面圖；

②計畫；☆プランを立てる／訂計劃；☆プランに従って事を行なう／按計劃行事。②①

フランク【frank】（形動ダ）直率，坦白；☆フランクに話す／坦率地說。②

ブランク【blank】（名・形動ダ）①白紙；☆答案をブランクのまま出す／交白卷；②空白，餘白；☆所所（ところどころ）ブランクになっている／到處有些空白；☆ブランクを埋める／補白。②

プランクトン【plankton】（名）〔生物〕浮游生物。②④

ブランケット【blanket】（名）氈，絨毯。②

ぶらんこ【鞦韆】（名）鞦韆；☆ぶらんこに乗る／盪鞦韆。①

*フランス【France】（名）〔地〕法國。⓪

ブランデー【brandy】（名）白蘭地（酒）②⓪

プラント【plant】（名）①工廠設備，全部機器；②＝ミルプラント。②

フランネル【flannel】（名）法蘭絨。⓪

*ふり【風・振り】（名）①樣子，打扮（＝なり，すがた）；☆変わった振りをした人／奇怪打扮的人；☆人のふりを見て我がふり直（なお）せ／借鏡旁人科正自己；☆なりふりを構（かま）わない／不講究穿戴；②假裝，裝做；☆見て見ないふりをする／看見假裝沒看見；☆親切なふりをする／假裝親切；☆眠（ねむ）ったふりをする／裝睡；③（舞蹈的）動作。①

ふり【降り】（名）（雨）下的程度；☆ひどい降りだ／下得厲害。②

*ふり【不利】（名・形動ダ）不利；☆形勢が不利になる／形勢不利了。①

*——ぶり【振り】（造語）①狀態，情況；☆生活ぶり／生活情況；☆学習ぶり／學習態度；②表示時間的經過，☆五年ぶり／隔五年；☆久し振り／好久。

ぶり【鰤】（名）〔動〕鰤。①

ふりあい【振合い】（名）比較；均衡；☆他との振合いを考えて適当に分ける／考慮和別人的均衡然後適當地分配。⓪

ふりあ・う【振り合う】（自五）①對搖；☆手旗を振り合って合図（あいず）する／對搖信號旗打信號；②（袖子）相觸；☆袖振り合うも他生（たしょう）の縁／短暫的會晤也是前生因緣。③

ふりあか・す【降り明かす】（自五）（雨）下到天亮。⓪④

ふりあ・げる【振り上げる】（他下一）往

上搖（擺）；☆旗を振り上げる／搖起小旗。④

ふりあて【振当て】（名）〔（ふりあてる）的名詞形〕分配；分派。⓪

ふりあ・てる【振り当てる】（他下一）分配；分派；☆分担をきめて仕事を振り当てる／指定出專責來分派工作。④

フリー【free】（形動ダ）①自由，無拘束；☆フリーな立場／自由的立場；②免費（＝むりょう）；免税；～キック【free kick】（名）〔足球〕罰球；～サイズ【free size】（名）伸縮自如的；～スタイル【free style】（名）〔游泳〕自由式；～スロー【free throw】（名）〔籃球〕（對方犯規時）罰球；～ポート【free-port】（名）自由港。②

フリーザー【freezer】（名）冷凍庫；冷却器。②

フリージア【freesia】（名）〔植〕小蒼。

プリーツ【pleats】（名）褶。②

ふりえき【不利益】（名・形動ダ）沒有利益；不利；☆不利益な仕事を引き受けた／接受了沒利的工作。②

ふりおこ・す【振り起こす】（他五）鼓起，振起；☆元気を振り起こす／振起精神④

ふりかえ【振替】①轉換，調撥；☆振替がきく／可以調換；②〔經〕轉賬，調撥，滙劃；☆振替で金を送る／用轉賬法滙款；～きゅうじつ【振替休日】（名）補假；～ちょきん【振替貯金】（名）（通過郵局的）轉賬存款。⓪

ぶりかえ・す【振り返す】（自五）（冷熱）重來；（疾病）重犯；☆無理をして病気が振り返す／勉強工作，病又重犯；☆暑さが振り返す／又炎熱起來。⓪

*ふりかえ・る【振り返る】①回頭看，向後看；☆名残り惜しそうに振り返る／戀戀不捨地回頭看；②回顧（過去）；☆この一年を振り返って感じたこと／回顧一年的所感。③

ふりか・える【振り替える】（他下一）（暫時）挪用，調換，調撥；☆被服費を旅費に振り替える／把被服費撥作旅費；☆当座預金を定期預金に振り替える／把活期存款轉爲定期存款；図ふりかふ（下二）。④

ふりかか・る【降り懸かる】（自五）①飛落（到身上）；☆火の粉が降り懸かる／

落上火星；☆降り懸かる雪を払う／拂落
降到身上的雪；②（災禍）降臨；☆身に
災難が降り懸かる／大難臨頭。④

ふりか・ける【振り掛ける】（他下一）撒
上；☆塩を振り掛けてたべる／撒上鹽吃
；☆肉に胡椒を振り掛ける／把胡椒撒在
肉上図ふりかく（下二）。④

ふりかざ・す【振り翳す】（他五）揮起，
掄起；☆刀を頭上に振り翳す／把刀擧過
頭頂。④

ふりかた【振り方】（名）①揮，掄的方法
；☆ラケットの振り方を研究する／研究
揮（網）球拍的方法；②處置（方法）；
☆身の振り方／安身之計；前途；☆自
分の身の振り方を考える／考慮自己的前
途。⓪

ふりがな【振り仮名】（名）在漢字右邊註的
假名；☆漢字に振り仮名をつける／漢字
旁邊註上假名。⓪

ふりかぶ・る【振り被る】（自五）揮動
雙手過頂；☆刀を大きく振りかぶる／雙
手掄刀過頂。④

ブリキ【荷 blik＝錻力**】**（名）馬口鐵，洋
鐵。⓪

ふりき・る【振り切る】（他五）①甩開，
掙開（＝ふりはりはなす）；☆押さえた
手を振り切って逃げる／掙開對方的手逃
脱；②斷然拒絶；☆引き止めるのを振り
切って出かける／斷然拒絶勸阻而走出③

ふりこ【振子】（名）〔理〕擺（＝しんし）
；☆時計の振子が止まる／鐘停擺。⓪

ふりこう【不履行】（名）〔文〕〔法〕不
履行；☆契約不履行のかどで訴えられる
／因不履行合同而被控告。②

*　**ふりこ・む【振り込む】**（他五）存入，撥
入；☆受け取った小切手（こぎって）を
当座預金に振り込む／把收到的支票轉入
活期存款。③

ふりこ・める【降り籠める】（他下一）（
因雨、雪）使不能出門；☆雨に降りこめ
られる／因下雨不能出門。⓪④

ふりしき・る【降り頻る】（自五）（雨、
雪）下個不停；☆ざんざん（と）雨が降
り頻る／雨嘩嘩地下個不停。

ふりす・てる【振り捨てる】（他下一）①
扔了不顧，丟棄；抛棄，丟下；☆妻子を
振り捨てて外国へ行く／抛下妻子到外國
去；②丟開，抛掉；☆未練を振り捨てる
／不再戀戀不捨。④

プリズム【prism】（名）〔理〕三稜鏡②

ふりそそ・ぐ【降り注ぐ】（自サ）雨傾盆
而降；☆一日じゅう絶え間なく雨が降り
注ぐ／整天大雨如注；②〔轉〕紛紛而來
；☆非難の声が降り注ぐ／非難之聲紛至
沓來。⓪

ふりそで【振袖】（名）長袖（的和服）☆
振袖姿の小娘／穿長袖和服的少女孩④⓪

ふりだし【振出し】（名）①（升官圖等的）
出發點；☆振出しに戻（もど）る／回到
出發點；②〔經〕開滙票（票據）；☆振
出しの局と日付を調べる／查對開滙票的
郵局和日期；③開始，開端，出發點；☆
彼は市会議員が振出しです／他最初是個
市議員；☆ニューヨークを振出しにアメ
リカの各大都市で公演する／自紐約開始
在美國各大都市巡迴演出；**～ぐすり【振
出薬】**（名）（用袋浸入熱水中浸出藥力
的）浸劑，湯藥；**～にん【振出人】**（名）
〔經〕發票人。

ふりだ・す【振り出す】（他五）①搖出；☆
籤を振り出す／搖出籤；②發出（票據）
；☆小切手（こぎって）を振り出す／發
出支票；③（往熱水裏）浸（藥）；煎（
藥）。③

ふりつけ【振付】（名）（根據音樂等）創
作和指導舞蹈動作（的人）

ブリッジ【bridge】（名）①橋，橋梁；②
船橋，眼鏡橋；③鼻梁；④橋牌。②

フリッター【fritter】（名）〔烹飪〕果餡
等的油炸餅。②

ふりはな・す【振り放す】（他五）甩開，
掙開（＝ふりすてる，ふりはなつ）；☆
手を振り放して逃げる／掙開手逃跑。④

ぶりぶり（副）①（魚肉的）新鮮貌；②發
怒不作聲貌；③肥胖貌。①

ぷりぷり（副・自サ）①（肌肉）有彈力貌
；☆尻の肉がぷりぷりしている／屁股的
肉緊繃繃的；②發怒貌；☆ぷりぷりと怒
っている／怒氣衝衝；☆ぷりぷりして口
もきかない／氣憤的連話也不說；③（魚
肉）新鮮貌。①

ふりほど・く【振り解く】（他五）（用力）
甩開；掙脱開；☆押さえた手を振り解い
て駆け出す／甩開對方的手而跑開。④

ふりま・く【振り撒く】（他五）①（往四
周）撒散；☆水をふり撒く／撒水；☆花
をふり撒く／散花；②分給許多人；☆金
をふり撒く／花錢大方；散財，揮霍；☆

愛嬌をふり撒く／對誰都笑容可掬。③

プリマドンナ【意 prima donna】（名）
①歌劇的首席女演員；②紅歌手。④

プリマバレリーナ【意 prima ballerina】
（名）巴蕾舞劇首席演員。⑥

ふりまわ・す【振り回す】①掄，揮；☆ス
テッキを振り回す／掄手杖；②隨便使用
，濫用；☆権力を振り回す／濫用職權
；③顯示，賣弄；☆知識を振り回す／顯示
（自己的）知識。④

ふりみだ・す【振り乱す】（他五）使蓬亂
；☆髪を振り乱す／披頭散髪。④

ふりむ・く【振り向く】（自五）①（向後
、向旁）回頭；☆声を掛けても振り向き
もせず行ってしまった／叫了他一聲，可
是他連頭也不回就走開了；②顧，理睬
；☆振り向く人もない／連理睬的人都沒有
；☆振り向いてもみない／連理也不理③

ふりむ・ける【振り向ける】（他下一）①
轉向後邊（旁邊）；☆頭を振り向ける／
把頭扭過來；②用在…上；☆貯金を旅費
に振り向ける／把存款作旅費。④

プリムラ【primula】（名）〔植〕櫻草。

ふりや・む【降り止む】（自五）（雨）停
止。⓪

フリュート【flute】（名）〔樂〕長笛，橫
笛（＝フルート）。②

ふりょ【不慮】（名）意外，不測；☆不慮
の事件が起こる／發生意外事件。④

*　**ふりょう**【不良】（名・形動ダ）①不好，
壞；②（品質）不良（的人），壞蛋，流
氓；～しょうねん【不良少年】（名）品
行不端的少年，流氓少年，阿飛。⓪

ふりょう【不猟】（名・形動ダ）獵獲物少
；☆今日も不猟に終わる／今天又沒打着
什麼。⓪

ふりょう【不漁】（名）捕魚量少。⓪

ふりょうけん【不料簡】（名・形動ダ）①
考慮不週，欠思索；☆君の不料簡から事
故が起こった／由於你考慮不周發生了事
故；②錯誤想法；惡念；☆不料簡を起こ
す／起惡念。②

ふりょく【浮力】（名）〔理〕浮力；☆浮
力が作用する／浮力起作用。①

ぶりょく【武力】（名）武力，兵力；☆武
力に訴える／訴諸武力。①

フリル【frill】（名）〔縫紉〕波形襞褶花
邊。②

ふりわけ【振分け】（名）分開，分在前後

兩邊；☆荷物を肩に振分けして運ぶ／把
東西搭在肩上（使兩端垂於身前身後）⓪

ふりわ・ける【振り分ける】（他下一）①分
開；☆髪を真中から振り分ける／從當中
分開頭髪；②分配；☆公平に振り分ける
／公平分配；③（向前向後）分開；☆荷
物を振り分けて担ぐ／把東西搭在肩上④

ふりん【不倫】（名・形動ダ）〔文〕違背
人倫；☆不倫の恋／不合人倫的戀愛；☆
不倫な行い／違背人倫的行為。⓪

プリン（名）〔プディング〕之訛。①

プリンス【prince】（名）①太子，王子，
親王；②公爵。②

プリンセス【princess】（名）①公主，王
妃；②公爵夫人。②

プリント【print】（名・サ）①印刷，
印刷品；☆記録をプリントする／把記錄
印刷出來；②油印（的東西）；☆プリン
トにする／油印；③版畫；印畫；④〔照
相〕（用底片曬）相片；⑤印花，印染；
☆プリント・ネクタイ／印花領帶。⓪

ふるー【古一】（造語）舊；
☆古新聞（ふるしんぶん）／舊報紙。

ふる【古】（名）〔おー〕舊東西，舊衣物；
☆父のお古を貰う／承受父親的舊衣物①

*　**ふ・る**【振る】（他五）①揮，搖，振；☆
ハンカチを振る／揮手帕；☆さいころを
振る／擲骰子；②撒（＝まきちらす）；
☆御飯に胡麻（ごま）を振る／往飯上撒
芝麻；③分派；☆めいめいに役を振る／
分給每個人任務；④〔經〕開（滙票、票
據）；☆為替（かわせ）を振る／開滙票；
⑤（俗）拒絕（＝ことわる）；甩（＝は
ねつける）；☆男を振る／拒絕男人求愛
；☆女に振られた／被女人甩了；⑥喪失
，犧牲；☆地位を棒に振る／喪失地位；
犧牲地位。

*　**ふ・る**【降る】（自五）降，下；☆雨が降
る／下雨；☆降っても照っても／不管雨
天或晴天，無論晴雨；◇降って湧（わ）
いたような幸運／天降的幸運；**降るほど**
／多得數不過來；☆縁談は降るほどある
／提媒的不知有多少。①

フル【full】（名）滿滿；充分；☆機械を
フルに運転する／開動全部機器；☆フル
スピード／最高速度。①

─ぶる【振る】（接尾・五型）擺…的架子
；☆学者ぶる／擺學者的架子。

*　**ふる・い**【古い】（形）舊的，老的，陳的

，落後的；☆古い家／舊房子；☆古い友達／老朋友；☆古い型の洋服／老樣子的西服；☆頭が古い／老腦筋；図ふるし（形ク）；～さ【古さ】。②

ふるい【篩】（名）篩子；◇篩に掛ける／選拔，淘汰；☆次々と篩にかけて最後に残ったものは五名／一再淘汰，最後只剩五名。⓪

ぶるい【部類】（名）部類，種類；☆甲の部類に入れる／分在甲類裏。⓪①

ふるいおこ・す【奮い起こす】（他五）振起，激發；☆勇気を奮い起こす／鼓起勇氣。⑤

ふるいおと・す【篩い落とす】（他五）①篩掉；②淘汰；☆百人の志願者が篩い落とされた／一百個志願者被淘汰了。⑤

ふるいた・つ【奮い立つ】（自五）奮起；☆奮い立って強敵に当たる／奮起抵抗強敵。⓪

ふるいつ・く【震い付く】（自五）①打顫，哆嗦；②一把摟住，摟在懷裏。④

*ふる・う【奮（振る）う】Ⅰ（自五）〔文〕打顫，哆嗦（＝ふるえる）；興旺；☆士気が大いに振るう／士氣大振；☆成績が振るわない／成績不佳；☆商売が一向振るわない／買賣一點也不興旺；♦振るっている，振るった／奇特，特別；新潁，漂亮；☆そいつは振るっている／那眞特別；☆彼のすることは実に振るっている／他做事眞特別；☆振るったことを言う／說得漂亮；Ⅱ（他五）①抖，揮（＝ふる）；☆着物を振るってほこりを落とす／抖動衣服去掉灰塵；☆刀を振るって敵陣に飛び込む／揮刀殺入敵陣；②發揮，揮動；☆権力を振るう／行使權力；☆腕を振るう／顯本事；②振奮；☆勇気を振るう／鼓起勇氣。⓪

ふる・う【篩う】（他五）①篩；☆砂を篩う／篩砂子；②選拔，淘汰；☆筆記試験で篩う／用筆試淘汰。⓪

ブルー【blue】（名）青，藍色；～ストッキング【blue stocking】（名）女學者，學者氣派的女子；～トレイン【blue train】（名）純臥車特別快車（一列車全都是臥車的特別快車）；～ブック【blue book】（名）①（政府或議會的）藍書；②名士錄；～ブラック【blue black】（名）深藍色。②

ブルース【blues】（名）〔樂〕布魯士（

爵士音樂及舞步的一種）。②

フルーツ【fruits】（名）水果（＝くだもの）；☆食後にフルーツを出す／飯後拿出水果來；～パーラー【fruits parlour】（名）水果店兼吃茶店；～ポンチ【fruit punch】（名）水果片浸以果汁的一種冷食。②

フルート【flute】（名）〔樂〕長笛，橫笛（＝フリュート）。②

ブルーマー（ス）【bloomers】（名）婦女用的寬大褲叉，女學生等的運動褲叉。②

ふるえ【震え】（名）震動，哆嗦，發抖；☆あまりびっくりしたのでまだ震えが止まらない／因爲過於吃驚故還在打顫；～あが・る【震え上がる】（自五）哆嗦，打顫；☆火の気（け）がなくて震え上がる／凍得打顫；☆恐がって震え上がる／怕得發抖；～ごえ【震声】（名）顫聲⓪

*ふる・える【震える】（自下一）震動，哆嗦，打顫，發抖；☆手が震える／手哆嗦；☆爆音で窓ガラスが震える／由於爆炸聲震得窗玻璃顫動；☆恐ろしくて震える／怕得哆嗦。⓪

プルオーバー【pullover】（名）（套頭式的）毛衣。③

ふるがお【古顔】（名）老人，老手；☆数年勤めて，もう古顔になった／幹了好幾年已成老手了。⓪

ふるかぶ【古株】（名）〔俗〕老手，老人（＝ふるがお）；☆古株になる／變成老手。②⓪

ふるぎ【古着】（名）舊衣服；☆父の古着を貰う／承受父親的舊衣服；～や【古着屋】（名）估衣舖。⓪

ふるきず【古傷】（名）①舊的傷疤；☆額（ひたい）に刀の古傷がある／額上有早年的刀傷；②過去的傷心事；☆古傷にさわらないでほしい／希望別提過去的傷心事；③舊惡，過去犯的罪行；☆古傷をあばく／揭發舊的罪行。⓪②

ふるぎつね【古狐】（名）①老狐狸；②〔轉〕狐狸精，狡猾人（多指女人）。③

ふる・く【古く】（副・名）（ふるし）的連用形＝以前，老早（＝むかしから，ひさしく）；☆古くからの友人／老朋友；☆古くはこんなに賑（にぎ）やかではなかった／以前不是這麼繁華來着。①

ふるくさ・い【古臭い】（形）陳腐的，落伍的，不新奇的；☆それはもう古臭い考

えだ／那已是腐朽的想法。[4]

フルコース【full course】（名）規定的毎道栄都依次上來的正式西餐。[3]

ふるさと【郷里・古里】（名）故郷，故里，老家（＝こきょう）；☆郷里に帰る／回老家；☆郷里が懐しい／懷念故郷[2][1]

ブルジョア【法bourgeois】（名）資産（階級）者，資本家（＝ブル）；↔プロレタリア。[0]

ブルジョアジー【法bourgeoisie】（名）資産階級。↔プロレタリアート。

－ふる・す【古す】（造語・五型）弄舊；☆使い古す／使舊；☆言い古す／把…説陳腐。

ふるす【古巣】（名）①舊窩；☆鳥が古巣に戻る／鳥回舊巣；②故居，舊宅；老巣；☆遠藤氏は古巣の輸出部に戻った／遠藤先生又回到原來的輸出部門。[0][2]

フルスピード【full speed】（名）最高速度；☆フルスピードで走る／拼命快跑[2]

ふるだぬき【古狸】（名）①老狸；②〔轉〕狐狸精，狡猾的人。[3]

ふるって【奮って】（副）①振奮起來；☆奮って事に当たる／振奮起來幹；②積極，主動；☆奮って参加する／踴躍參加[0]

ふるつわもの【古兵】（名）①有戰鬪經驗的兵士；☆一騎当千の古兵／一騎當千的有戰鬪經驗的士兵；②（在某方面）經驗豐富的人。[4][3]

ふるでら【古寺】（名）古刹。[2][0]

ふるどうぐ【古道具】（名）舊家具（＝ふるて）；☆古道具を処分する／處理舊家具；～や【古道具屋】（名）舊家具舖[3]

ブルドーザー【bulldozer】（名）推土機。[0]

ブルドッグ【bulldog】（名）英國產的一種頭大扁嘴的鬪犬。[3]

ふるなじみ【古馴染】（名）老友相知（＝むかしなじみ）；☆年取ると古馴染の顔が恋しい／上了年紀就想老朋友。[3]

ふる・びる【古びる】（自上一）變舊，陳舊；☆古びた家／舊房；図ふるぶ（上二）。[3]

ぶるぶる（副・自サ）（因冷或恐怖）哆嗦；發抖；☆着物一枚でぶるぶる（と）震えている／只穿一件衣服（凍得）哆嗦地發抖。[1]

ふるぼ・ける【古呆ける】（自下一）變陳舊，破舊；☆古ぼけた帽子をかぶる／戴

破舊的帽子。[4]

ふるほん【古本】（名）舊書；☆古本を漁（あさ）り歩く／到處尋找舊書；～や【古本屋】（名）舊書舖。[0]

ブルマー（ス）【bloomers】（名）→ブルマ。

*ふるまい【振舞】（名）①舉止，動作，所作所為（＝しわざ、おこない）；☆軽率な振舞をする／舉止輕率；②請客；～ざけ【振舞酒】（名）請客酒；～みず【振舞水】（名）暑天施給行人解渇的水。[3]

*ふるま・う【振る舞う】Ⅰ（自五）行動，動作（＝おこなう）；☆わがまま勝手（かって）に振る舞う／為所欲為；Ⅱ（他五）①請客，饗宴（＝もてなす）；☆客に夕食を振る舞う／請客吃晚飯；②施捨。[3]

ふるめかし・い【古めかしい】（形）陳舊的，陳腐的（＝ふるくさい）；古香古色的；☆古めかしい構えの建物が立ち並んでいる／排列着一排舊式構造的房屋。[5]

ふるもの【古物】（名）①舊衣服；☆古物を引き出して着る／拿出舊衣服穿；②舊家具；☆古物で間に合わせる／用舊家具將就。[2][0]

ふるわ・せる【震わせる】（他下一）使振動，使發抖，使哆嗦（＝ふるえさせる）；図ふるわす。[0]

ふれ【触れ・布令】（名）佈告，告示；☆お触れが出る／出告示。[2]

*ぶれい【無礼】（名・形動ダ）没有禮貌，不恭敬；☆きわめて無礼の男／極没有禮貌的人；～こう【無礼講】（名）不講虚禮開懷暢飲的酒宴（集會）；☆今日は無礼講だから遠慮なく飲んでください／今天的酒宴不講虚禮請開懷暢飲吧。[1]

フレー【hurray】（名）歡呼聲；（啦啦隊的）加油聲；☆フレー、フレー、山田／山田加油！加油！[2]

プレー【play】（名）①玩，玩耍，遊戲（＝あそび）；②比賽；☆プレーボール／比賽開始宣布；開球；③演劇，戲劇；～ガイド【play guide】（名）（戲劇、電影等的）預先售票處，問事處；～ボーイ【play boy】（名）花花公子。[2]

*ブレーキ【brake】（名）①制動器；☆ブレーキがきかない／制動器不靈；刹車不靈；☆自動車が急ブレーキを掛ける／汽車緊急煞車；②制止；☆彼には時々ブレ

ふ

ーキを掛けてやらないと無茶（むちゃ）な事をする／不常常管束，他就要胡來②

ブレーク【break】（名）①〔棒球〕（投球）曲折；②〔拳擊〕（裁判員命令扭在一起的拳擊員）分開。②

プレート【plate】（名）①金屬板；板；②〔無電〕板（極），陽極；③〔照像〕底片，感光板；④〔棒球〕本壘（＝ホームプレート）；投手板（＝ピッチャースプレート）；⑤盤子（＝さら）。②⓪

フレーム【frame】（名）①框架，窗框，畫框（＝わく）；②木框溫床，溫室。②

プレーヤー【player】（名）①選手；②演員；演奏人。②

ブレーン【brain】（名）智囊，顧問。②

ふれがき【触書き】（名）告示，通知。⓪

ふれこみ【触込み】（名）（事前）宣揚，宣傳；☆大げさな触れこみで客をつる／大事宣揚招引客人。⓪

ふれこ・む【触れ込む】（他五）①（事前）宣揚，宣傳；☆おもしろい映画だと触れ込む／事先宣傳是有趣的影片；②（不符合事實地）自己吹噓；☆某大學出身と触れ込む／吹噓自己是某大學畢業的。③

ブレザーコート【blazer coat】（名）運動員等穿的法蘭絨做的顏色鮮艷的西服。⑤

プレジデント【president】（名）總統；總裁，董事長；總經理。②

プレス【press】（名・他サ）①壓，按，熨，搾，壓搾；☆アイロンでプレスする／用熨斗熨平；②印刷；出版物，報紙；☆ロンドンプレス／倫敦報；③壓搾機。②

ブレスト【breast】（名）①胸，胸部；②←ブレストストローク；**～ストローク**【breast stroke】（名）〔游泳〕俯泳②

プレスト【意presto】（名）〔樂〕急速②

プレゼント【present】（名・他サ）贈品，禮物（＝おくりもの）；☆クリスマスのプレゼントをいただく／收到聖誕節的禮物；☆友人達にプレゼント·（を）する／送給朋友們禮物。②

ふれだいこ【触太鼓】（名）①敲鑼打鼓預告某事；②〔相撲〕開場前日敲鑼打鼓③

ふれちら・す【触れ散らす】（他五）到處宣揚。⓪④

フレッシュ【fresh】（形動ダ）新的；新鮮的；☆フレッシュな気分／清新的感覺；**～マン**【fresh man】（名）新進的人；（學校的）新生。②

プレハブ【prefab】（名）裝配式住宅，組合式住宅。⓪

ふれまわ・る【触れ回る】（自五）①到處傳達，到處通知；☆選舉演說のあることを町内に触れ回る／告訴街坊說有選舉演講；②到處宣揚，到處散布；☆息子のことを触れ回る／到處吹噓自己的兒子。④

プレミヤ（ショー）【premier（show）】（名）（收費的）電影試映會。⑤

プレミヤム【premium】（名）①酬勞；獎金；②佣金；③（股票等）超過票面以上的價格；④（門票的）加價。②③

プレリュード【prelude】（名）〔樂〕前奏曲，序曲。②

ふ・れる【狂れる】（自下一）發狂（＝くるう）；☆気が少し狂れているらしい／精神好像有點失常。⓪

ふ・れる【振れる】（自下一）①振動；☆地震で電灯が振れる／電燈因地震搖晃；②偏向；☆磁針がやや西に振れる／磁針稍偏西。⓪

ふ・れる【触れる】Ⅰ（自下一）①觸，碰（＝さわる）；☆手で物に触れる／手碰東西；②觸及，涉及；☆この事件は重要な問題に触れている／這個事件涉及重大問題；☆その事には触れないでくれ／請不要涉及那件事；③抵觸；觸犯；☆法律に触れる／違反法律；Ⅱ（他下一）通知；☆会合の日時を皆に触れる／通知大家集會的日期；◇**折に触れて**／遇機；図ふる（下二）。⓪

ふれんぞくせん【不連続線】（名）〔氣象〕（天氣圖上的）不連續線，鋒面。⓪

フレンチ【French】（名・造語）①法國人（的）；法語（的）；**～トースト**【French toast】（名）醮牛奶鷄蛋的油炸麵包片；**～ドレッシング**【French dressing】（名）〔烹飪〕（用橄欖油，醋，鹽胡椒等製的）拌沙拉用的調味汁。②

フレンド【friend】（名）①朋友，友人；②同伴；同事；③同情者，後援者；**～シップ**【friendship】（名）友情，友愛，友誼。②

ふろ【風呂】（名）①澡盆，浴池，洗澡盆；☆風呂にはいる／洗澡，沐浴；☆風呂が熱い／洗澡水熱；②營業澡堂（＝ふろや）；☆風呂に行く／到澡堂去（洗澡）；③←ふろば。②①

ふろ【風炉】（名）（茶道用）茶爐，茶鼎①②

プロ（名）①←プログラム；②←プロダクション；③←プロフェッショナル。[1]

フロア【floor】（名）地板。[2]

ブロイラー【broiler】（名）①烤肉器；②食用小鶏。[2]

ふろう【不老】（名）〔文〕長生不老；☆不老の秘薬／長生不老的秘藥。[0]

ふろう【不労】（名）不動勞,不勞動；～しょとく【不労所得】（名）不勞而獲的收入。[0]

ふろう【浮浪】（名・自サ）流浪；☆各地を浮浪する／到處流浪；～じ【浮浪児】（名）流浪兒；～しゃ【浮浪者】（名）流浪者；～にん【浮浪人】（名）浮浪者[0]

ブローカー【broker】（名）經紀,掮客；☆家屋の売買専門ブローカー／房屋經紀人。[2]

ブロークン【broken】（形動ダ）不合規則的；笨拙的；～イングリッシュ【broken English】（名）不合語法的英語；～ハート【broken heart】（名）憂傷；失戀。

ブローチ【brooch】（名）別針；☆ブローチを胸に付ける／把別針別在胸前。[2]

フロート【float】（名）①釣魚用的浮標（＝うき）；②筏,桴；③（水上飛機的）浮舟。[2]

*ふろく【付録】（名・他サ）附錄,副刊；☆雑誌に付録を付ける／雜誌附加副錄。[0]

プログラム【program】（名）①程序表,預定表；☆祝賀会のプログラム／慶祝會的程序表；②演奏節目表；③綱領；計劃（＝プロ）。[3]

プロジェクター【projector】（名）①放映機；②幻燈。[3]

プロジェクト【project】（名）計劃,設計；～メソッド【project method】（名）（要求學生獨立思考的）構案教學法。[3]

*ふろしき【風呂敷】（名）①包袱巾；☆風呂敷で本を包む／用包袱巾包書；②吹牛；☆大風呂敷を広げる／大吹大擂。[0]

プロセス【process】（名）①經過,過程；☆結果よりプロセスの方が大切だ／過程比結果還重要；②方法,程序；③〔印〕印刷法。

プロダクション【production】（名）生產物,製品；著作品,作品；②〔電影〕製片；製片廠（＝プロ）。

フロック【frock】（名）←フロックコート；～コート【frook coat】（名）男子大禮服。[2]

ブロック【bloc】（名）集團；～けいざい【bloc＋経済】（名）區劃經濟。[3]

ブロック【block】（名）①片,塊；☆コンクリートのブロックを積み重ねる／把混凝土預製料堆砌起來；②（市街的）區域,一區,地段；③地區；☆関東ブロックの優勝チーム／關東地區的優勝隊；④〔棒球〕障礙球。[2]

プロット【plot】（名）（小說、詩、戲劇等的）情節,結構。

プロテクター【protector】（名）①保護人②〔棒球〕胸甲；③〔拳擊〕防護具。[3]

プロテスタント【Protestant】（名）〔宗〕新教徒。[3]

プロテスト【protest】（名・自サ）抗議,反對。[3]

プロデューサー【producer】（名）①〔電視〕製作人；〔電影〕製片人；〔劇〕演出人。[3]

プロトン【proton】（名）〔化〕陽質子,（正）質子。[2]

プロパンガス【propan gas】（名）〔化〕液化煤氣。[5]

プロフィール【profile】（名）①側面像；半面；☆プロフィルを描く／繪側面像；②側面觀察；人物評論；☆芸術家のプロフィル／藝術家的小傳。[3]

プロフェッサー【professor】（名）大學教授。[3]

プロフェッショナル【professional】（形動ダ）職業的,職業上的（＝プロ）；↔アマチュア。[3]

プロペラ【propeller】（名）螺旋槳,推進器。[2]

プロポーズ【propose】（名・自サ）求婚；☆プロポーズしたが断（ことわ）られた／求婚了可是被拒絕了。[3]

ブロマイド【bromide】（名）①〔化〕溴化物；②〔照像〕像片紙；③（明信片大的）電影演員等的照片；☆スターのブロマイド／明星的照片。[3]

プロムナード【法promenade】（名）散步（場）。

プロやきゅう【プロ野球】（名）職業棒球。

プロレス【professional wrestling】職

業角力表演賽。◎

プロレタリア【法prolétariat】（名）無産者,無產階級的人。④

プロローグ【prologue】（名）①序,序詩；（劇的）序幕；②〔樂〕序曲；③開端；☆近世史のプロローグ／近世史的開頭；↔エピローグ。③

ブロンズ【bronze】（名）①青銅；②銅像。②

フロンティア【frontier】（名）國境,邊疆；新開闢地；~スピリット【frontier spirit】（名）拓荒精神。

フロント【front】（名）①正面,前面；②前線,戰線；③大飯店等的櫃臺,登記處；~グラス【front glass】（名）（汽車前面的）擋風玻璃。◎

ブロンド【blond】（名）金色（頭髮）；☆ブロンドの美人／金髮美人。②

プロンプター【prompter】（名）〔劇〕（臺詞的）提詞人。②

*ふわ【不和】（名・形動ダ）不和,不和睦；感情不好；☆不和の仲（なか）／兩人不和。①

ふわ【付和】（名）〔文〕附和；~らいどう【付和雷同】（連語,名・自サ）隨聲附和；☆一人の意見に,皆が付和雷同する／大家都隨聲附和一個人的意見。⑤①

ふわく【不惑】（名）〔文〕不惑；四十歲；☆私も不惑に達して,どうやら人生の表裏を知った／我也四十歲了,好歹也懂得人生的裏表內外了。①

ふわたり【不渡り】（名）〔經〕〔票據〕拒付。②

ふわつ・く（自五）①發軟；☆羽根蒲団がふわつく／鴨絨被宣騰騰的；②失去鎮靜,不安靜起來（＝そわそわする）。◎

ふわふわ（副・自サ）①輕飄貌；☆風船が空にふわふわと上がって行く／氣球輕飄飄地飛上天空；②宣軟貌；☆ふわふわした蒲団に寝る／睡在宣騰騰的被裏；③浮躁,不沉着；☆そんなふわふわした気持ではとても見込みはない／那樣浮躁心情是絕搞不好的。

ぶわぶわ（副）（被水泡侵）鬆軟；☆材木が腐ってぶわぶわしている／木料腐爛變鬆軟了。①

ふわり（副）①輕輕地；☆ふわりと飛び下りる／輕輕地跳下來；☆布でふわりと覆（おお）う／用布輕輕地罩上；②輕飄貌

；☆白雲が空にふわりと浮かんでいる／白雲飄在天空上；③微動貌；☆カーテンが風でふわりと搖（ゆ）れた／窗簾兒被風吹得微微飄動。②③

*ふん【分】（名）①〔數〕分（角度單位,一度的六十分之一）；②分（時間單位,一小時的六十分之一）；☆八時五分過ぎ／八點過五分；③分（重量單位,一錢的十分之一）。①

ふん【糞】（名）糞,屎；☆馬の糞を肥料にする／用馬糞做肥料。①

ふん—（接頭）〔踏み之轉〕加在動詞上；表示加強語氣；如：ふんだくる,ふんぞり返る

ふん（感）①（回答朋友或晚輩人,用以表示知道的意思）；☆ふん,わかった／嗯,知道了；②（表示不滿或輕視）哼；☆ふん,そんな事か／哼,不就是那一套嗎；③（表示佩服或懷疑）噢（＝ふうん）；☆ふん,そうだったのか／噢,是那麼回事啊。①

ぶん—（接頭）〔「ぶち（打）」之轉〕加在動詞之上表示加強語氣；如：ぶん殴る,ぶん投げる

—ぶん【分】（造語）①表示人與人的關係,身分；☆親分／頭目,首領；☆子分／黨徒,部下；②部分；☆増分／增加的部分；③成分；☆糖分を多く含む／含許多糖分。

*ぶん【分】（名）①分；份兒；部分（＝ぶん,わけまえ）☆十分の一／十分之一；☆君の分は取ってある／你的份兒留出來了；②類,樣；☆この分をもう少しください／請再給點兒這樣的；③程度,情況,狀態；☆その分なら大丈夫（だいじょうぶ）／若是那樣就沒有問題；④身分,地位；按照身分捐助；⑤本分；☆各自が分を尽す／各盡本分。①

*ぶん【文】①文章；☆文を作る／作文章；②文,文學；↔ぶ（武）；③〔語法〕句（＝センテンス）。①

ぶん（副）①（氣味）衝鼻貌；☆ぶんと匂（にお）う／氣味衝鼻；②突然發怒貌；☆ぶんとする（ふくれる）／噘起嘴來；☆ぶんと横を向く／氣憤憤地轉過頭去。

ぶんあん【文案】（名）草案,文稿；☆文案を作る／起草,起稿。◎

ぶんい【文意】（名）〔文〕文意；☆文意がはっきりしない／文意不清楚。①

＊ふんいき【雰囲気】（名）①〔地〕大氣，空氣；②氣氛，空氣；☆愉快な雰囲気に包まれる／充滿了愉快的氣氛。③

ふんいん【分陰】（名）〔文〕分陰，一分的光陰。⓪

ふんえん【噴煙】（名）〔文〕噴烟；☆火山が噴煙を吐く／火山噴烟。⓪

ふんか【噴火】（名・自サ）①冒火；②〔地質〕噴火；☆火山が噴火する／火山噴火；～こう【噴火口】（名）〔地質〕噴火口；～ざん【噴火山】（名）〔地質〕噴火山。⓪

ぶんか【分化】（名・他サ）①〔生〕分化；☆器官が分化する／器官分化；②分工，分業；☆労働工程の分化／勞動程序的分工。⓪①

＊ぶんか【文化】（名）文化；☆文化が開ける／開化，文化開展；～ざい【文化財】（名）國家的文化財寶；～じゅうたく【文化住宅】（名）（設備完善的）新式住宅；～だんたい【文化団体】（名）文化團體；～てき【文化的】（形動ダ）①文化的；有關文化的；②合乎文化的；～のひ【文化の日】（名）文化節（十一月三日）。①

ぶんか【文科】（名）文科；文學系。①

＊ふんがい【憤慨】（名・他サ）憤慨，氣憤；☆不公平な処置に憤慨する／對不公平的處置感到氣憤。⓪

＊ぶんかい【分解】（名・自他サ）①卸開，拆卸；☆時計を分解する／拆卸錶；②〔化〕分解；☆水を分解する／分解水；③分析（事物）。⓪

ぶんがい【分外】（名・形動ダ）〔文〕分外，非分，過分；☆分外の大望／非分的野心；☆これは分外の賞讚です／這是過分的誇獎。⓪①

＊ぶんがく【文学】（名）文學；☆文学を愛好する／愛好文學；～しゃ【文学者】（名）文學家；～せいねん【文学青年】（名）愛好文學的青年。①

ぶんかつ【分割】（名・他サ）分割，分開；～ばらい【分割払い】（名）分期付款⓪

ぶんかん【文官】（名）文官；↔ぶかん（武官）。⓪

ぶんかん【分館】（名）分館；↔ほんかん（本館）。⓪

ふんき【奮起】（名・自サ）奮起；☆人を奮起せしめるような物語／聽了之後令人奮起的故事。①

ふんぎ【紛議】（名・自サ）〔文〕紛紛議論。①

ぶんき【分岐】（名・自サ）〔文〕分岐，分岔；☆道が四方に分岐している／道路向四面岔開；～てん【分岐点】（名）〔文〕分岐點。①⓪

ふんきゅう【紛糾】（名・自サ）糾紛，糾紛；混亂，紛亂；☆議論が紛糾する／議論紛歧；☆事態の紛糾を防ぐ／防止事體混亂。⓪

ぶんぎょう【分業】（名）分工；☆分業にして能率を上げる／進行分工以提高效率。⓪

ぶんきょうじょう【分教場】（名）（中小學的）分校。③

ふんぎり【踏ん切り】（名）〔（ふみきり）的音便〕下決心；☆なかなか踏ん切りがつかない／很難下決心。⓪

ぶんきんたかしまだ【文金高島田】（名）一種婦女髪型（髻高而美麗），（現代的新娘穿上日本傳統式禮服時梳這種髪型）。⑦

ぶんぐ【文具】（名）文具。①

ぶんけ【分家】（名・自サ）分家，另立門戶；☆分家の叔父（おじ）さん／分家另住的叔父；☆嫁を貰って分家する／娶妻後另立門戶；↔ほんけ（本家）。⓪

ふんけい【刎頸】（名）〔文〕刎頸；☆刎頸の交わり／刎頸之交。⓪

ぶんげい【文芸】（名）文藝；～えいが【文芸映画】（名）文藝影片；～ひひょう【文芸批評】（名）文藝評論；～ふっこう【文芸復興】（名）文藝復興（＝ルネサンス）。①⓪

ふんげき【憤激】（名・自サ）激憤，憤怒。⓪

ぶんけん【分県】（名）分成府縣；～ちず【分県地図】（名）分縣地圖。⓪

ぶんけん【分権】（名）〔文〕（地方）分權。⓪

＊ぶんけん【文献】（名）文獻，參考資料；☆平安時代の貴重な文献が見つかる／發現平安時代的珍貴文獻。⓪

ぶんげん【分限】（名）①界限；②身分；☆分限をわきまえない／不量身分；③財力。③

ぶんこ【文庫】（名）①書庫；☆本を文庫に納める／把書收藏到書庫裏；②文卷匣

；③叢書；☆岩波（いわなみ）文庫／岩波叢書。①⓪

ぶんこ【文語】（名）①文語，文言；↔こうご（口語）；②文章語；〜たい【文語体】（名）文語體。⓪

ぶんごう【吻合】（名・自サ）〔文〕吻合；符合；☆不思議な吻合／奇怪的吻合⓪

ぶんこう【分光】（名・他サ）〔理〕分光；〜がく【分光学】（名）〔理〕分光術；〜き【分光器】（名）〔理〕分光計⓪

ぶんこう【分校】（名）分校；↔ほんこう（本校）。⓪

ぶんごう【文豪】（名）文豪；☆世界の文豪の名作を紹介する／介紹世界文豪的名著。⓪

ふんこつ（さいしん）【粉骨（砕身）】（連語・名）〔文〕粉身碎骨，鞠躬盡瘁；☆粉骨砕身して国家に尽す／為國家粉身碎骨。⓪

ふんさい【粉砕】（名・他サ）粉碎；打垮；〜き【粉砕器】（名）粉碎機，碾碎機。⓪

ふんざい【粉剤】（名）〔農〕粉劑。⓪

ぶんさい【文才】（名）〔文〕文才；☆彼は文才がある／他有文才。⓪

ぶんざい【分際】（名）身分（＝みのほど）；☆自己の分際を知れ／要知道自己的身分。③①

ぶんさつ【分冊】（名・他サ）分成幾册；分册；☆全集を分冊にして売る／把全集分成零册發售。⓪

ぶんさん【分散】（名・自サ）①分散，散開；☆工場施設を分散させる／把工廠設備分散⓪；②〔理〕（光）分散，色散⓪

ふんし【憤死】（名・自サ）〔文〕憤懣而死；☆愛国の志士が憤死する／愛國之士憤懣而死。⓪

ぶんし【分子】（名）①〔理・化〕分子；②份子；☆党内の腐敗分子を一掃する／洗清黨內腐敗分子；③〔數〕分子；↔ぶんぼ（分母）。①

ぶんし【文士】（名）文士，文人。①

ぶんじ【文治】（名）文治；以文治世；☆家康（いえやす）は文治政策をとった／德川家康採取了文治政策；↔ぶだん（武断）。①

*ふんしつ【紛失】（名・自他サ）紛失，丟失，失落；☆重要書類が（を）紛失する／丟失重要文件；〜ぶつ【紛失物】（名）

丟失物。⓪

ぶんしつ【分室】（名）①分開的房間；②（機關的）分處，分所，分室。⓪

ふんしば・る【踏ん縛る】（他五）〔俗〕〔しばる〕的加強語氣詞；用力捆綁；手足をふんじばる／用力捆綁手脚。④

ふんしゃ【噴射】（名・自サ）噴射，噴出；☆石油が噴射する／石油從地裏噴出；〜き【噴射機】（名）噴射機；〜すいしんしきひこうき【噴射推進式飛行機】（名）噴氣式飛機（＝ジェットき）。⓪

ぶんしゅう【文集】（名）文集；☆文集をつくる／編輯文集。⓪

ぶんしゅく【分宿】（名・自サ）〔文〕分開住，分別投宿；☆旅館がないので農家に分宿する／因為沒有旅館分開住在農民的家。⓪

ふんしゅつ【噴出】（名・自サ）〔文〕噴出，射出；☆石油が噴出する／噴出石油。⓪

ふんしょ【焚書】（名）〔文〕焚書；〜こうじゅ【焚書坑儒】（連語・名・自サ）焚書坑儒。⓪

ぶんしょ【分所】（名）（辦事處等的）分處。⓪

ぶんしょ【分署】（名）分署。①

*ぶんしょ【文書】（名）文書，公文，文件；〜ききざい【文書毀棄罪】（名）毀棄文書罪；〜ぎぞうざい【文書偽造罪】（名）偽造文書罪。①

ぶんしょう【分掌】（名）分擔；☆事務の分掌をはっきりさせる／明確事務的分擔。⓪

*ぶんしょう【文章】（名）文章；☆文章がうまい／文章寫得好。①

ぶんじょう【分乗】（名・自サ）分乘，分別乘坐；☆五台の車に分乗して出発する／分乘五輛車出發。⓪

ぶんじょう【分譲】（名・自サ）〔文〕分讓，出售一部分；☆苗木を安く分譲する／廉價出售樹苗；〜ち【分讓地】（名）分割出售地（皮）。⓪

ふんしょく【粉食】（名）麵食；☆粉食を奨励する／獎勵麵食。⓪

ふんしょく【粉飾】（名・他サ）〔文〕粉飾；☆事実を粉飾する／粉飾事實。⓪

ぶんしょく【文飾】（名・他サ）〔文〕文飾，用美麗詞藻潤飾；☆文飾しすぎて不自然になる／過於文飾變得不自然。⓪

ふ

ふんじん【奮迅】（名）〔文〕奮勇猛進。☆獅子（しし）奮迅の勢いで／以不可擋之勢，以雷霆萬鈞之勢。⓪

ぶんじん【文人】（名）文人，文士；↔ぶじん（武人）。⓪③

ふんすい【噴水】（名）噴泉，噴水池（＝ふきあげ）；☆噴水のある公園／有噴水池的公園。⓪

ぶんすいれい【分水嶺】（名）〔地〕分水嶺。③

ぶんすう【分数】（名）〔數〕分數；☆分数で表わす／用分數表示。③

ふん・する【扮する】（自サ）裝扮（＝よそおう），扮演；☆彼の扮するファウストはすばらしかった／他扮演的浮士德特別成功。③

*ぶんせき【分析】（名・他サ）①〔理〕分解；化驗；☆食物を分析して有害か無害かを調べる／化驗食品有無毒害；②分析；☆世界情勢を分析する／分析世界情勢；☆分析的な方法／分析的方法。⓪

ぶんせつ【文節】（名）〔語法〕詞組，短語〔例如分「けさ、朝顔（あさがお）が、さきました」為三個詞組〕。⓪

ふんせん【奮戦】（名・自サ）奮戰；☆最後まで奮戦する／奮戰到底。⓪

ふんせん【噴泉】（名）〔文〕噴泉；噴出的温泉。

ふんぜん【憤然】（形動タルト）憤然，忿然。⓪

ふんぜん【紛然】（形動タルト）〔文〕紛然；雜亂。⓪

ふんぜん【奮然】（形動タルト）〔文〕奮然，振作起來。⓪③

*ふんそう【扮装】（名・自サ）裝扮，化裝（＝よそおい）；☆扮装がうまい／化裝化得好；☆僧に扮装する／扮成僧人。⓪

*ふんそう【紛争】（名・自サ）〔文〕紛爭（＝あらそい）☆国際間の紛争を解決する／解決國際間的糾紛。⓪

ぶんそうおう【分相応】（連語・形動ダ）合乎身分，和身分相稱；☆分相応なことを言う／說合乎身分的話。①—③

ふんぞりかえ・る【踏ん反り返る】（自五）①（伸開腿）向後仰，向後靠；☆椅子にふんぞり返る／仰在椅子上；②倨傲，擺架子；☆ふんぞり返ってものを言う／擺起架子來說話。③⑤

ぶんたい【文体】（名）①〔文藝〕體裁；②（某作者特有的）風格，文體。⓪

ふんだく・る（他五）〔俗〕搶，奪（＝うばいとる）；☆鞄をふんだくられた／皮包被人搶奪了。④

*ぶんたん【分担】（名・他サ）分擔；☆仕事を五人で分担して短時間で仕上げる／工作由五個人分擔在短期間內完成。⓪

ぶんたん【文旦】（名）〔植〕→ザボン⓪

ぶんだん【文壇】（名）文壇，文藝界；☆文壇で活躍する／活躍於文藝界。⓪

ふんだんに【不断に】（副）〔俗〕（ふだんに）的轉訛〕很多（＝多く，たくさん）；☆まだふんだんにありますから御遠慮なく／還多得很，請不要客氣，☆ふんだんに水を使う／毫不客惜地用水。①

ぶんち【文治】（名）〔文〕文治；↔ぶだん（武断）。①

ぶんちゅう【文中】（名）文章裏頭；句子裏頭；☆次の文中から助動詞を選び出せ／要從下列的句子裏挑出助動詞來。①

ぶんちょう【文鳥】（名）〔動〕文鳥①⓪

ぶんちん【文鎮】（名）文鎮，鎮紙；☆紙の上に文鎮を載せる／把鎮紙壓在紙上⓪

*ぶんつう【文通】（名・自サ）通信（＝たより）；☆外国人と文通する／和外國人通信。⓪

ふんづ・ける【踏ん付ける】（他下一）踩住，踩上；☆下駄で毛虫を踏ん付ける／用木屐踩住毛蟲。④

ふんづまり【糞詰り】（名）便秘（＝べんぴ）。⓪⑤

ぶんてん【分店】（名）分店，支號；↔ほんてん（本店）。⓪

ぶんてん【文典】（名）語法書。⓪③

ふんとう【奮闘】（名・自サ）①奮戰；☆強敵を相手に奮闘する／與強敵奮戰；②奮闘；☆今日の成功は奮闘努力の賜物（たまもの）である／能够取得今日的成就是奮闘努力的結果。⓪

ふんどう【分銅】（名）砝碼，稱鉈（おもり）；☆分銅を載せる／擺上砝碼。⓪

ぶんどき【分度器】（名）分度尺，量角器③

ふんどし【褌】（名）（男子的）兜襠布；☆褌を締（し）める／兜上兜襠布；◇褌を締めてかかる／下定決心；人の褌で相撲（すもう）を取る／利用別人東西謀自己的利益；～かつぎ【褌担ぎ】（名）①最下級的角力士；②（轉）（新參加的）最下級者。⓪

ふ

ぶんど・る【分捕る】（他五）①（在戦場）搶獲，扨掠；☆戦車を分捕る／搶獲坦克；②〔諧〕搶，拿。③

ぶんなぐ・る【打ん殴る】（他五）〔俗〕打，毆打；☆思い切りぶん殴る／痛毆④

ぶんな・げる【打ん投げる】（他下一）〔俗〕使勁扔，亂扔。④

ふんにょう【糞尿】（名）糞尿，大小便；☆糞尿を汲み取る／掏廁所。◎

ふんぬ【憤怒】（名）〔文〕憤怒（＝ふんど）憤怒的形相（ぎょうそう）／憤怒的神色。①

ぶんのう【分納】（名・他サ）分繳，分期交納；☆授業料の分納を認める／允許分繳學費。◎

ぶんばい【分売】（名・他サ）〔文〕（成套物）分開賣；☆この全集は自由に分売します／這部全集可以分售。◎

*ぶんぱい【分配】（名・他サ）分配，分給；☆全員にりんごを一箇ずつ分配する／分給全體一人一個蘋果；☆利益を三人に分配する／把利益分給三個人。◎

ふんぱつ【奮発】（名・自サ）①發奮；☆奮発して勉強に励む／發奮努力用功；②豁出錢來（買）；☆誕生日は自転車を奮発してやろう／過生日時給你買（一輛）自行車吧；☆もう百円奮発して下さい／請再多給一百塊錢。◎

ふんばり【踏ん張り】（名）掙扎，加油；☆もう一踏ん張りする／再加一把勁◎④

ふんば・る【踏ん張る】（自五）①叉開腿用力踏地；☆からだを弓なりにして踏ん張る／拉一個騎馬蹲襠式；②堅持，掙扎（＝ふんばる）；☆もう少しだから踏ん張れ／只剩一點兒了可加油吧；③固執不讓；☆最後まで踏ん張る／固執到底不肯讓。③

*ぶんぴ【分泌】（名・自他サ）〔生〕分泌（＝ぶんぴつ）；☆胃液の分泌が不十分で消化がよくない／因胃液分泌不足而消化不良。◎

ぶんぴつ【分泌】（名・自他サ）→ぶんぴ。◎

ぶんぴつ【文筆】（名）〔文〕文筆，筆墨；☆文筆の才が認められる／被認爲有文才。◎

ぶんぶ【文武】（名）〔文〕文武；☆文武両道に秀（ひい）でる／兼精文武。①

*ぶんぷ【分布】（名・自他サ）分布；☆支

店は全国に分布している／分號遍布全國。◎

ぶんぶつ【文物】（名）〔文〕文物；☆古代の文物、制度を研究する／研究古代文物、制度。①

ふんふん（感）哼，嗯（聽別人說話時插入的用語）；☆何だって、ふんふん、それから／什麽？嗯，嗯，以後（又怎様）？

ふんぷん【紛紛】（形動タルト）紛紛，紛歧；☆意見が紛々として纏まらない／意見紛歧不能統一。③◎

ぶんぶん（副・自サ）①（風箏、蚊蟲、飛機等等的聲音）嗡嗡；☆上空をグライダーがぶんぶんと飛びまわる／滑翔機在上空嗡嗡地飛翔；☆蚊（か）が耳元でぶんぶんいう／蚊子在耳邊嗡嗡地叫；②用力揮掄貌；☆腕をぶんぶん振りまわす／嗖嗖地掄起胳膊掙來。①

ぷんぷん（副・自サ）①（氣味）衝鼻貌；☆香水のにおいがぷんぷんとする／香水味兒衝鼻子；②激怒貌；☆さんざん待たされてぷんぷん怒る／因等得不耐煩而非常氣憤。①

*ふんべつ【分別】（名・他サ）辨別力，判斷力，思考力（＝わきまえ）；☆分別のある人／懂得事理的人；～がお【分別顔】（名）似乎通情達理的様子；～くさ・い【分別臭い】（形）就像通情達理似的；～ざかり【分別盛り】（名・形動ダ）通情達理的成年年齡。①

ふんべん【糞便】（名）大便。◎③

ぶんべん【分娩】（名・他サ）〔醫〕分娩；☆無事に男の子を分娩する／平安地生了一個男孩。◎

ふんぼ【墳墓】（名）墳墓，墓；☆墳墓に詣（もう）でる／上墳，掃墓。①

ぶんぼ【分母】（名）〔數〕分母；↔ぶんし（分子）；～し【分母子】（名）〔數〕分母分子。①

ぶんぼう【文房】（名）書齋，書房；～ぐ【文房具】（名）文具。◎

*ぶんぽう【文法】（名）文法，語法；～てき【文法的】（形動ダ）語法上的；☆文法的な説明／語法方面的説明。◎

ふんま・える（他下一）〔俗〕〔ふまえる〕的音便。④

ふんまつ【粉末】（名）〔文〕粉末（＝こな、こ）；☆粉末にする／弄成粉末。◎

ふんまん【忿懣】（名）憤懣，氣憤；☆忿

懣を鎮める／抑制憤懣。[0]

ぶんみゃく【文脈】（名）文脈；☆文脈が
はっきりしない／文脈不清。[0]

ぶんみん【文民】（名）（日本憲法用語）
非現役軍人；☆内閣総理大臣は文民でな
ければならない／内閣総理不得是現役軍
人。[0]

ふんむき【噴霧器】（名）噴霧器（＝きり
ふき）；☆洗濯物（せんたくもの）を噴
霧器で湿らせて、アイロンをかける／用
噴子濕濕洗的衣服然後再熨。[3]

＊＊ぶんめい【文明】（名）文明；☆文明の進
んだ国／文明國家；～かいか【文明開
化】（連語・名）文明開化；～びょう
文明病】（名）〔醫〕「文明病」（指神
經衰弱症、性病等）。[0]

ぶんめん【文面】（名）（文章或書信的）
字面；☆この文面から察すると…／從這
個字面看來…。[3][0]

＊ぶんや【分野】（名）範囲，領域，崗位；
☆専門の分野／專門的範圍；☆人はそれ
ぞれの分野で社会に尽している／人們在
各自不同的崗位上為社會服務；☆他の分
野に属する／屬於其他領域。[1]

ぶんり【分離】（名・自他サ）〔文〕分離
，分開；☆油と水とは完全に分離する／

油和水能完全分離。[0]

ぶんりつ【分立】（名・自サ）〔文〕①分
設；②分別成立。[0]

ぶんりゅう【分流】（名・自サ）〔文〕①
分流；☆A地で分流して太平洋に注ぐ／
在A地分流後注入太平洋；②支流；③支
派；分派。[0]

＊ぶんりょう【分量】（名）分量（＝めかた
、おもさ）；數量；☆砂糖の分量を測る
／秤白糖的分量；☆酒の分量をふやす／
増加酒量；☆仕事の分量をみな同じにす
る／劃一工作量。[3]

＊ぶんるい【分類】（名・他サ）分類，分門
別類；☆カードを分類する／把卡片加以
分類。[0]

ふんれい【奮励】（名・自サ）〔文〕奮勉
；☆奮励努力する／奮勉努力。[0]

ぶんれい【文例】（名）文章的例子；文例
；☆文例をあげて説明する／舉文例加以
說明。[0]

ぶんれつ【分列】（名・自サ）〔文〕分列
，分開；～しき【分列式】（名）〔軍〕
分列式。[0]

＊ぶんれつ【分裂】（名・自サ）分裂，裂開
；☆細胞が二つに分裂する／細胞分裂成
兩個；☆政党が分裂する／政黨分裂。[0]

へ①五十音圖「は行」第四音；發音爲ha；②〔字源〕平假名是「部」字的右邊；片假名亦同。

へ（格助）→え。

へ【屁】（名）屁；☆屁をひる／放屁；◇**屁とも思わぬ**／根本不拿當囘事，根本沒放在眼裏，認爲狗屁不是；☆私はあんなやつは屁とも思わぬ／我認爲那種東西狗屁不是；◇屁の河童（かっぱ）／輕而易擧的事；無足掛齒的事。①

へ【舳】（名）船首（＝へさき）；↔とも（艫）。

へ（感）①（囘答聲）是（＝へえ）；☆へ、承知しました／是，知道了；②（侮蔑對方時所發的聲）嘿（＝へん）；☆へ、何言ってるんだい／嘿，什麼話，別胡說八道啦。

べ「へ」的濁音；發音爲be。

べ【辺】（造語）邊；☆川辺（かわべ）／河邊。

ぺ「へ」的半濁音；發音爲pe。

ヘア【hair】（造語）頭髮；～オイル【hairoil】（名）髮油；～スタイル【hair style】（名）髮型；～ローション（名）美髮水；～トニック【hair tonic】髮蠟；～ピン【hair pin】（名）髮夾。

ペア【pair】（名）一雙，一對。①

ベアリング【bearing】（名）〔機〕軸承（＝じくうけ）。①◎

へい（感）（商人、佣人等的回答）是（＝はい）；☆へい、承知しました／是，知道了。①

へい【丙】（名）①丙（天干之一，＝ひのえ）；②（分甲、乙、丙時的）丙。①

へい【兵】（名）①兵；☆兵五人を引き連れる／率兵五名；②〔文〕軍隊；☆兵を擧（あ）げる／擧兵；③〔文〕軍事，作戰，兵法。①

*へい【塀・屛】（名）圍牆，牆壁（＝かき）；☆塀が風で倒（たお）れる／牆被風颳倒；☆塀を立てる／砌牆。◎

へい【弊】①（名）弊害；②（造語）敝；☆弊店（へいてん）／敝號。①

べ・い【可い】（助動）〔文、方〕可（＝べし）；☆よかんべい／好吧，可以（＝よかるべし）。

べい【米】（名）①米（＝こめ）；②〔地〕←アメリカ；（特指）〔アメリカ合衆国〕。①

へいあん【平安】（名）〔文〕平安；～じだい【平安時代】（名）〔史〕平安時代（794―1192年，自平安遷都至鎌倉幕府成立）。◎

へいい【平易】（名・形動ダ）平易，簡明；☆平易な言葉を用いる／用易懂的話；☆難しい理屈を平易に説明する／把難懂的道理說得易懂。◎

へいえい【兵営】（名）兵營，營房；☆兵営にはいる／入營。◎

へいえき【兵役】（名）兵役；☆兵役に服する／服兵役；☆兵役を免除する／免除兵役；～せいど【兵役制度】（名）〔軍〕兵役制度。◎

へいおん【平温】（名）平常溫度；平均溫度。◎

へいおん【平穏】（名・形動ダ）平穩，平靜；☆平穏の（な）世／太平之世；☆事態が平穏に復する／情勢恢復平靜。◎

へいか【平価】（名）〔經〕①（以本位貨幣含金量折合的兩國貨幣間的）比價；②（債券的時價與票面金額相等）平價；☆株を平価で売り出す／以額面價格出售股票；～はっこう【平価発行】（名）〔經〕以票面金額發行（公債等）；～きりさげ【平価切下げ】（名）〔經〕貶低幣値。◎

へいか【陛下】（名）陛下。①

べいか【米価】（名）米價；☆米価を改正する／改定米價。①

へいかい【閉会】（名・自サ）閉會；☆閉会の辞を述べる／致閉會辭；～しき【閉会式】（名）閉會儀式。◎

*へいがい【弊害】（名）弊病；☆よい点もあるが弊害もある／好處也有，但也有害處；☆弊害百出（ひゃくしゅつ）するに至（いた）る／卒致弊病百出。◎

へいがく【兵学】（名）兵學，軍事學①◎

へいかん【閉館】（自サ）（圖書館等）閉

館，停止開放；☆日曜は閉館する／星期日不開館。⓪

へいき【兵器】（名）兵器，武器；～しょう【兵器廠】（名）〔軍〕兵工廠，軍械廠。①

*へいき【平気】（名・形動ダ）①冷靜，鎮靜；☆平気を装う／裝做冷靜；②無動於衷，不介意，不在乎；☆平気な顔をする／作蠻不在乎的樣子；☆病気なのに平気で働く／雖然有病却蠻不在乎地勞動；☆平気で嘘をつく／瞪着眼睛撒謊；◇平気の平左（へいざ）／蠻不在乎，絲毫無動於衷。

へいぎょう【閉業】（名・自サ）歇業，廢業；☆商売不振で閉業する／由於生意不好歇業。⓪

*へいきん【平均】（名・他サ）①平均；☆クラスの成績を平均する／把全班的成績平均起來；②平衡，均衡；☆片足（かたあし）で体の平均を保つ／用一隻脚保持身體平衡。

へいけ【平家】（名）〔史〕平氏家族（＝へいし）；～ものがたり【平家物語】（名）（描述平氏一家的榮華和沒落的）平家物語；～びわ【平家琵琶】（名）以琵琶為伴奏講述平家物語。①

へいげい【睥睨】（名・他サ）〔文〕睥睨（＝にらむ）；☆あたりを睥睨する／睥睨四周。⓪

へいげん【平原】（名）平原（＝へいや）；☆広い平原に出る／來到遼濶的平原。⓪

*へいこう【平行】（名）①〔數〕平行；②並行；～せん【平行線】（名）〔數〕平行線；～ぼう【平行棒】（名）〔運動〕雙槓。⓪

へいこう【平衡】（名）〔文〕平衡；☆平衡を保つ／保持平衡；☆平衡が破れる／失掉平衡。⓪

へいこう【並行】（名・自サ）①平行；☆電車とバスが並行する／電車和公共汽車並行；②並進，同時進行；☆百メートル競走と砲丸投（ほうがんなげ）を並行して実施する／百公尺賽跑和擲鉛球同時進行。⓪

へいこう【閉口】（名・自サ）①〔文〕閉口，閉口無言；☆彼は問い詰められて閉口した／他被追問得閉口無言；②為難，感覺沒有辦法；折服；☆彼のお喋りには閉口する／他那種喋喋不休令人無法對付

；☆この暑さには閉口する／這麼熱受不了；☆頑固な彼も子供たちの熱心さには閉口したらしい／他雖然頑固，但對孩子們的熱情似乎也折服了。⓪

へいこう【閉校】（名・自サ）〔文〕（學校）停辦。⓪

へいごう【併合】（名・自他サ）合併；☆甲校と乙校とを併合して大学をつくる／把甲校和乙校合併一起成立大學。⓪

べいこく【米穀】（名）〔文〕米穀；糧穀⑩⓪

*べいこく【米国】（名）美國。⓪

へいこら（副・自サ）卑躬屈節（貌）；☆だれにでもへいこら（と）頭を下げる／對誰都是點頭彎腰；☆上役（うわやく）にへいこうする／對上級卑躬屈節。①

*へいさ【閉鎖】（名・他サ）閉鎖，封閉；☆設備不十分で劇場が閉鎖を命ぜられた／戲院因設備不完善被封閉了。⓪

へいさく【平作】（名）普通年成，平年⓪

べいさく【米作】（名）種稻；稻穀收成；☆本年の米作は平年以上の見込（みこみ）だ／本年稻穀收成預計超過常年；☆米作に力をいれる／努力種稻。⓪

へいざん【閉山】（名・自サ）〔文〕①封山；②封鎖礦山。⓪

へいし【兵士】（名）〔軍〕兵士，士兵；☆兵士になる／當兵；☆兵士を率いる／率兵。①

へいじ【平時】（名）①平常；☆平時の服装／平常的服裝；②平時。①

へいじつ【平日】（名）①平常，平素，素日；☆平日の通り授業がある／照常授課；②星期放假以外的日子，平日；☆電車は平日の方がすいている／電車平日不擁擠。⓪

へいしゃ【兵舎】（名）〔軍〕兵營。①

へいしゃ【弊社】（名）〔文〕敝公司，敝號。①

へいしゅ【兵種】（名）〔軍〕兵種。①

べいじゅ【米寿】（名）〔文〕八十八歲壽辰；☆米寿を祝（いわ）う／慶祝八十八歲壽辰。①

へいしゅう【弊習】（名）〔文〕惡習，壞習慣（＝へいふう）。⓪

べいしゅう【米収】（名）〔農〕稻穀的收穫；～だか【米収高】（名）〔農〕稻穀收穫量。⓪

へいじょ【平叙】（名・他サ）〔文〕平敍，平舖直敍；～ぶん【平叙文】（名）平

敍文。①[0]

へいじょう【平常】(名・副)平常，平素；☆事態が平常にもどった/情況恢復正常，☆土、日も平常通り運転/周末、星期天照常開動（電車、公車等）。[0]

へいじょう【閉場】(名・自サ)散場，閉會。[0]

べいしょく【米食】(名)吃米，以米爲主食；☆米食をやめてパン食にする/不吃米飯改吃麺包。[0]

へいしんていとう【平身低頭】(連語・名・自サ)低頭，☆平身低頭して謝(あやま)る/低頭認罪。[0]

*へいせい【平静】(名・形動ダ)①平静，穩静②冷静，沈着，鎮静；☆大事に臨んでも平静を保(たも)つ/面臨大事猶保持鎮静。[0]

へいぜい【平生】(名・副)平素，素日，平常（＝ふだん）；☆平素の心掛けがよくない/平素的作風不好；☆平生から願っていた事/平素期望的事。[0]

へいせつ【併設】(名・他サ)〔文〕並設，同時設置；☆法学部と文学部とを併設する/同時並設法學系和文學系。[0]

へいぜん【平然】(形動タルト)〔文〕①沈着，冷静；☆大事な試合にも平然とした態度を保っている/就是對重要比賽也保持冷静態度；②不介意，不在乎；☆叱られても平然としている/就是遭受申斥也蠻不在乎。[0]

へいそ【平素】(名・副)平常，素日；☆平素はあまり目立たない子/平素並不惹人注目的孩子；☆平素からこつこつ努力している/平素就孜孜不倦的鑽研。[1]

へいそう【兵曹】(名)（海軍的）軍士；～ちょう【兵曹長】(名)（海軍的）准尉。[1]

へいそく【屏息】(名・自サ)〔文〕屏息；一聲不響，閉口無言；☆あの事件以来、彼はすっかり屏息している/從那個事件以来他一聲也不響了；☆彼のその一言で反対者は屏息してしまった/他那麼一說反對者就閉口無言了。[0]

へいそく【閉塞】(名・自サ)〔文〕閉塞，堵塞；☆ボロ船を沈めて港口を閉塞する/炸沉破船，堵塞港口；～おん【閉塞音】(名)〔語言〕閉塞音。[0]

へいそつ【兵卒】(名)士兵，士卒。[1][0]

*へいたい【兵隊】(名)①軍隊；②兵士；

☆鉄砲をかついだ兵隊が通る/扛槍的兵士走過；☆外国の兵隊/外國士兵（軍隊）；☆兵隊に行った/當兵去了；入伍了；☆兵隊から戻った/退伍（回來）了。[0]

へいたん【平坦】(名・形動ダ)平坦；☆平坦な道/平坦的道路；☆運動場を平坦にする/把運動場搞平。[0]

へいたん【平淡】(形動ダ)〔文〕平淡；☆平淡な（の）趣（おもむき）/平淡的趣味。[0]

へいたん【兵站】(名)〔軍〕兵站；～ぶ【兵站部】(名)兵站部。[0]

へいだん【兵団】(名)〔軍〕兵團。[0]

へいち【平地】(名)平地；☆平地が少なくて山ばかりです/平地很少，全是山；◇平地に波瀾（はらん）を起こす/平地起波瀾。[0]

へいち【併置】(名・他サ)附設；☆小学校に幼稚園を併置する/小學裏附設幼稚園。[0]

へいちゃら【平ちゃら】(形動ダ)〔俗〕蠻不在乎，毫不介意（＝へいき）；☆失敗したってへいちゃらだ/失敗就失敗，沒關係。[0]

へいてい【平定】(名・自サ)平定；☆内乱を平定する/平定内亂。[0]

へいてい【閉廷】(名・自サ)〔法〕閉庭；☆閉廷を宣する/宣佈閉庭；↔かいてい（開廷）。[0]

へいてん【閉店】(名・自サ)①（商店）停止營業，關門；☆五時に閉店する/五點停止營業；②歇業，廢業；☆閉店につき、大安売り/因爲歇業大甩賣。[0]

へいてん【弊店】(名)敝號，小號。[1]

へいどく【併読】(名・他サ)同時閲讀；☆新聞小説を三つ併読している/每天連讀三種報刊小說。[0]

へいねつ【平熱】(名)正常體温；☆やっと平熱に下がった/好容易恢復了正常體温。[0]

へいねん【平年】(名)①非閏年；②平年，例年；☆平年に比して三割増産の見込みです/估計比平年增産百分之三十；～さく【平年作】(名)普通年成；～なみ【平年並】(名)和常年一樣。[0]

へいはつ【併発】(名・自他サ)併發；☆余病が併発する/引起併發症。[0]

へいばん【平板】Ⅰ(名)①〔文〕平的板

；②〔農〕平地的工具；Ⅱ（形動ダ）呆板，單調；☆平板な文章で、もの足りない／文章呆板唸起來乏味。◎

へいはん【米飯】（名）〔文〕米飯。◎

へいび【兵備】（名）〔文〕軍備；☆兵備を整（ととの）える／整頓軍備。①

へいふう【弊風】（名）〔文〕壊風俗；壊習慣；☆弊風を改める／矯正壊風俗；☆弊風に染まる／染上壊習慣。③◎

へいふく【平伏】（名・自サ）一躬到地，叩頭；☆平伏して許しを請う／叩頭求饒；☆神前に平伏する／跪伏神前。◎

へいふく【平服】（名）〔文〕便衣，便服；☆平服の巡査／便衣警察；**～すがた**【平服姿】（名）便裝。◎

へいへいⅠ（感）是是（＝はいはい）；☆へいへい、承知しました／是是，知道了；Ⅱ（名・自サ）惟恭惟謹，唯唯諾諾；☆目上の人にへいへいする／對於上級唯唯諾諾。◎

べいへい【米兵】（名）美國兵。

べいべい（名）地位低的人，技術差的人 ③

へいへいぼんぼん【平平凡凡】（名・形動ダ）平平凡凡，非常平凡；☆平平凡凡の毎日を送る／每天過着平平淡淡的生活；☆平平凡凡で何も面白みがない／非常平淡，毫無趣味。◎

へいほう【平方】（名）〔數〕平方，自乘；☆三の平方は九／三的自乘是九；☆百平方メートルの土地／一百平方公尺的土地；**～こん**【平方根】（名）〔數〕平方根。①◎

へいほう【兵法】（名）〔軍〕兵法。①

*__へいぼん__【平凡】（名・形動ダ）平凡；☆ごく平凡な絵／極平凡的畫；☆平凡な絵／平凡的畫；☆この詩は平凡でおもしろくない／這首詩平淡無味。◎

へいまく【閉幕】（名・自サ）〔文〕①閉幕；☆夜の部の閉幕は午後十時になった／夜場改在十時閉幕了；②結束，告終；☆この事件もこれでいよいよ閉幕になった／這個事件這麼一來也就算結束了；☆オリンピックは成功のうちに閉幕した／世運會在成功裏閉幕了（結束了）。◎

へいみん【平民】（名）平民，百姓；**～てき**【平民的】（形動ダ）平民作風的。◎

へいめい【平明】（名・形動ダ）簡明；☆平明な文章を書く／寫簡明的文章。◎

へいめん【平面】（名）〔數〕平面。③◎

へいもん【閉門】（名・自サ）〔文〕閉門；☆寮（りょう）は午後九時に閉門する／宿舍晚上九時關門。◎

*__へいや__【平野】（名）平原；☆広い平野を流れる川／流經遼濶平原的河川。①

へいよう【併用】（名・他サ）並用；☆注射と飲み薬とを併用／注射和內服藥同時並用。◎

へいらん【兵乱】（名）〔文〕戰禍，兵災；☆兵乱の絶えない国／戰禍不絕的國家。◎

へいりつ【並立】（名・自サ）並立，並存；☆勉強と運動を並立させる／使功課和運動兩不誤。◎

へいりょく【兵力】（名）兵力；☆兵力に訴える／訴諸武力。①

へいれつ【並列】（名・自他サ）並列，並排；☆戦車が並列して行進する／坦克並列前進；☆電池を並列につなぐ／把電池並列地連接上；**～じょし**【並列助詞】（名）並列助詞（如「紙と筆」的「と」）；**～れんけつ**【並列連結】（名）〔電〕並列連結。◎

*__へいわ__【平和】（名・形動ダ）和平；和睦；☆平和な家庭／和睦的家庭；☆平和を維持する／保衛和平；☆平和に暮らす／和平生活；**～うんどう**【平和運動】（名）保衛和平運動；**～じょうやく**【平和条約】（名）和平條約。

ペイント【paint】（名）油漆，塗料。①

へえ（感）（表示讚嘆、驚疑等）啊；☆へえ、そりゃ大変だ／啊，那可了不得了；☆へえ、本当ですか／是啊！真的嗎？①

ベーカリー【bakery】（名）麵包房，點心舖。①

ベーキングパウダー【baking powder】（名）（美國）發粉。⑥

ベークライト【bakelite】（名）電木，酚醛塑膠。④

ベーコン【bacon】（名）醺薰猪肉。①

*__ページ__【page・頁】（名）頁；☆このページには重要な事が書かれている／這頁上寫着重要的事情；☆二十ページを見て下さい／請看第二十頁。◎

ページェント【pageant】（名）①露天戲；②壯麗的遊行隊伍。　①

ベージュ【beige】（名）灰褐色。①

ベース【base】（名）①基礎，基本；②〔棒球〕壘；**～キャンプ**【base camp

】（名）〔登山〕固定帳篷；～ボール【base ball】（名）〔運動〕棒球；壘球①

ベース【bass】（名）〔樂〕→バス。①

ペース【pace】（名）①速度，步調；☆ペースを乱さない／步調不亂；②〔棒球〕球速。①

ペースト【paste】（名）糊狀物。①

ペーソス【pathos】（名）哀愁，悲愴；☆ほのかなペーソスの漂っている映画／略含悲哀情緒的電影片。①

ベータ【B・β】（bata）希臘語第二字母；～せん【β線】（β-rays）（名）β線。①

ペーチカ【俄pechka】（名）（俄羅斯式）壁爐。①

ペーパー【paper】（名）①紙，洋紙；②砂紙；～ドライバー【paper driver】（名）擁有駕駛執照，但是沒有自用車的人；～ナイフ【paper knife】（名）裁紙刀；～プラン【paper plan】（名）紙上計劃。①⓪

ペーブメント【pavement】（名）（舖柏油、磚等的）人行道，便道。①

ベール【veil】（名）①面紗；②（婦女帽的）垂紗；③遮掩物；☆ベールを剥ぐ／揭下遮掩物。①

ペガサス【Pagasus】（名）〔希臘神話〕（詩神Muse騎的）飛馬；～ざ【Pegasus座】（名）〔天〕飛馬座。①

*べからず【可からず】（助動・連語）表示禁止；☆車内でたばこをのむべからず／車内禁止吸煙。

*べき【可き】（助動べし的連體形）該…；☆解決すべき問題／該解決的問題。

へきうん【碧雲】（名）〔文〕碧雲（＝あおぐも）。⓪

へきえき【辟易】（名・自サ）畏縮，退縮；屈服；☆困難にあって辟易する／遇到困難而畏縮；☆彼は容易に辟易する男ではない／他不是輕易屈服的人；☆彼の長演説には辟易した／他那種冗長演說我算服了。⓪

へきが【壁画】（名）壁畫；☆有名な敦煌の壁画／有名的敦煌壁畫；☆壁画を描く／畫壁畫；～か【壁画家】（名）壁畫家。

へきがん【碧眼】（名）①碧眼；②歐美人。⓪

へきぎょく【碧玉】（名）〔礦〕碧玉。⓪

へきち【僻地】（名）〔文〕偏僻的地方；☆教師として僻地に赴任する／到邊遠地方去當教員；☆寒村僻地（かんそんへきち）／窮鄉僻壤。①

へきとう【劈頭】（名）〔文〕開頭，起頭；☆野党は劈頭第一に政府の施政方針を攻撃した／在野黨一開頭就攻擊了政府的施政方針；☆劈頭から熱戦が繰り広げられた／一開頭就展開了熱烈戰鬪（比賽）。⓪

へきめん【壁面】（名）〔文〕牆面；☆壁面に絵を描く／在牆面上畫畫。③⓪

へきれき【霹靂】（名）〔文〕霹靂；☆青天の霹靂／晴天霹靂。⓪

へ・ぐ【剥ぐ】（他五）〔俗〕削薄；☆木を剥いでへぎをつくる／削薄木材製木紙。①

ヘクタール【hectare】（名）公頃（＝100公畝）。③

ペクチン【pectine】（名）〔化〕果膠；☆みかんの皮にはペクチンが豊富に含まれている／橘子皮含有豐富的果膠。①

ベクトル【德Vektor】（名）〔數〕向量，矢量。①

ぺけ（名）〔俗〕〔馬來語pargi轉來〕不行；失敗（＝だめ、いけない）；☆数字を一つちがえてもぺけにする／只錯了一個數字也不行。①

へこおび【兵児帯】（名）（男人或小孩用的）一種整幅布料製成的（和服用）腰帶（＝しごきおび）。⓪

へこた・れる（自下一）〔俗〕①精疲力盡；☆山登りの中途でへこたれた／上到半山腰就累垮了；②洩氣，氣餒；☆再三の失敗にへこたれる／因屢次失敗而氣餒；☆いよいよと言う時になってへこたれる／臨到眞的要行動起來的時候却氣餒了；☆へこたれるな／不要氣餒。⓪

ベゴニア【begonia】（名）〔植〕秋海棠（屬的總稱）。②⓪

ぺこぺこ（副・自サ）①癟，不脹；☆まりがぺこぺこになる／球癟了；☆朝から食べないので、おなかがぺこぺこだ（になった）／從早晨就沒吃飯肚子餓癟了；②點頭哈腰，諂媚；☆ぺこぺこ（と）謝る／叩頭作揖地道歉；☆上役にぺこぺこする／對上級獻諂。①

へこま・す【凹ます】（他五）①弄癟；☆腹を凹ます／癟回肚子；②使屈服；☆議

論で相手を凹ます／說倒對方。⓪

へこま・せる【凹ませる】（他下一）→へこます【凹ます】。⓪

へこみ【凹み】（名）凹下的地方，窪坑；☆帽子の凹みをなおす／把帽子的窪處弄臌起來。⓪

へこ・む【凹む】（自五）①凹下，窪下，癟下；☆凹んだ帽子／弄癟了的帽子；☆道が凹む／道窪下去；②屈服，認輸；☆彼は強情（ごうじょう）でなかなか凹まない／他很頑強，不輕易屈服。⓪

ぺこん（副）①癟，凹貌；☆ゴム毬に穴があいてぺこんと凹む／皮球出了孔癟了；②（很快地）點頭行禮貌；☆ぺこんとお辞儀をする／（很快地）點一個頭。②

へさき【舳先】（名）船頭，船首；☆南に舳先を向ける／把船頭轉向南方；☆舳先で水を切って進む／船頭破浪前進。③⓪

へ・し【可し】（助動・形ク型）〔文〕表示推測，可能，義務，當然，決意，命令等的助動詞。

へしあ・う【圧し合う】（自五）推擠，擁擠；☆群衆がおしあいへしあい出口に殺到する／羣衆連推帶搡地擁擠到門口。⓪③

へしお・る【圧し折る】（他五）（弄彎後）折斷；☆木の枝を圧し折る／折斷樹枝☆高慢の鼻を圧し折る／挫其傲氣。③

ペシミスト【pessimist】（名）悲觀論者，厭世主義者；↔オプチミスト〔optimist〕。③

ぺしゃんこ（副）①壓碎，壓扁；☆押されて，饅頭（まんじゅう）がぺしゃんこになった／饅頭被壓得扁扁的；②駁倒，說服，說得啞口無言；☆一言で相手をぺしゃんこにする／一句話就把對方說得啞口無言；→ぺちゃんこ。②⓪

ベスト【best】（名）①最好；②全力；☆自分のベストを尽す／盡自己最大力量；**～コンディション**【best condition】（名）（身體、精神等）最好的狀態；**～セラー**【best seller】（名）最暢銷的書；**～テン**【best ten】（名）最好的十個(人)；**～メンバー**【best member】（名）最好的成員，最好的選手。①

ペスト【pest】（名）〔醫〕鼠疫，百斯篤；**～きん**【ペスト菌】（名）〔醫〕鼠疫菌。①

へず・る【剝する】（他五）①剝低；☆高い処を剝する／把高處剝低；②（以某種

名義）削減，扣除；☆賃金の一割は剝ずられる／工資被扣去一成。⓪

へそ【臍】（名）臍，肚臍（＝ほぞ）；☆臍の緒（お）／臍帶；◊臍で茶を沸かす／笑得肚皮疼；臍を曲げる／（因心裏不痛快）彆扭起來。⓪

へそ（名）（小孩）要哭的面孔；☆へそをかく／要哭。①

ペソ【西 peso】（名）披索（阿根廷等南美諸國的貨幣單位）。①

へそくり【臍繰（金）】（名）婦女省吃儉用偷偷攢的錢，壓箱底兒錢；私房錢；☆臍繰を溜める／偷偷攢錢；☆臍繰がある／有壓箱底兒錢。④

へそく・る【臍繰る】（自五）（婦女省吃儉用）偷偷攢錢。③

へそのお【臍の緒】（名）臍帶；☆臍の緒を切る／剪斷臍帶。③⓪

へそまがり【臍曲り】（名・形動ダ）〔俗〕脾氣彆扭，乖僻，乖戾（＝つむじまがり）；☆臍曲りの男／性情乖僻的人；☆彼の臍曲りには困っている／他脾氣彆扭不好對付。⑤⓪

へた【蔕】（名）〔植〕蔕，蒂，蔓；☆柿の蔕／柿子的蒂；☆トマトの蔕を取る／去掉蕃茄的蒂。⓪

へた【下手】（名・形動ダ）①（技術等）拙劣（的人），拙笨（的人）；☆私は話が下手だ／我不善於講話；☆下手な字を書く／寫字拙劣；②馬虎，不謹愼；☆下手なことを言うと，かえってよくない／冒冒失失地說出來反倒不好；☆下手に手を出せない／不能馬馬虎虎地伸手(參與)；☆下手をすると大変なことになる／稍一馬虎可就不得了；◊下手の考え休むに似たり／笨人想不出好主意來（下棋時用以嘲笑長時間考慮的對方）；**下手の横好き**／本來搞不好偏喜好、假行家；**下手の長談議**（ながだんぎ）／本來不善於講話偏囉囉嗦嗦地講個沒完。②

べた（名）滿，全（＝すべて，すきまなく）；☆べた一面に塗る／全面都塗上①

ベターハーフ【better half】（名）（夫或妻的）另一半。④

べたいちめん【べた一面】（名・副）全面；☆べた一面（に）書き込んである紙／寫滿了字的紙。①

へたくそ【下手糞】（名・形動ダ）非常拙劣（的人）；☆下手糞な絵／非常拙劣的畫④

*へだたり【隔り】（名）①（空間的）距離
；☆甲地と乙地との隔りは五百メートル
ある／甲地和乙地的距離有五百公尺；②
（時間的）間隔，差；☆両事件の間には
八年の隔りがある／兩個事件相差八年；
③（事物的）差別，不同；☆両者の意見
に大きな隔りがある／兩個人的意見有很
大距離；④疏遠，隔閡；☆親戚との間に
隔りが出来る／和親戚之間有了隔閡（疏
遠起來）。④◯

*へだた・る【隔たる】（自五）①（時間、
空間）隔離，有距離；☆学校はここから
遙かに隔たっている／學校離這兒很遠；
☆別れてから五年の年月が隔たる／別後
已隔五年之久；②（事物）不同，有差別
；☆両者の主張は大分隔たっている／兩
人的主張有很大距離；③疏遠，發生隔閡
；☆二人の仲は近頃よほど隔たった／兩
個人的關係近來很疏遠

へたつ・く（自五）發黏（＝ねばりつ
く）；☆汗で手がべたつく／因爲出汗手
發黏；②（女人貼近身體）撒嬌；☆人前
でべたついて見苦しい／當着人糾纏着撒
嬌不像樣子。◯

へだて【隔て】（名）①隔開，間壁（＝さ
かい、しきり）；②差別（＝ちがい）；
☆隔てをつける／加以區別；③隔閡；☆
隔てなく交わる／親密交往；☆隔てのな
い態度／沒有隔閡的態度。③

*へだ・てる【隔てる】（他下一）隔，隔開
，隔離，疏遠（＝しきる；とおざける；
さえぎる）；☆襖（ふすま）一つ隔てた
隣りの間（ま）／隔一扇紙隔扇的隣室☆
三メートル隔てて榕樹（ようじゅ）を植
える／一隔三公尺，種一棵榕樹埋設電桿
；二人の仲を隔てる／疏遠兩人關係☆二年
の歳月を隔てて再会する／隔兩年之後重
逢；☆幕に隔てられて見えない／被幕隔
上看不見，図へだつ（下二）。③

へたば・る（自五）①蹲下；坐下；趴下；
☆べったりへたばって立てない／（累
得）坐下站不起來；②精疲力盡，累垮
☆日に四十キロメートル歩いてもへたば
らない／一天走四十公里也累不垮；③氣
餒，沮喪；☆今からへたばっては将来が
案じられる／現在就自暴自棄了將來可怎
麼辦哪。③

べたべた（副・自サ）①發黏，黏糊糊；☆
キャラメルが溶けてべたべたする／牛奶

糖化了黏糊糊的；☆糊（のり）が手にべ
たべたとくっつく／漿糊黏糊糊地黏手；
②厚厚地塗抹一層（黏液）；☆絵の具
（ぐ）をべたべたと塗る／厚厚塗抹一層油
畫色；③（全面）黏滿，貼滿；☆塀にべ
たべたとポスターを張（は）る／牆上貼
滿宣傳畫；④（女人，小孩等）糾纏着撒
嬌；☆いつもべたべた（と）くっついて
いる／總是糾纏着撒嬌。①

ぺたぺた（副・自サ）①＝べたべた（但比
べたべた程度輕）；②用手掌拍打聲；
☆ぺたぺたと背中（せなか）を叩く／吧
嗒吧嗒地拍打後背。①

べたり（副・自サ）→べったり。②③

べたり（副）①輕輕黏貼貌；☆切手をべた
りと貼る／把郵票輕輕貼上；②坐下貌；
☆べたりと坐る／輕輕坐下。②③

ペダル（名）←ペダル。①

ペダル【pedal】（名）（自行車、鋼琴、
縫紉機等的）踏板（＝ふみいた）；☆自
転車のペダルを踏（ふ）む／踏自行車的
脚蹬子；騎自行車。①

ぺたん（副）①坐，蹲貌；☆ぺたんと尻餅
（しりもち）を搗く／撲哆坐了個屁股蹲
兒；②貼緊貌（＝べったり）；☆切手
（きって）をぺたんと貼る／把郵票牢牢貼
上。②

ペチカ【俄 pechka】→ペーチカ。①

ペチコート【petticoat】（名）（婦女、
少女的）襯裙。①

へちま【糸瓜】（名）①〔植〕絲瓜；②〔
俗〕唾棄某種事物或罵人時的用語；☆邪
魔も糸瓜もあるものか／什麼叫打擾的；
☆義理も糸瓜もあるものか／什麼情面不
情面的。◯

ぺちゃくちゃ（副・自サ）〔俗〕叨架，喋
喋；☆ぺちゃくちゃとうるさくしゃべり
立てる／叨叨架架說個不停。①

ぺちゃぺちゃ（副）〔俗〕→ぺちゃくち
ゃ。①

ぺちゃんこ（副）〔俗〕→ぺしゃんこ。②◯

ペチュニア【petunia】（名）〔植〕矮牽
牛。②

*べつ【別】（名・形動ダ）①別，另外；☆
そうなれば話は別だ／若是那樣的話可就
是另一個問題了；☆別の本を読む／唸另
一本書；☆これとは別によい方法がある
／另有一個好法；②區別，差別；☆昼夜
の別なく／不分晝夜；③除外，例外；☆

しかし君だけは別だ／不過，唯獨你是例外；☆冗談は別として／先別開玩笑；④特別，☆別に嫌（きら）いというほどでもない／並不怎樣討厭。

べついん【別院】（名）〔佛〕分寺，☆本願寺（ほんがんじ）の別院／本願寺的分寺。◯②

べっか【別科】（名）特設科，☆大学の別科に入る／進入大學的特設科。◯

べっかく【別格】（名）破格，特別，☆別格の扱いを受ける／受到特別待遇。◯

べっかん【別館】（名）（在原有建築物外）另建的一個建築物（↔本館）。◯

べつかんじょう【別勘定】（名）分開算賬③

べっき【別記】（名・他サ）〔文〕別記，附錄，☆詳しいことは別記してある／詳情另有記載；☆別記の如く／像附錄那樣。◯

べっきょ【別居】（名・自サ）分開居住；☆親子が別居する／父子分居；☆妻と別居する／和妻分居。◯

べつくち【別口】（名）另外一種；另外一筆帳；☆別口の仕事／另外一種工作。◯

べっけい【別掲】（名）〔文〕另載，附記；☆別掲の図を参照すること／請參閱附圖。◯

べっけん【瞥見】（名・他サ）〔文〕瞥見，略看一眼；☆評判の演劇を瞥見する／瞧一瞧出名的戲劇。◯

べっこ【別個・別箇】（名・形動ダ）〔文〕另一個；分別開；☆全然別個の問題／完全另一個問題；☆それとこれとは別個に考えた方がよい／兩者分開考慮較好。①

べっこう【別項】（名）〔文〕另一項目；☆別項の如く定める／如另項規定；☆これは別項にする／這個另立一個。◯

べっこう【鼈甲】（名）鼈甲，玳瑁，☆鼈甲製の櫛（くし）／玳瑁做的梳子；〜ざいく【鼈甲細工】（名）玳瑁細工。③◯

べつごう【別号】（名）別號，別名。◯

べっこん【別懇】（形動ダ）特別親密；☆別懇の間柄（あいだがら）／特別親密的關係。◯①

べっさつ【別冊】（名）另一冊；（雑誌等的）增刊號；☆雑誌の別冊を発売する／出售雑誌的增刊號。◯

ペッサリー【pessary】（名）〔醫〕子宮套。①

べっし【別紙】（名）另一張紙，另紙；☆別紙の通り／一如別紙；☆答は別紙に記入すること／答案要寫在另一張紙上①◯

べっし【蔑視】（名・他サ）〔文〕蔑視，藐視，小看；☆人を蔑視する／藐視人；☆蔑視に耐え兼（か）ねる／忍耐不住別人的藐視。①◯

べっしつ【別室】（名）另一間屋子，特別室；☆別室に通す／（把客人）讓到另一間屋子裏。◯

べっして【別して】（副）格外，特別（＝とりわけ，とくに）；☆皆親しくつきあっているが，別して彼とは浅からぬ縁がある／大家處得都很親密，特別和他有深厚的關係。◯

べっしゅ【別種】（名）另一種類；☆それとこれとは別種の問題だ／那個和這個是兩個不同性質的問題。◯

べっしょ【別墅】（名）〔文〕別墅（＝べっそう）。◯①

べつじょう【別状】（名）不正常的情況，出毛病☆機械に別状はなかった／機器沒毛病；☆心臓には別状がない／心臓正常；☆生命に別状はない／生命沒有危險◯

べつじょう【別条】（名）意外，變化；☆別条なく暮らしている／生活如常。◯

べつじん【別人】（名）別人，另一個人；☆彼は全く別人になった／他完全變成了另一個人。◯

べつずり【別刷】（名）（論文等的）另印，選印（＝ぬきずり）；另印成冊，另訂一冊；☆別刷を配って批判を求める／分發單行本徵求意見。◯

べっせい【別製】（名）另製，特製；☆これは別製の品です／這是特製品。◯

べっせかい【別世界】（名）①特殊環境；☆別世界の人間／特殊環境裏的人；②另一個世界，別有天地；☆ここは静かで全く別世界だ／此處幽靜 簡直 是另一個世界。③

べっそう【別送】（名・他サ）〔文〕另寄（郵件）；☆雑誌の別冊を別送する／雑誌的增冊另寄。◯

べっそう【別荘】（名）①別墅（＝べっしょ）；②（俗）牢獄。③◯

べったく【別宅】（名）另一所住宅；（↔本宅）；☆息子を別宅に住まわせる／讓兒子住在另一所宅子裏。◯

へったくれ（名）〔俗〕唾棄某種事物的用

語；☆目上（めうえ）もへったくれもあったもんじゃない／什麼長輩不長輩的，管它呢。⓪

べったり（副・自サ）①貼上，貼住；☆肌にべったりと膏薬を貼る／把膏藥緊緊貼到肉皮上；②壓扁貌；☆ケーキがべったり押し潰される／蛋糕被壓得扁扁的；③力盡筋疲地坐下貌；☆疲れて机の前にべったりと坐り込む／累得力盡筋疲坐到桌子前面；④寫滿；☆紙に細かい文字をべったり書く／紙上寫滿了小字。③

べっちり（副・自サ）＝べったり（但比べったり的程度略輕）。③

べつだん【別段】 Ⅰ（副）格外，特別，另外（下面多接否定語）；☆別段これぞという用事はない／並沒有什麼（特別）要緊的事；☆別段ぜひ買わねばならぬ物でもない／也並不是非買不可的東西；☆別段悪いとは思わない／並不以為怎麼不對；Ⅱ（名）另外，特別；☆別段の扱いを受ける／受到特別待遇。⓪

へっちゃら（形動ダ）〔俗〕→へいちゃら。⓪

べっちゃんこ（副）〔俗〕ぺちゃんこ。③

べっちん【別珍】（名）棉絨，大絨。⓪

へっつい【竈】（名）竈，爐竈（＝かまど）；☆竈で湯を沸かす／用爐竈燒開水。⓪

べってい【別邸】（名）別邸（＝べったく）。⓪

ヘッディング【heading】（名）①題目，標題（＝かしらがき）；②〔足球〕用頭頂球，頭球。①⓪

べってんち【別天地】（名）另一個世界，別有天地；☆ここは浮世を離れた別天地の感がある／這裏彷彿是與世隔絶的另一個世界。③

ヘット【德 Fett】（名）〔烹飪〕牛油；☆馬鈴薯（ばれいしょ）をヘットで揚げる／用牛油炸馬鈴薯。①

ヘッド【head】（名）①頭（＝あたま）；②首領，頭目（＝かしら）；③首位，首席；④〔理〕水頭，落差；～ライト【head-light】（名）（火車、汽車等的）前燈；～ライン【head-line】（名）（新聞記事的）標題。③

べっと【別途】（名・副）〔文〕另一途徑，另一方法；另項；☆別途の収入／另一筆收入；☆その費用は別途に支給する／

其費用由另一項目支付。①⓪

ペット【名】→ベッド。①

***ベッド【bed】**（名）①床，寢床；☆ベッドに身を横たえる／躺在床上；②〔農〕苗床，花壇；～カバー【bed cover】（名）床罩；～タウン【bed town】（名）指大都市近郊的住宅區（因為大多數的居民白天上班，到了晚上只爲了睡覺而回來）；～ルーム【bed-room】（名）臥室（＝しんしつ、ねま）。①⓪

ペット【pet】（名）寵愛的動物（多指貓、狗）；☆この猫は私のペットだ／這隻貓是我的心愛之物。①

べっとり（副）（黏着物）黏滿；☆壁に血糊（ちのり）がべっとり（と）ついていた／牆上滿都是血。③

べつのう【別納】（名・他サ）〔文〕另行繳納。⓪

ペッパー【pepper】（名）〔烹飪〕胡椒（＝こしょう）。①

べっぴょう【別表】（名）〔文〕另表；☆そのことは詳しく別表に出ている／那點已詳列在另表上。⓪

へっぴりごし【屁放腰】（名）①抬起屁股似站非站的姿勢；②〔喻〕缺乏信心；☆そんなへっぴりごしでは駄目だ／不要那樣前怕狼後怕虎似的。④③

べつびん【別便】（名）（後寄的）另一信件。⓪

べっぴん【別嬪】（名・形動ダ）美人；美麗；☆あの娘はなかなか別嬪だ／那個姑娘非常漂亮。⓪

べっぷう【別封】（名）〔文〕另一信封，另函；☆別封で出す／另函發送；☆別封の書類／另一信封内的文件，附寄文件⓪

***べつべつ【別別】**（副）分別，各別（＝わかれわかれ，それぞれ）；☆別々の室に寝る／各宿一室；☆別々の行動をとる／全部各別行動；☆口と腹とは別々だ／心口不一；☆物を別々にして置く／把東西分開放起來。⓪

べっぽう【別報】（名）〔文〕另一報導；☆別報によれば／據另一報導。⓪

へっぽこ（名・形動ダ）〔蔑〕拙笨，拙劣，笨漢，蠢貨；☆あんなへっぽこに食えるものか／那樣笨蛋怎能行呢；～やろう【へっぽこ野郎】（名）〔蔑〕笨蛋⓪

べつま【別間】（名）別室，分室，別的屋子（＝べつしつ、はなれ）。⓪

べつむね【別棟】（名）（與主房不連接的）另外一幢房子；☆別棟に住む／住在另外一幢房子。⓪

べつもの【別物】（名）①不同的東西②例外，特別（＝れいがい）；☆これだけは別物として扱（あつか）うべきだ／這個可要做例外處理。⓪

べつもんだい【別問題】（名）別的問題，不同的問題，另一回事；☆それは別問題です／那是另一個問題。③

へつらい【諂い】（名）奉承，阿諛；；☆あんなお諂いは嫌いだ／我討厭那樣的奉承；～もの【諂い者】（名）善於阿諛的人。③⓪

へつら・う【諂う】（他五）阿諛，諂媚；☆人に媚（こ）び諂う／諂媚於人。③

べつり【別離】（名）別離，離別；☆別離の情に堪（た）えず／臨別依依不捨①

ヘディング【heading】（名）→ヘッディング①⓪

ベテラン【veteran】（名）老手，老練家，老資格；資深的；☆その道のベテランになる／成為某一行的老手；☆ベテラン記者／老資格的記者。⓪①

ぺてん（名）欺騙，詐騙（＝だます）；☆人をぺてんにかける／騙人；☆ぺてんに掛けられる／受騙；～し【ぺてん師】（名）騙子手。⓪

へど【反吐】（名）嘔吐；嘔吐物；☆反吐を吐く／嘔吐；☆反吐が出る／噁心，作嘔；討厭。①②

ベトナム【Viet-nam】〔地〕越南。⓪

へとへと（副）非常疲乏貌；力盡筋疲貌；☆激（はげ）しい運動でへとへとになる／由於劇烈的運動，疲乏不堪；☆もうへとへとで歩けない／疲倦不堪，走不動了。⓪

べとべと（副・自サ）黏貌；☆汗でシャツがべとべとになる／出汗襯衣發黏；☆ジャムがついて手がべとべとする／果醬黏到手上發黏。①

へどもど（副・自サ）慌張貌；☆急に尋ねられてへどもどする／突然被問感到發慌；☆へどもどして答えならない／心裏慌張回答不出。①

へなちょこ【埴猪口】（名）〔罵〕無用的人，廢物。⓪

へなへな（副・自サ）①柔軟貌，易彎貌；☆へなへなした竹竿（たけざお）／柔軟易彎竹竿；②軟弱貌（＝よわよわしい）；☆ぐいと突かれてへなへなとくず折れる／被人一推軟軟癱癱地倒下去。①

ペナルティー【penalty】（名）①刑罰；②罰則；③罰款；～キック（ゴール）【penalty kick (goal)】（名）〔足球〕罰球點球。②

ペナント【pennant】（名）①細長三角旗；☆部屋の壁に早稲田大学のペナントを飾（かざ）っておく／在房間裏的牆壁上裝飾上早稲田大學的長三角旗；②〔棒球〕錦標，優勝旗；☆ペナント・レース／棒球錦標賽。①

べに【紅】（名）①臙脂；☆紅をつける／搽臙脂；②紅色，鮮紅色（＝べにいろ、くれない）；～しょうが【紅生薑】（名）紅薑，以梅醋醃的嫩薑。①

ペニー【penny】（名）〔紅〕（英國貨幣單位）便士（一先令的十二分之一，複數、ペンス）。①

べにさしゆび【紅差指】（名）第四指，無名指（＝くすりゆび）。④

ペニシリン【penicillin】（名）〔醫〕盤尼西林，青黴素。⓪③

ベニス【Venice】〔地〕威尼斯。①

ベニヤ（いた）【veneer（板）】（名）①（裝飾用木紋美麗的）薄板；②〔俗〕（以上述薄板數張貼膠合而成的）膠合板④

ベネズエラ【Venezuela】（名）〔地〕委内瑞拉。③

へのかっぱ【屁の河童】（名）〔俗〕蠻不在乎，不當一回事（＝へいき）；☆何と言われようとへのかっぱだ／不管別人說什麼蠻不在乎。①—⓪

へばりつ・く【へばり着く】（自五）黏上，貼上；☆やもりが壁にへばりついている／壁虎緊緊地貼伏在牆上；☆そう机にへばりついてばかりいないで、少し運動しなさい／不要死趴桌子上，要做一些運動。②④

へば・る（自五）①黏上，挨上（＝くっつく）；②極端疲乏，力盡筋疲；☆すっかりへばって動けない／力盡筋疲，動彈不得。②

へび【蛇】（名）〔動〕蛇；長蟲；☆蛇に嚙まれる／被蛇咬；◇蛇（じゃ）の道は蛇（が知る）／幹哪行的通哪行；めくら蛇に怖じず／初生的犢兒不怕虎；～つかい【蛇使い】（名）要蛇的人。①

ヘビー【heavy】（名・造語）重；～ウエート【heavy weight】（名）〔拳撃〕重量級（＝體重175 磅以上的選手）。②

ベビー【baby】Ⅰ（名）①嬰兒（＝あかんぼう）；☆ベビー用のベッド／嬰兒用的床；～シッター【baby sitter】（名）（雙親外出時）看管孩子者；②孩子氣的人；Ⅱ（造語）表示小的意思；☆ベビーカメラ／小型相機。①

へびいちご【蛇苺】（名）（植）蛇苺。③

ペプシン【德Pepsin】（名）〔化〕胃蛋白酶。①

ヘブライ【德Hebräer＝希伯來】（名）希伯來。①②

ペプラム【peplum】（名）（縫紉）女子西服掐腰處的裝飾摺襞。①

へへ（感）譏笑聲；☆へへ、どうだか怪しいもんですね／嘿嘿！靠不住吧。①

べべ（名）（兒）衣服（＝きもの）；☆まあ、奇麗なおべべだこと／唉呀，（你的）衣服真美呀！①

へべれけ（形動ダ）酩酊大醉，泥醉。①

へぼ（名）〔俗〕①（技術）不高明，拙笨（＝へた）；☆へぼ大工／笨木匠；☆へぼ医者／庸醫；②（果實等）結得不好；☆へぼ胡瓜（きゅうり）／長得不好的黃瓜。①

へま（名・形動ダ）①（腦筋）遲鈍，不機敏，拙笨；☆おいおい、お前は実にへまな男だ／唉唉，你實在是笨個人！；②不應有的過失，疏忽，錯誤；☆へまをして、どなられる／做錯了事挨申斥。①

ヘモグロビン【德 Hämoglobin】（名）〔醫〕血色素，血色蛋白（＝けっしきそ）。①

*へや【部屋】（名）屋子，房間；☆南向きの明かるい部屋／朝南的明亮 房間；☆部屋を取る／訂房間；～だい【部屋代】（名）房間費，房錢。②

へら【箆】（名）小竹板（匙狀），竹刀；☆糊（のり）は箆の樣な物でよく練ってつけるがよい／漿糊要用小竹板之類的東西調勻了再用才好。①

べら【遍羅】（名）〔動〕遍羅（魚）。①

*へら・す【減らす】（他五）減，減少，裁減，精簡；☆経費を減らす／縮減經費；☆人員（じんいん）を減らす／精簡人員。①

へらずぐち【減らず口】（名）①嘴硬②；

不住口，講歪理、呶呶不休；☆減らず口をたたくな／住口！瞎說什麼！①③

ぺらぺら（副・自サ）①語言流暢；☆立て続けにぺらぺらとまくし立てる／口若懸河似地說個沒完；②單薄鋭，☆薄いぺらぺらした着物／單薄的衣服。①

*ぺらぺら（副・自サ）①（外國話等）說得流暢貌；☆彼は英語はぺらぺらだ／他英語說得很流暢；②＝ぺらぺら。①

べらぼう【箆棒】（名・形動ダ）①愚蠢（＝おろか，ばか）；☆そんなべらぼうな話があるものですか／哪裏有那樣不合理的事（別胡說八道了）；②非常，很（＝はなはだしいさま）；☆べらぼうに高い値段／貴得沒邊兒的價錢。①

ベランダ【veranda】（名）露臺，涼臺；☆ベランダに出る／到涼臺上去。②①

べらんめえ（感）〔罵〕〔東京方言〕；☆べらんめえ口調で話す／用東京方言說話④

ヘリ【緣】（名）緣，邊兒（＝ふち，はし）；☆茶碗の緣／碗緣兒；☆帽子の緣／帽簷兒。②

―べり【緣】（造語）…邊，☆川べり／河邊；☆たたみべり／草蓆墊的布邊。

ヘリオトロープ【heliotrope】（名）〔植〕天芥菜屬的植物（其花可作香水）⑤

ペリカン【pelican】（名）〔動〕塘鵝。①

へりくだ・る【遜る】（自五）謙恭，謙遜（＝けんそんする）；☆遜った言い方／謙遜的 說法；☆遜って話をする／言語謙虛。①④

へりくつ【屁理屈】（名）似是而非的理論，謬論，歪理；☆すぐ屁理屈をこねる／一來就強詞奪理；☆それは屁理屈に過ぎない／那不過是歪理而已。②

ヘリコプター【helicopter】（名）直昇機③

ペリスコープ【periscope】（名）潛望鏡（＝せんぼうきょう）。①

ヘリウム【helium】（名）〔化〕氦。②

*へ・る【減る】（自五）減，減少；☆数量が減る／數量減少；☆僕は体重が減った／我的體重減少了／◇腹が減る／餓。①

*へ・る【経る】（自下一）經過；☆五年の年月を経て再会すう／經過五年之後重逢；☆台北から台中を経て昨日帰って来ました／從臺北經過臺中昨天刊來的；☆試験を経て入学する／經過考試入學。①

*ベル【bell】（名）電鈴，鈴；☆しきりにベルが鳴る／電鈴不住地響；☆ベルを押

す／按電鈴；☆電話のベル／電話鈴。①

ペルー【Peru】〔地〕秘魯。①

ベルギー【Belgium】〔地〕比利時。③

ペルシャねこ【Persia＋猫】（名）〔動〕波斯猫。④

*ベルト【belt】（名）①皮帶；ベルトを締（し）める／繫緊皮帶；②傳動帶；（＝バンド）☆車にベルトを掛（か）ける／把傳動帶掛在機輪上。①

ヘルニア【hernia】（名）〔醫〕赫尼亞，疝氣；☆ヘルニアで脱腸帶を掛けている／因爲小腸竄氣，繫着脱腸帶。②⓪

ベルベット【velvet】（名）天鵝絨（＝ビロード）。③

ヘルメット【helmet】（名）頭盔，盔形帽；安全帽；☆オートバイの運転には必ずヘルメットをかぶりましょう／騎機車一定要戴安全帽。③

ベルモット【法 vermout（h）】（名）苦艾葡萄酒。③

ベルリン【Berlin】〔地〕柏林。③①

ベレー【法 béret】（名）←ベレーぼう

～ぼう【béret 帽】（名）無縁的呢帽（頂上有一短穗突出），軟帽。①

ヘレニズム【Hellenism】（名）〔史〕希臘文化時期（從紀元前 336 年到紀元前30年古代歷史時期的假定名稱）。③

べろ（名）〔俗〕舌（＝した）；☆べろを出してごらん／吐出舌頭來。①→ヒロイズム。

ヘロイズム【heroism】（名）→ヒロイズム。

ヘロイン【heroin】（名）海洛英（麻醉劑）②

へろへろ（副・自サ）〔俗〕軟弱無力貌（＝ひょろひょろする）；☆あんなへろへろの球なら楽（らく）に打ち込める／那樣軟弱無力的球很容易砸下去。①

べろべろ（副・自サ）①舌舔貌；☆猫が子猫をべろべろ（と）嘗める／老貓舔小猫②大醉貌；☆酔ってべろべろになる／喝得酩酊大醉。①

ぺろり（副）①吐舌貌；舔貌；☆失敗してぺろりと赤い舌を出す／做錯了事伸伸舌頭；☆ぺろりと嘗める／伸出舌頭舔一下；②很快地吃完；☆二人前ぺろりと平（たい）らげる／把兩人份一下子吃光②③

ーへん【遍】（接尾）回，遍；☆二遍読む／唸兩遍。

へん【偏】（名）漢字的左邊；☆絹（きぬ）という字は糸偏だ／絹字的左邊是絲絲；つくり（旁）

へん【編】（名）編，編輯，編纂（＝へんさん）。①

へん【篇・編】（名）①卷，册；☆上（中、下）の篇／上（中、下）卷（册）；②篇；⑧一本；☆一篇の書を著す／著一本書。①

へん【辺】（名）①一帶，附近；☆その辺に郵便局はないか／那一帶有沒有郵局？☆この辺は不案内です／這附近（我）不熟悉；②程度，大致（＝くらい）；☆この辺で止めておこう／差不多就停止吧；⑧〔數〕邊；☆三角形の二辺の和（わ）／三角形的兩邊的和。⓪

*へん【変】（名・他ダ）①變，變化；②事件，事變，意外（＝できごと，じけん）☆万一の変に備える／準備萬一；③病人の容態に変があったら知らせてくれ／病人的病情倘有意外請通知我；③奇怪，☆変なにおいがする／有奇怪的氣味；☆変だと思う／覺得奇怪；④〔樂〕降音。

へん（感）①清清嗓子聲；②表示輕侮或不快聲；☆へん、馬鹿にしてらあ／哼，眞瞧不起人哪！①

ーぺん【遍】（接尾）回，遍（＝へん）；☆何遍（なんべん）言ったら分かるの？／説幾遍你才能明白呀？

べん【便】Ⅰ（名・形動ダ）方便，便利（＝べんり）；☆この土地は交通の便がよい／這個地方交通方便；☆ここからはバスの便がある／此處通公共汽車；Ⅱ（名）大小便；☆便を検査する／驗便。①

べん【弁・瓣】（名）①花瓣；☆この花は瓣が四枚ある／這花有四瓣；②活門，活閥（＝バルブ）；☆瓣をひねる／開閉活門，③心臟瓣膜。①

べん【弁・辯】（名）①能説，口才，辯才；☆あの人は弁が達者です／他能説善辯；②口音，腔調（＝なまり）；☆東京弁の男／東京口音的人。①

ーべん【遍】（接尾）回，遍（＝へん）；☆百遍（ひゃっぺん）／一百遍。

*ペン【pen】（名）鋼筆；◇ペンを折る／投筆停篇；～さき【ペン先】（名）鋼筆尖；～じ【ぺん字】用鋼筆寫的字；～じ

く【ペン軸】（名）鋼筆桿；～ネーム【pen name】（名）筆名。①

へんあい【偏愛】（名・他サ）偏愛；☆長男を偏愛する親／偏愛大兒子的父母。⓪

へんあつ【変圧】（名）〔電〕變壓，～じょ【変圧所】（名）〔電〕變壓所。⓪

へんい【変異】（名・自サ）①變異；☆爆発で火山に大きな変異が認められた／火山在爆發後顯出來很大的變化；②〔動・植〕變異，變易；～せい【変異性】（名）〔生物〕變異性。①

へんい【変移】（名・自サ）變移；☆背中の痛（いた）みの位置が始終変移する様です／脊背上病痛的位置彷彿常常變移①

へんい【変位】（名・自サ）〔理〕位移；～でんりゅう【変位電流】（名）〔電〕位移電流。①

べんい【便衣】（名）〔文〕便衣（＝ふだんぎ）。①

べんい【便意】（名）有要如廁的感覺；☆便意を催（もよお）す／有便意，要如廁①

へんうん【片雲】（名）〔文〕雲，斷雲（＝ちぎれぐも）。⓪

へんか【返歌】（名）回答的詩，答詩（＝かえしうた）。①

*へんか【変化】（名・自サ）①變化，改變；☆物事には必ず変化がある／事物必有變化，☆変化に乏しい小説／平淡無奇的小説，②〔語法〕（語尾的）變化（＝かつよう）；☆次の動詞の変化を言ってごらんなさい／請說一說下面動詞的變化①

ペンが【pen画】（名）鋼筆畫。⓪

*べんかい【弁解】（名・自サ）辯解，分辯（＝いいわけ，べんめい）；☆遅刻したことを弁解してはいけません／遲到了不必分辯；～しょ【弁解書】（名）辯解書⓪

へんかく【変革】（名・自他サ）變革，改革；☆制度を変革する／改革制度；☆技術上の変革／技術上的改革。⓪

へんかく【変格】（名）①〔文〕變則，變格；（＝へんそく）；②〔語法〕←へんかくかつよう；～かつよう【変格活用】（名）〔語法〕日語動詞的不規則變化。⓪

へんがく【扁額】（名）匾額，橫匾（＝こがく）。⓪

べんがく【勉学】（名・自サ）勤學，求學，用功；☆勉学にいそしむ／勤學苦練；☆孜孜（しし）として勉学する／孜孜求學。⓪

へんかん【返還】（名・他サ）返還，退還，歸還；☆領土を返還する／歸還領土⓪

へんかん【変換】（名・自他サ）改變，變換；☆方向を変換する／改變方向。⓪

べんき【便器】（名）便器，溺器（＝まる）；☆病人に便器を当てる／給病人放好便器。①

*ペンキ【荷 pek之訛】（名）油漆（＝ペイント）；☆ペンキを塗（ぬ）る／塗油漆；☆ペンキ塗りたて／油漆未乾。⓪

*べんぎ【便宜】（名・形動ダ）①方便，便利；☆入場の便宜を計る（与える）／給予入場的方便；②權宜；☆便宜の處置をする／權宜處置；～てき【便宜的】（形動ダ）權宜的；☆便宜的な方法／權宜的方法。①

へんきゃく【返却】（名・他サ）還，歸還，退還（＝かえす）；☆借金を返却する／還債；☆図書の返却が遅（おく）れる／還書誤期。⓪

へんきょう【偏狭】（名・形動ダ）①（土地）偏狹，偏窄；②（心胸）狹小，氣量小；☆偏狭で人を容れぬ／量小不容人；☆偏狭な人／量小的人；☆偏狭の考え方／思路狹窄；☆偏狭に過ぎる／過於小器⓪

へんきょう【辺境】（名）〔文〕邊境，邊疆；☆辺境の地／偏僻之地。⓪

*べんきょう【勉強】（名・自他サ）①學習，用功，努力；☆理化学を勉強する／學習物理化學；☆勉強の時間／學習時間；②〔俗〕賤賣；☆せいぜい勉強しますから買って下さい／大減價請購買。⓪

へんきょく【編曲】（名・他サ）〔樂〕編曲。⓪

へんきん【返金】（名・自他サ）還債，還賬，退款，還款；☆返金を催促する／逼債。⓪

ペンギン【penguin】（名）〔動〕企鵝①⓪

へんくつ【偏屈】（名・形動ダ）乖僻，頑固，彆扭，古怪；☆偏屈の男／乖僻的人；☆彼は偏屈なので、つきあいにくい／他性情彆扭，不容易交往。①

ペンクラブ【P.E.N. club】（名）①國際筆會，國際文藝家協會；②日本文藝家協會。③

へんげ【変化】（名・自サ）妖怪，妖精（＝ばけもの）。①

へんけい【変形】（名・自他サ）①變形；②改變了的形式。⓪

べんけいじま【弁慶縞】（名）經緯各用兩色線織出的方格花紋；☆弁慶縞の服地（ふくじ）／方格花紋的西服。⓪

へんけん【偏見】（名）偏見，僻見，偏執；☆偏見を持つ／懷有偏見。⓪

へんげん【片言】（名）〔文〕①片言（＝かたこと）；☆彼は片言隻語いやしくもせぬ／他一言一語都不苟且；②一面之辭；☆原告の片言のみでは何とも断言しがたい／僅憑原告一面之辭，難以斷言③⓪

へんげん【変幻】（名・自サ）〔文〕變幻；〜じざい【変幻自在】（名）〔文〕變幻自如。

*べんご【弁護】（名・他サ）辯護，辯解；☆如何に弁護しても無理は通らない／無論怎樣辯護，沒理的事也行不通；〜し【弁護士】（名）〔法〕律師，辯護士；〜にん【弁護人】（名）〔法〕辯護人，律師。1

へんこう【偏向】（名）〔文〕偏向；☆運動の偏向を糾（ただ）す／糾正運動的偏向。⓪

*へんこう【変更】（名・他サ）變更，改變，更改；☆外交政策の変更／外交政策的變更；☆出発の時刻を変更する／改變出發的時間；☆名義を変更する／變更名義。⓪

へんさ【偏差】（名）〔數〕偏差，偏度1

へんさい【返済】（名・他サ）還清，還債；☆債務を返済する／還債。⓪

へんざい【遍在】（名・自サ）遍在，普遍存在；☆その植物はアジアに遍在している／那一種植物在亞洲普遍存在。⓪

べんさい【弁済】（名・他サ）償還，還債；☆債務（さいむ）を弁済する／償還債務；☆未済の勘定至急弁済をお願いします／欠款希迅速歸還。⓪

べんざいてん【弁財天】（名）〔佛〕辯才天（司音樂、辯論、財福、智慧的女神，為七福神之一）（＝べんてん）。3

ペンさき【pen 先】（名）鋼筆尖，鋼筆頭。43

へんさん【編纂】（名・他サ）編纂；☆教科書を編纂する／編纂教科書；☆辞書の編纂を手伝（てつだ）う／協助編辭典⓪

へんし【変死】（名・自サ）（因災難、自殺等）橫死，死於非命；☆原因不明の変死を遂げる／原因不明地橫死。⓪

へんじ【片時】（名・副）片時，片刻，片

晌，暫時（＝かたとき）；☆片時も猶予（ゆうよ）出来ぬ／刻不容緩；☆寸刻片時を争う仕事をしている／做的是分秒必爭的工作。1

*へんじ【返事】（名・自サ）①答應，回答，回話（＝へんとう）；☆いくら呼んでも返事がない／怎麼叫也沒人答應；☆名を呼ばれたらすぐ返事（を）しなさい／叫到名時要立刻回答；②回信；回覆；☆手紙の返事はまだ来ませんが／上回的信，還沒來回信嗎？3

へんじ【変事】（名）變故（＝じけん）；☆変事が起こる／發生變故；☆変事に備える／防備意外。

べんし【弁士】（名）①講演者；②有口才的人，能說善辯的人；③無聲電影的解說人。1

へんしつ【変質】（名・自サ）①〔文〕變質；☆日に当たって薬品が変質する／藥品在日光下曬得變質；②精神異常；性質異常；☆変質者／有精神病的人。⓪

へんしゅ【偏執】（名）→へんしゅう。⓪

へんしゃ【編者】（名）編者，編輯人；☆百科辞典の編者／百科辭典的編者。1

へんしゅ【変種】（名）變種；☆林檎（りんご）の変種／蘋果的變種；☆変種が出来る／出現變種。⓪

へんしゅ【編首・篇首】（名）〔文〕篇首1

へんしゅう【偏執】（名）偏執，固執，成見；☆あの問題には僕は何の偏執もない／關於那個問題我並沒甚麼成見；☆偏執で頑固な人／堅持己見的頑固人。⓪

へんしゅう【編修】（名・他サ）編修；☆世界史を編修する／編修世界史。⓪

*へんしゅう【編輯・編集】（名・他サ）編輯；☆雑誌を編集する／編輯雜誌；☆スポーツ新聞の編集を担当する／擔任體育報紙編輯；〜にん【編集人】（名）編輯⓪

へんしょ【返書】（名）回信（＝へんしん）；☆返書が来た／來回信了；☆返書を出す／發回信。⓪

*べんじょ【便所】（名）廁所；☆便所は今塞（ふさ）がっている／廁所裏現在有人；☆便所へ行く／如廁。3

へんしょう【返照】（名・他サ）反照，反射；☆夕日が返照する／夕照；☆返照が強い／反射很強。⓪

へんじょう【返上】（名・他サ）奉還，歸還；☆日曜も返上して出勤する／連星期

天也奉還而上班。[0]

*べんしょう【弁償】（名・他サ）賠償；☆ガラスを割（わ）って弁償する／打壊玻璃，賠償損失，☆損害を弁償する／賠償損失；~きん【弁償金】（名）賠償費。[0]

べんしょう【弁証】（名・他サ）〔文〕辯證；~ほう【弁証法】（名）〔哲〕辯證法；~ほうてきゆいぶつろん【弁証法的唯物論】（名）〔哲〕辯證唯物論，唯物辯證法。[0]

へんしょく【変色】（名・自他サ）變色，褪色，落色，掉色，☆変色させない様にするには日向（ひなた）に出さないことです／要打算不叫它變色，最好別太陽曬著。[0]

へんしょく【偏食】（名・自サ）偏食；☆子供の偏食を直（なお）す／改正小孩偏食；☆偏食する子は、からだが弱い／偏食的小孩身體弱。[0]

べん・じる【弁じる】（自・他上一）→べんずる（弁ずる）。[0]

へんしん【返信】（名）回信（＝へんしょ）；☆返信が遅（おく）れる／回信遲了；~りょう【返信料】（名）復信費，復電報費。[0]

へんしん【変心】（名・自サ）變心，變節；☆変心して敵方につくものはいない／沒有變節投敵的人。[0][3]

へんじん【偏人・変人】（名）性情古怪的人；☆変人扱（あつか）いされる／被別人當作性情古怪的人看待。[3][0]

ベンジン【benzine】（名）揮發油，汽油（＝きはつゆ）。[1]

へんすう【変数】（名）〔數〕變數；↔ていすう（定数）；~ほう【変数法】（名）〔數〕變數法。[3]

へん・する【偏する】（自サ）偏，偏重（＝かたよる）；☆方向が北に偏する／方向偏北；☆一方に偏した意見は、とるに足らぬ／片面的意見不足採納。[3]

べん・ずる【弁ずる】（自・他サ）①辨別；②辦得到，中用。[0][3]

べん・ずる【弁（辯）ずる】（自・他サ）辯，分辯，辯解；☆労働者のレクリエーションの必要性について一席（いっせき）弁ずる／關於勞工的休閒活動的重要性作一番辯論；☆友達のために弁ずる／替朋友辯解。[0][3]

へんせい【変性】（名）變性，變質。[0]

へんせい【編成】（名・他サ）〔文〕編成，組織；☆部隊を編成する／組織隊伍；☆予算を編成する／編造預算。[0]

へんせい【編制】（名・他サ）編制，組織。[0]

べんぜつ【弁舌】（名）辯舌，口齒，口才；☆弁舌の下手（へた）な人／拙嘴笨顋的人，口才不好的人；☆弁舌爽（さわや）かにまくしたてる／能說善辯，口若懸河；☆弁舌を振（ふ）るう／滔滔不斷地講。[1][0]

へんせん【変遷】（名・自サ）變遷；☆漢語の変遷を調（しら）べる／調查漢語的變遷；☆河床が時とともに変遷する／河床逐漸變遷。[0]

ベンゼン【benzene】（名）〔化〕苯（＝ベンゾール）。[1]

へんそう【返送】（名・他サ）送回，送還；運回，寄回；☆荷物を返送する／把貨物（行李）運回；☆手紙を返送する／把信寄回。[0]

へんそう【変装】（名・自サ）化裝，改裝；☆彼は変装がうまい／他化裝巧妙；☆女に変装して危難を逃れる／化裝女人逃出危難。[0]

へんぞう【変造】（名・他サ）〔文〕僞造，竄改；☆小切手（こぎって）を変造する／竄改支票；☆変造貨幣を使う／使用僞造貨幣。[0]

へんそうきょく【変奏曲】（名）〔樂〕變奏曲。[3]

ベンゾール【德 Benzol】（名）〔化〕苯（＝ベンゼン）。[3]

へんそく【変則】（名・形動ダ）不合規則，不正常；☆これは変則的なやり方です／這不是正常的做法。[0]

へんそく【変速】（名・自サ）〔文〕變速；~き【変速器】（名）〔機〕變速器。[0]

へんたい【変態】（名・自サ）①變形，變態；☆氷は水の一変態である／氷是水的一種變形；②（動物在發育過程中的）變形；☆毛虫は変態して蝶（ちょう）になる／毛蟲一變態為蝴蝶；③（性慾等的）變態；~しんりがく【変態心理学】（名）變態心理學。[0]

へんたい【編隊】（名）編隊；☆六機編隊で飛ぶ／六架編隊飛行；~ひこう【編隊飛行】（名）編隊飛行。[0]

べんたつ【鞭撻】（名・他サ）〔文〕鞭撻，鼓勵，督促；☆大いに自ら鞭撻して、

将来の大成を期する／極力鞭策自己，以期将来有所成就；☆今後も相変らず御指導御鞭撻のほどを／今後仍請多加指教◎

ペンダント【pendant】（名）懸垂飾物，頸錬上的飾物。①

*ベンチ【bench】（名）①長凳，長椅，條凳；☆公園のベンチに腰掛（こしか）ける／坐公園的長凳上；②棒球選手席。①

ペンチ【pinchers 之訛】（名）剪鐵絲的鐵鉗。①

へんちきりん（形動ダ）〔俗〕奇怪，奇異，反常；☆へんちきりんの（な）ことばかり言う／淨說些奇怪的話；☆へんちきりんな服装／奇異的服装。◎

へんちくりん（形動ダ）〔俗〕→へんちきりん。◎

へんちょ【編著】（名）編著，編著的作品①

へんちょう【変調】（名・自他サ）情况異常，不正常；☆貿易は近来変調を来ている／貿易情况最近有些不正常。◎

へんちょう【偏重】（名・他サ）〔文〕偏重；☆学歴偏重の弊害を打破（だは）する／消除偏重學歷的弊害。◎

べんつう【便通】（名）大便（的排泄）；☆便通がない／沒有大便；☆便通をつけるには蜂蜜がよい／蜂蜜最能通便。◎

へんてこ（りん）（名・形動ダ）①奇怪，奇特，古怪（＝へんな）；☆彼の気分はへんてこです／他的性情很古怪；②不正常；☆二人の間がへんてこになる／兩個人的關係搞得不正常了。◎

へんてつ【変哲】（名）出奇，與衆不同，奇特；☆何の変哲もない平凡な話だ／是很平凡的沒有什麼出奇的話（事情）◎①

へんてん【変転】（名・自他サ）轉變，變化；☆事態が目まぐるしく変転する／情况瞬息萬變。◎

へんでん【返電】（名）回電，覆電；☆返電を打（う）つ／拍回電；☆いつ迄待っても返電が来ない／等了好久，也不來回電。◎

べんてん【弁天】（名）〔佛〕→べんざいてん。◎①

へんど【辺土】（名）邊疆，邊遠地方。①

へんとう【返答】（名・自サ）回答；回音（＝へんじ）。③

へんどう【変動】（名・自サ）變動，改變；☆相場が変動する／物價波動；☆少しも変動がない／一點兒變動也沒有。◎

*べんとう【弁当】（名）（裝在盒中的）簡單飯菜；☆弁当を持参する／自帶飯來；☆そろそろ弁当にしよう／該吃飯了吧；〜ばこ【弁当箱】（名）飯盒，裝簡單飯菜的盒子。③

へんとうせん【扁桃腺】（名）〔醫〕扁桃腺；〜えん【扁桃腺炎】（名）〔醫〕扁桃腺炎。◎

へんにゅう【編入】（名・他サ）〔文〕編入，插入；☆私はいよいよ騎兵に編入されます／我将被編入騎兵；☆今学期から新しく編入した学生／本學期新插班的學生。◎

ペンネーム【pen name】（名）筆名；☆ペンネームを使う／使用筆名。③

へんねんし【編年史】（名）〔文〕編年史，編年體的歷史。③

へんのう【返納】（名・他サ）〔文〕繳回，繳銷，奉還；☆運動具をクラブに返納する／把運動器械繳回倶樂部。◎

へんぱい【返杯・返盃】（名・自サ）還杯，回敬酒。◎

べんばく【弁駁】（名・他サ）〔文〕辯駁；☆弁駁の余地がない／沒有辯駁的餘地；〜しょ【弁駁書】（名）辯駁書。◎

べんぱつ【弁髪・辮髪】（名）男子的辮子。◎

へんぴ【辺鄙】（名・形動ダ）偏僻；☆辺鄙な所に住んでいる／住在偏僻的地方；☆辺鄙で閑静な家／僻静的住宅。①

べんぴ【便秘】（名・自サ）便秘；☆環境が変わると便秘する／環境一變就患便秘◎

へんぴん【返品】（名・自サ）退貨；☆雑誌の返品が多い／雜誌的退貨很多；☆悪ければ返品する／要是不好就退貨。◎

へんぷく【辺幅】（名）邊幅，外表；☆辺幅を飾（かざ）らぬ人／不修邊幅的人◎

ペンフレンド【pen friend】（名）筆友④

へんぺい【扁平】（名・形動ダ）〔文〕扁平；☆扁平な形／扁平形；〜そく【扁平足】（名）扁平足。◎

ぺんぺん（副）彈三弦的聲音；☆隣りの家ではいつもぺんぺん（と）やっている／隣居經常彈三絃；〜ぐさ【ぺんぺん草】（名）〔植〕薺（＝なずな）。①

べんぽう【便法】（名）〔文〕權宜的方法；☆便法を講ずる／採取權宜的方法；☆これはほんの一時の便法に過ぎない／這祇不過是暫時的權宜辦法。◎

へんぽん【返本】（名）退書（書店把賣剩的書籍退回出版社）；☆返本が多くて出版社が処置に困る／退回書籍很多，出版社苦於處理。◎

へんぽん【翻翻】（形動タルト）翻翻，飄揚；☆国旗が屋上（おくじょう）に翻翻と翻（ひるがえ）っている／房頂上國旗飄揚。◎

べんまく【弁膜】（名）〔解〕（心臓的）瓣膜。①◎

へんめい【変名】（名・自サ）變名，更名，改名；☆変名を使って逃げ隠（かく）れる／化名潛逃。◎

べんめい【弁明】（名・他サ）辯明，解釋；☆自分の採った態度について弁明する／關於自己所採取的態度加以辯明；☆弁明が足らない／解釋的還不够。◎

べんもう【鞭毛】（名）〔動・植〕鞭毛；～うんどう【鞭毛運動】（名）〔動〕鞭毛運動；～ちゅう【鞭毛虫】（名）〔動〕鞭毛蟲。

へんよう【変容】（名自・他サ）〔文〕變樣，改觀；☆卒業生を送り出してチームがすっかり変容した／畢業生走後，球隊就完全變了樣。◎

べんらん【便覧】（名）手册；☆旅行便覧を買って出発する／買一本旅行手册就出發了。◎

*べんり【便利】（名・形動ダ）便利，方便，便當；☆これは便利な台だ／這檯子很方便；☆交通が便利になった／交通方便了；☆なかなか便利にできている／用起來很方便。①

へんりん【片鱗】（名）〔文〕片鱗，一斑，片段；☆これからも彼の才能の片鱗がうかがえる／根據這一點就能看出他的才華的一斑。◎

へんれい【返礼】（名・自サ）回禮，答禮；☆贈り物に対する返礼／對於餽贈的回禮。◎③

べんれい【勉励】（名・自サ）〔文〕勤勉；☆刻苦勉励する／刻苦勤奮。◎

へんれき【遍歴】（名・自サ）〔文〕遍歷，周遊；☆諸国を遍歷する／周遊各國◎

へんろ【遍路】（名）〔佛〕朝山拜廟（的人）。①

べんろん【弁論】（名・自サ）辯論；☆被告（ひこく）のために弁論する／爲被告進行辯論；☆弁論に長ずる／擅長辯論；～かい【弁論会】（名）辯論會。①◎

ほ①五十音圖「は行」第五音，發音爲ho；
②〔字源〕平假名是「保」字的草體，片
假名是其右下部分。

*ほ【帆】（名）帆；☆船が帆を降（お）ろ
す／船收帆；尻（しり）に帆を掛ける／
〔喻〕一溜烟逃跑。◎1

*ほ【穗】（名）①〔植〕穗；☆麦の穗／麥
穗；②（物的）尖端；☆槍（やり）の穗
／矛頭，鎗尖；☆筆の穗／（毛）筆尖。

*ほ【步】（名）〔文〕①步；☆步を進める
／邁步；前進；☆…へ步を向ける／向…
邁進；②〔軍〕步兵。1

ぼ「ほ」的濁音，發音爲bo。

ぽ「ほ」的半濁音，發音爲po。

ボア【boa】（名）（毛皮或羽毛製）女子
用圍巾。1

ほあん【保安】（名）保安，公安；☆国内
の保安を維持する／維持國内的公安。◎

ほい（感）①發覺失敗時的驚嘆聲；☆ほい
、しまった／唉呀，糟糕了！②推、擡重
物時的吆喝聲；☆ほいさ、こらさ／唉嗨
！唉嗬！

ぼい（副）輕輕抛擲物貌；☆ぼいと屑籠（
くずかご）のなかにほうりこむ／（輕輕）
抛到紙簍裏。1

ーぼい（接尾・形）表示具有某種傾向的意
思；☆忘れっぽい／善忘的，健忘的；☆
水っぽい酒／水分很多的酒，薄酒；☆理
屈っぽい人／愛講理的人。

ホイール【wheel】（名）①輪，車輪；②
旋轉，廻轉。

ほいく【保育】（名・他サ）〔文〕保育；
☆園児（えんじ）を保育する／保育幼稚
園的兒童。1◎

ほいく【哺育】（名・他サ）哺育；☆乳兒
を哺育する／哺育嬰兒。1◎

ボイコット【boycott】（名）①抵制，拒
絕交易，排斥（外貨）；②拒絕服務，拒
絕供應；☆聯合抵制，聯合抵制外國貨物
或與之絕交。3

ホイスト【hoist】（名）〔機〕輕起重機，
昇降機，吊車。1

ホイッスル【whistle】（名）①警笛；②〔
運動〕（裁判員的）哨子。2

ボイラー【boiler】（名）鍋鑪。1

ボイル【boil】（名・他サ）（使）沸騰，
煮沸，煮。1

ボイルド【boiled】（造語）煮的；☆ボイ
ルドハム／煮火腿。

ぼいん【母音】（名）〔語言〕母音，元音
；☆日本語における母音はア、イ、ウ、
エ、オの五つである／日語中的母音有五
個，是ア、イ、ウ、エ、オ。◎

ぼいん【拇印】（名）〔文〕（大拇指的）
指紋印；手印（＝つめいん）；☆実印が
なければ拇印をおしてください／沒有正
式圖章，就請你蓋一個手印。◎

ポインセチア【poinsettia】（名）〔植〕
聖誕紅。4

ポインター【pointer】（名）〔動〕一種
獵犬，嚮導狗。2

ポイント【point】（名）①點；句點；☆
ポイントを打つ／加句點；②分數；☆ポ
イントを稼（かせ）ぐ／爭取得分；③〔
印〕磅（鉛字大小的單位）；☆九ポイン
ト活字で組む／用九磅鉛字排版；④〔撲
克牌〕S；☆ハートのポイント／紅心的
S；⑤〔鐵〕轉轍器；⑥小數點；⑦（物
的）尖端；⑧地點。1◎

*ほう【方】（名）①方，方向；☆左の方に
行く／往左邊走；☆こちらの方を見る／
往這邊看；②方形，平方；③方面；☆私
は会計の方をやっている／我做會計方面
的工作；☆私の方の間違いです／是我這
方面的錯誤；☆広告の方に金をたくさん
とられる／在廣告上花很多錢；☆碁の方
は彼にかなわない／論圍棋（我）不如他
；用於比較（在字面上譯不出來）；☆
黒より白の方がよい／白的比黑的好；☆
医者に見てもらった方がいい／最好是請
大夫診察一下；☆彼に話した方がいいだ
ろうか？／該不該告訴他哪？；☆…より
はむしろ…の方である／與其說是…勿寧
說是…；☆彼は、はたらくよりも遊ぶ方
だ／他閒着的時候比工作的時候多，他不
常做工作；☆あれは臆病の方だ／他有點
膽子小。1

*ほう【法】（名）①法，法律；法則；☆法

を守る／守法；☆法を曲げる／枉法；☆
法を犯す（に触れる）／犯法；☆それは
法に背く行為だ／那是違法的行為；②〔
佛〕法；☆人を見て法を説け／要看人説
法；③道理；☆それを打ち捨てておくと
いう法はない／沒有置諸不理的道理，（
你）不能置諸不理；☆法にはずれた／沒
有道理的；④礼法，礼節；☆法にかなう
／合乎礼法；⑤〔語法〕（動詞的）法，
式；⑥〔數〕法，除數。⓪

ほう【苞】（名）〔植〕苞。①

ほう【砲】（名）〔軍〕①砲，大砲；☆砲
を放つ／放砲；②←砲兵。①

*ほう【報】（名）〔又〕①通知，報導；☆
友人死去の報に接する／接到友人去世的
通知；☆…からの報によれば／據…方面
報導；②報，報應（＝むくい）。①⓪

ほう（感）吃驚或感嘆時發聲音～ほう、これ
はよく出来たね／噢，這可做得真好啊①

─ぼう【坊】（造語）①〔佛〕和尚（由僧
房之意轉爲對僧人的敬稱）；②〔表卑〕
人；☆いやしん坊／嘴饞的人，貪吃的人
；☆朝寝（あさね）坊／好睡早覺的人。

ぼう【忙】（名）〔文〕忙；☆忙中（ちゅ
う）閑（かん）あり／忙中有閑。

ぼう【坊】Ⅰ（名）①〔古〕東宮；②僧，
和尚；☆師の坊／師父；☆お坊さん／和
尚；③僧房；☆ふもとの坊／山根下的僧
房；④男孩子；☆坊（や）はよい子だな
／這孩子真乖；Ⅱ（代）〔兒〕男孩子的自
稱；☆坊（や）も行きたい／我也要去①

ぼう【某】（代）某；☆某銀行の某頭取（
とうどり）／某銀行的某行長；☆山田某
／一個姓山田的人；☆某という記者／某
某記者。①

*ぼう【棒】（名）①棒子，棍子；☆犬を棒
でたたく／用棍子打狗；②槓子；扁擔（
＝てんびんぼう）；☆棒をかつぐ／抬槓
子；挑扁擔；③（用筆畫的）線，槓子；
☆棒を引く／畫一道槓子，畫一道線；勾
消；☆違った箇所を棒で消（け）す／把寫
錯的地方畫一道線勾消；◇棒に振（ふ）
る，白白糟蹋；☆一生を棒に振る
／斷送一生；☆五万円を棒に振る／白白
浪費五萬塊錢；足が**棒のようになる**／兩
條腿（累得）像木頭一般；**棒ほど願って
針ほどかなう**／所望者厚得者薄。⓪

ほうあん【法案】（名）法案，法律草案；
☆法案を可決する／通過法律草案。⓪

ぼうあんき【棒暗記】（名・他サ）呆讀死
記，（不理解内容而）强記；☆棒暗記し
たものはすぐ忘れる／强記的東西馬上就
忘。③

ほうい【方位】（名）方位；☆コンパスで
方位を定める／用羅盤定方位。①

ほうい【包囲】（名・他サ）包圍；☆敵を
包囲する／包圍敵人。①

ほうい【法衣】（名）〔文〕（僧人的）法
衣，袈裟；☆法衣をまとう／披上法衣①

ぼうい【暴威】（名）〔文〕暴威，淫威；
☆台風が暴威を振るう／颱風逞起淫威；

ほういがく【法医学】（名）法醫學。③

ほういつ【放逸】（形動ダ）放逸，放蕩不
羈；☆彼の生活は放逸そのものだ／他的
生活簡直是放蕩不羈。⓪

ぼういん【暴飲】（名・他サ）暴飲；☆暴
飲と暴食は健康に悪い／暴飲暴食有礙健
康。⓪

ぼうう【暴雨】（名）〔文〕暴雨；☆暴雨
に会う／遇上暴雨。①

ほうえ【法会】（名）〔佛〕法会，佛事；
☆法会を行なう／做佛事。⓪①

*ぼうえい【防衛】（名・他サ）防衛，保衛
；☆国土を防衛する／保衛國土。⓪

ぼうえき【防疫】（名・他サ）〔醫〕防疫
；☆伝染病の流行を阻止（そし）するた
めに防疫の宣伝に努める／爲了杜絕傳染
病的流行而大力宣傳防疫。⓪

*ぼうえき【貿易】（名・自サ）〔經〕（進
出口）貿易；☆貿易を増進する／增進貿
易，擴大貿易；☆貿易を行なう／進行貿
易；☆東南アジア諸国と貿易する／同東
南亞各國（進行）貿易；～しょう【貿易
商】（名）貿易商；～ふう【貿易風】（
名）貿易風。⓪

ほうえつ【法悦】（名）①〔佛〕法悦；②
心曠神怡；☆その音楽を聞いて私は法悦
に浸（ひた）った／聽那個音樂聽得我心
曠神怡。⓪

ほうえん【方円】（名）〔文〕方圓，方形
和圓形；◇水は方円の器（うつわ）に従
い、人は善悪の友による／水隨方圓之器
，人隨善悪之友。⓪

ほうえん【砲煙】（名）砲烟；☆砲煙弾雨
の下をくぐる／穿過槍林彈雨。⓪

*ぼうえん【望遠】（名）〔文〕望遠；～き
ょう【望遠鏡】（名）望遠鏡；～レンズ
【望遠＋lens】（名）〔照相〕望遠鏡頭⓪

ほうおう【法王】（名）①〔宗〕教皇；☆ローマ法王／羅馬教皇；②〔佛〕如來。

ほうおう【法皇】（名）①（退位後）身入佛門的太上皇，法皇；②〔宗〕教皇。③

ほうおう【鳳凰】（名）鳳凰；～ぼく【鳳凰木】（名）〔植〕鳳凰樹。

ほうおん【報恩】（名）〔文〕報恩；☆報恩の念に燃（も）える／一心想報恩情。

ほうおん【忘恩】（名）〔文〕忘恩；☆忘恩の徒（と）／忘恩負義的人。0

ほうおん【防音】（名）防音；☆防音装置を施（ほどこ）す／安設防音裝置。0

ほうか【邦貨】（名）〔文〕①日本的貨幣；☆邦貨に換算する／折合爲日幣；②日本國貨，日貨。1

ほうか【放火】（名・自サ）〔文〕放火；☆その火事は放火だった／那個火災是放的火。0

ほうか【放歌】（名・自サ）放歌，高歌；☆放歌高吟する／放歌高吟。0

ほうか【放課】（名）下課，放學；☆放課後、野球の試合を行なう／放學後舉行棒球比賽。

ほうか【法科】（名）（大學）法學系，法科；☆法科を出る／法學系畢業。1

ほうか【法家】（名）①法律家；②（中國古時的）法家。1

ほうか【法貨】（名）〔經〕法幣。1

ほうか【砲火】（名）〔文〕砲火；☆砲火を浴（あ）びる／冒着砲火。1

ほうか【烽火】（名）〔文〕烽火（＝のろし）。1

ほうが【邦画】（名）①日本畫；②日本影片；（↔洋画）☆邦画専門の映画館／專放映日本影片的電影院。0

ほうが【萌芽】（名・自サ）〔文〕萌芽；☆萌芽を発する／發芽，萌芽。1

*ほうか【防火】（名）防火；☆消防士が防火に努める／消防隊員竭力防火。0

ほうが【忘我】（名）〔文〕忘己，不知有己，出神；☆忘我の境に浸（ひた）る／心曠神怡。1

ほうかい【崩壊（潰）】（名・自サ）〔文〕崩潰；☆堤防の崩壊／堤防的潰崩；☆計画が崩壊する／計劃失敗。

ほうがい【法外】（名・形動ダ）〔佛〕法外，教法之外；②格外，分外，過分，無法無天；☆法外な要求／分外的要求；☆法外に高い／格外地貴；☆それは全く

法外な事だ／那簡直是毫無道理。10

*ぼうがい【妨害】（名・他サ）妨害，妨礙（＝さまたげ）；☆交通を妨害する／防礙交通；☆進歩の妨害になる／成爲進步的障礙。0

ほうがい【望外】（名）望外；☆望外の喜び／喜出望外；☆それは望外の成功だ／那是出乎意料的成功。0

ほうかいせき【方解石】（名）〔礦〕方解石。3

*ほうがく【方角】（名）方向，方位；☆方角が分らなくなる／迷失方向，不知東南西北；☆火事はどちらの方角だ／失火是在哪個方向？0

ほうがく【邦楽】（名）日本古典音樂；☆邦楽の演奏を聞く／聽日本音樂的演奏0

ほうがく【法学】（名）法學，法律學；～はくし【法学博士】（名）法學博士。1

ほうかつ【包括】（名・他サ）〔文〕包括，總括；☆以上述べた事を包括すると…／把以上所述加以總括時…；☆包括的に述べる／總括地敍述。0

ほうかん【法官】（名）〔文〕法官，審判官；（泛指）司法官吏。0

ほうかん【砲艦】（名）〔軍〕砲艦（警備海岸、河川的小型軍艦）。0

ほうがん【包含】（名・他サ）包含；蘊藏；☆目下の情勢は危機を包含しているかに見える／目前的局勢似乎蘊藏着危機。0

ほうがん【砲丸】（名）①砲彈；②〔運動〕鐵球，鉛球；☆砲丸なげ／擲鐵球。0

ぼうかん【防寒】（名）防寒，禦寒；☆防寒の用意を整える／做好防寒準備。0

ぼうかん【傍観】（名）旁觀；☆突然の出来事に、一同はただ傍観するだけであった／因爲事出突然大家都束手無策了；～てき【傍観的】（形動ダ）旁觀的；☆傍観的態度をとる／採取旁觀的態度。0

ぼうかん【暴漢】（名）〔文〕暴漢，歹徒，兇漢；☆暴漢に襲（おそ）われる／遭受歹徒的襲擊，遇見兇漢。0

ほうがんし【方眼紙】（名）（製圖用）小方格紙。3

*ほうき【帚・箒】（名）箒，掃帚；☆箒で部屋をはく／用箒掃房間；◇箒で掃くほどある／多得很；～ぐさ【箒草】（名）〔植〕箒草，地膚；～ぼし【箒星】（名）〔俗〕掃帚星，彗星。10

ほうき【宝器】（名）〔文〕寶器。1

ほうき【法器】（名）〔佛〕①法器；②有信佛因緣的人。[1]

*ほうき【放棄】（名・自他サ）放棄，☆權利を放棄する／放棄權利。[1]

ほうき【蜂起】（名・自サ）蜂起，蜂擁而起；☆百姓があちこちで蜂起する／百姓在各地蜂擁而起。[1]

ほうぎ【謀議】（名・自サ）（犯罪行爲的）計畫，計議，陰謀；☆謀議に加わる／參加（犯罪行爲的）陰謀。[1]

ほうきゃく【忘却】（名・他サ）忘却，遺忘（＝わすれる）；☆前後を忘却する／忘其所以。[0]

ほうぎゃく【暴虐】（名・形動ダ）〔文〕暴虐；☆暴虐の限りを尽す／極盡暴虐之能事。[0]

*ほうきゅう【俸給】（名）薪俸，薪水，工資；☆俸給が上がる／增薪；～び【俸給日】（名）發薪日。[0]

ほうぎょ【崩御】（名・自サ）〔文〕駕崩（＝おかくれになる）。[1]

ほうきょ【暴挙】（名）①暴舉，暴行；☆暴挙に出る／動武；②作亂，☆暴挙を起こす／發生亂事。[1]

ほうぎょ【防禦】（名・他サ）防禦，☆防禦の位置に立つ／立於防禦地位。[1]

ほうきょう【豊凶】（名）〔文〕豐年和凶年，豐收和歉收；☆豊凶を判断する／判斷豐收還是歉收。[0]

ほうきょう【豊頬】（名）〔文〕豐頬，☆豊頬の美人／豐頬的美人。[0]

ほうきょう【望郷】（名）〔文〕望鄉，思鄉；☆望郷の念に堪（た）えない／不禁有思鄉之念。[0]

ほうぎょく【宝玉】（名）寶玉，貴重的寶石；☆宝玉をちりばめた箱／鑲滿了珠寶美玉的匣子。[0]

ほうぎん【放吟】（名・自サ）放吟，放聲高歌。[0]

ほうくう【防空】（名）防空，☆防空のために灯火管制を敷（し）く／爲了防空而實行燈火管制。[0]

ほうくん【傍訓】（名）〔文〕旁訓（在漢字旁邊加註假名以示讀法）。[0]

ほうくん【暴君】（名）①暴君，暴虐的君主；②〔轉〕任性的人；不講理的人；☆暴君ぶりを発揮する／（表現得）非常任性，蠻不講理。[0][1]

ほうけい【包茎】（名）〔醫〕包皮，包莖；☆包茎を手術する／割包皮。[0]

ほうけい【傍系】（名）旁系；☆傍系の親族／旁系親屬；☆あの会社は三井（みつい）の傍系だ／那家公司是三井的旁系公司。[0]

ほうげき【砲撃】（名・他サ）砲撃，開砲射撃；☆軍艦から砲撃する／從軍艦上開砲射撃。[0]

ほう・ける【惚ける】（自下一）精神恍惚，神志不清（＝ぼける）；図ほうく（下二）。[3]

ほうけん【奉献】（名・他サ）〔文〕恭獻，謹獻。[0]

ほうけん【封建】（名）〔文〕封建；しゅぎ【封建主義】（名）封建主義；～せいど【封建制度】（名）封建制度；～てき【封建的】（形動ダ）封建的。[0]

ほうげん【方言】（名）方言；☆郷里（きょうり）の方言で話す／用故郷的方言說話，打鄉談。[3]

ほうげん【放言】（名・他サ）①信口開河，隨便云云，失言；②（說）大話。[0]

*ほうけん【冒険】（名・自サ）冒険，☆命（いのち）がけの冒険をやる／冒生命的危險；～てき【冒険的】（形動ダ）冒険的；☆冒険的にやってみる／冒險試試。[0]

ほうげん【暴言】（名）粗暴的話，狂妄的話☆暴言を吐（は）く／說狂妄的話。[3][0]

ほうこ【宝庫】（名）寶庫，☆近東地方は石油の宝庫と言われている／近東地方被稱爲石油的寶庫。[1]

ほうご【反故】（名）＝ほご，ほうぐ。[1][3]

*ほうこう【方向】（名）方向，☆方向を誤（あやま）る／走錯方向，迷失方向；☆将来の方向を決める／決定將來的方向。[0]

ほうこう【彷徨】（名・自サ）〔文〕彷徨（＝さまよう）；☆街頭を彷徨する／傍徨街頭。

ほうこう【咆哮】（名・自サ）〔文〕咆哮，吼叫（＝ほえる）。[0]

ほうこう【奉公】（名・自サ）①（爲國）效勞，服務；☆これも国家への御奉公です／這也算是爲國家效勞；②傭工；☆娘を奉公に出す／讓女兒出外傭工；～にん【奉公人】（名）傭人，傭人（＝めしつかい）。[0]

ほうこう【放校】（名・他サ）〔文〕（由學校）開除；☆品行（ひんこう）の悪い学生を放校する／開除品行惡劣的學生。[0]

ほうこう【芳香】（名）〔文〕芳香；☆梅の花が芳香を放つ／梅花發出芳香；～ぞく【芳香族】（名）〔化〕芳香族。⓪

ほうごう【法号】（名）〔佛〕法號,法名,戒名。③

ほうごう【抱合】（名・自サ）〔文〕①相抱,擁抱(=だきあう)；②〔化〕化合⓪

ほうごう【縫合】（名・他サ）〔醫〕縫合(=ぬいあわせる)。⓪

ほうこう【膀胱】（名）〔解〕膀胱；☆膀胱が炎症を起こす／膀胱發炎。⓪

ほうこう【暴行】（名・自サ）①暴力行爲,暴行；☆暴行をはたらく／動武,使用暴力；②強姦；☆少女に暴行を加える／強姦少女。⓪

＊ほうこく【報告】（名・他サ）報告；☆事件のいきさつを報告する／報告事件的經過；☆まだ詳細な報告に接しない／還未接到詳細的報告。⓪

ほうこく【報国】（名）報國；☆報国尽忠の勇士／報國盡忠的勇士。⓪

ほうこく【亡国】（名）亡國；☆亡国の民(たみ)となる／成爲亡國奴。⓪

ほうさ【防砂】（名）〔文〕防砂；☆防砂のために植林する／爲了防砂而造林。①

ほうさい【亡妻】（名）〔文〕亡妻,已故之妻；☆明日は亡妻の一回忌である／明天是亡妻的一周年忌辰。⓪

ほうさい【防災】（名）防災；☆防災のために万全(ばんぜん)の対策を講じる／爲了防災研究萬全的對策。⓪

ほうさく【方策】（名）〔文〕方策；☆方策が尽きる／無計可施。⓪

＊ほうさく【豊作】（名）豐收；☆毎年豊作が続く／連年豐收。⓪

ほうさつ【忙殺】（名・他サ）〔文〕非常忙；☆近頃は仕事に忙殺されて散歩に出る暇もない／近來忙於工作連出去散步的工夫都沒有。⓪

ほうさつ【謀殺】（名・他サ）〔法〕謀殺,謀害；☆聞くところによると彼は人に謀殺されたそうだ／據說他被人謀殺了；☆謀殺の疑いが濃厚だ／謀殺的嫌疑很大⓪

ほうさん【硼酸】（名）〔化〕硼酸；～なんこう【硼酸軟膏】（名）〔藥〕硼酸軟膏⓪

ほうさん【坊さん】（名）和尚；☆坊さんがお経を上(あ)げる／坊さん唸經。⓪

＊ほうし【奉仕】（名・自サ）服務,效力；☆国家に奉仕する／爲國效勞；～ひん【奉仕品】（名）〔商〕廉價品；～ねだん【奉仕値段】（名）〔商〕特價。①⓪

ほうし【放恣（肆）】（名・形動ダ）〔文〕放肆,放縱；☆放恣な生活を送る／過放蕩的生活。①

ほうし【法師】（名）〔佛〕法師,和尚①

ほうし【芳志】（名）〔敬語〕好意；☆御芳志を深謝します／深謝你的好意。①

ほうし【胞子】（名）〔生物〕孢子。①

ほうじ【焙じ】（名）〔(ほうじる)的名詞形〕焙烤；～ちゃ【焙じ茶】（名）焙的茶。⓪③

ほうじ【邦字】（名）日本字；～しんぶん【邦字新聞】（名）日文報紙。①

ほうじ【法事】（名）〔佛〕法事,佛事；☆父の一周忌の法事を営(いとな)む／在父親的一周年忌辰做法事。⓪

＊ほうし【防止】（名・他サ）防止；☆伝染病の蔓延を防止する／防止傳染病的蔓延⓪

ほうし【某氏】（名）某人,某某先生；☆某氏の言によれば／據某人所說。①

＊ぼうし【帽子】（名）帽子；☆帽子をかぶる／戴帽子；☆帽子の庇(ひさし)／帽遮；☆帽子を阿弥陀(あみだ)にかぶる／把帽子戴在後腦殼上；☆帽子を取りなさい／請脱帽。⓪

ぼうじ【亡児】（名）〔文〕亡兒,已死的孩子；☆亡児のために墓碑を立てる／給亡児立一個墓碑。①

ぼうじ【房事】（名）房事；☆房事を慎(つつ)しむ／節制房事。⓪

ほうしき【方式】（名）①方式；☆一定の方式による／根據一定方式；☆君もこの方式に従ってやってくれ／請你也按這個方式來做；②手續；☆所定の方式を踏む／履行規定的手續。⓪

ぼうしつ【防湿】（名）防潮；☆壁の防湿を完全にする／把牆壁的防潮徹底做好⓪

ぼうじつ【某日】（名）某日。①

ぼうじま【棒縞】（名）直線條紋,黑豎條紋。⓪

ほうしゃ【放射】（名・他サ）〔文〕放射；☆ラジウムは絶えず放射線を放射している／鐳不斷地放射射線；～せい【放射性】（名）〔化〕放射性；～せいげんそ【放射性元素】（名）〔化〕放射性元素；～せん【放射線】（名）〔化〕射線；～のう【放射能】（名）〔化〕放射能。⓪

ほうしゃ【砲車】（名）〔軍〕砲車。①

ほうしゃ【報謝】（名・自サ）〔文〕①〔佛〕布施；☆御報謝を願います／請布施，布施；②報恩；☆報謝の念をもってはたらく／以報恩的心情勞動。[1]

ほうしゃ【硼砂】（名）〔化〕硼砂。[1]

ぼうじゃくぶじん【傍若無人】（名・形動ダ）〔文〕旁若無人；☆彼のふるまいは実に傍若無人だ／他的行爲眞是旁若無人。[0]

ほうしゅ【法主】（名）〔佛〕一個宗派的長老，法主。[1]

ほうしゅ【砲手】（名）〔軍〕砲手。[1]

ぼうじゅ【傍受】（名・他サ）〔無線〕從旁收聽。[1]

*ほうしゅう【報酬】（名）①報酬；②工資；☆報酬を日給で出す／按日薪給報酬[0]

ほうじゅう【放縦】（名・形動ダ）放縦，放肆；☆放縦な生活を送る／生活放縦，生活不規律。[0]

ぼうしゅう【防臭】（名）防臭；～ざい【防臭剤】（名）防臭剤。[0]

ほうしゅつ【放出】（名・他サ）〔文〕①放出，排出，噴出；②發放，（政府）出售，處理；☆貯えてあった物資を放出する／（政府）處理儲存的物資。[0]

ほうじゅつ【砲術】（名）砲術；☆砲術を習う／學習砲術。[0]

ほうじゅん【芳醇】（名・形動ダ）芳醇；☆芳醇な酒／芳醇的酒。[0]

ほうじゅん【豊潤】（形動ダ）豊潤[0]

ほうしょ【奉書】（名）←奉書紙（以桑科植物纖維製造的一種較厚的高級日本白紙）；☆式辞を奉書に書く／把致詞寫在「奉書」紙上。[0]

ほうしょ【芳書】（名）〔文〕（稱對方的來信）華翰，大札。[1]

ぼうじょ【防除】（名・他サ）〔農〕防除；☆病虫害を防除する／防除病蟲害。[1]

ほうしょう【法相】（名）法相，司法大臣[0]

ほうしょう【放縦】（名・形動ダ）〔文〕→ほうじゅう。[0]

ほうしょう【報奨】（名）〔文〕獎勵；☆報奨の意味で／爲了表示獎勵，從獎勵的意義出發；～きん【報奨金】（名）獎金[0]

ほうしょう【報償】（名・自サ）〔文〕①補償，賠償；☆…の報償として／作爲…的補償；②報復；～きん【報償金】（名）補償金，賠償金。[0]

ほうしょう【褒章】（名）獎章，獎牌。[0]

ほうしょう【褒賞】（名）褒奬，奬賞；奬品，賞品；☆褒賞を与える／給予奬品[0]

ほうじょう【方丈】（名）①方丈，一方丈；②〔佛〕方丈；住持。[0]

ほうじょう【褒状】（名）表揚狀；☆褒状を貰（もら）う／得表揚狀，受表揚。[0]

ほうじょう【豊饒】（名・形動ダ）豊饒；☆豊饒な土地／肥沃的土地。[0]

ぼうしょう【帽章】（名）帽徽；☆帽章をつける／帽子上釘上帽徽。[0]

ぼうしょう【傍証】（名）旁證；☆犯罪の傍証を固める／蒐集犯罪的旁證。[0]

ぼうじょう【棒状】（名）〔文〕棒状；☆棒状石鹼（せっけん）／條皂。[0]

ぼうじょう【暴状】（名）〔文〕橫暴行爲，橫暴的行徑（様子）；☆彼の暴状は近ごろ目に余るものがある／他的橫暴近來已經令人不能容忍。[0]

ほうしょく【奉職】（名・自サ）供職；☆私は本校に奉職して二十年になる／我在本校服務已經二十年了。[0]

ほうしょく【飽食】（名・自サ）〔文〕飽食；☆飽食暖衣の徒／飽食暖衣之徒。[0]

ぼうしょく【紡織】（名）〔文〕紡織；☆紡織工業を興す／發展紡織工業。[0]

ぼうしょく【暴食】（名・他サ）〔文〕暴食；☆暴食して腹をこわす／因暴食而傷腸胃。[0]

ほう・じる【奉じる】（他上一）①奉上，呈上；②奉；☆命を奉じる／奉命；☆外務省に職を奉じる／在外務省（外交部）供職；③信奉；☆キリスト教を奉じる／信奉基督教；④奉戴，擁戴；囡ほうず（サ）。[0]

ほう・じる【焙じる】（他上一）焙，烘，烤；☆茶を焙じる／焙（烤）茶葉；囡ほうず（サ）。[0]

ほう・じる【報じる】（自・他上一）①報，報答（＝むくいる）；☆恩に報じる／報恩；☆仇（あだ）を報じる／報仇；②〔文〕報告，報知（＝しらせる）；☆時刻を報じる／報時；☆事件の経過を本部に報じる／向本部報告事件的經過；囡ほうず（サ）。[3]

*ほうしん【方針】（名）方針；①〔文〕（羅盤的）磁針②方針；☆方針を立てる／樹立方針，規定方針；☆方針がはっきりしない／方針不明確；☆一定の方針に従って進む／根據一定方針進行。[0]

ほうしん【放心】（名・自サ）〔文〕①出神，發呆，精神恍惚，茫然自失；☆事の意外に放心する／因事出意外而茫然自失；②放心，安心。◻

ほうしん【芳心】（名）〔文〕好心，心意。

ほうしん【芳信】（名）〔文〕（稱對方的來信）大札，華翰。◻

ほうじん【邦人】（名）〔文〕①本國人；②日本人；☆ブラジル在住の邦人／僑居巴西的日本人。◻

ほうじん【法人】（名）〔法〕法人；～ぜい【法人税】（名）法人（所得）税。◻

ほうじん【傍人】（名）〔文〕旁人。◻

ほうず【方図】（名）〔俗〕（下接否定語）限度，邊際，範圍（＝かぎり）；☆人の欲望には方図がない／人的慾望無限；☆方図もない事を言う／説話不着邊際。◻

ぼうず【坊主】（名）①僧，和尚；☆なまぐさ坊主／不守清規的和尚，花和尚；☆坊主になる／當和尚，出家；②禿頭，光頭；☆坊主になる／把頭剃（剪）光；☆坊主に刈（か）る／剃光頭；③（常指自己的）男孩子；☆この坊主はもう六つになった／這孩子已經六歲了；◇坊主憎（にく）けりゃ袈裟（けさ）まで憎い／和尚可恨連袈裟也可恨（喻憎其人及其物）；坊主丸（まる）儲け／當和尚不需要本錢（喻不勞而獲）；～あたま【坊主頭】（名）禿頭，剃光的頭；～がり【坊主刈り】（名）（剪）光頭；☆坊主刈りにする／剪成光頭。◻

*ほうすい【放水】（名・自サ）①放水；②（爲救火）噴水；～ろ【放水路】（名）放水路，溢洪道。◻

ほうすい【豊水】（名）水量豐富；↔かっすい（渇水）。◻

ほうすい【防水】（名・他サ）防水；☆この上着は防水してあるから雨に会っても大丈夫だ／這件上衣是防水的，所以遇雨也不要緊。◻

ほう・ずる【封ずる】（他サ）封（疆土）；☆領土を封じて諸侯をたてる／封疆土建諸侯，封建；囡ほうず（サ）。◻◻

ほう・ずる【崩ずる】（他サ）（駕）崩；囡ほうず（サ）。◻◻

ほうすん【方寸】（名）①〔文〕一方寸；②方寸，心（＝こころ）；☆万事は私の方寸にある／一切都在我的心中。◻

ほうせい【方正】（形動ダ）〔文〕方正；☆品行（ひんこう）が方正である／品行端正。◻

ほうせい【法制】（名）法制；☆ローマ時代の法制を研究する／研究羅馬時代的法制。◻

ほうせい【砲声】（名）砲聲；☆はるかに砲声を聞いた／遠遠地聽到砲聲。◻

ほうせい【暴政】（名）〔文〕暴政，暴虐的政治；☆暴政を布（し）く／行暴政。◻

*ほうせき【宝石】（名）寶石；☆宝石を指環にちりばめる／把寶石鑲在戒指上。◻

ほうせき【紡績】（名）〔文〕紡紗；～いと【紡績糸】（名）①棉紗；②各種纖維的紗線；～きかい【紡績機械】（名）紡紗機器；～けんし【紡績絹糸】（名）用碎絲爲原料紡的絲線；～めんし【紡績綿糸】（名）棉紗，蔴紗。◻

ほうせつ【防雪】（名）〔文〕防雪；～りん【防雪林】（名）防雪林。◻

ほうせん【防戦】（名・自サ）防禦戰，抵禦；☆必死になって防戦する／拼命抵禦。◻

ほうせん【傍線】（名）（在字旁畫的）旁線；☆傍線を施す（引く）／畫上旁線（加以着重）。◻

ぼうぜん【呆然】（形動タルト）呆然；☆彼のずうずうしさに一同はただ呆然とするばかりだった／他那種厚顏無恥的態度使大家爲之目瞪口呆。◻

ぼうぜん【茫然】（形動タルト・副）①茫然；☆茫然としてなすところを知らず／茫然不知所措；②模糊；☆茫然たる態度／不明確的態度。◻

ほうせんか【鳳仙花】（名）〔植〕鳳仙花。◻

ほうせんちゅう【方尖柱】（名）〔文〕→オベリスク。◻

ほうそ【硼素】（名）硼。◻

ほうそう【包装】（名・他サ）包裝；☆包装が悪い／包裝得不好；☆厳重に包装する／牢實地包裝上；～し【包装紙】（名）包裝紙。◻

*ほうそう【放送】（名・他サ）〔無電〕廣播；☆放送を聞く／聽廣播；☆ニュースを放送する／廣播新聞；～きょく【放送局】（名）廣播電臺。◻

ほうそう【法曹】（名）法界的人（從事法律工作者的總稱，特指司法官員，也包括律師）；～かい【法曹界】（名）法界，

ほ

司法界。◎

ほうそう【疱瘡】（名）〔醫〕天花，天然痘；☆疱瘡を予防するために種痘する／爲了預防天花而種痘。①

ほうそう【妄想】（名）〔文〕→もうそう◎

ほうそう【暴走】（名・自サ）〔文〕狂跑（汽車、電車等）。◎

ほうそく【法則】（名）法則，規律；定律；☆これは自然の法則にかなっている／這合乎自然規律；☆万有引力の法則／萬有引力之定律。◎

ほうだ【滂沱】（形動タルト）〔文〕滂沱；☆涙が滂沱として下る／淚滂沱而下①

*ほうたい【繃帯】（名）〔醫〕繃帯；☆繃帯を巻く／纒繃帯。◎

—ほうだい【放題】（接尾）〔俗〕表示自由、隨便、毫無限制的意思；☆食べ放題／要吃多少就吃多少；☆したい放題の事をする／爲所欲爲，愛做什麼做什麼。

ほうだい【砲台】（名）〔軍〕砲臺；☆要塞に砲台を築く／在要塞修築砲臺。◎

ほうだい【傍題】（名・自サ）〔文〕副題，副標題。◎

ほうだい【厖大】（名・形動ダ）〔文〕厖大；☆あまりにも厖大な計画／過於厖大的計畫。◎

ほうだい【膨大】（名・自サ）〔醫〕膨脹，膨腫。◎

ほうたかとび【棒高飛】（名）〔運動〕撑竿跳；☆棒高跳の新記録を造る／創造撑竿跳的新記録。④③

ほうだち【棒立】（名・自サ）①木立不動，呆立；☆あまりにも意外な光景に棒立となる／由於情景過於出人意料之外，驚得木立不動；②〔馬等〕豎立；☆馬が棒立になる／馬以後足豎立。◎

ほうだら【棒鱈】（名）（去掉頭部和内臟而曬乾的）乾鱈魚。◎

ほうだん【放談】（名・自サ）〔文〕高談濶論，縱談，漫談；☆代議士が記者に対して車中で放談する／議員在火車中對記者高談濶論。◎

ほうだん【砲弾】（名）〔文〕砲彈；☆敵に砲弾を浴（あ）びせる／向敵人開砲◎

ほうだん【防弾】（名）〔文〕防彈；☆防弾チョッキ／防彈背心。◎

ほうち【放置】（名・他サ）置之不顧，放置（不理）；☆病人を治療せずに放置する／對病人不加治療而置之不顧。◎

ほうち【法治】（名）法治；～こく【法治国】（名）法治國。◎①

ほうちく【放逐】（名・他サ）〔文〕放逐，流放，逐出；☆国外に放逐する／逐出國外；②解雇。◎

ほうちゅう【防虫】（名）〔文〕防蟲；～ざい【防虫剤】（名）防蟲劑。◎

ほうちゅう【忙中】（名）〔文〕忙中；☆忙中閑（かん）あり／忙中有閑。①

ほうちゅう【傍註（注）】（名）〔文〕旁註；☆傍註をつける／加旁註。◎

ほうちょう【庖（包）丁】（名）①菜刀，切菜刀；☆肉に庖丁を入れる／用菜刀切肉；②廚師；③烹調，做菜的手藝；☆あの料理屋は庖丁がよい／那家菜館的菜做得好。◎

ほうちょう【防諜】（名）〔文〕防諜；☆防諜に万全を期する／設法嚴防間諜。◎

ほうちょう【傍聴】（名・他サ）旁聽；☆法廷で裁判を傍聴する／在法院旁聽審判案件。◎

*ほうちょう【膨脹】（名・自サ）①〔理〕膨脹；☆気体が熱によって膨脹する／氣體因熱而膨脹；②増加，擴大；☆都会の人口が年々膨脹する／都市的人口年年増加；☆工場が膨脹する／工廠擴大。◎

ぼうっと（副）①朦朧貌，模糊貌；☆頭がぼうっとなる／腦筋不清醒，腦子發暈；☆遠くの方は、ぼうっとして見えない／遠方模模糊糊看不清，②臉紅貌；☆恥ずかしさにぼうっと顔を赤らめる／腸得滿臉發紅。◎

ぼうっと（副）①身體發熱貌；☆身体がぼうっとほてってきた／身上感覺發熱呼呼的；②臉微紅貌；☆彼女の顔はぼうっと赤くなった／她的臉稍微發紅了。◎

ほうてい【法定】（名）〔文〕法定；☆出席者は法定の人数（にんずう）に達しなかった／出席者沒有達到法定人數；～でんせんびょう【法定伝染病】（名）〔法〕法定（必須呈報並隔離的）傳染病。◎

*ほうてい【法廷】（名）法庭；☆罪人を法廷に引き出す／把罪人提到法庭；☆今、法廷が開（ひら）かれている／法庭現在正在開庭。◎

ほうてい【捧呈】（名・他サ）〔文〕呈遞；☆新任大使が国書を捧呈する／新任大使呈遞國書。◎

ほうていしき【方程式】（名）〔數〕方程

式；☆方程式を立てる(解く)／設（解）
方程式。③

ほうてき【放擲】（名・他サ）〔文〕抛棄
，放棄，棄置不顧；☆万事を放擲して一
事に専心する／放棄一切專心於一事。◎

ほうてき【法的】（形動ダ）法律上的；☆
法的根拠を明白にする／明確法律上的根
據；☆法的義務を負う／負法律上的義
務。◎

ほうてん【奉奠】（名・他サ）〔文〕（向
神前）謹獻；☆玉串（たまぐし）を奉
奠する／向神前謹獻玉串（神道的一種儀
式）→たまぐし。◎

ほうてん【法典】（名）法典；☆法典を編
纂する／編纂法典；☆ナポレオン法典／
拿破崙法典。◎

ほうでん【放電】（名・他サ）〔理〕放電
；☆雷は雲と大地との間に起こる放電現
象である／雷是雲和大地之間發生的放電
現象。◎

ほうと【暴徒】（名）暴徒；☆武裝警察の
出動で暴徒は鎮圧された／由於武裝警察
的出動，暴徒被鎮壓下去了。①

ほうとう【放蕩】（名・自サ）放蕩，浪蕩
；☆彼は若い時随分放蕩をやった／他年
輕的時候很荒唐過；☆放蕩に身を持ちく
ずす／因生活浪蕩而身敗名裂。◎

＊**ほうどう**【報道】（名・他サ）報導；☆新
聞は毎日の出来事を報道する／報紙報導
每天的事件；☆国際ニュースは六時のニ
ュースで報道する／國際消息是在六點鐘
報告新聞時間報導。◎

ほうとう【冒頭】（名・自サ）〔文〕冒頭
，開頭；☆彼の演説は冒頭から人々を熱
狂させた／他的演說一開頭就受到人們的
熱烈歡迎。◎

ほうとう【暴投】（名・自サ）〔棒球〕胡
亂投球，暴投。◎

ほうとう【暴騰】（名・自サ）〔經〕（行
市）猛漲，暴漲；☆物価が暴騰する／物
價暴漲。◎

＊**ぼうどう**【暴動】（名）暴動；☆暴動を起
こす／掀起暴動。◎

ほうとく【報徳】（名）〔文〕報德，報恩
；☆報徳の念を抱く／有報德的心。◎

ぼうどく【防毒】（名）防毒（瓦斯）；～
マスク【防毒 mask】／防毒面具；
☆防毒マスクをかぶる／戴上防毒面具。◎

ぼうとく【冒瀆】（名・他サ）〔文〕冒瀆；

☆神の尊厳を冒瀆する／冒瀆神的尊嚴。◎

ほうにょう【放尿】（名）〔文〕小便，撒
尿；☆子供が道路で放尿する／小孩在道
路上小便。◎

ほうにん【放任】（名・他サ）放任；☆子
供のいたずらを放任する／放任孩子淘氣
；～しゅぎ【放任主義】（名）放任主義
；☆放任主義をとる／採取放任主義。◎

ほうにん【法認】（名・他サ）〔法〕法律
承認。

ほうねつ【放熱】（名・自サ）放熱，發散
熱氣；☆ラジエーターが放熱して部屋を
暖める／散熱器放熱使室内温暖。◎

ほうねん【放念】（名・自サ）〔文〕放心
，安心；☆何とぞ御放念下さい／（書信
用語）請釋錦念。◎

ほうねん【豊年】（名）豐年；☆雪は豊年
のきざし／瑞雪兆豐年。◎

ぼうねんかい【忘年会】（名）忘年會，年
終慰勞會。③

ほうのう【奉納】（名・他サ）〔宗〕（對神
佛）供獻，獻納；～じあい【奉納試合】
（名）（在祭祀神佛等時舉行的）慰神（
佛）的比賽（常指各種武術的比賽）。◎

ぼうばく【茫漠】（形動タルト）①廣漠，
遼濶；☆茫漠たる平原／遼濶的平原；②
模糊，渺茫；☆茫漠たる前途／渺茫的前
途；☆彼の意見は茫漠としている／他的
意見很模糊。◎

ぼうはつ【暴発】（名・自サ）①（槍砲的）
亂放，盲射；②（槍）走火；☆ピストル
の暴発／手槍走火。◎

ぼうはてい【防波堤】（名）（港灣的）防
波堤；☆防波堤を築く／修築防波堤。◎

ぼうはん【防犯】（名）防止犯罪；☆防犯
に万全（ばんぜん）を期す／想盡方法防
止犯罪。◎

ほうひ【包皮】（名）〔解〕包皮；☆包皮
を切る／割包皮。◎

ほうひ【放屁】（名・自サ）〔文〕出虛恭
；☆人前で放屁する／在人前出虛恭。①

＊**ほうび**【褒美】（名）〔文〕①褒獎，獎勵；
②獎賞，獎品；☆褒美に時計（とけい）
をやる／給錶作為獎賞；☆この本を褒美
に上げよう／這本書給你作為獎賞。◎

ぼうび【防備】（名・他サ）〔文〕防備；☆防備
を固くする／嚴加防備；☆無防備の都市
を攻撃する／攻擊不設防的都市。①

ほうびき【棒引】（名・他サ）①畫一道豎

ほ

線，畫一道豎道；②〔轉〕一筆勾消；☆借金を棒引する／把欠款一筆勾消。⓪

ぼうひょう【妄評】（名）妄評（常用於自謙）；☆妄評を多謝する／妄評之處請多原諒。⓪

*ほうふ【抱負】（名）抱負；☆大きな抱負をもって仕事を始める／懷很大的抱負開始工作；☆自信ありげに抱負を語る／滿懷信心地談抱負。①⓪

*ほうふ【豊富】（名・形動ダ）豐富；☆内容がきわめて豊富だ／内容極其豐富，☆知識や経験の豊富な人／知識和經驗都豐富的人；☆この地方は農産物が豊富である／這個地方農産物豐富。①⓪

ぼうふ【亡夫】（名）〔文〕已死的丈夫 ①

ぼうふ【亡父】（名）〔文〕已死的父親，先考，先父；☆亡父の遺言／先父的遺囑。①

ぼうふ【防腐】（名）〔文〕防腐；～ざい【防腐剤】（名）防腐劑；☆木材に防腐剤を塗る／在木材上塗防腐劑。①⓪

ぼうふう【防風】（名）①防風，防止風害；②〔植〕防風；～りん【防風林】（名）防風林。⓪

*ぼうふう【暴風】（名）暴風；☆船が暴風に遭う／船遇暴風；☆暴風が起こる／起暴風；☆暴風を突いて／冒着暴風；～う【暴風雨】（名）暴風雨。③

ほうふく【法服】（名）（法官或律師在法庭穿的）法衣。⓪

ほうふく【捧（抱）腹】（名）捧腹；～ぜっとう【抱腹絶倒】（連語・名・自サ）捧腹大笑，☆彼は満座の人々を抱腹絶倒させた／他使満座的人捧腹大笑。⓪

ほうふく【報復】（名・自サ）報復；☆敵に報復する／對敵人給以報復；☆報復手段に出る／採取報復手段。⓪

ほうふつ【彷彿・髣髴】（自サ・形動タルト）〔文〕①彷彿，相似；☆亡父の面影（おもかげ）に彷彿（と）している／與先父の面貌相似，令人聯想起先父的面龐；☆彷彿として今なお眼前にある／彷彿現在還在眼前；②模糊；☆島影（しまかげ）が彷彿（と）して見える／模模糊糊可以看見島影。⓪

ぼうぶつせん【放物線】（名）〔理〕抛物線；☆放物線を描いて落下する／（在空中）形成一個抛物線而墜落。⓪

ぼうふら【孑孑】（名）〔動〕孑孑（蚊子

的幼蟲）；☆水溜まりにぼうふらが湧（わ）く／水塘子裏生孑孑。⓪

ほうぶん【邦文】（名）日文；☆条約の正文は邦文並びに英文とする／條約以日文和英文爲正文；～タイプライター【邦文typewriter】（名）日文打字機。⓪

ほうぶん【法文】（名）法令的條文；☆法文に規定されている／在法令的條文中有規定；☆法文の精神にもとる／違背法令條文的精神。⓪

ほうへい【砲兵】（名）〔軍〕砲兵；☆砲兵陣地を布（し）く／布置砲兵陣地。①

ぼうへき【防壁】（名）〔文〕①防火防水等的牆壁；②〔轉〕防禦物；☆祖国の防壁となる／成爲祖國的干城。⓪

ほうへん【褒貶】（名・他サ）〔文〕褒貶；☆毀誉（きよ）褒貶を度外視する／把毀譽褒貶置諸度外。⓪

ほうべん【方便】（名）①〔佛〕方便；②權宜辦法，臨時手段；☆うそも方便／撒謊也是不得已的一種權宜辦法；☆目的を果すための方便／爲了達到目的的臨時手段；☆方便に使う／作爲一種手段使用①

ぼうぼ【亡母】（名）〔文〕已故的母親，先母，先妣。①

ほうほう【這這】（副）慌慌張張，倉皇失措；狼狽不堪；☆ほうほうの体（てい）で逃げ出す／狼狽不堪地逃跑，倉皇失措地逃走；☆皆から非難されて、ほうほうの体で引き下がる／受到大家的責難，狼狽不堪地退出（場）來。⓪

*ほうほう【方法】（名）方法，辦法；☆方法を立てる／確定方法；☆解決の方法を見出す／尋出解決的方法；☆何とも方法がつかない／毫無辦法。⓪

ほうほう【蓬蓬】（形動タルト）〔文〕蓬蓬，蓬亂；→ほうぼう。⓪

ほうほう【方方】（感）驅逐鳥獸的呼聲。

ほうぼう【方方】（名・副）各方，各處，到處；☆昨夜方々に火事があった／昨夜有很多地方失火；☆方々捜しまわる／各處尋找；☆方々の店で売っている／到處的商店都出售；☆方々でもてはやされる／到處受歡迎。①

ほうぼう【魴鮄】（名）〔動〕魚鮄，竹麥魚。③

ぼうぼう【茫茫】（形動タルト）茫茫；☆茫茫たる大海原（おおうなばら）／茫茫的大海；☆茫茫たる前途／茫茫的前途⓪

ぼうぼう【茫茫】（形動タルト）①蓬蓬，蓬亂；☆庭には草が茫茫と生えている／院子裏雜草叢生；☆髪を茫茫とのばす／頭髪長得亂蓬蓬；②（火）熊熊；☆火がぼうぼうと燃えあがる／火熊熊地燃燒起來。0 3

ほうぼく【放牧】（名・自サ）放牧（牛馬等）；☆牛を放牧する／牧牛。0

ほうまつ【泡沫】（名）泡沫；☆細かい泡沫が立つ／起細沫；☆泡沫のように消える／像泡沫一般消失。0

ほうまん【放漫】（名・形動ダ）散漫，鬆弛，不負責；☆放漫な生活／懶散的生活；☆銀行の貸出しが放漫である／銀行隨便放款，濫放款。0

ほうまん【飽満】（名・自サ）〔文〕吃飽，飽食；☆美食に飽満する／飽食佳饌0

ほうまん【豊満】（名・形動ダ）①豐滿，②（身體）豐盈，肥胖；☆豊満な肉体美／豐盈的肉體美。0

ほうみょう【法名】〔佛〕法名，戒名。0

ぼうみん【暴民】（名）暴民，作亂的人民0

ほうむ【法務】（名）①司法事務；法律事務；②〔佛〕有關佛法的事務；大寺院的庶務；〜しょう【法務省】（名）法務省（政府各部之一，相當於司法部）0

*ほうむ・る【葬る】（他五）①埋葬，葬埋；☆墓（はか）に葬る／葬埋在墳塋中；②〔轉〕葬送，斷送，棄而不顧；掩蔽，秘而不宣；☆世間から葬られる／被世人遺忘，落得無人過問；☆事件が闇（やみ）から闇に葬られる／事件在暗暗中被掩蔽起來，被掩蓋下去。3

ほうめい【芳名】（名）〔文〕大名，芳名；☆御芳名はかねてから承（うけたまわ）っております／久仰大名。0

ぼうめい【亡命】（名・自サ）亡命；☆海外に亡命する／亡命海外；〜せいふ【亡命政府】（名）亡命政府。0

*ほうめん【方面】（名）方面；☆北欧方面へ出張する／到北歐方面出差；☆問題をあらゆる方面から論究する／從各方面討論問題。0

ほうめん【放免】（名・他サ）釋放；☆罪人を放免する／釋放罪人；☆無罪放免になる／被認爲無罪而釋放。0

ほうもう【法網】（名）〔文〕法網；☆法網をくぐる／鑽法律的漏洞。0

ほうもつ【宝物】（名）寶物（＝たから）；☆家重代の宝物／傳家寶。0

ほうもん【法門】（名）〔佛〕法門，佛門0

ほうもん【砲門】（名）〔文〕砲門，砲口；☆一斉に砲門を開く／一齊開砲。0

*ほうもん【訪問】（名・他サ）訪問，拜訪；☆昨日友人の訪問を受けた／昨天有友人來訪；☆大使館に大使を訪問する／到大使館去拜訪大使；〜ぎ【訪問着】（名）會客的衣服（常指女子的顏色花樣鮮艷的和服）。0

ぼうや【坊や】（名）①對男孩子的愛稱；☆坊やは今年いくつ？／小弟弟你今年幾歲了？②＝ぼっちゃん。1

ほうやく【邦訳】（名・他サ）（日本人所指）譯成日文（的作品）；☆この小説は最近邦訳された／這篇小説最近譯成日文了；☆この小説の邦訳はまだ出ない／這部小説的日譯本還沒有出版。0

ぼうゆう【亡友】（名）亡友，已故的友人0

ほうよう【包容】（名・他サ）包容，容納，收容；☆五千人の聴衆を包容し得る会場／可以容納五千位聽衆的會場；☆彼には人を包容する雅量がない／他沒有容納人的雅量。0

ほうよう【抱擁】（名・他サ）擁抱，摟抱；☆母と子が相抱擁する／母子互相擁抱0

ほうよう【法要】（名）〔佛〕法事，佛事；☆法要を営（いと）む／作佛事。0

ぼうよみ【棒読み】（名・他サ）①（日本人以日本音）直讀（漢文）；②生硬地讀，不加抑揚頓挫地讀；照本宣科；☆式辞を棒読みにする／照本宣科地唸致詞。0

ほうらい【蓬萊】（名）①〔中國傳説〕蓬萊（仙島）；②＝ほうらいだい；③＝ほうらいかざり；④臺灣的異稱；〜かざり【蓬萊飾り】（名）慶祝新年用的一種裝飾物（白米方盤盛以大米、乾鮑魚、栗子、海帶、橙子等物）；〜だい【蓬萊台】（名）慶祝用的一種盆景（取形蓬萊仙島、配以松竹梅、鶴、龜，老人等）；〜まい【蓬萊米】（名）蓬萊米，臺灣大米0

ぼうらく【暴落】（名・自サ）〔經〕（行市）暴落；☆株（かぶ）が暴落する／股票暴落。0

ほうらつ【放埒】（名・形動ダ）放縱，放蕩；吃喝嫖賭；☆放埒な生活をする／生活放蕩；〜もの【放埒者】（名）浪子1 0

ぼうり【暴利】（名）暴利；☆暴利をむさぼる／貪圖暴利。1

ほ

ほうりき【法力】（名）〔佛〕法力，法的功德。①⓪

ほうりだ・す【抛（放）り出す】（他五）①抛出去，扔出去；☆鞄（かばん）から本を放り出す／從皮包中把書抛出去；☆馬車から放り出される／從馬車上甩下來；②抛棄，丟開，☆仕事を放り出す／把工作放棄不做；③〔轉〕開除，推出門外；☆学校を放り出される／被學校開除；☆雇い主（ぬし）に放り出される／（工人）被雇主解雇／開始抛，開始扔④

*ほうりつ【法律】（名）法律；☆法律を守る／守法；☆法律に明かるい／精通法律；☆法律に照らして処分する／按照法律給以處分；～こうい【法律行爲】（名）〔法〕法律行爲。⓪

ほうりゃく【方略】（名）〔文〕方略；☆方略を定める／制定方略。①⓪

ほうりゃく【謀略】（名）〔文〕謀略☆敵の謀略に引っ掛かる／中敵人謀略①⓪

ほうりゅう【放流】（名・他サ）①放出（河水等）；②放（魚苗）；☆川に稚魚（ちぎょ）を放流する／往河裏放魚苗。⓪

ほうりょう【豊漁】（名）（捕魚的）豐收，漁獲量大；☆漁師（りょうし）が豊漁を祝う／漁民們慶祝豐收。

*ぼうりょく【暴力】（名）暴力，武力；☆暴力に訴える／訴諸武力；☆暴力を振るう／使用暴力；☆暴力によって達成（たっせい）する／用暴力達到目的；～だん【暴力団】（名）暴力團體，匪幫。①⓪

ほうりん【法輪】（名）〔佛〕法輪。⓪

*ほう・る【放る（抛る）】（他五）①抛，扔；☆石を抛る／扔石頭；☆窓の外へ放る／抛出窗外；②棄而不顧，放棄，不加理睬；☆仕事を放っておく／把工作放下不做；☆そんな面倒な事は放っておきましょう／那麼麻煩的事先不要管它吧，先擺一擺吧；☆放っておいたら、あいつは何をするか知れない／要是不管的話，說不定他搞出什麼名堂來；☆放って相手にするな／不要理他。

ほうれい【法令】（名）法律和命令，☆法令によって定められた行為／法令規定的行爲。⓪

ぼうれい【亡霊】（名）①亡靈；☆亡霊を慰める／慰在天之靈；②鬼；☆あの家は亡霊が出るそうだ／據說那所房子鬧鬼。⓪①

ほうれつ【砲列・放列】（名）①〔軍〕（準備發射的）一排砲，排砲；☆砲列を敷く／把大砲排成一排；②〔轉〕（準備拍照的）一排（相機）；☆カメラの放列を敷く／照相機排成一排（等待拍照）。⓪

ほうれんそう【菠薐草】（名）〔植〕菠菜③

ほうろう【放浪】（名・自サ）放浪；流浪；☆諸国を放浪する／在各地流浪；☆放浪生活をする／過流浪的生活。⓪

ほうろう【報労】（名）〔文〕酬勞；～きん【報労金】（名）酬勞金。⓪

ほうろう【琺瑯】（名）①搪瓷；②搪瓷製品；～しつ【琺瑯質】（名）〔解〕（牙的）琺瑯質；～びき【琺瑯びき】（名）搪瓷製品。⓪

ぼうろう【望楼】（名）望樓，瞭望塔；☆望楼から火災を発見する／從瞭望塔上發現失火的地方。⓪

ほうろく【焙烙】（名）砂鍋☆焙烙で胡麻（ごま）を炒（い）る／用砂鍋炒芝麻④③

ほうろく【俸禄】（名）〔文〕俸祿。①⓪

ぼうろん【暴論】（名）暴論，謬論；☆暴論を吐く／發謬論。⓪

ほうわ【法話】（名）〔佛〕法話，關於佛法的談話。⓪

ほうわ【飽和】（名・自サ）〔化〕飽和；☆湿度が飽和に達する／濕度達到飽和；☆人口が飽和状態になる／人口達到飽和狀態；～てん【飽和点】（名）飽和點⓪

ポエジー【法 poésie】（名）①詩；②詩意。①

ポエム【poem】（名）詩，韻文。①

*ほ・える【吠（吼）える】（自下一）①（犬）吠，叫；（獸、風等）吼；☆犬が人に吠える／狗向人吠叫；☆風が吼える／風吼；②〔俗〕哭（＝なく）；咆哮；◊吠える犬は咬（か）まない／狂吠的狗不咬人；〔喻〕有實力的人不外露。②

ほお【朴】（名）〔植〕樸。①

*ほお【頰】（名）頰，臉蛋；☆恥かしさに頰を赤らめる／臊得兩頰通紅；☆病気で頰がこける／病得兩頰消瘦；☆おいしくて頰が落ちそうだ／非常好吃，香得很①

*ボーイ【boy】（名）①男孩，少年，童子；②（少年或男子）僕人，茶房；～スカウト【boy scout】（名）童子軍；～フレンド【boy friend】（名）男朋友①⓪

ボーイッシュ【boyish】（名・形動ダ）女性的男性化的（服裝，性格等）。①③

ほおえ・む【頰笑む】（自五）→ほほえむ③

ポーカー【poker】（名）〔遊戲〕撲克（撲克牌遊戲之一種）～フェース【poker face】（名）沒有表情的臉。①

ほおかぶり【頬被り】（名・他サ）①用手巾等包住頭臉（只露眼睛，以使人分不清是誰）；☆あの泥棒確か手拭い（てぬぐい）で頬被りしていた／那個小偸我記得是用手巾把頭臉包起來的；②〔轉〕佯作不知；☆自分に都合（つごう）の悪い事は頬被りで過ごす／對自己不利（不便）的事情就假裝不知道混過去。③

ボーカリスト【vocalist】（名）〔樂〕聲樂家，歌手。

ボーキサイト【bauxite】（名）〔礦〕鐵礬土。④

ホーク【fork】（名）（吃西餐用的）叉子，肉叉（＝フォーク）。①

ボーク【baulk,balk】（名・自サ）①障礙，妨礙；②〔棒球〕（投手的）假動作，③〔運動〕波克（跳遠等的跳者欲跳而又中止）。①

ポーク【pork】（名）猪肉。①

ほお・ける（自下一）起毛（＝けばだつ）；☆オーバーが古くなったのでだんだんほおけて来た／大衣穿舊了所以漸漸地起毛了。③

ボーゲン【德 Bogen】（名）〔滑雪〕全制動廻轉。

ほおじろ【頬白】（名）〔動〕黄道眉（一名白頬鳥）。⓪

ホース【hose】（名）水龍蛇管，軟管，膠皮管。①

ポーズ【pause】（名）休止，停頓；☆ポーズをおく／停一停。①

ポーズ【pose】（名）①（常指人在繪畫、照片、雕刻、舞蹈等中的）姿勢；☆ポーズをつける／替某人擺姿勢（以備照相等）；☆このポーズはなかなか美しい／這個姿勢很美；②姿勢；☆ポーズを取る／作姿態，假裝。①

ホースアウト【force out】（名）〔棒球〕封殺，逼死。④

ほおずき【酸漿】（名）〔植〕酸漿（一種茄科植物，夏季結球形果果，其皮色紅，女孩子用作玩具，去其内瓤，將其球形外囊放在口中，以舌壓之則響。⓪

ほおずり【頬擦り】（名・自サ）貼臉，以臉擦臉；☆子供に頬擦り（を）する／跟孩子貼臉，跟孩子親一親。④

ポーター【porter】（名）（火車站，機場等的）搬運工人。①

ボーダーライン【border line】（名）界線，邊界線。⑤

ポータブル【portable】（名）①可以携帶；②手提式；☆ポータブル蓄音器／手提式唱機。①③

ポーチ【porch】（名）〔建〕門廊，門前停車廊。①

ほおづえ【頬杖】（名）(兩肘墊在桌上以兩手)托腮；☆頬杖をついてじっと考え込む／兩手托腮凝思。③

*ボート【boat】（名）小舟，小艇；☆湖（みずうみ）でボートを漕（こ）ぐ／在湖中划船～レース【boat race】（名）划船競賽。①

ボードビル【美 vaudeville】（名）輕鬆喜劇，通俗喜劇。④①

ポートレート【portrait】（名）肖像，肖像畫；肖像照片。⑤

ポートワイン【port wine】（名）葡萄酒④

ボーナス【bonus】（名）①特別紅利，花紅；②獎金，資金；☆ボーナスをもらう／領獎金；☆職員に年末のボーナスを支給する／對職員發給年終獎金。①

ホーバークラフト【hovercraft】（名）氣墊船。

ほおば・る【頬張る】（他五）①大口吃，把臉塞滿；☆肉をロ一杯頬張る／吃一大口肉，嘴裏塞滿了肉；②吃；☆菓子を頬張る／吃點心。③

ほおひげ【頬髭】（名）腮鬚，連鬢鬍子；☆頬髭のある人／連鬢鬍子的人。①

ホープ【hope】（名）①希望；②屬望的人物；☆彼は我が文壇のホープだ／他是我們文藝界最有前途的人，是我們文藝界所屬望的人。①

ほおべに【頬紅】（名）臙脂；☆頬紅をつける／搽臙脂。③

ほおぼね【頬骨】（名）〔解〕顴骨；☆頬骨の張った人／高顴骨的人。①④

ホーマー【美 homer】（名）〔棒球〕全壘打，返壘球。①

*ホーム【home】（名）①家，家庭；（常指）自己的家；☆ホームに帰る／回家；②本國，故鄉；③休養所，招待所；☆海員ホーム／海員之家；④〔棒球〕本壘；⑤〔運動〕決勝點，終點；～イン【home in】(名・自サ)〔棒球〕回到本壘

ほ

,生還;~グラウンド【home ground】（名）①故郷;根據地;②〔棒球〕（球隊自己的或本地的）球場;~シック【home sick】（名）思鄉病,想家;☆ホームシックになる／想家;~スチール【home steal】（名）〔棒球〕盜本壘,偷返本壘;~ストレッチ【home stretch】（名）〔運動〕（徑賽場靠近決勝點的）直線跑道;~スパン【homespun】（名）以手紡毛線織成的西服料;~ドレス【home dress】（女子的）家庭服,簡便的女裝;~プレート【home plate】（名）〔棒球〕本壘;~ベース【home base】（名）〔棒球〕本壘（=ホームプレート);~メード【home made】（名）家製,手工製作;~ラン【home run】（名）〔棒球〕全壘打。[1]

ホーム（名）〔←プラットホーム〕（火車站的）月臺;☆ホームを出る／走出月臺[1]

ポーラ（一）【poral】（名）一種做夏服的毛料。[1]

ポーランド【Poland】〔地〕波蘭。[3]

ポーリング【boring】（名）①鑽孔;②（石油等的）鑽探,試鑽。[1][0]

ボーリング【bowling】（名）〔遊戲〕保齡球。[1][0]

ホール【hall】（名）①大廳;☆階下のホールには人が大勢集まっている／很多人集中在樓下的大廳裏;②（有舞臺和觀覽席的）會場,會館。[1]

*ボール【ball】（名）①球;☆ボールを取って来い／把球拿來吧;②〔棒球〕壞球;☆ボールになる／（投手）把球投歪;~ベアリング【ball bearing】（機）滾球軸承;~（ポイント）ペン【ball（point）pen】（名）圓珠筆,原子筆。[0]

ボール【bowl】（名）〔食器〕鉢,盆,盤,大碗。[1]

ボール【board】（名）←ボールがみ;~がみ【board紙】（名）紙板,厚紙。[0][0]

ポール【polo】（名）①竿,柱;☆ポールにするると旗が上げられた／旗竿上很快地升上了旗;②（電車頂上的）觸電桿;③桿（長度名,五碼半）;④〔運動〕（撐竿跳的）竿;☆ポールがバーに触れる／竿撞到橫木上。[1][0]

ポール【pole】（名）①（南北）極,極地;②〔理〕電極,磁極。[1][0]

ボーロ【葡bolo】（名）（以麵粉、鷄卵、白糖爲原料烤製的）一種鬆餅。[0]

ほおん【保溫】（名・自他サ）〔文〕保溫;☆体の保温に留意する／注意身體的保溫;☆部屋を保温する／保持室內溫暖。[0]

*ほか【外】（名）①外部,別處;☆外ではずっと安く売っている／別處賣的可便宜得多;☆外から来た人／從外部（別處）來的人;②另,別,他,外;☆これは外の人の帽子だ／這是別人的帽子;☆外に説明のしようがない／另外沒有方法說明;☆君の外に頼る人がない／除你以外（我）沒有可以依賴的人;☆風邪を引いている外は悪い所はない／除了感冒以外沒有什麼病;◇外でもない／不是別的,主要的是;☆外でもない、今始めなければ間に合わないからだ／主要是因爲現在不開始就來不及了;外ならぬ／（用於句首表示不容忽視的重要事物）既然是;☆外ならぬ君の事だから必ず助けてあげる／既然是你我一定幫忙;…する外はない／只有,☆こうなったら餓死する外はない／這樣一來就只有餓死了;…に外ならない／不外,無非,等於;☆石炭は石の一種に外ならない／煤無非是石頭的一種;☆今日の成功をみたのは絶えない努力の結果に外ならない／得到今日的成功,不外是不斷努力的結果;☆相手の挑戦に応じないということは負けたことに外ならない／不響應對方的挑戰就等於輸了。[0]

ほかく【捕獲】（名・他け）〔文〕捕獲;☆鯨を捕獲する／捕鯨。[0]

ほかけ【帆掛】（名）←ほかけぶね;~ぶね【帆掛船】（名）帆船。[0][3]

ほかげ【火（灯）影】（名）〔文〕①火光,燈光;☆山に登ると町の火影がちらほら見える／到山上可以看見城市裏的點點燈光;②燈影,人影;☆窓に映った灯影は母にそっくりだ／照在窗上的人影和母親一模一樣。[2][1]

ほかげ【帆影】（名）帆影,遠帆。[2][1]

ぼかし【暈し】（名）〔（ぼかす）的名詞形〕（顏色的）漸濃漸淡,暈色;（明暗界限的）朦朧,模糊;☆写真をぼかしにする／使照片的四周明暗界限模糊不清[3]

*ぼか・す【暈す】（他五）①暈色,烘托使顏色的界限漸濃漸淡,使明暗的界限模糊不清;☆この絵の背景はぼかし方が斑

（まだら）だ／這幅畫的背景烘托得不勻；②〔轉〕使（語言、態度等）曖昧，使模稜兩可；☆彼は言を左右にして自己の主張をぼかしている／他左右其詞不表明自己的主張。

ほかならない【外（他）ならない】（連語）→ほか。4

ほかならぬ【外（他）ならぬ】（連體）→ほか。4

ぼかぼか（副・自サ）＝ぽかぽか①。1

ぽかぽか（副・自サ）①溫暖貌；☆春の日はぽかぽかと地面を照している／春天的太陽暖暖地照在大地上；☆しばらく火に当っていると体がぽかぽかして来る／烤一會兒火身上就暖和起來了；②連續（叩，打）貌；☆頭をぽかぽかとなぐる／噼噼啪啪地打腦袋；☆そうぽかぽか休まれては困る／〔俗〕你那樣接二連三地歇工可不行。1

*ほがらか**【朗らか】（名・形動ダ）①（天氣）晴朗；☆朗らかな天気／晴天；②（聲音）嘹亮；☆朗らかな声／響亮的聲音；③（心情）快活，舒暢；☆朗らかに笑う／快活地笑；☆朗らかな顔／愉快的神色。2

ほかん【保管】（名・他サ）保管；☆貴重品を保管する／保管貴重物品；☆金を会計に保管する／令會計保管金錢。0

ぼかん【母艦】（名）〔軍〕航空母艦，潛水母艦的總稱；☆戦闘が母艦を離れる／戰鬥機從母艦起飛。0

ぽかん（副）①發呆貌；☆ぽかんとしていないで仕事をしなさい／別在那裏發呆快去工作吧；②叩打貌；☆不意にぽかんと頭を殴る／冷不防的一聲打腦袋。

ぼき【簿記】（名）簿記；☆簿記を習う／學習簿記；☆簿記をつける／記帳。01

ボギーしゃ【bogie車】（名）〔鐵〕轉向車。2

ほきだ・す【吐き出す】（他五）〔方〕＝はきだす。0

ぽきぽき（副・自サ）〔擬聲〕折樹枝聲；☆枝をぽきぽき折って火にくべる／嘎嚓嘎嚓折斷樹枝扔在火裏。1

*ほきゅう**【補給】（名・他サ）補充，供應；☆ガソリンを補給する／補充汽油，加油；☆資金の補給が絶える／資金供應不上。0

*ほきょう**【補強】（名・他サ）補強，增強

；加強；☆新入選手でチームを補強する／以新來的選手來加強球隊。0

ぼきん【募金】（名・自サ）募捐；☆募金に応ずる／答應募款，捐款。0

ほきんしゃ【保菌者】（名）〔醫〕保菌者，帶菌者，病媒。2

ぼく【僕】（代）（主要是男子用於不客氣的場合）；☆君が行くなら僕も行く／你要是去我也去；☆君と僕の間だから忠告してやったのだ／因為我跟你不客氣所以才給你提了意見。10

ほくい【北緯】（名）〔地〕北緯。12

ほくおう【北欧】（名）〔地〕北歐，北部歐洲。0

ほくが【北画】（名）（中國的）國畫（特指北宗）。0

ぼくが【墨画】（名）〔文〕墨畫，水墨丹青畫（＝すみえ）。0

ボクサー【boxer】（名）〔運動〕拳擊家。1

ぼくさつ【撲殺】（名・他サ）〔文〕打死；☆狂犬を撲殺する／打死瘋狗。0

*ぼくし**【牧師】（名）〔宗〕牧師；☆牧師の説教を聞く／聽牧師講道。10

ぼくしゅ【墨守】（名・他サ）〔文〕墨守，固守；☆旧習を墨守する／墨守舊習；☆自説を墨守して譲らない／堅持己見不肯讓步。10

ぼくじゅう【墨汁】（名）墨汁。0

*ぼくじょう**【牧場】（名）牧場（＝まきば）；☆牧場を経営する／經營牧場；☆牛が牧場で草を食べる／牛在牧場上吃草。0

ボクシング【boxing】（名）〔運動〕拳擊（比賽）。1

ほぐ・す（他五）①理開，拆開，解開＝糸のもつれをほぐす／把亂線理開；②使柔軟，使鎮靜下來，使…輕鬆一下；☆仕事が終わった後は、一杯やって一日の緊張をほぐす／收工後酒肆小酌，鬆弛一下成天緊張的神經。2

ほくせい【北西】（名）（方向）西北；☆北西の風／西北風。0

ぼくせき【木石】（名）木石；☆あれは木石にも等しい人間だ／那個人冷酷無情。0

ぼくせき【墨跡（蹟）】（名）墨跡。0

ぼくそう【牧草】（名）牧草；☆牛がのんびりと牧草を食（は）んでいる／牛慢吞吞地吃着牧草。0

ほくそえ・む【北叟笑む】（自五）自笑，

窃笑，暗自歡喜；☆計略が図に当たってほくそえむ／因爲（自己的）策略得逞而暗自唔笑。[4]

ぼくたく【木鐸】（名）木鐸；☆新聞は社会の木鐸である／報紙是社會上的木鐸；☆一世の木鐸を以て任ずる／自命爲一世的木鐸（領導者）。[0]

*ぼくちく**【牧畜】（名）畜牧；～**ぎょう**【牧畜業】（名）畜牧業。[0]

ぼくちょく【朴（樸）直】（形動ダ）〔文〕樸直；☆朴直な人／樸直的人。[0]

ほくと【北斗】（名）←ほくとしちせい；～**しちせい**【北斗七星】（名）北斗七星（屬大熊座）。[1]

ほくとう【北東】（名）（方向）東北；☆北東の風／東北風。[0]

ぼくとう【木刀】（名）木刀，刀劍；☆木刀を振りまわす／耍木頭刀。[3]

ぼくどう【牧童】（名）牧童。[0]

ぼくとつ【樸（木）訥】（形動ダ）質樸寡言，木訥；☆樸訥な農民／質樸寡言的農民。[0]

ぼくねんじん【樸念仁】（名）〔表卑〕木頭人，死性人；不懂情理的人。[3][5]

ほくぶ【北部】（名）北部；☆台北は台湾の北部にある／臺北位於臺灣的北部。[1]

ほくべい【北米】（名）北美洲；～**がっしゅうこく**【北米合衆国】（名）北美合衆國，美國。[0]

ほくほく（副・自サ）①喜悦貌；☆ヨットの需要量が年々増加しているので業者はほくほく（と）している／遊艇的需要量逐年増加所以業者都很歡喜；②（甘薯馬鈴薯等蒸熟後）乾爽好吃，☆この薩摩芋（さつまいも）は、ほくほくしておいしい／這個番薯乾爽好吃。[0]

ぼくめつ【撲滅】（名・他サ）撲滅，消滅；☆蠅や蚊を撲滅して伝染病を根絶する／消滅蚊蠅杜絶傳染病。[0]

ほくよう【北洋】（名）北洋；～**かんたい**【北洋艦隊】（名）北洋艦隊；～**ぎょぎょう**【北洋漁業】（名）北洋漁業。[0]

ぼくよう【牧羊】（名・自サ）〔文〕牧羊；～**じん**【牧羊神】（名）〔羅馬神話〕牧羊神。[0]

ほくりく【北陸】（名）〔地〕←ほくりくどう；～**どう**【北陸道】（名）日本八道之一。[0]

ほぐ・れる【解れる】（自下一）①（纏續的東西）開，解開，打開；☆糸のもつれが解れた／亂線解開了；②〔轉〕解開，消逝；☆よい音楽を聴いたら、いらだった感情が解れた／聽了好的音樂，焦燥的情緒冰釋了〔図ほぐる（下二）。[3]

ほくろ【黒子】（名）黑痣，烏痣；☆口の横に大きな黒子がある／在嘴邊有一個大烏痣。[0]

ぼけ【惚】（名）（頭腦）昏潰、癡呆（的人），傻瓜。[1]

ほげい【捕鯨】（名）捕鯨；～**せん**【捕鯨船】（名）捕鯨船；☆捕鯨船が南氷洋（なんぴょうよう）へ捕鯨に行く／捕鯨船到南氷洋捕鯨去。[0]

ぼけい【母系】（名）〔文〕母系；☆古代社會では母系制度が行なわれていた／在古代社會實行過母系（家長）制度。[0]

ぼけい【母型】（名）〔印〕（鉛字的）字模。[0]

ほけつ【補欠】（名）①補缺；☆定員に満たないので補欠募集を行なう／因爲不滿定額所以補充招募；②補缺的人，候補選手；☆補欠が出場する／候補選手出場；～**せんきょ**【補欠選挙】（名）補缺選舉。[0]

ぼけつ【墓穴】（名）〔文〕墓穴；☆自ら墓穴を掘る／自掘墳墓。[1][0]

*ポケット**【pocket】（名）（西服的）衣袋；☆ポケットからハンカチを出す／由衣袋裏取出手帕；～**ブック**【pocket book】（名）①筆記本；②袖珍本的書；～**マネー**【pocket money】（名）零用的錢；☆めいめいポケットマネーを出し合って友達に見舞いの品を贈る／大家都拿出自己的零用錢來買慰問品送給朋友。[2]

ぼけなす【惚茄子】（名）〔俗〕〔表卑〕傻瓜，呆子。[0]

ぼ・ける【惚ける】（自下一）①昏潰，發呆；☆年をとって少しぼけて来た／年老了有點昏潰了；☆頭がぼける／腦子發呆，腦筋不清楚；②（顔色）模糊，變成不鮮明；☆この写真はピントがぼけている／這張照片模糊（焦距不準）。[2]

ほけん【保健】（名）保持健康；～**じょ**【保健所】（名）保健所。[0]

*ほけん**【保険】（名）保險；☆火災保険に入る／投保火險；☆危険な仕事に従事しているので生命保険を掛ける／因爲従事危險工作，所以加入人壽保險；～**きん**【保

険金】（名）保険金；〜りょう【保険
料】（名）保険費。◎

ほこ【矛・鉾・戈】（名）①戈；②〔轉〕
武器；☆戈を収める／停戦；収兵；⑧「
神道」以矛戈装飾的「山車」；→だし①

ほご【反故】（名）廢紙、亂紙；☆反故に
なった原稿用紙／作廢的稿紙；☆反故同
然の株券（かぶけん）／一文不值的股票
；◇反故にする／作廢，取消；☆約束を
反故にする／　爽約。②①

*ほご【保護】（名・他サ）保護；☆益鳥（
えきちょう）を保護する／保護益鳥；☆
法律の保護を受ける／受法律的保護；〜
かんぜい【保護関税】（名）保護關税；
〜しょく【保護色】（名）〔動〕保護
色。①

ほご【補語】（名）〔語法〕補語；☆述語
の意味を補う言葉を補語と言う／補充謂
語意義的詞叫作補語。①

ほこう【歩行】（名・自サ）歩行，行走；
☆足を痛めて歩行に困難を感ずる／脚上
受傷步行感覺困難；☆道路の右側を歩行
する／靠道路的右邊走；〜しゃ【歩行
者】（名）行人。◎

ほこう【補講】（名）補充的講義。◎

*ほこう【母校】（名）母校；☆母校をあと
にして社会に入っていく／離開母校進入
社會。①◎

ほこう【母港】（名）原來出發的港，船籍
港。◎

ほこく【母国】（名）祖國；☆母国を遠く
離れて海外に在住する／遠離祖國僑居海
外；〜ご【母国語】（名）祖國語言。①

ほこさき【矛先】（名）①鋒，鎗尖；②〔
轉〕鋒芒；銳鋒；☆矛先を相手に向ける
／把鋒芒指向對方，以對方爲攻擊的目標
；☆彼の議論の矛先を鈍（にぶ）らせる
／挫鈍他的議論鋒芒。④◎

ほこら【祠】（名）小廟，祠。③◎

ほこらか【誇らか】（形動ダ）自豪，揚揚
得意；☆誇らかな態度／揚揚得意的態
度。②

ほこらし・い【誇らしい】（形）自豪的，
揚揚得意的；☆勝利を収めて誇らしい気
持になる／取得勝利，心情揚揚得意起來
；図ほこらし（形シク）；〜げ【誇らし
げ】（形動ダ）。④

*ほこり【誇（り）】（名）①自豪，自尊心
；☆誇りを感じる／感覺自豪；☆誇りを

傷つける／傷自尊心；②榮譽，引爲榮譽
的人物；☆彼は村の誇りだ／他是村子裏
引以爲榮的人；☆彼のような人がいると
いうのは工場の誇りである／工廠裏有他
這樣人是工廠的榮譽。◎③

*ほこり【埃】（名）塵埃，塵土，灰塵；☆
机の上の埃を払う／打掃桌子上的塵土；
☆埃が立つ／起灰塵；☆埃だらけになる
／弄得滿是灰塵。◎

*ほこ・る【誇る】（自五）怕誇，自豪，自負
，矜誇，誇耀；☆成功を誇る／以成功自
豪；☆自分の腕を誇る／誇耀自己的本領
；☆誇らぬ人／不矜誇的人；☆誇るに足
りない／不足以誇耀。②

ほころば・す【綻ばす】（他五）＝ほころ
ばせる。④

ほころば・せる【綻ばせる】（他下一）①
使（衣服）破綻；☆着物を綻ばせる／使
衣服綻線；②使張開；☆口元を綻ばせる
／微笑；☆春風が花の蕾（つぼみ）を綻
ばせる／春風使花蕾開放。

ほころび【綻（び）】（名）綻，綻線；☆
シャツの綻びを繕（つくろ）う／縫補襯
衫的破綻。④③

ほころ・びる【綻びる】（自下一）①綻線
；☆袖口が綻びる／袖口綻線；②微開，
稍稍張開；☆口元が綻びる／嘴邊現出微
笑；☆桜の蕾が綻び始める／櫻花漸漸開
放；図ほころぶ（下二）。④

ほころ・ぶ【綻ぶ】（自五）＝ほころび
る。③

ほさ【補（輔）佐】（名・他サ）輔佐；☆
部長を輔佐する／輔佐部長。①

ほさき【穂先】（名）①〔植〕芒；②鎗尖
，矛頭，刀尖（＝きっさき）。③◎

ほざ・く【他五）〔俗〕〔表卑〕說（＝い
う）；☆そこで何をほざいているんだ／
（你）在那裏胡說些什麼；☆余計な事を
ほざくな／不要亂說。②

ほさつ【菩薩】（名）〔佛〕菩薩。①

ほさぼさ（副・自サ）①頭髪蓬亂貌；☆頭
をぼさぼさにしている、髪がぼさぼさす
る／頭髪蓬亂，散亂；②發呆貌。①

ほさん【墓参】（名・自サ）上墳，掃墓◎

*ほし【星】（名）①星；☆夜空に星がまた
たく／在夜晩星空上星光閃閃；②小點，
斑點；☆星を散らした模様／斑點的花
樣；③靶心，鵠；〔轉〕目標；④〔拌
角〕（相撲）勝負的分數（勝以白點、負

以黑點爲標誌）；☆勝ち星を取る／贏一分；⑤〔星相〕星，命運；☆よい星の下に生まれる／命好；◇星を戴（いただ）く／披星戴月；星を指す／猜中，説中心事；星うつり物変わる／物換星移。⓪

ほじ【保持】（名・他サ）〔文〕①保持；☆記録を保持する／保持記録；②持，拿（＝もつ）；☆国旗を保持して先頭に立つ／擧着國旗走在隊伍前面。①

ほし【母子】（名）〔文〕母子；☆母子共無事に助かった／母子都平安得救了。①

ほし【墓誌】（名）〔文〕墓誌；~めい【墓誌銘】（名）墓誌銘；☆墓誌銘を書く／寫墓誌銘。①

ほしあかり【星明かり】（名）星光；☆星明かりを頼りに歩く／在星光下行走，黑夜靠着星光行走。③

ほしい【糒】（名）乾糒（飯）（＝ほしいい、かて）。②

＊＊ほし・い【欲しい】（形）①希望，希望有的，希望得到手的，希望做到的；需要的；☆欲しい物／希望得到手的東西，需要的東西；☆だれだって職は欲しいさ／誰都希望有工作，誰願意失業呢？☆そんなものは少しも欲しくない／那樣東西（我）一點兒也不需要、不想要；☆何でも欲しいものを買ってやる／你想要什麼就給你什麼；☆私はお手伝いさんが一人欲しい／我想雇一名女佣人；②〔…して欲しい〕作謂語用，表示要求或命令；☆もう少し早く来て欲しい／希望你來得更早一些；☆今後は注意して欲しい／以後你要注意；~が・る【欲しがる】（他五）希望，要求，想要得到手；☆赤ん坊が乳を欲しがって泣く／嬰兒哭著想要吃奶；☆あの男は金を欲しがらない／他不愛錢；~げ【欲しげ】（形動ダ）；~さ（名）；☆金が欲しさに盗みを働く／因爲想得到錢而偸；図ほし（形シク）。②

ほしいい【乾飯】（名）曬乾後儲藏的飯，乾飯。②

ほしいまま【縱・恣・擅】（形動ダ）〔文〕隨心所欲，隨便，恣意，縱情，專攬；☆ほしいままの行動をとる／任意而行；☆自分の好む所をほしいままにする／任意搞自己所好的事情；☆権力をほしいままにする／擅權，專權；☆名をほしいままにする／享名。②

ほしがき【乾柿】（名）風乾柿，柿餅（＝

つるしがき）。②

ほしかげ【星影】（名）〔文〕星光；☆星影白く海を照らす／星光皎皎照在海上③

ほしかた・める【乾し固める】（他下一）曬硬，曬乾；図ほしかたむ（下二）⓪④

ほしくさ【干草】（名）（飼料用）乾草；☆家畜に干草を食わせる／給家畜乾草吃②

ほじく・る（他五）①挖，摳；☆砂をほじくると貝がたくさん出て来た／一挖砂子挖出來很多的蛤子；☆鼻をほじくる／摳鼻子；②〔轉〕刨根問底；吹毛求疵；☆あの人は何でもほじくって聞きたがる男だ／他什麼事都好刨根問底；☆人のあらをほじくる／吹毛求疵地找別人的錯誤③

ポジション【position】（名）①位置，地位；☆重要なポジションに就く／擔任重要職務，居重要職位；②姿勢。②

ほしづきよ【星月夜】（名）星光之夜，星光明亮的夜晚。④③

ほしづくよ【星月夜】（名）＝ほしづきよ④③

ポジティブ【positive】（形動ダ）①實證的；②積極的；③〔理〕陽的，陽性的；④〔數〕正的；⑤〔照相〕正片的（＝ポジ）；↔ネガティブ。①

ほしまつり【星祭】（名）①祭星；②七夕節。③

ほしめ【星眼】（名）〔醫〕眼球上生白斑的病。○

ほしもの【干し物】（名）①一切曬乾了的東西；②（洗後）曬的衣服等；☆夕立が来そうだから干し物を取り入れなさい／要下驟雨，把曬著的東西拿進來吧。②③

ほしゃく【保釈】（名・他サ）保釋；☆保釈を許す／准許保釋；☆保釈中に逃亡する／在保釋中逃跑。③

＊ほしゅ【保守】（名・他サ）保守；☆保守と革新の両陣営に分かれて激争する／保守和革新的兩個陣營進行激烈鬪爭；~しゅぎ【保守主義】（名）保守主義；~てき【保守的】（名）保守的；~とう【保守党】（名）〔政〕保守黨；☆保守党はイギリスの政党です／保守黨是英國的政黨。①

ほしゅ【捕手】（名）〔棒球〕捕手。①

ほしゅう【補修】（名・他サ）補修，修補；☆堤（つつみ）を補修する／修補堤防⓪

ほじゅう【補充】（名・他サ）補充；☆欠員を補充する／補充缺額；☆食糧の補充を計る／設法補充食糧。⓪

*ほしゅう【募集】（名・他サ）募集，徴募，招募；☆寄付を募集する／募捐；☆公債を募集する／募集公債；☆生徒募集を開始する／開始招生；☆懸賞論文を募集する／懸賞徵文；☆募集に応じる／應募。[0]

ぼしゅん【暮春】（名）暮春；☆郊外の暮春の風景／郊外的春暮風景。[0]

*ほじょ【補助】（名・他サ）補助；☆補助を受ける／受補助；☆生活費を補助する／補助生活費；～どうし【補助動詞】（名）〔語法〕補助動詞〔缺乏獨立性的，和助動詞一樣 使用的動 詞，如〔助け奉る）的（奉る）〕。[1]

ぼしょう【歩哨】（名）〔軍〕步哨，哨兵；☆歩哨に立つ／上哨，站崗。[0]

ほしょう【保障】（名・他サ）〔文〕保障；☆生命の安全を保障する／保障生命的安全；☆生活の保障をあたえる／給予生活上的保障。[0]

*ほしょう【保証】（名・他サ）保證，擔保；☆事実かどうか保証できない／是否屬實不能保證；☆彼の正直な事は私が保証する／他的正直我可以擔保；～きん【保証金】（名）保證金；～つき【保証付き】（名）有保證，附帶保證；～にん【保証人】（名）擔保人。[0]

*ほしょう【補償】（名・他サ）補償，賠償；☆損害を補償する／賠償損失；～きん【補償金】（名）補償費。[0]

ぼじょう【慕情】（名）〔文〕戀慕之情；☆慕情をいだく／心懷戀慕。

ほしょく【捕食】（名・他サ）〔文〕捕食；☆小鳥（ことり）が昆虫を捕食する／小鳥捕食昆蟲。

ほしょく【補色】（名）〔理〕補色，餘色。[0]

ほしょく【補職】（名）〔文〕補職，使擔任某種職務。[0]

ぼしょく【暮色】（名）〔文〕暮色；☆ようやく暮色が迫って来た／已經到了黄昏。[1]

ぼしりょう【母子寮】（名）母子保育院〔扶養没有生活能力的女子及其子女的社會的福利施設〕。[2]

ほじ・る（他五）〔俗〕＝ほじくる。[2]

ほしん【保身】（名）〔文〕保身；☆保身の術にたけた人／善於明哲保身的人。[0]

*ほ・す【干（乾）す】（他五）①曬乾，晾乾；☆洗濯物を干す／把洗的衣物曬乾；

②（把水）弄乾；☆池の水を干す／把池子裏的水弄乾；☆杯を干す／乾杯，飲乾；③使（動物）挨餓，使餓死。[1]

ボス【boss】（名）①工頭，頭目；②（政黨的）首領；☆老闆。[1]

ほすう【歩数】（名）〔文〕步數。[2]

ほすすき【穂芒】（名）〔植〕穂芒，出了穂的芒草。[2]

ポスター【poster】（名）廣告畫，宣傳畫；☆ポスターを貼（は）る／張貼廣告畫[1]

ホステス【hostess】（名）①女主人（款待者）；②女招待員，空中小姐；☆バーのホステス／酒家女。[1]

ホスト【host】（名）主人（款待者）。[1]

*ポスト【post】（名）①郵政；郵筒，信箱；☆手紙をポストに入れる／把信投入郵筒；②地位，工作崗位，職務；☆重要なポストに就く／居重要職位，擔任重要職務。[1]

ボストン（バッグ）【Boston（bag）】（名）（旅行用）手提皮包（底部長方形上部圓形）。[5]

ほづな【帆綱】（名）帆索。[0]

ほせい【補正】（名・他サ）〔文〕補正，補充修正；☆誤差を補正する／補正誤差；～よさん【補正予算】（名）補正預算，補充修正的預算（追加預算和修正預算的總稱）。[0]

ぼせい【母性】（名）母性；～あい【母性愛】（名）母性愛，母愛。[0]

ぼせき【墓石】（名）〔文〕墓石，碑。[0]

ほせん【保線】（名）〔鐵〕保線，養路；☆保線工事の予算を組む／編製養路工事的預算；～こうふ【保線工夫】（名）護路工人。[0]

ほぜん【保全】（名・他サ）〔文〕保全；☆国土の保全をはかる／謀求保全國家領土。[0]

ぼせん【母船】（名）母船（＝おやぶね）[0]

ぼぜん【墓前】（名）〔文〕墓前；☆墓前に花環を手向（たむ）ける／把花圈供在墓前。[0]

ほぞ【臍】（名）①〔解〕臍（＝へそ）；②（果實的）蒂（＝へた）；◊決心の臍を固める／下定決心；臍を嚙（か）む／後悔。[1]

*ほそ・い【細い】（形）①細的，纖細的；☆細い糸／細線；☆細い体／纖細的身材；②狹窄的；☆細い路地（ろじ）／窄胡

同；☆目を細くする／瞇着眼睛；③（聲音）微弱的, 低小的；☆消え入りそうな細い声／幾乎聽不見的小聲；④微少的, 貧乏的；☆夏になると食が細くなる／一到夏天飯量就減少了；☆細い煙を立てる／冒細烟；〔喩〕過窮日子；☆細い暮し／窮日子, 生活貧窮；⑤微弱的；☆ランプの火が細い／洋燈的燈光微弱；図ほそし（形ク）；〜さ【細さ】（名）細度②

ほそう【舗装】（名・他サ）（用柏油等）舗路。◎

ほそおも（て）【細面】（名）長臉；☆細面の人／長臉的人。③

ほそく【歩測】（名・他サ）〔文〕步測, 用步測量；☆距離を歩測する／以步測量距離。◎

ほそく【捕捉】（名・他サ）①捕捉, 捉食；☆敵を海上で捕捉する／在海上捉拿敵人；②〔轉〕捉摸；☆彼の言わんとするところは捕捉しがたい／他究竟想說的是什麼頗難捉摸。◎

ほそく【補足】（名・他サ）補足, 補充；☆以上の説明に若干の補足を致します／我要對以上的說明多少加以補充。◎

ほそく【補則】（名）〔法〕補充規則。

ほそづくり【細作り】（名）纖細身材；☆細作りの美人／身材纖細的美人。③

ほそなが・い【細長い】（形）細長的；☆細長い紙切れ／細長的紙片；☆捏ねたどん粉を細長くのばす／把和的麵捏得細長；図ほそながし（形ク）。◎④

ほぞのお【臍の緒】（名）〔解〕臍帶（＝せいたい）。③

ほそぼそ【細細】（副）①細細的, ☆細細と続く山道／山上的羊腸小道；②勉勉強強過（日子）；☆細細と暮らす／勉強度日③

ぼそぼそ（副・自サ）①喞喞喳喳（說話貌）；☆暗闇（くらやみ）のなかでぼそぼそと話す声が聞こえて来る／從黑暗中傳來喞喞喳喳說話的聲音；②乾乾巴巴（不好吃貌）；☆このパンはぼそぼそしてうまくない／這個麵包乾乾巴巴地不好吃。①

ほそまき【細巻】（名）細卷（的紙煙）。◎

ほそみち【細道】（名）窄道, 小道。②

ほそめ【細目】（名）①瞇着眼睛, 稍稍睜開眼睛；☆細目をあけてそっと見る／把眼睛稍稍睜開一點像看；②窄縫, 小縫；☆ドアを細目にあけてのぞき込む／把門

打開一個小縫往裏邊窺視；③稍細；☆大根を細目に切る／把蘿蔔切得細一些③②

ほそ・める【細める】（他下一）使細；☆ガスの火を細める／把煤氣的火擰小；図ほそむ（下二）。

ほそ・る【細る】（自五）①變細, 變瘦；☆心配で身が細る／憂慮得身體消瘦；②變微弱；☆商（あきな）いが細る／買賣蕭條起來。②

*****ほぞん【保存】**（名・他サ）保存；☆遺跡がよく保存されている／古跡被保存得很完整；☆冷蔵庫で食物を保存する／用冰箱保存食物。◎

ポタージュ【法 potage】（名）〔烹飪〕濃湯；↔コンソメ。②

ぼたい【母体】（名）〔文〕①母親的身體；☆胎児を出して母体の安全を図る／打下胎兒保全母體的安全；②〔轉〕母體, 基礎；核心；☆このデパートは協同組合を母体として生まれたものです／這個百貨公司是以合作社爲基礎而成立的。◎

ぼだい【菩提】（名）〔佛〕菩提；**〜じゅ【菩提樹】**（名）〔植〕菩提樹。◎

ほださ・れる【絆される】（他下一）被束縛住；☆情に絆される／成爲感情的俘虜；☆人情に絆されて承諾する／礙於人情而應允；図ほだざる（下二）。◎

ほたおうぎ【帆立貝】（名）〔動〕海扇③

ぼたぼた（副）（大水滴）巴嗒巴嗒（滴落貌）；☆床（ゆか）に血がぼたぼたしたたっている／血巴嗒巴嗒地滴落在地板上。①

ぽたぽた（副）（小水滴）滴滴嗒嗒（滴落貌）；☆汗が額からぽたぽた（と）流れ落ちる／從額上滴滴嗒嗒淌汗。①

ぼたもち【牡丹餅】（名）周圍裹有小豆餡的年糕團（＝おはぎ）。②

ほたる【螢】（名）〔動〕螢火蟲；**〜がり【螢狩】**（名）捕螢火蟲。①

ぼたん【牡丹】（名）〔植〕牡丹；**〜ゆき【牡丹雪】**（名）大片雪（＝ぼたゆき）①

*****ボタン【葡 botão＝釦】**（名）①（西服、襯衣等的）鈕釦, 釦子；☆ボタンをかける（はめる）／扣上鈕釦；②電鈕；☆呼び鈴のボタンを押す／按電鈴的電鈕。◎

ぼち（名）〔俗〕＝ぼち。①

ぼち【墓地】（名）墓地, 坟地（＝はかば）；☆遺骨を墓地に埋葬（まいそう）する／把遺骨埋在墓地。①

ぽち（名）〔俗〕點，逗點，頓號（＝ちょぽ）；☆文の切目（きれめ）にぽちを打つ／在斷句的地方打上個逗點（、）。①

一ぽち（接尾）表示感覺不足的意思（＝だけ）；☆これっぽちじゃ、仕方がない／就這麼一點點幹什麼？

ホチキス【Hotchkiss】（名）釘書器；☆ホチキスで書類をとじる／用釘書器釘文件。①

ぽちぽち（副）〔方〕＝ぽつぽつ。①

ぽちゃ（副）（拍水聲）咕嗵咕嗵；☆水溜まりをぽちゃぽちゃ歩く／在水坑裏咕嗵咕嗵地（踩着水）走。

ぽちゃぽちゃ（副）①（拍水聲，比「ぽちゃぽちゃ」較輕）咕嗵咕嗵；☆ぽちゃぽちゃと水をはねかす／咕嗵咕嗵地 撥水；②小孩肥胖可愛貌；☆この子はぽちゃぽちゃとして愛らしい／這孩子肥胖胖的可愛。①

ぽちゅう【補注（註）】（名）〔文〕補註，補充注釋。

ぽちゅうあみ【捕虫網】（名）捕蟲網（口袋形有柄）。

ホちょう【ホ調】（名）〔樂〕E調。①

＊ほちょう【歩調】（名）步調，步伐；☆歩調を合わせる／使步調一致。

ほちょうき【補聴器】（名）助聽器；☆補聴器を耳に当てる／把助聽器放在耳邊。②

ぽつ【没】（名）（投稿）不被採用；☆投稿が没になる／投稿没被採用。①

ぼっか【牧歌】（名）〔文〕牧歌；☆牧場からのどかな牧歌が聞こえて来る／由牧場傳來悠揚的牧歌；～てき【牧歌的】（形動ダ）牧歌的，樸素而抒情的。

ぽつが【没我】（名）忘我，無我，無私；☆没我の境地に達する／達到忘我的境地。

ぽっかく【墨客】（名）〔文〕墨客（文人）。

ぽっかり（副）①飄浮貌；☆青空に白い雲がぽっかり浮かんでいる／在藍藍的天空上浮着一朵白雲；②硬物裂開或開口貌；☆庭にぽっかりと穴があく／院子裏出現一個大窟窿。

ほつがん【発願】（名・自サ）（對神像）祈禱，許願。

ぽっき【発起】（名・他サ）〔文〕發起；☆その会社の設立は彼の発起にかかる／

那個公司的成立是由他發起的；～にん【発起人】（名）發起人。

ぼっき【勃起】（名・自サ）勃起。

ぼっきゃく【没却】（名・他サ）〔文〕無視，抹煞；不顧；忘却；☆法の精神を没却する／無視法律的精神；☆当初の目的が没却されている／最初目的被抹煞了；☆自己を没却して公のために尽す／忘却自己而爲大家服務。

＊ほっきょく【北極】（名）北極；～かい【北極海】（名）北冰洋；～ぐま【北極熊】（動）北極熊，白熊；～けん【北極圏】（名）北極圈；～せい【北極星】（名）〔天〕北極星；～よう【北極洋】（名）北冰洋。

一ぽっきり（接尾）正正，恰好若干；☆十円ぽっきりしかくれなった／只給了（我）十元（多一文也没給）。

ほっく【発句】（名）①和歌的第一句（五個字）；→わか；②連歌的第一句（十七個字）；→れんか；③俳句；→はいく。③

ホック【hook】（名）①鈎；☆襟（えり）のホックを掛ける／掛上領子上的鈎；②釣鈎；③鈎形物。①

ボックス【box】（名）①箱，盒，匣；②（劇院的）包廂座；雅座；③崗亭，公共電話亭；④（製鞋、皮包等用的）紋皮；☆ボックスのハンドバッグ／紋皮的手提包；⑤〔棒球〕投手或打手所站的位置；⑥〔縫紉〕一種肥大的樣式；☆ボックスのオーバー／寬大的大衣。①

ぽっくり【木履】（名）（少女用的）漆木屐。

ぽっくり（副）①嘎巴（折斷貌）；☆人形の首がぽっくりと折れる／個人的頭嘎巴一聲折了；②暴斃貌；☆脳溢血でぽっくりと逝く／因腦溢血而暴斃。③

ほっけ【法華】（名）〔佛〕①（妙）法（蓮）華經；②←ほっけしゅう；～しゅう【法華宗】（名）〔佛〕①天臺宗；②日蓮宗（之一派）。

ホッケー【hockey】（名）〔運動〕曲棍球。

ぽっけん【木剣】（名）木劍，木刀。

ぼつご【没（歿）後】（名）〔文〕死後；☆没後三十年を経る／死後經過三十年。①②

ぼっこう【勃興】（名・自サ）勃興；☆新

しい国家が勃興する／新的國家勃興。◎

ぼっこうしょう【没交渉】（名・形動ダ）無關係,無來往；☆我々はそんな事には没交渉だ／我們跟那件事沒有關係；☆彼は世間と没交渉である／他與世隔絕。③

ほっさ【発作】（名）〔醫〕發作；☆発作が起こる／（病）發作；～てき【発作的】（形動ダ）發作（性）的；☆発作的に悲しくなる／忽然一陣悲傷。◎

ぼっしゅう【没収】（名・他サ）〔法〕沒收,查抄,充公；☆財産を没収する／查抄財産。◎

ぼっしゅみ【没趣味】（形動ダ）〔文〕不風雅,不高雅,殺風景；☆没趣味な生活／枯燥無味的生活（方式）。③

ほっしん【発心】（名・自サ）①決心,志；☆発心して勉学に励（はげ）む／立志勤學；②〔佛〕發心,有皈依心。◎①

*ほっ・する【欲する】（他サ）希望,願意（＝ねがう）；☆平和を欲する／要求和平；◊欲するままに／隨意,隨心所欲地；己の欲せざる所は人に施すなかれ／己所不欲勿施於人；図ほっす（サ）。◎③

ぼっ・する【没する】（自・他サ）〔文〕①沉没；☆船が水中に没する／船沉入水中；☆太陽が地平線下に没する／太陽沒入地平線下；☆膝を没する泥水／沒膝的泥水；②隱没；☆群衆の中に姿を没する／身子隱沒在人羣之中；③查抄,沒收；図ぼっす（サ）。◎

ぼっ・する【没する】（自サ）〔文〕歿,死；☆孫中山が没して五十七年になる／國父死後已五十七年；図ぼっす（サ）。◎

ぼつぜん【勃然】（形動ダ）〔文〕勃然；☆雄心が勃然として起る／雄心勃然而起；☆勃然として怒る／勃然而怒。◎

ほっそうしゅう【法相宗】（名）〔佛〕以唯識論、瑜珈論爲基礎的佛教的一派。③

ほっそく【発足】（名・自サ）〔文〕①出發,動身；☆九時に発足の予定／預定九點出發；②開始（活動）；☆協議会が今月から発足する／協議會從本月開始活動。◎①

ほっそり（副・自サ）纖細；☆彼女は色が白くてほっそり（と）している／她皮膚白身材苗條。③

ほったてごや【掘っ建て小屋】（名）小棚,臨時搭的小房；☆焼跡（やけあと）に掘ったて小屋を建てる／在火災的廢墟上搭一個小棚。◎

ほったらかし（名）〔ほったらかす〕的名形詞；☆仕事をほったらかしにする／把工作抛在一旁（不做）。◎

ほったらか・す（他五）〔俗〕棄置不顧,丟在一旁（不理）；☆仕事をほったらかして遊びに行く／放下工作去遊玩。③⑤

ほったん【発端】（名）發端,開端；☆事の発端から話す／從事情的開端講起◎①

―ぼっち（接尾）表示僅僅的意思（＝ばかり、だけ）；☆ひとりぼっち／孤單單一個人,僅僅一個人；☆これっぽっちしかないのか／只有這麼一點兒嗎（再多一點沒有了嗎）？

*ぼっちゃん【坊ちゃん】（名）①稱別人的男孩子；☆赤ちゃんは、お坊ちゃんですか、お嬢ちゃんですか／你的娃娃是男孩是女孩？②少爺；大少爺作風的人；☆彼は苦労を知らないお坊ちゃんだ／他是嬌生慣養的大少爺；～そだち【坊ちゃん育ち】（連語・名）少爺出身,不通世故（的人）。①

ぽっちり（副）微少貌；☆ぽっちりと赤く腫れる／微見紅腫；☆薬品をほんのぽっちり垂らす／滴上一點點藥。③

ほっつ・く（自五）〔俗〕走,閒踏,徘徊；☆夜おそくまでどこをほっついていた／你到哪裏去瞎逛到這麼晚？③

ぼってり（副・自サ）肥而重貌；☆ぼってり太った女の人／肥胖的女子；☆ぼってりした厚い茶碗／厚而重的（陶製）飯碗。③

ほっと（副）①嘆氣貌；☆山積みした書類を前にして、ほっと溜息をつく／看見堆在面前的一大堆文件不由得嘆了一口氣；②放心貌；☆仕事が一段落ついて、ほっとする／工作告一段落放了心。◎

ホット【hot】（造語）①表示熱的意思；☆ホットコーヒー／熱咖啡；②表示激烈、熱烈的意思；☆ホットジャズ／熱烈的爵士樂；③表示新的意思；☆ホットニュース／新消息,第一手的新聞；～ケーキ【hot cake】（名）熱點心（以麵粉、鷄蛋、白糖爲原料）,熱煎薄餅；～ドッグ【hot dog】（名）〔烹飪〕熱狗。

ぼっと（副）①火燃燒貌；☆新聞紙がぼっと燃える／舊報紙忽地燃着；②出神貌；☆美しい音楽を聞くとぼっとしてしまう

／一聽美妙的音樂就怡然神往；③不清楚貌，模糊貌；☆寝不足で頭がぼっとする／因為睡眠不足腦筋不清楚；☆ぼっと見える／（看着）模糊；④臉兒發紅貌；☆顔がぼっと赤くなる／臉上發紅。①

ぼっと【副・自サ】①不清楚貌，模糊貌，癡呆貌；☆あの子は少しばかりぼっとしている／那孩子有點癡呆；②（燈火）然着貌；（物）突然出現貌；☆電灯がぼっとつく／電燈突然放光；③臉兒紅貌；☆顔をぼっと赤らめる／臉變得通紅；**〜で**【ぼっと出】（名）由鄉村初次來到城市（的人）；☆一見してぼっと出と分かる／一看就知道是剛從鄉下來的；☆ぼっとでの歌手／（沒有底兒的）歌星。①⓪

ポット【pot】（名）①壺；②熱水瓶；☆ポットで紅茶をいれる／用壺泡紅茶。①

ぼっとう【没頭】（名・自サ）埋頭，專心致志；☆彼は法律の研究に没頭している／他在埋頭研究法律。⓪

ぼつにゅう【没入】（名・自サ）〔文〕①没入，沉入；☆太陽が西山に没入する／太陽落入西山；②沉溺，專心致志；☆研究に没入する／專心於研究工作。⓪

ぼつねん【没年】（名）〔文〕歿年；死時的年齡；☆彼の生年も没年もわかっていない／他的生年和歿年都不詳；☆彼の歿年は六十九歳だった／他死的那年是六十九歲。⓪

ぼっぱつ【勃発】（名・自サ）暴發，突然發生；☆戦争が勃発する／戰爭暴發；☆思いがけない事件が勃発した／想不到的事件突然發生。⓪

ポッピー【poppy】（名）〔植〕罌粟。

ほっぴょうよう【北氷洋】（名）〔地〕〔舊〕北冰洋；→ほっきょく。③

ホップ【hop】Ⅰ（名）〔植〕忽布，蛇麻草（加在啤酒中的芳香料）；Ⅱ（名・自サ）獨腿跳。①

ポップ【bob】（名）（女人的）短髮，剪短的髮。

ポップコーン【popcorn】（名）爆玉米花④

ホップ・ステップ・エンド・ジャンプ【hop, step, and jump】（名）〔運動〕三級跳遠。⑪

ポップスレー【bobsleigh】（名）〔運動〕由陡坡滑下的雪橇賽。⑤

ほっぺ【頬っぺ】（名）〔兒〕＝ほっぺた①

ほっぺた【頬っぺた】（名）〔俗〕頰，臉蛋（＝ほほ）；☆子供の頬っぺたをひねる／擰小孩的臉蛋；◇おいしくて頬っぺたが落ちそう／非常好吃。③

ぼっぽⅠ（名）①〔俗〕〔兒〕（日本衣服的）懷中（＝ふところ）；衣袋（＝ポケット）；☆ぼっぽに入れる／裝在衣袋中，揣在懷裏；②〔兒〕鴿子；Ⅱ（副）①（蒸汽，烟）等上昇貌；☆ぼっぽと湯気（ゆげ）の出ているまんじゅう／熱氣騰騰的饅頭；☆汽車がぼっぽと煙を吐く／火車噗噗地噴烟；☆顔がぼっぽとほてる／臉上發燒；②（鴿子叫聲）咕咕。①

ほっぽう【北方】（名）北方，北面；☆北方に聳（そび）えているのが泰山です／聳立在北面的是泰山。⓪

ぼつぼつⅠ（副）①漸漸，慢慢，一點一點；☆それではぼつぼつ始めるとしようか／那麼就慢慢開始做起來吧！②日がぼつぼつ暖かくなって来た／天氣漸漸暖和起來了；②點點，稀稀落落；☆紙にぼつぼつ穴をあける／在紙上穿些窟窿；Ⅱ（名）斑點，疙疸；☆皮膚に赤いぼつぼつが出来る／在皮膚上長紅色的斑點。①

ぼつぼつ【勃勃】（形動タルト）〔文〕勃勃；☆勃勃たる野心／野心勃勃；☆闘志が勃勃と湧き上がる／鬥志勃勃而生。⓪

****ぼつぼつ**（副）①＝ぼつぼつ；②落雨貌；☆朝からぼつぼつ降り出した／從早晨就滴滴嗒嗒地下起雨來。①

ほっぽらか・す（他五）〔方〕＝ほったらかす。⑤

ほっぽ・る（他五）〔俗〕①抛，扔（＝ほうる）；☆窓からほっぽり出す／從窗戶扔出去；②置之不理；抛棄。③

ぼつらく【没落】（名・自サ）①沒落；☆没落した貴族／沒落的貴族；②破產。⓪

ぼつり（副）①（液體）滴落貌；☆涙が膝の上にぼつりと落ちる／眼淚滴滴落到膝上；②孤立貌；☆畑のなかにぼつりと家が建っている／在田中孤零零地一間房子。②③

ほつ・れる（自下一）（衣服等）綻線，綻開；（繩結等）解開（＝ほどける）；☆袖口がほつれる／袖口綻線。⓪

ぼつん（副）①（液體）滴落貌（＝ぼつり）；②〔擬聲〕嘆刺；☆針で障子にぼつんと穴をあける／用針在紙窗上嘆刺一聲扎一個窟窿。②

ほてい【布袋】（名）七福神之一（形似彌

勒佛）；～ばら【布袋腹】（名）大肚子，大腹便便；☆布袋腹をかかえて笑う／捧著大肚子笑。⓪

ボディー【body】（名）①身體；☆服がボディーに合わない／衣服不合體；②軀幹；☆車、船身、機身；☆車のボディーを塗りかえる／把車身改塗別的顏色；～ガード【body guard】（名）護衛，保鏢，～ビルディング【body building】（名）鍛錬身體，健身運動。①

ポテト【potato】（名）〔植〕馬鈴薯（＝じゃがいも）；～チップ（ス）【potato chip（s）】（名）炸馬鈴薯片①②

ほてり【火照】（名）①〔ほてる〕的名詞形；②（身體、臉上）發燒。③

ほて・る【火照る】（自五）（臉或身體）感覺發燒，發熱；☆恥ずかしくて顔が火照る／臊得臉上發燒；☆部屋が熱くて体が火照る／屋子熱得渾身發熱。②

*ホテル【hotel】（名）（西式）旅館，大飯店；☆ホテルに泊まる／住旅館。①

ほてん【補填】（名・他サ）〔文〕補填，填補，補償；☆赤字を補填する／填補赤字，補償虧空。⓪

*ほど【程】（名・修助）①限度，分寸；☆程を過（す）ごす、程を越す／超過限度，過火；☆物には程がある／一切事物都有它的分寸；☆程を知れ／要知道分寸；☆冗談にも程がある／開玩笑也不可開得太過火；☆何千人と言う程集まった／集聚了數以千計的（那麼多的）人；☆死ぬ程疲れた／疲倦得要死；☆言葉に表わせない程美しい／美麗得難以形容；③情形；☆真偽（しんぎ）の程は不明／眞偽不得而知；④表示不定的距離、時間、數量等；☆駅までどれ程ありますか／到火車站有多遠？☆程遠からぬ所に小山がある／在不遠的地方有一座小山；☆宵（よい）の程はまだまだ暑さが残っている／傍晚時分還是很熱的；☆程なく帰って来た／不大工夫就回來了；☆りんごをいくつ程上げましょうか／給您幾個蘋果？您需要幾個蘋果？☆十日程休む／休息十天左右；☆手紙を山程もらう／收到一大堆的來信；☆後程（のちほど）まいります／等一會兒再來；⑤用於否定句表示事物的最大限度；☆これ程つまらないものはない／沒有比這個再無聊的東西了；☆音楽程好きなものはない／（我）

沒有比音樂更愛好的東西了，音樂是（我）最愛好的東西／；⑥越…越，☆人は金持になる程けちくさくなる／人越有錢就越吝嗇；☆考えれば考える程分らなくなる／越想越不明白；⑦用於比較，表示同等的程度；☆今年は去年程暑くない／今年沒有去年那麼炎熱；☆長さが幅（はば）程ある／長度與寬度相等；◇目も口程に物を言う／眼睛也像嘴那樣會說話，眉目傳情，勝過說話。⓪②

ほど【歩度】（名）步伐，步調，脚步；☆歩度を早める／加緊脚步。①

ほどあい【程合】（名）恰好的限度；☆遊びも程合にしておけ／遊玩也要有一個限度；☆程合の甘（あま）み／恰好的甜度。③⓪

ほどう【歩道】（名）人行道；☆歩道を歩く／在人行道上行走。⓪

ほどう【輔導・補導】（名・他サ）〔文〕輔導；☆不良少年を輔導して職業に就かせる／輔導不良少年使之就業。⓪

ほどう【舗道】（名）（用柏油等）舗修的道路。

ほどう【母堂】（名）〔文〕〔敬語〕母親；☆恩師の御母堂がなくなられた／恩師的母親逝世了。⓪①

ほど・く【解く】（他五）①拆開（衣服等）；☆着物を解いて仕立てなおす／把衣服拆開重新縫上；②解開（繩結等）；☆糸のもつれを解く／解開亂線。②

*ほとけ【仏】（名）①佛，佛像；②死者，亡人；☆仏もさぞかし満足でしょう／死者也必定滿意於九泉之下；☆仏が浮かばれない／死者不能瞑目；◇仏つくって魂入れず／畫龍而不點睛，功虧一簣；仏の顔も三度まで／佛雖慈悲但若屢次觸犯也會動怒（喻人的忍耐是有限度的）；地獄で仏／久旱逢甘雨（喻在困難中得救）；知らぬが仏／不知道不煩惱，眼不見心不煩；仏の光より金の光／〔喻〕金錢萬能。③⓪

ほど・ける【解ける】（自下一）開，解開，鬆開；☆靴の紐（ひも）が解けた／皮鞋帶開了。③

ほどこし【施し】（名）施捨（＝めぐみ）；☆乞食（こじき）に施しをする／賙濟乞丐。

*ほどこ・す【施す】（他五）①施捨，賙濟；☆貧しい人に金銭を施す／把錢施捨給

窮人；②施，施行；☆己の欲せざる所は人に施す勿れ／己所不欲勿施於人；☆施す術（すべ）がない／無計可施；◇面目（めんもく）を施す／露臉。③

ほどちか・い【程近い】（形）不太遠的，較近的；☆学校はここから程近い所にある／學校距離此地不太遠。4

ほどとお・い【程遠い】（形）相當遠的，不近的；☆学校はここから程遠い所にある／學校距離此地相當遠；☆この小説は傑作というには程遠い／這個小說還談不上傑作。3

ほどとおからぬ【程遠からぬ】（連語）不太遠（的）。

ほととぎす【時鳥・杜鵑・子規・不如帰・郭公】（名）〔動〕杜鵑，杜宇。3

ほどなく【程無く】（連語・副）不久，不大工夫；☆彼は程なく全快するでしょう／他不久就會痊癒的；☆電話をかけたから程なく来るでしょう／打過電話去了（他）不久就會來的。23

ほどに【程に】（接助）〔文〕＝から。

ほとばし・る【迸る】（自五）迸出，迸流，湧出，迸射；☆血が傷口から迸る／血由傷口迸出；☆彼は迸るような情熱の持ち主だ／他是一個非常富有情熱的人。

ほどへて【程経て】（連語・副）過一會兒，過一些時間（＝しばらくたって）；☆一人立ち去ると程へてまた一人立ち去った／走了一個人之後，過一會兒又走了一個人。3

ほとほと【殆】（副）①〔文〕＝ほとんど；②非常，實在；☆ほとほと閉口（へいこう）する／實在為難；☆彼の行為にはほとほと愛想が尽きた／他的行為真讓我討厭透了。2

ほどほど【程程】（副）①適當地；☆酒を程程にしておく／適量地喝酒；②恰如其分地；☆あの身なりならまあほどほどと言うところだ／那身穿戴可以說是恰如其分吧。0

ほとぼり【熱】（名）①餘熱；☆やかんを焜爐（こんろ）の熱にかけておく／把水壺放在爐子上利用它的餘熱；②熱情，感情的趨勢；☆彼は今ひどく興奮しているから少し熱がさめてから話した方がよい／他現在非常興奮，等他冷靜下來再說才好；③（關於某一事情的）社會上的關心，注意，喧嚣；☆事件が事件だけにその

熱はまだ続いている／因為那件事非同小可，所以社會上還在喧嚣。40

ほどよ・い【程よい】（形）適當的，恰好的；☆風呂は程よい熱さだ／洗澡水的溫度恰好；☆程好い間隔をおいて木を植える／留出適當的間隔來植樹。3

ほとり【辺】（名）邊，旁邊（＝そば）；☆河の辺に住む／住在河邊；☆池の辺を散歩する／在池邊散步。30

ボトル【bottle】（名）瓶，酒瓶。1

***ほとんど【殆ど】**（副）①幾乎；☆殆ど全部／幾乎全部；☆私は殆ど溺死するところだった／我幾乎淹死；②大體上，大部分，大概；☆問題は殆ど解決された／問題大體上已經解決了；☆この工事は殆ど完成している／這項工程大部分完成了2

ほなみ【穂波】（名）稻浪，麥波；☆穂波が立つ／風吹稻（麥）穂成浪。10

ポニーテール【pony tail】（名）〔髪型〕馬尾式。

ほにゅう【哺乳】（名・他サ）哺乳；～どうぶつ【哺乳動物】（名）〔動〕哺乳動物；～るい【哺乳類】（名）〔動〕哺乳類；☆人間も猿も哺乳類に属する／人和猿都屬於哺乳類。0

ぼにゅう【母乳】（名）母乳；☆母乳で育てる／用母乳哺育。0

***ほね【骨】**（名）①〔解〕骨；☆足の骨を折る／折斷腿骨；☆骨が外れる／錯骨縫，脱臼；☆魚の骨／魚刺，魚骨；☆喉（のど）に魚の骨を立てる／魚刺扎在喉嚨裏；②骨狀物；☆扇（おうぎ）の骨／扇子骨；③〔轉〕骨幹；☆このグループには骨になる人がいない／在這個集團裏沒有作骨幹的人；④〔轉〕骨氣；☆彼はなかなか骨のある男だ／他是一個很有骨氣的人；⑤〔轉〕困難事，費力氣的事，麻煩事；☆あの仕事を全部一人でやるのは骨だ／那個工作全由一個人來做很困難；◇骨と皮／（瘦得）皮包骨；骨に刻む／刻骨銘心；骨に徹す、骨に泌（し）む／徹骨；骨を折る／費力氣，盡力；骨が折れる／費力氣，費勁；困難；骨をしゃぶる／徹底剝削；骨を拾う／①（火葬）撿遺骨；②繼承別人的困難事情，替別人善後。2

ほねおしみ【骨惜しみ】（名・自サ）不肯賣力氣，不肯吃辛苦，懶惰；☆骨惜しみせずに働く／不辭辛苦地勞動。3

ほ

*ほねおり【骨折】(名)〔(ほねおる)的名詞形〕①辛苦,勞苦;☆長年の骨折が報いられる/多年的辛苦有了收穫;②盡力,幹旋,幫忙;☆一つお骨折を願いたい/希望你盡力幫忙;☆友達の骨折で/由於朋友的幫忙;~ぞん【骨折損】(名)白費勁,徒勞;◇骨折損のくたびれ儲(もう)け/徒勞無益。4 3

ほねお・る【骨折る】(他五)①費力氣,辛苦,費勁;☆骨折った甲斐(かい)あってとうとう成功した/沒有白費勁到底成功了;☆子供の教育のために骨折る/爲了孩子的教育而辛苦;②幫忙,☆友達の就職に骨折る/替朋友找工作。3

ほねぐみ【骨組】(名)①骨骼,骨格;☆運動選手だけあって,骨組ががっしりしている/不愧是一個運動選手,他的骨格長得眞結實;②(建築物、機器等的)骨架;☆工場は骨組だけ残して全燒した/工場只剩下了一個骨架其餘全燒毀了;③輪廓,大綱;☆計画の骨組が出來た/計劃有了輪廓。4 3

ほねつぎ【骨接】(名)接骨(的醫生)4 3

ほねっぷし【骨っ節】(名)→ほねぶし 0 5

ほねなし【骨無し】(名)①脊椎軟弱不能直立的人;②沒有骨氣的人,沒有節操的人。0

ほねぬき【骨抜き】(名)①去掉骨頭,去掉魚刺;②.〔轉〕(計劃等)去掉主要部分,去掉內容;☆野党の強い反対にあって、議案は骨抜きにされた/遭到在野黨的強烈反對,議案的主要部分被刪掉了 3 4

ほねば・る【骨張る】(自五)①(瘦得)露出骨頭;☆骨張った手を差し出す/伸出骨瘦如柴的手;②骨鯁,不圓滑,有稜角。2

ほねぶし【骨節】(名)①骨架,骨格(=ほねぐみ);☆骨節の頑丈な男/骨格健壯的男;②骨氣,氣魄;☆骨節のある人間/有骨氣的人;③骨節,關節;☆体中の骨節が痛む/渾身的骨節痛。4 0

ほねみ【骨身】(名)①全身,身體;☆骨身を惜しまず働く/不辭辛苦地勞動;②骨髓;☆骨身にしみる/透入骨髓;◇骨身を削る/粉身碎骨。2 1

ほねやすめ【骨休め】(名・自サ)休息;☆骨休めに一服(いっぷく)する/抽一支烟休息休息。3

ほの―【仄】(造語)輕微的意思;☆ほの白い/微微發白的。

*ほのお【炎・焰】(名)火燄,火苗;☆焰に包まれる/包在火燄之中;☆嫉妬の焰を燃やす/燃起嫉妬的火燄。2 1

ほのか【仄か】(形動ダ)模糊,輕微;☆薔薇(ばら)のかおりが仄かに漂(ただよ)う/微微地蕩漾着薔薇的芳香;☆仄かな期待/一點點的期待,模糊的希望;☆その事は仄かに知っている/那件事(我)多少知道一點;☆仄かに見える/隱約可見。

ほのぐら・い【仄暗い】(形)微暗的,有點黑暗的;☆仄暗い明方(あけがた)/晨光曦微的時候;☆仄暗い部屋/有點黑暗的房間。0 4

ほのぼの【仄仄】(副・自サ)①朦朧,模糊,隱約;☆沖(おき)に白帆が仄仄と見える/在洋面上隱隱約約看得見白帆;②東方發白貌;☆夜がほのぼのと明ける/東方漸漸發白。3

ほのめか・す【仄めかす】(他五)暗示,略微表示,略微透露;☆彼は承諾の意を仄めかした/他暗示了應允的意思;☆辞意を仄めかす/透露辭職的意思。4

ほのめ・く【仄めく】(自五)(隱約地)露出,表現出;☆その顔には堅い決心の色が仄めいていた/他臉上現出了堅決的神色。

ほばしら【帆柱】(名)桅,桅桿(=マスト);☆帆柱に登る/爬上桅桿。2 4

ほひ【墓碑】(名)墓碑;~めい【墓碑銘】(名)墓誌銘。0 1

ほひつ【補筆】(名・自サ)〔文〕增補,添寫。

ポピュラー【popular】(形動ダ)通俗的,受大衆歡迎的;孚衆望的;☆ポピュラーな小説/通俗的小說。1

ほひょう【墓表(標)】(名)〔文〕墓標,墓碑。0

ボビン【bobbin】(名)①繞線管;(縫紉機底線的)線軸;②〔電〕繞線圈用的筒狀物。1

ポプラ【poplar】(名)〔植〕白楊。1

ポプリン【poplin】(名)〔織〕絲經毛緯或絲經棉緯的一種有光澤而柔軟的織物,用作西洋襯衣和婦女、小孩的衣料。1 2

ほへい【歩兵】(名)〔軍〕步兵。0

ボヘミヤン【Bohemian】(名)①→ジプシー;②放蕩不羈的人;流浪者。2

ほほ【頰】（名）→ほお。①

ほほ（感）女子輕快的笑聲。②

ほぼ【略・粗】（副）大略，大體上，大致（＝おおかた）；☆仕事は、ほぼ片づいた／工作大體上做完了；☆円の周囲は直径の三倍にほぼ等しい／圓周大致等於直徑的三倍。①

ほぼ【保母】（名）保育員，保姆；☆幼稚園の保母になる／當幼兒園的保育員。①

ほほえみ【微笑み】（名）微笑；☆微笑みを浮かべる／（臉上）現出微笑。④⓪

*ほほえ・む【微笑む】（自五）①微笑；☆にっこりと微笑む／嫣然微笑；②〔轉〕（花）初放，乍開；☆春になって庭の草花がほほえみ始めた／到了春天院子裏的草花漸漸開放。③

ほほじろ【頰白】（名）→ほおじろ。⓪

ホマーテ【德 Homate】（名）〔地〕臼狀火山。②

ポマード【pomade】（名）頭髮（黏）油，髮脂。②

ほまえせん【帆前船】（名）帆船。⓪

ほまち（名）①臨時收入；☆ほまちを稼（かせ）ぐ／賺些零用錢，找些臨時收入；②私下攢的錢（＝へそくりがね）。⓪③

ほまれ【誉】（名）榮譽，名譽；☆彼の業績は国の誉である／他的成就是國家的榮譽。③⓪

ほむら【炎・焰】（名）〔文〕①＝ほのお；②（心中忿怒、嫉妬等的）火燄。⓪①

ほめそや・す【誉めそやす】（他五）極力稱讚，不停地讚許；☆一同はその勇敢な行為を誉めそやした／大家不住地稱讚他那勇敢的行為。⓪④

ほめたた・える【誉め称える】（他下一）極力稱讚，大事讚揚；盛讚；☆英雄の偉業を誉め称える／讚頌英雄的豐功偉績；図ほめたたふ（下二）。⓪⑤

ほめちぎ・る【誉めちぎる】（他五）＝ほめそやす；☆口を極めて誉めちぎる／極力稱讚。⓪④

*ほ・める【誉（褒）める】（他下一）讚揚，稱讚，讚美，褒揚；☆勇敢な行為を誉める／讚揚勇敢行為；☆彼の絵は多くの人に誉められた／他的繪畫受到了許多人的稱讚；☆誉められて怒る者はない／受到讚揚反而生氣的人是沒有的；☆それは余り誉めた話ではない／那不是值得讚揚的事情，不是什麼好事情；図ほむ（下二）。②

ホモ【拉 homo】（名）①人，人類；②〔生物〕純粹。①

ホモ【homosexuality 之略】（名）男同性戀。①

ほや【火屋】（名）①手爐的爐蓋；②（煤油燈等的）燈罩，玻璃燈罩。①

ほや【海鞘・保夜・老海鼠】（名）〔動〕海鞘。①

ぼや（名）①〔俗〕小火災，小火警；☆昨夜のぼやで物置が一棟焼けた／昨夜的小火災燒掉了一間庫房。①

ぼやか・す（他・サ）使…模糊不清；☆美辞麗句をつらねて主旨をぼやかす／用一大套美麗的辭句把主要的意圖弄得模糊不清。③

ぼや・く（自五）〔俗〕嘟囔，嘮叨不平；☆何をぼやいているのだ／（你）嘟囔什麼？②

ぼや・ける（自下一）模糊，不清楚；☆この写真はぼやけている／這張照片模糊；☆頭がぼやけている／腦筋不清楚。③

ほやほや（副・自サ）①剛剛出鍋，剛剛出爐，剛剛做熟（的食品），熱氣騰騰（的食品）；☆この薩摩芋は、まだほやほやしている／這個地瓜還熱氣騰騰的；☆出来たてでほやほやの饅頭（まんじゅう）／剛剛出爐的饅頭；☆大学出立てのほやほや／剛從大學畢業的人。①

ぼやぼや（副・自サ）發呆，呆傻，呆頭呆腦（＝ぼんやり）；☆ぼやぼやするな／別發呆；☆彼はいつもぼやぼやしているから怪我するのだ／他老是呆頭呆腦的，所以才受傷。①

ほゆう【保有】（名・他サ）〔文〕保有；☆農家の保有する米／農家所保有的大米。⓪

ほよう【保養】（名・自サ）①保養，休養；☆病後は体の保養が大切だ／病後保養身體是重要的事情；②消遣；☆芝居見物も時にはいい保養です／看戲有時候也是很好的消遣；☆目の保養をする／飽眼福。⓪

ほら【洞】（名）洞，洞穴；☆崖（がけ）の中途に洞がある／在山崖的半腰有一個洞。①②

*ほら（感）瞧（用於倉卒間促起對方的注意）；☆ほら、飛行機があの山の上を飛

んでいるよ／瞧，飛機在那座山的上空飛着呢。①

ほら【法螺】（名）①〔動〕海螺；☆合図に法螺を吹く／吹海螺爲信號；②大話，牛皮；☆法螺を吹く／說大話，吹牛皮；☆あの人の話には少しほらがある／他的話有點吹牛皮。①

ほら【鰡・鯔】（名）〔動〕烏魚。⓪

ほらあな【洞穴】（名）＝ほら（洞）。

ほらがい【法螺貝】（名）①〔動〕海螺；②以海螺殼作的號角。②

ほらふき【法螺吹】（名）①吹海螺號角（的人）；②吹牛皮（的人）；☆彼は法螺吹だから信用ができない／他是一個吹牛專家，不可靠。①

＊ほり【堀】（名）①溝，渠（＝みぞ）；☆堀を掘る／挖渠；☆川と川とを堀で連絡させる／用水渠把兩條河溝通起來；②護城河，濠；☆皇居のお堀／皇城的護城河。①

ほり【彫】（名）〔（ほる）的名詞形〕彫刻；☆彫がうまい／彫刻得好；☆彫の深い顔／輪廓鮮明的面龐。②

ポリ【polyetylene 之略】（名）聚乙烯；☆ポリ袋／PE袋；塑膠袋；☆ポリバケツ／塑膠桶。①

ポリープ【polyp】（名）①〔動〕水螅；②〔醫〕息肉。②

ポリオ【polio】（名）小兒麻痺。①

ほりさ・げる【掘り下げる】（他下一）①往下挖，往深掘；☆溝をさらに深く掘り下げる／把溝挖得更深；②〔轉〕深思，深刻思考，挖掘（思想）；☆問題を掘り下げる／深刻分析問題，図ほりさぐ（下二）。⓪

ポリシー【policy】（名）①政策，政治策略；②策略，機智，智慧。①

ポリス【police】（名）警察。①

ポリス【希 polis】（名）都市國家。①

ほりだしもの【掘出し物】（名）意外的收穫，偶然買到的便宜東西；☆掘出し物を見付ける／偶然發現便宜東西；☆掘出し物をする／買到便宜東西。⓪

ほりだ・す【掘り出す】（他五）①挖出，挖掘出；☆古代の石器を掘り出す／挖掘出古代的石器；②偶然發現，買到便宜東西；☆古本屋で珍しい本を掘り出した／在舊書舖買到了珍貴的書。⓪

ほりぬきいど【掘抜き井戸】（名）自流井。⑤

ほりばた【掘端】（名）濠邊，護城河畔。⓪

ぽりぽり【ぽりぽり】（副）①咬嚙硬物聲；☆ビスケットをぽりぽりかじる／喀吱喀吱地咬餅乾吃；②用指甲搔皮膚聲；☆背中をぽりぽり（と）掻く／喀吱喀吱地搔脊背。①

ぽりぽり【ぽりぽり】（副）＝ぽりぽり。

ポリメーター【polymeter】（名）〔理〕毛髮濕度計之一。③

ほりもの【彫物】（名）①彫刻（品）；☆このステッキは柄に彫物がしてある／這隻手杖的柄上有彫飾；②刺花，紋身，鯨墨，刺青；☆背中に竜の彫物がある／脊背上刺有龍形的刺青。②③

＊ほりゅう【保留】（名・他サ）①保留；☆態度を保留して様子（ようす）を見る／採取保留態度觀望形勢；②擱置；☆この問題は保留（と）して先に進みます／這個問題擱在一旁，先討論下一個問題。⓪

ボリューム【volume】（名）①量；②體積，容積；③〔樂〕音量。②

ほりょ【捕虜】（名）俘虜（＝とりこ）；☆捕虜になる／當俘虜。①

ほりわり【掘割】（名）溝；☆掘割を掘る／挖溝。⓪

＊ほ・る【掘る】（他五）挖，挖掘；☆溝（みぞ）を掘る／挖溝；☆芋を掘る／挖蕃薯。①

＊ほ・る【彫る】（他五）①彫刻；☆仏像を彫る／彫刻佛像；②刺花，紋身，鯨墨；☆背中に竜を彫る／在背上刺一條龍。①

ほ・る（他五）〔俗〕貪圖暴利，敲竹槓；☆あの店はぼるからやめた方が良い／那個鋪子敲竹槓不要去買。①

ポルカ【polka】（名）〔樂〕波爾加舞（曲）。①

ボルシェビキ【露 Bol'sheviki】（名）布爾什維克，激進份子。③

ホルスタイン【德 Holstein】（名）〔農〕荷蘭種乳牛。④

ホルダー【holder】（名）①支持物；☆ペンホルダー／鋼筆桿；②持有人，（地位等的）占有人；☆レコードホルダー／〔運動〕記錄保持人。①

ボルト【bolt】（名）螺釘，螺栓，繫桿；☆ボルトとナット／螺釘與螺帽。①

ボルト【volt】（名）〔電〕伏特（電壓的實用單位）。①

ボルドー【Bordeaux】（名）①法國西南部商港波爾多產的葡萄酒；②←ボルドー

えき；～えき【bordeaux 液】（名）〔農〕一種殺菌劑（硫酸銅與生石灰的混合液,消除病毒、蟲害用）。①②

ポルノ（グラフィー）【pornography】春畫,色情文學。①

ホルマリン【德 Formalin】（名）〔化〕福爾馬林,蟻醛溶液。③⓪

ホルモン【hormone】（名）〔生〕荷爾蒙,激素；〔俗〕（食品）內臟；☆ホルモン燒き／牛、猪、鷄等的烤內臟。①

ホルン【horn】（名）〔樂〕法國號,號角①

ほれいしゃ【保冷車】（名）冷藏車。

ほれぼれ【惚れ惚れ】（副・自サ）令人喜愛,令人神往,令人心蕩；☆惚れ惚れと眺める／越看越覺得可愛；☆惚れ惚れする笑顔（えがお）／迷人的笑臉；☆惚れ惚れさせる／令人神往；☆惚れ惚れするような声／有魅力的聲音。③

ほ・れる【惚れる】（自下一）①戀慕,迷戀；☆惚れた女／所戀慕的女人；☆惚れた同志／情侶；②喜愛,欣賞,佩服；☆君の度胸には惚れた／我很佩服你的膽量；☆その人物に我々はみな惚れ込んだ／我們大家都很喜愛他的為人；③神往；☆彼女の美しい声に聞き惚れた／聽了她的美妙聲音為之神往。⓪

ボレロ【bolero】（名）①〔縫紉〕無紐釦的女子短上衣；②〔樂〕（西班牙的）波利樂舞（曲）。

ほろ【幌】（名）車篷；☆人力車の幌をおろす／把人力車的車篷放下來；～ばしゃ【幌馬車】（名）帶篷車馬。①

*ぼろ【襤褸】（名）①破布,破爛衣服；☆ぼろを纏（まと）っている／穿着破爛衣服；②〔轉〕缺點；☆ぼろを出す／露出缺點；③〔轉〕（接頭）表示破爛不堪或有缺點的意思；☆ぼろ自動車／破汽車①

ポロシャツ【poloshirt】（名）一種短袖套頭襯衫。

ぼろい（形）〔俗〕利大的,暴利的；賺錢容易的；☆ぼろい,もうけをやる／一本萬利,賺大錢；☆ぼろい商売／利大的買賣。②

ぼろくそ【襤褸糞】（形動ダ）一文不值；☆ぼろ糞にけなされる／被挖苦得一文不值。

ほろっと（副）＝ほろり。②

ほろにが・い【ほろ苦い】（形）味稍苦的；☆ビールの味はほろにがい／啤酒稍苦

；☆ほろにがい人生／苦中有甜的人生④

ポロニウム【polonium】（名）〔化〕釙③

ポロネーズ【法polonaise】（名）〔樂〕波蘭舞（曲）。③

*ほろ・びる【滅（亡）びる】（自上一）滅亡；☆国家が滅びる／國家滅亡；☆この名は亡びてもこの名は後世に残るだろう／此身雖亡此名將留傳於世；図ほろぶ（上二）。⓪③

ほろ・ぶ【滅（亡）ぶ】（自五）〔文〕＝ほろびる。⓪②

*ほろぼ・す【滅（亡）ぼす】（他五）使…滅亡；☆敵国を滅ぼす／滅亡敵國；☆身を滅ぼす／喪命,葬送生命。⓪③

ほろほろ（副）①物散落貌；☆山吹（やまぶき）の花がほろほろ（と）落ちる／棣棠花紛紛凋落；☆ほろほろ涙がこぼれる／潸潸落淚；②雉鷄、小鳥等的鳴聲；～ちょう【ほろほろ鳥】（名）〔動〕珍珠鷄。

ぼろぼろ（名・副）①（衣服等）破爛不堪（貌）；☆ぼろぼろの帽子をかぶる／戴一頂破爛不堪的帽子；②（東西）易壞貌；☆壁がぼろぼろ剝（は）がれる／牆皮一碰就掉；③粒狀物、塊狀物紛紛散落貌；☆御飯粒（つぶ）がぼろぼろこぼれる／飯粒巴達巴達地掉落。①

ほろよい【ほろ酔い】（名）微醉；☆彼はほろ酔い機嫌だ／他有點醺醉了。⓪

ほろり（副）①紛紛撒落貌；☆涙がほろりと落ちる／落（一滴）淚；②微醉貌；☆ほろりと酔う／微醉；③感動貌；☆その哀れな話にはほろりとさせられた／聽了那個可憐的故事令人深為感動。②③

ホワイト【white】（名）①白,白色；②白種人；③純潔（的）；～ソース【white sauce】（名）〔烹飪〕白色糊狀調味汁；～ハウス【white house】（名）（美國總統官邸）白宮。②

－ほん【本】（接尾）接在數詞後面,表示計算細長 物的單位 ；☆鉛筆（釘、ビール）二本／兩隻鉛筆（兩根釘子,兩瓶啤酒）；☆松の木五本／五棵松樹；〔注意〕接在一、六、十後發生促音為（ぽん）、三後連濁音為（ぼん）。

*ほん【本】（名）書,書籍；☆本を読む／閱讀書；☆本を出版する／出版書籍,出書。①

*ぼん【盆】（名）①盤；☆お茶を盆に載せ

て運ぶ／把茶（杯）放在茶盤上端去；②←うらぼん。◻0

ほんあん【本案】（名）〔文〕本案，本議案。◻1

ほんあん【翻案】（名・他サ）（文學作品等的）改編；☆坪内逍遙の戯曲を翻案して上演する／把坪内逍遙的劇本加以改編而上演。◻0

ほんい【本位】（名）本位；中心；☆金を本位とする貨幣／以黃金爲本位的貨幣；☆利益本位の考え方／以利益爲中心的想法。◻1

ほんい【本意】（名）〔文〕①眞意，本心；☆これが彼の本意かどうか疑わしい／這是不是他的本心很有疑問；②本願；☆断るのは本意ではない／拒絕並非出於本願；③初衷；☆本意を遂（と）げる／達到初衷。◻1

ほんい【翻意】（名・自サ）改變主意，改變最初的決心；☆相手の翻意を促（うなが）す／促請對方回心轉意。◻1

ほんえい【本営】（名）〔軍〕本營，司令部。◻0

ほんおどり【盆踊り】（名）（舊曆七月十五）盂蘭盆會時舉行的民間舞。◻3

ほんか【本科】（名）（學校的）本科；☆予科を卒業して本科にはいる／預科畢業後進入本科。◻1◻0

ほんかい【本懐】（名）本願；生平的願望（＝ほんもう）☆義のために死を選ぶのは男子の本懐だ／爲正義而死是男兒的本願☆本懐を遂げる／達到生平的願望◻1◻0

ほんかいぎ【本会議】（名）①正式會議；②全體大會。◻3

ほんかく【本格】（名）〔文〕正式；☆こういう風に使用するのが本格である／這樣使用是正式的用法；～てき【本格的】（形動ダ）正式的；☆本格的工事を開始した／正式地開工了。◻0

ほんかん【本官】Ⅰ（代）官吏的自稱；Ⅱ（名）本來的官職，本職；☆本官を免ず／免去本職。◻1◻0

ほんかん【本館】（名）①原來的建築物，主要的樓房，正樓；☆受付は本館の入口にある／傳達室在正樓的入口；②〔文〕本建築物，這個樓房。◻0

ほんがん【本願】（名）〔佛〕本願；普渡衆生之願。◻1◻0

ポンかん【ポン柑】（名）〔植〕椪柑〔（

ポン）是印度地名 Poona〕。◻0◻3

*ほんき【本気】（名・形動ダ）①眞心，眞實；☆嘘を本気にする／把謊言當作眞實；②認眞；☆本気で考える／認眞考慮；☆こんな仕事は本気になれば朝飯前だ／這樣工作如果認眞去做，是輕而易擧的◻0

ほんぎ【本義】（名）〔文〕本來的意義，根本的意義。◻1◻3

ほんぎまり【本決まり】（名）正式決定，最後決定；☆賃金値上がりが本決まりになる／提高工資得到最後決定。◻0◻3

ほんきゅう【本給】（名）本薪，基本工資；☆本給の外（ほか）に手当（てあて）がつく／在基本工資以外附加津貼。◻0

ほんきょ【本拠】（名）根據地；☆北海道を本拠にして工作を開始する／以北海道爲根據地開始工作。◻1

ほんぎょう【本業】（名）本業，正業；☆彼はテニスの選手だが本業は医者だ／他是網球選手，而他的正業却是醫師◻1◻0

ほんきょく【本局】（名）（別於支局的）本局，總局；☆本局でないと受け付けない／非總局不受理。◻0

ほんぐみ【本組】（名）〔印〕拼版。◻0

ほんくら（名・形動ダ）〔俗〕愚笨的人，呆子。◻0

ほんくれ【盆暮れ】（名）陰曆七月十五日和年末；☆盆暮れのボーナス／年中和年末的奬金。◻1

ほんけ【本家】（名）①本家，嫡系的家庭；②創始人，發起人；第一家；起源；☆本家争いをする／爭執誰是第一家，爭執誰是創始人；☆中国が三味線の本家だ／三絃起源於中國；～ほんもと【本家本元】（名・連語）本家，第一家；本人，創始人；☆これは本家本元から聞いたのだ／這是從本人那裏聽來的。◻1

ほんげつ【本月】（名・副）本月；☆本月分の給料をもらう／領取本月分的工資◻1

ほんけん【本件】（名）〔文〕本案，這件事；☆本件に就いては確答致し兼ねます／關於這件事礙難明確答覆。◻1

ほんけん【本絹】（名）純絲，眞絲；☆本絹のハンカチは人絹より値段が高い／純絲的手帕比人造絲的價錢貴。◻1

ほんげん【本源】（名）〔文〕本源，根源；☆物事（ものごと）の本源をきわめる／究明事物的根源。◻3◻0

ほんご【梵語】（名）梵文，梵語（＝サン

スクリット）；☆梵語を研究する／研究
梵文。[0]

ほんこう【本校】（名）①（別於分校的）
本校；②（自稱）本校；☆本校は中学教
師を養成することを目的とする／本校以
培養初級中學教師爲目的。[0]

ほんごう【本号】（名）（雑誌等的）這一
期，本期；（報紙的）本日的報。[1]

ほんこく【翻刻】（名・他サ）〔印〕翻版
；☆古典の翻刻／古書的翻版。[0]

ほんごく【本国】（名）①本國，祖國；☆
本国へ送還する／送回本國；②故鄉（＝
ふるさと）。[1]

ほんごし【本腰】（名）眞正的實力，認眞
努力；☆本腰を入れる／認眞努力地工作
；☆本腰になってその問題と取り組む／
認眞地設法處理那個問題。[0]

ほんこつ【凡骨】（名）〔文〕庸人，平凡
的人；☆凡骨のよくするところではない
／不是庸人所能做得到的。[0]

ポンコツ（名）老舊不堪的東西；☆ポンコ
ツ車／破汽車。[0]

ホンコンシャツ【香港＋shirt】（名）香港
衫。

ほんさい【本妻】（名）正妻。[0]

ほんさい【凡才】（名）庸材，庸人。[0]

ほんさい【盆栽】（名）盆栽，栽在盆裏的
花木，花盆；☆盆栽いじり／擺弄花木[0]

ほんさく【凡作】（名）平庸的作品；☆今
月の雑誌の小説は凡作揃（ぞろ）いだ／
本月號雑誌所登載的小説全都稀鬆平常[0]

ほんざん【本山】（名）①〔佛〕總寺院；
②中心（地）；根據地。[1]

ほんし【本旨】（名）本意，本來的意圖，
宗旨；正眞目的；☆それは私の本旨では
ない／那不是我的本意；☆教育の本旨に
もとる／違背教育的眞正目的。[1]

ほんし【本紙】（名）本報，這個報紙；☆
本紙の読者／本報的讀者。[1]

ほんし【本誌】（名）本刊，這個雑誌。[1]

ほんしき【本式】（名・形動ダ）正式；☆
本式の食事／正餐，盛餐；☆戦はいよい
よ本式に始まった／戰鬪正式地開始了；
☆私のバイオリンは本式に習ったのでは
ない／我拉小提琴不是正式學的。[0]

*ほんしつ【本質】（名）本質；～てき【本
質的】（形動ダ）〔文〕本質（上）的；
☆君の考えは本質的にまちがっている／
你的想法在本質上是錯誤的。[0]

ほんじつ【本日】（名・副）〔文〕本日，
今天（＝きょう）；☆この切符（きっ
ぷ）は本日限り有効です／此票限於本日
有効。[1]

ほんしゃ【本社】（名）〔文〕①主要的神
社；②本神社，這個神社；③本社，本公
司；④總社，總公司；☆本社に転勤する
／調到總公司工作。[1]

ほんしゅう【本州】（名）〔地〕本州（日
本羣島中的主島）。[1]

ほんしょう【本性】（名）①本性；☆酔う
と本性があらわれる／一喝醉就露出本性
來；②知覺，理性；☆本性を失う／失知
覺，神志不清；◇生（なま）酔い本性た
がわず／人的本性不因醉酒而有所改變，
酒不亂性。[3][1]

ほんじょう【本状】（名）〔文〕此信，這
封信；☆本状の持参者にお渡し願います
／請交給拿這封信去的人。[1]

ほんしょう【梵鐘】（名）寺院的鐘，鐘樓
上的掛鐘。[0]

ほんしょく【本職】Ⅰ（名）①本業；本來
的職業；☆本職は記者だ／本來的職業是
記者；②專業；內行；☆本職の外交官／
業的外交官；☆本職の軍人／職業軍人；
☆あなたの絵は本職もはだしだ／你的畫
內行都要退避三舍Ⅱ（代）官吏的自稱[0][1]

ほんしん【本心】（名）①本心，眞心；☆
本心から出た言葉／從良心裏說出來的話
；②正常的心理狀態；☆本心に立ち帰る
／清醒過來，鎭靜下來，恢復正常的心理
狀態。[3][1]

ほんじん【凡人】（名）普通人，平凡的人
；☆われわれ凡人にはさっぱり分らない
／我們普通人完全不能理解。[3][0]

ポンス【荷 pons】（名）①橙子汁；②以
果汁、白蘭地酒、糖水合成的一種飲料（
＝ポンチ）。[1]

ほんすじ【本筋】（名）①（故事等的）本
來的情節；②主要的路線，本來的方向；
☆その議論は本筋からはずれている／這
個議論離開了本題。[0]

ほんせい【本姓】（名）①本來的姓氏；☆
離婚して本姓にかえる／離婚之後恢復本
來的姓氏；②本姓，眞姓；☆本姓を隠す
／隱姓。[1][0]

ほんせき【本籍】（名）原籍；☆本籍と現
住所が違う／原籍和現住所不一致。[1][0]

ほ

ほんせき【盆石】（名）作盆景用的石頭。[0]

ほんせつ【梵刹】（名）佛教的寺院。[0]

ほんせん【本線】（名）〔鐵〕（對支線而言的）本線，幹線。[0]

ほんぜん【本然】（名）本來；☆本然の姿／本來面目，本來的狀態。[0]

ほんぜん【本膳】（名）〔烹飪〕（宴席的）主要菜肴（特指擺在每人面前的第一食案上的菜肴）；↔にのぜん。[1]

ほんぜん【翻然】（副）〔文〕翻然；☆翻然（と）（として）心を改める／翻然悔改。[0]

ほんそう【奔走】（名・自サ）〔文〕奔走，張羅；☆友人の奔走で就職する／靠友人的奔走而就業；☆資金の調達に奔走する／張羅籌款。[0]

ほんそう【本草】（名）〔文〕①草木植物；②←ほんそうがく；～がく【本草学】（名）本草學，中國古時的植物學；～こうもく【本草綱目】（名）（李時珍的）本草綱目。[0]

ほんぞく【本属】（名）所屬，直屬；☆本属長官に報告する／報告所屬長官。[0]

ぼんぞく【凡俗】（名・形動ダ）〔文〕庸俗（的人）☆凡俗な人間／庸俗的人。[0][1]

ほんぞん【本尊】（名）①〔佛〕正尊，主佛；☆この寺の本尊は阿弥陀如来だ／這座寺院的主佛是如來佛；②〔轉〕中心人物；☆この事件の本尊は、すでに逃亡した／這個事件的中心人物已經逃跑了；③〔諧〕本人；☆御本尊は一向（いっこう）知らないらしい／他本人好像一無所知。[1]

ぼんだ【凡打】（名・他サ）〔棒球〕不出色的打擊，平庸的打擊。[0][1]

ほんたい【本体】（名）①眞相，本來面目；☆計略の本体を明かす／揭露策略的眞相；②〔哲〕實體，本體，本質，☆宇宙の本体を究める／究明宇宙的實體；③主體；☆この事業は社会福祉を本体とする／這個事業以社會福利爲主體；～ろん【本体論】（名）〔哲〕實體論。[1]

ほんたい【本態】（名）〔文〕本來的姿態，本來的狀態。[1][0]

ほんたい【本隊】（名）（對支隊而言的）本隊，中心部隊。[1][0]

ほんだい【本題】（名）本題，正題☆これから本題にはいる／從現在起進入正題。[0][1]

ほんたく【本宅】（名）主要的住宅；平常居住的住宅；☆彼は本宅を売り払って別荘に住んでいる／他把老宅子賣了住在別墅。[0]

ほんたて【本立】（名）架書器，書架。[1]

ほんだな【本棚】（名）書架，書櫥；☆本棚から一冊の百科辞典を取り出す／從書架上取出一本百科全書。[1]

ぼんち【盆地】（名）〔地〕盆地；☆山の間が盆地になっている／山中間形成一個盆地。[0]

ポンチ【punch】（名）①＝ポンス；②漫畫，諷刺畫。[0]

ほんちょうし【本調子】（名）①（三絃的）基本的調子，正調；②常態，應有的狀態；☆本調子をとりもどす／恢復常態；☆病気がなおって、からだの具合がやっと本調子になる／病癒之後身體好容易才恢復常態。[3]

ほんてい【本邸】（名）本宅，（對別邸而言的本邸）。[0]

ほんてん【本店】（名）①（對支店而言的）本店，總號；②這個店舖，本號。[0]

ほんでん【本田】（名）〔農〕（對苗田而言的）揷秧的稻田。[0]

ほんでん【本殿】（名）（神社等的）正殿，大殿。[0]

ほんと（名）→ほんとう。[0]

ほんど【本土】（名）本土，本國；☆イギリス本土を攻める／進攻英國的本土。[1]

ポンド【pound】（名）①（英國重量名）磅（＝335.6公克）；②（英國貨幣單位）鎊（＝20先令）；～ブロック【pound bloc】（名）〔經〕英鎊集團（出口貿易以英鎊結算的地區、各國）。[1]

*ほんとう【本当】（名・形動ダ）①眞，☆本当の話をする／說眞話；☆本当？，本当ですか／是眞的嗎？；☆そんなことを言うと彼は本当にするよ／你說那話他將信以爲眞；②實在；☆今年の夏は本当に暑い／今年夏天實在熱；☆本当にお気の毒です／實在對不起，實在可憐；③眞正；☆この造花は本当の花のようだ／這個假花像眞花一樣；④本來，正常；☆本当はこれは皮でこしらえるべきだ／本來這應該用眞皮製造；☆まだ本当の陽気じゃない／還不是正常的天氣，氣候還不算正常；☆私の体はまだ本当でない／我的身體還不正常，沒有恢復常態；⑤正確；☆今何時（なんじ）が本当か／正確說來現

在是幾點鐘。◎

ほんとう【本島】（名）①本島，主要的島嶼；②〔地〕＝ほんしゅう（本州）；③這個島。

ほんどう【本堂】（名）〔佛〕正殿。①

ほんどう【本道】（名）①主要街道，幹線道路；②正道。◎

ほんに【本に】（副）眞正，實在（＝まことに）；☆あなたは本に情深い方／你眞是一個好心眼的人。①

ほんにん【本人】（名）本人，☆本人から聞いた事だから事實に相違ない／因爲是從本人那裏聽來的所以一定是事實；☆御本人は何も知らないらしい／他本人好像還一無所知。①

ほんね【本音】（名）眞話，眞心話；☆本音を吐く／說出眞心話。◎

ボンネット【bonnet】（名）①一種婦女（或小孩）帽（前部有寬緣，在顎下繫帶）；②（車子的）引擎蓋。③

ほんねん【本年】（名）本年，今年（＝ことし）；☆三ケ年計画は本年を以って完成する／三年計劃在今年完成。①

ほんの【本の】（連體）〔原義是實在（＝ほんとの，まったくの），只用於表示小的，少的，一點點的事物〕不過，僅僅，一點點，些許；☆ほんの少し／一點點；☆これは、ほんのおしるしです／這只不過是聊表寸心；☆まだほんの子供です／還不過是一個小孩子，☆ほんの名ばかり／徒有其名；☆あの人とは、ほんのちょっとした知り合いです／（我）跟他僅僅是一面之識；☆ここからは、ほんの一足（ひとあし）だ／離這裏很近。◎

ほんのう【本能】（名）本能。①◎

ほんのう【煩悩】（名）煩惱；☆煩悩のきずなを断つ／斬斷煩惱的枷鎖③◎

ほんのくぼ【盆の窪】（名）頸窩。③

ほんのり（副・自サ）微微，稍微；☆東の空が、ほんのりと明かるくなる／東方的天空微明；☆ほんのりと顔が赤らむ／臉上微微發紅；☆ほんのりした風味（ふうみ）／淡淡的風味。③

ほんば【本場】（名）①眞正產地，主要產地；☆蜜柑の本場／橘子的主要產地；②發源地；☆彼の英語は本場で習ったのだ／他英語是在英國學的；☆彼は音楽の本場を踏んで来ている／他是在音樂最發達的地方學的音樂；他的音樂受過正式訓

練；③〔經〕（交易所的）上午的交易◎

ほんばこ【本箱】（名）書箱，書櫥。①

ほんばしょ【本場所】（名）①〔拌角〕（相撲）決定力士的等級、待遇等的正式比賽；②＝ほんば（本場）。◎

ほんばん【本番】（名）（電影、廣播等的）正式演出；☆ぶっつけ本番／不經過排演馬上正式演出。◎

ぽんびき【ぽん引】（名）〔俗〕①（大都市中欺騙外來人的）拆白者，騙子；②（替私娼等）招攬客人者。◎

ほんぶ【本部】（名）本部，☆本部の指令に従う／遵照本部的指令。①

ぼんぷ【凡夫】（名）凡夫，凡人，☆凡夫のよくなし得るところではない／不是凡夫所能做得到的。①

ポンプ【荷pomp】（名）〔理〕泵，抽（水）機，唧筒；☆ポンプで水を汲（く）み出す／用抽水機抽水。①

ほんぶし【本節】（名）上等木魚，上等魚乾。◎

ほんぶり【本降り】（名）（雨）大降；☆雨がいよいよ本降りになった／雨下大了◎

ほんぶん【本分】（名）本分，應盡的責任；☆代表としての本分を忘れるな／別忘了代表所應盡的本分。①

ほんぶん【本文】（名）本文，正文；☆条約の本文／條約的本文；☆本文を参照せよ／請參閱正文。①

ボンベ【德 Bombe】（名）（裝高壓氣體的）圓筒形容器。①

ほんぺん【本編】（篇）（名）①正篇；②這一篇。①

ほんぽ【本舗】（名）〔文〕本號，總號①

ほんぽう【本邦】（名）〔文〕本國，日本國。①

ほんぽう【本俸】（名）本薪，基本工資；☆本俸よりもいろいろな手当（てあて）の方が多い／種種的津貼加起來比本薪還多。①◎

ほんぽう【奔放】（名・形動ダ）〔文〕奔放；☆自由奔放な想像力／自由奔放的想像力。◎

ぼんぼり【雪洞】（名）紙罩蠟燈。◎

ぼんぼん（名）〔方〕少爺。③

ボンボン【bon-bon】（名）①酒餡的巧克力；②小形糖菓。③

ぽんぽん（名）〔兒〕肚子；☆アイスキャンデーを食べすぎるとぽんぽんが痛くな

るよ／冰棒吃多了肚子要疼的。①

ぼんぼん（副）①憤怒貌；☆ぼんぼん怒る／大怒；②不客氣貌；☆あの人は思った事を何でもぼんぼん言う／他心裏有什麼就不客氣地説出來；③〔擬聲〕砰磅，咱咱；☆花火がぼんぼん上がる／燄火砰磅地放起到天空；☆ぼんぼん手を鳴らす／咱咱的拍手；☆鉄砲をぼんぼん撃つ／砰砰地放槍。①

ぼんぼんどけい【ぼんぼん時計】（名）有擺的時辰鐘。⑤

ほんまつ【本末】（名）〔文〕本末；☆あなたの考え方は本末を顛倒している／你的想法是把本末弄顛倒了,是捨本逐末了①

ほんまる【本丸】（名）城堡的中心部分⓪

ほんみょう【本名】（名）本名,眞名；☆本名を明かす／道出眞名。①

ほんむ【本務】（名）〔文〕本分；☆人間の本務を忘れる／忘却做人的本分；②本來的任務,本業；☆本務に精を出す／務本業,努力做分内的工作。①

ほんめい【本命】（名）①〔星相〕本命（年）②〔賽馬、賽自行車〕被認爲會獲勝的馬等。①⓪

ほんもう【本望】（名）①本願,本來的願望；☆本望を遂げる／達到宿願；②滿意,滿足；☆畳の上で死ねれば本望だ／如能得到善終於願已足。①③

ほんもと【本元】（名）①根源；②→ほんけ；☆本元から買う／從生產的工廠直接購買。⓪

ほんもの【本物】（名）①眞東西,眞貨,眞的；☆本物と贋物（にせもの）を見分ける／辨別眞東西和假東西；☆この造花は眞で本物のようだ／這個假花簡直像眞的一樣；②正式的（專門的）事物；☆彼の声楽は本物だ／他的聲樂（唱歌）是正式的。⓪

ほんや【本屋】（名）①書店；☆彼は本屋をやっている／他在開書店；②開書店的人；☆あの人は本屋だ／他是開書店的；③＝おもや。①

*ほんやく【翻訳】（名・他サ）①翻譯；☆この小説はフランス語から翻訳したものだ／這篇小説是從法語翻譯的；☆英語に翻訳する／譯成英語；②翻譯的東西；譯本；☆トルストイの小説を翻訳で読む／讀托爾斯泰的小説的譯本。⓪

*ぼんやり（名・副・自サ）①模糊,不清楚；☆テレビの画像がぼんやりする／電視影像模糊不清；☆子供の時の事をぼんやり（と）覚えている／童時的事情還模糊地記得；②呆,發呆,不注意,心不在焉；☆ぼんやり考え込む／呆呆地沉思,☆ぼんやりするな／不要發呆,要加小心；☆一日中ぼんやり（と）して暮らす／一天到晚呆呆地度過；☆ぼんやりして汽車を乗り違えた／心不在焉地上錯了火車；③呆子。③

ぼんよう【凡庸】（名・形動ダ）〔文〕庸碌,平庸,平凡（的）人。⓪

ほんよみ【本読】（名）①讀書（的人）；②〔劇〕讀劇本（在排演前由作者或導演向演員宣讀介紹）。④⓪

*ほんらい【本来】（名）本來,原來；☆本来は良いものでも用い方によって悪くなる／本來是好東西,由於用法不當也會變爲壞東西；☆本来の面目を保つ／保持原來的面目；◇本来ならば,本来から言えば／按道理,按説；☆本来ならば電報で知らせるところだが／按道理應該打電報通知一下。①

ほんりゅう【本流】（名）①〔河川的〕正流,本流；②〔思潮的〕主流；☆近代芸術の本流／近代藝術的主流。⓪

ほんりゅう【奔流】（名）〔文〕奔流,急流；☆奔流が堤防を破壊する／奔流衝壞堤防；☆奔流のような勢いで四方に広まる／以奔流之勢傳播四方。⓪

ほんりょう【本領】（名）①本領；☆本領を発揮する／發揮本領；②特長；☆小説を書くのは彼の本領（とするところ）ではない／寫小説不是他的特長；③本來的領地。①⓪

ほんるい【本塁】（名）①〔文〕根據地；②〔棒球〕本壘～だ【本塁打】（名）〔棒球〕返壘球,全壘打（＝ホームラン）①⓪

ほんろう【翻弄】（名・他サ）①播弄,玩弄；☆暴風にあって船が波に翻弄される／船遭暴風在浪中盪來盪去；②愚弄；☆人に翻弄される／被人愚弄。⓪

ほんろん【本論】（名）（對序言而論的）本論,正文；☆これから本論にはいります／現在書歸正傳,現在來談主要問題①

ほ

ま①五十音圖「ま行」第一音；發音爲 ma；②〔字源〕平假名是「末」字的草體；片假名是「万」字的略體。

ま一【真】（接頭）①誠實，眞誠；☆真心／誠心；②正，☆真東／正東；③純，沒有雜質；☆真白／純白，雪白；☆真新しい／嶄新。

一ま【間】（接尾）（計算房間的詞）間；☆二間（ふたま）／兩個房間。

*ま【間】（名）①空隙，間隔；☆間を開ける／留出間隔；☆間を塞（ふさ）ぐ／填滿空隙；☆三フィートずつ間を置いて／分別留出三英尺間隔；②（時間）間歇，閑空，閑暇；☆仕事の間を見て食事をする／抓工作的空檔兒吃飯；③〔樂〕休止，停唱；☆あの人の歌は間が変だ／他唱的歌走了板；④房間，屋子；☆あの家は間がいくつありますか／那所房子有幾個房間？／間を借りる／租一個房間；⑤時間，工夫；☆一寸間をおいて／過了一會兒；☆上着を脱ぐ間もない／連脱上衣的工夫都沒有；☆発車までにはまだ間がある／離開車還有一些時間；⑥（合適的）時候，機會；☆間を見て言う／抓個機會說；☆夜の間に逃げた／趁着夜晚逃跑了；◇間がいい／湊巧，走運／何んて間がいいんだろう／有多麼走運！間が抜ける／①愚蠢，糊塗；②馬虎，大意；☆顔にどこか間の抜けたところがある／有些呆頭呆腦；間が悪い／①不湊巧，不走運；☆間が悪く雨が降って来た／不湊巧下起雨來；②害臊，不好意思；間をくばる／分開間隔；間に合う／來得及，趕得上；間に合わせる／①使來得及，趕辦；②（以代用品等）暫時對付，將就；☆あっという間に／瞬間，刹那間；☆あっという間に煙が消えた／刹那間煙消失了。⓪

ま【真】（名）眞實，實在；☆冗談を真に受ける／把玩笑當作眞話；☆人の言葉を真に受ける／相信別人的話。⓪

まⅠ（副）①再，又（＝いま，もう）；②＝まあ，まず；Ⅱ（感）〔女〕表示輕微的驚歎。

ま【魔】（名）魔，惡魔，魔鬼；☆魔を払

う／驅邪；☆魔を除ける／除魔；◇魔が差す／中魔，鬼使神差；☆彼が人殺（ひとごろ）しをするなんて魔がさしたんだね／他竟能幹出殺人的勾當眞是鬼使神差。⓪|1|

*まあⅠ（副）①暫先，暫且；一會兒（＝まず，しばらく）；☆まあお掛けなさい／請坐一會；☆まあお靜かに，お靜かに／請肅靜一些；②表示躊躇；☆まあ行かずにおこう／我不去了吧；③還算，勉強，還可以（＝まずまず）；☆君としてはまあ上出来というところだ／照你說來還算做得不錯哩；Ⅱ（感）①（表示驚歎）嘿；☆よくもまあそんなことが言えたもんだ／嘿，他竟能說出邪種話來；②（呼人聲）喂；☆まあお待ちなさい／喂！等一等。|1|

マーガリン【margarine】（名）人造奶油。⓪

マーガレット【marguerite】（名）〔植〕延命菊。|4|

マーキュロ（クロム）【mercurochrome】（名）〔藥〕汞溴紅，紅藥；紅藥水。⓪

マーク【mark】（名・他サ）①商標；②記號，符號，印記；☆検査済のマークを付ける／蓋上驗訖印；③標識，徽章；☆襟に学校のマークをつける／衣領上帶上校徽；④盯住；尾隨；☆警察にマークされる／被警察盯上；⑤〔足球〕盯人，看人；⑥〔橄欖球〕（罰球者在地上用脚跟畫的）脚印。|1|

マーク【mark】（名）馬克（德國貨幣單位，＝マルク）。⓪

マーケット【market】（名）市場（＝いちば）；☆マーケットで買物をする／在市場購物；☆海外にマーケットを開拓する／向國外開拓市場。|1||3|

マージャン【麻雀】（名）麻將。⓪|1|

マージン【margin】（名）①緣，邊；②盈餘；③（交易所中的）保證金。|1|

まあたら・しい【真新しい】（形）全新的，嶄新的；☆真新しいワイシャツ／嶄新的襯衫。|5|

マーチ【march】（名）〔樂〕進行曲；☆マーチを奏する／奏進行曲。①

マーブル【marble】①大理石；②大理石花紋（的紙）。①

まあまあⅠ（副）①（表示催促或撫慰）得了，好了好了，行了行了，哎哎；☆まあまあ泣くんじゃない／哎哎，別哭啦；☆まあまあおちつきなさい／得了得了，冷靜點吧；②大致，還算（＝まずまず）；☆まあまあ大丈夫だろう／大致不要緊吧，還可以吧；Ⅱ（感）〔女〕表示吃驚。①

マーマレード【marmalade】（名）橘皮果醬。①④

*ーまい【枚】（接尾）（計算平薄物的詞）張，幅，塊，扇，片；☆紙五枚／五張紙；☆皿二枚／兩個碟子；☆銀貨十枚／十塊銀元；☆蒲団一枚／一床被；☆戸六枚／六扇門；☆紙幣三枚／三張鈔票；☆葉一枚／一片葉子。

まい【舞】（名）舞，舞蹈，☆舞を舞う／舞蹈；☆舞を習う／學舞蹈。

*まい【助動・特殊型】①（否定的推測）大概不，也許不‥(=ないだろう)；☆さか嘘ではあるまい／大概不至於是謊話；☆明日雨は降りますまい／明天大概不會下雨；☆こんなに重くては子供では持てまい／這樣重小孩大概拿不動；②（否定的決心）不‥，不打算‥(=ないつもりだ)；☆これからもう何も言うまい／今後什麼也不想說了；☆あんな所には二度と行くまい／這種地方再也不想去；③（否定的商量）不‥吧；☆これからお互に冗談を言うまい／以後我們不要再開玩笑吧；図まじ（形シク）。

まいあが・る【舞い上がる】（自五）飛舞，飛揚；☆土ぼこりが舞い上がる／塵土飛揚。④⓪

まいあさ【毎朝】（名・副）每天早晨；☆毎朝歯を磨く／每天早晨刷牙。①

まいおうぎ【舞扇】（名）舞蹈用的扇子③

マイカー【my car】（名）私人汽車，自己的汽車。③

まいかい【毎回】（名・副）每回，每次；☆毎回無得点に終わる／每次都沒有得分⓪

まいきょ【枚挙】（名・他サ）〔文〕枚舉；☆枚挙に遑（いとま）がない／不勝枚舉。

*マイク（名）←マイクロフォン。①

マイクロウェーブ【microwave】（名）微波。⑤

マイクロフォン【microphone】（名）傳聲器，麥克風。④

まいこ【舞子・舞妓】（名）（宴席間助興的）舞妓。⓪

*まいご【迷子】（名）①迷路的孩子；走丟的孩子；☆迷子を捜す／尋找走失的小孩；②〔轉〕遺失；☆迷子になった荷物／遺失的行李；沒有主的行李；～ふだ【迷子札】（名）為防小孩走失繫在身上的姓名住址牌。①

まいこ・む【舞い込む】（自五）①飛進；☆窓から雪が舞い込む／雪從窗戶飛進來；②（出乎意外地）到來，進來；☆災難が舞い込む／災禍降臨；☆無名の手紙が舞い込む／突然接到一封匿名信。③

まいじ【毎時】（名・副）〔文〕每一小時；☆毎時五百キロメートルの速さ／每小時五百公里的速度。⓪①

まいしゅう【毎週】（名・副）每週；☆毎週日曜には教会に行く／每逢星期天到教堂去（做禮拜）。⓪

まいしょく【毎食】（名）每頓飯；☆毎食後三十分に薬を飲む／每飯後三十分吃藥⓪

まいしん【邁進】（名・自サ）〔文〕邁進；☆一路邁進する／一往直前。⓪

マイシン（名）〔醫〕→ストレプトマイシン。①

まいすう【枚数】（名）張數，扇數，片數，塊數；→まい（枚）；☆切符の枚数を数える／數票的張數。③

まいそう【埋葬】（名・他サ）埋葬；☆墓地に埋葬する／葬在墳地。⓪

まいぞう【埋蔵】（名・他サ）〔文〕埋藏；☆秘密書類を埋蔵する／埋藏秘密文件；☆石炭の埋蔵量／煤的埋藏量。⓪

まいもんじ【真一文字】（名）一直，筆直；☆真一文字に突進（とっしん）する／一直地猛進；☆口を真一文字に結ぶ／把嘴閉成一字，緊閉雙唇。④

まいつき【毎月】（名・副）每月（＝つきづき）；☆毎月一度は東京、台北間を往復する／每月至少一次往返於東京臺北之間。⓪

まいど【毎度】（副）每次，常常，屢次（＝いつも）；☆毎度ありがとうございます／（蒙情多次）深深感謝；☆毎度御迷惑をかけて相済みません／屢次麻煩你，真對不起。⓪

まいとし【毎年】（名・副）毎年（＝まいねん）。⓪

*マイナス【minus】（名）①〔數〕減號；②〔數〕減；☆七マイナス五／七減五；③負，；☆マイナスの電気／負電，陰電；④虧損，虧欠；☆家計が毎月マイナスだ／家庭生活費毎月都不够；⑤反則糟糕；☆徹夜で勉強すると、次の日頭がボーッとしてかえってマイナスになる／徹夜讀書，第二天腦筋不清楚反倒糟糕。⓪

*まいにち【毎日】（名・副）毎日；☆毎日出勤する／每天上班。①

まいねん【毎年】（名・副）毎年；☆毎年夏になると病気をする／每年一到夏天就生病。⓪

まいばん【毎晩】（名・自サ）毎天晩上；☆毎晩風呂にはいる／每天晩上都洗澡。①⓪

まいびょう【毎秒】（名・副）毎秒；☆毎秒十一キロの速度／每秒十一公里的速度。⓪

まいふん【毎分】（名・副）毎分鐘；☆毎分二キロメートル走る／每分鐘跑二公里。⓪

マイペース【my pace】（名）自己的步調。③

マイホーム【my home】（名）自己的家

まいぼつ【埋没】（名・自サ）埋，埋没；☆地震で海底に埋没した／由於地震埋到海底了；☆彼の功績は埋没して今は知る人もない／他的功績被埋没了，現在誰也不知道。⓪

まいまい【舞舞】（名）〔動〕①鼓蟲（＝みずすまし）；②＝まいまいつぶり；～つぶり【舞舞螺】（名）〔動〕蝸牛（＝かたつむり）。⓪③

まいもど・る【舞い戻る】（自五）返回；☆殺人犯がこっそり現場に舞い戻った／兇手偸偸地回到現場。④⓪

まいよ【毎夜】（名・副）毎夜；☆毎夜夢を見る／每夜做夢。①

まい・る【参る】（自五）①〔表謙〕〔「行く」「来る」的謙敬語〕來；去；☆のちほど参ります／等一下我就去（來）；☆間もなく車が参ります／車一會兒就來；②參拜（＝もうでる）；☆お寺に参る／拜佛去；③輸，敗（＝まける）；☆すっかり参った／大敗，④受不了，不堪；折服；果炤；☆物価の高いのには参った／物價高得受不了；☆寒さに参った／冷得受不了；☆あの厚かましいのには参った／那個厚臉皮，我實服了；☆今日は非常に働いたのですっかり参った／今

天工作得特別賣力完全累垮了；⑤迷戀，神魂顛倒；⑥死；☆病気でとうとう参ってしまった／終於因病而死了；⑦〔文〕女子書信，寫在對方姓名下的敬稱。①

マイル【mile・哩】（名）英里，哩。①

ま・う【舞う】（自五）①飄，飛舞；☆落葉(おちば)が空に舞う／落葉在天空飛舞②舞蹈☆舞（まい）を舞う／舞蹈⓪①

まうえ【真上】（名）正上面，頭頂上，正當頭；☆真上を仰ぐ／仰望頭頂上；☆爆弾を目標の真上に落とす／把炸彈扔到目標的（正）上面。③

まうしろ【真後ろ】（名）正背後，正後面；☆彼の家は学校の真後ろにある／他的家就在學校後面。

―まえ【前】（造語）①面前，眼前，跟前；☆人前に出る／走到人們面前；②份；☆料理五人前／五份菜。

*まえ【前】（名）①前，前面；☆前を向く／向前；☆学校の前を電車が通る／電車通過學校前面；☆列車の一番前の車／列車最前面的一節車廂；☆横顔はいいが前から見るとあまりよくない／側面很好，從正面看不太好看；②上回，上次；從前，以前；☆前から知っていた／以前就知道；☆前の先生はイギリス人でした／以前的老師是英國人；☆あの人には前に遇ったことがある／那個人從前見過；☆この前は失礼しました／上次失禮了；☆前は誰よりも前に来た／他比誰來得都早；☆三日前の新聞／三天前的報紙；☆前に述べた通り／如上次（以前）說的那樣；☆九時十五分前に到着した／差一刻不到九點的時候到的；③預先，事先；☆前に準備する／預先準備；☆三日前に切符を売り出す／前三天開始預售票；☆来る前に知らせて下さい／來以前請通知我①

まえあがり【前上がり】（名）前短後長；☆前上がりになる／弄成前短後長。③

まえあし【前足】（名）〔獸類的〕前足，前肢。①⓪

まえいわい【前祝い】（名・自サ）預祝，預賀。③

まえうしろ【前後】（名）前後；前後 倒置，前後顛倒；☆帽子を前後にかぶる／把帽子前後倒戴着。①

まえうり【前売】（名・他サ）（戲劇等）預先售票；～けん【前売券】（名）；～きっぷ【前売切符】（名）預售票。⓪

まえおき【前置き】（名・自サ）前言，引言，開場白；☆前置きが長くて退屈する／開場白說的太長，使人生厭。⓪④

まえがき【前書】（名・自サ）緒言，序文；☆前書を付ける／加上序文。④⓪

まえかけ【前掛け】（名・他サ）圍裙；☆前掛けをかける／繫上圍裙。⓪

まえがし【前貸】（名・他サ）預先給付，預付；☆給料を前貸する／預付工資⓪④

まえがしら【前頭】（名）（相撲）選手次於「小結」（こむすび）的級別。③

まえがみ【前髪】（名）前髮。⓪

まえがり【前借】（名・他サ）預支，借支；☆給料を前借する／借支工資。⓪④

まえかんじょう【前勘定】（名）預先付款③

まえきん【前金】（名）預先付款，預付款，定錢（＝ぜんきん，まえばらい）；☆前金で取引きする／按預付款辦法進行交易；☆いくらか前金を置いて頂きたいのですが…／希望先付一點定錢。⓪

まえげいき【前景気】（名）預測展望；②（演藝等）開演前的叫座力量；☆前景気がいい／有叫座力量。③

まえこうじょう【前口上】（名）（戲劇、演藝的）開場白，引子；☆道化師（どうけし）が前口上を述べる／丑角說開場白③

まえば【前歯】（名）①〔解〕前齒，門牙；②（木屐的）前齒；☆前歯がかける／前齒脫落。①

まえばらい【前払い】（名・他サ）預付（＝まえきん）；☆運賃を前払いする／先付運費。③

まえぶれ【前触れ】（名・他サ）①預告，預先通知；☆公演の前触をする／預告公演；☆前触れのない訪問／事先沒有通知的訪問；②先兆，預兆；☆地震の前触れ／地震的前兆。④⓪

まえまえ【前前】（名・副）從前，以前（＝かねて）；☆前々から言っておいた／以前就說下了。⓪

まえむき【前向き】（名）面向正面；☆前向きに坐る／對着正面坐。⓪

まえもって【前以って】（副）預先，事先（＝あらかじめ）；☆前以って通告する／預先通知；☆前以って断っておく／事先聲明一下。③⓪

まえやく【前厄】（名）壞年頭的前一年，交惡運前的前一年。⓪

まえわたし【前渡し】（名・他サ）①先付，先交；☆現品を前渡しする／先交現貨；②預先借給（＝まえがし）；③預先付款；定錢（＝てきん，まえばらい，まえきん）。③

まおう【魔王】（名）魔王。②

まおとこ【間男】（名・自サ）①姦夫；②（有夫之婦與其他男人）通姦。②

まがい【紛い・擬い】（名）假，偽造，假造；☆紛いの真珠／假珍珠；～もの【紛い物】（名）偽造品。②

まが・う【紛う】（自五）（因非常相似）分辨不開，錯認；疑是，宛如；☆雪かと紛うばかりであった／簡直像雪一樣（白）；☆夢かと紛う光景／宛如夢境的光景；～かた【紛う方】（連語）〔文〕；☆紛う方なき／絲毫不錯，的確確，真正；☆紛う方なき本物／的的確確的真東西②

まがお【真顔】（名）嚴肅面孔，鄭重其事的面孔；☆嘘を真顔で言う／板着臉扯謊。⓪①

まがき【籬】（名）籬笆；☆籬に朝顔を這（は）わせる／使牽牛花往籬笆上爬。①

まがし【間貸】（名・自サ）出租房間；☆部屋を間貸しする／出租房間。⓪③

マガジン【magazine】（名）雜誌。①

＊まか・す【負かす】（他五）①打敗；☆口論で相手を負かす／辯論倒對方；②使讓（價）；☆もう十円負かします／叫他再讓價十元。⓪

まかず【間数】（名）間數，房間的數目；☆間数をふやす／增加間數。②⓪

＊まか・せる【任せる】（他下一）①委託，託付；☆仕事を秘書に任せる／把工作委託給秘書辦；②聽任，任憑，一任；☆君の判断に任せる／任憑你猜想；☆口に任せてしゃべる／信口開河；☆運を天に任せる／聽天由命；☆女が男に身を任せる／女人許身於男人；☆足に任せて歩く／信步而行；③盡（力）；盡（量）；☆力に任せて打つ／用盡力量打；☆金に任せて贅沢（ぜいたく）する／豁出錢來揮霍；◊心に任せぬ／不如願，不隨心；図まかす（下二）。③

まがたま【勾玉】（名）（古代裝飾用的）月牙形的玉。⓪

まかない【賄】（名）①伙食，供給飯食；☆賄付きの下宿／附伙食的寄宿；☆百人前の賄をする／供給一百個人的伙食；②＝まかないかた；～かた【賄方】（名）

厨師；包飯的人。③〔0〕

*まかな・う【賄う】（他五）①供給；☆家
具は会社から賄う／家具由公司供給；②
供給飯食；☆五十人前の昼食を賄う／供
給五十人的午餐；③維持；☆月十万円で
一家を賄う／毎月用十萬日圓維持一家③

まかふしぎ【摩訶不思議】（形動ダ）極不
可解，非常離奇；☆摩訶不思議な事があ
ったものだ／眞episode奇怪極了。①

まがも【真鴨】（名）〔動〕鳧。①①

まがり【曲り】（名）①彎，曲；☆曲りを
直す／矯正彎曲，矯直；②（煙突的）拐
肪；～かど【曲り角】（名）拐角；☆二
つ目の曲り角を右へ行く／従第二個拐角
往右走；～くね・る【曲りくねる】（自
五）彎彎曲曲；☆曲りくねった山道を登
る／攀登彎彎曲曲的山道；～なり【曲り
なり】（名）不完全，不充份，勉勉強強；
☆曲りなりにも卒業する／勉勉強強畢業
；～みち【曲り道】（名）彎曲的道路；
道路拐彎處；～め【曲り目】（名）拐彎
地方，彎曲處；☆曲り目毎に警察が立っ
ている／毎一個拐角都站有警察。⓪

まがり【間借】（名）租房間；☆間借をす
る／租房間住。⓪③

まかり・でる【罷り出る】（自下一）〔（
でる）的謙譲〕①退出，退下；☆御前（
ごぜん）を罷り出る／従御前退下；②到
人前去；☆臆面もなく人前に罷り出る／
恬着臉走到人前。⓪②

まかりとお・る【罷り通る】（自五）（大
搖大擺地，很神氣地）通過，走過。②④

まかりならぬ【罷り成らぬ】（連語）不准
，不許；☆無断退席は罷りならぬ／不准
擅自退席。②

まかりまちがえば【罷り間違えば】（副）
一旦失愼，一不小心；一旦弄錯；☆罷り間
違えば命が無い／一旦失愼就會喪命②⑥

まか・る【負かる】（自五）能讓價；☆も
うこれ以上は負からない／價錢不能再讓
了。⓪

まか・る【罷る】（自五）〔文〕①退出，
退下；②來，去；③死。②

*まが・る【曲がる】（自五）①彎，彎曲，
屈折；☆腰が曲がる／彎腰；☆道が曲が
る／道路彎曲；☆右に曲がる／向右彎曲
（轉彎）；②轉彎；☆首が曲がらない／
脖子轉不過來；③歪・傾斜；☆柱が曲が
っている／柱子歪了；④（性格）拗，乖

僻，彆扭；☆心の曲がった人／性格乖僻
的人。⓪

マカロニ【意 macaroni】（名）通心麺⓪

まき【巻】（名）①卷；☆自動巻の腕時計
／自動錶；②（書的）卷；（畫的）軸；
③成卷的東西；☆一巻の毛糸／一卷毛
線。⓪①

まき【薪】（名）劈柴；☆かまどに薪をく
べる／往竈裏添劈柴。⓪

まき【槇】（名）〔植〕羅漢松。①

まきあげ【巻上げ・巻揚げ】（名）捲起；
～き【巻上げ機】（機）絞盤⓪

まきあ・げる【巻き上げる・捲き上げる】
（他下一）①捲上；②搶奪；☆強盗に金
を巻き上げられる／被強盗把錢搶走。④

まきえ【撒餌】（名）（給魚鳥）撒食。②

まきえ【蒔絵】（名）（漆器上的）泥金畫②⓪

まきがい【巻貝】（名）〔動〕腹足綱的介
類（如蝶螺）。②

まきがみ【巻紙】（名）成卷的信紙；☆巻
紙に手紙をしたためる／在卷紙上寫信⓪

まきぐも【巻雲】（名）〔氣象〕卷雲，卷
積雲。③

*まきこ・む【巻き込む・捲き込む】（他五）
①捲入；☆機械に巻き込まれる／被捲進
機器裏；②牽連，連累；☆とんだ災難に
巻き込まれた／被意外的災禍牽連上；☆
戦争に捲き込まれる／捲入戦爭漩渦。③

まきじた【巻舌】（名）捲舌；快而重的語
調；☆巻舌でしゃべる／用快而重的語調
說。⓪

マキシマム【maximum】（名）→マクシ
マム。①

まきじゃく【巻尺】（名）卷尺，軟尺。⓪

まきずし【巻鮨】（名）〔食品〕用紫菜等
卷的醋飯。⓪

まきせん【巻線】（名）〔理〕→コイル⓪

まきぞい【巻添い】（名）＝まきぞえ。⓪

まきぞえ【巻添え】（名）牽連，連累，株
連；☆巻き添えを食う／受連累；☆この
事件は彼をも巻き添えにした／這件事把
他也牽連上了。⓪

まきタバコ【巻煙草】（名）①雪茄（＝は
まき）；紙烟（＝シガレット）。③

まきちらす【撒き散らす】（他五）散播，
散發，散布；☆水を撒き散らす／灑水；
☆ビラを撒き散らす／散發傳單。⓪④

まきば【牧場】（名）牧場；☆馬を牧場に
放す／把馬放在牧場上。⓪

ま

まきひげ【卷鬚】（名）〔植〕卷鬚；ヘチマのまきひげ／絲瓜的卷鬚。[2][0]

まきもの【卷物】（名）①卷軸，書畫；☆卷物を開く／把畫捲上；②成卷的布疋（綢緞）。[0]

まぎょう【ま行】（名）（五十音圖的第七行）ま行。[1]

まぎら（か）・す【紛（か）す】（他五）①矇混過去，掩蓋過去；☆悲しみを笑いに紛らす／用笑把悲傷掩飾過去；②岔開，支吾過去；☆話を外の事に紛らしてしまった／用別的事把話岔開；③排遣，解；☆歌を歌って退屈を紛らす／唱歌解悶；☆苦痛を酒で紛らす／用酒排遣苦惱[4]

まぎら・せる【紛らせる】（他下一）＝まぎらす。

まぎらわし・い【紛らわしい】（形）容易混同的，不易分辨的；☆有名会社の商標と紛らわしい商標を使う／模仿大公司的商標企圖混淆。[5]

まぎらわ・す【紛わす】（他五）＝まぎらす。[4]

*まぎ・れる【紛れる】（自下一）①混同，混淆；☆どれがどれだか紛れてしまう／哪個是哪個混淆不清；②混入；☆人込みに紛れて見失った／混入人羣看不見了；☆闇に紛れて／趁着黑夜（黑暗）；③（由於忙碌等）想不起來；（注意）分散；☆忙しさに紛れて悲しさを忘れる／由於忙碌忘掉悲傷；☆多忙に紛れて御無沙汰しました／因爲太忙好久沒問候您了；☆気が紛れる／解悶，忘憂；（注意）分散[3]

まぎわ【間際】（名）正要…時候，快…以前；☆出発の間際に忘れものを思い出す／正要出發時想起忘掉的東西；☆発車間際に／快ація開車時；☆死ぬ間際に／臨死。[1]

まきわり【薪割り】（名）①劈柴；☆薪割りをする／劈劈柴；②（劈劈柴用）斧子，刀；☆薪割りを振り上げる／掄起劈柴斧子。[4][3]

*ま・く【巻く・捲く】（他五）①卷，捲起；☆紙を巻く／捲紙；②擰（發條），上（弦）；☆時計を巻く／上表；③纏；☆足に繃帯を巻く／往腳上纏繃帶；④捲起；☆錨を巻く／起錨；◇管（くだ）を巻く／醉後說顛三倒四的話；◇舌を巻く／讚嘆，驚嘆。[0]

*ま・く【蒔く】（他五）播（種）；☆花の

種子（たね）を蒔く／種花。[1]

*ま・く【撒く】（他五）①撒散，散佈；☆ビラを撒く／撒傳單；②潑，灑；☆水を撒く／灑水；③甩掉（同行者，尾隨者）；☆うまく尾行を撒く／巧妙地甩掉跟踪的人；◇金を撒く／揮霍，揮金如土。[1]

まく【膜】（名）①〔解〕膜；②薄皮；☆牛乳に膜が出来る／牛奶起了一層膜。[1]

まく【幕】（名）①幕；☆幕をあける／開幕，揭幕；②〔劇〕；☆芝居（しばい）の幕が上がる／劇開幕了；③場合，時候；☆私の出る幕ではない／不是我出頭的時候；④（捽角）＝まくうち；◇のべつ幕なし／接連不斷，幕があく／開始，になる／告終，閉幕。[2]

まくあい【幕間】（名）〔劇〕幕間；休息；☆幕間が長い／休息時間太長。[3][0]

まくあき【幕開（き）】（名）①〔劇〕開幕；②開始。[4][0]

まくうち【幕内】（捽跤）（列在各單頭排的）一級力士，一流選手。[4][0]

まくぎれ【幕切】（名）①〔劇〕（一幕的）閉幕，終場；☆第二幕が幕切になる／第二幕閉幕；②煞尾，終局；☆その交渉は幕切が悪かった／那次談判結果不佳；☆幕切に大波瀾が起こった／臨末尾起了很大的波折。[4]

まぐさ【秣】（名）飼草，乾草；☆牛に秣をやる／餵牛。[0][3]

まくしあ・げる【捲し上げる】（他下一）卷起，☆袖を捲し上げる／捲起袖子。[5]

まくした【幕下】（名）〔捽跤〕（列在單第二排的）二級力士，二流選手。[4][0]

まくした・てる【捲し立てる】（他下一）喋喋不休地說，滔滔不絕地說；☆やたらに捲し立てても事は收まらない／只是喋喋不休地說也不解決問題；図まくしたつ（下二）。[5]

マクシマム【maximum】（名）最大限，最高；☆マクシマムの価格／最高價格；☆マクシマムに評価する／給予最高評價[1]

まぐそ【馬糞】（名）馬糞。[0]

*まぐち【間口】（名）①（房屋土地）正面的寬度；☆間口が広い店／門口很廣的商店；②（事業或研究的）範圍，領域；☆彼の学問は間口ばかりで奥行（おくゆき）がない／他的學問只是博而不專。[1]

マグナカルタ【Magna Charta】（名）〔史〕（英國1215年頒布的）大憲章。[4]

マグネシウム【magnesium】（名）〔化〕鎂。④

マグネチック【magnetic】（造語）①磁石的,磁性的;②吸引人心的,有魅力的。

マグネット【magnet】（名）〔理〕磁石③

まくのうち【幕の内】（名）①＝まくうち;②一種典型的飯盒。③

*まくら【枕】（名）①枕頭;☆本を枕の下に置く/把書放在枕下;☆枕のカバー/枕頭套;②睡眠;☆枕につく/就寢;③頭部;④根據;☆城を枕に討死する/死守城池而陣亡;⑤墊在下面的東西;◇枕を交（か）わす/（男女）共衾;〜ぎ【枕木】（名）〔鐵〕枕木;〜ことば【枕詞】（名）（和歌中冠在某詞上用以修飾或調整語調,並無任何意義的詞）枕詞,（如「足引きの」是山的枕詞）;〜・する【枕する】（他サ）①枕上;②枕上睡;図まくらす（サ）;〜もと【枕許・枕元】（名）枕邊;◇枕を高くして寝る/高枕安眠;放心;枕を並べて討死（うち）じに/する/全部陣亡。①

マクラメ（レース）【macrame（lace）】（名）以彩色絲繩編織的手工品。②

まくりあ・げる【捲り上げる】（他下一）捲起,捲上去;☆ズボンを捲り上げて小川（おがわ）を渡る/捲起褲腿渡小河⑤

まく・る【捲る】Ⅰ（他五）①捲,捲起;☆袖を捲る/挽袖子;②披起;③揭起;④追趕,超趕;⑤反（はい）はらり;Ⅱ（補動・五）接在其他動詞下表示拼命地,死求百頼地做動作;☆小説を書きまくる/拼命地寫小說。⓪

まぐれ（名）偶然;☆彼の成功はまぐれではない/他的成功並不是偶然的;〜あたり【まぐれ当たり】（名）偶然打中,歪打正着,（預言等）偶然說中;☆君も当たったって？まぐれ当たりだろう/你也中了嗎？偶然中的吧;〜ざいわい【まぐれ幸】（名）僥倖。①

まく・れる【捲れる】（自下一）捲,捲起;☆風で裾が捲れる/衣襟被風吹起;図まくる（下二）。③

まぐ・れる【紛れる】（自下一）＝まぎれる。③

まぐろ【鮪】（名）〔動〕鮪魚。⓪

まくわうり【真桑瓜】（名）〔植〕甜瓜,香瓜。⓪③

マクロー【macro-】（接頭）巨大。

*まけ【負け】（名）①輸,敗北;☆じゃんけんで勝ち負けをきめる/划拳定勝負;②減價;☆五円お負けします/少算您五塊錢。⓪

まげ【髷】（名）髮髻;☆髷を結（ゆ）う/挽髻。

まけいくさ【負戦】（名）敗戰;☆みじめな負戦/慘敗。③

まけおしみ【負け惜しみ】（名）不服輸;☆負け惜しみの強い人/死不服輸的人;☆負け惜しみで,私が悪かったとは言えなかった/（他）因為不服輸不肯說我錯了。⓪

まけじだましい【負けじ魂】（名）頑強精神,倔強精神;☆スポーツには負けじ魂が必要だ/體育競賽要有頑強精神。④

まけずおとらず【負けず劣らず】（副・形動ダ）不分優劣,不相上下,平手;☆負けず劣らず走る/跑個平手;☆学力において甲と乙とは負けず劣らずだ/在學力上甲和乙不相上下。⓪─②

まけずぎらい【負けず嫌い】（名・形動ダ）〔まけぎらい〕之誤。④

まげて【枉げて】（副）勉強,好歹;☆枉げてご承諾願います/請無論如何答應吧⓪

まけぶり【負け振り】（名）輸的態度;☆負け振りがいい/雖輸但態度很好。⓪

まげもの【髷物】（名）以男子留髻時代的事物作題材寫的小說,古裝電影或戲劇,舊劇（＝ちょんまげもの）。⓪

*ま・ける【負ける】Ⅰ（自下一）①輸,負,敗;☆碁に負ける/圍棋下輸;②不能抵抗,不能克服;☆誘惑に負ける/被誘惑住;☆暑さに負ける/中暑;☆漆（うるし）に負ける/中漆毒;Ⅱ（他下一）讓價;☆百円に負けておきましょう/讓到一百元吧;☆もう少し負けられませんか/能不能再讓一點;図まく（下二）⓪

*ま・げる【曲げる】（他下一）①彎,曲,折彎;☆枝を曲げる/把樹枝弄彎;②屈,歪曲;☆話の意味を曲げて解釈する/曲解話的意思;☆法律を曲げる/枉法;☆主義を曲げる/放棄主義;図まく（下二）。⓪

*まご【孫】（名）孫子;☆孫が出来た/有孫子了。②

まご【馬子】（名）馬夫;☆馬子にも衣裳/人是衣裳（馬是鞍）。①

まごい【真鯉】（名）〔動〕鯉。⓪

まご・う【紛う】〔文〕Ⅰ（自五）→まがう；Ⅱ（他下二）→まがえる。②

まごこ【孫子】（名）①兒孫；②子孫。②

まごころ【真心】（名）眞心，誠心，誠意；☆真心のある人／有誠意的人；☆真心を込めて仕事をする／誠心誠意地工作②

*まご・く（自五）①着慌，張惶失措（＝うろたえる，とうわくする）；☆返答にまごつく／不知如何回答；☆思いがけない彼の訪問で皆まごついた／他突然來訪使大家張惶失措；②（因迷失方向等）徘徊，彷徨；☆道にまごつく／迷失路途；③弄錯，失策；☆初めにまごついたので大失敗になった／因爲開頭搞錯了造成很大失敗；④粗心，大意；☆下手（へた）にまごつくとひどい目に合うぞ／若是一粗心大意，可就要吃大虧。⓪

*まこと【誠・真】Ⅰ（名）①眞實，事實；☆誠の話／實話；☆嘘か誠か／是假話呢還是眞話呢；②誠意，眞誠；☆誠が足りない／缺乏眞誠；☆誠を尽す／竭誠；Ⅱ（副）的確，眞在，的確；☆ほんとうに，じつに，げに；☆誠に残念だ／眞遺憾；～しやか【真しやか】（形動ダ）像眞，似眞；☆真しやかに涙を流す／好像眞的似地流淚；～に【誠（真）に】（副）眞，實在，誠然，的確；☆誠に困ります／實在爲難；☆誠にその通りです／你說的眞對；☆誠に寒い／眞冷；☆誠に申しわけありません／實在抱歉。⓪

まごのて【孫の手】（名）（老人搔背用的）癢癢耙。③

まごまご（副・自サ）①張慌失措，手忙脚亂；☆逃げ場を失ってまごまごしていた／因無處逃避而張惶失措；☆火事と聞いたがまごまごするばかりで何一つ出せなかった／聽到失火了，但只是手忙脚亂任何東西也未拿出來；②打轉，徘徊；☆何をまごまごしているのだ／在這裏轉什麼？③閒蕩；☆試験は迫っている。まごまごしてはいられない／快考試了，不能閒蕩了；④大意，粗心；☆まごまごしているとつかまるよ／不注意可要被抓到哦①

まごむすめ【孫娘】（名）孫女。③

まこも【真菰】（名）〔植〕菰。⓪

*まさか【真逆】（副）①（下接否定語）絕（不…），萬也（想不到…）；難道，焉能；☆まさかそんなことはあるまい／（我想）絕不會有那樣事；☆まさか一人で

五人分も食べる人はなかろう／哪能會有一個人吃五人份飯的人呢；☆まさか金を貸せとも言えない／焉能張嘴借錢呢；☆まさか君一人で行くんじゃあるまいね／絕不會是你一個人去喲；②萬一，一旦；☆まさかの時の用意／萬一的準備。①

まさかり【鉞】（名）双面很寬的一種斧頭

まさき【正木・柾】（名）〔植〕正木。⓪

まさぐ・る（他五）（用手）擺弄；☆ハンカチをまさぐる／擺弄手帕。③

まさご【真砂】（名）細砂；☆浜の真砂／海濱的細砂。⓪

まさしく【正しく】（副）的確，確實（＝まさに，たしかに）；☆あれは正しく彼のしたことだ／那的確是他幹的事；☆正しく娘の声だ／的確是女兒的聲音。②

*まさつ【摩擦】（名・自サ・他サ）①摩擦；☆摩擦すると熱が出る／一摩擦就發熱；②不和睦；☆両者間に摩擦を生ずる／兩者之間發生摩擦；☆感情的な摩擦を避ける／避免感情上的摩擦。⓪

*まさに【正に】（副）眞的，的確（＝しんに，たしかに）；☆正にあなたのおっしゃる通りです／的確像您說的那樣，您說的一點也不錯；☆お手紙正に頂きました／您的來信確已收到；☆これは正に一石二鳥だ／這眞是一舉兩得。①

まさに【方に】（副）方，恰，正當；☆時方に熱している／時機恰已成熟。①

まさに【将に】（副）將，將要；☆飛行機は将に飛び立とうとしている／飛機將要起飛。①

まざまざ（副）①歴然，清清楚楚；☆当時の光景をまざまざと思い浮かべる／清清楚楚地想起當時的情景；②巧妙。③①

まさめ【正目・柾目】（名）直木紋；（桐木、杉木等的）直木紋的薄木片。⓪

まさゆめ【正夢】（名）與事實吻合的夢①

*まさ・る【勝（優）る】（自五）勝過；☆昨日に勝る今日の成績／一天勝過一天的成績；☆健康は富に勝る／健康勝於財富；☆勝るとも劣（おと）らない／有過之無不及。⓪②

まざ・る【混（雑）ざる】（自五）攙雜（＝まじる）；☆米に砂が混ざっていた／米裏有砂子。

まし【増】（名・形動ダ）①增，增加，增多；☆収入が平均して一割増になる／收入平均增加一成；②勝過，強；☆ないよ

りはあった方が増だ／有勝於無。⓪

*まじ・える【交(雑)える】(他下一) ①
攪合，攪雜，攪混(＝まぜる)；☆一般
の人も交えて討論する／一般的人也參加
在內一起討論；☆演説に，巧みなジョー
クを雑える／演說裏夾雜巧妙的詼諧；②
交；交叉，交換；☆言葉を交える／交談
；☆膝を交えて語る／促膝而談；☆砲火
を交える／彼此開砲；図まじふ(下二)，
まじゆ(下二)。③

まじ(ぢ)か【間近】(名・形動ダ)臨近，接近
，迫近；☆試験を間近に迫った／考試迫
近了；☆間近の森／近處的樹林。①⓪

まじ(ぢ)か・い【間近い】(形)接近的，貼近
的，靠近的；☆夏休みも間近い／暑假也
快到來了；☆竣工が間近い／即將竣工；
☆間近く見える山々／歷歷在望的羣山；
図まぢかし(形ク)。③

ましかく【真四角】(名・形動ダ)正方形
；☆真四角な顔／方臉。③

ました【真下】(名)在下面；☆山の真下
の町／正在山脚下的鎮市。③

マジック【magic】(名)①魔術，戲法；
②魔力。①

マジック(ペン)【magic(pen)】(名)
奇異(墨水)筆。

*まして【況して】(副)何況，況且，更(
＝なおさら，ことさら)；☆君でさえ無
理なのに況して僕ではとてもだめだ／連
您都勉強，何況我更不行了；☆必要品さ
え買えない，況して贅沢品をやだ／連必
需品都買不起，何況奢侈品啦。①⓪

まじない【呪】(名)符咒；☆それは何の
呪だ／你那是搞什麼呢，那有什麼用？⓪

まじな・う【呪う】(他三) 念咒，用咒符
(治病、消災等)；☆病気を、呪って直
す／〔迷信〕念咒治病。⓪

まじまじ(副・自サ)①屢次眨眼睛；②盯
着看；☆人の顔をまじまじとみつめる／
盯看人的臉。③

ましま・す【在(坐)す】(自五)〔文〕〔
ある、いる〕的敬語(＝いらっしゃる)
；☆天にまします父／在天之父(基督教
祈禱語)。③

マシマロ【marsh mallow】(名)一種膠
狀點心，棉花糖。⓪③

*まじめ【真面目】(名・形動ダ)眞的，不
是笑談；認眞，誠實，正經，踏實；☆真
面目に考える／認眞地考慮；☆君は真面

目でそんなことを言うのか／你說那話不
是笑談嗎？你是出乎本心說那種話嗎？☆
真面目を装う／假裝認眞；☆真面目な顔
／一本正經的樣子；☆真面目な生活／正
經的生活；☆真面目に働く／認眞幹活；
～くさ・る【真面目くさる】(自五)一本
正經，很認眞；☆真面目くさって忠告す
る／一本正經地(或非常認眞的)勸告⓪

ましゅ【魔手】(名)〔文〕魔爪，魔掌；
☆ひそかに魔手を伸ばす／偷偷伸出魔爪
；☆兇漢の魔手に倒れる／死於惡徒的魔
掌。①

*まじゅつ【魔術】(名)妖術；☆魔術を使
う／施妖術；～し【魔術師】(名)施妖
術的人。①

まじょ【魔女】(名)女巫，魔女。①

ましょう【魔性】(名)〔文〕①惡魔的性
質；②迷人的性質；☆魔性の女／有迷惑
力的女人，妖婦。⓪

マジョリカ【majolica】(名)意大利15世
紀的模仿製的裝飾用陶器。②

まじりけ【雑り気】(名)攪雜，夾雜，攪
雜物；☆この小麦粉には雑り気がある／
這個麵粉裏有雜質。④⓪

*まじ・る【交(混)じる】(自五)混，雜，
夾雜，攪混；☆子供にまじって遊ぶ／跟
小孩子們一起玩；☆米に石が混じる／米
裏夾雜着石頭；☆この絹物には綿が少しま
じっている／這個綢子裏攪混着點綿線②

まじろ・ぐ(自五) 眨眼；☆まじろぎもせ
ずに見る／不眨眼地看。③

まじわり【交わり】(名)交際，來往④⓪

*まじわ・る【交わる】(自五) ①交往，交
際；☆悪い友と交わるな／不要和壞朋友
交往；☆彼は人と交わることを嫌う／他
不喜歡和人交際；②交叉；☆二線の交わ
る点／兩線的交叉點。③

ましん【麻疹】(名)〔醫〕麻疹(＝はし
か)。⓪

マシン【machine】(名)機器；～ガン【
machine gun】(名)機關槍。②

ます【枡・升】(名)①(液體或穀物的)
量具，升斗；☆升枡／升；☆枡で量る／
用升量；量；②(升斗的)分量；☆
枡が足らない／分量不足；③(劇場的)
池座，☆枡で芝居を見る／坐在池座看
戲。②

ます【鱒】(名)〔動〕鱒。②

ま・す【坐す】(自五)〔文〕①〔ある・い

る〕的敬語；②〔出る・行く〕的敬語 ①

***ま・す**【増（益）す】Ⅰ（自五）増長，増加，増多，増進，増大，添加（=ふえる）；☆川の水が増す／河水上漲；☆輸出が昨年より二割増した／出口比去年增加二成；Ⅱ（他五）増長，添加，加多，増加（=ふやす）；☆人数（にんずう）を増す／增加人數；☆花を植えて美観を増す／栽花增添美觀。⓪

ま・す（助動）Ⅰ（五型）〔文〕接在動詞下表示對動作者的敬意；Ⅱ（特殊型）（ませ，まし，ます，ますれ）接在動詞下表示一般的敬意；☆雨が降ります／下雨；☆御免くださいませ／請原諒；有人在嗎？。

マス【mass】（名）①集團，羣衆；☆マス・ゲーム／集體體操；②多數，大量；☆マス・プロダクション／大量生産；☆マスメディア／大衆傳播。①

***まず**【先ず】（副）①首先，最初，開頭；☆まずこれから始めよう／首先從這個開始；☆先ず費用の問題だ／首先是費用問題；②大概，大體，大致；☆そんなことは先ずあるまい／那樣的事大概不會有；☆先ず成功するだろう／大概會成功；③不管怎樣，總之；☆先ず，品を拝見しましょう／不管怎樣，看看貨吧；④還算；☆結果は先ずよい方でした／結果還算好；⑤暫且；☆先ず安心した／暫且安心了；⑥〔語氣詞〕=さて；☆先ず休みましょう／休息吧。①

ますい【麻酔・麻睡】（名・他サ）〔醫〕麻醉；☆麻酔を掛ける／使麻醉；☆局部麻酔して外科手術をする／施局部麻醉行外科手術。⓪

***まず・い**【不味い】（形）①不好吃的，難吃的；☆この料理はまずい／這個菜不好吃；②不好的，拙笨的；☆この絵はどう見てもまずい／這張畫怎麼看都不好；☆彼の英語はまずい／他的英語不好；③難看的，醜的；☆まずい顔をしている／臉長得難看；④不妙的，不合適的，不恰當的；☆今やってはまずい／現在做不恰當；☆こんな事が彼に知れてはまずい／這件事被他知道不妙；図まずし（形ク）②

マスカラ【mascara】（名）睫毛膏。⓪

マスク【mask】（名）①面具，假面；②〔棒球〕護面罩；③口罩；④防毒面具；⑤=デスマスク；⑥容貌；☆魅力的なマスク／很有吸引力的容貌。①

マスクメロン【musk melon】（名）〔植〕（美國）甜瓜。④

マスゲーム【mass game】（名）集體體操，集體舞。③

マスコット【mascot】（名）福神，吉祥人（物）；☆ミッキーマウスはＡチームのマスコットだ／米老鼠是Ａ隊的吉祥物③

***マスコミュニケーション**【mass communication】（名）（通過廣播、新聞、電影等向廣大羣衆的）大量宣傳（=マスコミ）。⑥

***まずし・い**【貧しい】（形）貧窮的；貧乏的；☆貧しい家に生まれる／生在貧窮家裏；☆暮らしが貧しい／生活貧窮；☆私の貧しい経験では／依我的貧乏經驗；～げ【貧しげ】（形動ダ）；～さ【貧しさ】（名）。③

マスター【master】Ⅰ（名）①長；船長；家長；校長；②主人，雇主，老闆；③碩士；Ⅱ（名・他サ）熟練，精通，掌握；☆英語をマスターする／精通英語。①

マスターベーション【masturbation】（名）手淫。⑤

マスト【mast】（名）桅，桅桿；☆マストに旗を掲げる／桅桿上掛旗。①

マスプロ（ダクション）【mass production】（名）大量生産。⓪

***ますます**【益益】（副）益，越發（=いよいよ，いっそう）；☆人口は益々増える／人口越發增加；☆ますます親密になった／越發親密起來了。②

まずまず【先ず先ず】（副）①不拘怎樣，總之；☆先ず先ず仕事にかかることだ／總之得做事情；②好歹總算，還過得去；☆学校の成績はまずまずというところだ／學校的成績還算過得去；☆生産の方は先ず先ず大丈夫だ／生産方面總算沒有問題。①

ますめ【枡目】（名）升斗量的分量；☆枡目をごまかす／矇混分量。③ ⓪

まずもって【先ず以って】（副）=まず；☆先ず以って安心してよろしい／總算可以放心了。①

マズルカ【mazurka】（名）〔樂〕馬則卡舞（曲）。①

まずわ（は）【先ずわ（は）】（副）〔書信用語〕=まずまず，とにかく；☆先は御礼（おんれい）まで／謹此申謝。①

まぜかえ・す【混ぜ返す】（他五）①攪合，攪拌；☆小麦粉に卵を一つ入れてよく混ぜ返す／麵粉裡放進一個鷄蛋好好攪合；②用笑話擾人說話；☆人の話を混ぜ返すな／不要擾人說話。⓪

まぜこぜ（名）攙混，混雜；☆五十円玉と百円玉をまぜこぜにする／把五十塊錢和一百塊錢的硬幣混在一起。⓪

ま・せる【老成る】（自下一）（孩子）早熟；（少年）老成；☆子供のくせにませている／雖然是個孩子却不天眞；☆ませたことを言う／（孩子）說話像大人；☆年のわりにませている／年輕輕的很老成 ②

*ま・ぜる【交（混）ぜる】（他下一）①攪合，攪入，攙混；☆塩と胡椒（こしょう）を料理に混ぜる／把鹽和胡椒調到菜裏；☆英語を交ぜて話す／說話夾雜英語；②加上，包括；☆送料を交ぜて百七十円／加上郵資共一百七十圓；☆僕も交ぜてくれよ／（遊戲時）也算我一個吧；③攪合，攪拌；☆交ぜながら煮る／一邊攪合一邊煮；⑤まず（下二）。⓪

マゾヒズム【masochism】（名）〔醫〕受虐淫。③

*また【又・復・亦】Ⅰ（副）①又，再，還；☆又仕事を始める／又開始工作；☆こんなチャンスは又とない／這樣的機會再沒有了☆さっき食べたばかりなのに又食べるのか／你剛吃了怎麼還吃呢②亦，也；☆彼も亦一種の人物だ／他也算是一種人物；☆それも又ニセか／那也是假的呀？③另一，其他；☆又の日／次日；改天；另日；日後；☆又の機会／另一個機會，再週機會；Ⅱ（接）又，並且；☆彼は文学者であり又音楽家でもある／他是文學家又是音樂家；☆私は金持ではない、又なりたくもない／我不是有錢的人，並且也不想有錢。②⓪①

*また【又】（名）又；☆木の又に腰掛ける／坐在樹叉上。②

また【股】（名）股，胯；☆股を広げて立つ／叉開腿站立；☆日本中を股に掛ける／走遍全日本；☆大股に歩く／邁大歩走②

*まだ【未だ】（副）①未，尚，還；☆新聞はまだ来ないか／報紙還沒有來嗎？☆まだ雪が降っている／還下着雪；☆金はまだ沢山ある／還有許多錢；☆まだ君に話すことがある／還有話對你說；②不過，才；☆引っ越してからまだ二日だ／搬過

來繊兩天；☆まだ三時だ／纔三點鐘；図いまだ。①

まだい【真鯛】（名）〔動〕棘鬣魚。⓪

またいとこ【又従兄弟・又従姉妹】（名）從堂兄弟（姉妹）；從表兄弟（姉妹）⓪

またうつし【又写し】（名・他サ）間接抄寫；重謄，重抄，轉謄。⓪

またがし【又貸し】（名・他サ）轉借出去；☆この本は又貸ししてはいけない／這本書不准轉借給別人。⓪

またがり【又借り】（名・他サ）轉借；☆この本は甲が乙から借りたのを私が又借りしたのです／這本書是甲跟乙借的我又轉借來的。⓪

*またが・る【跨（が）る・股がる】（自五）①跨，騎；☆馬に跨る／跨馬；②横跨；☆ソ連は欧亜両大陸に跨る／蘇聯横跨歐亞兩大洲；③（日期等）拖長，拖延；☆数ヶ月に跨る病気／纏連了好幾個月的病③

またぎ【股木】（名）分叉的樹。②⓪

またぎき【又聞き】（名・他サ）間接聽到；☆又聞きだからはっきりしない／是間接聽說的所以不清楚。⓪

また・ぐ【跨ぐ】（他五）邁過，跨過；☆敷居（しきい）を跨ぐ／跨過門檻；訪問②

まだけ【真竹・苦竹】（名）〔植〕苦竹①⓪

ましした【股下】（名）〔縫級〕褲襠到褲脚的長度。④⓪

またしても【又しても】（副）又，再；☆又しても彼に騙された／又被他騙了。②

まだしも【未だしも】（副）還算；還行，還好；☆あれよりまだしもこの方がましだ／這個比那個還算好一點；☆せめて千円くらいならまだしも、百円とはひどい／至少也得給一千元才行，給一百元太差了；☆来るならまだしも顔さえ見せない／若來還好，居然連面都不見。①

またぞろ【又候】（副）又（=またしても，ふたたび）；☆またぞろ息子（むすこ）の自慢話（じまんばなし）が始まる／又開始替兒子吹嘘了。②⓪

またたき【瞬】（名・自）眨眼（=まばたき）；☆瞬をする暇もない／連眨眼的時間都沒有。④

*またた・く【瞬く】（自五）①眨眼；☆目を瞬く／眨眼；②（星等）閃爍，明滅；☆星が瞬く／星光閃爍；☆ろうそくの火が風に瞬いた／蠟燭因風搖曳；〜ま【瞬く間】（連語・名）轉瞬之間；☆瞬く間

ま

に消え失せた/轉瞬之間不見了。③

またたび【股旅】（名）（賭徒或娼女）到處流浪；〜もの【股旅物】（名）（以賭徒等到處流浪為主題的）故事。②

またたび【木天蓼】（名）〔植〕木天蓼②⓪

またと【又と】（副）（下接否定語）再；☆又と見られない光景/再也看不到的光景；☆又とない機会/唯一的機會；☆あれほどの人は又とないだろう/像那樣的人恐怕再也找不到。②

またどなり【又隣】（名）隔一家的鄰居③

マタニティドレス【maternity dress】（名）孕婦裝。⑤

またのな【又の名】（名）別名；☆杜鵑は、またの名を不如帰ともいう/杜鵑又名叫不如帰。②⓪

またのひ【又の日】（名）①次日；②日後，改日。⓪

またまた【又又】（副）又，再（加強「また」的語氣）；☆又又騷動が起こる/又發生騷動。②⓪

まだまだ【未だ未だ】（副）還，仍，未（加強「まだ」的語氣）；☆このトランクにはまだまだ入る/這個皮箱裏還能裝許多；☆彼の英語はまだまだ完全とはいかない/他的英語還很不純熟；☆まだまだ丈夫で働いている/還很健壯地工作着①

マダム【madam】（名）① 夫人，太太；②（飯館酒店等的）老闆娘。①

またも（や）【又も（や）】（副）又（＝またまた）；☆又も謎の失踪/又神秘地失踪了。②

まだら【斑】（名）（顔色）斑雜，斑駁；花斑，斑斑；☆色が剝（は）げて斑になる/顔色脱落變成斑雜；☆斑の牛/花牛⓪

まだるっこ・い【間怠っこい】（形）緩慢的，磨磨蹭蹭的，慢吞吞的；☆間怠っこいもの言いをする/說話慢吞吞的；☆間怠っこくて見ていられない/慢吞吞的急死人；〜さ【間怠っこさ】（名）。⑤

まだれ【麻垂】（名）〔漢字部首〕广部⓪

＊またわ（は）【又わ（は）】（接）或，或是（＝あるいは）/手紙を出すか、又は電話をかける/寄信或是打電話。②①

＊まち【町】（名）①鎮，城鎮；☆町に行く/到鎮上去，進城；②町（行政區畫，位於市下）；③街；☆町を練り歩く/蹓大街。②

まち【襠】（名）〔縫紉〕（因幅寬不足）接

幫上的布；☆襠を入れる/接上一塊布①

まちあい【待合】（名）①（爲會晤）等待（的地方）；☆待合の時間/等候的時間；②＝まちあいしつ；③提供招妓遊樂的酒館；〜しつ【待合室】（名）候車室，候診室。⓪

まちあか・す【待ち明かす】（他五）等天亮；☆昨夜はとうとう寝ないで待ち明かした/昨晚終於沒有睡等到天亮。⓪④

まちあぐむ【待ちあぐむ】（他五）等得不耐煩。⓪

まちあわ・せる【待ち合わせる】（他下一）等候會面；☆六時に駅で待ち合わせる/六點在車站等候會面，反まちあわす（下二）。⓪

まちいしゃ【町医者】（名）（對醫院醫師而言的）個人開業醫師。②

まちう・ける【待ち受ける】（他下一）等待，等候（…來）；☆待ち受けた手紙が来た/等待的信來了；☆帰り道で待ち受ける/在歸途上等候；反まちうく（下二）。⓪

＊まちがい【間違い】（名）①錯誤，過錯；☆そう考えるのは間違いだ/那樣想是錯誤；☆計算の間違いを直す/改正計算的錯誤；②不實際，不準確；☆間違いなく来るよう山本君に言って下さい/請告訴山本君讓他一定來；☆明日までに間違いなく仕上げる/明天一定完成；③舛錯，差錯；事故；☆どういう間違いで怪我（けが）をしたのだろう/由於什麼事故受的傷呢？☆途中で何か間違いでも起こったのかしら/莫非中途出了什麼差錯不成；④吵架，鬪鬨；☆それが間違いのもとだった/那是吵架的原因；⑤（男女的）不正當關係；☆嫁入り前に間違いがあるといけない/出嫁前若有一差二錯可不好③

＊まちが・う【間違う】（自五）弄錯，搞錯；☆間違った考え/錯誤想法；☆勘定（かんじょう）を間違う/算錯帳☆手紙の住所（じゅうしょ）が間違っていた/信上的地址錯了；☆意味を間違う/意思弄錯了；☆間違って毒を飲む/誤吃毒藥。③

＊まちが・える【間違える】（他下一）弄錯，搞錯，做錯；☆設計を間違える/設計搞錯；☆道を間違える/走錯道路；☆あの人を弟さんと間違えた/我把他錯認爲是令弟了。④③

まちか・ねる【待ち兼ねる】（他下一）等

得不耐煩；☆待ち兼ねてとうとう先に帰った／等得不耐煩終於先回去了；☆お待ち兼ねの手紙／等了好久的信；図まちかぬ（下二）。0

まちかま・える【待ち構える】（他下一）（準備好而）等待，等候；☆機会が来るのを待ち構える／等待機會到来☆待ち構えていた相手が来た／期待的對手來了05

まちくたび・れる【待ちくたびれる】（自上一）久待，等得疲倦；☆開会が後れて待ちくたびれる／遲遲不開會等得疲倦；図まちくたびる（下二）。06

まちこが・れる【待ち焦がれる】（他下一）極等待，等得憔悴，等得已久；☆子供達が待ちこがれていたお正月がついにやってきた／小孩子們盼望已久的新年終於來了。05

まちすじ【町筋】（名）街道。30

まちつ・ける【待ち付ける】（他下一）等候會面；☆駅頭で友達を待ち付ける／在車站前面等候會見朋友；図まちつく（下二）。0

まちどおし・い【待ち遠しい】（形）令人等得不耐煩的，光等也不来的；盼望已久的；☆彼の帰りが待ち遠しい／急不暇待地盼他回来；☆子供たちにはお正月が待ち遠しい／孩子們非常急切地盼望過新年；☆お待ちどう（さまでした）／讓您久等，受等受等；図まちどほし（形ク）；〜さ（名）。5

まちなか【町中】（名）市内，街裏；☆町中で喧嘩する／在街上打架；☆ひどい身なりで町中を歩く／穿着奇裝異服在街上走。0

まちなみ【町並】（名）街上的房子排列情況；☆町並が揃っている通り／房子排列整齊的大街；☆地方にはまだ古い町並が残っている／地方城市裏還保存着古老的街道。04

まちはずれ【町外れ】（名）郊外；市（鎮）的盡頭，僻巷；☆私の家は町外れにある／我的家在市郊。3

まちばり【待針】（名）〔縫紉〕別在布上用作記號的針，繃針。12

まちびと【待人】（名）盼望的人☆待人来たらず／行人不歸（算卦抽籤用語）20

まちぶぎょう【町奉行】（名）町奉行（江戸幕府設在江戸、京都、大阪、駿府執掌行政、司法、警察權的官吏，相當於市長）。3

まちぶせ【待伏（せ）】（名・他サ）埋伏，等候；伏撃；☆敵を待伏する／伏撃敵人。0

まちぼうけ【待惚うけ】（名）（盼望的人等不來）白等；☆待ちぼうけを食わす／叫人白等；☆待ちぼうけを食う／白等0

まちまち【区区】（形動ダ）紛岐，形形色色，各式各様；☆区々の服装／不一律的服装；☆区々な意見／紛歧的意見。20

まちやくば【町役場】（名）鎮公所。3

まちわ・びる【待ち詫びる】（他上一）等得不耐煩，等得焦急；☆医者の来るのを待ち詫びる／等醫師等得焦急；図まちわぶ（上二）。0

まっ──【真】（接頭）眞，正（＝ま）；☆真最中（まっさいちゅう）／正中間，正當中。

──まつ【末】（造語）①末，底；☆今月末までに提出する／本月底以前提出；②〔醫〕薬末，粉劑。

＊まつ【松】（名）①〔植〕松樹；松木；②〔文〕→たいまつ；③新年裝飾門前的松枝；裝飾松枝的期間（普通為七日）；☆松が過ぎる／過了正月初七。1

＊ま・つ【待（俟）つ】（他五）①等，等待；☆電車を待つ／等電車；☆ちょっと待って下さい／請等一會；☆待ちに待った日／等而又等的日子；②期待，指望，倚賴；☆今後の努力に待つところが大きい／有賴今後努力之處甚大；☆彼の協力を俟つ／指望他的協助；◊待つうちが花／等待的時候最甜蜜；待てど暮らせど／無論怎麼等；☆待てど暮らせど帰って来ない／怎麼等也不回来；待てば海路（甘露）の日和（ひより）あり／耐心等待終會時来運轉。1

まつえい【末裔】（名）〔文〕後裔，子孫，後代。02

まっか【真赤】（形動ダ）①通紅，鮮紅；☆真赤に燃えているストーブ／燒得通紅的爐子；☆真赤な花／鮮紅的花；☆真赤になって怒る／氣得臉通紅；☆恥かしくて顔を真赤にする／臊得臉通紅；☆二人は真赤になって議論した／兩人紅頭脹臉地辯論；②純粹，完全；☆真赤な嘘／完全謊話。3

まつかさ【松毬】（名）松果。3

まつかざり【松飾り】（名）新年裝飾正門

的松枝（＝かどまつ）。③

まつかぜ【松風】（名）①松風；②（水壺的）水沸聲。③

まっき【末期】（名）〔文〕末期；☆江戸時代の末期／江戸時代的末期。①

まっくら【真暗】（名・形動ダ）①漆黑；☆真暗な部屋／漆黑的房間；②（前途）暗淡，黑暗；☆お先真暗だ／前途黯淡；～やみ【真暗闇】（名）黑暗，漆黑。③

まっくろ【真黒】（名・形動ダ）烏黑，漆黑；☆日に焼けて真黒になる／太陽曬得黝黑；～け【真黒け】（形動ダ）＝まっくろ。③

まっくろ・い【真黒い】（形）烏黑的，漆黑的；☆真黒い雲／烏雲。④

まつげ【睫】（名）睫毛；☆付けまつげ／假睫毛。①

まつご【末期】（名）臨死，臨終；☆末期の言葉／臨終的遺言；～のみず【末期の水】（連語・名）臨終時口中含的水；☆末期の水をとる／送終。①

まっこう【真向】（名）①正面；☆人の意見に真向から反対する／毫不客氣地反對別人的意見；☆風が真向から吹いて来た／風從正面吹來；②前額；☆真向に一撃をくらわす／對準前額就是一棒子。③

まっこう【抹香】（名）①〔佛〕沉香末；莽草，香末；②〔動〕→まっこうくじら；～くさ・い【抹香臭い】（形）有沉香味的，佛教氣味的；☆そんな抹香臭い説教は御免だ／把你那種佛教氣味的説教收起來吧；～くじら【抹香鯨】（名）〔動〕抹香鯨。⓪③

まつざ【末座】（名）末座，末席；☆末座の人／末座的人們。⓪

マッサージ【massage】（名・他サ）按摩，摩擦；☆身体が痛いから、ちょっとマッサージして下さい／身上疼請給按摩一下；☆寝る前に顔をマッサージする／就寝前按摩面部。③

まっさいちゅう【真最中】（名）最盛的時候，正當中；☆議論の真最中／辯論正熱烈的時候；☆冬の真最中／嚴冬。③

まっさお【真青】（形動ダ）①深藍；②（臉色）蒼白；☆真青な顔／蒼白的面色；☆恐ろしくて真青になる／嚇得臉色變蒼白。③

まっさかさま【真逆様】（名・形動ダ）頭朝下，倒栽葱；☆真逆様に飛び込む／頭

朝下地跳進去。③

まっさかり【真盛り】（名）①正盛（＝まっさいちゅう）；②盛開；☆桜の真盛り／櫻花正盛開。③

まっさき【真先】（名）最先，首先，最前面；☆真先に手を上げる／最先舉手；☆真先の車／最前面的車。④③

まっさつ【抹殺】（名・他サ）〔文〕①勾去，抹掉；②抹殺；☆歴史の事実を抹殺する／抹殺歴史事實。⓪

まっしぐら【驀地】（副）突飛猛進，勇往直前地；☆ゴールめがけて、まっしぐらに突進する／向球門猛進；☆驀地に走る／一直猛跑。③

まつじつ【末日】（名）末日，最後一天；☆三月末日／三月最後一天。⓪

マッシュ【mash】（名）〔烹飪〕（馬鈴薯等磨成的）泥，醬；☆マッシュ・ポテト／馬鈴薯泥。①

マッシュルーム【mushroom】（名）〔植〕洋菇，一種食用蘑菇。④

まっしょう【末梢】（名）〔文〕末梢，枝節，細節；☆末梢にまで心を配る／留心到細節；～しんけい【末梢神経】（名）〔解〕末梢神經；～てき【末梢的】（形動ダ）枝節的，細節的；☆末梢的の問題にこだわる／拘泥於枝節問題。⓪

まっしょう【抹消】（名・他サ）抹掉，勾消（＝まっさつ）；☆名簿から抹消する／從名冊上勾消。⓪

まっしょうじき【真正直】（形動ダ）非常正直，過分正直；☆真正直な人間／非常正直的人；☆そんなに真正直にやる必要はない／無需那麼一本正經地幹。③

まっしょうめん【真正面】（名）正面，正對面；☆学校の真正面の公園／正對著學校的公園；☆意見か真正面から対立する／意見正面衝突。③⑤

まっしろ【真白】（名・形動ダ）雪白；☆真白な花／雪白的花；☆あの老人は頭が真白だ／那位老人頭髮雪白。③

まっしろ・い【真白い】（形）雪白的（＝まっしろ）。④

まっすぐ【真直ぐ】（名・形動ダ）①直，筆直；☆真直ぐに立つ／直立；☆真直ぐな道／筆直的路；②一直，照直，不繞路；☆私はここから真直ぐ高雄に行く／我從這裏直赴高雄；☆貴方は真直ぐ帰りますか／您直接回家嗎（不到旁處去嗎）？

⑧正直，坦率，老實，率直；☆心が真直ぐだ／心眼見直。③

まっせ【末世】（名）〔文〕①末世，季世，澆末；☆末世的現象／澆末的現象；②後世；☆末世末代に至るまで／直到後世後代。⓪

まっせき【末席】（名）〔文〕＝まつざ

まっせつ【末節】（名）〔文〕枝節，末節

まつだい【末代】（名）〔文〕後世；☆末代まで汚名を残す／遺臭於後世。②①

*****まったく**【全く】（副）①完全，全然；☆全く知らない人／素不相識的人；☆彼の話は全くの嘘だった／他的話完全是謊話；☆計画は全く失敗に帰した／計劃完全失敗了；☆彼とは全く何の関係もない／和他完全沒有關係；②實在，簡直（＝ほんとうに，じつに）；☆今日は全く暑い／今天實在熱，☆いや全くだ／(你說的) 實在一點不錯；☆全く不思議だ／簡直不可理解；☆全くのところ／其實；☆全くうるさい／實在討厭。⓪

まつたけ【松茸】（名）〔植〕松蕈，松菌，松蘑，一種又香又美味的蘑菇。⓪

まっただなか【真只中・真直中】（名）①正當中，正中央；☆大洋の真只中に漂流する／在大洋中漂流；②正盛時（＝まっさいちゅう）；☆今や戦闘の真只中だ／現在戦闘方酣。③④

まったん【末端】（名）〔文〕末端，尖端，盡頭；底層；☆棒の末端をつかむ／抓住棍子的一端；☆末端の組織に至るまで統制する／統制到最基層組織。⓪

*****マッチ**【match・燐寸】（名）火柴；☆マッチをする（つける）／劃火柴；☆マッチ箱／火柴盒。①

*****マッチ**【match】（名・自サ）①比賽，競賽；②適稱，相稱，配合；☆髪型（かみがた）が顔にマッチしていて美しい／髮型和臉形配合得很美。①

まっちゃ【末茶・抹茶】（名）綠茶之粉末茶（日本人習用）。

マット【mat】（名）①蓆子，塾子；②（擦鞋的）棕塾。①

まっとう・する【全うする】（他サ）保全，完成；☆務めを全うする／完成任務；図まったうす。⓪

マットレス【mattress】（名）床塾；☆フォームラバーのマットレス／膠塾。①

まつのうち【松の内】（名）新年門前飾有松枝期間（正月一日到七日）；☆松の内は休業／從正月一日到七日停止営業。③

まつのは【松の葉】（名）①松樹葉；②（寫在贈品包紙上的謙辭）薄儀，薄敬。①

マッハすう【Mach 数】（名）表示音速的幾倍的數字（マッハ１＝音速≒1200 km，マッハ２等於音速的二倍）。③④

まつば【松葉】（名）①松樹葉；②松針；〜づえ【松葉枝】（名）（瘸子架在腋下用的）拐杖，T字杖；〜ぼたん【松葉牡丹】〔植〕半支蓮。①

まっぱだか【真っ裸】（名・形動ダ）赤身露體，赤裸精光；☆真っ裸の子供／赤身露體的小孩。③

まつばやし【松林】（名）松樹林子。③

まつばら【松原】（名）平原上的松林。②

まつび【末尾】（名）〔文〕末尾；☆末尾の一節／末尾的一節。⓪①

まっぴつ【末筆】（名）〔文〕書信結尾用語；☆末筆ながら御両親様によろしく／順候令尊令堂健康。③

まっぴら【真っ平】（副）〔俗〕①完全（＝まったく，ひらに）；☆真っ平御免だ／對不起，礙難遵命；☆あんな仕事は真っ平御免だ／那種工作，我是不幹；②＝真っ平御免；☆お説教は真っ平だ／你別說教我不愛聽；☆酒はもう真っ平です／酒是再也不能喝了；☆そんなことは真っ平だ／那種事情我是絕對不幹。③

まっぴるま【真昼間】（名）白晝，大白天裏；☆まっぴるまに住宅街で殺人事件が起こった／大白天在住宅區發生兇殺案③

まっぷたつ【真っ二つ】（名）兩半（＝まふたつ）；☆真っ二つに切る／切成兩半。④

まつぶん【末文】（名）〔文〕（文章或信的）末段一段。⓪

まつぼっくり【松毬】（名）〔植〕松果③

まつむし【松虫】（名）〔動〕金琵琶②

まつやに【松脂】（名）松脂，松香。⓪

まつやま【松山】（名）遍生松樹的山。⓪

*****まつり**【祭】（名）①祭祀，祭典；祭日，節日，廟會；☆祖先の祭を営む／祭祀祖先；☆村の祭／社祭；☆八幡様（はちまんさま）のお祭／弓矢神的祭日；☆その祭は今でも行なわれる／現在還舉行那個祭典；②（眾人）狂歡，歡鬧；☆お祭騒ぎ／瘋狂的歡鬧，狂歡；☆お祭気分／狂歡的氣氛（情緒）；☆ 私はお祭騒ぎは

きらいだ/我討厭瘋狂的歡鬧；◊後（あと）の祭/①已錯失機會◊雨後送傘 ⓪③

まつり【茉莉】（名）〔植〕茉莉。①

まつりあ・げる【祭り上げる】（他下一）①推崇；②捧上壇；☆会長に祭り上げる/捧爲會長。⑤

まつりごと【政】（名）〔文〕政治，政務；☆国の政を執る/執國政。⓪⑤

まつ・る【奉る】Ⅰ（他五）奉，奉獻（＝たてまつる）；Ⅱ（補動四）加在動詞下表示敬意；☆答え奉る/奉答。⓪

*まつ・る【祭る】（他五）①祭祀，祭奠；☆祖先を祭る/祭祀祖先；②祀爲神 ⓪②

まつ・る（他五）〔縫紉〕（爲防止開綻）鎖縫（布邊）；☆スカートの裾をまつる/鎖縫裙子下襬。②

まつろ【末路】（名）〔文〕末路，下場①

まつわ・る【纏わる】（自五）纏続，糾纏；☆蔦（つた）が木に纏わる/常春藤纏続在樹上；◊沼に纏わる伝説/關於沼澤的傳說。③

*まで【迄】（修助）①（表示動作、事物達到的空間、數量等的界限）到達；☆神戸から東京まで/由神戸到東京；☆高雄までの切符/到高雄的車票；☆遅くまで話した/談到很晚；☆百まで生きたい/想活到一百歳；☆五月まで待つ/等到五月；☆第五課まで読む/唸到第五課；☆三杯（さんばい）までは大丈夫です/喝到三杯；☆いつまで続くことやら誰にも分らない/誰也不知道繼續到什麼時候；②（表示事物的程度）直到…程度（地步）；☆これまで努力したのに…/這麼樣地努力還…；☆それくらいの事なら死ぬまでのことはない/若是那種程度還不至於死；③（表示極端或最大限度）連，連…都，甚至於；☆盗みまでもする/甚至偸盜；☆千円まで出してもいいと言う/他說甚至出一千圓也行；☆夢にまで見る/連做夢都夢見；☆お父さんまで怒る/連父親都生氣；☆子供まで僕を馬鹿にしている/甚至連小孩都瞧不起我；④算了，完了；☆いやならしないまでのことだ/若是不願意不做就算了；☆やり損ねたまでだ/若搞錯可就完了；☆右お返事まで/謹此奉復；⑤〔用「までもない」的形式〕沒有必要；☆調べるまでもない/無需調査；⑥〔用「…ないまでも」的形式〕即使不是，即使沒有；☆全

部とは言わないまでも…/即使說不是全部…。

まてどくらせど【待てど暮せど】（連語・副）無論怎麼等也…；☆待てど暮せど返事が来ない/無論怎麼等也不回信 ①-③

まてんろう【摩天楼】（名）摩天樓。⓪

*まと【的】（名）①的，靶子；☆的の中心を射抜く/射箭靶的中心；☆ピストルは的をはずれた/手槍沒有射中；②目標，目的，要害；☆的はずれの質問/質問得不是地方，不中肯；☆嘲笑の的となる/成爲嘲笑的目標。⓪

*まど【窓】（名）窗戸；☆窓をあける（しめる）/開（關）窗戸。①

まどあかり【窓明り】（名）由窗戸照進的光線。③

まとい【纏】（名）①〔まとう〕的名詞形；②戰陣中放在大將旁的標識；③消防隊的組旗。⓪

まどい【惑い】（名）困惑，拿不定主意；☆心の惑いが募（つの）る/心裏越發拿不定主意。②

まどい【団居】（名・自サ）〔文〕①團坐，團團圍坐；☆団居の人々/團坐的人們；②團圓，團聚；☆楽しい一家のまどい/全家快樂的團聚。②⓪

まと・う【纏う】Ⅰ（自五）纏，穿；Ⅱ（他五）纏，穿；☆上着をまとう/穿上上衣。②

まど・う【惑う】（自五）①困惑，拿不定主意；☆行くべきかどうか惑う/是否應該去，拿不定主意；②迷惑，誤入（歧途）；☆悪事に惑う少年/迷住心眼做壞事的少年。②

まど・う【償う】（他五）賠償（＝つぐなう）。②

まどか【円か】（名・形動ダ）〔文〕①圓；☆円かな月/圓月亮；②安穩，安靜；☆円かに夢路をたどる/安穩入睡。①

まどぐち【窓口】（名）（銀行、機關等的）窗口櫃臺；☆預金は三番の窓口へ/存款請到第三號窗口。②

まとまり【纏まり】（名）①解決，結束，歸結；☆その事は纏まりがついた/那件事解決了；☆そんなことでは纏まりがつかない/那樣做不能解決問題；②一貫，一致；☆纏まりのない話/拉雜的話，漫談；☆彼の仕事は纏まりがつかないという欠点がある/他的工作的缺點是雜亂無章

；⑧統一，一致；☆このグループは纏まりがない／這個團體內部不統一；☆チームの纏まりをつける／使隊內統一。◎

*まとま・る【纏まる】（自五）①解決，結束；（商）受；☆相談が纏まる／商量受；☆交渉は纏まらなかった／沒有取得協議；②湊齊；☆金が纏まらない／款沒湊齊；③集中起來，歸納起來，有系統；☆この論文はよく纏まっている／這篇論文寫得很有系統；☆考えが纏まらない／思慮不成熟／拉雜的話；④統一，一致；☆党内が纏まっていない／黨內不統一；☆意見が次第（しだい）に纏まってきた／意見逐漸一致。◎

*まと・める【纏める】（他下一）①解決，結束，搞妥；☆争いを纏める／解決紛爭；☆この話は早く纏めなくてはいけない／這事必須趕緊解決；☆仕事を急いで纏める／趕緊做好（完成）工作；②彙集，彙總；☆纏めて買う／彙集買；☆短篇を一冊の本に纏めて出版する／彙集短篇爲一本書出版；☆道具を纏める／把工具收集在一起；③集中，歸納，整理；☆考えを纏める／愼思熟慮；☆材料を纏める／整理材料；④統一，使趨一致；☆意見を纏める／把意見統一起來；図まとむ（下二）。◎

*まとも【真面】（名・形動ダ）①正面；☆まともに相手の顔を見る／從正面看對方的臉；②認眞，正經（＝まじめ）；☆まともな商売／正經的買賣；☆人の話はまともに聞くものだ／應當認眞聽別人的話。◎

マドモアゼル【法mademoiselle】（名）小姐，姑娘。④

まどり【間取（り）】（名）（一所房屋的）房間的配置；☆この家は間取りが悪い／這所房子房間佈置得不好。◎

マドリガル【madrigal】（名）①情歌；②〔樂〕牧歌。③

マドロス【荷matroos】（名）船夫，水手；～パイプ【matroos pipe】（名）大型烟斗。①②

まどろ・む（自五）〔文〕打盹，假寐；☆考え疲れてしばしまどろむ／腦筋疲倦了假寐一會。③

*まどわ・す【惑わす】（他五）①使困惑，使不知所措，擾亂；☆生徒を惑わす問題／使學生不知如何回答的問題；☆人心を

惑わす風説／擾亂人心的傳說；②誘惑；☆青年を惑わす／誘惑青年；③欺騙；☆甘い言葉で人を惑わす／用甜言蜜語騙人。③

まとわ・る【纏わる】（自五）＝まつわる③

マトン【mutton】（名）羊肉。①

マドンナ【Madonna】（名）聖母瑪利亞（像）。②

マナー【manner】（名）禮節，禮儀；☆テーブルマナー／用餐的禮節；☆ステージマナーがよい／登臺表演時態度好。①

まないた【俎】（名）肉墩子，菜板；☆俎に載せる／放到菜板上；〔轉〕作爲問題提出討論。④◎

まなこ【眼】（名）眼，眼珠；☆眼を開く／睜開眼。①

まなざし【眼差】（名）①目光；☆好意の眼差で見る／用好意的目光看；②眼神，睨眼；☆眼差を伏せる／低垂眼瞼，往下看。②◎

まなじり【眥】（名）〔文〕眼角；☆眥を決する／瞪眼大怒。④②

まなつ【真夏】（名）盛夏；☆真夏が過ぎた／盛夏已過。◎

まなでし【愛弟子】（名）得意弟子。◎

まなび【学び】（名）〔文〕學，學習，學問；～や【学舎】（名）〔文〕學校，校舍。◎

*まな・ぶ【学ぶ】（他五）學，學習；☆ドイツ語を学ぶ／學德語；☆大学に学ぶ／在大學讀書；☆社会に出て大いに学ぶところがあった／進入社會後學習了很多東西。◎

まなむすめ【愛娘】（名）愛女，掌珠。③

マニア【mania】（名）狂熱者，熱愛者；☆切手マニア／熱衷收集郵票者。①

*まにあ・う【間に合う】（自五）①有用，管用，起作用；☆この薬で間に合えば使って下さい／這個薬如果管用，就請用吧；②趕得上，來得及；☆七時の汽車に間に合う／趕得上七點的火車；☆まだ間に合うでしょう／還來得及吧；③夠用，足夠；☆千円あれば間に合う／若是有一千元就夠了；☆今日は間に合ってます／（回答每日送青菜的小販等）今天夠用了③

*まにあわせ【間に合わせ】（名）權宜之計，暫時敷衍；☆一時の間に合わせに使う／暫時湊合着用；☆間に合わせの修繕／敷衍一時的修理；☆急場の間に合わせに

なる／可供不時之需。◎

マニキュア【manicure】（名）修指甲術 ②

まにまに【間に間に】（副）順勢,隨着；
☆木の葉が波の間に間に浮かんでいる／
樹葉順水漂浮；☆風の間に間に花の香が
漂って来る／花香隨風飄來。②◎

マニファクチュア【manifacture】（名）
〔經〕工場手工業。

マニラ【Manila】〔地〕馬尼拉。①

まにんげん【真人間】（名）正經人,正直
人；☆心を入れ変えて真人間になる／脱
胎換骨重新作人。②

*まぬが・れる【免れる】（他下一）免,避
免,擺脱；☆危いところで死を免れる／
死裏逃生；☆理由はともかくとして責任
だけは免れない／理由如何姑且不論,責
任是推卸不了的；図まぬかる（下二）④◎

まぬけ【間抜け】（名・形動ダ）愚蠢,癡
獃,糊塗；☆この間抜けめ／你這個糊塗
蟲！☆まぬけな話／蠢話；☆財布をすら
れたって、間抜けな奴だな／錢包被偸去
了！蠢貨！①

*まね【真似】（名・自サ）①學,裝,仿效
,模仿,效法；☆人の真似が旨い／善於
模仿人；☆死んだ真似をする／裝死；☆
猿が人の真似をする／猴模倣人；②〔
俗〕舉止,動作；☆乱暴な真似をする／
舉止粗暴；☆つまらない真似をするな／
不要做無聊的舉動,不要莽撞！◎

マネー【money】（名）錢；～ビル【mo-
ney building】（名）殖財。①

マネージャー【manager】（名）①（旅
館、酒店等的）經理；②（劇團等的）幹
事;經紀人；③〔運動〕管理人。①②

まねき【招き】（名）〔（まねく）的名詞
形〕①請,召請,招待；☆知人の招きを
受ける／受到朋友招待；②招聘,聘請,
邀請；☆新聞社の招きで東京に来た／因
報社邀請來到東京；③兜攬觀客；～ねこ
【招き猫】（名）〔玩具〕前足作拱拜状
的貓。③

マネキン【法・mannequin】（名）①服
裝店橱窗内的假人；②服裝模特兒（服裝
店雇用的一種職業婦女）。②◎

*まね・く【招く】（他五）①招,招呼；☆
手で招く／用手招呼；☆ボーイを招く
／招呼茶房；②召請,宴請,招待；☆結
婚式に招かれた／被邀出席婚禮；☆酒宴
に招く／請赴宴；③招聘,聘請；☆外国

の大学に教授として招かれる／被外國大
學聘去當教授；☆専門家（せんもんか）
を招く／聘請專家；④招惹；☆災を招く
／招災；☆危険を招く／惹出危險。②

ま・ねる【真似る】（他下一）模倣,倣效
；☆本物をまねてつくる／倣照貭物製造
；☆人の作品を真似る／模倣別人的作品
；図まね（下二）。◎

まのあたり【目の当り】（名）①目前,親
眼,當面；☆惨事を目の当りに見る／親
眼看到慘劇；☆目の当り人を責める／當
面申斥；②直接；☆目の当りに聞く父の
声／直接聽見父親的聲音。◎

まのて【魔の手】（名）魔手,魔掌。③

まのび【間延び】（名・自サ）緩慢,弛緩
；遅鈍；☆間延びのした顔／呆頭呆
腦。◎

まばたき【瞬き】（名・自サ）瞬,眨眼；
☆まばたきもせずに見る／不眨眼地看②

まばた・く【瞬く】（自五）眨眼；☆瞬く
間に／轉瞬之間。③

まばゆ・い【目映い・眩い】（形）①眩眼
的；☆眩い日の光／眩眼的日光；②相
形見細的,覺得難堪的,拿不出手的；☆
彼の作品に比べて眩い気がする／比起他
的作品覺得相形見絀；図まばゆし（形
ク）。◎

まばら【疎ら】（名・形動ダ）稀,稀疏
，疏；☆木が疎らに生えている／樹稀稀疏疏地
長着；☆聴衆は疎らだった／聽衆稀稀疏
疏。◎

*まひ【麻痺】（名。自サ）麻痺；☆神經が
麻痺する／神經麻痺；☆雪のために交通
が麻痺状態に陥る／因雪交通陷於癱瘓状
態。①◎

まびき【間引（き）】（名・他サ）〔農〕
間拔,疏苗；☆大根を間引きする／間拔蘿
葡苗。③

まび・く【間引く】（他五）①〔農〕間拔
，疏苗；☆大根を間引く／間拔蘿葡苗；
②〔俗〕（過去的人因養育困難）殺親生子
女。②

まひる【真昼】（名）正午；☆真昼の太陽
が照りつける／正午的陽光曬人。②

まぶか【目深】（名・形動ダ）；☆帽子を
目深にかぶる／把帽子戴到眼眉上 ①◎

まぶし・い【眩しい】（形）①眩眼的；☆
太陽の光が眩しい／陽光眩眼；☆目が眩
しい／眩眼；②〔喩〕耀眼的,刺眼的；

☆眩しいほど白い／白得刺眼；☆眩しいほど美しい女／非常美麗的女人；図まぶし（形シク）；～が・る（自五）感覺眩眼；～げ（形動ダ）；～さ（名）。③

まぶ・す【塗す】（他五）塗滿，撒滿（粉末）；☆餅に黄粉（きなこ）を塗す／黏糕上撒粉豆粉。②

まぶた【目蓋・瞼】（名）眼皮，眼瞼；☆瞼を開く（閉じる）／睜（閉）眼；☆二重（ふたえ）瞼／雙眼皮；☆瞼を覆わせる悲慘な光景／令人目不忍睹的慘狀；☆瞼の母／永遠留在記憶裏的母親的容貌；☆瞼に残る／始終在記憶裏；☆瞼に浮ぶ／時時憶起。

まふたつ【真二つ】（名）正兩半；☆西瓜を真二つに割る／把西瓜從中切成兩半 ③

まふゆ【真冬】（名）嚴冬，三九天。⓪

マフラー【muffler】（名）圍巾（＝えりまき）；☆マフラーを巻く／圍上圍巾 ①

***まほう【魔法】**（名）妖術，魔術；☆魔法を使う／使魔術；～つかい【魔法使い】（名）魔術師；～びん【魔法瓶】熱水瓶。⓪

マホガニー【mahogany】（名）〔植〕桃花心木。②

マホメットきょう【Mahomet教】（名）〔宗〕伊斯蘭教。⓪

まぼろし【幻】（名）幻，幻影，幻想，虛幻。⓪②

***まま【儘】**（名）①一如原樣，原封不動，仍舊，照舊；☆靴のまま上がって下さい／請穿着鞋(不必脫鞋)上來吧；☆彼は、ねまきのまま出て来た／他穿着睡衣(也沒換衣服)就出來了；☆電灯をつけたまま眠った／開着電燈(也沒閉燈)就睡着了；☆出かけたまま帰ってない／從家出走以後始終沒回來；☆木は倒れたままになっていた／樹倒着(沒有人管)すべてはもとのままだ／一切仍舊；②一如…那樣，按照…那樣；如實，據實；☆人の言うままになる／人家說怎的就怎的，任人指使，唯命是從；☆命ぜられたままにする／遵照命令做；☆思ったままを書く／心想什麼就寫什麼；☆見たままを話す／把看到的照實說；☆人生ありのままを写す／如實地描寫人生 ③任憑…那樣；隨心所欲，任意；如意，如願；☆足の向くままに歩く／信步而行；☆するがままにさせておく／任憑他去做(不加干

涉)☆人を意のままに使う／任意驅使人；☆波のままに漂う／隨波漂流；☆あの男は私のままにならない／那個人不隨我擺佈；☆万事思うままに行った／一切都如願以償了；☆物事が、ままにならない／事不如意；☆浮世が、ままになるならば／一切事情如果能都隨心所願的話…。②

まま【間間】（副）〔文〕有時，偶爾（＝ときおり）；☆彼からは間々便りがある／他偶爾有信來。①⓪

ママ【mama】（名）①〔兒〕媽媽；②飲食店，酒吧等的老闆娘。

ままおや【継親】（名）繼父母。⓪

ままこ【継子】（名）①繼子；繼女；前生子（女）；☆継子をいじめる／虐待繼子；②遭受排斥的人；～あつかい【継子扱い】（名・他サ）排斥、差別對待。

ままこ【継粉】（和麵時）未和開的麵團⓪

ままごと【飯事】（名）（兒童）做飯遊戲☆飯事をして遊ぶ／（兒童）做飯玩②⓪

ままちち【継父】（名）繼父。⓪

ままならぬ【儘ならぬ】（連語）〔文〕不如意，不隨心。④

ままはは【継母】（名）繼母。⓪

ままよ【儘よ】（感）（表示只好聽其自然）管它去呢,不管它三七二十一；☆ままよ一か八（ばち）かやってみよう／管它去呢,豁出來幹一下子看看；☆ええままよ乗るか反（そ）るかやってみろだ／不管三七二十一,孤注一擲地幹一下試試；☆誰が来ようとままよ／任憑誰來也不管他②

ママレード【marmalade】（名）→マーマレード。③

まみ・える【見える】（自下一）〔敬語〕見面,相見；☆面目を新たにして皆様に見える日も近いことでしょう／不久將以新的面貌與大家相見；図まみゆ(下二)③

まみず【真水】（名）淡水,不含鹽分的水⓪

まみ・れる【塗れる】（自下一）沾汚；☆泥（血）に塗れる／沾上泥（血）；◇一敗地に塗れる／一敗塗地；図まみる(下二)。③

まむかい【真向かい】（名）正對面,對過；☆家の真向かいの郵便局／家對面的郵局。②

まむし【蝮】（名）〔動〕蝮蛇。⓪

まめ─【豆】（造語）小,小形；☆豆電球／小形燈泡；☆豆タンク／小型坦克。

***まめ【豆】**（名）〔植〕豆；大豆。②

まめ【肉刺】（名）水泡；☆手に肉刺が出来た／手上磨出泡。②

まめ【忠実】（名・形動ダ）①忠實，誠懇；☆まめに勤務する／誠誠懇懇地工作；②健康；☆まめで暮している／身體健康；③認眞；☆日記をまめにつける／認眞地記日記。⓪

まめあぶら【豆油】（名）豆油。③

まめかす【豆粕】（名）豆餅。③⓪

まめたん【豆炭】（名）煤球。⓪

まめつ【摩（磨）滅】（名・自サ）〔文〕磨滅，磨損；☆判こが摩滅した／圖章用舊已模糊。⓪

まめでっぽう【豆鉄砲】（名）〔玩具〕以豆粒爲子彈的竹槍。③

まめほん【豆本】（名）袖珍本。⓪

まめまき【豆撒き】（名）①播豆種；②（立春前日）撒豆驅邪。②③

まめまめし・い【形】忠實的，誠懇的；勤勉的；☆まめまめしく手伝いをする／誠誠懇懇地幫忙；図まめまめし（形シク）⑤

*まもなく【間もなく】（副）不久，一會兒，不大工夫（＝やがて）；☆それから間もなくのことだ／那以後不久的事情；☆間もなく春がやって来る／春天不久就來到；☆入院して間もなく死んだ／住進醫院後不久就死了。②

まもの【魔物】（名）妖魔，怪物，可怕的東西。⓪

まもり【守（り）】（名）①守衛，守護，保衛，保護，戒備；☆城の守りを固くする／固守城池；☆国の守り／保衛國土；②（神佛的）保佑；（乞求神佛保佑的）護符；☆災難よけのお守り／消災的護符；～がみ【守り神】（名）守護神。

**まも・る【守（護）る】（他五）①守，保衛；守護，防守，保護；☆陣地を守る／防守陣地；☆消費者（しょうひしゃ）の利益（りえき）を守る／保護消費者的利益；②遵守，保守；☆法律を守る／遵守法律；☆約束を守る／守約；☆秘密を守る／保密。

まやかし（名）①欺騙，訛騙；②假冒物，偽造物；☆この骨董（こっとう）は、まやかしだ／這個骨董是假的。④⓪

まやく【麻薬】（名）〔醫〕麻醉藥；☆麻薬を密売する／秘密販賣麻醉藥。⓪

*まゆ【眉】（名）眉毛；☆濃い眉／濃眉；☆眉をしかめる（ひそめる）／皺眉；☆

眉をひらく／展眉；☆眉を作る／描眉；◇眉に唾（つば）をつける／（怕上當）加警惕；眉に火がつく／燃眉之急。①

まゆ【繭】（名）〔動〕繭，蠶繭；☆繭を作る／作繭。①

まゆげ【眉毛】（名）眉毛（＝まゆ）；◇眉毛を読まれる／心事被人察覺。①

まゆじり【眉尻】（名）眉梢。④②

まゆずみ【眉墨・黛】（名）黛，眉筆②

まゆつばもの【眉唾物】（名）〔爲免得上當〕應加警惕，殊屬可疑（的事情或東西）；☆この話は眉唾物だ／這話可疑。⓪

まゆね【眉根】（名）眉毛根。①

まよい【迷い】（名）①迷惑；☆迷いが醒める／清醒過來，醒悟過來；☆あれこれと迷い続ける／不知如何是好；②錯覺；☆物音（ものおと）が聞こえたのは気の迷いかしら／彷彿有什麼東西響了一聲，也許是我聽錯了；☆気の迷いでそう見えるのだ／由於錯覺才看成是那樣；③〔佛〕（死者的）妄念。②

*まよ・う【迷う】（自五）①迷，迷惑；☆道に迷う／迷路；☆去就に迷う／不知何去何從；②迷戀；☆酒色に迷う／迷於酒色；③〔佛〕迷執。②

まよけ【魔除け】（名）避邪，避邪物；☆魔除けのお守り／避邪的護符。③⓪

まよこ【真横】（名）正側面，正旁面；☆家の真横にポストがある／郵筒就在房子的旁邊。⓪

まよなか【真夜中】（名）半夜；☆真夜中の出来事／半夜發生的事情。②

マヨネーズ（ソース）【法mayonnaise（sauce）】（名）〔烹飪〕沙拉醬，蛋黃、沙拉油和酢製的調味汁。③

まよわ・す【迷わす】（他五）迷惑，蠱惑；☆人々を迷わす風説がはびこる／到處傳布着蠱惑人心的謠言；☆金に迷わされる／被金錢迷惑住；☆受験生を迷わす問題／使投考生不知如何回答的問題。③

マラソン（きょうそう）【marathon（競走）】（名）〔運動〕馬拉松，長途賽跑⓪

マラリア【Malaria】（名）〔醫〕瘧疾⓪

*まり【毬・鞠】（名）球；☆毬を投げる／扔球；☆まりつきをする／玩拍球。②

マリーゴールド【marigold】（名）〔植〕萬壽菊（金盞草）。④

マリオネット【法・marionnette】（名）傀儡，木偶。④

マリファナ【marihuana】（名）大麻煙 ⓪

まりも【毬藻】（名）〔植〕（生長在北海道阿寒湖的罕見球狀野浮草），毬藻。②

まる─【丸】（接頭）滿；☆丸三年／滿三年。

*まる【丸】（名）①圓形，球形；②完全，整個，整體，全體；☆丸焼け／全燒，燒光；☆丸のまま煮る／整個煮烹；③城郭的內部；☆本丸／城的中心。⓪

まる【円】（名）圓圈；☆答案に円をつける／在答案上打圈。⓪

*まる・い【円い】（形）①圓的；☆円い顔／圓臉；☆目を円くする／把眼瞪圓；②圓滿的，妥貼的；☆争いを円くおさめる／圓滿解決爭端；☆円い感じの人柄（ひとがら）／圓滑的人；図まるし，まろし（形ク）。⓪

まるがお【丸顔】（名）圓臉。⓪③

まるき【丸木】（名）圓木（＝まるた）；☆丸木で建てた小屋／用圓木蓋的小房；～ばし【丸木橋】（名）獨木橋；～ぶね【丸木船】（名）獨木舟。⓪

まるごし（副）＝まるっきり。⓪

マルク【德・Mark】（名）馬克（德國貨幣單位）。①

マルクスしゅぎ【Marx主義】（名）馬克思主義。⑤

マルクスレーニンしゅぎ【Marx-Lenin主義】（名）馬克思列寧主義。⑨①-⑨

まるくび【丸首】（名）（汗衫的）圓領口 ⓪

まるごし【丸腰】（名）①〔古〕（武士）不佩刀；②徒手；☆丸腰で強盗に立ち向かう／徒手對抗強盜。⓪

まるぞん【丸損】（名）全部損失，整個賠光；☆株で丸損する／作股票把錢賠光；☆一つも売れなくて丸損になった／一個也沒有賣出去全賠了。⓪

まるた【丸太】（名）圓木(＝まるき)；☆溝に丸太を渡す／把圓木橫搭在水溝上 ⓪

まるだし【丸出し】（名・他サ）全部露出；☆乳も臍も丸出し／奶頭和肚臍全都露着；☆お国なまり丸出しでしゃべる／說話滿口鄉音。⓪

まるたんぼう【丸太ん棒】（名）〔俗〕圓木（＝まるた）。⓪

まるっきり【丸っ切り】（副）完全，全然，簡直，一概（＝まったく，ぜんぜん）；☆横文字（よこもじ）は丸っきり分らない／洋文完全不懂；☆洪水（こうず

い）で作物（さくもつ）は丸っ切りだめになった／因爲漲大水農作物完全糟蹋了；☆彼は丸っ切り子供だ／他簡直是個孩子。⓪

まるっこ・い【丸っこい】（形）圓的，團團的；☆まるっこい顔／團團臉。⓪④

まるつぶれ【丸潰れ】（名・自サ）完全崩潰，完全垮臺，完全倒塌；☆まるつぶれの面目／完全丟了面子；☆家が丸潰れになる／房子完全倒塌。③⓪

*まるで【丸で】（副）①完全，全部，簡直（＝すっかり，まったく）；☆それは丸で話が別だ／那完全是另一回事；☆丸で違う／完全不對；②恰（像），宛（如）（＝あたかも）；☆まるで死人（しにん）のようだ／恰像個死人；☆丸でくものように壁を爬いのぼる／簡直像蜘蛛一樣往牆上爬。⓪

まるてんじょう【円天井】（名）①圓房頂；②天空。③

まるどり【丸取り】（名・他サ）完全佔有，全取，全拿；☆利益は彼の丸取りだ／利益都歸他一個人。⓪

まるね【丸寝】（名・自サ）合衣而臥；☆そのまま，ごろりと丸寝した／就那樣沒脫衣服一倒就睡了。⓪

まるのみ【丸呑み】（名・他サ）整個吃，囫圇吞棗；☆蛇が蛙を丸呑み（に）する／蛇把青蛙整個吞下；☆講義を丸呑みする／囫圇吞棗地背講義。⓪

まるはだか【丸裸】（名）①赤身露體，一絲不掛；②一無所有，精光；☆あの山は丸裸だ／那座山是禿山；☆火災で丸裸になった／由於遭火災變得一貧如洗。③

まるぼうず【丸坊主】（名）①光頭；☆丸坊主に刈る／剃光頭；②（山）光禿；☆濫伐（らんばつ）で山が丸坊主になった／由於濫伐樹木，變成了禿山。③⑤

まるぼし【丸干】（名・他サ）整個曬乾；☆小魚（こざかな）の丸干／曬乾的小魚 ⓪

まるまげ【丸鬐】（名）已婚婦女的一種日本式髮型。③

まるまっち・い【丸まっちい】（形）〔俗〕矮胖的。⑤

まるまど【丸窓】（名）圓窗。⓪

まるまる【丸丸】Ⅰ（名）①雙圈；②（指不明瞭或秘密的事）某某；☆丸丸会社の社長／某公司的經理；③空字的記號（○○）；Ⅱ（副）①完全，全部，簡直；☆

それは丸丸損にはならない／那並非完全
都損失；②圓胖；☆丸丸とした赤ちゃん
／胖得圓圓的嬰兒。◎③

まるま・る【丸まる】（自五）變圓；☆丸
まって寝る／蹐蹋着睡。◎

まるみ【丸み】（名）圓形；☆丸みを帯び
た箱／略圓的盒子；☆洋服の肩に丸みを
つける／使西服肩膀圓起来。◎

まるみえ【丸見え】（名）完全看得見；☆
この室は外から丸見えだ／這間屋子從外
邊全看得見。◎

まるめこ・む【丸め込む】（他五）①揉成
一個團塞入；☆書類をポケットに丸め込
む／把文件捲個卷塞進衣袋裏；②播弄，
拉攏；☆口先（くちさき）で丸め
込む／用口頭攏絡；☆反対派に丸め込ま
れた／被反対派拉攏過去了。④

まる・める【丸める】（他下一）①弄圓，揉
成團；☆丸めて紙屑籠（かみくずかご）
に入れる／揉起來扔到紙簍裏；☆手で丸
く丸める／用手揉成團；②攏絡，播弄，
播弄，哄骗（＝まるこむ）；☆彼を丸
めるのはやさしい／攏絡他容易；③剃頭
；☆頭を丸める／剃頭，囵まるむ（下
二）。◎

マルメロ【葡 marmelo】（名）〔植〕榲
桲。◎

まるもうけ【丸儲け】（名・自サ）全部賺
下；☆混乱に乗じて丸儲けをした／乘着
混亂（把錢）全賺下了。③⑤

まるやき【丸焼（き）】（名）整個烤；☆
小豚を丸焼にする／整烤小猪；☆丸焼の
芋／烤地瓜。◎

まるやけ【丸焼（け）】（名）全燒，燒光
；☆家が丸焼になる／房子全部燒光。◎

*まれ【稀】（名）稀，稀少，稀罕，稀奇；
☆世にも稀な出来事／世上少有的事情；
☆こんな現象は稀にしか起こらない／這
種現象是很少發生的；☆稀に見る大天才
／罕有的天才。②◎

マレーシア【Malaysia】〔地〕馬來西亞②

マロニエ【法 Marronnier】（名）〔植〕
七葉樹。◎

まろやか【円やか】（名・形動ダ）圓；圓
滑；可口的。②

マロン【法 marron】（名）栗子；〜グラ
ッセ【法 marronos glaces】（名）糖
漬栗子，蜜餞栗子。①

まわし【回し】（名）①〔（まわす）的名
詞形〕轉，旋轉；②兜襠布；☆この仕事
は回しを締め直してかからねば無理だ／
這項工作不努力去做不行；〜もの【回し
者】（名）間諜（＝スパイ）；☆彼は敵
の回し者だ／他是敵人派來的間諜。

*まわ・す【回す】Ⅰ（他五）①轉；☆こま
を回す／轉陀螺；☆ハンドルを回す／轉
方向盤；②（依次）傳遞；☆杯を回す／
傳遞酒杯；☆書類を会計に回す／把文件
轉到會計；③轉送，轉到；☆車を会社へ
回す／派車到公司去；☆この手紙を左記
へ回して下さい／請把這封信轉到下記地
點；☆転任；☆会計課に回される／轉到
會計科工作；⑤想辦法；☆八方（はっぽ
う）に手を回す／到處想辦法；⑥運用，
運營；☆金を有利に回す／有利地運用資
金；◊目を回す①吃驚；②氣絕，斷氣
；③忙得很；…を向うに回す／以…為對
手（進行競爭等）。Ⅱ（補助・五）（接
在他動詞下表示）遍及四周；☆馬を乗り
回す／騎馬各處繞；☆針金（はりがね）
を張り回す／周圍攔上鐵絲。◎

まわた【真綿】（名）絲綿；◊真綿で首を
締める／委婉地責勸（規戒）；真綿に針
／笑裏藏刀，口蜜腹劍。◎

－まわり【周り】（接尾）①週，星期；②
週期，輪，十二年；☆あの人は私より一
周り年上です／他比我大一輪。

－まわり【回り】（接尾）①周，圈；☆運
動場を一回りする／繞運動場一周；②（
比較大小、容量時的用語）圈；☆この鍋
は一回り大きい／這個鍋大一圈；③經過
；☆上野（うえの）回りで行く／經過上
野去。

*まわり【回り】（名）①〔（まわる）的名
詞形〕回轉，旋轉；☆車の回りが遅い／車
輪轉得慢；②周圍，四周；☆この木の回
りは十五メートルある／這棵樹有十五公
尺粗；☆池の回りを回る／圍繞水池子轉
；③續；☆そっちへ行くと道は大回りに
なる／往那邊走就繞大彎了；④巡廻，巡
邏；☆役者が地方回りをする／演員下鄉
巡廻演出；⑤附近；☆このまわりには木
が沢山生えている／附近有許多樹；⑥（
藥、酒等的力量）發作；☆酒はすき腹に
飲むと回りが早い／空肚子喝酒容易醉
；☆毒の回りが早い／毒發作得快；⑦蔓延
；☆火の回りが意外に早かった／火蔓延
得特別快；〜あわせ【回り合わせ】（名）

運氣；☆回り合わせがよい／運氣好；☆妙な回り合わせ／奇緣；～くど・い【回り諄い】（名）繞大彎的；（話）囉嗦的；☆回りくどい話／囉囉嗦嗦的話；～くね・る【回りくねる】（自五）蜿蜒，曲折，彎曲；☆回りくねった山道／曲曲折折的山路；～どお・い【回り遠い】（形）①繞遠的；☆本道（ほんどう）を行くと回り遠い／走正路就繞了遠②不直截了當的；～どうろう【回り灯籠】（名）走馬燈；～ぶたい【回り舞台】（名）〔劇〕轉臺；～みち【回り道】（路）（名・自サ）繞道，繞遠；☆まわり道して帰る／繞道回家；～もち【回り持ち】（名）輪流（管）；☆当番を回り持ちにする／輪流值班。◎

*まわ・る【回る】（自五）①轉，旋轉，廻轉，轉動；☆地球は太陽の周囲を回る／地球繞太陽轉；②扇風機が回る／電扇轉；②巡廻（名）周遊，遍歴；☆得意先（とくいさき）を回る／遍訪主顧；一座（いちざ）は地方を回っている／劇團正在地方巡廻演出；☆巡査が回っている／警察在巡邏；③（藥、酒等）發作；☆毒が全身に回った／毒在全身發作了；☆大分酒が回っている／頗有醉意；④繞彎；繞道，迂廻；☆帰りに友人の家へ回る／歸途到朋友家繞一下；☆勝手の口を回って下さい／請繞到後門；☆フランスを回って帰国する／繞道法國回國；☆船が岬を回る／船繞海岬行駛；⑤轉移；轉遞，傳遞；輪到；☆書類が会計の方へ回った／文件轉到會計去了；☆風が南へ回る／風向轉南；☆私の番が回って来た／輪到我的班兒了；⑥（時間）過；☆三時を少し回ったところだ／三點稍過一點；⑦（運用資金）生利；◊急（いそ）がば回れ／欲速則不達，手が回らない／騰不開手；☆忙しくてとても手が回らない／忙得簡直騰不開手；目が回る／目眩；頭が回る／腦筋靈活；舌が回る／口若懸河；気が回る／心細，周到。◎

まん一【真一】（接頭）正（＝ま）；☆真中／正當中。

ーマン【man】（造語）人；師；☆ジャズマン／奏爵士樂的人；☆カメラ・マン／攝影師。

まん【万】（數）萬；☆何万という人／好幾萬人；☆そんなことは万に一つも起こ

るまい／那樣事非常罕見。①

まん【満】（連體）滿，整，足；☆満五年／整五年；☆満で十八歳／滿十八歲；☆日本を去ってから満二年になる／離開日本整兩年。①

*まんいち【万一】（名・副）①萬分之一；②萬一，倘若；☆万一事故が起こったらすぐ知らせて下さい／萬一發生事故請立刻通知我；☆万一に備える／以備萬一。①

*まんいん【満員】（名）名額已滿；滿座；☆申込受付は満員のため締め切ります／名額已滿截止報名；☆満員の電車／坐滿了人的電車；☆船室は満員です／艙位已滿。◎

まんえつ【満悦】（名・自サ）喜悅，大悅；☆望みがかなって満悦の態（てい）だ／（他）如願以償，很高興的樣子。◎

まんえん【蔓延】（名・自サ）〔文〕蔓延；☆伝染病が蔓延する／傳染病蔓延。◎

*まんが【漫画】（名）漫畫；☆漫画を描く／畫漫畫。◎

*まんかい【満開】（名・自サ）滿開，盛開；☆桜が満開だ／櫻花盛開。◎

まんがいち【万が一】（連語・名・副）萬一（＝まんいち）；☆万が一失敗したら大変だ／萬一失敗可不得了。①

マンガン【荷 mangaan】（名）〔礦〕錳①

まんき【満期】（名・自サ）滿期；☆保険が満期になる／保險到期。◎

まんきつ【満喫】（名・他サ）〔文〕①吃足，飽嘗；☆山海の珍味を満喫する／飽嘗山珍海味；②充分領略（玩味、享受）；☆涼風を満喫する／飽嘗涼爽送爽。◎

マングローブ【mangrove】（名）〔植〕在亞熱帶泥土質海岸所密生的樹林，紅樹④

まんげきょう【万華鏡】（名）萬花筒；☆万華鏡のような都会の夜景（やけい）／萬花筒似的都市的夜景。③◎

まんげつ【満月】（名）圓月，望月（＝もちづき）；☆満月の夜／望月之夜。①

マンゴー【mango】（名）〔植〕芒果①

マンゴスチン【mangosteen】（名）〔植〕莽吉柿，山竹果。③

まんざ【満座】（名）滿座☆満座の失笑（しっしょう）をかう／惹得滿座發笑◎①

まんさい【満載】（名・他サ）〔文〕①載滿，裝滿；擺滿，登滿；☆船に荷を満載する／船上裝滿貨物；☆乗客を満載する／載滿乘客，②（雑誌等）登滿；☆その

ま

雑誌は新進作家の小説を満載している／那本雑誌上登滿了新進作家的小說。⓪

まんさい【万歳】（名）①慶祝新年的喜歌；②口唱慶祝新年喜歌兼作滑稽動作沿門乞討的人；③＝まんざい（漫才）。③

まんざい【漫才】（名）〔雜技〕相聲；～し【漫才師】（名）相聲演員。③

まんさく【万作】（名）〔植〕金縷梅。⓪

まんざら【満更】（副）（下接否定語）（並不）完全；☆満更馬鹿ではない／並非完全無用，並不一定壞，並非毫無價值；☆満更いやでもないらしい／似乎並不太嫌惡；☆満更知らない仲でもない／也並不是一面不識。⓪

まんじ【卍】（名）①卍字（印度表示祥瑞的記號）；②卍字形；～ともえ【卍巴】（副）（雪等）紛紛；縱橫交錯；☆雪がまんじ巴と降る／大雪紛飛；☆まんじ巴に（と）入り乱れて戦う／混戰。

まんじゅう【饅頭】（名）豆餡饅頭。③

まんじゅしゃげ【曼珠沙華】（名）〔植〕石蒜（＝ひがんばな）。④

まんじょう【満場】（名）全場；☆満場一致で可決する／全場一致通過。⓪

マンション【mansion】（名）豪華公寓 ①

まんじり（副・自サ）（假寐貌）☆病人の容態が悪いので、付き添って、まんじりともしないで一夜をあかした／因爲病人的病情不好陪他一夜一會兒也沒有睡。③

まんしん【満身】（名）全身，満身；☆満身の力を込めて引っ張る／用盡全身力量拉。⓪

まんすい【満水】（名・自サ）〔文〕水滿 ⓪

まんせい【慢性】（名）①〔醫〕慢性；☆慢性の中耳炎／慢性中耳炎②司空見慣的結果感覺麻木。⓪

まんぜん【漫然】（形動タルト）〔文〕①雜亂，胡亂；☆漫然と並べてある彫刻／胡亂陳列的雕刻品；②漫然，漫不經心，無心；☆漫然と絵を見る／漫不經心地看畫；☆漫然と言ったことが適中した／無心中說的話說中了。

*　**まんぞく【満足】**（名・形動ダ・自サ）①滿足，滿意，心滿意足；☆現在の生活に満足する／滿足於現在的生活；☆満足の意を表する／表示滿意；②完全，完滿，圓滿，令人滿意；☆満足な結果を得る／得到完滿的結果；☆満足な人間は一人もいない／沒有一個能令人滿意的人；☆

満足に答えられない／不能圓滿地回答 ①

まんだら【曼陀羅】（名）〔佛〕曼陀羅 ⓪

マンダリン【mandarin】（名）①中國官話；②柑 ⑧中國清朝的官吏。⓪ ①

まんだん【漫談】（名・自サ）①漫談；②〔雜技〕單口相聲。⓪

まんちょう【満潮】（名）〔文〕滿潮。⓪

まんてん【満天】（名）〔天〕滿天；☆満天の星／滿天星斗。③ ⓪

まんてん【満点】（名）①滿分；☆このテストは百点満点だ／這個測驗的滿分是一百分；②頂好，令人滿意；☆サービスは満点だ／服務態度頂好；☆課長としては満点だ／做科長非常適合。③

まんてんか【満天下】（名）〔文〕滿天下，全世界；☆満天下に知られている／傳遍全世界。③

マント【法 manteau】（名）斗蓬。①

まんどう【満堂】（名）〔文〕滿堂，全場；☆満堂の喝采を博する／博得全場的喝彩。⓪

マンドリン【mandolin】（名）〔樂〕曼多林琴。⓪

マントルピース【mantelpiece】（名）壁爐的面飾。⑤

*　**まんなか【真中】**（名）中央，當中；☆部屋の真中に坐る／坐在房間中央。

まんにん【万人】（名）萬人，大衆；☆万人向きの放送／對大衆的廣播。①

マンネリズム【mannerism】（名）（技術、作風的）守舊，千篇一律。④

まんねん【万年】（名）①萬年，永久；☆万年も変らない／萬年不變；②一生；～ぐさ【万年草】（名）〔植〕景天；玉柏；～シャツ【万年＋shirts】（名）〔俗〕赤背；～たけ【万年茸】（名）〔植〕紫芝，靈芝；～どこ【万年床】（名）永不整理的床舖；～ひつ【万年筆】（名）自來水筆。⓪①

まんびき【万引】（名・他サ）（假裝買東西）在商店偷竊；順手牽羊；☆本を万引する／偷書。④ ⓪

まんびょう【万病】（名）百病，各種病症；☆万病にきく薬／萬靈藥。⓪

まんぷく【満腹】（名・自サ・形動ダ）吃飽，滿腹；☆もう満腹です／已經吃飽了 ⓪

まんぶんのいち【万分の一】（名）萬分之一，少量，極少；☆御恩の万分の一にも答えることができない／不能報答恩德於萬

一。[7]

マンボ【Mambo】（名）〔舞踊〕曼波。

まんぼ【漫歩】（名・自サ）〔文〕漫步；☆町を漫歩する／漫步街頭。[1]

マンホール【manhole】（名）（下水道等的）入孔。[3]

まんま（飯）（名）〔兒〕飯。[1]

まんまと（副）巧妙，漂亮（＝うまうま，しゅびよく）；☆まんまと一杯食わされた／被巧妙地騙了一着；☆まんまと逃げ終せる／巧妙地逃脫；☆まんまと奪い取る／巧妙地奪到手裏。[1]

まんまる【真丸】（名・形動ダ）滴流圓；☆真丸のお月様／圓圓的月亮。[0][3]

まんまん【満満】（形動タルト）〔文〕充満，十分；☆満々と水を湛（たた）える

貯水池／一片汪洋的水庫；☆自信満々の態度／充満着自信的態度。[0][3]

まんめん【満面】（名）〔文〕滿面，滿臉；☆満面に笑（え）みを湛（たた）える／滿面笑容。[0][3]

マンモス【mammoth】（名）〔古生〕①長毛象；②巨大的；☆マンモスタンカー／巨大油輪船。[1]

まんゆう【漫遊】（名・自サ）〔文〕漫遊；☆世界を漫遊する／漫遊世界。[0]

まんよう【万葉】（名）→まんようしゅう；～しゅう【万葉集】（名）〔文〕萬葉集，（日本最古的）歌集。[0]

まんりょう【満了】（名・自サ）〔文〕屆滿；☆任期が満了する／任期屆滿。[0]

まんるい【満塁】（名）〔棒球〕滿壘。[0]

み①五十音圖「ま行」第二音；發音爲 mi
；②〔字源〕平假名是「美」字的草體；
片假名是「三」的草體。

ーみ【味】（接尾）①接在形容詞，形容動
詞的語幹上，表示情況、樣子、程度等；
☆赤味／紅的程度；☆真剣味／認眞的程
度；②數藥或食品的用語。☆七味の藥／
七味藥。

み【巳】（名）①（十二地支之一）巳；②
巳時（午前十點）；③方位名（東南與正
南之間）。⓪

＊み【身】（名）①身體（＝からだ）；☆技
術を身に付ける／掌握技術；☆身を任せ
る／（女子）委身（於男子）；②（自
的）身（＝じぶん）；☆身を修める／修
身；③身分，處境；☆身の程を知れ／要
有自知之明；☆私の身にもなってみたま
え／你也要爲我著想一下；④心，☆お言
葉は身にしみて忘れません／您的話我銘
記不忘；☆身を入れて働く／用心工作，
全心全意地工作；☆身を尽す／盡心，盡
肉；☆身だけたべて骨を残す／光吃肉剩
下骨頭；⑥力量，能力；☆身にかなうう
なら何でも致します／凡力所能及無不盡力
爲；⑦生命，性命；☆身を捨てる／犧牲
生命；⑧（樹皮底下的）木質，木心；⑨
刀身，刀片（裝在刀鞘中的部分）；⑩（
對盒蓋而言的）盒身，匣身；◇身から出
た錆（さび）／自作自受；身に余る／過
分，承擔不起的；☆身に余る光栄／過分
的光榮；身が入る／起勁，感興趣；☆仕
事に身が入る／工作幹得起勁；身が固ま
る／地位（身分）有一定；身に付く／學
會（知識、技術）；身に付ける／①學習
知識（技術）；②帶（穿）在身上；☆チ
ョッキを身につける／穿上背心；身につ
まされる／與自己相比而同情他人的不幸
；身になる／有營養；☆身になる食物／
有營養的食物；身の毛もよだつ／（嚇得）
毛骨悚然；身も蓋（ふた）もない／過於
淺顯，過於膚淺；身も世もない／悲傷得
啥也不顧；身を入れる／熱心；☆勉強に
身を入れる／熱心學習；身を売る／賣身
（爲娼）；身を固める／結婚，成家；身

を砕く／拼命，粉身碎骨；身を削る／（
痛苦得）身體消瘦憔悴；身を粉にする／
拼命，粉身碎骨；身を立てる／成功，出
名、發跡；身を持ち崩（くず）す／過放
蕩生活，身敗名裂；身を以って／①親身
／身を以って体験する／親身體驗；②
（僅）以身（免）；☆身を以って逃れる
／僅以身免。⓪

み【箕】（名）〔農〕簸箕。①

＊み【実】（名）①（植物的）果實；水果（
＝くだもの）；☆葡萄の実がなる／結葡
萄了；②（植物的）種子（＝たね）；☆
草の実／草種子；③湯（羹）裏的青菜或
肉；☆内容（＝なかみ）；☆実のない話
／沒有內容的話；◇実を結ぶ／①結果實
；②〔轉〕成功，實現；☆二人の恋愛は
実を結んで、結婚した／兩人的戀愛成功
結了婚；☆彼の努力は実を結んだ／他的
努力有了結果。⓪

ミ【意mi】（名）〔樂〕①七音音階的第三
音名，②E調的意大利式名稱。①

みあい【見合（い）】（名・自サ）①相抵
，平衡，相稱；☆甲への貸しと乙からの
借りが見合になっている／甲欠的錢和欠
乙的錢正相抵；②相親，相看；☆二人は
見合もしないで結婚した／兩個人事先沒
有相親就結婚了。⓪

＊みあ・う【見合う】（自五）①相稱，平衡
，相抵（＝つりあう）；☆今のところ収
支見合っている／現在（目前）收支相抵
；②彼此互看，二人對看。⓪

みあき【見飽き】（名・自サ）看夠，看膩
；☆いつまでも見飽き（が）しない絵／
百看不厭的畫。⓪

＊みあ・げる【見上げる】（他下一）①仰視
，抬頭看，向上看；☆空を見上げる／仰
望天空；②聳敬，器重，欽佩，景仰，敬
重；☆その勇気は見上げたものだ／那種
勇氣令人欽佩；☒みあぐ（下二）。

みあた・る【見当たる】（他五）找到，看
到，看見（＝みつかる）；☆こういう人
は滅多（めった）に見当たらない／這樣
的人不多見。⓪

みあやま・る【見誤る】（他五）看錯，看

差（＝みちがえる、みそこなう）；☆信号を見誤る／看錯信號；☆うっかりして発車時刻を見誤る／漫不經心地看錯了開車時間。◻︎④

みあわ・せる【見合わせる】（他下一）①互看；☆思わず顔を見合わせる／不由得互相看了一眼；②看看這個看看那個（比較，對照）（＝みくらべる）；③暫停，作罷；☆発表を見合わせる／暫不發表；☆病気のため旅行を見合わせた／因病不去旅行了／◻︎みあはす（下二）。◻︎◻

みいだ・す【見出す】（他五）①找到，看出來，發現（＝みつける）；☆逃げ道を見出す／找到逃脱的道路；☆多数の中から見出される／在多數中被發現出來；②眺望，遠眺。◻︎◻

ミート【meat】（名）用作食品的肉；～ボール【meat ball】（名）肉丸〔烹飪〕◻︎①

ミイラ【葡 mírra＝木乃伊】（名）木乃伊；◇ミイラ取りがミイラになる／〔喻〕前往召還別人，結果自己一去不返。◻

みいり【実入り】（名）①（五穀）結實；☆日照りで米の実入りが悪い／因爲天旱稻粒結得不好②收入；☆大分実入りがあった／收入很好；③内容。◻

みい・る【見入る・魅入る】（自五）附體，作祟（＝たたる）；☆悪魔にみ入られる／惡魔附體。◻

みい・る【見入る】（他五）①注視，細看（＝みつめる）；②看迷，看得出神（＝みとれる）。◻

ミール【meal】（名）①餐，飯；②（麥、玉米等的）粗粉（如麥片、玉米碴幾之類）。◻︎①

みう・ける【見受ける】（他下一）①看到，看見，看見（＝みかける）；☆車内で喫煙している人をよく見受ける／常常看見有人在車内吸烟；②看來，看起來；☆見受けたところそんなにお年寄りとは思えませんが／看起來你年紀並不那麼大，◻︎みうく（下二）。◻

みうごき【身動き】（名・自サ）轉身，動轉身體；☆電車は身動きもできないほど込んでいる／電車上擠得轉不開身；☆身動き一つしないで立つ／一動也不動地站着。◻︎②④

みうしな・う【見失う】（他五）迷失，看不見，看丢；☆人込みの中で彼の姿を見失った／在人羣中跟他失散了。◻

みうち【身内】（名）①全身，渾身（＝からだじゅう）；☆身内がうずく／渾身痛；②親戚，親屬（＝しんるい）；☆身内の者だけで葬式を済ます／只有親屬參加辦完喪事；③自家人，自己人（俠客，賭徒的）師兄弟。

みえ【見え】（名）外表，外觀，門面，虚榮；☆見えを張る／裝飾門面，追求虚榮；☆見えに構わない／不修邊幅，◇見えを切る／①〔劇〕（演員在舞臺上）亮架子，亮相；②故做鎮静，假裝有勇氣。◻︎②

みえがくれ【見え隠れ】（名・自サ）忽隱忽現；☆岩は波間（なみま）に見え隠れする／岩石隨波濤的起伏而忽隱忽現；☆見え隠れに跡をつけて行く／偷偷在後面跟踪。◻︎③◻

みえす・く【見え透く】（自五）①看透，看到底；☆彼の心の底が見え透いている／我看透了他的用意（心）；②看穿；☆見え透いた嘘／明顯的謊言。

みえっぱり【見栄っ張り】（名）裝飾外表（的人）；☆見栄っ張りの女／虚榮的女人。◻︎⑤

みえば・る【見え張る】（自五）裝飾外表，追求虚榮。◻︎③

み・える【見える】（他下一）①看得見；☆海が見える／看得見海；②〔敬語〕來＝くる；☆今日、古田さんがみえました／今天古田先生來了；③好像是，似乎＝とおもわれる；☆彼は病気とみえる／他好像病了；☆あの人は日本人とは見えない／他不像個日本人；☆それは古く見える／那個顯得舊；④找得到；☆その語は辞書に見えない／那個詞在辭典裏找不到；☆探したがどうしても見えなかった／怎麼找也沒有找到／◻︎みゆ（下二）。◻︎②

みおくり【見送り】（名）①送，送別☆プラットホームは見送りの人で一杯だ／月臺上擠滿了送行的人；☆人を見送りに行く／去送人去；②靜觀，旁觀；☆情勢を見送りにする／對於情勢採取靜觀態度；③打者對投手投過來的球不揮棒而靜觀。◻

みおく・る【見送る】（他五）①目送；☆老人の立ち去るのをじっと見送った／凝視着老人走遠；②送行，送別；☆駅で父を見送る／在車站上給父親送行；③（把人）送到（某處）（＝おくりとどける）；☆家まで見送る／送到家；④靜觀；☆

見送って次の機会を待つ／靜待下一次的機會；⑤送終；☆両親を見送る／給父母送終。[0]

みおさめ【見納(収)め】（名）看最後一次，見最後一面；☆これがこの世の見納めだ／這是（我）活在世上的最後一天了；☆これで見納めだ／這是最後一次看了（以後永遠看不見了）。[0]

みおと・す【見落とす】（他五）看漏，沒看見，忽略過去；☆番号を見落とす／沒有看號數；☆この点は、見落とされがちだ／這點常被人忽略過去。[0]

みおとり【見劣り】（名・自サ）遜色；☆あれと比べると、これは見劣りがする／比起那個來，這個較遜色。[0]

みおぼえ【見覚え】（名）彷彿見過，眼熟，認識；☆見覚えのある顔だが、だれだか思い出せない／面孔彷彿見過可是想不起是誰來；☆全然見覚えがない／完全不認識。[0]

みおも【身重】（名）懷孕；☆身重になる／有了身孕。[0]

*****みおろ・す**【見下ろす】（他五）①俯視，往下看；☆谷を見下ろす／俯視山谷；②小看，藐視，蔑視，看不起（＝みさげる）。[0]

みかい【未開】（名）①不開化，未開化；☆未開の国／未開化的國家；②未開墾；☆未開の土地／未開墾的土地；③野蠻；～じん【未開人】（名）①野蠻人；②原始時代的人。[0]

みかいけつ【未解決】（名）未解決；☆問題は未解決のまま今日に至っている／問題至今還未解決。[2]

みかえし【見返し】（名）①回顧；②〔印〕封皮背面的一頁。[0]

みかえ・す【見返す】（他五）①回顧，回頭看，向後看（＝ふりかえる、かえりみる）；②重看，反覆地看；☆何度も見返したが見つからない／反覆看了多少次還是沒找到；③回看（他看我我又看他）；☆向うが見たのでこちらも見返す／因為他看我所以我也回看他④（受了侮辱或輕視後）爭氣，自強；☆お前は色々な事を言われている／我方，自己這一方，自己己這一方／我今にきっと見返してやらねばならぬぞ／人家對你們都在說長論短，你一定要爭一口氣才行。[0]

みかえり【見返り】（名）①〔みかえる〕的名詞形；②抵押品，對應的東西，相抵

的東西；～ぶっし【見返り物資】（名）爲抵消進口而出口的物資。[0]

みかえ・る【見返る】（他五）回顧，回頭看；☆見返りながら手を振る／一面回頭看一面揮手。[0]

みがき【磨(研)(き)】（名）①磨光，擦亮；☆靴みがき／擦鞋，擦鞋的；②精練，捶練；◇研きをかける／精益求精。[0]

みがきこ【磨き粉】（名）去汚粉。[0]

みがきにしん【身欠鯡】（名）去頭掉尾曬乾的鯡魚。[4]

みかぎ・る【見限る】（他五）①（認爲無望而）斷念，放棄☆どうせ駄目なら今の内に見限る方がよい／要是無論如何也沒希望不如現在就斷念；②瞧不起，遺棄；☆彼は結局妻子に見限られるだろう／他終究會被妻兒遺棄的。[0]

みかく【味覚】（名）味覺；☆味覚が鋭敏である／味覺敏銳；☆味覚をそそる／刺激（引起）食慾。[0]

*****みが・く**【磨(研)く】（他五）①刷，擦；☆歯を磨く／刷牙；☆靴を磨く／擦皮鞋；②打扮；☆あの娘はすこし磨けば見られるようになる／那個姑娘稍微打扮就好看了；③琢磨，鍛錬；☆腕を磨く／鍛錬（提高）技術（本領）。[0]

*****みかけ**【見掛(け)】（名）外觀，外表；☆人は見掛によらぬものだ／人不可貌相；～だおし【見掛倒し】（名）虛有其表[0]

みかげ【御影】（名）①神靈；②（已故去的人的）骨像（畫）；～いし【御影石】（名）花崗巖。[0][2]

みか・ける【見掛ける】（他下一）①開始看，剛看（＝みはじめる）；☆本を見かけて止(や)める／剛一看書就擱下了；②看見，看到（＝みとめる）；☆このごろさっぱり見掛けない／近來一直沒看見；⊗みかく（下二）。[0]

みかず(づ)き【三日月】（名）新月，月牙[0]

みかた【見方】（名）①看法（＝みよう）；☆見方が悪いとよく見えない／看法不對就看不清楚；②見解；☆二人の見方が違う／兩個人的見解不同。[3][2]

*****みかた**【味方・身方】（名・自サ）①（對敵方而言的）我方，自己這一方；☆敵も味方も彼が勇将であることを認めた／敵方和我方都承認他是一個勇將；②同伙，伙伴，朋友；☆味方に裏切られる／被伙伴出賣；☆彼は貧民の味方だ／他是貧民

的朋友；◇…に味方する／參加某一方，祖護某一方，擁護某一方；☆世論は彼に味方した／輿論擁護他。

みがため【身固（め）】（名・自サ）①穿戴整齊，武裝起來；②嚴謹持身，端正品行。[2]

みがって【身勝手】（名・形動ダ）自私任性，只顧自己便宜（方便）（＝わがまま）；☆身勝手な（の）男／只顧自己方便（利益）的人。

みかど【御門・帝】（名）〔文〕①帝，日皇；②皇室；③朝廷。[0]

みか・ねる【見兼ねる】（他下一）目不忍睹，看不過去；☆見るに見兼ねて忠告する／實在看不過去，（向他）忠告；囚みかねる（下二）。[0]

みがまえ【身構（え）】（名・自サ）架子，姿勢；☆射撃は身構えが大切だ／射撃最重要的是姿勢。☆喧嘩の身構えをする／擺好架子準備打架。[3]

みがら【身柄】（名）①身分；②身體（＝からだ）；☆身柄を引き取る／領回（某人）。[0]

みがる【身軽】（名・形動ダ）①身體輕鬆；☆荷物を予けて身軽になった／行李寄存起來，身體輕鬆；②身體靈活，身體靈活；☆身軽な動作／動作靈活；③婦女產後身體輕便。[0]

みかわ・す【見交わす】（他五）互看，彼此看；☆顔を見交わす／面面相看。[0]

みがわり【身代り】（名）代替別人，替身；☆身代りに立つ／當替身。[4][0]

みかん【未刊】（名）未出版；☆全集の第五巻は未刊です／全集的第五卷還未出版；↔きかん（既刊）。[0]

みかん【未完】（名）未完，未結束；☆未完の原稿／未完成的草稿。[0]

*****みかん【蜜柑】**（名）〔植〕橘。[1]

みかんせい【未完成】（形動ダ）未完成；☆この作品は未完成に終わった／這個作品並沒有完成。[2]

*****みき【幹】**（名）①樹幹；☆大風で大木の幹が折れる／大樹的樹幹被風吹折；②事物的重要部分。[1]

みき【御酒】（名）酒（＝おさけ）；☆彼は少しお御酒がまわっている／他有點酒意。[0][1]

*****みぎ【右】**（名）①右，右邊，右方；☆右へ曲がる／向右拐彎；☆右の手／右手；

②上文，前文；☆右の通り／如上；☆右御礼まで／謹此致謝；③勝過，比…強；☆柔道では彼の右に出る者がない／柔道上沒有人勝過他（比他強）；④右傾，偏右；☆彼の言説は右に傾いている／他的言論右傾；◇右から左へ（に）／一手來一手去的到手裏 就 光，☆月給が右から左になくなる／工資到手裏就花光；右と言えば左／故意反對，你說右他一定要說左。[0][1]

みぎうで【右腕】（名）①右手；②〔轉〕可依靠的人，好幫手；☆ある人の右腕として活躍する／作某人的幫手而活躍[0]

みきき【見聞き】（名・他サ）見聞，所見所聞。[1]

ミキサー【mixer】（名）①（水泥）攪拌機；②果汁機；〔無電〕（廣播電臺的）音量音質調節技師。[1]

みぎて【右手】（名）①右手；②右邊，右面；☆右手に見えるのが総統府です／右邊所看到的（出現於右邊的）是總統府。[0]

みぎひだり【右左】（名）①右和左，左右；☆右左に注意して歩く／注意兩邊（周圍）走路；②顛倒，相反，弄反；☆靴を右左に穿く／把鞋子左右穿錯。[3]

みきり【見切り】〔「（みきる）的名詞形〕絕望，斷念，放棄；☆お前のような者にはもう見切りをつけた／像你這種人我已經不指望了；☆見切り品／甩賣品，廉價品。[0]

みぎり【砌】（名）〔書信用語〕時候（＝とき、おり）；☆酷寒の砌／嚴寒之際，☆上京の砌／進京的時候。[0][3]

みぎわ【汀・渚】（名）水邊。[3][0]

みきわめ【見極め】（名）看清，看透，看出事情的結果；追究到底；☆事情が複雑で将来の見極めがつかない／事情複雜，前途難以預料。[0]

みきわ・める【見極める】（他下一）①看清，看透，看出事情的結果；☆スパイの行くえを見極める／看清密探的去向；②弄清楚，研究明白；☆学問の蘊奥を見極める／掌握學問的深奧之點；③鑑定；☆真偽を見極める／鑑定眞偽；囚みきわむ（下二）。[0]

みくじ【御籤】（名）（神社所設的）籤；☆御籤を引く／在神社抽籤（問卜）[0]

みぐし【御髪】（名）〔文〕〔敬語〕頭髮[0]

みくだ・す【見下す】（他五）①俯視（＝み

おろす）；☆山から下を見下す／從山上
俯視下邊。②〔轉〕輕視，蔑視，藐視，
看不起，小看（＝みさげる）；☆人を眼下
に見下す癖がある／他有小看人的毛病。

みくだりはん【三行半】（名）〔古〕休書
；三行半を書く／寫休書。5

みくび・る【見縊る】（他五）輕視，蔑視
，小看（＝みさげる）；☆相手を見縊っ
たのが失敗のもとだ／輕視對方是失敗的
原因。0

みぐるし・い【見苦しい】（形）①不好看
的，難看的，骯髒的；☆見苦しい所です
がどうぞお上がりください／請你不要嫌
棄骯髒，進來坐坐吧；②丟臉的，沒面子
（＝みっともない）；☆見苦しい負け方
をする／慘敗；③醜惡的，可恥的；☆見
苦しい行ないは慎しめ／不要有可恥的行
為；▽みぐるし（形シク）。4

ミクロン【micron】（數・理）微米
（一公尺的一百萬分之一）。1

みけ【三毛】（名）雜色；雜色的貓，花貓
；～ねこ【三毛貓】（名）花貓。1

みけつ【未決】（名）未決，尚未決定；☆
未決の案件を片づける／處理未決的案
件。0

みけん【眉間】（名）①眉間；②額際（＝
ひたい）。0

みこ【巫女】（名）神道〕在神社中服務，
從事奏樂、祈禱、請神等的未婚女子0 1

みこ【御子】（名）〔文〕①皇子／親王0 1

みこし【見越（し）】（名）①〔みこす
的名詞形〕透視…看；②估計；～うり【
見越売り】（名）〔經〕估計價跌而賣出
；～がい【見越買い】（名）估計價漲而
買進；～のまつ【見越の松】（名）〔造
園〕靠牆栽的從牆外可以看見的松樹。0

みこし【御輿】（名）①祭祀時裝上神牌抬
起遊街的轎子；☆お御輿を担ぐ／抬神轎
子；〔轉〕捧人，給人戴高帽；②〔俗〕
腰，屁股；☆御輿を据える／坐下（不動）
；☆御輿を上げる／抬起屁股，（久坐後）
站起來。0 1

みごしらえ【身拵え】（名・自サ）裝束，
整裝（＝みじたく）。2

みこ・す【見越す】（他五）①預料；☆イ
ンフレを見越して物を買い溜める／預料
通貨膨脹而囤積貨物；②透過…看。0

*みごと【見事・美事】（形動ダ）①美麗，
好看；☆菊が見事に咲いた／菊花開得好

看；②漂亮，巧妙；☆見事な試合／漂亮
的比賽；☆手ぎわが見事だ／手法漂亮；
☆見事に相手を投げ倒した／巧妙地把對
方摔倒；②整個，完全；☆見事に失敗し
た／完全失敗，慘敗；☆天気予報が見事
に当たった／天氣預報完全說對了。1

みことのり【詔・勅】（名・自サ）〔文〕
詔，聖旨。0

みごなし【身ごなし】（名）擧止，動作，
態度；☆粗野な身ごなしの男／擧止（態
度）粗野的人；☆慣れた身ごなしで応待
する／以熟練的態度進行招待。0

*みこみ【見込み】（名）①希望（＝のぞみ）
；☆見込みのある青年／前途有為的青年
；☆成功の見込みがない／沒有成功的希
望；②可能性；☆病人は回復の見込がな
い／病人沒有康復的可能；☆彼が今日帰
る見込みはない／他今天不可能回來；③
預料，估計，預定；☆見込みが当たる／
估計對了；☆見込みがはずれる／估計錯
誤；☆本年の米作は平年以上の見込みで
ある／預計今年稻米產量超過常年；☆彼
は本年六月卒業の見込みだ／他將在今年
六月畢業。0

みこ・む【見込む】（他五）①預料，估計
；☆大丈夫だと見込んで金を出す／估計
萬無一失而拿出錢（來投資）；☆将来の
米価騰貴を見込んでうんと買い込む／預
料將來米價上漲大量買進；②估計在內，
計算在內；☆失敗を見込む／把失敗估計
在內；☆損失を見込んでおかねばならな
い／必須把損失估計在內；③相信，信賴
；☆用心深いところを見込んであの人に
頼んだ／相信他謹慎才託付他；☆上役
（うわやく）に見込まれる／取得上司信任
；被上司看中；②釘上，盯上，糾纏住；
☆蛇に見込まれた蛙／被蛇盯上的青蛙；
☆あの男に見込まれたら最後だ／若是讓
他盯上就倒霉了。0

みごも・る【身籠もる】（自五）懷孕（＝
はらむ）；☆結婚して程なく身籠もった
／結婚不久就懷孕了。3

みごろ【見頃】（名）正好看的時候；☆桜
は、ちょうど見頃だ／櫻花正在盛開3 2

みごろし【見殺し】（名・他サ）①見死不
救；②坐視不救；☆困っている人を見殺
しにする／坐視不救遭到困難的人 0 4

みこん【未婚】（名）未婚；↔きこん（既
婚）。0

みこん【未墾】（名）未開墾；☆未墾の地／荒地。⓪

ミサ【missa=弥撒】（名）〔宗〕彌撒①

みさい【未済】（名）①未做完，未辦完；②（税）未完納；③未還清，未清償；☆未済の借金／未還清的借款。⓪

ミサイル【missile】（名）飛彈。②

みさお【操】（名）節操，操守，貞操；☆操を守る／守貞，守節；◇操を立つ／守節，不變節操；操を破る／變節，失貞①

みさかい【見境】（名）區別，分辨；☆公私の見境をつける／使公私有別；☆良い悪いの見境がつかない／不辨善悪，分不清好壞。⓪

みさき【岬】（名）〔地〕岬，海角。⓪①

みさ・げる【見下げる】（他下一）輕視，蔑視，藐視，瞧不起（＝みくだす）；☆そう見下げたものでもない／也還有點可取之處，☆見下げ（果て）た奴だ／（極）卑鄙的東西；反みさげる（下二）。⓪

みささぎ【陵】（名）皇陵。⓪

みさだめ【見定め】（名）看準，斷定；☆可能か不可能が見定めがつかない／可能與否不能斷定。⓪

みさだ・める【見定める】（他下一）看準；☆彼が家にはいるのを見定めた／看準了他進家裏去了。反みさだむ（下二）。⓪

みぢか【身近】（名・形動ダ）近旁，身邊；切身☆身近の（な）出来事／切身的事件；☆身近に感じる／痛感。⓪

*みじかい【短い】（形）①短的；☆日が短い／晝短；☆短い距離／短的距離；②低的（＝ひくい）；③（見識）淺的；◇気が短い／性急；反みじかし（形ク）。③

みぢ（ぢ）か・い【身近い】（形）身旁的，切身的。③

みじたく【身仕度】（名・自サ）打扮，裝束（＝みごしらえ）；☆旅行の身仕度（を）する／準備行裝；☆舞蹈の身仕度／舞蹈裝束。②

みじまい【身仕舞】（名・自サ）打扮，裝束（＝みじたく）；☆大急ぎで身仕舞（を）して出かけた／慌慌忙忙地打扮完出門去了。③②

みしみし（副・自サ）（室内或走廊的脚步聲）咯吱咯吱響；☆廊下をみしみし歩く／在走廊咯吱咯吱地走；☆歩くとみしみし音がする／一走就咯咯吱吱響。①

*みじめ【惨め】（名・形動ダ）悽慘，悲慘，慘痛；☆惨めな生活／悲慘的生活；～さ（名）。①

*みじゅく【未熟】（名・形動ダ）①未熟，生；☆未熟の（な）梅／未熟的梅子；②未成熟，不熟練；☆腕前（うでまえ）が未熟だ／技術還不熟練。⓪①

みしょう【実生】（名）（對插枝、接枝而言的）由種子發芽而生長。⓪

みしょう【未詳】（名）未詳，不詳；☆作者未詳の作品／作者不詳的作品。⓪

みしり【見知り】（名）見過，認識；☆見知りの人／見過的人；～あい【見知り合い】（名）彼此熟識（見過面）；～がお【見知り顔】（名）面熟。⓪

みしり（副）（木板或屋頂上的脚步聲）咯吱咯吱。

*みし・る【見知る】（他五）認識，熟識；☆見知らぬ人に声を掛けられる／一個陌生人向我打招呼；☆どうかお見知りおきください／（請您記住我）今後請多關照。②

みじろぎ【身動（ぎ）】（名・自サ）轉身，動轉身體；☆込んでいて身動もできない／擠得轉不動身。④②

ミシン【machine】（名）縫紉機〔ソーイング・マシン（sewing machine）的略語〕；☆ミシンで縫う，ミシンをかける／用縫紉機縫；～ばり【ミシン針】縫紉針。①

みじん【微塵】（名）①微塵；②微小，極小；☆窓ガラスが微塵に砕ける／窗玻璃粉碎；③一點，極少量；☆そんなことは微塵も考えない／那種事我一點也沒有想⓪

みす【御簾】（名）①〔簾（す）的敬語〕②宮殿、神社所掛的簾子；☆御簾を垂れる／垂簾。⓪

ミス【Miss】（名）小姐，姑娘。①

ミス【miss】（名・自サ）〔ミステーク（mistake）之略〕失敗，錯誤；☆ミスを犯す／犯錯誤；☆重大なミスを発見する／發現重大的錯誤；～プリント【miss print】（印刷物的）錯字。①

*みず【水】（名）①水；☆水を飲む／喝水；☆庭に水を撒（ま）く／往庭園裏撒水；☆水に潜（くぐ）る／潛入水中；②涼水；☆風呂（ふろ）の湯が水になる／澡堂的熱水涼了；☆水をうめる／摻涼水；③洪水，漲水；☆堤防が切れて水が出る／堤防決潰漲大水；④〔拌撲〕（長時間不勝負時）暫時休息；☆水がはいる／休

息；◇水清ければ魚棲まず／水至清則無魚；水にする／付諸流水，沒有成效；水に流す／付之東流，不究既往；水になる／歸於泡影；水の泡／①（歸於）泡影；②極不可靠；虚幻；水の流れと人のゆくえ／前途莫測；水の低きに就くが如し／如水之就下，自然的趨勢；水は方円の器に随う／水能隨方就圓；水も漏らさぬ／①（圍得）水洩不通；②（交誼）密不可間；水をさす／離間；③〔用話〕引誘，暗示，刺探；水の垂（したた）る（垂れる）よう／水零零地；嬌滴滴地（形容人的美麗）。◎

みずあか【水垢】（名）①水銹，水城；③硅藻。◎

みずあげ【水揚（げ）】（名・他サ）①（船）卸貨；②漁獲（量）；③〔挿花〕（把莖劈開或燒焦）使充分吸收水分；☆水揚をよくする／使充分吸收水分。④

みずあし【水足】（名）水漲落的速度；☆水足が速い／水漲（落）得快。◎

みずあそび【水遊び】（名・自サ）①玩水；②在水中玩，戲水。③

みずあたり【水当り】（名・自サ）飲水中毒（而瀉肚）。③⑤

みずあびび【水浴び】（名・自サ）①淋水；☆盥（たらい）で水浴び（を）する／用盆向身上淋水；②游泳。④◎

みずあぶら【水油】（名）①液狀髮油；②燈油。③

みずあめ【水飴】（名）糖漿。◎④

みすい【未遂】（名）〔法〕未遂；☆未遂に終わる／結果未遂。◎

みずいらず【水入らず】（名）只有自家人，不夾雜外人；☆親子水入らずで暮らす／父子（母女）度日；☆一家水入らずの集まり／一家團圓的集會。③

みずいろ【水色】（名）淺藍色；☆水色の空／淺藍色天空。◎

***みずうみ【湖】**（名）湖。③

みす・える【見据える】（他下一）①定睛而視(=みつめる)；☆目を見据えて睨む／不轉睛地瞪；②看準（=みさだめる）；図みすふ（下二）。◎

みずおしろい【水白粉】（名）水粉（化粧用）。③

みずおち【鳩尾】（名）=水落ち；心窩兒◎④

みずかがみ【水鏡】（名・自サ）①人影映在水中；②用水作鏡子照影。③

みずかき【水掻・蹼】（名）〔動〕蹼；☆水掻で泳ぐ／（水鳥）用蹼游泳。④③

みずかけろん【水掛論】（名）沒有休止的爭論，抬死槓；☆結局水掛論に終わる／結局是抬死槓。④

みずかさ【水嵩】（名）水量；☆大雨で川の水嵩が増す／因下大雨河水漲了。◎

みずがし【水菓子】（名）水果（=くだもの，フルーツ）。③

みすか・す【見透かす】（他五）看穿，看透（=みぬく）；☆奸計を見透かされる／奸計被看穿了。◎

みずがめ【水瓶・水甕】（名）水缸，水甕。◎

みずから【自ら】（副）①自己，☆自らの力で成し遂げた／用自己的力量來完成；②親身，☆校長が自ら街頭宣伝に立つ／校長親身參加街頭宣傳。①

みずぎ【水着】（名）①防水服；②游泳衣；☆水着に着替える／換上游衣。◎

ミスキャスト【miscast】（名）演員安排得不得當。③

みずきり【水切り】（名・他サ）①除去水分；漏乾水分；②（投石）打水漂；☆石で水切りをする／投石打水漂；③船頭破浪處。④◎

みずぎわ【水際】（名）水邊，水濱；☆水際で泳ぐ／在水濱游泳；～だつ【水際立つ】（自五）特別顯著；☆水際立った手腕を見せる／顯示特別高明的手腕。◎

みずくさ【水草】（名）①水草；②水和草◎

みずくさ・い【水臭い】（形）①水分多的，因水多而味不濃的，☆水臭い酒／水分多的酒；②鹽分少的，味淡的；③（本來關係密切而）客氣的，不坦率的，☆お礼などを言う水臭いまねはやめよう／你我之間不要再來道謝等等這一套吧；図みずくさし（形ク）。◎④

みずぐすり【水薬】（名）藥水；↔こなぐすり（粉薬）。③⑤

みずぐるま【水車】（名）水車；☆水車で米を搗（つ）く／用水車搗米。③

みずぐろい【身繕い】（名・自サ）裝束，打扮（=みじたく）；☆身繕いして出かける／裝束整齊出門去。◎

みずけ【水気】（名）水分；☆水気の多い果物／多汁的水果。◎

みずげい【水芸】（名）使扇子、衣服等向外噴水的一種雜技。②◎

みずけむり【水煙】（名）①水霧；②飛沫

，濺起的水沫（＝しぶき）；☆水煙が立つ／濺起水沫。③

みすご・す【見過す】（他五）①看漏，沒有看到（＝みおとす）；☆重大点を見過ごす／看漏重要之點；②看過置之不問，饒恕（＝みのがす）；☆今度だけは見過ごしてやろう／這一次饒恕了你吧。⓪

みずごり【水垢離】（名）（敬神祈禱時）身上灑水以除不潔。⓪ ④

みずさかずき【水杯】（名・自サ）永別或長期離別時互相飲水作別；☆水杯をして別れる／飲水作別。③

みずさき【水先】（名）①水流的方向；船的進路；③←水先案内；～あんない【水先案内】（名）領航（人）（＝パイロット）。⓪ ④

みずさし【水差】（名）水罐，水瓶，水壺；☆水差から水をつぐ／由水瓶倒水④③

みずしごと【水仕事】（名）（廚房的）洗刷工作；洗濯；☆水仕事で手が荒れる／因搞洗刷工作手的皮膚變粗。③

みずしょうばい【水商売】（名）接待客人的營業（指飯館、妓舘等）。③

みずしらず【見ず知らず】（連語）無一面之識，素不相識，陌生；☆見ず知らずの人に話し掛けられる／素不相識的人和我講話。①

みずすまし【水澄まし】（名）〔動〕鼓蟲。③

みずぜめ【水攻（め）】（名）①水攻；②斷敵人水源。⓪

ミスター【Mister, Mr.】（名）先生。①

みずたま【水玉】（名）①（濺的）水珠，飛沫；②（蓮葉等上的）水珠；③內含水珠的玻璃球；～もよう【水玉模様】（名）圓點花。⓪

みずたまり【水溜り】（名）水窪，水塘；☆雨で道に水溜りが出来る／道路因雨出現水窪。⓪

みずっぽ・い【水っぽい】（形）水分多的，味淡的；☆この酒は水っぽい／這酒味淡。④

ミステーク【mistake】（名・自サ）錯誤（＝あやまり，まちがい）。③

みずでっぽう【水鉄砲】（名）〔玩具〕水槍。⓪

ミステリー【mystery】（名）①神秘，奧妙（＝ふしぎ）；②（基督教的）秘蹟；③奇蹟劇；偵探小説；〔電影〕偵探片①

*みす・てる【見捨（見棄）てる】（他下一）棄而不顧，抛棄；☆両親に見捨てられた子／被父母抛棄的小孩，図みすつ（下二）。⓪

みずとり【水鳥】（名）〔動〕水禽。⓪

みずな【水菜】（名）〔植〕京菜。⓪

みずのあわ【水の泡】（名・連語）①（水面的）水泡，水沫，②極不可靠，無常，虛幻；③（努力等）白費，（歸於）泡影；☆長年の苦心も水の泡になる／多年苦心歸於泡影。⑤

みずのみ【水飲・水呑】（名）飲水器；～びゃくしょう【水呑百姓】（名）貧窮的農民☆彼は水呑百姓の小伜（こせがれ）として生まれた／他是貧農的兒子④③

みずはけ【水捌け】（名）排水；☆水はけの悪い土地／排水困難的土地。⓪④

みずばしら【水柱】（名）（濺起的）水柱；☆爆弾が落ちて水柱が立つ／（水裏）落下炸彈濺起了水柱。⓪⑤

みずばな【水洟】（名）稀鼻涕；☆かぜをひいて水洟が出る／傷風流鼻涕；☆水洟を垂らす／流鼻涕。④③

みずばら【水腹】（名）喝水ув 飽，水飽⓪

みずひき【水引き】（名）（禮物上所繫的）紙繩；☆水引きを掛ける／（贈品上）繫上禮繩。⓪

みずびたし【水浸し】（名）浸水；☆大雨で床（ゆか）が水浸になる／因大雨地板浸水了。⓪

みずぶくれ【水膨れ】（名）①水腫，起泡；燎泡；☆火傷をして水膨れが出来る／受燙傷而起泡；②（溺死屍體）因水膨脹；③攙水增量。③⑤

ミスプリント【misprint】（名）刊誤，錯字。⓪

みずぼうそう【水疱瘡】（名）〔醫〕水痘③

*みすぼらし・い（形）難看的，寒酸的；（衣履）破舊的，檻褸的（＝みぐるしい）；☆身なりのみすぼらしい男／服裝檻褸的人；☆みすぼらしい家／破陋的房子；☆みすぼらしい生活／簡陋的生活；図みすぼらし（形シク）。⑤①

みずまくら【水枕】（名）（醫療用的）橡皮水枕頭，冰枕。③

みずまし【水増し】（名・自他サ）①漲水，水量增加；②加水沖淡；③〔轉〕假裝增加，虛擬，浮誇；☆予算獲得の為に定員を水増しする／為取得預算虛報編制人

員。◎4

みすま・す【見澄ます】(他五) 仔細觀察，看準；☆彼は家人の寝静まるのを見澄まして、そっと抜け出した／他看家事人全睡着了，便悄悄溜了出去。◎

みすみす【見す見す】(副) 眼看着，眼睜睜地；☆泥棒をみすみす逃がした／眼睜睜地讓小偷跑掉了；☆みすみすチャンスを失う／坐失良機。◎

みずみずし・い【瑞々しい】(形) 水零零的，嬌嫩的；☆瑞々しい若葉(わかば)／水零零的嫩葉；☆瑞々しい乙女(おとめ)／嬌艷的少女。◎

みずむし【水虫】(名) ①水中的小蟲；②〔醫〕香港脚，(趾間的)水疱疹(俗名脚氣)；☆足の指に水虫ができた／趾間得了香港脚。◎24

みずもち【水餅】(名)(為防生霉或裂開)浸在水中的黏糕。4◎

みずもの【水物】(名) ①含水分的東西(如水果)，②液體，流體，③(酒以外的)飲料(如冰水、汽水)；④變化多端、瞬息萬變的事物；憑運氣的事物；☆勝負は水物だ／勝負無常。◎

みする【魅する】(他サ)〔文〕迷惑(＝まよわす)；☆彼女には男を魅する力がある／她有迷惑男子的本領(魅力)；反みす(サ)。2

みずわり【水割】(名・他サ) ①(酒裏)攙水，加水；②加水沖淡。◎

＊**みせ【店・見世】**(名) 商店，鋪子；☆店をたたむ／歇業，關門；☆店を張る／開設商店。2

みせいねん【未成年】(名) 未成年(人)；☆未成年者のくせにたばこをのむ／還未成年居然吸烟。2

みせかけ【見せ掛け】(名) 虛有其表，假裝外表(＝うわべ)；☆この装置は見せ掛けだけだ／這個裝置只是徒有其表；☆見せ掛けがいい／外表好看；☆彼の勤勉は見せ掛けだ／他那勤勉是假裝的。◎

みせか・ける【見せ掛ける】(他下一) 假裝(外表)；☆行くように見せ掛けて実は行かない／裝做要去而實際不去；☆正直者(しょうじきもの)と見せ掛けて悪事を働く／假裝老實人而做壞事；反みせかく(下二)。◎

みせさき【店先】(名) 商店的門前；店頭；☆品物を店先に並べる／把商品擺在店

頭。4 3

みせしめ【見せしめ】(名) 警衆；☆今後のみせしめにうんと懲(こ)らしめる／嚴厲懲處以警將來。◎

ミセス【Mrs.】(名) ①太太，夫人；②主婦。1

みせつ【未設】(名) 未舖設，未設置；↔きせつ(既設)。◎

みせつける【見せ付ける】(他下一) 賣弄，顯示，誇示；☆仲のいいのを見せつける／顯示二人非常親密；反みせつく(下二)。◎

みせば【見せ場】(名)(戲劇等的) 精彩場面；☆この芝居ではここが見せ場だ／這一段是這齣戲裏的精彩場面。3

みせばん【店番】(名・自サ) 商店看守人，售貨員。◎

みせびらか・す(他五) 賣弄，顯示，誇示；☆学問をみせびらかす／賣弄學識，顯示博學。5

みせびらき【店開き】(名・自サ) ①(商店)開張；②開始工作；☆新設の郵便局は今日から店開きする／新設的郵局今天開始辦公。3

みせもの【見世物】(名) 雜技團，馬戲團，魔術團等；☆人の見世物になる／給人家瞧熱鬧，手醜；~ごや【見世物小屋】(名) 雜耍園，雜技團。4 3

＊**み・せる【見せる】**Ⅰ(他下一) ①給…看，讓…看；表示，顯示；☆これは人に見せるものではない／這個不能讓人看；☆度胸(どきょう)のあるところを見せる／顯示有膽量；☆病人を医者に見せる／讓醫生瞧病人；☆付けぼくろが彼女を一層美しく見せる／畫上黑痣越發顯得她美麗；②裝做…樣給人看，假裝；☆病気のように見せる／裝病(給人看)；Ⅱ(補動・下一) ①表示決心，意念；☆必ず成功してみせる／我一定成功；②給看；☆踊りを踊ってみせる／跳個舞給看看，☆この木に登ってみせる／我上這棵樹給你看看；反みす(下二)。2

みぜん【未然】(名)〔文〕未然；☆未然に防ぐ／防於未然；~けい【未然形】(名)〔語法〕未然(活用形的第一變化)◎

＊**みそ【味噌】**(名) ①豆醬；②得意之處，自誇；☆手前味噌／自吹自擂；◇味噌が腐る／〔諷〕嗓音太壞；味噌を擂(す)る／奉承，諂媚；味噌も糞(くそ)も一

緒にする／好壞不分。①

*みぞ【溝】（名）①水溝，水路；☆溝を飛び越える／跳過水溝；②（刻在木板等的）溝；③（意見的）分歧；（感情的）隔閡；☆両派の溝が深くなる／兩派的隔閡加深。

みそあえ【味噌韲】（名）醬拌菜肴。②①

*みぞう【未曽有】（名・形動ダ）〔文〕空前；☆古今未曽有の大地震／古今未有的（空前的）大地震。①②

みぞおち【鳩尾】（名）〔解〕→みずおち ④①

みそか【三十日】（名）①（某月的）三十日；②每月最後一天（＝つごもり）；☆三十日に決算する／月底（三十號）結賬 ①
〜ばらい【三十日払】（名）月底付款 ①

みそぎ【禊】（名）〔文〕祓禊（濯於水邊以除不祥）；〜はらい【禊祓】祓禊 ③①

みそくそ【味噌糞】（形動ダ）〔俗〕亂七八糟（＝めちゃくちゃ）。①

みそこな・う【見損う】（他五）①看錯；☆お前を見損った／我把你看錯了；沒想到你是這樣的人；②錯過看的機會；☆その映画を見損った／那個電影沒得去看①

みそさざい【鷦鷯】（名）〔動〕鷦 ③

みそじ【三十路】（數）〔文〕①三十；②三十歲。①②

みそしる【味噌汁】（名）醬湯。③

みそすり【味噌擂】（名）①磨醬，把醬研碎；②詔媚，奉承；☆彼の味噌擂にはあきれる／他那種獻詔令人作嘔。④③

みそっかす【味噌っ滓】（名）〔俗〕①（濾過後的）醬渣；②（一群人中）最無價值的人；（遊玩伙伴中抵不了一個人的）小毛孩子。（＝みそっこ）④

みそづけ【味噌漬】（名）醬醃鹹菜。①④

みそっぱ【味噌っ歯】（名）〔俗〕（小孩有齲的）黑牙 ☆味噌っ歯を出して笑う／露出黑牙笑。

みそひともじ【三十一文字】（名）和歌，短歌（由三十一個假名構成的日本詩）④

みそ・める【見初める】（他下一）①初次會面；②一見鍾情；☆一目でその娘さんを見初めた／一見面就戀上了那位姑娘；囡みそむ（下二）。①

みそら【身空】（名）身分（＝みのうえ）；身體（＝からだ）；☆若い身空で／年輕輕地。①②

みぞれ【霙】（名）雨雪，霙；☆霙まじりの雨／夾雜雪的雨，雨雪。①

みそ・れる【見逃れる】（他下一）沒認出來，忘記是誰；☆どうもお見逃れして済みません／我眼拙，對不起；☆うっかりして友人を見逃れた／遇見一個朋友，可是一時疏忽卻沒有看出來；囡みそる（下二）。

みだ【弥陀】（名）〔佛〕彌陀佛。①①

みた・い【助動形動ダ型】①〔俗〕像…那樣的，像…—樣的（＝のような）；☆猿みたいな顔／像猴的臉；☆僕みたいな男／像我這樣的人；②〔…してみたい〕很想要做…，很希望做…；☆世界旅行をしてみたい／希望環遊世界；☆一度でいいからドリアンを食べてみたい／那怕只一次也好我很想嚐嚐榴槤；☆うそみたいな話／令人難以置信的話。

みだし【見出し】（名）①標題；☆新聞の見出しだけ読む／只看報的標題；②索引，目録；☆本の見出しで捜す／按書的索引尋找。①

みだしなみ【身嗜み】（名）注意（服飾、打扮、言語、態度等的）外表；修飾；☆身嗜みのよい人／修飾得好的人；☆身嗜みに注意する／修飾邊幅；☆身嗜みが大事だ／要注意服裝打扮。①⑤

*みた・す【満（充）たす】（他五）①弄滿，充滿，塡滿；☆腹を満たす／吃飽；☆コップに水を満たす／杯中倒滿水；②滿足；☆長い間の希望を満たす／滿足多年來的希望；☆需要を満たす／滿足需求②

*みだ・す【乱す】（他五）弄亂，擾亂，紊亂；☆秩序を乱す／擾亂秩序；☆風俗を乱す／傷風敗俗。②

みだ・す【見出す】（他五）發現，找出（＝みつけだす，みいだす）；☆隠れた人材を見出す／發現被埋沒的人材。①②

みたて【見立て】（名）①送行；②選擇，判斷（＝みさだめ）；☆柄（がら）の見立てがうまい／很會挑花樣，☆私の見立てによれば／根據我的判斷；③診斷；☆医師の見立てでは胃ガンだ／據醫生的診斷是胃癌。①

みた・てる【見立てる】（他下一）①送行（＝みおくる）；②斷定；☆本物と見立てる／斷定是真的；③診斷；☆結核と見立てる／診斷是結核；④選擇；☆自分で見立てる／自己選擇；☆似合う洋服を見立てる／選擇合適的西服；⑤比擬，看做；☆枝の雪を花に見立てる／把樹枝上的

雪比花；図みたつ（下二）。⓪

みたま【御霊】（名）魂（＝たましい）的敬語；☆故人の御霊を慰める／安慰亡魂⓪

みため【見た目】（名・連語）旁人看來表面看來，外表；☆見た目は奇麗だが中身がどうも…／表面看來很好看，不過内容有些…。①

みだら【淫ら】（動ダ）淫亂；☆淫らな風俗／淫亂的風俗。①

みだり【妄り】（名・形動ダ）①荒謬，荒誕；②過分，狂妄；☆妄りなふるまい／狂妄行爲；③胡亂（＝でたらめ）；☆妄りなことを言うな／不要亂說；～に【妄りに】（副）〔文〕胡亂（＝やたらに）☆妄りに入るべからず／不准擅入；②荒誕，荒謬；③過分，狂妄。①

みだれ【乱れ】（名）亂；☆髪の乱れを直す／梳整蓬亂的頭髮。③

*みだ・れる【乱れる】（自下一）①亂，不平靜，不太平；☆心が乱れる／心亂；乱れた世の中／亂世；☆その時分（じぶん）は国が非常に乱れていた／那時國家非常亂；②紊亂；☆風紀が乱れている／風紀紊亂；③散亂，蓬亂，☆乱れた髪を直す／梳整蓬亂的頭髮；図みだる（下二）。③

*みち【道・路】（名）①道路；☆道で友人に会う／在路上遇見朋友；☆学校へ行く道で忘れ物に気づく／在去學校的途中發覺忘掉東西；②道，道義，道德☆道を説く／講道；☆道にそむく／違背道義；③方法；☆解決の道をつける／謀求解決方法；☆生活の道を講ずる／謀求生活之道；④路程（＝みちのり）；進程；☆村では一里ほどの道だ／離村莊有一里左右的路程；⑤専門方面；☆その道の人に聞く／向専家請教；⑥手續，過程；☆ちゃんとした道を踏んで来る／履行正式的手續；◇路を付ける／①（爲後進）開闢道路；②謀求方法；～あんない【道案内】（名）①路標；②領道（的人），嚮導⓪

*みち【未知】（名）〔文〕未知，不知道；～すう【未知数】（名）①〔數〕未知數；②不可預料。①

みちがい【見違い】（名）看錯（＝みちがえ）；☆番号の見違いをする／看錯號數。⓪

みちが・える【見違える】（他下一）看錯；☆見違える程大きくなった／（孩子）

長大簡直令人認不得了；☆知らない人を友達と見違える／把生人錯認爲友人；図みちがふ（下二）。⓪

みちかけ【満欠・盈虧】（名・自サ）（月的）盈虧☆月が満欠する／月有圓缺。①

みちくさ【道草】（名）道旁的草；◇道草を食う（く）／在途中躭擱；閒逛；☆道草を食わずに家へ帰る／一直回家（不在途中躭擱）。⓪

みちしお【満潮】（名）滿潮（＝あげしお）；↔ひきしお（引潮）。⓪

みちしるべ【道しるべ】（名・自サ）①路標；☆道しるべを見て山を登る／沿着路標爬山；②帶路，嚮導；入門。③⑤

みちすがら【道すがら】（副）沿路，沿途，一路上；☆道すがら風景を眺める／沿路觀看風景。③⓪

みちすじ【道筋】（名）①（通過的）道路；☆行進の道筋に見物人が立つ／在遊行的路旁，站着熱鬧的人；②道理。⓪

みちづれ【道連れ】（名）旅伴；☆若者達と道連れになる／路遇一羣年青人結成旅伴；◇旅は道連れ世は情／出門靠旅伴，處世靠同情。⓪④

みちなか【道中】（名）途中。⓪

みちのく【陸奥】（名）〔文〕奥州（陸前、陸中、陸奥（＝むつ）三地方的總稱）（日本本州東北部）。③⓪

みちのべ【道の辺】（名）〔文〕路旁③⓪

みちのり【道程】（名）路程，距離；☆大した道程ではない／並不太遠；☆町までは相当な道程だ／離市鎮上相當遠。⓪

みちばた【道端】（名）道旁；☆道端で野菜を売る／在路旁賣青菜。⓪

みちはば【道幅】（名）路的寬度。⓪

みちひ【満干】（名）漲潮和落潮；☆潮の満干がはげしい／潮的漲落很大。①

みちびき【導き】（名）指導，引導，領導；☆今後ともお導きの程をお願い致します／今後仍請多多指導。④⓪

*みちび・く【導く】（他五）①領道，引導；☆人に導かれて見物する／讓別人領着遊逛；②指導；☆先生が学生を導く／老師指導學生。③

みちぶしん【道普請】（名・自サ）修理道路；修路；築路工程。③

みちみち【道道】（名・副）一路上（＝みちすがら）；☆道々話をして歩く／一路上邊說邊走。⓪②

みちゃく【未着】（名・形動ダ）未到；☆未着の小包（こづつみ）／還未寄到的包裹。◎

*み・ちる【満ちる】（自上一）①滿，充滿；☆希望に満ちた時代／充滿希望的時代☆腹が満ちる／肚子吃飽；②（月）圓；☆月が満ちる／月圓；③（潮）漲；☆潮が満ちる／漲潮；④（期限）滿，到；☆任期が満ちる／任期屆滿；☆月満ちて玉のような男児が生まれる／到月生下一個白胖的男孩／滿（二下）。②

みつ【三つ】（數）三。①

みつ【密】（名・形動ダ）①秘密；②緊密，嚴密；☆連絡を密にする／緊密聯繫；③周密，周到，綿密；☆密な計画／周密的計劃；④密切，親密；☆密な間柄／親密的關係。①

みつ【蜜】（名）蜜，蜂蜜；☆蝶が花の蜜を吸う／蝴蝶吸食花蜜；◇糖蜜。①

みっか【三日】（名）①（某月的）三日；②三天；☆三日会社を休む／（公司職員）請三天假；◇三日天下／五日京兆；三日坊主／（工作）沒有常性的人，三天打魚兩天曬網的人；三日見ぬ間の桜／〔喻〕事物變化很快。◎

みつが【密画】（名）工筆畫。◎

みっかい【密会】（名・自サ）密會，幽會◎

みつかど【三角】（名）①三個角；②三叉路口。◎

*みつか・る【見付かる】（自五）①被看到，被發現；☆いたずらして先生に見付かる／淘氣被老師看見了；②能够找出；☆結論が見付かる／能够找出結論；③找到；☆なくなった本が、まだ見付からない／丢的書還沒找到。◎

みつぎもの【貢物】（名）貢品；☆貢物を取り立てる／徵收貢物；☆貢物を捧げる／朝貢。◎

みつぎ【密議】（名）〔文〕秘密商議①②

みっきょう【密教】（名）〔佛〕密教；↔けんきょう（顕教）。①

みつ・ぐ【貢ぐ】（他五）獻納，貢獻；☆息子に貢いでもらって生活する／靠兒子贍養生活。◎②

ミックス【mix】（名・他サ）混合，攙混（＝ミクス）；☆パパイヤのジュースにミルクをミックスするとおいしい／木瓜汁加上牛奶味道很好。①

みつくち【三口・兎唇】（名）兎唇（的人）◎

みつくろ・う【見繕う】（他五）看着辦，斟酌備辦；☆お祝いの品を見繕う／斟酌買些禮品。◎

みつげつ【蜜月】（名）新婚蜜月（＝ハネムーン）；～りょこう【蜜月旅行】（名）新婚旅行。②◎

*みつ・ける【見付ける】（他下一）①看慣（＝みなれる）；☆あまり見つけない顔／不常見的面孔；②看出，找到（＝みいだす）；☆おとした時計を見つけた／找到了遺失的錶／見つく（下二）。②

みつご【三子】（名）①一胎三子；☆三子を産む／一胎生三個小孩；②三歲小孩，幼兒；☆三子でも知っている／三歲孩子也懂；◇三子の魂百まで／山河易變稟性難移。◎

みっこう【密航】（名・自サ）密航；☆国外に密航する／秘密搭船潛赴國外；～しゃ【密航者】（名）偷渡者。◎

みっこく【密告】（名・他サ）告密，檢舉，告發；☆犯罪を密告する／檢舉犯罪◎

みっし【密使】（名）〔文〕秘密使節；☆密使を出す／派遣秘密使節。◎

みっしつ【密室】（名）①（不准擅自出入的）密室；☆密室で会議する／在密室裏開會；②（不讓人知道的）秘密室；☆地下の密室に閉じ込める／關在地下的密室裏。◎

みっしゅう【密集】（名・自サ）〔文〕密集；☆住宅の密集地点／住宅稠密地區；☆蟻が甘い物に密集する／螞蟻密集在甜東西上。◎

みっしょ【密書】（名）〔文〕秘密信件；☆密書を渡す／交出機密信件。◎①

ミッション【mission】（名）①使節（團）；②傳教（區域、團體）；③←ミッションスクール；～スクール【mission school】（名）教會學校。①

みっしり（副）①密密地，緊緊地；☆みっしりと詰める／緊緊地裝；②一心一意地，好好地；☆みっしり勉強する／專心用功。③

みっせい【密生】（名・自サ）〔文〕密生◎

*みっせつ【密接】（形動ダ）〔文〕①密接，緊連；☆私の家は隣家と密接している／我家和隣家只是一牆之隔；②密切；☆この問題は日本の将来と密接な関係がある／這個問題和日本的前途有密切的關係◎

みっせん【蜜腺】（名）〔植〕蜜腺。◎

みっ**そう**【密葬】（名・他サ）〔文〕①秘
密埋葬；②不訃告親友而埋葬。⓪

みっ**そう**【密送】（名・他サ）〔文〕秘密
發送；☆重要書類を密送する／秘密發送
機要文件。⓪⓪

みつ**ぞう**【密造】（名・他サ）〔文〕秘密
製造；☆酒を密造する／私自造酒。⓪

みつ**ぞろい**【三つ揃い】（名）①三個一套
；②西服（上衣、褲子、坎肩）；☆三つ
揃いの背広／一套西裝。③

*みつ**だん**【密談】（名・自サ）〔文〕密談
；☆密談（を）する／密談。⓪

みっ**ちゃく**【密着】（名・自サ）①貼緊，
靠緊；☆二枚の板が密着する／二張木板
密密貼靠；②〔照像〕印像；↔ひきのば
し。⓪

みっ**ちり**（副）充分，好好地（=びっしり）
；☆みっちりと勉強する／好好地用功；
☆みっちり鍛える／充分鍛錬。③

みっ**つう**【密通】（名・自サ）①暗地裏互
通；②通姦。⓪

みつ**どもえ**【三巴】（名）①有三個「巴」
字形的花紋；→ともえ；②三個混在一起
；☆三者三巴の乱戦／三人混戰。③⓪

ミット【mitt】（名）①（只掮拇指分開的）
手套；②〔棒球〕（一壘手用）無指手套①

*みつ**ど**【密度】（名）〔文〕密度；☆密度
の大きい物質／密度大的物質；☆この都
市は人口密度が高い／這個都市的人口密
度大。①

*みっ**ともな・い**（形）不像樣的，難看的；
☆みっともない恰好（かっこう）／難看
的樣子；☆人前であくびをするとはみっ
ともない／在人前打呵欠有失體統。⑤

みつ**にゅうこく**【密入国】（名・自サ）非
法入境。⓪

みつ**ば**【三葉】（名）①三個葉；②〔植〕
鴨兒芹。⓪

みつ**ばい**【密売】（名・他サ）秘密出售，
私賣；☆酒の密売を取り締まる／取締賣
私酒。⓪

みつ**ばち**【蜜蜂】（名）〔動〕蜜蜂。②

みっ**ぷう**【密封】（名・他サ）嚴密封閉，
☆手紙を密封の上出す／信封好後發出
去。⓪

みっ**ぺい**【密閉】（名・他サ）嚴密關閉，
☆部屋（へや）を密閉する／把房間關嚴
；☆密閉した容器／密閉的容器。⓪

みつ**ぼうえき**【密貿易】（名）走私貿易③

みつ**また**【三股・三叉】（名）（河流、道
路）分爲三股（的地方）。⓪

みつ**また**【三椏】（名）〔植〕三椏，黃瑞
香。⓪②

みつ**まめ**【蜜豆】（名）豌豆加洋粉、
楊莓、櫻桃、香蕉、糖汁等的冷食。⓪

*みつ・**める**【見詰める】（他下一）凝視，
注視；☆相手の顔をじっとみつめる／定
睛凝視對方的面孔；☆目を丸くしてみつ
める／瞪圓眼睛盯視，⊠みつむ（下二）⓪

みつ**もり**【見積り】（名・他サ）估計；☆
費用の見積りをする／估計費用；☆見積
りが悪い／估計得不正確。⓪

みつも・**る**【見積もる】（他五）估計；☆
旅費を見積もる／估計旅費；☆安く見積
もっても三万円かかる／低估也得三萬元
；☆金に見積もると十万円／折成錢是十
萬元。⓪

みつ**やく**【密約】（名・自サ）密約，秘密
條約；☆外国と密約を結ぶ／和外國締結
秘密條約。⓪

みつ**ゆ**【密輸】（名・他サ）〔文〕（進出
口的）走私；☆時計を密輸する／走私鐘
錶。⓪

みつゆ**しゅつ**【密輸出】（名・他サ）走私
出口；☆武器を密輸出する／走私出口武
器。③

みつゆ**にゅう**【密輸入】（名・他サ）走私
進口；☆麻薬を密輸入する／走私進口麻
醉藥。③

みつ**ゆび**【三指】（名）①三指（大拇指、
食指和中指）；②最敬禮。⓪

みつ**りょう**【密漁】（名・他サ）違禁捕魚
；☆領海內で密漁する／侵入領海捕魚⓪

みつ**りょう**【密猟】（名・他サ）違禁打獵⓪

みつ**りん**【密林】（名）密林（=ジャング
ル）；☆密林のなかをさまよう／在密林
中徬徨；～**ちたい**【密林地帯】（名）密
林地帶。⓪

*み**てい**【未定】（名・形動ダ）未定，未決
定；☆未定の問題／還未決定的問題；～
こう【未定稿】（名）未定稿。⓪

みて**くれ**【見て呉れ】（名）〔文〕外觀，
外表；☆この家具は見て呉れがいい／這
個家具樣子好看。⓪

みて**と・る**【見て取る】（他五）看破，看
透，看穿（=みせぶる）；☆相手の真意
を見て取る／看透對方的真實意圖；☆議
論が自分に不利だと見て取るや、すばや

く話題を転じた／一看辯論對自己不利，便立刻轉變了話題。①

みとう【未到】（名）〔文〕未到，未達到；☆前人未到の地に達する／到達前人未到的地步。⓪

みとう【未踏】（名）足跡未到；☆前人未踏の山を征服する／征服前人未登過的山。⓪

みどう【御堂】（名）〔佛〕佛堂，佛殿⓪

みとおし【見通し】（名）〔（みとおす）的名詞形〕①瞭望；☆見通しのきく場所／視野廣闊的地方；②預料，推測；☆これからの見通しがつかない／今後如何很難預料。⓪

*****みとお・す【見通す】**（他五）①一直看下去，一直看到末尾；☆この本は最後まで見通すのに骨が折れる／這本書一直看到末尾很吃力；②看透，看穿（＝みぬく）；☆相手の計略を見通す／看透對方的計謀；③瞭望（遠處），一眼望盡；☆対岸の山々を見通す／瞭望對岸的羣山；④預料，推測；☆一年先のことを見通す／推測一年以後的事情。⓪

みどころ【見所】（名）①精彩處，值得看的地方；☆ここが芝居の見所だ／這裏是戲的精彩處；②前途，前程；☆君は見所のある青年だ／你是個有前途的青年。②

みとせ【三年】（名）〔文〕三年。①⓪

みとど・ける【見届ける】（他下一）①看到，看準，探知；☆主人の不在を見届ける／看到主人不在家；②看到（最後）；☆みんなが帰るのを見届けてから鍵を掛ける／看到大家全回去了才上鎖；⊠みとどく（下二）。⓪

みとめ【認め】（名）①〔（みとめる）的名詞形〕承認；②←みとめいん；～いん【認印】（名）普通常用的圖章；↔じついん（実印）。⓪

*****みと・める【認める】**（他下一）①看見，看到；☆あたりに人影を認める／看見附近有人影；②認識，取得賞識，得到重視；☆真価を認める／認識…的眞正價值；☆世に認められない作家／不出名的作家；☆人に認められる／受人重視（賞識）；③承認；☆私が悪かったということは認めます／我承認我錯了；④斷定，認爲；☆黙っているのは承諾と認める／不作聲就認爲是默許了；⑤准許，同意；☆彼の発言を認める／准許他發言；⊠みとむ

（下二）。⓪

*****みどり【緑】**（名）綠色；◇緑の黒髪／黑亮的頭髮，烏髮；☆みどりのおばさん／爲上下學的學童安全而指揮交通的婦女（穿綠色制服）；☆みどりの窓口／鐵路局在稍大車站所設置的預售車票處。①

みどり【見取り】（名）選擇，挑選；☆より取り見取り／任意挑選。①

みどりご【嬰児】（名）嬰兒（＝えいじ）；☆あとに嬰児を残して死ぬ／丟下嬰兒死去。③

みとりず【見取図】（名）示意圖，略圖；☆これが，あの付近の大まかな見取図だ／這是那附近的略圖；☆見取図を取る／畫示意圖。⓪

みと・る【見取る】（他五）①看見，看到；☆はっきりと見取る／清楚看到；②看着畫。⓪

みと・る【看取る】（他五）看護（病人）；☆郷里に帰って父を看取る／回家鄉照顧父親的病。⓪

ミドル【middle】（名）①當中，中間；②中等；～ウエート【middle weight】（名）〔拳擊〕中量級（選手）。①

みと・れる【見蕩れる】（自下一）看迷，看入迷；☆見蕩れるような景色／使人看入迷的風景；☆美しさに見蕩れる／看美景看得出神；⊠みとる（下二）。⓪

―みどろ（接尾）表示渾身滿是的意思；☆汗みどろになって働く／渾身是汗地工作。

*****みな【皆】**Ⅰ（代）全體，大家（＝いちどう）；Ⅱ（副）全，都，皆，一切（＝すべて）；☆あっという間に皆売り切れた／轉瞬之間全賣光了；☆皆で幾らですか／一共多少錢？⓪①②

みなお・す【見直す】Ⅰ（自五）漸起色；（病）漸好；☆病人の容態が幾分見直した／病人的病狀稍好轉了；☆相場（そうば）はいくらか見直した／行市有些起色；Ⅱ（他五）①重看，重新看；☆答案を見直す／重看答案；②重新估價，重新認識；☆僕はあの男を見直した／這一回我才認識出他是了不起的，我對他有了新的評價。⓪

みなかみ【水上】（名）〔文〕①上流，上游；☆水上に温泉がある／上流有温泉；②水源，源頭（＝みなもと）。⓪

みながみな【皆が皆】（連語）大家，全體，全部（＝のこらず，ことごとく）；☆

み

皆が皆賛成というわけではない／並不是大家全都賛成；☆皆が皆悪口を言っている／大家全説（他的）壊話。②1

みなぎ・る【漲る】（自五）①（水）漲満；☆池に水が漲る／池中水漲満；②充満，瀰漫；☆黒雲が空に漲る／烏雲蔽空；☆不安の気が漲る／瀰漫着不安的氣氛。③

みなげ【身投げ】（名・自サ）投水（自殺的人）；☆川に身投げ（を）する／投河。③

みなごろし【皆殺し・鏖】（名・他サ）殺光，殺盡；☆皆殺しにする／殺光。⑤0

みなさま【皆様】（代）①諸位，各位；☆皆様の御希望で日延べ致します／根據各位的希望決定延期；②各位來賓；☆御来場の皆様に申し上げます／向到場諸位講幾句話；③府上各位；☆皆様お変りありませんか／府上都好嗎？②

みなさん【皆さん】（代）各位，大家（客氣程度稍遜於「皆様」）；☆皆さん、お早うございます／大家早。②

みなしご【孤児】（名）孤児；☆両親を失って孤児になる／雙親死去成為孤児；☆孤児を引き取る／收養孤児。③0

*みな・す【看做す】（他五）①看作，認為；☆手を挙げない者は棄権と看做す／不舉手的視為棄権；☆証拠不十分と見做された／被認為證據不足；②（姑且）當作；☆職場を戦場と看做して、日夜（にちや）努力を続ける／把工作崗位當作戦場夜以繼日地努力工作。0

みなづき【水無月】（名）〔文〕陰暦六月。②

*みなと【港・湊】（名）〔文〕港，港口，碼頭；☆船が港にはいる／船隻入港；～まち【港町】（名）港都。0

みなぬか【三七日】（名）〔佛〕死後二十一天，三七（＝みなのか、さんしちにち）。0

みなのしゅう【皆の衆】（名）〔俗〕諸位，大家（＝みなさん）。②

*みなみ【南】（名）①南方；☆南を受けた建物／朝南的房子；②南風；～かいきせん【南回帰線】（名）〔地〕南回歸線；～かぜ【南風】（名）南風；～はんきゅう【南半球】（名）南半球；～むき【南向】（名）向陽，向南。

みなみな【皆皆】（副）全體，全部（＝すべて）；～さま【皆皆様】（代）諸位，大家。②

*みなもと【源】（名）①水源；☆源を青海

に発する／發源於青海；②（事物的）起源；☆事件の源をただす／追究事件的起源。0

みならい【見習い】（名）①見習，學習；☆業務の見習いをする／見習業務；②見習生，見習工；☆職工見習いになる／當見習工，當學徒。0

みなら・う【見習う】（他五）①見習，學習；☆店の仕事を見習う／學習商店的工作；②摹倣，以⋯為榜樣；☆上級生を見習う／摹倣高年級生（同學）。0

*みなり【身形】（名）服飾，装束，打扮；☆身形に構わない人／不修邊幅的人；☆粗末な身形をしている／服装簡陋。0

みな・れる【見慣れる・見馴れる】（自下一）看慣，看熟；☆見慣れぬ男に出会う／遇到一個不熟識的人；☆こんな景色は見なれていておもしろくない／這種景致看慣了，不感覺興趣。図みなる（下二）0

みなわ【水泡】（名）〔文〕水泡。0

ミニ【mini】（名）極小的，小型的，縮小的，迷你。①

ミニカー【minicar】（名）極小型汽車。①

*みにく・い【見悪い】（名）①難看的，醜的，不好看的；☆見悪い顔／醜臉；②醜陋的；☆見悪い行為／醜陋的行為。図みにくし（形ク）。③

ミニスカート【miniskirt】（名）迷你裙。④

ミニマム【minimun】（名）最小限，最小（⇔マクシマム。）

*みぬ・く【見抜く】（他五）看穿，看透，認清；☆人の心を見抜く／看透人的内心；☆計略を見抜く力がある／能看穿（別人的）策略。0

*みね【峰】（名）①峰，山峰；②刀背。0②

ミネラル【mineral】（名）礦物；～ウォーター【mineral water】 礦泉水。①

みの【蓑】（名）蓑衣；☆蓑を着て田に出る／穿着蓑衣下田。①

みのう【未納】（名）〔文〕未繳納；☆税金未納のまま今日に至った／直到今天尚未納税。0

*みのうえ【身の上】（名）①境遇，安否；☆父の身の上を案ずる／惦記父親（的安否）；②命運，運氣；③經歴，閲歴，身世；☆身の上を語る／講述經歴。④

みのかさ【蓑笠】（名）蓑和笠。①

みのがし【見逃し】（名）看漏；饒恕；☆これから気をつけます、今度だけはお見

逃しください／今後一定注意，請饒恕這
一次。◎

*みのが・す【見逃す】（他五）①看漏，漏
看，錯過看的機會；☆ファンが見逃して
ならぬ映画／愛好電影者絕不能不看的電
影；②饒恕，寬恕；☆過失を見逃す／饒
恕過失；③放過，放走；☆犯人と気づか
ぬままにみすみす見逃してしまう／沒注
意到是犯人，瞪着眼睛把他放跑了。◎

みのがみ【美濃紙】（名）美濃紙（岐阜縣
美濃地方產的一種日本紙）。◎

みのけ【身の毛】（名）身上的寒毛；☆身
の毛がよだつ／毛骨悚然；~だ・つ【身
の毛だつ】（自五）（因寒冷或恐懼）毛
髮悚立。◎2

みのしろきん【身の代金】（名）贖身錢，贖
金；☆身の代金を要求する／勒索贖金◎

みのたけ【身の丈】（名）身長，身高（＝
せい、せたけ）；☆身の丈六尺余りの男
／身長六尺有餘的男子。2

みのほど【身の程】（名）身分；分寸；☆
身の程をわきまえない行為／不度德量力
的行動，不自量的行為；☆身の程を知ら
ない／不知自量，不知分寸。4◎

みのまわり【身の回り】（名）①衣服，服
裝，衣履；☆身のまわりを整える／整頓
裝束；②日常生活；☆身のまわりの世話
をする／照顧日常生活。◎

みのむし【蓑虫】（名）〔動〕結草蟲（＝
みのが）。2

みのり【実り】（名）結實，收成；☆実り
豊かな秋／豐收的秋天；☆今年は米の実
りが悪い／今年稻子收成不好。◎

*みの・る【実る】（自五）①結實，（穀物）
成熟；☆穀物が実る／穀物成熟；☆柿が
実る／結柿子；②有成績，結果實；☆
長年の研究が実って立派な成功を収める
／多年的研究有了結果，取得了巨大的成
就。◎2

みば【見場】（名）〔俗〕外表，外觀（＝
みかけ）；☆この果物はおいしいが見場
が悪い／這個水果很好吃，但是不漂亮；
☆これを見場よく包んで下さい／請把這
個給我漂漂亮亮地包上。◎

みばえ【見栄え】（名・自サ）（外表）好
看，美觀；☆この色はあまり見栄えがし
ない／這個顏色不大鮮艷；☆あの着物を
着ると彼女は一層見栄えがする／她一穿
上那件衣服顯得更漂亮。2◎

みはから・う【見計らう】（他五）①斟酌，
看着（辦）；☆買物はお前が見計らってく
れ／東西你看着買吧；②估計（時間）；
☆時間を見計らってやって来た／估計好時
間來的。◎

みはじめ【見始め】（名）初次看見；◊見
始めの見納め／前後只看見一次。◎

みはつ【未発】（名）〔文〕未然；☆事は
未発に防ぐを可とす／事宜防範於未然◎

みはてぬ【見果てぬ】（連語・連體）〔文〕
沒看完的；☆見果てぬ夢／未做完的夢◎

みはな・す【見離す・見放す】（他五）①
拋棄；☆友達に見離される／被朋友拋棄
；②放棄；☆医者が病人を見放す／醫生
對病人撒了手。◎

みはらい【未払い】（名）未付；☆未払の
利子／未付的利息。2

*みはらし【見晴らし】（名）眺望；景致
；☆この岡は見晴らしがよい／這個山崗適
於眺望景致；☆見晴らしをよくするため
に木を切った／爲了便於眺望把樹砍了◎

みはら・す【見晴らす】（他五）眺望；☆
私の家は遠く大島（おおしま）を見晴ら
す岡の上にある／我家位在可以遙望大島
的山崗上；☆山の上から見晴らす／由山
上遠眺。◎

みはり【見張り】（名・自サ）看守，值班
（的人）；☆万引（まんびき）されない
ように厳重に見張をしている／嚴加看守
，以免有人在舖中行竊；☆要所に見張り
を置く／在重要地方派人看守。◎

みは・る【見張る】（他五）①睜大眼睛直
看，瞪目而視；☆あまりの美しさに目を
見張る／因爲意想不到的美麗不由得瞪目
驚視；②戒備，看守；☆少しの間荷物を
見張っていてください／請給我看一會兒
東西。◎

みはるか・す【見晴るかす】（他五）〔文〕
縱目遠眺（＝みはらす）。4

みびいき【身晶贔】（名・他サ）偏袒與自
己有關的人，袒護親戚。2

みひとつ【身一人】（名）自己一個人，獨
自一人；單身一人。3

みひらき【見開き】（名）（書籍、雜誌等
左右兩頁合成一頁的）圖版頁。◎

*みぶり【身振り】（名）（表示意志、感情
的）姿勢；☆身振り手真似で示す／比手
畫脚地表示；☆身振りで賛成の意を表わ
す／用姿態表示贊成；☆怒ったような身

振りをする／顯出生氣似的樣子。◎①

みぶるい【身震い】（名・自サ）戰慄，發抖；☆あまりの恐ろしさ（寒さ）に身震いする／由於過於害怕（寒冷）而發抖；☆身震いが出る／身子發抖。②③

*みぶん【身分】（名）①身分，地位；②境遇；☆今の身分ではそういう贅沢は出来ない／以現在的境遇來說，那樣闊氣是辦不到的。①

みぼうじん【未亡人】（名）未亡人，寡婦（＝ごけ）；☆未亡人になる／守寡。②

みほ・れる【見惚れる】（自下一）看迷，看得入迷（＝みとれる）；☆絵に見惚れる／看畫看得出神。◎

*みほん【見本】（名）①樣本，貨樣；☆見本を送る／寄樣本（貨樣）；②樣子，例子（＝ためし）；☆見本に一つ書いてごらん／寫出一個樣子來看看；～いち【見本市】（名）商品展覽會。◎

*みまい【見舞い】（名）①望，問候；慰問；☆弟を友達の見舞いにやる／派弟弟去問候朋友；☆病人の見舞いをする／探望病人；慰問病人；②挨（打）；遭受（不平）；☆拳骨（げんこつ）のお見舞を受ける／遭受拳擊；③←見舞状；④←見舞物；～じょう【見舞状】（名）慰問信，問候信；～もの【見舞物】（名）慰問品◎

*みま・う【見舞う】（他五）①問候，探望（＝たずねる）；☆久しぶりに木村君を見舞う／去探望好久未見的木村君去；②探問，慰問；☆病人を見舞う／慰問病人；③遭受（不幸等）；☆暴風に見舞われる／遭受暴風侵襲。◎

みまご・う【見紛う】（他五）〔文〕看錯，錯把……看成…；☆花と見紛う船印（ふなじるし）／燦爛如花的各色船旗。◎

みまも・る【見守る】（他五）①定睛注視；☆人の行動を見守る／注視旁人的行動；②保護，保佑，照看，照料；☆子供の将来を見守る／照料孩子的前途。◎

みまわ・す【見回す】（他五）環視；☆見回したところ、できそうな者はいない／向周圍一看，沒有一個人能做；☆きょろきょろ見回す／瞪着大眼睛直往四下看◎

みまわり【見回り】（名）巡視（人）；☆校内の見回りをする／巡視校內。◎

*みまわ・る【見回る】（他五）巡視；遊覽；☆警官が夜の町を見回る／警察晚上巡街；☆名所旧跡を見回る／遊覽名勝古蹟◎

みまん【未満】（名）未滿，不足；☆円未満は切り捨てる／不足一元捨去；☆十八歳未満の者／未滿十八歲的人。①

*みみ【耳】（名）①耳朵；☆耳が遠い／耳聾；☆耳が鳴る／耳鳴；☆父の声が耳に残る／父親的話還留在耳朵裏；②（器物的）耳子；☆鍋の耳が取れる／鍋耳掉了；③（東西的）邊，緣；☆織物の耳／布邊；☆紙の耳を揃える／把紙邊弄整齊，④針鼻兒（＝めど）；◊耳が痛い／（別人的話說中自己的弱點聽着）刺耳；耳が早い／聽覺敏銳；耳長；耳に胼胝（たこ）ができる／聽膩，聽厭（同樣的話）；耳につく／①聽後永久不忘；②聽膩；耳を掩いて鈴を盗む／掩耳盜鈴；耳に入れる／說給…聽；耳に掛ける／聽後放在心上；耳に入る／聽到；耳に挟む／略微聽到一點／聽別人說話；耳を借す／聽別人說話；耳をそばだてる／豎起耳朵聽，傾聽；壁に耳あり／隔牆有耳；耳を揃える／（把錢一文不缺地）湊齊；聞く耳持たぬ／不願意聽。②

みみあたらし・い【耳新しい】（形）初次聽到的；☆それは耳新しい話だ／那話是初次聽到。⑥

みみうち【耳打ち】（名・自サ）耳語；☆そっと耳打ち（を）する／悄悄地低聲耳語。④③

みみかき【耳搔】（名）耳挖勺兒。④③

みみがくもん【耳学問】（名）口耳之學，道聽途說之學，一知半解的學識。④

みみくそ【耳屎】（名）耳垢（＝みみあか）；☆耳屎を取る／掏耳朵。②

みみざわり【耳障り】（名・形動ダ）刺耳；☆隣のラジオが耳障りだ／隣居的收音機聲刺耳。③

みみず【蚯蚓】（名）〔動〕蚯蚓；～ばれ【蚯蚓腫れ】（名）（皮膚搔後出現的）成條的紅腫。◎

みみずく【木莵】（名）〔動〕貓頭鷹②①

みみたぶ・みみたぼ【耳朶】（名）耳朵，耳垂；☆耳朶にイヤリングを下げる／耳垂上戴上耳環。③

みみだれ【耳垂】（名）〔醫〕耳溢（耳朵流膿病）。④◎

みみっち・い（形）吝嗇的（＝しみったれ）；☆みみっちいことを言うな／別說吝嗇鬼似的話。④

みみなり【耳鳴り】（名）耳鳴；☆耳鳴り

がする／耳鳴。[4][0]

みみな・れる【耳慣れる・耳馴れる】（自下一）聽慣；☆耳慣れぬ音が聞こえる／聽見奇怪的聲音；囚みみなる（下二）。[4]

みみばや・い【耳早い】（形）耳聽敏銳的，囚みみばやし（形ク）。[4]

みみもと【耳元・耳許】（名）耳邊，耳旁；☆耳元で囁（ささや）く／在耳邊小聲說。[4]

みみより【耳寄り】（名・形動ダ）引人愛聽，值得一聽；☆それは耳寄りな（の）話だ／那是引人愛聽的話。[0]

みみわ【耳輪・耳環】（名）耳環。[0]

みむ・く【見向く】（他五）轉過頭來看，回顧（＝ふりむく）；☆彼女は私の方に見向きもしなかった／她根本沒有理睬我。[0][2]

みめ【見目】（名）①（看到的）樣子；感觸；②容貌（＝かおだち）；☆見目うるわしい少女／容貌美麗的少女；③面子，名譽；◇見目より心／容貌好不如心地好。[0]

みめい【未明】（名）黎明；☆三日未明に出航する／三日清早開船。[0][1]

みめかたち【見目形】（名）容貌和風姿；☆見目形の美しい人／容貌美麗的人[0][3]

みめよ・い【見目好い】（形）容貌美麗的，漂亮的。[3]

ミモザ【mimosa】（名）〔植〕含羞草[1]

みもだえ【身悶え】（名・自サ）（因痛苦而）扭動身體；折騰；☆苦しみのあまり身悶え（を）する／由於過分痛苦而渾身亂動。[3][2]

みもち【身持ち】（名）①品行，操行；☆身持ちが悪い／品行不端；②懷孕，妊娠；☆身持ちになる／懷孕。[0]

*みもと【身元・身許】（名）（個人的）身分；出身，來歷，身家，歷史（＝おいたち、すじょう）；☆身元不明の死体／無名屍；☆身元を隠す／隱瞞身分；☆身元を調べる／調查家庭背景；☆身元の確かな人／來歷可靠的人；☆身元を引き受ける／擔保身分；～きん【身許金】（名）身分保證金～ひきうけにん【身元引き受け人】（名）身分保證人。[3][0]

みもの【見物】（名）值得看（的東西）；☆この芝居は見物だ／這齣戲值得看。[3]

みもん【未聞】（名）〔文〕未聽見過，未聞；☆前代未聞の出来事／從來未聽見過的事件；空前的事件。[0]

みや【宮】（名）①皇族的尊稱；〔文〕親王家的稱號；②〔おー〕神社。[0]

*みゃ・く【脈】（名）①〔解〕脈，血管；②脈搏；☆脈を看る（取る）／診脈；③斷續地動；☆音が脈を打って聞こえる／聲音聽來斷斷續續的；④（山脈、礦脈的）脈；⑤〔俗〕希望（＝のぞみ）；☆まだ脈がある／還有一線希望；◇脈があがる／①脈絕，死；②絕望。[2][0]

みゃくどう【脈動】（名・自サ）①〔地〕〔電〕脈動；☆大地の脈動／大地的脈動；②脈搏；③（新的事物在暗中）醞釀，萌動。[0]

みゃくはく【脈搏】（名）〔生〕脈搏；☆脈搏が早い／脈搏快；☆脈搏を数える／數脈搏。[0]

みゃくみゃく【脈脈】（形動タルト）連續不斷；☆民族のいぶきが脈々と続いている／民族氣息脈脈相傳。[0]

みゃくらく【脈絡】（名）①脈絡；②關連，聯貫；☆前後の脈絡を保つ／保持前後的聯貫；☆両者の間には何の脈絡もない／二者之間沒有什麼關聯。[0]

みやけ【宮家】（名）①皇家；②稱「宮」的皇族。[0][2]

*みやげ【土産】（名）①土產；☆旅先から買って来た土産／旅行中帶回來的土產；②禮品；☆お土産をいただく／收到禮品；～ばなし【土産話】（名）旅行印象談，旅行的見聞。[0]

みやこ【都】（名）①皇宮所在地；京都；☆都へ上がる／進京；②繁華的都市；☆花の都／繁華的都市；～おち【都落】（名）（由都市）逃往鄉間，下鄉。[0]

みやさま【宮様】（名）皇族的敬稱。[0]

みやす・い【見易い】（形）易懂的，淺近的（＝わかりやすい、やさしい）；☆大きく書いた方が見易い／寫大一點容易看[3]

みやづかえ【宮仕え】（名）〔文〕①入宮侍候，供職宮中；②當官，供職。[3]

みやびやか【雅やか】（名・形動ダ）風雅，風流；☆装飾が雅やかだ／裝飾風雅[3]

みやぶ・る【見破る】（他五）識破，看透（＝みぬく）；☆変装を見破る／識破化裝[0]

みやま【深山】（名）①〔（深）是接頭語〕山；②深山；～ざくら【深山桜】（名）①深山裏的櫻花；②〔植〕深山櫻。[0]

みやまいり【宮参り】（名・自サ）①小孩

生後初次參拜本地方保護神；②小孩七、五、三歲時參拜本地方保護神。③

みや・る【見遣る】（他五）遠眺，遠望；☆はるかかなたを見やる／眺望遠方。①

ミュージカル【musical】（形動ダ）音樂的；歌舞劇。①

ミュージック【music】（名）音樂；樂曲；〜ドラマ【music drama】（名）〔劇〕樂劇。①

ミューズ【Muse】（名）〔希臘神話〕文藝、美術、音樂的女神。①

みゆき【深雪】（名）〔文〕雪。◎

ミュンヘン【Munich】〔地〕慕尼黑。①

みよ【御代・御世】（名）（日皇統治日本的）治世；治世的年數。◎①

みよ・い【見好い】（形）①好看的；☆見好い恰好／好看的樣子；②容易看的（＝みやすい）；図みよし（形ク）

みょう【明】（連體）明天的（＝あすの）；☆明十日（とうか）／明天（的）十日◎①

***みょう**【妙】（名・形動ダ）①奇怪，奇異；☆妙な癖／奇怪的毛病；☆妙に感ずる／感到奇怪；②格外，分外，異常；☆近頃は妙に調子が悪い／近來格外不順利；☆母のことが妙に気にかかる／異常掛念母親；③奥妙，玄妙／造化之妙；④巧妙／機械の操作に妙を得ている／能够巧妙地操縱機器；☆ペン画に妙を得ている／善於畫鋼筆畫。①

みよう【見様】（名）看法（＝みかた）；☆物は見様で全く異なる／事物因看法不同而完全不同；◇見様見真似（みまね）／看看學久而自通。

みょうあさ【明朝】（名）明天早晨，明朝；☆明朝出発の予定／預定明天早晨動身①

みょうあん【妙案】（名）絕妙的主意，好主意；☆妙案を思いつく／想出個好主意◎

みょうおう【明王】（名）〔佛〕明王；不動明王。③

みょうが【冥加】（名・形動ダ）①（神佛的）暗中保佑；☆これはひとえに神仏の冥加だ／這完全是神佛保佑；☆冥加を言っては冥加が尽きる／若再貪而無厭神佛也不保佑了；②非常僥倖；☆これは冥加の至り／遺真萬分僥倖；◇冥加に余る／非常幸運。①

みょうぎ【妙技】（名）妙技；☆妙技を見せる／顯示妙技。①

***みょうごにち**【明後日】（名）後天。③

みょうじ【名字・苗字】（名）①姓；☆名字は山田、名は太郎／姓山田名太郎；②〔佛〕＝みょうごう（名号）。①

みょうしゅ【妙手】（名）①〔文〕技術巧妙（的人）；☆バイオリンの妙手／小提琴大家；②〔圍棋〕絕妙的着數。①

みょうしゅ【妙趣】（名）〔文〕美妙有趣；☆妙趣のある庭園／別緻有趣的庭園①

みょうしゅん【明春】（名）〔文〕來年春天，來春；☆卒業は明春の見込／預計明年春天畢業。◎

みょうじょう【明星】（名）①金星；②（某界的）名家；☆歌の明星／詩歌的名家；☆文壇の明星／文壇的泰斗。◎③

みょうじん【明神】（名）神的尊稱。◎

みょうだい【名代】（名）代理（的人）；☆校長の名代を勤める／代理校長，代表校長。◎

みょうちき（りん）【妙ちき（りん）】（副・形動ダ）〔俗〕奇怪；☆妙ちき（りん）な夢を見た／做了個怪夢。◎

みょうちょう【明朝】（名）〔文〕明天早晨。◎

みょうと【夫婦】（名）〔俗〕→めおと◎①

みょうにち【明日】（名・副）明天，明日（＝あす）；☆明日またおいでください／請明天再來。

みょうねん【明年】（名・副）明年，來年（＝よくねん、らいねん）；☆明年学校に上がる／明年上學。◎

みょうばん【明晩】（名・副）明天晚上；☆明晩お伺いします／明天晚上我拜訪你去。◎

みょうばん【明礬】（名）〔化〕明礬。◎

みょうほう【妙法】（名）〔佛〕①妙法；②妙法蓮華經；〜れんげきょう【妙法蓮華経】（名）（南無）妙法蓮華經。◎

みょうみ【妙味】（名）妙處，妙趣（＝うまみ）；☆歌舞伎（かぶき）の妙味を味わう／欣賞（體會）「歌舞伎」的妙趣①③

みょうやく【妙薬】（名）靈藥，特效藥；☆頭痛の妙薬／頭痛的靈藥。①

みょうり【名利】（名）名利；☆名利に迷う／迷於名利。①

みょうり【冥利】（名）①（神佛）暗中保佑；②（無形中的）好處，利益；☆商売冥利／經商的好處；③〔佛〕善報；◇冥利に尽きる／非常幸運。①

みょうれい【妙齢】（名）〔文〕妙齢，豆

蔲年華（＝としごろ）；☆妙齢の女子／
妙齢女人。⓪

みより【身寄り】（名）親屬，家屬；☆身
寄りのないあわれな老人／無依無靠的可
憐的老人。⓪

*＊**みらい**【未來】（名）①未來，將來；☆未
來のある青年／有前途的青年；☆未来の
妻／未婚妻；②來生，來世；☆未来を信
ずる宗教／相信來世的宗教；**～えいごう**
【未来永劫】（名・副）〔文〕永遠，永久
；**～は**【未来派】（名）〔藝術〕未來派⓵

ミラクル【miracle】（名）奇蹟。⓵

ミリ【milli】（名）①千分之一；②←ミ
リメートル。⓵

ミリグラム【milligramme】（名）毫克
，公絲，瓱。⓷

ミリタリズム【militarism】（名）軍國主
義。⓸

ミリバール【millibar】（名）〔氣象〕毫
巴，氣壓單位。⓷

ミリメートル【millimetre ＝粍】（名）
毫米，公釐，粍。⓷

みりょう【未了】（名）未了，未完；☆法
案が審議未了と（に）なる／法案未審查
完。⓪

みりょう【魅了】（名・他サ）〔文〕奪人
魂魄，使心曠神怡；☆バイオリンの妙技
を振るって聽衆を魅了した／大顯小提琴
的妙技，使聽衆聽得出神。⓪

*＊**みりょく**【魅力】（名）魅力；☆魅力に富
んだ人／魅力大的人，☆彼女に魅力を感
ずる／對她感到魅力。⓪⓵

みりん【味醂】（名）（用燒酒、糯米等製
的）料酒。⓪

*＊**み・る**【見る】（他上一）Ⅰ①看，觀看
；☆望遠鏡で見る／用望遠鏡看；☆ちらり
と見る／略看一眼；☆映画を見る／看電
影；②參觀；☆博物館を見る／參觀博物
館；③査看，觀察；☆辞書を見る／查字
典；☆外国人の目から見た中国／外國人
眼裏的中國；☆私の見る所では／據我觀
察；④照料，輔導；☆子供の面倒を見る
／照料小孩；☆できない学生の数学を見
る／對成績差的學生輔導數學；⑤閲，讀
（＝よむ）；☆新聞を見る／讀報，看報
；⑥判斷；☆人相（にんそう）を見る
／看相；⑦處理（＝おこなう，とりあつ
かう）；☆政務を見る／處理政務；☆
事務を見る／處理事務；⑧試驗（＝ため

す，こころみる）；☆具合を見る／試試
怎樣；☆刀の切味（きれあじ）を見る／
試試刀快不快；⑨估計，評價；☆総数を
百万と見てよい／總數可以估計爲一百萬
；☆人を見る眼が高い／鑑定人的眼力高
；⑩看作，以爲；☆君は僕を幾つと見
るかね／你以爲我多大歲數？Ⅱ（補動上
一）（接在動詞連用形加「て」的下面）
；①試試看；☆ちょっとやってみる／略
做一下試試看；②一看；☆目がさめてみ
るといい天気だった／醒來一看是晴朗天
氣；◊見る影もない／（變得）不成樣子
，☆見る影もなく痩せる／痩得不堪；見
るからに／一看就…；☆見るからに学者
らしい／一看就像個學者；見るに忍びな
い（堪えがたい）／目不忍覩；見るのも嫌
／連看都不想看，非常討厭；見る間（ま）
に／眼看着（＝たちまちに）；☆火事は
見る間に広がった／眼看火蔓延開了；
見る見る（うちに）／眼看着（＝みるま
に）；見るも／一看就…；☆見るも憐れ
だ／一看就覺得可憐；今に見ろ／走着瞧
！（表示要報復）／それ見たことか／
（對方不聽勸告而搞糟時）你瞧瞧，糟了吧
；見たところ／從表面來看；☆見たとこ
ろ怪我はないようだ／（表面）看來沒有
受傷；見た目／（反映在別人眼睛中的）
情況，樣子；☆見た目は悪くない／（別
人）看來還不壞；見て来たような／宛如
親眼看到的，宛如眞的一般；☆見て
来たような嘘（うそ）／宛如眞的一般的
謊話；見て取る／（經觀察後）認定，判
斷。⓵

みるから（に）【見るから（に）】（副）
一看（就）（＝みるだけで）；☆見るか
らに学者らしい／一看就像個學者。⓵

*＊**ミルク**【milk】（名）①乳，奶；②牛奶
；③←コンデンスミルク；**～キャラメル**
【milk caramel】（名）牛奶糖；**～セ
ーキ**【milk shake】（名）以鷄卵攪拌
牛乳而製的一種冷飲。⓵

みるみる【見る見る】（副）眼看着（＝み
ているうちに）；☆船は見る見る沈んだ
／船眼看着沉了。⓵

みれん【未練】（名・形動ダ）①還未熟練
；②依戀，戀戀不捨；☆別れた妻に未練
がある／對離了婚的妻子依戀不捨；**～が
まし・い**【未練がましい】（形）戀戀不
捨的；☆未練がましいふるまいをするな

／不要依戀不捨；不要那麼不乾脆；囡み
れんがまし（形シク）。①

みろく【弥勒】（名）〔佛〕彌勒佛 ⓪ ①

みわく【魅惑】（名・サ他）〔文〕魅惑，
迷惑；☆男を魅惑する／迷惑男子；☆魅
惑的な顔／迷人的面孔。⓪

みわけ【見分け】（名）分辨，辨別，區分
；☆暗くて顔の見分けもできない／黑得
辨不出來面孔；☆敵味方の見分けをはっ
きりする／分清敵我。⓪

みわ・ける【見分ける】（他下一）區分，
辨別；☆暗くて人の顔も見分けられない
／黑得辨不出來人的面孔；☆敵味方を見
分ける／分清敵我（下二）。⓪

みわす・れる【見忘れる】（他下一）（以
前見過但）想不起來，忘掉；☆肉親の顔
さえ見忘れる／連親骨肉的面孔都忘掉了
；囡みわする（下二）。⓪

***みわた・す**【見渡す】（他五）瞭望，遠望；
舉目四下看；☆見渡す限り野原だ／一望
無際的原野，眼前一片原野；☆集まった
人の顔を見渡す／把到場的人環視一下 ⓪

みんい【民意】（名）〔文〕民意，人民的
意志；☆民意を尊重する／尊重民意。①

みんえい【民営】（名）民營，民間經營 ⓪

みんか【民家】（名）民家，老百姓家；☆
兵隊が民家に分宿する／兵分住在老百姓
家裏。①

***みんかん**【民間】（名）①民間；☆民間の
伝説／民間的傳說；②民營；在野；☆民
間会社／民營公司；～でんしょう【民間
伝承】（名）（古代傳來的）民間傳說（
習俗等）；～ほうそう【民間放送(局)】
（名）民營電視，電臺。⓪

ミンク【mink】（名）〔動〕水貂。①

みんげい【民芸】（名）民間藝術；民間工
藝品。⓪

みんじ【民事】（名）〔法〕民事；～さい
ばん【民事裁判】（名）民事裁判；～じ
けん【民事事件】（名）民事案件；～そ
しょう【民事訴訟】（名）民事訴訟。①

***みんしゅ**【民主】（名）〔文〕民主；②←
民主主義；～こく【民主国】（名）民主

國；～しゅぎ【民主主義】（名）民主主
義（＝デモクラシー）；～せいじ【民主
政治】（名）民主政治；～てき【民主的】
（形動ダ）民主主義的；☆会を民主的に
運営する／用民主方式主持會議。① ⓪

みんじゅ【民需】（名）〔文〕民間的需用
；～ひん【民需品】（名）民間需用品①

みんしゅう【民衆】（名）民衆，大衆；☆
民衆の声を聴く／聽取羣衆的意見；～か
【民衆化】（名）大衆化；～げいじゅつ
【民衆芸術】（名）大衆藝術；～てき【
民衆的】（形動ダ）大衆化的。⓪

みんじょう【民情】（名）民情，人民的情
況；☆民情を視察する／觀察民情。⓪

みんしん【民心】（名）民心；☆民心の安
定をはかる／謀求安定民心。⓪

みんせい【民生】（名）民生，人民的生活
；☆民生を安定する／安定民生；～いい
ん【民生委員】（名）受政府（厚生大臣）
的委囑而做貧困者的指導救濟工作的委員
；～しゅぎ【民生主義】(名)民生主義⓪

みんせい【民政】（名）民政；～とう【民
政党】（名）民政黨。⓪

みんせん【民選】（名・他サ）民選；～ぎ
いん【民選議員】（名）民選議員。⓪

みんぞく【民俗】（名）〔文〕民俗，民間
風俗；～がく【民俗学】（名）民俗學①

***みんぞく**【民族】（名）民族；～いしき【
民族意識】（名）民族意識；～がく【民
族学】（名）民族學；～じけつ【民族自
決】（名）民族自決；～せい【民族性】
（名）民族性；～せいしん【民族精神】
（名）民族精神。①

みんぽう【民法】（名）〔法〕民法。①

みんぽんしゅぎ【民本主義】（名）民主主
義，民本主義。⑤

みんみん I（副）←みんみんぜみ；II（
副）蜩蟟的鳴聲；～ぜみ【みんみん蟬・
蜩蟟】（名）〔動〕蜩蟟。③

みんゆう【民有】（名）人民所有。⓪

みんよう【民謡】（名）民謠；☆民謠を歌
う／唱民謠。⓪

みんわ【民話】（名）〔文〕民間傳說。⓪

み

む五十音圖「ま行」第三音，發音為 mu ②〔字源〕平假名是「武」的草體；片假名是「牟」的上部。

む【無】（名）無，烏有；☆無から有（う）を生ずる／無中生有；◊**無にする**／辜負，使落空；☆人の親切を無にする／辜負別人的好意；**無になる**／白費，無用；☆長年の努力が無になる／多年的努力歸於徒勞。①

む（感）①（表示欣佩或答應時 發出的聲音）嗯（＝うん，うむ）；②用力時閉口發出的聲音。

むい【無位】（名）無官衙，沒有地位；☆無位無官の人／無官無職的人。①

むいそん【無医村】（名）無醫師的鄉村①

むい【無為】（名）〔文〕①無爲；②無所事事，遊手好閒；☆無為の生活／遊手好閒的生活；☆貴重な時間を無為に過ごす／把寶貴的時間浪費過去。①

むいか【六日】（名）①六日；☆来月の六日／下月六日；②六天；☆完成まで六日かかる／需要六天完成；**～のあやめ**【六日の菖蒲】（連語・名）明日黃花；☆六日の菖蒲、十日の菊／明日黃花。⓪

むいぎ【無意義】（名・形動ダ）無意義的；☆無意義な論争はやめた方がよい／沒有意義的爭辯最好停下。②

*__むいしき__【無意識】（名・形動ダ）①無意識，不知不覺；☆無意識に飛び降りる／無意識地跳下去；②失去知覺；☆無意識状態に陥る／陷入無意識狀態，昏過去；**～てき**【無意識的】（形動ダ）無意識的；☆無意識的な動作／無意識的動作。②

むいちもつ【無一物】（名）什麼也沒有，一空，烏有；☆焼けて無一物になる／（火災）燒得精光。③

むいちもん【無一文】（名）一文不名；☆無一文になる／落得一文不名。③

むいみ【無意味】（名・形動ダ）〔文〕無意義，沒有意思；☆無意味な仕事／沒有意義的工作。②

むいん【無韻】（名）〔文〕無韻，不押韻；☆無韻の詩／不押韻的詩，無韻詩。⓪

*__ムード__【mood】（名）心情，心緒，情緒（＝きぶん）；②樣式，方式；⑤〔語法〕法。①

むえき【無益】（名・形動ダ）無益，沒用（＝むだ）；☆無益な競争／無益的競爭。①

むえん【無縁】（名）〔文〕①沒有關係；☆私には無縁の人／和我沒有關係的人；②〔佛〕無緣；**～ぼち**【無縁墓地】（名）無人祭祀的坟地，萬人塚。①

むえん【無煙】（名）〔文〕無烟；**～かやく**【無煙火薬】（名）〔軍〕無煙炸藥；**～たん**【無煙炭】（名）無煙煤。⓪

むえん【無援】（名）無人援助；☆孤立無援の状態／孤立無援的狀態。⓪

むえんおしろい【無鉛白粉】（名）不含鉛的白粉。④

むか【無価】（名）〔文〕無價，最貴；☆無価の宝／無價之寶。①

むが【無我】（名）①無我，無私心；☆無我の境地に達する／達到無我的境地；②〔文〕無意識；**～むちゅう**【無我夢中】（連語・名）熱衷而忘掉一切，拼命；☆無我夢中で走る／拼命地跑。①

むかい【向い】（名）對面，對過（＝むこう）；☆銀行は駅の向いにある／銀行在車站對過兒；**～あい**【向い合い】（名）正對面；☆郵便局と中華書店は向い合いになっている／郵局和中華書店正是對門；**～あ・う**【向かい向う】（自五）相對，面對面；正對面；☆向かい合って話をする／面對面談話；**～あわせ**【向かい合わせ】（名）面對面；☆向かい合わせに坐る／面對面坐下；**～かぜ**【向い風】（名）迎面風；**～がわ**【向い側】對過（＝むこうがわ）；**～どなり**【向い隣】（名）對面的鄰居，近鄰。⓪

むかい【迎い】（名）〔（むかえ）之訛〕迎；迎接；☆迎いに行く／去迎接。⓪

*__むがい__【無害】（名・形動ダ）無害；☆少量の酒は無害だ／少量的酒是無害的；☆人畜に無害の薬品／對人畜無害的藥品①

*__むか・う__【向かう】（自五）①向，對，衝；☆海に向かって建てた家／面向海蓋的房子；☆向かって右に曲る／向前往右拐；

②往，去(＝おもむく)；☆大阪（おおさか）に向かう／往大阪去；☆船は南方に向かって走った／船往南方開去了；③趣向，轉向；☆病気が快方に向かう／病漸痊癒；☆人心の向かう所／人心之所向；④接近，靠近（＝ちかづく）；☆冬に向かう／接近多季，入多；⑤反抗，對抗；☆目上（めうえ）に向かって何事だ／跟長輩頂撞豈有此理；☆敵に向かう／抗敵。⓪

むかえ【迎え】（名）①迎接（的人）；☆駅は迎え（の人たち）でいっぱい／車站擠滿了迎接的人；～う・つ【迎え撃つ】（他五）迎擊（來攻的敵人）；～ざけ【迎え酒】（名）爲解宿醉而飲的酒；☆二日酔いには迎え酒／酒能解宿醉；～び【迎え火】（名）〔迷信〕中元節爲迎接亡魂在門前點的火；☆迎え火を焚（た）く／點迎魂火。⓪

*むか・える【迎える】（他下一）①迎接；☆客を笑顔で迎える／笑容滿面地迎客；②請，接；☆医者を迎える／請大夫；③娶（＝めとる）；☆息子に嫁を迎える／給兒子娶妻；④迎合；☆他人の意を迎える／迎合別人的心意；⑤迎擊；☆敵を迎える／迎敵；⑥迎接（時期）到來；☆正月を迎える／迎接新年到來；⓪むかふ（下二）。⓪

むがく【無学】（名・形動ダ）沒有學識；☆無学の（な）男／沒學識的人；～もんもう【無学文盲】（形動ダ）不識字；文盲；☆無学文盲の人／目不識丁的人，文盲。①

*むかし【昔】（名）①昔，往昔，從前；☆昔ここに城があった／從前這兒有座城；☆昔馴染（なじ）みの友人／老朋友；②十來年（的時間）；☆二昔も前の出来事／二十來年前的事情；◊昔取（と）った杵柄／從前學過的技術（本領）；～かたぎ【昔気質】（名・形動ダ）古板，老派，腦筋舊；☆おやじは昔気質でなかなか頑固だ／老爺子腦筋舊很頑固；～がたり【昔語り】（名）老話，舊話；☆それも今では昔語りとなった／那現在也成了老話了；～ながら【昔ながら】（副）一如往昔；☆昔ながらの風俗／一如往昔的風俗；～なじみ【昔馴染】（名）舊識，老朋友；☆彼は私の昔馴染だ／他是我的老朋友；～ばなし【昔話】（名）①舊話，陳話；☆日本にいた

時の事も今ではもう昔話となった／留在日本時期的事現在已成昔話了；②傳說，故事；☆昔話に出て来るようなお爺（じい）さん／好像故事裏出現的老頭兒；～ふう【昔風】（名・形動ダ）舊式，老樣；☆その家は昔風の建て方だ／那所房子的結構是舊式的；～むかし【昔昔】（名）遠古，早先年（＝おおむかし）；☆昔昔ある所に一人のお婆（ばあ）さんがありました／早先年某處有個老太婆（故事的開場白）；～ものがたり【昔物語】（名）傳說，故事（＝むかしばなし）。⓪

むかつ・く（自五）①要吐，噁心，反胃（＝むかむかする）；☆胸がむかつく／噁心；②生氣（＝しゃくにさわる）；☆彼の顔を見るとむかつく／一看見他就有氣。⓪

むかっぱら【向かっ腹】（名）〔（むかばら）的促音化〕無緣無故地生氣；◊むかっ腹を立てる／無緣無故地生氣。⓪

むかで【百足・蝛蚣】（名）〔動〕蝛蚣。⓪

むかばら【向腹】（名）→むかっぱら。⓪

むかむか（副・自サ）①悪心，要吐，作嘔；☆酔ってむかむか（と）する／醉得要吐；②怒上心頭，生氣；☆彼の話を聞いてむかむかした／聽了他的話怒火大發①

むかん【無官】（名）〔文〕無官，沒有官職。①

むかん【無冠】（名）①沒有地位；②不戴冠。⓪

むかんかく【無感覚】（名・形動ダ）〔文〕①無感覺，感覺麻痺☆モルヒネ注射で無感覚になる／因注射嗎啡失去知覺；②感覺遲鈍；☆何て無感覚な奴（やっ）だ／好遲鈍的傢伙。②

むかんけい【無関係】（名・形動ダ）〔文〕沒有關係；☆これとは無関係な話／和這個沒有關係的話；☆彼はその事業には無関係だ／他同那項事業沒有關係。②

*むかんしん【無関心】（名・形動ダ）〔文〕不關心；不感覺興趣；☆文学に無関心の人／對文學漠不關心的人。②

*むき【向き】（名）①方向；☆この建物は向きが悪い／這所房子方向不好；☆向きをかえる／改變方向；②適合，對路；☆日本人向きの食物／合乎日本人口習的食品；☆学生向きの雑誌／以學生爲對象的雑誌；③認眞，鄭重其事（＝ほんき）；☆冗談（じょうだん）をむきになって怒

る／對一句戲言就認眞地生氣；④人們（
＝おかた、ひと）；☆御希望の向きはお
申し込みください／希望者請登記；☆贊
成の向きも多い／贊成者也很多。①

むき【無期】（名）沒有期限；☆講習会は
無期延期となる／講習班無限延期了；～
ちょうえき【無期懲役】（名）無期徒
刑。①

むき【無機】（名）〔化〕無機；～**かがく
【無機化学】**（名）〔化〕無機化學；～
ひりょう【無機肥料】（名）〔農〕無機
肥料；～**ぶつ【無機物】**（名）〔化〕無
機物。①

***むぎ【麦】**（名）〔植〕麥；☆麦を蒔（
ま）く／播麥種；☆麦を刈（か）る／割
麥。①

むきあう【向き合う】（自五）相對，相向
，面對面；☆力士（りきし）が土俵上で
向き合う／兩個力力士上場準備交手。③

むきげん【無期限】（名）無期限；～**無期**
限に延期する／無限延期；☆それは無期
限に有効です／那是無限期的有效。②

むぎこがし【麦焦し】（名）炒大麥粉。③

むぎさく【麦作】（名）種麥；麥的收成②

むきず【無傷・無疵】（名・形動ダ）①無瑕
疵，無傷痕，沒受損傷；☆無疵の茶碗／
完整的茶碗；☆鶏卵は無疵で到着した／
鶏蛋運到沒受損傷；②純潔，清白；☆
汚職（おしょく）事件で無疵の者は少な
い／貪污案裏未被判罪的很少；③（比賽
中）沒有失敗，☆大大はまだ無疵だ／臺
大還沒有輸過。①

むきだし【剥き出し】（名・形動ダ）①露
出；赤裸；☆足を剥き出しにする／露出
脚來；②光脚，露骨；☆無疵で到着した／
しの批評／露骨的批評；☆彼は剥き出し
に物を言う人だ／他是個說話直爽的人 ①

むきだ・す【剥き出す】（他五）露出；赤
裸；不加掩飾；☆歯を剥き出して笑う／
露出牙來笑；☆眼を剥き出す／瞪眼。③

むぎちゃ【麦茶】（名）用炒大麥沏的水（
夏天代茶用）。②

むきどう【無軌道】（名・形動ダ）①無軌
；☆無軌道電車に乗る／坐無軌電車；②
〔俗〕（行為等）脫離常軌，放蕩無羈；
☆無軌道ぶりを発揮する／放蕩無羈。②

むきなお・る【向き直る】（自五）轉過身
來；☆急に向き直って話を始める／突然
轉過身子說起話來。④

むぎふみ【麦踏み】（名）〔農〕早春用脚
踏麥苗（防止徒長，鞏固扎根）。②

むきみ【剥身】（名）（剝出的）蛤蜊肉等
；☆牡蠣（かき）の剥身を買う／買剝出
來的牡蠣。①

むきむき【向き向き】（名・副）各有所好
，各自不同；☆みんなそれぞれに向き向
きがあるから勝手に選んで下さい／東
西是各有所好，請隨意選吧。②

むきめい【無記名】（名）不記名；☆無記
名で結構です／不記名就可以；～**しき【
無記名式】**（名）不記名式；～**とうひょ
う【無記名投票】**（名）不記名投票。②

むぎめし【麦飯】（名）麥飯，大米摻大麥
做的飯。①

むきゅう【無休】（名）不休息，不停業；
☆年中無休／終年不休息。①

むきゅう【無給】（名）沒有工資；☆無給
で奉仕する／没有工資白盡義務；☆その
役は無給だ／那個職務沒有報酬。①

むきゅう【無窮】（名・形動ダ）無窮，無
窮盡，永遠；☆無窮に伝わる／永傳萬
世。①

むきりつ【無規律】（名）沒有紀律。②

むきりょく【無気力】（名）沒有氣魄，沒
有精神；☆病気以来すっかり無気力にな
る／生病以後簡直没有精神了。②

むぎわら【麦藁】（名）麥稈；～**ざいく【
麦藁細工】**（名）麥稈做的工藝品；～**ぼ
う【麦藁帽】**（名）麥稭草帽。③①

むく【椋】（名）①〔植〕（＝むくのき）
；②〔動〕白頭翁（＝むくどり）。①

***む・く【向く】**Ⅰ（自五）①向，朝，對（
＝むかう）；☆上（うえ）を向く／朝上（
後）；☆磁石（じしゃく）の針が北に向く
／磁針向北；☆南に向いた家／朝南的房
子；☆窓は庭に向いている／窗戶對着院
子；②傾向，趨向；☆日が西に向く／太
陽偏西；☆病気がよい方に向く／病勢好
轉；③適合，對路（＝にあう，ふさわし
い）；☆この本は初学者には向かない／
這本書對初學者不合適；☆この品は万人
（ばんじん）に向く／這種東西誰都能用
；◊気が向く／願意，高興；☆気が向い
たら行って見よう／如果高興就去看看；
Ⅱ（他下二）〔文〕→むける。①

***む・く【剥く】**Ⅰ（他五）剝削（＝はがす）
；☆りんごの皮を剥く／削蘋果皮；Ⅱ（
自下二）〔文〕→むける。①

むく【無垢】（名・形動ダ）①（衣服）全
是素色（多指白色）；☆白無垢／一身白
的衣服；②純粋；☆金無垢の仏像／純金
的佛像；③潔白，純潔；☆無垢の少女／
純潔的少女。①

*むくい【報い】（名）①報應；☆前世の報
い／前世的報應；☆不勉強の報いで落第
した／因為不用功而没考取；②報酬，酬
勞；報答。②②

むくいぬ【尨犬】（名）長毛獅子狗。⓪

*むく・いる【報いる】（他上一）①報，報
答，酬勞；☆先生の恩に報いる／報答老
師的恩情；☆彼の努力は報いられた／他
的努力有了收穫；②報復；☆仇（あだ）
を報いるに徳を以てする／以德報怨；図
むくゆ（上二）。⓪③

むく・う【報う】（自五）得報，報應；☆
彼の努力は報われなかった／他的努力没
有得到收穫。⓪

むくげ【尨毛】（名）長毛；☆尨毛の犬／
長毛狗。⓪

むくげ【木槿】（名）〔植〕木槿。⓪

むくち【無口】（名・形動ダ）寡言，不愛
說話；☆彼は無口で，人とあまり付き合
わない／他不愛說話不大和人來往。①

むくどり【椋鳥】（名）〔動〕白頭翁。②

むくみ【浮腫】（名）浮腫；☆足に浮腫が
来る／脚浮腫起来。⓪

むく・む【浮腫む】（自五）浮腫，虚腫☆
顔が少しむくんでいる／臉有些浮腫。⓪②

むくむく（副・自サ）①密密層層；☆髭（
ひげ）がむくむく生えている／鬍子長的
密密層層的；☆夏の空に入道雲（にゅう
どうぐも）がむくむくと出る／夏季天空
上湧出層層的烏雲；②胖嘟嘟；☆この赤
ん坊はむくむく（と）太っている／這個
嬰兒長得胖嘟嘟的；③起立貌；☆寝てい
ると思ったら急にむくむくと起き上がっ
た／以為他睡了，忽然一動就坐起来了①

むぐむぐ（副）→もぐもぐ。①

むぐら【葎】（名）〔植〕猪殃殃。⓪

むくり（副）（急起貌）鶯地；☆むくりと
起き上がる／鶯地起来。②③

むく・れる（自下一）（俗）生氣，發火；
☆思うようにならないと，すぐむくれる
男／一不如意就發火的人。⓪

むくろじ【無患子・木槵子】（名）〔植〕
無患子。③⓪

むげ【無下】（無動ダ）〔文〕①最糟，最

壊；②最下賤，最低級；～に【無下に】
（副）冷淡，不講情面（＝すげなく）；
☆無下にする／置之不理；☆せっかくの
頼みを無下に断るのも考えものだ／人家
特意来懇求竟冷言冷語地拒絕也不太合適
吧。⓪

むけい【無形】（名・形動ダ）無形；☆（
有形）無形の援助をする／給與（有形）
無形的援助；～ざいさん【無形財産】（
名）無形財産（指著作權，特許權等）；
↔ゆうけいざいさん（有形財産）。⓪

むげい【無芸】（名・形動ダ）無一技之長
；☆至って無芸の男／連一技之長也没有
的人；◊無芸大食／没本事光能吃的人；
飯桶。①

むけつ【無欠】（名）〔文〕無缺點；☆完
全無欠の仕事／完整無缺的工作。⓪

むけつ【無血】（名）〔文〕不流血；～か
くめい【無血革命】（名）不流血的革
命。①

むけなお・す【向け直す】（他五）掉換方
向，轉換方向。④

*む・ける【向ける】（他下一）①朝，向，
對；☆その方に注意を向ける／向那邊注
意；☆顔を下に向ける／把臉朝下；☆ピ
ストルを向ける／瞄手槍；②送，派遣；
☆記者を現場にむける／派記者到現場去
；☆撥爲，挪做（＝あてる）；☆食
費の一部を娯楽費（ごらくひ）にむける
／把一部分飯費用在娯樂費上；図むく（
下二）。⓪

む・ける【剝ける】（他下一）剝落，脱落
（＝はがれる）；☆皮が剝ける／脱皮；
図むく（下二）。⓪

むげん【無限】（名・形動ダ）無限，無邊
；☆無限の宝庫／無限的寶庫；☆無限の
広さ／廣大無邊；～だい【無限大】（名
・形動ダ）無限大；☆無限大の数／無限
大的數；↔むげんしょう（無限小）。⓪

むげん【夢幻】（名）〔文〕夢幻；☆夢幻
の境をさまよう／徘徊於夢幻之境。⓪

むこ【婿・壻・聟】（名）婿，女婿；☆娘
に婿を貰う（取る）／給女兒招贅；☆婿
になる／作女婿；◊娘一人（ひとり）に
婿八人／一女八婿（喻）僧多粥少。①

むこ【無辜】（名・形動ダ）〔文〕無辜；
☆無辜の民を殺傷する／殺害無辜老百
姓。①

むご・い【惨い】（形）①悽慘的；☆事故

現場は見るのだに惨いありさまだ／肇事
現場惨不忍視の殘酷的；☆弱者に対し惨
い仕打ちをする／用殘酷手段對待弱者；
囚むごし（形ク）；〜さ（名）。②

むこいり【婿入（り）】（名・自サ）入贅
；☆むこいりする／入贅。④⓪

＊むこう【向う】（名）〔（向かひ）の音便〕
①前頭，對面（＝むかい）；☆向うに見
える山／前面那座山；☆向うの家／對面
的房子；②那邊兒（＝あちらのほう）；
☆子供たちは向うに行け／小孩兒們上那
邊兒去吧；☆向うに着いたら手紙を下さ
い／到了那裏來信吧；③對方（＝せんぽ
う）；☆向うにも言い分はあろう／對方
也一定會有對方的意見；☆向うの話も聞
いてみよう／對方的話也要聽一聽；④從
今以後，今後（＝こんご）；☆向う十日
間営業停止／自本日起停止營業十天；◇
…を向うに回す／以…爲對手；☆A氏を
向うに回して議論する／以A氏爲對手進
行辯論；☆向うを張る／對抗，較量，對
抗；☆彼の向うを張ろうとしても駄目だ
／你想和他對抗也無用；☆あのデパート
の向うを張ろうとしている／他們正想和
那家大百貨公司競爭；**〜がわ【向う側】**
（名）①對面；那邊兒（＝あちらがわ）
；☆あの家の向う側に池がある／那所房
子的那邊兒有水池；②對方；☆向う側の
言い分も聞こう／也要聽一聽對方的主張
；**〜ぎし【向う岸】**（名）對岸；**〜きず
【向う傷】**（名）身體前面或腦門上所受
的傷；☆向う傷ある男／腦門上有傷疤的
人；**〜さま【向こう様】**（名）對方；**〜
ざま【向こう様】**（副）眼前（＝てきめ
んに）；**〜さんげんりょうどなり【向こ
う三軒両隣】**（名・連語）對門三家左右
鄰，近鄰；**〜ずね【向う脛】**（名）脛骨
，迎面骨；☆向う脛を蹴る／踢迎面骨；
〜っつら【向うっ面】（名）〔俗〕①臉
的正面，前臉；☆向うっ面を柱にぶつけ
る／把臉碰到柱子上；②對方（的臉）；
〜はちまき【向う鉢巻】（名）把手巾圍
在頭上，在正面結一個扣；☆向う鉢巻の
威勢のよい若い衆／頭上扎一條毛巾幹起
活兒來顯着帶勁的小伙子們；**〜みず【向
う見ず】**（名・形動ダ）顧前不顧後（的
人），魯莽（的人），挺而走險（的人）
；☆全くの向う見ずの（な）人だ／眞是
個天不怕地不怕的人；☆向う見ずに飛び

込む／冒冒失失地跳進去；☆向う見ずの
勇気／蠻勇。⓪

＊むこう【無効】（名・形動ダ）↔有効；無効
，失效；☆切符の期限が切れて無効にな
る／（車）票過期失效。⓪

むごたらし・い【惨たらしい】（形）①悽
惨的（＝むごい，かわいそうだ）；☆惨
たらしい死に方をする／死得慘；②殘酷
的，殘忍的；☆惨たらしい方法で処刑す
る／用殘酷的方法處刑；囚むごたらし（
形シク）；〜さ（名）。⑤

むことり【婿取（り）】（名）招（入贅）
女婿，招贅；☆一人娘の婿取りに大騒ぎ
する／爲給獨生女兒招贅大費周折②③

むこようし【婿養子】（名）養老女婿；☆
婿養子を迎える／招養老女婿。③

むこん【無根】（名・形動ダ）沒有根據；
☆事実無根の噂（うわさ）／沒有事實根
據的謠傳；☆その報道は事実無根であっ
た／那項報導沒有實際根據。⓪

むごん【無言】（名）不說話，沉默；
☆一日じゅう無言で過ぎ／整天沒說
話；**〜げき【無言劇】**（名）啞劇（＝パ
ントマイム）。⓪

むさい【無才】（名）無才；☆無学無才の
男／不學無術的人。⓪

むさい【無妻】（名）〔文〕無妻子，沒有
妻子；☆一生無妻で通（とお）す／終身
不娶。⓪

むざい【無罪】（名）無罪，無辜；☆無罪
の判決を受ける／被宣判無罪。①⓪

むさく【無策】（名）〔文〕沒有辦法（主
意）；☆無為無策の毎日を送る／終日束
手無策；☆無策の内閣／無能的內閣。⓪

むさくるし・い（形）骯髒的，簡陋的（＝
きたならしい）；☆むさくるしい風采を
している／衣履很不整潔；☆むさくるし
い家ですが，一度お遊びにいらっしゃい
／舍下很簡陋如不嫌棄請來玩一玩；囚む
さくるし（形シク）；〜さ（名）。⑤

むささび【鼯鼠】（名）〔動〕鼯鼠。②

むさべつ【無差別】（名・形動ダ）無差別
，平等；☆無差別の待遇／平等待遇；☆
〔角力〕無差別級の試合／無限量級的比
賽。⓪

むさぼ・る【貪る】（他五）貪，貪婪；☆
暴利を貪る／貪圖暴利；☆貪るように読
む／熱心閱讀。③

むざむざ（副）①輕易地，簡單地（＝ぞう

さなく、わけもなく）；☆むざむざと騙される／簡単地受騙；☆敵の計略にむざむざとかかる／輕易地中敵人的計謀；②毫不吝惜，毫不在乎（＝みすみす、おしげなく）；☆むざむざ捨（す）ててしまってはもったいない／毫不吝惜地扔掉太可惜。①

むさん【無産】（名）①沒有財產；②無職業；**～しゃ**【無産者】（名）沒有產業的人；↔ゆうさんしゃ（有産者）。①

むざん【無惨・無慚・無残】（形動ダ）①悽慘（＝いたわしい、ふびんだ）；☆見るも無残だ／慘不忍覩；②殘酷，☆無残にも人を殺す／殘酷地殺人。①

＊＊むし【虫】①蟲（類的總稱）；②昆蟲；☆虫が鳴く／蟲子叫；③蛆（類）；☆ごみ溜めに虫が湧（わ）く／垃圾堆裏生蛆；④蠹魚，衣魚（＝しみ）；☆虫の食った本／被蠹魚咬壞了的書；⑤蛔蟲；☆虫下しを飲む／吃打蟲藥；⑥（小兒）體質軟弱，神經質，經常鬧病；⑦怒氣；氣憤（＝かんしゃく）；☆腹の虫が納まらぬ／怒氣難消；◊**虫がいい**／只顧自己，自私；☆虫のいい男／光為自己打算的人；☆虫のよすぎる話／如意算盤打得太好；**虫が知らせる、虫の知らせ**／預感，事前感到；☆虫の知らせで今日君の来るような気がした／有一種預感覺得你今天要來；**虫が好かぬ（好かない）**／從心眼裏討厭；☆あの男は虫が好かない／（我）討厭他；**虫が付く**／①生蟲子；☆稲に虫がついた／稻子生蟲子了；②（姑娘）有情人；☆虫のつかないうちに娘を片づける／趁着沒搞戀愛就把女兒嫁出；**虫の居所（いどころ）が悪い**／心情不順，很不高興；☆虫の居所でも悪かったか、それを聞くと怒り出した／或許是心情不順，一聽那個話便生起氣來；**虫も殺さぬ**／非常仁慈，假裝仁慈；☆虫も殺さぬ顔をしている／面帶慈容，裝出一付仁慈面孔；**虫を殺す**／抑制感情，忍住氣憤；☆虫を殺して辛抱する／抑制感情而忍受；**虫の息（いき）**／奄奄一息。①

むし【無私】（名・形動ダ）〔文〕無私心，公正；☆公平無私の人／公正無私的人。①

むし【無視】（名・他サ）無視，忽視；☆個人の利益を無視して全体に奉仕する／犧牲個人利益為全體服務；☆規則を無視

する／忽視規則。①

むじ【無地】（名・形動ダ）沒有花紋；☆赤い無地のスカート／不帶花紋的紅裙子①

むしあつ・い【蒸し暑い】（形）悶熱的；☆今日はたいへん蒸し暑い／今天悶熱得慌；☆日本の夏は蒸し暑い／日本的夏天悶熱；図むしあつし（形ク）。④

むしおくり【虫送り】（名）〔農〕（點炬火鳴鐘而）驅逐害蟲的儀式。③

むしかえし【蒸し返し】（名）〔（むしかえす）的名詞形〕①重蒸；☆蒸返しの御飯／餾的飯；②舊事重提，反覆；☆議論の蒸し返し／反來覆去的議論。⓪

むしかえ・す【蒸し返す】（他五）①重蒸一次；☆腐らないように御飯を蒸し返す／防止飯餿再蒸一次；②舊事重提，反覆；☆君の話は先ほどの議論を蒸し返すだけだ／你的話只是把方才的論點重覆了一遍。⓪

むしかく【無資格】（名・形動ダ）沒有資格；☆無資格の者／沒有資格的人②③

むじかく【無自覚】（形動ダ）無自覺；☆無自覚な態度／不自覺的態度。②

むしかご【虫籠】（名）（裝金鐘兒螢火蟲等的）竹製蟲籠。⓪

むしがし【蒸菓子】（名）蒸的點心（如豆餡饅頭之類）。③

むしき【蒸器】（名）蒸鍋；蒸籠。③

むしくい【虫食い】（名）①蟲蛀；☆虫食いの予防をする／預防蟲蛀；②蟲吃過（的痕跡）；☆この栗は虫食いばかりだ／這栗子淨是蟲吃的（淨是蟲眼）。⓪

むしくだし【虫下し】（名）打蟲藥，驅蟲劑；☆虫下しを飲む／吃打蟲藥。③

むしけら【虫螻】（名）①毫無用處的小蟲；②（轉）不足道的人，螻蟻之輩；☆彼は虫螻同然だ／他簡直是螻蟻之輩。⓪

むしけん【無試験】（名）不考試；☆無試験で入学する／免考入學。③

むしず【虫酸】（名）（噁心時胃口冒出的）酸水；◊**虫酸が走る**／①噁心，吐酸水；②非常厭惡；☆あいつの顔を見ると虫酸が走る／一看見那個傢伙我心裏就生厭⓪

むしタオル【蒸し＋towel】（名）熱毛巾。

むじつ【無実】（名）①沒有根據，不是事實；☆無実の陳述をする／作虛偽的陳述；②冤罪，冤枉（＝ぬれぎぬ）；☆無実の罪に落とされる／負上冤罪。①

むじな【貉・狢】（名）〔動〕①貉；②

狸（＝たぬき）；◇一つ穴の貉／一丘之貉。[0][3]

むしのいき【虫の息】（連語・名）奄奄一息；☆病院に運び込んだ時にはすでに虫の息であった／抬到醫院的時候已經快要斷氣了。[4]

むしば【虫歯】（名）蛀牙，蟲牙；☆甘い物を食べすぎると虫歯になる／吃多了甜東西就會長蛀牙，☆虫歯を抜く／拔蛀牙。[0]

むしば・む【蝕む】（他五）①蟲蛀，蟲吃；☆だいぶ蝕んでいる／蟲蛀得很属害；②侵蝕；☆結核菌に蝕まれる／受到結核菌侵蝕；☆海水が岩石を蝕む／海水侵蝕巖石。[3]

むじひ【無慈悲】（名・形動ダ）毒狠，殘忍；☆無慈悲の仕打ち／殘忍的幹法；☆無慈悲な男／狠心人。[1][2]

むしぶろ【蒸風呂】（名）蒸氣浴；☆蒸風呂のような暑さ／如蒸的暑氣。[0][2]

むしぼし【虫干し】（名・自サ）（立秋前十八天）晾衣服（書籍等）；☆虫干しをする／晾東西。[0]

むしむし（副・自サ）悶熱；☆夜になってもまだむしむし（と）する／到晚上還是悶熱。[1]

むしめがね【虫眼鏡】（名）擴大鏡，放大鏡；☆虫眼鏡で見る／用放大鏡看。[3]

むしもの【蒸物】（名）①蒸的荣；②蒸的點心（＝むしがし）。

むしゃ【武者】（名）武士，戰士，軍人；～**しゅぎょう**【武者修行】（名）武士遊學練武；～**ぶりつ・く**【武者振り付く】（自五）〔俗〕猛撲過去，上前揪住；☆摑まえようと思って、泥棒に武者振り付く／撲上前去想要抓住小偷；～**ぶるい**【武者震い】（名・自サ）（臨陣時）抖擻精神，緊張得打顫。[1]

むしやき【蒸焼き】（名・他サ）（裝在鍋內蓋緊後）烘烤，焙；☆鶏を蒸焼きにする／烤小鶏。[0]

むじゃき【無邪気】（名・形動ダ）①天眞；☆きわめて無邪気な人／極天眞的人；☆無邪気な子供／天眞爛漫的小孩；②單純，幼稚；☆無邪気な考え／幼稚的想法。[1]

むしゃくしゃ（副・自サ）①蓬亂；☆むしゃくしゃした頭髮／蓬亂的頭髮；②心忙意亂；☆仕事が多くてむしゃくしゃ（と

）する／工作太多弄得心忙意亂。[1]

むしゃむしゃ（副・自サ）貪食，狼呑虎嚥；☆手摑（づか）みでむしゃむしゃ（と）食う／用手抓着狼呑虎嚥地吃。[1]

むしゅう【無臭】（名）〔文〕沒有氣味；☆空気は無色無臭の気体である／空氣是無色無臭的氣體。[0]

むしゅく【無宿】（名）〔文〕①沒有住處（的人）；②沒有戶口（的人）；～**もの**【無宿者】（名）住處不定的人，流浪者。[1]

むしゅみ【無趣味】（名・形動ダ）沒有風趣，不風雅；☆無趣味な人／沒有風趣的人。

*　**むじゅん**【矛盾】（名・自サ）〔文〕矛盾，不一致；☆前後矛盾する／前後矛盾；☆あなたのお話は矛盾だらけで少しも信用できません／你的話滿是矛盾一點也靠不住。[0]

むしょう【無償】（名）沒有代償；沒有報酬；沒有補償；☆無償で奉仕する／服務不要報酬；☆政府は無償で救済物資を払い下げる／政府發放救濟物資（不要代價）。[0]

むじょう【無上】（名・形動ダ）無上，最；☆無上の光栄／無上光榮。[0]

むじょう【無情】（名・形動ダ）無情，寡情，冷酷，☆無情の（な）人／冷酷的人。[0]

むじょう【無常】（名・形動ダ）無常；☆無常の風に誘われる／死。[0]

*　**むじょうけん**【無条件】（名）無條件；☆無条件で入場を許可する／無條件地允許入場；～**こうふく**【無条件降伏】（名）無條件投降。[2]

むしょうに【無性に】（副）非常，極端（＝むやみに、やたらに）；一個勁兒地（＝いちずに）；☆母の手紙を読んで無性に故郷が恋しくなる／看了母親的信後非常想念家郷；☆からだが無性に痒（かゆ）い／身上癢得属害。[0]

むしょく【無色】（名）①無色；☆無色透明の液体／無色透明的液體；②〔轉〕無黨無派；☆私の意見は全く無色です／我的意見完全是不偏不黨的。[1]

むしょく【無職】（名）沒有職業；☆無職の人／無職業者。[1]

むしよけ【虫除け】（名）①防蟲藥；防蟲器；②避蟲符。[4][0]

む

むしょ・ぞく【無所属】（名）無所屬，無黨無派；☆無所属議員／無黨無派議員。[2]

むし・る【毟る】（他五）揪，薅，拔；☆髪の毛を毟る／揪頭髮；☆鳥の羽を毟る／薅鳥毛；☆草を毟る／薅草。[0]

むしろ【筵・蓆】（名）蓆子，草簾。[3]

*むしろ【寧ろ】（副）寧，寧可，索性；莫如；☆小説家というよりむしろ詩人だ／說他是小說家莫如說他是詩人；☆辱（はずか）しめを受けるよりも，むしろ死んだ方がいい／與其受辱莫如死了倒好。[1]

むしん【無心】Ⅰ（形動ダ）①天眞；②一心一意，熱衷；☆無心に絵を描く／一心一意地畫畫兒；Ⅱ（名・他サ）（毫不客氣地）要（錢等）；☆友人に金を無心する／向朋友求錢。[0]

むじん【無人】（名）無人，沒有人在；☆無人島に漂着する／漂流到無人島上。[0]

むじん【無尽】（名）〔文〕①無盡；☆無尽の富源／無窮的富源；②會；＝たのもしこう；☆無尽に当たる／得了會錢；～ぞう【無尽蔵】（名・形動ダ）取之不盡，異常豐富。[0]

むしんけい【無神経】（名・形動ダ）沒有感覺，感覺遲鈍；☆辱しめられても無神経だ／即使受到污辱他也不感痛癢；☆音楽会で大声を張り上げる無神経（な）男／在音樂會上大聲吵嚷的愚鈍的傢伙。[2]

むしんろん【無神論】（名）〔宗〕無神論；↔ゆうしんろん（有神論）。[0]

む・す【産す】（自五）〔文〕生，長＝うまれる，はえる；☆苔（こけ）がむしている／長着綠苔。[1]

*む・す【蒸す】Ⅰ（自五）悶熱；☆今日は何て蒸すことでしょう／今天怎麼這樣悶熱呀；Ⅱ（他五）蒸（＝ふかす）；☆御飯を蒸す／蒸飯。[1]

むすい【無水】（造語）〔化〕無水；～アルコール【無水 alcohol】（名）〔化〕無水酒精，純酒精；～たんさん【無水炭酸】（名）〔化〕二氧化碳，碳酐；～りゅうさん【無水硫酸】（名）〔化〕三氧化硫，硫酐。

むすう【無数】（名・形動ダ）無數；☆無数の人／無數的人；☆空中には無数の細菌が漂（ただよ）っている／空中漂着無數的細菌。[2]

*むずかし・い【難しい】（形）①難懂的，難理解的；☆この問題は恐ろしく難しい／這個問題特別難；②複雑的；麻煩的；☆難しく考えるかつ事が纏（まと）まらない／由於想得太複雑，所以得不到解決；☆手続が難しい／手續麻煩；③困難的；☆円満な解決は難しい／難以圓滿解決；④（病）難以治好的；☆この容態ではちょっと難しい／病得這樣有點兒不好治；⑤不好辦的，不好應付的；☆年寄りは食物が難しい／老年人的飲食不好辦；⑥不高興的；☆そんなに難しい顔つきをして一体どうしたのですか／到底爲什麼那麼不高興的樣子？；～が・る（自五）感覺困難，認爲難辦；～げ【形動ダ）；～さ（名）；図むつかしい（形シク）；～や【むずかし屋】（名）說道多的人，好挑剔的人；☆彼はむずかし屋だ／他是個好挑剔的人（不好對付的人）。[0]

むずがゆ・い【むず痒い】（形）刺癢的；☆しもやけがむず痒い／凍瘡刺癢得慌；図むずがゆし（形ク）。[0][4]

むずか・る（自五）＝むつかる。[0]

*むすこ【息子】（名）兒子；↔むすめ（娘）。[0]

むずつ・く（自五）感覺刺癢。[0]

むずと（副）猛然，用力；☆襟頸（えりくび）をむずと引っ摑む／猛然抓住領子。[1]

むすび【結び】（名）①〔むすぶ〕的名詞形；②末尾，終結（＝おわり，しまい）；☆交渉の結びをつける／結束談判；③飯糰子（＝にぎりめし，おむすび）；☆弁当に結びを持って行く／帶飯糰子去當乾糧；④〔語法〕結尾，結語；～つ・ける【結び付ける】（他下一）①拴上，繫上，繫結；☆紐で結び付る／用細繩繫上；②結合，連結；☆友情で結び付けられた二人／由於友情結合起來的兩個人；図むすびつく（下二）；～のかみ【結びの神】（連語・名）月下老人（＝むすぶのかみ）；～め【結目】（名）扣兒，結子；☆結目をほどく／把扣兒解開；☆結目がほどけた／結子開了。[0]

*むす・ぶ【結ぶ】Ⅰ（他五）①繫結，連結（＝つなぐ）；☆靴の紐（ひも）を結ぶ／繫鞋帶；☆台北とマニラを結ぶ航空路／臺北馬尼拉間的航空線；②締結，訂立；☆条約を結ぶ／簽訂條約；☆同盟を結ぶ／結成同盟；③結（果）；☆実（み）を結ぶ／結果；④終結；☆以上で私の話

を結びたいと思います／我想就此結束我的談話；⑤〔文〕結（廬）；☆庵（いおり）を結ぶ／結廬（庵）；Ⅱ（自五）凝結；☆蓮の葉に露が結ぶ／荷葉上凝結露水。⓪

むす・ぶ【掬ぶ】（他五）掬，用手捧；☆水を掬ぶ／用手捧水。⓪

むずむず（副・自サ）①癢癢；☆背中（せなか）が、むずむずする／脊樂上發癢；②急得慌，躍躍欲試；☆気がむずむずして、じっとしていられない／心裏急得慌沉不住氣；☆自分の腕前が振るいたくてむずむずしている／想要一顯身手，躍躍欲試。1

*__むすめ【娘】__（名）①女兒；☆娘を学校にやる／送女兒入學；②少女，姑娘（＝おとめ）；☆田舎の娘／郷下姑娘；◇娘一人に婿八人／一女八婿，僧多粥少；～ごころ【娘心】（名）純潔的少女心；～ざかり【娘盛り】（名）二八妙齢。3

むせい【無声】（名）〔文〕無聲；～えいが【無声映画】（名）無聲電影；～おん【無声音】（名）〔語言〕（不振動聲帶所發出的）無聲音；↔ゆうせいおん（有声音）。⓪

むせい【無性】（名）〔文〕無（雌雄）性別；～せいしょく【無性生殖】（名）〔生〕無性生殖。⓪

むせい【夢精】（名・自サ）〔醫〕夢遺，遺精。⓪

むぜい【無税】（名）無税，免税；～ひん【無税品】（名）①免税品；②不上税的進出口貨。1

むせいげん【無制限】（形動ダ）無限制；☆切符を無制限に発行する／無限制地售票。2

むせいふしゅぎ【無政府主義】（名）無政府主義（＝アナーキズム）；～しゃ【無政府主義者】（名）無政府主義者（＝アナーキスト）。5

むせいふじょうたい【無政府状態】（名）無政府状態。5

むせいぶつ【無生物】（名）無生物；～じだい【無生物時代】（名）〔地質〕無生物時代。⓪

むせいらん【無精卵】（名）〔生〕無精卵2

むせかえ・る【噎せ返る・咽返る】（自五）①噎，嗆（＝むせる）；☆たばこの煙で噎せかえる／因紙烟的烟打嗆；②窒息，

悶人；☆部屋のなかはむせかえる暑さだ／屋裏熱得發悶；③抽抽嗒嗒地哭；☆顔を伏せて咽かえる／低着頭抽抽嗒嗒地哭。3

むせき【無籍】（名）〔文〕①無戸籍；②無國籍；～しゃ【無籍者】（名）無戸籍（國籍）的人。1

むせきついどうぶつ【無脊椎動物】（名）〔動〕無脊椎動物。6

*__むせきにん【無責任】__（名・形動ダ）①沒有責任，不負責任；②不負責任，無責任感；☆無責任なことを言う／說不負責任的話；☆火の始末もしないで出かけるなんて無責任極まる／也不把火收拾好就出去太不負責啦。2

むせ・ぶ【噎せぶ・咽ぶ】（自五）①噎，咽；☆煙にむせぶ／烟嗆得慌；☆涙に咽ぶ／抽抽嗒嗒地抹眼淚；②抽嗒地哭；☆咽びながらハンケチで涙を拭く／一邊抽抽嗒嗒地哭，一邊用手帕擦淚。⓪

むせぼった・い【噎せぼったい】（形）噎得慌，嗆得慌的。⓪

む・せる【噎せる】（自下一）噎，嗆；☆急に水を飲んでむせる／急忙喝水嗆住了；☆たばこの煙に噎せる／因紙烟的烟打嗆；因むす（下二）。⓪

むせん【無線】（名）①無線；②←無線電信；☆無線で送信する／用無線電發報；③←無線電話；～でんしん【無線電信】（名）〔理〕無線電信；～でんわ【無線電話】（名）〔理〕無線電話。⓪

むせん【無銭】（名）〔文〕不帶錢；☆無銭飲食／不拿錢白吃，在飯館頓帳；☆無銭旅行／不帶錢旅行。⓪

むそう【無双】（名）無雙；無比；☆天下無双の英雄／蓋世無雙的英雄。⓪

むそう【無想】（名）（什麼也）不想；☆無念無想の境地／萬念皆空的境地。⓪

むそう【夢想】（名）①夢想；☆夢想だもしなかった事件／做夢也沒想到的事件；☆こんな贈り物をもらおうとは夢想だにしなかった／做夢沒想到收到這樣的禮物；②幻想；☆未来を夢想する／幻想未来。⓪

むぞうさ【無造作】（名・形動ダ）①容易，輕而易舉；☆無造作な仕事／輕而易舉的事；☆無造作にやってのける／毫不費力地做完；②（未經思索而）隨隨便便，

漫不經心，草率，輕率；☆無造作に引き
受ける／隨隨便便地答應；☆無造作な態
度／漫不經心的態度，潦草從事的態度；
☆無造作な髪の結い方／隨隨便便梳的髮
型；☆花瓶にグラジオラスが無造作に
活けてあった／花瓶裏隨便挿有幾枝劍蘭
花。②

むそじ【六十路】〔文〕①六十；②六十
歳。①

***むだ【無駄】**（名・形動ダ）徒勞，白費，
浪費；☆彼に親切を尽しても無駄だ／怎
樣親切待他也是白費；☆無駄な事はやめ
た方がいい／最好別幹徒勞無益的事；☆
余分なことをして時間を無駄にする／幹
多餘的事浪費時間。⓪

むだあし【無駄足】（名・自サ）白去，白
跑一趟；☆無駄足を踏む（をする）／徒
勞往返；☆不在かも知れないが無駄足だ
と思って行ってごらんなさい／他也許不
在家，你就當白跑一趟去看看吧。⓪

むだい【無代】（名）〔文〕不要錢，白送
（＝ただ）；☆無代で進呈します／免費
贈送。①

むだい【無題】（名）無題；☆無題の歌／
無題的詩（和歌）。⓪

むだぐい【無駄食い】（名・自サ）①吃零
嘴，吃零食（＝あいだぐい）；②不勞而
食，坐食。⓪

むだぐち【無駄口】（名）閒聊，閒話，廢
話；☆無駄口をきく（たたく）／閒聊，
聊天；☆無駄口をきかないで仕事をしな
さい／別閒聊幹活兒吧。⓪

むだじに【徒死・無駄死】（名）白死（＝
いぬじに）；☆徒死になる／白白送命。

むだづかい【無駄遣い】（名・自サ）浪費
；☆無駄遣いをしないで貯金しよう／不
要浪費，把錢存起來吧。③

むだばな【無駄花】（名）謊花，☆茄子
（なす）には無駄花がない／茄子不開謊
花。⓪

むだばなし【無駄話】（名）閒聊，廢話；
☆無駄話をする／閒聊。③

むだぼね【無駄骨】（名）徒勞，白費力氣
（＝むだぼねおり）；☆無駄骨を折る
／白受累；☆無駄骨に終わる／終歸徒
勞。⓪

むだぼねおり【無駄骨折】（名・自サ）徒
勞，白費力；☆無駄骨折にならないよう
にしっかり計画を立てて行なう／好好制

訂計劃去做以免徒勞。③

***むだん【無断】**（名）擅自，事前不給知會
；☆無断使用を禁ずる／禁止擅自使用；
☆両親に無断で旅行に行く／未得父母許
可就去旅行。①⓪

むち【鞭】（名）①鞭子；☆鞭で打つ／鞭
打；②棍，教，鞭；☆教師が黒板の字を
鞭で指す／老師用教鞭指黑板上的字。①

むち【無知・無智】（名・形動ダ）〔文〕
無知，無知識；無智慧。①

むち【無恥】（名・形動ダ）〔文〕無恥，
不害羞，☆（厚顔）無恥の男／無恥的
人。①

むちう・つ【鞭打つ】（他五）①拿鞭子打
，用鞭子抽；☆馬を鞭打つ／策馬；②鞭
撻，鞭策；☆老いの身を（に）鞭打って
国家に尽す／鞭策衰軀爲國效勞。③

むちく【無畜】（名）〔文〕沒有家畜；☆
無畜農家／沒有家畜的農家。⓪

***むちゃ【無茶】**（名・形動ダ）〔俗〕①毫
無道理，☆無茶を言って人を困らす／說
毫無道理的話，使人爲難；②胡亂，☆無
茶に金を使う／胡花錢；☆無茶なまねは
よしたまえ／不要胡搞；③過分，非常
；☆今日はまた無茶に寒い／今天特別冷
；☆無茶な暑さだ／天氣太熱了；～くち
ゃ**【無茶苦茶】**（名・形動ダ）①〔俗〕毫
無道理，亂七八糟；☆無茶苦茶の（な）
論理／毫無條理的理論，☆仕事を無茶
苦茶にする／把工作搞得亂七八糟；☆無
茶苦茶に金を使う／胡亂花錢，揮霍；②
過分，非常，☆無茶苦茶に酒を飲む／拼
命喝酒；☆無茶苦茶の（な）勉強／猛用
功。⓪

***むちゅう【夢中】**（名・形動ダ）①夢，
睡夢裏；②熱衷，着迷，不顧一切；☆探
偵小説に夢中になる／讀偵探小說讀得入
迷；☆仕事に夢中になる／埋頭工作；☆
夢中で逃げる／拼命逃跑；☆彼は夢中に
なって喜んでいる／他歡喜得忘其所以
了。⓪

むちゅう【霧中】（名）〔文〕霧中，霧裏
；☆五里霧中に迷う／墜入五里霧中；～
しんごう**【霧中信号】**（名）（船舶等所
用的）霧中信號。⓪

むちん【無賃】（名）不花運費，不買票；
☆無賃乗車は堅くお断りします／嚴禁無
票乘車；☆手荷物は三十キロまで無賃で
す／不超過三十公斤的行李免費。①⓪

むつ【六】Ⅰ（名）〔古〕（午前或午後）六時，六點；Ⅱ（數）①六，六個（＝むっつ）；②六歳。②

むつう【無痛】（名）〔文〕無痛；☆無痛分娩（ぶんべん）／無痛分娩（法）。⓪

むつかし・い【難しい】（形）→むずかしい；因むつかし（形シク）。

むつか・る（自五）①不高興，發脾氣；②（小孩）磨人，鬧人；☆むつかる赤ん坊をあやす／哄一哄磨人的嬰兒。⓪

むつき【睦月】（名）〔文〕陰曆正月。①

むっくり（副・自サ）①霍地，☆むっくりと起き上がる／霍地起來；②胖嘟嘟，☆この子はむっくり太って丈夫そうだ／這孩子胖嘟嘟的看來結實的様子；③腫脹貌；☆むっくり脹れる／鼓起，腫起，膨脹。③

むつごと【睦言】（名）①閨房私語，枕邊私語；②心中話。②⓪

ムッシュー【法Monsieur】（名）先生（＝ミスター）。①

むっちり（副・自サ）（肌肉）豐盈，緊繃；☆むっちり（と）した乳房／豐腴的乳房。③

むっつ【六つ】（數）①六，六個；②六歳；☆六つの子供／六歳的小孩。③

むっつり（副・自サ）沉默寡言，繃着臉，不和悦；☆彼はむっつりしているが内心はよい人だ／他雖然繃着臉不愛説話心地却是個很好的人，急に不機嫌になってむっつり（と）黙りこくる／忽然不高興起來就繃起臉來不説話了；～や【むっつり屋】（名）沉默寡言的人，不和悦的人。③

むっと（副・自サ）①心裏氣得慌，心頭火起；☆人を食った言葉にむっとする／聽到目中無人的話不由心頭火起；②（空氣）悶得慌，（氣味）燻得慌；☆部屋を締め切ったのでむっとする／因爲把屋子關得緊緊的覺得悶得慌。⓪

むつどき【六つ時】（名）午前六點；午後六點。⓪

むつ・ぶ【睦ぶ】（上二）〔文〕和好，和睦。⓪

むつまじ・い【睦まじい】（形）和睦的，和好的；☆夫婦が睦まじく暮らす／夫婦和睦生活；因むつまじ（形シク）；～げ（形動ダ）；～さ（名）。④⓪

むつ・む【睦む】（自五）和睦，和好（＝

むつぶ）。⓪

むていけい【無定型】（名）〔文〕無定型，沒有型，沒有一定體裁。②

むていけん【無定見】（名・形動ダ）〔文〕無定見，無一定主見。②

むていこう【無抵抗】（名）不抵抗；～しゅぎ【無抵抗主義】（名）不抵抗主義②

むてき【無敵】（名・形動ダ）〔文〕無敵；☆無敵の勇者／無敵勇士。①

むてき【霧笛】（名）（船的）霧中警笛⓪

むてっぽう【無手法・無鉄砲】（名・形動ダ）魯莽，不顧前後，不考慮後果；☆無鉄砲な男／魯莽的漢子；☆あんまり無鉄砲の（な）事をするとあとで困る／做事太魯莽了結果要糟糕。②

むてん【無点】（名）〔文〕①（漢文）沒有訓讀標點；②（比賽中）沒有得分，零分。⓪

むでん【無電】（名）←無線電信電（話）；☆無電を打って急を知らせる／拍無線電告急。⓪

むとう【無糖】（名）〔文〕不含糖分。⓪

むとうひょう【無投票】（名）不投票，省略投票手續；～とうせん【無投票当選】（名）不經投票當選。②

むとくてん【無得点】（名）（在比賽中）沒有得分；☆無得点の惨敗を喫（きっ）した／遭到零分的惨敗。②

むとどけ【無届け】（名）沒有報告，未經呈報；☆無届けで学校を休む／沒有請假就不上學；～しゅうかい【無届け集会】（名）未經呈報的集會。②

むとんじゃく【無頓着】（名・形動ダ）＝むとんちゃく。②

むとんちゃく【無頓着】（名・形動ダ）漫不經心，不介意，不關心，不在乎；☆身なりに無頓着の人／對衣着漫不經心的人。②

むないた【胸板】（名）①胸脯；②〔古〕胸鎧。②

むなくそ【胸糞】（名）〔俗〕；☆胸糞が悪い／噁心；感覺厭惡。⓪

むなぐら【胸倉】（名）前胸，前襟；☆相手の胸倉を攝む／抓住對方的前襟④⓪

むなぐるし・い【胸苦しい】（形）胸口悶得慌，喘不過氣來；☆何となく胸苦しい／不知爲什麼胸口悶得慌；因むなぐるし（形シク）；～さ（名）。⑤

むなげ【胸毛】（名）①胸部的毛；☆胸毛

の生えたたくましい男／胸部生滿黑毛的粗壯大漢；②鳥胸部的毛。⓪

むなさき【胸先】（名）胸口,心口；☆刀を相手の胸先に突きつける／把刀對準對方的胸口。⓪④

むなさわぎ【胸騷ぎ】（名・自サ）心驚,心跳；☆胸騷ぎがする／心驚肉跳,忐忑不安。③⑤

むなざんよう【胸算用】（名・他サ）心中盤算,內心估計（＝みつもり、むなづもり）；☆胸算用が外れる／如意算盤落空了。③

むなし・い【空（虚）しい】（形）①空的,空虛的,沒有內容的。（＝からだ）☆演說の內容が空しい／演說內容空虛；②徒然的,枉然的,白白的（＝むだだ、はかない）；☆彼の努力も空しかった／他的努力也白費了；図むなし（形シク）；～げ（形動ダ）～さ（名）。⓪③

むなしく【空しく】（副）白白,空,虛（＝むだに、かいもなく）；☆空しく時を過ごす／虛度時光；☆空しく待つ／白等；☆空しく三年を費した／白白費了三年時光。

むなづもり【胸積り】（名）內心估計（むなざんよう）。③

むなもと【胸元】（名）胸部,心口（＝むなさき）；☆悲しみが胸元に込み上げて来る／悲傷湧上心頭。④⓪

むに【無二】（名）無二,無雙,唯一；☆無二の親友／最好的朋友。①

ムニエル【法 meunière】（名）〔烹飪〕法式黃油煎魚。②

むに・する【無にする】（連語・他サ）使落空,辜負；☆折角の好意を無にする／辜負懇切的好意。①⓪

むにゃ・むにゃ（副）〔俗〕①嘟囔貌；☆何をむにゃむにゃ言っているのか／你嘟囔些什麼？②說夢話貌；☆何やらむにゃむにゃと言っている／也不知嘟嘟囔囔說些什麼夢話。①

むにん【無人】（名）〔文〕無人,沒有人（＝むじん）☆無人の境（きょう）／無人之境；～とう【無人島】（名）無人島（＝むじんとう）。⓪

むにんしょ【無任所】（名）沒有特定任務；～だいじん【無任所大臣】（名）不管部大臣。②

−むね【棟】（接尾）（數房屋用語）棟,

瞳；☆一棟に十世帯が住む／一棟房子住十戶。

むね【旨】（名）①意思,趣旨（＝おもむき）；意旨；云云；☆その旨をあなたから先生に伝えてください／請你把這個意思傳達給老師；☆近々上京する旨郷里の父から言って来た／父親從家鄉來信說近日來京云云；②〔…を旨とする〕以…為最好；以…為宗旨；☆服裝は質素を旨とすべし／服裝最好要樸素；☆文章は簡潔を旨とする／文貴簡潔；☆正直を旨とすべし／應以正直為宗旨。②

むね【棟】（名）①屋脊,大梁；～あげ【棟上】（名）上梁；上梁的儀式。⓪②

＊むね【胸】（名）①胸,胸腔；☆胸を張って歩く／挺着胸脯走；②心臟；☆胸がどきどきする／心怦怦地跳；③內心,衷心；☆胸を躍らせる／心裏歡喜；☆胸に秘める／藏在心裏；☆胸に応える／打動心靈,深受感動；☆胸を打ち明ける／傾吐衷曲；☆考えはちゃんと私の胸にある／我早就拿定主意；④肺；☆胸をわずらう（病む）／患肺病；◇胸が痛む／痛心；☆胸が一杯になる／心裏難過,心酸；☆胸が一杯になって言葉も出なかった／心裏難過得話都講不出來了；胸がすく／心情舒暢,痛快；胸が挾い／度量小；胸がとどろく／心跳,心驚,忐忑不安；胸が燒ける／胃酸難受,心裏不痛快；胸が惡い／①噁心,②心裏不痛快；胸三寸に納（おさ）む／藏在心中；胸に一物ある／心中別有企圖,心懷叵測；胸に聞く／仔細思量；胸に疊（たた）む／藏在心裏,胸に手を当てる（おく）／捫心自問,仔細思量；胸を焦がす／焦慮,焦思,戀慕；胸を撫（な）で下ろす／鬆一口氣,放心；胸を冷（ひ）やす／心驚,害怕,嚇一跳。

むねやけ【胸燒】（名）〔醫〕胃口難受,燒心。④⓪

むねわりながや【棟割長屋】（名）（間壁成若干間的）一長棟房子。⑤

むねん【無念】（名・形動ダ）①〔文〕什麼也不想；☆無念無想（むねんむそう）／萬念俱空；②懊悔,悔恨（＝ざんねん）；☆無念の涙が込み上げる／悔恨得心酸流淚。①

むのう【無能】（名・形動ダ）無能；無用；☆無能な職員／無能的職員；☆無能の

ために罷免（ひめん）される／因爲無能被免職。◻0

むのうりょく【無能力】（名・形動ダ）①無能，沒有本事；☆無能力ぶりを発揮する／充分表現出沒有能力；②〔法〕無行爲能力；**〜しゃ**【無能力者】（名）〔法〕無行爲能力者。◻2

むはい【無配】（名）〔經〕無紅利（＝むはいとう）；☆無配会社／無紅利的公司；**〜とう**【無配当】（名）不分紅，沒有紅利。◻0

むひ【無比】（名）無比，無雙，傑出；☆この製品は世界でも無比の性能を持つ／這種產品的性能在世界上也屬第一；☆彼は当代無比の文章である／他是当代傑出的文章。◻1

むひょう【霧氷】（名）（樹枝上的）冰溜，樹掛。◻0

むびょう【無病】（名・形動ダ）無病，沒有疾病；☆無病は何より結構です／沒有病最幸福；**〜そくさい**【無病息災】（名）病無病無災。

むひょうじょう【無表情】（形動ダ）無表情，缺乏表情；☆無表情の（な）顔／無表情的臉。◻2

むふう【無封】（名）〔文〕（信）不封口，敞口。◻0

むふう【無風】（名）①〔文〕無風，不颳風；②〔地〕無風氣流；③〔俗〕沒有影響；☆無風地帯／不受（某事件）影響的地區；**〜たい**【無風帯】（名）①〔氣象〕無風帯；②〔轉〕平穩，銷沉；☆現在のところ貿易は無風帯状態にあるようだ／目前貿易似乎處在平穩狀態。◻0

むふんべつ【無分別】（名・形動ダ）不顧前後，輕率，莽撞；☆無分別の（な）行動／輕率行動。

むへん【無辺】（名）〔文〕無邊無際；☆広大無辺の沙漠／遼闊無邊的沙漠；**〜さい**【無辺際】（名）〔文〕沒有邊際。◻0

*****むほう**【無法】（形動ダ）不講道理，粗暴；☆無法の（な）行為／粗暴的行爲；☆彼は無法にも私を杖（つえ）で打とうとした／他蠻橫得竟想用手杖打我。◻0

むぼう【無帽】（名）不戴帽子，若いサラリーマンには無帽の人が多い／年輕職員不戴帽子居多。◻0

*****むぼう**【無謀】（名・形動ダ）輕率，鹵莽冒失，胡來，欠斟酌☆無謀な計画／欠斟

酌的計畫；☆無謀にも彼は病中の身で出かけて行った／他帶着病就去了，真是胡來。◻0

むほん【謀叛】（名・自サ）謀反，叛變；☆謀叛を起こす／謀反，造反；**〜にん**【謀叛人】（名）造反者。◻1

むみ【無味】（名）〔文〕①無味，沒有滋味；☆無味無臭の液体／無味無臭的液體；②沒有意思，乏趣，興致索然；**〜かんそう**【無味乾燥】（形動ダ）乾燥無味；☆無味乾燥な生活に飽きる／過够乾燥無味的生活。◻1

むめい【無名】（名）〔文〕①無名，不具名；☆無名の投書／匿名信；②不著名；☆無名の作家が一躍売り出す／無名作家一躍成名；**〜せんし**【無名戦士】（名）無名戦士，無名英雄。◻0

むめい【無銘】（名）〔文〕書畫沒有落款；刀劍等未刻上鑄者姓名。◻1◻0

むめんきょ【無免許】（名）未經許，沒有執照；☆無免許で医院を開業する／沒有執照開業行醫；**〜うんてん**【無免許運転】（名・他サ）無照駕駛。◻2

むめんもく【無面目】（名）沒有顔面，丟臉。◻2

むもうしょう【無毛症】（名）〔醫〕無毛症。◻0

むやみ【無闇】（名・形動ダ）①（不加思索而）胡亂，隨便；☆無闇に金を使う／胡亂花錢；☆無闇に山の樹を伐る／濫伐山上的樹；☆あの人に無闇なことは言えない／跟他說話可要小心；☆無闇に作っても後で困る／胡亂製造以後不好辦；②過度，過分；☆無闇に褒める／過分誇獎；☆無闇に高い値段／過高的價錢；**〜やたら**【無闇やたら】（形動ダ）【むやみ】的加强語氣詞；☆無闇やたらに物をこわす／隨隨便便地毀壞東西；☆彼は無闇やたらには口をきかない／他絕不隨便說話。◻1

むゆうびょう【夢遊病】（名）〔醫〕夢遊病。◻0

*****むよう**【無用】（名・形動ダ）①沒有用處；☆無用の長物／無用之物；②無需，不必要；☆御心配は御無用です／請不必惦念；☆無用な（の）心配／用不着的擔心；③沒有事情；☆無用の者入るべからず／無事者勿入，閒人免進；④不准，禁止（＝してはいけないこと）；☆立ち入り無

用／禁止入内／☆小便無用／禁止便溺①⓪

むよく【無欲・無慾】（名・形動ダ）無慾，不貪，不自私；☆極めて無欲の人／毫不自私的人。①

*むら（名）①村荘，郷村；☆村中の人々／村裏的人們；②→そん（村）。

*むら（名）①（顔色）深淺不勻，斑點（＝まだら）；☆むらのないように染める／（把布）染勻；☆むらを取る／除去斑點；②（事物）不勻，不勻稱；☆彼の仕事にはむらがある／他做的工作質量不勻（忽好忽壞）；③（性情）易變，忽三忽四；☆むらのある気質／性情不定；☆彼女の気分は今は，今泣いたかと思うともう笑ったりしている／她沒準性子，忽哭忽笑。⓪

むら【群・叢・簇】（名）羣，叢（＝むれ）；☆一群のすずめ／一羣麻雀；☆一叢の草／一叢草。②

むらがり【群り・叢り】（名）羣，叢（＝むれ）；☆人の群れにまぎれ込む／混入人羣裏。④⓪

*むらが・る【群がる・叢る】（自五）羣聚，羣集；☆群がる民衆に呼び掛ける／向聚集的民衆呼籲；☆ハエがたべものに群がる／蒼蠅聚在食物上。③

むらぎ【むら気】（名）性情易變，沒準性子；☆むら気の男／沒準性子的人。③⓪

むらぎえ【むら消（え）】（名）（雪）花花達達地融化。⓪

むらくも【叢雲】（名）〔文〕叢雲，一堆雲彩；☆月に叢雲花に風／天有不測風雲，人且夕禍福／好景不常。⓪

*むらさき【紫】（名）①紫色；②〔女〕醬油；～いろ【紫色】（名）紫色；～だ・つ【紫立つ】（自五）〔文〕呈紫色。②

むらざと【村里】（名）村庄，郷村。②

むらさめ【村雨】（名）陣雨，過雲雨；☆村雨のあいまを縫って行く／趁着陣雨暫停的當兒前進。⓪

むらじ【村路】（名）〔文〕郷間道路。②

むらはちぶ【村八分】（名）〔江戸時代〕村子裡若有人不服從村民們的協定或做違反行為時不准居民們和他（家）來往的一種制裁；〔轉〕大家協定根本不理睬（某人）。②

むらびと【村人】（名）村民。②⓪

むらむら（副）①（煙）滾滾冒起貌；☆煙がむらむら立ちあがった／烟滾滾冒起；

②（感情、念頭）忽動貌；☆怒りがむらむらと込み上げて来る／不由地怒上心頭；☆それを盗み取ろうという心がむらむらと起こった／忽然起了想要偷它的念頭。①

むらやくにん【村役人】（名）〔文〕〔江戸時代〕村吏。③

むらやくば【村役場】（名）村公所。③

*むり【無理】（名・形動ダ）①無理，沒有道理，不講理；☆無理が通（とお）れば道理が引っ込む／無理行得通道理就不存在了；☆それは無理な注文だ／那是無理的要求；②勉強，不合適；☆こういうことを君に頼むのは無理かも知れない／托你辦這種事也許任務過重；☆その仕事は私には無理だ／那個工作我做不了；③硬逼，強迫；☆無理に飲ませる／硬灌，逼着喝；☆無理に承諾させる／強迫同意；④過分，過度；☆無理な勉強をする／過分地用功；☆無理が身体にこたえた／過度緊張影響了身體；⑤（花錢等）不量力；☆そう無理をするな／別那麼不量力呀；～おうじょう【無理往生】（名）逼迫；☆無理往生させる／強迫同意；～おし【無理押し】（名・他サ）硬幹；☆多くの反対をしりぞけて無理押し（を）する／不顧多數人的反對硬幹下去；～からぬ【無理からぬ】（連體）不無道理的，合乎道理的；☆彼がそう言うのも無理からぬ点がある／他那種說法也有合乎道理的地方；～さんだん【無理算段】（名・自サ）東拼西湊，七拼八湊；☆無理算段して十万円の金をこしらえた／七拼八湊地弄了十萬日圓／～じい【無理強い】（名）逼，強迫；☆無理強いに酒を飲ませる／逼着喝酒；～なんだい【無理難題】（名）不合理的要求，過份的要求；☆無理難題をふっかける／提出無理要求；～やり【無理遣・無理矢理】（副）硬，強迫（＝むりに，しいて）；☆無理やり飲ませる／逼着喝。①

むりかい【無理解】（名・形動ダ）不諒解②

むりし【無利子】（名）〔經〕沒有利息；☆無利子の公債／無利息公債。②

むりそく【無利息】（名）〔經〕無利息（＝むりし）；☆無利息で人に金を貸す／不要利息把錢借給別人。②

*むりょう【無料】（名）不要錢，免費；☆無料で提供される／免費供應。①⓪

むりょう【無量】（名）〔文〕無量；☆感慨無量の面持ち／感慨無量的様子。[0]

むりょく【無力】（名・形動ダ）①無力，沒有勢力；②沒有資力；☆無力で，子供を大学にやることもできない／沒有錢不能供孩子上大學。[1]

むるい【無類】（名・形動ダ）無比類，無比。[1]

*むれ【群れ】（名）①一幫，一伙；☆労働者の群れ／一夥工人；☆少女の群／一幫少女；②群；☆雁（がん）が群れをなして飛んでいる／雁成群地飛着。[2]

む・れる【蒸れる】（自下一）①蒸透；☆御飯が蒸れる／飯蒸透了；②（熱氣）籠罩；（因熱氣）發霉；☆蒸れて腐らないように風通しをよくする／充分通風以防潮熱發霉。[2]

むろ【室】（名）①溫室，花洞子；乾燥室；☆室で咲かせる花／在溫室中養的花；☆室に入れて乾燥させる／放在乾燥室裏加以乾燥；②窖；☆甘藷（かんしょ）を室から出す／從窖裏取出蕃薯；☆氷室（ひむろ）／冰窖。[2]

むろまちじだい【室町時代】（名）〔史〕室町時代〔1392─1573足利（あしかが）氏掌握政權的時代〕。[5]

むろん【無論】（副）當然，不用說（＝もちろん）；☆僕は無論賛成します／我當然贊成。[0]

むんずり（副）〔（むずと）的音便〕猛然用力；☆むんずと組み付く／猛然用力揪住；☆片手で彼の首をむんずとつかむ／一手把他的脖子拃住。

むんむん（副・自サ）悶熱貌；熱氣蒸騰貌；☆部屋が人いきれでむんむんする／屋子裏人多悶熱。[1]

め

め①五十音圖「ま行」第四音，發音爲 me；②〔字源〕平假名是「女」字的草體，片假名是「女」字草體的簡縮字。

め一【女】(造語)①表示女性；☆めがみ／女神；②表示牝，雌；☆めぎつね／牝狐；☆めばな／雌花；☆めうし／牝牛。

*ーめ【目】(接尾)①用在數詞下面以表示順序；☆三年目／第三年；☆二回目／第二回；☆四番目の娘／第四個女兒；☆五日め／第五天；②接在形容詞詞幹下表示程度；☆少し長目に切る／稍微切長一些；☆スカートを短かめに作る／把裙子作短一些；③接在動詞連用形下表示正在該動作的開始時（處）；☆物価の上がり目／物價正在開始上漲（時）；☆気候の変り目／氣候轉變的當兒；☆ここが勝敗（しょうはい）の別れ目だ／這就是分別勝敗之處；④＝もんめ。

ーめ【奴】(接尾)表示輕蔑的意思；☆畜生め／畜類；☆ばかめ／混蛋東西。

め(名)【女】①女人，女性；②妻子。１

**め【目・眼】(名)〔解〕眼，眼睛；☆目で見る／用眼看；☆目を開ける／睜開眼；☆目をつぶる／閉上眼，死；☆きらきら光る目／炯炯發光的眼；②眼珠，眼球；☆黒い目／黑眼珠；☆目の黒いうち／活着的時候，有生之日；③目光，眼神；☆変な目で見る／用驚奇的眼神看；☆美やましそうな目で見る／用美慕的目光看；☆目で知らせる／以眼神示意；☆目の色を変える／(由於驚、怒等)變眼神；☆目は口ほどに物を言う／眼神比嘴還能傳情；④眼力，見識；☆目が高い／有眼力，見識高；☆目が利く／眼尖，有眼力；☆目が肥える／見得廣；⑤看見；☆彼の姿がふと目に留まる／他的影子突然映在眼裏；⑥注目，注意；☆人の目を引く様に店を飾り立てる／爲了使人注目把舖子裝飾一新；☆警察は彼に目を付けている／警察在注意他；☆親の目を盗んであの子はよく遊びに出る／那個孩子背着父母常偷偷地出去玩；☆目が届く／注意周到；⑦視力；☆眼が弱い／眼力衰退；⑧(網、簋、紡織品等的)眼，孔；☆目が詰んでいる／編的(織的)密實；⑨歯；☆鋸の目／鋸齒；☆櫛（くし）の目／梳齒；⑩格，孔，點；☆碁盤（ごばん）の目／碁盤的格；☆針の目／針鼻；☆采（さい）の目／骰子點；⑪木紋；☆目の細かい板を選ぶ／選擇細木紋的木板；⑫折痕，（結的）扣；☆折目（おりめ）のきちんとしたズボン／褲線筆直的西服褲；☆結び目がほどける／綁的扣開了；⑬看法，見解；☆法律家の目／法律家的看法；⑭經驗；☆ひどい目に遭わせる／叫他嘗嘗厲害；⑮重量；☆目が切れる／重量不足；☆目を盗む／少給分量；◇鵜（う）の目鷹の目／〔喩〕拼命尋找，魚の目／（腳）鷄眼；☆お目に掛かる／〔敬語〕見面，會面（＝あう）／☆お目に掛ける／〔敬語〕給…看（＝みせる）；目が覚める／睡醒；覺醒；醒悟；目が潰れる／瞎；目がない／非常愛好；☆彼は酒に目がない／他很愛喝酒；目が回る／眼花，非常忙；目から鼻へ抜ける／機靈，伶俐；腦子好；目と鼻の間／非常近，近在咫尺；目に余る／看不下去，不能容忍；☆目に余る行為／令人不能容忍的行爲；目に障（さわ）る／看着礙扎，礙眼；目に付く／顯眼；目に見えて／眼看着，顯著地；☆目に見えて上達する／有顯著的進步；目にも留まらぬ／非常快；目の敵／眼中釘；目も当てられぬ／慘不忍睹，沒法看；☆きたなくて目も当てられぬ／骯髒已極；目もくれない／不加理睬；目を驚かす／驚奇；目を掛ける／照顧，照料；目を配る／注目往四下看；目を暗ます／使人看不見，使人看不淸楚；目を疑らす／凝視；目をつける／着眼；目をつぶる／佯裝看不見，睜一眼閉一眼；目を通す／通通看一遍；目を留める／注視；目を離す／忽略，不去照看；目を光らす／嚴加監視，提高警惕；目を引く／引人注目；目を丸くする／驚視；目を剝く／瞪眼睛；目を喜ばす／悅目。１

め【雌・牝】(造語)雌，牝（＝めす）↔おす；☆めうし／牝牛（母牛）；☆めやぎ／牝羊（母山羊）；☆めばな／雌花；☆

めしべ/雌蕊。

*め【芽】（名）〔植〕芽；☆草木の芽が出る／草木發芽；☆大根の芽が出る／蘿蔔出芽；◇芽が出る／運氣來到；◇芽のうちに摘む／在萌芽時摘掉。①

めあか【目垢】（名）眼脂，眼屎。③

めあかし【目明かし】（名）〔江戸時代〕下級偵探，捕快，捕吏。②④

めあき【目明き】（名）①視力正常的人；②識字的人；③懂道理的人。③

めあたらし・い【目新らしい】（形）新鮮的，不常見的，新奇的；☆何か目新らしい記事でも出ていますか／報上有什麼新鮮的消息嗎；図めあたらし（形シク）⑤

*めあて【目当て】（名）①目標；☆大きな煙突を目当てにして行く／以大烟囪為目標前往；②目的；☆彼等は報酬を目当てにして働くのではない／他們不是以報酬為目的而勞動的；③指望，打算；☆何の目当てもなく上京した／沒什麼一定的指望就進京來了；☆目当てがはずれた／指望落空了；④鳥槍的照星。①

めあわ・せる【妻わせる】（他下一）匹配，嫁給；☆娘を友人の息子にめあわす／把女兒許配友人之子為妻；図めあはす（下二，四）。④

めい─【名】（造語）表示出色、超羣、有名的意思；☆名演説を振るう／作一場出色的演説；☆野球の名コーチ／棒球的名教練。

─めい【名】（名）Ⅰ（接尾）表示人數；☆二十名の生徒／二十名學生；☆五十名の団体／五十名的團體；Ⅱ（造語）表示名義或名稱；☆学校名／學校名；☆会社名／公司名。

*めい【姪】（名）姪女，外甥女；☆姪を養女にする／過繼姪女為女兒。①

めい【命】（名）〔文〕①命，生命，宿命；☆命を落とす／喪命，隕命；☆命旦夕に迫る／命在旦夕；②運命；☆生死命あり／生死有命；③命令；☆命を下す／下命令；☆命に従う／從命；☆命に背く／違命。①

めい【明】（名）〔文〕①明亮；☆明皎々たる月／明月皎潔；②見識，眼力；☆先見の明がある／有先見之明；③視力；☆明を失う／失明（瞎）。①

めい【盟】（名）〔文〕盟，同盟；☆盟を結ぶ／結盟。①

めい【銘】（名・自）〔文〕①銘；☆墓碑の銘／墓誌銘；☆座右の銘／座右銘；②銘刻，銘記；☆心に銘ず／銘記在心；③（刻在器物上的）製作者的名字（商品的）牌號；☆刀の銘／刀上刻印的製作者名。①

めいあん【名案】（名）好主意，好辦法，妙計；☆名案が浮かぶ／想出妙計，想出好主意。⓪

めいあん【明暗】（名）〔文〕①明暗；☆人生の明暗の両面／人生的光明的一面和陰暗的一面；②（繪畫和照片）濃淡，明暗；☆この絵は明暗の具合をよく現わしている／這張畫的明暗表現得很好。⓪

めいい【名医】（名）〔文〕名醫；☆名医にかかる／請名醫診治。①

めいう・つ【銘打つ】（他五）以…為名，聲稱；☆社会福祉事業と銘打って詐欺を働く／以社會福利事業為名進行欺詐。①

めいえん【名園・名苑】（名）〔文〕著名庭園。⓪

めいおうせい【冥王星】（名）冥王星。⓪

めいか【名家】（名）①名門；☆彼はさる名家の出（で）だ／他出身為一個名門；②名家，名人；☆舞踊の名家／舞蹈的名人。①

めいか【名歌】（名）〔文〕名歌，名詩歌①

めいか【名菓】（名）著名的點心，名糕點。①

めいが【名画】（名）①名畫；☆名画の展覧を見に行く／去看名畫展覽去；②優秀的影片，著名的影片。①

めいかい【明快】（形動ダ）明快，清楚明瞭；☆明快な説明／明快的解釋；☆明快な答弁／明快的答辯。⓪

めいかい【明解】（名）〔文〕明解，明確的解釋。⓪

めいかく【明確】（名・形動ダ）明確；☆これは民法（みんぽう）で明確に規定してある／這在民法上有明確的規定；☆明確な返答／明確的回答。⓪

めいがら【銘柄】（名）〔經〕①（在交易所進行交易的有一定規格的商品）牌名，名稱，品種；☆取引所指定の銘柄／交易所指定的交易品種；②商標，牌子；☆有名な銘柄の酒／名牌子的酒；～ばいばい【銘柄売買】（名）〔經〕一種交易方式（不根據現貨或標本，單只根據商品的牌名而進行的交易）。⓪

めいかん【明鑑】（名）〔文〕明鑑；明確的鑑定。◎

めいき【名器】（名）名器，珍貴器物。①

めいき【明記】（名・自他サ）〔文〕①清楚地寫上，記明；☆名前を明記する／把名字寫清楚，②載明；☆規則に明記してある／規則上載明。①

めいき【銘記】（名・他サ）〔文〕銘記，銘刻；☆心に銘記する／銘記在心。①◎

めいぎ【名義】（名）名義；☆彼は私の名義で金を借りた／他用我的名義借了錢；☆株券の名義書き換え／證券更換名義，過戶。③

めいきゅう【迷宮】（名）〔文〕迷宮；☆この犯罪事件もついに迷宮入りした／這一犯罪案件終於進入迷宮了，沒有頭緒了。◎

めいきゅう【命宮】（名）「人相學」命宮（兩眉間爲命宮）。

めいきょく【名曲】（名）①有名的樂曲；②優秀出色的樂曲；☆名曲鑑賞会／名曲欣賞會。◎

めいぎょく【名玉】（名）〔文〕名玉，名貴的寶玉。①◎

めいきん【鳴禽】（名）〔文〕鳴禽；～るい【鳴禽類】（名）鳴禽類。◎

めいく【名句】（名）①名句；②著名的俳句（＝はいく）。①

めいげつ【明月・名月】（名）①明月；②中秋的月。①

めいげん【名言】（名）〔文〕名言；☆千古の名言を吐く／說出千古的名言。◎③

めいげん【明言】（名・自他サ）〔文〕明言，肯定地說；☆政府はこの問題に関して明言を避けた／政府關於這個問題避而不作肯定的說法。

めいこう【名工】（名）〔文〕（繪畫、彫刻、陶器、刀劍等的）名師，名匠。◎

めいコンビ【名コンビ】（名）出色的配合，極好的搭配。③

めいさい【明細】（名・形動ダ）①明瞭詳細；☆明細の報告書／詳細的報告書；☆報告を明細に書き記す／把報告詳細的記錄下來；～しょ【明細書】（名）詳細說明書。◎

めいさく【名作】（名）名作，傑出的作品；☆この絵は古今の名作だ／這畫是古今的名作。◎

めいさつ【名刹】（名）〔文〕名刹，名寺

院。◎

めいさつ【明察】（名）明察；☆御明察の通り／如你所知。◎

めいさん【名産】（名）名產；☆栗は天津の名産である／栗子是天津的名產。◎

めいし【名士】（名）名士；☆名士を一堂に集めて会を催す／集名士於一堂開會①

*めいし【名刺】（名）名片；☆名刺を交換する／交換名片。◎

めいし【名詞】（名）〔語法〕名詞；☆日本語では名詞の変化はない／日本語名詞沒有變化。◎

めいじ【明示】（名・自サ）明示，寫明；☆開会の通知書に月日、時間、場所を明示せねばならない／開會的通知單上必須寫明月日、時間和地址。①◎

めいじいしん【明治維新】（名）〔史〕明治維新。④

めいじつ【名実】（名）名實；☆彼は名実共に一流の芸術家だ／他是個名副其實的第一流藝術家；☆世間にはとかく名実相伴なわない人が多い様だ／社會上名不符實的人似乎很多。①◎

めいしゃ【目医者・眼医者】（名）眼科醫生。①

めいしゅ【名手】（名）〔文〕名手，名人；☆射的の名手／名射擊手。①

めいしゅ【名酒】（名）〔文〕名酒，名貴的酒。◎

めいしゅ【盟主】（名）〔文〕盟主。①

めいしゅ【銘酒】（名）名牌子酒。◎

*めいしょ【名所】（名）名勝（古跡）③◎

めいしょう【名匠】（名）〔文〕①名匠；☆名匠の手になった彫刻品／名匠創作的彫刻品；②名藝術家。◎③

めいしょう【名相】（名）〔文〕名宰相。◎

めいしょう【名称】（名）〔文〕名稱；☆名称を改める／改稱。◎

めいしょう【名将】（名）名將；☆戦国時代の名将／戰國時代的名將。◎

めいしょう【名勝】（名）名勝；☆名勝の地／名勝地。◎

めいじょう【名状】（名・自サ）〔文〕名狀；☆何とも名状しがたい情景が展開された／展開了難以形容的情景。◎

めいしょく【明色】（名）〔文〕明快的顏色。◎

*めい・じる【命じる】（他上一）①命令，吩咐；☆部屋（へや）の掃除を命じる／

吩咐打掃屋子；☆我々は任務の命じる所に従って何処へでも行かねばならぬ／我們爲了完成任務，無論到什麽地方去都在所不辭；②任命，委派；☆委員を命ぜられる／被任命爲委員；☆私、日本に研習に行くよう命ぜられました／我被派到日本研習去；③命名☆長男の名を太郎と命じる／長男取名太郎 囚めいず（サ）[0][3]

めい・じる【銘じる】（他上一）〔文〕銘記；☆肝（きも）に銘じる／銘記在心；囚めいず（サ）。[0][3]

めいしん【迷信】（名）迷信；☆迷信に溺れる／溺於迷信。[0]

めいじん【名人】（名）①名人；專家；あいつは嘘つきの名人だから信用出来ない／那傢伙是個撒謊的專家不能信他；②〔棋〕國手；☆将棋の名人戦／將棋國手的比賽。[3]

めいする【銘する】（他サ）〔文〕①銘；②銘記，囚めいす（サ）。[3]

めい・する【瞑する】（自サ）〔文〕瞑目；囚めいす（サ）。[3]

めい・ずる【命ずる】（他サ）〔文〕=めいじる。[0][3]

めい・ずる【銘ずる】（他サ）〔文〕→めいじる。[0][3]

*めいせい【名声】（名）聲譽，名聲；☆名声を博する／博得聲譽；☆彼の名声は地に落ちた／他的名聲掃地了

めいせき【名跡】（名）〔文〕名跡，古跡。[0]

めいせき【明晰】（名・形動ダ）明晰；☆頭脳（づのう）明晰な人／頭腦明晰的人；☆明晰を欠く／不够明晰。[0]

めいせん【銘仙】（名）一種絲綢或棉綢（通常用作被褥）。[3]

めいそう【名僧】（名）〔佛〕名僧，高僧[0]

めいそう【瞑想】（名・自サ）瞑目深思；☆瞑想に耽（ふ）ける／耽於瞑想。[0]

めいそうしんけい【迷走神経】（名）〔解〕迷走神經。[5]

めいだい【命題】（名）〔哲〕命題；☆命題を解く／解命題。[0]

めいだん【明断】（名・自サ）〔文〕明斷，明確的判斷；☆明断を下す／下明確的判斷。[0]

めいちゃ【銘茶】（名）（合乎一定規格的）上等茶。[0]

*めいちゅう【命中】（名・自サ）命中；☆

矢が的に命中する／箭射中鵠的。[0]

めいちょ【名著】（名）名著；☆世界の名著を翻訳する／翻譯世界名著。[1]

めいてい【酩酊】（名・自サ）酩酊（大醉）；☆すっかり酩酊した／喝得酩酊大醉。[0]

めいてつ【明哲】（名）〔文〕明哲；☆明哲保身の術／明哲保身之術。[0]

めいど【冥土・冥途】（名）〔佛〕冥土，冥府，陰間☆冥土の旅に立つ／死[0][1]

めいとう【名刀】（名）名刀，寶刀。[0]

めいとう【明答】（名・自サ）明答，確答；☆明答を避ける／避而不作確答。[0]

めいにち【命日】（名）忌辰；☆明日は祖父の命日だ／明天是祖父的忌辰。[1]

めいば【名馬】（名）名馬。[1]

*めいはく【明白】（名・形動ダ）明白，明顯；☆明白に答える／明白回答；☆彼がスパイ活動をしていることは明白の事実だ／他搞間諜活動是很明顯的事實。[0]

めいび【明媚】（名・形動ダ）明媚；☆風光明媚の地／風光明媚之地。[1]

めいひつ【名筆】（名）①名筆；②名書，名畫。[0]

めいびん【明敏】（名・形動ダ）明敏；☆頭脳明敏の学生／頭腦聰穎的學生。[0]

めいふく【冥福】（名）〔佛〕冥福；☆故人の冥福を祈る／祈禱亡人的冥福。[0]

*めいぶつ【名物】（名）①有名的東西，名產；☆名物にうまいものなし／所謂名產常常不一定好吃；②有名的人或物。[1]

めいぶん【名分】（名）名分；☆親に対して子としての名分を尽す／對於雙親要盡爲子之道。[0]

めいぶん【名文】（名）名文，有名的文章；☆名文を引用する／引用名文。[0]

めいぶん【明文】（名）〔法〕明文；☆明文に規定してある／有明文規定。[0]

めいぶん【迷文】（名）〔諷〕糊塗文章。

*めいぼ【名簿】（名）姓名簿，名册。[0]

めいぼう【明眸】（名）〔文〕明眸；～こうし【明眸皓歯】（連語・名）〔文〕明眸皓齒。[0]

めいぼう【名望】（名）名望，盛名；☆全世界の名望を集める／在全世界享盛名[0]

めいぼく【名木】（名）〔文〕有名的樹，有來歷的樹。[0][1]

めいみゃく【命脈】（名）〔文〕命脈；☆命脈を絶つ／斷絕命脈。[0]

めいむ【迷霧】（名）〔文〕迷霧，濃霧，大霧。①

めいめい【命名】（名・自サ）命名，起名；☆豪華船に「クイーンエリザベス」と命名する／豪華客輪命名爲「伊麗莎白女王」。⓪

*めいめい【銘銘】（名・副）各自，各各（＝おのおの、それぞれ）；☆切符は銘々でお持ち下さい／（車）票請各自携帶；～ざら【銘銘皿】（名）（每人一份盛茶點等使用的）小碟。③

めいめつ【明滅】（名・自サ）明滅，☆ネオンサインが明滅する／霓虹燈一明一滅。⓪

めいもく【名目】（名）①名目，名；☆この会社は名目だけで実体は何もない／這個公司有名無實；②口實，藉口；☆出張という名目で旅行する／以出差爲口實出去旅行；☆それだけの理由では名目が立たない／只是那一點理由是不能够成爲藉口的。⓪

めいもく【瞑目】（名・自サ）瞑目，死；☆家人に囲まれて瞑目した／在家人環視之下死去了。⓪

めいもん【名門】（名）名門，世家；☆彼の風格は名門の出にふさわしくない／他的風格不像一個名門出身的人。⓪

めいゆう【名優】（名）名演員；☆歌舞伎の名優／歌舞伎的名演員。⓪

めいゆう【盟友】（名）〔文〕盟友；☆盟友と袂（たもと）を分かつ／跟盟友分手。⓪

*めいよ【名誉】（名・形動ダ）名譽，榮譽，光榮；☆名誉を勝ち得る／贏得榮譽；☆名誉の戦死を遂げた／光榮地戰死了；☆今回表彰されましたことは身に余る名誉です／這次受到表揚感到非常光榮；☆名誉は富貴（ふうき）に勝る／名譽勝於富貴；～きそん【名誉毀損】（名・他サ）誹謗；毀謗；～きょうじゅ【名誉教授】（名）名譽教授；～しょく【名誉職】（名）名譽職。①

めいり【名利】（名）〔文〕名利；☆名利心の強い男だ／名利心重的人。①

*めいりょう【明瞭】（名・形動ダ）〔文〕明瞭；☆明瞭な事実／明瞭的事實；☆明瞭に発音する／發音明瞭。⓪

めい・る【滅入る】（自五）①沉悶，憂鬱，陰鬱；☆こんな所に居ると気が滅入る／在這樣地方待下去心裏就會憂鬱的；②＝めりこむ。②

*めいれい【命令】（名・自サ）命令；☆解散の命令を下す／下命令解散；☆命令に背く／違抗命令；☆命令を堅く守る／嚴守命令；～けい【命令形】（名）〔語法〕命令形，命令式。⓪

めいろ【目色】（名）眼神，眼色；☆目色を変えて落し物を捜す／變貌變色地尋找丟掉的東西；☆人の目色をうかがう／窺人眼色。③⓪

めいろ【迷路】（名）①迷路，迷途；☆迷路に陥る／陷入迷途；②〔解〕（內耳的）迷路。①

*めいろう【明朗】（名・形動ダ）明朗，☆明朗な近代女性／明朗的新女性。⓪

めいろん【名論】（名）名論，高論。⓪

*めいわく【迷惑】（名・自サ・形動ダ）①麻煩，打擾；☆他人に迷惑を掛ける／給別人添麻煩，打擾別人；☆御迷惑でしょうが、これをお届け願います／給您添點麻煩，請您把這個東西給捎去；②爲難；☆あの人のため随分迷惑をした／爲了他的事情，我曾經很爲難；☆僕の名前を出されては迷惑だ／千萬不要公開我的名字（如果公開我將非常爲難）；③妨害；☆彼女のピアノは近所迷惑だ／她彈鋼琴妨害四隣，擾得四隣不安。①

*めうえ【目上】（名）①上司；②長輩，長上；☆目上に対する礼儀を欠く／有失對待長上的禮節。⓪③

めうし【牝牛】（名）〔動〕母牛。①⓪

めうち【目打】（名）①釘紙的錐子；②打眼鑽孔（如郵票、印花等的機器口）。③

めうつり【目移り】（名・自サ）眼花，眼花撩亂，☆余り沢山（たくさん）あるので目移りがしてどれがよいか分らない／因爲東西太多看得眼花撩亂不知哪個好了。②

メーカー【maker】（名）製作者，製造廠。①

メーキャップ【make-up】（名・自サ）（演員等的）化粧，粧扮。④

メーターせい【meter制】（名）按公里計資（的計程車）。⓪

メーデー【May-day】（名）五一勞動節。①

メード【maid】（名）女僕，女佣人。①

メード イン ジャパン【made in japan】（連語・名）日本製（品）。①－②

メートル【metre】（名）計，計量器；◇
メートルを上げる／醉後興高采烈起來 ⓪

*メートル【metre】（名）公尺；～せい【
メートル制】（名）①〔理〕米制；②按
計器計價的辦法；～ほう【メートル法】
（名）以公尺、公升、公斤爲基本單位的
度量衡制。⓪

メーン【main】（造語）主要的；～エベン
ト【main event】（名）〔運動〕主要
節目；主要比賽；～シャフト【main
shaft】（名）主軸；～スタンド【main-
stand】（名）正面的特別觀覽席；～スト
リート【main street】（名）大街，大
馬路；～ポール【mainpole】（名）（
運動場上的）主要旗竿；～マスト【
main mast】（名）〔船〕主桅。

めおと【夫婦】（名）夫婦，夫妻；☆睦じ
い夫婦仲／和睦的夫妻。①⓪

めかくし【目隠し】（名・自サ）①蒙眼（
布）；☆目隠し（を）する／把眼睛遮上
；②圍牆，☆目隠しをつくる／砌上圍
牆。②

めかけ【妾】（名）妾，☆妾を持つ／納
妾。③

めが・ける【目掛ける】（他下一）作爲目
標，☆頂上目がけて登る／以頂巔作爲目
標攀登上去。③

メガサイクル【megacycle】（名）〔理〕
百萬週。③

—めかし・い（接尾・形型）表示…的樣子
，似乎…的；☆古めかしい／瞧着似乎陳
舊的。

めかしや（名）好打扮的人，愛漂亮的人 ⓪

めがしら【目頭】（名）眼角；◇目頭が熱
くなる／感動得要落淚。②

—めか・す（接尾・五型）表示裝作…的樣
子；☆学者めかす／裝作學者的樣子。

めか・す（自五）打扮得漂漂亮亮；修飾。

*めかた【目方】（名）重量，分量；☆目方
を測る／稱重量；☆目方で売る／論分量
賣。⓪

めかど【目角】（名）①眼角；②目光銳利
地看；☆目角を立てる／目光銳利地看，
釘視。①

メカニカル【mechanical】（形動ダ）①
機械的；②機械論的。②

メカニズム【machanism】（名）①機械
裝置；②機構；③機構學；④機械論。③

*めがね【眼鏡】（名）①眼鏡；☆眼鏡を掛

けた人／戴眼鏡的人；☆眼鏡を外す／摘
下眼鏡；☆素通しの眼鏡／平光鏡；②〔
轉〕判斷，估計；☆眼鏡が狂う／估計錯
誤；◇眼鏡にかなう／受…的賞識；～ざ
る【眼鏡猿】（名）眼鏡猴；～ばし【眼
鏡橋】（名）拱橋；～へび【眼鏡蛇】
（名）〔動〕眼鏡蛇，一種毒蛇。①

メガホン【megaphone】（名）揚聲器，
擴音器，喇叭筒。①②

めがみ【女神】（名）女神；☆平和の女神
／和平女神。①

めきき【目利】（名・他サ）①有眼力的人
，行家；②鑑別力。③

メキシコ【Mexico】〔地〕墨西哥。⓪②

めきめき（副）①（事物的進展）迅速，顯
著；☆病気がめきめきよくなる／病顯著
地好轉；☆日本語がめきめき（と）上達
する／日語進步很快。①

—めく（接尾・五段）表示像…様子，帶…
意味；☆春めく／像春天的樣子，漸漸有
春意；☆その辺りは田舎めいている／那
附近像郷村的樣子；☆あの人の話は少し
皮肉めいた所がある／他說的話帶點譏刺
的意味。

めくされ【目腐（れ）】（名）爛眼邊（的
人）；～がね【目腐金】（名）〔表卑〕
少數的錢。③

めくじら【目〔俗〕＝めかど。②

めぐすり【目薬】（名）①眼藥；☆目薬を
差す／上眼藥；②〔轉〕小恩小惠，小賄
賂；☆目薬がきく／小賄賂起作用；◇二
階から目薬／遠水不解近渴；隔靴搔癢無
濟於事。②

めくそ【目屎】（名）目垢，眼屎；◇目屎
鼻屎を笑う／烏鴉落在猪身上，譏笑人家
看不見自己；以五十步笑百步。①

めくばせ【目配せ】（名・自サ）使眼神，
擠眉弄眼（＝めくわせ）；☆彼の目配せ
で秘書はそっと部屋を去った／他使了個
眼神秘書就離開了屋子。②

めくばり【目配り】（名）四下看，四下張
望；☆怠りなく目配りをする／不住地往
四下看。②

*めぐ・れる【恵まれる】（自下）幸運；
☆恵まれた人／幸運的人，得天獨厚的人
；☆恵まれた環境／很好的環境，☆先生
に恵まれる／有好老師。⓪④

*めぐみ【恵（み）】（名）恩惠；☆恵みを
受ける／受恩惠；☆貧乏人に恵みを施す

め

／施恵貧者。[0]

*めぐ・む【恵む】（他五）①施恩惠；救助，周濟；☆貧民を恵む／救助貧民；②給與，施給；☆水を少し恵んで下さい／請給我一點水。[0][2]

めぐ・む【芽ぐむ】（他五）發芽，出芽；☆草木（くさき）が芽ぐむ／草木發芽[2]

めくら【盲】（名）①盲，盲目；盲人，瞎子；☆盲になる／失明；☆生まれつきの盲／天生的瞎子；②文盲；③沒有見識（的人）；◇盲蛇に怖じず／初生之犢不怕虎；～さがし【盲捜し】（名・他サ）摸索，瞎摸亂找；☆盲捜しに探す，瞎摸亂找；～ばん【盲判】（名）（不問内容）機械地蓋戳（承認）／～。ぼう【盲滅法】（名）盲目行事，鹵莽，不顧前後；☆盲滅法に捜す／亂找，瞎找；☆盲めっぽうにやる／盲目行事，無計劃無目的地瞎幹。[3]

めぐら・す【巡らす】（他五）①把周圍圍上，圍繞上；☆垣を巡らしてある／周圍有牆；②旋轉；☆首を巡らす／把頭扭過去；踵を巡らす／向後轉；轉過身去；③動腦筋，籌謀；☆思案を巡らす／想辦法；☆計画を巡らす／籌謀計畫。[0]

めくら・む【目眩む】（自五）眼睛發花，目眩。

めぐり【巡（廻）り】（名）①續行；☆公園を一巡りする／在公園裏繞一圈；②巡遊；☆名所巡りをする／巡遊名勝；③循環；☆血の巡りが悪い／血液的循環不良；～あ・う【巡り合う】（自五）邂逅，相遇；☆長年別れていた親子が巡り合う／分別多年的父子（母女）邂逅；～あわせ【巡り合わせ】（名）因緣，命運；☆妙な巡り合わせで又会う／由於因緣奇巧再度相逢。

*めく・る【捲る】（他五）①〔（まくる）之訛〕②翻（紙）；☆指に唾をつけて本を捲る／往指頭上抹唾液翻書。[0]

*めぐ・る【巡る】（他五）①旋轉；☆円を描いてめぐる／成一個圓周旋轉，團團轉；②續行；☆池を巡る／圍着池子走，在池邊續行；③巡遊；☆名所を巡り歩く／巡遊名勝；④（再度）輪到；☆正月が巡って来た／新年又來到了；☆私の番が又巡って来た／又輪到我的班了。[0]

めくるめ・く【目眩めく】（自五）頭昏眼花，頭暈，眼花撩亂。[4]

め・げる（自下一）屈服，退縮，頹唐；（

植物）枯萎；☆寒さや熱さにもめげず勉強を続ける／不畏寒暑繼續學習；☆こんな失敗にめげるようではだらしがない／對於這樣一個失敗就頹唐可太洩氣。[2]

めこぼし【目溢し】（名・他サ）寛容，饒恕，不究；☆お目溢しを願います／請您饒恕。[2]

めさき【目先】（名）①目前，眼前；☆彼の姿が目先にちらつく／他的影子浮現在眼前；②當前，眼前；☆目先ばかりに気を取られて本筋（ほんすじ）を忘れる／光顧眼前忘了根本；☆目先をかえる／換花樣；換口味等；☆目先のかわった飾りつけ／（商店的）新奇的裝飾；③預見；☆めさきのきく男／有遠見的人；④〔經〕當時市場的小變化。[3]

めざし【目刺】（名）穿成串的鹹沙丁魚乾。[0]

*めざ・す【目差す】（他五）把…作爲目標、目的；☆大学を目差して勉強する／以考進大學爲目的而學習用功。[2]

めざ・す【芽差す】（自五）萌芽，發芽[2]

めざと・い【目敏い】（形）①目力敏銳的；☆欠点を目敏く見つける／一眼就看出缺點；②易醒的；☆目敏い子供／有一點動靜就醒的孩子；図めざとし（形ク）；～さ（名）。[3]

めざまし【目覚まし】（名）①叫醒，喚醒；②小孩睡醒時的點心（＝おめざ）；③鬧鐘（＝めざましどけい）；～どけい【目覚まし時計】（名）鬧鐘，醒鐘。[2]

*めざまし・い【目覚ましい】（形）驚人的異常的，非常的（＝すばらしい）；☆目覚ましい活躍ぶりを発揮する／發揮驚人的活力；図めざまし（形シク）。[4]

*めざま・す【目覚ます】（他五）喚醒，驚醒；②使醒悟；使覺悟；☆良心を目覚ます／使良心醒悟過來。[3]

めざめ【目覚め】（名）①睡醒；☆もうお目覚めですか／已經睡醒了嗎？②（本能）發動；☆春の目覚め／春情發動；③醒悟，覺悟。[3]

*めざ・める【目覚める】（自下一）①睡醒；☆朝早く目覚める／早晨很早睡醒；②醒悟，覺悟；☆翻然と目覚めて貧民のために献身する／翻然悔悟爲貧民服務；③（意識、本能等）發生，發動；☆民族意識に目覚める／有了民族意識；☆性に目覚める／性的本能發動；情竇初開；図

めざむ（下二）。③

め・される【召される】（連語）①〔する〕
的敬語；＝なさる，あそばす；②〔（め
す）的被動形〕被召見；☆国王に召され
る／被國王召見。③

めざわり【目障り】（名）礙眼，刺眼（的
東西）；☆めざわりになる／礙眼；☆め
ざわりな看板／刺眼的廣告牌。②

めし【召】（名）召，召見；☆お召にあず
かる／被召見。②

*めし【飯】（名）飯；☆飯を炊く／做飯；
☆飯を食う／吃飯；◇飯の食い上げ／失
業，打了飯碗。②

メシア【希伯來 Messiah】（名）救世主①

めしあが・る【召し上がる】（他下一）〔
敬語〕吃喝，吸烟；☆煙草を召し上がり
ますか／您抽烟嗎；☆お茶を召し上がれ
／請喝茶；☆何を召し上がりますか／您
要吃點什麼。◎

めしあ・げる【召し上げる】（他下一）①
召，召見；②沒收，抄沒；図めしあぐ（
下二）。◎

めしかか・える【召し抱える】（他下一）
招聘；（諸侯）聘用（武士）；図めしかか
かう（下二）。◎

*めした【目下】（名）①部下，屬下；②後
輩，晩輩；☆目下の者をかわいがる／愛
護晩輩。③◎

めしだい【飯代】（名）飯錢，飯費；☆飯
代にも事欠く／連吃飯的錢都沒有。②◎

めしたき【飯炊】（名）炙飯的人，炊事工
；☆飯炊を雇う／雇炊事工。④③

めしだ・す【召し出す】（他五）①傳出，
喚出；②起用（＝めしかかえる）；図め
しいだす（下二）。◎

*めしつかい【召使い】（名）佣人，男女僕
人；☆召使いを雇う／雇用僕人。③④

めしつか・う【召し使う】（五）使喚，使
用（僕人）。◎

めしつぶ【飯粒】（名）飯粒；☆頰っぺた
に飯粒をくっつけている／臉蛋上貼着飯
粒。③

めしどき【飯時】（名）用飯的時刻，吃飯
的時候；☆遊びに夢中で飯時を忘れる／
只顧玩忘了吃飯。◎

めしと・る【召し捕る】（他五）逮捕，捉拿
，拿獲；☆犯人を召し捕る／逮捕犯人◎

めしべ【雌蕊】（名）〔植〕雌蕊。①

めしや【飯屋】（名）飯舖，食堂。②

メジャー【measure】①量，度量；②量器
；特指度尺；☆メジャーカップ／量杯①

めしゅうど【囚人】（名）囚人，囚犯。◎

めじり【目尻】（名）◊眼尻角；◊眼尻を下
げる／（指對女子）看得出神，呆看。◎

めじるし【目印】（名）目標，記號；☆丘
（おか）を目印として道をたどる／以小
山為目標摸索着走；☆必要な書類に目印
をつける／在必要文件上加上記號。②

めじろ【目白】（名）〔動〕繡眼鳥，白
眼鳥；～おし【目白押し】（名）①擠香油
（小孩互相擁擠的一種遊戲）；②擁擠，
一個挨着一個。◎

*めす【雌】（名）雌，牝，母；☆めす馬／
牝馬。②

め・す【召す】（他五）〔敬語〕①召喚，
召見（＝まねく，よびよせる）；☆旦那
様（だんなさま）がお召しです／老爺叫
你；☆国王に召されて御諮問にあずかる
／被國王召見有所諮詢；②吃，喝，穿，
乘；☆御酒（ごしゅ）を召す／飲酒；☆
外套を召す／穿外衣；③感冒；☆風邪を
召す／感冒；④入浴；☆風呂をお召しな
さい／請入浴；⑤買；☆花を召しませ／
請您買點花吧。①

メス【荷mes】（名）手術、解剖用的小
刀。①

めず（づ）もり【目積り】（名）（憑眼力）估計
，估量。②

*めずらし・い【珍しい】（形）①罕有的，
珍奇，少見的；☆珍しい化石（かせき）を
発見する／發現罕有的化石；②新奇的，
與衆不同的；☆珍しい趣向のおもちゃ／
設計新奇的玩具；③很好的，珍貴的；☆
お珍しい品を頂く／承人家贈送很好的禮
物；④很久沒有的；☆やあ、これは珍し
い／唉呀，罕見少罕；久違久違；☆珍し
く雨が降る／久旱之後降雨；～がる【珍
しがる】（他五）覺得新奇，覺得出奇；
☆人工衛星を珍しがる／對於人造衛星感
覺新奇；～さ（名）。④

メゾソプラノ【mezzo soprano】（名）〔
樂〕女中音，女中音歌手。③

メソッド【method】（名）方法，方式；
順序。①

めそめそ（副・自サ）①低聲哭哭啼啼貌；
☆叱られて、めそめそ（と）泣く／挨了
申斥小聲哭哭啼啼；②愛哭貌，一來就哭
貌☆女の子は、めそめそするから困る／

め

女孩子動不動就哭真沒辦法。①

めだか【目高】（名）〔動〕鱂。⓪

めだけ【雌竹・女竹】（名）〔植〕山竹①

*__めだ・つ__【目立つ】（自五）顯眼，引人注目；鮮明，顯著；☆彼女の美貌は、一きわ目立った／她的美貌引起了大家的注目；☆黒と白の配色は目立つ／黑色配白色非常鮮明☆彼はあまり目立たない存在だ／他是一個無聲無臭的人物。②

*__めだ・つ__【芽立つ】（自五）（草木）發芽（＝めざす）。②

めだて【目立て】（名）使（有齒的東西）變成銳利、尖銳；☆鋸の目立てをする／銼鋸齒，伐鋸。②

メタノール【德 methanol】（名）〔理〕→メチルアルコール。③

めだま【目玉】（名）①眼珠，眼球；☆目玉をぎょろつかせる／眼珠亂轉；②申斥，譴責；☆お目玉を頂戴した／被申斥了；◇目玉がとび出る程高い／貴得驚人，特別貴；目玉の黒い前／未死之前。③

メタル【metal】（名）①金屬，金屬製品；②〔メダル〕之訛；③〔→ホワイトメタル（white metal）〕以錫爲主要材料的合金，軸承合金之一種。⓪

メダル【medal】（名）①獎牌，獎牌；②紀念章。①

メタン（ガス）【德 Methan（瓦斯）】（名）〔理〕甲烷，沼氣瓦斯。④

めちゃ【滅茶・目茶】（名・形動ダ）①不合理，無道理，不當；☆滅茶な言い分／不合理的意見；☆滅茶な批評／無道理的批評；☆滅茶な待遇／不當的待遇；②過度，胡來，荒謬；☆そこからとび下りるのは滅茶だ／從那兒往下跳簡直是胡來；～くちゃ【滅茶苦茶】（形動ダ）〔（めちゃ）的加強語氣俗〕亂七八糟；～めちゃ【滅茶滅茶】（形動ダ）〔俗〕＝めちゃくちゃ；☆めちゃめちゃな文章／支離破碎的文章。①

めちょう【雌蝶】（名）①雌蝶②（婚禮裝飾酒壺用的）紙疊的蝴蝶↔おちょう。①

メチルアルコール【德 Methy-alkohol】（名）〔理〕甲醇，木醇。④

メッカ【Mecca】（名）①麥加（穆罕默德的出生地）；②〔轉〕發祥地，起源地；③〔轉〕嚮往之地；☆スキーのメッカ／滑雪聖地。①

めっかち（名）一隻眼（的人）；☆怪我（

げが）をしてめっかちになる／負傷瞎了一隻眼。①

めっか・る【目っかる】（自五）〔方〕找到，發現（＝みつかる）。⓪

めっき【鍍金・滅金】（名・自他サ）①鍍金；☆金めっきのペン／鍍金的鋼筆尖；☆銅に銀をめっきする／在銅上鍍銀；②〔轉〕虛有其表；☆めっきが剝げる／露出本來面目。⓪

めつき【目付き】（名）眼神（＝まなざし）；☆あの男は目付きが怪しい／那個男人的眼神可疑。①

めつぎ【芽接】（名）接芽（一種接木法）③

めっきゃく【滅却】（名・自他サ）〔文〕滅却，消滅，滅絕；☆心頭滅却すれば火もまた寒し／滅却心頭火亦涼。⓪

めっきり（副）顯著貌；☆めっきり春らしくなった／顯著地有了春天的景象；☆父もめっきりと衰えた／父親也顯著地見老了。②

めっきん【滅菌】（名・他サ）〔醫〕消滅細菌；～ほう【滅菌法】（名）殺菌法⓪

めつけ【目付】（名）〔文〕①〔江戶時代，室町時代〕一種官職（監察武士行爲者）；②〔轉〕監督；☆お目付役を仰せ付かる／擔任監督的任務。③

めっけもの【目っけ物】（名）無意中得到的東西；偶然找到的人物；（＝ほりだしもの）；☆これは珍しいめっけものだ／這真是少有的東西。⓪

めっ・ける【目っける】（他下一）發現，找到（＝みつける）。⓪

めつざい【滅罪】（名）滅罪，消滅罪業⓪

メッシュ【mesh】（名）〔理〕①網孔；②絡。①

めっ・する【滅する】（自サ）①滅，滅亡；☆生ある者は必ず滅す／有生必有滅；②消滅；☆敵を滅する／消滅敵人。⓪③

メッセージ【message】（名）①口信，通信，書信；②傳達，傳言；③電報；④（美國總統的）咨文。①

メッセンジャー【messenger】（名）①使者，報信者；②送東西的人；～ボーイ【messenger boy】（名）供人差遣送信送東西的小孩；

めっそう【滅相】Ⅰ（名）〔佛〕滅相；Ⅱ（形動ダ）意外；不合理，不應有（的事）；☆滅相な、そんな事は嘘です／沒有的事，那是假話；☆滅相なことを言われる

／哪兒的話別胡說了；☆滅相もない／豈
敢豈敢，豈有此理。[3]

*めった【滅多】（名・形動ダ）①胡亂，鹵
莽；☆子供の前で滅多な事はしゃべれな
い／在孩子面前不可能胡亂道；②〔接
接否定〕不常，不多，稀少；☆こんな事
故は滅多にない／這樣事故很少有，☆私
は病気のために休んだことは滅多にない
／我很少請病假；～やたら【滅多矢鱈】
（形動ダ）胡亂，亂七八糟；☆滅多やた
らに本を読む／胡亂讀書；☆滅多やたら
なことを言うな／不要胡說亂道。[1]

めつぶし【目潰し】（名）揚砂土等以迷（
對方的）眼；（迷眼的）砂土；☆目潰し
をくれて、ひるむ際（すき）に逃げ出す
／對着對方的眼睛揚一把土，乘他向後縮
的當兒逃跑。[2]

めつぼう【滅亡】（名・自サ）滅亡；☆国
家が滅亡する／國家滅亡。[0]

めっぽう【滅法】Ⅰ（名）〔佛〕滅法，滅
寂一切諸法；Ⅱ（形動ダ）〔俗〕①＝め
っそう；☆今日は滅法（に）寒
い／今天冷得厲害；～かい【滅法界】（
副）〔俗〕非常地。[3]

めつれつ【滅裂】（形動ダ）支離破碎；☆
支離滅裂の文章／支離破碎的文章。[0]

めて【馬手・右手】（名）〔文〕①持馬韁
的手，右手；↔ゆんで；②右方，右側[1]

メデシンボール【medicine ball】（名）
〔運動〕傳大球的遊戲。

*めでた・い【目出度い・芽出度い】（形）
①可喜可賀的，吉慶的，吉利的；☆めで
たい日／吉慶的日子；☆めでたい前兆／
吉利前兆；②幸運的，順利的；☆めでて
たく入学する／順利地入學；☆めでた
い結末／順利的結末；③〔おー〕有點傻
瓜；☆あの男は少々おめでたい／那傢伙
有點傻瓜；☆おめでとうございます／恭
喜，恭喜；〔俗〕おめでたい／過世◊お
めでたくなる／〔俗〕死，完蛋大吉；図
めでたし（形ク）；～が・る（自五）；
～さ（名）。[3]

め・でる【愛でる】（他下一）欣賞，愛；
☆月をめでる／欣賞月亮；図めづ。[2]

めど【目処】（名）目標，目的（＝めあて）
；☆犯人のめどがつく／犯人有了線索
；☆仕事のめどがつく／工作有了眉目
了。[1]

めどおし【目通し】（名）看一看；☆お目

通しを願う／請您看一看。[2]

めどおり【目通り】（名）進見，拜謁；☆
お目通りを許される／被准許進謁。[2]

めと・る【娶る】（他四）娶；☆妻をめと
る／娶妻。[2]

メドレー【medley】（名）①〔樂〕（把許
多名曲的一部分拼綴起來的）混合曲；②
←メドレーリレー；～リレー【medley-
relay】（名）〔運動〕各項競走、游泳
的接力賽。[1]

メトロ【法metro】（名）地下鐵道。[1]

メトロノーム【德 Metronom】（名）〔
樂〕節拍器。[4]

メトロポリス【metropolis】（名）①首都
；②大城市。[1]

めなみ【女波】（名）（一起一伏的波浪的）
低浪；↔おなみ。[1]

メニュー【menu】（名）菜單；☆メニュ
ーを見せて下さい／請給我看菜單；☆今
日のメニューは何かな／今天的菜單是什
麼？[1]

メヌエット【伊menuetto、德Menuett】
（名）〔樂〕小步舞（曲）。[1][3]

めぬき【目抜き】（名）①顯眼，顯著；☆
目抜の場所に看板を立てる／在顯眼的地
方立起廣告牌；②重要；☆目抜の箇所を
控えておく／把重要的地方（字句）摘錄
下來；③繁華，熱鬧；☆市内の目抜き通
り／市内的繁華大街。[3][1]

めねじ【雌螺子】（名）螺絲帽，螺絲母[1]

めのう【瑪瑙】（名）〔礦〕瑪瑙石。[2][1]

めのこ【目の子】（名）心算，用眼睛估計
（＝めぶんりょう）。[2]

めのたま【目の玉】（名）眼珠→めだま[4][3]

めのと【乳母】（名）〔古〕乳母，乳娘[2][1]

めのまえ【目の前】（名）①眼前，面前；
☆人の目の前で褒める／當面誇獎；②最
接近處，跟前；☆ボールはすぐ目の前に
ある／球就在跟前；③目前，最近；☆試
験が目の前に迫る／考試追於目前。[3]

めばえ【芽生】（名・自サ）①發芽，出芽
；☆芽生から育てた木／從一發芽起就培
養大了的樹；②萌芽；☆愛の芽生／愛情
的萌芽；◊芽生の内に摘み取る／防患於
未然。[3][2]

めはな【目鼻】（名）①眼和鼻；☆人形の
顔に目鼻を描く／在洋娃娃的臉上畫上眉
眼；②面貌，五官；☆目鼻の整った顔／
五官端正的臉；③眉目，頭緒，輪廓；☆

やっと目鼻がつく／剛剛有點眉目；☆仕事に目鼻をつける／把工作搞出頭緒。[1]

めはな【雌花】（名）〔植〕雌花↔おばな [1]

めはなだち【目鼻立ち】（名）相貌，眉眼，五官（＝かおだち）；☆目鼻立ちの整った顔／五官端正的相貌。

めばや・い【目速い・目早い】（形）眼尖的；眼快的（＝めざとい）。[3]

めばり【目張（り）・目貼（り）】（名・自サ）糊縫，溜縫子；☆風の入らぬように窓の目張りをする／把窗戶的縫糊貼以免進風。[3][0]

めぶんりょう【目分量】（名）用眼睛估計（分量）；☆目分量で二つに分ける／估量着分爲兩份（兩個）。[2]

めぼし【目星】（名）①（大體上的）目標（＝めあて）；☆犯人の目星がついた／大體上知道了誰是犯人；②記號；☆木に目星を打つ／在樹上刻上記號；③（眼珠上的）白翳，角膜斑。[1]

*めぼし・い（形）①重要的，顯著的，卓越的，較好的；☆めぼしい選手がいない／沒有較好的選手；②（比較）値錢的；☆めぼしいものは皆売り払った／比較値錢的東西都賣光了。[3]

めまい【眩暈】（名・自サ）頭暈，眼花；☆めまいがする／頭暈。[2]

めまぐるし・い【目まぐるしい】（形）令人眼花的，激烈迅速的，瞬息萬變的；☆町の往来がはげしくて目まぐるしく感じる／街上的交通頻繁令人感覺眼花；☆情勢がめまぐるしく変る／情勢瞬息萬變；図めまぐるし（形ク）。[5]

めみえ【目見え】（名）①謁見；☆お目見えする／進謁；②僕人試工。[3][0]

めめし・い【女女しい】（形）女人似的，柔弱的；☆めめしい振るまいをする／擧止像女人一般；☆女女しい男／女人一般的男子。[3]

*メモ【memo】（名・自他サ）筆記，記錄；備忘錄，便條（＝メモランダム）；☆メモを取る／記筆記；☆要点をメモしておく／把要點記下來；☆買物をメモにつける／把（要）買的東西記在便條上。[1]

めもあてられない【目も当てられない】（連語）不敢正視，目不忍睹；☆目もあてられない惨状／目不忍睹的惨状。[1]─[0]

めもと【目許】（名）①眼睛；☆目許のかわいい娘さん／眼睛長得可愛的姑娘；②

眼神（＝めつき）。[3]

めもり【目盛】（名）①計器的度數；☆はかりの目盛／秤星；☆目盛をする／（在計器上）分度，刻度。[3]

メモリー【memory】（名）①記憶力，記憶；②追想，懷念；③紀念，紀念物；～ブック【memory book】（名）紀念冊，紀念本。[1]

めも・る【目盛る】（他五）（在計器上）刻度數，分度。[0]

めやす【目安】（名）①（大體上的）目標，大致的標準（＝めあて）；☆これから先の目安を立てる／確定今後的目標；☆千円ぐらいのところに目安をおく／以一千元左右作為大致標準；②算盤探上的定位名稱。[0]

めやに【目脂】（名）眼垢，眼屎。[3]

メラニン【melanin】（名）動物身體表面的黑色素。[2][0]

めらめら（副）（火燄）熊熊燃燒貌；☆一瞬の間にめらめらと燃えてしまう／一瞬間火燄熊熊地燒光。[2]

メランコリー【melancholy】（名）憂鬱。メランコリック【melancholic】（形動ダ）憂鬱的。[2]

めり【減（り）】（名）①消耗，傷耗，減分量；☆減りが立つ／有傷耗，減分量；②〔樂〕（日本音樂）降低音調；↔かり[2]

メリーゴーラウンド【merry-go-round】（名）回轉木馬。[6]

メリケン【米利堅】（名）〔アメリカン（American）之訛〕①美國（的）；☆メリケン松／美國松；～こ【米利堅粉】（名）小麥粉，麵粉；☆メリケン波止場（はとば）／外國的船隻經常靠岸的港口[0]

めりこ・む【減り込む】（自五）①陷入，沉入；☆車輪が泥道に減り込む／車輪陷入泥道裏；②壓入，刻入；☆荷物が重くて肩に減り込みそうだ／扛的東西太重幾乎像壓入肩膀（的肉裏）。[0]

メリット【merit】（名）好處，價值，優點，功績。[1]

メリノ【merino】（名）①美利奴羊，螺角羊；②美利奴羊的羊呢；③美利奴羊的毛線。[1]

めりはり【減張】（名）〔俗〕音調的高低，抑揚。

めりめり（副）物折斷或坍塌貌；☆地震で家がめりめりとこわれる／因地震房子嗄

喀嚓喀嚓地坍塌了。①

メリヤス【西班牙 medias＝莫大小】（名）針織品；☆メリヤスのシャツ／針織品的線衣。⓪

メリンス【西班牙merinos】（名）一種薄毛織品（＝モスリン）。⓪

メルヘン【德 märchen】（名）故事，童話。①

メロディー【melody】（名）旋律，曲調；☆甘いメロディーが流れて来る／傳來甜蜜的曲調。①

メロドラマ【melodrama】（名）①鬧劇，情節劇；愛情片；②戲劇性的事件。③

メロン【melon】（名）〔植〕①歐美種的甜瓜，白玉瓜，華萊氏瓜；③←マスクメロン。①

一めん【面】（接尾）①用以計算平面的東西；☆琴一面／箏一張；☆鏡二面／鏡子兩面；②表示畫面、字面的意思；☆証書面には手落ちはない／在證書的字面上沒有什麼錯誤；⑧表示方面的意思；☆経済面で破綻を来たす／在經濟方面發生破綻。

めん【雌】（名）〔俗〕雌，牝（＝めす）；☆めんどり／雌雞。①

*　**めん**【面】（名）〔俗〕＝かお；②（能樂、神樂、演劇等使用的）假面，☆面をかぶる／帶上假面；③〔棒球〕〔劍道〕護面具；④〔劍道〕招數之一（擊頭部）；☆お面を一本取られる／被擊中頭部一次；⑤表面，〔數〕面；☆相対する面／相對的面；⑥（木材或器具的）稜角；☆面を取る／剗去稜角；⑦方面；☆財政の面で援助する／在財政方面給予援助；⑧韓國的行政區劃（相當於村）。⓪①④

めん【綿】（名）①棉，棉線；綿糸／棉紗；②棉織品；☆綿のシャツ／棉布的襯衫。①

めん【麵・麪】（名）①小麥粉（麵粉）；②麵條；☆麺を食べる／吃麵條。①

めんえき【免役】（名）〔文〕①免除服役；②免除兵役。⓪

*　**めんえき**【免疫】（名・他サ）〔醫〕免疫；～たい【免疫体】（名）〔醫〕抗體。⓪

めんおりもの【綿織物】（名）棉織品③④

めんか【綿花・棉花】（名）棉花。①

*　**めんかい**【面会】（名・自サ）會見，會面；☆先生が父兄と面会する／教師與家長會面；☆面会を求める／求見。⓪

めんきょ【免許】（名・他サ）①（政府機關）批准，許可；☆民間放送局開設の免許が下りる／批准開設民營的廣播電臺；②（師傅）傳授秘密；⑧許可證；☆自動車運転の免許を取る／取得汽車駕駛執照；～かいでん【免許皆伝】（連語・名）秘傳，傳授秘密。①

めんくら・う【面喰う】（他五）（因事出突然而）張惶失措；☆突然の来訪に面喰う／因突然來訪感到張惶失措。⓪

めんこ【面子】（名）一種兒童遊戲，拍圓牌；☆子供が道端でめんこをやっている／孩子們在路旁拍圓牌玩。①

めんざい【免罪】（名）〔文〕免罪。⓪

めんし【綿糸】（名）綿紗；～ぼうせき【綿糸紡績】（名）紡紗。①

めんしき【面識】（名）認識；☆一面識もない／一面之識都沒有。⓪

*　**めんじょ**【免除】（名・他サ）免除；☆授業料を免除する／免收學費。①

めんじょう【免状】（名）①許可證，執照；☆自動車運転の免状を取る／取得汽車駕駛執照；②畢業證書；☆卒業式で免状をいただく／在畢業典禮時領得畢業證書。③⓪

*　**めんしょく**【免職】（名・他サ）免職；革職，☆会社の職員を免職する／把公司的職員免職。⓪

めん・じる【免じる】（他上一）〔文〕①免除；☆学費を免じる／免收學費；②免職；☆公務員の職を免じる／把公務員撤職；⑧看在…的份上；☆今度だけは、あなたのお父さんに免じて許しましょう／這一次看在你父親的面上饒恕了你吧；図めんず（サ）。⓪

メンス【Menses】（名）〔俗〕月經，月信。①

*　**めん・する**【面する】（自サ）〔文〕朝向，面向，面對，面臨；☆海に面した家／面向海的房屋；☆危機に面する／面臨危機；図めんす（サ）。③

めん・ずる【免ずる】（他サ）〔文〕＝めんじる；図めんず（サ）。⓪③

めんぜい【免税】（名・自サ）免稅；☆免税を申請する／申請免稅。⓪

*　**めんせき**【面積】（名）面積；☆土地の面積を測る／測量土地的面積。①

めんせつ【面接】（名・自サ）會面，接見；～しけん【面接試験】（名）口試。⓪

めんぜん【面前】（名）眼前，面前；☆人の面前で悪口を言う／當面罵人。③◎

めんそ【免訴】（名）〔法〕免訴，不起訴；☆証拠不充分のために免訴となる／因爲證據不充分而免予起訴。①

メンタル【mental】（造語）智力的，精神的；～テスト【mental test】（名）智力測験。①

めんだん【面談】（名・自サ）面談，當面治談；☆責任者と直接面談する／跟負責人直接面談。◎

メンチボール【mince ball 之訛】（名）〔烹飪〕炸肉餅。④

めんちょう【面庁】（名）〔醫〕生在臉上的瘡。①

めんつ【面子】（名）面子；☆私の面子をたててくれ／你給我面子吧。①

*めんどう【面倒】（名・形動ダ）麻煩，費事，囉嗦；☆面倒な手続き／麻煩的手續；☆事を面倒にする／弄出麻煩；☆人に面倒をかける／給別人添麻煩；☆面倒をみる／照料，照顧；☆子供の面倒をみる／照料孩子；～が・る【面倒がる】（自五）嫌麻煩；～くさ・い【面倒臭い】（形）非常麻煩的；☆面倒臭い仕事／非常麻煩的工作；☆毎日買いに行くのが面倒臭い／毎天去買東西感覺麻煩；～くさが・る【面倒臭がる】（自五）感覺麻煩，嫌麻煩；☆彼はそれを面倒臭がって，しようとしない／他嫌那件事麻煩不願意去做。③

メントール【德Menthol】（名）〔化〕薄荷醇，萜醇。③

めんどくさ・い【面倒臭い】（形）→めんどうくさい。⑥

めんとむかって【面と向かって】（連語，

副）面對面，當面；☆面と向かってはなかなか言いにくい／面對面很難講。◎

めんどり【雌鳥】（名）①鳥之雌者；②母鷄，牝鷄。◎

*メンバー【member】（名）（團體的）成員，一份子（＝顔ぶれ）☆クラブのメンバー／社團的成員，☆会議のメンバー／參加會議的人。①

めんぴ【面皮】（名）面皮，臉皮；◇面皮を剝ぐ／揭穿（某人的）厚顏無恥。①

めんぼう【麵棒】（名）擀麵棍，擀麵棒①

めんぼく【面目】（名）①〔文〕臉面，☆面目がない／沒有臉面，②名譽，體面；☆面目を保つ／保持名譽（體面）；☆面目を施（ほど）す／露臉，有光彩；☆面目にかかわる／事關名譽（體面）；☆面目丸潰（まるつぶ）れ／面子丟盡；◇面目次第もない／無臉見人，臉上無光，十分丟人；～な・い【面目無い】（形）臉上無光的，不光彩的，丟人的；☆馬鹿な事をしでかして面目ない／作了蠢事無臉見人。◎

*めんみつ【綿密】（形動ダ）綿密，周密；☆綿密な調査研究／周密的調査研究。◎

めんめん【面面】（名・副）每個人，各個人，人們（＝おのおの、めいめい）；☆一座の面面／在座的每一個人，在座的人們。◎

めんめん【綿綿】（形動タルト）綿綿☆話が綿綿として尽きない／話綿綿不絕③◎

めんもく【面目】（名）①面目（＝めんぼく）②様子；☆面目を一新する／面目一新。◎

めんよう【緬羊・綿羊】（名）〔動〕綿羊◎

めんるい【麵類】（名）麵條類。①

も①五十音圖「ま行」第五音，發音為 mo；②〔字源〕平假名是「毛」字的草體；片假名是其簡體。

も【喪】（名）①喪事，辦喪事；②喪期；☆喪に服する／服喪；守孝；☆喪が明ける／喪服期滿。

も【藻】（名）〔植〕藻類。◎

も（副）再（＝もう，さらに）；☆も一つ戴／請你再給我一個。◎

も I（修助）①也；☆私も欲しい／我也想要；☆全体の為にもなる／對全體也有好處；☆あれがよいなら、これもよかろう／如果那個可以的話，這個也可以吧；②（表示並列或並舉）不論…或…都；又…又…；☆男子も女子も働く／不論男子或女子都勞動；☆雨も降るし風も吹く／又下雨又颳風；☆彼にとっても僕にとっても重大問題だ／不論對他或對我來說，都是重大的問題；③（上接疑問代詞，表示全部或全體）也，都；☆どこへも行かない／哪兒也不去；☆何も言わなかった／什麼（話）也沒說；☆何れもまちがいだ（不論哪一個）都是錯誤；④（上接表示「一」的數（量）詞，表示全部或全體）也；☆一つもない／一個也沒有；☆一人もいない／一個人也沒有（不在）；⑤連，甚至，即使…（＝さえ，すら，でも）；☆冗談も言えない／連笑話也不敢說；☆虫も殺さぬ顔／非常和善的面容；表面和善的面容；☆猿も木から落ちる／即使猴子也可能從樹上掉下來；⑥（強調數量、程度的多、大、長、高、深、遠等）竟；☆二時間もしゃべり続ける／竟連續聊了兩個小時之久；☆五百マイルにも達する／有五百英里那麼遠；⑦用以加強語氣；☆あまりにもひどい／未免太過火了，未免太甚了；☆早くも様子（ようす）を察して逃げてしまった／早就聞風潛逃了；⑧夾在兩個同一單詞之間，表示程度的誇張或表示首先肯定然後一轉；☆そんな事を言う彼も彼だ／他居然說出這樣話來；☆書きも書いたり、全部で千ページになる／可真寫了不少，一共有一千頁；☆資格も資格だが実力が第一だ／資格固然也重要

，但最重要的還是實力；II（接助）①（表示極限，＝ても，とも）☆遅くも五時には帰れる／至遲五點可以回來；☆少なくも十人は来るだろう／至少也要來十個人吧；②〔文〕雖然…但是…（＝けれども）；☆語り合ひしも／雖然交談了…。

***もう**（副）①已經，既，已（＝もはや，すでに）；☆もう忘れた／已經忘了；☆今からでは、もう遅い／從現在才動手（開始）已經來不及了；②快要，就要（＝やがて，まもなく）；☆もう来るでしょう／我想快來（到）了；☆もうすぐ冬だ／馬上就到冬天了；③再，另外（＝さらに，も）☆もう一つ下さい／請你再給我一個◎①

もう【毛】①毛（＝け）；②毛髮，頭髮（＝かみのけ）；③一的千分之一；④一成的千分之一；⑤（尺度單位）寸的千分之一；⑥（重量單位）「匁」（＝もんめ）的千分之一；⑦（貨幣單位）釐的十分之一。①

もうあい【盲愛】（名・他サ）〔文〕溺愛（＝ねこかわいがり）；☆一人娘を盲愛する／溺愛獨生女兒。

もうい【猛威】（名）〔文〕凶猛的威勢；☆台風が猛威を振るう／颱風颳得凶猛①

もうか【孟夏】（名）〔文〕孟夏，初夏（農曆四月）。①

もうか【猛火】（名）〔文〕猛火，猛烈的火焰；☆猛火の中に飛び込む／跳進猛火裏。

もうがっこう【盲学校】（名）盲校。③

***もうか・る【儲かる】**（自五）①賺錢，得利；☆儲かる商売／賺錢的生意；☆不況でちっとも儲からない／生意不佳不賺錢；②〔轉〕得便宜，撿便宜；☆賠償せずに済んだので儲かった／沒有賠償就結了，得了便宜。③

もうきんるい【猛禽類】（名）〔文〕猛禽類。③

***もうけ【儲け】**（名）利益，利潤，賺錢；☆ぼろい儲け／暴利；☆儲けが多い（薄い）／利錢多（少）；☆一儲けする／賺一筆錢（撈一把）；**～ぐち【儲け口】**（名）賺錢（發財）的機會；☆儲け口を探

す／尋找賺錢的機會；～もの【儲け物】（名）意外的收穫；意外之財；☆これは儲け物をしたぞ／這可是撿了便宜啦。③

もうげき【猛撃】（名）猛烈的打撃（攻撃）；☆猛撃を加える／給予猛烈打撃。⓪

**もう・ける【設ける】（他下一）①預備，準備；☆酒の席を設ける／預備酒席；②設置，設立，制定（＝おく、つくる）；☆事務所を設ける／設立辦事處；☆講座を設ける／開設講座，開課；☆規則を設ける／制定規章；③生（子女），得（子）；☆一子を設ける／得一子，因まうく（下二）。③

**もう・ける【儲ける】（他下一）①賺錢，得利；☆骨折って儲けた金／辛勤勞動賺來的錢；☆あの品物を売って一万円儲けた／把那件東西賣了，賺了一萬元；②〔轉〕撿便宜，得便宜；☆休みを一日儲ける／白撿了一天假日，因まうく（下二）③

もうけん【猛犬】（名）凶猛的狗。

もうこう【猛攻】（名）猛攻，猛烈進攻；☆猛攻を加える／給予猛攻。⓪

もうこん【毛根】（名）〔解〕毛根。⓪

もうさいかん【毛細管】（名）①〔理〕毛細管（＝もうかん）；②〔解〕毛細血管（＝もうかん）。③

もうさいけっかん【毛細血管】（名）〔解〕毛細血管（＝もうかん）。⑤

もうしあ・げる【申し上げる】Ⅰ（他下一）〔（いう）的敬語〕說，講；☆閣下（かっか）に申し上げます／向閣下報告；☆過日（かじつ）申し上げた通り／正如上次我跟你講的那樣；Ⅱ（補動・下一）（接在帶「お」或「ご」接頭詞的體言或動詞的連用形，構成敬語）；☆お喜び申し上げます／恭喜恭喜；☆私が御案内申し上げましょう／我來做嚮導吧，因まうしあぐ（下二）。⓪

もうしあわせ【申し合せ】（名・他サ）協商（的結果），協議，協定，公約；☆申し合せを守る／遵守協議；☆申し合せにより儀礼を廃止する／根據公議免去虛禮；☆当事者同士で申し合せ（を）する／由當事人相互間進行協商。⓪

もうしあわ・せる【申し合わせる】（他下一）商量，協商，決定，商定（＝いいあわせる）；☆五時に集まるよう申し合わせる／商定五点集合；☆皆で申し合わせて仕事に励む／大家商量好努力工作；因

まうしあはす（下二）。⓪⑥

もうしいで【申出で】（名）申請，聲明，提出，建議（＝もうしで）；☆申出での順により処理する／按照申請的先後順序進行處理。⓪

もうしいれ【申し入れ】（名・他サ）提議，提出意見，提出希望；☆妥協の申し入れをする／提出妥協的希望，表明願意妥協。⓪

もうしい・れる【申し入れる】（他下一）提議，提出意見，提出希望；☆相手方に反対の旨を申し入れる／向對方表明反對；☆他の大学に共同研究を申し入れる／向其他大學提議進行共同研究；因まうしいる（下二）。⓪⑤

もうしう・ける【申し受ける】（他下一）〔（うける）、（もらう）的敬語〕接受；☆重大な任務を申し受ける／接受重大任務；因まうしうく（下二）。⓪⑤

もうしおくり【申し送り】（名・他サ）①通知，通告；☆こちらの実情を申し送りする／把這方面的實際情況通知（對方）；②傳達（命令等）；☆申し送り事項を守る／遵守傳達事項（命令）。⓪

もうしおく・る【申し送る】（他五）①通知，通告；☆手紙で申し送る／寫信通知；②傳達，轉告（＝いいつたえる）；☆後任者（こうにんしゃ）に必要事項を申し送る／把必要事項向後任交代清楚。⓪⑤

もうしか・ねる【申し兼ねる】（他下一）〔（いいかねる）的敬語〕①難以開口，不好意思說出；☆甚だ申し兼ねますが、それを私に貸して下さいませんか／真不好意思向你說，可不可以把那個借給我呢？②不能說出；☆会社の内情はこれ以上申し兼ねます／關於公司的內幕只能談這些（不能做進一步說明）；因まうしかぬ（下二）。⓪

もうしご【申し子】（名）①〔迷信〕祈禱神佛而後生的孩子，天賜的孩子；②〔轉〕（產生的）結果。③

もうしこし【申越し】（名）（用書面）通知前來；☆お申越しの件／你信中所提的那件事；☆お申越しあり次第（しだい）お送り致します／只要（您）來信告知，馬上就寄去。⓪

**もうしこみ【申込み】（名）①提議，提出（意願、要求等）；☆試合（しあい）の申込みをする／提議進行比賽；☆申込み

に応ずる／接受（對方的）提議；②應募，報名；☆多くの申込みがある／報名（應募）的人很多；③預約；☆早目にお申込み願います／請從速預約。⓪

*もうしこ・む【申し込む】（他五）①提議，提出（意願、要求等）；☆抗議を申し込む／提出抗議；☆結婚を申し込む／求婚；☆試合（しあい）を申し込む／提議比賽，挑戰；②應募，報名；☆競技会へ参加を申し込む／報名參加運動會；③預約。⓪

もうしたて【申立て】（名）申述，陳述，聲明，提出主張；☆異議の申立てをする／提出異議。

もうした・てる【申し立てる】（他下一）〔（いいたてる）的敬語〕強硬地提出（意見或要求），陳（申）述，聲明，主張（＝いいはる）；☆事実を申し立てる／陳述事實；☆理由を申し立てる／申述理由；☆異議を申し立てる／提出異議；☆正当防衛と申し立てる／〔法〕主張（自己的行動）是合法的自衛；図まうしたつ（下二）。⓪⑤

もうしつけ【申し付け】（名）〔（いいつけ）的敬語〕命令，吩咐，打發，指示；☆御申し付けに従って行ないます／按照您的命令（指示）做。⓪

もうしつ・ける【申し付ける】（他下一）〔（いいつける）的敬語〕命令，吩咐，打發，派遣，指示；☆あなたの御注文通り店員に申し付けました／照您所要求的那件事已令店員照辦；図まうしつく（下二）。⓪⑤

*もうしで【申出で】（名）＝もうしいで⓪

*もうし・でる【申し出る】（自サ）申述，表明，提出，提議，通知；☆理由を申し出る／申述理由；☆辞任を申し出る／表明要辭職；☆意見を申し出る／提出意見；☆警察に申し出る／報告警察；☆希望者は申し出て下さい／志願者請報名；図まうしいづ（下二）。⓪

もうしひらき【申し開き】（名・他サ）〔（いいひらき）的敬語〕申辯，辯解（＝もうしわけ）；☆自分の行（おこな）いに申し開きが立たない／對於自己的行為無法辯解。⓪

もうしぶん【申し分】①＝もうしわけ；②可以挑剔的地方，缺欠，缺點（＝いいぶん）；☆申し分のない出来ばえだ／這是很好的成績；☆品質の点は申し分がない／質量毫無問題；☆天気は申し分なし／天氣絶佳（再好沒有）。③

もうじゃ【亡者】（名）〔佛〕①死者，死人；②死後未能超渡的亡魂。①

もうしゅう【妄執】〔佛〕執迷，固執；☆妄執を去る／破除執迷；☆妄執に囚（とら）われる／執迷不悟。⓪

もうしゅう【猛襲】（名・他サ）〔文〕猛烈襲撃；☆巨象の群の猛襲に遭う／遭受大象羣的猛烈襲撃。⓪

もうじゅう【盲従】（名・他サ）盲從；☆他人の意見に盲従する／盲從別人的意見⓪

もうじゅう【猛獣】（名）猛獣；～がり【猛獣狩り】（名）打（獵）猛獣；～つかい【猛獣使い】（名）馴養猛獣的人。⓪

もうしゅん【孟春】（名）〔文〕孟春，初春（農曆正月）。⓪

もうじょう【網状】（名）〔文〕網狀。⓪

もうしわけ【申し訳】（名・自サ）〔（いいわけ）的敬語〕①申辯，辯解，道歉；☆何とも申し訳がない／沒有任何理由可以辯解，實在抱歉；☆何と申し訳してよいか分らない／不知怎樣道歉才好；☆失敗の申し訳に辞職する／引失敗之咎而辭職；②敷衍，塞責，勉強，有名無實；☆ほんの申し訳に本を読む／僅僅為了塞責而讀書；☆申し訳程度の雨／極少的降雨⓪

もうしわたし【申し渡し】（名）宣布，通告，宣告（＝いいわたし）；☆判決の申し渡し／宣判；☆死刑の申し渡しを受ける／被宣告死刑。⓪

もうしわた・す【申し渡す】（他五）宣布，通告，宣告（＝いいわたす）；☆退校を申し渡される／被宣布開除（勒令退學）。⓪⑤

もうしん【盲信】（名・他サ）盲信，盲目地相信，迷信；☆人の話を盲信する／盲信別人的話。⓪

もうしん【盲進】（名・自サ）冒進，盲進；☆盲進して失敗した／由於盲進而失敗了。⓪

もうしん【猛進】（名・自サ）猛進，急馳，奮勇前進，挺進，突進，勇往直前；☆前後を顧みないで猛進する／不顧一切奮勇前進。⓪

もうじん【盲人】（名）盲人，瞎子（＝めくら）。③⓪

もう・す【申す】（他五）①〔（いう）、

（かたる）、（つげる）的敬語〕說，講，告訴，稱，叫做；☆申すまでもなく／不用說，不待言；☆私は絶対に申しません／我絕對不（沒）說；☆私は中村一郎と申します／我的名字叫中村一郎；②請求（＝こう，ねがう）；Ⅱ（補動・五）〔接有接頭詞（お）或（ご）的體言或動詞的連用形，構成敬語，相當於（いたす）〕；☆お願い申します／懇求；拜託；☆では御案内申しましょう／那麼，我來作嚮導吧。①

もうせい【猛省】（名・自サ）猛省；認眞地重新考慮；☆当事者の猛省を促す／促請當事者認眞地重新考慮。◎

もうせん【毛氈】（名）毛氈；氈子；☆毛氈を敷く／舖毛氈。③

もうぜん【猛然】（形動クルト）猛然☆虎が猛然と襲いかかる／老虎猛然撲來◎③

もうそう【孟宗】（名）〔植〕←もうそうちく／～ちく【孟宗竹】（名）〔植〕江南竹。◎①

もうそう【妄想】（名）妄想，邪念，胡思亂想；☆妄想を逞（たくま）しうする／一味地胡思亂想。◎

もうだ【猛打】（名・他サ）猛打，猛烈打擊；☆猛打をあびせる／〔棒球〕連續猛打。①

もうちょう【盲腸】（名）〔解〕闌尾，盲腸；～えん【盲腸炎】（名）〔醫〕盲腸炎，闌尾炎。①

もう・でる【詣でる】（自下一）參拜，禮拜（＝まいる）；☆お寺に詣でる／參拜寺院；因まうづ（下二）。◎③

もうてん【盲点】（名）①〔解〕（眼球中的）暗點，盲點；②空白點，漏洞，空隙；☆法の盲点／法律的漏洞；☆捜査の盲点／捜査的空白點。①

もうとう【毛頭】（副）（下接否定語）絲毫，一點點；☆毛頭疑いない／毫無疑問；☆そんな気持は毛頭ない／那種意思一點也沒有。◎

もうどう【妄動】（名・自サ）〔文〕妄動；☆軽挙妄動を慎む／不輕舉妄動。◎

もうどく【猛毒】（名）劇毒；☆蝮（まむし）が猛毒を持つ／蝮蛇有劇毒。◎

もうねん【妄念】（名）〔佛〕執迷，妄念（＝もうしゅう）。◎①

もうはつ【毛髪】（名）〔文〕毛髪，頭髮（＝かみのけ）；☆毛髪を切る／剪頭髪◎

もうひつ【毛筆】（名）毛筆（＝ふで）；☆毛筆で署名する／用毛筆簽名；↔こうひつ（硬筆）。◎

もうひとつ【もう一つ】Ⅰ（連語）再一個；☆もう一つ下さい／請（您）再給我一個；Ⅱ（副）〔方〕還差一點兒；☆もう一つ足りない／還差一點兒不够。

もうふ【毛布】（名）毛毯，毯子；☆毛布を掛ける／蓋毯子；☆毛布にくるまる／裹在毯子裏。①

もうまく【網膜】（名）〔解〕網膜。①

もうもう【濛濛】（形動タルト）濛濛，彌漫（形容煙、霧、塵埃等）；☆湯気（ゆげ）が濛々と立ち込めている／熱氣瀰漫着。

*もうもく**【盲目】（名）〔文〕①盲（目），失明（＝めくら）；☆盲目の音楽家／盲人音樂家；②盲目，沒有理智；～てき【盲目的】（形動ダ）〔文〕盲目的，沒有理智的；糊塗的；☆盲目的な試み／盲目的嘗試；☆子供を盲目的にかわいがる／溺愛孩子。

もうら【網羅】（名・他サ）收羅無遺，羅致；☆辞書にあらゆる言葉を網羅する／把所有的詞都收羅到辭典裏；☆会員は政界、財界を殆んど網羅している／會員幾乎包括了政界和經濟界的所有人物。①

もうれつ【猛烈】（形動ダ）猛烈，凶猛，激烈，強烈，熱烈；☆猛烈に攻撃する／猛烈攻擊；☆猛烈に降る／雨下得特大，下暴雨；☆猛烈に反対する／激烈地反對；☆猛烈に議論する／熱烈地爭論；☆お腹が猛烈に痛い／肚子劇痛。◎

もうろう【朦朧】（形動ダ」朦朧，模糊不清；☆意識が朦朧として何も分らない／意識朦朧失去知覚；☆朦朧としてつかみ所のない人／態度模糊令人難以揣摩的人。◎

もうろく【耄碌】（名・自サ）衰老，老耄，老糊塗；☆年のせいで、もうろくする／由於年邁而老糊塗。①

もえ【燃え】（名）燃燒（的情况）；☆石炭の燃えが悪い／煤不好燒。◎

もえあが・る【燃え上がる】（自五）（火焰向上）燃燒起來，☆一時にぱっと燃え上がる／忽地一聲燃火起來。④

もえがら【燃え殻】（名）燃燒後剩下的渣滓；☆マッチの燃え殻／點過的火柴棒；☆石炭の燃え殻／煤灰渣子。◎

もえぎいろ【萌葱（萌黄）色】（名）淡綠色；☆萌黄色のセーターを着る／穿淡綠色的毛衣。⓪

もえさか・る【燃え盛る】（自四）旺盛地燃燒，☆火は燃え盛っているので雨でも消えなかった／因爲火着得太旺下雨也沒有滅。④

もえさし【燃差】（名）燃燒剩下，沒有完全燃燒掉（的部分）（＝もえのこり）；☆燃差のマッチ／（點過火的）火柴棒；☆薪（まき）の燃差をくべる／用燒剩半截的（沒燒透的）劈柴添火。⓪

もえた・つ【燃え立つ】（自五）①燃燒起來（＝もえあがる）／☆燃え立つ焰の中に投げ入れる／扔到燃燒起來的火燄中；②（感情）高漲（＝たかまる）／怒りが燃え立つ／怒火填胸。③

もえつ・く【燃え付く】（自五）燃着，點着；延燒到／☆薪（まき）が湿ってなかなか燃え付かない／劈柴濕了很不容易點着；☆近くに積んだわらに火が燃えついた／火引着了堆在附近的乾草。③

もえ・でる【萌え出る】（自下一）萌芽，發芽（＝めぐむ、めざす）；☆草木が萌え出る季節になる／到了草木發芽的季節；囡もえいづ（下二）。⓪

もえのこり【燃え残り】（名）沒有完全燃燒（的部分），餘燼（＝もえさし）；☆篝火（かがりび）の燃え残りを始末する／收拾篝火的餘燼。⓪

も・える【萌える】（自下一）萌芽，發芽（＝めぐむ）；☆草木が萌える／草木發芽；囡もゆ（下二）。⓪

も・える【燃える】（自下一）①燃燒，着火；☆火が盛んに燃えている／火着得很旺；☆この薪（まき）はよく燃えない／這劈柴不好燒；☆燃えるような太陽／像烈火般（耀人）的太陽；②（熱情）燃燒，洋溢；☆愛国の情に燃えている／燃燒（洋溢）着愛國的熱情；☆燃える思いを胸にこめる／滿腔熱情；③〔轉〕（顔色）鮮明，耀眼；☆燃えるような薔薇（ばら）の花／火紅色的薔薇；☆燃える様な緑／碧綠；囡もゆ（下二）。⓪

モーコしょう【蒙古症】（名）〔醫〕蒙古症。⓪

モーション【motion】（名）①運動；②動作（＝みぶり）；☆モーションがのろい／動作緩慢；☆ピッチャーのモーショ
ン／投手的動作；◇モーションを掛ける／做出某種姿態或手勢以向對方示意；☆モーションを掛けて相手の気持を探る／做出某種姿態來刺探對方的意向。①

＊モーター【motor】（名）①發動機；②電動機；☆モーターを動かす（止める）／開動（關閉）電動機；～カー【motorcar】（名）汽車；～ボート【motorboat】（名）汽艇。①

モード【mode】（名）①方法；形式；②流行，時樣；☆新しいモード／新型式，最新流行式樣。①

モーニング【morning】（名）①早晨，上午（＝あさ）；②←モーニングコート；～カップ【morning cup】（名）喝牛奶用的大咖啡杯；～コート【morning coat】（名）男子晝禮服，晨禮服；～ショウ【morning show】（名）早上的電視綜藝節目；電影的早場。①

モービルオイル【mobile oil】（名）（發動機用）機器油。

モール【葡 mogol 之訛】（名）以金銀線搓成的裝飾繩。①

モカ【Mocha】（名）（也門的摩卡海港輸出的）摩卡咖啡。①

モールスふごう【Morse符号】（名）摩爾斯電碼。⑤

もが・く【腕く】（名・自サ）①（痛苦時）折騰，扭動（身體）；☆腕いて死ぬ／經過一番折騰而死；②拼命挣扎；☆縄目を脱しようと腕く／拼命挣扎想解脫繩索；☆今更腕いても始まらない／事到如今怎樣挣扎也來不及了。②

もがな（感助）〔古〕表示強烈的希望或願望語氣；☆なくもがな／沒有也罷，用不着。

もぎ【模擬】（名・自他サ）〔文〕模擬，模仿；～せん【模擬戦】（名）〔軍〕模擬戰，演習。①

もぎり【捥り】（名）劇院、電影院等演藝場所的收票員（因撕扯門票而得名）。③

もぎ・る【捥る】（他五）薅，撕，捺掉，扭下，揪下來（＝もぐ）；☆人形の手足を捥る／把布娃娃的手脚揪掉；☆木の実を捥り取る／把樹上的果子揪下來。

もく【目】（名）①→もくめ；②〔文〕項目；③（預算分款、項、目、節的）目；④〔動〕目（動物學上分類的名稱之一）①

も・ぐ【捥ぐ】（名）撐掉，扭下，揪（撕）

下（＝もぎる、ちぎる）；☆柿の実を捥ぐ／把柿子揪（摘）下來。①

もくぎょ【木魚】（名）〔佛〕木魚；☆木魚を叩く／蔽木魚。②①

もくげき【目撃】（名・他サ）目撃，目睹，親眼看到；☆犯行を目撃する／目睹犯罪行爲；☆事件の目撃者が語る／親眼看到事件發生的人談述。⓪

もくげき【黙劇】（名）啞劇（＝パントマイム）。⓪

もぐさ【艾】（名）（灸治用的）乾艾③⓪

もぐさ【藻草】（名）〔植〕藻類（＝も）。⓪

もくざい【木材】（名）木材，木料。②⓪

もくさつ【黙殺】（名・他サ）不理，不睬；☆人々の噂を黙殺する／把人們的風言風語置之不理。⓪

もくさん【目算】（名）①估計，估量（＝みつもり）；☆目算を立てる／估計；☆目算が立たない／無法估計，估計不出來；☆目算がまるで外れた／估計完全錯誤；☆入場者一万人の目算だった／原先估計到會者能有一萬人。②企圖，策劃，計劃（＝たくらみ）。⓪

もくし【黙視】（名・他サ）〔文〕黙視，坐視；☆誰も彼の窮状を黙視するに忍びない／誰也不忍心坐視他那種困苦的情況。①

もくし、もくじ【黙示】（名）①暗中示意，暗示；②〔宗〕黙示，啓示，天啓。⓪

もくじ【目次】（名）①目次（條目・項目的次序）；②（書籍的）目次，目録。⓪

もくしつ【木質】（名）〔植〕木質。⓪

もく・す【目す】（他五）①目睹，看見（＝みる）；②用眼色示意；③矚目，注目，看做，認定；☆将来を目されている少年／被認爲前途有爲的少年；☆彼を一味の首と目す／認定他是一伙的頭子；図もくす（サ）。

もくず【藻屑】（名）海草的屑末，水中的泥垢；☆海底の藻屑となる／葬身海底（魚腹）。⓪②

もく・する【目する】（他サ）〔文〕＝もくす。③

もく・する【黙する】（自サ）〔文〕黙黙，靜黙（＝だまる）；☆黙して語らない／黙而不言；図もくす（サ）。③

もくせい【木星】（名）〔天〕木星。⓪

もくせい【木犀】（名）〔植〕木犀，桂花③

もくせい【木製】（名）木製（的東西）（

＝きづくり）；☆木製の農具／木製的農具。⓪

もくぜん【目前】（名）〔文〕（時間或空間）目前，眼前；當前，當下（＝めのまえ、まのあたり）；☆その情景を目前にして涙を禁じ得なかった／目睹那情景不禁掉下眼淚；☆目前の利に走る／追求目前的利益；☆期日は目前に迫る／期限（日期）就要到來；☆試験を目前に控える／考期在即。⓪

もくぜん【黙然】（形動タルト）〔文〕黙然（＝もくねん）；☆黙然と坐る／沉黙地坐着，黙坐。⓪

もくそう【目送】（名・他サ）〔文〕目送；行注目禮；☆指揮官を目送する／向指揮官行注目禮。⓪

もくそう【黙想】（名・自サ）〔文〕黙然，冥想；沉思；☆黙想に耽る／凝神黙想⓪

もくぞう【木造】（名）〔文〕木造（＝きづくり）；☆その家は木造です／那幢房子是木造的。⓪

もくぞう【木像】（名）①木像；②木偶（＝でくのぼう）。⓪③

もくそく【目測】（名・他サ）目測；☆距離を目測する／目測距離。⓪

もくだく【黙諾】（名・自サ）〔文〕黙許，黙黙同意；☆黙諾を得たものと思いました／我認爲已經得到黙許了。⓪

もくたん【木炭】（名）①木炭，炭（＝すみ）；②（素描用的）炭條；～が【木炭画】（名）木炭畫；～し【木炭紙】（名）畫木炭畫用的白紙。③

もくちょう【木彫】（名）〔文〕木彫，木刻；☆木彫の人形／木彫的偶人。⓪

*__**もくてき**__【目的】（名）目的，目標（＝めあて）；☆確乎たる目的／明確的目的；☆目的に適（かな）う／符合目的；☆目的を達する／達到目的；☆健康増進の目的で運動する／爲増進健康而運動；☆目的地に着かない内に日が暮れた／還沒到達目的地太陽就下山了。⓪

もくとう【黙禱】（名・自サ）黙禱，黙哀；☆犠牲者に対し一分間の黙禱を捧（ささ）げる／爲犠牲者黙哀一分鐘。⓪

もくどく【黙読】（名）黙誦；☆教科書を黙読する／黙誦教科書。⓪

*__**もくにん**__【黙認】（名・他サ）①黙認，黙許；☆学生の早びけを黙認する／黙許學生早退；②縱容，放任自流（＝みのがし）

；☆車内の喫煙は黙認の形になっている／在車裏吸煙無形中被默許了。◎

もくねん【黙然】（形動タルト）〔文〕默然（＝もくぜん）。◎

もくば【木馬】（名）①木馬；☆木馬に乗る／騎木馬；②（體操用）木馬；☆木馬を飛ぶ／跳木馬。◎

もくはん【木版】（名）木版；☆年賀状を木版で刷（す）る／用木版印賀年片；～ずり【木版刷（り）】（名）木版印刷◎

もくひ【黙秘】（名・他サ）〔法〕沉默；～けん【黙秘権】（名）〔法〕沉默權（憲法等規定被告人在拒絶供述或回答個別質問之權）。①

*もくひょう【目標】（名）目標，指標（＝めあて、めじるし）；☆攻撃の目標／進攻的目標，攻撃的對象；☆目標に達する／達到目標（指標）；☆目標を決めて（立てて）仕事にかかる／定出指標來進行工作；～がく【目標額】（名）生産（工作）指標；☆目標額を遥かに突破（とっぱ）する／大大突破生産指標。◎

もくへん【木片】（名）〔文〕木片，碎木頭。③◎

もくめ【木目】（名）木紋，木理；☆木目が細かい／木紋細緻；☆木目のよい木を使う／用木紋好（看）的木材。③◎

もくもく【黙黙】（形動タルト）〔文〕默默，不聲不響；☆与えられた仕事を黙々としてやっている／不聲不響地在做自己擔任的工作。◎

もぐもぐ（副・自サ）①閉上嘴咀嚼貌；☆口をもぐもぐさせる／閉上嘴嚼東西；②（壓在什麼東西底下）蠢動，蠕動（＝むぐむぐ）；☆蒲団のなかでもぐもぐする／在被子裏翻動。①

*もくようび【木曜日】（名）星期四。③

もくよく【沐浴】（名・自サ）〔文〕沐浴◎

もぐらもち【土竜】（名）〔動〕鼴鼠；～せんじゅつ【土竜戦術】（名）地道戰術◎③

もぐり【潜り】（名）〔（もぐる）的名詞形〕①潜水，潜水員；☆潜りの競争をしよう／咱們來比賽潜水吧；☆潜りを入れて死体の捜索中です／已經派潜水員下水裏尋找屍體中；②沒有牌照私自營業（的人），非法活動（的人）；☆潜りの業者／無照的業者；☆あの医者は潜りだ／那個醫生是私自開業的。③①

*もぐ・る【潜る】（自五）①潜入（水中）

（＝くぐる）；☆水に潜って貝（かい）を取る／潜入水中拾蛤蜊；②鑽進，鑽（＝はいりこむ）；☆寝床（ねどこ）に潜る／鑽進被窩裏；③做違法的活動，偷着搞；☆潜って営業する／沒有牌照搞黑生意；◊地下（ちか）に潜る／轉入地下②

もくれい【目礼】（名・自サ）點頭禮，點頭致意；☆互に目礼する、目礼を交（か）わす／互相行點頭禮（點頭致意）。◎

もくれい【黙礼】（名・自サ）〔文〕默默一禮；☆黙礼を交わす／默默地互致一禮。◎

もくれん【木蓮】（名）〔植〕木蘭（＝もくらん）。②①

*もくろく【目録】（名）①（書的）目次（＝もくじ）；②（圖書、商品、財産等的）目録（＝カタログ）；☆目録に載っている／登載在目録裏；☆蔵書の目録を作る／編製藏書目録；③（禮品的）清單。◎

もくろみ【目論（見）】（名）計劃，策劃，意圖，企圖（＝くわだて）；☆目論見を立てる／訂立計劃；☆もくろみがはずれた／計劃落空了；☆何かもくろみがあるに違いない／一定有所企圖；☆もくろみ通り行く／（事情）按照計劃實現④◎

もくろ・む【目論む】（他五）計劃，策劃，企圖，圖謀（＝たくらむ、くわだてる）；☆事業を目論む／計劃搞事業；☆陰謀を目論む／搞陰謀詭計；☆彼は何時（いつ）も何か目論んでいる／他總是計劃要搞什麼。③

*もけい【模型】（名）模型，雛型（＝かた、ひながた）；☆実物大の模型／實物大的模型；☆模型を作る／做模型。◎

も・げる【捥げる】（自下一）脱落，分離，掉下來（＝はなれおちる）；☆人形の首が捥げる／洋囡囡的腦袋掉下來／図もげ（下二）。②

もこ【模糊】（形動タルト）〔文〕模糊，不清楚，不明白；☆真相はいまなお曖昧模糊としている／真相仍然曖昧模糊（沒弄清楚）。①

もさ【猛者】（名）勇猛強悍的人，體育健將；☆柔道の猛者／柔道健將。

モザイク【mosaic】（名）馬賽克，鑲嵌細工，鑲嵌花様。②

もさく【摸索】（名・他サ）〔文〕摸索，探尋（＝てさぐり）；☆解決策の鍵（かぎ）を摸索する／摸索（找尋）解決辦法

的關鍵。◯

もさっと（副）〔俗〕痴呆貌；☆何をもさっとしているのだ／(你)發的什麼呆②

**もし【若し】（副）①如果，假使，萬一（＝かりに，まんいち）／もし雨が降ったら／如果下雨的話；☆もし人間が死なないものとしたら／假使人要不死的話；②或許，也許（＝あるいは，ひょっとして）／☆もしかするとそうかも知れない／也許是那樣（也未可知）。①

もし（感）喂（＝もうし）；☆もしもし，ここは何という町ですか／喂，這條街叫什麼名（這是什麼街）？①

**もじ【文字】（名）①字；☆文字の誤り／錯字；☆下手（へた）な文字を書く／字跡拙劣；②文字，文章；☆文字を解しない／看不懂文章；③學問（＝がくもん）；～どおり【文字通り】（名・副）①照字面，照書面；☆文字通り解釈する／按照字面解釋；②完全，不折不扣，的的確確；☆文字通り一文なしだ／完全（的的確確）是一文也沒有。①

もしお【藻塩】（名）〔文〕①燃燒海草而製的鹽；②用海藻製鹽時汲取的海水；～ぐさ【藻塩草】（名）〔文〕①製鹽用的海草；②詩文集。◯

もしか【若しか】（副）或許，萬一（＝もし，ひょっとして）／☆もしかしたら（すると）間にあわないかも知れない／也許來不及（也不一定）；☆もしかだめだったらどうしよう／萬一不成可怎麼辦①

もしくば【若しくば】（接）→もしくは①

もしくは【若しくは】（接）或，或者；☆御用の節は私か若しくは友人に御一報下さい／如果有事請通知我或者我的朋友①

もじばん【文字盤】（名）針盤，錶面。◯

もしも【若しも】（副）假使，萬一（＝もし，ひょっとして）／☆もしも彼が来なかったら先に行こう／萬一他不來我們就先走吧；☆もしものことがあっても覚悟はしている／即使發生萬一我也有心理準備。①

*もしもし（感）喂喂；→もし。①

もじもじ（副・自サ）坐臥不安，無所措手足；躊躇；☆頼みを言いかねてもじもじする／想懇求又不好意思說出來，不知如何是好。①

もしや【若しや】（副）萬一，是否（＝もし，ひょっとすると）；☆あなたは若し

や小林さんではありませんか／您就是那位小林先生吧；☆もしや見付かって叱られるといけない／萬一被發現挨頓申斥可不好。①

もしゃ【模写】（名・他サ）摹本，臨本，模仿複製品；摹寫，臨摹；☆敦煌の壁画の模写／敦煌壁畫的摹本；☆蘇東坡の字を模写する／臨摹蘇東坡的字。◯①

もじゃもじゃ（副・自サ）①不整潔的；②蓬亂的。①

もしゅ【喪主】（名）喪主。◯

もしょう【喪章】（名）喪章；☆喪章をつける／帶喪章。◯

もじ・る【捩る】（名）①扭，擰，撚（＝ねじる）；②模仿（別人的語調或詩文等），把（名句，名詩歌等）改爲滑稽的詩文；☆狂歌には古歌をもじったものが少なくない／有許多狂詩都是模仿古詩的詞句寫成的。②

も・す【燃す】（他五）〔方〕焚燒，燒（＝もやす，たく）；☆紙屑（かみくず）を燃す／燒廢紙。◯

モス（名）→モスリン。①

もず【鴟・百舌】（名）〔動〕伯勞。◯

モスク【mosque】（名）清眞寺。①

もすこし【も少し】（副）再稍微，再少少，差一點（＝もうすこし）；☆も少し大きな声で読みなさい／再大聲一點唸吧；☆も少し召し上がりませんか／請您再吃點兒吧；☆も少しで三時です／還差一點兒就是三點鐘；☆も少しで死ぬ所でした／差一點就死了。③

も・する【模する】（自・他サ）模仿，仿照（＝にせる）；☆池を半月の形に模して作る／仿照半圓形做個水池子；図もす（サ）。②

もぞう【模造】（名・他サ）仿造（品），仿製（品）；☆これは模造の真珠だ／這是仿造（人造）的珍珠；～し【模造紙】（名）道林紙。◯

もそっと（副）①〔文〕＝もすこし；②〔俗〕もさっと。②

もぞもぞ（副・自サ）①小動物蠢動貌，物在身上蠢動的感覺☆虫がもぞもぞ（と）動く／蟲子蠢動☆体中（からだじゅう）がもぞもぞする／身上覺得有蟲子爬（似的）；②坐臥不安貌；☆体をもぞもぞと動かす／坐臥不安，亂動。①

もだえ【悶え】（名）〔（もだえる）的名

詞形）①苦悶，煩悶，苦惱；☆心の悶え／心事的苦悶（惱）；②（由於痛苦而）拼命掙扎，扭動身體，折騰。③②

もだ・える【悶える】（自下一）①苦悶，苦惱煩悶，煩惱；☆恋に悶える／因戀愛而苦惱；②（由於痛苦而）扭動身子，拼命掙扎，☆身を悶える／難過得渾身亂折騰；図もだゆ（下二）。③

もた・げる【擡げる】（他下一）①擡起，舉起（＝もちあげる）；☆机を擡げる／把桌子擡起來；②擡頭得勢，図もたぐ（下二）。回

もたせか・ける【凭せ掛ける】（他下一）倚，靠，搭（＝よせかける、たてかける）；☆体を壁に凭せかける／把身子倚在牆上；図もたせかく（下二）。⑤

もた・せる【持たせる】（他下一）①使…有；交給，給與（＝あたえる）；☆子供に大金を持たせるな／不要讓孩子帶很多的錢；☆弟に世帯（しょたい）を持たせる／讓弟弟成家；②使，送來（送去）（＝はこばせる）；☆使（つか）いに手紙を持たせてやる／派人把信送去；③倚，靠，搭（＝よせかける、たてかける）；☆梯子（はしご）を壁に持たせておく／把梯子靠在牆上；④維持，延長（壽命）（＝たもたせる、ささえる）；☆注射で持たせる／靠注射維持；☆塩で持たせてある／用鹽醃起來保持不腐敗；⑤使…負擔（經費），☆相手に費用を持たせる／讓對方負擔經費（出錢）；◇気を持たせる／引誘，使別人抱某種希望。③

モダニズム【modernism】（名）①現代主義；②現代式；③追求最新的趣味和流行的傾向。③

もたもた（副・自サ）〔俗〕態度或行動緩慢，不明確貌；☆議事の進行がもたもたする／會議（討論）進行得不痛快。①

もたら・す【齎らす】（他五）帶來，造成；☆吉報をもたらす／帶來喜訊（好消息）；☆一家に不幸をもたらす／給全家造成不幸。回③

もたら・せる【齎らせる】（他下一）＝もたらす；図もたらす（四）。回④

*＊**もた・れる**【凭（靠）れる】（自下一）①凭靠，倚靠（＝よりかかる）；☆壁に凭れる／靠在牆上；☆机に凭れて寝る／伏在桌子上睡；②〔俗〕停食，存食，不消化；☆油物（あぶらもの）は胃にもたれる／油膩食品（容易）停滯在胃裏（不消化）；図もたる（下二）。③

モダン【modern】（形動ダ）摩登，時髦，流行，時興（＝モダーン）；☆モダンな服裝／摩登的時裝。回

もち【持ち】（名）〔（もつ）的名詞形〕①持久性，耐久性；☆この炭は持ちがよい／這炭燃燒時間長（耐燒）；☆外観は同じでも持ちがちがう／外表雖然一樣，但是耐用程度不同；②持有，所有；☆マッチはお持ちですか／你有火柴嗎？③〔俗〕負擔；☆旅費は自分持ちだ／旅費是由自己負擔。回

もち【望】（名）〔文〕①望（農曆十五日）；②滿月，圓月（＝もちづき）。①

もち【餅】（名）年糕，黏糕；☆餅を搗（つ）く／（指糯米蒸熟後）搗製黏糕；◇餅は餅屋／〔喻〕辦事要靠內行。回

もち【糯】（名）具有黏性（可以做黏糕）的穀類。回

もち【黐】（名）①〔植〕←もちのき；②用細葉多青的樹皮熬成的膠；☆黐で鳥をさす／用膠黏鳥兒。①

もち（副）〔俗〕←もちろん（勿論）。①

*＊**もちあが・る**【持ち上がる】（自五）①能舉起，升起，隆起，膨起；☆これは重くて持ち上がらない／這太重（擡）不起來；☆地震で地面が持ち上がった／由於地震地面隆起了；②發生，出現（＝おこる）；☆問題が持ち上がった／發生問題了；☆困ったことが持ち上がっている／發生了麻煩的事；③級任教師跟班，隨學生升級繼續做級任。回

もちあ・げる【持ち上げる】（他下一）①拿起，舉起；☆片手でその石を持ち上げる／用一隻手把那塊石頭舉起來；☆荷物を網棚の上に持ち上げる／把東西舉到網架上；②〔俗〕奉承，阿諛，捧，過分誇獎（＝おだてる）；☆皆に持ち上げられて上機嫌（じょうきげん）だ／被大家捧得很高興；◇頭を持ち上げる／擡頭，得勢；図もちあぐ（下二）。回

もちあじ【持味】（名）①原味，原有的味道，☆持味を生かした料理／使材料不傷原味的菜餚；②（藝術品）固有的趣味，風格，☆この映画には原作の持味がよく出ている／這部影片表現出原作的獨特風格；③（人的）本來面目，獨特的風度。②

もちあみ【餅網】（名）①盛黏糕的網子；

②烤黏糕用的鐵絲網。⓪

もちあわせ【持合せ】（名）①持有，現有
；手頭的東西，現有（的東西）；☆持合
せの品／庫存品，現有貨品，現有貨品；☆あいにく
持合せがない／不湊巧現在手裏沒有；②
現有的錢；☆持合せがない／現在手裏沒
有錢。⓪

もちあわ・せる【持ち合わせる】（他下一）
現有，現存，當下持有；☆そんな大金は
持ち合わせておりません／現在手裏沒有
那麼多的錢；☆綿製品はたくさん持ち合
わせております／棉織品目前存貨很多；
図もちあはす（下二）。⓪

もちいえ【持家】（名）房產；☆彼の持家
／他的房子。⓪

モチーフ【法 motif・德 Motiv】（名）
（藝術作品的）主題。②

*__もち・いる【用いる】__（他上一）①用，使
用（＝つかう）；☆筆を用いて書く／用
毛筆寫；☆古い物を直して用いる／把舊
東西加以修理來使用；②錄用，任用；☆
人材を用いる／任用人材；③採用，採納
；☆科學的方法を用いる／採用科學方法
；◇意を用いる／用心，注意，図もちゐ
る（上一）。⓪

もちがし【餅菓子】（名）以年糕或糯米粉
爲主要原料做成的點心。③

もちかぶ【持株】（名）〔經〕持有的股票
（份）；～すじ【持株筋】（名）股票（
份）的持有者；～がいしゃ【持株會社】
（名）〔經〕控股公司（購進他公司全部
或大部分股票加以壟斷的公司）。②③

もちきり（名）〔（もちきる）的名詞形〕
始終談論一件事；☆町中（まちじゅう）
どこへ行っても彼の噂（うわさ）でもち
きりだ／滿街（城）不管到哪裏都在談論
他的事情；☆その集りは建設の話でもち
きりだった／在那個會上自始至終淨談論
建設問題。⓪

もちき・る【持ち切る】（自五）①自始至
終拿着不放，一直拿着；☆それを最後ま
で持ち切った／始終拿着那個不放；②自
始至終保持同一狀態，自始至終談論一件
事；☆どこへ行ってもその話でもちきっ
ている／不管到哪裏都在談論着那件事
。⓪

もちぐされ【持腐れ】（名）（有東西）
不能用，不去利用；☆あれほどの才能も
持腐れだった／那麼大的才能終也沒有發
揮出來；◇宝の持腐れ／有寶貝不能利用

或不去利用，白白糟蹋好東西。⓪

もちくず・す【持ち崩す】（他五）；☆身
を持ち崩す／身敗名裂；☆酒に身を持ち
崩す／因爲好喝酒而落得身敗名裂。⓪

もちこ・す【持ち越す】（他五）留待解決
；留待繼續完成；☆議案の審議を明日に
持ち越す／沒有解決的議案交由明天的會
上繼續討論；☆前年から持ち越された仕
事／由上年移交下來的事情，上年遺留下
來的工作。⓪

もちこた・える【持ち堪える】（他下一）
堅持，維持，支持；勉強保持；☆最後ま
で持ち堪える／堅持到最後；☆堤防は持
ち堪えるだろう／堤壩能够挺得住吧（不
致潰決吧）；☆店が持ち堪えられなくな
って廃業した／那家舗子維持不下去而歇
業了；図もちこたふ（下二）。⓪

もちごま【持駒】（名）①〔將棋〕手裏的
棋子，贏得來歸自己可用的棋子；☆持駒は
二枚だけ／手裏的棋子祇有兩個；②儲備
的人才，可以調遣使用的人員；☆持駒が
たくさんある／備用的人才（預備人員）
很多；☆持駒の豊富なチーム／預備隊員
充足的體育隊。②

もちこみ【持込み】（名）携入，拿進，帶
入；☆危険物の持込みお断り／請勿將危
険物品携帶進來；～にもつ【持込み荷
物】（名）乘客隨身携帶的物件。⓪

もちこ・む【持ち込む】（他五）①携入，
帶入，拿進；☆列車内に大きな荷物を持
ち込むな／不要把大的行李携入列車之内
；②提出（問題，意見等）；☆縁談を持
ち込む／前去提親；☆苦情を持ち込まれ
る／受到人家的責問。⓪

もちごめ【糯米】（名）糯米，江米；☆糯
米で餅を搗く／用糯米搗製年糕。⓪

もちだし【持出し】（名）①拿出去，帶走
；☆図書の持出しを禁ずる／不准把圖書
帶出；②自己負擔、貼補，掏腰包；☆会
費で不足の分は、僕の持出しにしよう／
會費不够的部分由我來負擔吧。⓪

もちだ・す【持ち出す】（他五）①拿出去
，携帶出去，拿走；☆そっと持ち出す／
悄悄地拿走；☆非常の際に持ち出す重要
書類／緊急時需要搬出的重要文件；②盜
竊，侵吞；☆会社の金を持ち出す／盜竊
（貪污）公司的公款；③在別人面前提出
，談起（＝いいだす）；☆公（おおやけ）
の席で個人的な話を持ち出す／在公開的

席上提出個人的私事；④提到法庭，控告（＝うったえでる）；☆内輪揉（うちわも）めを法廷に持ち出す／把内部糾紛告到法院去解決；⑤共同負擔（費用）；⑥貼補，掏腰包；☆今の所、家から持ち出さなくてはやって行けない／目前還需要用家裏貼補才能維持；⑦開始持有；☆昨年から世帯を持ち出した／從去年開始成立了家庭，去年結的婚。◎

もちつき【餅搗】（名・自サ）搗製黏糕◎④

もちづき【望月】（名）〔文〕（農曆十五日的）滿月，圓月（＝まんげつ）。②

もちなお・す【持ち直す】（他五）①改變拿法，換一種拿法；②恢復原狀，復原；③恢復，好轉，見好（＝みなおす）；☆病気（病人）が持ち直す／病情好轉（病人見好）；☆天気が持ち直した／天氣恢復了。◎

もちにげ【持逃げ】（名・他サ）携帶潜逃；☆公金を持逃げする／携帶公款潜逃。◎

もちぬし【持主】（名）持有者，所有人，物主（＝しょゆうしゃ）；☆家の持主／房屋的主人（業主）；☆美貌の持主／美貌的人；☆落し物の持主を捜（さが）す／尋找遺失物的本主。②

もちば【持場】（名）工作崗位，職守，職權範圍，管轄區域，營業範圍；☆持場を守る／堅守自己的崗位；☆持場を捨てる／放棄職守；☆最後まで持場に踏み止まる／堅守崗位到底。③

もちはこび【持運び】（名）搬運，運載，移動，挪動；☆持ち運びのできる機械／能够搬運（移動）的機器；☆これは持運びに便利だ／這個便於搬運（移動）。◎

もちはこ・ぶ【持ち運ぶ】（他五）搬運，運搬；☆荷物を持ち運ぶ／搬運貨物。◎

もちぶん【持分】（名）份額，額份；☆自分の持分を自由に使う／自由使用自己分得的份。②

もちまえ【持前】（名）①天性，生性，乘性，天生，生就；☆もちまえの義侠心／天生的正義感；②（應該享有的）份額（＝もちぶん）。②◎

もちまわり【持回り・持廻り】（名）傳遞，傳閱（文件以徵求意見等）；～かくぎ【持回り閣議】（名）内閣會議的一種方式（不召集閣員開會，只由首相將議案分發給閣員使簽具意見，進行表決）。◎

もちもの【持物】（名）①携帶物品；☆持物はありません／沒帶東西；☆持物を失くさないよう気を付ける／當心照料所帶的東西，以免遺失；②所有物；☆あの家は誰の持物か／那棟房子是誰的？②

もちや【持家・持屋】（名）房產（＝もちいえ）。②

もちゃ・がる【持ちゃがる】（自五）〔俗〕＝もちあがる。◎

もちゃ・げる【持ちゃげる】（他下一）〔俗〕＝もちあげる。◎

もちゅう【喪中】（名）守制期間；☆喪中につき年末年始の礼を欠礼（けつれい）致します／因爲守制恕不辭歲拜年。

もちより【持寄り】（名）各自帶來湊到一起；☆食べ物はめいめい持寄りとしよう／食品由大家（每個人）自帶吧。◎

もちよ・る【持ち寄る】（自五）各自帶來湊到一起；☆料理の材料を持ち寄る／各自帶來做菜的材料；☆私案を持ち寄る／各自提出自己的方案。◎

＊＊もちろん【勿論】（副）不用說，不待言，不言而喻，當然（＝いうまでもない）；☆それは勿論のことだ／那是不用說的（不言而喻的）；☆勿論そうすることは我々の義務だ／當然那樣做是我們的義務；☆日本語は勿論のこと、英語もよくできる／日語當然不消說，英語也很好。②

＊も・つ【持つ】（自五）Ⅰ（自五）保持，維持（原來的狀態），持久，支持（＝もちこたえる）；☆ナイロンの靴下（くつした）は長く持つ／尼龍襪子經久耐用；☆仕事が激しくて体が持たない／工作太勞累身體支持不了；☆明日まで病人は持つまい／病人恐怕維（支）持不到明天；☆天気はまだ持っている／天氣還可以維持着（不變）；Ⅱ（他五）①持，拿；☆重くて持てない／太重拿不動；②帶，携帶（＝たずさえる）；☆あいにく今日は金を持っていない／不湊巧今天沒帶錢；③有，持有；☆世帯を持つ／成家；☆全国に支店を持つ／全國各地設有支店（分號）；☆持って生れた性質／天生的（生就的）脾氣，性情；④抱有，懷有；☆確信を持つ／抱有堅強信心；⑤擔任，承擔（＝うけもつ）；☆重い役目を持たされる／被委以（承擔）重大的任務；⑥擔負，負擔；☆責任を持つ／負責任；☆交通費は学校で持つ／交通費由學校負擔；◇

持ちつ持たれつ／互相幫助，你幫助我我

幫助你。①

もつ【物】（名）〔俗〕→ぞうもつ（臓物）。①

もっか【目下】（副）當前，當下，目前（＝ただいま）；☆目下の急務／當前的緊急任務；☆目下の情態は不明／目前的情況不明；☆目下の所はまだ大丈夫だ／目前還不要緊；☆遭難者は目下捜索中／正在搜救中。①

もっか【黙過】（名・自サ）〔文〕黙認，黙許，容忍，置之不理，置若罔聞；☆規則違反を黙過することはできない／不能容忍（黙許）違反規則。①

もっかん【木管】（名）①木管（樂器）；②〔紡〕紗管，繞線筒（＝ボビン）。⓪

もっきょ【黙許】（名・他サ）黙許，黙認，置之不理，置若罔聞（＝もっか、もくにん）。①

もっきり【盛切（り）】（名）〔（もりきり）的音便〕獨份（不再添續）；☆盛切りの料理／獨份（單盤）菜。⓪

もっきん【木琴】（名）〔樂〕→シロホン⓪

もっけ【勿怪】（名）意外，意料不到；◇**勿怪の幸**（さいわい）／意外的幸運；☆そこで彼に出合ったのは勿怪の幸であった／在那裏能碰到他眞是意外的幸運（喜出望外）。③⓪

もっけい【黙契】（名）〔文〕黙契；☆二人の間には黙契があるらしい／二人之間似乎有一種黙契。⓪

もっこ【畚】（名）畚，用繩索編的網籃（用以裝運土石）；☆畚を担ぐ／挑（擡）網籃（運土石）。③

もっこう【木工】（名）①木工，木匠（＝だいく）；②木材細工，木材工藝（品）；☆木工がうまい／擅長木工。⓪

もっこう【黙考】（名・自サ）〔文〕黙想，沉思。⓪

もっこつ【木骨】（名）〔建〕木骨（用木頭做骨架）。⓪

もっさり（副）〔俗〕①呆笨地，遲鈍，胡塗貌；☆何をもっさりと立っているんだ／你呆呆地站着幹什麼？②毛髮濃密貌；☆もっさりした髪の毛／濃密的頭髮。③

もったい【勿体】（名）；☆勿体をつける／①看得太重要，說成了不起；☆勿体をつけてどうしてもその品を譲らない／他認爲那是什麼了不起的東西怎麼也不肯讓給我；②裝模作樣，擺架子（＝もったいぶる）。③

もったいな・い【勿体ない】（形）①萬不應該的，有罪的；②過分的，不敢當的（＝おそれおおい）；☆彼には勿体ない地位だ／對他說來是一個過分的地位；☆こんなに親切にして戴いては勿体ないことです／蒙您這樣親切相待眞是不敢當；③可惜的，浪費的（＝おしい、むだな）；☆まだ使えるのに捨てるのは勿体ない／還能使用就扔掉太可惜了；☆こんなに紙を何枚も使っては物体ない／使用這麼多的紙太浪費了；**～さ**【勿体なさ】（名）

もったいぶ・る【勿体振る】（自五）擺架子，裝模作樣；☆勿体振った態度／擺出的一副了不起的架子（姿態）；☆勿体ぶらないで早く話せ／別裝模作樣了，痛快說吧。⑤

もったいらし・い【勿体らしい】（形）裝模作樣的，煞有其事的；☆もったいしい（形シク）。⑥

もって【以て】Ⅰ（連語）〔文〕〔…を以て〕①用，利用，使用；☆言葉（ことば）を以て思想を表わす／用語言表達思想；②因為，由於（＝により、ゆえに）；☆老齢の故を以て辞職を申し出た／因年老申請辭職（退休）；③以，根據（＝をて、で）；☆これを以て祝辞とする／以此爲祝詞；☆この事実を以てしても彼の正直なことが分る／只憑這一事實也可以看出他的誠實；Ⅱ（接）〔文〕①因此，因而；②而且，並且（＝そのうえに）；☆利巧でもって勤勉だ／既伶俐（機靈）而又勤勉。①

もってうまれた【持って生まれた】（連語・連體）生就的，天生的（＝うまれつきの）；☆持って生まれた性質／天生性情。①

もってこい【持って来い】（連語）恰好，正合適，正相應，理想的；☆遠足には持って来いのお天気だ／對郊遊來說是個最理想的天氣；☆彼はその仕事に持って来いだ／他做那件事最相應（合適）。④

もってのほか【以ての外】（連語）意外，荒謬，豈有此理，毫無道理（＝いがい、とんでもない）；☆以ての外の振舞（ふるまい）だ／簡直是荒謬絕倫的行徑；☆我輩にあやまれなどとは以ての外／讓我來道歉眞是豈有此理。③

***もっと**（副）更，更加，進一步，再稍微（

一些）（＝さらに，そのうえに，いっそう，もうすこし）；☆もっと好い物がある／有更好的東西；☆もっと合理的なやり方はないだろうか／是不是還有更合理的辦法…；☆それはもっと研究する必要がある／那個問題還有進一步研究的必要；☆この事をもっと考えてみたいと思う／這件事我還要進一步考慮考慮；☆もっと右へ寄る／再（稍微）靠右邊一些；☆もっとたくさん下さい／請您再多給我一些①

モットー【motto】（名）標語，口號，宗旨；座右銘；☆勤勉節約をモットーとする／以勤勞節儉爲口號（宗旨）。①

*もっとも【尤】Ⅰ（形動ダ）合理，正當，正確，對，理所當然；☆尤もな意見／正確的意見；☆尤もなことを言う／説話合理，言之有理；☆ごもっともです／誠然不錯，您説得對；☆彼が怒ったのも尤もだ／他動怒也是理所當然的；Ⅱ（接）不過，可是（＝ただし，しかし）；☆尤も例外はある／不過，例外還是有的；☆もっとも全然異議がない訳ではないが／不過，倒並不是完全沒有異議…。③①

*もっとも【最（尤）も】（副）最，頂（＝いちばん）；☆最も有意義な贈り物／最有意義的禮物；☆尤も勇敢に戦う／戰鬥得最英勇。③①

もっともらし・い【尤もらしい】（形）好像有道理的，表面講得通的；好像很正經（老實）的；☆尤もらしい意見を述べる／發表聽起來很有道理的意見；☆尤もらしく見せる／裝扮得很正經（老實）；～さ（名）。⑥

*もっぱら【専ら】Ⅰ（副）專門，專心，淨（＝いちずに，まったく）☆それは専ら外国へ輸出される／那種東西專門向國外出口；☆専ら読書に日を送っている／每天淨讀書(不做別的)；☆専ら仕事に精（せい）を出す／專心搞工作；Ⅱ（名）〔文〕專擅，獨攬（＝ほしいまま）；☆権を専らにする／專權跋扈。①⓪

モップ【mop】（名）拖布，拖把。①

もつやき（名）〔俗〕烤鷄雜，烤鷄串。

もつれ【縺】（名），糾葛，糾紛；☆糸の縺をほぐす／把亂線理開；☆縺を解く／解決糾紛；☆感情の縺が生ずる／發生感情上的齟齬。⓪③

*もつ・れる【縺れる】（自下一）①糾結；☆糸（髪）が縺れる／線(頭髪)糾結在一

起；②糾葛，糾紛，紛亂，混亂；☆話が縺れる／事情發生糾紛；☆お互の感情が縺れる／雙方感情上發生齟齬（不和睦）；③（舌頭）不靈，不好使喚；☆酒に酔って舌が縺れる／喝醉了酒，講話不清楚；囚もつる（下二）。⓪③

もてあそ・ぶ【弄【玩】ぶ】（他五）玩弄，擺弄（＝いじくる）；☆花を弄ぶ／玩弄花；☆火を弄ぶ／玩火；☆骨董を弄ぶ／欣賞古玩；☆運命に玩ばれる／被命運擺佈。⓪

もてあまし【持て余し】（名）難於處理，無法對付（的人或事物）；☆彼は校内の持て余し者（もの）になっている／他在校内成爲無法安排工作的人。⓪

もてあま・す【持て余す】（他五）無法對付；難於處理；☆時間を持て余す／時間過多不知幹什麼好；☆仕事が多くて持て余している／工作太多做不過來；☆あの子には親も持て余している／連他父母對他也感到頭痛（沒有辦法對付）。⓪

モティーフ（名）→モチーフ。②①

*もてなし【持て成し】（名）①對待（＝たいぐう）；☆手厚い（粗末な）持て成しを受ける／受到親切（簡慢）的對待；②款待，招待；☆もてなしに予（あず）かる／受到款待；☆昼食のもてなしを受ける／被邀請吃午飯（午宴）；☆何のおもてなしもせず失礼しました／招待不周失禮得很。⓪

*もてな・す【持て成す】（他五）①對待（＝とりなす，あしらう）；☆厚くもてなす／親切地對待，優待；②款待，招待；☆一家を挙げて珍客をもてなす／全家動手款待稀客；☆手料理でもてなす／親手做菜招待客人；☆音楽でもてなす／請客人聽音樂。⓪

もてはや・す【持て囃す・持て映す】（他五）①極端稱讚、讚揚，特別誇獎（＝ほめちぎる，ほめそやす）☆持て囃されて得意（とくい）になる／受到讚揚便得意起來；☆ピアノの名手（めいしゅ）として世界中に持て映されている／作爲出色的鋼琴家受到全世界的讚揚；②歡迎；☆この雑誌は若い人たちの間で持てはやされている／這個雜誌很受青年人歡迎。⓪

モデラート【意 moderato】（名・副）〔樂〕中板；用中板。③

も・てる【持てる】（自下一）　①〔（も

つ）的可能式〕能拿，能保持；☆重く
て持てない／太重了拿不動；☆筆の持て
る人は皆抗議書に署名した／凡是會寫字
的人都在抗議書上簽了名；②（座が持てな
い／（會議等）冷場；②受歡迎，有人緣
見，吃香；☆持てない客／不受歡迎的客
人；☆あの小説家は若い人たちに持ててて
いる／那個小説家很受青年人歡迎。[2]

モテル【motel】（名）汽車旅館。[1]

*モデル**【model】（名）①模範，榜樣，典
型（＝てほん）；☆実物をモデルとして
設計する／仿照實物進行設計；②模型，
雛型(＝かた，もけい)；☆電車のモデル
を作る／做電車的模型；③（文藝創作上
的）典型人物，〔美〕模特兒；☆画家の
モデルになる／做畫家的模特兒；☆吉田
博士をモデルにした小説／以吉田博士為
典型人物而寫的小説；**～ケース**【model
case】（名）典型事例；**～スクール**【
model school】（名）示範學校。[1]

一**もと**【本】（接尾）〔文〕株，棵（用以
數算草木的單位）。

もと【下・許】（名）①根的周圍，附近；
☆松の木の下を掘る／挖松樹下面的土；
②跟前，左右（＝そば）；☆親の下を離
れる／離開父母的左右；☆叔父（おじ）
の許にいる／在叔父跟前，住在叔父一起
；☆旗の下に集まる／聚集在旗子跟前（
周圍）；③手下，屬下，支配下（＝はい
か）；☆大将の下に馳（は）せ参（さん）
ずる／投奔到大將的帳下；④（表示條件
，前提）；☆大統領の正しい指導の下に
進歩に次ぐ進歩を重ねる／在總統的正確
領導下不斷進歩；☆今月一杯という約束
の下に許可する／約定以本月内為限予以
許可。[2][0]

*もと**【元・本】（名）①本源，根源，淵源
，起源（＝おこり，はじまり）；☆禍（
わざわい）の本／禍患的根源；☆本に帰
る／返本，回到原初；☆本を尋ねる／溯
本求源；☆この風習の元は漢代にある／
這種習俗起源於漢朝；②根本，根基，基
礎（＝ねもと，もとい）；☆水道の元を
切る／把水道切斷，把水源切斷；☆元が
本がしっかりしている／基礎很扎實；③
原因，根本原因(＝げんいん)☆酒が本で
死ぬ／因酒而死；☆失敗は成功の本／失
敗為成功之母；☆元はと言えば君が悪い
／説起來，原是你的錯，你不對；④本錢

，資本(＝もとで)；☆元をかける／下本
錢，投資；☆元のかかる仕事／需要下本
錢的事業；⑤（借貸的）本金（＝もとき
ん）；⑥成本（＝もとね）；☆本が取れ
ない／不够本，蝕本；☆元を切って売る
／賠本賣；⑦出身，歷史（＝みもと）；
⑧原料（＝げんりょう）；☆元を仕込む
／購料，下料；☆草根木皮を元にした薬
／用草根樹皮做的藥；⑨醸酵的原料，麹
子(こうじ)；⑩（みき）；⑪〔文〕和
歌的前半首（＝かみのく）；☆元も子も
なくなる／本利全丢，鶏飛蛋打，一無所
得。[0][2]

もと【元】（名）以前，從前本來，原來，
原任（＝むかし）；☆元の校長／從前的
（原任）校長；☆元のまま／按照原樣，
原封不動；☆元からのメンバー／原來的
成員；☆私は元から禁煙主義だ／我本來
就(一貫)主張禁烟；☆元ここに城があっ
た／從前這裏有城堡；◇**元の鞘**（さや）
へ收まる／（喩）言歸於好，破鏡重圓[1]

もとい【基】（名）根基，基礎，基本條件
（＝きそ，どだい）；☆勤勉は成功の基
である／勤勉是成功的基本條件；☆重工
業は近代国家建設の基だ／重工業是近代
國家建設的基礎。[2]

もどかし・い（形）（緩慢得）令人着急的
，令人不耐煩的，急不暇待（＝じれった
い）；☆もどかしい仕事ぶり／看着令人
着急的工作情況（做法）；☆時が経つの
がもどかしい／感到時間過得太慢，図も
どかし（形シク）；**～が・る**（自五）急
不暇待，感覺慢（＝じれったがる）；☆
人の仕事をもどかしがる／嫌人家工作慢
；**～さ**（名）。[4]

一**もどき**【擬】（造語）仿，模仿；☆芝居
（しばい）もどきの科白（せりふ）を言
う／説話彷彿在唸臺詞。

もときん【元金】（斥）①本錢，資本（＝
しほんきん，もとで）；☆商売をする元
金がない／沒有做生意的本金；②本金；
☆元金と利子／本金和利息；本利；↔り
そく。[2][0]

もとごえ【本肥】（名）〔農〕基肥（＝き
ひ）；↔おいごえ（追肥）。[0]

もとじめ【元締】（名）①總管，經理人；
☆銀行の総元締／銀行的總經理；②（幫
會的）頭目，首領（＝おやぶん）。[4][0]

*もど・す**【戻す】（他五）①返還，退回，

送回（＝かえす）；☆借りた金を戻す／歸還借款；☆元の位置に戻す／送回原來的位置（地方）；☆書類を戻す／把文件退回，②使…倒退；☆車を少し戻す／把車稍微向後倒；☆時計を一時間戻す／把錶撥回一小時，③〔俗〕嘔吐（＝はく）；☆飲んだ薬を皆戻した／吃的藥全都吐出來了。②

もとちょう【元帳】（名）〔經〕分戶總帳，底帳（＝げんぼ）；☆元帳に記入する／記在分戶總帳上。⓪

＊**もとづ・く【基づく】**（自五）①根據，基於，按照；☆憲法に基づいて／根據憲法；☆経験に基づいて判断を下してはならない／不要根據經驗來下判斷；☆君の意見に基づいて改めよう／按照你的意見修改吧，②由於，由於…而來（＝よる）；☆成功は不断の努力に基づく／成功是由於（經過）不斷努力而得來的；☆こうした非難は誤解に基づいている／這種指責是由於誤會而產生的。②

もとで【元手】（名）①本錢，資本（＝もときん）；☆元手なしで商売を始める／沒有本錢做買賣，②〔轉〕本錢；☆何と言っても体（からだ）が元手だ／怎麼說還是健康最重要。③⓪

もとね【元値】（名）成本；☆元値で買う（売る）／照本買（賣）；☆元値が切れる／賠（蝕）本。⓪

もとのもくあみ【元の木阿弥】（連語・名）依然故我（常指窮人一度致富後來又傾家蕩產恢復原狀）。①─①

もとま・る【求まる】（自五）〔俗〕可以求得（＝もとめられる）。③

もと・む【求む】（他下二）〔文〕求，找；☆貸家（かしや）を求む／徵租住宅；→もとめる。②

もとめ【求め】（名）①要求，需要，需求；☆遺憾ながら、お需めに応じかねます／抱歉很不能滿足您的需要（答應您的要求）；②購買，定購（＝あつらえ）☆お求めの品／您想買的貨品。③

もとめて【求めて】（副）特為，特地，有意識地（わざわざ）；☆求めて苦労する／找着事做；☆彼は求めて人を避ける傾向がある／他總是有意識地想躲避人。②

＊**もと・める【求める】**（他下一）①求，要求，追求，徵求（＝ねがう，ほしがる）；☆

平和を求める／要求和平；☆幸福を求める／追求幸福；☆意見を求める／徵求意見；②尋求，招募（＝さがす）；☆職業を求める／尋求職業（找工作）；☆助手を求める／招募助手，③購買（＝かう）；☆百貨店で靴を求める／在百貨公司買鞋，④自招，自尋（找）；☆そんなことをするのは危険を求めるようなものだ／幹那種事等於自找危險；図もとむ（下二）③

＊**もともと【元元・本本】**Ⅰ（名）同原來一樣，不賠不賺，不增不減；☆どうせ拾ったものだからなくしても元々だ／反正是撿來的東西，丟了也沒損失什麼；Ⅱ（副）本來，根本（＝もとから，がんらい）；☆元々親切な人だ／本來就是個親切的人⓪

もとゆい【元結】（名）①髮髻（＝もとどり）；②紮髮髻的繩。③

もとより【固より・素より】（副）①本來，根本（＝もともと）；☆それは固より承知の上だ／我本來就知道這一點，②當然，固然，不待言，不用說（＝もちろん，いうまでもなく）；☆これは固より極端な例ですが／這當（固）然是極端的例子；☆ドイツ語はもとより英語も日本語も知っている／德語不用說，還會英語和日語。②①

もどり【戻り】（名）①〔（もどる）的名詞形〕恢復（原來的狀態）；②回家（＝かえり）；☆主人の戻りが遅い／主人回來得晚；③歸途，歸程（＝かえりみち）；④（針、魚鉤等的）倒尖，倒鉤；～がけ【戻り掛け】（名）歸途，歸程（中）；☆戻り掛けに買物をする／在歸途中買東西；～みち【戻り道】（名）＝かえりみち。③

もと・る【悖る】（自五）〔文〕違悖，違反（＝そむく，さからう）；☆人道に悖る／違反人道。②

＊**もど・る【戻る】**（自五）①返回，回到（原來的地點、狀態等）；☆席に戻る／回到原來的席位；☆本題に戻る／回到本題；☆元の商売に戻る／又重操舊業；又搞起原來的行業，②倒退，折回（＝ひきかえす）；☆十メートルほど戻る／倒退十來公尺；☆元來た道へ戻る／照原道折回；③回家（＝かえる）；☆今夜は戻らない／今晚不回家；④（商品、遺失物等）退回來；◊縒（より）が戻る／撚的捻、撚的繩恢復原狀；〔喻〕破鏡重

圓。②

もなか【最中】（名）①〔文〕正當中，核心（＝まんなか）；☆最中の月／中秋之月；最高潮（＝さいちゅう，たけなわ）；②一種點心（用糯米粉烤製外皮，中夾豆餡）。①

モニター【monitor】（名）①〔理〕監察器，控制器；②監聽員，監聽哨；③看完被指定的報紙，電視，電臺節目之後報告感想或提供意見的人；使用過新產品等之後提供意見的人。①

もぬけ【蛻】（名）①（蟬、蛇等）蛻皮，所蛻的皮（＝ぬけがら）；～のから【蛻の殻】（連語・名）①＝もぬけがわ；②人走後留下的空房子或空被窩，☆犯人の部屋を襲ったが蛻の殻だった／進屋子去抓犯人，可是撲了一個空。⓪

もの一【物】（接頭）（接形容詞或形容動詞）不由得…，說不出爲什麼…；☆ものがなしい／悲哀的；☆ものしずか／寂靜。

＊もの【者】（名）者，人（＝ひと）；☆その場で死んだ者もある／當場就死了的也有；☆私はここの者ではない，上海の者です／我不是本地人，是上海人，〔表卑〕人；☆私のようなもの／像我這樣的人；☆あんな者は誰も相手にしない／那樣人誰也不理他。②

＊もの【物】（名）①物，物質，物體，物件，物品，東西，事情；☆身の回りの物／隨身物品，日常用具；☆電気という物／電這種東西；☆人間というもの／人這個東西；☆革命というもの／革命這件事；②所有物，持有物（＝しょゆうぶつ）；☆これらの著書は全部彼の物だ／這些書都是他著作的；☆勝利はもうこっちの物だ／勝利肯定屬於我們；③產品，作品；④（物的）貨色，成色，價錢；☆物が好い（悪い）／成色好（壊），東西好（壊）；☆物が高い（安い）／價錢貴（賤）；⑤飲食物；☆物を食べる／吃東西；☆何か，うまい物はないか／有沒有什麼好吃的；⑥語言，話（＝ことば）；☆物を言う／說話；⑦道理事理（＝わけ，どうり）；☆物が判る／明白道理，懂事；⑧花費，經費（＝ひよう）；☆物がかかる／費錢；⑨（不能忽視的）重要事物；☆彼らは物の数にはいらぬ／他們不算數(不在話下)；⑩（漫指事物）任何事，天下事；☆物

には程がある／天下事（什麼事情）都有一定的限度；⑪大約，大概（＝おおよそ，ほぼ）；☆物の三日と経たないうち／不到三天的工夫；⑫應該，應當；☆先生の言うことはよく聞くものだ／老師的話應該好好聽；應當好好聽老師的話；⑬（加強語氣）；☆早く見たいものだ／真想早些看到；☆彼も偉くなったものだ／他真是出息得不得了；◊物ともせぬ／不當一回事，不放在眼事，不理睬；**物にする**／做成像樣的東西(器物)／弄到自己的手裏／達到目的；**物になる**／成為優秀人才／學會高超的本領，成功，成就卓越；☆彼の日本語は物になっていない／他的日語還不成功（還不夠格）；**物の見事（みごと）に**／卓越地，出色地；漂亮地；☆物の見事にやってのけた／出色地完成了（艱巨的任務）；**物は相談（そうだん）**／事怕商量，做要事找別人商量；**物は試し**／一切事要敢於嘗試；**物も言いよう角（かど）が立つ**／話要看怎麼說，說得不好就會有稜角；**物を言う**／發揮作用，奏效；☆集団の力が物を言う／集體的力量發揮作用；☆経験に物を言わせて／使經驗發揮作用，很好地運用了經驗。②

もの【感助】〔←ものを〕〔女・兒〕（表示原因，理由）因為，由於；☆だって知らなかったんだもの／因為我不知道嘛（那又有什麼辦法）

ものいい【物言い】（名）①說話（的方式），說法，措詞（＝ことばづかい）；☆物言いに気をつける／注意措詞；②傳言，風傳，謠傳（＝うわさ）；③爭論，爭吵（＝いいあい，いいあらそい）；☆物言いの種になる／成為爭吵的原因；④異議，反對意見（＝いぎ，もんく）☆我々の計画に物言いがついた／對我們的計劃出現了反對意見；☆勝負に物言いをつける／對於（相撲比賽的結果）裁判員的決定由陪判員提出異議。③

ものいみ【物忌（み）】（名）①齋戒…②忌避（不祥）。④

ものいり【物入（り）】（名）開銷，支出；☆今月は何やかやと物入りが多かった／這個月裏這樣開銷太多了；☆暮（くれ）は物入りで四苦八苦／年底由於開銷太多當直受不了。④

ものう・い【物憂い・懶い】（形）①無精打彩的，厭倦的；☆何をするのも物憂い

／不論做什麼都感到厭倦；②沉悶的，沉鬱的（＝ゆううつ）；☆こんな雨の日はもの憂い／這樣雨天很沉悶；図ものうし（形ク）；～げ【物憂げ】（名・形動ダ）厭倦，無精打彩；☆憂げに歩く／無精打彩地走着。③

ものうり【物売（り）】（名）賣東西（的人）；☆物売りの声／叫賣聲。④③

ものを（を）（連語・感助）〔文〕表示惋惜或不滿等語氣（＝のに）；☆早くしたらよさそうなものを，何をぐずぐずしているのだろう／趕緊做不就得了，還在那拖拖拉拉幹什麼；☆早く自首すればよいものを、馬鹿な奴だ／早些自首不就得了，真是個糊塗蟲。

ものおき【物置】（名）庫房，倉庫（＝なや）。④③

ものおじ【物怖】（名・自サ）膽小，怯懦；☆あの子は何をしても物怖しない／那孩子幹什麼都不怯懦。④⓪

ものおしみ【物惜しみ】（名・自サ）吝嗇，吝惜；☆物惜しみしない人／毫不吝嗇的人。③

ものおそろし・い【物恐ろしい】（形）怪可怕的，不由地令人害怕的。⑥

ものおと【物音】（名）響動，聲音，聲響；☆怪しい物音／莫名其妙的響動；可疑的響動。④③

ものおぼえ【物覚え】（名）記憶，記憶力，記性；☆物覚えが良い（悪い）／記憶力好（壞）。③

ものおもい【物思い】（名）思慮，憂慮；☆物思いに耽る／沉思，鬱鬱不樂。③

ものか（い）（感助）哪能，怎能，哪裏，什麼（＝もんか）；☆君なぞに負けるものか／我哪能輸給你；☆彼は学者なものか／他哪裏是什麼學者；☆寂しいものか／寂寞什麼（一點也不寂寞）。

ものかげ【物陰】（名）遮身處，隱蔽處，背地，暗地；☆物陰に隠れる／藏在有遮掩的地方；☆物陰から見ていたものがあった／有人在暗地裏瞅着。③⓪

＊ものがたり【物語】（名）①談話，講話的內容，事件（＝はなし）；☆聞くも悲しい物語／聽着都令人難過的事件；☆故事，傳說，傳奇（＝でんせつ）；☆物語で有名な所／出現在故事、傳說中的著名的地方；③散文作品，小說的一種體裁；例如：「源氏物語」、「平家物語」。③

ものがた・る【物語る】（他五）①講，談（＝かたる、いう）；②說明，表明（＝しめす）；☆この事実が彼の堅実な性格を雄弁に物語っている／這個事實雄辯地說明他那實事求是的性格。④

ものがなし・い【物悲しい】（形）悲哀的，悲傷的，令人難過的；☆物悲しい気特／悲傷的心情；～げ【物悲しげ】（形動ダ）顯出悲傷、難過，☆物悲しげに話す／講得很傷心；～さ（名）。⓪⑤

ものかは【物かは】（連語）不當一回事，蠻不在乎，算不了什麼（＝なんでもない）；☆風雨も物かは／颳風下雨也不在乎。

ものの（連語）〔古〕①雖然（＝ものの）；☆美しきものから……／雖然美麗……；②因為，由於。

ものぐさ【物臭・懶】（形動ダ）懶，做事嫌麻煩（的人）；☆物臭な女／懶女子；～たろう【物臭太郎】（名）懶漢。⓪

モノグラフィー【德 Monographie】（名）專論論文，專論。④

ものぐるい【物狂い】（名）瘋狂，顛狂，精神錯亂（＝きちがい）。③

ものぐるおし・い【物狂おしい】（形）瘋狂般的，狂熱的（＝ものぐるわしい）；☆カーニバルの物狂おしい踊りと音楽／嘉年華的熱狂的舞蹈和音樂；図ものぐるほし（形シク）。⑥

ものぐるわし・い【物狂わしい】（形）瘋狂般的，狂熱的（＝ものぐるおしい）；図ものぐるはし（形シク）。⑥

ものごころ【物心】（名）判斷力，辨別事物的能力；☆物心が付く／懂事，記事，能够辨明一般程度的是非好壞；☆そんな話は物心がついて以来聞いたことがない／自從懂（記）事以來從未聽過那種事③

ものごし【物腰】（名）言行，舉止，態度；☆物腰の優しい青年／態度和藹的青年；☆落ち着いた物腰で応対する／用沉着大方的態度對答。②⓪

＊ものごと【物事】（名）事物，事情；☆物事を気に病（や）む／把事情掛在心上（為之憂慮苦悶）；☆物事に気を付ける／對於事物小心謹慎。②

＊ものさし【物差・物指】（名）①尺（＝さし）；☆物差で測る／用尺量；②〔轉〕標準；☆彼の言動は普通の物指では計れない／他的言行不能用普通的標準來衡量。④③

ものさびし・い【物淋しい・物寂しい】（形）寂寞的，孤單的，沉寂的，凄凉的；☆物淋しい気持で日々を過ごす／過着寂寞的日子；☆冬の山は物淋しい／冬天的山很荒凉；図ものさびし（形シク）；～さ（名）。05

ものさわがし・い【物騒がしい】（形）①吵鬧的，吵吵嚷嚷的；☆教室の中はいつも物騒がしい／教室裏總是那麼吵吵嚷嚷的；②騒然不安的，不寧靜的，多事的；☆物騒がしい世の中／騒然不安（多事）的社會；図ものさわがし（形シク）；～さ（名）。6

ものしずか【物静か】（形動）①平静，寂静；☆人々が寝静まって物静かになる／人們都已入睡了，寂然無聲；②安静，沉着，穩重；☆物静かな態度／安静的態度；☆物静かに話す／安安静静地講話。3

ものしらず【物知らず】（名）無知，不學無術（的人）；☆物知らずにも程がある／未免太無知了。3

ものしり【物知り・物識り】（名）知識淵博，博聞多識（的人）；☆物知りの老人／知識豊富的老人；☆彼の物識りには驚く／他的博聞多識令人吃驚；☆土地の物知りに尋ねる／請教當地熟悉情況的人；～がお【物知り顔】（名）假装博學多識；☆物知り顔に話す／擺出一種博學多識的面孔講話

ものし・る【物知る・物識る】（自五）假装博學多識，炫耀有知識，有學問；☆物知り振る人／假装有知識，有學問的人。43

もの・す【物す】〔文〕Ⅰ（自サ）①有，在（＝いる、ある）；Ⅱ（他サ）①做（＝おこなう、なす）；②寫（＝かく）；Ⅲ（他五）書寫，撰寫（＝かく）；→ものする。2

ものずき【物好き】（形動ダ）好奇，好事者；☆物好きな人／好奇心，好事者；☆この雨に出かけるとは余程物好きだね／下這麼大的雨往外跑真是好奇；☆私は物好きに働いているのではない／我做工作不是為了玩票。2

＊ものすご・い【物凄い】（形）①可怕的，令人恐怖的；☆物凄い顔で睨（にら）みつける／用一種可怕的臉色（狠狠地）瞅；②驚人的，猛烈的；☆物凄いスピードで走る／以驚人的速度跑；☆物凄く熱い／熱得厲害；図ものすごし（形シク）；～さ（名）。4

ものすさまじ・い【物凄まじい】（形）異常猛的，特別驚人的（＝ものすごい）☆物凄まじい光景／異常驚人（可怕）的情景；図ものすさまじ（形シク）；～さ（名）。6

もの・する【物する】（他サ）①做，搞（＝おこなう）；☆大事業を物する／做大事，搞大事業；②作，寫；☆長篇小説を物する／寫長篇小説；図ものす（サ）3

モノタイプ【monotype】（名）〔印刷〕單式自動排字機。3

ものだから（接助）（俗）因為，由於（＝ので）；☆彼がそんなことを言うものだから相手が怒ってしまった／因為他説出那様話來，所以對方生氣了。

ものたりな・い【物足りない】（形）①不能令人十分満意的，不够十全十美的；☆こんな説明では物足りない／這様的説明不能令人十分満意；☆君が来ないので物足りなかった／因為你没有来有點美中不足；②不太充分的，不十分足够的；☆これだけの食べ物では物足りない／只這些食品有點不太够；～さ（名）。05

ものども【者共】〔文〕Ⅰ（名）手下人，衆嘍囉；☆者共を集める／把手下人都叫來！Ⅱ（代）（對手下人的卑稱）小子們；☆者共、用意はよいか／小子們，預備好了嗎？2

ものとり【物取（り）】（名）盗賊，劫路賊（＝どろぼう、おいはぎ）；☆物取りに会う／遇到劫路賊；☆物取の仕業（しわざ）／盗賊幹的事。43

ものなら【接助】〔接（よう）、（う）〕假如，萬一；☆酒でも飲もうものなら／假如喝酒的話…；萬一喝酒就…。

ものな・れる【物慣れる・物馴れる】（自下一）爛熟，熟練；☆応待が物慣れている／對答得很熟練；待客熟練；☆物慣れた手付きで扱う／處理得很熟練，手法純熟；図ものなる（下二）。04

ものの【物の】（副）大約，約莫（＝およそ、だいたい）；☆物の十五分もたたぬ内／大約不到十五分鐘的工夫；☆ものの二里も行った頃／約莫走了二里來路的時候。0

ものの（接助）雖然…但是…（＝けれども）；☆やってはみたものの、さっぱり面白くない／雖然做了，但是一點興趣也没有

；☆とは言うもののそれは理屈で実行は
難しい／雖然那麼說，但那只是理論，實
行起來却很難。

もののあわれ【物の哀れ】（名）（人對客
觀事物、大自然等所起的）感觸，感動，
情感；☆物の哀れを感じる／有所感觸；
☆その娘はもう物の哀れを知る年頃だ／
那個女孩已經到了多愁善感的年齡了。④

もののかず【物の数】（名）數得着的、重
要的事物或人；☆偉い人がたくさんいて
私などは物の数ではない／了不起的人有
的是、像我這樣人根本不算數。④

もののけ【物の気・物の怪】（名）〔迷信〕
不散的陰魂，鬼魂，活人的靈魂（＝いき
りょう）；☆物の怪に取り付かれた／被
鬼魂附體了。⓪③

もののふ【武士】（名）〔文〕武士（＝ぶ
し、さむらい）。③

もののほん【物の本】（名）書；☆物の本
にこう書いてある／在書上這樣寫的。

ものび【物日】（名）節日，紀念日。②

ものほし【物干】（名）曬東西、晾東西的
設備；☆洗濯した物を物干にかける／把
洗好的衣物搭在曬東西的設備上；**～ざお**
【物干竿】（名）曬衣物的竹竿子；**～ば**
【物干場】（名）曬臺，乾燥室。④③

ものほしげ【物欲しげ】（形動ダ）＝もの
ほしそう。④

ものほしそう【物欲しそう】（形動ダ）好
像很愛好的樣子，稀罕的樣子，想要弄到
手的樣子，眼饞；☆物欲しそうな顔をす
る／表示很想得到手的神色。⑤

モノポリ【monopoly】（名）①壟斷（權）
，專利（權）；②壟斷（專利）公司；③
專利品。②

ものまね【物真似】（名）倣仿，模仿；☆
物真似が上手だ／善於模仿。⓪

ものみ【物見】（名）〔文〕①參觀，遊覽
；☆物見遊山（ゆさん）／遊山逛景；②
瞭望，斥候（＝みはり）；③←ものみや
ぐら；**～やぐら**【物見櫓】（名）瞭望樓
（臺）。③

ものみだか・い【物見高い】（形）好奇心
強的，好看熱鬧的；☆物見高そうにのぞ
きこむ／好奇地往裏望。⑤

ものめずらし・い【物珍しい】（形）（覺
得）稀奇的；稀罕的；☆子供が物珍しそ
うに眺めて行く／小孩子似乎很稀奇的樣
子，望一望走過去。②ものめずらし（形シ

ク）；**～げ**（形動ダ）；**～さ**（名）⑥⓪

ものもち【物持】（名）財主，富人（＝か
ねもち）；☆村一番の物持／村裏最大的
財主。④③

ものもの・し・い【物物しい】（形）①森嚴
的（＝いかめしい）；☆物々しい警戒ぶ
り／戒備森嚴；②過分的，小題大做的（
＝おおげさ）；☆物物しいいでたち／打
扮得煞有其事的樣子；**～げ**（形動ダ）；
～さ（名）。⑤

ものもらい【物貰い】（名）①乞丐，叫花
子（＝こじき）；②〔俗〕腮腺炎（＝ば
くりゅうしゅ）。⓪

ものやわらか【物柔らか】（名・形動ダ）
柔和，溫和，溫厚，穩靜（＝おだやか，
しとやか）；☆物柔らかな感じのする人
／擧止溫和的人；☆物柔らかに応答する
／安詳地對答。④

ものゆえ（連語）由於，因爲；☆ことゆか
ぬものゆえ／由於情況不明☆赤いものゆ
え目につきやすい／因是紅色，所以顯眼

モノレール【monorail（car）】（名）單軌
鐵路。⓪

モノローグ【monologue】（名）〔劇〕
獨白。③

ものわかれ【物別れ】（名・自サ）決裂，
破裂；☆交渉は物別れになった／談判決
裂了。③

ものわすれ【物忘れ】（名・自サ）忘記；
☆物忘れがひどい／健忘；☆年のせいか
よく物忘れをする／也許是上了年歲的關
係，常常忘記事情。③

ものわらい【物笑い】（名）笑柄；☆つま
らぬ事件を起こして物笑い（の種）にな
る／惹起一場無聊的風波成爲笑柄。③

モハメットきょう【Mohammet 教】（名）
〔宗〕伊斯蘭教（＝マホメットきょう）⓪

もはや【最早】（副）（時至今日）已經
（＝もう，すでに）；☆最早万策は尽きて
しまった／已經無計可施了；☆あれから
最早十年の年月が過ぎた／從那時起已經
十年了。①

***もはん**【模範】（名）模範，榜樣，典型（
＝てほん，のり）；☆全校生徒の模範と
なる／成爲全體同學的模範；☆あの人を
模範としなさい／要拿他作榜樣，要向他
學習；☆人に模範を示す／給別人示範；
☆彼は勉強家（べんきょうか）の模範だ
／他是勤奮（苦幹）者的典型；**～てき**【

模範的】（形動ダ）模範的；☆模範的行い／模範的行爲。⓪

モビールゆ【mobile 油】（名）（發動機用）機器油（＝モビルオイル）。④

もふく【喪服】（名）喪服；☆喪服を着る／穿孝衣。⓪

モヘヤ【mohair】（名）安哥拉山羊毛（的織品）；毛海。①

もほう【模倣・摸倣】（名・他サ）模倣，仿效；☆他人の模倣を許さない／別人無法模倣，有獨到之處。⓪

もまた【亦】（名）（漢字的）亦〔爲了和同訓的「又」、「復」區別開來，稱「亦」字爲「もまた」〕。

もみ【籾】（名）①稻殼，稻皮（＝もみがら）←もみごめ。⓪

もみ【樅】（名）〔植〕樅樹。①

もみあい【揉合い】（名）（多數人）互相推擠，亂成一團。⓪

もみあ・う【揉み合う】（自五）（多數人）互相推擠，亂成一團；☆魚市に大勢の人が揉み合う／在魚市場裏很多人互相推擠。③

もみあげ【揉上げ】（名）鬢角（順着耳邊長的一縷頭髮）；☆揉上げを長くしている／留着長長的鬢角。⓪

もみがら【籾殼】（名）稻穀殼，稻皮；☆果物の箱に籾殼を詰める／在水果箱子裏塡上稻殼。⓪

もみくち▲【揉みくちゃ】（名）揉得亂七八糟，滿是縐紋；（被擠得）一蹋糊塗；☆揉みくちゃのハンケチ／揉得滿是縐紋的手帕；☆電車が込んで揉みくちゃになる／電車客滿被擠得一蹋糊塗。

もみけし【揉消し】（名）〔もみけす的名詞形〕（把火等）搓滅，揉滅；（把事件、流言等）遮掩下去，暗中了結；☆こうなっては揉消運動をしても手後れだ／事到如今想設法掩蓋也掩著不下去了⓪

もみけ・す【揉み消す】（他五）①（把火等）搓滅，揉滅；☆灰皿でタバコをもみ消した／在烟灰缸裡揉熄香烟；②（把事件、流言等）掩蓋下去，暗中了結；☆汚職事件を揉み消すために数十万の金をばらまく／爲了貪汚事件在暗中了結，花了好幾十萬塊錢。③

もみじ【紅葉】（名・自サ）①紅葉；☆山の木が紅葉する／山上的樹葉變紅；☆木々の紅葉が美しい／樹葉很好看；②〔植〕槭樹，楓樹（＝かえで）；③〔轉〕臉紅；☆顔に紅葉を散らす／臉紅；～り【紅葉狩】（名）賞紅葉；☆西山へ紅葉狩に行く／到西山去賞紅葉。①

もみすり【籾摺】（名）稻穀脫殼。④③

もみで【揉手】（名）兩手互搓；☆嬉しそうに揉手をする／高興的直搓手；☆揉手で頼む／搓着手懇求。⓪

*も・む【揉む】（他五）①搓；☆両手を揉む；☆搓；☆紙を揉んで柔かにする／把紙搓軟；☆錐（きり）を揉む／用兩手搓捻木鑽；②揉，捏，推拿；☆肩を揉む／按摩肩膀，捏肩；③亂成一團，互相推擠，混雜；☆込んだ電車で揉まれる／在客滿的電車裏挨擠；④爭論，爭辯；☆揉みに揉んだ予算案／爭論不休容易才通過的預算案；⑤〔轉〕鍛鍊，錘鍊；☆世の中に出て少し揉まれた方がいい／到社會上去鍛鍊鍛鍊才好；◇気を揉む／擔心，憂慮。

もめ【揉め】（名）①揉搓（得起縐紋）；②爭執，糾紛（＝あらそい，いさかい）⓪

*も・める【揉める】（自下一）①揉搓得起縐紋；②爭執，紛爭，糾紛；☆何でそんなに揉めているのだ／爲什麼那樣爭執不休呢；☆国会は予算案をめぐって大揉めに揉めた／國會裏繞着預算草案大爭特爭；◇気が揉める／憂愁，焦慮，図もむ（下二）。⓪

もめん【木綿】（名）←もめんおり；②←もめんいと；③←もめんわた；～いと【木綿糸】（名）棉紗，棉線；～おり【木綿織】（名）棉織品，棉布（＝めんぷ）；～わた【木綿棉】（名）棉花（＝きわた）。⓪

モメント【moment】（名）①瞬間，刹那（＝せつな）；②時期（＝じき）；③轉機（＝けいき）。①

もも【百】Ⅰ（名）〔文〕多數；Ⅱ（數）百（＝ひゃく）。①

*もも【桃】（名）①〔植〕桃樹，桃子；②棉桃，棉鈴；③←ももいろ；◇桃栗三年柿八年／桃樹和栗子樹栽上三年後結果，柿子樹栽上八年後結果。⓪

もも【股】（名）股，大腿；☆股の付け根／大腿根。①

ももいろ【桃色】（名）①桃紅色，粉紅色

；☆桃色の肌／粉紅色的皮膚；②〔俗〕戀愛（＝れんあい）；～じけん【桃色事件】（名）桃色事件，緋聞；～ゆうぎ【桃色遊戲】（名）（青年男女不正常的）戀愛，戀愛遊戲。⓪

ももしき【百敷】（名）〔古〕宮中，宮裏（＝きんちゅう）。⓪

ももたろう【桃太郎】（名）日本童話裏的主人翁。②

もものせっく【桃の節句】（連語・名）日本女孩子的節日，屬於五大節日之一，三月三日。⓪

ももひき【股引】（名）①日本式細筒褲；②褲叉（＝さるまた）；☆股引を穿く／穿細筒褲（褲叉）。⓪

ももわれ【桃割】（名）日本姑娘的髮型之一，將頭髮左右分開，挽成一個像桃子裂成兩半的頂髻。⓪

ももんが（あ）【鼯鼠】（名）①〔動〕鼯鼠（＝むささび）。④

もや【靄】（名）靄，烟，霧；☆暁の靄／曉靄；☆靄が掛かる（晴れる）／空中有靄霧（靄霧消散）；☆靄が立ち込める／靄霧瀰漫。⓪

もや【母屋】（名）①正堂，主房；②正房（＝おもや）；③屋檐的裏面（木工用語）。①

もや・う【紛う】（他五）（把船）繫在一起或繫在椿子上。⓪

もやし【萌やし】（名）豆芽菜之類。③⓪

もやし・ける【燃やしつける】（他下一）徹底燃着；☆炭を燃やしつける／把炭火燃起來。⑤

*もや・す【燃やす】（他五）燃燒，燒（＝たく）；☆紙を燃やす／燒紙；☆情熱を燃やす／燃起熱情。⓪

もやもや（副・自サ）①朦朧，模糊（＝もうろう）；☆もやもやした湯気（ゆげ）／朦朧的水蒸氣；②迷亂；☆心の中がもやもやして考えがまとまらない／心裏迷亂，思想不集中；☆頭がもやもやしている／腦子迷迷糊糊；③性欲衝動；④蓬生，蓬亂（＝みだれしげる）；☆もやもやの髪の毛／蓬亂的頭髮。①

─もよい【催い】將要…的樣子；☆雨（あめ）催い／要下雨的樣子；☆雪（ゆき）催い／要下雪的樣子。

*もよう【模様】（名）①花紋，花樣；☆模様をつける／加上（畫上、印上）花紋；☆花の模様がついた着物／有花卉花紋的衣服；②情況，情形，樣子（＝ありさま，ようす）；☆当時の模様を語る／談當時的情況；☆会議の模様を報告する／報告會議的經過情形；③徵兆，動靜，趨勢；☆彼の帰る模様が見えない／看不出他要回來；～がえ【模様替（え）】（名・他サ）改變情況，改變內容，改變外觀；☆部屋の模様替えをする／改變室內的佈置、裝修；☆市庁舎は模様替えになった／市公所改建了。⓪

*もよおし【催し】（名）①〔（もようす）的名詞形〕；②主辦，舉辦（＝くわだて）；☆市の催しで運動会を開く／由市主辦開運動會；③集會，（文娛）活動；☆歓迎の催しを盛んにやる／開盛大的歡迎會；☆豊作祝うために種々の催しがあった／爲了慶祝豐收舉行了各種各樣的文娛活動；④兆頭，徵兆（＝きざし）；☆通じの催しがない／不想大便；～もの【催し物】（名）（爲慶祝、紀念而舉行的）各種文娛活動的總稱；☆中山公園で催し物がある／中山公園有文娛活動。⓪

*もよお・す【催す】Ⅰ（自五）起，萌起，感覺，預示（＝きざす）；☆寒気が催して来た／渾身發起冷來了；Ⅱ（他五）①催促（＝うながす，せく）；②感覺要…；☆眠けを催す／發睏，想睡覺；☆涙を催す／要流淚；☆大便を催す／想大便；③舉辦，主辦（＝くわだてる）；☆送別会を催す／舉行歡送會。⓪③

もより【最寄り】（名）附近，最近（＝ちかく，きんじょ）；☆詳細は最寄りの駅へお問い合わせ下さい／詳細情況請向附近的車站詢明。⓪

もらい【貰い】（名）①〔（もらう）的名詞形〕；②乞丐等要的錢、物，施捨物，賞錢；☆今日は貰いが少ない／今天賞錢少，今天錢要得少；～ご【貰（い）子】（名）討來的孩子，抱養的孩子；☆貰い子をする／收養子；～て【貰（い）手】（名）要的人，要主；☆誰も貰い手がない／誰也沒有肯要的；☆あの娘の貰手があるかしら／那姑娘不知道有沒有要的（能不能找着對象）；～なき【貰（い）泣き】（名・自サ）灑同情淚；☆思わず貰い泣きする／不由地灑一把同情淚；～び【貰（い）火】（名）延燒；～もの【貰

い物】(名)人家給的東西，禮物；☆もらい物に苦情を言うものではない／人家送的禮物 不應該有所挑剔；～わらい【貰い笑い】(名・自サ)跟着笑，陪笑。⓪

*もら・う【貰う】(他五)①請領，領取，要，收受；☆年金を貰っている人／領年金〔養老金〕的人；☆知らない人から物を貰うな／別跟不認識的人要東西；☆手紙を貰う／收到來信；☆男の子を養子に貰う／收男孩作養子；②接受，承擔(=ひきうける)；③買，要，來；☆この茶を一斤貰おう／這份茶葉我要(來)一斤；☆酒を一本買おうじゃないか／咱們來一瓶酒；☆嫁を貰う／娶妻；Ⅱ(補動五)請求，承蒙；☆今晩来て貰いたい／請今天晩上來一趟；☆医者に見て貰う／請醫生看病；☆彼に一緒に行って貰った／承他(陪我)一同去了，求他陪着一同去了；☆これを持って行けば入れて貰えます／拿着這個去就能讓你進去；☆お母さんに作ってもらいなさい／求媽媽給你做吧。

*もら・す【漏らす】Ⅰ(他五)①漏，遺漏，漏掉(=ぬかす、おとす)；☆小便を漏らす／遺尿，尿床；☆細大漏らさず話す／詳盡無遺地講述；③洩漏，走漏，透露；☆秘密を漏らす／洩漏秘密，走漏消息；☆外遊の意を漏らす／透露有意出國；③流露，發洩；☆不平を漏らす／流露出不滿情緒；☆怒りを漏らす／發洩怒火，發脾氣。②

モラリスト【moralist】(名)道德家，道學家，倫理學家。③

モラル【moral】(名・造語)①道德(観念)；②道德(上)的；☆モラル・サポート／精神援助；③修身，修德。

もり【守】(名)看守，守護(的人)；②看孩子(的人)，保姆(=こもり)；☆赤ん坊の守をする／看孩子。①

もり【盛(り)】(名)①食物盛(的分量、程度)；☆盛りがいい／盛得滿，給的分量足；☆盛りが悪い／盛得不滿，給的分量不足；②←もりそば。

*もり【森・杜】(名)樹林，森林；☆森の中を抜ける／從樹林裏穿行。⓪

もり【銛】(名)銛，魚杈；☆銛で魚をさす／用魚杈叉魚；☆銛を深く鯨(くじら)に打ち込む／把魚杈(用砲)深深地打入

鯨魚的身上。⓪

もり【漏り】(名)漏，漏雨(=もること、あまもり)；☆屋根が痛んで、ひどい漏りだ／屋頂壊了漏得厲害；☆漏りを止める／堵住漏雨，堵塞漏洞。②

もりあが・る【盛り上がる】(自五)①臌起，隆起；☆筋肉が盛り上がる／肌肉隆起；②湧起，湧上來；☆泡が盛り上がる／往上冒泡；③起來，高漲起來；☆輿論が盛り上がる／輿論沸騰；☆婦人の間から盛り上がった運動／從婦女中(高漲)起來的運動。④

もりあ・げる【盛り上げる】(他下一)堆積，堆砌，厚塗；☆絵の具を盛り上げて描く／塗很厚的顔色畫(畫)。④

もりかえ・す【盛り返す】(他五)①恢復，重振；挽回(頽勢等)；☆勢いを盛り返す／恢復原有勢力，重新得勢；③(舊病)復發，再犯☆病気が盛り返すといけないから大事(だいじ)にしたまえ／要保重身體別讓舊病復發。⓪

もりがし【盛菓子】(名)(供神佛等的)供菓；☆盛菓子を供える／擺上供菓。③

もりきり【盛切り】(名)單份(單碗或單盤飯菜)；☆盛切りの御飯／份飯。⓪

もりそば【盛蕎麦】(名)盛在小竹屜上吃的蕎麵條。⓪

もりだくさん【盛り沢山】(形動ダ)非常多，内容豐富；☆盛沢山な番組(ばんぐみ)／内容豐富的節目。③

もりた・てる【守り立てる】(他下一)①盡心地扶養成人；②恢復，重振；☆沒落した家を守り立てる／把已經衰落的家重新振奮起來；③輔保，擁立；☆幼君を守り立てる／輔保幼主登極，擁立幼主；図もりたつ(下二)。④

もりばな【盛花】(名)(插花的一種方式)在盤子或籃子裏插滿了(的)鮮花⓪②

モリブデン【德Molybdän】(名)〔化〕鉬。③

もりもの【盛物】(名)①盛在飯盤裏的飯菜(供別人吃)；②供神佛的供品；☆盛物を供える／上供。⓪

もりもり(副)①咬嚼硬東西的聲音；②食欲旺盛，吃得很香；☆もりもりと飯を食う／狼吞虎嚥地吃，吃得很香；③拼命地，勇猛地(=どんどん)；☆もりもりと勉強する／拼命地用功。①

も・る【守る】(他五)看守，守護(=ま

もる）。①

も・る【漏（洩）る】（自五）漏（＝もれる）；☆天井（てんじょう）から雨が漏る／從頂棚漏雨；☆やかんが漏る／水壺漏水；☆木の間から漏る月影／從樹縫透過來的月光。①

＊も・る【盛る】（他五）①盛，裝滿（＝よそう）；☆ごはんを盛る／盛飯；②堆高；☆盆（ぼん）に栗を盛る／把栗子高高堆在托盤裏；③配（藥）；☆薬の分量を盛り違える／把藥的分量下錯；④勸（酒）；☆友達に酒を盛る／向朋友勸酒；☆毒を盛る／下毒；⑤刻劃（刻度）；☆温度計に度を盛る／在温度計上刻度。⓪

モルタル【mortar】（名）灰泥，洋灰漿；☆モルタルを塗る／抹洋灰漿。⓪①

モルヒネ【morphine】（名）〔化〕嗎啡⓪②

モルモット【marmot】（名）〔動〕①豚鼠，②土撥鼠。③

もれ【漏（洩）れ】（名）〔（もれる）的名詞形〕①漏，漏出；☆ガスの漏れに注意せよ／注意不要漏煤氣；②遺漏，漏掉（的事物）；☆名簿の漏れを拾う／查找名冊上的遺漏。②

もれなく【漏れ無く】（副）無遺漏地，統統全部（＝のこらず，ことごとく）；☆全員漏れなく参加する／全體人員一律參加；☆学生に漏れなく通知した／通知了全體學生。②

＊も・れる【漏（洩）れる】（自下一）①漏，漏出（＝もる）；☆ガスが漏れる／漏煤氣；☆雲間を洩れて射す月光／從雲彩縫漏出的月光；☆部屋の外に話し声が漏れる／談話聲傳到室外；②洩漏，走漏；☆秘密が洩れた／那個事件洩露後傳到各地；③遺漏，漏掉（＝ぬける，おちる）；☆この通知状には開催場所が漏れている／這份通知漏掉了開會地點；④被除外，被淘汰；☆招待に漏れる／沒接到邀請；囚もる（下二）。②

もろ―【諸】（接頭）①兩個，雙；☆もろて（諸手）／雙手；②諸多，衆多；☆もろびと（諸人）／衆多，多數人；③共同，一起；☆もろね（諸寢）／一起睡，同床。

＊もろ・い【脆い】（形）①脆的，易壞的（＝こわれやすい）；☆この瀬戸物（せと

もの）は脆い／這瓷器易壞；②脆弱的，不堅強的；☆情に脆い／心軟，容易動情感；☆涙に脆い人／心軟愛掉眼淚的人；☆脆くも敗れた／一下子就敗了；囚もろし（形ク）。②

もろこし【唐土】（名）〔文〕（日本古時稱）中國。⓪②

もろて【諸手】（名）雙手；☆諸手を上げて賛成する／舉起雙手表示贊成。⓪

もろとも【諸共（に）】（名）共同，連同，一起，一同（＝ともども）；☆死なば諸共に／死就死在一起；☆親子諸共検挙された／父子一同被捕了；☆乗組員は船諸共海底の藻屑（もくず）となった／連船員帶船一起都沉到海底去了。⓪

もろに（副）徹底地，完全地（＝ねこそぎに、めちゃくちゃに）；☆敵をもろに叩き潰す／把敵人徹底打垮。①

もろはだ【諸肌】（名）左右兩個肩膀的皮膚，整個上半身的皮膚；☆諸肌脱ぎになる／上半身全都露出來；☆諸肌を脱ぐ／①露出上半身；②竭盡全力，全力以赴⓪

もろひざ【諸膝】（名）雙膝；☆諸膝をつく／雙膝跪倒。⓪

もろびと【諸人】（名）〔文〕大家，全體（＝いちどう）。⓪

もろみ【諸味・醪】（名）（尚未過濾的）酒或醬油。⓪③

もろもろ【諸諸】（名）〔文〕諸多，種種，許許多多（＝いろいろ）；☆諸々の原因が重なって病気になる／種種原因湊到一起變成病。⓪

―もん【文】（接尾）①舊時計算錢的單位；②日本貨幣單位錢的十分之一；③表示日本襪子等的長度的單位，每文合2.4 公分。

―もん【問】（造語）①質問；②問題；☆第一問（だいいちもん）／第一題。

もん【物・者】（名）〔俗〕形式名詞「もの」的約音，表示斷定語氣；☆怪しいもんだ／靠不住；☆そんなことを言うもんじゃない／不許說那種話，不許那樣說。①

＊もん【門】（名）①街門，大門（＝かど）；☆門を叩く／敲門；②關口，難關；☆入試の狭き門を突破する／突破入學考試的關口；③先生的門下；☆木村先生の門に入る（学ぶ）／拜木村先生為師（跟木村先生學習）；☆天下の秀才悉（ことご

と）く，この門に集まった／天下的才子都集中到他的門下；④門，門類。①

もん【紋】（名）①紋理，花紋，花様（＝もよう）；☆美しい紋のある蝶／有美麗花紋的蝴蝶；②各家的家徽（＝もんどころ）。①

もんえい【門衛】（名）①看門的人（＝もんばん）；②〔運動〕（足球等的）守門員（＝ゴールキーパー）。◎

もんか【門下】（名）門下，門生（＝でし，もんじん）；☆…の門下になる／拜…為師；~せい【門下生】（名）門生，弟子（＝でし）。◎

もんか（い）（感助）〔俗〕〔（ものか）的音，便以反間形式表示強硬的否定語氣；☆あんな物を買うもんかい／誰買那樣東西；☆何，構うもんか／沒關係（怕什麼）。

もんがい【門外】（名）〔文〕①門外；☆門外に佇（たたず）む／佇立在門外；②門外，外行，局外，無關係；~かん【門外漢】（名）門外漢，外行，局外人；☆門外漢の意見／外行的意見。①

もんがまえ【門構（え）】（名）①街門的結構形状；☆立派な門構えの家／街門修得很氣派的宅院；②房子帶有街門；☆商店ではなくて門構えのある家だ／不是舖子而是有街門的住宅；③〔漢字部首〕門③

モンキー【monkey】（名）〔動〕猿猴，猴子（＝さる）。①

もんきりがた【紋切形】（名）①剪裁徽的方式；②〔轉〕千篇一律，刻板文章，老一套；☆紋切形の挨拶／千篇一律（老一套）的致詞。◎

もんく【文句】（名）①詞句，話語；☆論語の文句を引用する／引用論語裏的詞句；☆あいつの文句が癪にさわった／他的話使我氣憤；②不滿的意見，異議（＝くじょう）；☆文句を言う／發牢騒，提意見；☆その提案には文句がある／（我）對那個提案有意見；◇文句を付ける／找毛病，吹毛求疵，講歪理；~なし【文句無し】（連語）沒有異議，無條件贊成；☆文句なしに賛成する／無條件贊成；☆文句なしにおもしろい／百分之百地有趣①

もんげん【門限】（名）關門時間；☆門限までに帰る／在關門（時間）以前回來（回去）。③

もんこ【門戸】（名）門戸，門，對外交通

，來往；☆門戸を閉す／關門，閉關自守，和外界（外國）斷絶交流；◇門戸を開放する／開放門戸。①

モンゴル【Mongol】（名）蒙古。①

もんさつ【門札】（名）門牌，名牌；☆門札を出す／掛門牌。◎

もんし【門歯】（名）〔解〕門歯，門牙①

もんし【悶死】（名・自サ）〔文〕悶死，苦悶而死；☆良心の呵責（かしゃく）に悩まされて悶死する／受到良心的責備以致苦悶而死。

もんじゅ【文珠・文殊】（名）文殊，菩薩；☆三人寄れば文殊の知恵／三個臭皮匠勝過一個諸葛亮。◎①

もんしょう【紋章】（名）家庭或團體的徽章，飾章。◎

もんじん【門人】（名）門人，弟子，門生（＝でし，もんてい）。③◎

モンスーン【monsoon】（名）印度洋的季節風或相伴而來的雨季。③

モンスター【monster】（名）①想像中的怪物；②（尤指史前的）怪獣，巨獣。①

もんせき【問責】（名・他サ）〔文〕①責問；☆問責を受ける／受到質問；②追究責任；☆首相の失態（しったい）を問責する／追究首相的輕率言行。◎

もんぜき【門跡】（名）〔佛〕①繼承一個宗派的寺院，僧侶；②皇族、貴族出家當住持的寺院；③本願寺（＝ほんがんじ）的住持僧。◎

もんぜつ【悶絶】（名・自サ）苦悶而死，窒息；☆毒を飲まされて悶絶した／被別人下了毒藥苦悶而死。◎

もんぜん【門前】（名）門前；◇門前の小僧習わぬ経を読む／〔喩〕耳濡目染不學自會；~まち【門前町】（名）日本的中世末期以後在寺院、神祉的門前附近形成的市區；~ばらい【門前払（い）】①〔江戸時代〕趕出衙門（一種最輕的驅逐刑，從奉行所（＝ぶぎょうしょ）的門前追放出去，不得再來）；②閉門羹；☆門前払いを食う（食わす）／吃閉門羹（給別人閉門羹吃）。③

モンタージュ【法montage】（名・他サ）①拼湊，剪輯，混合（＝くみたて）；☆写真をモンタージュする／剪輯照片；②混合畫（的構成）；③〔電影〕剪輯。③

もんだい【問題】（名）①題，問題；☆問題を出す／出題（目）；☆問題に答える

／回答問題；☆数学の問題を解く／解答數學問題；②專題，題目；☆大学卒業前の研究問題／大學畢業前的研究題目；☆まだ誰も手をつけない問題／任何人都沒有着手過的專題；③需要處理、討論解決的事情、問題；☆問題にする／作爲問題；☆問題になる／成爲問題；☆家よりもパンの方が問題だ／住處還好麵包(吃的)成問題；☆この問題を不問にすることは出来ない／這件事不能置之不理；☆あんな人は問題でない／像他那樣人不成爲問題(不在話下)；④事情，問題(＝ことがら)；☆趣味の問題／趣味的問題；☆それは問題が違う／那是另外一件事(另外一種問題)；⑤引起公衆注意、轟動社會(的事件)；☆問題の絵／轟動社會、舉世知名的畫；☆本件の誤審が世間の問題となった／本案的誤審引起了喧囂的輿論；⑥麻煩，亂子，引起反對、責難的事情(＝もんちゃく)；☆問題を起こす／閙事，惹亂子；☆彼の演説が教育界の問題となった／他的演説引起教育界的反對(造成了麻煩)。⓪

もんだから（接助）〔俗〕〔（ものだから）的音便，着重地表示原因說理由〕☆よく勉強するもんだからとてもよく出来る／因爲認真學習所以成績很好；☆頭が痛いもんだから早く休んだ／因爲頭痛所以早睡了。

もんちゃく【悶着】（名・自サ）爭執，糾紛（＝もめごと、あらそい）；☆悶着が起こる／發生爭執；☆悶着を起こす／引起糾紛；☆両者間の悶着は、まだ治まらない／雙方的糾紛還沒有平息。①⓪

もんちゅう【門柱】（名）門柱，大門兩側的柱子。⓪

もんつき【紋付】（名）日本式禮服（後背、袖子上帶有家徽）；☆紋付を着る／穿日本式禮服。①

もんで（接助）〔俗〕〔（もので）的音便〕＝ものだから。

もんてい【門弟】（名）門人，弟子（＝でし、もんじん）。⓪③

もんと【門徒】（名）①門徒；②〔佛〕一宗派的信徒；某一寺院的施主，檀施；＜もんとしゅう；～しゅう【門徒宗】（名）〔佛〕眞宗（＝しんしゅう）。①⓪

もんとう【門灯】（名）門燈。⓪

もんどう【問答】（名・自サ）①問答；②爭論（＝ろんそう）；☆問答無用（むよう）／不得爭論！

もんどころ【紋所】（名）（各家的）家徽（＝もん）。③

もんどり【翻筋斗】（名）翻筋斗（＝ちゅうがえり、とんぼがえり）；☆もんどり打って倒れる／倒栽葱摔倒在地上。③⓪

もんない【門内】（名）〔文〕門内（大門以内）；☆もんがい。①

もんなし【文無し】（名）一文不名，一貧如洗（＝いちもんなし）。⓪④

もんなら（接助）〔俗〕〔（ものなら）的音便，着重表示假設〕如果，果眞…的話；☆安いもんなら買おう／如果便宜的話我就買；☆どうしても行かないもんなら無理に行かせるな／果眞堅決不去的話，就不要強迫他去。

もんばつ【門閥】（名）門閥，名門大家，有名譽地位的家庭（＝いえがら、もんち）；☆門閥の家に生れる／生在名門大家⓪

もんばん【門番】（名）看門的人（＝もんえい）；☆門番が居ない／看門的不在①

もんぶ【文部】（名）文教部，教育部；～だいじん【文部大臣】（名）文部大臣①

もんぷく【紋服】（名）帶有家徽的日本禮服（＝もんつき）；☆紋服に着替える／換上禮服。⓪

もんぺ（名）（日本婦女勞動時穿的）裙褲；☆もんぺ姿の人／穿着裙褲的（女）人⓪

もんめ【匁】（名）①（重量單位）貫（＝かん）的千分之一（＝3.75公分）；②舊時日本金幣一兩的六十分之一。③

もんもう【文盲】（名）文盲；☆義務教育によって文盲をなくす／施行義務教育來掃除文盲。⓪

もんもん【悶悶】（形動タルト）悶悶，愁悶，苦悶，苦惱；☆良心の呵責（かしゃく）に悶々として一夜を明かす／受到良心的責備苦悶一夜未睡。⓪

もんよう【文様・紋様】（名）花紋，花樣（＝もよう）；☆浪が砂に美しい文樣を描く／波浪把砂子沖得呈現出美麗的花紋⓪

モンローしゅぎ【Monroe主義】（名）門羅主義。⑤

や ヤ

や ①五十音圖「や行」第一音，發音爲ya；②〔字源〕平假名是「也」字的草體，片假名是「也」字草體的簡寫。

ーや【家・屋】（造語）①表示某種性格或特徵的人；☆気取りや／擺架子的人，自命不凡的人；☆やかましいや／嚴格的人，吹毛求疵的人；②表示某種營業或有某種專長的人；☆銀行屋／銀行家；☆闇屋／專搞黑市的人；③用於商號的名稱；例：木村屋。

や【八】（數）八（只用於數數時）；☆い、む、なや／五、六、七、八。①

*ーや（接尾）加在佣人或晚輩人的名字等下面表示親暱之意；☆ねえや／（對家庭女佣人的稱呼）阿姨。

*や【矢・箭】（名）①箭；☆矢をつがえる／把箭搭到弓弦上；☆矢を射（い）る／射箭；☆矢のように速い／像箭一般快；☆どしどし質問の矢を放つ／接二連三地提出（尖銳的）質問；②楔；☆矢を入れる／打入楔子；☆矢の催促をする／催逼，緊催；矢も楯（たて）もたまらない／迫不及待，抑制不住自己。①

や【屋】（名）①房屋；②房頂，屋脊。①

や【輻】（名）（車輪的）輻條。①

や（助動・特殊型）〔方〕〔じゃ〕的轉化〕＝だ；☆そうや／是（＝そうだ）。

や（助）①用於例舉；☆菓子や果物／點心和水果；☆あれやこれや好み好みよする／這個那個地挑選，挑這個選那個；☆行きや帰りによく会う／去的時候回來的時候常常遇見；②接在動詞的終止形下，表示前一個動作剛完馬上就接着後一個動作；☆家に駆け込むや（いなや）わっと泣き出した／剛一跑進屋子就哇地一聲哭起來了；③用於呼喚；☆忠（ただし）や、こちらへお出で／忠啊這裏來；④加在體言或某些副詞上加強語意；☆今やスキーのシーズン／現在正是滑雪的季節；☆またもやしくじってしまった／又一次失敗了；⑤接在表示意志的助動詞「う」「よう」下或動詞命令形下，表示勸誘的意思；☆そろそろ帰ろうや／咱們回去吧；☆もうやめようや／拉倒吧，停止吧；☆

舞えや歌えやの大騒ぎ／舞啊唱啊地大玩大鬧；⑥表示輕鬆的斷言；☆まあいいや／沒關係，算不了什麼；☆ちっとも疲れないや／一點也不累；⑦〔文〕接在表示推測的助動詞「う」「よう」下表示疑問的意思；☆なんで恐れることがありましょうや／有什麼可以害怕的？

やあ【八】（數）八（只用於數數時）。①

*やあ（感）①表示驚訝；☆やあ、これは珍しい／哎呀真是少見得很；②用於打招呼；☆やあ、こんにちは／你好！☆やあ、田中さん、どちらへ／啊，田中先生，你到哪兒去？

やあい（感）用於嘲弄人時；☆やあい、ざまを見ろ／瞧你那倒霉相；Ⅱ（感助）＝やい。

ヤード【yard 碼】（名）（英國長度名）碼（＝91.44 公分）（＝ヤール）。①

やい【俗】Ⅰ（感）用於打招呼；Ⅱ（感助）①用於輕慢和譏誚的呼喚；☆弱虫やい／膽小鬼喲；②接在動詞命令形下表示親切的命令口氣；☆よせやい／算了吧；☆もう少しうまくやれやい／再漂亮一點做吧。①

やいなや（連語）①剛一……就…（＝したかとおもうと）；☆部屋に入るやいなや泣き出した／剛一進屋就哭起來了；②是否；☆有るやいなやは疑問だ／有沒有是個疑問。

やいのやいの（副）催逼貌；☆やいのやいのと催促する／緊緊催逼。①—①

やいば【刃】（名）①刀刃；②刀，兵刃；☆刃を交（まじ）える／交鋒；☆敵の刃に倒れる／死在敵人刀下。⓪

やいやい（感）①用於不客氣地打招呼；☆やいやい、止まれ／喂喂，站住；②＝やいのやいの。

やいん【夜陰】（名）夜陰；☆夜陰に乗じて敵地に忍び込む／乘着夜間黑暗潛入敵區。⓪①

やえ【八重】（名）①八重，八層；〔喻〕許多層，層層；☆八重の潮路（しおじ）／無邊的大海，重洋；②〔植〕（花的）重瓣（＝やえざき）；◇七重の膝を八重

に折る／卑躬屈節地央求。②

やえい【野営】（名・自サ）野営，露營 ⓪

やえざき【八重咲き】(名)(花)重瓣☆八重咲きの山吹(やまぶき)／重瓣的黄刺梅 ⓪

やえざくら【八重桜】（名）重瓣櫻花。③

やえば【八重歯】（名）雙重齒，包牙，虎牙。⓪

やおちょう【八百長】（名）（角力、體育等比賽雙方預先商量好誰輸誰贏的）騙人的比賽，假比賽。⓪

やおもて【矢面（表）】（名）衆矢之的；☆矢面に立つ／成為衆矢之的。②

*やおや【八百屋】（名）①蔬菜商人；②〔轉〕萬事通（＝よろずや）。⓪

やおら（副）從容，不慌不忙地；☆人人の発言が済んだのちに、やおら立ち上がる／在人們發言完畢之後不慌不忙地站起來 ①

やかい【夜会】（名）晚會，晚間的宴會，夜宴；☆夜会でダンスを踊る／在晚會上跳（交誼）舞；～ふく【夜会服】（名）夜服，晚會服（指男子的燕尾服，女子的長襟露肩的服裝）。⓪

*やがい【野外】（名）野外，郊外（＝のはら）；☆野外観察に行く／到野外觀察自然。①

やがく【夜学】（名）夜校；☆夜学に行く／上夜校。⓪

やがすり【矢飛白・矢絣】（名）箭狀花紋布→かすり。②

やかた【屋形・館】（名）①（貴族、有錢人家的）宅第，公館邸宅；②〔おー〕宅第的主人；③（車、船的）頂；④←やかたぶね；～ぶね【屋形船】（名）帶頂的船，遊船。⓪①

*やがて（副）①不久（＝まもなく）；☆私もやがて三十になる／我眼看也三十歲了；☆やがて帰って来るだろう／不久就要回來了；②將，幾乎（＝ほとんど）；☆彼が出て行ってからやがて一時間になる／他出去以後將近一小時了。⓪

*やかまし・い【喧しい】（形）①吵鬧的，嘈雜的，喧嚷的（＝さわがしい）；☆喧しい、静かにしろ／太吵了，安静些；☆お喧しうございました／對不起，吵得您不安；②嚴格的，嚴厲的（＝きびしい）；☆喧しい規則に縛られる／受嚴格規章的束縛；☆今度の先生は大変喧しい／新來的老師很嚴；③議論紛紛的，轟動一時的；☆議院改革の声がやかましい／改革

議會的呼聲轟動一時；④挑剔的，吹毛求疵的；☆あの人は食べ物が喧しい／他挑剔飯食；⑤呶呶不休的；☆喧しく要求する／呶呶不休地要求；図やかまし（形シク）；～が・る【喧しがる】（他五）；～さ（名）。④

やかましや【喧し屋】（名）吹毛求疵的人，好挑剔的人；難對付的人；☆食べ物の喧し屋／挑剔飯食的人；講究吃的人。⓪

やから【族・輩】（名）①一族；②輩，徒（＝なかま）；☆不逞（ふてい）の輩／不法之徒。③⓪

ーやがる（接尾・五型）接在動詞連用形下表示輕蔑或憎惡；☆何をしやがる／你幹什麼？☆寝てばかりいやがる／(他)光睡覺，光躺着（什麼也不幹）。

やかん【夜間】（名）夜間；☆夜間は昼間（ひるま）よりずっと寒い／夜間比白天冷得多；～ひこう【夜間飛行】（名）夜航；～ぶ【夜間部】(名)夜間部(學校)①

*やかん【薬罐】（名）①（金屬製）水壺；☆やかんで湯を沸かす／用水壺燒水；②→やかんあたま；～あたま【薬罐頭】（名）禿頭（＝はげあたま）。⓪

やき【焼き】（名）①〔（やく）的名詞形〕燒（烤）的程度，火候；☆パンの焼きが足りない／麵包烤得不夠火候；②（刀劍的）淬火；☆焼きを入れる／淬火；〔轉〕鍛錬；☆若い者に焼きを入れる／對青年加以鍛錬；☆焼きが回る／腦筋遲鈍；☆あの男は近頃焼きが回った／他近來有點腦筋遲鈍。⓪

やき【夜気】（名）〔文〕①夜氣，夜間的冷空氣；☆夜気に当たるとからだによくない／夜間接觸冷空氣對身體有害；②夜間的氣氛。①

*やぎ【野羊・山羊】（名）〔動〕山羊。①

やきあみ【焼網】（名）烤食品用的鐵絲網⓪

やきいれ【焼入（れ）】（名）〔冶〕淬火⓪

やきいん【焼印】（名）烙印；☆焼印を押す／加蓋烙印；◇焼印で押したように／非常清楚，銘刻在心。⓪

やきうち【焼討】（名）①火攻；☆敵に焼討をかける／對敵人進行火攻；②縱火破壞。⓪

やきき・る【焼き切る】（他五）①燒斷；☆針金を焼き切る／把鐵絲燒斷；②燒到底，徹底燒。③

やきぐし【焼串】（名）（烤肉、魚等用的）

鐵籤子，烤籤；☆魚を焼串に刺す／把魚穿在烤籤上。⓪

やきごて【焼鏝】（名）烙鐵，熨斗；☆焼鏝を当てる／用烙鐵烙。⓪

やきざかな【焼魚】（名）〔烹飪〕烤魚③⑤

やきしお【焼塩】（名）焙過的鹽。⓪

やきそば【焼そば】（名）炒麵。⓪

やきたて【焼きたて】（名）剛烤好的；☆焼きたての餅／剛烤好的年糕。⓪

やきつ・く【焼き付く】Ⅰ（自五）燒在一起，因燒而附著在一起；Ⅱ（他下二）〔文〕→やきつける。③

やきつけ【焼付】（名・他サ）①（給陶瓷器）燒上彩花；②鍍（＝めっき）；③〔照相〕印相，曬相。⓪

やきつ・ける【焼き付ける】（他下一）①（給陶瓷器）燒上彩花；②烙上痕跡；〔轉〕留下強烈印象；☆その場の光景が脳裏に焼き付けられる／當時的情況在腦裏留下強烈印象；③〔照相〕印相片；☆ネガで焼き付ける／用底片印相；図やきつく〔下二〕。③

やきどうふ【焼き豆腐】（名）焙豆腐③⑤

やきとり【焼鳥】（名）〔烹飪〕烤鷄肉（或牛、豬的內臟）串；☆焼鳥で一杯飲む／以烤鷄肉串下酒。⓪

やきなおし【焼直し】（名・他サ）①重燒，重烤；②（作品等的）竄改，改編，改寫；☆この小説はバルザックの焼き直しだ／這篇小說是竄改了巴爾扎克的作品⓪

やきなお・す【焼き直す】（他五）①重烤，再烤一次；重燒；☆魚を焼き直す／把魚重烤一次；②竄改；③〔照像〕重印（相片）。④

やきなまし【焼鈍し】（名・他サ）〔文〕〔冶〕熟煉，退火。③

やきにく【焼き肉】（名）燒豬（牛）排⓪

やきば【焼場】（名）焚燬場⓪

やきはら・う【焼き払う】（他五）①燒光；☆野原を焼き払う／放荒火，燒光野地；②點火燒跑（野獸等）。④

やきぶた【焼豚】（名）〔烹飪〕紅燒豬肉，叉燒肉。⓪

やきまし【焼増し】（名・他サ）〔照相〕加印；加洗的照片；☆写真屋に五枚焼増しを頼む／讓照像館加印五張。⓪

やきみょうばん【焼明礬】（名）〔化〕白礬末，枯礬。③

やきめし【焼飯】（名）〔烹飪〕炒飯。⓪

やきもき（副・自サ）焦慮不安；☆周りのものがやきもきしているのに当人（とうにん）は平気な顔だ／周圍的人都焦慮不安可是本人却若無其事的樣子。①

やきもち【焼餅】（名）①烤年糕；②〔俗〕嫉妬，吃醋；☆妻が焼餅を焼く／妻子吃醋。④③

やきもの【焼物】（名）①陶瓷器的總稱；☆中国の焼物を集める／蒐集中國的陶瓷器；②〔烹飪〕烤的菜餚，烤肉類。⓪

やきやき（副・自サ）〔方〕＝やきもき①

***やきゅう【野球】**（名）〔運動〕棒球；〜じょう【野球場】（名）棒球場；☆野球の試合を見に行く／去看棒球比賽。⓪

やぎゅう【野牛】（名）〔動〕野牛。⓪

やぎょう【や行】（名）五十音圖第八行①

やぎょう【夜業】（名・自サ）夜班；夜間工作（＝よなべ）；☆夜業で帰りが遅くなる／因爲加夜班回來得晚。⓪

やきょく【夜曲】（名）〔樂〕→セレナーデ。①

やきん【冶金】（名）冶金。⓪

やきん【野禽】（名）野鳥，野禽。⓪

やきん【夜勤】（名・自サ）夜班，夜間勤務；☆夜勤をする／打夜班。⓪

***や・く【焼く】**Ⅰ（自下二）〔文〕→やける；Ⅱ（他五）①燒，焚；☆落葉（おちば）を集めて焼く／把落葉掃在一處焚燒；燒製；☆炭を焼く／燒製木炭；☆陶瓷器を焼く／燒製陶磁器；②烤，焙，炒；☆餅を焼く／烤年糕；④（太陽）曬黑（皮膚）；☆背中（せなか）を焼く／把背脊曬黑；⑤〔照相〕曬相，印製（照片）；☆キャビネに焼く／曬成六寸照片；⑥嫉妬，吃醋嫉妒別人的發跡；◊世話を焼く／幫助，照管；◊手を焼く／棘手，難辦。⓪

やく【厄】（名）〔文〕①災禍（＝わざわい），☆とんだ厄に会う／遭到意外之災；②←やくどし。②

***やく【役】**（名）①任務（＝つとめ）；☆役が重過ぎる／任務過重；☆外賓接待の役を仰せ付かる／接受招待外賓的任務；②職務，官職；☆役に就く／擔任職務；☆あの人は何の役を勤めているか／他擔任什麼職務？③角色；☆ハムレットの役を勤める／擔任哈姆雷特這個角色；☆役を買って出る／主動地擔任某一角色（任務）；☆仲人の役を勤める／擔任媒人的

角色，作媒；◊**役に立つ**／有用處，有益處；☆**役に立たない人間**／無用的人；☆それは武器の役に立つだろう／那個東西可以當武器用；**役に立てる**／供使用；效勞。②

＊**やく【約】**（副）大約（＝およそ）；☆約二千人の人が集まった／約聚有兩千人①

＊**やく【訳】**（名）①翻譯；☆この本は訳がまずい／這本書譯得不好；☆訳をつける／翻譯；②（漢字的）訓讀（＝よみ）①

やぐ【夜具】（名）寢具，被褥。①

＊**やくいん【役員】**（名）①負責人員，高級職員；②幹部；官員（團體的）幹事◎②

やくおとし【厄落し】（名・他サ）拔除不祥；☆お寺に厄落しにお参りする／參拜佛寺拔除不祥。③

やくがく【薬学】（名）藥學。◎②

やくがら【役柄】（名）①職務的性質；☆彼は，よく自分の役柄をのみ込んでいる／他很理解自己所擔任的職務的性質；②對職務的自尊心。④◎

やくげん【約言】（名・他サ）〔文〕①簡言，約言；☆約言すれば／簡言之；②＝やくおん。◎

やくご【訳語】（名）譯語，翻譯用的詞；☆この単語には適切な中国語の訳語がない／這個單詞譯不出適當的漢語；☆ぴったりした訳語をつける／譯成一個非常恰當的詞句。◎

やくざ（名・形動ダ）賭徒；無賴；☆やくざ稼業から足を洗う／洗手不作賭徒；戒賭；〜もの【やくざ者】（名）賭徒；無賴，流氓。①

やくざい【薬剤】（名）〔醫〕藥劑；〜し【薬剤師】（名）藥劑師。◎②

やくさつ【扼殺】（名・他サ）〔文〕掐死◎

やくし【訳詞】（名）翻譯的歌詞。◎

やくし【訳詩】（名）翻譯的詩。◎

やくじ【薬餌】（名）〔文〕藥餌。①◎

やくしゃ【訳者】（名）譯者，翻譯者；☆この本の訳者は信頼できる／這本書的譯者很可靠。①

＊**やくしゃ【役者】**（名）①演員；☆役者になる／當演員；②〔轉〕人才；才能；☆これだけ役者が揃っていれば何でもできる／有這些人才什麼事都辦得到；☆彼の方が僕より役者が一枚上だ／他的才能比我高出一等，他比我更有一套。◎

やくしゅ【薬酒】（名）藥酒。①

やくしゅつ【訳出】（名・他サ）譯出，翻譯出來。◎

＊**やくしょ【役所】**（名）官署，官廳，機關；☆役所に勤める／在機關裏工作；☆五時に役所がひける／機關五點鐘下班。◎

やくしょ【訳書】（名）譯本，翻譯本。①

やくじょ【躍如】（形動タルト）栩栩如生，逼真，活現；☆その一節には彼の風姿が躍如として描かれている／在這一節裏他的風姿描寫得栩栩如生；☆彼の面目躍如たるものがある／他的面貌活現。①

やくしん【躍進】（名・自サ）躍進；☆第五位から第一位に躍進する／從第五位躍進為第一位。◎

やく・す【約す】（他五）〔文〕→やくする。②

＊**やく・す【訳す】**（他五）→やくする。②

やくすう【約数】（名）〔數〕約數。③

やくず（づ）き【役付】（名）負責人（員）（＝やくつき）；☆彼はまだ役付にならない／他還是一個普通職員。④

やく・する【約する】（他サ）〔文〕①約定，訂約；☆再会を約して別れる／相約再會而別；②簡略，約略；☆長い名前を約して呼ぶ／使用簡稱代替長名字；③〔數〕約分。③

やく・する【訳する】（他サ）①翻譯；☆ドイツ語の原文から訳した小説／根據德語原文翻譯的小説；☆この詩は訳せない／這首詩不能譯；②解釋。③

やくせき【薬石】（名）藥石，醫療；☆薬石効なく／醫治無效（訃聞用語）。◎

やくそう【薬草】（名）藥草；☆薬草を採集する／採集藥草。◎

＊＊**やくそく【約束】**（名・他サ）①約，約會；☆約束を守る／守約；☆約束を果たす／踐約；☆今日は約束があって行けない／今天另有約會不能前往；②約定，規則；☆競技の約束に違反する／違背比賽的規則；◊**前世の約束**／前生註定；〜**てがた【約束手形】**（名）〔經〕期票；☆約束手形を発行する／開出期票。◎

やくだ・つ【役立つ】Ⅰ（自五）有用；☆いざと言う時に役立つ／到萬一的時候有用；☆研究に役立つ資料／對研究有用處的資料；Ⅱ（下二）〔文〕→やくだてる③

やくだ・てる【役立てる】（他下一）對…有

用處；☆少しのお金ですが何かの御用に役立ててください／錢數雖少但多少對你有幫助，請拿去用吧！。④

やくちゅう【訳註】（名）①翻譯和註釋；②譯者註，譯註；☆訳註を参照せよ／請參看譯註。◎

やくつき【役付】（名）→やくづき。④

やくて【約手】（名）←やくそくてがた◎

やくとう【薬湯】（名）〔文〕①加藥的洗澡水；能治病的溫泉（＝くすりゆ）；②湯藥。◎

やくどう【躍動】（名・自サ）躍動，跳動；☆若人（わこうど）の血が躍動する／青年人的熱血沸騰。◎

やくとく【役得】（名）（因工作關係而得的）利益；額外收入；工作上的好處；☆役得のある仕事／有額外收入的差事。◎

やくどく【訳読】（名・他サ）譯讀；☆テキストを訳読する／譯讀原文。◎

やくどし【厄年】（名）〔迷信〕坎坷的一年，厄運之年；厄運之年齡。◎

＊やくにん【役人】（名）官吏；☆彼は外務省の役人だ／他是外務省（外交部）的官吏；☆役人風を吹かせる／擺官架子。◎

やくば【役場】（名）村公所，區公所；☆父は役場に出ている／父親在村（區）公所工作。③

やくはらい【厄払い】（名・自サ）拔除不祥。②

やくび【厄日】（名）災難之日，倒霉的日子。②

やくびょう【疫病】（名）〔文〕瘟疫疾病，傳染病；〜がみ【疫病神】（名）①瘟神；②討厭的人；☆疫病神に取りつかれる／被一個討厭鬼糾纏上。②

やくひん【薬品】（名）薬品；☆救急用的薬品を常備する／經常預備急救的薬品◎

やくぶそく【役不足】（名・形動ダ）①大材小用；☆この役はあの名優にとってはいささか役不足の感がある／這個角色叫那個名演員來演頗有大材小用之感；②（對工作）表示不滿；☆役不足を言う／對工作表示不滿。③

やくぶん【約分】（名・他サ）〔数〕約分，約簡分數。◎

やくぶん【訳文】（名）〔文〕譯文。◎

やくほん【訳本】（名）譯本，翻譯本；☆ファーストの訳本は幾種類もある／「浮士德」的譯本有好幾種。◎

やくみ【薬味】（名）①薬劑的種類；②（做菜用的）薬味，香料（指薑、蔥花、芥辣，香菜之類）。③◎

やくむき【役向】（名）職務（任務）的性質；☆彼はその役向をよく心得ている／他很了解他所擔任的職務。◎

＊やくめ【役目】（名）任務，職責；☆私の役目は日本語を教えることです／我的任務是教日語；☆役目を果す／完成任務，盡職。③

やくめい【役名】（名）職名，職銜。◎②

やくよう【薬用】（名）薬用，作藥材用；☆薬用の植物を採集する／採集藥用植物◎

やくよけ【厄除】（名）消災，破除不祥☆厄除のお守り札／消災避禍的護身符④③

やぐら【櫓・矢倉】（名）①〔文〕武器庫；②〔文〕城堡的高樓；③望樓；☆火の見櫓／消防望樓；④（冬季取暖用炭爐的）木架；（角力、演劇時為招引客人打鼓的）高樓；〜だいこ【櫓太鼓】（名）（演劇、角力等為招引客人）在高樓上敲的鼓。

やくり【薬理】（名）〔醫〕薬理。①

やぐるま【矢車】（名）①插箭臺；②幅車；③風車；〜ぎく【矢車菊】（名）〔植〕矢車菊；〜そう【矢車草】（名）〔植〕鬼燈檠。②

＊やくわり【役割】（名）①分配任務，分派職務；②分派的職務（任務）；☆委員の役割をきめる／規定委員的任務。④◎

やくわん【扼腕】（名・自サ）〔文〕扼腕；☆切歯扼腕して悔やしがる／咬牙切齒地悔恨。◎

やけ【焼け】（名）①〔やける〕的名詞形；②（日出前或日落後的）天空發紅，紅霞；③〔礦〕（金屬鑛床露出地上）變為茶褐色處。◎

やけ【自棄】（名）①（因事不如意而）發脾氣，自棄，胡鬧，自暴自棄；☆自棄を起こす／發脾氣；☆彼は失敗で自棄になっている／他因為失敗而自暴自棄起來；☆こうなりゃ自棄だ／這樣一來我就豁出去了；②〔俗〕〔やけに〕非常；☆雨が自棄に降っている／雨下得很大；☆この文章は、やけにむずかしい／這段文章可真難懂；◇やけのかんばち（やんばち）／自暴自棄。①

やけあと【焼跡】（名）火災後的廢墟；☆焼跡に家を建てる／在火災的廢墟上蓋房

子。[0]

やけあな【焼穴】（名）燒的窟窿；☆たばこの火を落として服に焼穴をこしらえる／香烟的火掉到衣服上燒出一個窟窿。[0]

やけい【夜景】（名）〔文〕夜景；☆高層建築の窓から大都会の夜景を眺める／從高層建築的窗戶眺望大都市的夜景。[0]

やけい【夜警】（名）夜警，夜間的警備，夜間的警衛員。[0]

やけいし【焼石】（名）燒熱了的石頭；◇焼石に水／杯水車薪；☆少しばかりの救済金では焼石に水だ／一點點的救濟金簡直是杯水車薪。[0]

やけくそ【自棄糞】（名）自暴自棄（＝やけ）☆自棄糞になる／自暴自棄，（因事不如意而）發脾氣。[0]

やけこげ【焼焦】（名）（衣服等）燒焦，燒糊；烤爛的地方；☆背広に焼焦をつくる／把西裝燒焦一塊。[0]

やけざけ【自棄酒】（名）自暴自棄的酒；☆やけ酒をあおる／喝悶酒。[0][2]

やけだされ【焼け出され】（名）失火燒掉房屋（的人），遭受火災而無家可歸（的人）。[0]

やけど【火傷】（名・自サ）火傷，燒傷，燙傷；☆手に火傷（を）する／把手燙傷[0]

やけぼっくい【焼け棒杙】（名）〔俗〕燒焦的木樁；◇焼け棒杙に火がつく／死灰復燃（特指男女恢復老關係）。[3][5]

やけめ【焼目】（名）燒過的痕跡。

***や・ける**【焼ける】（自下一）①着火；☆家が焼ける／房子着火（燒光）；②燒熱；☆真赤に焼けた鉄／燒得通紅的鐵；③燒成；☆この茶碗はよく焼けている／這個碗燒得很好；④（皮膚）曬黑；☆日に焼けた顔／曬太陽曬黑的臉；⑤（布等）曬褪色；☆服が日に焼けて色があせる／西服被太陽曬褪色；⑥胃酸過多；☆胸が焼ける／燒心；⑦（天空、雲）變成紅色；☆西の空が焼ける／西方的天空發紅；⑧嫉妬，吃醋；☆焼けて仕方がない／非常嫉妬，嫉妒得很；◇世話が焼ける／需要多照料，需要耐心服侍；図やく（下二）。[0]

やけん【野犬】（名）野犬，野狗（＝のらいぬ）。[0]

やこう【夜光】（名）〔文〕夜光；～どけい【夜光時計】（名）夜光錶；～ちゅう【夜光虫】（名）〔動〕夜光蟲。[0]

やこう【夜行】（名）夜間的火車；☆八時の夜行で東京を立つ／乗八點的夜車由東京出發。[0]

やごう【屋号】（名）①商號，商店名；②（舊劇演員的家的）堂名。[1]

***やさい**【野菜】（名）蔬菜（＝あおもの）；☆野菜を作る／種菜。

やさおとこ【優男】（名）溫柔的男子，文雅的男子。[3]

やさがし【家捜し】（名・自サ）①遍查家中；☆家捜しをしても見つからない／家裏查遍了也沒有找到；②找房子。[2]

やさがた【優形】（名）文雅的姿態；☆優形の男／文雅的男子。[0]

やさき【矢先】（名）①箭頭，鏃；②（敵人的箭）射來的方向；③正當其時（＝まぎわ）；☆こちらから出かけようとする矢先に向こうからやって来た／正想去找對方，對方却迎面而來；☆丁度困っている矢先に金が届けられた／正在困窘的時候錢寄到了。[3][0]

***やさし・い**【優しい】（形）①優美的，典雅的；☆優しい顔をした仏像／表情優美的佛像；②溫和的，安詳的；☆優しい物腰（ものごし）で応付する／以溫和的態度對待；③懇切的，慈祥的，殷懇的，有愛情的；☆人に優しくする／懇切待人；☆母が優しい目で子供を眺めている／母親用慈祥目光瞧着孩子；図やさし（形シク）；～げ（形動ダ）；～さ（名）；☆優しさのあふれた女／非常溫柔的女子；～み（名）。[0]

***やさし・い**【易しい】（形）①容易的（～たやすい）；☆人の真似（まね）をするのは易しい／模仿別人容易；☆やさしい問題／容易的問題；②易懂的，簡單的（＝わかりやすい）；☆やさしく言えば／簡單說來；☆易しい文章／易懂的文章；図やさし（形ク）；～げ；～さ（名）。[0]

やし【野史】（名）野史。[1]

やし【椰子】（名）〔植〕椰子。[1]

やじ【弥次・野次】（名）①（聽衆對演說者、演員等發出的）奚落聲，嘲笑聲，倒采；☆弥次を飛ばす／發出奚落聲，喝倒采；②（運動比賽等的一方的應援者向對方發出的）奚落聲，怪叫聲；③＝やじうま。[1]

やじうま【野次馬】（名）（跟在後面）起閧的人們，（看熱鬧）亂吵亂嚷的羣衆；

☆火事の現場（げんば）は野次馬で一杯
だ／火災的現場擠滿了看熱鬧的羣衆。[0]

*やしき【屋敷】（名）①（房屋的）建築用
地，房地；☆家屋敷を売り払う／出賣房
屋及房地；②住宅，公館，宅邸；☆東京
に屋敷を持っている／在東京有宅子。[0]

やしない【養い】（名）[文] [(やし
ない) 的名詞形] 養育；☆養いの親／養
身的父母；②養分，營養 (＝こやし)；
☆質素（しっそ）な食事も身体の養いに
なる／粗茶淡飯也能滋養身體。[0]

*やしな・う【養う】（他五）①養育；☆小
さい時に両親を失って叔父に養
われた／幼時雙親去世由叔父養大成人；
②扶養；養活，飼養；☆妻子（さいし）
を養う／扶養妻子；☆豚を養う／養猪；
③養成，修養，☆早起きの習慣を養う／
培養早起的習慣；☆精神を養う／修養精
神；④療養，休養；☆自宅で病気を養う
／在家中養病；☆鋭気を養う／養精蓄鋭
；⑤收養 (子女)；⑥餵 (嬰兒、病人
等)。[0]

やしゃ【夜叉】（名）[佛] 夜叉；☆夜叉
のような顔つき／醜惡的面貌。[1]

やしゃご（名）玄孫。[0]

やしゅ【野手】（名）[棒球] 守內野或外
野的人，野手。[1]

やしゅ【野趣】（名）野趣，樸素風味；☆
野趣に富んでいる／富有田園風味。[1]

やしゅう【夜襲】（名・自他サ）夜襲；☆
敵陣を夜襲する／夜襲敵陣。[0]

*やじゅう【野獸】（名）野獸。[0]

やしょく【夜色】（名）[文] 夜色。[1][0]

やしょく【夜食】（名）夜飯，夜宵，宵夜[0]

やじり【鏃】（名）箭頭。[1][3]

やじ・る【野次る】（他五）①（對講演者
、演員等發怪聲）進行奚落，嘲笑，喝倒
彩；☆講師が聴衆に野次られる／演講者
被聽衆奚落；②（運動比賽時一方的應援
者對另一方）起閧，亂叫。[2]

やじるし【矢印】（名）箭形符號(如：←-)[2]

*やしろ【社】（名）神社，廟 (＝ほこら)
；☆村のお社に参る／參拜村中的神社[1]

*やしん【野心】（名）①野心，雄心；☆彼
はその地位に野心がある／他對那個地位
抱著野心；②禍心，陰謀；☆大それた野
心をいだく／心懷叵測。[1]

やじん【野人】（名）①粗野的人；☆野人
ぶりを発揮する／表現得很粗魯；②在野

的人，普通人；☆野人の立場で発言する
／以普通人的身分發言。[0]

やす一【安】（造語）表示低廉的意思；☆
安物で間に合わす／買賤貨湊合使用。

一やす【安】（造語）表示落價的意思；☆
今日の平均株価は五円安だ／今天的平均
股票價低落五元。

やすあがり【安上がり】（名・形動ダ）省
錢，☆ガスは炭より安上がりです／燒煤
氣比燒炭省錢；☆あの料理屋なら安上が
りになる／要是在那個飯館吃 可以 便宜
些。[3]

一やす・い【易い】（造語）接在動詞連用
形下表示容易…的；☆この辞書は引き易
い／這部辭典容易查字；☆木造家屋は燃
えやすい／木房容易着火；☆勝つと油断
しやすい／一獲勝就容易粗心大意。

*やす・い【安い】（形）①安靜的，安穩的
（＝おだやかだ）；☆安からぬ心持／不
安靜的心緒；②（價錢）低廉的，賤的；
☆この洋服が二千円とは安い／這套西裝
二千元可是不貴；☆思ったより安く買っ
た／買得意外便宜；☆安かろう悪かろう
／一分錢一分貨，價錢便宜非好貨；③[
用否定形]（對男女間的關係）表示艷美
；☆二人はお安くない仲になった／兩個
人可親密極了。図やすし（形ク）。[2]

*やす・い【易い】（形）容易的，簡單的；
☆お易い御用です／小事一件（一定照辦
）；☆易きにつく／（避難）就易。図や
すし（形ク）。[2]

やすうけあい【安請合い】（名・自サ）輕
諾；☆安請合いをする癖がある／有輕諾
的毛病。[3]

やすうり【安売り】（名・他サ）①廉賣，
賤賣；☆あの店は今日大安売りだ／那個
舖子今天大減價；☆こう言う品は安売り
はできない／這貨不能賤賣；②[轉]
輕易地應承，答應，接受 (任務等)。[0]

やすき【易き】（名）[文] 易；☆易きに
つく／（避難）就易。[1]

やすけく【安けく】（副）[文] 安靜地（
＝やすらかに）；☆眠れ、安けく／睡吧
，安靜地（搖籃曲）。[3]

やすっぽ・い【安っぽい】①（瞧不起）不值
錢的；☆値が値だけにこの洋服は安っぽ
い／這套西裝因爲價錢太便宜瞧着就不起
眼兒；②不高尚的，令人瞧不起的；☆人
を安っぽく見るな／不要瞧不起人；～さ

（名）。④

やすで【安手】（形動ダ）①（比較）便宜；☆安手の品物／賤貨；②＝やすっぽい⓪

やすね【安値】（名）廉價，賤價；☆法外の安値／格外的廉價。②⓪

やすま・せる【休ませる】（他下一）使…休息；☆暫（しばら）く機械を休ませる／使機器休息一下。④

やすま・る【休まる】（自五）得到休息；☆忙しくてからだの休まるひまもない／忙得無暇休息。③

****やすみ**【休み】（名）①休息，休息時間；☆休みなく働く／不休息地勞動；☆昼食をとる為に一時間の休みがある／爲了吃午飯有一個小時的休息；②休假，假日，停止營業；☆一日の休みを取る／請一天假，休息一天；☆休みを利用して旅行する／利用假日作旅行；☆棚卸（たなおろし）のため本日休み／今天盤貨停止營業；③睡覺；☆お母さんはもうお休みになった／母親已經睡着了。③

やすみやすみ【休み休み】（副）一會兒休息一下／休み休み歩く／走一會兒休息一下◇ばかも休み休み言え／少說廢話！④

****やす・む**【休む】Ⅰ（自五）①休息；☆終日忙しく働いて休むひまがない／終日忙於工作無暇休息；②停歇；☆機械が昼夜休まずに回転する／機器晝夜不停地開動；③睡，安歇，就寢；☆よく休む／睡得好；☆お休みなさい／晩安；請安歇吧！☆お先に休ませていただきます／請原諒我先睡了；④請假，曠工；☆学校を休む／不上學，請假（或曠課）；☆会社を休む／不（到公司去）上班，請假；Ⅱ（自他下二）〔文〕→やすめる。②

やすめ【安目】（名）（物價）趨落；（價錢）較廉；☆安目の品／較廉的東西。③

やす・める【休める】Ⅰ（他下一）休息，能够休息；Ⅱ（他下一）①使休息；☆からだを休める／使身體休息；②使停歇，把…停下☆機械を休める／使機械停歇；☆仕事の手を休める／放下手裏的工作；☆やすむ（下二）。③

やすもの【安物】（名）賤物，便宜貨；◇安物買いの銭失い／貪賤買壞貨，結果白扔錢。

やすやす【易易】（副）容容易易地；輕易地；☆重いものを易々（と）持ち上げる／把沉重的東西輕易地舉起☆そう易々と

は引き受けられない／不能那麼輕易地應承。③

やすやす【安安】（副）安安樂樂地；☆安々と世を送る／安樂樂地度過一生。③

やすらい【休らい】（名）休息，安息；☆休らいがほしい／希望得到休息。③

やすら・う【休らう】（自五）〔文〕①休息；☆枝に休らう小鳥／在樹上休息的小鳥；②＝ためらう。③

やすらか【安らか】（名・形動ダ）安樂，平安；無苦無憂；☆安らかな生活／安樂的生活；☆安らかに眠る／安眠；☆安らかに余生（よせい）を送る／無苦無憂地度過殘年。②

やすり【鑢】（名）銼刀，銼；☆鑢を掛ける／用銼刀銼；～**がみ**【鑢紙】（名）砂紙。③⓪

やすん・じる【安んじる】Ⅰ（自上一）①安心；②滿足；☆現状に安んじる／安於現狀；Ⅱ（他上一）使安心；☆人の心を安んじる／使人安心；図やすん（サ）④

やせ【痩（瘠）せ】（名）痩（的程度）；☆夏になると痩せが目立ってくる／一到夏天就顯著地見痩。⓪

やせい【野生】Ⅰ（名・自サ）野生；☆野生の鳥を飼う／飼養野鳥；Ⅱ（代）〔文〕鄙人（自謙之稱）。⓪①

やせい【野性】（名）野性，粗野的性質⓪

やせうで【痩腕】（名）①痩胳膊；②〔轉〕微小的本領；☆女の痩腕で一家を支える／靠女人的微弱的勞動力支持一家生活⓪

やせがまん【痩我慢】（名・自サ）硬着頭皮忍耐，故意逞能；☆あの人はいつも痩我慢を張る／他常常故意逞能；☆そんな事は痩我慢にも私には出来ない／那樣事我逞能也辦不到。③

やせぎす【痩せぎす】（名・形動ダ）瘠痩（的人）；☆痩せぎすの女／痩女子。⓪

やせこ・ける【痩せこける】（自下一）枯瘠；☆頬が痩せこける／瘠得兩頰塌陷④

やせさらば・える【痩せさらばえる】（自下一）骨痩如柴，削痩；図やせさらばふ（下二）。⑥

やせち【痩地】（名）瘠地；☆痩地に豆をつくる／在瘠地上種豆子。⓪

やせっぽち【痩せっぽち】（名）〔俗〕痩小（的人）；☆痩せっぽちの人／痩小的人，痩子。④⑤

やせほそ・る【痩せ細る】（自五）痩，消痩

；☆病気と営養不足で痩せ細る／因有病和營養不够而消瘦。④

*や・せる【痩せる】（自下一）①痩；☆見るかげもなく痩せる／瘦得不像樣，瘦得皮包骨；②（土地）瘠痩；☆この畑は痩せていて何もできない／這塊地瘠痩種什麼也不行；◇痩せても枯れても／不管（我）怎麼不濟，不論（我）怎麼落魄；☆痩せても枯れても拙者は作家だ／不管我怎麼不濟我也是一個作家呀；因やす（下二）。⓪

やせん【野戦】（名）〔軍〕野戦〜びょういん【野戦病院】（名）〔軍〕野戦醫院⓪①

ヤソ【耶蘇】（名）耶蘇（＝イエス）。①

やそう【野草】（名）野草；☆野草がはびこる／野草滋蔓。⓪

やそうきょく【夜想曲】（名）〔樂〕夜曲（＝ノクターン）。②

やそじ【八十路】〔文〕①八十；②八十歳；☆八十路の坂を越える／八十歳 開 外了。⓪

や・だ【形動ダ】〔俗〕＝いやだ；☆勉強はやだ／不願意用功。

やたい【屋台】（名）①（有棚的）攤販；☆縁日（えんにち）で屋台が並ぶ／廟會的日子攤販擺成排；②（節日等的）臨時舞臺；☆屋台に出て演ずる／登上臨時舞臺表演；〜ばやし【屋台囃子】（名）（節日、廟會等）在臨時舞臺上演出時的音樂場面（＝ばかばやし）；〜ぼね【屋台骨】（名）①（有棚）攤床的支援（木架）；②〔轉〕財産；維持一家人生活的東西；☆主人が死んで屋台骨が搖（ゆ）らぐ／戸主死後一家人生活發生問題了；〜みせ【屋台店】（名）攤販，售貨攤；☆屋台店を出す／出攤，擺攤。①

やたて【矢立】（名）①箭筒；②（裝在箭筒裏在陣中使用的）小硯③（腰間携帶的）一套筆墨盒。③

やだね【矢種】（名）（身上）携帯的箭；☆矢種が尽きる／箭已射完；〔喻〕攻撃的手段用盡。②①

やたら（形動ダ）〔俗〕①胡亂，任意，隨便，不分好歹，沒有差別（＝むやみ）；☆やたらな事を口にするな／不要隨便亂說；☆やたらに立ち入るな／不要隨便進入；☆やたらに愛想を振りまく／不論對誰都是笑臉相待；②非常，過分；大量；☆やたらに喉がかわく／喉嚨非常

渇；☆やたらに本を読む／（胡亂地）大量讀書。⓪

やちょう【野鳥】（名）野鳥，山鳥。⓪

*やちん【家賃】（名）房租；☆この家は家賃がない／這所房子的房租貴。①

やっ（感）①吃驚時所發的聲音；☆やっ、大変だ／哎呀，了不得了；②使勁作急劇動作時所發的聲音；☆槍を、やっと投げる／呀地一聲擲出標槍。①

やつ【八】（名）舊時的時刻名（上午及下午兩點鐘）；Ⅱ（數）八（＝はち）；八個（＝やっつ）。②

やつ【奴】Ⅰ（名）①〔表卑〕人；☆いやな奴／討厭的人；②東西；☆大きい奴を一つくれ／給我一個大的；Ⅱ（代）〔表卑〕他，那個傢伙（＝あいつ）；☆奴に一杯食わされた／被那個傢伙給騙了，上了他的當。①

やつあたり【八つ当り】（名・自サ）遷怒，對誰都動火，亂發脾氣；☆学校で叱られた腹いせを八つ当りする／在學校裏被申斥回家來對家裏人發洩餘憤。③⓪

*やっかい【厄介】（名・形動ダ）①麻煩，難辦，難對付；☆厄介な仕事を仰せつかる／接受一件麻煩的任務；☆他人に厄介をかける／給別人添麻煩；☆厄介な男／難對付的人；☆厄介な問題／難解決的問題；②照顧，照應，幫助；☆老人の厄介を見る／照顧年老者；☆知人の厄介になる／受朋友照顧；〜もの【厄介者】（名）①難對付的人；②受照顧的人。①

やつがしら【八頭】（名）〔植〕芋頭⑤③

やっか・む【他五】〔方〕＝ねたむ。③

やっかん【約款】（名）（條約、契約等的）條款；☆講和条約の約款に背く／違背和平條約的條款。⓪

やっき【躍起】（名・形動ダ）①發急，急躁；☆躍起となって弁解する／急切進行辯解；②熱心，熱烈；☆躍起になって子供達のために奔走する／為孩子們的事拚命奔走。⓪③

やつぎばや【矢継ぎ早】（名・形動ダ）緊緊接連，一個接着一個；☆矢継ぎ早に質問を浴びせかける／提出一連串的質問⓪

やっきょう【薬莢】（名）彈莢，彈殼。⓪

やっきょく【薬局】（名）①（醫院的）藥局；②（藥劑師開業的）藥房；〜ほう【薬局方】（名）藥典。⓪

やっこ【奴】Ⅰ（名）①〔封建時代〕（武士的）奴僕；②←やっこどうふ；③俠義（＝おとこだて）；Ⅱ（代）〔表卑〕那個傢伙，他（＝あいつ）のする事は信用できない／那傢伙辦事可靠不住；～どうふ【奴豆腐】（名）〔烹飪〕切成骰子塊加以佐料的拌豆腐。⓪

やっこう【薬効（效）】（名）〔文〕藥的效力；☆薬効を表わす／藥奏效。⓪

やつざき【八裂】（名）撕碎，弄碎，寸斷；☆八裂にしても飽き足りない奴だ／把他大解八塊（碎屍萬剮）也不解恨。⓪

やっさもっさ（副・自サ）混亂貌；☆交通事故現場はやっさもっさの最中だ／交通事故（車禍）的現場正在亂成一團。①

やつ・す【窶す】（他五）①化裝乞食（こじき）の姿に身を窶す／化裝為乞丐的樣子；②熱衷，焦思致使（身體）消瘦，憔悴；◇憂き身を窶す／為…而廢寢忘食；☆恋に憂き身を窶す／為戀愛而神魂顛倒（寢廢忘食）。②

やっつ【八つ】Ⅰ（名）八（＝やつ）；Ⅱ（數）①八，八個；☆りんご八つ買う／買八個蘋果；②八歲；☆子供がことしで八つになる／孩子今年八歲了。③

やっつけしごと【やっつけ仕事】（名）突擊工作；潦草從事的工作，偷工減料的工作；☆急がされて、やっつけ仕事になってしまった／因為催逼得緊工作就做得粗糙了；☆やっつけ仕事で建てた家／偷工減料蓋的房子。⑤

やっつ・ける（他下一）①把（工作等）幹完；☆仕事を朝飯前にやっつける／早飯前把工作幹完；②（狠狠地）整一頓（＝こらす）；幹掉（＝ころす）；打敗（＝まかす）；☆五対一で相手のチームをやっつけた／以五比一打敗了對方的球隊。④

やつで【八手】（名）〔植〕八角金盤。⓪

*やっと（副）①好容易（＝ようやく）；☆労苦の末やっと完成した／經過一番辛勤的勞動好容易才完成；☆やっと分った／才明白了；②勉勉強強（＝かろうじて）；☆五人でやっと暮らせるだけの収入しかない／收入只夠五個人勉強餬口；☆やっと汽車に間に合った／好歹趕上了火車；◇やっとの事で／好容易，好歹；☆やっとの事でできた／好歹算搞出來了。⓪

やっとこ【鋏】（名）〔鍛鐵等用的〕挾剪，鉗子。⓪

やっことさ（副）①好容易（＝やっとのことで）；☆やっとこさ（で）仕上げた／好容易做完了；②〔感〕使勁時的呼聲⓪

やっとな（感）〔文〕插在歌中的呼聲（如呀噥嗨之類）。①

やっぱし（副）〔俗〕やっぱり。③

やっぱり（名・副）〔俗〕＝やはり。③

やつめうなぎ【八目鰻】（名）〔動〕八目鰻。④

やつら【奴等】（名）〔表卑〕（那些）人們，東西們，傢伙們；☆やつらの悪い奴等だ／是一些品質惡劣的東西。①

やつれ【窶れ】（名）①消瘦，憔悴（的程度）；☆病後の窶れが目立つ／病後顯得分外憔悴；②落魂，沒落（的樣子）。③

やつ・れる【窶れる】（自下一）①消瘦，憔悴；☆度重（たびかさ）なる不幸で、すっかり窶れる／由於連遭不幸而十分憔悴；②落魄，沒落；☆窶れ果てた姿／淪落不堪的樣子。③

*やど【宿】（名）①〔古〕房屋；家；☆埴生（はにゅう）の宿／陋室，土房；②宿，過夜；下榻；☆御上京の節はお宿を致します／您來京時可以舍下下榻；③旅館；☆宿を取る／定旅館；☆宿の女中／旅館的女服務員；④〔古〕（女子稱其夫）當家的。①

やとい【雇（傭）い】（名）①雇傭，雇傭；☆臨時雇い／臨時雇傭（的人）；②（機關中的）雇員；臨時職員；～にん【雇人】（名）被雇傭的人，傭人；☆雇人を解雇する／辭退傭人；～ぬし【雇主】（名）雇主。②

*やと・う【雇（傭）う】（他五）雇，雇傭；☆女中を雇う／雇女傭人；☆船を雇う／雇船。②

やとう【野党】（名）在野黨；↔よとう（與黨）。⓪

やどがえ【宿替え】（名・自サ）搬家，遷居；☆何度も宿替えする／屢次搬家。⓪

やどかり【宿借り】（名）〔動〕寄生蟹②

やど・す【宿す】（他五）①留宿，留住；②（轉）懷孕；☆因果の胤（たね）を宿す／珠胎暗結；③（轉）保有；☆病毒を宿す／種下病毒；☆胸に秘密を宿す／把秘密藏在心裏。②

やどちょう【宿帳】（名）店簿；☆住所、氏名を宿帳につける／把住址和姓名寫在

店簿上。⓪

やどなし【宿無し】（名）無家（的人），沒有一定住址（的人）；☆宿無しになる／無家可歸。⓪

やどぬし【宿主】（名）①店主人；②〔動〕〔植〕宿主。②

*__やどや__【宿屋】（名）旅店，（日本式的）旅館；☆宿屋に泊まる／住在旅館裏。⓪

やどりぎ【宿り木】（名）槲寄生。③

*__やど・る__【宿る】（自五）①住宿，投宿（＝とまる）；☆小さな村で宿る家もない／是一個小村莊連投宿之處都沒有；②寄生；☆人体に蛔虫が宿る／蛔蟲寄生在人體中；③懷孕；☆子が宿る／懷胎，有孕；④存在，有；☆健全な精神は健全な身体に宿る／有健全的身體才有健全的精神②

やどろく【宿六】（名）〔俗〕〔妻稱其夫〕當家的；☆うちの宿六はまだ帰らない／當家的還沒回來。⓪

やどわり【宿割】（名）分配宿舍（的人）⓪

やながわなべ【柳川鍋】（名）〔烹飪〕泥鰍魚鍋。⑤

やなぎ【柳】（名）〔植〕柳；◇柳に風と受け流す／逆來順受，巧妙地應付過去；柳に雪折れなし／柔能克剛；柳の下に何時も泥棒はいない／柳樹下不一定常有小偸（喩不可守株待兔）；～ごし【柳腰】（名）柳腰；☆柳腰の美人／柳腰的美人；～ごうり【柳行李】（名）柳條包。⓪

やなみ【屋並】（名）①一排房屋；☆屋並不揃いな道／房屋參差不齊的街道；②家家戸戸。①

やに【脂】（名）①樹脂；②烟袋油子；③眼屎〔＝めやに〕。⓪

やに（副）〔俗〕←いやに。

やにさが・る【脂下がる】（自五）①搭拉着烟袋抽烟（好使煙袋油子往下淌）；②〔轉〕洋洋自得；擺臭架子。④

やにょうしょう【夜尿症】（名）〔醫〕夜尿症。⓪

やにわに【矢庭に】（副）突然，猛然；☆矢庭に斬りつける／猛然用刀砍去；☆矢庭に飛びかかる／猛撲上來。⓪

やぬし【家主】（名）房東；☆家主に家賃を払う／付給房東房租。①⓪

*__やね__【屋根】（名）房蓋，屋頂；☆屋根を瓦で葺（ふ）く／用瓦鋪葺屋頂；☆屋根伝（づた）いに逃げる／順着屋頂逃跑①

やねうら【屋根裏】（名）屋頂室，頂樓；

☆屋根裏に住む／住在屋頂室。⓪

やのあさって（名）大後天（＝しあさって）。④

やのさいそく【矢の催促】（連語・名）緊緊催逼，不斷催促；☆金を還せと矢の催促をする／緊緊地催逼還錢。

やはず【矢筈】（名）①箭的末端，箭尾；②箭羽花紋。⓪

*__やはり__【矢張り】（副）①仍然，依然，還是；☆今でもやはりお住いですか／現在還是住在東京嗎？☆病気になってもやはり勉強している／患了病仍然在學習；②也，同樣；☆父も学者だが息子もやはり学者だ／父親是學者兒子也是個學者；☆我々もやはり反対だ／我們也同樣反對；③畢竟還是；☆暖くてもやはり冬だ／雖然暖和畢竟還是冬天；④果然；☆君だろうと思ったらやはりそうだ／我料想是你，果然不錯。

やはん【夜半】（名）〔文〕半夜（＝よなか）；☆夜半来の雨が降り続く／從半夜起下的雨仍然未止；☆夜半の月／半夜的月亮。①

やばん【野蛮】（名・形動ダ）野蠻，粗野；☆野蛮なふるまい／粗野的擧止。⓪

やぶ【藪】（名）①草叢，灌木叢，藪；☆藪を開いて畑にする／把灌木叢闢爲耕地；②竹叢；☆藪に鳥が鳴く／鳥在竹叢裏叫；◇藪から棒／突然，憑空而起；☆藪から棒に縁談を持ち出す／突然提出親事；藪をつついて蛇を出す／做多餘的事而惹起麻煩。⓪

やぶいしゃ【藪医者】（名）庸醫，拙劣的醫生；☆藪医者にかかって病気をこじらす／讓庸醫把病給耽誤了。

やぶい（ちくあん）【藪医（竹庵）】〔俗〕＝やぶいしゃ。⓪－①

やぶいり【藪入（り）】（名）（過去）傭人一年兩次的假日（正月和七月十六日，是允許傭人回家的日子）。⓪

やぶか【藪蚊】（名）〔動〕豹脚蚊。⓪

やぶ・く【破く】（他五）〔俗〕弄破（＝やぶる）；☆障子を破く／把紙拉窗弄破②

やぶ・ける【破ける】（自下一）〔俗〕破（＝やぶれる）；☆釘に引っかかって着物が破ける／衣服被釘子刮破。③

やぶさか【吝か】（名・形動ダ）〔文〕吝惜；☆吝かでない／不吝惜；☆相手の長所を認めるに吝かでない／很願意承認對

方的優點。[2]

やぶさめ【流鏑馬】（名）騎射（特指使用「**かぶらや**」騎馬射鵠者）。

やぶにらみ【藪睨】（名・自サ）①斜視，斜眼；☆藪睨の人／斜眼的人；②（見解、行事等）主觀片面，有偏差；☆それは藪睨の考えだ／那是主觀片面的想法。[0][5]

やぶへび【藪蛇】（名）傲多餘的事而惹起麻煩；☆うっかり口を出して藪蛇になる／無意中說了一句話惹起麻煩。[0]

やぶ・る【破る・敗る】Ⅰ（自下一）〔文〕→やぶれる，Ⅱ（他五）①弄破；☆紙を破る／把紙弄破；②破壞（＝こわす）；☆金庫を破る／把保險櫃弄開；☆敵の囲みを破る／衝破敵人的包圍；③法律を破る／違反法律；③弄醒；☆大きな物音に夢を破られる／被大聲音驚醒；④打破；☆世界記録を破る／打破世界記錄；⑤打敗（＝まかす）；☆敵を破る／打敗敵人[2]

やぶれ【破れ】（名）破的地方，破的程度；☆服の破れを繕（つくろ）う／修補西服的破處；〜**かぶれ**【破れかぶれ】（形動ダ）〔俗〕破罐破摔，自暴自棄（＝すてばち）；☆こうなったらもう破れかぶれだ／事已至此只好破罐破摔了。[3]

やぶ・れる【破れる・敗れる】（自下一）①破；☆紙が破れる／紙破；②被打破，破碎（＝こわれる）；☆青春の夢が破れた／年輕時代的幻想破碎了；③破壞，決裂；☆談判が破れる／談判決裂；☆均衡が破れる／平衡破壞；④敗，敗北；☆決勝戦で破れる／在決賽時失敗；☆いくさに破れる／戰敗；図やぶる（下二）[3]

やぶん【夜分】（名）夜間，夜裏；☆夜分お伺いして失礼致しました／夜裏前來打擾失禮得很。[1]

やぼ【野暮】（名・形動ダ）〔俗〕①庸俗；☆野暮なネクタイをした男／繫一條庸俗領帶的人；②愚蠢；☆野暮なことを言う／說愚蠢話；☆あんなことは言うだけ野暮だ／說那樣話簡直愚蠢極了（根本用不著說）；③不通世故人情，不風流，不風雅；☆彼はそんな野暮な人間ではない／他不是那樣不通世故人情（不風雅）的人。[1]

やぼう【野望】（名）奢望，野心。[0]

やぼった・い【野暮ったい】（形）有點庸俗的，有點愚蠢的；☆こんな野暮ったい

服は着て歩けない／這樣庸俗的西服穿不出去。[4]

＊やま【山】（名）①山；☆山を登る／登山，爬山；☆山の頂に雪が積もっている／山頂上有積雪；②一大堆（東西）／☆ごみの山／一大堆垃圾；☆仕事が山ほどある／工作有一大堆；③礦山；☆山を買う／買礦山；④高起的部分；☆帽子の山／帽腔；⑤（事件、文章等的）高潮，最高峯；☆彼の病気はここ二三日が山だ／他的病這兩三天最是要緊關頭；☆この音楽は山がない／這個音樂沒有高潮；◇山が見える／前途可以預料；山千海千／山に千年海に千年／久經世故，老奸巨滑，山と言えば川／人家說東他就說西，故意反對；**山の幸**／山貨，山中土產；打獵的收獲；**山を掛ける**／押寶，碰碰倖，猜測考試的題；☆試験問題の山を掛ける／猜題；☆**山を張る**＝山を掛ける；☆**山があたる**／押寶押中；猜題猜對；☆**山がはずれる**／沒押上，沒猜對。[2]

やまあい【山間】（名）山溝，山谷；☆山間の部落／山谷中的部落。[3][0]

やまあらし【山荒し】（名）〔動〕豪豬[3]

やまい【病】（名）病；☆病に罹かる／患病；◇**病は気から**／意志可以戰勝疾病[1]

やまいだれ【病垂】（名）〔漢字部首〕疒部。

やまいぬ【山犬】（名）〔動〕①野狗；②豺狼。[0]

やまおく【山奥】（名）深山裏；☆山奥の村／深山裏的村莊。[3]

やまおとこ【山男】（名）①住在山中的男人；在山中勞動的（伐木工等）工人；②喜愛登山的男人。[3]

やまが【山家】（名）山中的房屋，山中的人家；☆山家育（そだ）ち／在山中長大的人。[2][0]

やまかい【山峡】（名）〔文〕山峽，山谷；☆山峡の小さな温泉／山谷中的小溫泉[0]

やまかがし【山楝蛇】（名）赤練蛇。[0][5]

やまかけ【山掛（け）】（名）〔烹飪〕澆山藥汁的生魚片。[0]

やまかじ【山火事】（名）森林火災。[0][3]

やまがた【山形】（名）人形。[0]

やまがら【山雀】（名）〔動〕山雀。[2][0]

やまがり【山狩】（名・自サ）①在山中狩獵；②在山中搜索（犯人），搜山。[0]

やまかわ【山川】（名）山中的河川。[2]

やまかん【山勘】（名）〔俗〕主觀猜測，瞎猜；☆山勘で相手の職業を当てる／憑主觀猜測對方的職業。⓪

やまぎわ【山際】（名）①山邊；②遠山與天空相接之處。④⓪

やまくずれ【山崩れ】（名）山崩；☆山崩れで汽車が不通になる／因山崩火車不通③

*やまぐに【山国】（名）①多山的地方，山區；☆山国に生まれて海を知らない／生在山區沒看見過海；②多山的國。②

やまごや【山小屋】（名）（爲登山者所設的）山中小房（＝ヒュッテ）；☆山小屋に一泊する／在山中小房住一宿。⓪

やまさか【山坂】（名）①山和嶺；☆山坂を越えてはるばるやって来る／爬山越嶺遠道而來；②嶺；☆険しい山坂を登る／爬上險峻的山嶺。⓪

やまざくら【山桜】（名）〔植〕櫻桃，又名荊桃。③

やまざと【山里】（名）山中的小村。②⓪

やまざる【山猿】（名）①山中的猿猴；②〔俗〕〔諷〕山中居民。⓪

やまし【山師】（名）①從事礦山業的人；②以買賣山林爲職業的人；③投機家，冒險家；④騙子；☆山師に騙される／受騙子的騙。②

やまじ【山路】（名）山道；☆山路を辿（たど）る／走山道。②

やまし・い【疚しい】（形）心中有愧的，受良心苛責的，心中痛苦的（＝うしろめたい）；☆金銭問題に関して疚しいことは少しもない／在金錢問題上心中絲毫無愧，☆省みて疚しくない／問心無愧；図やまし（形シク）；〜さ（名）。③

やまずそ【山裾】（名）山麓；☆山裾はなだらかな曲線を描いている／山麓形成一個緩緩的曲線，是一個慢坡。⓪

やまたかぼうし【山高帽子】（名）常禮帽，小禮帽。⑤

やまだし【山出し】（名）①由山中運出（木材、石材等）；②由鄉下初次到都市的人，鄉下佬。⓪

やまづたい【山伝い】（名）；山伝いに／沿着山，順着山，由這個山到那個山；☆山伝いに行く／沿着山走。③

やまつなみ【山津波・山津浪】（名）山崩；☆山津波が起こる／發生山崩。③

やまて【山手】（名）靠近山的地方；〜せん【山手線】（名）東京市内的環行電車

線。③⓪

やまと【大和・倭】（名）①古時的國名（屬今奈良縣）；②日本國的異稱；〜ことば【大和言葉】（名）①日本固有的語言（特指現代日語中非漢語的部分）；②〔文〕和歌；③〔文〕雅言（＝がげん）；〜だまし・い【大和魂】（名）日本民族精神（軍國主義者曾利用爲鼓動好戰的口號）；〜なでしこ【大和撫子】（名）日本女子；〜みんぞく【大和民族】（名）日本民族。①

やまどり【山鳥】（名）〔動〕鷴雉（形似雄鷄而尾特長）。②

やまなみ【山並】（名）山脈，連山。⓪

やまなり【山鳴（り）】（名・自サ）（由於火山噴火等）山鳴，山谷鳴震。⓪④

やまねこ【山猫】（名）〔動〕山貓（貓的一種，毛色黃或灰砂色，體比家貓稍大，長二尺許生於歐亞二洲）。⓪

やまのかみ【山の神】（名）①山神；②山中的精靈；③〔俗〕妻，老婆（＝かかあ）；☆うちの山の神は小言（こごと）が多い／我家的母老虎什麼事都管着我。④③

やまのて【山の手】（名）①靠山的地方（＝やまて）；②高崗地區的住宅區↔したまち。②

やまのは【山の端】（名）〔文〕山的邊際，遠山與天空相接之處；☆月が山の端に入る／月落西山。③⓪

やまはだ【山膚・山肌】（名）山上沒有草木的地表；☆赤土の山肌の出た山／露出紅土地表的山。⓪

やまびこ【山彦】（名）①山神②回聲，山音（＝こだま）；☆山で大声をあげると山彦がひびく／在山中大聲一喊就有回聲⓪②

やまひだ【山襞】（名）山的襞皺。②

やまびらき【山開き】（名）①開山築路；②（禁止登山季節已過）重新開放的第一天。③

やまぶき【山吹】（名）〔植〕棣棠花；〜いろ【山吹色】（名）金黃色。②

やまぶし【山伏】（名）①住在山中；②〔佛〕在山中修行的僧；③〔佛〕＝しゅげんじゃ。②

やまふところ【山懐】（名）山環，環山之中。③④

やまぼこ【山鉾】（名）〔神道〕一種祭神用彩車（車上挿有長槍、大刀者）。②⓪

やまみち【山道・山路】（名）山路；☆山

道をたどる／走山路。②

やまもり【山盛（り）】（名）（盛飯等）成山形，盛得滿滿；☆御飯を山盛りによそう／把飯盛得滿滿的（帶尖）。⓪

やまやま【山山】（名・副）①羣山；②很多；③表示熱望；☆買いたいのは山々だが先立つものは金／很想買但是首先得有錢。②⓪

やまゆり【山百合】（名）〔植〕天香百合②

やま・る【止まる】（自五）〔俗〕停止，休止；☆この雨は何時止まるだろう／這場雨什麼時候才能停呀；☆悪い癖が止まる／壞毛病改了。⓪

やまわけ【山分】（名・他サ）平分；☆拾った栗を山分（に）する／把拾的栗子（二人）平分。④⓪

*やみ【闇】（名）①（夜間的）黑暗；☆闇に乗じて攻撃する／乘黑夜進攻；☆人影が闇に消える／人影沒入黑暗之中；②〔轉〕（心中）糊塗；☆心は闇に惑う／心中糊塗無數，搞不清；③黑暗；☆前途は全くの闇だ／前途一片黑暗；④暗中；☆事件を闇から闇に葬る／暗中把事件隱蔽過去；⑤〔轉〕黑市；☆闇をして儲ける／搞黑市賺錢；☆米を闇で買う／買黑市的大米。②

やみあがり【病み上がり】（名）病後，疾病剛好（的人）。⓪

やみいち【闇市】（名）黑市；☆闇市で米を売る／在黑市上賣大米。③⓪

やみうち【闇討ち】（名・他サ）①乘夜黑襲擊暗殺；☆闇討ちに会う／遭遇暗殺；②〔轉〕出其不意（使之吃驚）☆闇討ちを食わす／出其不意。⓪

やみくも【闇雲】（形動ダ）〔俗〕亂，胡亂（＝むやみ，やたら）；☆闇雲に発砲する／亂放槍；☆闇雲にどなり散らす／亂吵亂叫。⓪

やみじ【闇路】（名）黑暗的道路；☆闇路をたどって家に帰る／（夜間）走黑暗道路回家。②

やみそうば【闇相場】（名）黑市上的行市，暗盤。③

やみつき【病み付き】（名）①開始患病，得病；☆病付は今月の初めだった／是本月月初得的病；②〔轉〕染上惡習，種下壞根；☆ちょっと儲かったのが病みつきで今はすっかり競馬（けいば）に凝（こ）っている／贏了一點錢就引得他大買起馬票來了。⓪

やみとりひき【闇取引】（名）①黑市交易；☆米の闇取引をする／私自買賣大米；②〔轉〕暗中勾結。③

やみながし【闇流し】（名・他サ）（把公定價格的物資）按黑市出賣（謀利）③⑤⓪

やみね【闇値】（名）黑市價格；☆新米（しんまい）が出回って米の闇値が下がる／新糧上市大米的黑市趨落。⓪②

*や・む【止む・已む・罷む】（自四）①止，停止，中止；☆雨が止むまで待つ／等到雨止；☆痛みが止む／疼痛停止；☆目的を達成しなければ止まない／不達到目的不止；②☆止むを得ない／止むを得ず／不得已；☆止むに止まれない／萬不得已；☆倒れて後止む／死而後已⓪

やむな・い【已む無い】（連語・形）不得已；☆已むなく承知する／不得已而應允；図やむなし。③

やめ【止め】（名）停止，作罷；☆こんなつまらぬ話は止めにしよう／這樣無聊的話不要說了；☆会は止めになった／會作罷了（不開了）。⓪

*やめ・る【止（罷・辭）める】（他下一）①停止，作罷；☆討論を止めて採決に入る／停下討論進入表決；☆酒もたばこも止める／酒也不喝也不抽煙了；☆雨が降ったら行くのを止める／下雨就不去；②辭（職）；☆会社を辞める／辭去公司的職務，離開公司；☆学校を罷める／退學；③廢止；図やむ（下二）。⓪

や・める【病める】Ⅰ（自下一）疼痛（＝いたむ）；☆後腹（あとばら）が病める／產後腹疼；事後麻煩（費錢）Ⅱ（連語）〔文〕患病的，有病的；☆病める母／臥病的母親。②

やもうしょう【夜盲症】（名）〔醫〕夜盲病。⓪

やもめ【寡婦・孀】（名）寡婦（＝ごけ）；☆寡婦をする／守寡。⓪

やもめ【鰥】（名）鰥夫（＝おとこやもめ）⓪

やもり【守宮】（名）〔動〕壁虎。①

やや【稍・稍稍】（副）①稍，稍微，稍稍，☆中央よりやや右に寄せて置く／擺到中間偏右的地方；☆やや簡単な方法／稍微簡單一些的方法；②一會兒，不大工夫☆ややあっておもむろに口を開いた／停了一會兒慢慢地開口了。①

ややこ（名）〔方〕嬰兒（＝あかんぼ）②

ややこし・い（形）〔方〕複雜的,麻煩的,困難的;☆この問題は少しややこしい/這個問題有點複雜（麻煩）;☆話がややこしくなって来た/話複雜起來了,事情麻煩起來了。④

やや（と）もすれば【動（と）もすれば】（副）動輒,動不動;一來就…,很容易…,☆季節の変り目は,ややもすれば風邪をひいてしまう/季節之交容易患感冒①

ややに（副）〔文〕＝ようやく。

やゆ【揶揄】（名・他サ）揶揄,奚落,嘲笑。①

やよい【弥生】（名）〔文〕陰曆三月,桃月。⓪

*やら（修助）①接體言或用言的終止形表示列舉;☆帽子やら靴やら（を）買う/買帽子、鞋等等;☆嬉しいやら悲しいやらで複雜な気持/又是歡喜又是悲傷心情很複雜;②表示輕微的疑問;☆何やら妙な物が見える/看見一個（不曉得是什麼）奇怪的東西;☆何時の事やらさっぱり分らない/到底是什麼時候的事情一點也弄不清;☆どうしたら良い（の）やら/也不知道如何才好。

やらい【夜来】（副）〔文〕①昨夜以來;☆夜来の雨もどうやら止んだようだ/昨夜以來的雨好像已經停了;②入夜以來①

やらか・す（他五）〔俗〕＝やる;☆とんでもない事をやらかしたもんだ/幹了一件糟糕的事;☆たばこを一服やらかす/抽一支菸。⓪

やらずのあめ【遺らずの雨】（名）留客的雨。⓪─①

やらずぶったくり【遺らずぶったくり】（連語）〔俗〕只向別人索取而不給與別人;☆彼は遺らずぶったくり主義だ/他只向別人索取而不給別人任何東西。⑥

やら・せる【遺らせる】（他下一）使工作（＝させる）;☆この仕事は彼にやらせる積りだ/這個工作預備叫他做。

やらぬ（造語）還不十分…,☆晴れやらぬ空/還不十分晴朗的天空。

*やり【槍】（名）①長鎗,矛;☆槍を使う/耍鎗;☆槍で突く/用鎗扎;☆槍の穗/鎗尖;②〔將棋〕車（＝きょうしゃ）的別稱;☆槍が降っても/哪怕下刀子（也去）。◇

やりあ・う【遺り合う】（自五）①互相作鬥;☆二つの映画会社で俳優の引き抜きを

遺り合う/兩個電影公司互相爭拉演員;②爭論;☆二人がその問題について盛んにやり合う/兩個人關於那個問題大事爭論。③

やりいか【槍烏賊】（名）〔動〕槍鯛。②

やりかえ・す【遺り返す】（他五）①重做,再做一回;☆計算をやり返す/重計算一次;②反嘴,反罵,反駁,照樣報復;☆負けずにやり返す/不示弱地反唇相罵（反駁）。③

やりかけ【遺り掛け】（名）〔（やりかける）的名詞形〕剛剛着手;作到半途;☆やりかけの仕事/沒作完的工作;☆仕事をやりかけにする/把工作半途停下。⓪

やりか・ける【遺り掛ける】（自・他下一）着手,開始做;☆やりかけて,よす/剛着手做又停下,半途而廢;☆やりかけた仕事/還沒做完的工作。④

*やりかた【遺り方】（名）①做法,方法;☆へたな遺り方/拙笨的做法;☆それはやり方次第（しだい）だ/那要看做法如何;☆こんなやり方では成功はおぼつかない/這樣做法是不能成功的;②作風;☆それがあいつのやり方だ/那就是他的作風。⓪

*やりきれな・い【やり切れない】（形）①完成不了的,做不過來的;☆仕事がたくさんで一日ではとてもやり切れない/工作很多一天怎麼也做不完;②應付不了的;☆金詰まりでどうにもやりきれない/錢周轉不靈簡直無法應付;③受不了的,忍受不了的（＝へいこうだ）☆こう暑くてはやりきれない/這麼炎熱真受不了④

やりくち【遺口】（名）做法,方法,作風（＝やりかた）;☆随分あくどいやり口だ/非常惡毒的幹法。⓪

やりくり【遺繰】（名・他サ）設法安排,勉強籌劃;☆遺繰がうまい/安排得當;☆時間をやり繰りする/設法安排時間;☆家計のやり繰りがつかない/生計無法維持;～さんだん【やり繰り算段】（名・他サ）設法安排,勉強籌劃;☆少ない給料をやり繰り算段して貯金する/工資很少還勉強設法存款。②

やりこ・める【遺り込める】（他下一）駁倒,說敗,問住;☆あいつを遺り込めてやれ/把他駁倒。④

やりすご・す【遺り過ごす】（他五）①讓（後面走來的人）走過去;☆嫌いな人が

通ったので遣り過ごす／走來一個討厭的人，把他讓過去；②做過火，做過度；☆この遊びはおもしろいのでどうしてもやり過ごす／這個遊戲有趣所以一玩就玩過度。[4]

やりだま【槍玉】（名）責難（攻撃等）的對象；☆批判の槍玉に挙げる／拉出來作爲批評的對象。[0]

やりっぱなし【遣りっ放し】（名）（工作沒有做完）擱下不管☆仕事を遣りっ放しにしないで後始末をしなさい／不要把工作沒做完就擱下不管，要把它加以結束。[0]

やりて【遣り手】（名）①做的人，工作者；☆この仕事は危険が伴なうので遣り手がない／因爲這個工作有危險所以沒有人幹；②給的人，☆貰い手はいるが遣り手はいない／有人要沒人給；③能幹的人，有才幹的人，☆彼はなかなかの遣り手だ／他是一個幹將。[0]

やりなげ【槍投】（名）〔運動〕擲標槍[4][3]

やりば【遣場】（名）（送去的）地方，☆不平の遣場がない／無從發洩不滿；☆恥かくして眼の遣場に困る／臊得不知往哪裏看才好。[0]

やりみず【遣水】（名）①引入庭園中的水；②灌漑庭園花木的水。[0][2]

や・る【遣る】I（他五）①派去，送去，打發去（＝いかせる）☆子供を学校に遣る／打發孩子上學，☆人を代りにやる／派人代替；☆手紙をやる／寄信；②（對平輩或晩輩）給，給與（＝あたえる）；☆妹に本を遣る／把書給妹妹；☆この金は君にやろう／這錢給你吧；③做，幹，搞（＝する）；☆何をやっているのだ／你幹什麼呢？☆文学を遣る／搞文學；☆遣るだけ遣ってみよう／盡力而爲吧！④表演，舉行（＝おこなう）；☆あの劇場では今何をやっているか／那個劇院現在演什麼？☆会議は明日やる／會議明天舉行；⑤生活；經營；☆これだけの収入で五人では遣っていけない／這麼一點收入是不夠五人生活的；☆あの人は料理屋をやっている／他在經營飯館；⑥吃，喝（＝くう，のむ）；☆酒を一杯やる／喝一杯酒；☆私はたばこはやらない／我不吸烟；☆この菓子を一つやってみなさい／你嘗一嘗這個點心；⑦玩（＝あそぶ）；☆ブリッジがやりたいと思っていたところだ／我正想玩橋牌；⑧消遣，安慰；☆

酒に憂（う）さをやる／以酒消愁；☆思いをやる／消愁解悶；⑨放（在某處）（＝おく）；☆帽子はどこにやりましたか／帽子放在哪裏了？II（補動・五）〔接動詞連用形加「て」的下面）①表示對平輩或晩輩做什麼；☆子供に勉強を教えてやる／教給小孩用功；☆困っているから助けてやる／因爲（他）困難幫助他，☆上着を着せてやる／給他穿上上衣；②表示積極地做什麼；☆きっと早く起きてやる／一定要早起來。[0]

やるかた【遣る方】（名）消愁解悶的方法，可以採取的手段；☆無念遣る方がない／懊悔得不得。

やるせ【遣瀬】（名）消愁解悶的方法；～な・い【遣瀬無い】（形）不能開心的，無法消愁解悶的；鬱鬱不樂的；☆やるせない月日を送る／過鬱鬱不樂的生活；図やるせなし（形ク）；～なさ（名）。[0]

やれやれ（感）（表示歎喜、放心、疲倦、困惑等）；☆やれやれ、やっと試験が済んだ／哎呀呀一下子考完了；☆やれやれまたしくじった／哎呀又弄糟了；☆試験がすんでやれやれと思った／考試完畢可放心了。[1]

やろう【野郎】I（名）①〔罵〕小子；☆あの野郎とは二度と口をきくまい／我再也不跟那小子說話；☆太い野郎だ／可惡的東西；②〔表卑〕男子（＝おとこ）；☆野郎どものやることは荒っぽい／男子們做事粗魯；II（代）表卑的第二人稱；☆この野郎、静かにしろ／你這小子，別吵嚷！[0][2]

やわ・い【柔い】（形）〔文〕①柔軟的（＝やわらかい）；☆赤ん坊の柔い肌／嬰兒的柔軟的皮膚；②軟弱的；☆柔い男／軟弱的男子。[2]

やわはだ【柔膚・柔肌】（名）（嬰兒・女子的）柔軟的皮膚。[0]

やわら【柔】（名）柔術（＝じゅうじゅつ）☆柔の術に長ずる／擅長柔術。[0]

やわらか【柔らか】（形動ダ）柔軟，☆この布地は柔らかな肌ざわりだ／這件衣料穿在身上很柔軟；☆態度を柔らかにする／採取柔和的態度。[3]

やわら・い【柔らい】（形）①柔軟的，☆柔らかい土／軟土；☆手ざわりが柔らかい／摸着綿軟；☆柔らかい身のこなし／柔軟的身段；☆柔らかいたばこ／柔

軟的紙烟，不強烈的紙烟；②柔和的；柔らかい春の日／春日和暖的太陽；図やわらかし（形）～さ（名）；～み（名）④

やわら・ぐ【和らぐ】（自五）變柔和，和緩起來；☆怒りが和らぐ／怒氣和緩下來；☆痛みが和らぐ／疼痛和緩下來；☆態度が和らいだ／態度變柔和了；☆晩になって風が和らいで来た／到了晩上風小了③

***やわら・げる【和らげる】**（他下一）使柔和，使緩和；☆声を少し柔らげる／把聲音放柔些；☆取り締りを和らげる／把管理放寛；☆尖った神経を和らげる／使興奮的神經鎮靜下來；図やわらぐ（下二）。④ ⓪

ヤンガージェネレーション【younger generation】（名）年輕的一代，下一代，第二代。⑦

ヤンキー【美Yankee】（名）〔俗〕美國人。①

やんごとな・し【止ん事無し】（形シク）〔文〕①不得已的（＝よんどころなし）；☆やんごとなき事によりて／由於不得已的事情；②非常高貴的；☆やんごとなき身分の人／身分高貴的人。⑤

やんちゃ（名・形動ダ）〔俗〕〔孩子〕調皮，頑皮，淘氣；調皮的孩子；☆そんなやんちゃをしてはいけない／不要那麼調皮（頑皮）；☆やんちゃな子／頑皮的孩子；☆やんちゃ娘／調皮的小姑娘。⓪

やんま（名）（大）蜻蜓（＝ぎんやんま）⓪

やんや（感）喝彩聲，歡呼聲；☆やんやの喝采（かっさい）を浴びる／博得熱烈的歡呼；☆見物をやんやと言わせる／得到觀衆的喝采。①

やんわり（副）①柔和貌；☆やんわりと意見する／柔和地規勸；②柔軟貌；☆やんわりと手に触れる／摸着柔軟。③

や

ゆ①五十音圖「や行」第三音，發音爲yu；②〔字源〕平假名是「由」字的草體；片假名是「由」字的簡體。

*ゆ【湯】（名）①開水，熱水；☆湯を沸かす／燒開水；☆湯で消毒する／用開水消毒；②溫泉；☆箱根の湯／箱根溫泉；③浴池；☆湯に入る／洗澡；☆子供に湯を使わせる／給孩子洗澡；④（營業的）澡堂；☆湯に行く／到澡堂去（洗澡）。①

ゆあか【湯垢】（名）水銹，水垢（＝みずあか）；☆鐵びんの中には湯垢が付いた／鐵壺裏生了水銹。③

ゆあがり【湯上がり】（名）①剛洗完澡；②浴後穿的單衣，浴衣；③←ゆあがりタオル；～タオル【湯上がり towel】（名）浴後擦身用大毛巾；浴巾。②

ゆあみ【湯浴】（名・自サ）沐浴，洗澡③⓪

*ゆいいつ【唯一】（名）〔文〕唯一，獨一；☆唯一無二の策／唯一的方法。①

ゆいがどくそん【唯我独尊】（連語・名）〔佛〕唯我獨尊。①—①

ゆいごん【遺言】（名）遺言，遺囑；☆遺言を書く／寫遺囑。⓪

ゆいしょ【由緒】（名）來歷☆由緒のある家柄(いえがら)／有來歷的門第，名門①⓪

ゆいしん【唯心】（名）〔佛〕唯心；～ろん【唯心論】（名）〔哲〕唯心論，唯心主義。⓪

ゆいのう【結納】（名）訂婚禮，聘禮；☆結納を取りかわす／舉行訂婚典禮。⓪

ゆいびしゅぎ【唯美主義】（名）唯美主義④

ゆいぶつ【唯物】（名）〔哲〕唯物；しかん【唯物史観】（名）歷史唯物論；～べんしょうほう【唯物弁証法】（名）唯物辯證法；～ろん【唯物論】（名）唯物論；唯物主義。⓪

ゆう【夕】（名）〔文〕黃昏，傍晚；☆朝に夕に祈りを捧げる／朝夕祈禱。⓪

ゆ・う【言う】→いう。⓪

ゆ・う【結う】（他五）①繫結；☆垣を結う／結籬；②梳，結，☆髪を結う／梳頭。⓪

ゆう【有】（名）〔文〕①有；☆無から有を生ずる／無中生有；②表示所有；③又；☆一年有半／一年有半。①

ゆう【勇】（名）〔文〕勇氣；☆勇を鼓す／鼓起勇氣。①

ゆう【雄】（名）〔文〕①雄；②英雄，出色人物；☆一世の雄／一世之雄。①

ゆう【優】（形動ナリ）〔文〕①溫柔典雅；☆優にやさしい人柄／溫柔典雅的人；②十足；☆優に六尺はある／足有六尺高；③優秀出色。①

ゆうあい【友愛】（名）友愛；☆友愛の情／友情。⓪

ゆうあかり【夕明り】（名）夕照，殘照③

ゆうい【有為】（名・形動ダ）有爲；☆前途有爲的青年；☆有為の才を抱いて死ぬ／懷才不遇而死。①

ゆうい【優位】（名・形動ダ）優越地位，優勢；☆優位を占める／占優越地位。①

ゆういぎ【有意義】（名・形動ダ）有意義；☆有意義な生活を送る／過有意義的生活。③

ゆういん【誘引】（名・他サ）〔文〕引誘；☆人を誘引する／引誘人。⓪

ゆういん【誘因】（名）〔文〕起因；☆病気の誘因となる／成爲患病的原因。⓪

*ゆううつ【憂鬱】（名・形動ダ）憂鬱；☆連日の雨で憂鬱で仕方がない／連日陰雨覺得非常鬱悶；～しょう【憂鬱症】（名）〔醫〕憂鬱症。⓪

ゆうえい【游泳】（名・自サ）①游泳（＝およぎ）；②處世（＝よたわり）；～じゅつ【游泳術】（名）①游泳術；②〔轉〕處世法。⓪

*ゆうえき【有益】（名・形動ダ）有益；☆金を有益に使う／花錢花得有意義；☆子供等に有益な話をして聞かせる／把有益的話講給孩子們聽。⓪

*ゆうえつ【優越】（名・自サ）優越；☆優越した地位を占める／占優越地位；～かん【優越感】（名）優越感。⓪

ゆうえん【幽遠】（名・形動ダ）〔文〕幽遠，深遠；☆幽遠の（な）趣／幽邃的風趣。⓪

ゆうえん【悠遠】（名・形動ダ）悠遠；☆悠遠の（な）昔／遠古。⓪

ゆうえん【優婉】（名・形動ダ）〔文〕優
雅，溫柔典雅；☆優婉な女性／溫柔典雅
的女性。◻0

ゆうえんち【遊園地】（名）兒童樂園，遊
園地。③

ゆうが【優雅】（名・形動ダ）優雅，☆優
雅な踊り／優雅的舞蹈。①

ゆうかい【誘拐】（名・他サ）誘拐，拐騙
；☆子供を誘拐する／拐騙小孩。◻0

ゆうかい【融解】（名・自サ）①融化；②
〔理〕融解；～てん【融解点】（名）〔
理〕融解點；～ねつ【融解熱】（名）〔
理〕融解熱。

*ゆうがい【有害】（形動ダ）有害；☆蚊は有
害無益な虫だ／蚊子是有害無益的蟲子◻0

ゆうがい【有蓋】（名）有蓋；～かしゃ【
有蓋貨車】（名）有蓋貨車。◻0

ゆうがお【夕顔】（名）〔植〕瓠，葫蘆花◻0

ゆうかく【遊客】（名）〔文〕①遊手好閒
者；②遊覽的客人；③嫖客。

ゆうかく【遊郭・遊廓】（名）妓館（集中
區）。◻0

ゆうがく【遊学】（名・自サ）遊學，留學
；☆イギリスに遊学する／到英國留學◻0

ゆうかげ【夕影】（名）①夕陽②夕照③◻0

ゆうかしょうけん【有価証券】（名）〔經〕
有價證券。④

ゆうがすみ【夕霞】（名）晚霞。③

ゆうがぜ【夕風】（名）晚風；☆涼しい夕
風／涼爽的晚風。◻0

*ゆうがた【夕方】（名）傍晚；☆夕方友人
がたずねて来た／傍晚友人來訪。◻0

ゆうがとう【誘蛾灯】（名）（夜間放在田
地裏的）誘蛾燈。◻0

ユーカラ【蝦夷 yukar】（名）蝦夷族敘事
詩之一。◻0①

ユーカリ【eucalyptus】（名）〔植〕有
加利，桉樹。◻0

ゆうかん【夕刊】（名）晚報；☆夕刊を取
る／訂閱晚報；←ちょうかん（朝刊）◻0

ゆうかん【有閑】（形動ダ）①空閒，閒散
；☆有閑な生活を送る／過閒散的生活；
②生活寬裕而閒散；☆有閑マダム／有錢
有閒不事生產的太太；～かいきゅう【有
閑階級】（名）有閑階級。◻0

*ゆうかん【勇敢】（形動ダ）勇敢；☆勇敢
な少年／勇敢的少年；☆勇敢に戦う／勇
敢地戰鬥。◻0

ゆうき【有期】（名）有期；～こうさい【

有期公債】（名）（定期償還的）定期公
債；～ちょうえき【有期懲役】（名）有
期徒刑。①

ゆうき【有機】（名）有機；～てき【有機
的】（形動ダ）有機的；☆資本の有機的
構成／資本的有機構成；～ひりょう【有
機肥料】（名）〔農〕有機肥料；～ぶつ
【有機物】（名）有機物。①

*ゆうき【勇気】（名）勇氣；☆勇気を出す
／拿出勇氣來。①

ゆうぎ【友誼】（名）友誼，友情；☆友誼
を結ぶ／結交。①

ゆうぎ【遊技】（名）遊藝，遊戲，技藝；
～ば【遊技場】（名）（特指射擊遊戲的）
遊藝場。①

*ゆうぎ【遊戯】（名・自サ）遊戲；☆子供
が遊戯に興じる／小孩玩得很起勁。①

ゆうきゅう【有給】（名）有薪，有工資；
↔むきゅう（無給）；～きゅうか【有給
休暇】（名）不扣工資的假日。①

ゆうきゅう【悠久】（形動ダ）〔文〕悠久
；☆悠久なる歴史／悠久的歷史。①

ゆうきゅう【遊休】（名・自サ）〔文〕（
設備等）空閒，閒置；☆遊休の施設を活
用する／活用空閒着的設備；☆遊休資本
／未利用的資本，游資。◻0

ゆうきょう【遊興】（名・自サ）①玩樂，
②飲酒招妓玩樂；☆遊興に金を散ずる／
揮霍金錢飲酒玩樂。①◻0

ゆうぎり【夕霧】（名）晚霧；☆街灯が夕
霧にぼうっと霞んでいる／街燈在晚霧中
朦朧無光。◻0

ゆうぐう【優遇】（名・他サ）優遇，優待
；☆経験者を優遇する／對有經驗者給以
優厚待遇。◻0

ゆうぐもり【夕曇】（名）晚陰。◻0③

ゆうぐれ【夕暮れ】（名）黃昏，傍晚（＝
ゆうがた）；☆夕暮れの鐘／晚鐘。◻0

ゆうぐん【友軍】（名）友軍；☆友軍の到
着を待つ／等待友軍的到來。◻0①

ゆうげ【夕餉】（名）晚餐，晚飯；☆夕餉
の膳につく／吃晚飯。◻0

ゆうけい【有形】（名）〔文〕有形；～ざ
いさん【有形財産】（名）〔經〕有形財
産（動產，不動產）；～しほん【有形資
本】（名）〔經〕有形資本；～むけい【
有形無形】（連語・名）有形無形；☆有
形無形の援助／有形無形的援助。◻0

ゆうげい【遊芸】（名）遊藝，技藝（指茶

道、挿花、舞踊、音樂等）。①

ゆうげき【遊撃】（名）①游撃；☆遊撃する／打游撃；②〔棒球〕游撃手；〜しゅ【遊撃手】（名）〔棒球〕游撃手（＝ショートストップ）；〜せん【遊撃戦】（名）〔軍〕游撃戦；〜たい【遊撃隊】（名）〔軍〕游撃隊。⓪

ゆうげしき【夕景色】（名）晩景，夕景；☆美しい夕景色／美麗的晩景。③

ゆうけむり【夕煙】（名）晩飯的炊烟，晩烟。③

ゆうげん【有限】（名・形動ダ）有限；〜がいしゃ【有限会社】（名）〔經〕有限公司；〜せきにん【有限責任】（名）〔經〕有限責任。⓪

ゆうげん【幽玄】（名・形動ダ）①玄妙，奥妙；☆幽玄の思想／玄妙的思想；②（文藝作品的）言外的情趣，餘韻。⓪

ゆうけんしゃ【有権者】（名）①有權力者；②有權利的人；③有選擧權者。③

*ゆうこう【友好・友交】（名）友好，☆隣国と友好関係を結ぶ／與鄰國締結友好關係。⓪

ゆうこう【有功】（名）〔文〕有功；☆有功の賞／有功之賞。⓪

*ゆうこう【有効】（形動ダ）有效；☆夏休みを有効に過す／把暑假加以充分利用；☆有効な手段を講ずる／採取有效的手段。⓪

ゆうごう【融合】（名・自サ）①融合；②合併，聯合；☆二つの団体が融合して連合会をつくる／兩個團體聯合起來組成聯合會。⓪

ゆうこく【夕刻】（名）傍晩（＝くれがた、ゆうがた）；☆夕刻には帰宅するつもりです／打算傍晩回家。⓪

ゆうこく【憂国】（名）〔文〕憂國；☆憂国の士／憂國之士。⓪

ゆうこん【雄渾】（形動ダ）雄渾；☆雄渾な筆蹟／雄渾的筆跡。⓪

*ゆうざい【有罪】（名）有罪；☆有罪と認める／認為有罪。⓪

ゆうされば【夕されば】（連語）〔文〕一到傍晩（＝ゆうかたになると）。③

ゆうさん【有産】（名）有産；〜かいきゅう【有産階級】（名）資産階級（＝ブルジョアジー）；↔むさんかいきゅう（無産階級）。

ゆうし【有史】（名）〔文〕有史；☆有史以来の出来事（できごと）／史無前例的

事（件）。①

ゆうし【有志】（名）①志願，参加；②志願者，参加者；☆土地の有志／當地願意爲大家服務的人（們）；☆有志を募る／徴求志願参加者（報名）。①

ゆうし【勇士】（名）勇士；☆この川を泳ぎ渡る勇士はないか／誰有勇氣敢游過這條河。①

ゆうし【勇姿】（名）雄姿，英姿；☆馬上の勇姿／馬上的英姿。①

ゆうし【遊子】（名）〔文〕遊子；旅人流浪者。①

ゆうし【雄志】（名）〔文〕壯志，雄心；☆雄志を抱いて帰国する／抱着雄心回國①

ゆうし【雄姿】（名）雄姿；☆馬上の雄姿／馬上的雄姿。①

ゆうし【融資】（名・自サ）〔經〕通融資金；☆銀行から融資を受けて住宅を建てる／借得銀行的貸款建築住宅。①

ゆうしき【有識】（名）〔文〕有知識；有學識；☆有識の士／有識之士。⓪①

ゆうしゃ【勇者】（名）勇士。①

ゆうしゅう【有終】（名）〔文〕有終；☆有終の美をなす／貫徹到底。⓪

ゆうしゅう【幽囚】（名）〔文〕幽囚，囚犯。⓪

ゆうしゅう【憂愁】（名）〔文〕憂愁（＝うれい）；☆憂愁の雲に包まれる／一片憂愁氣氛。⓪

*ゆうしゅう【優秀】（形動ダ）優秀；☆優秀な成績／優秀的成績。⓪

ゆうじゅう【優柔】（名・形動ダ）①溫柔；②優柔寡斷；〜ふだん【優柔不断】（名・形動ダ）〔文〕優柔寡斷；☆優柔不断の政策／優柔寡斷的政策。⓪

ゆうしゅつ【湧出】（名・自サ）〔文〕湧出；☆石油が湧出する／石油湧出。⓪

ゆうじょ【遊女】（名）①〔古〕（驛站的）藝妓，歌女；②娼妓。①

ゆうしょう【有償】（名）〔法〕有代價；☆有償で土地を払い下げる／（政府）收取代價發放土地；☆有償で取得する／付出代價而取得；↔むしょう（無償）。⓪

ゆうしょう【勇将】（名）勇將；☆勇将の下に弱卒なし／強將手下無弱兵。⓪

*ゆうしょう【優勝】（名・自サ）優勝；☆コンクールで優勝する／在競賽中獲勝；〜カップ【優勝カップ】（名）優勝杯；〜き【優勝旗】（名）優勝旗。⓪

*ゆうじょう【友情】（名）友情；☆暖かい友情を寄せる／表示温暖的友情。⓪

*ゆうしょく【夕食】（名）晩飯；☆夕食をとる／吃晩飯。⓪

ゆうしょく【有色】（名）〔文〕有色；～じんしゅ【有色人種】（名）有色種族。

ゆうしょく【憂色】（名）〔文〕憂色；☆憂色の漂う顔／憂色滿面。⓪

ゆうしん【雄心】（名）〔文〕雄心；☆雄心ぼつぼつとして試合に臨む／雄心勃勃參加競賽。⓪③

ゆうじん【友人】（名）友人，朋友；☆友人とつき合う／與友人交往。⓪

ゆうしんろん【有神論】（名）〔宗〕有神論；↔むしんろん（無神論）。⓪

ゆうすう【有数】（形動ダ）屈指可數，有数；☆有数の学者／有数的學者。⓪

ゆうずう【融通】（名・他サ）①通融；☆金の融通をする／通融錢款；☆五千円ほど融通してほしい／希望通融我五千塊錢；②脳筋靈活，臨機應變；☆融通のきかない人／死腦筋的人；～てがた【融通手形】（名）〔經〕（代替借款契約的）遠期票據。⓪

ゆうず（づ）き【夕月】（名）傍晩的月亮；～よ【夕月夜】（名）有月亮的傍晚；只傍晚有月亮的夜晚。⓪

ゆうず（づ）くよ【夕月夜】（名）〔文〕＝ゆうずきよ。③

ゆうすずみ【夕涼み】（名・自サ）納晩涼，乘晩涼；☆縁側（えんがわ）で夕涼みをする／在廊下乘晚涼。③

ユースホステル【youth hostel】（名）（一種國際性非營業性的）青年招待所。④

ゆう・する【有する】（他サ）有；☆国民は選挙の権利と義務を有する／國民有選舉的權利和義務。③

ゆうせい【遊星】（名）〔文〕行星。⓪

ゆうせい【郵政】（名）郵政；～しょう【郵政省】（名）郵政部；～だいじん【郵政大臣】（名）郵政大臣。⓪

ゆうせい【優性】（名）優性；～いでん【優性遺伝】（名）〔生〕優性遺傳。⓪

ゆうせい【優勢】（名・形動ダ）優勢；☆優勢を占める／占優勢；☆優勢な敵を迎え討つ／迎擊優勢的敵人。⓪

ゆうぜい【有税】（名）有税；～ひん【有税品】（名）有税品。⓪

ゆうぜい【郵税】（名）郵資，郵費；☆郵税不足／（郵件）欠資。⓪

ゆうぜい【遊説】（名・自サ）①遊說；☆彼は一軒毎に遊說して歩いた／他一家一家的去遊說；②（政黨爲了競選）到各地演說。⓪

ゆうせいおん【有声音】（名）〔語言〕有聲音（聲帶振動的發音）。③

ゆうせいがく【優生学】（名）優生學。③

ゆうせん【有線】（名）有線；～でんわ【有線電話】（名）有線電話；～ほうそう【有線放送】（名）有線廣播。⓪①

ゆうせん【勇戦】（名・自サ）奮勇戰鬥⓪

*ゆうせん【優先】（名・自サ）優先；☆抽籤にあたっては前回の落選者を優先させる／抽籤時讓上次落選者先抽；～けん【優先権】（名）〔法〕優先權；～てき【優先的】（形動ダ）優先的；☆関係者を優先的に入れる／先讓有關者進入。⓪

ゆうぜん（ぞめ）【友禅（染）】（名）染上花鳥、草木、山水等花紋的一種綢子⓪

ゆうぜん【油然】（形動タルト）〔文〕油然。⓪

ゆうぜん【悠然】（副・形動タルト）閑静，從容不迫☆時間が迫っても悠然と構えている／盡管時間緊迫還是不慌不忙⓪③

ゆうそう【勇壮】（形動ダ）勇敢雄壯；☆勇壮活発な音楽／雄壯快活的音樂。⓪

ゆうそう【郵送】（名）郵寄；☆原稿を郵送する／郵寄原稿。⓪

ゆうしょく【有職】（名）〔文〕①有識之士，學者；②精通掌故的人；～か【有職家】（名）精通掌故者。①

ユーターン【U-turn】（名・自他サ）（汽車）廻轉；☆ユーターン禁止／禁止廻轉。③

ゆうたい【勇退】（名・自サ）主動辭去（官職等）；☆停年になって勇退する／到退休年齡辭職。⓪

ゆうたい【優待】（名・他サ）優待；☆読者を優待する／優待讀者。⓪

ゆうだい【雄大】（形動ダ）雄偉；☆雄大な眺め／雄壯的景致。⓪

*ゆうだち【夕立】（名）（夏日傍晩下的）驟雨；☆山で夕立に会う／在山上遇上驟雨。⓪

ゆうだん【勇断】（名・他サ）勇斷，果決；☆危機に直面しているので勇断を待つ／面臨危機需要立斷。⓪

ゆうだんしゃ【有段者】（名）有段者〔武

術、圍碁、將碁等按技術高低分爲若干等級（稱做「段」，「有段者」即技術達到初級以上的人）。[3]

ゆうち【誘致】（名・他サ）〔文〕①招來，誘致；☆観光客を誘致する／誘致遊覧旅客；②招致，導致；☆事業の失敗を誘致する／導致事業失敗。[1]

ゆうちょう【悠長】（形動ダ）漫長；慢騰騰，不慌不忙，穩静；☆悠長なことを言っている時ではない／沒工夫談那些遠話；現在顧不了那麼多；☆悠長に構える／從容不迫。[1]

ゆうてん【融点】（名）〔理〕融點；☆融点の高い物質／融點高的物質。[1]

ゆうとう【遊蕩】（名・自他サ）放蕩，荒唐；沉湎於酒色；☆遊蕩に耽ける／沉湎於酒色。[0]

*ゆうとう【優等】（名）優等；☆優等の成績を収める／取得優等成績。[0]

*ゆうどう【誘導】（名・他サ）①誘導，導致；☆罹災者（ひさいしゃ）を安全な場所に誘導する／把受災者領到安全場所；②〔理〕誘導；~たい【誘導体】（名）〔理〕誘導體。[0]

ゆうどうえんぼく【遊動円木】（名）〔運動〕浪木。[5]

ゆうとく【有徳】（形動ダ）〔文〕有徳；☆有徳の（な）人／有徳之人。[1][0]

ゆうどく【有毒】（形動ダ）有毒；☆有毒の植物／有毒植物；☆この薬は人間に有毒だ／這個藥對人有毒。[0]

ユートピア【Utopia】（名）烏托邦，理想國。[3]

ゆうなぎ【凪風】（名）傍晩海上風平浪静。[0]

ゆうなみ【夕波】（名）傍晩起的波浪；~ちどり【夕波千鳥】（名）〔古〕傍晩在海波上飛翔的千鳥。[0]

ゆうなり【言うなり】（名）按照說的那樣（＝いいなり）；☆人の言うなりに動く／當旁人的傀儡。[0]

ゆうに【優に】（副）①〔文〕安詳，文雅；☆優にやさしい姿／安詳而溫柔的姿態；②足够，足有，十足；☆身長は六尺は優にある／身長足有六尺；☆その点では優に大工場と太刀打できる／在那一點上滿能和大工廠較量個上下。[1]

ゆうのう【有能】（形動ダ）有能力，有才能；☆有能の士を集める／集聚幹才。[0]

ゆうはい【有配】（名）〔經〕有紅利；☆有配の株／能分紅的股票。[0]

ゆうばえ【夕映】（名）晩霞，火燒雲；☆夕映の空／有晩霞的天空。[0]

ゆうはつ【誘発】（名・他サ）〔文〕引起；☆余病を誘発する／引起併發症。[0]

ゆうはん【夕飯】（名）晩飯；☆夕飯をたべる／吃晩飯。[0]

ゆうひ【夕日・夕陽】（名）夕陽，夕照；☆この部屋（へや）は夕日がさして暑い／這個屋子西照日頭曬得熱；☆夕日を浴びて帰る／傍晚歸來。[0]

ゆうび【優美】（形動ダ）優美；☆優美な曲線／優美的曲線。[1][0]

*ゆうびん【郵便】（名）郵政，郵件；☆郵便で送る／郵寄；☆郵便を出す／寄信；☆郵便が来る／來信；~かわせ【郵便為替】（名）郵匯；~きって【郵便切手】（名）郵票；~きょく【郵便局】（名）郵局；~きょくいん【郵便局員】（名）郵務員；~はいたつ【郵便配達】（名）郵差；~ばこ【郵便箱】（名）信箱；~ばんごう【郵便番号】（名）郵遞區號；~やさん【郵便屋さん】〔俗〕郵差先生；~りょう【郵便料】（名）郵費。[0]

ユーフォー【UFO】（名）飛碟，不明飛行物體，幽浮。[1]

ゆうふく【裕福】（形動ダ）富裕；☆裕福な暮らし／富裕的生活。[1]

ゆうぶつ【尤物】（名）〔文〕①尤物；②美人；☆あの店のマダムはなかなかの尤物だ／那個舖子的老闆娘漂亮得很。[0]

ゆうべ【夕べ】①傍晩；☆秋の夕べ／秋天的傍晩；②晩會；☆音楽の夕べ／音樂晩會。[3][0]

ゆうべ【昨夜】（名・副）昨夜，昨晩；☆昨夜寝てから地震があった／昨夜睡下以後地震了。[3]

ゆうへい【幽閉】（名・他サ）〔文〕幽囚，禁閉；☆牢屋に幽閉される／被囚（關）在監獄裏。[0]

*ゆうべん【雄弁】（名・形動ダ）雄辯；☆雄弁を振るう／高談闊論；☆事実が雄弁に物語る／事實勝於雄辯。[0][1]

ゆうほ【遊歩】（名・自サ）〔文〕散步；☆遊歩道路／散步道路。[0]

ゆうほう【友邦】（名）〔文〕友邦；兄弟國家。[0]

ゆうぼう【有望】（形動ダ）有（希）望；

☆有望な青年／（前途）有希望的青年
有望視される／被認爲有希望。[0]

ゆうぼく【遊牧】（名・自サ）遊牧；☆遊
牧の民／遊牧民。[0]

ゆうまぐれ【夕間暮れ】（名）=ゆうぐれ[3]

ゆうみん【遊民】（名）〔文〕（無業的）
遊民。[0]

*ゆうめい【有名】（形動ダ）有名，著名；
☆有名な作家／有名的作家；☆一躍有名
になる／一躍成名；～むじつ【有名無
実】（形動ダ）有名無實；☆その条約は
今や有名無実となった／那個條約已經成
爲有名無實了。[0]

ゆうめい【勇名】（名）〔文〕勇敢的名聲
，威名；☆勇名を轟かせた将軍／威名遠
震的将軍。[0]

ゆうめし【夕飯】（名）晩飯；☆夕飯を御
馳走になる／被招待晩餐。[0]

*ユーモア【humour】（名）幽默，滑稽，
詼諧；☆ユーモアに富んだ小説／富於幽
默的小説。[1]

ゆうもう【勇猛】（形動ダ）勇猛；☆勇猛
な（の）将軍／勇猛的將軍。[0]

ゆうもや【夕靄】（名）晩霧。[0]

ユーモラス【humorous】（形動ダ）滑稽
，幽默；☆ユーモラスな文章／幽默的文
章。[1]

ユーモリスト【humorist】（名）①諷刺
家，詼諧家；②幽默作家。[4]

ユーモレスク【法 humoresque】（名）
〔樂〕滑稽調，詼諧曲。[4]

ゆうもん【幽門】（名）〔解〕幽門。[1]

*ゆうやく【勇躍】（名・副・自サ）踊躍；
☆勇躍して敵地に向かう／踊躍奔向敵陣
；☆平和サインに勇躍参加する／踊躍參
加和平簽名。[0]

*ゆうやけ【夕焼け】（名・自サ）晩霞；☆夕
焼けの空／有晩霞的天空。[0]

ゆうやみ【夕闇】（名）薄暮；☆夕闇が迫
る／快要天黑。[0]

ゆうゆう【悠悠】（形動タルト）①悠然，
從容不迫，不慌不忙；☆悠々歩いて行く
／不慌不忙地走去；②悠久，悠遠；☆悠
々たるかな天地／悠悠哉天地；～じてる
【悠悠自適】（連語・名・自サ）悠閑自
得。[3]

ゆうよ【有余】（造語）〔文〕有餘；☆一
年有余の歳月が流れた／一年多的歳月過
去了。

*ゆうよ【猶予】（名・自サ）①猶豫；☆猶
予している場合ではない／不是猶豫的時
候，②延期，緩期；緩刑；☆十日間の猶
予を与える／准許緩期十天；☆刑の執行
を猶予する／緩期執刑。[1]

ゆうよう【有用】（形動ダ）有用；☆有用
なもの／有用的東西。[0]

ゆうよう【悠揚】（形動タルト）從容不迫
，泰然自若；☆悠揚（として）迫らぬ態
度／從容不迫的態度。[0]

ユーラシア【Eurasia】（名）〔地〕歐亞
洲。[3]

ゆうらん【遊覧】（名・自サ）遊覧；☆名
所旧蹟を遊覧する／遊覧名勝古蹟；～き
ゃく【遊覧客】（名）遊覧客；～バス【
遊覧バス】（名）遊覧車。[0]

*ゆうり【有利】（形動ダ）有利；☆有利な
立場に立つ／站在有利的立場。[1]

ゆうり【遊里】（名）〔文〕花街柳巷。[1]

ゆうり【遊離】（名・自サ）①〔理〕遊離
；②離開，脱離；☆大衆から遊離した文
学／脱離大衆的文學。[1]

ゆうりすう【有理数】（名）〔數〕有理數[3]

ゆうりゃく【雄略】（名）〔文〕雄略。[0]

ゆうりょ【憂慮】（名・他）憂慮；☆前途
が憂慮される／前途堪慮；☆憂慮すべき
事態／可慮的局勢。[1]

ゆうりょう【有料】（名）收費；☆有料の
施設／收費的設施；☆見物は有料か無料
か／觀物收費不收費？[0]

ゆうりょう【優良】（形動ダ）優良；☆優
良な成績を収める／獲得優良成績。[0]

*ゆうりょく【有力】（形動ダ）有力；☆有
力な反証をあげる／舉出有力的反證。[0]

*ゆうれい【幽霊】（名）〔迷信〕幽魂，鬼
魂；亡靈；☆幽霊が出る／鬧鬼；～がい
しゃ【幽霊会社】（名）（組織不健全，
資金貧乏的）有名無實的公司，皮包公司
；～じんこう【幽霊人口】（名）實際不
存在的人口，虛報的人口；～やしき【幽
霊屋敷】（名）〔迷信〕鬧鬼的房子。[1]

ゆうれき【遊歴】（名・他サ）遊歴；☆諸
国を遊歴する／遊歴各國。[0]

ゆうれつ【優劣】（名）優劣；☆どちらも
立派で優劣をつけられない／雙方都好不
分優劣。[1] [0]

ゆうわ【融和】（名・自サ）融洽；和睦；☆
両国の融和を図る／設法促進兩國友好[0]

*ゆうわく【誘惑】（名・他サ）誘惑。[0]

*ゆえ【故】Ⅰ（名）①故，理由（＝わけ，よし）；☆故なき侮辱を受ける／無故受辱；☆故なくして欠席するな／不得無故缺席；②（某種）情形；☆故あって家を出る／因故離開家庭；Ⅱ（接助）（接在體言下表示理由）因爲（＝のため，だから）；☆これも幼い子供故とお許しください／這都因他是一個年幼的孩子，請你所原諒。②

ゆえあり・げ【故有りげ】（形動ダ）似乎有什麼理由；☆故ありげなことば／耐人尋味的話。

ゆえつ【愉悦】（名・自サ）〔文〕愉快，喜悦；☆愉悦を感ずる／感到喜悦。⓪

ゆえなく（して）【故無く（して）】（連語）〔文〕無故；☆故無くして欠席する／無故缺席。

ゆえに【故に】（接）（因爲…）所以（＝だから）；☆それは一種の不合理な学説だ，故に批判しなければならない／那是一種錯誤學説，所以必須加以批判。②

ゆえん【所以】（名）〔（ゆえ）的轉化〕①原因；②理由；☆私の結婚しない所以はここにある／這就是我不結婚的理由⓪

ゆえん【油煙】（名）油烟；☆油煙で天井が黒くなる／頂棚被油烟燻黑了。⓪

*ゆか【床】（名）地板；☆床を張る／舗地板；～たいそう【床体操】（名）〔體操〕地板。⓪

ゆが【梵 Yoga＝瑜珈】（名）〔佛〕瑜珈①

*ゆかい【愉快】（形動ダ）愉快；☆愉快な（の）一日を送る／度過愉快的一天。①

ゆかいた【床板】（名）地板；☆床板を張る／舗地板。⓪

ゆかうえ【床上】（名）地板上；☆床上に浸水する／水浸到地板上。⓪

ゆが・く〔烹飪〕爲除菜的澀味用開水泡②

ゆかし・い【床しい】（形）①令人懷念的，令人眷戀的；☆彼は何となく床しい人だ／他是一個令人懷念的人；②津津誘人的；☆床しい物語／誘人的故事；図ゆかし（形シク）；～が・る（他五）懷念，眷慕；～さ③

ゆかした【床下】（名）地板下面。⓪

ゆかた【浴衣】（名）夏季穿的單衣。⓪

ゆがみ【歪】（名）歪斜，歪曲；☆家が古くなって柱にゆがみを生じた／房子舊了柱子歪了。⓪

*ゆが・む【歪む】Ⅰ（自五）斜，歪，扭歪；☆歪んだ顔／不端正的臉；☆カラーが歪んでいる／硬領歪著；☆心が歪んでいる／心眼歪，心地不正；Ⅱ（他下二）〔文〕→ゆがめる。⓪

ゆが・める【歪める】（他下一）使歪扭，歪曲；☆事実を歪める／歪曲事實；図ゆがむ（下二）。⓪

ゆかり【縁】（名）因緣，關係；☆彼とはちょっとした縁がある／和他有過一面之緣；☆あれは私には縁もゆかりもない人だ／他和我沒有任何關係。⓪

ゆかん【湯灌】（名）〔佛〕（死人入殮以前用熱水）擦淨身體。①⓪

*ゆき【行（き）】（名）去；↔かえり；☆行きの切符だけ買う／只買要去的車票；☆東京行の汽車／開往東京的火車；☆行きは船で帰りは汽車にする／去時坐船，回頭坐火車；◇行き大名の帰り乞食／（旅行時）去時擺闊貴回頭賣空如洗。⓪

*ゆき【雪】（名）①雪；☆雪が降る／下雪；☆雪は豊年の瑞（しるし）／雪兆豐年；②〔喩〕白髮；③雪白，潔白；☆雪の肌／雪白的肌膚。②

ゆきあ・う【行き合う】（自五）遇上，碰見；☆途中で先生に行き合った／在途中遇見了老師。③

ゆきあかり【雪明り】（名）因積雪反射而亮；☆雪明りの道／夜間借雪光照亮了的道。③

ゆきあそび【雪遊び】（名・自サ）①玩雪；②用雪作遊戯。③

ゆきあたり【行き当り】（名）道的盡頭（＝つきあたり）。⓪

ゆきあたりばったり【行き当たりばったり】（連語・名）〔俗〕沒有準則，漫無計劃，遇事現打主意；☆行き当たりばったりのやり方では成功がおぼつかない／漫無計劃的幹法恐難成功。⑧

ゆきあた・る【行き当たる】（自五）①走而碰到，走到盡頭；☆塀に行き当たる／迎面一道牆攔住去路；②不能前進，不能進展；☆原稿を書いていて行き当たってしまった／稿子寫到中途寫不下去了。④

ゆきうさぎ【雪兎】（名）用雪作的兎子③

ゆきおれ【雪折】（名・自サ）樹枝被積雪壓折。⓪④

ゆきおろし【雪下し】（名・自サ）①飄雪的風；②打掃屋頂的雪；☆屋根に登って雪下しをする／上房頂打掃雪。③

ゆきおんな【雪女】（名）〔迷信〕白衣女妖（雪多地方的傳說）。③

ゆきか・う【行き交う】（自五）往來；☆町は行き交う人々でごった返している／街上來往行人很亂。③

ゆきかえり【行返り】（名）往返；☆学校の行返りに電車を利用する／往返學校利用電車。③⓪

ゆきかえ・る【行き返る】（自五）往返③

ゆきかかり【行き掛かり】（名）①臨走（＝ゆきがけ）；②〔經過、進展的〕情形；☆行き掛かり上、中止するわけには行かない／已經到這般地步無法再中止了；☆妙な行き掛かりで交際しなくなった／由於一個偶然的情況斷絕了往來。⓪

ゆきかか・る【行き掛かる】（自五）①開始走；☆行き掛かった時、呼び止められた／剛要走被吆喚住了；②走過，通過；☆交番の前を行き掛かったら呼び止められた／走過派出所前面時被喚住了。④

ゆきかき【雪掻き】（名）杷雪；雪杷子；☆雪掻で道をあける／用雪杷杷開一條道④③

ゆきがけ【行き掛け】（名）順道，就便；☆行き掛けに手紙をポストに入れてください／請順便把信給我扔信筒裏；◇行き掛けの駄賃①馬駄子臨去取貨時捎胸所賺的錢；②〔喻〕順便兼辦別的事。⓪

ゆきかた【行き方】（名）走法；☆そういう行き方では遠まわりになる／那樣走法繞遠；②辦法，方法；☆行き方を変える／改變方法。⓪

ゆきがっせん【雪合戦】（名）打雪仗，投雪球玩。③

*ゆきき【行き来・往き来】（名）①往返；☆学校の行き来に道草を食う／上下學時在途中閒逛；②往來，交往；☆彼とは今は行き来をしていない／現在和他不來往。③②

ゆきぐに【雪国】（名）多雪地方。②

ゆきく・れる【行き暮れる】（自下一）走到天黑；☆行き暮れた旅人に宿を貸す／天黑留宿路的旅人住宿。④

ゆきげ【雪消】（名）雪融。⓪③

ゆきげしき【雪景色】（名）雪景；☆山の壮大な雪景色／山上的雄大雪景。③

ゆきさき【行き先】（名）去的地方，目的地；☆行き先を言わずに出かけた／沒說往哪去就出去了。⓪

ゆきすぎ【行き過ぎ】（名）①〔ゆきすぎる〕的名詞形；②過度，過火；☆行き過ぎの措置／過火的措施。⓪

ゆきす・ぎる【行き過ぎる】（自上一）①通過，經過；☆自動車が家の前を行きすぎる／汽車開過家門口；②走過去；☆行きすぎて終点まで来る／坐過站坐到終點站；③過度，過火；☆行きすぎた事をした／做了過火的事情；☆行き過ぎることのないように注意する／做事注意不走極端。④

ゆきずり【行きずり】（名）走錯過去，迎面錯過；☆行きずりの人／迎面錯過的人；偶然過路的人。⓪

ゆきぞら【雪空】（名）要下雪的天空。③

ゆきだおれ【行き倒れ】（名）路倒。⓪

ゆきだるま【雪達磨】（名）雪人；☆雪達磨を作る／做雪人。③

ゆきちがい【行き違い】（名）①相左，走岔開（中途沒能遇上）；☆二人が行き違いになった／兩個人走岔開沒碰上頭；②（聯繫等）弄錯，發生齟齬；☆言葉の行き違いから喧嘩になった／由於話不投機打起來了；☆二人の間に行き違いがあったらしい／二人之間似乎發生了齟齬。⓪

ゆきちが・う（自五）①（二人）相左，走岔開（未能遇上）；②（聯繫等）搞錯；☆連絡不十分ですっかり行き違ってしまった／因為連繫得不夠把事情完全搞錯④

*ゆきず（づ）まり【行き詰り】（名）①盡頭；☆行き詰りに来てしまった／走到了盡頭；②停滯，停頓；僵局；☆行き詰りを打開する／打開僵局。⓪

*ゆきず（づ）ま・る【行き詰まる】（自五）①走到盡頭，走不過去，行不通；☆袋小路にはいって行き詰まる／走到死胡同裏；☆行き詰まった共産主義／窮途末路的共産主義；②停滯，停頓；陷入僵局；☆事業が行き詰まる／事業停頓。④

ゆきどけ【雪解】（名）雪融（時期）☆山の雪解が始まる／山上的雪開始融化④⓪

ゆきとど・く【行き届く】（自五）周到，徹底；☆行き届きませんで申し訳がありません／我做得很不周到請你原諒；☆家の修繕が行き届いている／房子修理得很徹底；☆行き届いた看病／無微不至的護理。④

*ゆきどまり【行き止まり】（名）①走到盡頭，走不過去；☆ここで行き止まりになっている／從這往前走不過去；②盡頭，

極點，終點。◯

ゆきなげ【雪投げ】（名）雪球戰（＝ゆき
がっせん）。④③

ゆきなだれ【雪崩れ】（名）積雪崩頽。③

ゆきなやみ【行き悩み】（名）停頓，擱淺
；☆目下行き悩みの状態だ／目下處於停
頓狀態。◯

ゆきなや・む【行き悩む】（自五）難以進
展，停頓，擱淺；☆交渉はあらゆる方面
で行き悩んでいる／交渉的各個方面都陷
入停頓；☆その仕事は資金不足の為行き
悩んでいる／那個工作因資金不足陷於停
頓。④

ゆきのした【雪の下】（名）〔植〕虎耳草③

ゆきば【行き場】（名）去處，☆行き場が
ない／沒處可去；沒有投奔的地方。◯

ゆきはだ【雪肌・雪膚】（名）①雪面，積
雪的表面；②雪白的肌膚，美人的肌膚◯

ゆきふり【雪降り】（名）下雪；☆雪降り
の朝／下雪的早晨。④③

ゆきま【雪間】（名）①雪停息的當兒；②
雪化的地方；☆雪間に顔を出す草の芽／
在雪化的地方露頭的草的嫩芽。③◯

ゆきみち【雪道・雪路】（名）雪道。②

ゆきむすめ【雪娘】（名）〔迷信〕白衣女
妖（多雪地方的傳說）。③

ゆきもどり【行き戻り】（名・自サ）①往
返，來回；②返回；③離婚後回娘家的女
子（＝でもどり）。◯

ゆきもよい【雪催い】（名）天陰得要下雪的
樣子；☆雪催いの空／要下雪的陰暗天空③

ゆきもよう【雪模様】（名）要下雪的樣子◯

ゆきやけ【雪焼け】（名・自サ）凍瘡（＝し
もやけ）②因雪反射陽光皮膚曬黑；☆スキ
ーで雪焼けする／因滑雪把皮膚曬黑④◯

ゆきやなぎ【雪柳】（名）〔植〕珍珠花③

ゆきやま【雪山】（名）雪山。◯

ゆきわた・る【行き渡る】（自五）普及，
☆文化が全国に行き渡る／文化普及全國
；☆日の光が隅々まで行き渡る／陽光普
照各個角落。④

ゆきわりそう【雪割草】（名）〔植〕猯耳
細辛。◯

**ゆ・く【行く】Ⅰ（自五）①去，往；☆学校
に行く／到學校去；☆東京へ行く／往東
京去；☆行く人、来る人／去的人，來的
人；②行，走；☆道を顔をして行く／走路的
人；③經過，走過；☆家の前を大勢（おお
ぜい）の小学生が行く／有很多小學生由

房前走過去；☆物売りはもう行ってしま
った／賣東西的人已經走過去了；☆行く
雁／飛過的雁；④（道路）通向，達到；
☆町へ行く道／通向城市的道路；⑤做，
搞；☆私ならそうはしないでこう行く／
若是我就不那麼做而這麼做；⑥（事物）
進行，進展；☆仕事がうまく行く／工作
順利進展；☆思うように行かない／不能
順利進展；☆仕事のはかが行く／工作進
展；☆そこまで行くと後は楽だ／進行到
那種程度以後就容易了；⑦（感到）滿足
；☆納得（なっとく）が行かぬ／不理解
，不明白；⑧成長；☆年の行かない子供
／年紀幼小的孩子；☆年端（としは）も
行かぬ／年歲很小，年輕輕的；⑨（用於
否定）表示不可；☆そうは行かぬ／那可
不行；⑩出嫁；☆娘の行った先／女兒出
嫁的人家（婆家）；☆嫁に行く／出嫁；
⑪（年，月）過去，逝去；☆行く春／即
將過去的春天；☆行く年を送る／辭歲；
⑫（水）流，流逝；☆行く水／流逝的水
；⑬就讀；上學；☆公立高校に行ってい
る／在公立高中上學；Ⅱ（補動・五）①
表示繼續，進行；☆やって行くうちに分
かる／在繼續做下去的中間會明白的；☆
暮らして行く／生活下去；②表示逐漸變
化；☆水がきれいになって行く／水逐漸
澄清起來。◯

ゆく【逝く】（自五）逝世，死去。◯

ゆくえ【行方】（名）①去向；☆行方も定
めず歩く／信步而行；②下落，行踪；☆
行方がわからない／下落不明；③前途，
將來；☆行方は多難だ／前途多難。◯

ゆくさき【行先】（名）①去處，目的地；
☆行先を言わずに出かけた／沒說去處就
出去了；②前途，將來；☆この子の行先
が心配です／這個孩子的前途令人擔心◯

ゆくすえ【行く末】（名）將來，前途；☆こ
の子の行末が案じられる／這個孩子的將
來令人擔心。◯

ゆくて【行く手】（名）前方，前途；☆行
く手に赤ランプが見える／前面有紅燈；
☆行く手は多難だ／前途多難。③◯

ゆくとし【行く年】（名）即將過去的年；
☆行く年を送る／辭歲。

ゆくゆく【行く行く】（副）將來，末了（
＝ついには）；☆行く行くは一緒にして
やろう／將來我是打算讓他倆結婚的。

ゆくりなく（も）（副）〔文〕意外，突然

，偶然（＝おもいがけなく）；☆ゆくり
なく（も）旧友に会う／偶然遇見舊友④

*ゆげ【湯気】（名）①水蒸氣，熱氣；☆湯
気が立つ／冒熱氣；②（熱氣凝結的）水
珠；◇湯気を立てて怒る／衝冠大怒。①

ゆけつ【輸血】（名・自サ）〔醫〕輸血；
☆患者に輸血（を）する／給病人輸血①

ゆ・ける【行ける】（自下一）（俗）能去
；☆こちらの道からも行ける／從這條路
也能去。⓪

ゆさぶ・る【揺さ振る】（他五）搖動，搖
晃；☆木を揺さぶって実を落とす／搖掉
樹上果實。⓪

ゆさぶ・れる（自下一）振動，搖動（＝ゆ
すぶれる）。⓪

ゆざまし【湯冷し】（名）冷開水，白開水
；☆ゆざましを飲む／喝冷開水。②

ゆざめ【湯冷め】（名・自サ）洗澡後身上
覺冷。③

ゆさゆさ（副・自サ）搖擺貌；☆木の大枝が
風でゆさゆさ揺れる／大樹枝因風搖動①

ゆさん【遊山】（名）①遊山；②出去玩；
③解悶，消遣（＝きばらし）；☆遊山に
出かける／出去消遣。①

ゆし【油脂】（名）油脂，脂肪。①

*ゆしゅつ【輸出】（名・他サ）輸出，出口
；～しょう【輸出商】（名）出口商；～
ぜい【輸出税】（名）出口税；～せんこ
うトーマスしんようじょうほうしき【輸
出先行トーマス信用状方式】（連語・名）
先出後進托馬斯信用狀方式（＝トーマス
）；～ちょうか【輸出超過】（連語・名）
出超；～ひん【輸出品】（名）出口品；
～ぼうえき【輸出貿易】（名）出口貿易⓪

ゆしゅつにゅう【輸出入】（名）進出口；
☆輸出入を制限する／限制進出口。③

ゆず【柚子】（名）〔植〕柚子。①

ゆす・ぐ【濯ぐ】（他五）洗濯，洗刷，漱
；☆着物を濯ぐ／清洗衣服；☆口を濯ぐ
／漱口。⓪

ゆず（づ）け【湯漬】（名）開水泡飯；☆湯漬を
食べる／吃開水泡飯。③⓪

ゆすぶ・る【揺す振る】（他五）搖動，搖
晃；震撼；☆木を揺す振る／搖晃樹；☆
この作品は人の心を揺すぶるものがある
／這個作品有動人心靈之處；☆この発明
は工業界を根底から揺す振った／這個發
明使整個工業界為之動搖。⓪

ゆすぶ・れる【揺す振れる】（自下一）＝

ゆさぶれる。⓪

ゆすら（うめ）【山桜桃】（名）〔植〕山
櫻桃。③

ゆすり【揺すり】（名）搖動；☆揺すりが
足りない／搖得不夠勁。⓪

ゆすり【強請】（名）敲詐（者），勒索（
者）；☆強請に会って金をまき上げられ
る／被人敲詐了金錢。⓪

ゆずり【譲り】（名）讓開，讓給；遺留；
繼承；☆親譲りの田地／父親遺留下來的
田地；～う・ける【譲り受ける】（他下
一）承受；☆財産を譲り受ける／承受財
産；～わた・す【譲り渡す】（他五）出
讓，讓與。⓪

ゆずりは【讓葉】（名）〔植〕交讓木（按
日俗用於新年裝飾）。③

ゆす・る【揺する】（他五）①搖撼，搖動
；☆木の実を揺すって落とす／搖落樹上
果實；②敲詐；☆悪友に揺すられる／被
壞朋友敲竹槓。⓪

*ゆず・る【譲る】（他五）①讓給，傳給；
☆財産を子供に譲る／把財産傳給兒女；
②賣給；☆友人に安く譲る／廉價賣給朋
友；③尊讓，謙讓；☆道を譲る／讓路；
☆互に席を譲る／互相讓座；④讓步；☆
私の条件は一歩も譲らない／我的條件一
步也不讓；☆人の意見に譲る／對旁人意
見讓步；⑤延（期）；☆交渉は後日に譲
る／談判改日舉行；☆誰にも譲らない／
不落後於任何人。⓪

ゆせい【油井】（名）石油井。⓪

ゆせい【油性】（名）油性，油質；☆油性
の注射液／油質注射藥。⓪

ゆせん【湯煎】（名・他サ）（裝在容器內）
放進開水裏煮。②

ゆそう【油送】（名）運輸石油；～せん【
油送船・油槽船】（名）油船；～パイプ
【油送 pipe】（名）輸油管。⓪

*ゆそう【輸送】（名・他サ）輸送；☆食糧
を輸送する／輸送食糧。⓪

ゆたか【豊か】（形動ダ）①豊富，富裕；
☆豊かな才能／豊富的才能；☆豊かに暮
らしている／（生活）過得富裕；②豊
盈；☆豊かな曲線を描く／形成豊盈的曲
線。①

ゆだき【湯炊】（名・他サ）〔烹飪〕用開
水煮飯。⓪

ゆたけ・し【豊けし】（形ク）〔文〕①豊
富；②富裕；③繁盛，美好。②③

ゆだね・る【委ねる】（他下一）①委（＝まかせる）；☆全権を委ねる／委以全權；②獻（身）；☆教育に身を委ねる／獻身於教育；図ゆだね（下二）。

ゆだま【湯玉】（名）①翻開的水花；②滾開的熱水。③

ユダヤ【德Jadäa】（名）猶太；〜きょう【猶太教】（名）猶太教。①

ゆだ・る【茹る】（自五）煑，燉，☆野菜がゆだったら調味料を入れる／荣煑好了放佐料。②

*ゆだん【油断】（名・自サ）疏忽大意；☆人の油断に乗ずる／乗別人疏忽大意；☆あの人には油断をするな／對他要提高警覺；◇油断大敵（たいてき）／千萬不可疏忽大意。⓪

ゆたんぽ【湯湯婆】（名）湯婆，熱水袋；☆湯湯婆を入れて寝る／（被裏）放熱水袋睡。②

ゆちゃ【湯茶】（名）開水和茶；☆湯茶の接待（せったい）をする／用茶水招待。①

ゆちゃく【癒着】（名・自サ）〔醫〕黏連，黏合，癒着；☆火傷（やけど）で手の指が癒着する／因火傷手指黏連。⓪

*ゆっくり（副・自サ）①慢，不着急；☆御飯をゆっくり食べる／慢慢地吃飯；②舒適；☆ゆっくり一晩休む／舒舒服服地睡一夜；③充分，充裕；☆今からでもゆっくり時間がある／從現在起還有許多時間（滿來得及）。③

ゆったり（副・自サ）舒適，寬敞；☆ゆったりした椅子に腰かける／坐在寬敞的椅子上；☆温泉に入ってゆったりした気分になる／洗溫泉覺得心情舒暢。③

ゆつぼ【湯壺】（名）（溫泉的）熱水池①

ゆであ・る【茹で上がる】（自五）（用白水）煑好；☆野菜が茹で上がる／把青菜用水煑好。⓪④

ゆでこぼ・す【茹で溢す】（他五）煑去汁液。⓪

ゆでだこ【茹蛸】（名）①煑熟的章魚；②〔喻〕（沐浴後或醉後）渾身發紅。③

ゆでたまご【茹卵・茹玉子】（名）煑鷄蛋③④

ゆでまめ【茹豆】（名）煑毛豆。

ゆ・でる【茹でる】（他下一）（用白水）煑，燙；☆野菜を茹でる／煑菜，図ゆづ（下二）。②

ゆでん【油田】（名）〔礦〕油田。⓪

ゆど【油土】（名）（作彫刻等原型用的）和油黏土。①

ゆどうふ【湯豆腐】（名）〔烹飪〕燙豆腐②

ゆどおし【湯通し】（名・他サ）（布等）用溫水浸，過水（以防抽縮）；☆湯通しした生地（きじ）／過水的布料。②

めどの【湯殿】（名）洗澡間，浴室。③

*ゆとり（名）寛裕，餘裕；☆ゆとりのある生活／寛裕的生活；☆部屋にはまだゆとりがある／屋裏還有餘地；☆予算にゆとりを取っておく／寛裕編造預算。⓪

ゆに【湯煮】（名・他サ）用熱水煑。

ユニーク【法・英 unique】（形動ダ）獨特，唯一；☆ユニークな表現／獨特的表現。⓪

ユニオン【union】（名）①結合，聯合；同盟，聯盟；②公會，協會；③工會；④聯邦；☆消費者ユニオン／消費者聯盟①

ユニオンジャック【Union Jack】（名）英國國旗。⑤

ユニセフ【UNICEF】（名）聯合國國際兒童緊急基金。①

ユニット【unit】（名）①單位；一個；☆ユニット家具／系列傢俱，（依照一系列規格製造的種種傢俱，因此可以單獨用也可以組合起來用）；②〔數〕單位數；③（軍國的）部隊。①

ユニバーシアード【universiade】國際大學生運動比賽。

ユニフォーム【uniform】（名）①制服；☆看護婦のユニフォーム／護士的制服；②（全穿一樣的）運動服。③

*ゆにゅう【輸入】（名・他サ）輸入，進口；〜ぜい【輸入稅】（名）進口稅；〜せんこうトーマスしんようじょうほうしき【輸入先行トーマス信用狀方式】（連語・名）先進後出托馬斯信用狀方式（＝ぎゃくトーマス）；〜ひん【輸入品】（名）進口貨。⓪

ゆにょうかん【輸尿管】（名）〔解〕輸尿管。②⓪

ユネスコ【UNESCO】（名）聯合國教育、科學及文化組織。②

ゆのし【湯熨】（名・他サ）用蒸氣（或熱水）燙開衣眼折縐。

ゆのはな【湯の花】①溫泉沉澱的礦滓；②水垢（＝ゆあか）。①②

ゆのみ【湯呑】（名）茶杯；〜ぢゃわん【湯呑茶碗】（名）茶杯。③

ゆば【湯葉】（名）豆腐皮。①

*ゆび【指】（名）指；趾；☆指の腹にけがをする／手指扭傷；☆指を折って数える／屈指計算；☆足の指／趾；◇指一本も差せぬ／無可厚非；不准加以干渉；指を切る／（訂立誓約時）互相扣拉小指；指をくわえる／垂涎（羨慕）。②

ゆびおり【指折】（名）①屈指計算；☆指折り数えて待つ／屈指而待；②屈指可數；☆彼は世界でも指折りの指揮者（しきしゃ）だ／他在全世界也是個第一流的指揮家。④⓪

ゆびきり【指切】（名）（立誓約時）互相扣拉小指。④③

ゆびさき【指先】（名）指尖；☆指先が器用だ／手巧。④③⓪

ゆびさ・す【指差す】（他五）用手指示；☆指差した方向に山が見える／在手指的方向有一座山。③

ゆびサック【指sack】（名）（手指受傷等時帶的）橡皮指套。

ゆびずもう【指相撲】（名）〔遊戲〕二人以手互相扣握以拇指壓住對方拇指爲勝的一種遊戲。③

ゆびにんぎょう【指人形】（名）套在手上玩弄的小偶人。③

ゆびぬき【指貫】（名）（做針線活用的）頂針。④③

ゆびわ【指輪】（名）戒指；☆金の指輪をはめる／戴金戒指。⓪

ゆぶね【湯船・湯槽】（名）澡盆，澡桶①

ゆぼう【油房】（名）（專指我國的）油房。

*ゆみ【弓】（名）①弓；☆弓を射る／射箭；②〔樂〕☆バイオリンの弓／拉小提琴的弓；◇弓を引く／①拉弓，射箭；②反抗，背叛。②

ゆみがた【弓形】（名）弓形。⓪

ゆみず【湯水】（名）開水和水；◇湯水のように使う／揮金如土，揮霍。①

ゆみづる【弓弦】（名）弓弦。

ゆみとりしき【弓取式】（名）〔角力〕（相撲舉行力士入場儀式時，「横綱」所做的）拉弓儀式。④

ゆみなり【弓形】（名）弓形；☆弓形に曲げる／彎成弓形。⓪

ゆみはりづき【弓張月】（名）（上下）弦月。④

ゆみひ・く【弓引く】（自五）〔文〕①拉弓，射箭；②反抗，背叛（＝そむく）②

*ゆめ【夢】（名）①夢；☆夢を見る／作夢；☆夢が醒めた／夢醒了；②空虚，無常；⑧迷夢；④夢想；☆世界一周は私の夢だ／週遊世界是我的夢想；夢を描く／空想，幻想；夢に夢見る／夢裏作夢；非常渺茫；夢を見る／夢想。②

ゆめ【努】（副）〔文〕（下接禁止語）絶，千萬；☆ゆめ忘れるな／千萬不要忘記；☆ゆめ心配なさるな／切勿擔心。①

ゆめうつつ【夢現】（名）①夢和現實；②睡夢中，半睡半醒；☆夢現に「火事だっ」と言う声を聞いた／在睡夢中似乎聽到一聲：失火了！①

ゆめごこち【夢心地】（名）夢境，宛如做夢，心醉神迷；精神恍惚；☆夢心地で合格の報を聞く／聽到考中的消息不勝驚喜。③

ゆめじ【夢路】（名）夢，夢中；☆夢路を辿る／作夢。②

ゆめにも【夢】（副）（接否定語）絶（不…）；萬萬也（沒有…）☆こんなに早く実現されるとは夢にも思わなかった／萬萬也沒想到這麼快就實現了。②

ゆめまくら【夢枕】（名）夢枕；◇夢枕に立つ／在夢中出現，夢見。③

ゆめみ【夢見】（名）作夢；☆夢見が悪い／作惡夢。③

ゆめ・みる【夢見る】（自上一）①作夢；☆夢に夢見る心地／如在夢中；②空想，夢想；☆宇宙旅行を夢見る／夢想作太空旅行。③

ゆめゆめ【努努】（副）（下接否定語）決（不），千萬（不）（＝けっして，すこしも）；☆私の言葉をゆめゆめ疑ってはならぬぞ／千萬不要懷疑我的話啊。①

ゆもと【湯元・湯本】（名）①有溫泉的地方；②溫泉湧出處。③

ゆや【湯屋】（名）①洗澡間；②（營業的）澡堂；☆湯屋に行く／到澡堂去。③

ゆゆし・い【由由しい】（形）嚴重的，重大的，不得了的；☆この事件は教育上由由しい問題である／這個事件在教育上是個嚴重問題。③

ゆらい【由来】Ⅰ（名・自サ）來歴，由來；☆地名の由来をたずねる／探詢地名的來歴；Ⅱ（副）原來，從來。⓪①

ゆら・ぐ【揺らぐ】（自五）搖動，動搖；☆地震で家屋が揺らぐ／房子因地震搖動；☆決心が揺らぐ／決心發生動搖⓪②

ゆらめか・す【揺らめかす】(他五) 使動
搖，使搖捉。[4]

ゆらめ・く【揺らめく】(自五) 搖動，搖
蕩；☆木の葉が水の上でゆらめく／樹葉
在水上漂蕩。[3]

ゆらゆら (副・自サ) 搖動，搖捉，搖蕩；
☆炎がゆらゆら揺れる／火燄搖曳；☆小
舟が波にゆらゆら (と) 揺れている／小
船在波浪上搖搖提提；☆地震がゆらゆら
する／房子因地震搖捉。[1]

ゆらり (副) ①輕輕搖動貌，☆糸瓜 (へち
ま)がゆらりと動く／絲瓜輕輕搖動；②
輕輕轉動貌，☆ゆらりと身をかわす／輕
輕躲閃。[2][3]

ゆらんかん【輸卵管】(名)〔解〕輸卵管[2]

*ゆり【百合】(名)〔植〕百合。[0]

ゆりうごか・す【揺り動かす】(他五) 搖
動，☆ぶらんこを揺り動かす／盪鞦韆；
☆人の心を揺り動かす力のある話／能够
激動人心的話。[5]

ゆりおこ・す【揺り起こす】(他五) 推醒
(睡着的人)。[4]

ゆりかご【揺り籠】(名) 搖籃，搖車；☆
揺り籠から墓場まで／從搖籃到墳墓，一
輩子。[0]

ゆ・る【揺る】(他五) →ゆすぶる。[0]

*ゆる・い【緩い】(形) ①鬆的，不緊的，
不嚴的；☆紐の結び方が緩い／繩繫得鬆
；☆取り締りが緩い／取締得不嚴；②緩
慢的，不急的，不陡的；☆緩い調子／徐
緩的調子；☆勾配 (こうばい) の緩い坂
／不陡的坡；③稀的，不濃的；☆便が緩
い／瀉肚；反ゆるし (形ク)。[2]

ゆるが・す【揺るがす】(他五) 搖動 (＝
ゆりうごかす)；☆国家の基礎を揺るが
す／震撼國家的基礎。[3]

ゆるがせ【忽せ】(名) 疏忽；☆一言一句
も忽せにしない／一句話也不輕易放過。
反ゆるかせ。[0]

ゆるぎ【揺るぎ】(名) 動搖；☆揺るぎのな
い地歩を佔める／佔據鞏若盤石的地位[3]

ゆる・ぐ【揺るぐ】(自五) 動搖；☆土台
が揺るぐ／基礎動搖；☆確信が揺るぐ／
信念動搖。[2]

ゆるし【許し】(名) ①准許，許可；☆許
しを得て使用する／取得許可後使用；②
寛恕，饒恕；☆許しを請う／請求饒恕；
③ (技藝等) 傳授祕訣。[3]

*ゆる・す【許す】(他五) ①准許，許可；

☆入学を許す／准許入學；②饒恕，寬恕
；☆今度だけは許して上げよう／這一回
饒恕你吧；☆許し難い罪／難以饒恕的罪
過；③赦免，免除；☆課税を許す／免除
課税，免稅；④容許；☆傍聴者の発言を
許す／容許旁聽人發言；⑤承認；☆一流
の芸術家をもって許されている／被公認
為第一流的藝術家；⑥信賴，信託，委託
；☆心を許した友／知心朋友，知己；☆
男に肌を許す／以身相許；☆二人は深く
許した間柄だ／兩人是心心相印的朋友；
⑦釋放；☆許されて刑務所を出る／被釋
放出獄；⑧放鬆，鬆弛；☆気を許す／放
鬆警惕，疏忽；◊許す限り／盡可能，盡
量；☆事情の許す限り尽力しよう／盡可
能地盡力吧。[2]

ゆるま・る【緩まる】(自五) 緩和，弛緩
；☆寒さが緩まる／暖和起來；☆警戒が
緩まる／警戒鬆弛了。[3]

ゆるみ【緩 (み)・弛 (み)】(名) 鬆弛
，弛緩；☆心に弛みを覚える／感覺精神
懈弛；☆気の弛み／疏忽。[3]

*ゆる・む【緩む・弛む】Ⅰ(自五) ①鬆懈
；☆糸が弛む／線鬆了；②鬆懈，☆仕事
が一段落して気が緩む／工作告一段落精
神鬆懈了；③寬鬆；緩和，☆警戒が弛む
／警戒放鬆了；☆寒さが弛む／暖和起來
；④變稀；☆便が弛む／瀉肚；Ⅱ(他下
二)〔文〕→ゆるめる。[2]

*ゆる・める【緩める・弛める】(他下一) ①
放鬆，☆紐の結び目を弛める／把繩結放
鬆些，②鬆懈，懈弛；☆心を弛める／懈
弛，☆気を弛める／疏忽，③緩和，降低
；☆スピートを弛める／降低速度；☆攻
撃の手を弛める／放鬆攻勢；④放寬，☆
取り締りを弛める／放寬禁令；反ゆるむ
(下二)。[3]

*ゆるやか【緩やか】(形動ダ) ①緩慢，緩
和；☆緩やかな流れ／緩慢的河流；②傾
斜のゆるやかな坂／傾斜度小的坡；②寬
鬆，寬大，☆制限をゆるやかにする／放
寬限制；③舒暢；☆ゆるやかな気分／舒
暢的心情。[2]

ゆるゆる (副・自サ) ①緩慢，☆ゆるゆる
歩きましょう／慢慢地走吧；②舒暢。[3]

ゆるり【緩り】(副) 舒暢地；慢慢地 (＝
くつろいで，ゆっくり)；☆御ゆるりと
お休みください／請您舒舒服服地休息
吧。[2][3]

ゆれ【揺れ】（名）搖提（程度）；☆揺れ
のひどい車に乗る／乗一輛顛簸得很厲害
的車。◻0

*ゆ・れる【揺れる】（自下一）搖動，搖蕩
，顛簸；☆汽車が、がたがた揺れる／火
車咯咯噎地顛簸；☆ぶらんこが揺れる
／鞦韆搖蕩；図ゆる（下二）。◻0

ゆわいつ・ける【結わい付ける】（他下一）
〔（ゆわえつける）之訛〕紮上，繫上，紮
住（＝むすびつける）。◻5

ゆわ・える【結わえる】（他下一）繫，結
，綁，紮（＝むすぶ）；☆髪にリボンを
ゆわえる／頭髮紮上絲帶。◻3

ゆわかし【湯沸し】（名）燒水壺。◻2

ゆわ・く【結わく】（他五）〔方〕＝ゆわ
える。◻2

ゆんで【弓手】（名）左手；↔めて。◻0◻1

ゆんべ【昨夜】（名・副）〔方〕昨晚（＝
ゆうべ，さくや）。◻3

よ ヨ

よ①五十音圖「や行」第五音，發音爲yo；②〔字源〕平假名是「與」字的草體，片假名是「與」字的右偏旁。

よ（感助）①（表示招呼，）啊，啊，☆古里よ／故郷啊！☆舞え舞え、蝶よ／蝴蝶呀，舞舞吧；☆太郎よ、しっかりやれ／太郎呀，加油幹吧。②（表示命令、懇求、告誠、勸誘等）；☆早く行けよ／快去吧；☆考えてみろよ／你想一想，☆ゆっくり歩こうよ／慢一點走吧。③（表示輕微的感動或失望的心情）；☆どうせそうでしょうよ／反正是那麼回事嘛；☆私では駄目でしょうよ／我是不中用嘛。④（表示主張、叮囑或喚起對方注意）；☆あなたの番よ／該你的班啦！☆もう帰るよ／我可要回去啦！☆ダメよ／不行啊！知らないよ／我可不知道啊！⑤（表示懷疑而責難對方的口吻）；☆それくらい何よ／那麼一點事有什麼了不起的；☆まあ、どうしたんですよ／哎呀，怎麼啦？☆何言ってるのよ／你說些什麼話！

よ【四】（數）→よう。①

*よ【世・代】（名）①世，世上，人世社會；☆世に知られぬ人／不見聞於世的人；☆世にも稀な親切な人／世上罕有的親切的人；②（歷史上的）治世，年代，時代；☆昭和の世に生まれる／生在昭和年代；③（人的）一生，一世；☆わが世／我的一生；④國家；☆世を治める／治國；⑤〔文〕生活（＝くらし）；☆世の営み／生計；⑥〔文〕年齡（＝よわい）；◇世が世なら／如果生逢其時；如果時勢對我有利；世に逢う／生逢其時；世に出る／出息，出名；世の覚え／一般的評論；世を去る／去世，死；世を遁（のが）れる，世を捨てる／遁世，隱居；世を憚（はばか）る，世を忍ぶ／（因做壞事等）沒臉見人；世を渡る／生活，度日；處世；世る知る／①懂得世故人情；②知春。①⓪

よ【余・予】（代）余，我（＝われ）☆余の知る限りではない／不是我所知道的事①

**よ【夜】（名）夜，晚上，夜間①☆夏は夜が短く、冬は夜が長い／夏天夜短，冬天夜長；☆夜がふける／夜深；☆

夜が明（あ）ける／天亮；↔ひる；◇…でなくては夜も日も明けない／片刻也離不開…；夜を日に継ぐ／日以繼夜。①

よ【余】（名）①（有）餘，以上（＝あまり）；別，其餘，以外（＝ほか）。①

よあかし【夜明かし】（名・自サ）通宵，徹夜；☆星の観測で夜明かし（を）する／爲觀測星宿而徹夜不眠。②④

よあけ【夜明け】（名）拂曉，黎明（＝あかつき）；☆夜明け前に出発する／拂曉前出發。③

よあそび【夜遊び】（名）夜晩遊玩，夜裏遊蕩；☆夜遊びは体に毒だ／夜晩遊蕩對身體有害。②

よあるき【夜歩き】（名・自サ）夜間閒走②

ーよ・い【良（好）い】（造語）容易…的；☆読み良い／容易讀的（＝読みやすい）

*よい【宵】（名）①傍晚，剛天黑；☆まだ宵の口です／天剛黑，夜還沒深；②＝よる。⓪

よい【酔い】（名）醉；☆酔いを醒（さ）ます／解醉；☆酔いがまわる／醉起來；☆酔いが醒（さ）める／醒酒。②①

**よ・い【良（善・好）い】（形）〔終止形連體形常讀做「い・い」〕①好的，優秀的，出色的（＝すぐれている）；☆頭が良い／腦筋好，聰明；②好的，巧的（＝うまい）；☆好く書いてある／寫得好；③美麗的，漂亮的（＝うつくしい）；☆好い女／美女；☆景色が好い／景致美麗；☆器量が好い／長得漂亮；④值得誇獎的；☆よくやった／做得很好⑤（價格）貴的；☆品も好いが値段も好い／東西好，可是價錢也可觀；⑥正確的，正當的（＝ただしい）；☆好いと信ずるからこそやったのだ／認爲正確，所以才做了；⑦合適的，適當的，恰好的；☆どうしたらよいだろう／怎麼做才合適呢？☆よいところへ来た／來得正好；⑧好，可以，行（表示同意，應允）；☆帰っても好い／可以回去了；☆寝ても好い／睡也行；⑨蠻好的，妥當的；☆それで好い／那就蠻好；☆支度（したく）は良いか／預備妥當

了嗎？⑩有好處的，有益處的，有價值的
☆よい本／有價值的書；⑪（感情）好的
，親密的（＝したしい）；☆彼と彼女は好
い仲だ／他和她感情很好；⑫好（日子）
，佳（期），吉（日）；☆良い日を選ん
で結婚式を挙げる／擇日舉行婚禮；⑬有
效的，靈驗的；☆胃病にはこの薬が良い
／這個藥對胃病有效；⑭名門的，高貴的
；☆良い家のお嬢さん／名門的小姐；⑮
（病）痊癒的；☆病気が好くなった／病
好了；⑯表示安心；☆無事で好かった／
平安無事，好極了；⑰〔（用…ばよい）
的形式〕表示願望；☆一緒に行けば好い
のに…／一同去多麼好；☆君も一緒に買
えばよかった／你也一塊兒買就好了；図
よし（形ク）。①

よいかげん【好い加減】（形動ダ）①正合
適，恰到好處；☆肉は丁度好い加減に煮
えている／肉炙得正合適；②敷衍（＝い
いかげん）。①

よいごこち【酔い心地】（名）醉後的情緒
；☆酔い心地のいい酒／令人陶然入醉的
酒，醉得頭不暈的酒。③

よいごし【宵越し】（名）隔宿，過夜；◇
江戸っ子は宵越しの銭はつかわない／東
京人愛花錢，當天來當天光。①

よいさ（感）①（唱歌時的插入語）呀呼嗨
；②（使勁或傳遞東西時的吆喝聲）嗨喲
（＝よいしょ）☆よいさこらさ／嗨喲嗨
呀。①

よいざめ【酔い醒め】（名・自サ）醒酒；
☆酔い醒めの水を飲む／喝解酒的水；◇
酔い醒めの水下戸知らず／不喝酒的人不
知道醒酒後的涼水如何香甜。①

よいしょ（感）よいさ。①

よいっぱり【宵っ張り】（名・自サ）愛熬
夜（的人），愛晚睡（的人）；☆宵っ張
り（を）すると体に悪い／熬夜對身體有害
☆宵っ張りの朝寝坊／晚睡晚起的人。①⑤

よいつぶ・れる【酔い潰れる】（自下一）
大醉，泥醉；☆酒に酔い潰れる／醉得不
省人事。①⑤

よいとな（感）〔文〕（隨着動作的）吆喝
聲。①

よいとまけ（名）〔俗〕①打夯的吆喝聲；
②打夯的工人。③

よいどれ【酔いどれ】（名）醉漢，醉鬼（
＝よっぱらい）；☆酔いどれを介抱（か
いほう）する／照料醉漢。①

よいね【宵寝】（名・自サ）天黑就睡，早
睡；☆宵寝（を）して朝早く起きる／早
眠早起。①

よいのくち【宵の口】（名）剛天黑，才天
黑；☆宵の口から寝る／剛天黑就睡。①

よいのみょうじょう【宵の明星】（名）〔
天〕傍晚西方天空出現的金星。①⑥

よいまつり【宵祭】（名）①節日的前夕；
②廟會的前夕；☆宵祭で賑っている／廟
會的前夕很熱鬧。③

よいやみ【宵闇】（名）黃昏（＝ゆうや
み）。①

よいよい（名）〔醫〕運動失調（因中風、
酒精中毒、尼古丁中毒、梅毒等引起的手
足麻痺口舌失靈的病）；運動失調的人。③

よいん【余韻】（名）①（鐘、鑼等響器的）
餘音；☆鐘の余韻が耳に残る／鐘的餘音
留在耳事；②（詩、歌、詞等的）餘韻。①

*＊**よ・う【酔う】**（自五）①醉，喝醉；☆酒
に酔う／喝醉；☆酔って管（くだ）を巻
く／醉後叨叨絮絮地說話；②暈（車、船）
；☆船に酔う／暈船；③陶醉，迷醉，衝
昏（頭腦）；☆スケートの妙技に酔う／
看溜冰的表演看得出神；☆勝利に酔う／
勝利衝昏頭腦；図よふ（四）。①

よう【葉】 I（接尾）張，片，枚（計算片
狀物的單位）；☆写真一葉／一張像片；
II（造語）〔解〕（肺、腦的）葉。

*＊**─よう【様】**（造語）①方式，方法；☆話
し様が悪い／說的方式不好；②辦法；☆
こんなに毀れては直し様がない／壞得這
樣沒法修理；③書法；☆上代様／古代的
書法；④〔文〕表示同類的東西；☆歯ブ
ラシ様のもの／類似牙刷的東西。

よう【四】（數）四，四個（＝よっつ、よ
，只用於數數時）。①

よう（感）喲，噢（呼聲或應聲）；☆よう
，暫く／喲！罕見。①

よう【幼】（名）〔文〕①幼，幼年；☆幼
にして画才に長（ちょう）ずる／幼而長
於畫；②幼者，兒童；☆老幼の別なく…
／不分老幼。①

*＊**よう**（助動・特殊型）①表示意願或勸誘；
☆よく考えてみよう／仔細想一想再說；
☆寝ようとする／打算睡覺；☆一緒に勉
強しよう／一塊兒用功吧；②表示推測；
☆これは大問題と言えよう／這可以說是
個大問題；③（下接「か」表示反語 ☆
彼に何ができようか／他會做什麼？（他

什麼也不會）。

*よう【用】（名）①（應辦的）事情；☆用が済んだら帰りなさい／事情辦完就回來吧；☆君に用がある／和你有事情；②用途，用處，作用；☆この機械は錆び付いて用をなさない／這個機器銹得不中用了；③大小便；☆用を足す／便溺。１

よう【洋】（名）〔文〕海洋；（東、西）洋；☆洋の東西を問わず／不論東洋或西洋；☆洋食／西餐。１

よう【要】（名）〔文〕①要點，要領；☆要を得ている／抓住了要點；②主要；☆要は君の態度如何だ／主要在於你的態度如何；③必要。０

よう【陽】（名）①陽；②向陽；③表面，外表；☆陽に賛成して陰（いん）に反対する／陽奉陰違；☆陰に陽に／暗中或公開地，百般；④〔理〕←陽極。１

＊よう【様】（名・形動）像，相似；☆まるで雪の様だ／簡直像雪一樣；☆兄弟の様に親しい／親如兄弟；②（像…）那樣，如同；☆以上の様な方法／用以上那樣的方法；☆彼の言った様にしろ／按照他說的那樣做吧；③（表示事例）例如；☆東京の様な大都会／像東京那樣的大都市；④似乎，彷彿，好像；☆一度見た事がある様だ／似乎見過一次；☆泣きたいような気持がする／彷彿要哭的心情；⑤表示可能性；☆練習すれば泳げるようになる／一練習就能會游泳；⑥表示結果；☆命によって東京へ出張するようになった／奉命決定到東京去出差；⑦表示目的；☆風呂をさまさないようにしろ／不要把浴池水弄凉／煙草を止める様にする／決定戒烟；☆間に合うように早く出かける／早些出發以便趕得上；⑧向對方表示願望；☆人に知られない様にして下さい／請不要讓別人知道；☆早く健康になります様に、お祈りします／願您早日恢復健康。１

よう【癰】（名）〔醫〕癰；☆癰が出来る／長癰。１

＊ようい【用意】（名・自他サ）①準備，預備（＝したく）；☆旅行の用意をする／作旅行的準備；②〔文〕小心，注意，留神（＝こころづかい）；☆用意周到な応対振り／謹愼的對答態度；☆災害に対する用意を怠（おこた）らない／謹防災害。１

＊ようい【容易】（名・形動ダ）容易；☆容易な仕事／容易的工作；☆容易には出来ない／不容易辦。０

よういく【養育】（名・他サ）養育，撫養；☆孤児を引き取って養育する／把孤兒領來撫養；～いん【養育院】（名）保育院。０

よういん【要因】（名）〔文〕要因，主要原因。０

よういん【要員】（名）〔文〕必要的人員，需要的人員。０

よううん【妖雲】（名）〔文〕妖雲；☆妖雲が漂（ただよ）う／情勢險惡。０

ようえい【揺曳】（名・自サ）〔文〕搖曳０

ようえき【葉腋】（名）〔植〕葉腋０

ようえき【溶液】（名）〔理〕溶液；☆水に砂糖を入れて砂糖の溶液をつくる／把糖放到水裏作成糖的溶液。１

ようえん【妖艶】（名・形動ダ）妖艷；☆妖艶の（な）姿／妖艷的姿容。０

ようおん【拗音】（名）〔言語〕拗音（や、ゆ、よ、三個假名接在其他假名右下旁所發的音；如「きゃ、きゅ、きょ」。１

ようか【八日】（名）①（某月之）八日；②八日，八天；☆八日後に成績を発表する／八天後，發表成績。０

ようか【沃化】（名）〔化〕碘化。０

ようが【洋画】（名）①西洋畫；②西洋影片。０

ようが【陽画】（名）〔照像〕正片，像片；↔いんが（陰画）。０

ようかい【妖怪】（名）妖怪，鬼怪（＝ばけもの）。０

ようかい【溶解】（名・自他サ）①溶化，融化；☆氷が溶解して水になる／冰融化成水；②〔化〕溶解；☆硼酸（ほうさん）が水に溶解して硼酸水になる／硼酸在水裏溶解變成硼酸水。０

ようかい【熔解】（名・自他サ）鎔解，鎔化；～ろ【熔解炉】（名）鎔解爐。０

ようがい【要害】（名）要害，險要之地；☆自然の要害／天險。０

ようがく【洋学】（名）（明治時代針對漢學而言的）西洋學術；西洋語言學。０

ようがく【洋楽】（名）西樂，西洋音樂０

ようがさ【洋傘】（名）→こうもりがさ３

ようがし【洋菓子】（名）西洋點心。３

ようかん【羊羹】（名）羊羹。１

ようかん【洋館】（名）西式建築，洋房０

ようがん【熔（溶）岩】（名）〔地〕熔岩１

ようき【用器】（名）①（器具的）使用；②（使用的）器具。①

ようき【妖気】（名）妖気，邪氣。①

ようき【容器】（名）容器（＝うつわ）；☆この容器は穴があいて水が漏る／這個容器有窟窿，漏水。①

*ようき【陽気】（名・形動ダ）①陽氣（萬物發育之氣）；②快活，爽朗；☆彼は陽気な人だ／他是個快活的人；③熱鬧；☆陽気に騒ぐ／歡鬧；☆季候，時令，天氣；☆よい陽気になった／天氣暖和起來了；☆陽気のせいだ／是天氣的關係。①

ようぎ【容疑】（名）〔法〕（犯罪的）嫌疑（＝うたがい）；☆殺人の容疑を受ける／受到殺人的嫌疑；～しゃ【容疑者】（名）〔法〕嫌疑犯（＝ひぎしゃ）①①

ようぎ【容儀】（名）〔文〕儀容，儀表，相貌；☆容儀を正す／端正儀容。①

*ようきゅう【要求】（名・他サ）①要求；☆会社側に賃銀値上げを要求する／要求公司增加工資；②需要；☆社会は、まじめに働く人物を要求している／社會上需要認真服務的人。①

ようぎょ【幼魚】（名）魚苗；魚秧；☆幼魚を池に放つ／把幼魚苗放到水池裏。①

ようぎょ【養魚】（名）〔人工〕養魚；☆鰻（うなぎ）の養魚で名高い所／以養鰻魚聞名的地方；～じょう【養魚場】（名）養魚場。①

ようぎょう【窯業】（名）窯業。①①

ようきょく【陽極】（名）〔理〕陽極；↔いんきょく（陰極）。①

ようきょく【謡曲】（名）謠曲（抑揚其聲而歌唱的能樂的詞章＝うたい）。①

ようぐ【用具】（名）用具，（必需的）工具，器材；☆謄写板の用具を一揃い買う／買一付謄寫用具。①

ようぐ【要具】（名）必要的用具，必需的工具；☆登山の要具を揃えて出発する／備齊登山用具出發。①

ようくん【幼君】（名）〔文〕幼君，幼主①①

ようけい【養鶏】（名）養鶏。①

ようけん【用件】（名）（應辦的）事，事情（＝ようじ）；☆ご用件は何ですか／您有什麼事情？☆大事な用件を思い出す／想起要緊的事情。③①

ようけん【要件】（名）①要緊的事情；②必要的條件；☆成功の要件は誠実だ／成功的必要條件是誠實。③①

ようげん【用言】（名）〔語法〕用言（動詞、形容詞、形容動詞的總稱，有語尾變化，單獨成為述語的詞彙）。①

ようご【用語】（名）①用語，措詞；☆用語が適切を欠く／措詞不當；②術語；☆哲学用語／哲學術語。①

ようご【養護】（名・他サ）養護，保育；☆虚弱児童を養護する／保育體弱兒童①

*ようご【擁護】（名・他サ）擁護。①

ようこう【洋行】（名・自サ）①出洋，出國；☆洋行を命ぜられる／被派出國；②外國商行；洋行。①

ようこう【要項】（名）〔文〕要點，重要事項；☆要項を書き留める／把要點記下來。①

ようこう【要港】（名）〔文〕重要港口；☆海軍の要港／海軍的重要港口。①

ようこう【綱要】（名）綱要，綱領；☆物理学要綱／物理學綱要。①

ようこう【陽光】（名）〔文〕陽光，日光；☆春の陽光を浴びる／曬在春天的陽光之下。①

ようこう【熔（溶）鉱】（名）〔文〕鎔鑛；～ろ【熔鉱炉】（名）鎔鑛爐。①

ようこそ（連語・感）（表示歡迎或感謝的客套語）☆ようこそおいで下さいました／衷心歡迎您的到來。

ようさい【洋裁】（名）西服縫紉術。①

ようさい【要塞】（名）〔軍〕要塞；☆要塞地帯は撮影禁止（さつえいきんし）／要塞地帶禁止攝影。①

ようざい【用材】（名）木料，用材；☆建築（けんちく）用材／建築木材。①

ようざい【溶剤】（名）〔化〕溶劑；→ようばい（溶媒）。①

ようさいるい【葉菜類】（名）〔農〕葉菜類（如白菜、菠菜）。③

ようさん【養蚕】（名・自サ）養蠶。①

ようさん【葉酸】（名）〔醫〕葉酸。①

ようし【用紙】（名）用紙，格式紙；☆所定の用紙を使う／使用規定的格式紙。①

ようし【容姿】（名）〔文〕姿容（＝すがた）。

ようし【要旨】（名）要旨，要點；大意；☆要旨を纏める／歸納要點。①

ようし【夭死】（名・自サ）〔文〕夭亡，夭折。①

ようし【陽子（proton）】（名）〔理〕陽質子，正質子。①

ようし【養子】（名）養子(過繼兒子)；☆親戚の子を養子にする／把親戚的兒子作爲養子；～えんぐみ【養子縁組】（名）〔法〕因過繼而成爲父子關係；～さき【養子先】（名）繼父（養父）的家。⓪

*ようじ【幼児】（名）幼兒，幼童（＝おさなご）。①

ようじ【幼時】（名）〔文〕幼時，幼年時代；☆幼時を回想する／回憶童年。①

ようじ【要事】（名）〔文〕①必要的事情；②要緊的事情。①

*ようじ【用事】（名）（應辦的）事情，工作；☆ちょっと用事がある／有點事情；☆用事が済むまで待ってね／請等我辦完事。⓪

ようじ【楊枝】（名）牙籤；☆食後に楊枝を使う／飯後剔牙；◇楊枝で重箱（じゅうばこ）の隅をほじくる／拘泥細節，吹毛求疵。⓪

ようしき【洋式】（名）西式，西洋式。⓪

ようしき【様式】（名）①樣式，方式；☆生活の様式が違う／生活方式不同；②（一定的）形式；☆書類の様式を統一する／統一文件的樣式。⓪

ようしつ【洋室】（名）西式房間（＝ようま）。⓪

ようしゃ【容赦】（名・他サ）①寬恕，原諒，饒恕；☆不行き届きの点はご容赦下さい／不週到的地方請多原諒；②客氣，姑容，姑息；☆容赦なく時が過ぎる／時光無情地逝去；☆容赦なく処分する／毫不姑息地予以處分。⓪

ようじゃく【幼弱】（名・形動ダ）〔文〕幼（而軟）弱；☆幼弱の（な）児童／幼弱的兒童。⓪

ようしゅ【洋酒】（名）西洋酒。⓪

ようしゅ【洋種】（名）①西洋系統；②西洋品種；☆洋種の犬／西洋狗。⓪

ようじゅ【榕樹】（名）〔植〕榕樹（＝ガジマル）。①

ようじゅつ【妖術】（名）妖術，魔術。⓪

ようしゅん【陽春】（名）〔文〕①陰曆正月；②春季。⓪

ようしょ【要所】（名）要衝，重要地點；☆要所要所に見張（みはり）を置く／各重要地點分別派人看守。⓪

ようしょ【洋書】（名）西洋書籍。⓪

ようじょ【幼女】（名）〔文〕幼女。①

ようじょ【妖女】（名）①妖女，妖婦；②女妖精。①

ようじょ【養女】（名）養女，過繼女兒；討來的女兒；☆親類の娘を養女に貰う／過繼親戚的女孩作養女。①

ようしょう【幼少】（名・形動ダ）幼小；☆顔に幼少の頃の面影が残っている／臉上還有童年時代的影子。⓪

ようしょう【要衝】（名）〔文〕①要衝，衝要；☆シンガポールは東南アジアの要衝である／新加坡是東南亞洲的要衝；②要害之地；☆要衝に軍隊を配置して警備に当たる／配置軍隊警備要害地區。⓪

ようじょう【葉状】（名）〔文〕葉狀；☆人間の肺は葉状をしている／人的肺呈葉狀。⓪

ようじょう【洋上】（名）〔文〕海上，海洋上；☆難破（なんぱ）して洋上をさよう／（船）遇難在海洋上漂流。⓪

ようじょう【養生】（名・自サ）①養生，養身；☆よく養生すれば長生き出来る／善於養生就能長壽；②療養，調治，保養；☆温泉で神経痛の養生をする／在溫泉療養神經痛。③

ようしょく【容色】（名）姿色，容貌；☆容色すぐれた婦人／姿色出衆的女子①⓪

ようしょく【洋食】（名）西餐；☆洋食を食べる／吃西餐。⓪

ようしょく【要職】（名）要職，重要職務；☆要職を佔める／居重要職位。⓪

ようしょく【養殖】（名・他サ）飼養，繁殖；☆鰻（うなぎ）を養殖する／養殖鰻魚。⓪

*ようじん【用（要）心】（名・自サ）①注意，留神，小心；☆飲食物に用心せよ／對飲食要注意；②警戒，警惕，提防；☆泥坊に用心する／防盜；～がね【用心金】（名）①用作不時之需的錢；②（槍上的）保險栓；～ぶか・い【用心深い】（形）小心的，謹慎的；～ぼう【用心棒】（名）①防身杖；②撐門棍；③衞士，護勇，保鏢的人；☆用心棒を一人抱える／雇一個保鏢。①

ようじん【要人】（名）要人；☆政府の要人と会談する／和政府要人會談。⓪

*ようす【様（容）子】（名）①情況，狀態（＝ありさま）；☆敵の様子を窺（うかが）う／窺伺敵情；☆様子が大変おかしい／情況很可疑；②容貌，姿態，樣子（＝みなり）；☆様子がいい／容貌美麗；

☆驚いた様子／吃驚的様子；☆役者らしい様子の人／看外表很像演員的人；③緣故，根由（＝わけ）；☆何か様子がありそうだ／似乎有什麼緣故；④光景，徵兆；☆雨が降りそうな様子だ／看光景要下雨。

ようすい【用水】(名) 用水，使用的水 ◎ 1

ようすい【羊水】(名)〔解〕羊水。 1

ようすい【揚水】(名・自他サ) 抽水，汲水；☆揚水ポンプで水を汲み出す／用抽水唧筒汲水。 ◎

＊よう・する【要する】(他サ)①需要；☆努力を要する／需要努力；☆多言を要せず／無需贅言；②〔文〕埋伏；☆道に要して／埋伏在道上；図ようす（サ）；～に【要するに】要之，總而言之（＝つまり）；☆要するに君が讓步すればよいのだ／總而言之，你若讓步就行。 3

よう・する【擁する】(他サ)〔文〕①擁抱（＝だく）；☆相擁して泣く／互相擁抱而哭；②擁有；☆わが国は一億五千万の人口を擁する／我國擁有一億五千萬人口；③率領，統率；④擁立（＝もりたてる）；☆幼君を擁する／擁立幼主；図ようす（サ）。 3

ようせい【妖精】(名) 妖精，妖怪。 ◎

＊ようせい【要請】(名・他サ)〔文〕請求，要求；☆予算の増額を要請する／請求增加預算。

ようせい【陽性】(名)①陽性；☆快活性格，爽朗性格；☆性格が陽性の人／性格爽朗的人；③〔醫〕(反應) 陽性；☆ツベルクリン反応が陽性になる／結核菌素反應是陽性的。 ◎

＊ようせい【養成】(名・他サ) 培養，造就；☆技術員を養成する／培養技術人員 ◎

＊ようせき【容積】(名)①容量；☆この瓶（びん）は容積が少ない／這個瓶子的容量小；②容積；☆甕（かめ）の容積を測る／測量缸的容積。 1

ようせつ【夭折】(名・自サ)〔文〕夭折，夭亡。 ◎

ようせつ【熔接】(名・他サ) 熔接，電銲；☆鉄管を熔接する／熔接鐵管。 ◎

ようそ【沃素】(名)〔化〕碘（＝ヨード）；～さん【沃素酸】(名)〔化〕碘酸 1

＊ようそ【要素】(名) 要素；☆健康は幸福の要素だ／健康是幸福的要素。 1

＊ようそう【洋装】(名) 西裝，洋裝。 ◎

ようそう【様相】(名) 様子，情況，情勢；☆ただならぬ様相を呈（てい）している／現出非同小可的情況。 ◎

よう・だ【様だ】(助動・形動ダ型)①好像…一様；☆雪の様だ／好像雪一様；②好像…（表示想像或推測）；☆知らない様だ／好像不知道；③→ような；④→ように。

ようだい【様態】(名)〔文〕様子，情況（＝ようそう）。 ◎

ようだい【容体(態)】(名)①打扮，裝束（＝なりかたち，みなり）；☆容態に構わない人／不修邊幅的人；②病状，病情；☆病人の容態が思わしくない／病人的病狀不太好；☆御容体は如何です／貴恙如何？；☆様態が俄かにあらたまる／病狀突然恶化；③擺架子；～がき【容体書】(名) 診斷書；～ぶ・る【容体振る】(自五) 擺架子，大模大様；☆ちっとも容体振らない人／一點也不擺架子的人；☆容体振って歩く／大模大様地走。 3

ようたし【用足(達)し】(名・自サ)①辦事；☆用達しに出かける／出去辦事；②大小便，解手；☆ちょっと用足しをして来る／解手去。 4 3

ようだ・てる【用立てる】(他下一)①用，使用（＝やくにたてる，つかう）；☆この金で何かに用立てて下さい／這筆錢請您隨便用罷；②借給，摘給，墊（＝ます）；☆少しばかりなら私が用立てましょう／如果為數不多我就借給您罷；図ようだつ（下二）。 4

ようだん【用談】(名・自サ) 商談（事情）；☆社長と用談する／有事和經理談。 ◎

ようだん【要談】(名・自サ)〔文〕重要的會談；☆政府の首脳と要談する／和政府首腦會談。 ◎

ようだんす【用箪笥】(名) 小型櫥櫃。 3

ようち【夜討】(名・自サ) 夜襲；☆夜討（をする）／夜襲。 3

＊ようち【幼稚】(形動ダ)〔文〕①年幼（＝おさない）；☆幼稚な子供／年幼的孩子；②幼稚；☆幼稚な考え／幼稚的見解；～えん【幼稚園】(名) 幼稚園 1 ◎

ようち【用地】(名) 用地。 ◎

ようち【要地】(名) 要地，要衝；☆交通上の要地／交通上的要衝。 1 ◎

ようちゅう【幼虫】(名)〔動〕幼蟲；☆毛虫（けむし）は蝶や蛾（が）の幼虫で

す／毛蟲是蝴蝶或蛾的幼蟲。⓪

ようちょう【羊腸】（名・形動タルト）〔文〕羊腸；☆羊腸の小径（しょうけい）／羊腸小路。⓪

ようつい【腰椎】（名）〔解〕腰椎。①

ようつう【腰痛】（名）腰痛。⓪

*ようてん【要点】（名）要點，要領；☆要点を述べる／述說要點；☆要点を抜き書きする／摘錄要點。③

ようてん【陽転】（名・自サ）〔醫〕（結核菌素反應的）陽性轉化。⓪

*ようと【用途】（名）用途，用處；☆用途の広い品／用途廣的東西。⓪

ようとう【羊頭】（名）羊頭；～くにく【羊頭狗肉】（連語・名）〔文〕羊頭狗肉⓪

ようとして【杳として】（副）〔文〕杳然；☆杳として消息なし／杳無音信。①

ようとん【養豚】（名）〔農〕養豬。⓪

ような【様な】（助動・形動ダ型）〔（ようだ）的連體形〕①（用於舉例）像…那樣的；☆犬や猫の様な動物／像狗、猫那樣的動物；②（下接否定語）加強其語氣；☆後れるようなことはない／絕不會落後（遲誤）。

ように【様に】（助動・形動ダ型）〔（ようだ）的連用形〕①按照…那樣（＝とおりに）；☆ぼくの言う様にしろ／要按照我說的那樣做；②像…那樣；☆矢の様に早い／像箭那樣快；③以「様になる」連接一般動詞；☆わが国でもできるようになった／我國也能製造了；④表示目的；☆風をひかない様に厚着（あつぎ）をする／為了不傷風多穿衣服；⑤表示命令或願望；☆早く寝るように／要早一點睡；☆忘れないように書き付けておいて下さい／請您記下來，免得忘了。

ようにく【羊肉】（名）羊肉（＝マトン）⓪

ようにん【容認】（名・他サ）承認，允許；☆先方の要求は容認しがたい／難以承認對方的要求。⓪

*ようねん【幼年】（名）幼年；☆幼年時代／幼年時代。⓪

ようばい【溶媒】（名）〔化〕溶媒。⓪

ようひ【羊皮】（名）羊皮；～し【羊皮紙】（名）羊皮紙。⓪

*ようび【曜日】（名）（一週間七個）曜日；☆日曜日／星期日；☆月曜日／星期一；☆曜日を忘れる／忘了星期幾。⓪

ようひん【用品】（名）用品，用具；☆スポーツ用品／運動用具。⓪

ようひん【洋品】（名）洋貨，服飾品；☆洋品雑貨を売る店／賣各種服飾品的商店；～てん【洋品店】（名）服飾店。⓪

ようふ【養父】（名）養父。⓪

ようふ【腰部】（名）〔文〕腰部。①

ようふう【洋風】（名）西式；☆洋風の家具／西式家具。⓪

*ようふく【洋服】（名）西服；☆洋服を着る／穿西服；～かけ【洋服掛】（名）掛西服的衣架；～だんす【洋服箪笥】（名）衣櫥，衣櫃。⓪

ようぶん【養分】（名）養分；☆養分を吸い上げる／吸收養分。⓪

ようへい【葉柄】（名）〔植〕葉柄。⓪

ようへい【傭兵】（名）傭兵；～せい【傭兵制】（名）傭兵制。⓪

ようべん【用便】（名・自サ）解手，大小便；☆用便（を）する／解手。③⓪

ようぼ【養母】（名）養母。⓪

ようほう【用法】（名）用法。⓪

ようほう【養蜂】（名）養蜂。⓪

ようぼう【要望】（名・他サ）要求，迫切期待；☆要望に応（こた）える／迎合要求，符合願望。⓪

ようぼう【容貌】（名）容貌，相貌。⓪

ようま【洋間】（名）西式房間；☆この家には洋間が一間（ひとま）ある／這幢房子有一間西式房間。⓪

ようまく【羊膜】（名）〔解〕〔動〕羊膜①⓪

ようみゃく【葉脈】（名）〔植〕葉脈⓪①

ようみょう【幼名】（名）乳名，小名（＝ようめい）。⓪

ようむ【用務】（名）（應辦的）事情，公務，業務；☆緊急の用務／緊急的公務①

ようむ【要務】（名）重要任務；☆政府の要務を帯びた特使／負有政府重要任務的特使。①

ようむき【用向き】（名）（應辦或傳達的）事情☆今日おいでになったのはどんなご用向きですか／今天您來有什麼事情④⓪

ようめい【用命】（名）吩咐，囑咐；訂購；☆先日ご用命の品／日前您定購的東西；☆店員に御用命下さい／請向店員吩咐⓪

ようめい【幼名】（名）乳名，小名（＝ようみょう）。⓪

ようめいがく【陽明学】（名）王陽明學說③

*ようもう【羊毛】（名）羊毛；☆羊毛を刈（か）る／剪羊毛。⓪

よ

*ようやく【漸く】（副）①漸漸（＝だんだん、しだいに）；☆天気が漸く暖かくなって来た／天氣漸漸暖和起來了；☆東の空を漸く白み始めた／東方天空漸漸發白起來；②好容易，勉勉強強（＝やっと、かろうじて）；☆漸く命だけは取り止めた／好容易才保住了命；☆走って漸く間に合った／跑着去才勉強趕上了；☆鉄道は三年目に漸く開通した／鐵路修了三年才通車。[0]

ようやく【要約】（名・他サ）①要點，概説；☆声明文の要約を新聞紙上に載せる／把聲明文的概要登在報紙上；②摘要，歸納；☆これを要約すると…／總而言之…；☆お話しを要約すれば…／如果把您所説的話歸納起來…；☆問題は次の三点に要約される／問題可以歸納為以下三點。[0]

ようやっと（副）〔俗〕好容易（才），勉勉強強（＝ようやく、やっと、かろうじて）。[0]

ようよう【漸う】（副）→ようやく。[0]

ようよう【洋洋】（形動タルト）①（水量）充沛貌；☆河が平野を洋々と流れる／河水浩浩蕩蕩地流過平原；②汪洋；大海洋；☆洋々たる大海／汪洋大海；③（前途）遠大貌；☆前途は洋々たるものだ／前途遠大得很。[0][3]

ようよう【揚揚】（形動タルト）揚揚（得意）；☆意気揚々として…／揚揚得意地…。[0][3]

ようらん【要覧】（名）要覧，簡章；☆入学要覧／入學須知。[0]

ようらん【揺籃】（名）①〔文〕搖籃，搖車；☆赤ちゃんを揺籃に入れる／把嬰兒放在搖籃裏；②〔轉〕（事物的）發源地（期）；☆人類文明の揺籃（の）地／人類文明的發祥地。[0]

ようりつ【擁立】（名・他サ）擁立。[0]

ようりゃく【要略】（名・他サ）①歸納；☆君の話を要略すれば…／如果把你的話歸納起來；②概略，概要。[0]

ようりゅう【楊柳】（名）〔文〕〔植〕楊柳。[0]

ようりょう【用量】（名）（藥等一定的）用量；使用量。[3]

*ようりょう【要領】（名）①要領，要點；☆要領さえわかれば何でもない／只要抓住要領就沒有什麼；☆要領を得ない／不

得要領；②（處理事物的）訣竅，竅門；☆要領のいい男／精明乖巧的人；☆要領が悪い／笨拙，不會找竅門。[3]

ようりょう【容量】（名）容量。[3]

ようりょく【揚力】（名）〔理〕（飛機的）升力，浮力。[1]

ようりょくそ【葉緑素】（名）〔植〕葉緑素。[4][3]

ようれい【用例】（名）舉例，例句；☆この辞典は用例が多く載せてあるので便利だ／這部辭典附有很多例句很方便。[0]

ようれき【陽暦】（名）陽暦，太陽暦。[0]

ようろ【要路】（名）〔文〕①要衝，要道；☆東西交通の要路／東西交通的要衝；②重要地位。[1]

ようろう【養老】（名）①贍養老人；②養老，度晩年；～いん【養老院】（名）養老院；～ほけん【養老保険】（名）養老保險。[0]

ヨーク【yoke】（名）〔縫紉〕（上衣、襯衫等的）領肩。[1]

ヨーグルト【德Yoghurt】（名）酸乳酪。[3]

ヨーチン（名）〔醫〕←ヨードチンキ。[0]

ヨーデル【Jodel】（名）岳得爾，用眞假嗓音常常互換而唱。[1]

ヨード【德Jod（沃度）】（名）〔化〕碘；～チンキ【德Jodtinkur（沃度丁幾）】（名）〔化〕碘酒。[1]

ヨーヨー【yoyo】（名）悠悠（一種玩具）。[3]

ヨーロッパ【Europe】〔地理〕歐洲。[3]

よか【予科】（名）預科；☆大学の予科／大學預科。[1]

よか【余暇】（名）餘暇，業餘時間（＝ひま、いとま）；☆余暇を利用する／利用餘暇；☆勤務の余暇に畑仕事（はたけしごと）をする／業餘時間做莊稼活。[1]

ヨガ【yoga】（名）瑜伽。

よかぜ【夜風】（名）夜風；☆夜風が身に染（し）む／夜風刺骨。[1]

よがら【世柄】（名）〔文〕社會情形；世故人情。

よからぬ【良からぬ】（連語・連體）不好，壞（＝よくない、わるい）；☆良からぬ事を企（たくら）む／圖謀不軌。[3]

よかれあしかれ【善かれ悪しかれ】（連語・副）好歹，無論如何；☆善かれ悪しかれ明日になれば結果がわかる／無論如何到明天就能知道結果。[1]-[3][4][6]

よかれ（かし）【善かれ（かし）】（連語）

希望好，爲了好；☆善かれと思ってした事が、かえって仇（あだ）になった／出於一片好心做的事反倒落了埋怨。①

よかん【予感】（名・他サ）預感，預兆，先兆；☆君が来るような予感がした／我總覺得你一定會來。⓪

よかん【余寒】（名）餘寒，春寒。⓪

＊よき【予期】（名・他サ）預期，預想，預料；☆予期した通りの成績／一如預料的成績。①⓪

よぎ【夜着】（名）①舖蓋，被子；☆夜着をかける／蓋被子；②棉睡衣；☆夜着の襟（えり）／棉睡衣的領子。①

よぎ【余技】（名）業餘的愛好，業餘的消遣。①

よぎしゃ【夜汽車】（名）夜行列（火）車☆夜汽車は疲れる／坐夜車使人疲倦①②

＊よぎな・い【余儀無い】（形）不得已的，無奈的，沒有辦法的（＝よんどころない，やむをえない）；☆健康上の理由で余儀無く退職する／由於健康關係不得已而退職。③

よきょう【余興】（名）餘興；☆これから余興に移る／現在開始表演餘興。⓪

よぎり【夜霧】（名）夜霧；☆夜霧が立ち籠（こ）める／夜霧瀰漫。①

よぎ・る【過ぎる】（自五）〔文・方〕横過（＝とおりすぎる）；☆目の前をとんぼが過ぎる／蜻蜓飛過眼前。①

＊よきん【預金】（名）〔經〕存款；☆銀行から預金を引き出す／由銀行提取存款；**〜つうちょう【預金通帳】**（名）〔經〕存款簿（摺）。⓪

＊よく─【翌】（造語）翌（日，月，年），第二（天，月，年）；☆国慶節の翌日／國慶節的第二天；☆翌年度の予算／下年度的預算。

＊よく【良（好・善・克・能）く】（副）①好好地，仔細地（＝じゅうぶんに，ておちなく）；☆良く御覧下さい／請您仔細看；②好，漂亮（＝じょうずに，うまく）；③常，經常（＝しばしば，たびたび）；動不動（＝ややもすれば）；☆若い時はよく野球をやったものだ／年輕的時候常打棒球；☆よくある事だ／常有的事；☆よくころぶ／動不動就跌倒；④（表示欽佩或意外）竟能，難為；☆この大雪のなかをよく来られたね／這麼大的雪真難爲你來了；☆他人の前でよくあんなこと

が言えたものだ／當着旁人竟能説出那種話來。①

＊よく【欲（慾）】（名）慾，慾望，貪心；☆欲が深い／貪心不足；◇欲の皮がつっ張る／貪而無厭；欲に目が眩（くら）む／利令智昏；欲を言えば／如果進一步求的話。②

よく【翼】（名）①翼，翅膀；☆飛行機の翼／機翼；☆翼を広げて飛ぶ／張開翅膀飛；②（軍隊、陣地等的左右）翼。①

よくあさ【翌朝】（名）次晨，第二天早晨（＝あくるあさ）；☆翌朝になるとけろりと直（なお）った／到第二天早晨（病）完全好了。⓪

よくあつ【抑圧】（名・他サ）〔文〕壓抑，壓迫；☆言論を抑圧する／壓迫言論⓪

よくけ【欲気】（名）慾望，貪心；☆欲気を出して危険な株を買う／貪心大發買危險股票。③

よくげつ【翌月】（名・副）上月，第二個月；☆翌月廻しにする／拖到下月。⓪②

よくしつ【浴室】（名）浴室，洗澡間（＝ゆどの）；☆完備した浴室／設備完善的浴室。⓪

よくじつ【翌日】（名・副）翌日，次日，第二天。⓪

よくしゅう【翌秋】（名）〔文〕下一年秋季，第二年秋天；☆翌秋のリーグ戦での活躍を期待する／期望在下一年秋季比賽中大顯身手。⓪

よくしゅう【翌週】（名・副）下一週，下星期；☆春休みは翌週から始まる／從下星期開始放春假。⓪

よくしゅん【翌春】（名）〔文〕翌春，下一年春季，第二年春天；☆結婚を翌春に延（の）ばす／結婚延期至明年春季。⓪

よくじょう【欲情】（名）①慾望，貪心；☆欲情を起こす／貪起來，起貪心；②情慾，色情。⓪

よくじょう【翼状】（名）翼狀，翅膀形⓪

よく・する【善（能）する】（他サ）①能，會（＝できる）；②善於，擅長（＝たくみにする）；☆画を善くする／善於畫畫。①

よく・する【浴する】（他サ）①沐浴，洗澡；②受，蒙受；☆恩沢（おんたく）に浴する／蒙受恩澤；図よくす（サ）。③

よくせい【抑制】（名・他サ）抑制，制止；☆感情を抑制する／抑制感情；☆イン

フレを抑制する／制止通貨膨脹。⓪

よくそう【浴槽】（名）浴池（＝ゆぶね）；☆浴槽にタイルをはる／浴池鑲上瓷磚；☆浴槽に浸る／泡在浴池裏。⓪

よくち【沃地】（名）〔文〕沃土。①

よくちょう【翌朝】（名・副）次晨，第二天早晨。⓪

よくど【沃土】（名）〔文〕沃土（＝よくち）。①

よくとく【欲得】（名）貪婪，貪心，貪圖；☆欲得を離れて人に親切を尽す／沒有任何貪圖地竭誠待人；～づく【欲得尽】（名）貪圖利益，計較利益；自私；☆社会奉仕は欲得尽でできるものではない／為社會服務並非一腦袋自私的人所能辦到的。④⓪

よくとし【翌年】（名・副）→よくねん⓪

よくねん【欲念】（名）〔文〕欲念，貪心☆一切の欲念を去る／抛棄一切慾念②⓪

よくねん【翌年】（名・副）翌年，次年，第二年；☆入社した翌年に転任した／進入公司第二年就調職了。⓪

よくばり【欲張り】（名）貪婪，貪而無厭④③

よくば・る【欲張る】（自五）貪婪，貪而無厭；☆欲張ってかえって損をする／因為貪多反而吃虧。③

よくふか【欲深】（名・形動ダ）貪而無厭，貪心不足。⓪④

*よくぼう【欲望】（名）慾望；☆欲望を満（み）たす／滿足慾望。⓪

よくめ【欲目】（名）偏愛，偏心眼兒（＝ひいきめ）；☆親の欲目で子供の不品行に気がつかない／由於父母偏愛，看不見孩子的壞行為。③②

よくも【善くも】（副）竟敢，膽敢，竟能；☆よくもそんな嘘が言えたものだ／竟能撒那様的謊；☆よくも人を殴（なぐ）ったな／好，你膽敢打我（人）。①

よくよう【抑揚】（名）（聲調的）抑揚；☆言葉に抑揚をつけて話す／說話帶抑揚頓挫。⓪

よくよく─【翌翌】（造語）第三天（天、月、年）；☆翌日も翌翌日も雨だった／第二天第三天都下了雨。

よくよく【善く善く・能く能く】（副）〔（よく）的重疊，加強語氣〕①好好地，仔細地，詳細地；☆虫かと思ってよくよく見たらごみだった／以為是蟲子仔細一看，原來是灰塵；②非常地，特別地，到

極點（＝ひじょうに，とりわけ，きわめて）；☆よくよくの馬鹿だ／是一個混蛋到家的傢伙；☆よくよく好きだと見えて何杯も食べる／看來是特別喜歡，他一連吃了好幾碗；③萬不得已；☆これにはよくよくの訳があるらしい／這裏似乎有萬不得已的情形；☆よくよくの事でなければやって来ない／如果不是萬不得已他不會來的。⓪

よくよく【翼翼】（形動タルト）〔文〕翼翼（謹慎，小心）；☆小心翼翼としている／小心翼翼。⓪

よくりゅう【抑留】（名・他サ）扣留，扣下；☆船を抑留する／扣留船隻。⓪

─よけ【除け】（接尾）避，遮，擋，防備；☆風除け／遮風物；☆泥棒除け／防盜。

─よげ【善げ】（造語・形動ダ型）＝よさそう；☆気持よげに眠っている／舒舒服服地睡着。

*よけい【余計】Ⅰ（形動ダ）①多，多餘，浮餘（＝よぶん）；②二つ余計に買う／多買兩個；☆椅子が一つ余計にある／椅子多餘一把；②用不着，無用（＝むだ）；☆余計な心配をする／杞憂，操心過度；☆余計なお世話だ／少管閒事；☆余計な事をする人／多事的人；☆余計なものを持って行く／帶去一些用不着的東西；Ⅱ（副）①多（＝たくさん）；②人より余計（に）働く／比旁人多幹活；②格外，分外（＝もっと）；☆病弱なだけに余計（に）心配だ／只因為身體軟弱分外令人擔心。⓪

よ・ける【避ける】（他下一）①避，躲避（＝さける）；☆車を避ける／避車；☆非難の矛先（ほこさき）を避ける／躲避責難的鋒芒；②預防，防範（＝ふせぐ）；☆こもをかぶせて霜を避ける／（給樹木等）蓋上蒲草防霜；圏よく（下二）②

よけん【予見】（名・他サ）預見，預知；先見之明。⓪

*よげん【予言】（名・他サ）預言，預告；☆予言が当たる／預言說中；☆地震を予言する／預告地震；～しゃ【予言者】（名）預言家。⓪

*よこ【横】（名）①横；☆首を横に振る／搖頭（表示不同意或反對）；☆横の連絡／横的聯絡；②側面；☆横から見る／從側面看；②旁邊；☆父の横に腰掛ける／坐在父親旁邊；☆横から口を出す／從旁

插嘴；④横卧，躺下；☆横にねかす／放倒，☆横になって眠る／躺下睡⑤歪，斜；☆帽子を横にかぶる／歪戴帽子⑥寛度；☆葉書は縦十四センチ横九センチだ／明信片是長十四公分，寛九公分⑦緯（線）；◇横に車を推（お）す／横不講理；縦から見ても横から見ても…／無論從那一方面看…；横のものを縦にもしない／懶得油瓶倒了也不扶。⓪

よこあい【横合い】（名）旁邊，側面；局外；☆横合いから口を出す／從旁插嘴；☆行列の横合いから割り込む／從隊伍的側面擠入。⓪

よこあな【横穴】（名）①横穴，横坑（洞）；☆横穴を掘（ほ）る／挖横坑；②〔考古〕（横穴式的）古墳。⓪

よこあるき【横歩き】（名・自サ）横着走③

よこいと【横（緯）糸】（名）緯線；☆経糸（たていと）は絹で緯糸は木棉だ／經線是絲線，緯線是棉線。↔たていと。⓪

よこう【予行】（名・他サ）預先演習，事前演習；☆式の予行をする／預先演習儀式。⓪

よこう【余光】（名）〔文〕①餘光，殘照；②餘蔭（＝おかげ）；☆父親の余光で出世する／藉父親的餘蔭往上爬。⓪

よこう【余香】（名）餘香。⓪

よこがお【横顔】（名）①側臉，側面；☆横顔はお父さんにそっくりだ／側面像父親一樣；②側面像，側面觀察（評論）（＝プロフィール）；☆横顔を描く／畫側面像。⓪③

よこぎ【横木】（名）横木；☆門の横木を外（はず）す／拉下門閂。⓪

よこぎ・る【横切る】（他五）穿過，横穿；☆歩道（ほどう）を横切る／穿過人行道。③

*よこく【予告】（名・他サ）預告，事前通告（知）。⓪

よこぐも【横雲】（名）横雲；☆峰（みね）に横雲が棚引（たなび）く／山峰上横着一片白雲。⓪

よこぐるま【横車】（名）蠻横，不講理；☆横車を押（お）す／蠻不講理。③⑤

よこしま【邪ま】（名・形動ダ）邪惡，不正經，不合道理；☆邪まな心／邪惡的心⓪

よこじま【横縞】（名）横格，横紋；☆横縞の布／横格布。⓪

よこ・す【寄越す・遣す】Ⅰ（他五）①寄來，送來，派來；☆手紙をよこす／寄信來；☆人を遣して下さい／請派人來；②交給，遞給（＝わたす）；☆金を僕に遣せ／把錢交給我；Ⅱ（補動・五）〔用動詞連用形…てよこす形〕表示來；☆郷里から送って寄越した品／家郷寄來的東西；☆返事を言って寄越す／帶來回信。②

*よご・す【汚す】（他五）①弄髒，弄污（＝きたなくする）；☆着物を汚す／弄髒衣服；②攙拌；☆ほうれん草を胡麻（ごま）でよごす／芝麻拌菠菜。⓪

よこずき【横好き】（名）（對專業以外事物的）愛好　☆私のピアノは下手の横好きで……／我很愛好彈鋼琴但彈得很糟。⓪

よこすじ【横筋】（名）①横線；☆紙に横筋を引く／往紙上劃横線；②（離開中心的）旁盆（＝よこみち）；☆話が横筋に逸（そ）れる／話離開本題。⓪

*よこた・える【横たえる】（他下一）①弄倒，（使）躺下，横卧；☆寝台の上に体を横たえる／躺在床上；②（横着佩帶）④

*よこたわ・る【横たわる】（自五）①躺臥；☆地べたに横たわる／躺在地上；②（長物）横放；☆倒れた大木が道に横たわる／倒了的大樹横在道上；③（在眼前，前途）有；☆前途には多くの困難が横たわっている／前途有許多困難。④

よこちょう【横町】（名）胡同，小巷。⓪

よこず（づ）け【横付け】（名・他サ）横靠；☆自動車を玄関（げんかん）に横付けする／把汽車停在門口；☆桟橋（さんばし）へ船を横付けにする／把船靠到碼頭上⓪

よこっちょ【横っちょ】（名）〔俗〕旁邊，側面；歪斜；☆帽子を横っちょにかぶる／歪戴帽子。⓪

よこづな【横綱】（名）①〔角力〕（相撲）（大力士擊在腰部）粗繩；②〔角力〕（相撲）一級力士，冠軍；☆東西両横綱の対戦／東西兩個冠軍的比賽；③〔轉〕首屈一指者，天字第一號。⓪

よこっぱら【横っ腹】（名）〔俗〕腰窩（＝よこばら）；☆横っ腹が痛む／腰窩痛⓪

よこつら【横面】（名）〔俗〕①面頰；☆横面を張る／批頰，打嘴巴子；②側面⓪

よこて【横手】（名）旁邊，側面；☆家の横手の納屋（なや）／房屋旁邊的倉庫⓪

よこで【横手】（名）手尖朝外鼓掌；☆思わず横手を打って感心する／不由得讚嘆得鼓起掌來。⓪

よごと【夜毎】（名・副）每天晚上，每天夜裏；☆夜毎に悪夢（あくむ）にうなされる／每夜裏被惡夢靨住。①

よこどり【横取り】（名・他サ）搶，搶奪；冒取，冒領；☆お菓子の横取りをする／搶點心（吃）；☆人の物を横取りする／冒取人家的東西。①④

よこながし【横流し】（名・他サ）〔經〕以黑市價格出售（配給品、統制品等）；☆横流しを取り締る／取締（禁止）暗盤出售。⑤③

よこながれ【横流れ】（名・自サ）〔經〕黑市交易；☆横流れの品が市場に出る／黑市商品湧向市場。③⑤

よこなぐり【横殴り】（名）從旁邊（側面）打；（風雨）從側面吹打；☆顔を横殴りに殴る／打嘴巴子；☆横殴りの雨／横掃的雨。③⑤

よこね【横根】（名）〔醫〕横痃，魚口①

よこばら【横腹】（名）腰窩；☆横腹が痛む／腰窩痛；②（車、船的）側面；☆船の横腹／船的側面。⑩

よこぶえ【横笛】（名）横笛；☆横笛を吹く／吹横笛。③⑩

よこぶり【横降り】（名）（雨）横掃，斜降；☆雨が横降りに降る／雨横掃（斜降）。⑩

よこみち【横道（路）】（名）①歧路，岔道；☆すぐ先に横道がある／前面就有個岔道；②旁岔；☆話が横道に逸（そ）れる／話說得離開正題；③邪道，不正的道路；☆悪友に誘（さそ）われて横道に入る／被狐朋狗友引誘走上了邪道。⑩

よこむき【横向き】（名）①朝向側面；☆横向きに坐る／側面而坐；②側面；☆横向きの写真を写す／照側面像。⑩

よこめ【横目】（名）①斜眼（看），側視；☆横目で生徒を睨（にら）む／用斜眼瞪學生；②流盼，秋波；☆横目を使う／飛眼，送秋波。⑩

よこもじ【横文字】（名）蟹行文字，西洋文字；☆横文字で書いてある／用西洋文字寫的。⑩

よこやり【横槍】（名）①挿嘴；☆人の話に横槍を入れる／人家說話出來挿嘴；②干涉；☆人の事に横槍を入れる／干涉旁人的事；☆横槍が出る／有人干涉。⑩④

*よごれ【汚れ】（名）污髒的地方；☆洗濯して汚れを落（お）とす／洗掉污髒；~

もの【汚れ物】（名）髒東西。⑩

*よご・れる【汚れる】　　①髒；☆白い手袋はすぐ汚れる／白手套容易髒；☆汚れた心／污髒的心；②丟（臉）；☆そんな事をすると顔が汚れる／做那樣事丟臉。⑩

よこれんぼ【横恋慕】（名・自サ）戀慕（有夫之婦或有婦之夫）；☆横恋慕（を）する／戀慕有夫之婦（或有婦之夫）。③

よさ【善さ】（名）好處，好的程度；☆外国人でも能の善さが分る／外國人也能理解「能」劇的妙處。①

よざい【余財】（名）〔文〕餘財，餘錢⑩

よざい【余罪】（名）餘罪。⑩

よざくら【夜桜】（名）夜裏的櫻花；☆上野（うえの）の夜桜を見物に行く／晚上去看上野公園的櫻花。②

よさむ【夜寒】（名）夜寒，夜裏的寒氣；☆夜寒が身に凍（し）む／夜寒徹骨。⑩

*よさん【予算】（名）預算；☆予算を編成する／編造預算；~あん【予算案】（名）預算草案；~がい【予算外】（名）①預算以外；②預定（預想）以外；~ちょうか【予算超過】（名）超過預算；~へんじょう【予算返上】（名）（議會）批駁預算。⑩

よし【由】（名）①緣故，緣由（＝わけ）；☆由ありげな顔つき／似乎有什麼緣故的神色；②方法，手段；☆そんなに遠く離れては会う由もない／離那麼遠，沒有辦法會面；☆知る由もない／沒法知道；③情由，情形（＝むね）；☆この由を先方（せんぽう）にお伝え下さい／請把這種情形轉告對方；④聽說，據說；☆本日東京到着の由／據說今天到達東京。①

よし【良（善・好・佳）し】（形）→よい（良い）（文）；☆今日じゅうに間に合えば良し／今天以內能來得及就行；☆帰って良し／可以回去；你回去罷。①

よし（感）①（表示允許、答應）行，好，可以；☆よし、持って行きなさい／行，拿去罷；②（表示安慰）好了；☆よし，泣くな／好了，不要哭了；③（表示決心）好，要；☆よし，一緒にやろう／好，一塊兒幹罷；☆よし来た／好了，來吧。①

よしあし【善し悪し】（名）①善惡，是非，好壞（夕）；☆善し悪しの見分（みわ）け）がつく／能辨別好歹；②一得一失，也有好處也有壞處，有利也有弊；☆子供が多いのも善し悪しだ／子女多也好也不

好。[1][2]

ヨジウム【荷 jodium】＝ようそ。[2][0]

よしきり【葦切】（名）〔動〕刈葦，葦濱雀。[3]

よじげん【四次元】（名）〔理〕四維，四度。[2]

よしず【葦簀】（名）葦簾子；☆葦簀で日除（ひよけ）をつくる／用葦簾子作遮日幕；～ばり【葦簀張り】（名）葦幕；☆海岸に葦簀張りの脱衣場がある／海岸上有更衣葦棚；☆葦簀張りの茶店（ちゃみせ）／搭一個葦棚的茶館兒。[1][0]

よしなに（副）隨便地，適當地（＝いいように，よろしく）／☆なにとぞよしなにお取り計らい下さい／請您適當地處理罷[0][1]

よしの【吉野】（名）①〔植〕←吉野櫻；②←吉野紙；～がみ【吉野紙】（名）（楮皮製的）綿紙；～ざくら【吉野桜】（名）①〔植〕葦櫻；②奈良縣吉野山的櫻花；～ちょう【吉野朝】（名）〔文〕吉野朝（日本南北朝時代建在吉野的朝廷，又稱南朝，自從醍醐天皇延元元年─公元1336年 起計 57年）；↔ほくちょう（北朝）。[1]

よじのぼ・る【攀じ登る】（自五）攀登，爬上；☆木に攀じ登る／上樹；☆険（けわ）しい坂を攀じ登る／登上陡坡。[0]

よしみ【誼】（名）友情，友誼；☆友達の誼で相談に乗る／出於友情慨然應允（朋友的請求等）。[3][0]

よしもがな【由もがな】（連語）有…方法才好；☆来る由もがな／有辦法能來才好呢。

よしや【縦しや】（副）〔文〕縱然，縱令，即或（＝たとえ，よしんば）；☆よしや君がとめようとも，私は最後までがんばる／縱令你勸阻我也要幹到底。[1]

よしゅう【予習】（名・他サ）預習；☆明日の数学を予習する／預習明天的數學[0]

よじょう【余剰】（名）〔文〕剩餘；☆支出が少なくて余剰が出る／因開支少所以有了餘款；～かち【余剰価値】（名）〔經〕剩餘價值。[0]

よじょう【余情】（名）（詩歌等的）餘韻，餘情；☆余情溢（あふ）れる詩／餘韻縹緲的詩[0]

よじ・る【捩る】Ⅰ（他五）扭，擰（＝ねじる）；☆体を捩って笑う／笑得身子亂扭；☆紐（ひも）を捩る／擰繩；Ⅱ（自下二）〔文〕→よじれる。[2]

よ・じる【攀じる】（自上一）攀登，爬上；☆崖（がけ）を攀じる／攀登懸崖；図よづ（上二）。[2]

よじれる【捩れる】（自下一）扭歪（＝ねじれる，まがる）；☆ネクタイが捩れる／領帶扭歪；図よぢる（下二）。[3]

よしわら【吉原】（名）（過去東京的有名）妓院區。[2]

よしん【予審】（名）〔法〕預審；☆予審で免訴になった／預審時決定免予起訴[0]

よしん【余震】（名）〔地〕餘震（大地震以後繼續發生的小地震）；☆余震が収まる／餘震停息。[0]

よじん【余燼】（名）〔文〕餘燼，餘火；☆余燼がまだ時々燃え出す／餘燼時而復燃。[0]

よしんば【縦しんば】（副）縱然，縱令，即或，（＝よしや，たとえ）；☆よしんば彼が謝（あやま）ったとしても僕は絶対に許さない／縱令他道歉我也絕不答應[2]

*よ・す【止す】（他五）①停止，作罷；☆今日の仕事はこれで止そう／今天的工作就此停止罷；☆冗談は止せ／別開玩笑；②戒（掉），忌（掉）；☆酒を止す／戒（忌）酒；③辭掉（職務）；☆会社を止す／辭掉公司的職務；◊止せやい／得了吧！算了吧！[1]

よすが【縁・因・便】（名）①倚靠（＝たより）；②藉助之物，方法；☆一枚の写真を思い出の縁とする／以一張照片作爲紀念。[0]

よすてびと【世捨人】（名）①僧，和尚；☆浮世（うきよ）をはかなんで世捨人になる／看破紅塵出家爲僧；②隱遁者。[3]

よすみ【四隅】（名）（方形物的）四角；☆四隅に柱（はしら）を立てる／在四角上立柱子。[1]

よず（づ）り【夜釣】（名）夜裏釣魚；☆夜釣に出る／夜裏出去釣魚。[1]

よせ【寄せ】（名）①〔よせる〕的名詞形；②〔圍棋〕（進入殘局後）封邊的着數；☆寄せにはいる／進入殘局。[0]

よせ【寄席】（名）曲藝場；說書場，雜技場；☆落語（らくご）を聞きに寄席に行く／到難雜場去聽相聲。[0]

よせい【余生】（名）餘生；☆余生を安楽に過（す）ごす／安度餘生。[0]

よせい【余勢】（名）餘勢；☆渡河したわ

が軍は余勢を駆（か）って進撃（しんげき）を続ける／渡河的我軍乘着餘勢繼續進攻。◎

よせがき【寄せ書き】（名・自サ）集體作畫的集錦書畫；☆寄せ書き（を）した手紙／多數人親筆寫在一張紙上寄給一個人的信。◎

よせか・ける【寄せ掛ける】（他下一）靠，倚靠；☆壁にからだを寄せ掛ける／身子靠（倚）在牆上。④

よせぎ【寄木】（名）←寄木細工；～ざいく【寄木細工】（名）嵌（鑲）木細工。◎

よせざん【寄算】（名）〔數〕加法；☆寄算と引算（ひきざん）を習う／學習加法和減法。②

よせつ・ける【寄せ付ける】（他下一）讓…到身邊來，和…接近；☆家へ寄せ付けない／不讓…到家裏來；図よせつく（下二）。④

よせなべ【寄せ鍋】（名）火鍋子；☆寄せ鍋を囲（かこ）む／大家圍坐吃火鍋。◎

*よ・せる【寄せる】Ⅰ（自下一）①靠近，挨近（＝よる、ちかづく）；☆母屋（おもや）に寄せて離れを建てる／靠近正房蓋耳房；☆寝台の頭の方が壁に寄せてある／床頭兒靠近牆；②迫近，逼近；☆波が寄せる／波浪滾來；③藉口，托故（＝かこつける）；☆何かに寄せて文句を言う／藉口找岔兒；☆病に寄せて行かない／托病不去；Ⅱ（他下一）①移近，挪近（＝ちかづける）；☆彼は私のそばへ椅子を寄せた／他把椅子挪近我的身旁；②集合，歸攏（到一起）；☆仲間を寄せる／集合夥伴；☆四方の物を寄せておく／四面到處角；③加（＝くわえる）；☆五に六を寄せる／五加六；④寄，送（＝おくる）；☆原稿を寄せる／寄稿；⑤寄（身），寄居，依靠（＝たのむ、たくする）；☆身を寄せる所がない／沒有投靠的地方／友人の家に身を寄せる／寄居友人家裏；⑥戀慕，傾心（＝こいしたう）；☆思いを寄せる／戀慕，傾心；図よす（下二）。◎

よせん【予選】（名・他サ）預選，預賽；☆予選を通過する／通過預選。◎

*よそ【余（他）所】（名）①別處，別的地方；☆よそで買うともっと安い／在別處買更便宜；☆他郷，遠處；☆よそから来た男／從他郷來的人；③別人家；☆余所

で御馳走になる／在別人家吃飯；④〔用「よそにする」或「よそにみる」形〕疏遠，疏遠，置之不理，漠不關心；☆勉強をよそにする／不去用功，荒廢學業；☆人の不幸をよそに見ている／對於別人的不幸漠不關心；◇よその見る目も…／旁觀者都覺…。②

よそ【四十】（數）〔文〕四十。①

*よそう【予想】（名・自サ）預想，預料；☆予想が外（はず）れる／預想落了空；～がい【予想外】（名・形動ダ）出乎預料；☆予想外の大成功／出乎預料的大成功。◎

よそ・う【装う】（他五）①→よそおう；②盛（飯）；☆ご飯を茶碗に装う／往碗裏盛飯；図よそふ（四）。②

よそおい【装い】（名）①裝束，服裝；☆夏の装い／夏天的服裝；②打扮，裝扮；③裝飾，修飾☆装いも新たに花々しく開店する／把門面修飾一新火熾地開張③◎

よそお・う【装う】（他五）①穿戴，裝束；☆晴れ着に身を装う／穿上漂亮服裝；②打扮；☆美しく装った娘／打扮得很漂亮的姑娘；③假裝，偽裝；☆平静を装う／故作鎮靜；☆客を装って泥棒にはいる／偽裝客人潛入行竊；図よそほふ（四）③

*よそく【予測】（名・他サ）預測，預料，預想；☆台風の進路を予測する／預測颱風的風向；☆前途は予測を許さない／前途叵測。◎

よそごと【余所事】（名）（與自己）不相關的事，別人的事；☆よそごとの様に思っていたら大間違いだ／認爲事不關己，可就大錯特錯了。◎

よそじ【四十路】（數）〔文〕①四十；②四十歲。①②

よそながら【余所ながら】（副）①遙遠，暗中，背地；☆余所ながら御成功を祈る／遙祝您成功；②從旁。③◎

よそみ【余所見】（名・自サ）往旁處看（＝わきみ）；☆よそ見（を）してはいけない／不要往旁處看。③②

よそめ【余所目】（名）①旁觀，別人看；☆よそ目にも痛ましい位であった／旁人看見都很可憐；☆よそ目を憚（はば）かる／怕別人看；②＝わきみ、よそみ；③冷眼一看，乍一看；☆よそ目には四十を越したと思える男／冷眼一看好像四十多歲的人。②③

よそゆき【余所行き】（名）①出門，到別
處去；☆よそゆきの着物／出門穿的衣
服；②出門穿的衣服，漂亮衣服（＝はれ
ぎ）；☆よそゆきとふだん着／出門衣服
和便服；③（不自然的）客客氣氣，裝模
作樣，假裝鄭重其事（的言行或態度）；
☆よそゆきの言葉で話す／用不自然的客
氣話說。⓪

よそよそし・い【余所余所しい】（形）疏
遠的，冷淡的，不親熱的（＝うとうとし
い）；☆よそよそしい態度で応待する／
用冷淡的態度對待；◇よそよそし（形シ
ク）。⑤

よぞら【夜空】（名）夜裏的天空；☆夜空
に星が輝く／夜裏天空星光閃耀。①②

よた【与太】（名）①←よたろう；②胡說，
荒唐（＝でたらめ）；☆与太を飛（と）
ばす／胡說八道；③＝よたもの。①

よたか【夜鷹】（名）①〔動〕夜鷹；②〔
江戸時代〕暗娼，野鷄；～そば【夜鷹蕎
麦】（名）夜裏賣麵（條）的流動販。①

よたく【余沢】（名）〔文〕①餘澤，餘蔭
；②恩惠；☆近代文明の余沢／近代文明
的恩惠。⓪

よだ・つ（自五）☆身の毛がよだつ／戰慄
，發抖（毛骨）悚然；☆恐ろしくて身の
毛がよだつ／嚇得渾身發抖(毛骨悚然)②

よたもの【与太者】（名）懶漢；②流氓

よたよた（副・自サ）東倒西歪，搖搖晃晃
；☆よたよたの老人／步伐蹣跚的老人①

よた・る【与太る】（自五）〔俗〕①胡說
八道（＝よたをとばす）；②胡作非爲，
耍流氓。②

よだれ【涎】（名）口水，涎沫；☆涎を垂
らす／涎を流す；涎が出る／垂涎，流涎
；☆見ただけでも涎が出る／一看就令人
垂涎；～かけ【涎掛け】（名）(幼兒的)
圍嘴兒。

よたろう【与太郎】（名）〔俗〕愚蠢的人
，獃子，糊塗人（＝ばかもの、おろかも
の、あほう）；☆与太郎を相手にしてい
ても仕方がない／不要和混蛋打交道。

よだん【予断】（名・他サ）〔文〕預先判斷
；☆前途は予断を許さない／前途叵測⓪

よだん【余談】（名）閒話，廢話；☆これ
は余談ですが…／（我）附帶提一下…⓪

よだんかつよう【四段活用】（名）〔語法〕
（動詞用）四段活用。④

よち【予知】（名・他サ）預知，預先知道

；☆地震を予知する／預知地震。①⓪

＊よち【余地】（名）餘地；☆まだ発展の余
地がある／還有發展的餘地；☆弁解の余
地を与えない／不容辯白；◇立錐（りっ
すい）の余地もない／無立錐之地。⓪①

よちよち（副・自サ）東倒西歪，蹣跚不穩
貌；☆赤ん坊がよちよち（と）歩く／小
孩東倒西歪地走。①

よつあし【四つ足】（名）①四條腿；☆四
つ足の台／四條腿的桌子；②畜牲，獸類
（けだもの）；☆四つ足は食べぬ／不吃
獸肉。⓪

よつおり【四折】（名・他サ）折成四分之
一。⓪

よっか【四日】（名）①四日，四號；②四
天。⓪

よっかか・る【寄っ掛かる・倚っ懸かる】
（自五）〔俗〕＝よりかかる。④

よつかど【四つ角】（名）①四個隅角；②
十字路口（＝よつつじ）；☆四つ角を右
に曲がると学校が見える／從十字路口往
右一拐就看見一所學校。⓪

よつぎ【世嗣】（名）〔文〕①繼承；②繼
承人，嗣子。③

＊よっきゅう【欲求】（名・他サ）欲望，希
求；☆平和を欲求する／希求和平；☆万
人の欲求を満足させる／滿足千萬人的欲
望。⓪

よつぎり【四つ切り】（名）四開照片紙（
縱橫比爲25.5公分比30.5公分）。④

よったり【四人】（名）〔（よたり）的音
便〕四人，四個人。④

よっつ【四つ】 Ⅰ（名）①〔古〕巳時初，
亥時初（午前或午後十時）；②〔角力〕
二人用雙臂互相扭在一起；Ⅱ（數）①四
歲；②四個；◇四つに組む／①〔角力〕
二人雙臂互相扭在一起；②（對敵人或艱
巨任務）全力以赴。③

よつつじ【四つ辻】（名）十字路（口兒）
（＝よつかど）；☆町の四つ辻／街上的
十字路口兒。⓪

よって【因（依）って】（接）〔よりて的
音便〕因而，因此，所以（＝そこで、そ
れだから）；☆よってこれを表彰する／
因而予以表揚。

よつで【四つ手】（名）←よつであみ；～
あみ【四つ手網】（名）提罾，罾網；☆
四つ手網を卸（おろ）して魚を捕る／下
提罾網捕魚。⓪

よってきたる【因って来たる】（連語）所由來的,根源的（＝もととなる）；☆因って来たる原因／根本的原因。⑤

*ヨット【yacht】（名）快艇,遊艇；〜ハーバー【yatch harbour】（名）遊艇用的埠頭。⑤

よっぱらい【酔払い】（名）醉漢,酒鬼⓪

よっぱら・う【酔っ払う】（自五）喝醉（酒）；☆酔っ払って正体（しょうたい）を失う／喝得酩酊大醉。⓪

よっぴて【夜っぴて】（副）整夜,一夜,終夜（＝よもすがら）。③⓪

よっぽど【余っ程】（名・副）〔俗〕＝よほど。⓪

よつみ【四つ身】（名）〔縫紉〕十歳左右的兒童和服。⓪

よつめ【四つ目】（名）①四隻眼睛；四つ目の化物（ばけもの）／四隻眼睛的妖怪；〜がき【四つ目垣】（名）方格籬笆；〜ぎり【四つ目錐】（名）四稜鑽。⓪

よつゆ【夜露】（名）夜露,夜裏的露水；☆夜露に濡（ぬ）れる／被夜露濡濕。①

よつわり【四つ割り】（名）對切。⓪

よつんばい【四つん這い】（名）①匍匐,伏在地上；☆四つん這いになって歩く／匍匐而行,爬着走；②趴下；☆四つん這いになる／趴下。⓪

*よてい【予定】（名・他サ）預定；☆予定が狂う／預定的計劃發生變更；☆今日は何をする予定か／今天預定做什麼？☆予定した講師が急用で来られなくなる／約好的講師因爲有急事不能来了。⓪

よど【淀・澱】（名）（流水）淤塞,淤塞處。⓪

よとう【与党】（名）與黨,政府黨。⓪

よどおし【夜通し】（副）整夜,通宵（＝ひとばんじゅう、よっぴて）；☆子供が夜通し泣いてやかましくて眠れなかった／孩子哭了一夜,吵得没能睡覺。⓪

よとく【余得】（名）額外的收入；☆給料の外に、いろいろの余得がある／工資以外,還有種種額外收入。⓪

よとく【余徳】（名）〔文〕餘蔭；☆先祖の余徳を蒙（こうむ）る／承祖先的餘蔭⓪

よどみ【淀・澱】（名）①淤水,淤水處；☆溝の淀みに子孑（ぼうふら）が発生する／溝的淤水處生子孑；②停滯,停頓；☆淀みなくしゃべる／口若懸河地説③；

沈澱物。⓪③

よど・む【淀（澱）む】（自五）①淤塞；☆溝の水が澱む／溝裏的水淤塞；②沈澱；☆バケツの水の底にごみが澱む／水桶底下沈澱一些髒東西；③停滯；（言詞）不流暢（＝くちごもる）；☆澱むことなく数時間にわたって演説する／口若懸河講演了數小時。②⓪

*よなか【夜中】（名）夜半,半夜；☆夜中の二時半／夜裏兩點半鐘。③

よなが【夜長】（名）夜長；☆おいおい夜長の時節になって来る／逐漸來到夜長的季節。⓪③

よなき【夜啼（鳴）き】（名・自サ）夜鳴；夜啼；☆夜啼きする小鳥／夜裏啼叫的小鳥；〜うどん【夜啼き饂飩】（名）夜間沿街叫賣麵條的商販。③

よなべ【夜なべ】（名）夜裏的工作；夜裏做工作；☆夜なべに針仕事（はりしごと）をする／夜裏做針線活兒。⓪

よなよな【夜な夜な】（名・副）每天夜裏,天天晚上（＝まいばん、よごと）；☆夜な夜な遅くまで研究を続けている／每天晚上都進行研究工作直到很晚。①

よな・れる【世慣（馴）れる】（自下一）熟悉世故,通曉世故人情；☆世慣れた人／通曉世故人情的人(下二)⓪③

よにげ【夜逃げ】（名・自サ）夜裏逃跑,乘夜逃跑；☆借金が払えないので夜逃げ（を）した／因爲還不起欠債,乘夜逃跑了。③

よにも【世にも】（副）非常,特別；☆よにも珍しい事件だ／非常稀奇的事件。①

よねつ【余熱】（名）餘熱,殘餘的熱力；☆余熱で蒸らす／用餘熱烘一烘。⓪

よねん【余念】（名）別的意頭；☆余念がない／専心,一心一意,埋頭；☆余念なく仕事に励（はげ）む／埋頭工作；☆勉強に余念がない／専心用功。⓪

よのつね【世の常】（連語・名）世上常有的事；普通,平常；☆それは世の常だ／那是世上常有的事。①－①

*よのなか【世の中】（名）①世上,社會；☆世の中は絶えず変わって行く／社會是不斷變化着；☆世の中に出る／進入社會裏；②時代；☆今は原子力（げんしりょく）の世の中だ／現在是原子能時代。②

よのならい【世の習い】（連語・名）＝よのつね。①

よ

よは【余波】（名）餘波；影響（=なごり、あおり）；☆台風の余波で波が高い／由於颱風的影響浪大，☆経済恐慌の余波／經濟危機的影響。[1]

よはく【余白】（名）餘白，空白；☆余白に書き込む／寫在空白上。[0]

よばなし【夜話】（名）夜裏談話（=やわ）。[2]

よばん【夜番】（名）夜班；打更，更夫；☆倉庫の夜番をする／在倉庫值夜班[2][1]

*よび【予備】（名）預備，準備；☆予備の金を貯金する／把備用的錢儲蓄起來；～こう【予備校】（名）升大學（或高中）補習班；～ちしき【予備知識】（名）事前必備的知識，預備知識。[1]

よびい・れる【呼び入れる】（他下一）招呼進來；☆客を呼び入れる／把客人請進來，図よびいる（下二）。[4]

よびおこ・す【呼び起こす】（他五）①叫喚醒；②使想起…。

よびかけ【呼び掛け】（名）呼叫，號召；☆政府の呼び掛けに答える／響應政府的號召。[0]

*よびか・ける【呼び掛ける】（他下一）①招呼，招喚；☆道行く人に呼び掛ける／招喚過路人；②號召；☆全国の国民に呼び掛ける／號召全國國民，図よびかく（下二）。[4]

よびこ【呼子】（名）警笛，哨子（=よぶこ）；☆警官が呼子を吹く／警察吹警笛。[0]

よびごえ【呼び声】（名）①招喚聲，吆喚聲；☆呼び声が聞こえる／聽見招喚聲；☆物売りの呼び声／賣東西的叫賣聲；②（人選等的）呼聲；☆彼は委員長の呼び声が高い／他當委員長的呼聲很高。[3][0]

よびこ・む【呼び込む】（他五）喚進來，讓進來（=よびいれる）；☆客を呼びこむ／把客人請進來。[3]

よびじお【呼び塩】（名）（為使過鹹的食品滲出鹽分）加鹽；所加的鹽。[0]

よびすて【呼び捨て】（名）只（光）叫名字（不加敬稱）；☆人を呼び捨てにする／光叫人的名字。[0]

よびだし【呼び出し】（名）〔（よびだす）的名詞形〕①傳喚；☆法院から呼び出しが来た／法院來傳喚；②喚來，邀來；（電話的）傳呼；☆電話口へお呼び出しを願います／請叫來聽電話；☆呼び出しの

電話／傳呼電話；③←呼び出し電話；④〔角力〕呼喚（相撲）力士上場的人；～じょう【呼び出し状】（名）〔法〕傳票。②請束；～でんわ【呼び出し電話】（名）傳呼電話。

よびだ・す【呼び出す】（他五）①喚出來，叫出來；☆林さんを呼び出して下さい／請叫林先生叫來；②約到（=さそいだす）；☆友達を公園に呼び出す／把朋友約到公園；③傳喚，傳呼；☆証人を法廷に呼び出す／傳證人出庭；☆弟を電話口に呼び出す／叫弟弟接電話，図よびいだす（四）。[0]

よびつ・ける【呼び付ける】（他下一）①叫來，叫到跟前來；☆社長に呼びつけられる／被總經理叫去；②叫慣（=よびなれる）；☆呼び付けた名前で呼ぶ／用叫慣的名字叫；③經常請來；☆呼び付けた医者／常請的醫生，図よびつく（下二）[4]

よびと・める【呼び止める】（他下一）錯過時叫回來。[3]

よびな【呼び名】（名）叫慣的名，通稱[0]

よびね【呼び値】（名）①〔經〕（交易所內交易品的）喊價；②喊價，要價。[0]

よびみず【呼び水】（名）①（抽水泵不出水時，為促進吸引作用而注入的）水；②誘因，起因。[0]

よびもど・す【呼び戻す】（他五）叫回來；☆急用で家に呼び戻される／因有急事被叫回家來。[4]

よびもの【呼び物】（名）最受歡迎的東西，最誘人的東西；精彩節目；☆サーカスの呼び物／馬戲團的精彩節目。[0]

よびょう【余病】（名）併發症；☆余病を併発する／引起併發症。[0]

*よびりん【呼び鈴】（名）喚人鈴，電鈴；☆呼び鈴を押（お）す／按（電）鈴；☆呼び鈴が鳴った／鈴響了。[0]

*よ・ぶ【呼ぶ】（他五）①喊，叫，招呼（=さけぶ）；☆助けを呼ぶ／呼救；☆いくら呼んでも聞こえない／怎麼招呼也聽不見；②叫來（=よびよせる）；☆彼を呼んで来い／把他叫來；☆手を打って呼ぶ／拍手喚；☆ハイヤーを呼ぶ／叫出租汽車；☆医者を呼んで来る／請大夫來；③邀請，請來（=まねく）；☆各国の代表を呼んで盛大なパーティーを開く／邀請各國代表開盛大宴會；☆夕食に呼ぶ／請吃晚餐；④稱為，叫做，（=なづけ

る）；☆それ以来この花を「愛玉」と呼ぶようになった／從此大家把這種花叫做「愛玉」；⑤叫（座），吸引（觀衆）；引起(注意等)（＝あつめる，ひきよせる）；☆あの映画は盛んに客を呼んでいる／那部電影很叫座；☆塩は湿気を呼ぶ／食鹽容易反潮。⓪

よふかし【夜更（か）し】　（名・自サ）熬夜；☆夜更かし（を）して体をこわす／熬夜傷身。③

よふけ【夜更け】　（名）深夜；☆我々は夜更けまで語り合った／我們談到深夜。③

*__よぶん【余分】__　（名・形動ダ）①浮餘，剩餘（＝あまり），☆余分は皆で分ける／剩下的由大家來分；②多餘，格外（＝よけい）；☆余分な物は持って行くな／多餘的東西不要 帶去；☆余分に取る／多拿；☆人より余分に働く／比人家格外多幹。⓪

*__よほう【予報】__　（名・他サ）預報；☆天気を予報する／預報天氣。⓪

*__よぼう【予防】__　（名・他サ）預防，提防，防備；☆予防は治療に勝（まさ）る／預防勝於治療。⓪

*__よほど【余程】__　（副）很，頗，相當；（數量、時間、距離等）相當多，相當大（＝だいぶ，かなり，よっぽど）；☆余程の学者に違いない／一定是一個很了不起的學者；☆駅までよほどある／距車站相當遠；☆余程やってみようかと思った／我差一點兒沒試一下子。⓪

よぼよぼ　（副・自サ）（老人的步伐）蹣跚，搖搖晃晃；☆杖（つえ）をついて、よぼよぼと歩く／拄着拐杖搖搖晃晃地走路；☆足はよぼよぼしているが、言うことはしっかりしている／腿脚雖然不太靈活，說話可還清楚。①

よまつり【夜祭】　（名）夜祭；☆夜祭で境内（けいだい）が賑わう／神社院内因夜祭很熱鬧。②

よまわり【夜回り】　（名）守夜，打更夫（＝よばん）；☆夜回りが拍子木（ひょうしぎ）を打つ／更夫打梆子。②

よみ【黄泉】　（名）〔文〕黄泉，陰間，冥府；～じ【黄泉路】（名）〔文〕黄泉路上；～のくに【黄泉の国】（名）〔文〕＝よみ。①

よみ【読み】　（名）①読，唸；②訓読（用日本固有語言読漢字的方法）（＝くん）；

③〔棋〕（對着數的）判斷；☆読みが深くて早い／看得步數多而快；④〔轉〕洞察力。②

よみあ・げる【読み上げる】　（他下一）①（高聲）朗讀，點（名）☆名前を読み上げる／大聲點名；②読完，唸完；☆長篇小説を一晩で読み上げる／一晩上読完長篇小說；図よみあぐ（下二）。⓪

よみあやまり【読み誤り】　（名）讀錯（的地方或部分）；☆先生に読み誤りを指摘される／被老師指出讀錯的地方。⓪

よみあやま・る【読み誤る】　（他五）讀錯，唸錯（＝よみちがえる）；☆信号を読み誤る／看錯信號。⓪⑤

よみあわせ【読み合わせ】　（名）核對，校對；☆二人で読み合わせをする／二人核對（一人讀一人對）。⓪

よみあわ・せる【読み合わせる】　（他下一）校對，核對（文件等）；☆原稿と校正刷とを読み合わせる／按原稿核對校樣；☆書類を読み合わせる／核對文件；図よみあはす（下二）。⓪

よみかえ・す【読み返す】　（他五）再讀，反覆讀誦。⓪③

よみがえ・る【蘇（甦）る】　（自五）①甦生，復活；②復興，復蘇；☆ルネサンスによってギリシア芸術が蘇る／希臘藝術因文藝復興而復興；☆一雨降って草木は蘇った／一場雨草木復蘇了。③

よみかき【読み書き】　（名・他サ）讀寫①

よみかた【読み方】　（名）讀法，唸法④③

よみきり【読み切り】　（名）①讀完，唸完；②句讀；③（雑誌等）一期刊完（的讀物）；～しょうせつ【読み切り小説】（名）（雑誌所登）當期完結的短篇小說⓪

よみくせ【読み癖】　（名）①習慣讀法；☆伝統的な読み癖／傳統的習慣讀法；②個人獨特的讀法；☆個人の読み癖／個人獨特的讀法。②④

よみくだし【読み下し】　（名・他サ）①從上往下讀；②（用日語）譯讀漢文。⓪

よみくだ・す【読み下す】　（他五）從上往下讀（唸）；讀完；☆手紙をざっと読み下す／草草把信看完。

よみこな・す【読みこなす】　（他五）讀而領會，讀透；☆進化論を読みこなすには相当の努力がいる／讀透進化論需要相當的努力。⓪

よみさし【読みさし】　（名）讀到中途，沒

有讀完；　☆読みさしの本／讀到中途的
書。◦

よみさ・す【読みさす】（他五）讀到中途
停下，中途放下（讀物）；☆新聞を読み
さしたまま出勤した／把報紙讀到中途就
上班了。◦

よみせ【夜店】（名）夜市，夜攤子。◦

よみち【夜道】（名）夜路；☆暗い夜道／
黑暗的夜路。①

よみて【読み手】（名）①讀者，讀的人；
☆聞き手から読み手にまわる／聽完了別
人唸後，輪到自己唸；②詩人，吟詩的人
；☆歌の読み手／詩的作者；③朗誦詩畫
的人。③

よみで【読みで】（名）足够一讀；☆読み
出がある／分量多足够一讀；☆読み出が
ない／分量少不經讀；☆この長篇小説は
随分読みでがある／這部長篇小說足够一
讀。③

よみなが・す【読み流す】（他五）①讀得
流暢；☆難しい原文をすらすらと読み流
す／流暢無阻地閱讀很難的外文；②粗枝
大葉地讀，草草地閱讀，不求甚解地閱讀
；☆肩の凝らない小説を読み流す／草略
閱讀輕鬆的小說。◦

よみにく・い【読み難い】（形）難讀的④

よみびと【読（詠）み人】（名）吟詠詩歌
者，詩歌的作者；☆詠み人知らず／（詩
歌選集中用語）作者不詳。②◦

よみふけ・る【読み耽る】（自五）耽讀，
讀得出神；專心閱讀；☆彼はいつも書物
に読み耽っている／他總是埋頭看書。◦

よみもの【読み物】（名）①讀物；☆子供
の読み物／兒童讀物；②報刊中趣味本位
的記事（或文章）。②③

よみやす・い【読み易い】（形）易讀的。

よ・む【詠む】（他五）作（詩）；☆歌を
詠む／作詩；☆多景色を俳句に詠む／把
多景色詠成俳句。①

＊＊よ・む【読む】（他五）①讀，唸，閱讀；
☆本を読む／讀書；☆新聞を読む／讀報
；②唸，誦（經）；☆お経（きょう）を
読む／唸經；③數（量）；☆入場者の
数を読む／數入場者人數；④解讀（暗碼
等）；猜度（心事等）；☆相手の胸中を
読む／猜度對方的心事；☆人の心は顔色
で読める／從神色可以看出人的心來；⑤
〔棋〕考慮（着數）；☆手を読む／考慮
步數。①

＊よめ【嫁】（名）①兒媳；☆息子に嫁を貰
う／給兒子娶媳婦；☆嫁と姑（しゅう
と）の折合（おりあい）が悪い／婆媳不
和；②妻，媳婦；☆嫁を捜（さが）す／
物色女對象；☆嫁を取る（迎える）／娶
妻；☆彼には嫁の来手（きて）がない／
沒人願意嫁他；③新娘，新人；☆嫁の実
家（じっか）／新娘的娘家；④嫁；☆嫁
に行く／出嫁（閣）；☆嫁にやる／使女
兒出嫁。◦

よめ【夜目】（名）夜裏看；☆夜目にもそ
れと分かる／就是夜裏看也認得；◇夜
目遠目（とおめ）傘の内／夜裏看、離遠
看、傘下看（指女子在這些場合都顯得美
麗）。①

よめい【余命】（名）餘生，殘年；☆余命
いくばくもあるまい／將不久於人世①◦

よめいり【嫁入り】（名・自サ）出嫁，出
閣于歸；☆嫁入り仕度（じたく）に忙しい
／忙於準備出嫁；☆いいところへ嫁入り
する／嫁到很好的人家。

よめご【嫁御】（名）〔敬稱〕＝よめ（嫁）◦②

よめとり【嫁取り】（名・自サ）娶妻，（
男人結婚）☆嫁取り（を）する／結婚④③

よめな【嫁菜】（名）〔植〕鷄兒腸。◦

よ・める【読める】（自下一）①能讀，會
唸；☆容易に読める筆跡／淸楚易讀的字
跡；②值得讀；☆この小説はなかなか読
める／這部小說很值得讀；③明白，理解
；☆彼女の心は容易に読めない／她的心
不容易理解；☆それで読めた／這才明白
了。②

よも【四方】（名）〔文〕（東、西、南、
北），前後左右，各方面；☆頂上から四
方の山々を眺（なが）める／從山頂眺望
四面的山。①

よもぎ【艾・蓬】（名）〔植〕艾。◦

よもすがら（副）整夜，終夜（＝よどうし）
；☆よもすがら虫がすだく／終夜蟲聲唧
唧。◦

よもや（副）（下接否定或推量助動詞）未
必，不至於，難道；☆よもやそんな事は
あるまい／未必有那樣的事；☆よもや私
を忘れはしまい／不至於把我忘掉吧；☆
よもやと思ったがやはりそうだった／總
以爲不至於有那樣事，但是結果眞就有了
那樣事。①

よもやま【四方山】（名・副）①周圍的山
；②世間，社會（＝せけん）；③各種各

よ

様；☆四方山の話をする／閑聊，東扯幾句西扯幾句。①⓪

*よやく【予約】（名・他サ）預定；☆予約締切りの日／預訂截止日期；☆座席を予約する／預訂座位；☆予約受付／接受訂約；☆予約済である／已經訂約。⓪

*よゆう【余裕】（名）①浮餘，剩餘（＝あまり）；☆時間の余裕がある／有剩餘時間；②餘裕，充裕，從容，鎮靜（＝ゆとり）；☆余裕のある態度／從容不迫的態度；☆危機に直面しても余裕綽綽たるものだ／面臨危機而猶從容不迫；☆生活に余裕がある／生活充裕。⓪

よよ（感）嗚嗚地（哭聲）；☆よよと泣く／嗚嗚地哭。①

ーより【寄り】（接尾）偏，靠；☆海岸寄りの地方／靠海岸的地帯；☆南寄りの風／偏南的風。

より【寄り】（名）①聚會；☆昨晩の会は人の寄りがよかった／昨晩開會到會的人很多；②（病等）集聚；☆腫れ物の寄りが首に来る／腫瘍（的毒）集結在脖子上；☆にきびの寄り／一堆痳疱。

より【縒（撚）り】（名）①捻線；☆縒りをかける／搓捻；☆二本撚りの糸／兩股（撚的）線；②捻的勁兒；☆この綱は縒りが強い／這條繩子搓得緊；◇縒りを戻す／倒捻，鬆開捻的勁兒；②（破鏡）重圓，恢復舊好；☆夫婦の縒りを戻す／破鏡重圓；腕に縒りをかける／加緊勁；加油幹。②

より【因（依）り】（修助）〔文〕〔用により〕的形〕①遵按，按照（＝にしたがって）；☆政府の命令により…／遵照政府的命令…；②因爲，由於（＝から，ので）☆病気により欠席する／因病缺席。

より（副）更（＝いっそう，さらに）；☆よりよい生活を目指〔めざ〕して努力する／爲更好的生活而努力。①

*よりＩ【格助】①比；☆このさつま芋は栗よりあまい／這種地瓜比栗子甜；☆鉄よりも堅い金属／比鐵還硬的金屬；②（與其…）莫如，不如；☆富より健康を重んずる／重視健康勝於財富；☆降伏するより死んだ方がよい／與其投降莫如死掉；☆聞くより見る方がよい／聽不如看；☆〔文〕從，自，由（＝から）；☆台北より台南に至る／從臺北到臺南；☆来月より始める／從下月開始；Ⅱ（修助）（下接

否定語）除了以外；☆歩くより仕方がない／除了歩行沒有辦法。

よりあい【寄り合い】（名）集會；☆村の寄り合いに出る／出席村民的集會；〜じょたい【寄り合い世帯】（名）①許多戶雜居在一起；②〔轉〕拼湊的組織；東拉西湊的球隊；烏合之衆。⓪

よりあ・う【寄り合う】（自五）集會，集聚，集合（＝よりあつまる）☆皆寄り合って相談する／大家集到一起商量；図よりあふ（四）。③

よりあつま・る【寄り集まる】（自五）聚集，集合（＝よりあう）；☆蟻（あり）が砂糖に寄り集まっている／螞蟻聚在糖上。⑤

よりいと【縒（撚）り糸】（名）數股捻成的線，捻線；☆黒白の縒り糸／黑白色的捻線。③

よりかか・る【寄（倚・凭）り掛かる】（自五）凭靠，倚靠，依頼；☆壁に寄り掛かる／靠在牆上；☆人に倚り掛かる／靠在別人身上。④

よりき【与力】（名）①協力，幫助；②〔江戸時代〕捕吏。①

よりきり【寄り切り】（名）〔角力〕把對方逼到角力場邊緣使之迫不得已脚踏圈外⓪

よりごのみ【選り好み】（名・自サ）挑剔（＝えりごのみ）；☆着物に選り好み（を）する／挑剔衣服。⓪

よりすが・る【寄り縋る】（自五）①偎依，偎靠（＝すがりつく，よりかかる）；☆子供が母親に寄り縋る／小孩偎靠母親；②投靠，依靠（＝すかる）；☆親戚に寄り縋る／投靠親戚。④

よりそ・う【寄り添う】（自五）挨靠，貼近；☆互に寄り添って道を歩く／互相緊挨着走路；図よりそふ（四）。③

よりつ・く【寄（り）付く】（自五）①靠近，接近，挨近（＝よりそう，ちかづく）；☆彼は一風（いっぷう）変わっているので誰も寄り付かない／他爲人很特別誰也不接近他；②〔經〕開盤。③

よりどころ【拠り所】（名）根據，基礎，依據；☆充分拠り所がある／有充分根據。⓪③

よりどり【選り取り】（名・他サ）隨便挑選；☆選り取り百円／一百元一個，隨便挑。⓪

よりぬき【選り抜き】（名）選拔，精選；☆

各チーム選り抜きの選手で全国代表のチームを結成する／從各隊選拔的選手組成全國代表隊。⓪

よりぬ・く【選り抜く】（他五）選拔，挑選，精選；☆多数の中から選り抜く／從多數裏挑選。⓪③

よりみち【寄り道】（名・自サ）①繞遠，繞道（＝まわりみち）；☆それは大へん寄道になる／那太繞遠；②順便繞到，順便到…；☆寄り道をして友人を見舞う／順便探望朋友☆寄り道しないですぐお帰りなさい／請不要到別處去，一直回家來。⓪

よりも（連語・格助）比…還；☆今日は昨日よりも寒い／今天比昨天還冷。

よりよい【より良い】（連語・形）更好的（＝いっそういい，もっといい）；☆より良い生活／更好的生活。③

よりょく【余力】餘力；☆余力をのこさず／不遺餘力。⓪①

よりわ・ける【選り分ける】（他下一）挑選出來，淘汰，辨別；図よりわく（下二）。⓪

＊よる【夜】（名）夜，夜裏，晚上；☆夜にならないうちに／乘天還沒黑；☆夜遅くまで働く／工作到深夜。①

＊よ・る【寄る】（自五）①靠近，挨近（＝ちかづく）；☆近く寄って見る／靠近跟前看；☆もっとそばへお寄り下さい／請您再往跟前兒湊一湊；②聚會，集聚（＝あつまる）；☆ここはよく子供の寄る所だ／這兒是孩子們經常集聚的地方；☆砂糖のかたまりに蟻（あり）が寄って来た／螞蟻聚到糖塊兒上來了；③順便到（＝たちよる）；☆帰りに友達の家に寄る／歸途順便到朋友家；☆どうぞ又お寄り下さい／請順便再來；④（船在航行中）到（某港口）；☆この船はケープタウンに寄らない／這隻船不到開普敦；⑤偏，靠（近一邊）；傾向於（＝かたよる）；☆壁に寄る／靠牆；☆もっと左へ寄れ／再向左靠一靠；☆駅から西に寄った所に山がある／在車站偏西的地方有山；☆彼の思想は左に寄っている／他的思想左傾；⑥想到，預料到；☆思いも寄らない出来事が起る／發生預料不到的事件；⑦（年齡）增多；（褶皺）發生，起；☆年が寄る／上年紀；☆着物に皺（しわ）が寄る／衣服上起折皺；◇三人寄れば文殊（も

んじゅ）の知恵（ちえ）／三個臭皮匠湊成一個諸葛亮。**寄ってたかって**／全體，大家一起，羣起…；☆寄ってたかってぶんなぐる／全體動手打，羣起而擊之；**寄るとさわると**／人們一到一塊兒就…；一有機會就…；☆寄るとさわるとその噂だ／一到一塊兒就談那件事。⓪

よ・る【拠る】（自五）①據，根據，按照；☆聞くところに拠ると…／據聞；☆信ずべき筋（すじ）の説明に拠れば…／據可靠方面的說明…；②依據（＝たてこもる）；☆城に拠って守る／據城而守⓪

＊よ・る【因（由・依・縁・頼）る】（自五）①由於，基於（＝もとづく，ちなむ）；☆私の今日あるは彼の助力に因る／我之有今天全靠他的幫助；②仰仗，依靠（＝たよる）；☆筆に頼って暮らす／靠寫作生活；③遵從，聽從，依（按）照（＝したがう）；☆命令に由る／遵從命令；☆慣例に依る／依照慣例；④憑倚，依靠（＝たよれる）；⑤憑，要看，取決（於）；☆成功不成功は努力如何に由る／成功與否要看努力如何；☆場合によってはそうしてもよい／（要看情形）有時那麼做也行；⑥用（作手段）；☆演劇によって人生の真実を探る／用演劇來探索人生的眞實；◇木に縁って魚（うお）を求める／緣木求魚。

よ・る【選る】（他五）選擇，挑選（＝えらぶ）☆好きなのを選る／喜歡那個挑那個；☆よいのを選って取る／揀好的拿①

よ・る【緘（撚）る】Ⅰ（他五）捻，搓，撚；☆二本の糸を緘って丈夫にする／把兩根線捻在一起使之結實；☆紙を撚る／捻紙捻；☆腹を緘って大笑いする／捧腹大笑；Ⅱ（自下二）〔文〕＝よれる。①

よ・る（補動五）〔方〕＝おる；☆泣きよる＝泣いておる。

よるひる【夜昼】Ⅰ（名）晝夜；☆夜昼の区別なく働く／不分晝夜地工作；Ⅱ（副）晝夜；☆夜昼働く／晝夜工作。①

よるべ【寄る辺】（名）倚靠，投靠（之處）☆寄る辺もない老人／無倚無靠的老人③⓪

よれよれ（副）皺皺巴巴，滿是折皺；☆よれよれの着物／皺皺巴巴的衣服。⓪

よ・れる【緘れる】（自下）扭勁兒，扭歪；滿是折皺（＝よじれる）；図よる（下二）。②

よろい【鎧】（名）鎧甲，甲冑；☆鎧を着

る／穿鎧甲；～ど【鎧戸】（名）百葉窗（＝シャッター），捲門。⓪

よろく【余禄】（名）〔文〕額外的所得（收入）；☆あの仕事には多少の余禄があるに違いない／搞那個工作一定有些額外的所得（收入）。⓪

よろ・ける（自下一）（歩伐）蹣跚，東倒西歪，提揭搖搖（＝よろめく）；☆石につまずいてよろける／絆到石頭上幾乎拌倒；☆よろけながら歩く／東倒西歪地走路。⓪

よろこばし・い【喜（悦）ばしい】（形）可喜的，喜悅的，高興的（＝うれしい）；☆喜ばしい日／可喜的日子；☆無事で何より喜ばしい／平安無事比什麼都好；図よろこばし（形シク）；～げ【喜ばしげ】（形動ダ）；☆喜ばしげに笑う／歡笑；～さ【喜ばしさ】（名）。⑤

よろこば・す【喜（悦）ばす】（他五）使歡喜，令快樂（＝よころばせる）；☆人の心を喜ばす／令人心快。④

よろこば・せる【喜（悦）せる】（他下一）＝よろこばす；図よろこばす（四）⑤

＊よろこび【喜（悦）び】（名）①喜悅，愉快，高興，歡喜；☆喜びの色を浮（う）かべる／喜形於色；☆喜びに堪えない／不勝愉快；②道喜，祝賀（＝いわい）；☆お喜びを申し上げます／向您道喜（祝賀）；☆喜事，喜慶事（＝めでたいこと）；☆隣にお喜びがある／隔壁有喜事④③

よろこびいさ・む【喜び勇む】（自五）歡喜，極高興；☆新一年生が喜び勇んで登校した／剛入學的一年級學生歡天喜地上學去了。⑥③

＊よろこ・ぶ【喜（悦）ぶ】（自五）歡喜，高興，喜悅；☆友達の成功を喜ぶ／爲朋友成功而高興；☆…を願う，情願，甘心，主動地；☆喜んであなたのために尽力します／樂意爲您盡力；☆喜んで引き受ける／欣然接受；☆子供の喜ぶような物／小孩喜歡的東西。③

＊よろし・い【宜しい】（形）①好的，行的，滿好的，妥當的（＝いい，ほどいい）；☆どちらでもよろしい／哪一個都可以；怎麼都行；☆喫煙しても宜しい／可以吸烟；☆それで宜しい／那就滿好（妥當）；☆釣銭はよろしい／不用找錢了；②（表示同意）好，行；☆宜しい、引き受けましょう／好，我答應下來罷；☆よろし

い、そうしたいというなら／好吧，既然你願意那麼做；図よろし（形シク）。⓪

よろしき【宜しき】（名）適當，合適，相宜；☆指導宜しきを得る／領導得當。⓪

＊よろしく【宜しく】（副）①適當地（＝ほどよく）；☆君の判断でよろしくやって下さい／你酌量着適當地處理吧；②應當，應該，必須〔下接文語（べし）＝すべからく〕；③←よろしく願います／請多關照；請你費心；☆今後ともどうぞ宜しく／今後請多關照；④→よろしくお伝え下さい／請代問候，致意；☆皆様にも宜しく／請給大家問好。⓪

よろず【万】Ⅰ（名）成千上萬，衆多（＝たくさん）；Ⅱ（數）萬，一萬(=まん)；Ⅲ（副）一切，所有的事（＝すべて、ばんじ）；～や【万屋】（名）①百貨店，雜貨店；②多面手，萬事通。①⓪

よろめ・く（自五）要倒，（歩伐）蹣跚；東倒西歪，晃晃搖搖（＝よろける）；☆突かれてよろめく／撞得要倒；☆よろめく足取りで家路（いえじ）をたどる／東倒西歪地往家走。③

よろよろ（副・自サ）要倒貌，蹣跚，東倒西歪，搖搖晃晃；☆病後で足がよろよろする／由於病癒不久脚步蹣跚不穩。①

よろり（副）＝よろよろ。

＊よろん【与論】（名）輿論；☆与論に訴える／訴諸輿論；☆与論の制裁を受ける／受輿論的制裁；～ちょうさ【与論調査】（名）民意測驗。①

よわ【夜半】（名）〔文〕夜牛，半夜；☆夜半の月／夜牛之月。①

よわ【余話】（名）〔文〕餘聞，軼事（＝よぶん、よろく）。①

よわい【齢】（名）〔文〕年齡，年紀（＝とし、ねんれい）；☆齢八十の老人／八十歲的老人。②⓪

＊よわ・い【弱い】（形）弱的，軟弱的，衰弱的；薄弱的，（程度）淺的；☆体が弱い／身體軟弱；☆度の弱い眼鏡／度數淺的眼鏡；☆光が弱い／光弱；②脆弱的，不結實的，不耐久的；☆ビニールは熱に弱い／乙烯塑膠對熱脆弱（不耐熱）；③懦弱的，怯懦的；☆気が弱くて一人で何もできない／因爲懦弱不能獨立工作；④（體質）對…脆弱的，經不起…的；☆酒に弱い体質／不能喝酒的體質；☆船に弱い／暈船，一坐船就暈；⑤（對某事物）

よ

不擅長的, 搞不好的；☆将棋が弱い／下不好將棋；☆僕 (ぼく) は数学が弱い／我數學成績差；⑥〔經〕(行情) 萎縮的；◇心臓 (しんぞう) が弱い／臉皮太薄；怯懦；図よわし (形ク)。②

よわき【弱気】(名・形動デ)①怯懦, 膽怯；☆いざとなると弱気を出す／臨到緊要關頭表現懦弱；☆弱気の (な) 人／怯懦的人。③⓪

よわごし【弱腰】(名)①腰窩；☆弱腰を蹴る／踢到腰窩上；②(態度) 懦弱, 怯懦。⓪②

よわさ【弱さ】(名) 弱 (的程度)。①

よわたり【世渡り】(名) 生活, 處世；☆世渡りの道／處世之方, 生活之道；☆世渡りのうまい男／善於處世的人。②

よわね【弱音】(名) 弱者之聲, 不爭氣的話；☆弱音を吐 (は) く／說不爭氣的話；示弱。⓪②

よわま・る【弱まる】(自五) 變弱, 衰弱；☆年取って体力が弱まる／上了年紀, 體力衰弱。③

よわみ【弱み】(名) 弱點, 缺點；☆弱みを見せる／示弱, 露出缺點。③

よわむし【弱虫】(名) 懦弱的人, 怯懦的人 (＝よわみそ)。②

よわ・める【弱める】(他下一) 弄弱, 使衰弱, 使低 (慢)；☆ガスを弱める／把煤氣放小些；☆調子を弱める／放低音調；☆速力を弱める／減低速度；図よわむ (下二)。③

よわよわし・い【弱弱しい】(形) (看樣子) 軟弱的, 單薄的；☆見るからに弱弱しい子／一看就很軟弱的孩子；☆交渉に

当たっては弱弱しい態度を絶対に見せない／當交涉時, 決不示弱；☆弱弱しい姿 (すがた)／弱不禁風的姿容；〜げ【弱弱しげ】(形動ダ)；〜さ【弱弱しさ】(名)；図よわよわし (形シク)。⑤

よわり【弱り】(名) 軟弱, 衰弱；衰敗；〜め【弱り目】(名) 軟弱時, 衰敗時, 背運時；☆弱り目につけこむ／乘着衰敗 (背運) 時, (牆倒衆人推)；◇弱り目に祟 (たた) り目／禍不單行, 越窮越見鬼。③

*よわ・る【弱る】(自五)①軟弱, 衰弱, 萎靡, 頹喪；☆体が日毎 (ごと) に弱って行く／身體日見衰弱；☆失敗して弱っている／因爲失敗而頹喪；②困窘, 爲難, 不知如何是好 (＝こまる)；☆何も弱ることはない／沒有什麼難辦的；☆これには弱った／這一來可不知如何是好了；☆あの男には弱る／那個人眞難對付；☆どうも弱ったな／眞糟糕。②

よん【四】(數)〔俗〕四, 四個 (＝よっつ)；☆十二は四の倍数／十二是四的倍數。①

よんエッチクラブ【四Hクラブ】(名) (農業青年教育機構) 四健會。⑥

よんどころな・い【拠無い】(形)①不得已的, 無可奈何的, 沒有辦法的 (＝やむをえない, よぎない)；☆拠ろ無い用事のため欠席する／因有不得已的事情而缺席；☆よんどころなくそれに従う／不得已而從之；②沒有根據的, 沒有理由的；☆そんな拠ろ無い事を言っても承服し兼ねる／說那種強詞奪理的話我是不能心悅誠服的；図よんどころなし (形ク)⑥

ら　ラ

ら①五十音圖「ら行」第一音，發音爲ra；②〔字源〕平假名是「良」的草體；片假名「ラ」是良的上半部。

ら【等】（接尾）等，們（主要用於表示人的體言或代詞之後）☆子供等／孩子們；☆彼等／他們；☆それ等／那些。

ラ【意la】（名）〔樂〕全音階的第六音 [1]

ら（あ）【感助】（俗）啊，啦（＝…るよ）；☆聞こえらあ／聽得見啊。

ラード【lard】（名）猪油。[1]

ラーメン【老麵】（名）〔烹飪〕中國湯麵 [1]

ラーユ【辣油】（名）辣油。[0]

らい一【来】（造語）（名）來，下，☆来学期／下學期；☆来年度／下年度。

*らい【来】（造語）以來；☆数日来／幾天以來；☆この問題は昨年来の懸案である／這個問題是去年以來的懸案；☆二十年来の暑さだ／二十年以來（未曾有過）的炎熱。

らい【癩】（名）〔醫〕←癩病。[1]

らいい【来意】（名）〔文〕來意；☆御来意を伺（うかが）いたい／請說明來意 [1]

らいう【雷雨】（名）雷雨；☆山中で雷雨に出会う／在山中遇到雷雨。

らいうん【雷雲】（名）雷雨的烏雲。[0]

らいえん【来演】（名・自サ）前來上演，前來表演；☆外国の音楽家が来演する／外國音樂家前來表演。[0]

*ライオン【lion】（名）〔動〕獅子。[0][1]

ライオンズ　クラブ【Lions club】（名）獅子會。[6]

らいかい【来会】（名・自サ）〔文〕蒞會，到會，出席；☆本日は遠路御来会下さいましてありがとうございました／今天蒙大家遠道前來出席，多謝；☆来会者に謝辞を述べる／向到會者致謝辭。[0]

らいかん【来館】（名・自サ）來館，來到博物館（圖書館、電影院等）；☆早朝から来館する／從早晨就到館來。[0]

らいかん【来観】（名・他サ）〔文〕前來參觀，前來觀看；☆その展覧会は来観者が多かった　／有很多人來參觀那個展覽會。[0]

らいかん【雷管】（名）雷管，起爆管，火帽。[0]

*らいきゃく【来客】（名）來客；☆今日の午後は来客がある／今天下午有客人來；☆御来客ですか／現在有客人嗎？[0]

らいぎょ【雷魚】（名）〔動〕→ライヒイ [1]

らいげき【雷撃】（名・他サ）〔軍〕用魚雷攻擊；放魚雷。[0]

らいげつ【来月】（名・副）下月；☆来月一日／下月一日；☆来月の十日（とおか）／下月十日；☆来月中（ちゅう）にできる／下月裏完成。[1]

らいこう【来校】（名・自サ）到校，來到學校；☆総理大臣の御来校を迎える／迎接總理蒞校來。[0]

らいこう【来航】（名・自サ）〔文〕航行前來，來航。[0]

らいごう【来迎】（名）①〔佛〕臨終時菩薩前來接引；☆阿弥陀如来（あみだにょらい）の御来迎を待つ／眼看就要死了；②高山上的日出（＝らいこう）；☆阿里山で御来迎を拝（おが）む／在阿里山上觀看日出。[1][0]

らいさん【礼讃】（名・他サ）歌頌，讚美；☆先人（せんじん）の偉業を礼讃する／歌頌先人的豐功偉績。

らいし【来旨】（名）①〔御一〕（您的）意旨；②來意；☆来旨を告げる／說明來意。[1]

らいしゃ【来社】（名）來社（報社、公司等）；☆小学生が見学に来社する／小學生來社參觀。[0]

らいしゅう【来週】（名・副）下週，下星期；☆来週の月曜日／下星期一；☆それは来週にのばそう／那個挪到下禮拜吧；☆来週中（ちゅう）に返してもらいたい／希望下星期內還給我。[0]

らいしゅう【来襲】（名・自サ）來襲，襲擊；☆敵の来襲に備える／防備敵人的襲擊；☆来襲した敵機を撃墜する／擊墜來襲的敵機。[0]

らいしゅん【来春】（名・副）明年春天。[0]

らいじょう【来状】（名）〔御一〕來函，來示；☆王さんよりの来状／王先生的來信。[0]

らいじょう【来場】（名・自サ）到場，出席；☆各界の名士が来場する／有各界知名人士出席。[0]

らいしん【来信】（名）來信；☆友人からの来信／朋友的來信。[0]

らいしん【来診】（名・自サ）出診；☆医者に来診を頼む／請醫生出診。[0]

らいしんし【頼信紙】（名）電報紙。[3]

ライス【rice】（名）①大米；②米飯；～カレー【rice curry】（名）加哩飯（＝カレーライス）。[1]

らいせ【来世】（名）〔佛〕來世，來生（＝らいせい）。[1][0]

ライセンス【licence】（名）①（行政上的）許可，許可證，執照；②（對外貿易的）許可；許可證。[1]

ライター【lighter】（名）打火機。[1]

ライター【writer】（名）①著述家，作家；②記者；☆シナリオライター／電影脚本作家。[1]

らいたく【来宅】（名・自サ）（客人）來舍；☆明日御来宅ください／明天請來舍下。[0]

らいちょう【来朝】（名・自サ）（日人指外國人）來到日本。[0]

らいちょう【来聴】（名・自サ）來聽。[0]

らいちょう【雷鳥】（名）〔動〕雷鳥[0][1]

らいてん【来店】（名・自サ）來到商店；☆御来店のお客様には粗茶をサービス致します／對光臨本店的顧客備有茶水招待。[0]

らいでん【来電】（名）來電，來的電報；☆来電に接する／接到來電。[0]

らいでん【雷電】（名）雷電。[0]

ライト【light】（造語）①明亮的，淡的，淺色的；②輕的；③簡單的；～ウェート【light weight】（名）輕量級拳擊選手（體重 135磅以下）；～ヘビィーウェート【light heavy weight】（名）輕重量級拳擊選手（體重 175磅以下 158磅以上）。

ライト【light】（名）①光，光線；②燈光，照明；☆自動車のヘッドライトを消す／熄滅汽車的前燈。[1]

ライト【right】（名）①右，右面，右邊；②正義；公理；③權利；④〔棒球〕右翼；☆ライトもっとさがれ／右翼再往後退一退！[1]

らいどう【雷同】（名・自サ）雷同，附和（＝ふらいどう）。[0]

ライトバン【light van】（名）小型貨客兼用車。[3]

ライナー【liner】（名）〔棒球〕（與地面幾乎成平行線的）直球。

らいにち【来日】（名・サ）〔文〕（外國人）來到日本；☆観光客が来日して各地を見物する／観光客來到日本各地参観。[0]

らいねん【来年】（名・副）來年，明年；☆来年の多／來年多[0] ◊ 来年のことを言えば鬼が笑う／今年先別講明年的事（指如意算盤不要打得過早）。[0]

らいはい【礼拝】（名・他サ）禮拜，拜；☆神を礼拝する／拜神；～どう【礼拝堂】（名）①基督教教堂；②拜殿（＝れいはいどう）。[0]

らいはる【来春】（名・副）明年春天（＝らいしゅん）。[0][3]

ライバル【rival】（名）①競爭者，對手，敵手；②情敵。[1]

らいびょう【癩病】（名）〔醫〕癩病，麻瘋。

ライヒー【雷魚】（名）臺灣産的雷魚。

らいひん【来賓】（名）來賓；☆来賓が挨拶する／來賓致詞。[0]

ライフ【life】（造語）①生命；②一生；③生活；～ボート【life boat】（名）救生艇；～ワーク【life-work】（名）一生的事業；畢生的巨著。[1]

らいふく【来復】（名）〔文〕來復；☆一陽来復（いちようらいふく）／多盡入春[0]

ライブラリー【library】（名）①圖書館，圖書室；②叢書；③叢書；☆英文学ライブラリー／英國文學叢書。[1]

ライフルじゅう【rifle銃】（名）來福槍[4]

らいほう【来訪】（名・自サ）來訪，訪問；☆来訪者の氏名を控（ひか）える／記下來訪者的姓名。[0]

ライム【rhyme】（名）韻，韻脚。[1]

ライむぎ【rye麦】（名）〔植〕黑麥，稞麥。[3][0]

らいめい【来命】（名）來示，您的指示[0]

らいめい【雷鳴】（名）〔文〕雷鳴，雷聲；☆波は逆巻（さかま）き，雷鳴はとどろく／波濤翻滾，雷聲隆隆。

ライラック【lilac】（名）〔植〕紫丁香（＝むらさきはしどい，リラ）。[1]

らいりん【来臨】（名・自サ）駕臨，光臨

；☆御来臨を乞う／恭請駕臨。⓪

らいれき【来歴】（名）來歷，經歷；☆あの人は種々の来歴がある／他的經歷很複雜；☆（事の）来歴をただす　／追尋來歷。⓪

ライン【line】（名）①繩；②線；☆グラウンドにラインを引く／在運動場上劃線；☆選手がラインの上に並んでいる／選手排列在（起步）線上；③行列，隊伍；**～アップ**【line-up】（名）①排陣；②〔棒球〕打球次序；③（比賽開始前的）陣容。①

ラウンド【round】（名）①圓；②一周，一圈；③循環；④（比賽的）一次，一回合，一盤。①

ラガー【rugger】（名）〔運動〕橄欖球（＝ラグビー）；橄欖球隊員。①

らく【洛】（名）〔文〕京都的簡稱；☆洛の内外／京都內外；☆上洛する／到京都去。①

*らく【楽】（名・形動ダ）①快樂，安樂，快活；舒服，舒適；☆老後を楽に暮らす／安樂度過晚年；☆薬を飲んで楽になる／吃了藥，舒服了；☆横になって体を楽になさい／躺下舒服舒服吧；☆楽あれば苦あり／有樂就有苦；☆どうぞお楽に／請隨便坐（不要拘泥）；②容易，輕鬆，簡單；☆決して楽な仕事ではない／絕不是輕鬆的工作；☆山を登るのは楽でない／登山並不容易；☆一日に30キロは楽だ／一天走30公里路很容易；☆この問題は楽に解ける／這個問題容易解決；☆一人で楽にやれる／一個人就綽綽有餘；☆楽に勝つ／毫不費力地取勝；③富裕，充裕；☆楽な暮らし／富裕的生活；④最後一天的演出，終幕戲（＝せんしゅうらく）②

らくいん【烙印】（名）烙印，火印；☆烙印を押す／打上烙印；◇烙印を押される／被加上無法洗掉的醜名。⓪

らくいん【落胤】（名）〔文〕（貴族的）私生子（＝おとしだね）。⓪

らくいんきょ【楽隠居】（名・自サ）（年老後）退休隱居（的人）；☆今は楽隠居して静かに世を送っている／現在退休安閒度日。③

らくえん【楽園】（名）樂園，天堂；☆地上の楽園／地上天堂。⓪

らくがい【洛外】（名）〔文〕京都郊外⓪

らくがき【落書き】（名・自サ）胡寫，亂

寫，胡亂塗畫；☆落書無用（むよう）／不准胡亂塗寫。⓪

らくがん【落雁】（名）①落雁；②（用糯米炒麵加糖壓成各種形狀的）點心。②

らくご【落伍・落後】（名）落伍，跟不上，落後；☆行軍で落伍する／在行軍中落伍；☆彼はわれわれの共同研究から落伍してしまった／他從我們的共同研究工作中落伍了。⓪

らくご【落語】（名）滑稽故事（日本曲藝之一種，類似中國的單口相聲）；**～か**【落語家】（名）滑稽故事演員。⓪

らくさ【落差】（名）〔理〕落差，水頭；☆落差を利用して水力発電を起こす／利用落差建水力發電。①

らくさつ【落札】（名・他サ）中標，得標；☆ダム建設の工事は佐藤組が落札した／水庫建設工程佐藤組中標了。⓪

らくさん【酪酸】（名）〔化〕酪酸。⓪③

らくじつ【落日】（名）〔文〕落日，夕陽（＝いりひ）⓪

らくしゅ【落手】（名・他サ）①收到，接到，到手；☆十二日付のお手紙、落手しました／十二日的來信已收到；②〔將棋〕錯步，壞著（＝おち）。①

らくしょう【楽勝】（名・自サ）不費力而戰勝；☆相手が弱いので楽勝するだろう／因為對方軟弱，將毫不費力地取勝；↔しんしょう（辛勝）。⓪

らくじょう【落城】（名・自サ）城池陷落；☆大阪城落城／大阪城陷落。⓪

らくせい【落成】（名・自サ）落成，竣工；☆新校舎は間もなく落成する／新校舍不久即將落成；**～しき**【落成式】（名）落成典禮。⓪

らくせき【落石】（名・自サ）〔文〕從山上滾下來的石頭；☆落石に当たって死ぬ／中滾石而死。⓪

らくせん【落選】（名・自サ）①落選（↔當選）；☆たった三票の差で落選した／僅僅以三票之差落選；②沒有選上（↔入選）；☆彼の作品は落選した／他的作品沒有選上。⓪

らくだ【駱駝】（名）①〔動〕駱駝；②駝絨；☆駱駝のシャツ／駝絨襯衣，駝絨毛衫；**～いろ**【駱駝色】（名）駝色；**～おり**【駱駝織】（名）駝絨織物。⓪

*らくだい【落第】（名・自サ）①沒有考中，不及格，名落孫山；☆ほとんど全クラ

スの生徒が代数で落第した／幾乎全班的學生代數不及格；②失敗；☆この方法は試驗の結果落第になった／這個方法試驗的結果失敗了；～せい【落第生】（名）留級生，降班生。[0]

らくだつ【落脱】（名・自サ）〔文〕脱落，漏掉。[0]

らくたん【落胆】（名・自サ）灰心，氣餒，沮喪，失望；☆実験に失敗して落胆する／因試驗失敗而灰心；☆そんなに落胆するな／不要那麼氣餒！ 一人子に死なれて落胆している／因獨生子死去很沮喪。[0]

らくちゃく【落着】（名・自サ）着落，歸結，了結，解決；☆事件が円満に落着した／事情圓滿解決了；☆紛争がいつ迄も落着しない／糾紛始終沒有解決。[0]

らくちゅう【洛中】（名）〔文〕京都城内[3][2]

らくちょう【落丁】（名）（書籍的）缺頁，脱頁；☆落丁がある場合は何時でもお取換えします／如有缺頁，隨時掉換。[0]

らくてん【楽天】（名）樂天，樂觀；～か【楽天家】（名）樂天派，樂觀主義者；～しゅぎ【楽天主義】（名）樂天主義，樂觀主義。[0]

らくど【楽土】（名）〔文〕樂土，樂園；☆地上に楽土を建設する／在地上建設樂園。[1][2]

ラクトーゲン【德 Laktogen】（名）奶粉。

らくに【楽に】（副）容易；輕鬆。

らくのう【酪農】（名）〔農〕飼養奶牛的牧場，奶油製酪農場；☆酪農を営む／經營製酪場。[0]

らくば【落馬】（名・自サ）墜馬，落馬；☆落馬しないように気をつけろ／小心別摔下來！[0]

らくはく【落魄】（名・自サ）〔文〕落魄，沒落淪落，潦倒；☆落魄の憂（う）き目を見る／沒落下去。[0]

らくばん【落磐】（名・自サ）〔礦〕礦井塌陷；☆長雨（ながあめ）で落磐の危険がある／因久雨（礦井）有場陷的危險[0]

ラグビー【Rugby】（名）〔運動〕橄欖球；橄欖球比賽（＝ラガー）。[1]

らくやき【楽焼】（名）（用手捏土燒坯，低溫燒成的）一種素陶（又名聚樂燒）[0]

らくよう【洛陽】（名）〔文〕①中國的洛陽；②日本的京都。[0]

らくよう【落葉】（名・自サ）落葉；葉落

；☆山の木々（きぎ）が落葉してすっかり多景色になった／山上樹葉已落，完全變成多天的景象；～じゅ【落葉樹】（名）落葉樹。[0]

らくらい【落雷】（名・自サ）雷撃，放電現象。[0]

らくらく【楽楽】①很舒服，很安適；☆ベッドが広いので楽々と寝られる／床很寬大可以舒舒服服地睡下；②非常容易，毫不費力；☆優秀な成績で楽々（と）試験に合格した／以優秀的成績毫不費力地考上了。[3]

ラグラン【raglan】（名）〔縫紉〕（袖縫直達領部的）插肩大衣；～スリーブ【raglan sleeve】（名）＝ラグラン。[1]

らくるい【落涙】（名・自サ）〔文〕落涙，流涙，灑涙；☆思わず落涙する／不禁落涙。[0]

ラケット【racket】（名）（網球、羽毛球、桌球的）球拍；☆ラケットで打つ／用球拍打；☆ラケットを手にする／拿起球拍。[0]

ーらし【助動・特殊型】〔文〕→らしい。

ラジアン【radian】（名）〔數〕弧度[1]

*ーらし・い（接尾・形型）（接體言下）像…樣子，像…似的，有…風度的；☆学生らしい／像個學生的樣子；☆彼には芸術家らしい所がある／他有藝術家的風度；☆公園らしい公園はない／沒有一個像樣的公園；☆学生なら学生らしくしなさい／既然是學生就應該像個學生樣；図らし（形シク型）；～げ（接尾・形動ダ型）～さ（接尾・名）。

*らし・い（助動・形型）（表示估量、推測）像是…，似乎…，好像…似的；☆実行は困難（である）らしい／實行似乎困難；☆この本は彼のらしい／這本書像是他的，或許是他的；☆その話はどうも事実らしい／那件事很像是事實；図らし（特殊型）。

ラジウム【radium】（名）〔化〕鐳；～せん【radium 泉】（名）含鐳的礦泉；～りょうほう【radium 療法】（名）〔醫〕鐳療法。[2]

ラジエーター【radiator】（名）①散熱器，暖氣片；②〔理〕輻射器，輻射體；③（汽車的）冷却器；④〔無電〕發射天線[3]

*ラジオ【radio】（名）①無線電，無線電廣播；☆ラジオを聞く／聽無線電（廣播）；

②無線電收音機；☆ラジオを取り付ける／安裝收音機☆君の家にラジオがあるか／你家裏有收音機嗎？；～アイソトープ【radio isotope】（理）放射性同位素；～ゾンデ【德 Radiosonde】（理）無線電高空測候器；～たいそう【radio 体操】（名）廣播（體）操；～ドラマ【radio drama】（名）廣播劇，播音劇；～ビーコン【radio beacon】（名）無線電指向標；～ロケーター【radio locator】（名）雷達，無線電定位器①⓪

ラジカル【radical】（形動ダ）①根本的；②急進的，過激的；☆ラジカルな思想／急進思想。①

ラジコン【radio-control之略】（名）無線操縱的。

ラシャ【葡 raxa・羅紗】（名）呢絨；☆縞（しま）ラシャ／格紋呢。①

ラジューム【radium】（名）（理）→ラジウム。②①

らしゅつ【裸出】（名・自サ）（文）露出，暴露；☆岩肌が裸出している／岩石露着。⓪

ラショナル【rational】（形動ダ）合理的；純理論的；理性的。①

らしんばん【羅針盤】（名）羅盤針，羅盤，指南針（＝らしんぎ，コンパス）。⓪

ラスク【rusk】（名）烤麵包片，炸麵包片①

ラスト【last】（名）①最後，末尾；接力賽最後第一名；☆ラストの成績／成績倒數第一；②臨終末日；～イニング【last inning】（名）〔棒球〕最後一局，第九局；～シーン【last scene】（名）〔劇・電影〕最後的場面；～スパート【last spurt】（名）〔運動〕終點前的最後衝刺。①

ラスベガス【Las vegas】〔地〕拉斯維加斯。③

らせん【螺旋】（名）①螺旋，螺釘；☆螺旋の条／螺（旋）紋；②螺旋狀物；☆螺旋（状）の階段／螺旋狀樓梯；～じょうきん【螺旋状菌】（名）〔醫〕螺旋狀菌⓪

*らたい【裸体】（名）裸體，赤身；☆裸体になる／脱光；☆裸体の女／裸體女人；～が【裸体画】（名）裸體畫。①

らち【埒】（名）①（跑馬場周圍的）柵欄；☆馬が埒の外に飛び出す／馬跑出柵欄；②（事物的）界限，範圍；☆代表としての埒を越えた發言／超越了作爲一個代

表的界限的發言；◇埒が明（あ）く／（事情）得到解決，歸結；◇交渉はいつまでたっても埒が明かない／交涉始終也沒有個歸結，糊里糊塗，沒有次序，亂七八糟；☆埒もない事を言う／語無倫次；埒をつける／處理解決。①

らち【拉致】（名・他サ）〔文〕強行拉走，綁架；☆犯人を拉致する／把犯人強行帶走。①

らっか【落下】（名・自サ）落下，降下☆垂直に落下する／垂直落下；～さん【落下傘】（名）降落傘（＝パラシュート）①⓪

らっか【落花】（名）〔文〕落花，花落；☆落花紛々たる景色が実に美しい／落英繽紛的景致眞美麗；◇落花枝に返らず／覆水難收。①

らっか【落果】（名）〔農〕掉下的果實①

ラッカー【lacquer】（名）眞漆，噴漆①

らっかせい【落花生】（名）〔植〕落花生；～ゆ【落花生油】（名）花生油。③

らっかん【落款】（名）落款；☆落款のない絵／沒有落款的畫。⓪

*らっかん【楽観】（名・他サ）樂觀；☆形勢の推移を楽観する／對情勢的發展抱樂觀；☆目下の形勢は楽観を許さない／目前的情勢不容樂觀。

ラッキー【lucky】（造語）幸運，僥倖，走運；～セブン【lucky seventh之訛】（名）〔棒球〕幸運的第七局。

らっきゅう【落球】（名・自サ）〔棒球〕沒有接住，漏接。⓪

らっきょう【辣韮・薤】（名）〔植〕薤，火葱。⓪

ラック【lac】（名）蟲漆。①

ラック【rack】（名）（掛物或裝飾的）架①

らっけい【落慶】（名）〔文〕（神社、佛殿等的）落成慶祝。⓪

ラッシュ【rush】（名）①向前猛進，突進；②蜂擁而至，大忙特忙；熱烈追求；～アワー【rush hour】（名）擁擠時間（指早晨和傍晚上下班時交通工具非常擁擠的時間）。①

ラッセル【russel】（名・自サ）①（登山時）排雪前進；②←ラッセル車；～しゃ【russel車】（名）除雪車。①

らっぱ【喇叭】（名）①〔樂〕喇叭，號；☆喇叭を吹く／吹喇叭，吹號；說大話，吹牛；②（留聲機、收音機的）擴音器，

喇叭；～かん【喇叭管】（名）〔解〕喇叭管；～ずいせん【ラッパ水仙】（名）〔植〕（一種金黄色的大型）水仙；～のみ【喇叭飲み】（名）（不對著杯裏而）嘴對瓶口喝／ビールのラッパ飲みをやる／嘴對瓶口喝啤酒。⓪

ラップ【lap】（名）〔運動〕（跑道的）一圈；～タイム【lap time】（名）（賽跑時）繞跑道一周所需的時間；（游泳時）游一段距離（如400公尺競賽時游100公尺）所需的時間。①

らつわん【辣腕】（名・形動ダ）〔文〕精明強幹，能幹；☆辣腕を振るう／大顯身手；～か【辣腕家】（名）精明強幹的人⓪

ラディッシュ【radish】（名）紅蘿蔔，萊菔。①

ラテン【latin・拉丁】（名）拉丁；～アメリカ【latin America】（名）拉丁美洲；～ご【拉丁語】（名）拉丁語。①

らでん【螺鈿】（名）螺鈿；☆蒔絵（まきえ）螺鈿を施した漆器（しっき）／描金鑲鈿的漆器。⓪

ラノリン【lanolin】（名）〔化〕羊毛脂②⓪

らば【騾馬】（名）〔動〕騾子。①

ラバー【rubber】（名）橡膠（＝ゴム）；～セメント【rubber cement】（名）橡皮膠（黏橡皮的膠液）。①

らふ【裸婦】（名）〔美術〕裸體婦女；☆裸婦を描く／畫裸體婦女像。⓪

ラフ【rough】（形動ダ）①粗，粗糙；☆ラフな生地（きじ）／粗糙的布料②凹凸不平，崎嶇不平；☆板の面がラフだ／板面凹凸不平；③粗暴；☆ラフな扱い／粗暴的對待；④粗心，粗枝大葉；☆ラフな頭の持ち主／粗心大意的人。①

ラブ【love】（名）愛，愛情，戀愛；～シーン【love scene】（名）戀愛場面（鏡頭）；～ストーリー【love story】（名）戀愛小說（故事）；～レター【love-letter】（名）情書。①

ラプソディー【rhapsody】（名）〔樂〕狂想曲，暢想曲。①

ラベル【label】（名）標籤，貼紙（＝レッテル）；☆トランクにホテルのラベルを貼る／在皮箱上貼上旅館的標籤。①

ラベンダー【lavender】（名）〔植〕薰衣草；淡紫色。⓪

ラマ【lama・喇嘛・刺麻】（名）喇嘛；～きょう【喇嘛教】（名）〔佛〕喇嘛教；～そう【喇嘛僧】（名）喇嘛（教僧侶）①

ラム【lamb】（名）〔烹〕羔羊肉。①

ラム【rum】（名）甜酒，糖酒。①

ラムネ（名）〔lemonade 之訛〕檸檬水，檸檬汽水。⓪

ラメ【lamè】（名）〔服飾〕金銀織。①

ラリー【rally】（名）（以規定的最高平均速度驅駛在公路上的）汽車競賽。①

ラルゴ【意 largo】（形）〔樂〕廣板。①

られつ【羅列】（名・自他サ）羅列，堆砌；☆意味のない言葉の羅列に過ぎない／不過是把沒有意義的詞句堆砌起來而已；☆統計的数字を羅列する／羅列一些統計數字⓪

ら・れる〔助動・下一型〕（接在五段、サ行變格活用以外的動詞未然形下）①表示被動；☆先生に褒められる／受到老師誇獎；②表示可能；☆早く起きられない／不能早起；③表示尊敬；☆先生がはいって来（こ）られた／老師走進來了；④表示主動，自然而然地；☆この子の行く末が案じられる／這個孩子的前途令人擔心；→れる。

ラワン【lauan】（名）〔植〕娑羅 雙樹，柳安。①

ら・ん（助動・特殊）〔文〕表示估量，推測（＝だろう，のだろう）。

らん【乱】（名）〔文〕亂，變亂，內亂，叛亂；☆乱を起こす／作亂；☆応仁（おうにん）の乱／〔史〕應仁之亂。①

らん【卵】（名）①〔文〕卵蛋；②〔動〕卵子。①

らん【欄】（名）〔文〕①欄杆；②（書籍、刊物、報紙等版面上的）欄；☆空欄を利用する／利用空欄；☆新聞の投書欄に投稿する／向報紙的讀者来信欄投稿。①

らん【蘭】（名）〔植〕蘭，蘭花。①

ラン【run】（造語）①（戲等）連演，繼續上演；☆ロングラン／長期上演（放映）；②（電影）（片子第…）輪；☆セカンドラン／第二輪；③〔棒球〕生還，得分（將球擊出跑回本壘）。

らんい【蘭医】（名）從荷蘭傳入日本的醫術；用荷蘭醫術治病的醫生。①

らんうん【乱雲】（名）（密佈的）烏雲，雨雲；☆乱雲が空を覆う／烏雲蔽空。⓪

らんおう【卵黄】（名）卵黄，蛋黄。⓪

らんがい【欄外】（名）①（書籍、刊物的）欄外；☆欄外に註を書き入れる／在欄外

ら

寫註解；②欄杆外。0

らんかく【濫獲・乱獲】（名・他サ）〔文〕胡亂打魚（狩獸）；☆濫獲を禁ずる／禁止胡亂捕魚（狩獵）。0

らんがく【蘭学】（名）（江戸時代中期以後由荷蘭傳入日本的）西洋學術，蘭學①

らんかん【欄干】（名）欄杆，扶手；☆橋の欄干にもたれる／倚在橋欄杆上。0

らんぎょう【乱行】（名）荒唐行徑，淫亂行爲；☆乱行が募（つの）る／越來越荒唐。0 1

らんぎり【乱切（り）】（名）〔烹飪〕（切菜、肉等不拘形狀）亂切，亂剁。0

ランク【rank】（名）次序，順序；地位①

ラングーン【Rangoon】〔地理〕仰光（緬甸首都）。3

*らんざつ【乱雑】（形動ダ）雜亂，混亂，雜亂無章，亂七八糟；☆机の上が乱雑になっている／桌子上雜亂無章。0

らんし【卵子】（名）〔動〕卵子。

らんし【乱視】（名）〔醫〕散光，亂視；☆あの人は乱視だ／他的眼睛散光 0 1

ランジェリー【lingerie】（名）女性内衣①

らんしゃ【乱射】（名・他サ）亂放，亂射；☆ピストルを乱射する／亂放手槍。0

らんじゅく【爛熟】（名・自サ）①爛熟，熟過勁兒；☆桃が爛熟する／桃子熟過勁兒了？②成熟，圓熟，純熟；☆爛熟した文章／最成熟的文章；☆その小説は氏の爛熟期に書かれたものだ／這部小説是在他的成熟期寫的。0

らんしょう【濫觴】（名）〔文〕濫觴，起源，開端；☆演劇の濫觴／演劇的起源。0

らんせい【卵生】（名）〔生〕卵生；☆卵生の動物／卵生動物。0

らんせい【乱世】（名）亂世；☆乱世の英雄／亂世英雄。1 0

らんせいしょく【藍青色】（名）〔文〕藍青色。3

らんせん【乱戦】（名）亂戰，混戰；☆乱戦になる／變成一場混戰。0

らんそう【卵巣】（名）〔解〕卵巢。0

らんぞう【濫造】（名・他サ）濫造，粗製濫造。0

らんだ【乱打】（名・他サ）亂打，亂撞；☆警鐘を乱打する／亂撞警鐘。1

ランタン【lantern】（名）燈籠，提燈。3

ランチ【launch】（名）汽艇；☆波止場（はとば）から汽船までランチに乗って行

く／從碼頭坐汽艇到輪船上去。1

ランチ【lunch】（名）午餐，便餐，簡單的酒餐；～タイム【lunch time】（名）午餐時間。1

らんちき【乱痴気】（名・形動ダ）①雜亂，混亂；②喧鬧，吵醋；～さわぎ【乱痴気騒ぎ】（名）酒醉後喧鬧。0

らんちゅう【蘭鋳・蘭虫】（名）〔動〕蘭鑄，兔尾（金魚的一種）。0

らんちょう【乱調】（名）①調子紊亂；☆脈搏が乱調になる／脈膊混亂；②步調混亂，情況混亂；☆目下經濟界是乱調を来たしている／目前經濟界情況很混亂；～し【乱調子】（名）＝らんちょう。0

ランデブー【法・rendez vous】（名）幽會，密會；使人造衛星在太空規道上接近；☆ランデブーの場所／密會地點。3

らんとう【乱闘】（名）亂打，亂鬥。0

らんどく【乱読・濫読】（名・他サ）濫讀，亂唸；☆小説を濫読する／濫讀小説 0

ランドセル【荷 ransel 之訛】（名）（學生用的）背包。0

らんどり【乱取】（名）〔柔道〕隨意練習 4 0

ランナー【runner】（名）〔棒球〕跑者①

らんない【欄内】（名）（書籍、報紙等的）欄内；☆欄内には文字を記入しないこと／欄内不得寫字。1

らんにゅう【乱入】（名・自サ）闖入，闖進；☆敵陣に乱入する／闖進敵陣。0

ランニング【running】（名）①賽跑；☆ランニングの練習をする／練習賽跑；②（賽跑用）無袖運動衫；～シャツ【running shirts】（名）→ランニング②。1 0

らんぱく【卵白】（名）〔動〕卵白，蛋白 0

らんばつ【濫伐】（名・他サ）〔文〕濫伐（樹木）；☆濫伐が祟（たた）って下流地方は毎年大水に襲われる／因濫伐的結果，下游一帶毎年遭受水災。0

らんぱつ【濫発・乱発】（名・自サ）〔文〕濫發；☆紙幣を乱発する／濫發紙幣 0

らんはんしゃ【乱反射】（名・他サ）〔理〕漫反射。3

らんぴ【濫費】（名・他サ）〔文〕浪費；☆濫費を抑制する／制止浪費。1 0

らんぴつ【乱筆】（名）字跡潦草；☆乱筆お許しください／草草不恭請原諒。0

らんぶ【乱舞】（名・自サ）〔文〕亂舞，狂舞；☆狂喜乱舞する／狂歡亂舞。1

*ランプ【lamp】（名）①洋燈，煤油燈；☆

ランプをつける／點上洋燈；☆ランプの
ほやを掃除する／擦洋燈罩；☆ランプの
心／燈芯；☆ランプを吹き消す／把洋燈
吹滅；②電燈。[1]

*らんぼう【乱暴】（名・形動ダ）①粗暴，
粗魯，暴戻，無法無天；☆乱暴な振舞／
粗暴的擧動；☆酔うと乱暴を働く／喝醉
了就胡鬧；☆言葉遣いが乱暴だ／說話粗
暴的人，胡鬧的人；②蠻橫，蠻不講理；
☆乱暴なことを言うな／不要蠻不講理；
☆乱暴な値段を言っている／漫天要價；
〜もの【乱暴者】（名）粗暴的人。[0]

らんま【欄間】（名）〔建〕日本房屋内的
拉窗、隔扇等上部採光、通風用的鏤格窗
或透籠板的部分。[0]

らんまん【爛漫】（形動タルト）〔文〕爛
漫；☆爛漫たる桜花／櫻花爛漫。[0][3]

らんみゃく【乱脈】（形動ダ）雜亂無章，
紛亂，沒有秩序；☆その会社の内部は実
に乱脈を極めている／那家公司内部簡直
亂極了。[0]

らんよう【濫用・乱用】（名・他サ）濫用
，亂用；☆職権を濫用する／濫用職權[0]

らんらん【爛爛】（形動タルト）〔文〕炯
炯；☆爛爛たる眼（まなこ），爛爛と光
る眼／目光炯炯。[0][3]

らんりつ【濫立・乱立】（名・自サ）亂立
；☆鉄道の沿線に看板が濫立する／鐵道
沿線廣告牌立得很多；☆この選挙区は各
党の立候補者が濫立している／這個選舉
區各黨紛紛提出很多位候選人。[0]

らんりん【乱倫】（名・形動ダ）〔文〕亂
倫。[0]

らんる【襤褸】（名）〔文〕襤褸（＝ぼろ、
ぼろきれ）；☆襤褸を纏（まと）った老
婆／衣服襤褸的老太婆。[1]

り①五十音圖〔ら行〕第二音，發音爲ri；②〔字源〕平假名是「利」的草體；片假名是「利」字的立刀。

─リ【裏】（接尾）接在體言下表示「…之中」的意思；☆会議は秘密裏に進められた／會議在秘密中進行。

り【利】（名）①利，便利；☆地の利を得る／得地利；②勝利；③利益，得利；☆混乱に乗じて利を收める／趁混亂取利；☆利に迷う／利令智昏；☆利を貪る／貪圖利益；④利息；☆四分利公債／四厘利的公債；☆利をつけて返す／加上利息歸還☆利を生む／息生息，利滾利①①

り【里】（名）里〔距離單位：每日里爲三十六町，約三·九公里）。①

り【理】（名）①原理，法則；☆物質不滅の理／物質不滅的原理；②道理，條理；☆君の話は理に合わない／你的話不合理；☆彼の話にも一理ある／他的話也有一番道理；③理學；理科，物理；**り**が非でも／無論如何〔＝ぜひとも〕；**理に落ちる**／過分講理，掷理。①①

り【厘・釐】（名）厘〔長度、重量之單位，「分」（＝ぶ）的十分之一〕。

リアリスト【realist】（名）現實主義者；寫實主義者，寫實派；實在論者。③

リアリズム【realism】（名）現實主義；寫實主義；實在論。③

リアル【real】（形動ダ）①實在的；實際存在的；②眞正的，眞實的；③寫實的①

リーグ【league】（名）同盟，聯盟；～**せん**【league 戦】（名）聯賽，（學校或團體之間的）聯賽；☆六大學野球リーグ戦／六大學棒球聯賽。①

リーダー【leader】（名）①指導者，領導人，領袖；☆テニスクラブのリーダーを勤める／當網球俱樂部的領導人；②〔樂〕指揮人，第一提琴；～**シップ**【leadership】（名）①領導地位；②領導，指揮；③統率力。①

リーダー【reader】（名）①課本，讀本；☆リーダーを讀む／唸讀本；②讀者。①

リーディング【leading】（造語）①一流的，頭等的；主要的；～**バッター**【lea-

ding batter】（名）〔棒球〕最優秀的打手。

リード【lead】（名・他サ）①領導，帶領，率領，引導；☆彼は長年その団体をリードして今日に及んだ／他多年來領導那個團體直到今天；②領先，帶頭；☆三対一で，こちらがリードしている／我隊以三比一領先。①

リード【德 Lied】（名）歌，歌謠，歌曲；德國抒情歌曲；～**かしゅ**【lied 歌手】（名）抒情歌手。①

リード【reed】（名）〔樂器的〕簧。①

***りえき**【利益】（名）①利益，益處，便宜；☆お互の利益を図る／圖謀相互的利益；②利，盈利，賺頭，紅利；☆利益を得る／獲利，得利；☆利益が少しも上がらない／一點也不得利；☆月に一万円の利益がある／毎月有一萬元的賺頭；～**はいとう**【利益配当】（名）分紅，紅利分配①

りえん【梨園】（名）〔文〕梨園，歌舞伎界。①

りえん【離緣】（名・他サ）①離婚；②斷絕養子或養女的關係；～**じょう**【離緣狀】（名）離婚書，退婚書。①

リオ・デ・ジャネイロ【Rio de Janeiro】〔地名〕里約熱內盧。⑤

りか【理化】（名）理化，物理和化學。①

***りか**【理科】（名）①數理化等自然科學的總稱；②（學校中主要學習自然科學的）理科；☆将来は大学の理科に進むつもりです／我將來打算進大學的理科。①

***りかい**【理解】（名・他サ）理解，了解，明白事理，領會，懂得；☆理解ある人／明白事理的人，有理解力的人；☆彼の行動は理解に苦しむ／他的行動令人難以了解；☆彼は音楽に理解がない／他不懂音樂；～**りょく**【理解力】（名）理解力①①

りがい【利害】（名）利害，損益，得失，利弊；～**かんけい**【利害関係】（名）利害關係；☆利害関係を共にする人たち／利害關係一致的人們。①

りがく【理学】（名）①自然科學；②物理學；③〔文〕理學；～**はくし**【理學博士】（名）理學博士。①

ーりき【力】（造語）（接在表示人數的詞下，表示若干人的）力量，力氣☆五人力がある／有五個人的力氣。

りき【利器】（名）①利器，銳利的武器；②便利的工具；☆文明の利器／文明利器。①

りきえい【力泳】（名・自サ）用力游泳；☆最後の力泳で相手を抜く／最後鼓勁一游壓過了對方。⓪

りきがく【力学】（名）〔理〕力學；☆この建築は力学的に見て難点がある／這所建築物從力學上來看有缺點。⓪

りきさく【力作】（名）精心作品；☆これは氏近来の力作である／這是他最近的精心作品。⓪

りきし【力士】（名）①大力士；②力士，摔跤家，相撲家（＝すもうとり）；③〔佛〕←金剛力士。①⓪

りきせつ【力説】（名・他サ）強調，極力主張；☆運動場の拡張を力説する／極力主張擴大運動場。⓪

りきせん【力戦】（名・自サ）盡力戰鬥，竭力奮戰；☆力戦したがついに及ばなかった／盡力戰鬥了，可是輸了。⓪

りきそう【力走】（名・自サ）盡全力跑，拼命跑；☆全コースを力走して一着になる／拼命跑完全賽程獲得第一。⓪

りきそう【力漕】（名・自サ）盡全力划船⓪

りきとう【力投】（名）用盡全力投擲（球類）。⓪

りきとう【力闘】（名・自サ）〔文〕盡全力奮鬥，竭力奮鬥（＝りきせん）。⓪

りき・む【力む】（自五）①使勁，用力，憋勁；☆痛さをこらえるために顔を真赤にして力む／爲了忍痛把臉憋得通紅；☆力んで車を曳（ひ）く／使勁拉車；②虛張聲勢；☆絶対に負けないぞと力んで見せる／虛張聲勢，表示絕不敗北。②

りきゅう【離宮】（名）離宮，行宮。⓪

りきゅうねずみ【利休鼠】（名）綠灰色④

リキュール【法 liqueur】（名）利久酒（一種芳香的烈酒）。②

りきょう【離郷】（名・自サ）〔文〕離開家鄉，離鄉背井。⓪

りきりょう【力量】（名）本領，能力；☆力量のある人物／有本領的人；☆自分の力量を知っている／曉得自己有多大能力。②⓪

*りく【陸】（名）〔地〕陸地，旱地；☆船から陸に上がる／棄舟登陸；☆陸に棲む動物／棲在陸地上的動物；☆水平線に陸が見える／在水平線上看見陸地。⓪②

りくあげ【陸揚】（名・他サ）（從船上）卸貨，起貨；～こう【陸揚港】（名）卸貨港；～さんばし【陸揚棧橋】（名）卸貨碼頭；～ば【陸揚場】（名）卸貨場④

りくうん【陸運】（名）陸路運輸。⓪

リクエスト【request】（名・他サ）請求；☆リクエスト曲／聽衆要求的曲子。③

りくかいくう【陸海空】（名）陸海空；陸海空三軍。③

りくきょう【陸橋】（名）（鐵道等下邊無水的）高架橋，旱橋；天橋。

*りくぐん【陸軍】（名）〔軍〕陸軍。②

りくげい【六芸】（名）〔文〕六藝（禮、樂、射、御、書、數）。②⓪

りくごう【六合】（名）〔文〕六合，天地四方。⓪

りくしょ【六書】（名）〔文〕六書（象形、指事、會意、形聲、轉注、假借）⓪①

りくじょう【陸上】（名）陸上，陸地上；☆陸上を輸送する／由陸路運輸；～きょうぎ【陸上競技】（名）〔運動〕田徑賽⓪

りくしん【六親】（名）〔文〕六親（父、母、兄、弟、妻、子）。⓪

りくせい【陸棲】（名）〔動〕陸棲；～どうぶつ【陸棲動物】（名）陸棲動物。⓪

りくせん【陸戦】（名）陸戰，陸上作戰；～たい【陸戦隊】（名）海軍陸戰隊。⓪

りくそう【陸送】（名・他サ）陸路運輸⓪

りくぞく【陸続】（名）〔文〕陸續，接連不斷；☆人馬の往来陸続として絶えない／人馬來往絡繹不絕；☆見物人が陸続とはいって来る／觀衆接連不斷地進來。⓪

りくだな【陸棚】（名）〔地〕陸棚（沿海岸水深200公尺以内的淺海）。⓪

りくち【陸地】（名）陸地；☆陸地を遠く離れる／遠離陸地。⓪

りくちょう【六朝】（名）〔歷〕六朝（吳、東晉、宋、齊、梁、陳）。⓪

*りくつ【理屈】（名）①理，道理，理由；☆理屈が立たない／沒有道理，不成道理；☆理屈に合わない／不合道理；☆理屈のわかった人／明理的人；☆そんな理屈はない／沒有那種道理，那是不可能的；②（爲了堅持己見而）捏造的理由，歪理；☆いろいろ理屈を言う／強調種種理由；☆理屈ばかり言って何の仕事もしない

／淨講道理什麼也不作；☆何とか理屈を
つけてごまかす／總是找出一些理由矇混
過去；☆理屈をこねまわして自分の主張
を通す／捏造各種理由堅持自己的主張；
～づめ【理屈詰】（名）全憑道理，光講
道理，撤明道理；☆そう理屈詰にはいか
ないさ／不能那樣淨講道理啦；～ぜめ【理
屈責】（名）以理責人，憑理駁倒，☆相
手を理屈責にする／憑理駁倒對方；～や
【理屈屋】（名）好講歪理的人，辦理的
人。[0]

りくつっぽ・い【理屈っぽい】（形）〔俗〕
好講小道理的，愛窮根究理的。[5]

りくつづき【陸続き】（名）陸路相連（＝
おかつづき）。[3]

りくとう【陸島】（名）〔地〕陸島（陸地
的一部因地盤陷落而形成的島嶼）。[0]

りくとう【陸稲】（名）〔農〕旱稻（＝お
かぼ）。[0]

りくふう【陸風】（名）〔地〕陸風（自陸
地吹向海上的微風）。[0]

リクライニングシート【reclining seat】
（名）坐臥兩用座。[8]

リクリエーション【recreation】（名）消
遣，休閒活動，娛樂。→レクリエーショ
ン。[4]

りくろ【陸路】（名）陸路，旱路；☆陸路
上海に向かう／由陸路赴上海。[1][2]

りけん【利権】（名）權利，專利權，特權
；☆利権を獲得する／取得特權，☆利権
をあさる／追逐權利；～や【利権屋】（
名）追逐權利的人；介紹權利從中謀利的
人。[0]

りげん【里言・俚言】（名）〔文〕①方言
；②俗語，俚言，土話；↔がげん（雅
言）。[0]

りげん【里諺・俚諺】（名）〔文〕俚諺，
諺語。[0]

*りこ【利己】（名）〔文〕利己，自私自利
；☆利己的な人／自私的人；～しゅぎ【
利己主義】（名）利己主義。[1]

*りこう【利巧・利口】（形動ダ）〔文〕①
聰明，伶俐，機靈；☆利口な子供／伶俐
的孩子；☆利口に立ちまわる／巧妙周旋
，辦事靈活；☆彼がああいう連中と交わ
らないのは利口だ／他不同那些人來往是
很聰明的；☆お利口さんだから泣くんじ
ゃない／寶貝乖乖，不要哭；②花言巧語
，能說能道；～ぶ・る【利口ぶる】（自

五）顯示聰明，裝做聰明；☆利口ぶった
口をきく／說話硬顯聰明。[0]

りこう【履行】（名・他サ）〔文〕履行，
實踐；☆約束を履行する／踐約；☆義務
を忠実に履行する／忠實履行義務。[0]

リコール（せい）【recall（制）】（名）（
根據一定數目的選民簽名）罷免（選出的
代表）；☆市長をリコールする／罷免市
長。[0]

*りこん【離婚】（名・自他サ）〔法〕離婚
；☆離婚の訴訟を起こす／提出離婚的訴
訟。[1][0]

リサーチ【research】（名）調查，研究 [2]

リザーブ【reserve】（名・他サ）預約；☆
船室をリザーブする／預約船位。[2]

りさい【罹災】（名・自サ）〔文〕遭受災
害；☆堤防が決壞して多数の罹災者を出
した／堰堤決口有許多人遭受了災害；～
みん【罹災民】（名）災民。[0]

りざい【理財】（名）〔文〕理財；☆理財
の道に長（た）ける／善於理財；☆～か【
理財家】（名）善於理財的人；經濟家；
～がく【理財学】（名）經濟學的舊稱 [1][0]

リサイタル【recital】（名）〔樂〕獨奏會
，獨唱會；☆リサイタルを開く／舉行獨
奏會（獨唱會）。[2]

りさげ【利下げ】（名・自サ）降低利率 [0]

りさん【離散】（名・自他サ）〔文〕離散
；☆一家離散する／一家離散。[0]

*りし【利子】（名）〔經〕利息，利錢；☆
預金に利子が付く／存款生息；☆利子を
取る／要利，取息；☆この公債は四分の
利子がつく／這種公債按四厘計息。[1]

りじ【理事】（名）理事，董事；☆日本銀
行の理事を勤める／擔任日本銀行的理事
；☆私立学校の理事／私立學校的董事；
～こく【理事国】（名）理事國。[0]

りしゅう【履修】（名・他サ）學完；☆大
学の全課程を履修して卒業する／學完大
學的全部課程而畢業。[0]

りじゅん【利潤】（名）利潤，紅利；☆利
潤を追求する／追求利潤；～りつ【利潤
率】（名）利潤率。[0]

りしょく【利殖】（名・他サ）謀利，追逐
利潤；☆利殖の道を図る／謀生財之道 [0]

りしょく【離職】（名・自サ）離職，失業
；☆健康を害して離職した／因身體不健
康而離職。[0]

りしんりつ【離心率】（名）〔數〕離心率 [2]

り

りす【栗鼠】（名）〔動〕松鼠。①

りすい【利水】（名）水利；☆田の利水工事をする／修建田地的水利工程。⓪

りすう【里数】（名）里數，里程；～ひょう【里数表・里数標】（名）里程表，里程碑。⓪

りすう【理数】（名）理科和數學。①⓪

リスク【risk】（名）危險，冒險；☆リスクをおかす／冒險。①

リスト【list】（名）①名簿，名單；☆ブラックリスト／黑名單；②目錄，表，一覽表；☆在庫品のリストを作る／編造庫存一覽表。①

リスボン【Lisbon】〔地名〕里斯本。①

リズミカル【rhythmical】（形動ダ）有節奏的，格調優美的，韻律勻整和諧的。③

***リズム**【rhythm】（名）節奏，韻律，格調；☆ワルツのリズムに乗って踊る／隨着華爾滋舞曲的節奏跳舞；☆この詩は快いリズムを持っている／這首詩唸起來響亮。①

りず（づ）め【理詰】（形動ダ）講理，堅持說理；☆理詰で談判する／堅持說理談判；☆この小説は理詰でおもしろくない／這篇小說淨講道理沒有意思。⓪

り・する【利する】（他サ）〔文〕①有利，有益；☆われわれにとって少しも利するところがない／對我們毫無益處；②利用；☆自分の地位を利して金もうけをする／利用自己的地位賺錢。②

りせい【理性】（名）〔哲〕理性；☆理性に訴えて行動する／按照理性行動；☆あまりの悲しみに理性を失う／因過份悲痛失掉理性。⓪

りぜめ【理責】（名）憑理制人，用理駁倒；☆相手を理責にする／用理駁倒對方①

***りそう**【理想】（名）理想；☆理想を追う／追求理想；☆われわれの理想と現實は大いに接近してきた／我們的理想和現實大大接近了；☆あの女は理想が高いからなかなか縁談が纏（まと）まらない／她理想太高，因而婚事總也決定不了；～か【理想化】（名・自他サ）理想化；～きょう【理想郷】（名）理想郷，烏托邦；～しゅぎ【理想主義】（名）〔哲〕理想主義，唯心主義；～てき【理想的】（形動ダ）理想的；☆二人の子もちが理想的だ／生兩個孩子最理想。⓪

リゾート・ウエアー【resort wear】（名）適合於避暑（寒）地穿着的衣服。⑥

リゾール【德 Lysol】（名）〔藥〕來蘇（煤餾油酚肥皂溶液）。②

***りそく**【利息】（名）利息，利錢（＝りし）⓪

りそん【離村】（名・自サ）〔文〕離村，離郷。⓪

りた【利他】（名）〔文〕利他，捨己利人；～しゅぎ【利他主義】（名）利他主義；↔りこしゅぎ【利己主義】。①

りだつ【離脱】（名・自他サ）脱離；☆所属の政党を離脱する／脱離所屬的政黨；☆実際から離脱する／脱離實際。⓪

りち【理知・理智】（名）理智；☆理智を失う／喪失理智；～てき【理智的】（形動ダ）理智的。①

リチー【荔枝】（名）〔植〕荔枝。

リチウム【德 Lithium】〔理〕（名）鋰②

りちぎ【律儀】（形動ダ）忠實，耿直，正直，規規矩矩；☆彼は律儀な人だ／他是個誠實的人；～もの【律儀者】（名）誠實人，耿直人；◇律儀者の子沢山／規矩人孩子多。③⓪

りちゃくりく【離着陸】（名・自サ）（飛機）起飛和降落；☆飛行甲板から離着陸する／（艦上飛機）從飛行甲板上起飛和降落。③

リチューム【德 Lithiun】→リチウム。

***りつ**【率】（名）率，比率，成數；☆税の率を上げる／提高稅率。①

りつ【律】（名）①規律，法則；☆自然律／自然規律；②韻律；③律詩；④戒律①

りつあん【立案】（名・他サ）①籌劃，設計；☆都市計画を立案する／設計都市計劃；②起草；☆運動の方針を立案する／起草運動方針。⓪

りっか【立花】（名）〔挿花〕矯正枝形的一種挿花形式。①

りっか【立夏】（名）立夏。①

りつがん【立願】（名・自サ）〔文〕（向神佛）許願。⓪

りつき【利付】（名）〔經〕（公債）付息，附有息票；（股票）分紅，分配紅利；～こうさい【利付公債】（名）付息公債。③

りっきゃく【立脚】（名・自サ）〔文〕立足，根據；☆生活体験に立脚して小説を書く／根據個人生活體驗寫小說；☆生きた事実に立脚している／以活生生的事實爲根據；～ち【立脚地】（名）立

り

場，立足點；☆両者の議論は立脚地を異にしている／雙方的立論出自不同的立場。⓪

りっきょう【陸橋】（名）高架橋，旱橋，天橋。⓪

りっけん【立憲】（名）〔法〕立憲；～せいじ【立憲政治】（名）〔法〕立憲政治；～せいたい【立憲政体】（名）〔法〕立憲政體。⓪

りつご【律語】（名）〔文〕韻語，韻文⓪①

りっこう【立后】（名）〔文〕册立皇后⓪

りっこう【力行】（名・自サ）〔文〕力行，努力奮鬪；☆苦学力行の士／苦學力行之士。⓪

*りっこうほ【立候補】（名・自サ）提名候選，提名爲候選人；☆総選挙に立候補する／普選時提名爲候選人；☆自由党から立候補する／由自由黨提名爲候選人。③

りっこく【六国】（名）〔史〕六國（指戰國時代的齊、楚、燕、韓、趙、魏）。⓪

りっこく【立国】（名）立國，建國；☆立国の大本／立國之大本。⓪

りっし【立志】（名・自サ）〔文〕立志；～でん【立志伝】（名）立志刻苦奮鬪終於成功的人的傳記☆立志伝中の人／立志刻苦終於成功(而值得寫出傳記)的人①⓪

りっし【律師】（名）〔佛〕①嚴守戒律的模範僧侶；②次於僧都（＝ソウズ）的僧官①

りっし【律詩】（名）律詩。⓪

りっしゅう【立秋】（名）立秋。①⓪

りっしゅう【律宗】（名）〔佛〕律宗（佛教宗派之一）。①

りっしゅん【立春】（名）立春。①⓪

りっしょう【立証】（名・他サ）立證，作證，證實，證明；☆有罪を立証する／證明有罪；☆中間子の存在を理論的に立証する／從理論上證明介子的存在。

りっしょく【立食】（名・自サ）立餐，站着吃，小吃；☆式が終わって立食の饗応があった／典禮完畢後有立餐會。⓪

りっしん【立身】（名・自サ）發跡，出息；☆一兵卒が立身して将軍になった／一個普通士兵最後當了將軍；～しゅっせ【立身出世】（連語・名・自サ）出息發跡①

りっしんべん【立心偏】（名）〔漢字部首〕豎心。③

りっすい【立錐】（名）立錐；☆立錐の余地（よち）も無い／無立錐之地。⓪

りっ・する【律する】（他サ）〔文〕（以

一定的標準）衡量；☆大人（おとな）の頭で子供を律することはできない／不能以大人的想法來衡量児童；☆おのれをもって人を律する／以己律人。⓪

りつぜん【慄然】（形動タルト）〔文〕戰慄，發抖；☆慄然として驚く／大吃一驚；☆自分の犯した過（あやま）ちの結果に気づいて慄然とする／認識到自己所犯的過錯的後果，感到不寒而慄。⓪

りつぞう【立像】（名）立像。②⓪

りったい【立体】（名）〔數〕立體；～えいが【立体映画】（名）立體電影；～きかがく【立体幾何学】（名）立體幾何學；～てき【立体的】（形動ダ）立體的，具有立體感的；～は【立体派】（名）〔美〕立體派，立體主義（＝キュービズム）⓪

りったいし【立太子】（名）〔法〕立儲；☆立太子の式を挙げる／舉行立儲典禮；～れい【立太子礼】（名）立儲儀式。③

りっち【立地】（名）〔工業的〕地區選定；～けいかく【立地計画】（名）地區選定計劃；～じょうけん【立地条件】（名）選定地區時所要求的條件。①

りっとう【立刀】（名）〔漢字部首〕立刀⓪

りっとう【立冬】（名）立冬。⓪

りっとう【立党】（名）〔文〕建黨；☆立党の精神を守る／遵守建黨的精神。⓪

りつどう【律動】（名）節奏，律動，節律（＝リズム）；☆生の律動／生命的律動⓪

リットル【法 litre・立】（名）公升（＝リッター）。①⓪

*りっぱ【立派】（形動ダ）①漂亮，美観，華麗；☆立派な建物／宏偉的建築物；☆立派な贈り物／美観的禮物；☆立派な服装／華麗的服裝；☆様子が立派に見える／様子看來漂亮；②（態度）高尚，（儀表）堂堂；☆立派な態度／高尚的態度；☆立派な風采／堂堂的儀表；③優秀，卓越，出色；☆立派な人物／卓越的人物；☆この翻訳は立派なものだ／這個翻譯眞出色；☆立派な作家／卓越的作家；☆あなたのお手並みは御立派です／您的本領眞出色；☆立派な業績／卓越的成就；④光明正大，名正言順，正當；合法；☆立派な処置／光明正大的處理；☆立派な権利／合法的權利；☆立派な取引／公正的交易；☆立派に理由が立つ／有充分理由；☆立派な職業／正當的職業；⑤十分，充分，完全；☆立派な証拠（しょうこ）

／確整的證據；☆立派にやってのける／纔能應付得了；☆そこまでは立派に十マイルはある／到那裏足有十英里。⓪

リップ【lip】（名）唇；〜スティック【lip-stick】（名）唇膏。

りっぷく【立腹】（名・自サ）生氣，惱怒；☆些細（ささい）な事で立腹する／因一點小事生氣；☆御立腹はもっとも／您生氣完全有道理。⓪

りっぽう【立方】（名）〔數〕立方；☆立方に開く／開立方；〜こん【立方根】（名）〔數〕立方根；〜たい【立方体】（名）〔數〕立方體，立方形。⓪

りっぽう【立法】（名）〔法〕立法；☆法の精神にもとる／違背立法的精神；〜けん【立法権】（名）立法權；〜ふ【立法府】（名）立法機關。⓪

りつめん【立面】（名）〔數〕立面；〜ず【立面図】（名）立面圖。⓪

りつりょう【律令】（名）〔文〕律令（奈良、平安時代的法令）；〜かくしき【律令格式】（名）奈良、平安時代的法制。⓪⓪

りつれい【立礼】（名）〔文〕起立敬禮。⓪

りつろん【立論】（名・自サ）〔文〕立論，論證；☆科学的な根拠に基づいて立論する／基於科學上的根據來論證。⓪

りてい【里程】（名）里程，路程；☆東京大阪間の里程／東京大阪間的路程；〜ひょう【里程標】（名）里程標，路標。⓪

りてん【利点】（名）優點，長處；☆この器械の利点／這個機械的優點。⓪

りとう【離党】（名・自サ）〔文〕退黨，脫黨。⓪

りとう【離島】（名・自サ）〔文〕①孤島；②離開島嶼。⓪

りとく【利得】（名・自サ）收益，利益；☆利得を計算する／計算收益；☆利得した金を資金にまわす／把賺的錢轉入資金。⓪

リトマス【litmus】（名）〔化〕石蕊；〜しけんし【litmus 試験紙】（名）〔化〕石蕊試紙；〜はんのう【litmus 反応】（名）〔化〕石蕊反應。⓪

りにち【離日】（名・自サ）〔文〕（外國人）離開日本。⓪

りにゅう【離乳】（名・自サ）（嬰兒）斷奶，斷乳（＝ちばなれ）。⓪

りにょう【利尿】（名）〔醫〕利尿；〜ざい【利尿剤】（名）〔藥〕利尿藥。⓪

りにん【離任】（名・自サ）〔文〕離職；離開任地。⓪

りねん【理念】（名）〔哲〕理念，理性概念，觀念，意識內容。①

リノリューム【linoleum】（名）油氈，油布。⓪

リハーサル【rehearsal】（名）（戲劇等的）排演，排練（工作）。②

リバーシブル・コート【reversible coat】（名）兩面都可以穿的風衣。⑦

リバイバル【revival】（名・自サ）再流行。②

りはつ【利発】（形動ダ）聰明，伶俐；☆利発な少年／聰明的少年。⓪

りはつ【理髪】（名・自サ）理髮；〜し【理髪師】（名）理髮師；〜てん【理髪店】（名）理髮館。⓪

リバティー【liberty】（名）自由，釋放；〜がたせん【liberty 型船】（名）自由型船（二次大戰中出現的一種輸送船）①②

リハビリテーション【rehabilitation】（名）殘障者復健輔導。⑤

リパブリック【republic】（名）共和政體，共和國。②

りはん【離反】（名・自サ）〔文〕叛離；☆民心に離反した政治／違背民意的政治⓪

りひ【理非】（名）是非；☆理非をわきまえない／不辨是非；☆理非曲直を明かにする／弄清是非曲直。①

リビドー【拉 libido】（名）〔心〕（廣義的）性的衝動。②

りびょう【罹病】（名）〔醫〕患病，生病⓪

リビングキッチン【living＋kitchen】（名）廚房兼起居室。

リビング・ルーム【living room】（名）起居室。⑤

リファイン【refine】（名・他サ）精練，洗練；使高尚，使優美；☆もう一つリファインされてないね／還不够十分精美（洗練）。②

リフォーム【reform】（名・他サ）改造（舊衣服等）。②

りふじん【理不尽】（形動ダ）不講理，不說理；☆理不尽を言って人を困らす／不講理難爲人；☆理不尽な要求／無理的要求。②

リフト【lift】（名）①電梯（＝エレベーター）；②起重機；③→スキーリフト。①

リフレイン【refrain】（名）（歌曲收尾的）

重複句，疊句。③

リフレクター【reflector】（名）反射器，反光鏡，反射望遠鏡；反射板。

リベート【rebate】（名）部份回扣。

りへい【利弊】（名）〔文〕利弊，利害。

りべつ【離別】（名・自サ）①離別，分手，分袂；☆離別の悲しみを味わう／嘗到離別之苦；☆幼い頃に両親と離別する／幼時離別雙親；②離婚，☆妻と離別する／和妻子離婚。①⓪

リベット【rivet】（名）鉸釘；☆リベットを打つ／釘鉸釘。②

リベラリスト【liberalist】（名）自由主義者。④

リベラリズム【liberalism】（名）自由主義。④

リベラル【liberal】（形動ダ）①自由的；②自由主義的。①

リポイド【徳 Lipoid】（名）〔化〕①類脂化合物；②磷脂。

りほう【理法】（名）常規，法則規律①①

リポーター【reporter】（名）①報告者；②新聞通訊員，採訪記者。②

リポート【report】（名）①（調查、研究的）報告；②（新聞、雜誌的）報導；→レポート。②

***リボン**【ribbon】（名）（裝飾帽子或頭髮用的）緞帶，髮繐，飄帶；～フラワー【ribbon flower】（名）緞帶花。①

りまわり【利回り】（名）〔經〕（對所投資金的）利益率，利率；☆利回りの良い株／利率高的股票。②

リミット【limit】（名）限度，界限，範圍，極限。①

リム【rim】（名）輪圈，輪網。①

***りめん**【裏面】（名）①裏面，裏邊，背面；②内幕，陰暗面；☆事件の裏面／事件的黑暗面；☆政界の裏面を暴（あば）く／暴露政界的内幕；☆裏面工作をする／從事幕後活動。①

リモートコントロール【remote control】（名・他サ）遙控（＝リモコン）⑧

りゃ（連語）〔俗〕①（れば）的轉音；☆そうすりゃいいよ／那樣就行了；②（りは）的轉音；☆ありゃしない／根本沒有。

リヤカー【rearcar】（名）（自行車後面的）兩輪拖車。②③

りゃく【略】Ⅰ（名）①略，簡略；②省略

；☆以下略／以下從略；Ⅱ（副）大概，大略（＝ほぼ）。①②

りやく【利益】（名）〔佛〕神佛保佑。①

りゃくが【略画】（名）簡筆畫，示意圖⓪

りゃくぎ【略儀】（名）〔文〕簡略方式（＝りゃくしき）；☆略儀ながら取り敢えず書面にて御礼申し上げます／先函致謝，幸恕不週。①②

りゃくげん【略言】（名・自サ）〔文〕①簡言之；☆略言すれば／簡而言之；②略語，簡語。⓪

りゃくご【略語】（名）略語，簡語；☆バレーはバレーボールの略語です／「バレー」是「バレーボール」的略語。⓪

りゃくごう【略号】（名）略號，略碼，縮寫字；☆電報略号／電報略碼。⓪

りゃくじ【略字】（名）簡字，減筆字。⓪

りゃくしき【略式】（名・形動ダ）簡略方式，簡便；☆略式の服装／便服；☆略式で結婚式を挙げる／舉行簡略結婚禮。⓪

りゃくじゅつ【略述】（名・他サ）略述；☆下に略述する／略述於下。⓪

りゃくしょう【略称】（名・他サ）簡稱⓪

りゃく・す【略す】（他サ）〔文〕→りゃくする。②

りゃくず【略図】（名）略圖，簡略地圖⓪

りゃく・する【略する】（他五）①簡略；☆字を略して書く／減筆寫略字；☆略して言う／簡略地說；②省略；☆以下は時間の都合で略する／以下因時間關係從略；☆ここは助詞が略してある／這裏省略了助詞。③

りゃくだつ【略奪・掠奪】（名・他サ）掠奪，搶奪，搶掠；☆金品を掠奪する／搶掠財物。⓪

りゃくひつ【略筆】（名）①簡寫，減筆寫；②簡記要點。⓪

りゃくふく【略服】（名）便服，常服。⓪

りゃくぶん【略文】（名）簡記的文章。⓪

りゃくれき【略歴】（名）簡略履歷。⓪

りゃっかい【略解】（名・他サ）〔文〕簡單解釋。⓪

りゃっき【略記】（名・他サ）〔文〕略述，略記。⓪

ーりゅう【流】（接尾）①流派；②式，型；☆日本流の数え方／日本式的數法；⑧級，等級；☆三流の店／三等的舖子；☆一流のピアニスト／一流的鋼琴家。

りゅう【竜】（名）龍（＝たつ）。①

りゆう【理由】（名）①理由，緣故；☆遅刻した理由は電車の事故です／遲到的理由是因電車出事故；☆それは理由にはならない／那不成理由；②藉口；☆病気を理由にして学校を休む／藉口有病不上學。⓪

りゅうあん【硫安】（名）〔農〕硫銨肥料，硫酸銨（←硫酸アンモニウム）。①

りゅうい【留意】（名・自サ）〔文〕留心，注意；☆健康にくれぐれも留意するよう望みます／望多多注意健康。①

りゅういき【流域】（名）流域；☆揚子江の流域／揚子江流域。⓪

りゅういん【溜飲】（名）（因食物停滯而起的）反酸，胃灼熱◇溜飲が下がる／心情暢快；鬱憤得到發洩。⓪

りゅうか【硫化】（名）〔化〕硫化，硫化作用；〜ぶつ【硫化物】（名）〔化〕硫化物。⓪

りゅうかい【流会】（名・自サ）流會；☆委員会は定員数に満ちないので、流会になった／委員會因出席人數不足法定員額流會了。⓪

りゅうがく【留学】（名・自サ）留學；☆ドイツに留学する／在德國留學；〜せい【留学生】（名）留學生。⓪

りゅうかん【流感】（名）〔醫〕←流行性感冒（＝インフルエンザ）。⓪

りゅうがん【竜眼】（名）〔植〕龍眼，桂圓；〜にく【竜眼肉】（名）桂圓肉。①

りゅうき【隆起】（名・自サ）〔文〕隆起，凸起；☆地盤の変動で土地が隆起する／土地因地盤變動而隆起。①

りゅうぎ【流儀】（名）①流派（＝りゅう）；②派頭，作風；☆人にはそれぞれ流儀があるものだ／每人都有自己的一套作風。③

りゅうぐう【竜宮】（名）龍宮；☆浦島太郎は亀（かめ）に連れられて竜宮へ行った／浦島太郎被烏龜馱到龍宮去了；〜じょう【竜宮城】（名）龍宮。③

りゅうけい【流刑】（名・他サ）流刑，流放，放逐；☆流刑に処する／處以流刑◇

りゅうけつ【流血】（名）〔文〕流血；☆流血の惨事／流血慘劇；☆遂に流血を見る／終至造成流血事件。⓪

りゅうげん【流言】（名）流言，謠言；☆流言を飛ばす／散佈謠言；〜ひご【流言蜚語】（連語・名）流言蜚語；☆流言蜚語に惑わされる／被流言蜚語所迷惑③⓪

りゅうこう【流行】（名・自サ）流行，時興，時尚，時髦；☆この頃ロングスカートが流行している／近來流行長裙子；☆流行を追う女／追求時髦的女人；☆流行後れの服／不時興的服裝；☆悪疫が流行する／時疫流行；〜か【流行歌】（名）流行歌曲；〜ご【流行語】（名）時髦話；〜せいかんぼう【流行性感冒】（名）〔醫〕流行性感冒；〜びょう【流行病】（名）〔醫〕流行病，時令病。⓪

りゅうこつ【竜骨】（名）（船的）龍骨；☆竜骨を据え付ける／安裝龍骨；〜とっき【竜骨突起】（名）〔動〕龍骨突起（鳥類胸骨中央突起）。⓪

りゅうさ【流砂】（名）〔文〕流沙。（＝りゅうしゃ）。①

りゅうさん【硫酸】（名）〔化〕硫酸；☆硫酸で焼く／用硫酸燒；〜アンモニウム【硫酸 ammonium】（名）〔化〕硫酸銨（→硫安）；〜えん【硫酸塩】（名）〔化〕硫酸鹽；〜し【硫酸紙】（名）假羊皮紙，硫酸紙。⓪

りゅうざん【流産】（名・自サ）①〔醫〕流產，小產；②〔轉〕失敗，半途而廢；☆組閣（そかく）はまたもや流産に終わった／組閣工作再度失敗了。①

りゅうし【粒子】（名）粒子，微粒。①

りゅうしつ【流失】（名・自サ）〔文〕流失，衝走；☆橋が大水で流失した／橋因漲大水被衝走了。⓪

りゅうしゃ【流砂】（名）〔文〕流沙。①

りゅうしゅつ【流出】（名・自他サ）〔文〕流出，外流；☆河の流出口／河的流出口；☆金が国外へ流出する／黃金流出國外。⓪

りゅうじょう【粒状】（名）〔文〕粒狀，粒形；☆蝶が粒状の卵を生む／蝴蝶產粒狀卵。⓪

りゅうじん【竜神】（名）〔文〕龍王，龍王爺。⓪

りゅうず【竜頭】（名）①（龍頭狀的）吊鈎；②（懷錶或手錶的）表櫊；☆竜頭を巻く／上錶。①

りゅうすい【流水】（名）〔文〕流水，水流。⓪

りゅうせい【流星】（名）〔天〕流星。⓪

りゅうせい【隆盛】（名・形動ダ）隆盛，繁榮；☆隆盛を極める／極盡隆盛；☆国

家が隆盛におもむく／國家日趨繁榮。⓪

りゅうせつ【流説】（名）〔文〕流言；謠言（＝りゅうげん）。⓪

りゅうぜつらん【竜舌蘭】（名）〔植〕龍舌蘭。④

りゅうせん【流線】（名）〔理〕流線；～けい【流線型】（名）流線型；☆流線型の自動車／流線型汽車。⓪

りゅうたい【流体】（名）〔理〕流體（液體和氣體之總稱）。⓪

りゅうたん【竜胆】（名）〔植〕龍膽（＝りんどう）。⓪

りゅうだん【流弾】（名）流弾；☆流弾に当たって死ぬ／中流彈而死。⓪

りゅうだん【榴弾】（名）榴弾，開花弾；～ほう【榴弾砲】（名）〔軍〕榴彈砲⓪

りゅうち【留置】（名・自サ）〔文〕拘留，拘押；☆犯人を留置する／拘留犯人；～じょう【留置場】（名）拘留所。①⓪

りゅうちょう【流暢】（形動ダ）流暢，流利；☆流暢な英語で話す／用流利的英語講話。⓪

りゅうつう【流通】（名・自サ）①流通；☆空気の流通がよい／空氣暢通；☆水の流通がよくない／水流得不暢；②通用，通行，流通；☆流通貨幣の高／流通貨幣的數量；☆贋札（にせさつ）が流通しているそうだ／據説有假票流通着。⓪

りゅうてい【流涕】（名）〔文〕流涕，流涙。⓪

りゅうでん【流伝】（名・自サ）〔文〕流傳。⓪

りゅうと（副）衣冠楚楚，漂亮；☆りゅうとした身（み）なりの青年外交官／衣冠楚楚的青年外交官。①

りゅうどう【流動】（名・自サ）流動；～しほん【流動資本】（名）〔經〕流動資本（↔固定資本）；～しょく【流動食】（名）流質食物；～たい【流動体】（名）流體，液體。⓪

りゅうとうだび【竜頭蛇尾】（連語・名）虎頭蛇尾，有頭無尾；☆その計画は竜頭蛇尾に終わった／那個計劃變成了虎頭蛇尾。⑤

りゅうにち【留日】（名・自サ）〔文〕留學日本。⓪

りゅうにゅう【流入】（名・自他サ）流入，流進；☆川の水が海に流入する／河水流入大海；☆外資の流入／外國資本的流入。⓪

りゅうにん【留任】（名・自サ）留任，留職；☆内閣が変わったが外相は留任した／内閣改組了，但外交部長仍留任。⓪

りゅうのう【竜脳】（名）①龍腦，龍腦香；②〔植〕龍腦樹。①

りゅうのひげ【竜の髭】（名）〔植〕沿階草。①

りゅうは【流派】（名）流派。①

りゅうび【柳眉】（名）〔文〕柳葉眉，柳眉；☆柳眉を逆（さか）立てる／柳眉倒豎。①

りゅうびじゅつ【隆鼻術】（名）〔醫〕（使鼻高起的）隆鼻術。③

りゅうひょう【流氷】（名）流冰，浮冰；☆流氷に囲まれる／被流冰圍住。⓪

りゅうへい【流弊】（名）〔文〕流弊。⓪

りゅうぼく【流木】（名）〔文〕漂流的木材。⓪

リューマチ（ス）【rheumatism】（名）〔醫〕風濕症；☆リューマチスにかかる／害風濕症。③

りゅうよう【流用】（名・他サ）〔文〕流用，挪用；☆官金を流用する／挪用公款；☆資材購入費を他の方へ流用した／把購買材料費挪用於別的方面。⓪

りゅうり【流離】（名・自サ）〔文〕流離①

りゅうりゅう【粒粒】（名）〔文〕粒粒；☆粒粒辛苦する／粒粒皆辛苦；〔轉〕辛辛苦苦。③⓪【隆隆】（形動タルト）〔文〕①隆盛，昌盛；☆隆々たる名声／顯赫的名聲；☆国が隆々と栄える／國家蒸蒸日上地繁榮；②（肌肉）隆起；☆隆々たる筋肉の人／肌肉發達的人。③

りゅうりょう【流量】（名）流量；☆河川の流量を測定する／測量河的流量。⓪

りゅうれい【流麗】（形動ダ）流利；☆流麗な文章／流利的文章。⓪

りゅうろ【流露】（名・自他サ）〔文〕流露；☆愛情の流露／愛情的流露；☆一言一句（いちごんいっく）に真情が流露していた／毎句話毎個字都流露着誠意。①

リュック（サック）【德 Rucksack】（名）（爬山或徒歩旅行用的）帆布背包。④

―りょう【―料】（造語）①材料；☆調味料／佐料；②費用；☆観覧料／觀覽料。⓪

―りょう【―領】（造語）領地屬地；☆フランス領／法國屬地。①

りょう【両】（名）①雙；☆両の手を拡げる／張開雙臂；②〔古〕兩（重量單位）；②〔古〕（重量單位）；③（江戶時代的貨幣單位）兩。①

りょう【良】（名）良好，優良；☆試運転の結果はおおむね良である／試車結果大致良好。①

りょう【涼】（名）〔文〕涼，涼爽；☆涼を取る／乘涼，納涼。①

りょう【陵】（名）〔文〕陵墓，陵寢。①

*りょう【量】（名）量，數量，分量，容量，重量，☆量が多い／量多；☆酒も量を過（す）ごすと害になる／飲酒過量有害；☆量がたりない／分量不夠。①

りょう【稜】（名）〔文〕〔數〕稜，稜角（＝かど）。①

*りょう【漁】（名）①漁，捕魚；☆舟で漁に出る／乘船出海捕魚；②漁獲量；☆今日は漁があった／今天捕撈多。①

*りょう【寮】（名）宿舍；☆学校の寮にはいる／搬進學校宿舍。①

―りょう【輌】（接尾）輌；☆前から二輌目／由前數第二輌；十輌目／第十輌車廂。

*りょう【猟】（名）①打獵，狩獵；☆山で猟をする／在山上打獵；②獵獲物；☆今日は沢山猟があった／今天獵物很多。①

*りよう【利用】（名・他サ）利用；☆廃物を利用する／利用廢物。①

りよう【理容】（名）理髮和美容；～し〔理容師〕（名）理髮師。

*りょういき【領域】（名）領域，範圍；☆隣国の領域を犯す／侵犯鄰國的領域；☆経済学は社会科学の領域に属する／經濟學屬於社會科學的領域。①⓪

りょういん【両院】（名）（國會）兩院，參眾兩院，上下兩院；☆両院一致の議決／兩院一致的決議。①⓪

りょううで【両腕】（名）雙臂，雙手；☆人の両腕となる／成為旁人的有力助手⓪

りょうえん【良縁】（名）良緣，好姻緣，好對象；☆良縁を求める／尋找好對象；☆良縁を結ぶ／結成良緣。⓪

りょうか【良家】（名）良家，好人家；☆良家の子女／良家子女。①

りょうか【良貨】（名）〔文〕優良貨幣；☆悪貨は良貨を駆逐する／〔經〕劣幣驅逐良幣；↔あっか（悪貨）。①

りょうか【燎火】（名）篝火。①

りょうが【凌駕】（名・他サ）凌駕，超過

；☆今年度の実績は昨年度をはるかに凌駕している／今年的成績遠遠超過去年。①

*りょうかい【領解・了解】（名・他サ）了解，理解，明白，懂得；☆真意を了解する／理解眞意；☆それは私には了解出来ない／那是我們不能理解的。⓪

*りょうかい【諒解】（名・自サ）諒解；體諒；☆人の諒解を求める／求人諒解；☆諒解がつく／達成諒解。⓪

りょうかい【領会】（名・他サ）〔文〕領會，了解。⓪

りょうかい【領海】（名）〔法〕領海；☆本国の領海内で漁をする／在本國領海內打漁。⓪

りょうがえ【両替】（名）兌換，換錢；☆米貨を日貨に両替する／把美國錢換成日本錢；～や〔両替屋〕（名）錢舖，兌換所①⓪

りょうかく【稜角】（名）〔文〕稜角。⓪

りょうがわ【両側】（名）兩旁，兩邊，兩方面。⓪

りょうかん【量感】（名）〔文〕量感，對重量（分量）的感覺；☆この絵には量感がない／這幅畫（上的實物）缺乏量感⓪

りょうがん【両岸】（名）〔文〕兩岸。⓪

りょうがん【両眼】（名）〔文〕雙眼，兩眼；☆両眼に涙を浮かべている／兩眼含淚；☆両眼とも見えない／雙目失明。⓪

りょうき【涼気】（名）〔文〕涼氣，涼爽；☆涼気が漲（みなぎ）る／充滿涼氣，非常涼爽。①

りょうき【漁期】（名）〔文〕捕魚季節①

りょうき【猟期】（名）〔文〕打獵季節①

りょうきゃく【両脚】（名）兩脚，兩腿⓪

りょうきゃくき【両脚規】（名）兩脚規（＝コンパス）。③

りょうきょく【両極】（名）①兩極，兩極端；②南極和北極；☆南北両極を探険する／到南北兩極探險；③陽極和陰極；☆両極を電解液に入れる／把陰陽兩極放進電解液。⓪

りょうぎりタバコ【両切煙草】（名）（不帶紙嘴的）香烟，紙烟；↔くちつき（口付）。⑤

*りょうきん【料金】（名）費用；使用費；手續費；☆電話の料金を払う／付電話費；☆料金を取らない／不取費；☆高速道路の料金所／高速公路收費站。①

りょうくう【領空】（名）〔文〕領空。⓪

りょうくん【両君】（名）兩位；☆両君の

り

多幸を祈る／祝兩位幸福。①

りょうぐん【両軍】（名）兩軍；比賽雙方①

りょうけ【両家】（名）〔文〕兩家，雙方的家庭。①

りょうけい【良計】（名）〔文〕良計，妙策①

りょうけい【菱形】（名）〔文〕菱形（＝ひしがた）。◎

*りょうけん【了見・料簡・了簡】（名・自サ）①想法，主意，念頭；☆悪い了簡を起こす／起壞的念頭；☆一体どういう了簡だ／你究竟打什麼主意？②器量，心胸；☆了簡の狭い人／心胸狹窄的人；③原諒，饒恕（＝かんべん）。①

りょうけん【猟犬】（名）獵犬，獵狗。◎

りょうこう【良好】（形動ダ）良好；☆良好な結果をもたらす／帶來良好的結果◎

りょうこう【良港】（名）〔文〕良港；☆天然の良港／天然良港。◎

りょうこく【両国】（名）兩國；☆両国の友好を深める／促進兩國的友好。①

りょうごく【領国】（名）〔文〕①〔古〕采邑；②領土；☆領国の争い／領土的爭執。①

りょうさい【良妻】（名）良妻，賢妻。◎

りょうざい【良材】（名）①良材，好木料；☆檜（ひのき）の良材を使って家を建てる／用扁柏的好材料蓋房子；②卓越的人材；☆天下の良材を求める／求天下之英才。◎

りょうさく【良策】（名）〔文〕良策，良計。◎

りょうさつ【了察・諒察】（名・他サ）〔文〕體諒，原諒；☆相手の苦境を諒察する／體諒對方困難處境；☆何とぞ御諒察下さい／敬希見諒是幸。◎

りょうさん【量産】（名・他サ）←大量生産（＝マスプロダクション）。◎

りょうし【両氏】（名）兩位。①

りょうし【良師】（名）〔文〕良師；☆良師に就いて学ぶ／從良師就學。◎

りょうし【量子】（名）〔理〕量子；～りきがく【量子力学】（名）量子力學。①

りょうし【漁師】（名）漁夫。①

りょうし【猟師】（名）獵人。①

りょうじ【領事】（名）〔法〕領事；～かん【領事館】（名）領事館。①

りょうじ【療治】（名・他サ）治療，醫治；☆電気療治／電療。◎

りょうしき【良識】（名）健全的見識，健全的判斷力；☆良識のある人／具有健全判斷力的人，通情達理的人。◎

りょうしつ【良質】（名・形動ダ）質量良好，上等；☆良質の石鹼／上等肥皂。◎

りょうじつ【両日】（名）〔文〕兩日，兩天；☆七、八の両日休業する／七、八兩天停止營業。①

りょうしゃ【両者】（名）二者，雙方。①

りょうしゃ【寮舎】（名）宿舍(用的房間)①

りょうしゅ【良酒】（名）〔文〕美酒①◎

りょうしゅ【良種】（名）①優良品種；☆良種の馬／優良品種的馬；②〔農〕優良種籽。①

りょうしゅ【領主】（名）（封建時代的）領主，莊園主。①

りょうしゅう【領収】（名）收到；☆右の金額確かに領収致しました／上列款項確已收到；～しょ【領収書】（名）收據，收條。◎

りょうしゅう【領袖】（名）①衣領和衣袖；②領導人；☆党の領袖／黨的領導人◎

りょうじゅう【猟銃】（名）獵槍。◎

りょうしょ【良書】（名）良書，好書；☆良書を求める／徵求好書。①

りょうしょう【了承】（名・他サ）明白，知道，（＝しょうち）；☆お話の件は了承しました／您說的那件事我知道了。◎

りょうしょう【諒承】（名・他サ）諒解，諒察；☆御諒承を請う／請求原諒。◎

りょうじょうのくんし【梁上の君子】（連語・名）〔文〕樑上君子。◎—①

りょうしょく【糧食】（名）糧食，食糧（＝しょくりょう）；☆糧食を貯える／儲存糧食。◎

りょうじょく【凌辱】（名・他サ）凌辱，欺凌，侮辱；☆大勢（おおぜい）の前で人を凌辱する／在衆人面前侮辱人。◎

*りょうしん【両親】（名）雙親，父母；☆両親とも健在だ／父母全都在世。①

*りょうしん【良心】（名）良心；☆良心の呵責（かしゃく）を受ける／受良心責備；☆良心に恥ずる所がない／於心無愧；☆仕事を良心的にやる／憑良心辦事，忠實地工作。①

りょうじん【良人】（名）〔文〕①賢良的人；②夫，丈夫，良人（＝おっと）。◎

りょうじん【猟人】（名）〔文〕獵人。◎

りょう・する【領する】（他サ）〔文〕①領有，統治；☆関東一円を領する大名／

り

領有關東一帶的諸候；②據有，占有。③

りょうせい【両性】（名）（陰陽）兩性；（男女）雙方。◯

りょうせい【両棲】（名）〔動〕兩棲；～**どうぶつ**【両棲動物】（名）〔動〕兩棲動物。◯

りょうせい【寮生】（名）寄宿生。◯

りょうせいばい【両成敗】（名）雙方同受懲罰；☆喧嘩両成敗／吵架者雙方一同受罰。③

りょうせつ【両説】（名）兩種說法，兩種學說。◯①

りょうぜん【瞭然】（形動タルト）〔文〕瞭然；☆写真を見ると一目瞭然だ／一看照相就一目瞭然了。◯

りょうぞく【良俗】（名）〔文〕良好的風俗，☆良俗に反する／違反良好的風俗◯

りょうたん【両端】（名）兩端，兩頭；☆紐の両端を結んで輪をつくる／把繩子兩頭結在一起作成一個套。③◯

りょうだん【両断・他サ】（名）〔文〕兩斷；☆一刀両断の処置をとる／採取果斷措置。◯

りょうち【両地】（名）〔文〕兩地。①

りょうち【領地】（名）①（一國的）領土；②（封建主的）領地。①

りょうちょう【両朝】（名）〔文〕①兩國的朝廷；②兩朝，兩個朝代；③南北兩朝。①

りょうちょう【寮長】（名）舍監；學生宿舍負責人。①

りょうて【両手】（名）雙手，雙臂；☆両手を拡げる／伸張雙臂；☆両手を突いてあやまる／伏首請罪；◊両手に花／一人占有兩個好東西。◯

りょうてい【料亭】（名）飯館（＝りょうりや）。◯

りょうてき【量的】（形動ダ）數的，數量上的；☆これは量的な変化で質的な変化ではない／這是量的變化，不是質的變化。◯

りょうてんびん【両天秤】（名）〔俗〕一隻腳踏兩隻船，騎牆；☆両天秤を掛けて二つの学校を受験する／一隻腳踏兩隻船，同時投考兩個學校；☆両天秤をかけると、どちらも外れる／人佔兩頭，兩頭落空。③⑤

***りょうど**【領土】（名）領土；☆お互いに領土主権を尊重（そんちょう）する／互相

尊重領土主權。①

りょうとう【両刀】（名）（古時武士佩帶的）大小兩刀；～**づかい**【両刀遣い】（名）①使用雙刀（的武士）；②雙藝兼優（的人）；③又好喝酒又好吃甜點心（的人）；～**ろんぽう**【両刀論法】（名）〔邏輯〕兩刀論法，兩端論法〔dilemma的譯語〕。◯

りょうとう【両頭】（名）〔文〕兩頭，雙頭；☆両頭の蛇／雙頭蛇；☆両頭政治／雙頭政治。◯

りょうとうのいのこ【遼東の豕】（連・語・名）〔文〕遼東豕，少見多怪。①

りょうどなり【両隣】（名）左右鄰。③

りょうない【領内】（名）〔文〕領土內；☆領土内の治安を維持する／維持國內的治安。①

りょうながれ【両流れ】（名）兩面坡的屋頂（結構）。③

りょうにん【両人】（名）〔文〕倆人，兩個人；☆新婚の両人／一對新婚夫婦。①

りょうのて【両の手】（名）兩隻手，雙手；☆両の手を挙げて賛成する／舉起雙手贊成。

りょうば【良馬】（名）良駒，駿馬。①

りょうば【両刃】（名）雙刃；☆両刃の剣／雙刃劍。◯

りょうば【漁場】（名）漁場（＝ぎょば）③

りょうば【猟場】（名）獵場，圍場；☆猟場を開く／開放圍場。③

りょうひ【良否】（名）〔文〕好壞，善惡；☆試験結果の良否を検討する／檢討試驗結果的好壞。①

りょうびらき【両開き】（名）（門）向左右兩面開。③

りょうひん【良品】（名）〔文〕好貨；☆良品を安く販売する／廉價出售好貨。③

りょうふう【良風】（名）〔文〕良好風俗，良風美俗。③

りょうふう【涼風】（名）涼風；☆涼風そぞろに吹いて来る／清風徐來。③◯

りょうぶん【領分】（名）①領土，封地；☆他国の領分を犯す／侵犯他國領土；②領域，範圍；☆科学の領分では未知の事柄（ことがら）を発見する／發現科學領域中未發現的事物。①

りょうへん【両辺】（名）兩個邊。①

りょうぼ【寮母】（名）女舍監；宿舍負責人（女）。①

りょうぼ【陵墓】（名）〔文〕陵墓，陵寝。①

*りょうほう【両方】（名）雙方，兩方；☆両方共に理屈がある／雙方都有理；☆両方の手／雙手。③⓪

りょうほう【療法】（名）療法，治法；☆食餌療法／食物療法，營養療法。⓪

りょうぼく【良木】（名）〔文〕良材。⓪

りょうまえ【両前】（名）雙排扣（的西服或大衣）。⓪

りょうみ【涼味】（名）涼爽；☆涼味を満喫（まんきつ）する／感到非常涼爽。①

りょうみん【良民】（名）良民。⓪

りょうめ【量目】（名）分量，重量；☆量目をごまかす／瞞騙分量。③⓪

りょうめん【両面】（名）（表裏或内外）兩面☆両面とも使える／兩面都能用③⓪

りょうや【良夜】（名）〔文〕良夜，美好的夜晚。①

りょうや【涼夜】（名）〔文〕涼爽的夜晚①

りょうやく【良薬】（名）良藥；☆良薬は口に苦（にが）し／良藥苦口。①

りょうゆう【両雄】（名）〔文〕兩雄；☆両雄並び立たず／兩雄不並立。⓪

りょうゆう【良友】（名）〔文〕良友，益友。⓪

りょうゆう【領有】（名・他サ）〔文〕（土地、物品等的）占有，所有。⓪

りょうゆう【僚友】（名）〔文〕同事，同寅；☆僚友を誘って映画を見る／約同事去看電影。⓪

りょうよう【両用】（名）兩用；☆水陸両用の戦車／水陸兩用坦克。⓪

りょうよう【両様】（名）兩樣；☆ここの文句は両様に解釈出来る／這段文章可以作兩種解釋。⓪

*りょうよう【療養】（名・他サ）〔文〕療養，養病；☆温泉に行って神経痛を療養する／到温泉去療養神經痛。⓪

りょうよく【両翼】（名）〔文〕（飛機或陣勢的）兩翼。⓪

りょうらん【撩乱・繚乱】（形動タルト）〔文〕撩亂；☆百花繚乱として春はまさにたけなわだ／百花撩亂春意正濃。⓪

*りょうり【料理】（名・他サ）①烹調，做菜；☆彼女は料理がうまい／她會作菜；☆肉を料理する／做肉菜；②菜，飯菜；☆フランス風の料理／法國菜；☆しつこい料理／油膩的菜；☆軽い料理／清淡的菜肴；☆一品（いっぴん）料理／

單點的菜；⑧料理，處理；☆国政を料理する／料理政務；～がっこう【料理学校】（名）烹飪補習班；～にん【料理人】（名）厨師；～や【料理屋】（名）飯館，餐館。①

りょうりつ【両立】（名・自サ）兩立，並存；☆両立し難い／難以兩立。⓪

りょうりょう【稜稜】（形動タルト）〔文〕①（寒風）凛冽；凛凛，嚴肅可畏；☆気骨稜稜たる人／很有骨氣的人，嚴肅可畏的人。⓪

りょうりょう【寥寥】（形動タルト）〔文〕寥寥，寂寥；☆聴衆は寥寥たるものだ／聽衆寥寥無幾；☆寥寥たる荒野／寂寥的荒野。③⓪

りょうりん【両輪】（名）兩輪；☆車の両輪の如し／有如車之兩輪；〔喻〕相輔相成，缺一不可。

りょうろん【両論】（名）〔文〕兩種論調，兩種意見；☆賛否両論／贊成和反對的兩種意見。⓪

りょかく【旅客】（名）旅客，乘客；～き【旅客機】（名）客機。⓪

*りょかん【旅館】（名）旅館（＝やどや）；☆旅館にとまる／住在旅館。⓪

りょきゃく【旅客】（名）＝りょかく。⓪

りよく【利欲】（名）利慾；☆利欲に目がくらむ／利令智昏。①

りょくいん【緑陰】（名）〔文〕綠蔭；☆緑陰で読書する／在綠蔭下讀書。⓪

りょくぎょくせき【緑玉石】（名）〔礦〕子母綠，翠玉（＝エメラルド）。④

りょくじゅ【緑樹】（名）〔文〕綠樹。①

りょくそう【緑草】（名）〔文〕綠草，青草；☆牛が緑草を食べている／牛在吃青草。⓪

りょくそう【緑藻】（名）〔植〕綠藻。⓪

りょくち【緑地】（名）（都市中）草木繁茂地帶；公園；～たい【緑地帯】（名）綠化地帶。①⓪

りょくちゃ【緑茶】（名）綠茶。⓪

りょくど【緑土】（名）①草木繁盛地帶；②〔礦〕綠土。①

りょくとう【緑豆】（名）〔植〕綠豆。⓪

りょくないしょう【緑内障】（名）〔醫〕青光眼。③

りょくひ【緑肥】（名）〔農〕綠肥，草肥⓪①

りょくふう【緑風】（名）〔文〕綠風，初夏之風。⓪

りょくべん【綠便】（名）〔醫〕（嬰兒因消化不良而排出的）綠色大便。⓪

りょくや【綠野】（名）綠野。①

りょけん【旅券】（名）護照；☆旅券の下付を申請する／申請發給護照。⓪

*りょこう【旅行】（名・自サ）旅行，遊歷；☆旅行に出かける／出去旅行；☆旅行から帰る／旅行歸來；～あんない【旅行案内】（名）旅行指南。⓪

りょしゅう【旅愁】（名）〔文〕旅愁；☆旅愁を覚える／感到旅愁。⓪

りょしゅう【虜囚】（名）〔文〕俘虜。⓪

りょじょう【旅情】（名）〔文〕旅情。⓪

りょじん【旅人】（名）〔文〕旅人。①

りょそう【旅裝】（名）〔文〕旅裝，行裝；☆旅裝を整える／整頓行裝；☆旅裝を解く／旅行歸來。⓪

りょだん【旅団】（名）〔軍〕旅。①

りょちゅう【旅中】（名）〔文〕旅行中，旅行期間。⓪

りょっか【綠化】（名・自他サ）〔文〕綠化；☆綠化運動が展開される／展開綠化運動。⓪

りょてい【旅程】（名）〔文〕旅程，行程⓪

りょひ【旅費】（名）旅費，路費。⓪

リラ【法 lilas】（名）〔植〕紫丁香（＝ライラック）。①

リラ【意 lira】（名）利拉（意大利貨幣單位）。①

リリー【lily】（名）〔植〕百合（＝ゆり）①

リリーフ【relief】（名・他サ）①援救，救助，救濟；☆リリーフ投手／救援投手；②浮雕。②

リリカル【lyrical】（形動ダ）抒情詩的，抒情詩調的。①

りりく【離陸】（名・自サ）（飛機）離地，起飛；☆着陸と離陸の練習をする／練習降落和起飛。⓪

りりし・い【凛凛しい】（形）凛凛的，威肅可敬的；☆凛凛しい姿／凛凛的豐姿；☆凛凛しい態度／威肅的態度；図りりし（形シク）；～さ（名）。③

リリシズム【lyricism】（名）抒情詩體③

りりつ【利率】（名）〔經〕利率；☆年五分の利率で利子を払う／按年利五厘（的利率）付息。⓪

リリック【lyric】（名）抒情詩。①②

リリヤン【lily yarn】（名）（編織用的）人造絲細繩。②

リレー【relay】（名・他サ）①傳遞，接力，轉播；中繼；☆バケツで水をリレーする／用水桶傳遞水；②〔理〕繼電器；③→リレーレース；～レース【relay race】（名）接力賽跑。①

*りれき【履歷】（名）履歷，經歷；～しょ【履歷書】（名）履歷表。⓪

りろ【理路】（名）〔文〕理路；☆彼の話は理路整然としている／他的話理路很清楚。①

*りろん【理論】（名）理論；☆理論と実際とを一致させる／使理論與實際一致；☆実践の伴わない理論は役に立たない／脱離實踐的理論沒有用處。①⓪

―りん【輪】（接尾）（計數花或車輪時的用語）朵；輪；☆一輪の花／一朵花；☆三輪自動車／三輪汽車。

りん【厘】（名）①厘（一分錢的十分之一）；☆一銭五厘／一分五厘錢；②厘（長度、重量等的單位，一分的十分之一）。①

りん【鈴】（名）①鈴，鈴鐺；②電鈴，手鈴（＝ベル）；☆鈴を鳴らす／搖鈴，鳴鈴，按鈴，打鈴；☆お昼休みの鈴が鳴った／中午休息的鈴響了。①

りん【燐】（名）〔化〕燐；☆燐が燃える／燐燃燒。①

りんう【霖雨】（名）霖雨（＝ながあめ）①

りんか【燐火】（名）〔文〕燐火，鬼火①

りんか【隣家】（名）〔文〕鄰家；☆隣家から火が出た／從隔壁起火了。①

りんかい【臨海】（名）〔文〕臨海，沿海，瀕海。⓪

*りんかく【輪郭】（名）①輪廓；☆顔の輪郭を描く／描畫臉的輪廓；②概略，梗概；☆事件の輪郭を述べる／敍述事件的概略。⓪

りんかん【林間】（名）〔文〕林間；～がっこう【林間学校】（名）林間學校，夏令營。⓪

りんかん【輪姦】（名・他サ）輪姦。⓪

りんき【悋気】（名・自サ）嫉妒心，吃醋（＝やきもち）；☆悋気を起こす／生嫉妒心，吃醋。①

りんき【臨機】（名）臨機，隨機；～おうへん【臨機応変】（連語・名）隨機應變①

りんぎ【稟議】（名）書面請示。①

りんぎょう【林業】（名）林業。⓪

りんぎょう【輪業】（名）〔文〕自行車業⓪

リンク【link】（名・自他サ）①鏈環；②

〔經〕連鎖制度〔將產品的出口（出售）和原料的進口（買進）密切地連繫起來，以出口爲條件准許進口或在出售的條件下准許購入〕；☆米と肥料をリンクする／以出賣大米爲條件准許（農民）購買（化學）肥料；~せい【link＋　制】（名）〔經〕連鎖制度。①

リンク【rink】（名）溜冰場，滑冰場。①

リング【ring】（名）①鏈；②指環，戒指；③〔運動〕拳擊場。①

リンクス【links】（名）高爾夫球場。①

りんけい【輪形】（名）〔文〕輪形。◎

りんけい【鱗形】（名）〔文〕魚鱗形。◎

りんけい【鱗莖】（名）〔植〕球根，鱗莖◎

りんげつ【臨月】（名）臨月；☆臨月の女／臨近產期的婦女。①

リンゲルしようえき【ringer＋　氏溶液】（名）〔藥〕任求氏溶液。⑥

りんけん【隣県】（名）〔文〕隣縣。◎

＊りんご【林檎】（名）〔植〕蘋果；☆りんごをむく／削蘋果皮；☆りんごのような頬（ほほ）／蘋果似的臉蛋。◎

りんこう【臨港】（名）〔文〕接連港口；~てつどう【臨港鉄道】（名）港口鐵路，（同輪船的）聯運鐵路。◎

りんこう【燐光】（名）〔理〕燐光；☆燐光を発する／發燐光。◎

りんごく【隣国】（名）〔文〕隣國，隣邦①

りんざいしゅう【臨済宗】（名）〔佛〕臨濟宗（禪宗之一派）。③

りんさく【輪作】（名・他サ）〔農〕輪種；輪種法（＝りんさい）。◎

りんさん【林産】（名）林產；林產物。◎

りんさん【燐酸】（名）〔化〕磷酸；~えん【燐酸塩】（名）磷酸鹽；~カルシウム【燐酸＋calcium】（名）磷酸鈣，磷酸石灰；~ひりょう【燐酸肥料】（名）磷肥。◎

＊りんじ【臨時】（名）臨時，暫時；特別；☆臨時に会合を開く／臨時召開會議；☆臨時雇い／臨時僱工；☆臨時手当（てあて）／特別津貼。◎

りんしつ【隣室】（名）〔文〕隣室；隔壁的屋子。◎

りんしもく【鱗翅目】（名）〔動〕鱗翅目③

＊りんじゅう【臨終】（名）臨終，臨死。◎

りんしょ【臨書】（名・自サ）臨帖。◎

りんしょう【臨床】（名）〔醫〕臨床；☆臨床診察する／臨床診察。◎

りんしょう【輪唱】（名・自他サ）〔樂〕輪唱。◎

りんじょう【輪状】（名）〔文〕輪形，圓圈形。◎

りんじょう【臨場】（名・自サ）〔文〕到場，蒞場；☆御臨場の皆様／到場的諸位◎

りんじょう【鱗状】（名）〔文〕鱗狀，鱗形。◎

りんしょく【吝嗇】（形動ダ）吝嗇；~か【吝嗇家】（名）吝嗇鬼（＝けちんぼう）①

りんじん【隣人】（名）隣人，街坊；☆隣人のよしみ／隣人之誼。◎

リンス【rinse】（名・他サ）洗清頭髮；潤髮乳。①

りんず【綸子】（名）綾子。◎

りんせき【臨席】（名・自サ）臨席，出席；☆御臨席をお願いします／敬請光臨◎

りんせき【隣席】（名）隣席，隣座。◎

りんせつ【隣接】（名・自サ）接鄰，毗連；☆隣接する国家／接鄰的各國；☆隣接の土地／毗連的土地。◎

りんせつ【鱗屑】（名・自サ）〔醫〕（膚色的）脱屑，鱗屑。◎

りんせん【臨戦】（名・自サ）〔文〕臨戰，臨陣；☆臨戦準備をする／進行臨戰準備。◎

りんぜん【凛然】（形動タルト）〔文〕凛凛，嚴肅；☆凛然たる態度／嚴肅可敬的態度。◎

りんそん【隣村】（名）〔文〕隣村。◎

リンタク【輪タク】（名）（跨斗）三輪車◎

リンチ【美lynch】（名）私刑；☆リンチを加える／加以私刑。①

りんてん【輪転】（名・自サ）〔文〕輪轉，旋轉；~き【輪転機】（名）輪轉印刷機。◎

リンデン（バウム）【德Linden（baum）】（名）〔植〕菩提樹（的一種）。①

りんと【凛と】（副）①凛然，嚴肅；☆凛とした態度／嚴肅態度；②（寒氣）凛冽；③清澈。◎

りんどう【林道】（名）林中道路。◎

りんどう【竜胆】（名）〔植〕龍膽。①

りんどく【輪読】（名・他サ）輪流講讀；☆進化論を輪読する／輪流講讀進化論◎

りんね【輪廻】（名・自サ）〔佛〕輪廻①

リンネル【法linière】（名）亞麻布，細夏布（＝リネン）。◎

リンパ【拉丁lympha・淋巴】（名）〔解〕

淋巴；〜えき【淋巴液】（名）淋巴液；
〜せん【淋巴腺】（名）淋巴腺。①

りんびょう【淋病】（名）〔醫〕淋病；☆
淋病にかかる／得淋病。◎

りんぺん【鱗片】（名）〔文〕鱗片。◎

りんぽん【臨本】（名）〔文〕臨摹的帖。◎

りんも【臨摹・臨摸】（名）〔文〕臨摹（
＝りんほ）。①

りんもう【鱗毛】（名）〔植〕鱗毛。◎

りんや【林野】（名）〔文〕林野；☆馬で
林野を駆けめぐる／騎馬在林野中奔馳①

りんらく【淪落】（名・自サ）〔文〕淪落
，零落。①◎

りんり【倫理】（名）〔文〕①倫理；②倫

理學；〜がく【倫理学】（名）倫理學；
〜てき【倫理的】（形動ダ）倫理的。①

りんり【淋漓】（副）〔文〕淋漓。①

りんりつ【林立】（名・自サ）〔文〕林立
；☆港内には帆柱が林立している／港口
内帆檣林立。◎

りんりん（副）①（鈴聲）玎玲玎玲；☆電
話のベルがりんりん（と）鳴る／電話玎
玲玎玲地響；②蟲鳴聲；③（聲音）響徹
貌。①

りんりん【凛凛】（形動タルト）〔文〕①
（寒氣）凛冽；☆寒気凛凛／寒氣凛冽；
②勇氣；☆勇気凛凛たる青年／勇気十足
的青年。③◎

り

る　ル

る①五十音圖「ら行」第三音，發音為ru；②〔字源〕平假名是「留」的草體；片假名是取自「流」的右下部分。

るい【累】（名）〔文〕連累，牽連（＝わずらい，まきぞえ）；☆人に累を及ぼす／連累別人。①

*るい【類】（名）①同類，一類（＝なかま，どうるい）；☆他に類のない珍しい事件／稀奇無比的事件；☆類は友を呼ぶ／物以類聚；②類，屬（＝たぐい）；☆それらはこの類に属する／那些屬於這一類；③（動、植物分類上的）類。①

るい【塁】（名）①堡壘（＝とりで）；②〔棒球〕壘（＝ベース）；☆塁を守る／守壘；☆塁を摩す①逼近敵人堡壘；②（地位、技術等）接近…水平；☆君はその点で彼の塁を摩している／你在那一方面已經接近他的水平。①

るいか【累加】（名・自他サ）〔文〕累加，遞増，累進；☆人口は累加の一途をたどる／人口遞增無已；☆所得の増加につれて税率も累加される／隨著收入的増加，税率也相應地累進。①

るいく【類句】（名）〔文〕①類似的語句；②類似的俳句（川柳）。①

るいけい【累計】（名・他サ）累計（＝べたか）；☆毎月の経費を累計する／累計毎月的經費。①

るいけい【類型】（名）①同一類型；☆この種の民話は全国各地にその類型を見出す／這種民間故事在全國各地都能找到同樣類型；②典型（＝てんけい）。①

るいげん【累減】（名・自サ）〔文〕遞減；☆税率を累減する／遞減税率；～ぜい【累減税】（名）遞減税。①

るいご【類語】（名）〔文〕同義詞。①

るいさん【累算】（名・他サ）〔文〕累計，合計（＝るいけい）；☆月月の出費を累算する／累計毎月的開銷。①

るいじ【類字】（名）〔文〕類似的字。①

*るいじ【類似】（名・自サ）類似，相似；☆動物の中で猿は最も人間に類似している／在動物裏，猴子最像人。①

るいじゅ（う）【類聚】（名・他サ）〔文〕類聚，歸類。①

るいしょ【類書】（名）〔文〕同類的書；類似的書。①①

るいしょう【類焼】（名・自サ）因受他處失火的蔓延而遭受火災，延燒；☆類焼に遇う／遭到延燒；☆類焼を免れる／免於延燒。①

るいしん【累進】（名・自サ）〔文〕累進，連續晉升；☆部長に累進する／連升到部長；②遞増，累進；☆税率の累進／税率的累進；～ぜい【累進税】（名）累進税。①

るいしん【塁審】（名）〔棒球〕壘評判員，（一、二、三）壘裁判。①

るいじんえん【類人猿】（名）〔動〕類人猿。③

るいすい【類推】（名・自サ）類推。①

るい・する【類する】（自サ）類似，相似（＝にかよう）；☆これに類する品物／與此相似的東西；図るいす（サ）。③

るいせき【累積】（名・自他サ）〔文〕積累；積壓；☆累積した鬱憤（うっぷん）が爆発した／積累的憤怒爆發了。①

るいせん【涙腺】（名）〔解〕涙腺。①

るいねん【累年】（名・副）〔文〕連年，逐年（＝ねんねん）；☆死亡率は累年減少の傾向にある／死亡率逐年在降低①

るいはん【累犯】（名）〔法〕累犯；～かじゅう【累犯加重】（連語・名）〔法〕累犯加重。①

るいべつ【類別】（名・他サ）類別；分類（＝ぶんるい）；☆大きさにより類別する／按大小加以分類。①

るいらん【累卵】（名）〔文〕累卵，危急，極端危險。①

るいるい【累累】（形動タルト）〔文〕累累，層層叠叠（＝ごろごろ）；☆累々たる死体／屍體累累。①③

るいれい【類例】（名）類似的例子；☆他に類例がない／找不到類似的例子，沒有前例。①

ルー【roux】（名）〔烹飪〕一種用奶油和

麺粉作的糊狀湯。[1]

ルーキー【rookie】（名）〔棒〕新人選手[1]

ルージュ【法rouge】（名）①紅（＝あか）；②口紅（＝くちべに）；☆真赤にルージュを塗った唇（くちびる）／用口紅塗得鮮紅的嘴唇。[1]

ルーズ【loose】（名・形動ダ）鬆懈，鬆弛，散漫，放蕩的，吊兒郎當（＝ゆるい、だらしがない）；☆仕事がルーズだ／工作吊兒郎當；**～リーフ**【loose leaf】（名）活頁。[1]

ルーツ【root】（名）根。

ルート【route】（名）①道路，途徑（＝みちすじ）；②來路，來源（＝けいろ、てずる）；☆闇（やみ）のルートを摘発する／檢舉私貨的來路。[1]

ループ【loop】（名）①（線、繩等的）圈，環；②〔航空〕翻筋斗（＝ちゅうがえり）；**～アンテナ**【loop antenna】（名）〔無電〕環形天線。[1]

ルーフガーデン【roof garden】（名）屋頂花園。[1]

ルーブル【ruble；留】（名）盧布（蘇俄貨幣單位）。[1]

ルーペ【德Lupe】（名）放大鏡（＝むしめがね）。[1]

ルーマニア【Rumania】〔地理〕羅馬尼亞。[3][0]

ルーム【room】（造語）室，屋子，房間（＝へや）；**～クーラー**【room cooler】（名）室内冷氣機;**～メイト**【room mate】（名）同室者，室友。[3]

*****ルール**【rule】（名）①規則，章程（＝きそく、おきて）；☆ルールを守る／遵守規則；☆ルールに反する／犯規；②尺，界尺，劃線板（＝ものさし、じょうぎ）[1]

ルーレット【roulette】（名）①輪盤賭；②鏤刻用的齒輪。[1]

ルクス【法lux】（名）〔理〕勒（克司）（照明單位，即米燭光）。[1]

るけい【流刑】（名）〔文〕流刑（＝るざい、しまながし）。[0]

るざい【流罪】（名）〔文〕流刑，發配（＝るけい、しまながし）；☆流罪に処する／處以流刑。[1][0]

*****るす**【留守】（名）①看家（的人）；☆留守を頼んで出かける／求人看家後出門；☆家の留守をする／看家；②出門，不在家；☆一時間ばかり留守（を）する／出去一個多鐘頭（不在家）；☆主人は留守です／主人不在家；☆家を留守にする／不在家，家中無人；☆留守に泥棒がはいる／外出時進來小偷；③〔お─〕忽略（正業，職守）；☆勉強をお留守にする／（應該用功而）不用功；☆仕事がお留守になる／工作被丢在一邊；**～い**【留守居】（名）看家（的人）（＝るす、るすばん）；**～ばん**【留守番】（名）看家（的人）（＝るすい）；☆留守番を頼んで出かける／請人照看門戶外出；☆留守番に鍵（かぎ）を預ける／把鑰匙交給看家人。[1]

ルック【look】（名）…款式的服裝的意思；☆ニュールック／新款式的服裝。[1]

ルックス【法lux】（名）＝ルクス。[1]

るつぼ【坩堝】（名）①坩堝；②〔轉〕（興奮、激昂的）漩渦，洪爐；☆彼の演説は聴衆を興奮の坩堝に巻きこんだ／他的演說把聴眾捲入興奮的漩渦裏。[1]

るてん【流転】（名・自サ）①（不斷地）變遷，變化；☆万物は流転する／萬物變遷不已；②〔佛〕輪廻（＝りんね）。[1]

るにん【流人】（名）〔文〕被處流刑的人[0]

ルネッサンス【Renaissance】（名）文藝復興（＝ぶんげいふっこう）。[2]

ルバ（ー）シカ（名）俄式襯衫。[2]

ルビ【ruby】（名）①七號鉛字；②（用以注漢字讀音的）假名鉛字；〔轉〕（漢字的）注音假名（＝ふりがな）；☆ルビを付ける（振る）／（給漢字）注上假名。[1]

ルビー【ruby】（名）〔礦〕紅寶石，紅玉。[1]

ルピー【rupee】（名）盧比（印度貨幣單位）。[1]

るふ【流布】（名・自他サ）流傳，散布；☆噂（うわさ）が世間に流布する／社會上流傳謠言；☆風説を流布する／散布流言；**～ぼん**【流布本】（名）社會上廣泛流傳的版本。[1]

ルポ→ルポルタージュ。[1]

ルポルタージュ【法reportage】①報導；☆ルポルタージュを書く／寫報導；②報導文學（＝ほうこくぶんがく）。[4]

るり【瑠璃】（名）①〔佛〕藍色寶石；②〔古〕琉璃，玻璃；③〔動〕←るりちょう；**～いろ**【瑠璃色】（名）深藍色；**～ちょう**【瑠璃鳥】（名）〔動〕琉璃鳥。[1][0]

るる【縷縷】（副）①如縷地，細長地；②詳詳細細地（＝こまごま）；☆事件の顛

末（てんまつ）を縷々と話す／詳細敍述
事件的原委。[1]

るろう【流浪】（名・自サ）〔文〕流浪，
漂泊；☆流浪の民／流浪之民；☆町から
町へと流浪する／從一個城鎮流浪到另一

個城鎮。[0]

ルンバ【rumba】（名）〔樂〕倫巴舞。[1]

ルンペン【德 Lumpen】（名）流浪者；失
業者。[1]

れ①五十音圖【ら行】第四音；發音為re；②〔字源〕平假名是「禮」字的草體；片假名是「禮」字的右邊。

レ【意re】（名）〔樂〕全音階的第二音；D調。①

れい【令】（名）〔文〕①命令（＝いいつけ、めいれい）；☆令を下す／下令，下命令；②法令（＝ほうれい）。①

＊**れい**【礼】（名）①〔文〕礼法，禮節，禮貌（＝いれぎ）；☆礼を失する（欠く）／失禮；☆彼は少しも礼を辨（わきま）えない／他一點也不懂禮法；②敬禮，鞠躬（＝おじぎ）；☆先生に礼をする／向老師敬禮；③〔おー〕道謝，謝詞；☆礼を言う／道謝，致謝；④〔おー〕禮品，送禮，答謝，酬謝（的禮品）；☆お礼をいただく／接受禮品☆お礼を言う／道謝☆おみやげのお礼に何を上げようか／人家給帶來了禮物我們拿什麼來答謝呢①⓪

＊**れい**【例】（名）①常例，慣例（＝ならわし，しきたり）；☆そうするのがその国の例だ／那樣作是那個國家的一般慣例；②先例，前例；☆これが後々の例になっては困る／這可不要成為（以後的）例子；☆いまだ曾て例のない大豐作／史無前例的大豐收；③例，例子，事例（＝ためし）；☆例を引く／舉例；☆工場を例にとってみる／姑且以工廠為例；☆彼も亦この例に漏れない／他也不例外；④通常，往常（＝いつも，ふだん）；☆例の通り／如往常；☆その夜例になく遅く帰った／那天夜裏他破例回來很晩；☆例によって電話をしてから出掛けた／照例先打個電話然後出去了；☆例によって例の如しだ／和往常一樣；⑤（表示談話雙方都知道，或不便明說的事物）那，某；☆例の件はどうなったかな／那件事怎麼樣了？☆例の人は何処へ行ったか／那個人到哪裏去了？①

れい【零】（名）零（＝ゼロ）；☆試合は五対零で負けた／比賽以五比零輸了。①

＊**れい**【霊】（名）①精神，靈（＝せいしん）；☆霊の世界／精神世界；②魂魄，靈魂（＝たましい）；☆祖先の霊を祭る／祭

祀祖先（的靈魂）；☆故人の霊に捧げる／獻在亡者靈前；③神靈；☆天地の霊を祭る／祭祀天地神靈。①

レイ【夏威夷 lei】（名）掛在脖子上的花環。①

レイアウト【layout】（名）（報紙、畫報等版面的）設計（＝わりつけ）。③

れいあんぽう【冷罨法】（名）〔醫〕冷罨法。⓪

れいい【霊位】（名）〔文〕靈牌（＝いはい）。①

れいう【冷雨】（名）〔文〕冷雨。①

れいか【冷菓】（名）〔文〕冷凍點心（冰淇淋等）。①

れいか【零下】（名）零下，冰點下；☆零下の気温／零下的氣溫；☆零下五十度の寒さ／零下50度的嚴寒。①

れいかい【例会】（名）例會；☆毎月一回の例会に出席する／出席每月一次的例會。⓪

れいかい【霊界】（名）〔文〕①精神世界（＝せいしんかい）；②靈魂的世界，陰間（＝あのよ）；☆霊界から死者の魂を呼び寄せる／迷信〕從陰間召回亡魂。⓪

＊**れいがい**【冷害】（名）〔農〕凍災，冷凍災害；☆冷害に見舞われる／遭受凍災；☆冷害による減収／由於凍災而造成的減產。⓪

＊**れいがい**【例外】（名）例外；☆いかなる例外も認めない／不容許任何例外；☆物事に例外は付物（つきもの）だ／一切事物總不免有例外。⓪

れいかん【霊感】（名）①靈感（＝インスピレーション）；☆霊感を得て作曲する／得到靈感而作曲；②神靈的啓示；☆霊感を受ける／受到神靈的啓示。⓪

れいがん【冷眼】（名）〔文〕冷眼，白眼，卑視；☆彼の冷眼に耐えられない／受不了他的冷眼看待。⓪

れいき【冷気】（名）〔文〕冷氣，涼氣；☆ひんやりとした冷気が肌（はだ）に染みる／冰涼的冷氣滲透肌膚。①

れいき【霊気】（名）〔文〕靈氣，神秘的氣氛；☆深山幽谷にはいって霊気に触れる／進入深山幽谷裏接觸神秘的氣氛。①

れ

れいぎ【礼儀】（名）禮法，禮節，禮貌；☆礼儀を守る／遵守禮法；☆礼儀正しい人／彬彬有禮的人；☆礼儀を知らない（弁えない）人／不懂禮節，沒有禮貌（的人）。③

れいきゃく【冷却】（名・自サ）冷却，冷静；☆熱したエンジンを水で冷却する／用水來冷却發熱的引擎。⓪

れいきゅう【霊柩】（名）靈柩（＝ひつぎ）；～しゃ【霊柩車】（名）靈車。⓪

れいきん【礼金】（名）酬謝金。⓪

れいく【麗句】（名）〔文〕麗句，美麗詞句；☆美辞麗句を連ねる／羅列美麗的詞句。①

れいぐう【冷遇】（名・他サ）〔文〕冷淡（的）對待；☆冷遇に甘んずる／安於冷淡的對待；☆冷遇を受ける／受到冷淡的對待。⓪

れいけい【令兄】（名）〔文〕令兄；☆御令兄はどちらにお勤めですか／令兄在哪裏工作。⓪

れいけい【令閨】（名）〔文〕（對別人妻子的敬稱）太太，夫人。⓪

れいけつ【冷血】（名・形動ダ）①冷血；②冷酷無情；☆冷血な男／冷酷無情的人；～かん【冷血漢】（名）冷酷的人；～どうぶつ【冷血動物】（名）①冷血動物；②〔轉〕冷酷無情的人（＝れいけつかん）。⓪

れいげん【冷厳】（形動ダ）〔文〕①冷静而莊嚴；②嚴厲無情，冷酷（＝れいこく）；☆冷厳な現実に直面する／面對冷酷的現實。⓪

れいげん【例言】（名）①例言，凡例；②例示。③⓪

れいげん【霊験】（名）〔文〕靈驗，神佛的感應；☆あらたかな霊験／顯著的靈驗⓪

れいこう【励行】（名・他サ）勵行，堅持實行，嚴格執行；☆ラジオ体操を励行する／堅持作廣播操。⓪

れいこく【冷酷】（形動ダ）冷酷無情；☆冷酷な人間／冷酷的人。⓪

れいこく【例刻】（名）經常規定的時刻；☆試合は例刻より後れて始まった／比賽是晚於照例的時刻開始的。⓪

れいこん【霊魂】（名）靈魂（＝たましい）①

れいさい【例祭】（名）（毎年）定期的祭祀。⓪

れいさい【零細】（形動ダ）零碎，零星；☆零細な土地を耕す／耕種小片土地。⓪

れいさつ【霊刹】（名）靈刹，靈寺。⓪

れいざん【霊山】（名）（供神佛的）靈山①

れいし【茘枝】（名）〔植〕茘枝。①

れいし【令姉】（名）〔文〕令姐，令姉①

れいし【令嗣】（名）〔文〕令郎。①

れいし【霊芝】（名）〔植〕紫芝，靈芝（＝まんねんだけ）。①

れいし【麗姿】（名）〔文〕麗姿，美麗的姿容（形象）。①

れいじ【零時】（名）零時，二十四點。①

れいじ【霊示】（名・他サ）〔文〕天啓⓪

れいしき【礼式】（名）〔文〕禮儀，禮法，規矩；☆古い礼式／舊的禮法。⓪

れいしつ【令室】（名）〔文〕夫人，太太（＝れいけい）。⓪

れいしつ【麗質】（名）〔文〕麗質；☆天の成せる麗質／天生的麗質。⓪

れいじつ【例日】（名）往常的日子；☆例日ならそろそろ人の集る時刻／若是往常這時候該要來人（上座）了。⓪

れいしゅ【冷酒】（名）〔文〕凉酒（＝ひやざけ）；☆冷酒を汲み交す／（二人）對飲凉酒。⓪

れいしょ【隷書】（名）（漢字書體之一）隷書。⓪

れいしょう【冷床】（名）〔農〕冷床；↔おんしょう（温床）。⓪

れいしょう【冷笑】（名・他サ）冷笑，嘲笑，奚落；☆人を冷笑する／嘲笑別人；☆冷笑を禁じ得ない／不禁冷笑起來。⓪

れいしょう【例証】（名・他サ）例證，舉例證明；☆例証を捜す／尋找例證；☆色々の例証を挙げる／例舉許許多多例證；☆多くの実験で理論を例証する／用多次實驗來證實理論。⓪

れいじょう【令状】（名）令状を発する／發拘票；☆令状による逮捕／根據拘票的逮捕；☆令状を読んで聞かせる／宣讀拘票給（被捕者）聽。⓪

れいじょう【令嬢】（名）〔敬語〕小姐，千金（＝おじょうさん）；☆御令嬢の御病気はいかがですか／令嬢的病情如何？☆中村氏の令嬢／中村先生的千金。⓪

れいじょう【礼状】（名）謝函，致謝信；☆礼状を出す／寄出謝函。⓪

れいじょう【霊場】（名）〔文〕（有寺院，廟宇的）靈地；☆霊場に詣（もう）でる／朝山拜廟。①⓪

れ

れいしょく【令色】（名）〔文〕令色。⓪

れいじん【麗人】（名）麗人，美人；☆男装の麗人／（女扮）男装的美人。⓪

れいすい【冷水】（名）〔文〕冷水，凉水；☆頭から冷水を浴（あ）びる／從頭上澆凉水；〜まさつ【冷水摩擦】（名）用水搓身／〜よく【冷水浴】（名）冷水浴⓪

れいせい【令婿】（名）〔敬語〕女婿。⓪

*れいせい【冷静】（形動ダ）冷靜，鎮靜，沉着，心平氣和；☆冷静な頭／冷靜的頭腦；☆冷静に物事を考える／冷靜地思考問題；☆冷静を保つ／保持冷靜；☆突然の出来事（できごと）に日頃の冷静さを失う／由於事出突然而喪失平素的冷靜。

れいせい【厲声】（名）〔文〕厲聲，大聲；☆厲声叱咤（しった）する／大聲吆喝；☆厲声一番（いちばん）／大喝一聲⓪

れいせつ【礼節】（名）〔文〕禮節，禮貌（＝れいぎ，さほう）；☆礼節を守る／遵守禮節；☆礼節を知らない（弁えない）／不懂禮貌。⓪

れいせん【冷泉】（名）〔文〕冷泉，冷的礦泉（溫度在攝氏35度以下）；↔おんせん（溫泉）。⓪

れいせん【冷戦】（名）冷戰；☆冷戦政策は徹底的に失敗した／冷戰政策徹底的失敗了。⓪

れいせん【霊泉】（名）〔文〕①靈泉；☆不老不死の霊泉／長生不老的靈泉；②對疾病有奇效的礦泉。⓪

れいぜん【冷然】（形動タルト）冷淡，冰冷（＝ひややか）；☆冷然たる態度で相手に接する／用冷淡態度對待對方。⓪

れいぜん【霊前】（名）①靈前；☆霊前で弔辞を読む／在靈前讀祭文；②神靈之前。③⓪

れいそう【礼奏】（名）〔樂〕（演奏結束後）爲謝幕而進行的演奏。⓪

れいそう【礼装】（名）禮裝；☆礼装で出席する／穿上禮裝出席。⓪

れいぞう【冷蔵】（名・他サ）冷藏；☆肉を冷蔵する／把肉冷藏起來；〜こ【冷蔵庫】（名）冷藏庫，冰箱；☆魚を冷蔵庫に入れる／把魚放在冰箱裏。⓪

れいそく【令息】（名）〔敬語〕兒子；☆阿部氏の御令息／阿部先生的公子。⓪

れいぞく【隷属】（名・自サ）〔文〕①隷屬，附屬；☆弱小民族が強国に隷属する時代は永久に過ぎ去った／弱小民族隷屬於強國的時代一去不復返了；②部屬，部下，手下，僕從（＝てした，はいか）。⓪

れいそん【令孫】（名）〔文〕〔敬語〕孫子；☆御令孫の御入学を祝う／恭賀令孫入學。⓪

れいだい【例題】（名）例題；☆幾何の例題を解く／解幾何的例題。③

れいたつ【令達】（名・他サ）〔文〕下達命令；☆全軍に令達する／向全軍下令⓪

*れいたん【冷淡】（形動ダ）①冷淡，不熱心，不關心；☆個人の名利に冷淡な人／對個人的名利冷淡的人；②冷淡，不同情，不親切；☆他人には冷淡な態度をとる／對別人就抱冷淡的態度。⓪

れいち【霊地】（名）（有寺院廟宇的）聖靈地方（＝れいじょう）；☆霊地に詣でる／朝山拜廟。①

れいちょう【霊長】（名）〔文〕靈長；☆人間は万物（ばんぶつ）の霊長である／人為萬物之靈。⓪

れいちょう【霊鳥】（名）靈鳥。⓪

れいてい【令弟】（名）〔敬語〕弟；☆御令弟はもう卒業なさいましたか／令弟已經畢業了嗎？⓪

れいてき【霊的】（形動ダ）〔文〕靈魂的，精神的；☆霊的な力／精神力。⓪

れいてつ【冷徹】（形動ダ）〔文〕冷靜而透徹；☆冷徹な眼（まなこ）で観察する／用冷靜而透徹的眼光觀察。⓪

れいてん【礼典】（名）〔文〕①禮法，禮節；②禮法書。⓪

れいてん【零点】（名）①零分；☆数学の試験で零点を取る／數學考試得零分；②零度，冰點（＝れいど）；③完全沒有資格，不及格（＝ゼロ）；☆母としては零点だ／沒有資格當母親。①③

れいど【零度】（名）零度。①

れいとう【冷凍】（名・他サ）冷凍，凍；☆冷凍の肉／凍肉；☆魚肉を冷凍（に）する／冷凍魚肉，☆冷凍食品／冷凍食品。⓪

れいにく【冷肉】（名）凍肉（＝コールドミート）。⓪

れいにく【霊肉】（名）〔文〕靈與肉，精神和肉體。⓪

*れいねん【例年】（名）往年，例年；☆今年は例年になく暑い／今年比往年熱。⓪

れいの【例の】（連體）①往常的（＝いつもの）；☆例の場所で会おう／還是在往

常見面的那兒見吧；②（談話雙方都知道的）那…☆例の件はどうなったか／那一件事怎麼了？→れい（例）。①

れいば【冷罵】（名・他サ）〔文〕冷嘲，挖苦（＝あざわらい）；☆冷罵を浴びせる／加以冷嘲；加以冷罵。①

れいはい【礼拝】（名）禮拜，拜（＝らいはい）。⓪

れいはい【霊牌】（名）〔文〕靈牌，牌位⓪

れいはい【零敗】（名・自サ）（比賽時一分未得而）慘敗；☆甲大学は乙大学に零敗した／甲大學以零分敗於乙大學。⓪

れいばい【霊媒】（名）〔文〕〔迷信〕靈魂的媒介（指巫，覡等）。⓪

れいひょう【冷評】（名・他サ）冷淡的批評，諷刺的批評；☆今度の公演は各新聞紙上で冷評を受けた／這次公演在各報上受到冷評。⓪

れいびょう【霊廟】（名）〔文〕靈廟（＝みたまや）。⓪

れいふく【礼服】（名）禮服；☆礼服を着用する／穿禮服。⓪

れいふじん【令夫人】（名）（對貴族或別人妻子的敬稱）夫人，太太（＝おくさま）③

れいぶん【例文】（名）例句；☆例文を参照して次の問（とい）に答えよ／參照例句回答下列問題。⓪

れいほう【礼法】（名）禮法，禮節；☆礼法を守る／遵守禮節。⓪

れいほう【礼砲】（名）〔軍〕禮砲；☆礼砲を放つ／鳴放禮砲。⓪

れいほう【霊峰】（名）〔文〕靈山，神聖的山。⓪

れいぼう【礼帽】（名）（禮裝時戴的）禮帽。⓪

れいぼう【冷房】（名）冷氣設備；☆冷房（装置）の完備した劇場／具有完善冷氣設備的劇院。⓪

れいまい【令妹】（名）（敬語）令妹。⓪

れいまいり【礼参り】（名・自サ）①前去道謝；☆世話になった人の所へ礼参りに行く／到照顧過自己的人家去道謝；②〔迷信〕爲答謝神佛而参拜。③

れいまわり【礼回り】（名・自サ）（到照顧、幫助過自己的人那裏）去道謝。③

れいみょう【霊妙】（形動ダ）不可思議的美妙。⓪

れいめい【令名】（名）〔文〕聲譽，令名；☆令名高き選手／聲譽極高的運動員⓪

れいめい【黎明】（名）黎明（＝あけがた，よあけ）。⓪

れいもつ【礼物】（名）〔文〕禮物，禮品⓪

れいやく【霊薬】（名）〔文〕靈藥；☆家伝の霊薬／祖傳的靈藥（妙方）。⓪

れいらく【零落】（名・自サ）零落，淪落；☆零落して見る影もない／零落得不復當年了。①⓪

れいり【怜悧】（名・動ダ）伶俐，聰明（＝りこう，そうめい）☆怜悧に見える／顯得伶俐。①

れいりょう【冷涼】（名・形動ダ）涼，冷，冷颼颼；☆高原の冷涼な空気に触れる／接觸高原上的冷空氣。⓪

れいれい【麗々】（副）（故意顯示）漂亮，誇示；☆麗々と自分の長所を書きたてる／把自己的長處寫得特別突出；～し・い【麗麗しい】（形）（粉飾得）漂亮的，誇示的；☆麗々しく看板を出す／把招牌裝飾得特別漂亮；～しさ【麗麗しさ】（名）。③

れいろう【玲瓏】（形動タルト）①玲瓏，晶瑩；②清脆；☆玲瓏とした声が会場を振るわす／清脆的聲音響徹會場。⓪

れいわ【例話】（名）作爲實例引證的話，實例；☆彼の経験を例話に引く／引用他的經驗作爲實例。⓪

レーキ【rake】（名）〔農〕耙子，耙機①

レーサー【racer】（名）賽跑者；賽車選手。①

レーザー【LASER】（名）雷射。①

レーシング・カー【racing car】（名）賽車用的汽車。⑥

レース【lace】（名）①縧帶（＝ひも，かざりひも）；②花邊；☆レースを編む／編織花邊；☆袖口（そでぐち）にレースを付ける／袖口鑲上花邊。①

レース【race】（名）賽跑；賽艇；賽馬；賽車。①

レーズン【raisin】（名）葡萄乾。①

レーダー【radar】（名）雷達。①

レート【rate】（名）①比例，比率，率（＝わりあい，りつ）；☆爲替（かわせ）レートを引き上げる／提高匯率；②等級（船或船員）；③速度，（鐘的快慢）差率，程度；④價格・行市，行情，估價，評價。①

レーヨン【法 rayon】（名）人造絲，人造絲織品（＝じんけん）。①

*レール【rail】（名）鐵軌，鋼軌；☆レールを敷く／舗軌；☆汽車がレールから外れる／火車脱軌。[1][0]

レーンコート【rain-coat】（名）雨衣。[4]

レーンジャー【ranger】（名）①國家公園管理員；②遊撃隊員。[1]

レガート【意 legato】（名）〔樂〕連奏。[2]

れきさつ【轢殺】（名・他サ）（車輛）壓死，輾死；☆列車に轢殺される／被列車壓死。[0]

*れきし【歴史】（名）歴史；☆歴史に長く残る／永垂史冊；～てき【歴史的】（形動ダ）①歴史的，歴史上的，傳統的；☆歴史的な風習／傳統的習慣；②歴史性的，有歴史意義的；☆歴史的な大事件／具有歴史意義的大事件；③從歴史上的，根據歴史的；☆文学を歴史的に研究する／從歴史發展來研究文學。[0]

れきし【轢死】（名・自サ）（被車輛）壓死；☆轢死を遂げる／被車輛壓死。[0]

れきせい【歴世】（名）〔文〕歴代，累世（＝れきだい）。[0]

れきせい【瀝青】（名）〔理〕瀝青；～たん【瀝青炭】（名）〔礦〕瀝青煤。[0]

れきぜん【歴然】（形動タルト）明確，確鑿，千眞萬確；☆歴然たる事実／千眞萬確的事實；☆歴然たる証拠／確鑿的證據。[0]

れきだい【歴代】（名）歴代，歴屆；☆歴代の内閣／歴屆内閣。[2][0]

れきど【礫土】（名）〔農〕礫土，包含許多砂礫的土。[1]

れきにん【歴任】（名・他サ）歴代；☆局長、部長を歴任する／歴任局長部長職務。[0]

れきねん【暦年】（名）〔文〕暦年，暦法上規定的一年。[0]

れきねん【歴年】（名）歴年，年復一年；☆歴年の辛苦が報いられる／歴年的努力得到成果。[0]

れきほう【歴訪】（名・他サ）歴訪；☆各国を歴訪する／歴訪各國。[0]

レギュラー【regular】（名・形動ダ）①有規則的（＝きそくただしい）；②正規的，正式的；③正式選手。[1]

れきれき【歴歴】（名）〔お─〕了不起的人們，有錢有勢的人們，高官顯宦；☆政界、財界の御歴歴がずらりと並ぶ／政界、金融界的頭頭腦腦會聚一堂。[0]

レクィエム【拉 requiem】（名）〔樂〕安魂曲（＝ちんこんきょく）。[2]

レグホン【leghorn】〔動〕來克鶏。[1]

*レクリエーション【recreation】（名）休養，娯樂，消遣，休閑活動。[4]

レコーダー【recorder】（名）①記録者（＝きろくがかり）；②録音機，記録機。[2]

*レコード【record】（名）①記録（＝きろく）；☆投票率は最高のレコードを記録した／投票率出現了最高記録；②（運動成績等的）最高記録（＝さいこうきろく）；☆円盤投（えんばんなげ）のレコードを破る／打破擲鐵餅的最高記録；③唱片；☆レコードをかける／放唱片；☆レコードに音楽を吹き込む／把音樂灌上片子，灌音樂唱片子；④録音（＝ろくおん）；～ホルダー【record holder】（名）最高記録保持者。[0]

レザー【leather】（名）①皮革，熟皮，鞣革（＝なめしがわ）；②←レザークロス；～クロス【leather cloth】（名）①質地結實的棉毛紡織物；②漆布，油布；☆本をレザークロスで装幀する／用漆布裝書。[1]

レザー【razor】（名）剃刀（＝かみそり）；☆レザーカットをする／（不用剪刀而）用刀修髮。[1]

レジ（名）←レジスター。[1]

レシート【receipt】（名）收條，收據（＝うけとりしょ）。[2]

レシーバー【receiver】（名）①領受人，收件人（＝うけとりにん）；②容器（＝いれもの）；③耳機，聽筒，收報機（＝じゅわき、じゅしんき）；④〔網球〕接球者；↔サーバー。[2]

レジスター【register】（名）①記録，註冊；②（速度、金錢出納等的）自動記錄器；③（商店等的）金錢出納處；出納員。[1]

レジスタンス【法 résistance】（名）（對法西斯主義等的）反抗。[1]

レジデンス【residence】（名）高級公寓。

*レジャー【leisure】開暇。[1]

レジン【resin】（名）樹脂。[1]

レストラン【法 restaurant】（名）西餐館。[1]

レスビアン【Lesbian】（名）間同性戀的女子。[3]

レスラー【wrestler】（名）角力者。[1]

レスリング【wrestling】（名）〔運動〕摔角。[1]

レセプション【reception】（名）（爲招待舉行的）宴會；歡迎會；☆レセプションを催す／舉行宴會。[2]

レター【letter】（名）①文字；②書信（＝てがみ）。[1]

レタス【lettuce】（名）〔植〕萵苣（＝ちしゃ）。[1]

れつ【劣】（名）〔文〕劣，低劣。[1]

*れつ【列】（名）①列，類（＝なかま）；☆強国の列に入る／列入強國，成爲強國之一，②隊伍（＝ならび）／☆列を作る（成す）／排除；☆列を組んで進む／排隊前進；☆一列に並ぶ／排成一排。[1]

れつあく【劣悪】（形動ダ）低劣，次，壞；☆劣悪な商品／質量低劣的商品。[0]

れっか【烈火】（名）烈火；☆烈火の如く怒る／暴怒，大發雷霆。[1]

レッカーしゃ【wrecker＋車】修護車。[3]

れっき【歴】（副）（形容有錢有勢或門第高貴）顯赫，了不起；☆れっきとした家柄／了不起的門第。[1][3]

れっき【列記】（名・他サ）開列☆合格者の氏名を列記する／開列及格者姓名[1][0]

れっきょ【列挙】（名・他サ）列舉，枚舉；☆彼の功績は列挙に遑（いとま）がない／他的功勞不勝枚舉。[1][0]

れっきょう【列強】（名）列強。[0]

れっこく【列国】（名）列國，（世界）各國；☆列国の代表が一堂に集まる／各國代表齊集一堂。[0]

れつじつ【烈日】（名）〔文〕烈日；☆烈日の下で働く農民たち／在烈日下工作的農民們。[0]

*れっしゃ【列車】（名）列車；☆列車は時間通りに着いた／列車準時到達。[0]

れつじょう【劣情】（名）①卑劣的心情；②色情。[0]

れっしん【烈震】（名）〔地〕最強烈的地震。[0]

れっ・する【列する】〔文〕（自・他サ）①並列，居於…之列（＝ならぶ、つらなる）；☆五大国に列する／居於五大國之列，成爲五大國之一；②列席；☆オブザーバーとして会議に列する／以觀察員身分列席會議；③排列，列入（＝ならべる、つらねる）；☆名を列する／列名；図れっす（サ）。[3][0]

レッスン【lesson】（名）功課；（教科書中的）一課（＝じゅぎょう、けいこ）；ピアノのレッスン／練鋼琴。[1]

れっせい【劣性】（名）劣性；↔ゆうせい（優性）。

れっせい【劣勢】（名）劣勢；☆空軍力に於ける劣勢を取り戻す／挽回空軍的劣勢；↔ゆうせい（優勢）。[0]

*れっせき【列席】（名・自サ）列席，蒞臨，到場；☆会議に列席する／列席會議[0]

れっちゅう【列柱】（名）〔文〕列柱，一排柱子。[0]

レッテル【荷 letter】（名）①（商品上貼的）標籤，商標；☆レッテルを張る（剥がす）／貼（剥去）標籤；☆レッテルをよく見てから買う／看好商標再買；②〔轉〕帽子；☆日和見（ひよりみ）主義のレッテルを貼る／（給…）戴上騎牆主義的帽子；③〔俗〕婦女的容貌。[1][0]

れつでん【列伝】（名）列傳；☆列伝体の歴史／列傳體的歷史。[0]

れっとう【列島】（名）〔地〕列島，羣島[0]

れっとう【劣等】（形動ダ）劣等，低劣，次，壞；☆これは品質が劣等だ／這貨品質劣；～かん【劣等感】（名）自卑感；☆劣等感を抱く／有自卑感。[0]

れっぷう【烈風】（名）①暴風，狂風，疾風；☆烈風が吹き荒（すさ）ぶ／狂風大作②〔氣象〕烈風（秒速15―29公尺）[3][0]

レディー【lady】（名）①貴婦人，女士（＝きふじん、しゅくじょ）；②婦女（＝ふじん）。[1]

レディーメード【ready made】（名）既成品，現成品（＝きせいひん）；☆レディーメードの背広（せびろ）／現成的西服；↔オーダーメード。[4]

レトリック【rhetoric】（名）修辭學；雄辯術，（＝しゅうじがく）。[3]

レトルト【荷 retort】（名）〔化〕甑。[2]

レバー【liver】〔烹飪〕肝（＝きも、かんぞう）。[1]

レバー【lever】（名）槓桿（＝てこ、こうかん）。[1]

レパートリー【repertory】（名）演出（演奏，放映）節目；劇目。[2]

レビュー【review】（名）評論，批評。[1]

レビュー【法 revue】（名）①（法國式的）時事諷刺劇；②（場面轉變很快的）輕鬆的歌劇。[1]

レフェリー【referee】(名)（足球、籃球、排球，拳擊等的）裁判員；〜ストップ→ドクターストップ。①

レベル【level】(名)水平，水準；☆レベルが高い（低い）／水準高（低）；☆レベルを引き上げる／提高水準；☆最高のレベルに達する／達到最高水準。①

レポーター【reporter】(名)①報告員；②採訪記者。②

レポート【report】(名)報告，研究報告②

レモネード【lemonade】(名)檸檬水③

レモン【lemon】(名)〔植〕檸檬；〜すい【lemon＋水】(名)檸檬水。

*れる(助動・下一型)〔接四段活用、サ行變格動詞的未然形〕①（表示被動）被，挨，受到；☆蚊に刺される／被蚊子叮；☆いくら殴（なぐ）られても平気だ／怎様挨打也不在乎；②（表示因別人的行為自己受到不利影響）被，給；☆大事なものを紛失されて困った／要緊的東西（被別人）給丟了眞糟糕③（表示自發）不由地，自然而然地；☆昔のことが思い出される／不由地想起往昔；④（表示可能）能，能够，可以；⑤（表示尊敬）；☆先生は明日帰られます／老師明天回來；☆あなたも出席されますね／您也出席吧；図る（下二）。

─れん【嗹】(接尾)（計數紙的單位）一令（500張）；☆上質紙を一嗹買う／買一令上等紙。

*れんあい【恋愛】(名・自サ)戀愛；☆恋愛をしている／在談戀愛。⓪

れんか【廉価】(名・形動ダ)廉價，低廉；☆廉価な品（しな）／廉價品，便宜貨①

れんか【恋歌】(名)〔文〕情歌。

れんが【連歌】(名)連歌（日本詩歌的一種體裁，由二人以上分別輪流詠上下句，通常以100句爲一首）。①

*れんが【煉瓦】(名)磚；☆煉瓦を焼く／燒磚；☆煉瓦を積む／砌磚；☆煉瓦を敷き詰める／舖磚；〜づくり【煉瓦造り】(名)磚砌，磚築；☆煉瓦造りの家／磚房。①

れんき【連記】(名・他サ)（把多數的人名・項目等）列入，填入；☆代表を五名連記する／填上五名代表的名字。⓪

れんきんじゅつ【錬金術】(名)錬金術③

れんく【連句】(名)①長篇的俳句（はいく）；②長篇的詩歌。⓪

れんく【連句・聯句】(名)①聯句；②律詩的對偶句。⓪

れんげ【蓮華】(名)①蓮花；②←ちりれんげ；〜そう【蓮華草】(名)〔植〕紫雲英（＝げんげ）。⓪

れんけい【連携】(名・自サ)聯合，合作；☆連携して共同の敵に当たる／聯合抵抗共同的敵人。⓪

れんけい【連繋】(名・自他サ)聯繫；☆連繋を取る／(取得)聯繫；☆連繋を保つ／保持聯繫。⓪

*れんけつ【連結】(名・他サ)連結，聯結；☆五台連結の電車／五輛連在一起的電車；〜き【連結器】(名)〔鐵〕聯結器，掛鈎。⓪

れんこ【連呼】(名・自他サ)〔文〕連呼，連喊；☆万歳を連呼する／連呼萬歲①

れんご【連語】(名)〔語法〕（兩個以上單詞所構成的）複詞，詞組（如：世の中；その日暮らし等)。⓪

れんこう【連行】(名・他サ)〔法〕帶走；☆犯人を本署に連行する／把犯人帶到警察局。⓪

*れんごう【連合】(名・自他サ)聯合，團結；☆連合して敵に当たる／聯合起來對抗敵人；〜ぐん【連合軍】(名)〔軍〕聯軍，盟軍；〜こく【連合国】(名)①聯邦；②同盟國。⓪

れんこん【蓮根】(名)〔植〕藕，蓮根⓪

れんさ【連鎖】(名)〔文〕關聯，紐帶，聯繫（＝つながり）；☆アジア諸国を結ぶ文化の連鎖／聯繫亞洲國家的文化上的紐帶；〜はんのう【連鎖反応】(名)〔理〕連鎖反應；〜じょうきゅうきん【連鎖状球菌】(名)〔醫〕連鎖狀球菌。①

れんざ【連坐】(名・自サ)連坐，牽連（＝まきぞえ、かかりあい）；☆多くの政界人が汚職事件に連坐する／許多政界人牽連在貪污案中。①⓪

れんさい【連載】(名・他サ)連載，連續刊登；☆論文が新聞に連載される／論文連續刊登在報上；☆新聞連載の小説／報上連載的小説。⓪

れんさく【連作】(名・他サ)①〔農〕連作（同一耕地上每年種作物）↔りんさく（輪作）；②圍繞同一主題進行一系列創作（或這種作品）；☆連作の絵を一部出品（しゅっぴん）する／展出整套畫的一部分。⓪

れ

れんざん【連山】（名）〔文〕山系，山脈；☆南北に亘（わた）る連山／綿亙南北的山脈。①

レンジ【range】（名）爐竈。①

れんじつ【連日】（名・副）連日，每天每日（＝ひび、まいにち）；☆忙しくて連日夜勤する／忙得連日加夜班。⓪

*れんしゅう【練習】（名・他サ）練習；☆練習すれば上達する／一練習就進步；☆練習を積んでいる／經過長期的練習，練習有素。⓪

れんじゅう【連中】（名）伙伴，一輩人，一伙人（＝れんちゅう、なかま、あいつら）；☆あんな連中とつきあうな／別和那幫人來往，☆会社の連中と遊びに行く／和公司裏的同事們遊玩去；②日本傳統演藝團體（的成員們）。①⓪

れんしょ【連署】（名・他サ）（二人以上）簽名，連名；☆陳情書に連署する／大家在請願書上簽名。①⓪

れんしょう【連勝】（名・自サ）連勝；☆三試合（さんしあい）に連勝する／三次比賽連勝三次，三戰三勝；→れんぱい（連敗）。⓪

れんじょう【恋情】（名・他サ）〔文〕愛慕之情；☆恋情を寄せる／心懷愛慕之情⓪

*レンズ【lens】（名）〔理〕透鏡；☆レンズを磨（みが）く／磨透鏡；☆眼鏡（めがね）のレンズを拭（ふ）く／擦眼鏡；☆カメラのレンズを壇上に向ける／把照相機的鏡頭對向講臺。①

れんせん【連戦】（名）連戰；連續作戰（比賽）；☆連戦の勇士／參加多次戰鬥的勇士；～れんしょう【連戦連勝】（連語・名・自サ）連戰連勝，連戰皆捷。⓪

れんそう【連奏】（名・他サ）〔樂〕合奏。⓪

*れんそう【連想】（名・他サ）聯想。⓪

*れんぞく【連続】（名・自他サ）連續，接連；☆休みが二日連続する／接連放假兩天；☆彼の欠席は連続二ケ月に亘（わた）った／他一連請假（缺席）兩個月了。⓪

れんだ【連打】（名・他サ）〔文〕連續敲打；☆半鐘（はんしょう）を連打する／緊連敲打警鐘。①

れんたい【連隊】（名）〔軍〕聯隊，團；～ちょう【連隊長】（名）〔軍〕團長。⓪

れんたい【連帯】（名・自他サ）①連帶，共同（負責）；☆三人が連帯で保証する／三人擔負連環保；☆責任を連帯する／共同負責；②聯運；～せきにん【連帯責任】（名）連帶責任，共同負責；～きっぷ【連帯切符】（名）聯運車票。⓪

れんだい【蓮台】（名）〔佛〕佛像的臺座，蓮花座。⓪

れんだい【輦台】（名）〔文〕古時渡河工具（由幾人抬着來渡運旅客）。⓪

れんたいけい【連体形】（名）〔語法〕連體形〔活用語的形態之一，主要修飾體言，如：（咲く花）的（咲く）〕。⓪

れんたいし【連体詞】（名）〔語法〕連體詞，〔只能修飾體言，如この、こんな、あらゆる等〕。③

れんたつ【練達】（名・形動ダ・自サ）〔文〕幹練，久經鍛鍊，精通；☆練達の士／幹練之士；☆武芸に練達する／精通武藝（術）。⓪

れんたん【煉丹】（名）①（中國古代的）煉丹；②氣歸丹田的修煉法；③丸藥（＝ねりやく、れんやく）。⓪①

れんたん【煉炭】（名）蜂窩煤。①

れんだん【連弾】（名・他サ）〔樂〕二人同彈（一架鋼琴）。⓪

れんち【廉恥】（名）〔文〕廉恥；☆廉恥を重んじる／注重廉恥；～しん【廉恥心】（名）廉恥心。①

れんちゅう【連中】（名）＝れんじゅう（連中）。①⓪

れんちょく【廉直】（形動ダ）〔文〕廉潔正直；☆廉直の士／廉潔正直之士。⓪

れんてつ【煉鉄】（名）煉鐵，鍛鐵（＝たんてつ）。①⓪

れんとう【連投】（名・他サ）〔棒球〕（連續在兩次以上的比賽裏）投球。⓪

レントゲン（せん）【德Röntgen（線）】（名）〔理〕愛克斯射線；☆レントゲンにかける／用愛克斯射線透視；☆レントゲン（写真）を取る／拍攝愛克斯射線照片。③

れんにゅう【練乳・煉乳】（名）煉乳（＝コンデンスミルク）。⓪

れんねん【連年】（名・副）〔文〕連年；☆連年水害に見舞われる／連年遭受水災⓪

れんぱ【連破】（名・他サ）〔文〕連續打敗（對方）；☆対校試合で相手のチームを連破する／在校際比賽中連續戰勝敵隊。①

れんぱ【連覇】（名・自サ）〔文〕連續冠軍；☆三年連覇を遂げる／連續三年保持

冠軍。[0]

れんばい【廉売】（名・他サ）賤賣，廉價出售（＝やすうり）；☆日用品を廉売する／廉價出售日用品。[0]

れんぱい【連敗】（名・自サ）〔文〕連敗，連續敗北；☆連敗の敵将／連敗的敵將；☆台湾大学に連敗する／連續輸給臺灣大學。[0]

れんぱつ【連発】（名・自他サ）〔文〕連發，連續發出；☆欠伸（あくび）の連発／一個跟着一個地打呵欠；☆質問を連発する／連續不斷地提出質詢；☆六連発のピストル／六連發手槍。[0]

れんびん【憐憫・憐愍】（名）〔文〕憐憫，同情；☆憐憫の情を催（もよお）す／感到可憐；☆憐憫の情に堪えない／不勝同情。[0]

れんぶ【練武】（名）〔文〕練武，練習武術。[1]

れんぼ【恋慕】（名・自サ）〔文〕愛慕，依戀；☆恋慕の情を抱く／心懷愛慕之情[1]

れんぽう【連峰】（名）〔文〕連峰；☆東南の連峰を一目に見渡す／一眼可以望到東南的連峰。[0]

れんぽう【連邦・聯邦】（名）聯邦。[0]

れんま【練磨・錬磨】（名・他サ）〔文〕磨錬，鍛錬；☆心身を練磨する／鍛錬身心。[1]

れんめい【連名】（名）聯名；☆連名で案内状を出す／聯名發出請帖。[0]

れんめい【連盟・聯盟】（名）聯盟，聯合會（＝どうめい）；☆連盟を作る／組織聯盟；☆連盟を脱退する／退出聯盟。[0]

れんめん【連綿】（形動タルト）連綿（不斷）；☆民族の血は太古から連綿と続いている／民族的血統從太古一直連綿不斷。[0]

れんや【連夜】（名・副）連夜，每晚（＝まいばん）；☆連夜夢を見る／每夜作夢。[1]

れんよう【連用】（名・他サ）〔醫〕連用，連服；☆睡眠剤を連用して中毒になる／連續服用安眠藥以致中毒；**～けい**【連用形】（名）〔語法〕連用形〔活用語的形態之一，修飾用言，表示句的中頓或列舉〕。[0]

＊れんらく【連絡】（名・自他サ）聯絡，聯繫，通信（＝つながり）；☆連絡をつける／建立聯繫；☆連絡を取る／取得聯繫；☆連絡を保つ（失う）／保持（失去）聯繫；☆汽車が汽船に連絡する／火車跟輪船聯絡上；☆警察に連絡して手配（てはい）する／通知警察佈置人員。[0]

れんり【連理】（名）〔文〕①（樹枝）連理；②（夫婦）美滿，親密；**～のえだ**【連理の枝】（連語・文）〔文〕①連理枝；②（夫婦）親密，美滿。[1]

れんりつ【連立・聯立】（名・自サ）聯立，聯合；☆二人の候補者が連立する／兩個候補者同時提名；**～ないかく**【連立内閣】（名）聯合內閣。[0]

れんるい【連累】（名・自サ）〔文〕連累，牽連（＝まきぞえ、かかりあい）；☆他にまだ連累者がある見込みだ／估計此外還有連累者。[0]

れ

ろ ロ

ろ① 五十音圖「ら行」第五音，發音爲ro；② 〔字源〕平假名是〔呂〕字的草體，片假名是〔呂〕字的上部。

ろ【炉】（名）①（鑲在地板裏的）方形火爐（＝いろり）；☆炉を切る／（在地板裏）鑲上火爐；②火爐（だんろ，ストーブ）；☆炉にかける／（把鍋等）放在火爐上；☆炉に暖まる／烤火爐；☆炉を囲（かこ）む／圍坐在爐邊。⓪

ろ【絽】（名）羅紗（＝ろおり）。⓪

ろ【櫓】（名）①櫓；☆櫓を漕（こ）ぐ／搖櫓；②＝やぐら。⓪

ロイドめがね【Lloyd 眼鏡】（名）粗架子眼鏡。④

ロイマチス【德 Rheumatismus】（名）〔醫〕→リューマチス。③

ロイヤルゼリー→ローヤルゼリー⑤

ロイヤルティー【royalty】（名）專利權使用費。③

ロイヤルボックス【royal boy】（名）貴賓席。⑤

ろう【牢】（名）牢獄，監獄（＝ろうや，ひとや）；☆牢に入れる（投ずる）／下獄；☆牢にはいる（繋がれる）／進監獄，坐牢。①

ろう【労】（名）〔文〕①勞苦，辛勞，出力（＝ほねおり，くろう）；☆労に酬（むくい）る／酬勞；☆労を惜しむ／不肯出力；☆労を厭（いと）わずに働く／不辭辛苦地勞動（工作）；②勞績，功績（＝てがら）；☆その労を多（た）とする／感激他的功勞；☆多年の労を犒（ねぎら）う／表揚多年的勞績。①

ろう【楼】（名）〔文〕①樓，高樓（＝たかどの）；②瞭望臺，箭樓（＝やぐら）；☆楼に登る／登樓。①

ろう【蠟】（名）蠟；☆蠟で型を取る／用蠟套製模型；☆蠟を引く／塗蠟；☆蠟を嚙むが如し／味如嚼蠟。①

ろう【鑞】（名）銲劑，銲錫（＝はんだ）；☆鑞付（づ）けにする／銲上。①

ろうあ【聾啞】（名）〔文〕聾啞。⓪

ろうえい【朗詠】（名・他サ）朗吟，朗誦；☆詩歌（しいか）を朗詠する／朗吟詩歌。⓪

ろうえい【漏洩】（名・自他サ）洩漏；☆秘密を漏洩する／洩漏秘密；☆國家の機密が漏洩した／國家的機密被洩露。⓪

ろうえき【労役】（名）勞役，苦工；☆罪を犯して労役に服する／犯了罪服勞役。①⓪

ろうおく【陋屋】（名）〔文〕陋室，草舍（自謙語）。⓪

ろうか【弄火】（名）〔文〕（孩子的）玩火（＝ひあそび）。①

*ろうか【廊下】（名）走廊，廊子；☆廊下伝（づた）いに湯殿（ゆどの）に行ける／順着走廊就能走到浴室。⓪

ろうか【老化】（名・自サ）①（生理機能）老化；②（因時間經過）變性；☆ゴムが老化する／橡膠變硬。⓪

ろうか【狼火】（名）〔文〕烽火，狼烟（＝のろし）；☆狼火を上げる／放狼烟。①

ろうかく【楼閣】（名）〔文〕樓閣；☆空中の楼閣／空中樓閣；☆砂上に楼閣を築（きず）く／在砂上築樓閣。⓪

ろうがっこう【聾学校】（名）聾校。③

ろうがん【老眼】（名）老花；☆老眼になる／眼睛老花；～きょう【老眼鏡】（名）老花眼鏡。⓪

*ろうきゅう【老朽】（名・自サ）老朽；☆老朽した校舎を建て直す／重建破舊的校舍。⓪

ろうきょう【老境】（名）〔文〕老境，老年；☆老境に入る／邁入老年。⓪

ろうきょく【浪曲】（名）浪花節（＝なにわぶし）。⓪

ろうぎん【朗吟】（名・他サ）朗誦（＝ろうえい）；☆詩歌を朗吟する／朗誦詩歌。⓪

ろうく【老軀】（名）〔文〕老軀，老年人；☆老軀に鞭（むち）うつ／不顧年邁猶自奮勉；☆七十の老軀をひっさげて勇躍科学調査団に参加する／七十歲的老年人還踴躍參加科學調查團。⓪

ろうく【労苦】（名）勞苦，辛勞，努力（＝ほねおり，くろう）；☆労苦を厭わない／不辭辛苦；☆労苦を犒（ねぎろ）う／慰勞。①

ろうぐみ【労組】（名）←労働組合。⓪

ろうけい【老兄】Ⅰ（名）〔文〕年老的哥哥；Ⅱ（代）老兄，仁兄。①⓪

ろうけちぞめ【﨟纈染・蠟纈染】（名）染色法的一種（用樹脂和蠟在布面上畫成花樣，投入染色裏染成白色花樣）。⓪

ろうけん【老健】（名）〔文〕矍鑠，年老而康健。⓪

ろうこ【牢固】（形動ダ）〔文〕牢固，堅固（＝けんこ）；☆牢固な城塞／牢固的城堡（要塞）。①

ろうご【老後】（名）晚年（年老退休以後）；☆老後の楽しみ／晚年的快樂；☆老後に備（そな）える／作養老的準備。①⓪

ろうこく【鏤刻】（名）〔文〕鏤刻。⓪

ろうごく【牢獄】（名）牢獄，監獄（＝ろうや、かんごく）。⓪

ろうこつ【老骨】（名）老骨，老軀（＝ろうく）。⓪

ろうざいく【蠟細工】（名）蠟工藝（品）；☆蠟細工の人体標本／蠟製的人體標本③

ろうさく【労作】（名・自サ）①辛勤的勞動；吃力的勞動，②精心創作，巨作（＝りきさく）；☆多年の労作／多年的精心巨作。⓪

ろうし【老子】（名）①老子；②老子道德經。⓪

ろうし【老死】（名・自サ）〔文〕老死⓪

ろうし【牢死】（名・自サ）〔文〕瘐死，死在獄裏（＝ごくし）。⓪

ろうし【労使】（名）勞動者和僱主，勞資；☆労使の代表／勞資雙方的代表。①

ろうし【労資】（名）〔文〕勞資（工人和資本家）；～そうぎ【労資争議】（名）勞資糾紛。①

ろうしゃ【牢舎】（名）〔文〕監牢，監獄（＝ろうや、ろうごく）。①

ろうしゃ【聾者】（名）聾人，聾子（＝つんぼ）。①

ろうじゃく【老若】（名）〔文〕老少，老幼（＝ろうにゃく）；☆老若男女を問わず／不拘男女老少。①⓪

ろうじゃく【老弱】（名）〔文〕老幼；☆老弱を労わる／照顧老幼。⓪

ろうしゅ【老手】（名）老練的手法；老手。①

ろうしゅ【老酒】（名）①陳酒，儲藏多年的酒；②（中國的）老酒（＝ラオチュー）。①

ろうじゅ【老樹】（名）〔文〕老樹（＝こぼく、おいき）。①

ろうしゅう【老醜】（名）〔文〕年老而且醜陋；醜而無恥。⓪

ろうしゅう【陋習】（名）〔文〕陋習，壞習慣（＝へい.ふう）；☆旧来の陋習を打ち破る／打破以往的陋習。⓪

ろうじゅう【老中】（名）〔江戸時代〕老中（直屬於將軍，總理政務的幕府官員）①

ろうじゅく【老熟】（名・自サ）〔文〕成熟老練，熟練（＝ろうれん、えんじゅく）；☆老熟した演技／熟練的演技；☆老熟の域に達する／達到熟練地步。⓪

ろうしゅつ【漏出】（名・自他サ）〔文〕漏出，洩出；☆ホースから水が漏出する／從膠皮管子漏水。⓪

ろうじょ【老女】（名）〔文〕①年老的女人；②（幕府時代將軍、諸侯等內宅的）侍女之長。①

ろうしょう【老将】（名）〔文〕老將。⓪

ろうしょう【労相】（名）勞工大臣，勞工部部長。⓪

ろうしょう【朗笑】（名・自サ）〔文〕明朗的笑聲，明朗地笑；☆朗笑が聞こえる／傳來明朗的笑聲。⓪

ろうしょう【朗唱・朗誦】（名・他サ）朗誦；☆詩を朗誦する／朗誦詩。⓪

ろうじょう【籠城】（名・自サ）①堅守城池；②閉居（家中等）；☆この一週間風邪（かぜ）で籠城した／這一星期因爲感冒沒有出門；☆大雪で旅館に籠城する／因爲大雪困在旅館裏。①⓪

*****ろうじん**【老人】（名）老人（＝としより）；☆老人を敬（うやま）う／敬老；～ホーム【老人home】（名）養老院；～のひ【老人の日】（名）老人節（９月15日）③①⓪

ろうすい【老衰】（名）老衰，衰老；☆老衰で死ぬ／老衰而死，老死。⓪

ろうすい【漏水】（名・自サ）〔文〕漏水；☆堤防の漏水を防（ふせ）ぐ／防止堤壩漏水；☆船が漏水する／船漏水。⓪

ろう・する【弄する】（他サ）〔文〕玩弄，耍弄，賣弄（＝もてあそぶ）；☆詭弁を弄する／玩弄詭辯；図ろうす（サ）③

ろう・する【労する】Ⅰ（自サ）勞苦，勞動，出力（＝ほねおる、はたらく）；☆労して功なし／勞而無功，Ⅱ（他サ）①勞累（＝わずらわす）；☆心身を労する仕事／勞累身心的工作；②慰勞，犒勞（＝ねぎらう）。③

ろう・する【聾する】（自・他サ）〔使耳〕聾；☆耳を聾するばかりの爆音／震耳欲聾的爆炸聲；図ろうす（サ）。③

ろうせい【老成】（名・自サ）①（少年）老成（＝おとなびる）；☆彼は年の割には老成の方だ／他按年紀說來比較老成；②老練，久經鍛鍊；☆老成の文章／精練的文章；☆老成した人物／久經鍛鍊的人物。◎

ろうせき【蠟石】（名）〔礦〕壽山石（滑石之一種）。③④

*ろうそく【蠟燭】（名）蠟燭；☆蠟燭をつける（ともす）／點燃蠟燭；☆蠟燭を吹き消す／吹滅蠟燭。③④

ろうぞめ【蠟染】（名・他サ）＝ろうけち④◎

ろうたい【老体】（名）衰老的身體；☆御老体を煩（わずら）わす／麻煩你（他）老人家。◎

ろうたいか【老大家】（名）〔文〕年紀高經驗豐富的大家；☆画壇の老大家／繪畫界的耆宿。③

ろうちん【労賃】（名）工資。①

ろうでん【漏電】（名・自サ）漏電；☆漏電による火災／由於漏電引起的火災。◎

ろうと【漏斗】（名）〔文〕漏斗（＝じょうご）。①

ろうどう【郎等・郎党】（名）〔文〕〔幕府時代〕（將軍、諸侯的）家臣（＝けらい、ろうとう）；②〔轉〕從者，嘍囉；☆一族郎党を引き連れる／帶領家下人等。①◎

*ろうどう【労働】（名・自サ）①體力勞動，勞動；☆労働するので体が丈夫になる／因爲做體力勞動身體強壯 起来；②〔經〕勞動（包括體力勞動和腦力勞動）；勞動力；～いいんかい【労働委員会】（名）（根據日本工會法，由勞、資、公益三方代表組成的）勞資糾紛調停委員會；～しゃ【労働者】（名）①工人；②勞力者(體力勞動者)；～そうぎ【労働争議】（名)勞資糾紛；～くみあい【労働組合】（名）工會；～りょく【労働力】（名）勞動力，勞力；☆婦人の労働力を利用する／利用婦女勞動力。◎

ろうどく【朗読】（名・他サ）朗讀，朗誦；☆大会の声明文を朗読する／朗讀大會的聲明。◎

ろうにん【浪人】（名・自サ）①〔幕府時代〕（沒有主人）到處流浪的武士（＝ろ

うし）；②（畢業後考不取上級學校的)失學學生；☆大学受験に失敗して浪人している／沒有考取大學現在失學。◎

ろうねん【老年】（名）老年，年老（＝としより、ろうれい）；☆老年の病（やまい）／老年的疾病。◎

ろうば【老婆】（名）老太婆，老嫗（＝ろうじょ）；～しん【老婆心】（名）過分的懇切心，婆心；☆私は老婆心でこう言うのだ／我這樣說是出於一片婆心。①

ろうはい【老廃】（名）〔文〕老邁，陳腐，老朽（＝ろうきゅう）；～ぶつ【老廃物】（名）（因新陳代謝排出體外的）廢物。◎

ろうばい【老梅】（名）〔數〕古老的梅樹◎

ろうばい【狼狽】（名・自サ）周章狼狽，驚慌失措；☆嘘（うそ）がばれて狼狽の色を見せる／謊言暴露後現出狼狽相；☆彼はどんな事にぶつかっても狼狽しない／他碰到任何事也不驚慌。◎

ろうばい【臘梅】（名）〔植〕臘梅◎

*ろうひ【浪費】（名・他サ）浪費，糟蹋（＝むだづかい）；☆浪費をなくする／消滅浪費。①◎

ろうふ【老父】（名）〔文〕年老的父親；☆老父を養う／孝養年老的父親。①

ろうふ【老婦】（名）〔文〕老婦，老太婆（＝ろうば）。①

ろうへい【老兵】（名）〔文〕①老兵；②老練的兵。◎

ろうほ【老舗】（名）〔文〕老舖子，老買賣（＝しにせ）；☆江戸時代から暖簾（のれん）の続いている老舖／從江戸時代一直到現在的老舖子。①

ろうぼ【老母】（名）〔文〕老母。◎

ろうほう【朗報】（名）喜報，好消息；☆試験合格の朗報を手にする／接到考取的喜報。◎

ろうぼく【老木】（名）〔文〕老樹，古木（＝おいき）。◎

ろうむしゃ【労務者】（名）（粗工）工人③

ろうや【牢屋】（名）牢獄，監獄（＝ろう、ろうごく）；☆牢屋にはいる／進監獄，坐牢；☆牢屋に入れる／關進監獄，下獄；☆牢屋を破る／越獄。③

ろうやぶり【牢破り】（名・自サ）越獄（＝ろうぬけ、だつごく）越獄犯人。③

ろうゆう【老友】（名）〔文〕年老的朋友◎

*ろうりょく【労力】（名）①勞力，出力（

＝ほねおり）；☆労力を費（ついや）す／花費（付出）勢力；☆機械を使って労力を省く／使用機器節省勢力；②〔經〕生産勞動，勞動力。①

ろうれい【老齢】（名・形動ダ）〔文〕高齢，老年；☆八十の老齢で今なお活躍している／年已八十仍還活躍。⓪

ろうれん【老練】（名・形動ダ）老練，久經鍛錬；☆老練な工具／老練的工人。⓪

ろうろう【朗朗】（形動タルト）〔文〕①清朗，皎潔；☆朗々たる明月／皎潔的明月；②響亮，清徹，朗朗；☆朗々と宣誓文を読み上げる／聲音朗朗地宣讀誓詞；☆音吐（おんと）朗々たるものであった／聲音嘹亮。③⓪

ろえい【露営】（名・自サ）露營，野營。

ロー（ギヤ）【low gear】（名）〔汽車〕慢擋；低速擋，低速位置。③

ローカル【local】（名）①地方性，地區性；②地方廣播（節目）；③（報紙的）地方消息，本地新聞；～カラー【local colour】（名）地方色彩，郷土情調；☆ローカル・カラー豊かな産物／郷土色彩濃厚的產品；～ほうそう【local 放送】（名）地方廣播；～ライン【local line】（名）〔鐵〕支線列車。①

ローション【lotion】（名）①化粧水；②洗滌劑，洗髮劑（＝ヘアローション）。①

ロース【roast】（名）（牛、羊、猪等的）裏脊肉。①

ローズ【rose】（名）①薔薇，玫瑰（＝ばら）；②薔薇色，淡紅色（＝ばらいろ）①

ロースト【roast】（名）〔烹飪〕焙肉，烤肉（＝やきにく、あぶりにく）。①

ロースハム【roast ham】（名）（裏脊肉作的）火腿。④

ローズマリー【rosemary】（名）〔植〕迷迭香。④

ロータリー【rotary】（名）①輪轉機（＝りんてんき）；②環狀交叉路，圓環（道路）；～クラブ【Rotary Club】（名）扶輪社（國際性的商人的社交團體）。①

ローティーン【low teen】（名）13～14歳的少年少女。③

ロードショー【美 roadshow】（名）〔電影〕預先放映，特別放映。④

ロードスター【roadster】（名）跑車。⑤

ローブ【法 robe】（名）①衣服；②婦女服③長袍，罩袍；④禮服；～デコルテ【法

robe decollet'e(e)】女露肩長衣(禮服)；～モンタント【法 robe montante】（名）婦女長禮服。①

ロープ【rope】（名）繩纜，鋼纜（＝なわ、つな）；☆ロープを張る／架上鋼纜；☆ロープが切れる／鋼纜折斷；～ウェー【rope way】（名）鋼索道，架空索道①

＊ローマ【拉・葡・意Roma；羅馬】（名）①〔史〕古羅馬；②（意大利的首都）羅馬；～カトリックきょう【羅馬（加特力）教）（名）〔宗〕天主教；～じ【羅馬字】（名）羅馬字，拉丁字母。①

ローム【loam】（名）〔農〕吧泥壚埂（砂、黏土、有機物等的混合物）。①

ローヤル・ゼリー【royal jelly】（名）蜂王漿。⑤

ローラー【roller】（名）①滾轉物；②滾輪，滾子（＝ころ）；③壓路機（＝じならしき）；☆テニスコートにローラーをかける／用滾子輾平網球場；④墨滾，印色滾；～カナリア【roller-canary】（名）囀聲金絲雀；～スケート【roller-skate】（名）帶輪滑行鞋（枯轤鞋）①

ローリング【rolling】（名・自サ）①（船）橫搖，左右搖幌；↔ピッチング；②（波浪的）起伏（＝うねり）。①

ロール【roll】（名・他サ）①捲的東西；②捲筒，滾子（＝ローラー）；④捲麵包（＝まきパン）。①

ロールスロイス【Rolls Loyce】英國製高級汽車名（勞斯萊斯）。⑤

ローレル【laurel】（名）〔植〕月桂樹。①

＊ローン【loan】（名）貸款。①

ローン【lawn】（名）草坪（＝しばふ）①

ろか【濾過】（名・他サ）〔文〕過濾；～せいびょうげんたい【濾過性病原体】（名）〔醫〕濾過性病毒（＝ビールス）①⓪

ロガリズム【logarithm】〔數〕對數。

＊ろく【六】（數）六，六個（＝むっつ）。②

＊ろく【陸・碌】（名・形動ダ）①（物的形狀）端正，平正；②正常，普通（＝ひとなみ）；☆碌な暮らしもできない／連普通的生活都過不了；③像樣，令人滿意；☆碌に手紙も書けない／連封信也寫不好；④好；☆全く碌なことはない／簡直沒有好事；⑤正經，認眞；好好；☆碌な話をしない／不說正經話；☆碌に調べもしない／也不好好地調查一下。⓪

ろく【禄】（名）（從前時候的）祿，俸祿

ろ

（=ふち、ちぎょう）。[1][0]

*ろくおん【録音】（名・他）録音，灌片；
☆演奏を録音する／把演奏加以錄音；☆
録音が悪くてよく聞き取れない／錄音不
良聽不清楚；～き【録音機】（名）錄音
機；☆歌を録音機に吹き込む／把歌曲灌
進錄音機；～ほうそう【録音放送】（名）
錄音廣播。[0]

ろくがつ【六月】（名）六月；囚みなつ
き。[4]

ろくさん（さん）せい【六三（三）制】（
名）〔教育〕六三（三）制（學制的一種
，小學6年）；初中3年，高中3年，大學
4年）。[0]

ろくじ【六時】（名）六點鐘。[2]

ろくしゃくぼう【六尺棒】（名）防盜用的
六尺長硬木棒子。[4]

*ろくじゅう【六十】（數）六十（=むそ、
むそじ）；◇六十の手習（てならい）／
60歳始學字；〔喩〕晚學好學。[3]

ろくしょう【緑青】（名）①銅綠，銅銹；
☆緑青が出る（吹く）／銅生出綠銹；②
銅綠色染料。[3]

ろくすっぽ【碌すっぽ】（副）〔俗〕（下接
否定語）很好地（=ろくに、ろくろく）
；☆碌すっぽ挨拶もしないで通り過ぎる
／也不好好地打個招呼（寒喧一聲）就走
過去。[0]

ろくだか【禄高】（名）〔文〕俸祿額[2][3]

ろくでなし【碌でなし】（名）〔俗〕沒出
息的無用的人，廢物；無賴，不務正業的
人（=のらくらもの、やくざもの）；☆
この碌でなしめ／你這個浪蕩子！[5][0]

ろくに【碌に】（副）（下接否定語）充分
的，很好地（=ろくろく）；☆ろくに見
しないで買ってしまった／也沒好好地看
看就買了；☆彼と話をする暇（ひま）も
碌にない／連跟他談話的時間都不常有；
☆会っても碌に口を利かない／見面也不
怎麼說話；→ろく（碌）。[0]

ろくぼく【肋木】（名）〔運動〕肋木（體
操用具之一）。[0]

ろくまい【禄米】（名）禄米（=ふちまい
い）。[2]

ろくまく【肋膜】（名）①〔解〕肋胸膜，
胸膜；☆肋膜に水が溜（た）まる／肋膜
裏存水；②←ろくまくえん；～えん【肋
膜（炎）】を患（わずら）う／患胸膜炎[0]

ろくめんたい【六面体】（名）〔數〕六面

體。[0]

ろくろ【轆轤】（名）①滑車，絞車（=か
っしゃ）；☆轆轤で物を巻き上げる／用
絞車把東西吊起）；②紡車（=いとぐる
ま）；③傘軸；④←ろくろ（ん）な；
⑤ろくろだい；⑥老虎鉗（=まんりき）
；～が（ん）な【轆轤鉋】（名）鏇床；
☆轆轤鉋で挽（ひ）く／用鏇床鏇；～く
び【轆轤首】（名）長脖子妖怪（=ぬけ
くび）；～だい【轆轤台】（名）陶工鏇
盤。[1]

ろくろく【陸陸・碌碌】（副）〔文〕很好
地，充分地（=ろくに、ろくすっぽ）；
☆陸々勉強もしない／也不好好地用功（
學習）；☆うるさくて話も碌々出来ない
／吵鬧得連話也談不好。[0]

ロケ（ーション）【location】（名）①位
置；選定位置；☆ロケーションが良い／
位置選定很好；②〔電影〕外景；☆農村
ヘロケ（ーション）に行く／到農村去拍
攝外景。[0]

ロケット【locket】（名）（帶在項鍊、錶
鏈上的，裝小照片用的）金屬墜子。[2]

*ロケット【rocket】（名）①狼烟（=のろ
し）；②火箭；☆宇宙ロケット／太空火
箭；③噴氣裝置。[2]

ろけん【露顕・露見】（名・自サ）〔文〕
暴露，敗露（=ばくろ）；☆密輪が露見
した／走私被發現了。[0]

ろこう【露光】（名・自サ）曝光（=ろし
ゅつ）；☆百分の一秒の露光時間／百分
之一秒的曝光時間；☆印画紙に露光する
／向印相紙上曝光。[0]

ロココ（しき）【Rococo（式）】（名）洛
可可式（17、18世紀歐洲流行的纖巧華麗
的房屋裝飾法）。[0]

ロゴス【希 logos】（名）①語言（=こと
ば）；②理性，理體；③〔哲〕宇宙法則
；④〔宗〕三位一體的第二位。[1]

ろこつ【露骨】（名・形動ダ）①露骨（=
むきだし）；☆露骨な表現を避けて婉曲
に言う／避免露骨的表達方式而委婉地講
；☆毫不客氣，毫無顧忌，毫不留情；☆
露骨に悪口を言う／毫不留情地罵；☆赤
裸裸，毫不隱諱；☆露骨な絵／赤裸裸的
淫穢的畫。[0]

ろざ【露座・露坐】（名）〔佛〕安坐在露
天地上；☆露坐の大仏／露天的佛像。[1]

ろざし【絽刺】（名）日本刺繡的一種（把

針線刺進羅絹的織紋隙裏，在質地上綉滿花紋）。◎

ろじ【路地】（名）①（門内、庭院裏的）甬路②小巷，胡同；☆路地を通り抜けて大通りに出る／走過小巷來到大馬路。①

ろじ【露地】（名）①〔農〕（對溫室而言的）大地（＝じめん）；☆露地に種子を蒔（ま）く／在大地上播種；②（門内、庭院裏的）甬路；③茶室的院子。①

ロシア【Russia】（名）過去的皇帝統治下的俄國。①

ロジック【logic】（名）①邏輯（＝ろんり）；☆ロジックが合わない／不合邏輯；②邏輯學（＝ろんりがく）。①

ろしゅつ【露出】（名・自他サ）①露出；☆手足を露出する／露出四肢；☆鉱脈が露出している／鉱脈露出；②（照相）曝光（＝ろこう）；☆この写真は露出不足だ／這張照片感光不足。◎

ろじょう【路上】（名）〔文〕路上，街上，途中（＝とちゅう）。◎

ろじょう【露場】（名）觀測氣象的場地◎

ロス【loss】（名）損失，浪費，機器的空動等。①

ロスアンジェルス【Los Angels】〔地理〕洛杉磯。

ろせん【路線】（名）①鐵路線，車道等交通路線；②方針。①

ろだい【露台】（名）①露天舞臺；②涼臺（＝バルコニー）。◎

ロちょう（たん）ちょう【ロ長（短）調】B大（小）調。①

ロッカー【locker】（名）帶鎖的櫥櫃、抽屜等；保險櫃。①

ろっかく【六角】（名）①六角；②←ろっかくけい；～けい【六角形】（名）〔數〕六角形。④

ろっかん【肋間】（名）〔醫〕肋間，肋骨之間；～しんけいつう【肋間神経痛】（名）〔醫〕肋間神經痛。◎

ロック【rock】（名）①巖石，暗礁；②〔轉〕危險物；禍根；～クライミング【rock climbing】（名）〔登山〕爬巖術，爬巖術。①

ロックアウト【lock out】（名・他サ）停工，閉廠。④

ロックンロール【rock and roll】（名）〔樂〕搖滾音樂。⑤

ろっこつ【肋骨】（名）①〔解〕肋骨（＝

あばらぼね）；②（船舶的）肋材。◎

ろっこん【六根】（名）〔佛〕六根（眼耳鼻舌身意）；～しょうじょう【六根清浄】（名）①〔佛〕六根清浄；②修行者登山等時的唸詞。①

ロッジ【lodge】（名）看守小屋；（山中）小屋。①

ろっぷ【六腑】（名）六腑；☆五臓六腑に沁み渡る／滲透五臟六腑。①

ろっぽう【六法】（名）〔法〕（指憲法、刑法、民法、商法、刑事訴訟法，民事訴訟法）；～ぜんしょ【六法全書】（名）〔法〕六法全書。◎

ろてい【路程】（名）〔文〕路程（＝みちのり）；☆一日の路程／一天的路程；☆路程を計る／計算路程。◎

ろてい【露呈】（名・他サ）〔文〕暴露；☆内輪（うちわ）もめを露呈する／暴露内部糾紛。◎

ロデオ【rodeo】（名）牛仔技術競賽會。

ろてん【露天】（名）露天地，野地（＝のてん）；☆露天で一夜を明かす／在野地過夜；～ぼり【露天掘】（名）〔礦〕露天開採。◎

ろてん【露店】（名）攤床，攤販；☆露店を出す／出攤子，擺攤兒。◎

ろとう【路頭】（名）街頭，路旁（＝みちばた）；☆路頭にたたずむ／竚立在路旁；◇路頭に迷う／流落街頭，生活無着。◎

ろは（名）〔俗〕〔把「只」（ただ）字當作片假名「ロ」、「ハ」來讀的俏皮話〕不要錢，不收費，免費（＝ただ，むりょう）；☆ろはで飲み食いできる／可以白吃白喝。◎

ろば【驢馬】（名）〔動〕驢。①

ろばた【炉辺】（名）爐邊（＝ろへん）；☆炉辺に坐る／坐在爐邊。◎

ろばん【路盤】（名）〔文〕路基；☆路盤が緩（ゆる）んで陥没する／路基鬆軟往下沉。◎

ロビー【lobby】（名）①門廊，前室，走廊；②（國會的）休息室。①

ロブスター【lobster】〔動〕龍蝦。①

ろへん【炉辺】（名）〔文〕爐邊；☆炉辺の団楽／爐邊的團聚。◎

ろぼう【路傍】（名）〔文〕路旁，道邊（＝みちばた，ろへん）；☆路傍に佇（たたず）む／竚立在路旁；☆路傍の人に道

を尋ねる／向路旁的人問路；◇**路傍の人**／素不相識的人，路人。

ロボット【robot】（名）①機器人，人造人；②傀儡，牌位。②

ロマネスクⅠ【英 Romanesque】（名）羅馬式；Ⅱ【法 romanesque】（形動ダ）①小説（似）的，傳奇的；②空想的，非現實的；③感情的。③

ロマン【法roman】（名）（長篇）小説，散文故事。①②

ロマンスⅠ【 romance】（名）①中世紀騎士故事；②冒險故事，傳奇，虚構小説；③浪漫史；風流事件，愛情故事；④〔樂〕小樂曲；Ⅱ【法 romance】（名）愛情詩，情歌。②

ロマンチシズム【romanticism】（名）①虚構，空想，傳奇性；②浪漫主義。⑤

ロマンチスト【romanticist】（名）①浪漫主義者，浪漫派；②空想家（＝くうそうか）。⑤

ロマンチスト（名）〔ロマンチシスト〕之訛。④

ロマンチズム（名）〔ロマンチシズム〕之訛。④

ロマンチック【romantic】（形動ダ）傳奇的，空想的，神秘的；浪漫（主義）的，香艷的；☆ロマンチックな少女／浪漫的少女；☆ロマンチックな夢／甜蜜的夢④

ろめい【露命】（名）朝不保夕的生命；☆僅（わず）かな収入で露命を繋（つな）ぐ／僅靠少的収入勉強餬口。①⓪

ろめん【路面】（名）路面；☆路面を改修する／翻修路面。①

ろれつ【呂律】（名）；☆呂律が回らない／（因醉酒等）語音含糊，口歯不清。⓪

*****ろん【論】**（名）①議論，討論，争論，論證，☆論より証拠／事實勝於雄辯；空談理論不如擺事實；②意見，看法，觀點（＝いけん，けんかい）；☆この問題については種々の論がある／關於這個問題有各種不同的看法；③〔佛〕論藏（ろんぞう）。①

ろんがい【論外】（名）①討論範圍以外，題外；☆論外の意見を述べて議事を混乱させる／談些不相干的事使議程發生混乱；☆その問題は，しばらく論外に置く／那個問題姑置不論；②沒有討論的價值，不值一談；☆論外の問題／不值一談的問題。①⓪

ろんかく【論客】（名）論者；好發議論的人（＝ろんきゃく）；☆論客として、しばしば新聞紙上に登場する／作爲一個評論家常常在報紙上發表論文。⓪

ろんぎ【論議】（名・自他サ）①議論，討論；☆十分論議を尽す／充分進行討論；☆経済建設に関する諸問題を論議する／討論有關經濟建設的各項問題；②辯論，☆論議の的（まと）となる／成爲争論的焦點。①

ろんきゅう【論及】（名・自サ）論到，談到；☆文学批評をして作家の私生活まで論及する／批評文學作品時，涉及到作家的私生活方面。⓪

ろんきゅう【論究】（名・他サ）〔文〕議論明白，結論。⓪

ろんきょ【論拠】（名）論據；☆その事実は何等論拠とならない／那件事絲毫不能成爲論據。①

ロング【long】（名）①長的，長距離的；②長時間的，長期的；～ショット【long shot】（名）〔電影〕遠景，長景；～トン【long ton】（名）長噸，英噸（2,240磅，約1016公斤）；～ヒット【long hit】（名）〔棒球〕長打（二、三壘打或本壘打）；～ラン【long run】（名）〔劇、電影〕長期上演，放映。①

ろんご【論語】（名）論語。①⓪

ろんこう【論功】（名）〔文〕論功；～こうしょう【論功行賞】（名）論功行賞⓪

ろんこく【論告】（名・他サ）①申述意見；②〔法〕（検察官）求刑；☆検事（けんじ）の論告が行なわれる／由檢察官求刑。⓪

ろんし【論旨】（名）論點；☆論旨を明らかにする／把論點弄明確。①

ろんじつ・める【論じ詰める】（他下一）推究（到底）；☆論じ詰めると結局こうなる／説來説去結果就是這麼一回事。⑤

ろんしゃ【論者】（名）〔文〕論者；主張者；☆論者の誤（あやま）りを指摘する／指摘論者的錯誤；☆我々は平和論者だ／我們主張和平。①

ろんしゅう【論集】（名）〔文〕論文集⓪

ろんじゅつ【論述】（名・他サ）〔文〕論述，闡述；☆君の論述には誤（あやま）りがある／你的論述裏面有錯誤；☆平和共存の外交政策を論述する／闡述和平共存的外交政策。⓪

ろんしょう【論証】（名・他サ）〔文〕論證；☆地球が自転していることを論証する／論證地球在自轉。[0]

*ろん・じる【論じる】（他サ）〔文〕＝ろんずる。[0]

ろんじん【論陣】（名）〔文〕辯論，爭論；☆大いに論陣を張る／展開大規模辯論[0]

*ろん・ずる【論ずる】（他上一）〔文〕①論述，闡述，說明；☆製造の原理を論ずる／闡述製造的原理；②論，爭論，討論；☆試験制度の是非を論ずる／論考試制度的好壞；③談論，提及（＝かたる）；☆この本は論ずる価値がない／這本書不值談論；④（用否定形）論，問，管（＝とう）；☆実力があれば年齢は論じない／只要有實力就不問年歲大小；図ろんず（サ）。[3][0]

ろんせつ【論説】（名）論說，評論；☆雑誌に論説を寄せる／把評論的文章投到雜誌上；☆新聞社の論説委員／社論委員[0]

ろんせん【論戦】（名・自サ）論戰，辯論（＝ろんそう）；☆花花しい論戦を交（か）わ）す／展開激烈的論戰。[0]

*ろんそう【論争】（名・自サ）爭論，爭辯，論戰；☆激しい論争を引き起こす／引起一場熱烈的爭辯；☆もはや論争の余地がない／已經沒有爭論的餘地。[0]

ろんぞう【論蔵】（名）〔佛〕論藏（佛經三藏之一）。[0]

ろんだい【論題】（名）論題；☆討論会の論題／討論會的討論題目。[0]

ろんだん【論壇】（名）〔文〕①論壇，言論界；☆論壇の雄／言論界的健將；②講壇，講臺（＝えんだん）；☆論壇に上る／登上講壇。[0]

ろんだん【論断】（名・自サ）〔文〕論斷；☆事件の真因を論断する／斷定事件的眞正原因。[0]

ろんちょ【論著】（名）〔文〕論著，學術論文。[1]

ろんちょう【論調】（名）①論調；☆海外の新聞の論調を纒（まと）めてみる／總括一下國外報紙的論調；②語調；☆激しい論調で相手を攻撃する／用激烈的語調攻擊對方。[0]

ろんてい【論定】（名・他サ）〔文〕推斷，斷定；☆彼を真犯人だと論定する／斷定他是眞正的犯人。[0]

ろんてん【論点】（名）〔文〕論點，議論的中心；討論的問題；☆論点を変えて考察する／換一個論點來探討；☆君の質問は論点を外（はず）れている／你提的問題離開了討論的中心。[3][0]

ロンド【意 rondo】（名）〔樂〕輪旋曲[1]

*ロンドン【London】〔地名〕倫敦。[1]

ろんぱ【論破】（名・他サ）〔文〕駁倒；☆彼の理論を論破する／駁倒他的理論[1]

ロンパース【rompers】（名）（小孩的）遊戯衣（上身同短褲連在一起）。[1]

ろんばく【論駁】（名・他サ）〔文〕駁斥；☆その学者の論文を論駁する／駁斥那位學者的論文。[0]

ろんぴょう【論評】（名・他サ）評論，批評（的文章）（＝ひひょう）；☆人の作に論評を加える／評論別人的作品；☆新作の戯曲を論評する／批評新出版的劇本[0]

*ろんぶん【論文】（名）論文；學術論文；☆論文を書く／撰寫論文[0]

ろんぽう【論法】（名）①推理，邏輯；☆その論法は少しおかしい／（你）那種邏輯有點兒不對頭；☆論法に合わないことを言う／講不合邏輯的話；②論法，推理方式；☆論法を変える／改變論法；☆いつもの論法で長々と述べる／用老一套的說法喋喋而談。[1][0]

ろんぽう【論鋒】（名）〔文〕議論的矛頭，批評的鋒芒；☆鋭（するど）い論鋒／尖銳的攻擊（批評）；☆論鋒を転ずる／掉轉批評的鋒芒。[0]

*ろんり【論理】（名）①邏輯；☆論理を無視する／不顧邏輯；☆論理に合わない／不合邏輯；☆君の議論は論理が立たない（通らない）／你的議論不合邏輯；②道理，條理；☆論理上あり得ないこと／不合乎情理的事；③←ろんりがく；～がく【論理学】（名）邏輯（學）；～てき【論理的】（形動ダ）合乎邏輯的（＝りずめ）☆論理的な判断／合乎邏輯的判斷；☆論理的に処理する／根據理論來處理[1]

ろ

わ　ワ

わ①五十音圖「わ行」第一音；發音為 wa；②〔字源〕平假名是「和」的草體；片假名是由「輪」的符號〇變來的；另一說是由「和」的右旁變來的。

わ—【和】（造語）表示日本的意思；☆和菓子／日本點心；☆和洋折衷（せっちゅう）／日西合璧　☆英和辞典／英日辞典 [1]

—わ【羽】（接尾）（計數鳥類，兔的單位）隻；☆兔五羽／五隻兔子，☆鳥二羽／雞兩隻。

—わ【把】（接尾）把，束，捆；☆ほうれん草を一把買う／買一把菠菜。

わ（は）（修助）（亦稱「提示助詞」）①用以提示或比較兩種（以上的）事物；☆東京へは行ったが浅草は見なかった／東京是去過的但沒有遊逛浅草；☆たばこは飲むが酒は飲まない／烟是吸的可是不喝酒；②用以特別提示一種事物；☆酒はいただきません／酒我是不會喝的；☆これだけは見せられません／唯有這個不能讓人看（別的還可）；③表示敍述的主題（代替格助詞）；☆太陽は東から出る／太陽從東邊出來；☆年月は流れる水のようだ／歲月如流；④用以明確（肯定）敍述的意思；☆そうなるとは思っていた／我料想結果是會這樣的；☆彼の言うことは嘘（うそ）ではない／他的話並非撒謊；⑤強調敍述的一部分而含有否定其他的意思；☆来てはいる／來是來了／沒有全看；⑦表示「…的，並且」的意思；☆東京は神田（かんだ）の生まれ／是東京人並且生在神田。

わ（感助）〔（は）的變化〕①表示感動、吃驚☆いるわいるわ／多得很呀！都在那裏呀！，☆食うわ食うわ／吃呀吃呀，一個勁地吃呀；☆ほしければくれてやるわ／喜歡就給你吧；☆土を掘ったら金貨がざくざくと出るわ出るわ／一挖地金幣就嘩啦嘩啦地出個不停；②用以表示事物的列舉；☆金は盗（ぬす）まれるわ、家は燒かれるわで、さんざんな目に遭った／錢也被偷掉了，房子也被燒掉了，倒了大霉；③「女」表示委婉語氣或撒嬌；☆存じませんわ／（我）不曉得；☆まあ困った

わ（ねえ）／喲，怎麼辦哪。

*わ【輪】（名）①圈；箍；環；☆先生の周（まわ）りに生徒が輪になる／學生圍在老師周圍；②車輪；☆車の輪／車輪；☆輪が回る／輪子轉；◊輪に輪をかける／誇大其詞；輪をかける／大一圈兒；更厲害；☆息子は私に輪を掛けたあわて者だ／我的兒子比我還鹵莽。 [1]

*わ【和】（名）①〔文〕和好，協調；☆人と人との和を図る／謀求人與人之間的協調；②和睦；☆敵国と和を結ぶ／和敵國講和；☆二と三の和は五／二加三等於五；☆二数の和を求める／求二數之和。[1]

わ（あ）（感）①表示意外或吃驚時發的聲）哇，唉呀；☆わあ大変（たいへん）だ／唉呀，了不得了；②（哭聲）哇（＝わっ）。[1]

ワールド【world】（造語）世界，宇宙；～シリーズ【world series】（名）〔棒球〕世界棒球錦標賽。

わあわあ（感副）①哇哇地（哭）；☆子供がわあわあと泣く／孩子哇哇地哭；②嘈雜貌；☆観客がわあわあと騒ぐ／觀衆喧嚷。

わい（感助）（表示感動的語氣）呀（上年紀的男子多用之）；☆この仕事はわしにはちと無理ですわい／這件工作我有點兒吃不消呀。

ワイ・エム・シー・エー【Y.M.C.A】（名）基督教青年會。[7]

わいきょく【歪曲】（名・自他サ）〔文〕歪曲；☆事実を歪曲する／歪曲事實。

わいく【矮軀】（名）〔文〕矮個子；矮身材。[1]

ワイシャツ（名）〔white shirts之訛〕襯衫；☆ワイシャツ姿で出勤する／只穿襯衫上班。

わいしょう【矮小】（名・形動ダ）〔文〕矮小；矮短；☆矮小の（な）人／矮人 [0]

わいせつ【猥褻】（名・形動ダ）猥褻，淫猥。[0]

ワイ・ダブリュー・シー・エー【Y.W.C.A.】（名）基督教女青年會。[9]

わいだん【猥談】（名）淫猥之談；☆猥談

をする（やる）／説春話，拉春。◎

ワイド【wide】（名・形ダ）寬廣的，寬闊；☆ワイドスクリーン／大型銀幕；☆ワイド番組／大型的電臺電視節目。①

ワイパー【wiper】（汽車）雨水刮。①

ワイフ【wife】（名）〔俗〕妻，太太，☆これが僕のワイフだ／她是我的妻子。①

わいほん【猥本】（名）淫書。◎

ワイヤ【wire】（名）①銅絲，鐵絲，鋼絲；電線；②（樂器的）絃；**～グラス【wire-glass】**（名）絡網玻璃；**～ゲージ【wire-gauge】**（名）①線規，量線器；**～レス【wireless】**（名）①無線（的）；②無線電報，無線電話；**～ロープ【wire rope】**（名）鋼纜，鋼索。①

わいりょく【歪力】（名）〔理〕應力，脅強。①

ワイルしびょう【Weil 氏病】（名）〔醫〕韋耳氏病，急性傳染性黃疸。◎

ワイルドピッチ【美 wild pitch】（名）〔棒球〕暴投。⑤

わいろ【賄賂】（名）賄賂；☆賄賂を使う／行賄；☆賄賂を取る（貰う，受ける）／受賄。①

わいわい（副・自サ）（多數人）大聲吵嚷貌；☆群衆がわいわい（と）騒ぐ／羣衆大聲吵嚷；☆何をわいわい騒いでいるのだ／吵嚷什麼？①

ワイン【wine】（名）①葡萄酒；②酒；**～レッド【wine red】**葡萄色。①

わえい【和英】（名）①日本與英國；②日本語與英語；**～じてん【和英辞典】**（名）日英辭典。◎

わおん【和音】（名）①日本音；②（平安時代專指）吳音；③〔樂〕和諧音，和絃（＝アコール）。①

わか─【若】（造語）①年輕的；☆若夫婦／年輕的夫妻；☆若芽／嫩芽；②元旦早晨；☆若水を汲む／在元旦早晨汲水。①

わか【和歌】（名）和歌（以五、七、五、七、七共五句計三十一個字寫成的日本詩）（＝やまとうた）。①

わが【我・吾が】（連體）〔文〕①我的；☆我が国／我國；☆我が家（や）／吾家；②（加在固有名詞上表示親密或自家）我們的。①

わかあゆ【若鮎】（名）小香魚。③

***わか・い【若い】**（形）①年輕的；☆年のわりに若い／看起來比實際歲數年輕☆若い時は二度とこない／青春一過不再來；②（草木）嫩的；☆若い木を大切にする／注意愛護小樹；③（年紀）小的；☆妻は私より二つ若い／太太比我小兩歲；④有朝氣的；☆あなたはいつもお若い／您總是朝氣勃勃／朝氣勃勃的人；⑤幼稚的，不够老練的；☆考えが若い／想法幼稚；☆そんな事で怒るとはまだ若い／為那麼點事情發火看來還不够老練；図**わかし**（形ク）；**～げ**（形動ダ）；☆いかにも若げに見える／看來分外年輕；**～さ**（名）；☆彼は五十だがまだ三十代の若さを保っている／他雖半百還像三十多歲那麼年輕；**～しゅ【若い衆】**（名）〔常讀作「わかいし」〕青年，年輕小伙子；**～つばめ【若い燕】**（連語・名）中年婦女的比自己年輕的情人；**～もの【若い者】**（名）＝わかいしゅ。②

***わかい【和解】**（名・自サ）①和好（＝なかなおり）；☆わだかまりが解けて和解する／消除隔閡而和好；②〔法〕和解；☆話し合いで和解が成立する／通過協商達成和解。◎

わかえだ【若枝】（名）嫩枝；☆梅の若枝を折る／折下梅花的嫩枝。②◎

わかがえり【若返り】（名）返老還童；☆若返りの薬／返老還童藥；**～ほう【若返り法】**（名）返老還童術。③

わかがえ・る【若返る】（自五）變年輕，返老還童；☆若い人と話していると若返る／和年輕人一談話就覺得年輕起來。③

わかき【若き】（名）〔文〕〔文語形容詞「若し」的連體形〕少年，年輕人；☆老いも若きも共に楽しむ／老少同樂。①

わかぎ【若木】（名）小樹；☆桜の若木に虫がつく／小櫻花樹生了蟲子。②◎

わかげ【若気】（名）→わかげ。

わかぎみ【若君】（名）①年幼的主君；②貴族的幼子。②

わがく【和楽】（名）〔樂〕日本音樂（＝ほうがく）；↔ようがく（洋楽）。◎

わかくさ【若草】（名）嫩草；☆若草が萌（も）え出る／青草發芽。②

わがくに【我が（が）国】（名）我國。◎

わかげ【若気】（名）①青年的熱情，血氣方剛；☆若気の過（あやま）ちとはいえ許しがたい／縱使是由於血氣方剛所犯的錯誤也難以饒恕；☆若気の至りで何とも面目（めんぼく）ない／（因為我）過於

幼稚實在沒臉見人；②年輕（的樣子）；☆如何にも若気に見える／看來分外年輕。[2][0]

わかごけ【若後家】（名）年輕寡婦。[0]

わがし【和菓子】（名）日本（式）點心；↔ようがし（洋菓子）。[2]

わかじに【若死】（名・自サ）早死，夭折（＝ようせつ）；☆過労が重（かさ）なったために彼は若死をした／他由於積勞所致而短命死去。[4][0]

わかしゆ【若楽】（名）①年輕人，小伙子（＝わかもの，わこうど）；②〔江戸時代〕未成年の人。[2]

わかしゆ【沸かし湯】（名）（溫度不足由）人工燒熱的溫泉。[0]

わかしらが【若白髪】（名）少白頭。[3]

＊わか・す【沸かす】（他五）①燒開，燒熱；☆風呂（ふろ）を沸かす／燒熱洗澡水；☆湯を沸かす／燒水；②使發生；☆蛆（うじ）を沸かす／致使長蛆；③使…沸騰；☆青年の血を沸かす／使青年的熱血沸騰。[0]

わかず【分かず】（連語）〔文〕不分，無區別；☆昼夜を分かず努力する／不分晝夜地努力。[1]

わがせ【我が背】（名）〔文〕我的丈夫。[0]

わかぞう【若造】（名）〔卑〕年輕人。[0]

わかだんな【若旦那】（名）①少爺；②少東家；↔おおだんな（大旦那）。[3]

わかち【別ち・分ち】（名）區別，分別，區分（＝くべつ，けじめ）；☆昼夜の分ちなく働く／不分晝夜地工作；～がき【分（か）ち書】（名）（為使容易唸懂）把詞與詞之間分隔開的寫法。[3]

わか・つ【別つ・分（か）つ】（他五）①分隔，隔開（＝しきる，くぎる，はなす）；②分開；③區分，區別；☆男女を分かたず採用する／不分男女一律錄用；④〔有時寫成（頒つ）分配（＝くばる）；⑤分辨，辨別（＝わきまえる）；☆黒白をわかつ／辨別黑白；◊袂（たもと）を別つ／分袂，分手；②（因意見分歧）分道揚鑣。

わかず（づ）くり【若作り】（名）打扮得年輕；往年輕裏扮。[3]

わかず（づ）ま【若妻】（名）年輕的妻子，（結婚不久的）新娘子。[0]

わかて【若手】（名）年輕少壯的人；☆若手の歌手／年輕的歌手（歌星）。[3][0]

わかどしより【若年寄】（名）①〔江戸幕府〕次於老中（ろうじゅう）的官職〔直屬於將軍，參與政務，以監督旗本（はたもと）為主要職責〕；②未老先衰的人，年輕而暮氣沉沉的人。

わかな【若菜】（名）（初春的）嫩蔬菜。[2]

わが・ねる【綰ねる】（他下一）（把長條的東西）盤繞起來；綰上；☆針金を綰ねる／把鐵絲綰起來。図わがぬ（下二）[3]

わかば【若葉】（名）嫩葉，新葉；☆若葉が萌（も）え出る／草木發芽。[1][2]

わがはい【我が輩】（代）〔文〕（成年男子的自稱代詞，現代一般不用）我，吾；☆我が輩は猫である／我是猫（夏目漱石著小說名）。[0]

わがほう【我が方】（名）〔文〕我方；我軍；☆我が方の損害は軽微／我方損害輕微。[1]

わかまつ【若松】（名）①幼松，嫩松；②新年點綴用的小松樹。[2]

＊わがまま【我が儘】（名・形動ダ）任性，恣肆，放肆（＝きまま，ほしいまま）；☆我が儘（なこと）を言う／說任性的話；☆一人息子でわがままに育（そだ）つ／獨生子嬌生慣養；～もの【我が儘者】（名）任性的人。[3][4]

わがみ【我が身】（名）〔文〕Ⅰ（名）自己的身體；Ⅱ（代）自己；☆我が身を省みる／反躬自省；◊我が身をつねって人の痛さを知れ／推己及人。[1]

わかみず【若水】（名）立春（或元旦）早晨汲取的水。[2]

わかみどり【若緑】（名）松樹嫩葉的綠色。[0]

わかむしゃ【若武者】（名）年輕的武士[3]

わかむらさき【若紫】（名）淺紫色，淡紫色。[4]

わかめ【若布・和布】（名）〔植〕裙帶菜[2]

わかめ【若芽】（名）嫩芽，新芽；☆茶の若芽を摘む／採摘嫩葉。[2]

わかもの【若者】（名）年輕人，青年（＝わかいしゅう，わこうど）。[4][0]

わがもの【我が物】（名）自己的東西；☆他人の分前を我が物にする／霸佔別人的額份；～がお【我が物顔】（連語・名）宛如自己所有，據為己有，唯我獨尊的樣子；☆我が物顔で使う／就像自己的一樣任意使用。[1]

わがや【我が家】（名）〔文〕自己的家，

我家。[1]

わかやか【若やか】（名・形動ダ）年輕輕
；年輕活潑；☆若やかな女性／年輕活潑
的女性。[2]

わかやぐ【若やぐ】（自五）變年輕；☆ス
ポーツをすると気持が若やぐ／一運動心
情就年輕起来。[3]

わがやど【我が宿】（名）〔文〕我的家；
我的園園。[1]

わかゆ【若湯】（名）新年初次燒的洗澡水[2]

わからずや【分からず屋】（名）不懂事的
人，不明白道理的人；☆あの人は分らず
屋だ／他不懂道理。[0]

わかり【分り・解り】（名）①領會，理解
，明白（＝えとく）；☆分りが早い／領
會得快；②通達事理，體貼人情；☆父
は堅いことも言うが半面分りがよい／父
親雖然有時很嚴，但另一方面却很體貼人
情。[3]

****わか・る**【分る・解る】（自五）①懂，理
解，明白；☆私の言うことが分りました
か／你聽懂了我的話了麼？②早口（はや
くち）で何を言っているのか分らない／
說得太快聽不懂他說的是什麼？③知道，
曉得；☆友達の住所が分る／弄明白朋友
的住處；☆どうしたらいいかわからない
／不知怎辦才好；☆試験の結果はいつわ
かりますか／考試的結果什麼時候能曉得
呢？③通情理；☆物（話）の分った人／
通情理（講得通）的人；☆分らないこと
を言う人だ／是個不講理的人。[2]

****わかれ**【別れ】（名）①關鍵（＝わかれめ）
；☆勝つか負けるかのわかれだ／是勝敗
的關鍵；②別，離別（＝べつり）；☆別
れを惜しむ／惜別；☆別れを告げる／告
別；③支派；☆この寺は少林寺のわかれ
だ／這個寺是少林寺的支派；◇**この世の
別れ**／今生的永別；**長の別れ**／永別；**〜
ばなし**【別れ話】（名）離婚的話；離婚
的話；☆別れ話を持ち出す／提出離婚問
題；**〜みち**【別れ道】（名）①岔道；☆
別れ道で左右に別れる／在岔路口上左右
分手；②歧路；☆人生の別れ道に差し
掛かる／不知今後何去何從；**〜め**【別れ
目】（名）①界限，交界；②關鍵；☆成
功と失敗の別れ目／成功和失敗的關鍵；
〜わかれ【別れ別れ】（副）（各自）分
頭，分開，分別（＝はなればなれ、べつ
べつ）；☆道に迷って別れ別れになる／

迷了路走岔開了；☆別れ別れに出かける
／分頭出去；☆別れ別れに住む／分開居
住。[3]

****わか・れる**【分かれる・別れる】（自下
一）①分開；☆ここで道は三方に分かれ
る／本店分出的支店／從總號分出来的分號；②區
分，割分；☆日本の関東地方は一都六県
に分かれている／日本關東地方分為一都
六縣；☆その問題で我々の意見が分かれ
た／在這個問題上我們的意見有了分歧；
③分別，分離；☆彼と別れてから一年に
なる／和他分別已經一年了；④離婚（＝
りえんする）；☆妻と別れる／和妻離婚
；☆あの夫婦はいつも別れる別れると言
っている／他們夫妻總是說要離要離的；
⑤死別；⑥分散，離散（＝ちらばる）；
☆同期の卒業生は別れてちりぢりになっ
ている／同期的畢業生分散得七零八落；
図わかる（下二）。[3]

わかわかし・い【若若しい】（形）①年輕
輕的，年輕而有朝氣的；☆若々しい青年
／朝氣蓬勃的青年；②看來年輕的；☆彼
は幾つになっても若々しい／他總是看起
來年輕輕的 ☆彼の写真は若々しく撮（
と）れている／他的相照得很年輕；図わ
かわかし（形シク）；**〜げ**（形動ダ）；
〜さ（名）。[5]

わかん【和姦】（名）〔文〕和姦；↔ごう
かん（強姦）。[0]

わかん【和漢】（名）①日本與中國；②日
文和漢文；**〜よう**【和漢洋】（名）日本
、中國與歐美。[1]

****わき**【脇・腋】（名）①腋，胳肢窩；☆荷
物を脇にかかえる／把東西夾在腋下；②
（衣服的）旁側；☆シャツの脇がほころ
びた／襯衫腰縫綻了；③側面；☆箱の脇
に字を書く／在箱子的側面寫上字；④旁
邊（＝そば、かたわら）；☆議長の脇に
坐る／坐在主席身旁；☆脇に寄って車を
よける／閃到路旁躲車；⑤旁處，別的地
方（＝よそ、よこ）；☆脇を見てばかり
いる／老往旁處看；☆話を脇へそらす／
把話岔到旁邊去；☆脇へ寄る所がある／
另外有要去的地方；⑥〔能・狂言〕（主
角的）配角；☆脇を勤（つと）める／扮
演配角。[2]

わき【沸き】（名）〔（わく）的名詞形〕
熱，開；☆夏は風呂（ふろ）の沸きが早

い／夏天燒洗澡水熱得快。⓪

わき【和気】（名）〔文〕和氣，和藹；和気藹藹（あいあい）たる家庭／非常和樂的家庭。①

わぎ【和議】（名）〔文〕①和議，和談；☆和議をもちかける／提出和談，提議講和；②〔法〕（債權者與債務者間的）和解☆和議が成立する／和解。①

わきあが・る【沸き上がる】（自五）①沸騰，滾開（＝にえたつ，わきかえる）；☆湯が沸き上がる／熱水滾開；②掀起，湧現；③（觀衆）沸騰（＝わきかえる）；☆熱戦で場内が沸き上がる／一場熱烈比賽場内（觀衆）爲之沸騰。④

わきが【腋臭】（名）〔醫〕（腋下的）狐臭。②

わきかえ・る【沸き返る】（自五）①（液體）沸騰，滾開；☆やかんの湯が沸き返る／鐵壺裏的水翻滾；②（氣得）暴跳；☆怒りで胸も沸き返るようだ／氣得肺子都要炸了；③（羣衆）闐然，騷然；☆その問題で国中が沸き返るような騒ぎであった／因爲這個問題全國都騒動起來了③

わきげ【腋毛】（名）腋毛。②

わきざし【脇差】（名）（武士佩帶雙刀中的）短刀。④

わきた・つ【沸き立つ】（自五）①沸騰，滾開（＝にえたつ）；☆沸き立つ熱湯（ねっとう）／翻滾的熱水；②洶湧；☆沸き立つ大海／洶湧的大海／（一團團）冒起的雲層；☆沸き立つ雲／（一團團）冒起的雲層；④（人羣）闐動，騷然；☆群衆は沸き立った／人羣闐動起來了。④

わきず（づ）け【脇付】（名）〔文〕寫在收信人名字旁邊的敬語〔如：侍史（じし），玉案下（ぎょくあんか）等〕。④⓪

わきど【脇戸】（名）旁門。②

わきのした【脇の下・腋の下】（名）腋下，胳肢窩；☆体温計を腋の下に挟む／把體溫表夾在胳肢窩下。③

わきばさ・む【脇挟む】（他五）夾在腋下；☆鞄（かばん）を脇挟む／把皮包夾在腋下。④

わきばら【脇腹】（名）①側腹（＝よこばら）；②庶出（＝めかけばら）。④⓪

わきまえ【弁え】（名）①辨別；☆弁えがつかぬ／分辨不清；☆前後の弁えもなく手を出す／不顧前後地就伸手，貿然從事；②明辨是非，通達事理；☆彼は弁えのある人

だ／他是個通達事理的人。④⓪

*****わきま・える**【弁える】（他下一）①辨別，識別（＝みわける，はんべつする）；☆黒白（こくびゃく）を弁える／辨別是非；②懂得，明白（＝こころえる）；☆礼儀を弁えない男／不懂禮貌的人；図わきまえる（下二）。④

わきみ【脇見】（名）往旁處看（＝よそみ）；☆授業中に脇見をするな／上課時不要往別處看。②③

わきみず【湧水】（名）湧出的水，冒上來的水；☆多量の湧水で工事が渉（はか）どらない／地下水湧出很多使工程不得進展。⓪

わきみち【脇道】（名）①岔道，抄道（＝よこみち）；☆脇道を通って先まわりする／抄道繞到前面去；②不正確的道路，歧途；☆話が脇道にそれる／話説到旁岔兒上去了；☆悪友に誘（さそ）われて脇道にはいる／被壞朋友引入歧途。②⓪

わきめ【脇目】（名）①往旁處看，旁視（＝わきみ）；☆脇目も振らずに働く／聚精會神地工作；②旁觀者的眼睛，社會上的批評；☆脇目からは，ばかばかしく見える／從旁觀者看來很愚蠢；☆脇目がうるさい／旁人的眼睛可畏，耳目甚衆②③

わきやく【脇役】（名）配角；☆脇役をつとめる／扮演配角；↔しゅやく（主役）⓪

わぎゅう【和牛】（名）〔動〕日本種的牛⓪

わぎょう【和行】（名）五十音圖的〔わ行〕

わぎり【輪切り】（名）切成圓片；☆大根を輪切りにする／把蘿蔔切成圓片。③

*****わく**【枠】（名）①框子；☆ガラスを枠に嵌（は）める／把玻璃鑲到框上；②（書等的）邊線；☆各ページに枠をつける／每頁都加上邊線／黑枠の広告／訃聞廣告；③範圍，界限；☆予算の枠をきめる／決定預算的範圍；☆法律の枠を起えた行動／超過法律界限的行動；④ 線框（＝いとわく）；☆糸（いと）を枠に巻く／把線框到線框上。②

*****わ・く**【沸く】（自五）①沸騰，燒熱（＝にえる，にえたつ）；☆風呂（ふろ）が沸いた／洗澡水燒熱了；☆湯が沸いた／水開了；②（金屬）鎔化（＝とろける）；☆鉄が沸く／鐵鎔化；③（水）翻滾；☆川の水が沸き返る／河水翻滾；④闐鬧起來，吵嚷；☆議論が沸く／議論沸騰；☆

熱戦で観衆が沸く／因爲比賽達到高潮観衆激動起來。[0]

わ・く【涌く・湧く】（自五）①湧出，冒出，噴出，☆温泉が湧く／温泉湧出；②發生，☆音楽に興味が湧く／對音樂發生興趣；☆希望が湧く／有了希望；☆蛆（うじ）が湧く／生蛆。[0]

わくがい【枠外】（名）〔文〕範圍外，☆予算の枠外で費用の支出を考える／在預算的範圍外考慮費用的開支。↔わくない（枠内）。[2]

わくぐみ【枠組】（名）框子的結構，框架；☆フレームの枠組が出来上がる／框架作出來了。[4][0]

わくせい【惑星】（名）①〔天〕行星；②前途不可限量的人（＝ダークホース）[0]

ワクチン【徳 vakzin】（名）〔醫〕①痘苗；②菌苗，疫苗。[1]

わくでき【惑溺】（名・自サ）〔文〕耽溺；☆酒色に惑溺する／耽溺於酒色。[0]

わくない【枠内】（名）〔文〕範圍內，限度內，☆予算の枠内でやりくりする／在預算範圍內設法安排。↔わくがい（枠外）。[2]

わくらん【惑乱】（名・他サ）〔文〕惑亂；☆人の心を惑乱する／蠱惑人心。[0]

わくわく（副・自サ）擔心或有所期待時的興奮貌；☆胸がわくわくして物が言えぬ／心裏興奮得說不出話來；☆（と）して発表を待つ／興奮地等著發表[1]

わくん【和訓】（名）用日文讀漢字的方法（如，「國民」讀作「くにたみ」之類）[0]

わけ【分け】（名）①分別，區別（＝わきまえ）；②分配（額）；③不分勝負，平局（＝ひきわけ）；☆試合が分けになる／比賽落得平局。[2]

*****わけ【訳】**（名）①意義，意思；☆単語の訳を辞書で調べる／在辭典上查單詞的意思；☆何の事かわけがわからない／不知是怎麼回事兒；②理由，原因；情形；☆これには訳がある／這裏有原因；☆訳もなく泣き出す／沒有理由就哭起來了；☆こういう訳だからあしからず／情形是這樣，所以請不要見怪；③當然，怪不得；☆それなら怒るわけだ／既是那樣，當然要生氣了；④道理，條理（＝どうり，すじみち）；☆訳のわかった人／懂得道理的人；☆訳を説いて聞かせる／說明道理；⑤麻煩，費事；☆わけはありませんよ

／沒什麼；不費事；☆わけのない仕事／輕而易舉的工作；⑥〔用「…訳には行かない」的句形〕不能…；☆君に上げる訳には行かない／不能給你；☆只今お話しするわけには参りません／現在不能說[1]

わけあい【訳合】（名）情形，緣故（＝わけ）；☆まあこういった訳合です／大致就是這麼一種情形。[3][0]

わけがら【訳柄】（名）緣故，緣由，情形（＝わけ）；☆右のような訳柄ゆえ，何とぞよろしく／情形既如上述，請多原諒。[4][0]

わけぎ【分葱】（名）〔植〕慈葱。[2]

わけて【別けて】（副）特別，尤其，格外（＝ことに，とりわけ）；☆末っ子だから分けてかわいい／因爲是最小的孩子，所以格外可愛；**～も【別けても】**（副）〔比「わけて」語氣更強〕☆今晩の芝居（しばい）はすばらしい，別けても群英会はよかった／今晩的戲好極了，尤其是羣英会好得很。[1]

わけなく【訳無く】（副）輕而易舉，不費事，容易，簡單（＝よういに，たやすく）；☆わけなく勝つ／輕而易舉地致勝；☆わけなくできるでしょう／不費事就能行吧。

わけへだて【別隔て】（名・自サ）加以區別，差別對待；☆だれれかの分隔てなくもてなす／一視同仁地招待；☆外国人だからといって別隔てをするわけではない／不是因爲外國人就兩樣對待。[0][1]

*****わけまえ【分前】**（名）分的份兒（＝わりまえ）；☆分前を取る／分得一份兒；☆分前を受ける権利がある／有分到一份的權利。[2][3]

わけめ【分け目】（名）①分的地方，區分點；☆髪の分け目をまっすぐにする／把頭髮縫兒分得筆直；②（勝負、成敗的）關鍵，關頭（＝わかれめ）；☆天下分け目の戦い／決定最後勝負的戰爭。[3]

*****わ・ける【分ける・別る】**（他下一）①分，分開；☆生徒を二組に分ける／把學生分成兩組；☆等分に分ける／均分；②割分，劃開；☆関東地方を一都六県に分ける／把關東地方劃分爲一都六縣；③分類，區別；☆生物を動物と植物に分ける／把生物分爲動物和植物；④分配，分給；☆利益を三人で分ける／利益由三人分得；☆トランプを分ける／發（撲克）牌；

⑥仲裁，排解；☆喧嘩（けんか）を分ける／勸架；⑥分讓；☆これを分けて下さいませんか／能否把這個分給我（一些）呢；⑦穿過；☆藪（やぶ）を分けて行く／穿過樹叢前進；☆人込みの中を分けて進む／穿過人羣前行；図わく（四・下二）。②

わけん【和犬】（名）日本犬；↔ようけん（洋犬）。

わげん【和弦】（名）〔樂〕和弦。①⑩

わご【和語】（名）日本語；↔かんご（漢語）。①

わごう【和合】（名・自サ）和睦，和好，友好；☆夫婦が和合する／夫婦和睦；☆両国間の和合を図（はか）る／謀兩國間的友好。⑩

わこうど【若人】（名）〔文〕年輕人，青年（＝わかうど）。②

わゴム【輪護謨】（名）（捆物等用的）橡皮圈兒；☆包みに、わゴムを掛ける／用橡皮圈捆上紙包。⑩

わごん【和琴】（名）〔樂〕六絃琴。①⑩

わこんかんさい【和魂漢才】（名）日本精神與中國學識。①-⑩

*__わざ__【技】（名）技，技能；手藝；☆技を磨（みが）く／鍛鍊技能。①

わざ【業】（名）事情，事業；☆これは容易なわざではない／這不是容易事；☆人間のわざとは思われない／彷彿不是人力所能作出來的。②

わさい【和裁】（名）日本衣服的剪裁；↔ようさい（洋裁）。⑩

*__わざと__【態と】（副）故意地（＝こいに）；☆わざと負けてやる／故意地輸給他；☆わざとやったわけでないから勘弁（かんべん）して下さい／這是出於無意，請您原諒；**〜がましい**【態とがましい】（形）＝わざとらしい；**〜らし・い**【態とらしい】（形）故意似的，裝做的；☆わざとらしいお世辞を言う／說不自然的奉承話；**〜らしさ**（名）。①

わさび【山葵】（名）〔植〕山荷菜；☆さびが鼻をつく／山荷菜的辣味衝鼻子；**〜おろし**【山葵卸】（名）（擦蘿蔔泥等的）擦床。①

*__わざわい__【災】（名）禍，災禍，災害，災難；☆災に会う／遭受災難；☆みずから災を招（まね）く／自己惹禍。⑩

*__わざわざ__【態態】（副）①特意；☆わざわ

ざ話を聞きに行く／特意去聽講；②故意地；☆わざわざいたずら書きする／故意地亂寫亂畫。①

わし【鷲】（名）〔動〕鷲。⑩

わし【儂】（代）（老年男人常用的第一人稱）我（＝わたし）；☆さような事はわしは知らん／我不知道那樁事。⑩

わし【和紙】（名）日本紙；↔ようし（洋紙）。①

わじ【和字】（名）①日本字母（＝かな）；②日製漢字（如辻、辷、畑等字）①⑩

わしき【和式】（名）日本式；☆和式の居間（いま）／日本式的居室；↔ようしき（洋式）。⑩

わしつ【和室】（名）日本式的房間；↔ようしつ（洋室）。⑩

わしず（づ）かみ【鷲攝み】（名）猛抓，大把抓；☆鷲攝みに攝む／大把地抓起。③

わしばな【鷲鼻】（名）鷹鉤鼻（＝かぎばな）。②⑩

わしゅ【和酒】（名）日本酒；↔ようしゅ（洋酒）。①⑩

わしゅう【和臭】（名）日本氣味（的外文等）；☆和臭のある英文／帶日本味的英文。⑩

わじゅつ【話術】（名）說話方式；☆話術がうまい／善於講話。①

わしょ【和書】（名）日本書；日本式裝訂的書；↔かんしょ（漢書）；ようしょ（洋書）。①

わしょく【和食】（名）日本餐，日本飯菜；↔ようしょく（洋食）。⑩

わしん【和親】（名）〔文〕（國際間的）親善，友好；☆外国と和親を結ぶ／和外國結成友好關係。①⑩

ワシントン【Washington, D.C.】〔地名〕華盛頓。②

わ・す【和す】（自他五）〔文〕＝わする。①

*__わずか__【僅か・纔か】（副・形動ダ）①僅，少，才（＝すこし、いささか）；☆残りはわずか五個しかない／僅僅剩下五個；☆父が死んだのは、私がわずか十二歳の時だった／父親去世時我才十二歲；②微，稍（＝かすか）；☆僅かな（の）違い／微小的差別；☆わずかに覚えている／略微記得；③一點點，☆わずかな（の）事で争う／為一點小事爭論。①

*__わずらい__【煩い・患い】①煩惱，苦惱（＝なやみ、くるしみ）；②病（＝やまい）

；☆長の患いですっかり痩せた／因為
長期生病瘦得不堪了；～つ・く【煩い付
く】（自五）生病（＝やみつく）；☆ふ
とした事から煩いついた／由於一不小心
生了病。0

わずら・う【煩う】（自五）①苦惱，煩惱
（＝なやむ、くるしむ）；〔一般接在其
他動詞下構成複合動詞〕；☆あれこれと
思い煩う／左思右想地焦慮；②患病；☆
胸を煩う／得肺病；☆生まれてから患っ
たことがない／從來沒鬧過病。0

*わずらわし・い【煩わしい】（形）①煩膩
的，心煩的（＝めんどうくさい、うるさ
い）；☆毎日出かけるのは煩わしい／毎
天出去眞煩膩；②麻煩的，繁雜的；☆煩
わしい手続き／麻煩的手續；図わづらは
し（形シク）；～げ（形動ダ）～さ（名）5 0

わずらわ・す【煩わす】（他五）①使煩惱
，爲…苦惱（＝なやます、くるしめる）
；☆心を煩わす／操心；☆つまらないこ
とで煩わされるのはいやだ／不願爲無謂
的事情煩惱；③麻煩，使…受累；☆御手
数を煩わしました／太麻煩（您）了。0

わずらわ・せる【煩わせる】（他下一）＝
わずらわす；図わづらはす（下二）。0

わ・する【和する】（自サ）〔文〕①和，
附和，隨同，☆和して歌う／和唱，一同
唱；☆我々もそれに和して国歌を歌った
／我們也隨着唱了國歌；②和睦；☆夫婦
相和する／夫妻和美，図わす（サ）。2

わすれ【忘れ】（名）〔（わすれる）的名
詞形〕忘，忘記；☆決して忘れはしない
／絕不忘記。0

わすれがたみ【忘れ形見】（名）①〔文〕
紀念品；☆忘れ形見として写真をもらう
／要一張像片作紀念；②遺腹子；遺兒；
☆友人の忘れ形見の面倒をみる／照顧朋
友的遺子。4

わすれがち【忘れ勝ち】（形動ダ）好忘，
容易忘；☆それはとかく忘れ勝ちになる
／動不動就把它忘掉。0

わすれじも【忘れ霜】（名）晩霜（＝わか
れじも）。0

わすれっぽ・い【忘れっぽい】（形）好忘
的，健忘的；☆忘れっぽい人／健忘的人
；☆年を取ると忘れっぽくなる／上了年
紀好忘事；～さ（名）。0

わすれなぐさ【勿忘草】（名）勿忘草，瑠
璃草（＝フォゲット・ミーナット）。4

*わすれもの【忘れ物】（名）（遺）失物0

*わす・れる【忘れる】Ⅰ（自下一）忘却，
忘記；Ⅱ（他下一）忘，忘記，忘記；☆
数学の公式を忘れる／忘記數學的公式；
☆忘れずに五時に起こして下さい／別忘
記五點叫醒我；☆心の痛手を忘れようと
努める／一心想忘掉心中的創傷；◊寝食
を忘れる／廢寢忘食；我を忘れる／忘我
，熱中；図わする（下二）。0

わせ【早稲】（名）〔農〕①早稻；☆早稲
を植（う）えた田／種上早稻的田；②早
熟的作物；☆わせの大根／早熟的蘿蔔；
☆わせの果物（くだもの）／早熟的水果
；↔なかて、おくて。1

わせい【和製】（名）日本製；☆和製の香
水／日本製的香水；↔はくらい（舶來）0

わせい【和声】（名）〔樂〕和聲。1

ワセリン【vaseline】（名）凡士林油。0

わせん【和戦】（名）〔文〕①和與戰，和
戰；☆和戰両様の構（かま）えをする／
作和戰均可的準備；②停戰；～じょうや
く【和戦条約】（名）停戰條約。1

わそう【和装】（名）①日本服裝；☆和装
で外出する／穿日本服外出；②日本式裝
訂；☆和装の本／（日式）線裝書。0

*わた【棉・綿】（名）①〔植〕棉；②棉花
；☆綿を入れる／（往衣、被等裏面）塞
棉花；☆古綿を打ち直す／彈舊棉花；③
柳絮；☆柳の棉／柳絮；◊棉のように疲
れる／筋疲力盡。2

わた【腸】（名）腸子（＝はらわた）；☆
魚の腸を取る／取出魚腸。2

わだい【話題】（名）話題，談話材料；☆
座が白けたので話題を変える／因爲冷場
了轉換話題；☆子供のしつけが会の話
題になる／小孩的教育問題成了會上的話
題。0

わたいれ【綿入れ】（名）①塞棉花；☆布
団（ふとん）の綿入れをする／被褥裏絮
棉花；②棉襖，棉衣服；☆棉入れを着る
／穿棉襖（衣服）。4

わだかまり【蟠り】（名）（人與人之間的）
隔閡，芥蒂；☆心に蟠りがある／心裏有
隔閡；☆両者の間の蟠りが解（と）けた
／二人之間的芥蒂消除了。0

わだかま・る【蟠る】（自五）存在，有（
偏見）；☆困難が蟠る／有困難；☆両国
間に蟠る悪感情／兩國之間的悪感。4 0

*わたくし【私】Ⅰ（名）①（公私的）私；

☆公用でなく私の用向きで来た/不是爲公事而是爲私事來的；②秘密（＝ないみつ）；④私自；☆私に兵を動かす/私自動兵；④不公平，偏私（＝おとおち）；⑤自我，Ⅱ（代）我（比「わたし」「ぼく」更恭敬的用語）；☆私が…です/我就是…；☆この写真が私です/這張像就是我；〜ごと【私事】（名）私事；秘密的事；〜しょうせつ【私小説】（名）＝ししょうせつ；〜りつ【私立】（名）〔俗〕＝しりつ（私立）。⓪

わたぐも【綿雲】（名）（棉花團似的）朵雲，捲雲。③

わたくり【綿繰り】（名）①（用軋棉機）軋去棉籽；②綿繰車；〜ぐるま【綿繰車】（名）軋棉機。③④

わたげ【棉毛】（名）寒毛；絨毛；柔毛；☆たんぽぽの綿毛/蒲公英的絨毛。②⓪

わたし【渡し】（名）①〔わたす〕的名詞形；②擺渡；渡船；渡口；☆渡しで行く/坐擺渡過河；〜ば【渡し場】（名）渡口；☆渡し場で船を待つ/在渡口等船；〜ぶね【渡し船】（名）渡船（＝とせん）；〜もり【渡し守】（名）〔文〕渡船夫⓪

わたし【私】（代）＝わたくし。⓪

*わた・す【渡す】（他五）①渡，送過河；☆客を対岸に渡す/把客人渡到對岸；②架，搭（＝かける，またがらせる）川に橋を渡す/在河上架橋；☆板を渡す/搭跳板；☆杭（くい）から杭へ綱（つな）を渡す/從一個椿子往另一個椿子上拉繩子；③交，付（＝てわたす，ひきわたす）；☆金を渡す/交錢；☆この券と引換（ひきかえ）に現品を渡します/憑此票兌換現貨；④給，讓與授予（＝あたえる，さずける）；☆修了者に免状を渡す/把證書授給畢業生；☆課長の椅子を後任者に渡す/把課長的職位移交給後任；⑤接動詞連用形下，構成複合動詞；☆あたりを見渡す/往四下環視。⓪

わだち【轍】（名）車轍；☆轍のついた道/壓出來車轍的道路。①⓪

わたゆき【綿雪】（名）（棉似的）雪花②

わたり【渡り】（名）①〔わたる〕的名詞形；②渡口（＝わたしば）；③交渉，談判（＝はなしあい）；☆先方に渡りをつける/跟對方搭頭；和對方搭上關係；④〔圍棋〕（爲聯繫兩子而在中間下的）渡子；◇渡りに船（認爲正合己意而）順

水推舟；☆渡りに船とすぐ承知した/順水推舟地馬上就答應了；渡りをつける/搭上關係，掛上鉤，取得諒解；〜あ・う【渡り合う】（自五）①交绛，打到一起；☆刀を持って渡り合う/拿刀交起手來；②互相爭論；☆憲法問題で渡り合う/爲憲法問題互相爭論；〜ある・く【渡り歩く】（自五）（爲謀生等）奔走各處，到處流浪；☆全国を渡り歩いて来た人/走遍全國的人；〜いた【渡り板】（名）跳板；☆舟から岸に渡り板を渡す/從船向岸上搭跳板；〜ぞめ【渡り初め】（名・自サ）新橋開通典禮；〜どり【渡り鳥】（名）①〔動〕候鳥；②到處奔走謀生的人；〜もの【渡り者】（名）流浪各地謀生的人；〜ろうか【渡り廊下】（名）兩房間的走廊；☆渡り廊下を渡る/走過走廊。⓪

わたり【辺】（名）邊，畔，附近（＝あたり，ほとり）。①⓪

わた・る【亘る】（自五）①（指時間）經過，繼續；☆会議は一週間に互って行なわれた/會議擧行了一星期；☆演説は五時間にわたった/繼續演說了五小時；②（指範圍）涉及，有關；☆話が私事にわたる/談到個人私事；☆詳細にわたって説明する/詳細解釋；☆各学科にわたって成績がよい/各學科成績都好。⓪

*わた・る【渡る】（自五）①渡，過；☆海を渡る/渡海；☆河を渡る/過河；☆橋を渡る/過橋；②渡來（去）；傳來；☆タバコはいつ日本に渡ったか/烟草是什麼時候傳到日本的？☆アメリカへ渡る/渡美；③渡世，過日子；☆働かなければ世の中は渡れない/不工作就不能在社會上生活下去；④到手；歸…所有；☆給料が渡る/薪水到手；☆家が人手（ひとで）に渡る/房子歸別人所有了；☆まだ渡らない人はいないか/還有沒拿到的麼？⑤吹過，掠過；☆青田を渡る風/掠過青田的風；⑥飛來（去）；☆燕や駒鳥が春と共に渡って来た/燕子知更鳥一到春天就飛來了；⑦接動詞連用形下，表示廣泛似某種狀態；☆晴れ渡った空/萬里無雲的天空；◇渡る世間に鬼はない/社會上到處都有好人。⓪

わだん【和談】（名）和談，和議。⓪

わっ（感）①（吃驚時，哭時發出的聲）哇；呀；☆わっ、うれしい/呀，好高興！

☆子供がわっと泣き出す／孩子哇地一聲哭起來；③（嚇唬人時發出的聲）哈，哇；☆暗闇で急にわっと驚かされる／在黑暗地方猛然被哇地一聲給嚇一跳。①

ワックス【wax】（名）蠟；☆ワックスを塗る／塗蠟。①

わっし（代）→わっち。⓪

わっしょい（感）（多數人擡重物等時的吆喝聲）嘿吆。①

わっち（代）〔俗〕〔（わたし）之訛〕俺，我。⓪

わっと（副）多數人吵鬧貌；☆群衆がわっと押し寄せる／衆人忽地一聲擁上來。

ワット【watt】（名）〔理〕瓦特，瓦（電力單位）。①

わっぱ（名）〔俗〕〔卑〕小孩，小鬼，小東西；☆このわっぱめ／你這個小鬼！①

ワッフル【美 waffle】（名）窩伏兒餅（一種厚而軟奶油蜜汁餡兒餅）。①

ワッペン【德 Wappen】（名）（像是肩章等）布製徽章，標記。①

わて（代）〔大阪地方婦女自稱〕我（＝わたし）。⓪

わどく【和独】（名）日語和德語；☆和独辞典／日德辭典。⓪

わどめ【輪留め】（名）刹車裝置，制輪楔③

*わな【罠】（名）①（捕獲獸等使用的）圈套；☆罠で犬を捕える／用套子捕野狗；☆草むらの中に罠を仕掛ける／在草叢裏下圈套；②（轉）圈套，暗算；☆まんまと罠にかかる／完全上了圈套。①

わなげ【輪投げ】（名）投圈的遊戲。③

わななき（名）〔（わななく）的名詞形〕戰慄，哆嗦；～ごえ【わななき声】（名）顫抖的聲音。④③

わなな・く【戰慄く】（自五）〔文〕哆嗦，打顫（＝ふるえる）；☆小犬が寒さにわなないている／小狗凍得直哆嗦。③

わなわな（副・自サ）哆嗦，打顫（＝ぶるぶる）；☆強盗に襲われてわなわなと震（ふる）える／強盗闖進家來嚇得直哆嗦①

*わに【鰐】（名）〔動〕鱷魚。①

わにがわ【鰐皮】（名）鱷魚皮；☆鰐皮の鞄（かばん）／鱷魚皮皮包。⓪

わにざめ【鰐鮫】（名）〔動〕鱷鮫。②

ワニス【varnish】（名）〔理〕洋漆，清漆，釉子（＝ニス）。①

ワニラ【vanilla】（名）〔植〕華尼拉，香草（亦作バニラ）。

ワニリン【vanillin】（名）（作點心、香料用的）香草精。

わはは（感・副）哈哈；☆わはははと笑う／哈哈地笑。

わび【佗（び）】（名）①寂居，幽居（＝わびすまい）；②閑寂，寂靜（茶道、俳句中的用語）。②⓪

*わび【詫び】（名）賠不是，道歉，表示歉意（＝あやまり、しゃざい）；☆しきりに詫びを言う／再三賠不是。⓪

わびい・る【詫び入る】（自五）深深表示歉意；☆頭を地につけて詫び入る／低頭謝罪。③

わびし・い【佗しい】（形）①寂寞的，苦悶的；☆佗しいひとり暮らし／寂寞的單身生活；②清靜的，靜寂的；☆佗しい田舎の風景／清靜的鄉村風景；③貧困的（＝まずしい）；図わびし【形シク】～が・る（自五）；～げ（形動ダ）；～さ（名）。③

わびすけ【佗助】（名）〔植〕一種茶花，開單瓣，紅色的小花。②

わびずまい【佗住まい】（名）寂寞的生活，清苦的生活；寂寞的住宅；☆一人で佗住まいをする／一個人過寂寞清苦的生活。③

わ・びる【佗びる】（自上一）①感覺寂寞，過孤寂生活；☆田舎（いなか）暮らしを佗びる／在鄉村過孤寂生活；②〔接其他動詞連用形下構成複合動詞〕；☆わが子の帰りを待ち佗びる／憂鬱地盼望孩子回來；☆都会の片隅で住み佗びる／在都會的一個角落裏過寂寞清苦的生活；図わぶ（上二）。②

わ・びる【詫びる】（他上一）道歉，賠不是，謝罪（＝あやまる）；☆子供のいたずらを詫びる／爲孩子淘氣向人道歉；図わぶ（上二）。⓪

わふう【和風】（名）①〔文〕和風，春風；②〔氣象〕微風；③日本式；☆和風の建物／日本式建築物；④〔文〕日本風俗⓪

わふく【和服】（名）日本衣服（＝きもの）；↔ようふく（洋服）。⓪

わふつ【和仏】（名）日本和法國；☆和仏辞典／和法辭典。⓪

わぶん【和文】（名）日文；☆和文英訳／日譯英。⓪

わへい【和平】（名）和平；和睦。①

わほう【話法】（名）①說話術（＝はなし

かた）；☆独得の話法で聴衆を魅了（み
りょう）する／以獨特的說話術吸引住聽
衆；②〔修辭〕敍述法；☆直接話法を間
接話法に直（なお）す／把直接敍述法改
爲間接敍述法。①⓪

わぼく【和睦】（名・自サ）和睦，和好。
☆お互の和睦を図る／促進雙方的和睦⓪

わめい【和名】（名）①日本名；②動植物
的（與「學名」不同的）日本名（一般用
假名表示）；☆クローバーの和名はシロ
ツメクサという／三葉草的日本名叫白詰
草。⓪

わめ・く【喚く】（自五）叫，喚；喊，嚷（＝さけ
ぶ，さわぐ）；☆今となっては泣いても
わめいてもまにあわない／事到如今哭也
好喊也好都來不及了。②

わやく【和訳】（名・他サ）（把外語、外
文）譯成日語、日文；☆英文を和訳する
／把英文譯成日文。⓪

わやく【和約】（名）和約，和平條約。⓪

わやく【和薬】（名）（日本自古流傳的）
日本藥。⓪

わよう【和洋】（名）日本和西洋；☆和洋
両様の料理／日本菜和西洋菜；**〜せっち
ゅう【和洋折衷】**（連語・名）日西合璧
；☆和洋折衷の建築／日西合璧的建築
物。⓪

わよう【和様】（名）日本式（＝にほんよ
う）；☆和様の家具／日本式的家具。⓪

わら【藁・桿】（名）稻草；麥桿；☆藁を
打って繩（なわ）をなう／打稻草搓繩子
；◇溺れる者は藁をも摑む／溺水者攀草
求援。①

わらい【笑い】①笑；☆口許（くちもと）
に笑いを浮かべる／嘴邊露出微笑；②嘲
笑（＝あざけり）；☆いたずらに聴衆の
笑いを招く／徒招聽衆的嘲笑；**〜ぐさ【
笑い草・笑い種】**（名）笑柄；☆ばかな
ことをして人の笑い草になる／幹蠢事成
爲別人的笑柄；**〜ごえ【笑い声】**（名）
笑聲；☆笑い声が聞こえる／聽見笑聲；
〜こ・ける【笑いこける】（自下一）捧
腹大笑；☆漫才（まんざい）を聞いて笑
いこける／聽了相聲大笑起來；**〜ごと【
笑い事】**（名）玩笑；小事一段；☆今度
の事件は全く笑い事ではない／這回的事
件可眞不是鬧着玩的；**〜じょうご【笑い
上戸】**（名）①（醉後）好笑（的人）；
〜ばなし【笑い話】（名）笑話；☆笑い

話として聞いてください／請當作笑話聽
吧。⓪

*わら・う【笑う】（自五）①笑；☆にこに
こ笑う／嘻嘻地笑；☆にやにや笑う／瞇
瞇地笑；☆にたにた笑う／獰笑；不懷好
意地笑；☆くすくす笑う／（弊着聲音）
吃吃地笑；☆げらげら笑う／嘿嘿地笑；
☆きゃっきゃっ笑う／（高聲或尖聲）嘎嘎
地笑；☆からから（と）笑う／（大聲地）
哈哈地笑；☆腹をかかえて笑う／捧腹大
笑；②嘲笑，嗤笑（＝あざける）；☆人
に笑われる／被別人嘲笑；☆笑うなら笑
え，私は飽までやり通す／嘲笑就由他嘲
笑，我要幹到底的；③〔文〕（花）開（
＝さく）；☆花笑い鳥歌う／花開鳥語；
◇笑う門（かど）には福来たる／和氣致
祥。⓪

わらうち【藁打】（名・自サ）打稻草，把
稻草打軟。②③

わら・える【笑える】（自下一）①能笑，
值得笑；☆自分にとっては笑えない失敗
だ／對自己來說是個非同小可的失敗；②
自然地笑起來；☆嬉しくてつい笑えて来
る／高興得情不自禁地笑起來。⓪

わらぐつ【藁沓】（名）①（雪地用）草鞋
；②稻草編的拖鞋。⓪

わらじ【草鞋】草鞋（＝わらぐつ）
；☆草鞋を履いて登山する／穿草鞋爬山
；◇草鞋を脱ぐ／①由遠方歸來；②到旅
社住下；③賭徒流浪到某地落戶；草鞋を
履く／①賭徒逃往他鄉流浪；②出外旅行
；二足（にそく）の草鞋を履く／一個人幹
二件事；**〜がけ【草鞋掛け】**（名）穿草
鞋（＝わらじばき）；**〜ばき【草鞋履き】**
（名）①穿草鞋；②拼命奔走；☆草鞋履
で寄付金を集める／爲捐款拼命奔走；**〜
むし【草鞋虫】**（名）〔動〕地虱，臆蟲。⓪

わらしべ【藁稭】（名）（去掉葉後的）稻
稭（＝わらすべ）。③⓪

わらぞうり【藁草履】（名）草鞋。③

わらず（づ）と【藁苞】（名）①稻草包，蒲包；
②（轉）賄賂（＝わいろ）。②⓪

わらにんぎょう【藁人形】（名）稻草人③

わらばい【藁灰】（名）稻草灰。⓪

わらび【蕨】（名）〔植〕蕨（菜）。①

わらぶき【藁葺き】（名）用稻草葺的屋頂
；草房；☆藁葺き屋根／用稻草葺的房
頂。⓪

わらぶとん【藁布団】（名）草墊子；☆べ

ッドに薬布団を敷く／床上舗草褥子。③

わらべ【童】（名）〔文〕小孩；兒童（＝わらんべ）。①①

わらや【藁屋】（名）①草頂的房子，草房，茅舍；②賣稻草的舖子。②

わらわ【妾】（代）〔文〕（婦女自稱）我①

わらわ【童】（名）兒童，小孩（＝わらべ）；〜め【童女】（名）〔文〕童女，女孩①

わらわ・す【笑わす】（他五）逗人笑，使人發笑（＝わらせる）。⓪

わらわ・せる【笑わせる】（他下一）①逗人笑；☆落語家は人を笑わせるのが商売だ／相聲演員是專門逗人發笑的；②令人可笑，令人看不起；☆あいつが会長とは全く笑わせるよ／那傢伙當會長簡直是笑話；図わらはす（下二）。⓪

わらわら（副）散亂貌（＝ばらばら）。①

わらわれもの【笑われ者】（名）嘲笑的對象；☆人の笑われ者になる／被別人笑話。⓪

*ーわり【割】（造語）①分配（＝わりあて）；☆へや割／房間分配；②十分之一，成；☆年一割の利息／年利十分之一。⓪

*わり【割】（名）①〔わる〕的名詞形；②比率，比例（＝わりあい）；☆年六分の割で利子を払（はら）う／按年利六釐計算付出利錢；⑧比，比較；☆割のいい仕事／（比較）划算的工作（活兒）；☆一生懸命にやって叱られては割が悪い／拼命地幹還是挨申斥真不划算；◇割が利（き）く／（用的分量少而效果大）好使，頂用；☆割が利く醬油／頂用的醬油；**割に合う**／上算，合算（＝ひきあう）；☆その仕事は割に合わない／那宗活兒不划算。⓪

**わりあい【割合】①（名）①比例（＝ひれい）；☆十人に一人の割合で合格する／十人中有一個人（十比一）考中；☆一日平均百円の割合となる／每天平均爲一百元；②〔用「…割合に」的句型〕比較起來（＝くらべて）；☆彼は偉（えら）い割合に有名でない／他雖然很了不起但比較起來並不那麼出名；☆若い割合にはしっかりしている／雖然很年輕但比較起來很沉着（可靠）；Ⅱ（副）比較（＝わりあいに）；〜に【割合に】（副）①比較地，☆割合（に）うまく行く／比較順利；☆割合（に）よく働く／比較很能幹；②分外（＝おもいのほか）；☆割合に美しい花／

還蠻好看的花。⓪

わりあて【割当】（名・自サ）①分配，分攤；分配額（量）；分攤額；☆宿舎の割当がなかなか困難だ／宿舍的分配相當困難；☆寄付金の割当が来る／捐款的分攤額通知來了；②分派，分擔（的任務）；☆宿直（しゅくちょく）の割当をする／分派夜班的任務。⓪

*わりあ・てる【割り当てる】（他下一）①分配，分攤；☆宿舎を割り当てる／分配宿舍；☆各戸に割り当てる／按戸分攤；②分派；☆仕事を割り当てる／分派工作；☆役を割り当てる／分派任務；図わりあつ（下二）。④

わりいし【割石】（名）（鑿成定型的）石塊；☆割石を積（つ）んで石垣（いしがき）にする／用石塊砌石牆。⓪

わりいん【割印】（名）騎縫印，對口印（＝わりはん）；☆証明書に割印を押す／在證明文件上蓋騎縫印。⓪

わりがき【割書（き）】（名・自サ）（行間的）小註。⓪

わりかた【割方】（副）〔方〕比較（＝わりあい）；☆電車は割方空（す）いている／電車比較空。⓪

わりかん【割勘】（名）分攤費用，大家均攤（＝わりまえかんじょう）；☆割勘で行こう／大家均攤吧。⓪

わりき・る【割り切る】（他五）①（把一個數目）完全除盡；②簡單地下結論；⑧想通；☆理窟で割り切ることの出来ない問題／光靠道理想不通的問題。③

わりき・れる【割り切れる】（自下一）①除得盡；☆九は三で割り切れる／九能用三除得盡；②（わりきれない）想不通，不能理解；覺得不痛快；☆説明は聞いたがどうも割り切れない気持だ／解釋雖然聽過了但總是有點想不通；☆何か割り切れない感じがある／覺得有些費解；図わりきる（下二）。④

わりきん【割金】（名）分配的錢；分攤的錢。⓪

わりこ・む【割り込む】（他五）①擠進，☆バスを待つ行列の間に割り込む／擠進等候公共汽車的行列裏；②硬加入，☆話の中に割り込んではいけない／不要插嘴攪亂了我們的談話。③

わりざん【割算】（名）〔數〕除法；↔かけざん（掛算）。②

わりした【割下】(名)〔烹飪〕(用醬油、木魚湯、蜜露等調製的)佐料汁；☆てんぷらに割下をつけて食べる／炸魚(蝦)蘸上佐料汁吃。◯

わりだか【割高】(形動ダ)(價錢)比較貴；☆この町ではすべての物資が割高になっている／這個城鎮一切東西都比較貴；↔わりやす(割安)。◯

わりだけ【割竹】(名)竹片,竹劈子；☆割り竹で垣根(かきね)をつくる／用竹劈子做籬笆。◯

わりだ・す【割り出す】(他五)①算出；☆算盤(そろばん)をはじいて原價を割り出す／打算盤來算出成本；②推論,推斷；☆その結論は何から割り出したか／那個結論是怎麼推斷出來的？③

わりつけ【割付】(名・他サ)①分派,分攤(＝わりあて)；☆寄付金の割付をする／分派捐款；②〔印〕(印刷品等)設計(＝レイアウト)。◯

わりつ・ける【割り付ける】(他下一)分派,分攤(＝わりあてる)；☆必要な金を皆に割り付ける／叫大家分攤所需要的款項；図わりつく(下二)。④

わりに【割に】(副)比較(＝わりあいに)；☆彼は年の割に利口だ／他年紀雖小卻很聰明；☆この品は値段(ねだん)の割にはいい／這個東西雖然不貴質量却很好。◯

わりばし【割箸】(名)(用時劈爲兩隻的)木筷子。③

わりはん【割判】(名)＝わりいん。◯

わりびき【割引】(名・自サ)①(打)折扣,減價；☆残品を割引して売る／打折扣出賣剩貨；②〔經〕貼現(＝てがたわりびき)；～ぎんこう【割引銀行】(名)辦理貼現業務的銀行；～てがた【割引手形】(名)貼現票據。◯

わりび・く【割り引く】(他五)①打折扣,減價；☆手形を割り引く／(把期票)貼現；②低估。③

わりふ【割符】(名)符契,符板,對號牌。

わりふだ【割札】(名)①＝わりふ；②減價票。◯

わりふ・る【割り振る】(他五)分配,分派(＝わりあてる)；☆仕事をめいめいに割り振る／對每個人分配工作。③

わりまえ【割前】(名)①分得的份兒(＝わけまえ)；☆利益の割前を貰う／領分

得的利益；②出的(應攤的)份兒；☆勘定の割前を払う／付出應攤的帳款；～かんじょう【割前勘定】(名)(數人)分攤付款(＝わりかん)。◯

わりまし【割増】(名・自サ)加價,增額,補貼；☆給料に割増をする／薪金之外加補貼；～きん【割増金】(名)貼補金,補助金；溢價金；獎金。◯

わりめ【割目】(名)裂開的地方,裂縫◯

わりめし【割飯】(名)攙有麥片的飯。◯

わりもどし【割り戻し】(名)退還一部分；～きん【割り戻し金】(名)退還的款◯

わりもど・す【割り戻す】(他五)退還一部分；☆積立金(つみたてきん)を割り戻す／退還公積金。④

わりやす【割安】(形動ダ)(價錢)比較便宜；☆割安の品／比較便宜的東西；↔わりだか(割高)。◯

わる【悪】(名)①壞,不好；②〔俗〕壞蛋(＝わるもの)；☆あの悪がまた何かしでかしたな／那個壞蛋又幹了什麼勾當了。

わ・る【割る】(他五)①切,合,割；☆ケーキを四つに割る／把蛋糕切成四塊；☆頭数(あたまかず)に割って分ける／按人數分；②劈(開)；☆薪(まき)を割る／劈劈柴；③弄碎,打壞；☆皿(さら)を落として割る／把盤(碟)子掉地下打碎了；④擠開,推開；☆人込みのなかに割ってはいる／擠進人羣裏去；⑤破壞,離間；☆二人の仲を割る／破壞兩個人的關係；⑥除；☆三十を七で割ると四が立って二余る／三十除七得四餘二；⑦兌,攙合；☆酒を水で割る／往酒裏攙水；⑧低於,打破(某數額)；☆平均価格が四百円(台)を割った／平均價格打破了四百元的關口；⑨詳說,細說；☆事を割って話す／細說事情的情形；◇竹を割った／乾脆的,爽快的；☆竹を割ったような気象の男／性格爽快的人。◯

わるあがき【悪足掻き】(名・自サ)拼命地活動(掙扎)；☆今更(いまさら)悪足掻きをしても駄目だ／現在就怎麼掙扎也不行了。③

わるあそび【悪遊び】(名)①淘氣；☆悪遊びをするな／別淘氣；②嫖賭；☆悪遊びを覚(おぼ)える／學會了壞道。③

わる・い【悪い】(形)壞的,不好的；☆心掛けが悪い／居心不好；☆成績が悪い

／成績壊；☆牛乳が悪くなった／牛奶壊了；☆胃が悪い／胃有病；☆味の悪い料理／味道不佳的菜；図わるし（形ク）②

わるがしこ・い【悪賢い】（形）狡猾的，奸詐的；☆あいつは全く悪賢い男だ／那傢伙簡直是個奸猾兒；～さ（名）。⑤

わるぎ【悪気】（名）惡意，歹意；☆別に悪気があってやったわけではない／並不是有什麼惡意幹的。③

わるくすると【悪くすると】（連語・副）（預想結果不好）保不定也許；☆わるくするときょうは一日中雨ですよ／今天也許要下一天雨。①

わるくち【悪口】（名・自サ）壊話，誹謗人（的話），罵人；☆人の悪口を言う／說別人壊話。①

わるさ【悪さ】（名）①不好（的程度）；☆物をなくした時の後味（あとあじ）の悪さは格別だ／丟了東西以後的滋味特別不好；②淘氣（＝いたずら）；☆子供が悪さをする／小孩子淘氣。①

わるじえ【悪知恵】（名）壊主意，壊招兒；☆彼は悪知恵の働く男だ／那個傢伙一腦袋壊主意；◊**悪知恵をつける**／教給壊主意；☆子供に悪知恵をつけては困る／不要教給小孩壊招兒。④⓪

わるずれ【悪摺れ】（名・自サ）狡猾，滑頭滑腦；☆若いのに悪摺れしている／年輕輕的却滑頭滑腦。④⓪

わるだくみ【悪巧み】（名・自サ）壊招兒，奸計；☆悪巧みにかかる／中了奸計③

ワルツ【waltz】（名）華爾滋舞；☆ワルツを踊る／跳華爾滋舞。①

わるび・れる【悪怯れる】（自下一）〔下接否定語〕發怵，打怵；☆悪びれずに答える／大模大樣地回答；☆逮捕されても悪びれた様子もない／雖然被逮捕已還蠻不在乎。④

わるふざけ【悪ふざけ】（名・自サ）過分的淘氣；惡作劇；☆少し悪ふざけが過ぎる／淘氣淘得有些過火了。③

わるもの【悪者】（名）壊蛋，無賴；☆悪者を懲らしめる／懲治壊人。⓪

わるよい【悪酔い】（名・自サ）醉後難受（痛苦）；☆安い酒を飲むと悪酔いする／喝賤酒醉得難過。③⓪

＊**われ**【我れ・吾れ】Ⅰ（名）①我，本身，自己；☆我を超越した境地に入る／達到超越自我的境地；②〔文〕我方；☆我に

六分の利あり／我方比敵方更爲有利；Ⅱ（代）①〔文〕我（＝わたし）；☆我こそ一番偉いと思う／認爲老子天下第一；②〔俗・方〕你（＝おまえ）；☆我の知ったことではない／不是你所知道的，你不要管；◊**我劣**（おと）**らじと**／爭先恐後地；☆我劣らじと応募する／爭先恐後地應徵（報名）；**我と思う**／自己以爲比別人強（有把握）；☆我と思う者は手を挙げろ／自己認爲有把握的擧手；**我とはなしに**／不由得；**我に帰る**／甦醒，醒悟過來；**我にもなく**／不知不覺地；並非存心地；☆我にもなくはしたないことをした／不知不覺地作出了丟醜的事來；**我も我も**／爭先恐後地；☆我も我もと競技場に詰めかける／爭先恐後地擁到運動場去；**我を忘れる**／出神；☆我を忘れて見とれる／看得出了神。①

われ【割れ】（名）①破裂，裂痕；②碎片（＝かけら）；☆ガラスの割れ／玻璃片兒；③〔經〕（行市）打破某關；☆千円の大台割れ／打破一千元的大關。⓪

われかえ・る【割れ返る】（自五）①完全粉碎；②〔轉〕喧囂起來，大吵大嚷起來（主要作修飾語）；☆割れ返るような騒ぎ／不可收拾的喧鬧；☆割れ返るような拍手／暴風雨般的掌聲。③

われがちに【我勝ちに】（副）爭先恐後地；☆中山堂前に我勝ちに押しかける／爭先恐後地擁到中山堂前。①

われがね【破鐘】（名）①破鐘；②啞聲；☆破鐘のような声でどなりちらす／用破鑼似的聲音叫嚷。⓪

われさきに【我先に】（副）爭先恐後地（＝われがちに）；☆我先に（と）外へ逃げ出す／爭先恐後地往外逃。①⓪

われしらず【我知らず】（副）不知不覺地，無意識地。①

われと【我と】（副）①自己；☆我とわが身をつねる／自己捏自己；②自覺；☆我とはなしに嬉しくなる／不由得歡喜起來。①

われながら【我乍ら】（副）連自己都☆我乍ら恥ずかしい／連自己都覺得難爲情⓪③

われなべ【割れ鍋・破鍋】（名）裂縫的鍋；◊**破鍋に綴蓋**（とじぶた）／破鍋對破蓋（喻配偶者很適稱）

われにもあらず【我にもあらず】（連語・副）〔文〕＝われにもなく。

われめ【割れ目】（名）裂縫；☆壁に割れ目ができる／牆上裂了縫兒。0

われもの【割れ物】（名）①破碎了的東西；②容易破碎的東西（＝こわれもの）；☆割れ物注意／注意易碎（運輸包裝用法）。0

われら【我等】（代）我們；☆われら若人（わこうど）／我們年青人。1

*わ・れる【割れる】（自下一）①分散；分裂；☆候補者が多くて票が割れる／競選人多，票分散了；②破裂，裂開；☆日照りで地面が割れる／因爲乾旱地面裂縫；☆氷が割れて池に落ちる／冰裂開（人）掉進水池裏；③碎；☆ガラスが割れる／玻璃打碎；④分裂，決裂；☆大会が二つに割れる／會分成兩派；⑤暴露，洩漏；☆秘密が割れる／秘密洩漏，割れるよう／（形容鼓掌等）暴風雨般的；☆割れるような拍手／暴風雨般的掌聲。0

*われわれ【我我】（代）①我們；☆君たちと我々とで試合をしよう／你們和我們比賽一下吧；☆我々はぜったいに勝つ／我們一定取勝；②自己；☆我々には縁の遠い話だ／和我毫不相干的事。0

わろ【和露】（名）日本語和俄語，☆和露辞典／日俄辭典。1

わん【椀・碗】（名）碗；☆お碗に味噌汁（みそしる）をよそう／碗裏盛上醬湯。0

*わん【湾】（名）〔地〕灣。0

ワン【one】（名）一個（＝ひとつ）；☆新刊書のベストワンを選ぶ／選擇最好的新刊書籍。1

わんきょく【彎曲・湾曲】（名・自サ）彎曲，彎；☆脊骨が湾曲する／脊骨彎曲。0

わんこう【わん公】（名）〔俗〕小狗。3

わんこつ【腕骨】（名）〔解〕腕骨。1

わんさ（副）①擁擠貌；☆受付にわんさと人が詰めかける／人們擁擠到傳達室；多貌；☆お菓子がわんさとある／點心多得很。1

ワンサイド・ゲーム【one-sided game】（名）兩方技術相差懸殊的比賽。6

わんしょう【腕章】（名）〔文〕腕章，臂章。0

ワンステップ【one step】（名）〔樂〕一步舞。4

ワンスモア【once more】（感）再來一次。3

ワンダーフォーゲル【德Wandervogel】（名）①候鳥；②青年徒步旅行（運動）5

ワンダフル【wonderful】（形動ダ）極好，頂棒。1

わんない【湾内】（名）〔文〕灣內；☆湾内は波が静かだ／灣內風平浪靜。1

わんにゅう【湾入・彎入】（名・自サ）〔文〕彎進；☆海が陸地に湾入する／海彎進陸地。0

わんぱく【腕白】（名・形動ダ）淘氣；☆腕白な（の）少年／淘氣的少年。1 0

ワンピース【one piece】（名）〔縫紉〕布拉吉連衣裙；～ドレス【one piece dress】（名）連衣裙。3

ワンマン【one man】（名）〔俗〕獨行者；☆ワンマンぶりを発揮する／獨斷獨行；～カー【one-man car】（名）一人服務的巴士車；～コントロール【one man control】（名）①（自動發電機或變電所等）全憑電紐操縱；②一長制。0

わんもり【椀盛】（名）用碗盛（的湯）0

わんりき【腕力】（名）→わんりょく。

わんりょく【腕力】（名）①腕力；力氣（＝うでぢから）；暴力；☆腕力の強い男／有力氣的人；☆腕力を振るう／動武；②手腕，能力，本事；☆社内で腕力のある人物／公司裏有本領的人。1 0

わんわんⅠ（名）〔兒〕狗；☆かわいいわんわん／好玩的小狗；Ⅱ（感・副）①（狗叫聲）汪汪；☆犬がわんわん（と）吠（ほ）える／狗汪汪地叫；②（小孩哭聲）嗚嗚；☆迷児（まいご）がわんわん（と）泣く／迷路的小孩嗚嗚地哭；③嗡嗡；☆声がわんわん（と）響く部屋／回響很大的屋子。1

を I〔格助〕①表示動作的目的、對象；☆本を読む／讀書；☆湯を沸かす／燒開水；☆教えを請う／請教；☆停留所（ていりゅうじょ）でバスの来るのを待つ／在汽車站等公共汽車；☆あの人はおもしろいことを言って、よくみんなを笑おせる／他說俏皮話，常把人逗樂；②〔用於「行く」「通る」「歩く」等動詞的句中〕表示動作移動的場所或經過的地方；☆道を歩く／走路；☆飛行機が空を飛んでいる／飛機在天空中飛著；☆日曜日は公園を散歩します／星期日到公園散步；☆夏休みには花蓮を旅行してきた／暑假去花蓮旅行了一次；☆汽車はトンネルを通り、鉄橋を渡る／火車通過隧道；穿過鐵橋；☆汽車は台北から台中をへて、高雄へ向かった／火車從臺北出發經過臺中前往高雄；☆川を泳いで向こう岸へ渡った／從江邊游到了對岸；③〔用於「出る」「離れる」等動詞的句中〕表示動作的起點，離開的場所；☆家を離れる／離家；☆毎朝7時に家を出る／每天早晨七點鐘從家裡出去；☆台北駅をたって、基隆へ向かった／從臺北火車站出發去基隆了；☆車をおりる／下車；④表示動作，作用所持續（經過）的期間；☆今を盛りと咲き乱れる／現在正是盛開時期；☆すでに十年を過ぎている／已經過了十年；☆停年退職しだ労働者は仕合せな晩年を送っている／退休工人過著幸福的晚年；II〔終助〕（文）表示懷著感動的心情，把某一事物特別提示來；☆やんぬるかな花の落ち去るを／無可奈何花落去；III〔接助〕（文）提示某一事物，並表示連接與其所關連的敍述。

をことてん【乎古止点】（名）①（為標明漢字訓讀）在漢字的四角上下加的（點、線）符號；②助詞・助動詞，活用語尾的補助讀法；（也寫「おことん」）。

をして（連語）使……；讓……；☆かれをして行かしむ／令他去；使他去；☆えて日月をして新しき天に換えしめぬ／敢讓日月換新天。

をば（連語）表示特別強調動作的目的和對象；☆をば読む／讀書；看書。

をや（感）〔文〕①表示特別強調其動作的對象；②表示以感動的心情結束文章等；③表示與前者相比，後者完全成立；④〔用「いわんや……（において）をや」的形式〕何況；☆いわんや夏においてをや／何況在夏天；☆くろうとでさえ難しいものを、じわんやしろうとにおいておや／連內行都感覺因難，何況外行。

をろが・む【拝む】（他五）→おがむ；①拜；②「見る」的謙遜語；③懇求。

ん ン

ん①五十音圖以外的假名；發音爲n（ㄥ,ㄣ）；②〔字源〕平假名是「毛」的草體；片假名不詳。

ん I （助動・特殊型）〔「ぬ」的變化，表示否定〕；☆行きません・行かん／不去；不行；☆知らん顔をする／裝作不知道；Ⅱ（助動，特殊型）「む」的變化〔文〕①推量（＝だろう）；☆花咲かん／花將開；②意志，☆我行かん／我要去；Ⅲ（格助）〔「の」的變化〕；☆君んところ／你那裏；☆よく言うことを聞くんだよ／要好好聽話；Ⅵ（感）＝うん。

んだ（連語）①＝のだ；☆するんだ／＝するのだ；②〔方〕＝そうだ。

んとす（連語）〔文〕將，要；☆ドアを開かんとした時ピストルの音が聞こえた／將要開門時聽到了手槍聲。

ん

附　　　錄

1. 日語標準重音入門……………………………………1552

　(附表一：東京重音的型式一覽表) …………………1544

　(附表二：動詞的活用形及加上助詞後的重音) ………1556

　(附表三：名詞加上助詞後的重音) …………………1558

　(附表四：形容詞的活用形及加上助詞後的重音) ……1559

　(附表五：二個文節接續時的重音變化) ……………1560

2. 品詞分類表……………………………………………1561

　動詞活用表……………………………………………1562

　主要助動詞活用表……………………………………1566

　形容詞活用表…………………………………………1571

　形容動詞活用表………………………………………1581

3. 數量稱呼一覽表………………………………………1582

4. 常用度量單位名稱對照表……………………………1583

5. 常用數學式日語讀法表………………………………1594

6. 假名羅馬字拼音讀法表………………………………1597

7. 日本都・道・縣・市名稱讀法………………………1598

8. 日本主要島嶼名稱讀法………………………………1607

9. 化學元素名稱對照表…………………………………1608

10. 漢字部首名稱讀法……………………………………1612

11. 漢字索引・音訓讀法部首索引………………………1614

12. 漢字索引・音訓讀法…………………………………1615

日語標準重音入門

一、雖然有關標準重音的重要性一直被呼籲著，但是注有標準重音的辭典却少之又少。早先的日本版「明解國語辭典」是標有重音的少數辭典之一，因而受到相當的注目，這次本辭典也依照此項特色，在每個單字之下如：⓪、①、②、③……這樣在□寫上阿拉伯數字的標記來表示標準的重音。

二、1.除去那些不能單獨使用的助詞、助動詞之外每個單字都注上重音號碼。而至於那些雅語及方言之類也是在考慮它與其他的字語間的調和問題之後注上重音的。

2.至於重音號碼⓪、①、②、③、④……等所表示的意義，則依下列（附表一）的說明相信可以清楚瞭解，剛開始或許會有難以明瞭之感，但久而久之習慣的話，應該就可以得心應手了。

3.使用說明標記⓪的單字表示只有第一拍唸低音，第二拍以下均唸高音。

標記①的單字表示只有第一拍唸高音，第二拍以下均唸低音。

標記②的單字表示第一拍唸低音，第二拍唸高音，第三拍以下均唸低音。

標記③的單字表示第一拍唸低音，第二拍及第三拍唸高音、第四拍以下均唸低音。

標記④的單字表示第一拍唸低音，第二拍至第四拍唸高音，第五拍以下均唸低音。

標記⑤的單字也全依以上相同要領爲之。而若將之公式化，就成了標記ｎ的單字，第二拍到第ｎ拍唸高音，第一拍及第ｎ＋1拍以下唸低音，但ｎ要大於等於②。就算是圖中未能完全列出的⑦、⑧、⑨單字的重音，也可依此公式類推得知。在這一項中所述的單字，共通的一點是在其後所添加的助詞部份均得唸低音。

4.至於那些標記⓪的單字，若照前項的要領則應該是從頭到尾都唸低音，但是希望大家注意實際上是第一拍唸低音第二拍以下全都得唸高音。特別提醒大家注意標記⓪的特色是其後所加上的助詞都要唸高音；針對這項特色看來，這類單字，與其以⓪標記之，倒不知以区來表示還要來的恰當些，而且在理論上也較爲正確，但是在些爲了方便起見，仍以⓪來標記之。

三、在前項所提到的均是一拍的助詞，即使是一拍的助詞，只有在加「の」時稍有不同。至於加「から」「まで」等二拍以上的助詞時，那不同的地方就多了。有關加上那些助詞之後的重音，請參照（附表三）。以上似乎很複雜，但是①仍是①，⓪仍是⓪，如此屬於相同種類的重音單字，即使拍數不同，也可看出其相同的性質。不論是那一種詞，名詞的重音即使加上助詞，原則上名詞的部份是不起變化，這是很容易理解的。副詞及接續詞之類，還有所謂形容動詞的語幹之類也大致是比照名詞的情形。

四、動詞，形容詞的重音不同於名詞，且較爲複雜，這是因爲日語中的動詞、形容詞有被稱作所謂「活用」的語尾變化，因此重音也隨之有變化。這種情形的變化請參照（附表二）。標記②的三拍語的形容詞在終止形、連體形，連用形上、語幹部份的高低均不同，

即使在重音方面應該是也有活用，但所幸動詞、形客詞的類型並不如名詞那樣繁多；例如說四拍的動詞，原則上是③或⓪，①、②及④的情形只限於帶有特別事情的動詞而已，這和動詞、形容詞從外形來看，保有う、いる、える、うる或「い」這種特殊的形式結構有所關連。因此①仍是①、⓪仍是⓪，屬於同樣類型的動詞、形容詞，即便拍數不同，也有相同的性質，所以一些沒揭示出來的單字重音也可以類推得知。

五、其次標準語的重音有時是隨文節之不同而變化的，這是當二個文節一起被使用，而它們的結合度又很強時，後面文節的重音會如（附表五）那樣起變化，這種變化是極有規則的，可以歸納下列二條法則：

　　1.前項文節的重音是①、②、③……時，整個的重音仍為①、②、③……。

　　2.前項文節的重音是⓪時，整個重音是在前項文節的拍數加上後面跟着的文節①、②、③……的號碼上。（附表五）是表示（前項的文節）縱的語例加上（後項的文節）橫的語例，這二個文節接續在一起時重音的變化。

六、1.因單字之不同，也有標記二個重音的，其中像たまご②⓪和としより④③這樣在相同的標題語之下並列二種記號，是表示被認可的標準重音有二種。「卵」②或⓪均被認定是標準重音，但②卻較好。怎樣才算是較好的呢？雖然每個單字的情況是各式各樣，但通常是將保有古老傳統及被大多數人所使用的較好重音放在前頭。

　　2.在本文中有像えたり・かしこし①－③這樣以連字號（－）來連接，註記二種重音，這表示這個標題語えたり・かしこし是分開的，前半的「えたり」的重音是標記①，後半「かしこし」的重音是標記③。

七、最後在本辭典所標示的重音是現在東京的重音，雖然把東京的重音原原本本地看作標準重音有許多值得商榷的地方，就連筆者本身也大有意見，但是實際上日本國家廣播電台ＮＨＫ的播音員所使用的也就是標準的東京重音，而且這已形成一股龐大的勢力，並推廣至日本全國各地的人羣之中。

		一拍的單字	二拍的單字	三拍的單字
（附表一）東京重音的型式一覽表（片假名均爲表音式）	①	例　「絵」「火」 エ・ビ	例　「猫」「空」 ネコ・ソラ	例　「命」「かぶと」 イノチ・カブト
	②		例　「犬」「川」 イヌ・カワ	例　「心」「境」 ココロ・サカイ
	③			例　「男」「鏡」 オトコ・カガミ
	④			
	⑤			
	⑥			
	⓪	例　「柄」「日」 エ・ビ	例　「牛」「竹」 ウシ・タケ	例　「鼠」「形」 ネズミ・カタチ

〔注意〕1.以名詞爲單字的代表，表示加上一拍助詞的重音。●的部份是名詞的拍數，○是加上助詞的重音。

2.名詞如圖所見，即使加上助詞之類，原本的重音也不起變化，助詞有時低有時高，例外的只限於一拍語的⓪，單獨時是發高音，加上助詞的話，名詞部份唸低音，助詞的部份唸高音，亦卽如上圖。

3.動詞、形容詞的重音是表示它的連體形、終止形。在連體形、終止形加上助詞、助動詞時也可依照此表。但是在動詞、形容詞標記⓪時，是表示它的連體形重音。終止形的重音是在二拍動詞爲②，三拍動詞爲③。

四拍的單字	五拍的單字	六拍的單字
コオモリ 例「こうもり」	カゲボオシ 例「影ぼうし」	ダイジングウ 例「大神宮」
アサガオ 例「あさがお」	オカアサマ 例「おかあさま」	オマワリサン 例「おまわりさん」
カラカサ 例「からかさ」	ヤマザクラ 例「やまざくら」	トオモロコシ 例「とうもろこし」
オトオト 例「弟」	ワタシブネ 例「渡し船」	シダレヤナギ 例「しだれやなぎ」
	オショオガツ 例「お正月」	タンサンガス 例「炭酸ガス」
		ジュウイチガツ 例「十一月」
トモダチ 例「友だち」	タマゴヤキ 例「卵焼き」	ムラサキイロ 例「むらさき色」

4.形容動詞的語幹、副詞、接續詞等的重音也可依照此表。但是加助詞時只限於標記⓪的單字，對保有二拍的話仍是②，三拍的話仍是③，這種性質的動詞及副詞之類，給予⓪是考慮的在（附表五）所表示的那種文節接續時的重音變化。

5.雖然在副詞之中被稱爲擬聲語、擬態語的「からから」「ごろごろ」以原原本本的形式當作副詞被使用時，它的重音是①。以「からからに乾く」「からからの狀態」那種形容動詞語幹的形式被使用的話就變成⓪，但這應該是屬於重音上的活用，在本文中仍是標記①。

助詞的種類　／　動詞的種類　例例	中　止　形	連終命 體止令 形形形	⓪ 連用形十「音便形」 終止形十「と」「くらい」「た」 連體形十「に」	① 連用形十「音便形」 終止形十「ばかり」「よ」「そう」「たり」「てれ」「ては」	② 連體形十「でしょう」「だろう」
① 「見る」 「はいる」 「書く」	ミ カキ ハイ リ	ミ・カク・ミロ カキ・ハイル・カケ ハイル・カケ・ハイレ	カト・ミテ・ミタ ミニ・カイテ・カイタ ハキ・ミテ・ミクライ カク・ハイルクライ	カネ・ミヨ・ミテワ カイヨ・ミ・ミテデ ミタリ・カイマデ ハイル・カクマデ	ミルダロオ カクダロオ ハイルダロオ ミルデショオ
②③ 「流れる」 「掛ける」 「喜ぶ」 「泳ぐ」	ナガ カケ ヨロコビ オヨギ	ナガレル・オヨゲ カケ・カケロ オヨグ・ナガレロ	オガケヨ・ナガレ カケニ・オヨグト ヨギニ・オヨグ ナガケテ・カケヨ オヨグクライ	ナガレヨ・ナガレ カケタリ・オヨネヨ オヨグ・カケマデ カケワ・カケソデ	ナガレルダロオ カケルデショオ オヨグダロオ
⓪ 「並べる」 「上げる」 「着る」 「働く」 「笑う」 「泣く」	ナラベ・ハタラキ アゲ・ワライ キ・ナキ	キナル・アゲル アゲ・キ・キロ キ・ナキロ・アゲロ	キナニ・アゲクト アゲニ・ナキ・キト キテ・イゲルクライ キタ・ナキクライ	キナタリ・アゲクネ アゲリリ・ナキ・アゲマデ キ・テナ・アルクマデ ワイゲテ・ナキ・アゲテワ	キナルダロオ アゲルデショオ アゲルダロオ
備考	②③:動詞中一段止形活用升…號。而將②③的動詞重音變成①②…用全部	①附表一②③:⓪。各如（	在唸動詞之部份除「着る」加時…一在唸⓪時低音，高音加在①②③不變。動詞	比照⓪時只。第一項。在第一拍唸…高音。動詞	比照⓪時要唸高音，第一、二項，在動詞二拍

低		特				⊖	⊜	⓪
連用形十副詞・接續助詞（大部分）・終助詞	終止形十「ぬ」（制止）假定形十「ば」	未然形十「ない」「ぬ」	連用形十「たい」「ながら」「そう」	未然形十「せる」「れる」「られる」「させる」	意量形十「う」「よう」	連用形十「ます」連體形十「ぐらい」「べき」	連體形十「らしい」	連體形十「だけ」
カキ・カイ・ミ・ミコソ・カキサエ・ハイリ・ハイ・ハイリナド	カク・カケバ・ミル・ミレバ・ハイル・ハイレバ	カカナイ・カカヌ・ミナイ・ミヌ	カキタイ・カキナガラ・カキソウ・ミタイ・ミナガラ・ハイリタイ	ハイラセル・カカセル・ミラレル・カカレル・ミサセル	カコオ・ミヨオ・ミロオ・ハイロオ	ミルマス・カキマス・ミルベキ・カクベキ・ミルグライ・カクグライ	ミルラシイ・カクラシイ	ミルダケ・カクダケ
オヨギ・オヨイ・カケ・カケコソ・オヨギサエ・カケナド	オヨグ・オヨゲバ・カケル・カケレバ	オヨガナイ・オヨガヌ・カケナイ・カケヌ	オヨギタイ・オヨギナガラ・オヨギソウ・カケタイ・カケナガラ	オヨガセル・カケサセル・オヨガレル・カケラレル	オヨゴオ・カケヨオ・カケロオ	オヨギマス・カケマス・オヨグベキ・カケルベキ・オヨググライ・カケルグライ	オヨグラシイ・カケルラシイ	カケルダケ
ワライ・ワラッ・キ・キコソ・ワライサエ・ナクナド・ゲ	ワラウ・ワラエバ・ナク・ナケバ・キル	ナカナイ・ナカヌ・キナイ・キヌ	キタイ・ワラソ・ワラワセル・ナキナガラ	アゲサセル・キサセル・ワラワセル・ナカセル	ナコオ・ワラオオ・アゲヨオ・アゲロオ	キマス・ナキマス・キルベキ・ナクベキ・キルグライ・ナクグライ	キルラシイ・ナクラシイ	キルダケ・ナクダケ
全部唸低音。部份的語調不變。副詞唸低音。助詞不動。		是時高低重音的詞。近似①①②的助詞。是對會改變重音的詞。但部份動詞。			比照左項，稍有不同。	將全部的動詞改成。部份是高低：助詞是高型。低高型。	和⊖項的相似。助詞是高低高型。	和⊖項的相似。助詞是全高型。

（附表三）名詞加上助詞後的重音（片假名均為表音式）

名詞的種類	⓪ 「が」「と」「に」「を」「で」 「から」「は」「ほど」「も」「か」	① 「よ」「ね」「など」「こそ」「より」 「です」「まで」「ばかり」「だ」	② 「だろう」 「でしょう」	低 「しか」	特「の」	特「らしい」	特「け」「ずつ」「どころ（か）」「ぐらい」「だら」	特「だけ」「ごと」
① 「絵」「命」「こうも」「ねこ」	エガ　ネカラ　ネニ　ネホド	エヨ　エマデ　ネヨリ　ネコマデ	エダロオ　ネコデショオ	エシカ　ネコシカ	エノ　ネコノ	イノチラシイ　ネコラシイ	ネコダラケ　エグライ	エダケ　ネコダケ
② 「かさ」「あさま」「犬」「あさがお」「心」「お」	イヌガ　ココロカラ　ココロニ	イヌヨ　イヌマデ　ココロヨリ　ココロナド	イヌダロオ　ココロデショオ	イヌシカ　ココロシカ	アサガオノ　ココロノ	イヌラシイ　ココロラシイ	ココロドコロ　イヌグライ	イヌダケ　ココロダケ
③ 「男」「やまざくら」「からかさ」	オトコガ　カラカサホド　カラカサデ　カラカサカラ	オトコヨ　カラカサマデ　カラカサコソ	オトコダロオ　カラカサデショオ	オトコシカ　カラカサシカ	ヤマザクラノ　カラカサノ	オトコラシイ　カラカサラシイ	カラカサダラケ　オトコグライ	オトコダケ　カラカサダケ
④ 「弟」「渡し舟」	オトオトガ　ワタシブネカラ　ワタシブネト	オトオトヨ　ワタシブネヨリ　ワタシブネダ　ワタシブネヨ	オトオトダロオ　ワタシブネデショオ	オトオトシカ　ワタシブネシカ	ワタシブネノ　オトオトノ	オトオトラシイ　ワタシブネラシイ	オトオトドコロ　ワタシブネグライ	オトオトダケ　ワタシブネダケ
⓪ 「ずみ」「柄」「友だち」「牛」「ね」	エガ　ウシワ　シワホド	エヨ　ウシマデ　ウシヨリ	エダロオ　ウシデショオ	ウシシカ　ネズミシカ	ネウシノ　ウシノ	ネズミラシイ　ウシラシイ	ネズミグライ　ウシダラケ	ウシダケ　ネズミダケ
備考	名詞加上助詞時，是名詞⓪音。除重音是低⓪音①②⋯名詞部之外，其餘均唸高音的⓪。名詞本身的⓪音，名詞一拍變了，詞是低①②⋯名詞部在第	時名詞本身的⓪音，詞一拍變了，均是低①②⋯名詞部唸高音在名詞第	準照⓪助詞時。助詞要唸高音。名詞部加唸高音在名詞第	準照①②助詞時。一二拍助詞要唸高音。名詞部加唸高音在名詞第	加唸在低音，所有名詞之下的部份均不變。	但③的⓪，雖然二拍，和單字之⓪音相似，三拍的音	至⋯:の的助詞⓪，要唸三拍的音	將所有的形式名詞轉成助詞唸低音部。⓪:的第一⓪拍要唸助詞高音部。比照左項。第一二拍助詞要唸高音的部。比照左全部唸高音。助詞的部。

（附表四）形容詞的活用形及加上助詞後的重音（片假名均爲表音式）

種類・助詞\形容詞種類	連音用形（連用形）	連終（連體止形）	⓪ 連體止形+「らい」終止形+「ほど」「と」／終止形+「く」	① 終止形+「よ」「わ」	② 連變形+「でしょう」「だろう」	低 連用形+「さえ」「て」「は」	低 假定形+「たり」「ば」「なら」	低 連終止形+「が」「です」「けれども」「のに」「から」	⊖ 未然形+「う」「らしい」
①②③ 「嬉しい」「良い」「惜しい」「短い」「白い」	ミジカク ウレシク・レジュウ シロク・ヨシ オシク・オシュウ ヨク・ヨ	ヨイシイ・シロイ ウレシイ・ミジカイ オシイ・ヨイ	オシイホド・シロイト ヨイト・ヨイホド	オシイヨ・ヨイワ ヨイヨ・シロイネ	シロイデショウ オシイダロオ ヨイダロオ	ヨイシイサエ オシクテ・シロクテ ヨクテ・オシクワ	ヨシイケレバ オシケレバ シロケレバ シロカッタリ	ヨイイガデス オシイイガデス シロイカラ	シロカロオ ヨカロオ シロイライシイ オシイライシイ ヨイライシイ
⓪ 「悲しい」「赤い」「冷い」	メタタク・ツメトオ アカク・アコオ カナシク・カナシュウ	アカシイ・ツメタイ カナシイ	アカシイホド アカシイト	アカシイヨ アカイワ・アカイネ	カナシイデショオ アカイダロオ カナシダロオ	カナシイサエ アカクテ・アカクワ メタクテ・アカシソオ	カナシケレバ アカケレバ カナシカッタリ	アアカイイガデス アカイイガデス カナシイカラ	カナシカロオ アカカロオ アカシロライシイ カナシイライシイ
備考	①②③…⓪各如（附表一） ②③…的形容詞各將重音音升一號，成爲①②…的②③…		唸高音部份。形容詞部份不變，加在①②③時唸低音，加在⓪時	比照左項。在⓪時第一拍唸高音。	比照左項。在⓪時第一、二拍唸高音。		全部的形容詞依拍數變成⓪①②③…等。雖然①②③的形容詞形式不改變，但		形音的形式加助詞全部變成只有第一拍和最後一拍唸低

（附表五）二個文節接續時的重音變化（片假名均爲表音式）

先的文節　＼　後續的文節（例）	① 「勝つ」「出来る」「兜」「猫」	② 「落ちる」「歩く」「卵」「犬」	③ 「隠れる」「喜ぶ」「扇」「鏡」	⓪ 「登る」「上げる」「居る」「鼠」「牛」
① 「すごく」「見て」「火が」「よい」「猫は」「どんな」	ドンナカブト／ヨイカツ／ミテイカツ／ネコワカツ／ヒガデル	スゴクオチル／ドンナタマゴ／ヨイタマゴ／ネコワアルク／ヒガオチル	スゴクヨロコブ／ヨイカガミ／ミテカガミ／ネコワカクレ／ヒガカクレ	スゴクノボル／ヨイウシ／ミテイカズ／ネコワイル／ドナボルズミ
② 「好きな」「泳いで」「犬が」「いよいよ」「白い」「走る」	イヨイヨカツ／スキナネコ／オヨイデカブト／ハシルネコ／イヌガカツ	イヨイヨオチル／スキナタマゴ／シロイイヌ／ハシルイヌ／イヌガオチル	イヨイヨオウギ／スキナカガミ／シロイカガミ／オヨイデカクレ／イヌガカクレ	イヨイヨアゲル／シロイウシ／スキナノボル／オヨイデイル／イヌガルミ
③ 「あっさり」「集まる」「女が」「小さい」「ここまで」	アッサリカツ／チイサイネコ／ココマデカツ／アツマルネコ／オンナガカツ	アッサリオチル／チイサイイヌ／ココマデアルク／アツマルイヌ／オンナガオチル	アッサリヨロコブ／チイサイカガミ／シロイカガミ／アツマルカクレ／オンナガカクレ	アッサリノボル／チイサイウシ／ココマデイル／アツマルアゲル／オンナガルミ
⓪ 「赤い」「鳴く」「日が」「この」「飛んで」「牛も」	コノカブト／トンデカブト／ナクネコ／ウシモカツ／ヒガデモデル	アカイタマゴ／トンデオチル／ナクデイ／ウシモカイ／ヒガタマカイ	コノオオギ／アカイオオギ／トンデカクレ／ウシモデオオギ／ヒガカカスレ	コノネズミ／アカイアウゲシ／トンデカノボル／ウシモデイル／ヒガシンカノモデル

品詞分類表 〔註：（ ）中爲文語形〕

	詞　彙										附　屬　語	
	獨　立　語										附　屬　語	
	沒　有　語　尾　變　化							有語尾變化〔用言〕			沒有後面表示語的關係或增加意義。只能接於獨立語。	有語尾變化。但不能單獨作謂語用。
	可以作主語〔體言〕			不能作主語				表示動作、存在	表示性質、狀態			
				後接其他詞語作用		起接續作用	不一定後接其他詞語					
語法上的性質				起修飾 修飾用言	起接續作用 修飾體言			終止形語尾 ウ段假名	終止形語尾 文語爲「し」口語爲「い」	文語爲「なり」「たり」口語爲「だ」		
詞類名	名詞	代名詞	數詞	副詞	連體詞	接續詞	感動詞	動詞	形容詞	形容動詞	助詞	助動詞
例詞	山・川・めぐみ・学校・ラジオ	これ・そこ・あっち・どっち・わたし・あなた・だれ	一つ・二本・三番	しっかり・しだいに・すこし・決して・全く・ほぼ	いわゆる・あらゆる・この・わが・きたる・さる	そして・しかし・だから・また・かつ・あるいは	ああ・おや・まあ・はい・いいえ・もしもし・はて	（消ゆ）読む・来る（く）・する（す）・起きる（起く）・信ずる（信ず）・出る・消える	い（長し）強い（強し）・新しい（新し）・白い（白し）・よい（よし）・美しい（美し）・長	静かだ（静かなり）・りっぱだ（りっぱなり）・さわやかだ（さわやかなり）・（堂堂たり）	が・の・に・を・ので・から・ぞ・ね・かしら	だ・そうだ・（つ・ぬ・たり・らも・ず）です・せる・させる・れる・られる・まい・よう・

		カ	ガ	サ	タ	ワ	バ	マ	ラ	ラ	ナ	ラ
	種類	五							段			
口	行	カ	ガ	サ	タ	ワ	バ	マ	ラ	ラ	ナ	ラ
	基本形	行く	泳ぐ	押す	打つ	思う	飛ぶ	飲む	乗る	有る	死ぬ	蹴る
	語幹	行(い)	泳(およ)	押(お)	打(う)	思(おも)	飛(と)	飲(の)	乗(の)	有(あ)	死(し)	蹴(け)
語	未然	かこ	がご	さそ	たと	わお	ばぼ	まも	らろ	らろ	なの	らろ
	連用	き	ぎ	し	ち	い	び	み	り	り	に	り
語	終止	く	ぐ	す	つ	う	ぶ	む	る	る	ぬ	る
	連體	く	ぐ	す	つ	う	ぶ	む	る	る	ぬ	る
尾	假定	け	げ	せ	て	え	べ	め	れ	れ	ね	れ
	命令	け	げ	せ	て	え	べ	め	れ	れ	ね	れ

		カ	ガ	サ	タ	ハ	バ	マ	ラ	ラ變	ナ變	下一段
	種類	四						段		ラ變	ナ變	下一段
文	行	カ	ガ	サ	タ	ハ	バ	マ	ラ	ラ	ナ	カ
	基本形	行く	泳ぐ	押す	打つ	思ふ	飛ぶ	飲む	乗る	有り	死ぬ	蹴る
	語幹	行(ゆ)	泳(およ)	押(お)	打(う)	思(おも)	飛(と)	飲(の)	乗(の)	有(あ)	死(し)	(蹴)
語	未然	か	が	さ	た	は	ば	ま	ら	ら	な	け
	連用	き	ぎ	し	ち	ひ	び	み	り	り	に	け
	終止	く	ぐ	す	つ	ふ	ぶ	む	る	り	ぬ	ける
	連體	く	ぐ	す	つ	ふ	ぶ	む	る	る	ぬる	ける
尾	已然	け	げ	せ	て	へ	べ	め	れ	れ	ぬれ	けれ
	命令	け	げ	せ	て	へ	べ	め	れ	れ	ね	けよ

動詞活用表

上　一　段

カ	ナ	ハ	マ	ア	ア	カ	ガ	タ	ザ	ア	バ	マ	ア	ラ
着る	似る	干る	見る	射る	居る	起きる	過ぎる	落ちる	恥じる	強いる	滅びる	試みる	悔いる	懲りる
(着)	(似)	(干)	(見)	(射)	(居)	起(お)	過(す)	落(お)	恥(は)	強(し)	滅(ほろ)	試(こころ)	悔(く)	懲(こ)
き	に	ひ	み	い	い	き	ぎ	ち	じ	い	び	み	い	り
き	に	ひ	み	い	い	き	ぎ	ち	じ	い	び	み	い	り
きる	にる	ひる	みる	いる	いる	きる	ぎる	ちる	じる	いる	びる	みる	いる	りる
きる	にる	ひる	みる	いる	いる	きる	ぎる	ちる	じる	いる	びる	みる	いる	りる
きれ	にれ	ひれ	みれ	いれ	いれ	きれ	ぎれ	ちれ	じれ	いれ	びれ	みれ	いれ	りれ
きよ／きろ	によ／にろ	ひよ／ひろ	みよ／みろ	いよ／いろ	いよ／いろ	きよ／きろ	ぎよ／ぎろ	ちよ／ちろ	じよ／じろ	いよ／いろ	びよ／びろ	みよ／みろ	いよ／いろ	りよ／りろ

上　一　段

カ	ナ	ハ	マ	ヤ	ワ
着る	似る	干る	見る	射る	居る
(着)	(似)	(干)	(見)	(射)	(居)
き	に	ひ	み	い	ゐ
き	に	ひ	み	い	ゐ
きる	にる	ひる	みる	いる	ゐる
きる	にる	ひる	みる	いる	ゐる
きれ	にれ	ひれ	みれ	いれ	ゐれ
きよ	によ	ひよ	みよ	いよ	ゐよ

上　二　段

カ	ガ	タ	ダ	ハ	バ	マ	ヤ	ラ
起く	過ぐ	落つ	恥づ	強ふ	滅ぶ	試む	悔ゆ	懲る
起(お)	過(す)	落(お)	恥(は)	強(し)	滅(ほろ)	試(こころ)	悔(く)	懲(こ)
き	ぎ	ち	ぢ	ひ	び	み	い	り
き	ぎ	ち	ぢ	ひ	び	み	い	り
く	ぐ	つ	づ	ふ	ぶ	む	ゆ	る
くる	ぐる	つる	づる	ふる	ぶる	むる	ゆる	るる
くれ	ぐれ	つれ	づれ	ふれ	ぶれ	むれ	ゆれ	れれ
きよ	ぎよ	ちよ	ぢよ	ひよ	びよ	みよ	いよ	りよ

種類	下　　一　　段														
行	ア	カ	ガ	サ	ザ	タ	ダ	ナ	ハ	ア	バ	マ	ア	ラ	ア
基本形	得る	受ける	上げる	寄せる	交ぜる	捨てる	出る	尋ねる	経る	考える	調べる	止める	越える	晴れる	植える
語幹	(得)	受(う)	上(あ)	寄(よ)	交(ま)	捨(す)	(出)	尋(たず)	経	考(がんが)	調(しら)	止(と)	越(こ)	晴(は)	植(う)
語尾 未然	え	け	げ	せ	ぜ	て	で	ね	へ	え	べ	め	え	れ	え
連用	え	け	げ	せ	ぜ	て	で	ね	へ	え	べ	め	え	れ	え
終止	える	ける	げる	せる	ぜる	てる	でる	ねる	へる	える	べる	める	える	れる	える
連體	える	ける	げる	せる	ぜる	てる	でる	ねる	へる	える	べる	める	える	れる	える
假定	えれ	けれ	げれ	せれ	ぜれ	てれ	でれ	ねれ	へれ	えれ	べれ	めれ	えれ	れれ	えれ
命令	ええよろ	けけよろ	げげよろ	せせよろ	ぜぜよろ	ててよろ	ででよろ	ねねよろ	へへよろ	ええよろ	べべよろ	めめよろ	ええよろ	れれよろ	ええよろ

種類	下　　二　　段														
行	ア	カ	ガ	サ	ザ	タ	ダ	ナ	ハ	ハ	バ	マ	ヤ	ラ	ワ
基本形	得(う)	受く	上ぐ	寄す	交ず	捨つ	出づ	尋ね	経(ふ)	考ふ	調ぶ	止む	越ゆ	晴る	植う
語幹	(得)	受(う)	上(あ)	寄(よ)	交(ま)	捨(す)	出(い)	尋(だづ)	(経)	考(かんが)	調(しら)	止(と)	越(こ)	晴(は)	植(う)
語尾 未然	え	け	げ	せ	ぜ	て	で	ね	へ	へ	べ	め	え	れ	ゑ
連用	え	け	げ	せ	ぜ	て	で	ね	へ	へ	べ	め	え	れ	ゑ
終止	う	く	ぐ	す	ず	つ	づ	ぬ	ふ	ふ	ぶ	む	ゆ	る	う
連體	うる	くる	ぐる	する	ずる	つる	づる	ぬる	ふる	ふる	ぶる	むる	ゆる	るる	うる
已然	うれ	くれ	ぐれ	すれ	ずれ	つれ	づれ	ぬれ	ふれ	ふれ	ぶれ	むれ	ゆれ	るれ	うれ
命令	えよ	けよ	げよ	せよ	ぜよ	てよ	でよ	ねよ	へよ	へよ	べよ	めよ	えよ	れよ	ゑよ

カ變	サ變	備　　註
カ	サ	一、五段活用的未然形，可分爲否定形和推量形。
来る	為る　講ずる	二、五段活用的未然形中，右邊是接「う」的型態表示推量。
(来)	(為)　講(こう)	三、一段活用和サ變活用的命令形有兩種：「ろ」和「よ」。前者多用於口語，後者多用於書面。
こ	せ し さ　ぜ じ し　じ	
き	し　じ	
くる	する　ずる	
くる	する　ずる	
くれ	すれ　ずれ	
こい	せ しろ　ぜ じろ よ　よ	

カ變	サ變	
カ	サ	
来(く)	為(す)　講ず	
(来)	(為)　講(かう)	
こ	せ　ぜ	
き	し　じ	
く	す　ず	
くる	する　ずる	
くれ	すれ　ずれ　ぜよ	
〔てよ〕	せよ　よ	

主要助動詞活用表（口語）

語	う	させる	しめる	せる	そうだ（様態）	そうだ（傳聞）	た（だ）	だ	たい	たがる
主要的意義	推量意志	使役	使役	使役	様態	傳聞	過去（回想）完了	斷定（指定）	希望	希望
未然形		させ	しめ	せ	そうだろ	そうだろ	たろ	だろ	たかろ	たがら／たがろ
連用形		させ	しめ	せ	そうだっ／そうで／そうに	そうで／そうだっ		で／だっ	〔とう〕たく／たかっ	たがり／たがっ
終止形	う	させる	しめる	せる	そうだ	そうだ	た	だ	たい	たがる
連體形	（う）	させる	しめる	せる	そうな	そうな	た	な	たい	たがる
假定形		させれ	しめれ	せれ	そうなら		たら	なら	たけれ	たがれ
命令形		させよ／させろ	しめよ／しめろ	せよ／せろ						
活用型	特殊型	下一型	下一型	下一型	形容動詞型	形容動詞型	特殊型	形容動詞型	形容詞型	五段型
接續	五段未然形	五段、サ變以外的未然形	未然形	五段、サ變的未然形	連用形的語幹〔形容詞、形容動詞〕	終止形	連用形〔五段則在音便形下〕	體言、助詞「の」、ウ「ならバ」為連體形時、「だろ」、「だ」	連用形	連用形

	です	ない	ぬ（ん）	まい	ます	よう	ようだ	らしい	られる	れる
意味	斷定（指定）謙恭的	打消（否定）	打消（否定）	否定推量意志	敬語	推量意志	比况（たとえ）推量	推量	被役／可能尊敬自發	被役／可能尊敬自發
未然	でしょ	なかろ	—	—	ませ・ましょ	—	ようだろ	—	られ	れ
連用	でし	なかっ・なく	ず	—	まし	—	ようだっ・ようで・ように	らしく・らしかっ・らしゅう	られ	れ
終止	です	ない	ぬ（ん）	まい	ます	よう	ようだ	らしい	られる	れる
連体	（です）	ない	ぬ（ん）	（まい）	ます	（よう）	ような	らしい	られる	れる
仮定	—	なけれ	ね	—	ますれ	—	ようなら	らしけれ	られれ	れれ
命令	—	—	—	—	ませ・まし	—	—	—	られろ・られよ	れろ・れよ
活用型	特殊型	形容詞型	特殊型	特殊型	特殊型	特殊型	形容動詞型	形容詞型	下一型	下一型
接続	體言、助詞「の」、〔形容動詞的語幹〕	未然形	未然形	未然形〔五段以外的〕五段的終止形	連用形	五段以外的未然形	連體形、助詞「の」「この、あの、その、ど…」、連體詞、助詞	終止形〔形容動詞的語幹〕、體言、助詞	五段、サ變以外的未然形	五段、サ變的未然形

語	き	けん／けむ	けり	ごとし	さす	じ	しむ	す	ず	たし	たり	たり
主要的義	過去（回想）	過去推量（回想）	過去詠嘆（回想）	比況（たとえ）	使役敬讓	否定推量意志	使役敬讓	使役敬讓	打消（否定）	希望	完了存續	斷定（指定）
未然形	（せ）	（けま）	（けら）	ごとく	させ		しめ	せ	ざら／ず（な）	たから／たく	たら	たら
連用形				ごとく	させ		しめ	せ	ざり／ず（に）	たかり／たく	たり	と／たり
終止形	き	けむ（けん）	けり	ごとし	さす	じ	しむ	す	ず（ぬ）	たし	たり	たり
連體形	し	けむ（けん）	ける	ごとき	さする	じ	しむる	する	ぬ／ざる（さん）	たかる／たき	たる（たん）	たる
已然形	しか	けめ	けれ		さすれ		しむれ	すれ	ね／ざれ	たけれ	たれ	たれ
命令形					させよ		しめよ	せよ	ざれ		たれ	たれ
活用型	特殊型	四段型	ラ變型	形容詞ク型	下二型	特殊型	下二型	下二型	特殊型	形容詞ク型	ラ變型	形容動詞タリ型
接續	連用形〔カ變・サ變に特殊〕	連用形	連用形	連體形、助詞「の」「が」	四段系以外の未然形	未然形	未然形	四段系的未然形	未然形	連用形	連用形	體言

文／語

つ	なり		ぬ	べし	まし	まじ	まほし	む(ん)/むず(んず)	めり	らし
完了	斷定（指定）	傳聞推定	完了	推量・意志・可能・當然・勸誘	反實假想	否定・推量・意志	希望	推量・意志／推量・意志	樣態	推量
て	なら		な	べから／べく	ましか／（ませ）	まじく／まじから	まほしく／まほしから	（ま）		
て	に／なり	なり	に	べかり／べく（べう）		まじかり／まじく（まじう）	まほしく／まほしかり		めり	
つ	なり	なり	ぬ	べし	まし	まじ	まほし	む（ん）／むず（んず）	めり	らし
つる	なる（なん）	なる	ぬる	べかる／べき（べい）（べかん）	まし	まじかる／まじき（まじい）（まじかん）・る	まほしかる／まほしき	む（ん）／むずる（んずる）	める	らし
つれ	なれ	なれ	ぬれ	べけれ	ましか	まじけれ	まほしけれ	め／むずれ（んずれ）	めれ	らし
てよ	なれ		ね							
下二型	ナリ活用形容動詞型	ラ變型	ナ變型	ク活用形容詞型	特殊型	シク活用形容詞型	シク活用形容詞型	四段型／サ變型	ラ變型	特殊型
連用形	體言、連體形	終止型〔ラ變系的連體形〕	連用形	終止型〔ラ變系的連體形〕	未然形	終止型〔ラ變系的連體形〕	未然形	未然形	終止型〔ラ變系的連體形〕	終止型〔ラ變系的連體形〕

らん／らむ	らる		り	る	
推量	被疊役敬	自可發能	完存了續	被疊役敬	自可發能
	られ	られ	ら	れ	れ
	られ	られ	り	れ	れ
〔らん／らむ〕	らる	らる	り	る	る
〔らん／らむ〕	らるる	らるる	る	るる	るる
らめ	らるれ	らるれ	れ	るれ	るれ
	られよ	られ	れ	れよ	れ
四段型	下二型		ラ變型	下二型	
終止形〔ラ變系的連體形〕	四段系以外的未然形		サ變的命令形／四段的未然形	四段系的未然形	

〔備　考〕

一、文語助動詞主要在表示平安時代的事物。

二、（　）括起來提示的語形爲音便形。

三、用（　）括起來提示的語形，爲使用範圍狹小的口語助動詞、及奈良時代以前所使用的文語助動詞。

四、文語助動詞中用「　」括起來的語形表示也有此種表記法。

主要助詞一覽表

語	種類	口語／文語	接續	主要意義	備考
か	副	口語	疑問代名詞、疑問副詞	不定	
か	係	文語	種種語詞	疑問	連體形結尾
か	終	口語	體言、準體言、終止形	疑問、感嘆	
か	終	文語	體言、準體言、連體形		
か	並立	口語	體言、準體言、終止形	擇一	
か	並立	文語	體言、準體言、連體形		
が	格	口語	體言、準體言	主格	
が	格	文語	體言、準體言	連體格、主格	
が	接續	口語	終止形	單純的接續、逆接	
が	接續	文語	連體形		
かし	終	文語	句子的終止	強調	
かしら	終	口語	體言、準體言、終止形	疑問	
かな	終	文語	體言、準體言、連體形	感嘆（コトダナア）	
がな	終	文語	「も」、體言、命令形	ア　希望（…デ・ガアッタラナ）	↓「しか」
がも	終	文語	「も」、體言	ア　希望（…デ・ガアッタラナ）	↓「しか」

助詞	から		きり	ぐらい	け	けれど	こそ			（さへ）さえ		し		（しが）しか	
品詞	格	接續	副	副	終	接續	係	係	終	副	副	接續	間投	副	終
口語／文語	口語	文語	口語	口語	口語	口語	口語	文語	文語	口語	文語	口語	文語	口語	文語
接續する語	體言、準體言	終止形	體言、連體形	體言、準體言、連體形	完了「た」、斷定「だ」	終止形	種種語詞	種種語詞	連用形	種種語詞	種種語詞	種種語詞	終止形	種種語詞	「て」連用形、完了的助動詞「に」
意味	起點之意、通過點、及「以上」	既定的順接（原因、理由）	限定（ダケ）	程度	回想的情緒	逆接	強調	強調	希望（…テホシイ）	添加（マデモ）	舉例暗示另一物	事物的列舉	強調	限定	希望
備考			述語為否定	＝「くらい」	以「たっけ」「だっけ」的形式			已然形結尾	古代語			有只舉一例的用法		述語為否定	慣用語「しかな」「しか」／も

助詞	分類	口語・文語	接続	意味	備考
して	格	文語	體言	手段、共同的對象	
して	接續	文語	用言連用形、「に」、助動詞「ず」的連用形	強調	不使用假定形
すら	副	文語	種種語詞	舉例暗示別一物（ダッテ、デサェ）（ダケデモ）	
せ	終	口語	表疑問之語等	叮問	男子語
ぞ	終	口語	終止形	不定	連體形結尾
ぞ	係	文語	種種語詞	強調	
だけ	副	口語	等、體言、準體言、連體形「と」	程度、範圍的限定	慣用語「だけに」
だって	副	口語	它語詞、體言、準體言、連用形、其	舉例暗示別一事物（デモ、ニシテモ）	
だに	副	文語	體言、準體言、連用修飾語		
だの	並立	口語	體言、準體言、引用句	列舉（モ、デサェ）	
だも	係	文語	種種語詞	限定	
たり（だり）	並立	口語	連用形	有關動作或狀態之列舉	「おそかったり早かったり」
つ	接續	文語	連用形	動作的並行、反覆、繼續	「つつある」（進行態）

助詞	分類	口語／文語	接續	意義・用法	備考
て	接續	口語	連用形	句子的中止、補助動詞的接	爲「で」ガ行イ音便、鼻音便時變
て	格	文語	體言、準體言	手段、場所、原因、基準等	
て	接續	文語	助動詞「ぬ（ん）」的終止形	續句子的中止、補助動詞的接	
ても	接續	文語	未然形	否定之意時是中止	「ずして」之略
ても	接續	口語	連用形	假定、既定的逆接	
ても	接續	口語	助動詞「ない」「ぬ（ん）」的終止形	假定、既定的逆接	
と	副	體言	種種的語詞	例示、任意	有並立之用法
と	格	口語・文語	體言、準體言、引用句	共同、對象、對照、歸着點、比況、引用等	
と	接續	口語	終止形	假定的順接※逆接	※「…うと」「…まいと」
と	接續	文語	終止形	逆接	
と	並立	口語	體言、準體言	列舉	
ど	接續	文語	已然形	逆接（ケレドモ）	最後的「と」可脫落

助詞	とも	ども	な	ながら	（なんど）など	なり	なん	なんか	なんて
類別	接續／終	接續	終	接續	副	並立	係／終	副	副
語體	文語（接續）／口語（終）	文語	口語／文語	口語／文語	文語	文語	文語	口語	口語
接續	用言（動詞）的終止形、形容詞的連用形／終止形	已然形	（一）各種文末の終止形（在ラ變是連體形）（二）各種文末・動詞等的終止形	（口語）副詞、幹、語詞、體言、準體言、形容詞、形容動詞的連用形／（文語）動詞、助動詞「ず」、形容詞的連用形	種種語詞、引用句	種種語詞	（係）種種語詞／（終）動詞等的未然形	種種語詞	種種語詞
意味	假定的逆接（タトエ…テモ）／強烈斷定	既定的逆接（ケレドモ）	（一）希望（…テホシイ）／（一）禁止（二）感嘆（ナア）	（口語）（一）逆接・同時、逆接／（文語）同時、逆接	例示	擇一	（係）強調／（終）希望（…テホシイ）	例示	例示（ナド）
備考			（二）＝古代「なも」、平安／（三）＝「な」／（二）＝「なあ」	意時爲接尾語「そっくり」「共に」之		有副助詞性的用法	（係）連體形結尾		也有連體用法

主要助詞一覽表

助詞	品詞	語別	接續（上接語）	用法	備考
は	係	口語	種種語詞	特別提出的提示	↓「をば」
は	係	文語	形容詞的連用形、助動詞「ず」的連用形	假定的順接（タラ、ナラ）	「ず（ん）ば」訓讀體裏爲「く（ん）ば」
のみ	副	文語	種種語詞	限定（ダケ）	
のに	接續	口語	連體形	逆接	
ので	接續	口語	連體形	順接	
の	準體	口語	體言、連體形	體言化	
の	並立	口語	連體形	列舉	
の	格	口語	體言、準體言	連體格、連體修飾的連文節	
の	格	文語	體言、準體言	連體格、主格	之主語
の	終	口語	連體形	柔和氣氛的斷定、質問	女性常用
ね（ねえ）	間投	口語	文節的段落	強調	
にて	格	文語	體言、準體言	場所、手段、材料、原因、基準等	
に	並立	口語	體言	列舉、對置	
に	接續	文語	連體形	順接（カラ、ノデ）、逆接（ガ、ノニ）	
に	格	口語・文語	體言、準體言	歸着點、時間、場所、對象、根據、目的、	

主要助詞一覧表

助詞	種別	語體	接續（續く語）	意味	備考
ば	接續	口語	假定形	假定的順接	↓（は（接助））
ば	接續	文語（未然形）	未然形	假定的順接（タラ、ナラ）	場合也相同
ば	接續	文語（已然形）	已然形	既定的順接（カラ、ノデ）／恒常的結果／ト、トキハ	以「…も…ねば」逆接的
ばかり	副	口語	種種語詞	限定	
ばかり	副	文語	種種語詞（體言、準體言、終止形、連體形）	限定（ダケ）／程度（ホドニ）	「ばかりに」＝「ばっかり」慣用語「…
ばや	終	文語	未然形	希望	
へ	格	口語	體言、準體言	方向、歸着點	
へ	格	文語	體言、準體言	方向	
ほか	係	口語・文語	體言、準體言、連體形	限定（「以外」之意）	述語爲否定
ほど	副	口語・文語	體言、準體言、連體形	程度（クライ）	古語爲形式名詞
まで	格	口語・文語	體言、準體言、連體形	到達點	「より」的相反／「から」的相反
まで	副	口語・文語	種種語詞	程度、及「さへ」之意	慣用語「までも」

も	も	も	も	も	もが	もて	もの（もん）	ものか	ものから	ものの	ものゆゑ	ものを
接續	接續	係	係	終	終	格	終	終	接續	接續	接續	接續
口語	文語	口語	文語	文語	文語	文語	口語	口語	文語	文語	文語	文語
形容詞的連用形	連體形	連體形	種種語詞	終止形、其它的終助詞	體言	體言、準體言	連體形	連體形	連體形	連體形	連體形	連體形
逆接、讓歩（トモ）	逆接（ケレドモ）	逆接（ケレドモ）	強調、添加（モマタ、サヱ）	感嘆	希望	デ・手段・理由（…ニヨッテ、	感嘆、理由	反語	逆接（ケレドモ）	逆接（モノノ）	逆接（モノダノニ）	逆接（モノノ、ノニ）
			有並立用法		派生詞「もがな」「もが」	派生詞「をもて」	派生詞「しも」「やも」「ぞも」「かも」「はも」	＝「もんか」				

助詞	品詞	文語／口語	接續	意義・用法	備考
や	係	文語	種種語詞	疑問	連體形結尾
や	間投	文語	文節的段落、種種語詞	強調、感嘆、招喚	
から	並立	口語	體言、準體言、連體形	列舉（ダノ）	
から	副	口語	種種語詞（特別是表疑問語詞）	懷疑、不明	
ゆ	格	文語	體言、準體言	起點・經由點（カラ）	「より」＝古代語「よ、ゆり」↓
よ	終	口語	體言、終止形	感嘆、招喚	
よ	終	文語	體言、連體形	感嘆、招喚	
より	格	口語	體言、準體言	起點、通過點、比較的基準	「よりか」為加強的說法
より	格	文語	體言	比較的基準	
わ	終	口語	終止形	感嘆、強調	
を	格	文語・口語	體言、準體言	表示目的語、通過點、行為的時機等、及	
を	接續	文語	連體形、伴隨修飾語的體言	逆接（ノニ）、順接（ノデ）	
を	間投	文語	文節的斷落、種種語詞	強調	
をば	格	文語	體言、準體言	表示目的語	亦表「…については」之意

八、間投助詞：接在文節最後，添加文節的感嘆、強調意義。

七、終助詞：處於文末，添加種種意思，本辭典之終助詞中由於「かし」「よ」「な」（感嘆）「ばや」「なむ」（希望）「な」（禁止）等有所區別。前者亦有稱爲間投助詞之說。「だ」和系助詞區別之。等承接句子的終結，故和「

六、副助詞：接在種種語詞下，添加某種意義，以可承接斷定助動詞「なり」

五、係助詞：接在種種語詞下，添加指示、疑問、反語等的意義，當其在句中會影響到下面的述語的文節；也有以係助詞作爲終結的。

四、接續助詞：接在用言和活用連語之下；接續上、下文節，包括單純的接續、逆接（分假定、確定兩種）、順接（分假定、確定兩種）。

三、並立助詞：接在立於對等關係的種種語詞下，而接續之。

二、準體助詞：接用言、及活用連語之下。相當於體言的助詞。

一、格助詞：接在體言、準體言下，表明上、下文節關係的助詞，有表示主語、述語的關係，表示連體修飾的關係，表示連用修飾的關係。

〔備考〕

形容詞活用表

	口語		文語		
種類		種類	ク活用	シク活用	
語例	赤い 高い 少ない 苦しい 美しい 凄じい	語例	赤な 高し 少し	苦し 美し	凄じ
語幹／語尾	あか たか すくな くるし うつくし すさまじ	語幹／語尾	あか たか すくな	くる うつく	すさま
未然形	かろ	未然形	から〔く〕	しから〔しく〕	じから〔じく〕
連用形	かっ く	連用形	かり〔う〕 く	しかり〔しう〕 しく	じかり〔じう〕 じく
終止形	い	終止形	し	し	じ
連體形	い	連體形	〔かん〕 かる き	〔しかん〕 しかる しき	〔じかん〕 じかる じき
假定形	けれ	已然形	けれ	しけれ	じけれ
命令形		命令形	かれ	しかれ	じかれ

〔備考〕

續助詞「は」、「とも」接在此種活用型下的主張。

文語形容詞的連用形、連體形中，用〔 〕括起來的語型為音便型。文語未然形（く）、（しく）是考慮到接

形容動詞活用表

口語

	ダ型活用	タルチ型活用
種類	ダ型活用	タルチ型活用
語例	暖かだ　細やかだ　急だ　愉快だ	泰然たる　茫然たる　堂々たる　営々たる
語幹 / 語尾	あたたか　こまやか　きゅう　ゆかい	たいぜん　ぼうぜん　どうどう　えいえい
未然形	だろ	
連用形	だっ　で　に	と
終止形	だ	
連體形	な	たる
假定形	なら	
命令形		

文語

	ナリ活用	タリ活用
種類	ナリ活用	タリ活用
語例	暖かなり　細やかなり　急なり　愉快なり	泰然たり　茫然たり　堂々たり　営々たり
語尾 / 語幹	あたたか　こまやか　きゅう　ゆかい	たいぜん　ぼうぜん　どうどう　えいえい
未然形	なら	たら
連用形	なり　に	たり　と
終止形	なり	たり
連體形	なる〔なん〕	たる〔たん〕
已然形	なれ	たれ
命令形	なれ	たれ

〔備考〕

一、口語的ダ型活用，使用敬語說法時，在特殊型裏活用。

一、口語的タルト型活用，主要用於文章語。

二、口語的タルト型活用，主要用於文章語。

三、文語形容動詞的連體形中〔　〕括起來者爲音便型。

數量稱呼一覽表

◎一般在數量稱呼上除有「一つ」「一個」之外，也有依照東西的外形、狀態而給予各式各樣的稱呼，如把長形的東西數稱作「一本」，把扁形的東西數稱作「一枚」。下述所列舉的均是具有代表性及有特殊稱呼方法的東西。

◎雖說是把全體分成24項，但這只是個權宜的方法，它還包含了一切類似的東西。

【飲食物】

あわび、いか、たこ…………一杯

うどん…………一たま、一杯、一把

折詰…………一折

菓子……一個、一袋・一斤、一折、一箱

かつおぶし……一連、一節、一折、一台、一本

果物……一顆、一個、一籠、一皿、一山、一箱

米…………一俵、一キロ

こんにゃく…………一丁、一枚

魚……一切れ、一本、一尾、一匹、一籠、一皿

酒…………一本、一樽
（飲む場合）…………一杯、一献

刺身…………一皿、一人前

砂糖……一袋、一箱、一斤、一グラム、一叺

ざる（もり）そば…………一枚

醬油……一樽、一本、一瓶、一リッ

食事……一膳、一杯、一口、一かたき、一かたけ、一食　トル

吸い物…………一椀

そうめん…………一杯、一箱、一把

たばこ…………一本、一箱
（吸う場合）…………一服

卵……一個、一束（百個）、一粒

団子…………一くし

茶……一斤、一グラム、一袋、一缶
（飲む場合）…………一服

つくだに…………一箱、一曲、一折

豆腐…………一丁

海苔…………一枚、一帖、一缶

ビール…………一本、半ダース

副食物…………一皿、一汁、一菜

ぶどう…………一粒、一房

味噌…………一樽、一キロ

もち…………一重ね、一枚、一個

野菜……一把、一皿、一山、一籠
（キャベツ、たまねぎ）……一玉

（白菜）……………………一株

ようかん………一本、一棹（さお）、一箱

料理……………一皿、一品、一人前

【音樂】

音楽………………………………一曲

琴……………一張り、一そろい、一面

三味線（しやみせん）…………一棹（さお）、一挺（ちょう）

バイオリン……………………一挺（ちょう）

ピアノ……………………………一台

拍子……………………………一拍（はく）

琵琶（びわ）………………一そろい、一面

笛…………………………一本、一管

【家具】

いす………………………………一脚

カーテン…………………一枚、一張り

鏡………………………………一面

すだれ……一枚、一張り、一垂れ、一連（れん）

たんす……………………一本、一棹（さお）

長持ち……………………………一棹（さお）

びょうぶ……一架（か）、一帖（じょう）、一双（二架）

ふろおけ………………一据え、一桶（おけ）

本箱………………………………一個

【家庭用品】

傘………………………一本、一張り

笠（かさ）……………一蓋（がい）、一笠（りゅう）、一枚

釜（かま）………………………………一口（こう）

かみそり……………………一挺（ちょう）、一口（こう）

重箱………………………一組、一重ね

（部分）…一の重ね、二の重ね

炭……………………一俵、一駄（だ）、一車

扇子………………一本、一対（二本）

薪（たきぎ（まき））………一把、一駄（だ）、一車

茶器……………………一席、一組

ちょうし………………………一本

ちょうちん………………………一張り

つぼ……………………一つぼ、一口（こう）

砥石（といし）……………………一個、一挺（りゅう）

旗……………一本、一流れ、一旒（りゅう）

火ばし………一対、一具、一そろい

ほうちょう………一本、一柄（え）、一挺（ちょう）

盆…………………………一枚、一組

松飾り……………………一そろい、一門

【機械】

印刷機……………………一台、一基

カメラ……………………………一台

テレビ、ラジオ…………………一台

電気洗濯機………………………一台

電蓄（プレーヤー）……………一台

電話機……………………………一台

（通話）……一度、一回、一本、一通話

発動機……………………一台、一基

【競技】

囲碁……………………一局、一番

　　（碁盤）………………一面

　　（目数）………………一目^{もく}

　　（石を打つ）………一目^{もく}、一手

試合……一勝負、一戦、一試合、

　　節、一回、一本

将棋……一局、一番、一試合、一戦

　　（将棋盤）………………一面

　　（指し手）………………一手

相撲（取組）………………一番

【藝能】

映画…………一本、一こま、一巻

演芸…………………一席、一番

芝居…………一景、一場、一幕

浄瑠璃^{じょうるり}………一節^{ふし}、一曲、一段

ダンス…………………………一曲

能（楽）………一番、一手、一差し

面^{めん}………………………一面

【詩歌、散文】

歌………………………………一首

詩…………一編、一什^{じゅう}、一聯^{れん}、一絶

小説………一編、一巻、一文、一章

俳句、川柳…………………一句

文章………一編、一文、一章、一節

　　一行

【順位】

囲碁、将棋、連珠、柔道などの段位

　　………………初段、三級

家族、親類の順位………一親等

活字の大きさ……初号、一号〜八号

　、四二ポイント〜四ポイント

裁判の段階…………………一審

順番……一番、一着、一等、一位、

　　首位、一級

【食器】

皿………………一枚、一口^{こう}、一組

茶わん………一個、一口^{こう}、一組

はし……………一膳^{ぜん}、一そろい

わん……………………一口^{こう}、一組

【植物】

生け花…………一杯、一鉢、一瓶^{へい}

植木（草花）………………一株^{かぶ}、一鉢

木…………一本、一株^{かぶ}、一朶^だ、一樹

木の葉………………一枚、一葉^{よう（は）}

草………………………………一本

花……………一枚、一本、一輪

【神佛】

遺骨…………………………一体

位はい、神霊………………一柱^{はしら}

数珠…………………一具、一連

神体………一柱^{はしら}、一座、一体

とうば………………一基、一層

鳥居…………………………一基

墓……………………………一基

花輪………………………………一基

仏像………一軀、一体、一頭、一座

ろうそく……一本、一箱、一束（百

本）

【繊維製品】

糸……一本、一筋、一まき、一かせ

（太さ）……一番手、二番手、

一かけ

衣類……一重、一襲ね、一領、一枚

、一着、そろい

帯………………一本、一筋、一条

織物………一反、一疋（二反）

かや…………………………………一領

袈裟………………………………一張り

敷き物……………………………一枚

シャツ………………一着、一枚

足袋、靴下………………………一足

反物…………………………………一反

手拭い…………一本、一条、一筋

手袋………………一対、一組、一双

布……一ヤール、一メートル、一反

、一疋（二反）

はかま……一枚、一対、一具、一下

げ、一腰、一桁

ふとん……一枚、一組、そろい

一重ね

風呂敷、ずきん………………一枚

幕……………一枚、一張り、一垂れ

綿………一グラム、一枚、一包

【装飾品】

絵画………………………一幅、一枚

額面…………………一面、一架

掛け軸………一幅、一軸、一対

花瓶………一瓶、一対、一個、一瓶

香炉…………………………………一基

【建築物及材料】

家…………一戸、一軒、一棟、一宇

板………………………………………一枚

倉…………………一戸前、一棟

材木…………一組、一本、一石

寺院…………一寺、一宇、一堂

神社…………………一座、一社

石材…………………一個、一石

畳……………………一枚、一畳

団地…………………………………一棟

塔………初層（一層）、二層

長屋…………………一軒、一棟

ふすま……………………………一領

部屋…………一室、一部屋、一間

【道具】

おの…………………………………一挺

鎌……………………………………一挺

かんな……………………………一挺

くわ……………………一口、一挺

すき……………………………一挺

のこぎり………………………一挺

のみ……………………………一挺

【動物】

犬………………………一匹、一頭

兔………………………一匹、一羽

牛、馬…………一蹄、一匹、一頭

　（人が乗っている馬）……一騎

鴨………………………一羽、一番

くじら……………………………一頭

鹿……………一蹄、一匹、一頭

動物（小さいもの）………………一匹

　（大きいもの）………………一頭

鳥…………一羽、一翅、一翼、一番

【日時】

忌日……初七日、二七日、三七日、

　四七日、五七日、六七日、七七

　日、百か日、一周（回）忌、三

　周（回）忌、七周（回）忌

年……一年、一歳、一載、一周年、

　一紀（一二年）、一世（三〇年

　）、一世紀（一〇〇年）

日……ひとひ、ふつか、一日、両日

　、一週、一旬、一月

【人間、人體】

足………………一本、片足、両足

髪の毛…………………一本、一筋

子供………一人、一男、一女、一児

手………………一本、片手、両手

人…………………一人、一名、一方

目……一目、片目、両目、一眼、隻

　眼、双眼、両眼

【交通工具】

駕籠……………………………一挺

貨車……………………一両、一車

汽車………一列車、一本、一両

車……………一両、一台、一乗

飛行機…………………………一機

船…………一杯、一艘、一隻

【武器】

刀……一刀、一剣、一口、一振り、

　一腰

大砲……………………………一門

鉄砲……………………………一挺

　（たま）………………一弾、一発

矢……一本、一筋、一条、一手（二

　筋）

槍………………一本、一筋、一条

弓………………………………一張り

鎧………………………………一領

鎧兜……………………………一具

【文書】

書籍……………一冊、一巻、一部

書類……一通、一札、一綴り、一拘り

手紙………一通、一封、一本、一札

（書いてないもの）……一枚、一葉

葉書……………………………一通

法帖……………………………一帖

巻き物…………一軸、一巻、一端

【文具用品】

鉛筆………………一本、半ダース

紙……一枚、一葉、一束、一帖（半

紙二〇枚、みの紙四八枚）、一

締め、一連

小刀………………一本、一挺

硯…………………………一面

墨………………………………一挺

鋏………………………………一挺

筆……………一本、一管、一莖

ペン先……一本、一グロス（一二ダ

ース）、一箱

【其他】

皮（革）………一枚、一張り、一坪

薬……一剤、一服、一盛り、一回、

一包

（錠剤）……………一錠、一粒

靴………………………………一足

軍勢……一番手、二番手、一陣、一

軍

校正……初校、再校、三校、念校、

責了

宿泊………………………一宿、一泊

線路……一本、単線、複線、複々線

田…………………………一面、一枚

土地（登記上の）………………一筆

トランプ…………………………一組

荷物………………………………一荷

（馬につけた場合）………一駄

（車につけた場合）………一荷

宝石………………………………一顆

名 數 表

二世……………〔仏〕現世と来世

三界……〔仏〕①欲界、色界、無色

界②過去、現在、未来

三世……①〔仏〕前世、現世、来世

、また過去、現在、未来②父、

子、孫

三景………松島、厳島、天の橋立

三蹟………小野道風、藤原佐理、藤原

行成

三筆………橘 逸 勢、嵯峨天皇、僧空海

四書………大学、中庸、論語、孟子

五経………易経、書経、詩経、春秋

礼記

五穀………米、麦、粟、黍、豆

五常………仁、義、礼、智、信

五臓………肝、心、脾、肺、腎

六芸………礼、楽、射、御、書、数

六書……漢字の象形、指事、会意、
　　　形声、転注、仮借

六法……憲法、刑法、民法、商法、
　　　刑事訴訟法、民事訴訟法

六腑……胆、胃、大腸、小腸、膀胱

、三焦

十干……甲、乙、丙、丁、戊、己、
　　　庚、辛、壬、癸

十二支……子、丑、寅、卯、辰、巳
　　　、午、未、申、酉、戌、亥

常用度量單位名稱對照表

項目	單　位　名　稱		符號	說　　　　　　　　　　明
長	メートル	米	m	公制長度單位：1m＝100cm
	キロメートル	千米	km	1km＝1000m
	センチメートル	厘米	cm	1cm＝10^{-2}m
	ミリメートル	毫米	mm	1mm＝10^{-3}m
	ミクロン	微米	μ	1μ＝10^{-6}m
	ミリミクロン	毫微米	mμ	1mμ＝10^{-9}m
	オングストローム	埃	Å	1Å＝10^{-10}m
	インチ	英寸	in	英制長度單位：1im＝2.54cm
	フイート	英尺	ft	1ft＝30.48cm
	ヤード	碼	yd	1yd＝91.44cm
	チェーン	鏈	ch	1ch≈20m
	マイル	英里	mi	1mi＝1.6km
	ノツト	海浬	kn	1kn＝1852m
	り（里）	里		日制長度單位：1里＝3.924km
	ちょう（町）	町		1町＝109m
	けん（間）	間		1間＝2m
	じょう（丈）	丈		1丈＝3.03m
	ひろ（尋）	尋		1尋＝1.818m
度	しゃく（尺）	尺		1尺＝0.303m
	すん（寸）	寸		1寸＝3.03cm
	ぶん（分）	分		1分＝3.03mm

面	平方メートル 平方米	m²	公制面積單位：1m²＝10⁴cm²
	平方センチメートル 平方厘米	cm²	1cm²＝10⁻⁴m²
積	しゃく（勺） 勺		日制面積單位：1勺＝330.5cm²
	ごう（合） 合		1合＝0.330m²
	つぼ（坪） 坪		1坪＝3˙305m²
	せ（畝） 畝		1畝＝99.15m²
容	立方メートル 立方米	m³	公制容積單位：1m³＝10⁴cm³
	立方センチメートル 立方厘米	cm³	1cm³＝10³mm³
	立方ミリメートル 立方毫米	mm³	1mm³＝10⁻³cm³
	リットル 公升、升	ℓ	1ℓ＝1000mℓ
	キロリットル 千升	kℓ	1kℓ＝1000ℓ
	ミリリットル 毫升	mℓ	1mℓ＝10⁻³ℓ
	マイクロリットル 微升	μℓ	1μℓ＝10⁻⁶ℓ
	しゃく（勺） 勺		日制容積單位：1勺＝0.018ℓ
	ごう（合） 合		1合＝0.18ℓ
	しょう（升） 升		1升＝1.805ℓ
	と（斗） 斗		1斗＝18.05ℓ
	こく（石） 石		1石＝180.5ℓ
積	ガロン 加侖	gaℓ	英制容積單位：1gaℓ＝0.00455 m³
	クオート 夸脫	gt	1gt＝0.25gaℓ
重	グラム 克	g	公制重量單位：1g＝10⁻³kg
	キログラム 千克	kg	1kg＝10³g
	ミリグラム 毫克	mg	1mg＝10⁻³g
	マイクログラム 微克	μg	1μg＝10⁻⁶g

	きん（斤）	斤		日制重量單位：1斤＝0.601kg
量	かん（貫）	貫		1貫＝3.759kg
	もんめ（刄）	刄		1刄＝3.750g
壓	きあつ（気圧）	大氣壓力	atm	1atm＝760mmHg
	バール	巴	bar	1bar＝0.9869atm
	水銀柱ミリメートル	毫米水銀柱	mmHg	1mmHg＝13.61mmH_2O
力	水柱ミリメートル	毫米水柱	mmH_2O	1mmH_2O＝0.0735mmHg
熱	カロリー	卡	cal	1cal＝10^{-3}kcal
量	キロカロリー	千卡	kcal	1kcal＝10^3cal
溫	C目盛	攝氏（度）	°C	0°C＝273°K＝21°F
	F目盛	華氏（度）	°F	0°F＝−18°C
度	絶対温度	絕對溫度	°K	0°C＝−273°C
功	エルグ	爾格	erg	1erg＝1dyn·cm
能	ジェール	焦耳	J	1J＝10^7erg
功	ワット	瓦（特）	w	1w＝10^3kw
	キロワット	千瓦	kw	1kw＝10^3w＝1.36馬力
率	馬力	馬力	h·p	1馬力＝735.7ワット
	ダイン	達因	dyn	1dyn＝10^{-5}N
力	ニョートン	牛頓	N	1N＝10^5dyn
	ポンド	磅	Lb	1Lb＝13825dyn
電量	クーロン	庫倫	C	1C＝3×10^9靜電單位
電	アンペア	安培	A	1A＝1000mA
	ミリアンペア	毫安	mA	1mA＝10^{-3}
流	マイクロアンペア	微安	mA	1mA＝10^{-6}A

電	ボルト	伏特	V	$1V=10^{-3}kv$
	キロボルト	千伏	kv	$1kv=10^3v$
	ミリボルト	毫伏	mv	$1mv=10^{-3}v$
壓	メガ電子ボルト	百萬電子伏	mev	$1Mev=10^6ev$
電	オーム	歐姆	Ω	$1\Omega=10^{-3}K\Omega$
	キロオーム	千歐	$K\Omega$	$1K\Omega=10^3\Omega$
阻	メガオーム	兆歐	$M\Omega$	$1M\Omega=10^6\Omega$
電	ファラッド	法拉	F	$1F=10^6\mu F$
容	マイクロファラッド	微法	μF	$1\mu F=10^{-6}F$
電感	ヘンリー	亨利	H	
磁通量	ウェーバ	韋伯	wb	
	ギルバート	吉伯	Gb	
磁場強度	ガウス	高斯	GS	
頻	ヘルツ	赫（玆）	Hz	$1Hz=10^{-6}MHz$
	キロヘルツ	千赫	KHz	$1KHz=10^3Hz$
	メガヘルツ	兆赫	MHz	$1MHz=10^6Hz$
率	サイクル	週	C	
角度	ラジアン	弧度	rad	$1rad=57°18'$
濃	パーセント	百分率	%	
	百万分率	百萬分率	ppm	
	体積パーセント	體積百分率	Vol%	
	重量パーセント	重量百分率	wt%	
	モルパーセント	克分子百分率	mole%	
	モル濃度	克分子濃度	m	
	モル／リットル	克分子／公升	mole／ℓ	
度	規定度	規定度	N	

常用數學式日語讀法表

數　學　式	意　　　　義	日　語　讀　法
a＋b	a 加 b	aプラスb　aにbを足す
a－b	a 減 b	aマイナスb　aからbを引く
a×b	a 乘 b	aかけるb　aにbをかける
a÷b	a 除以 b	aわるb　aをbで割る
a＝b	a 等於 b	aイコールb
a＞b	a 大於 b	aグレータ・ザンb
a＜b	a 小於 b	aレス・ザンb
a≒b	a 不等於 b	aノット・イコールb
a≯b	a 不大於 b	aノット・グレータ・ザンb
a≮b	a 不小於 b	aノット・レス・ザンb
a≧b	a 大於或等於 b	aグレータ・オア・イコールb
a≦b	a 小於或等於 b	aレス・オア・イコールb
a±b	a 加減 b	aプラス・オア・マイナスb
a≈b	a 約等於 b	aアプロクシメトリ・イコールb
a≡b	a 恒等於 b	aはbに恒等する
a∼b	a 相似於 b	aはbに相似する
a∝b	a 與 b 成比例	aはbに比例する
ac//bd	ac 平行於 bd	ac は bd に平行する
ac⊥bd	ac 垂直 bd	ac は bd に垂直する
ac⫢bd	ac 平行且等於 bd	ac は bd に等しくかつ平行する
$\sqrt{a}$	a 的平方根	a の平方根ルートa
$\sqrt[3]{a}$	a 的立方根	a の立方根 a の開立
$\sqrt[n]{a}$	a 的 n 次方根	a の n 平方根
a^2	a 的二次方	a の二乗

數　学　式	意　　　　　　　義	日　　語　　讀　　法
a^3	a 的三次方	a の三乗
a^n	a 的 n 次方	a の n 乗　a の n 冪
$a^{\frac{1}{n}}$	a 的 $\frac{1}{n}$ 次方	a の $\frac{1}{n}$ 乗(a の エヌぶんのいちじょう)
$\vec{a}$	矢量 a	ベクトル a
$\|x\|$	x 的絕對值	x の絶対値
$\overline{x}$	x 的平均值	x の平均値
$\{x\}_e$	x 的計算值	x の計算値
$\triangle X$	自變量 x 的增量	x の微小変化量　デルタ X
$\sum\limits_{k=1}^{n} a_k$	數列求和	総和記号 $a_1 + a_2 \cdots + a_n$
$\pi\limits_{k=1}^{n} a_k$	數列連乘積	相乗記号 $a. \times a_2 \cdots \times a_n$
$\int_a^b f(x)dx$	函數 f (x) 從 a 到 b 的定積分	定積分 a から b まで
$\dfrac{dy}{dx}$	y 對 x 的微分 y 對 x 的導數	x に関する y の微分
$\dfrac{d^2y}{dx^2}$	y 對 x 的二階微分 y 對 x 的二階導數	x に関する y の第二次微分
$\dfrac{\partial z}{\partial x}$	z 對 x 的偏微分	x に関する z の偏微分
$\dfrac{\partial^2 z}{\partial x \partial y}$	z 對 x・y 的二階偏微分	x・y に関する z の二次偏微分
$\lim\limits_{x \to a} f(x) = b$	函數 f (x) 的極限值	関数 F(x) の極限値
$\lim\limits_{n \to \infty} a_n = a$	數列 {an} 收歛於 a	数列 $\{a_n\}$ が a に収束する
$\lim\limits_{n \to \infty} a_n = \infty$	數列 {an} 發散	数列 $\{a_n\}$ が∞に発散する
$Log_a X$	以 a 爲底的 x 的對數	a を底とする x の対数
$Log_{10} X$	以 10 爲底的 x 的對數	10 を底にした x の対数
$Log_e X$	以 e 爲底的 x 的對數	e を底にした x の対数

數 學 式	意　　　　義	日　語　讀　法
CoLogX	x的餘對數	x の余対数 (よたいすう)
exp(x)	指數函數 e^x	指数関数 e^x (しすうかんすう)
Sin x	正弦函數	x の正弦 (せいげん)
Cos x	餘弦函數	x の余弦 (よげん)
Sin⁻¹ x	反正弦函數	x の逆正弦 (ぎゃくせいげん)

假名羅馬字拼音表

ア	a	イ	i	ウ	u	エ	e	オ	o
カ	ka	キ	ki	ク	ku	ケ	ke	コ	ko
サ	sa	シ	shi	ス	su	セ	se	ソ	so
タ	ta	チ	chi	ツ	tsu	テ	te	ト	to
ナ	na	ニ	ni	ヌ	nu	ネ	ne	ノ	no
ハ	ha	ヒ	hi	フ	fu	ヘ	he	ホ	ho
マ	ma	ミ	mi	ム	mu	メ	me	モ	mo
ヤ	ya			ユ	yu			ヨ	yo
ラ	ra	リ	ri	ル	ru	レ	re	ロ	ro
ワ	wa								
ガ	ga	ギ	gi	グ	gu	ゲ	ge	ゴ	go
ザ	za	ジ	zi	ズ	zu	ゼ	ze	ゾ	zo
ダ	da	ヂ	zi	ヅ	zu	デ	de	ド	do
バ	ba	ビ	bi	ブ	bu	ベ	be	ボ	bo
パ	pa	ピ	pi	プ	pu	ペ	pe	ポ	po
キャ	kya			キュ	kyu			キョ	kyo
シャ	sha			シュ	shu			ショ	sho
チャ	cha			チュ	chu			チョ	cho
ニャ	nya			ニュ	nyu			ニョ	nyo
ヒャ	hya			ヒュ	hyu			ヒョ	hyo
ミャ	mya			ミュ	myu			ミョ	myo
リャ	rya			リュ	ryu			リョ	ryo
ギャ	gya			ギュ	gyu			ギョ	gyo
ジャ	zya			ジュ	zyu			ジョ	zyo
ビャ	bya			ビュ	byu			ビョ	byo
ピャ	pya			ピュ	pyu			ピョ	pyo

用法說明

1. 撥音用 "n" 表示。如：新聞 sinbun、民族 minzoku。
2. 促音將後面的子音重寫兩個表示。如：國家 kokka、雜誌 zasshi。
3. 長音在母音之上加長音符號「ー」表示。如：習慣 syūkan、勝利 shori。

日本都・道・府・縣・市名稱讀法

△表示都・道・府・廳所在地，○表示縣廳所在地

北海道（ほっかいどう）32市
- △札　幌（さっぽろ）
- 小　樽（おたる）
- 室　蘭（むろらん）
- 帯　広（おびひろ）
- 夕　張（ゆうばり）
- 網　走（あばしり）
- 苫小牧（とまこまい）
- 美　唄（びばい）
- 江　別（えべつ）
- 紋　別（もんべつ）
- 名　寄（なよろ）
- 根　室（ねむろ）
- 滝　川（たきかわ）
- 歌志内（うたしない）
- 富良野（ふらの）
- 恵　庭（えにわ）
- 函　館（はこだて）
- 旭　川（あさひかわ）
- 釧　路（くしろ）
- 北　見（きたみ）
- 岩見沢（いわみざわ）
- 留　萌（るもい）
- 稚　内（わっかない）
- 芦　別（あしべつ）
- 赤　平（あかびら）
- 士　別（しべつ）
- 三　笠（みかさ）
- 千　歳（ちとせ）
- 砂　川（すながわ）
- 深　川（ふかがわ）
- 登　別（のぼりべつ）
- 伊　達（だて）

青森県（あおもりけん）8市
- ○青　森（あおもり）
- 八　戸（はちのへ）
- 五所川原（ごしょがわら）

三　沢（みさわ）
弘　前（ひろさき）
黒　石（くろいし）
十和田（とわだ）
陸　奥（むつ）

岩手県（いわてけん）13市
- ○盛　岡（もりおか）
- 宮　古（みやこ）
- 大船渡（おおふなと）
- 花　巻（はなまき）
- 久　慈（くじ）
- 陸前髙田（りくぜんたかだ）
- 二　戸（にのへ）
- 釜　石（かまいし）
- 一　関（いちのせき）
- 水　沢（みずさわ）
- 北　上（きたかみ）
- 遠　野（とおの）
- 江　刺（えさし）

宮城県（みやぎけん）11市
- ○仙　台（せんだい）
- 塩　釜（しおがま）
- 気仙沼（けせんぬま）
- 名　取（なとり）
- 多賀城（たがじょう）
- 岩　沼（いわぬま）
- 石　巻（いしのまき）
- 古　川（ふるかわ）
- 白　石（しろいし）
- 角　田（かくだ）
- 泉　　（いずみ）

秋田県（あきたけん）9市
- ○秋　田（あきた）
- 横　手（よこて）
- 本　荘（ほんじょう）
- 湯　沢（ゆざわ）

鹿　　角　（かづの）
能　　代　（のしろ）
大　　館　（おおだて）
男　　鹿　（おが）
大　　曲　（おおまがり）

山形県（やまがたけん）13市

○山　　形　（やまがた）
米　　沢　（よねざわ）
鶴　　岡　（つるおか）
新　　庄　（しんじょう）
上　　山　（かみのやま）
長　　井　（ながい）
東　　根　（ひがしね）
南　　陽　（なんよう）
酒　　田　（さかた）
寒　河　江　（さがえ）
村　　山　（むらやま）
天　　童　（てんどう）
尾　花　沢　（おばなざわ）

福島県（ふくしまけん）10市

○福　　島　（ふくしま）
郡　　山　（こおりやま）
原　　町　（はらまち）
喜　多　方　（きたかた）
二　本　松　（にほんまつ）
会津若松　（あいづわかまつ）
白　　河　（しらかわ）
須　賀　川　（すかがわ）
相　　馬　（そうま）
磐　　城　（いわき）

茨城県（いばらきけん）18市

○水　　戸　（みと）
土　　浦　（つちうら）
石　　岡　（いしおか）
結　　城　（ゆうき）
那　珂　湊　（なかみなと）
水　海　道　（みつかいどう）
勝　　田　（かつた）
北　茨　城　（きたいばらき）
取　　手　（とりで）

日　　立　（ひたち）
古　　河　（こが）
下　　館　（しもだて）
竜　ケ　崎　（りゅうがさき）
下　　妻　（しもつま）
常陸太田　（ひたちおおた）
髙　　萩　（たかはぎ）
笠　　間　（かさま）
岩　　井　（いわい）

栃木県（とちぎけん）12市

○宇　都　宮　（うつのみや）
栃　　木　（とちぎ）
鹿　　沼　（かぬま）
今　　市　（いまいち）
真　　岡　（もおか）
矢　　板　（やいた）
足　　利　（あしかが）
佐　　野　（さの）
日　　光　（にっこう）
小　　山　（おやま）
大　田　原　（おおたわら）
黒　　磯　（くろいそ）

群馬県（ぐんまけん）11市

○前　　橋　（まえばし）
桐　　生　（きりゅう）
太　　田　（おおた）
館　　林　（たてばやし）
藤　　岡　（ふじおか）
安　　中　（あんなか）
高　　崎　（たかさき）
伊　勢　崎　（いせさき）
沼　　田　（ぬまた）
渋　　川　（しぶかわ）
富　　岡　（とみおか）

埼玉県（さいたまけん）39市

○浦　　和　（うらわ）
熊　　谷　（くまがや）
大　　宮　（おおみや）
秩　　父　（ちちぶ）
飯　　能　（はんのう）

本　庄（ほんじょう）	成　田（なりた）
岩　槻（いわつき）	東　金（とうがね）
狭　山（さやま）	旭　（あさひ）
鴻　巣（こうのす）	柏　（かしわ）
上　尾（あげお）	市　原（いちはら）
川　越（かわごえ）	八千代（やちよ）
川　口（かわぐち）	鴨　川（かもがわ）
行　田（ぎょうだ）	君　津（きみつ）
所　沢（ところざわ）	銚　子（ちょうし）
加　須（かぞ）	船　橋（ふなばし）
東松山（ひがしまつやま）	木更津（きさらず）
春日部（かすがべ）	野　田（のだ）
羽　生（はにゅう）	茂　原（もばら）
深　谷（ふかや）	佐　倉（さくら）
与　野（よの）	八日市場（ようかいちば）
草　加（そうか）	習志野（ならしの）
蕨　（わらび）	勝　浦（かつうら）
入　間（いるま）	流　山（ながれやま）
朝　霞（あさか）	我孫子（あびこ）
和　光（わこう）	鎌ケ谷（かまがや）
桶　川（おけがわ）	富　津（ふっつ）
北　本（きたもと）	**東京都（とうきょうと）23特別**
富士見（ふじみ）	**区　26市**
三　郷（みさと）	区：千代田（ちよだ）
坂　戸（さかど）	港　（みなと）
越　谷（こしがや）	文　京（ぶんきょう）
戸　田（とだ）	墨　田（すみだ）
鳩ケ谷（はとがや）	品　川（しながわ）
志　木（しき）	大　田（おおた）
新　座（にいざ）	渋　谷（しぶや）
久　喜（くき）	杉　並（すぎなみ）
八　潮（やしお）	北　（きた）
上福岡（かみふくおか）	板　橋（いたばし）
蓮　田（はすだ）	足　立（あだち）
千葉県（ちばけん）26市	江戸川（えどがわ）
○千　葉（ちば）	中　央（ちゅうおお）
市　川（いちかわ）	新　宿（しんじゅく）
館　山（たてやま）	台　東（たいとう）
松　戸（まつど）	江　東（こうとう）
佐　原（さはら）	目　黒（めぐろ）

世 田 谷（せたがや）
中　　野（なかの）
豊　　島（としま）
荒　　川（あらかわ）
練　　馬（ねりま）
葛　　飾（かつしか）
市:立　川（たちかわ）
三　　鷹（みたか）
府　　中（ふちゅう）
調　　布（ちょうふ）
小 金 井（こがねい）
日　　野（ひの）
国 分 寺（こくぶんじ）
田　　無（たなし）
福　　生（ふっさ）
東 大 和（ひがしやまと）
東久留米（ひがしくるめ）
多　　摩（たま）
秋　　川（あきかわ）
八 王 子（はちおうじ）
武 蔵 野（むさしの）
青　　梅（おおめ）
昭　　島（あきしま）
町　　田（まちだ）
小　　平（こだいら）
東 村 山（ひがしむらやま）
国　　立（くにたち）
保　　谷（ほうや）
狛　　江（こまえ）
清　　瀬（きよせ）
武蔵村山（むさしむらやま）
稲　　城（いなぎ）

神奈川県（かながわけん）18市
○横　　浜（よこはま）
川　　崎（かわさき）
鎌　　倉（かまくら）
小 田 原（おだわら）
逗　　子（ずし）
三　　浦（みうら）
厚　　木（あつぎ）

伊 勢 原（いせばら）
座　　間（ざま）
横 須 賀（よこすか）
平　　塚（ひらつか）
藤　　沢（ふじさわ）
茅 ヶ 崎（ちがさき）
相 模 原（さがみはら）
秦　　野（はだの）
大　　和（やまと）
海 老 名（えびな）
南 足 柄（みなみあしがら）

新潟県（にいがたけん）20市
○新　　潟（にいがた）
三　　条（さんじょう）
新 発 田（しばた）
小 千 谷（おぢや）
十 日 町（とおかまち）
村　　上（むらかみ）
栃　　尾（とちお）
新　　井（あらい）
両　　津（りょうつ）
豊　　栄（とよさか）
長　　岡（ながおか）
柏　　崎（かしわざき）
新　　津（にいつ）
加　　茂（かも）
見　　附（みつけ）
燕　　　（つばめ）
糸 魚 川（いといがわ）
五　　泉（ごせん）
白　　根（しろね）
上　　越（じょうえつ）

富山県（とやまけん）9市
○富　　山（とやま）
新　　湊（しんみなと）
高　　岡（たかおか）
魚　　津（うおづ）
氷　　見（ひみ）
黒　　部（くろべ）
小 矢 部（おやべ）

滑　川（なめりかわ）

礪　波（となみ）

石川県（いしかわけん）8市

○金　沢（かなざわ）

小　松（こまつ）

珠　洲（すず）

羽　咋（はくい）

七　尾（ななお）

輪　島（わじま）

加　賀（かが）

松　任（まっとう）

福井県（ふくいけん）7市

○福　井（ふくい）

武　生（たけふ）

大　野（おおの）

鯖　江（さばえ）

敦　賀（つるが）

小　浜（おばま）

勝　山（かつやま）

山梨県（やまなしけん）7市

○甲　府（こうふ）

塩　山（えんざん）

山　梨（やまなし）

韮　崎（にらさき）

富士吉田（ふじよしだ）

都　留（つる）

大　月（おおつき）

長野県（ながのけん）17市

○長　野（ながの）

上　田（うえだ）

飯　田（いいだ）

松　本（まつもと）

岡　谷（おかや）

諏　訪（すわ）

須　坂（すざか）

伊　那（いな）

中　野（なかの）

飯　山（いいやま）

塩　尻（しおじり）

佐　久（さく）

小　諸（こもろ）

駒ヶ根（こまがね）

大　町（おおまち）

茅　野（ちの）

更　埴（こうしょく）

岐阜県（ぎふけん）13市

○岐　阜（ぎふ）

高　山（たかやま）

関　（せき）

美　濃（みの）

羽　島（はしま）

美濃加茂（みのかも）

各務原（かかみがはら）

大　垣（おおがき）

多治見（たじみ）

中津川（なかつがわ）

瑞　浪（みずなみ）

恵　那（えな）

土　岐（とき）

静岡県（しずおかけん）21市

○静　岡（しずおか）

沼　津（ぬまづ）

熱　海（あたみ）

富士宮（ふじのみや）

島　田（しまだ）

焼　津（やいづ）

掛　川（かけがわ）

袋　井（ふくろい）

浜　北（はまきた）

浜　松（はままつ）

清　水（しみず）

三　島（みしま）

伊　東（いとう）

磐　田（いわた）

藤　枝（ふじえだ）

御殿場（ごてんば）

天　竜（てんりゅう）

富　士（ふじ）

下　田（しもだ）

湖　西（こさい）
裾　野（すその）

愛知県（あいちけん）30市

〇名古屋（なごや）
　岡　崎（おかざき）
　瀬　戸（せと）
　春日井（かすがい）
　津　島（つしま）
　刈　谷（かりや）
　安　城（あんじょう）
　蒲　郡（がまごおり）
　常　滑（とこなめ）
　尾　西（びさい）
　稲　沢（いなざわ）
　東　海（とうかい）
　知　多（ちた）
　尾張旭（おわりあさひ）
　岩　倉（いわくら）
　豊　橋（とよはし）
　一　宮（いちのみや）
　半　田（はんだ）
　豊　川（とよかわ）
　碧　南（へきなん）
　豊　田（とよた）
　西　尾（にしお）
　犬　山（いぬやま）
　江　南（こうなん）
　小　牧（こまき）
　新　城（しんしろ）
　大　府（おおぶ）
　知　立（ちりゅう）
　高　浜（たかはま）
　豊　明（とよあけ）

三重県（みえけん）13市

〇津　　　（つ）
　伊　勢（いせ）
　桑　名（くわな）
　鈴　鹿（すずか）
　尾　鷲（おわせ）
　四日市（よっかいち）

　松　坂（まつさか）
　上　野（うえの）
　名　張（なばり）
　亀　山（かめやま）
　鳥　羽（とば）
　久　居（ひさい）
　熊　野（くまの）

滋賀県（しがけん）7市

〇大　津（おおつ）
　長　浜（ながはま）
　八日市（ようかいち）
　守　山（もりやま）
　彦　根（ひこね）
　近江八幡（おうみはちまん）
　草　津（くさつ）

京都府（きょうとふ）10市

△京　都（きょうと）
　舞　鶴（まいづる）
　宇　治（うじ）
　亀　岡（かめおか）
　向　日（むこう）
　福知山（ふくちやま）
　綾　部（あやべ）
　宮　津（みやづ）
　城　陽（じょうよう）
　長岡京（ながおかきょう）

大阪府（おおさかふ）31市

△大　阪（おおさか）
　岸和田（きしわた）
　池　田（いけだ）
　泉大津（いずみおおつ）
　貝　塚（かいづか）
　枚　方（ひらかた）
　八　尾（やお）
　富田林（とんだばやし）
　河内長野（かわちながの）
　堺　　　（さかい）
　豊　中（とよなか）
　次　田（すいた）
　高　槻（たかつき）

守　　口（もりぐち）
茨　　木（いばらぎ）
泉　佐　野（いずみさの）
寝　屋　川（ねやがわ）
松　　原（まつばら）
大　　東（だいとう）
箕　　面（みのお）
羽　曳　野（はびきの）
摂　　津（せっつ）
藤　井　寺（ふじいでら）
泉　　南（せんなん）
交　　野（かたの）
和　　泉（いずみ）
柏　　原（かしわら）
門　　真（かどま）
高　　石（たかいし）
東　大　阪（ひがしおおさか）
四　条　畷（しじょうなわて）

兵庫県（ひょうごけん）21市
　〇神　　戸（こうべ）
　　尼　　崎（あまがさき）
　　西　　宮（にしのみや）
　　芦　　屋（あしや）
　　相　　生（あいおい）
　　加　古　川（かこがわ）
　　赤　　穂（あこう）
　　宝　　塚（たからづか）
　　高　　砂（たかさご）
　　小　　野（おの）
　　加　　西（かさい）
　　姫　　路（ひめじ）
　　明　　石（あかし）
　　洲　　本（すもと）
　　伊　　丹（いたみ）
　　豊　　岡（とよおか）
　　竜　　野（たつの）
　　西　　脇（にしわき）
　　三　　木（みき）
　　川　　西（かわにし）
　　三　　田（さんだ）

奈良県（ならけん）9市
　〇奈　　良（なら）
　　大和郡山（やまとこおりやま）
　　橿　　原（かしはら）
　　五　　条（ごじょう）
　　大　和　高　田（やまとたかだ）
　　天　　理（てんり）
　　桜　　井（さくらい）
　　御　　所（ごせ）
　　生　　駒（いこま）

和歌山県（わかやまけん）7市
　〇和　歌　山（わかやま）
　　海　　南（かいなん）
　　御　　坊（ごぼう）
　　有　　田（ありだ）
　　新　　宮（しんぐう）
　　田　　辺（たなべ）
　　橋　　本（はしもと）

鳥取県（とっとりけん）4市
　〇鳥　　取（とっとり）
　　倉　　吉（くらよし）
　　米　　子（よなご）
　　境港（さかいみなと）

島根県（しまねけん）8市
　〇松　　江（まつえ）
　　出　　雲（いずも）
　　大　　田（おおだ）
　　江　　津（ごうつ）
　　浜　　田（はまだ）
　　益　　田（ますだ）
　　安　　来（やすぎ）
　　平　　田（ひらた）

岡山県（おかやまけん）10市
　〇岡　　山（おかやま）
　　津　　山（つやま）
　　笠　　岡（かさおか）
　　総　　社（そうじゃ）
　　新　　見（にいみ）
　　倉　　敷（くらしき）

玉 野 (たまの)		坂 出 (さかいで)		
井 原 (いばら)		観 音 寺 (かんおんじ)		
高 梁 (たかはし)		丸 亀 (まるがめ)		
備 前 (びぜん)		善 通 寺 (ぜんつうじ)		

広島県 (ひろしまけん) 12市

○広　島 (ひろしま)
呉　　　(くれ)
三　原 (みはら)
府　中 (ふちゅう)
庄　原 (しょうばら)
竹　原 (たけはら)
尾　道 (おのみち)
福　山 (ふくやま)
因　島 (いんのしま)
三　次 (みよし)
大　竹 (おおたけ)
東 広 島 (ひがしひろしま)

山口県 (やまぐちけん) 14市

○山　口 (やまぐち)
宇　部 (うべ)
徳　山 (とくやま)
下　松 (くだまつ)
小 野 田 (おのだ)
長　門 (ながと)
美　禰 (みね)
下　関 (しものせき)
萩　　　(はぎ)
防　府 (ほうふ)
岩　国 (いわくに)
光　　　(ひかり)
柳　井 (やない)
新 南 陽 (しんなんよう)

徳島県 (とくしまけん) 4市

○徳　島 (とくしま)
小 松 島 (こまつしま)
鳴　門 (なると)
阿　南 (あなん)

香川県 (かがわけん) 5市

○高　松 (たかまつ)

愛媛県 (えひめけん) 12市

○松　山 (まつやま)
宇 和 島 (うわじま)
新 居 浜 (にいはま)
大　洲 (おおず)
伊 予 三 島 (いよみしま)
北　条 (ほうじょう)
今　治 (いまばり)
八 幡 浜 (やはたはま)
西　条 (さいじょう)
川 之 江 (かわのえ)
伊　予 (いよ)
東　予 (とうよ)

高知県 (こうちけん) 9市

○高　知 (こうち)
宿　毛 (すくも)
土 佐 清 水 (とさしみず)
土　佐 (とさ)
南　国 (なんこく)
中　村 (なかむら)
安　芸 (あき)
須　崎 (すさき)
室　戸 (むろと)

福岡県 (ふくおかけん) 20市

○福　岡 (ふくおか)
大 牟 田 (おおむた)
飯　塚 (いいづか)
柳　川 (やなかわ)
甘　木 (あまぎ)
築　後 (ちくご)
行　橋 (ゆくはし)
中　間 (なかま)
小　郡 (おごおり)
春　日 (かすが)
久 留 米 (くるめ)
直　方 (のうがた)

田　　川（たがわ）
山　　田（やまだ）
八　　女（やめ）
大　　川（おおがわ）
豊　　前（ぶぜん）
北 九 州（きたきゅうしゅう）
築 紫 野（ちくしの）
大 野 城（おおのじょう）

佐賀県（さがけん）7市

〇佐　　賀（さが）
伊 万 里（いまり）
武　　雄（たけお）
多　　久（たく）
唐　　津（からつ）
鳥　　栖（とす）
鹿　　島（かしま）

長崎県（ながさきけん）8市

〇長　　崎（ながさき）
島　　原（しまばら）
大　　村（おおむら）
平　　戸（ひらど）
佐 世 保（させぼ）
諫　　早（いさはや）
福　　江（ふくえ）
松　　浦（まつうら）

熊本県（くまもとけん）11市

〇熊　　本（くまもと）
人　　吉（ひとよし）
水　　俣（みなまた）
本　　渡（ほんど）
牛　　深（うしぶか）
宇　　土（うと）
八　　代（やつしろ）
荒　　尾（あらお）
玉　　名（たまな）
山　　鹿（やまが）
菊　　池（きくち）

大分県（おおいたけん）11市

〇大　　分（おおいた）

中　　津（なかつ）
佐　　伯（さいき）
津 久 見（つくみ）
豊 後 高 田（ぶんごたかだ）
別　　府（べっぷ）
日　　田（ひた）
臼　　杵（うすき）
竹　　田（たけた）
杵　　築（きつき）
宇　　佐（うさ）

宮崎県（みやざきけん）9市

〇宮　　崎（みやざき）
延　　岡（のべおか）
小　　林（こばやし）
串　　間（くしま）
蝦　　野（えびの）
都　　城（みやこのじょう）
日　　南（にちなん）
日　　向（ひゅうが）

鹿児島県（かごしまけん）14市

〇鹿 児 島（かごしま）
鹿　　屋（かのや）
枕　　崎（まくらざき）
阿 久 根（あくね）
指　　宿（いぶすき）
国　　分（こくぶ）
垂　　水（たるみず）
川　　内（せんだい）
名　　瀬（なぜ）
串 木 野（くしきの）
出　　水（いずみ）
加 世 田（かせだ）
西 之 表（にしのおもて）
大　　口（おおくち）

沖縄県（おきなわけん）10市

〇那　　覇（なは）
平　　良（ひらら）
具 志 川（ぐしかわ）
名　　護（なご）
沖　　縄（おきなわ）

石　　川	（いしかわ）	浦　　添	（うらそえ）
石　　垣	（いしがき）	糸　　満	（いとまん）
宜 野 湾	（ぎのわん）		

日本主要島嶼名稱讀法

名　稱	讀　　法	名　稱	讀　　法
本　　州	ほんしゅう	天草上島	あまくさかみじま
北 海 道	ほっかいどう	利 尻 島	りしりとう
九　　州	きゅうしゅう	中 通 島	なかどうりじま
四　　国	しこく	平 戸 島	ひらどじま
択 捉 島	えとろふとう	小 豆 島	しょうどじま
国 後 島	くなしりとう	宮 古 島	みやこじま
歯　　舞	はぼまい	奥 尻 島	おくしりとう
沖 縄 島	おきなわとう	壹　　岐	いき
佐 渡 島	さどがしま	屋 代 島	やしろじま
奄美大島	あまみおおしま	沖永良部島	おきのえらぶじま
淡 路 島	あわじしま	大　　島	おおしま
天草下島	あまくさしもじま	江 田 島	えだじま
屋 久 島	やくじま	長　　島	ながしま
種 子 島	たねがしま	礼 文 島	れぶんとう
対馬下島	つしましもじま	加計呂麻島	かけろまとう
対馬上島	つしまかみじま	倉 橋 島	くらはしじま
福 江 島	ふくえじま	八 丈 島	はちじょうしま
西 表 島	いり（の）おもてじま	西　　島	にしじま
石 垣 島	いしがきじま	三 宅 島	みやけじま
色 丹 島	しこたんとう	能 登 島	のとじま
徳 之 島	のしま	大崎上島	おおさきかみじま
島　　後	どうご		

化學元素名稱對照表

（按元素符號拉丁字母順序排列）

日　文　名	符號	中文名	原子序數	日　文　名	符號	中文名	原子序數
アクチニウム (actinium)	Ac	錒	89	カリホルニウム (californium)	Cf	鐦	98
銀 (ぎん)	Ag	銀	47	塩素 (えんそ)	Cl	氯	17
アルミニウム (aluminium)	Al	鋁	13	キュリウム (curium)	Cm	鋦	96
アメリシウム (americium)	Am	鎇	95	コバルト (cobalt)	Co	鈷	27
アルゴン (argon)	Ar	氬	18	クロム (德Chrom)	Cr	鉻	24
アスタチン (德Astatin)	At	砈	85	セシウム (cesium)	Cs	銫	55
金 (きん)	Au	金	79	銅 (どう)	Cu	銅	29
砒素 (ひそ)	As	砷	33	ジスプロシウム (dysprosium)	Dy	鏑	66
硼素 (ほうそ)	B	硼	5	エルビウム (erbium)	Er	鉺	68
バリウム (barium)	Ba	鋇	56	アインスタイニウム (德Einsteinium)	Es	鑀	99
ベリリウム (beryllium)	Be	鈹	4	ユーロビウム (europium)	Eu	銪	63
ビスマス (bismuth)	Bi	鉍	83	弗素 (ふっそ)	F	氟	9
バークリウム (berkelium)	Bk	錇	97	鉄 (てつ)	Fe	鐵	26
臭素 (しゅうそ)	Br	溴	35	フェルミウム (fermium)	Fm	鐨	100
炭素 (たんそ)	C	碳	6	フランシウム (francium)	Fr	鈁	87
カルシウム (calcium)	Ca	鈣	20	ガリウム (gallium)	Ga	鎵	31
カドミウム (cadmium)	Cd	鎘	48	ランタン (德Lanthan)	La	鑭	57
セリウム (cerium)	Ce	鈰	58	ガドリニウム (gadolinium)	Gd	釓	64

日　文　名	符號	中文名	原子序數	日　文　名	符號	中文名	原子序數
ゲルマニウム (德Germanium)	Ge	鍺	32	ナトリウム (德Natrium)	Na	鈉	11
水素 (すいそ)	H	氫	1	ニオブ (德Niob)	Nb	鈮	41
ヘリウム (helium)	He	氦	2	ネオジム (德Neodym)	Nd	釹	60
ハフニウム (hafnium)	Hf	鉿	72	プラセオジム (德Praseodym)	Pr	鐠	59
水銀 (すいぎん)	Hg	汞	80	白金 (はっきん)	Pt	鉑	78
ホルミウム (holmium)	Ho	鈥	67	ニッケル (nickel)	Ni	鎳	28
沃素 (ようそ)	I	碘	53	ノーベリウム (德Nobelium)	No	鍩	102
インジウム (indium)	In	銦	49	ネプツニウム (德Neptunium)	Np	鎿	93
イリジウム (iridium)	Ir	銥	77	酸素 (さんそ)	O	氧	8
カリウム (德kalium)	K	鉀	19	オスミウム (osmium)	Os	鋨	76
クラプトン (krypton)	Kr	氪	36	燐 (りん)	P	磷	15
ネオン (neon)	Ne	氖	10	プロトアクチニウム (protoactinium)	Pa	鏷	91
リチウム (德Lithium)	Li	鋰	3	鉛 (なまり)	Pb	鉛	82
ローレンシウム (Lawrencium)	Lr	鐒	103	パラジウム (palladium)	Pd	鈀	46
ルテチウム (lutetium)	Lu	鑥	71	プロメチウム (德Promethium)	Pm	鉅	61
メンデレビウム (mendelevium)	Md	鍆	101	ポロニウム (polonium)	Po	釙	84
マグネシウム (magnesium)	Mg	鎂	12	プルトニウム (plutonium)	Pu	鈽	94
マンガン (德Mangan)	Mn	錳	25	ラジウム (radium)	Ra	鐳	88
モリブテン (德Molybdän)	Mo	鉬	42	ルビジウム (rubidium)	Rb	銣	37
窒素 (ちっそ)	N	氮	7	レニウム (rhenium)	Re	錸	75

日　文　名	符號	中文名	原子序數	日　文　名	符號	中文名	原子序數
ロジウム (rhodium)	Rh	銠	45	テルル (德Tellur)	Te	碲	52
ラドン (radon)	Rn	氡	86	トリウム (德Thorium)	Th	釷	90
ルテニウム (德Ruthenium)	Ru	釕	44	チタン (德Titan)	Ti	鈦	22
硫黄 (いおう)	S	硫	16	タリウム (德Thallum)	Tl	鉈	81
アンチモン (德Antimon)	Sb	銻	51	ツリウム (德Thulium)	Tm	銩	69
スカンジウム (scandium)	Sc	鈧	21	ウラン (德Uran)	U	鈾	92
セレン (德selen)	Se	硒	34	バナシウム (vanadium)	V	釩	23
珪素 (けいそ)	Si	硅	14	タングステン (tungsten)	W	鎢	74
サマリウム (samarium)	Sm	釤	62	キセノン (xenon)	Xe	氙	54
錫 (すず)	Sn	錫	50	イットリウム (yttrium)	Y	釔	39
ストロンチウム (strontium)	Sr	鍶	38	イッテルビウム (德Ytterbium)	Yb	鐿	70
タンタル (德Tantal)	Ta	鉭	73	亜鉛 (あえん)	Zn	鋅	30
テルビウム (德Terbium)	Tb	鋱	65	ジルコニウム (zirconium)	Zr	鋯	40
テクネチウム (technetium)	Tc	鎝	43				

漢字索引・音訓讀法

漢字部首名稱讀法

乙	おつにょう	彡	さんづくり
亠	なべぶた、けいさん	彳	ぎょうにんべん
亻	にんべん	忄	りっしんべん
人	ひと	扌	てへん
儿	にんにょう、ひとあし	手	て
八	はちがしら	氵	さんずい
冂	まきがまえ、けいがまえ	犭	けものへん
冖	わかんむり	犬	いぬ
冫	にすい	阝・邑(右)	おおざと
刂	りっとう	阝・阜(左)	こざとへん
刀	かたな	忝	したごころ
力	ちから	心	こころ
勹	つつみがまえ	戸	とかんむり、とだれ
匚	はこがまえ	支	しにょう、えだにょう
匸	かくしがまえ	攵・攴	ぼくにょう
卩・㔾	ふしづくり	斗	とます
厂	がんだれ	斤	おのづくり
厶	む、わたくし	方	ほうへん、かたへん
口	くち、くちへん	日	にちへん、ひへん
囗	くにがまえ	曰	ひらび
土	つち、つちへん、どへん	月	つき、つきへん
士	し、さむらい	月(肉)	にくづき
夊	すいにょう	木	き、きへん
女	おんなへん	欠	けつ、あくび
子	こへん	止	し、とめへん
子	こ	歹	がつへん
宀	うかんむり	殳	ほこつくり、るまた
尸	しかばね、しかばねかんむり	气	きがまえ
山	やま、やまへん	氺	したみず
巛	まがりかわ	水	みず
川	かわ	火	ひ、ひへん
巾	はばへん、きんべん	灬	れっか、れんが
广	まだれ	爪(爫)	そうにょう、つめかんむり
廴	えんにょう、いんにょう	爿	しょうへん
艹(艸)	そうこう、くさかんむり	片	かたへん
弓	ゆみへん	牙	きばへん
彐・彑・ヨ	けいがしら	牛	うしへん

牛	うし		角	つのへん
王	たまへん		言	ごんべん
玉	たま		豆	まめへん
衤	ねへん		豕	いのこ、いのこへん
示	しめす		豸	むじなへん
罒・网・冖・罓	あみがしら		貝	かい、かいへん、こがい
耂・老	おいかんむり		走	そうにょう
辶・辵	しんにょう		足	あしへん
田	た、たへん		身	みへん
疒	やまいだれ		車	くるま、くるまへん
癶	はつがしら		酉	とり、とりへん、ひよみのとり
皮	かわ、けがわ		釆	のごめ、のごめへん
皿	さら		里	さと、さとへん
目	め、めへん		金	かねへん
矛	ほこ、ほこへん		門	もんがまえ、かどがまえ
矢	や、やへん		隹	ふるとり
石	いし、いしへん		雨	あめかんむり、あまかんむり
禾	のぎへん		革	かわへん、つくりがわ
穴	あなかんむり		韋	なめしがわ
立	たつ、たつへん		頁	おおがい、いちのかい
衤	ころもへん		𩙿	しょくへん
衣	ころも		食	しょく
竹	たけかんむり		馬	うま、うまへん
米	こめ、こめへん		骨	ほね、ほねへん
糸	いと、いとへん		髟	かみかんむり、かみがしら
缶	ほとぎへん		鬥	とうがまえ、たたかいがまえ
羊	ひつじへん		鬲	かなえ
耒	すきへん、らいすき		鬼	おに、きにょう
耳	みみ、みみへん		魚	うおへん
聿	ふでづくり		鳥	とりへん
舌	したへん		麥(麦)	むぎ、ばくにょう
舟	ふなへん		麻	あさかんむり
虍	とらかんむり、とらがしら		鼻	はなへん
虫	むし、むしへん		齒(歯)	は、はへん
行	ゆきがまえ			

漢字音訓讀法部首索引

一 劃

、	1615
一	1615
乙・乚	1624
丨	1625
亅	1626
ノ	1626

二 劃

二	1627
亠	1628
人	1629
儿	1629
入	1630
八	1632
冂	1632
冖	1633
冫	1635
几	1636
凵	1637
刀	1639
力	1639
勹	1639
匕	1642
匚	1642
十	1644
卜	1646
卩	1648
厂	1650
厶	1650
又	1650
	1658
	1660

三 劃

氵	1660
宀	1671
广	1676
辶	1677
忄	1684
干	1686
土	1687
士	1690
工	1691
弋	1692
寸	1692
扌	1693
大	1701
廾	1705

尢	1705
彐・ヨ	1705
己	1705
弓	1705
尸	1707
廴	1708
子・孑	1709
阝(左)	1709
阝(右)	1712
口	1712
囗	1721
巾	1723
山	1724
彡	1726
⺍	1727
小・少	1733
屮	1736
夕	1736
夊	1737
犭	1738
彳	1739
幺	1743
女	1743
巛	1746

四 劃

	1747
灬	1749
斗	1749
文	1749
方	1750
戸	1750
礻	1751
心	1752
火	1757
王	1759
戈	1761
瓦	1761
木	1762
无	1762
犬	1762
歹	1771
支	1772
止	1772
日	1773
曰	1777
比	1778
母・毋	1778

水	1779
爿	1780
爻	1780
父	1780
气	1780
牛・牜	1781
手	1782
毛	1784
攵	1784
月	1786
月(肉)	1787
殳	1791
欠	1792
片	1792
氏	1793
斤	1793
爪・爫	1794

五 劃

穴	1794
立	1795
广	1797
礻	1798
示	1799
甘	1800
石	1800
矛	1802
癶	1802
疋・疋	1802
目	1803
田	1806
罒	1808
皿	1808
生	1809
矢	1810
禾	1811
用	1813
皮	1813
白	1813
瓜	1814

六 劃

衣	1815
羊	1816
米	1817
老	1818
西	1818
耳	1819

至	1820
羽	1820
聿	1820
艮	1820
虍	1821
虫	1821
肉	1822
缶	1823
耒	1823
舌	1823
竹・⺮	1823
舛	1825
色	1825
自	1826
臼	1826
血	1826
舟	1827
行	1827
糸	1828

七 劃

辛	1835
臣	1835
言	1835
走	1841
赤	1841
豆	1842
車	1842
酉	1844
辰	1844
豕	1845
里	1845
貝	1846
見	1848
足・⻊	1849
豸	1851
谷	1851
釆	1851
角	1851
身	1851

八 劃

雨	1852
青	1853
長	1854
門	1855
隶	1856
非	1856
金	1857

隹	1860
斉(齊)	1862

九 劃

音	1862
首	1862
革	1862
頁	1863
面	1864
韋	1865
飛	1865
食・⻟	1865
香	1866
風	1866

十 劃

鬥	1867
髟	1867
馬	1867
鬲	1868
骨	1868
鬯	1869
鬼	1869
竜(龍)	1869

十一 劃

麻	1869
鹿	1869
麥(麦)	1870
鹵	1870
魚	1870
鳥	1870
黑(黒)	1871
亀(龜)	1872

十二 劃

黽	1872
鼎	1872
黍	1872
歯(齒)	1872

十三 劃

鼓	1872
鼎	1872
鼠	1872

十四 劃

鼻	1872

十七 劃

龠	1872

漢字索引・音訓讀法

丶 部

〔之〕し・これ
〔丸〕がん・まる・たま・まるい・まるめる・まろ・そろぐ・まろし・まろめる・まるみ
丸丸 まるまる
丸干 まるぼし
丸刈 まるがり
丸太 まるた
丸太棒 まるたんぼう
丸天井 まるてんじょう
丸切 まるっきり・まるきり
丸木 まるき
丸込 まるめこむ
丸打 まるうち
丸出 まるだし
丸本 まるほん
丸合羽 まるがっぱ
丸麦 まるむぎ
丸坊主 まるぼうず
丸呑 まるのみ
丸材 まるざい
丸見 まるみえ
丸抱 まるかかえ
丸取 まるどり
丸洗 まるあらい
丸染 まるぞめ
丸盆 まるぼん
丸負 まるまけ
丸首 まるくび
丸剤 がんざい
丸帯 まるおび
丸紐 まるひも
丸針 まるばり
丸窓 まるまど

丸幅 まるはば
丸焼 まるやき・まるやけ
丸勝 まるがち
丸紛 まるぐけ
丸寝 まるね
丸損 まるぞん
丸腰 まるこし
丸裸 まるはだか
丸潰 まるつぶれ
丸薬 がんやく
丸髷 まるまげ
丸儲 まるもうけ
丸顔 まるがお
丸襟 まるえり
〔丹〕たん・に
丹心 たんしん
丹田 たんでん
丹色 にいろ
丹花 たんか
丹波栗 たんばぐり
丹念 たんねん
丹毒 たんどく
丹青 たんせい
丹前 たんぜん
丹後 たんご
丹頂 たんちょう
丹塗 にぬり
丹誠 たんせい
丹碧 たんぺき
丹精 たんせい
〔主〕しゅ・しゅう・おも・おもな・おもに・あるじ・したる・ぬし
主力 しゅりょく
主人 しゅじん
主上 しゅじょう
主文 しゅぶん
主立 おもだっつ
主用 しゅよう

主犯 しゅはん
主任 しゅにん
主因 しゅいん
主成分 しゅせいぶん
主旨 しゅし
主位 しゅい
主体 しゅたい
主役 しゅやく
主君 しゅくん
主我 しゅが
主車輪 しゅしゃりん
主事 しゅじ
主治医 しゅじい
主命 しゅめい・しゅうめい
主知 しゅち
主客 しゅきゃく・しゅかく
主要 しゅよう
主神 しゅしん
主音 しゅおん
主査 しゅさ
主点 しゅてん
主計 しゅけい
主面 しゅづら
主食 しゅしょく
主家 しゅか・おもや
主剤 しゅざい
主務 しゅむ
主流 しゅりゅう
主宰 しゅさい
主恩 しゅおん
主席 しゅせき
主従 しゅじゅう・しゅうじゅう
主将 しゅしょう
主峰 しゅほう
主格 しゅかく
主根 しゅこん

主脈 しゅみゃく
主殺 しゅうごろし
主砲 しゅほう
主動 しゅどう
主情 しゅじょう
主張 しゅちょう
主部 しゅぶ
主菜 しゅさい
主著 しゅちょ
主唱 しゅしょう
主婦 しゅふ
主教 しゅきょう
主祭 しゅさい
主産地 しゅさんち
主産物 しゅさんぶつ
主眼 しゅがん
主筋 しゅうすじ
主税局 しゅぜいきょく
主筆 しゅひつ
主訴 しゅそ
主軸 しゅじく
主催 しゅさい
主意 しゅい
主幹 しゅかん
主業 しゅぎょう
主稜 しゅりょう
主戦 しゅせん
主義 しゅぎ
主辞 しゅじ
主演 しゅえん
主管 しゅかん
主語 しゅご
主潮 しゅちょう
主賓 しゅひん
主審 しゅしん
主導 しゅどう
主権 しゅけん
主監 しゅかん
主調 しゅちょう

主薬 しゅやく
主謀 しゅぼう
主翼 しゅよく
主観 しゅかん
主題 しゅだい
〔丼〕どん・どんぶり
丼勘定 どんぶりかんじょう

一 部

〔一〕いち・いつ・ひ・ひい・ひと・ひとつ
一一 いちいち・ひとつひとつ
一七日 いっしちにち・ひとなのか
一二 いちに
一丁 いっちょう
一丁字 いっていじ
一刀 いっとう
一八 いちはつ
一入 ひとしお
一人 いちにん・ひとり
一人一人 ひとりびとり
一人口 ひとりぐち
一人子 ひとりっこ
一人天下 ひとりでんか
一人占 ひとりじめ
一人立 ひとりだち
一人物 いちじんぶつ
一人前 いちにんまえ・ひとりまえ
一人相撲 ひとりずもう
一人暮 ひとりぐらし

一人静 ひとりしずか

一丸 いちがん

一下 いっか

一己 いっこ

一个 いっか

一山 いっさん・ひとやま

一子 いっし

一寸 いっすん・ちょっと

一寸見 ちょっとみ

一工夫 ひとくふう

一口 ひとくち

一大 いちだい

一大事 いちだいじ

一女 いちじょ

一匹 いっぴき

一分 いちぶ・いちぶん

一円 いちえん

一介 いっかい

一六 いちろく

一元 いちげん

一中節 いっちゅうぶし

一反 いったん

一切 いっさい

一心 いっしん

一天 いってん

一夫 いっぷ

一双 いっそう

一文 いちぶん・いちもん

一文字 いちもんじ・ひともじ

一日 いちじつ・いちにち・ついたち・ひとひ

一月 いちがつ・いちげつ

一犬 いっけん

一手 いって・ひとて

一木 いちぼく

一方 いっぽう・いちかた・ひとかた

一毛作 いちもうさく

く

一片 いっぺん

一片食 ひとかたき・ひとかたけ

一戸 いっこ

一夕 いっせき

一世 いっせ・いっせい

一代 いちだい

一穴 いっけつ・ひとつあな

一辺倒 いっぺんとう

一半 いっぱん

一汁一菜 いちじゅういっさい

一打 いちだ・ひとうち

一句 いっく

一札 いっさつ

一本 いっぽん・ひともと

一本立 いっぽんだち

一本気 いっぽんぎ

一本槍 いっぽんやり

一本調子 いっぽんちょうし

一本橋 いっぽんばし

一礼 いちれい

一旦 いったん

一目 いちもく・ひとめ

一目散 いちもくさん

一生 いっしょう

一生面 いちせいめん・いっせいめん

一生涯 いっしょうがい

一石 いっせき

一皮 ひとかわ

一矢 いっし

一失 いっしつ

一白 いっぱく

一疋 いっぴき

一再 いっさい

一両 いちりょう

一年 いちねん・ひととせ

一年生植物 いちねんせいしょくぶつ

一休 ひとやすみ

一任 いちにん

一件 いっけん

一先 ひとまず

一次 いちじ

一列 いちれつ

一汗 ひとあせ

一安心 ひとあんしん

一宇 いちう

一字 いちじ

一巡 いちじゅん・ひとめぐり

一因 いちいん

一団 いちだん

一回 いっかい・ひとまわり

一回転 いっかいてん

一対 いっつい

一対一 いちたいいち

一式 いっしき

一名 いちめい

一合 いちごう

一同 いちどう

一向 いっこう・ひたすら

一死 いっし

一旬 いちじゅん

一肌 ひとはだ

一存 いちぞん

一行 いっこう・ひとくだり

一曲 いっきょく

一考 いっこう

一糸 いっし

一衣帯水 いちいたいすい

一色 いっしょく・ひ

といろ

一気 いっき

一舟 ひとふね

一兎 いっと

一更 いっこう

一卵性 いちらんせい

一兵 いっぺい

一別以来 いちべついらい

一男 いちなん

一助 いちじょ

一位 いちい

一体 いったい

一応 いちおう

一撮 ひとつまみ

一投 いっとう

一決 いっけつ

一坐 いちざ

一声 いっせい・ひとこえ

一花 ひとはな

一芸 いちげい

一局 いっきょく

一役 ひとやく

一条 いちじょう

一利 いちり

一里塚 いちりづか

一系 いっけい

一足 ひとあし

一足飛 いっそくとび

一身 いっしん・ひとみ・ひとつみ

一角 いっかく・いっかど・ひとかど

一見 いっけん・いちげん

一見識 いちけんしき

一走 ひとはしり

一言 いちげん・いちごん・ひとこと

一言一行 いちげんいっこう

一言居士 いちげんこじ

一事 いちじ

一画 いっかく

一具 いちぐ

一刻 いっこく

一刹那 いっせつな

一例 いちれい

一価 いっか

一命 いちめい

一宗 いっしゅう

一定 いちじょう・いってい

一味 いちみ

一国 いっこく

一弦琴 いちげんきん

一周 いっしゅう

一泡 ひとあわ

一泊 いっぱく

一波 いっぱ

一抹 いちまつ

一拍 いっぱく

一抱 ひとかかえ

一妻多夫 いっさいたふ

一苦労 ひとくろう

一往 いちおう

一夜 いちや・ひとよ・ひとよさ

一念 いちねん

一昔 ひとむかし

一服 いっぷく

一炊 いっすい

一歩 いっぽ

一枚 いちまい・ひとひら

一杯 いっぱい

一物 いちもつ

一知半解 いっちはんかい

一季 いっき

一直 いっちょく

一直線 いっちょくせん

一所 いっしょ

一門 いちもん

一長一短 いっちょういったん

一雨 ひとあめ
一巻 いっかん
一派 いっぱ
一度 いちど・ひとたび
一室 いっしつ
一指 いっし・ひとさし
一括 いっかつ
一律 いちりつ
一城 いちじょう
一品 いっぴん・いっぴん
一思 ひとおもい
一荒 ひとあれ
一神教 いっしんきょう
一点 いってん
一昨 いっさく
一昨日 いっさくじつ・おとつい・おととい
一昨年 いっさくねん・おととし
一昨昨日 さきおととい
一昨昨年 さきおととし
一変 いっぺん
一段 いちだん
一段落 いちだんらく
一発 いっぱつ
一重 ひとえ
一軍 いちぐん
一計 いっけい
一首 いっしゅ
一面 いちめん
一面識 いちめんしき
一風 いっぷう
一高一低 いっこういってい
一党 いっとう
一倍 いちばい

一個 いっか・いっこ
一個人 いっこじん
一流 いちりゅう
一浪 いちろう
一家 いっか・いっけ・ひとつや
一連 いちれん
一途 いちず・いっと
一通 ひととおり
一席 いっせき
一陣 いちじん
一院 いちいん
一座 いちざ
一姫二太郎 いちひめにたろう
一将 いっしょう
一員 いちいん
一帯 いったい
一差 ひとさし
一致 いっち
一称 いっしょう
一般 いっぱん
一殺多生 いっさつたしょう・いっせつたしょう
一息 ひといき
一校 いっこう
一案 いちあん
一挙 いっきょ
一挙手一投足 いっきょしゅいっとうそく
一書 いっしょ・ひとつがき
一隻眼 いっせきがん
一脈 いちみゃく
一時 いちじ・いっとき・ひととき
一時期 いちじき
一能 いちのう
一眠 いちみん・ひとねむり
一病 いちびょう
一笑 いっしょう
一級 いっきゅう
一紙半銭 いっしはん

んせん
一軒 いっけん
一軒家 いっけんや
一閃 いっせん
一骨 ひとほね
一進一退 いっしんいったい
一週 いっしゅう
一張一弛 いっちょういっし
一張羅 いっちょうら
一宿 いっしゅく
一基 いっき
一部 いちぶ
一部分 いちぶぶん
一得 いっとく
一婦 いっぷ
一著 いっちょ
一唱三嘆 いっしょうさんたん
一捻 ひとひねり
一掃 いっそう
一掬 いっきく
一堂 いちどう
一郭 いっかく
一敗 いっぱい
一族 いちぞく
一望 いちぼう
一理 いちり
一毫 いちごう
一視同仁 いっしどうじん
一晩 ひとばん
一産 いっさん
一票 いっぴょう
一盛 ひとさかり
一眸 いちぼう
一眼 いちがん
一粒 いちりゅう
一粒種 ひとつぶだね
一粒選 ひとつぶえり
一絃琴 いちげんきん
一転 いってん

一転機 いちてんき・いってんき
一問一答 いちもんいっとう
一頃 ひところ
一葦 いちい
一葉 いちよう
一道 いちどう
一過 いっか
一遍 いっぺん
一握 いちあく・ひとにぎり
一揖 いちゆう
一揆 いっき
一揉 ひともみ
一隅 いちぐう
一階 いっかい
一陽来復 いちようらいふく
一喝 いっかつ
一幅 いっぷく
一塁 いちるい
一場 いちじょう
一覚 ひとつおぼえ
一散 いっさん
一朝 いっちょう
一期 いっき・いちご
一番 いちばん
一斑 いっぱん
一筆 ひとふで
一筋 ひとすじ
一喜一憂 いっきいちゆう
一着 いっちゃく
一報 いっぽう
一統 いっとう
一筆 いっぴつ
一策 いっさく
一等 いっとう
一貫 いっかん
一閑張 いっかんばり
一飯 いっぱん
一廉 いっかど・ひとかど
一寝入 ひとねいり
一溜 ひとたまり

一幕 ひとまく
一塩 ひとしお
一塊 いっかい・ひとかたまり
一戦 いっせん
一意 いちい
一蓮托生 いちれんたくしょう
一旒 いちりゅう
一腰 ひとこし
一新 いっしん
一新紀元 いっしんきげん
一蓋 いっさん
一献 いっこん
一腹 いっぷく・ひとはら
一睡 いっすい
一節 いっせつ
一節切 ひとよぎり
一粲 いっさん
一義 いちぎ
一群 いちぐん・ひとむら・ひとむれ
一触即発 いっしょくそくはつ
一路 いちろ
一話 ひとつばなし
一頓挫 いちとんざ
一劃 いっかく
一滴 いってき・ひとしずく
一層 いっそう・いっそ
一廓 いっかく
一様 いちよう
一構 ひとかまえ
一摑 ひとつかみ
一際 ひときわ
一旗 ひとはた
一端 いったん・いっぱし
一碧 いっぺき
一種 いっしゅ
一管 いっかん
一算 いっさん
一箇 いっか・いっこ

一緒 いっしょ	一議 いちぎ	七分 しちぶ	七福神 しちふくじ	万代 ばんだい・よろ
一網打尽 いちもう	一躍 いちやく	七分搗 しちぶづき	ん	ずよ
だじん	一纏 ひとまとめ	七日 なぬか・なのか	七種 ななくさ	万世 ばんせい
一語 いちご	一顧 いっこ	七月 しちがつ	七輪 しちりん	万古 ばんこ
一説 いっせつ	一鶴 いっかく	七生 しちしょう	七曜 しちよう	万民 ばんみん
一読 いちどく	一驚 いっきょう	七光 しちのひかり	七難 しちなん	万石通 まんごくど
一酸化炭素 いっ	一攫千金 いっかく	七年忌 しちねんき	七癖 ななくせ	おし
さんかたんそ	せんきん	七回忌 しちかいき	七顛八倒 しってん	万両 まんりょう
一髪 いっぱつ	一顰一笑 いっぴん	七曲 ななまがり	ばっとう・しちてん	万年 まんねん
一齊 いっせい	いっしょう	七色 しちしょく・な	はっとう	万年青 おもと
一審 いっしん	〔丁〕てい・ちょう・	ないろ	七顛八起 しちてん	万全 ばんぜん
一敵国 いちてっこ	ちょうと・ひのと	七花八裂 しちかは	はっき	万死 ばんし
く	丁丁 ちょうちょう	ちれつ	七竈 ななかまど	万朶 ばんだ
一撃 いちげき	丁子 ちょうじ	七言 しちごん	〔与〕よ・か・あずか	万有 ばんゆう
一徹 いってつ	丁半 ちょうはん	七赤 しちせき	る・あたえ・あたえ	万作 まんさく
一線 いっせん	丁付 ちょうづけ	七里結界 しちりけ	る・くみする	万邦 ばんぽう
一輪 いちりん	丁目 ちょうめ	っかい	与力 よりき	万言 まんげん
一興 いっきょう	丁年 ていねん	七宝 しっぽう	与太 よた・よたる	万里 ばんり
一膳飯屋 いちぜん	丁合 ちょうあい	七所借 ななとこが	与太者 よたもの	万事 ばんじ
めしや	丁字 ていじ	り	与太郎 よたろう	万金 まんきん
一樹 いちじゅ	丁定規 ていじょう	七夜 しちや	与件 よけん	万波 ばんぱ
一瓢 いっぴょう	ぎ	七厘 しちりん	与国 よこく	万国 ばんこく
一親等 いっしんと	丁度 ちょうど	七洋 しちよう	与易 くみしやすい	万物 ばんぶつ
う	丁重 ていちょう	七海 ななつのうみ	与党 よとう	万乗 ばんじょう
一頭 いっとう	丁場 ちょうば	七屋 ななつや	与奪 よだつ	万巻 まんがん
一頻 ひとしきり	丁番 ちょうばん	七草 ななくさ	〔万〕ばん・まん・よ	万屋 よろずや
一儲 ひともうけ	丁数 ちょうすう	七珍 しっちん	ろず	万華鏡 ばんかきょ
一臂 いっぴ	丁稚 でっち	七変化 しちへんげ	万一 まんいち・まん	う・まんげきょう
一環 いっかん	丁寧 ていねい	七重 ななえ	かいち	万能 ばんのう・まん
一瞥 いちべつ	丁髷 ちょんまげ	七面倒 しちめんど	万人 ばんじん・ばん	のう
一翼 いちよく	〔七〕しち・な・な	う	にん・まんにん	万病 まんびょう
一縷 いちる	な・ななつ	七面鳥 しちめんち	万人向 まんにんむ	万般 ばんぱん
一聯 いちれん	七七日 しちしちに	ょう	き	万骨 ばんこつ
一覧 いちらん	ち・なななのか・な	七桁 ななけた	万力 まんりき	万斛 ばんこく
一瞬 いっしゅん	ななぬか	七堂伽藍 しちどう	万才 ばんざい	万頃 ばんけい
一顆 いっか	七十 しちじゅう・な	がらん	万丈 ばんじょう	万葉 まんよう・まん
一瀉千里 いっしゃ	なそち	七彩 しちさい	万万 ばんばん	にょう
せんり	七十路 ななそじ	七転八倒 しってん	万万一 まんまんい	万葉仮名 まんにょ
一擲 いってき	七三 しちさん	ばっとう・しちてん	ち	うがな
一癖 ひとくせ	七下 ななつさがり	はっとう・しちてん	万万年 まんまんね	万釣 ばんきん・まん
一簣 いっき	七夕 たなばた	ばっとう	ん	きん
一難 いちなん	七不思議 ななふし	七転八起 しちてん	万万歳 ばんばんざ	万策 ばんさく
一類 いちるい	ぎ	はっき・ななころび	い	万象 ばんしょう
一騎 いっき	七五三 しちごさん	やおき	万分一 まんぶんの	万感 ばんかん
一蹴 いっしゅう	七五三縄 しめなわ	七道 しちどう	いち	万福 ばんぷく・まん
一齣 ひとこま	七五調 しちごちょ	七道具 ななつどう	万夫 ばんぷ	ぷく
一籌 いっちゅう	う	ぐ	万引 まんびき	万歳 ばんざい・まん

さい
万雷 ばんらい
万障 ばんしょう
万緑 ばんりょく
万端 ばんたん
万灯 まんどう
万機 ばんき
万謝 ばんしゃ
万難 ばんなん
万籟 ばんらい
〔三〕さん・み・み
　つ・みっつ
三一 さんピン
三一致 さんいっち
三十 みそち
三十一文字 さん
　じゅういちもんじ・
　みそひともじ
三十二相 さんじゅ
　うにそう
三十日 みそか
三十五 さんじゅう
　ご
三十六計 さんじゅ
　うろっけい
三十路 みそち
三七日 さんしちに
　ち・みなのか
三又 みつまた
三人 さんにん・みた
　り
三人称 さんにんし
　ょう
三五 さんご
三寸 さんずん
三才 さんさい
三子 みつご
三口 みつくち
三大洋 さんたいよ
　う
三大革命運動 さ
　んだいかくめいうん
　どう
三大差異 さんだい
　さい
三大陸 さんだいり
　く

三叉 さんさ・みつま
　た
三千世界 さんぜん
　せかい
三下 さんさがり・さ
　んした
三三五五 さんさん
　ごご
三丸 さんのまる
三女 さんじょ
三化螟虫 さんかめ
　いちゅう
三太夫 さんだゆう
三大郎 さんたろう
三文 さんもん
三方 さんぽう
三日 みっか
三毛 みけ
三毛作 さんもうさ
　く
三日月 みかづき
三月 さんがつ
三尺 さんじゃく
三巴 みつどもえ
三世 さんぜ
三兄 さんけい
三平汁 さんぺいじ
　る
三冬 さんとう
三代 さんだい
三布 みの
三生児 さんせいじ
三目 みつめ
三年 みとせ
三次 さんじ
三次元 さんじげん
三伏 さんぷく
三行半 みくだりは
　ん
三行広告 さんぎょ
　うこうこく
三曲 さんきょく
三色 さんしょく・さ
　んしき
三色菫 さんしきす
　みれ
三百代言 さんびゃ

くだいげん
三羽烏 さんばがら
　す
三児 みつご
三位 さんみ
三体 さんたい
三助 さんすけ
三役 さんやく
三更 さんこう
三男 さんなん
三里 さんり
三角 さんかく・みつ
　かど
三角形 さんかっけ
　い
三文 さんもん
三身 みつみ
三宝 さんぽう
三拝 さんぱい
三拍子 さんびょう
　し
三府 さんぷ
三味線 さみせん・
　しゃみせん
三板 サンパン
三和音 さんわおん
三杯酢 さんばいず
三枚 さんまい
三枝礼 さんしのれ
　い
三国 さんごく
三者 さんしゃ
三舎 さんしゃ
三周忌 さんしゅう
　き
三弦 さんげん
三門 さんもん
三度 さんど
三度豆 さんどまめ
三度笠 さんどがさ
三乗 さんじょう
三界 さんがい
三冠 さんかん
三郎 さぶろう
三指 みつゆび
三昧 さんまい
三盆 さんぼん
三盃酢 さんばいず

三秋 さんしゅう
三思 さんし
三皇 さんこう
三省 さんせい
三訂 さんてい
三軍 さんぐん
三重 さんじゅう・み
　つがさね
三重奏 さんじゅう
　そう
三重唱 さんじゅう
　しょう
三食 さんしょく
三面 さんめん
三段飛 さんだんと
　び
三段跳 さんだんと
　び
三段構 さんだんが
　まえ
三段論法 さんだん
　ろんぽう
三原色 さんげんし
　ょく
三流 さんりゅう
三連 さんれん
三差 さんさ
三振 さんしん
三従兄弟 はとこ
三従姉妹 はとこ
三校 さんこう
三途川 さんずのか
　わ
三時 さんじ
三彩 さんさい
三針 さんしん
三部 さんぶ
三都 さんと
三唱 さんしょう
三脚 さんきゃく
三絃 さんげん
三組 みつぐみ
三寒四温 さんかん
　しおん
三幅 みの
三幅対 さんぷくつ
　い

三尊 さんぞん
三揃 みつぞろい
三葉 みつば
三椏 みつまた
三塁 さんるい
三朝 さんちょう
三景 さんけい
三竦 さんすくみ
三等 さんとう
三筋糸 みすじのい
　と
三猿主義 さんえん
　しゅぎ
三聖 さんせい
三嘆 さんたん
三稜鏡 さんりょう
　きょう
三歳 みとせ
三徳 さんとく
三碧 さんぺき
三複線 さんふくせ
　ん
三種 さんしゅ
三綱 さんこう
三箇日 さんがにち
三読会 さんどっか
　い
三選 さんせん
三権 さんけん
三歎 さんたん
三蔵 さんぞう
三輪車 さんりんし
　ゃ
三遷 さんせん
三隣亡 さんりんぼ
　う
三膳 さんのぜん
三親等 さんしんと
　う
三頭政治 さんとう
　せいじ
三題咄 さんだいば
　なし
三題噺 さんだいば
　なし
三顧 さんこ
〔下〕か・げ・おり

る・おろし・おろす・くださる・くだされる・くだす・くだし・くだり・くだる・さがり・さがる・さぐ・さげ・さげる・した・しも・もと	下劣 げれつ	下剋上 げこくじょう	下魚 げうお	ば

下人 げにん
下下 げげ・しもじも
下口 おりくち
下大根 おろしだいこん
下士官 かしかん
下山 げざん
下女 げじょ
下女中 しもじょちゅう
下手 したて・へた・しもて
下手人 げしゅにん
下手物 げてもの
下手糞 へたくそ
下心 したごころ
下刈 したがり
下方 しもつかた
下戸 げこ
下火 したび
下水 げすい
下支 したささえ
下毛 したげ
下世話 げせわ
下半身 かはんしん
下半期 しもはんき
下付 かふ
下仕 しもづかえ
下仕事 したしごと
下打合せ したうちあわせ
下句 しものく
下目 しため・さがりめ
下田 げでん
下生 したばえ
下立 おりたつ・おろしたて
下司 げす

下地 したじ
下回 したまわり・したまわる
下名 かめい
下向 げこう・したむき
下血 けけつ
下列車 くだりれっしゃ
下旬 げじゅん
下克上 げこくじょう
下位 かい
下作 げさく
下阪 げはん
下坂 くだりざか
下図 かず・したず
下役 したやく
下町 したまち
下男 げなん
下足 げそく
下車 げしゃ
下見 したみ
下身 したみ
下刻 げこく
下命 かめい
下垂 かすい
下押 したおし
下拙 げせつ
下弦 かげん
下味 したあじ
下枝 しずえ・したえだ
下戻 さげもどし
下肢 かし
下肥 しもごえ
下物 げもの・おりもの・くだされもの
下版 げはん
下知 げじ・げち・げぢ
下取 したどり
下和 おろしあえ
下金 おろしがね
下卑 げびる
下乗 げじょう

下前 したまえ
下前髪 さげまえがみ
下穿 したばき
下洗 したあらい
下限 かげん
下拵 したごしらえ
下品 げひん・げぼん
下屋 げや
下屋敷 しもやしき
下草 したくさ
下廻 したまわり・したまわる
下降 かこう
下相談 したそうだん
下段 かだん・げだん
下界 げかい
下風 かふう
下剤 げざい
下値 したね
下流 かりゅう
下浣 げかん
下座 げざ・しもざ
下院 かいん
下席 しもせき
下振 さげふり
下唇 したくちびる
下帯 したおび
下校 げこう
下根 げこん
下書 したがき
下疳 げかん
下級 かきゅう
下記 かき
下馬 げば
下宿 げしゅく
下情 かじょう
下掛 したがけ・しもがかる
下陰 したかげ
下部 かぶ
下張 したばり
下婢 かひ
下萌 したもえ

下略 かりゃく・げりゃく
下着 したぎ
下舵 さげかじ
下船 げせん
下野 げや
下間 かもん
下準備 したじゅんび
下渡 さげわたす
下達 かたつ
下貼 したばり
下落 げらく
下葉 したば
下煮 したに
下歯 したば
下棚 さげだな
下期 しもき
下脹 しもぶくれ
下痢 げり
下衆 げす
下番 かばん
下等 かとう
下策 げさく
下検分 したけんぶん
下絵 したえ
下働 したばたらき
下腿 かたい
下塗 したぬり
下意 かい
下腹 くだりばら・したっぱら・したはら
下腹部 かふくぶ
下僕 げぼく
下僚 かりょう
下層 かそう
下層中牧 かそうちゅうぼく
下層中農 かそうちゅうのう
下獄 げごく
下蔭 したかげ
下敷 したじき
下膊 かはく
下端 かたん・したっぱ

下種 げす
下緒 さげお
下読 したよみ
下駄 げた
下潮 さげしお
下履 したばき
下稽古 したげいこ
下篇 げへん
下編 げへん
下調 したしらべ
下請 したうけ
下賜 かし
下賤 げせん
下髪 さげがみ
下薬 くだしぐすり
下膿 げろう
下積 したづみ
下盥 しもだらい
下縫 したぬい
下鮎 くだりあゆ
下瞰 かかん
下職 したけ
下顎 したあご
下露 したつゆ
〔丈〕じょう・たけ・だけ
丈夫 じょうふ・じょうぶ・ますらお
丈六 じょうろく
丈比 たけくらべ
丈余 じょうよ
〔上〕じょう・あがり・あがる・あがり・あげ・あげる・うわ・うえ・かみ・のぼす・のぼせる・のぼり・のぼる
上人 しょうにん
上上 じょうじょう
上下 じょうげ・あがりさがり・あげおろし・あげくだし・あげさげ・うえした・かみしも・しょうか・じょうか・のぼりおり

上土 うわつち
上巳 じょうし・じょうみ
上女中 かみじょちゅう
上口 あがりぐち・のぼりぐち
上戸 じょうご
上分別 じょうふんべつ
上辷 うわすべり
上天 じょうてん
上天気 じょうてんき
上水 じょうすい
上木 じょうぼく
上手 じょうず・うわて・かみて
上手物 じょうてもの
上方 うえつかた・かみがた
上火 うわび
上世 じょうせい
上半身 じょうはんしん
上半期 かみはんき
上出来 じょうでき
上包 うわづつみ
上付 うわつく
上代 じょうだい
上辺 うわべ
上込 あがりこむ
上古 じょうこ
上句 かみのく
上布 じょうふ
上皮 じょうひ・うわかわ・うわっかわ
上申 じょうしん
上田 じょうでん
上甲板 じょうかんぱん
上目 あがりめ・うわめ
上気道 じょうきどう
上玉 じょうだま
上白 じょうはく

上旬 じょうじゅん
上列車 のぼりれっしゃ
上地 じょうち
上向 じょうこう・うわむき
上司 じょうし
上回 うわまわる
上図 じょうず
上気 じょうき
上衣 うわぎ
上米 じょうまい
上肉 じょうにく
上作 じょうさく
上位 じょうい
上体 じょうたい
上役 うわやく
上声 じょうしょう・じょうせい
上坂 のぼりざか
上告 じょうこく
上花 あがりばな
上身 うわみ
上刻 じょうこく
上使 じょうし
上述 じょうじゅつ
上官 じょうかん
上京 じょうきょう・かみぎょう
上弦 じょうげん
上昇 じょうしょう
上底 あげぞこ
上肢 じょうし
上枝 ほつえ
上板 あげいた
上物 じょうもの・あがりもの・うわもの
上表 じょうひょう
上空 じょうくう・うわのそら
上長 じょうちょう
上乗 じょうじょう・うわのせ・うわのり
上前 うわまえ
上洛 じょうらく
上客 じょうきゃく
上屋 うわや

上廻 うわまわる
上限 じょうげん
上品 じょうひん
上帝 じょうてい
上奏 じょうそう
上映 じょうえい
上段 じょうだん・あがりだん
上背 うわぜい
上皇 じょうこう
上首尾 じょうしゅび
上面 うわつら・うわっつら
上値 うわね
上家 うわや
上浣 じょうかん
上酒 じょうしゅ
上席 じょうせき
上流 じょうりゅう
上座 じょうざ・かみざ
上降 あがりおり
上院 じょういん
上唇 うわくちびる
上荷 うわに
上書 じょうしょ・うわがき
上納 じょうのう
上框 あがりかまち
上根 じょうこん
上紙 うわがみ
上級 じょうきゅう
上記 じょうき
上高 あがりだか
上側 うわがわ・うわっかわ
上宿 じょうやど
上得意 じょうとくい
上掛 うわがけ
上陸 じょうりく
上部 じょうぶ
上張 うわばり・うわっぱり
上梓 じょうし
上略 じょうりゃく

上舵 あげかじ
上船 じょうせん
上達 じょうたつ
上場 じょうじょう・あがりば
上棟 じょうとう
上期 かみき
上程 じょうてい
上番 じょうばん
上等 じょうとう
上訴 じょうそ
上湯 あがりゆ
上掲 じょうけい
上葉 うわば
上歯 うわば
上着 うわぎ
上絵 うわえ
上策 じょうさく
上越 うえこす
上貼 うわばり
上塗 うわぬり
上滑 うわすべり
上蓋 あげぶた
上意 じょうい
上腿 じょうたい
上置 うわおき
上農 じょうのう
上詰 のぼりつめる
上靴 うわぐつ
上演 じょうえん
上圜 じょうえん
上蔟 じょうぞく
上敷 うわじき
上様 じょうさま・うえさま・かみさま・かみさん
上膊 じょうはく
上端 じょうたん・あがりはな
上製 じょうせい
上聞 じょうぶん
上潮 あげしお
上澄 うわずみ
上履 うわばき
上篇 じょうへん
上編 じょうへん
上調子 のぼりちょうし・

うし・うわちょうし・し・うわっちょうし
上質 じょうしつ
上澗 じょうかん
上﨟 じょうろう
上薬 うわぐすり
上燗 じょうかん
上膳 あげぜん
上膳据膳 あげぜんすえぜん
上機嫌 じょうきげん
上積 うわづみ
上擦 うわずる
上覧 じょうらん
上顎 じょうがく・うわあご
〔丑〕ちゅう・うし
丑三 うしみつ
丑日 うしのひ
丑寅 うしとら
丑満 うしみつ
〔牙〕が・きば
牙城 がじょう
〔不〕ふ・ぶ
不一 ふいつ
不乙 ふいつ
不二 ふじ
不十分 ふじゅうぶん
不入 ふいり
不人情 ふにんじょう
不才 ふさい
不公平 ふこうへい
不心得 ふこころえ
不日 ふじつ
不手際 ふてぎわ
不文 ふぶん
不毛 ふもう
不予 ふよ
不可 ふか
不可分 ふかぶん
不可欠 ふかけつ
不可抗力 ふかこうりょく
不可知論 ふかちろん

ん	不如帰 ふじょき・ほととぎす	不見転 みすてん	不便 ふべん	不格好 ふかっこう
不可侵 ふかしん		不見識 ふけんしき	不信 ふしん	不時 ふじ
不可思議 ふかしぎ	不如意 ふにょい	不身持 ふみもち	不信心 ふしんじん	不時着 ふじちゃく
不可能 ふかのう	不名数 ふめいすう	不利 ふり	不信用 ふしんよう	不祥 ふしょう
不可視 ふかし	不名誉 ふめいよ	不利益 ふりえき	不信任 ふしんにん	不能 ふのう
不可測 ふかそく	不向 ふむき	不条理 ふじょうり	不宜 ふぎ	不特定 ふとくてい
不可解 ふかかい	不同 ふどう	不良 ふりょう	不品行 ふひんこう	不粋 ぶすい
不可避 ふかひ	不同意 ふどうい	不束 ふつつか	不要 ふよう	不料簡 ふりょうけん
不立文字 ふりゅうもんじ	不合格 ふごうかく	不況 ふきょう	不浄 ふじょう	
	不合理 ふごうり	不例 ふれい	不勉強 ふべんきょう	不納 ふのう
不世出 ふせいしゅつ	不朽 ふきゅう	不参 ふさん		不純 ふじゅん
	不気味 ぶきみ	不具 ふぐ	不退転 ふたいてん	不眠 ふみん
不仕合 ふしあわせ	不在 ふざい	不定 ふじょう・ふてい	不変 ふへん	不真面目 ふまじめ
不印 ふじるし	不当 ふとう		不思議 ふしぎ	不起訴 ふきそ
不用 ふよう	不成立 ふせいりつ	不定型詩 ふていけいし	不急 ふきゅう	不敏 ふびん
不用心 ぶようじん	不成功 ふせいこう		不恰好 ぶかっこう	不乾性油 ふかんせいゆ
不用意 ふようい	不成績 ふせいせき	不定期 ふていき	不祝儀 ぶしゅうぎ	
不平 ふへい	不死 ふし	不実 ふじつ	不為 ふため	不偏 ふへん
不平等 ふびょうどう	不死身 ふじみ	不治 ふち・ふじ	不相応 ふそうおう	不健全 ふけんぜん
	不死鳥 ふしちょう	不法 ふほう	不発 ふはつ	不健康 ふけんこう
不犯 ふぼん	不行状 ふぎょうじょう	不注意 ふちゅうい	不美人 ふびじん	不動 ふどう
不出 ふしゅつ		不味 ふみ・まずい	不貞 ふてい・ふてる	不都合 ふつごう
不出来 ふでき	不行届 ふゆきとどき	不拘 かかわらず	不貞腐 ふてくされる・ふてくされる	不猟 ふりょう
不払 ふばらい	不行為 ふこうい	不拡大 ふかくだい		不敗 ふはい
不弁 ふべん	不行跡 ふぎょうせき	不屈 ふくつ	不貞寝 ふてね	不得手 ふえて
不正 ふせい		不届 ふとどき	不軌 ふき	不得要領 ふとくようりょう
不正直 ふしょうじき	不行儀 ふぎょうぎ	不始末 ふしまつ	不首尾 ふしゅび	
	不老 ふろう	不幸 ふこう	不面目 ふめんぼく	不得策 ふとくさく
不正規 ふせいき	不自由 ふじゆう	不明 ふめい	不風流 ぶふうりゅう	不得意 ふとくい
不正確 ふせいかく	不自然 ふしぜん	不明朗 ふめいろう		不断 ふだん
不必要 ふひつよう	不快 ふかい	不明瞭 ふめいりょう	不侵略 ふしんりゃく	不悉 ふしつ
不生産 ふせいさん	不完 ふかん			不惜身命 ふしゃくしんみょう
不甲斐無 ふがいない	不完全 ふかんぜん	不易 ふえき	不凍港 ふとうこう	
	不作 ふさく	不念 ぶねん	不倒翁 ふとうおう	不細工 ぶさいく
不加減 ふかげん	不作法 ぶさほう	不忠 ふちゅう	不倫 ふりん	不経済 ふけいざい
不本意 ふほんい	不作為 ふさくい	不協和音 ふきょうわおん	不倶戴天 ふぐだいてん	不許可 ふきょか
不尽 ふじん	不体裁 ふていさい			不許複製 ふきょふくせい
不充分 ふじゅうぶん	不労 ふろう	不服 ふふく	不消化 ふしょうか	
	不肖 ふしょう	不承 ふしょう	不逞 ふてい	不規則 ふきそく
不休 ふきゅう	不孝 ふこう	不承知 ふしょうち	不通 ふつう	不規律 ふきりつ
不仲 ふなか	不妊 ふにん	不知 ふち・いき	不連続線 ふれんぞくせん	不釣合 ふつりあい
不似合 ふにあい	不抜 ふばつ	不知不識 しらずしらず		不問 ふもん
不全 ふぜん	不足 ふそく	不知火 しらぬい	不埒 ふらち	不備 ふび
不安 ふあん	不言 ふげん	不和 ふわ	不透明 ふとうめい	不満 ふまん
不安心 ふあんしん	不即不離 ふそくふり	不所存 ふしょぞん	不帰 ふき	不満足 ふまんぞく
不安定 ふあんてい		不夜城 ふやじょう	不振 ふしん	不測 ふそく
不吉 ふきつ			不案内 ふあんない	不渡 ふわたり

不遇 ふぐう	不精 ぶしょう	〔丙〕へい・ひのえ	世襲 せしゅう	両面 りょうめん
不運 ふうん	不審 ふしん	〔世〕せ・せい・よ	〔丘〕きゅう・おか	両個 りゃんこ
不道徳 ふどうとく	不憫 ふびん	世人 せじん	丘陵 きゅうりょう	両流 りょうながれ
不堪 ふかん	不履行 ふりこう	世上 せじょう	〔丞〕じょう	両家 りょうけ
不覚 ふかく	不導体 ふどうたい	世才 せさい	丞相 じょうしょう	両差 もろざし
不揃い ふぞろい	不撓 ふとう	世子 せいし	〔而〕じ・しかして	両院 りょういん
不随 ふずい	不撓不屈 ふとうふ	世中 よのなか	しかも・しこうして	両脇 りょうわき
不随意 ふずいい	くつ	世心 よごころ	而立 じりつ	両脚 りょうきゃく
不換紙幣 ふかんし	不徹底 ふてってい	世世 せせ・よよ	〔両〕りゃん・りょ	両脚規 りょうきゃ
へい	不衛生 ふえいせい	世代 せだい	う・もろ	っき
不善 ふぜん	不敵 ふてき	世事 せじ	両刀 りょうとう	両側 りょうがわ
不善感 ふぜんかん	不熟 ふじゅく	世知 せち	両人 りょうにん	両部 りょうぶ
不惑 ふわく	不熱心 ふねっしん	世知辛 せちがらい	両三 りょうさん	両得 りょうとく・り
不愉快 ふゆかい	不慮 ふりょ	世直 よなおし	両刃 りょうば・もろ	ょうどく
不景気 ふけいき	不確 ふたしか	世俗 せぞく	は	両断 りょうだん
不敬 ふけい	不確定 ふかくてい	世迷言 よまいごと	両分 りょうぶん	両舷直 りょうげん
不等 ふとう	不確実 ふかくじつ	世故 せこ	両切 りょうぎり	ちょく
不着 ふちゃく	不潔 ふけつ	世相 せそう	両夫 りょうふ	両道 りょうどう
不買 ふばい	不縁 ふえん	世柄 よがら	両天秤 りょうてん	両棲 りょうせい
不統一 ふとういつ	不調 ふちょう	世界 せかい	びん	両替 りょうがえ
不結果 ふけっか	不調法 ぶちょうほ	世界観 せかいかん	両方 りょうほう	両腕 りょううで
不評 ふひょう	う	世紀 せいき	両手 りょうて・りょ	両朝 りょうちょう
不評判 ふひょうば	不調和 ふちょうわ	世帯 せたい・しょた	うので・もろて	両統 りょうとう
ん	不養生 ふようじょ	い	両毛 りょうもう	両開 りょうびらき
不順 ふじゅん	う	世情 せじょう	両用 りょうよう	両雄 りょうゆう
不溶性 ふようせい	不錆鋼 ふしゅうこ	世捨人 よすてびと	両辺 りょうへん	両蓋 りょうぶた
不滅 ふめつ	う	世常 よのつね	両立 りょうりつ	両極 りょうきょく
不寝番 ふしんばん	不器用 ぶきよう	世習 よのならい	両矢 もろや	両様 りょうよう
不遜 ふそん	不器量 ぶきりょう	世渡 よわたり	両両 りょうりょう	両端 りょうたん
不意 ふい	不壊 ふえ	世道 せどう	両次 りょうじ	両膝 もろひざ
不憫 ふびん	不燃 ふねん	世過 よすぎ	両全 りょうぜん	両論 りょうろん
不感症 ふかんしょ	不豫 ふよ	世尊 せそん	両地 りょうち	両輪 りょうりん
う	不機嫌 ふきげん	世智 せち	両式 りょうしき	両隣 りょうどなり
不摂生 ふせっせい	不穏 ふおん	世智辛 せちがらい	両舌 りょうぜつ	両親 りょうしん
不戦 ふせん	不穏当 ふおんとう	世評 せひょう	両成敗 りょうせい	両頭 りょうとう
不義 ふぎ	不親切 ふしんせつ	世間 せけん	ばい	両翼 りょうよく
不義理 ふぎり	不輸 ふゆ	世継 よつぎ	両肌 もろはだ	〔並〕へい・なみ・な
不詳 ふしょう	不躾 ぶしつけ	世話 せわ	両君 りょうくん	らび・ならびに・な
不馴 ふなれ	不整 ふせい	世路 せいろ	両性 りょうせい	らぶ・ならべる
不漁 ふりょう	不整頓 ふせいとん	世辞 せじ	両国 りょうごく	並一通 なみひとと
不適 ふてき	不磨 ふま	世馴 よなれる	両所 りょうしょ	おり
不適任 ふてきにん	不興 ふきょう	世塵 せじん	両者 りょうしゃ	並大名 ならびだい
不適当 ふてきとう	不鮮明 ふせんめい	世態 せたい	両虎 りょうこ	みょう
不徳 ふとく	不謹慎 ふきんしん	世慣 よなれる	両前 りょうまえ	並大抵 なみたいて
不徳義 ふとくぎ	不羈 ふき	世論 せろん・せいろ	両度 りょうど	い
不慣 ふなれ	〔且〕かつ・かつは	ん	両為 りょうだめ	並木 なみき
不様 ぶざま	且又 かつまた	世離 よばなれる	両軍 りょうぐん	並外 なみばずれ

並立 へいりつ・なら	九仞 きゅうじん	乱国 らんこく	乳母車 うばぐるま	わかす・かわき・か
べたてる	九年母 くねんぼ	乱杭 らんぐい	乳汁 にゅうじゅう	わく・ほし・ひる
並列 へいれつ	九字 くじ	乱取 らんどり	乳白色 にゅうはく	乾上 ひあがる・ほし
並行 へいこう	九死 きゅうし	乱逆 らんぎゃく	しょく	あげる
並肉 なみにく	九谷焼 くたにやき	乱発 らんぱつ	乳幼児 にゅうよう	乾反 ひぞる
並判 なみばん	九官鳥 きゅうかん	乱軍 らんぐん	じ	乾打碑 かんだひ
並足 なみあし	ちょう	乱倫 らんりん	乳兄弟 ちきょうだ	乾布 かんぷ
並並 なみなみ	九拝 きゅうはい	乱酒 らんしゅ	い	乾田 かんでん
並居 なみいる	九泉 きゅうせん	乱捕 らんどり	乳用種 にゅうよう	乾式 かんしき
並物 なみもの	九星 きゅうせい	乱射 らんしゃ	しゅ	乾死 ひじに
並進 へいしん	九重 ここのえ	乱脈 らんみゃく	乳児 にゅうじ	乾竹 からたけ
並幅 なみはば	九卿 きゅうけい	乱麻 らんま	乳状 にゅうじょう	乾物 かんぶつ・ひも
並無 ならびない	九族 きゅうぞく	乱掘 らんくつ	乳呑子 ちのみご	の・ほしもの
並等 なみとう	九紫 きゅうし	乱婚 らんこん	乳房 にゅうぼう・ち	乾性 かんせい
並製 なみせい	九献 くこん	乱菊 らんぎく	ぶさ	乾坤 けんこん
	九鼎大呂 きゅうてい	乱視 らんし	乳果 にゅうか	乾板 かんぱん
乙・し部	いたいりょ	乱酔 らんすい	乳臭 にゅうしゅう・	乾杯 かんぱい
	九輪 くりん	乱筆 らんぴつ	ちくさい	乾季 かんき
〔乙〕おつ・おつに・	〔乞〕こう・こい・こ	乱雲 らんうん	乳香 にゅうこう	乾草 かんそう・ほし
きのと・めり	わす・きつ・こつ	乱数表 らんすうひ	乳首 ちちくび・ちく	くさ
乙女 おとめ	乞丐 こつがい	ょう	び	乾海苔 ほしのり
乙女子 おとめご	乞巧奠 きこうでん	乱戦 らんせん	乳剤 にゅうざい	乾海鼠 ほしこ
乙矢 おとや	乞食 こじき・こつじ	乱痴気騒 らんちき	乳液 にゅうえき	乾拭 からぶき
乙甲 めりかり	き・ほいと	さわぎ	乳棒 にゅうぼう	乾姜 かんきょう
乙夜 いつや	〔乱〕らん・みだす・	乱層雲 らんそうう	乳量 にゅうりょう	乾柿 ほしがき
乙姫 おとひめ	みだる・みだれ・み	ん	乳飲子 ちのみご	乾風 からかぜ
乙振 めりはり	だれる	乱舞 らんぶ	乳飲児 ちのみご	乾留 かんりゅう
〔九〕きゅう・く・こ	乱丁 らんちょう	乱読 らんどく	乳飲料 にゅういん	乾涸 ひからびる
この・ここのつ	乱入 らんにゅう	乱雑 らんざつ	りょう	乾菓子 ひがし
九九 くく	乱反射 らんはんしゃ	乱髪 らんぱつ	乳歯 にゅうし	乾魚 かんぎょ
九十九折 つづらお		乱撃 らんげき	乳業 にゅうぎょう	乾湿 かんしつ
り	九切 らんぎり	乱調 らんちょう	乳腺 にゅうせん	乾葉 ひば
九十九髪 つくもが	乱心 らんしん	乱調子 らんちょう	乳酪 にゅうらく	乾期 かんき
み	乱世 らんせい	し	乳鉢 にゅうばち	乾飯 ほしいい
九牛一毛 きゅうぎ	乱用 らんよう	乱暴 らんぼう	乳製品 にゅうせい	乾溜 かんりゅう
ゅうのいちもう	乱打 らんだ	乱獲 らんかく	ひん	乾煎 からいり
九尺二間 くしゃく	乱立 らんりつ	乱闘 らんとう	乳酸 にゅうさん	乾酪 かんらく
にけん	乱伐 らんばつ	〔乳〕にゅう・ちち・	乳買 にゅうしつ	乾電池 かんでんち
九寸五分 くすんご	乱気流 らんきりゅ	ち	乳鋲 ちびょう	乾漆 かんしつ
ぶ	う	乳人 めのと	乳糖 にゅうとう	乾薑 かんきょう
九分 くぶ	乱行 らんこう・らん	乳下 ちさがり	乳頭 にゅうとう	乾瓢 かんぴょう
九分九厘 くぶくり	ぎょう	乳女 めのと	乳癌 にゅうがん	乾燥 かんそう
ん	乱作 らんさく	乳化 にゅうか	乳縁 ちちくる	乾鮭 からざけ
九分十分 くぶじゅ	乱売 らんばい	乳切 ちぎり	乳離 ちばなれ	乾繭 かんけん
うぶ	乱吹 ふぶき	乳牛 にゅうぎゅう	乳癬 ちふ	乾麺 かんめん
九天 きゅうてん	乱杙 らんぐい	乳母 うば・おんば	〔乾〕かん・けん・い	乾餾 ほしか
九月 くがつ	乱臣 らんしん	めのと	ぬい・からびる・か	乾癬 かんせん
九日 ここのか				

| 部

〔中〕じゅう・ちゅう・あたる・うち・なか

中二階 ちゅうにかい
中人 ちゅうにん
中入 なかいり
中子 なかご
中口 なかぐち・なかのくち
中巾 ちゅうはば
中小企業 ちゅうしょうきぎょう
中中 なかなか
中天 ちゅうてん
中心 ちゅうしん
中手 なかて
中火 ちゅうび
中日 ちゅうにち・なかび
中止 ちゅうし
中元 ちゅうげん
中世 ちゅうせい
中仕切 なかじきり
中外 ちゅうがい
中打 なかうち
中古 ちゅうこ・ちゅうぶる
中央 ちゅうおう
中正 ちゅうせい
中生代 ちゅうせいだい
中仙道 なかせんどう
中立 ちゅうりつ
中州 なかす
中年 ちゅうねん
中次 なかつぎ
中休 なかやすみ
中共 ちゅうきょう
中弛 なかだるみ
中有 ちゅうう
中旬 ちゅうじゅん
中老 ちゅうろう
中気 ちゅうき

中耳 ちゅうじ
中肉 ちゅうにく
中位 ちゅうい
中佐 ちゅうさ
中近東 ちゅうきんとう
中形 ちゅうがた
中売 ちゅうばい
中折 なかおれ
中労委 ちゅうろうい
中身 なかみ
中卒 ちゅうそつ
中京 ちゅうきょう
中刻 ちゅうこく
中波 ちゅうは
中性 ちゅうせい
中味 なかみ
中国 ちゅうごく
中国医 ちゅうごくい
中国国民党 ちゅうごくこくみんとう
中学 ちゅうがく
中学年 ちゅうがくねん
中学校 ちゅうがっこう
中押 ちゅうおし
中昔 なかむかし
中枢 ちゅうすう
中欧 ちゅうおう
中空 ちゅうくう・なかぞら
中直 なかなおり
中和 ちゅうわ
中毒 ちゅうどく
中表 なかおもて
中門 ちゅうもん
中東 ちゅうとう
中背 ちゅうぜい
中州 なかす
中限 ちゅうぎり・なかぎり
中退 ちゅうたい
中型 ちゅうがた

中指 なかゆび
中点 ちゅうてん
中段 ちゅうだん
中音 ちゅうおん
中秋 ちゅうしゅう
中食 ちゅうしょく・ちゅうじき
中風 ちゅうぶう
中高 なかだか
中高年 ちゅうこうねん
中値 なかね
中原 ちゅうげん
中途 ちゅうと
中流 ちゅうりゅう
中宮 ちゅうぐう
中庭 なかにわ
中座 ちゅうざ
中席 なかせき
中島 なかじま
中将 ちゅうじょう
中核 ちゅうかく
中砥 なかと
中破 ちゅうは
中称 ちゅうしょう
中級 ちゅうきゅう
中耕 ちゅうこう
中庸 ちゅうよう
中尉 ちゅうい
中陰 ちゅういん
中啓 ちゅうけい
中部 ちゅうぶ
中華 ちゅうか
中華民国 ちゅうかみんこく
中耕 ちゅうこう
中断 ちゅうだん
中略 ちゅうりゃく
中細 ちゅうぼそ
中習者 ちゅうしゅうしゃ
中頃 なかごろ
中黒 なかぐろ
中産階級 ちゅうさんかいきゅう
中道 ちゅうどう
中葉 ちゅうよう

中幅 ちゅうはば
中隊 ちゅうたい
中堅 ちゅうけん
中間 ちゅうかん・ちゅうげん・なかのま
中期 ちゅうき
中程 なかほど
中着 なかぎ
中等 ちゅうとう
中裁 ちゅうだち
中絶 ちゅうぜつ
中距離 ちゅうきょり
中軸 ちゅうじく
中塗 なかぬり
中幕 なかまく
中傷 ちゅうしょう
中腰 ちゅうごし
中腹 ちゅうふく・ちゅうっぱら
中継 ちゅうけい・なかつぎ
中農 ちゅうのう
中層 ちゅうそう
中敷 なかじき
中綿 なかわた
中潮 なかしお
中潜 なかくぐり
中選挙区 ちゅうせんきょく
中盤 ちゅうばん
中衛 ちゅうえい
中編 ちゅうへん
中篇 ちゅうへん
中震 ちゅうしん
中興 ちゅうこう

〔年〕ねん・とし・とせ

年一年 ねんいちねん
年上 としうえ
年下 としした
年子 としご
年中 ねんじゅう・ねんちゅう
年収 ねんしゅう
年内 ねんない・とし

のうち
年少 ねんしょう
年月 ねんげつ・としつき
年月日 ねんがっぴ
年刊 ねんかん
年功 ねんこう・としのこう
年代 ねんだい
年号 ねんごう
年央 ねんおう
年市 としのいち
年払 ねんばらい
年末 ねんまつ
年甲斐 としがい
年百年 ねんびゃくねんじゅう
年年 ねんねん・としどし
年年中 ねんがねんじゅう・ねんがらねんじゅう
年次 ねんじ
年休 ねんきゅう
年会 ねんかい
年式 ねんしき
年回 としまわり
年老 としおいる
年利 ねんり
年劫 としのこう
年余 ねんよ
年来 ねんらい
年忘 としわすれ
年忌 ねんき
年初 ねんしょ
年男 としおとこ
年波 としなみ
年取 としとり・としとる
年始 ねんし
年若 としわか
年明 ねんあけ
年季 ねんき
年表 ねんぴょう
年長 ねんちょう
年金 ねんきん
年恰好 としかっこ

う ねんど	〔串〕くし	う・あらそい・あら	事項 じこう	乗込 のりこみ・のり
年度 ねんど	串刺 くしざし	そう	事新 ことあたらしい	こむ・のっこむ
年限 ねんげん	串柿 くしがき	争乱 そうらん	事彙 じい	乗打 のりうち
年俸 ねんぽう	串焼 くしやき	争点 そうてん	事跡 じせき	乗号 じょうごう
年時 ねんじ	串縫 ぐしぬい	争訟 そうしょう	事業 じぎょう	乗外 のりはずす
年格好 としかっこ		争奪 そうだつ	事触 ことぶれ	乗合 のりあい・のり
う	亅 部	争論 そうろん	事態 じたい	あわせる
年弱 としよわ		争闘 そうとう	事端 じたん	乗気 のりき
年貢 ねんぐ	〔了〕りょう	争議 そうぎ	事績 じせき	乗回 のりまわす
年配 ねんぱい・とし	了見 りょうけん	争覇 そうは		乗初 のりぞめ
ばい	了承 りょうしょう		ノ 部	乗車 じょうしゃ
年率 ねんりつ	了知 りょうち	〔事〕じ・こと・つか		乗具 じょうぐ
年寄 としより・とし	了解 りょうかい	える	〔乃〕ない・だい・す	乗取 のっとる
よる	了察 りょうさつ	事大 じだい	なわち	乗法 じょうほう
年商 ねんしょう	了簡 りょうけん	事切主義 ことなか	乃公 だいこう	乗味 のりあじ
年産 ねんさん	〔予〕よ・かねて・あら	れしゅぎ	乃父 だいふ	乗物 のりもの
年盛 としざかり	かじめ	事欠 ことかく	乃至 ないし	乗逃 のりにげ
年祭 ねんさい	予予 かねがね	事切 こときれる	〔久〕きゅう・く・ひ	乗客 じょうきゃく
年頃 としごろ・とし	予示 よじ	事犯 じはん	さしい・ひさ	乗降 じょうこう・の
のころ	予行 よこう	事由 じゆう	久久 ひさびさ	りおり
年魚 あゆ	予防 よぼう	事件 じけん	久方振 ひさかたぶ	乗後 のりおくれる
年無 ねんなし	予告 よこく	事毎 ことごとに	久振 ひさしぶり	乗務 じょうむ
年期 ねんき	予見 よけん	事足 ことたりる	久留米絣 くるめが	乗通 のりとおす
年報 ねんぽう	予言 かねごと	事事 ことこと・こと	すり	乗除 じょうじょ
年越 としこし	予価 よか	ごとい	久遠 くおん	乗員 じょういん
年給 ねんきゅう	予定 よてい	事事物物 じじぶつ	久濶 きゅうかつ	乗馬 じょうば
年賀 ねんが	予知 よち	ぶつ	久離 きゅうり	乗船 じょうせん
年間 ねんかん	予後 よご	事例 じれい	〔乏〕ぼう・とぼしい	乗進 のりすすめる
年歯 ねんし	予洗 よせん	事典 じてん・ことて	・ともし	乗捨 のりすてる
年嵩 としかさ	予科 よか	ん	〔乎〕こ	乗掛 のりかかる・の
年数 ねんすう	予約 よやく	事実 じじつ	平古止点 おことて	りかける
年層 ねんそう	予納 よのう	事始 ことはじめ	ん	乗移 のりうつる
年増 としま	予断 よだん	事物 じぶつ	〔乖〕かい	乗組 のりくむ
年暮 としのくれ	予習 よしゅう	事前 じぜん	乖離 かいり	乗組員 のりくみい
年端 としは・としの	予備 よび	事後 じご	〔乗〕じょう・のせ	ん
は	予測 よそく	事変 じへん	る・じょうずる・じ	乗場 のりば
年輩 ねんぱい	予覚 よかく	事相 じそう	ょうじる・のり・の	乗遅 のりおくれる
年輪 ねんりん	予期 よき	事柄 ことがら	る	乗換 のりかえ・のり
年賦 ねんぷ	予報 よほう	事故 じこ	乗入 のりいれる	かえる
年頭 ねんとう・とし	予感 よかん	事務 じむ	乗上 のりあげる	乗越 のりこえる・の
がしら	予想 よそう	事納 ことおさめ	乗切 のりきる	りこす
年齢 ねんれい	予察 よさつ	事情 じじょう	乗心地 のりごこち	乗数 じょうすう
年額 ねんがく	予算 よさん	事寄 ことよせる	乗手 のりて	乗継 のりつぐ
年瀬 としのせ	予選 よせん	事理 じり	乗出 のりだす	乗艇 じょうてい
年譜 ねんぷ	予審 よしん	事細 ことこまか	乗付 のりつける	乗算 じょうざん
年籠 としごもり	予餞会 よせんかい	事訳 ことわけ	乗用 じょうよう	乗機 じょうき
年鑑 ねんかん	〔争〕そう・いかで	事無 ことなく		乗艦 じょうかん
	か・いかで・あらが	事象 じしょう		

亠　部

〔亡〕ぼう・なくす・
　なくなす・なくす
　る・なくなる・な
　き・ほろびる・ほろ
　ぶ・ほろぼす

亡人 なきひと
亡友 ぼうゆう
亡夫 ぼうふ
亡父 ぼうふ
亡失 ぼうしつ
亡母 ぼうぼ
亡羊 ぼうよう
亡児 ぼうじ
亡君 ぼうくん
亡弟 ぼうてい
亡命 ぼうめい
亡国 ぼうこく
亡妻 ぼうさい
亡妹 ぼうまい
亡者 もうじゃ・なき
　もの
亡後 なきあと
亡数 なきかず
亡魂 ぼうこん
亡霊 ぼうれい
亡骸 なきがら
〔亢〕こう
亢進 こうしん
亢奮 こうふん
〔玄〕げん
玄人 くろうと
玄米 げんまい・くろ
　ごめ
玄妙 げんみょう
玄麦 げんばく
玄武岩 げんぶがん
玄室 げんしつ
玄孫 げんそん
玄奥 げんおう
玄翁 げんのう
玄黄 げんこう
玄関 げんかん
〔交〕こう・まざる・
　まじらい・まじる・
　まじわり・まじわ

る・まぜる・まじえ
る・かわす
交叉 こうさ
交互 こうご
交友 こうゆう
交付 こうふ
交代 こうたい
交交 こもごも
交合 こうごう
交気 まじりけ
交返 まぜかえす・ま
　ぜっかえす
交尾 こうび
交声 こうせい
交易 こうえき
交宜 こうぎ
交物 まじりもの
交直 こうちょく
交信 こうしん
交点 こうてん
交流 こうりゅう
交通 こうつう
交差 こうさ
交配 こうはい
交渉 こうしょう
交情 こうじょう
交接 こうせつ
交遊 こうゆう
交換 こうかん
交換分合 こうかん
　ぶんごう
交替 こうたい
交番 こうばん
交飯 まぜめし
交喙 いすか
交戦 こうせん
交感 こうかん
交感神経 こうかん
　しんけい
交際 こうさい・つき
　あい
交歓 こうかん
交誼 こうぎ
交錯 こうさく
交雑 こうざつ
交織 こうしょく・ま
　ぜおり

交響曲 こうきょう
　きょく
交響楽 こうきょう
　がく
交驩 こうかん
〔亦〕また
〔亥〕がい・い
〔享〕きょう・うける
享年 きょうねん
享有 きょうゆう
享受 きょうじゅ
享楽 きょうらく
〔京〕きょう・けい・
　みやこ
京女 きょうおんな
京阪 けいはん
京洛 きょうらく
京染 きょうぞめ
京浜 けいひん
京師 けいし
京菜 きょうな
京雀 きょうすずめ
京鹿子 きょうがの
　こ
京童 きょうわらべ
京間 きょうま
京舞 きょうまい
京劇 けいげき・きょ
　うげき
京畿 けいき
〔亭〕てい・ちん
亭主 ていしゅ
亭亭 ていてい
〔高〕こう・こうじ
　る・こうずる・た
　か・だか・たかい
　・たかき・たかさ
　・たかぶる・たかまり
　・たかまる・たかみ
　・たかめる・たからか
高上 たかあがり
高下 こうげ
高下駄 たかげた
高大 こうだい
高士 こうし
高山 こうざん
高分子化合物 こう

うぶんしかごうぶつ
高木 こうぼく
高文 こうぶん
高手小手 たかてて
　て
高圧 こうあつ
高台 たかだい
高札 こうさつ・たか
　ふだ
高目 たかめ
高年 こうねん
高次 こうじ
高名 こうみょう・こ
　うめい
高地 こうち
高気圧 こうきあつ
高血圧 こうけつあ
　つ
高冷 こうれい
高低 こうてい・たか
　ひく
高利 こうり
高位 こうい
高作 こうさく
高庇 こうひ
高吟 こうぎん
高坏 たかつき
高声 こうせい
高弟 こうてい
高批 こうひ
高言 こうげん
高見 こうけん・たか
　み
高角 こうかく
高足 こうそく・たか
　あし
高承 こうしょう
高価 こうか
高周波 こうしゅう
　は
高官 こうかん
高尚 こうしょう
高学年 こうがくね
　ん
高所 こうしょ
高股 たかもも
高炉 こうろ

高枕 たかまくら
高空 こうくう・たか
　ぞら
高直 こうじき
高度 こうど
高姿勢 こうしせい
高架 こうか
高祖 こうそ
高祖父 こうそふ
高祖母 こうそぼ
高段 こうだん
高点 こうてん
高砂 たかさご
高音 こうおん・たか
　ね
高風 こうふう
高飛 たかとび
高飛車 たかびしゃ
高高 たかだか
高高指 たかたかゆ
　び
高高度 こうこうど
高値 たかね
高原 こうげん
高座 こうざ
高師 こうし
高速 こうそく
高速度 こうそくど
高射 こうしゃ
高島田 たかしまだ
高峰 こうほう
高恩 こうおん
高書 こうしょ
高校 こうこう
高能率 こうのうり
　つ
高笑 たかわらい
高級 こうきゅう
高配 こうはい
高率 こうりつ
高菜 たかな
高著 こうちょ
高進 こうしん
高唱 こうしょう
高堂 こうどう
高張 たかはり
高教 こうきょう

高望 たかのぞみ	高慮 こうりょ	冬物 ふゆもの	冷房 れいぼう	ぎ・しのぐ
高野豆腐 こうやど うふ	高踏 こうとう	冬空 ふゆぞら	冷雨 れいう	凌辱 りょうじょく
高温 こうおん	高誼 こうぎ	冬草 ふゆくさ	冷点 れいてん	凌駕 りょうが
高湿 こうしつ	高談 こうだん	冬枯 ふゆがれ	冷泉 れいせん	凌霄花 のうぜんか ずら
高揚 こうよう	高調 こうちょう	冬将軍 ふゆしょう ぐん	冷風 れいふう	〔凍〕とう・いてる・ こおる・こごえる・ しみ・しみる・いて つく
高検 こうけん	高調子 たかちょうし	冬眠 とうみん	冷涼 れいりょう	
高歯 たかば	高論 こうろん	冬鳥 ふゆどり	冷凍 れいとう	
高給 こうきゅう	高閲 こうえつ	冬営 とうえい	冷酒 れいしゅ・ひや ざけ	
高等 こうとう	高積雲 こうせきう ん	冬場 ふゆば	冷害 れいがい	凍上 とうじょう
高裁 こうさい	高曇 たかぐもり	冬葱 わけぎ	冷笑 れいしょう	凍土 とうど
高貴 こうき	高髷 たかまげ	冬着 ふゆぎ	冷淡 れいたん	凍付 こおりつく・し みつく
高評 こうひょう	高嶺 たかね	冬期 とうき	冷菓 れいか	
高詠 こうえい	高燥 こうそう	冬籠 ふゆごもり・ふ ゆこもる	冷眼 れいがん	凍死 とうし・こごえ じに
高雅 こうが	高覧 こうらん		冷寒 れいかん	
高僧 こうそう	高齢 こうれい	〔沖〕ちゅう・ひひる	冷然 れいぜん	凍豆腐 こうりどう ふ・しみどうふ
高遠 こうえん	高砒 たかいびき	沖天 ちゅうてん	冷遇 れいぐう	
高禄 こうろく	高額 こうがく	〔冴〕さえ・さえる	冷温 れいおん	凍原 とうげん
高楊枝 たかようじ	高瀬 たかせ	冴冴 さえざえ	冷評 れいひょう	凍害 とうがい
高蒔絵 たかまきえ	高麗鼠 こまねずみ	冴返 さえかえる	冷飯 ひやめし	凍結 とうけつ
高楼 こうろう	高麗縁 こうらいべ り	冴渡 さえわたる	冷暗 れいあん	凍雲 いてぐも
高梁 こうりゃん		〔冷〕れい・さめる・ さます・つべたい・ つめたい・ひえ・ひ える・ひや・ひやか し・ひやかす・ひや し・ひやす・ひやっ こい・ひややか	冷暖房 れいだんぼ う	凍傷 とうしょう
高殿 たかどの	高騰 こうとう			凍瘡 とうそう
高節 こうせつ	高襷 たかだすき		冷感症 れいかんし ょう	
高跳 たかとび	〔率〕そつ・りつ・ひ きいる			〔凋〕ちょう・しぼむ
高話 こうわ・たかば なし			冷戦 れいせん	凋落 ちょうらく
	率先 そっせん		冷罨法 れいあんぽ う	〔准〕じゅん・ならう ・なぞらえる
高察 こうさつ	率直 そっちょく	冷水 れいすい・ひや みず		
高邁 こうまい	率然 そつぜん		冷酷 れいこく	准看護婦 じゅんか んごふ
高鳴 たかなる	率塔婆 そとば	冷用酒 れいようし	冷静 れいせい	准将 じゅんしょう
高歌 こうか	率爾 そつじ		冷徹 れいてつ	准尉 じゅんい
高層 こうそう			冷熱 れいねつ	
高徳 こうとく		〃 部	冷罵 れいば	〔凛〕りん・りんと
高慢 こうまん			冷蔵 れいぞう	凛乎 りんこ
高障害競走 こう しょうがいきょうそ う	〔冬〕とう・ふゆ	冷込 ひえこむ	冷厳 れいげん	凛冽 りんれつ
	冬山 ふゆやま	冷奴 ひややっこ		凛然 りんぜん
	冬毛 ふゆげ	冷灰 れいかい	〔冶〕や	凛凛 りんりん・りり しい
高障礙競走 こう しょうがいきょうそ う	冬日 ふゆび	冷汗 れいかん・ひや あせ	冶金 やきん	
	冬木 ふゆき			〔凝〕ぎょう・こる・ こらす・こごる・こ ごらす・こり
	冬仔 ふゆご	冷気 れいき	〔凄〕せい・すごい・ すむ・すさまじい	
高説 こうせつ	冬瓜 とうが・とうが ん	冷血 れいけつ	凄文句 すごもんく	
高閣 こうかく		冷肉 れいにく	凄味 すごみ	凝立 ぎょうりつ
高潔 こうけつ	冬至 とうじ	冷冷 ひやひや・ひえ びえ	凄烈 せいれつ	凝灰岩 ぎょうかい がん
高潮 こうちょう・た かしお	冬休 ふゆやすみ		凄惨 せいさん	
	冬芽 とうが	冷却 れいきゃく	凄腕 すごうで	凝血 ぎょうけつ
高作 こうさく	冬季 とうき	冷床 れいしょう	凄絶 せいぜつ	凝性 こりしょう
高熱 こうねつ	冬服 ふゆふく	冷延 れいえん	凄艶 せいえん	凝固 ぎょうこ・こり かたまる
高緯度 こういど		冷麦 ひやむぎ	〔凌〕りょう・しの	
		冷性 ひえしょう		

凝屋 こりや	じゃ	二八 にっぱち	二色 ふたいろ	こ
凝脂 ぎょうし	冠物 かぶりもの	二人 ふたり	二兎 にと	二部 にぶ
凝視 ぎょうし	冠省 かんしょう	二人三脚 ににんさ	二男 じなん	二捨三入 にしゃさ
凝結 ぎょうけつ	冠動脈 かんどうみ	んきゃく	二伸 にしん	んにゅう
凝集 ぎょうしゅう	ゃく	二人称 ににんしょ	二更 にこう	二進三進 にっちも
凝着 ぎょうちゃく	冠婚葬祭 かんこん	う	二形 ふたなり	さっちも
凝然 ぎょうぜん	そうさい	二刀流 にとうりゅ	二束三文 にそくさ	二進法 にしんほう
凝滞 ぎょうたい	冠絶 かんぜつ	う	んもん	二道 ふたみち
凝塊 ぎょうかい	冠詞 かんし	二丸 にのまる	二酉 にのとり	二階 にかい
凝聚 ぎょうしゅう	〔冥〕めい・みょう	二上 にあがり	二身 にしん	二幅 ふたの
凝縮 ぎょうしゅく	冥土 めいど	二三 にさん	二言 にごん	二塁 にるい
凝議 ぎょうぎ	冥加 みょうが	二大 にだい	二足 にのあし	二葉 ふたば
	冥王星 めいおうせ	二子 ふたご	二足三文 にそくさ	二腕 にのうで
一　部	い	二女 じじょ	んもん	二期 にき
	冥利 みょうり	二元 にげん	二言目 ふたことめ	二替 にのかわり
〔冗〕じょう	冥助 みょうじょ	二分 にぶん	二足草鞋 にそくの	二筋 ふたすじ
冗文 じょうぶん	冥応 みょうおう	二化 にか	わらじ	二等分 にとうぶん
冗句 じょうく	冥府 めいふ	二毛作 にもうさく	二季 にき	二硫化炭素 にり
冗舌 じょうぜつ	冥界 めいかい	二天門 にてんもん	二者 にしゃ	ゅうかたんそ
冗官 じょうかん	冥冥 めいめい	二六時中 にろくじ	二枚 にまい	二等辺三角形 にと
冗長 じょうちょう	冥途 めいど	ちゅう	二枚目 にまいめ	うへんさんかくけ
冗員 じょういん	冥想 めいそう	二化螟蛾 にかめい	二枚舌 にまいじた	い
冗費 じょうひ	冥福 めいふく	が	二枚貝 にまいがい	二等兵 にとうへい
冗漫 じょうまん	冥罰 みょうばつ	二心 にしん・ふたご	二杯酢 にはいず	二等親 にとうしん
冗語 じょうご	冥護 みょうご・めい	ころ	二股 ふたまた	二番 にばん
冗談 じょうだん	ご	二王 におう	二拍子 にびょうし	二番煎 にばんせん
〔写〕しゃ・うつし・	〔冤〕えん	二日 ふつか	二弦琴 にげんきん	じ
うつす・うつる	冤枉 えんおう	二月 にがつ	二乗 にじょう・じじ	二番館 にばんかん
写友 しゃゆう	冤罪 えんざい	二世 にせい・にせ	ょう	二義的 にぎてき
写生 しゃせい	〔冪〕みゃく・べき	二号 にごう	二度 にど・ふたたび	二極真空管 にきょ
写本 しゃほん	**二　部**	二句 にのく	二度再 にどとふた	くしんくうかん
写字生 しゃじせい		二皮目 ふたかわめ	たび	二舞 にのまい
写声語 しゃせいご	〔二〕に・ふ・ふう・	二皮眼 ふたかわめ	二度咲 にどざき	二酸化 にさんか
写角 しゃかく	ふた・ふたつ	二矢 にのや	二律背反 にりつは	二酸化炭素 にさ
写実 しゃじつ	二七日 ふたなの	二目 ふため	いはん	んかたんそ
写物 うつしもの	か	二本差 にほんざし	二段 にだん	二様 によう
写真 しゃしん	二十 はたち	二本棒 にほんぼう	二重 にじゅう・ふた	二選 にせん
写経 しゃきょう	二十日 はつか	二年 にねん	え	二審 にしん
写植 しゃちょく	二十世紀 にじっせ	二字口 にじぐち	二面 にめん	二輪車 にりんしゃ
写場 しゃじょう	いき	二死 にし	二食 にしょく・にじ	二膳 にのぜん
写歴 しゃれき	二十四気 にじゅう	二次 にじ・にのつぎ	き	二竪 にじゅ
〔冠〕かん・こうぶ	しき	二次元 にじげん	二途 にと	二頭立 にとうだて
り・かんむり・かぶ	二十四時間 にじ	二百二十日 にひ	二流 にりゅう	二親 ふたおや
り・かむり・かむる	ゅうよじかん	ゃくはつか	二院 にいん	二親等 にしんとう
冠木 かぶき	二十年 はたとせ	二百十日 にひゃく	二従兄弟 ふたいと	〔五〕ご・ぐ・ごん・
冠水 かんすい	二十重 はたえ	とうか	こ	い・いつ・いつつ
冠状 かんじょう	二十歳 はたとせ	二合半 こなから	二従姉妹 ふたいと	五・二〇声明 ごに
冠者 かんじゃ・か				

れいせいめい	五夜 ごや	井蛙 せいあ	十一 じゅういち	十代 じゅうだい
五十 ごじゅう・いそち	五逆 ごぎゃく	井筒 いづつ	十一月 じゅういちがつ	十目 じゅうもく
五十肩 ごじゅうかた	五指 ごし	〔云〕 うん・いう	十人十色 じゅうにんといろ	十全 じゅうぜん
五十歩百歩 ごじっぽひゃっぽ	五朗八茶碗 ごろはちちゃわん	云云 うんぬん・しかじか	十人並 じゅうにんなみ	十字 じゅうじ
五十路 いそち	五風十雨 ごふうじゅう	云為 うんい	十二分 じゅうにぶん	十年一日 じゅうねんいちじつ
五七日 ごしちにち	五星紅旗 ごせいこうき	〔互〕 ご・たがい・たがいに・かたみに	十二月 じゅうにがつ	十両 じゅうりょう
五七調 ごしちちょう	五音 ごいん・ごおん	互市 ごし	十二支 じゅうにし	十死 じゅうし
五大州 ごだいしゅう	五重 ごじゅう	互生 ごせい	十二宮 じゅうにきゅう	十把一絡 じっぱひとからげ
五大洲 ごだいしゅう	五倍子 ごばいし・ふし	互角 ごかく	十二指腸 じゅうにしちょう	十戒 じっかい
五大陸 ごたいりく	五倍子木 ふしのき	互助 ごじょ	十二進法 じゅうにしんほう	十念 じゅうねん
五寸釘 ごすんくぎ	五倫 ごりん	互恵 ごけい	十七文字 じゅうしちもじ	十姉妹 じゅうしまつ
五月 ごがつ・さつき	五彩 ごさい	互違 たがいちがい	十八般 じゅうはっぱん	十重二十重 とえはたえ
五月少女 さおとめ	五根 ごこん	互換 ごかん	十八番 じゅうはちばん・おはこ	十指 じっし
五月雨 さみだれ	五紋 いつつもん	互換性 ごかんせい	十干 じっかん	十哲 じってつ
五月蠅い うるさい	五菜 ごさい	互替 かたみがわり	十寸 とき	十能 じゅうのう
五分 ごぶ	五常 ごじょう	互選 ごせん	十三里 じゅうさんり	十進法 じっしんほう
五日 いつか	五悪 ごあく	互譲 ごじょう	十三夜 じゅうさんや	十悪 じゅうあく
五公五民 ごこうごみん	五教 ごきょう	〔亙〕 わたり・わたる	十分 じゅうぶん	十割 じゅうわり
五斗米 ごとべい	五絃 ごげん	〔些〕 さ・すこし・ちっと・ちと・いささか	十日 とおか	十数 じゅうすう
五加 うこぎ	五経 ごきょう	些少 さしょう	十月 じゅうがつ	十徳 じっとく
五加木 うこぎ	五葉松 ごようまつ	些些 ささ	十手 じって	十誠 じっかい
五右衛門風呂 ごえもんぶろ	五等爵 ごとうしゃく	些事 さじ	十方 じっぽう	十種競技 じっしゅきょうぎ
五目 ごもく	五感 ごかん	些細 ささい	十中八九 じゅうちゅうはっく・じっちゅうはっく	十露盤 そろばん
五・四運動 ごしうんどう	五節句 ごせっく	〔亜〕 あ・つぐ	十文字 じゅうもんじ	〔千〕 せん・ち
五行 ごぎょう	五徳 ごとく	亜成層圏 あせいそうけん	十五夜 じゅうごや	千一夜 せんいちや
五色 ごしき	五穀 ごこく	亜低木 あていぼく	十六夜 じゅうろくや・いざよい	千人 せんにん
五百 いお	五種競技 ごしゅきょうぎ	亜欧 あおう	十六六指 じゅうろくむさし	千人力 せんにんりき
五百羅漢 ごひゃくらかん	五器 ごき	亜炭 あたん	十六武蔵 じゅうろくむさし	千万 せんばん・せんまん・ちよろず
五体 ごたい	五線 ごせん	亜砒酸 あひさん		千三 せんみつ
五更 ごこう	五輪 ごりん	亜流 ありゅう	**十 部**	千千 ちぢ
五戒 ごかい	五畿七道 ごきしちどう	亜高木 あこうぼく	〔十〕 じゅう・そ・つづ・と・とお・じっ	千切り せんぎり・ちぎり・ちぎる・ちぎれる
五里霧中 ごりむちゅう	五臓 ごぞう	亜麻 あま		千切雲 ちぎれぐも
五言 ごごん	〔井〕 せい・い	亜麻仁 あまに		千分比 せんぶんひ
五官 ごかん	井中蛙 いのなかのかわず	亜寒帯 あかんたい		千六本 せんろっぽん
五味 ごみ	井戸 いど	亜鉛 あえん		千日 せんにち
五弦 ごげん	井目 せいもく	亜鈴 あれい		千日手 せんにちて
	井守 いもり	亜聖 あせい		
	井桁 いげた	亜熱帯 あねったい		
	井然 せいぜん			

千日草 せんにちそう	千思万考 せんしばんこう	半天 はんてん	半時 はんとき	ん
千日紅 せんにちこう	千段巻 せんだんまき	半日 はんじつ・はんにち	半殺 はんごろし	半濁音 はんだくおん
千手観音 せんじゅかんのん	千秋 せんしゅう	半月 はんげつ・はんつき	半袖 はんそで	半額 はんがく
千代 ちよ	千重 ちえ	半文 はんもん	半紙 はんし	半襟 はんえり
千代紙 ちよがみ	千差万別 せんさばんべつ	半片 はんぺん	半紡 はんぼう	半鐘 はんしょう
千偶 せんじん	千振 せんぶり	半半 はんはん	半張 はんばり	半纏 はんてん
千古 せんこ	千鳥 ちどり	半平 はんぺん	半商 はんしょう	〔卒〕そつ・しゅっ
千本湿地 せんぼんしめじ	千尋 せんじん・ちひろ	半弁 はんぺん	半球 はんきゅう	そっする
千生 せんなり	千筋 せんすじ	半生 はんせい	半舷 はんげん	卒中 そっちゅう
千石船 せんごくぶね	千紫万紅 せんしばんこう	半田 はんだ	半眼 はんがん	卒去 そっきょ
千石筬 せんごくどおし	千釣 せんきん	半玉 はんぎょく	半割 はんわり・はんざき	卒直 そっちょく
千両 せんりょう	千歳 せんざい・ちとせ	半白 はんぱく	半道 はんみち	卒倒 そっとう
千年 せんねん	千載 せんざい	半永久 はんえいきゅう	半減 はんげん	卒都婆 そとば
千字文 せんじもん	千種 ちぐさ	半母音 はんぼいん	半幅 はんはば	卒塔婆 そとうば
千羽鶴 せんばづる	千億 せんおく	半可通 はんかつう	半煮 はんにえ	そとば
千里 せんり	千篇一律 せんぺんいちりつ	半年 はんとし	半焼 はんしょう・はんやけ	卒然 そつぜん
千言 せんげん	〔午〕ご・うま	半休 はんきゅう	半期 はんき	卒業 そつぎょう
千辛万苦 せんしんばんく	午前 ごぜん	半死 はんし	半畳 はんじょう	卒爾 そつじ
千状万態 せんじょうばんたい	午後 ごご	半作 はんさく	半裁 はんさい	卒読 そつどく
千金 せんきん	午砲 ごほう	半身 はんしん・はんみ	半量 はんりょう	〔協〕きょう
千波万波 せんぱばんぱ	午蒡 ごぼう	半価 はんか	半開 はんかい・はんびらき	協力 きょうりょく
千屈萩 みそはぎ	午睡 ごすい	半券 はんけん	半間 はんま	協会 きょうかい
千枚漬 せんまいづけ	午餐 ごさん	半周 はんしゅう	半搗 はんつき	協同 きょうどう
千枚通 せんまいどおし	〔升〕しょう・ます	半官 はんかん	半数 はんすう	協同医療 きょうどういりょう
千枚張り せんまいばり	升目 ますめ	半泊 はんぱく	半歳 はんさい	協定 きょうてい
千客万来 せんきゃくばんらい	升掻 ますかき	半拍 はんぱく	半裸 はんら	協和 きょうわ
千軍万馬 せんぐんばんば	〔半〕はん・なかば・なから	半夜 はんや	半睡 はんすい	協奏曲 きょうそうきょく
千度 ちたび	半人 はんにん	半径 はんけい	半農 はんのう	協約 きょうやく
千姿万態 せんしばんたい	半人足 はんにんそく	半歩 はんぽ	半解 はんかい	協商 きょうしょう
千草 ちぐさ	半人前 はんにんまえ	半季 はんき	半漁 はんぎょ	協働 きょうどう
千変万化 せんぺんばんか	半弓 はんきゅう	半盲 はんもう	半旗 はんき	協業 きょうぎょう
	半巾 はんぱば	半金 はんきん	半截 はんさい・はんせつ	協賛 きょうさん
	半分 はんぶん	半音 はんおん	半端 はんぱ	協調 きょうちょう
	半切 はんせつ・はんぎり	半信半疑 はんしんはんぎ	半製品 はんせいひん	協議 きょうぎ
	半双 はんそう	半面 はんめん	半銭 はんせん・きなか	〔卓〕たく
	半円 はんえん	半風子 はんぷうし	半導体 はんどうたい	卓上 たくじょう
		半値 はんね	半熟 はんじゅく	卓才 たくさい
		半途 はんと	半輪 はんりん	卓出 たくしゅつ
		半哺 はんぽ	半壊 はんかい	卓立 たくりつ
		半夏生 はんげしょう	半濁点 はんだくてん	卓布 たくふ
		半島 はんとう		卓抜 たくばつ
				卓見 たっけん
				卓袱 しっぽく
				卓袱台 ちゃぶだい

卓袱屋 ちゃぶや	南国 なんごく	博奕 ばくち・ばくえ	巨星 きょせい	医術 いじゅつ
卓球 たっきゅう	南東 なんとう	き	巨砲 きょほう	医務 いむ
卓然 たくぜん	南欧 なんおう	博徒 ばくと・ばくち	巨財 きょざい	医聖 いせい
卓絶 たくぜつ	南海道 なんかいど	うち	巨益 きょえき	医薬 いやく
卓越 たくえつ	う	博捜 はくそう	巨細 きょさい・こさ	医療 いりょう
卓説 たくせつ	南洋 なんよう	博雅 はくが	い	〔匪〕
卓論 たくろん	南面 なんめん	博愛 はくあい	巨弾 きょだん	匪徒 ひと
卓識 たくしき	南風 なんぷう・は	博聞強記 はくぶん	巨費 きょひ	匪賊 ひぞく
〔卑〕 ひ・いやしい	え・みなみかぜ	きょうき	巨富 きょふ	〔匿〕 とく・かくす
いやしむ・いやしめ	南部 なんぶ	博覧 はくらん	巨漢 きょかん	かくまう
る	南都 なんと	博識 はくしき	巨資 きょし	匿名 とくめい
卑下 ひげ	南船北馬 なんせん	**匚 部**	巨視的 きょしてき	**厂 部**
卑小 ひしょう	ぼくば		巨像 きょぞう	
卑劣 ひれつ	南無 なむ	〔区〕 く	巨魁 きょかい	〔仄〕 そく・ほの・ほ
卑近 ひきん	南無三 なむさん	区区 くく・まちまち	巨億 きょおく	のか・ほのめく・ほ
卑坊 いやしんぼう	南無三宝 なむさん	区切 くぎる・くぎり	巨儒 きょじゅ	のめかす
卑見 ひけん	ぼう	区分 くぶん・くわけ	巨樹 きょじゅ	仄仄 ほのぼの
卑怯 ひきょう	南無妙法蓮華経	区処 くしょ	巨頭 きょとう	仄仄明 ほのぼのあ
卑屈 ひくつ	なむみょうほうれん	区民 くみん	巨擘 きょはく	け
卑金属 ひきんぞく	げきょう	区会 くかい	巨額 きょがく	仄暗 ほのぐらい
卑俗 ひぞく	南無阿弥陀仏 な	区別 くべつ	巨獣 きょじゅう	仄聞 そくぶん
卑陋 ひろう	むあみだぶつ	区役所 くやくしょ	巨軀 きょく	〔厄〕 やく
卑称 ひしょう	南極 なんきょく	画 くかく	巨艦 きょかん	厄介 やっかい
卑湿 ひしつ	南蛮 なんばん	区域 くいき	巨巌 きょがん	厄日 やくび
卑属 ひぞく	南殿 なんでん・なで	区部 くぶ	〔国〕 きょう	厄年 やくどし
卑猥 ひわい	ん	区間 くかん	匡正 きょうせい	厄払 やくはらい
卑語 ひご	南端 なんたん	区報 くほう	〔匠〕 しょう・たくみ	厄除 やくよけ
卑賤 ひせん	南緯 なんい	区割 くわり	匠気 しょうき	厄前 やくまえ
〔南〕 なん・みなみ	〔博〕 はく・はくす・	区劃 くかく	〔匣〕 こう・はこ	厄落 やくおとし
みんなみ	はくする	〔匹〕 ひつ・ひき	〔医〕 い・いやす・い	厄難 やくなん
南下 なんか	博大 はくだい	匹夫 ひっぷ	する	〔尨〕 ぼう
南山 なんざん	博士 はくし・はかせ	匹婦 ひっぷ	医方 いほう	尨大 ぼうだい
南中 なんちゅう	博引旁証 はくいん	匹敵 ひってき	医用 いよう	〔厘〕 り・りん
南天 なんてん	ぼうしょう	匹儔 ひっちゅう	医局 いきょく	厘毛 りんもう
南方 なんぽう	博打 ばくち	〔巨〕 きょ・こ	医事 いじ	〔厚〕 こう・あつい
南半球 みなみはん	博多 はかた	巨人 きょじん	医者 いしゃ	あつみ・あつらか・
きゅう	博多帯 はかたおび	巨大 きょだい	医長 いちょう	あつかましい・あつ
南北 なんぼく	博多織 はかたおり	巨万 きょまん	医学 いがく	ぼったい
南瓜 カボチャ	博労 ばくろう	巨木 きょぼく	医育 いいく	厚子 アツシ
南西 なんせい	博言学 はくげんが	巨石 きょせき	医科 いか	厚化粧 あつげしょ
南回帰線 みなみか	く	巨匠 きょしょう	医界 いかい	う
いきせん	博学 はくがく	巨材 きょざい	医師 くすし・いし	厚手 あつで
南京 なんきん	博物学 はくぶつが	巨利 きょり	医院 いいん	厚司 あつし
南宗画 なんしゅう	く	巨体 きょたい	医書 いしょ	厚生 こうせい
が	博物誌 はくぶつし	巨刹 きょさつ	医原病 いげんびょ	厚地 あつじ
南画 なんが	博物館 はくぶつか	巨岩 きょがん	う	厚志 こうし
南学 なんがく	ん	巨歩 きょほ	医家 いか	厚板 あついた

厚宜 こうぎ	みん	原義 げんぎ	厭目 いとめ	又借 またがり
厚相 こうしょう	原材料 げんざいりょう	原鉱 げんこう	厭気 いやき	又家来 またげらい
厚恩 こうおん		原像 げんぞう	厭地 いやち	又従兄弟 またいとこ
厚紙 あつがみ・こうし	原価 げんか	原種 げんしゅ	厭味 いやみ	
	原典 げんてん	原語 げんご	厭性 あきしょう	又従姉妹 またいとこ
厚情 こうじょう	原画 げんが	原綿 げんめん	厭悪 えんお	
厚着 あつぎ	原拠 げんきょ	原稿 げんこう	厭戦 えんせん	又無 またとない
厚遇 こうぐう	原注 げんちゅう	原器 げんき	厭厭 あきあき・いやいや	又貸 またがし
厚葉 あつよう	原油 げんゆ	原潜 げんせん	いや	又聞 またぎき
厚焼 あつやき	原始 げんし	原審 げんしん	厭離穢土 えんりえど	又隣 またどなり
厚揚 あつあげ	原始時代 げんしじだい	原論 げんろん		又頼 まただのみ
厚意 こうい		原盤 げんばん	〔歴〕れき・へる	〔叉〕さ・しゃ・また
厚様 あつよう	原物 げんぶつ	原頭 げんとう	歴日 れきじつ	叉木 またぎ
厚薄 こうはく	原板 げんばん	原題 げんだい	歴世 れきせい	叉手網 さであみ
厚顔 こうがん	原肥 げんぴ	原爆 げんばく	歴代 れきだい	叉焼 チャーシュー
〔原〕げん・はら・ばら・もと	原初 げんしょ	原簿 げんぼ	歴史 れきし	〔双〕そう
	原品 げんぴん	原譜 げんぷ	歴任 れきにん	双子 ふたご
原人 げんじん	原音 げんおん	原籍 げんせき	歴年 れきねん	双手 そうしゅ
原寸 げんすん	原型 げんけい	〔厠〕し・かわや	歴年齢 れきねんれい	双方 そうほう
原子 げんし	原点 げんてん	〔厨〕ちゅう・くりや		双六 すごろく
原中 はらなか	原泉 げんせん	厨子 ずし	歴訪 れきほう	双生児 そうせいじ
原水 げんすい	原版 げんばん	厨芥 ちゅうかい	歴然 れきぜん	双曲線 そうきょくせん
原水爆 げんすいばく	原則 げんそく	厨房 ちゅうぼう	歴程 れきてい	
	原姿 げんし	〔廐〕きゅう・うまや	歴遊 れきゆう	双肩 そうけん
原毛 げんもう	原案 げんあん	厩舎 きゅうしゃ	歴朝 れきちょう	双発 そうはつ
原木 げんぼく	原酒 げんしゅ	厩肥 きゅうひ	歴戦 れきせん	双倍 そうばい
原文 げんぶん	原級 げんきゅう	〔雁〕がん・かり	歴代 れきだい	双務 そうむ
原石 げんせき	原紙 げんし	雁木 がんぎ	歴歴 れきれき	双紙 そうし
原本 げんぽん	原素 げんそ	雁皮 がんぴ	歴覧 れきらん	双書 そうしょ
原生 げんせい	原書 げんしょ	雁行 がんこう	〔厲〕れい・らい	双幅 そうふく
原皮 げんぴ	原料 げんりょう	雁字搦め がんじがらめ	厲声 れいせい	双眼 そうがん
原由 げんゆ	原液 げんえき		〔暦〕れき・こよみ	双眸 そうぼう
原付 げんつき	原著 げんちょ	雁足 がんそく	暦日 れきじつ	双球菌 そうきゅうきん
原名 げんめい	原理 げんり	雁来紅 がんらいこう・はげいとう	暦本 れきほん	
原因 げんいん	原票 げんぴょう		暦年 れきねん	双葉 ふたば
原虫 げんちゅう	原動 げんどう	雁股 かりまた	暦法 れきほう	双璧 そうへき
原色 げんしょく	原野 げんや	雁金 かりがね	暦象 れきしょう	双頭 そうとう
原糸 げんし	原産 げんさん	雁首 がんくび	暦数 れきすう	双翼 そうよく
原形 げんけい	原棉 げんめん	雁音 かりがね	〔鴈〕がん・かり	〔収〕しゅう・おさまる・おさめる・おさまり
原麦 げんばく	原隊 げんたい	雁背 がんぜ	〔蔕〕へた	
原状 げんじょう	原註 げんちゅう	雁瘡 がんがさ		
原図 げんず	原裁判 げんさいばん	雁擬 がんもどき	**又 部**	収入 しゅうにゅう
原作 げんさく		〔厭〕えん・あき・あきる・いとう・あく・いとわしい	〔又〕ゆう・また・まった	収支 しゅうし
原告 げんこく	原話 げんわ			収用 しゅうよう
原判決 げんはんけつ	原詩 げんし		又又 またまた	収束 しゅうそく
	原意 げんい	厭人 えんじん	又日 またのひ	収受 しゅうじゅ
原住民 げんじゅうみん	原歌 げんか	厭世 えんせい	又名 またのな	収拾 しゅうしゅう
			又弟子 またでし	

収容 しゅうよう	支管 しかん	反応 はんのう	反税 はんぜい
収納 しゅうのう	支線 しせん	反乱 はんらん	反訴 はんそ
収骨 しゅうこつ	支離滅裂 しりめつ	反返 そっくりかえ	反証 はんしょう
収差 しゅうさ	れつ	る・そりかえる・そ	反間 はんかん
収益 しゅうえき	〔友〕ゆう・とも	りくりかえる	反意語 はんいご
収得 しゅうとく	友人 ゆうじん	反身 そりみ	反感 はんかん
収税 しゅうぜい	友千鳥 ともちどり	反抗 はんこう	反照 はんしょう
収集 しゅうしゅう	友引 ともびき	反攻 はんこう	反戦 はんせん
収量 しゅうりょう	友交 ゆうこう	反作用 はんさよう	反義語 はんぎご
収賄 しゅうわい	友好 ゆうこう	反体制 はんたいせ	反語 はんご
収奪 しゅうだつ	友邦 ゆうほう	い	反歌 はんか
収蔵 しゅうぞう	友垣 ともがき	反英 はんえい	反駁 はんばく
収録 しゅうろく	友軍 ゆうぐん	反命 はんめい	反論 はんろん
収監 しゅうかん	友党 ゆうとう	反歩 たんぶ	反噬 はんぜい
収斂 しゅうれん	友釣 ともづり	反物 たんもの	反橋 そりはし
収縮 しゅうしゅく	友情 ゆうじょう	反定立 はんていりつ	反撃 はんげき
収穫 しゅうかく	友達 ともだち		反覆 はんぷく
収攬 しゅうらん	友禅 ゆうぜん	反物質 はんぶっし	反騰 はんとう
〔支〕しかう・ささえ	友愛 ゆうあい	つ	反響 はんきょう
・ささえる・つかえる	友誼 ゆうぎ	反逆 はんぎゃく	〔取〕しゅ・とり・と
支弁 しべん	〔及〕きゅう・およ	反帝 はんてい	る・とれる・とっ・
支払 しはらう・しは	び・およぶ・および	反俗 はんぞく	とって・とらせる
らい	す・しく	反映 はんえい	取入 とりいる・とり
支出 ししゅつ	及落 きゅうらく	反故 はこ・ほご・ほ	いれ・とりいれる
支庁 しちょう	及第 きゅうだい	うぐ・ほうご	取上 とりあげる・と
支局 しきょく	及腰 およびごし	反発 はんぱつ	りのぼせる
支系 しけい	〔反〕はん・たん・そ	反面 はんめん	取上婆 とりあげば
支店 してん	り・そる・そらす・	反則 はんそく	ば
支所 ししょ	へん・ほん・かえ	反軍 はんぐん	取口 とりくち
支社 ししゃ	す・かえし・かえっ	反省 はんせい	取下 とりさげる
支点 してん	て・かえり・かえる	反芻 はんすう	取分 とりわけ・とり
支度 したく	反収 たんしゅ	反射 はんしゃ	わけて・とりわけ
支柱 しちゅう	反切 はんせつ	反骨 はんこつ	る・とりぶん
支持 しじ	反毛 はんもう	反修防修 はんしゅ	取水 しゅすい
支院 しいん	反比例 はんぴれい	うぼうしゅう	取木 とりき
支流 しりゅう	反中性子 はんちゅ	反側 はんそく	取手 とりて・とって
支脈 しみゃく	うせいし	反動 はんどう	取止 とりとめ・とり
支配 しはい	反古 ほご・ほぐ	反訳 はんやく	とめる・とりやめる
支族 しぞく	反目 はんもく	反転 はんてん	取引 とりひき
支部 しぶ	反立 はんりつ	反粒子 はんりゅう	取立 とりたて・とり
支援 しえん	反当 たんとう・たん	し	たてる
支隊 したい	あたり	反間 はんもん	取去 とりさる
支給 しきゅう	反吐 へど・ヘドロ	反落 はんらく	取付 とりつく・とっ
支場 しじょう	反共 はんきょう	反陽子 はんようし	つき・とっつく・と
支署 ししょ	反対 はんたい	反撥 はんぱつ	りつき・とりつけ・
支幹 しかん	反米 はんべい	反復 はんぷく	とりつける
支障 ししょう	反別 たんべつ	反歯 そっぱ	取付様 とってつけ

たよう	
取仕切 とりしきる	
取皿 とりざら	
取払 とりはらい・と	
りはらう	
取込 とりこみ・とり	
こむ	
取代 とってかわる	
取外 とりはずし・と	
りはずす	
取広 とりひろげる	
取片付 とりかたづ	
ける	
取札 とりふだ	
取合 とりあい・とり	
あう・とりあわせ・	
とりあわせる	
取交 とりまぜる・と	
りかわす	
取次 とりつぐ・とり	
つぎ	
取出 とりだす	
取灰 とりばい	
取回 とりまわし・と	
りまわす	
取成 とりなし・とり	
なす	
取抑 とりおさえる	
取扱 とりあつかい・	
とりあつかう	
取決 とりきめる	
取沙汰 とりざた	
取返 とりかえし・と	
りかえす・とってか	
えす	
取囲 とりかこむ	
取材 しゅざい	
取乱 とりみだす	
取巻 とりまき・とり	
まく	
取押 とりおさえる	
取拉 とりひしぐ	
取放題 とりほうだ	
い	
取肴 とりざかな	
取戻 とりもどす	
取的 とりてき	

取直 とりなおす	取散 とりちらす	受合 うけあい・うけ	受領 じゅりょう	卩・卩部
取所 とりどころ	取替 とりかえ・とり	あう	受賞 じゅしょう	
取前 とりまえ	かえる	受血 じゅけつ	受勲 じゅくん	〔印〕いん・かね・し
取廻 とりまわし・と	取結 とりむすぶ	受売 うけうり	受諾 じゅだく	るし・しるす・じる
りまわす	取集 とりあつめる	受忍 じゅにん	受講 じゅこう	し
取持 とりもち・とり	取越 とりこす	受戒 じゅかい	受贈 じゅぞう	印可 いんか
もつ	取越苦労 とりこし	受身 うけみ	受難 じゅなん	印半纏 しるしばん
取逃 とりにがす	ぐろう	受取 うけとり・うけ	受験 じゅけん	てん
取柄 とりえ	取違 とりちがえる	とる	〔叛〕はん・ほん・そ	印伝 いんでん
取急 とりいそぎ	取極 とりきめる	受注 じゅちゅう	むく	印肉 いんにく
取計 とりはからい・	取置 とりおく・とっ	受命 じゅめい	叛乱 はんらん	印行 いんこう
とりはからう	ておき	受杯 じゅはい	叛服 はんぷく	印池 いんち
取高 とりだか・とれ	取毀 とりこわす	受戻 うけもどし	叛逆 はんぎゃく	印字 いんじ
だか	取賄 とりまかなう	受信 じゅしん	叛軍 はんぐん	印判 いんばん
取消 とりけし・とり	取零 とりこぼす	受洗 じゅせん	叛徒 はんと	印形 いんぎょう
けす	取箸 とりばし	受持 うけもち・うけ	叛骨 はんこつ	印材 いんざい
取捌 とりさばく	取澄 とりすます	もつ	叛意 はんい	印刷 いんさつ
取除 とりのける・と	取縋 とりすがる	受容 うけいれる	叛旗 はんき	印刻 いんこく
りのぞく	取締 とりしまり・と	受盃 じゅはい	〔叙〕じょ	印欧語 いんおうご
取残 とりのこし・と	りしまる	受胎 じゅたい	叙上 じょじょう	印画 いんが
りのこす	取調 とりしらべ・と	受流 うけながす	叙任 じょにん	印金 いんきん
取粉 とりこ	りしらべる	受容 じゅよう	叙位 じょい	印相 いんそう
取紛 とりまぎれる	取壊 とりこわす	受益 じゅえき	叙事 じょじ	印面 いんめん
取殺 とりころす	取繕 とりつくろう	受納 じゅのう	叙法 じょほう	印紙 いんし
取留 とりとめ・とり	取離 とりはなす	受粉 じゅふん	叙述 じょじゅつ	印書 いんしょ
とめる	取鎮 とりしずめる	受託 じゅたく	叙唱 じょしょう	印章 いんしょう
取舵 とりかじ	取纏 とりまとめる	受配 じゅはい	叙情 じょじょう	印棉 いんめん
取寄 とりよせる	取籠 とりこめる	受動 じゅどう	叙景 じょけい	印税 いんぜい
取得 とりどく・しゅ	〔叔〕しゅく・おじ	受理 じゅり	叙説 じょせつ	印象 いんしょう
とく	叔父 おじ・しゅくふ	受渡 うけわたし	叙勲 じょくん	印綿 いんめん
取捨 とりすてる・し	叔母 おば・しゅくぼ	受検 じゅけん	叙爵 じょしゃく	印綬 いんじゅ
ゅしゃ	〔受〕じゅ・うけ・う	受註 じゅちゅう	〔叡〕えい	印影 いんえい
取攫 とっつかまえる	ける・うかる	受診 じゅしん	叡知 えいち	印璽 いんじ
・とっつかまる	受入 うけいれ・うけ	受答 うけこたえ	叡智 えいち	印譜 いんぷ
取掛 とりかかる・と	いれる	受給 じゅきゅう	叡聞 えいぶん	印籠 いんろう
っかかり・とっかか	受口 うけぐち	受傷 じゅしょう	叡慮 えいりょ	印鑑 いんかん
る	受太刀 うけだち	受腰 うけこし	叡覧 えいらん	〔卯〕ぼう・う
取混 とりまぜる	受止 うけとめる	受箱 うけばこ	〔叢〕そう・むら・く	卯木 うつぎ
取敢 とりあえず	受手 うけて	受継 うけつぐ	さむら・むらがり・	卯月 うづき
取組 とりくみ・とり	受引 うけひく	受話 じゅわ	むらがる	卯花 うのはな
くむ	受付 うけつけ	受電 じゅでん	叢生 そうせい	〔危〕き・あぶな・
取組合 とっくみあ	受払 うけはらい	受業 じゅぎょう	叢竹 むらたけ	ぶない・あやう・あ
い・とっくみあう	受用 じゅよう	受業生 じゅぎょう	叢林 そうりん	やうい・あやぶむ・
取崩 とりくずす	受皿 うけざら	せい	叢雨 むらさめ	あやむ・あやうし・
取揃 とりそろえる	受刑 じゅけい	受像 じゅぞう	叢雲 むらくも	あやめる・あぶなっ
取落 とりおとし	受光 じゅこう	受禅 じゅぜん	叢書 そうしょ	かしい
取運 とりはこぶ	受任 じゅにん	受精 じゅせい	叢談 そうだん	危地 きち

危局 ききょく	即諾 そくだく	巻雲 けんうん・まきぐも	刃渡 はわたり	分社 ぶんしゃ
危気無 あぶなげない	即興 そっきょう	巻数 かんすう	刃傷 にんじょう	分前 わけまえ
危急 ききゅう	即題 そくだい	巻煙草 まきタバコ	刃毀 はこぼれ	分乗 ぶんじょう
危殆 きたい	〔卵〕らん・たまご・かい・かいご	巻網 まきあみ	〔分〕ぶん・ふん・ぶ・わけ・わける・わかり・わかる・わかれる・わかち・わかつ	分厚 ぶあつい
危害 きがい	卵子 らんし	巻層雲 けんそううん		分度器 ぶんどき
危惧 きぐ	卵円形 らんえんけい	巻線 まきせん		分県 ぶんけん
危険 きけん	卵用種 らんようしゅ	巻積雲 けんせきうん	分力 ぶんりょく	分派 ぶんぱ
危機 きき	卵白 らんぱく	巻頭 かんとう	分子 ぶんし	分封 ぶんぽう
危篤 きとく	卵生 らんせい	巻藁 まきわら	分与 ぶんよ	分限 ぶげん・ぶんげん
危難 きなん	卵色 たまごいろ	巻縮 けんしゅく	分化 ぶんか	分限者 ぶげんしゃ
危懼 きく	卵形 らんけい	巻繊 けんちん	分引 ぶびき	分室 ぶんしつ
〔却〕きゃく・かえって・かえりて	卵巣 らんそう	巻鮨 まきずし	分水 ぶんすい	分段 ぶんだん
却下 きゃっか	卵黄 らんおう	巻鬚 まきひげ	分冊 ぶんさつ	分相応 ぶんそうおう
却而 かえって	卵塔 らんとう	〔卸〕しゃ・おろす・おろし	分外 ぶんがい	分秒 ふんびょう
〔即〕そく・そくする・すなわち・つける	卵殻 らんかく	卸大根 おろしだいこん	分布 ぶんぷ	分科 ぶんか
即今 そっこん	卵管 らんかん	卸金 おろしがね	分母 ぶんぼ	分界 ぶんかい
即日 そくじつ	卵嚢 らんのう	〔卿〕きょう・けい	分目 わけめ・わかれめ	分流 ぶんりゅう
即行 そっこう	〔巻〕かん・けん・まく・まき	〔郷〕きょう・ごう・さと	分立 ぶんりつ	分捕 ぶんどる
即死 そくし	巻付 まきつく・まきつける		分列 ぶんれつ	分家 ぶんけ
即位 そくい	巻上 まきあげる	**刀 部**	分光 ぶんこう	分院 ぶんいん
即決 そっけつ	巻上機 まきあげき		分字 ぶんじ	分書 わかちがき
即吟 そくぎん	巻子本 かんすぼん	〔刀〕とう・かたな	分合 ぶんごう	分校 ぶんこう
即応 そくおう	巻土重来 けんどじゅうらい	刀工 とうこう	分会 ぶんかい	分留 ぶんりゅう
即売 そくばい	巻尺 まきじゃく	刀圭 とうけい	分地 ぶんち	分脈 ぶんみゃく
即事 そくじ	巻込 まきこむ	刀匠 とうしょう	分有 ぶんゆう	分骨 ぶんこつ
即刻 そっこく	巻末 かんまつ	刀自 とじ	分団 ぶんだん	分納 ぶんのう
即実 そくじつ	巻舌 まきじた	刀身 とうしん	分別 ふんべつ・ぶんべつ	分針 ふんしん
即物的 そくぶつてき	巻貝 まきがい	刀泉 とうせん	分利 ぶんり	分配 ぶんぱい
即夜 そくや	巻返 まきかえす・まきかえし	刀背打 むねうち	分岐 ぶんき	分陰 ふんいん
即妙 そくみょう	巻尾 かんび	刀剣 とうけん	分村 ぶんそん	分娩 ぶんべん
即効 そっこう	巻取紙 まきとりし	刀痕 とうこん	分売 ぶんばい	分宿 ぶんしゅく
即金 そっきん	巻帙 かんちつ	刀銭 とうせん	分身 ぶんしん	分断 ぶんだん
即席 そくせき	巻物 まきもの	刀瘢 とうはん	分取 わけどり	分営 ぶんえい
即座 そくざ	巻狩 まきがり	刀鍛冶 かたなかじ	分知 わけしり	分野 ぶんや
即時 そくじ	巻首 かんしゅ	〔刃〕にん・じん・は・やいば	分泌 ぶんぴ・ぶんぴつ	分教場 ぶんきょうじょう
即納 そくのう	巻起 まきおこす	刃引 はびき	分店 ぶんてん	分割 ぶんかつ
即断 そくだん	巻紙 まきがみ	刃先 はさき	分担 ぶんたん	分場 ぶんじょう
即過 つきすぎる	巻添 まきぞえ	刃向 はむかう	分明 ぶんめい・ふんみょう	分隊 ぶんたい
即答 そくとう	巻落 まきおとす	刃物 はもの	分析 ぶんせき	分掌 ぶんしょう
即詠 そくえい	巻軸 かんじく	刃風 はかぜ	分所 ぶんしょ	分葱 わけぎ
即詰 そくづみ		刃針 はばり	分服 ぶんぷく	分散 ぶんさん
即戦 そくせん				分筆 ぶんぴつ
即製 そくせい				分量 ぶんりょう
				分裂 ぶんれつ

分溜 ぶんりゅう	れこむ	切畑 きりはた	くわん	力足 ちからあし
分遣 ぶんけん	切石 きりいし	切炬燵 きりごたつ	切傷 きりきず	力投 りきとう
分数 ぶんすう	切札 きりふだ	切首 きりくび	切継 きりつぎ	力走 りきそう
分署 ぶんしょ	切目 きりめ・きれめ	切倒 きりたおす	切詰 きりつめる	力抜 ちからぬけ
分業 ぶんぎょう	切立 きりたつ・きっ	切除 せつじょ	切腹 せっぷく	力泳 りきえい
分節 ぶんせつ	たつ	切屑 きりくず	切端 きれはし・きり	力学 りきがく
分解 ぶんかい	切片 せっぺん	切通 きりどおし	は	力持 ちからもち
分銅 ふんどう	切伏 きりふせる	切株 きりかぶ	切箔 きりはく	力点 りきてん
分蔵 ぶんぞう	切合 きりあう	切殺 きりころす	切餅 きりもち	力負 ちからまけ
分際 ぶんざい	切地 きれじ	切紙 きりかみ・きり	切髪 きりかみ	力紙 ちからがみ
分権 ぶんけん	切字 きれじ	がみ	切磋 せっさ	力添 ちからぞえ
分課 ぶんか	切先 きっさき	切捨 きりすて・きり	切線 せっせん	力脱 ちからぬけ
分霊 ぶんれい	切回 きりまわす	すてる	切論 せつろん	力強 ちからづよい
分館 ぶんかん	切米 きりまい	切捲 きりまくる	切諫 せっかん	力無 ちからなげ
分轄 ぶんかつ	切羽 きりは・せっぱ	切接 きりつぎ	切離 きれはなれ・き	力落 ちからおとし
分離 ぶんり	切羽詰 せっぱつま	切掛 きっかけ・きり	りはなれ・きりはな	力量 りきりょう
分類 ぶんるい	る	かけ・きりかける・	す	力業 ちからわざ
分蘖 ぶんけつ	切死 きりじに	きりかかる	切願 せつがん	力戦 りきせん
分譲 ぶんじょう	切売 きりうり	切張 きりばり	切懸 きりかけ	力漕 りきそう
〔切〕 せつ・さい・き	切抜 きりぬき・きり	切崩 きりくずす・き	切籠 きりこ	力試 ちからだめし
り・きる・きらす・	ぬける・きりぬく	りくずし	〔券〕けん	力演 りきえん
きれ・ぎれ・きれる	切狂言 きりきょう	切望 せつぼう	券売機 けんばいき	力説 りきせつ
切上 きりあげ・きり	げん	切断 せつだん	券面 けんめん	力瘤 ちからこぶ
あげる・きれあがる	切花 きりばな	切盛 きりもり	券種 けんしゅ	力頼 ちからだのみ
切下 きりおろす・き	切返 きりかえし・き	切甑 きります	〔剪〕せん・はさむ	力闘 りきとう
りさげる	りかえす	切痔 きれじ	剪切 はさみきる	〔加〕か・くわえる・
切下髪 きりさげが	切妻 きりづま	切窓 きりまど	剪定 せんてい	くわわる・くわえ
み	切言 せつげん	切符 きっぷ	〔劈〕へき・つんざく	て・くわえ
切干 きりぼし	切身 きりみ	切組 きりくむ	劈開 へきかい	加入 かにゅう
切口 きりくち・きれ	切刻 きりきざむ	切細裂 きりこまざ	劈頭 へきとう	加之 しかのみならず
くち	切取 きりとり・きり	く		加工 かこう
切口上 きりこうじ	とる	切割 きりわり	**力 部**	加水 かすい
ょう	切岸 きりぎし	切落 きりおとす		加担 かたん
切子 きりこ	切味 きれあじ	切換 きりかえ・きり	〔力〕りょく・りき・	加味 かみ
切水 きりみず	切迫 せっぱく	かえる	りきむ・ちから	加法 かほう
切切 せつせつ・きれ	切廻 きりまわす	切場 きりば	力一杯 ちからいっ	加点 かてん
ぎれ	切苛 きりさいなむ	切替 きりかえ・きり	ぱい	加重 かじゅう
切手 きって	切実 せつじつ	かえる・きりかわる	力士 りきし	加除 かじょ
切火 きりび	切放 きりはなす	切替畑 きりかえば	力水 ちからみず	加配 かはい
切戸 きりど	切所 せっしょ	た	力布 ちからぬの	加俸 かほう
切方 きりかた	切物 きれもの	切結 きりむすぶ	力付 ちからづく・ち	加速 かそく
切付 きりつける	切者 きれもの	切貼 きりばり	からづける	加害 かがい
切出 きりだし・きり	切長 きれなが	切間 きれま	力仕事 ちからしご	加減 かげん
だす	切削 せっさく	切開 せっかい・きり	と	加筆 かひつ
切払 きりはらう	切炭 きりずみ	ひらく	力任 ちからまかせ	加階 かかい
切込 きれこみ・きり	切要 せつよう	切裂 きりさく	力行 りっこう	加盟 かめい
こみ・きりこむ・き	切点 せってん	切歯扼腕 せっしや	力作 りきさく	加勢 かせい
			力車 りきしゃ	

加増 かぞう	助平 すけべい	勃興 ぼっこう	勘当 かんとう	〔募〕ぼ・つのる
加算 かさん・くわえざん	助字 じょじ	〔勅〕ちょく・みこと・のり	勘気 かんき	募兵 ぼへい
加熱 かねつ	助成 じょせい	勅命 ちょくめい	勘考 かんこう	募金 ぼきん
加薬 かやく	助言 じょげん	勅使 ちょくし	勘忍 かんにん	募集 ぼしゅう
加餐 かさん	助走 じょそう	勅定 ちょくじょう	勘所 かんどころ	募債 ぼさい
加療 かりょう	助役 じょやく	勅書 ちょくしょ	勘定 かんじょう	〔勤〕きん・ごん・こん・いそし・いそしむ・つとめ・つとめる・つとまる
加護 かご	助兵衛 すけべえ	勅許 ちょっきょ	勘亭流 かんていりゅう	勤人 つとめにん
〔功〕こう・く・いさお・いさおし	助長 じょちょう	勅勘 ちょっかん	勘校 かんこう	勤口 つとめぐち
功力 くりき	助命 じょめい	勅語 ちょくご	勘案 かんあん	勤王 きんのう
功名 こうみょう	助宗鱈 すけそうだら	勅詔 ちょくじょう	勘違 かんちがい	勤向 つとめむき
功臣 こうしん	助奏 じょそう	勅撰 ちょくせん	勘繰 かんぐる	勤先 つとめさき
功利 こうり	助炭 じょたん	勅題 ちょくだい	〔動〕どう・うごかす・うごく・うごき・どうじる・どうずる	勤行 ごんぎょう
功労 こうろう	助教授 じょきょうじゅ	勅額 ちょくがく	動力 どうりょく	勤労 きんろう
功科 こうか	助教諭 じょきょうゆ	勅願 ちょくがん	動用字 どうようじ	勤学 きんがく
功過 こうか	助産 じょさん	〔勇〕ゆう・いさましい・いさみ・いさむ	動向 どうこう	勤皇 きんのう
功業 こうぎょう	助船 たすけぶね	勇士 ゆうし	動因 どういん	勤倹 きんけん
功罪 こうざい	助祭 じょさい	勇立 いさみたつ	動気 どうき	勤怠 きんたい
功徳 くどく	助動詞 じょどうし	勇気 ゆうき	動作 どうさ	勤勉 きんべん
功績 こうせき	助詞 じょし	勇肌 いさみはだ	動体 どうたい	勤務 きんむ
〔劣〕れつ・おとる	助惣鱈 すけそうだら	勇名 ゆうめい	動乱 どうらん	勤惰 きんだ
劣位 れつい	助勢 じょせい	勇壮 ゆうそう	動的 どうてき	勤番 きんばん
劣性 れっせい	助辞 じょじ	勇往 ゆうおう	動画 どうが	勤続 きんぞく
劣弱 れつじゃく	助数詞 じょすうし	勇者 ゆうしゃ	動物 どうぶつ	〔勢〕せい・いきおい
劣情 れつじょう	助演 じょえん	勇武 ゆうぶ	動員 どういん	勢力 せいりょく
劣敗 れっぱい	〔励〕れい・はげまし・はげます・はげみ・はげむ	勇退 ゆうたい	動座 どうざ	勢子 せこ
劣悪 れつあく	励行 れいこう	勇姿 ゆうし	動脈 どうみゃく	勢込 いきおいこむ
劣等 れっとう	励声 れいせい	勇健 ゆうけん	動悸 どうき	勢至菩薩 せいしぼさつ
劣勢 れっせい	〔効〕こう・かい・きく・きき	勇将 ゆうしょう	動産 どうさん	勢車 はずみぐるま
〔劫〕こう・ごう・きょう	効力 こうりょく	勇猛 ゆうもう	動転 どうてん	勢威 せいい
劫初 ごうしょ	効目 ききめ	勇魚 いさな	動詞 どうし	勢揃 せいぞろい
劫掠 ごうりゃく	効用 こうよう	勇断 ゆうだん	動植物 どうしょくぶつ	〔勧〕かん・すすめる・すすめ・すすむ
劫略 ごうりゃく	効果 こうか	勇敢 ゆうかん	動感 どうかん	勧工場 かんこうば
〔努〕ど・つとめる・ゆめ・つとむ・つとめて	効能 こうのう	勇戦 ゆうせん	動揺 どうよう	勧化 かんげ
努力 どりょく	効率 こうりつ	勇躍 ゆうやく	動電気 どうでんき	勧告 かんこく
努努 ゆめゆめ	効験 こうけん	〔勉〕べん・つとめて・つとめる	動電力 どうでんりょく	勧戒 かんかい
〔助〕じょ・すけ・すける・たすけ・たすける・たすかる	〔勃〕ぼつ	勉励 べんれい	動静 どうせい	勧降 かんこう
助人 すけっと	勃勃 ぼつぼつ	勉学 べんがく	動態 どうたい	勧進 かんじん
助力 じょりょく	勃発 ぼっぱつ	勉強 べんきょう	動輪 どうりん	勧善 かんぜん
助手 じょしゅ	勃起 ぼっき	〔務〕む・つとめ・つとめる	動機 どうき	勧業 かんぎょう
助太刀 すけだち	勃然 ぼつぜん	〔勘〕かん	動顛 どうてん	勧奨 かんしょう
		勘付 かんづく	動議 どうぎ	勧説 かんせつ
		勘弁 かんべん		勧賞 かんしょう
		勘合 かんごう		

勧請 かんじょう	円周 えんしゅう	い	再認識 さいにんしき	刑死 けいし
勧誘 かんゆう	円板 えんばん	再見 さいけん	再審 さいしん	刑余 けいよ
勧懲 かんちょう	円建 えんだて	再拝 さいはい	再選 さいせん	刑事 けいじ
〔勲〕くん・いさお	円弧 えんこ	再往 さいおう	再撃 さいげき	刑法 けいほう
勲功 くんこう	円柱 えんちゅう	再放送 さいほうそ	再確認 さいかくにん	刑務所 けいむしょ
勲記 くんき	円為替 えんかわせ	再保険 さいほけん	再編 さいへん	刑場 けいじょう
勲章 くんしょう	円陣 えんじん	再建 さいけん・さいこん	再編成 さいへんせい	刑訴 けいそ
勲等 くんとう	円座 えんざ			刑罰 けいばつ
勲爵 くんしゃく	円高 えんだか	再送 さいそう	再編集 さいへんしゅう	〔列〕れっ・つら・れっする・つらなる・つらねる
卜 部	円窓 まるまど	再度 さいど		
	円貨 えんか	再挙 さいきょ	再論 さいろん	
〔卜〕ぼく・うらない	円頂黒衣 えんちょうてくい	再思 さいし	再調 さいちょう	列氏寒暖計 れっしかんだんけい
卜占 ぼくせん		再映 さいえい	再調査 さいちょうさ	
卜居 ぼっきょ	円転 えんてん	再版 さいはん		列代 れつだい
卜者 ぼくしゃ	円転滑脱 えんてんかつだつ	再発 さいはつ	再興 さいこう	列世 れっせい
卜書 とがき		再発現 さいはつげん	再燃 さいねん	列立 れつりつ
卜筮 ぼくぜい	円満 えんまん		再築 さいちく	列伍 れつご
〔占〕せん・うら・うらえ・うらない・うらなう・しめる	円筒 えんとう	再訂 さいてい	再録 さいろく	列伝 れつでん
	円滑 えんかつ	再軍備 さいぐんび	再輸入 さいゆにゅう	列車 れっしゃ
	円蓋 えんがい	再従兄弟 はとこ		列拝 れっぱい
占卜 せんぼく	円熟 えんじゅく	再従姉妹 はとこ	再輸出 さいゆしゅつ	列国 れっこく
占子兎 しめこのうさぎ	円舞 えんぶ	再校 さいこう		列侯 れっこう
	円盤 えんばん	再起 さいき	再臨 さいりん	列柱 れっちゅう
占用 せんよう	円錐 えんすい	再現 さいげん	再議 さいぎ	列座 れつざ
占有 せんゆう	円環 えんかん	再婚 さいこん	〔岡〕もう・ぼう	列席 れっせき
占居 せんきょ	円墻 えんとう	再販 さいはん	岡両 もうりょう	列挙 れっきょ
占拠 せんきょ	〔冊〕さつ・さく	再訪 さいほう		列記 れっき
占星術 せんせいじゅつ	冊子 さっし・そうし	再転 さいてん	**刂 部**	列強 れっきょう
	冊立 さくりつ	再割 さいわり		列島 れっとう
占筮 せんぜい	冊数 さっすう	再割引 さいわりびき	〔刈〕かい・かい・かる・かり	列聖 れっせい
占領 せんりょう	〔再〕さい・ふたたび		刈入 かりいれる・かりいれ	列蕃 れっぱん
〔卦〕け	再三 さいさん	再検 さいけん	刈干 かりほす	〔刎〕ふん・ぶん・はねる・はねる
冂 部	再刊 さいかん	再検討 さいけんとう	刈上 かりあげる	
	再出 さいしゅつ		刈込 かりこむ	刎頸 ふんけい
〔円〕えん・おん・まるい・つぶら・まどか・まろやか・まる・まろし	再出発 さいしゅっぱつ	再開 さいかい	刈取 かりとる	〔判〕はん・ばん・ほう・はんじる・はんずる・わかる
	再犯 さいはん	再開発 さいかいはつ	刈草地 かりくさち	
	再生 さいせい		刈株 かりかぶ	判子 はんこ
円天井 まるてんじょう	再生産 さいせいさん	再遊 さいゆう	刈置 かるかや	判任官 はんにんかん
円本 えんぽん	再任 さいにん	再嫁 さいか	刈穂 かりほ	
円光 えんこう	再再 さいさい	再演 さいえん	〔刊〕かん	判別 はんべつ
円安 えんやす	再会 さいかい	再構 さいこう	刊本 かんぽん	判決 はんけつ
円坐 えんざ	再応 さいおう	再縁 さいえん	刊行 かんこう	判事 はんじ
円形 えんけい	再吟味 さいぎんみ	再製 さいせい	刊記 かんき	判例 はんれい
円卓 えんたく	再考 さいこう	再読 さいどく		判取 はんとり
円価 えんか	再来 さいらい・さらい	再説 さいせつ	〔刑〕ぎょう・けい	判定 はんてい
		再認 さいにん		

判官 はんがん	利殖 りしょく	別送 べっそう	別館 べっかん	〔刻〕こく・きざみ・
判明 はんめい	利腕 ききうで	別荘 べっそう	別嬪 べっぴん	きざむ・こくする
判断 はんだん	利鈍 りどん	別室 べっしつ	別離 べつり	刻一刻 こくいって
判然 はんぜん	利器 りき	別派 べっぱ	〔刺〕し・せき・ささ	く
判絵 はんじえ	利潤 りじゅん	別段 べつだん	る・さす・さし・と	刻下 こっか
判読 はんどく	利権 りけん	別珍 べっちん	げ	刻付 きざみつける
〔利〕り・りする・き	利敵 りてき	別盃 べっぱい	刺子 さしこ	刻印 こくいん
く・きき・きかす・	利駒 ききごま	別面 べつめん	刺毛 さしげ	刻目 きざみめ
きかせる	利鞘 りざや	別個 べっこ	刺込 さしこむ	刻足 きざみあし
利刀 りとう	利鎌 とがま	別後 べつご	刺史 しし	刻刻 こくこく・こっ
利子 りし	〔別〕べち・べつ・わ	別席 べっせき	刺立 とげだつ	こく
利刃 りじん	かれ・わかれる・わ	別家 べっけ	刺交 さしちがえる	刻苦 こっく
利己 りこ	く・わかち・わか	別涙 べつるい	刺虫 いらむし	刻限 こくげん
利手 ききで	つ・わかる・わき	別宴 べつえん	刺身 さしみ	刻煙草 きざみタバ
利水 りすい	て・わけて・わけ	別院 べついん	刺股 さしまた	コ
利付 りつき	る・べっして	別書 わかちがき	刺青 しせい・ほりも	刻銘 こくめい
利他 りた	別丁 べっちょう	別途 べっと	の・いれずみ	〔刷〕さつ・すり・す
利用 りよう	別人 べつじん	別称 べっしょう	刺刺 とげとげしい	る・はく
利払 りばらい	別口 べつくち	別格 べっかく	刺草 いらくさ	刷子 はけ
利札 りさつ・りふだ	別天地 べってんち	別納 べつのう	刺客 しかく・しきゃ	刷毛 はけ
利生 りしょう	別冊 べっさつ	別紙 べっし	く・せっかく	刷毛目 はけめ
利目 ききめ	別本 べっぽん	別記 べっき	刺通 さしとおす	刷毛序 はけついで
利回 りまわり	別世界 べっせかい	別問題 べつもんだ	刺殺 しさつ・さしこ	刷込 すりこむ
利休色 りきゅうい	別伝 べつでん	い	ろす	刷本 すりほん
ろ	別当 べっとう	別項 べっこう	刺戟 しげき	刷物 すりもの
利休鼠 りきゅうね	別宅 べったく	別掲 べっけい	刺貫 さしつらぬく	刷筆 はけ
ずみ	別名 べつめい・べつ	別道 わかれみち	刺絡 しらく	刷新 さっしん
利尿 りにょう	みょう	別棟 べつむね	刺傷 ししょう・さし	〔制〕せい・せいす・
利所 ききどころ	別別 べつべつ・わか	別間 べつま	きず	せいする
利者 ききもの	れわかれ	別働隊 べつどうたい	刺違 さしちがえる	制止 せいし
利便 りべん	別状 べつじょう	い	刺継 さしつぎ	制圧 せいあつ
利廻 りまわり	別条 べつじょう	別隔 わけへだて	刺網 さしあみ	制札 せいさつ
利害 りがい	別言 べつげん	別業 べつぎょう	刺繍 ししゅう	制目 せいもく
利点 りてん	別事 べつじ	別様 べつよう	刺激 しげき	制式 せいしき
利発 りはつ	別刷 べつずり	別辞 べつじ	刺縫 さしぬい	制作 せいさく
利風 きいたふう	別使 べっし	別殿 べつでん	〔刹〕さつ・せつ	制定 せいてい
利食 りぐい	別法 べっぽう	別訴 べつあつらえ	刹那 せつな	制服 せいふく
利剣 りけん	別命 べつめい	別路 わかれじ	〔刮〕かつ・こそげる	制空権 せいくうけ
利酒 ききざけ	別杯 べっぱい	別電 べつでん	刮目 かつもく	ん
利根 りこん	別邸 べってい	別墅 べっしょ	〔到〕とう・いたる	制度 せいど
利息 りそく	別物 べつもの	別置 べっち	到処 いたるところ	制限 せいげん
利益 りえき・りやく	別居 べっきょ	別種 べっしゅ	到来 とうらい	制約 せいやく
利率 りりつ	別所 べっしょ	別箇 べっこ	到所 いたるところ	制海権 せいかいけ
利得 りとく	別表 べっぴょう	別製 べっせい	到底 とうてい	ん
利達 りたつ	別便 べっびん	別儀 べつぎ	到着 とうちゃく	制御 せいぎょ
利欲 りよく	別封 べっぷう	別懇 べっこん	到達 とうたつ	制動 せいどう
利運 りうん	別品 べっぴん	別霜 わかれじも	到頭 とうとう	制欲 せいよく

制球 せいきゅう	前古 ぜんこ	前約 ぜんやく	前触 まえぶれ	剖検 ぼうけん
制帽 せいぼう	前史 ぜんし	前面 ぜんめん	前歴 ぜんれき	〔剛〕ごう
制勝 せいしょう	前立 まえだて	前奏 ぜんそう	前膊 ぜんはく	剛力 ごうりき
制裁 せいさい	前立線 ぜんりつせ	前借 ぜんしゃく・ま	前説 ぜんせつ	剛毛 ごうもう
制馭 せいぎょ	ん	えがり	前髪 まえがみ	剛体 ごうたい
制慾 せいよく	前払 まえばらい	前哨 ぜんしょう	前審 ぜんしん	剛性 ごうせい
制禦 せいぎょ	前生 ぜんしょう	前庭 ぜんてい	前聯 ぜんれん	剛者 ごうのもの
制覇 せいは	前半 ぜんはん	前座 ぜんざ	前篇 ぜんぺん	剛直 ごうちょく
〔剕〕こ・くり・く	前以 まえもって	前後 ぜんご・まえう	前編 ぜんぺん	剛勇 ごうゆう
る・さくり・えぐ	前世 ぜんせい	しろ	前線 ぜんせん	剛胆 ごうたん
り・えぐる	前世界 ぜんせかい	前連 ぜんれん	前輪 ぜんりん	剛健 ごうけん
剕舟 くりぶね	前世紀 ぜんせいき	前通 まえどおり	前駆 ぜんく	剛球 ごうきゅう
剕形 くりかた	前任 ぜんにん	前途 ぜんと	前衛 ぜんえい	剛愎 ごうふく
剕貫 くりぬく	前件 ぜんけん	前書 ぜんしょ・まえ	前灯 ぜんとう	剛腹 ごうふく
〔則〕そく・すなわ	前列 ぜんれつ	がき	前頭 まえがしら・ぜ	剛毅 ごうき
ち・のっとる・の	前向 まえむき	前栽 せんざい	んとう	〔剋〕かぶと
り・そくする	前回 ぜんかい	前翅 ぜんし	前賢 せんけん・ぜん	〔剰〕しょう・じょ
〔削〕さく・けずる・	前号 ぜんごう	前祝 まえいわい	けん	う・あまつさえ
けずれる・そげる	前兆 ぜんちょう	前納 ぜんのう	前癌 ぜんがん	剰余 じょうよ
削岩 さくがん	前年 ぜんねん	前記 ぜんき	前職 ぜんしょく	剰余価値 じょうよ
削除 さくじょ	前芸 まえげい	前掛 まえかけ	前額 ぜんがく	かち
削剝 さくはく	前売 まえうり	前勘定 まえかんじ	前轍 ぜんてつ	剰官 じょうかん
削減 さくげん	前身 ぜんしん	ょう	〔劍〕けん・つるぎ	剰員 じょういん
削節 けずりぶし	前言 ぜんげん	前進 ぜんしん	剣山 けんざん	剰語 じょうご
〔剃〕てい・そる	前車 ぜんしゃ	前部 ぜんぶ	剣士 けんし	〔剝〕はく・はぐ・は
剃刀 かみそり	前足 まえあし	前陳 ぜんちん	剣尺 けんじゃく	げ・はげる・すき・
剃味 そりあじ	前例 ぜんれい	前著 ぜんちょ	剣先 けんさき	すく・はがす・はが
剃跡 そりあと	前垂 まえだれ	前菜 ぜんさい	剣呑 けんのん	れる・へがす・へげ
剃髪 ていはつ	前屈 ぜんくつ・まえ	前桐 まえぎり	剣法 けんぽう	る・へずる・むく・
〔前〕ぜん・まえ・さ	こごみ・まえかがみ	前略 ぜんりゃく	剣客 けんかく・けん	むける・むくれる
こ（ごみ・まえかがみ）	前官 ぜんかん	前渡 まえわたし	きゃく・	剝片 はくへん
前人 ぜんじん	前夜 ぜんや	前場 ぜんば	剣突 けんつく	剝出 むきだす・むき
前口 まえくち	前者 ぜんしゃ	前葉 ぜんよう	剣峰 けんがみね	だし
前口上 まえこうじ	前肢 ぜんし	前提 ぜんてい	剣術 けんじゅつ	剝身 むきみ
ょう	前表 ぜんぴょう	前掲 ぜんけい	剣戟 けんげき	剝取 はぎとり
前山 さきやま	前門 ぜんもん	前貸 まえがし	剣道 けんどう	剝脱 はくだつ
前厄 まえやく	前金 ぜんきん・まえ	前項 ぜんこう	剣幕 けんまく	剝落 はくらく
前夫 ぜんぷ	きん	前期 ぜんき	剣豪 けんごう	剝暦 はがしごよみ
前文 ぜんぶん	前非 ぜんぴ	前腕 ぜんわん	剣劇 けんげき	剝製 はくせい
前方 ぜんぽう・まえ	前便 ぜんびん	前景 ぜんけい	剣舞 けんぶ	剝奪 はくだつ
かた	前前 ぜんぜん・まえ	前景気 まえげいき	剣難 けんなん	剝離 はくり
前日 ぜんじつ・まえ	まえ	前歯 まえば	〔剔〕てき	〔副〕ふく・そえ・そ
び	前述 ぜんじゅつ	前傾 ぜんけい	剔出 てきしゅつ	える
前月 ぜんげつ	前帝 ぜんてい	前照灯 ぜんしょう	剔抉 てっけつ	副手 ふくしゅ
前付 まえづけ	前段 ぜんだん	とう	剔除 てきじょ	副文 ふくぶん
前代 ぜんだい	前相撲 まえずもう	前置 まえおき	〔剤〕ざい・せい・し	副木 そえぎ・ふくぼ
前句 まえく	前科 ぜんか	前置詞 ぜんちし	〔剖〕ふ・ぼう	く

副本 ふくほん
副因 ふくいん
副次的 ふくじてき
副収入 ふくしゅう にゅう
副交感神経 ふく こうかんしんけい
副作用 ふくさよう
副助詞 ふくじょし
副使 ふくし
副官 ふくかん・ふっ かん
副長 ふくちょう
副知事 ふくちじ
副査 ふくさ
副食 ふくしょく
副将 ふくしょう
副書 ふくしょ
副砲 ふくほう
副馬 そえうま
副産物 ふくさんぶ つ
副葬 ふくそう
副葬品 ふくそうひ ん
副詞 ふくし
副署 ふくしょ
副業 ふくぎょう
副腎 ふくじん
副製品 ふくせいひ ん
副読本 ふくとくほ ん
副鼻腔 ふくびこう
副審 ふくしん
副賞 ふくしょう
副題 ふくだい
〔剴〕がい
剴切 がいせつ
〔割〕かつ・さく・わ り・わる・われる
割下 わりした
割下水 わりげすい
割切 わりきる・わり きれる
割木 わりき
割方 わりかた

割引 わりびき・わり びく
割出 わりだす
割付 わりつけ・わっ ぷ
割印 わりいん
割込 わりこみ・わり こむ
割台詞 わりぜりふ
割札 わりふだ
割目 われめ
割安 わりやす
割合 わりあい
割当 わりあて・わり あてる
割判 わりはん
割返 われかえる
割麦 わりむぎ
割注 わりちゅう
割拠 かっきょ
割物 われもの
割戻 わりもどす
割金 わりきん
割前 わりまえ
割振 わりふる
割栗 わりぐり
割書 わりがき
割高 わりだか
割烹 かっぽう
割符 わりふ・わっぷ
割勘 わりかん
割普請 わりぶしん
割註 わりちゅう
割愛 かつあい
割増 わりまし
割腹 かっぷく
割算 わりざん
割箸 わりばし
割膝 わりひざ
割線 かっせん
割賦 わっぷ・かっぷ
割譲 かつじょう
〔創〕そう
創刊 そうかん
創世 そうせい
創立 そうりつ
創成 そうせい

創作 そうさく
創見 そうけん
創始 そうし
創建 そうけん
創造 そうぞう
創唱 そうしょう
創案 そうあん
創痕 そうこん
創設 そうせつ
創痍 そうい
創傷 そうしょう
創意 そうい
創業 そうぎょう
創製 そうせい
〔剿〕そう
剿滅 そうめつ
〔剽〕ひょう
剽窃 ひょうせつ
剽悍 ひょうかん
剽軽 ひょうきん
剽盗 ひょうとう
〔剳〕とう・さつ
剳記 さっき
〔劃〕かく・かくする
劃一 かくいつ
劃定 かくてい
劃時代的 かくじだ いてき
劃然 かくぜん
劃期的 かっきてき
劃数 かくすう
〔劇〕げき・はげし
劇中 げきちゅう
劇化 げきか
劇団 げきだん
劇作 げきさく
劇的 げきてき
劇画 げきが
劇変 げきへん
劇界 げきかい
劇臭 げきしゅう
劇甚 げきじん
劇毒 げきどく
劇映画 げきえいが
劇通 げきつう
劇務 げきむ
劇談 げきだん

劇場 げきじょう
劇暑 げきしょ
劇痛 げきつう
劇評 げきひょう
劇詩 げきし
劇論 げきろん
劇震 げきしん
劇壇 げきだん
劇薬 げきやく
劇職 げきしょく

七 部

〔七〕ひ・さじ
匕首 ひしゅ・あいく ち
〔化〕か・け・かす る・ばかす・ばける
化生 かせい・けしょ う
化石 かせき
化皮 ばけのかわ
化合 かごう
化成 かせい
化身 けしん
化学 かがく
化物 ばけもの
化現 けげん
化粧 けしょう
化繊 かせん
化膿 かのう
〔北〕ほく・きた
北上 ほくじょう
北山 きたやま
北斗 ほくと
北方 きたのかた・ほ っぽう
北辺 ほくへん
北半球 きたはんき ゅう
北冰洋 ほっぴょう よう
北邙 ほくぼう
北向 きたむき
北西 ほくせい
北辰 ほくしん
北国 ほっこく
北東 ほくとう

北枕 きたまくら
北画 ほくが
北欧 ほくおう
北洋 ほくよう
北限 ほくげん
北面 ほくめん
北風 ほくふう・きた かぜ
北叟笑 ほくそえむ
北進 ほくしん
北都 ほくと
北部 ほくぶ
北陸 ほくりく
北寄貝 ほっきがい
北極 ほっきょく
北端 ほくたん
北嶺 ほくれい
北緯 ほくい
〔匙〕さじ・しゃじ
匙加減 さじかげん

凵 部

〔凶〕きょ・きょう
凶刃 きょうじん
凶手 きょうしゅ
凶日 きょうじつ
凶行 きょうこう
凶兆 きょうちょう
凶年 きょうねん
凶作 きょうさく
凶冷 きょうれい
凶状 きょうじょう
凶事 きょうじ
凶荒 きょうこう
凶変 きょうへん
凶徒 きょうと
凶悪 きょうあく
凶猛 きょうもう
凶弾 きょうだん
凶報 きょうほう
凶漢 きょうかん
凶歳 きょうさい
凶賊 きょうぞく
凶漁 きょうりょう
凶聞 きょうぶん
凶暴 きょうぼう
凶器 きょうき

凶器型 きょうきがた

〔凸〕とつ・でこ

凸凹 でこぼこ

凸坊 でこぼう

凸助 でこすけ

凸版 とっぱん

凸型 とつがた

凸面 とつめん

〔凹〕おう・くぼ・く
ぼむ・へこみ・へこ
む・へこます・へこ
ませる

凹凸 おうとつ

凹地 おうち

凹型 おうがた

凹版 おうはん

凹面鏡 おうめんきょ
う

〔出〕しゅつ・で・で
る・いず・いだす・
いでる・だす・だし
いれ

出入 でいり・ではい
り・しゅつにゅう・
だしいれ

出力 しゅつりょく

出口 でぐち

出土 しゅつど

出山 しゅつざん

出小作 でこさく

出刃 でば

出刃庖丁 でばぼう
ちょう

出方 でかた

出水 しゅっすい・で
みず

出欠 しゅっけつ

出火 しゅっか

出切 できる・できれ

出不精 でぶしょう

出世 しゅっせ

出世間 しゅっせけ
ん

出仕 しゅっし

出出 でだし

出払 ではらう

出尻 でじり・でっち

り

出汁 だしじる

出処 でどこ・でどこ
ろ・しゅっしょ

出外 ではずれる

出札 しゅっさつ

出立 しゅったつ・い
でたつ・いでたち

出生 しゅっせい・し
ゅっしょう

出目 でめ

出任 でまかせ

出先 でさき

出行 いでまし

出帆 しゅっぱん

出向 しゅっこう・で
むく

出回 でまわる

出合 であう・であい

出会 であい・でくわ
す・であう

出好 でずき

出尽 でつくす

出血 しゅっけつ

出自 しゅつじ

出色 しゅっしょく

出交 でくわす

出兵 しゅっぺい

出没 しゅつぼつ

出花 でばな

出芽 でつが

出迎 でむかえる

出廷 しゅってい

出抜 だしぬく・だし
ぬけ

出投資 しゅっとう
し

出身 しゅっしん

出走 しゅっそう

出足 であし

出来 でき・できる・
できる・でかす・し
ゅっらい・しゅった
い

出来上 できあがり
・できあがる

出来心 できごころ

出来立 できたて

出来不申 できもう
さず

出来合 できあい・
できあう

出来事 できごと

出来物 できぶつ・
できもの

出来秋 できあき

出来星 できぼし

出来映 できばえ

出来栄 できばえ

出来値 できね

出来高 できだか

出来損 できそこな
い

出典 しゅってん

出府 しゅっぷ

出奔 しゅっぽん

出居 でい

出征 しゅっせい

出店 でみせ

出始 はじめ

出国 しゅっこく

出歩 あるく

出社 しゅっしゃ

出物 でもの・だしも
の

出放題 ではうだい

出戻 でもどり

出所 しゅっしょ・で
どこ・でどころ

出初 でぞめ

出直 でなおす

出金 しゅっきん

出京 しゅっきょう

出門 しゅつもん

出前 でまえ

出廻 でまわる

出品 しゅっぴん

出城 でじろ

出面 でめん・でづら

出版 しゅっぱん

出発 しゅっぱつ

出炭 しゅったん

出突張 でっぱり

出座 いでまし

出席 しゅっせき

出庫 しゅっこ

出庫物 でこもの

出陣 しゅつじん

出家 しゅっけ

出捐 しゅつえん

出師 すいし

出荷 しゅっか

出寄留 できりゅう

出格 しゅっかく

出校 しゅっこう

出納 すいとう

出欠 しゅっけつ

出航 しゅっこう

出馬 しゅつば

出動 しゅつどう

出陳 しゅっちん

出掛 でかける・でか
け

出渋 だししぶる

出涸 でがらし

出港 しゅっこう

出域 しゅついき

出惜 だしおしむ

出猟 しゅつりょう

出張 しゅっちょう・
でばる・でっぱる

出郷 しゅっきょう

出現 しゅつげん

出盛 でさかり・でさ
かる

出窓 でまど

出産 しゅっさん

出船 しゅっせん・で
ふね

出教授 できょうじ
ゅ

出喰 でくわす

出揃 でそろう

出湯 いでゆ

出場 しゅつじょう・
でば

出場所 でばしょ

出御 しゅつぎょ・い
でまし

出過 ですぎる

出遅 でおくれる

出番 でばん

出塁 しゅつるい

出棺 しゅっかん

出殻 だしがら

出費 しゅっぴ

出超 しゅっちょう

出開帳 でがいちょ
う

出歯 でば・でっぱ

出無精 でぶしょう

出勤 しゅっきん

出置 だしおき

出資 しゅっし

出演 しゅつえん

出漁 しゅつぎょ・し
ゅつりょう

出獄 しゅつごく

出様 でよう

出端 では・ではな・
でっぱな

出精 しゅっせい

出語 でがたり

出銭 でせん

出鼻 でばな・でっぱ
な

出潮 でしお

出撃 しゅつげき

出穂 では・しゅっす
い

出稼 でかせぎ

出稽古 でげいこ

出養生 でようじょ
う

出雑魚 だしじゃこ

出頭 しゅっとう

出講 しゅっこう

出藍 しゅつらん

出臍 でべそ

出癖 でくせ

出題 しゅつだい

出離 しゅつり

出廬 しゅつろ

出願 しゅつがん

出鱈目 でたらめ

〔函〕かん・はこ

函丈 かんじょう

函折 はこおり

函数 かんすう	画聖 がせい	ゅう	〔六〕ろく・りく・	六腑 ろっぷ
〔画〕が・かく・えが	画像 がぞう・えぞう	八木 はちぼく	む・むつ・むっつ	六義 りくぎ
く・かくする・え	画漆 えうるし	八日 ようか	六十 ろくじゅう・む	六歌仙 ろっかせん
画一 かくいつ	画境 がきょう	八月 はちがつ	そち	六趣 ろくしゅ
画人 がじん	画歴 がれき	八方 はっぽう	六十路 むそち	六韜三略 りくとう
画工 がこう	画箋紙 がせんし	八切 やつぎり	六三制 ろくさんせ	さんりゃく
画才 がさい	画稿 がこう	八手 やつで	い	〔公〕こう・きみ・お
画引 かくびき	画賛 がさん	八反 はったん	六大学 ろくだいが	おやけ・おうやけ
画仙紙 がせんし	画質 がしつ	八坂瓊曲玉 やさ	く	公人 こうじん
画用紙 がようし	画趣 がしゅ	かにのまがたま	六大洲 ろくだいし	公子 こうし
画布 がふ	画調 がちょう	八白 はっぱく	ゅう	公方 くぼう
画因 がいん	画論 がろん	八目鰻 やつめうな	六分儀 ろくぶんぎ	公文 こうぶん
画名 がめい	画鋲 がびょう	ぎ	六方 ろっぽう	公文書 こうぶんしょ
画会 がかい	画餅 がべい	八百 やお	六月 ろくがつ	
画肌 えはだ	画壇 がだん	八字 はちじ	六日 むいか	公文書館 こうぶん
画伯 がはく	画竜 がりゅう・がり	八当 やつあたり	六六判 ろくろくば	しょかん
画材 がざい	ょう	八角 はっかく	ん	公司 こうし・コンス
画定 かくてい	画題 がだい	八里半 はちりはん	六尺 ろくしゃく	公印 こういん
画帖 がじょう・がち	画譜 がふ	八卦 はっけ	六合 りくごう	公刊 こうかん
ょう	画嚢 がのう	八苦 はっく	六百六号 ろっぴゃ	公用 こうよう
画法 がほう	画讃 がさん	八宗 はっしゅう	くろくごう	公布 こうふ
画学 ががく		八専 はっせん	六字名号 ろくじの	公正 こうせい
画板 がばん	**八 部**	八重 やえ	みょうごう	公立 こうりつ
画展 がてん		八相 はっそう	六曲一双 ろっきょ	公平 こうへい
画室 がしつ	〔八〕はち・はつ・	八面 はちめん	くいっそう	公主 こうしゅ
画架 がか	や・やつ・やっつ	八挺 はっちょう	六体 りくたい	公示 こうじ
画面 がめん	八丁 はっちょう	八朔 はっさく	六芸 りくげい	公民 こうみん
画風 がふう	八丁味噌 はっちょ	八咫鏡 やたのかが	六花 ろっか	公休 こうきゅう
画家 がか	うみそ	み	六地蔵 ろくじぞう	公共 こうきょう
画師 えし	八人芸 はちにんげ	八紘 はっこう	六角 ろっかく	公団 こうだん
画時代的 がくじだ	い	八景 はっけい	六法 りくほう	公式 こうしき
いてき	八十 やそ・やそち	八達 はったつ	六波羅密 ろくはら	公邸 こうてい
画舫 がほう	八十路 やそち	八道 はちどう	みつ	公企体 こうきたい
画商 がしょう	八十八夜 はちじゅ	八寒地獄 はちかん	六国 りっこく	公企業 こうきぎょ
画描 えかき	うはちや	じごく・はっかんじ	六阿弥陀 ろくあみ	う
画張 がちょう	八寸 はっすん	ごく	だ	公安 こうあん
画幅 がふく	八丈 はちじょう	八裂 やつざき	六指 むさし	公会 こうかい
画然 かくぜん	八口 やつくち	八幡 はちまん	六界 ろっかい	公会堂 こうかいど
画集 がしゅう	八千代 やちよ	八端 はったん	六面体 ろくめんた	う
画報 がほう	八千草 やちぐさ	八潮路 やしおじ	い	公有 こうゆう
画期的 かっきてき	八大地獄 はちだい	八幡船 ばはんせん	六時 ろくじ・むつど	公吏 こうり
画筆 がひつ	じごく	八分 はちぶ・はっぷ	き	公判 こうはん
画策 かくさく	八分 はちぶ・はっぷ	八裂 はちねつ	六書 りくしょ	公告 こうこく
画廊 がろう	ん	じごく	六根 ろっこん	公売 こうばい
画意 がい	八分目 はちぶんめ	八橋 やつはし	六部 ろくぶ	公序 こうじょ
画数 かくすう	八双 はっそう	八頭 やつがしら	六経 りくけい	公図 こうず
画業 がぎょう	八文字 はちもんじ	八頭身 はっとうし	六道 ろくどう	公廷 こうてい
	八代集 はちだいし	ん		

公私 こうし
公言 こうげん
公命 こうめい
公使 こうし
公武 こうぶ
公国 こうこく
公知 こうち
公舎 こうしゃ
公述 こうじゅつ
公法 こうほう
公法人 こうほうじん
公明 こうめい
公邸 こうてい
公定 こうてい
公苑 こうえん
公的 こうてき
公社 こうしゃ
公社員 こうしゃいん
公社債 こうしゃさい
公表 こうひょう
公事 くじ
公金 こうきん
公差 こうさ
公室 こうしつ
公約 こうやく
公約数 こうやくすう
公倍数 こうばいすう
公庫 こうこ
公害 こうがい
公海 こうかい
公孫 こうそん
公孫樹 こうそんじゅ・イチョウ
公家 くげ
公党 こうとう
公益 こうえき
公租 こうそ
公称 こうしょう
公務 こうむ
公卿 こうけい・くぎょう
公娼 こうしょう

公理 こうり
公許 こうきょ
公設 こうせつ
公魚 わかさぎ
公転 こうてん
公教会 こうきょうかい
公達 こうたつ・きんだち
公道 こうどう
公営 こうえい
公募 こうぼ
公葬 こうそう
公報 こうほう
公然 こうぜん
公費 こうひ
公訴 こうそ
公証 こうしょう
公衆 こうしゅう
公開 こうかい
公傷 こうしょう
公債 こうさい
公準 こうじゅん
公園 こうえん
公簡 こうが
公署 こうしょ
公電 こうでん
公僕 こうぼく
公徳 こうとく
公演 こうえん
公算 こうさん
公認 こうにん
公儀 こうぎ
公憤 こうふん
公器 こうき
公選 こうせん
公賓 こうひん
公課 こうか
公論 こうろん
公館 こうかん
公爵 こうしゃく
公聴会 こうちょうかい
公職 こうしょく
〔共〕きょう・ども・ともに・とも・むた
共切 ともぎれ

共犯 きょうはん
共用 きょうよう
共立 きょうりつ
共生 きょうせい
共白髪 ともしらが
共共 ともども
共地 ともじ
共回 ともまわり
共存 きょうそん
共有 きょうゆう
共同 きょうどう
共同溝 きょうどうこう
共助 きょうじょ
共役 きょうやく
共学 きょうがく
共和 きょうわ
共廻 ともまわり
共栄 きょうえい
共食 ともぐい
共倒 ともだおれ
共通 きょうつう
共益 きょうえき
共著 きょうちょ
共済 きょうさい
共進会 きょうしんかい
共棲 きょうせい
共産 きょうさん
共産主義 きょうさんしゅぎ
共産党 きょうさんとう
共産党員 きょうさんとういん
共訳 きょうやく
共軛 きょうやく
共釣 ともづり
共揃 ともぞろえ
共営 きょうえい
共催 きょうさい
共働 ともばたらき
共寝 ともね
共蓋 ともぶた
共感 きょうかん
共裏 ともうら
共演 きょうえん

共鳴 ともなり・きょうめい
共稼 ともかせぎ
共編 きょうへん
共謀 きょうぼう
共聴 きょうちょう
共襟 ともえり
共闘 きょうとう
〔兵〕へい・ひょう・つわもの
兵士 へいし
兵力 へいりょく
兵刃 へいじん
兵火 へいか
兵戈 へいか
兵伏 へいじょう・ひょうじょう
兵団 へいだん
兵児帯 へこおび
兵役 へいえき
兵乱 へいらん
兵事 へいじ
兵制 へいせい
兵卒 へいそつ
兵学 へいがく
兵舎 へいしゃ
兵法 へいほう・ひょうほう
兵站 へいたん
兵長 へいちょう
兵科 へいか
兵革 へいかく
兵変 へいへん
兵食 へいしょく
兵家 へいか
兵書 へいしょ
兵員 へいいん
兵馬 へいば
兵火 へいゆ
兵曹 へいそう
兵略 へいりゃく
兵船 へいせん
兵備 へいび
兵営 へいえい
兵隊 へいたい
兵農 へいのう
兵種 へいしゅ

兵端 へいたん
兵器 へいき
兵権 へいけん
兵糧 ひょうろう
兵籍 へいせき
〔其〕き・そ・その・それ
其上 そのうえ
其丈 それだけ
其内 そのうち
其手 そのて
其方 そち・そなた・そちこち・そのほう
其日 そのひ
其日暮 そのひぐらし
其日稼 そのひかせぎ
其代 そのかわり
其他 そのた
其辺 そのへん
其奴 そいつ・そやつ
其処 そこ・そこいら
其処許 そこもと
其処彼処 そこかしこ
其処退 そこのけ
其伝 そのでん
其実 そのじつ
其昔 そのむかし
其物 そのもの
其故 それゆえ
其其 それぞれ
其者 それしゃ
其後 そのご
其相当 それそうとう
其相応 それそうおう
其場 そのば
其道 そのみち
其無 それとなく
其程 それほど
其筈 そのはず
其筋 そのすじ
其間 そのかん
其様 そのよう

其節 そのせつ
其儀 そのぎ
其儘 そのまま
其癖 そのくせ
〔具〕ぐ・ぐす・ぐする・つぶさに
具申 ぐしん
具合 ぐあい・ぐわい
具有 ぐゆう
具体 ぐたい
具足 ぐそく
具案 ぐあん
具陳 ぐちん
具現 ぐげん
具眼 ぐがん
具備 ぐび
具象 ぐしょう
〔典〕てん
典礼 てんれい
典侍 てんじ
典例 てんれい
典拠 てんきょ
典型 てんけい
典故 てんこ
典座 てんぞ
典章 てんしょう
典雅 てんが
典獄 てんごく
典範 てんぱん
典薬 てんやく
典麗 てんれい
典籍 てんせき
〔兼〕けん・かねる
兼用 けんよう
兼任 けんにん
兼行 けんこう
兼合 かねあい
兼有 けんゆう
兼併 けんぺい
兼官 けんかん
兼学 けんがく
兼修 けんしゅう
兼帯 けんたい
兼兼 かねがね
兼務 けんむ
兼備 けんび・かねそなえる

兼勤 けんきん
兼営 けんえい
兼摂 けんせつ
兼業 けんぎょう
兼補 けんぽ
兼職 けんしょく
兼題 けんだい
〔黄〕おう・こう・き・きばむ
黄八丈 きはちじょう
黄土 こうど・おうど
黄水 おうすい
黄心樹 おがたまのき
黄白 こうはく
黄玉 おうぎょく
黄肌 きわだ・きはだ
黄色 きいろ・きいろい・こうしょく・おうしょく
黄身 きみ
黄味 きみ
黄昏 こうこん・たそがれ
黄表紙 きびょうし
黄金 こがね・おうごん
黄帝 こうてい
黄泉 こうせん・よみ
黄泉国 よみのくに
黄泉路 よみじ
黄枯茶 きがらちゃ
黄変 おうへん
黄砂 こうさ
黄桃 おうとう
黄疸 おうだん
黄教 こうきょう
黄粉 きなこ
黄梅 おうばい
黄麻 おうま・つなそ
黄菊 きぎく
黄鳥 こうちょう
黄雀風 こうじゃくふう
黄葉 こうよう

黄道 こうどう・おうどう
黄楊 つげ
黄粱 こうりょう
黄鉄鉱 おうてっこう
黄禍 こうか
黄銅 こうどう・おうどう
黄塵 こうじん
黄熱病 おうねつびょう
黄濁 こうだく
黄熟 こうじゅく・おうじゅく
黄燐 おうりん
黄檗宗 おうばくしゅう
黄蘗 きわだ・きはだ・おうばく
黄櫨 はじ・はぜ・はぜのき
黄櫨漆 はぜうるし
黄鶲 きびたき
〔巽〕そん・たつみ
〔冀〕き・こいねがう・こいねがわくは
冀求 ききゅう
冀望 きぼう
〔興〕きょう・こう・おこる・おこす
興亡 こうぼう
興行 こうぎょう
興味 きょうみ
興国 こうこく
興信 こうしん
興起 こうき
興廃 こうはい
興隆 こうりゅう
興業 こうぎょう
興趣 きょうしゅ
興醒 きょうざまし・きょうざめる
興奮 こうふん

〔輿〕よ・こし
輿入 こしいれ
輿地 よち
輿望 よぼう
輿論 よろん

人 部

〔人〕じん・にん・ひと・たり
人一倍 ひといちばい
人入 ひといれ
人力 じんりょく・じんりき
人人 ひとびと・にんにん
人山 ひとやま
人工 じんこう・にんく
人士 じんし
人口 じんこう
人子一人 ひとっこひとり
人三化七 にんさんばけしち
人文 じんぶん・じんもん
人文字 ひともじ
人切庖丁 ひときりぼうちょう
人手 ひとで
人中 ひとなか・にんちゅう
人日 じんじつ
人夫 にんぷ
人心 じんしん・ひとごころ
人心地 ひとごこち
人世 じんせい
人外 にんがい・じんがい
人外境 じんがいきょう
人付 ひとづき
人付合 ひとづきあい
人払 ひとばらい
人出 ひとで

人代名詞 じんだいめいし
人穴 ひとあな
人台 じんだい
人込 ひとごみ
人生 じんせい
人目 ひとめ
人民 じんみん
人文科学 じんぶんかがく
人文主義 じんぶんしゅぎ
人本主義 じんぽんしゅぎ
人交 ひとまぜ・ひとまじわり
人任 ひとまかせ
人伝 ひとづて
人件費 じんけんひ
人当 ひとあたり
人好 ひとずき
人名 じんめい
人死 ひとじに
人気 にんき・じんき・ひとけ・ひとげ
人肌 ひとはだ
人位 じんい
人体 じんたい・にんてい
人助 ひとだすけ
人別 にんべつ
人里 ひとざと
人声 ひとごえ
人寿 じんじゅ
人形 にんぎょう・ひとがた
人臣 じんしん
人君 じんくん
人足 ひとあし・にんそく
人災 じんさい
人我 じんが
人材 じんざい
人身 じんしん
人身御供 ひとみごくう
人見知 ひとみしり

人事 じんじ・ひとご と	人海 じんかい	人聞 ひとぎき	今体 こんたい
人乳 じんにゅう	人後 じんご	人選 じんせん	今暁 こんぎょう
人受 ひとうけ	人格 じんかく	人影 じんえい・ひと かげ	今期 こんき
人使 ひとづかい	人殺 ひとごろし	人権 じんけん	今更 いまさら
人命 じんめい	人骨 じんこつ	人質 ひとじち	今昔 こんじゃく
人妻 ひとづま	人脈 じんみゃく	人膚 ひとはだ	今明日 こんみょう にち
人怖 ひとおじ	人畜 じんちく	人懐 ひとなつかし い・ひとなつっこい	今所 いまのところ
人性 じんせい	人畜生 にんちくしょ う	人擦 ひとずれ	今季 こんき
人波 ひとなみ	人真似 ひとまね	人橋 ひとばし	今夜 こんや
人泣 ひとなかせ	人員 じんいん	人頭 にんとう・じん とう	今後 こんご
人国記 じんこっき	人称 にんしょう	人頼 ひとだのみ	今度 こんど
人定 じんてい	人笑 ひとわらわれ・ ひとわらわせ	人糞 じんぷん	今風 いまふう
人知 じんち	人馬 じんば	人爵 じんしゃく	今時 いまどき
人的 じんてき	人混 ひとごみ	人育 こよい	今時分 いまじぶん
人物 じんぶつ	人情 にんじょう	人類 じんるい	今般 こんぱん
人非人 にんぴにん	人寄 ひとよせ	人騒 ひとさわがせ	今渡 いまわたり
人並 ひとなみ	人望 じんぼう	人礫 ひとつぶて	今晩 こんばん
人前 ひとまえ	人魚 にんぎょ	人攫 ひとさらい	今朝 けさ
人参 にんじん	人斬庖丁 ひときり ぼうちょう	〔今〕こん・きん・い ま・いまめかしい	今節 こんせつ
人品 じんぴん			今際 いまわ
人臭 ひとくさい	人智 じんち	今一 いまひとつ	今様 いまよう
人垣 ひとがき	人無 ひともなげ	今人 こんじん	〔介〕かい・すけ・かい ず・かいする
人差指 ひとさしゆ び	人税 じんぜい	今上 きんじょう	介入 かいにゅう
人待顔 ひとまちが お	人買 ひとかい	今川焼 いまがわや き	介在 かいざい
人屋 じんおく・ひと や	人証 じんしょう	今夕 こんせき・こん ゆう	介抱 かいほう
人指指 ひとさしゆ び	人間 ひとま・にんげ ん	今方 いまがた・いま しがた	介添 かいぞえ
人為 じんい	人傑 じんけつ	今日 こんにち・きょ う	介惜 かいしゃく
人柱 ひとばしら	人違 ひとちがい	今日日 きょうび	介意 かいい
人柄 ひとがら	人道 じんどう	今日明日 きょうあ す	介錯 かいしゃく
人相 にんそう	人嫌 ひとぎらい	今月 こんげつ	〔以〕い・もって・お もんみる
人音 ひとおと	人数 にんず・にんず う・ひとかず	今生 こんじょう	以上 いじょう
人皇 じんのう	人煙 じんえん	今以 いまもって	以下 いか
人界 じんかい・にん がい	人様 ひとさま	今出来 いまでき	以内 いない
人面 じんめん	人絹 じんけん	今次 こんじ	以心伝心 いしんで んしん
人面獣心 にんめん じゅうしん	人馴 ひとなれ・ひと なれる	今週 こんしゅう	以外 いがい
人食 ひとくい	人跡 じんせき	今回 こんかい	以呂波 いろは
人倫 じんりん	人徳 じんとく・にん とく	今頃 いまごろ	以来 いらい
人家 じんか	人魂 ひとだま	今年 ことし・こんね ん	以往 いおう
人通 ひとどおり	人種 じんしゅ	今年度 こんねんど	以前 いぜん
人造 じんぞう	人語 じんご		以後 いご
	人雑 ひとまぜ		以降 いこう
			以遠 いえん

（右欄つづき）

〔令〕れい・りょう・ れいする
令夫人 れいふじん
令兄 れいけい
令名 れいめい
令旨 れいし・りょう じ
令色 れいしょく
令状 れいじょう
令弟 れいてい
令姉 れいし
令妹 れいまい
令室 れいしつ
令孫 れいそん
令息 れいそく
令書 れいしょ
令婿 れいせい
令達 れいたつ
令嗣 れいし
令閨 れいけい
令嬢 れいじょう
〔企〕き・たくらむ・ くわだてる
企及 ききゅう
企図 きと
企画 きかく
企業 きぎょう
〔会〕かい・かいす・ かいする・あう・ま わす・あわせる・え
会下 えげ
会友 かいゆう
会心 かいしん
会合 かいごう
会式 えしき
会同 かいどう
会見 かいけん
会所 かいしょ
会社 かいしゃ
会長 かいちょう
会者定離 えしゃじ ょうり
会則 かいそく
会計 かいけい
会食 かいしょく
会員 かいいん

会席 かいせき	余所目 よそめ	〔舎〕しゃ・おく	入内雀 にゅうない	入社 にゅうしゃ
会務 かいむ	余所行 よそゆき	舎人 とねり	すずめ	入門 にゅうもん
会商 かいしょう	余所見 よそみ	舎兄 しゃけい	入夫 にゅうふ	入金 にゅうきん
会陰 えいん	余所者 よそもの	舎弟 しゃてい	入木道 じゅぼくど	入信 にゅうしん
会得 えとく	余所事 よそごと	舎利 しゃり	う	入前 いりまえ
会堂 かいどう	余臭 よしゅう	舎利別 しゃりべつ	入用 いり・にゅうよ	入室 にゅうしつ
会規 かいき	余威 よい	舎費 しゃひ	う・いりよう	入城 にゅうじょう
会符 えふ	余栄 よえい	舎監 しゃかん	入代 いりかわり・い	入海 いりうみ
会釈 えしゃく	余毒 よどく	〔倉〕そう・しょう・	りかわる	入洛 にゅうらく　じ
会葬 かいそう	余香 よこう	くら	入代立代 いれかわ	ゅらく
会場 かいじょう	余計 よけい	倉入 くらいれ	りたちかわり・いり	入相 いりあい
会期 かいき	余病 よびょう	倉出 くらだし	かわりたちかわり	入食 いれぐい
会費 かいひ	余財 よざい	倉卒 そうそつ	入込 いりこむ・いれ	入荷 にゅうか
会衆 かいしゅう	余剰 よじょう	倉皇 そうこう	ごみ・はいりこむ	入浴 にゅうよく
会報 かいほう	余情 よじょう	倉庫 そうこ	入札 にゅうさつ・い	入唐 にっとう
会意 かいい	余得 よとく	倉荷 くらに	れふだ	入庫 にゅうこ
会戦 かいせん	余輩 よはい	倉惶 そうこう	入玉 にゅうぎょく	入座 にゅうざ
会話 かいわ	余喘 よぜん	倉渡 くらわたし	入目 いりめ・いれめ	入射 にゅうしゃ
会厭 ええん	余寒 よかん	倉敷料 くらしきり	入母屋 いりもや	入浸 いりびたる
会誌 かいし	余焔 よえん	ょう	入交 いりまじる	入党 にゅうとう
会読 かいどく	余程 よほど	〔俎〕しょ・そ・まな	入会 いりあい・にゅ	入院 にゅういん
会談 かいだん	余勢 よせい	いた	うかい	入校 にゅうこう
会稽恥 かいけいの	余蒔 よまき	俎上 そじょう	入汐 いりしお	入神 にゅうしん
はじ	余暇 よか	俎板 まないた	入江 いりえ	入貢 にゅうこう
会館 かいかん	余罪 よざい	〔傘〕さん・かさ・か	入唐 にゅうどん	入域 にゅういき
会頭 かいとう	余裕 よゆう	らかさ	入合 いれあわせる	入寂 にゅうじゃく
会議 かいぎ	余話 よわ	傘下 さんか	入乱 いりみだれる	入寇 にゅうこう
〔余〕よ・あまり・あ	余滴 よてき	傘寿 さんじゅ	入声 にっせい・にっ	入部 にゅうぶ
まる	余徳 よとく		しょう	入港 にゅうこう
余力 よりょく	余禄 よろく	## 入　部	入坑 にゅうこう	入掛 いれかけ
余人 よにん・よじん	余聞 よぶん		入局 にゅうきょく	入梅 にゅうばい
余分 よぶん	余儀 よのぎ	〔入〕にゅう・じゅ・	入廷 にゅうてい	入組 いりくむ
余日 よじつ	余儀無 よぎない	じゅ・いり・いれる	入来 にゅうらい・じ	入訳 いりわけ
余炎 よえん	余慎 よふん	いれ・しお・いる・	ゅらい	入船 いりふね
余白 よはく	余弊 よへい	はいる	入宋 にっそう	入黒子 いれぼくろ
余生 よせい	余慶 よけい	入力 にゅうりょく	入牢 にゅうろう	入場 にゅうじょう
余光 よこう	余熱 よねつ	入口 いりぐち・はい	入京 にゅうきょう	入隊 にゅうたい
余地 よち	余談 よだん	りぐち	入知恵 いれぢえ	入婿 いりむこ
余色 よしょく	余震 よしん	入山 にゅうざん	入国 にゅうこく	入揚 いれあげる
余沢 よたく	余興 よきょう	入子 いれこ	入舎 にゅうしゃ	入換 いれかえ・いり
余技 よぎ	余薫 よくん	入小作 いりこさく	入定 にゅうじょう	かわり・いれかわ
余事 よじ	余録 よろく	入方 いりがた	入府 にゅうふ	る・いれかわる
余命 よめい	余蘊 ようん	入日 いりひ	入学 にゅうがく	入換立換 いりかわ
余波 よは・なごり	余類 よるい	入毛 いれげ	入居 にゅうきょ	りたちかわり
余有 あまりある	余燼 よじん	入手 にゅうしゅ	入念 にゅうねん	入営 にゅうえい
余念 よねん	余韻 よいん	入水 にゅうすい・じ	入所 にゅうしょ	入渠 にゅうきょ
余所 よそ	余響 よきょう	ゅすい	入物 いれもの	入湯 にゅうとう

入道 にゅうどう	ん	内借 ないしゃへ	内裏 だいり
入替 いれかえ・いれ	内内 ないない・うち	内周 ないしゅう	内廓 ないかく
かえる・いれかわる・	うち	内妻 ないさい	内隠 うちかくし
いりかわり・いりか	内分 ないぶん	内国 ないこく	内福 ないふく
わる	内分泌 ないぶんぴ	内命 ないめい	内聞 ないぶん
入替立替 いりかわ	内切 ないせつ	内実 ないじつ	内需 ないじゅ
りたちかわり・いれ	内反足 ないはんそ	内定 ないてい	内儀 ないぎ
かわりたちかわり	く	内径 ないけい	内蔵 ないぞう
入棺 にゅうかん	内心 ないしん	内法 うちのり	内篇 ないへん
入植 にゅうしょく	内火艇 ないかてい	内枠 うちわく	内緒 ないしょ
入朝 にゅうちょう	内示 ないじ	内服 ないふく	内線 ないせん
入費 にゅうひ・いり	内弁慶 うちべんけ	内股 うちもも・うち	内編 ないへん
入超 にゅうちょう	い	また	内談 ないだん
入歯 いれば	内包 ないほう	内的 ないてき	内諾 ないだく
入違 いりちがう・い	内外 ないがい・うち	内金 うちきん	内閣 ないかく
れちがう	と	内所 ないしょ・う	内輪 うちわ
入園 にゅうえん	内玄関 ないげんか	内海 ないかい・うち	内輪山 ないりんざ
入幕 にゅうまく	ん・うちげんかん	うみ	ん
入滅 にゅうめつ	内用 ないよう	内洋 ないよう	内壁 ないへき
入試 にゅうし	内出血 ないしゅっ	内絡 ないど	内懐 うちぶところ
入電 にゅうでん	けつ	内苑 ないえん	内燃 ないねん
入漁 にゅうぎょ	内払 うちばらい	内室 ないしつ	内稽古 うちげいこ
入獄 にゅうごく	内皮 ないひ	内界 ないかい	内親王 ないしんの
入墨 いれずみ	内申 ないしん	内青 うちかぶと	う
入塾 にゅうじゅく	内争 ないそう	内相 ないしょう	内閣 ないえつ
入構 にゅうこう	内交渉 ないこうし	内勤 ないきん	内憂 ないゆう
入魂 にゅうこん・じ	ょう	内湯 うちゆ	内謁 ないえつ
っこん	内劣 うちおとり	内渡 うちわたし	内濠 うちぼり
入雑 いりまじる	内因 ないいん	内減 うちべり	内覧 ないらん
入閣 にゅうかく	内回 うちまわり	内属 ないぞく	内職 ないしょく
入髪 いれがみ	内向 ないこう	内達 ないたつ	内翻足 ないはんそ
入潮 いりしお	内在 ないざい	内報 ないほう	く
入賞 にゅうしょう	内地 ないち	内科 ないか	内観 ないかん
入選 にゅうせん	内気 うちき	内約 ないやく	内題 ないだい
入撰 にゅうせん	内気配 うちけはい	内面 ないめん・うち	内臓 ないぞう
入寮 にゅうりょう	内耳 ないじ	づら	内議 ないぎ
入線 にゅうせん	内衣 ゆかた	内借 うちがり	内鰐 うちわに
入質 にゅうしち	内乱 ないらん	内剛外柔 ないこう	〔全〕ぜん・まったく・
入鋏 にゅうきょう	内助 ないじょ	がいじゅう	まったし・まったい
入館 にゅうかん	内局 ないきょく	内院 ないいん	・まったき・まっと
入麺 にゅうめん	内応 ないおう	内陣 ないじん	うする・すべて
入籍 にゅうせき	内廷費 ないていひ	内孫 ないそん・うち	全一 ぜんいつ
〔内〕のう・だい・ど	内弟子 うちでし	まご	全人 ぜんじん
う・ない・うち	内攻 ないこう	内庭 うちにわ	全力 ぜんりょく
内人 うちのひと	内角 ないかく	内容 ないよう	全土 ぜんど
内入 うちいり	内典 ないてん	内釜 うちがま	全山 ぜんざん
内大臣 ないだいじん	内侍 ないし	内通 ないつう	全文 ぜんぶん
		内祝 うちいわい	

全戸 ぜんこ	全容 ぜんよう	**勹 部**	〔匏〕ほう・ひさご・ふくべ	処置 しょち
全日 ぜんにち	全校 ぜんこう			処罰 しょばつ
全日制 ぜんじつせい	全書 ぜんしょ	〔勿〕もち・もつ・なかれ	**几 部**	〔凭〕へい・ひょう・もたれる・よる・もたる・もたせる
全州 ぜんしゅう	全紙 ぜんし	勿体 もったい	〔几〕き・おしまずき・つくえ	
全天候 ぜんてんこう	全納 ぜんのう	勿忘草 わすれなぐさ	几帳 きちょう	凭掛 もたせかける・もたれかかる
全世界 ぜんせかい	全般 ぜんぱん	勿怪 もっけ	几帳面 きちょうめん	
全市 ぜんし	全島 ぜんとう	勿論 もちろん	〔凡〕ぼん・はん・おおよそ・およそ・すべて	〔凱〕がい
全払 ぜんばらい	全豹 ぜんぴょう	〔勾〕こう・く・まがる	凡人 ぼんじん	凱陣 がいじん
全曲 ぜんきょく	全部 ぜんぶ	勾引 こういん	凡小 ぼんしょう	凱旋 がいせん
全会 ぜんかい	全都 ぜんと	勾玉 まがたま	凡才 ぼんさい	凱歌 がいか
全判 ぜんぱん	全域 ぜんいき	勾当 こうとう	凡下 ぼんげ	
全体 ぜんたい	全敗 ぜんぱい	勾配 こうばい	凡手 ぼんしゅ	**亻 部**
全快 ぜんかい	全章 ぜんしょう	勾留 こうりゅう	凡夫 ぼんぷ	
全形 ぜんけい	全盛 ぜんせい	勾欄 こうらん	凡作 ぼんさく	〔仁〕にん・じん
全局 ぜんきょく	全訳 ぜんやく	〔匂〕におい・におう・におやか・におわす・におわせる	凡打 ぼんだ	仁王 におう
全村 ぜんそん	全野 ぜんや		凡失 ぼんしつ	仁兄 じんけい
全町 ぜんちょう	全備 ぜんび		凡主 ぼんしゅ	仁君 じんくん
全身 ぜんしん	全廃 ぜんぱい	匂袋 においぶくろ	凡百 ぼんびゃく	仁俠 にんきょう
全乳 ぜんにゅう	全幅 ぜんぷく	〔匆〕もんめ	凡例 はんれい	仁者 じんしゃ
全巻 ぜんかん	全道 ぜんどう	〔包〕ほう・パオ・くるみ・くるむ・つつみ・つつむ・くるめる	凡俗 ぼんぞく	仁政 じんせい
全制動 ぜんせいどう	全勝 ぜんしょう		凡退 ぼんたい	仁恵 じんけい
全学 ぜんがく	全焼 ぜんしょう		凡骨 ぼんこつ	仁恕 じんじょ
全学連 ぜんがくれん	全然 ぜんぜん	包丁 ほうちょう	凡庸 ぼんよう	仁慈 じんじ
	全集 ぜんしゅう	包子 パオズ	凡眼 ぼんがん	仁愛 じんあい
全知 ぜんち	全量 ぜんりょう	包皮 ほうひ	凡策 ぼんさく	仁義 じんぎ
全波 ぜんぱ	全智 ぜんち	包含 ほうがん	凡愚 ぼんぐ	仁徳 じんとく
全治 ぜんち・ぜんじ	全景 ぜんけい	包囲 ほうい	凡戦 ぼんせん	仁輪加狂言 にわかきょうげん
	全期 ぜんき	包茎 ほうけい	凡慮 ぼんりょ	
全国 ぜんこく	全開 ぜんかい	包金 つつみがね	〔処〕しょする・ところ・か	〔什〕じゅう・しゅう・とう
全盲 ぜんもう	全滅 ぜんめつ	包括 ほうかつ	処士 しし	什宝 じゅうほう
全的 ぜんてき	全損 ぜんそん	包帯 ほうたい	処女 しょじょ	什物 じゅうもつ
全長 ぜんちょう	全数 ぜんすう	包容 ほうよう	処世 しょせい	什麼生 そもさん
全姿 ぜんし	全裸 ぜんら	包紙 つつみがみ	処分 しょぶん	什器 じゅうき
全段 ぜんだん	全貌 ぜんぼう	包装 ほうそう	処方 しょほう	〔仆〕ふ・ふせる・たおれる・たおす
全点 ぜんてん	全潰 ぜんかい	包摂 ほうせつ	処処 しょしょ	
全音 ぜんおん	全寮制 ぜんりょうせい	包隠 つつみかくす	処刑 しょけい	〔仇〕きゅう・あた・あだ
全軍 ぜんぐん	全盤 ぜんばん	包蔵 ほうぞう	処決 しょけつ	仇名 あだな
全面 ぜんめん	全権 ぜんけん	〔匆〕そう	処務 しょむ	仇怨 きゅうえん
全能 ぜんのう	全編 ぜんぺん	匆匆 そうそう	処遇 しょぐう	仇浪 あだなみ
全員 ぜんいん	全篇 ぜんぺん	〔匈〕きょう	処理 しょり	仇討 あだうち
全通 ぜんつう	全霊 ぜんれい	匈奴 きょうど・フンヌ	処断 しょだん	仇情 あだなさけ
全速力 ぜんそくりょく	全壊 ぜんかい	〔匍〕ほ・はう	処署 しょしょ	仇敵 きゅうてき
	全線 ぜんせん	匍匐 ほふく		〔仏〕ほつ・ふつ・ぶつ・ほとけ
全党 ぜんとう	全館 ぜんかん	匍球 ほきゅう		
	全癒 ぜんゆ			
	全額 ぜんがく			

仏人 ぶつじん
仏力 ぶつりき
仏工 ぶっこう
仏子 ぶっし
仏土 ぶっど
仏文 ぶつぶん
仏手柑 ぶしゅかん
仏心 ぶっしん・ほと
けごころ
仏生会 ぶっしょう
え
仏名 ぶつみょう
仏寺 ぶつじ
仏式 ぶっしき
仏体 ぶったい
仏弟子 ぶってし
仏足石 ぶっそくせ
き
仏身 ぶっしん
仏事 ぶつじ
仏典 ぶってん
仏画 ぶつが
仏刹 ぶっさつ
仏参 ぶっさん
仏性 ぶっしょう・ほ
とけしょう
仏陀 ぶつだ
仏法 ぶつほう・ぶっ
ぽう
仏学 ぶつがく・ふつ
がく
仏国 ふっこく
仏舎利 ぶっしゃり
仏和 ふつわ
仏者 ぶっしゃ
仏具 ぶつぐ
仏果 ぶっか
仏門 ぶつもん
仏前 ぶつぜん
仏界 ぶっかい
仏師 ぶっし
仏座 ぶつざ
仏徒 ぶっと
仏書 ふっしょ・ぶっ
しょ
仏家 ぶっけ・ぶっか
仏祖 ぶっそ

仏神 ぶっしん
仏塔 ぶっとう
仏堂 ぶつどう
仏菩薩 ぶつぼさつ
仏教 ぶっきょう
仏経 ぶっきょう
仏訳 ふつやく
仏頂面 ぶっちょう
づら
仏像 ぶつぞう
仏葬 ぶっそう
仏道 ぶつどう
仏掌薯 つくねいも
仏間 ぶつま
仏滅 ぶつめつ
仏殿 ぶつでん
仏罰 ぶつばち
仏領 ふつりょう
仏語 ふつご・ぶつ
ご
仏説 ぶっせつ
仏閣 ぶっかく
仏敵 ぶってき
仏壇 ぶつだん
〔仍〕にょう・じょ
う・よる・よって・
よりて・なお
〔仕〕し・つかえ・つ
かえる・つかまつ
る
仕丁 しちょう
仕入 いれ・しいれ
る
仕上 しあげ・しあげ
る・しあがる・しあ
がり
仕方 しかた
仕分 しわけ
手 して
仕切 しきり・しきる
仕付 しつけ・しつけ
る
仕打 しうち
仕込 しこみ・しこむ
仕立 したて・したて
る
仕払 しはらい

仕出 しだす・しだ
し・しでかす
仕合 しあい・しあわ
せ
仕向 しむけ・しむけ
る
仕返 しかえし
仕来 しきたり
仕事 しごと
仕官 しかん
仕法 しほう
仕服 しふく
仕送 しおくり・しお
くる
仕度 したく
仕草 しぐさ
仕振 しぶり
仕兼 しかねる
仕留 しとめる
仕納 しおさめ
仕掛 しかけ・しかけ
る・しかかる
仕組 しくみ・しく
む
仕訳 しわけ
仕訳帳 しわけちょ
う
仕様 しよう
仕業 しぎょう・しわ
ざ
仕置 しおき
仕種 しぐさ
仕儀 しぎ
仕舞 しまう・しまい
仕覆 しふく
〔付〕ふ・つけ・つ
く・つき・ふす・ふ
する・つける・つけ
たり
付人 つけびと・つき
びと
付入 つけいる
付上 つけあがる
付子 ふし・ぶす
付与 ふよ
付切 つっきり
付火 つけび

付木 つけぎ
付元気 つけげんき
付文 つけぶみ
付出 つけだし・つけ
だす
付込 つけこむ
付台 つけだい
付加 ふか・つけくわ
える・つけくわわる
付札 つけふだ
付目 つけめ
付合 つきあい・つき
あう・つけあわせ・
つけあわせる
付回 つけまわす
付会 ふかい
付足 つけたす
付図 ふず
付近 ふきん
付言 ふげん
付注 ふちゅう
付届 つけとどけ
付狙 つけねらう
付和 ふわ
付和雷同 ふわらい
どう
付所 つけどころ
付物 つきもの
付表 ふひょう
付則 ふそく
付廻 つけまわす
付値 つけね
付差 つけざし
付従 つきしたがう
付帯 ふたい
付根 つけね
付紐 つけひも
付託 ふたく
付記 ふき
付馬 つけうま
付添 つきそう・つき
そい
付票 ふひょう
付設 ふせつ
付落 つけおち・つけ
おとし
付随 ふずい・つきし

付属 ふぞく
付焼 つけやき
付焼刃 つけやきは
付景気 つけげいき
付着 ふちゃく
付睫 つけまつげ
付載 ふさい
付置 ふち
付箋 ふせん
付纒 つきまとう
付録 ふろく
付薬 つけぐすり
付髭 つけひげ
付髷 つけまげ
付議 ふぎ
〔代〕たい・だい・か
え・かえる・しろ・
こいつ・よ・かわ
り・かわる
代人 だいにん
代八車 だいはちぐ
るま
代引 だいひき
代日 だいにち
代弁 だいべん
代用 だいよう
代代 だいだい・よよ
・かわるがわる
代目 だいめ・かわり
め
代印 だいいん
代休 だいきゅう
代任 だいにん
代行 だいこう
代打 だいだ
代地 だいち
代合 かわりあう
代名詞 だいめいし
代位 だいい
代価 だいか
代作 だいさく
代決 だいけつ
代返 だいへん
代役 だいやく
代走 だいそう
代金 だいきん

代参 だいさん
代物 だいぶつ・しろ
　もの・だいもつ
代表 だいひょう
代言 だいげん
代品 だいひん
代映 かわりばえ
代香 だいこう
代馬 しろうま
代書 だいしょ
代将 だいしょう
代神楽 だいかぐら
代案 だいあん
代脈 だいみゃく
代務 だいむ
代納 だいのう
代理 だいり
代執行 だいしっこ
　う
代替 だいたい・だい
　がえ・だいがわり
代番 かわりばん
代筆 だいひつ
代診 だいしん
代詠 だいえい
代搔 しろかき
代数 だいすう
代署 だいしょ
代置 だいち
代読 だいどく
代赭 たいしゃ
代償 だいしょう
代謝 たいしゃ
代講 だいこう
代願 だいがん
代議 だいぎ
〔他〕た・ほか・あ
　だ・あだし
他人 たにん
他人事 ひとごと
他力 たりき
他律 たりつ
他山石 たざんのい
　し
他日 たじつ
他方 たほう
他用 たよう

他出 たしゅつ
他生 たしょう
他行 たぎょう
他年 たねん
他序 たじょ
他言 たげん・たごん
他見 たけん
他事 たじ
他宗 たしゅう
他姓 たせい
他国 たこく
他所 たしょ・よそ
他所事 よそごと
他物 たぶつ
他念 たねん
他門 たもん
他派 たは
他界 たかい
他面 ためん
他郷 たきょう
他流 たりゅう
他家 たけ
他殺 たさつ
他称 たしょう
他紙 たし
他動詞 たどうてき
他動詞 たどうし
他部 たぶ
他覚 たかく
他筆 たひつ
他愛 たあい
他意 たい
他端 たたん
他誌 たし
他説 たせつ
他聞 たぶん
他鷹 たせん
〔仙〕せん
仙人 せんにん
仙人掌 サボテン
仙女 せんじょ・せん
　にょ
仙丹 せんたん
仙台平 せんだいひ
　ら
仙花紙 せんかし
仙洞 せんとう

仙界 せんかい
仙客 せんかく
仙宮 せんきゅう
仙骨 せんこつ
仙術 せんじゅつ
仙郷 せんきょう
仙境 せんきょう
仙薬 せんやく
〔仔〕し
仔細 しさい
〔伎〕き・ぎ
伎芸 ぎげい
伎倆 ぎりょう
伎楽 ぎがく
〔伍〕ご
伍長 ごちょう
〔伏〕ふく・ふくす・
　ふす・ふして・ふせ
　る
伏目 ふしめ
伏在 ふくざい
伏字 ふせじ
伏兵 ふくへい
伏沈 ふししずむ
伏角 ふっかく
伏拝 ふしおがむ
伏臥 ふくが
伏屋 ふせや
伏流 ふくりゅう
伏勢 ふせぜい
伏線 ふくせん
伏縫 ふせぬい
伏籠 ふせご
伏魔殿 ふくまでん
〔休〕きゅう・やす
　み・やすむ・やすめ
　る・やすらう・やす
　らい・やすまる・き
　ゅうす
休日 きゅうじつ
休止 きゅうし
休火山 きゅうかざ
　ん
休心 きゅうしん
休刊 きゅうかん
休会 きゅうかい
休休 やすみやすみ

休廷 きゅうてい
休学 きゅうがく
休校 きゅうこう
休戚 きゅうせき
休息 きゅうそく
休眠 きゅうみん
休神 きゅうしん
休耕 きゅうこう
休航 きゅうこう
休符 きゅうふ
休場 きゅうじょう
休診 きゅうしん
休閑 きゅうかん
休園 きゅうえん
休載 きゅうさい
休戦 きゅうせん
休業 きゅうぎょう
休暇 きゅうか
休電 きゅうでん
休演 きゅうえん
休養 きゅうよう
休憩 きゅうけい
休講 きゅうこう
休錘 きゅうすい
休館 きゅうかん
休職 きゅうしょく
〔伐〕ばつ・きる
伐木 ばつぼく
伐払 きりはらう
伐採 ばっさい
〔件〕けん・くだり
　くだん
件名 けんめい
件数 けんすう
〔任〕にん・にんじ
　る・にんずる・まか
　す・まかせ・まかせ
　る
任用 にんよう
任地 にんち
任免 にんめん
任命 にんめい
任国 にんごく
任官 にんかん
任俠 にんきょう
任務 にんむ
任期 にんき

任意 にんい
〔伊〕い
伊万里焼 いまりや
　き
伊呂波 いろは
伊呂葉 いろは
伊達 だて
伊達巻 だてまき
伊達者 だてしゃ
伊達姿 だてすがた
伊賀袴 いがばかま
伊勢海老 いせえび
伊勢蝦 いせえび
〔仲〕ちゅう・なか
仲人 ちゅうにん・な
　こうど
仲介 ちゅうかい
仲仕 なかし
仲兄 ちゅうけい
仲冬 ちゅうとう
仲立 なかだち
仲次 なかつぎ
仲合 なからい
仲好 なかよし
仲良 なかよし
仲見世 なかみせ
仲居 なかい
仲春 ちゅうしゅん
仲秋 ちゅうしゅう
仲直 なかなおり
仲値 なかね
仲夏 ちゅうか
仲裁 ちゅうさい
仲買 なかがい
仲間 なかま・ちゅう
　げん
仲働 なかばたらき
仲違 なかたがい
〔仰〕ぎょう・ごう
　あおのく・あおの
　き・あおむき・あお
　むけ・あおむく・の
　け・のっけ・あおむ
　ける・あおのける・
　あおせられる・おわ
　せ・おおす・おっし
　ゃる・あおぐ

仰山 ぎょうさん	伝聞 つたえきく・でんぶん	仮縫 かりぬい	伴奏 ばんそう	だ・ただし
仰天 ぎょうてん	伝導 でんどう	仮親 かりおや	伴僧 ばんそう	但書 ただしがき
仰付 おおせつける	伝播 でんぱん・でんば	仮題 かだい	〔佐〕さ	〔伺〕し・うかがう・うかがい
仰仰 ぎょうぎょうしい	伝線 でんせん	〔住〕じゅう・すむ・すまい・すまう	佐官 さかん	伺候 しこう
仰向 あおむく・あおむけ・おおむける	伝灯 でんとう	住人 じゅうにん	佐保姫 さおひめ	〔伸〕しん・のし・のす・のばす・のび・のびる・のびやか・のべ・のべる
仰角 ぎょうかく	〔仮〕かす・かり・かりに・か	住処 すみか	〔何〕か・どの・どれ・なに・なん・いずれ	
仰臥 ぎょうが	仮分数 かぶんすう	住込 すみこみ・すみてむ	何一 なにひとつ	伸上 のしあがる・のびあがる
仰望 ぎょうぼう	仮処分 かりしょぶん	住民 じゅうみん	何人 なんにん・なんびと・なにびと・なんびと	伸子 しんし
仰視 ぎょうし		住宅 じゅうたく		伸支度 のびじたく
〔伉〕こう	仮令 たとい	住成 すみなす	何分 なにぶん	伸歩 のしあるく
伉配 こうはい	仮字 かな	住血吸虫 じゅうけつきゅうちゅう	何方 どなた	伸長 しんちょう
伉儷 こうれい	仮名 かな・かめい・けみょう	住居 じゅうきょ・すまい	何日 なんにち	伸悩 のびなやむ
〔伜〕せがれ		住所 じゅうしょ	何処 どこ	伸展 しんてん
〔伝〕でん・つて・つたえ・つたう・うたい・つたえる	仮死 かし	住荒 すみあらす	何奴 なにやつ	伸率 のびりつ
	仮作 かさく	住持 じゅうじ	何年 なんねん	伸掛 のしかかる
伝手 つて	仮住 かりずまい	住泊 かはく	何回 なんかい	伸張 しんちょう
伝令 でんれい	仮性 かせい	住家 じゅうか・すみか	何気無 なにげない	伸餅 のしもち
伝写 でんしゃ	仮定 かてい		何以 なにに	伸銅 しんどう
伝助 でんすけ	仮初 かりそめ	住替 すみかえる	何条 なんじょう	伸縮 のびちぢみ・しんしゅく
伝声管 でんせいかん	仮面 かめん	住着 すみつく	何事 なにごと	
	仮借 かしゃ・かしゃく	住馴 すみなれる	何卒 なにとぞ	〔佃〕てん・でん・つくだ
伝来 でんらい		住僧 じゅうそう	何彼 なにか	
伝言 でんごん	仮宮 かりみや	住慣 すみならす・すみなれる	何者 なにもの	佃煮 つくだに
伝受 つたえうける	仮眠 かみん		何物 なにもの	〔似〕じ・に・にる・にせる
伝奇 でんき	仮病 けびょう	住職 じゅうしょく	何度 なんど	
伝法 でんぽう	仮称 かしょう	〔位〕い・くらい・ぐらい	何為 なんすれぞ	似合 にあう・にあわしい
伝歩 つたいあるき	仮託 かたく	位地 いち	何故 なぜ・なにゆえ	
伝承 でんしょう	仮庵 かりいお	位取 くらいどり	何某 なにぼう	似気無 にげない
伝送 でんそう	仮設 かせつ	位相 いそう	何首烏 かしゅう	似而非 えせ・にて
伝単 でんたん	仮寓 かぐう	位負 くらいまけ	何時 いつ・なんどき	
伝染 でんせん	仮渡 かりわたし	位倒 くらいだおれ		似我蜂 じがばち
伝奏 でんそう	仮葬 かそう	位記 いき	何遍 なんべん	似者 にたもの
伝家 でんか	仮葺 かりぶき	位階 いかい	何番 なんばん	似者夫婦 にたものふうふ
伝書 でんしょ	仮植 かしょく	位置 いち	何程 なにほど	
伝記 でんき	仮象 かしょう	位牌 いはい	何等 なんら	似非 えせ
伝馬 てんま	仮装 かそう	〔佇〕ちょ・たたずむ・たたずまい	何様 なにさま・いずれさま	似通 にかよう
伝動 でんどう	仮寝 かりね	佇立 ちょりつ		似寄 による
伝授 でんじゅ	仮想 かそう	〔伴〕はん・ばん・とも・ともなう	何糞 なにくそ	似顔 にがお
伝票 でんぴょう	仮睡 かすい	伴走 ばんそう	〔佑〕ゆう・う	〔伶〕れい
伝習 でんしゅう	仮構 かこう	伴食 ばんしょく	佑助 ゆうじょ	伶人 れいじん
伝達 でんたつ	仮綴 かりとじ	伴侶 はんりょ	〔伽〕か・とぎ	〔作〕さく・さ・つくる・つくり
伝道 でんどう	仮説 かせつ		伽藍 がらん	
伝統 でんとう	仮橋 かりばし		伽羅 きゃら	作刀 さくとう
伝説 でんせつ			〔但〕たん・だん・た	

作土 さくど	作間 さくま	低音 ていおん	体型 たいけい	併合 へいごう
作上 つくりあげる	作違 さくちがい	低姿勢 ていしせい	体重 たいじゅう	併存 へいそん
作文 さくぶん	作意 さくい	低速 ていそく	体臭 たいしゅう	併有 へいゆう
作付 さくづけ・つくりつけ	作戦 さくせん	低能 ていのう	体面 たいめん	併呑 へいどん
作用 さよう	作業 さぎょう	低級 ていきゅう	体格 たいかく	併持 あわせもつ
作句 さっく	作詩 さくし	低率 ていりつ	体配 たいくばり	併映 へいえい
作出 つくりだす・さくしゅつ	作話 つくりばなし	低唱 ていしょう	体側 たいそく	併科 へいか
作立 つくりたてる	作歌 さっか	低減 ていげん	体得 たいとく	併発 へいはつ
作目 さくもく	作麼生 そもさん	低温 ていおん	体菜 たいさい	併殺 へいさつ
作男 さくおとこ	作劇 さくげき	低湿 ていしつ	体液 たいえき	併称 へいしょう
作字 さくじ・つくりじ	作調 さくちょう	低落 ていらく	体現 たいげん	併記 へいき
作曲 さっきょく	作製 さくせい	低障害競走 ていしょうがいきょうそう	体軀 たいく	併進 へいしん
作成 さくせい・つくりなす	作興 さっこう	低質 ていしつ	体温 たいおん	併設 へいせつ
作声 つくりごえ	作顔 つくりがお	低調 ていちょう	体裁 ていさい	併結 へいけつ
作条 さくじょう	〔伯〕はく	低開発国 ていかいはつこく	体勢 たいせい	併置 へいち
作図 さくず	伯父 はくふ・おじ	低廉 ていれん	体感 たいかん	併読 へいどく
作身 つくりみ	伯母 おば	低頭 ていとう	体様 たいよう	〔佳〕か・よし
作事 さくじ・つくりごと	伯仲 はくちゅう	低額 ていがく	体罰 たいばつ	佳人 かじん
作場 さくじば	伯楽 はくらく・はくろう	〔佝〕く	体貌 たいぼう	佳什 かじゅう
作画 さくが	伯爵 はくしゃく	佝僂 くる	体認 たいにん	佳日 かじつ
作例 さくれい	〔低〕てい・ひくい・ひくさ・ひくき・ひくまる・ひくみ・ひくめる・ひくめ	佝僂病 くるびょう	体質 たいしつ	佳句 かく
作況 さっきょう	低下 ていか	〔佞〕ねい	体調 たいちょう	佳作 かさく
作法 さくほう・さほう	低木 ていぼく	佞人 ねいじん	体操 たいそう	佳局 かきょく
作物 さくもつ・さくぶつ・つくりもの	低圧 ていあつ	佞臣 ねいしん	体積 たいせき	佳良 かりょう
作物語 つくりものがたり	低劣 ていれつ	佞姦 ねいかん	体験 たいけん	佳辰 かしん
作者 さくしゃ	低次 ていじ	佞奸 ねいかん	〔依〕い・え・より・よる・よって	佳味 かみ
作柄 さくがら	低回 ていかい	〔佚〕いつ	依存 いそん	佳肴 かこう
作為 さくい	低地 ていち	佚文 いつぶん	依命 いめい	佳品 かひん
作眉 つくりまゆ	低気圧 ていきあつ	佚書 いっしょ	依拠 いきょ	佳景 かけい
作品 さくひん	低血圧 ていけつあつ	〔体〕たい・てい・からだ	依怙 えこ	佳話 かわ
作家 さっか	低利 ていり	体力 たいりょく	依怙地 いこじ・えこじ	佳境 かきょう
作酒屋 つくりざかや	低位 ていい	体内 たいない	依怙贔屓 えこひいき	佳節 かせつ
作笑 つくりわらい	低声 ていせい	体付 からだつき	依託 いたく	佳篇 かへん
作風 さくふう	低吟 ていぎん	体声 たいせい	依然 いぜん	佳編 かへん
作陶 さくとう	低周波 ていしゅうは	体刑 たいけい	依頼 いらい	佳麗 かれい
作動 さどう	低空 ていくう	体当 たいあたり	依願 いがん	〔侍〕じ・し・はべる・はべり・さむらい・はんべる・はべらせる
作替 つくりかえる	低学年 ていがくねん	体位 たいい	〔伴〕よう	侍女 じじょ
作詞 さくし	低金利 ていきんり	体形 たいけい	伴狂 ようきょう	侍史 じし
	低俗 ていぞく	体技 たいぎ	〔併〕へい・しかし・あわせる・あわせて	侍立 じりつ
	低迷 ていめい	体系 たいけい	併出 へいしゅつ	侍医 じい
		体言 たいげん	併用 へいよう	侍臣 じしん
		体制 たいせい	併乍 しかしながら	侍坐 じざ
		体育 たいいく		侍者 じしゃ
		体長 たいちょう		侍従 じじゅう

侍童 じどう	供花 くげ・きょうか	侘住居 わびずまい	が・べんずる・べん	俚謡 りよう
侍読 じどく	供述 きょうじゅつ	侘寝 わびね	する・べんじる	〔保〕は・ほう・たも
侍講 じこう	供物 くもつ	〔価〕か・あたい	便衣 べんい	っ
〔使〕し・つかわす・	供奉 ぐぶ	価値 かち	便利 べんり	保存 ほぞん
つかう・つかい・つ	供待 ともまち	価格 かかく	便法 べんぽう	保母 ほぼ
かわしめ・つかえる	供託 きょうたく	価額 かがく	便宜 べんぎ・びんぎ	保合 もちあい
使丁 してい	供御 くご	〔信〕しん・しんじ	便所 べんじょ	保全 ほぜん
使分 つかいわけ・つ	供給 きょうきゅう	る・しんずる	便服 べんぷく	保守 ほしゅ
かいわける	供養 くよう	信士 しんし	便乗 びんじょう	保安 ほあん
使水 つかいみず	供頭 ともがしら	信女 しんにょ	便便 べんべん	保有 ほゆう
使手 つかいて	供覧 きょうらん	信太鮨 しのだずし	便通 べんつう	保佐人 ほさにん
使用 しよう	〔例〕れい・ためし・	信太寿司 しのだず	便益 べんえき	保身 ほしん
使古 つかいふるす	たとえば	し	便秘 べんぴ	保姆 ほぼ
使込 つかいこむ	例文 れいぶん	信心 しんじん	便船 びんせん	保育 ほいく
使令 しれい	例日 れいじつ	信天翁 あほうどり	便蒙 べんもう	保持 ほじ
使先 つかいさき	例月 れいげつ	信玄袋 しんげんぶ	便意 べんい	保留 ほりゅう
使臣 ししん	例外 れいがい	くろ	便殿 びんでん・べん	保健 ほけん
使役 しえき	例示 れいじ	信号 しんごう	でん	保険 ほけん
使命 しめい	例年 れいねん	信田鮨 しのだずし	便箋 びんせん	保菌者 ほきんしゃ
使果 つかいはたす	例会 れいかい	信田寿司 しのだず	便器 べんき	保釈 ほしゃく
使者 ししゃ	例言 れいげん	し	便覧 びんらん・べん	保温 ほおん
使歩 つかいあるき	例刻 れいこく	信田巻 しのだまき	らん	保税倉庫 ほぜいそ
使物 つかいもの	例規 れいき	信用 しんよう	〔侠〕きょう	うこ
使走 つかいはしり	例祭 れいさい	信仰 しんこう	侠気 きょうき・おと	保証 ほしょう
使送 しそう	例証 れいしょう	信伏 しんぷく	こぎ	保障 ほしょう
使徒 しと	例話 れいわ	信任 しんにん	侠勇 きょうゆう	保管 ほかん
使途 しと・つかいみ	例解 れいかい	信条 しんじょう	侠客 きょうかく	保養 ほよう
ち	例説 れいせつ	信実 しんじつ	侠骨 きょうこつ	保線 ほせん
使料 つかいりょう	例題 れいだい	信者 しんじゃ	侠盗 きょうとう	保護 ほご
使捨 つかいすて	〔侃〕かん	信奉 しんぽう	〔侵〕しん・おかす	〔促〕さく・そく・う
使道 つかいみち	侃侃諤諤 かんかん	信服 しんぷく	侵入 しんにゅう	ながす
使節 しせつ	がくがく	信念 しんねん	侵出 しんしゅつ	促成 そくせい
使僧 しそう	侃諤 かんがく	信徒 しんと	侵犯 しんぱん	促音 そくおん
使嗾 しそう	〔佩〕はい・はく	信託 しんたく	侵攻 しんこう	促音便 そくおんびん
使館 しかん	佩刀 はいとう	信書 しんしょ	侵食 しんしょく	促進 そくしん
〔供〕きょう・く・と	佩用 はいよう	信教 しんきょう	侵害 しんがい	〔修〕しゅ・しゅう・
も・きょうする・そ	佩剣 はいけん	信望 しんぼう	侵寇 しんこう	しゅする・しゅっす
なえ・そなえる	〔佶〕きつ	信越 しんえつ	侵掠 しんりゃく	る・おさまる・おさ
供人 ともびと	佶屈 きっくつ	信愛 しんあい	侵略 しんりゃく	む・おさめる
供与 きょうよ	〔侏〕しゅ・じゅ	信義 しんぎ	侵蝕 しんしょく	修了 しゅうりょう
供水 きょうすい	侏儒 しゅじゅ	信管 しんかん	〔侯〕こう	修士 しゅうし
供用 きょうよう	〔侈〕し	信賞必罰 しんしょ	侯爵 こうしゃく	修女 しゅうじょ
供出 きょうしゅつ	〔侘〕た・わびしい・	うひつばつ	〔俚〕り・さとぶ	修史 しゅうし
供血 きょうけつ	わび・わびる・わび	信頼 しんらい	俚耳 りじ	修正 しゅうせい
供米 くまい・きょう	しらに	信憑 しんぴょう	俚言 りげん	修正主義 しゅうせ
まい	侘助 わびすけ	〔便〕べん・びん・た	俚語 りご	いしゅぎ
供応 きょうおう	侘住 わびずまい	より・たよる・よす	俚諺 りげん	修交 しゅうこう

修行 しゅぎょう
修好 しゅうこう
修身 しゅうしん
修学 しゅうがく
修訂 しゅうてい
修造 しゅうぞう
修祓 しゅうばつ・しゅうふつ
修得 しゅうとく
修習 しゅうしゅう
修理 しゅうり
修道 しゅうどう
修繕 しゅうぜん
修復 しゅうふく
修業 しゅうぎょう・しゅうぎょう
修補 しゅうほ
修辞 しゅうじ
修飾 しゅうしょく
修養 しゅうよう
修練 しゅうれん
修築 しゅうちく
修整 しゅうせい
修験 しゅげん
修羅 しゅら
修羅車 しゅらぐるま
修羅場 しゅらば・しゅらじょう
修羅道 しゅらどう
修錬 しゅうれん
〔俗〕ぞく・ぞくに・ぞくっぽい
俗人 ぞくじん
俗文 ぞくぶん
俗才 ぞくさい
俗化 ぞっか
俗世 ぞくせ
俗世間 ぞくせけん
俗用 ぞくよう
俗本 ぞくほん
俗伝 ぞくでん
俗吏 ぞくり
俗名 ぞくめい・ぞくみょう
俗曲 ぞっきょく
俗字 ぞくじ

俗耳 ぞくじ
俗気 ぞく・ぞくけ・ぞっき・ぞっけ
俗体 ぞくたい
俗言 ぞくげん
俗事 ぞくじ
俗画 ぞくが
俗受 ぞくうけ
俗姓 ぞくせい
俗学 ぞくがく
俗念 ぞくねん
俗物 ぞくぶつ
俗信 ぞくしん
俗客 ぞっかく
俗臭 ぞくしゅう
俗界 ぞっかい
俗流 ぞくりゅう
俗書 ぞくしょ
俗骨 ぞっこつ
俗称 ぞくしょう
俗務 ぞくむ
俗悪 ぞくあく
俗眼 ぞくがん
俗習 ぞくしゅう
俗筆 ぞくひつ
俗間 ぞっかん
俗歌 ぞっか
俗楽 ぞくがく
俗解 ぞっかい
俗僧 ぞくそう
俗塵 ぞくじん
俗説 ぞくせつ
俗語 ぞくご
俗縁 ぞくえん
俗論 ぞくろん
俗談 ぞくだん
俗輩 ぞくはい
俗儒 ぞくじゅ
俗諺 ぞくげん
俗謡 ぞくよう
俗離 ぞくばなれ
〔俄〕が・にわか
俄仕込 にわかじこみ
俄狂言 にわかきょうげん
俄盲 にわかめくら

俄然 がぜん
〔侮〕ぶ・あなどり・あなどる
侮日 ぶにち
侮言 ぶげん
侮辱 ぶじょく
侮蔑 ぶべつ
〔係〕けい・かかる・かかわる・かかり・かける
係争 けいそう
係員 かかりいん
係留 けいりゅう
係累 けいるい
係船 けいせん
係属 けいぞく
係数 けいすう
〔俊〕しゅん
俊才 しゅんさい
俊足 しゅんそく
俊英 しゅんえい
俊秀 しゅんしゅう
俊敏 しゅんびん
俊傑 しゅんけつ
俊豪 しゅんごう
俊髦 しゅんぼう
〔俘〕ふ
俘囚 ふしゅう
俘虜 ふりょ
〔俤〕てい・おもかげ
〔俺〕おれ
俺等 おいら
俺様 おれさま
〔俤〕さい・そつ・せがれ
〔俣〕こう
侘傺 ちゃそう
〔倍〕べ・ばい
倍大 ばいだい
倍加 ばいか
倍旧 ばいきゅう
倍音 ばいおん
倍率 ばいりつ
倍量 ばいりょう
倍数 ばいすう
倍増 ばいぞう・ばいまし

倍額 ばいがく
〔俯〕ふ・うつぶす・うつぶせる・うつむく・うつむき・うつむける
俯仰 ふぎょう
俯角 ふかく
俯瞰 ふかん
〔倦〕けん・うむ・うず・うんず・あぐむ
倦怠 けんたい
〔倖〕こう
〔俸〕ほう
俸給 ほうきゅう
俸禄 ほうろく
〔俵〕ひょう・たわら
〔借〕しゃく・かり・かりる・かる・かす
借入 かりいれる
借上 かりあげる
借手 かりて
借切 かりきる
借方 かりかた
借出 かりだす
借用 しゃくよう
借主 かりぬし
借地 しゃくち
借宅 しゃくたく
借字 しゃくじ
借物 かりもの
借受 かりうける
借金 しゃっきん
借倒 かりたおす
借問 しゃくもん・しゃもん
借家 かりや・かりいえ・しゃくや・しゃっか
借料 しゃくりょう
借財 しゃくざい
借越 かりこし
借換 かりかえる
借景 しゃっけい
借款 しゃっかん
借着 かりぎ
借貸 かりかし
借間 しゃくま

借賃 かりちん
借銭 しゃくせん
借覧 しゃくらん
〔倹〕けん・つましい
倹約 けんやく
倹飾 けんどん
〔値〕ち・ね・あたい
値上 ねあがり・ねあげ
値下 ねさがり・ねさげ
値引 ねびき
値切 ねぎる
値付 ねつけ
値打 ねうち
値段 ねだん
値崩 ねくずれ
値惚 ねぼれ
値頃 ねごろ
値幅 ねはば
値嵩 ねがさ
値踏 ねぶみ
値鞘 ねざや
〔倒〕とう・たおれ・たおす・たおれる
倒木 とうぼく
倒立 とうりつ
倒伏 とうふく
倒卵形 とうらんけい
倒叙 とうじょ
倒産 とうさん
倒幕 とうばく
倒置 とうち
倒語 とうご
倒閣 とうかく
倒影 とうえい
倒潰 とうかい
倒壊 とうかい
倒錯 とうさく
〔倨〕きょ
倨傲 きょごう
〔俳〕はい
俳人 はいじん
俳文 はいぶん
俳友 はいゆう
俳号 はいごう

俳句 はいく
俳名 はいめい
俳味 はいみ
俳画 はいが
俳風 はいふう
俳書 はいしょ
俳聖 はいせい
俳誌 はいし
俳談 はいだん
俳論 はいろん
俳趣味 はいしゅみ
俳壇 はいだん
俳諧 はいかい
俳優 はいゆう
〔倶〕く・ぐ・ともる
倶発 ぐはつ
倶梨伽羅 くりから
倶楽部 クラブ
〔個〕か・こ
個人 こじん
個中 こちゅう
個条 かじょう
個我 こが
個別 こべつ
個別通信 こべつつうしん
個体 こたい
個所 かしょ
個物 こぶつ
個性 こせい
個室 こしつ
個個 ここ
個展 こてん
個数 こすう
個癖 こへき
〔候〕こう・そうろう・そろ・さぶらう
候文 そうろうぶん
候鳥 こうちょう
候補 こうほ
〔倫〕りん
倫理 りんり
〔倭〕わ・い・やまと
倭人 わじん
倭文学環 しずのおだまき
倭名 わみょう・わめ

い
倭国 わこく
倭訓 わくん
倭寇 わこう
倭朝 わちょう
倭語 わご
〔倣〕ほう・ならう
〔倅〕さい・せい・ともがら
倅輩 さいはい・せいはい
〔停〕てい・とどまり・とどめる
停止 ていし
停刊 ていかん
停年 ていねん
停会 ていかい
停車 ていしゃ
停泊 ていはく
停学 ていがく
停留 ていりゅう
停船 ていせん
停滞 ていたい
停戦 ていせん
停電 ていでん
停頓 ていとん
停職 ていしょく
〔偏〕へん・かたよる・かたより・ひとえに
偏人 へんじん
偏平 へんぺい
偏向 へんこう
偏在 へんざい
偏西風 へんせいふう
偏見 へんけん
偏物 へんぶつ
偏衫 へんさん
偏屈 へんくつ
偏重 へんちょう
偏食 へんしょく
偏狭 へんきょう
偏差 へんさ
偏流 へんりゅう
偏旁 へんぼう
偏倚 へんい

偏執 へんしつ・へんしゅう
偏窟 へんくつ
偏愛 へんあい
偏頗 へんぱ
偏頭痛 へんずつう
〔偃〕えん・せき
偃月刀 えんげつとう
〔健〕けん・こん・すこやか
健全 けんぜん
健在 けんざい
健気 けなげ
健忘 けんぼう
健投 けんとう
健児 けんじ
健胃 けんい
健保 けんぽ
健康 けんこう
健脚 けんきゃく
健啖 けんたん
健棒 けんぼう
健筆 けんぴつ
健勝 けんしょう
健羨 けんせん
健闘 けんとう
〔側〕そく・かわ・がわ・そばめる・そば
側仕 そばづかえ
側目 そばめ
側圧 そくあつ
側役 そばやく
側杖 そばづえ
側近 そっきん
側車 そくしゃ
側妻 そばめ
側面 そくめん
側室 そくしつ
側臥 そくが
側側 そくそく
側傍 そば
側聞 そくぶん
側線 そくせん
側壁 そくへき
〔偶〕ぐう・たま
偶人 ぐうじん

偶力 ぐうりょく
偶成 ぐうせい
偶因 ぐういん
偶有 ぐうゆう
偶作 ぐうさく
偶発 ぐうはつ
偶偶 たまたま
偶然 ぐうぜん
偶詠 ぐうえい
偶感 ぐうかん
偶数 ぐうすう
偶語 ぐうご
偶像 ぐうぞう
偶蹄目 ぐうていもく
〔借〕かい
借老同穴 かいろうどうけつ
〔偸〕とう
偸安 とうあん
偸盗 ちゅうとう
〔偲〕しのぶ
〔偓〕あく
偓促 あくせく
〔偈〕げ
〔偐〕さて
偐又 さてまた
〔偵〕てい
偵察 ていさつ
〔傍〕ぼう・かたえ・かたわら・そば・はた
傍人 ぼうじん
傍白 ぼうはく
傍目 はため
傍役 わきやく
傍杖 そばづえ
傍系 ぼうけい
傍受 ぼうじゅ
傍若無人 ぼうじゃくぶじん
傍注 ぼうちゅう
傍点 ぼうてん
傍迷惑 はためいわく
傍流 ぼうりゅう
傍訓 ぼうくん

傍視 わきみ
傍証 ぼうしょう
傍痛 かたわらいたい
傍線 ぼうせん
傍輩 ほうばい
傍聴 ぼうちょう
傍観 ぼうかん
傍題 ぼうだい
〔傅〕ふ・かしずく・かしずき
傅育 ふいく
〔備〕び・そなえ・そなえる・そなわる・つぶさに
備付 そなえつける
備考 びこう
備忘 びぼう
備後表 びんごおもて
備品 びひん
備荒 びこう
備砲 びほう
備蓄 びちく
〔傑〕けつ
傑人 けつじん
傑士 けっし
傑出 けっしゅつ
傑作 けっさく
傑物 けつぶつ
傑僧 けっそう
〔傀〕かい
傀儡 かいらい
〔偉〕い・えらい
偉人 いじん
偉力 いりょく
偉大 いだい
偉才 いさい
偉丈夫 いじょうぶ
偉功 いこう
偉材 いざい
偉効 いこう
偉物 えらぶつ
偉者 えらもの
偉容 いよう
偉業 いぎょう
偉勲 いくん
偉観 いかん

〔傲〕ごう・おごり・
　おごる

傲岸 ごうがん

傲然 ごうぜん

傲慢 ごうまん

〔備〕よう・やとい・
　やとう

傭人 ようにん

傭兵 ようへい

傭船 ようせん

〔債〕さい

債券 さいけん

債鬼 さいき

債務 さいむ

債権 さいけん

〔傴〕う

傴僂 せむし・くぐ
　せ・くつま

〔傾〕けい・かしぐ
　かしげる・かたげる
　・かたむく・かたむ
　き・かたむける

傾向 けいこう

傾国 けいこく

傾注 けいちゅう

傾城 けいせい

傾倒 けいとう

傾斜 けいしゃ

傾聴 けいちょう

〔催〕さい・もよい・
　もようす・もよおし

催合 もやい・もやう

催告 さいこく

催物 もよおしもの

催促 さいそく

催眠 さいみん

催涙 さいるい

〔傷〕しょう・きず・
　そこなう・いたみ・
　いたむ

傷人 しょうじん

傷口 きずぐち

傷手 いたで

傷心 しょうしん

傷付 きずつく・きず
　つける

傷兵 しょうへい

傷咎 きずとがめ

傷物 きずもの

傷者 しょうしゃ

傷神 しょうしん

傷害 しょうがい

傷病 しょうびょう

傷痕 しょうこん・き
　ずあと

傷寒 しょうかん

傷褻 しょうい

傷跡 きずあと

傷薬 きずぐすり

〔働〕どう・はたらか
　す・はたらき・はた
　らく

働手 はたらきて

働者 はたらきもの

働掛 はたらきかける

働盛 はたらきざかり

働蜂 はたらきばち

働輪 どうりん

働蟻 はたらきあり

〔僧〕そう

僧尼 そうに

僧正 そうじょう

僧団 そうだん

僧位 そうい

僧坊 そうぼう

僧兵 そうへい

僧体 そうたい

僧官 そうかん

僧林 そうりん

僧門 そうもん

僧房 そうぼう

僧服 そうふく

僧侶 そうりょ

僧俗 そうぞく

僧家 そうか・そうけ

僧院 そういん

僧徒 そうと

僧庵 そうあん

僧堂 そうどう

僧都 そうず

僧階 そうかい

僧帽弁 そうぼうべん

僧職 そうしょく

僧籍 そうせき

〔僅〕きん・わずか

僅差 きんさ

僅僅 きんきん

僅少 きんしょう

〔偽〕ぎ・にせ・いつ
　わり・いつわる

偽札 にせさつ

偽印 ぎいん

偽名 ぎめい

偽作 ぎさく

偽足 ぎそく

偽者 にせもの

偽物 にせもの・ぎぶ
　つ

偽金 にせがね

偽首 にせくび

偽版 ぎはん

偽造 ぎぞう

偽書 ぎしょ

偽称 ぎしょう

偽悪 ぎあく

偽装 ぎそう

偽善 ぎぜん

偽筆 ぎひつ

偽証 ぎしょう

偽電 ぎでん

偽膜 ぎまく

〔僥〕ぎょう

僥倖 ぎょうこう

〔儀〕ぎ

儀仗 ぎじょう

儀礼 ぎれい

儀式 ぎしき

儀典 ぎてん

儀表 ぎひょう

儀容 ぎよう

〔億〕おく

億万 おくまん

億兆 おくちょう

億劫 おっくう

〔僭〕せん・い

僭上 せんじょう

僭主 せんしゅ

僭称 せんしょう

僭越 せんえつ

〔僚〕りょう

僚友 りょうゆう

僚巻 りょうかん

僚船 りょうせん

僚艇 りょうてい

僚機 りょうき

僚艦 りょうかん

〔僕〕ぼく・しもべ・
　やつがれ

僕婢 ぼくひ

〔像〕ぞう

像法 ぞうほう

〔僻〕へき・ひが・ひ
　がむ・ひがみ

僻心 ひがごころ

僻目 ひがめ

僻地 へきち

僻村 へきそん

僻見 へきけん

僻事 ひがごと

僻根性 ひがみこん
　じょう

僻陬 へきすう

僻遠 へきえん

僻説 へきせつ

僻論 へきろん

〔儂〕のう・どう・わ
　し

〔僮〕とう

僮僕 とうぼく

〔優〕ゆう・すぐれ
　る・まさり・まさ
　る・やさ・やさしい

優女 やさおんな

優生 ゆうせい

優生学 ゆうせいが
　く

優劣 ゆうれつ

優先 ゆうせん

優位 ゆうい

優男 やさおとこ

優形 やさがた

優良 ゆうりょう

優性 ゆうせい

優秀 ゆうしゅう

優姿 やさすがた

優待 ゆうたい

優退 ゆうたい

優柔 ゆうじゅう

優美 ゆうび

優婉 ゆうえん

優渥 ゆうあく

優遇 ゆうぐう

優勝 ゆうしょう

優等 ゆうとう

優越 ゆうえつ

優勢 ゆうせい

優雅 ゆうが

優賞 ゆうしょう

優諚 ゆうじょう

優曇華 うどんげ

優駿 ゆうしゅん

優麗 ゆうれい

優艶 ゆうえん

〔儘〕じん・まま・ま
　んま

〔儒〕じゅ

儒生 じゅせい

儒艮 じゅごん

儒仏 じゅぶつ

儒学 じゅがく

儒者 じゅしゃ

儒家 じゅか

儒教 じゅきょう

儒道 じゅどう

〔儚〕ぼう・はかな
　い・はかなむ

〔償〕しょう・つぐな
　い・つぐなう・まど
　う

償却 しょうきゃく

償金 しょうきん

償還 しょうかん

〔儲〕ちょ・もうけ・
　もうかる

儲蓄 ちょちく

〔儼〕げん

儼存 げんそん

儼然 げんぜん

儿 部

〔允〕いん

允可 いんか

允許 いんきょ

〔元〕がん・げん・も
　と・もとへ・もとよ

り

元三 がんざん
元元 もともと
元手 もとで
元日 がんじつ
元凶 げんきょう
元本 がんぽん
元正 がんしょう
元号 げんごう
元込 もとごめ
元旦 がんたん
元年 がんねん
元兇 げんきょう
元気 げんき
元老 げんろう
元来 がんらい
元利 がんり
元価 げんか
元始 がんし
元金 がんきん
元服 げんぷく
元物 げんぶつ
元祖 がんそ
元首 げんしゅ
元帥 げんすい
元高 もとだか
元宵 げんしょう
元素 げんそ
元値 もとね
元帳 もとちょう
元結 もとゆい
元朝 がんちょう
元禄 げんろく
元禄袖 げんろくそで
元禄模様 げんろくもよう
元種 もとだね
元締 もとじめ
元勲 げんくん
〔兄〕けい・せ・きょう・あに・あにい
兄君 せのきみ
兄弟 けいてい・きょうだい
兄弟子 あにでし
兄事 けいじ

兄姉 けいし
兄貴 あにき
兄嫁 あによめ
〔充〕じゅう・みつ・あて・あてる・みたす・みちる
充分 じゅうぶん
充用 じゅうよう
充血 じゅうけつ
充当 じゅうとう
充足 じゅうそく
充実 じゅうじつ
充員 じゅういん
充満 じゅうまん
充溢 じゅういつ
充塞 じゅうそく
充填 じゅうてん
充電 じゅうでん
〔兆〕ちょう・きざし
兆候 ちょうこう
〔光〕こう・ひから
す・ひかり・ひかる
光力 こうりょく
光子 こうし
光圧 こうあつ
光年 こうねん
光芒 こうぼう
光合成 こうごうせい
光沢 こうたく
光来 こうらい
光画 こうが
光波 こうは
光学 こうがく
光房 こうぼう
光明 こうみょう
光物 ひかりもの
光度 こうど
光背 こうはい
光栄 こうえい
光点 こうてん
光風 こうふう
光速度 こうそくど
光陰 こういん
光彩 こうさい
光被 こうひ
光琳 こうりん

光景 こうけい
光量子 こうりょうし
光源 こうげん
光跡 こうせき
光電池 こうでんち
光電管 こうでんかん
光熱 こうねつ
光線 こうせん
光輪 こうりん
光輝 こうき・ひかりかがやく
光頭 こうとう
光蘚 ひかりごけ
光臨 こうりん
光耀 こうよう
〔兇〕きょう
兇刃 きょうじん
兇手 きょうしゅ
兇行 きょうこう
兇状 きょうじょう
兇変 きょうへん
兇徒 きょうと
兇悪 きょうあく
兇猛 きょうもう
兇弾 きょうだん
兇漢 きょうかん
兇賊 きょうぞく
兇器 きょうき
〔先〕せん・さき・さきんずる・さきんじる・さっき・まず・ま
先人 せんじん
先入 せんにゅう
先入観 せんにゅうかん
先口 せんくち
先山 さきやま
先以 まずもって
先太 さきぶと
先夫 せんぷ
先王 せんのう
先天 せんてん
先方 せんぽう
先日 せんじつ・さき

のひ
先手 さきて・せんて
先月 せんげつ
先付 さきづけ
先代 せんだい
先込 さきごめ
先払 さきばらい
先占 せんせん
先史 せんし
先立 さきだつ・さきだてる
先生 せんせい
先年 せんねん・さきとし
先任 せんにん
先先 せんせん・さきざき
先安 さきやす
先守 さきもり
先地 さきじ
先行 せんこう・さきいき・さきゆき
先回 さきまわり
先考 せんこう
先住 せんじゅう
先決 せんけつ
先攻 せんこう
先君 せんくん
先物 さきもの
先見 せんけん
先走 さきばしる
先例 せんれい
先制 せんせい
先刻 せんこく
先学 せんがく
先夜 せんや
先妻 せんさい
先取 せんしゅ・さきどり
先非 せんぴ
先乗 さきのり
先帝 せんてい
先便 せんびん
先夫 せんぷ
先限 さきぎり
先客 せんきゃく
先度 せんど
先後 せんご

先祖 せんぞ
先染 さきぞめ
先発 せんぱつ
先約 せんやく
先借 さきがり
先途 せんど
先陣 せんじん
先哲 せんてつ
先烈 せんれつ
先般 せんぱん
先高 さきだか
先師 せんし
先進 せんしん
先週 せんしゅう
先細 さきぼそ・さきぼそり
先着 せんちゃく
先頃 さきごろ
先備 さきぞなえ
先渡 さきわたし
先達 せんだつ・せんだって
先覚 せんかく
先棒 さきぼう
先勝 せんしょう・さきがち
先番 せんばん
先程 さきほど
先登 せんとう
先買 さきがい
先貸 さきがし
先触 さきぶれ
先腹 せんぷく
先遣 せんけん
先端 せんたん
先駆 さきがける・さきがけ・ぜんく
先潜 さきくぐり
先憂後楽 せんゆうこうらく
先導 せんどう
先撮 さきどり
先様 さきさま
先箱 さきばこ
先輩 せんぱい
先鋒 せんぽう
先鋭 せんえい

先駆 さきがける・さきがけ
先賢 せんけん
先隣 さきどなり
先頭 せんとう
先蹤 せんしょう
先鞭 せんべん
先験的 せんけんてき
先験論 せんけんろん
先蹤 せんしゅう
先議 せんぎ
〔児〕じ・こ・ちご
児女 じじょ
児孫 じそん
児童 じどう
児戯 じぎ
〔兌〕だ
兌換 だかん
〔克〕こう・こく・かつ
克己 こっき
克明 こくめい
克服 こくふく
克取 かちとる
克復 こくふく
〔免〕めん・ゆるす・めんずる・めんじる・まぬかれる・まぬがれる
免囚 めんしゅう
免状 めんじょう
免役 めんえき
免官 めんかん
免疫 めんえき
免除 めんじょ
免租 めんそ
免許 めんきょ
免税 めんぜい
免訴 めんそ
免罪 めんざい
免職 めんしょく
〔兎〕と・う・うさぎ
兎角 とかく・とにかく・ともかく・とやかく

兎唇 いぐち・としん・みつくち
兎毛 うのけ
〔党〕とう
党人 とうじん
党内 とうない
党争 とうそう
党同伐異 とうどうばつい
党利 とうり
党性 とうせい
党則 とうそく
党派 とうは
党是 とうぜ
党紀 とうき
党首 とうしゅ
党風 とうふう
党員 とういん
党務 とうむ
党情 とうじょう
党略 とうりゃく
党規 とうき
党規約 とうきやく
党葬 とうそう
党費 とうひ
党勢 とうせい
党旗 とうき
党閥 とうばつ
党弊 とうへい
党類 とうるい
党籍 とうせき
党議 とうぎ
〔兜〕と・かぶと
兜巾 ときん
〔競〕きょう
競競 きょうきょう

ム 部

〔去〕きょ・さる・さんぬる・いなす・いぬ
去月 きょげつ
去冬 きょとう
去年 きょねん・こぞ
去迎 さりとて
去声 きょしょう・きょせい

去来 きょらい
去状 さりじょう
去春 きょしゅん
去秋 きょしゅう
去就 きょしゅう
去歳 きょさい
去勢 きょせい
〔弁〕べん・べんじる・べんずる・わきまえる
弁口 べんこう
弁士 べんし
弁才 べんさい
弁天 べんてん
弁巧 べんこう
弁舌 べんぜつ
弁別 べんべつ
弁明 べんめい
弁柄 ベンガラ
弁務官 べんむかん
弁疏 べんそ
弁済 べんさい
弁理 べんり
弁証法 べんしょうほう
弁解 べんかい
弁當 べんとう
弁膜 べんまく
弁髪 べんぱつ
弁駁 べんばく
弁慶 べんけい
弁論 べんろん
弁償 べんしょう
弁難 べんなん
弁護 べんご
〔参〕まいる・さんずる・さんじる・さんずる
参入 さんにゅう
参上 さんじょう
参与 さんよ
参内 さんだい
参加 さんか
参列 さんれつ
参向 さんこう
参会 さんかい
参考 さんこう

参事 さんじ
参拝 さんぱい
参画 さんかく
参学 さんがく
参政 さんせい
参看 さんかん
参院 さんいん
参差 さんし
参宮 さんぐう
参酌 さんしゃく
参進 さんしん
参堂 さんどう
参謀 さんぼう
参集 さんしゅう
参道 さんどう
参朝 さんちょう
参着 さんちゃく
参賀 さんが
参照 さんしょう
参戦 さんせん
参殿 さんでん
参詣 さんけい
参稼 さんか
参観 さんかん
参議 さんぎ
参籠 さんろう

氵 部

〔汁〕しゅう・じゅう・しる・つゆ
汁気 しるけ
汁物 しるもの
汁粉 しるこ
汁液 じゅうえき
汁椀 しるわん
〔汀〕てい・なぎさ・みぎわ
汀線 ていせん
〔氾〕はん
氾濫 はんらん
〔汗〕かん・あせ・あせばむ
汗水 あせみず
汗牛充棟 かんぎゅうじゅうとう
汗押 あせおさえ
汗取 あせとり

汗染 あせじみる
汗疣 あせも
汗臭 あせくさい
汗馬 かんば
汗疹 あせも
汗雫 あせしずく
汗塗 あせまみれ
汗腺 かんせん
汗顔 かんがん
汗襦袢 あせじゅばん
〔江〕こう・え
江上 こうじょう
江戸 えど
江戸子 えどっこ
江戸寿司 えどずし
江戸前 えどまえ
江戸時代 えどじだい
江戸褄 えどづま
江戸紫 えどむらさき
江戸詰 えどづめ
江河 こうが
江東 こうとう
江南 こうなん
江浦草鬟 つくもがみ
江畔 こうはん
江都 こうと
江湖 こうこ
〔池〕ち・いけ
池心 ちしん
池沼 ちしょう
池亭 ちてい
池畔 ちはん
〔汚〕お・きたない・きたならしい・けがす・けがれ・けがれる・けがらわしい・よごれ・よごれる・よごす
汚水 おすい
汚吏 おり
汚名 おめい
汚行 おこう
汚役 よごれやく

汚泥 おでい	沈思 ちんし	決勝 けっしょう	沙塵 さじん	〔泣〕きゅう・なく
汚物 おぶつ	沈香 じんこう	決然 けつぜん	沙弥 しゃみ	なき・なかす・なか
汚臭 おしゅう	沈設 ちんせつ	決意 けつい	沙羅 さら・しゃら	せる・なける
汚染 おせん	沈酔 ちんすい	決戦 けっせん	〔沖〕ちゅう・おき・	泣入 なきいる
汚染米 おせんまい	沈魚 しずみうお	決算 けっさん	沖天 ちゅうてん	泣上戸 なきじょう
汚毒 おどく	沈船 ちんせん	決潰 けっかい	沖合 おきあい	こ
汚点 おてん	沈滞 ちんたい	決選 けっせん	沖仲仕 おきなかし	泣女 なきおんな
汚俗 おぞく	沈淪 ちんりん	決壊 けっかい	沖津 おきつ	泣立 なきたてる
汚辱 おじょく	沈湎 ちんめん	決闘 けっとう	沖釣 おきづり	泣叫 なきさけぶ
汚損 おそん	沈着 ちんちゃく	決議 けつぎ	沖魚 おきうお	泣出 なきだす
汚濁 おだく・おじょ	沈痛 ちんつう	〔沐〕もく	沖積 ちゅうせき	泣込 なきこむ
く	沈殿 ちんでん	沐浴 もくよく	〔汽〕き	泣付 なきつく
汚穢 おあい・おわい	沈静 ちんせい	沐猴 もっこう	汽圧 きあつ	泣虫 なきむし
汚職 おしょく	沈潜 ちんせん	〔没〕ぼつ・もつ・し	汽水 きすい	泣伏 なきふす
〔汎〕はん・うかぶ	沈澱 ちんでん	ずむ・しずむ	汽車 きしゃ	泣言 なきごと
汎心論 はんしんろ	沈黙 ちんもく	没入 ぼつにゅう	汽笛 きてき	泣沈 なきしずむ
ん	沈鐘 ちんしょう	没収 ぼっしゅう	汽船 きせん	泣声 なきごえ
汎用 はんよう	沈鬱 ちんうつ	没分暁漢 わからず	汽筒 きとう	泣別 なきわかれ
汎米主義 はんべい	〔沢〕たく・さわ	や	汽艇 きてい	泣泣 なきなき・なく
しゅぎ	沢山 たくさん	没交渉 ぼっこうし	汽筅 きとう	なく
汎神論 はんしんろ	沢辺 さわべ	ょう	汽罐 きかん	泣所 なきどころ
ん	沢庵 たくわん・たく	没年 ぼつねん	〔沃〕よう・よく・い	泣明 なきあかす
汎称 はんしょう	あん	没却 ぼっきゃく	る	泣味噌 なきみそ
汎愛 はんあい	沢煮 さわに	没我 ぼつが	沃土 よくど	泣面 なきつら
汎論 はんろん	沢瀉 おもだか	没取 ぼっしゅ	沃化 ようか	泣真似 なきまね
〔汐〕しお	沢蟹 さわがに	没前 ぼつぜん	沃地 よくち	泣笑 なきわらい
汐干 しおひ	〔決〕けつ・きまる・	没食子 ぼっしょく	沃素 ようそ	泣寄 なきより
汐先 しおさき	きめ・さくり	し・もっしょくし	沃野 よくや	泣崩 なきくずれる
汐時 しおどき	決文句 きまりもん	没後 ぼつご	〔汲〕きゅう・くむ	泣訴 きゅうそ
〔汝〕じょ・いまし・	く	没書 ぼっしょ	汲入 くみいれる	泣落 なきおとし
な・なむち・なん	決心 けっしん	没理想 ぼつりそう	汲干 くみほす	泣寝入 なきねいり
じ・なれ・まし・み	決手 きめて	没常識 ぼつじょう	汲上 くみあげる	泣暮 なきくらす
まし	決付 きめつける	しき	汲水 きゅうすい	泣腫 なきはらす
〔沈〕ちん・しん・じ	決込 きめこむ	没落 ぼつらく	汲分 くみわける	泣縋 なきすがる
ん・しずみ・しず	決死 けっし	没義道 もぎどう	汲立 くみたて	泣噦 なきじゃくる
む・しずめる	決行 けっこう	没趣味 ぼっしゅみ	汲出 くみだし・くみ	泣濡 なきぬれる
沈丁花 じんちょう	決定 けってい	没頭 ぼっとう	だす	泣顔 なきがお
げ・ちんちょうげ	決河 けっか	没薬 もつやく	汲込 くみこむ	〔注〕ちゅう・そそ
沈下 ちんか	決所 きめどころ	〔沙〕さ・しゃ・す・	汲汲 きゅうきゅう	ぎ・そそぐ・つぐ
沈子 ちんし	決起 けっき	すな・いさご	汲取 くみとり・くみ	さす
沈水 ちんすい	決済 けっさい	沙汰 さた	とる	注入 ちゅうにゅう
沈没 ちんぼつ	決断 けつだん	沙汰止 さたやみ	汲乾 くみほす	注口 つぎくち
沈沈 ちんちん	決球 きめだま	沙門 しゃもん	汲置 くみおき	注文 ちゅうもん
沈吟 ちんぎん	決悪 きまりわるい	沙蚕 ごかい	汲替 くみかえる	注水 ちゅうすい
沈金 ちんきん	決着 けっちゃく	沙翁 しゃおう	〔沁〕しん・しむ	注目 ちゅうもく
沈勇 ちんゆう	決裁 けっさい	沙魚 はぜ	沁沁 しみじみ	注込 つぎこむ
沈降 ちんこう	決裂 けつれつ	沙漠 さばく	〔沱〕だ・た	注油 ちゅうゆ・さし

あぶら

注音符号 ちゅうおんふごう
注記 ちゅうき
注連 しめ
注連飾 しめかざり
注連縄 しめなわ
注射 ちゅうしゃ
注視 ちゅうし
注脚 ちゅうきゃく
注釈 ちゅうしゃく
注進 ちゅうしん
注疏 ちゅうそ
注解 ちゅうかい
注意 ちゅうい
注腸 ちゅうちょう
注薬 さしぐすり
〔法〕ほう・のっとる・のり
法力 ほうりき
法人 ほうじん
法文 ほうぶん・ほうもん
法王 ほうおう
法主 ほうしゅ・ほっしゅ・ほっす
法号 ほうごう
法外 ほうがい
法印 ほういん
法令 ほうれい
法衣 ほうい・ほうえ
法式 ほうしき
法会 ほうえ
法医学 ほういがく
法名 ほうみょう
法弟 ほうてい
法体 ほうたい・ほったい
法廷 ほうてい
法定 ほうてい
法官 ほうかん
法治 ほうち
法学 ほうがく
法事 ほうじ
法帖 ほうじょう
法典 ほうてん
法門 ほうもん

法例 ほうれい
法制 ほうせい
法的 ほうてき
法服 ほうふく
法度 はっと
法相 ほうしょう
法城 ほうじょう
法要 ほうよう
法則 ほうそく
法界 ほうかい
法科 ほうか
法律 ほうりつ
法家 ほうか
法案 ほうあん
法益 ほうえき
法悦 ほうえつ
法務 ほうむ
法華 ほっけ
法華経 ほけきょう
法師 ほうし
法規 ほうき
法曹 ほうそう
法理 ほうり
法問 ほうもん
法眼 ほうげん
法貨 ほうか
法話 ほうわ
法嗣 ほうし
法楽 ほうらく
法統 ほうとう
法語 ほうご
法網 ほうもう
法器 ほうき
法談 ほうだん
法輪 ほうりん
法灯 ほうとう
法橋 ほっきょう
法螺 ほら
法螺吹 ほらふき
法螺貝 ほらがい
法難 ほうなん
〔泳〕えい・およぎ・およぐ・およがせる
泳法 えいほう
泳者 えいしゃ
〔泌〕ひ・ひつ

泌尿器 ひにょうき
〔沫〕あわ・まつ
沫雪 あわゆき
〔沛〕はい
沛然 はいぜん
〔河〕か・かわ
河口 かこう・かわぐち
河川 かせん
河太郎 かわたろう
河水 かすい
河床 かしょう・かわどこ
河谷 かこく
河系 かけい
河岸 かし・かわぎし
河底 かてい
河食 かしょく
河馬 かば
河流 かりゅう
河原 かわら
河骨 かわほね こうほね
河畔 かはん
河清 かせい
河鹿 かじか
河鹿蛙 かじかがえる
河船 かせん・かわね
河豚 ふぐ
河港 かこう
河童 かっぱ
河蝕 かしょく
〔沽〕こ
沽券 こけん
〔沸〕ふつ・にえ・わく・わかす・わき・わかせる
沸上 わきあがる
沸立 わきたつ
沸返 わきかえる
沸沸 ふつふつ
沸点 ふってん
沸起 わきおこる
沸湯 わかしゆ
沸騰 ふっとう

〔泥〕でい・どろ・なずむ・ひじ
泥土 でいど・どろつち
泥火山 でいかざん
泥中 でいちゅう
泥水 でいすい・どろみず
泥田 どろた
泥沙 でいさ
泥状 でいじょう
泥坊 どろぼう
泥足 どろあし
泥沼 どろぬま
泥板岩 でいばんがん
泥砂 でいさ
泥炭 でいたん
泥臭 どろくさい
泥海 どろうみ
泥剤 でいざい
泥除 どろよけ
泥深 どろぶかい
泥酔 でいすい
泥試合 どろじあい
泥道 どろみち
泥棒 どろぼう
泥絵具 どろえのぐ
泥塗 どろまみれ
泥縄 どろなわ
泥障 あおり
泥濘 でいねい・ぬかるみ
泥鰌 どじょう
泥亀 どろがめ
〔沼〕しょう・ぬま・ぬ
沼尻 ぬましり
沼地 ぬまち
沼気 しょうき
沼沢 しょうたく
沼縁 ぬまべり
〔泪〕るい・なみだ
〔沮〕そ・はばむ
沮止 そし
沮喪 そそう
沮廃 そはい

〔油〕ゆ・あぶら
油土 ゆど
油井 ゆせい
油分 ゆぶん
油田 ゆでん
油母頁岩 ゆぼけつがん
油虫 あぶらむし
油団 ゆとん
油色 あぶらいろ
油気 あぶらけ
油状 ゆじょう
油身 あぶらみ
油性 ゆせい
油送 ゆそう
油単 ゆたん
油染 あぶらじみる
油差 あぶらさし
油屋 あぶらや
油剤 ゆざい
油症 ゆしょう
油脂 ゆし
油紙 ゆし・あぶらがみ
油粕 あぶらかす
油粘土 あぶらねんど
油断 ゆだん
油菜 あぶらな
油彩 ゆさい
油揚 あぶらげ・あぶらあげ
油絵 あぶらえ
油絵具 あぶらえのぐ
油然 ゆうぜん
油煙 ゆえん
油照 あぶらでり
油滴 ゆてき
油層 ゆてき
油障子 あぶらしょうじ
油槽 ゆそう
油蝉 あぶらぜみ
油類 ゆるい
〔況〕きょう・まして・いわんや
〔泊〕はく・とまる・とめる・とまり

泊込 とまりこむ	〔沿〕えん・ぞい・そ	洋室 ようしつ	あらう	活社会 かっしゃか
泊地 はくち	う	洋品 ようひん	洗上 あらいあげる	い
泊明 とまりあけ	沿岸 えんがん	洋食 ようしょく	洗礼 せんれい	活花 いけばな
泊掛 とまりかけ	沿革 えんかく	洋紅 ようこう	洗立 あらいたて	活路 かつろ
泊番 とまりばん	沿海 えんかい	洋風 ようふう	洗出 あらいだし	活作 いけづくり
〔泡〕ほう・あわ・あ	沿道 えんどう	洋酒 ようしゅ	洗米 せんまい	活況 かっきょう
ぶく	沿路 えんろ	洋書 ようしょ	洗朱 あらいしゅ	活性 かっせい
泡立 あわだつ	沿線 えんせん	洋紙 ようし	洗車 せんしゃ	活版 かっぱん
泡沫 ほうまつ・うた	〔治〕ち・じ・ちす	洋菓子 ようがし	洗足 せんそく	活活 いきいき
かた	る・じする・なお	洋陶 ようとう	洗物 あらいもの	活計 かっけい
泡雪 あわゆき	る・おさまり・おさ	洋梨 ようなし	洗浄 せんじょう	活発 かっぱつ
泡盛 あわもり	まる・おさめる	洋裁 ようさい	洗面 せんめん	活栓 かっせん
泡銭 あぶくぜに	治下 ちか	洋琴 ようきん	洗炭 せんたん	活殺 かっさつ
〔波〕は・なみ	治山 ちさん	洋装 ようそう	洗粉 あらいこ	活魚 かつぎょ・いけ
波戸 はと	治水 ちすい	洋間 ようま	洗浚 あらいざらい	うお
波戸場 はとば	治世 ちせい	洋傘 ようがさ	洗剤 せんざい	活魚車 かつぎょし
波止 はと	治外法権 ちがいほ	洋楽 ようがく	洗晒 あらいざらし	ゃ
波止場 はとば	うけん	洋語 ようご	洗張 あらいはり	活眼 かつがん
波及 はきゅう	治安 ちあん	洋髪 ようはつ	洗脳 せんのう	活動 かつどう
波立 なみだつ	治乱 ちらん	洋綴 ようとじ	洗眼 せんがん	活潑 かっぱつ
波打 なみうつ	治定 じじょう	洋算 ようざん	洗滌 せんじょう・せ	活着 かっちゃく
波打際 なみうちぎわ	治効 ちこう	洋銀 ようぎん	んでき	活劇 かつげき
波布 はぶ	治者 ちしゃ	洋種 ようしゅ	洗湯 せんとう	活線 かっせん
波布草 はぶそう	治国 ちこく	洋舞 ようぶ	洗場 あらいば	活餌 いきえ
波布茶 はぶちゃ	治産 ちさん	洋膜 ようまく	洗練 せんれん	活躍 かつやく
波旬 はじゅん	治療 ちりょう	洋館 ようかん	洗髪 せんぱつ・あら	〔洛〕らく
波浪 はろう	治績 ちせき	〔洪〕こう	いがみ	洛中 らくちゅう
波状 はじょう	治験 ちけん	洪水 こうずい	洗練 せんれん	洛内 らくない
波長 はちょう	治癒 ちゆ	洪恩 こうおん	洗熊 あらいぐま	洛北 らくほく
波板 なみいた	〔洲〕しゅう・す	洪積 こうせき	洗濯 せんたく・あら	洛外 らくがい
波枕 なみまくら	洲浜 すはま	洪積世 こうせきせい	いすすぎ	洛西 らくせい
波面 はめん	〔洋〕よう	〔津〕しん・つ	洗顔 せんがん	洛東 らくとう
波食 はしょく	洋刀 ようとう	津波 つなみ	〔活〕かつ・いかす	洛南 らくなん
波乗 なみのり	洋才 ようさい	津津 しんしん	・いかる・いき・いく	洛陽 らくよう
波風 なみかぜ	洋弓 ようきゅう	津津浦浦 つつうら	・いける・はたらく	〔派〕は・はする
波除 なみよけ	洋上 ようじょう	うら	活人画 かつじんが	派分 はわけ
波紋 はもん	洋犬 ようけん	津浪 つなみ	活力 かつりょく	派手 はで
波動 はどう	洋本 ようほん	〔洞〕どう・とう・ほ	活火山 かっかざん	派出 はしゅつ
波間 はかん・なみま	洋生 ようなま	ら	活尺 かっしゃく	派生 はせい
波路 なみじ	洋洋 ようよう	洞穴 どうけつ・ほら	活仏 かつぶつ	派別 はべつ
波蝕 はしょく	洋式 ようしき	あな	活写 かつしゃ	派兵 はへい
波線 はせん	洋灰 ようかい	洞見 どうけん	活弁 かつべん	派遣 はけん
波頭 はとう・なみが	洋行 ようこう	洞門 どうもん	活用 かつよう	派閥 はばつ
しら	洋法 ようほう	洞峠 ほらがとうげ	活字 かつじ	〔洒〕しゃ・すすぐ
波濤 はとう	洋学 ようがく	洞窟 どうくつ	活字人間 かつじにん	洒洒落落 しゃしゃ
波瀾 はらん	洋画 ようが	洞察 どうさつ	げん	らくらく
波羅蜜 はらみつ	洋服 ようふく	〔洗〕せん・あらい・	活気 かっき	洒脱 しゃだつ

洒落 しゃれ・しゃれる・しゃらく	浄写 じょうしゃ	流行唄 はやりうた	せつ	くりん
洒落込 しゃれこむ	浄机 じょうき	流行廃り はやりすたり	流暢 りゅうちょう	酒米 しゅまい
洒落気 しゃれっけ	浄衣 じょうえ	流行歌 はやりうた	流網 ながしあみ	酒肉 しゅにく
洒落臭 しゃらくさい	浄曲 じょうきょく	流沫 りゅうまつ	流弊 りゅうへい	酒色 しゅしょく
〔湸〕はな	浄血 じょうけつ	流刑 りゅうけい・るけい	流儀 りゅうぎ	酒気 しゅき
湸亜 はなたらし・はなたれ	浄玻璃 じょうはり	流汗 りゅうかん	流撮 ながしどり	酒好 さけずき
〔浅〕もる・もれ・もれる・もらす	浄玻璃鏡 じょうはりのかがみ	流伝 りゅうでん	流箱 ながしばこ	酒杜氏 さかとうじ
〔浅〕せん・あさ・あさい・あさましい・あさ	浄書 じょうしょ	流血 りゅうけつ	流線 りゅうせん	酒浸 さけびたり
浅才 せんさい	浄財 じょうざい	流会 りゅうかい	流灯 りゅうとう	酒呑 さけのみ
浅手 あさで	浄域 じょういき	流言 りゅうげん	流竄 りゅうざん	酒乱 しゅらん
浅見 せんけん	浄福 じょうふく	流作業 ながれさぎょう	流謫 るたく	酒杯 しゅはい
浅学 せんがく	浄罪 じょうざい	流体 りゅうたい	流離 りゅうり・さすらい・さすらう	酒肴 しゅこう・さけさかな
浅茅 あさじ	浄瑠璃 じょうるり	流者 ながれもの	流麗 りゅうれい	酒肥 さかぶとり・さけぶとり
浅知恵 あさちえ	〔洽〕こう・あまねく	流板 ながしいた	流鏑馬 やぶさめ	酒客 しゅかく
浅草海苔 あさくさのり	〔流〕りゅう・る・ながす・ながれる・ながれ	流歩 ながれあるく	流露 りゅうろ	酒祝 さかほがい
浅草紙 あさくさがみ	流人 るにん	流物 ながれもの	〔浪〕ろう・らん・なみ	酒盃 しゅはい
浅春 せんしゅん	流入 りゅうにゅう	流派 りゅうは	浪人 ろうにん	酒屋 さかや
浅紅 せんこう	流亡 りゅうぼう	流砂 りゅうさ・りゅうしゃ	浪士 ろうし	酒食 しゅしょく・さけくらい
浅海 せんかい	流下 りゅうか	流星 りゅうせい・ながれぼし	浪宅 ろうたく	酒保 しゅほ
浅酌 せんしゃく	流元 ながしもと	流俗 りゅうぞく	浪曲 ろうきょく	酒家 しゅか
浅黄 あさぎ	流木 りゅうぼく	流流 りゅうりゅう	浪花節 なにわぶし	酒宴 しゅえん
浅黒 あさぐろい	流水 りゅうすい	流浪 るろう	浪界 ろうかい	酒席 しゅせき
浅葱 あさぎ・あさつき	流氷 りゅうひょう	流涎 りゅうぜん	浪浪 ろうろう	酒倉 さかぐら
浅智慧 あさちえ	流布 るふ	流涕 りゅうてい	浪費 ろうひ	酒徒 しゅと
浅蜊 あさり	流打 ながしうち	流連 りゅうれん	浪路 なみじ	酒造 しゅぞう
浅傷 あさで	流民 りゅうみん・るみん	流通 りゅうつう	浪漫 ろうまん	酒粕 さけかす
浅漬 あさづけ	流込 ながれこむ	流速 りゅうそく	〔涕〕てい・なみだ	酒黄色 しゅおうしょく
浅緑 あさみどり	流矢 ながれや	流造 ながれづくり	涕泣 ているきゅう	酒盛 さかもり
浅慮 せんりょ	流失 りゅうしつ	流産 りゅうざん	涕涙 ているい	酒焼 さかやけ
浅薄 せんぱく	流行 りゅうこう・はやり・はやる・はやらす・はやらせる	流域 りゅういき	〔浦〕ほ・うら	酒場 さかば
浅瀬 あさせ	流行目 はやりめ	流転 るてん	浦人 うらびと	酒壺 さかつぼ
〔浄〕じょう・きよめる	流行児 はやりっこ	流動 りゅうどう	浦曲 うらわ	酒量 しゅりょう
浄几 じょうき	流行妓 はやりっこ	流寓 りゅうぐう	浦波 うらなみ	酒税 しゅぜい
浄土 じょうど	流行風邪 はやりかぜ	流弾 りゅうだん・ながれだま	浦里 うらざと	酒飲 さけのみ
浄火 じょうか		流場 ながしば	浦風 うらかぜ	酒塩 さかしお
浄化 じょうか		流量 りゅうりょう	〔酒〕しゅ・さか・さけ	酒豪 しゅごう
浄水 じょうすい		流罪 るざい	酒太 さかぶとり・さけぶとり	酒精 しゅせい
		流感 りゅうかん	酒手 さかて	酒蔵 さかぐら
		流解散 ながれかいさん	酒石酸 しゅせきさん	酒槽 さかぶね
		流説 りゅうせつ・る	酒仙 しゅせん	酒器 しゅき
			酒代 さかだい	酒樽 さかだる
			酒池肉林 しゅちにく	酒興 しゅきょう
				酒甕 さかがめ

酒糟 さけかす	消音 しょうおん	浮身 うきみ	浴掛 あびせかける	海図 かいず
酒癖 しゅへき・さけ	消退 しょうたい	浮河竹 うきかわた	浴場 よくじょう	海里 かいり
くせ	消飛 けしとぶ	け	浴槽 よくそう	海兵 かいへい
酒類 しゅるい	消炭 けしずみ	浮草 うきくさ	〔浩〕こう	海底 かいてい
〔涌〕ゆう・よう・わ	消臭 しょうしゅう	浮浮 うきうき	浩浩 こうこう	海泡石 かいほうせ
く・わき・わかす	消消 きえぎえ	浮流 ふりゅう	浩然 こうぜん	き
涌水 わきみず	消耗 しょうこう・し	浮浪 ふろう	浩瀚 こうかん	海事 かいじ
涌出 ゆうしゅつ	ょうもう	浮荷 うきに	〔海〕かい・うみ・う	海苔 のり
〔浸〕しん・つかる・	消壺 けしつぼ	浮島 うきしま	な・あま	海苔巻 のりまき
つく・つける・した	消夏 しょうか	浮鳥 うかれがらす	海人 あま	海幸 うみのさち
す・ひたす・ひたる	消残 きえのこる	浮華 ふか	海人小舟 あまおぶ	海松 みる
浸入 しんにゅう	消息 しょうそく	浮萍 うきくさ	ね	海参 いりこ
浸水 しんすい	消雪 しょうせつ	浮屠 ふと	海人草 かいにんそ	海洋 かいよう
浸礼 しんれい	消散 しょうさん	浮彫 うきぼり	う・まくり	海洋開発 かいよう
浸出 しんしゅつ	消極 しょうきょく	浮巣 うきす	海上 かいじょう	かいはつ
浸物 ひたしもの	消費 しょうひ	浮袋 うきぶくろ	海山 うみやま	海神 かいじん・わた
浸染 しんぜん	消閑 しょうかん	浮魚 うきうお	海女 あま	つみ
浸炭 しんたん	消然 しょうぜん	浮動 ふどう	海千山千 うみせん	海風 かいふう
浸食 しんしょく	消滅 しょうめつ	浮游 ふゆう	やません	海面 かいめん
浸剤 しんざい	消渇 しょうかち	浮遊 ふゆう	海水 かいすい	海草 かいそう
浸透 しんとう	消磨 しょうま	浮揚 ふよう	海水魚 かいすいぎ	海峡 かいきょう
浸灯 しんしょく	消灯 しょうとう	浮雲 ふうん・うきぐ	ょ	海軍 かいぐん
浸潤 しんじゅん	〔浮〕ふ・うく・う	も	海王星 かいおうせ	海星 ひとで
〔消〕しょう・きえ	き・うかし・うか	浮貸 うきがし	い	海食 かいしょく
る・けす	す・うかべる・うか	浮寝 うきね	海内 かいだい	海胆 うに
消入 きえいる	ばれる・うかぶ	浮腰 うきごし	海中 かいちゅう わ	海容 かいよう
消硝子 けしガラス	浮力 ふりょく	浮腫 ふしゅ・むくむ	たなか	海馬 かいば
消口 けしくち	浮上 ふじょう・うか	浮説 ふせつ	海仁草 まくり	海浜 かいひん
消火 しょうか	びあがる・うきあが	浮塵子 うんか	海手 うみて	海流 かいりゅう
消止 けしとめる	る	浮調子 うかれちょ	海牛 うみうし	海月 くらげ
消化 しょうか	浮子 うき	うし	海区 かいく	海原 うなばら・わた
消石灰 しょうせっ	浮女 うかれめ	浮標 ふひょう	海市 かいし	のはら
かい	浮木 ふぼく・うきぎ	浮薄 ふはく	海辺 かいへん・うみ	海域 かいいき
消失 しょうしつ・き	浮立 うきたつ	浮橋 うきはし	べ	海員 かいいん
えせる	浮氷 ふひょう	浮顔 うかぬかお	海布 め	海狸 かいり
消去 しょうきょ・け	浮世 ふせい・うきよ	浮織 うきおり	海外 かいがい	海豹 かいひょう・あ
しさる	浮石 うきいし	浮瀬 うかぶせ	海老 えび	ざらし
消印 けしいん	浮出 うかびでる・う	浮嚢 うきぶくろ	海老茶 えびちゃ	海産 かいさん
消尽 しょうじん	かれだす・うきでる	〔浴〕よく・あびる・	海老腰 えびごし	海軟風 かいなんぷ
消光 しょうこう	浮付 うわつく	あびせる	海老錠 えびじょう	う
消沈 しょうちん	浮舟 うきふね	浴用 よくよう	海老蟹 えびがに	海陸 かいりく
消却 しょうきゃく	浮名 うきな	浴衣 ゆかた	海芋 かいう	海蛇 うみへび
消防 しょうぼう	浮気 うわき	浴衣掛 ゆかたがけ	海気 かいき	海猫 うみねこ
消長 しょうちょう	浮沈 ふちん・うきし	浴室 よくしつ	海坊主 うみぼうず	海鳥 かいちょう
消毒 しょうどく	ずみ	浴客 よっかく・よっ	海抜 かいばつ	海豚 いるか
消炎 しょうえん	浮足 うきあし	きゃく	海技 かいぎ	海港 かいこう
消果 きえはてる	浮図 ふと	浴後 よくご	海防 かいぼう	

海湾 かいわん	〔浜〕ひん・はま	なす	深追 ふかおい	め・きよめる・きよ
海道 かいどう	浜万年青 はまおも	済世 さいせい	深海 しんかい	まる・きよら・きよ
海雲 もずく	と	済度 さいど	深酒 ふかざけ	らか・さやか・す
海賊 かいぞく	浜千鳥 はまちどり	済済 さいさい・せい	深耕 しんこう	む・すまし・よす
海開 うみびらき	浜木綿 はまゆう	せい	深部 しんぶ	む・すがやか
海運 かいうん	浜手 はまて	済崩 なしくずし	深窓 しんそう	清女 せいじょ
海棠 かいどう	浜辺 はまべ	〔液〕えき・つゆ	深深 しんしん・ふか	清元 きよもと
海象 セイウチ	浜防風 はまぼうふ	液化 えきか	ふか	清水 せいすい・しみ
海溝 かいこう	う	液汁 えきじゅう	深情 ふかなさけ	ず
海戦 かいせん	浜茄子 はまなす	液状 えきじょう	深雪 しんせつ・みゆ	清水舞台 きよみず
海損 かいそん	浜風 はまかぜ	液体 えきたい	き	のぶたい
海路 かいろ・うみ	浜荻 はまおぎ	液肥 えきひ	深淵 しんえん	清汁 すましじる
じ・うなじ	浜納豆 はまなっと	液便 えきべん	深間 ふかま	清光 せいこう
海鼠 なまこ	う	液剤 えきざい	深閑 しんかん	清夜 せいや
海鼠板 なまこいた	浜焼 はまやき	液温 えきおん	深奥 しんおう	清冽 せいれつ
海鼠腸 このわた	浜開 はまびらき	液量計 えきりょう	深意 しんい	清刷 きよずり
海鼠餅 なまこもち	浜路 はまじ	けい	深靴 ふかぐつ	清明 せいめい
海酸漿 うみほおず	〔涙〕るい・なみだ	〔淤〕お	深遠 しんえん	清音 せいおん
き	涙声 なみだごえ	淤血 おけつ	深層 しんそう	清浄 せいじょう・し
海髪 うご・おご・お	涙雨 なみだあめ	〔深〕しん・ふか・ふ	深傷 ふかで	ょうじょう
ごのり	涙金 なみだきん	かい・ふかす・ふか	深緑 しんりょく・ふ	清拭 せいしき・きよ
海関 かいかん	涙痕 るいこん	まる・ふかみ・ふか	かみどり	ぶき
海鳴 うみなり	涙腺 るいせん	む・ふかめる・ふけ	深憂 しんゆう	清風 せいふう
海綿 かいめん	涙脆 なみだもろい	る・み	深編笠 ふかあみが	清宴 せいえん
海蝕 かいしょく	〔涓〕けん	深入 ふかいり	さ	清酒 せいしゅ
海潮音 かいちょう	涓滴 けんてき	深山 しんざん・みや	深慮 しんりょ	清流 せいりゅう
おん	〔涼〕そう	ま	深謀 しんぼう	清新 せいしん
海獣 かいじゅう	涼涼 そうそう	深切 しんせつ	深謝 しんしゃ	清祥 せいしょう
海嘯 かいしょう・つ	〔淀〕でん・よど・よ	深爪 ふかづめ	深邃 しんすい	清書 せいしょ
なみ	どむ・よどみ	深手 ふかで	〔淡〕たん・あわい・	清純 せいじゅん
海燕 うみつばめ	〔淳〕じゅん	深化 しんか	あわす	清涼 せいりょう
海鞘 ほや	淳化 じゅんか	深目 ふかめ	淡水 たんすい	清清 せいせい・すが
海盤車 ひとで	淳朴 じゅんぼく	深交 しんこう	淡白 たんぱく	すがしい
海難 かいなん	淳良 じゅんりょう	深沈 しんちん	淡竹 はちく	清栄 せいえい
海蘊 もずく	〔涼〕りょう・すずし	深更 しんこう	淡泊 たんぱく	清爽 せいそう
海藻 かいそう	い・すずむ・すず	深見草 ふかみぐさ	淡味 たんみ	清掃 せいそう
海亀 うみがめ	み・すずやか	深夜 しんや	淡紅色 たんこうし	清教徒 せいきょうと
海驢 あしか	涼気 りょうき	深刻 しんこく	ょく	清規 せいき・しんぎ
〔涎〕えん・よだれ	涼夜 りょうや	深長 しんちょう	淡淡 たんたん	清婉 せいえん
涎掛 よだれかけ	涼雨 りょうう	深度 しんど	淡雪 あわゆき	清貧 せいひん
〔浚〕しゅん・さらう	涼味 りょうみ	深浅 しんせん	淡黄色 たんこうし	清澄 せいちょう
浚渫 しゅんせつ	涼風 りょうふう・す	深厚 しんこう	ょく	清遊 せいゆう
〔涴〕かん	ずかぜ	深甚 しんじん	淡彩 たんさい	清掻 すががき
浣腸 かんちょう	涼秋 りょうしゅう	深呼吸 しんこきゅう	淡湖 たんこ	清朝 しんちょう・せ
〔浬〕かいり	涼感 りょうかん	深紅 しんこう・しん	淡緑 たんりょく	いちょう
〔涅〕ね・くり	〔済〕せい・さい・す	く	〔清〕しん・せい・し	清勝 せいしょう
涅槃 ねはん	み・すむ すます・		ょう・きよい・きよ	清閑 せいかん

清廉 せいれん	渋茶 しぶちゃ	涸涸 かれがれ	渓流 けいりゅう	湾口 わんこう
清福 せいふく	渋柿 しぶがき	〔淫〕いん・みだら	渓間 けいかん	湾曲 わんきょく
清楚 せいそ	渋紙 しぶがみ	淫行 いんこう	〔淵〕えん・ふち	湾流 わんりゅう
清雅 せいが	渋滞 じゅうたい	淫売 いんばい	淵源 えんげん	湾頭 わんとう
清適 せいてき	渋腹 しぶりばら	淫佚 いんいつ	淵叢 えんそう	〔渾〕こん
清算 せいさん	〔混〕こん・こむ・ま	淫乱 いんらん	淵瀬 ふちせ	渾名 あだな
清談 せいだん	ざる・まじる・まぜ	淫雨 いんう	〔渡〕と・わたし・わ	渾沌 こんとん
清潔 せいけつ	る	淫奔 いんぽん	たす・わたり・わたる	渾身 こんしん
清濁 せいだく	混一 こんいつ	淫事 いんじ	渡世 とせい	渾然 こんぜん
清興 せいきょう	混入 こんにゅう	淫祠 いんし	渡台詞 わたりぜり	〔湊〕そう・みなと
清穆 せいぼく	混用 こんよう	淫風 いんぷう	ふ	〔湮〕えん・いん
清覧 せいらん	混生 こんせい	淫欲 いんよく	渡守 わたしもり	湮没 いんぼつ
清聴 せいちょう	混交 こんこう	淫婦 いんぷ	渡舟 わたしぶね	湮滅 いんめつ
清艶 せいえん	混在 こんざい	淫逸 いんいつ	渡合 わたりあう	〔湛〕たん・たたえ
清鏗 せいかん	混成 こんせい	淫猥 いんわい	渡初 わたりぞめ	る・たたう
〔渚〕しょ・なぎさ・	混同 こんどう	淫楽 いんらく	渡来 とらい	〔渫〕せつ・さらう
みぎわ	混気 まじりけ	淫蕩 いんとう	渡河 とか	〔湖〕こ・みずうみ
〔淋〕りん・さびし	混血 こんけつ	淫慾 いんよく	渡板 わたりいた	湖心 こしん
い・さみしい	混合 こんごう　とみ	淫靡 いんび	渡者 わたりもの	湖水 こすい
淋病 りんびょう	あう	〔淪〕りん	渡奉公 わたりほう	湖底 こてい
淋疾 りんしつ	混沌 こんとん	淪落 りんらく	こう	湖沼 こしょう
淋毒 りんどく	混声 こんせい	〔添〕てん・そい・そ	渡歩 わたりあるく	湖岸 こがん
淋菌 りんきん	混返 まぜかえす・ま	う・そえ・そえる・	渡欧 とおう	湖畔 こはん
淋漓 りんり	ぜっかえす	そわせる・そわる	渡洋 とよう	〔渣〕さ
〔涵〕かん	混作 こんさく	添木 そえぎ	渡座 わたまし	渣滓 さし
涵養 かんよう	混乱 こんらん	添水 そうず	渡海 とかい	〔湘〕しょう
〔淑〕しゅく・しとや	混物 まじりもの	添加 てんか	渡航 とこう	湘南 しょうなん
か	混和 こんわ	添付 てんぷ	渡島 ととう	〔湧〕ゆう・よう・わ
淑女 しゅくじょ	混迷 こんめい	添状 そえじょう	渡渉 としょう	く・わかす
淑徳 しゅくとく	混食 こんしょく	添附 てんぷ	渡船 とせん・わたし	湧出 ゆうしゅつ
〔渉〕しょう	混信 こんしん	添物 そえもの	ぶね	湧水 わきみず
渉外 しょうがい	混浴 こんよく	添乳 そえち	渡鳥 わたりどり	〔湉〕しょ・したむ
渉猟 しょうりょう	混紡 こんぼう	添削 てんさく	渡廊下 わたりろう	したみ
渉禽類 しょうきん	混淆 こんこう	添乗 てんじょう	か	〔渠〕きょ
るい	混然 こんぜん	添書 てんしょ・そえ	渡場 わたしば	渠魁 きょかい
〔渋〕しょう・じゅ	混飯 まぜめし	がき	渡賃 わたしちん	〔渺〕びょう
う・しぶ・しぶい・	混戦 こんせん	添景 てんけい	渡銭 わたしせん	渺茫 びょうぼう
しぶる	混雑 こんざつ	添寝 そいね	渡稼 わたりかせぎ	渺渺 びょうびょう
渋皮 しぶかわ	混線 こんせん	添遂 そいとげる	渡線橋 とせんきょ	〔測〕そく・はかり・
渋団扇 しぶうちわ	混濁 こんだく	〔淘〕とう・よなげ	う	はかる
渋色 しぶいろ	〔渇〕かつ・かわく	る・ゆる	〔游〕ゆう・およぎ・	測地 そくち
渋好 しぶごのみ	渇水 かっすい	淘汰 とうた	およぐ	測定 そくてい
渋渋 しぶしぶ	渇仰 かつごう	〔溢〕かん・ゆあ	游弋 ゆうよく	測度 そくど
渋味 しぶみ	渇望 かつぼう	か・ふなゆ	游技 ゆうぎ	測候所 そっこうじょ
渋染 しぶそめ	〔涸〕こ・かく・から	〔渓〕けい・たに	游泳 ゆうえい	測深 そくしん
渋面 じゅうめん・し	す・かれる	渓声 けいせい	〔湾〕わん	測量 そくりょう
ぶっつら	涸渇 こかつ	渓谷 けいこく	湾入 わんにゅう	

測鉛 そくえん
〔滋〕じ
滋味 じみ
滋強 じきょう
滋養 じよう
滋藤 しげとう
〔港〕こう・みなと
港口 こうこう
港湾 こうわん
〔湯〕とう・ゆ
湯上 ゆあがり
湯女 ゆな
湯文字 ゆもじ
湯元 ゆもと
湯中 ゆあたり
湯水 ゆみず
湯引 ゆびく
湯本 ゆもと
湯玉 ゆだま
湯気 ゆげ
湯冷 ゆざまし・ゆざめ
湯花 ゆばな・ゆのはな
湯呑 ゆのみ
湯豆腐 ゆどうふ
湯治 とうじ
湯沸 ゆわかし
湯炊 ゆだき
湯煙 ゆけむり
湯巻 ゆまき
湯垢 ゆあか
湯茶 ゆちゃ
湯屋 ゆや
湯浴 ゆあみ
湯疲 ゆづかれ
湯畑 ゆけむり
湯華 ゆばな・ゆのはな
湯壺 ゆつぼ
湯桁 ゆげた
湯通 ゆどおし
湯婆 たんぽ
湯桶 ゆとう
湯帷子 ゆかたびら
湯船 ゆぶね
湯葉 ゆば

湯煮 ゆに
湯量 ゆりょう
湯飲 ゆのみ
湯煎 ゆせん
湯掻 ゆがく
湯殿 ゆどの
湯腹 ゆばら
湯漬 ゆづけ
湯瘦 ゆやせ
湯銭 ゆせん
湯槽 ゆぶね
湯熨 ゆのし
湯薬 とうやく
湯灌 ゆかん
〔温〕おん・うん・ぬくい・ぬくとい・ぬくまる・ぬくみ・ぬくめる・ぬくもり・ぬくもる・ぬるい・ぬるむ・あたたまる・あたたか・あたたかい・あたためる
温灰 ぬくばい
温州蜜柑 うんしゅうみかん
温存 おんぞん
温色 おんしょく
温気 うんき
温和 おんわ
温床 おんしょう
温血動物 おんけつどうぶつ
温良 おんりょう
温灸 おんきゅう
温低 おんてい
温服 おんぷく
温度 おんど
温室 おんしつ
温突 オンドル
温厚 おんこう
温故知新 おんこちしん
温柔 おんじゅう
温点 おんてん
温泉 おんせん・いでゆ
温風暖房 おんぷうだんぼう

温容 おんよう
温浴 おんよく
温帯 おんたい
温情 おんじょう
温習 おんしゅう
温湯 おんとう
温雅 おんが
温順 おんじゅん
温暖 おんだん
温罨法 おんあんぽう
温熱 おんねつ
温蔵庫 おんぞうこ
温顔 おんがん
〔湿〕しつ・しとる・しめす・しめり・しめる
湿布 しっぷ
湿半 しめりばん
湿田 しつでん
湿生植物 しっせいしょくぶつ
湿地 しっち
湿式 しっしき
湿舌 しつぜつ
湿気 しけ・しける・しっき・しっけ・しっける・しめりけ
湿性 しっせい
湿度 しつど
湿疹 しっしん
湿原 しつげん
湿雪 しっせつ
湿潤 しつじゅん
〔渦〕か・うず
渦中 かちゅう
渦状 かじょう
渦巻 うずまき・うずまく
渦紋 かもん
渦動 かどう
渦潮 うずしお
渦輪 うずわ
〔漫〕し
漫瓶 じびん・しゅびん

〔渙〕かん
渙発 かんぱつ
〔満〕まん・みたす・みちる・みつ
満了 まんりょう
満干 まんかん・みちひ
満山 まんざん
満文 まんぶん
満天 まんてん
満天下 まんてんか
満天星 どうだんつつじ
満水 まんすい
満月 まんげつ
満欠 みちかけ
満目 まんもく
満帆 まんぱん
満年齢 まんねんれい
満会 まんかい
満更 まんざら
満足 まんぞく・みちたりる
満作 まんさく
満身 まんしん
満廷 まんてい
満面 まんめん
満座 まんざ
満悦 まんえつ
満配 まんぱい
満株 まんかぶ
満点 まんてん
満員 まんいん
満堂 まんどう
満幅 まんぷく
満都 まんと
満満 まんまん
満遍無 まんべんなく
満期 まんき
満款 まんかん
満場 まんじょう
満開 まんかい
満貫 まんがん
満腔 まんこう
満喫 まんきつ

満塁 まんるい
満載 まんさい
満腹 まんぷく
満潮 まんちょう・みちしお
満顧 まんがん
満艦飾 まんかんしょく
〔減〕げん・へす・へらす・へる
減水 げんすい
減少 げんしょう
減収 げんしゅう
減反 げんたん
減圧 げんあつ
減石 げんこく
減号 げんごう
減目 へめ
減刑 げんけい
減光 げんこう
減車 げんしゃ
減作 げんさく
減法 げんぽう
減枠 げんわく
減歩 げんぶ
減価 げんか
減免 げんめん
減退 げんたい
減点 げんてん
減段 げんたん
減食 げんしょく
減便 げんびん
減衰 げんすい
減配 げんぱい
減速 げんそく
減耗 げんもう
減員 げんいん
減俸 げんぽう
減殺 げんさい
減産 げんさん
減量 げんりょう
減税 げんぜい
減給 げんきゅう
減資 げんし
減損 げんそん
減算 げんざん
減摩 げんま

減磨 げんま	〔溢〕いつ・あふれ	る	べり・すべる・すべ	演芸 えんげい
減額 げんがく	る・こぼす・こぼ	滞日 たいにち	らす・なめらかめ	演技 えんぎ
〔滓〕し・かす	れ・こぼれる	滞在 たいざい	・ぬめり・ぬめる	演武 えんぶ
〔滂〕ぼう	溢水 いっすい	滞空 たいくう	滑入 すべりいる	演物 だしもの
滂沱 ほうだ	溢血 いっけつ	滞京 たいきょう	滑止 すべりどめ	演奏 えんそう
〔溶〕よう・とかす・	溢美 いつび	滞欧 たいおう	滑石 かっせき	演習 えんしゅう
とける・とく	〔溯〕そ・さかのぼる	滞陣 たいじん	滑出 すべりだし	演算 えんざん
溶込 とけこむ	溯及 さっきゅう	滞留 たいりゅう	滑込 すべりこむ	演義 えんぎ
溶卵 ときたまご	溯江 そこう	滞納 たいのう	滑台 すべりだい	演説 えんぜつ
溶炉 ようろ	溯行 そこう	滞貨 たいか	滑舌 かつぜつ	演歌 えんか
溶明 ようめい	溯源 さくげん・そげん	滞積 たいせき	滑車 かっしゃ	演劇 えんげき
溶岩 ようがん		〔源〕げん・みなもと	滑走 かっそう	演舞 えんぶ
溶剤 ようざい	〔溝〕こう・どぶ・みぞ	源氏 げんじ	滑空 かっくう	演壇 えんだん
溶液 ようえき	溝板 どぶいた	源平 げんぺい	滑革 ぬめがわ	演練 えんれん
溶接 ようせつ	溝渠 こうきょ	源泉 げんせん	滑剤 かつざい	演題 えんだい
溶媒 ようばい	溝萩 みそはぎ	源流 げんりゅう	滑莧 すべりひゆ	演繹 えんえき
溶暗 ようあん	溝鼠 どぶねずみ	〔滅〕めつ・ほろび	滑降 かっこう	〔滴〕てき・したたる・
溶鉱炉 ようこうろ	〔漢〕かん・あや	る・ほろぶ・ほろぼ	滑液 かつえき	したたらす・し
溶解 ようかい	漢人 かんじん	す	滑脱 かつだつ	たたり・たらし
溶銑 ようせん	漢土 かんど	滅入 めいる	滑翔 かっしょう	滴下 てきか
溶質 ようしつ	漢文 かんぶん	滅亡 めつぼう	滑落 かつらく	滴滴 てきてき
溶融 ようゆう	漢方 かんぽう	滅込 めりこむ	滑稽 こっけい	〔滚〕こん・たぎる・
溶鋼 ようこう	漢心 からごころ	滅失 めっしつ	〔滾〕こん	たぎる・たぎつ
〔滝〕ろう・たき	漢字 かんじ	滅尽 めつじん	滉濁 こんだく	滚滚 こんこん
滝口 たきぐち	漢民族 かんみんぞく	滅多 めった	〔滄〕そう	〔漉〕ろく・こす・すき・すく
滝津瀬 たきつせ		滅却 めっきゃく	滄海 そうかい	
滝壺 たきつぼ	漢竹 かんちく	滅私 めっし	滄溟 そうめい	漉入 すきいれ
滝飲 たきのみ	漢名 かんめい	滅法 めっぽう	〔滔〕とう・ひたたく	漉込 すきこむ
滝縞 たきじま	漢奸 かんかん	滅金 めっき	滔滔 とうとう	漉返 すきかえし・す
滝瀬 たきつせ	漢学 かんがく	滅度 めつど	〔溜〕りゅう・たま	きかえす
〔準〕じゅん・なずら	漢和 かんわ	滅茶 めっちゃ	り・たまる・ため	漉餡 こしあん
える・なぞらえる	漢音 かんおん	滅茶苦茶 めちゃくちゃ	る・ためる	〔漬〕し・つかる・つ
準内地米 じゅんな	漢書 かんしょ・かんじょ		溜込 ためこむ	く・づけ・つける
いちまい		滅茶滅茶 めちゃめちゃ	溜出 りゅうしゅつ	漬込 つけこむ
準用 じゅんよう	漢訳 かんやく	滅相 めっそう	溜池 ためいけ	漬瓜 つけうり
準決勝 じゅんけっ	漢詩 かんし・からうた	滅後 めつご	溜息 ためいき	漬物 つけもの
しょう		滅菌 めっきん	溜桶 ためおけ	漬梅 つけうめ
準拠 じゅんきょ	漢意 からごころ	滅期 めぬぼう	溜飲 りゅういん	漬菜 つけな
準星 じゅんせい	漢数字 かんすうじ	滅罪 めつざい	溜塗 ためぬり	〔漸〕ぜん・ようや
準則 じゅんそく	漢語 かんご	〔溺〕でき・おぼら	〔漣〕さざなみ	く・ようよう・やや
準急 じゅんきゅう	漢薬 かんやく	す・おぼれる	〔演〕えん	漸次 ざんじ・ぜんじ
準禁治産 じゅんき	漢籍 かんせき	溺死 できし・おぼれ	演目 えんもく	漸進 ぜんしん
んじさん	〔漠〕ばく	じに	演出 えんしゅつ	漸減 ぜんげん
準備 じゅんび	漠然 ばくぜん	溺没 できぼつ	演台 えんだい	漸落 ぜんらく
準準決勝 じゅんじ	漠漠 ばくばく	溺愛 できあい	演式 えんしき	漸増 ぜんぞう
ゅんけっしょう	〔滞〕たい・とどこお	〔滑〕かつ・こつ・す	演色性 えんしょくせい	漸層法 ぜんそうほう
準縄 じゅんじょう				

漸騰 ぜんとう	漫画 まんが	漁網 ぎょもう	潮型 しおがた	す・つぶれる
〔漂〕ひょう・ただよう・ただよわす	漫歩 まんぽ・そぞろあるき	漁撈 ぎょろう	潮風 しおかぜ	潰走 かいそう
漂白 ひょうはく	漫珠沙華 まんじゅしゃげ	漁灯 ぎょとう	潮垂 しおたれる	潰乱 かいらん
漂失 ひょうしつ	漫評 まんぴょう	漁獲 ぎょかく	潮待 しおまち	潰滅 かいめつ
漂泊 ひょうはく	漫游 まんゆう	漁礁 ぎょしょう	潮流 ちょうりゅう	潰瘍 かいよう
漂流 ひょうりゅう	漫筆 まんぴつ	〔潴〕ちょ	潮通 しおどおし	〔潤〕じゅん・うるおい・うるおう・うるおす・うるむ・ほとびる
漂鳥 ひょうちょう	漫然 まんぜん	潴溜 ちょりゅう	潮時 しおどき	潤日鰯 うるめいわし
漂着 ひょうちゃく	漫語 まんご	〔潟〕かた	潮焼 しおやけ	潤沢 じゅんたく
漂蕩 ひょうとう	漫漫 まんまん	〔潜〕せん・くぐり・くぐる・もぐる・もぐり・ひそむ・ひそめる	潮間 しおま	潤色 じゅんしょく
漂壊 ひょうびん	漫罵 まんば	潜入 せんにゅう	潮溜 しおだまり	潤筆 じゅんぴつ
〔漕〕そう・こぐ・こぎ	漫談 まんだん	潜心 せんしん	潮煙 しおけむり	潤滑 じゅんかつ
漕手 そうしゅ	漫録 まんろく	潜水 せんすい	潮路 しおじ	〔澱〕でん・おり・よど・よどみ・よどむ
漕着 こぎつける	〔滲〕しん・しむ・にじむ	潜戸 くぐりど	潮解 ちょうかい	澱粉 でんぷん
漕艇 そうてい	滲出 しんしゅつ・にじみでる	潜在 せんざい	潮境 しおざかい	〔濃〕のう・こい・こまやか
〔漱〕そう・うがう・くちすすぐ	滲炭 しんたん	潜伏 せんぷく	潮影 しおかげ	濃口 こいくち
〔漆〕しつ・うるし	滲透 しんとう	潜行 せんこう	潮頭 しおがしら	濃化 のうか
漆負 うるしまけ	〔漁〕ぎょ・りょう・あさる・いさり・すなどる	潜血 せんけつ	潮曇 しおぐもり	濃目 こいめ
漆黒 しっこく	漁火 ぎょか	潜没 せんぼつ	潮騒 しおさい	濃度 のうど
漆喰 しっくい	漁父 ぎょふ	潜函 せんかん	潮瀬 しおせ	濃染 こぞめ
漆塗 うるしぬり	漁夫 ぎょふ	潜航 せんこう	〔潸〕さん	濃厚 のうこう
漆器 しっき	漁民 ぎょみん	潜望鏡 せんぼうきょう	潸潸 さんさん	濃茶 こいちゃ
漆掻 うるしかき	漁区 ぎょく	潜勢力 せんせいりょく	潸然 さんぜん	濃密 のうみつ
〔漏〕ろう・もり・もれ・もれる・もる・もらす	漁舟 ぎょしゅう	潜熱 せんねつ	〔澎〕ほう	濃淡 のうたん
漏水 ろうすい	漁色 ぎょしょく	潜艦 せんかん	澎湃 ほうはい	濃紺 のうこん
漏斗 ろうと・じょうご	漁村 ぎょそん	〔潮〕ちょう・しお	〔潔〕けつ・いさぎよい	濃紫 こむらさき
漏出 ろうしゅつ	漁労 ぎょろう	潮入 しおいり	潔白 けっぱく	濃汁 のっぺい
漏刻 ろうこく	漁法 ぎょほう	潮干 しおひ	潔斎 けっさい	濃緑 のうりょく・こみどり
漏洩 ろうえい	漁油 ぎょゆ	潮上 しおかみ	潔癖 けっぺき	濃縮 のうしゅく
漏電 ろうでん	漁況 ぎょきょう	潮水 しおみず	〔澆〕ぎょう	濃霧 のうむ
漏聞 もれきく	漁者 ぎょしゃ	潮目 しおめ	澆季 ぎょうき	濃艶 のうえん
〔漲〕ちょう・みなぎる	漁具 ぎょぐ	潮汐 ちょうせき	〔澇〕ろう・にわたずみ	〔濁〕だく・じょく・にごす・にごらす・にごり・にごる
〔漫〕まん・すずろ・すずろぶ・そぞろ	漁家 ぎょか	潮回 しおまわり	〔潺〕せん	濁水 だくすい
漫才 まんざい	漁師 りょうし	潮合 しおあい	潺湲 せんかん	濁世 じょくせ
漫文 まんぶん	漁船 ぎょせん	潮先 しおさき	潺潺 せんせん	濁江 にごりえ
漫心 そぞろごころ	漁猟 ぎょりょう	潮気 しおけ	〔澄〕ちょう・すむ・すます・すまし	濁声 だくせい・だみごえ・にごりごえ
漫言 まんげん・そぞろごと	漁港 ぎょこう	潮汲 しおくみ	澄切 すみきる	濁音 だくおん
漫芸 まんげい	漁場 ぎょじょう・ぎょば・りょうば	潮吹 しおふき	澄明 すみめい	濁点 だくてん
漫吟 まんぎん	漁期 ぎょき・りょうき	潮足 しおあし	澄渡 すみわたる	
	漁業 ぎょぎょう	潮位 ちょうい	〔潑〕はつ	
		潮況 しおきょう	潑剌 はつらつ	
		潮招 しおまねき	潑溂 はつらつ	
			潑墨 はつぼく	
			〔潰〕かい・ついえる・つぶし・つぶ	

濁浪 だくろう	濡羽色 ぬればいろ	濫獲 らんかく	守神 まもりがみ	安手 やすで
濁酒 だくしゅ・どぶ	濡色 ぬれいろ	濫觴 らんしょう	守株 しゅしゅ	安目 やすめ
ろく・にごりざけ	濡事 ぬれごと	〔瀬〕うい・せ	守宮 やもり	安打 あんだ
濁流 だくりゅう	濡物 ぬれもの	瀬踏 せぶみ	守備 しゅび	安安 やすやす
〔激〕げき・はげしい	濡紙 ぬれがみ	瀬戸 せと	守戦 しゅせん	安全 あんぜん
激化 げきか・げっか	濡場 ぬれば	瀬切 せぎる	守勢 しゅせい	安如 あんじょ
激突 げきとつ	濡鼠 ぬれねずみ	〔瀕〕ひん	守銭奴 しゅせんど	安死術 あんしじゅ
激励 げきれい	濡髪 ぬれがみ	瀕死 ひんし	守衛 しゅえい	つ
激変 げきへん	濡縁 ぬれえん	〔瀟〕しょう	守護 しゅご	安危 あんき
激昂 げきこう・げっ	濡燕 ぬれつばめ	瀟洒 しょうしゃ	〔字〕じ・あざ・あざ	安気 あんき
こう	〔濹〕ぼく	瀟灑 しょうしゃ	な・な	安住 あんじゅう
激甚 げきじん	濹東 ぼくとう	〔濾〕ろ・こす	字引 じびき	安坐 あんざ
激怒 げきど	〔濛〕もう	濾水 ろすい	字母 じぼ	安売 やすうり
激発 げきはつ	濛気 もうき	濾紙 ろし・こしがみ	字句 じく	安呑 あんび
激臭 げきしゅう	濛濛 もうもう	濾過 ろか	字形 じけい	安居 あんご
激高 げっこう	〔濯〕れき・したたり	〔瀰〕び・み	字体 じたい	安居妨害 あんきょ
激浪 げきろう	瀝青 れきせい	瀰漫 びまん	字余 じあまり	ぼうがい
激流 げきりゅう	〔濯〕そそぐ・ゆす	〔灌〕かん・そそぐ	字林 じりん	安直 あんちょく
激烈 げきれつ	ぐ・すすぎ・すすぐ	灌木 かんぼく	字並 じならび	安定 あんてい
激務 げきむ	〔瀞〕せい・じょう・	灌水 かんすい	字画 じかく	安易 あんい
激情 げきじょう	とろ	灌仏 かんぶつ	字典 じてん	安価 あんか
激動 げきどう	〔濤〕とう・なみ	灌漑 かんがい	字音 じおん	安物 やすもの
激痛 げきつう	濤声 とうせい	灌腸 かんちょう	字面 じめん・じづら	安泰 あんたい
激減 げきげん	〔瀉〕しゃ・くだす	〔灘〕たん・だん・	字配 じくばり	安神 あんしん
激湍 げきたん	瀉血 しゃけつ	せ・なだ	字書 じしょ	安保 あんぽ
激越 げきえつ	瀉剤 しゃざい	灘声 たんせい	字訓 じくん	安臥 あんが
激暑 げきしょ	〔瀆〕とく		字消 じけし	安値 やすね
激戦 げきせん	瀆神 とくしん	**宀　部**	字間 じかん	安座 あんざ
激語 げきご	瀆職 とくしょく	〔字〕う・のき	字義 じぎ	安息 あんそく
激増 げきぞう	〔瀑〕ばく	字内 うだい	字彙 じい	安眠 あんみん
激論 げきろん	瀑布 ばくふ	字宙 うちゅう	字解 じかい	安倍川餅 あべかわ
激憤 げきふん	〔瀏〕りゅう	〔守〕しゅ・まもる・	字幕 じまく	もち
激賞 げきしょう	瀏亮 りゅうりょう	まもり・もる・も	〔安〕あん・やすい・	安逸 あんいつ
激震 げきしん	〔瀘〕ろ・こす	り・かみ・まぶる・ま	やす・やすき・やす	安宿 やすやど
激闘 げきとう	瀘紙 こしがみ	ぶり・まぼる・まぼり	けく・やすっぽい・	安産 あんざん
激職 げきしょく	瀘過 ろか	守刀 まもりがたな	やすまる・やすらい	安堵 あんど
〔濚〕れい・みお	〔濫〕らん・みだり	守子 もりっこ	・やすらう・やすら	安着 あんちゃく
濚標 みおつくし	濫立 らんりつ	守礼 しゅれい	か・やすらけく・や	安普請 やすぶしん
〔鴻〕こう・おおとり	濫用 らんよう	守旧 しゅきゅう	すらぐ・やすらぎ・	安閑 あんかん
鴻毛 こうもう	濫伐 らんばつ	守瓜 うりばえ	やすんじる・やすん	安置 あんち
鴻恩 こうおん	濫行 らんこう	守立 もりたてる	ずる・いずくんぞ	安楽 あんらく
鴻儒 こうじゅ	濫作 らんさく	守札 まもりふだ	安上 やすあがり	安静 あんせい
鴻鵠 こうこく	濫発 らんぱつ	守成 しゅせい	安山岩 あんざんが	安寧 あんねい
〔濡〕じゅ・ぬらす・	濫造 らんぞう	守兵 しゅへい	ん	安請合 やすうけあ
ぬれ・ぬれる・ぬる	濫掘 らんくつ	守役 もりやく	安心 あんしん	い
濡手 ぬれて	濫費 らんぴ	守抜 まもりぬく		安穏 あんのん
濡衣 ぬれぎぬ	濫読 らんどく	守則 しゅそく		〔宅〕たく・やか・やけ

宅地 たくち	宏遠 こうえん	定休 ていきゅう	定詰 じょうづめ	みんぴ
宅扱 たくあつかい	〔宋〕そう	定住 ていじゅう	定説 ていせつ	官等 かんとう
宅診 たくしん	宋学 そうがく	定位 ていい	定論 ていろん	官費 かんぴ
宅調 たくちょう	宋音 そうおん	定形 ていけい	定積 ていせき	官報 かんぽう
〔完〕かん・まったし	宋朝 そうちょう	定見 ていけん	定額 ていがく	官給 かんきゅう
完了 かんりょう	宋襄仁 そうじょう	定言的 ていげんて	定職 ていしょく	官話 かんわ
完工 かんこう	のじん	き	定礎 ていそ	官衙 かんが
完本 かんぽん	〔宍〕しし・にく	定足数 ていそくすう	〔官〕かん・つかさ	官署 かんしょ
完全 かんぜん	〔宗〕そう・しゅう・	定例 ていれい	官女 かんじょ	官業 かんぎょう
完成 かんせい	むね	定価 ていか	官公 かんこう	官製 かんせい
完投 かんとう	宗太鰹 そうだがつ	定刻 ていこく	官民 かんみん	官僚 かんりょう
完走 かんそう	お	定性 ていせい	官庁 かんちょう	官需 かんじゅ
完治 かんじ	宗主 そうしゅ	定府 じょうふ	官辺 かんぺん	官撰 かんせん
完泳 かんえい	宗匠 そうしょう	定法 じょうほう	官本 かんぽん	官選 かんせん
完封 かんぷう	宗会 しゅうかい	定命 じょうみょう	官立 かんりつ	官権 かんけん
完納 かんのう	宗旨 しゅうし	定型 ていけい	官印 かんいん	官憲 かんけん
完済 かんさい	宗社 そうしゃ	定食 ていしょく	官名 かんめい	官爵 かんしゃく
完敗 かんぱい	宗門 しゅうもん	定則 ていそく	官有 かんゆう	官職 かんしょく
完訳 かんやく	宗法 しゅうほう	定点 ていてん	官吏 かんり	〔実〕じつ・じち・さ
完備 かんび	宗祖 しゅうそ	定律 ていりつ	官位 かんい	ね・ざね・まこと・み
完遂 かんすい	宗風 しゅうふう	定員 ていいん	官版 かんぱん	・みのり・みのる・む
完勝 かんしょう	宗派 しゅうは	定時 ていじ	官板 かんぱん	ざね
完結 かんけつ	宗族 そうぞく	定席 じょうせき・て	官制 かんせい	実入 みいり
完載 かんさい	宗家 そうけ	いせき	官武 かんぶ	実力 じつりょく
完膚 かんぷ	宗務 しゅうむ	定紋 じょうもん	官服 かんぷく	実子 じっし
完調 かんちょう	宗徒 しゅうと・むね	定期 ていき	官物 かんぶつ	実大 じつだい
完熟 かんじゅく	との	定常 ていじょう	官房 かんぼう	実方 じつかた
完璧 かんぺき	宗教 しゅうきょう	定着 ていちゃく	官学 かんがく	実父 じっぷ
〔牢〕ろう・かたい	宗規 しゅうき	定訳 ていやく	官金 かんきん	実収 じっしゅう
牢人 ろうにん	宗義 しゅうぎ	定理 ていり	官舎 かんしゃ	実兄 じっけい
牢乎 ろうこ	宗廟 そうびょう	定率 ていりつ	官命 かんめい	実写 じっしゃ
牢名主 ろうなぬし	〔定〕てい・じょう・	定宿 じょうやど	官邸 かんてい	実印 じついん
牢死 ろうし	きめる・さだめる・	定規 じょうぎ	官省 かんしょう	実生 みしょう
牢役人 ろうやくに	さだめ・さだめし・	定斎 じょうさい	官紀 かんき	実生活 じっせいか
ん	さだめて・さだか・	定斎屋 じょさいや	官界 かんかい	つ
牢舎 ろうしゃ	さだまる	定無 さだめない	官臭 かんしゅう	実包 じっぽう
牢固 ろうこ	定小屋 じょうごや	定温 ていおん	官軍 かんぐん	実以 じつもって
牢屋 ろうや	定収 ていしゅう	定款 ていかん	官展 かんてん	実用 じつよう
牢破 ろうやぶり	定日 ていじつ	定植 ていしょく	官途 かんと	実正 じっしょう
牢記 ろうき	定木 じょうぎ	定評 ていひょう	官能 かんのう	実刑 じっけい
牢脱 ろうぬけ	定圧 ていあつ	定量 ていりょう	官記 かんき	実在 じつざい
牢番 ろうばん	定本 ていほん	定義 ていぎ	官海 かんかい	実字 じつじ
牢獄 ろうごく	定立 ていりつ	定数 ていすう	官員 かんいん	実行 じっこう
〔宏〕こう・ひろい	定石 じょうせき	定置 ていち	官設 かんせつ	実存 じつぞん
宏大 こうだい	定式 じょうしき・て	定跡 じょうせき	官許 かんきょ	実地 じっち
宏壮 こうそう	いしき	定業 じょうごう	官営 かんえい	実竹 じっちく
宏量 こうりょう	定年 ていねん		官尊民卑 かんそん	実名 じつめい・じつ

みょう
実見 じっけん
実作 じっさく
実車 じっしゃ
実利 じつり
実体 じったい・じってい
実否 じっぴ
実社会 じっしゃかい
実状 じつじょう
実弟 じってい
実物 じつぶつ・みもの
実事 じつごと
実姉 じっし
実技 じつぎ
実効 じっこう
実学 じつがく
実況 じっきょう
実直 じっちょく
実妹 じつまい
実例 じつれい
実定法 じっていほう
実施 じっし
実音 じつおん
実科 じっか
実紀 じっき
実相 じっそう
実員 じついん
実益 じつえき
実家 じっか
実害 じつがい
実株 じつかぶ
実記 じっき
実務 じつむ
実射 じっしゃ
実現 じつげん
実悪 じつあく
実景 じっけい
実理 じつり
実動 じつどう
実習 じっしゅう
実情 じつじょう
実検 じっけん
実測 じっそく

実弾 じつだん
実費 じっぴ
実証 じっしょう
実意 じつい
実感 じっかん
実業 じつぎょう
実戦 じっせん
実践 じっせん
実損 じっそん
実数 じっすう
実話 じつわ
実需 じつじゅ
実説 じっせつ
実際 じっさい
実演 じつえん
実像 じつぞう
実態 じったい
実歴 じつれき
実権 じっけん
実質 じっしつ
実線 じっせん
実録 じつろく
実積 じっせき
実績 じっせき
実験 じっけん

〔宝〕ほう　たから
宝刀 ほうとう
宝玉 ほうぎょく
宝石 ほうせき
宝尽 たからづくし
宝典 ほうてん
宝物 ほうもつ・たからもの
宝冠 ほうかん
宝前 ほうぜん
宝祚 ほうそ
宝庫 ほうこ
宝珠 ほうしゅ
宝剣 ほうけん
宝船 たからぶね
宝塔 ほうとう
宝殿 ほうでん
宝算 ほうさん
宝器 ほうき
宝蔵 ほうぞう
宝鑑 ほうかん

〔宛〕えん・あて・あてる・ずつ・あたかも・あてがう・さながら
宛先 あてさき
宛字 あてじ
宛行扶持 あてがいぶち
宛名 あてな
宛所 あてしょ
宛然 えんぜん

〔宙〕ちゅう
宙吊 ちゅうづり
宙返 ちゅうがえり
宙乗 ちゅうのり
宙釣 ちゅうづり

〔宜〕ぎ・うべ・うべなり・むべ・よろしい・よろしき・よろしく・よいとす・よい

〔宣〕せん・せんする・のる・のり・のべ・たまう・のたまう・のたまわく
宣布 せんぷ
宣伝 せんでん
宣言 せんげん
宣告 せんこく
宣命 せんみょう
宣教 せんきょう
宣揚 せんよう
宣戦 せんせん
宣誓 せんせい
宣無 せんぶ

〔宥〕ゆう・なだめる
宥免 ゆうめん
宥和 ゆうわ
宥恕 ゆうじょ

〔室〕しつ・むろ
室内 しつない
室外 しつがい
室長 しつちょう
室咲 むろざき
室員 しついん
室料 しつりょう
室温 しつおん
室鰺 むろあじ

〔客〕きゃく・かく・まろうど
客人 きゃくじん・まろうど
客土 かくど・きゃくど
客分 きゃくぶん
客引 きゃくひき
客止 きゃくどめ
客月 かくげつ
客用 きゃくよう
客冬 かくとう
客好 きゃくずき
客死 かくし
客年 かくねん
客気 かっき
客体 かくたい・きゃくたい
客来 きゃくらい
客坊 きゃくぼう
客車 きゃくしゃ
客位 きゃくい
客扱 きゃくあつかい
客足 きゃくあし
客舎 きゃくしゃ・かくしゃ
客受 きゃくうけ
客待 きゃくまち
客室 きゃくしつ
客席 きゃくせき
客座敷 きゃくざしき
客将 かくしょう
客員 かくいん・きゃくいん
客船 きゃくせん
客商売 きゃくしょうばい
客間 きゃくま
客勤 きゃくづとめ
客筋 きゃくすじ
客寓 かくぐう
客殿 きゃくでん
客僧 きゃくそう
客歳 かくさい
客種 きゃくだね
客語 きゃくご・かく

こ
客演 きゃくえん
客膳 きゃくぜん
客観 かっかん・きゃっかん
客臘 かくろう

〔宰〕さい・みこともち
宰相 さいしょう
宰領 さいりょう

〔宸〕しん
宸筆 しんぴつ
宸翰 しんかん
宸襟 しんきん

〔宦〕かん
宦官 かんがん

〔家〕か・け・いえ・うち・や
家人 かじん・けにん
家子 いえのこ
家内 かない・やうち
家父 かふ
家中 かちゅう
家元 いえもと
家礼 けらい
家尻切 やじりきり
家令 かれい
家兄 かけい
家母 かぼ
家付 いえつき
家出 いえで
家主 いえぬし・やぬし
家老 かろう
家宅 かたく
家伝 かでん
家名 かめい
家作 かさく・やづくり
家来 けらい
家扶 かふ
家君 かくん
家系 かけい
家臣 かしん
家例 かれい
家長 かちょう
家学 かがく

家居 かきょ・いえい	家鳩 いえばと	容量 ようりょう	密売 みつばい	つ
家具 かぐ	家鳴 やなり	容喙 ようかい	密売買 みつばいば	密議 みつぎ
家事 かじ	家僕 かぼく	容疑 ようぎ	い	密蠟 みつろう
家宝 かほう	家柄 いえがまえ	容認 ようにん	密使 みっし	〔寄〕き・よる・より
家法 かほう	家蔵 かぞう	容態 ようだい	密事 みつじ	り・よせる・よせ・
家門 かもん	家鴨 あひる	容儀 ようぎ	密宗 みっしゅう	よす
家苞 いえづと	家頼 けらい	容器 ようき	密林 みつりん	寄人 よりうど・より
家苴 いえづと	家憲 かけん	容貌 ようぼう	密画 みつが	うど
家並 いえなみ・やな	家壁蝨 いえだに	容積 ようせき	密計 みっけい	寄与 きよ
み	家難 かなん	容顔 ようがん	密室 みっしつ	寄切 よせぎれ
家後切 やじりきり	家職 かしょく	〔害〕がい・がいす・	密送 みっそう	寄木 よせぎ
家風 かふう	家蝨 いえばえ	がいする・そこなう	密奏 みっそう	寄手 よせて
家計 かけい	〔宮〕きゅう・ぐう・	害心 がいしん	密勅 みっちょく	寄生 きせい
家信 かしん	みや	害虫 がいちゅう	密度 みつど	寄生木 やどりぎ
家政 かせい	宮入貝 みやいりが	害者 がいしゃ	密封 みっぷう	寄出 よりだす
家相 かそう	い	害毒 がいどく	密約 みつやく	寄辺 よるべ
家柄 いえがら	宮大工 みやだいく	害悪 がいあく	密柑 みかん	寄目 よりめ
家持 いえもち	宮中 きゅうちゅう	害鳥 がいちょう	密航 みっこう	寄付 きふ・よりつ
家屋 かおく	宮内庁 くないちょ	害意 がいい	密殺 みっさつ	く・よりつき・よせつ
家屋敷 いえやしき	う	〔宵〕しょう・よい	密書 みっしょ	ける
家捜 やさがし	宮号 みやごう	宵口 よいのくち	密栓 みっせん	寄合 よりあい・より
家造 やづくり	宮仕 みやづかえ	宵明星 よいのみょ	密造 みつぞう	あう
家訓 かくん	宮司 ぐうじ	うじょう	密通 みっつう	寄居虫 やどかり
家畜 かちく	宮芝居 みやしばい	宵待草 よいまちぐ	密教 みっきょう	寄附 きふ
家格 かかく	宮守 みやもり	さ	密接 みっせつ	寄物 よせもの
家借 かしゃく	宮廷 きゅうてい	宵宮 よいみや	密着 みっちゃく	寄金 ききん
家財 かざい	宮居 みやい	宵張 よいっぱり	密偵 みってい	寄食 きしょく
家庭 かてい	宮参 みやまいり	宵祭 よいまつり	密閉 みっぺい	寄書 きしょ・よせが
家紋 かもん	宮門 きゅうもん	宵越 よいごし	密密 みつみつ	き
家探 やさがし	宮相撲 みやずもう	宵寝 よいね	密猟 みつりょう	寄席 よせ
家移 やうつり	宮城 きゅうじょう	宵闇 よいやみ	密雲 みつうん	寄託 きたく
家常茶飯 かじょう	宮室 きゅうしつ	宵壤 しょうじょう	密集 みっしゅう	寄航 きこう
さはん	宮家 みやけ	〔宴〕えん・え・うた	密植 みっしょく	寄留 きりゅう
家郷 かきょう	宮腹 みやばら	げ	密訴 みっそ	寄倒 よりたおす
家産 かさん	宮殿 きゅうでん	宴会 えんかい	密葬 みっそう	寄寄 よりより
家族 かぞく	宮様 みやさま	宴席 えんせき	密貿易 みつぼうえ	寄宿 きしゅく
家運 かうん	〔容〕よう・いれる	〔密〕みつ・ひそか・	き	寄添 よりそう
家禽 かきん	容子 ようす	ひそやか・みそか	密腺 みっせん	寄掛 よせかける・よ
家集 かしゅう	容与 ようよ	密入国 みつにゅう	密謀 みつぼう	っかかる・よりかか
家裁 かさい	容止 ようし	こく	密漁 みつりょう	る・よりかかり
家筋 いえすじ	容色 ようしょく	密月 みつげつ	密儀 みつぎ	寄寓 きぐう
家督 かとく	容共 ようきょう	密生 みっせい	密蔵 みつぞう	寄場 よせば
家数 やかず	容体 ようだい	密出国 みつしゅっ	密談 みつだん	寄越 よこす
家賃 やちん	容易 ようい・たやす	こく	密輸 みつゆ	寄集 よりあつまる
家業 かぎょう	容姿 ようし	密会 みっかい	密輸入 みつゆにゅ	よせあつめる・よせ
家路 いえじ	容赦 ようしゃ	密行 みっこう	う	あつめ
家鼠 いえねずみ		密告 みっこく	密輸出 みつゆしゅ	寄進 きしん

寄港 きこう	宿便 しゅくべん	寒月 かんげつ	富士 ふじ	寝耳 ねみみ
寄道 よりみち	宿送 しゅくおくり	寒地 かんち	富士額 ふじびたい	寝返 ねがえる・ねがえり
寄算 よせざん	宿怨 しゅくえん	寒竹 かんちく	富民 ふみん	
寄稿 きこう	宿借 やどかり	寒色 かんしょく	富札 とみふだ	寝言 ねごと
寄縋 よりすがる	宿料 しゅくりょう	寒行 かんぎょう	富本節 とみもとぶし	寝床 ねどこ
寄鍋 よせなべ	宿将 しゅくしょう	寒気 かんき・さむけ		寝冷 ねびえ
寄贈 きぞう	宿根 しゅくこん	寒気立 そうけだつ	富有 ふゆう	寝坊 ねぼう
〔寂〕じゃく・せき・	宿根草 しゅっこんそう	寒冷 かんれい	富岳 ふがく	寝乱 ねみだれる
さび・さびしい・さ		寒卵 かんたまご	富国 ふこく	寝乱髪 ねみだれがみ
びれる・さみしい	宿許 やどもと	寒村 かんそん	富者 ふしゃ	
寂光 じゃっこう	宿帳 やどちょう	寒声 かんごえ	富栄 とみさかえる	寝忘 ねわすれる
寂声 さびごえ	宿望 しゅくぼう	寒国 かんこく	富家 ふうか・ふか	寝具 しんぐ
寂寂 じゃくじゃく・	宿酔 しゅくすい	寒波 かんぱ	富強 ふきょう	寝押 ねおし
せきせき	宿悪 しゅくあく	寒念仏 かんねんぶつ	富裕 ふゆう	寝苦 ねぐるしい
寂然 じゃくねん・せきぜん	宿割 しゅくわり・やどわり	寒夜 かんや・さむよ	富貴 ふうき・ふっき	寝所 しんじょ・ねどこ
寂寞 じゃくまく・せきばく	宿無 やどなし	寒明 かんあけ	富貴豆 ふきまめ	寝泊 ねとまり
寂滅 じゃくめつ	宿替 やどがえ	寒肥 かんごえ	富源 ふげん	寝取 ねとる
寂寥 せきりょう	宿場 しゅくば	寒空 さむぞら	富鉱 ふこう	寝物語 ねものがたり
寂静 じゃくじょう	宿善 しゅくぜん	寒紅 かんべに	富農 ふのう	
〔宿〕しゅく・しゅくす・やど・やどる・やどり・やどす	宿営 しゅくえい	寒紅梅 かんこうばい	富豪 ふごう	寝室 しんしつ
	宿運 しゅくうん	寒風 かんぷう	富嶽 ふがく	寝首 ねくび
宿下 やどさがり	宿賃 やどちん	寒食 かんしょく	富籤 とみくじ	寝相 ねぞう
宿木 やどりぎ	宿継 しゅくつぎ	寒垢離 かんごり	〔寓〕ぐう・ぐうする	寝巻 ねまき
宿六 やどろく	宿罪 しゅくざい	寒剤 かんざい	寓目 ぐうもく	寝待月 ねまちのつき
宿元 やどもと	宿業 しゅくごう	寒梅 かんばい	寓言 ぐうげん	
宿引 やどひき	宿意 しゅくい	寒烈 かんれつ	寓居 ぐうきょ	寝食 しんしょく
宿世 しゅくせ・すくせ	宿痾 しゅくあ	寒流 かんりゅう	寓話 ぐうわ	寝息 ねいき
	宿銭 やどせん	寒帯 かんたい	寓意 ぐうい	寝起 ねおき
宿主 しゅくしゅ・やどぬし	宿駅 しゅくえき	寒晒 かんざらし	〔寝〕しん・い・ね・ぬ・いね・なす・ねる・ねむり・ねかす・ねかせる・ねせる	寝粉 ねこ
	宿弊 しゅくへい	寒害 かんがい		寝莫蓙 ねござ
宿老 しゅくろう	宿敵 しゅくてき	寒桜 かんさくら		寝酒 ねざけ
宿次 しゅくつぎ	宿駕籠 しゅくかご	寒菊 かんぎく		寝袋 ねぶくろ
宿坊 しゅくぼう	宿衛 しゅくえい	寒暑 かんしょ	寝入 ねいる	寝転 ねころがる・ねころぶ
宿志 しゅくし	宿縁 しゅくえん	寒雲 かんうん	寝入端 ねいりばな	
宿泊 しゅくはく	宿題 しゅくだい	寒極 かんきょく	寝小便 ねしょうべん	寝鳥 ねとり
宿直 しゅくちょく・とのい	宿願 しゅくがん	寒寒 さむざむ		寝惚 ねとぼける・ねぼける
	〔寇〕こう	寒椿 かんつばき	寝刃 ねたば	
宿所 しゅくしょ	〔寅〕いん・とら	寒暖 かんだん	寝心地 ねごこち	寝棺 ねかん
宿命 しゅくめい	〔寒〕かん・さむい・さむき・かんする	寒雷 かんらい	寝不足 ねぶそく	寝覚 ねざめ
宿舎 しゅくしゃ		寒餅 かんもち	寝込 ねこみ・ねこむ	寝過 ねすぎる・ねすごす
宿学 しゅくがく	寒入 かんのいり	寒稽古 かんげいこ	寝正月 ねしょうがつ	
宿雨 しゅくう	寒九 かんく	寒鮒 かんぶな		寝道具 ねどうぐ
宿明 しゅくあけ	寒天 かんてん	寒露 かんろ	寝台 しんだい・ねだい	寝間 ねま
宿屋 やどや	寒中 かんちゅう	〔富〕ふ・とみ・とむ・とます	寝付 ねつき・ねつく	寝間着 ねまき
	寒水 かんすい		寝汗 ねあせ	寝装 しんそう
	寒心 かんしん	富力 ふりょく		寝椅子 ねいす

寝殿 しんでん
寝違 ねちがえる
寝溜 ねだめ
寝腫 ねばれ
寝業 ねばれ
寝際 ねぎわ
寝静 ねしずまる
寝聡 いざとい
寝腐髪 ねくたれがみ
寝敷 ねじき
寝藁 ねわら
寝顔 ねがお
寝癖 ねぐせ
寝穢 いぎたない・ね
　ぎたない
〔寛〕かん・くつろ
　ぎ・くつろぐ・くつ
　ろげる
寛大 かんだい
寛仁 かんじん
寛刑 かんけい
寛典 かんてん
寛厚 かんこう
寛容 かんよう
寛恕 かんじょ
寛解 かんかい
寛濶 かんかつ
寛厳 かんげん
〔寧〕ねい・むしろ
寧日 ねいじつ
〔寡〕か・やもめ・や
　もめ
寡少 かしょう
寡占 かせん
寡兵 かへい
寡作 かさく
寡言 かげん
寡男 やもお
寡婦 かふ・やもめ
寡欲 かよく
寡聞 かぶん
寡黙 かもく
寡頭政治 かとうせ
　いじ
〔寥〕りょう
寥寥 りょうりょう
〔察〕さつ・さっし・

さっする
察知 さっち
〔寮〕りょう
寮母 りょうぼ
寮生 りょうせい
寮舎 りょうしゃ
寮長 りょうちょう
寮費 りょうひ
寮歌 りょうか
〔審〕しん・つまびら
　か
審判 しんばん
審査 しんさ
審美 しんび
審理 しんり
審問 しんもん
審議 しんぎ
〔寵〕ちょう・ちょう
　する
寵児 ちょうじ
寵臣 ちょうしん
寵姫 ちょうき
寵愛 ちょうあい

广　部

〔广〕まだれ
〔庁〕ちょう
庁舎 ちょうしゃ
〔広〕ひろい・ひろ
　さ・ひろさ・ひろ
　がり・ひろがる・ひろ
　げる・ひろめ・ひろ
　やか・ひろめる・ひ
　ろまる
広小路 ひろこうじ
広巾 ひろはば
広口 ひろくち
広大 こうだい
広広 ひろびろ
広汎 こうはん
広壮 こうそう
広言 こうげん
広角 こうかく
広告 こうこく
広長舌 こうちょう
　ぜつ
広軌 こうき

広狭 こうきょう
広前 ひろまえ
広庭 ひろにわ
広袖 ひろそで
広原 こうげん
広表 こうひょう
広域 こういき
広野 こうや・ひろの
広博 こうはく
広葉樹 こうようじゅ
広場 ひろば
広報 こうほう
広量 こうりょう
広幅 ひろはば
広間 ひろま
広漠 こうばく
広義 こうぎ
広蓋 ひろぶた
広遠 こうえん
広濶 こうかつ
広縁 ひろえん
広範 こうはん
広範囲 こうはんい
〔庄〕しょう・そう・
　おごそか
庄屋 しょうや
庄園 しょうえん
〔庇〕ひ・かばう・ひさ
　し
庇立 かばいだて
庇髪 ひさしがみ
庇護 ひご
〔床〕しょう・とこ・
　ゆか・ゆかしい
床几 しょうぎ
床入 とこいり
床土 とこつち
床下 ゆかした
床上 とこあげ・ゆか
　うえ
床山 とこやま
床本 ゆかほん
床払 とこばらい
床机 しょうぎ
床店 とこみせ
床板 といた・ゆか
　いた

床杯 とこさかずき
床柱 とこばしら
床盃 とこさかずき
床屋 とこや
床框 とこがまち
床間 とこのま
床畳 とこだたみ
床飾 とこかざり
床擦 とこずれ
床離 とこばなれ
〔序〕じょ・じょす・
　じょする・ついで・
　ついでる・ついず
序二段 じょにだん
序口 じょのくち
序文 じょぶん
序曲 じょきょく
序次 じょじ
序列 じょれつ
序言 じょげん
序奏 じょそう
序段 じょだん
序品 じょぼん
序破急 じょはきゅう
序章 じょしょう
序詞 じょし
序開 じょびらき
序詩 じょし
序数詞 じょすうし
序幕 じょまく
序説 じょせつ
序歌 じょか
序論 じょろん
序盤 じょばん
〔店〕てん・たな・み
　せ
店子 たなこ
店口 みせぐち
店主 てんしゅ
店立 たなだて
店仕舞 みせじまい
店先 みせさき
店是 てんぜ
店屋物 てんやもの
店卸 たなおろし
店晒 たなざらし
店員 てんいん

店務 てんむ
店開 みせびらき
店番 みせばん
店賃 たなちん
店構 みせがまえ
店請 たなうけ
店舗 てんぽ
店頭 てんとう
店懸 みせがかり
〔庚〕こう・かのえ
庚申 こうしん
〔底〕てい・そこ・そ
　こい・そこり・そこ
　る
底入 そこいれ
底力 そこぢから
底土 そこつち・てい
　ど
底上 そこあげ
底止 ていし
底引網 そこひきあ
　み
底本 ていほん
底辺 ていへん
底光 そこびかり
底曳網 そこひきあ
　み
底肉刺 そこまめ
底気味 そこきみ
底気味悪 そこきみ
　わるい
底冷 そこびえ
底豆 そこまめ
底抜 そこぬけ
底面 ていめん
底流 ていりゅう
底荷 そこに
底値 そこね
底魚 そこうお
底無 そこなし
底意 そこい
底意地 そこいじ
底意地悪 そこいじ
　わるい
底積 そこづみ
底翳 そこひ
〔庖〕ほう

庖丁 ほうちょう
庖厨 ほうちゅう
〔府〕ふ
府人 ふじん
府下 ふか
府内 ふない
府立 ふりつ
府庁 ふちょう
府民 ふみん
府令 ふれい
府会 ふかい
府政 ふせい
府知事 ふちじ
府県 ふけん
府営 ふえい
府道 ふどう
府税 ふぜい
府債 ふさい
府警 ふけい
府議会 ふぎかい
〔度〕ど・たく・たび
度外 どがい・どはずれ
度合 どあい
度忘 どわすれ
度肝 どぎも
度度 たびたび・どど
度胆 どぎも
度重 たびかさなる
度胸 どきょう
度盛 どもり
度量 どりょう
度量衡 りょうこう
度数 どすう
度難 どしがたい
〔庫〕こ・く・くら
庫裡 くり
庫裏 くり
〔座〕ざ・います・ざする・すわり・すわる・くら・ます
座下 ざか
座方 ざかた
座元 ざもと
座五 ざご
座中 ざちゅう
座主 ざす

座礼 ざれい
座右 ざう・ざゆう
座布団 ざぶとん
座付 ざつき
座州 ざす
座作進退 ざさしんたい
座板 ざいた
座長 ざちょう
座金 ざかね
座卓 ざたく
座持 ざもち
座臥 ざが
座乗 ざじょう
座食 ざしょく
座席 ざせき
座高 ざこう
座俗 ざよく
座員 ざいん
座骨 ざこつ
座視 ざし
座組 ざぐみ
座椅子 ざいす
座棺 ざかん
座禅 ざぜん
座業 ざぎょう
座蒲団 ざぶとん
座像 ざぞう
座談 ざだん
座標 ざひょう
座敷 ざしき
座頭 ざとう・ざがしら
座薬 ざやく
座興 ざきょう
座礁 ざしょう
座職 ざしょく
〔庭〕てい・にわ
庭下駄 にわげた
庭口 にわぐち
庭木 にわき
庭石 にわいし
庭石菖 にわぜきしょう
庭先 にわさき
庭伝 にわづたい
庭作 にわづくり

庭叩 にわたたき
庭前 ていぜん
庭面 にわも
庭草 にわくさ
庭木戸 にわきど
庭訓 ていきん
庭師 にわし
庭梅 にわうめ
庭球 ていきゅう
庭園 ていえん
庭樹 ていじゅ
〔庶〕しょ
庶子 しょし
庶民 しょみん
庶出 しょしゅつ
庶政 しょせい
庶物 しょぶつ
庶物崇拝 しょぶつすうはい
庶流 しょりゅう
庶務 しょむ
庶幾 ていねがう・こいねがう
〔庵〕あん・いおり・いお
〔庸〕よう・やとい
庸主 ようしゅ
庸医 ようい
庸愚 ようぐ
〔廂〕しょう・そう
廂間 ひあわい
〔廊〕ろう・ひさし
廊下 ろうか
〔廃〕はい・すたり・すたる・すたれる・はいする
廃人 はいじん
廃山 はいざん
廃止 はいし
廃水 はいすい
廃仏毀釈 はいぶつきしゃく
廃立 はいりつ
廃刊 はいかん
廃石 はいせき
廃寺 はいじ

廃合 はいごう
廃休 はいきゅう
廃兵 はいへい
廃材 はいざい
廃村 はいそん
廃坑 はいこう
廃車 はいしゃ
廃位 はいい
廃油 はいゆ
廃官 はいかん
廃学 はいがく
廃物 すたれもの・はいぶつ
廃帝 はいてい
廃城 はいじょう
廃屋 はいおく
廃退 はいたい
廃品 はいひん
廃案 はいあん
廃家 はいか
廃校 はいこう
廃疾 はいしつ
廃残 はいざん
廃液 はいえき
廃虚 はいきょ
廃娼 はいしょう
廃絶 はいぜつ
廃棄 はいき
廃滅 はいめつ
廃業 はいぎょう
廃園 はいえん
廃鉱 はいこう
廃語 はいご
廃墟 はいきょ
廃嫡 はいちゃく
廃線 はいせん
廃藩置県 はいはんちけん
廃盤 はいばん
廃頽 はいたい
廃艦 はいかん
〔廉〕れん・かど・やすい
廉売 れんばい
廉直 れんちょく
廉価 れんか
廉恥 れんち

廉潔 れんけつ
〔郭〕かく・くるわ
郭大 かくだい
郭清 かくせい
〔廠〕しょう
廠舎 しょうしゃ
〔廟〕びょう
廟宇 びょうう
廟祀 びょうし
廟堂 びょうどう
廟議 びょうぎ

辶 部

〔辶〕しんにゅう・しんにょう
〔辷〕すべらかす・すべり・すべる
〔込〕こみ・こめる・こむ
込入 こみいる
込上 こみあげる
込合 こみあう
込物 こめもの
〔辻〕つじ
辻占 つじうら
辻札 つじふだ
辻車 つじぐるま
辻待 つじまち
辻堂 つじどう
辻商 つじあきない
辻強盗 つじごうとう
辻番 つじばん
辻褄 つじつま
辻説法 つじせっぽう
辻駕籠 つじかご
辻斬 つじぎり
〔辺〕へん・べ・あたり・ほとり・わたり
辺土 へんど
辺地 へんち
辺材 へんざい
辺陬 へんすう
辺陲 へんすい
辺幅 へんぷく
辺境 へんきょう

辺際 へんさい	〔返〕へん・かえし・	近代 きんだい	近距離 きんきょり	送込 おくりこむ
辺鄙 へんび	かえす・かえって・	近辺 きんぺん	近縁種 きんえんし	送付 そうふ
辺疆 へんきょう	かえる	近目 ちかめ	ゅ	送本 そうほん
〔迂〕う	返上 へんじょう	近付 ちかづき・ちか	近畿 きんき	送行 そうこう
迂生 うせい	返札 へんさつ	づく・ちかづける	近業 きんぎょう	送気 そうき
迂回 うかい	返付 へんふ	近因 きんいん	近路 ちかみち	送仮名 おくりがな
迂曲 うきょく	返本 へんぽん	近回 ちかまわり	近影 きんえい	送伝 そうでん
迂路 うろ	返礼 へんれい	近在 きんざい	近隣 きんりん	送字 おくりじ
迂遠 うえん	返却 へんきゃく	近年 きんねん	近衛 このえ	送状 おくりじょう
迂愚 うぐ	返初日 かえりしょ	近近 きんきん・ちか	近親 きんしん	送迎 おくりむかえ・
迂潤 うかつ	にち	ちか	〔迎〕げい・ぎょう・	そうげい
〔迄〕まで	返花 かえりばな	近作 きんさく	むかい・むかう・む	送別 そうべつ
〔辿〕てん・たどる・	返返 かえすがえす	近似 きんじ	かえる	送呈 そうてい
たどり	返事 へんじ	近状 きんじょう	迎水 むかえみず	送届 おくりとどける
辿辿 たどたどしい	返金 へんきん	近臣 きんしん	迎火 むかえび	送受 そうじゅ
辿着 たどりつく	返忠 かえちちゅう	近体 きんたい	迎合 げいごう	送金 そうきん
〔迅〕じん・しゅん・	返杯 へんぱい	近来 きんらい	迎取 むかえとる	送油 そうゆ
はやい	返附 へんふ	近況 きんきょう	迎春 げいしゅん	送附 そうふ
迅速 じんそく	返戻 へんれい	近県 きんけん	迎酒 むかえざけ	送信 そうしん
迅雷 じんらい	返信 へんしん	近国 きんごく	迎接 げいせつ	送炭 そうたん
〔巡〕じゅん・めぐら	返済 へんさい	近侍 きんじ	迎撃 げいげき・むか	送風 そうふう
す・めぐり・めぐる	返点 かえりてん	近事 きんじ	えうつ	送倒 おくりたおす
巡礼 じゅんれい	返咲 かえりざき・か	近所 きんじょ	迎賓 げいひん	送狼 おくりおおかみ
巡行 じゅんこう	えりざく	近東 きんとう	〔迚〕とても	送球 そうきゅう
巡送 じゅんかい	返送 へんそう	近郊 きんこう	〔述〕じゅつ・のべ	送致 そうち
巡回 じゅんかい	返盃 へんぱい	近接 きんせつ	る・のぶ	送料 そうりょう
巡回医療 じゅんか	返品 へんぴん	近信 きんしん	述作 じゅっさく	送達 そうたつ
いりょう	返歌 へんか	近廻 ちかまわり	述語 じゅつご	送貨帯 そうかたい
巡会 めぐりあう	返討 かえりうち	近海 きんかい	述懐 じゅっかい	送葬 そうそう
巡合 めぐりあわせ・	返書 へんしょ	近眼 きんがん・ちか	〔迫〕はく・せむ・せま	送検 そうけん
めぐりあわせる	返納 へんのう	近時 きんじ	る・せり・せる	送話 そうわ
巡見 じゅんけん	返辞 へんじ	近称 きんしょう	迫力 はくりょく	送電 そうでん
巡拝 じゅんぱい	返答 へんとう	近著 きんちょ	迫上 せりあげる	送像 そうぞう
巡査 じゅんさ	返報 へんぽう	近寄 ちかよせる・ち	迫出 せりだし・せり	送稿 そうこう
巡洋艦 じゅんよう	返電 へんでん	かよる	だす	送還 そうかん
かん	返照 へんしょう	近頃 ちかごろ	迫持 せりもち	送籍 そうせき
巡航 じゅんこう	返還 へんかん	近景 きんけい	迫害 はくがい	〔逆〕ぎゃく・さか・
巡視 じゅんし	返縫 かえしぬい	近郷 きんごう	迫真 はくしん	さかさ・さからう・
巡邏 じゅんら	〔近〕きん・こん・ち	近習 きんじゅう	迫間 はざま	さかしま
巡検 じゅんけん	かい・ちかく・ちか	近情 きんじょう	迫撃 はくげき	逆上 ぎゃくじょう
巡遊 じゅんゆう	い	近着 きんちゃく	〔迹〕せき・しゃく・	さかあがり・のぼせ
巡業 じゅんぎょう	近火 きんか	近詠 きんえい	あと	逆叉 さかまた
巡演 じゅんえん	近日 きんじつ	近視 きんし	〔送〕そう・おくり・	逆子 さかご
巡歴 じゅんれき	近刊 きんかん	近傍 きんぼう	おくる	逆心 ぎゃくしん
巡察 じゅんさつ	近古 きんこ	近道 ちかみち	送手 おくりて	逆手 ぎゃくて　さか
巡閲 じゅんえつ	近写 きんしゃ	近間 ちかま	送水 そうすい	て
巡覧 じゅんらん	近世 きんせい		送出 おくりだす	
巡錫 じゅんしゃく				

逆比 ぎゃくひ	逆振 さかねじ	退去 たいきょ	追分 おいわけ	追掛 おっかけ・おっかける・おいかける
逆比例 ぎゃくひれい	逆運 ぎゃくうん	退団 たいだん	追弔 ついちょう	追着 おいつく
逆毛 さかげ	逆順 ぎゃくじゅん	退会 たいかい	追及 ついきゅう	追悼 ついとう
逆用 ぎゃくよう	逆富士 さかさふじ	退色 たいしょく	追付 おいつく・おっつく・おっつける・おっつけ・おっつける	追註文 おいちゅうもん
逆立 さかだち・さかだつ・さかだてる	逆落 さかおとし	退行 たいこう	追払 おいばらい・おいばらう・おっぱらう	追訴 ついそ
逆光 ぎゃっこう	逆夢 さかゆめ	退任 たいにん	追込 おいこみ・おいこむ	追捲 おいまくる
逆光線 ぎゃくこうせん・ぎゃっこうせん	逆数 ぎゃくすう	退役 たいえき	追立 おったてる	追落 おいおとす
逆行 ぎゃっこう	逆睹 ぎゃくと	退却 たいきゃく	追出 おいだし・おいだす	追越 おいこす
逆臣 ぎゃくしん	逆算 ぎゃくさん	退廷 たいてい	追刊 ついかん	追散 おいちらす
逆児 さかご	逆説 ぎゃくせつ	退位 たいい	追加 ついか	追給 ついきゅう
逆言葉 さかさことば	逆賊 ぎゃくぞく	退社 たいしゃ	追号 ついごう	追随 ついずい
逆茂木 さかもぎ	逆境 ぎゃっきょう	退京 たいきょう	追考 ついこう	追善 ついぜん
逆効果 ぎゃくこうか	逆蜻蛉 さかとんぼ	退官 たいかん	追回 おいまわす	追福 ついふく
逆性石鹸 ぎゃくせいせっけん	逆様 さかさま	退歩 たいほ	追求 おいもとめる・ついきゅう	追想 ついそう
逆戻 ぎゃくもどり	逆睫 さかさまつげ	退屈 たいくつ	追羽根 おいばね	追詰 おい・つめる
逆波 さかなみ	逆輸入 ぎゃくゆにゅう	退治 たいじ・たいじる	追究 ついきゅう	追試 ついし
逆修 ぎゃくしゅ	逆潮 ぎゃくちょう	退学 たいがく	追返 おいかえす	追試験 ついしけん
逆宣伝 ぎゃくせんでん	逆調 ぎゃくちょう	退紅 たいこう	追伸 ついしん	追跡 ついせき
逆送 ぎゃくそう	逆撫 さかなで	退室 たいしつ	追抜 おいぬく	追遣 おいやる
逆風 ぎゃくふう	逆艪 さかろ	退城 たいじょう	追尾 ついび	追徴 ついちょう
逆巻 さかまく	逆襲 ぎゃくしゅう	退院 たいいん	追走 ついそう	追慕 ついぼ
逆飛込 さかとびこみ	逆鱗 げきりん	退座 たいざ	追放 ついほう	追認 ついにん
逆怨 さかうらみ	〔迷〕めい・まよい・まよう・まよわす	退校 たいこう	追肥 おいごえ・ついひ	追銭 おいせん
逆恨 さかうらみ	迷子 まいご	退耕 たいこう	追使 おいつかう	追窮 ついきゅう
逆浪 ぎゃくろう・げきろう・さかなみ	迷妄 めいもう	退時 ひけどき・ひけどき	追炊 おいだき	追撃 おいうち・ついげき
逆剣 さかむけ	迷走神経 めいそうしんけい	退転 たいてん	追刷 おいずり	追縋 おいすがる
逆旅 げきりょ	迷児 まいご	退廃 たいはい	追突 ついとつ	追録 ついろく
逆徒 ぎゃくと	迷信 めいしん	退勤 たいきん	追送 ついそう	追懐 ついかい
逆流 ぎゃくりゅう	迷宮 めいきゅう	退場 たいじょう	追追 おいおい	追憶 ついおく
逆剃 さかぞり	迷彩 めいさい	退路 たいろ	追廻 おいまわす	追贈 ついぞう
逆寄 さかよせ	迷鳥 めいちょう	退勢 たいせい	追風 おいかぜ・おいて	追儺 ついな
逆産 ぎゃくさん・ぎゃくざん	迷夢 めいむ	退隠 たいいん	追納 ついのう	〔进〕へい・とばしり・とばしる・ほとばしる
逆接 ぎゃくせつ	迷惑 めいわく	退散 たいさん	追討 おいうち・ついとう	迸出 へいしゅつ
逆探知 ぎゃくたんち	迷路 めいろ	退際 ひけぎわ	追記 ついき	〔逃〕とう・にがす・にげ・にげる・のがす・のがれる
逆転 ぎゃくてん	迷霧 めいむ	退蔵 たいぞう	追従 ついしょう・ついじゅう	逃口 にげぐち
	〔退〕たい・しさる・しさる・しりぞく・しりぞける・そく・どかす・どく・どける・のく・のける・ひく・ひける・ひけ	退潮 たいちょう	追剝 おいはぎ	逃口上 にげこうじょう
	退化 たいか	退職 たいしょく		逃亡 とうぼう
	退庁 たいちょう	退寮 たいりょう		逃水 にげみず
	退出 たいしゅつ	退避 たいひ		逃支度 にげじたく
		退嬰 たいえい		
		〔追〕つい・おう・おって		
		追上 おいあげる		
		追川 おいかわ		
		追手 おいて・おって		

逃切 にげきる	連合 つれあい・つれ	連接 れんせつ	速射 そくしゃ	通有 つうゆう
逃出 にげだす	あう・れんごう	連記 れんき	速記 そっき	通年 つうねん
逃込 にげこむ	連印 れんいん	連絡 れんらく	速球 そっきゅう	通行 つうこう
逃去 にげさる	連立 れんりつ	連隊 れんたい	速達 そくたつ	通交 つうこう
逃仕度 にげじたく	連用 れんよう	連勝 れんしょう	速断 そくだん	通好 つうこう
逃失 にげうせる	連打 れんだ	連結 れんけつ	速乾 そっかん	通気 つうき
逃走 とうそう	連失 れんしつ	連弾 れんだん・つれ	速答 そくとう	通名 とおりな
逃言葉 にげことば	連句 れんく	びき	速筆 そくひつ	通合 とおりあわせる
逃足 にげあし	連丘 れんきゅう	連盟 れんめい	速報 そくほう	通告 つうこく
逃延 にげのびる	連立 つれだつ	連続 れんぞく	速戦即決 そくせん	通言 つうげん
逃廻 にげまわる	連出 つれだす	連想 れんそう	そっけつ	通抜 とおりぬけ・と
逃場 にげば	連込 つれこむ	連戦 れんせん	速読 そくどく	おりぬける
逃惑 にげまどう	連名 れんめい	連署 れんしょ	速算 そくさん	通言葉 とおりこと
逃道 にげみち	連年 れんねん	連載 れんさい	速駕籠 はやかご	ば
逃腰 にげごし	連行 れんこう	連銭葦毛 れんぜん	〔逝〕せい・ゆく	通例 つうれい
逃隠 にげかくれ	連曲 れんきょく	あしげ	逝去 せいきょ	通門証 つうもんし
逃避 とうひ	連休 れんきゅう	連綿 れんめん	〔逐〕ちく・おう・お	ょう
〔逍〕はう・はいずる	連邦 れんぽう	連語 れんご	って	通宝 つうほう
逍入 はいる	連判 れんばん	連携 れんけい	逐一 ちくいち	通念 つうねん
逍上 はいあがる	連投 れんとう	連関 れんかん	逐日 ちくじつ	通知 つうち
逍出 はいだす・はい	連声 れんじょう	連歌 れんが	逐年 ちくねん	通性 つうせい
でる	連作 れんさく	連濁 れんだく	逐字 ちくじ	通事 つうじ
逍松 はいまつ	連坐 れんざ	連衡 れんこう	逐次 ちくじ	通学 つうがく
逍般 しゃはん	連吟 れんぎん	連繋 れんけい	逐条 ちくじょう	通宵 つや・よもすが
逍逍 ほうほう	連体 れんたい	連環 れんかん	逐鹿 ちくろく	ら
逍蹰 はいくばう	連夜 れんや	連類 れんるい	逐電 ちくでん	通雨 とおりあめ
逍纏 はいまつわる	連枝 れんし	連爆 れんばく	逐語 ちくご	通草 あけび
〔逗〕とう	連呼 れんこ	連鎖 れんさ	〔逕〕けい	通約 つうやく
逗留 とうりゅう	連枷 からざお	連翹 れんぎょう	逕庭 けいてい	通風 つうふう
〔連〕れん・つがり・	連袂 れんぺい	連覇 れんぱ	〔通〕かよい・かよう	通俗 つうぞく
つる・つるぶ・むら	連発 れんぱつ	〔速〕そく・すみや	がる・う・つう・つ	通則 つうそく
じ・つらなる・つら	連奏 れんそう	か・はやい・はや	つうじ・つうじて・	通信 つうしん
ね・つらねる・つ	連乗 れんじょう	し・はやき・はやま	つうじる・つうず	通計 つうけい
れ・つれて・つれる	連係 れんけい	る・はやめる	る・つうぶる・と	通巻 つうかん
連山 れんざん	連峰 れんぽう	速力 そくりょく	おし・どおし・とお	通相場 とおりそう
連小便 つれしょう	連俳 れんぱい	速写 そくしゃ	す・とおり・どお	ば
べん	連破 れんぱ	速成 そくせい	り・とおる	通称 つうしょう
連子 つれこ・つれっ	連帯 れんたい	速舟 はやぶね	通一遍 とおりいっ	通航 つうこう
こ	連珠 れんじゅ	速決 そっけつ	ぺん	通院 つういん
連子鯛 れんこだい	連索 れんじゃく	速攻 そっこう	通力 つうりき	通訳 つうやく
連文 れんぶん	連座 れんざ	速見 はやみ	通人 つうじん	通帳 かよいちょう・
連中 れんじゅう・れ	連記 れんき	速足 はやあし	通分 つうぶん	つうちょう
んちゅう	連累 れんるい	速歩 そくほ	通水 つうすい	通船 つうせん
連尺 れんじゃく	連理 れんり	速修 そくしゅう	通日 つうじつ	通常 つうじょう
連日 れんじつ	連敗 れんぱい	速度 そくど	通用 つうよう	通商 つうしょう
連木 れんぎ	連動 れんどう	速急 そっきゅう	通弁 つうべん	通釈 つうしゃく
連火 れんが	連装 れんそう	速変 はやがわり	通史 つうし	通産 つうさん

通経 つうけい
通貨 つうか
通患 つうかん
通掛 とおりかかる・とおりがかる・とおりがけ
通報 つうほう
通詞 つうじ
通暁 つうぎょう
通勤 つうきん
通運 つううん
通過 つうか
通道 とおりみち
通詞 とおりことば
通越 とおりこす
通路 かよいじ・つうろ・とおりみち
通電 つうでん
通達 つうたつ
通辞 つうじ
通解 つうかい
通弊 つうへい
通話 つうわ
通読 つうどく
通説 つうせつ
通算 つうさん
通語 つうご
通関 つうかん
通論 つうろん
通箱 かよいばこ
通謀 つうぼう
通諜 つうちょう
通覧 つうらん
通観 つうかん
通魔 とおりま
〔逍〕しょう
逍遥 しょうよう
〔遝〕てい・たくましい・たくましゅうする
〔途〕と・みち
途上 とじょう
途方 とほう
途中 とちゅう
途次 とじ
途惑 とまどう
途絶 とぜつ

途端 とたん
途轍 とてつ
〔造〕ぞう・つくり・つくる・みやつこ
造上 つくりあげる
造反 ぞうはん
造化 ぞうか
造石 ぞうこく
造血 ぞうけつ
造本 ぞうほん
造出 つくりだす
造次 ぞうじ
造成 ぞうせい
造作 ぞうさ・ぞうさく
造言 ぞうげん
造形 ぞうけい
造花 ぞうか
造兵 ぞうへい
造物 ぞうぶつ
造林 ぞうりん
造型 ぞうけい
造庭 つくりにわ
造酒 ぞうしゅ
造酒屋 つくりざかや
造船 ぞうせん
造営 ぞうえい
造詣 ぞうけい
造園 ぞうえん
造語 ぞうご
造幣 ぞうへい
造影剤 ぞうえいざい
造機 ぞうき
造艦 ぞうかん
〔透〕とう・すかし・すかす・すき・すく・すける・とおす・とおる
透水 とうすい
透写 すきうつし・とうしゃ
透色 すきいろ
透見 すきみ
透身 すきみ
透明 とうめい

透通 すきとおる
透彫 すかしぼり
透視 とうし
透間 すきま
透過 とうか
透綾 すきや
透察 どうさつ
透徹 すきとおる・とうてつ
透影 すきかげ
透織 すかしおり・すきおり
〔逢〕ほう・あう
逢引 あいびき
逢着 ほうちゃく
逢瀬 おうせ
逢魔時 おうまがとき
〔逡〕しゅん
逡巡 しゅんじゅん
〔遞〕てい
遞伝 ていでん
遞次 ていじ
遞送 ていそう
遞信省 ていしんしょう
遞減 ていげん
遞増 ていぞう
〔逮〕たい・てい
逮捕 たいほ
〔週〕しゅう
週内 しゅうない
週日 しゅうじつ
週央 しゅうおう
週刊 しゅうかん
週末 しゅうまつ
週休 しゅうきゅう
週初 しゅうしょ
週案 しゅうあん
週間 しゅうかん
週期 しゅうき
週給 しゅうきゅう
週評 しゅうひょう
週報 しゅうほう
週番 しゅうばん
週録 しゅうろく
〔進〕しん・すすみ・

すすむ・すすめる・しんじる・しんずる・しんぜる
進入 しんにゅう
進士 しんし
進上 しんじょう
進化 しんか
進水 しんすい
進出 すすみでる・しんしゅつ
進行 しんこう
進攻 しんこう
進言 しんげん
進呈 しんてい
進歩 しんぽ
進学 しんがく
進取 しんしゅ
進物 しんもつ
進級 しんきゅう
進軍 しんぐん
進退 しんたい
進度 しんど
進発 しんぱつ
進貫 しんこう
進航 しんこう
進捗 しんちょく
進展 しんてん
進塁 しんるい
進運 しんうん
進達 しんたつ
進路 しんろ
進境 しんきょう
進駐 しんちゅう
進撃 しんげき
進講 しんこう
〔逸〕いつ・いっする・そらす・それる・はやる・いち・はやり・そる
逸文 いつぶん
逸玉 それだま
逸出 いっしゅつ
逸史 いっし
逸民 いつみん
逸立 はやりたつ
逸早 いちはやく
逸気 はやりぎ

逸走 いっそう
逸足 いっそく
逸材 いつざい
逸事 いつじ
逸物 いちもつ
逸品 いっぴん
逸書 いっしょ
逸速 いちはやく
逸脱 いつだつ
逸球 いっきゅう
逸散 いっさん
逸遊 いつゆう
逸雄 はやりお
逸楽 いつらく
逸話 いつわ
逸聞 いつぶん
逸興 いっきょう
逸機 いっき
〔遊〕ゆう・あそばす・あそび・あそぶ・すさび
遊弋 ゆうよく
遊山 ゆさん
遊女 ゆうじょ
遊子 ゆうし
遊半分 あそびはんぶん
遊民 ゆうみん
遊目 ゆうもく
遊糸 ゆうし・いとゆう
遊行 ゆうこう・ゆぎょう
遊休 ゆうきゅう
遊吟 ゆうぎん
遊君 ゆうくん
遊芸 ゆうげい
遊冶郎 ゆうやろう
遊里 ゆうり
遊金 ゆうきん
遊歩 ゆうほ
遊牧 ゆうぼく
遊学 ゆうがく
遊泳 ゆうえい
遊軍 ゆうぐん
遊星 ゆうせい
遊侠 ゆうきょう

遊客 ゆうかく・ゆうきゃく	運勢 うんせい	道家 どうか	違反 いはん	過般 かはん
遊宦 ゆうかん	運試 うんだめし	道破 どうは	違令 いれい	過料 かりょう
遊惚 あそびほうける	運賃 うんちん	道連 みちづれ	違犯 いはん	過敏 かびん
遊猟 ゆうりょう	運搬 うんぱん	道産 どうさん	違目 ちがいめ	過現未 かげんみ
遊動円木 ゆうどうえんぼく	運輸 うんゆ	道産子 どさんこ	違式 いしき	過密 かみつ
	運算 うんざん	道理 どうり	違例 いれい	過剰 かじょう
遊郭 ゆうかく	運漕 うんそう	道教 どうきょう	違法 いほう	過疎 かそ
遊楽 ゆうらく	〔遍〕へん・あまねく・あまねし	道断 どうだん	違和 いわ	過渡 かと
遊惰 ゆうだ		道術 どうじゅつ	違背 いはい	過程 かてい
遊資 ゆうし	遍在 へんざい	道普請 みちぶしん	違約 いやく	過量 かりょう
遊園 ゆうえん	遍満 へんまん	道道 みちみち	違勅 いちょく	過飽和 かほうわ
遊歴 ゆうれき	遍照 へんじょう	道筋 みちすじ	違無 ちがいない	過酸化水素 かさんかすいそ
遊説 ゆうぜい	遍路 へんろ	道順 みちじゅん	違棚 ちがいだな	
遊蕩 ゆうとう	遍歴 へんれき	道統 どうとう	違算 いさん	過酷 かこく
遊撃 ゆうげき	〔遂〕すい・ついに・とげる・とぐ・おおせる	道程 どうてい・みちのり	違憲 いけん	過誤 かご
遊撃戦 ゆうげきせん		道場 どうじょう	〔過〕か・あやまち・あやまつ・すぎ・すぎる・すぐす・すごす・よぎる	過賞 かしょう
		道義 どうぎ		過熱 かねつ
遊戯 ゆうぎ	遂行 すいこう・ついこう	道路 どうろ		過褒 かほう
遊興 ゆうきょう	〔道〕どう・みち・みちすがら	道楽 どうらく	過大 かだい	過激 かげき
遊廓 ゆうかく		道端 みちばた	過小 かしょう	過燐酸石灰 かりんさんせっかい
遊覧 ゆうらん	道人 どうじん	道歌 どうか	過少 かしょう	
遊離 ゆうり	道士 どうし	道標 どうひょう	過日 かじつ	〔遁〕とん・にげる・のがる
遊言葉 あそばせことば	道火 みちび	道徳 どうとく	過分 かぶん	
	道中 みちなか	道戯 どうぎ	過不及 かふきゅう	遁世 とんせい
〔運〕うん・はこび・はこぶ	道中 どうちゅう	道聴途説 どうちょうとせつ	過不足 かふそく	遁走 とんそう
	道心 どうしん		過去 かこ	遁辞 とんじ
運弓 うんきゅう	道化 どうけ・どうける	〔達〕たつ・たち・たっし・たっする	過失 かしつ	〔適〕あっぱれ
運上 うんじょう			過半 かはん	〔遅〕ち・おくらす・おくらせる・おくれ・おくれる・おそい・おそなわる
運用 うんよう	道辺 みちのべ	達人 たつじん	過払 かばらい	
運休 うんきゅう	道外 どうけ	達文 たつぶん	過去 すぎさる	
運行 うんこう	道行 みちゆき	達示 たっし	過多 かた	
運任 うんまかせ	道芝 みちしば	達弁 たつべん	過年度 かねんど	遅日 ちじつ
運気 うんき	道糸 みちいと	達成 たっせい	過当 かとう	遅払 ちばらい
運否天賦 うんぷてんぷ	道床 どうしょう	達見 たっけん	過行 すぎゆく	遅出 おそで
	道学 どうがく	達者 たっしゃ	過言 かげん・かごん	遅生 おそうまれ
運河 うんが	道明寺 どうみょうじ	達筆 たっぴつ	過冷 かれい	遅早 おそかれはやかれ
運命 うんめい		達意 たつい	過労 かろう	
運指 うんし	道服 どうふく	達磨 だるま	過者 すぎもの	遅知恵 おそぢえ
運送 うんそう	道念 どうねん	達観 たっかん	過怠 かたい	遅参 ちさん
運座 うんざ	道者 どうしゃ	達識 たっしき	過信 かしん	遅刻 ちこく
運航 うんこう	道草 みちくさ	〔逼〕ひつ・せまる	過客 かかく	遅効 ちこう
運針 うんしん	道祖神 どうそじん	逼迫 ひっぱく	過食 かしょく	遅延 ちえん
運営 うんえい	道俗 どうぞく	逼塞 ひっそく	過重 かじゅう	遅咲 おそざき
運動 うんどう	道具 どうぐ	〔違〕い・ちがい・ちがう・ちがえる・たがう・たがえる・たごう	過度 かど	遅脈 ちみゃく
運転 うんてん	道案内 みちあんない		過保護 かほご	遅配 ちはい
運筆 うんぴつ			過称 かしょう	遅速 ちそく
				遅進児 ちしんじ

遅筆 ちひつ	遠見 とおみ	て	適合 てきごう	〔遷〕せん・うつす・
遅鈍 ちどん	遠吠 とおぼえ	遣戸 やりど	適役 てきやく	うつる
遅遅 ちち	遠走 とおっぱしり	遣水 やりみず	適否 てきひ	遷化 せんげ
遅達 ちたつ	遠征 えんせい	遣切 やりきれない	適材 てきざい	遷延 せんえん
遅番 おそばん	遠国 えんごく	遣込 つかいこむ・や	適作 てきさく	遷座 せんざ
遅智慧 おそぢえ	遠泳 えんえい	りこめる	適言 てきげん	遷都 せんと
遅場 おそば	遠歩 とおあるき	遣合 やりあう	適応 てきおう	〔遼〕りょう
遅蒔 おそまき	遠洋 えんよう	遣先 つかいさき	適宜 てきぎ	遼東豕 りょうとう
遅寝 おそね	遠祖 えんそ	遣返 やりかえす	適例 てきれい	のいのこ
遅滞 ちたい	遠浅 とおあさ	遣抜 やりぬく	適法 てきほう	遼遠 りょうえん
遅馳 おくればせ	遠廻 とおまわし・	遣雨 やらずのあめ	適性 てきせい	〔選〕せん・えらぶ・
遅疑 ちぎ	とおまわり	遣放 やりっぱなし	適所 てきしょ	えらむ・えり・え
〔遁〕てい	遠巻 とおまき	遣取 やりとり	適者 てきしゃ	る・よる
〔遠〕えん・おん・お	遠乗 とおのり	遣直 やりなおす	適度 てきど	選士 せんし
ち・とおい・とお	遠音 とおね	遣物 つかいもの	適格 てきかく・てっ	選手 せんしゅ
く・とおざかる・と	遠島 えんとう	遣退 やってのける	かく	選分 よりわける
おざける・とおの	遠称 えんしょう	遣通 やりとおす	適帰 てっき	選句 せんく
く・とおのける	遠海 えんかい	遣唐使 けんとうし	適従 てきじゅう	選出 せんしゅつ
遠大 えんだい	遠望 えんぼう	遣過 やりすごす	適時 てきじ	選民 せんみん
遠山 えんざん・とお	遠戚 えんせき	遣遂 やりとげる	適訳 てきやく	選外 せんがい
やま	遠視 えんし	遣場 やりば	適期 てっき	選考 せんこう
遠山里 とおやまざ	遠眼 えんがん	遣損 やりそこなう	適量 てきりょう	選任 せんにん
と	遠眼鏡 とおめがね	遣繰 やりくり・やり	適評 てきひょう	選曲 せんきょく
遠方 えんぽう・おち	・ぼうえんきょう	くる	適温 てきおん	選好 えりこのみ
かた	遠景 えんけい	〔遙〕よう・はるか・	適業 てきぎょう	選択 せんたく
遠心 えんしん	遠距離 えんきょり	はるけし	適薬 てきやく	選良 せんりょう
遠日点 えんじつて	遠道 とおみち	遙拝 ようはい	適齢 てきれい	選別 せんべつ
ん	遠路 えんろ・とおみ	遙遙 はるばる	適職 てきしょく	選抜 えりぬき・えり
遠火 とおび	ち	遙遠 ようえん	〔遮〕しゃ・さえぎる	ぬく・せんばつ
遠写 えんしゃ	遠雷 えんらい	〔遡〕そ・さかのぼる	遮二無二 しゃにむ	選局 せんきょく
遠矢 とおや	遠隔 えんかく	遡源 さくげん・そげ	に	選者 せんじゃ
遠目 とおめ	遠駆 とおがけ	ん	遮光 しゃこう	選定 せんてい
遠出 とおで	遠鳴 とおなり	遡及 そきゅう	遮音 しゃおん	選果 せんか
遠地点 えんちてん	遠慮 えんりょ	遡江 そこう	遮莫 さばれ・さもあ	選取 よりどり
遠寺 えんじ	遠謀 えんぼう	遡行 そこう	らばあれ	選炭 せんたん
遠交近攻 えんこう	遠縁 とおえん	遡航 そこう	遮断 しゃだん	選科 せんか
きんこう	〔遜〕そん・へりくだ	〔適〕てき・たく・せ	遮蔽 しゃへい	選書 せんしょ
遠因 えんいん	る	き・かなう・かなえ	〔遭〕そう・あう	選挙 せんきょ
遠回 とおまわし・と	遜色 そんしょく	る・たまたま・てき	遭難 そうなん	選球 せんきゅう
おまわり	〔遣〕けん・つかい・	す・てきする	〔遯〕とん	選集 せんしゅう
遠来 えんらい	つかう・つかわす・	適才 てきさい	遯世 せんとい	選評 せんぴょう
遠投 えんとう	やらす・やりこな	適切 てきせつ	〔遵〕じゅん	選鉱 せんこう
遠足 えんそく	す・やる・おこす・	適用 てきよう	遵守 じゅんしゅ	選奨 せんしょう
遠近法 えんきんほ	やらい・やろう	適正 てきせい	遵法 じゅんぽう	選嫌 えりぎらい
う	遣口 やりくち	適当 てきとう	遵奉 じゅんぽう	選歌 せんか
遠近 えんきん・おち	遣方 やりかた	適任 てきにん	遵義会議 そんぎか	〔遺〕い・ゆい・のこ
こち	遣手 つかいて・やり	適地 てきち	いぎ	す

遺子 いし	遺精 いせい	い・せわしい・いそ	み・ひるむ・ひるま	怪力 かいりき
遺文 いぶん	遺誡 いかい	がわしい	す	怪人 かいじん
遺失 いしつ	遺稿 いこう	忙中 ぼうちゅう	怯懦 きょうだ	怪火 かいか
遺伝 いでん	遺影 いえい	忙殺 ぼうさつ	〔怜〕れい・れん	怪石 かいせき
遺尿 いにょう	遺憾 いかん	〔快〕かい・はやい・	怜悧 れいり	怪光 かいこう
遺沢 いたく	遺賢 いけん	こころよい・こころ	〔性〕しょう・せい・	怪死 かいし
遺体 いたい	遺骸 いがい	よし	さが	怪我 けが
遺臣 いしん	遺贈 いぞう	快刀 かいとう	性分 しょうぶん	怪我負 けがまけ
遺児 いじ	遺蹟 いせき	快方 かいほう	性行 せいこう	怪我勝 けがかち
遺志 いし	〔邂〕かい	快弁 かいべん	性向 せいこう	怪奇 かいき
遺址 いし	邂逅 かいこう	快打 かいだ	性合 しょうあい	怪物 かいぶつ
遺作 いさく	〔邁〕まい	快気 かいき	性交 せいこう	怪盗 かいとう
遺言 いごん・ゆいご	邁進 まいしん	快足 かいそく	性別 せいべつ	怪異 かいい
ん	〔避〕ひ・さける・よ	快走 かいそう	性状 せいじょう	怪鳥 かいちょう
遺戒 いかい	ける・さく	快作 かいさく	性的 せいてき	怪魚 かいぎょ
遺物 いぶつ	避妊 ひにん	快男子 かいだんし	性急 せいきゅう	怪腕 かいわん
遺例 いれい	避退 ひたい	快事 かいじ	性能 せいのう	怪童 かいどう
遺命 いめい	避病院 ひびょうい	快技 かいぎ	性根 しょうこん・し	怪訝 けげん
遺制 いせい	ん	快投 かいとう	ょうね	怪傑 かいけつ
遺孤 いこ	避寒 ひかん	快活 かいかつ	性格 せいかく	怪僧 かいそう
遺風 いふう	避暑 ひしょ	快速 かいそく	性病 せいびょう	怪漢 かいかん
遺勅 いちょく	避雷針 ひらいしん	快挙 かいきょ	性情 せいじょう	怪聞 かいぶん
遺品 いひん	避難 ひなん	快便 かいべん	性欲 せいよく	怪談 かいだん
遺恨 いこん	〔還〕かん・かえり・	快音 かいおん	性悪 せいあく・しょ	怪獣 かいじゅう
遺留 いりゅう	かえる	快哉 かいさい	うわる	〔恒〕こう
遺書 いしょ	還元 かんげん	快眠 かいみん	性善 せいぜん	恒久 こうきゅう
遺珠 いしゅ	還付 かんふ	快復 かいふく	性教育 せいきょう	恒心 こうしん
遺骨 いこつ	還俗 げんぞく	快楽 けらく・かいら	いく	恒例 こうれい
遺訓 いくん	還幸 かんこう	く	性愛 せいあい	恒星 こうせい
遺容 いよう	還送 かんそう	快感 かいかん	性質 せいしつ	恒産 こうさん
遺家族 いかぞく	還流 かんりゅう	快勝 かいしょう	性徴 せいちょう	恒常 こうじょう
遺票 いひょう	還啓 かんけい	快晴 かいせい	性懲 しょうこり	恒温 こうおん
遺脱 いだつ	還御 かんぎょ	快報 かいほう	性慾 せいよく	恒数 こうすう
遺著 いちょ	還暦 かんれき	快適 かいてき	性器 せいき	〔恃〕じ・たのむ・た
遺族 いぞく	〔邀〕よう・むかう	快調 かいちょう	性癖 せいへき	のみ
遺習 いしゅう	邀撃 ようげき・むか	快談 かいだん	〔佛〕ひ・ほつ・ふつ	〔恭〕きょう・うやう
遺産 いさん	えうつ	快諾 かいだく	怫然 ふつぜん	やしい
遺筆 いひつ	〔邉〕ねり	快癒 かいゆ	〔怏〕おう	恭恭 うやうやしい
遺詠 いえい	邉歩 ねりあるく	〔忝〕てん・かたじけ	怏怏 おうおう	〔恢〕かい
遺跡 いせき	邉物 ねりもの	ない	〔怖〕ふ・おじる・お	恢復 かいふく
遺業 いぎょう	〔邐〕ら	〔忸〕じく・	じける・おそれる	〔恨〕こん・うらみ・
遺棄 いき	邐卒 らそつ	忸怩 じくじ	怖気 おじけ おぞけ	うらむ・うらめしい
遺愛 いあい		〔悴〕さい・すい・せ	怖怖 おずおず・おじ	恨言 うらみごと
遺漏 いろう	†部	がれ	おじ	恨事 こんじ
遺髪 いはつ	〔忖〕そん	悴容 すいよう	〔怪〕け・かい・あや	〔恰〕かつ・こう・あ
遺徳 いとく	忖度 そんたく	〔怯〕きょう・おびえ	しい・あやしむ・あ	たかも
遺墨 いぼく	〔忙〕ぼう・いそがし	る・おびゆ・ひる	やしみ	恰好 かっこう

恰度 ちょうど	くやむ・くやしがる・くやしい	情無 じょうなし	惜春 せきしゅん	〔慚〕ざん
恰幅 かっぷ	悔改 くいあらためる	情報 じょうほう	惜敗 せきはい	慚愧 ざんき
〔恬〕てん	悔泣 くやしなき	情勢 じょうせい	惜無 おしみなく	〔慷〕こう
恬淡 てんたん	悔悛 かいしゅん	情感 じょうかん	〔惝〕しょう	慷慨 こうがい
恬然 てんぜん	悔恨 かいこん	情意 じょうい	惝景 しょうけい	〔慴〕しょう・しゅう
恬澹 てんたん	悔悟 かいご	情痴 じょうち	〔惰〕だ	慴伏 しょうふく
〔恪〕かく	悔紛 くやしまぎれ	情義 じょうぎ	惰力 だりょく	〔働〕どう
恪勤 かっきん	悔涙 くやしなみだ	情話 じょうわ	惰気 だき	働哭 どうこく
〔恤〕じゅつ・めぐむ	〔悋〕りん	情歌 じょうか	惰走 だそう	〔慣〕かん・なれ・な
恤兵 じゅっぺい	悋気 りんき	情態 じょうたい	惰性 だせい	れる・ならし・なら
〔恍〕こう・とぼけ・	〔悖〕はい・ぼつ・も	情愛 じょうあい	惰眠 だみん	す・ならう・ならわ
とぼける	とる	情緒 じょうしょ・じ	惰弱 だじゃく	す・ならわし・なれ
恍惚 こうこつ	悖理 はいり	ょうちょ	〔慨〕がい	っこ
〔悚〕しょう・そう	悖徳 はいとく	情熱 じょうねつ	慨世 がいせい	慣手段 かんしゅだ
悚然 しょうぜん	〔悩〕のう・なやまし	情慾 じょうよく	慨然 がいぜん	ん
〔恫〕どう・とう	い・なやます・なや	情誼 じょうぎ	慨嘆 がいたん	慣用 かんよう
恫愒 どうかつ	み・なやむ・なやめ	情調 じょうちょう	慨歎 がいたん	慣行 かんこう
恫喝 どうかつ	る	情趣 じょうしゅ	〔惻〕そく	慣例 かんれい
〔恟〕きょう	悩乱 のうらん	情操 じょうそう	惻惻 そくそく	慣性 かんせい
恟恟 きょうきょう	悩殺 のうさつ	〔悽〕せい	惻隠 そくいん	慣習 かんしゅう
〔悦〕えつ・よろこ	〔情〕じょう・せい・	悽愴 せいそう	〔愕〕がく・おどろ	慣熟 かんじゅく
ぶ・よろこび・よろ	なさけ	〔悵〕ちょう	く・おどろき	〔惨〕さん・みじめ・
こばす・よろこばせ	情人 じょうにん・じ	悵然 ちょうぜん	愕入 おどろきいる	むごい・むごたらし
る・よろこばしい	ょうじん	〔惘〕ぼう・あきれる	愕然 がくぜん	い
悦服 えっぷく	情夫 じょうふ	惘然 ぼうぜん	〔愉〕ゆ	惨死 ざんし
悦楽 えつらく	情火 じょうか	〔惟〕ゆい・い・おも	愉快 ゆかい	惨状 さんじょう
〔悟〕ご・さとる・さ	情史 じょうし	う・おもいみる・	愉悦 ゆえつ	惨苦 さんく
とり・さとす	情交 じょうこう	これ・おもんみる	愉楽 ゆらく	惨害 さんがい
悟了 ごりょう	情合 じょうあい	惟神 かんながら	〔慎〕しん・つつし	惨事 さんじ
悟入 ごにゅう	情死 じょうし	〔惚〕こつ・ほうけ	み・つつしむ・つつ	惨胆 さんたん
悟性 ごせい	情状 じょうじょう	る・ぼけ・ぼける・ぼ	ましい・つつみ・つ	惨敗 さんぱい
悟得 ごとく	情事 じょうじ	れる・とぼける	つむ	惨烈 さんれつ
悟道 ごどう	情況 じょうきょう	惚込 ほれこむ	慎重 しんちょう	惨殺 ざんさつ
〔悄〕しょう	情実 じょうじつ	惚気 のろけ・のろけ	〔慌〕こう・あわて	惨落 さんらく
悄気 しょげる	情宜 じょうぎ	る	る・あわただしい	惨禍 さんか
悄気込 しょげこむ	情味 じょうみ	惚惚 ほれぼれ	慌者 あわてもの	惨酷 ざんこく
悄気返 しょげかえ	情炎 じょうえん	惚茄子 ぼけなす	〔慄〕りつ	惨鼻 さんび
る	情念 じょうねん	〔悼〕とう・いたみ・	慄然 りつぜん	惨劇 さんげき
悄悄 しょうしょう	情致 じょうち	いたむ	〔愧〕き・はず	惨澹 さんたん
悄然 しょうぜん	情深 なさけぶかい	悼惜 とうせき	愧死 きし	惨憺 さんたん
〔悍〕かん・おずし・	情婦 じょうふ	悼辞 とうじ	〔慊〕けん・あきたる	〔慥〕そう・たしか・
おずまし・おぞし・	情張 じょうっぱり	〔惜〕せき・しゃく・	慊焉 けんえん	あしかめる
おぞまし	情強 じょうごわ	おしい・おしむ・お	〔慢〕まん・まんじ	〔憧〕しょう・どう・
悍馬 かんば	情欲 じょうよく	しげ・おしがる	る・まんずる	とう・あこがれ・あ
悍婦 かんぷ	情理 じょうり	惜気 おしげ	慢心 まんしん	こがれる・あくがる
〔悔〕かい・げ・くい	情景 じょうけい	惜別 せきべつ	慢性 まんせい	憧憬 どうけい・しょ
る・くい・くやみ・		惜命 しゃくみょう	慢罵 まんば	うけい

〔悭〕けん

悭貪 けんどん

〔憬〕けい・あこが
れ・あこがれる

〔憚〕たん・はばか
る・はばかる

憚様 はばかりさま

〔憮〕ぶ

憮然 ぶぜん

〔憫〕びん・みん・あ
われみ

憫笑 びんしょう

憫然 びんぜん

憫察 びんさつ

〔憔〕しょう

憔悴 しょうすい

〔憤〕ふ・いきどお
り・いきどおる

憤死 ふんし

憤怒 ふんど・ふんぬ

憤然 ふんぜん

憤慨 ふんがい

憤激 ふんげき

憤懣 ふんまん

〔憎〕そう・ぞう・に
く・にくい・にくし
み・にくしむ・にく
み・にくむ・にくげ
・にくさ・にくたら
しい・にくらしい・
にくがる

憎体 にくてい

憎役 にくまれやく

憎子 にくまれっこ

憎口 にくまれぐち

憎悪 ぞうお

憎憎 にくにくしい

〔憶〕おく・おもう・
おもい・おぼえる

憶病 おくびょう

憶念 おくねん

憶断 おくだん

憶測 おくそく

憶説 おくせつ

〔憐〕れん・あわれ
び・あわれみ・あわ
れむ

憐愍 れんびん

憐察 れんさつ

憐憫 れんびん

〔憬〕かん・うらみ・
うらむ

〔懈〕かい・け・げ

解怠 けたい

〔懊〕おう

懊悩 おうのう

〔懦〕だ

懦夫 だふ

懦弱 だじゃく

〔懐〕かい・いだく・
うだく・ふところ・
なつく・なつけ・な
つかしい・なつかし
む・ゆかしい・なつ
ける

懐刀 ふところがたな

懐手 ふところで

懐中 かいちゅう

懐石 かいせき

懐古 かいこ

懐旧 かいきゅう

懐妊 かいにん

懐抱 かいほう

懐炉 かいろ

懐柔 かいじゅう

懐胎 かいたい

懐剣 かいけん

懐紙 かいし・ふとこ
ろがみ

懐勘定 ふところか
んじょう

懐郷 かいきょう

懐疑 かいぎ

〔懶〕らい・らん・な
まけ・なまける・も
のうい・ものうし・
ものぐさ・ものぐさ
し

懶惰 らいだ・らんだ

〔懺〕ざん・さん

懺悔 ざんげ

懺悔録 ざんげろく

〔慴〕しょう

慴伏 しょうふく

干 部

〔干〕かん・ひる・ほ
す

干上 ほしあげる

干与 かんよ

干支 かんし・えと

干天 かんてん

干戈 かんか

干犯 かんぱん

干死 ひじに

干拓 かんたく

干物 ひもの・ほしも
の

干草 ほしくさ

干城 かんじょう

干柿 ほしがき

干害 かんがい

干菓子 ひがし

干渉 かんしょう

干海苔 ほしのり

干殺 ほしころす

干魚 かんぎょ・ほし
うお

干満 かんまん

干葉 ひば

干割 ひわれ・ひわれ
る

干乾 ひぼし

干潮 かんちょう

干潟 ひがた

干魃 かんばつ

干瓢 かんぴょう

干鯛 ひだい

干鱈 ひだら

干鰯 ほしか

〔平〕へい・ひょう・
たいら・たいらげる・
ひら・ひらか・ひ
らめる・たいらか・
たいらぐ・ひらたい

平凡 へいぼん

平土間 ひらどま

平日 へいじつ

平分 へいぶん

平方 へいほう

平仄 ひょうそく

平水 へいすい

平氏 へいし

平打 ひらうち

平目 ひらめ

平手 ひらて

平生 へいせい

平民 へいみん

平平凡凡 へいへい
ぼんぼん

平平坦坦 へいへい
たんたん

平皿 ひらざら

平年 へいねん

平伏 へいふく・ひれ
ふす

平仮名 ひらがな

平行 へいこう

平地 へいち・ひらち

平安 へいあん

平米 へいべい

平気 へいき

平作 へいさく

平沙 へいさ

平麦 ひらむぎ

平均 へいきん

平声 ひょうしょう

平貝 たいらがい

平侍 ひらざむらい

平身低頭 へいしん
ていとう

平底 ひらぞこ

平価 へいか

平泳 ひらおよぎ

平坦 へいたん

平定 へいてい

平板 へいばん

平明 へいめい

平押 ひらおし

平易 へいい

平服 へいふく

平炉 へいろ・ひらろ

平和 へいわ

平和五原則 へい
わごげんそく

平臥 へいが

平俗 へいぞく

平信 へいしん

平叙 へいじょ

平屋 ひらや

平城 ひらじろ

平版 へいはん

平面 へいめん

平首 ひらくび

平原 へいげん

平時 へいじ

平射 へいしゃ

平家 へいけ・ひらや

平脈 へいみゃく

平紐 ひらひも

平素 へいそ

平針 ひらばり

平淡 へいたん

平常 へいじょう

平野 へいや

平野水 ひらのすい

平温 へいおん

平場 ひらば

平椀 ひらわん

卒然 へいぜん

卒等 へいどう

卒絎 ひらぐけ

卒幕 ひらまく

卒滑 へいかつ

平準 へいじゅん

平絹 ひらぎぬ

平話 へいわ

平復 へいふく

平蜘蛛 ひらたぐ
も・ひらぐも

平語 へいご

平静 へいせい

平熱 へいねつ

平衡 へいこう

平穏 へいおん

平謝 ひらあやまり

平鍋 ひらなべ

平癒 へいゆ

平織 ひらおり

〔罕〕かん

〔幸〕こう・さち・ま
いわい・しあわせ・
さきはふ・さきわう

幸先 さいさき

幸便 こうびん

幸甚 こうじん	土星 どせい	土嚢 どのう	在位 ざいい	地平 ちへい
幸運 こううん	土臭 つちくさい	土竈 どがま	在住 ざいじゅう	地目 ちもく
幸福 こうふく	土建 どけん	〔圧〕あっ・おし・お	在官 ざいかん	地虫 じむし
〔幹〕かん・から・み	土俗 どぞく	す	在京 ざいきょう	地史 ちし
幹竹 からたけ	土埃 つちぼこり	圧力 あつりょく	在学 ざいがく	地代 じだい・ちだい
幹事 かんじ	土俵 どひょう	圧死 あっし	在国 ざいこく	地付 じつき
幹部 かんぶ	土釜 どがま	圧伏 あっぷく	在所 ざいしょ	地衣 ちい
幹線 かんせん	土留 どどめ	圧延 あつえん	在島 ざいとう	地米 じまい
	土瓶 どびん	圧服 あっぷく	在室 ざいしつ	地曳 じびき
土　部	土寄 つちよせ	圧迫 あっぱく	在欧 ざいおう	地回 じまわり
	土産 どさん・みやげ	圧制 あっせい	在院 ざいいん	地団太 じだんだ
〔土〕と・ど・つち	土産話 みやげばな	圧巻 あっかん	在俗 ざいぞく	地団駄 じだんだ
土一揆 どいっき・	し	圧政 あっせい	在高 ありだか	地気 ちき
つちいっき	土匪 どひ	圧砕 あっさい	在家 ざいけ	地先 じさき
土人 どじん	土間 どま	圧間 どま	在校 ざいこう	地糸 じいと
土工 どこう	土偶 どぐう	圧点 あってん	在庫 ざいこ	地色 じいろ
土下座 どげざ	土盛 どもり	圧倒 あっとう	在席 ざいせき	地肌 じはだ
土方 どかた	土焼 どやき・つちや	圧殺 あっさつ	在荷 ざいか	地名 ちめい
土木 どぼく	き	圧勝 あっしょう	在級 ざいきゅう	地合 じあい
土中 どちゅう	土着 どちゃく	圧縮 あっしゅく	在留 ざいりゅう	地位 ちい
土手 どて	土塀 どべい	圧搾 あっさく	在宿 ざいしゅく	地利 ちのり
土石 どせき	土筆 つくし	圧鮨 おしずし	在野 ざいや	地役権 ちえきけん
土民 どみん	土葬 どそう	〔圭〕けい	在郷 ざいきょう・ざ	地卵 じたまこ
土用 どよう	土煙 つちけむり	圭角 けいかく	いごう	地声 じごえ
土台 どだい	土鳩 どばと	〔在〕ざい・ある・あ	在朝 ざいちょう	地形 ちけい・じぎょ
土付 つちつかず	土塊 どかい・つちく	り・います・おわす	在勤 ざいきん	う
土地 とち	れ	在方 ざいかた・あり	在銘 ざいめい	地図 ちず
土百姓 どびゃくし	土壇場 どたんば	かた	在監 ざいかん	地均 じならし
ょう	土語 どご	在天 ざいてん	在職 ざいしょく	地伸 じのし
土気 つちけ	土豪 どごう	在中 ざいちゅう	在籍 ざいせき	地突 じつき
土色 つちいろ	土管 どかん	在日 ざいにち	〔地〕じ・ち・つち	地所 じしょ
土牢 つちろう	土製 どせい	在庁 ざいちょう	つし	地学 ちがく
土均 つちならし	土蜘蛛 つちぐも	在世 ざいせい	地元 じもと	地底 ちてい
土足 どそく	土窯 どがま	在民 ざいみん	地力 じりき・ちりょ	地雨 じあめ
土佐節 とさぶし	土器 どき・かわらけ	在処 ありか	く	地表 ちひょう
土佐半紙 とさばん	土蔵 どぞう	在外 ざいがい	地下 ちか・じげ	地坪 じつぼ
し	土質 どしつ	在宅 ざいたく	地下足袋 じかたび	地拍子 じびょうし
土佐犬 とさいぬ	土橋 どばし	在米 ざいまい・ざい	地上 ちじょう	地取 じどり
土佐絵 とさえ	土龍 もぐら・むぐら	べい・ありまい	地口 じぐち	地歩 ちほ
土佐衛門 どざえも	もち	在団 ざいだん	地文 ちもん・ちぶん	地味 じみ・ちみ
ん	土鍋 どなべ	在任 ざいにん	地方 ちほう・じかた	地固 じがため
土芥 どかい	土曜 どよう	在廷 ざいてい	地区 ちく	地物 ちぶつ・じもの
土突 どづき	土類金属 どるいき	在合 ありあわせる	地引 じびき	地価 ちか
土性骨 どしょうぼ	んぞく	在社 ざいしゃ	地内 じない	地金 じがね
ね	土壌 どじょう	在来 ざいらい・あり	地中 ちちゅう	地直 じなおし
土砂 どしゃ	土饅頭 どまんじゅ	きたり	地毛 じげ	地染 じぞめ
土砂降 どしゃぶり	う	在呑 ざいひ	地主 じぬし	地廻 じまわり
		在役 ざいえき		

地神 ちじん	地層 ちそう	坐作 ざさ	型式 けいしき	垂下 すいか・たれさ
地祇 ちぎ	地際 じぎわ	坐作進退 ざさしん	型如 かたのごとく	がる
地厚 じあつ	地鳴 じなり	たい	型染 かたぞめ	垂木 たるき
地面 じめん	地蜘蛛 じぐも	坐板 ざいた	型破 かたやぶり	垂心 すいしん
地相 ちそう	地銀 ちぎん	坐卓 ざたく	型通 かたどおり	垂目 たれめ
地点 ちてん	地獄 じごく	坐洲 ざす	型紙 かたがみ	垂直 すいちょく
地風 じふう	地震 じしん	坐臥 ざが	型許 かたばかり	垂乳根 たらちね
地変 ちへん	地熱 じねつ・ちねつ	坐乗 ざじょう	型置 かたおき	垂迹 すいじゃく
地酒 じざけ	地蔵 じぞう	坐食 ざしょく	型鋼 かたこう	垂柳 すいりゅう
地核 ちかく	地髪 じがみ	坐骨 ざこつ	〔垣〕えん・かき・く	垂訓 すいくん
地帯 ちたい	地膚 じはだ	坐高 ざこう	べ	垂流 たれながし
地峡 ちきょう	地縁 ちえん	坐肺胆 すわりだて	垣根 かきね	垂涎 すいえん・すい
地唄 じうた	地質 ちしつ・じしつ	坐浴 ざよく	垣覗 かきのぞき	ぜん
地唄舞 じうたまい	地盤 じばん	坐視 ざし	垣間見 かいまみる	垂幕 すいまく
地紋 じもん	地頭 じとう・じあた	坐椅子 ざいす	垣越 かきごし	垂絹 たれぎぬ
地紙 じがみ	ま	坐業 ざぎょう	垣隣 かきとなり	垂髪 たれがみ
地租 ちそ	地薄 じうす	坐禅 ざぜん	〔城〕じょう・しろ・	垂穂 たりほ
地動説 ちどうせつ	地縫 じぬい	坐像 ざぞう	さし	垂線 すいせん
地域 ちいき	地積 ちせき	坐薬 ざやく	城下 じょうか	垂範 すいはん
地殻 ちかく	地謡 じうたい	坐礁 ざしょう	城内 じょうない	垂籠 たれこめる
地球 ちきゅう	地検 ちけん	坐職 ざしょく	城市 じょうし	〔垢〕こう・く・あか
地理 ちり	地顔 じがお	〔均〕きん・ならす・	城主 じょうしゅ	垢光 あかびかり
地階 ちかい	地離 じばなれ	ならし・ひとしい	城北 じょうほく	垢抜 あかぬけ・あか
地異 ちい	地織 じおり	均一 きんいつ	城代 じょうだい	ぬける
地鳥 じどり	地鎮祭 じちんさい	均分 きんぶん	城西 じょうせい・じ	垢染 あかじみる
地袋 じぶくろ	地響 じひびき	均等 きんとう	ょうさい	垢擦 あかすり
地温 ちおん	地籍 ちせき	均斉 きんせい	城址 じょうし・しろ	垢離 こり
地割 じわり・じわれ	〔坊〕ぼう・ぼうや・	均整 きんせい	あと	〔埋〕まい・うずま
地道 じみち	ぼん・ぼっちゃん	均買 きんばい	城兵 じょうへい	る・うずめる・う
地裁 ちさい	坊主 ぼうず	均衡 きんこう	城府 じょうふ	ずもれる・うまる
地軸 ちじく	坊間 ぼうかん	均霑 きんてん	城門 じょうもん	・うめる・うもれ
地場 じば	〔坑〕こう	〔坂〕はん・さか・さ	城東 じょうとう	る・うもる・いち
地象 ちしょう	坑口 こうこう	坂東 ばんどう	城南 じょうなん	る・いかる・いける
地番 ちばん	坑内 こうない	坂道 さかみち	城将 じょうしょう	埋火 うずみび
地勢 ちせい	坑夫 こうふ	坂落 さかおとし	城郭 じょうかく	埋木 うめき・うもれ
地滑 じすべり	坑木 こうぼく	〔坪〕へい・つぼ	城趾 じょうし	ぎ
地溝 ちこう	坑底 こうてい	坪刈 つぼがり	城塁 じょうるい	埋立 うめたてる
地雷 じらい	坑道 こうどう	坪当 つぼあたり	城塞 じょうさい	埋合 うめあわす・う
地搗 じつき	〔址〕し・あと	〔坩〕かん	城迹 しろあと	めあわせ・うめあわ
地腹 じばら	〔坏〕つき	坩堝 るつぼ	城郭 じょうかく	せる
地腫 じばれ	〔坐〕ざ・ます・まし	〔坤〕こん・ひつじさ	城堺 じょうかく	埋伏 まいふく
地鼠 じねずみ	ます・すわる・すわ	る	城閣 じょうかく	埋没 まいぼつ
地続 じつづき	り・いながら・ざす	〔坦〕たん・	城頭 じょうとう	埋草 うめくさ
地歌 じうた	る	坦坦 たんたん	城壁 じょうへき	埋骨 まいこつ
地誌 ちし	坐込 すわりこむ・す	〔型〕けい・かた	〔垂〕すい・たれ・た	埋設 まいせつ
地境 じざかい	わりこみ	型付 かたつき・かた	れる・たらす・し	埋葬 まいそう
地磁気 ちじき	坐礼 ざれい	つけ	で・なんなんとする	埋樋 うずみひ

埋蔵 まいぞう	堅固 けんこ	堂堂巡 どうどうめぐり	堪難 たえがたい	塩化 えんか
〔埃〕あい・ほこり	堅物 かたぶつ	堂塔 どうとう	〔堤〕てい・つつみ	塩田 えんでん
〔埒〕らち	堅持 けんじ	堂奥 どうおう	堤防 ていぼう	塩出 しおだし
埒内 らちない	堅城 けんじょう	〔堆〕たい・つい・うずたかい	〔場〕じょう・ば	塩圧 しおあつ
埒外 らちがい	堅炭 かたずみ	堆石 たいせき	場内 じょうない	塩気 しおけ
〔培〕ばい・つちかう	堅造 かたぞう	堆朱 ついしゅ	場立 ばだち	塩辛 しおから・しおからい
培地 ばいち	堅陣 けんじん	堆肥 たいひ	場打 ばうて	塩豆 しおまめ
培養 ばいよう	堅焼 かたやき	堆積 たいせき	場末 ばすえ	塩花 しおばな
〔埵〕おう	堅強 けんきょう	〔埠〕ふ	場外 じょうがい	塩味 しおみ・しおあじ
塊飯振舞 おおばんぶるまい	堅塁 けんるい	埠頭 ふとう	場代 ばだい	塩物 しおもの
〔執〕しつ・しゅう・とる	堅調 けんちょう	〔堀〕くつ・ほり・ほる	場当 ばあたり	塩害 えんがい
執刀 しっとう	堅蔵 かたぞう	堀江 ほりえ	場合 ばあい	塩浜 しおはま
執心 しゅうしん	〔基〕き・もとい・もとづく・もと	堀端 ほりばた	場長 じょうちょう	塩素 えんそ
執行 しっこう・とりおこなう	基本 きほん	〔報〕ほう・ほうじる・ほうずる・むくう・むくい・むくいる・しらせ	場所 ばしょ	塩釜 しおがま
執成 とりなし・とりなす	基地 きち	報告 ほうこく	場面 ばめん	塩断 しおだち
執事 しつじ	基体 きたい	報国 ほうこく	場席 ばせき	塩基 えんき
執拗 しつよう	基底 きてい	報知 ほうち	場景 じょうけい	塩乾 しおぼし
執念 しゅうねん	基肥 きひ	報恩 ほうおん	場裏 じょうり	塩乾魚 えんかんぎょ
執奏 しっそう	基金 ききん	報道 ほうどう	場裡 じょうり	
執政 しっせい	基音 きおん	報奨 ほうしょう	場数 ばかず	塩梅 あんばい
執務 しつむ	基柱 きちゅう	報復 ほうふく	場馴 ばなれ	塩魚 しおうお・しおざかな
執着 しゅうちゃく・じゅうじゃく	基点 きてん	報酬 ほうしゅう	場違 ばちがい	
執達吏 しったつり	基根 きこん	報徳 ほうとく	場慣 ばなれ	塩焼 しおやけ・しおやき
執筆 しっぴつ	基部 きぶ	報謝 ほうしゃ	場銭 ばせん	塩揉 しおもみ
執権 しっけん	基軸 きじく	報賽 ほうさい	〔塔〕とう・あららぎ	塩煮 しおに
〔堵〕と	基数 きすう	報償 ほうしょう	塔屋 とうや	塩煙 しおけむり
堵列 とれつ	基準 きじゅん	〔堯〕ぎょう	塔婆 とうば	塩酸 えんさん
〔域〕いき	基幹 きかん	〔堰〕えん・いせき・せき・せく	塔頭 たっちゅう	塩蒸 しおむし
域内 いきない	基層 きそう	堰堤 えんてい	〔堕〕だ・だする	塩煎餅 しおせんべい
域外 いきがい	基調 きちょう	〔堙〕いん	堕胎 だたい	塩業 えんぎょう
〔堅〕けん・かたい	基盤 きばん	堙滅 いんめつ	堕落 だらく	塩漬 しおづけ
堅人 かたじん	基線 きせん	〔堪〕かん・こたえる・こらえる・たう・たえる・たまる	〔塁〕るい	塩蔵 えんぞう
堅木 かたぎ	基礎 きそ	堪忍 かんにん・たえしのぶ	塁間 るいかん	塩鮭 しおざけ
堅甲 けんこう	〔埴〕しょく・はに	堪性 こらえしょう	塁審 るいしん	塩類 えんるい
堅氷 けんぴょう	埴土 しょくど・へなつち	堪兼 たまりかねる	塁壁 るいへき	塩瀬 しおぜ
堅牢 けんろう	埴生 はにゅう	堪能 かんのう・たんのう	〔壻〕むこ	塩竈 しおがま
堅守 けんしゅ	埴輪 はにわ		〔塀〕へい	〔塗〕と・ぬり・ぬる・まぶす・まみる・まみれる
堅気 かたぎ	〔堂〕どう		〔堡〕ほう	塗立 ぬりたてる・ぬりたて
堅忍 けんにん	堂上 どうじょう		堡塁 ほうるい・ほるい	塗布 とふ
堅実 けんじつ	堂守 どうもり		〔塩〕えん・しお	
堅苦 かたくるしい	堂宇 どうう		塩干 えんかん	
堅果 けんか	堂舎 どうしゃ		塩干魚 えんかんぎょ	
	堂宇 どうう		塩引 しおびき	
	堂堂回 どうどうめぐり		塩水 えんすい	
			塩分 えんぶん	

塗込 ぬりこめる	塞外 さいがい	増便 ぞうびん	墨跡 ぼくせき	壁虎 やもり
塗付 ぬりつける	塞込 ふさぎこむ	増炭 ぞうたん	墨継 すみつぎ	壁面 へきめん
塗抹 とまつ	塞虫 ふさぎのむし	増発 ぞうはつ	墨壺 すみつぼ	壁書 へきしょ
塗直 ぬりなおす	塞翁馬 さいおうが	増益 ぞうえき	墨縄 すみなわ	壁紙 かべがみ
塗板 とばん・ぬりい	うま	増俸 ぞうほう	〔境〕きょう・けい・	壁掛 かべかけ
た	塞源 そくげん	増配 ぞうはい	さか・さかい・さかう	壁訴訟 かべそしょう
塗物 ぬりもの	〔塊〕かい・かたま	増員 ぞういん	境内 けいだい	壁越 かべごし
塗炭 とたん	り・くれ	増設 ぞうせつ	境目 さかいめ	壁間 へきかん
塗料 とりょう	塊打 くれうち	増産 ぞうさん	境地 きょうち	壁新聞 かべしんぶん
塗残 ぬりのこし	塊状 かいじょう	増進 ぞうしん	境界 けいかい・きょ	壁蝨 だに
塗消 ぬりけす	塊茎 かいけい	増悪 ぞうあく	うかい・きょうがい	壁隣 かべどなり
塗師 ぬし・ぬりし	塊炭 かいたん	増強 ぞうきょう	境涯 きょうがい	〔壇〕だん
塗装 とそう	塊根 かいこん	増補 ぞうほ	境域 きょういき	壇上 だんじょう
塗椀 ぬりわん	塊割 くれわり	増援 ぞうえん	境遇 きょうぐう	〔壊〕かい・え・こわ
塗替 ぬりかえ・ぬり	〔塚〕つか	増幅 ぞうふく	〔塾〕じゅく	れる・こわれ・こわす
かえる	塚穴 つかあな	増量 ぞうりょう	塾生 じゅくせい	壊死 えし
塗絵 ぬりえ	〔填〕てん・はまる・	増殖 ぞうしょく	塾長 じゅくちょう	壊血病 かいけつびょう
塗箸 ぬりばし	はまり・はめる	増給 ぞうきゅう	塾舎 じゅくしゃ	う
塗隠 ぬりかくす	填込 はめこむ・はめ	増税 ぞうぜい	塾員 じゅくいん	壊走 かいそう
塗潰 ぬりつぶす	こみ	増資 ぞうし	塾頭 じゅくとう	壊乱 かいらん
塗薬 ぬりぐすり	填補 てんぽ	増置 ぞうち	〔塵〕じん・ちり	壊物 こわれもの
塗擦 とさつ	〔塑〕そ	増徴 ぞうちょう	塵土 じんど	壊疽 えそ
塗籠 ぬりごめ	塑像 そぞう	増築 ぞうちく	塵外 じんがい	壊滅 かいめつ
〔墓〕ぼ・はか	〔塒〕ねぐら・とや・	増額 ぞうがく	塵払 ちりはらい	〔墾〕こん
墓穴 ぼけつ	とぐら	〔墨〕ぼく・すみ	塵労 じんろう	墾田 こんでん
墓石 ぼせき・はかい	〔増〕ぞう・ふえる・	墨汁 ぼくじゅう	塵芥 じんかい・ちり	〔壌〕じょう
し	まさる・ます・ま	墨打 すみうち	あくた	壌土 じょうど
墓守 はかもり	し	墨池 ぼくち	塵取 ちりとり	〔壕〕ごう・
墓地 ぼち	増大 ぞうだい	墨守 ぼくしゅ	塵界 じんかい	〔壜〕びん
墓所 ぼしょ・はかし	増上慢 ぞうじょう	墨曲尺 すみがね	塵埃 じんあい	壜詰 びんづめ
ょ・はかどころ	まん	墨糸 すみいと	塵紙 ちりがみ	〔壟〕ろう・りょう
墓表 ぼひょう	増反 ぞうたん	墨色 ぼくしょく・す	塵塚 ちりづか	壟断 ろうだん
墓前 ぼぜん	増水 ぞうすい	みいろ	〔塹〕ざん	
墓原 はかはら	増刊 ぞうかん	墨画 ぼくが	塹壕 ざんごう	**士　部**
墓域 ぼいき	増石 ぞうこく	墨東 ぼくとう	〔塙〕くるわ	
墓場 はかば	増加 ぞうか	墨金 すみがね	〔墝〕ぎょう	〔士〕し・さむらい
墓参 ぼさん・はかま	増目 ましめ	墨染 すみぞめ	境埆 きょうかく	士人 しじん
いり	増収 ぞうしゅう	墨客 ぼっかく・ぼっ	〔墜〕つい	士女 しじょ
墓誌 ぼし	増床 ぞうしょう	きゃく	墜死 ついし	士分 しぶん
墓碑 ぼひ	増車 ぞうしゃ	墨流 すみながし	墜落 ついらく	士民 しみん
墓標 ぼひょう・はか	増兵 ぞうへい	墨書 ぼくしょ・すみ	〔墳〕ふん	士気 しき
じるし	増作 ぞうさく	がき	墳墓 ふんぼ	士君子 しくんし
〔塞〕さい・そく・せ	増長 ぞうちょう	墨烏賊 すみいか	〔壁〕へき・かべ	士卒 しそつ
く・ふさぐ・ふさが	増枠 ぞうわく	墨痕 ぼっこん	壁一重 かべひとえ	士長 しちょう
る・ふさげる・ふたぐ	増刷 ぞうさつ	墨袋 すみぶくろ	壁土 かべつち	士官 しかん
塞上 せきあげる	増価 ぞうか	墨絵 すみえ	壁下地 かべしたじ	士族 しぞく
塞止 せきとめる	増派 ぞうは		壁画 へきが	士道 しどう
				士魂 しこん

〔壬〕じん・みずのえ

壬申 じんしん

壬生艾 みょよもぎ

壬生菜 みぶな

〔壮〕そう・さかん

壮丁 そうてい

壮大 そうだい

壮士 そうし

壮行 そうこう

壮者 そうしゃ

壮年 そうねん

壮快 そうかい

壮途 そうと

壮美 そうび

壮烈 それつ

壮絶 そうぜつ

壮語 そうご

壮挙 そうきょ

壮健 そうけん

壮図 そうと

壮齢 それい

壮観 そうかん

壮麗 それい

〔壱〕いち・いつ・ひとつ

〔声〕せい・こえ・しょう

声下 こえのした

声付 こえつき

声名 せいめい

声色 せいしょく・こわいろ

声声 こえごえ

声価 せいか

声門 せいもん

声明 しょうみょう・せいめい

声点 しょうてん

声柄 こえがら

声音 せいおん・こわね

声変 こえがわり

声紋 せいもん

声帯 せいたい

声高 こわだか

声涙 せいるい

声部 せいぶ

声望 せいぼう

声域 せいいき

声援 せいえん

声喩 せいゆ

声量 せいりょう

声遣 こわづかい

声楽 せいがく

声誉 せいよ

声聞 しょうもん

声調 せいちょう

声優 せいゆう

〔売〕ばい・うり・うる・うれ・うれる

売人 ばいにん

売卜 ばいぼく

売上 うりあげ

売子 まいす・うれっこ・うりこ

売女 ばいた

売口 うれくち・うりくち

売切 うりきる・うりきれる

売手 うりて

売方 うりかた

売文 ばいぶん

売主 うりぬし

売立 うりたて

売叩 うりたたく

売込 うりこむ

売付 うりつける

売払 うりはらう

売出 うりだし・うりだす・うれだす

売気 うりき

売行 うれゆき

売色 ばいしょく

売血 ばいけつ

売名 ばいめい

売地 うりち

売足 うれあし

売却 ばいきゃく

売声 うりごえ

売言葉 うりことば

売妓 うれっこ

売国 ばいこく

売物 うりもの

売店 ばいてん

売価 ばいか

売食 うりぐい

売飛 うりとばす

売哉 うらんかな

売品 ばいひん

売約 ばいやく

売逃 うりにげ

売春 ばいしゅん

売急 うりいそぐ

売家 うりいえ・うりや

売捌 うりさばく

売高 うれだか

売残 うりのこる・うれのこり

売笑 ばいしょう

売笑婦 ばいしょうふ

売値 うりね

売掛 うりかけ

売惜 うりおしむ・うりおしみ

売淫 ばいいん

売買 ばいばい・ばいかい・うりかい

売渡 うりわたす

売場 うりば

売溜 うりだめ

売僧 まいす

売薬 ばいやく

売繋 うりつなぎ

〔壺〕こ・つぼ

壺皿 つぼざら

壺金 つぼがね

壺菫 つぼすみれ

壺焼 つぼやき

工 部

〔工〕こう・く・たくみ・たくむ・たくらむ

工人 こうじん

工夫 こうふ・くふう

工手 こうしゅ

工合 ぐわい・ぐあい

工形 こうがた

工芸 こうげい

工匠 こうしょう

工作 こうさく

工兵 こうへい

工具 こうぐ

工法 こうほう

工学 こうがく

工房 こうぼう

工事 こうじ

工面 くめん

工科 こうか

工員 こういん

工料 こうりょう

工務 こうむ

工場 こうば・こうじょう

工費 こうひ

工程 こうてい

工船 こうせん

工業 こうぎょう

工賃 こうちん

工銭 こうせん

工廠 こうしょう

〔巧〕こう・たくみ・たくむ

巧手 こうしゅ

巧妙 こうみょう

巧言 こうげん

巧技 こうぎ

巧者 こうしゃ

巧拙 こうせつ

巧緻 こうち

巧遅 こうち

〔左〕さ・ひだり・たすける

左手 ひだりて・ゆんで

左辺 さへん

左右 さゆう・とかく

左団扇 ひだりうちわ

左向 ひだりむき

左見右見 とみこうみ

左利 ひだりきき

左折 させつ

左武 さぶ

左岸 さがん

左官 さかん

左派 さは

左前 ひだりまえ

左巻 ひだりまき

左衽 さじん

左祖 さたん

左記 さき

左党 さとう・ひだりとう

左舷 さげん

左側 さそく

左証 さしょう

左程 さほど

左褄 ひだりづま

左腕 さわん

左様 さよう

左様奈良 さようなら

左傾 さけい

左端 さたん

左遷 させん

左翼 さよく

左顧右眄 さこうべん

〔巫〕ふ・こうなぎ・かみなき・かむなき・かん・かんなぎ

巫子 みこ

巫女 みこ・ふじょ

巫山戯 ふざける

巫祝 ふしゅく

巫術 ふじゅつ

〔差〕さ・さし・さす

差入 さしいる・さしいれる・さしいれ

差上 さしあげる・さしのぼる

差土 さしつち

差止 さしとめる

差引 さしひき・さっぴく

差手 さして・さすて

差支 さしつかえ・さしつかえる

差毛 さしげ

差水 さしみず

差出 さしだす・さしで・さしでる	差許 さしゆるす	式辞 しきじ	寺男 てらおとこ	対記録 たいきろく
差出人 さしだしにん	差控 さしひかえる	〔弑〕しい	寺門 じもん	対称 たいしょう
	差等 さとう	弑逆 しいぎゃく	寺侍 てらざむらい	対症的 たいしょうてき
差出口 さしでぐち	差歯 さしば	**寸 部**	寺宝 じほう	
差込 さしこみ・さしこむ	差渡 さしわたし		寺参 てらまいり	対症療法 たいしょうりょうほう
	差湯 さしゆ	〔寸〕すん・き	寺格 じかく	
差立 さしたてる	差越 さしこす・さしこえる	寸寸 すんずん	寺院 じいん	対偶 たいぐう
差付 さしつける		寸土 すんど	寺務 じむ	対訳 たいやく
差向 さしむかい・さしむき・さしむける	差換 さしかえる	寸尺 すんしゃく	寺訳 てらせん	対晤 たいご
	差損 さそん	寸心 すんしん	寺銭 てらせん	
差合 さしあい・さしあう	差詰 さしづめ	寸分 すんぶん	寺運 じうん	対頂角 たいちょうかく
	差詰引詰 さしつめひきつめ	寸切 すんぎり	寺僧 じそう	
差交 さしかわす		寸志 すんし	寺領 じりょう	対幅 ついふく
差当 さしあたり	差違 さい・さしちがえる	寸言 すんげん	寺歴 じれき	対象 たいしょう
差回 さしまわす・さしまわし		寸法 すんぽう	〔対〕たい・つい・たいする	対極 たいきょく
	差遣 さしやる・さけん・さしつかわす	寸刻 すんこく		対等 たいとう
差足 さしあし		寸秒 すんびょう	対人 たいじん	対策 たいさく
差伸 さしのべる	差置 さしおく	寸前 すんぜん	対内 たいない	対置 たいち
差別 さべつ・しゃべつ	差障 さしさわる・さしさわり	寸退尺進 すんたいしゃくしん	対比 たいひ	対話 たいわ
			対生 たいせい	対照 たいしょう
差延 さしのべる	差潮 さししお	寸莎 った・すさ	対立 たいりつ	対義語 たいぎご
差昇 さしのぼる	差薬 さしぐすり	寸時 すんじ	対外 たいがい	対戦 たいせん
差固 さしかためる	差糠 さしぬか	寸書 すんしょ	対句 ついく	対数 たいすう
差替 さしかえる	差翳 さしかざす	寸胴切 ずんどぎり	対処 たいしょ	対語 たいご・ついご
差肥 さしごえ	差額 さがく	寸借 すんしゃく	対辺 たいへん	対論 たいろん
差迫 さしせまる	差繰 さしくる	寸断 すんだん	対当 たいとう	対審 たいしん
差乳 さしちち	差響 さしひびく	寸描 すんびょう	対地 たいち	対談 たいだん
差担 さしにない	**弋 部**	寸毫 すんごう	対向 たいこう	対質 たいしつ
差戻 さしもどす		寸陰 すんいん	対局 たいきょく	対敵 たいてき
差押 さしおさえる	〔弋〕いぐるみ	寸善尺魔 すんぜんしゃくま	対角線 たいかくせん	対聯 たいれん
さしおさえ	〔弍〕に			対蹠 たいしょ
差招 さしまねく	弍心 ふたごころ	寸評 すんぴょう	対応 たいおう	対顔 たいがん
差油 さしあぶら	〔式〕しき	寸裂 すんれつ	対抗 たいこう	〔寿〕じゅ・ことぶき・ことぶく・ことほぐ
差金 さしがね・さしきん・さきん	式三番 しきさんば	寸鉄 すんてつ	対決 たいけつ	
	式日 しきじつ	寸話 すんわ	対位法 たいいほう	寿司 すし
差送 さしおくる	式台 しきだい	寸詰 すんづまり	対坐 たいざ	寿老人 じゅろうじん
差前 さしまえ	式目 しきもく	寸楮 すんちょ	対価 たいか	
差益 さえき	式年 しきねん	寸隙 すんげき	対空 たいくう	寿命 じゅみょう
差配 さはい	式次第 しきしだい	寸暇 すんか	対物 たいぶつ	寿限無 じゅげむ
差料 さしりょう	式典 しきてん	寸劇 すんげき	対岸 たいがん	寿喜焼 すきやき
差紙 さしがみ	式服 しきふく	〔寺〕じ・てら	対峙 たいじ	寿像 じゅぞう
差俯 さしうつむく	式能 しきのう	寺入 てらいり	対面 たいめん	寿齢 じゅれい
差添 さしぞえ	式部 しきぶ	寺子 てらこ	対座 たいざ	〔封〕ふう・ほう・ほうずる・ふうじる・ふうずる
差異 さい	式菓子 しきがし	寺内 じない	対校 たいこう	
差掛 さしかかる・さしかけ・さしかける	式場 しきじょう	寺中 じちゅう	対流 たいりゅう	
	式楽 しきがく	寺号 じごう	対案 たいあん	封入 ふうにゅう
	式微 しきび	寺社 じしゃ	対席 たいせき	封土 ほうど
			対陣 たいじん	

封切 ふうきり	専従 せんじゅう	将帥 しょうすい	尊翰 そんかん	才徳 さいとく
封手 ふうじて	導断 せんだん	将家 しょうか	尊顔 そんがん	才蔵 さいぞう
封目 ふうじめ	専検 せんけん	将校 しょうこう	〔尋〕じん・ひろ・た	才藻 さいそう
封込 ふうじこむ・ふ	専属 せんぞく	将舷 しょうげん	ずねる	才識 さいしき
うじこめる	専業 せんぎょう	将棋 しょうぎ	尋人 たずねびと	〔打〕だ・うつ・う
封皮 ふうひ	専管 せんかん	将頷 しょうりょう	尋合 たずねあわせる	ち・ぶつ・ぶち
封印 ふういん	専権 せんけん	将戯 しょうぎ	尋行 とめゆく	打力 だりょく
封建 ほうけん	専横 せんおう	将器 しょうき	尋物 たずねもの	打上 うちあげ・うち
封殺 ふうさつ	〔射〕しゃ・さす・い	〔尉〕い・じょう	尋問 じんもん	あげる
封書 ふうしょ	る・いゆ	尉官 いかん	尋常 じんじょう	打上花火 うちあげ
封筒 ふうとう	射入 さしいる	尉鵝 じょうびたき	〔導〕どう・みちびく	はなび
封緘 ふうかん	射干 しゃが・ひおう	〔尊〕そん・みこと・	・みちびき・しるべ	打水 うちみず
封鎖 ふうさ	射干 しゃが・ひおう	たっとい・とうと	導入 どうにゅう	打止 うちどめ・うち
封蠟 ふうろう	射手 しゃしゅ・いて	い・とうとむ・たっ	導水 どうすい	とめる
〔耐〕たい・たえる	射止 いとめる	とぶ・とうとぶ	導火 どうか	打手 うちて・うって
耐久 たいきゅう	射出 しゃしゅつ	尊大 そんだい	導出 どうしゅつ	打手繰 ぶったくる
耐乏 たいぼう	射込 さしこむ	尊王 そんのう	導因 どういん	打切 うちきる
耐圧 たいあつ	射当 いあてる	尊父 そんぷ	導体 どうたい	打方 うちかた
耐火 たいか	射利 しゃり	尊公 そんこう	導師 どうし	打付 うちつけ・うち
耐水 たいすい	射的 しゃてき	尊号 そんごう	導管 どうかん	つける・うってつけ
耐用 たいよう	射幸 しゃこう	尊兄 そんけい	導線 どうせん	打払 うちはらう
耐忍 たえしのぶ	射倖 しゃこう	尊台 そんだい		打立 うちたてる
耐性 たいせい	射殺 しゃさつ	尊名 そんめい	**才 部**	打込 うちこむ
耐食 たいしょく	射術 しゃじゅつ	尊宅 そんたく	〔才〕さい・ざえ・か	打打 ちょうちょう
耐寒 たいかん	射掛 いかける	尊来 そんらい	ど	打出 うちだし・うち
耐湿 たいしつ	射程 しゃてい	尊体 そんたい	才人 さいじん	だす・うってでる
耐蝕 たいしょく	射場 しゃじょう	尊者 そんじゃ	才力 さいりょく	打出小槌 うちでの
耐酸 たいさん	射竦 いすくめる	尊命 そんめい	才子 さいし	こづち
耐震 たいしん	射精 しゃせい	尊重 そんちょう	才女 さいじょ	打合 うちあい・うち
耐熱 たいねつ	射撃 しゃげき	尊皇 そんのう	才気 さいき	あわせ・うちあわせ
耐難 たえがたい	射影 しゃえい	尊卑 そんぴ	才色 さいしょく	る
〔専〕せん・もっぱら	射距離 しゃきょり	尊前 そんぜん	才芸 さいげい	打気 うちき
専一 せんいつ	射爆 しゃばく	尊称 そんしょう	才走 さいばしる	打見 うちみ・うちみ
専心 せんしん	〔辱〕じょく・はずか	尊容 そんよう	才知 さいち	る
専用 せんよう	しめる・かたじけな	尊慮 そんりょ	才物 さいぶつ	打身 うちみ
専任 せんにん	い	尊書 そんしょ	才能 さいのう	打豆 うちまめ
専有 せんゆう	辱知 じょくち	尊家 そんか	才望 さいぼう	打歩 うちぶ
専行 せんこう	〔将〕しょう・はた・	尊崇 そんすう	才略 さいりゃく	打抜 うちぬき・うち
専売 せんばい	まさに	尊堂 そんどう	才覚 さいかく	ぬく
専攻 せんこう	将又 はたまた	尊敬 そんけい	才媛 さいえん	打返 うちかえし・う
専制 せんせい	将士 しょうし	尊属 そんぞく	才智 さいち	ちかえす
専決 せんけつ	将兵 しょうへい	尊意 そんい	才腕 さいわん	打沈 うちしずむ
専念 せんねん	将来 しょうらい	尊像 そんぞう	才弾 さいはじける	打固 うちかためる
専門 せんもん	将卒 しょうそつ	尊影 そんえい	才筆 さいひつ	打者 だしゃ
専科 せんか	将官 しょうかん	尊厳 そんげん	才槌 さいづち	打金 うちがね
専修 せんしゅう	将軍 しょうぐん	尊覧 そんらん	才幹 さいかん	打所 うちどころ
専務 せんむ	将星 しょうせい	尊簡 そんかん		打物 うちもの

打取 うちとる	打棒 だぼう	〔托〕たく	技巧 ぎこう	げる・なぐ
打明 うちあける	打裂 ぶっさく	托鉢 たくはつ	技法 ぎほう	投了 とうりょう
打明話 うちあけばなし	打裂羽織 ぶっさきばおり	〔拟〕さて・さても・さっても	技芸 ぎげい	投力 とうりょく
打負 うちまかす・うちまける	打違 うちちがい	拟又 さてまた	技官 ぎかん	投入 とうにゅう・なげいれ
打首 うちくび	打続 うちつづく	拟措 さておき	技師 ぎし	投下 とうか
打重 うちかさなる	打寛 うちくつろぐ	〔拟〕さ・さて	技能 ぎのう	投与 とうよ
打点 だてん	打解 うちとける	拟置 さておく	技術 ぎじゅつ	投文 なげぶみ
打変 うってかわる	打棄 うっちゃる	〔抗〕こう	技量 ぎりょう	投手 とうしゅ
打砕 うちくだく	打電 だでん	抗力 こうりょく	技癢 ぎよう	投付 なげつける
打振 うちふる	打楽器 だがっき	抗元 こうげん	〔扼〕やく	投出 なげだす
打紐 うちひも	打傷 うちきず	抗日 こうにち	扼殺 やくさつ	投込 なげこむ
打荷 うちに	打緒 うちお	抗日戦争 こうにちせんそう	扼腕 やくわん	投句 とうく
打留 うちどめ	打綿 うちわた	抗弁 こうべん	〔抔〕ほう・はい・なぞ・など・なんど	投石 とうせき
打連 うちつれる	打算 ださん	抗生物質 こうせいぶっしつ	〔抒〕じょ	投光 とうこう
打殺 うちころす	打製 だせい	抗争 こうそう	抒情 じょじょう	投合 とうごう
打倒 だとう・うちたおす	打鳴 うちならす	抗米援朝 こうべいえんちょう	〔抉〕けつ・えぐる・くじる・こじる	投身 とうしん
打粉 うちこ	打撲 だぼく	抗体 こうたい	抉明 こじあける	投技 なげわざ
打消 うちけし・うちけす	打撒 うちまき	抗言 こうげん	〔把〕は・たば	投売 なげうり
打陣 だじん	打擲 ちょうちゃく	抗告 こうこく	把手 とって	投函 とうかん
打席 だせき	打撃 だげき	抗毒素 こうどくそ	把持 はじ	投物 なげもの
打破 だは・うちやぶる	打樹 うちたてる	抗拒 こうきょ	把握 はあく	投捨 なげすてる
打球 だきゅう	打壊 うちこわし・うちこわす	抗病力 こうびょうりょく	把捉 はそく	投首 とうくび
打過 うちすぎる	〔払〕ふつ・はらい・はらう	抗原 こうげん	〔抄〕しょう・すく・すくい・すくう・すき	投映 とうえい
打頃 うちころ	払上 はらいあげる	抗張力 こうちょうりょく	抄本 しょうほん	投書 とうしょ
打貫 うちぬく	払下 はらいさげ・はらいさげる	抗菌 こうきん	抄出 しょうしゅつ	投降 とうこう
打崩 うちくずす	払子 ほっす	抗戦 こうせん	抄物 しょうもつ・しょうもの	投射 とうしゃ
打萎 うちしおれる	払込 はらいこむ	抗酸性菌 こうさんせいきん	抄紙 しょうし	投島田 なげしまだ
打開 だかい	払出 はらいだす	抗論 こうろん	抄造 しょうぞう	投票 とうひょう
打寄 うちよせる	払物 はらいもの	抗議 こうぎ	抄訳 しょうやく	投掛 なげかける
打毀 うちこわし・うちこわす	払戻 はらいもどす	〔扶〕ふ	抄録 しょうろく	投釣 なげづり
打率 だりつ	払底 ふってい	扶助 ふじょ	〔批〕ひ	投飛 なげとばす
打捨 うちすてる	払拭 ふっしき・ふっしょく	扶育 ふいく	批正 ひせい	投球 とうきゅう
打据 うちすえる	払除 はらいのける	扶持 ふち	批判 ひはん	投宿 とうしゅく
打掛 うちかけ	払暁 ふつぎょう	扶桑 ふそう	批点 ひてん	投棄 とうき・なげすてる
打揚 うちあげる	〔扞〕かん	扶植 ふしょく	批准 ひじゅん	投勝 なげかつ
打集 うちつどう	扞格 かんかく	扶養 ふよう	批評 ひひょう	投節 なげぶし
打絶 うちたえて	〔扛〕こう	扶翼 ふよく	批難 ひなん	投遣 なげやり
打勝 うちかつ	扛秤 ちきり・ちぎばかり	〔技〕ぎ・わざ	批議 ひぎ	投業 なげわざ
打落 うちおとす	〔扣〕こう・ひかえる・ひかえ	技工 ぎこう	批飛 はりとばす	投資 とうし
打順 だじゅん		技手 ぎて・ぎしゅ	〔扮〕ふん	投銭 なげせん
打診 だしん	扣除 こうじょ		扮装 ふんそう	投槍 なげやり
			〔投〕とう・なげ・なげる	投網 とあみ
				投獄 とうごく
				投稿 とうこう
				投影 とうえい

投錨 とうびょう
投薬 とうやく
投機 とうき
投融資 とうゆうし
投縄 なげなわ
投擲 とうてき
〔抛〕ほう・ほうる・なげうつ
抛込 ほうりこむ
抛出 ほうりだす
抛物線 ほうぶつせん
抛棄 ほうき
抛擲 ほうてき
〔抑〕よく・そも・そもそも・さえ・おさえる
抑止 よくし
抑圧 よくあつ
抑抑 そもそも
抑制 よくせい
抑留 よくりゅう
抑揚 よくよう
抑鬱症 よくうつしょう
〔折〕せつ・てい・おり・おる・おれ・おれる・へぎ・へぐ・へつる
折丁 おりちょう
折山 おりやま
折口 おれくち
折尺 おりじゃく
折中 せっちゅう
折戸 おりど
折手本 おりてほん
折込 おりこむ・おりこみ・おれこむ
折目 おりめ・おれめ
折本 おりほん
折半 せっぱん
折曲 おりまげる
折好 おりよく
折合 おりあい・おりあう・おれあう
折伏 しゃくぶく
折曲 おれまがる

折返 おりかえし・おりかえす
折助 おりすけ
折折 おりおり
折角 せっかく
折帖 おりじょう
折板 へぎ
折重 おりかさなる・おりかさねる
折釘 おれくぎ
折紙 おりがみ
折衷 せっちゅう
折悪 おりあしく
折菓子 おりがし
折畳 おりたたむ
折節 おりふし
折詰 おりづめ
折損 せっそん
折鞄 おりかばん
折線 せっせん
折衝 せっしょう
折箱 おりばこ
折敷 おしき・おりしき・おりしく
折襟 おりえり
折檻 せっかん
折鶴 おりづる
〔抓〕そう・つねる・つまむ・つむ・つめる
抓出 つまみだす
抓物 つまみもの
抓食 つまみぐい
抓洗 つまみあらい
抓菜 つまみな
〔扱〕きゅう・そう・あつかい・あつかう・こく・しごき・しごく
扱下 こきおろす
扱交 こきまぜる
扱使 こきつかう
扱落 こきおとす
〔択〕たく・えらび・えらぶ・えらむ・よる
択一 たくいつ
〔抜〕ばつ・ぬかす

ぬかり・ぬく・ぬかる・ぬける
抜刀 ばっとう
抜山 ばつざん
抜上 ぬけあがる
抜手 ぬきて
抜毛 ぬけげ
抜本 ばっぽん・ぬきほん
抜打 ぬきうち
抜写 ぬきうつし
抜去 ぬきさる
抜出 ぬきだす・ぬけだす・ぬけでる
抜穴 ぬけあな
抜代 ぬけかわる
抜目 ぬけめ
抜糸 ばっし・ぬきいと
抜字 ぬけじ
抜合 ぬきあわせる
抜衣紋 ぬきえもん
抜身 ぬきみ
抜作 ぬけさく
抜足 ぬきあし
抜参 ぬけまいり
抜放 ぬきはなつ
抜取 ぬきとり・ぬきとる
抜刷 ぬきずり
抜染 ばっせん・ぬきぞめ
抜衿 ぬきえり
抜根 ばっこん
抜粋 ばっすい
抜書 ぬきがき
抜差 ぬきさし
抜連 ぬきつれる
抜荷 ぬきに・ぬけに
抜萃 ばっすい
抜歯 ばっし
抜落 ぬけおち
抜殻 ぬけがら
抜替 ぬけかわる
抜道 ぬけみち
抜裏 ぬきうら
抜群 ばつぐん

抜読 ぬきよみ
抜駆 ぬけがけ
抜刀 ばっとう
抜剣 ばっけん
抜錨 ばつびょう
抜擢 ばってき
抜難 ぬきがたい
抜襟 ぬきえり
〔拇〕ぼ・おやゆび
拇印 ぼいん
拇指 ぼし
〔拉〕ら・ひさぐ・ひしぎ・ひしぐ
拉致 らち・らっち
〔拐〕かい
拐引 かいいん
拐帯 かいたい
〔拍〕はく
拍子 ひょうし
拍手 はくしゅ・かしわで
拍板 びんざさら
拍車 はくしゃ
拍動 はくどう
〔拒〕きょ・こばむ・ふせぐ
拒止 きょし
拒抗 きょこう
拒否 きょひ
拒絶 きょぜつ
〔抵〕てい
抵当 ていとう
抵抗 ていこう
抵触 ていしょく
〔拈〕ねん・ひねる・ひねり・つまむ
拈出 ねんしゅつ
〔抽〕ちゅう・ぬきん・でる・ぬく
抽斗 ひきだし
抽出 ちゅうしゅつ・ひきだす
抽象 ちゅうしょう
抽選 ちゅうせん
抽籤 ちゅうせん
〔拘〕こう・く・かかわる・こだわる
拘引 こういん

拘束 こうそく
拘泥 こうでい
拘留 こうりゅう
拘禁 こうきん
拘置 こうち
〔拠〕きょ・こ・よる・よりどころ・よんどころ
拠出 きょしゅつ
拠金 きょきん
拠所 よりどころ
拠点 きょてん
拠無 よんどころない
〔抹〕まつ
抹茶 まっちゃ
抹香 まっこう
抹殺 まっさつ
抹消 まっしょう
〔招〕しょう・まねき・まねく・おく
招来 しょうらい
招待 しょうたい
招降 しょうこう
招致 しょうち
招宴 しょうえん
招集 しょうしゅう
招聘 しょうへい
招電 しょうでん
招魂 しょうこん
招請 しょうせい
〔拗〕よう・こじらせる・こじらす・こじれる・すねる・ねじくれる・ねじける・ねじれる・ねじれる
拗者 すねもの
拗音 ようおん
〔拡〕かく・ひろがる・ひろがり・ひろげる・ひろめる
拡大 かくだい
拡充 かくじゅう
拡声器 かくせいき
拡張 かくちょう
拡散 かくさん
拡幅 かくふく
〔拙〕せつ・まずい

つたない	担商 にないあきない	拝観 はいかん	押問答 おしもんどう	按摩 あんま
拙文 せつぶん	担桶 たご	〔押〕おう・おさう・	押開 おしあける・お	〔持〕じ・ち・じす
拙守 せっしゅ	担税 たんぜい	おさえ・おさえる・	しひらく	る・もたせる・もた
拙宅 せったく	〔拓〕たく・ひらく	おし・おして・お	押頂 おしいただく	り・もち・もつ・も
拙劣 せつれつ	拓本 たくほん	す・おそう・おっ	押掛 おしかける	て・もてる
拙作 せっさく	拓殖 たくしょく	押入 おしいる・おし	押掛女房 おしかけ	持上 もちあがる・も
拙者 せっしゃ	〔披〕ひ・ひらく	いれ	にょうぼう	ちあげる
拙速 せっそく	披見 ひけん	押切 おしきり・おし	押進 おしすすめる	持久 じきゅう
拙悪 せつあく	披針形 ひしんけい	きる	押捺 おうなつ	持分 もちぶん
拙著 せっちょ	披閲 ひえつ	押分 おしわける	押寄 おしよせる	持切 もちきり　もち
拙詠 せつえい	披講 ひこう	押及 おしおよぼす	押釦 おしボタン	きる
拙策 せっさく	披瀝 ひれき	押収 おうしゅう	押絵 おしえ	持主 もちぬし
拙筆 せっぴつ	披露 ひろう	押止 おしとどめる	押貸 おしがし	持出 もちだし・もち
拙戦 せっせん	〔拝〕はい・おがみ・	押付 おさえつける	押割 おしわり	だす
拙論 せつろん	おがむ・おろがむ・	押立 おしたてる	押葉 おしば	持込 もちこむ
拙稿 せっこう	はいす	押出 おしだし・おし	押遣 おしやる	持成 もてなし・もて
〔抱〕ほう・いだく・	拝打 おがみうち	だす	押詰 おしつめる・お	なす
かかえ・かこう・か	拝礼 はいれい	押込 おしこむ・おし	しつまる	持回 もちまわり・も
かえる・だく・だっ	拝外 はいがい	こめる・おしこみ	押隠 おしかくす	ってまわる
こ	拝呈 はいてい	押付 おしつける・お	押潰 おしつぶす	持合 もちあい・もち
抱上 だきあげる	拝見 はいけん	しつけがましい	押黙 おしだまる	あわせ・もちあわせ
抱込 かかえこむ・だ	拝具 はいぐ	押印 おういん	押戴 おしいただく	る
きこむ	拝金 はいきん	押目 おしめ	押鮨 おしずし	持余 もてあます
抱合 だきあう・だき	拝受 はいじゅ	押広 おしひろめる	押韻 おういん	持扱 もちあつかう・
あわせ・ほうごう	拝承 はいしょう	押合 おしあい・おし	押競 おしくら	もてあつかう
抱抱 だきかかえる	拝命 はいめい	あう	〔拷〕こう・ごう	持戒 じかい
抱取 だきとる	拝送 はいそう	押合圧合 おしあい	拷問 ごうもん	持参 じさん
抱負 ほうふ	拝眉 はいび	へしあい	〔拮〕きつ・けつ	持物 もちもの
抱留 だきとめる	拝倒 おがみたおす	押伏 おしふせる	拮抗 きっこう	持直 もちなおす
抱竦 だきすくめる	拝借 はいしゃく	押売 おしうり	拮据 きっきょ	持味 もちあじ
抱着 だきつく	拝賀 はいが	押返 おしかえす	〔拱〕きょう・こまね	持映 もてはやす
抱寝 だきね	拝啓 はいけい	押麦 おしむぎ	く・たむだく・たん	持屋 もちや
抱腹 ほうふく	拝復 はいふく	押押 おさせ・おす	だく	持前 もちまえ
抱締 だきしめる	拝跪 はいき	なおすな	拱手 きょうしゅ・こ	持逃 もちにげ
抱擁 ほうよう	拝辞 はいじ	押明 おしあけ	うしゅ	持重 もちおもり
抱懐 ほうかい	拝殿 はいでん	押迫 おしせまる	〔拭〕しょく・ふく・	持病 じびょう
〔担〕たん・かつぐ・	拝聞 はいぶん	押並 おしなべて	ぬぐう	持家 もちいえ・もち
になう	拝察 はいさつ	押取刀 おっとりが	拭込 ふきこむ	や
担出 かつぎだす	拝誦 はいしょう	たな	拭掃除 ふきそうじ	持株 もちかぶ
担手 にないて	拝読 はいどく	押送 おうそう	〔按〕あん・あんじ	持寄 もちよる
担太鼓 にないだい	拝領 はいりょう	押退 おしのける	る・あんずる	持崩 もちくずす
担当 たんとう	拝撃 おがみうち	押借 おしかり	按分 あんぶん	持掛 もたせかける・
担任 たんにん	拝謁 はいえつ	押紙 おうし・おしが	按配 あんばい	もちかける
担保 たんぽ	拝趨 はいすう	み	按排 あんばい	持経 じきょう
担架 たんか	拝謝 はいしゃ	押倒 おしたおす	按腹 あんぷく	持番 もちばん
担屋 かつぎや	拝聴 はいちょう	押流 おしながす	按舞 あんぶ	持運 もちはこぶ
	拝顔 はいがん	押通 おしとおす		持場 もちば

持勘 もちこたえる
持越 もちこす
持続 じぞく
持碁 じご
持説 じせつ
持駒 もちごま
持弱 もちぐされ
持論 じろん
持薬 じやく
持囃 もてはやす
〔指〕し・ゆび・さ
　し・さす・ゆびさす
指人形 ゆびにんぎょう
指了図 しりょうず
指小旗 さしこばた
指手 さして
指分 さしわけ
指切 さしきる・ゆび
　きり
指尺 ゆびしゃく
指示 さししめす・し
　じ
指圧 しあつ
指印 しいん
指令 しれい
指名 しめい
指向 しこう
指図 さしず
指折 ゆびおり
指定 してい
指事 しじ
指物 さしもの
指使 ゆびづかい
指呼 しこ
指相撲 ゆびずもう
指南 しなん
指紋 しもん
指針 ししん
指値 さしね
指貫 ゆびぬき
指揮 しき
指弾 したん
指掌角皮症 しし
　ょうかくひしょう
指数 しすう
指継 さしつぎ

指違 さしちがえる
指話法 しわほう
指摘 してき
指嗾 しそう
指導 しどう
指標 しひょう
指箴 ししん
指輪 ゆびわ
指頭 しとう
指環 ゆびわ
〔拾〕しゅう・じ。
　う・ひろい・ひろう
拾歩 ひろいあるき
拾物 ひろいもの
拾屋 ひろいや
拾得 しゅうとく
拾読 ひろいよみ
拾遺 しゅうい
〔挑〕ちょう・いどむ・
　いどみ
挑灯 ちょうちん
挑発 ちょうはつ
挑戦 ちょうせん
挑撥 ちょうはつ
〔括〕かつ・くびる・
　くくし・くくす・く
　くる・くびれる
括弧 かっこ
括枕 くくりまくら
括染 くくりぞめ
括約筋 かつやくき
　ん
〔挂〕けい・かい・か
　ける・かかる
挂冠 けいかん
〔拵〕こしらえる・こ
　しらえ・こしらう
拵立 こしらえたて
拵物 こしらえもの
拵事 こしらえごと
〔毟〕むしる
〔挌〕かく
挌技 かくぎ
挌闘 かくとう
〔捗〕ちょく・はかど
　る
〔捕〕ほ・ぶ・とらう・

とらえる・とらまえ
る・とらわれる・と
る
捕手 とりて・ほしゅ
捕方 とりかた
捕吏 とりて
捕虫網 ほちゅうあみ
捕物 とりもの
捕所 とらえどころ
捕食 ほしょく
捕捉 ほそく
捕殺 ほさつ
捕球 ほきゅう
捕虜 ほりょ
捕獲 ほかく
捕縛 ほばく
捕縄 とりなわ・ほじ
　ょう
捕鯨 ほげい
〔振〕しん・ふく・ふ
　り・ぶり・ふれ・ふ
　れる・ぶれる・ふ
　る・ぶる・ふるう
振子 しんし・ふりこ
振上 ふりあげる
振下 ふりおろす
振分 ふりわけ・ふり
　わける
振切 ふりきる
振方 ふりかた
振出 ふりだし・ふり
　だす
振込 ふりこむ
振立 ふりたてる
振付 ふりつけ
振去見 ふりさけみ
　る
振合 ふりあい・ふり
　あう
振当 ふりあて・ふり
　あてる
振回 ふりまわす
振向 ふりむく・ふり
　むける
振仮名 ふりがな
振返 ふりかえす・ふ
　りかえる

振乱 ふりみだす
振売 ふりうり・ふれ
　うり
振作 しんさく
振事 ふりごと
振放 ふりはなす・ふ
　りはなつ
振放見 ふりさけみ
　る
振起 しんき・ふりお
　こす
振袖 ふりそで
振時計 ふりどけい
振掛 ふりかけ・ふり
　かける
振動 しんどう
振捨 ふりすてる
振落 ふりおとす・ふ
　るいおとす
振替 ふりかえ・ふり
　かえる
振絞 ふりしぼる
振幅 しんぷく
振鈴 しんれい
振鼓 ふりつづみ
振蕩 しんとう
振舞 ふるまい・ふる
　まう
振撒 ふりまく
振興 しんこう
振翳 ふりかざす
〔挟〕きょう・さしは
　さむ・はさまる・は
　さむ
挟切 はさみきる
挟将棋 はさみしょ
　うぎ
挟殺 きょうさつ
挟紙 はさみがみ
挟詞 はさみことば
挟撃 きょうげき・は
　さみうち
挟箱 はさみばこ
〔捌〕はつ・はち・さ
　ばき・さばく・さば
　ける・はかす・は
　け・はける

捌口 さばけぐち・は
　けぐち
捌場 はけば
捌髪 さばきがみ
〔捉〕そく・つかま
　る・とらう・とらえる
〔挫〕ざ・くじく・く
　じける
挫折 ざせつ
挫傷 ざしょう
挫滅 ざめつ
〔挺〕てい・ちょう
挺身 ていしん
挺進 ていしん
〔挨〕あい
挨拶 あいさつ
〔捆〕こん
捆包 こんぽう
〔損〕かい
損択 かいしゃく
〔控〕こう・ひかえ・
　ひかえる・ひこう
控目 ひかえめ
控屋敷 ひかえやし
　き
控室 ひかえしつ
控除 こうじょ
控訴 こうそ
〔接〕せつ・しょう・
　はぐ・つぐ・つぎ
接収 せっしゅう
接手 つぎて
接木 つぎき
接写 せっしゃ
接台 つぎだい
接地 せっち
接合 せつごう・はぎ
　あわせる
接見 せっけん
接吻 せっぷん
接近 せっきん
接尾語 せつびご
接伴 せっぱん
接受 せつじゅ
接岸 せつがん
接骨 せっこつ
接骨木 にわとこ

接待 せったい
接点 せってん
接客 せっきゃく
接架式 せっかしき
接遇 せつぐう
接着 せっちゃく
接触 せっしょく
接戦 せっせん
接続 せつぞく
接辞 せつじ
接種 せっしゅ
接線 せっせん
接穂 つぎほ
接頭語 せっとうご
〔掠〕りょう・りゃ
　く・かすめる・かす
　り・かする・かすれ
　る
掠取 かすめとる
掠奪 りゃくだつ
〔捩〕れつ・れい・す
　じる・ねじる・ねじ
　れ・ねじれる・ね
　ず・もじり・もじ
　る・よじれる・よじ
　る
捩子 ねじ
捩上 ねじあげる
捩切 ねじきる
捩込 ねじこむ
捩合 ねじあう
捩伏 ねじふせる
捩曲 ねじまげる
捩向 ねじむける
捩花 ねじばな
捩開 ねじあける
捩菖蒲 ねじあやめ
捩飴 ねじりあめ
捩鉢巻 ねじはちま
　き・ねじりはちまき
〔探〕たん・さぐり・
　さぐる・さがす
探当 さがしあてる・
　さぐりあてる
探足 さぐりあし
探究 たんきゅう
探求 たんきゅう

探物 さがしもの
探知 たんち
探査 たんさ
探春 たんしゅん
探海灯 たんかいとう
探索 たんさく
探書 たんしょ
探梅 たんばい
探険 たんけん
探偵 たんてい
探訪 たんぼう
探検 たんけん
探勝 たんしょう
探測 たんそく
探鉱 たんこう
探聞 たんぶん
探照灯 たんしょう
　とう
探察 たんさつ
探題 たんだい
〔捲〕けん・まく・ま
　くり・まくる・まく
　れる・めくり・めく
　る・めくれる
捲上 まくしあげる
捲立 まくしたてる
捲込 まきこむ
捲雲 まきぐも
捲線 けんせん
〔捧〕ほう・ささげ
　る・ささぐ
捧呈 ほうてい
捧物 ささげもの
捧持 ほうじ
捧腹 ほうふく
捧読 ほうどく
〔捷〕しょう
捷利 しょうり
捷径 しょうけい
捷軍 かちいくさ
捷報 しょうほう
捷路 しょうろ
〔掛〕かい・かかり・
　かかる・かけ・かけ
　る
掛子 かけこ

掛乞 かけごい
掛切 かかりきり
掛付 かかりつけ
掛目 かけめ
掛矢 かけや
掛布団 かけぶとん
掛合 かかりあう・か
　けあい・かけあう・
　かけあわせる
掛字 かけじ
掛売 かけうり
掛声 かけごえ
掛図 かけず
掛金 かけがね・かけ
　きん
掛取 かけとり
掛物 かけもの
掛衿 かけえり
掛持 かけもち
掛茶屋 かけちゃや
掛時計 かけどけい
掛紙 かけがみ
掛倒 かけだおれ
掛値 かけね
掛捨 かけすて
掛渡 かけわたす
掛湯 かかりゆ
掛絵 かけえ
掛買 かけがい
掛替 かけがえ
掛詞 かけことば
掛軸 かけじく
掛減 かけべり
掛違 かけちがう
掛蒲団 かけぶとん
掛構 かけまい
掛算 かけざん
掛蕎麦 かけそば
掛橋 かけはし
掛饂飩 かけうどん
掛襟 かけえり
掛離 かけはなれる
〔措〕そ・おく
措定 そてい
措辞 そじ
措置 そち
〔捺〕なつ・だつ・おす

捺印 なついん
捺染 なっせん
〔掩〕えん・おおう
掩蓋 えんがい
掩蔽 えんぺい
掩護 えんご
〔掃〕そう・はく・は
　らう
掃立 はきたて
掃出 はきだす
掃出窓 はきだしま
　ど
掃海 そうかい
掃射 そうしゃ
掃除 そうじ
掃討 そうとう
掃清 はききよめる
掃掃除 はきそうじ
掃滅 そうめつ
掃溜 はきだめ
掃蕩 そうとう
掃墨 そうずみ
〔据〕きょ・すえる・
　すう・すゆ
据付 すえつける
据風呂 すえふろ
据置 すえおき・すえ
　おく
据膳 すえぜん
〔掘〕くつ・こず・ほ
　り・ほる・ほれる
掘下 ほりさげる
掘切 ほりきり
掘井戸 ほりいど
掘立 ほったて
掘出 ほりだす
掘出物 ほりだしも
　の
掘抜 ほりぬき
掘建 ほったて
掘削 くっさく
掘進 くっしん
掘割 ほりわり
掘鑿 くっさく
〔排〕はい
排中律 はいちゅう
　りつ

排日 はいにち
排水 はいすい
排他 はいた
排斥 はいせき
排外 はいがい
排出 はいしゅつ
排列 はいれつ
排気 はいき
排卵 はいらん
排尿 はいにょう
排泄 はいせつ
排便 はいべん
排除 はいじょ
排雪 はいせつ
排菌 はいきん
排球 はいきゅう
排煙 はいえん
排撃 はいげき
〔掉〕とう・ちょう
掉尾 ちょうび・とう
　び
〔捻〕ねん・ひねく
　る・ひねり・ひね
　る・ねじる・ねじれ
　る・ねず
捻子 ねじ
捻出 ひねりだす・ね
　んしゅつ
捻回 ひねくりまわ
　す・ひねりまわす
捻挫 ねんざ
捻転 ねんてん
〔授〕じゅ・さずか
　る・さずける・さず
　く
授与 じゅよ
授産 じゅさん
授戒 じゅかい
授物 さずけもの
授乳 じゅにゅう
授受 じゅじゅ
授粉 じゅふん
授章 じゅしょう
授業 じゅぎょう
授精 じゅせい
授賞 じゅしょう
授権 じゅけん

授爵 じゅしゃく	捨置 すておく	推算 すいさん	捏取 こねどり	提琴 ていきん
〔採〕さい・とる	捨鐘 すてがね	推賞 すいしょう	捏造 ねつぞう	提督 ていとく
採寸 さいすん	〔掬〕きく・すくい・すくう・むすぶ	推輓 すいばん	捏焼 つくねやき	提携 ていけい
採火 さいか		推論 すいろん	〔揮〕き・ふるう	提議 ていぎ
採石 さいせき	掬上 すくいあげる	推選 すいせん	揮発 きはつ	〔揚〕よう・あがる・あげ・あげる
採用 さいよう	掬出 すくいだす	推薦 すいせん	揮毫 きごう	
採光 さいこう	掬投 すくいなげ	推戴 すいたい	〔揶〕や	揚力 ようりょく
採血 さいけつ	〔挽〕ばん・ひく	〔挽〕わん・もぎり・もぎる・もぎれる・もぐ・もげる	揶揄 やゆ	揚戸 あげど
採卵 さいらん	挽子 ひきこ		〔揉〕じゅう・もむ・もめ・もめる	揚水 ようすい・あげみず
採伐 さいばつ	挽臼 ひきうす			
採決 さいけつ	挽回 ばんかい	〔描〕びょう・えがく	揉上 もみあげ	揚句 あげく
採択 さいたく	挽肉 ひきにく	描出 えがきだす・びょうしゅつ	揉手 もみで	揚油 あげだし
採否 さいひ	挽茶 ひきちゃ	描写 びょうしゃ	揉合 もみあう	揚玉 あげだま
採金 さいきん	挽割 ひきわり	描画 びょうが	揉事 もめごと	揚地 ようち
採取 さいしゅ	挽歌 ばんか	〔掟〕おきて	揉消 もみけす	揚羽蝶 あげはちょう
採油 さいゆ	〔掏〕とう・する	〔掲〕けい・かかげる・かかぐ	揉療治 もみりょうじ	揚足 あげあし
採長補短 さいちょうほたん	掏児 すり		〔握〕あく・にぎり・にぎる	揚言 ようげん
採草 さいそう	掏摸 すり	掲示 けいじ	握力 あくりょく	揚物 あげもの
採点 さいてん	〔推〕すい・おす	掲出 けいしゅつ	握手 あくしゅ	揚底 あげぞこ
採炭 さいたん	推力 すいりょく	掲揚 けいよう	握太 にぎりぶと	揚油 あげあぶら
採納 さいのう	推及 おしおよぼす	掲載 けいさい	握寿司 にぎりずし	揚板 あげいた
採掘 さいくつ	推弘 おしひろめる	掲額 けいがく	握握 にぎにぎ	揚卸 あげおろし
採訪 さいほう	推立 おしたてる	〔挿〕そう・さす・はさむ	握屋 にぎりや	揚巻 あげまき
採集 さいしゅう	推当 おしあて	挿入 そうにゅう	握拳 にぎりこぶし	揚荷 あげに
採鉱 さいこう	推考 すいこう	挿木 さしき	握飯 にぎりめし	揚陸 ようりく
採算 さいさん	推参 すいさん	挿花 そうか	握箸 にぎりばし	揚超 あげちょう
採種 さいしゅ	推知 すいち・おしてしるべし	挿金 さしがね	握潰 にぎりつぶす	揚揚 ようよう
採録 さいろく	推定 すいてい	挿画 そうが	握緊 にぎりしめる	揚場 あげば
採譜 さいふ	推服 すいふく	挿物 さしもの	握鮨 にぎりずし	揚雲雀 あげひばり
〔捨〕しゃ・すてる	推計 すいけい	挿絵 さしえ	〔提〕てい・ちょう・だい・さげる・ひっさげる・ひさげ・ひっさぐ・さぐ	揚幕 あげまく
捨子 すてご	推重 すいちょう	挿話 そうわ・はさみことば		揚棄 ようき
捨小舟 すておぶね	推挙 すいきょ		提子 ひさげ	揚緑 あげえん
捨去 すてさる	推称 すいしょう	挿頭 かざし・かざす	提出 ていしゅつ	揚鍋 あげなべ
捨印 すていん	推移 すいい・おしうつる	挿薬 さしぐすり	提示 ていじ	揚緑網 あぐりあみ
捨石 すていし	推進 すいしん・おしすすめる	挿櫛 さしぐし	提灯 ちょうちん	〔揣〕すい・し
捨台詞 すてぜりふ	推断 すいだん	〔捜〕そう・さがす	提言 ていげん	揣摩臆測 しまおくそく
捨仮名 すてがな	推挽 すいばん	捜当 さがしあてる	提供 ていきょう	〔援〕えん
捨売 すてうり	推理 すいり	捜物 さがしもの	提重 さげじゅう	援引 えんいん
捨身 すてみ・しゃしん	推測 すいそく	捜査 そうさ	提要 ていよう	援用 えんよう
捨扶持 すてぶち	推量 すいりょう・おしはかる	捜索 そうさく	提起 ていき	援兵 えんぺい
捨所 すてどころ	推敲 すいこう	〔捏〕ねつ・でっこ・ねくる・こねる・こね・つくねる	提案 ていあん	援助 えんじょ
捨金 すてがね	推奨 すいしょう		提唱 ていしょう	援軍 えんぐん
捨値 すてね	推察 すいさつ	捏回 こねまわす	提唱 ていしょう	援護 えんご
捨象 しゃしょう		捏返 こねかえす	提訴 ていそ	〔換〕かん・かえ・かえる・かゆ
捨鉢 すてばち				

換気 かんき	搔取 かいどり	れる	摺本 すりほん	〔撩〕りょう
換地 かんち	搔毟 かきむしる	揺出 ゆるぎでる	摺足 すりあし	撩乱 りょうらん
換言 かんげん	搔巻 かいまき	揺曳 ようえい	摺抜 すりぬける	〔撥〕はつ・ばち・は
換金 かんきん	搔退 かきのける	揺返 ゆりかえし	摺物 すりもの	ね・はねる
換物 かんぶつ	搔起 かきおこす	揺起 ゆりおこす	摺餌 すりえ	撥水 はっすい
換価 かんか	搔消 かききえる・か	揺動 ゆりうごかす	〔摑〕かく・うつ・つ	撥付 はねつける
換骨奪胎 かんこつ	きけす	揺籃 ようらん	かまえる・つかま	撥返 はねかえす
だったい	搔掘 かいほり	揺籠 ゆりかご	る・つかむ・つかみ	撥条 ばね・ぜんまい
換喩 かんゆ	搔堀 かいほり	〔搗〕とう・かつ・つ	摑立 つかまりだち	撥物 はねもの
換算 かんさん	搔捨 かきすて	く	摑合 つかみあう	撥音 はつおん・ばち
〔揃〕せん・そろい・	搔寄 かきよせる	搗布 かじめ	摑所 つかまえどこ	おと
そろう・そろえ・そ	搔痒 そうよう	搗栗 かちぐり	ろ・つかみどころ	撥音便 はつおんびん
ろえる	搔揚 かきあげ・かき	搗減 つきべり	摑取 つかみどり	ん
揃踏 そろいぶみ	あげる	〔摺〕しん	摑洗 つかみあらい	撥除 はねのける
〔搭〕とう	搔集 かきあつめる	摺紳 しんしん	摑掛 つかみかかる	撥掛 はねかかる・は
搭乗 とうじょう	搔遣 かいやる	〔摸〕も・ぼ・ぼく	ねかける
搭載 とうさい	搔暗 かきくれる	摸写 もしゃ	〔摧〕さい・くだく	撥釣瓶 はねつるべ
〔搾〕さく・しぼり・	搔摘 かいつまむ	摸本 もほん	摧破 さいは	〔撰〕せん・えらぶ
しぼる・しめる	搔暮 かきくれる	摸作 もさく	〔携〕けい・たずさえ	撰文 せんぶん
搾木 しめぎ	搔鳴 かきならす	摸倣 もほう	る・たずさわる	撰者 せんじゃ
搾出 しぼりだし	搔餅 かきもち	摸索 もさく	携行 けいこう	撰述 せんじゅつ
搾油 さくゆ	搔潜 かいくぐる	摸造 もぞう	携帯 けいたい	撰修 せんしゅう
搾乳 さくにゅう	搔曇 かきくもる	〔摂〕せつ	〔撞〕どう・しゅ・つ	撰集 せんしゅう
搾取 さくしゅ	搔繕 かいつくろう	摂氏 せっし	く	〔撮〕さつ・つまみ・
搾滓 しめかす	搔繰 かいくる	摂生 せっせい	撞木 しゅもく	つまむ・とる
〔搏〕はく	〔搦〕じゃく・だく・	摂取 せっしゅ	撞球 どうきゅう・た	撮出 つまみだす
搏風 はふ	からめる・からむ	摂政 せっしょう	まつき	撮物 つまみもの
搏動 はくどう	搦手 からめて	摂関 せっかん	撞着 どうちゃく	撮洗 つまみあらい
〔搖〕そう・かき・か	搦捕 からめとる	摂護腺 せつごせん	〔撤〕てつ	撮食 つまみぐい
く	〔損〕そん・そこな	〔搬〕はん	撤収 てっしゅう	撮要 さつよう
搔口説 かきくどく	う・そこねる	搬入 はんにゅう	撤去 てっきょ	撮菜 つまみな
搔切 かききる	損亡 そんもう	搬出 はんしゅつ	撤回 てっかい	撮落 とりおとし
搔分 かきわける	損失 そんしつ	搬送 はんそう	撤兵 てっぺい	撮影 さつえい
搔込 かいこむ・かき	損気 そんき	〔摘〕てき・つむ・つ	撤退 てったい	〔撲〕ぼく・なぐる
こむ・かっこむ	損金 そんきん	まむ	撤廃 てっぱい	撲付 なぐりつける
搔玉 かきたま	損耗 そんこう・そん	摘入 つみいれ	撤饌 てっせん	撲殺 ぼくさつ
搔回 かきまわす	もう	摘心 てきしん	〔撓〕とう・どう・い	撲飛 なぐりとばす
搔立 かきたてる	損害 そんがい	摘出 てきしゅつ	ためる・しなう・し	撲滅 ぼくめつ
搔払 かっぱらい・か	損益 そんえき	摘芽 てきが	なる・しなゆ・しわ	〔播〕は・ばん・まく
っぱらう	損料 そんりょう	摘果 てきか	る・たり・たわむ	播付 まきつけ
搔出 かいだす・かき	損得 そんとく	摘要 てきよう	撓革 いためがわ	播肥 まきごえ
だす	損傷 そんしょう	摘発 てきはつ	〔撒〕さつ・さん・まく	播種 はしゅ
搔合 かきあわせる	損壊 そんかい	摘草 つみくさ	撒水 さっすい・さん	〔撫〕ぶ・なぜる・な
搔回 かきまわす	〔揺〕よう・ゆする・	摘記 てきき	すい	でる・なでさする・
搔交機 かきまぜき	ゆするる・ゆらぐ・	摘録 てきろく	撒布 さっぷ・さんぷ	なず
搔乱 かきみだす	ゆらめく・ゆる・ゆ	〔摺〕する	撒散 まきちらす	無上 なであげる
搔爬 そうは	るがす・ゆるぐ・ゆ	摺切 すりきり	撒餌 まきえ	無下 なでおろす
			撒播 さっぱ	

撫子 なでしこ
撫付 なでつける
撫育 ぶいく
撫肩 なでがた
撫斬 なでぎり
〔捻〕ねん・ひねり・ひねる・よる
捻糸 ねんし・よりいと
〔擒〕きん・とりこ
擒縦 きんじゅう
〔擁〕よう
擁立 ようりつ
擁軍愛民 ようぐんあいみん
擁護 ようご
〔擂〕らい・する
擂芋 すりいも
擂身 すりみ
擂砕 すりくだく
擂粉木 すりこぎ
擂鉢 すりばち
擂潰 すりつぶす
〔操〕そう・あやつり・あやつる・みさお
操守 そうしゅ
操行 そうこう
操糸 そうし
操作 そうさ
操車 そうしゃ
操典 そうてん
操舵 そうだ
操短 そうたん
操觚 そうこ
操業 そうぎょう
操縦 そうじゅう
〔擱〕かく
擱坐 かくざ
擱座 かくざ
擱筆 かくひつ
〔擅〕せん・ほしいまま
擅断 せんだん
〔擯〕ひん
擯斥 ひんせき
〔擦〕さつ・かすり

こする・こすれる・さする・する・すれる・ずれ・なする
擦切 すりきる・すりきれる
擦付 こすりつける・すりつける・なすりつける
擦込 すりこむ
擦半 すりばん
擦合 すれあう・なすりあい
擦抜 すりぬける
擦枯 すれからし・すれっからし
擦疵 すりきず
擦剥 すりむく・すりむける
擦過 さっか
擦寄 すりよる
擦替 すりかえる
擦傷 すりきず
擦鉦 すりがね
擦滓 すりかす
擦違 すれちがう
擦膝 すりひざ
擦擦 すれすれ
〔擡〕たい・もたげる
擡頭 たいとう
〔擇〕たく・てき・ぬきんでる・ぬきんず
〔擬〕ぎ・なずらい・なずらう・なずらえ・なぞう・まがい・もどき
擬人 ぎじん
擬古 ぎこ
擬似 ぎじ
擬死 ぎし
擬声語 ぎせいご
擬制 ぎせい
擬宝珠 ぎぼうしゅ・ぎぼし
擬革 ぎかく
擬音 ぎおん
擬装 ぎそう
擬勢 ぎせい

擬態 ぎたい
擬製 ぎせい
擬餌 ぎじ
擬餌鉤 ぎじばり
〔擶〕かむ
〔擠〕しょう
擠乱 じょうらん
〔擽〕りゃく・くすぐる・こそぐる・らく
〔擲〕てき・ちゃく・なぐる・なぐり・なげうつ
擲弾筒 てきだんとう
〔攘〕じょう
攘夷 じょうい
〔攅〕さん・ざん
攅入 ざんにゅう
〔攪〕かく・こう・ほだてる
攪乱 かくらん・こうらん
攪拌 かくはん・こうはん
〔攫〕かく・さらう・つかむ

大 部

〔大〕だい・たい・おお
大入 おおいり
大入道 おおにゅうどう
大八州 おおやしま
大八車 だいはちぐるま
大人 たいじん・だいにん・おとな・おとない・おとなびる
大人物 だいじんぶつ
大人気無 おとなげない
大刀 だいとう・たち
大力 だいりき
大弓 だいきゅう
大工 だいく
大小 だいしょう

大丈夫 だいじょうぶ・だいじょうふ
大上段 だいじょうだん
大山 たいざん
大山木 たいざんぼく
大才 たいさい
大大的 だいだいてき
大女 おおおんな
大川 おおかわ
大巾 おおはば
大凡 おおよそ
大口 おおぐち
大方 たいほう・おおかた
大火 たいか
大元帥 だいげんすい
大円 だいえん
大王 だいおう
大凶 だいきょう
大公使 たいこうし
大仏 だいぶつ
大木 たいぼく
大木戸 おおきど
大厄 たいやく
大夫 たゆう
大分 だいぶん・だいぶ
大内 おおうち
大水 おおみず
大太鼓 おおだいこ
大手 おおて・おおで
大手合 おおてあい
大戸 おおど
大引 おおびき・おおびけ
大穴 おおあな
大甘 おおあま
大半 たいはん
大正琴 たいしょうごと
大兄 たいけい

大司教 だいしきょう
大冊 たいさつ
大功 たいこう
大切 たいせつ・おおぎり
大白 たいはく
大本 たいほん・おおもと
大写 おおうつし
大立回 おおたちまわり
大立者 おおだてもの
大目 おおめ
大目玉 おおめだま
大字 だいじ・おおあざ
大字報 だいじほう
大安 たいあん
大宇宙 だいうちゅう
大汗 おおあせ
大会 たいかい
大回 おおまわり
大回転 だいかいてん
大吉 だいきち
大気 たいき
大曲 たいきょく
大兇 だいきょう
大尽 だいじん
大好 だいすき
大自然 だいしぜん
大死 たいし
大成 たいせい
大行 たいこう
大西洋 たいせいよう
大全 たいぜん
大多数 だいたすう
大団円 だいだんえん
大地 だいち
大虫 だいのむし
大同 だいどう
大任 たいにん

大名 だいみょう	大阪寿司 おおさかずし	大垂髪 おすべらかし	大俗 だいぞく	大猟 たいりょう
大広間 おおひろま	大見 おおみえ	大音声 だいおんじょう	大盃 たいはい	大商 おおあきない
大玉 おおだま	大見得 おおみえ	大逆 だいぎゃく	大便 だいべん	大威張 おおいばり
大台 おおだい	大谷石 おおやいし	大神 おおかみ	大要 たいよう	大鹿 おおしか
大仕掛 おおじかけ	大麦 おおむぎ	大神宮 だいじんぐう	大病 たいびょう	大鳥 おおとり
大有 おおあり	大技 おおわざ	大願 たいがん	大旆 たいはい	大掃除 おおそうじ
大当 おおあたり	大形 おおがた・おおぎょう	大計 たいけい	大通 だいつう・おおどおり	大蛇 おろち・だいじゃ
大江戸 おおえど	大判 おおばん	大度 たいど	大害 たいがい	大野 おおの
大年 おおとし	大味 おおあじ	大洋 たいよう	大挙 たいきょ	大御宝 おおみたから
大年増 おおとしま	大叔父 おおおじ	大変 たいへん	大酒 たいしゅ	大率 おおむね
大向 おおむこう	大叔母 おおおば	大政所 おおまんどころ	大将 たいしょう	大盛 おおもり
大仰 おおぎょう	大股 おおまた	大差 たいさ	大笑 たいしょう・おおわらい	大雪 おおゆき・たいせつ
大出来 おおでき	大昔 おおむかし	大前提 だいぜんてい	大師 だいし	大掛 おおがかり
大言 たいげん	大物 おおもの	大勇 たいゆう	大根 だいこん・おおね	大組 おおぐみ
大序 だいじょ	大店 おおだな	大約 たいやく	大悟 たいご	大袈裟 おおげさ
大角豆 ささげ	大空 おおぞら	大荒 おおあれ	大剛 たいごう	大御所 おおごしょ
大我 たいが	大宗 たいそう	大急 おおいそぎ	大息 たいそく・おおいき	大部分 だいぶぶん
大旱 たいかん	大効 たいこう	大風 おおかぜ・おおふう	大納言 だいなごん	大益 たいとう
大局 たいきょく	大法 たいほう	大風子 だいふうし	大破 たいは	大望 たいもう・たいぼう
大身 たいしん・おお	大学 だいがく	大城戸 おおきど	大砲 たいほう	大麻 たいま
大豆 だいず	大官 たいかん	大津絵 おおつえ	大紋 だいもん	大部 たいぶ
大系 たいけい	大河 たいが	大廻 おおまわり	大恩 だいおん	大患 たいかん
大臣 だいじん	大雨 たいう・おおあめ	大柄 おおへい・おおがら	大海 たいかい	大黄 だいおう
大車輪 だいしゃりん	大和 やまと	大祓 おおはらい	大海原 おおうなばら	大略 ほぼ
大志 たいし	大和尚 だいおしょう	大家 たいか・たいけ・おおや	大島 おおしま	大尉 たいい
大作 たいさく	大往生 だいおうじょう	大家族 だいかぞく	大弱 おおよわり	大規模 だいきぼ
大佐 たいさ	大金 たいきん・おおがね	大屋 おおや	大原女 おはらめ	大経師 だいきょうじ
大声 たいせい	大呼 たいこ	大持 おおもて	大晦 おおつごもり	大黒 だいこく
大体 だいたい	大所 たいしょ・おおどころ	大型 おおがた	大晦日 おおみそか	大酔 たいすい
大兵 たいへい・だいひょう	大事 だいじ・おおごと	大食 たいしょく・おおぐい	大宮 おおみや	大赦 たいしゃ
大別 たいべつ	大使 たいし	大相撲 おおずもう	大真面目 おおまじめ	大著 たいちょ
大邦 たいほう	大枚 たいまい	大風呂敷 おおぶろしき	大酒 おおざけ	大脳 だいのう
大門 だいもん おおもん	大国 たいこく	大軍 たいぐん	大時代 おおじだい	大動脈 だいどうみゃく
大役 たいやく	大典 たいてん	大発 だいはつ	大振 おおぶり	大敗 たいはい
大利 たいり	大抵 たいてい	大乗 だいじょう	大降 おおぶり	大過 たいか
大乱 たいらん	大知 たいち	大政 たいせい	大船 おおぶね	大道 たいどう・だいどう
大牢 たいろう	大杯 たいはい	大胆 だいたん	大部屋 おおべや	大寒 だいかん
大尾 たいび	大命 たいめい		大欲 たいよく	大圏 たいけん
大伯父 おおおじ	大供 おおども		大陸 たいりく	大捷 たいしょう
大伯母 おおおば			大理石 だいりせき	大筒 おおづつ
大足 おおあし			大略 たいりゃく	
大男 おおおとこ				
大君 おおきみ				

大道具 おおどうぐ	大慈 だいじ	大橋 たいきょう	太棹 ふとざお	天成 てんせい
大番 おおばん	大罪 たいざい	大賢 たいけん	太鼓 たいこ	天気 てんき
大幅 おおはば	大戦 たいせん	大樹 たいじゅ	太絹 ふとぎぬ	天刑 てんけい
大御 おおみ	大聖 たいせい	大霜 おおしも	太腹 ふとっぱら	天瓜粉 てんかふん
大童 おおわらわ	大僧正 だいそうじょう	大薩摩 おおざつま	太箸 ふとばし	天衣無縫 てんいむほう
大筋 おおすじ		大観 たいかん	太繭 ふとい	
大奥 おおおく	大腿 だいたい	大難 たいなん	太織 ふとおり	天邪鬼 あまのじゃく
大喜利 おおぎり	大賊 たいぞく	大躍進 だいやくしん	〔天〕 てん・あめ・あま	天寿 てんじゅ
大衆 だいしゅ・たいしゅう	大腸 だいちょう	大鵬 おおばん		天位 てんい
	大農 だいのう	〔太〕 たい・た・お	天人 てんじん・てんにん	天助 てんじょ
大衆運動 たいしゅううんどう	大漁 たいりょう	お・ふとい・ふとる		天災 てんさい
大暑 たいしょ	大豪 たいごう	太刀 たち	天下 あまくだり・あめがした・てんか	天佑 てんゆう
大勝 たいしょう	大隠 たいいん	太刀打 たちうち		天体 てんたい
大祭 たいさい	大獄 たいごく	太刀先 たちさき	天上 てんじょう	天花粉 てんかふん
大隊 だいたい	大綱 たいこう・おおづな	太刀取 たちとり	天子 てんし	天空 てんくう
大統領 だいとうりょう	大輔 たゆう	太刀風 たちかぜ	天才 てんさい	天河 あまのがわ
	大層 たいそう	太刀持 たちもち	天工 てんこう	天板 てんいた
大智 たいち	大瑠璃 おおるり	太刀捌 たちさばき	天女 てんにょ	天竺 てんじく
大場 おおば	大雑把 おおざっぱ	太刀筋 たちすじ	天与 てんよ	天使 てんし
大量 たいりょう	大摑 おおづかみ	太山 たいざん	天川 あまのがわ	天命 てんめい
大喝 だいかつ	大蔵 おおくら	太子 たいし	天文 てんもん	天金 てんきん
大厦 たいか	大潮 おおしお	太太 ふてぶてしい	天火 てんび・てんか	天性 てんせい
大福 だいふく	大敗網 おおしきあみ	太夫 たいふ	天王 てんのう	天国 てんごく
大意 たいい	大様 たいよう	太公望 たいこうぼう	天王山 てんのうざん	天狗 てんぐ
大概 たいがい・おおむね	大盤振舞 おおばんぶるまい	太平洋 たいへいよう	天井 てんじょう	天物 てんぶつ
大義 たいぎ	大賞 たいしょう	太目 ふとめ	天元 てんげん	天明 てんめい
大歳 おおとし	大敵 たいてき	太平 たいへい	天引 てんびき	天具帖 でんぐじょう
大鉈 おおなた	大慶 たいけい	太白 たいはく	天分 てんぶん	
大業 おおわざ・たいぎょう	大震災 だいしんさい	太古 たいこ	天日 てんじつ・てんび	天長節 てんちょうせつ
大業物 おおわざもの	大輪 たいりん	太字 ふとじ	天水 てんすい	天津 あまつ
	大慾 たいよく	太肉 ふとりじし	天手古舞 てんてこまい	天祐 てんゆう
大路 おおじ	大選挙区 だいせんきょく	太初 たいしょ	天丼 てんどん	天神 てんじん
大詰 おおづめ	大盤石 だいばんじゃく	太股 ふともも	天主 てんしゅ	天帝 てんてい
大関 おおぜき		太郎 たろう	天安門 てんあんもん	天変 てんぺん
大勢 おおぜい・たいぜい・たいせい	大儀 たいぎ	太物 ふともの	天外 てんがい	天草 てんぐさ
大殿 おおとの	大虚 たいきょ	太巻 ふとまき	天台 てんだい	天界 てんかい
大鼓 おおつづみ・おおかわ	大鋸 おが	太神楽 だいかぐら	天目 てんもく	天保銭 てんぽうせん
	大鋸屑 おがくず	太陰 たいいん	天皇 てんのう	
大愚 たいぐ	大謀網 だいぼうあみ	太刀魚 たちうお	天辺 てっぺん	天南星 てんなんしょう
大蒜 にんにく		太極 たいきょく	天守 てんしゅ	
大嫌 だいきらい	大蔵経 だいぞうきょう	太極拳 たいきょくけん	天地 てんち・あめつち	天恵 てんけい
大数 だいすう	大篆 だいてん	太陽 たいよう	天地人 てんちじん	天候 てんこう
大群 たいぐん				天原 あまのはら
				天恩 てんおん

天蚕 てんさん	天爾乎波 てにをは	失物 うせもの	奉伺 ほうし	奇行 きこう
天蚕糸 てぐす	天罰 てんばつ	失明 しつめい	奉告 ほうこく	奇形 きけい
天真 てんしん	天網 てんもう	失点 してん	奉呈 ほうてい	奇声 きせい
天孫 てんそん	天領 てんりょう	失念 しつねん	奉拝 ほうはい	奇妙 きみょう
天骨 てんこつ	天敵 てんてき	失神 しっしん	奉迎 ほうげい	奇抜 きばつ
天秤 てんびん	天質 てんしつ	失政 しっせい	奉送 ほうそう	奇利 きり
天馬 てんば	天際 てんさい	失恋 しつれん	奉祝 ほうしゅく	奇効 きこう
天降 あまくだり	天賦 てんぷ	失笑 ししょう	奉持 ほうじ	奇怪 きっかい・きかい
天窓 てんまど	天機 てんき	失速 しっそく	奉勅 ほうちょく	
天堂 てんどう	天爵 てんしゃく	失格 しっかく	奉書 ほうしょ	奇知 きち
天涯 てんがい	天顔 てんがん	失陥 しっかん	奉納 ほうのう	奇奇 きき
天産 てんさん	天職 てんしょく	失望 しつぼう	奉唱 ほうしょう	奇岩 きがん
天授 てんじゅ。	天壌 てんじょう	失着 しっちゃく	奉奠 ほうてん	奇計 きけい
天赦日 てんしゃにち	天魔 てんま	失敗 しっぱい	奉賀 ほうが	奇相 きそう
天頂 てんちょう	天籟 てんらい	失脚 しっきゃく	奉答 ほうとう	奇型 きけい
天啓 てんけい	〔天〕よう	失敬 しっけい	奉献 ほうけん	奇病 きびょう
天球 てんきゅう	夭折 ようせつ	失費 しっぴ	奉読 ほうどく	奇書 きしょ
天眼 てんがん	夭死 ようし	失策 しっさく	奉幣 ほうへい	奇骨 きこつ
天袋 てんぶくろ	夭逝 ようせい	失意 しつい	奉賛 ほうさん	奇特 きとく
天動説 てんどうせつ	〔夫〕ふ・そ・せ・つま・それ・おっと	失跡 しっせき	奉遷 ほうせん	奇峰 きほう
天理 てんり	夫人 ふじん	失業 しつぎょう	奉還 ほうかん	奇問 きもん
天道 てんとう・てんどう	夫子 ふうし	失禁 しっきん	奉戴 ほうたい	奇術 きじゅつ
天道虫 てんとうむし	夫王 ふおう	失語 しつご	奉職 ほうしょく	奇習 きしゅう
天然 てんねん	夫夫 それぞれ	失態 しったい	〔奄〕えん	奇異 きい
天翔 あまかける	夫君 ふくん	失調 しっちょう	奄奄 えんえん	奇捷 きしょう
天測 てんそく	夫役 ぶやく	失墜 しっつい	〔奈〕な	奇貨 きか
天象 てんしょう	夫妻 ふさい	失権 しっけん	奈辺 なへん	奇道 きどう
天運 てんうん	夫婦 ようふ・みょうと・めおと	失踪 しっそう	奈何 いかん	奇智 きち
天朝 てんちょう	夫唱婦随 ふしょうふずい	失錯 しっさく	奈良漬 ならづけ	奇絶 きぜつ
天晴 あっぱれ	夫権 ふけん	失職 しっしょく	奈落 ならく	奇遇 きぐう
天誅 てんちゅう	〔失〕しつ・うしなう・うせる・しっする	〔夷〕い・えびす	〔奔〕ほん・はしる	奇策 きさく
天稟 てんぴん	失火 しっか	〔夾〕きょう・はさみ・さしはさむ・はさまる	奔出 ほんしゅつ	奇勝 きしょう
天漢 あまのがわ・てんかん	失心 しっしん	夾竹桃 きょうちくとう	奔走 ほんそう	奇禍 きか
天恵 てんけい	失礼 しつれい	夾侍 きょうじ	奔放 ほんぽう	奇話 きわ
天資 てんし	失対 しったい	夾雑 きょうざつ	奔命 ほんめい	奇跡 きせき
天幕 てんまく	失当 しっとう	夾撃 きょうげき	奔馬 ほんば	奇想 きそう
天蓋 てんがい	失地 しっち	〔奉〕ほう・ほうずる・たてまつる	奔流 ほんりゅう	奇聞 きぶん
天麩羅 てんぷら	失名氏 しつめいし	奉公 ほうこう	奔湍 ほんたん	奇瑞 きずい
天照 あまてらす	失言 しつげん	奉加 ほうが	奔騰 ほんとう	奇数 きすう
天照皇大神宮 てんしょうこうだいじんぐう	失体 しったい	奉仕 ほうし	〔奇〕き・くしき	奇態 きたい
	失投 しっとう	奉安 ほうあん	奇人 きじん	奇談 きだん
	失効 しっこう	奉祀 ほうし	奇士 きし	奇縁 きえん
			奇才 きさい	奇薬 きやく
			奇天烈 きてれつ	奇蹄目 きていもく
			奇手 きしゅ	奇矯 ききょう
			奇弁 きべん	奇癖 きへき
			奇功 きこう	奇蹟 きせき

奇観 きかん
奇警 きけい
奇麗 きれい
奇襲 きしゅう
奇巌 きがん
〔契〕けい・ちぎり・ちぎる
契印 けいいん
契合 けいごう
契約 けいやく
契機 けいき
〔奏〕そう・かなでる・そうする・かなず
奏上 そうじょう
奏功 そうこう
奏法 そうほう
奏効 そうこう
奏者 そうしゃ
奏楽 そうがく
奏聞 そうもん
奏鳴曲 そうめいきょく
奏請 そうせい
奏覧 そうらん
〔奢〕しゃ・おごり・おごる
奢侈 しゃし
〔奠〕てんでん・
奠都 てんと
〔奥〕おう・おくまる・おく
奥女中 おくじょちゅう
奥山 おくやま
奥手 おくて
奥方 おくがた
奥印 おくいん
奥付 おくづけ
奥向 おくむき
奥行 おくゆき
奥伝 おくでん
奥地 おくち
奥床しい おくゆかしい
奥底 おくそこ
奥津城 おくつき
奥秘 おうひ

奥書 おくがき
奥座敷 おくざしき
奥深 おくふかい
奥許 おくゆるし
奥歯 おくば
奥義 おうぎ・おうぎ
奥様 おくさま
〔奨〕しょう・すすめる
奨励 しょうれい
奨学 しょうがく
奨金 しょうきん
〔奪〕だつ・うばう
奪回 だっかい
奪取 うばいとる・だっしゅ
奪掠 だつりゃく
奪略 だつりゃく
奪還 だっかん
〔奮〕ふん・ふるう
奮立 ふるいたつ
奮迅 ふんじん
奮励 ふんれい
奮発 ふんぱつ
奮起 ふるいおこす・ふるいたつ・ふんき
奮然 ふんぜん
奮戦 ふんせん
奮闘 ふんとう

廾 部

〔弄〕ろう・ろうする・いじる・いらう・いろう・いじくる・まさぐる・もてあそぶ
弄火 ろうか
弄花 ろうか
〔昪〕き・かく
〔弊〕へい
弊衣 へいい
弊村 へいそん
弊物 へいもつ
弊風 へいふう
弊政 へいせい
弊害 へいがい
弊習 へいしゅう

弊履 へいり

尢 部

〔尤〕ゆう・もっとも
尤物 ゆうぶつ
〔尨〕むく
尨犬 むくいぬ
尨毛 むくげ
〔就〕しゅう・つく・ついて
就中 なかんずく
就任 しゅうにん
就労 しゅうろう
就床 しゅうしょう
就役 しゅうえき
就学 しゅうがく
就眠 しゅうみん
就航 しゅうこう
就業 しゅうぎょう
就働 しゅうどう
就寝 しゅうしん
就園 しゅうえん
就尊 しゅうじょく
就褥 しゅうじょく
就縛 しゅうばく
就職 しゅうしょく

ヨ・彑・크部

〔彗〕すい
彗星 すいせい
〔彙〕い
彙報 いほう

己 部

〔己〕き・こ・うぬ・つちのと・おどれ・おの・おのれ
己惚 うぬぼれる
〔已〕い・やめ・やめる・すでに・やむ
已上 いじょう
已得 やむをえず
已無 やむない
〔巳〕し・み
〔巴〕は・ともえ
巴旦杏 はたんきょう
〔巷〕こう・ちまた

巷間 こうかん
巷説 こうせつ
巷談 こうだん

弓 部

〔弓〕きゅう・ゆみ
弓引 ゆみひく
弓手 ゆんで
弓矢 ゆみや
弓形 ゆみなり・ゆみがた・きゅうけい
弓状 きゅうじょう
弓杖 ゆんづえ
弓弦 ゆづる
弓取 ゆみとり
弓馬 きゅうば
弓張 ゆみはり
弓術 きゅうじゅつ
弓筈 ゆはず
弓道 きゅうどう
弓勢 ゆんぜい
弓爾乎波 てにをは
弓箭 きゅうせん
弓懸 ゆがけ
弓籠手 ゆごて
〔弔〕ちょう・とぶらい・とぶらう・とむらい・とむらう
弔文 ちょうぶん
弔合戦 とむらいがっせん
弔花 ちょうか
弔客 ちょうかく・ちょうきゃく
弔砲 ちょうほう
弔問 ちょうもん
弔詞 ちょうし
弔意 ちょうい
弔詩 ちょうし
弔辞 ちょうじ
弔電 ちょうでん
弔銃 ちょうじゅう
弔歌 ちょうか
弔旗 ちょうき
弔慰 ちょうい
〔引〕いん・ひき・ひく・ひける・ひかれる

引入 ひきいる・ひきいれる
引力 いんりょく
引下 ひきさげる・ひきさがる・ひきおろす
引上 ひきあげる・ひきあげる
引分 ひきわける・ひきわかれる
引止 ひきとめる
引手 ひくて・ひきて
引戸 ひきど
引火 いんか
引水 いんすい
引切無しに ひっきりなしに
引払 ひきはらう
引写 ひきうつし
引去 ひきさる
引出 ひきだし・ひきだす
引出物 ひきでもの
引立 ひったてる・ひきたつ・ひきたてる・ひきたてる
引立役 ひきたてやく
引付 ひっつく・ひきつけ・ひきつける
引目 ひきめ
引目鈎鼻 ひきめかぎばな
引札 ひきふだ
引用 いんよう
引込 ひっこむ・ひっこめる・ひきこむ・ひっこみ・ひっこます
引込線 ひきこみせん
引舟 ひきふね
引合 ひきあわせ・ひきあい・ひきあう・ひきあわせる
引当 ひきあてる・ひきあて

引回 ひきまわす・ひきまわし	引率 いんそつ	引摺込 ひきずりこむ	弦月 げんげつ	弱竹 なよたけ
引見 いんけん	引菓子 ひきがし	引摺回 ひきずりまわす	弦音 つるおと	弱行 じゃっこう
引伸 ひきのばし・ひきのばす	引窓 ひきまど		弦楽 げんがく	弱志 じゃくし
	引船 ひきふね	引網 ひきあみ	弦楽器 げんがっき	弱体 じゃくたい
引決 いんけつ	引寄 ひきよせる	引綱 ひきづな	弦歌 げんか	弱毒 じゃくどく
引抜 ひきぬく・ひきぬき・ひっこぬく	引釣 ひっつり	引墨 ひきずみ	〔弩〕ど・いしゆみ・おおゆみ	弱者 じゃくしゃ
	引張 ひっぱる	引潮 ひきしお		弱音 じゃくおん・よわね
引返 ひきかえす・ひっかえす・ひきかえし	引張凧 ひっぱりだこ	引緩 ひきゆるむ	弩級艦 どきゅうかん	
		引導 いんどう		弱卒 じゃくそつ
引者 ひかれもの	引張強 ひっぱりつよさ	引締 ひきしまる・ひきしめる	〔弧〕こ・ゆみ	弱味 よわみ
引例 いんれい		引縄 ひきなわ	弧光 ここう	弱味噌 よわみそ
引延 ひきのばす・ひきのばし	引換 ひきかえ・ひきかえる	引離 ひきはなす	弧状 こじょう	弱国 じゃっこく
	引提 ひっさげる	引繰返 ひっくりかえす・ひっくりかえる	弧線 こせん	弱点 じゃくてん
引金 ひきがね	引掻 ひっかく		〔弥〕び・み・いや・いよ・いよいよ・や	弱冠 じゃっかん
引具 ひきぐす	引掻回 ひっかきまわす			弱弱 よわよわしい
引明 ひきあけ		引籠 ひきこもる・ひっこもる	弥上 いやがうえに	弱視 じゃくし
引担 ひっかつぐ	引揚 ひきあげる・ひきあげ		弥生 やよい	弱電 じゃくでん
引物 ひきもの		引攣 ひっつれ・ひっつり・ひきつり・ひきつり・ひきつる	弥次 やじる・やじ	弱腰 よわこし
引戻 ひきもどす	引揚者 ひきあげしゃ		弥次馬 やじうま	弱敵 じゃくてき
引受 ひきうける	引渡 ひきわたす		弥次喜多 やじきた	弱震 じゃくしん
引取 ひきとる	引裂 ひきさく	〔弘〕こう・ぐ・ひろい・ひろめ・ひろまる・ひろめる	弥次郎兵衛 やじろべえ	弱酸 じゃくさん
引退 いんたい・ひきのく・ひきのける	引喩 いんゆ			弱輩 じゃくはい
	引証 いんしょう		弥助 やすけ	弱齢 じゃくれい
引眉 ひきまゆ	引越 ひっこし・ひっこす	弘法 こうぼう・ぐほう	弥明後日 やのあさって	〔張〕ちょう・はる・はり・ばり
引括 ひっくくる・ひっくるめる		弘通 ぐずう		
	引替 ひっかえ・ひきかえ・ひきかえる	弘報 こうほう	弥陀 みだ	張力 ちょうりょく
引相場 ひけそうば		弘誓 ぐぜい	弥栄 いやさか	張三李四 ちょうさんりし
引留 ひきとめる	引絞 ひきしぼる	〔弗〕ふつ・だら・どる・ドルラル	弥猛 やたけに	
引時 ひきどき・ひけどき	引落 ひきおとし		弥猛心 やたけごころ	張上 はりあげる
	引続 ひきつづき・ひきつづく	弗素 ふっそ		張子 はりこ
引致 いんち		〔弛〕し・ち・たゆむ・たるむ・ゆるい・ゆるみ・ゆるむ・ゆるめる	弥勒 みろく	張手 はりて
引航 いんこう	引幕 ひきまく		弥増 いやます・いやまさる	張切 はりきる
引連 ひきつれる	引詰 ひっつめ			張本 ちょうほん
引被 ひっかぶる	引鉄 ひきがね		弥蔵 やぞう	張本人 ちょうほんにん
引値 ひけね	引歌 ひきうた	弛張 しちょう・ちちょう	弥縫 びほう	
引捕 ひっとらえる	引継 ひきつぎ・ひきつぐ	弛緩 ちかん・しかん	〔弱〕じゃく・よわい・よわり・よわる・よわまる・よわめる	張付 はりつける・ちょうふ・はりつく
引起 ひきおこす	引際 ひけぎわ・ひきぎわ	〔弟〕てい・おとと・おとうと		張出 はりだし・はりだす
引剥 ひきはがす・ひっぱぐ・ひっぱがす	引綿 ひきわた			
	引攫 ひっつかむ	弟子 でし	弱小 じゃくしょう	張込 はりこむ
引掛 ひっかける・ひっかかり・ひっかかる	引算 ひきざん	弟切草 おとぎりそう	弱化 じゃっか	張札 はりふだ
	引摺 ひきずり・ひきずる		弱目 よわりめ	張回 はりまわす
引据 ひきすえる	引摺出 ひきずりだす	弟妹 ていまい	弱年 じゃくねん	張巡 はりめぐらす
引接 いんせつ		〔弦〕げん・つる・つら	弱肉強食 じゃくにくきょうしょく	張合 はりあい・はりあう
引責 いんせき			弱気 よわき	張抜 はりぬき
			弱虫 よわむし	張物 はりもの

張板 はりいた
張飛 はりとばす
張紙 はりがみ
張扇 はりおうぎ
張倒 はりたおす
張混 はりまぜ
張裂 はりさける
張替 はりかえ・はり
　かえる
張番 はりばん
張詰 はりつめる
〔強〕きょう・ごう
　あながち・しいる
　しいて・こわい・し
　たたか・つよい・つ
　よがる・つよがり・
　つよき・つよまる・
　つよみ・つよめる
強力 きょうりょく・
　ごうりき
強大 きょうだい
強弓 ごうきゅう
強引 ごういん
強心剤 きょうしん
　ざい
強火 つよび
強化 きょうか
強弁 きょうべん
強圧 きょうあつ
強打 ごうだ
強気 ごうぎ・つよき
強行 きょうこう
強行軍 きょうこう
　ぐん
強壮 きょうそう
強兵 きょうへい
強攻 きょうこう
強味 つよみ
強肩 きょうけん
強弩 きょうど
強迫 きょうはく
強国 きょうこく
強者 ごうのもの・し
　たたかもの・きょう
　しゃ
強直 きょうちょく
強固 きょうこ

強制 きょうせい
強窃盗 ごうせっと
　う
強風 きょうふう
強度 きょうど
強姦 ごうかん
強要 きょうよう
強烈 きょうれつ
強剛 きょうごう
強弱 きょうじゃく
強酒 ごうしゅ
強記 きょうき
強健 きょうけん
強欲 きょうよく
強張 こわばる
強情 ごうじょう
強球 ごうきゅう
強盗 がんどう・ごう
　とう
強靭 きょうじん
強飯 こわいい・こわ
　めし
強訴 ごうそ
強硬 きょうこう
強堅 きょうけん
強意 きょうい
強腰 つよごし
強電 きょうでん
強意見 こわいけん
強酸 きょうさん
強震 きょうしん
強豪 きょうごう
強奪 ごうだつ
強暴 きょうぼう
強敵 きょうてき
強慾 ごうよく
強請 ごうせい・きょ
　うせい・ゆする・ゆす
　り・ねだる
強談 ごうだん
強談判 こわだんぱ
　ん
強熱 きょうねつ
強権 きょうけん
強調 きょうちょ
　う
強襲 きょうしゅう
〔弾〕だん ひく・は

じき・はじく・はじけ
る・はずみ・はずむ
たま・だんじる・だん
ずる・
弾力 だんりょく
弾丸 だんがん
弾手 ひきて
弾圧 だんあつ
弾出 はじきだす
弾車 はずみぐるま
弾初 ひきぞめ
弾雨 だんう
弾性 だんせい
弾劾 だんがい
弾張 こわばる
弾奏 だんそう
弾指 だんし
弾倉 だんそう
弾除 たまよけ
弾痕 だんこん
弾琴 だんきん
弾道 だんどう
弾着 だんちゃく
弾幕 だんまく
弾語 ひきがたり
弾薬 だんやく
弾頭 だんとう
〔彎〕わん・まがる
彎入 わんにゅう
彎曲 わんきょく

尸 部

〔尸〕し・しかばね・
　かばね
尸位素餐 しいそさ
　ん
尸骸 しかい
〔尺〕しゃく・せき・
　さく しゃくじめ
　さし・ものさし・さ
　か・あた
尺八 しゃくはち
尺寸 しゃくすん・せ
　きすん
尺地 しゃくち・せき
　ち
尺取虫 しゃくとり
　むし

尺貫法 しゃっかん
　ほう
尺度 しゃくど
尺骨 しゃっこつ
尺進 しゃくしん
尺牘 せきとく
〔尻〕とう しり・い
　さらい
尻上 しりあがり
尻下 しりさがり
尻切 しりきれ・しり
　きり
尻毛 しりげ
尻付 しりつき
尻目 しりめ
尻込 しりごみ
尻当 しりあて
尻足 しりあし
尻抜 しりぬけ
尻尾 しりお・しっぽ
尻取 しりとり
尻押 しりおし
尻拭 しりぬぐい
尻重 しりおも
尻馬 しりうま
尻振 しりふり
尻胼胝 しりだこ
尻窄 しりすぼまり
尻軽 しりがる
尻隠 しりかくし
尻暗観音 しりくら
　いかんのん
尻餅 しりもち
尻癖 しりくせ
尻擦 しりこそげゆい
尻鰭 しりびれ
〔尼〕に・じ・じつで
　い・あま
尼子 あまっこ
尼公 にこう
尼寺 あまでら
尼君 あまぎみ
尼僧 にそう
〔尽〕じん・まま・つ
　くす・つく・つか
　す・つき・つきる・
　づくし・ことごとく

・すがれる・ずく
尽力 じんりょく
尽日 じんじつ
尽未来際 じんみらい
　いざい
尽忠 じんちゅう
尽果 つきはてる
尽瘁 じんすい
〔局〕きょく・まが
　る・きょくする・つ
　ぼね
局方 きょくほう
局外 きょくがい
局地 きょくち
局所 きょくしょ
局長 きょくちょう
局員 きょくいん
局限 きょくげん
局面 きょくめん
局待電報 きょくま
　ちでんぽう
局紙 きょくし
局留 きょくどめ
局部 きょくぶ
局報 きょくほう
局番 きょくばん
局勢 きょくせい
局線 きょくせん
局譜 きょくふ
〔屁〕ひ・おなら
屁放腰 へっぴりご
　し
屁放虫 へっぴりむ
　し・へひりむし
屁河童 へのかっぱ
屁理屈 へりくつ
〔尿〕にょう・ばり・
　いばり・ゆばり・
　し・しし・ゆまり
尿石 にょうせき
尿失禁 にょうしっ
　きん
尿毒症 にょうどく
　しょう
尿屎 ししばば
尿瓶 しびん

尿素 にょうそ	居住水準 きょじゅ	屈折 くっせつ	屑入 くずいれ	〔履〕り・ふむ・く
尿量 にょうりょう	うすいじゅん	屈服 くっぷく	屑糸 くずいと	っ・はく
尿道 にょうどう	居所 いどころ・きょ	屈指 くっし	屑米 くずまい	履行 りこう
尿意 にょうい	しょ	屈託 くったく	屑物 くずもの	履物 はきもの
尿酸 にょうさん	居直 いなおる	屈従 くつじゅう	屑屋 くずや	履修 りしゅう
尿器 にょうき	居直強盗 いなおり	屈辱 くつじょく	屑鉄 くずてつ	履践 りせん
〔尾〕び・お	ごうとう	屈強 くっきょう	屑繭 くずまゆ	履違 はきちがえる
尾上 おのえ	居並 いならぶ	〔屎〕し・くそ・ばば	屑籠 くずかご	履歴 りれき
尾大 びだい	居室 きょしつ	屎尿 しにょう	〔屠〕と・ほふる	
尾行 びこう	居食 いぐい	〔屍〕し・しかばね・	屠牛 とぎゅう	乏 部
尾羽 おは	居城 きょじょう	かばね	屠所 としょ	
尾花 おばな	居待月 いまちのつ	屍体 したい	屠殺 とさつ	〔廷〕てい・にわ
尾長 おなが	き	屍室 ししつ	屠場 とじょう	廷丁 ていてい
尾長鳥 おながどり	居留 きょりゅう	屍毒 しどく	屠腹 とふく	廷内 ていない
尾根 おね	居留守 いるす	屍姦 しかん	屠蘇 とそ	廷吏 ていり
尾骨 びこつ	居残 いのこる・いの	屍蠟 しろう	〔属〕ぞく・しょく・	廷臣 ていしん
尾骶骨 びていこつ	こり	〔屋〕おく・や	ぞくす・ぞくする・	〔延〕えん のばす・の
尾錠 びじょう	居座 いすわる	屋上 おくじょう	つける	び・のびやか・のび
尾頭付 おかしらつ	居酒屋 いざかや	屋内 おくない	属目 しょくもく	る・のべ・のべる
き	居眠 いねむり	屋外 おくがい	属吏 ぞくり	延人員 のべじんい
尾灯 びとう	居流 いながれる	屋台 やたい	属地 ぞくち	ん
尾翼 びよく	居候 いそうろう	屋号 やごう	属国 ぞっこく	延引 えんいん
尾籠 びろう・おこ	居据 いすわる	屋体 やたい	属官 ぞっかん	延日数 のべにっす
尾鰭 おひれ・おびれ	居常 きょじょう	屋形 やかた	属性 ぞくせい	延払 のべばらい
〔届〕かい・とどく・	居着 いつく	屋舎 おくしゃ	属島 ぞくとう	延会 えんかい
とどけ・とどける・	居竦 いすくまる	屋並 やなみ	属託 しょくたく	延寿 えんじゅ
いたる	居然 きょぜん	屋根 やね	属望 しょくぼう	延坪 のべつぼ
届出 とどけでる・と	居開張 いがいちょ	屋数 やかず	属領 ぞくりょう	延延 のびのび・えん
どけいで	う	屋敷 やしき	属僚 ぞくりょう	えん
届先 とどけさき	居間 いま	〔屏〕へい・びょう	〔屢〕る・しば・しば	延命 えんめい
〔居〕きょ・き・こ・	居場所 いばしょ	屏風 びょうぶ	しば	延金 のべがね
いる・おる・いなが	居続 いつづけ	屏息 へいそく	屢叩 しばたたく	延長 えんちょう
ら・おく	居催促 いざいそく	〔展〕てん・のびる・	屢次 るじ	延性 えんせい
居丈 いたけ	居溢 いこぼれる	ひろげる	屢述 るじゅつ	延板 のべいた
居丈高 いたけだか	居睡 いねむり	展示 てんじ	屢報 るほう	延面積 のべめんせ
居士 こじ	居敷当 いしきあて	展性 てんせい	屢説 るせつ	き
居中 きょちゅう	居館 きょかん	展延 てんえん	屢鳴 しばなく	延発 えんぱつ
居心地 いごこち	居職 いじょく	展翅 てんし	屢屢 しばしば	延納 えんのう
居合 いあい・いあわ	〔屈〕くつ・こごむ・	展望 てんぼう	〔層〕そう	延勘定 のべかんじ
せる	かがまる・かがむ・	展転 てんてん	層一層 そういっそ	ょう
居回 いまわり	かがめる・くぐま	展開 てんかい	う	延棹 のべざお
居宅 きたく	る・こごめる	展墓 てんぼ	層状 そうじょう	延焼 えんしょう
居抜 いぬき	屈光性 くっこうせ	展覧 てんらん	層倍 そうばい	延期 えんき
居坐 いすわる	い	展観 てんかん	層雲 そううん	延着 えんちゃく
居住 いずまい	屈伏 くっぷく	〔屑〕せつ・くず・い	層層 そうそう	延滞 えんたい
居村 きょそん	屈曲 くっきょく	さぎよし・いささよ	層積雲 そうせきう	延煙管 のべぎせる
居住 きょじゅう	屈伸 くっしん	い	ん	延齢草 えんれいそ

う	廻心 えしん	子院 しいん	孝悌 こうてい
延縄 はえなわ	廻天 かいてん	子株 こかぶ	孝養 こうよう
延髄 えんずい	廻合 めぐりあわせ	子細 しさい	〔孜〕し
〔建〕けん・こん・た	廻会 めぐりあう	子規 ほととぎす・し	孜孜 しし
つ・たてる	廻米 かいまい	き	〔孟〕もう
建仁寺垣 けんにん	廻状 かいじょう	子葉 しよう	孟冬 もうとう
じがき	廻附 かいふ	子煩悩 こぼんのう	孟宗 もうそう
建水 こぼし・けんす	廻転 かいてん	子飼 こがい	孟秋 もうしゅう
い	廻国 かいこく	子福者 こぶくしゃ	孟春 もうしゅん
建込 たてこむ	廻送 かいそう	子種 こだね	孟夏 もうか
建付 たてつけ	廻航 かいこう	子癇 しかん	〔季〕き
建白 けんぱく	廻流 かいりゅう	子爵 ししゃく	季刊 きかん
建立 こんりつ・こん	廻旋 かいせん	子嚢菌 しのうきん	季冬 きとう
りゅう	廻船 かいせん	〔孑〕けつ・げつ	季春 きしゅん
建玉 たてぎょく	廻章 かいしょう	孑孑 ぼうふら	季秋 きしゅう
建売 たてうり	廻廊 かいろう	〔孔〕こう・あな・は	季候 きこう
建材 けんざい	廻漕 かいそう	なはだ	季夏 きか
建言 けんげん	廻覧 かいらん	孔孟 こうもう	季寄 きよせ
建物 たてもの		孔版 こうはん	季節 きせつ
建坪 たてつぼ	**子 部**	孔雀 くじゃく	季語 きご
建坪率 けんぺいり		〔孕〕よう・はらむ・	季題 きだい
つ	〔子〕し・す・こ・こ	はらみ	〔孤〕こ・みなしご
建国 けんこく	う・ね	〔存〕そん・ぞん・そ	孤立 こりつ
建具 たてぐ	子女 しじょ	んじる・そんする・	孤帆 こはん
建直 たてなおす	子子孫孫 ししそん	ぞんずる	孤舟 こしゅう
建学 けんがく	そん	存亡 そんぼう	孤児 みなしご・こじ
建前 たてまえ	子午線 しごせん	存分 ぞんぶん	孤村 こそん
建軍 けんぐん	子分 こぶん	存立 そんりつ	孤独 こどく
建値 たてね	子方 こかた	存生 ぞんじょう	孤城 こじょう
建株 たてかぶ	子日 ねのひ	存外 ぞんがい	孤軍 こぐん
建造 けんぞう	子中 こなか	存在 そんざい	孤客 こかく
建設 けんせつ	子会社 こがいしゃ	存否 そんぴ	孤剣 こけん
建場 たてば	子守 こもり	存命 ぞんめい	孤高 ここう
建策 けんさく	子安 こやす	存知 ぞんじ・ぞんち	孤島 ことう
建築 けんちく	子別 こわかれ	存念 ぞんねん	孤雁 こがん
建議 けんぎ	子見出 こみだし	存寄 ぞんじより	孤絶 こぜつ
建網 たてあみ	子役 こやく	存廃 そんぱい	孤塁 こるい
建増 たてまし	子沢山 こだくさん	存置 そんち	孤聞 こけい
建碑 けんぴ	子弟 してい	存意 ぞんい	孤灯 ことう
建蔽率 けんぺいり	子房 しぼう	存続 そんぞく	孤影 こえい
つ	子供 こども	〔孝〕こう	〔孩〕がい
建艦 けんかん	子宝 こだから	孝女 こうじょ	孩児 がいじ
〔廻〕かい・まわし・	子音 しいん・しおん	孝子 こうし	〔孫〕そん・まご
まわす・まわる・ま	子持 こもち	孝心 こうしん	孫子 まごこ
わる・めぐらす・め	子星 ねのほし	孝行 こうこう	孫女 まごむすめ
ぐり・めぐる	子息 しそく	孝弟 こうてい	孫引 まごびき
廻文 かいぶん	子孫 しそん	孝貞 こうてい	孫太郎虫 まごたろう

うむし	
孫手 まごのて	
孫呉 そんご	
孫弟子 まごでし	
孫眉 まごびさし	
〔埶〕いずれも・いず	
れ・いずれか	
埶様 いずれさま	
〔孵〕ふ・かえす・か	
える	
孵化 ふか	
孵卵 ふらん	
〔孺〕じゅ	
孺子 じゅし	
阝（左）部	
〔防〕ぼう・ふせぎ・	
ふせぐ	
防止 ぼうし	
防火 ぼうか	
防水 ぼうすい	
防虫 ぼうちゅう	
防犯 ぼうはん	
防災 ぼうさい	
防材 ぼうざい	
防具 ぼうぐ	
防空 ぼうくう	
防毒 ぼうどく	
防波堤 ぼうはてい	
防音 ぼうおん	
防除 ぼうじょ	
防疫 ぼうえき	
防臭 ぼうしゅう	
防食 ぼうしょく	
防弾 ぼうだん	
防砂 ぼうさ	
防風 ぼうふう	
防雪 ぼうせつ	
防御 ぼうぎょ	
防備 ぼうび	
防暑 ぼうしょ	
防遏 ぼうあつ	
防湿 ぼうしつ	
防塁 ぼうるい	
防戦 ぼうせん	
防塞 ぼうさい	
防寒 ぼうかん	

防蝕 ぼうしょく
防腐 ぼうふ
防塵 ぼうじん
防熱 ぼうねつ
防潮堤 ぼうちょうてい
防潜 ぼうせん
防諜 ぼうちょう
防壁 ぼうへき
防衛 ぼうえい
防禦 ぼうぎょ
防縮 ぼうしゅく
防護 ぼうご
〔阪〕はん・ばん・さか・つつみ
阪神 はんしん
〔阿〕あ・あく・くま・お・おもねる
阿母 おっかあ
阿片 あへん
阿片戦争 あへんせんそう
阿古屋貝 あこやがい
阿多福 おたふく
阿呆 あほらしい・あほう
阿呆陀羅経 あほだらきょう
阿吽 あうん
阿叶 あうん
阿諛 あゆ
阿房 あほう
阿附 あふ
阿茶羅漬 あちゃらづけ
阿婆擦 あばずれ
阿鼻 あび
阿漕 あこぎ
阿鍋 おなべ
阿弥陀 あみだ
阿羅漢 あらかん
〔阻〕そ・しょ・はばむ
阻止 そし
阻害 そがい
阻喪 そそう

阻碍 そがい
阻塞 そさい
阻隔 そかく
〔附〕ふ・ぶ・つき・つける・つく・ふす・つけたり・ふする
附子 ぶす
附与 ふよ
附加 ふか
附言 ふげん
附近 ふきん
附図 ふず
附帯 ふたい
附則 ふそく
附記 ふき
附託 ふたく
附設 ふせつ
附随 ふずい
附註 ふちゅう
附属 ふぞく
附着 ふちゃく
附置 ふち
附箋 ふせん
附議 ふぎ
〔陋〕ろう・いやしい
陋劣 ろうれつ
陋居 ろうきょ
陋巷 ろうこう
陋屋 ろうおく
陋習 ろうしゅう
〔限〕げん・きり・かぎり・かぎる
限月 げんげつ
限局 げんきょく
限外 げんがい
限定 げんてい
限度 げんど
限界 げんかい
限無 かぎりない・きりない
〔降〕こう・ごう・ふり・おりる・おろし・おろす・ふる・ふらす・くだす・くだり・くだる
降人 こうにん
降口 おりくち

降下 こうか
降水 こうすい
降止 ふりやむ
降圧 こうあつ
降込 ふりこむ
降出 ふりだす
降灰 こうかい
降任 こうにん
降伏 こうふく
降車 こうしゃ
降注 ふりそそぐ
降板 こうばん
降服 こうふく
降参 こうさん
降雨 こうう
降級 こうきゅう
降格 こうかく
降将 こうしょう
降雪 こうせつ
降給 こうきゅう
降続 ふりつづく
降嫁 こうか
降雹 こうひょう
降誕 こうたん
降暮 ふりくらす
降敷 ふりしく
降懸 ふりかかる
降頻 ふりしきる
降壇 こうだん
降積 ふりつもる
降霜 こうそう
降臨 こうりん
降癖 ふりぐせ
降職 こうしょく
降魔 こうま
降籠 ふりこめる
〔陥〕かん・おちいる・おとしいれる
陥没 かんぼつ
陥穽 かんせい
陥落 かんらく
〔院〕いん・あん・えん
院内 いんない
院外 いんがい
院主 いんしゅ
院本 いんぽん

院生 いんせい
院長 いんちょう
院政 いんせい
院賞 いんしょう
院議 いんぎ
〔陣〕じん・じんする
陣太鼓 じんだいこ
陣中 じんちゅう
陣立 じんだて
陣地 じんち
陣羽織 じんばおり
陣列 じんれつ
陣形 じんけい
陣没 じんぼつ
陣歿 じんぼつ
陣所 じんしょ
陣取 じんとり・じんどる
陣屋 じんや
陣容 じんよう
陣笠 じんがさ
陣営 じんえい
陣痛 じんつう
陣幕 じんまく
陣頭 じんとう
陣鐘 じんがね
〔陛〕へい・きざはし・ひ
陛下 へいか
〔除〕じょ・のぞく・のける・じょする
除号 じょごう
除外 じょがい
除目 じもく
除去 じょきょ
除名 じょめい
除虫 じょちゅう
除虫菊 じょちゅうぎく
除服 じょふく
除夜 じょや
除法 じょほう
除者 のけもの
除草 じょそう
除書 じょがい
除菌 じょきん
除雪 じょせつ

除喪 じょも
除隊 じょたい
除湿 じょしつ
除幕 じょまく
除感作 じょかんさ
除数 じょすう
除算 じょさん
除霜 じょそう
除籍 じょせき
除塵機 じょじんき
〔陞〕しょう・のぼす・のぼる
陞任 しょうにん
陞叙 しょうじょ
陞進 しょうしん
〔陪〕ばい・はい・べ・ほとる
陪臣 ばいしん
陪乗 ばいじょう
陪食 ばいしょく
陪従 ばいじゅう
陪席 ばいせき
陪賓 ばいひん
陪審 ばいしん
陪聴 ばいちょう
陪観 ばいかん
〔陸〕りく・ろく・くが・おか
陸上 りくじょう・りくあげ
陸田 りくでん
陸生 りくせい
陸地 りくち
陸行 りっこう・りくこう
陸風 りくかぜ・りくふう
陸送 りくそう
陸軍 りくぐん
陸相 りくしょう
陸軟風 りくなんぷう
陸屋根 ろくやね
陸封 りくふう
陸海 りくかい
陸島 りくとう
陸釣 おかづり

陸棲 りくせい
陸産 りくさん
陸奥 みちのく
陸湯 おかゆ
陸棚 りくほう・りくだな
陸運 りくうん
陸揚 りくあげ
陸蒸気 おかじょうき
陸続 りくぞく・りくつづき
陸戦 りくせん
陸路 りくろ
陸稲 おかぼ・りくとう
陸橋 りっきょう
陸離 りくり
〔陵〕りょう・おか・しのぐ・みささぎ
陵辱 りょうじょく
陵墓 りょうぼ
〔陳〕ちん・のべる・ちんじる・ちんずる・ふるい
陳弁 ちんべん
陳列 ちんれつ
陳述 ちんじゅつ
陳者 のぶれば
陳情 ちんじょう
陳腐 ちんぷ
陳謝 ちんしゃ
〔陰〕いん・おん・かげ・かげる・ひそかに
陰干 かげぼし
陰口 かげぐち
陰子 いんし
陰日向 かげひなた
陰火 いんか
陰毛 いんもう
陰文 いんぶん
陰乍 かげながら
陰弁慶 かげべんけい
陰地 かげち
陰気 いんき
陰言 かげごと
陰雨 いんう

陰門 いんもん
陰性 いんせい
陰刻 いんこく
陰茎 いんけい
陰金 いんきん
陰画 いんが
陰核 いんかく
陰紋 かげもん
陰唇 いんしん
陰険 いんけん
陰陽 いんよう・おんよう
陰惨 いんさん
陰部 いんぶ
陰陰 いんいん
陰祭 かげまつり
陰萎 いんい
陰乾 かげぼし
陰極 いんきょく
陰晴 いんせい
陰湿 いんしつ
陰雲 いんうん
陰電子 いんでんし
陰電気 いんでんき
陰暦 いんれき
陰徳 いんとく
陰影 いんえい
陰膳 かげぜん
陰謀 いんぼう
陰翳 いんえい
陰嚢 いんのう
陰鬱 いんうつ
〔険〕けん・けわしい
険阻 けんそ
険所 けんしょ
険相 けんそう
険要 けんよう
険峰 けんぽう
険峻 けんしゅん
険悪 けんあく
険路 けんろ
険難 けんなん
〔陶〕とう・すえ
陶工 とうこう
陶土 とうど
陶冶 とうや
陶芸 とうげい

陶画 とうが
陶枕 とうちん
陶砂 とうさ
陶酔 とうすい
陶然 とうぜん
陶磁器 とうじき
陶製 とうせい
陶器 とうき
〔隊〕たい
隊付 たいづき
隊伍 たいご
隊形 たいけい
隊列 たいれつ
隊長 たいちょう
隊員 たいいん
隊商 たいしょう
〔陽〕よう・ひ
陽子 ようし
陽目 ひのめ
陽気 ようき
陽光 ようこう
陽炎 かげろう・かぎろい
陽明学 ようめいがく
陽刻 ようこく
陽画 ようが
陽性 ようせい
陽春 ようしゅん
陽射 ひざし
陽転 ようてん
陽動 ようどう
陽報 ようほう
陽極 ようきょく
陽電子 ようでんし
陽電気 ようでんき
陽暦 ようれき
〔隅〕ぐう・ぐ・すみ・すみっこ
隅隅 すみずみ
〔隈〕わい・くま
隈取 くまどり
隈笹 くまざさ
隈隈 くまぐま
隈無 くまなく
〔階〕かい・きざはし

階上 かいじょう
階下 かいか
階名 かいめい
階級闘争 かいきゅうとうそう
階級 かいきゅう
階段 かいだん
階梯 かいてい
階乗 かいじょう
階層 かいそう
〔隆〕りゅう
隆昌 りゅうしょう
隆盛 りゅうせい
隆起 りゅうき
隆替 りゅうたい
隆隆 りゅうりゅう
隆鼻術 りゅうびじゅつ
〔随〕ずい・したがえる・したがう・したがって
随一 ずいいち
随分 ずいぶん
随処 ずいしょ
随行 ずいこう
随伴 ずいはん
随身 ずいじん
随所 ずいしょ
随神 かんながら
随従 ずいじゅう
随員 ずいいん
随時 ずいじ
随筆 ずいひつ
随喜 ずいき
随順 ずいじゅん
随意 ずいい
随想 ずいそう
随感 ずいかん
随徳寺 ずいとくじ
〔陰〕あい・やく・けわしい・せまい
隘路 あいろ
〔隔〕かく・へだて・へだつ・へだてる・へだたり・へだたる
隔日 かくじつ
隔心 かくしん

隔月 かくげつ
隔世 かくせい
隔年 かくねん
隔週 かくしゅう
隔絶 かくぜつ
隔靴掻痒 かっかそうよう
隔意 かくい
隔壁 かくへき
隔離 かくり
〔隙〕げき・ひま・すき
隙取 ひまどる
隙間 すきま
隙隙 ひまひま
〔隕〕うん・えん・いん
隕石 いんせき
隕星 いんせい
隕鉄 いんてつ
〔障〕しょう・さわり・さわる・ささわり
障子 しょうじ
障泥 あおり
障屏画 しょうへいが
障害 しょうがい
障碍 しょうげ・しょうがい
障壁 しょうへき
障礙 しょうげ・しょうがい
〔隠〕いん・おん・かくし・かくす・かくれ・かくれる
隠子 かくしご
隠士 いんし
隠元 いんげん
隠田 かくしだ
隠処 かくれが
隠立 かくしたて
隠宅 いんたく
隠坊 おんぼう
隠芸 かくしげい
隠亡 おんぼう
隠君子 いんくんし
隠忍 いんにん

隠花植物 いんかしょくぶつ	隣国 りんごく	邦訳 ほうやく	部員 ぶいん	郷里 きょうり
隠里 かくれざと	隣保 りんぽ	邦楽 ほうがく	部理代理 ぶりだいり	郷社 ごうしゃ
隠見 いんけん	隣室 りんしつ	邦語 ほうご		郷国 きょうこく
隠事 かくしごと	隣家 りんか	邦舞 ほうぶ	部落 ぶらく	郷党 きょうとう
隠者 いんじゃ	隣席 りんせき	〔邯〕かん	部隊 ぶたい	郷愁 きょうしゅう
隠居 いんきょ	隣接 りんせつ	邯鄲 かんたん	部属 ぞく	郷関 きょうかん
隠退 いんたい	隣組 となりぐみ	〔邸〕てい・やしき	部数 ぶすう	〔鄙〕ひ・ひな・ひなびる・いやしい
隠退蔵 いんたいぞう	〔隧〕すい	邸内 ていない	部署 ぶしょ	
	隧道 すいどう	邸宅 ていたく	部類 ぶるい	鄙劣 ひれつ
隠約 いんやく	〔隴〕ろう・ちょう	〔郊〕こう	〔郭〕かく・くるわ	鄙見 ひけん
隠家 かくれが		郊外 こうがい	郭公 かっこう	鄙俗 ひぞく
隠匿 いんとく	**阝（右）部**	郊野 こうや	郭清 かくせい	鄙陋 ひろう
隠釘 かくしくぎ		〔郎〕ろう・おっと	〔郵〕ゆう	鄙猥 ひわい
隠密 おんみつ	〔邪〕じゃ・や・か・よこしま	郎子 いらつこ	郵券 ゆうけん	鄙歌 ひなうた
隠逸 いんいつ	邪心 じゃしん	郎女 いらつめ	郵便 ゆうびん	鄙語 ひご
隠然 いんぜん	邪曲 じゃきょく	郎党 ろうどう	郵政 ゆうせい	〔鄭〕てい
隠喩 いんゆ	邪気 じゃき	郎等 ろうどう	郵送 ゆうそう	鄭重 ていちょう
隠棲 いんせい	邪見 じゃけん	〔耶〕や・じゃ・か	郵書 ゆうしょ	
隠栖 いんせい	邪法 じゃほう	耶蘇 やそ	郵船 ゆうせん	**口 部**
隠遁 いんとん	邪念 じゃねん	〔郁〕いく	郵袋 ゆうたい	
隠微 いんび	邪知 じゃち	郁子 むべ	郵税 ゆうぜい	〔口〕こう・く・くち
隠養 かくれみの	邪宗 じゃしゅう	郁郁 いくいく	〔都〕と・つ・みやこ	口入 くちいれ
隠滅 いんめつ	邪神 じゃしん	〔郢〕えい	都士 とじんし	口才 こうさい
隠避 いんぴ	邪飛 じゃひ	郢曲 えいきょく	都下 とか	口口 くちぐち
隠語 いんご	邪恋 じゃれん	〔郡〕ぐん・こおり	都内 とない	口三味線 くちじゃみせん
隠蔽 いんぺい	邪険 じゃけん	郡代 ぐんだい	都心 としん	
隠謀 いんぼう	邪教 じゃきょう	郡県 ぐんけん	都庁 とちょう	口上 こうじょう
隠縫 かくしぬい	邪悪 じゃあく	郡部 ぐんぶ	都合 つごう	口上手 くちじょうず
隠顕 いんけん	邪淫 じゃいん	〔部〕べ・ぶ	都市 とし	
〔際〕さい・さいて・さいする・きわ・ぎは・きはやか・まじわる・	邪欲 じゃよく	部下 ぶか	都立 とりつ	口下手 くちべた
	邪推 じゃすい	部内 ぶない	都会 とかい	口内 こうない
	邪智 じゃち	部分 ぶぶん・ぶわけ	都邑 とゆう	口中 こうちゅう
	邪道 じゃどう	部民 ぶみん	都制 とせい	口止め くちどめ
	邪説 じゃせつ	部立 ぶだて	都度 つど	口火 くちび
際立 きわだつ	邪慳 じゃけん	部外 ぶがい	都政 とせい	口不調法 くちぶちょうほう
際会 さいかい	邪論 じゃろん	部会 ぶかい	都鄙 とひ	
際物 きわもの	邪魔 じゃま	部位 ぶい	都道府県 とどうふけん	口五月蠅 くちうるさい
際限 さいげん	〔那〕な	部局 ぶきょく		口切 くちきり
際疾 きわどい	那辺 なへん	部門 ぶもん	都都逸 とどいつ	口辺 こうへん
際涯 さいがい	〔邦〕ほう・くに	部長 ぶちょう	都営 とえい	口外 こうがい
〔隣〕りん・となり・となる・	邦人 ほうじん	部屋 へや	都税 とぜい	口出 くちだし
	邦土 ほうど	部品 ぶひん	都雅 とが	口付 くちづけ・くちつき
隣人 りんじん	邦文 ほうぶん	部面 ぶめん	都督 ととく	
隣合 となりあう・となりあわせ	邦字 ほうじ	部厚 ぶあつい	都塵 とじん	口写 くちうつし
	邦画 ほうが	部首 ぶしゅ	〔郷〕こう・きょう	口巧者 くちごうしゃ
隣村 りんそん	邦家 ほうか	部族 ぶぞく	郷土 きょうど	
隣邦 りんぽう	邦貨 ほうか	部将 ぶしょう	郷士 ごうし	口気 こうき

口早 くちばや	口舐 くちなめずり	口話 こうわ	右近 うこん	召電 しょうでん
口舌 こうぜつ・くぜつ	口速 くちばや	口堅 くちがたい	右府 うふ	召還 しょうかん
	口脇 くちわき	口塞 くちふさぎ	右岸 うがん	〔叩〕こう・はたく・はたき・たたく・たき
口汚 くちよごし・くちぎたない	口真似 くちまね	口裏 くちうら	右往左往 うおうさおう	
	口振 くちぶり	口数 こうすう・くちかず		
口伝 くでん・くちづて・くちづたえ	口書 くちがき	口跡 こうせき	右派 うは	叩上 たたきあげる
	口凌 くちしのぎ	口腹 こうふく	右党 うとう	叩大工 たたきだいく
口合 くちあい	口訣 くけつ	口側 うそく		
口任 くちまかせ	口授 くじゅ	口演 こうえん	右舷 うげん	叩台 たたきだい
口当 くちあたり	口許 くちもと	口碑 こうひ	右筆 ゆうひつ	叩出 たたきだす
口争 くちあらそい	口笛 くちぶえ	口端 くちのは	右腕 うわん・みぎうで	叩付 たたきつける
口先 くちさき	口寄 くちよせ	口酸 くちずっぱく		叩伏 たたきふせる
口角 こうかく	口移 くちうつし	口慣 くちならし	右翼 うよく	叩売 たたきうり
口吻 こうふん	口煩 くちうるさい	口説 くぜつ・くどき・くどく	右傾 うけい	叩起 たたきおこす
口走 くちばしる	口寂 くちさびしい		右顧左眄 うこさべん	叩殺 たたきころす
口抜 くちぬき	口吟 くちずさむ	口説立 くどきたてる		叩毀 たたきこわす
口固 くちがため	口授 こうじゅ		〔司〕し・つかさ・つかさどる	叩頭 たたきこうべ
口利 くちきき	口添 くちぞえ	口説落 くどきおとす		叩鐘 たたきがね
口車 くちぐるま	口悪 くちわる		司令 しれい	〔可〕か・べく・べき・べし
口言葉 くちことば	口惜 くちおしい・くやしい・くやしがる	口銭 こうせん	司会 しかい	
口供 こうきょう		口誦 こうしょう	司式 ししき	可及的 かきゅうてき
口承 こうしょう	口惜泣 くやしなき	口語 こうご	司法 しほう	
口述 こうじゅつ	口惜涙 くやしなみだ	口器 こうき	司直 しちょく	可否 かひ
口実 こうじつ		口頭 こうとう	司書 ししょ	可決 かけつ
口受 こうじゅ	口惜紛 くやしまぎれ	口論 こうろん	司婚者 しこんしゃ	可変 かへん
口径 こうけい		口調 くちょう	司教 しきょう	可逆 かぎゃく
口取 くちとり	口腔 こうくう・こうこう	口髭 くちひげ	司祭 しさい	可耕 かこう
口直 くちなおし		口癖 くちぐせ	司厨士 しちゅうし	可耕地 かこうち
口拍子 くちびょうし	口達 こうたつ	口糧 こうりょう	〔召〕しょう・ちょう・めす・めし・まねく・めされる	可笑 おかしい
	口達者 くちだっしゃ	口籠 くちごもる		可能 かのう
口忠実 くちまめ		〔叶〕きょう・かなう・かなえる		可視 かし
口明 くちあけ	口証 こうしょう		召人 めしうど	可惜 あたら
口金 くちがね	口遊 くちずさむ	〔叫〕きょう・よぶ・さけぶ・さけび	召上 めしあがる・めしあげる	可動 かどう
口臭 こうしゅう	口減 くちべらし			可愛 かわいい・かわいがる・かわいらしい
口約 こうやく	口開 くちあけ	〔叭〕かます	召出 めしだす	
口茶 くちちゃ	口馴 くちならし	〔叮〕てい	召状 めしじょう	
口約束 くちやくそく	口幅 くちはばったい	叮嚀 ていねい	召抱 めしかかえる	可塑性 かそせい
	口答 くちごたえ・こうとう	〔右〕う・ゆう・みぎ	召使 めしつかう・めしつかい	可溶 かよう
口紅 くちべに		右文 ゆうぶん		可憐 かれん
口前 くちまえ	口絵 くちえ	右手 みぎて・めて	召具 めしぐす	可燃 かねん
口荒 くちあらい	口軽 くちがる・くちがるい	右中間 うちゅうかん	召致 しょうち	可鍛鋳鉄 かたんちゅうてつ
口重 くちおもい・くちおも		右四 みぎよつ	召料 めしりょう	
口唇 こうしん	口喧 くちやかましい	右辺 うへん	召捕 めしとる	〔史〕し・ふびと
口唇紋 こうしんもん	口喧嘩 くちげんか	右利 みぎきき	召寄 めしよせる	史上 しじょう
口座 こうざ	口触 くちざわり	右左 みぎひだり	召集 しょうしゅう	史伝 しでん
	口過 くちすぎ	右折 うせつ	召募 しょうぼ	史実 しじつ
	口蓋 こうがい		召喚 しょうかん	史官 しかん

史前学 しぜんがく	号泣 ごうきゅう	古伝 こでん	古謡 こよう	句切 くぎる・くぎり
史学 しがく	号音 ごうおん	古色 こしょく	古書 こしょ	句心 くごころ
史的 してき	号俸 ごうほう	古式 こしき	古称 こしょう	句会 くかい
史乗 しじょう	号砲 ごうほう	古曲 こきょく	古訓 こくん	句合 くあわせ
史家 しか	号笛 ごうてき	古血 ふるち	古狸 ふるだぬき	句作 くさく
史書 ししょ	号数 ごうすう	古里 ふるさと	古酒 こしゅ	句法 くほう
史料 しりょう	号鐘 ごうしょう	古来 こらい	古格 こかく	句点 くてん
史郡 しと	〔叱〕しつ・しかる・	古体 こたい	古記 こき	句柄 くがら
史筆 しひつ	しかり	古形 こけい	古株 ふるかぶ	句帳 くちょう
史跡 しせき	叱付 しかりつける	古典 こてん	古都 こと	句集 くしゅう
史話 しわ	叱正 しっせい	古址 こし	古強者 ふるつわもの	句意 くい
史詩 しし	叱咤 しった	古希 こき	の	句境 くきょう
史論 しろん	叱責 しっせき	古兵 こへい・ふるつ	古疵 ふるきず	句読 くとう
史談 しだん	〔只〕し・ただ	わもの	古巣 ふるす	句誌 くし
史潮 しちょう	只今 ただいま	古社寺 こしゃじ	古渡 こわたり	句歴 くれき
史劇 しげき	只事 ただごと	古武士 こぶし	古物 こぶつ	句碑 くひ
史興 しきょう	只奉公 ただほうこ	古昔 こせき	古註 こちゅう	句論 くろん
史観 しかん	う	古例 これい	古道 こどう	句調 くちょう
史蹟 しせき	只戻 ただもどり	古制 こせい	古筆 こひつ	句稿 くこう
史籍 しせき	只者 ただもの	古拙 こせつ	古鈔本 こしょうほ	句題 くだい
〔台〕だい・うてな	只乗 ただのり	古参 こさん	ん	〔名〕な・めい・みょ
台下 だいか	只管 ひたすら	古刹 こさつ	古稀 こき	う
台子 だいす	〔古〕こ・ふる・ふる	古京 こきょう	古着 ふるぎ	名刀 めいとう
台木 だいぎ	い・ふるく・ふる	古画 こが	古馴染 ふるなじみ	名人 めいじん
台尻 だいじり	す・ふるびる・いに	古学 こがく	古道具 ふるどうぐ	名子 なご
台本 だいほん	しえ	古往今来 こおうこ	古創 ふるきず	名川 めいせん
台地 だいち	古人 こじん	んらい	古戦場 こせんじょ	名士 めいし
台状 だいじょう	古刀 ことう	古注 こちゅう	う	名山 めいざん
台形 だいけい	古川 ふるかわ	古河 ふるかわ	古跡 こせき	名工 めいこう
台所 だいどころ	古文 こぶん	古事 ふること	古詩 こし	名木 めいぼく
台風 たいふう	古文書 こもんじょ	古臭 ふるくさい	古義 こぎ	名文 めいぶん
台秤 だいばかり	古今 ここん	古物 ふるもの	古雅 こが	名分 めいぶん
台座 だいざ	古手 ふるて	古泉 こせん	古楽 こがく	名手 めいしゅ
台帳 だいちょう	古木 こぼく	古俗 こぞく	古鉄 ふるかね	名犬 めいけん
台湾坊主 たいわん	古代 こだい	古家 こか	古傷 ふるきず	名月 めいげつ
ぼうず	古生代 こせいだい	古版 こはん	古銭 こせん	名弘 なびろめ
台割 だいわれ・だい	古古米 ここまい	古活字版 こかつじ	古豪 こごう	名目 みょうもく・め
わり	古史 こし	ばん	古語 こご	いもく
台詞 だいし・せりふ	古本 こほん・ふるほ	古風 こふう・いにし	古歌 こか	名古屋帯 なごやお
台無 だいなし	ん	えぶり	古漬 ふるづけ	び
台閣 だいかく	古礼 これい	古城 こじょう	古墳 こふん	名代 みょうだい・な
台辞 だいじ	古田会議 こでんか	古祠 こし	古賢 こけん	だい
台網 だいあみ	いぎ	古屋 ふるや	古諺 こげん	名付 なづけ・なづけ
台頭 たいとう	古写 こしゃ	古音 こおん	古顔 ふるがお	る
〔号〕ごう・ごうする	古句 こく	古狐 ふるぎつね	古癖 こへき	名札 なふだ
号外 ごうがい	古老 ころう	古流 こりゅう	古蹟 こせき	名号 みょうごう
号令 ごうれい	古米 こまい		〔句〕く	名主 めいしゅ・なぬ

し	名残月 なごりのつき	び	〔同〕どう・どうずる・おなじ・おなじい・おなじく・おんなじ	同門 どうもん
名句 めいく	名残狂言 なごりきょうげん	名鑑 めいかん	同一 どういつ	同夜 どうや
名曲 めいきょく	名残惜 なごりおしい	〔吉〕きつ・きち・よし・ついたち	同人 どうじん・どうにん	同学 どうがく
名字 みょうじ	名称 めいしょう	吉日 きつじつ・きちじつ・きちにち	同工 どうこう	同和教育 どうわきょういく
名技 めいぎ	名将 めいしょう	吉凶 きっきょう	同士 どうし・どし	同室 どうしつ
名妓 めいぎ	名酒 めいしゅ	吉左右 きっそう	同大 どうたい	同乗 どうじょう
名花 めいか	名剣 めいけん	吉兆 きっちょう	同上 どうじょう	同点 どうてん
名利 めいり・みょうり	名菓 めいか	吉辰 きっしん	同心 どうしん	同前 どうぜん
名声 めいせい	名訳 めいやく	吉例 きちれい	同日 どうじつ	同県 どうけん
名折 なおれ	名望 めいぼう	吉事 きちじ	同月 どうげつ	同臭 どうしゅう
名臣 めいしん	名著 めいちょ	吉相 きっそう	同氏 どうし	同胞 どうほう・はらから
名状 めいじょう	名寄 なよせ	吉備団子 きびだんご	同化 どうか	同封 どうふう
名匠 めいしょう	名産 めいさん	吉祥 きちじょう・きっしょう	同文 どうぶん	同風 どうふう
名作 めいさく	名答 めいとう	吉野 よしの	同友 どうゆう	同音 どうおん
名言 めいげん	名数 めいすう	吉野紙 よしのがみ	同巧 どうこう	同案 どうあん
名君 めいくん	名無 ななし	吉野桜 よしのざくら	同母 どうぼ	同素体 どうそたい
名吟 めいぎん	名勝 めいしょう	吉報 きっぽう	同年 どうねん・おないどし	同衾 どうきん
名苑 めいえん	名詞 めいし	〔吃〕きつ・どもる・どもり・ども	同旨 どうし	同根 どうこん
名医 めいい	名筆 めいひつ	吃水 きっすい	同行 どうこう	同座 どうざ
名門 めいもん	名義 めいぎ	吃逆 しゃっくり	同好 どうこう	同家 どうけ
名宝 めいほう	名園 めいえん	吃音 きつおん	同行 どうぎょう	同原 どうげん
名物 めいぶつ	名誉 めいよ	吃緊 きっきん	同舟 どうしゅう	同席 どうせき
名店 めいてん	名節 めいせつ	吃驚 びっくり	同名 どうめい	同時 どうじ
名披露目 なびろめ	名跡 めいせき・みょうせき	〔吐〕と・はく・つく・ぬかす・たぐり・たぐる	同列 どうれつ	同時代 どうじだい
名取 なとり	名辞 めいじ	吐月峰 とげっぽう	同気 どうき	同流 どうりゅう
名所 めいしょ・などころ	名詮自性 みょうせんじしょう	吐出 はきだす	同坐・どうざ	同病 どうびょう
名実 めいじつ	名歌 めいか	吐血 とけつ	同志 どし・どうし	同格 どうかく
名刺 めいし	名演 めいえん	吐気 はきけ	同君 どうくん	同級 どうきゅう
名画 めいが	名論 めいろん	吐乳 とにゅう	同系 どうけい	同情 どうじょう
名刹 めいさつ	名僧 めいそう	吐逆 とぎゃく	同体 どうたい	同宿 どうしゅく
名宛 なあて	名説 めいせつ	吐息 といき	同位 どうい	同窓 どうそう
名品 めいひん	名聞 めいぶん・みょうもん	吐剤 とざい	同床異夢 どうしょういむ	同族 どうぞく
名馬 めいば	名盤 めいばん	吐瀉 としゃ	同車 どうしゃ	同値 どうち
名指 なざす・なざし	名器 めいき	吐露 とろ	同役 どうやく	同断 どうだん
名前 なまえ	名親 なおや	〔吏〕り	同伴 どうはん	同郷 どうきょう
名乗 なのり・なのる	名薬 めいやく	吏吐 りと	同居 どうきょ	同視 どうし
名城 めいじょう	名優 めいゆう	吏員 りいん	同姓 どうせい	同船 どうせん
名神 めいしん	名簿 めいぼ	吏道 りどう・りと	同性 どうせい	同率 どうりつ
名相 めいしょう	名題 なだい	吏読 りと	同房 どうぼう	同棲 どうせい
名香 めいこう	名籍 めいせき		同朋 どうほう	同然 どうぜん
名家 めいか	名護屋帯 なごやおび		同苗 どうみょう	同属 どうぞく
名案 めいあん				同道 どうどう
名流 めいりゅう				同着 どうちゃく
名高 なだかい				同期 どうき
名残 なごり				同等 どうとう

同筆 どうひつ	吊鐘 つりがね	っする・あう・あ	合金 ごうきん	各戸 かっこ
同数 どうすう	吊籠 つりかご	い・あわす・あわせ	合板 ごうばん	各月 かくげつ
同勢 どうぜい	〔后〕こう・ご・のち・	る・あわせて・あわ	合奏 がっそう	各処 かくしょ
同意 どうい	きみ・きさい・きさき	さる	合計 ごうけい	各各 おのおの
同罪 どうざい	后妃 こうひ	合一 ごういつ	合持 あわせもつ	各自 かくじ
同源 どうげん	〔向〕こう・むく・む	合力 こうりき・こう	合点 がてん・がって	各地 かくち
同盟 どうめい	け・むき・むかう・む	りょく	ん	各位 かくい
同様 どうよう	かい・むこう・むける	合口 あいくち	合致 がっち	各所 かくしょ
同腹 どうふく	向上 こうじょう	合子 あいのこ	合流 ごうりゅう	各省 かくしょう
同感 どうかん	向心力 こうしんり	合切袋 がっさいぶ	合理 ごうり	各界 かくかい・かっ
同義 どうぎ	ょく	くろ	合席 あいせき	かい
同業 どうぎょう	向日性 こうじつせ	合手 あいのて	合格 ごうかく	各員 かくいん
同慶 どうけい	い	合方 あいかた	合剤 ごうざい	各通 かくつう
同種 どうしゅ	向日葵 ひまわり	合冊 がっさつ	合砥 あわせど	各般 かくはん
同僚 どうりょう	向火 むかいび	合目的的 ごうもく	合従 がっしょう	各個 かっこ
同質 どうしつ	向付 むこうづけ	てきてる	合唱 がっしょう	各週 かくしゅう
同梱 どうこん	向正面 むこうしょ	合札 あいふだ	合宿 がっしゅく	各層 かくそう
同輩 どうはい	うめん	合弁 ごうべん	合衆国 がっしゅう	各説 かくせつ
同調 どうちょう	向地性 こうちせい	合本 がっぽん	こく	各様 かくよう
同愛 どうゆう	向光性 こうこうせ	合名 ごうめい	合符 あいふ	各種 かくしゅ
同類 どうるい	い	合気道 あいきどう	合挽 あいびき	各論 かくろん
同額 どうがく	向合 むきあう・むか	合字 ごうじ	合着 あいぎ	〔吸〕きゅう・すう
同職 どうしょく	いあう・むかいあわ	合同 ごうどう	合間 あいま	すい
〔吊〕ちょう・つる・	せ	合印 あいじるし・あ	合評 がっぴょう	吸入 きゅうにゅう
つり・つるす・つる	向向 むきむき	いいん	合祭 ごうさい	吸口 すいくち
し・つれる	向直 むきなおる	合糸 あわせいと	合酢 あわせず	吸上 すいあげる
吊上 つりあげる・つ	向性 こうせい	合百 ごうひゃく	合戦 かっせん	吸引 きゅういん
りあがる・つるしあ	向学 こうがく	合成 ごうせい	合掌 がっしょう	吸収 きゅうしゅう
げ	向岸 むこうぎし	合成肉 ごうせいに	合算 がっさん	吸込 すいこむ・すい
吊下 つりさげる	向変 むきかわる	く	合資 ごうし	こみ
吊手 つりて	向風 むかいかぜ	合成紙 ごうせいし	合意 ごうい	吸出 すいだす・すい
吊天井 つりてんじ	向後 こうご	合成魚 ごうせいぎ	合憎 あいにく	だし
ょう	向背 こうはい	合邦 がっぽう	合歓 こうかん・ねむ	吸玉 すいだま
吊目 つりめ	向面 むこうづら	合体 がったい	ねぶ	吸付 すいつく・すい
吊出 つりだす	向側 むこうがわ	合言葉 あいことば	合歓木 ねむのき	つける
吊台 つりだい	向猶 むこうきず	合祀 ごうし	合鴨 あいがも	吸付煙草 すいつけ
吊糸 つりいと	向脛 むこうずね	合否 ごうひ	合憲 ごうけん	タバコ
吊床 つりどこ	向寒 こうかん	合判 あいばん・あい	合壁 がっぺき	吸気 きゅうき
吊革 つりかわ	向暑 こうしょ	はん	合縁奇縁 あいえん	吸血 きゅうけつ
吊眼 つりめ	向意気 むこういき	合作社 がっさくし	きえん	吸虫 きゅうちゅう
吊紐 つりひも	向傷 むこうきず	ゃ	合鍵 あいかぎ	吸吞 すいのみ
吊船 つりぶね	向鉢巻 むこうはち	合併 がっぺい	合繊 あいせん	吸取 すいとる
吊棚 つりだな	まき	合性 あいしょう	合鎮 あわせかがみ	吸取紙 すいとりか
吊落 つりおとし	向槌 むこうづち	合法 ごうほう	合議 ごうぎ	み
吊輪 つりわ	向腹 むかっぱら	合図 あいず	〔各〕かく・おの・お	吸物 すいもの
吊橋 つりばし	向鎚 むこうづち	合服 あいふく	のおの	吸寄 すいよせる
吊環 つりわ	〔合〕ごう・がっ・が		各人 かくじん	吸着 きゅうちゃく

吸湿 きゅうしつ	吹捲 ふきまくる	君側 くんそく	まれる	る・なごやか・やわらぐ
吸湿性 きゅうしつせい	吹替 ふきかえ	君徳 くんとく	呑口 のみぐち	和人 わじん
吸飲 きゅういん・すいのみ	吹貫 ふきぬき	君影草 きみかげそう	呑込 のみこむ・のみてみ	和上 わじょう
吸殻 すいがら	吹溜 ふきだまり	君臨 くんりん	呑気 のんき	和子 おす・わこ
吸筒 すいづつ	吹零 ふきこぼれる	君寵 くんちょう	呑吐 どんと	和毛 にこげ
吸盤 きゅうばん	吹鳴 すいめい	〔含〕がん・かん・ふくむ・ふくみ・ふくまる・ふくまれる・ふふみ・ふくめる	呑舟 どんしゅう	和牛 わぎゅう
吸瓢 すいふくべ	吹管 すいかん		呑行為 のみこうい	和文 わぶん
〔吹〕すい・ふく・ふき・ふかす	吹聴 ふいちょう	含水炭素 がんすいたんそ	呑助 のみすけ	和犬 わけん
吹入 ふきいれる	吹曝 ふきさらし	含有 がんゆう	呑兵衛 のんべえ	和仏 わふつ
吹上 ふきあがる・ふきあげ	〔呂〕ろ・りょ	含声 ふくみごえ	呑屋 のみや	和布 わかめ
吹下 ふきおろす	呂律 ろれつ	含味 がんみ	呑潰 のみつぶす・のみつぶれる	和平 わへい
吹口 ふきぐち	〔呉〕ご・くれる・くる・くれ	含羞草 おじぎそう	呑噬 どんぜい	和生 わなま
吹井戸 ふきいど	呉手 くれて	含笑 ふくみわらい	〔吾〕ご・あ・あれ・わ・われ・わが	和本 わほん
吹分 ふきわける	呉汁 ごじる	含煮 ふくめに	吾人 ごじん	和光同塵 わこうどうじん
吹切 ふっきれる	呉竹 くれたけ	含量 がんりょう	吾子 あこ	和合 わごう
吹出 ふきだす	呉呉 くれぐれ	含意 がんい	吾木香 われもこう	和気 わき
吹出物 ふきでもの	呉服 ごふく	含蓄 がんちく	吾亦紅 われもこう	和式 わしき
吹払 ふきはらう	呉音 ごおん	含嗽 がんそう	吾妹 わぎも	和字 わじ
吹矢 ふきや	呉須 ごす	〔吟〕ぎん・ぎんじる・ぎんずる	吾妻 あずま	和名 わみょう・わめい
吹込 ふきこむ・ふっこむ	呉越 ごえつ	吟行 ぎんこう	吾輩 わがはい	和声 わせい・かせい
吹付 ふきつける	呉絽 ゴロ	吟社 ぎんしゃ	吾嬬 あずま	和国 わこく
吹付物 ふきつけもの	呉羅 ゴロ	吟声 ぎんせい	〔否〕ひ・ひゅう・いな・いなや・いや	和尚 おしょう・わじょう
吹竹 ふきだけ	〔呈〕てい・ていする	吟味 ぎんみ	否応 いやおう	和金 わきん
吹回 ふきまわし	呈上 ていじょう	吟唱 ぎんしょう	否決 ひけつ	和物 あえもの
吹抜 ふきぬき	呈出 ていしゅつ	吟詠 ぎんえい	否定 ひてい	和協 わきょう
吹返 ふきかえす	呈示 ていじ	吟遊詩人 ぎんゆうしじん	否運 ひうん	和英 わえい
吹飛 ふきとばす・ふっとぶ	〔呆〕ほう・ぼう・あきれる・ほうける	吟誦 ぎんしょう	否認 ひにん	和学 わがく
吹奏 すいそう	呆気 あっけ	吟醸 ぎんじょう	〔吻〕ふん・ぶん・くちさき・くちびる	和弦 わげん
吹荒 ふきあれる・ふきすさぶ	呆返 あきれかえる	〔告〕こう・こく・つぐ・つげ・つげる	吻合 ふんごう	和服 わふく
吹倒 ふきたおす	呆果 あきれはてる	告文 こくぶん	〔吼〕こん・ほゆ・ほえる	和姦 わかん
吹通 ふきとおし	呆然 ぼうぜん	告口 つげぐち	〔吭〕こう・ふえ・のんど・のどぶえ	和衷 わちゅう
吹流 ふきながし	〔吝〕りん・しわい・やぶさか	告示 こくじ	〔吶〕とつ・どもる	和洋 わよう
吹挙 すいきょ	吝坊 しわんぼう	告白 こくはく	吶吶 とつとつ	和音 わおん
吹降 ふきおろす・ふきぶり	吝嗇 りんしょく	告別 こくべつ	吶喊 とっかん	和風 わふう
吹寄 ふきよせ	〔君〕くん・きみ	告知 こくち	〔吠〕ばい・べい・ほえる・ほえ・ほゆ	和食 わしょく
吹雪 ふぶき・ふぶく	君子 くんし	告発 こくはつ	吠陀 ベーダ	和室 わしつ
吹掛 ふきかける・ふっかける	君王 くんのう	告訴 こくそ	吠面 ほえづら	和俗 わぞく
	君父 くんぷ	告諭 こくゆ	〔和〕わ・わする・やわらげる・なぐ・あえ	和臭 わしゅう
	君付 くんづけ	〔呑〕とん・どん・てん・のむ・のみ・の	わらげる・なぐ・あえ	和書 わしょ
	君主 くんしゅ			和紙 わし
	君臣 くんしん			和酒 わしゅ
	君命 くんめい			和訓 わくん
	君国 くんこく			
	君恩 くんおん			

和寇 わこう
和船 わせん
和習 わしゅう
和陶 わとう
和訳 わやく
和菓子 わがし
和装 わそう
和朝 わちょう
和敬 わけい
和裁 わさい
和琴 わごん
和楽 わらく
和算 わさん
和戦 わせん
和漢 わかん
和様 わよう
和解 わかい
和楽 わがく
和睦 わぼく
和製 わせい
和語 わご
和魂漢才 わこんかんさい
和綴 わとじ
和歌 わか
和談 わだん
和親 わしん
和議 わぎ
和讚 わさん
〔命〕めい・みょう・いのち・みこと・めいじる
命乞 いのちごい
命日 めいにち
命中 めいちゅう
命毛 いのちげ
命令 めいれい
命名 めいめい
命取 いのちとり
命拾 いのちびろい
命冥加 いのちみょうが
命脈 めいみゃく
命運 めいうん
命数 めいすう
命数法 めいすうほう

命綱 いのちづな
命題 めいだい
命懸 いのちがけ
〔味〕み・び・あじ・あじわい・あじわう
味方 みかた
味加減 あじかげん
味付 あじつけ
味気無 あじきない・あじけない
味見 あじみ
味物 あじもの
味到 みとう
味得 みとく
味覚 みかく
味名 みな
味解 みかい
味読 みどく
味聞 あじきき
味醂 みりん
味噌 みそ
味噌汁 みそしる
味噌豆 みそまめ
味噌和 みそあえ
味噌歯 みそっぱ
味噌滓 みそっかす
味噌漉 みそこし
味噌漬 みそづけ
味噌擂 みそすり
味噌蚕 みそあえ
味噌糞 みそくそ
味蕾 みらい
〔咄〕とつ・はなし・はなす
咄家 はなしか
咄嗟 とっさ
〔呪〕じゅ・じゅう・のろい・のろう・まじない・まじなう・かじる・のろわしい
呪文 じゅもん
呪咀 じゅそ
呪法 じゅほう
呪物 じゅぶつ
呪符 じゅふ
呪術 じゅじゅつ
呪詛 じゅそ
呪縛 じゅばく

〔咒〕じゅ
〔呼〕こ・よぶ・よ・び：よばる・よばれる・よばわる・ああ・あ
呼入 よびいれる
呼子 よぶこ・よびこ
呼水 よびみず
呼付 よびつける
呼出 よびだす・よびだし
呼号 こごう
呼込 よびこむ
呼立 よびたてる
呼名 よびな
呼気 こき
呼交 よびかわす
呼応 こおう
呼吸 こきゅう
呼声 よびごえ
呼物 よびもの
呼戻 よびもどす・よびもどし
呼屋 よびや
呼起 よびおこす
呼称 こしょう
呼捨 よびすて
呼掛 よびかける・よびかけ
呼寄 よびよせる
呼値 よびね
呼集 こしゅう
呼鈴 よびりん
呼塩 よびじお
〔咎〕きゅう・とがめる・とがめ・とが
咎人 とがにん
咎立 とがめだて
〔周〕しゅう・まわり
周辺 しゅうへん
周回 しゅうかい
周年 しゅうねん
周囲 しゅうい・まわり
周忌 しゅうき
周延 しゅうえん
周波 しゅうは

周知 しゅうち
周到 しゅうとう
周航 しゅうこう
周旋 しゅうせん
周章 しゅうしょう・あわてる
周密 しゅうみつ
周期 しゅうき
周遊 しゅうゆう
周縁 しゅうえん
周壁 しゅうへき
〔呵〕か・しかる・かする
呵呵 かか
呵責 かしゃく
〔咆〕ほう・ほえる
咆哮 ほうこう
〔咀〕そ・しょ・かむ・くらう
咀嚼 そしゃく
〔呱〕こ・なく
呱呱 ここ
〔呶〕ど・どう・かまびすし
呶呶 どど
呶鳴 どなる
〔呷〕こう・すう・のむ・かまびすし
〔呻〕しん・うなる・うめく
呻吟 しんぎん
〔呟〕げん・つぶやく・つぶやき
〔咽〕いん・えん・えつ・のど・のんど・のむ・むせぶ・ふさがる
咽喉 いんこう
咽頭 いんとう
〔咳〕がい・せく・せき・しわぶく・しわぶき
咳上 せきあげる
咳込 せきこむ
咳払 せきはらい
咳唾 がいだ
咳嗽 がいそう

〔咲〕しょう・さく・えます・わらう
咲分 さきわけ
咲匂 さきにおう
咲乱 さきみだれる
咲初 さきそめる
咲残 さきのこる
咲殻 さきがら
咲揃 さきそろう
咲溢 さきこぼれる
咲誇 さきほこる
咲競 さききそう
〔哀〕あい・かなしい・かなしむ・かなしみ・あわれむ・あわれ・あわれみ・あわれがる・あわれ・あわれっぽい
哀切 あいせつ
哀号 あいごう
哀史 あいし
哀別 あいべつ
哀惜 あいせき
哀悼 あいとう
哀絶 あいぜつ
哀訴 あいそ
哀話 あいわ
哀愁 あいしゅう
哀傷 あいしょう
哀感 あいかん
哀詩 あいし
哀楽 あいらく
哀歌 あいか
哀調 あいちょう
哀歓 あいかん
哀憐 あいれん
哀願 あいがん
〔咬〕こう・こう・きょう・かむ
咬創 こうそう
咬傷 こうしょう
〔品〕ひん・ほん・しな・ひとしい
品切 しなぎれ
品分 しなわけ
品目 ひんもく
品玉 しなだま

品名 ひんめい	唐竹 からたけ	哮立 たけりたつ	商家 しょうか	〔啜〕てつ・せつ・す
品行 ひんこう	唐臼 とううす・から	〔哭〕こく・こくす	商法 しょうほう	する・なく
品別 しなわけ	うす	る・なげく	商事 しょうじ	啜上 すすりあげる
品位 ひんい	唐辛子 とうがらし	〔唆〕さ・そそのかす	商況 しょうきょう	啜泣 すすりなく
品定 しなさだめ	唐芥子 とうがらし	〔唄〕ばい・うた・う	商取引 しょうとり	〔唱〕しょう・とな
品性 ひんせい	唐松 からまつ	たう	ひき	う・となえ・となえ
品物 しなもの	唐茄子 とうなす	〔哺〕ほ・ふくめる	商品 しょうひん	る
品枯 しながれ	唐画 とうが	哺育 ほいく	商科 しょうか	唱名 しょうみょう
品柄 しながら	唐突 とうとつ	哺乳 ほにゅう	商務 しょうむ	唱法 しょうほう
品持 しなもち	唐物 とうぶつ	〔哨〕しょう・そう・	商略 しょうりゃく	唱和 しょうわ
品書 しながき	唐金 からかね	ゆがむ・みはり	商船 しょうせん	唱道 しょうどう
品格 ひんかく	唐音 とうおん	哨兵 しょうへい	商都 しょうと	唱歌 しょうか
品評 ひんぴょう	唐胡麻 とうごま	哨戒 しょうかい	商運 しょううん	唱導 しょうどう
品等 ひんとう	唐変木 とうへんぼ	哨舎 しょうしゃ	商港 しょうこう	〔啓〕けい
品詞 ひんし	く	〔唇〕しん・くちびる	商量 しょうりょう	啓上 けいじょう
品数 しなかず	唐津 からつ	唇音 しんおん	商道 しょうどう	啓示 けいじ
品触 しなぶれ	唐草 からくさ	唇歯 しんし	商戦 しょうせん	啓白 けいはく
品薄 しなうす	唐紅 からくれない	唇歯輔車 しんしほ	商業 しょうぎょう	啓発 けいはつ
品種 ひんしゅ	唐風 とうふう	しゃ	商賈 しょうこ	啓培 けいばい
品質 ひんしつ	唐破風 からはふ	〔哲〕てつ	商慣習 しょうかん	啓開 けいかい
品題 ひんだい	唐紙 とうし・からか	哲人 てつじん	しゅう	啓蒙 けいもう
品鷺 ひんしつ	み	哲学 てつがく	商魂 しょうこん	啓蟄 けいちつ
〔哄〕こう・どっと	唐菜 とうな	哲理 てつり	商談 しょうだん	〔啖〕たん・くらう
哄笑 こうしょう	唐黍 とうきび・もろ	〔哥〕か・あに・う	商権 しょうけん	啖呵 たんか
〔哉〕さい・や・か	こし	た・うたう	商標 しょうひょう	〔啞〕あ・ああ・あ
かな・はじむ	唐棧 とうざん	哥兄 あにい	商機 しょうき	く・おし・おおし・
〔咫〕し・あた・た	唐萵苣 とうちさ	哥沢 うたざわ	商館 しょうかん	おうし
咫尺 しせき	唐棣 はねず	〔員〕いん・えん	商議 しょうぎ	啞然 あぜん
〔唐〕とう・から・も	唐詩 とうし	員外 いんがい	〔唯〕い・ゆい・ただ	啞鈴 あれい
ろこし	唐様 からよう	員数 いんずう	・たった	〔唯〕かい・いがむ
唐人 とうじん	唐獅子 からしし	〔商〕しょう・あきな	唯一 ゆいいつ	唯合 いがみあう
唐三彩 とうさんさ	唐墨 とうぼく	う・あきない・あき	唯心 ゆいしん	〔唸〕てん・うなる・
いり	唐綾 からあや	のう	唯今 ただいま	うなり
唐丸 とうまる	唐箕 とうみ	商人 しょうにん・あ	唯見 ただみる	〔喜〕き・よろこぶ・
唐土 とうど・もろこ	唐撫子 からなでし	きゅうど・あきんど	唯我独尊 ゆいがど	よろこび・よろこば
し	こ	商才 しょうさい	くそん	しい・よろこばす
唐子 からこ	唐鋤 からすき	商工 しょうこう	唯事 ただごと	よろこばせる
唐心 からごころ	唐橘 からたちばな	商用 しょうよう	唯物 ゆいぶつ	喜色 きしょく
唐木 とうぼく・から	唐錦 からにしき	商号 しょうごう	唯美 ゆいび	喜字 きのじ
き	唐縮緬 とうちりめ	商会 しょうかい	唯唯 いい	喜寿 きじゅ
唐手 からて	ん	商行為 しょうこう	唯識 ゆいしき	喜怒 きど
唐本 とうほん	唐鍬 とうが・とうぐ	〔啄〕たく・ちゅう・	喜祝 きのいわい
唐皮 からかわ	わ	ついばむ	喜悦 きえつ
唐衣 からぎぬ・から	唐櫃 からびつ	商社 しょうしゃ	啄木 たくぼく・きつ	喜捨 きしゃ
ころも	唐織 からおり	商状 しょうじょう	つき	喜喜 きき
唐団扇 とううちわ	〔哮〕こう・きょう・	商売 しょうばい	啄木鳥 きつつき・	喜歌劇 きかげき
唐名 とうみょう	ほえる・たけ	商店 しょうてん	けらつつき・けら	喜劇 きげき
		商学 しょうがく		

〔喚〕かん・わめく・
おめく・よぶ・よぼ
う・よばわる
喚声 かんせい
喚呼 かんこ
喚起 かんき
喚問 かんもん
〔喉〕こう・のど・の
んど
喉仏 のどぼとけ
喉元 のどもと
喉彦 のどひこ・のど
びこ
喉咽 のんど
喉音 こうおん
喉笛 のどぶえ
喉越 のどごし
喉節 のっぷし
喉輪 のどわ
喉頸 のどくび
喉頭 こうとう
〔喃〕なん・のう
喃喃 なんなん
喃語 なんご
〔喪〕そう・も・うし
なう
喪心 そうしん
喪中 もちゅう
喪主 もしゅ
喪失 そうしつ
喪服 もふく
喪具 もぐ
喪神 そうしん
喪家狗 そうかのい
ぬ
喪章 もしょう
〔喝〕かつ・かち・し
かる
喝采 かっさい
喝破 かっぱ
〔喀〕かく・はく
喀血 かっけつ
喀痰 かくたん
〔喇〕らつ・ら
喇叭 らっぱ
喇嘛教 ラマきょう
〔喬〕きょう

喬木 きょうぼく
〔啾〕しゅう・なく
啾啾 しゅうしゅう
〔喊〕かん
喊声 かんせい
〔喩〕ゆ・たとえ・た
とい・たとう・たと
える
〔喋〕ちょう・とう・
しゃべる・しゃべく
る
喋喋 ちょうちょう
〔唾〕だ・つば・つば
き
唾棄 だき
唾液 だえき
唾腺 だせん
〔喫〕きつ・けき・き
っする
喫水 きっすい
喫茶 きっさ
喫煙 きつえん
喫緊 きっきん
喫驚 きっきょう・び
っくり
〔喰〕そん・くう・く
らう
喰付 くらいつく
喰込 くらいこむ
〔啼〕てい・なく
〔喞〕しょく・そく・
なく・そそぐ・かこ
つ
〔喧〕けん・やかまし
い・かしましい・か
まびすし
喧伝 けんでん
喧喧 けんけん
喧喧囂囂 けんけん
ごうごう
喧屋 やかましや
喧嘩 けんか
喧噪 けんそう
喧擾 けんじょう
喧騒 けんそう
〔喘〕ぜん・あえぐ・
あえぎ

喘息 ぜんそく
喘鳴 ぜんめい
〔善〕ぜん・よい・よ
く・よし・よさ・よ
げ・よがる・よくす
る・よみする・いい
善人 ぜんにん
善女 ぜんにょ
善心 ぜんしん
善玉 ぜんだま
善用 ぜんよう
善処 ぜんしょ
善本 ぜんぽん
善行 ぜんこう
善男 ぜんなん
善良 ぜんりょう
善言 ぜんげん
善果 ぜんか
善知識 ぜんちしき
善知鳥 うとう
善所 ぜんしょ
善事 ぜんじ
善政 ぜんせい
善後 ぜんご
善善 よくよく
善美 ぜんび
善哉 ぜんざい・よい
かな
善根 ぜんこん
善悪 ぜんあく・よし
あし
善智識 ぜんちしき
善感 ぜんかん
善意 ぜんい
善戦 ぜんせん
善導 ぜんどう
善隣 ぜんりん
〔嗅〕きゅう・かぐ
嗅付 かぎつける
嗅出 かぎだす
嗅当 かぎあてる
嗅覚 きゅうかく
〔喨〕りょう
喨喨 りょうりょう
〔嗟〕さ・なげく
嗟嘆 さたん
嗟歎 さたん

〔鳴〕う・お・ああ・
あな・あや・なげ
く・いたむ
鳴呼 ああ
鳴咽 おえつ
〔嗜〕し・たしなむ・
たしなみ・たしむ
嗜好 しこう
嗜虐 しぎゃく
嗜眠 しみん
〔嗄〕さ・かる・かれ
る・からす・しゃが
れる・しわがれる
嗄声 しゃがれごえ
嗄嗄 かれがれ
〔嗣〕し・つぐ・つ
ぎ・よつぎ
嗣子 しし
〔嗤〕し・あざける・
わらう・わらい
嗤笑 ししょう
〔嗇〕しょく・しわい
〔嘆〕たん・たんず
る・たんずる・なげ
く・なげき・なげか
わしい
嘆死 なげきじに
嘆声 たんせい
嘆明 なげきあかす
嘆美 たんび
嘆息 たんそく
嘆称 たんしょう
嘆暮 なげきくらす
嘆賞 たんしょう
嘆願 たんがん
〔嗾〕そく・ぞく・そ
う・けしかける
〔嘖〕さく
嘖嘖 さくさく
〔嘘〕きょ・こ・うそ
つき・うそ・うそっ
ぱち
嘘八百 うそはっぴ
ゃく
嘘皮 うそのかわ
嘘字 うそじ
嘘吐 うそつき

〔嘗〕なめる・かって
嘗味噌 なめみそ
嘗物 なめもの
〔嘉〕か・よい・よみ
する
嘉日 かじつ
嘉言 かげん
嘉辰 かしん
嘉肴 かこう
嘉例 かれい
嘉納 かのう
嘉節 かせつ
嘉賞 かしょう
〔嗽〕そく・せく・せ
き・すすぐ・すすぐ
・くちすすぐ・うが
い
〔嘔〕おう・く・は
く・はき・うたう
嘔吐 おうと
〔噎〕えつ・いつ・む
す・むせる・むせぶ
噎返 むせかえる
噎泣 むせびなく
〔噉〕たん・くらう
〔嘱〕しょく・ぞく・
しょくする
嘱目 しょくもく
嘱託 しょくたく
嘱望 しょくぼう
〔噴〕ふん・ふく
噴井戸 ふきいど
噴水 ふんすい
噴火 ふんか
噴出 ふんしゅつ・ふ
きだす
噴気 ふんき
噴油 ふんゆ
噴門 ふんもん
噴泉 ふんせん
噴射 ふんしゃ
噴流 ふんりゅう
噴飯 ふんぱん
噴煙 ふんえん
噴霧器 ふんむき
噴騰 ふんとう
〔嘶〕せい・いななく

・いななき・いば
える

〔嚙〕ぶ・さぞ
〔嘴〕きん・つぐむ
〔器〕き・うつわ
器用 きよう
器材 きざい
器物 きぶつ
器具 きぐ
器官 きかん
器財 きざい
器械 きかい
器量 きりょう
器楽 きがく
器質 きしつ
器機 きき
〔噂〕そん・うわさ
〔嘲〕ちょう・とう・
あざける・あざけ
り・あざわらう
嘲弄 ちょうろう
嘲笑 ちょうしょう・
あざわらう
嘲罵 ちょうば
〔噺〕はなし
噺家 はなしか
〔嘴〕し・はし・くち
ばし
〔噸〕トン
〔噪〕そう
噪音 そうおん
〔噯〕あい・おくび
噯気 おくび
〔噲〕ぜい・せい・か
む・くらう
噛臍 ぜいせい
〔噢〕こう・なる
噢矢 こうし
〔噦〕かい・け・え
つ・おち・しゃく
る・おち・しゃく
り・えずく・しゃっく
り
〔嚊〕ひ・かか・かかあ
〔嚇〕かく・か・しか
る・おどし・おどす
・おどかす・おどか

し
嚇怒 かくど
〔嚔〕てい・くさめ・
くさみ・はなひる・
くしゃみ
〔嚙〕ごう・かます・
かむ
嚙分 かみわける
嚙切 かみきる
嚙付 かみつく
嚙合 かみあう・かみ
あわせる・かみわ
せ
嚙砕 かみくだく
嚙殺 かみころす
嚙締 かみしめる
嚙潰 かみつぶす
〔響〕きょう・さき
に・むこう・うく・
むく・ひびく
響導 きょうどう
〔嘯〕しょう・うそぶ
く
〔嚥〕えん・のんど・
のむ・のど
嚥下 えんか
〔嚼〕しゃく・かむ
〔囀〕てん・さえずる
〔囂〕きょう・ごう・
かしましい・かし
まし・かまびすし
い・かしがましい
囂囂 ごうごう
〔囁〕しょう・せつ・
ささやく・つつやく
〔囈〕げい
囈語 うわごと
〔囃〕そう・はやす・
はやし
囃子 はやし
囃子方 はやしかた
囃子言葉 はやしこと
ば
囃子物 はやしもの
囃子詞 はやしこと
ば
〔囊〕のう・ふくろ

囊中 のうちゅう
囊底 のうてい
囊腫 のうしゅ
囊網 ふくろあみ

口 部

〔囚〕しゅう・とらわ
れ・とらわれる・め
しうど・とらう・と
りこ・とろう
囚人 しゅうじん・め
しうど・めしゅうど
囚役 しゅうえき
囚徒 しゅうと
囚虜 しゅうりょ
囚獄 しゅうごく
〔四〕し・よ・よう・
よつ・よっつ
四十 よそ・よそじ
四十八手 しじゅう
はって
四十九日 しじゅう
くにち
四十雀 しじゅうか
ら
四十腕 しじゅうう
で
四十路 よそじ
四人 よったり
四大 しだい
四六文 しろくぶん
四六判 しろくばん
四六時中 しろくじ
ちゅう
四六騈儷体 しろ
くべんれいたい
四天王 してんのう
四月 しがつ
四手 よつで
四分六 しぶろく
四分五裂 しぶんご
れつ
四分板 しぶいた
四分音符 しぶおん
ぷ
四方 しほう・よも

四方山 よもやま
四五 しのごの
四日 よっか
四切 よつぎり
四民 しみん
四本柱 しほんばし
ら
四辺 しへん
四辻 よつつじ
四目 よつめ
四半 しはん
四旬節 しじゅんせ
つ
四竹 よつだけ
四次元 しじげん・
よじげん
四百四病 しひゃく
しびょう
四声 しせい
四身 よつみ
四角 しかく・よつか
ど
四足 しそく・よつあ
し
四囲 しい
四君子 しくんし
四価 しか
四周 ししゅう
四季 しき
四季咲 しきざき
四阿 あずまや
四苦 しく
四苦八苦 しくはっ
く
四拍子 しびょうし
四国 しこく
四姓 しせい
四股 しこ
四股名 しこな
四面 しめん
四則 しそく
四重奏 しじゅうそ
う
四重唱 しじゅうし
ょう
四相撲 よづรもう
四通八達 しつうは

っったつ
四時 しじ・よつどき
四這 よつんばい
四恩 しおん
四書 ししょ
四海 しかい
四捨五入 ししゃご
にゅう
四部 しぶ
四望 しぼう
四球 しきゅう
四隅 よすみ
四畳半 よじょうは
ん
四幅 よの
四散 しさん
四聖 しせい
四輪車 よんりんし
ゃ
四諦 したい
四隣 しりん
四顧 しこ
〔因〕いん・よりて・
したしみ・ちなみ・
よって・ちなむ・よ
る
因子 いんし
因由 いんゆ
因果 いんが
因習 いんしゅう
因循 いんじゅん
因業 いんごう
因数 いんすう
因縁 いんねん
因襲 いんしゅう
〔団〕だん・とん・ざ
ん・まるい
団子 だんご
団平 だんべい
団交 だんこう
団団 だんだん
団地 だんち
団体 だんたい
団長 だんちょう
団居 まどい
団員 だんいん
団栗 どんぐり

団扇 うちわ	回章 かいしょう	図柄 ずがら	固化 こか	国名 こくめい
団結 だんけつ	回番 まわりばん	図版 ずはん	固目 かだめ	国花 こっか
団塊 だんかい	回廊下 まわりろうか	図面 ずめん	固守 こしゅ	国体 こくたい
団欒 だんらん	回報 かいほう	図星 ずぼし	固有 こゆう	国初 こくしょ
〔回〕かい・え・わ・も	回遊 かいゆう	図書 としょ	固形 こけい	国状 こくじょう
とおる・もとおし・	回游 かいゆう	図案 ずあん	固体 こたい	国技 こくぎ
もとおり・もとおろ	回廊 かいろう	図絵 ずえ	固肥 かたぶとり	国言葉 くにことば
う・そむく・さく・	回答 かいとう	図嚢 ずのう	固定 こてい	国利 こくり
よこしま・かえり・	回復 かいふく	図解 ずかい	固持 こじ	国防 こくぼう
かえす・かえる・ま	回道 まわりみち	図様 ずよう	固陋 ころう	国軍 こくぐん
わり・まわす・まわ	回診 かいしん	図録 ずろく	固着 こちゃく	国事 こくじ
る・まわし・めぐる	回遠 まわりどおい	図譜 ずふ	固唾 かたず	国府 こくふ
回天 かいてん	回禄 かいろく	図題 ずだい	固執 こしつ・こしゅう	国定 こくてい
回文 かいぶん	回路 かいろ	図鑑 ずかん	固煉 かたねり	国典 こくてん
回収 かいしゅう	回腸 かいちょう	〔困〕こん・こうじ	固辞 こじ	国帑 こくど
回心 かいしん・えしん	回想 かいそう	る・こうずる・くる	固練 かたねり	国学 こくがく
回申 かいしん	回数 かいすう	しむ・くるしみ・こ	〔国〕こく・かく・く	国表 くにおもて
回礼 かいれい	回読 かいどく	まる・みだれ	に	国国 くにぐに
回付 かいふ	回避 かいひ	困切 こまりきる	国力 こくりょく	国歩 こくほ
回生 かいせい	回線 かいせん	困抜 こまりぬく	国入 くにいり	国宝 こくほう
回米 かいまい	回舞台 まわりぶた	困却 こんきゃく	国人 くにびと	国侍 くにざむらい
回虫 かいちゅう	い	困苦 こんく	国士 こくし	国法 こくほう
回会 めぐりあう	回漕 かいそう	困果 こまりはてる	国土 こくど	国界 こっかい
回向 えこう	回灯籠 まわりどう	困者 こまりもの	国手 こくしゅ	国威 こくい
回合 めぐりあわせ・	ろう	困惑 こんわく	国王 こくおう	国是 こくぜ
まわりあわせ	回縁 まわりえん	困窮 こんきゅう	国号 こくごう	国政 こくせい
回回教 フイフイき	回覧 かいらん	困憊 こんぱい	国内 こくない	国風 こくふう・くに
ょう	回議 かいぎ	困難 こんなん	国父 こくふ	ぶり
回気 まわりぎ	回顧 かいこ	〔囮〕か・おとり・て	国文 こくぶん	国持 くにもち
回状 かいじょう	〔図〕ず・と・はか	てり・おきどり	国文学 こくぶんが	国柄 くにがら
回忌 かいき	る・はかりごと・え	〔囲〕い・かこむ・ま	く	国連 こくれん
回折 かいせつ	図入 ずいり	もる・かこい・かこ	国司 こくし	国華 こっか
回附 かいふ	図工 ずこう	う・かこみ	国史 こくし	国庫 こっこ
回国 かいこく	図上 ずじょう	囲炉裏 いろり	国主 こくしゅ	国辱 こくじょく
回者 まわしもの	図太 ずぶとい	囲碁 いご	国外 こくがい	国粋 こくすい
回持 まわりもち	図示 ずし	囲繞 いにょう・いじ	国民 こくみん・くに	国師 こくし
回送 かいそう	図会 ずえ	ょう	たみ	国益 こくえき
回春 かいしゅん	図式 ずしき	〔圂〕れい・りょう・	国立 こくりつ	国原 くにはら
回航 かいこう	図体 ずうたい	ひとや	国本 こくほん	国家 こっか
回訓 かいくん	図説 ずせつ	圂圂 れいご	国母 こくぼ	国家老 くにがろう
回帰 かいき	図抜 ずぬける	〔固〕こ・かたく・か	国有 こくゆう	国家権力 こっかけ
回流 かいりゅう	図形 ずけい	たし・もとより・か	国字 こくじ	んりょく
回船 かいせん	図図 ずうずうしい	たい・かためる・か	国守 こくしゅ	国書 こくしょ
回旋 かいせん	図取 ずどり	たむ・かたまり・か	国会 こっかい	国務 こくむ
回転 かいてん	図表 ずひょう	ためもと・かためる・	国尽 くにづくし	国務院 こくむいん
回致 かいきょう	図画 ずが	まことに・かたまる	国交 こっこう	国振 くにぶり
		固太 かたぶとり		国造 くにのみやつこ

国訓 こっくん	国籍 こくせき	市松模様 いちまつ	布置 ふち	帝都 ていと
国産 こくさん	〔圀〕けん・おり・さ	もよう	〔凧〕たこ・いか・いか	〔席〕せき・むしろ
国教 こっきょう	かずき・めぐる	市況 しきょう	のぼり	席入 せきいり・せき
国設 こくせつ	圏内 けんない	市長 しちょう	〔帆〕はん・ほ	いる
国訳 こくやく	圏外 けんがい	市政 しせい	帆布 はんぷ・ほぬの	席上 せきじょう
国都 こくと	圏点 けんてん	市章 ししょう	帆立貝 ほたてがい	席末 せきまつ
国鳥 こくちょう	〔圍〕えん・その・は	市部 しぶ	帆走 はんそう	席代 せきだい
国訛 くになまり	か・みささぎ	市販 しはん	帆前船 ほまえせん	席札 せきふだ
国情 こくじょう	園丁 えんてい	市域 しいき	帆柱 ほばしら	席次 せきじ
国許 くにもと	園内 えんない	市営 しえい	帆桁 ほげた	席画 せきが
国策 こくさく	園主 えんしゅ	市税 しぜい	帆船 はんせん・ほぶ	席巻 せっけん
国禁 こっきん	園生 そのふ・そのう	市街 しがい	ね	席亭 せきてい
国章 こくしょう	園地 えんち	市葬 しそう	帆掛舟 ほかけぶね	席書 せきがき
国税 こくぜい	園児 えんじ	市場 しじょう・いち	帆綱 ほづな・ほづな	席料 せきりょう
国葬 こくそう	園芸 えんげい	ば	帆影 ほかげ	席捲 せっけん
国運 こくうん	園舎 えんしゃ	市報 しほう	〔希〕き・け・まれ	席順 せきじゅん
国営 こくえい	園長 えんちょう	市費 しひ	こいねがう・こいね	席貸 せきがし
国喪 こくそう	園遊会 えんゆうか	市電 しでん	がわくは	席駄 せきだ
国富 こくふ	い	市債 しさい	希土類 きどるい	席題 せきだい
国費 こくひ		市勢 しせい	希元素 きげんそ	〔師〕し
国道 こくどう	巾　部	市銀 しぎん	希少 きしょう	師父 しふ
国替 くにがえ		市議 しぎ	希代 きたい	師友 しゆう
国電 こくでん	〔巾〕きん・べき・は	市議会 しぎかい	希世 きせい	師号 しごう
国債 こくさい	ば	〔布〕ふ・ほ・きれ	希有 けう・きゆう	師団 しだん
国漢 こっかん	巾着 きんちゃく	のの・しく・ぬの	希求 ききゅう	師伝 しでん
国勢 こくせい	〔市〕し・いち・まち	布巾 ふきん	希書 きしょ	師走 しわす・しはす
国賊 こくぞく	市子 いちこ	布子 ぬのこ	希望 きぼう	師弟 してい
国鉄 こくてつ	市区 しく	布引 ぬのびき	希釈 きしゃく	師匠 ししょう
国詰 くにづめ	市井 せいい	布切 ぬのぎれ	希塩酸 きえんさん	師長 しちょう
国際 こくさい	市中 しちゅう	布目 ぬのめ	希覯 きこう	師承 ししょう
国歌 こっか	市内 しない	布令 ふれい・ふれ	希薄 きはく	師表 しひょう
国語 こくご	市立 しりつ・いちり	布石 ふせき	〔帚〕しゅう・そう・	師事 しじ
国境 こっきょう・く	市庁 しちょう	布衣 ほうい・ほい・	ほうき・ははき・は	師恩 しおん
にざかい	市外 しがい	ふい	く・はらう	師家 しか
国旗 こっき	市民 しみん	布地 ぬのじ・きれじ	〔帖〕じょう・ちょう	師道 しどう
国衙 こくが	市有 しゆう	布団 ふとん	〔帙〕ちつ・ふまき	師資 しし
国儀 こくぎ	市会 しかい	布局 ふきょく	〔帛〕はく・きぬ	師僧 しそう
国慶節 こっけいせつ	市役所 しやくしょ	布告 ふこく	帛紗 ふくさ	師範 しはん
国劇 こくげき	市町村 しちょうそ	布帛 ふはく	〔帝〕てい・たい・み	〔帳〕ちょう・とば
国選 こくせん	ん	布施 ふせ	かど	り・はり
国論 こくろん	市乳 しにゅう	布陣 ふじん	帝王 ていおう	帳元 ちょうもと
国権 こっけん	市国 しこく	布設 ふせつ	帝位 ていい	帳付 ちょうづけ
国資 こくひん	市制 しせい	布袋 ほてい	帝国 ていこく	帳尻 ちょうじり
国樹 こくじゅ	市価 しか	布教 ふきょう	帝国主義 ていこく	帳合 ちょうあい
国憲 こっけん	市松 いちまつ	布海苔 ふのり	しゅぎ	帳面 ちょうめん・ち
国難 こくなん	市松人形 いちまつ	布装 ぬのそう	帝政 ていせい	ょうづら
国璽 こくじ	にんぎょう	布達 ふたつ	帝室 ていしつ	帳消 ちょうけし

帳場 ちょうば
帳締 ちょうじめ
帳簿 ちょうぼ
〔帯〕たいする・お
　ぶ・おびる・おびる・
　たい
帯小数 たいしょう
　すう
帯分数 たいぶんす
　う
帯止 おびどめ
帯皮 おびかわ
帯出 たいしゅつ
帯地 おびじ
帯同 たいどう
帯芯 おびしん
帯剣 たいけん
帯金 おびがね
帯封 おびふう
帯祝 おびいわい
帯革 おびかわ
帯留 おびどめ
帯紙 おびがみ
帯側 おびがわ
帯番組 おびばんぐ
　み
帯揚 おびあげ
帯桟 おびざん
帯代裸 おびしろはだ
　か
帯鉄 おびてつ
帯電 たいでん
帯磁 たいじ
帯締 おびじめ
帯鉋 おびのこ
帯鋼 おびこう
〔幇〕ほう・たすける
幇助 ほうじょ
幇間 ほうかん
〔帰〕かえり・かえ
　す・きす・きする
帰一 きいつ
帰山 きさん
帰心 きしん
帰支度 かえりじた
　く
帰化 きか

帰伏 きふく
帰任 きにん
帰宅 きたく
帰帆 きはん
帰休 ききゅう
帰村 きそん
帰来 きらい
帰車 かえりくるま
帰命 きみょう
帰京 ききょう
帰参 きさん
帰服 きふく
帰国 きこく
帰依 きえ
帰臥 きが
帰省 きせい
帰洛 きらく
帰納 きのう
帰陣 きじん
帰途 きと
帰耕 きこう
帰原性 きげんせい
帰航 きこう
帰校 きこう
帰寂 きじゃく
帰巣性 きそうせい
帰郷 ききょう
帰港 きこう
帰道 かえりみち
帰新参 かえりしん
　ざん
帰順 きじゅん
帰属 きぞく
帰結 きけつ
帰雁 きがん
帰着 きちゃく
帰朝 きちょう
帰営 きえい
帰路 きろ・かえりみ
　ち
帰農 きのう
帰趨 きすう
帰還 きかん
帰館 きかん
帰艦 きかん
〔常〕じょう・とわ・
　つね・つねに・とこ

しなえ
常人 じょうじん
常凡 じょうぼん
常山蛇勢 じょうざ
　んのだいせい
常打 じょうだ
常用 じょうよう
常世 とこよ
常民 じょうみん
常在 じょうざい
常任 じょうにん
常会 じょうかい
常住 じょうじゅう
常体 じょうたい
常並 つねなみ
常命 じょうみょう
常夜灯 じょうやと
　う
常直 じょうちょく
常況 じょうきょう
常春 とこはる
常食 じょうしょく
常客 じょうきゃく
常軌 じょうき
常時 じょうじ
常座 じょうざ
常套 じょうとう
常夏 とこなつ
常連 じょうれん
常務 じょうむ
常設 じょうせつ
常常 つねづね
常情 じょうじょう
常宿 じょうやど
常習 じょうしゅう
常得意 じょうとく
　い
常道 じょうどう
常雇 じょうやとい
常勤 じょうきん
常温 じょうおん
常飲 じょういん
常勝 じょうしょう
常備 じょうび
常規 じょうき
常節 とこぶし

常置 じょうち
常備 じょうび
常数 じょうすう
常詰 じょうづめ
常駐 じょうちゅう
常態 じょうたい
常談 じょうだん
常緑 じょうりょく
常磐 ときわ
常磐津 ときわず
常闇 とこやみ
常識 じょうしき
〔帷〕い・とばり・た
　れぎぬ
帷子 かたびら
帷幕 いばく
〔幅〕ふく・はば・の
幅広 はばびろ・はば
　ひろい
幅利 はばきき
幅員 ふくいん
幅寄 はばよせ
幅跳 はばとび
幅飛 はばとび
〔帽〕ぼう
帽子 ぼうし
帽章 ぼうしょう
〔幌〕こう・ほろ・と
　ばり
幌馬車 ほろばしゃ
〔幕〕まく・ばく
幕下 ばっか・まくし
　た
幕内 まくのうち・ま
　くうち
幕切 まくぎれ
幕末 ばくまつ
幕尻 まくじり
幕吏 ばくり
幕合 まくあい
幕臣 ばくしん
幕舎 ばくしゃ
幕府 ばくふ
幕屋 まくや
幕開 まくあき
幕間 まくあい
幕営 ばくえい

幕僚 ばくりょう
〔幔〕まん・ばん・と
　ばり
幔幕 まんまく
〔幣〕へい・ぬさ・み
　てぐら
幣束 へいそく
幣帛 へいはく
幣製 へいせい
〔幟〕し・のぼり

山 部

〔山〕さん・やま
山人 さんじん・やま
　びと
山刀 やまがたな
山子 やまこ
山小屋 やまごや
山下 やまもと
山上 さんじょう
山山 やまやま
山女 やまめ
山川 さんせん・やま
　がわ・やまかわ
山元 やまもと
山火 さんか
山火事 やまかじ
山犬 やまいぬ
山毛欅 ぶな
山分 やまわけ
山止 やまどめ
山区 さんく
山水 さんすい
山中 さんちゅう
山内 さんない
山手 やまのて・やま
　て
山号 さんごう
山処 やまが
山田 やまだ
山立 やまだち
山出 やまだし
山辺 やまべ
山伝 やまづたい
山羊 やぎ
山羊髭 やぎひげ
山伏 やまぶし

山寺 やまでら	山海 さんかい	山嵐 やまあらし	屹 きつ	〔岡〕こう・おか
山峡 さんきょう・や まかい	山海嘯 やまつなみ	山場 やまば	屹立 きつりつ	岡引 おかっぴき
山肌 やまはだ	山草 さんそう	山間 さんかん	屹度 きっと	岡目 おかめ
山色 さんしょく	山荘 さんそう	山陽 さんよう	屹然 きつぜん	岡持 おかもち
山地 さんち	山津波 やまつなみ	山椒 さんしょ・さん しょう	〔岐〕き・ちまた・わ かれる	岡惚 おかぼれ
山守 やまもり	山津浪 やまつなみ	山賊 さんぞく	岐目 わかれめ	岡焼 おかやき
山百合 やまゆり	山姥 やまうば・やま んば	山稜 さんりょう	岐阜提灯 ぎふちょ うちん	岡場所 おかばしょ
山気 さんき・やまっ け・やまけ・やまぎ	山容 さんよう	山紫水明 さんしす いめい	岐道 わかれみち	〔岬〕こう・みさき
山行 さんこう	山砲 さんぽう	山焼 やまやき	岐路 きろ	岬山 さきやま
山芋 やまいも・やま のいも	山師 やまし	山開 やまびらき	〔岸〕がん・きし	〔岳〕がく・たけ
山坂 やまさか	山高帽子 やまたか ぼうし	山間 やまあい	岸辺 きしべ	岳人 がくじん
山形 やまがた	山留 やまどめ	山詞 やまことば	岸伝 きしづたい	岳父 がくふ
山村 さんそん	山骨 さんこつ	山路 やまみち・やま じ	岸壁 がんぺき	岳麓 がくろく
山足 やまあし	山家 やまが	山猿 やまざる	〔岩〕がん・いわ・い わ	〔岨〕そ・そば・そわ
山男 やまおとこ	山時鳥 やまほとと ぎす	山勢 さんせい	岩山 いわやま	岨道 そばみち
山里 やまざと	山桃 やまもも	山鳩 やまばと	岩木 いわき	〔峙〕そばたつ
山吹 やまぶき	山脈 さんみゃく・や まなみ	山裾 やますそ	岩清水 いわしみず	〔峡〕きょう・かい
山車 だんじり・だし	山桜 やまざくら	山蜂 やまばち	岩田帯 いわたおび	峡江 きょうこう
山系 さんけい	山桜桃 ゆすら	山葵 わさび	岩石 がんせき	峡谷 きょうこく
山河 さんか	山鳥 やまどり	山窟 さんくつ	岩床 がんしょう	峡間 きょうかん
山国 やまぐに	山崩 やまくずれ	山腹 さんぷく	岩室 いわむろ	峡湾 きょうわん
山苞 やまづと	山掛 やまかけ	山塞 さんさい	岩風呂 いわぶろ	〔峨〕が
山東菜 さんとうな	山陰 さんいん・やま かげ	山塊 さんかい	岩屋 いわや	峨峨 がが
山門 さんもん	山勘 やまかん	山査子 さんざし	岩根 いわね	〔峰〕ほう・ぶ・ね・ おろ・みね
山林 さんりん	山猫 やまねこ	山鉾 やまぼこ	岩乗 がんじょう	峰入 みねいり
山雨 さんう	山雪 やまゆき	山際 やまぎわ	岩組 いわぐみ	峰打 みねうち
山並 やまなみ	山雀 やまがら	山駕籠 やまかご	岩魚 いわな	〔島〕とう・しま
山岸 やまぎし	山道 さんどう・やま みち	山鳴 やまなり	岩畳 がんじょう	島山 しまやま
山岨 やまそわ	山野 さんや	山端 やまのは	岩場 いわば	島台 しまだい
山法師 やまほうし	山陵 さんりょう	山僧 さんそう	岩間 いわま	島民 とうみん
山岳 さんがく	山頂 さんちょう	山窩 さんか	岩棚 いわだな	島田 しまだ
山幸 やまさち・やま のさち	山菜 さんさい	山賤 やまがつ	岩塩 がんえん	島宇宙 しまうちゅ
山荒 やまあらし	山砦 さんさい	山膚 やまはだ	岩窟 がんくつ	島巡 しまめぐり
山畑 やまばた	山梔子 くちなし	山霊 さんれい	岩群 いわむら	島守 しまもり
山背 やませ	山番 やまばん	山積 さんせき・やま づみ	岩漿 がんしょう	島伝 しまづたい
山狩 やまがり	山葡萄 やまぶどう	山懐 やまふところ	岩盤 がんばん	島抜 しまぬけ
山風 やまかぜ	山越 やまごし・やま ごえ	山嶺 さんれい	岩膚 いわはだ	島国 しまぐに
山彦 やまびこ	山奥 やまおく	山繭 やままゆ	岩頭 がんとう	島流 しまながし
山茱萸 さんしゅゆ	山盛 やまもり	山襞 やまひだ	岩燕 いわつばめ	島破 しまやぶり
山相 さんそう	山嵐 やまおろし	山鯨 やまくじら	岩壁 がんぺき	島根 しまね
山茶花 さざんか		山巓 さんてん	岩礁 がんしょう	島島 しまじま
山神 さんじん・やま のかみ		山麓 さんろく	岩襖 いわぶすま	島陰 しまかげ
		山籠 やまごもり	岩磯 いわいそ	島脱 しまぬけ
			岩躑躅 いわつつじ	島隠 しまがくれ
				島影 しまかげ

島嶼 とうしょ	嵩高 かさだか	学兄 がっけい	学僧 がくそう	単軌 たんき
〔峻〕しゅん	嵩張 かさばる	学用品 がくようひん	学資 がくし	単音 たんおん
峻別 しゅんべつ	〔嶄〕ざん	学匠 がくしょう	学閥 がくばつ	単科大学 たんかだいがく
峻拒 しゅんきょ	嶄然 ざんぜん	学名 がくめい	学歴 がくれき	単純 たんじゅん
峻烈 しゅんれつ	〔嶺〕れい・みね・ね	学会 がっかい	学歴工場 がくれきこうじょう	単記 たんき
峻嶮 しゅんけん	〔巍〕ぎ	学年 がくねん	学際 がくさい	単級 たんきゅう
峻嶺 しゅんれい	巍然 ぎぜん	学芸 がくげい	学課 がっか	単座 たんざ
峻厳 しゅんげん	巍巍 ぎぎ	学位 がくい	学僕 がくぼく	単細胞 たんさいぼう
〔崇〕すう・あがむ・あがめる		学究 がっきゅう	学徳 がくとく	単産 たんさん
崇高 すうこう	ツ 部	学制 がくせい	学説 がくせつ	単眼 たんがん
崇拝 すうはい		学長 がくちょう	学監 がっかん	単葉 たんよう
崇敬 すうけい	〔労〕ろう・ろうする・いたつき・いたわる・いたわしい・ねぎらう	学的 がくてき	学寮 がくりょう	単勝 たんしょう
〔嶮〕けん	労力 ろうりょく	学典 がくてん	学齢 がくれい	単試合 たんしあい
嶮所 けんしょ	労災 ろうさい	学事 がくじ	学績 がくせき	単数 たんすう
嶮峻 けんしゅん	労作 ろうさく	学卒 がくそつ	学識 がくしき	単調 たんちょう
嶮難 けんなん	労役 ろうえき	学舎 がくしゃ・まなびや	学籍 がくせき	単語 たんご
〔崎〕さき・みさき	労使 ろうし	学府 がくふ	〔単〕たん・ぜん・ひとえ・たんなる	単線 たんせん
〔崖〕がけ	労金 ろうきん	学者 がくしゃ	単一 たんいつ	単機 たんき
崖道 がけみち	労苦 ろうく	学科 がっか	単刀直入 たんとうちょくにゅう	単騎 たんき
〔崩〕ほう・くずれる・くずれ・くず す・ほうずる・くずし	労咳 ろうがい	学修 がくしゅう	単元 たんげん	〔栄〕えい・さかえ・さかえる・はえ
	労相 ろうしょう	学界 がっかい	単文 たんぶん	栄行 さかゆき
	労務 ろうむ	学則 がくそく	単複 たんぷく	栄光 えいこう
崩字 くずしじ	労基法 ろうきほう	学風 がくふう	単方 たんほう	栄位 えいい
崩書 くずしがき	労組 ろうくみ	学派 がくは	単打 たんだ	栄典 えいてん
崩御 ほうぎょ	労賃 ろうちん	学院 がくいん	単本位 たんほんい	栄枯 えいこ
崩落 ほうらく	労農 ろうのう	学徒 がくと	単弁 たんべん	栄冠 えいかん
崩潰 ほうかい	労農同盟 ろうのうどうめい	学校 がっこう	単式 たんしき	栄辱 えいじょく
崩壊 ほうかい	労働 ろうどう	学務 がくむ	単糸 たんし	栄称 えいしょう
〔嵌〕かん・はまる・はめる	労働者 ろうどうしゃ	学級 がっきゅう	単字字典 たんじじてん	栄華 えいが
嵌入 かんにゅう	労働者大学 ろうどうしゃだいがく	学部 がくぶ	単色 たんしょく	栄進 えいしん
嵌木細工 はめきざいく	労資 ろうし	学都 がくと	単行 たんこう	栄転 えいてん
嵌込 はめこみ・はめこむ	労銀 ろうぎん	学術 がくじゅつ	単身 たんしん	栄達 えいたつ
嵌役 はまりやく	〔学〕がく・まなぶ・まなび・まねぶ	学習 がくしゅう	単利 たんり	栄誉 えいよ
嵌殺 はめころし	学力 がくりょく	学問 がくもん	単作 たんさく	栄養 えいよう
嵌絵 はめえ	学才 がくさい	学理 がくり	単位 たんい	栄爵 えいしゃく
嵌頓 かんとん	学士 がくし	学窓 がくそう	単体 たんたい	栄螺 さざえ
〔嵐〕らん・あらし	学区 がっく	学期 がっき	単車 たんしゃ	栄職 えいしょく
嵐気 らんき	学内 がくない	学割 がくわり	単舎利別 たんしゃりべつ	栄耀 えよう・えいよう
〔嵩〕すう・かさ・かさむ	学外 がくがい	学殖 がくしょく	単板 たんばん	〔挙〕きょ・あがる・あげる・こぞる・こぞって
嵩上 かさあげ	学生 がくせい	学報 がくほう	単価 たんか	挙手 きょしゅ
	学友 がくゆう	学帽 がくぼう	単独 たんどく	挙止 きょし
		学童 がくどう	単発 たんぱつ	
		学費 がくひ		
		学業 がくぎょう		
		学園 がくえん		

挙用 きょよう	覚書 おぼえがき	芒種 ぼうしゅ	芸当 げいとう	花心 かしん
挙世 きょせい	覚悟 かくご	〔芝〕し・しば	芸名 げいめい	花文字 はなもじ
挙句 あげく	覚醒 かくせい	芝山 しばやま	芸妓 げいぎ	花円 はなまる
挙式 きょしき	〔誉〕よ・ほまれ・ほ	芝刈 しばかり	芸所 げいどころ	花片 かへん・はなびら
挙行 きょこう	める・ほめそやす・	芝生 しばふ	芸者 げいしゃ	
挙足 あげあし	ほめちぎる	芝地 しばち	芸事 げいごと	花毛氈 はなもうせん
挙兵 きょへい	誉称 ほめたたえる	芝居 しばい	芸林 げいりん	
挙例 きょれい	〔厳〕ごん・げん・げ	芝草 しばくさ	芸苑 げいえん	花立 はなたて
挙国 きょこく	んたる・げんとし	芝海老 しばえび	芸界 げいかい	花札 はなふだ
挙党 きょとう	て・げんに・いかめ	芝原 しばはら	芸風 げいふう	花弁 かき
挙措 きょそ	しい・おごそか・き	芝蝦 しばえび	芸能 げいのう	花氷 はなごおり
挙動 きょどう	びしい・いかつい	〔芋〕いも	芸域 げいいき	花生 はないけ
挙証 きょしょう	厳父 げんぷ	芋子 いものこ	芸術 げいじゅつ	花代 はなだい
〔巣〕そう・す・すく	厳正 げんせい	芋虫 いもむし	芸道 げいどう	花弁 かべん
う・すがく	厳令 げんれい	芋名月 いもめいげ	芸無 げいなし	花台 かだい
巣引 すびき	厳冬 げんとう	つ	芸談 げいだん	花守 はなもり
巣立 すだち・すだつ	厳刑 げんけい	芋刺 いもざし	〔芙〕ふ	花尽 はなづくし
巣窟 そうくつ	厳守 げんしゅ	芋茎 ずいき	芙蓉 ふよう	花色 はないろ
巣箱 すばこ	厳存 げんそん	芋版 いもばん	〔芽〕が・げ・め・め	花合 はなあわせ
巣離 すばなれ	厳戒 げんかい	芋粥 いもがゆ	ぐむ	花自動車 はなじど
巣籠 すごもる	厳君 げんくん	芋幹 いもがら	芽立 めだち・めだつ	うしゃ
〔営〕えい・いとな	厳命 げんめい	芋蔓 いもづる	芽出 めだし	花言葉 はなことば
む・いとなみ	厳重 げんじゅう	芋頭 いもがしら	芽出度 めでたい	花冷 はなびえ
営内 えいない	厳修 ごんしゅ	〔勺〕しゃく	芽生 めばえ・めばえ	花形 はながた
営外 えいがい	厳封 げんぷう	勺薬 しゃくやく	る	花束 はなたば
営団 えいだん	厳科 げんか	〔芳〕ほう・かぐわし	芽吹 めぶく	花車 きゃしゃ
営利 えいり	厳秘 げんぴ	い・かんばしい・こ	芽差 めざす	花車方 かしゃかた
営舎 えいしゃ	厳格 げんかく	うばしい	芽胞 がほう	花見 はなみ
営林 えいりん	厳探 げんたん	芳心 ほうしん	芽接 めつぎ	花町 はなまち
営門 えいもん	厳密 げんみつ	芳名 ほうめい	〔芭〕は・ば	花吹雪 はなふぶき
営所 えいしょ	厳暑 げんしょ	芳志 ほうし	芭蕉 ばしょう	花花 はなばなしい
営為 えいい	厳粛 げんしゅく	芳香 ほうこう	〔芥〕かい・あくた	花作 はなつくり
営造 えいぞう	厳達 げんたつ	芳信 ほうしん	芥子 からし・けし	花実 はなみ
営庭 えいてい	厳寒 げんかん	芳烈 ほうれつ	芥子人形 けしにん	花房 はなぶさ
営倉 えいそう	厳然 げんぜん	芳書 ほうしょ	ぎょう	花林糖 かりんとう
営巣 えいそう	厳禁 げんきん	芳恩 ほうおん	芥子坊主 けしぼう	花押 かおう
営営 えいえい	厳罰 げんばつ	芳紀 ほうき	ず	花茎 かけい
営業 えいぎょう	厳酷 げんこく	芳情 ほうじょう	芥子泥 からしでい	花明 はなあかり
営農 えいのう	厳談 げんだん	芳墨 ほうぼく	芥子粒 けしつぶ	花首 はなくび
営養 えいよう	厳選 げんせん	芳醇 ほうじゅん	芥子菜 からしな	花活 はないけ
営繕 えいぜん		〔芯〕しん	芥子頭 けしあたま	花畑 はなばたけ
〔覚〕かく・おぼえ・	++ 部	芯地 しんじ	〔芬〕ふん	花相撲 はなずもう
おぼえる・おぼし	〔艾〕がい・げいもぐ	〔芸〕げい	芬芬 ふんぷん	花柳 かりゅう
い・さとる・さと	さ・よもぎ	芸人 げいにん	〔芹〕きん・せり	花持 はなもち
り・さます・さめる	〔芒〕ぼう・のぎ・の	芸才 げいさい	〔花〕か・はな	花屋敷 はなやしき
覚束無 おぼつかな	げ・すすき	芸子 げいこ	花入 はないれ	花軍 はないくさ
い	芒洋 ぼうよう	芸文 げいぶん	花火 はなび	花冠 かかん

花茨 はないばら
花便 はなだより
花信 かしん
花粉 かふん
花瓶 かびん・はながめ
花時 はなどき
花時計 はなどけい
花骨牌 はなガルタ
花莫蓙 はなござ
花紙 はながみ
花息 はないき
花盗人 はなぬすびと
花梗 かこう
花盛 はなざかり
花野 はなの
花崗岩 かこうがん
花菖蒲 はなあやめ・はなしょうぶ
花菜 かさい
花鳥 かちょう
花梨 かりん
花笠 はながさ
花祭 はなまつり
花紺 はなこん
花道 はなみち
花軸 かじく
花落 はなおち
花嵐 はなあらし
花御堂 はなみどう
花街 はなまち
花筒 はなづつ
花道 かどう
花筐 はながたみ
花結 はなむすび
花婿 はなむこ
花電車 はなでんしゃ
花椰菜 はなやさい
花席 はなむしろ
花園 はなぞの
花嫁 はなよめ
花筵 はなむしろ
花暦 はなごよみ
花魁 おいらん

花緒 はなお
花軬 はなむこ
花輪 はなわ
花器 かき
花蕊 かずい
花鋏 はなばさみ
花穂 かすい
花壇 かだん
花橘 はなたちばな
花薄 はなすすき
花曇 はなぐもり
花環 はなわ
花簪 はなかんざし
花譜 かふ
花蘇芳 はなずおう
花籠 はなかご
花籤 はなくじ
花鰹 はながつお
〔芦〕ろ・あし・よし
〔芍〕す・つた
〔芋〕ちょ・からむし
苧麻 からむし・ちょま
苧環 おだまき
〔苹〕ひょう・へい
苹果 ひょうか・りんご
〔茉〕ばつ・まつ
茉莉 まつり
〔苛〕か・いじめる・いらつ・さいなむ
苛子 いじめっこ
苛立 いらだつ・いらだてる・いらだたしい
苛性 かせい
苛政 かせい
苛苛 いらいら
苛烈 かれつ
苛酷 かこく
苛斂 かれん
〔苦〕く・くるしい・くるしむ・くるしめる・にがい・にがみ
苦力 クーリー
苦心 くしん
苦介 くつめ

苦切 にがりきる
苦手 にがて
苦汁 くじゅう・にがり
苦瓜 にがうり
苦肉 くにく
苦虫 にがむし
苦竹 にがたけ・まだけ
苦行 くぎょう
苦言 くげん
苦労 くろう
苦吟 くぎん
苦役 くえき
苦学 くがく
苦杯 くはい
苦味 くみ
苦味走 にがみばしる
苦苦 にがにがしい
苦界 くかい
苦海 くかい
苦衷 くちゅう
苦悩 くのう
苦笑 くしょう・にがわらい
苦粉 くるしまぎれ
苦渋 くじゅう
苦患 くげん
苦情 くじょう
苦寒 くかん
苦痛 くつう
苦集滅道 くじゅうめつどう
苦悶 くもん
苦戦 くせん
苦塩 にがしお・にがり
苦楽 くらく
苦節 くせつ
苦境 くきょう
苦熱 くねつ
苦慮 くりょ
苦難 くなん
苦闘 くとう
〔若〕じゃく・にゃく・しく・もし・わ

か・わかい・わかき・わかさ・わかし・わかぶ・わかゆ
若人 わかうど・わこうど
若干 じゃっかん・そばく・そくばく
若木 わかぎ
若夫 もしそれ
若水 わかみず
若手 わかて
若白髪 わかしらが
若死 わかじに
若朽 じゃっきゅう
若気 わかぎ・わかげ
若年 じゃくねん
若年寄 わかどしより
若向 わかむき
若妻 わかづま
若君 わかぎみ
若芽 わかめ
若禿 わかはげ
若作 わかづくり
若者 わかいもの・わかもの
若枝 わかえだ
若松 わかまつ
若若 わかわかしい
若返 わかがえる
若草 わかくさ
若宮 わかみや
若書 わかがき
若党 わかとう
若造 わかぞう
若盛 わかざかり
若菜 わかな
若湯 わかゆ
若隠居 わかいんきょ
若紫 わかむらさき
若葉 わかば
若衆 わかしゅ・わかいしゅ
若様 わかさま
若殿 わかとの

若殿原 わかとのばら
若僧 わかぞう
若緑 わかみどり
若潮 わかしお
若輩 じゃくはい
若蔵 わかぞう
若燕 わかいつばめ
若鮎 わかあゆ
若齢 じゃくれい
若鷺 わかさぎ
〔茂〕も・ぼう・しげる・しげみ・もし
茂合 しげりあう
〔茅〕ぼう・かや
茅戸 かやと
茅花 つばな
茅屋 ぼうおく
茅草 ちがや
茅渟鯛 ちぬだい
茅葺 かやぶき
茅蜩 ひぐらし
〔茄〕か・なす・なすび
茄子 なす・なすび
茄子紺 なすこん
〔苫〕せん・とま
苫舟 とまぶね
苫屋 とまや
苫葺 とまぶき
〔首〕ぼく・もく
首苜蓿 うまごやし
〔苗〕びょう・みょう・なえ
苗木 なえぎ
苗代 なわしろ
苗字 みょうじ
苗床 なえどこ
苗圃 びょうほ
苗裔 びょうえい
〔英〕えい・はなぶさ
英才 えいさい
英文 えいぶん
英文学 えいぶんがく
英主 えいしゅ
英字 えいじ
英気 えいき

英名 えいめい	さむ	荒塗 あらぬり	草画 そうが	〔荘〕しょう・そう
英図 えいと	荒亡 こうぼう	荒筵 あらむしろ	草帚 くさぼうき	荘子 そうし
英作文 えいさくぶん	荒土 こうど	荒誕 こうたん	草物 くさもの	荘重 そうちょう
英学 えいがく	荒天 こうてん	荒模様 あれもよう	草肥 くさごえ	荘園 しょうえん
英法 えいほう	荒木 あらき	荒膚 あれはだ	草枯 くさがれ	荘厳 しょうごん・そうごん
英明 えいめい	荒木田土 あらきだつち	荒蕪 こうぶ	草相撲 くさずもう	〔茵〕いん・しとね
英知 えいち	荒立 あらだつ・あらだてる	荒稼 あらかせぎ	草屋 そうおく・くさや	〔茴〕うい・かい
英和 えいわ	荒仕事 あらしごと	荒磯 あらいそ・ありそ	草屋根 くさやね	茴香 ういきょう
英姿 えいし	荒布 あらめ	荒壁 あらかべ	草臥 くたびれる・くたびれ	〔茶〕ちゃ・さ
英俊 えいしゅん	荒地 あれち	荒療治 あらりょうじ	草臥儲 くたびれうけ	茶人 ちゃじん
英訳 えいやく	荒夷 あらえびす	荒縄 あらなわ	草昧 そうまい	茶入 ちゃいれ
英断 えいだん	荒行 あらぎょう	〔荊〕けい・いばら	草草 そうそう	茶子 ちゃのこ
英略 えいりゃく	荒肌 あれはだ	荊妻 けいさい	草食 そうしょく	茶巾 ちゃきん
英雄 えいゆう	荒言 こうげん	荊棘 けいきょく・いばら・ばら	草案 そうあん	茶化 ちゃかす
英資 えいし	荒技 あらわざ	〔茜〕せん・あかね	草原 そうげん・くさはら・くさわら	茶目 ちゃめ
英傑 えいけつ	荒狂 あれくるう	〔茸〕じょう・きのこ・たけ	草根 そうこん・くさのね	茶代 ちゃだい
英語 えいご	荒肝 あらぎも	茸狩 たけがり	草書 そうしょ	茶宇 ちゃう
英魂 えいこん	荒波 あらなみ	〔茘〕れい・り	草莽 そうもう	茶托 ちゃたく
英領 えいりょう	荒法師 あらほうし	茘枝 れいし	草紙 そうし	茶会 ちゃかい
英霊 えいれい	荒性 あれしょう	〔草〕くさ・くさ	草庵 そうあん・くさのいおり	茶色 ちゃいろ
英邁 えいまい	荒者 あらくれもの	草入水晶 くさいりずいしょう	草率 そうそつ	茶気 ちゃき
〔苺〕ばい・いちご	荒事 あらごと	草丈 くさだけ	草深 くさぶかい	茶臼 ちゃうす
〔苞〕ほう・つと	荒武者 あらむしゃ	草子 そうし	草薬 くさば	茶杓 ちゃしゃく
〔苟〕こう・もし・いやしくも	荒果 あれはてる	草山 くさやま	草堂 そうどう	茶坊主 ちゃぼうず
〔苔〕たい・こけ・こけむす	荒物 あらもの	草刈 くさかり	草野球 くさやきゅう	茶利 ちゃり
苔桃 こけもも	荒神 こうじん	草木 そうもく・くさき	草笛 くさぶえ	茶呑 ちゃのみ
苔清水 こけしみず	荒巻 あらまき	草木瓜 くさぼけ	草魚 そうぎょ	茶店 ちゃてん・ちゃみせ
〔苑〕えん・おん・うつ・その	荒城 こうじょう	草双紙 くさぞうし	草葺 くさぶき	茶房 さぼう
〔茎〕きょう・けい・とう・くき	荒屋 あばらや	草分 くさわけ	草創 そうそう	茶味 ちゃみ
〔茫〕ぼう	荒馬 あらうま	草市 くさいち	草蜉蝣 くさかげろう	茶事 ちゃじ
茫洋 ぼうよう	荒削 あらけずり	草本 そうほん	草摺 くさずり	茶所 ちゃどころ
茫茫 ぼうぼう	荒荒 あらあらしい	草生 くさむす	草箒 くさぼうき	茶室 ちゃしつ
茫然 ぼうぜん	荒家 あばらや	草地 そうち・くさち	草餅 くさもち	茶亭 ちゃてい
茫漠 ぼうばく	荒海 あらうみ	草色 くさいろ	草鞋 わらじ	茶柱 ちゃばしら
〔茨〕し・いばら・うばら	荒唐 こうとう	草仮名 そうがな	草履 ぞうり	茶柄杓 ちゃびしゃく
〔荒〕こう・あらい・あらくれる・あらず・あらっぽい・あらびる・あららか・あららげる・あれ・あれる・すさぶ・す	荒原 こうげん	草花 くさばな	草稿 そうこう	茶屋 ちゃや
	荒砥 あらと	草体 そうたい	草藪 くさやぶ	茶茶 ちゃちゃ
	荒淫 こういん	草卒 そうそつ	草競馬 くさけいば	茶盆 ちゃぼん
	荒涼 こうりょう	草苺 くさいちご	草亀 くさがめ	茶庭 ちゃてい
	荒野 あらの・あれの	草枕 くさまくら		茶席 ちゃせき
	荒菰 あらごも	草取 くさとり		茶瓶 ちゃびん
	荒廃 こうはい			茶釜 ちゃがま
	荒筋 あらすじ			茶渋 ちゃしぶ
	荒寥 こうりょう			
	荒漠 こうばく			

茶掛 ちゃがけ	荏油 えのあぶら	荷担 かたん・にかつぎ	華厳 かごん	える・もやし・もやす
茶匙 ちゃさじ	荏苒 じんぜん	荷受 にうけ	華麗 かれい	萌出 もえでる
茶菓 ちゃか・さか	荏胡麻 えごま	荷物 にもつ	華鬘 けまん	萌芽 ほうが
茶菓子 ちゃがし	〔茹〕じゅ・じょ・ゆ だる・ゆでる	荷為替 にがわせ	〔菫〕きん・すみれ	萌黄 もえぎ
茶袋 ちゃぶくろ	茹小豆 ゆであずき	荷送 におくり	〔菠〕ほう・は	萌葱 もえぎ
茶湯 ちゃのゆ	茹上 ゆであがる	荷拵 にごしらえ	菠薐草 ほうれんそう	〔菌〕きん・くさびら・きのこ・たけ
茶壺 ちゃつぼ	茹卵 うでたまご	荷重 かじゅう・におも	〔菅〕かん・すが・すげ	菌糸 きんし
茶焙 ちゃほうじ	茹溢 ゆでこぼす	荷卸 におろし	菅笠 すげがさ	菌種 きんしゅ
茶道 ちゃどう・さどう	茹蛸 ゆでだこ	荷馬 にうま	菅垣 すががき	菌類 きんるい
茶道具 ちゃどうぐ	〔茲〕し・ここ	荷捌 にさばき	菅薦 すがこも	〔菜〕さい・な
茶棚 ちゃだな	〔莞〕かん・ふとい	荷造 にづくり	〔菩〕ぼ	菜切 なきり
茶殻 ちゃがら	莞爾 かんじ	荷船 にぶね	菩提 ぼだい	菜花 なのはな
茶粥 ちゃがゆ	〔莨〕ろう・たばこ	荷動 にうごき	菩薩 ぼさつ	菜果 さいか
茶間 ちゃのま	〔莢〕きょう・さや	荷揚 にあげ	〔菱〕りょう・ひし	菜畑 なばたけ
茶飯 ちゃめし	莢豆 さやまめ	荷電 かでん	菱形 りょうけい・ひしがた	菜食 さいしょく
茶飯事 さはんじ	莢隠元 さやいんげん	荷駄 にだ	菱餅 ひしもち	菜葉 なっぱ
茶飲 ちゃのみ	莢豌豆 さやえんどう	荷嵩 にがさ	〔著〕じゃく・ちゃく・ちょ・あらわす・いちじるしい・きる・しるし・しるけし	菜園 さいえん
茶筒 ちゃづつ	〔莫〕ばく・まく・ぼ・なかれ	荷鞍 にぐら		菜漬 なづけ
茶筅 ちゃせん	莫大 ばくだい	荷積 にづみ	著大 ちょだい	菜箸 さいばし
茶話 ちゃわ・ちゃばなし	莫太 ばくだい・はくたい	荷縄 になわ	著名 ちょめい	菜種 なたね
茶話会 さわかい	莫迦 ばか	〔荻〕てき・おぎ	著作 ちょさく	菜館 さいかん
茶碗 ちゃわん	莫逆 ばくぎゃく	〔荅〕がん・かん・つ・ほみ	著者 ちょしゃ	〔菲〕ひ
茶園 ちゃえん・さえん	莫連 ばくれん	〔莇〕ぼう・いちび	著述 ちょじゅつ	菲才 ひさい
茶継 ちゃだち	〔莧〕かん・けん・げん・ひゆ	蒟麻 いちび	著書 ちょしょ	〔萎〕い・しおれる・しおる・しなびる・しぼむ・なえる・なえばむ・なゆ
茶番 ちゃばん	〔茶〕だ	〔莫〕こ	著裁 しゃが	
茶腹 ちゃばら	茶毗 だび	莫蓙 ござ	著減 ちょげん	萎黄病 いおうびょう
茶漉 ちゃこし	〔莓〕ばい・いちご・こけ	〔華〕か・け・げ・はな・はなやか	著増 ちょぞう	萎縮 いしゅく
茶漬 ちゃづけ	〔荷〕か・に・にない・になう・の	華人 かじん	著聞 ちょぶん	萎靡 いび
茶褐色 ちゃかっしょく	荷下 におろし	華氏 かし	著録 ちょろく	〔菊〕きく
茶摘 ちゃつみ	荷厄介 にやっかい	華甲 かこう	〔菘〕しゅう・すう・すずな	菊日和 きくびより
茶寮 ちゃりょう・さりょう	荷引 にびき	華字 かじ	〔菰〕こ・こも・まこも	菊月 きくづき
茶請 ちゃうけ	荷主 にぬし	華車 きゃしゃ	菰蓆 こもむしろ	菊半裁 きくはんせつ
茶器 ちゃき	荷札 にふだ	華美 かび	〔菓〕か	菊芋 きくいも
茶箱 ちゃばこ	荷台 にだい	華胥 かしょ	菓子 かし	菊判 きくばん
茶舗 ちゃほ	荷扱 にあつかい	華冑 かちゅう	〔菖〕しょう	菊菜 きくな
茶簞笥 ちゃだんす	荷車 にぐるま	華華 はなばなしい	菖蒲 しょうぶ・あやめ	菊節句 きくのせっく
〔茱〕しゅ	荷足 にあし・にたり	華商 か	〔萌〕ほう・きざし・きざす・めぐむ・も	菊戴 きくいただき
茱萸 ぐみ	荷作 にづくり	華族 かぞく		〔菎〕こん
〔茗〕めい・みょう・べい	荷役 にやく	華奢 きゃしゃ		菎蒻 こんにゃく
茗荷 みょうが		華道 かどう		〔萆〕ひ
〔荏〕にん・じん・え		華語 かご		萆麻 ひま
		華僑 かきょう		
		華燭 かしょく		

〔落〕らく・おち・おちる・おつ・おとし・おとす	がき	は	〔葦〕い・あし・よし	がま
落丁 らくちょう	落莫 らくばく	葉月 はづき	葦戸 よしど	蒲公英 たんぽぽ
落入 おちいる・おちいり・おとしいれる	落紙 おとしがみ	葉末 はずえ	葦切 よしきり	蒲団 ふとん
落人 おちうど・おちびと・おちゅうど	落涙 らくるい	葉虫 はむし	葦手書 あしでがき	蒲色 かばいろ
落下 らっか	落球 らっきゅう	葉竹 はだけ	葦毛 あしげ	蒲柳 ほりゅう
落子 おとしご	落第 らくだい	葉状 ようじょう	葦辺 あしべ	蒲焼 かばやき
落口 おちぐち	落剥 らくはく	葉牡丹 はぼたん	葦原 あしはら	蒲鉾 かまぼこ
落文 おとしぶみ	落魚 おちうお	葉身 ようしん	葦原雀 よしわらすずめ	〔蒟〕こん・く
落日 らくじつ	落落 おちおち	葉武者 はむしゃ	葦笛 あしぶえ	蒟蒻 こんにゃく
落手 らくしゅ	落葉 おちば・らくよう	葉物 はもの	葦登 よしのぼり	〔蓑〕さ・みの
落主 おとしぬし	落着 らくちゃく・おちつき・おちつく・おちつける	葉音 はおと	葦間 あしま	蓑毛 みのげ
落穴 おとしあな		葉柄 ようへい	葦簀 よしず	蓑虫 みのむし
落玉子 おとしたまご	落着払 おちつきはらう	葉巻 はまき	葦簾 よしず	蓑亀 みのがめ
落石 らくせき	落款 らっかん	葉面 ようめん	〔韮〕きゅう・にら	〔蓆〕せき・むしろ
落札 らくさつ・おちふだ	落雁 らくがん	葉茶 はじゃ	〔葺〕しゅう・ふく	蓆旗 むしろばた
落付 おちつき・おちつける	落陽 らくよう	葉風 はかぜ	葺板 ふきいた	〔蓄〕ちく・たくわえ・たくわえる
落込 おちこむ	落掌 らくしょう	葉桜 はざくら	葺替 ふきかえ	蓄音機 ちくおんき
落目 おちめ	落葉松 からまつ	葉書 はがき	〔葛〕かつ・かずら・くず・つづら	蓄財 ちくざい
落字 らくじ	落筆 らくひつ	葉脈 ようみゃく	葛折 つづらおり	蓄電 ちくでん
落成 らくせい	落話 おとしばなし	葉陰 はかげ	葛粉 くずこ	蓄髪 ちくはつ
落伍 らくご	落様 おちざま	葉菜類 ようさいるい	葛桜 くずざくら	蓄蔵 ちくぞう
落行 おちゆく	落蓋 おとしぶた		葛掛 くずかけ	蓄積 ちくせき
落花 らっか	落雷 らくらい	葉煙草 はたばこ	葛湯 くずゆ	蓄膿症 ちくのうしょう
落延 おちのびる	落飾 らくしょく	葉越 はごし	葛溜 くずだまり	〔蒙〕もう・こうむる
落体 らくたい	落窪 おちくぼむ	葉腋 ようえき	葛餅 くずもち	蒙古斑 もうこはん
落果 らくか	落語 らくご	葉裏 はうら	葛練 くずねり	蒙昧 もうまい
落居 らっきょ	落髪 らくはつ	葉群 はむら	葛餡 くずあん	蒙塵 もうじん
落命 らくめい	落潮 らくちょう・おちしお	葉酸 ようさん	葛藤 かっとう・つづらふじ	〔蒜〕さん・にんにく・く
落武者 おちむしゃ	落慶 らっけい	葉隠 はがくれ	葛籠 つづら	〔蓍〕し・めどき
落物 おとしもの	落選 らくせん	葉緑素 ようりょくそ	〔萼〕がく・うてな	蓍萩 めどはぎ
落度 おちど	落盤 らくばん		〔萵〕わ	〔蓋〕かい・がい・こう・おおう・けだし・ふた
落差 らくさ	落磐 らくばん	葉擦 はずれ	萵苣 ちさ・ちしゃ	蓋世 がいせい
落首 らくしゅ	落穂 おちぼ	葉叢 はむら	〔萩〕しゅう・はぎ	蓋明 ふたあけ
落馬 らくば	落魄 らくはく・おちぶれる	葉蘭 はらん	〔葡〕ほ・ぶ	蓋物 ふたもの
落城 らくじょう	落噺 おとしばなし	葉鶏頭 はげいとう	葡萄 ぶどう	〔蓮〕れん・はす・はちす
落後 らくご	落鮎 おちあゆ	〔葬〕そう・ほうむる	葡萄茶 えびちゃ	蓮台 れんだい
落胆 らくたん	落縁 おちえん	葬礼 そうれい	〔葱〕そう・き・ねぎ	蓮糸 はすいと
落胤 らくいん・おとしだね	落籍 らくせき・ひかす	葬式 そうしき	葱坊主 ねぎぼうず	蓮歩 れんぽ
	〔葷〕くん	葬列 そうれつ	〔萆〕りつ・むぐら・もぐら	蓮根 れんこん
落書 らくしょ・らくがき	葷酒 くんしゅ	葬具 そうぐ	〔药〕やく・てき	蓮歩 れんぽ
	〔葉〕よう・しょう・	葬送 そうそう	〔蓚〕しゅう	蓮根 れんこん
		葬祭 そうさい	蓚酸 しゅうさん	蓮華 れんげ
		葬場 そうじょう	〔蒲〕ほ・ふ・かば・	
		葬儀 そうぎ		
		〔葵〕き・あおい		
		〔葭〕か・あし・よし		
		葭戸 よしど		

蓮葉 はすっぱ・はす
は

尊瘡 じょくそう

〔蒸〕じょう・うむ
す・ふかし・ふか
す・むし・むす・む
れる

蒸羊羹 むしようか
ん

蒸気 じょうき

蒸返 むしかえす

蒸直 むしなおす

蒸物 むしもの

蒸風呂 むしぶろ

蒸発 じょうはつ

蒸留 じょうりゅう

蒸菓子 むしがし

蒸焼 むしやき

蒸散 じょうさん

蒸暑 むしあつい

蒸溜 じょうりゅう

蒸器 むしき

蒸鍋 むしなべ

蒸籠 せいろう

〔蒔〕し・じ・まく

蒔付 まきつける・ま
きつけ

蒔肥 まきごえ

蒔絵 まきえ

〔蒼〕そう

蒼天 そうてん

蒼白 そうはく・あお
じろい

蒼術 おけら

蒼古 そうこ

蒼生 そうせい

蒼空 そうくう

蒼穹 そうきゅう

蒼岷 そうぼう

蒼枯 そうこ

蒼茫 そうぼう

蒼海 そうかい

蒼然 そうぜん

蒼蒼 そうそう

蒼鉛 そうえん

蒼蠅 あおばえ

〔蓬〕ほう・ほおけ
る・よもぎ

蓬莱 ほうらい

蓬髪 ほうはつ

〔蒐〕しゅう

蒐荷 しゅうか

蒐書 しゅうしょ

蒐集 しゅうしゅう

〔蓙〕ざ・ござ

〔蔗〕しょ・しゃ

蔗糖 しょとう

〔蔟〕そう・ぞく・まぶ
し・むらがる

〔蓮〕ずい・しべ

〔尊〕しゅん・じゅん
・ぬなわ

尊菜 じゅんさい

〔蔕〕たい・てい・へ
た・ほぞ

〔蓼〕りく・りょう・
たで

〔蔭〕いん・かげ

蔭地 かげち

〔蔓〕まん・かずら・
つる

蔓立 つるだち

蔓生 まんせい

蔓延 まんえん・はび
こる

蔓茘枝 つるれいし

蔓草 つるくさ

蔓植物 つるしょく
ぶつ

蔓質 つるだち

〔蔑〕べつ・さげしみ
・さげすみ・ないが
しろ・なみす

蔑如 べつじょ

蔑称 べっしょう

蔑視 べっし

〔蔀〕ほう、しとみ

〔慕〕ぼ・したう・し
たわしい

慕情 ぼじょう

〔蔦〕ちょう・つた

蔦紅葉 つたもみじ

蔦葛 つたかずら

蔦蔓 つたかずら

〔蔽〕とう・つたよ
う・とろかす・とろ
ける

湯尽 とうじん

蕩児 とうじ

蕩蕩 とうとう

〔蕊〕ずい・しべ

〔蕈〕じん・きのこ・
たけ

〔蕨〕けつ・わらび

〔蕨〕そ

蔬菜 そさい

〔蕋〕ずい・しべ

〔蔵〕ぞう・くら

蔵人 くろうど・くら
んど

蔵入 くらいれ

蔵元 くらもと

蔵払 くらばらい

蔵本 ぞうほん

蔵出 くらだし

蔵米 くらまい

蔵店 くらませ

蔵版 ぞうはん

蔵相 ぞうしょう

蔵屋敷 くらやしき

蔵浚 くらざらえ

蔵書 ぞうしょ

蔵匿 ぞうとく

蔵経 ぞうきょう

蔵開 くらびらき

蔵鋒 ぞうほう

〔蕁〕じん・たん

〔蕁麻〕じんま

蕁麻疹 じんましん

〔蕋〕さい・せつ

蕋爾 さいじ

〔蕃〕はん・ばん

蕃地 ばんち

蕃社 ばんしゃ

蕃族 ばんぞく

蕃椒 ばんしょう

蕃殖 はんしょく

〔蕪〕ぶ・かぶ・かぶ
ら

蕪青 かぶら

燕辞 ぶじ

燕雑 ぶざつ

燕稿 ぶこう

〔蕎〕きょう

蕎麦 そば

蕎麦切 そばきり

蕎麦処 そばどころ

蕎麦湯 そばゆ

蕎麦殻 そばがら

蕎麦滓 そばかす

蕎麦掻 そばがき

蕎麦練 そばねり

〔蕉〕しょう

蕉門 しょうもん

蕉風 しょうふう

〔蔽〕へい・おおう

〔薄〕はく・うす・う
すい・うすめる・う
する・うすら・うす
らぐ・うすれる・う
っすり・うっすら・
すすき

薄力粉 はくりきこ

薄刃 うすば

薄口 うすくち

薄日 うすび・うすら
び

薄片 はくへん

薄化粧 うすげしょ
う

薄手 うすで

薄目 うすめ

薄皮 うすかわ

薄氷 はくひょう・う
すごおり

薄白 うすじろい

薄汚 うすぎたない・
うすよごれる

薄羽蜉蝣 うすばか
げろう

薄地 うすじ

薄肉 うすにく

薄気味悪 うすきみ
わるい

薄志 はくし

薄利 はくり

薄幸 はっこう

薄板 うすいた

薄明 はくめい・うす
あかり

薄命 はくめい

薄物 うすもの

薄茶 うすちゃ

薄紅 うすべに

薄馬鹿 うすばか

薄荷 はっか

薄弱 はくじゃく

薄笑 うすらわらい・
うすわらい

薄倖 はっこう

薄紙 うすがみ

薄紗 はくさ

薄雪 うすゆき

薄黒 うすぐろい

薄野呂 うすのろ

薄寒 うすらさむい

薄焼 うすやき

薄着 うすぎ

薄雲 うすぐも

薄陽 うすび・うすひ

薄葉 うすよう

薄暑 はくしょ

薄遇 はくぐう

薄給 はっきゅう

薄様 うすよう

薄塩 うすじお

薄絹 うすぎぬ

薄暗 うすぐらい・う
すくらがり

薄端 うすばた

薄情 はくじょう

薄模様 うすもよう

薄暮 はくぼ

薄墨 うすずみ

薄縁 うすべり

薄薄 うすうす

薄曇 うすぐもり

薄謝 はくしゃ

〔薪〕しん・たきぎ・
まき

薪水 しんすい

薪炭 しんたん

薪割 まきわり

〔薏〕よく・い
薏苡仁 よくいにん
〔蕾〕らい・つぼみ・つぼみ
〔薔〕しょう
薔薇 しょうび・そうび・いばら・うばら・ばら
薔薇色 ばらいろ
〔薨〕こう
薨去 こうきょ
〔薯〕しょ・いも
薯蕷 とろろ・やまいも・やまのいも
薯蕷芋 とろろいも
〔薙〕ち・てい・なぎ・なぎ
薙刀 なぎなた
薙払 なぎはらう
薙伏 なぎふせる
薙倒 なぎたおす
薙髪 ちはつ
〔薊〕かい・けい・あざみ
〔薇〕び・ぜんまい
〔薺〕ろ・ふき
蕗薹 ふきのとう
〔薐〕ろう
薐長 ろうたける
薐纈 ろうけつ
〔薬〕やく・くすり
薬方 くすりほう
薬礼 やくれい
薬玉 くすだま
薬石 やくせき
薬代 やくだい
薬包紙 やくほうし
薬用 やくよう
薬名 やくめい
薬局 やっきょく
薬効 やっこう
薬学 やくがく
薬事 やくじ
薬味 やくみ
薬価 やっか
薬物 やくぶつ
薬研 やげん

薬指 くすりゆび
薬毒 やくどく
薬草 やくそう
薬品 やくひん
薬食 くすりぐい
薬科 やっか
薬酒 やくしゅ
薬害 やくがい
薬効 やっこう
薬剤 やくざい
薬莢 やっきょう
薬師 やくし・くすし
薬殺 やくさつ
薬液 やくえき
薬理 やくり
薬袋 やくたい
薬湯 やくとう・くすりゆ
薬量 やくりょう
薬園 やくえん
薬餌 やくじ
薬種 やくしゅ
薬舗 やくほ
薬籠 やくろう
薬罐 やかん
〔薦〕せん・こも・すすめる・すすむ
薦包 こもづつみ
薦垂 こもだれ
薦被 こもかぶり
薦骨 せんこつ
薦張 こもばり
〔薺〕ざい・なずな
〔蕭〕しょう
蕭条 しょうじょう
蕭殺 しょうさつ
蕭然 しょうぜん
蕭蕭 しょうしょう
〔薹〕たい・とう
〔藉〕しゃ・せき
藉口 しゃこう
〔藁〕こう・わら
藁工品 わらこうひん
藁火 わらび
藁半紙 わらばんし
藁打 わらうち

藁灰 わらばい
藁苞 わらづと
藁沓 わらぐつ
藁屋 わらや
藁紙 わらがみ
藁葺 わらぶき
藁筆 わらふで
藁蒲団 わらぶとん
藁楷 わらしべ
藁履 わらぐつ
〔藪〕す・そう・やぶ
藪入 やぶいり
藪医竹庵 やぶいちくあん
藪医者 やぶいしゃ
藪柑子 やぶこうじ
藪原 やぶはら
藪蚊 やぶか
藪陰 やぶかげ
藪蛇 やぶへび
藪畳 やぶだたみ
藪椿 やぶつばき
藪睨 やぶにらみ
藪蕊 やぶじらみ
藪鶯 やぶうぐいす
〔薫〕くん・かおり・かおる・くんずる
薫物 たきもの
薫香 くんこう
薫染 くんせん
薫風 くんぷう
薫陶 くんとう
〔藩〕はん
藩士 はんし
藩中 はんちゅう
藩王 はんおう
藩主 はんしゅ
藩札 はんさつ
藩学 はんがく
藩邸 はんてい
藩政 はんせい
藩祖 はんそ
藩屏 はんぺい
藩侯 はんこう
藩校 はんこう
藩閥 はんばつ
藩論 はんろん

藩儒 はんじゅ
〔藍〕らん・あい
藍本 らんぽん
藍色 あいいろ
藍青色 らんせいしょく
藍紫色 らんししょく
藍碧 らんぺき
藍綬褒章 らんじゅほうしょう
〔藤〕とう・ふじ
藤八拳 とうはちけん
藤本 とうほん
藤四郎 とうしろう
藤衣 ふじごろも
藤色 ふじいろ
藤波 ふじなみ
藤浪 ふじなみ
藤袴 ふじばかま
藤棚 ふじだな
藤葛 ふじかずら
藤蔓 ふじづる
〔藷〕しょ・いも
〔薩〕さつ・さち
薩埵 さった
薩摩 さつま
〔藜〕らい・れい・あかざ
〔蘊〕うん
蘊奥 うんおう・うんのう
蘊蓄 うんちく
〔藻〕そう・も
藻汐 もしお
藻抜 もぬけ
藻草 もぐさ
藻屑 もくず
藻魚 もうお
藻塩 もしお
藻潮 もしお
藻類 そうるい
〔藹〕あい
藹藹 あいあい
〔蘂〕ずい・しべ
〔藺〕りん・い・いぐさ

蘭草 いぐさ
〔蘇〕そ・す・よみがえる
蘇方 すおう
蘇民将来 そみんしょうらい
蘇生 そせい
蘇芳 すおう
蘇枋 すおう
蘇鉄 そてつ
〔蘆〕ろ・あし・よし
蘆荻 ろてき
蘆頭 ローズ
蘆薈 ろかい・ろえ
〔蘗〕へき・あららぎ
蘭方 らんぽう
蘭虫 らんちゅう
蘭医 らんい
蘭学 らんがく
蘭書 らんしょ
蘭塔 らんとう
蘭語 らんご
蘭鋳 らんちゅう
蘭麝 らんじゃ
〔蘚〕せん・てけ
蘚苔 せんたい
蘚類 せんるい
〔蘖〕げつ・ひこばえ
〔蘩〕はん
蘩蔞 はこべ
〔蘘〕じょう
蘘荷 じょうが

小　部

〔小〕しょう・お・こ・さ・ちいさな・ちいさい・ちさい・こうるさい
小人 こびと・しょうにん
小人物 しょうじんぶつ
小人数 こにんず
小力 こぢから
小刀 こがたな・しょうとう・ちいさがたな

小川 おがわ
小才 しょうさい・こさい
小女 こおんな
小女子 こうなご
小千世界 しょうせんせかい
小子 しょうし
小口 こぐち
小火 ぼや
小太 こぶとり
小太刀 こだち
小太鼓 こだいこ
小文 しょうぶん
小文字 こもじ
小心 しょうしん
小火 しょうか
小水 しょうすい
小月 しょうのつき
小天地 しょうてんち
小引 しょういん
小爪 こづめ
小手球 こでまり
小手 こて
小手回 こてまわし
小止 おやみ・こやみ
小六月 ころくがつ
小分 こわけ
小切 こぎる・こぎれ
小切手 こぎって
小父 おじ
小皿 こざら
小布 こぎれ
小片 しょうへん
小生 しょうせい
小生産 しょうせいさん
小生意気 こなまいき
小市民 しょうしみん
小冊 しょうさつ
小冊子 しょうさっし
小史 しょうし
小出 こだし

小付 こづけ
小包 こづつみ
小正月 こしょうがつ
小用 こよう・しょうよう
小半 こなから
小半斤 こはんぎん
小半日 こはんにち
小半時 こはんとき
小田 おだ
小田巻 おだまき
小田原提灯 おだわらちょうちん
小田原評定 おだわらひょうじょう
小母 おば・おばさん
小舟 おぶね
小気味 こきみ
小米 こごめ
小汚 こぎたない
小成 こせい
小伝 しょうでん
小曲 しょうきょく
小休止 しょうきゅうし
小吉 しょうきち
小会派 しょうかいは
小宇宙 しょううちゅう
小百合 さゆり
小百姓 こびゃくしょう
小当 こあたり
小忙 こぜわしい
小伜 こせがれ
小吏 しょうり
小字 しょうじ・こあざ
小名 しょうみょう
小芋 こいも
小牡鹿 さおしか
小耳 こみみ
小回 こまわり
小体 こてい
小豆 あずき

小別 しょうべつ
小身 しょうしん
小社 しょうしゃ
小序 しょうじょ
小児 しょうに
小見 しょうけん
小見出 こみだし
小弟 しょうてい
小坊主 こぼうず
小技 こわざ
小役人 こやくにん
小利 しょうり
小利口 こりこう
小兵 こひょう
小判 こばん
小走 こばしり
小麦 こむぎ
小男 こおとこ
小男鹿 さおしか
小売 こうり
小芥子 こけし
小町 こまち
小我 しょうが
小形 こがた
小作 こづくり・こさく
小言 こごと
小声 こごえ
小径 しょうけい
小肥 こぶとり
小奇麗 こぎれい
小刻 こきざみ
小事 しょうじ
小店 しょうてん
小店員 しょうてんいん
小国 しょうこく
小雨 こさめ・しょうう
小学 しょうがく
小学校 しょうがっこう
小松 こまつ
小松菜 こまつな
小取回 ことりまわし
小物 こもの

小戻 こもどり
小波 さざなみ
小夜 さよ
小使 こづかい
小突 こづく
小突回 こづきまわす
小姓 こしょう
小夜曲 しょうやきょく
小味 こあじ
小枝 さえだ
小咄 こばなし
小姑 こじゅうと・こじゅうとめ
小股 こまた
小官 しょうかん
小具足 こぐそく
小金 こがね
小冠者 こかんじゃ
小前提 しょうぜんてい
小食 しょうしょく
小胆 しょうたん
小計 しょうけい
小逡 しょうけい
小祠 しょうし
小面憎 こづらにくい
小柄 こづか・こがら
小屋 しょうおく・こや
小指 こゆび
小昼 こひる
小紋 こもん
小便 しょうべん
小勇 しょうゆう
小急 こいそぎ
小春 こはる
小馬鹿 こばか
小品 しょうひん
小乗 しょうじょう
小変 しょうへん
小為替 こがわせ
小型 こがた
小首 こくび
小酌 しょうしゃく

小破 しょうは
小差 しょうさ
小宴 しょうえん
小骨 こぼね
小振 こぶり
小降 こぶり
小連翹 おとぎりそう
小倉 おぐら・こくら
小袖 こそで
小高 こだかい
小料理 こりょうり
小脇 こわき
小栗 ささぐり
小粋 こいき
小浜縮緬 こはまちりめん
小恥 こはずかしい
小娘 こむすめ
小唄 こうた
小梅 こうめ
小納戸 こなんど
小荷駄 こにだ
小荷物 こにもつ
小莫迦 こばか
小害 しょうがい
小党 しょうとう
小座敷 こざしき
小柴 こしば
小書 こがき
小景 しょうけい
小鳥 ことり
小粒 こつぶ
小理屈 こりくつ
小理窟 こりくつ
小欲 しょうよく
小商 こあきない
小異 しょうい
小康 しょうこう
小魚 こざかな
小脳 しょうのう
小細工 こざいく
小菊 こぎく
小陰 こかげ
小雪 しょうせつ
小船 おぶね
小笠原流 おがさわら

らりゅう	小楯 こだて	小鴨 こがも	とがる・とんがる	当季 とうき
小惑星 しょうわくせい	小遣 こづかい	小謡 こうたい	尖声 とがりごえ	当事 あてごと・とうじ
小善 しょうぜん	小槌 こづち	小額 しょうがく	尖兵 せんぺい	当前 あたりまえ
小暑 しょうしょ	小皺 こじわ	小難 しょうなん・こむずかしい	尖頂 せんちょう	当限 とうぎり
小著 しょうちょ	小勢 こぜい	小職 しょうしょく	尖塔 せんとう	当為 とうい
小童 こわっぱ	小僧 こぞう	小競合 こぜりあい	尖端 せんたん	当馬 あてうま
小割 こわり	小僧子 こぞっこ	小躍 こおどり	尖鋭 せんえい	当面 とうめん
小筒 ささえ・こづつ	小揺 こゆるぎ	小癪 こしゃく	尖顔 とがりがお	〔当〕とう・まさに・
小道 こみち	小楊枝 こようじ	小鬢 こびん	〔少〕しょう・すくない・すこし	あたり・あたる・あてる・あたらす・あて
小道具 こどうぐ	小意地 こいじ	〔少〕しょう・すくない・すこし	少女 しょうじょ・おとめ	当人 とうにん
小喧 こやかましい	小意気 こいき	少女 しょうじょ・おとめ	少女子 おとめご	当山 とうざん
小業 こわざ	小腹 こばら	少女子 おとめご	少少 しょうしょう	当月 とうげつ
小量 しょうりょう	小路 こうじ	少少 しょうしょう	少目 すくなめ	当分 とうぶん
小揚 こあげ	小暗 こくらがり・こぐらい	少目 すくなめ	少考 しょうこう	当今 とうこん
小遊星 しょうゆうせい	小男 こじゅうと	少考 しょうこう	少壮 しょうそう	当日 とうじつ
小満 しょうまん	小腰 こごし	少壮 しょうそう	少年 しょうねん	当方 とうほう
小結 こむすび	小論 しょうろん	少年宮 しょうねんきゅう	少年宮 しょうねんきゅう	当代 とうだい
小間切 こまぎれ・こまぎり	小説 しょうせつ	少弐 しょうに	少弐 しょうに	当用 とうよう
小間物 こまもの	小銃 しょうじゅう	小佐 しょうさ	小佐 しょうさ	当込 あてこむ
小間結 こまむすび	小篆 しょうてん	少弟 しょうてい	少弟 しょうてい	当主 とうしゅ
小間使 こまづかい	小銭 こぜに	少国民 しょうこくみん	少国民 しょうこくみん	当外 あてはずれ
小閑 しょうかん	小綬鶏 こじゅけい	少食 しょうしょく	少食 しょうしょく	当世 とうせい
小幅 こはば	小瑠璃 こるり	少時 しょうじ	少時 しょうじ	当付 あてつける・あてつけ
小褄 こづま	小鼻 こばな	少納言 しょうなごん	少納言 しょうなごん	当地 とうち
小寒 しょうかん	小郡 こごおり	少将 しょうしょう	少将 しょうしょう	当先 あてさき
小飲 しょういん	小憎 こにくらしい	少差 しょうさ	少差 しょうさ	当字 あてじ
小過 しょうか	小誌 しょうし	少産少死 しょうさんしょうし	少産少死 しょうさんしょうし	当名 あてな
小隊 しょうたい	小蔭 こかげ	少欲 しょうよく	少欲 しょうよく	当年 あたりどし・とうねん
小笹 おざさ	小綺麗 こぎれい	少異 しょうい	少異 しょうい	当局 とうきょく
小賀玉木 おがたまのき	小潮 こしお	少尉 しょうい	少尉 しょうい	当狂言 あたりきょうげん
小暗 おぐらい	小賢 こざかしい	少量 しょうりょう	少量 しょうりょう	当住 とうじゅう
小話 こばなし・しょうわ	小稿 しょうこう	少閑 しょうかん	少閑 しょうかん	当初 とうしょ
小節 しょうせつ	小輪 しょうりん	少数 しょうすう	少数 しょうすう	当役 あたりやく
小数 しょうすう	小選挙区 しょうせんきょく	少輔 しょうゆう	少輔 しょうゆう	当来 とうらい
小策 しょうさく	小慾 しょうよく	少敵 しょうてき	少敵 しょうてき	当否 とうひ
小腸 しょうちょう	小膝 こひざ	少慾 しょうよく	少慾 しょうよく	当身 あてみ
小鼓 しょうここづみ	小舞 こまい	少額 しょうがく	少額 しょうがく	当社 とうしゃ
小照 しょうしょう	小器 しょうき	少憩 しょうけい	少憩 しょうけい	当所 あてど
小農 しょうのう	小器用 こぎよう	〔尖〕せん・とがらす・	〔尖〕せん・とがらす・	当夜 とうや
小禽 しょうきん	小敵 こてき			当直 とうちょく
小歌 こうた	小篇 しょうへん			当物 あてもの
	小編 しょうへん			
	小頭 こがしら			
	小糠 こぬか			
	小憩 しょうけい			

当逃 あてにげ
当屋 あたりや
当家 とうけ
当流 とうりゅう
当座 とうざ
当時 とうじ・そのかみ
当推量 あてずいりょう
当惑 とうわく
当期 とうき
当然 とうぜん
当道 とうどう
当嵌 あてはめる・あてはまる
当落 とうらく
当散 あたりちらす
当無 あてなし
当番 とうばん
当路 とうろ
当該 とうがい
当意即妙 とういそくみょう
当節 とうせつ
当鉢 あたりばち
当腹 とうふく
当歳 とうさい
当障 あたりさわり
当確 とうかく
当選 とうせん
当箱 あたりばこ
当擦 あててこする・あてこすり
当籤 とうせん
〔肖〕しょう
肖像 しょうぞう
〔尚〕しょう・なお・も・なお
尚又 なおまた

尚以 なおもって
尚古 しょうこ
尚且 なおかつ
尚早 しょうそう
尚更 なおさら
尚尚 なおなお
尚侍 しょうじ
尚武 しょうぶ
尚書 しょうしょ
尚歯 しょうし
尚蔵 しょうぞう
〔尠〕せん・すくない
尠少 せんしょう

屮 部

〔屮〕そう・てっ・くさ
〔屯〕とん・たむろ
屯田 とんでん
屯所 とんしょ
屯営 とんえい

夕 部

〔夕〕せき・じゃく
　ゆう・ゆうべ
夕日 ゆうひ
夕月 ゆうづき
夕月夜 ゆうづくよ
夕方 ゆうがた
夕刊 ゆうかん
夕立 ゆうだち
夕凪 ゆうなぎ
夕汐 ゆうしお
夕刻 ゆうこく
夕明 ゆうあかり
夕波 ゆうなみ
夕風 ゆうかぜ
夕映 ゆうばえ
夕食 ゆうげ・ゆうしょく
夕涼 ゆうすずみ
夕焼 ゆうやけ
夕飯 ゆうはん・ゆうめし
夕陽 せきよう・ゆうひ
夕晴 ゆうばれ

夕景 ゆうけい
夕景色 ゆうげしき
夕御飯 ゆうごはん
夕間暮 ゆうまぐれ
夕煙 ゆうけむり
夕餉 ゆうげ
夕暮 ゆうぐれ
夕影 ゆうかげ
夕潮 ゆうしお
夕顔 ゆうがお
夕闇 ゆうやみ
夕蝉 ゆうぜみ
夕霧 ゆうぎり
夕靄 ゆうもや
〔外〕がい・げ・と
　ほか・はずす・はずれ・はずれる・そと
外人 がいじん
外力 がいりょく
外山 とやま
外分泌 がいぶんぴ
外切 がいせつ
外出 がいしゅつ・そとで
外皮 がいひ
外用 がいよう
外史 がいし
外気 がいき
外在 がいざい
外字 がいじ
外耳 がいじ
外交 がいこう
外光 がいこう
外向 がいこう
外因 がいいん
外米 がいまい
外地 がいち
外伝 がいでん
外回 そとまわり
外局 がいきょく
外囲 そとがこい
外形 がいけい
外角 がいかく
外材 がいざい
外車 がいしゃ
外注 がいちゅう
外来 がいらい

外見 そとみ・がいけん
外征 がいせい
外延 がいえん
外画 がいが
外表 そとおもて
外歩 そとあるき
外股 そとまた
外枠 そとわく
外事 がいじ
外国 がいこく・とつくに
外国為替銀行 がいこくかわせぎんこう
外周 がいしゅう
外的 がいてき
外物 がいぶつ
外泊 がいはく
外典 げてん
外法 そとのり
外客 がいきゃく
外界 がいかい
外祖父 がいそふ
外祖母 がいそぼ
外郎 ういろう
外風呂 そとぶろ
外柔内剛 がいじゅうないごう
外信 がいしん
外相 がいしょう
外食 がいしょく
外侮 がいぶ
外洋 がいよう
外科 げか
外面 げめん・がいめん・とのも・そとづら
外紙 がいし
外陣 げじん・がいじん
外海 そとうみ・がいかい
外耗 そとべり
外套 がいとう
外釜 そとがま
外航船 がいこうせん

外務 がいむ
外孫 がいそん・そとまご
外貨 がいか
外貨準備 がいかじゅんび
外患 がいかん
外教 がいきょう
外戚 がいせき
外接 がいせつ
外堀 そとぼり
外郭 がいかく
外側 そとがわ
外商 がいしょう
外寇 がいこう
外部 がいぶ
外装 がいそう
外報 がいほう
外殻 がいかく
外遊 がいゆう
外湯 そとゆ・そとべり
外野 がいや
外港 がいこう
外開 そとびらき
外道 げどう
外勤 がいきん
外資 がいし
外傷 がいしょう
外電 がいでん
外債 がいさい
外貌 がいぼう
外廊 がいかく
外聞 がいぶん
外需 がいじゅ
外構 そとがまえ
外敵 がいてき
外層 がいそう
外線 がいせん
外様 とざま
外輪 がいりん・そとわ
外賓 がいひん
外壁 がいへき
外題 げだい
外灯 がいとう
外壕 そとぼり

外観 がいかん
外鰐 そとわに
〔多〕た・おお・おおく・おおい・さわ・ふさ
多人数 たにんず
多大 ただい
多士 たし
多才 たさい
多子 たし
多分 たぶん
多方面 たほうめん
多毛 たもう
多毛作 たもうさく
多少 たしょう
多元 たげん
多装 たそう
多弁 たべん
多辺形 たへんけい
多目 おおめ
多目的 たもくてき
多用 たよう
多色 たしょく
多多 たた
多年 たねん
多肉 たにく
多忙 たぼう
多血 たけつ
多岐 たき
多角 たかく
多角形 たかっけい
多言 たげん
多売 たばい
多作 たさく
多芸 たげい
多事 たじ
多国籍企業 たこくせききぎょう
多幸 たこう
多宝塔 たほうとう
多雨 たう
多食 たしょく
多重 たじゅう
多神教 たしんきょう
多恨 たこん
多発 たはつ
多面 ためん

多能 たのう	け	夜番 よばん	夢語 ゆめがたり	変乱 へんらん
多彩 たさい	夜尿症 やにょうしょう	夜寒 よさむ	夢魔 むま	変身 かわりみ・へんしん
多祥 たしょう	夜来 やらい	夜景 やけい	〔夥〕か・わ・おびただしい	変声 へんせい
多病 たびょう	夜汽車 よぎしゃ	夜嵐 よあらし	夥多 かた	変災 へんさい
多情 たじょう	夜見国 よみのくに	夜道 よみち		変改 へんかい
多望 たぼう	夜見世 よみせ	夜遊 よあそび	夊 部	変形 へんけい
多欲 たよく	夜伽 よとぎ	夜想曲 やそうきょく		変位 へんい
多産 たさん	夜学 やがく	夜戦 やせん	〔麦〕むぎ・むぎとろ・ばく	変事 へんじ
多細胞 たさいぼう	夜学校 やがっこう	夜働 よばたらき	麦打 むぎうち	変味 へんみ
多量 たりょう	夜直 やちょく	夜業 やぎょう	麦作 むぎさく	変者 かわりもの
多極 たきょく	夜雨 やう	夜話 やわ・よばなし	麦角 ばっかく	変飯 かわりめし
多湿 たしつ	夜具 やぐ	夜鳴 よなき	麦芽 ばくが	変果 かわりはてる
多照 たしょう	夜夜 よなよな・よよ	夜顔 よるがお	麦雨 ばくう	変性 へんせい
多勢 たぜい	夜夜中 よるよなか	夜籠 よごもり	麦茶 むぎちゃ	変奏曲 へんそうきょく
多義 たぎ	夜空 よぞら	夜霧 よぎり	麦秋 ばくしゅう・むぎあき・むぎのあき	変則 へんそく
多様 たよう	夜盲 よもう	夜警 やけい	麦粉 むぎこ	変革 へんかく
多感 たかん	夜歩 よあるき	夜露 よつゆ	麦粒腫 ばくりゅうしゅ	変哲 へんてつ
多数 たすう	夜明 よあかし・よあけ	夜鴬 よるうぐいす	麦笛 むぎぶえ	変約 へんやく
多罪 たざい	夜店 よみせ	夜鶴 やかく	麦飯 ばくはん	変相 へんそう
多読 たどく	夜長 よなが	夜鷹 よたか	麦焦 むぎこがし	変通 へんつう
多端 たたん	夜泣 よなき	夜襲 やしゅう	麦湯 むぎゆ	変造 へんぞう
多趣味 たしゅみ	夜膳 やぜん	〔夢〕む・ゆめ・やみ・いめ	麦飯 むぎめし	変格 へんかく
多寡 たか	夜逃 よにげ	夢心地 ゆめごこち	麦稈 ばっかん	変記号 へんきごう
多慾 たよく	夜昼 よるひる	夢中 むちゅう	麦藁 むぎわら	変速 へんそく
多額 たがく	夜食 やしょく	夢幻 ゆめまぼろし・むげん	麦踏 むぎふみ	変容 へんよう
多謝 たしゃ	夜郎自大 やろうじだい	夢占 ゆめうら	〔変〕へん・へんに・へんじる・かえる・かわり・かわる・へんずる	変針 へんしん
多難 たなん	夜軍 よいくさ	夢世 ゆめのよ	変人 へんじん	変梃 へんてこ
〔夜〕や・よ・よる・よなべ	夜風 よかぜ	夢合 ゆめあわせ	変化 へんか・へんげ	変異 へんい
夜叉 やしゃ	夜宴 やえん	夢見 ゆめみ・ゆめみる	変心 へんしん	変移 へんい
夜中 やじゅう・よなか・やちゅう	夜宮 よみや	夢見心地 ゆめみごこち	変圧 へんあつ	変転 へんてん
夜分 やぶん	夜通 よどおし	夢更 ゆめさら	変目 かわりめ	変装 へんそう
夜天 やてん	夜桜 よざくら	夢物語 ゆめものがたり	変幻 へんげん	変温動物 へんおんどうぶつ
夜半 よわ・やはん	夜討 ようち	夢枕 ゆめまくら	変動 へんどう	変換 へんかん・へんがえ
夜立 よだち	夜陰 やいん	夢現 ゆめうつつ	変色 へんしょく	変量 へんりょう
夜目 よのめ・よめ	夜盗 よとう	夢寐 むび	変名 へんめい・へんみょう	変電所 へんでんしょ
夜会 やかい	夜釣 よづり	夢遊病 むゆうびょう	変成 へんせい	変節 へんせつ
夜気 やき	夜船 よぶね	夢想 むそう	変光星 へんこうせい	変数 へんすう
夜行 やこう	夜鳥 よどり	夢路 ゆめじ	変更 へんこう	変態 へんたい
夜光 やこう	夜祭 よまつり	夢違 ゆめちがえ	変体 へんたい	変遷 へんせん
夜色 やしょく	夜着 よぎ	夢精 むせい		変説 へんせつ
夜曲 やきょく	夜間 やかん			変種 へんしゅ・かわ
夜回 よまわり	夜勤 やきん			
夜毎 よごと	夜嘗 やえい			
夜更 よふかし・よふ	夜啼 よなき			

りだね
変調 へんちょう
変質 へんしつ
変貌 へんぼう
〔夏〕か・げ・なつ
夏山 なつやま
夏木立 なつこだち
夏日 かじつ・なつび
夏仔 なつご
夏至 げし
夏虫 なつむし
夏衣 なつごろも
夏羽織 なつばおり
夏向 なつむき
夏安居 げあんご
夏休 なつやすみ
夏作 なつさく
夏物 なつもの
夏空 なつぞら
夏季 かき
夏炉冬扇 かろとうせん
夏服 なつふく
夏柑 なつかん
夏草 なつくさ
夏負 なつまけ
夏枯 なつがれ
夏姿 なつすがた
夏蚕 なつご・かさん
夏眠 かみん
夏座敷 なつざしき
夏時間 なつじかん
夏陣 なつのじん
夏掛 なつがけ
夏祭 なつまつり
夏涸 なつがれ
夏鳥 なつどり
夏蜜柑 なつみかん
夏着 なつぎ
夏場所 なつばしょ
夏場 なつば
夏痩 なつやせ

犭 部

〔犯〕はん・ぼん・おかす
犯人 はんにん

犯行 はんこう
犯則 はんそく
犯跡 はんせき
犯意 はんい
犯罪 はんざい
〔狆〕ちゅう・ちん
〔狂〕きょう・きょうする・ふれる・くるわしい・くるわせる・くるわす・くるおしい・くるう・くるい・ぐるい
狂人 きょうじん
狂女 きょうじょ
狂文 きょうぶん
狂犬 きょうけん
狂句 きょうく
狂気 きょうき
狂死 きょうし
狂言 きょうげん
狂乱 きょうらん
狂奔 きょうほん
狂的 きょうてき
狂者 きょうしゃ
狂風 きょうふう
狂咲 くるいざき
狂信 きょうしん
狂恋 きょうれん
狂疾 きょうしつ
狂濤 きょうとう
狂喜 きょうき
狂詩曲 きょうしきょく
狂詩 きょうし
狂想曲 きょうそうきょく
狂歌 きょうか
狂態 きょうたい
狂暴 きょうぼう
狂騒 きょうそう
狂瀾 きょうらん
狂躁 きょうそう
〔狄〕えびす
〔狒〕ひ・ひひ
狒狒 ひひ
〔狙〕そ・ねらい・ねらう

狙打 ねらいうち
狙撃 そげき・ねらいうち
〔狎〕こう・なる・なれる
狎昵 こうじつ
〔狗〕く・こう・いぬ・えね
狗尾草 えのころぐさ
〔狐〕こ・きつね・きつ
狐火 きつねび
狐付 きつねつき
狐臭 わきが
狐狸 こり
狐格子 きつねごうし
狐嫁入 きつねのよめいり
狐拳 きつねけん
狐饂飩 きつねうどん
〔狛〕はく・こま・こまいぬ
狛犬 こまいぬ
〔狩〕しゅ・しゅう・かり・かる
狩人 かりゅうど
狩出 かりだす
狩込 かりこみ
狩座 かりくら
狩場 かりば
狩猟 しゅりょう
〔狡〕こう・こさい・ずるい
狡辛 こすからい
狡兎 こうと
狡知 こうち
狡智 こうち
狡猾 こうかつ
狡獪 こうかい
〔狢〕かく・むじな・うじな
〔狒〕ひ・ひひ
狒狒 ひひ
〔独〕どく・ひとり
独力 どくりょく
独子 ひとりご・ひと

りって
独天下 ひとりでんか
独白 どくはく
独占 どくせん・ひとりうらない・ひとりじめ
独立 どくりつ・ひとりだち
独合点 ひとりがてん
独自 どくじ
独行 どっこう
独吟 どくぎん
独走 どくそう
独吞込 ひとりのみ
独決 ひとりぎめ
独坐 どくざ
独身 ひとりみ・どくしん
独言 ひとりごと
独学 どくがく
独泳 どくえい
独和 どくわ
独参湯 どくじんとう
独歩 どっぽ・ひとりあるき
独居 どっきょ
独者 ひとりもの
独往 どくおう
独房 どくぼう
独奏 どくそう
独活 うど
独相撲 ひとりずもう
独修 どくしゅう
独酌 どくしゃく
独航 どっこう
独案内 ひとりあんない
独特 どくとく
独座 どくざ
独眼 どくがん
独習 どくしゅう
独得 どくとく

独断 どくだん
独唱 どくしょう
独裁 どくさい
独創 どくそう
独善 どくぜん・ひとりよがり
独逸語 ドイツご
独楽 こま
独楽鼠 こまねずみ
独禁法 どっきんほう
独鈷 どっこ
独話 どくわ
独語 どくご
独漕 どくそう
独演 どくえん
独舞台 ひとりぶたい
独擅場 どくせんじょう
独壇場 どくだんじょう
〔狭〕きょう・せまい・せまし・せばまる・せばめる・せばむ
狭小 きょうしょう
狭心症 きょうしんしょう
狭苦 せまくるしい
狭長 きょうちょう
狭軌 きょうき
狭窄 きょうさく
狭間 はざま
狭量 きょうりょう
狭義 きょうぎ
狭隘 きょうあい
狭筵 さむしろ
狭霧 さぎり
〔狼〕ろう・おおかみ
狼火 ろうか
狼狽 ろうばい
狼煙 のろし
狼瘡 ろうそう
狼藉 ろうぜき
〔狸〕り・たぬき
狸寝 たぬきねいり

〔狷〕けん

狷介 けんかい

〔猜〕さい・そねむ

猜忌 さいき

猜疑 さいぎ

〔猛〕もう・たける・たけし

猛火 もうか

猛犬 もうけん

猛打 もうだ

猛攻 もうこう

猛毒 もうどく

猛雨 もうう

猛虎 もうこ

猛者 もさ

猛追 もうつい

猛省 もうせい

猛威 もうい

猛将 もうしょう

猛勇 もうゆう

猛烈 もうれつ

猛射 もうしゃ

猛猛 たけだけしい

猛鳥 もうちょう

猛進 もうしん

猛悪 もうあく

猛暑 もうしょ

猛然 もうぜん

猛禽 もうきん

猛獣 もうじゅう

猛撃 もうげき

猛爆 もうばく

猛襲 もうしゅう

〔猊〕げい

猊下 げいか

〔猖〕しょう

猖獗 しょうけつ

〔猪〕ちょ・しし・い・のしし・いのこ

猪口 ちょく・ちょこ

猪口才 ちょこざい

猪子 いのこ

猪牙船 ちょきぶね

猪突 ちょとつ

猪首 いくび

猪頸 いくび

〔猶〕ゆう・なお

猶与 ゆうよ

猶子 ゆうし

猶予 ゆうよ

猶猶 なおなお

〔猫〕びょう・みょう・ねこ

猫可愛 ねこかわいがり

猫目石 ねこめいし

猫舌 ねこじた

猫車 ねこぐるま

猫足 ねこあし

猫板 ねこいた

猫柳 ねこやなぎ

猫背 ねこぜ

猫被 ねこかぶり

猫脚 ねこあし

猫跨 ねこまたぎ

猫撫声 ねこなでごえ

猫糞 ねこばば

猫額 びょうがく

〔猟〕りょう・かり・かる

猟人 りょうじん

猟犬 りょうけん

猟奇 りょうき

猟官 りょうかん

猟具 りょうぐ

猟師 りょうし

猟場 りょうば

猟期 りょうき

猟銃 りょうじゅう

〔猩〕しょう

猩紅熱 しょうこうねつ

猩猩 しょうじょう

〔猥〕わい・みだり・みだら・みだる

猥本 わいほん

猥書 わいしょ

猥雑 わいざつ

猥談 わいだん

猥褻 わいせつ

〔猫〕まみ

〔猿〕えん・ましら・ましさる

猿人 えんじん

猿引 さるひき

猿戸 さるど

猿芝居 さるしばい

猿回 さるまわし

猿知恵 さるちえ

猿股 さるまた

猿面 さるめん

猿廻 さるまわし

猿真似 さるまね

猿猴 えんこう

猿智慧 さるちえ

猿楽 さるがく

猿腰掛 さるのこしかけ

猿臂 えんぴ

猿轡 さるぐつわ

〔獅〕し

獅子 しし

獅子王 ししおう

獅子吼 ししく

獅子唐 ししとう

獅子宮 ししきゅう

獅子鼻 ししばな

獅子頭 ししがしら

獅子舞 ししまい

獅子奮迅 ししふんじん

獅噛火鉢 しかみひばち

〔獄〕ごく・ひとや

獄中 ごくちゅう

獄死 ごくし

獄吏 ごくり

獄衣 ごくい

獄舎 ごくしゃ

獄門 ごくもん

獄卒 ごくそつ

獄則 ごくそく

獄屋 ごくや

獄窓 ごくそう

〔獐〕しょう

〔獲〕かく・う・える

獲利 かくり

獲物 えもの

獲得 かくとく

〔獰〕どう・にょう

獰悪 どうあく

獰猛 ねいもう・どう・もう

〔獺〕たつ・だつ・う・そ・かわおそ・おそ・かわうそ

𧇖 部

〔仿〕ほう

彷彿 ほうふつ

彷徨 ほうこう・さまよう

〔役〕えき・やく・え・きする・えだち

役人 やくにん

役牛 えきぎゅう

役不足 やくぶそく

役目 やくめ

役付 やくづき

役立 やくだつ・やくだてる

役印 やくいん

役向 やくむき

役名 やくめい

役回 やくまわり

役宅 やくたく

役者 やくしゃ

役所 やくしょ・やくどころ

役馬 えきば

役柄 やくがら

役畜 えきちく

役務 えきむ

役員 やくいん

役得 やくとく

役替 やくがえ

役割 やくわり

役場 やくば

役僧 やくそう

役儀 やくぎ

役職 やくしょく

〔径〕けい

径山寺 きんざんじ

径行 けいこう

径庭 けいてい

径路 けいろ

〔低〕てい

低徊 ていかい

〔征〕せい・せいする・いく・ゆく

征矢 そや

征伐 せいばつ

征服 せいふく

征途 せいと

征討 せいとう

征野 せいや

征戦 せいせん

征箭 そや

〔徂〕そ・ゆく

徂来 そらい

〔往〕ゆく・ゆきき・いなす・いぬ・いく・いき

往日 おうじつ

往生 おうじょう

往古 おうこ

往年 おうねん

往来 いきき・ゆきき・おうらい

往昔 おうせき

往往 おうおう

往事 おうじ

往者 おうしゃ

往信 おうしん

往航 おうこう

往時 おうじ

往訪 おうほう

往復 おうふく

往診 おうしん

往歳 おうさい

往路 おうろ

往還 おうかん

〔彼〕ひ・かれ・あれ・あの・かの

彼人 あのひと

彼女 かのじょ

彼氏 かれし

彼方 かなた・あちら・あっち・あのかた・あなた

彼方此方 あちこち

彼処 あそこ・かしこ

彼奴 きゃつ・あいつ

彼世 あのよ	さま	後光 ごこう	後送 こうそう	後髪 うしろがみ
彼此 ひし	待構 まちかまえる	後合 うしろあわせ	後廻 あとまわし	後輪 こうりん
彼我 ひが	待暮 まちくらす	後図 こうと	後前 うしろまえ	後隔 あとくされ
彼岸 ひがん	待機 たいき	後足 あとあし・しり	後指 うしろゆび	後障害 こうしょう
彼所 あそこ	待避 たいひ	あし	後釜 あとがま	がい
彼是 あれこれ	〔後〕で・こう・うし	後尾 こうび	後書 あとがき	後塵 こうじん
彼程 あれほど	ろ・のち・あと・お	後者 こうしゃ	後記 こうき	後影 うしろかげ
彼等 かれら	くれ・おくらす・お	後攻 こうこう	後悔 こうかい	後輩 こうはい
彼様 あのよう	くらせる・おくれる	後返 あとがえり	後翅 こうし	後編 こうへん
彼誰 かわたれ	後人 こうじん	後作 あとさく	後陣 ごじん	後遺症 こういしょ
〔律〕りつ・りち・り	後口 あとくち	後見 うしろみ・こう	後家 ごけ	う
っする	後山 あとやま	けん	後宮 こうきゅう	後頭 こうとう
律令 りつりょう	後厄 あとやく	後来 こうらい	後姿 うしろすがた	後衛 こうえい
律呂 りつりょ	後日 ごにち・のちの	後住 ごじゅう	後勘 こうかん	後難 こうなん
律宗 りっしゅう	ひ・ごじつ	後車 こうしゃ	後患 こうかん	後顧 こうこ
律師 りっし	後毛 おくれげ	後述 こうじゅつ	後産 あとざん	〔徒〕と・あだ・あだし
律動 りつどう	後天 こうてん	後身 うしろみ・こう	後進 こうしん	・むだ・かち・いたず
律義 りちぎ	後月 あとげつ	しん	後部 こうぶ	ら・ただ
律詩 りっし	後引 あとひき	後妻 こさい	後略 こうりゃく	徒口 むだぐち
律語 りつご	後手 ごて・うしろで	後屈 こうくつ	後逸 こういつ	徒士 かち
律蔵 りつぞう	後方 しりえ・こうほ	後刻 ごこく	後添 のちぞい	徒手 としゅ
律儀 りちぎ	う	後戻 あともどり	後産 のちざん	徒立 かちだち
〔待〕たい・まつ・ま	後世 ごせ・のちのよ	後始末 あとしまつ	後景 こうけい	徒刑 とけい
ち・まて	後半 こうはん	後味 あとあじ	後祭 あとのまつり	徒死 とし
待人 まちびと	後代 こうだい	後事 こうじ	後馳 おくればせ	徒名 あだな
待女郎 まちじょろ	後生 ごしょう・こう	後夜 ごや	後期 こうき	徒労 とろう
う	せい	後学 こうがく	後項 こうこう	徒弟 とてい
待付 まちつける	後片付 あとかたづ	後門 こうもん	後棒 あとぼう	徒足 むだあし
待合 まちあい・まち	け	後肢 こうし・あとあ	後場 ごば	徒花 むだばな・あだ
あわせる	後仕舞 あとじまい	し	後備 あとぞなえ・こ	ばな
待伏 まちぶせ	後払 ごばらい・あと	後金 あときん	うび	徒長 とちょう
待明 まちあかす	ばらい	後刷 あとずり	後葉 こうよう	徒歩 とほ
待受 まちうける	後付 うしろつき・あ	後押 うしろおし・あ	後援 こうえん	徒事 むだこと・ただごと
待肥 まちごえ	とづけ	とおさえ・あとおし	後程 のちほど	徒者 ただもの
待侘 まちわびる	後目 しりめ	後染 あとぞめ	後傷 うしろきず	徒食 としょく・むだ
待命 たいめい	後白浪 あとしらな	後後 あとあと・のち	後継 こうけい・あと	ぐい
待兼 まちかねる	み	のち	つぎ	徒党 ととう
待針 まちばり	後込 しりごみ	後背 こうはい	後節 こうせつ	徒骨 むだぼね
待倦 まちあぐむ	後考 こうこう	後段 こうだん	後続 こうぞく	徒骨折 むだぼねおれ
待惚 まちぼうけ	後会 こうかい	後室 こうしつ	後暗 うしろぐらい	り
待設 まちもうける	後任 こうにん	後発 こうはつ	後腹 あとばら	徒桜 あだざくら
待望 たいぼう	後年 こうねん	後便 こうびん	後詰 ごづめ	徒浪 あだなみ
待焦 まちこがれる	後列 こうれつ	後胤 こういん	後嗣 こうし	徒渉 としょう
待遇 たいぐう	後件 こうけん	後退 こうたい・あと	後裔 こうえい	徒情 あだなさけ
待遠 まちどお・まち	後回 あとまわし	ずさり・あとじさり	後楯 うしろだて	徒然 とぜん
どおしい	後先 あとさき	後篇 こうへん	後鉢巻 うしろはち	徒飯 むだめし
待遠様 おまちどお	後向 うしろむき	後架 こうか	まき	徒費 とひ

徒然 つれづれ	得心 とくしん	御は文字 おはもじ	御礼 おれい	御来光 ごらいこう
徒疎 あだおろそか	得手 えて	御方 おかた・おんかた	御礼返 おれいがえし	御来迎 ごらいごう
徒話 むだばなし	得失 とくしつ		御礼参 おれいまいり	御利生 ごりしょう
徒遣 むだづかい	得用 とくよう	御手上 おてあげ		御利益 ごりやく
徒跣 かちはだし	得体 えたい	御手元 おてもと	御生憎様 おあいにくさま	御沙汰 ごさた
徒爾 とじ	得物 えもの	御手中 おてのうち		御初 おはつ
徒夢 あだゆめ	得度 とくど	御手玉 おてだま	御出 おいで	御伽 おとぎ
徒輩 とはい	得点 とくてん	御手付 おてつき	御出来 おでき	御伽噺 おとぎばなし
徒競走 ときょうそう	得恋 とくれん	御手伝 おてつだい	御出座 おでまし	
	得得 とくとく	御手物 おてのもの	御召 おめし	御里 おさと
〔徐〕じょ・おもむろ	得票 とくひょう	御手洗 みたらし	御召列車 おめしれっしゃ	御身 おみ・おんみ
徐行 じょこう	得策 とくさく	御手前 おてまえ		御作 おつくり
徐徐 じょじょに	得道 とくどう	御手許 おてもと	御召物 おめしもの	御忌 ごき・ぎょき
〔従〕じゅ・じゅう・しょう・したがって・したがえる・したがう	得業 とくぎょう	御手盛 おてもり	御召替 おめしかえ	御坊 ごぼう
	得意 とくい	御手筋 おてのすじ	御世 みよ	御言 おこと
	得難 えがたい	御不承 ごふしょう	御世辞 おせじ	御言添 みことぞえ
	〔御〕ご・ぎょ・お・おん・おわす・ぎょす・る・ぎょす・います	御不浄 ごふじょう	御当地 ごとうち	御冷 おひや
従兄 じゅうけい		御台 みだい	御当所 ごとうしょ	御声掛 おこえがかり
従兄弟 じゅうけいてい・いとこ		御辺 ごへん	御会式 おえしき	
	御一新 ごいっしん	御用 ごよう	御百度 おひゃくど	御忍 おしのび
従犯 じゅうはん	御七夜 おしちや	御札 おふだ	御早 おはよう	御告文 おつげぶみ
従弟 じゅうてい	御人好 おひとよし	御付 おつき	御地 おんち	御伴 おとも
従兵 じゅうへい	御八 おやつ	御汁 おつゆ	御先 おさき	御花畑 おはなばたけ
従来 じゅうらい	御子 みこ	御目 おめ	御成 おなり	
従卒 じゅうそつ	御大 おんたい	御目文字 おめもじ	御好 おこのみ	御花畠 おはなばたけ
従価税 じゅうかぜい	御大層 ごたいそう	御目玉 おめだま	御宅 おたく	
	御下 おさげ・おさがり	御目出度 おめでた・おめでたい・おめでとう	御年玉 おとしだま	御形 ごぎょう・おぎょう
従妹 じゅうまい	御下地 おしたじ		御次 おつぎ	
従姉 じゅうし	御三時 おさんじ		御巡 おまわり	御強 おこわ
従姉妹 じゅうしまい・いとこ	御山大将 おやまのたいしょう	御目見得 おめみえ	御多分 ごたぶん	御定 おさだまり
		御四季施 おしきせ	御多福 おたふく	御直 おなおり
従事 じゅうじ	御代 おだい・みよ	御代 おだい・みよ	御多聞 おたもん	御命講 おめいこう
従者 じゅうしゃ	御上 おかみ・おのぼりさん	御平 おたいらに・おひら	御存 ごぞんじ	御幸 ごこう
従容 しょうよう			御存知 ごぞんじ	御物 ごもつ・ぎょぶつ
従前 じゅうぜん	御亡 おんぼう	御仕着 おしきせ	御朱印 ごしゅいん	
従軍 じゅうぐん	御仁 ごじん	御仕舞 おしまい	御名 ぎょめい	御苦労 ごくろう
従順 じゅうじゅん	御天気 おてんき	御立 おたち	御衣 ぎょい	御所 ごしょ
従属 じゅうぞく	御天道様 おてんとさま	御玉 おたま	御守 おまもり	御供 ごくう・おとも・おそなえ
従量税 じゅうりょうぜい		御玉杓子 おたまじゃくし	御字 おんのじ	
	御太鼓 おたいこ		御安 おやすい	御免 ごめん
従業 じゅうぎょう	御互様 おたがいさま	御払 おはらい	御宇 ぎょう	御店 おたな
従僕 じゅうぼく		御払物 おはらいもの	御返 おかえし	御陀仏 おだぶつ
〔徘〕はい	御内 おんうち		御決 おきまり	御為顔 おためがお
徘徊 はいかい	御中 おんちゅう	御払箱 おはらいばこ	御足 おあし	御呼 およばれ
〔得〕とく・う・うる・える・とくする	御引摺 おひきずり		御足労 ごそくろう	御呼立 およびたて
	御日待 おひまち	御主 おぬし	御似 おにまし	御抱 おかかえ
得分 とくぶん	御日様 おひさま			御河童 おかっぱ

御典医 ごてんい	御料 ごりょう	御菜 おさい	御葉漬 おはづけ	り
御苑 ぎょえん	御料人 ごりょうにん	御達示 おたっし	御湿 おしめり	御撰 ぎょせん
御者 ぎょしゃ	御破算 ごはさん	御側 おそば	御焼 おやき	御選 ぎょせん
御念 ごねん	御悩 ごのう	御捻 おひねり	御湯 おゆ	御寮人 ごりょうにん
御法 みのり	御宮 おみや	御粘 おねば	御偉方 おえらがた	御幣 ごへい
御法度 ごはっと	御高 おたかく	御婆 おばあさん	御粥 おかゆ	御器 おうつわ
御宝 おたから	御高祖頭巾 おこそずきん	御猪口 おちょこ	御福分 おふくわけ	御慶 ぎょけい
御宝前 ごほうぜん	御通 おとおし	御袋 おふくろ	御腹 おなか	御霊 みたま
御参 おまいり	御通夜 おつや	御転婆 おてんば	御触 おふれ	御霊屋 おたまや
御芽出度 おめでた・おめでたい・おめでとう	御宴 ぎょえん	御眼鏡 おめがね	御話 おはなし	御庿 おたまや
御国 おくに・みくに	御家 おいえ	御部屋様 おへやさま	御話中 おはなしちゅう	御誕生 おたんじょう
御門 みかど	御家人 ごけにん	御堂 みどう	御零 おこぼれ	御慰 おなぐさみ
御門違 おかどちがい	御訓染 おなじみ	御許 おもと・おんもと	御腰 おこし	御澄 おすまし
御披露目 おひろめ	御納戸 おなんど	御都合主義 ごつごうしゅぎ	御新造 ごしんぞう	御蔵 おくら
御事 おこと	御納戸色 おなんどいろ	御陵 ごりょう	御寝 ぎょしん	御嬢様 おじょうさま
御乳人 おちのひと	御託 ごたく	御絞 おしぼり	御飾 おかざり	御影石 みかげいし
御神火 ごしんか	御真影 ごしんえい	御寒 おさむい	御殿 ごてん	御壺口 おつぼぐち
御神酒 おみき	御笑 おわらい	御祭 おまつり	御殿医 ごてんい	御膳 ごぜん
御神楽 おかぐら	御浸 おしたし・おひたし	御祭騒 おまつりさわぎ	御感 ぎょかん	御膳立 おぜんだて
御神輿 おみこし	御姫様 おひいさま	御結 おむすび	御裏様 おうらさま	御膳汁粉 ごぜんじるこ
御茶 おちゃ	御荷物 おにもつ	御尋者 おたずねもの	御新香 おしんこ	御膳蕎麦 ごぜんそば
御茶子 おちゃこ・おちゃのこ	御倉 おくら	御酢 おす	御意 ぎょい	御親父 ごしんぷ
御茶請 おちゃうけ	御浚 おさらい	御筆先 おふでさき	御煎 おいり	御薄 おうす
御茶屋 おちゃや	御流 おながれ	御勤 おつとめ	御預 おあずけ	御灯 みあかし
御洒落 おしゃれ	御酒 ごしゅ・みき	御着 おつき	御節 おせち	御機嫌 ごきげん
御冠 おかんむり	御株 おかぶ	御飯 ごはん・おまんま	御節介 おせっかい	御隠 おかくれ
御祓 おはらい	御釜 おかま	御越 おこし	御辞儀 おじぎ	御積 おつもり
御侠 おきゃん	御座 ござ・ござる・ぎょざ・おざ・おます・おわします	御焦 おこげ	御辞儀草 おじぎそう	御輿 みこし
御重 おじゅう	御座付 おざつき	御報 ごほう	御鉢 おはち	御簾 みす
御祖母 おばあさん	御座成 おざなり	御無沙汰 ごぶさた	御鉢巡 おはちめぐり	御覧 ごらん
御面相 ごめんそう	御座所 ござしょ	御無音 ごぶいん	御跳 おはね	御薩 おさつ
御前 ごぜ・ごぜん・おまえ	御座無 ござなく	御馳走 ごちそう	御裾分 おすそわけ	御籠 おこもり
御柳 ぎょりゅう	御座敷 おざしき	御遊 ぎょゆう	御髪 みぐし・おぐし	御職 おしょく
御盆 おぼん	御釣 おつり	御詠歌 ごえいか	御墨付 おすみつき	御難 ごなん
御草草様 おそうそうさま	御釈迦様 おしゃかさま	御開 おひらき	御調子者 おちょうしもの	御題 ぎょだい
御点前 おてまえ	御酌 おしゃく	御握 おにぎり	御蔭 おかげ	御題目 おだいもく
御持 おもたせ	御移 おうつり	御歯黒 おはぐろ	御摘 おつまみ	御璽 ぎょじ
御拾 おひろい	御陰 おかげ	御萩 おはぎ	御歴歴 おれきれき	御雛様 おひなさま
御昼 おひる	御厠 おかわ	御弾 おはじき	御構 おかまい	御櫃 おひつ
御針 おはり	御涙 おなみだ	御運 おはこび	御製 ぎょせい	御鏡 おかがみ
御針子 おはりこ			御薦 おこも	御籤 みくじ・みくじ
			御膝下 おひざもと	じ
			御膝送 おひざおくり	

〔復〕ふく・ふくす・ふくする・また
復元 ふくげん
復円 ふくえん
復文 ふくぶん
復仇 ふっきゅう
復刊 ふくかん・ふっかん
復旧 ふっきゅう
復古 ふっこ
復誦 ふくしょう
復位 ふくい
復学 ふくがく
復姓 ふくせい
復命 ふくめい
復刻 ふっこく
復活 ふっかつ
復原 ふくげん
復席 ふくせき
復党 ふくとう
復配 ふくはい
復帰 ふっき
復校 ふっこう
復航 ふくこう
復員 ふくいん
復啓 ふくけい・ふっけい
復唱 ふくしょう
復習 ふくしゅう・さらう
復答 ふくとう
復業 ふくぎょう
復辟 ふくへき
復路 ふくろ
復調 ふくちょう
復権 ふっけん
復縁 ふくえん
復興 ふっこう
復職 ふくしょく
復籍 ふくせき
復讐 ふくしゅう
〔循〕じゅん
循環 じゅんかん
〔微〕び・かすか・ない
微力 びりょく
微小 びしょう

微分 びぶん
微少 びしょう
微生物 びせいぶつ
微光 びこう
微行 びこう
微臣 びしん
微吟 びぎん
微妙 びみょう
微雨 びう
微苦笑 びくしょう
微風 びふう・そよかぜ
微茫 びぼう
微衷 びちゅう
微速度撮影 びそくどさつえい
微弱 びじゃく
微恙 びよう
微笑 びしょう・ほほえむ・ほほえみ・ほおえむ・ほおえみ・ほほえましい
微粉 びふん
微粒 びりゅう
微酔 びすい
微視的 びしてき
微動 びどう
微細 びさい
微量 びりょう
微落 びらく
微温 びおん
微温湯 ぬるまゆ・ぬるゆ
微微 びび
微睡 まどろむ
微意 びい
微傷 びしょう
微罪 びざい
微禄 びろく
微塵 みじん
微増 びぞう
微賤 びせん
微震 びしん
微熱 びねつ
微積分 びせきぶん
微騰 びとう
微醺 びくん

〔徴〕ちょう・ちょうする・しるし・しるす・はたる・めし
徴収 ちょうしゅう
徴用 ちょうよう
徴兵 ちょうへい
徴発 ちょうはつ
徴候 ちょうこう
徴募 ちょうぼ
徴集 ちょうしゅう
徴証 ちょうしょう
徴税 ちょうぜい
徴憑 ちょうひょう
〔徳〕とく
徳化 とっか
徳目 とくもく
徳用 とくよう
徳行 とっこう
徳利 とくり・とっくり
徳性 とくせい
徳育 とくいく
徳政 とくせい
徳望 とくぼう
徳操 とくそう
徳義 とくぎ
〔徹〕てつ・てっする・とおす・とおる
徹底 てってい
徹夜 てつや
徹宵 てっしょう
徹頭徹尾 てっとうてつび
〔徽〕き
徽章 きしょう
〔黴〕ばい
黴毒 ばいどく
黴菌 ばいきん

彡 部

〔形〕けい・ぎょう・かた・かたち・なり
形木 かたぎ
形代 かたしろ
形色 けいしょく
形式 けいしき
形而上学 けいじじょうがく

形而上 けいじじょう
形而下 けいじか
形成 けいせい
形状 けいじょう
形作 かたちづくる
形体 けいたい
形声 けいせい
形見 かたみ
形相 ぎょうそう・けいそう
形容 けいよう
形容詞 けいようし
形容動詞 けいようどうし
形振 なりふり
形象 けいしょう
形無 かたなし
形勝 けいしょう
形跡 けいせき
形勢 けいせい
形像 けいぞう
形態 けいたい
形影 けいえい
形質 けいしつ
形骸 けいがい
〔彦〕ひこ
彦星 ひこぼし
〔彫〕ちょう・えり・える・ほり・ほる
彫上 ほりあげ
彫工 ちょうこう
彫付 えりつける
彫心鏤骨 ちょうしんるこつ
彫金 ちょうきん
彫刻 ちょうこく
彫物 ほりもの
彫琢 ちょうたく
彫塑 ちょうそ
彫像 ちょうぞう
〔彰〕しょう・あきらか・あや・あらわす
〔影〕えい・かげ・かこ
影印 えいいん

影身 かげみ
影供 えいぐ
影画 かげえ
影法師 かげぼうし
影武者 かげむしゃ
影絵 かげえ
影像 えいぞう
影響 えいきょう

女 部

〔女〕じょ・にょ・め・むすめ・おうな・おみな・おんな
女人 にょにん
女工 じょこう
女女 めめしい
女丈夫 じょじょうふ
女子 じょし・おなご・おんなのこ
女子供 おんなこども
女中 じょちゅう
女夫 みょうと
女文字 おんなもじ
女天下 おんなでんか
女手 おんなで
女心 おんなごころ
女王 じょおう
女方 おんながた
女付 おんなづき
女出入 おんなでいり
女史 じょし
女主 おんなあるじ
女囚 じょしゅう
女犯 にょぼん
女帯 おんなじょたい
女伊達 おんなだて
女好 おんなずき
女仮名 おんながな
女色 じょしょく
女気 おんなぎ・おんなけ
女竹 めだけ

女体 じょたい・にょたい	女盛 おんなざかり	妄評 ぼうひょう・もうひょう	好守 こうしゅ	好嫌 すききらい
女形 おやま・おんながた	女傑 じょけつ	妄想 もうそう・もうぞう・ぼうそう	好成績 こうせいせき	好意 こうい
女児 じょじ	女達 おんなだて		好気 いいき	好感 こうかん
女旱 おんなひでり	女湯 おんなゆ	妄説 もうせつ	好気勝手 すきかって	好歳 いいとし
女声 じょせい	女尊男卑 じょそんだんぴ	妄誕 もうたん	好楽家 こうがっか	好戦 こうせん
女坂 おんなざか	女童 めのわらわ・おんなわらべ	妄語 もうご	好色 こうしょく	好誼 こうぎ
女狂 おんなぐるい		妄挙 ぼうきょ	好冷菌 こうれいきん	好劇 こうげき
女系 じょけい	女装 じょそう	〔奸〕かん・かたましい・よこしま・おかす		好漁 こうりょう
女役 おんなやく	女給 じょきゅう		好技 こうぎ	好演 こうえん
女役者 おんなやくしゃ	女結 おんなむすび	奸臣 かんしん	好投 こうとう	好適 こうてき
女医 じょい	女滝 めだき	奸佞 かんねい	好好 すきとこのみ・すきこのむ・すきずき	好餌 こうじ
女波 めなみ	女婿 じょせい	奸物 かんぶつ		好機 こうき
女官 じょかん・にょかん	女腹 おんなばら	奸知 かんち	好防 こうぼう	好敵手 こうてきしゅ
女店員 じょてんいん	女義 じょぎ	奸計 かんけい	好局 こうきょく	
	女嫌 おんなぎらい	奸商 かんしょう	好男子 こうだんし	好編 こうへん
女性 じょせい・にょしょう	女節句 おんなのせっく	奸悪 かんあく	好走 こうそう	好調 こうちょう
	女寡 おんなやもめ	奸智 かんち	好事 こうじ・こうず・すきこと	〔如〕じょ・にょ・もし・ごと・ごとく・ごとし・しく・なす
女学生 じょがくせい	女誑 おんなたらし	奸策 かんさく		
女学校 じょがっこう	女権 じょけん	奸雄 かんゆう	好事家 こうずか	
	女敵 めがたき	奸賊 かんぞく	好例 こうれい	如上 じょじょう
女所帯 おんなじょたい	女優 じょゆう	〔妃〕ひ	好況 こうきょう	如才 じょさい
	女親 おんなおや	妃殿下 ひでんか	好宜 こうぎ	如月 きさらぎ
女房 にょうぼう	女護島 にょごがしま	〔好〕こう・いい・このましい・このみ・このむ・すき・すく・よい・よし・よしみ	好奇 こうき	如何 いかん・いかか・いかん・どう・いかがわしい
女郎 じょろ・じょろう・めろう			好尚 こうしょう	
	女難 じょなん		好学 こうがく	如何物 いかもの
女郎花 おみなえし	女鯛 めだい		好放題 すきほうだい	如何許 いかばかり
女持 おんなもち	〔奴〕ど・ぬ・め・やつ・やっこ	好一対 こういっつい		如何程 いかほど
女柄 おんながら			好者 すきしゃ・すきもの	如何様 いかよう・いかさま
女帝 にょてい・じょてい	奴原 やっぱら	好人 いいひと		
女神 めがみ・じょしん	奴畜生 どちくしょう	好人物 こうじんぶつ	好物 こうぶつ	如来 にょらい
	奴婢 どひ・ぬひ		好便 こうびん	如夜叉 にょやしゃ
女紅場 にょこうば	奴等 やつら	好下物 こうかぶつ	好個 こうこ	如法 にょほう
女流 じょりゅう	奴僕 どぼく	好子 いいこ	好述 こうじゅつ	如実 にょじつ
女浪 めなみ	奴隷 どはい	好天 こうてん	好配 こうはい	如雨露 じょうろ
女振 おんなぶり	奴隷 どれい	好心 すきごころ	好都合 こうつごう	如是我聞 にょぜがもん
女院 にょういん	〔妄〕ぼう・もう・みだり	好日 こうじつ	好悪 こうお	
女将 じょしょう・おかみ		好手 こうしゅ	好球 こうきゅう	如菩薩 にょぼさつ
	妄言 ぼうげん・もうげん	好加減 いいかげん	好望 こうぼう	如斯 かくのごとく
女殺 おんなごろし	妄信 もうしん	好打 こうだ	好転 こうてん	如意 にょい
女陰 じょいん	妄念 もうねん	好古 こうこ	好運 こううん	如露 じょろ
女衒 ぜげん	妄動 もうどう	好年 いいとし	好晴 こうせい	如鱗木 じょりんもく
	妄執 もうしゅう	好仲 いいなか	好景気 こうけいき	
	妄断 もうだん	好好爺 こうこうや	好期 こうき	〔妁〕かい
		好字 こうじ	好評 こうひょう	妁妁 かいしゃく
			好漢 こうかん	〔妨〕ぼう・さまたげる

・さまたげる	妖婉 ようえん	姉被 あねさんかぶり	れる・たけしい	姫百合 ひめゆり
妨害 ぼうがい	妖雲 よううん	姉婿 あねむこ	威力 いりょく	姫君 ひめぎみ
妨碍 ぼうがい	妖精 ようせい	姉御 あねご	威令 いれい	姫松 ひめまつ
〔妓〕ぎ・うたいめ・	妖魔 ようま	姉様人形 あねさま	威光 いこう	姫垣 ひめがき
あそびめ	妖艶 ようえん	にんぎょう	威圧 いあつ	姫御前 ひめごぜ
妓女 ぎじょ	〔妾〕しょう・てかけ	〔委〕い・くわしい・	威武 いぶ	姫媛 ひめ
妓楼 ぎろう	・めかけ・そばめ・	まかせる・ゆだねる	威迫 いはく	姫糊 ひめのり
〔妙〕みょう・たえ	わらわ	委任 いにん	威服 いふく	姫墻 ひめがき
妙工 みょうこう	妾出 しょうしゅつ	委曲 いきょく	威信 いしん	姫鱒 ひめます
妙手 みょうしゅ	妾宅 しょうたく	委員 いいん	威風 いふう	〔娯〕ご・たのしみ・
妙用 みょうよう	妾腹 しょうふく	委託 いたく	威容 いよう	たのしむ
妙曲 みょうきょく	〔妹〕まい・も・いも・	委細 いさい	威張 いばる	娯楽 ごらく
妙技 みょうぎ	いもうと・いもと	委棄 いき	威望 いぼう	〔婆〕ばあ・ばあや・
妙味 みょうみ	妹背 いもせ	委嘱 いしょく	威喝 いかつ	ばば
妙所 みょうしょ	〔妻〕さい・つま・め	委縮 いしゅく	威勢 いせい	婆心 ばしん
妙法 みょうほう	あわせる	委譲 いじょう	威徳 いとく	婆娑 ばさ
妙音 みょうおん	妻子 さいし・つまこ	〔始〕し・はじまり・	威儀 いぎ	婆羅門 バラモン
妙計 みょうけい	妻女 さいじょ	はじまる・はじめ・	威厳 いげん	〔婉〕えん・したがう
妙案 みょうあん	妻戸 つまど	はじめて・はじめる	威嚇 いかく	婉曲 えんきょく
妙策 みょうさく	妻夫 みょうと	始末 しまつ	〔娌〕てつ・めい	婉然 えんぜん
妙趣 みょうしゅ	妻君 さいくん	始生代 しせいだい	〔姻〕いん	〔娶〕めとる・めあわ
妙薬 みょうやく	妻妾 さいしょう	始点 してん	姻戚 いんせき	せる
妙諦 みょうてい	妻室 さいしつ	始祖 しそ	姻族 いんぞく	〔婦〕ふ
妙齢 みょうれい	妻帯 さいたい	始発 しはつ	〔姦〕かん・かしまし	婦人 ふじん
〔妥〕だ・やすし	妻板 つまいた	始原 しげん	い	婦女 ふじょ
妥協 だきょう	妻琴 つまごと	始動 しどう	姦夫 かんぷ	婦女子 ふじょし
妥結 だけつ	妻恋 つまごい	始球式 しきゅうし	姦臣 かんしん	婦長 ふちょう
妥当 だとう	〔姑〕こ・しゅうと・	き	姦物 かんぶつ	婦道 ふどう
〔妊〕にん・はらむ	しゅうとめ	始終 しじゅう	姦計 かんけい	婦徳 ふとく
妊孕力 にんようり	姑息 こそく	始期 しき	姦通 かんつう	婦選 ふせん
ょく	〔妬〕と・ねたし・ね	始筆 しひつ	姦商 かんしょう	婦警 ふけい
妊産婦 にんさんぷ	たましい・ねたみ・ね	始業 しぎょう	姦婦 かんぷ	〔婀〕あ・なまめく
妊娠 にんしん	たむ・ねたましさ・	〔姿〕し・すがた	姦淫 かんいん	婀娜 あだ・あだっぽ
妊婦 にんぷ	やく・やける	姿見 すがたみ	姦策 かんさく	い・あだめく
〔妖〕よう・およずれ	妬心 としん	姿容 しよう	姦悪 かんあく	〔娼〕しょう・よね
妖女 ようじょ	〔姐〕しゃ・しょ・そ	姿勢 しせい	姦雄 かんゆう	娼妓 しょうぎ
妖光 ようこう	・あね・ねえ	姿意 しい	姦賊 かんぞく	娼家 しょうか
妖気 ようき	姐御 あねご	姿態 したい	〔姿〕さ・しゃ	娼婦 しょうふ
妖花 ようか	〔姓〕しょう・せい	〔妍〕げん・けん・う	娑婆 しゃば	〔婢〕ひ・めのこやっ
妖言 ようげん	そう・やから・かば	るわしい・なまめか	〔娘〕じょう・むすめ	こ
妖怪 ようかい	ね・うじ	しい	娘子軍 ろうしぐん	婢僕 ひぼく
妖美 ようび	姓氏 せいし	〔姥〕ぼ・も・とめ・	・じょうしぐん	〔婚〕こん・あたわす
妖星 ようせい	姓名 せいめい	うば・とべ	娘心 むすめごころ	・えんぐみ・くなが
妖姫 ようき	〔姉〕し・あね	姥貝 うばがい	娘盛 むすめざかり	い・くなぐ・よばい
妖異 ようい	姉女房 あねにょう	姥桜 うばざくら	〔姫〕ひめ	婚礼 こんれい
妖術 ようじゅつ	ぼう	〔威〕い・おかす・おど	姫 ひめ	婚姻 こんいん
妖婦 ようふ	姉妹 しまい	し・おどす・おそ	姫小松 ひめこまつ	婚約 こんやく

婚家 こんか	〔嫋〕じょう	なぶる・たわむれる	〔幽〕ゆう・かすか・	川辺 かわべ
婚期 こんき	嫋嫋 じょうじょう	嬲物 なぶりもの	かすけし・かそけし	川尻 かわじり
婚儀 こんぎ	〔嫩〕どん・わかい	嬲殺 なぶりごろし	い	川立 かわだち
〔婿〕むこ	嫩葉 どんよう	〔孃〕じょう・むすめ	幽囚 ゆうしゅう	川伝 かわづたい
婿入 むこいり	〔嫣〕えん	〔孀〕そう・やもめ	幽玄 ゆうげん	川向 かわむかい・か
婿取 むことり	嫣然 えんぜん		幽谷 ゆうこく	わむこう
婿養子 むこようし	〔嫡〕てき・ちゃく	**幺 部**	幽明 ゆうめい	川竹 かわたけ
〔媚〕び・こび・こび	嫡子 ちゃくし		幽門 ゆうもん	川床 かわどこ
る	嫡出 ちゃくしゅつ	〔幻〕げん・まぼろし	幽界 ゆうかい	川岸 かわぎし
媚情 びじょう	嫡母 ちゃくぼ	幻怪 げんかい	幽冥 ゆうめい	川沿 かわぞい
媚態 びたい	嫡男 ちゃくなん	幻視 げんし	幽栖 ゆうせい	川波 かわなみ
媚諂 こびへつらう	嫡室 ちゃくしつ	幻術 げんじゅつ	幽鬼 ゆうき	川明 かわあかり
媚薬 びやく	嫡流 ちゃくりゅう	幻覚 げんかく	幽閉 ゆうへい	川面 かわも
〔媒〕ばい・なかだち	嫡孫 ちゃくそん	幻惑 げんわく	幽寂 ゆうじゃく	川施餓鬼 かわせが
媒介 ばいかい	嫡嫡 ちゃくちゃく	幻滅 げんめつ	幽棲 ゆうせい	き
媒妁 ばいしゃく	〔嫗〕う・おうな・お	幻想 げんそう	幽遠 ゆうえん	川柳 かわやなぎ・せ
媒材 ばいざい	みな・おむな・およ	幻像 げんぞう	幽愁 ゆうしゅう	んりゅう
媒体 ばいたい	な	幻影 げんえい	幽魂 ゆうこん	川音 かわおと
媒染 ばいせん	〔嫖〕ひょう・かるい	幻灯 げんとう	幽霊 ゆうれい	川狩 かわがり
媒酌 ばいしゃく	嫖客 ひょうきゃく	幻聴 げんちょう	幽邃 ゆうすい	川風 かわかぜ
媒質 ばいしつ	〔嫦〕じょう・こう・	〔幼〕よう・いとけな	〔幾〕き・いく・いく	川面 かわづら
〔媼〕おう・おうな	ごう	い・おさな・おさな	つ・いくら	川原 かわら
〔嫂〕そう・あによめ	〔嬉〕き・うれしい・	い	幾人 いくにん・いく	川流 かわながれ
〔嫁〕かす・かする・	うれしがる・うれし	幼子 おさなご	たり	川魚 かわざかな・か
とつぐ・よめ	さ・うれしがらせ	幼女 ようじょ	幾久 いくひさしく	わうお
嫁入 よめいり	嬉泣 うれしなき	幼友達 おさなとも	幾分 いくぶん	川船 かわぶね
嫁女 よめじょ	嬉涙 うれしなみだ	だち	幾日 いくか・いくに	川淀 かわよど
嫁取 よめとり	嬉嬉 きき	幼心 おさなごころ	ち	川猟 かわりょう
嫁菜 よめな	嬉戯 きぎ	幼少 ようしょう	幾多 いくた	川遊 かわあそび
嫁御 よめご	〔嬋〕せん	幼主 ようしゅ	幾何 きか・いくそば	川筋 かわすじ
〔嫉〕しつ・そねみ・	嬋娟 せんけん	幼生 ようせい	く・いくばく	川越 かわごし
そねむ	〔嬌〕きょう	幼年 ようねん	幾夜 いくよ	川開 かわびらき
嫉妬 しっと	嬌名 きょうめい	幼名 ようめい・よう	幾度 いくたび・いく	川端 かわばた
嫉視 しっし	嬌声 きょうせい	みょう	ど	川縁 かわぶち
〔嫌〕けん・いや・い	嬌姿 きょうし	幼虫 ようちゅう	幾重 いくえ	川蟬 かわせみ
やさ・いやがらせ・	嬌笑 きょうしょう	幼児 ようじ・おさな	幾許 いくばく・そく	川霧 かわぎり
いやがる・きらい・	嬌羞 きょうしゅう	ご	ばく	川瀬 かわせ
きらう	嬌態 きょうたい	幼君 ようくん	幾等 いくら	川獺 かわうそ
嫌味 いやみ	〔嬖〕へい	幼者 ようしゃ		〔州〕しゅう・す
嫌気 いやき・いやけ	嬖臣 へいしん	幼時 ようじ	**川 部**	州法 しゅうほう
嫌忌 けんき	〔嬰〕えい	幼弱 ようじゃく		州俗 しゅうぞく
嫌悪 けんお	嬰児 えいじ・みどり	幼魚 ようぎょ	〔川〕せん・かわ	州政 しゅうせい
嫌嫌 いやいや	ご	幼童 ようどう	川上 かわかみ	州浜 すはま
嫌疑 けんぎ	嬰記号 えいきごう	幼稚 ようち	川下 かわしも	州都 しゅうと
〔嬉〕こう	〔嬶〕かかあ	幼馴染 おさななじ	川口 かわぐち	州境 しゅうきょう
嬉曳 あいびき	〔嬲〕どう・じょう・	み	川千鳥 かわちどり	州権 しゅうけん
嬉和 こうわ		幼顔 おさながお	川止 かわどめ	
			川水 かわみず	

州際 しゅうさい

灬 部

〔点〕てん・たてる・つ
ける・とぼす・とぼ
る・ともす・とも
る・てんじる・てん
ずる
点心 てんしん
点火 てんか・とぼし
点本 てんぽん
点出 てんしゅつ
点字 てんじ
点在 てんざい
点図 てんず
点取 てんとり
点画 てんかく
点呼 てんこ
点者 てんしゃ
点前 たてまえ・てま
え
点茶 てんちゃ
点差 てんさ
点点 てんてん
点鬼簿 てんきぼ
点描 てんびょう
点眼 てんがん
点訳 てんやく
点検 てんけん
点景 てんけい
点滅 てんめつ
点数 てんすう
点睛 てんせい
点滴 てんてき
点綴 てんてつ・てん
てい
点線 てんせん
点薬 てんやく
点灯 てんとう
点頭 てんとう
点竄術 てんざんじ
ゅつ
〔烈〕れつ・はげし・
はげしい
烈士 れっし
烈女 れつじょ
烈火 れっか

烈日 れつじつ
烈風 れっぷう
烈烈 れつれつ
烈婦 れっぷ
烈震 れっしん
〔烏〕う・からす
烏口 からすぐち
烏瓜 からすうり
烏合 うごう
烏麦 からすむぎ
烏有 うゆう
烏貝 からすがい
烏金 からすがね
烏兎 うと
烏蛇 からすへび
烏帽子 えぼし
烏犀角 うさいかく
烏賊 いか
烏滸 おこ・おこがま
しい
烏鳴 からすなき
烏竜茶 ウーロンち
ゃ
烏鷺 うろ
〔焉〕えん・いずくん
か・いずくんぞ
〔煮〕しゃ・しゃ・
に・にえ・にえる・
にる
煮上 にあがる・にあ
げる・にえあがる
煮干 にぼし
煮方 にかた
煮出 にだし・にだす
煮立 にえたつ・にた
つ・にたてる
煮付 につけ・につけ
る
煮汁 にしる
煮込 にこみ・にこむ
煮冷 にざまし
煮豆 にまめ
煮抜 にぬき
煮売 にうり
煮花 にばな
煮返 にえかえる・に
かえす

煮合 にふくまる・に
ふくめる
煮炊 にたき
煮物 にもの
煮沸 しゃふつ
煮染 にしめ・にしめ
る
煮浸 にびたし
煮転 にころがし
煮頃 にころ
煮魚 にざかな
煮湯 にえゆ
煮焼 にやき
煮溶 にとかす・にと
ける
煮詰 につまる・につ
める
煮滾 にえたぎる
煮凝 にこごり
煮繰返 にえくりか
える
〔無〕ぶ・む・ない・
なくする・なくする・
なくす・なき・な
さ・なし・なみ・な
かれ
無一文 むいちもん
無一物 むいちもつ
無力 むりょく
無人 むじん・ぶに
ん・むにん
無上 むじょう
無下 むげ
無才 むさい
無口 むくち
無欠 むけつ
無月 むげつ
無手 むて
無水 むすい
無比 むひ
無心 むしん
無文 むもん
無分別 むふんべつ
無双 むそう
無反 むぞり
無主 むしゅ。

無主物 むしゅぶつ
無印 むじるし
無代 むだい
無辺 むへん
無地 むじ
無礼 ぶれい
無札 むさつ
無生物 むせいぶつ
無用 むよう
無用心 ぶようじん
無休 むきゅう
無任所大臣 むに
んしょだいじん
無尽 むじん
無名 むめい
無死 むし
無気力 むきりょく
無気味 ぶきみ
無色 むしょく
無自覚 むじかく
無血 むけつ
無考 むかんがえ
無医 むい
無位 むい
無住 むじゅう
無作為 むさくい
無作法 ぶさほう
無何有郷 むかうの
さと
無体 むたい
無利子 むりし
無利息 むりそく
無声 むせい
無技巧 むぎこう
無批判 むひはん
無防備 むぼうび
無告 むこく
無形 むけい
無芸 むげい
無花果 いちじく・
いちじゅく
無投票 むとうひょ
う
無沙汰 ぶさた
無邪気 むじゃき
無我 むが
無条件 むじょうけ

ん
無物 ないものねだり
無私 むし
無言 むごん
無妻 むさい
無事 ぶじ
無事故 むじこ
無効 むこう
無制限 むせいげん
無価 むか
無免許 むめんきょ
無法 むほう
無定形 むていけい
無定型 むていけい
無定見 むていけん
無官 むかん
無実 むじつ
無性 むせい・ぶしょ
う
無抵抗 むていこう
無味 むみ
無学 むがく
無届 むとどけ
無始 むし
無始無終 むしむし
ゅう
無所属 むしょぞく
無念 ぶねん・むねん
無明 むみょう
無毒 むどく
無知 むち
無季 むき
無表情 むひょうじ
ょう
無者 なきもの
無冠 むかん
無派 むは
無垢 むく
無限 むげん
無品 むほん
無茶 むちゃ
無為 むい
無神経 むしんけい
無神論 むしんろん
無政府 むせいふ
無政府主義 むせ
いふしゅぎ

無差別 むさべつ
無計画 むけいかく
無臭 むしゅう
無軌道 むきどう
無重力 むじゅうりょく
無重量 むじゅうりょう
無音 むおん・ぶいん
無風 むふう
無風流 ぶふうりゅう
無残 むざん
無害 むがい
無造作 むぞうさ
無得点 むとくてん
無恥 むち
無根 むこん
無料 むりょう
無能 むのう
無能力 むのうりょく
無病 むびょう
無畜 むちく
無益 むえき・むやく
無粋 ぶすい
無欠 むけつ
無欠席 むけっせき
無紋 むもん
無記名 むきめい
無配 むはい
無骨 ぶこつ
無宿 むしゅく
無惨 むざん
無常 むじょう
無情 むじょう
無菌 むきん
無視 むし
無患子 むくろじ
無理 むり
無理解 むりかい
無教育 むきょういく
無欲 むよく
無断 むだん
無疵 むきず
無着陸 むちゃくりく

く
無産 むさん
無聊 ぶりょう・むりょう
無辜 むこ
無責任 むせきにん
無道 ぶどう
無過失 むかしつ
無報酬 むほうしゅう
無援 むえん
無帽 むぼう
無期 むき
無期限 むきげん
無痛 むつう
無税 むぜい
無答責 むとうせき
無筆 むひつ
無策 むさく
無給 むきゅう
無量 むりょう
無勢 ぶぜい
無党 むとう
無傷 むきず
無遠慮 ぶえんりょ
無道 むどう
無蓋 むがい
無禄 むろく
無愛想 ぶあいそう
無愛敬 ぶあいきょう
無愛嬌 ぶあいきょう
無意 むい
無意義 むいぎ
無意識 むいしき
無意味 むいみ
無感覚 むかんかく
無感地震 むかんじしん
無慈悲 むじひ
無想 むそう
無煙 むえん
無様 ぶざま
無資格 むしかく
無数 むすう
無暗 むやみ

無頓着 むとんじゃく
く
無腰 むごし
無碍 むがい・むげ
無罪 むざい
無試験 むしけん
無賃 むちん
無電 むでん
無鉛白粉 むえんおしろい
無鉄砲 むてっぽう
無漏 むろ
無精 ぶしょう
無精卵 むせいらん
無銭 むせん
無銘 むめい
無雑 むざつ
無駄 むだ
無駄花 むだばな
無駄遣 むだづかい
無駄口 むだぐち
無駄話 むだばなし
無駄足 むだあし
無駄食 むだぐい
無駄飯 むだめし
無駄骨 むだぼね
無駄骨折 むだぼねおり
無熱 むねつ
無慙 むざん
無慮 むりょ
無慾 むよく
無敵 むてき
無窮 むきゅう
無稽 むけい
無縁 むえん
無線 むせん
無調法 ぶちょうほう
無論 むろん
無趣味 むしゅみ・ぶしゅみ
無関係 むかんけい
無関心 むかんしん
無灯 むとう

無機 むき
無糖 むとう
無謀 むぼう
無頼 ぶらい・ごろつき
無償 むしょう
無闇 むやみ
無職 むしょく
無籍 むせき
無題 むだい
無類 むるい
無難 ぶなん
無礙 むがい・むげ
無韻 むいん
無競争 むきょうそう
（為）い・す・する・せさす・せられる・ため・なさる・なす
為手 なりて
為仕 しにせ
為出 しでかす
為払 しはらう
為体 ていたらく
為所 しどころ
為直 しなおす
為政者 いせいしゃ
為残 しのこす
為済 しすます
為書 ためがき
為術 せんすべ
為悪 しにくい
為遂 しとげる・なしとげる
為替 かわせ
為筋 ためすじ
為損 しそんじる・しそこなう
為遣 してやる
為様 しざま
（然）ぜん・ねん・そう・さ・さる・させる・さも・しか・しかく・しかし・しかも・しかば・しかり・しか

る・しかれども・しこうして・そうして
然乍 さりながら・しかしながら
然迄 さまで
然有 さあらぬ・さは（わ）あれ
然気無 さりげない
然体 さらぬてい
然者 さるもの
然候 さんぞうろう
然許 さばかり
然然 しかじか
然様 さよう
然斯 そうこう
然程 さほど・さるほどに
然間 しかるあいだ
然諾 ぜんだく
（焦）しょう・あせり・あせる・こがし・こがす・こがれる・こげる・じらす・じれる・こぐ
焦土 しょうど
焦心 しょうしん
焦付 こげつく
焦目 こげめ
焦死 こがれじに
焦茶 こげちゃ
焦点 しょうてん
焦眉 しょうび
焦臭 こげくさい
焦熱 しょうねつ
焦慮 しょうりょ
焦燥 しょうそう
焦躁 しょうそう
（煎）せん・せんじ・せんじる・いる・いれる・にゅる・にる
煎付 いりつける
煎出 せんじだす
煎汁 せんじ・せんじゅう
煎豆腐 いりどうふ

煎卵 いりたまご
煎剤 せんざい
煎茶 せんちゃ
煎詰 せんじつめる
煎餅 せんべい
煎薬 せんやく
〔照〕しょう・てり・てる・てれる・てらす
照尺 しょうしゃく
照付 てりつける
照込 てりこむ
照合 てりあう・てりあわせる・じょうごう
照会 しょうかい
照返 てりかえし・てりかえす
照応 しょうおう
照性 てれしょう
照明 しょうめい
照空灯 しょうくうとう
照雨 てりあめ
照門 しょうもん
照度 しょうど
照屋 てれや
照映 てりはえる
照星 しょうせい
照臭 てれくさい
照射 しょうしゃ
照降 てりふり
照破 しょうは
照焼 てりやき
照準 しょうじゅん
照葉狂言 てるはきょうげん
照照坊主 てるてるぼうず
照隠 てれかくし
照影 しょうえい
照輝 てりかがやく
照覧 しょうらん
照魔鏡 しょうまきょう
照顧 しょうこ
〔熊〕ゆう・くま

熊公八公 くまこうはちこう
熊手 くまで
熊胆 くまのい
熊笹 くまざさ
熊祭 くままつり
熊蜂 くまばち・くまんばち
熊襲 くまそ
熊鷹 くまたか
〔熟〕じゅく・いずれ・うむ・うれる・じゅくす・じゅくする・つくづく・なれる・つらつら
熟田 じゅくでん
熟字 じゅくじ
熟成 じゅくせい
熟考 じゅっこう
熟知 じゅくち
熟度 じゅくど
熟思 じゅくし
熟畑 じゅくばた
熟柿 じゅくし
熟眠 じゅくみん
熟達 じゅくだつ
熟視 じゅくし
熟寝 うまい
熟睡 じゅくすい
熟練 じゅくれん
熟読 じゅくどく
熟語 じゅくご
熟蕃 じゅくばん
熟慮 じゅくりょ
熟談 じゅくだん
熟覧 じゅくらん
熟鮨 なれずし
熟議 じゅくぎ
〔熬〕ごう・いれる・いり・いる
熬干 いりぼし
熬子 いりこ
熬粉 いりこ
熬海鼠 いりこ
〔熱〕ねつ・あつい・いきれる・ほとぼり・ほてる・ねつする

熱力学 ねつりきがく
熱中 ねっちゅう
熱心 ねっしん
熱弁 ねつべん
熱処理 ねつしょり
熱汗 ねっかん
熱気 ねっき・ねつけ
熱血 ねっけつ
熱冷 ねつさまし
熱低 ねってい
熱延 ねつえん
熱沙 ねっさ
熱狂 ねっきょう
熱波 ねっぱ
熱性 ねっせい
熱苦 あつくるしい
熱度 ねつど
熱型 ねっけい
熱帯 ねったい
熱泉 ねっせん
熱砂 ねっさ
熱発 ねっぱつ
熱柿 じゅくし
熱風 ねっぷう
熱涙 ねつるい
熱容量 ねつようりょう
熱射病 ねっしゃびょう
熱烈 ねつれつ
熱核 ねっかく
熱病 ねつびょう
熱情 ねつじょう
熱唱 ねっしょう
熱球 ねっきゅう
熱望 ねつぼう
熱湯 あつゆ・ねっとう
熱量 ねつりょう
熱源 ねつげん
熱意 ねつい
熱感 ねっかん
熱愛 ねつあい
熱戦 ねっせん
熱誠 ねっせい
熱電対 ねつでんつい

熱雷 ねつらい
熱鉄 ねってつ
熱演 ねつえん
熱器具 ねつきぐ
熱熱 あつあつ
熱蔵庫 ねつぞうこ
熱線 ねっせん
熱論 ねつろん
熱賛 ねっさん
熱燗 あつかん
熱機関 ねつきかん
熱闘 ねっとう
熱願 ねつがん
熱讃 ねっさん
〔燕〕えん・つばめ・つばくら・つばくらめ・つばくろ
燕子花 かきつばた
燕尾服 えんびふく
燕麦 えんばく
燕脂 えんじ
燕雀 えんじゃく
燕巣 えんす
〔勲〕くん・いさお

斗 部

〔斗〕と・とう・ます・とます・ひしゃく・ばかり・ひっつき・たちまち
斗酒 としゅ
斗搔 とかき
〔料〕りょう・りょうる・はかる
料地 りょうち
料金 りょうきん
料亭 りょうてい
料峭 りょうしょう
料紙 りょうし
料理 りょうり
料飲 りょういん
料簡 りょうけん
〔斜〕しゃ・ななめ・なのめ・はす
斜子 ななこ
斜文 しゃもん
斜切 はすぎれ

斜辺 しゃへん
斜交 はすかい
斜光 しゃこう
斜坑 しゃこう
斜面 しゃめん
斜度 しゃど
斜掛 はすかけ
斜眼 しゃがん
斜陽 しゃよう
斜塔 しゃとう
斜視 しゃし
斜影 しゃえい
斜線 しゃせん
〔斟〕しん・くむ
斟酌 しんしゃく
〔斡〕あつ
斡旋 あっせん

文 部

〔文〕ぶん・もん・あや・ふみ・もどろく
文人 ぶんじん
文久銭 ぶんきゅうせん
文士 ぶんし
文才 ぶんさい
文月 ふづき・ふみづき
文中 ぶんちゅう
文化 ぶんか
文句 もんく
文台 ぶんだい
文末 ぶんまつ
文旦 ぶんたん
文民 ぶんみん
文目 あやめ
文字 もじ・もんじ
文名 ぶんめい
文机 ふづくえ・ふみづくえ
文色 あいろ
文体 ぶんたい
文芸 ぶんげい
文言 ぶんげん・もんごん
文身 いれずみ・ぶんしん

文事 ぶんじ	文楽 ぶんらく	方角 ほうがく	旅立 たびだつ	旋毛 せんもう・つむじ
文典 ぶんてん	文辞 ぶんじ	方法 ほうほう	旅用 りょよう	
文使 ふみづかい	文話 ぶんわ	方便 たずき・ほうべん	旅先 たびさき	旋毛曲 つむじまがり
文例 ぶんれい	文雅 ぶんが	方音 ほうおん	旅回 たびまわり	旋回 せんかい
文法 ぶんぽう	文飾 ぶんしょく	方面 ほうめん	旅団 りょだん	旋花 ひるがお
文治 ぶんじ・ぶんち	文節 ぶんせつ	方途 ほうと	旅衣 たびごろも	旋法 せんぽう
文官 ぶんかん	文献 ぶんけん	方陣 ほうじん	旅行 りょこう	旋律 せんりつ
文武 ぶんぶ	文語 ぶんご	方針 ほうしん	旅住 たびずまい	旋風 せんぷう・つむじかぜ
文学 ぶんがく	文豪 ぶんごう	方眼紙 ほうがんし	旅役者 たびやくしゃ	
文苑 ぶんえん	文選 ぶんせん	方略 ほうりゃく	旅芸人 たびげいにん	旋転 せんてん
文房具 ぶんぼうぐ	文壇 ぶんだん	方術 ほうじゅつ		旋網 まきあみ
文明 ぶんめい	文弥節 ぶんやぶし	方程式 ほうていしき	旅物 たびもの	旋盤 せんばん
文物 ぶんぶつ	文箱 ふばこ	方策 ほうさく	旅券 りょけん	〔旌〕せい・はた
文盲 もんもう	文範 ぶんぱん	方様 かたさま	旅枕 たびまくら	旌旗 せいき
文具 ぶんぐ	文頭 ぶんとう	方解石 ほうかいせき	旅所 たびしょ	〔族〕ぞく・うから・やから
文金 ぶんきん	文橙 ボンタン		旅空 たびのそら	
文型 ぶんけい	文鎮 ぶんちん	〔於〕お・おける	旅亭 りょてい	族生 ぞくせい
文相 ぶんしょう	文題 ぶんだい	於多福 おたふく	旅客 りょかく・りょきゃく	族制 ぞくせい
文段 ぶんだん	文藻 ぶんそう	於鍋 おなべ		族長 ぞくちょう
文科 ぶんか	〔斑〕はん・ふち・ぶち・まだら	〔施〕し・せ・ほどこし・ほどこす	旅客機 りょかっき	族称 ぞくしょう
文面 ぶんめん			旅鳥 たびがらす	族誅 ぞくちゅう
文案 ぶんあん	斑白 はんぱく	施与 せよ	旅疲 たびづかれ	〔旗〕き・はた
文庫 ぶんこ	斑点 はんてん	施工 しこう・せこう	旅情 りょじょう	旗下 きか
文通 ぶんつう	斑紋 はんもん	施主 せしゅ	旅宿 りょしゅく	旗日 はたび
文弱 ぶんじゃく	斑猫 はんみょう	施米 せまい	旅商 たびあきない	旗手 きしゅ
文展 ぶんてん		施行 しこう・せぎょう・せこう	旅商人 たびあきんど	旗本 はたもと
文珠 もんじゅ	**方 部**			旗印 はたじるし
文殊 もんじゅ		施物 せもつ	旅寅 りょぐう	旗色 はたいろ
文書 ぶんしょ・もんじょ	〔方〕ほう・あて・かた・がた・けた・みざかり・まさに	施政 しせい	旅程 りょてい	旗行列 はたぎょうれつ
		施肥 しひ・せひ	旅装 りょそう	
文脈 ぶんみゃく	方丈 ほうじょう	施術 しじゅつ	旅費 りょひ	旗亭 きてい
文部 ぶんぶ	方寸 ほうすん	施設 しせつ	旅僧 たびそう	旗持 はたもち
文鳥 ぶんちょう	方今 ほうこん	施策 しさく	旅寝 たびね	旗指物 はたさしもの
文理 ぶんり	方円 ほうえん	施薬 せやく	旅愁 りょしゅう	
文教 ぶんきょう	方方 かたがた・ほうぼう	施錠 せじょう	旅路 たびじ	旗竿 はたざお
文殻 ふみがら		施療 せりょう	旅稼 たびかせぎ	旗揚 はたあげ
文章 ぶんしょう	方処 ほうしょ		旅銀 りょぎん	旗雲 はたぐも
文責 ぶんせき	方正 ほうせい	〔旁〕ぼう・かたおだ・つくり	旅興行 たびこうぎょう	旗鼓 きく
文運 ぶんうん	方式 ほうしき			旗標 はたじるし
文博 ぶんはく	方向 ほうこう	旁註 ぼうちゅう	旅宴 たびやつれ	旗幟 きし
文無 もんなし	方尖柱 ほうせんちゅう	〔旅〕りょ・たび	旅館 りょかん	旗頭 はたがしら
文検 ぶんけん		旅人 たびにん・たびびと・りょじん	旅嚢 りょのう	旗艦 きかん
文集 ぶんしゅう	方舟 はこぶね		旅籠 はたご・はたごや	
文筆 ぶんぴつ	方位 ほうい	旅心 たびごころ		**戸 部**
文勢 ぶんせい	方図 ほうず	旅日記 たびにっき	〔旋〕せん・つむじ・めぐる	
文意 ぶんい	方形 ほうけい	旅仕度 たびじたく		〔戸〕こ・と・へ・いえ
文様 もんよう	方言 ほうげん			

戸口 ここう・とぐち	所持 しょじ	扇情 せんじょう	社司 しゃし	祇園 ぎおん
戸戸 とこ	所要 しょよう	扇動 せんどう	社史 しゃし	〔祈〕き・いのり・い
戸主 としゅ	所為 しょい・せい	〔扈〕こ	社外 しゃがい	のる・ねぐ・のみ・
戸外 こがい	所思 しょし	扈従 こじゅう・こし	社会主義 しゃかい	のむ
戸別 こべつ	所員 しょいん	ゅう	しゅぎ	祈念 きねん
戸毎 ことごと	所帯 しょたい	〔扉〕ひ・とびら	社交 しゃこう	祈誓 きせい
戸車 とぐるま	所務 しょむ	扉絵 とびらえ	社会 しゃかい	祈請 きせい
戸板 といた	所得 しょとく		社会帝国主義 し	祈願 きがん
戸長 こちょう	所望 しょもう	**ネ 部**	ゃかいていこくしゅ	祈祷 きとう
戸前 とまえ	所産 しょさん		ぎ	〔祐〕ゆう・たすく
戸袋 とぶくろ	所報 しょほう	〔礼〕(禮)れい・	社宅 しゃたく	祐筆 ゆうひつ
戸惑 とまどう	所属 しょぞく	らい・いや・うや	社寺 しゃじ	〔祓〕ばつ・ふつ・は
戸棚 とだな	所期 しょき	礼式 れいしき	社名 しゃめい	らい・はらう
戸数 こすう	所感 しょかん	礼回 れいまわり	社団 しゃだん	〔祠〕し・ほくら・ほこ
戸障子 としょうじ	所業 しょぎょう	礼返 れいがえし	社医 しゃい	ら
戸締 とじまり	所詮 しょせん	礼状 れいじょう	社告 しゃこく	祠官 しかん
戸閾 とじきみ	所載 しょさい	礼典 れいてん	社命 しゃめい	祠堂 しどう
戸籍 こせき	所演 しょえん	礼法 れいほう	社長 しゃちょう	〔祖〕そ・おや
〔戻〕れい・もどす・	所管 しょかん	礼拝 れいはい・らい	社則 しゃそく	祖父 そふ・じい・じ
もどり・もどる・	所説 しょせつ	はい	社屋 しゃおく	じ・じじい
〔房〕ぼう・へや・ふ	所領 しょりょう	礼参 れいまいり	社是 しゃぜ	祖父母 そふぼ
さ	所蔵 しょぞう	礼物 れいもつ	社線 しゃせん	祖母 そぼ・ばば
房事 ぼうじ	所縁 しょえん・ゆか	礼服 れいふく	社風 しゃふう	祖先 そせん
〔所〕しょ・とこ・ど	り	礼者 れいじゃ	社家 しゃけ	祖述 そじゅつ
ころ・ところ	所論 しょろん	礼金 れいきん	社員 しゃいん	祖宗 そそう
所与 しょよ	所懐 しょかい	礼奏 れいそう	社格 しゃかく	祖国 そこく
所収 しょしゅう	所謂 いわゆる	礼砲 れいほう	社務 しゃむ	祖神 そしん
所以 ゆえん	所轄 しょかつ	礼紙 らいし	社訓 しゃくん	祖師 そし
所化 しょけ	所願 しょがん	礼遇 れいぐう	社教活動 しゃきょ	祖業 そぎょう
所天 しょてん	〔扁〕へん・ひらたい	礼帽 れいぼう	うかつどう	祖語 そご
所用 しょよう	扁円形 へんえんけ	礼装 れいそう	社章 しゃしょう	祖廟 そびょう
所出 しょしゅつ	い	礼楽 れいがく	社運 しゃうん	〔神〕しん・かみ・か
所司 しょし	扁平 へんぺい	礼節 れいせつ	社報 しゃほう	む・かん
所由 しょゆう	扁舟 へんしゅう	礼電 れいでん	社祭 しゃさい	神力 しんりょく
所生 しょせい	扁形 へんけい	礼儀 れいぎ	社葬 しゃそう	神人 しんじん
所伝 しょでん	扁桃腺 へんとうせ	礼盤 らいばん	社費 しゃひ	神子 みこ
所在 しょざい	ん	礼賛 らいさん	社債 しゃさい	神父 しんぷ
所存 しょぞん	扁額 へんがく	礼譲 れいじょう	社業 しゃぎょう	神化 しんか
所行 しょぎょう	〔扇〕せん・あおぐ・	礼讃 らいさん	社殿 しゃでん	神仏 しんぶつ
所有 しょゆう	おうぎ	〔社〕しゃ・やしろ	社旗 しゃき	神火 しんか
所作 しょさ	扇子 せんす	社中 しゃちゅう	社歴 しゃれき	神木 しんぼく
所労 しょろう	扇形 せんけい・おう	社友 しゃゆう	社説 しゃせつ	神水 じんすい
所見 しょけん	ぎがた	社内 しゃない	社賓 しゃひん	神主 かんぬし
所定 しょてい	扇状地 せんじょう	社日 しゃじつ・しゃ	社稷 しゃしょく	神出鬼没 しんしゅ
所所 しょしょ	ち	にち	社頭 しゃとう	つきぼつ
所長 しょちょう	扇面 せんめん	社主 しゃしゅ	〔祀〕し・まつる	神代 かみよ・じんだ
所信 しょしん	扇風機 せんぷうき	社印 しゃいん	〔祇〕ぎ	い

神仙 しんせん	神馬 しんめ	〔祝〕しゅく・いわい	視聴 しちょう	禅譲 ぜんじょう
神号 しんごう	神域 しんいき	・いわう・しゅくす	〔禄〕ろく	〔禱〕とう・いのり
神田 しんでん	神掛 かみかけて	・しゅくする	禄米 ろくまい	いのる
神式 しんしき	神授 しんじゅ	祝日 しゅくじつ	禄高 ろくだか	
神州 しんしゅう	神都 しんと	祝言 しゅうげん	禄盗人 ろくぬすび	**心 部**
神気 しんき	神祭 しんさい	祝典 しゅくてん	と	
神米 しんまい	神符 しんぷ	祝杯 しゅくはい	〔福〕ふく	〔心〕しん・こころ
神色 しんしょく	神経 しんけい	祝盃 しゅくはい	福引 ふくびき	心入 こころいれ
神位 しんい	神鹿 しんろく	祝宴 しゅくえん	福耳 ふくみみ	心丈夫 こころじょうぶ
神佑 しんゆう	神道 しんとう	祝砲 しゅくほう	福助 ふくすけ	心力 しんりょく
神体 しんたい	神階 しんかい	祝婚 しゅくこん	福利 ふくり	心土 しんど
神技 しんぎ	神葬 しんそう	祝祭日 しゅくさい	福寿草 ふくじゅそ	心友 しんゆう
神妙 しんみょう	神無月 かんなづき	じつ	う	心不全 しんふぜん
神君 しんくん	神聖 しんせい	祝着 しゅうちゃく	福豆 ふくまめ	心中 しんちゅう・
神社 じんじゃ	神棚 かみだな	祝捷 しゅくしょう	福茶 ふくちゃ	しんぢゅう・しんぢ
神事 しんじ	神童 しんどう	祝勝 しゅくしょう	福祉 ふくし	う
神典 しんてん	神様 かみさま	祝詞 しゅくし・のり	福神 ふくのかみ	心火 しんか
神供 じんく	神楽 かぐら	と	福神漬 ふくじんづけ	心木 しんぎ
神宝 しんぽう	神業 かみわざ	祝賀 しゅくが	福相 ふくそう	心太 ところてん
神官 しんかん	神意 しんい	祝電 しゅくでん	福音 ふくいん	心付 こころづけ・こ
神性 しんせい	神殿 しんでん	祝福 しゅくふく	福運 ふくうん	ころづく
神国 しんこく	神詣 かみもうで	祝意 しゅくい	福緑 ふくろく	心字池 しんじいけ
神学 しんがく	神話 しんわ	祝筵 しゅくえん	福福 ふくふく・ふく	心外 しんがい
神学校 しんがっこ	神隠 かみがくし	祝辞 しゅくじ	ぶく	心打 しんうち
う	神徳 しんとく	祝儀 しゅうぎ	福徳 ふくとく	心有 こころある
神祇 じんぎ	神嘗祭 かんなめさ	祝融 しゅくゆう	〔禍〕か・わざわい	心尽 こころづくし
神明 しんめい	い	祝禱 しゅくとう	禍事 まがごと	心行 こころゆく
神苑 しんえん	神算 しんさん	〔祥〕しょう・さが	禍害 かがい	心任 こころまかせ
神前 しんぜん	神魂 しんこん	祥月 しょうつき	禍根 かこん	心地好 ここちよい
神信心 かみしんじ	神器 しんき・じんぎ	祥瑞 しょうずい	禍福 かふく	心地 ここち・しんじ
ん	神権 しんけん	〔視〕し・みる	禍禍 まがまがしい	心安立 こころやす
神品 しんぴん	神憑 かみがかり	視力 しりょく	〔禊〕けい・みそぎ	だて
神威 しんい	神慮 しんりょ	視床 ししょう	〔禅〕ぜん・ゆずる	心安 こころやすい
神祖 しんそ	神罰 しんばつ	視角 しかく	禅尼 ぜんに	心劣 こころおとり
神神 こうごうしい	神領 しんりょう	視学 しがく	禅寺 ぜんでら	心当 こころあたり・
神風 かみかぜ	神謀 しんぼう	視点 してん	禅刹 ぜんさつ	こころあて
神剣 しんけん	神霊 しんれい	視神経 ししんけい	禅定 ぜんじょう	心耳 しんじ
神酒 しんしゅ・みき	神灯 しんとう	視界 しかい	禅宗 ぜんしゅう	心血 しんけつ
神宮 じんぐう	神橋 しんきょう	視差 しさ	禅学 ぜんがく	心気 しんき
神降 かみおろし	神頼 かみだのみ	視座 しざ	禅門 ぜんもん	心因 しんいん
神速 しんそく	神輿 しんよ・みこし	視野 しや	禅家 ぜんか・ぜんけ	心労 しんろう
神通 じんずう・じん	神璽 しんじ	視覚 しかく	禅師 ぜんじ	心身 しんしん
づう	神職 しんしょく	視程 してい	禅問答 ぜんもんど	心材 しんざい
神変 しんぺん	神鏡 しんきょう	視診 しん	う	心技 しんぎ
神格 しんかく	神韻 しんいん	視話法 しわほう	禅堂 ぜんどう	心肝 しんかん
神秘 しんぴ	神髄 しんずい	視察 しさつ	禅僧 ぜんそう	心苦 こころぐるしい
神託 しんたく	神饌 しんせん	視線 しせん		心房 しんぼう

心服 しんぷく	心覚 こころおぼえ	必勝 ひっしょう	忌憚 きたん	忘籍 わすれじも
心底 しんてい・しん	心猿 しんえん	必須 ひっす・ひっし	忌避 きひ	忘難 わすれがたい
そこ	心痛 しんつう	ゅ	忌諱 きい・きき	〔忿〕ふん・いかる・
心性 しんせい	心証 しんしょう	必然 ひつぜん	〔忍〕にん・しのぶ・	いかり
心的 しんてき	心象 しんしょう	必着 ひっちゃく	しのび	忿懣 ふんまん
心学 しんがく	心裡 しんり	必滅 ひつめつ	忍冬 にんどう・すい	忿怒 ふんぬ・ふんど
心事 しんじ	心棒 しんぼう	必読 ひつどく	かずら	〔忽〕こつ・たちまち
心柄 こころがら	心筋 しんきん	必需 ひつじゅ	忍込 しのびこむ	・ゆるがせ
心持 こころもち	心置無 こころおき	必携 ひっけい	忍会 しのびあい	忽忽 こつこつ
心待 こころまち	なく	〔応〕おう・いらえ	忍返 しのびがえし	忽焉 こつえん
心祝 こころいわい	心置 こころおき	こたえ・こたえる	忍足 しのびあし	忽然 こつぜん・こつ
心変 こころがわり	心遣 こころづかい・	応力 おうりょく	忍声 しのびごえ	ねん
心食虫 しんくいむ	こころやり	応分 おうぶん	忍泣 しのびなき	忽諸 こっしょ
し	心意 しんい	応手 おうしゅ	忍法 にんぽう	〔忠〕ちゅう
心神 しんしん	心意気 こころいき	応用 おうよう	忍者 にんじゃ	忠士 ちゅうし
心柱 しんばしら	心裏 しんり	応召 おうしょう	忍苦 にんく	忠犬 ちゅうけん
心胆 しんたん	心腹 しんぷく	応対 おうたい	忍音 しのびね	忠心 ちゅうしん
心音 しんおん	心電図 しんでんず	応急 おうきゅう	忍耐 にんたい	忠死 ちゅうし
心室 しんしつ	心奥 しんおう	応変 おうへん	忍草 しのぶぐさ	忠言 ちゅうげん
心残 こころのこり	心算 つもり・しんさ	応射 おうしゃ	忍笑 しのびわらい	忠告 ちゅうこく
心弱 こころよわい	ん	応接 おうせつ	忍辱 にんにく	忠孝 ちゅうこう
心配 こころくばり・	心構 こころがまえ	応診 おうしん	忍従 にんじゅう	忠君 ちゅうくん
しんぱい	心憎 こころにくい	応訴 おうそ	忍寄 しのびよる	忠臣 ちゅうしん
心根 しんこん・ここ	心緒 しんちょ・しん	応募 おうぼ	忍術 にんじゅつ	忠実 ちゅうじつ・ま
ろね	しょ	応報 おうほう	〔志〕し・こころざし	め
心組 こころぐみ	心像 しんぞう	応答 おうとう	・こころざす	忠勇 ちゅうゆう
心掛 こころがける・	心魂 しんこん	応援 おうえん	志士 しし	忠信 ちゅうしん
こころがけ・こころ	心境 しんきょう	応戦 おうせん	志向 しこう	忠恕 ちゅうじょ
かかり	心慮 しんりょ	応酬 おうしゅう	志気 しき	忠勤 ちゅうきん
心得 こころえる・こ	心霊 しんれい	応徴 おうちょう	志学 しがく	忠誠 ちゅうせい
ころえ	心積 こころづもり	応需 おうじゅ	志望 しぼう	忠義 ちゅうぎ
心做 こころなしか	心頼 こころだのみ	応諾 おうだく	志野 しの	忠節 ちゅうせつ
心強 こころづよい	心機 しんき	応護 おうご	志操 しそう	忠魂 ちゅうこん
心細 こころぼそい	心闇 こころのやみ	〔芯〕しん	志願 しがん	忠僕 ちゅうぼく
心添 こころぞえ	心頭 しんとう	〔忌〕き・いむ・いま	〔忘〕ぼうず・わすれ	〔念〕ねん・ねんじる
心許無 こころもと	心臓 しんぞう	わしい・いみ	る	・ねんずる
ない	心願 しんがん	忌中 きちゅう	忘失 ぼうしつ	念入 ねんいり
心理 しんり	〔必〕ひっする・かな	忌引 きびき	忘年 ぼうねん	念力 ねんりき
心張棒 しんばりぼう	らず	忌日 きじつ・きにち	忘却 ぼうきゃく	念仏 ねんぶつ
心酔 しんすい	必中 ひっちゅう	忌地 いやち	忘我 ぼうが	念念 ねんねん
心情 しんじょう	必用 ひつよう	忌忌 いまいましい	忘形見 わすれがた	念為 ねんのため
心術 しんじゅつ	必至 ひっし	忌言葉 いみことば	み	念珠 ねんじゅ・ねん
心経 しんぎょう	必死 ひっし	忌辰 きしん	忘物 わすれもの	念書 ねんしょ
心悸 しんき	必見 ひっけん	忌服 きぶく	忘草 わすれぐさ・わ	念晴 ねんばらし
心眼 しんがん	必定 ひつじょう	忌明 きあけ	すれなぐさ	念誦 ねんじゅ・ねん
心無 こころない	必要 ひつよう	忌詞 いみことば	忘恩 ぼうおん	ず
心馳 こころばせ	必修 ひっしゅう	忌嫌 いみきらう	忘愛 ぼうゆう	

念慮 ねんりょ	思設 おもいもうける	怨府 えんぷ	急患 きゅうかん
念頭 ねんとう	思惟 しい・しゆい	怨念 おんねん	急転 きゅうてん
念願 ねんがん	思描 おもいえがく	怨恨 えんこん	急湍 きゅうたん
〔思〕し・おもい・お	思做 おもいなし	怨嗟 えんさ	急診 きゅうしん
もう	思惑 おもわく	怨霊 おんりょう	急須 きゅうす
思入 おもいいれ	思過 おもいすごす	怨敵 おんてき	急場 きゅうば
思上 おもいあがる	思量 しりょう	〔急〕きゅう・せく・	急落 きゅうらく
思丈 おもいの・	思郷 しきょう	せかす・いそぐ・い	急報 きゅうほう
思切 おもいきる・・	思詰 おもいつめる	そかしい	急募 きゅうぼ
もいきる	思想 しそう	急火 きゅうか・きゅ	急電 きゅうでん
思止 おもいとどまる	思壺 おもうつぼ	うび	急増 きゅうぞう
思込 おもいこむ	思遣 おもいやり・お	急立 せきたてる	急談 きゅうだん
思出 おもいだす・お	もいやる	急込 せきこむ	急潮 きゅうちょう
もいで	思違 おもいちがい	急用 きゅうよう	急調 きゅうちょう
思立 おもいたつ	思煩 おもいわずらう	急死 きゅうし	急激 きゅうげき
思外 おもいのほか	思慕 しぼ	急行軍 きゅうこう	急遽 きゅうきょ
思存分 おもうぞん	思様 おもうさま	ぐん	急難 きゅうなん
ぶん	思慮 しりょ	急行 きゅうこう	急騰 きゅうとう
思召 おぼしめし・お	思潮 しちょう	急先鋒 きゅうせん	急霰 きゅうさん
ぼしめす	思儘 おもうまま	ぼう	急襲 きゅうしゅう
思弁 しべん	〔怠〕たい・なまける	急足 いそぎあし	〔恕〕じょ・じょする
思付 おもいつき・お	・おこたる	急告 きゅうこく	恕限度 じょげんど
もいつく	怠者 なまけもの	急坂 きゅうはん	〔恥〕はじ・はじる
思出笑 おもいだし	怠納 たいのう	急所 きゅうしょ	恥入 はじいる
わらい	怠惰 たいだ	急使 きゅうし	恥曝 はじさらし
思回 おもいまわす・	怠業 たいぎょう	急性 きゅうせい	〔羞〕よう・つつむ
おもいめぐらす	怠慢 たいまん	急迫 きゅうはく	羞虫 つつがむし
思考 しこう	〔忽〕そう	急変 きゅうへん	羞無 つつがない
思当 おもいあたる	忽忙 そうぼう	急拵 きゅうごしらえ	〔恋〕れん・こい・こ
思合 おもいあわせる	忽卒 そうそつ	急信 きゅうしん	いしい・こいする・
思至 おもいいたる	忽忽 そうそう	急送 きゅうそう	こう
思余 おもいあまる	〔怒〕ど・おこる・い	急追 きゅうつい	恋人 こいびと
思返 おもいかえす	かる・いかり	急度 きっと	恋女房 こいにょう
思知 おもいしる	怒号 どごう	急派 きゅうは	ぼう
思直 おもいなおす	怒気 どき	急便 きゅうびん	恋文 こいぶみ
思定 おもいさだめる	怒声 どせい	急流 きゅうりゅう	恋心 こいごころ
思者 おもいもの	怒肩 いかりがた	急病 きゅうびょう	恋仲 こいなか
思念 しねん	怒張 どちょう	急症 きゅうしょう	恋風 こいかぜ
思思 おもいおもい	怒鳴 どなる	急峻 きゅうしゅん	恋恋 れんれん
思起 おもいおこす	怒髪 どはつ	急降下 きゅうこう	恋情 れんじょう
思春期 ししゅんき	怒濤 どとう	か	恋着 れんちゃく
思案 しあん	〔怨〕えん・おん・え	急逝 きゅうせい	恋焦 こいこがれる
思残 おもいのこす	んじる・うらみ・う	急造 きゅうぞう	恋煩 こいわずらい
思振 おもわせぶり	らみっこ・うらむ	急速 きゅうそく	恋愛 れんあい
思索 しさく	怨色 えんしょく	急務 きゅうむ	恋路 こいじ
思浮 おもいうかべる	怨言 えんげん・うら	急進 きゅうしん	恋歌 こいうた
思料 しりょう	みごと	急設 きゅうせつ	恋慕 れんぼ・こいし

たう
恋歌 れんか・こいか
恋敵 こいがたき
〔恩〕おん
恩人 おんじん
恩沢 おんたく
恩返 おんがえし
恩典 おんてん
恩命 おんめい
恩威 おんい
恩借 おんしゃく
恩師 おんし
恩恵 おんけい
恩情 おんじょう
恩赦 おんしゃ
恩着 おんちゃく・せがま
しい
恩給 おんきゅう
恩義 おんぎ
恩愛 おんあい
恩誼 おんぎ
恩賞 おんしょう
恩賜 おんし
恩寵 おんちょう
恩顧 おんこ
恩讐 おんしゅう
〔恐〕きょう・おそら
く・おそれ・おそれ
る・おそろしい・こ
わい
恐入 おそれいる
恐乍 おそれながら
恐水病 きょうすい
びょう
恐気 おそれげ
恐多 おそれおおい
恐怖 きょうふ
恐妻 きょうさい
恐持 こわもて
恐悦 きょうえつ
恐恐 きょうきょう・
おそるおそる・こわ
ごわ
恐慌 きょうこう
恐惶 きょうこう
恐喝 きょうかつ
恐戦 おそれおののく

恐察 きょうさつ
恐竜 きょうりゅう
恐縮 きょうしゅく
恐懼 きょうく
〔息〕そく・いき・いきむ
息女 そくじょ
息子 むすこ
息切 いきぎれ
息休 いきやすめ
息抜 いきぬき
息災 そくさい
息吹 いぶき
息苦 いきぐるしい
息巻 いきまく
息急切 いきせききる
息差 いきざし
息根 いきのね
息張 いきばる
息詰 いきづまる
息遣 いきづかい
息継 いきつぎ
息緒 いきのお
息衝 いきづく
〔恣〕ほしいまま
〔恭〕きょう・うやうやしい・つつしむ
恭倹 きょうけん
恭悦 きょうえつ
恭賀 きょうが
恭敬 きょうけい
恭順 きょうじゅん
恭謙 きょうけん
〔恵〕けい・めぐみ・めぐむ
恵与 けいよ
恵比寿 えびす
恵比須 えびす
恵存 けいそん
恵沢 けいたく
恵投 けいとう
恵胡海苔 えごのり
恵贈 けいぞう
〔患〕かん・わずらい・わずらう
患付 わずらいつく

患者 かんじゃ
患家 かんか
患部 かんぶ
〔悠〕ゆ・ゆう・はるか・とおい
悠久 ゆうきゅう
悠長 ゆうちょう
悠悠 ゆうゆう
悠然 ゆうぜん
悠揚 ゆうよう
悠遠 ゆうえん
〔悉〕しつ・ことごとく
悉皆 しっかい
悉曇 しったん
〔悪〕あく・あし・わる・わるい・にくい
悪人 あくにん
悪女 あくじょ
悪口 わるくち・あっこう
悪才 あくさい
悪心 おしん・あくしん
悪文 あくぶん
悪日 あくにち・あくび
悪天 あくてん
悪手 あくしゅ
悪化 あっか
悪太郎 あくたろう
悪友 あくゆう
悪止 わるどめ
悪巧 わるだくみ
悪玉 あくだま
悪用 あくよう
悪平等 あくびょうどう
悪行 あっこう・あくぎょう
悪名 あくめい・あくみょう
悪血 おけつ・あくち
悪因 あくいん
悪気 わるぎ
悪声 あくせい
悪形 あくがた
悪役 あくやく

悪投 あくとう
悪足掻 わるあがき
悪巫山戯 わるふざけ
悪法 あくほう
悪所 あくしょ
悪念 あくねん
悪性 あくせい・あくしょう
悪者 わるもの
悪阻 つわり・おそ
悪知恵 わるちえ
悪例 あくれい
悪事 あくじ
悪洒落 わるじゃれ
悪度胸 わるどきょう
悪逆 あくぎゃく
悪疫 あくえき
悪変 あくへん
悪臭 あくしゅう
悪相 わるそう
悪計 あっけい
悪食 あくじき
悪風 あくふう
悪政 あくせい
悪乗 わるのり
悪病 あくびょう
悪疾 あくしつ
悪党 あくとう
悪鬼 あっき
悪書 あくしょ
悪道 あくどう
悪酔 わるよい
悪達者 わるだっしゃ
悪習 あくしゅう
悪貨 あっか
悪推 わるずい
悪遊 わるあそび
悪評 あくひょう
悪寒 おかん
悪童 あくどう
悪循環 あくじゅんかん
悪場 あくば・わるば
悪運 あくうん

悪税 あくぜい
悪報 あくほう
悪筆 あくひつ
悪漢 あっかん
悪戦苦闘 あくせんくとう
悪業 あくごう
悪意 あくい
悪銭 あくせん
悪路 あくろ
悪感 あっかん
悪感情 あくかんじょう・あっかんじょう
悪夢 あくむ
悪辣 あくらつ
悪弊 あくへい
悪態 あくたい
悪徳 あくとく
悪僧 あくそう
悪様 あしざま
悪擦 わるずれ
悪趣味 あくしゅみ
悪罵 あくば
悪質 あくしつ
悪霊 あくりょう
悪縁 あくえん
悪影響 あくえいきょう
悪戯 いたずら
悪慣 わるなれ
悪擦 わるずれ
悪賢 わるがしこい
悪癖 あくへき
悪騒 わるさわぎ
悪魔 あくま
〔惣〕そう・すべて
惣太鼓 そうだだつお
惣菜 そうざい
〔惑〕まどい・まどう・まどわす
惑乱 わくらん
惑星 わくせい
惑溺 わくでき
〔惹〕ひかれる・ひく

惹起 じゃっき・ひき おこす
〔悲〕ひかなしい・かなしみ・かなしむ
悲母 ひぼ
悲史 ひし
悲壮 ひそう
悲曲 ひきょく
悲況 ひきょう
悲哀 ひあい
悲恋 ひれん
悲惨 ひさん
悲報 ひほう
悲痛 ひつう
悲喜 ひき
悲喜劇 ひきげき
悲話 ひわ・
悲鳴 ひめい
悲愁 ひしゅう
悲傷 ひしょう
悲愴 ひそう
悲嘆 ひたん
悲運 ひうん
悲歌 ひか
悲酸 ひさん
悲境 ひきょう
悲調 ひちょう
悲憤 ひふん
悲劇 ひげき
悲観 ひかん
悲願 ひがん
〔愍〕びん・みん・あわれむ
愍然 びんぜん
〔愁〕しゅう・うれい・うれえる
愁色 しゅうしょく
愁傷 しゅうし
愁眉 しゅうび
愁訴 しゅうそ
愁然 しゅうぜん
愁傷 しゅうしょう
愁嘆 しゅうたん
〔想〕そう・おもう
想定 そうてい
想到 そうとう・おもいいたる

想念 そうねん	愛飲 あいいん	意馬心猿 いばしん	愚詠 ぐえい	感奮 かんぷん
想起 そうき	愛敬 あいけい・あい	えん	愚意 ぐい	感謝 かんしゃ
想見 そうけん	きょう	意思 いし	愚僧 ぐそう	〔慈〕 じ・いつくしむ
想望 そうぼう	愛婿 あいせい	意訳 いやく	愚説 ぐせつ	慈父 じふ
想像 そうぞう	愛婿 あいせい	意欲 いよく	愚論 ぐろん	慈母 じぼ
〔愛〕 あい・あいす	愛煙 あいえん	意義 いぎ	〔感〕 かん・かんじ・	慈雨 じう
る・いとしい・かな	愛想 あいそ・あいそ	意想外 いそうがい	かんじる	慈姑 くわい
しい・まな・めでる	う	意慾 いよく	感入 かんじいる	慈眼 じがん・じげん
愛人 あいじん	愛誦 あいしょう	意趣 いしゅ	感化 かんか	慈善 じぜん
愛子 いとしご	愛読 あいどく	意嚮 いこう	感心 かんしん	慈悲 じひ
愛犬 あいけん	愛憎 あいぞう	意識 いしき	感圧紙 かんあつし	慈悲心鳥 じひしん
愛用 あいよう	愛慕 あいぼ	〔愚〕 ぐ・おろか	感光 かんこう	ちょう
愛他主義 あいたし	愛撫 あいぶ	愚人 ぐじん	感応 かんのう・かん	慈愛 じあい
ゅぎ	愛戯 あいぎ	愚公 ぐこう	おう	慈顔 じがん
愛石 あいせき	愛蔵 あいぞう	愚兄 ぐけい	感吟 かんぎん	〔懇〕 いん・ねんごろ
愛好 あいこう	愛器 あいき	愚民政策 ぐみんせ	感状 かんじょう	懇懃 いんぎん
愛弟子 まなでし	愛慾 あいよく	いさく	感作 かんさ	〔態〕 たい・てい・ざ
愛児 あいじ・まなご	愛嬌 あいきょう	愚生 ぐせい	感官 かんかん	ま・わざと
愛吟 あいぎん	愛嬢 あいじょう	愚老 ぐろう	感泣 かんきゅう	態度 たいど
愛社 あいしゃ	愛機 あいき	愚考 ぐこう	感受 かんじゅ	態勢 たいせい
愛車 あいしゃ	愛護 あいご	愚行 ぐこう	感性 かんせい	態様 たいよう
愛育 あいいく	愛顧 あいこ	愚劣 ぐれつ	感知 かんち	態態 わざわざ
愛妾 あいしょう	〔愈〕 いよいよ	愚弄 ぐろう	感佩 かんぱい	〔慧〕 けい・え・さと
愛林 あいりん	愈愈 いよいよ	愚作 ぐさく	感眼 かんがん	い
愛玩 あいがん	〔意〕 い・おもう	愚見 ぐけん	感服 かんぷく	慧眼 けいがん
愛国 あいこく	意力 いりょく	愚禿 ぐとく	感染 かんせん	〔慙〕 ざん・はじ・は
愛妻 あいさい	意中 いちゅう	愚弟 ぐてい	感度 かんど	ず
愛染 あいぜん	意外 いがい	愚図付 ぐずつく	感冒 かんぼう	慙死 ざんし
愛別離苦 あいべつ	意字 いじ	愚図愚図 ぐずぐず	感恩 かんおん	〔慾〕 よく
りく	意地 いじ	愚図 ぐずる・ぐず	感情 かんじょう	〔慫〕 しょう
愛馬 あいば	意地悪 いじわるい	愚直 ぐちょく	感涙 かんるい	慫慂 しょうよう
愛重 あいちょう	意匠 いしょう	愚者 ぐしゃ	感動 かんどう	〔憂〕 ゆう・うい・う
愛孫 あいそん	意気地 いきじ・い	愚妻 ぐさい	感得 かんとく	さ・うれい・うれえ
愛息 あいそく	くじ	愚物 ぐぶつ	感慨 かんがい	る
愛書 あいしょ	意気張 いきはり	愚妹 ぐまい	感覚 かんかく	憂目 うきめ
愛娘 まなむすめ	意気 いき	愚昧 ぐまい	感量 かんりょう	憂色 ゆうしょく
愛校 あいこう	意気込 いきごみ・	愚計 ぐけい	感傷 かんしょう	憂身 うきみ
愛称 あいしょう	いきごむ	愚連隊 ぐれんたい	感触 かんしょく	憂苦 ゆうく
愛着 あいちゃく・あ	意気組 いきぐみ	愚息 ぐそく	感想 かんそう	憂国 ゆうこく
いじゃく	意企 いき	愚書 ぐしょ	感嘆 かんたん	憂患 ゆうかん
愛鳥 あいちょう	意向 いこう	愚問 ぐもん	感電 かんでん	憂悶 ゆうもん
愛惜 あいせき	意図 いと	愚挙 ぐきょ	感歎 かんたん	憂晴 うきばらし
愛唱 あいしょう	意志 いし	愚案 ぐあん	感銘 かんめい	憂節 うきふし
愛情 あいじょう	意見 いけん	愚策 ぐさく	感賞 かんしょう	憂愁 ゆうしゅう
愛郷 あいきょう	意表 いひょう	愚鈍 ぐどん	感激 かんげき	憂慮 ゆうりょ
愛執 あいしゅう	意味 いみ	愚答 ぐとう	感懐 かんかい	憂憤 ゆうふん
愛欲 あいよく	意固地 いこじ	愚痴 ぐち・ぐちる	感興 かんきょう	憂鬱 ゆううつ

〔慰〕い・なぐさむ・
　なぐさめる
慰安 いあん
慰労 いろう
慰留 いりゅう
慰問 いもん
慰霊 いれい
慰撫 いぶ
慰謝 いしゃ
慰藉 いしゃ
慰顔 なぐさめがお
〔憑〕つく・つかれる
憑物 つきもの
〔慮〕おもんぱかる
〔穏〕おん・おだやか
穏当 おんとう
穏和 おんわ
穏便 おんびん
穏婆 おんば
穏健 おんけん
〔憲〕けん
憲兵 けんぺい
憲法 けんぽう
憲政 けんせい
憲章 けんしょう
〔慶〕けい・けいする
慶弔 けいちょう
慶安 けいあん
慶色 けいしょく
慶兆 けいちょう
慶事 けいじ
慶祝 けいしゅく
慶庵 けいあん
慶賀 けいが
慶福 けいふく
〔憩〕けい・いこい・い
　こう
憩室 けいしつ
〔懇〕こん・ねんごろ
懇切 こんせつ
懇志 こんし
懇到 こんとう
懇命 こんめい
懇書 こんしょ
懇望 こんぼう・こん
　もう
懇情 こんじょう

懇話 こんわ
懇意 こんい
懇談 こんだん
懇請 こんせい
懇篤 こんとく
懇親 こんしん
懇懇 こんこん
懇願 こんがん
〔懲〕ちょう・こりる・
　こらしめる・こらす
懲戒 ちょうかい
懲役 ちょうえき
懲性 こりしょう
懲罰 ちょうばつ
懲懲 こりごり
〔懸〕け・けん・かか
　る・かける
懸子 かけご
懸字 かけじ
懸命 けんめい
懸念 けんねん
懸河 けんが
懸軍 けんぐん
懸垂 けんすい
懸案 けんあん
懸紙 かけがみ
懸崖 けんがい
懸巣 かけす
懸詞 かけことば
懸腕直筆 けんわん
　ちょくひつ
懸絶 けんぜつ
懸想 けそう
懸隔 けんかく・かけ
　へだたる・かけへだ
　てる
懸賞 けんしょう
懸壅垂 けんようす
　い
懸橋 かけはし

火 部

〔火〕か・ひ・ふ・ほ
火力 かりょく
火入 ひいれ
火中 かちゅう
火干 ひぼし

火山 かざん
火口 かこう・ひぐち・
　ほくち
火切 ひきり
火元 ひもと・ひのも
　と
火夫 かふ
火止 ひどめ
火水 ひみず
火手 かしゅ・ひので
火加減 ひかげん
火付 ひつき・ひつけ
火打 ひうち
火玉 ひだま・ひのた
　ま
火目 ひのめ
火皿 ひざら
火矢 ひや
火刑 かけい
火宅 かたく
火成岩 かせいがん
火気 かき・かっき・
　ひのけ
火色 ひいろ
火床 ひどこ
火攻 ひぜめ
火吹竹 ひふきだけ
火花 ひばな
火災 かさい
火炉 かろ
火車 ひのくるま
火見 ひのみ
火足 ひあし
火事 かじ
火取 ひとり・ひどる
火炎 かえん
火灸 ひあぶり
火保 ひもち
火持 ひもち
火屋 ほや
火点 かてん
火急 かきゅう
火柱 ひばしら
火星 かせい
火食 かしょく
火食鳥 ひくいどり
火酒 かしゅ

火消 かけし
火除 ひよけ
火砲 かほう
火粉 ひのこ
火乾 ひぼし
火達磨 ひだるま
火採 ひとり
火桶 ひおけ
火脚 ひあし
火移 ひうつり
火袋 ひぶくろ
火責 ひぜめ
火遁 かとん
火遊 ひあそび
火葬 かそう
火焔 かえん
火焙 ひあぶり
火脹 ひぶくれ
火祭 ひまつり
火番 ひのばん
火筒 ほづつ
火勢 かせい
火傷 かしょう・やけ
　ど
火蓋 ひぶた
火照 ひでり
火鉢 ひばち
火種 ひだね
火箸 ひばし
火影 ほかげ
火熱 かねつ
火熨斗 ひのし
火箭 かせん・ひや
火箭 かせん
火器 かき
火薬 かやく
火燵 こたつ
火糞 ほくそ
火曜 かよう
火縄 ひなわ
火難 かなん
火鑽 ひきり

〔灰〕かい・はい・あ
　ほむら
灰分 かいぶん
灰汁 あく
灰汁洗 あくあらい

灰皿 はいざら
灰白色 かいはくし
　ょく
灰色 はいいろ
灰均 はいならし
灰吹 はいふき
灰神楽 はいかぐら
灰掻 はいかき
灰落 はいおとし
灰塵 かいじん
灰篩 はいふるい
灰燼 かいじん
〔灯〕とう・あかし・と
　ぼし・ともし・ともし
　び・ともす・ともる
灯下 とうか
灯火 とうか・ともし
　び
灯心 とうしん
灯用 とうよう
灯台 とうだい
灯光 とうこう
灯油 とうゆ
灯明 とうみょう
灯船 とうせん
灯蛾 とうが
灯影 とうえい・ほか
　げ
灯標 とうひょう
灯籠 とうろう
〔灼〕しゃく・あらた
　か
灼熱 しゃくねつ
灸穴 きゅう・やいと
灸治 きゅうじ
灸点 きゅうてん
〔災〕さい・わざわい
災厄 さいやく
災害 さいがい
災禍 さいか
災難 さいなん
〔炎〕えん・ほのお・
　ほむら
炎上 えんじょう
炎天 えんてん
炎炎 えんえん

炎昼 えんちゅう	炭火 すみび	く・もやす	焼灰 やけばい	焼跡 やけあと
炎症 えんしょう	炭手前 すみてまえ	焚口 たきぐち	焼尽 しょうじん	焼損 しょうそん
炎暑 えんしょ	炭价 たんか	焚火 たきび	焼成 しょうせい	焼麩 やきふ
炎熱 えんねつ	炭団 たどん	焚付 たきつけ・たきつける	焼死 しょうし	焼蕎麦 やきそば
〔炒〕しょう・いため・いためる・いり・いる・いれる	炭田 たんでん	焚出 たきだし	焼夷弾 しょういだん	焼落 やけおちる
炒干 いりぼし	炭坑 たんこう	焚刑 ふんけい	焼豆腐 やきどうふ	焼糞 やけくそ
炒子 いりこ	炭車 たんしゃ	焚物 たきもの	焼灼 しょうしゃく	焼鎌 やきがま
炒粉 いりこ	炭取 すみとり	焚染 たきしめる	焼身 しょうしん	焼鏝 やきごて
炒豆 いりまめ	炭肺 たんぱい	焚落 たきおとし	焼却 しょうきゃく	〔焠〕さい・せ・なます
炒飯 チャーハン	炭俵 すみだわら	焚書 ふんしょ	焼明礬 やきみょうばん	〔煉〕れん・ねり・ねる
〔炙〕しゃ・あぶる	炭庫 たんこ	焚殻 たきがら	焼物 やきもの	煉上 ねりあげる
炙出 あぶりだし	炭疽 たんそ	〔焔〕ほのお・ほむら	焼直 やきなおし・やきなおす	煉丹 れんたん
炙物 あぶりもの	炭素 たんそ	〔焜〕こん	焼金 やきがね	煉瓦 れんが
〔炊〕すい・たく・かしぐ・たける	炭搔 すみかき	焜炉 こんろ	焼肴 やきざかな	煉合 ねりあわせる
炊上 たきあがる	炭焼 すみやき	〔焼〕しょう・やき・やく・やけ・やける	焼畑 やきばた	煉羊羹 ねりようかん
炊夫 すいふ	炭殻 たんがら	焼入 やきいれ	焼香 しょうこう	煉乳 れんにゅう
炊出 たきだし	炭質 たんしつ	焼上 やきあがる・やきあげる	焼酎 しょうちゅう	煉固 ねりかためる
炊込 たきこむ	炭鉱 たんこう	焼山 やけやま	焼海苔 やきのり	煉物 ねりもの
炊合 たきあわせ	炭塵 たんじん	焼亡 しょうぼう	焼畠 やきばた	煉炭 れんたん
炊事 すいじ	炭壺 すみつぼ	焼太 やけぶとり	焼討 やきうち	煉香 ねりこう
炊婦 すいふ	炭層 たんそう	焼太刀 やきだち	焼桐 やきぎり	煉塀 ねりべい
炊殖 たきまぶ	炭酸 たんさん	焼木杭 やけぼっくい	焼栗 やきぐり	煉雲丹 ねりうに
炊飯器 すいはんき	炭窯 すみがま	焼払 やきはらう	焼殺 しょうさつ	煉歯磨 ねりはみがき
炊煙 すいえん	炭竈 すみがま	焼印 やきいん	焼豚 やきとん・やきぶた	煉獄 れんごく
炊爨 すいさん	〔炸〕さく	焼打 やきうち	焼魚 やきざかな	煉製品 ねりせいひん
〔炉〕ろ	炸裂 さくれつ	焼切 やききる	焼接 やきつぎ	煉餌 ねりえ
炉辺 ろへん	炸薬 さくやく	焼玉 やきだま	焼野 やけの	煉薬 ねりぐすり
炉開 ろびらき	〔炯〕けい	焼玉機関 やきだまきかん	焼筆 やけふで	煉餡 ねりあん
炉端 ろばた	炯炯 けいけい	焼処 やけど	焼飯 やきめし	〔煙〕えん・けぶい・けぶたい・けぶり・けぶる・けむい・けむたい・けむたか・る・けむり・けむる
炉塞 ろふさぎ	〔烟〕えん・けぶい・けぶり・けぶる・けむり	焼出 やけだされ・やけだされる	焼鳥 やきとり	煙火 えんか
〔炬〕きょ・こ	烟草 たばこ	焼付 やきつく・やけつく・やきつけ・やきつける	焼場 やきば	煙出 けむだし
炬火 きょか・たいまつ	烟管 えんかん	焼石 やけいし	焼絵 やきえ	煙波 えんぱ
炬燵 こたつ	〔烙〕らく	焼穴 やけあな	焼棒杭 やけぼっくい	煙突 えんとつ
〔炷〕しゅ・ひ・たき・たく	烙印 らくいん	焼失 しょうしつ	焼焦 やけこがし・やけこがす・やけこげ・やけこげる	煙雨 えんう
炷物 たきもの	〔烽〕ほう・のろし・とぶひ	焼石膏 しょうせっこう	焼鈍 しょうどん・やきなまし	煙草 たばこ
〔炳〕へい	烽火 ほうか・のろし	焼肉 やきにく	焼塩 やきしお	煙毒 えんどく
炳乎 へいこ	〔焙〕はい・ほう・あぶる	焼芋 やきいも	焼増 やきまし	煙害 えんがい
炳然 へいぜん	焙炉 ほいろ	焼米 やきごめ	焼餅 やきもち	煙硝 えんしょう
〔炭〕たん・すみ	焙茶 ほうじちゃ		焼網 やきあみ	煙滅 えんめつ
炭山 たんざん	焙烙 ほうろく			
炭化 たんか	〔焮〕きん			
炭水 たんすい	焮衝 きんしょう			
	〔焚〕ふん・たく・や			

煙道 えんどう	熔銑 ようせん	燃焼 ねんしょう	〔爛〕らん・ただれ・ただれる・ただらす	玉什 ぎょくじゅう
煙幕 えんまく	〔煽〕せん・あおぐ・あおり・あおる・お・だて・おだてる・あふる	燃犀 ねんさい	爛熟 らんじゅく	玉目 たまもく
煙管 えんかん	煽止 あおりどめ	燃費 ねんぴ	爛漫 らんまん	玉石 ぎょくせき・たまいし
煙霞 えんか	煽立 あおりたてる	燃種 もえくさ	爛然 らんぜん	玉代 ぎょくだい
煙霧 えんむ	煽足 あおりあし	〔燄〕えん・ほのお・ほのほ	爛爛 らんらん	玉糸 たまいと
〔煤〕ばい・すす・すすける・すすばむ	煽動 せんどう	燄燄 えんえん	〔爨〕さ・さん・かしぎ・かしぐ	玉虫 たまむし
煤払 すすはらい	煽情 せんじょう	〔燦〕さん・きらめく		玉成 ぎょくせい
煤竹 すすたけ	煽揚 せんよう	燦然 さんぜん	**王 部**	玉串 たまぐし
煤色 すすいろ	煽惑 せんわく	燦燦 さんさん		玉体 ぎょくたい
煤埃 すすほこり	〔熨〕い・うつ・のし・のす・ひのし	燦爛 さんらん	〔王〕おう	玉垂 たまだれ
煤掃 すすはき	熨斗紙 のしがみ	〔燭〕しょく・そく	王子 おうじ	玉突 たまつき
煤煙 ばいえん	熨斗袋 のしぶくろ	燭台 しょくだい	王土 おうど	玉取 たまとり
〔煩〕はん・うるさい・わずらい・わずらう・わずらわしい・わずらわす・わずらわい	熨斗鮑 のしあわび	燭光 しょっこう	王女 おうじょ	玉房 たまぶさ
煩多 はんた	〔燗〕らん・かん	〔燠〕おう・いく・おき	王公 おうこう	玉杯 ぎょくはい
煩労 はんろう	燗冷 かんざまし	〔燧〕すい・ひうち・ひきり	王化 おうか	玉歩 ぎょくほ
煩悩 ぼんのう	燗酒 かんざけ	〔燻〕くん・いぶし・いぶす・いぶり・くすぶす・いぶる・くゆる・ふすべる・ふすぶる・ふすぼる	王水 おうすい	玉門 ぎょくもん
煩累 はんるい	燗鍋 かんなべ	燻蒸 くんじょう	王手 おうて	玉垣 たまがき
煩悶 はんもん	〔熾〕し・おき・おこす・おこる	燻煙 くんえん	王立 おうりつ	玉砂利 たまじゃり
煩瑣 はんさ	熾火 おきび	燻製 くんせい	王妃 おうひ	玉音 ぎょくおん
煩雑 はんざつ	熾烈 しれつ	燻銀 いぶしぎん	王位 おうい	玉砕 ぎょくさい
煩簡 けんかん	〔燐〕りん	〔爆〕ばく・はぜる	王法 おうほう・おうぼう	玉乗 たまのり
〔煖〕だん・あたたか・あたためる	燐火 りんか	爆圧 ばくあつ	王国 おうこく	玉造 たまつくり
煖房 だんぼう	燐光 りんこう	爆心 ばくしん	王事 おうじ	玉除 たまよけ
煖炉 だんろ	燐灰石 りんかいせき	爆砕 ばくさい	王者 おうじゃ	玉案 ぎょくあん
〔煥〕かん	燐灰土 りんかいど	爆死 ばくし	王冠 おうかん	玉座 ぎょくざ
煥発 かんぱつ	燐肥 りんぴ	爆竹 ばくちく・どんど	王侯 おうこう	玉将 ぎょくしょう
〔煌〕こう・おう・かがやく・きらめかす・きらめき・きらめく・きらう	燐鉱 りんこう	爆沈 ばくちん	王室 おうしつ	玉菜 たまな
煌煌 こうこう	燐酸 りんさん	爆音 ばくおん	王城 おうじょう	玉章 ぎょくしょう・たまずさ
〔煬〕よう・ちょう・いため・いためる・ゆでる	〔燎〕りょう	爆発 ばくはつ	王政 おうせい	玉葛 たまかずら
〔熔〕よう・とかす・とく・とける	燎原 りょうげん	爆風 ばくふう	王宮 おうきゅう	玉葱 たまねぎ
熔炉 ようろ	〔燃〕ねん・ぜん・もえ・もえる・もす・もやす・もゆ	爆破 ばくは	王家 おうけ	玉無 たまなし
熔岩 ようがん	燃上 もえあがる	爆笑 ばくしょう	王座 おうざ	玉椿 たまつばき
熔接 ようせつ	燃付 もえつく	爆殺 ばくさつ	王師 おうし	玉楼 ぎょくろう
熔解 ようかい	燃立 もえたつ	爆弾 ばくだん	王将 おうしょう	玉蜀黍 とうもろこし
熔鉱炉 ようこうろ	燃油 ねんゆ	爆裂 ばくれつ	王都 おうと	玉算 たまざん
	燃料 ねんりょう	爆傷 ばくしょう	王族 おうぞく	玉緒 たまのお
	燃残 もえのこり	爆雷 ばくらい	王朝 おうちょう	玉鉾 たまぼこ
	燃殻 もえがら	爆撃 ばくげき	王道 おうどう	玉総 たまぶさ
	燃盛 もえさかる	爆薬 ばくやく	王様 おうさま	玉箒 たまははき
			王権 おうけん	玉稿 ぎょっこう
			〔玉〕ぎょく・ごく・たま	玉輿 たまのこし
			玉子 たまご	玉繭 たままゆ
			玉子級 たまごとじ	玉顔 ぎょくがん
			玉手箱 たまてばこ	玉鬘 たまかずら

玉髄 ぎょくずい	珍籍 ちんせき	球場 きゅうじょう	現在 げんざい	琴曲 きんきょく
玉藻 たまも	珍襲 ちんしゅう	球道 きゅうどう	現有 げんゆう	琴柱 ことじ
玉露 ぎょくろ	〔玻〕は	球電 きゅうでん	現任 げんにん	琴琴 きんのこと
〔玩〕がん・もちゃそび・もてあそび・も	玻璃 はり	球歴 きゅうれき	現当 げんとう	琴瑟 きんしつ
ちあそぶ・もてあそび・もてあそぶ	〔珊〕さん・さんち	球趣 きゅうしゅ	現存 げんそん	琴緒 ことのお
	珊瑚 さんご	球戯 きゅうぎ	現収 げんしゅう	琴線 ことせん
	〔玳〕たい	球審 きゅうしん	現地 げんち	琴歌 ことうた
玩弄 がんろう	玳瑁 たいまい	〔理〕り・ことわり	現住 げんじゅう	〔琢〕たく・みがく
玩味 がんみ	〔班〕はん	理化 りか	現状 げんじょう	琢磨 たくま
玩具 がんぐ・おもち	班文 はんもん	理化学 りかがく	現世 うつし・げんせ・げんせい	〔琥〕こ
ゃ	班別 はんべつ	理不尽 りふじん		琥珀 こはく
玩物喪志 がんぶつそうし	班長 はんちょう	理外 りがい	現形 げんけい	〔琵〕び
	班員 はんいん	理由 りゆう	現身 うつせみ	琵琶 びわ
〔尩〕おう	〔珠〕しゅ・じゅ・たま	理会 りかい	現役 げんえき	〔瑇〕たい
尩弱 おうじゃく		理知 りち	現物 げんぶつ	瑇瑁 たいまい
〔玫〕まい	珠玉 しゅぎょく	理性 りせい	現実 げんじつ	〔瑕〕か・きず
玫瑰 まいかい	珠芽 しゅが	理事 りじ	現制 げんせい	瑕瑾 かきん
〔珐〕ほう	珠算 しゅざん・たまざん	理屈 りくつ	現金 げんきん	瑕疵 かし
珐瑯 ほうろう		理学 りがく	現況 げんきょう	瑕釁 かきん
〔玲〕れい	〔珪〕けい	理非 りひ	現官 げんかん	〔瑞〕ずい・みず
玲瓏 れいろう	珪石 けいせき	理念 りねん	現品 げんぴん	瑞兆 ずいちょう
〔珍〕ちん・めずらか・めずらしい・うず	珪肺 けいはい	理法 りほう	現前 げんぜん	瑞気 ずいき
	珪砂 けいしゃ	理科 りか	現送 げんそう	瑞光 ずいこう
珍本 ちんぽん	珪素 けいそ	理財 りざい	現段階 げんだんかい	瑞枝 みずえ
珍技 ちんぎ	珪酸 けいさん	理容 りよう		瑞相 ずいそう
珍妙 ちんみょう	珪藻 けいそう	理智 りち	現俸 げんぽう	瑞垣 みずがき
珍果 ちんか	〔琉〕りゅう・る	理数 りすう	現高 げんだか	瑞祥 ずいしょう
珍奇 ちんき	琉金 りゅうきん	理無 わりない	現員 げんいん	瑞雲 ずいうん
珍物 ちんぶつ	〔琅〕ろう	理想 りそう	現時 げんじ	瑞象 ずいしょう
珍宝 ちんぽう	琅玕 ろうかん	理窟 りくつ	現時点 げんじてん	瑞穂 みずみずしい
珍味 ちんみ	〔球〕きゅう・たま	理解 りかい	現象 げんしょう	瑞穂 みずほ
珍客 ちんかく・ちんきゃく	球心 きゅうしん	理詰 りづめ	現場 げんじょう・げんば	〔瑪〕め
	球史 きゅうし	理路 りろ		瑪瑙 めのう
珍重 ちんちょう	球団 きゅうだん	理論 りろん	現数 げんすう	〔瑣〕さ
珍品 ちんぴん	球形 きゅうけい	理髪 りはつ	現勢 げんせい	瑣末 さまつ
珍書 ちんしょ	球技 きゅうぎ	〔現〕げん・あらわす・あらわれる・うつつ	現業 げんぎょう	瑣実 さじ
珍貨 ちんか	球状 きゅうじょう		現像 げんぞう	瑣細 ささい
珍菓 ちんか	球体 きゅうたい		現職 げんしょく	〔瑠〕る・りゅう
珍鳥 ちんちょう	球乗 たまのり	現人神 あらひとがみ	〔斑〕はん・はだら	瑠璃 るり
珍問 ちんもん	球茎 きゅうけい	現下 げんか	はだれ・はどろ・ふ・ぶち・まだら・むら・もどろ	〔璞〕あらたま
珍答 ちんとう	球果 きゅうか	現今 げんこん		〔環〕かん・たまき・わ
珍無類 ちんむるい	球界 きゅうかい	現尺 げんしゃく		
珍説 ちんせつ	球威 きゅうい	現生 げんなま	斑入 ふい	環状 かんじょう
珍聞 ちんぶん	球面 きゅうめん	現代 げんだい	斑鳩 いかる	環海 かんかい
珍蔵 ちんぞう	球根 きゅうこん	現出 げんしゅつ	〔琴〕きん・こん・こと	環視 かんし
珍談 ちんだん	球速 きゅうそく	現行 げんこう	琴爪 ことづめ	環節 かんせつ
珍優 ちんゆう	球菌 きゅうきん			環境 かんきょう

環礁 かんしょう	成済 なりすます	我物 わがもの	戦乱 せんらん	戦績 せんせき
〔璧〕へき・たま	成書 せいしょ	我武者羅 がむしゃ	戦車 せんしゃ	戦闘 せんとう
〔瓊〕えい・よう	成員 せいいん	ら	戦災 せんさい	戦艦 せんかん
瓔珞 ようらく	成案 せいあん	我背 わがせ	戦局 せんきょく	〔戯〕ぎ・おどけ・ざ
	成鳥 せいちょう	我家 わがや	戦役 せんえき	れる・じゃれる・た
戈 部	成魚 せいぎょ	我党 わがとう	戦法 せんぽう	わけ・たわける・た
	成婚 せいこん	我流 がりゅう	戦歿 せんぼつ	わむれ・たわむれる
〔戈〕か・ほこ	成敗 せいはい・せい	我宿 わがやど	戦国 せんこく	戯女 たわれめ
〔戊〕ぼ・ぼう・つち	ばい	我欲 がよく	戦況 せいきょう	戯文 ぎぶん
のえ	成程 なるほど	我執 がしゅう	戦果 せんか	戯号 ぎごう
〔戎〕じゅう・えびす	成業 せいぎょう	我等 われら	戦前 せんぜん	戯曲 ぎきょく
戎衣 じゅうい・えび	成就 じょうじゅ	我勝 われがちに	戦後 せんご	戯言 たわごと・ざれ
すごろも	成道 じょうどう	我意 がい	戦記 せんき	ごと
戎克 ジャンク	成語 せいご	我慢 がまん	戦陣 せんじん	戯作 ぎさく・げさく
〔戌〕じゅつ・いぬ	成算 せいさん	我輩 わがはい	戦病死 せんびょう	戯事 ざれごと
〔成〕せい・じょう・	成層 せいそう	我褒 われほめ	し	画戯 ぎが
なす・なり・なる	成熟 せいじゅく	我儘 わがまま	戦捷 せんしょう	戯訓 ぎくん
成人 せいじん	成績 せいせき	〔或〕わく・こく・あ	戦時 せんじ	戯場 ぎじょう
成上 なりあがり・な	〔戒〕かい・いまし	り・ある・あるいは	戦訓 せんくん	戯評 ぎひょう
りあがる	め・いましめる・い	〔戡〕かん	戦敗 せんぱい	〔戴〕たい・ いただ
成下 なりさがる	ましむ	戡定 かんてい	戦野 せんや	き・いただたく・いた
成心 せいしん	戒力 かいりき	〔截〕せつ・きる・た	戦略 せんりゃく	だける
成分 せいぶん	戒心 かいしん	つ	戦術 せんじゅつ	戴立 いただきたち
成文 せいぶん	戒行 かいぎょう	截断 さいだん・せつ	戦域 せんいき	戴物 いただきもの
成仏 じょうぶつ	戒告 かいこく	だん	戦備 せんび	戴冠 たいかん
成代 なりのかわる	戒杖 かいじょう	截然 さいぜん・せつ	戦費 せんぴ	
成立 なりたち・な	戒律 かいりつ	ぜん	戦勝 せんしょう	**瓦 部**
たつ・せいりつ	戒飾 かいちょく	〔戦〕せん・いくさ・	戦隊 せんたい	
成込 なりこむ	戒慎 かいしん	おののく・そよがす・	戦場 せんじょう	〔瓦〕が・かわら
成功 せいこう	戒厳 かいげん	そよぎ・そよぐ・たた	戦雲 せんうん	瓦石 がせき
成句 せいく	〔我〕が・わ・わが・	かい・たたかう	戦渦 せんか	瓦全 がぜん
成竹 せいちく	われ	戦力 せんりょく	戦勢 せんせい	瓦版 かわらばん
成行 なりゆき・なり	我人 われひと	戦士 せんし	戦傷 せんしょう	瓦落 がら
ゆく	我方 わがほう	戦友 せんゆう	戦跡 せんせき	瓦落多 がらくた
成虫 せいちゅう	我夫 わがせ・わがつ	戦中 せんちゅう	戦戦恐恐 せんせん	瓦解 がかい
成年 せいねん	ま	戦中派 せんちゅう	きょうきょう	瓦煎餅 かわらせん
成因 せいいん	我不関焉 われかん	は	戦戦兢兢 せんせん	べい
成体 せいたい		戦火 せんか	きょうきょう	瓦礫 がれき
成形手術 せいけい	我乍 われながら	戦史 せんし	戦慄 せんりつ	〔甌〕トン
しゅじゅつ	我田引水 がでいん	戦功 せんこう	戦意 せんい	〔瓶〕びん・へい・か
成否 せいひ	んすい	戦犯 せんぱん	戦禍 せんか	め・みか
成果 せいか・なれの	我先 われさきに	戦争 せんそう	戦旗 せんき	瓶子 へいじ
はて・なりはてる	我身 わがみ	戦列 せんれつ	戦塵 せんじん	瓶詰 びんづめ
成金 なりきん	我我 われわれ	戦地 せんち	戦歴 せんれき	〔甕〕おう・いしだ
成長 せいちょう	我利 がり	戦死 せんし	戦端 せんたん	たみ・しきがわら
成育 せいいく	我見 がけん	戦歿 せんぼつ	戦機 せんき	〔甍〕ぼう・いらか
成型 せいけい	我国 わがくに	戦利品 せんりひん	戦線 せんせん	〔甑〕しょう・そう・
成約 せいやく				こしき

木　部

〔木〕もく・ぼく・き
　・こ・け
木刀 ぼくとう
木口 きぐち・こぐち
木工 もっこう
木下 このした
木太刀 きだち
木木 きぎ
木仏 きぶつ・きぼと
け
木戸 きど
木片 もくへん
木切 きぎれ
木目 きめ・もくめ
木目込 きめこみ
木皿 きざら
木本 もくほん
木皮 もくひ
木瓜 ぼけ
木石 ぼくせき
木立 こだち
木末 こぬれ
木耳 きくらげ
木地 きじ
木肌 きはだ
木灰 もっかい・きば
い
木材 きざい・もくざ
い
木芽 きのめ・このめ
木具 きぐ
木表 きおもて
木苺 きいちご
木性 きのしょう
木取 きどり
木版 もくはん
木杯 もくはい
木阿弥 もくあみ
木実 このみ
木型 きがた
木香 きのか
木盃 もくはい
木炭 もくたん
木星 もくせい
木柵 もくさく

木枯 こがらし
木食虫 きくいむし
木釘 きくぎ
木屑 きくず
木振 きぶり
木骨 もっこつ
木馬 もくば
木造 もくぞう
木剣 ぼっけん
木通 あけび
木連格子 きつれこ
うし
木豇豆 きささげ
木組 きぐみ
木帳面 きちょうめ
ん
木理 きめ・もくめ
木彫 きぼり・もくち
ょう
木斛 もっこく
木部 もくぶ
木捻子 もくねじ
木魚 もくぎょ
木訥 ぼくとつ
木偶 でく・もくぐう
木偶坊 でくのぼう
木陰 こかげ
木挽 こびき
木深 こぶかい
木間 このま
木菟 ずく・みみずく
木菟入 ずくにゅう
木遣 きやり
木場 きば
木筋 もっきん
木琴 もっきん
木棉 もめん
木蓮 もくれん
木筆 もくひつ
木犀 もくせい
木酢 もくさく
木葉 このは
木槌 きづち
木賃 きちん
木裏 きうら
木鼠 きねずみ
木煉瓦 もくれんが

木賊 とくさ
木暗 こぐらい
木綿 きわた・ゆう
木蔦 きづた
木管 もっかん
木像 もくぞう
木製 もくせい
木精 もくせい
木槿 むくげ
木蔭 こかげ
木舞 こまい
木漏 こもれび
木端 こっぱ・こば
木鋏 きばさみ
木質 もくしつ
木醂 きざわし
木醋 もくさく
木樏 むくろじ
木履 ぼくり・ぼっく
り
木霊 こだま
木隠 こがくれ
木頭 きのかしら
木叢 こむら
木簡 もっかん
木曜 もくよう
木蠟 もくろう
木蘭 もくらん
木鐸 ぼくたく
〔木〕じゅっ・うけ
ら・おけら
〔本〕ほん・みなも
と・もと・もとづく
本人 ほんにん
本丁 ほんちょう
本丸 ほんまる
本土 ほんど
本山 ほんざん
本子 もとこ
本手 ほんて
本予算 ほんよさん
本文 ほんぶん・ほん
もん
本元 ほんもと
本分 ほんぶん
本夫 ほんぷ
本心 ほんしん

本日 ほんじつ
本木 もとき
本末 ほんまつ
本田 ほんでん
本庁 ほんちょう
本立 ほんたて
本号 ほんごう
本来 もともと
本生 もとなり
本有 ほんゆう
本名 ほんみょう
本年 ほんねん
本当 ほんとう
本伝 ほんでん
本宅 ほんたく
本色 ほんしょく
本州 ほんしゅう
本式 ほんしき
本地 ほんじ
本寺 ほんじ
本字 ほんじ
本旨 ほんし
本決 ほんぎまり
本気 ほんき
本会議 ほんかいぎ
本因坊 ほんいんぼ
う
本舟 もとぶね
本成 もとなり
本状 ほんじょう
本来 ほんらい
本身 ほんみ
本邦 ほんぽう
本床 ほんどこ
本体 ほんたい
本初子午線 ほん
しょしごせん
本初 ほんしょ
本社 ほんしゃ
本志 ほんし
本妻 ほんさい
本坑 ほんこう
本局 ほんきょく
本位 ほんい
本門 ほんもん
本物 ほんもの
本命 ほんめい

本法 ほんぽう
本直 ほんなおし
本店 ほんてん
本邸 ほんてい
本性 ほんしょう・ほ
んせい
本国 ほんごく
本姓 ほんせい
本刷 ほんずり
本建築 ほんけんちく
本卦還 ほんけがえ
り
本卦帰 ほんけがえ
り
本金 ほんきん・もと
きん
本拠 ほんきょ
本官 ほんかん
本肥 もとごえ
本城 ほんじょう
本屋 ほんや
本音 ほんね
本則 ほんそく
本草 ほんそう
本草綱目 ほんぞう
ごうもく
本省 ほんしょう
本家 ほんけ
本紀 ほんぎ
本科 ほんか
本流 ほんりゅう
本能 ほんのう
本務 ほんむ
本俸 ほんぽう
本圀 ほんぽ
本降 ほんぶり
本島 ほんとう
本造 ほんづくり
本陣 ほんじん
本紙 ほんし
本校 ほんこう
本宮 もとみや・ほん
ぐう
本格 ほんかく
本院 ほんいん
本望 ほんもう
本祭 ほんまつり

本堂 ほんどう	本態 ほんたい	未配 みはい	末技 まつぎ	札記 さっき
本隊 ほんたい	本管 ほんかん	未晒 みさらし	末尾 まつび	札札 さっさつ
本船 ほんせん・もとぶね	本論 ほんろん	未通女 おぼこ	末社 まっしゃ	札座 さつざ
	本舗 ほんぽ	未着 みちゃく	末弟 ばってい・まってい	〔朽〕きゅう・くちる
本組 ほんぐみ	本篇 ほんぺん	未設 みせつ		朽木 くちき
本塁 ほんるい	本箱 ほんばこ	未訳 みやく	末法 まっぽう	朽果 くちはてる
本普請 ほんぶしん	本選 ほんせん	未組織 みそしき	末始終 すえしじゅう	朽廃 きゅうはい
本復 ほんぷく	本質 ほんしつ	未経験 みけいけん		朽葉 くちば
本部 ほんぶ	本線 ほんせん	未婚 みこん	末長 すえながい	〔朴〕ぼく・ほお・えのき
本番 ほんばん	本編 ほんぺん	未済 みさい	末学 ばつがく・まつがく	
本場 ほんば	本膳 ほんぜん	未遂 みすい		朴木 ほおのき
本場所 ほんばしょ	本曇 ほんぐもり	未満 みまん	末枯 うらがれる・すがれる	朴直 ぼくちょく
本朝 ほんちょう	本館 ほんかん	未開 みかい		朴念仁 ぼくねんじん
本裁 ほんだち	本懐 ほんかい	未開拓 みかいたく	末茶 まっちゃ	朴訥 ぼくとつ
本尊 ほんぞん	本題 ほんだい	未開発 みかいはつ	末派 まっぱ	朴歯 ほおば
本属 ほんぞく	本職 ほんしょく	未然 みぜん	末座 まつざ	〔枌〕おうご
本葬 ほんそう	本譜 ほんぷ	未曾有 みぞう	末巻 まっかん	〔朱〕しゅ・あか・あけ
本筋 ほんすじ	本願 ほんがん	未解決 みかいけつ	末孫 ばっそん・まっそん	
本項 ほんこう	本籍 ほんせき	未詳 みしょう		朱引 しゅびき
本給 ほんきゅう	本籤 ほんくじ	未製品 みせいひん	末書 まっしょ	朱印 しゅいん
本極 ほんぎまり	〔未〕び・み・いまだ・まだ・まだき・まだし・ひつじ	未聞 みもん	末恐 すえおそろしい	朱肉 しゅにく
本棚 ほんだな		未練 みれん	末流 ばつりゅう・まつりゅう	朱珍 しちん・しゅちん
本営 ほんえい		未踏 みとう		
本然 ほんぜん・ほんねん	未了 みりょう	未熟 みじゅく	末席 ばっせき・まっせき	朱唇 しゅしん
	未亡人 みぼうじん	未墾 みこん		朱書 しゅしょ
本節 ほんぶし	未分 みぶん	未央柳 びようやぎ	末梢 まっしょう	朱華 はねず
本道 ほんどう	未収 みしゅう		末筆 まっぴつ	朱腎 しゅしん
本殿 ほんでん	未未 まだまだ	〔末〕ばつ・まつ・すえ・うら・うれ	末期 まっき・まつご	朱筆 しゅひつ
本詰 もとづめ	未申 ひつじさる		末葉 ばつよう・まつよう	朱塗 しゅぬり
本調子 ほんちょうし	未払 みはらい	末子 すえっこ・ばっし・まっし		朱墨 しゅずみ
	未刊 みかん		末路 まつろ	朱儒 しゅじゅ
本試験 ほんしけん	未完 みかん	末女 みつじょ	末節 まっせつ	朱鞘 しゅざや
本数 ほんすう	未生 みしょう	末木 うらき	末裔 ぼつえい・まつえい	朱欄 しゅらん
本署 ほんしょ	未成 みせい	末方 すえつかた		朱欒 ザボン
本源 ほんげん	未成年 みせいねん	末文 まつぶん	末摘花 すえつむはな	朱鷺 とき
本絹 ほんけん	未来 みらい	末日 まつじつ	末端 まったん	〔甬〕こがらし
本腰 ほんごし	未完 みかん	末代 まつだい	末輩 まっぱい	〔机〕き・つくえ・つき
本業 ほんぎょう	未完成 みかんせい	末生 うらなり	未頼 すえたのもしい	
本義 ほんぎ	未決 みけつ	末末 すえずえ	〔札〕さつ・さね・ふだ・ふみた	机下 きか
本意 ほい・ほんい	未見 みけん	末世 すえのよ・まっせ		机上 きじょう
本歌 ほんか・もとうた	未知 みち		札入 さついれ	机辺 きへん
	未定 みてい	末永 すえながい	札止 ふだどめ	〔杜〕と・ず・もり
本暦 ほんれき	未到 みとう	末広 すえひろ・すえひろがり	札付 ふだつき	杜氏 とうじ
本領 ほんりょう	未明 みめい		札束 さつたば	杜若 かきつばた
本読 ほんよみ	未発 みはつ	末成 うらなり	札所 ふだしょ	杜松 ねず
本誌 ほんし	未発表 みはっぴょう	末寺 まつじ	札差 ふださし	杜絶 とだえる・とぜ
本舞台 ほんぶたい	未納 みのう	末位 まつい		

っ	杏仁 きょうにん	条項 じょうこう	来朝 らいちょう	ら
杜漏 ずろう	杏林 きょうりん	条幅 じょうふく	来診 らいしん	枝垂柳 しだれやなぎ
杜撰 ずさん	〔杢〕もく	条播 じょうは	来場 らいじょう	
杜鵑 とけん・ほととぎす	杢阿弥 もくあみ	〔来〕らい・きたす・きたる・く・くる	来集 らいしゅう	枝炭 えだずみ
			来援 らいえん	枝変 えだがわり
〔村〕そん・むら	〔束〕そく・たば・たばね・たばねる・つか・つかねる	来手 きて	来様 らいさま	枝振 えだぶり
村人 むらびと		来日 らいにち	来話 らいわ	枝族 しぞく
村八分 むらはちぶ	束子 たわし	来月 らいげつ	来電 らいでん	枝道 えだみち
村夫子 そんぷうし	束見本 つかみほん	来方 こしかた	来意 らいい	枝隊 したい
村民 そんみん	束脩 そくしゅう	来由 らいゆ	来歴 らいれき	枝葉 えだは・しよう
村払 むらばらい	束帯 そくたい	来世 らいせ	来演 らいえん	〔東〕とう・あずま・ひがし・ひんがし
村有 そんゆう	束間 つかのま	来示 らいじ	来賓 らいひん	
村吏 そんり	束髪 そくはつ	来合 きあわせる	来談 らいだん	東上 とうじょう
村会 そんかい	束縛 そくばく	来年 らいねん	来駕 らいが	東天 とうてん
村芝居 むらしばい	〔杓〕しゃく・しゃく・ひさご・ひしゃく	来任 らいにん	来館 らいかん	東方 とうほう・ひがしかた
村社 そんしゃ		来宅 らいたく	来聴 らいちょう	
村役場 むらやくば	杓子 しゃくし	来旨 らいし	来臨 らいりん	東北 とうほく
村役人 むらやくにん	杓文字 しゃもじ	来光 らいこう	来観 らいかん	東北東 とうほくとう
村里 むらざと	〔杉〕さん・すぎ	来会 らいかい	来襲 らいしゅう	
村長 そんちょう・むらおさ	杉戸 すぎど	来呑 らいひ	〔杭〕こう・くい	東西 とうざい
村雨 むらさめ	杉形 すぎなり	来状 らいじょう	杭打 くいうち	東奔西走 とうほんせいそう
村荘 そんそう	杉折 すぎおり	来車 らいしゃ	〔枕〕まくら・ちん	
村時雨 むらしぐれ	杉重 すぎじゅう	来社 らいしゃ	枕刀 まくらがたな	東征 とうせい
村落 そんらく	杉原 すぎはら・すぎわら	来迎 らいごう	枕上 まくらがみ	東国 とうごく
村道 そんどう	杉菜 すぎな	来店 らいてん	枕元 まくらもと	東海 とうかい
村童 そんどう	杉叢 すぎむら	来征 らいせい	枕木 まくらぎ	東洋 とうよう
村勢 そんせい	杉蘚 すぎごけ	来往 らいおう	枕辺 まくらべ	東屋 あずまや
村塾 そんじゅく	〔杙〕よく・くい	来春 らいはる・らいしゅん	枕金 まくらきん	東南 とうなん
村議 そんぎ	〔杣〕そま		枕屏風 まくらびょうぶ	東風 こち・とうふう
〔材〕ざい	杣人 そまびと	来信 らいしん		東宮 とうぐう
材木 ざいもく	杣小屋 そまごや	来秋 らいしゅう	枕捜 まくらさがし	東進 とうしん
材料 ざいりょう	杣山 そまやま	来県 らいけん	枕探 まくらさがし	東高西低 とうこうせいてい
材種 ざいしゅ	杣木 そまぎ	来客 らいきゃく	枕詞 まくらことば	
材質 ざいしつ	〔条〕じょう	来通 きどおし	枕席 ちんせき	東部 とうぶ
材積 ざいせき	条下 じょうか	来書 らいしょ	枕頭 ちんとう	東都 とうと
〔杖〕じょう・つえ・づえ	条文 じょうぶん	来航 らいこう	〔枉〕おう・まがる・まげる・まげて	東経 とうけい
杖柱 つえはしら	条目 じょうもく	来貢 らいこう		東雲 しののめ
〔杞〕き	条令 じょうれい	来校 らいこう	枉枉 まがまがしい	東道 とうどう
杞憂 きゆう	条件 じょうけん	来夏 らいか	枉駕 おうが	東漸 とうぜん
〔李〕り・すもも	条虫 じょうちゅう	来訪 らいほう	〔枝〕し・え・えだ	東遷 とうせん
李下 りか	条条 じょうじょう	来島 らいとう	枝打 えだうち	〔林〕りん・はやし
李杜 りと	条例 じょうれい	来着 らいちゃく	枝肉 えだにく	林子 りんこ
〔杏〕あんず・きょう	条約 じょうやく	来週 らいしゅう	枝豆 えだまめ	林立 りんりつ
杏子 あんず	条規 じょうき	来寇 らいこう	枝折 しおり	林地 りんち
	条理 じょうり	来遊 らいゆう	枝折戸 しおりど	林学 りんがく
		来報 らいほう	枝垂 しだれ	林相 りんそう
			枝垂桜 しだれざくら	林泉 りんせん

林政 りんせい	つかぜ	板葺 いたぶき	染抜 そめぬく・しみ	〔枯〕こ・からす・か
林野 りんや	松脂 まつやに	板都 いたじとみ	ぬき	る・かれる
林産 りんさん	松原 まつばら	板敷 いたじき	染形 そめがた	枯山 かれやま
林道 りんどう	松毬 まつかさ・まつ	板締 いたじめ	染返 そめかえす	枯山水 かれさんすい
林間 りんかん	ぼっくり	〔析〕せき	染更 そめかえ	
林業 りんぎょう	松笠 まつかさ	析出 せきしゅつ	染物 そめもの	枯木 かれき・こぼく
林檎 りんご	松葉 まつば・まつの	〔枡〕しょう・ます	染直 そめなおし・そ	枯色 かれいろ
〔杯〕はい・さかずき	は	枡目 ますめ	めなおす	枯死 こし
杯事 さかずきごと	松過 まつすぎ	枡形 ますがた	染型 そめがた	枯尾花 かれおばな
杯洗 はいせん	松飾 まつかざり	枡席 ますせき	染飛白 そめがすり	枯枝 かれえだ
杯盤 はいばん	松濤 しょうとう	枡組 ますぐみ	染粉 そめこ	枯草色 かれくさい
〔杪〕ちょ・じょ・ひ	松蝉 まつぜみ	枡落 ますおとし	染紋 そめもん	ろ
〔杪〕びょう・こずえ	松韻 しょういん	枡掻 ますかき	染筆 せんぴつ	枯枯 かれがれ
〔杳〕よう	松露 しょうろ	〔枠〕わく	染料 せんりょう	枯骨 ここつ
〔果〕か・おおせる・	松籟 しょうらい	枠内 わくない	染透 しみとおる	枯淡 こたん
くだもの・はて・は	〔杵〕しょ・きね・き	枠外 わくがい	染液 せんえき	枯野 かれの
てし・はては・はて	杵柄 きねづか	枠組 わくぐみ	染絣 そめがすり	枯葉 かれは
る・はたして・はた	〔枚〕まい・ばい・ひ	〔枢〕すう・くるる・	染替 そめかえ	枯渇 こかつ
す	ら	とぼそ	染渡 しみわたる	枯稿 ここう
果汁 かじゅう	枚挙 まいきょ	枢要 すうよう	染模様 そめもよう	枯薄 かれすすき
果皮 かひ	枚数 まいすう	枢密 すうみつ	染髪 せんぱつ	枯露柿 ころがき
果合 はたしあい	〔板〕いた・はん・ば	枢軸 すうじく	染織 せんしょく	〔柩〕きゅう・ひつぎ
果肉 かにく	ん	枢機 すうき	〔柱〕ちゅう・はしら	〔柘〕しゃ・ざく・つ
果状 はたしじょう	板子 いたこ	枢務 すうむ	柱石 ちゅうせき	み
果実 かじつ	板木 はんぎ・ばんぎ	〔柿〕し・かき・こけ	柱状 ちゅうじょう	柘榴 ざくろ
果物 くだもの	板付 いたつき	ら	柱時計 はしらどけ	〔柔〕じゅう・にゅ
果哉 はたせるかな	板目 いため	柿色 かきいろ	い	う・やわ・やわら・
果菜 かさい	板本 はんぽん	柿渋 かきしぶ	柱掛 はしらかけ	やわらか・やわらか
果敢 かかん	板材 いたざい	柿落 こけらおとし	柱廊 ちゅうろう	い・やわい・にこ
果断 かだん	板床 いたどこ	〔染〕せん・しみ・し	柱頭 ちゅうとう	柔肌 やわはだ
果梨 かりん	板庇 いたびさし	みる・じみる・し	柱聯 ちゅうれん	柔和 にゅうわ
果然 かぜん	板状 ばんじょう	む・そめる・そま	〔柿〕し・かき	柔弱 にゅうじゃく
果報 かほう	板画 はんが	る・そめ・ぞめ	〔柄〕へい・え・が	柔術 じゅうじゅつ
果糖 かとう	板金 いたがね・ばん	染入 しみいる	ら・つか	柔軟 じゅうなん
果樹 かじゅ	きん	染上 そめあがり・そ	柄糸 つかいと	柔順 じゅうじゅん
〔枘〕ぜい・ほぞ	板草履 いたぞうり	めあがる・そめあけ	柄行 がらゆき	柔道 じゅうどう
〔松〕しょう・まつ	板前 いたまえ	る	柄杓 ひしゃく	柔膚 やわはだ
松内 まつのうち	板屋 いたや	染井吉野 そめいよ	柄袋 つかぶくろ	〔枷〕か・かし・かせ
松竹梅 しょうちく	板面 ばんめん	しの	柄頭 つかがしら	枷羅木 きゃらぼく
ばい	板紙 いたがみ	染分 そめわけ・そめ	〔某〕ぼう・それが	〔架〕か
松虫 まつむし	板挟 いたばさみ	わける	し・なにがし	架台 かだい
松明 たいまつ	板書 ばんしょ	染出 そめだす	某日 ぼうじつ	架空 かくう
松林 まつばやし	板張 いたばり	染付 しみつく・そめ	某氏 ぼうし	架設 かせつ
松枝 まつがえ	板船 いたふね	つけ	某某 ぼうぼう	架線 かせん
松柏 しょうはく	板畳 いただたみ	染込 しみこむ	〔柑〕かん	架橋 かきょう
松茸 まつたけ	板間 いたのま	染色 そめいろ・せん	柑子 こうじ	架蔵 かぞう
松風 しょうふう・ま	板場 いたば	しょく	柑橘 かんきつ	〔査〕さ

査収 さしゅう
査定 さてい
査問 さもん
査証 さしょう
査察 ささつ
査閲 さえつ
〔柚〕ゆう・ゆ・ゆず
柚子 ゆず
〔枳〕き・し
枳殻 からたち
〔柞〕さく・いす・ゆ
　しのき・ははそ・ほ
　うそ・ゆす
柞蚕 さくさん
〔枸〕く・こう
枸杞 くこ
枸櫞酸 くえんさん
〔棚〕さく・しがらみ
〔柏〕はく・かしわ
柏手 かしわで
柏餅 かしわもち
〔柳〕りゅう・やな
　ぎ
柳川 やながわ
柳行李 やなぎごう
　り
柳色 りゅうしょく
柳眉 りゅうび
柳絮 りゅうじょ
柳営 りゅうえい
柳腰 やなぎごし・り
　ゅうよう
柳暗花明 りゅうあ
　んかめい
柳樽 やなぎだる
〔柊〕しゅう・ひら
　ぎ・ひいらぎ
〔栂〕つが・とが
〔柾〕まさ・まさき
柾目 まさめ
〔栃〕とち
栃木 とちのき
栃麺棒 とちめんぼ
〔柝〕たく
〔栽〕さい
栽培 さいばい

〔案〕あん・あんじ・
　あんじる・あんずる
案下 あんか
案山子 かかし
案内 あんない
案分 あんぶん
案文 あんぶん
案外 あんがい
案出 あんしゅつ
案件 あんけん
案定 あんのじょう
案配 あんばい
案顔 あんじがお
〔校〕こう・きょう
校了 こうりょう
校区 こうく
校内 こうない
校友 こうゆう
校印 こういん
校外 こうがい
校正 こうせい
校本 こうほん
校地 こうち
校合 きょうごう・こ
　うごう
校医 こうい
校具 こうぐ
校舎 こうしゃ
校長 こうちょう
校定 こうてい
校服 こうふく
校門 こうもん
校紀 こうき
校是 こうぜ
校則 こうそく
校訂 こうてい
校風 こうふう
校訓 こうくん
校庭 こうてい
校務 こうむ
校倉 あぜくら
校異 こうい
校勘 こうかん
校規 こうき
校章 こうしょう
校葬 こうそう
校歌 こうか

校債 こうさい
校旗 こうき
校僕 こうぼく
校閲 こうえつ
〔核〕かく・さね
核力 かくりょく
核子 かくし
核心 かくしん
核反応 かくはんの
　う
核分裂 かくぶんれ
　つ
核兵器 かくへいき
核実験 かくじっけ
　ん
核武装 かくぶそう
核果 かっか
核独占 かくどくせ
　ん
核家族 かくかぞく
核弾頭 かくだんと
　う
核酸 かくさん
核買 かくばい
核潜水艦 かくせん
　すいかん
核融合 かくゆうご
核爆発 かくばくは
　つ
〔框〕きょう・かまち
〔栲〕こう・たえ・た
　く
〔桂〕けい・かつら
桂皮 けいひ
桂冠 けいかん
桂馬 けいま
桂庵 けいあん
〔桔〕き・けつ
桔梗 ききょう
〔栗〕りつ・くり
栗石 くりいし
栗色 くりいろ・くり
　げ
栗刺 いが
栗鼠 りす
栗饅頭 くりまんじ

　ゅう
栗名月 くりめいげ
　つ
〔栖〕せい・すむ・す
栖息 せいそく
〔桎〕しつ
〔桎梏〕しっこく
〔桑〕そう・くわ
桑子 くわこ
桑田 そうでん
桑門 しゃもん・そう
　もん
桑蚕 くわご
桑原 くわばら
桑港 そうこう
桑園 そうえん
〔根〕こん・ね
根子 ねっこ
根上 ねあがり
根太 ねだ・ねぶと
根引 ねびき
根分 ねわけ
根方 ねかた
根切 ねきり
根切虫 ねきりむし
根毛 こんもう
根元 こんげん・ねも
　と
根比 こんくらべ
根付 ねづく・ねつけ
根生 ねおい
根本 こんぽん・ねも
　と
根号 こんごう
根竹 ねだけ
根曲竹 ねまがりだ
　け
根回 ねまわし・ねま
　わり
根芋 ねいも
根因 こんいん
根気 こんき
根芹 ねぜり
根扱 ねこぎ
根国 ねのくに
根肥 ねごえ
根拠 こんきょ

根底 こんてい
根性 こんじょう
根茎 こんけい
根治 こんじ・こんち
根差 ねざす
根城 ねじろ
根柢 こんてい
根負 こんまけ
根株 ねかぶ
根限 こんかぎり
根強 ねづよい
根間 ねとい
根深 ねぶか・ねぶか
　い
根掘 ねほり
根掘葉掘 ねほりは
　ほり
根雪 ねゆき
根魚 ねうお
根掛 ねがけ
根笹 ねざさ
根粒 こんりゅう
根菜類 こんさいる
　い
根基 こんき
根絶 こんぜつ・ねだ
　やし
根無 ねなし
根棒 こんぼう
根葉 こんよう
根継 ねつぎ
根源 こんげん
根幹 こんかん
根締 ねじめ
根瘤 こんりゅう・ね
　こぶ
根競 こんくらべ
〔柴〕さい・し・し
　ば・ふし
柴山 しばやま
柴刈 しばかり
柴犬 しばいぬ
柴垣 しばがき
柴栗 しばぐり
柴笛 しばぶえ
〔桐〕とう・きり
桐一葉 きりひとは

桐油 とうゆ	桁行 けたゆき	〔梗〕こう・きょう・ふさがる	梅桃 ゆすら	棒状 ぼうじょう
〔栓〕せん	桁違 けたちがい	梗塞 こうそく	梅酢 うめず	棒乳切 ぼうちぎり
栓抜 せんぬき	〔栞〕しおる・しおり	梗概 こうがい	梅割 うめわり	棒倒 ぼうたおし
栓塞 せんそく	〔栴〕せん	〔梧〕ご	梅園 ばいえん	棒高跳 ぼうたかとび
〔桃〕とう・もも	栴檀 せんだん	梧桐 あおぎり・ごとう	梅漬 うめづけ	棒組 ぼうぐみ
桃太郎 ももたろう	〔桛〕かせ	〔梵〕ぼん	梅擬 うめもどき	棒術 ぼうじゅつ
桃尻 ももじり	桛糸 かせいと	梵文 ぼんぶん	梅醤 うめびしお	棒球 ぼうだま
桃色 ももいろ	〔桜〕おう・さくら	梵天 ぼんてん	〔梨〕り・なし	棒暗記 ぼうあんき
桃李 とうり	桜色 さくらいろ	梵字 ぼんじ	梨子地 なしじ	棒読 ぼうよみ
桃割 ももわれ	桜花 おうか	梵妻 ぼんさい	梨瓜 なしうり	棒編 ぼうあみ
桃源 とうげん	桜貝 さくらがい	梵刹 ぼんさつ・ぼんせつ	梨花 りか	棒縞 ぼうじま
桃節句 もものせっく	桜坊 さくらんぼ	梵唄 ぼんばい	梨割 なしわり	棒鱈 ぼうだら
〔株〕しゅ・ちゅ・かぶ・くい・くいぜ	桜狩 さくらがり	梵語 ぼんご	梨園 りえん	〔棲〕せい・すむ
株分 かぶわけ	桜草 さくらそう	梵論 ぼろ	〔梟〕きょう・ふくろう・ふくろ	棲息 せいそく
株立 かぶだち	桜海老 さくらえび	梵論字 ぼろんじ	梟木 きょうぼく	〔棟〕とう・むな・むね
株主 かぶぬし	桜桃 おうとう	梵鐘 ぼんしょう	梟首 きょうしゅ	棟上 むねあげ
株式 かぶしき	桜紙 さくらがみ	〔械〕かい	梟将 きょうしょう	棟木 むなぎ
株価 かぶか	桜樹 おうじゅ	〔桶〕とう・おけ・こが	梟悪 きょうあく	棟瓦 むながわら・むねがわら
株金 かぶきん	桜鯛 さくらだい	〔桿〕かん	梟雄 きょうゆう	棟梁 とうりょう
株券 かぶけん	桜桃 さくらんぼ	桿菌 かんきん	〔梔〕し・くちなし	棟割長屋 むねわりながや
株間 かぶま	桜湯 さくらゆ	〔梢〕しょう・こずえ	梔子 くちなし	〔棗〕そう・なつめ
〔格〕こ・かく・きゃく・こう	桜飯 さくらめし	〔梃〕てい・ちょう・てこ	〔梲〕せつ・うだつ・うだち	棗椰子 なつめやし
格下 かくさげ	桜漬 さくらづけ	梃入 てこいれ	〔梶〕び・かじ	〔棘〕きょく・いばら・うばら・おどろ・とげ
格上 かくあげ	桜餅 さくらもち	梃子 てこ	梶棒 かじぼう	棘魚 とげうお
格子 こうし	桜蝦 さくらえび	梃子褶 てこずる	〔梱〕こん・こうる・こり・こる	棘棘 とげとげしい
格天井 ごうてんじょう	〔梁〕りょう・うつばり・やな・はり	〔梅〕ばい・うめ・むめ	〔梣〕しん・とねりこ	〔棋〕き・ご
格付 かくづけ	梁山泊 りょうざんぱく	梅干 うめぼし	〔梘〕かん	棋士 きし
格外 かくがい	梁上君子 りょうじょうくんし	梅花 ばいか	梘水 かんすい	棋客 きかく
格式 かくしき	梁木 りょうぼく	梅見 うめみ	〔梛〕だ・な・なぎ	棋風 きふう
格安 かくやす	梁間 はりま	梅雨 つゆ・ばいう	〔棕〕しゅ・そう	棋勢 きせい
格好 かっこう	〔梓〕し・あずさ	梅雨入 ついり・つゆいり	棕櫚 しゅろ	棋聖 きせい
格助詞 かくじょし	〔梳〕そ・くしけずる・けずる・すくとかす	梅雨冷 つゆびえ	〔棺〕かん・ひつぎ・ひとき	棋戦 きせん
格技 かくぎ	梳毛 すきげ・そもう	梅雨明 つゆあけ	棺桶 かんおけ	棋譜 きふ
格言 かくげん	梳油 すきあぶら	梅雨晴 つゆばれ	〔棒〕ぼう	〔植〕しょく・うう・うえる・うゆ・うわる
格別 かくべつ	梳櫛 すきぐし・ときぐし	梅雨寒 つゆざむ	棒下 ぼうさげ	植毛 しょくもう
格段 かくだん	〔梯〕てい・はし・はしご	梅林 ばいりん	棒上 ぼうあげ	植木 うえき
格差 かくさ	梯子 はしご	梅枝 うめがえ	棒切 ぼうぎれ	植生図 しょくせいず
格納 かくのう	梯団 ていだん	梅毒 ばいどく	棒引 ぼうびき	植皮 しょくひ
格率 かくりつ	梯形 ていけい	梅香 うめがか	棒手振 ぼてふり	
格調 かくちょう	梯陣 ていじん	梅酒 うめしゅ	棒立 ぼうだち	
格闘 かくとう			棒先 ぼうさき	
〔桁〕こう・けた			棒杭 ぼうぐい	
桁外 けたはずれ				

植民 しょくみん	棉繭 わたまゆ	検証 けんしょう	極月 ごくげつ	極諫 きょっかん
植付 うえつけ	〔楯〕すぎ	検診 けんしん	極少 きょくしょう	〔樺〕しゅう・かじ
植込 うえこみ	〔椋〕りょう・むく	検番 けんばん	極手 きめて	楫取 かんどり
植字 しょくじ・ちょくじ	椋木 むくのき	検温 けんおん	極文句 きもりもんく	〔楚〕そ・すわえ・ずわえ
植物 しょくぶつ	椋鳥 むくどり	検痰 けんたん		楚囚 そしゅう
植林 しょくりん	〔椀〕わん・まり	検察 けんさつ	極印 ごくいん	楚楚 そそ
植疱瘡 うえほうそう	椀盛 わんもり	検算 けんざん	極右 きょくう	〔楊〕よう
植樹 しょくじゅ	椀飯振舞 おうばんぶるまい	検閲 けんえつ	極左 きょくさ	楊弓 ようきゅう
〔森〕しん・もり		検鏡 けんきょう	極北 きょくほく	楊子 ようじ
森林 しんりん	〔碁〕き・ご	〔棄〕き・すつ・すてる・ふつ	極付 きめつける	楊枝 ようじ
森番 もりばん	碁子麺 きしめん	棄民 きみん	極込 きめこむ	楊柳 かわやなぎ・ようりゅう
森森 しんしん	〔楷〕ちょ・うこぎ	棄児 すてご	極安 ごくやす	楊梅 やまもも
森閑 しんかん	〔楮〕じゃく・しもと	棄却 ききゃく	極地 きょくち	〔業〕ぎょう・ごう・わざ・なり
森厳 しんげん	〔検〕けん・あらためる	棄損 きそん	極光 きょっこう	
森羅万象 しんらばんしょう		棄権 きけん	極刑 きょっけい	業主 ぎょうしゅ
	検分 けんぶん	〔楔〕けつ・せつ・くさび	極言 きょくげん	業事 わざごと
〔桟〕さん・かけはし・えつり・しき	検札 けんさつ		極官 きょっかん	業物 わざもの
桟俵 さんだわら	検出 けんしゅつ	楔形文字 けっけいもんじ・せっけいもんじ	極所 きょくしょ	業者 ぎょうしゃ
桟道 さんどう	検印 けんいん		極東 きょくとう	業突張 ごうつくばり
桟敷 さじき	検圧 けんあつ	楔状 けつじょう	極所 きめどころ	
桟橋 さんばし	検死 けんし	〔椿〕ちん・ちゅん・つばき	極重 ごくじゅう	業苦 ごうく
〔椅〕い・いす	検字 けんじ	椿事 ちんじ	極冠 きょっかん	業風 ごうふう
〔棠〕とう	検地 けんち	椿象 かめむし・くさがめ	極限 きょくげん	業界 ぎょうかい
棠棣 はねず	検見 けみ・けんみ		極度 きょくど	業病 ごうびょう
〔棹〕とお・さお・さおさす	検尿 けんにょう	〔椰〕や・やし	極点 きょくてん	業師 わざし
	検束 けんそく	椰子 やし	極帯 きょくたい	業務 ぎょうむ
棹秤 さおばかり	検車 けんしゃ	椰子油 やしゆ	極秘 ごくひ	業晒 ごうさらし
〔棚〕ほう・たな	検使 けんし	〔楕〕ちん・じん・さわら	極彩色 ごくさいしき	業報 ごうほう
棚上 たなあげ	検事 けんじ		極致 きょくち	業態 ぎょうたい
棚引 たなびく	検波 けんぱ	〔楠〕なん・くす・くすのき	極貧 ごくひん	業腹 ごうはら
棚田 たなだ	検知 けんち		極細 ごくほそ	業種 ぎょうしゅ
棚卸 たなおろし	検定 けんてい	〔極〕きょく・ごく・きわまり・きわまる・きわみ・きわめる・きめ・きまり・きまる・きめる・きわめて・きわむ	極悪 ごくあく	業績 ぎょうせき
棚浚 たなざらえ	検査 けんさ		極寒 ごっかん	業晒 ごうさらし
棚雲 たなぐも	検屍 けんし		極道 ごくどう	〔楷〕かい
棚機 たなばた	検便 けんべん		極暑 ごくしょ	楷体 かいたい
〔椎〕つい・すい・しい・つち	検品 けんぴん		極量 きょくりょう	楷書 かいしょ
	検疫 けんえき		極楽 ごくらく	〔楡〕ゆ・にれ
椎茸 しいたけ	検索 けんさく		極意 ごくい	〔楓〕ふう・かえで
椎骨 ついこつ	検脈 けんみゃく		極極 ごくごく	〔椴〕たん・とど
椎間板 ついかんばん	検討 けんとう		極微 きょくび・ごくび	椴松 とどまつ
	検針 けんしん	極力 きょくりょく	極製 ごくせい	〔榱〕すい・たるき
〔棉〕めん・わた	検校 けんぎょう	極上 ごくじょう	極端 きょくたん	〔楯〕じゅん・たて
棉花 めんか	検挙 けんきょ	極小 きょくしょう	極球 きめだま	楯突 たてつく
棉実油 めんじつゆ	検案 けんあん	極大 きょくだい	極熱 ごくねつ	〔椿〕だ
	検視 けんし	極内 ごくない	極論 きょくろん	楕円 だえん
	検問 けんもん	極太 ごくぶと		
	検眼 けんがん			

〔槤〕れん・おうち
〔楢〕ゆう・しゅう・なら
〔槌〕つい・ずい・つち
〔榊〕さかき
〔楼〕ろう
楼上 ろうじょう
楼主 ろうしゅ
楼台 ろうだい
楼門 ろうもん
楼閣 ろうかく
〔楽〕がく・たのしい・たのしみ・たのしむ・たのしめる・らく
楽人 がくじん・がくにん
楽才 がくさい
楽土 らくど
楽日 らくび
楽天主義 らくてんしゅぎ
楽天的 らくてんてき
楽天家 らくてんか
楽匠 がくしょう
楽団 がくだん
楽曲 がっきょく
楽車 だんじり
楽長 がくちょう
楽典 がくてん
楽音 がくおん
楽屋 がくや
楽界 がっかい
楽師 がくし
楽員 がくいん
楽書 らくがき
楽章 がくしょう
楽隠居 らくいんきょ
楽都 がくと
楽隊 がくたい
楽焼 らくやき
楽勝 らくしょう
楽劇 がくげき
楽器 がっき

楽聖 がくせい
楽想 がくそう
楽楽 らくらく
楽園 らくえん
楽節 がくせつ
楽寝 らくね
楽壇 がくだん
楽観 らっかん
楽譜 がくふ
〔概〕がい・おおむね・がいして
概言 がいげん
概況 がいきょう
概念 がいねん
概括 がいかつ
概則 がいそく
概要 がいよう
概容 がいよう
概略 がいりゃく
概評 がいひょう
概数 がいすう
概説 がいせつ
概算 がいさん
概論 がいろん
概観 がいかん
〔榱〕たら
榱木 たらのき
榱穂 たらぼ
〔榕〕よう・あこう
榕樹 ようじゅ
〔榛〕しん・はしばみ・はり
榛木 はりのき・はんのき
〔構〕こう・かまえる・かまう・かまえ・かまえて
構手 かまいて
構文 こうぶん
構内 こうない
構付 かまいつける
構外 こうがい
構成 こうせい
構図 こうず
構造 こうぞう
構想 こうそう
構築 こうちく

〔槙〕こう・てこ
槙杆 こうかん
〔榾〕こつ・ほた
榾柮 ほた
〔槍〕そう・やり
槍玉 やりだま
槍投 やりなげ
槍持 やりもち
槍鳥賊 やりいか
槍衾 やりぶすま
槍術 そうじゅつ
〔槐〕かい・えんじ・えにす
〔榴〕りゅう
榴弾 りゅうだん
〔榎〕か・えのき
〔榨〕さく・しぼり
〔模〕も・ぼ・かたぎ
模写 もしゃ
模本 もほん
模式図 もしきず
模作 もさく
模型 もけい
模造 もぞう
模索 もさく
模倣 もほう
模様 もよう
模範 もはん
模糊 もこ
模擬 もぎ
〔樺〕か・かば・かんば
樺木 かばのき
樺色 かばいろ
〔樋〕とう・ひ・とい
〔様〕よう・さま・ざま・さん・しま・ちゃん
様子 ようす
様式 ようしき
様相 ようそう
様様 さまざま・さまざま
様態 ようたい
〔樔〕てん・たるき
樔大 てんだい

槎筆 てんぴつ
〔橐〕たく
橐吾 つわぶき
橐駝 たくだ
〔框〕ひ・かや
〔樟〕しょう・くす・くすのき
樟脳 しょうのう
〔樗〕ちょ・おうち
樗蒲 ちょぼ
〔標〕ひょう・しめ・しるし・しるす
標木 ひょうぼく
標本 ひょうほん
標目 ひょうもく
標号 ひょうごう
標札 ひょうさつ
標示 ひょうじ
標的 ひょうてき
標注 ひょうちゅう
標柱 ひょうちゅう
標記 ひょうき
標高 ひょうこう
標準 ひょうじゅん
標章 ひょうしょう
標註 ひょうちゅう
標榜 ひょうぼう
標語 ひょうご
標灯 ひょうとう
標題 ひょうだい
標縄 しめなわ
標識 ひょうしき
〔横〕おう・こう・よこ・よこし
横木 よこぎ
横文字 よこもじ
横手 よこて・よこで
横辷 よこすべり
横切 よこぎる
横目 よこめ
横付 よこづけ
横穴 よこあな
横列 おうれつ
横行 おうこう
横死 おうし
横向 よこむき
横好 よこずき

横糸 よこいと
横合 よこあい
横見 よこみ
横町 よこちょう
横坐 よこずわり
横坑 よここう
横車 よこぐるま
横物 よこもの
横波 よこなみ
横殴 よこなぐり
横取 よこどり
横抱 よこだき
横臥 おおが
横柄 おうへい
横飛 よっとび
横面 よこつら・よこっつら
横降 よこぶり
横這 よこばい
横根 よこね
横流 よこながし・よこながれ
横倒 よこたおし
横座 よこずわり・よこざ
横紙 よこがみ
横書 よこがき
横笛 よこぶえ
横組 よこぐみ
横断 おうだん
横転 おうてん
横着 おうちゃく
横隊 おうたい
横道 おうどう・よこみち
横幅 よこはば
横筋 よこすじ
横軸 よこじく
横桟 よこざん
横雲 よこぐも
横溢 おういつ
横腹 よこっぱら・よこばら
横隔膜 おうかくまく
横暴 おうぼう
横跳 よこっとび

横滑 よこすべり
横槍 よこやり
横領 おうりょう
横線 おうせん
横綴 よことじ
横綱 よこづな
横様 よこざま
横縞 よこじま
横顔 よこがお
〔槿〕きん・むくげ
槿花 きんか
〔槲〕こう
〔樅〕しょう・もみ
〔樫〕かし
樫鳥 かしどり
〔槻〕き・つき・つきげやき
〔標〕るい・かんじき
〔樒〕みつ・しきみ
〔権〕けん・ごん
権力 けんりょく
権化 ごんげ
権助 ごんすけ
権利 けんり
権妻 ごんさい
権官 けんかん
権門 けんもん
権限 けんげん
権威 けんい
権柄 けんぺい
権高 けんだか
権原 けんげん
権益 けんえき
権能 けんのう
権現 ごんげん
権道 けんどう
権勢 けんせい
権幕 けんまく
権蔵 ごんぞう
権謀 けんぼう
権輿 けんよ
〔槾〕ぬき
〔樽〕そん・たる
樽拾 たるひろい
樽柿 たるがき
樽俎 そんそ
〔橈〕どう・たわむ・

たわめる
橈骨 どうこつ
〔樹〕じゅ・き
樹下 じゅか
樹上 じゅじょう
樹木 じゅもく
樹皮 じゅひ
樹立 じゅりつ
樹冰 じゅひょう
樹林 じゅりん
樹海 じゅかい
樹脂 じゅし
樹陰 じゅいん
樹間 じゅかん
樹勢 じゅせい
樹幹 じゅかん
樹影 じゅえい
樹齢 じゅれい
樹霜 じゅそう
〔橄〕かん
橄欖 かんらん
〔橘〕きつ・たちばな
〔橙〕とう・だいだい
〔樸〕ぼく
樸直 ぼくちょく
〔橇〕きょう・そり・かんじき
〔橋〕きょう・はし
橋台 きょうだい
橋杙 はしぐい
橋供養 はしくよう
橋杭 はしぐい
橋板 はしいた
橋架 きょうか
橋畔 きょうはん
橋桁 はしげた
橋脚 きょうきゃく
橋梁 きょうりょう
橋渡 はしわたし
橋詰 はしづめ
橋銭 はしせん
橋頭堡 きょうとうほ
橋懸 はしがかり
〔橡〕しょう・つるばみ・とち
橡木 とちのき

〔樵〕しょう・こる・きこり・きこる
〔機〕き・はた
機上 きじょう
機才 きさい
機巧 きこう
機甲 きこう
機先 きせん
機会 きかい
機帆船 きはんせん
機材 きざい
機体 きたい
機具 きぐ
機知 きち
機長 きちょう
機宜 きぎ
機首 きしゅ
機屋 はたや
機根 きこん
機能 きのう
機敏 きびん
機船 きせん
機械 きかい
機動 きどう
機転 きてん
機略 きりゃく
機密 きみつ
機軸 きじく
機智 きち
機運 きうん
機嫌 きげん
機微 きび
機雷 きらい
機業 きぎょう
機種 きしゅ
機銃 きじゅう
機構 きこう
機関 きかん・からくり
機影 きえい
機縁 きえん
機器 きき
機鋒 きほう
機織 はたおり
〔橅〕ぶな
〔樰〕ぬるで
〔簗〕やな

〔檀〕だん・まゆみ・
檀那 だんな
檀林 だんりん
檀徒 だんと
檀家 だんか
檀紙 だんし
〔檉〕てい
檉柳 ていりゅう・ぎょりゅう
〔檣〕しょう・ほばしら
檣頭 しょうとう
檣楼 しょうろう
〔檜〕ほ・ひのき
檜皮 ひわだ
檜垣 ひがき
檜扇 ひおうぎ
檜葉 ひば
檜舞台 ひのきぶたい
〔檄〕げき
檄文 げきぶん
〔檐〕えん・たん・のき
檐桶 たご
〔橿〕きょう・かし
橿鳥 かしどり
〔檳〕びん・ひん
檳榔子 びんろうじ
〔櫃〕き・ひつ
〔檻〕かん・おり・うなや
〔檮〕とう・かい
〔櫓〕ろ・やぐら
櫓下 やぐらした
櫓太鼓 やぐらたいこ
櫓杭 ろぐい
櫓門 やぐらもん
櫓柏子 ろびょうし
櫓脚 ろあし
櫓舵 ろかじ
櫓櫂 ろかい
櫓臍 ろべそ
櫓縄 ろなわ
〔櫟〕れき・いちい・くすぐり・くすぐ

る・くぬぎ
〔櫛〕しつ・くし
櫛比 しっぴ
櫛目 くしめ
櫛形 くしがた
櫛巻 くしまき
櫛風沐雨 しっぷうもくう
櫛笥 くしげ
〔欅〕きょ・けやき
〔欄〕らん・おばしま
欄干 らんかん
欄外 らんがい
欄間 らんま
〔櫨〕ろ
〔櫺〕れん
櫺子 れんじ

无 部

〔既〕き・すでに・すんでに
既払 きばらい
既刊 きかん
既存 きそん
既成 きせい
既決 きけつ
既述 きじゅつ
既定 きてい
既往 きおう
既知 きち
既倒 きとう
既記 きき
既婚 きこん
既望 きぼう
既得 きとく
既設 きせつ
既済 きさい
既習 きしゅう
既報 きほう
既遂 きすい
既達 きたつ
既製 きせい
既墾 きこん

犬 部

〔犬〕けん・いぬ

犬子 いぬころ
犬死 いぬじに
犬侍 いぬざむらい
犬走 いぬはしり
犬防 いぬふせぎ
犬殺 いぬころし
犬畜生 いぬちくしょう
犬釘 いぬくぎ
犬馬 けんば
犬張子 いぬはりこ
犬歯 けんし
犬搔 いぬかき
犬猿 けんえん
犬蓼 いぬたで
犬潜 いぬくぐり
犬儒 けんじゅ
〔状〕じょう
状況 じょうきょう
状差 じょうさし
状袋 じょうぶくろ
状景 じょうけい
状勢 じょうせい
状態 じょうたい
状箱 じょうばこ
〔献〕けん・こん・さ
さげる・けんずる・
けんじる
献上 けんじょう
献本 けんぽん
献立 こんだて
献血 けんけつ
献花 けんか
献呈 けんてい
献言 けんげん
献身 けんしん
献杯 けんぱい
献物 けんもつ
献金 けんきん
献茶 けんちゃ
献奏 けんそう
献盃 けんぱい
献納 けんのう
献詞 けんし
献策 けんさく
献詠 けんえい
献辞 けんじ

献酬 けんしゅう
献灯 けんとう
献題 けんだい
献饌 けんせん
〔獣〕じゅう・けだも
の・けもの・しし
獣心 じゅうしん
獣肉 じゅうにく
獣行 じゅうこう
獣医 じゅうい
獣身 じゅうしん
獣性 じゅうせい
獣的 じゅうてき
獣疫 じゅうえき
獣脂 じゅうし
獣欲 じゅうよく
獣類 じゅうるい

歹 部

〔死〕し・しす・しせ
る・しなす・しに・
しぬ・
死一倍 しにいちばい
死人 しにん・しびと
死力 しりょく
死亡 しぼう
死中 しちゅう
死文 しぶん
死火山 しかざん
死水 しにみず
死出 しで
死出山 しでのやま
死出旅 しでのたび
死去 しきょ
死処 ししょ・しにどころ
死目 しにめ
死生 しせい
死刑 しけい
死守 ししゅ
死地 しち
死因 しいん
死灰 しかい・しのはい
死肉 しにく
死別 しべつ・しにわ

かれる
死児 しじ
死体 したい
死没 しぼつ
死花 しにばな
死足 しにあし
死角 しかく
死身 しにみ
死苦 しく
死命 しめい
死学問 しにがくもん
死所 ししょ・しにどころ
死果 しにはてる
死歿 しぼつ
死物 しぶつ
死物狂 しにものぐるい
死者 ししゃ
死金 しにがね
死活 しかつ
死変 しにかわる
死屍 しし
死後 しご・しにおくれる
死点 してん
死神 しにがみ
死急 しにいそぐ
死相 しそう
死毒 しどく
死臭 ししゅう
死時 しにどき
死脈 しみゃく
死病 しびょう
死恥 しにはじ
死馬 しば
死球 しきゅう
死掛 しにかかる
死都 しと
死欲 しによく
死菌 しきん
死票 しひょう
死産 しざん
死遅 しにおくれる
死場 しにば
死場所 しにばしょ

死斑 しはん
死期 しき
死装束 しにしょうぞく
死絶 したえる
死滅 しめつ
死傷 ししょう
死損 しにぞこない・
しにそこなう
死様 しにざま
死戦 しせん
死罪 しざい
死際 しにぎわ
死語 しご
死蔵 しぞう
死線 しせん
死霊 しりょう
死諫 しかん
死骸 しがい
死闘 しとう
死顔 しにがお
死魔 しま
〔夙〕しゅく・つとに
夙成 しゅくせい
夙夜 しゅくや
〔歿〕ぼつ
歿前 ぼつぜん
歿後 ぼつご
〔殆〕たい・ほとほ
と・ほとんど
〔殊〕しゅ・ことに
殊外 ことのほか
殊更 ことさら
殊遇 しゅぐう
殊勝 しゅしょう
殊勲 しゅくん
〔殉〕じゅん・じゅん
じる・じゅんずる
殉死 じゅんし
殉国 じゅんこく
殉情 じゅんじょう
殉教 じゅんきょう
殉難 じゅんなん
殉職 じゅんしょく
〔殖〕しょく・ふえ
る・ふやす
殖民 しょくみん

殖産 しょくさん
〔残〕ざん・のこす・
のこり・のこる
残土 ざんど
残火 ざんか・のこり
び
残少 のこりずくな
残月 ざんげつ
残片 ざんぺん
残欠 ざんけつ
残本 ざんぽん
残生 ざんせい
残多 のこりおおい
残灰 のこりばい
残任 ざんにん
残光 ざんこう
残存 ざんそん
残余 ざんよ
残花 ざんか
残忍 ざんにん
残物 ざんぶつ・のこ
りもの
残夜 ざんや
残刻 ざんこく
残念 ざんねん
残券 ざんけん
残金 ざんきん
残香 のこりが
残品 ざんぴん
残映 ざんえい
残虐 ざんぎゃく
残党 ざんとう
残務 ざんむ
残留 ざんりゅう
残高 ざんだか
残害 ざんがい
残惜 のこりおしい
残部 ざんぶ
残塁 ざんるい
残痕 ざんこん
残雪 ざんせつ
残菊 ざんぎく
残飯 ざんぱん
残渣 ざんさ
残暑 ざんしょ
残寒 ざんかん
残夢 ざんむ

残照 ざんしょう
残置 ざんち
残業 ざんぎょう
残酷 ざんこく
残滓 ざんさい
残像 ざんぞう
残敵 ざんてき
残燭 ざんしょく
残骸 ざんがい
残額 ざんがく
残闕 ざんけつ
残響 ざんきょう
〔殞〕たおす・しぬ
〔殯〕ひん・あがり・
　あらき・かりもが
　り・かりもがりする
〔殲〕へい・たおす・
　たおれる
斃死 へいし
〔殱〕せん
殲滅 せんめつ

支部

〔敲〕こう・たたき・
　たたく
敲鐘 たたきがね

止部

〔止〕し・さし・さす・
　とどまる・とどめる・
　とまる・とめる・や
　む・やめる・とど
　め・よし・よす
止山 とめやま
止木 とまりぎ
止水 しすい
止処 とめど
止血 しけつ
止男 とめおとこ
止金 とめがね
止宿 ししゅく
止痛 しつう
止揚 しよう
止観 しかん
〔正〕せい・しょう・
　ただしい・ただす・
　まさに・ただし

正大 せいだい
正木 まさき
正午 しょうご
正月 しょうがつ
正中 せいちゅう
正反合 せいはんごう
正反対 せいはんたい
正比例 せいひれい
正文 せいぶん
正方形 せいほうけい
正目 しょうめ・まさめ
正号 せいごう
正正堂堂 せいせいどうどう
正本 しょうほん
正札 しょうふだ
正出 せいしゅつ
正史 せいし
正犯 せいはん
正肉 しょうにく
正気 しょうき・せいき
正字 せいじ
正式 せいしき
正対 せいたい
正本 せいほん
正体 しょうたい
正系 せいけい
正条 せいじょう
正条植 せいじょううえ
正坐 せいざ
正否 せいひ
正攻法 せいこうほう
正邪 せいじゃ
正妻 せいさい
正油 しょうゆ
正法 しょうぼう
正味 しょうみ
正直 しょうじき
正念 しょうねん
正念場 しょうねんば

ば
正金 しょうきん
正弦 せいげん
正使 せいし
正価 せいか
正門 せいもん
正客 しょうきゃく
正則 せいそく
正室 せいしつ
正面 しょうめん
正風 しょうふう
正看護婦 せいかんごふ
正負 せいふ
正座 しょうざ
正株 しょうかぶ
正麩 しょうふ
正訓 せいくん
正書法 せいしょほう
正真 しょうしん
正時 しょうじ
正射影 せいしゃえい
正格 せいかく
正座 せいざ
正員 せいいん
正骨 せいこつ
正舷 しょうげん
正接 せいせつ
正常 せいじょう
正規 せいき
正眼 せいがん
正視 せいし
正教 せいきょう
正貨 せいか
正覚 しょうがく
正覚坊 しょうがくぼう
正装 せいそう
正閏 せいじゅん
正解 せいかい
正答 せいとう
正統 せいとう
正道 せいどう
正夢 まさゆめ
正続 せいぞく
正業 せいぎょう

正義 せいぎ
正殿 せいでん
正数 せいすう
正電気 せいでんき
正絹 しょうけん
正銘 しょうめい
正誤 せいご
正歌劇 せいかげき
正調 せいちょう
正確 せいかく
正課 せいか
正論 せいろん
正編 せいへん
正篇 せいへん
正麩 しょうふ
正鬮 せいさん
正鵠 せいこう・せいこく
〔凪〕なぎ・なぐ
〔此〕し・こ・ここ・
　この・これ
此上 このうえ
此中 このじゅう
此分 このぶん
此方 こち・こちら・
　こっち・こなた・こ
　のかた・このほう
此方様 こなさん
此処 ここ
此辺 このへん
此世 このよ
此奴 こやつ
此先 このさき
此式 これしき
此此 これこれ・これ
　はこれは
此迄 これまで
此見 これみよがし
此岸 しがん
此度 こたび・このたび
此段 このだん
此計 こればかり
此是 これはこれ
此為 これはしたり
此頃 このごろ
此許 ここもと・これ

ばかり
此間 このあいだ・こ
　ないだ・このかん
此期 このご
此程 このほど・これ
　ほど
此節 このせつ
此様 このよう
此際 このさい
此儘 このまま
〔歩〕ふ・ほ・ぶ・あ
　るく・あゆみ・あゆ
　む
歩一歩 ほいっぽ
歩巾 ほはば
歩引 ぶびき
歩行 ほこう
歩合 あゆみあい・ぶ
　あい
歩兵 ほへい
歩武 ほぶ
歩歩 ほほ
歩板 あゆみいた
歩卒 ほそつ
歩度 ほど
歩哨 ほしょう
歩留 ぶどまり
歩寄 あゆみよる
歩幅 ほはば
歩道 ほどう
歩廊 ほろう
歩測 ほそく
歩数 ほすう
歩調 ほちょう
歩積 ぶづみ
〔武〕ぶ・む・たけ
武人 ぶじん
武力 ぶりょく
武士 ぶし・もののふ
武功 ぶこう
武辺 ぶへん
武弁 ぶべん
武名 ぶめい
武技 ぶぎ
武芸 ぶげい
武臣 ぶしん
武官 ぶかん

武具 ぶぐ
武事 ぶじ
武門 ぶもん
武者 むしゃ
武者振付 むしゃぶりつく
武威 ぶい
武将 ぶしょう
武勇 ぶゆう
武家 ぶけ
武骨 ぶこつ
武術 ぶじゅつ
武断 ぶだん
武張 ぶばる
武略 ぶりゃく
武陵桃源 ぶりょうとうげん
武備 ぶび
武装 ぶそう
武道 ぶどう
武徳 ぶとく
武器 ぶき
武勲 ぶくん
武蔵 むさし
武鑑 ぶかん
〔歪〕わい・いがむ・いがむ・ひずみ・ひずむ・ゆがむ・ゆがみ・ゆがむ・いびつ・いがめろ・ゆがめる
歪曲 わいきょく
〔歳〕さい・とし・とせ・
歳入 さいにゅう
歳月 さいげつ
歳市 としのいち
歳末 さいまつ
歳旦 さいたん
歳出 さいしゅつ
歳出入 さいしゅつにゅう
歳次 さいじ
歳男 としおとこ
歳計 さいけい
歳時記 さいじき
歳晩 さいばん
歳費 さいひ

歳歳 さいさい
歳暮 せいぼ・さいぼ

日 部

〔日〕にち・じつ・か・ひ・
日一日 ひいちにち
日入 ひのいり
日干 ひぼし
日子 にっし
日夕 にっせき
日下開山 ひのしたかいさん
日丸 ひのまる
日日 にちにち・ひにち・ひび
日収 にっしゅう
日中 にっちゅう・ひなか
日月 じつげつ・にちげつ
日切 ひぎり
日出 にっしゅつ・ひので
日用 にちよう
日刊 にっかん
日永 ひなが
日付 ひづけ
日本 にっぽん・にほん・ひのもと・やまと
日本一 にほんいち
日本人 にほんじん
日本刀 にほんとう
日本三景 にほんさんけい
日本犬 にほんけん
日本式 にほんしき
日本住血吸虫 にほんじゅうけつきゅうちゅう
日本画 にほんが
日本海流 にほんかいりゅう
日本紙 にほんし
日本酒 にほんしゅ
日本脳炎 にほんのううえん
日本間 にほんま
日本晴 にほんばれ
日本猿 にほんざる
日本語 にほんご
日本髪 にほんがみ
日系 にっけい
日光 にっこう
日当 にっとう・ひあたり
日向 ひなた
日毎 ひごと
日没 にちぼつ
日足 ひあし
日延 ひのべ
日取 ひどり
日和 ひより
日参 にっさん
日直 にっちょく
日東 にっとう
日表 にっぴょう
日歩 ひぶ
日夜 にちや
日長 ひなが
日並 ひなみ
日金 ひがね
日限 にちげん
日保 ひもち
日待 ひまち
日計 にっけい
日面 ひおもて
日柄 ひがら
日食 にっしょく
日差 ひざし
日除 ひよけ
日記 にっき・にっし
日射 にっしゃ
日案 にちあん
日時 にちじ
日時計 ひどけい
日帰 ひがえり
日展 にってん
日済 ひなし
日乾 ひぼし
日産 にっさん
日商 にっしょう
日章旗 にっしょうき
日進月歩 にっしんげっぽ
日貨 にっか
日常 にちじょう
日頃 ひごろ
日盛 ひざかり
日脚 ひあし
日掛 ひがけ
日陰 ひかげ
日雀 ひがら
日捲 ひめくり
日割 ひわり・ひわれ
日給 にっきゅう
日勤 にっきん
日程 にってい
日報 にっぽう
日雇 ひやとい
日傘 ひがさ
日焦 ひやけ
日焼 ひやけ
日照 にっしょう・ひでり
日蓮宗 にちれんしゅう
日嗣 ひつぎ
日溜 ひだまり
日備 ひやとい・ひよう
日数 にっすう・ひかず
日銀 にちぎん
日銭 ひぜに
日読 ひよみ
日傭 にっきょう
日蝕 にっしょく
日暮 ひぐらし・ひぐれ・ひのくれ
日誌 にっし
日蔭 ひかげ
日増 ひまし
日賦 ひぶ
日課 にっか
日輪 にちりん
日録 にちろく
日影 ひかげ
日覆 ひおい・ひおおい
日曜 にちよう
〔旦〕たん
旦夕 たんせき
旦那 だんな
旦暮 たんぼ
〔旧〕きゅう・ふる・ふるい・ふるす・ふるびる・もと
旧人 きゅうじん
旧大陸 きゅうたいりく
旧友 きゅうゆう
旧正月 きゅうしょうがつ
旧主 きゅうしゅ
旧刊 きゅうかん
旧石器時代 きゅうせっきじだい
旧冬 きゅうとう
旧式 きゅうしき
旧交 きゅうこう
旧仮名遣 きゅうかなづかい
旧宅 きゅうたく
旧年 きゅうねん
旧任 きゅうにん
旧名 きゅうめい
旧臣 きゅうしん
旧址 きゅうし
旧作 きゅうさく
旧来 きゅうらい
旧居 きゅうきょ
旧姓 きゅうせい
旧制 きゅうせい
旧知 きゅうち
旧注 きゅうちゅう
旧例 きゅうれい
旧法 きゅうほう
旧物 きゅうぶつ
旧故 きゅうこ
旧派 きゅうは
旧版 きゅうはん
旧約 きゅうやく
旧盆 きゅうぼん
旧称 きゅうしょう

旧時 きゅうじ
旧師 きゅうし
旧訓 きゅうくん
旧記 きゅうき
旧株 きゅうかぶ
旧家 きゅうか
旧恩 きゅうおん
旧怨 きゅうえん
旧套 きゅうとう
旧習 きゅうしゅう
旧教 きゅうきょう
旧悪 きゅうあく
旧著 きゅうちょ
旧都 きゅうと
旧訳 きゅうやく
旧道 きゅうどう
旧遊 きゅうゆう
旧債 きゅうさい
旧跡 きゅうせき
旧幕 きゅうばく
旧慣 きゅうかん
旧態 きゅうたい
旧暦 きゅうれき
旧領 きゅうりょう
旧聞 きゅうぶん
旧弊 きゅうへい
旧劇 きゅうげき
旧稿 きゅうこう
旧縁 きゅうえん
旧館 きゅうかん
旧懐 きゅうかい
旧観 きゅうかん
旧蹟 きゅうせき
旧離 きゅうり
旧藩 きゅうはん
旧識 きゅうしき
旧脳 きゅうろう
〔早〕さ・はや・はやい・はやく・はやさ・はやまる・はやめる
早乙女 さおとめ
早口 はやくち
早少女 さおとめ
早分 はやわかり
早引 はやびき・はやびけ

早手回し はやてまわし
早世 そうせい
早生 はやうまれ・わせ
早生児 そうせいじ
早打 はやうち
早目 はやめ
早出 そうしゅつ・はやで
早立 はやだち
早早 そうそう・はやばや
早老 そうろう
早死 はやじに
早仕舞 はやじまい
早合点 はやがてん
早耳 はやみみ
早舟 はやぶね
早足 はやあし
早見 はやみ
早呑込 はやのみこ
早言葉 はやことば
早苗 さなえ
早秋 そうしゅう
早急 さっきゅう・そうきゅう
早春 そうしゅん
早退 そうたい
早計 そうけい
早発 そうはつ
早発性痴呆症 そうはつせいちほうしょう
早咲 はやざき
早変 はやがわり
早飛脚 はやびきゃく
早退 はやびけ
早便 はやびん
早速 さっそく
早帰 はやがえり
早起 はやおき
早馬 はやうま
早産 そうざん

早婚 そうこん
早教育 そうきょういく
早着 そうちゃく
早桶 はやおけ
早掘 はやほり
早暁 そうぎょう
早期 そうき
早晩 そうばん
早朝 そうちょう
早道 はやみち
早場 はやば
早番 はやばん
早業 はやわざ
早寝 はやね
早漏 そうろう
早稲 わせ
早緒 はやお
早蕨 さわらび
早熟 そうじゅく
早撮 はやどり
早縄 はやなわ
早瀬 はやせ
早鐘 はやがね
〔旨〕し・うまい・うまがる・うまく・うまみ・むね・よし
旨味 うまみ
旨煮 うまに
旨趣 ししゅ
〔旬〕しゅん・じゅん
旬日 しゅんじつ
旬月 じゅんげつ
旬刊 じゅんかん
旬余 じゅんよ
旬間 じゅんかん
旬報 じゅんぽう
〔旭〕きょく・あさひ
旭日 きょくじつ
旭光 きょっこう
〔旱〕かん・ひでり
旱天 かんてん
旱害 かんがい
旱魃 かんばつ
〔旺〕おう
旺盛 おうせい
〔昔〕じゃく・しゃく

く・せき・むかし
昔日 せきじつ
昔年 せきねん
昔気質 むかしかたぎ
昔昔 むかしむかし
昔風 むかしふう
昔時 せきじ
昔話 むかしばなし
昔馴染 むかしなじみ
昔語 むかしがたり
〔昆〕こん
昆布 こぶ・こんぶ
昆布巻 こぶまき
昆虫 こんちゅう
〔昇〕しょう・のぼり・のぼる
昇天 しょうてん
昇任 しょうにん
昇承 しょうこう
昇官 しょうかん
昇段 しょうだん
昇叙 しょうじょ
昇降 しょうこう
昇級 しょうきゅう
昇格 しょうかく
昇華 しょうか
昇進 しょうしん
昇級 しょうきゅう
昇殿 しょうでん
昇竜 しょうりゅう
〔明〕みん・みょう・めい・あかし・あかす・あからむ・あきらめる・あかり・あかる・あかるい・あかるみ・あかるむ・あき・あきらか・あく・あけ・あけて・あける
明方 あけがた
明白 めいはく
明広 あけびろげ
明王 みょうおう
明日 あした・みょうにち・あす

明月 めいげつ
明六 あけむつ
明文 めいぶん
明天子 めいてんし
明太 めんたい
明石 あかし
明払 あけはらう
明広 あけひろげ
明弁 めいべん
明主 めいしゅ
明示 めいじ
明年 みょうねん
明地 あきち
明色 めいしょく
明初 めいしょ
明言 めいげん
明快 めいかい
明明 あかあか
明明白白 めいめいはくはく
明明星 あけのみょうじょう
明明後 みょうみょうご
明夜 みょうや
明盲 あきめくら
明放 あけっぱなし・あけはなす・あけはなつ・あけはなれる
明知 めいち
明後 みょうご
明後日 みょうごにち・あさって
明春 みょうしゅん
明星 みょうじょう
明神 みょうじん
明美 めいび
明度 めいど
明家 あきや
明烏 あけがらす
明透 あけすけ
明荷 あけに
明残 あけのこる
明朗 めいろう
明敏 めいびん
明哲 めいてつ
明記 めいき

明笛 みんてき	易学 えきがく	春分 しゅんぶん	春窮 しゅんきゅう	星座 せいざ
明巣 あきす	易易 いい・やすやす	春日 しゅんじつ	春機発動期 しゅんきはつどうき	星屑 ほしくず
明眸 めいぼう	易変 いへん	春本 しゅんぽん	春霞 はるがすみ	星童派 せいきんは
明断 めいだん	易断 えきだん	春色 しゅんしょく	春闘 しゅんとう	星章 せいしょう
明窓浄机 めいそうじょうき	易損品 いそんひん	春光 しゅんこう	春蝉 はるぜみ	星宿 せいしゅく
明細 めいさい	易簀 えきさく	春休 はるやすみ	春蘭 しゅんらん	星眼 ほしめ
明視 めいし	〔昏〕こん	春先 はるさき	〔昧〕まい	星雲 せいうん
明間 あきま	昏昏 こんこん	春告魚 はるつげうお	昧爽 まいそう	星影 ほしかげ
明渡 あけわたす・あけわたる	昏迷 こんめい	春告鳥 はるつげどり	〔是〕ぜ・し・こ・これ	星霜 せいそう
明朝 みょうあさ・みょうちょう・みんちょう	昏冥 こんめい	春作 はるさく	是正 ぜせい	〔昨〕さく
明殻 あきがら	昏倒 こんとう	春肥 しゅんぴ・はるごえ	是式 これしき	昨夕 さくゆう
明番 あけばん	昏睡 こんすい	春泥 しゅんでい	是非 ぜひ	昨今 さっこん
明媚 めいび	〔昂〕こう・たかぶる	春季 しゅんき	是是非非 ぜぜひひ	昨日 きのう・さくじつ
明答 めいとう	昂進 こうしん	春巻 はるまき	是認 ぜにん	昨日今日 きのうきょう
明智 めいち	昂揚 こうよう	春雨 はるさめ	〔昵〕じつ・なずむ	昨冬 さくとう
明達 めいたつ	昂然 こうぜん	春草 しゅんそう	昵近 じっこん	昨年 さくねん
明晰 めいせき	昂奮 こうふん	春秋 しゅんじゅう	昵懇 じっこん	昨報 さくほう
明証 めいしょう	昂騰 こうとう	春郊 しゅんこう	〔昭〕しょう	昨非今是 さくひこんぜ
明解 めいかい	〔昼〕ちゅう・ひる	春風 しゅんぷう・はるかぜ	昭代 しょうだい	昨夜 さくや・ゆうべ・ゆんべ
明晩 みょうばん	昼下 ひるさがり	春荒 はるあれ	〔映〕えい・えいずる・えいじる・うつり・うつる・うつす・うつろう・え・はえる・はゆ	昨秋 さくしゅう
明滅 めいめつ	昼中 ひるなか	春耕 しゅんこう		昨春 さくしゅん
明暗 めいあん	昼日中 ひるひなか	春宵 しゅんしょう		昨夏 さくか
明暮 あかしくらす・あけくれ・あけくれる	昼行灯 ひるあんどん	春眠 しゅんみん	映出 うつしだす	昨週 さくしゅう
明徳 めいとく	昼休 ひるやすみ	春夏秋冬 しゅんかしゅうとう	映写 えいしゃ	昨晩 さくばん
明徴 めいちょう	昼光色 ちゅうこうしょく	春蚕 しゅんさん・はるご	映画 えいが	昨朝 さくちょう
明察 めいさつ	昼夜 ちゅうや	春雪 しゅんせつ	映映 はえばえしい	昨暁 さくぎょう
明澄 めいちょう	昼食 ちゅうじき・ちゅうしょく・ひるげ	春情 しゅんじょう	映発 えいはつ	〔昴〕ぼう・すばる
明確 めいかく	昼前 ひるまえ	春菊 しゅんぎく	映像 えいぞう	〔晏〕あん
明瞭 めいりょう	昼過 ひるすぎ	春場所 はるばしょ	〔星〕せい・しょう・ほし	晏如 あんじょ
明離 あけはなれる	昼飯 ちゅうはん・ひるめし	春着 はるぎ	星月夜 ほしづきよ	〔時〕じ・とき
明鏡止水 めいきょうしすい	昼間 ちゅうかん・ひるま	春暁 しゅんぎょう	星目 せいもく・ほしめ	時人 じじん
明礬 みょうばん	昼寝 ひるね	春期 しゅんき	星団 せいだん	時下 じか
〔易〕い・えき・やく・かわる・かえる・やすい・やすき・やさしい	昼餉 ひるげ	春寒 しゅんかん	星回 ほしまわり	時化 しけ・しける
	昼鳶 ひるとんび	春陽 しゅんよう	星合 ほしあい	時分 じぶん
	昼餐 ちゅうさん	春暖 しゅんだん	星辰 せいしん	時文 じぶん
易化 いか	昼顔 ひるがお	春節 しゅんせつ	星条旗 せいじょうき	時日 じじつ
易者 えきしゃ	〔春〕しゅん・はる	春愁 しゅんしゅう	星図 せいず	時世 じせい・ときよ
易姓革命 えきせいかくめい	春一番 はるいちばん	春雷 しゅんらい	星夜 せいや	時代 じだい
	春七草 はるのななくさ	春蒔 はるまき	星取 ほしとり	時好 じこう
	春子 はるこ	春慶塗 しゅんけいぬり	星明 ほしあかり	時余 じよ
				時折 ときおり
				時言 じげん

時局 じきょく
時事 じじ
時価 じか
時季 じき
時効時間 じこうじかん
時宜 じぎ
時空 じくう
時雨 しぐれ
時服 じふく
時効 じこう
時宗 じしゅう
時刻 じこく
時制 じせい
時津風 ときつかぜ
時限 じげん
時点 じてん
時計 とけい
時差 じさ
時務 じむ
時流 じりゅう
時借 ときがり
時速 じそく
時候 じこう
時針 じしん
時時 ときどき
時時刻刻 じじこっこく
時局 ほととぎす
時期 じき
時貸 ときがし
時無 ときなし
時運 ときのうん
時間 じかん・ときのま
時給 じきゅう
時衆 じしゅう
時報 じほう
時評 じひょう
時勢 じせい
時運 じうん
時節 じせつ
時弊 じへい
時論 じろん
時機 じき
時艱 じかん
〔晒〕さい・さらし・

さらす
晒木綿 さらしもめん
晒者 さらしもの
晒金巾 さらしかなきん
晒粉 さらしこ
晒飴 さらしあめ
晒餡 さらしあん
晒鯨 さらしくじら
〔晨〕しん
晨鶏 しんけい
〔晦〕かい・つごもり・つもごり・くらます
晦日 かいじつ・みそか
晦冥 かいめい
晦渋 かいじゅう
〔景〕けい・えい
景印 えいいん
景色 けしき
景気 けいき
景仰 けいこう
景況 けいきょう
景物 けいぶつ
景品 けいひん
景勝 けいしょう
景観 けいかん
〔普〕ふ・あまねく
あまねし
普及 ふきゅう
普天 ふてん
普段 ふだん
普茶 ふちゃ
普通 ふつう
普遍 ふへん
普請 ふしん
普選 ふせん
普賢菩薩 ふげんぼさつ
〔晴〕せい・はらす・はれ・はれて・はれやか・はれる
晴上 はれあがる
晴天 せいてん
晴衣裳 はれいしょう

う
晴夜 せいや
晴雨 せいう
晴姿 はれすがた
晴耕雨読 せいこううどく
晴朗 せいろう
晴眼 せいがん
晴着 はれぎ
晴嵐 せいらん
晴渡 はれわたる
晴晴 はればれ
晴間 はれま
〔暑〕しょ・あつい・あつさ・あつし・あつがり
暑気 しょき
暑苦 あつくるしい
〔智〕ち
智力 ちりょく
智者 ちしゃ
智勇 ちゆう
智将 ちしょう
智能 ちのう
智略 ちりゃく
智歯 ちし
智慮 ちりょ
智謀 ちぼう
智嚢 ちのう
〔晩〕ばん
晩方 ばんがた
晩生 おくて・ばんせい
晩冬 ばんとう
晩年 ばんねん
晩成 ばんせい
晩学 ばんがく
晩食 ばんしょく
晩春 ばんしゅん
晩秋 ばんしゅう
晩酌 ばんしゃく
晩夏 ばんか
晩婚 ばんこん
晩飯 ばんめし
晩景 ばんけい
晩期 ばんき
晩節 ばんせつ

晩稲 おくて・ばんとう
晩熟 おくて・ばんじゅく
晩餐 ばんさん
晩霜 ばんそう
晩鐘 ばんしょう
〔暗〕あん・あんに・くらい・くらがり・くらみ・くらむ・くらます
暗中 あんちゅう
暗号 あんごう
暗示 あんじ
暗合 あんごう
暗色 あんしょく
暗君 あんくん
暗夜 あんや
暗紅 あんこう
暗室 あんしつ
暗記 あんき
暗鬼 あんき
暗殺 あんさつ
暗弱 あんじゃく
暗射地図 あんしゃちず
暗面 あんめん
暗涙 あんるい
暗流 あんりゅう
暗渠 あんきょ
暗黒 あんこく
暗唱 あんしょう
暗転 あんてん
暗雲 あんうん
暗紫色 あんししょく
暗然 あんぜん
暗喩 あんゆ
暗暗 あんあん
暗愚 あんぐ
暗幕 あんまく
暗算 あんざん
暗誦 あんしょう
暗影 あんえい
暗線 あんせん
暗箱 あんばこ
暗黙 あんもく

暗澹 あんたん
暗闇 くらやみ
暗翳 あんえい
暗礁 あんしょう
暗闘 あんとう
暗譜 あんぷ
暗躍 あんやく
暗鬱 あんうつ
〔暈〕うん・かさ・ぼかす・ぼかし
暈綱 うんげん
〔暇〕か・いとま・ひま
暇人 ひまじん
暇乞 いとまごい
暇暇 ひまひま
暇潰 ひまつぶし
暇請 いとまごい
〔暖〕だん・あたたか・あたたかい・あたたまる・あたためる・あったか・あったかい・あったまる・あっためる
暖衣 だんい
暖冬 だんとう
暖気 だんき
暖色 だんしょく
暖地 だんち
暖国 だんこく
暖房 だんぼう
暖炉 だんろ
暖海 だんかい
暖帯 だんたい
暖流 だんりゅう
暖簾 のれん
〔暢〕ちょう
暢気 のんき
暢達 ちょうたつ
〔暫〕ざん・しばし・しばらく・しばらくも
暫定 ざんてい
暫時 ざんじ
〔暴〕ぼう・あばく・あばれる
暴力 ぼうりょく

暴子 あばれっこ
暴川 あばれがわ
暴圧 ぼうあつ
暴民 ぼうみん
暴行 ぼうこう
暴死 ぼうし
暴言 ぼうげん
暴君 ぼうくん
暴状 ぼうじょう
暴走 ぼうそう
暴投 ぼうとう
暴利 ぼうり
暴虎馮河 ぼうこひょうが
暴戻 ぼうれい
暴虐 ぼうぎゃく
暴威 ぼうい
暴食 ぼうしょく
暴政 ぼうせい
暴発 ぼうはつ
暴風 ぼうふう
暴勇 ぼうゆう
暴挙 ぼうきょ
暴徒 ぼうと
暴悪 ぼうあく
暴動 ぼうどう
暴飲 ぼういん
暴評 ぼうひょう
暴富 ぼうふ
暴落 ぼうらく
暴漢 ぼうかん
暴説 ぼうせつ
暴慢 ぼうまん
暴論 ぼうろん
暴騰 ぼうとう
暴露 ばくろ
〔暮〕ぼ・くらし・くらす・くれ・くれる
暮方 くれがた
暮六 くれむつ
暮向 くらしむき
暮色 ぼしょく
暮果 くれはてる
暮雨 ぼう
暮夜 ぼや
暮春 ぼしゅん
暮秋 ぼしゅう

暮残 くれのこる
暮雪 ぼせつ
暮暮 くれぐれ
暮鐘 ぼしょう
暮靄 ぼあい
〔曇〕どん・くもらす・くもり・くもる
曇天 どんてん
曇勝 くもりがち
〔暁〕ぎょう・あかつき・さとる
暁天 ぎょうてん
暁光 ぎょうこう
暁明星 あけのみょうじょう
暁星 ぎょうせい
暁雲 ぎょううん
暁闇 ぎょうあん
暁鐘 ぎょうしょう
〔曖〕あい
曖昧 あいまい
〔曙〕しょ・あけぼの
曙光 しょこう
〔曜〕
曜日 ようび
〔曠〕こう
曠久 こうきゅう
曠日弥久 こうじつびきゅう
曠古 こうこ
曠世 こうせい
曠原 こうげん
曠野 あらの・こうや
曠職 こうしょく
〔曝〕ばく・さらす・さる
曝首 しゃれこうべ・されこうべ
曝涼 ばくりょう
曝書 ばくしょ
曝露 ばくろ
〔曩〕のう
曩祖 のうそ

日　部

〔日〕えつ・いう・いわく・のたまう・の

たまわく
〔曲〕きょく・ごく・くせ・まがる・まがり・まげる
曲木細工 まげきざいく
曲尺 きょくしゃく・かねじゃく・まがりがね
曲玉 まがたま
曲目 きょくもく・まがりめ
曲打 きょくうち
曲曲 まがまがしい
曲走路 きょくそうろ
曲芸 きょくげい
曲技 きょくぎ
曲折 きょくせつ
曲角 まがりかど
曲学 きょくがく
曲事 きょくじ・くせごと
曲直 きょくちょく
曲者 きょくしゃ・くせもの
曲金 まがりがね
曲物 まげもの
曲面 きょくめん
曲馬 きょくば
曲乗 きょくのり
曲浦 きょくほ
曲師 きょくし
曲射 きょくしゃ
曲弾 きょくびき
曲飲 きょくのみ
曲筆 きょくひつ
曲節 きょくせつ
曲解 きょっかい
曲調 きょくちょう
曲論 きょくろん
曲線 きょくせん
曲譜 きょくふ
〔曳〕えい・ひく
曳光弾 えいこうだん
曳舟 ひきふね

曳航 えいこう
曳船 えいせん・ひきふね
曳網 ひきあみ
〔更〕こう・さらに・ふかす・ふける・ふける
更正 こうせい
更生 こうせい
更衣 こうい・ころもがえ
更地 さらち
更年期 こうねんき
更 さらさら
更改 こうかい
更始 こうし
更迭 こうてつ
更訂 こうてい
更紗 サラサ
更新 こうしん
〔冒〕もく・ぼう・ぼく・もう・おかす
冒険 ぼうけん
冒頭 ぼうとう
冒瀆 ぼうとく
〔書〕しょ・しょする・かく・ふみ
書入 かきいれ・かきいれる
書上 かきあげる
書下 かきおろし・かきくだす
書方 かきかた
書中 しょちゅう
書手 かきて
書分 かきわける
書立 かきたてる
書札 しょさつ
書加 かきくわえる
書出 かきだし・かきだす
書目 しょもく
書冊 しょさつ
書写 しょしゃ
書込 かきこみ・かきこむ
書付 かきつけ・かき

つける
書生 しょせい
書字 しょじ
書式 しょしき
書名 しょめい
書言葉 かきことば
書忘 かきわすれる
書初 かきぞめ
書状 しょじょう
書判 かきはん
書芸 しょげい
書抜 かきぬき・かきぬく
書志 しょし
書改 かきあらためる
書見 しょけん
書体 しょたい
書法 しょほう
書房 しょぼう
書店 しょてん
書林 しょりん
書画 しょが
書取 かきとり・かきとる
書直 かきなおす
書表 かきあらわす
書味 かきあじ
書物 しょもつ・かきもの
書変 かきかえる
書送 かきおくる
書巻 しょかん
書屋 しょおく
書架 しょか
書面 しょめん
書契 しょけい
書紀 しょき
書風 しょふう
書信 しょしん
書家 しょか
書庫 しょこ
書記 しょき・かきしるす
書流 かきながす
書振 かきぶり
書残 かきのこす
書起 かきおこす

書院 しょいん	曹司 ぞうし	最長 さいちょう	比例 ひれい	母親 ははおや
書留 かきとめ・かきとめる	曹長 そうちょう	最果 さいはて	比物 くらべもの	母艦 ぼかん
書紋 かきもん	曹洞宗 そうとうしゅう	最前 さいぜん	比重 ひじゅう	〔毎〕まい・ごと・ごとに
書斎 しょさい	〔曼〕まん・ばん	最前列 さいぜんれつ	比倫 ひりん	毎夕 まいゆう
書添 かきそえる	曼陀羅 まんだら	最前線 さいぜんせん	比率 ひりつ	毎戸 まいこ
書淫 しょいん	曼荼羅 まんだら	最後 さいご	比島 ひとう	毎日 まいにち
書捨 かきすてる	〔曾〕そう・かって・ひい	最後列 さいこうれつ	比喩 ひゆ	毎月 まいげつ・まいつき
書痙 しょけい	曾祖 そうそ	最後尾 さいこうび	比較 ひかく	毎次 まいじ
書割 かきわり	曾祖父 そうそふ・ひじじ・ひいじじ	最高 さいこう	比熱 ひねつ	毎回 まいかい
書評 しょひょう	曾祖母 そうそぼ・ひばば・ひいばば	最高級 さいこうきゅう	比翼 ひよく	毎年 まいねん・まいとし
書証 しょしょう	曾孫 そうそん・ひいまご・ひこ・ひこまご・ひまご	最高峰 さいこうほう	比類 ひるい	毎毎 まいまい
書道 しょどう		最高潮 さいこうちょう	**母・母部**	毎夜 まいよ
書棚 しょだな		最恵国 さいけいこく	〔母〕ぼ・も・ぼう・はは・かか・おも	毎度 まいど
書換 かきかえ・かきかえる	曾遊 そうゆう	最寄 もより	母子 ぼし・おやこ	毎秒 まいびょう
書落 かきおとす	〔替〕たい・てい・かえ・かわり・かわる・かう	最終 さいしゅう	母子草 ははこぐさ	毎食 まいしょく
書替 かきかえ・かきかえる		最悪 さいあく	母上 ははうえ	毎時 まいじ
書散 かきちらす	替刃 かえば	最盛期 さいせいき	母方 ははかた	毎週 まいしゅう
書馴 かきなれる	替手 かえで	最強 さいきょう	母日 ははのひ	毎朝 まいあさ
書幅 しょふく	替玉 かえだま	最深 さいしん	母衣 ほろ	毎期 まいき
書損 かきそこなう	替名 かえな	最善 さいぜん	母衣蚊帳 ほろがや	毎晩 まいばん
書肆 しょし	替地 かえち	最敬礼 さいけいれい	母后 ぼこう	毎歳 まいさい
書聖 しょせい	替紋 かえもん	最期 さいご	母君 ははぎみ	〔毒〕どく・どくする
書置 かきおき	替着 かえぎ	最短 さいたん	母体 ぼたい	毒刃 どくじん
書跡 しょせき	替歌 かえうた	最新 さいしん	母系 ぼけい	毒口 どくぐち
書債 しょさい	〔最〕さい・さいたる・もっとも・も	最愛 さいあい	母性 ぼせい	毒中 どくあたり
書誤 かきあやまる	最大 さいだい	最適 さいてき	母者人 ははじゃびと	毒水 どくすい
書誌 しょし	最下 さいか	**比　部**	母物 ははもの	毒気 どくけ
書誌学 しょしがく	最上 さいじょう	〔比〕ひ・ひする・くらべ・くらべる・たぐい・たぐう・たぐえる・よそえる	母乳 ぼにゅう	毒手 どくしゅ
書漏 かきもらす	最小 さいしょう		母音 ぼいん・ぼおん	毒牙 どくが
書論 しょろん	最中 さいちゅう・さなか・もなか		母屋 おもや・もや	毒矢 どくや
書慣 かきなれる	最少 さいしょう	比比 ひひ	母型 ぼけい	毒死 どくし
書熨斗 かきのし	最左翼 さいさよく	比目魚 ひらめ	母国 ぼこく	毒虫 どくむし
書影 しょえい	最右翼 さいうよく	比丘 びく	母胎 ぼたい	毒気 どっき
書壇 しょだん	最古 さいこ	比丘尼 びくに	母娘 おやこ	毒舌 どくぜつ
書翰 しょかん	最早 もはや	比況 ひきょう	母校 ぼこう	毒血 どくち
書癖 しょへき	最多 さいた	比肩 ひけん	母堂 ぼどう	毒見 どくみ
書類 しょるい	最良 さいりょう	比価 ひか	母船 ぼせん	毒突 どくづく
書難 かきにくい	最初 さいしょ		母港 ぼこう	毒性 どくせい
書簡 しょかん	最近 さいきん		母斑 ぼはん	毒味 どくみ
書牘 しょとく	最低 さいてい		母御 ははご	毒物 どくぶつ
書籍 しょじゃく・しょせき			母様 かあさん	毒草 どくそう
〔曹〕そう・ぞう			母語 ぼご	毒茸 どくたけ
曹子 ぞうし			母権 ぼけん	毒毒 どくどくしい
			母線 ぼせん	毒書 どくがい

毒消 どくけし
毒酒 どくしゅ
毒除 どくよけ
毒素 どくそ
毒殺 どくさつ
毒液 どくえき
毒蛇 どくじゃ・どくへび
毒婦 どくふ
毒魚 どくぎょ
毒筆 どくひつ
毒蛾 どくが
毒腺 どくせん
毒薬 どくやく

水 部

〔水〕すい・みず・み
水入 みずいり・みずいれ
水力 すいりょく
水干 すいかん
水土 すいど
水上 すいじょう・みなかみ
水口 みずぐち・みなくち
水火 すいか
水心 みずごころ
水木 みずき
水切 みずきり・みずぎれ
水太 みずぶとり
水天 すいてん
水天彷彿 すいてんほうふつ
水夫 すいふ・かこ
水引 みずひき
水中 すいちゅう・みずあたり
水分 すいぶん
水牛 すいぎゅう
水手 すいしゅ・みずのて
水半球 すいはんきゅう
水玉 みずたま
水平 すいへい

水圧 すいあつ
水石鹸 みずせっけん
水加減 みずかげん
水辺 すいへん・みずべ
水田 すいでん・みずた
水母 くらげ
水仕 みずし
水仕事 みずしごと
水仙 すいせん
水生 すいせい
水白粉 みずおしろい
水瓜 すいか
水羊羹 みずようかん
水死 すいし
水虫 みずむし
水団 すいとん
水成岩 すいせいがん
水気 すいき・みずけ
水先 みずさき
水先案内 みずさきあんない
水色 すいしょく・みずいろ
水牢 みずろう
水汲 みずくみ
水沢 すいたく
水没 すいぼつ
水冷 すいれい
水芸 みずげい
水芭蕉 みずばしょう
水車 すいしゃ・みずぐるま
水攻 みずぜめ
水声 すいせい
水防 すいぼう
水足 みずあし
水貝 みずがい
水呑 みずのみ
水兵 すいへい
水利 すいり

水系 すいけい
水位 すいい
水底 すいてい・みなそこ
水府 すいふ
水性 すいせい・みずしょう
水炊 みずたき
水沫 すいまつ・みずのあわ・みなわ
水泡 すいほう・みずのあわ・みなわ
水油 みずあぶら
水泳 すいえい・みずおよぎ
水杯 みずさかずき
水枕 みずまくら
水松 みる
水茎 みずぐき
水明 すいめい
水門 すいもん
水肥 すいひ・みずごえ
水物 みずもの
水和 すいわ
水計 みずばかり
水差 みずさし
水浅葱 みずあさぎ
水涙 みずばな・みずっぱな
水洗 すいせん・みずあらい
水草 すいそう・みずくさ
水茶屋 みずちゃや
水垢 みずあか
水垢離 みずごり
水垣 みずがき
水面 すいめん・みのも
水柱 すいちゅう・みずばしら
水指 みずさし
水馬 あめんぼ
水屋 みずや
水星 すいせい
水軍 すいぐん

水風呂 すいふろ
水臭 みずくさい
水竿 みさお
水俣病 みなまたびょう
水食 すいしょく
水害 すいがい
水疱 すいほう
水疱瘡 みずぼうそう
水神 すいじん
水浸 みづく・みずびたし
水浴 すいよく・みずあび
水流 すいりゅう
水瓶 みずがめ
水根 すいこん
水耕 すいこう
水素 すいそ
水捌 みずはじ
水栽培 みずさいばい
水書 すいしょ
水屑 みくず
水時計 みずどけい
水脈 すいみゃく・みお
水秤 みずばかり
水彩 すいさい
水飢饉 みずききん
水密 すいみつ
水商売 みずしょうばい
水産 すいさん
水族 すいぞく
水涸 みずがれ
水深 すいしん
水渋 みしぶ
水菓子 みずがし
水菜 みずな
水菰 みごも
水球 すいきゅう
水域 すいいき
水都 すいと
水責 みずぜめ

水桶 みずおけ
水掛論 みずかけろん
水盛 みずもり
水陸 すいりく
水張 みずばり
水圏 すいけん
水鳥 すいちょう・みずとり
水魚 すいぎょ
水船 みずぶね
水割 みずわり
水痘 すいとう
水着 みずぎ
水道 すいどう
水遊 みずあそび
水温 すいおん
水搔 みずかき
水揚 みずあげ
水棲 すいせい
水葬 すいそう
水煮 みずに
水雲 もずく
水馴竿 みなれざお
水晶 すいしょう
水量 すいりょう
水運 すいうん
水無月 みなづき
水飲 みずのみ
水筆 すいひつ
水筒 すいとう
水郷 すいきょう・すいごう
水絵 みずえ
水絵具 みずえのぐ
水煙 すいえん・みずけむり
水禍 すいか
水源 すいげん
水準 すいじゅん・みずばかり
水溜 みずたまり
水楊 かわやなぎ
水様液 すいようえき
水損 すいそん
水勢 すいせい

水蒸気 すいじょうき
水雷 すいらい
水浴 すいよく
水嵩 みずかさ
水黽 あめんぼ
水路 すいろ
水飴 みずあめ
水飼 みずかい
水鉛 すいえん
水鉄砲 みずでっぽう
水禽 すいきん
水腹 みずばら
水腫 すいしゅ・みずぶくれ
水蜜 すいみつ
水滴 すいてき
水酸化物 すいさんかぶつ
水酸基 すいさんき
水髪 みずがみ
水増 みずまし
水際 みぎわ
水際立つ みずぎわだつ
水墨画 すいぼくが
水綿 あおみどろ
水練 すいれん
水稲 すいとう
水銀 すいぎん
水餅 みずもち
水澄 みずすまし
水槽 すいそう・みずぶね
水線 すいせん
水盤 すいばん
水質 すいしつ
水蝕 すいしょく
水論 すいろん
水薬 すいやく・みずぐすり
水甕 みずがめ
水櫛 みずぐし
水霜 みずじも
水瀉便 すいしゃべん

水難 すいなん
水曜 すいよう
水爆 すいばく
水鶏 くいな
水藻 すいそう
水鏡 みずかがみ
水翻 みずこぼし
水魔 すいま
水嚢 すいのう
〔氷〕ひょう・ひ・こおる・つらら・こおり
氷上 ひょうじょう
氷山 ひょうざん
氷水 こおりみず
氷豆腐 こおりどうふ
氷河 ひょうが
氷枕 ひょうちん・こおりまくら
氷雨 ひさめ・ひざめ
氷室 ひょうしつ・ひむろ
氷柱 ひょうちゅう・つらら
氷厚 ひょうこう
氷面 ひょうめん
氷砂糖 こおりざとう
氷炭 ひょうたん
氷点 ひょうてん
氷海 ひょうかい
氷原 ひょうげん
氷菓 ひょうか
氷菓子 こおりがし
氷雪 ひょうせつ
氷野 ひょうや
氷釈 ひょうしゃく
氷魚 ひうお・ひお
氷袋 こおりぶくろ
氷晶 ひょうしょう
氷結 ひょうけつ
氷層 ひょうそう
氷塊 ひょうかい
氷解 ひょうかい
氷質 ひょうしつ
氷霧 ひょうむ

氷嚢 ひょうのう・こおりぶくろ
〔永〕えい・よう・とこしえ・ながい・ながらえる
永小作 えいこさく
永久 えいきゅう・とわ
永日 えいじつ
永世 えいせい
永代 えいたい
永生 えいせい
永字八法 えいじはっぽう
永年 えいねん・ながねん
永住 えいじゅう
永劫 えいごう
永別 えいべつ
永逝 えいせい
永眠 えいみん
永訣 えいけつ
永遠 えいえん
永続 えいぞく・ながつづき
〔求〕きゅう・まぐ・もとめ・もとめる・もとまる
求人 きゅうじん
求心 きゅうしん
求行 とめゆく
求刑 きゅうけい
求肥 ぎゅうひ
求知心 きゅうちしん
求婚 きゅうこん
求道 きゅうどう・ぐどう
求愛 きゅうあい
求縁 きゅうえん
求償 きゅうしょう
求職 きゅうしょく
〔沓〕とう・くつ
沓脱 くつぬぎ
〔泉〕せん・いずみ
泉下 せんか
泉水 せんすい

泉石 せんせき
泉貨紙 せんかし
〔泰〕たい
泰山 たいざん
泰山木 たいざんぼく
泰斗 たいと
泰平 たいへい
泰西 たいせい
泰東 たいとう
泰然 たいぜん
〔漿〕しょう
漿果 しょうか
漿液 しょうえき
漿麩 しょうふ

爿 部

〔爿〕しょう・ゆか・とこ
〔牆〕しょう・かき
牆壁 しょうへき

爻 部

〔爽〕そう・さわやか
爽快 そうかい
爽秋 そうしゅう
爽涼 そうりょう
〔爾〕じ・しか・しかく・なんじ
爾今 じこん
爾汝 じじょ
爾来 じらい
爾余 じよ
爾後 じご

父 部

〔父〕ふ・ちち・てて・とと・しし・ち
父子 ふし・おやこ
父上 ちちうえ
父方 ちちかた
父王 ふおう
父日 ちちのひ
父母 ちちはは・ふぼ
父兄 ふけい
父君 ふくん・ちちぎみ

父系 ふけい
父性 ふせい
父祖 ふそ
父娘 おやこ
父無子 ててなしご
父御 ちちご
父権 ふけん
父親 ちちおや
〔斧〕ふ・おの・よき
斧正 ふせい
斧足類 ふそくるい
斧鉞 ふえつ
斧鑿 ふさく
〔釜〕かま
釜中 ふちゅう
釜茹 かまゆで
釜師 かまし
釜飯 かまめし
釜敷 かましき
〔爺〕じい・じじ・じじい

気 部

〔気〕き・ぎ・け・げ・い
気力 きりょく
気入 きにいり
気丈 きじょう
気丈夫 きじょうぶ
気不味 きまずい
気孔 きこう
気分 きぶん
気化 きか
気立 きだて
気圧 きあつ・けおされる
気付 きづく・きつけ・きづけ
気安 きやすい
気宇 きう
気忙 きぜわしい
気団 きだん
気早 きばや・きばやい
気合 きあい

気休 きやすめ	気骨 きこつ・きぼね	気障 きざ・きざっぽ	牝牡 ひんぼ	物言 ものいい
気先 ききき	気振 けぶり	い・きざわり	牝鶏 ひんけい	物忘 ものわすれ
気任 きまかせ	気候 きこう	気管 きかん	〔牡〕ぼ・お・おす・	物売 ものうり
気色 きしょく・けし	気息 きそく	気慰 きなぐさみ	おん	物忌 ものいみ
き	気胸 ききょう	気鋭 きえい	牡丹 ぼたん	物別 ものわかれ
気抜 きぬけ	気脈 きみゃく	気質 きしつ・かたぎ	牡丹餅 ぼたもち	物見 ものみ
気体 きたい	気密 きみつ	気盤 きまま	牡蠣 かき	物我 ぶつが
気狂 きちがい	気張 きばる	気難 きむずかしい	〔牧〕ぼく・まき	物体 ぶったい・もっ
気位 きぐらい	気強 きづよい	気韻 きいん	牧人 ぼくじん	たい
気泡 きほう	気掛 きがかり	気嚢 きのう	牧夫 ぼくふ	物狂 ものぐるい・も
気炎 きえん	気球 ききゅう	気鬱 きうつ	牧牛 ぼくぎゅう	のぐるおしい・もの
気苦労 きぐろう	気転 きてん	気罐 きかん	牧民 ぼくみん	ぐるわしい
気性 きしょう	気崩 きくずれ		牧羊 ぼくよう	物学 ものまなび
気取 けどる・きどり	気動車 きどうしゃ	**牛・牛 部**	牧童 ぼくどう	物取 ものとり
・きどる	気移 きうつり		牧者 ぼくしゃ	物事 ものごと
気長 きなが	気組 きぐみ	〔牛〕ぎゅう・ご・う	牧舎 ぼくしゃ	物具 もののぐ
気附 きづけ	気温 きおん	し	牧神 ぼくしん	物性 ぶっせい
気受 きうけ	気焔 きえん	牛刀 ぎゅうとう	牧草 ぼくそう	物怪 もっけ・ものの
気味 きび・きみ・ぎ	気褄 きづま	牛皮 ぎゅうひ	牧畜 ぼくちく	け
み	気道 きどう	牛肉 ぎゅうにく	牧師 ぼくし	物怖 ものおじ
気負 きおい・きおう	気軽 きがる・きがる	牛耳 ぎゅうじ・ぎゅ	牧野 ぼくや	物物 ものものしい
気負立. きおいたつ	い	うじる	牧笛 ぼくてき	物物交換 ぶつぶつ
気迷 きまよい	気随 きずい	牛車 ぎゅうしゃ・ぎ	牧場 ぼくじょう・ま	こうかん
気送管 きそうかん	気疎 けうとい	っしゃ・うしぐるま	きば	物価 ぶっか
気前 きまえ	気散 きさんじ	牛尾菜 しおで	牧歌 ぼっか	物知 ものしり
気胞 きほう	気落 きおち	牛乳 ぎゅうにゅう	〔物〕ぶつ・もつ・も	物的 ぶってき
気品 きひん	気運 きうん	牛歩 ぎゅうほ	の・もん・ものす・	物神 ぶっしん
気毒 きのどく	気晴 きばらし	牛舎 ぎゅうしゃ	ものする	物凄 ものすごい・も
気乗 きのり	気圏 きけん	牛虻 うしあぶ	物入 ものいり	のすさまじい
気持 きもち	気筒 きとう	牛追 うしおい	物干 ものほし	物音 ものおと
気重 きおも	気絶 きぜつ	牛後 ぎゅうご	物上 ぶつじょう	物哀 もののあわれ・
気後 きおくれ	気象 きしょう	牛痘 ぎゅうえき	物乞 ものごい	もののあわれ
気保養 きほよう	気短 きみじか	牛馬 ぎゅうば	物心 ぶっしん・もの	物差 ものさし
気風 きふう・きっぷ	気詰 きづまり	牛脂 ぎゅうし	こころ	物持 ものもち
気怠 けだるい	気稟 きひん	牛殺 うしころし	物夫 もののふ	物指 ものさし
気高 けだかい	気違 きちがい	牛膝 いのこずち	物日 ものび	物相 もっそう
気兼 きがね	気遣 きづかい・きづ	牛蒡 ぎゅうとう	物分 ものわかり	物要 ものいり
気病 きのやまい・き	かう・きづかわしい	牛蛙 うしがえる	物本 もののほん	物珍 ものめずらしい
やみ	気勢 きせい	牛飲馬食 ぎゅういん	物申 ものもう・もの	物柔 ものやわらか
気疲 きづかれ	気楽 きらく	ばしょく	もうす	物故 ぶっこ
気流 きりゅう	気働 きばたらき	牛酪 ぎゅうらく	物付 ものはづけ	物品 ぶっぴん
気根 きこん	気笛 きてき	牛蒡 ごぼう	物交 ぶっこう	物思 ものおもい
気配 きはい・けは	気節 きせつ	牛飼 うしかい	物尽 ものづくし	物界 ぶっかい
・きくばり	気触 かぶれ・かぶれ	牛頭 ごず	物件 ぶっけん	物案 ものあんじ
気弱 きよわ	る	牛糞 ぎゅうふん	物色 ぶっしょく	物情 ぶつじょう
気恥 きはずかしい	気概 きがい	牛鍋 ぎゅうなべ	物気 もののけ	物真似 ものまね
気紛 きまぐれ	気構 きがまえ	〔牝〕ひん・め・めす・	物好 ものずき	物恐 ものおそろしい
		めん		

物納 ぶつのう
物笑 ものわらい
物臭 ものぐさ
物産 ぶっさん
物寂 ものさびしい
物淋 ものさびしい
物断 ものだち
物理 ぶつり
物欲 ぶつよく・ものほしげ
物惜 ものおしみ
物陰 ものかげ
物証 ぶっしょう
物覚 ものおぼえ
物貰 ものもらい
物馴 ものなれる
物越 ものごし
物堅 ものがたい
物量 ぶつりょう
物悲 ものがなしい
物象 ぶっしょう
物税 ぶつぜい
物詣 ものもうで
物資 ぶっし
物数 もののかず
物置 ものおき
物腰 ものごし
物語 ものがたり・ものがたる
物慣 ものなれる
物静 ものしずか
物種 ものだね
物権 ぶっけん
物影 ものかげ
物質 ぶっしつ
物慾 ぶつよく
物憂 ものうい
物療 ぶつりょう
物識 ものしり
物騒 ぶっそう・ものさわがしい
物議 ぶつぎ
〔牲〕せい・いけにえ・にえ
〔牴〕てい
牴悟 もどく
牴触 ていしょく

〔特〕とく・とくに
特大 とくだい
特立 とくりつ
特写 とくしゃ
特出 とくしゅつ
特用作物 とくようさくぶつ
特有 とくゆう
特旨 とくし
特色 とくしょく
特快 とっかい
特技 とくぎ
特車 とくしゃ
特売 とくばい
特別 とくべつ
特利 とくり
特効 とっこう
特定 とくてい
特注 とくちゅう
特性 とくせい
特長 とくちょう
特典 とくてん
特命 とくめい
特価 とっか
特使 とくし
特例 とくれい
特免 とくめん
特派 とくは
特配 とくはい
特発 とくはつ
特段 とくだん
特急 とっきゅう
特待 とくたい
特約 とくやく
特効 とっこう
特高 とっこう
特訓 とっくん
特記 とっき
特恵 とっけい
特殊 とくしゅ
特務 とくむ
特称 とくしょう
特級 とっきゅう
特産 とくさん
特設 とくせつ
特許 とっきょ
特赦 とくしゃ

特異 とくい
特進 とくしん
特装 とくそう
特掲 とっけい
特捜 とくそう
特喪 とくそう
特報 とくほう
特等 とくとう
特筆 とくひつ
特飲街 とくいんがい
特集 とくしゅう
特電 とくでん
特認 とくにん
特漉 とくすき
特需 とくじゅ
特種 とくしゅ・とくだね
特徴 とくちょう
特製 とくせい
特賞 とくしょう
特撰 とくさつ
特撰 とくせん
特権 とっけん
特選 とくせん
特質 とくしつ
特輯 とくしゅう
特薦 とくせん
〔牽〕けん・ひく
牽引 けんいん
牽牛 けんぎゅう
牽制 けんせい
牽強 けんきょう
〔犀〕せい・さい
犀利 さいり
〔犇〕ほん・ひしと・ひしめく
犇犇 ひしひし
〔犁〕り・からすき・すき
犁牛 りぎゅう
〔犒〕こう・ねぎらう・ねぐ
〔犖〕り
犖牛 りぎゅう・ヤク
〔犠〕ぎ・いけにえ
犠打 ぎだ

犠牲 ぎせい
〔犢〕とく・こうし
犢鼻褌 ふんどし・たふさぎ

手 部

〔手〕しゅ・て・た
手一杯 ていっぱい
手刀 てがたな
手入 ていれ
手工 しゅこう
手工業 しゅこうぎょう
手土産 てみやげ
手下 てした
手子摺 てこずる
手口 てぐち
手巾 しゅきん
手文庫 てぶんこ
手心 てごころ
手不足 てぶそく
手元 てもと
手切 てぎれ
手引 てびき
手水 ちょうず・てみず
手中 しゅちゅう
手内 てのうち
手内職 てないしょく
手分 てわけ
手立 てだて
手広 てびろい
手玉 てだま
手打 てうち
手本 てほん
手札 しゅさつ・てふだ
手古舞 てこまい
手古摺 てこずる
手加減 てかげん
手出 てだし
手甲 てっこう・てこう
手写 しゅしゃ
手込 てごめ
手弁当 てべんとう

手仕事 てしごと
手仕舞 てじまい
手代 てだい
手付 てつき・てつけ
手交 しゅこう
手羽 てば
手早 てばや・てばやい
手回 てまわし・てまわり
手当 てあて・てあたり
手先 てさき
手向 てむかう・たむけ・たむける
手合 てあい・てあわせ
手伝 てつだい・てつだう
手応 てごたえ
手序 てついで
手初 てはじめ
手沢 しゅたく
手折 たおる
手抜 てぬかり・てぬき
手技 しゅぎ
手抄 しゅしょう
手車 てぐるま
手弄 てまさぐり
手形 てがた
手芸 しゅげい
手妻 てづま
手足 しゅそく・てあし・てだれ
手助 てだすけ
手近 てちか
手兵 しゅへい
手利 てきき
手作 てづくり
手空 てあき
手法 しゅほう
手並 てなみ
手放 てばなす・てばなし
手性 てしょう
手押 ておし

手招 てまねき
手拍子 てびょうし
手枕 てまくら・たまくら
手取 てとり・てどり
手取早 てっとりばやい
手長 てなが
手者 てのもの
手事 てごと
手直 てなおし
手刷 てずり
手帚 てぼうき
手奇麗 てぎれい
手明 てあき
手帖 てちょう
手斧 ちょうな・ておの
手物 てのもの
手始 てはじめ
手金 てきん
手首 てくび
手前 てまえ・てめえ
手巻 てまき
手洗 てあらい
手活 ていけ
手拭 てぬぐい・てふき
手持 てもち
手枷 てかせ
手柄 てがら
手相 てそう
手荒 てあら・てあらい
手垢 てあか
手厚 てあつい
手負 ており
手品 てじな
手廻 てまわし・てまわり
手風 てぶり
手風琴 てふうきん
手待 てまち
手後 ておくれ
手重 ておもい
手段 しゅだん
手狭 てぜま

手記 しゅき
手料理 てりょうり
手挾 たばさむ
手捌 てさばき
手捕 てどり
手振 てぶり
手荷物 てにもつ
手套 しゅとう
手弱女 たおやめ・たわやめ
手書 しゅしょ・てかき・てがき
手酌 てじゃく
手配 てはい・てくばり
手速 てばや・てばやい
手真似 てまね
手紡 しゅぼう
手許 てもと
手淫 しゅいん
手控 てびかえ・てびかえる
手探 てさぐり
手疵 てきず
手掛 てかけ・てがかり・てがける
手械 てかせ
手桶 ておけ
手習 てならい
手強 てづよい
手盛 てもり
手頃 てごろ
手帳 てちょう
手透 てすき
手動 しゅどう
手術 しゅじゅつ
手筈 てはず
手釣 てづり
手袋 てぶくろ
手紙 てがみ
手細工 てざいく
手渡 てわたし・てわたす
手痛 ていたい
手焙 てあぶり
手道具 てどうぐ

手遊 てあそび・てすさび
手提 てさげ
手棒 てんぼう
手植 てうえ
手落 ておち
手遅 ておくれ
手強 てごわい
手馴 てならし・てなれる
手軽 てがる・てがるい
手堅 てがたい
手間 てま
手間取 てまどる
手量 てばかり
手無 てなし・てもなく
手答 てごたえ
手筋 てすじ・てのすじ
手短 てみじか
手毬 てまり
手解 てほどき
手順 てじゅん
手腕 しゅわん
手絡 てがら
手創 てきず
手詰 てづまり・てづまる・てづめ
手話 しゅわ
手裏 てのうら
手裏剣 しりけん・しゅりけん
手数 てすう・てかず
手数入 でずいり
手塩 てしお
手勢 てぜい
手隙 てすき
手違 てちがい
手暗 てくらがり
手跡 しゅせき
手触 てざわり
手傷 てきず
手飼 てがい
手鉤 てかぎ
手続 てつづき

手漉 てすき
手旗 てばた
手榴弾 しゅりゅうだん・てりゅうだん
手擦 てずれ
手摺 てすり
手摑 てづかみ
手槍 てやり
手蔓 てづる
手酷 てひどい
手駒 てごま
手際 てぎわ
手踊 ておどり
手練 しゅれん・てれん・てだれ
手綱 たづな
手製 てせい
手鼻 てばな
手管 てくだ
手箒 てぼうき
手慣 てならし・てなれる
手慰 てなぐさみ
手締 てじめ
手編 てあみ
手緩 てぬるい
手箱 てばこ
手懐 てなずける
手頸 てくび
手翰 しゅかん
手薄 てうす
手錠 てじょう
手縫 てぬい
手燭 しゅしょく・てしょく
手厳 てきびしい
手鞠 てまり
手鍋 てなべ
手癖 てくせ
手離 てばなれ
手職 てしょく
手蹟 しゅせき
手織 ており
手鎖 てじょう
手簡 しゅかん
手繰 たぐる・てぐり
手繰込 たぐりこむ

手鏡 てかがみ
手懸 てかけ・てがかり・てがける
手籠 てかご・てごめ
手鑑 てかがみ
〔承〕しょう・うく・うける・うけたまわる
承引 しょういん
承句 しょうく
承伏 しょうふく
承合 しょうごう
承所 うけたまわりしょ
承服 しょうふく
承知 しょうち
承前 しょうぜん
承認 しょうにん
承継 しょうけい
承諾 しょうだく
〔拳〕けん・こぶし
拳法 けんぽう
拳固 げんこ
拳拳 けんけん
拳骨 げんこつ
拳銃 けんじゅう
拳闘 けんとう
〔拿〕だ
拿捕 だほ
〔掌〕しょう・たなごころ・てのひら・つかさどる
掌中 しょうちゅう
掌紋 しょうもん
掌理 しょうり
掌握 しょうあく
掌編 しょうへん
掌篇 しょうへん
〔掣〕せい
掣肘 せいちゅう
〔摹〕も
摹本 もほん
〔擘〕はく・つんざく
〔撃〕うつ
撃払 うちはらう
撃合 うちあい
撃沈 げきちん

撃抜 うちぬく	毛脛 けずね	攻口 せめくち・せめ	改廃 かいはい
撃取 うちとる	毛彫 けぼり	ぐち	改善 かいぜん
撃砕 げきさい	毛細血管 もうさい	攻立 せめたてる	改葬 かいそう
撃退 げきたい	けっかん	攻込 せめこむ	攻装 かいそう
撃発 げきはつ	毛細管 もうさいか	攻守 こうしゅ	改新 かいしん
撃破 げきは・うちや	ん	攻究 こうきゅう	改業 かいぎょう
ぶる	毛焼 けやき	攻防 こうぼう	改暦 かいれき
撃剣 げっけん	毛筆 もうひつ	攻囲 こうい	改稿 かいこう
撃落 うちおとす	毛筋 けすじ	攻城 こうじょう	改選 かいせん
撃滅 げきめつ	毛裏 けうら	攻倦 せめあぐむ	攻編 かいへん
撃墜 げきつい	毛鈎 けばり	攻寄 せめよせる・せ	改鋳 かいちゅう
撃攘 げきじょう	毛嫌 けぎらい	めよる	改憲 かいけん
〔攀〕はん・よず・よ	毛槍 けやり	攻略 こうりゃく	改築 かいちく
じる	毛管 もうかん	攻道具 せめどうぐ	改竄 かいざん
攀登 よじのぼる	毛髪 もうはつ	攻落 こうらく・せめ	改題 かいだい
〔攣〕れん・つる・つ	毛頭 もうとう	おとす	〔放〕ほう・こく・た
れる	毛繕 けづくろい	攻勢 こうせい	れる・はなす・はな
攣上 つりあげる	毛臑 けずね	攻撃 こうげき	つ・はなれる・ひ
攣目 つりめ	毛織 けおり	攻懸 せめかける	る・ほうる　ほかす
攣眼 つりめ	毛織物 けおりもの	〔改〕かい・あらたま	放下 ほうか・ほう
	毛蟹 けがに	る・あらためる	げ・ばかす
毛 部	毛繻子 けじゅす	改心 かいしん	放火 ほうか
	毛黴 けかび	改元 かいげん	放心 ほうしん
〔毛〕もう・け	毛顔 もうせん	改正 かいせい	放水 ほうすい
毛孔 けあな	〔毟〕むしる	改札 かいさつ	放出 ほうしゅつ・は
毛穴 けあな	毟取 むしりとる	改号 かいごう	うりだす
毛玉 けだま	〔毬〕きゅう・いが・	改印 かいいん	放生 ほうじょう
毛生薬 けはえぐす	かさ・まり	改名 かいめい	放込 ほうりこむ
り	毬果 きゅうか	改行 かいぎょう	放列 ほうれつ
毛布 もうふ	毬栗 いがぐり	改良 かいりょう	放任 ほうにん
毛皮 けがわ	毬藻 まりも	改作 かいさく	放伐 ほうばつ
毛衣 けごろも	〔毫〕ごう	改定 かいてい	放言 ほうげん
毛羽 けば	毫末 ごうまつ	改宗 かいしゅう	放尿 ほうにょう
毛虫 けむし	毫光 ごうこう	改易 かいえき	放屁 ほうひ
毛糸 けいと	〔氈〕せい・ぜい・け	改版 かいはん	放吟 ほうぎん
毛色 けいろ	ば・むくげ	改姓 かいせい	放佚 ほういつ
毛抜 けぬき	氈立 けばだつ	改訂 かいてい	放念 ほうねん
毛見 けみ	〔毯〕せん	改変 かいへん	放物線 ほうぶつせ
毛足 けあし	氈鹿 かもしか	改革 かいかく	ん
毛並 けなみ		改悟 かいご	放牧 ほうぼく
毛虱 けじらみ	**攵 部**	改修 かいしゅう	放免 ほうめん
毛染 けぞめ		改悛 かいしゅん	放神 ほうしん
毛莨 きんぽうげ	〔攻〕こう・せむ・せ	改称 かいしょう	放送 ほうそう
毛唐 けとう	める	改造 かいぞう	放馬 はなれうま
毛根 もうこん	攻入 せめいる	改訳 かいやく	放映 ほうえい
毛蚕 けご	攻大鼓 せめだいこ	改悪 かいあく	放胆 ほうたん
毛深 けぶかい	攻上 せめのぼる	改組 かいそ	放恣 ほうし
毛描 けがき	攻抜 せめぬく		
			放流 ほうりゅう
			放浪 ほうろう
			放校 ほうこう
			放埒 ほうらつ
			放逐 ほうちく
			放射 ほうしゃ
			放鳥 ほうちょう
			放棄 ほうき
			放散 ほうさん
			放逸 ほういつ
			放資 ほうし
			放肆 ほうし
			放電 ほうでん
			放置 ほうち
			放飼 はなしがい
			放漫 ほうまん
			放歌 ほうか
			放談 ほうだん
			放課 ほうか
			放熱 ほうねつ
			放蕩 ほうとう
			放線菌 ほうせんき
			ん
			放縦 ほうしょう・ほ
			うじゅう
			放擲 ほうてき
			放題 ほうだい
			〔政〕せい・しょう・
			まつりごつ・まつり
			こと
			政友 せいゆう
			政庁 せいちょう
			政令 せいれい
			政争 せいそう
			政社合一 せいしゃ
			ごういつ
			政見 せいけん
			政局 せいきょく
			政体 せいたい
			政況 せいきょう
			政治 せいじ
			政府 せいふ
			政所 まんどころ
			政事 せいじ
			政客 せいかく・せい
			きゃく
			政変 せいへん

政派 せいは	のり	教授 きょうじゅ	くい・すくう・たす	敢然 かんぜん
政界 せいかい	救答 ちょくとう	教理 きょうり	ける	敢闘 かんとう
政務 せいむ	〔教〕きょう・おしえ・	教習 きょうしゅう	救上 すくいあげる	〔散〕さん・さんずる
政党 せいとう	おしえる・おそわる・	教場 きょうじょう	救主 すくいぬし	・さんじる・ちらか
政商 せいしょう	おしう	教程 きょうてい	救出 きゅうしゅつ	す・ちらかる・ちら
政情 せいじょう	教子 おしえご	教誨 きょうかい	救世 きゅうせい・ぐ	す・ちらし・ちらば
政教 せいきょう	教化 きょうげ・きょ	教義 きょうぎ	せ	る・ちる・ばら
政略 せいりゃく	うか	教誡 きょうかい	救民 きゅうみん	散人 さんじん
政経 せいけい	教父 きょうふ	教練 きょうれん	救助 きゅうじょ	散大 さんだい
政道 せいどう	教主 きょうしゅ	教導 きょうどう	救国 きゅうこく	散文 さんぶん
政策 せいさく	教示 きょうじ	教養 きょうよう	救命 きゅうめい	散水 さんすい
政戦 せいせん	教本 きょうほん	教範 きょうはん	救恤 きゅうじゅつ	散布 さんぷ
政綱 せいこう	教区 きょうく	教諭 きょうゆ	救荒 きゅうこう	散米 さんまい
政談 せいだん	教生 きょうせい	教壇 きょうだん	救急 きゅうきゅう	散光 さんこう
政論 せいろん	教団 きょうだん	教頭 きょうとう	救済 きゅうさい	散会 さんかい
政敵 せいてき	教旨 きょうし	教権 きょうけん	救貧 きゅうひん	散在 さんざい
政権 せいけん	教会 きょうかい	教職 きょうしょく	救援 きゅうえん	散村 さんそん
〔故〕こ・ゆえ・ゆえ	教材 きょうざい	教鞭 きょうべん	救療 きゅうりょう	散寿司 ちらしずし
に・かれ・もと	教戒 きょうかい	教護 きょうご	救難 きゅうなん	散見 さんけん
故人 こじん	教条 きょうじょう	〔敗〕はい・やぶれる・	救癩 きゅうらい	散佚 さんいつ
故山 こざん	教法 きょうほう	やぶる・まける	救護 きゅうご	散乱 さんらん
故主 こしゅ	教官 きょうかん	敗亡 はいぼう	〔敬〕けい・きょう・	散居 さんきょ
故旧 こきゅう	教学 きょうがく	敗北 はいぼく	うやまい・うやまう	散歩 さんぽ
故由 ゆえよし	教育 きょういく	敗因 はいいん	敬弔 けいちょう	散点 さんてん
故老 ころう	教育革命 きょうい	敗色 はいしょく	敬礼 けいれい	散発 さんぱつ
故里 ふるさと	くかくめい	敗血症 はいけつし	敬白 けいはく	散剤 さんざい
故京 こきょう	教育産業 きょうい	ょう	敬老 けいろう	散粉 さんぷん
故実 こじつ	くさんぎょう	敗走 はいそう	敬体 けいたい	散華 さんげ
故事 こじ・ふるごと	教具 きょうぐ	敗局 はいきょく	敬具 けいぐ	散財 さんざい
故国 ここく	教典 きょうてん	敗者 はいしゃ	敬服 けいふく	散書 ちらしがき
故知 こち	教卓 きょうたく	敗退 はいたい	敬神 けいしん	散残 ちりのこる
故殺 こさつ	教室 きょうしつ	敗軍 はいぐん	敬重 けいちょう	散票 さんぴょう
故紙 こし	教科 きょうか	敗将 はいしょう	敬虔 けいけん	散逸 さんいつ
故郷 こきょう・ふる	教皇 きょうこう・き	敗残 はいざん	敬称 けいしょう	散散 さんざん・ちり
さと	ょうおう	敗訴 はいそ	敬意 けいい	ぢり
故買 こばい	教派 きょうは	敗着 はいちゃく	敬遠 けいえん	散超 さんちょう
故智 こち	教祖 きょうそ	敗報 はいほう	敬愛 けいあい	散弾 さんだん
故意 こい	教則 きょうそく	敗滅 はいめつ	敬語 けいご	散開 さんかい
故障 こしょう	教庭 おしえのにわ	敗戦 はいせん	敬慕 けいぼ	散策 さんさく
〔致〕ち・いたす	教訓 きょうくん	敗勢 はいせい	敬謙 けいけん	散蓮華 ちりれんげ
致方 いたしかた	教案 きょうあん	〔敏〕びん・とし	敬譲 けいじょう	散楽 さんがく
致仕 ちし	教唆 きょうさ	敏活 びんかつ	〔幣〕へい	散漫 さんまん
致死 ちし	教員 きょういん	敏速 びんそく	敝衣 へいい	散敷 ちりしく
致命 ちめい	教書 きょうしょ	敏捷 びんしょう	〔敢〕かん・あえて	散髪 さんぱつ
致命傷 ちめいしょ	教務 きょうむ	敏腕 びんわん	敢行 かんこう	散薬 さんやく
う	教師 きょうし	敏感 びんかん	敢為 かんい	散鮨 ちらしずし
〔敕〕ちょく・みこと	教徒 きょうと	〔救〕きゅう・く・す	敢無 あえない	〔数〕す・すう・さ

く・そく・かず・か	敵中 てきちゅう	敷島 しきしま	月代 さかやき・つき	月番 つきばん
ずう・しばしば・か	敵手 てきしゅ	敷設 ふせつ	かわら	月給 げっきゅう
ぞう・かぞえ・かぞ	敵本主義 てきほん	敷詰 しきつめ・しき	月白 つきしろ	月読 つきよみ
える	しゅぎ	つめる	月次 げつじ・つきな	月障 つきのさわり
数子 かずのこ	敵失 てきしつ	敷蒲団 しきぶとん	み	月蝕 げっしょく
数上 かぞえあげる	敵対 てきたい	敷藁 しきわら	月光 げっこう	月輪 げつりん・つき
数日 すうじつ・かぞ	敵地 てきち	〔整〕せい・ととの	月行事 つきぎょう	のわ
え	敵状 てきじょう	う・ととのえる	じ	月影 げつえい・つき
数立 かぞえたてる	敵兵 てきへい	整地 せいち	月色 げっしょく	かげ
数字 すうじ	敵性 てきせい	整列 せいれつ	月初 つきはじめ	月賦 げっぷ
数次 すうじ	敵国 てきこく・てっ	整合 せいごう	月来 げつらい・つき	月謝 げっしゃ
数式 すうしき	こく	整式 せいしき	ごろ	月齢 げつれい
数列 すうれつ	敵前 てきぜん	整体 せいたい	月見 つきみ	月額 げつがく
数多 すうた・あまた	敵背 てきはい	整斉 せいせい	月役 つきやく	月曜 げつよう
数年 かぞえどし	敵軍 てきぐん	整版 せいはん	月余 げつよ	〔有〕ゆう・う・ある・
数行 すうこう	敵討 かたきうち	整肢 せいし	月利 げつり	あり・ゆうする
数刻 すうこく	敵陣 てきじん	整流 せいりゅう	月夜 つきよ・つくよ	有人 ゆうじん
数学 すうがく	敵視 てきし	整容 せいよう	月並 つきなみ	有力 ゆうりょく
数取 かずとり	敵産 てきさん	整風 せいふう	月表 げっぴょう	有心 うしん
数直線 すうちょく	敵情 てきじょう	整除 せいじょ	月明 げつめい・つき	有夫 ゆうふ
せん	敵役 かたきやく	整理 せいり	あかり	有半 ゆうはん
数奇 さっき・すうき	敵営 てきえい	整備 せいび	月物 つきのもの	有功 ゆうこう
・すき	敵弾 てきだん	整復 せいふく	月参 つきまいり	有司 ゆうし
数奇者 すきしゃ	敵塁 てきるい	整然 せいぜん	月例 げつれい	有田焼 ありたやき
数奇屋 すきや	敵意 てきい	整数 せいすう	月計 げっけい	有史 ゆうし
数物 かずもの	敵愾心 てきがいし	整頓 せいとん	月面 げつめん	有用 ゆうよう
数珠 じゅず・ずず	ん	整腸剤 せいちょう	月草 つきくさ	有合 ありあい・あり
数珠玉 ずずだま	敵勢 てきせい	ざい	月後 つきおくれ	あわせ
数珠掛鳩 ずずかけ	敵影 てきえい	整髪 せいはつ	月食 げっしょく	有色 ゆうしょく
ばと	敵機 てっき	整調 せいちょう	月桂 げっけい・つき	有名 ゆうめい
数値 すうち	敵艦 てきかん・てっ		のかつら	有気 ありげ
数寄 すき	かん	**月 部**	月俸 げっぽう	有形 ゆうけい
数寄心 すきごころ	敵襲 てきしゅう		月卿雲客 げっけい	有声 ゆうせい
数寄者 すきしゃ	〔敷〕ふ・しき・しく	〔月〕げつ・がつ・つ	うんかく	有志 ゆうし
数寄屋 すきや	敷瓦 しきがわら	き	月産 げっさん	有利 ゆうり
数理 すうり	敷石 しきいし	月下 げっか	月商 げっしょう	有余 ゆうよ・ありあ
数詞 すうし	敷布 しきふ	月日 がっぴ・つきひ	月掛 つきがけ	まる
数量 すうりょう	敷写 しきうつし	月内 げつない	月頃 つきごろ	有体 ありてい
数等 すうとう	敷皮 しきがわ	月収 げっしゅう	月経 げっけい	有体物 ゆうたいぶ
数数 かずかず・しば	敷地 しきち	月毛 つきげ	月割 つきわり	つ
しば	敷板 しきいた	月払 つきばらい	月評 げっぴょう	有実 ありのみ
数歌 かぞえうた	敷居 しきい	月世界 げっせかい	月極 つきぎめ	有効 ゆうこう
〔敵〕てき・あだ・か	敷金 しききん	月末 げつまつ・つき	月越 つきごし	有性生殖 ゆうせい
たき・かなう・てき	敷物 しきもの	ずえ	月報 げっぽう	せいしょく
す・てきする・ふて	敷革 しきがわ	月旦 げったん	月琴 げっきん	有事 ゆうじ
る	敷衍 ふえん	月央 げつおう	月遅 つきおくれ	有刺 ゆうし
敵方 てきがた	敷紙 しきがみ	月刊 げっかん	月間 げっかん	有卦 うけ

有明 ありあけ	有蓋 ゆうがい	朝色 ろうしょく	朝家 ちょうか	**月(肉)部**
有価 ゆうか	有業人口 ゆうぎょ	朗吟 ろうぎん	朝酒 あさざけ	
有金 ありがね	うじんこう	朗朗 ろうろう	朝貢 ちょうこう	〔肋〕ろく・あばら
有神論 ゆうしんろん	有罪 ゆうざい	朗笑 ろうしょう	朝起 あさおき	肋木 ろくぼく
有為 ういゆうい	有感地震 ゆうかん	朗唱 ろうしょう	朝帰 あさがえり	肋材 ろくざい
有限 ゆうげん・あら	じしん	朗詠 ろうえい	朝涼 あさすず	肋骨 ろっこつ・あば
んかぎり・あるかぎ	有髪 うはつ	朗報 ろうほう	朝野 ちょうや	らほね
り	有権者 ゆうけんし	朗話 ろうわ	朝寒 あささむ	肋間 ろっかん
有毒 ゆうどく	ゃ	朗読 ろうどく	朝湯 あさゆ	肋膜 ろくまく
有耶無耶 うやむや	有線 ゆうせん	朗誦 ろうしょう	朝湿 あさじめり	〔肌〕はだ・はだえ
有段者 ゆうだんし	有徳 ゆうとく	〔期〕き・ご・こす	朝焼 あさやけ	肌付 はだつき
ゃ	有機 ゆうき	る・きする・きす	朝朝 あさなあさな	肌衣 はだぎ
有害 ゆうがい	有縁 うえん	期日 きじつ	朝賀 ちょうが	肌守 はだまもり
有高 ありだか	有償 ゆうしょう	期末 きまつ	朝晩 あさばん	肌色 はだいろ
有畜 ゆうちく	有儘 ありのまま	期成 きせい	朝間 あさま	肌合 はだあい
有益 ゆうえき	有難 ありがたい	期近 きぢか	朝飯 あさはん・あさ	肌身 はだみ
有料 ゆうりょう	有難味 ありがたみ	期首 きしゅ	めし	肌荒 はだあれ
有配 ゆうはい	有難迷惑 ありがた	期限 きげん	朝寝 あさね	肌脱 はだぬぎ
有時払 あるときば	めいわく	期待 きたい	朝駆 あさがけ	肌寒 はださむい
らい	有難涙 ありがたな	期間 きかん	朝暮 ちょうぼ	肌着 はだぎ
有望 ゆうぼう	みだ	〔朝〕ちょう・あさ・	朝餉 あさがけ	肌触 はだざわり
有産 ゆうさん	有職 ゆうしょく・ゆ	あした・ちょうする	朝餉 あさげ	肌襦袢 はだジバン
有情 うじょう	うそく・ゆうしき	朝夕 ちょうせき・あ	朝潮 あさしお	〔肝〕かん・きも
有頂天 うちょうて	有識 ゆうしき	さゆう・あさなゆう	朝敵 ちょうてき	肝心 かんしん
ん	〔朋〕ほう・とも	な	朝憲 ちょうけん	肝玉 きもだま・き
有理数 ゆうりすう	朋友 ほうゆう	朝方 あさがた	朝餐 ちょうさん	ったま
有得 ゆうとく・あり	朋党 ほうとう	朝日 あさひ	朝曇 あさぐもり	肝吸 きもすい
うる・ありうべき・	朋輩 ほうばい	朝市 あさいち	朝鮮人参 ちょうせ	肝油 かんゆ
ありうべからざる	〔胤〕いん・たね	朝立 あさだち	んにんじん	肝炎 かんえん
有終 ゆうしゅう	〔朕〕ちん	朝礼 ちょうれい	朝鮮顔 ちょうせ	肝要 かんよう
有能 ゆうのう	〔朔〕さく・ついたち	朝末 あさまだき	んあさがお	肝胆 かんたん
有期 ゆうき	朔日 さくじつ	朝令暮改 ちょうれ	朝顔 あさがお	肝硬変 かんこうへ
有勝 ありがち	朔北 さくほく	いぼかい	朝譲 あさがお	ん
有閑 ゆうかん	朔風 さくふう	朝刊 ちょうかん	朝露 あさつゆ	肝試 きもだめし
有税 ゆうぜい	〔望〕ぼう・のぞむ・	朝凪 あさなぎ	朝靄 あさもや	肝煎 きもいり
有給 ゆうきゅう	のぞみ・のぞまし	朝会 ちょうかい	〔朦〕もう	肝腎 かんじん
有無 ありなし・うむ	い・のぞまれる・も	朝来 ちょうらい	朦朦 もうもう	肝魂 きもだま・きも
有象無象 うぞうむ	ち	朝見 ちょうけん	朦気 もうき	ったま
ぞう	望月 もちづき	朝廷 ちょうてい	朦朧 もうろう	肝銘 かんめい
有触 ありふれる	望外 ぼうがい	朝命 ちょうめい	〔朧〕ろう・おぼろ	肝臓 かんぞう
有意 ゆうい	望遠 ぼうえん	朝明 あさあけ	朧月 おぼろづき	〔肛〕こう
有意味 ゆういみ	望見 ぼうけん	朝参 あさまいり	朧気 おぼろげ	肛門 こうもん
有意義 ゆういぎ	望郷 ぼうきょう	朝政 ちょうせい	朧夜 おぼろよ	〔肚〕と・はら
有数 ゆうすう	望楼 ぼうろう	朝風 あさかぜ	朧昆布 おぼろこん	〔肘〕ちゅう・ひじ
有様 ありさま・あり	望蜀 ぼうしょく	朝風呂 あさぶろ	ぶ	肘木 ひじき
よう	〔朗〕ろう・ はがら	朝食 ちょうしょく・	朧雲 おぼろぐも	肘突 ひじつき
	か・ほがらか	あさげ	〔朧〕おこぼ	肘枕 ひじまくら

肘金 ひじかね	る・こやし・こや	股立 ももだち	胡蝶 こちょう	背格好 せかっこ
肘掛 ひじかけ	す・こゆ・ふとる	股肱 ここう	胡蝶花 しゃが	う・せいかっこう
肘壺 ひじつぼ	肥大 ひだい	股座 またぐら	胡頽子 ぐみ	背信 はいしん
肘鉄 ひじてつ	肥立 ひだち	股旅 またたび	胡獱 とど	背後 はいご
〔育〕そだつ・そだ	肥沃 ひよく	股間 こかん	胡簶 やなぐい	背約 はいやく
ち・そだてる・はぐ	肥育 ひいく	股関節 こかんせつ	胡露柿 ころがき	背骨 せぼね
くむ	肥効 ひこう	股擦 またずれ	〔胚〕はい	背部 はいぶ
育上 そだてあげる	肥担桶 こえたご	〔肺〕はい	胚子 はいし	背理 はいり
育成 いくせい	肥厚 ひこう	肺尖 はいせん	胚芽 はいが	背教 はいきょう
育児 いくじ	肥胖症 ひはんしょ	肺気腫 はいきしゅ	胚乳 はいにゅう	背筋 せすじ
育英 いくえい	う	肺肝 はいかん	胚胎 はいたい	背進 はいしん
育種 いくしゅ	肥後守 ひごのかみ	肺炎 はいえん	胚珠 はいしゅ	背負 せおう・しょ
〔肩〕けん・かた・か	肥料 ひりょう	肺性心 はいせいし	胚葉 はいよう	う・しょってる
たげる	肥培 ひばい	ん	胚嚢 はいのう	背負上 しょいあげ
肩入 かたいれ	肥満 ひまん	肺門 はいもん	〔背〕はい・せ・せ	背負上 しょいあげ
肩上 かたあげ	肥溜 こえだめ	肺活量 はいかつり	い・そ・そびら・そ	背負込 しょいこむ
肩巾 ひれ	〔服〕ふく・ふくす	ょう	むき・そむく・そむ	背負投 しょいなげ
肩山 かたやま	る・ふくす	肺胞 はいほう	ける	せおいなげ
肩口 かたぐち	服用 ふくよう	肺浸潤 はいしんじ	背丈 せたけ・せいた	背痛 はいつう
肩代 かたがわり	服地 ふくじ	ゅん	け	背割 せわり
肩付 かたつき	服役 ふくえき	肺病 はいびょう	背戸 せど	背馳 はいち
肩台 かただい	服制 ふくせい	肺疾 はいしつ	背切 せぎり	背景 はいけい
肩衣 かたぎぬ	服毒 ふくどく	肺患 はいかん	背日性 はいじつせ	背黒 せぐろ
肩当 かたあて	服務 ふくむ	肺魚 はいぎょ	い	背開 せびらき
肩先 かたさき	服従 ふくじゅう	肺葉 はいよう	背水陣 はいすいの	背筋 はいきん
肩休 かたやすめ	服紗 ふくさ	肺腑 はいふ	じん	背節 せぶし
肩車 かたぐるま	服喪 ふくも	肺結核 はいけっか	背中 せなか	背番号 せばんごう
肩肘 かたひじ	服属 ふくぞく	く	背比 せいくらべ	背徳 はいとく
肩身 かたみ	服装 ふくそう	肺癌 はいがん	背反 はいはん	背縫 せぬい
肩胛骨 けんこうこ	服罪 ふくざい	肺癆 はいろう	背広 せびろ	背離 はいり
つ	服飾 ふくしょく	肺臓 はいぞう	背皮 せがわ	背鰭 せびれ
肩息 かたいき	服蔵 ふくぞう	〔胡〕こ・したくび	背地性 はいちせい	背嚢 はいのう
肩書 かたがき	服薬 ふくやく	胡弓 こきゅう	背光 はいこう	〔胃〕い
肩章 けんしょう	服膺 ふくよう	胡瓜 きゅうり	背光性 はいこうせ	胃下垂 いかすい
肩掛 かたかけ	〔肯〕こう・がえんじ	胡坐 こざ	い	胃加答児 いカタル
肩透 かたすかし	る・がえんずる・う	胡乱 うろん	背任 はいにん	胃底 いてい
肩揚 かたあげ	けがう	胡国 ここく	背抜 せぬき	胃炎 いえん
肩替 かたがわり	肯定 こうてい	胡座 あぐら	背走 はいそう	胃拡張 いかくちょ
肩幅 かたはば	肯綮 こうけい	胡座鼻 あぐらばな	背君 せのきみ	う
肩慣 かたならし	〔肴〕こう・さかな	胡粉 ごふん	背伸 せのび	胃病 いびょう
肩凝 かたこり	〔股〕こ・また・も	胡桃 くるみ	背泳 はいえい・せお	胃弱 いじゃく
肩髀 けんぺき	も・またがる	胡麻 ごま	よぎ	胃液 いえき
〔肢〕し・え	股下 またした	胡麻油 ごまあぶら	背板 せいた	胃袋 いぶくろ
肢体 したい	股火 またび	胡麻幹 ごまがら	背凭 せもたれ	胃痛 いつう
〔肱〕こう・ひじ・か	股火鉢 またびばち	胡麻蠅 ごまのはい	背叛 はいはん	胃痙攣 いけいれん
いな	股木 またぎ	胡椒 こしょう	背面 はいめん	胃散 いさん
〔肥〕ひ・こえ・こえ	股引 ももひき	胡散 うさん	背革 せがわ	胃腑 いのふ

胃腸 いちょう	脇付 わきづけ	脂足 あぶらあし	胸牆 きょうしょう	〔脱〕だつ・だっする・ぬぐ・ぬげる
胃酸 いさん	脇目 わきめ	脂身 あぶらみ	胸壁 きょうへき	脱力 だつりょく
胃潰瘍 いかいよう	脇見 わきみ	脂油 しゆ	胸積 むなづもり	脱文 だつぶん
胃壁 いへき	脇役 わきやく	脂性 あぶらしょう	胸糞 むなくそ・むねくそ	脱毛 だつもう・ぬけげ
胃癌 いがん	脇差 わきざし	脂肥 あぶらぶとり	胸臆 きょうおく	脱水 だっすい
〔胞〕ほう・えな	脇指 わきざし	脂肪 しぼう	胸襟 きょうきん	脱化 だっか
胞子 ほうし	脇挟 わきばさむ	脂粉 しふん	胸繋 むながい	脱去 だっきょ
胞衣 えな	脇息 きょうそく	脂質 ししつ	胸騒 むなさわぎ	脱皮 だっぴ
〔胎〕たい	脇師 わきし	脂薬 あぶらぐすり	〔能〕のう・あたう・よく・よくする	脱出 だっしゅつ・けだす
胎内 たいない	脇道 わきみち	脂濃 あぶらこい・あぶらっこい	能力 のうりょく	脱字 だつじ
胎生 たいせい	脇腹 わきばら	〔胸〕きょう・むな・むね	能才 のうさい	脱衣 だつい
胎児 たいじ	〔胴〕どう	胸元 むなもと	能文 のうぶん	脱色 だっしょく
胎毒 たいどく	胴丸 どうまる	胸水 きょうすい	能天気 のうてんき	脱会 だっかい
胎便 たいべん	胴上 どうあげ	胸中 きょうちゅう	能引 よっぴいて	脱臼 だっきゅう
胎教 たいきょう	胴元 どうもと	胸毛 むなげ	能平 のっぺい	脱牢 だつろう
胎動 たいどう	胴切 どうぎり	胸式呼吸 きょうしきこきゅう	能弁 のうべん	脱却 だっきゃく
胎盤 たいばん	胴中 どうなか	胸当 むねあて	能吏 のうり	脱走 だっそう
〔眩〕ち	胴衣 どうい・どうぎ	胸先 むなさき	能否 のうひ	脱肛 だっこう
〔胆〕たん・きも	胴回 どうまわり	胸声 きょうせい	能動 のうどう	脱法 だっぽう
胆力 たんりょく	胴突 どうづき	胸囲 きょうい	能役者 のうやくし	脱兎 だっと
胆汁 たんじゅう	胴忘 どうわすれ	胸底 きょうてい	能狂言 のうきょうげん	脱退 だったい
胆石 たんせき	胴抜 どうぬき	胸板 むないた	能事 のうじ	脱臭 だっしゅう
胆勇 たんゆう	胴乱 どうらん	胸苦 むなぐるしい	能面 のうめん	脱俗 だつぞく
胆略 たんりゃく	胴体 どうたい	胸高 むなだか	能界 のうかい	脱疽 だっそ
胆嚢 たんのう	胴取 どうとり	胸骨 きょうこつ	能書 のうしょ・のうがき	脱党 だっとう
〔脊〕せき・せ・せい	胴長 どうなが	胸紐 むなひも	能能 よくよく	脱脂 だっし
脊柱 せきちゅう	胴服 どうふく	胸倉 むなぐら	能率 のうりつ	脱捨 ぬぎすてる
脊索 せきさく	胴金 どうがね	胸郭 きょうかく	能動 のうどう	脱船 だっせん
脊梁 せきりょう	胴巻 どうまき	胸部 きょうぶ	能筆 のうひつ	脱営 だつえい
脊椎 せきつい	胴廻 どうまわり	胸痛 きょうつう	能無 のうなし	脱殻 だっこく・ぬけがら
脊髄 せきずい	胴欲 どうよく	胸裡 きょうり	能楽 のうがく	脱硫 だつりゅう
〔胼〕へん	胴亀 どうがめ	胸焼 むねやけ	〔脈〕みゃく	脱落 だつらく
胼胝 たこ	胴着 どうぎ	胸椎 きょうつい	脈打 みゃくうつ	脱帽 だつぼう
〔胯〕こ	胴間 どうのま	胸間 きょうかん	脈拍 みゃくはく	脱税 だつぜい
胯間 こかん	胴間声 どうまごえ	胸腔 きょうこう	脈所 みゃくどころ	脱腸 だっちょう
〔脅〕きょう・おどす・おどかす・おびやかす・おびえる	胴裏 どううら	胸奥 きょうおう	脈脈 みゃくみゃく	脱漏 だつろう
脅付 おどしつける	胴震 どうぶるい	胸裏 きょうり	脈動 みゃくどう	脱酸 だっさん
脅迫 きょうはく	胴慾 どうよく	胸腺 きょうせん	脈絡 みゃくらく	脱穀 だっこく
脅威 きょうい	胴締 どうじめ	胸廓 きょうかく	脈搏 みゃくはく・みゃくうつ	脱獄 だつごく
〔脇〕きょう・わき	胴親 どうおや	胸算用 むなざんよう	脈管 みゃっかん	脱稿 だっこう
脇下 わきのした	〔脂〕し・あぶら・やに	胸像 きょうぞう	〔脆〕ぜい・もろい	脱線 だっせん
脇士 わきじ	脂下 やにさがる	胸膜 きょうまく	脆弱 ぜいじゃく	脱糞 だっぷん
脇戸 わきど	脂太 あぶらぶとり	胸懐 きょうかい		脱藩 だっぱん
脇毛 わきげ	脂手 あぶらで			
脇立 わきだち	脂汗 あぶらあせ			
	脂気 あぶらけ			

〔唇〕しん・くちびる	脳波 のうは	腕組 うでぐみ	勝率 しょうりつ	腰弁 こしべん
〔豚〕とん・ぶた	脳性 のうせい	腕達者 うでだっしゃ	勝敗 しょうはい	腰付 こしつき
豚小屋 ぶたごや	脳炎 のうえん		勝得 かちえる	腰当 こしあて
豚汁 とんじる	脳味噌 のうみそ	腕捲 うでまくり	勝進 かちすすむ	腰気 こしけ
豚肉 とんにく	脳室 のうしつ	腕揃 うでぞろい	勝訴 しょうそ	腰羽目 こしばめ
豚児 とんじ	脳神経 のうしんけい	腕試 うでだめし	勝着 しょうちゃく	腰折 こしおれ
豚舎 とんしゃ	脳病 のうびょう	腕節 うでっぷし	勝越 かちこす	腰抜 こしぬけ
豚箱 ぶたばこ	脳症 のうしょう	腕輪 うでわ	勝報 しょうほう	腰板 こしいた
〔脛〕けい・すね・はぎ	脳振盪 のうしんとう	腕競 うでくらべ	勝景 しょうけい	腰物 こしのもの
脛巾 はばき	脳脊髄膜炎 のうせきずいまくえん	〔腋〕えき・わき	勝運 しょううん	腰巻 こしまき
脛骨 けいこつ	脳軟化症 のうなんかしょう	腋下 わきのした	勝誇 かちほこる	腰垣 こしがき
〔脚〕きゃく・あし		腋戸 わきど	勝義 しょうぎ	腰砕 こしくだけ
脚力 きゃくりょく	脳貧血 のうひんけつ	腋毛 わきげ	勝戦 かちいくさ	腰屏風 こしびょうぶ
脚下 きゃっか	脳裡 のうり	腋芽 えきが	勝勢 しょうせい	腰高 こしだか
脚立 きゃたつ	脳塞栓 のうそくせん	腋臭 わきが	勝算 しょうさん	腰弱 こしよわ
脚半 きゃはん	脳裏 のうり	腋窩 えきか	勝闘 かちどき	腰帯 こしおび
脚本 きゃくほん	脳溢血 のういっけつ	〔腑〕ふ	勝機 しょうき	腰骨 こしぼね・こしっぽね
脚光 きゃっこう	脳漿 のうしょう	腑分 ふわけ	〔脹〕ちょう・ふくらむ・ふくらみ・ふくれる・ふくらす・ふくらせる	
脚気 かっけ	脳膜 のうまく	附甲斐無 ふがいない		腰紐 こしひも
脚色 きゃくしょく	脳震盪 のうしんとう	附抜 ふぬけ		腰部 ようぶ
脚注 きゃくちゅう	脳髄 のうずい	〔勝〕しょう・かち・かつ・がち・すぐれる・まさる		腰掛 こしかけ・こしかける
脚絆 きゃはん	〔腕〕わん・うで・かいな		脹面 ふくれっつら	
脚湯 あしゆ	腕尽 うでずく	勝手 かって	脹満 ちょうまん	腰張 こしばり
脚註 きゃくちゅう	腕力 わんりょく	勝目 かちめ	〔腓〕ひ・こぶら・こむら	腰痛 ようつう
脚榻 きゃたつ	腕木 うでぎ	勝地 しょうち		腰湯 こしゆ
脚線美 きゃくせんび	腕比 うでくらべ	勝因 しょういん	腓返 こむらがえり	腰椎 ようつい
	腕立 うでだて	勝名乗 かちなのり	腓骨 ひこつ	腰揚 こしあげ
脚韻 きゃくいん	腕立伏 うでたてふせ	勝気 かちき	腓腸筋 はいちょうきん・ひちょうきん	腰間 ようかん
〔腔〕こう	腕白 わんぱく	勝抜 かちぬき・かちぬく		腰試 こしだめ
腔腸動物 こうちょうどうぶつ	腕扱 うでこっき		腓腹筋 ひふくきん	腰養 こしみの
〔脳〕のう	腕車 わんしゃ	勝局 しょうきょく	〔脾〕ひ	腰障子 こししょうじ
脳下垂体 のうかすいたい	腕利 うできき	勝利 しょうり	脾脱疽 ひだっそ	腰撓 こしなわ
	腕前 うでまえ	勝放 かちはなす・かちっぱなし	脾臓 ひぞう	腰縄 こしなわ
脳天 のうてん	腕首 うでくび		脾腹 ひばら	〔腱〕けん
脳天気 のうてんき	腕相撲 うでずもう	勝取 かちとる	〔腎〕じん・むらと	〔腿〕たい・もも
脳内 のうない	腕骨 わんこつ	勝者 しょうしゃ	腎不全 じんふぜん	〔腥〕せい・なまぐさい
脳中 のうちゅう	腕時計 うでどけい	勝味 かちみ	腎炎 じんえん	
脳出血 のうしゅっけつ	腕章 わんしょう	勝差 しょうさ	腎盂 じんう	〔顎〕がく・あぎと・あご
脳充血 のうじゅうけつ		勝負 しょうぶ・かちまけ	腎臓 じんぞう	〔腸〕ちょう・はらわた
		勝星 かちぼし	腎虚 じんきょ	腸加答児 ちょうカタル
脳血栓 のうけっせん		勝軍 かちいくさ	〔腰〕よう・こし	腸炎 ちょうえん
		勝逃 かちにげ	腰刀 こしがたな	腸持 わたもち
脳卒中 のうそっちゅう		勝残 かちのこる	腰上 こしあげ	腸窒扶斯 ちょうチフス
		勝栗 かちぐり	腰巾着 こしぎんちゃく	
			腰元 こしもと	
			腰布団 こしぶとん	

腸液 ちょうえき
腸捻転症 ちょうねんてんしょう
腸閉塞症 ちょうへいそくしょう
腸満 ちょうまん
腸詰 ちょうづめ
腸線 ちょうせん
腸壁 ちょうへき
〔膃〕おつ
膃肭臍 おっとせい
〔腺〕せん
腺病 せんびょう
〔腫〕はれ・はらす・はれる
腫上 はれあがる
腫物 しゅもつ・はれもの
腫脹 しゅちょう
腫瘍 しゅよう
〔腹〕ふく・はら
腹下 はらくだし・はらくだり
腹一杯 はらいっぱい
腹八分 はらはちぶ
腹心 ふくしん
腹切 はらきり
腹水 ふくすい
腹中 ふくちゅう・はらのなか
腹立 はらだたしい・はらだち・はらだつ・はらだてる
腹皮 はらかわ・はらのかわ
腹当 はらあて
腹式呼吸 ふくしきこきゅう
腹虫 はらのむし
腹合 はらあわせ
腹足類 ふくそくるい
腹囲 ふくい
腹芸 はらげい
腹変 はらがわり
腹巻 はらまき

腹拵 はらごしらえ
腹具合 はらぐあい
腹背 ふくはい
腹持 はらもち
腹案 ふくあん
腹這 はらばい・はらばう
腹帯 はらおび
腹時計 はらどけい
腹部 ふくぶ
腹掛 はらがけ
腹黒 はらぐろい
腹痛 ふくつう・はらいた
腹腔 ふくこう
腹筋 ふっきん・はらすじ
腹話術 ふくわじゅつ
腹違 はらちがい
腹鼓 はらづつみ
腹膜 ふくまく
腹壁 ふくへき
腹積 はらづもり
腹癒 はらいせ
腹穢 はらきたない
〔膏〕こう・あぶら
膏土 こうど
膏血 こうけつ
膏肓 こうこう・こうもう
膏身 あぶらみ
膏薬 こうやく・あぶらぐすり
〔膜〕まく
膜片 まくへん
膜状 まくじょう
膜質 まくしつ
膜壁 まくへき
〔膂〕りょ
膂力 りょりょく
〔膀〕ぼう
膀胱 ぼうこう
〔膊〕こむら
〔膣〕ちつ
〔膝〕ひざ
膝下 しっか・ひざもと

と
膝小僧 ひざこぞう
膝元 ひざもと
膝皿 ひざざら
膝行 しっこう
膝拍子 ひざびょうし
膝枕 ひざまくら
膝送 ひざおくり
膝栗毛 ひざくりげ
膝株 ひざかぶ
膝骨 ひざぼね
膝許 ひざもと
膝掛 ひざかけ
膝組 ひざぐみ
膝詰 ひざづめ
膝蓋骨 しつがいこつ
膝頭 ひざがしら
膝繰 ひざぐり
〔膕〕ひかがみ
〔膠〕こう・にかわ
膠化 こうか
膠状 こうじょう
膠原病 こうげんびょう
膠着 こうちゃく
膠質 こうしつ
〔膚〕はだ・はだえ
膚触 はださわり
〔膵〕すい
膵液 すいえき
膵臓 すいぞう
〔膳〕ぜん
膳立 ぜんだて
膳部 ぜんぶ
〔膨〕ぼう
膨大 ぼうだい
膨張 ぼうちょう
膨脹 ぼうちょう
〔膺〕よう・むね
膺懲 ようちょう
〔臆〕おく・おくする
臆見 おっけん
臆面 おくめん
臆病 おくびょう
臆断 おくだん

臆測 おくそく
臆説 おくせつ
〔膽〕とう・うつす
膽本 とうほん
膽写 とうしゃ
〔臂〕ひ・ひじ
〔臀〕でん・とん・しん
臀部 でんぶ
〔膾〕かい・なます
膾炎 かいしゃ
〔膿〕のう・うみ・うむ
膿汁 のうじゅう
膿疱 のうほう
膿痂疹 のうかしん
膿胸 のうきょう
膿瘍 のうよう
膿漏眼 のうろうがん
〔臍〕せい・へそ・ほぞ
臍下 せいか
臍下丹田 せいかたんでん
臍曲 へそまがり
臍茶 へそちゃ
臍帯 せいたい
臍落 ほぞおち
臍緒 へそのお・ほぞのお
臍繰 へそくり
〔臑〕どう・すね
臑当 すねあて
臑噛 すねかじり
〔臘〕りょう・ろう
臘八 ろうはち
臘月 ろうげつ
臘梅 ろうばい
〔騰〕とう・あがる
騰落 とうらく
騰貴 とうき
騰勢 とうせい
〔臙〕えん・べに
臙脂 えんじ
〔臓〕ぞう
臓物 ぞうもの

臓腑 ぞうふ
臓器 ぞうき

殳　部

〔段〕たん・だん・きだ
段子 どんす
段収 たんしゅう
段平 だんびら
段丘 だんきゅう
段当 たんあたり
段別 たんべつ
段位 だんい
段歩 たんぶ
段物 だんもの
段取 だんどり
段段 だんだん
段段畑 だんだんばたけ
段通 だんつう
段梯子 だんばしご
段袋 だんぶくろ
段落 だんらく
段階 だんかい
段違 だんちがい
段鼻 だんばな
〔殴〕おう・なぐる
殴込 なぐりこみ
殴付 なぐりつける
殴飛 なぐりとばす
殴殺 おうさつ
〔殺〕さつ・せつ・ころす・ころし・そぐ・そげる
殺人 さつじん
殺文句 ころしもんく
殺生 せっしょう
殺虫 さっちゅう
殺気 さっき
殺伐 さつばつ
殺竹 そぎだけ
殺到 さっとう
殺板 そぎいた
殺風景 さっぷうけい
殺害 さつがい・せつ

殺陣 さつじん・たて	欠氷 かきごおり	次点 じてん	〔敧〕そばだてる	歌誌 かし
殺陣師 たてし	欠礼 けつれい	次席 じせき	〔歌〕か・うた・うた	歌歌 うたうたい
殺菌 さっきん	欠本 けっぽん	次第 しだい	い・うたう	歌境 かきょう
殺爼 さっそ	欠号 けつごう	次週 じしゅう	歌人 かじん・うたびと	歌歴 かれき
殺意 さつい	欠目 かけめ	次善 じぜん	と	歌論 かろん
殺傷 さっしょう	欠字 けつじ	次期 じき	歌才 かさい	歌劇 かげき
殺鼠 さっそ	欠如 けつじょ	次葉 じよう	歌口 うたぐち	歌稿 かこう
殺戮 さつりく	欠伸 あくび	次間 つぎのま	歌上 うたいあげる	歌舞 かぶ
〔殷〕いん	欠刻 けっこく	〔欣〕きん・ごん・よ	歌女 うたいめ	歌舞伎 かぶき
殷殷 いんいん	欠巻 けっかん	ろこび	歌文句 うたいもん	歌謡 かよう
殷盛 いんせい	欠点 けってん	欣求 ごんぐ	く	歌壇 かだん
殷墟 いんきょ	欠食 けっしょく	欣快 きんかい	歌心 うたごころ	歌題 かだい
殷賑 いんしん	欠席 けっせき	欣幸 きんこう	歌切 うたぎれ	〔欺〕たん・なげく・
殷鑑 いんかん	欠格 けっかく	欣欣 きんきん	歌手 かしゅ・うたい	なげき・たんじる・
〔殼〕かく・こく・か	欠配 けっぱい	欣喜 きんき	て	たんずる
ら・がら・かい	欠陥 けっかん	欣然 きんぜん	歌加留多 うたがる	歎声 たんせい
殼竿 からざお	欠唇 いぐち	〔欧〕おう	た	歎美 たんび
〔毀〕き・こぼれる・	欠員 けついん	欧文 おうぶん	歌仙 かせん	歎息 たんそく
こぼつ・こわれる・	欠航 けっこう	欧化 おうか	歌曲 かきょく	歎称 たんしょう
こわす	欠割 かきわり	欧打 おうだ	歌会 かかい	歎願 たんがん
毀物 こわれもの	欠落 けつらく・かけ	欧州 おうしゅう	歌会始 うたかいは	〔歡〕かん・よろこび
毀誉 きよ	おち	欧字 おうじ	じめ	歓心 かんしん
毀傷 きしょう	欠場 けつじょう	欧米 おうべい	歌合 うたあわせ	歓天喜地 かんてん
毀損 きそん	欠勤 けっきん	欧亜 おうあ	歌沢 うたざわ	きち
〔殿〕てん・でん・と	欠損 けっそん	欧風 おうふう	歌材 かざい	歓声 かんせい
の・どの・しんがり	欠番 けつばん	〔欲〕よく・ほしい	歌声 うたごえ	歓送 かんそう
殿上 てんじょう	欠漏 けつろう	ほっする・ほる・ほ	歌体 かたい	歓待 かんたい
殿下 でんか	欠課 けっか	しがる・ほりす	歌学 かがく	歓呼 かんこ
殿方 とのがた	欠講 けっこう	欲火 よっか	歌枕 うたまくら	歓喜 かんき
殿中 でんちゅう	〔次〕じ・つぎ・つぐ	欲心 よくしん	歌物語 うたものが	歓喜天 かんぎてん
殿舎 でんしゃ	・ついで	欲目 よくめ	たり	歓楽 かんらく
殿軍 でんぐん	次子 じし	欲気 よくけ	歌柄 うたがら	歓談 かんだん
殿原 とのばら	次女 じじょ	欲求 よっきゅう	歌風 かふう	〔獻〕きょ
殿堂 でんどう	次元 じげん	欲念 よくねん	歌書 かしょ	歔欷 きょき
殿御 とのご	次兄 じけい	欲界 よくかい・よっ	歌姫 うたひめ	
殿様 とのさま	次号 じごう	かい	歌留多 カルタ	**片 部**
〔毅〕き	次代 じだい	欲深 よくふか	歌唱 かしょう	
毅然 きぜん	次回 じかい	欲望 よくぼう	歌祭文 うたざいも	〔片〕へん・べん・か
	次次 つぎつぎ	欲情 よくじょう	ん	た・かたす・ひら
欠 部	次序 じじょ	欲張 よくばり・よく	歌詠 うたよみ	片一方 かたいっぽ
	次男 じなん	ばる	歌詞 かし	う
〔欠〕けつ・けん・か	次位 じい	欲得 よくとく	歌道 かどう	片刃 かたは
く・かけ・かける・	次官 じかん	〔欺〕ぎ・あざむく	歌集 かしゅう	片山里 かたやまざ
かかす・あくび	次長 じちょう	欺瞞 ぎまん	歌話 かわ	と
欠文 けつぶん	次表 じひょう	〔款〕かん	歌碑 かひ	片口 かたくち
欠乏 けつぼう	次客 じきゃく	款待 かんたい	歌聖 かせい	片口鰯 かたくちい
欠片 かけら	次郎 じろう	款談 かんだん	歌語 かご	わし
				片方 かたえ・かたか

た・かたっぽう・か たほう	片雲 へんうん	民本主義 みんぽん しゅぎ	わる・たつ	斯文 しぶん
片木 へぎ	片腕 かたうで	民生 みんせい	断乎 だんこ	斯学 しがく
片片 へんぺん・かた かた	片貿易 かたぼうえ き	民地 みんち	断切 たちきる	斯界 しかい
片手 かたて	片棒 かたぼう	民団 みんだん	断水 だんすい	斯許 かばかり
片手間 かたてま	片隅 かたすみ	民有 みんゆう	断片 だんぺん	斯斯 かくかく
片辺 かたほとり	片意地 かたいじ	民芸 みんげい	断末摩 だんまつま	斯程 かほど
片目 かため	片腹 かたはら	民兵 みんぺい	断末魔 だんまつま	斯様 かよう
片田舎 かたいなか	片腹痛 かたはらい たい・かたわらいた い	民法 みんぽう	断交 だんこう	斯業 しぎょう
片付 かたづく・かた づける	片端 かたっぱし・か たはし・かたわ	民放 みんぽう	断行 だんこう	斯道 しどう
片丘 かたおか	片輪 かたわ	民事 みんじ	断言 だんげん	〔新〕しん・あたらし い・あたらしがる・ あらた・にい
片白 かたはく	片敷 かたしく	民具 みんぐ	断定 だんてい	新人 しんじん
片帆 かたほ	片影 へんえい・かつ	民度 みんど	断物 たちもの	新入 しんにゅう・しん いり
片肌 かたはだ	片親 かたおや	民政 みんせい	断固 だんこ	新刀 しんとう
片糸 かたいと	片鎌槍 かたかまや り	民草 たみぐさ	断金 だんきん	新山 しんやま
片仮名 かたかな	片鱗 へんりん	民約説 みんやくせつ	断郊 だんこう	新大陸 しんたいり く
片男波 かたおなみ	〔版〕はん	民俗 みんぞく	断面 だんめん	新仏 しんぼとけ・あ らほとけ
片言 へんげん・かた こと	版下 はんした	民家 みんか	断食 だんじき	新手 しんて・あらて
片庇 かたびさし	版元 はんもと	民宿 みんしゅく	断念 だんねん	新月 しんげつ
片身 かたみ	版木 はんぎ	民族 みんぞく	断案 だんあん	新収 しんしゅう
片岡 かたおか	版本 はんぽん	民望 みんぼう	断章 だんしょう	新内 しんない
片前 かたまえ	版式 はんしき	民庶 みんしょ	断断乎 だんだんこ	新木 あらき
片恨 かたうらみ	版行 はんこう	民情 みんじょう	断崖 だんがい	新玉 あらたま
片面 かためん	版図 はんと	民訴 みんそ	断割 たちわる	新刊 しんかん
片思 かたおもい	版画 はんが	民営 みんえい	断雲 だんうん	新石器時代 しん せっきじだい
片食 かたけ	版面 はんめん	民報 みんぽう	断裁 だんさい	新世界 しんせかい
片便 かただより	版権 はんけん	民衆 みんしゅう	断然 だんぜん	新世帯 あらじょた い
片流 かたながれ	版籍 はんせき	民間 みんかん	断絶 だんぜつ	新本 しんぽん
片恋 かたこい	〔牌〕ばい	民話 みんわ	断滅 だんめつ	新生 しんせい
片袖 かたそで	〔勝〕ほう・ぼう	民意 みんい	断罪 だんざい	新生代 しんせいだ い
片栗 かたくり	牓示 ほうじ	民業 みんぎょう	断続 だんぞく	新生面 しんせいめ ん
片務契約 へんむけ いやく		民需 みんじゅ	断腸 だんちょう	新令 しんれい
片時 へんじ・へんし・ かたとき	**氏　部**	民権 みんけん	断蔵 だんさい・たち きる	新付 しんぷ
片脇 かたわき	〔氏〕し・うじ	民選 みんせん	断髪 だんぱつ	新旧 しんきゅう
片息 かたいき	氏名 しめい	民謡 みんよう	断碑 だんぴ	新田 しんでん
片寄 かたよる・かた よせる	氏神 うじがみ	民譚 みんたん	断層 だんそう	新出 しんしゅつ
片陰 かたかげ	氏素性 うじすじょ う	**斤　部**	断獄 だんごく	新字 しんじ
片脳油 へんのうゆ	氏族 しぞく	〔斤〕きん	断種 だんしゅ	新字体 しんじたい
片側 かたがわ	〔民〕みん・たみ	斤目 きんめ	断熱 だんねつ	新宅 しんたく
片割 かたわれ	民力 みんりょく	斤量 きんりょう	断線 だんせん	
片道 かたみち	民心 みんしん	〔斥〕せき・しりぞけ る	断編 だんぺん	
	民主 みんしゅ	斥力 せきりょく	断篇 だんぺん	
		斥候 せっこう	断頭 だんとう	
		〔断〕だん・だんじ る・だんずる・こと	断橋 だんきょう	
			断簡 だんかん	
			〔斯〕し・かかる・か く・かくて・こう	

新米 しんまい	新品 しんぴん	新装 しんそう	爪革 つまかわ	突止 つきとめる
新地 しんち・さらち	新星 しんせい	新開 しんかい	爪紅 つまくれない	突出 とっしゅつ・つ
新式 しんしき	新発意 しんぼち	新新刀 しんしんと	爪音 つまおと	きでる・つきだし・
新曲 しんきょく	新香 しんこ・しんこ	う	爪掛 つまがけ	つきだす
新任 しんにん	う	新幹線 しんかんせ	爪痕 そうこん・つめ	突外 とっぱずれ
新年 しんねん	新秋 しんしゅう	ん	あと	突切 つききる・つっ
新仮名遣 しんかな	新風 しんぷう	新暦 しんれき	爪弾 つめびき・つま	きる
づかい	新約 しんやく	新路 しんみち	びき・つまはじき	突立 つきたてる・つ
新車 しんしゃ	新紀元 しんきげん	新漬 しんづけ	爪楊枝 つまようじ	ったてる・つったつ
新形 しんがた	新盆 にいぼん・あら	新説 しんせつ	爪磨 つめみがき	突付 つきつける
新妻 にいづま	ぼん	新語 しんご	爪櫛 つまぐし	突目 つきめ
新来 しんらい	新案 しんあん	新聞 しんぶん	爪繰 つまぐる	突込 つっこみ
新作 しんさく	新家 しんけ・しんや	新穀 しんこく	〔爬〕は	突先 とっさき
新体 しんたい	新宮 しんぐう	新種 しんしゅ	爬虫類 はちゅうるい	突如 とつじょ
新身 あらみ	新訓 しんくん	新嘗祭 にいなめさ	爬羅 はら	突合 つきあわせる・
新兵 しんぺい	新郎 しんろう	い		つきあわす
新近 しんきん	新酒 しんしゅ	新調 しんちょう	〔爵〕しゃく	突当 つきあたる・つ
新所帯 あらじょた	新粉 しんこ	新選 しんせん	爵位 しゃくい	きあたり
い	新株 しんかぶ	新撰 しんせん	爵禄 しゃくろく	突伏 つっぷす
新卒 しんそつ	新書 しんしょ	新劇 しんげき		突進 とっしん
新法 しんぽう	新華社 しんかしゃ	新緑 しんりょく	穴 部	突角 とっかく
新注 しんちゅう	新造 しんぞ・しんぞ	新盤 しんばん		突返 つきかえす・つ
新店 しんみせ	う	新鋭 しんえい	〔穴〕けつ・あな・あな	っかえす
新附 しんぷ	新涼 しんりょう	新禧 しんき	ぼこ	突抜 つきぬく・つき
新居 しんきょ	新清酒 しんせいじ	新薬 しんやく	穴子 あなご	ぬける
新芽 しんめ	ゅ	新機軸 しんきじく	穴明 あなあけ	突走 つっぱしる
新枕 にいまくら	新設 しんせつ	新興 しんこう	穴居 けっきょ	突拍子 とっぴょう
新奇 しんき	新訳 しんやく	新築 しんちく	穴馬 あなうま	し
新制 しんせい	新都 しんと	新館 しんかん	穴埋 あなうめ	突刺 つきさる・つ
新知識 しんちしき	新著 しんちょ	新鮮 しんせん	穴痔 あなじ	きさす
新版 しんぱん	新菊 しんぎく	新顔 しんがお	穴釣 あなづり	突放 つきはなす・つ
新参 しんざん	新教 しんきょう	新繭 しんまゆ	穴場 あなば	っぱなす
新味 しんみ	新雪 しんせつ	新譜 しんぷ	穴蜂 あなばち	突戻 つきもどす
新帝 しんてい	新陳代謝 しんちん		穴熊 あなぐま	突突 つっつく
新巻 あらまき	たいしゃ	爪（爫）部	穴蔵 あなぐら	突発 とっぱつ
新派 しんぱ	新患 しんかん		〔究〕きゅう・きわま	突風 とっぷう
新前 しんまえ	新組 しんぐみ	〔爪〕そう・つめ・つ	る・きわめる	突指 つきゆび
新茶 しんちゃ	新婚 しんこん	ま	究明 きゅうめい	突飛 とっぴ・つきと
新政 しんせい	新婦 しんぷ	爪木 つまぎ	究理 きゅうり	ばす
新春 しんしゅん	新進 しんしん	爪牙 そうが	究竟 きゅうきょう・	突破 とっぱ・つきや
新柳 しんりゅう	新渡 しんと	爪立 つまだつ・つま	くっきょう	ぶる
新柄 しんがら	新湯 さらゆ	だてる	究極 きゅうきょく	突起 とっき
新型 しんがた	新註 しんちゅう	爪切 つめきり	〔突〕とつ・つっ・つ	突倒 つきたおす
新屋 あたらしがり	新粧 しんそう	爪皮 つまかわ	き・つく・つつく・	突通 つきとおす・つ
や	新着 しんちゃく	爪先 つまさき	つん	きとおる
新建材 しんけんざ	新道 しんどう・しん	爪印 つめいん	突入 とつにゅう	突兀 とっこつ
い	みち	爪形 つめがた	突兀 とっこつ	突除 つきのける
		爪判 つめばん	突上 つきあげる	突貫 とっかん

突崩 つきくずす	空色 そらいろ	空笑 そらわらい	空聞 くうけい	〔蒼〕たしなめる
突進 つきすすむ	空回 からまわり	空家 あきや	空際 くうさい	〔窟〕くつ・いわや
突掛 つっかけ・つっ	空耳 そらみみ	空挺 くうてい	空嘔 からえずき	〔窪〕くぼ・くぼま
かかる・つっかける	空気 くうき	空砲 くうほう	空模様 そらもよう	る・くぼめる・くぼ
突転 つっころばす	空気連行材 くう	空恥 そらはずかしい	空穂 うつぼ	み・くぼむ
突張 つっぱり・つっ	きれんこうざい	空拳 くうけん	空調 くうちょう	窪地 くぼち
ばる	空貝 うつせがい	空株 からかぶ・くう	空論 くうろん	〔窩〕けい・わ・か
突然 とつぜん	空谷 くうこく	かぶ	空頼 そらだのみ	窩主 けいずかい
突堤 とってい	空身 からみ	空恐 そらおそろしい	空輸 くうゆ	〔窯〕よう・かま
突落 つきおとす	空売 からうり	空席 くうせき	空濠 からぼり	窯元 かまもと
突棒 つくぼう	空冷 くうれい	空巣 あきす	空蝉 うつせみ	窯業 ようぎょう
突傷 つききず	空位 くうい	空間 あきま・すき	空騒 からさわぎ	〔窮〕きゅう・きわま
突詰 つきつめる	空即是色 くうそく	ま・くうかん	空爆 くうばく	る・きわめる・きわ
突端 とっぱな・とっ	ぜしき	空釣 からづり	空欄 くうらん	まり
たん	空豆 そらまめ	空惚 そらとぼける	空籤 からくじ	窮乏 きゅうぼう
突撃 とつげき	空車 からぐるま・く	空陸 くうりく	空襲 くうしゅう	窮民 きゅうみん
突撥 つっぱねる	うしゃ	空梅雨 からつゆ	空閑地 くうかんち	窮死 きゅうし
突慳貪 つっけんど	空言 そらごと・くう	空域 くういき	〔穹〕きゅう	窮地 きゅうち
ん	げん	空理 くうり	穹窿 きゅうりゅう	窮状 きゅうじょう
〔空〕くう・あだ・	空似 そらに	空虚 くうきょ	〔穿〕せん・はく・う	窮余 きゅうよ
うつ・うつく・うつ	空空 くうくう・そら	空殻 あきがら	がつ	窮屈 きゅうくつ
け・うつぼ・うつ	ぞらしい	空景気 からげいき	穿山甲 せんざんこ	窮迫 きゅうはく
お・うつろ・あき・	空泣 そらなき	空喜 そらよろこび	う	窮追 きゅうつい
あき・あける・すか	空念仏 そらねんぶ	空覚 そらおぼえ	穿孔 せんこう	窮鳥 きゅうちょう
す・すく・すき・か	つ・からねんぶつ	空費 くうひ	穿刺 せんし	窮理 きゅうり
ら・そら・むなしい	空押 からおし	空港 くうこう	穿過 うがちすぎ	窮措大 きゅうそだい
空下手 からっぺた・	空取引 からとりひ	空揚 からあげ	穿鑿 せんさく	窮極 きゅうきょく
からへた	き・くうとりひき	空焚 からだき	〔窃〕せつ・ひそか	窮策 きゅうさく
空也念佛 くうやね	空所 くうしょ	空運 くううん	窃取 せっしゅ	窮鼠 きゅうそ
んぶつ	空事 そらごと	空腸 くうちょう	窃盗 せっとう	窮境 きゅうきょう
空木 うつぎ	空便 からびん	空賊 くうぞく	〔窈〕よう	〔窺〕うかがう
空手 からて・そらで	空咳 からせき	空腹 くうふく・すき	窈窕 ようちょう	窺知 きち
空手形 からてがた	空威張 からいばり	っぱら・すきばら	〔窄〕すぼり・すぶ・	〔寝〕やつす・やつ
空文 くうぶん	空室 くうしつ	空電 くうでん	すぼる・すぼり・す	し・やつれる・やつれ
空中 くうちゅう	空発 くうはつ	空想 くうそう	ほまる・すぼめる・	〔竄〕さん・ざん・ざ
空穴 からっけつ・か	空送 からおくり	空夢 くうむ	すぼむ・つぼむ・つ	んする
らけつ	空風 からかぜ	空漠 くうばく	ぼめる・つぼまる	竄入 ざんにゅう
空元気 からげんき	空相場 からそうば	空寝 そらね	〔窒〕ちつ	〔竈〕そう・かま・か
空母 くうぼ	空洞 くうどう	空路 くうろ	窒死 ちっし	まど・へっつい
空世辞 からせじ	空茶 からちゃ	空解 そらどけ	窒素 ちっそ	竈馬 かまどうま
空写 からうつし	空馬 からうま	空嘯 そらうそぶく	窒息 ちっそく	
空白 くうはく	空前 くうぜん	空疎 くうそ	〔窓〕そう・まど	**立　部**
空目 そらめ	空音 そらね	空隙 くうげき	窓口 まどぐち	〔立〕たつ・たち・だ
空包 くうほう	空軍 くうぐん	空説 くうせつ	窓外 そうがい	て・たてる
空合 そらあい	空振 からぶり		窓明 まどあかり	立入 たちいり・たち
空地 あきち・くうち	空瓶 からびん・あき		窓掛 まどかけ	いる
空名 くうめい	びん			立上 たちあがり・た

ちあがる・たちのぼる	やく	立寄 たちよる	竦上 すくみあがる	端近 はしちか
立小便 たちしょうべん	立役者 たてやくしゃ	立証 りっしょう	竦然 しょうぜん	端初 たんしょ
立女形 たておやま	立見 たちみ	立遅 たちおくれる	〔竣〕しゅん	端坐 たんざ
立方 りっぽう	立坪 りゅうつぼ・たてつぼ	立喰 たちぐい	竣工 しゅんこう	端的 たんてき
立太子 りったいし	立法 りっぽう	立勝 たちまさる	竣成 しゅんせい	端武者 はむしゃ
立木 たちき	立国 りっこく	立番 たちばん	竣功 しゅんこう	端物 はもの
立方 たちかた	立居 たちい	立幅飛 たちはばとび	〔童〕どう・わらわ・わらべ・わらんべ・わらわく	端居 はしい
立毛 たちげ	立往生 たちおうじょう	立幅跳 たちはばとび		端金 はしたがね
立止 たちどまる		立場 たてば・たちば	童女 わらわめ	端倪 たんげい
立引 たてひき	立泳 たちおよぎ	立飲 たちのみ	童子 どうじ	端唄 はうた
立礼 りつれい	立並 たちならぶ	立竦 たちすくむ	童女 どうじょ	端座 たんざ
立冬 りっとう	立直 たちなおる・たてなおす	立替 たてかえる	童心 どうしん	端書 はがき・はしがき
立打 たちうち	立戻 たちもどる	立腹 りっぷく	童形 どうぎょう	
立代 たちかわる	立板 たていた	立聞 たちぎき	童体 どうたい	端株 はかぶ
立込 たてこめる・たちこめる・たてこむ	立派 りっぱ	立罩 たちこめる	童児 どうじ	端然 たんぜん
	立食 りっしょく・たちぐい	立暗 たちぐらみ	童画 どうが	端渓 たんけい
立台 たちだい		立話 たちばなし	童貞 どうてい	端艇 たんてい
立去 たちさる	立春 りっしゅん	立働 たちはたらく	童部 わらわべ	端数 はすう
立切 たてきる	立秋 りっしゅう	立詰 たちづめ	童蒙 どうもう	端緒 たんしょ・たんちょ
立付 たてつけ	立夏 りっか	立続 たちつづける・たてつづけ	童歌 わらべうた	
立札 たてふだ	立後 たちおくれる	立業 たちわざ	童詩 どうし	端綱 はづな
立米 りゅうべい	立枯 たちがれ	立像 りつぞう	童話 どうわ	端端 はしばし
立地 りっち	立退 たちのく	立腐 たちぐされ	童僕 どうぼく	端境 さかい
立合 たちあう・たちあい	立姿 たちすがた	立塞 たちふさがる	童謡 どうよう	端銭 はしたぜに・はせん
立会 たちあい・たちあう	立迷 たちまよう	立読 たちよみ	童顔 どうがん	端縫 はしぬい
立至 たちいたる	立待月 たちまちのつき	立網 たてあみ	〔竪〕たて	端厳 たんげん
立交 たちまじる	立看 たてかん	立論 りつろん	竪穴 たてあな	端麗 たんれい
立尽 たちつくす	立前 たてまえ	立稽古 たちげいこ	竪坑 たてこう	〔競〕けい・きょう・せる・せり・くらべ・きそう・きおう
立行 たちゆく	立党 りっとう	立膝 たてひざ	竪琴 たてごと	
立向 たちむかう	立候補 りっこうほ	立錐 りっすい	竪桟 たてさん	競上 せりあげる
立回 たちまわる・たちまわり	立案 りつあん	立憲 りっけん	〔端〕は・たん・はな・はし・はじ・はしくれ・はした・つま・はた	競市 せりいち
	立射 たちうち	立騒 たちさわぐ		競立 きおいたつ
立行司 たてぎょうじ	立消 たちぎえ	立願 りゅうがん・りつがん		競合 きょうごう・せりあう
立体 りったい	立振舞 たちぶるまい・たちふるまい	立瀬 たつせ	端子 たんし・どんす	
立身 りっしん		立籠 たちこめる・たてこもる	端山 はやま	競争 きょうそう
立志 りっし	立流 たちながし	〔章〕しょう	端女 はしため	競肌 きおいはだ
立言 りつげん	立通 たてとおす・たちどおし	章句 しょうく	端尺 はじゃく	競技 きょうぎ
立花 りっか		章魚部屋 たこべや	端午 たんご	競作 きょうさく
立売 たちうり	立席 たちせき	章魚 たこ	端反 はぞり	競走 きょうそう
立返 たちかえる	立脚 りっきゃく	章節 しょうせつ	端正 たんせい	競売 せりうり・きょうばい・けいばい
立坊 たちんぼう	立掛 たてかける・たちかかる	〔竟〕ついに	端末 たんまつ	
立技 たちわざ		〔竦〕しょう・すくむ・すくめる	端本 はほん	競泳 きょうえい
立役 たちやく・たて	立添 たちそう		端切 はぎれ	競歩 きょうほ
			端役 はやく	競馬 けいば
			端折 はしおる	競映 きょうえい

競落 きょうらく・け
　いらく・せりおとす
競買 せりがい
競艇 きょうてい
競演 きょうえん
競漕 きょうそう
競輪 けいりん

疒 部

〔疔〕ちょう
〔疚〕きゅう・やまし
　い
〔疝〕せん・あたは
　ら・しらたみ
疝気 せんき
疝痛 せんつう
〔疣〕こう・いぼ・た
　り
疣痔 いぼじ
疣鯛 いぼだい
〔疥〕かい・はたけ
疥癬 かいせん
〔疫〕え・えき・やく
疫学 えきがく
疫病 やくびょう・え
　きびょう
疫痢 えきり
疫癘 えきれい
〔疱〕ほう
疱瘡 ほうそう
〔症〕しょう
症状 しょうじょう
症例 しょうれい
症候 しょうこう
〔疲〕けん
疲癖 けんぺき
〔痀〕く
痀瘻 くる
痀瘻病 くるびょう
〔疲〕ひ・つかれる・
　つかれさせる・つから
　す・つからかす
疲労 ひろう
疲弊 ひへい
〔疼〕とう・うずく・
　うずき・ひびく・ひ
　いらぐ

疼痛 とうつう
〔痂〕かさぶた
〔痁〕かん
疳虫 かんのむし
疳性 かんしょう
疳高 かんだかい
〔疾〕しつ・とう・と
　く・とっく・はや
　い・とうに
疾走 しっそう
疾呼 しっこ
疾風 しっぷう・はや
　て
疾疾 とくとく
疾病 しっぺい
疾患 しっかん
疾駆 しっく
〔病〕びょう・やま
　い・やむ・やめる
病人 びょうにん
病上 やみあがり
病犬 びょうけん・や
　まいぬ
病欠 びょうけつ
病友 びょうゆう
病父 びょうふ
病夫 びょうふ
病中 びょうちゅう
病母 びょうぼ
病付 やみつき
病死 びょうし
病気 びょうき
病因 びょういん
病虫害 びょうちゅ
　うがい
病名 びょうめい
病身 びょうしん
病児 びょうじ
病状 びょうじょう・
　びょうじょう
病没 びょうぼつ
病体 びょうたい
病床 びょうしょう
病兵 びょうへい
病的 びょうてき
病妻 びょうさい
病苦 びょうく

病者 びょうしゃ
病舎 びょうしゃ
病歿 びょうぼつ
病毒 びょうどく
病後 びょうご
病室 びょうしつ
病臥 びょうが
病変 びょうへん
病原 びょうげん
病根 びょうこん
病症 びょうしょう
病害 びょうがい
病院 びょういん
病家 びょうか
病惣 やみほうける
病巣 びょうそう
病弱 びょうじゃく
病菌 びょうきん
病患 びょうかん
病間 びょうかん
病理 びょうり
病棟 びょうとう
病薬 わくらば
病斑 びょうはん
病源 びょうげん
病蓐 びょうじょく
病勢 びょうせい
病痾 びょうあ
病態 びょうたい
病褥 びょうじょく
病弊 びょうへい
病歴 びょうれき
病難 びょうなん
病癖 びょうへき
病軀 びょうく
病竈 びょうそう
病識 びょうしき
病魔 びょうま
〔痕〕こん・あと
痕跡 こんせき
〔痔〕じ
痔疾 じしつ
痔核 じかく
痔瘻 じろう
〔痒〕よう・かいい・
　かゆい
痒疹 ようしん

〔疵〕きず
疵口 きずぐち
疵付 きずつく・きず
　つける
疵咎 きずとがめ
疵物 きずもの
疵痕 きずあと
疵薬 きずぐすり
〔痙〕けい
痙攣 けいれん
〔痘〕とう
痘苗 とうびょう
痘痕 あばた・いも・
　とうこん
痘瘡 とうそう
〔痣〕あざ
〔痞〕つかえる・つか
　え
〔痛〕つう・いたい・
　いたく・いたしまい・
　いたみ・いたむ・い
　ためる
痛入 いたみいる
痛心 つうしん
痛手 いたで
痛付 いためつける
痛切 つうせつ
痛打 つうだ
痛快 つうかい
痛言 つうげん
痛事 いたこと
痛苦 つうく
痛風 つうふう
痛点 つうてん
痛恨 つうこん
痛烈 つうれつ
痛哭 つうこく
痛痒 つうよう・いた
　しかゆし
痛惜 つうせき
痛痛 いたいたしい
痛痛病 いたいいた
　いびょう
痛飲 つういん
痛覚 つうかく
痛棒 つうぼう
痛嘆 つうたん

痛感 つうかん
痛歎 つうたん
痛論 つうろん
痛撃 つうげき
痛憤 つうふん
痛罵 つうば
〔蘇〕りん
痲毒 りんどく
痲病 りんびょう
痲疾 りんしつ
痲菌 りんきん
〔痴〕ち・しれる
痴人 ちじん
痴言 しれごと
痴呆 ちほう
痴者 しれもの
痴事 しれごと
痴情 ちじょう
痴愚 ちぐ
痴漢 ちかん
痴話 ちわ
痴態 ちたい
〔痰〕たん
〔痪〕かん
痰吐 たんはき
痰壺 たんつぼ
〔痼〕こ・しこり・し
　てる
痼疾 こしつ
〔瘋〕ふう
瘋癲 ふうてん
〔痺〕しびれ・しびれ
　る
〔痩〕そう・やせ・や
　せる・やすとける
痩山 やせやま
痩世帯 やせじょた
　い
痩地 やせち
痩身 そうしん
痩我慢 やせがまん
痩所帯 やせじょた
　い
痩細 やせほそる
痩軀 そうく
痩腕 やせうで
〔瘧〕ぎゃく・わらわ

やみ・おこり
〔癕〕よう
〔瘠〕やせ・やせる・や
す
〔癟〕はん・あと
〔瘡〕そう・かさ・く
さ・こせ
瘡気 かさけ
瘡毒 そうどく
瘡痕 そうこん
瘡搔 かさかき
瘡蓋 かさぶた
〔癪〕しゃく
癪持 しゃくもち
〔癆〕ろう
瘻管 ろうかん
〔癇〕かん
癇虫 かんのむし
癇声 かんごえ
癇性 かんしょう
癇癖 かんぺき
癇癪 かんしゃく
〔瘤〕こぶ・しいね
さ・くせ
瘭疽 ひょうそう・ひ
ょうそ
〔瘴〕しょう
瘴気 しょうき
瘴癘 しょうれい
〔瘰〕るい
瘰癧 るいれき
〔癘〕りょう
療友 りょうゆう
療法 りょうほう
療治 りょうじ
療病 りょうびょう
療養 りょうよう
〔癆〕ろう
癆瘵 ろうがい
〔癌〕がん
癌腫 がんしゅ
〔癜〕なまず
〔癤〕せつ
〔癖〕へき・くせ
癖直 くせなおし
〔癒〕ゆ・いえる・い

やす
癒合 ゆごう
癒着 ゆちゃく
〔痴〕ち
痴人 ちじん
〔癩〕らい・かったい
癩病 らいびょう
癩者 らいしゃ
〔癲〕てん
癲狂 てんきょう
癲癇 てんかん
〔癰〕よう

衣 部

〔初〕しょ・うい・う
ぶ・そぶい・はつは
じめ・はじめて・そ
め・そめる・はじま
り・はじまる
初一念 しょいちね
ん
初子 はつご・はつ
ね・ういご
初口 しょくち
初氷 はつごおり
初日 はつひ・はつ
び・しょにち
初日出 はつひので
初日影 はつひかげ
初午 はつうま
初手 しょて
初切 しょっきり
初心 しょしん・うぶ
初太刀 しょだち
初出 しょしゅつ
初冬 しょとう・はつ
ふゆ
初号 しょごう
初生 しょせい・はつ
なり
初代 しょだい
初句 しょく
初刊 しょかん
初旬 しょじゅん
初耳 はつみみ

初光 しょこう
初伝 しょでん
初犯 しょはん
初年 しょねん
初任 しょにん
初老 しょろう
初会 しょかい
初回 しょかい
初対面 しょたいめ
ん
初尾 はつお
初役 はつやく
初声 はつごえ
初志 しょし
初花 はつはな
初更 しょこう
初見 しょけん
初酉 はつとり
初初 ういういしい
初参 はつまいり
初物 はつもの
初空 はつぞら
初版 しょはん
初夜 しょや
初刷 しょずり
初歩 しょほ
初学 しょがく・うい
まなび
初秋 しょしゅう・は
つあき
初音 はつね
初春 しょしゅん・は
つはる
初茸 はつたけ
初姿 はつすがた
初盆 はつぼん
初星 はつぼし
初点 しょてん
初度 しょど
初便 しょびん
初発 しょはつ
初映 しょえい
初球 しょきゅう
初段 しょだん
初釜 はつがま
初孫 はつまご・うい
まご

初席 はつせき
初夏 しょか・はつな
つ
初婚 しょこん
初恋 はつこい
初校 しょこう
初荷 はつに
初速 しょそく
初陣 ういじん
初級 しょきゅう
初雪 はつゆき
初産 しょさん・はつ
ざん・ういざん
初着 はつぎ
初動 しょどう
初訳 しょやく
初経 しょけい
初湯 はつゆ
初雁 はつかり
初買 はつがい
初場所 はつばしょ
初登 しょとう
初等 しょとう
初葉 しょよう
初診 しょしん
初給 しょきゅう
初弾 しょだん
初期 しょき
初夢 はつゆめ
初詣 はつもうで
初節句 はつぜっく
初電 しょでん
初戦 しょせん
初感染 しょかんせ
ん
初演 しょえん
初端 しょっぱな
初穂 はつお・はつほ
初舞台 はつぶたい
初盤 しょばん
初編 しょへん
初篇 しょへん
初審 しょしん
初選 しょせん
初潮 しょちょう
初頭 しょとう
初霜 はつしも

初繭 はつまゆ
初顔合 はつかおあ
わせ
〔袂〕たもと
〔袘〕ふき
〔衿〕えり
衿元 えりもと
〔袍〕ふき
〔袖〕しゅう・そで
袖乞 そでごい
袖下 そでした・そで
のした
袖口 そでぐち
袖丈 そでたけ
袖山 そでやま
袖手 しゅうしゅ
袖付 そでつけ
袖刳 そでぐり
袖垣 そでがき
袖型 そでがた
袖珍 しゅうちん
袖屏風 そでびょう
ぶ
袖章 そでしょう
袖無 そでなし
袖畳 そでだたみ
袖裏 そでうら
〔被〕ひ・おおい・お
おう・かずく・かず
ける・かぶさる・か
ぶせる・かぶる・か
ぶり・ふすま・こう
むる・かがふる
被子植物 ひししょ
くぶつ
被布 ひふ
被用者 ひようしゃ
被写体 ひしゃたい
被衣 かずき
被災 ひさい
被告 ひこく
被服 ひふく
被抑圧 ひよくあつ
被物 かぶりもの
被治者 ひちしゃ
被官 ひかん
被乗数 ひじょうすう

う	補角 ほかく	裙綿 すそわた	複雑 ふくざつ	襟章 えりしょう
被保険者 ひほけんしゃ	補完 ほかん	裙濃 すそこ	複製 ふくせい	襟腰 えりこし
	補佐 ほさ	〔裸〕ら・はだか	〔褌〕ふんどし・まわし	襟飾 えりかざり
被保険物 ひほけんぶつ	補足 ほそく	裸一貫 はだかいっかん	〔褙〕ひ	襟髪 えりがみ
被風 ひふ	補助 ほじょ	裸子植物 らししょくぶつ	禅益 ひえき	襟懐 きんかい
被除数 ひじょすう	補注 ほちゅう	裸出 らしゅつ	〔褐〕かち・かつ	
被害 ひがい	補肥 ほひ	裸麦 はだかむぎ	褐色 かっしょく	**示 部**
被被 おおいかぶさる・おおいかぶせる	補則 ほそく	裸虫 はだかむし	褐炭 かったん	
	補修 ほしゅう	裸足 はだし	褐鉄鉱 かってっこう	〔示〕しめす・しめし
被益 ひえき	補記 ほき	裸体 らたい	褐藻 かっそう	示合 しめしあわせる
被蓋 かぶせぶた	補殺 ほさつ	裸身 らしん	〔褪〕とん・たい・さめる・あせる	示威 しい・じい
被膜 ひまく	補缺 ほけつ	裸馬 はだかうま		示度 しど
被傭者 ひようしゃ	補強 ほきょう	裸婦 らふ	褪色 たいしょく	示唆 しさ
被疑者 ひぎしゃ	補習 ほしゅう	裸眼 らがん	褪紅 たいこう	示現 じげん
被管 ひかん	補給 ほきゅう	裸紅 らがん	〔褄〕つま	示寂 じじゃく
被選挙人 ひせんきょにん	補註 ほちゅう	裸像 らぞう	褄先 つまさき	示教 しきょう
	補筆 ほひつ	〔補〕りょう	褄取 つまどる	示達 じたつ
被選挙権 ひせんきょけん	補弼 ほひつ	裲襠 うちかけ	褄高 つまだか	示談 じだん
	補塡 ほてん	〔褾〕ひょう	褄黒横這 つまぐろよこばい	〔祟〕たたる・たたり
被験者 ひけんしゃ	補敷 ほすう	褾装 ひょうそう		祟目 たたりめ
被覆 ひふく	補語 ほご	〔褊〕へん	〔褥〕じょく・しとね	〔祭〕さい・まつる・まつり
被曝 ひばく	補綴 ほてい・ほてつ	褊衫 へんさん	〔褫〕ち	
被爆 ひばく	補説 ほせつ	褊狭 へんきょう	褫奪 ちだつ	祭上 まつりあげる
〔祛〕きょ	補選 ほせん	〔複〕ふく	〔褶〕しゅう・ひだ・ひろび・ひらみ	祭文 さいぶん・さいもん
祛痰 きょたん	補遺 ほい	複十字 ふくじゅうじ	褶曲 しゅうきょく	祭日 さいじつ
〔袢〕かみしも	補導 ほどう	複方 ふくほう	褶襞 しゅうへき	祭礼 さいれい
〔袿〕うちぎ	補整 ほせい	複文 ふくぶん	〔褸〕きょう・すき	祭司 さいし
〔袷〕あわせ	補講 ほこう	複本 ふくほん	褸褸 おしめ・むつき	祭主 さいしゅ
〔桁〕ゆき	補聴器 ほちょうき	複本位 ふくほんい	〔褄〕ふすま	祭式 さいしき
桁丈 ゆきたけ	補闕 ほけつ	複写 ふくしゃ	〔襠〕まち	祭具 さいぐ
〔袴〕こ・はかま	補償 ほしょう	複式 ふくしき	〔襤〕らん	祭祀 さいし
〔袱〕ふく	補職 ほしょく	複合 ふくごう	襤褸 らんる・ぼろ	祭服 さいふく
袱紗 ふくさ	〔裕〕ゆう・ゆ	複利 ふくり	襤褸糞 ぼろくそ	祭典 さいてん
〔袵〕じん・おくみ	裕然 ゆうぜん	複音 ふくおん	〔襷〕たすき	祭事 さいじ
〔裃〕みごろ	裕福 ゆうふく	複座 ふくざ	〔襟〕きん・えり	祭政 さいせい
〔裡〕り	〔裙〕くん・すそ	複眼 ふくがん	襟上 えりがみ	祭神 さいじん
〔補〕ほ・ふ・おぎない・おぎなう・おぎのう	裙上 すそあがり	複葉 ふくよう	襟元 えりもと	祭場 さいじょう
	裙刈 すそがり	複道 ふくどう	襟足 えりあし	祭殿 さいでん
補欠 ほけつ	裙回 すそまわし	複数 ふくすう	襟芯 えりしん	祭儀 さいぎ
補正 ほせい	裙物 すそもの	複試合 ふくしあい	襟割 えりわり	祭器 さいき
補任 ほにん・ふにん	裙廻 すそまわし	複線 ふくせん	襟度 きんど	祭賞 さいしょう
補回 ほかい	裙前 すそまえ	複複線 ふくふくせん	襟垢 えりあか	祭壇 さいだん
補色 ほしょく	裙除 すそよけ	複複複線 ふくふくふくせん	襟首 えりくび	〔票〕ひょう
補血 ほけつ	裙野 すその		襟巻 えりまき	票田 ひょうでん
補充 ほじゅう	裙短 すそみじか			票決 ひょうけつ
	裙裏 すそうら			票数 ひょうすう
	裙模様 すそもよう			票読 ひょうよみ

〔禀〕ひん・りん

禀性 ひんせい
禀請 りんせい
禀議 りんぎ
〔禁〕きん・きんず
　る・きんじる
禁中 きんちゅう
禁止 きんし
禁令 きんれい
禁札 きんさつ
禁句 きんく
禁圧 きんあつ
禁伐 きんばつ
禁門 きんもん
禁足 きんそく
禁忌 きんき
禁物 きんもつ
禁治産 きんちさ
　ん・きんじさん
禁制 きんせい
禁固 きんこ
禁苑 きんえん
禁書 きんしょ
禁酒 きんしゅ
禁煙 きんえん
禁烟 きんえん
禁猟 きんりょう
禁欲 きんよく
禁転載 きんてんさ
　い
禁鳥 きんちょう
禁断 きんだん
禁教 きんきょう
禁裡 きんり
禁絶 きんぜつ
禁煙 きんえん
禁園 きんえん
禁漁 きんりょう・き
　んぎょ
禁裏 きんり
禁獄 きんごく
禁厭 きんえん
禁慾 きんよく
禁輸 きんゆ
禁錮 きんこ
禁衛 きんえい
〔禦〕ぎょ・ふせぎ
　ふせぐ

甘 部

〔甘〕かん・うま・う
　まい・あまい・あま
　し・あまえる・あま
　ったるい・あまっち
　ょろい・あまったれ
　る・あまんじる・あ
　まんずる・あまやか
　す
甘口 あまくち
甘子 あまったれっこ
甘干 あまぼし
甘心 かんしん
甘皮 あまかわ
甘坊 あまえんぼう
甘辛 あまから・あま
　からい
甘言 かんげん
甘味 かんみ・あまみ
甘味噌 あまみそ
甘苦 かんく
甘弓 かんこう
甘受 かんじゅ
甘食 あましょく
甘茶 あまちゃ
甘美 かんび
甘草 かんぞう
甘栗 あまぐり
甘酒 あまざけ
甘党 あまとう
甘夏柑 あまなつかん
甘納豆 あまなっと
　う
甘海苔 あまのり
甘酢 あまず
甘煮 あまに・うまに
甘塩 あまじお
甘酸 あまずっぱい
甘蔗 かんしゃ・かん
　しょ
甘酸 かんさん
甘薯 かんしょ・さつ
　まいも
甘藷 かんしょ・さつ
　まいも

甘藍 かんらん
甘鯛 あまだい
甘露 かんろ
〔甚〕じん・いた・い
　たく・いたし・はな
　はだ・はなはだしい
甚大 じんだい
甚六 じんろく
甚平 じんべい
甚句 じんく
甚兵衛 じんべい
甚助 じんすけ
〔甜〕てん・あまい
甜菜 てんさい

石 部

〔石〕せき・こく・い
　し・いしな・いわ
石工 せっこう・いし
　く
石女 うまずめ
石弓 いしゆみ
石山 いしやま
石子 いしこ
石仏 せきぶつ・いし
　ぼとけ
石木 いわき
石火矢 いしびや
石切 いしきり
石印 せきいん
石竹 せきちく
石灰 せっかい・いし
　ばい
石肌 いしはだ
石臼 いしうす
石材 せきざい
石見銀山 いわみぎ
　んざん
石投 いしなぎ
石突 いしづき
石刻 せっこく
石英 せきえい
石版 せきばん
石板 せきばん
石斧 せきふ
石油 せきゆ
石室 せきしつ

石炭 せきたん
石南花 しゃくなげ
石屋 いしや
石室 いしむろ
石持 いしもち
石首魚 いしもち
石庭 いしにわ
石段 いしだん
石音 いしおと
石垣 いしがき
石神 いしがみ
石高 こくだか
石高道 いしだかみち
石拳 いしけん
石粉 いしこ
石菖 せきしょう
石室 せきしつ
石清水 いわしみず
石部金吉 いしべき
　んきち
石偏 いしへん
石崖 いしがけ
石造 せきぞう
石組 いしぐみ
石筍 せきじゅん
石斑魚 うぐい
石塔 せきとう
石筆 せきひつ
石塁 せきるい
石棺 せっかん
石焼芋 いしやきい
　も
石畳 いしだたみ
石窟 せっくつ
石楠花 しゃくなげ
石塊 いしくれ
石綿 せきめん・いし
　わた
石碑 せきひ
石膏 せっこう
石榴 ざくろ
石榴鼻 ざくろばな
石蕚 あおさ
石敢 いしたたき
石蕗 つわぶき
石摺 いしずり
石質 せきしつ

石盤 せきばん
石墨 せきぼく
石槨 せっかく
石器 せっき
石頭 いしあたま
石頭魚 いしもち
石橋 いしばし
石亀 いしがめ
石鏃 せきぞく
石蠟 せきろう
〔砒〕とつ
砒砒 とつとつ
〔研〕けん・とぎ・と
　ぐ・みがく・みがき
研立 とぎたて
研出 けんしゅつ
研北 けんぼく
研究 けんきゅう
研物 とぎもの
研学 けんがく
研削盤 けんさくば
　ん
研修 けんしゅう
研師 とぎし
研澄 とぎすます
研摩 けんま
研磨 けんま
研鑽 けんさん
〔砒〕ひ
砒石 ひせき
砒素 ひそ
砒酸 ひさん
〔砂〕しゃ・さ・すな
砂上 さじょう
砂子 すなご・いさご
砂山 すなやま
砂切 しゃぎり
砂丘 さきゅう
砂州 さす
砂地 すなじ
砂舟 すなぶね
砂利 ざり・じゃり
砂防 さぼう
砂金 さきん・しゃき
　ん
砂岩 さがん
砂洲 さす

砂風呂 すなぶろ	砲列 ほうれつ	破落戸 ならずもの	〔確〕からうす	碁聖 ごせい
砂被 すなかぶり	砲門 ほうもん	の・ごろつき	〔碑〕しゃ	碁敵 ごがたき
砂時計 すなどけい	砲兵 ほうへい	破帽 はぼう	碑碌 しゃこ	碁盤 ごばん
砂浜 すなはま	砲声 ほうせい	破裂 はれつ	〔硝〕しょう	〔碍〕がい
砂原 すなはら	砲身 ほうしん	破裂音 はれつおん	硝石 しょうせき	碍子 がいし
砂埃 すなぼこり	砲車 ほうしゃ	破廉恥 はれんち	硝安 しょうあん	〔硼〕ほう
砂袋 すなぶくろ	砲金 ほうきん	破損 はそん	硝煙 しょうえん	硼砂 ほうしゃ
砂船 すなぶね	砲架 ほうか	破傷風 はしょうふ	硝酸 しょうさん	硼酸 ほうさん
砂遊 すなあそび	砲座 ほうざ	う	硝薬 しょうやく	〔碑〕ひ・いしぶみ・
砂絵 すなえ	砲陣 ほうじん	破毀 はき	〔硬〕こう・かたい・	えりいし
砂場 すなば	砲術 ほうじゅつ	破滅 はめつ	ぼた	碑石 ひせき
砂鉢 さばち	砲塔 ほうとう	破綻 はたん	硬口蓋 こうこうが	碑文 ひぶん
砂漠 さばく	砲弾 ほうだん	破獄 はごく	い	碑面 ひめん
砂鉄 さてつ	砲戦 ほうせん	破摧 はさい	硬化 こうか	碑銘 ひめい
砂煙 すなけむり	砲煙 ほうえん	破調 はちょう	硬水 こうすい	〔碧〕へき
砂塵 さじん・しゃじ	砲撃 ほうげき	破談 はだん	硬玉 こうぎょく	碧水 へきすい
ん	砲艦 ほうかん	破墨 はぼく	硬式 こうしき	碧玉 へきぎょく
砂壁 すなかべ	〔破〕は・やれ・やぶ	破線 はせん	硬直 こうちょく	碧空 へきくう
砂糖 さとう	れる・やぶれ・やぶ	破壊 はかい	硬性 こうせい	碧海 へきかい
砂嘴 さし	る・やぶく・やぶけ	破鍋 われなべ	硬度 こうど	碧眼 へきがん
砂擦 すなずり	る・われ・われる	破顔 はがん	硬変 こうへん	碧落 へきらく
砂礫 されき・しゃれ	破子 わりご	破鏡 はきょう	硬派 こうは	碧雲 へきうん
き	破天荒 はてんこう	破鐘 われがね	硬骨 こうこつ	碧瑠璃 へきるり
砂囊 さのう	破片 はへん	破魔 はま	硬軟 こうなん	碧潭 へきたん
〔砌〕みぎり・いぬき	破水 はすい	破魔矢 はまや	硬着陸 こうちゃく	〔碩〕せき
〔砕〕さい・くだく・	破目 はめ・われめ	破魔弓 はまゆみ	りく	碩学 せきがく
くだける	破竹 はちく	破籠 わりご	硬教育 こうきょう	碩儒 せきじゅ
砕片 さいへん	破色 はしょく	〔硅〕けい	いく	〔確〕かく・しっか
砕石 さいせき	破瓜 はか	硅石 けいせき	硬球 こうきゅう	と・しっかり・たし
砕氷 さいひょう	破邪 はじゃ	硅砂 けいしゃ	硬貨 こうか	か・たしかめる・か
砕米 さいまい・くだ	破戒 はかい	硅肺 けいはい	硬張 こわばる	くたる・しかと
けまい	破局 はきょく	硅素 けいそ	硬筆 こうひつ	確乎 かっこ
砕破 さいは	破門 はもん	硅酸 けいさん	硬磁 こうじ	確立 かくりつ
砕鉱 さいこう	破牢 はろう	硅藻 けいそう	硬骨 こうこう	確言 かくげん
〔砰〕ほう・ずり	破声 わりごえ	〔砦〕さい・とりで	硬調 こうちょう	確固 かっこ
〔砧〕ちん・きぬた	破物 われもの	〔硫〕りゅう	硬質 こうしつ	確定 かくてい
〔砥〕と	破砕 はさい	硫化 りゅうか	硬論 こうろん	確実 かくじつ
砥石 といし	破屋 はおく	硫安 りゅうあん	〔碇〕てい・いかり	確約 かくやく
砥草 とくさ	破軍星 はぐんせい	硫黄 ゆおう・いおう	碇泊 ていはく	確保 かくほ
砥粉 とのこ	破風 はふ	硫酸 りゅうさん	碇草 いかりそう	確信 かくしん
砥糞 とくそ	破約 はやく	〔硯〕けん・すずり	〔碗〕わん	確率 かくりつ
〔砲〕ほう	破格 はかく	硯北 けんぽく	碗 わん	確執 かくしつ
砲丸 ほうがん	破倫 はりん	硯池 けんち	〔碁〕ご	確報 かくほう
砲口 ほうこう	破船 はせん	硯材 けんざい	碁打 ごうち	確答 かくとう
砲手 ほうしゅ	破産 はさん	硯蓋 すずりぶた	碁石 ごいし	確然 かくぜん
砲火 ほうか	破婚 はこん	硯滴 けんてき	碁会 ごかい	確証 かくしょう
砲台 ほうだい	破棄 はき	硯箱 すずりばこ	碁客 ごかく	確聞 かくぶん

確認 かくにん
確説 かくせつ
〔碌〕ろく・ろくに
碌無 ろくでなし
碌碌 ろくろく
〔磁〕じ
磁力 じりょく
磁土 じど
磁化 じか
磁石 じしゃく
磁気 じき
磁性 じせい
磁界 じかい
磁針 じしん
磁場 じば・じじょう
磁極 じきょく
磁鉄鉱 じてっこう
磁器 じき
〔碾〕ひく
碾茶 ひきちゃ
碾割 ひきわり
〔磊〕らい
磊落 らいらく
〔磑〕からうす
〔碟〕たく・たくす
る・はりつけ
磔刑 たっけい
〔磐〕ばん・いわ
磐石 ばんじゃく
〔磨〕ま・する・すれ
る・みがき・みが
く・とぐ
磨汁 とぎしる
磨立 とぎたて
磨水 とぎみず
磨出 すりだす
磨臼 すりうす
磨砕 すりくだく
磨耗 まもう
磨粉 みがきこ
磨減 すりへらす
磨滅 まめつ
磨損 まそん
磨潰 すりつぶす
磨膝 すりひざ
〔磬〕けい
〔磚〕せん

磚茶 だんちゃ
〔礄〕ぎょう
礄礐 ぎょうかく
〔磯〕き・いそ
磯巾着 いそぎんちゃ
く
磯辺 いそべ
磯況 いそきょう
磯明 いそあけ
磯臭 いそくさい
磯魚 いさな・いそう
お
磯蚯蚓 いそめ
磯菜 いそな
磯釣 いそづり
磯馴松 そなれまつ
〔礎〕そ・いしずえ
礎石 そせき
礎材 そざい
礎稿 そこう
〔礒〕いそ
〔礑〕とう・はたと
〔礦〕こう
礦石 こうせき
礦物 こうぶつ
礦業 こうぎょう
〔礬〕ばん
礬土 ばんど
礬水 どうさ
〔礫〕れき・こいし・
つぶて
礫土 れきど
礫岩 れきがん

矛　部

〔矛〕む・ほこ
矛先 ほこさき
矛盾 むじゅん
〔矜〕きょう
矜持 きょうじ
矜持 きんじ・きょう
じ

攵　部

〔癸〕き・みずのと
〔発〕はつ・ほつ・は
っする・あばく・たつ

発止 はっし
発心 ほっしん
発火 はっか
発出 はっしゅつ
発令 はつれい
発句 ほっく
発布 はっぷ
発生 はっせい
発刊 はっかん
発色 はっしょく
発行 はっこう
発向 はっこう
発光 はっこう
発地 はっち
発会 はっかい
発汗 はっかん
発条 ぜんまい・はつ
じょう・ばね
発車 はっしゃ
発足 はっそく・ほっ
そく
発走 はっそう
発言 はつげん
発見 はっけん
発狂 はっきょう
発作 ほっさ
発兌 はつだ
発声 はっせい
発売 はつばい
発赤 はっせき
発牙 はつが
発受 はつじゅ
発効 はっこう
発券 はっけん
発育 はついく
発泡 はっぽう
発表 はっぴょう
発明 はつめい
発注 はっちゅう
発信 はっしん
発送 はっそう
発音 はつおん
発振 はっしん
発疹 はっしん・ほっ
しん
発祥 はっしょう
発射 はっしゃ

発根 はっこん
発起 ほっき
発破 はっぱ
発案 はつあん
発展 はってん
発疱 はっぽう
発砲 はっぽう
発問 はつもん
発病 はつびょう
発馬 はつば
発情 はつじょう
発進 はっしん
発船 はっせん
発現 はつげん
発掘 はっくつ
発動 はつどう
発着 はっちゃく
発散 はっさん
発給 はっきゅう
発揮 はっき
発達 はったつ
発揚 はつよう
発覚 はっかく
発註 はっちゅう
発想 はっそう
発禁 はっきん
発意 はつい・ほつい
発電 はつでん
発煙 はつえん
発話 はつわ
発酵 はっこう
発語 はつご
発端 はったん・ほっ
たん
発駅 はつえき
発熱 はつねつ
発慎 はっしん
発頭 ほっとう
発奮 はっぷん
発願 ほつがん
発議 はつぎ・ほつぎ
発艦 はっかん
発露 はつろ
〔登〕とう・のぼる・
のぼり
登山 とざん
登仙 とうせん

発用 とうよう
登庁 とうちょう
登板 とうばん
登城 とじょう
登降 とうこう
登校 とうこう
登高 とうこう
登院 とういん
登記 とうき
登庸 とうよう
登頂 とちょう・とう
ちょう
登場 とうじょう
登極 とうきょく
登載 とうさい
登楼 とうろう
登詰 のぼりつめる
登壇 とうだん
登録 とうろく
登竜門 とうりゅう
もん
登攀 とうはん・とは
ん
登簿 とうぼ

疋(疋)部

〔疋〕しょ・ひつ・ひ
き・むら
〔疎〕そ・うとい・う
とむ・うとんじる・
うとんずる・うとま
しい・おろか・おろ
そか・まばら
疎水 そすい
疎外 そがい
疎抜 うろぬく・おろ
ぬく
疎林 そりん
疎放 そほう
疎音 そいん
疎通 そつう
疎剛 そごう
疎開 そかい
疎略 そりゃく
疎疎 うとうとしい
疎遠 そえん
疎意 そい

疎漏 そろう
疎慢 そまん
〔疏〕そ
疏水 そすい
疏抜 うろぬく
疏密 そみつ
疏通 そつう
疏隔 そかく
〔疑〕ぎ・うたがい・
　うたがう・うたがわ
　しい・うたぐる
疑心 ぎしん
疑団 ぎだん
疑似 ぎじ
疑念 ぎねん
疑点 ぎてん
疑問 ぎもん
疑深 うたがいぶかい
疑陽性 ぎようせい
疑惑 ぎわく
疑義 ぎぎ
疑獄 ぎごく
疑懼 ぎく

目　部

〔目〕もく・ま・め・
　もくする
目八分 めはちぶ
目下 めした・めのし
　た・もっか
目子 めのこ
目上 めうえ
目方 めかた
目切 めぎれ
目引袖引 めひきそ
　でひき
目今 もっこん
目分量 めぶんりょ
　う
目礼 もくれい
目立 めだつ・めだっ
　て・めたて
目打 めうち
目尻 めじり
目玉 めだま・めのた
　ま
目出度 めでたい

目白 めじろ
目印 めじるし
目処 めど
目付 めつき　めつけ
目交 めまぜ
目安 めやす
目次 もくじ
目地 めじ
目当 めあて・まのあ
　たり
目早 めばやい
目先 めさき
目色 めいろ
目庇 まびさし
目医者 めいしゃ
目抜 ぬぬき
目見 まみ・みみえ
目角 めかど
目利 めきき
目迎 もくげい
目性 めしょう
目板 めいた
目刺 めざし
目明 めあかし・めあ
　き
目的 もくてき
目物 めっけもの
目前 めさき・めのま
　え・もくぜん
目送 もくそう
目垢 めあか
目糞 めくそ
目指 めざす・まなざ
　し
目映 まばゆい
目星 めぼし・めぼし
　い
目茶 めちゃ
目茶目茶 めちゃめ
　ちゃ
目茶苦茶 めちゃく
　ちゃ
目高 めだか
目差 めざす
目配 めくばせ・めく
　ばり
目眩 めくるめく・め

まい
目脂 めやに
目笊 めざる
目釘 めくぎ
目速 めばやい
目通 めどおし・めど
　おり
目途 もくと
目深 まぶか
目許 めもと
目張 めばり
目盛 めもり
目掛 めがける
目敏 めざとい
目移 めうつり
目覚 めざまし・めざ
　ましい・めざます・
　めざめ・めざめる
目測 もくそく
目減 めべり
目貼 めばり
目貫 めぬき
目新 めあたらしい
目違 めちがい
目溢 めこぼし
目塗 めぬり
目路 めじ
目睫 もくしょう
目睹 もくと
目蓋 まぶた
目遣 めづかい
目馴 めなれる
目障 めざわり
目窩 めくぼれ
目端 めはし
目蔭 まかげ
目隠 めかくし
目鼻 めはな
目算 もくさん
目論 もくろみ・もく
　ろむ
目論見 もくろみ
目潰 めつぶし
目慣 めなれる
目撃 もくげき
目標 めじるし・もく
　ひょう

目線 めせん
目頭 めがしら
目薬 めぐすり
目録 もくろく
目縁 まぶち
目積 めづもり
目糞 めくそ
目聡 めざとい
目顔 めがお
目懸 めかける
目籠 めかご

〔盲〕もう・めくら・
　めしい
盲人 もうじん
盲目 もうもく
盲判 めくらばん
盲官 もうかん
盲法師 めくらほうし
盲学校 もうがっこ
　う
盲者 もうしゃ
盲点 もうてん
盲信 もうしん
盲捜 めくらさがし
盲射 もうしゃ
盲従 もうじゅう
盲探 めくらさがし
盲啞 もうあ
盲進 もうしん
盲動 もうどう
盲蛇 めくらへび
盲滅法 めくらめっ
　ぽう
盲想 もうそう
盲腸 もうちょう
盲愛 もうあい
盲暦 めくらごよみ
盲管銃創 もうかん
　じゅうそう
盲導犬 もうどうけ
　ん
盲縞 めくらじま
盲爆 もうばく
盲亀 もうき

〔直〕ちょく・じか・
　じかに・じき・じき
　に・すぐ・ただ・な

おき・なおし・なお
　す・なおる・ひた
直下 ちょっか
直上 ちょくじょう
直子 じきし
直火 ひたごころ
直火 じかび
直中 ただなか
直方体 ちょくほう
　たい
直立 ちょくりつ
直写 ちょくしゃ
直衣 のうし
直会 なおらい
直列 ちょくれつ
直伝 じきでん
直行 ちょっこう
直言 ちょくげん
直弟子 じきでし
直売 ちょくばい
直走 ひたばしり
直系 ちょっけい
直角 ちょっかく
直垂 ひたたれ
直押 ひたおし
直披 ちょうひ・じき
　ひ
直直 じきじき
直取引 じきとりひ
　き
直往 ちょくおう
直往邁進 ちょくお
　うまいしん
直明 ちょくあけ
直門 じきもん
直参 じきさん
直径 ちょっけい
直音 ちょくおん
直穿 じかばき
直送 ちょくそう
直前 ちょくぜん
直奏 じきそう
直面 ちょくめん
直後 ちょくご
直叙 ちょくじょ
直宮 じきみや
直流 ちょくりゅう

直孫 じきそん	直轄 ちょっかつ	県道 けんどう	相弟子 あいでし	相撲 あいうつ
直通 ちょくつう	直輸入 ちょくゆに	県勢 けんせい	相判 あいばん	相槌 あいづち
直射 ちょくしゃ	ゅう	〔肹〕びょう・びょう	相応 そうおう・ふさ	相嫁 あいよめ
直航 ちょっこう	直輸出 ちょくゆし	たる・すがむ・すが	わしい	相続 そうぞく
直納 じきのう	ゅつ	め・すがめる・みる	相克 そうこく	相愛 そうあい
直配 ちょくはい	直覧 じきらん	〔看〕かん・みる・め	相即 そくそく	相携 あいたずさえる
直書 じきしょ	直観 ちょっかん	す	相見 あいみる	相聞 そうもん
直視 ちょくし	〔眉〕び・まゆ・ま	看守 かんしゅ	相見互 あいみたがい	相関 そうかん
直訳 ちょくやく	み・まよ	看板 かんばん	相身互 あいみたがい	相貌 そうぼう
直情 ちょくじょう	眉毛 まゆげ	看取 かんしゅ・みと	相談 そうだん
直販 ちょくはん	眉尻 まゆじり	る・みとり	相役 あいやく	相撲 すまい・すもう
直球 ちょっきゅう	眉目 びもく	看客 かんかく・かん	相伴 あいともなう・	相輪 そうりん
直接 ちょくせつ	眉宇 びう	きゃく	しょうばん	相撃 あいうち
直進 ちょくしん	眉根 まゆね	看病 かんびょう	相似 そうじ	相識 そうしき
直訴 じきそ	眉睫物 まゆつばも	看破 かんぱ	相法 そうほう	〔眩〕げん・くる・く
直雇 じきやとい	の	看視 かんし	相学 そうがく	るめく・まくる・ま
直覚 ちょっかく	眉間 みけん	看做 みなす	相性 そうじょう・あ	ばゆい・くらむ・ま
直営 ちょくえい	眉墨 まゆずみ	看経 かんきん	いしょう	ぶしい
直裁 ちょくさい	〔眈〕たん	看過 かんか	相者 そうしゃ	眩惑 げんわく
直属 ちょくぞく	眈眈 たんたん	看貫 かんかん	相承 そうしょう	眩暈 げんうん・めま
直喩 ちょくゆ	〔盾〕たて	看護 かんご	相国 しょうこく	い
直筆 じきひつ・ちょ	盾突 たてつく	〔相〕しょう・そう・	相和 あいわす	眩人 げんじん
くひつ	〔省〕しょう・せい・	そうする・あい・み	相客 あいきゃく	〔真〕しん・まっと
直答 じきとう・ちょ	かえりみる・はぶく	る	直乗 あいのり・そう	と・ま・まこと・ま
くとう	省力 しょうりょく	相子 あいこ	じょう	ん
直税 ちょくぜい	省文 せいぶん	相方 あいかた	相星 あいぼし	真一文字 まいちも
直結 ちょっけつ	省内 しょうない	相互 そうご	相俟 あいまつ	んじ
直話 じきわ	省庁 しょうちょう	相手 あいて	相持 あいもち	真二 まふたつ・まっ
直滑降 ちょっかっ	省令 しょうれい	相打 あいうち・あい	相待 そうたい	ぷたつ
こう	省都 しょうと	うつ	相剋 そうこく	真人間 まにんげん
直様 すぐさま	省略 しょうりゃく・	相半 あいなかばする	相思 そうし	真人 しんじん
直感 ちょっかん	せいりゃく	相生 あいおい・そう	相姦 そうかん	真上 まうえ
直路 ちょくろ	省筆 しょうひつ	じょう	相討 あいうち	真下 ました
直腸 ちょくちょう	省察 せいさつ	相加平均 そうかへ	相殺 そうさい・そう	真土 まつち
直読 ちょくどく	省線 しょうせん	いきん	さつ	真丸 まんまる・まん
直説法 ちょくせつ	省議 しょうぎ	相対 そうたい・あい	相称 そうしょう	まるい
ほう	〔県〕けん・あがた	たい・あいたいする	相席 あいせき	真心 まごころ
直截 ちょくさい・ち	県人 けんじん	相次 あいつぐ	相部屋 あいべや	真木 まき
ょくせつ	県立 けんりつ	相当 そうとう	相宿 あいやど	真水 まみず
直談 じきだん	県庁 けんちょう	相成 あいなる	相接 あいせっする	真中 まんなか
直談判 じかだんぱ	県民 けんみん	相好 そうこう	相異 そうい	真日 まひ
ん	県令 けんれい	相同器官 そうどう	相補 そうほ	真分数 しんぶんす
直播 じかまき・じき	県会 けんかい	きかん	相場 そうば	う
まき	県社 けんしゃ	相伝 そうでん	相棒 あいぼう	真平 まっぴら
直撃 ちょくげき	県花 けんか	相合傘 あいあいが	相違 そうい	真正 しんせい
直線 ちょくせん	県知事 けんちじ	さ	相碁 あいご	真正面 まっしょう
直諫 ちょっかん	県鳥 けんちょう	相先 あいせん		めん

真正直 まっしょうじき	真昼間 まっぴるま	真摯 しんし	着古 きふるし・きふるす	え
真打 しんうち	真砂 まさご	真影 しんえい		着弾 ちゃくだん
真皮 しんぴ	真相 しんそう	真諦 しんてい	着用 ちゃくよう	着装 ちゃくそう
真只中 まったゞなか	真柱 しんばしら	真鴨 まがも	着目 ちゃくもく	着帽 ちゃくぼう
真四角 ましかく	真勇 しんゆう	真鍮 しんちゅう	着生 ちゃくせい	着順 ちゃくじゅん
真田 さなだ	真草 しんそう	真顔 まがお	着付 きつけ・きつける	着脹 きぶくれる
真白 まっしろ	真俗 しんぞく	真蹟 しんせき		着筆 ちゃくひつ
真冬 まふゆ	真後 まうしろ	真鯉 まごい	着込 きこみ・きこむ	着意 ちゃくい
真字 まな	真紅 しんく	真贋 しんがん	着衣 ちゃくい	着電 ちゃくでん
真当 まっとう	真症 しんしょう	真髄 しんずい	着地 ちゃくち	着想 ちゃくそう
真帆 まほ	真夏 まなつ	真鯛 まだい	着任 ちゃくにん	着馴 きならす
真因 しんいん	真珠 しんじゅ	真鰈 まがれい	着色 ちゃくしょく	着飾 きかざる
真名 まな	真書 しんかき	真鶴 まなづる	着床 ちゃくしょう	着痩 きやせ
真名鶴 まなづる	真桑瓜 まくわうり	真鱈 まだら	着初 きぞめ	着駅 ちゃくえき
真竹 まだけ	真骨頂 しんこっちょう	真鰺 まあじ	着身着儘 きのみきのまま	着綿 きせわた
真先 まっさき	真個 しんこ	〔眠〕みん・ねぶり・ねぶる・ねむい・ねむたい・ねむらす・ねむり・ねむる・ねむれ・ねむれる	着京 ちゃっきょう	着慣 きならす
真向 まっこう・まむき・まむかい	真剣 しんけん		着実 ちゃくじつ	着膨 きぶくれる
	真章魚 まだこ		着岸 ちゃくがん	着類 きるい
真如 しんにょ	真率 しんそつ		着服 ちゃくふく	着籠 きこみ
真行草 しんぎょうそう	真情 しんじょう	眠込 ねむりこむ	着物 きもの	〔胸〕めくわせ・めくばせ
	真理 しんり	眠気 ねむけ	着金 ちゃっきん	
真言 しんごん	真盛 まっさかり	眠草 ねむりぐさ	着発 ちゃくはつ	〔眦〕まなじり
真否 しんぴ	真菌 しんきん	眠薬 ねむりぐすり	着映 きばえ	〔眼〕がん・げん・まなこ・め
真赤 まっか	真偽 しんぎ	〔着〕けん	着信 ちゃくしん	
真似 まね・まねる	真魚鰹 まながつお	眷恋 けんれん	着座 ちゃくざ	眼力 がんりき・がんりょく
真夜中 まよなか	真黒 まっくろ	眷族 けんぞく	着席 ちゃくせき	
真底 しんそこ	真菰 まこも	眷属 けんぞく	着流 きながし	眼下 がんか
真宗 しんしゅう	真善美 しんぜんび	眷顧 けんこ	着通 きどおし・きとおす	眼孔 がんこう
真実 しんじつ	真葛 さねかずら	〔着〕ちゃく・き・ぎ・きせる・きる・つく・つける・ちゃくする・つける・はく		眼中 がんちゅう
真空 しんくう	真最中 まっさいちゅう		着陣 ちゃくじん	眼玉 めのたま
真性 しんせい			着帯 ちゃくたい	眼目 がんもく
真青 まっさお	真結 まむすび		着荷 ちゃくに・ちゃっか	眼白 めじろ
真直 まっすぐ	真筆 しんぴつ	着工 ちゃっこう		眼肉 がんにく
真直中 まったゞなか	真裸 まっぱだか	着丈 きたけ	着倒 きだおれ	眼光 がんこう
	真裏 まうら	着心地 きごこち	着剣 ちゃっけん	眼医者 めいしゃ
真岡 まおか・もおか	真新 まあたらしい	着火 ちゃっか	着着 ちゃくちゃく	眼底 がんてい
真金 まがね	真意 しんい	着火点 ちゃっかてん	着陸 ちゃくりく	眼前 がんぜん
真価 しんか	真義 しんぎ		着雪 ちゃくせつ	眼科 がんか
真姿 しんし	真暗 まっくら	着太 きぶとり	着眼 ちゃくがん	眼指 まなざし
真前 まんまえ	真跡 しんせき	着尺 きじゃく	着眼点 ちゃくがんてん	眼界 がんかい
真逆様 まっさかさま	真蛸 まだこ	着水 ちゃくすい		眼高手低 がんこうしゅてい
	真読 しんどく	着時 ちゃくじ	着崩 きくずれ	
真面目 まじめ・しんめんもく	真槍 しんそう	着車 ちゃくしゃ	着道楽 きどうらく	眼差 まなざし
	真際 まぎわ	着手 きて・ちゃくしゅ	着脱 ちゃくだつ	眼疾 がんしつ
真昼 まひる	真綿 まわた		着船 ちゃくせん	眼病 がんびょう
	真横 まよこ	着氷 ちゃくひょう	着替 きかえる・きがえ	眼帯 がんたい
				眼球 がんきゅう

眼張 めばる
眼窠 がんか
眼福 がんぷく
眼路 めじ
眼精疲労 がんせい ひろう
眼窩 がんか
眼撥 めばち
眼瞼 がんけん
眼識 がんしき
眼鏡 がんきょう・め がね
〔眺〕ちょう・ なが め・ながめる
眺望 ちょうぼう
〔眸〕ぼう・ひとみ
眸子 ぼうし
〔睦〕ぼく・むつまじ い・むつまやか・む つぶ・むつむ・むつ み
睦月 むつき
睦言 むつごと
〔眦〕がい・まなじり
睫毛 まつげ
〔睹〕と・とす・みる
〔睢〕しょ・き・す い・みさご
睢鳩 みさご
〔睥〕へい
睥睨 へいげい
〔睨〕げい・にらむ・ にらみ・ねめる・に らまえる
睨付 にらみつける・ ねめつける
睨回 ねめまわす
睨合 にらみあう・に らみあわせる
睨据 にらみすえる
〔督〕とく・とくする
督励 とくれい
督促 とくそく
督戦 とくせん
〔睡〕すい・ねむり・ ねむる

睡余 すいよ
睡眠 すいみん
睡蓮 すいれん
睡魔 すいま
〔瞞〕まん・もん
瞞着 まんちゃく
〔瞑〕めい・つぶる・ つむる・めいする
瞑目 めいもく
瞑想 めいそう
〔瞋〕しん
瞋恚 しんい・しんに
〔瞠〕どう・みはる
瞠目 どうもく
瞠若 どうじゃく
〔瞳〕どう・ひとみ・ め
瞳子 どうし
瞳孔 どうこう
〔瞭〕りょう
瞭然 りょうぜん
〔瞥〕べつ
瞥見 べっけん
〔瞬〕しゅん・しばた く・しばたたく・まじ ろぐ・またたく・ま ばたき・まばたく・ま またたき
瞬時 しゅんじ
瞬間 しゅんかん・ま たたくまに
〔瞽〕こ・めくら
瞽女 ごぜ
〔瞿〕く
瞿麦 なでしこ
〔瞼〕けん・まぶた
〔矍〕かく
矍鑠 かくしゃく

田 部

〔田〕でん・た
田夫 でんぷ
田打 たうち
田虫 たむし
田地 でんち・でんじ
田作 たづくり
田吾作 たごさく

田舎 いなか
田畑 でんばた・たは た
田面 たのも
田圃 たんぼ
田畠 たはた
田租 でんそ
田翁 でんおう
田野 でんや
田紳 でんしん
田遊 たあそび
田植 たうえ
田園 でんえん
田楽 でんがく
田麩 でんぷ
田螺 たにし
田亀 たがめ
〔由〕ゆう・ゆ・よ し・よる
由由 ゆゆしい
由旬 ゆじゅん
由来 ゆらい
由無 よしない
由無言 よしなしご と
由緒 ゆいしょ
〔甲〕こう・かり・か ん・かぶと・よろ い・きのえ
甲乙 こうおつ
甲矢 はや
甲虫 こうちゅう・か ぶとむし
甲状 こうじょう
甲声 かんごえ
甲走 かんばしる
甲板 こうはん・こう ばん・かんぱん・こ ういた
甲冑 かっちゅう
甲高 かんだかい・こ うだか
甲骨文 こうこつぶ ん
甲掛 こうがけ
甲殻 こうかく
甲斐 かい

甲斐性 かいしょう
甲斐絹 かいき
甲斐甲斐しい かいがい しい
甲論乙駁 こうろん おつばく
甲種 こうしゅ
甲羅 こうら
〔申〕しん・さる・もう す・もうし・もうさく
申入 もうしいれる
申又 さるまた
申子 もうしご
申上 もうしあげる
申文 もうしぶみ
申分 もうしぶん・も うしわけ
申立 もうしたてる
申出 もうしでる・も うしで・もうしいで
申込 もうしこみ・も うしこむ
申付 もうしつける
申合 もうしあわせ る・もうしあわせ
申告 しんこく
申受 もうしうける
申送 もうしおくる・ もうしおくり
申兼 もうしかねる
申訳 もうしわけ
申添 もうしそえる
申渡 もうしわたす
申達 しんたつ
申楽 さるがく
申越 もうしこす・も うしこし
申聞 もうしきかせ る・もうしきける
申開 もうしひらき
申請 しんせい
〔男〕だん・なん・ お・おとこ・おのこ
男一匹 おといっ ぴき
男子 おとこのこ・だ んし

男女 だんじょ・なん にょ・おとこおんな
男工 だんこう
男手 おとこで
男囚 だんしゅう
男色 なんしょく・だ んしょく
男気 おとこぎ・おと こけ
男伊達 おとこだて
男向 おとこむき
男役 おとこやく
男坂 おとこざか
男声 だんせい
男児 だんじ
男男 おおしい
男系 だんけい
男所帯 おとこじょ たい
男妾 だんしょう
男性 だんせい
男持 おとこもち
男根 だんこん
男盛 おとこざかり
男娼 だんしょう
男尊女卑 だんそん じょひ
男装 だんそう
男泣 おとこなき
男波 おなみ
男前 おとこまえ
男臭 おとこくさい
男柱 おとこばしら
男帯 おとこおび
男振 おとこっぷり・ おとこぶり
男冥利 おとこみょ うり
男浪 おなみ
男勝 おとこまさり
男結 おとこむすび
男衆 おとこし
男嫌 おとこぎらい
男滝 おだき
男腹 おとこばら
男爵 だんしゃく
男優 だんゆう

男鰥 おとこやもめ	界雷 かいらい	留任 りゅうにん	い	略式 りゃくしき
〔町〕ちょう・まち	界線 かいせん	留年 りゅうねん	異色 いしょく	略伝 りゃくでん
町人 ちょうにん	界標 かいひょう	留男 とめおとこ	異状 いじょう	略言 りゃくげん
町工場 まちこうば	〔畏〕い・おそれる・	留別 りゅうべつ	異形 いぎょう	略図 りゃくず
町方 まちかた	おそれ・かしこ・か	留役 とめやく	異材 いざい	略体 りゃくたい
町中 まちなか	しこし・ かしこま	留学 りゅうがく	異見 いけん	略画 りゃくが
町内 まちうち	る・かしこまり・かし	留具 とめぐ	異体 いたい	略取 りゃくしゅ
町民 ちょうみん	こくも	留金 とめがね	異邦 いほう	略述 りゃくじゅつ
町奴 まちやっこ	畏入 おそれいる	留風呂 とめぶろ	異姓 いせい	略表 りゃくひょう
町外 まちはずれ	畏友 いゆう	留保 りゅうほ	異姓 いせい	略服 りゃくふく
町会 ちょうかい	畏伏 いふく	留袖 とめそで	異国 いこく	略叙 りゃくじょ
町年寄 まちどしより	畏怖 いふ	留針 とめばり	異例 いれい	略記 りゃっき
町名 ちょうめい	畏服 いふく	留桶 とめおけ	異物 いぶつ	略書 りゃくしょ
町有 ちょうゆう	畏敬 いけい	留鳥 りゅうちょう	異版 いはん	略称 りゃくしょう
町医 まちい	畏縮 いしゅく	留湯 とめゆ	異変 いへん	略章 りゃくしょう
町医者 まちいしゃ	〔畑〕はた・はたけ	留意 りゅうい・	異臭 いしゅう	略略 ほぼ
町村 ちょうそん	畑地 はたち	留置 りゅうち・とめ	異相 いそう	略帽 りゃくぼう
町役場 まちやくば	畑作 はたさく	おき・とめおく	異風 いふう	略装 りゃくそう
町並 まちなみ	畑違 はたけちがい	留錫 りゅうしゃく	異彩 いさい	略報 りゃくほう
町政 ちょうせい	〔畝〕ほ・うね・せ・	〔畠〕はた・はたけ	異称 いしょう	略解 りゃっかい
	あぜ	〔畢〕ひつ	異能 いのう	略筆 りゃくひつ
町版 まちはん	畝間 うねま	畢生 ひっせい	異常 いじょう	説 りゃくせつ
町奉行 まちぶぎょう	畝織 うねおり	畢竟 ひっきょう	異教 いきょう	略語 りゃくご
	〔畜〕ちく	〔畦〕あぜ・うね	異郷 いきょう	略歴 りゃくれき
町制 ちょうせい	畜力 ちくりょく	畦道 あぜみち	異動 いどう	略奪 りゃくだつ
町長 ちょうちょう	畜犬 ちくけん	畦編 あぜあみ	異域 いいき	略綬 りゃくじゅ
町歩 ちょうぶ	畜生 ちくしょう	畦織 あぜおり	異朝 いちょう	略儀 りゃくぎ
町家 まちや・ちょう	畜舎 ちくしゃ	〔異〕い・ことなる・	異様 いよう	略譜 りゃくふ
か	畜殺 ちくさつ	ことなり・あだし・	異腹 いふく	〔番〕ばん・つがう・
町着 まちぎ	畜産 ちくさん	あやし・こと	異義 いぎ	つかい・つがえる
町道場 まちどうじ	畜類 ちくるい	異人 いじん	異数 いすう	番人 ばんにん
ょう	〔畔〕はん・あぜ・く	異才 いさい	異聞 いぶん	番小屋 ばんごや
町場 ちょうば・まち	ろ・ほとり	異土 いど	異説 いせつ	番士 ばんし
ば	畔塗 くろぬり	異口同音 いくどう	異端 いたん	番犬 ばんけん
町筋 まちすじ	〔畚〕ほん・ふご・もっ	おん	異境 いきょう	番太 ばんた
町税 ちょうぜい	こ・いしみ	異文 いぶん	異種 いしゅ	番太郎 ばんたろう
町勢 ちょうせい	〔留〕りゅう・る・と	異分子 いぶんし	異論 いろん	番手 ばんて
町議会 ちょうぎかい	どまる・とどめる・	異心 いしん	異質 いしつ	番号 ばんごう
	とまり・とまる・と	異化 いか	異類 いるい	番付 ばんづけ
〔毘〕び	める	異父 いふ	異観 いかん	番台 ばんだい
毘沙門天 びしゃも	留山 とめやま	異本 いほん	異議 いぎ	番外 ばんがい
んてん	留日 りゅうにち	異母 いぼ	〔略〕りゃく・りゃく	番匠 ばんじょう
毘盧遮那仏 びる	留主 るす	異存 いぞん	す・りゃくする	番地 ばんち
しゃなぶつ	留立 とめだて	異曲同工 いきょく	略本歴 りゃくほん	番兵 ばんぺい
〔界〕かい・け・さか	留処 とめど	どうこう	れき	番狂 ばんくるわせ
い	留用 りゅうよう	異同 いどう	略号 りゃくごう	番卒 ばんそつ
界隈 かいわい	留守 るす	異名 いみょう・いめ	略字 りゃくじ	番所 ばんしょ

番長 ばんちょう	置石 おきいし	罫描 けがき	**皿　部**	盛代 せいだい
番屋 ばんや	置処 おきどころ	罫線 けいせん		盛行 せいこう
番茶 ばんちゃ	置字 おきじ	〔署〕しょ・しょする	〔皿〕さら	盛会 せいかい
番組 ばんぐみ	置忘 おきわすれ・お	署名 しょめい	皿回 さらまわし	盛年 せいねん
番傘 ばんがさ	きわすれる	署長 しょちょう	皿廻 さらまわし	盛名 せいめい
番数 ばんかず	置床 おきどこ	署員 しょいん	皿杯 さらばかり	盛返 もりかえす
番線 ばんせん	置所 おきどころ	〔罰〕ばつ・ばち・ば	皿鉢 さはち	盛花 もりばな
番頭 ばんとう	置物 おきもの	っする	〔盂〕う	盛沢山 もりだくさ
〔畳〕じょう・たため	置屋 おきや	罰当 ばちあたり	盂蘭盆 うらぼん	ん
る・たたまる・たた	置炬燵 おきごたつ	罰金 ばっきん	〔盃〕さかずき・はい	盛物 もりもの
み・たたむ・たとう	置時計 おきどけい	罰杯 ばっぱい	〔盆〕ぼん	盛事 せいじ
畳水練 たたみすい	置渡 おきわたす	罰点 ばってん	盆石 ぼんせき	盛者 せいじゃ
れん	置換 ちかん・おきか	罰則 ばっそく	盆地 ぼんち	盛者必衰 しょうじ
畳込 たたみこむ	える	罰俸 ばっぽう	盆栽 ぼんさい	ゃひっすい
畳字 じょうじ	置場 おきば	〔罵〕ば・ののしり・	盆景 ぼんけい	盛況 せいきょう
畳表 たたみおもて	置傘 おきがさ	のる・ののしる	盆窪 ぼんのくぼ	盛典 せいてん
畳紙 たとうがみ	置碁 おきご	罵言 ばげん	盆踊 ぼんおどり	盛砂 もりずな
畳掛 たたみかける	置薬 おきぐすり	罵声 ばせい	〔盈〕えい・みつる	盛殺 もりころす
畳替 たたみがえ	〔罨〕あん	罵倒 ばとう	盈虚 えいきょ	盛時 せいじ
畳語 じょうご	罨法 あんぽう	罵詈 ばり	盈虧 みちかけ	盛挙 せいきょ
畳縁 たたみべり	〔罪〕ざい・つみ・つ	〔罷〕ひ・やめる・ま	〔益〕えきする・え	盛衰 せいすい
畳韻 じょういん	みする	かる・まかり・や	き・ますます・ま	盛夏 せいか
畳鰯 たたみいわし	罪人 ざいにん・つみ	む	す・やく	盛宴 せいえん
〔畸〕き・ことなり・	びと	罷工 ひこう	益友 えきゆう	盛菓子 もりがし
かたわ・めずらしい	罪因 ざいいん	罷出 まかりでる	益虫 えきちゅう	盛魚期 せいぎょき
畸人 きじん	罪名 ざいめい	罷免 ひめん	益体 やくたい	盛装 せいそう
畸型 きけい	罪状 ざいじょう	罷通 まかりとおる	益金 えききん	盛粧 せいそう
〔畷〕てい・てつ・な	罪作 つみつくり	罷間違 まかりまち	益荒男 ますらお	盛暑 せいしょ
わて	罪例 ざいれい	がう	益荒猛男 ますらた	盛期 せいき
〔畿〕き	罪科 ざいか・つみと	罷越 まかりこす	けお	盛運 せいうん
畿内 きない	が	罷業 ひぎょう	益益 ますます	盛場 さかりば
〔疆〕きょう	罪悪 ざいあく	〔羂〕り・かかる	益鳥 えきちょう	盛業 せいぎょう
疆界 きょうかい	罪深 つみぶかい	羂災 りさい	〔蓋〕がい・こう	盛徳 せいとく
内　部	罪責 ざいせき	羂病 りびょう	蓋然 がいぜん	盛潰 もりつぶす
	罪過 ざいか	羂患 りかん	〔盛〕せい・しょう・	盛蕎麦 もりそば
〔禽〕きん・とり	罪滅 つみほろぼし	〔羆〕ひ・しぐま・ひ	しょうずる・しょう	盛儀 せいぎ
禽獣 きんじゅう	罪源 ざいげん	ぐま	じる・もる・さか	盛観 せいかん
罒　部	罪障 ざいしょう	〔羅〕ら	る・さかんもり・さか	〔盗〕とう・ぬすむ・
	罪跡 ざいせき	羅列 られつ	盛土 もりつち	ぬすみ
〔罠〕びん・みん・わな	罪業 ざいごう	羅刹 らせつ	盛大 せいだい	盗人 ぬすっと・ぬす
〔置〕ち・おく	罪種 ざいしゅ	羅針盤 らしんばん	盛上 もりあがる・も	びと
置土 おきつち	罪質 ざいしつ	羅針儀 らしんぎ	りあげる	盗心 ぬすみごころ・
置土産 おきみやげ	〔辠〕こう	羅漢 らかん	盛切 もりきり・もっ	とうしん
置火燵 おきごたつ	辠丸 こうがん	〔羇〕き	きり	盗用 とうよう
置引 おきびき	〔罫〕けい	羇旅 きりょ	盛込 もりこむ	盗犯 とうはん
置手紙 おきてがみ	罫書 けがき	〔羈〕き	盛付 もりつける	盗汗 とうかん・ねあ
置去 おきざり	罫紙 けいし	羈絆 きはん		せ

	生 部			
盗伐 とうばつ	〔生〕しょう・せい・	ょうせぜ	生物 いきもの・せい	生殺与奪 せいさつ
盗見 ぬすみみ	いかす・いかる・い	生汗 なまあせ	ぶつ・なまもの・なり	よだつ
盗足 ぬすみあし	き・いきる・いく・	生州 いけす	もの	生残 いきのこり・い
盗作 とうさく	いける・うまれ・う	生字引 いきじびき	生者 せいじゃ	きのこる・せいざん
盗食 ぬすみぐい	まれる・うむ・き・	生死 いきしに・しょ	生直 きすぐ	生真面目 きまじめ
盗品 とうひん	せい・なす・なま・	うし・しょうじ・せ	生育 おいそだつ	生起 せいき
盗掘 とうくつ	ならず・なり・な	いし	生茂 おいしげる	生恥 いきはじ
盗視 とうし	る・はえる・はや	生先 おいさき	生乳 せいにゅう	生原稿 なまげんこ
盗塁 とうるい	す・むす・おい	生存 せいぞん	生協 せいきょう	う
盗電 とうでん	生一本 きいっぽん	生地 きじ・せいち	生者必滅 しょうじ	生埋 いきうめ
盗賊 とうぞく	生人形 いきにんぎ	生地獄 いきじごく	ゃひつめつ	生馬 いきうま
盗聞 ぬすみぎき	ょう	生成 せいせい・うみ	生長 せいちょう・い	生娘 きむすめ
盗読 ぬすみよみ	生干 なまぼし	なす	きながらえる	生徒 せいと
盗聴 とうちょう	生子 うみのこ	生肉 せいにく	生易 なまやさしい	生息子 きむすこ
盗難 とうなん	生子板 なまこいた	生国 しょうこく	生命 せいめい	生紙 きがみ
盗癖 とうへき	生方 いきかた	生年 しょうねん・せ	生金 いきがね	生薬 せいやく
〔盟〕めい	生木 なまき・なりき	いねん・なりどし	生乳 せいにゅう	生産大隊 せいさん
盟友 めいゆう	生水 なまみず	生糸 きいと	生侍 なまざむらい	だいたい
盟主 めいしゅ	生欠伸 なまあくび	生血 いきち	生計 せいけい	生産隊 せいさんた
盟休 めいきゅう	生牛乳 なまぎゅう	生血 なまち	生活 せいかつ	い
盟邦 めいほう	にゅう	生色 せいしょく	生首 なまくび	生産闘争 せいさん
盟約 めいやく	生爪 なまづめ	生気 せいき	生前 せいぜん	とうそう
〔盥〕たらい	生仏 いきぼとけ	生抜 いきぬく・はえ	生姜 しょうが	生涯 しょうがい
盥回 たらいまわし	生化学 せいかがく	ぬき	生神様 いきがみさ	生乾 なまがわき・な
〔監〕けん・かん	生立 おいたち・おい	生来 しょうらい・せ	ま	まほし
監房 かんぼう	たて・おいたてる	いらい	生変 うまれかわる	生酔 なまえい・なま
監事 かんじ	生半 なまなか	生辰 せいしん	生垣 いけがき	よい
監修 かんしゅう	生半尺 なまはんじ	生返 いきかえる	生故郷 うまれこき	生梅 なまうめ
監査 かんさ	く	生返事 なまへんじ	ょう	生理 せいり
監視 かんし	生半可 なまはんか	生別 いきわかれ・せ	生面 せいめん	生菌 せいきん
監理 かんり	生出 うみだす	いべつ	生茹 なまゆで	生菓子 なまがし
監禁 かんきん	生業 せいぎょう	生花 いけばな・せい	生臭 なまぐさい	生得 しょうとく・せ
監督 かんとく	生世話 きぜわ	か・なまばな	生臭坊主 なまぐさ	いとく
監察 かんさつ	生石灰 せいせっか	生貝 なまがい	ぼうず	生魚 せいぎょ・なま
監獄 かんごく	い	生牡蠣 なまがき	生臭物 なまぐさも	うお・なまざかな
監製 かんせい	生皮 なまかわ	生卵 なまたまご	の	生彩 せいさい
監護 かんご	生甲斐 いきがい	生身 いきみ・なまみ	生後 せいご	生動 せいどう
〔盤〕ばん	生母 せいぼ	生肝 いきぎも	生息 せいそく	生落 うまれおちる・
盤上 ばんじょう	生写 いきうつし	生体 いきたい・せい	生食 せいしょく	うみおとす
盤台 ばんだい	生白 なまじろい・な	たい	生胆 いきぎも	生温 なまぬるい
盤石 ばんじゃく	まっちろい	生作 いけづくり	生粋 きっすい	生焼 なまやけ
盤陀 はんだ	生付 うみつける	生兵法 なまびょう	生酒 きざけ	生殖 せいしょく
盤面 ばんめん	生生 いきいき・せい	ほう	生家 せいか	生硬 せいこう
盤根錯節 ばんこん	せい・なまなましい	生延 いきのびる	生害 しょうがい	生揚 なまあげ
さくせつ	生生世世 しょうじ	生放送 なまほうそ	生捕 いけどり・いけ	生酢 きず
盤踞 ばんきょ		う	どる	生煮 なまにえ
盤質 ばんしつ		生育 せいいく	生殺 せいさつ・なま	生唾 なまつば
			ごろし	

		矢 部	知合 しりあい・しり	つ
生番組 なまばんぐ	産月 うみづき		あう	短水路 たんすいろ
み	産出 さんしゅつ・う	〔矢〕し・や・さ	知名 ちめい (矢)	短毛 たんもう
生絹 きぎぬ	みだす	矢大臣 やだいじん	知見 ちけん	短打 たんだ
生新 せいしん・なま	産付 うみつける	矢文 やぶみ	知育 ちいく	短目 みじかめ
あたらしい	産衣 うぶぎ	矢立 やたて	知事 ちじ	短冊 たんざく・たん
生滅 しょうめつ	産米 さんまい	矢玉 やだま	知者 ちしゃ	じゃく
生意気 なまいき	産地 さんち	矢尻 やじり	知抜 しりぬく	短句 たんく
生業 なりわい	産気 さんけ	矢叫 やさけび	知性 ちせい	短気 たんき
生損 うまれぞこない	産休 さんきゅう	矢先 やさき	知的 ちてき	短見 たんけん
生暖 なまあたたかい	産投外債 さんとう	矢印 やじるし	知命 ちめい	短兵急 たんぺいき
生傷 なまきず	がいさい	矢合 やあわせ	知音 ちいん	ゅう
生節 なまぶし	産声 うぶごえ	矢束 やたば	知勇 ちゆう	短波 たんぱ
生漆 きうるし	産児 さんじ	矢車 やぐるま	知食 しろしめす	短波長 たんぱちょ
生漉 きずき	産卵 さんらん	矢来 やらい	知将 ちしょう	う
生漬 なまづけ	産所 さんじょ	矢声 やごえ	知恵 ちえ	短夜 たんや・みじか
生誕 せいたん	産学 さんがく	矢表 やおもて	知能 ちのう	よ
生憎 あいにく	産具 さんぐ	矢板 やいた	知略 ちりゃく	短呼 たんこ
生際 はえぎわ	産制 さんせい	矢柄 やがら	知悉 ちしつ	短所 たんしょ
生餌 いきえ	産物 さんぶつ	矢面 やおもて	知得 ちとく	短命 たんめい
生緒 いきのお	産金 さんきん	矢庭 やにわ	知情意 ちじょうい	短音 たんおん
生態 せいたい	産前 さんぜん	矢根 やのね	知渡 しれわたる	短音階 たんおんかい
生霊 せいれい	産屋 うぶや	矢飛白 やがすり	知覚 ちかく	
生麩 しょうふ・なま	産品 さんぴん	矢倉 やぐら	知遇 ちぐう	短時日 たんじじつ
ふ	産科 さんか	矢張 やはり	知歯 ちし	短針 たんしん
生蕎麦 きそば	産後 さんご	矢頃 やごろ	知徳 ちとく	短剣 たんけん
生親 うみのおや	産室 さんしつ	矢場 やば	知慧 ちえ	短章 たんしょう
生壁 なまかべ	産院 さんいん	矢絣 やがすり	知慮 ちりょ	短評 たんぴょう
生薑 しょうが	産婆 さんば	矢数 やかず	知謀 ちぼう	短期 たんき
生薬 きぐすり・しょ	産婦 さんぷ	矢壺 やつぼ	知識 ちしき	短期間 たんきかん
うやく	産婦人科 さんふじ	矢筈 やはず	〔矩〕く・かね	短距離 たんきょり
生還 せいかん	んか	矢筒 やづつ	矩尺 かねじゃく・かね	短絡 たんらく
生餡 なまあん	産湯 うぶゆ	矢継早 やつぎばや	じゃく	短詩 たんし
生醤油 きじょうゆ	産痛 さんつう	矢種 やだね	矩形 くけい	短資 たんし
生鮮 せいせん	産道 さんどう	矢鱈 やたら	矩差 かねざし	短靴 たんぐつ
生簀 いけす	産着 うぶぎ	〔知〕ち・しらす・し	〔矧〕はぐ	短艇 たんてい
生類 しょうるい	産落 うみおとす	らせ・しらせる・し	〔短〕たん・みじか・み	短歌 たんか
生繭 せいけん・なま	産量 さんりょう	る・しれる	じかい・みじか・み	短銃 たんじゅう
まゆ	産業 さんぎょう	知人 しりびと・しり	じかめる	短調 たんちょう
生贄 いけにえ	産銅 さんどう	うど・ちじん	短刀 たんとう	短慮 たんりょ
生嚙 なまかじり	産調 さんちょう	知力 ちりょく	短大 たんだい	短篇 たんぺん
生籬 いけがき	産褥 さんじょく	知己 ちき	短小 たんしょう	短編 たんぺん
〔産〕さん・さんす	産親 うみのおや	知友 ちゆう	短才 たんさい	短繋 たんけい
る・うまれる・むす	産額 さんがく	知日 ちにち	短文 たんぶん	短縮 たんしゅく
・うむ・うぶ	〔甦〕そ・よみがえる	知辺 しるべ	短尺 たんざく・たん	短軀 たんく
産土 うぶすな	甦生 こうせい	知行 ちこう・ちぎょ	じゃく	〔矮〕わい
産子 うみのこ	〔甥〕おい	う	短日 たんじつ	矮小 わいしょう
産毛 うぶげ	甥子 おいっこ		短日月 たんじつげ	

矮林 わいりん
矮性 わいせい
矮軀 わいく
矮鶏 チャボ
〔雉〕ち・きじ
雉子 きじ・きぎす
雉笛 きじぶえ
雉鳩 きじばと
〔矯〕きょう・ためる
矯正 きょうせい
矯風 きょうふう
矯飾 きょうしょく
矯激 きょうげき

禾 部

〔禾〕か・のぎ・いね
禾本科 かほんか
〔禿〕とく・かぶろ・
　かむろ・ちびる・は
　げ・はげる
禿山 はげやま
禿上 はげあがる
禿茶瓶 はげちゃび
　ん
禿筆 とくひつ・ちび
　ふで
禿頭 とくとう・はげ
　あたま
禿鷲 はげわし
禿鷹 はげたか
〔私〕し・わたし・わ
　たくし・わたい・わ
　し・あっし・あた
　し・あたくし・あた
　い・ひそか
私小説 ししょうせ
　つ・わたくししょう
　せつ
私大 しだい
私心 ししん
私文書 しぶんしょ
私用 しよう
私生子 しせいじ
私生児 しせいじ
私生活 しせいかつ
私立 しりつ・わたく
　しりつ

私印 しいん
私考 しこう
私行 しこう
私有 しゆう
私企業 しきぎょう
私刑 しけい
私曲 しきょく
私宅 したく
私利 しり
私見 しけん
私兵 しへい
私事 しじ・わたくし
　ごと
私版 しはん
私服 しふく
私物 しぶつ
私学 しがく
私的 してき
私法 しほう
私法人 しほうじん
私信 ししん
私怨 しえん
私邸 してい
私室 ししつ
私通 しつう
私財 しざい
私書箱 ししょばこ
私案 しあん
私益 しえき
私家 しか
私家集 しかしゅう
私党 しとう
私消 ししょう
私記 しき
私設 しせつ
私産 しさん
私経済 しけいざい
私欲 しよく
私情 しじょう
私娼 ししょう
私淑 ししゅく
私営 しえい
私費 しひ
私道 しどう
私憾 しかん
私傷 ししょう
私腹 しふく

私署 ししょ
私鉄 してつ
私語 しご・ささめご
　と
私製 しせい
私塾 しじゅく
私撰 しせん
私慾 しよく
私論 しろん
私選 しせん
私権 しけん
私憤 しふん
私蔵 しぞう
私講師 しこうし
私議 しぎ
私闘 しとう
〔秀〕しゅう・ひいで
　る
秀才 しゅうさい
秀句 しゅうく
秀抜 しゅうばつ
秀作 しゅうさく
秀吟 しゅうぎん
秀逸 しゅういつ
秀歌 しゅうか
秀麗 しゅうれい
〔秕〕ひ・しいなけ
　がす
秕政 ひせい
〔秒〕びょう
秒針 びょうしん
秒速 びょうそく
秒読 びょうよみ
〔科〕か・かする・しな
　・とが
科人 とがにん
科木 しなのき
科目 かもく
科白 かはく
科学 かがく
科学実験 かがくじ
　っけん
科料 かりょう
科挙 かきょ
〔秋〕しゅう・あき
秋刀魚 さんま
秋七草 あきのなな
くさ
秋口 あきぐち
秋山 あきやま
秋水 しゅうすい
秋日 しゅうじつ
秋日和 あきびより
秋月 しゅうげつ
秋分 しゅうぶん
秋末 あきずえ
秋立 あきたつ
秋虫 あきむし
秋気 しゅうき
秋色 しゅうしょく
秋光 しゅうこう
秋作 あきさく
秋冷 しゅうれい
秋空 あきぞら・あき
　のそら
秋雨 しゅうう・あき
　さめ
秋茄子 あきなす
秋味 あきあじ
秋季 しゅうき
秋夜 しゅうや
秋波 しゅうは
秋風 しゅうふう・あ
　きかぜ
秋草 あきくさ
秋津島 あきつしま
秋思 しゅうし
秋郊 しゅうこう
秋蚕 しゅうさん・あ
　きご
秋高 あきだか
秋扇 しゅうせん
秋海棠 しゅうかい
　どう
秋宵 しゅうしょう
秋耕 しゅうこう
秋爽 しゅうそう
秋毫 しゅうごう
秋涼 しゅうりょう
秋祭 あきまつり
秋晴 あきばれ
秋期 しゅうき
秋落 あきおち
秋植 あきうえ

秋蒔 あきまき
秋意 しゅうい
秋霜 しゅうそう
秋興 しゅうきょう
秋闘 しゅうとう
〔租〕そ
租界 そかい
租借 そしゃく
租税 そぜい
〔秘〕ひ・ひめる・ひ
　そか・ひする
秘方 ひほう
秘仏 ひぶつ
秘中 ひちゅう
秘文 ひもん
秘史 ひし
秘本 ひほん
秘伝 ひでん
秘曲 ひきょく
秘事 ひじ・ひめごと
秘帖 ひちょう
秘法 ひほう
秘宝 ひほう
秘計 ひけい
秘匿 ひとく
秘書 ひしょ
秘教 ひきょう
秘訣 ひけつ
秘密 ひみつ
秘術 ひじゅつ
秘結 ひけつ
秘策 ひさく
秘奥 ひおう
秘跡 ひせき
秘話 ひわ
秘説 ひせつ
秘境 ひきょう
秘隠 ひしかくす・ひ
　しかくし
秘録 ひろく
秘薬 ひやく
秘蔵 ひぞう
秘蔵子 ひぞっこ
秘蹟 ひせき
秘鑰 ひやく
〔秩〕ちつ
秩父 ちちぶ

秩序 ちつじょ	移築 いちく	〔稠〕ちゅう・ちょう	種種 しゅじゅ・くさぐさ・いろいろ	稿料 こうりょう
〔秣〕まつ・まぐさ	移籍 いせき	稠密 ちゅうみつ・ちょうみつ	種類 しゅるい	〔稼〕か・かせぎ・かせぐ
秣場 まぐさば	〔稈〕かん・わら	〔稜〕りょう・そば	〔稽〕かい・しべ	稼動 かどう
〔秦〕しん・はた	稈心 みご	稜角 りょうかく	〔稗〕はい・べ・ひえ	稼業 かぎょう
秦皮 しんぴ・とねりこ	〔稍〕しょう・そう・やや	稜稜 りょうりょう	稗史 はいし	稼働 かどう
〔秤〕ひょう・しょ	稍稍 やや	稜線 りょうせん	稗草 ひえぐさ	〔穂〕ほ・すい
秤目 はかりめ	〔稀〕き・け・まれ・うすい	〔稚〕ち・わかい・いとけなし・おさない	〔穀〕こく	穂先 ほさき
秤量 ひょうりょう	稀元素 きげんそ	稚気 ちき	穀雨 こくう	穂芒 ほすすき
〔称〕しょう・となえる・となえ・たたえる・はかり・しょうする	稀少 きしょう	稚児 ちご	穀物 こくもつ	穂朶 ほばらみ
称号 しょうごう	稀代 きたい	稚拙 ちせつ	穀食 こくしょく	穂麦 ほむぎ
称名 しょうみょう	稀世 きせい	稚蚕 ちさん	穀倉 こくそう・こくぐら	穂並 ほなみ
称呼 しょうこ	稀有 きゆう・けう	稚魚 ちぎょ	穀粉 こくふん	穂波 ほなみ
称美 しょうび	稀書 きしょ	〔種〕しゅ・たね・ぐさ・うえる	穀粒 こくつぶ	穂綿 ほわた
称揚 しょうよう	稀釈 きしゃく	種下 たねおろし	穀断 こくだち	穂薄 ほすすき
称賛 しょうさん	稀塩酸 きえんさん	種子 しゅし	穀象虫 こくぞうむし	〔積〕せき・つむ・つもり・つもる
称讃 しょうさん	稀薄 きはく	種子島 たねがしま	穀蛾 こくが	積上 つみあげる
〔移〕い・うつす・うつし・うつる・うつり・うつろう	稀覯 きこう	種牛 たねうし	穀潰 こくつぶし	積分 せきぶん
移入 いにゅう	〔程〕てい・ほど	種火 たねび	穀類 こくるい	積木 つみき
移民 いみん	程合 ほどあい	種皮 しゅひ	〔稲〕とう・いね・いな・しね	積込 つみこむ
移用 いよう	程好 ほどよい	種目 しゅもく	稲田 いなだ	積石 つみいし
移出 いしゅつ	程近 ほどちかい	種本 たねほん	稲光 いなびかり	積出 つみだす
移行 いこう	程度 ていど	種付 たねつけ	稲作 いなさく	積立 つみたてる・つみたて
移気 うつりぎ	程経 ほどへて	種切 たねぎれ	稲扱 いねこき	積年 せきねん
移住 いじゅう	程程 ほどほど	種芋 たねいも	稲車 いなぐるま	積乱雲 せきらんうん
移送 いそう	程無 ほどなく	種卵 しゅらん	稲妻 いなずま	積肥 つみごえ
移香 うつりが	程遠 ほどとおい	種別 しゅべつ	稲架 いなかけ・はさ	積金 つみきん
移変 うつりかわる	〔税〕ぜい・ちから・みつぎ	種姓 すじょう	稲荷 いなり	積卸 つみおろし
移乗 いじょう	税引 ぜいびき	種取 たねとり	稲荷鮨 いなりずし	積重 つみかさねる・つみかさなる
移動 いどう	税込 ぜいこみ	種籾 たねもみ	稲荷寿司 いなりずし	積怨 せきえん
移徙 わたまし	税目 ぜいもく	種物 たねもの	稲掛 いなかけ・いねかけ	積残 つみのこし
移転 いてん	税吏 ぜいり	種板 たねいた	稲雀 いなすずめ	積荷 つみに
移項 いこう	税収 ぜいしゅう	種明 たねあかし	稲幹 いながら	積雪 せきせつ
移植 いしょく	税制 ぜいせい	種油 たねあぶら	稲熱病 とうねつびょう・いもちびょう	積悪 せきあく
移絵 うつしえ	税金 ぜいきん	種苗 しゅびょう	稲穂 いなほ	積替 つみかえる・つみかえ
移牒 いちょう	税法 ぜいほう	種変 たねがわり	稲叢 いなむら	積善 せきぜん
移管 いかん	税政 ぜいせい	種馬 たねうま	〔稷〕しょく・きび・きみ	積換 つみかえる・つみかえ
移箸 うつりばし	税務 ぜいむ	種畜 しゅちく	〔稿〕こう・わら・したがき	積雲 せきうん
移駐 いちゅう	税率 ぜいりつ	種紙 たねがみ	稿本 こうほん	積寒 せっかん
移監 いかん	税理士 ぜいりし	種族 しゅぞく		積極 せっきょく
移調 いちょう	税源 ぜいげん	種痘 しゅとう		積載 せきさい
	税関 ぜいかん	種蒔 たねまき		
	税額 ぜいがく	種概念 しゅがいねん		
	〔稔〕ねん・じん・みのる・みのり・とし	種違 たねちがい		

積層 せきそう	用後 ようご	皮膚 ひふ	白玉楼 はくぎょくろう	白房 しろぶさ
積弊 せきへい	用便 ようべん	皮嚢 かわぶくろ	白石 しろいし	白味 しろみ
積読 つんどく	用品 ようひん	皮癬 ひぜん	白瓜 しろうり	白味噌 しろみそ
積算 せきさん	用度 ようど	皮籠 かわご	白目 しろめ	白拍子 しらびょうし
〔穏〕おん・おだやか	用紙 ようし	〔皴〕しゅん・ひび・しわ	白田売買 しろたばいばい	白河夜船 しらかわよふね
穏当 おんとう	用務 ようむ	皴法 しゅんぽう	白白 しらしら・しらじら・しらじらしい・しろじろ	白長須鯨 しろながすくじら
穏和 おんわ	用途 ようと	〔皸〕くん・あかぎれ・ひび	白州 しらす	白眉 はくび
穏便 おんびん	用畜 ようちく	〔皺〕しゅう・しわ・しわめる・しわむ・しわばむ	白光 はっこう	白星 しろぼし
穏健 おんけん	用益 ようえき	皺伸 しわのばし	白羽 しらは	白骨 はっこつ
〔稽〕けい	用部屋 ようべや	皺首 しわくび	白肌 しらはだ	白洲 しらす
稽古 けいこ	用捨 ようしゃ	皺寄 しわよせ	白米 はくまい・しろごめ・しらよね	白昼 はくちゅう
〔穢〕あい・わい・え・きたない・けがす・けがれる	用船 ようせん	皺腹 しわばら	白帆 しらほ	白面 はくめん・しらふ
穢土 えど	用達 ようたし・ようたつ		白色 はくしょく	白首 しらくび・しろくび
穢多 えた	用量 ようりょう	**白 部**	白衣 はくい・びゃくえ・はくえ・しろぎぬ	白炭 はくたん・しろずみ
〔穉〕ち・いとけなし・おさない	用筆 ようひつ	〔白〕はく・びゃく・しら・しらける・しらむ・しろ・しろい・しろばむ・せりふ	白地 しらじ・しろじ	白茶 しらちゃ
稺気 ちき	用意 ようい	白人 はくじん	白糸 しらいと・しろいと	白砂 しらさ・はくさ
	用語 ようご	白丁 はくちょう	白地図 はくちず	白砂糖 しろざとう
用 部	用箋 ようせん	白几帳面 しらきちょうめん	白百合 しらゆり	白飛白 しろがすり
〔用〕よう・もちいる・もちゆ	用器画 ようきが	白下 しろした	白血病 はっけつびょう	白南風 しらはえ
用人 ようにん	用談 ようだん	白子 しらこ・しろこ・しらす	白血球 はっけっきゅう	白栲 しろたえ
用木 ようぼく	用箪笥 ようだんす	白刃 しらは・はくじん	白妙 しろたえ	白紙 しらかみ
用水 ようすい		白土 しらつち・はくど	白豆 しろまめ	白扇 はくせん
用水路 ようすいろ	**皮 部**	白川夜船 しらかわよふね	白身 しろみ	白酒 しろざけ
用心 ようじん	〔皮〕ひ・かわ	白木 しらき	白系 はっけい	白桃 はくとう
用立 ようだつ・ようだてる	皮下 ひか	白木綿 しらゆう	白寿 はくじゅ	白書 はくしょ
用布 ようふ	皮毛 ひもう	白木帳面 しらきちょうめん	白亜 はくあ	白浪 しらなみ
用向 ようむき	皮切 かわきり	白日 はくじつ	白兵 はくへい	白梅 はくばい・しらうめ
用字 ようじ	皮肉 ひにく・ひにくる	白水 しろみず	白和 しらあえ	白根 しらね・しろね
用次 ようつぎ	皮作 かわづくり	白及 しらん	白狐 びゃっこ	白馬 はくば・しろうま
用地 ようち	皮具 かわぐ	白内障 はくないしょう	白状 はくじょう	白帯下 はくたいげ・こしけ
用件 ようけん	皮革 ひかく	白朮 おけら	白雨 はくう	白真弓 しらまゆみ
用兵 ようへい	皮相 ひそう	白玉 しらたま	白板 パイパン	白粉 おしろい
用役 ようえき	皮脂 ひし		白波 しらなみ	白球 はっきゅう
用足 ようたし	皮紐 かわひも		白金 はっきん・しろがね	白毫 びゃくごう
用言 ようげん	皮帯 かわおび		白夜 はくや・びゃくや	白黒 しろくろ
用材 ようざい	皮針形 ひしんけい			白眼 しろめ
用金 ようきん	皮剣 かわはぎ・かわむき			白菊 しらぎく
用例 ようれい	皮袋 かわぶくろ			
用命 ようめい	皮靴 かわぐつ			
用法 ようほう	皮膜 ひまく			
用具 ようぐ	皮綴 かわとじ			
用事 ようじ	皮算用 かわざんよう			
	皮質 ひしつ			

白蛇 はくじゃ	白銀 しろがね・はくぎん	百万 ひゃくまん	百歳 ももとせ	皇宮 こうぐう
白張 しらはり	白蜜 しろみつ	百日 ひゃくにち	百雷 ひゃくらい	皇師 おうし
白菜 はくさい	白樫 しらかし	百日紅 ひゃくじつこう・さるすべり	百戦 ひゃくせん	皇族 こうぞく
白票 はくひょう	白綾 しらあや	百方 ひゃっぽう	百聞 ひゃくぶん	皇統 こうとう
白魚 しらうお	白熊 はぐま・しろくま	百分率 ひゃくぶんりつ	百態 ひゃくたい	皇漢 こうかん
白描 はくびょう	白旗 はっき・しらはた	百分比 ひゃくぶんひ	百箇日 ひゃっかにち	皇嗣 こうし
白眼 はくがん	白樺 しらかば・しらかんば	百尺竿頭 ひゃくしゃくかんとう	百敷 ももしき	皇儲 こうちょ
白鳥 はくちょう・しらとり	白髪 はくはつ・しらが	百代 ひゃくだい	百選 ひゃくせん	（皆）かい・みな
白雪 はくせつ・しらゆき	白鹿毛 しろかげ	百出 ひゃくしゅつ	百獣 ひゃくじゅう	皆目 かいもく
白鹿毛 しろかげ	白湯 さゆ	百目蠟燭 ひゃくめろうそく	百薬 ひゃくやく	皆伝 かいでん
白湯 さゆ	白絣 しろかすり	百舌 もず	百錬 ひゃくれん	皆朱 かいしゅ
白絣 しろかすり	白散 びゃくさん	百合 ゆり	百磯城 ももしき	皆式 かいしき
白散 びゃくさん	白痢 はくり	百合鷗 ゆりかもめ	（皂）そう・くろ	皆色 かいしき
白痢 はくり	白晳 はくせき	百行 ひゃっこう	皂莢 そう・くろ	皆兵 かいへい
白晳 はくせき	白歯 しらは	百年 ひゃくねん	（卓）そう・くろ	皆既食 かいきしょく
白歯 しらは	白煮 しらに	百足 むかで	卓莢 さいかち	皆既蝕 かいきしょく
白煮 しらに	白雲 しらくも・はくうん	百花 ひゃっか	（的）てき・いくは・まと・ゆくは	皆皆様 みなみなさま
白雲 しらくも・はくうん	白粥 しらかゆ	百折不撓 ひゃくせつふとう	的中 てきちゅう	皆殺 みなごろし
白粥 しらかゆ	白斑 はくはん・しろぶち	百姓 ひゃくせい・ひゃくしょう	的外 まとはずれ	皆納 かいのう
白斑 はくはん・しろぶち	白焼 しらやき	百物語 ひゃくものがたり	的屋 てきや	皆済 かいさい
白焼 しらやき	白檀 びゃくだん	百官 ひゃっかん	的確 てきかく・てっかく	皆掛 かいかけ
白無垢 しろむく	白濁 はくだく	百事 ひゃくじ	（皇）こう・すべらぎ・すめ・すめら・すめ・らぎ・すめろぎ	皆無 かいむ
白装束 しろしょうぞく	白頭 はくとう	百味 ひゃくみ		皆勤 かいきん
白絞油 しらしめゆ	白壁 はくへき・しらかべ	百科 ひゃっか	皇女 おうじょ・こうじょ・みこ	皆様 みなさま
白葡萄酒 しろぶどうしゅ	白鍵 はっけん	百度 ひゃくど	皇子 おうじ・みこ	（皎）こう
白蓮 びゃくれん・びゃっくれん	白癜 しろなまず	百計 ひゃっけい	皇太子 こうたいし	皎皎 こうこう
白堊 はくあ	白蟻 しろあり	百面相 ひゃくめんそう	皇太后 こうたいごう	（皋）こう
白話 はくわ	白蘭 はくらん	百発百中 ひゃっぱつひゃくちゅう	皇后 こうごう	皋月 さつき
白飴 しろあめ	白蠟 はくろう	百家 ひゃっか	皇考 こうこう	（皓）こう・しろし
白瀧 しらたき	白魔 はくま	百害 ひゃくがい	皇位 こうい	皓皓 こうこう
白鼠 しろねずみ	白露 しらつゆ	百般 ひゃっぱん	皇国 こうこく	皓歯 こうし
白紙 はくし・しらかみ	白癬 はくせん	百鬼夜行 ひゃっきやこう	皇宗 こうそう	（皚）がい
白詩 はくし	白鑞 しろめ	百貨 ひゃっか	皇居 こうきょ	皚皚 がいがい
白楊 はくよう・どろやなぎ・どろのき	白鷺 しらさぎ	百済琴 くだらごと	皇祖 こうそ	
白痴 たわけ・はくち	（百）ひゃく・もも・ほ	百葉箱 ひゃくようばこ	皇帝 こうてい	**瓜 部**
白文 はくぶん	百人力 ひゃくにんりき		皇紀 こうき	（瓜）か・うり・ふり
白磁 はくじ	百人一首 ひゃくにんいっしゅ		皇威 こうい	瓜田 かでん
白銅 はくどう	百八煩悩 ひゃくはちぼんのう		皇室 こうしつ	瓜実顔 うりざねがお
	百千 ひゃくせん・ももち		皇祚 こうそ	瓜蠅 うりばえ
			皇孫 こうそん	（瓠）ひさご・ふくべ
			皇軍 こうぐん	（瓢）ひょう・ひさご・ふくべ
				瓢箪 ひょうたん

衣 部

〔衣〕い・きぬ・ころ
も・そ
衣文 えもん
衣更 ころもがえ
衣服 いふく
衣冠 いかん
衣食 いしょく
衣桁 いこう
衣帯 いたい
衣料 いりょう
衣紋 えもん
衣被 きぬかつぎ
衣魚 しみ
衣笠 きぬがさ
衣装 いしょう
衣替 ころもがえ
衣鉢 いはつ・えはつ・
えはち
衣裳 いしょう
衣擦 きぬずれ
衣糧 いりょう
衣類 いるい
〔表〕ひょう・あらわ
す・おもて
表口 おもてぐち
表土 ひょうど
表六玉 ひょうろく
だま
表日本 おもてにほ
ん
表方 おもてかた
表白 ひょうはく
表皮 ひょうひ
表号 ひょうごう
表札 ひょうさつ
表示 ひょうじ
表出 ひょうしゅつ
表立 おもてだつ
表向 おもてむき
表作 おもてさく
表門 おもてもん
表決 ひょうけつ
表沙汰 おもてざた
表具 ひょうぐ
表明 ひょうめい

表看板 おもてかん
ばん
表音 ひょうおん
表面 ひょうめん
表面積 ひょうめん
せき
表記 ひょうき
表紙 ひょうし
表通 おもてどおり
表座敷 おもてざし
き
表書 おもてがき
表現 ひょうげん
表情 ひょうじょう
表象 ひょうしょう
表装 ひょうそう
表裏 ひょうり
表意文字 ひょうい
もんじ
表構 おもてがまえ
表彰 ひょうしょう
表層 ひょうそう
表徳 ひょうとく
表編 おもてあみ
表題 ひょうだい
〔衰〕すい・おとろえ
る
衰亡 すいぼう
衰年 すいねん
衰退 すいたい
衰弱 すいじゃく
衰容 すいよう
衰残 すいざん
衰運 すいうん
衰勢 すいせい
衰微 すいび
衰滅 すいめつ
衰頽 すいたい
〔衷〕ちゅう
衷心 ちゅうしん
衷情 ちゅうじょう
〔衾〕きん・ふすま
〔袈〕けさ
袈裟 けさ
〔袋〕たい・ふくろ
袋小路 ふくろこうじ

じ
袋戸棚 ふくろとだ
な
袋戸 ふくろど
袋叩 ふくろだたき
袋耳 ふくろみみ
袋物 ふくろもの
袋帯 ふくろおび
袋棚 ふくろだな
袋綴 ふくろとじ
袋網 ふくろあみ
袋縫 ふくろぬい
袋織 ふくろおり
〔裁〕さい・さばく・
さばく・たつ・たち
裁上 たちあがり
裁切 たちきる・たち
ぎれ
裁可 さいか
裁布 たちぎれ
裁台 たちだい
裁判 さいばん
裁決 さいけつ
裁定 さいてい
裁板 たちいた
裁物 たちもの
裁屑 たちくず
裁許 さいきょ
裁断 さいだん
裁量 さいりょう
裁着 たっつけ・たち
つけ
裁縫 さいほう・たち
ぬい
〔裂〕れつ・きれ・さ
く・さける
裂目 さけめ
裂地 きれじ
裂帛 れっぱく・さい
で
裂痔 きれじ・さけじ
裂傷 れっしょう
〔裘〕きゅう・かわご
ろも・けごろも
〔裔〕えい
〔裏〕り・うら
裏山 うらやま

裏口 うらぐち
裏毛 うらげ
裏切 うらぎり・うら
ぎる
裏方 うらかた
裏反 うらがえる・う
らがえす
裏尺 うらじゃく
裏手 うらて
裏日本 うらにほん
裏木戸 うらきど
裏目 うらめ
裏付 うらづけ・うら
づける
裏白 うらじろ
裏打 うらうち
裏正面 うらしょう
めん
裏年 うらどし
裏地 うらじ
裏曲 うらがね
裏門 うらもん
裏町 うらまち
裏声 うらさく
裏芸 うらげい
裏返 うらがえす・う
らがえる
裏店 うらだな
裏金 うらがね
裏表 うらおもて・う
らうえ
裏長屋 うらながや
裏定理 うらていり
裏面 りめん
裏矩 うらがね
裏衿 うらえり
裏背戸 うらせど
裏急後重 りきゅう
こうじゅう
裏紋 うらもん
裏庭 うらにわ
裏書 うらがき
裏通 うらどおり
裏道 うらみち
裏番組 うらばんぐ
み

裏街道 うらかいど
う
裏話 うらばなし
裏腹 うらはら
裏罫 うらけい
裏漉 うらごし
裏漏 うらもり
裏編 うらあみ
裏襟 うらえり
〔装〕そう・しょう・
よそい・よそう・よ
そおい・よそおう
装入 そうにゅう
装丁 そうてい
装甲 そうこう
装身具 そうしんぐ
装束 しょうぞく・そ
うぞく・そうずく
装画 そうが
装具 そうぐ
装訂 そうてい
装威 そうい
装荷 そうか
装弾 そうだん
装備 そうび
装幀 そうてい
装着 そうちゃく
装飾 そうしょく
装塡 そうてん
装置 そうち
装薬 そうやく
〔裳〕しょう・も
裳抜 もぬけ
裳裾 もすそ
裳層 もこし
〔製〕せい
製氷 せいひょう
製本 せいほん
製糸 せいし
製図 せいず
製作 せいさく
製材 せいざい
製版 せいはん
製表 せいひょう
製油 せいゆ
製法 せいほう
製炭 せいたん

製茶 せいちゃ	羊蹄 ぎしぎし・しぶくさ	美酒 びしゅ・うまざけ	群生 ぐんせい	義捐 ぎえん
製革 せいかく		美称 びしょう	群竹 むらたけ	義烈 ぎれつ
製品 せいひん	羊羹 ようかん	美姫 びき	群羊 ぐんよう	義務 ぎむ
製造 せいぞう	〔美〕び・いし・うつくし・うつくしい・くし	美挙 びきょ	群青 ぐんじょう	義眼 ぎがん
製紙 せいし		美容 びよう	群盲 ぐんもう	義理 ぎり
製剤 せいざい	うるわしい・うま・うまし	美術 びじゅつ	群居 ぐんきょ	義援 ぎえん
製粉 せいふん		美装 びそう	群発 ぐんはつ	義絶 ぎぜつ
製菓 せいか	美人 びじん	美童 びどう	群書 ぐんしょ	義歯 ぎし
製靴 せいか	美人局 つつもたせ	美景 びけい	群島 ぐんとう	義戦 ぎせん
製絨 せいじゅう	美女 びじょ	美粧 びしょう	群峰 ぐんぽう	義賊 ぎぞく
製鉄 せいてつ	美丈夫 びじょうふ	美辞 びじ	群盗 ぐんとう	義旗 ぎき
製塩 せいえん	美女桜 びじょざくら	美禄 びろく	群雀 むらすずめ	義塾 ぎじゅく
製鋼 せいこう		美感 びかん	群衆 ぐんしゅう	義膜 ぎまく
製糖 せいとう	美文 びぶん	美意識 びいしき	群集 ぐんしゅう	義瀆 ぎふん
製薬 せいやく	美化 びか	美髪 びはつ	群棲 ぐんせい	〔朅〕かつ・けつ
製錬 せいれん	美少年 びしょうねん	美貌 びぼう	群雄 ぐんゆう	翔刧 かっこ
製織 せいしょく		美徳 びとく	群落 ぐんらく	〔養〕よう・ひたす
製麺 せいめん	美爪術 びそうじゅつ	美髯 びぜん	群聚 ぐんしゅう	やしない・やしなう
〔褒〕ほう・ほめる		美質 びしつ	群像 ぐんぞう	
褒状 ほうじょう	美白 びはく	美談 びだん	群論 ぐんろん	養女 ようじょ
褒者 ほめもの	美本 びほん	美濃 みの	群舞 ぐんぶ	養子 ようし
褒美 ほうび	美田 びでん	美醜 びしゅう	群議 ぐんぎ	養分 ようぶん
褒貶 ほうへん	美肌 びはだ	美観 びかん	〔義〕ぎ	養父 ようふ
褒章 ほうしょう	美名 びめい	美顔 びがん	義人 ぎじん	養母 ようぼ
褒詞 ほうし	美妙 びみょう	美麗 びれい	義子 ぎし	養生 ようじょう
褒賞 ほうしょう	美形 びけい	〔羞〕しゅう・はじらう・はじる・はずかしい	義士 ぎし	養老 ようろう
〔襞〕へき・ひだ	美身 びしん		義心 ぎしん	養成 ようせい
〔襲〕しゅう・おそい・おそう・かさね	美声 びせい	羞恥 しゅうち	義太夫 ぎだゆう	養狐 ようこ
	美妓 びぎ	〔羚〕れい・かましし・かもしか	義手 ぎしゅ	養育 よういく
襲用 しゅうよう	美技 びぎ		義父 ぎふ	養畜 ようちく
襲名 しゅうめい	美男 びなん	羚羊 かもしか	義母 ぎぼ	養蚕 ようさん
襲来 しゅうらい	美男子 びだんし	〔翔〕しょう・かける	義民 ぎみん	養家 ようか
襲歩 しゅうほ	美味 び・うまい	翔破 しょうは	義兄 ぎけい	養豚 ようとん
襲掛 おそいかかる	美事 びじ	〔羨〕えん・せん・うらやましい・うらやむ・うらやみ	義兄弟 ぎきょうだい	養魚 ようぎょ
襲撃 しゅうげき	美服 びふく			養殖 ようしょく
襲爵 しゅうしゃく	美的 びてき	羨望 せんぼう	義気 ぎき	養蜂 ようほう
襲職 しゅうしょく	美果 びか	羨道 えんどう・せんどう	義足 ぎそく	養嗣子 ようしし
	美学 びがく		義兵 ぎへい	養親 ようしん
羊　部	美育 びいく	〔群〕ぐん・むら・むらがる・むれる・むれ	義弟 ぎてい	養親子 ようしんし
	美味 おいしい		義金 ぎきん	養鯉 ようり
〔羊〕よう・ひつじ	美俗 びぞく		義姉 ぎし	養鶏 ようけい
羊毛 ようもう	美美 びびしい	群山 ぐんざん	義肢 ぎし	養蘂 ようご
羊水 ようすい	美風 びふう	群小 ぐんしょう	義妹 ぎまい	〔羹〕かん・こう・あつもの
羊皮紙 ようひし	美点 びてん	群千鳥 むらちどり	義挙 ぎきょ	
羊肉 ようにく	美食 びしょく		義侠 ぎきょう	〔羸〕るい・よわい
羊歯 しだ・うらじろ	美神 びしん	群軍 ぎぐん	嬴弱 るいじゃく
羊腸 ようちょう	美音 びおん	群立 むらだつ	義勇 ぎゆう	嬴痩 るいそう
羊頭 ようとう				

米　部

〔米〕まい・べい・こめ
　・よね・メートル
米収 べいしゅう
米虫 こめのむし
米価 べいか
米式蹴球 べいしきしゅうきゅう
米材 べいざい
米作 べいさく
米寿 べいじゅ
米麦 べいばく
米油 こめあぶら
米刺 こめさし
米所 こめどころ
米搗 こめつき
米国 べいこく
米松 べいまつ
米食 べいしょく
米食虫 こめくいむし
米俵 こめだわら
米粉 べいふん
米産 べいさん
米商 べいしょう
米菓 べいか
米飯 べいはん
米喰虫 こめくいむし
米塩 べいえん
米語 べいご
米穀 べいこく
米銭 べいせん
米糠 こめぬか
米櫃 こめびつ
米騒動 こめそうどう
米嚢花 けし
〔籾〕もみ
籾米 もみごめ
籾殻 もみがら
籾摺 もみすり
籾糠 もみぬか
〔粉〕ふん・こ・こな
粉本 ふんぽん
粉末 ふんまつ

粉米 こごめ
粉状 ふんじょう
粉乳 ふんにゅう
粉食 ふんしょく
粉炭 ふんたん
粉屋 こなや
粉砕 ふんさい
粉骨砕身 ふんこつさいしん
粉剤 ふんざい
粉粉 こなごな
粉雪 こなゆき・こゆき
粉飾 ふんしょく
粉微塵 こなみじん こみじん
粉塵 ふんじん
粉薬 こぐすり・こなぐすり
粉糠 こぬか
粉黛 ふんたい
〔粃〕ひ・しいな
粃政 ひせい
粃糠疹 ひこうしん
〔粋〕すい・いき
粋人 すいじん
粋狂 すいきょう
〔粒〕りゅう・つぶ
粒子 りゅうし
粒立 つぶだつ
粒状 りゅうじょう
粒食 りゅうしょく
粒粒 つぶつぶ・りゅうりゅう
粒粒辛苦 りゅうりゅうしんく
粒揃 つぶぞろい
粒銀 つぶぎん
粒選 つぶより
〔粘〕ねん・でん・ねばい・ねばつく・ねばり・ねばる
粘土 ねんど・へなつち・ねばつち
粘性 ねんせい
粘板岩 ねんばんがん

粘度 ねんど
粘粘 ねばねば
粘強 ねばりづよい
粘液 ねんえき
粘着 ねんちゃく
粘稠 ねんちゅう
粘膜 ねんまく
〔粗〕そ・あら・あらい・あららか・ほぼ
粗大 そだい
粗方 あらかた
粗木 あらき
粗皮 あらかわ
粗玉 あらたま
粗布 そふ・あらぬの
粗末 そまつ
粗目 ざらめ
粗衣 そい
粗成 そせい
粗朶 そだ
粗金 あらがね
粗肴 そこう
粗忽 そこつ
粗服 そふく
粗放 そほう
粗削 あらけずり
粗食 そしょく
粗相 そそう
粗茶 そちゃ
粗品 そひん・そしな
粗造 そづくり
粗砥 あらと
粗酒 そしゅ
粗略 そりゃく
粗野 そや
粗菰 あらごも
粗悪 そあく
粗菓 そか
粗葉 そは
粗描 そびょう
粗笨 そほん
粗慢 そまん
粗粒子 そりゅうし
粗密 そみつ
粗筋 あらすじ
粗景 そけい

粗飯 そはん
粗塗 あらぬり
粗筵 あらむしろ
粗漏 そろう
粗雑 そざつ
粗製 そせい
粗暴 そぼう
粗壁 あらかべ
粗筬 そさん
粗糖 そとう
粗樸 そぼく
粗糠 あらぬか
〔粕〕かす
粕汁 かすじる
粕取 かすとり
粕漬 かすづけ
〔粢〕し・しとぎ
〔粟〕ぞく・あわ
粟立 あわだつ
粟粒 ぞくりゅう
〔粥〕じゅく・かい・かゆ
粥腹 かゆばら
〔粳〕こう・うる・うるち
粳餅 うるもち
〔粽〕そう・ちまき
〔精〕しょう・せい・くわしい・しらげる
精一杯 せいいっぱい
精力 せいりょく
精子 せいし
精巧 せいこう
精出 せいだす
精白 せいはく
精虫 せいちゅう
精気 せいき
精肉 せいにく
精米 せいまい
精麦 せいばく
精兵 せいびょう
精良 せいりょう
精励 せいれい
精兵 せいへい
精妙 せいみょう
精到 せいとう

精油 せいゆ
精舎 しょうじゃ・せいしゃ
精神 せいしん
精度 せいど
精査 せいさ
精美 せいび
精通 せいつう
精悍 せいかん
精粋 せいすい
精華 せいか
精根 せいこん
精細 せいそ
精強 せいきょう
精細 せいさい
精彩 せいさい
精液 せいえき
精密 せいみつ
精進 しょうじん
精煉 せいれん
精錬 せいれん
精練 せいれん
精勤 せいきん
精農 せいのう
精微 せいび
精霊 しょうりょう せいれい
精精 せいぜい
精魂 せいこん
精製 せいせい
精算 せいさん
精察 せいさつ
精銅 せいどう
精読 せいどく
精選 せいせん
精確 せいかく
精鋭 せいえい
精鋼 せいこう
精緻 せいち
精糖 せいとう
精薄 せいはく
精髄 せいずい
〔糂〕じん
糂粏 じんだ
〔糊〕こ・のり
糊口 ここう
糊付 のりづけ・のり

つけ
糊代 のりしろ
糊塗 こと
〔糅〕じゅ・かて・かつ
糅加 かててくわえて
糅飯 かてめし
〔糈〕しょ・しとぎ
〔糖〕とう
糖分 とうぶん
糖化 とうか
糖衣 とうい
糖衣錠 とういじょう
糖尿病 とうにょうびょう
糖原質 とうげんしつ
糖蜜 とうみつ
糖質 とうしつ
糖類 とうるい
〔糗〕きゅう・はったい
糗粉 はったいこ
〔糒〕ひ・ほしい
〔糠〕ぬか
糠床 ぬかどこ
糠油 ぬかあぶら
糠雨 ぬかあめ
糠味噌 ぬかみそ
糠星 ぬかぼし
糠袋 ぬかぶくろ
糠蝦 あみ・ぬかえび
糠喜 ぬかよろこび
糠働 ぬかばたらき
糠漬 ぬかづけ
〔糟〕そう・かす
糟毛 かすげ
糟汁 かすじる
糟取 かすとり
糟粕 そうはく
糟漬 かすづけ
糟糠 そうこう
〔糞〕ふん・くそ・ば
糞力 くそぢから
糞土 ふんど

糞虫 くそむし
糞尿 ふんにょう
糞垂 くそたれ
糞味噌 くそみそ
糞便 ふんべん
糞度胸 くそどきょう
糞落着 くそおちつき
糞詰 ふんづまり
糞意 ふんい
糞蠅 くそばえ
〔糝〕しん
糝粉 しんこ
糝薯 しんじょ
〔糧〕りょう・かて
糧米 りょうまい
糧食 りょうしょく
糧秣 りょうまつ
糧道 りょうどう
〔糯〕だ・もち
糯米 もちごめ
〔糶〕ちょう・うりよね・せり
糶市 せりいち
糶売 せりうり

老 部

〔老〕ろう・おい・おいらく・おいる・おゆ・おゆらく・ふける
老人 ろうじん
老子 ろうし
老女 ろうじょ
老大 ろうだい
老大家 ろうたいか
老大国 ろうたいこく
老化 ろうか
老公 ろうこう
老手 ろうしゅ
老少 ろうしょう
老夫 ろうふ
老父 ろうふ
老木 おいき・ろうぼく
老友 ろうゆう

老中 ろうじゅう
老込 おいこむ
老兄 ろうけい
老巧 ろうこう
老生 ろうせい
老台 ろうだい
老幼 ろうよう
老尼 ろうに
老母 ろうぼ
老吏 ろうり
老朽 ろうきゅう・おいくちる
老死 ろうし
老年 ろうねん
老成 ろうせい・ねびる・ませる・おいなる
老先 おいさき
老妓 ろうぎ
老臣 ろうしん
老身 ろうしん
老体 ろうたい
老兵 ろうへい
老来 ろうらい
老役 ふけやく
老妻 ろうさい
老実 ろうじつ
老松 おいまつ
老若 ろうじゃく・ろうにゃく
老後 ろうご
老骨 ろうこつ
老荘 ろうそう
老翁 ろうおう
老残 ろうざん
老師 ろうし
老弱 ろうじゃく
老酒 ろうしゅ
老将 ろうしょう
老衰 ろうすい
老馬 ろうば
老病 ろうびょう
老耄 ろうもう・おいぼれ・おいぼれる
老眼 ろうがん
老健 ろうけん
老婆 ろうば

老梅 ろうばい
老婦 ろうふ
老媼 ろうおう
老廃 ろうはい
老婢 ろうひ
老雄 ろうゆう
老僧 ろうそう
老農 ろうのう
老爺 ろうや・おやじ
老練 ろうれん
老境 ろうきょう
老僕 ろうぼく
老熟 ろうじゅく
老輩 ろうはい
老舗 ろうほ・しにせ
老獪 ろうかい
老儒 ろうじゅ
老樹 ろうじゅ
老嬢 ろうじょう
老親 ろうしん
老齢 ろうれい
老醜 ろうしゅう
老優 ろうゆう
老軀 ろうく
老鶯 ろうおう
〔考〕こう・かんがえ・かんがえる
考込 かんがえこむ
考出 かんがえだす
考付 かんがえつく
考古 こうこ
考妣 こうひ
考抜 かんがえぬく
考究 こうきゅう
考事 かんがえごと
考直 かんがえなおす
考物 かんがえもの
考査 こうさ
考案 こうあん
考現学 こうげんがく
考量 こうりょう
考順 こうじゅん
考証 こうしょう
考違 かんがえちがい
考試 こうし
考察 こうさつ

考課 こうか
考慮 こうりょ
〔者〕しゃ・もの
者共 ものども
者流 しゃりゅう
〔耆〕き・おゆ・としより
耆宿 きしゅく
耆婆扁鵲 ぎばへんじゃく
〔耄〕もう・ぼう・おいぼる・おゆ
耄碌 もうろく

西 部

〔西〕せい・さい・にし
西人 せいじん
西土 せいど
西下 さいか
西方 さいほう・せいほう・にしかた
西内 にしのうち
西日 にしび
西日本 にしにほん
西王母 せいおうぼ
西北 せいほく・にしきた
西瓜 すいか
西半球 にしはんきゅう
西戎 せいじゅう
西明 にしあかり
西欧 せいおう
西京 さいきょう
西国 さいごく
西風 にしかぜ・せいふう
西紀 せいき
西南 せいなん
西洋 せいよう
西陣 にしじん
西哲 せいてつ
西高東低 せいこうとうてい
西側 にしがわ
西経 せいけい
西陲 せいすい

西域 さいいき・せい いき	てい	耳寄 みみより	聖旨 せいし	〔聯〕れん
西部 せいぶ	要覧 ようらん	耳掻 みみかき	聖体 せいたい	聯立 れんりつ
西廂 せいそう	要職 ようしょく	耳順 じじゅん	聖寿 せいじゅ	聯句 れんく
西遊 さいゆう・せい ゆう	要務 かなめもち	耳殻 じかく	聖者 せいじゃ・しょ うじゃ	聯合 れんごう
西漸 せいぜん	〔覆〕ふく・ふう・お う・おおい　おおう ・くつがえす・くつ がえる	耳飾 みみかざり	聖典 せいてん	聯邦 れんぽう
西暦 せいれき		耳遠 みみどおい	聖画 せいが	聯奏 れんそう
西諺 せいげん		耳新 みみあたらしい	聖夜 せいや	聯珠 れんじゅ
〔要〕よう・いる・い り・かなめ	覆土 ふくど	耳隠 みみかくし	聖俗 せいぞく	聯動 れんどう
要人 ようじん	覆水 ふくすい	耳障 みみざわり	聖帝 せいてい	聯隊 れんたい
要心 ようじん	覆没 ふくぼつ	耳鳴 みみなり	聖書 せいしょ	聯弾 れんだん
要用 ようよう	覆刻 ふっこく	耳慣 みみなれる	聖哲 せいてつ	聯絡 れんらく
要目 ようもく	覆面 ふくめん	耳語 じご	聖徒 せいと	聯関 れんかん
要地 ようち	覆被 おおいかぶさ る・おおいかぶせる	耳鼻 じび	聖恩 せいおん	聯想 れんそう
要式 ようしき		耳鼻科 じびか	聖家族 せいかぞく	聯盟 れんめい
要旨 ようし	覆滅 ふくめつ	耳輪 みみわ	聖断 せいだん	聯繋 れんけい
要件 ようけん	覆隠 おおいかくす	耳漏 じろう	聖教 せいきょう	〔聳〕しょう・そびく・ そびえる・そびやか
要因 よういん	覆蔵 ふくぞう	耳糞 みみくそ	聖域 せいいき	
要図 ようず	覆審 ふくしん	耳擦 みみこすり	聖堂 せいどう	聳立 しょうりつ
要求 ようきゅう	覆輪 ふくりん	耳聡 みみざとい	聖祭 せいさい	聳動 しょうどう
要所 ようしょ	覆轍 ふくてつ	耳環 みみわ	聖衆 しょうじゅ	〔聴〕ちょう・ていき く・ゆるす
要事 ようじ	〔覇〕は	〔耽〕たん・ふける	聖戦 せいせん	
要具 ようぐ	覇王 はおう	耽美 たんび	聖跡 せいせき	聴力 ちょうりょく
要約 ようやく	覇気 はき	耽溺 たんでき	聖楽 せいがく	聴手 ききて
要点 ようてん	覇府 はしゃ	耽読 たんどく	聖像 せいぞう	聴音 ちょうおん
要務 ようむ	覇府 はふ	〔恥〕ち・はじ	聖歌 せいか	聴取 ちょうしゅ・き きとり・ききとる
要素 ようそ	覇道 はどう	恥毛 ちもう	聖誕祭 せいたんさ い	
要害 ようがい	覇業 はぎょう	恥骨 ちこつ		聴神経 ちょうしん けい
要員 よういん	覇権 はけん	恥辱 ちじょく	聖徳 せいとく	
要略 ようりゃく		恥部 ちぶ	聖廟 せいびょう	聴従 ちょうじゅう
要理 ようり	**耳　部**	〔聊〕りょう・いささ か	聖徳太子 しょうと くたいし	聴納 ちょうのう
要望 ようぼう		聊爾 りょうじ		聴許 ちょうきょ
要港 ようこう	〔耳〕じ・みみ	〔聖〕せい・しょう・ ひじり	聖賢 せいけん	聴視 ちょうし
要訣 ようけつ	耳下腺 じかせん		聖餐 せいさん	聴視覚 ちょうしか く
要項 ようこう	耳元 みみもと	聖人 しょうにん・せ いじん	聖壇 せいだん	
要路 ようろ	耳介 じかい		聖蹟 せいせき	聴覚 ちょうかく
要塞 ようさい	耳打 みみうち	聖上 せいじょう	聖職 せいしょく	聴衆 ちょうしゅう
要領 ようりょう	耳立 みみだつ	聖女 せいじょ	聖譚曲 せいたんき ょく	聴診 ちょうしん
要綱 ようこう	耳目 じもく	聖日 せいじつ		聴罪 ちょうざい
要語 ようご	耳当 みみあて	聖天 しょうでん	聖観音 しょうかん のん	聴聞 ちょうもん
要談 ようだん	耳朶 じだ・みみたぶ	聖天子 せいてんし		聴講 ちょうこう
要請 ようせい	耳学問 みみがくも ん	聖火 せいか	〔聘〕へい	〔職〕しき・しょく
要衝 ようしょう	耳金 みみがね	聖句 せいく	〔聟〕せい・むこ	職人 しょくにん
要撃 ようげき	耳垂 みみだれ	聖代 せいだい	〔聢〕しかと・しっか り	職工 しょっこう
要諦 ようたい　よう	耳垢 みみあか	聖目 せいもく		職分 しょくぶん
	耳疾 じしつ	聖母 せいぼ	〔聰〕そう・さとい	職印 しょくいん
	耳許 みみもと	聖地 せいち	聡明 そうめい	

職名 しょくめい
職安 しょくあん
職位 しょくい
職住近接 しょくじゅうきんせつ
職制 しょくせい
職長 しょくちょう
職服 しょくふく
職員 しょくいん
職能 しょくのう
職務 しょくむ
職域 しょくいき
職責 しょくせき
職場 しょくば
職掌 しょくしょう
職階 しょっかい
職業 しょくぎょう
職種 しょくしゅ
職権 しょっけん
職漁 しょくりょう
職歴 しょくれき
職親 しょくおや
〔聾〕ろう・つんぼ・みみしい
聾児 ろうじ
聾者 ろうしゃ
聾学校 ろうがっこう
聾啞 ろうあ
聾桟敷 つんぼさじき

至 部

〔至〕し・いたる・いたり
至人 しじん
至大 しだい
至上 しじょう
至心 ししん
至公至平 しこうしへい
至当 しとう
至尽 いたれりつくせり
至近 しきん
至芸 しげい
至孝 しこう
至言 しげん

至妙 しみょう
至宝 しほう
至急 しきゅう
至便 しべん
至要 しよう
至純 しじゅん
至高 しこう
至情 しじょう
至極 しごく
至尊 しそん
至善 しぜん
至福 しふく
至誠 しせい
至境 しきょう
至嘱 ししょく
至論 しろん
至難 しなん

羽 部

〔羽〕う・は・はね
羽二重 はぶたえ
羽子 はご
羽尺 はじゃく
羽毛 うもう
羽化 うか
羽目 はめ
羽布団 はねぶとん
羽虫 はむし
羽交 はがい
羽衣 はごろも
羽団扇 はうちわ
羽車 はぐるま
羽抜 はぬけ
羽状 うじょう
羽帚 はぼうき
羽並 はなみ
羽刷 はづくろい
羽音 はおと
羽風 はかぜ
羽振 はぶり
羽根 はね
羽根車 はねぐるま
羽根突 はねつき
羽釜 はがま
羽替 はがえ
羽斑蚊 はまだらか
羽数 はすう

羽裏 はうら
羽箒 はねぼうき
羽蝨 はじらみ
羽翼 うよく
羽織 はおり・はおる
羽繕 はづくろい
羽蟻 はあり・はねあり
〔翁〕おう・おきな・おきなぶ
翁草 おきなぐさ
〔翌〕よく・あす
翌日 よくじつ
翌月 よくげつ
翌冬 よくとう
翌年 よくとし・よくねん
翌春 よくしゅん
翌秋 よくしゅう
翌週 よくしゅう
翌翌 よくよく
翌晩 よくばん
翌朝 よくあさ・よくちょう
翌檜 あすなろ
〔習〕しゅう・ならい・ならう・ならわし・ならわす
習合 しゅうごう
習字 しゅうじ
習作 しゅうさく
習性 しゅうせい
習事 ならいごと
習俗 しゅうぞく
習得 しゅうとく
習練 しゅうれん
習慣 しゅうかん
習熟 しゅうじゅく
習癖 しゅうへき
〔翔〕しょう・かける・かけろう
〔翕〕きゅう
翕然 きゅうぜん
〔翠〕すい・みどり
翠玉 すいぎょく
翠色 すいしょく
翠柳 すいりゅう

翠帳紅閨 すいちょうこうけい
翠緑 すいりょく
翠黛 すいたい
翠巒 すいらん
〔翡〕ひ
翡翠 ひすい・かわせみ
〔翩〕へん
翩翩 へんぱん
〔翰〕かん
翰林 かんりん
翰墨 かんぼく
〔翳〕えい・かげ・かげる・かざし・かざす・かすみ・かすむ
翳目 かすみめ
〔翼〕よく・つばさ
翼下 よっか
翼状 よくじょう
翼賛 よくさん
翼翼 よくよく
〔翹〕ぎょう
翹望 ぎょうぼう
〔翻〕はん・ほん・かえす・こぼし・ひるがえす・ひるがえる
翻弄 ほんろう
翻身 ほんしん
翻刻 ほんこく
翻案 ほんあん
翻訳 ほんやく
翻然 ほんぜん
翻意 ほんい

聿 部

〔聿〕しゅく
粛正 しゅくせい
粛学 しゅくがく
粛党 しゅくとう
粛清 しゅくせい
粛啓 しゅくけい
粛然 しゅくぜん
粛粛 しゅくしゅく

艮 部

〔艮〕こん・ごん・うしとら
〔良〕りょう・いい・よい・よく・よし
良人 りょうじん
良二千石 りょうにせんせき
良工 りょうこう
良友 りょうゆう
良心 りょうしん
良民 りょうみん
良田 りょうでん
良吏 りょうり
良好 りょうこう
良否 りょうひ
良医 りょうい
良材 りょうざい
良辰 りょうしん
良夜 りょうや
良知 りょうち
良妻 りょうさい
良性 りょうせい
良風 りょうふう
良品 りょうひん
良計 りょうけい
良相 りょうしょう
良俗 りょうぞく
良能 りょうのう
良案 りょうあん
良剤 りょうざい
良師 りょうし
良書 りょうしょ
良家 りょうか・りょうけ
良貨 りょうか
良港 りょうこう
良策 りょうさく
良種 りょうしゅ
良縁 りょうえん
良質 りょうしつ
良導体 りょうどうたい
良薬 りょうやく
良顔 いいかお
良識 りょうしき
〔艱〕かん・かたし・かたんず
艱苦 かんく

艱難 かんなん

虍 部

〔虎〕こ・とら
虎子 おまる・とらの
　こ
虎口 ここう
虎毛 とらげ
虎刈 とらがり
虎穴 こけつ
虎児 こじ
虎杖 いたどり
虎尾 とらのお
虎巻 とらのまき
虎狼 ころう
虎猫 とらねこ
虎視 こし
虎魚 おこぜ
虎斑 とらふ
虎落 もがり
虎鶫 とらつぐみ
虎鬚 とらひげ
〔虐〕ぎゃく・しいた
　ぐ・しいたげる・し
　えたぐ・せたぐ・せ
　たげる
虐使 ぎゃくし
虐待 ぎゃくたい
虐政 ぎゃくせい
虐殺 ぎゃくさつ
〔虚〕きょ・うつ・うつ
　つけ・うつろ・うろ
虚心 きょしん
虚礼 きょれい
虚妄 きょもう
虚名 きょめい
虚伝 きょでん
虚字 きょじ
虚仮 こけ
虚仮威 こけおどし
虚貝 うつせがい
虚位 きょい
虚足 きょそく
虚言 きょげん・そら
　ごと
虚空 こくう
虚実 きょじつ

虚栄 きょえい
虚根 きょこん
虚弱 きょじゃく
虚脱 きょだつ
虚偽 きょぎ
虚虚実実 きょきょ
　じつじつ
虚無 きょむ
虚報 きょほう
虚聞 きょぶん
虚辞 きょじ
虚飾 きょしょく
虚数 きょすう
虚勢 きょせい
虚誕 きょたん
虚像 きょぞう
虚構 きょこう
虚説 きょせつ
〔虜〕りょ・とりこ
虜囚 りょしゅう
〔虞〕ぐ・おそれ
虞犯 ぐはん
虞美人草 ぐびじん
　そう
〔慮〕りょ・おもんぱ
　かり・おもんぱかる
慮外 りょがい
〔盧〕ろ
盧生夢 ろせいのゆ
　め

虫 部

〔虫〕ちゅう・むし
虫下 むしくだし
虫干 むしぼし
虫気 むしけ
虫押 むしおさえ
虫垂 ちゅうすい
虫食 むしくい・むし
　ばい
虫送 むしおくり
虫封 むしふうじ
虫除 むしよけ
虫害 ちゅうがい
虫拳 むしけん
虫息 むしのいき
虫唾 むしず

虫眼鏡 むしめがね
虫歯 むしば
虫喰 むしくい
虫媒花 ちゅうばい
　か
虫腹 むしばら
虫酸 むしず
虫様突起 ちゅうよう
　とっき
虫薬 むしぐすり
虫螻 むしけら
虫鰈 むしがれい
虫籠 むしかご
〔虹〕きゅう・みずち
〔虱〕しつ・しらみ
虱潰 しらみつぶし
〔虻〕ぼう・あぶ・あむ
蚊蜂不取 あぶはち
　とらず
〔虹〕こう・にじ・ぬ
　じ
虹彩 こうさい
虹鱒 にじます
〔蚊〕ぶん・か
蚊取線香 かとりせ
　んこう
蚊屋 かや
蚊柱 かばしら
蚊除 かよけ
蚊帳 かや
蚊絣 かがすり
蚊鉤 かばり
蚊遣 かやり
蚊蜻蛉 かとんぼ
蚊燻 かいぶし
〔蚤〕のみ
蚤市 のみのいち
蚤取粉 のみとりこ
蚤取眼 のみとりま
　なこ
〔蚋〕ぜい・ぶと・ぶ
　よ・ぶゆ
〔蚕〕さん・かいこ・
　こ
蚕糸 さんし
蚕豆 そらまめ
蚕沙 さんさ

蚕児 さんじ
蚕卵 さんらん
蚕食 さんしょく
蚕砂 さんさ
蚕室 さんしつ
蚕紙 さんし
蚕棚 こだな
蚕渣 さんさ
蚕業 さんぎょう
蚕種 さんしゅ
蚕糞 こくそ
蚕齢 さんれい
〔蛇〕じゃ・だ・くち
　なわ・へび
蛇口 じゃぐち
蛇目 じゃのめ
蛇皮線 じゃびせん
蛇行 だこう
蛇足 だそく
蛇体 じゃたい
蛇苺 へびいちご
蛇紋 じゃもん
蛇腹 じゃばら
蛇管 じゃかん・だか
　ん
蛇髭 じゃのひげ
蛇蝎 だかつ
蛇籠 じゃかご
〔蛋〕たん・たまご
蛋白 たんぱく
〔蛆〕しょ・うじ
蛆虫 うじむし
〔蚰〕ゆう・げじげじ
蚰蜒 げじげじ
〔蚯〕きゅう・みみず
蚯蚓 みみず
〔蛭〕しつ・ひる
蛭巻 ひるまき
〔蛙〕あ・かいる・かえ
　る・かえろ・かわず
〔蛔〕かい・はらのむ
　し
蛔虫 かいちゅう
〔蛤〕こう・はま・は
　まぐり
蛤鍋 はまなべ
〔蛞〕かつ・なめくじ

蛞蝓 なめくじ
〔蛟〕こう・みずち
蛟竜 こうりょう
〔蛮〕ばん・えびす
蛮力 ばんりょく
蛮人 ばんじん
蛮民 ばんみん
蛮行 ばんこう
蛮声 ばんせい
蛮夷 ばんい
蛮骨 ばんこつ
蛮勇 ばんゆう
蛮風 ばんぷう
蛮族 ばんぞく
蛮習 ばんしゅう
蛮語 ばんご
〔蛻〕ぜい・もぬく
　もぬけ・ぬけがら
〔蜃〕しん
蜃気楼 しんきろう
〔蛹〕よう・さなぎ
〔蛸〕しょう・そう
　たこ
蛸入道 たこにゅう
　どう
蛸木 たこのき
蛸足 たこあし
蛸坊主 たこぼうず
蛸配当 たこはいと
　う
蛸部屋 たこべや
蛸壺 たこつぼ
〔蜆〕けん・しじみ
蜆花 しじみばな
〔蜀〕しょく
蜀江錦 しょっこう
　のにしき
蜀黍 もろこし
蜀錦 しょっきん
〔蜉〕ふ・かげろう
蜉蝣 ふゆう・かげろう
〔蛾〕が
蛾眉 がび
〔蜂〕ほう・はち
蜂子 はちのこ
蜂師 はちし

蜂起 ほうき	蝦腰 えびごし	融資 ゆうし	蟻門渡 ありのとわたり	づき・にくづけ
蜂巣 はちのす	蝦蟹 えびがに、	融解 ゆうかい	蟻巻 ありまき	肉汁 にくじゅう
蜂鳥 はちどり	蝦錠 えびじょう	〔蛃〕けい	蟻塔 ありのとう	肉用種 にくようしゅ
蜂雀 はちすずめ	蝦蟇 がま	蛃蚭 はたはた	蟻酸 ぎさん	肉交 にくこう・にっこう
蜂窩 ほうか	蝦蛄 しゃこ	〔螯〕ごう・はさみ	蟻塚 ありづか	肉色 にくいろ
蜂蜜 はちみつ	〔蝴〕こ・ちょう	〔蟇〕ば・ま・ひき	〔蟷〕てい	肉池 にくち
蜂頭 はちのあたま	蝴蝶 こちょう	蟇蛙 ひきがえる	蟷螂 かまきり	肉芽 にくが
〔蜈〕ご・むかで	〔蝶〕ちょう	〔蟉〕ち・みずち	〔蟹〕かい・かに	肉声 にくせい
蜈蚣 むかで	蝶足 ちょうあし	〔蟀〕しゅつ	蟹工船 かにこうせん	肉体 にくたい
〔蜒〕えん	蝶番 ちょうつがい	蟀谷 こめかみ	蟹玉 かにたま	肉豆蔲 にくずく
蜒蜒 えんえん	蝶結 ちょうむすび	〔螫〕せき・さす	蟹股 がにまた	肉迫 にくはく
〔蜑〕あま	蝶蝶 ちょうちょう	〔螺〕ら・つぶ・にし	蟹屎 かにばば	肉的 にくてき
〔蜻〕せい	蝶鮫 ちょうざめ	螺子 ねじ	〔蟶〕てい	肉南 にくなん
蜻蛉 とんぼ	〔蝟〕い	螺子切 ねじきり	蟶貝 まてがい	肉食 にくしょく・にくじき
蜻蛉返 とんぼがえり	蝟集 いしゅう	螺子回 ねじまわし	〔蟾〕せん	肉界 にくかい・にっかい
蜻蜓 とんぼ	〔蝗〕こう・いなご・ばった	螺子釘 ねじくぎ	蟾蜍 ひきがえる	肉桂 にっけい
〔蜥〕せき	〔蝙〕ふく・かわほり・こうもり	螺旋 らせん	〔蠍〕かつ・さそり	肉粉 にくふん
蜥蜴 とかげ	蝙蝠 かわほり・こうもり	螺鈿 らでん	〔蠕〕じゅ・ぜん	肉細 にくほそ
〔蜚〕ひ	〔蝓〕にな	〔蟋〕しつ	蠕動 ぜんどう	肉欲 にくよく
蜚語 ひじ	〔蝮〕もう・ぼう	蟋蟀 こおろぎ	〔蠑〕えい	肉眼 にくがん
〔蜘〕ち	蝮蛇 うわばみ	〔蟄〕ちつ・うはち	蠑螈 いもり	肉情 にくじょう
蜘蛛 くも	〔蝐〕めい	蟄居 ちっきょ	〔蠢〕く・おろか	肉弾 にくだん
蜘蛛手 くもで	螟虫 ずいむし・めいちゅう	〔蟯〕ぎょう	蠢動 しゅんどう	肉感 にっかん
蜘蛛巣 くものす	〔蝮〕ふく・まむし	蟯虫 ぎょうちゅう	〔蠟〕ろう	肉筆 にくひつ
蜘蛛猿 くもざる	〔螢〕けい・ほたる	〔螽〕	蠟木 ろうのき	肉塊 にっかい
〔蜩〕ちょう・かなかな・ひぐらし	螢火 けいか・ほたるび	螽斯 ぎりぎりす	蠟石 ろうせき	肉置 ししおき
〔蜜〕びつ・みち・みつ	螢光 けいこう	〔蠅〕よう・はい・はえ	蠟色 ろいろ	肉腫 にくしゅ
蜜豆 みつまめ	螢狩 ほたるがり	蠅叩 はいたたき	蠟染 ろうぞめ	肉慾 にくよく
蜜蜂 みつばち	螢草 ほたるぐさ	蠅地獄 はえじごく	蠟細工 ろうざいく	肉質 にくしつ
蜜語 みつご	螢雪 けいせつ	蠅取草 はえとりぐさ	蠟燭 ろうそく	肉親 にくしん
〔蜗〕か	〔蝨〕しつ・しらみ	蠅取 はいとり	蠟纈 ろうけつ	肉薄 にくはく
蜗牛 かぎゅう・かたつむり	〔融〕ゆう・とおる・とかす・とく・とける	蠅帳 はいちょう	〔蠧〕と	肉叢 ししむら
〔蜊〕ざり	融合 とけあう・ゆうごう	〔螻〕ろう・けら	蠧毒 とどく	肉饅頭 にくまんじゅう
蜊蛄 ざりがに	融和 ゆうわ	螻蛄 けら	蠧魚 しみ・とぎょ	肉襦袢 にくジュバン
〔蜾〕か	融点 ゆうてん	螻蛄首 けらくび	〔蠱〕こ	〔腐〕ふ・くさす・くさらかす・くさる・くされ
蜾蠃 すがる	融通 ゆうずう・ゆず	〔蟬〕せん・ぜん・せみ	蠱惑 こわく	腐心 ふしん
〔蜩〕えん	融雪 ゆうせつ	蟬時雨 せみしぐれ	**肉 部**	腐朽 ふきゅう
蜿蜒 えんえん		蟬脱 せんだつ	〔肉〕にく・しし	腐肉 ふにく
蜿蜿 えんえん		蟬蛻 せんぜい	肉入 にくいれ	腐乱 ふらん
〔蝦〕か・えび		〔蟠〕はん・ばん・わだかまり・わだかまる	肉太 にくぶと	
蝦夷 えぞ		蟠踞 ばんきょ	肉片 にくへん	
蝦夷松 えぞまつ		〔蟻〕ぎ・あり	肉牛 にくぎゅう	
蝦夷菊 えぞぎく		蟻地獄 ありじごく	肉付 ししつき・にく	

腐食 ふしょく
腐敗 ふはい
腐葉土 ふようど
腐植 ふしょく
腐蝕 ふしょく
腐熟 ふじゅく
腐儒 ふじゅ
腐爛 ふらん
〔糜〕れん・みぞなわす

缶 部

〔缶〕かん・かま
缶子 かんし
缶切 かんきり
缶焚 かまたき
缶詰 かんづめ
〔缺〕けつ・かく・かける
缺文 けつぶん
缺乏 けつぼう
缺本 けっぽん
缺礼 けつれい
缺字 けつじ
缺如 けつじょ
缺点 けってん
缺食 けっしょく
缺配 けっぱい
缺席 けっせき
缺格 けっかく
缺員 けついん
缺陥 けっかん
缺航 けっこう
缺落 けつらく
缺番 けつばん
缺場 けつじょう
缺勤 けっきん
缺損 けっそん
缺漏 けつろう
〔罅〕か・ひび
罅割 ひびわれる
〔器〕おう
罌粟 けし

耒 部

〔耒〕こう・たがやす
耒土 こうど

耕地 こうち
耕作 こうさく
耕具 こうぐ
耕耘 こううん
耕種 こうしゅ
〔耘〕うん・くさぎる

舌 部

〔舌〕ぜつ・した
舌代 ぜつだい・しただい
舌打 したうち
舌平目 したびらめ
舌尖 ぜっせん
舌先 したさき
舌足 したたらず
舌長 したなが
舌苔 ぜったい
舌音 ぜつおん
舌耕 ぜっこう
舌根 ぜっこん・したのね
舌舐 したなめずり
舌根 したのね
舌禍 ぜっか
舌戦 ぜっせん
舌触 したざわり
舌鼓 したつづみ
舌嘗 したなめずり
舌端 ぜったん
舌鋒 ぜっぽう
舌頭 ぜっとう
舌縺 したもつれ
舌鮃 したびらめ
〔舐〕し・なめずる・ねぶる・なむ
舐尽 なめつくす
舐犢 しとく
〔舖〕ほ
舖装 ほそう
舖道 ほどう

竹 部

〔竹〕ちく・たけ・たか
竹刀 しない

竹工 ちっこう
竹子 たけのこ
竹夫人 ちくふじん
竹矢来 たけやらい
竹光 たけみつ
竹似草 たけにぐさ
竹林 ちくりん
竹帛 ちくはく
竹垣 たけがき
竹柏 なぎ
竹竿 たけざお
竹馬 ちくば・たけうま
竹釘 たけくぎ
竹紙 ちくし
竹細工 たけざいく
竹筒 たけづつ
竹槍 たけやり・おいずる
竹篦 しっぺい・たけべら
竹蜻蛉 たけとんぼ
竹輪 ちくわ
竹縁 たけえん
竹藪 たけやぶ
竹簀 たけす
竹簡 ちくかん
竹叢 たけむら
〔竿〕かん・さお
竿立 さおだち
竿石 さおいし
竿竹 さおだけ
竿秤 さおばかり
竿頭 かんとう・さおがしら
竿縁 さおぶち
〔笑〕しょう・えまい・えむ・わらい・わらう・わらえる・わらわす・わらわせる
笑上戸 わらいじょうご
笑止 しょうし
笑気 しょうき
笑声 しょうせい
笑者 わらいもの
笑事 わらいごと

笑味 しょうみ
笑飛 わらいとばす
笑草 わらいぐさ
笑茸 わらいだけ
笑殺 しょうさつ
笑納 しょうのう
笑割 えみわれる
笑壺 えつぼ
笑絵 わらいえ
笑話 しょうわ・わらいばなし
笑窪 えくぼ
笑種 わらいぐさ
笑劇 しょうげき
笑覧 しょうらん
笑顔 えがお
〔笈〕きゅう・おい
笈摺 おいずる
〔笏〕こつ・さく・しゃく
〔笊〕そう・ざる
笊耳 ざるみみ
笊法 ざるほう
笊碁 ざるご
笊蕎麦 ざるそば
〔笠〕りゅう・かさ
笠子 かさご
笠木 かさぎ
〔第〕だい
第一 だいいち
第一線 だいいっせん
第二 だいに
第八芸術 だいはちげいじゅつ
第三人称 だいさんにんしょう
第三火 だいさんのひ
第三者 だいさんしゃ
第三国 だいさんごく
第三階級 だいさんかいきゅう
第五列 だいごれつ
第六感 だいろっか

第四階級 だいしかいきゅう
〔笛〕てき・ふえ
笛竹 ふえだけ
〔笘〕しがらみ
笙 しょう
笙笛 しょうのふえ
〔答〕ち・しもと・むち
〔符〕
符丁 ふちょう
符号 ふごう
符合 ふごう
符帳 ふちょう
符節 ふせつ
符牒 ふちょう
笹生 ささふ
笹舟 ささぶね
笹色 ささいろ
笹竹 ささだけ
笹身 ささみ
笹折 ささおり
笹屋 ささや
笹原 ささはら・ささわら
笹葺 ささぶき
笹掻 ささがき
笹鳴 ささなき
笹縁 ささべり
笹竜胆 ささりんどう
笹藪 ささやぶ
〔筐〕きょう・かたみ
〔等〕とう・など・なんど・ひとしい・ら
等比 とうひ
等分 とうぶん
等圧 とうあつ
等辺 とうへん
等号 とうごう
等式 とうしき
等外 とうがい
等位 とうい
等身 とうしん
等角 とうかく
等並 ひとしなみ

等価 とうか
等差 とうさ
等差数列 とうさすうれつ
等高線 とうこうせん
等級 とうきゅう
等時的 とうじてき
等深線 とうしんせん
等温 とうおん
等量 とうりょう
等閑 とうかん・なおざり
等等 とうとう
等質 とうしつ
〔策〕さく・むち
策士 さくし
策応 さくおう
策定 さくてい
策略 さくりゃく
策動 さくどう
策源地 さくげんち
策戦 さくせん
策謀 さくぼう
〔筆〕ひつ・ふで・ふみて
筆力 ひつりょく
筆入 ふでいれ
筆立 ふでたて
筆太 ふでぶと
筆不精 ふでぶしょう
筆写 ひっしゃ
筆付 ふでつき
筆生 ひっせい
筆先 ふでさき
筆舌 ひつぜつ
筆名 ひつめい
筆法 ひっぽう
筆洗 ひっせん
筆者 ひっしゃ
筆禍 ひっかく
筆架 ひっか
筆削 ひっさく
筆記 ひっき
筆陣 ひつじん

筆耕 ひっこう
筆致 ひっち
筆紙 ひっし
筆規 ぶんまわし
筆問筆答 ひつもんひっとう
筆勢 ひっせい
筆硯 ひっけん
筆筒 ふでづつ
筆順 ひつじゅん
筆無性 ふでぶしょう
筆答 ひっとう
筆筒 ひっとう
筆戦 ひっせん
筆意 ひつい
筆禍 ひっか
筆誅 ひっちゅう
筆塚 ふでづか
筆跡 ひっせき
筆造 ふでづかい
筆触 ひっしょく
筆端 ひったん
筆墨 ひっぼく
筆算 ひっさん
筆談 ひつだん
筆鋒 ひつだん
筆箱 ふでばこ
筆頭 ひっとう・ふでがしら
筆蹟 ひっせき
〔筒〕どう・つつ
筒口 つつぐち
筒元 どうもと
筒井 つつい
筒切 つつぎり
筒先 つつさき
筒抜 つつぬけ
筒取 どうとり
筒音 つつおと
筒咲 つつざき
筒袖 つつそで
筒鳥 つつどり
筒親 どうおや
〔筌〕せん・うえ・うけ
〔答〕とう・こたう・こたえる

こたえ・こたえる
答礼 とうれい
答弁 とうべん
答申 とうしん
答案 とうあん
答訪 とうほう
答電 とうでん
答辞 とうじ
〔筋〕きん・すじ
筋力 きんりょく
筋子 すじこ
筋立 すじだて
筋目 すじめ
筋交 すじかい
筋肉 きんにく
筋合 すじあい
筋向 すじむかい・すじむこう
筋炎 きんえん
筋金 すじがね
筋屋 すじや
筋書 すじがき
筋骨 きんこつ・すじぼね
筋張 すじばる
筋道 すじみち
筋違 すじかい・すじちがい
筋揉 すじもみ
筋電図 きんでんず
筋腫 きんしゅ
筋播 すじまき
筋蒲鉾 すじかまぼこて
筋繊維 きんせんい
〔筍〕しゅん・じゅん・たかむな・たかんな・たけのこ
〔筏〕はつ・ばつ・いかだ
〔筈〕はず
〔笄〕けい・こうがい
〔筬〕せい
〔筮〕ぜい・めどぎ
筮竹 ぜいちく
〔節〕せつ・せち・ふ・ふし・よ

節介 せっかい
節分 せつぶん
節水 せっすい
節穴 ふしあな
節目 ふしめ
節用 せつよう
節句 せっく
節付 ふしづけ
節米 せつまい
節糸 ふしいと
節回 ふしまわし
節気 せっき
節足動物 せっそくどうぶつ
節季 せっき
節制 せっせい
節度 せつど
節奏 せっそう
節食 せっしょく
節廻 ふしまわし
節約 せつやく
節酒 せっしゅ
節倹 せっけん
節略 せつりゃく
節婦 せっぷ
節理 せつり
節減 せつげん
節博士 ふしはかせ
節義 せつぎ
節煙 せつえん
節電 せつでん
節節 ふしぶし
節樽 ふしくれ
節操 せっそう
節録 せつろく
節織 ふしおり
〔筧〕けん・かけい・かけひ
〔筵〕えん・むしろ
筵戸 むしろど
筵旗 むしろばた
〔筥〕きょ・はこ
筥迫 はこせこ
〔箔〕はく
箔付 はくつき
箔押 はくおし

〔管〕かん・くだ
管下 かんか
管区 かんく
管内 かんない
管見 かんけん
管状 かんじょう
管長 かんちょう
管弦 かんげん
管制 かんせい
管財 かんざい
管理 かんり
管絃 かんげん
管掌 かんしょう
管楽器 かんがっき
管領 かんりょう
管轄 かんかつ
管鍼 くだばり
〔箜〕くう
箜篌 くご
〔箸〕ちょ・はし
箸休 はしやすめ
箸置 はしおき
箸箱 はしばこ
〔箕〕き・み
〔箍〕こ・たが
〔箝〕けん・かん
箝口 かんこう
〔箋〕せん
箋注 せんちゅう
箋註 せんちゅう
〔箒〕しゅう・そう・ほうき
箒草 ほうきぐさ
箒星 ほうきぼし
〔算〕さん
算入 さんにゅう
算木 さんぎ
算用 さんにょう・さんよう
算式 さんしき
算定 さんてい
算法 さんぽう
算段 さんだん
算術 さんじゅつ
算数 さんすう
算盤 そろばん
〔箆〕へい・へら

箆棒 べらぼう
箆鮒 へらぶな
〔箇〕こ・か・じ・つ
箇中 こちゅう
箇別 こべつ
箇条 かじょう
箇所 かしょ
箇数 こすう
箇箇 ここ
〔箏〕そう・こと
箏曲 そうきょく
〔箙〕ふく・えびら
〔篇〕へん
篇什 へんじゅう
篇目 へんもく
篇帙 へんちつ
篇首 へんしゅ
篇章 へんしょう
〔箭〕せん・や
〔篋〕きょう
篋底 きょうてい
〔範〕はん
範式 はんしき
範囲 はんい
範疇 はんちゅう
〔箱〕そう・はこ
箱入 はこいり
箱火鉢 はこひばち
箱枕 はこまくら
箱屋 はこや
箱柳 はこやなぎ
箱乗 はこのり
箱書 はこがき
箱宮 はこみや
箱庭 はこにわ
箱馬車 はこばしゃ
箱師 はこし
箱船 はこぶね
箱提灯 はこちょうちん
箱錠 はこじょう
〔箴〕しん
箴言 しんげん
〔篁〕こう・たかむら
〔筬〕しび・ひび
〔篆〕てん
篆字 てんじ

篆刻 てんこく
篆書 てんしょ
〔篝〕こう・かがり
篝火 かがりび
〔篤〕とく・あつい
篤行 とっこう
篤志 とくし
篤実 とくじつ
篤学 とくがく
篤信 とくしん
篤農 とくのう
〔築〕ちく・きずく・つく
築上 きずきあげる
築山 つきやま
築地 ついじ・つきじ
築城 ちくじょう
築庭 ちくてい
築造 ちくぞう
築港 ちくこう・ちっこう
築堤 ちくてい
〔篡〕さん・うばう
篡奪 さんだつ
〔篩〕し・ふるい・ふるう
篩落 ふるいおとす
〔篠〕しの・しぬ・すず
篠竹 しのだけ
篠原 しのはら
篠笛 しのぶえ
篠懸 すずかけ
篠懸木 すずかけのき
〔籐〕とおし
〔簇〕ぞく・そう・やじり・むらがり・むらがる
簇生 そうせい・ぞくせい
〔簀〕さく・す
簀子 すのこ
簀立 すだて
簀巻 すまき
〔篳〕ひつ・ひち
篳篥 ひちりき

〔簓〕ささら
〔簎〕やす
〔簧〕こう・した
〔簪〕しん・さん・かんざし
〔簡〕かん・ふだ・ふみた
簡抜 かんばつ
簡体字 かんたいじ
簡明 かんめい
簡易 かんい
簡単 かんたん
簡勁 かんけい
簡便 かんべん
簡素 かんそ
簡約 かんやく
簡捷 かんしょう
簡略 かんりゃく
簡潔 かんけつ
簡閲 かんえつ
〔簫〕しょう
〔簣〕き
〔簟〕たん
箪笥 たんす
〔簟〕てん・たかむしろ
〔簿〕ぼ・はく
簿記 ぼき
〔簾〕れん・す・すだれ
簾中 れんちゅう
〔簸〕は・ひる
〔籍〕しゃ・せき
〔籐〕とう
籐本 とうほん
籐細工 とうざいく
籐椅子 とういす
〔籠〕こ・ろう・かご・こもる・こむ
籠手 こて
籠目 かごめ
籠写 かごうつし
籠耳 かごみみ
籠居 ろうきょ
籠城 ろうじょう
籠球 ろうきゅう

籠脱 かごぬけ
籠鳥 かごのとり
籠絡 ろうらく
〔籤〕せん・くじ・ひご
籤引 くじびき
籤逃 くじのがれ
籤運 くじうん
〔籬〕り・まがき・ませ
籬垣 ませがき
〔籰〕わく

舛 部

〔舞〕ぶ・まい・まう
舞上 まいあがる
舞子 まいこ
舞文曲筆 ぶぶんきょくひつ
舞込 まいこむ
舞台 ぶたい
舞曲 ぶきょく
舞妓 ぶぎ・まいこ
舞戻 まいもどる
舞扇 まいおうぎ
舞納 まいおさめる
舞姫 まいひめ
舞楽 ぶがく
舞踊 ぶよう
舞舞 まいまい
舞踏 ぶとう
舞蹈 ぶとう

色 部

〔色〕しょく・しき・いろ
色女 いろおんな
色収差 いろしゅうさ
色止 いろどめ
色分 いろわけ
色目 いろめ
色仕掛 いろじかけ
色白 いろじろ
色付 いろづく・いろづけ
色気 いろけ

色気違 いろきちがい
色好 いろごのみ・いろよい
色合 いろあい
色色 いろいろ
色糸 いろいと
色回 いろまわり
色町 いろまち
色抜 いろぬき
色里 いろざと
色男 いろおとこ
色狂 いろきちがい
色直 いろなおし
色物 いろもの
色取 いろどり
色刷 いろずり
色事 いろごと
色盲 しきもう
色相 いろあい・しきそう
色変 いろがわり
色柄 いろがら
色香 いろか
色弱 しきじゃく
色恋 いろこい
色消 いろけし
色素 しきそ
色紙 いろがみ・しきし
色彩 しきさい
色情 いろじょう
色眼鏡 いろめがね
色鳥 いろどり
色艶 いろつや
色盛 いろざかり
色欲 しきよく
色悪 いろあく
色葉 いろは
色覚 しきかく
色揚 いろあがり・いろあげ
色焼 いろやけ
色絵 いろえ
色落 いろおち
色温度 いろおんど
色感 しきかん

色鉛筆 いろえんぴつ
色模様 いろもよう
色慾 しきよく
色灯二位式 しきとうにいしき
色魔 しきま
〔艶〕えん・あでやか・つや・つやめく・つややか
艶文 えんぶん
艶布巾 つやぶきん
艶句 えんく
艶出 つやだし
艶色 えんしょく
艶冶 えんや
艶物 つやもの
艶事 つやごと
艶姿 あですがた
艶美 えび
艶容 えんよう
艶消 つやけし
艶書 えんしょ
艶笑 えんしょう
艶然 えんぜん
艶福家 えんぷくか
艶種 つやだね
艶歌 えんか
艶聞 えんぶん
艶麗 えんれい

自 部

〔自〕じ・おのずから・おのずと・みずから
自大 じだい
自己 じこ
自力 じりき
自刃 じじん
自今 じこん
自小作 じこさく
自火 じか
自分 じぶん
自弁 じべん
自他 じた
自白 じはく
自失 じしつ

自主 じしゅ
自生 じせい
自立 じりつ
自用 じよう
自由 じゆう
自在 じざい
自尽 じじん
自伝 じでん
自任 じにん
自刎 じふん
自存 じそん
自宅 じたく
自我 じが
自戒 じかい
自決 じけつ
自足 じそく
自作 じさく
自序 じじょ
自助 じじょ
自身 じしん
自沈 じちん
自利 じり
自余 じよ
自門 じもん
自体 じたい
自画 じが
自供 じきょう
自邸 じてい
自治 じち
自注 じちゅう
自宗 じしゅう
自国 じこく
自炊 じすい
自若 じじゃく
自制 じせい
自明 じめい
自画像 じがぞう
自画自賛 じがじさん
自学自習 じがくじしゅう
自活 じかつ
自虐 じぎゃく
自発 じはつ
自負 じふ
自修 じしゅう
自重 じじゅう・じちょう

自恃 じじ
自叙 じじょ
自室 じしつ
自乗 じじょう
自浄 じじょう
自信 じしん
自首 じしゅ
自省 じせい
自後 じご
自律 じりつ
自前 じまえ
自叙伝 じじょでん
自家 じか
自記 じき
自陣 じじん
自戕 じしょう
自殺 じさつ
自恣 じし
自書 じしょ
自称 じしょう
自席 じせき
自流 じりゅう
自問 じもん
自閉症 じへいしょう
自得 じとく
自著 じちょ
自習 じしゅう
自惚 うぬぼれ・うぬぼれる
自責 じせき
自動 じどう
自動車 じどうしゃ
自転 じてん
自転車 じてんしゃ
自覚 じかく
自営 じえい
自敬 じけい
自給 じきゅう
自尊 じそん
自註 じちゅう
自然 じぜん・じねん
自筆 じひつ
自評 じひょう
自裁 じさい
自堕落 じだらく

自愛 じあい
自働 じどう
自腹 じばら
自費 じひ
自粛 じしゅく
自署 じしょ
自照 じしょう
自滅 じめつ
自棄 やけ
自棄糞 やけくそ
自棄酒 やけざけ
自棄腹 やけっぱら
自棄飲 やけのみ
自意識 じいしき
自業自得 じごうじとく
自演 じえん
自認 じにん
自適 じてき
自製 じせい
自説 じせつ
自慢 じまん
自鳴鐘 じめいしょう
自慰 じい
自選 じせん
自撰 じせん
自蔵 じぞう
自噴 じふん
自賛 じさん
自嘲 じちょう
自暗責 じばいせき
自暴自棄 じぼうじき
自衛 じえい
自疆 じきょう
自薦 じせん
自儘 じまま
自潰 じとく
自縄自縛 じじょうじばく
自壊 じかい
自警 じけい
自爆 じばく
自讃 じさん
〔臭〕しゅう・くさい・くさみ・におう・におわせる

臭化 しゅうか
臭化物 しゅうかぶつ
臭気 しゅうき
臭突 しゅうとつ
臭味 しゅうみ
臭素 しゅうそ
臭覚 しゅうかく

臼 部

〔臼〕きゅう・うす
臼状 きゅうじょう
臼砲 きゅうほう
臼歯 きゅうし・うすば
〔舂〕しょう・つく・うすずく
舂減 つきべり
〔舅〕きゅう・しゅうと
舅姑 きゅうと

血 部

〔血〕けつ・ち
血刀 ちがたな
血小板 けっしょうばん
血反吐 ちへど
血友病 けつゆうびょう
血止 ちどめ
血止草 ちどめぐさ
血圧 けつあつ
血行 ちまなこ・ちめ
血池 ちのいけ
血合 ちあい
血汐 ちしお
血気 けっき
血色 けっしょく
血色素 けっしきそ
血肉 けつにく
血行 けっこう
血走 ちばしる
血沈 けっちん
血尿 けつにょう
血判 けっぱん

血豆 ちまめ
血相 けっそう
血便 けつべん
血迷 ちまよう
血染 ちぞめ
血書 けっしょ
血栓 けっせん
血粉 けっぷん
血脈 けちみゃく・け
　つみゃく
血球 けっきゅう
血涙 けつるい
血液 けつえき
血痕 けっこん
血清 けっせい
血族 けつぞく
血達磨 ちだるま
血眼 ちまなこ・ちめ
血税 けつぜい
血統 けっとう
血祭 ちまつり
血道 ちのみち・ちみ
　ち
血塊 けっかい
血路 けつろ
血縁 けつえん
血腫 けっしゅ
血戦 けっせん
血痰 けったん
血続 ちつづき
血腥 ちなまぐさい
血煙 ちけむり
血塗 ちぬる・ちまみ
　れ
血管 けっかん
血漿 けっしょう
血膿 ちうみ
血潮 ちしお
血糊 ちのり
血裙 けっとう
〔衆〕しゅ・しゅう
衆人 しゅうじん
衆力 しゅうりょく
衆口 しゅうこう
衆生 しゅじょう
衆目 しゅうもく

衆知 しゅうち
衆院 しゅういん
衆徒 しゅと・しゅう
　と
衆望 しゅうぼう
衆智 しゅうち
衆道 しゅどう
衆評 しゅうひょう
衆意 しゅうい
衆愚 しゅうぐ
衆寡 しゅうか
衆論 しゅうろん
衆議 しゅうぎ

舟 部

〔舟〕しゅう・ふな・
　ふね
舟人 ふなびと
舟守 ふなもり
舟行 しゅうこう
舟航 しゅうこう
舟遊 しゅうゆう・ふ
　なあそび
舟唄 ふなうた
舟運 しゅううん
舟艇 しゅうてい
舟歌 ふなうた
〔舢〕さん
舢板 さんぱん
〔航〕こう
航行 こうこう
航走 こうそう
航法 こうほう
航空 こうくう
航送 こうそう
航海 こうかい
航進 こうしん
航程 こうてい
航路 こうろ
航跡 こうせき
航続 こうぞく
〔舫〕ぼう・ふね・も
　やい・もやう
舫船 もやいぶね
〔般〕はん
般若 はんにゃ
〔舵〕た・だ・かじ

舵手 だしゅ
舵取 かじとり
舵機 だき
〔舷〕げん・ふなばた
舷門 げんもん
舷側 げんそく
舷舷 げんげん
舷梯 げんてい
舷窓 げんそう
舷頭 げんとう
舷灯 げんとう
〔船〕せん・ふな・
　ね
船人 ふなびと
船上 せんじょう
船大工 ふなだいく
船小屋 ふなごや
船中 せんちゅう
船方 ふなかた
船主 せんしゅ・ふな
　ぬし
船台 せんだい
船出 ふなで
船印 ふなじるし
船団 せんだん
船体 せんたい
船守 ふなもり
船虫 ふなむし
船床 せんび
船足 ふなあし
船具 せんぐ・ふなぐ
船長 せんちょう・ふ
　なおさ
船医 せんい
船板 ふないた
船底 せんてい・ふな
　ぞこ
船首 せんしゅ・みよ
　し
船客 せんきゃく
船架 せんか
船室 せんしつ
船乗 ふなのり
船荷 ふなに
船軍 ふないくさ
船待 ふなまち

船便 せんびん・ふな
　びん
船型 せんけい
船員 せんいん
船留 ふなどめ
船側 せんそく
船級 せんきゅう
船倉 せんそう・ふな
　ぐら
船窓 せんそう
船隊 せんたい
船宿 ふなやど
船舶 せんぱく
船酔 ふなよい
船脚 ふなあし
船着 ふなつき
船問屋 ふなどいや
船幅 せんぷく
船渠 せんきょ
船装 せんそう
船渡 ふなわたし
船棚 ふなだな
船賃 ふなちん
船遊 ふなあそび
船積 ふなづみ
船端 ふなばた
船路 ふなじ
船腹 せんぷく
船縁 ふなべり
舳頭 せんどう
船霊 ふなだま
船標 ふなじるし
船蔵 ふなぐら
船橋 せんきょう・ふ
　なばし
船艙 せんそう
船橋 せんきょう
船齢 せんれい
船繋 ふながかり
船縁 ふなべり
船籍 せんせき
〔舶〕はく
舶用 はくよう
舶来 はくらい
舶載 はくさい
〔舳〕じく・へ
舳先 へさき

舳艫 じくろ
〔艇〕てい
艇身 ていしん
艇首 ていしゅ
艇差 ていさ
艇庫 ていこ
〔艀〕ふ・はしけ
〔艘〕そう
〔艙〕そう
艙口 そうこう
〔艤〕ぎ
艤装 ぎそう
〔艨〕もう
艨艟 もうどう
〔艦〕かん
艦列 かんれつ
艦尾 かんび
艦長 かんちょう
艦載 かんさい
艦砲 かんぽう
艦隊 かんたい
艦船 かんせん
艦艇 かんてい
艦影 かんえい
艦橋 かんきょう
艦籍 かんせき
〔艫〕ろ・とも

行 部

〔行〕あん・ぎょう・こ
　う・いく・いき・い
　ける・おこない・お
　こなう・おこなわれ
　る・くだり・ゆく
行人 こうじん
行力 ぎょうりき
行火 あんか
行文 こうぶん
行方 ゆきかた・ゆき
　がた・ゆくえ
行水 ぎょうずい
行止 ゆきどまり・い
　きどまり
行手 ゆくて
行司 ぎょうじ
行平 ゆきひら
行印 こういん

行立 いきたつ	行掛 いきがかり・い	つない	糸瓜 へちま	れない・もみ
行末 いくすえ	きがけ	術策 じゅっさく	糸車 いとぐるま	紅一点 こういってん
行付 ゆきつけ	行進 こうしん	術語 じゅつご	糸杉 いとすぎ	紅十字 こうじゅう
行在所 あんざいし	行脚 あんぎゃ	〔街〕がい・まち	糸作 いとづくり	じ
ょ	行動 こうどう	街上 がいじょう	糸枠 いとわく	紅土 こうど
行年 こうねん	行啓 ぎょうけい	街区 がいく	糸価 しか	紅毛 こうもう
行当 ゆきあたる・ゆ	行着 ゆきつく	街商 がいしょう	糸底 いとぞこ	紅玉 こうぎょく
きあたり	行悩 ゆきなやむ	街娼 がいしょう	糸取 いととり	紅白 こうはく
行返 ゆきかえる・ゆ	行間 ぎょうかん	街道 かいどう	糸柳 いとやなぎ	紅白粉 べにおしろ
きかえり	行商 ぎょうしょう	街路 がいろ	糸巻 いとまき	い
行刑 ぎょうけい	行装 ぎょうそう	街頭 がいとう	糸柾目 いとまさめ	紅生姜 べにしょう
行先 ゆくさき	行程 こうてい	街談巷説 がいだん	糸屑 いとくず	が
行年 ゆくとし	行雲流水 こううん	こうせつ	糸桜 いとざくら	紅生薑 べにしょう
行交 ゆきかう	りゅうすい	街灯 がいとう	糸捌 いとさばき	が
行会 ゆきあう	行渡 ゆきわたる	街録 がいろく	糸姫 いとひめ	紅色 こうしょく
行列 ぎょうれつ	行場 ゆきば	街衢 がいく	糸蚯蚓 いとみみず	紅灯 こうとう
行年 ぎょうねん	行過 ゆきすぎる	〔衝〕くくむ・くくめ	糸偏 いとへん	紅花 べにばな
行行 ゆくゆく	行違 いきちがい・ゆ	る・くわえる	糸遊 いとゆう	紅差指 べにさしゆび
行行子 ぎょうぎょ	きちがい	街 くわえてむ	糸道 いとみち	紅柄 ベンガラ
うし	行路 こうろ	〔衝〕しょう・つく	糸蒟蒻 いとこんに	紅茶 こうちゃ
行体 ぎょうたい	行楽 こうらく	衝天 しょうてん	ゃく	紅型 びんがた
行状 ぎょうじょう	行賞 こうしょう	衝立 ついたて	糸操 いとあやつり	紅涙 こうるい
行抜 ゆきぬけ	行跡 ぎょうせき	衝羽根 つくばね	糸薄 いとすすき	紅唇 こうしん
行米 いきき・ゆきき	行詰 ゆきづまる	衝心 しょうしん	糸錦 いとにしき	紅梅 こうばい
行李 こうり	行儀 ぎょうぎ	衝突 しょうとつ	糸鋸 いとのこ	紅粉 こうふん・べに
行住座臥 ぎょうじゅ	行暮 ゆきくらす・ゆ	衝動 しょうどう	糸織 いとおり	こ
うざが	きくれる	衝撃 しょうげき	糸繰 いとくり	紅紫 こうし
行金 こうきん	行衛 ゆくえ	〔衡〕こう・くびき	〔系〕けい	紅教 こうきょう
行使 こうし	行蔵 こうぞう	衡平 こうへい	系列 けいれつ	紅雀 べにすずめ
行届 ゆきとどく	行還 ゆきかえる	〔衛〕えい・え	系図 けいず	紅殻 べにがら
行戻 ゆきもどり	行縢 むかばき	衛士 えじ	系統 けいとう	紅裙 こうくん
行者 ぎょうじゃ	行灯 あんどん	衛生 えいせい	系譜 けいふ	紅葉 こうよう・もみ
行幸 ぎょうこう・み	行嚢 こうのう	衛戍 えいじゅ	〔糺〕きゅう・ただす	じ
ゆき	〔衍〕えん	衛兵 えいへい	糺明 きゅうめい	紅葉狩 もみじがり
行事 ぎょうじ	衍文 えんぶん	衛星 えいせい	糺問 きゅうもん	紅裏 もみうら
行学 ぎょうがく	衍字 えんじ	衛視 えいし	糺弾 きゅうだん	紅絹 もみ
行為 こうい	〔衒〕げん・てらう		〔糾〕きゅう・あざな	紅鉄漿 べにかね
行軍 こうぐん	衒学 げんがく	**糸 部**	う	紅絹裏 もみうら
行草 ぎょうそう	衒気 げんき		糾合 きゅうごう	紅蓮 ぐれん
行政 ぎょうせい	〔術〕じゅつ・すべ	〔糸〕し・いと	糾明 きゅうめい	紅髯 こうぜん
行書 ぎょうしょ	術中 じゅっちゅう	糸入 いといり	糾問 きゅうもん	紅熟 こうじゅく
行員 こういん	術者 じゅっしゃ	糸口 いとぐち	糾弾 きゅうだん	紅潮 こうちょう
行倒 いきだおれ・ゆ	術前 じゅつぜん	糸切歯 いときりば	〔紆〕う	紅顔 こうがん
きだおれ	術計 じゅっけい	糸引 いとひき	紆曲 うきょく	紅藻 こうそう
行宮 あんぐう	術後 じゅつご	糸目 いとめ	紆余曲折 うよきょ	紅鱒 べにます
行旅 こうりょ	術数 じゅっすう	糸尻 いとじり	くせつ	
行逢 ゆきあう	術無 じゅつない・じ	糸印 いとじるし	〔紅〕こう・べに・く	
		糸竹 いとたけ		

〔約〕やく・やくす・	紊乱 びんらん・ぶん	素頓興 すっとんき	純粋 じゅんすい	紛物 まがいもの
つづめる・つじまる	らん	ょう	純真 じゅんしん	紛糾 ふんきゅう
約手 やくて	〔素〕す・そ・もと	素話 すばなし	純益 じゅんえき	紛然 ふんぜん
約分 やくぶん	素人 しろうと	素絹 そけん	純情 じゅんじょう	紛紛 ふんぷん
約言 やくげん	素子 そし	素数 そすう	純理 じゅんり	紛擾 ふんじょう
約束 やくそく	素干 すぼし	素裸 すはだか・すっ	純然 じゅんぜん	紛議 ふんぎ
約定 やくじょう	素手 すで	ぱだか	純減 じゅんげん	〔級〕きゅう
約音 やくおん	素引 すびき	素意 そい	純量 じゅんりょう	級友 きゅうゆう
約款 やっかん	素甘 すあま	素踊 すおどり	純増 じゅんぞう	級長 きゅうちょう
約数 やくすう	素生 すじょう	素養 そよう	純絹 じゅんけん	級数 きゅうすう
約説 やくせつ	素地 そじ・そち・き	素語 すがたり	純愛 じゅんあい	〔紙〕し・かみ
約諾 やくだく	じ	素読 そどく・すよみ	純銀 じゅんぎん	紙一重 かみひとえ
〔紀〕き	素行 そこう	素適 すてき	純綿 じゅんめん	紙入 かみいれ
紀元 きげん	素朴 そぼく	素質 そしつ	純潔 じゅんけつ	紙上 しじょう
紀行 きこう	素因 そいん	素敵 すてき	〔納〕のう・おさま	紙子 かみこ
紀伝 きでん	素肌 すはだ	素膚 すはだ	る・おさめる	紙工品 しこうひん
紀年 きねん	素早 すばやい	素樸 そぼく	納入 のうにゅう	紙木 かみのき
紀念 きねん	素足 すあし	素懐 そかい	納戸 なんど	紙切 かみきれ・かみ
紀要 きよう	素材 そざい	素謡 すうたい	納本 のうほん	きり
紀律 きりつ	素志 そし	素襖 すおう	納付 のうふ	紙片 しへん
紀綱 きこう	素見 ひやかし	素顔 すがお	納札 のうさつ	紙凧 たこ
〔紋〕もん	素町人 すちょうに	素麺 そうめん	納会 のうかい	紙本 しほん
紋下 もんした	ん	素馨 そけい	納豆 なっとう	紙代 しだい
紋日 もんび	素戻 すもどり	〔純〕じゅん	納受 のうじゅ	紙包 かみづつみ
紋切形 もんきりがた	素姓 すじょう	純一 じゅんいつ	納采 のうさい	紙衣 かみこ
	素性 すじょう	純子 どんす	納金 のうきん	紙芝居 かみしばい
紋切型 もんきりがた	素泊 すどまり	純分 じゅんぶん	納所 なっしょ	紙芸 しげい
紋付 もんつき	素直 すなお	純水 じゅんすい	納品 のうひん	紙花 かみばな
紋白蝶 もんしろちょ	素首 そくび・そっく	純化 じゅんか	納屋 なや	紙価 しか
う	び	純毛 じゅんもう	納骨 のうこつ	紙面 しめん
紋羽二重 もんはぶた	素面 すめん・しらふ	純文学 じゅんぶんが	納得 なっとく	紙型 しけい
え	素封家 そほうか	く	納涼 のうりょう	紙背 しはい
紋所 もんどころ	素通 すどおり・すど	純収益 じゅんしゅ	納税 のうぜい	紙巻 かみまき
紋服 もんぷく	おし	うえき	納期 のうき	紙屑 かみくず
紋帖 もんちょう	素袍 すおう	純正 じゅんせい	納棺 のうかん	紙挟 かみばさみ
紋柄 もんがら	素振 すぶり・そぶり	純白 じゅんぱく	〔紗〕しゃ	紙衾 かみぶすま
紋紗 もんしゃ	素浪人 すろうにん	純乎 じゅんこ	紗綾 さや	紙魚 しみ
紋帳 もんちょう	素描 すがき・そびょ	純色 じゅんしょく	〔紛〕ふん・まがい	紙捻 こより
紋章 もんしょう	う	純血 じゅんけつ	まがう・まがえる・	紙帳 しちょう
紋御召 もんおめし	素乾 すぼし	純朴 じゅんぼく	まぎれ・まぎれる・ま	紙袋 かみぶくろ・か
紋様 もんよう	素粒子 そりゅうし	純良 じゅんりょう	ぎらかず・まぎらせ	みぶくろ
紋絽 もんろ	素晴 すばらしい	純系 じゅんけい	る・まぎらわしい・	紙粘土 かみねんど
紋縮緬 もんちりめ	素焼 すやき	純利 じゅんり	まぎらわす・まごう	紙細工 かみざいく
ん	素袷 すあわせ	純金 じゅんきん	紛込 まぎれこむ	紙幅 しふく
紋織 もんおり	素寒貧 すかんぴん	純美 じゅんび	紛争 ふんそう	紙筆 しひつ
〔紊〕びん・ぶん	素頓狂 すっとんき	純計 じゅんけい	紛来 ふんらい	紙塑 しそ
	ょう	純度 じゅんど	紛乱 ふんらん	紙鉄砲 かみでっぽう

う
紙鳶 いかのぼり・いか
紙幣 しへい
紙誌 しし
紙質 ししつ
紙漉 かみすき
紙縒 かみより・こより
紙器 しき
紙撚 こより
紙幟 かみのぼり
紙礫 かみつぶて
紙鑢 かみやすり
〔索〕さく・あなぐり・あなぐる
索引 さくいん
索出 さくしゅつ
索条 さくじょう
索具 さくぐ
索莫 さくばく
索然 さくぜん
索道 さくどう
索寞 さくばく
索漠 さくばく
索隠 さくいん
索敵 さくてき
索麺 そうめん
〔紐〕じゅう・ひも・ひぼ
紐付 ひもつき
紐革 ひもかわ
紐帯 じゅうたい・ちゅうたい
紐解 ひもとく
〔紡〕ぼう・つむぐ
紡毛 ぼうもう
紡糸 ぼうし
紡錘 ぼうすい・つむ
紡績 ぼうせき
紡織 ぼうしょく
〔経〕けい・きょう・へる・たつ・たて・ふ
経上 へあがる
経口 けいこう
経水 けいすい

経文 きょうもん
経木 きょうぎ
経由 けいゆ
経穴 けいけつ
経世 けいせい
経机 きょうづくえ
経巡 へめぐる
経伝 けいでん
経糸 たていと
経国 けいこく
経学 けいがく
経典 けいてん・きょうてん
経度 けいど
経界 けいかい
経巻 きょうかん
経師 きょうじ
経師屋 きょうじや
経閉期 けいへいき
経書 けいしょ
経略 けいりゃく
経理 けいり
経費 けいひ
経済 けいざい
経常 けいじょう
経堂 きょうどう
経帷子 きょうかたびら
経産婦 けいさんぷ
経過 けいか
経絡 けいらく
経営 けいえい
経路 けいろ
経歴 けいれき
経綸 けいりん
経線 けいせん
経蔵 きょうぞう
経論 きょうろん
経緯 けいい・いきさつ・たてぬき
経験 けいけん
経籍 けいせき
〔絃〕げん
絃楽 げんがく
絃楽器 げんがっき
絃歌 げんか
〔絆〕ばん・きずな・

ほだされる・ほだし・ほだす
絆創膏 ばんそうこう
〔紲〕きずな
〔紮〕さつ・からげる
〔紹〕しょう
紹介 しょうかい
〔組〕そ・くみ・くむ
組入 くみいれる
組上 くみあげる・くみあがり
組子 くみこ
組下 くみした
組手 くみて
組天井 くみてんじょう
組込 くみこむ
組付 くみつく
組打 くみうち
組立 くみたて・くみたてる
組写真 くみしゃしん
組合 くみあい・くみあう・くみあわす・くみあわせ・くみあわせる
組糸 くみいと
組曲 くみきょく
組伏 くみふせる
組物 くみもの
組杯 くみさかずき
組易 くみやすい
組版 くみはん
組長 くみちょう
組夜具 くみやぐ
組盃 くみさかずき
組重 くみじゅう
組唄 くみうた
組討 くみうち
組紐 くみひも
組替 くみかえる
組違 くみちがえる
組閣 そかく
組敷 くみしく
組歌 くみうた

組緒 くみお
組踊 くみおどり
組頭 くみがしら
組織 そしき
〔紳〕しん
紳士 しんし
紳商 しんしょう
〔細〕さい・こまい・こまか・こまかい・ささやか・ほそ・ほそい・ほそさ・ほそめる・ほそやか・ほそる
細大 さいだい
細工 さいく
細小 さいしょう
細切 こまぎれ・こまぎり
細引 ほそびき
細分 さいぶん
細孔 さいこう
細心 さいしん
細民 さいみん
細目 さいもく・ほそめ
細石 さざれ
細字 さいじ・ほそじ
細見 さいけん
細別 さいべつ
細作 さいさく・ほそづくり
細君 さいくん
細身 ほそみ
細尿管 さいにょうかん
細長 ほそながい
細注 さいちゅう
細雨 さいう
細波 さざなみ
細事 さいじ
細面 ほそおもて
細首 ほそくび
細巻 ほそまき
細則 さいそく
細胞 さいぼう
細書 さいしょ
細部 さいぶ

細流 さいりゅう
細細 ほそぼそ・こまごま
細密 さいみつ
細粒 さいりゅう
細菌 さいきん
細雪 ささめゆき
細道 ほそみち
細結 こまむすび
細腕 ほそうで
細評 さいひょう
細報 さいほう
細註 さいちゅう
細筆 さいひつ
細微 さいび
細腰 さいよう
細暇 さいか
細瑾 さいきん
細説 さいせつ
細緻 さいち
細論 さいろん
細濁 ささにごり
細螺 きさご・きしゃご
細謹 さいきん
〔累〕るい
累日 るいじつ
累月 るいげつ
累代 るいだい
累世 るいせい
累加 るいか
累次 るいじ
累年 るいねん
累犯 るいはん
累卵 るいらん
累計 るいけい
累乗 るいじょう
累進 るいしん
累累 るいるい
累減 るいげん
累増 るいぞう
累算 るいさん
累積 るいせき
〔終〕しゅう・しまう・しまい・おわり・おわる・ついに・ついに・おえる

終了 しゅうりょう	終盤 しゅうばん	結合 けつごう	紫衣 しい・しえ	う
終日 しゅうじつ・ひもすがら	終講 しゅうこう	結成 けっせい	紫竹 しちく	絵合 えあわせ
終止 しゅうし	〔紺〕こん	結団 けつだん	紫苑 しおん	絵図 えず
終末 しゅうまつ	紺青 こんじょう	結言 けつげん	紫根 しこん	絵図面 えずめん
終世 しゅうせい	紺屋 こうや	結局 けっきょく	紫宸殿 ししんでん	絵画 かいが
終生 しゅうせい	紺飛白 こんがすり	結社 けっしゃ	紫紺 しこん	絵具 えのぐ
終刊 しゅうかん	紺絣 こんがすり	結束 けっそく	紫黒 しこく	絵取 えどる
終曲 しゅうきょく	紺碧 こんぺき	結尾 けつび	紫陽花 あじさい	絵空事 えそらごと
終列車 しゅうれっしゃ	〔紬〕ちゅう・つむぎ	結果 けっか	紫雲 しうん	絵巻 えまき
終初物 おわりはつもの	〔絞〕こう・しぼり・しぼる	結実 けつじつ	紫斑 しはん	絵巻物 えまきもの
終決 しゅうけつ	絞上 しぼりあげる	結城 ゆうき	紫雲英 げんげ	絵馬 えま
終局 しゅうきょく	絞出 しぼりだす	結界 けっかい	紫煙 しえん	絵柄 えがら
終身 しゅうしん	絞首 こうしゅ	結納 ゆいのう	紫電 しでん	絵姿 えすがた
終車 しゅうしゃ	絞染 しぼりぞめ	結核 けっかく	紫癜 しはん	絵草紙 えぞうし
終助詞 しゅうじょし	絞殺 こうさつ	結婚 けっこん	紫檀 したん	絵師 えし
終夜 しゅうや・よすがら・よもすがら	絞罪 こうざい	結託 けったく	紫蘇 しそ	絵符 えふ
終始 しゅうし	〔統〕とう・すべる・すばる・すぶ	結党 けっとう	紫蘭 しらん	絵探 えさがし
終発 しゅうはつ	統一 とういつ	結球 けっきゅう	〔給〕きゅう・たまい・たまえ・たもた・もう・たもる・たもれ	絵描 えがき
終巻 しゅうかん	統合 とうごう	結紮 けっさつ		絵筆 えふで
終映 しゅうえい	統制 とうせい	結着 けっちゃく	給与 きゅうよ	絵捜 えさがし
終点 しゅうてん	統治 とうち・とうじ	結跏趺座 けっかふざ	給水 きゅうすい	絵詞 えことば
終段 しゅうだん	統計 とうけい	結集 けっしゅう	給仕 きゅうじ	絵葉書 えはがき
終航 しゅうこう	統帥 とうすい	結晶 けっしょう	給付 きゅうふ	絵解 えとき
終息 しゅうそく	統括 とうかつ・すべくくる	結節 けっせつ	給血 きゅうけつ	絵絹 えぎぬ
終章 しゅうしょう	統率 とうそつ	結像 けつぞう	給金 きゅうきん	絵像 えぞう
終着 しゅうちゃく	統裁 とうさい	結滞 けったい	給油 きゅうゆ	絵暦 えごよみ
終結 しゅうけつ	統覚 とうかく	結腸 けっちょう	給食 きゅうしょく	絵膚 えはだ
終極 しゅうきょく	統御 とうぎょ	結盟 けつめい	給原 きゅうげん	〔絶〕ぜつ・たえて・たやす・たえる・たつ・たえず
終業 しゅうぎょう	統轄 とうかつ	結構 けっこう	給料 きゅうりょう	絶入 たえいる
終期 しゅうき	統監 とうかん	結語 けつご	給排水 きゅうはいすい	絶大 ぜつだい
終焉 しゅうえん	〔結〕けつ・ゆわえる・ゆわく・すく・むすび・むすぶ・むすぼれる・ゆう・ゆい・いわえる・けっする・はち	結髪 けっぱつ	給費 きゅうひ	絶世 ぜっせい
終幕 しゅうまく		結綿 ゆいわた	給源 きゅうげん	絶句 ぜっく
終戦 しゅうせん		結膜 けつまく	給電 きゅうでん	絶叫 ぜっきょう
終電 しゅうでん		結縁 けちえん	給養 きゅうよう	絶交 ぜっこう
終電車 しゅうでんしゃ	結句 けっく	結審 けっしん	〔絵〕かい・え	絶対 ぜったい
終漁 しゅうりょう	結石 けっせき	結締 けってい	絵入 えいり	絶好 ぜっこう
終熄 しゅうそく	結氷 けっぴょう	結論 けつろん	絵心 えごころ	絶妙 ぜつみょう
終演 しゅうえん	結上 ゆいあげる	結縄 けつじょう	絵文字 えもじ	絶技 ぜつぎ
終篇 しゅうへん	結目 むすびめ	結願 けちがん	絵双紙 えぞうし	絶体絶命 ぜったいぜつめい
終編 しゅうへん	結付 むすびつく・むすびつける	結露 けつろ	絵本 えほん	絶命 ぜつめい
終審 しゅうしん	結句 けっく	〔紫〕し・むらさき	絵羽 えば	絶版 ぜっぱん
	結石 けっせき	紫丁香花 むらさきはしどい	絵羽羽織 えばはおり	絶佳 ぜっか
	結氷 けっぴょう	紫女 じじょ	絵羽模様 えばもよ	絶果 たえはてる
	結末 けつまつ	紫外線 しがいせん		絶品 ぜっぴん
		紫色 むらさきいろ		

絶美 ぜつび
絶食 ぜつしょく
絶後 ぜつご
絶家 ぜっけ
絶海 ぜっかい
絶倫 ぜつりん
絶倒 ぜっとう
絶島 ぜっとう
絶頂 ぜっちょう
絶息 ぜっそく
絶望 ぜつぼう
絶唱 ぜっしょう
絶域 ぜついき
絶間 たえま
絶無 ぜつむ
絶絶 たえだえ
絶筆 ぜっぴつ
絶勝 ぜっしょう
絶景 ぜっけい
絶滅 ぜつめつ
絶遠 ぜつえん
絶賛 ぜっさん
絶縁 ぜつえん
絶壁 ぜっぺき
絶讃 ぜっさん
〔絢〕けん
絢爛 けんらん
〔絛〕じょう
絛虫 じょうちゅう
〔絎〕くける
絎台 くけだい
絎針 くけばり
絎縫 くけぬい
〔絮〕じょ
絮説 じょせつ
〔絖〕ぬめ
〔絓〕しけ
絓糸 しけいと
絓織 しけおり
〔絨〕じゅう
絨毛 じゅうもう
絨毯 じゅうたん
絨緞 じゅうたん
〔絡〕らく・からま
　す・からむ・からげ
　る・からまる
絡付 からみつく

絡繹 らくえき
〔絣〕ほう・かすり
〔継〕けい・つぐ・つ
　ぎ・ままじい・まま
継子 けいし・ままこ
継手 つぎて
継切 つぎぎれ
継父 けいふ・ままち
　ち
継父母 けいふぼ
継母 けいぼ・ままは
　は
継台 つぎだい
継目 つぎめ
継立 つぎたてる・つ
　ぎたて
継兄弟 ままきょう
　だい
継糸 つぎいと
継合 つぎあわせる
継投 けいとう
継走 けいそう
継足 つぎたす
継妻 けいさい
継承 けいしょう
継承者 けいしょう
　しゃ
継泳 けいえい
継物 つぎもの
継室 けいしつ
継竿 つぎざお
継馬 つぎうま
継粉 ままこ
継起 けいき
継紙 つぎがみ
継接 つぎはぎ
継歯 つぎば
継棹 つぎざお
継嗣 けいし
継電器 けいでんき
継続 けいぞく
継端 つぎは
継穂 つぎほ
継親 ままおや
〔絹〕けん・きぬ
絹小町 きぬこまち
絹本 けんぽん

絹布 けんぷ
絹地 きぬじ
絹糸 けんし・きぬい
　と
絹物 きぬもの
絹針 きぬばり
絹張 きぬばり
絹紬 けんちゅう
絹絵 きぬえ
絹傘 きぬがさ
絹雲 けんうん
絹綾 きぬあや
絹綿 きぬわた
絹漉 きぬごし
絹層雲 けんそうう
　ん
絹積雲 けんせきう
　ん
絹緞 けんどん
絹篩 きぬぶるい
絹織物 きぬおりも
　の
〔続〕ぞく・しょく・
　つづき・つづく・つ
続刊 ぞっかん
続生 ぞくせい
続出 ぞくしゅつ
続字 つづけじ
続合 つづきあい
続行 ぞっこう
続物 つづきもの
続発 ぞくはつ
続柄 つづきがら
続映 ぞくえい
続航 ぞっこう
続間 つづきあい
続開 ぞっかい
続落 ぞくらく
続報 ぞくほう
続貂 ぞくちょう
続飯 そくい
続様 つづけざま
続続 ぞくぞく
続載 ぞくさい
続演 ぞくえん
続篇 ぞくへん

続稿 ぞっこう
続編 ぞくへん
続騰 ぞくとう
〔絽〕ろ
絽刺 ろざし
絽縮緬 ろちりめん
絽織 ろおり
〔綜〕そう・あぜ
綜合 そうごう
綜覧 そうらん
〔綬〕じゅ
〔綰〕わん・たがね
　る・わがねる・わげ
　る
〔綻〕たん・ほころば
　す・ほころびる・ほこ
　ろぶ・ほころばせる
〔綺〕き・かんはた・
　いろつや
綺談 きだん
綺想曲 きそうきょ
　く
綺麗 きれい
綺羅 きら
綺羅星 きらぼし
〔綾〕りょう・あや
綾地 あやじ
綾取 あやとり・あ
　やどる
綾錦 あやにしき
綾織 あやおり
綾羅 りょうら
〔綴〕てつ・てい・つ
　づる・つづり・つづ
　・とじる・とじ
綴方 つづりかた
綴込 とじこむ・とじ
　こみ
綴目 とじめ
綴本 とじほん
綴付 とじつける
綴代 とじしろ
綴字 ていじ
綴合 つづりあわせ
　る・つづりあわす
綴金 とじがね
綴蓋 とじぶた

綴暦 とじごよみ
綴錦 つづれにしき
綴織 つづれおり
〔網〕もう・あみ
網元 あみもと
網戸 あみど
網代 あじろ
網目 あみめ・あみの
　め
網打 あみうち
網状 もうじょう
網杓子 あみじゃく
　し
網版 あみはん
網針 あみばり
網焼 あみやき
網棚 あみだな
網結 あみすき
網膜 もうまく
網羅 もうら
網綱 あみづな
網襦袢 あみジバ
　ン・あみジバン
〔綱〕こう・つな
綱引 つなひき
綱手 つなで
綱目 こうもく
綱曳 つなひき
綱具 つなぐ
綱要 こうよう
綱紀 こうき
綱渡 つなわたり
綱領 こうりょう
〔綸〕りん
綸子 りんず
綸言 りんげん
〔緑〕りょく・みどり
緑十字 りょくじゅ
　うじ
緑土 りょくど
緑化 りょっか
緑内障 りょくない
　しょう
緑玉石 りょくぎょ
　くせき
緑地 りょくち
緑豆 りょくとう

緑門 りょくもん	綿雪 わたゆき	締約 ていやく	い	か・ゆるり
緑肥 りょくひ	綿球 めんきゅう	締屋 しまりや	練糸 ねりいと	緩下剤 かんげざい
緑青 ろくしょう	綿密 めんみつ	締殺 しめころす	練物 ねりもの	緩行 かんこう
緑林 りょくりん	綿棒 めんぼう	締高 しめだか	練合 ねりあわせる	緩和 かんわ
緑茶 りょくちゃ	綿雲 わたぐも	締結 ていけつ	練羊羹 ねりようかん	緩急 かんきゅう
緑風 りょくふう	綿帽子 わたぼうし	締盟 ていめい		緩怠 かんたい
緑便 りょくべん	綿製品 めんせいひ	締緒 しめお	練兵 れんぺい	緩徐 かんじょ
緑柱玉 りょくちゅ	ん	〔緯〕い・ぬき・よこ	練武 れんぶ	緩球 かんきゅう
うぎょく	綿綿 めんめん	緯糸 よこいと・ぬき	練乳 れんにゅう	緩解 かんかい
緑酒 りょくしゅ	綿種 わただね	いと	練固 ねりかためる	緩慢 かんまん
緑陰 りょくいん	綿織物 めんおりも	緯度 いど	練歩 ねりあるく	緩衝 かんしょう
緑野 りょくや	の	緯線 いせん	練直 ねりなおす	〔緞〕どん
緑眼 りょくがん	綿繰 わたくり	〔編〕へん・あむ・あ	練炭 れんたん	緞子 どんす
緑黄色 りょくおう	〔緇〕し	み	練香 ねりこう	緞帳 どんちょう
しょく	緇衣 しい・しえ	編入 へんにゅう	練馬大根 ねりまだ	〔線〕せん
緑黒髪 みどりのく	緇素 しそ	編上 あみあげ・あみ	いこん	線上 せんじょう
ろかみ	〔絢〕とう・なう	あげる	練習 れんしゅう	線分 せんぶん
緑鳩 あおばと	絢交 ないまぜる	編木 びんざさら	練貫 ねりぬき	線区 せんく
緑綬褒章 りょくじ	〔絎〕かせ	編戸 あみど	練塀 ねりべい	線形 せんけい
ほうしょう	〔緋〕ひ・あけ	編出 あみだす	練達 れんたつ	線条 せんじょう
緑樹 りょくじゅ	緋鹿子 ひがのこ	編目 へんもく・あみ	練雲丹 ねりうに	線画 せんが
緑藻 りょくそう	緋縅 ひおどし	め	練歯磨 ねりはみが	線香 せんこう
〔綜〕しゃく	緋縮緬 ひちりめん	編曲 へんきょく	き	線型 せんけい
綽号 あだな	緋鯉 ひごい	編成 へんせい	練絹 ねりぎぬ	線描 せんびょう・せ
綽名 あだな	〔緒〕しょ・ちょ・いと	編年体 へんねんた	練餌 ねりえ	んがき
綽然 しゃくぜん	ぐち・お	い	練熟 れんじゅく	線番 せんばん
綽綽 しゃくしゃく	緒言 しょげん・ちょ	編年史 へんねんし	練製品 ねりせいひ	線路 せんろ
〔維〕い・これ	げん	編物 あみもの	ん	線量 せんりょう
維持 いじ	緒戦 しょせん・ちょ	編者 へんしゃ	練餡 ねりあん	線審 せんしん
維新 いしん	せん	編制 へんせい	練薬 ねりぐすり	〔縁〕えん・ふち・え
〔綿〕めん・わた	緒論 しょろん・ちょ	編修 へんしゅう	練摩 れんま	にし・よすが・よ
綿入 わたいれ	ろん	編首 へんしゅ	〔緘〕かん	る・ゆかり・へり
綿弓 わたゆみ	緒締 おじめ	編針 あみばり	緘口 かんこう	縁下 えんのした
綿毛 わたげ	〔締〕てい・しまり・し	編著 へんちょ	緘黙 かんもく	縁切 えんきり
綿火薬 めんかやく	まる・しめて・し	編隊 へんたい	〔緊〕きん	縁日 えんにち
綿打 わたうち	め・しめる	編章 へんしょう	緊切 きんせつ	縁辺 えんぺん
綿布 めんぷ	締上 しめあげる	編笠 あみがさ	緊迫 きんぱく	縁由 えんゆ
綿羊 めんよう	締切 しめきり・しめ	編集 へんしゅう	緊要 きんよう	縁付 えんづく・えん
綿糸 めんし	きる	編棒 あみぼう	緊急 きんきゅう	づける
綿花 めんか	締出 しめだす・しめ	編輯 へんしゅう	緊張 きんちょう	縁台 えんだい
綿抜 わたぬき	だし	編機 あみき	緊密 きんみつ	縁甲板 えんこうい
綿油 わたあぶら	締付 しめつける	編纂 へんさん	緊褌 きんこん	た
綿服 めんぷく	締込 しめこみ	〔練〕れん・ねる・ね	緊縛 きんぱく	縁先 えんさき
綿絽 めんろ	締具 しめぐ	れる・ねり	緊籍 きんしょく	縁坐 えんざ
綿実油 めんじつゆ	締金 しめがね	練上 ねりあげる	〔緩〕かん・ゆるめ	縁定 えんさだめ
綿津見 わたつみ	締括 しめくくり・し	練込 ねりこむ	る・ゆるむ・ゆるみ・	縁取 へりとり
綿紡 めんぼう	めくくる	練白粉 ねりおしろ	ゆるい・ゆるや	縁者 えんじゃ

縁家 えんか	縫出 ぬいだす	〔縠〕ち	総力 そうりょく	総索引 そうさくい
縁故 えんこ	縫代 ぬいしろ	緻密 ちみつ	総収 そうしゅう	ん
縁起 えんぎ	縫合 ほうごう・ぬい	〔縠〕こく	総毛立 そうけだつ	総理 そうり
縁座 えんざ	あわせる	縠織 こめおり	総出 そうで	総掛 そうがかり
縁側 えんがわ	縫糸 ぬいいと	〔縮〕しゅく・ちぢれ	総皮 そうがわ	総務 そうむ
縁組 えんぐみ	縫返 ぬいかえす	る・ちぢれ・ちぢら	総代 そうだい	総崩 そうくずれ
縁戚 えんせき	縫取 ぬいとり	す・ちぢめる・ちぢ	総立 そうだち	総菜 そうざい
縁結 えんむすび	縫直 ぬいなおす	む・ちぢみ・ちぢま	総仕舞 そうじまい	総動員 そうどうい
縁続 えんつづき	縫物 ぬいもの	る・ちぢこまる・ち	総本家 そうほんけ	ん
縁遠 えんどおい	縫針 ぬいはり・ぬい	ぢかむ	総本山 そうほんざ	総統 そうとう
縁談 えんだん	ばり	縮小 しゅくしょう	ん	総評 そうひょう
縁類 えんるい	縫紋 ぬいもん	縮上 ちぢみあがる	総当 そうあたり	総捲 そうまくり
〔縋〕すがる	縫揚 ぬいあげ・ぬい	縮毛 ちぢれげ	総会 そうかい	総量 そうりょう
縋付 すがりつく	あげる	縮尺 しゅくしゃく	総合 そうごう	総裁 そうさい
〔縕〕おん	縫製 ほうせい	縮写 しゅくしゃ	総同盟罷業 そう	総督 そうとく
縕袍 どてら	縫箔 ぬいはく	縮図 しゅくず	どうめいひぎょう	総意 そうい
〔緬〕めん	縫模様 ぬいもよう	縮刷 しゅくさつ	総花 そうばな	総裏 そううら
緬羊 めんよう	〔縢〕とう・かがる	縮減 しゅくげん	総見 そうけん	総勢 そうぜい
〔縞〕こう・しま	〔縦〕じゅう・たて・	縮緬 ちりめん	総別 そうべつ	総数 そうすう
縞目 しまめ	よしんば・よしや・	縮織 ちぢみおり	総身 そうしん・そう	総辞職 そうじしょ
縞合 しまあい	よし・ほしいまま・	〔縲〕るい	み	く
縞物 しまもの	たとい・たとえ	縲絏 るいせつ	総門 そうもん	総路線 そうろせん
縞染 しまぞめ	縦令 たとい	縲紲 るいせつ	総体 そうたい	総領 そうりょう
縞柄 しまがら	縦穴 たてあな	〔績〕せき・うむ	総状 そうじょう	総領事 そうりょう
縞蚊 しまか	縦列 じゅうれつ	〔繁〕はん・しげる・	総角 あげまき	じ
縞馬 しまうま	縦糸 たていと	しげみ・しげい	総攻撃 そうこうげ	総嘗 そうなめ
縞蛇 しまへび	縦走 じゅうそう	繁文縟礼 はんぶん	き	総髪 そうはつ
縞織 しまおり	縦坑 たてこう	じょくれい	総決算 そうけっさ	総説 そうせつ
〔縊〕い・くびる・く	縦陣 じゅうじん	繁用 はんよう	ん	総模様 そうもよう
びれる	縦貫 じゅうかん	緊合 はんあいあう	総長 そうちょう	総論 そうろん
縊死 いし	縦書 たてがき	繁多 はんた	総和 そうわ	総締 そうじめ
縊殺 くびりころす	縦断 じゅうだん	繁忙 はんぼう	総画 そうかく	総選挙 そうせんき
〔縛〕ばく・いましめ	縦笛 たてぶえ	繁吹 しぶく	総則 そうそく	ょ
る・いましめ・しば	縦組 たてぐみ	繁昌 はんじょう	総点 そうてん	総監 そうかん
る	縦割 たてわり	繁茂 はんも	総員 そういん	総覧 そうらん
縛上 しばりあげる	縦隊 じゅうたい	繁栄 はんえい	総括 そうかつ	総稽古 そうげいこ
縛付 しばりつける	縦結 たてむすび	繁華 はんか	総柄 そうがら	総轄 そうかつ
縛帯 ばくたい	縦軸 たてじく	繁盛 はんじょう	総革 そうがわ	総額 そうがく
〔縫〕ほう・ぬい・ぬ	縦横 じゅうおう	繁殖 はんしょく	総計 そうけい	総譜 そうふ
縫上 ぬいあがり・ぬ	縦線 じゅうせん	繁劇 はんげき	総帥 そうすい	総攬 そうらん
いあげ・ぬいあげる	縦覧 じゅうらん	繁雑 はんざつ	総指揮 そうしき	総懸 そうがかり
縫方 ぬいかた	縦縞 たてじま	繁縟 はんじょく	総記 そうき	〔繊〕せん
縫込 ぬいこみ・ぬい	〔縒〕し・より・よ	繁繁 しげしげ	総桐 そうぎり	繊切 せんぎり
こむ	る・よれる	繁簡 はんかん	総高 そうだか	繊毛 せんもう
縫目 ぬいめ	縒糸 よりいと	〔総〕そう・すべて・	総渫 そうざらい	繊手 せんしゅ
縫付 ぬいつける	〔縡〕さい・こと	すべる・ふさ・そう	総書 そうしょ	繊六本 せんろっぱ
	縡切 こときれる	じて	総称 そうしょう	ん

繊巧 せんこう
繊条 せんじょう
繊度 せんど
繊弱 せんじゃく
繊細 せんさい
繊維 せんい
〔縺〕れん・もつれ・もつれる
縺込 もつれこむ
〔縷〕る
縷言 るげん
縷述 るじゅつ
縷陳 るちん
縷説 るせつ
縷縷 るる
〔縹〕ひょう・はなだ
縹色 はなだいろ
縹渺 ひょうびょう
〔繃〕ほう
繃帯 ほうたい
〔織〕しょく・おり・おる
織女 しょくじょ
織元 おりもと
織布 しょくふ
織込 おりこむ
織目 おりめ
織出 おりだす
織地 おりじ
織成 おりなす
織物 おりもの
織姫 おりひめ
織機 しょっき
〔繍〕しゅう
〔縄〕じょう・なわ
縄文 じょうもん
縄手 なわて
縄付 なわつき
縄目 なわめ
縄延 なわのび
縄抜 なわぬけ
縄飛 なわとび
縄張 なわばり
縄梯子 なわばしご
縄跳 なわとび
縄暖簾 なわのれん
縄簾 なわすだれ

〔縕〕うん
〔繋〕けい・つながり・つながる・つなぎ・つぐ・かか
繋争 けいそう
繋留 けいりゅう
繋累 けいるい
繋船 けいせん
繋属 けいぞく
繋辞 けいじ
繋駕 けいが
繋縛 けいばく
〔繭〕けん・まゆ
繭玉 まゆだま
繭糸 けんし
繭紬 けんちゅう
〔繰〕そう・くり・くる
繰入 くりいれる
繰上 くりあげる
繰戸 くりど
繰広 くりひろげる
繰出 くりだす
繰込 くりこむ
繰回 くりまわす
繰延 くりのべる
繰合 くりあわせる
繰言 くりごと
繰返 くりかえす
繰戻 くりもどす
繰寄 くりよせる
繰越 くりこし・くりこす
繰替 くりかえる
繰綿 くりわた
〔繻〕しゅ
繻子 しゅす
繻珍 しゅちん・しちん
繻袢 じゅばん
〔纓〕えい
〔繽〕ひん
繽紛 ひんぷん
〔纏〕てん・まとま・る・まとめる・まと

う・まとい・まつわる
纏足 てんそく
纏綿 てんめん
纏繞 てんじょう
〔纜〕らん・ともづな・むやい
〔纐〕りょう
繚乱 りょうらん
〔纔〕さん・わずか
〔纇〕こう
纈纈 こうけち
〔纈〕はん・ひもとく
纈誌 はんどく
〔纘〕ぜん・つくろう・つくらう・つくろい

辛 部

〔辛〕しん・からい・からさ・つらい・かのと
辛子 からし
辛口 からくち
辛目 からめ
辛気 しんき
辛夷 こぶし
辛労 しんろう
辛辛 からがら
辛抱 しんぼう
辛苦 しんく
辛味 からみ
辛味噌 からみそ
辛党 からとう
辛勝 しんしょう
辛辣 しんらつ
辛酸 しんさん
〔辟〕へき
辟易 へきえき
〔辞〕じ・じす・じする・いなむ・やめる・ことば
辞色 じしょく
辞任 じにん
辞林 じりん
辞令 じれい
辞去 じきょ

辞世 じせい
辞宜 じぎ
辞典 じてん
辞表 じひょう
辞退 じたい
辞書 じしょ
辞意 じい
辞彙 じい
辞儀 じぎ
辞職 じしょく
辞讓 じじょう
〔辣〕らつ・からし
辣韮 らっきょう
辣腕 らつわん
〔辨〕べん・わきまえ・る・べんじる・べんずる
辨明 べんめい
辨慶 べんけい
〔辮〕べん
辮髪 べんぱつ

臣 部

〔臣〕しん・おみ
臣下 しんか
臣子 しんし
臣民 しんみん
臣服 しんぷく
臣事 しんじ
臣従 しんじゅう
臣節 しんせつ
臣籍 しんせき
〔臥〕が・ふせる・す・ふせる
臥床 がしょう
臥所 ふしど
臥竜 がりょう
臥転 ふしまろぶ
臥薪嘗胆 がしんしょうたん
〔臨〕りん・のぞむ
臨月 りんげつ
臨写 りんしゃ
臨本 りんぽん
臨地 りんち
臨池 りんち
臨床 りんしょう

臨画 りんが
臨幸 りんこう
臨界 りんかい
臨海 りんかい
臨席 りんせき
臨時 りんじ
臨書 りんしょ
臨御 りんぎょ
臨港 りんこう
臨終 りんじゅう
臨済宗 りんざいしゅう
臨検 りんけん
臨場 りんじょう
臨戦 りんせん
臨模 りんも
臨摹 りんも
臨機 りんき

言 部

〔言〕げん・ごん・ゆう・いい・いう・こと・いえる・いわせる
言上 ごんじょう
言下 げんか・ごんか
言方 いいかた
言分 いいわけ・いいぶん
言及 げんきゅう
言切 いいきる
言文 げんぶん
言付 いいつける・いいつかる・ことづける・ことづける・ことづかる
言外 げんがい
言旧 いいふるす
言古 いいふるす
言広 いいひろめる
言立 いいたてる
言出 いいだす
言込 いいこめる
言尽 いいつくす
言合 いいあう・いいあわせる
言伝 いいつたえ・い

いつたえる・ことづて	言淀 いいよどむ	計画 けいかく	け・ことづける	許容 きょよう
言行 げんこう	言捲 いいまくる	計時 けいじ	託児 たくじ	許婚 いいなずけ・きょこん
言回 いいまわし	言張 いいはる	計略 けいりゃく	託送 たくそう	許嫁 いいなずけ
言成 いいなり	言悪 いいにくい	計測 けいそく	託宣 たくせん	許諾 きょだく
言伏 いいふせる	言做 いいなす	計理士 けいりし	〔訓〕くん・くんずる	〔設〕せつ・もうけ・もうける
言交 いいかわす	言渋 いいしぶる	計減 はかりべり	訓示 くんじ	設立 せつりつ
言争 いいあらそう・いいあらそい	言動 げんどう	計量 けいりょう	訓令 くんれい	設定 せってい
言当 いいあてる	言葉 ことのは・ことば	計数 けいすう	訓民正音 くんみんせいおん	設計 せっけい
言抜 いいぬけ	言渡 いいわたす・いいわたし	計算 けいさん	訓戒 くんかい	設問 せつもん
言条 いいじょう	言違 いいちがえる・いいちがい	計器 けいき	訓育 くんいく	設備 せつび
言返 いいかえす	言開 いいひらき	〔記〕き・しるす・しるし・きする	訓点 くんてん	設営 せつえい
言合 いいくるめる	言募 いいつのる	記入 きにゅう	訓釈 くんしゃく	設置 せっち
言足 いいたす	言散 いいちらす	記号 きごう	訓蒙 くんもう	設題 せつだい
言言 げんげん	言過 いいすぎる	記名 きめい	訓詁 くんこ	〔訛〕か・なまり・なまる
言出屁 いいだしっぺ	言替 いいかえる	記念 きねん・かたみ	訓話 くんわ	訛伝 かでん
言表 いいあらわす	言落 いいおとす	記述 きじゅつ	訓電 くんでん	訛形 かけい
言直 いいなおす	言換 いいかえる	記者 きしゃ	訓辞 くんじ	訛音 かおん
言明 げんめい	言触 いいふらす	記事 きじ	訓義 くんぎ	訛語 かご
言放 いいはなつ	言辞 げんじ	記紀 きき	訓誡 くんかい	〔訳〕やく・やくす・やくする・わけ
言送 いいおくる	言継 いいつぐ	記章 きしょう	訓読 くんどく・くんよみ	訳了 やくりょう
言祝 ことほぐ	言置 いいおく	記帳 きちょう	訓練 くんれん	訳文 やくぶん
言草 いいぐさ	言損 いいそこなう	記載 きさい	訓導 くんどう	訳出 やくしゅつ
言拵 いいこしらえる	言語 げんご・こんご	記録 きろく	〔訊〕じん	訳本 やくほん
言逃 いいのがれる	言質 げんしつ・げんち	記憶 きおく	訊問 じんもん	訳名 やくめい
言負 いいまかす	言説 げんせつ	〔討〕とう・うつ	〔訌〕こう	訳合 わけあい
言問 こととう	言誤 いいあやまる	討入 うちいり・うちいる	訌争 こうそう	訳述 やくじゅつ
言挙 ことあげ	言様 いいよう	討止 うちとめる	〔訪〕ほう・とぶらい・とぶらう・たずねる・とう・おとずれる・おとずれ・おとなう	訳者 やくしゃ
言消 いいけす	言漏 いいもらす	討手 うちて		訳注 やくちゅう
言笑 いいしょう	言種 いいぐさ	討伐 とうばつ		訳知 わけしり
言責 げんせき	言暮 いいくらす	討死 うちじに		訳柄 わけがら
言破 いいやぶる	言聞 いいきかせる	討究 とうきゅう	訪問 ほうもん	訳書 やくしょ
言値 いいね	言甲斐 いいがい	討果 うちはたす	訪客 ほうきゃく	訳解 やっかい
言残 いいのこす	言霊 ことだま	討取 うちとる	訪欧 ほうおう	訳註 やくちゅう
言紛 いいまぎらす	言論 げんろん	討匪 とうひ	〔訝〕が・いぶかる・いぶかしい	訳筆 やくひつ
言通 いいとおす	言繞 いいつくろう	討幕 とうばく		訳補 やくほ
言兼 いいかねる	言唯 いいはやす	討論 とうろん	〔訥〕とつ	訳業 やくぎょう
言習 いいならわす・いいならわし	言籠 いいこめる	討議 とうぎ	訥訥 とつとつ	訳詞 やくし
言掛 いいかける・いいかけ・いいがかり	〔計〕けい・はかる・い・はからう・はかる・はかり	〔訂〕てい	訥弁 とつべん	訳無 わけない
言捨 いいすて・いいすてる	訂正 ていせい	〔許〕きょ・もと・ゆるす・ゆるし・ゆる・ばかり	訳載 やくさい
言寄 いいよる	計上 けいじょう	〔計〕ふ	許可 きょか	訳詩 やくし
言訳 いいわけ	計切 はかりきり	訃音 ふいん	許多 きょた	訳読 やくどく
	計売 はかりうり	訃報 ふほう	許否 きょひ	訳語 やくご
		〔託〕たく・たくす・たくする・かこつ・かこつける・ことづ		〔訣〕けつ

訣別 けつべつ
〔註〕ちゅう・ちゅう
　する
註文 ちゅうもん
註記 ちゅうき
註疎 ちゅうそ
註釈 ちゅうしゃく
註脚 ちゅうきゃく
註解 ちゅうかい
〔詠〕えい・うたう・
　えいじる・えいずる・
　ながむ・ながめ
詠人 よみびと
詠史 えいし
詠手 よみて
詠込 よみこむ
詠吟 えいぎん
詠物 えいぶつ
詠草 えいそう
詠進 えいしん
詠唱 えいしょう
詠歎 えいたん
詠嘆 えいたん
詠歌 えいか
〔評〕ひょう・ひょう
　する
評伝 ひょうでん
評判 ひょうばん
評言 ひょうげん
評決 ひょうけつ
評定 ひょうてい
評注 ひょうちゅう
評定 ひょうじょう
評者 ひょうしゃ
評価 ひょうか
評点 ひょうてん
評釈 ひょうしゃく
評註 ひょうちゅう
評説 ひょうせつ
評語 ひょうご
評論 ひょうろん
評壇 ひょうだん
評議 ひょうぎ
〔詞〕し・ことば
詞兄 しけい
詞宗 しそう
詞章 ししょう

詞藻 しそう
詞華集 しかしゅう
〔詔〕しょう・みこと
　のり
詔勅 しょうちょく
詔書 しょうしょ
〔詛〕のろい・のろう
〔診〕しん
診療 しんりょう
診断 しんだん
診察 しんさつ
〔詐〕さ・いつわり・
　いつわる
詐取 さしゅ
詐称 さしょう
詐術 さじゅつ
詐欺 さぎ
〔訴〕そ・うったう・
　うったえ・うったえ
　る
訴人 そにん
訴因 そいん
訴件 そけん
訴求 そきゅう
訴状 そじょう
訴追 そつい
訴訟 そしょう
訴権 そけん
訴願 そがん
〔証〕しょう・しょう
　する・あかし
証人 しょうにん
証文 しょうもん
証左 しょうさ
証本 しょうほん
証印 しょういん
証言 しょうげん
証拠 しょうこ
証券 しょうけん
証明 しょうめい
証紙 しょうし
証書 しょうしょ
証票 しょうひょう
証迹 しょうせき
証歌 しょうか
証憑 しょうひょう
〔詑〕た・わび・わび

る
詫入 わびいる
詫状 わびじょう
詫言 わびごと
詫事 わびごと
〔該〕がい
該当 がいとう
該博 がいはく
〔詳〕しょう・くわし
　い・つまびらか
詳伝 しょうでん
詳言 しょうげん
詳述 しょうじゅつ
詳記 しょうき
詳細 しょうさい
詳密 しょうみつ
詳解 しょうかい
詳報 しょうほう
詳説 しょうせつ
詳論 しょうろん
詳録 しょうろく
〔試〕し・こころみる・
　こころみ・ためし・
　ためす
試切 ためしぎり
試用 しよう
試写 ししゃ
試行 しこう
試合 しあい
試作 しさく
試売 しばい
試走 しそう
試技 しぎ
試歩 しほ
試供 しきょう
試金石 しきんせき
試胆会 したんかい
試射 ししゃ
試食 ししょく
試乗 しじょう
試料 しりょう
試航 しこう
試案 しあん
試問 しもん
試着 しちゃく
試掘 しくつ
試斬 ためしぎり

試筆 しひつ
試補 しほ
試煉 しれん
試弾 しだん
試薬 しやく
試飲 しいん
試運転 しうんてん
試演 しえん
試練 しれん
試算 しさん
試製 しせい
試漕 しそう
試論 しろん
試錐 しすい
試聴 しちょう
試験 しけん
試験田 しけんでん
試織 ししょく
〔詩〕し
詩人 しじん
詩才 しさい
詩友 しゆう
詩心 ししん
詩文 しぶん
詩句 しく
詩仙 しせん
詩会 しかい
詩作 しさく
詩抄 ししょう
詩体 したい
詩吟 しぎん
詩形 しけい
詩味 しみ
詩性 しせい
詩法 しほう
詩宗 しそう
詩的 してき
詩巻 しかん
詩学 しがく
詩草 しそう
詩型 しけい
詩界 しかい
詩神 ししん
詩書 ししょ
詩家 しか
詩情 しじょう
詩経 しきょう

詩道 しどう
詩鈔 ししょう
詩集 ししゅう
詩業 しぎょう
詩聖 しせい
詩賦 しふ
詩話 しわ
詩想 しそう
詩感 しかん
詩意 しい
詩歴 しれき
詩箋 しせん
詩語 しご
詩魂 しこん
詩碑 しひ
詩劇 しげき
詩歌 しか・しいか
詩論 しろん
詩壇 しだん
詩調 しちょう
詩趣 ししゅ
詩稿 しこう
詩篇 しへん
詩編 しへん
詩興 しきょう
詩藻 しそう
詩嚢 しのう
〔詰〕きつ・つまる・
　つめる・つみ・つ
　む・つめ・づめ・な
　じる
詰切 つめきる
詰込 つめこむ
詰込主義 つめこみ
　しゅぎ
詰合 つめあわせ
詰屈 きっくつ
詰物 つめもの
詰所 つめしょ
詰草 つめくさ
詰問 きつもん
詰責 きっせき
詰将棋 つめしょう
　ぎ
詰寄 つめよせる・つ
　めよる

詰掛 つめかける	話線 わせん	語呂 ごろ	〔誦〕じゅ・しょう	誘入 さそいいれる
詰腹 つめばら	話調 わちょう	語尾 ごび	誦経 じゅきょう・ず	誘引 ゆういん
詰襟 つめえり	話頭 わとう	語序 ごじょ	きょう	誘水 さそいみず
〔誇〕こ・ほこり・ほ	話題 わだい	語形 ごけい	〔認〕にん・みとめ・	誘出 おびきだす・さ
てる・ほこらか	〔詭〕き	語物 かたりもの	みとめる・したため	そいだす
誇大 こだい	詭弁 きべん	語明 かたりあかす	る	誘因 ゆういん
誇示 こじ	詭計 きけい	語法 ごほう	認印 にんいん	誘合 さそいあわせる
誇負 こふ	詭激 きげき	語例 ごれい	認可 にんか	誘拐 ゆうかい
誇称 こしょう	〔誂〕ちょう・あつら	語学 ごがく	認否 にんぴ	誘発 ゆうはつ
誇張 こちょう	え・あつらえる	語草 かたりぐさ	認定 にんてい	誘致 ゆうち
〔誠〕せい・まこと	誂向 あつらえむき	語部 かたりべ	認知 にんち	誘掖 ゆうえき
誠心 せいしん	〔詣〕けい・もうでる	語脈 ごみゃく	認容 にんよう	誘掛 さそいかける
誠実 せいじつ	〔説〕せつ・とく	語原 ごげん	認許 にんきょ	誘寄 おびきよせる
誠忠 せいちゅう	説分 ときわける	語根 ごこん	認証 にんしょう	誘惑 ゆうわく
誠意 せいい	説及 ときおよぶ	語格 ごかく	認識 にんしき	誘蛾灯 ゆうがとう
〔詮〕せん	説付 ときつける	語釈 ごしゃく	〔誤〕ご・あやまり・	誘導 ゆうどう
詮方 せんかた	説伏 ときふせる・せ	語族 ごぞく	あやまる	誘爆 ゆうばく
詮無 せんない	っぷく	語順 ごじゅん	誤写 ごしゃ	〔誕〕たん
詮所 せんずるところ	説明 せつめい・とき	語継 かたりつぐ	誤用 ごよう	誕生 たんじょう
詮索 せんさく	あかす	語語 ごご	誤伝 ごでん	誕辰 たんしん
詮衡 せんこう	説法 せっぽう	語誌 ごし	誤字 ごじ	〔誑〕きょう・たら
詮議 せんぎ	説起 ときおこす	語路 ごろ	誤判 ごはん	す・たぶらかす
〔誄〕るい	説破 せっぱ	語勢 ごせい	誤信 ごしん	誑込 たらしこむ
誄詞 るいし	説教 せっきょう	語数 ごすう	誤射 ごしゃ	〔読〕どく・よみ・よ
〔誅〕ちゅう	説経 せっきょう	語源 ごげん	誤差 ごさ	む・よめる・よませる
誅伐 ちゅうばつ	説得 せっとく	語義 ごぎ	誤配 ごはい	読了 どくりょう
誅求 ちゅうきゅう	説道 いうならく	語感 ごかん	誤記 ごき	読人 よみびと
誅殺 ちゅうさつ	説勧 ときすすめる	語幹 ごかん	誤称 ごしょう	読上 よみあげる
誅滅 ちゅうめつ	説聞 とききかせる	語意 ごい	誤訳 ごやく	読下 よみくだす
誅戮 ちゅうりく	説話 せつわ	語彙 ごい	誤断 ごだん	読切 よみきる・よみ
〔話〕わ・はなす・は	説諭 せつゆ	語弊 ごへい	誤脱 ごだつ	きり
なし・はなせる	〔誡〕かい・いましめ	語頭 ごとう	誤報 ごほう	読手 よみて
話手 はなして	る・いましめ・いま	語調 ごちょう	誤答 ごとう	読方 よみかた
話込 はなしこむ	しむ	語録 ごろく	誤診 ごしん	読心術 どくしんじ
話半分 はなしはん	誡告 かいこく	〔誣〕ぶ・ふ・しいる	誤植 ごしょく	つ
ぶん	〔誌〕し・しるす	誣言 ぶげん	誤解 ごかい	読史 どくし
話合 はなしあい・は	誌上 しじょう	誣告 ぶこく	誤聞 ごぶん	読札 よみふだ
なしあう	誌代 しだい	〔誓〕せい・ちかい・	誤電 ごでん	読本 よみほん・どく
話声 はなしごえ	誌面 しめん	ちかう	誤算 ごさん	ほん
話言葉 はなしこと	〔語〕ご・かたらう	誓文 せいもん	誤認 ごにん	読字 どくじ
ば	かたり・かたる	誓言 せいごん・せい	誤読 ごどく	読会 どっかい
話法 わほう	語口 かたりくち	げん・ちかいごと	誤審 ごしん	読合 よみあわせ・よ
話相手 はなしあい	語手 かたりて	誓約 せいやく	誤謬 ごびゅう	読図 どくず
て	語末 ごまつ	誓紙 せいし	誤魔化 ごまかす	読売 よみうり
話柄 わへい	語史 ごし	誓書 せいしょ	〔誘〕ゆう・おびく・	読返 よみかえす
話掛 はなしかけ	語句 ごく	誓詞 せいし	いざなう・さそい・	読応 よみごたえ
話術 わじゅつ	語気 ごき	誓願 せいがん	さそう	

読者 どくしゃ	談論 だんろん	諸生 しょせい	る・ろんずる・あげ	る・そしり
読取 よみとる	〔静〕そう・しょう・	諸他 しょた	つらう・あげつらい	誹風 はいふう
読物 よみもの	いさかい	諸本 しょほん	論及 ろんきゅう	誹諧 はいかい
読後 どくご	〔請〕しょう・せい・	諸共 もろとも	論文 ろんぶん	誹謗 ひぼう
読点 とうてん	うけ・うける・こ	諸肌 もろはだ	論功 ろんこう	誹議 ひぎ
読書 よみかき・どく	い・こう・しょうじ	諸行 しょぎょう	論外 ろんがい	〔課〕か・かする
しょ	る・しょうずる	諸式 しょしき	論弁 ろんべん	課外 かがい
読破 どくは	請入 しょうじいれる	諸色 しょしき	論旨 ろんし	課目 かもく
読通 よみとおす	請人 うけにん	諸多 しょた	論争 ろんそう	課長 かちょう
読流 よみながす	請出 うけだす	諸因 しょいん	論告 ろんこく	課業 かぎょう
読破 よみやぶる	請合 うけあい・うけ	諸声 もろごえ	論決 ろんけつ	課税 かぜい
読振 よみぶり	あう	諸君 しょくん	論究 ろんきゅう	課程 かてい
読耽 よみふける	請売 うけうり	諸車 しょしゃ	論判 ろんぱん	課題 かだい
読唇術 どくしんじ	請判 うけはん	諸味 もろみ	論拠 ろんきょ	〔調〕ちょう・しら
ゅつ	請求 せいきゅう	諸学 しょがく	論法 ろんぽう	べ・しらべる・とと
読経 どきょう・どっ	請来 しょうらい	諸国 しょこく	論定 ろんてい	のう・ととのえる
きょう	請取 うけとり・うけ	諸姉 しょし	論述 ろんじゅつ	調子 ちょうし
読解 どっかい・よみ	とる	諸事 しょじ	論者 ろんしゃ	調弁 ちょうべん
とく	請受 こいうける	諸宗 しょしゅう	論破 ろんぱ	調号 ちょうごう
読過 どっか	請負 うけおい・うけ	諸所 しょしょ	論点 ろんてん	調印 ちょういん
読替 よみかえる	おう	諸物 しょぶつ	論陣 ろんじん	調伏 ちょうぶく
読慣 よみなれる	請書 うけしょ	諸法 しょほう	論客 ろんかく・ろん	調合 ちょうごう
読誦 どくじゅ・どく	請訓 せいくん	諸差 もろざし	きゃく	調車 しらべぐるま
しょう	請託 せいたく	諸家 しょか	論理 ろんり	調和 ちょうわ
読癖 よみくせ	請暇 せいか	諸侯 しょこう	論断 ろんだん	調味 ちょうみ
〔誨〕かい	請願 せいがん	諸政 しょせい	論策 ろんさく	調法 ちょうほう
誨淫 かいいん	〔諸〕しょ・もろ・も	諸相 しょそう	論結 ろんけつ	調律 ちょうりつ
〔諄〕じゅん・くど	ろもろ	諸員 しょいん	論評 ろんぴょう	調度 ちょうど
い	諸人 もろびと	諸島 しょとう	論証 ろんしょう	調剤 ちょうざい
諄諄 くどくど・くど	諸子 もろこ	諸般 しょはん	論集 ろんしゅう	調査 ちょうさ
くどしい・じゅん	諸刃 もろは	諸掛 しょがかり	論詰 ろんきつ	調音 ちょうおん
ゅん	諸口 しょくち	諸費 しょひ	論駁 ろんばく	調革 しらべがわ
〔諒〕りょう	諸山 しょざん	諸訳 しょわけ	論戦 ろんせん	調帯 しらべおび
諒承 りょうしょう	諸子 しょし	諸悪 しょあく	論賛 ろんさん	調書 ちょうしょ
諒恕 りょうじょ	諸大夫 しょだいぶ	諸道 しょどう	論語 ろんご	調理 ちょうり
諒解 りょうかい	諸手 もろて	諸豪 しょごう	論説 ろんせつ	調停 ちょうてい
諒察 りょうさつ	諸王 しょおう	諸勢 しょぜい	論鋒 ろんぽう	調教 ちょうきょう
諒闇 りょうあん	諸公 しょこう	諸節 しょせつ	論敵 ろんてき	調進 ちょうしん
〔談〕だん・だんず	諸氏 しょし	諸縁 しょえん	論調 ろんちょう	調逹 ちょうたつ
る・だんじる	諸方 しょほう	諸種 しょしゅ	論壇 ろんだん	調節 ちょうせつ
談込 だんじこむ	諸元表 しょげんひ	諸説 しょせつ	論蔵 ろんぞう	調製 ちょうせい
談合 だんごう	ょう	諸賢 しょけん	論題 ろんだい	調髪 ちょうはつ
談判 だんぱん	諸白 もろはく	諸膝 もろひざ	論難 ろんなん	調緒 しらべのお
談林 だんりん	諸矢 もろや	諸諸 もろもろ	論叢 ろんそう	調練 ちょうれん
談笑 だんしょう	諸兄 しょけい	諸膚 もろはだ	論纂 ろんさん	調薬 ちょうやく
談義 だんぎ	諸兄姉 しょけいし	諸嬢 しょじょう	論議 ろんぎ	調整 ちょうせい
談話 だんわ	諸処 しょしょ	〔論〕ろん・ろんじ	〔誹〕はい・ひ・そし	〔誰〕た・たれ・だれ

誰何 すいか
誰其 だれそれ
誰彼 だれかれ・だれ
　もかも
誰誰 だれだれ
〔諂〕てん・へつらう
〔誼〕ぎ・よしみ
〔諦〕てい・あきらめ
　る
諦視 ていし
諦観 ていかん
〔諺〕げん・ことわざ
諺文 おんむん・おん
　もん
諺語 げんご
〔諮〕し・はかる
諮問 しもん
諮詢 しじゅん
〔謎〕めい・なぞ
謎謎 なぞなぞ
〔諫〕かん・いさめる
諫止 かんし
諫死 かんし
諫言 かんげん
〔謀〕ぼう・はかりご
　と・はかる・たばか
　る
謀反 むほん
謀計 ぼうけい
謀叛 むほん
謀殺 ぼうさつ
謀略 ぼうりゃく
謀議 ぼうぎ
〔諾〕だく・だくす・
　だくする・うべなう
諾呑 だくひ
諾意 だくい
諾諾 だくだく
〔謂〕い・いう・いわ
　れ・いい
謂因縁 いわれいん
　ねん
〔諷〕えつ・えっする
謁見 えっけん
〔諭〕ゆ・さとし・さ
　とす
諭告 ゆこく

諭旨 ゆし
〔諷〕ふう・ふうする
諷刺 ふうし
諷詠 ふうえい
諷誦 ふうじゅ・ふじ
諷意 ふうい
諷諭 ふうゆ
諷諫 ふうかん
〔諧〕かい
諧声 かいせい
諧調 かいちょう
諧謔 かいぎゃく
〔諳〕あん・そらんじ
　る・そらんずる
諳記 あんき
諳譜 あんぷ
〔諱〕き・いみな
〔諜〕ちょう
諜報 ちょうほう
〔諢〕こん
諢名 あだな
〔諤〕がく
諤諤 がくがく
〔諡〕し・おくりな
諡号 しごう
〔謗〕ほう・そしり・
　そしる
〔謙〕けん・へりくだ
　る
謙抑 けんよく
謙称 けんしょう
謙虚 けんきょ
謙遜 けんそん
謙語 けんご
謙譲 けんじょう
〔講〕こう・こうじ
　る・こうずる
講中 こうじゅう・こ
　うちゅう
講元 こうもと
講社 こうしゃ
講究 こうきゅう
講和 こうわ
講書 こうしょ
講師 こうし・こうじ
講座 こうざ

講堂 こうどう
講習 こうしゅう
講釈 こうしゃく
講評 こうひょう
講筵 こうえん
講話 こうわ
講義 こうぎ
講読 こうどく
講説 こうせつ
講演 こうえん
講壇 こうだん
講談 こうだん
〔謡〕よう・うたい
　うたう
謡曲 ようきょく
謡言 ようげん
謡物 うたいもの
〔謝〕しゃ・あやま
　り・あやまる・しゃ
　する
謝礼 しゃれい
謝肉祭 しゃにくさ
　い
謝状 しゃじょう
謝金 しゃきん
謝恩 しゃおん
謝絶 しゃぜつ
謝意 しゃい
謝罪 しゃざい
謝辞 しゃじ
謝儀 しゃぎ
〔謫〕たく
謫居 たっきょ
謫所 たくしょ
〔謹〕きん・つつし
　む・つつしんで
謹上 きんじょう
謹告 きんこく
謹言 きんげん
謹呈 きんてい
謹直 きんちょく
謹厚 きんこう
謹書 きんしょ
謹啓 きんけい
謹賀 きんが
謹慎 きんしん
謹話 きんわ

謹製 きんせい
謹選 きんせん
謹撰 きんせん
謹聴 きんちょう
謹厳 きんげん
〔識〕しき
識見 しきけん・しっ
　けん
識字 しきじ
識別 しきべつ
識者 しきしゃ
識語 しきご・しご
識閾 しきいき
〔譜〕ふ
譜代 ふだい
譜表 ふひょう
譜面 ふめん
譜第 ふだい
〔譚〕たん
譚詩 たんし
譚歌 たんか
〔議〕ぎ・ぎす・ぎす
　る
議了 ぎりょう
議会 ぎかい
議決 ぎけつ
議定 ぎてい・ぎじょ
　う
議長 ぎちょう
議事 ぎじ
議事堂 ぎじどう
議院 ぎいん
議員 ぎいん
議席 ぎせき
議案 ぎあん
議場 ぎじょう
議論 ぎろん
議題 ぎだい
〔譬〕ひ・たとえ・た
　とえる
譬喩 ひゆ
〔警〕けい・いましめ
　る・いましめ
警手 けいしゅ
警句 けいく
警世 けいせい
警防 けいぼう

警抜 けいばつ
警告 けいこく
警戒 けいかい
警固 けいご
警官 けいかん
警視 けいし
警乗 けいじょう
警務 けいむ
警部 けいぶ
警笛 けいてき
警備 けいび
警棒 けいぼう
警報 けいほう
警策 きょうさく
警察 けいさつ
警衛 けいえい
警醒 けいせい
警蹕 けいひつ
警護 けいご
警鐘 けいしょう
警邏 けいら
〔謬〕びゅう・あやま
謬見 びゅうけん
謬論 びゅうろん
〔譫〕せん
譫言 うわごと
〔譴〕けん
譴責 けんせき
〔讒〕ざん・そしる・そ
　しり
〔醫〕けい
〔謳〕おう・うたう
謳歌 おうか
〔護〕ご・まもる・ま
　もり
護身 ごしん
護法 ごほう
護国 ごこく
護岸 ごがん
護持 ごじ
護送 ごそう
護符 ごふ・ごふう
護照 ごしょう
護衛 ごえい
護摩灰 ごまのはい
護憲 ごけん

護謨 ゴム	走高跳 はしりたか	起算 ききん	超絶 ちょうぜつ	赤行嚢 あかこうの
〔讃〕さん	とび	起稿 きこう	超然 ちょうぜん	う
讃仰 さんぎょう・さ	走禽 そうきん	起請 きしょう	超短波 ちょうたん	赤血球 せっけっき
んこう	走幅飛 はしりはば	起爆 きばく	ば	ゅう
讃美 さんび	とび	〔越〕えつ・こす・こ	超邁 ちょうまい	赤門 あかもん
讃辞 さんじ	走幅跳 はしりはば	し・こえる・ごし	〔趣〕しゅ・おもむ	赤沈 せきちん
讃歌 さんか	とび	越方 こしかた	く・おもむき	赤児 あかご
讃歎 さんたん	走路 そうろ	越冬 えっとう	趣向 しゅこう	赤赤 あかあか
〔讒〕ざん	〔赴〕ふ・おもむく	越年 おつねん	趣旨 しゅし	赤豆 あずき
讒言 ざんげん	赴任 ふにん	越度 おちど	趣味 しゅみ	赤芽芋 あかめいも
讒臣 ざんしん	〔起〕き・おきる・お	越中褌 えっちゅう	趣致 しゅち	赤芽柏 あかめがしわ
讒訴 ざんそ	こす・おこり・おこ	ふんどし	趣意 しゅい	赤金 あかがね
讒謗 ざんぼう	る	越年 えつねん	〔趨〕すう・おもむ	赤味 あかみ
〔譲〕じょう・ゆず	起工 きこう	越訴 えっそ	く・はしる	赤松 あかまつ
り・ゆずる	起上 おきあがる	越路 こしじ	趨向 すうこう	赤茄子 あかなす
譲与 じょうよ	起上小法師 おき	越境 えっきょう	趨光性 すうこうせ	赤味噌 あかみそ
譲位 じょうい	あがりこぼし	越後獅子 えちごじ	い	赤軍 せきぐん
譲歩 じょうほ	起毛 きもう	し	趨勢 すうせい	赤点 あかてん
譲渡 じょうと	起句 きく	越権 えっけん・おっ		赤面 せきめん
譲葉 ゆずりは	起用 きよう	けん	**赤 部**	赤茶 あかちゃける
〔辮〕べん	起立 きりつ	〔超〕ちょう・こえる		赤砂糖 あかざとう
辮明 べんめい	起因 きいん	超人 ちょうじん	〔赤〕せき・しゃく・	赤貧 せきひん
〔譏〕しん	起死 きし	超凡 ちょうぼん	あか・あかい・あ	赤恥 あかはじ
	起伏 きふく・おきふ	超大国 ちょうだい	かみ・あからむ・あ	赤紙 あかがみ
走 部	し	こく	かめる・あからめ	赤信号 あかしんご
	起抜 おきぬけ	超自然 ちょうしぜ	赤十字 せきじゅうじ	う
〔走〕そう・はしら	起床 きしょう	ん	赤土 あかつち	赤剣 あかむけ
す・はしり・はし	起直 おきなおる	超克 ちょうこく	赤子 あかご・せきし	赤間石 あかまいし
る・はしらせる	起居 たちい・ききょ	超弩級 ちょうどき	赤手 せきしゅ	赤飯 せきはん・あか
走力 そうりょく	起承転結 きしょう	ゅう	赤毛 あかげ	のまんま
走井 はしりい	てんけつ	超国家主義 ちょ	赤化 せっか	赤道 せきどう
走出 はしりだす・は	起臥 きが	うこっかしゅぎ	赤心 せきしん	赤帽 あかぼう
しりでる	起草 きそう	超俗 ちょうぞく	赤木 あかぎ	赤蛙 あかがえる
走回 はしりまわる	起首 きしゅ	超音速 ちょうおん	赤切符 あかぎっぷ	赤痣 あかあざ
走行 そうこう	起点 きてん	そく	赤地 あかじ	赤痢 せきり
走読 はしりよみ	起重機 きじゅうき	超音波 ちょうおん	赤目 あかめ	赤紫蘇 あかじそ
走抜 はしりぬく・は	起原 きげん	ぱ	赤本 あかほん	赤葡萄酒 あかぶど
しりぬける	起案 きあん	超特急 ちょうとっ	赤札 あかふだ	うしゅ
走使 はしりづかい	起動 きどう	きゅう	赤外線 せきがいせ	赤誠 せきせい
走法 そうほう	起債 きさい	超党派 ちょうとう	ん	赤禍 せっか
走狗 そうく	起掛 おきがけ	は	赤目魚 めなだ	赤裸 あかはだか
走者 そうしゃ	起筆 きひつ	超現実主義 ちょ	赤色 せきしょく	赤腹 あかはら
走査 そうさ	起業 きぎょう	うげんじつしゅぎ	赤身 あかみ	赤楝蛇 やまかがし
走馬灯 そうまとう	起訴 きそ	超脱 ちょうだつ	赤肌 あかはだ	赤裸裸 せきらら
走書 はしりがき	起源 きげん	超勤 ちょうきん	赤坊 あかんぼう	赤新聞 あかしんぶ
走破 そうは	起電 きでん	超越 ちょうえつ	赤字 あかじ	ん
走塁 そうるい		超過 ちょうか	赤貝 あかがい	
走高飛 はしりたか				

赤電車 あかでんしゃ	ん	軍台 しゃだい	軍医 ぐんい	軍鶏 シャモ
赤電話 あかでんわ	豆粕 まめかす	軍代 くるまだい	軍法 ぐんぽう	軍籍 ぐんせき
赤旗 あかはた・せっき	豆幹 まめがら	軍身 しゃしん	軍服 ぐんぷく	軍艦 ぐんかん
赤熊 しゃぐま	豆蒔 まめまき	車両 しゃりょう	軍制 ぐんせい	〔軌〕き
赤銅 しゃくどう	豆鉄砲 まめでっぽう	車曳 くるまひき	軍事 ぐんじ	軌条 きじょう
赤鼻 あかばな	豆腐 とうふ	車扱 しゃあつかい	軍使 ぐんし	軌跡 きせき
赤蜻蛉 あかとんぼ	豆銀 まめぎん	車体 しゃたい	軍国 ぐんこく	軌道 きどう
赤褐色 せきかっしょく	豆蔵 まめぞう	車券 しゃけん	軍学 ぐんがく	軌範 きはん
赤熱 せきねつ	〔赏〕あに	車室 しゃしつ	軍律 ぐんりつ	〔軒〕けん・のき
赤膚 あかはだ	〔豊〕ほう・ゆたか・とよ	車首 しゃしゅ	軍馬 ぐんば	軒下 のきした
赤潮 あかしお	豊凶 ほうきょう	軍馬 しゃば	軍政 ぐんせい	軒丈 のきたけ
赤衛軍 せきえいぐん	豊水 ほうすい	軍海老 くるまえび	軍陣 ぐんじん	軒先 のきさき
赤燐 せきりん	豊年 ほうねん	車前草 おおばこ	軍紀 ぐんき	軒忍 のきしのぶ
赤錆 あかさび	豊沃 ほうよく	車庫 しゃこ	軍規 ぐんき	軒店 のきみせ
赤樫 あかがし	豊作 ほうさく	車座 くるまざ	軍務 ぐんむ	軒昂 けんこう
赤顔 あからがお	豊後節 ぶんごぶし	車窓 しゃそう	軍扇 ぐんせん	軒並 のきならび・のきみな
赤鰯 あかいわし	豊胸術 ほうきょうじゅつ	車寄 くるまよせ	軍配 ぐんばい	軒輊 けんち
赤鱏 あかえい	豊満 ほうまん	車検 しゃけん	軍書 ぐんしょ	軒樋 のきどい
〔赦〕しゃ・ゆるす	豊富 ほうふ	車軸 しゃじく	軍師 ぐんし	軒端 のきば
赦免 しゃめん	豊葦原 とよあしはら	軍掌 しゃしょう	軍部 ぐんぶ	軒灯 けんとう
〔赫〕かく・かがやかし・かがやき	豊漁 ほうりょう	車道 しゃどう	軍旅 ぐんりょ	〔軛〕やく・くびき
赫怒 かくど	豊潤 ほうじゅん	車間距離 しゃかんきょり	軍記 ぐんき	〔軟〕なん・やわらか・やわらかい
赫赫 かっかく	豊熟 ほうじゅく	車輌 しゃりょう	軍略 ぐんりゃく	
赫顔 しゃがん	豊頬 ほうきょう	車塵 しゃじん	軍票 ぐんぴょう	軟口蓋 なんこうがい
〔緒〕しゃ	豊麗 ほうれい	車種 しゃしゅ	軍費 ぐんぴ	軟水 なんすい
緒土 しゃど	豊饒 ほうじょう	車影 しゃえい	軍隊 ぐんたい	軟化 なんか
緒顔 あからがお	豊艶 ほうえん	車線 しゃせん	軍曹 ぐんそう	軟文学 なんぶんがく
	豊穣 ほうじょう	車輪 しゃりん	軍船 ぐんせん	
豆 部	〔豌〕えん	車蝦 くるまえび	軍帽 ぐんぼう	軟式 なんしき
〔豆〕とう・まめ	豌豆 えんどう	〔軋〕あつ・きしむ・きし・るしきめく	軍装 ぐんそう	軟投 なんとう
豆本 まめほん	〔豎〕じゅ・たて		軍属 ぐんぞく	軟体動物 なんたいどうぶつ
豆汁 ご	豎子 じゅし	軋轢 あつれき	軍備 ぐんび	
豆名月 まめめいげつ		〔軍〕ぐん・いくさ	軍港 ぐんこう	軟性 なんせい
豆板 まめいた	**車 部**	軍刀 ぐんとう	軍鼓 ぐんこ	軟便 なんべん
豆油 ご・まめあぶら	〔車〕しゃ・くるま	軍人 ぐんじん	軍営 ぐんえい	軟風 なんぷう
豆乳 とうにゅう	車力 しゃりき	軍手 ぐんて	軍資金 ぐんしきん	軟派 なんぱ
豆炭 まめたん	車上 しゃじょう	軍令 ぐんれい	軍閥 ぐんばつ	軟弱 なんじゃく
豆粉 まめのこ	車内 しゃない	軍用 ぐんよう	軍靴 ぐんか	軟骨 なんこつ
豆絞 まめしぼり	車夫 しゃふ	軍民 ぐんみん	軍需 ぐんじゅ	軟球 なんきゅう
豆素麺 まめそうめん	車中 しゃちゅう	軍功 ぐんこう	軍旗 ぐんき	軟貨 なんか
	車引 くるまひき	軍司令官 ぐんしれいかん	軍歌 ぐんか	軟着陸 なんちゃくりく
	車止 くるまどめ	軍団 ぐんだん	軍機 ぐんき	
	車井戸 くるまいど	軍門 ぐんもん	軍談 ぐんだん	軟鉄 なんてつ
		軍兵 ぐんぴょう	軍職 ぐんしょく	軟禁 なんきん
		軍役 ぐんえき	軍縮 ぐんしゅく	軟質 なんしつ

軟膏 なんこう	転宿 てんしゅく	すてる	軽卒 けいそつ	輝度 きど
軟論 なんろん	転訛 てんか	斬結 きりむすぶ	軽易 けいい	輝線 きせん
軟調 なんちょう	転移 てんい	斬捲 きりまくる	軽金属 けいきんぞく	〔輩〕はい・ばら・や
軟鋼 なんこう	転転 てんてん	斬新 ざんしん		から・ともがら
〔転〕てん　てんじ	転属 てんぞく	斬罪 ざんざい	軽重 けいちょう・け	輩下 はいか
る・てんずる・うた	転貸 てんたい	斬髪 ざんばつ	いじゅう	輩出 はいしゅつ
た・ころがし・ころ	転貸借 てんたいし	〔軸〕じく	軽視 けいし	〔輪〕りん・わ
がす・ころがる・こ	ゃく	軸木 じくぎ	軽侮 けいぶ	輪切 わぎり
ろげる・ころばす	転落 てんらく	軸足 じくあし	軽便 けいべん	輪生 りんせい
ころび　ころぶ・ま	転補 てんぽ	軸物 じくもの	軽度 けいど	輪伐 りんばつ
ろぶ・まろがす	転軫 てんじん	軸受 じくうけ	軽信 けいしん	輪形 りんけい
転入 てんにゅう	転勤 てんきん	軸馬力 じくばりき	軽食 けいしょく	輪作 りんさく
転手 てんじ	転換 てんかん	軸装 じくそう	軽音楽 けいおんが	輪状 りんじょう
転化 てんか	転嫁 てんか	〔較〕かく　こう・く	く	輪投 わなげ
転込 ころがりこむ・	転戦 てんせん	らべる	軽症 けいしょう	輪抜 わぬけ
ころげこむ	転路器 てんろき	較正 こうせい	軽挙 けいきょ	輪廻 りんね
転用 てんよう	転業 てんぎょう	較差 こうき・かくさ	軽率 けいそつ	輪奈 わな
転句 てんく	転寝 ころね・うたた	〔載〕さい・のせる	軽捷 けいしょう	輪姦 りんかん
転出 てんしゅつ	ね・まろびね	載貨 さいか	軽減 けいげん	輪奐 りんかん
転写 てんしゃ	転載 てんさい	載録 さいろく	軽装 けいそう	輪差 わさ
転生 てんせい	転義 てんぎ	〔輔〕ふ・ほ	軽量 けいりょう	輪乗 わのり
転石 てんせき	転読 てんどく	輔佐 ほさ	軽焼 かるやき	輪裁 りんさい
転宅 てんたく	転調 てんちょう	輔導 ほどう	軽業 かるわざ	輪郭 りんかく
転地 てんち	転機 てんき	輔弼 ほひつ	軽軽 かるがる・かる	輪留 わどめ
転成 てんせい	転覆 てんぷく	〔軽〕けい・かるい・	がるしい・かろがろ	輪転 りんてん
転任 てんにん	転職 てんしょく	かるみ・かろしめ	しい	輪唱 りんしょう
転向 てんこう	転轍機 てんてつき	る・かろやか	軽微 けいび	輪換 りんかん
転回 てんかい	転籍 てんせき	軽口 かるくち	軽傷 けいしょう	輪番 りんばん
転身 てんしん	〔斬〕ざん・きる	軽工業 けいこうぎ	軽電機 けいでんき	輪禍 りんか
転売 てんばい	斬入 きりいる	ょう	軽蔑 けいべつ	輪廓 りんかく
転住 てんじゅう	斬下 きりさげる	軽少 けいしょう	軽演劇 けいえんげ	輪舞 りんぶ
転位 てんい	斬方 きりかた	軽水 けいすい	き	輪読 りんどく
転炉 てんろ	斬込 きりこみ・きり	軽目 かるめ	軽輩 けいはい	輪飾 わかざり
転注 てんちゅう	こむ	軽石 かるいし	軽震 けいしん	輪講 りんこう
転居 てんきょ	斬付 きりつける	軽犯罪 けいはんざ	軽薄 けいはく	〔輓〕ばん
転学 てんがく	斬合 きりあう	い	軽機関銃 けいきか	輓近 ばんきん
転送 てんそう	斬死 きりじに	軽舟 けいしゅう	んじゅう	輓馬 ばんば
転乗 てんじょう	斬伏 きりふせる	軽気球 けいききゅ	軽騎兵 けいきへい	〔轂〕こく・こしき
転科 てんか	斬苛 きりさいなむ	う	軽鬆土 けいそうど	〔輻〕し
転音 てんおん	斬取 きりとり	軽合金 けいごうき	軽羅 けいら	輻重 しちょう
転変 てんぺん	斬首 きりくび・ざん	ん	軽躁 けいそう	〔輹〕や・ふく
転倒 てんとう	し	軽自動車 けいじど	〔輦〕れん	輻射 ふくしゃ
転借 てんしゃく	斬殺 きりころす・ざ	うしゃ	輦台 れんだい	輻湊 ふくそう
転校 てんこう	んさつ	軽妙 けいみょう	〔輝〕き・かがやく・	輻輳 ふくそう
転帰 てんき	斬掛 きりかける・き	軽快 けいかい	かがやかしい・かが	〔輯〕しゅう
転記 てんき	りかかる	軽油 けいゆ	やかす	輯録 しゅうろく
転進 てんしん	斬捨 きりすて・きり	軽佻 けいちょう	輝石 きせき	〔轍〕ゆ

輸入 ゆにゅう	配列 はいれつ	〔酬〕しゅう・むくい	酔心地 よいごこち	醞醸 うんじょう
輸出 ゆしゅつ	配合 はいごう	る むくゆ・むくい	酔払 よっぱらう・よ	〔醪〕ろう・もろみ
輸出入ゆしゅつにゅ	配色 はいしょく	〔酩〕めい	っぱらい	〔醬〕しょう・ひしお
う	配当 はいとう	酩酊 めいてい	酔生夢死 すいせい	醬蝦 あみ
輸血 ゆけつ	配役 はいやく	〔酪〕らく	むし	醬油 しょうゆ
輸卵管 ゆらんかん	配車 はいしゃ	酪農 らくのう	酔余 すいよ	〔醱〕はつ
輸尿管 ゆにょうか	配所 はいしょ	〔酵〕こう	酔狂 すいきょう	醱酵 はっこう
ん	配乗 はいじょう	酵素 こうそ	酔歩 すいほ	〔醸〕じょう・かもす
輸送 ゆそう	配送 はいそう	酵母 こうぼ	酔客 すいきゃく	醸出 かもしだす
輸贏 ゆえい	配剤 はいざい	〔酷〕こく・ひどい・	酔覚 すいかく	醸成 じょうせい
〔轅〕てん	配流 はいる	むごい きびしい	酔眼 すいがん	醸造 じょうぞう
輾転 てんてん	配偶 はいぐう	酷刑 こっけい	酔痴 よいしれる	〔醵〕きょ
〔轅〕えん・ながえ	配球 はいきゅう	酷吏 こくり	酔潰 よいつぶれる	醵出 きょしゅつ
轅門 えんもん	配船 はいせん	酷似 こくじ	酔態 すいたい	醵金 きょきん
〔轆〕ろく	配転 はいてん	酷使 こくし	酔漢 すいかん	〔醴〕れい・あまざけ
轆轤 ろくろ	配属 はいぞく	酷烈 こくれつ	酔醒 よいざめ・よい	〔釃〕し・したむ
〔轍〕てつ・わだち	配給 はいきゅう	酷遇 こくぐう	ざまし	
轍鮒 てっぷ	配達 はいたつ	酷薄 こくあく	酔顔 すいがん	辰　部
〔轟〕こう・とどろか	配湯 はいとう	酷寒 こくかん	〔醋〕さく・そ・す	
す・とどろき・とど	配備 はいび	酷評 こくひょう	醋貝 すがい	〔辰〕しん・たつ
ろく	配意 はいい	酷暑 こくしょ	醋酸 さくさん	辰巳 たつみ
轟音 ごうおん	配置 はいち	酷熱 こくねつ	〔酳〕りん・あわす	辰宿 しんしゅく
轟沈 ごうちん	配電 はいでん	酷薄 こくはく	さわす	〔農〕のう
轟然 ごうぜん	配管 はいかん	〔酸〕さん・すい す	酳柿 さわしがき	農工 のうこう
轟轟 ごうこう	配慮 はいりょ	っぱい	〔醒〕せい・さますま	農山村 のうさんそ
〔轢〕れき・ひく・き	配線 はいせん	酸化 さんか	める	ん
しる	配膳 はいぜん	酸茎 すぐき	〔醍〕だい	農夫 のうふ
轢死 れきし	〔酌〕しゃく・くむ	酸味 さんみ・すみ	醍醐 だいご	農民 のうみん
轢逃 ひきにげ	酌交 くみかわす	酸性 さんせい	〔醜〕しゅう・みにく	農外 のうがい
轢殺 ひきころす・れ	酌婦 しゃくふ	酸度 さんど	い しこ	農奴 のうど
きさつ	酌量 しゃくりょう	酸素 さんそ	醜女 しこめ・ぶおん	農本主義 のうほん
轢断 れきだん	〔酣〕かん・たけなわ	酸敗 さんぱい	な・しゅうじょ	しゅぎ
〔轡〕ひ・くつわ	〔酢〕さく・そ・す	酸葉 すいば	醜名 しゅうめい・し	農地 のうち
轡虫 くつわむし	酢文字 すもじ	酸模 すかんぽ・すい	こな	農会 のうかい
	酢貝 すがい	ば・すし	醜聞 しゅうこう	農休日 のうきゅう
酉　部	酢豆腐 すどうふ	酸漿 ほおずき	醜男 ぶおとこ	び
	酢和 すあえ	酸鼻 さんび	醜状 しゅうじょう	農村 のうそん
〔酉〕ゆう・とり	酢物 すのもの	酸類 さんるい	醜怪 しゅうかい	農兵 のうへい
〔酋〕しゅう	酢味噌 すみそ	〔醇〕じゅん	醜悪 しゅうあく	農芸 のうげい
酋長 しゅうちょう	酢豚 すぶた	醇化 じゅんか	醜婦 しゅうふ	農作 のうさく
〔酎〕ちゅう	酢漬 すづけ	醇乎 じゅんこ	醜業 しゅうぎょう	農作業 のうさぎょ
〔配〕はい・くばる	酢蛸 すだこ	醇朴 じゅんぼく	醜聞 しゅうぶん	う
配下 はいか	酢酸 さくさん	醇美 じゅんび	醜態 しゅうたい	農住都市 のうじゅ
配水 はいすい	酢漿 かたばみ	醇風美俗 じゅんぷう	醜貌 しゅうぼう	うとし
配分 はいぶん	酢漿草 かたばみ	びぞく	醜類 しゅうるい	農林 のうりん
配付 はいふ	酢橘 すだち	〔酔〕すい・えい よ	〔醢〕かい・ひしお	農学 のうがく
配布 はいふ	酢蓋 すあえ	い・よう	〔醞〕うん・かもす	農牧 のうぼく
配本 はいほん				

農協 のうきょう	豪気 ごうぎ・ごうき	里腹 さとばら	重労働 じゅうろう	重営倉 じゅうえい
農具 のうぐ	豪壮 ごうそう	里親 さとおや	どう	そう
農事 のうじ	豪快 ごうかい	里謡 りよう	重宝 じゅうほう・ち	重詰 じゅうづめ
農舎 のうしゃ	豪宕 ごうとう	〔重〕じゅう・ちょう・	ょうほう	重傷 じゅうしょう
農法 のうほう	豪雨 ごうう	へ・おもい・おも・	重刷 じゅうさつ	重罪 じゅうざい
農科 のうか	豪者 えらもの	おもじ・おもる・お	重苦 おもくるしい	重農主義 じゅうの
農家 のうか	豪物 えらぶつ	もり・おもみ・おも	重版 じゅうはん	うしぎ
農相 のうしょう	豪放 ごうほう	さ・おもんじる・お	重油 じゅうゆ	重障児 じゅうしょ
農政 のうせい	豪勇 ごうゆう	もんずる・かさなり・	重苦 じゅうく	うじ
農耕 のうこう	豪胆 ごうたん	かさなる・かさね・	重金属 じゅうきん	重傷 おもで
農書 のうしょ	豪家 ごうか	かさねて・かさねる	ぞく	重電機 じゅうでん
農場 のうじょう	豪酒 ごうしゅ	重力 じゅうりょく	重虫 じゅうじゅう・	き
農婦 のうふ	豪雪 ごうせつ	重土 じゅうど	かさねがさね	重複 じゅうふく・ち
農閑期 のうかんき	豪族 ごうぞく	重大 じゅうだい	重厚 じゅうこう	ょうふく
農産 のうさん	豪奢 ごうしゃ	重工業 じゅうこう	重点 じゅうてん	重罰 じゅうばつ
農産物 のうさんぶつ	豪商 ごうしょう	ぎょう	重訂 じゅうてい	重態 じゅうたい
農道 のうどう	豪球 ごうきゅう	重文 じゅうぶん	重度 じゅうど	重層 じゅうそう
農期 のうき	豪遊 ごうゆう	重水 じゅうすい	重柞 じゅうそ	重箱 じゅうばこ
農業 のうぎょう	豪華 ごうか	重心 じゅうしん	重要 じゅうよう	重縁 じゅうえん
農業「八字憲法」	豪富 ごうふ	重手 おもで	重美 じゅうび	重機関銃 じゅうき
のうぎょうはちじけ	豪傑 ごうけつ	重水素 じゅうすいそ	重奏 じゅうそう	かんじゅう
んぽう	豪農 ごうのう	重化学工業 じゅ	重重 おもおもしい	重鎮 じゅうちん
農園 のうえん	豪勢 ごうせい	うかがくこうぎょう	重馬場 おもばば	重職 じゅうしょく
農薬 のうやく	豪語 ごうご	重犯 じゅうはん	重責 じゅうせき	重爆 じゅうばく
農薬公害 のうやく	豪儀 ごうぎ	重弁 じゅうべん	重殺 じゅうさつ	重藤 しげどう
こうがい	〔聚〕しゅう	重代 じゅうだい	重病 じゅうびょう	〔野〕や・の・ぬ
農機 のうき	聚光 しゅうこう	重圧 じゅうあつ	重砲 じゅうほう	野人 やじん
農機具 のうきぐ	聚村 しゅうそん	重用 じゅうよう	重視 じゅうし	野山 のやま
農繁期 のうはんき	聚落 しゅうらく	重石 おもし	重症 じゅうしょう	野手 やしゅ
豕 部	聚珍版 しゅうちん	重立 おもだった	重恩 じゅうおん	野分 のわき
	ばん	重出 じゅうしゅつ	重荷 おもに	野中 のなか
〔豕〕し・ぶた・いの	里 部	重母音 じゅうぼい	重陽 ちょうよう	野太 のぶとい
こ		ん	重患 じゅうかん	野火 のび
〔象〕しょう・ぞう・	〔里〕り・さと	重且大 じゅうかつ	重婚 じゅうこん	野心 やしん
かたどる・きさ	里人 さとびと	だい	重唱 じゅうしょう	野天 のてん
象牙 ぞうげ	里子 さとご	重加算税 じゅうか	重曹 じゅうそう	野牛 やぎゅう
象皮病 ぞうひびょ	里方 さとかた	さんぜい	重盗 じゅうとう	野犬 やけん
う	里心 さとごころ	重色 じゅうしょく	重訳 じゅうやく	野太刀 のだち
象虫 ぞうむし	里芋 さといも	重任 ちょうにん・じ	重商主義 じゅうし	野太鼓 のだいこ
象形 しょうけい	里余 りよ	ゅうにん	ょうしゅぎ	野立 のだち・のだて
象限 しょうげん	里言葉 さとことば	重合 じゅうごう	重税 じゅうぜい	野末 のずえ
象眼 ぞうがん	里神楽 さとかぐら	重刑 じゅうけい	重湯 おもゆ	野辺 のべ
象棋 しょうぎ	里帰り さとがえり	重体 じゅうたい	重創 じゅうそう	野冊 やさつ
象嵌 ぞうがん	里雪 さとゆき	重役 じゅうやく	重量 じゅうりょう	野史 やし
象徴 しょうちょう	里程 りてい	重言 じゅうげん	重畳 ちょうじょう	野外 やがい
〔豪〕ごう・えらい・え	里道 さとみち	重囲 じゅうい	重過失罪 じゅうか	野生 やせい
らがる	里数 りすう	重臣 じゅうしん	しつざい	野羊 やぎ

馰 やごう	野焼 のやき	貞女 ていじょ	財閥 ざいばつ	貧者 ひんじゃ
靹 のぶせり	野遊 のあそび	貞心 ていしん	財嚢 ざいのう	貧苦 ひんく
鞁 ところ	野蛮 やばん	貞婦 ていふ	〔責〕せき・せめ・せ	貧相 ひんそう
歈 やじ・やじる	野鼠 のねずみ・やそ	貞淑 ていしゅく	める・せたむ	貧家 ひんか
歈馬 やじうま	野猿 のざる	貞節 ていせつ	責了 せきりょう	貧弱 ひんじゃく
鞦 のら	野路 のじ	貞潔 ていけつ	責付 せきつける	貧富 ひんぷ
靴 のばな	野鳩 のばと	貞操 ていそう	責立 せめたてる	貧道 ひんどう
野松人形 のろ	野蒜 のびる	〔負〕ふ・おう・おえ	責任 せきにん	貧寒 ひんかん
まんぎょう	野飼 のがい	る・おぶう・おぶさ	責合 せめあう	貧農 ひんのう
野宵 のそだち	野戦 やせん	る・おんぶ・まかす	責苛 せめさいなむ	貧僧 ひんそう
野欺 のばなし	野鄙 やひ	まかる・まけ・まけ	責苦 せめく	貧鉱 ひんこう
野性 やせい	野猿 やえん	る	責馬 せめうま	貧窮 ひんきゅう
野放図 のほうず	野獣 やじゅう	負号 ふごう	責務 せきむ	貧賤 ひんせん
野狐禅 やこぜん	野薔薇 のばら	負犬 まけいぬ	責落 せめおとす	〔貨〕か
野兎 のうさぎ・やと	野鶴 やかく	負目 おいめ	〔貫〕かん・つらぬく・	貨車 かしゃ
野郎 やろう	〔量〕りょう・はか	負気 まけんき	ぬき	貨物 かもつ
野面 のづら	る・はかり	負色 まけいろ	貫木 かんのき	貨財 かざい
野乗 やじょう	量子 りょうし	負担 ふたん	貫目 かんめ	貨客船 かきゃくせ
野風 のかぜ	量水 りょうすい	負星 まけぼし	貫主 かんじゅ	ん
野臥 のぶせり	量込 はかりとむ	負軍 まけいくさ	貫長 かんちょう	貨殖 かしょく
野荒 のあらし	量目 りょうめ	負荷 ふか	貫首 かんじゅ	貨幣 かへい
野草 やそう	量刑 りょうけい	負託 ふたく	貫通 かんつう	〔販〕はん
野茨 のいばら	量売 はかりうり	負惜 まけおしみ	貫頂 かんちょう	販売 はんばい
野卑 やひ	量的 りょうてき	負債 ふさい	貫流 かんりゅう	販路 はんろ
野点 のだて	量定 りょうてい	負越 まけこす	貫禄 かんろく	〔貯〕ちょ・たくわえ
野馬追 のまおい	量産 りょうさん	負嫌 まけぎらい	貫徹 かんてつ	る・たくわえ
野幇間 のだいこ	量感 りょうかん	負腹 まけばら	〔貪〕どん・たん・む	貯木 ちょぼく
野垂死 のたれじに		負戦 まけいくさ	さぼる	貯水 ちょすい
野党 やとう	**貝　部**	負数 ふすう	貪吏 たんり	貯金 ちょきん
野師 やし		負傷 ふしょう	貪官 どんかん	貯炭 ちょたん
野砲 やほう	〔貝〕ばい・かい	負魂 まけじだましい	貪食 どんしょく	貯留 ちょりゅう
野蚕 くわご	貝爪 かいづめ	〔貢〕こう・こうす・	貪欲 どんよく	貯蓄 ちょちく
野晒 のざらし	貝杓子 かいじゃく	みつぐ・みつぎ	貪婪 どんらん	貯蔵 ちょぞう
野原 のはら	し	貢献 こうけん	貪慾 どんよく	〔賁〕ひ・ほん
野衾 のぶすま	貝柱 かいばしら	〔財〕ざい・たから	〔貶〕へん・おとしめ	賁臨 ひりん
野袴 のはかま	貝独楽 べいごま	財力 ざいりょく	る・さげすむ・さげ	〔費〕ひ・ついやす・
野釣 のづり	貝塚 かいづか	財用 ざいよう	すみ・けなす	ついえ・ついえる
野菊 のぎく	貝殻 かいがら	財布 さいふ	〔貧〕ひん・びん・ま	費目 ひもく
野宿 のじゅく	貝細工 かいざいく	財団 ざいだん	ずしい・まどし	費用 ひよう
野猪 やちょ	貝焼 かいやき	財物 ざいぶつ	貧土 ひんど	費途 ひと
野望 やぼう	貝割 かいわり	財宝 ざいほう	貧小 ひんしょう	費消 ひしょう
野禽 やきん	〔貞〕てい・さだし	財政 ざいせい	貧乏 びんぼう	〔賀〕が・がす
野球 やきゅう		財界 ざいかい	貧民 ひんみん	賀正 がせい・がしょ
野菜 やさい		財務 ざいむ	貧打 ひんだ	う
野鳥 やちょう		財貨 ざいか	貧血 ひんけつ	賀状 がじょう
野営 やえい		財産 ざいさん	貧村 ひんそん	賀表 がひょう
野道 のみち		財源 ざいげん	貧困 ひんこん	賀春 がしゅん

賤業 せんぎょう
〔賞〕しょう
賞与 しょうよ
賞用 しょうよう
賞状 しょうじょう
賞味 しょうみ
賞杯 しょうはい
賞金 しょうきん
賞美 しょうび
賞盃 しょうはい
賞品 しょうひん
賞揚 しょうよう
賞詞 しょうし
賞辞 しょうじ
賞牌 しょうはい
賞嘆 しょうたん
賞罰 しょうばつ
賞賛 しょうさん
賞玩 しょうがん
賞讃 しょうさん
〔賜〕し・たまもの・
　たまわる・たまう・
　たもう
賜金 しきん
賜物 たまわりもの・
　たまもの
賜暇 しか
賜饗 しきん
〔質〕しつ・しち・た
　ち・ただす
質入 しいれ
質札 しちふだ
質朴 しつぼく
質物 しちもつ
質実 しつじつ
質券 しちけん
質的 してき
質草 しちぐさ
質屋 しちや
質点 してん
質流 しちながれ
質素 しっそ
質問 しつもん
質量 しつりょう
質疑 しつぎ
質感 しつかん
質種 しちぐさ

買権 しちけん
買樸 しつぼく
〔賛〕さん
賛仰 さんこう・さん
　ぎょう
賛同 さんどう
賛成 さんせい
賛否 さんぴ
賛助 さんじょ
賛美 さんび
賛辞 さんじ
賛嘆 さんたん
賛歌 さんか
賛意 さんい
〔賽〕さい
賽子 さいころ
賽目 さいのめ
賽河原石積 さい
　のかわらのいしづみ
賽銭 さいせん
〔賺〕たん・すかす・
　だます
〔購〕こう・あがなう
購入 こうにゅう
購永 こうきゅう
購書 こうしょ
購買 こうばい
購読 こうどく
〔贅〕ぜい・ふぜす
贅六 ぜいろく
贅肉 ぜいにく
贅言 ぜいげん
贅沢 ぜいたく
贅物 ぜいぶつ
贅語 ぜいご
〔贈〕ぞう・おくる
贈与 ぞうよ
贈号 ぞうごう
贈名 おくりな
贈位 ぞうい
贈呈 ぞうてい
贈物 おくりもの
贈官 ぞうかん
贈賄 ぞうわい
贈答 ぞうとう
〔贋〕がん・にせ
贋札 にせさつ・がん

贋作 がんさく
贋者 にせもの
贋物 にせもの・がん
　ぶつ
贋金 にせがね
贋首 にせくび
贋造 がんぞう
〔贏〕えい・かち
贏得 かちえる
〔贖〕しょく・あがな
　う
贖罪 とくざい・しょ
　うざい
〔贔〕ひ
贔屓 ひいき
〔贅〕にえ
〔贓〕ぞう
贓品 ぞうひん
贓物 ぞうぶつ

見 部

〔見〕けん・みる・み
　せる・みえ
見入 みいる
見上 みあげる
見下 みさげる・みお
　ろす・みくだす
見切 みきる・みきり
見比 みくらべる
見方 みかた
見分 けんぶん・みわ
　け・みわける
見収 みおさめ
見付 みつける・みつ
　け・みつき・みつか
　る・みせつける
見立 みたてる・みた
　て
見本 みほん
見処 みどころ
見込 みこむ・みこみ
見世 みせ
見失 みうしなう
見出 みだす・みだし
　・みいだす

見台 けんだい
見目 みめ
見目形 みめかたち
見目好 みめよい
見巧者 みこうしゃ
見合 みあう・みあい
　・みあわせる
見回 みまわす・みま
　わり
見向 みむき・みむ
　く
見見 みすみす・みる
　みる
見劣 みおとり
見当 けんとう・みあ
　たる
見交 みかわす
見地 けんち
見合 みあい
見守 みまもる
見好 みよい
見呉 みてくれ
見坊 みえぼう
見抜 みぬく
見応 みごたえ
見辛 みづらい
見返 みかえる・みか
　えり・みかえす・み
　かえし
見忘 みわすれる
見初 みそめる
見廻 みまわる・みま
　わす
見取 みとる・みと
　り・みどり・みてと
　る
見定 みさだめる
見所 みどころ・みせ
　どころ
見性 けんしょう
見物 けんぶつ・みせ
　もの・みもの
見苦 みぐるしい
見易 みやすい
見限 みかぎる
見受 みうける
見事 みごと

見者 けんしゃ
見知 みしる・みしり
見学 けんがく
見咎 みとがめる
見直 みなおす
見参 けんざん
見放 みはなす
見転 みずてん
見知 けんち
見物 みもの
見金 みせがね
見届 みとどける
見取図 みとりず
見知越 みしりごし
見取算 みとりざん
見送 みおくる・みお
　くり
見逃 みのがす
見映 みばえ
見栄張 みえっぱり
見栄坊 みえぼう
見計 みはからう
見栄 みえ・みばえ
見変 みかえる
見神 けんしん
見兼 みかねる
見消 みせけち
見倣 みならう
見窄 みすぼらしい
見通 みとおす・みと
　おし
見殺 みごろし
見破 みやぶる
見料 けんりょう
見紛 みまがう
見残 みのこす
見高 けんだか
見納 みおさめ
見頃 みごろ
見透 みすかす・みえ
　すく
見惚 みほれる・みと
　れる
見得 みえ
見覚 みおぼえ
見開 みひらく・みひ
　らき

賀宴 がえん	貴顕 きけん	貸元 かしもと	資金 しきん	賓位 ひんい
賀詞 がし	貴翰 きかん	貸手 かして	資財 しざい	賓客 ひんかく・ひん
賀意 がい	貴簡 きかん	貸切 かしきり・かし	資料 しりょう	きゃく・まろうど
〔貼〕ちょう・はる	〔買〕かい・かう・ば	きる	資格 しかく	賓格 ひんかく
貼用 ちょうよう	い・かえる	貸方 かしかた	資産 しさん	賓辞 ひんじ
貼札 はりふだ	買入 かいいれる	貸本 かしほん	資産階級 しさんか	賓頭盧 びんずる
貼付 てんぷ・ちょう	買上 かいあげ・かい	貸主 かしぬし	いきゅう	〔賦〕ふ
ふ・はりつく	あげる	貸付 かしつけ	資源 しげん	賦与 ふよ
貼附 てんぷ・ちょう	買収 ばいしゅう	貸地 かしち	資質 ししつ	賦払 ぶばらい
ふ	買切 かいきる	貸出 かしだし・かし	〔賊〕ぞく	賦役 ふえき
貼紙 はりがみ	買方 かいかた	だす	賊子 ぞくし	賦形薬 ふけいやく
貼替 はりかえ・はり	買手 かいて	貸売 かしうり	賊名 ぞくめい	賦金 ふきん
・かえる	買弁 ばいべん	貸店 かしみせ	賊兵 ぞくへい	賦活 ふかつ
貼雑 はりまぜ	買込 かいこむ	貸金 かしきん	賊臣 ぞくしん	賦課 ふか
〔貴〕き・とうとむ・た	買叩 かいたたく	貸家 かしや	賊軍 ぞくぐん	〔賠〕ばい
っとい・たっとぶ・と	買出 かいだし	貸室 かししつ	賊党 ぞくとう	賠償 ばいしょう
うとい・とうとぶ	買主 かいぬし	貸倒 かしだおれ	賊徒 ぞくと	〔賭〕と・かける・かけ
貴人 きじん	買付 かいつけ・かい	貸席 かしせき	賊将 ぞくしょう	賭事 かけごと
貴女 きじょ・あなた	つける	貸借 たいしゃく・か	賊船 ぞくせん	賭場 かけば
貴下 きか	買占 かいしめ・かい	しかり	〔賄〕わい・まかなう	賭博 とばく
貴公 きこう	しめる	貸座敷 かしざしき	・まかない	〔賢〕けん・かしこい
貴公子 きこうし	買血 ばいけつ	貸間 かしま	賄賂 わいろ	・さかしい・さかし
貴方 あなた・きほう	買気 かいき	貸費 たいひ	〔賃〕ちん	ら
貴方任 あなたまか	買初 かいぞめ	貸賃 かしちん	賃下 ちんさげ	賢人 けんじん
せ	買言葉 かいことば	貸越 かしこし	賃上 ちんあげ	賢才 けんさい
貴札 きさつ	買価 ばいか	〔貿〕ぼう	賃仕事 ちんしごと	賢夫人 けんぷじん
貴兄 きけい	買受 かいうける	貿易 ぼうえき	賃労働 ちんろうどう	賢母 けんぼ
貴台 きだい	買物 かいもの	〔貽〕い	賃金 ちんきん・ちん	賢立 かしこだて
貴男 あなた	買戻 かいもどす	貽貝 いがい	ぎん	賢主 けんしゅ
貴地 きち	買取 かいとる	〔貰〕もらう・もらい	賃借 ちんがり・ちん	賢兄 けんけい
貴君 きくん	買食 かいぐい	貰子 もらいご	しゃく	賢台 けんだい
貴所 きしょ	買被 かいかぶる	貰手 もらいて	賃貸 ちんがし・ちん	賢君 けんくん
貴金属 ききんぞく	買値 かいね	貰火 もらいび	たい	賢弟 けんてい
貴重 きちょう	買掛 かいかけ	貰水 もらいみず	賃貸借 ちんたいし	賢所 けんしょ
貴家 きか	買得 かいどく	貰乳 もらいちち	ゃく	賢者 けんじゃ
貴書 きしょ	買損 かいぞん	貰泣 もらいなき	賃搗 ちんづき	賢明 けんめい
貴紳 きしん	買置 かいおき	貰物 もらいもの	賃餅 ちんもち	賢哲 けんてつ
貴族 きぞく	買溜 かいだめ	貰食 もらいぐい	賃銭 ちんせん	賢婦人 けんぷじん
貴婦人 きふじん	買漁 かいあさる	貰笑 もらいわらい	賃銀 ちんぎん	賢愚 けんぐ
貴殿 きでん	買徳 かいどく	貰湯 もらいゆ	〔賑〕にぎやか・にぎ	賢答 けんとう
貴意 きい	買弁 ばいべん	〔資〕し	わい・にぎわう・に	賢察 けんさつ
貴様 きさま	買薬 かいぐすり	資力 しりょく	ぎわい・にぎわす	賢慮 けんりょ
貴酬 きしゅう	買繋 かいつなぎ	資本 しほん	・にぎわせる	賢覧 けんらん
貴簡 きそう	〔貸〕たい・かす・か	資本主義 しほんし	賑賑 にぎにぎしい	〔賤〕せん・いやしめ
貴賓 きひん	し・いらす	ゅぎ	賑恤 しんじゅつ	る・いやしむ・いや
貴賤 きせん	貸下 かしさげる	資材 しざい	〔賓〕ひん・まろうど	しい・しず
貴覧 きらん	貸与 たいよ	資性 しせい	賓礼 ひんれい	賤民 せんみん

見習 みならう・みならい
見張 みはる・みはり
見据 みすえる
見做 みなす
見悪 みにくい
見番 けんばん
見場 けんば・みば・みせば
見捨 みすてる
見掛 みかける・みかけ・みせかける・みせかけ
見違 みちがえる
見馴 みなれる
見過 みすごす
見損 みそこなう
見遁 みのがす
見渡 みわたす
見極 みきわめる
見落 みおとす・みおとし
見晴 みはらす・みはらし・みはるかす
見逸 みそれる・おみそれ
見越 みこす・みこし
見遣 みやる
見様 みよう
見飽 みあきる・みあき
見舞 みまい・みまう
見詰 みつめる
見幕 けんまく
見較 みくらべる
見解 けんかい
見聞 けんぶん・けんもん・みきき
見慣 みなれる
見隠 みえがくれ
見棄 みすてる
見猿聞猿言猿 みざるきかざるいわざる
見境 みさかい
見澄 みすます
見誤 みあやまる
見蕩 みとれる

見積 みつもる・みつもり
見縊 みくびる
見齎 みはるかす
見離 みはなす
見繕 みつくろう
見顕 みあらわす
見識 けんしき
〔規〕き
規正 きせい
規定 きてい
規則 きそく
規制 きせい
規律 きりつ
規約 きやく
規格 きかく
規矩 きく
規程 きてい
規模 きぼ
規準 きじゅん
規範 きはん
規整 きせい
〔覘〕てん・のぞく・のぞき
〔覗〕し・のぞく・のぞき・のぞける・のぞかせる
〔親〕しん・したしい・したしく・したしみ・したしむ・おや
親子 おやこ・しんし
親方 おやかた
親仁 おやじ
親心 おやごころ
親分 おやぶん
親友 しんゆう
親木 おやき
親王 しんのう・みこ
親父 おやじ・しんぷ
親切 しんせつ
親元 おやもと
親日 しんにち
親文字 おやもじ
親不孝 おやふこう
親玉 おやだま
親出 おやだし

親代 おやがわり
親旧 しんきゅう
親字 おやじ
親交 しんこう
親身 しんみ
親芋 おやいも
親会社 おやがいしゃ
親見出 おやみだし
親告 しんこく
親局 おやきょく
親里 おやざと
親孝行 おやこうこう
親和 しんわ
親拝 しんぱい
親炙 しんしゃ
親柱 おやばしら
親指 おやゆび
親政 しんせい
親思 おやおもい
親昵 しんじつ
親馬鹿 おやばか
親骨 おやぼね
親書 しんしょ
親展 しんてん
親規 しんき
親株 おやかぶ
親密 しんみつ
親掛 おやがかり
親疎 しんそ
親戚 しんせき
親御 おやご
親授 しんじゅ
親船 おやぶね
親族 しんぞく
親祭 しんさい
親許 おやもと
親等 しんとう
親善 しんぜん
親裁 しんさい
親無 おやなし
親勝 おやまさり
親爺 おやじ
親筆 しんぴつ
親愛 しんあい
親睦 しんぼく

親署 しんしょ
親電 しんでん
親閲 しんえつ
親衛 しんえい
親権 しんけん
親潮 おやしお
親類 しんるい
親藩 しんぱん
親臨 しんりん
親譲 おやゆずり
親亀 おやがめ
〔観〕かん・みる・かんじる・かんずる
観月 かんげつ
観世縒 かんぜより
観世音 かんぜおん
観光 かんこう
観光産業 かんこうさんぎょう
観兵 かんぺい
観迎 かんげい
観念 かんねん
観法 かんぽう
観取 かんしゅ
観点 かんてん
観音 かんのん
観相 かんそう
観客 かんきゃく
観桜 かんおう
観梅 かんばい
観測 かんそく
観望 かんぼう
観菊 かんぎく
観衆 かんしゅう
観葉植物 かんようしょくぶつ
観戦 かんせん
観照 かんしょう
観察 かんさつ
観賞 かんしょう
観劇 かんげき
観閲 かんえつ
観覧 かんらん
観艦式 かんかんしき
〔覧〕らん・みる
〔覿〕てき

観面 てきめん

足・⻊部

〔足〕そく・あし・たる・たりる・たす・たし
足下 あしもと・そっか
足元 あしもと
足手纏 あしてまとい
足付 あしつき
足代 あしだい
足任 あしまかせ
足労 そくろう
足技 あしわざ
足序 あしついで
足芸 あしげい
足形 あしがた
足取 あしとり・あしどり
足固 あしがため
足並 あしなみ
足長蜂 あしながばち
足拍子 あしびょうし
足拵 あしごしらえ
足音 あしおと
足前 たしまえ
足型 あしがた
足首 あしくび
足枷 あしかせ
足相撲 あしずもう
足高 たしたか
足弱 あしよわ
足速 あしばや
足留 あしどめ
足探 あしさぐり
足萎 あしなえ
足袋 たび
足掛 あしかけ・あしがかり
足許 あしもと
足袋跣 たびはだし
足掻 あがく・あがき
足温 そくおん

足場 あしば	跡敷 あとしき	跪坐 きざ	踏板 ふみいた	蹴落 けおとす
足軽 あしがる	跡継 あとつぎ	跪拝 きはい	踏面 ふみづら	蹴鞠 けまり
足馴 あしならし	〔蹻〕きょう	〔踊〕よう・おどる・	踏迷 ふみまよう	蹴躓 けつまずく
足湯 あしゆ	跫音 あしおと・きょ	おどり・おどらす	踏査 とうさ	〔蹲〕そん・つくば
足業 あしわざ	うおん	踊上 おどりあがる	踏段 ふみだん	い・うずくまる・つ
足跡 あしあと・そく	〔跨〕こ・またぐ・ま	踊子 おどりこ	踏荒 ふみあらす	くばう
せき	たがる・またげる	踊込 おどりこむ	踏破 ふみやぶる・と	蹲居 そんきょ
足腰 あしこし	跨線橋 こせんきょ	踊出 おどりでる	うは	蹲踞 そんきょ
足溜 あしだまり	う	踊字 おどりじ	踏倒 ふみたおす	〔踵〕きびす・くび
足駄 あしだ	跨道橋 こどうきょ	踊狂 おどりくるう	踏張 ふんばる	す・かかと
足慣 あしならし	う	踊場 おどりば	踏絵 ふみえ	〔踪〕そう
足搦 あしがらみ	〔跳〕ちょう・とぶ・	踊懸 おどりかかる	踏越 ふみこえる・ふ	蹌踉 そうろう・よろ
足算 たしざん	はねる・はね・はね	〔跼〕きょく・せぐく	みこし	ける・よろめく・よ
足継 あしつぎ	かす	まる	踏跡 ふみあと	ろぼう
足摺 あしずり	跳上 はねあがり・は	跼蹐 きょくせき	踏歌 とうか	蹌蹌 そうそう
足踏 あしぶみ	ねあがる	〔踪〕そう	踏鳴 ふみならす	〔蹙〕じゅう
足熱 そくねつ	跳回 はねまわる	踪跡 そうせき	踏潰 ふみつぶす	蹂躙 じゅうりん
足癖 あしくせ	跳返 はねかえす・は	〔践〕せん	踏締 ふみしめる	〔蹐〕ちゅう
足蹴 あしげ	ねかえり・はねかえ	践祚 せんそ	踏襲 とうしゅう	蹐蹐 ちゅうちょ・た
〔距〕きょ・あこえ・	る・はねっかえり	〔跪〕き・うずくま	踏躙 ふみにじる	めらう
けづめ	跳除 はねのける	る	〔蹄〕もがく	〔蹶〕けつ
距離 きょり	跳馬 ちょうば	踞座 きょざ	〔蹄〕てい・ひずめ	蹶起 けっき
〔跋〕ばつ	跳炭 はねずみ	〔踝〕くるぶし	蹄鉄 ていてつ	蹶然 けつぜん
跋文 ばつぶん	跳起 はねおきる	〔踏〕とう・ふむ・ふ	〔蹇〕あしなえ・なえ	〔蹼〕みずかき
跋語 ばつご	跳梁 ちょうりょう	み・ふまえる	ぐ	〔蹀〕
跋渉 ばっしょう	跳箱 とびばこ	踏切 ふみきる・ふみ	〔蹈〕とう・ふむ	蹀狂 そうきょう
跋扈 ばっこ	跳橋 はねばし	きり・ふんぎり	蹈鞴 たたら	蹀鬱病 そううつび
〔跑〕だく	跳躍 ちょうやく	踏分 ふみわける	〔蹣〕まん	ょう
跑足 だくあし	〔跣〕せん・はだし	踏止 ふみとどまる	蹣跚 まんさん	蹀病 そうびょう
〔跛〕は・あしなえ・び	〔路〕ろ・じ・みち	踏反 ふんぞる	〔蹴〕しゅう・ける	〔躍〕やく・おどら
っこ・ちんば	路上 ろじょう	踏反返 ふんぞりか	蹴上 けあがり・けあ	す・おどる
跛行 はこう	路用 ろよう	える	げ・けあげる	躍如 やくじょ
〔跗〕ふ・あなひら	路辺 ろへん	踏込 ふみこむ・ふみ	蹴手繰 けたぐり	躍上 おどりあがる
跗節 ふせつ	路次 ろじ	こみ・ふみこむ	蹴爪 けづめ・けづめ	躍込 おどりこむ
〔跡〕せき・あと・と	路地 ろじ	踏付 ふみつける・ふ	蹴返 けかえし・けか	躍起 やっき
跡切 とぎれ・とぎれ	路床 ろしょう	んづける	えす	躍進 やくしん
る	路肩 ろかた	踏台 ふみだい	蹴込 けこみ・けこむ	躍動 やくどう
跡切跡切 とぎれと	路面 ろめん	踏出 ふみだす	蹴合 けあい	躍増 やくぞう
ぎれ	路草 みちくさ	踏外 ふみはずす	蹴立 けたてる	躍懸 おどりかかる
跡片付 あとかたづ	路程 ろてい	踏石 ふみいし	蹴出 けだし・けだす	〔躑〕てき
け	路傍 ろぼう	踏臼 ふみうす	蹴飛 けとばす・けっ	躑躅 つつじ
跡目 あとめ	路銀 ろぎん	踏抜 ふみぬく・ふみ	とばす	〔躓〕ち・つまずく・
跡式 あとしき	路標 ろひょう	ぬき	蹴破 けやぶる	つまずき
跡形 あとかた	路盤 ろばん	踏均 ふみならす	蹴倒 けたおす	〔躄〕へき・いざる・
跡取 あととり	路頭 ろとう	踏所 ふまえどころ・	蹴球 しゅうきゅう	いざり
跡始末 あとしまつ	路線 ろせん	ふみど	蹴散 けちらかす	〔躙〕りん・にじる
跡絶 とだえる	〔跪〕き・ひざまずく	踏拉 ふみしだく	蹴違 けちがえる	躙口 にじりぐち

闥寄 にじりよる

豸部

〔豺〕さい
豺狼 さいろう
〔豹〕ひょう
豹変 ひょうへん
〔貂〕ちょう
〔貉〕かく・むじな
〔貘〕ばく
〔貛〕かん・あなぐま

谷部

〔谷〕たに・やち・きわまる
谷地 やち
谷足 たにあし
谷底 たにそこ
谷風 たにかぜ
谷間 たにま・たにあい
谷渡 たにわたり
谷懐 たにぶところ
〔谿〕けい・たに
谿声 けいせい
谿谷 けいこく
谿流 けいりゅう
〔谺〕かつ
谺然 かつぜん
谺達 かったつ
〔谺〕こだま

釆部

〔釆〕さい
釆目 さいのめ
釆配 さいはい
〔彩〕さい・いろどる
彩色 さいしき
彩度 さいど
彩陶 さいとう
彩雲 さいうん
彩管 さいかん
〔釉〕ゆう・さわぐすり
釉薬 ゆうやく・うわぐすり
〔釈〕しゃく・しゃく・す・しゃくする
釈台 しゃくだい
釈迦 しゃか
釈明 しゃくめい
釈放 しゃくほう
釈門 しゃくもん
釈教 しゃっきょう
釈然 しゃくぜん
釈尊 しゃくそん
釈義 しゃくぎ

角部

〔角〕かく・かくい・かど・すみ・つの・つのぐむ
角又 つのまた
角力 すもう
角子 みずら
角叉 つのまた
角刈 かくがり
角立 かどだつ・かどだてる・つのだつ
角目立 つのめだつ
角地 かどち
角行 かっこう
角灯 かくとう
角材 かくざい
角形 かくかた
角角 かどかどしい
角店 かどみせ
角突合 つのつきあわせる・つのつきあい
角柱 かくちゅう
角度 かくど
角盆 かくぼん
角逐 かくちく
角巻 かくまき
角界 かくかい・かっかい
角屋敷 かどやしき
角砂糖 かくざとう
角違 かくつう
角書 つのがき
角帯 かくおび
角袖 かくそで
角笛 つのぶえ
角張 かくばる・かどばる
角細工 つのざいく
角番 かどばん
角落 かくおち
角帽 かくぼう
角距離 かくきょり
角隠 つのかくし
角膜 かくまく
角髪 みずら
角質 かくしつ
角錐 かくすい
角樽 つのだる
角盥 つのだらい
角壔 かくとう
〔解〕かい・げ・ほどく・わかる・ほつす・とかす・とく・とける・かいす・かいする・げす・げせる
解分 ときわける
解方 ときかた
解氷 かいひょう
解団 かいだん
解任 かいにん
解衣 ときぬ
解合 とけあう
解決 かいけつ
解体 かいたい
解物 ほどきもの・ときもの
解版 かいはん
解析 かいせき
解明 かいめい・ときあかす
解放 かいほう・ときはなす・ときはなつ
解放区 かいほうく
解除 かいじょ
解洗 ときあらい
解約 かいやく
解毒 げどく
解消 かいしょう
解剖 かいぼう
解凍 かいとう
解釈 かいしゃく
解脱 げだつ
解散 かいさん
解雇 かいこ
解答 かいとう
解禁 かいきん
解像 かいぞう
解説 かいせつ
解語 かいご
解読 かいどく
解熱 げねつ
解題 かいだい
解離 かいり・ときはなす
解櫛 ときぐし
解職 かいしょく
解纜 かいらん
〔触〕しょく・そく・さわる・さわり・ふれる・ふれ
触文 ふれぶみ
触手 しょくしゅ
触太鼓 ふれだいこ
触出 ふれだし
触込 ふれこむ・ふれこみ
触回 ふれまわる
触合 ふれあう・ふりあう
触状 ふれじょう
触角 しょっかく
触法 しょくほう
触発 しょくはつ
触書 ふれがき
触覚 しょっかく
触媒 しょくばい
触診 しょくしん
触感 しょっかん
〔觝〕てい
觝触 ていしょく

身部

〔身〕しん・み
身一 みひとつ
身二 みふたつ
身八 みやつ
身八口 みやつくち
身上 みのうえ・しんじょう・しんしょう
身巾 みはば
身丈 みたけ・みのたけ
身支度 みじたく
身口意 しんくい
身方 みかた
身元 みもと
身内 みうち
身分 みぶん
身心 しんしん
身毛 みのけ
身欠鰊 みがきにしん
身辺 しんぺん
身皮 みのかわ
身代 みがわり・みのしろ・しんだい
身仕度 みじたく
身仕舞 みじまい
身共 みども
身回 みのまわり
身体 からだ・しんたい
身近 みぢか
身形 みなり
身投 みなげ
身売 みうり
身状 みじょう
身性 みじょう
身受 みうけ
身空 みそら
身命 しんめい・しんみょう
身長 しんちょう・みのたけ
身奇麗 みぎれい
身拵 みごしらえ
身重 みおも
身持 みもち
身柄 みがら
身柱 ちりけ
身柱元 ちりけもと
身根 しんこん
身頃 みごろ
身振 みぶり
身悶 みもだえ
身寄 みより

身許 みもと	雨気 あまけ	ゆき・すすぐ	雲表 うんぴょう
身動 みじろぎ・みうごき	雨声 うせい	雪下 ゆきおろし・ゆきのした	雲居 くもい
身替 みがわり	雨男 あめおとこ		雲版 うんぱん
身幅 みはば	雨足 あまあし・あめあし	雪山 せつざん・ゆきやま	雲霞 うんか
身程 みのほど	雨空 あまぞら	雪上 せつじょう	雲海 うんかい
身軽 みがる	雨夜 あまよ	雪女 ゆきおんな	雲烟 うんえん
身過 みすぎ	雨具 あまぐ	雪女郎 ゆきじょろう	雲峰 くものみね
身勝手 みがって	雨季 うき		雲脂 ふけ
身障 しんしょう	雨飛 うひ	雪中 せっちゅう	雲級 うんきゅう
身嗜 みだしなみ	雨風 あめかぜ	雪片 せっぺん	雲斎 うんさい
身綺麗 みぎれい	雨後 うご	雪月花 せつげっか	雲梯 うんてい
身魂 しんこん	雨垂 あまだれ	雪仏 ゆきぼとけ	雲頂 うんちょう
身構 みがまえ	雨宿 あまやどり	雪煙 ゆきけむり	雲雀 ひばり
身銭 みぜに	雨粒 あまつぶ	雪渓 せっけい	雲脚 くもあし
身請 みうけ	雨域 ういき	雪靴 ゆきぐつ	雲間 くもま
身震 みぶるい	雨雪 あめゆき	雪掻 ゆきかき	雲量 うんりょう
身罷 みまかる	雨雪量 うせつりょう	雪路 ゆきみち	雲散 うんさん
身繕 みづくろい		雪解 ゆきどけ	雲集 うんしゅう
身贔屓 みびいき	雨脚 あまあし・あめあし	雪腹 ゆきばら	雲煙 うんえん
身籠 みごもる		雪催 ゆきもよい	雲路 くもじ
〔躬〕きゅう・みずから	雨笠 あまがさ	雪模様 ゆきもよう	雲隠 くもがくれ
	雨着 あまぎ	雪隠 せっちん	雲際 うんさい
躬行 きゅうこう	雨雲 あまぐも	雪駄 せった	雲窨 うんむ
〔軀〕く・むくろ	雨落 あまおち	雪膚 ゆきはだ	雲壌 うんじょう
軀幹 くかん	雨期 うき	雪質 せきしつ・せっしつ	〔雰〕ふん
〔躾〕しつけ	雨間 あまあい・あまま		雰囲気 ふんいき
〔躱〕かわす		雪線 せっせん	〔雷〕らい・かみなり・いかづち
〔躿〕うつけ	雨量 うりょう	雪踏 せった	
〔嫋〕やがて	雨蛙 あまがえる	雪融 ゆきどけ	雷火 らいか
	雨勝 あめがち	〔雲〕うん・くも・くむ	雷公 らいこう
雨　部	雨傘 あまがさ	雲上 うんじょう・くものうえ	雷同 らいどう
〔雨〕う・あめ・あま・さめ	雨催 あめもよい・あめもよい	雲丹 うに	雷名 らいめい
雨下 うか	雨滴 うてき	雲水 うんすい	雷雨 らいう
雨上 あめあがり	雨漏 あまもり	雲母 うんも・きらら	雷神 らいじん
雨乞 あまごい	雨樋 あまどい	雲台 うんだい	雷除 らいよけ
雨戸 あまど	雨模様 あまもよう・あめもよう	雲州蜜柑 うんしゅうみかん	雷族 かみなりぞく
雨天 うてん			雷鳥 らいちょう
雨中 うちゅう	雨避 あまよけ	雲気 うんき	雷魚 らいぎょ
雨止 あまやみ	雨曇 あまぐもり	雲合 くもあい	雷雲 らいうん
雨水 うすい・あまみず	雨覆 あまおおい	雲行 くもゆき	雷電 らいでん
	雨曝 あまざらし	雲形 くもがた	雷鳴 らいめい
雨支度 あまじたく	雨霰 あめあられ	雲助 くもすけ	雷管 らいかん
雨氷 うひょう	雨露 うろ	雲呑 ワンタン	雷獣 らいじゅう
雨皮 あまかわ	〔霑〕しずく	雲底 うんてい	雷霆 らいてい
雨合羽 あまがっぱ	〔雪〕せつ・そそぐ・	雲泥 うんでい	電撃 らいげき
			雷親父 かみなりおやじ

〔電〕でん・いなずま
電力 でんりょく
電工 でんこう
電子 でんし
電文 でんぶん
電化 でんか
電圧 でんあつ
電灯 でんとう
電池 でんち
電光 でんこう
電気 でんき
電車 でんしゃ
電位 でんい
電波 でんぱ
電弧 でんこ
電卓 でんたく
電界 でんかい
電命 でんめい
電送 でんそう
電柱 でんちゅう
電信 でんしん
電流 でんりゅう
電閃 でんせん
電荷 でんか
電探 でんたん
電球 でんきゅう
電略 でんりゃく
電動 でんどう
電停 でんてい
電報 でんぽう
電場 でんじょう・でんば
電極 でんきょく
電解 でんかい
電話 でんわ
電源 でんげん
電蓄 でんちく
電路 でんろ
電鈴 でんれい
電鉄 でんてつ
電飾 でんしょく
電磁 でんじ
電磁石 でんじしゃく
電算機 でんさんき
電請 でんせい
電熱 でんねつ

電線 でんせん
電機 でんき
電鍵 でんけん
電鍍 でんと
電離 でんり
電纜 でんらん
〔零〕れい・こぼし・こぼれ・こぼす・こぼれる・ゼロ
零下 れいか
零余子 ぬかご・むかご
零幸 こぼぎいわい
零度 れいど
零点 れいてん
零時 れいじ
零距離射撃 れいきょりしゃげき
零敗 れいはい
零細 れいさい
零落 おちぶれる・れいらく
零話 こぼればなし
零墨 れいぼく
零種 こぼれだね
〔雹〕ひょう
雹害 ひょうがい
〔需〕しゅ・じゅ・もとむ・もとめ
需用 じゅよう
需要 じゅよう
需品 じゅひん
需給 じゅきゅう
〔震〕しん・ふるい・ふるう・ふるえ・ふるえる・ふるわせる・ふるわす
震上 ふるえあがる
震天動地 しんてんどうち
震旦 しんたん
震央 しんおう
震付 ふるいつく
震災 しんさい
震度 しんど
震害 しんがい
震域 しんいき

震動 しんどう
震幅 しんぷく
震源 しんげん
震蕩 しんとう
震駭 しんがい
震撼 しんかん
震盪 しんとう
〔霊〕れい・たま・たましい
霊山 れいざん
霊木 れいぼく
霊水 れいすい
霊化 れいか
霊示 れいじ
霊安室 れいあんしつ
霊光 れいこう
霊気 れいき
霊地 れいち
霊迎 たまむかえ
霊位 れいい
霊妙 れいみょう
霊宝 れいほう
霊長 れいちょう
霊的 れいてき
霊知 れいち
霊利 れいさつ
霊神 れいじん
霊前 れいぜん
霊送 たまおくり
霊柩 れいきゅう
霊屋 たまや
霊威 れいい
霊草 れいそう
霊界 れいかい
霊泉 れいせん
霊室 れいしつ
霊峰 れいほう
霊剣 れいけん
霊域 れいいき
霊異 れいい
霊祭 たままつり
霊鳥 れいちょう
霊湯 れいとう
霊場 れいじょう
霊智 れいち
霊殿 れいでん

霊感 れいかん
霊夢 れいむ
霊園 れいえん
霊境 れいきょう
霊魂 れいこん
霊像 れいぞう
霊獣 れいじゅう
霊薬 れいやく
霊廟 れいびょう
霊験 れいげん
〔霏〕ひ
霏霏 ひひ
〔霙〕みぞれ・みぞる
〔霍〕かく
霍乱 かくらん
〔霖〕りん
霖雨 りんう
〔霜〕そう・しも・しもげる
霜天 そうてん
霜月 しもつき
霜囲 しもがこい
霜夜 しもよ
霜取 しもとり
霜柱 しもばしら
霜枯 しもがれ・しもがれる
霜書 そうがい
霜除 しもよけ
霜降 そうこう・しもふり
霜雪 そうせつ
霜崩 しもくずれ
霜焼 しもやけ
霜解 しもどけ
霜融 しもどけ
霜曇 しもぐもり
〔霞〕か・かすみ・かすむ
霞目 かすみめ
〔霧〕む・きり
霧中 むちゅう
霧氷 むひょう
霧吹 きりふき
霧雨 きりあめ・きりさめ
霧笛 むてき

霧雲 きりぐも
霧散 むさん
霧隠 きりがくれ
〔霰〕さん・あられ
霰弾 さんだん
〔露〕ろ・つゆ・あらわ・あらわす・あらわれる
露天 ろてん
露仏 ろぶつ
露払 つゆはらい
露出 ろしゅつ
露台 ろだい
露地 ろじ
露光 ろこう
露見 ろけん
露呈 ろてい
露坐 ろざ
露店 ろてん
露国 ろこく
露命 ろめい
露点 ろてん
露草 つゆくさ
露座 ろざ
露骨 ろこつ
露悪 ろあく
露探 ろたん
露営 ろえい
露場 ろじょう
露間 つゆのま
露語 ろご
露盤 ろばん
露鋒 ろほう
露頭 ろとう
露霜 つゆじも
露顕 ろけん
〔霹〕へき
霹靂 はたたがみ・へきれき
〔霽〕せい・はれる・はらす
〔霾〕ばい・つちふる
〔靄〕あい・もや

青 部

〔青〕せい・しょう・あお・あおい・あお

ざめる・あおばむ・あおみ・あおむ・あおやか	青草 あおくさ	青蠅 あおばえ	長手 なかて	長官 ちょうかん
青二才 あおにさい	青春 せいし▪ん	青黴 あおかび	長引 ながびく	長径 ちょうけい
青人草 あおひとぐさ	青息吐息 あおいきといき	〔静〕せい・じょう・しずか・しずけし・しずまる・しずめる	長火鉢 ながひばち	長呼 ちょうこ
青大将 あおだいしょう	青蛙 あおがえる		長円 ちょうえん	長姉 ちょうし
青山 せいざん	青桐 あおぎり	静心 しずごころ	長欠 ちょうけつ	長者 ちょうじゃ
青木 あおき	青粉 あおこ	静止 せいし	長尺 ちょうしゃく	長所 ちょうしょ
青刈 あおがり	青海原 あおうなばら	静水 せいすい	長水路 ちょうすいろ	長征 ちょうせい
青毛 あおげ	青海苔 あおのり	静返 しずまりかえる	長文 ちょうぶん	長波 ちょうは
青天 せいてん	青海亀 あおうみがめ	静思 せいし	長方形 ちょうほうけい	長物 ちょうぶつ
青天井 あおてんじょう	青書 せいしょ	静坐 せいざ	長尻 ながじり・ながっちり	長命 ちょうめい
	青馬 あおうま	静的 せいてき		長夜 ちょうや
青少年 せいしょうねん	青梅 あおうめ	静夜 せいや	長目 ながめ	長柄 ながえ
青白 あおじろい	青梅綿 あおうめわた	静物 せいぶつ	長兄 ちょうけい	長追 ながおい
青写真 あおじゃしん	青黄粉 あおきなこ	静臥 せいが	長句 ちょうく	長持 ながもち
青立 あおだち	青魚 あおざかな	静脈 じょうみゃく	長江 ちょうこう	長音 ちょうおん
青田 あおた	青菜 あおな	静座 せいざ	長広舌 ちょうこうぜつ	長音階 ちょうおんかい
青玉 せいぎょく	青票 あおひょう・せいひょう	静粛 せいしゅく		長根 ちょうこん
青史 せいし		静寂 せいじゃく	長生 ちょうせい・ながいき	長城 ちょうじょう
青地 あおじ	青眼 せいがん	静電気 せいでんき		長唄 ながうた
青竹 あおだけ	青痣 あおあざ	静態 せいたい	長石 ちょうせき	長屋 ながや
青光 あおびかり	青道心 あおどうしん	静静 しずしず	長打 ちょうだ	長病 ながやみ
青虫 あおむし	青紫蘇 あおじそ	静穏 せいおん	長汀 ちょうてい	長脇差 ながわきざし
青年 せいねん	青畳 あおだたみ	静養 せいよう	長幼 ちょうよう	長剣 ちょうけん
青色 あおいろ	青筋 あおすじ	静聴 せいちょう	長芋 ながいも	長鉄 ちょうけつ
青貝 あおがい	青葉 あおば	静謐 せいひつ	長虫 ながむし	長座 ちょうざ・ながざ
青身 あおみ	青脹 あおぶくれ	静観 せいかん	長年 ちょうねん・ながねん	
青豆 あおまめ	青雲 せいうん			長袖 ちょうしゅう・ながそで
青青 あおあお	青電話 あおでんわ	**長 部**	長年月 ちょうねんげつ	
青侍 あおざむらい	青緑 あおみどり		長尾 ちょうび	長針 ちょうしん
青空 あおぞら	青磁 あおじ・せいじ	〔長〕ちょう・ちょうじる・ちょうずる・たける・なが・ながい・ながさ・ながたらしい・ながらえる・おさ	長老 ちょうろう	長逝 ちょうせい
青味 あおみ	青旗 あおはた		長考 ちょうこう	長途 ちょうと
青味泥 あおみどろ	青酸 せいさん		長尾鶏 ながおどり	長流 ちょうりゅう
青物 あおもの	青銅 せいどう		長町場 ながちょうば	長椅子 ながいす
青松 せいしょう	青楼 せいろう	長刀 ちょうとう・なぎなた	長寿 ちょうじゅ	長須鯨 ながすくじら
青果 せいか	青豌豆 あおえんどう	長丁場 ながちょうば	長身 ちょうしん	長袴 ながばかま
青信号 あおしんごう		長久 ちょうきゅう	長足 ちょうそく	長患 ながわずらい
	青緡 あおざし	長子 ちょうし	長男 ちょうなん	長軀 ちょうく
青洟 あおっぱな	青瓢箪 あおびょうたん	長女 ちょうじょ	長雨 ながあめ	長蛇 ちょうだ
青柳 あおやぎ	青黛 せいたい	長上 ちょうじょう	長居 ながい	長道 ながみち
青枯 あおがれ	青鞜 せいとう	長大 ちょうだい	長長 ながながしい	長湯 ながゆ
青臭 あおくさい		長大息 ちょうたいそく	長物語 ながものがたり	長閑 のどか・のどやか
		長月 ながつき	長押 なげし	長期 ちょうき
				長距離 ちょうきょり

り

長短 ちょうたん	門派 もんぱ	〔問〕もん・とい・と	開店 かいてん
長堤 ちょうてい	門柳 もんりゅう	う	開板 かいはん
長続 ながつづき	門徒 もんと	問合 といあわせ・と	開府 かいふ
長話 ながばなし	門流 もんりゅう	いあわせる	開法 かいほう
長詩 ちょうし	門扉 もんぴ	問返 といかえす	開放 かいほう・あけ
長路 ながみち	門歯 もんし	問者 もんじゃ	っぱなし・あけはな
長煩 ながわずらい	門番 もんばん	問屋 といや・とんや	す・あけはなつ
長靴 ちょうか・なが	門葉 もんよう	問掛 といかける	開明 かいめい
ぐつ	門迹 もんぜき	問責 といつめる	開門 かいもん
長嘆 ちょうたん	門構 かどがまえ・も	問診 もんしん	開国 かいこく
長歌 ちょうか	んがまう	問答 もんどう	開始 かいし
長駆 ちょうく	門閥 もんばつ	問詰 といつめる	開所 かいしょ
長髪 ちょうはつ	門標 もんぴょう	問罪 もんざい	開学 かいがく
長歎 ちょうたん	門衛 もんえい	問質 といただす	開直 ひらきなおる
長潮 ながしお	門檻 もんかん	問題 もんだい	開発 かいはつ
長談義 ながだんぎ	〔閂〕さん・かんぬき	〔悶〕もん・もだえ	開削 かいさく
長調 ちょうちょう	〔閃〕せん・ひらめ	もだえる	開城 かいじょう
長編 ちょうへん	く・ひらめき・ひら	悶死 もんし	開祖 かいそ
長篇 ちょうへん	めかす	悶着 もんちゃく	開映 かいえい
長嘯 ちょうしょう	閃光 せんこう	悶絶 もんぜつ	開音節 かいおんせつ
長暮 ながいも	〔閉〕へい・しまる・	悶悶 もんもん	つ
長講 ちょうこう	とざす・とじる	〔閏〕じゅん・うるう	開架 かいか
長櫃 ながびつ	閉口 へいこう	閏月 じゅんげつ	開巻 かいかん
	閉山 へいざん	閏年 じゅんねん	開衿 かいきん
門 部	閉止 へいし	〔開〕かい・ひらき・	開封 かいふう・ひら
	閉切 たてきる	びらき・あける・あ	きふう
〔門〕もん・かど・と	閉込 とじこめる	く・あかる・ひら	開通 かいつう
門人 もんじん	閉刊 へいかん	く・ひらける	開校 かいこう
門下 もんか	閉会 へいかい	開口 かいこう	開院 かいいん
門口 かどぐち	閉式 へいしき	開山 かいさん	開眼 かいがん・かい
門火 かどび	閉廷 へいてい	開方 かいほう	げん
門戸 もんこ	閉居 へいきょ	開化 かいか	開帳 かいちょう
門付 かどづけ	閉店 へいてん	開戸 ひらきど	開陳 かいちん
門出 かどで	閉門 へいもん	開払 あけはらう	開票 かいひょう
門外 もんがい	閉音節 へいおんせつ	開広 あけっぴろげ・	開設 かいせつ
門札 もんさつ	閉院 へいいん	あけひろげ	開基 かいき
門生 もんせい	閉校 へいこう	開庁 かいちょう	開閉 かいへい・あけ
門主 もんしゅ	閉場 へいじょう	開平 かいへい	しめ・あけたて
門地 もんち	閉園 へいえん	開札 かいさつ	開扉 かいひ
門灯 もんとう	閉業 へいぎょう	開市 かいし	開港 かいこう
門弟 もんてい	閉幕 へいまく	開立 かいりゅう	開場 かいじょう
門弟子 もんていし	閉塞 へいそく	開式 かいしき	開運 かいうん
門並 かどなみ	閉館 へいかん	開会 かいかい	開腹 かいふく
門松 かどまつ	閉講 へいこう	開廷 かいてい	開幕 かいまく
門限 もんげん	閉鎖 へいさ	開花 かいか	開催 かいさい
門前 もんぜん	〔閊〕つかえ・つかえ	開局 かいきょく	開戦 かいせん
門柱 もんちゅう	る	開拓 かいたく	開園 かいえん

開演 かいえん
開懇 かいこん
開館 かいかん
開講 かいこう
閉豁 かいかつ
開題 かいだい
開襟 かいきん
開闢 かいびゃく
開鑿 かいさく
〔閑〕かん・ひま・しず
か
閑人 かんじん・ひま
じん
閑文字 かんもじ
閑日月 かんじつげつ
閑古鳥 かんこどり
閑地 かんち
閑却 かんきゃく
閑吟 かんぎん
閑居 かんきょ
閑事業 かんじぎょ
う
閑寂 かんじゃく
閑散 かんさん
閑雅 かんが
閑歇 かんけつ
閑話 かんわ
閑暇 かんか
閑静 かんせい
閑語 かんご
閑談 かんだん
閑職 かんしょく
〔間〕あい・かん・け
ん・ま・あいだ・あわ
い
間一髪 かんいっぱ
つ
間八 かんぱち
間子 まぐち
間手 あいので
間引 まびき・まびく
間切 まぎる
間欠 かんけつ

間夫 まぶ	間諜 かんちょう	とる	関白 かんぱく	闇闇 やみやみ
間尺 けんじゃく・ましゃく	間鴨 あいがも	聞届 ききとどける	関西 かんさい	〔闌〕らん・すがれる・たけなわ・たける
間代 まだい	〔閣〕こう	聞所 ききどころ	関守 せきもり	〔闘〕とう・たたかう・たたかい
間仕切 まじきり	閣門 こうもん	聞物 ききもの	関知 かんち	闘士 とうし
間合 まあい・まにあう・まにあわせ	〔閨〕けい・ねや	聞洩 ききもらす	関門 かんもん	闘牛 とうぎゅう
間伐 かんばつ	閨房 けいぼう	聞香 ぶんこう	関所 せきしょ	闘犬 とうけん
間色 かんしょく	閨門 けいもん	聞書 ききがき	関取 せきとり	闘争 とうそう
間判 あいばん	閨秀 けいしゅう	聞納 ききおさめ	関係 かんけい	闘技 とうぎ
間服 あいふく	閨怨 けいえん	聞酒 ききざけ	関屋 せきや	闘志 とうし
間竿 けんざお	閨閥 けいばつ	聞流 ききながす	関連 かんれん	闘将 とうしょう
間近 まちか・まぢか・まちかい	〔聞〕ぶん・もん・き き・きく・きかせる ・きこえ・きこえる	聞済 ききすます	関脇 せきわき	闘病 とうびょう
間男 まおとこ	聞入 ききいる・ききいれる	聞捨 ききすてる	関原 せきがはら	闘球盤 とうきゅうばん
間作 かんさく	聞覚 ききおぼえ	聞悪 ききにくい	関税 かんぜい	闘魚 とうぎょ
間狂言 あいきょうげん	聞上手 ききじょうず	聞惚 ききほれる	関数 かんすう	闘魂 とうこん
間投詞 かんとうし	聞下手 ききべた	聞覚 ききおぼえ	関節 かんせつ	闘鶏 とうけい・シャモ
間抜 まぬけ	聞及 ききおよぶ	聞落 ききおとす	関路 せきじ	〔闕〕けつ・かく・かけ・けち
間者 かんじゃ	聞方 ききかた	聞過 ききすぎす	関関 かんかん	闕文 けつぶん
間延 まのび	聞手 ききて	聞道 きくならく	関説 かんせつ	闕如 けつじょ
間取 まどり	聞分 ききわけ・ききわける	聞間違 ききまちがい	関頭 かんとう	闕字 けつじ
間奏 かんそう	聞込 ききこみ・ききこむ	聞違 ききちがい・ききちがえる	関聯 かんれん	闕所 けっしょ
間食 かんしょく・あいだぐい	聞出 ききだす	聞置 ききおく	〔閲〕えつ・えっする・けみする	闕員 けついん
間柄 あいだがら	聞付 ききつける	聞損 ききそこない・ききそこなう	閲兵 えっぺい	〔闖〕ちん
間柱 まばしら	聞召 きこしめす	聞継 ききつぐ	閲歴 えつれき	闖入 ちんにゅう
間借 まがり	聞外 ききはずす	聞誤 ききあやまる	閲読 えつどく	〔闢〕げき
間脳 かんのう	聞古 ききふるす	聞説 きくならく	閲覧 えつらん	〔闡〕せん
間断 かんだん	聞伝 ききつたえ・ききつたえる	聞漏 ききもらす	〔閻〕えん	闡明 せんめい
間接 かんせつ	聞耳 ききみみ	聞澄 ききすます	閻魔 えんま	
間間 まま	聞応 ききごたえ	〔閣〕かく	〔閼〕かつ	**隶 部**
間着 あいぎ	聞返 ききかえす	閣下 かっか	閼歩 かっぽ	〔隷〕れい
間貸 まがし	聞糺 ききただす	閣内 かくない	閼達 かったつ	隷下 れいか
間道 かんどう	聞辛 ききづらい	閣外 かくがい	閼薬樹 かつようじ	隷従 れいじゅう
間然 かんぜん	聞役 ききやく	閣老 かくろう	〔闇〕あん・やみ・くらし・くらがり	隷書 れいしょ
間数 けんすう・まかず	聞良 ききよい	閣員 かくいん	闇汁 やみじる	隷属 れいぞく
間遠 まどお・まどおい	聞忘 ききわすれる	閣僚 かくりょう	闇市 やみいち	隷農 れいのう
間違 まちがい・まちがう・まちがえる	聞事 ききごと	閣議 かくぎ	闇夜 あんや・やみよ	
間隙 かんげき	聞苦 ききぐるしい	〔閥〕ばつ	闇取引 やみとりひき	**非 部**
間隔 かんかく	聞咎 ききとがめる	閥族 ばつぞく	闇屋 やみや	〔非〕ひ・あらず
閒際 まぎわ	聞直 ききなおす	〔関〕かん・せき・かかわる	闇相場 やみそうば	非力 ひりき
間縄 けんなわ	聞知 ぶんち	関八州 かんはっしゅう	闇討 やみうち	非人 ひにん
	聞取 ききとり・きき	関与 かんよ	闇値 やみね	非人情 ひにんじょ
		関山 せきのやま	闇流 やみながし	
		関心 かんしん	闇雲 やみくも	
			闇路 やみじ	

う

非才 ひさい	〔靠〕もれたる	金色 きんいろ・こんじき	金脈 きんみゃく	金盞花 きんせんか
非凡 ひぼん	靠掛 もたれかかる	金売 かねうり	金紋 きんもん	金蔓 かねづる
非公式 ひこうしき		金紙 きんがみ	金紙 きんがみ	金蔵 かねぐら
非公開 ひこうかい	**金 部**	金串 かなぐし	金納 きんのう	金網 かなあみ
非礼 ひれい		金利 きんり	金紗 きんしゃ	金壺 かなつぼ
非生産的 ひせいさんてき	〔金〕きん・こん・かな・かね	金坑 きんこう	金時 きんとき	金髪 きんぱつ
非行 ひこう	金一封 きんいっぷう	金言 きんげん	金時計 きんどけい	金管楽器 きんかんがっき
非合法 ひこうほう	金入 かねいれ	金位 きんい	金扇 きんせん	金箔 きんぱく
非合理 ひごうり	金力 きんりょく	金肥 きんぴ・かねごえ	金将 きんしょう	金製 きんせい
非我 ひが	金子 きんす	金物 かなもの	金座 きんざ	金銀 きんぎん
非売品 ひばいひん	金山 きんざん・かなやま	金具 かなぐ	金庫 きんこ	金銅 こんどう
非役 ひやく	金山寺 きんざんじ	金盃 きんぱい	金粉 きんこ・きんぷん	金隠 きんかくし
非国民 ひこくみん	金工 きんこう	金杯 きんぱい	金科玉条 きんかぎょくじょう	金箱 かねばこ
非金属元素 ひきんぞくげんそ	金口 きんぐち	金波 きんぱ	金員 きんいん	金輪際 こんりんざい
非武装 ひぶそう	金元 かねもと	金的 きんてき	金偏 かねへん	金鋏 かなばさみ
非命 ひめい	金火箸 かなひばし	金枝玉葉 きんしぎょくよう	金側 きんがわ	金輪 かなわ
非時 ひじ	金仏 かなぶつ	金券 きんけん	金婚式 きんこんしき	金敷 かなしき
非情 ひじょう	金文字 きんもじ	金泥 きんでい・こんでい	金堂 こんどう	金麩羅 きんぷら
非常 ひじょう	金木犀 きんもくせい	金毘羅 こんぴら	金蛇 かなへび	金縁 きんぶち
非常識 ひじょうしき	金分 きんぶん	金星 きんせい・きんぼし	金眼鯛 きんめだい	金線 きんせん
非常勤 ひじょうきん	金太郎 きんたろう	金屎 かなくそ	金魚 きんぎょ	金談 きんだん
非現業 ひげんぎょう	金欠 きんけつ	金風 きんぷう	金貨 きんか	金瘡 きんそう
非望 ひぼう	金切 きんきり	金品 きんぴん	金満家 きんまんか	金権 きんけん
非理 ひり	金切声 かなきりごえ	金持 かねもち	金塊 きんかい	金甌無欠 きんおうむけつ
非運 ひうん	金円 きんえん	金臭 かなくさい	金属 きんぞく	金頭 かながしら
非道 ひどう・ひどう	金目 かねめ	金屏風 きんびょうぶ	金無垢 きんむく	金縛 かなしばり
非買同盟 ひばいどうめい	金本位 きんほんい	金相学 きんそうがく	金緑石 きんりょくせき	金盥 かなだらい
非番 ひばん	金打 きんちょう	金砂 きんしゃ	金筋 きんすじ	金融 きんゆう
非違 ひい	金石 きんせき	金砂子 きんすなご	金貸 かねかし	金儲 かねもうけ
非鉄金属 ひてつきんぞく	金主 きんしゅ	金城 きんじょう	金遣 かねづかい	金鍔 きんつば
非勢 ひせい	金札 きんさつ	金看板 きんかんばん	金詰 かねづまり	金環 きんかん
非戦論 ひせんろん	金穴 きんけつ	金柑 きんかん	金槌 かなづち	金離 かねばなれ
非戦闘員 ひせんとういん	金玉 きんぎょく・きんたま	金冠 きんかん	金鳳花 きんぽうげ	金曜 きんよう
非業 ひごう	金字 きんじ・こんじ	金高 きんだか・かねだか	金牌 きんぱい	金蜩 きんかく
非衛生 ひえいせい	金回 かねまわり	金剛 こんごう	金歯 きんば	金額 きんがく
非難 ひなん	金気 かなけ	金渋 かなしぶ	金殿玉楼 きんでんぎょくろう	金繰 かねぐり
非職 ひしょく	金平 きんぴら	金海鼠 きんこ	金策 きんさく	金轡 かなぐつわ
非議 ひぎ	金団 きんとん	金釘 かなくぎ	金鉱 きんこう	金襴 きんらん
	金地 きんじ	金屑 かなくず	金銭 きんせん	金聾 かなつんぼ
	金米糖 コンペートー		金鉄 きんてつ	〔針〕しん・はり
	金糸 きんし		金解禁 きんかいきん	針小棒大 しんしょうぼうだい
				針山 はりやま
				針子 はりこ

針孔 みぞ・めど
針圧 しんあつ
針目 はりめ
針立 はりたて
針仕事 はりしごと
針灸 しんきゅう
針供養 はりくよう
針金 はりがね
針刺 はりさし
針音 しんおん
針峰 しんぽう
針術 しんじゅつ
針葉樹 しんようじ
針路 しんろ
針鼠 はりねずみ
針莚 はりのむしろ
針槐 はりえんじゅ
針箱 はりばこ
〔釘〕
釘付 くぎづけ
釘目 くぎめ
釘応 くぎこたえ
釘抜 くぎぬき
釘隠 くぎかくし
釘裂 くぎざき
〔釧〕くしろ
〔釦〕こう・ボタン
〔釣〕ちょう・つられる・つり・つる・つれる
釣人 ちょうじん
釣下 つりさげる
釣上 つりあがる・つりあげる
釣天井 つりてんじ
釣天狗 つりてんぐ
釣手 つりて
釣友 ちょうゆう
釣出 つりだす
釣台 つりだい
釣込 つりこむ
釣合 つりあい・つりあう
釣糸 つりいと
釣床 つりどこ

釣具 つりぐ
釣果 ちょうか
釣革 つりかわ
釣竿 つりざお
釣球 つりだま
釣針 つりばり
釣瓶 つるべ
釣瓶打 つるべうち
釣瓶落 つるべおとし
釣堀 つりぼり
釣船 つりぶね
釣梯子 つりばしご
釣魚 ちょうぎょ
釣棚 つりだな
釣殿 つりどの
釣銭 つりせん
釣橋 つりばし
釣灯籠 つりどうろう
釣籠 つりかご
釣鐘 つりがね
〔鈍〕どん・なまる・にぶい・のろい
鈍刀 どんとう
鈍才 どんさい
鈍化 どんか
鈍色 にびいろ・にぶいろ
鈍行 どんこう
鈍角 どんかく
鈍物 どんぶつ
鈍重 どんじゅう
鈍根 どんこん
鈍麻 どんま
鈍痛 どんつう
鈍間人形 のろまにんぎょう
鈍感 どんかん
鈍器 どんき
鈍磨 どんま
〔鈔〕しょう
鈔本 しょうほん
〔鈞〕きん・つつしむ
鈞定 きんてい
鈞美 きんせん・きんぽ

〔飯〕ばん
飯金 ばんきん
〔鉈〕なた
鉈豆 なたまめ
〔鉦〕しょう・かね・どら
鉦叩 かねたたき
鉦鼓 しょうこ
〔鉗〕けん・かなぎ・つぐむ・はさみ・かん
鉗子 かんし
〔鉢〕はち・ねつ
鉢子 はちのこ
鉢木 はちのき
鉢叩 はちたたき
鉢合 はちあわせ
鉢物 はちもの
鉢巻 はちまき
鉢植 はちうえ
〔鉞〕えつ・まさかり・おの
〔鈴〕りん・れい・すず
鈴生 すずなり
鈴虫 すずむし
鈴掛 すずかけ
鈴蘭 すずらん
〔鉋〕ほう・かんな・かな
〔鉤〕こう・かぎ
鉤手 かぎのて
鉤虫 こうちゅう
鉤状 かぎなり
鉤針 かぎばり
鉤裂 かぎざき
鉤鼻 かぎばな
鉤縄 かぎなわ
〔鉛〕えん・なまり
鉛粉 えんぷん
鉛灰色 えんかいしょく
鉛直 えんちょく
鉛版 えんぱん
鉛毒 えんどく
鉛害 えんがい
鉛筆 えんぴつ
鉛管 えんかん

鉛槧 えんざん
〔鉉〕げん・つる
〔鉱〕こう・あらがね
鉱山 こうざん
鉱区 こうく
鉱夫 こうふ
鉱水 こうすい
鉱石 こうせき
鉱坑 こうこう
鉱床 こうしょう
鉱物 こうぶつ
鉱毒 こうどく
鉱油 こうゆ
鉱泉 こうせん
鉱産 こうさん
鉱員 こういん
鉱脈 こうみゃく
鉱業 こうぎょう
鉱滓 こうさい
鉱層 こうそう
〔鉅〕きょ
鉅資 きょし
鉅儒 きょじゅ
〔鉄〕てつ・くろがね
鉄人 てつじん
鉄山 てつざん
鉄工 てっこう
鉄火 てっか
鉄分 てつぶん
鉄片 てっぺん
鉄心 てっしん
鉄血 てっけつ
鉄石 てっせき
鉄色 てついろ
鉄材 てつざい
鉄条 てつじょう
鉄芯 てっしん
鉄床 かなとこ
鉄柱 てっちゅう
鉄柵 てっさく
鉄面皮 てつめんぴ
鉄泉 てっせん
鉄則 てっそく
鉄肺 てつのはい
鉄索 てっさく
鉄案 てつあん
鉄剤 てつざい

鉄骨 てっこつ
鉄瓶 てつびん
鉄拳 てっけん
鉄扇 てっせん
鉄扉 てっぴ
鉄板 てっぱん
鉄粉 てっぷん
鉄砧 かなとこ
鉄砲 てっぽう
鉄渋 かなしぶ
鉄脚 てっきゃく
鉄御納戸 てつおなんど
鉄兜 てつかぶと
鉄窓 てっそう
鉄桶 てっとう
鉄梃 かなてこ
鉄筋 てっきん
鉄琴 てっきん
鉄筆 てっぴつ
鉄鈑 てっぱん
鉄棒 てつぼう・かなぼう
鉄無地 てつむじ
鉄腕 てつわん
鉄塔 てっとう
鉄鉱 てっこう
鉄路 てつろ
鉄槌 てっつい
鉄道 てつどう
鉄鉢 てっぱつ
鉄管 てっかん
鉄製 てっせい
鉄漿 おはぐろ・かね
鉄器 てっき
鉄輪 てつりん
鉄線 てっせん
鉄敷 かなしき
鉄橋 てっきょう
鉄鋼 てっこう
鉄壁 てっぺき
鉄蹄 てってい
鉄騎 てっき
鉄鎖 てっさ
〔銃〕じゅう
銃口 じゅうこう
銃丸 じゅうがん

銃火 じゅうか	銀流 ぎんながし	銅像 どうぞう	鋭敏 えいびん	錯角 さっかく
銃刑 じゅうけい	銀時計 ぎんどけい	銅盤 どうばん	鋭峰 えいほう	錯乱 さくらん
銃身 じゅうしん	銀扇 ぎんせん	銅器 どうき	鋭脱 えいだつ	錯覚 さっかく
銃床 じゅうしょう	銀将 ぎんしょう	銅線 どうせん	鋭意 えいい	錯落 さくらく
銃声 じゅうせい	銀座 ぎんざ	銅鑼 どら	鋭鋒 えいほう	錯誤 さくご
銃後 じゅうご	銀紙 ぎんがみ	銅銭 どうせん	〔銷〕しょう	錯雑 さくざつ
銃砲 じゅうほう	銀笛 ぎんてき	銅鐸 どうたく	銷沈 しょうちん	錯綜 さくそう
銃座 じゅうざ	銀幕 ぎんまく	〔銓〕せん・はかる・	銷却 しょうきゃく	錯簡 さっかん
銃剣 じゅうけん	銀婚式 ぎんこんしき	はかり	銷夏 しょうか	〔鋸〕きょ・のこ
銃殺 じゅうさつ		銓衡 せんこう	〔鋪〕ほ	鋸屑 のこくず
銃猟 じゅうりょう	銀側 ぎんがわ	〔銚〕ちょう	鋪道 ほどう	鋸歯 きょし
銃眼 じゅうがん	銀貨 ぎんか	銚子 ちょうし	鋪装 ほそう	〔鋼〕こう・はがね
銃弾 じゅうだん	銀飯 ぎんめし	銚釐 ちろり	〔鋏〕きょう・はさ	鋼玉 こうぎょく
銃創 じゅうそう	銀筋 ぎんすじ	〔銑〕せん・ずく	み・はさむ・やっと	鋼材 こうざい
銃傷 じゅうしょう	銀幕 ぎんまく	銑鉄 せんてつ・ずく	こ	鋼板 こうばん
銃撃 じゅうげき	銀牌 ぎんぱい	てつ	〔鋤〕じょ・すき・す	鋼索 こうさく
銃器 じゅうき	銀鼠 ぎんねず	〔銘〕めい・めいじ	く	鋼船 こうせん
〔銀〕ぎん・しろがね	銀燭 ぎんしょく	る・めいする・めい	鋤返 すきかえす	鋼鈑 こうばん
銀子 ぎんす	銀鉱 ぎんこう	ずる	鋤起 すきおこす	鋼鉄 こうてつ
銀山 ぎんざん	銀漢 ぎんかん	銘刀 めいとう	鋤焼 すきやき	鋼管 こうかん
銀本位 ぎんほんい	銀塊 ぎんかい	銘木 めいぼく	鋤鍋 すきなべ	鋼製 こうせい
銀白色 ぎんはくしょく	銀髪 ぎんぱつ	銘文 めいぶん	鋤簾 じょれん	鋼線 こうせん
銀世界 ぎんせかい	銀箔 ぎんぱく	銘打 めいうつ	〔銹〕しゅう・さび	〔錫〕すず・しゃく
銀朱 ぎんしゅ	銀製 ぎんせい	銘仙 めいせん	〔鋲〕びょう	錫杖 しゃくじょう
銀地 ぎんじ	銀緑 ぎんぷち	銘肝 めいかん	〔鋒〕ほう・ほこ・ほ	〔錚〕そう
銀糸 ぎんし	銀盤 ぎんばん	銘柄 めいがら	こさき	錚錚 そうそう
銀行 ぎんこう	銀輪 ぎんりん	銘茶 めいちゃ	鋒鋩 ほうぼう	〔錐〕すい・きり
銀灰色 ぎんかいしょく	銀髯 ぎんぜん	銘酒 めいしゅ	〔鋭〕にえ	錐体 すいたい
銀色 ぎんいろ	銀器 ぎんき	銘記 めいき	〔録〕ろく	錐揉 きりもみ
銀杏 いちょう・ぎんなん	銀翼 ぎんよく	銘菓 めいか	録画 ろくが	〔錦〕きん・にしき
銀坑 ぎんこう	銀嶺 ぎんれい	銘銘 めいめい	録音 ろくおん	錦上 きんじょう
銀位 ぎんい	銀鱗 ぎんりん	〔鉾〕ぼう・ほこ	〔鋳〕ちゅう・いる	錦木 にしきぎ
銀宝 ぎんぽ	〔銅〕どう・あか・あ	〔銛〕せん・もり・ぜ	鋳込 いこむ	錦切 きんぎれ
銀杯 ぎんぱい	かがね	〔錺〕ぼう	鋳物 いもの	錦地 きんち
銀波 ぎんぱ	銅山 どうざん	錺子 ぼうし	鋳物師 いものし	錦秋 きんしゅう
銀泥 ぎんでい	銅板 どうばん	〔銭〕せん・ぜに・ぜ	鋳金 ちゅうきん	錦紗 きんしゃ
銀狐 ぎんぎつね	銅版 どうばん	にこ・かね	鋳型 いがた	錦蛇 にしきへび
銀河 ぎんが	銅臭 どうしゅう	銭形 ぜにがた	鋳造 ちゅうぞう	錦絵 にしきえ
銀星 ぎんぼし	銅貨 どうか	銭金 ぜにかね	鋳掛 いかけ	錦旗 きんき
銀屏風 ぎんびょうぶ	銅婚式 どうこんしき	銭湯 せんとう	鋳鉄 いてつ・ちゅう	錦鶏 きんけい
	銅壺 どうこ	銭亀 ぜにがめ	てつ	錦繍 きんしゅう
銀盃 ぎんぱい	銅鉱 どうこう	〔鋭〕えい・すると	鋳潰 いつぶす	〔錨〕びょう・いかり
銀砂子 ぎんすなご	銅牌 どうはい	い	鋳鋼 ちゅうこう	錨地 びょうち
	銅鈑 どうはち・どう	鋭才 えいさい	〔錠〕じょう	錨鎖 びょうさ
銀粉 ぎんぷん	ぱつ	鋭気 えいき	錠前 じょうまえ	〔錘〕すい・つむ・お
	銅鉢 どうはち	鋭角 えいかく	錠剤 じょうざい	もり
		鋭利 えいり	〔錯〕さく	〔錆〕しょう・さび・

さびる	鍛練 たんれん	鎧通 よろいどおし	うせき	隻腕 せきわん
錆付 さびつく	鍛鋼 たんこう	鎧袖一触 がいしゅ	鐘乳洞 しょうにゅ。	隻語 せきご
錆止 さびどめ	鍛錬 たんれん	ういっしょく	うどう	隻影 せきえい
錆竹 さびだけ	〔鍔〕つば・がく	〔鎌〕れん・かま	鐘馗 しょうき	〔雀〕すずめ・じゃ
錆色 さびいろ	鍔元 つばもと	鎌止 かまどめ	〔鐃〕にょう・どう・	く・しじめ
錆声 さびごえ	鍔迫合 つばぜりあ	鎌首 かまくび	くすみ	雀色 すずめいろ
錆鮎 さびあゆ	い	鎌倉彫 かまくらぼ	錦鈸 にょうはち	雀斑 そばかす
〔鐵〕てつ・しころ	鍔鳴 つばなり	り	〔鐙〕とう・あぶみ	雀焼 すずめやき
〔錬〕れん・ねる	鍔際 つばぎわ	鎌倉幕府 かまくら	〔鐔〕たん・つば	雀蜂 すずめばち
錬成 れんせい	鍔鍔 がくがく	ばくふ	〔鐚〕あ・びた	雀榕 あこう
錬金術 れんきんじ	〔鍜〕かん・からみ	鎌蝦 かまくらえ	鐚一文 びたいちも	雀踊 すずめおどり
ゅつ	〔鎹〕かすがい	び	ん	雀鮨 すずめずし
錬鉄 れんてつ	〔鎬〕こう・しのぎ	鎌髭 かまひげ	鐚銭 びたせん	雀羅 じゃくら
錬磨 れんま	〔鎔〕よう・とかす・	鎌髭奴 かまひげや	〔鐺〕とう・こじり	雀躍 じゃくやく
〔鋺〕わん	とく・とける	っこ	〔鑓〕やり	〔雇〕こ・やとい・や
〔鍍〕と・めっき	〔鎚〕れん・くさり	鎌鼬 かまいたち	〔鐶〕かん	とう
鍍金 ときん・めっき	〔鎮〕ちん・しずま	〔鑒〕かん・かんがみ	〔鑑〕かん・かがみ・	雇女 やとな
〔鍼〕しん・はり	る・しずめる	る	かんがみる	雇用 こよう
鍼灸 しんきゅう	鎮子 ちんし	〔鏡〕きょう・かがみ	鑑札 かんさつ	雇員 こいん
鍼医 はりい	鎮火 ちんか	鏡台 きょうだい	鑑別 かんべつ	雇傭 こよう
鍼術 しんじゅつ	鎮圧 ちんあつ	鏡面 きょうめん	鑑定 かんてい	雇農 このう
〔鍵〕けん・かぎ	鎮台 ちんだい	鏡餅 かがみもち	鑑査 かんさ	〔集〕しゅう・つど
鍵子 かぎっこ	鎮西 ちんぜい	鏡銅 きょうどう	鑑賞 かんしょう	い・つどう・あつま
鍵穴 かぎあな	鎮守 ちんじゅ	〔鏑〕てき・かぶら・	鑑識 かんしき	り・あつまる・あつ
鍵編 かぎあみ	鎮定 ちんてい	かぶ	〔鑪〕ろ	める
鍵盤 けんばん	鎮咳 ちんがい	〔鏖〕おう・みなごろ	鑪付 ろうづけ	集大成 しゅうたい
〔鍋〕か・なべ	鎮座 ちんざ	し	〔鑢〕ろ・やすり	せい
鍋尻 なべじり	鎮痙剤 ちんけいざ	鏖殺 おうさつ	〔鑵〕かん・かま	集中 しゅうちゅう
鍋底 なべぞこ	い	〔鏃〕ぞく・やじり	〔鑽〕さん・きる・た	集札 しゅうさつ
鍋物 なべもの	鎮痛 ちんつう	〔鏨〕ざん・たがね	がね	集印 しゅういん
鍋蓋 なべぶた	鎮魂 ちんこん	〔鏤〕る・ろう・ちり	鑽孔 さんこう	集成 しゅうせい
鍋焼 なべやき	鎮静 ちんせい	ばめる	鑽火 きりび	集団 しゅうだん
鍋鉉 なべづる	鎮撫 ちんぶ	鏤刻 ろうこく・るこ	鑽仰 さんぎょう・さ	集合 しゅうごう
鍋墨 なべずみ	鎮護 ちんご	く	んこう	集光 しゅうこう
鍋敷 なべしき	〔鎖〕さ・じょう・く	鏤金 るきん	〔鑿〕のみ・さく	集会 しゅうかい
鍋鶴 なべづる	さり・さす・とざす	鏤骨 ろうこつ・るこ	鑿井 さくせい	集束 しゅうそく
〔鍬〕しょう・くわ	鎖国 さこく	つ	鑿岩 さくがん	集村 しゅうそん
鍬入 くわいれ	鎖骨 さこつ	〔鏝〕まん・こて		集材 しゅうざい
鍬下 くわした	鎖帷子 くさりかた	〔鏈〕くさり	佳 部	集注 しゅうちゅう
鍬形 くわがた	びら	〔鏘〕しょう・かね		集乳 しゅうにゅう
〔鍛〕たん・たえき	鎖港 さこう	鐘声 しょうせい	〔隼〕じゅん・はやぶ	集金 しゅうきん
る・きたう	鎖鎌 くさりがま	鐘鼓 しょうこ	さ	集約 しゅうやく
鍛工 たんこう	〔鎧〕がい・よろう・	鐘愛 しょうあい	隼人 はやと	集計 しゅうけい
鍛冶 かじ・たんや	よろい	鐘楼 しょうろう・し	〔隻〕せき	集書 しゅうしょ
鍛冶屋 かじや	鎧戸 よろいど	ゅろう	隻手 せきしゅ	集配 しゅうはい
鍛造 たんぞう	鎧甲 よろい	鐘鼎 しょうてい	隻句 せっく	集荷 しゅうか
鍛鉄 たんてつ	鎧板 よろいいた	鐘乳石 しょうにゅ	隻眼 せきがん	集票 しゅうひょう
			隻脚 せっきゃく	

集魚灯 しゅうぎょとう	雄鳥 おんどり	雑言 ぞうごん・ぞうげん	雑穀 ざっこく	離島 りとう・はなれじま
集魚 しゅうぎょ	雄渾 ゆうこん	雑兵 ぞうひょう	雑種 ざっしゅ	離党 りとう
集貨 しゅうか	雄雄 おおしい	雑役 ぞうえき	雑誌 ざっし	離婚 りこん
集散 しゅうさん	雄滝 おだき	雑技 ざつぎ	雑駁 ざっぱく	離郷 りきょう
集落 しゅうらく	雄篇 ゆうへん	雑事 ざつじ	雑話 ざつわ	離陸 りりく
集結 しゅうけつ	雄編 ゆうへん	雑居 ざっきょ	雑劇 ざつげき	離脱 りだつ
集塵 しゅうじん	雄蕊 おしべ・ゆうずい	雑念 ざつねん	雑糅 ざつじゅう	離船 りせん
集録 しゅうろく	雄蝶 おちょう	雑炊 ぞうすい	雑談 ざつだん	離着陸 りちゃくりく
集積 しゅうせき	雄藩 ゆうはん	雑学 ざつがく	雑踏 ざっとう	
集権 しゅうけん	〔雌〕め・めす・めん・し	雑沓 ざっとう	雑輩 ざっぱい	離間 りかん
〔雅〕が・みやび・みやびやか	雌伏 しふく	雑物 ざつぶつ	雑録 ざつろく	離散 りさん
雅文 がぶん	雌竹 めだけ	雑砕 チャプスイ	雑観 ざっかん	離隔 りかく
雅兄 がけい	雌花 めばな	雑音 ざつおん	雑題 ざつだい	離農 りのう
雅号 がごう	雌性 しせい	雑食 ざっしょく	雑纂 ざっさん	離愁 りしゅう
雅名 がめい	雌松 めまつ	雑草 ざっそう	雑嚢 ざつのう	離業 はなれわざ
雅言 がげん	雌鳥 めんどり	雑則 ざっそく	〔離〕ちょう・ほる	離縁 りえん
雅味 がみ	雌雄 しゆう	雑品 ざっぴん	〔雖〕すい・いえども	離礁 りしょう
雅俗 がぞく	雌滝 めだき	雑記 ざっき	〔雛〕す・すう・ひいな・ひな・ひよこ	離離 はなればなれ
雅致 がち	雌蕊 しずい・めしべ	雑株 ざつかぶ	雛人形 ひなにんぎょう	離職 りしょく
雅称 がしょう	雌蝶 めちょう	雑益 ざつえき	雛尖 ひなさき	離籍 りせき
雅量 がりょう	〔雑〕ざつ・ぞう・まざる・まじる・まじえる・まぜる	雑書 ざっしょ	雛形 ひながた	〔難〕なん・かたい・がたい・かたき・がて・なんじる・にくい・むずかしい・むつかしい
雅楽 ががく		雑俳 ざっぱい	雛祭 ひなまつり	
雅馴 がじゅん		雑務 ざつむ	雛菓子 ひながし	
雅語 がご	雑人 ぞうにん	雑粉 ざつぶん	雛菊 ひなぎく	
雅趣 がしゅ	雑巾 ぞうきん	雑魚 じゃこ・ざこ	難鳥 ひなどり	難文 なんぶん
雅懐 がかい	雑木 ざつぼく・ぞうき・ぞうぼく	雑魚場 ざこば	難遊 ひなあそび	難句 なんく
〔雄〕ゆう・おん・おす・お		雑魚寝 ざこね	難節句 ひなのせっく	難民 なんみん
	雑犬 ざっけん	雑菌 ざっきん		難行 なんぎょう・なんこう
雄大 ゆうだい	雑収入 ざっしゅうにゅう	雑婚 ざっこん	雛壇 ひなだん	
雄心 ゆうしん		雑著 ざっちょ	雛罌粟 ひなげし	難業 なんぎょう
雄叫 おさけび・おたけび	雑文 ざつぶん	雑問 ざつもん	〔難〕り・はなす・はなれ・はなれる・かる・さかる・さく	難件 なんけん
	雑用 ざつよう・ぞうよう	雑貨 ざっか		難字 なんじ
雄弁 ゆうべん		雑煮 ぞうに		難色 なんしょく
雄竹 おだけ	雑仕 ぞうし	雑然 ざつぜん	離反 りはん	難物 なんぶつ
雄花 おばな	雑色 ざっしょく・ぞうしき	雑税 ざつぜい	離日 りにち	難局 なんきょく
雄図 ゆうと		雑詠 ざつえい	離水 りすい	難攻不落 なんこうふらく
雄志 ゆうし	雑気 まじりけ	雑筆 ざっぴつ	離合 りごう	
雄性 ゆうせい	雑芥 ざっかい	雑費 ざっぴ	離任 りにん	難役 なんやく
雄松 おまつ	雑件 ざっけん	雑報 ざっぽう	離別 りべつ	難易 なんい
雄飛 ゆうひ	雑曲 ざっきょく	雑感 ざっかん	離村 りそん	難治 なんじ
雄勁 ゆうけい	雑考 ざっこう	雑業 ざつぎょう	離床 りしょう	難事 なんじ
雄姿 ゆうし	雑交 ざっこう	雑載 ざっさい	離京 りきょう	難所 なんしょ
雄途 ゆうと	雑多 ざった	雑節 ざっせつ	離乳 りにゅう	難点 なんてん
雄偉 ゆうい	雑肉 ざつにく	雑損 ざっそん	離叛 りはん	難球 なんきゅう
雄視 ゆうし	雑作 ぞうさ	雑閙 ざっとう	離宮 りきゅう	難訓 なんくん
		雑歌 ぞうか		

難航 なんこう
難症 なんしょう
難病 なんびょう
難渋 なんじゅう
難破 なんぱ
難産 なんざん
難船 なんせん
難問 なんもん
難無 なんなく
難場 なんば
難路 なんろ
難解 なんかい
難詰 なんきつ
難関 なんかん
難境 なんきょう
難語 なんご
難読 なんどく
難儀 なんぎ
難聴 なんちょう
難癖 なんくせ
難題 なんだい

斉部

〔斉〕せい　ととの う・ひとし
斉一 せいいつ
斉唱 せいしょう
〔斎〕(齋)さい・い とき・ものいみ・い つく・いわい・いわ う・いみ・いむ・い もう・つく・ゆ・ゆ まわり
斎米 ときまい
斎会 さいえ
斎戒 さいかい
斎服 さいふく
斎場 さいじょう
斎墩果 えごのき
〔齎〕せい・もたら す・もたらる
〔齏〕せい・あえる
齏物 あえもの

音部

〔音〕ね・おん・お と・いん・と

音叉 おんさ
音引 おんびき
音吐 おんと
音曲 おんぎょく
音字 おんじ
音色 おんしょく・ね いろ
音名 おんめい
音沙汰 おとさた
音声 おんせい
音波 おんぱ
音物 いんもつ
音板 おんばん
音取 ねとり
音便 おんびん
音信 いんしん・おん しん
音律 おんりつ
音訓 おんくん
音速 おんそく
音通 おんつう
音容 おんよう
音訳 おんやく
音部記号 おんぷき ごう
音符 おんぷ
音域 おんいき
音程 おんてい
音量 おんりょう
音階 おんかい
音感 おんかん
音楽 おんがく
音義 おんぎ
音痴 おんち
音詩 おんし
音節 おんせつ
音数律 おんすうり つ
音読 おんどく・おん よみ
音締 ねじめ
音標文字 おんぴょ うもじ
音盤 おんばん
音質 おんしつ
音調 おんちょう
音頭 おんど

音譜 おんぷ
音韻 おんいん
音響 おんきょう
〔韻〕いん
韻文 いんぶん
韻字 いんじ
韻事 いんじ
韻律 いんりつ
韻致 いんち
韻脚 いんきゃく
韻語 いんご
〔響〕きょう・ひび き・ひびく・ひびか す・ひびかせる
響応 きょうおう
響渡 ひびきわたる

首部

〔首〕しゅ・くび・こ うべ・しるし
首丈 くびったけ
首引 くびひき・くび っぴき
首切 くびきり
首玉 くびったま
首吊 くびつり
首尾 しゅび
首投 くびなげ
首足 しゅそく
首位 しゅい
首長 しゅちょう
首府 しゅふ
首肯 しゅこう・うな ずく
首実験 くびじっけ ん
首相 しゅしょう
首枷 くびかせ
首狩 くびがり
首巻 しゅかん・くび まき
首班 しゅはん
首席 しゅせき
首将 しゅしょう
首途 しゅと・かどで
首座 しゅざ・し そ・くびのざ

首級 しゅきゅう・し るし
首記 しゅき
首根 くびねっこ
首都 しゅと
首脳 しゅのう
首桶 くびおけ
首唱 しゅしょう
首斬 くびきり
首塚 くびづか
首筋 くびすじ
首飾 くびかざり
首罪 しゅざい
首鼠 しゅそ
首領 しゅりょう
首魁 しゅかい
首輪 くびわ
首縊 くびくくり
首謀 しゅぼう
首題 しゅだい
〔馘〕かく・くびき る・おもて
馘首 かくしゅ

革部

〔革〕かく・かわ・あ らたまる・あらため る
革具 かわぐ
革命 かくめい
革命委員会 かく めいいいんかい
革帯 かわおび
革砥 かわと
革紐 かわひも
革袋 かわぶくろ
革新 かくしん
革靴 かわぐつ
革緒 かわお
革綴 かわとじ
革質 かわしつ
革嚢 かわぶくろ
〔勒〕ろく・ろくする
〔靫〕さつ・さい・ さ・ゆき・うつぼ・う つお
〔靭〕じん・ゆぎ・し

んなり
靱皮 じんぴ
靱帯 じんたい
〔靴〕か・くつ
靴下 くつした
靴音 くつおと
靴箆 くつべら
靴墨 くつずみ
靴磨 くつみがき
靴擦 くつずれ
〔鞅〕おう・むながい
鞅掌 おうしょう
〔鞆〕とも・ほむだ
〔鞄〕ほう・はく・か ばん
〔鞍〕あん・くら
鞍上 あんじょう
鞍下 くらした
鞍尻 くらじり
鞍部 あんぶ
鞍馬 あんば
鞍替 くらがえ
鞍壺 くらつぼ
鞍鋼憲法 あんこう ほう
鞍擦 くらずれ
〔鞐〕こはぜ
〔鞏〕きょう・かたし
鞏固 きょうこ
鞏膜 きょうまく
〔鞘〕しょう・さや
鞘当 さやあて
鞘走 さやばしる
鞘取 さやとり
鞘取引 さやとりひ き
鞘巻 さやまき
鞘寄 さやよせ
鞘堂 さやどう
〔鞠〕きく・まり
鞠躬如 きっきゅう じょ
〔鞣〕じゅう・なめす
鞣皮 なめしがわ
鞣革 なめしがわ
〔鞦〕しゅう・しりが い・しりがき

鞦韆 しゅうせん・ふ
らここ・ぶらんこ
〔鞭〕べん・むち・う
ち・ぶち
鞭毛 べんもう
鞭打 むちうつ
鞭打症 むちうちし
ょう
鞭撻 べんたつ

頁 部

〔頁〕けつ・ページ
頁岩 けつがん
〔頂〕ちょう・いただ
き・いただく・いた
だける
頂上 ちょうじょう
頂門 ちょうもん
頂物 いただきもの
頂点 ちょうてん
頂戴 ちょうだい
〔頃〕けい・ころ・こ
ろおい
頃日 けいじつ
頃合 ころあい
〔項〕こう・うなじ
項目 こうもく
項垂 うなだれる
〔須〕しゅ・すべから
く
須臾 しゅゆ
須要 しゅよう
須磨琴 すまごと
須弥山 しゅみせん
須弥壇 しゅみだん
〔順〕じゅん・ずん・
したがう・まつろう
順手 じゅんて
順化 じゅんか
順礼 じゅんれい
順列 じゅんれつ
順守 じゅんしゅ
順行 じゅんこう
順光 じゅんこう
順当 じゅんとう
順次 じゅんじ
順応 じゅんのう・じ

ゅんおう
順正 じゅんせい
順序 じゅんじょ
順位 じゅんい
順良 じゅんりょう
順延 じゅんえん
順法 じゅんぽう
順奉 じゅんぽう
順送 じゅんおくり
順風 じゅんぷう
順逆 じゅんぎゃく
順流 じゅんりゅう
順接 じゅんせつ
順番 じゅんばん
順順 じゅんじゅん
順路 じゅんろ
順境 じゅんきょう
順養子 じゅんよう
し
順調 じゅんちょう
順潮 じゅんちょう
順縁 じゅんえん
順繰 じゅんぐり
〔頓〕とん・とみ・と
みに・ひたぶる
頓才 とんさい
頓死 とんし
頓狂 とんきょう
頓知 とんち
頓服 とんぷく
頓珍漢 とんちんか
ん
頓首 とんしゅ
頓馬 とんま
頓挫 とんざ
頓悟 とんご
頓着 とんちゃく・と
んじゃく
頓智 とんち
頓証菩提 とんしょ
うぼだい
頓痴気 とんちき
〔頒〕はん・あかつ・
わかつ
頒布 はんぷ
〔頑〕がん・かたく
な・かたくなし

頑丈 がんじょう
頑固 がんこ
頑是無 がんぜない
頑迷 がんめい
頑冥 がんめい
頑張 がんばる
頑健 がんけん
頑強 がんきょう
頑愚 がんぐ
頑癬 がんせん
〔頌〕しょう
頌春 しょうしゅん
頌詞 しょうし
頌詩 しょうし
頌辞 しょうじ
頌歌 しょうか
頌徳 しょうとく
〔預〕よ・あらかじ
め・あずけ・あずけ
る・あずかり・あず
かる
預入 あずけいれる
預血 よけつ
預言 よげん
預金 よきん
預託 よたく
〔領〕りょう・ろう・
うしはく・うすはく
領土 りょうど
領巾 ひれ
領水 りょうすい
領分 りょうぶん
領主 りょうしゅ
領収 りょうしゅう
領有 りょうゆう
領地 りょうち
領会 りょうかい
領国 りょうごく
領空 りょうくう
領事 りょうじ
領承 りょうしょう
領袖 りょうしゅう
領海 りょうかい
領域 りょういき
領掌 りょうしょう
領解 りょうかい
〔頗〕は・すこぶる・

そこぶる
〔頡〕けつ・あがる
頡頏 きっこう
〔頽〕たい・なだれ
頽唐 たいとう
頽廃 たいはい
頽勢 たいせい
頽齢 たいれい
〔頷〕がん・うなず
く・うなずける・あ
ご
〔頤〕い・あご・おと
がい
頤使 いし
頤指 いし
〔穎〕えい・かい・か
み
穎才 えいさい
穎悟 えいご
穎脱 えいだつ
穎割 かいわり
〔頭〕とう・ず・あた
ま・かしら・がし
ら・かぶり・こう
べ・つぶり・つむり
頭巾 ずきん・ときん
頭上 ずじょう
頭分 かしらぶん
頭文字 かしらもじ
頭打 ずうち・あたま
うち
頭立 かしらだつ
頭目 とうもく
頭字 かしらじ
頭角 とうかく
頭抜 ずぬける
頭状花 とうじょう
か
頭身 とうしん
頭声 とうせい
頭金 あたまきん
頭取 とうどり
頭注 とうちゅう
頭陀 ずだ
頭陀袋 ずだぶくろ
頭重 ずおも
頭垢 ふけ

頭首 とうしゅ
頭骨 とうこつ
頭株 あたまかぶ
頭胸部 とうきょう
ぶ
頭書 とうしょ・かし
らがき
頭部 とうぶ
頭頂 とうちょう
頭痛 ずつう
頭寒足熱 ずかんそ
くねつ
頭割 あたまわり
頭註 とうちゅう
頭脳 ずのう
頭数 とうすう・あた
まかず
頭蓋 ずがい・とうが
い
頭領 とうりょう
頭髪 とうはつ
頭韻 とういん
〔頼〕たのみ・たの
む・たより・たよ
る・たのもしい
頼人 たのうだひと
頼入 たのみいる
頼少 たのみすくない
頼込 たのみこむ
頼母子 たのもし
頼信紙 らいしんし
頼無 たよりない
〔頬〕ほう・きょう・
ほほ・ほお・ほっぺ
た
頬白 ほおじろ・ほほ
じろ
頬当 ほおあて
頬返 ほおがえし
頬杖 ほおづえ
頬紅 ほおべに
頬桁 ほおげた
頬骨 ほおぼね
頬袋 ほおぶくろ
頬被 ほおかぶり
頬張 ほおばる
頬髯 ほおひげ

頬髭 ほおひげ
頬擦 ほおずり
〔頸〕けい・くび
頸木 くびき
頸玉 くびったま
頸巻 くびまき
頸枷 くびかせ
頸骨 けいこつ
頸部 けいぶ
頸動脈 けいどうみゃく
頸筋 くびすじ
頸椎 けいつい
頸腺 けいせん
頸飾 くびかざり
頸輪 くびわ
〔顆〕か・つぶ
顆粒 かりゅう
〔頻〕ひん・しきりに・しきる
頻出 ひんしゅつ
頻度 ひんど
頻発 ひんぱつ
頻頻 ひんぴん
頻繁 ひんぱん
〔題〕だい
題下 だいか
題目 だいもく
題号 だいごう
題名 だいめい
題字 だいじ
題材 だいざい
題言 だいげん
題知 だいしらず
題画 だいが
題跋 だいばつ
題詞 だいし
題詠 だいえい
題詩 だいし
題辞 だいじ
題意 だいい
題簽 だいせん
〔顎〕がく・あぎ・あぎと・あご
顎骨 がってつ
顎紐 あごひも
〔頽〕がく・ひたい・

ぬか
額付 ぬかずく・ぬかづく
額皿 がくざら
額面 がくめん
額縁 がくぶち
〔顔〕かん・かお・かんばせ
顔付 かおつき
顔立 かおだち
顔出 かおだし
顔色 がんしょく・かおいろ
顔合 かおあわせ
顔汚 かおよごし
顔向 かおむけ
顔形 かおかたち
顔作 かおづくり
顔役 かおやく
顔見 かおみせ
顔見知 かおみしり
顔負 かおまけ
顔面 がんめん
顔料 がんりょう
顔寄 かおよせ
顔馴染 かおなじみ
顔揃 かおぞろい
顔触 かおぶれ
顔貌 がんぼう・かおかたち
顔繋 かおつなぎ
〔類〕るい・たぐい・たぐう・たぐえる
類人猿 るいじんえん
類化 るいか
類火 るいか
類比 るいひ
類句 るいく
類本 るいほん
類字 るいじ
類同 るいどう
類似 るいじ
類別 るいべつ
類例 るいれい
類音 るいおん
類型 るいけい

類従 るいじゅう
類書 るいしょ
類推 るいすい
類集 るいじゅう
類焼 るいしょう
類義語 るいぎご
類概念 るいがいねん
類聚 るいじゅう
類歌 るいか
類語 るいご
類縁 るいえん
類題 るいだい
類纂 るいさん
〔顕〕けん・げん・あらわ・あらわす・あらわる・あらわれる・うつし
顕示 けんじ
顕正 けんしょう
顕在 けんざい
顕花植物 けんかしょくぶつ
顕官 けんかん
顕要 けんよう
顕教 けんきょう
顕現 けんげん
顕著 けんちょ
顕揚 けんよう
顕然 けんぜん
顕微鏡 けんびきょう
顕彰 けんしょう
顕爵 けんしゃく
顕職 けんしょく
〔願〕がん・ねが・ねがい・ねがう・ねがわくは・ねがわくば
願入 がんにゅう
願力 がんりき
願上 ねがいあげる
願下 ねがいさげ
願文 がんもん
願立 がんだて
願主 がんしゅ
願出 ねがいいで・ね

がいで・ねがいでる
願行 がんぎょう
願事 ねがいごと
願書 がんしょ
願掛 がんかけ
願望 がんぼう
願意 がんい
願解 がんほどき
〔顛〕てん
顛末 てんまつ
顛倒 てんとう
顛落 てんらく
顛覆 てんぷく
〔顧〕こ・かえりみる
顧問 こもん
顧客 こきゃく・こかく
顧慮 こりょ
〔顫〕せん・ふるう
顫音 せんおん
〔顱〕ろ・こうべ
顱頂骨 ろちょうこつ
〔顰〕ひん・しかむ・しかめる・ひそみ・ひそむ・ひそめる
顰面 しかめっつら
顰蹙 ひんしゅく
〔顴〕かん・けん
顴骨 かんこつ・けんこつ
〔顳〕しょう・せつ
顳顬 こめかみ

面 部

〔面〕めん・おも・おもて・つら・も・もて
面上 めんじょう
面子 めんこ
面白 おもしろい
面白半分 おもしろはんぶん
面白味 おもしろみ
面立 おもだち
面付 つらつき
面皮 めんぴ・つらの

かわ
面目 めんもく・めんぼく
面会 めんかい
面汚 つらよごし
面当 つらあて
面向不背 めんこうふはい
面忘 おもわすれ
面体 めんてい
面妖 めんよう
面疔 めんちょう
面長 おもなが
面変 おもがわり
面食 めんくい
面前 めんぜん
面差 おもざし
面映 おもはゆい
面持 おももち
面接 めんせつ
面相 めんそう
面面 めんめん
面皰 にきび
面晤 めんご
面通 めんどおし
面倒 めんどう
面従腹背 めんじゅうふくはい
面容 めんよう
面舵 おもかじ
面部 めんぶ
面桶 めんつう
面責 めんせき
面黒 おもくろい
面喰 めんくらう
面詰 めんきつ
面憎 つらにくい
面構 つらがまえ
面貌 めんぼう
面魂 つらだましい
面窶 おもやつれ
面影 おもかげ
面輪 おもわ
面談 めんだん
面黶 めんば
面壁 めんぺき
面積 めんせき

面頬 めんぽお
面繋 おもがい
面識 めんしき
〔靨〕えくぼ

韋部

〔韋〕い・おしかわ
韋駄天 いだてん
韋編 いへん
〔韓〕かん
韓人 かんじん
韓紅 からくれない
〔韜〕とう
韜晦 とうかい
〔韝〕はい・ふいご・ふいごう

飛部

〔飛〕ひ・とび・とぶ・とばす・とんで
飛入 とびいり
飛上 とびあがり・とびあがる
飛切 とびきり
飛双六 とびすごろく
飛火 とびひ・とぶひ
飛付 とびつく
飛出 とびだす・とびでる
飛台 とびだい
飛込 とびこみ・とむ
飛札 ひさつ
飛立 とびたつ
飛白 ひはく・かすり
飛石 とびいし
飛交 とびかう
飛行 ひこう
飛地 とびち
飛回 とびまわる
飛耳長目 ひじちょうもく
飛花 ひか
飛抜 とびぬける
飛来 ひらい
飛車 ひしゃ

飛沫 ひまつ
飛廻 とびまわる
飛板 とびいた
飛歩 とびあるく
飛乗 とびのる
飛信 ひしん
飛泉 ひせん
飛退 とびのく
飛飛 とびとび
飛将棋 とびしょうぎ
飛降 とびおりる
飛違 とびちがう
飛起 とびおきる
飛掛 とびかかる
飛脚 ひきゃく
飛鳥 ひちょう
飛魚 とびうお・とびのうお
飛渡 とびわたる
飛湍 ひたん
飛揚 ひよう
飛報 ひほう
飛弾 ひだん
飛道具 とびどうぐ
飛散 ひさん・とびちる
飛球 ひきゅう
飛翔 ひしょう・とびかける
飛越 とびこえる・とびこす
飛雲 ひうん
飛跡 ひせき
飛電 ひでん
飛語 ひご
飛燕 ひえん
飛箱 とびばこ
飛檄 ひげき
飛竜 ひりゅう
飛瀑 ひばく
飛蝗 ばった
飛離 とびはなれる
飛競 とびくら
飛躍 ひやく
飛礫 つぶて
飛騰 ひとう

食部

〔食〕し・しょく・じ・き・うか・うけ・く・わす・くい・くう・おさす・くらわる・くらい・くらう・すく・とうぶ・おい・たぶ・たまう・たべる・くえる・くわせる・くわれる・くらわす・くらわせる・はむ・はみ
食人 しょくじん
食入 くいいる
食上 くいあげ
食下 くいさがる
食切 くいきる
食品 しょくひん
食分 しょくぶん・くいぶん
食中 しょくあたり
食中毒 しょくちゅうどく
食止 くいとめる
食代 くいしろ
食付 くいつく・くらいつく
食込 くいこむ・くいこむ
食出 はみだす・はみでる
食生活 しょくせいかつ
食用 しょくよう
食休 くいやすみ
食合 くいあう・くいあわせ
食汚 たべよごし
食気 しょくけ・くいけ
食尽 しょくじん
食虫植物 しょくちゅうしょくぶつ
食肉 しょくにく
食延 くいのばす・くいのばし
食扶持 くいぶち

食言 しょくげん
食初 くいぞめ
食事 しょくじ
食券 しょっけん
食卓 しょくたく
食味 しょくみ
食油 しょくゆ
食性 しょくせい
食者 くわせもの
食物 しょくもつ・くいもの・くわせもの・たべもの
食放題 くいほうだい
食青 しょくせい
食前 しょくぜん
食客 しょっかく
食荒 くいあらす
食逃 くいにげ
食後 しょくご
食指 しょくし
食思 しょくし
食紅 しょくべに
食兼 くいかねる
食倒 くいたおす・くいだおれ
食害 しょくがい
食通 しょくつう
食料 しょくりょう
食堂 しょくどう
食掛 くいかけ・くってかかる
食欲 しょくよく
食盛 たべざかり
食頃 たべごろ
食鳥 しょくちょう
食過 くいすぎ
食道 しょくどう
食道楽 しょくどうらく・くいどうらく
食禄 しょくろく
食散 くいちらす
食酢 しょくず
食間 しょっかん
食傷 しょくしょう
食塩 しょくえん

食違 くいちがう・くいちがい
食嫌 たべずぎらい・くわずぎらい
食滓 たべかす
食溜 くいだめ
食滞 しょくたい
食意地 くいいじ
食置 くいおき
食管 しょっかん
食詰 くいつめる
食費 しょくひ
食餌 しょくじ
食器 しょっき
食潰 くいつぶす
食慾 しょくよく
食靠 しょくもたれ
食養 しょくよう
食膳 しょくぜん
食糧 しょくりょう
食繋 くいつなぐ
〔飢〕き・うえ・うえる・うゆ・かつえる・うやす
飢寒 きかん
飢渇 きかつ
飢餓 きが
飢餓世代 きがせだい
〔飲〕いん・おん・のむ・のみ・のます・のませる・のまれる
飲口 のみくち
飲下 のみくだす
飲干 のみほす
飲水 のみみず
飲手 のみて
飲代 のみしろ
飲込 のみこむ・のみこみ
飲用 いんよう
飲回 のみまわす
飲助 のみすけ
飲兵衛 のんべえ
飲明 のみあかす
飲物 のみもの
飲泉 いんせん

飲屋 のみや
飲食 いんしょく・のみくい
飲倒 のみたおす
飲料 いんりょう・のみりょう
飲酒 いんしゅ・おんじゅ
飲掛 のみかけ
飲捨 のみすて
飲乾 のみほす
飲潰 のみつぶす・のみつぶれる
飲薬 のみぐすり

〔飯〕はん・めし・いい・まま・まんま
飯台 はんだい
飯米 はんまい
飯杓子 めしじゃくし
飯事 ままごと
飯店 はんてん
飯炊 めしたき
飯屋 めしや
飯盒 はんごう
飯盛 めしもり
飯粒 めしつぶ
飯場 はんば
飯蛸 いいだこ
飯櫃 めしびつ

〔飼〕し・かい・かう・かわく
飼犬 かいいぬ
飼主 かいぬし
飼育 しいく
飼草 かいぐさ
飼料 しりょう・かいりょう
飼殺 かいごろし
飼桶 かいおけ
飼鳥 かいどり
飼葉 かいば
飼馴 かいならす
飼養 しよう

〔飾〕しょく・しき・かざり・かざる・かざらい

飾付 かざりつけ・かざりつける
飾立 かざりたてる
飾気 かざりけ
飾物 かざりもの
飾窓 かざりまど
飾職 かざりしょく

〔飽〕ほう・あく・あき・あかせる・あかす・あきっぽい・あきる
飽迄 あくまで
飽気 あっけ
飽学 ほうがく
飽性 あきしょう
飽和 ほうわ
飽食 ほうしょく
飽満 ほうまん
飽飽 あきあきする

〔飴〕あめ・たがね
飴牛 あめうし
飴玉 あめだま
飴色 あめいろ
飴細工 あめざいく
飴煮 あめに

〔餅〕へい・もち・あも・もちい
餅肌 もちはだ
餅米 もちごめ
餅花 もちばな
餅草 もちぐさ
餅屋 もちや
餅菓子 もちがし
餅網 もちあみ
餅搗 もちつき
餅腹 もちばら
餅膚 もちはだ

〔餃〕ぎょう
餃子 チャオズ

〔餌〕じ・え・えさ・えば
餌付 えづく・えづけ
餌食 えじき

〔蝕〕しょく・しょくする・むしばむ
蝕分 しょくぶん
蝕甚 しょくじん

蝕害 しょくがい

〔餘〕よ・あます・あまり・あまる・まり

〔餓〕が・うえ・うう・かつう・かつえる・うえる
餓死 がし・うえじに・かつえじに
餓鬼 がき

〔餝〕かざり

傍職 かざりしょく

〔館〕かん・たち・たて・やかた
館主 かんしゅ
館長 かんちょう
館員 かんいん

〔餞〕せん・おくる・はなむけ
餞別 せんべつ
餞贐 はなむけ

〔餡〕あん・あんこ
餡掛 あんかけ
餡蜜 あんみつ
餡餅 あんころもち

〔餬〕こ・かゆ・もらう
餬口 ここう

〔餫〕う
餫飩 うどん

〔饅〕まん
饅頭 まんじゅう

〔饒〕にょう・じょう・ゆたか・ゆたけし
饒舌 にょうぜつ・じょうぜつ

〔饟〕せん・そなう
饌米 せんまい

〔饑〕き・うえ・うえしむ・うう
饑餓 きが
饑饉 ききん

〔饗〕きょう・あえ・もてなす・うく
饗告 きょうこく
饗宴 きょうえん
饗膳 きょうぜん

〔饐〕い・すえる・す

ゆ

香　部

〔香〕こう・か・きょう・こうばしい・かおり・かおる・かんばしい・こり・かぐわしい
香水 こうすい・こうずい
香木 こうぼく
香合 こうごう
香気 こうき
香花 こうばな
香辛料 こうしんりょう
香典 こうでん
香味 こうみ
香油 こうゆ
香炉 こうろ
香物 こうのもの
香具 こうぐ
香具師 やし
香草 こうそう
香華 こうげ・こうばな
香烟 こうえん
香料 こうりょう
香盒 こうごう
香魚 こうぎょ
香道 こうどう
香奠 こうでん
香煙 こうえん
香煎 こうせん
香餌 こうじ
香箱 こうばこ
香橘 くねんぼ
香橙 くねんぼ

〔馥〕ふく
馥郁 ふくいく

〔馨〕かおる・こうばしい・かぐわしい・かんばしい

風　部

〔風〕ふう・かぜ・かざ・ち・ふり・ぶり

風力 ふうりょく
風上 かざかみ
風下 かざしも
風土 ふうど
風土記 ふどき
風口 かざぐち
風子 かぜのこ
風化 ふうか
風切 かざきり
風引 かぜひき
風月 ふうげつ
風水害 ふうすいがい
風豊 ふうぼう
風圧 ふうあつ
風穴 ふうけつ・かざあな
風光 ふうこう
風合 ふうあい
風向 ふうこう・かざむき
風当 かぜあたり
風気 ふうき・かざけ
風色 ふうしょく
風位 ふうい
風体 ふうたい・ふうてい
風伯 ふうはく
風声 ふうせい・かざごえ
風折 かざおれ
風花 かざばな
風呂 ふろ
風呂敷 ふろしき
風防 ふうぼう
風狂 ふうきょう
風来坊 ふうらいぼう
風災 ふうさい
風足 かざあし
風見 かざみ
風車 ふうしゃ・かざくるま
風刺 ふうし
風味 ふうみ
風波 ふうは
風知草 かぜしりぐ

さ
風邪 かぜ・ふうじゃ
風邪引 かぜひき
風邪気 かぜけ
風邪薬 かぜぐすり
風邪心地 かぜごこち
ち
風采 ふうさい
風炉 ふうろ・ふろ
風物 ふうぶつ
風発 ふうはつ
風雨 ふうう
風便 かぜのたより
風俗 ふうぞく
風信子 ふうしんし
風信器 ふうしんき
風前 ふうぜん
風洞 ふうどう
風待 かぜまち・かざまち
風姿 ふうし
風草 かぜくさ
風変 ふうがわり
風柄 ふうがら
風神 かぜのかみ
風紀 ふうき
風食 ふうしょく
風倒木 ふうとうぼく
風害 ふうがい
風浪 ふうろう
風流 ふりゅう
風除 かぜよけ
風通 かぜとおし・かざとおし
風通織 ふうつうおり
風速 ふうそく
風帯 ふうたい
風致 ふうち
風格 ふうかく
風紋 ふうもん
風骨 ふうこつ
風馬牛 ふうばぎゅう
風窓 かざまど

風流 ふうりゅう
風教 ふうきょう
風情 ふぜい
風脚 かざあし
風眼 ふうがん
風習 ふうしゅう
風袋 ふうたい
風船 ふうせん
風雪 ふうせつ
風鳥 ふうちょう
風葬 ふうそう
風媒花 ふうばいか
風景 ふうけい
風琴 ふうきん
風評 ふうひょう
風雲 ふううん
風勢 ふうせい
風雅 ふうが
風鈴 ふうりん
風塵 ふうじん
風聞 ふうぶん
風説 ふうせつ
風貌 ふうぼう
風儀 ふうぎ
風潮 ふうちょう
風趣 ふうしゅ
風蝕 ふうしょく
風樹 ふうじゅ
風諭 ふうゆ
風聴 ふいちょう
風霜 ふうそう
風鎮 ふうちん
風靡 ふうび
風韻 ふういん
風騒 ふうそう
風鐸 ふうたく
〔嵐〕おろし
〔颯〕さつ・さっと
颯爽 さっそう
颯颯 さっさつ
〔颱〕たい
颱風 たいふう
〔颶〕ぐ・つむじ
颶風 ぐふう
〔飄〕ひょう・ひょう・げる・つむじ・ひるがえす

飄逸 ひょういつ
飄然 ひょうぜん
飄飄 ひょうひょう

門部

〔鬥〕とう・たたかい
〔鬨〕こう・とき・かちどき
鬨声 ときのこえ
〔鬩〕かく・げき・けき・せめぐ

髟部

〔髟〕ひょう・かみかんむり・かみがしら
〔髢〕せき・てい・かもじ
〔髣〕ほう・さもにたり
髣髴 ほうふつ
〔髪〕はつ・かみ・くし
髪上 くしあげ
髪毛 かみのけ
髪切虫 かみきりむし
髪床 かみどこ
髪形 かみかたち
髪型 かみがた
髪結 かみゆい
髪際 かみぎわ
髪綱 かみづな
髪膚 はっぷ
髪癖 かみくせ
〔髯〕ひげ
〔髻〕つと・たば・たぶ・たぼ
〔髭〕し・ひげ
髭面 ひげづら
髭題目 ひげだいもく
〔鬢〕きつ・けい・たぶさ・もとどり
〔髷〕きょく・まげ
髷物 まげもの
〔鬆〕しょう・そう・す・あらし

〔鬘〕からら・かずら
〔鬚〕し・ひげ
鬚根 しゅこん
鬚髯 しゅぜん
〔鬢〕びん
鬢付油 びんつけあぶら
鬢長 びんなが
鬢掻 びんかき
鬢髪 びんぱつ
〔鬣〕りょう・たてがみ

馬部

〔馬〕ば・ま・うま・おま・むま
馬丁 ばてい
馬刀貝 まてがい
馬力 ばりき
馬子 まご
馬上 ばじょう
馬手 めて
馬匹 ばひつ
馬方 うまかた
馬主 ばしゅ
馬市 うまいち
馬印 うまじるし
馬耳東風 ばじとうふう
馬肉 ばにく
馬車 ばしゃ
馬身 ばしん
馬足 うまのあし
馬返 うまがえし
馬事 ばじ
馬券 ばけん
馬具 ばぐ
馬首 ばしゅ
馬政 ばせい
馬前 ばぜん
馬革 ばかく
馬背 うまのせ
馬飛 うまとび
馬面 うまづら
馬追 うまおい
馬乗 うまのり
馬食 ばしょく

馬屋 うまや
馬連 ばれん
馬料 ばりょう
馬耕 ばこう
馬骨 うまのほね
馬陸 やすで
馬術 ばじゅつ
馬鹿 ばか・ばかげる
馬鹿力 ばかちから
馬鹿丁寧 ばかていねい
馬鹿正直 ばかしょうじき
馬鹿貝 ばかがい
馬鹿臭 ばかくさい
馬鹿面 ばかづら
馬鹿笑 ばかわらい
馬鹿騒 ばかさわぎ
馬鹿馬鹿 ばかばかしい
馬鹿話 ばかばなし
馬鹿囃子 ばかばやし
馬酔木 あせび・あしび
馬巣 うまのす
馬脚 ばきゃく・うまのあし
馬筏 うまいかだ
馬棟 ばれん
馬場 ばば
馬喰 ばくろう
馬歯莧 すべりひゆ
馬鈴薯 ばれいしょ・じゃがいも
馬腹 ばふく
馬賊 ばぞく
馬跳 うまとび
馬銜 はみ
馬槽 うまぶね
馬標 うまじるし
馬蹄 ばてい
馬頭 めず
馬頭観音 ばとうかんのん
馬楝 ばそり
馬盥 ばだらい

馬蠅 うまばえ	駄洒落 だじゃれ	駐屯 ちゅうとん	・おおいなり・はや	りげ・しらかげ
馬齢 ばれい	駄菓子 だがし	駐在 ちゅうざい	し	驃騎兵 ひょうきへ
馬蹄 ばしょく	駄貫 だちん	駐兵 ちゅうへい	駿才 しゅんさい	い
馬鍬 まんが・まぐわ	駄駄 だだ	駐車 ちゅうしゃ	駿足 しゅんそく	〔驍〕ぎょう・きょ
馬糞 ばふん・まぐそ	駄駄児 だだっこ	駐留 ちゅうりゅう	駿馬 しゅんば・しゅ	う
馬糧 ばりょう	〔駆〕く・かける・か	駐剳 ちゅうさつ	んめ	つよし・たけし
〔馭〕ぎょ	る	〔駕〕が・がする・の	〔騏〕き	驍名 ぎょうめい
馭者 ぎょしゃ	駆引 かけひき	る	騏驎 きりん	驍将 ぎょうしょう
〔馳〕ち・はせ・はせ	駆立 かりたてる	駕籠 かご	〔験〕けん・げん・し	〔驕〕きょう・おごり
る・はさす	駆出 かけだし・かけ	〔駛〕し・とし・はや	るし・ためす・ため	・おごる
馳向 はせむかう	だす	し・はしる	し	驕兵 きょうへい
馳回 はせまわる	駆付 かけつける	〔駒〕く・こま	験者 げんじゃ	驕児 きょうじ
馳走 ちそう	駆込 かけこみ・かけ	駒下駄 こまげた	験算 けんざん	驕奢 きょうしゃ
馳戻 はせもどる	こむ	駒除 こまよけ	〔騎〕き・のる	驕傲 きょうごう
馳参 はせさんじる・	駆虫 くちゅう	駒組 こまぐみ	騎士 きし	驕慢 きょうまん
はせさんずる	駆回 かけまわる・か	駒鳥 こまどり	騎手 きしゅ	〔驚〕きょう・けい・
馳集 はせあつまる	けずりまわる	駒絵 こまえ	騎行 きこう	おどろき・おどろく
馳着 はせつける	駆巡 かけめぐる	駒落 こまおち・こま	騎兵 きへい	・おどろかしい・お
馳駆 ちく	駆足 かけあし	おとし	騎虎 きこ	どろかす
〔馴〕しゅん・じゅん	駆抜 かけぬける	〔駘〕たい	騎乗 きじょう	驚入 おどろきいる
・なれ・なれる・な	駆使 くし	駘蕩 たいとう	騎馬 きば	驚天動地 きょうて
る・ならす	駆除 くじょ	〔駑〕ど	騎射 きしゃ	んどうち
馴化 じゅんか	駆逐 くちく	駑馬 どば	騎銃 きじゅう	驚風 きょうふう
馴合 なれあう	駆寄 えすよる	〔駝〕だ	〔騒〕そう・さわぎ・	驚倒 きょうとう
馴初 なれそめ・なれ	駆集 かりあつめる	駝鳥 だちょう	さわぐ・さわがす・	驚異 きょうい
そめる	駆落 かけおち	〔駈〕かける・かる	さわがせる・さわが	驚愕 きょうがく
馴染 なじみ・なじむ	駆潜艇 くせんてい	駈引 かけひき	しい	驚喜 きょうき
馴致 じゅんち	駆競 かけくらべ	駈付 かけつける	騒人 そうじん	驚嘆 きょうたん
馴馴 なれなれしい	〔駅〕えき・はゆま・	駈出 かけだし・かけ	騒立 さわぎたてる	驚歎 きょうたん
〔駁〕はく・ふち・ぶ	うまや	だす	騒乱 そうらん	〔驟〕しゅう・にわか
ち・ばくす・ばくす	駅止 えきどめ	駈込 かけこみ・かけ	騒音 そうおん	驟雨 しゅうう
る	駅手 えきしゅ	こむ	騒動 そうどう	〔驢〕ろ・うさぎうま
駁説 ばくせつ	駅夫 えきふ	駈回 かけまわる	騒然 そうぜん	驢馬 ろば
駁論 ばくろん	駅弁 えきべん	駈抜 かけぬける	騒騒 そうぞうしい	〔驥〕き
駁撃 ばくげき	駅伝 えきでん	駈足 かけあし	騒擾 そうじょう	驥足 きそく
〔駄〕た・だ	駅売 えきうり	駈寄 かけよる	〔騙〕へん・だます・	驥尾 きび
駄文 だぶん	駅長 えきちょう	〔駱〕らく・かわらげ	だます・かたり・	
駄犬 だけん	駅舎 えきしゃ	駱駝 らくだ	かたる	**鬲 部**
駄句 だく・だくる	駅馬車 えきばしゃ	〔駢〕へん・べん・な	騙込 だましこむ	〔鬲〕れき・かく・か
駄弁 だべん・だべる	駅留 えきどめ	らび・ならぶ	騙討 だましうち	なえ
駄本 だほん	駅員 えきいん	駢儷体 べんれいた	〔驀〕ばく・まっしぐ	〔鬻〕しゅく・ひさぐ
駄目 だめ	駅逓 えきてい	い	ら	
駄作 ださく	駅路 えきろ	〔驍〕かん	驀地 まっしぐら	**骨 部**
駄物 だもの	駅頭 えきとう	驍馬 かんば	驀進 ばくしん	〔骨〕こつ・ほね
駄法螺 だぼら	〔駐〕ちゅう・とどむ	驍突 かんとつ	〔驃〕ひょう	骨子 こっし
駄馬 だば・だまう	・とどまり・とどま	〔駿〕しゅん・すぐる	驃馬 らば	骨仏 こつほとけ
	る		〔驃〕ひょう・あかく	骨片 こっぺん
				骨休 ほねやすめ

骨灰 こっかい・こつばい	髄膜炎 ずいまくえん	鬼蜘蛛 おにぐも	竜(龍)部
骨肉 こつにく	髄質 ずいしつ	鬼灯 ほおずき	
骨折 こっせつ・ほねおる・ほねおり	〔髀〕へい・ひ・もも	鬼薊 おにあざみ	〔竜〕ろう・りゅう・りょう・たつ
骨折損 ほねおりぞん	髀肉 ひにく	鬼謀 きぼう	竜王 りゅうおう
骨材 こつざい	〔髑〕どく・されこ	鬼籍 きせき	竜吐水 りゅうどすい
骨抜 ほねぬき	髑髏 どくろ・されこうべ・しゃれこうべ	〔魁〕かい・さきがけ	竜舌蘭 りゅうぜつらん
骨身 ほねみ		魁偉 かいい	竜虎 りゅうこ
骨法 こっぽう	鬯 部	〔魂〕こん・たま・たましい	竜神 りゅうじん
骨拾 こつひろい		魂迎 たまむかえ	竜巻 たつまき
骨相 こっそう	〔鬯〕ちょう・ゆぶくろ	魂送 たまおくり	竜胆 りんどう
骨柄 こつがら	〔鬱〕うつ・ふさぐ	魂胆 こんたん	竜宮 りゅうぐう
骨炭 こったん	鬱気 うっき	魂消 たまげる	竜涎香 りゅうぜんこう
骨筆 こっぴつ	鬱血 うっけつ	魂祭 たままつり	
骨格 こっかく	鬱屈 うっくつ	魂魄 こんぱく	竜馬 りゅうめ
骨堂 こつどう	鬱金 うっきん	〔魅〕み・みする	竜骨 りゅうこつ
骨張 こっちょう・ほねばる	鬱金香 うっこんこう	魅了 みりょう	竜眼 りゅうがん
	鬱勃 うつぼつ	魅入 みいる	竜脳 りゅうのう
骨接 ほねつぎ	鬱病 うつびょう	魅力 みりょく	竜落子 たつのおとしご
骨惜 ほねおしみ	鬱陶 うっとうしい	魅惑 みわく	
骨組 ほねぐみ	鬱然 うつぜん	〔魍〕もう	竜灯 りゅうとう
骨頂 こっちょう	鬱結 うっけつ	魍魎 もうりょう	竜頭 りゅうず
骨董 こっとう	鬱蒼 うっそう	〔魑〕ち・ばけもの	竜頭蛇尾 りゅうとうだび
骨壺 こつつぼ	鬱憤 うっぷん	魑魅 ちみ・すだま	
骨揚 こつあげ	鬱積 うっせき	〔魔〕ま	竜頭鷁首 りゅうとうげきしゅ
骨無 ほねなし	鬱鬱 うつうつ	魔力 まりょく	
骨絡 ほねがらみ		魔女 まじょ	竜髭 りゅうのひげ
骨節 ほねっぷし	鬼 部	魔王 まおう	竜顔 りゅうがん
骨違 ほねちがい		魔手 ましゅ	竜騎兵 りゅうきへい
骨幹 こっかん	〔鬼〕き・おに・おにし	魔法 まほう	竜攘虎搏 りゅうじょうこはく
骨粉 こっぷん	鬼子 おにご	魔性 ましょう	
骨牌 こっぱい・カルタ	鬼女 きじょ	魔物 まもの	〔龕〕がん・ずし
骨膜 こつまく	鬼才 きさい	魔神 まじん	龕灯 がんどう
骨盤 こつばん	鬼火 おにび	魔界 まかい	
骨箱 こつばこ	鬼瓦 おにがわら	魔風 まかぜ	麻 部
骨質 こっしつ	鬼手 きしゅ	魔除 まよけ	
骨骼 こっかく	鬼百合 おにゆり	魔球 まきゅう	〔麻〕ま・あさ・おそ
骨離 ほねばなれ	鬼気 きき	魔術 まじゅつ	麻布 まふ・あさぬの
骨髄 こつずい	鬼門 きもん	魔道 まどう	麻糸 あさいと
〔骭〕かん・すね・はぎ	鬼神 きしん・きじん・おにがみ	魔宿 まくつ	麻呂 まろ
〔骰〕とう・さい	鬼面 きめん	魔境 まきょう	麻苧 あさお
骰子 さい・さいころ	鬼胎 きたい	魔障 ましょう	麻疹 はしか・ましん
〔骸〕がい・から・むくろ	鬼哭 きこく	魔魅 まみ	麻紙 まし
	鬼畜 きちく	魔縁 まえん	麻酔 ますい
骸骨 がいこつ	鬼婆 おにばば	魔羅 まら	麻黄 まおう
〔髄〕ずい	鬼歯 おには	〔魘〕えん・うなされる・おそわれる	麻雀 マージャン
	鬼遣 おにやらい		麻葉 あさのは

麻裏 あさうら
麻痺 まひ
麻幹 おがら
麻睡 ますい
麻薬 まやく
麻織 あさおり
〔麼〕き・さしまねく
麾下 きか
〔摩〕ま・さする・する・れる
摩天楼 まてんろう
摩付 すりつける
摩耗 まもう
摩訶不思議 まかふしぎ
摩替 すりかえる
摩滅 まめつ
摩損 まそん
摩擦 まさつ
〔糜〕び・かゆ
糜爛 びらん
〔靡〕まろ
〔靡〕ひ・おごり・なか・れ・なびく・なびかす
鹿 部
〔鹿〕ろく・か・かせぎ・しか・しし・かのしし
鹿子 かのこ
鹿毛 かげ
鹿爪 しかつめらしい
鹿尾菜 ひじき
鹿島立 かしまだち
鹿砦 ろくさい
〔麑〕び・おおしか
〔麓〕ろく・ふもと
〔麗〕れい・うらら・うららか・うららけし・うるわし・うるわしい・うるわしむ
麗人 れいじん
麗句 れいく
麗姿 れいし
麗容 れいよう
麗筆 れいひつ
麗質 れいしつ
麗麗 れいれいしい

〔麒〕き
麒麟 きりん
〔麝〕じゃ
麝香 じゃこう

麦部

〔麦〕ばく・むぎ
〔麩〕ふ・ふすま
麩素 ふそ
〔麨〕はったい
〔麬〕ふすま
〔麹〕きく・かむだち・こうじ
〔麺〕めん
麺棒 めんぼう
麺類 めんるい

鹵部

〔鹵〕ろ・かすむ・しおっち
鹵獲 ろかく
鹵簿 ろぼ
〔鹹〕からい
鹹水 かんすい
鹹味 かんみ
鹹湖 かんこ
〔鹼〕けん
鹼化 けんか

魚部

〔魚〕ぎょ・うお・さかな・とと・いおな・お
魚子 ぎょし・ななこ
魚介 ぎょかい
魚心 うおごころ
魚市場 うおいちば
魚目 うおのめ
魚田 ぎょでん
魚付 ふな
魚肉 ぎょにく
魚形水雷 ぎょけいすいらい
魚河岸 うおがし
魚板 ぎょばん
魚味 ぎょみ
魚肥 ぎょひ
魚拓 ぎょたく

魚信 ぎょしん
魚粉 ぎょふん
魚族 ぎょぞく
魚梯 ぎょてい
魚道 ぎょどう
魚滓 うおかす
魚雷 ぎょらい
魚層 ぎょそう
魚群 ぎょぐん
魚腹 ぎょふく
魚網 ぎょもう
魚影 ぎょえい
魚灯油 ぎょうとうゆ
魚礁 ぎょしょう
魚類 ぎょるい
魚蠟 ぎょろう
魚籃 ぎょらん・びく
魚籠 びく
魚鱗 ぎょりん
〔魛〕えり
〔魴〕ほう
魴鮄 ほうぼう
〔鮃〕へい・ひらめ
〔鮠〕はまち
〔魯〕→
魯魚 ろぎょ
魯鈍 ろどん
〔鮎〕でん・ねん・あゆ・あい
〔鮓〕さ・すし
〔鮑〕ほう・あわび・しおうお
〔鮫〕こう・さめ・みずち
鮫肌 さめはだ
鮫膚 さめはだ
〔鮮〕せん・あざやか・あざやぐ
鮮少 せんしょう
鮮血 せんけつ
鮮肉 せんにく
鮮明 せんめい
鮮度 せんど
鮮紅 せんこう

鮮烈 せんれつ
鮮魚 せんぎょ
鮮鋭 せんえい
鮮麗 せんれい
〔鮪〕ゆう・しび・まぐろ
〔鮭〕けい・さけ
鮭缶 さけかん
〔鮨〕き・すし
鮨飯 すしめし
鮨詰 すしづめ
〔鮴〕じ・じゅく・うおのこ・はららご・うるか
〔鮖〕ごり
〔鯇〕てん・かん・あめ・あめのうお
〔鯊〕さ・はぜ・だぼはぜ
〔鯁〕こう・ふさがる・のぎ
鯁骨 こうこつ
〔鯉〕り・こい
鯉口 こいぐち
鯉幟 こいのぼり
〔鮬〕ほっけ
〔鯨〕けい・くじら
鯨尺 くじらじゃく
鯨肉 げいにく
鯨油 げいゆ
鯨波 げいは
鯨波声 ときのこえ
鯨差 くじらざし
鯨骨 げいこつ
鯨飲 げいいん
鯨幕 くじらまく
鯨蠟 げいろう
鯨鬚 くじらひげ
〔鯥〕むつ
〔鯖〕せい・さば
鯖節 さばぶし
鯖読 さばよみ
〔鯣〕するめ
鯣烏賊 するめいか

〔鯛〕ちょう・たい
〔鯱〕しゃち・しゃちほこ
〔鯡〕にしん
〔鯔〕し・ぼら・いな・とど
〔鯰〕なまず
鯰髭 なまずひげ
〔鯢〕にべ
〔鯵〕さっぱ
鯵船 さっぱぶね
〔鰰〕はたはた
〔鰈〕ちょう・かれい
〔鰆〕たかべ
〔鰆〕さわら
〔鰊〕れん・かど・にしん
〔鰷〕てい・しなまず・ひしこ
〔鰓〕し・さい・えら・あぎと
〔鰯〕いわし
〔鰉〕こう・ひがい
〔鰍〕しゅう・かじか
〔鰒〕ふく・ふぐあわび
〔鰐〕がく・わに
鰐口 わにぐち
鰐皮 わにかわ
鰐足 わにあし
鰐鮫 わにざめ
〔鰭〕き・ひれ・はた
〔鰮〕いわし・しこい
鰮雲 いわしぐも
〔鰤〕し・ぶり
〔鰥〕かん・やもめ
鰥夫 やもお・やもめ
〔鰾〕ひょう・ふえ
鰾膠 にべ
〔鱈〕せつ・たら
鱈子 たらこ・たらのこ
鱈場蟹 たらばがに
鱈腹 たらふく
〔鰻〕うなぎ
鰻丼 うなどん
鰻重 うなじゅう
〔鰺〕そう・あじ

〔鱗〕りん・うろこ・こけ・こけら・うろくず
鱗片 りんぺん
鱗介 りんかい
鱗毛 りんもう
鱗形 りんけい
鱗状 りんじょう
鱗茎 りんけい
鱗粉 りんぷん
鱗翅目 りんしもく
鱗翅類 りんしるい
鱗屑 りんせつ
〔鱒〕そん・ます
〔鰹〕かつお
鰹節 かつおぶし
〔鱝〕えい・うつぼ
〔鱚〕きす
〔鱓〕せん・うみへび・ごまめ・うつぼ
〔鱩〕はたはた
〔鱧〕れい・はも・はむ
〔鱠〕かい・なます
〔鱒〕うぐい
〔鱲〕りゅう・からすみ
鱲子 からすみ
〔鱶〕しょう・ひものふか
〔鱸〕すずき

鳥部

〔鳥〕ちょう・とり
鳥人 ちょうじん
鳥子 とりのこ
鳥小屋 とりごや
鳥打 とりうち
鳥目 とりめ・ちょうもく
鳥羽絵 とばえ
鳥肌 とりはだ
鳥貝 とりがい
鳥居 とりい
鳥刺 とりさし
鳥屋 とや
鳥道 とりおい
鳥威 とりおどし
鳥寄 とりよせ
鳥渡 ちょっと

鳥葬 ちょうそう
鳥媒花 ちょうばいか
鳥兜 とりかぶと
鳥網 とりあみ
鳥銃 ちょうじゅう
鳥撃 とりうち
鳥膚 とりはだ
鳥瞰 ちょうかん
鳥類 ちょうるい
鳥獣 ちょうじゅう
鳥黐 とりもち
鳥籠 とりかご
〔鳩〕きゅう・はと
鳩目 はとめ
鳩羽色 はとばいろ
鳩羽鼠 はとばねずみ
鳩合 きゅうごう
鳩杖 はとづえ
鳩麦 はとむぎ
鳩尾 みずおち・みぞおち
鳩舎 きゅうしゃ
鳩首 きゅうしゅ
鳩派 はとは
鳩信 きゅうしん
鳩時計 はとどけい
鳩胸 はとむね
鳩笛 はとぶえ
〔鳰〕にお・かいつぶり
鳩海 におのうみ
〔鳬〕ふ・けり・かも
〔鳶〕えん・とび・とんび
鳶人足 とびにんそく
鳶口 とびぐち
鳶色 とびいろ
鳶尾 いちはつ
鳶者 とびのもの
鳶鵜 とび
鳶職 とびしょく
〔鳴〕めい・なかす・なく・なり・かる・ならす
鳴子 なるこ
鳴戸 なると
鳴立 なきたてる
鳴虫 めいちゅう・な

きむし
鳴声 なきごえ
鳴門 なると
鳴物 なりもの
鳴神 なるかみ
鳴真似 なきまね
鳴動 めいどう
鳴渡 なりわたる
鳴禽 めいきん
鳴頻 なきしきる
鳴鏑 なりかぶら
鳴竜 なきりゅう
鳴謝 めいしゃ
鳴響 なりひびく
〔鳳〕ほう・おおとり
鳳仙花 ほうせんか
鳳声 ほうせい
鳳凰 ほうおう
鳳輦 ほうれん
〔鴇〕ほう・とき
鴇色 ときいろ
〔鴉〕あ・からす
鴉片 アヘン
〔鴃〕げき・もず
鴃舌 げきぜつ
〔鴟〕しび
〔鴫〕しぎ
鴫焼 しぎやき
〔鴨〕おう・かも・か
もる
鴨居 かもい
鴨南 かもなん
鴨南蛮 かもなんばん
鴨脚 いちょう
鴨距草 つきくさ
　つゆくさ・ちくさ
鴨嘴 かものはし
〔鴛〕えん・おし
鴛鴦 えんおう・おし・おしどり
〔鴟〕しめ
〔鴿〕こう・どばと
〔鴾〕つき
鴾毛 つきげ
〔鵜〕てい・う
鵜目鷹目 えのめた
かのめ

鵜匠 うじょう
鵜呑 うのみ
鵜飼 うかい
〔鵙〕げき・もず
〔鳩〕いかる
〔鷲〕が
鷲口瘡 がこうそう
鷲毛 がもう
鷲鳥 がちょう
〔鵠〕こく・こう・く
ぐい
〔鶉〕しゅう・うずら
鶉豆 うずらまめ
鶉斑 うずらふ
〔鵼〕こう・ぬえ
〔鵺〕や・ぬえ
〔鵲〕じゃく・かささ
ぎ
〔鶍〕いすか
〔鵬〕ほう・おおとり
鵬程 ほうてい
鵬翼 ほうよく
〔鶏〕けい・にわと
り・とり・とと・かけ
鶏口 けいこう
鶏犬 けいけん
鶏肉 けいにく
鶏肋 けいろく
鶏合 とりあわせ
鶏卵 けいらん
鶏舎 けいしゃ
鶏冠 けいかん・とさ
か
鶏姦 けいかん
鶏群 けいぐん
鶏鳴 けいめい
鶏頭 けいとう
鶏糞 けいふん
〔鶇〕とう・つぐみ
〔鶚〕がく・みさご
〔鷂〕はいたか
〔鵯〕ひ・ひつ・ひよ・
ひよどり・ひえどり
〔鶫〕ひたき
〔鶴〕かく・つる
鶴首 かくしゅ
鶴嘴 つるはし

鶴翼 かくよく
鶴亀 つるかめ
〔鶯〕おう・うぐいす
〔鶸〕じゃく・ひわ
鶸色 ひわいろ
〔鶺〕せき
鶺鴒 せきれい
〔鷓〕しゃ
鷓鴣 しゃこ
〔鷗〕おう・かもめ・
かまめ
〔鷲〕じゅ・じゅう・
わし
鷲摑 わしづかみ
鷲鼻 わしばな
〔鷸〕いつ・しぎ・つ
ぶり
〔鷭〕ばん
〔鷦〕
鷦鷯 みそさざい
〔鷹〕おう・よう・たか
鷹狩 たかがり
鷹派 たかは
鷹野 たかの
鷹揚 おうよう
鷹飼 たかがい
〔鷺〕ろ・さぎ
〔鷽〕あく・かく・うそ
〔鸛〕かん・こうのと
り・とうづる
〔鸚〕おう・うぐいす
鸚哥 いんこ
鸚鵡 おうむ

黒(黑)部

〔黒〕(黑)こく・く
ろ・くろい・くろ
し・くろむ・くろめ
る・くろずむ・くろ
っぽい・くろばむ
黒人 こくじん
黒八丈 くろはちじ
ょう
黒土 くろつち・こく
ど
黒子 くろこ・くろこ
・ほくろ

黒山 くろやま
黒木 くろき
黒内障 くろそこひ
・こくないしょう
黒文字 くろもじ
黒水引 くろみずひ
き
黒石 くろいし
黒皮症 こくひしょ
う
黒目 くろめ
黒白 こくびゃく
黒奴 こくど
黒字 くろじ
黒米 くろごめ
黒衣 こくい
黒死病 こくしびょ
う
黒地 くろじ
黒百合 くろゆり
黒光 くろびかり
黒血 くろち
黒竹 くろちく
黒色 こくしょく
黒作 くろづくり
黒豆 くろまめ
黒坊 くろんぼう
黒身 くろみ
黒板 こくばん
黒松 くろまつ
黒枠 くろわく
黒房 くろぶさ
黒味 くろみ
黒変 こく〜ん
黒南風 くろはえ
黒柿 くろがき
黒胡椒 くろこしょ
う
黒砂糖 くろざとう
黒点 こくてん
黒星 くろぼし
黒炭 こくたん
黒船 くろふね
黒黒 くろぐろ
黒鳥 こくちょう
黒焼 くろやき
黒雲 くろくも

黒斑病 こくはんびょう	
黒装束 くろしょうぞく	
黒貂 くろてん	
黒煙 こくえん・くろけむり	
黒幕 くろまく	
黒暗暗 こくあんあん	
黒鉛 こくえん	
黒鼠 くろねずみ	
黒蜜 くろみつ	
黒髪 くろかみ	
黒熊 くろくま・こぐま	
黒潮 くろしお	
黒穂 くろほ	
黒鍵 こっけん	
黒檀 くろたん	
黒曜石 こくようせき	
黒鯛 くろだい	
黒黴 くろかび	
〔黙〕もく・もだす・だまる・だんまり・だまりくくる	
黙止 もくし・もだす	
黙礼 もくれい	
黙示 もくし	
黙込 だまりこむ	
黙考 もっこう	
黙坐 もくざ	
黙契 もっけい	
黙約 もくやく	
黙座 もくざ	
黙殺 もくさつ	
黙秘 もくひ	
黙視 もくし	
黙許 もっきょ	
黙過 もっか	
黙然 もくぜん・もくねん	
黙想 もくそう	
黙認 もくにん	
黙読 もくどく	
黙諾 もくだく	
黙劇 もくげき	
黙黙 もくもく	

黙禱 もくとう
黙難 もだしがたい
〔黛〕たい・まゆずみ
〔黯〕あん・くろし
黯然 あんぜん
〔黴〕ばい・かび・かびる
黴臭 かびくさい

亀 部

〔亀〕き・かめ
亀卜 きぼく
亀子 かめのこ
亀甲 かめのこう・きっこう
亀虫 かめむし
亀裂 きれつ
亀節 かめぶし
亀頭 きとう
亀鑑 きかん

黽 部

〔黽〕びん・あおがえる・つとむ
〔鼃〕こう
鼇頭 ごとう
〔鼈〕すっぽん
鼈甲 べっこう

黹 部

〔黹〕ち

黍 部

〔黍〕しょ・きび・きみ
黍団子 きびだんご
〔黎〕れい
黎明 れいめい
〔黏〕もち
黏木 もちのき
黏竿 もちざお

歯(齒)部

〔歯〕し・は・よわい・よわいす
歯入 はいれ
歯切 はぎれ
歯牙 しが

歯止 はどめ
歯石 しせき
歯列 しれつ
歯肉 はにく
歯朶 しだ
歯向 はむかう
歯応 はごたえ
歯医者 はいしゃ
歯抜 はぬけ
歯形 はがた
歯車 はぐるま
歯並 はなみ・はならび
歯軋 はぎしり
歯茎 はぐき
歯音 しおん
歯屎 はくそ
歯型 はがた
歯科 しか
歯根 しこん
歯痒 はがゆい
歯黒 はぐろめ
歯痛 しつう・はいた
歯腔 しこう
歯槽 しそう
歯磨 はみがき
歯噛 はがみ
歯齦 はぐき
歯髄 しずい
〔齢〕れい・よわい
〔齟〕そ・さ・しょ
齟齬 そご
〔齣〕しゃく・くぎり・こま
〔齧〕げつ・かじる・かむ
齧付 かじりつく
〔齦〕ぎん・ご
齷齪 あくせく
〔齲〕う・むしば
齲歯 うし

鼓 部

〔鼓〕こ・こする・つづみ・ならす
鼓弓 こきゅう
鼓手 こしゅ。
鼓吹 こすい

鼓角 こかく
鼓笛 こてき
鼓動 こどう
鼓脹 こちょう
鼓腹 こふく
鼓膜 こまく
鼓舞 こぶ

鼎 部

〔鼎〕てい・かなえ
鼎立 ていりつ
鼎坐 ていざ
鼎談 ていだん

鼠 部

〔鼠〕そ・ねず・ねずみ
鼠穴 ねずみあな
鼠色 ねずみいろ
鼠取 ねずみとり
鼠径 そけい
鼠咬症 そこうしょう
鼠毒症 そどくしょう
鼠落 ねずみおとし
鼠賊 そぞく
鼠鳴 ねずみなき
鼠算 ねずみざん
鼠蹊 そはい
鼠蹊 そけい
〔鼬〕こう・いたち
〔鼯〕ご
鼯鼠 むささび・ももんが・もみ
〔鼴〕えん
鼴鼠 もぐら

鼻 部

〔鼻〕び・はな
鼻下 はなのした
鼻下長 びかちょう
鼻元 はなもと
鼻木 はなぎ
鼻孔 びこう
鼻水 はなみず
鼻毛 はなげ
鼻欠 はなかけ

鼻汁 はなしる
鼻白 はなじろむ
鼻曲 はなまがり
鼻先 はなさき・はなのさき
鼻血 はなち
鼻声 はなごえ
鼻炎 びえん
鼻祖 びそ
鼻音 びおん
鼻持 はなもち
鼻柱 はなっぱしら・はなばしら
鼻面 はなっつら・はなづら
鼻茸 はなたけ
鼻屎 はなくそ
鼻風邪 はなかぜ
鼻息 びそく
鼻高高 はなたかだか
鼻差 はなさ
鼻唄 はなうた
鼻骨 びこつ
鼻脂 はなあぶら
鼻紙 はながみ
鼻梁 びりょう
鼻眼鏡 はなめがね
鼻荒 はなあらし
鼻腔 びこう
鼻筋 はなすじ
鼻詰 はなつまり
鼻溝 はなみぞ
鼻摘 はなつまみ
鼻歌 はなうた
鼻緒 はなお
鼻綱 はなづな
鼻輪 はなわ
鼻濁音 びだくおん
鼻薬 はなぐすり
鼻糞 はなくそ
鼻翼 びよく
鼻聾 はなつんぼ
〔鼾〕いびき
鼾声 かいせい

龠 部

〔龠〕やく

部首	頁	部首	頁	部首	頁	部首	頁	部首	頁
一 劃		尢	1705	水	1779	至	1820	隹	1860
、	1615	彐・彑・彐	1705	片	1780	羽	1820	斉(齊)	1862
一	1615	己	1705	爻	1780	聿	1820	**九 劃**	
乙・乚	1624	弓	1705	父	1780	艮	1820	音	1862
亅	1625	尸	1707	气	1780	虍	1821	首	1862
丨	1626	夂	1708	牛・牜	1781	虫	1821	革	1862
ノ	1626	子・孑	1709	手	1782	肉	1822	頁	1863
二 劃		阝(左)	1709	毛	1784	缶	1823	面	1864
亠	1627	阝(右)	1712	攵	1784	耒	1823	韋	1865
冫	1628	口	1712	月	1786	舌	1823	飛	1865
冖	1629	囗	1721	月(肉)	1787	竹・⺮	1823	食・飠	1865
⺍	1629	巾	1723	殳	1791	舛	1825	香	1866
二	1630	山	1724	欠	1792	色	1825	風	1866
十	1632	⺍	1726	片	1792	自	1826	**十 劃**	
匚	1632	艹	1727	氏	1793	臼	1826	鬥	1867
又	1633	小	1733	斤	1793	血	1826	髟	1867
卩・㔾	1635	屮	1736	爪・爫	1794	舟	1827	馬	1867
刀	1636	夕	1736	**五 劃**		行	1827	鬲	1868
力	1637	夂	1737	穴	1794	糸	1828	骨	1868
卜	1639	犭	1738	立	1795	**七 劃**		鬯	1869
冂	1639	彳	1739	广	1797	辛	1835	鬼	1869
刂	1639	彡	1743	衤	1798	臣	1835	竜(龍)	1869
匕	1642	女	1743	示	1799	言	1835	**十一 劃**	
凵	1642	幺	1746	甘	1800	走	1841	麻	1869
八	1644	川	1746	石	1800	赤	1841	鹿	1869
人	1646	**四 劃**		矛	1802	豆	1842	麥(麦)	1870
入	1648	灬	1747	爻	1802	車	1842	鹵	1870
勹	1650	斗	1749	疋・⺪	1802	酉	1844	魚	1870
几	1650	文	1749	目	1803	辰	1844	鳥	1870
亻	1650	方	1750	田	1806	豕	1845	黑(黒)	1871
儿	1658	戶	1750	⽥	1808	里	1845	亀(龜)	1872
厶	1660	礻	1751	皿	1808	貝	1846	**十二 劃**	
三 劃		心	1752	生	1809	見	1848	黽	1872
氵	1660	火	1757	矢	1810	足・⻊	1849	黹	1872
宀	1671	王	1759	禾	1811	豸	1851	黍	1872
广	1676	戈	1761	用	1813	谷	1851	齒(齒)	1872
辶	1677	瓦	1761	皮	1813	釆	1851	**十三 劃**	
忄	1684	木	1762	白	1813	角	1851	鼓	1872
干	1686	无	1762	瓜	1814	身	1851	鼎	1872
土	1687	犬	1762	**六 劃**		**八 劃**		鼠	1872
士	1690	歹	1771	衣	1815	雨	1852	**十四 劃**	
工	1691	支	1772	羊	1816	青	1853	鼻	1872
弋	1692	止	1772	米	1817	長	1854	**十七 劃**	
寸	1692	日	1773	老	1818	門	1855	龠	1872
扌	1693	曰	1777	西	1818	隶	1856		
大	1701	比	1778	耳	1819	非	1856		
廾	1705	母・毋	1778			金	1857		

MEMO

MEMO

MEMO

MEMO

大新明解日華辭典

2010 年（民 99）6 月 第 33 版發行
本書局經行政院新聞局核准登記
登記證字號：局版臺業字 0869 號

推　薦　者：蔡茂豐博士
主　編　者：千田勝己博士
總　編　輯：大新書局編輯部

發　行　人：林　　寶
發　行　所：大新書局
地　　　址：台北市大安區（106）瑞安街 256 巷 16 號
電　　　話：+886(2) 2707-3232
　　　　　　 2707-3838
　　　　　　 2755-2468
傳　　　真：+886(2) 2701-1633
郵　　　撥：0017390-1 大新書局帳戶

排　　　版：裕文企業有限公司
製　　　版：安隆彩色製版有限公司
印　　　刷：世馨彩色印刷有限公司
裝　　　訂：華馨彩色印刷有限公司

經　銷　所：全省各大書局

ISBN 978-957-9588-52-2 (D003)

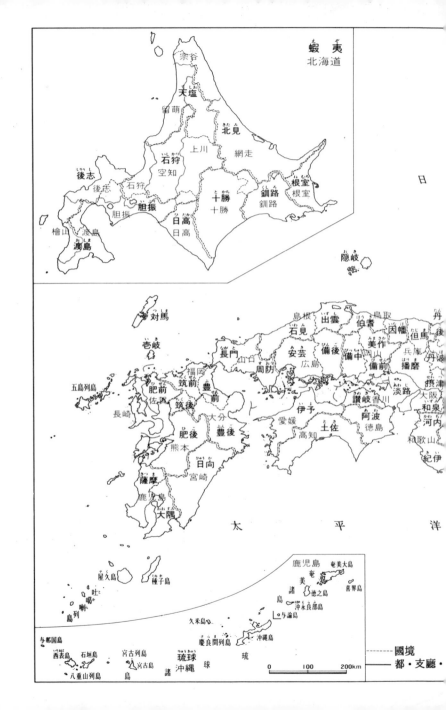

蝦夷
北海道

宗谷

天塩
留萌

北見

上川　網走

石狩
石狩　空知

後志
後志

胆振

根室
根室

十勝
十勝

日高
日高

檜山　渡島

渡島

日

隠岐

対馬

壱岐

五島列島

長崎

肥前
佐賀

筑前
福岡

長門
山口

周防

石見

出雲
島根

伯耆

鳥取
因幡

但馬

丹後

安芸
広島

備後

備中

美作

播磨

兵庫

丹波

筑後

豊前

備前

大分

肥後
熊本

豊後

伊予
愛媛

讃岐
香川

淡路

阿波
徳島

摂津

大阪　和泉

河内

和歌山

紀伊

土佐
高知

日向
宮崎

薩摩
鹿児島

大隅

太　平　洋

屋久島

種子島

吐噶喇列島

嗡喇列島

鹿児島

奄美

諸

美

島

徳之島

沖永良部島

与論島

奄美大島

喜界島

琉

球

与那国島

西表島

石垣島

八重山列島

宮古列島

宮古島

琉球
沖縄

慶良間列島

久米島

沖縄島

諸

0　　100　　200km

--------- 國境

――――都・支廳・